Harenbergs Personenlexikon 20. Jahrhundert

Harenbergs Personenlexikon 20. Jahrhundert

Daten und Leistungen

Harenberg Lexikon-Verlag

Verzeichnis der Autoren

Dr. Peter Bayerlein (Politik)
Brigitte Beier (Theater, Ballett)
Uwe Betjen (Jugoslawien)
Marcus Blank (Film)
Gudrun Fabian (China)
Drs. Idilkó und Tiborc Fazekas (Ungarn)
Dr. Jochen Gaile (Naturwissenschaften, Jura, Philosophie)
Hansjörg Gehring (Amerikanistik)
Ursula Gräfe (Japan)
Martin Hellmold (Film)
Alexander Kiossev (Bulgarien)
Ekkehard Kunze (Naturwissenschaften, Jura, Philosophie)
Dr. Ingrid Loschek (Mode)
Siggi Niedergesäss (U-Musik)
Gabriele Nogalski (E-Musik)
Drs. Ansgar und Vera Nünning (Anglistik)
Susanne Röhse (Theater)
Rudolf Rosenblatt (Anglistik)
Thomas Sandner (Anglistik)
Michael Szczekalla (Politik)
Karl Adolf Scherer (Sport)
Elmo Schwandke (Anglistik)
Karin Terberger (Soziologie, Völkerkunde)
Dr. Herbert Van Uffelen (Niederlande)
Dr. Klaus-Peter Walter (Slawistik)
Christoph Wetzel (Kunst)
Peter Wiench (Kunst)

Redaktionsstand der 1. Auflage: November 1991

Chefredaktion: Werner Wahls
Chefin vom Dienst: Barbro Garenfeld Büning
Redaktion: Ute Fischer, Gabriela Holtkamp, Uwe Lippik, Ingo Zawadzki
Redaktionelle Mitarbeit: Herwig Geyer, Ole Helmhausen, Evelyn Hoppmann, Petra Sorg
Bildredaktion: Annegret Bölke-Heinrichs, Elke Essmann, Uwe Gartenschläger

Inszenierung: Franz Greno

Herstellung: Annette Retinski

Text- und Bildverarbeitung: D&L Reichenberg GmbH, Bocholt
Druck und Bindung: Brepols n.V., Turnhout/Belgien

ISBN 3-611-00228-3

Das Leben – die Gedanken, Taten und Werke – von über fünftausend Frauen und Männern bilden den Grund dieses Lexikons. Menschen aus allen Kontinenten finden sich in einer Perlenkette von A bis Z aufgereiht. Unser eigener Kulturkreis bildet dabei den Schwerpunkt. Die zeitliche Begrenzung ist der Todestag nach dem 1.1.1900.

Zuerst erschließt dieses Buch die öffentliche Seite bedeutsamer Menschen: Kurze und lange Lebensbahnen, offenkundige Leistungen und Auszeichnungen – doch hinter diesen Fakten zeigen die kurzen Biographien und Aufnahmen mehr. Menschen haben die Welt verwandelt: Der scheinbar endlose Millionenstrom von Menschen steht dieser ständigen Veränderung gegenüber. Taten, die gestern noch Bewunderung hervorriefen, finden morgen vielleicht Verachtung. Dieses Buch hat »Gute« und »Böse«, hat herausragende Solitäre, zeigt Verluste durch fremde Hand an: Zeugnis nicht nur von Glanz und Leistung. Viele Antlitze tragen sichtbar Spuren. Weiterhören, weitersehen, weiterlesen wird unerläßlich sein.

Die Religionen, der Adel, die Künste und die Kultur, die Wissenschaften und die Wirtschaft, die Politik und die Medien, der Sport und die Unterhaltung sind ein schillerndes Kaleidoskop. In der notwendigen Subjektivität und in den »zufälligen Konstellationen« von Menschen, Namen, Wörtern und Bildern ergibt sich ein sinnigeres Puzzle, als jede, einzelne Vita für sich erscheinen lassen möchte. Dem Gebrauchswert des Lexikons gesellt sich ein »eigenartiges Mehr« hinzu.

Franz Kafka (Seite 636) hat in seiner kurzen Erzählung »Das Urteil« mit Georg Bendemann ein Beispiel für die Nähe der Wörter »Glück« und »Unglück« gegeben. Hinter manchem Bild und manchem Text unseres Buches mag es ähnlich sein.

Ernst Jünger (Seite 634), dessen Leben diesem Jahrhundert als ein Spiegel dienen kann, schreibt 1960: »In den heutigen Eliten finden wir fast ohne Ausnahme ökonomisch-technische Begabungen, Intelligenzen, durch deren Wirken der Umsatz gesteigert, die Substanz gemindert wird. In ihrem Umkreis können nur Methoden gedeihen, die statistisch gesichert sind. Man muß sich durch Ziffern ausweisen. Vergeblich würde man sich hier nach Künstlern umsehen. Man wird dafür Kulturbeamte treffen, deren Aufgabe die Vernichtung des letzten freien Wachstums ist.

Im gleichen Maße muß sich die Hoffnung an den Künstler heften als an ein Wesen, in dem unaufgeteilte Schöpfungsmacht lebt. Hier ist noch das Wissen, daß es andere Wege gibt als Geleise, ist noch die Ahnung zahlloser Welten, deren Keime uns umschweben, um sich dort zu entwickeln, wo jungfräulicher Boden, wo Waldgrund sie empfängt. Und dieses Wissen vermag Zeugnis zu leisten: durch Kunstwerke.«

Die Tore und die Fenster dieses »Buches der Lebenslandkarten« sind offen, die Tische sind gedeckt.

Die Personenartikel sind folgendermaßen aufgebaut: Der Artikelkopf nennt Namen, Nationalität, Beruf und Lebensdaten. Der Textteil würdigt die Leistung der jeweiligen Person und deren Bedeutung für unser Jahrhundert; im anschließenden Datenblock werden in chronologischer Reihenfolge die wichtigsten Lebens- und Werkdaten aufgezählt. Soweit vorhanden folgen biografische Literaturhinweise, die Standardwerke und Neuerscheinungen berücksichtigen, also keinen Anspruch auf Vollständigkeit erheben. Verweise (→) im Text verzahnen die Leistungen einzelner Persönlichkeiten miteinander, machen Einflüsse und Entwicklungslinien deutlich.

Bei der Alphabetisierung wurden Namensartikel wie de nicht berücksichtigt; den italienischen Schriftsteller Gebriele d'Annunzio finden Sie unter Annunzio, den Schauspieler Robert de Niro unter Niro. Der Namenszusatz Mac wurde wie Mc alphabetisiert, um das Auffinden zu erleichtern. Die Umlaute (ä, ö, ü) wurden wie Selbstlaute (a, o, u) behandelt, der Buchstabe ß wir ss.

Ein Abkürzungsverzeichnis beginnt auf Seite 1408.

A

Aalto, Alvar
finn. Architekt und Designer
* 3.2.1898 Kuortane † 11.5.1976 Helsinki

Aalto war mit seinen asymmetrisch geformten Baukörpern ein international einflußreicher Vertreter des plastischen Stils in der Architektur. Mit großem Einfallsreichtum und sicherem Gespür für organische Materialien gestaltete er Wohn-, Verwaltungs- und Hochschulgebäude, Theater

Aalto vor dem von ihm erbauten Kulturhaus Helsinki.

und Museen sowie Kulturzentren. Städtebaulich machte er sich vor allem um den Wiederaufbau Helsinkis verdient. Gemeinsam mit seiner ersten Frau Aino Marsio entwarf A. Möbel (u. a. Serie Artek), die er in eigenen Industriebetrieben herstellen ließ. 1983-88 wurde sein 1959 preisgekrönter Entwurf des Opernhauses in Essen unter Mitwirkung seiner zweiten Frau Elissa Makiniemi postum ausgeführt.

□ 1916-21: Studium an der TH Helsinki. □ ab 1923: Selbständiger Architekt. □ 1937: Finn. Pavillon der Weltausstellung in Paris (1939 in New York). □ 1946-48: Gastprof. am Mass. Inst. of Technology in Cambridge (USA). □ 1955-57: Beteiligung an der Interbau in Berlin/West mit zwei Wohnhäusern im Hansaviertel. □ 1956-58: Maison Carrée bei Paris. □ 1959-62/63: Hochhaus im Stadtteil Neue Vahr in Bremen; Kulturzentrum Wolfsburg. □ 1962-71: Kongreß und Konzertzentrum »Finlandia« in Helsinki.

▷ K. Fleig (Hg.): Alvar Aalto, 3 Bde., 1963-78, NA 1990.

Aaltonen, Väinö
finn. Bildhauer
* 8.3.1894 Karinaien † 30.5.1966 Helsinki

Aaltonen, der vor allem Denkmäler und Porträtbüsten schuf, ist der bedeutendste finnische Bildhauer dieses Jahrhunderts. Von klassizistischen Vorbildern ausgehend entwickelte er nach einer kubistischen Phase einen individuellen Stil der Formvereinfachung mit einem Hang zur Monumentalität. Sein bekanntestes Werk ist die Bronzestatue des Läufers P. →Nurmi (1924, Helsinki, Ateneum). In mehreren Ausführungen entstand die Statue des Schriftstellers Aleksis Kivi (u. a. für den Bahnhofsplatz in Helsinki, 1924). A.s bekannteste Porträtbüste ist die des Komponisten J. →Sibelius (Göteborg, Konstmuseum).

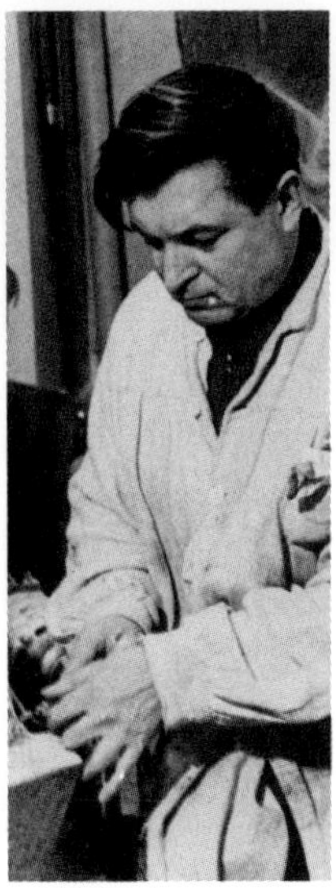
← Väinö Aaltonen

Abakanowicz, Magdalena
poln. Künstlerin
* 20.6.1930 Warschau

Abakanowicz begann als Textilkünstlerin mit großen, abstrakt gemusterten Wandteppichen aus Wolle und ungewöhnlichen Materialien wie Kokos, Hanf, Roßhaar und Fell. Um 1960 ging sie zu Plastiken aus textilen Materialien in Form stilisierter menschlicher Torsi (sog. Abakans) über. Mit einer Vielzahl sitzender Figuren ohne Kopf schuf A. räumliche Inszenierungen. Daneben entstanden in der Kombination von Figur und käfigförmigen Holzkonstruktionen auch Environments (z. B. »Käfig«, 1982, Chicago, Museum of Contemporary Art). Für den Skulpturenpark Celle bei Pistoia ließ A. 16 überlebensgroße ausgehöhlte Objekte in Bronze gießen (»Katharsis«, 1985). Ihre Themen sind die Verletzbarkeit des Menschen, seine Gefangenheit in Raum und Zeit, seine Unvollkommenheit und allgemein die Vergänglichkeit des Seins.

Abasiyanik, Sait Faik
türk. Schriftsteller
* 23.11.1906 Adapazari, Anatolien
† 11.5.1954 Istanbul

Mit seinem vom lyrischen Impressionismus geprägten, nur auf türkisch erschienenen Werk erneuerte Abasiyanik die im weitschweifigen Erzählstil der osmanischen Zeit verhaftete türkische Literatur. Seine Prosastücke und Kurzgeschichten, die ab 1934 in literarischen Zeitschriften veröffentlicht wurden, erzählen vom bunten Völkergemisch in Istanbul zwischen den Weltkriegen.

□ ab 1926: Autor von kurzen Erzählungen. □ 1928-31: Literaturstudium in Istanbul. □ 1931-34: Aufenthalt in der Schweiz und Frankreich. □ ab 1934: Feuilletonist bei verschiedenen Zeitungen in Istanbul.

Abba
schwed. Popgruppe

Mit 26 internationalen Top-Hits wie »Waterloo« (1974), »S.O.S.« (1975), »Dancing Queen«, »Fernando« (beide 1976) und »Knowing me, knowing you« (1977) prägte das schwedische Quartett die Popmusik der 70er Jahre. Basis des Erfolgs waren die originell arrangierten, eingängigen Kompositionen von Gitarrist Björn Ulvaeus (* 1945) und Keyborder Benny Andersson (* 1946) sowie die dominanten Vokalharmonien der beiden Sängerinnen Agnetha Fältskog (* 1950) und

Die schwedische Popgruppe Abba: Benny, Anna-Frid, Agnetha (Anna) und Björn (v. l.).

Anna-Frid Lyngstad (* 1945). Der Umsatz des der Gruppe gehörenden Konzerns Polar Music International AB wurde 1982 auf 200 Mio. DM geschätzt.

□ 1972: Gründung der Gruppe in Stockholm. □ 1974: Gewinn des Grand Prix Eurovision mit »Waterloo«. □ 1976: Erste Goldene Schallplatte für »Fernando«. □ 1978: Film »Abba — The Movie«. □ 1980: Zweimal Platin für die LP »Souper Trouper«. □ 1981: Neunte und letzte LP »The Visitors«. □ 1982: Trennung.

▷ Ch. Borg: Abba, 1977; M. Lindvall: Abba — Das Buch, 1978.

Abbado, Claudio

ital. Dirigent
* 26.6.1933 Mailand

Abbado, seit 1989 Nachfolger von H. v. →Karajan als Chef der Berliner Philharmoniker, trug mit seinen Interpretationen in den 60er Jahren zur Renaissance der Werke G. →Mahlers bei und wurde als Verdi- und Rossini-Spezialist bekannt.

Abbado beim Neujahrskonzert der Wiener Philharmoniker.

Als Verfechter der Avantgarde ist er kulturpolitisch und pädagogisch engagiert (u. a. Konzerte für Arbeiter in italienischen Industriegebieten). Mit seinen Ämtern in Wien (Musikdirekor der Staatsoper) und Berlin erreichte A. die mächtigste Stellung im europäischen Musikbetrieb. Mitte 1993 wird A. voraussichtlich die Leitung des Münchner Rundfunkorchesters des Bayerischen Rundfunks übernehmen.

□ 1955: Dirigentenstudium in Wien. □ 1958: Kussewizky-Preis. □ 1965: Debüt mit den Wiener Philharmonikern bei den Salzburger Festspielen. □ 1971: Musikdir. der Mailänder Scala und Hauptdirigent der Wiener Philharmoniker. □ 1978: Chefdirigent des London Symphony Orchestra. □ seit 1986: Musikdir. der Wiener Staatsoper. □ 1989: Wahl zum künstlerischen Leiter der Berliner Philharmoniker.

Abbagnano, Nicola

ital. Philosoph
* 15.7.1901 Salerno

Abbagnano, führender Vertreter des italienischen Existentialismus, knüpfte an das Denken M. →Heideggers und K. →Jaspers an, wandte sich aber mit seinem »positiven« oder »substantiellen« Existentialismus« (1948) auch polemisierend gegen sie. A. interpretiert die Existenz als Seinssuche des unmittelbar engagierten Menschen. Der Sinn jeder existentiellen Entscheidung verwirkliche sich in dem Versuch, in der Gegenwart eine Einheit zwischen Vergangenheit und Zukunft zu finden.

□ 1936-76: Prof. an der Univ. Turin. □ 1942: »Einführung in den Existentialismus« (dt. u. d. T. »Philosophie des menschlichen Konflikts«, 1957). □ 1946-50: »Geschichte der Philosophie« (3 Bde.). □ 1947: »Philosophie, Religion, Wissenschaft« (Schr.). □ 1956: »Möglichkeit und Freiheit« (Schr.). □ 1961: »Philosophisches Wörterbuch« (Schr.). □ 1985: »Die Weisheit des Lebens« (Schr.).

Ferhat Abbas →

Abbas, Ferhat

alger. Politiker
* 24.10.1899 Taher bei Djidjelli † 24.12.1985 Algier

Abbas war der Führer des gemäßigten Flügels der algerischen Befreiungsbewegung FLN. Während des 2. Weltkriegs diente er als Freiwilliger in der französischen Armee und forderte ab 1946 — nach seiner Entlassung aus dem Militärdienst — die Gleichberechtigung der Moslems in Algerien. Später strebte er einen unabhängigen, aber mit Frankreich verbündeten Staat an. Nach Erringung der Unabhängigkeit und dem Sieg des sozialrevolutionären Flügels um →Ben Bella wurde A. 1963 aus der FLN ausgeschlossen.

□ 1948: Mitgl. des alger. Parlaments. □ 1956: Flucht nach Kairo; Mitgl. der FLN (Front de Libération National). □ 1958-61: Ministerpräsident der alger. Exilregierung. □ 1961-63: Präs. der Nationalversammlung in Algier; provisorisches Staatsoberhaupt. □ 1964/65: Hausarrest.

Ernst Abbe →

Abbe, Ernst

dt. Physiker und Unternehmer
* 23.1.1840 Eisenach † 14.1.1905 Jena

Mit seinen »Beiträgen zur Theorie des Mikroskops und der mikroskopischen Wahrnehmung« schuf Abbe 1873 die Voraussetzungen zur Herstellung mikroskopischer Objektive, ohne welche die damals einsetzende Erforschung der Mikro-Organismen nicht möglich gewesen wäre. In der nach ihm benannten Abbeschen Theorie wird die Bildentstehung und das Auflösungsvermögen in einem Mikroskop erstmals unter Zugrundelegung der Einflüsse der Lichtwellen berechnet. Der erfindungsreiche Arbeitersohn entwickelte seine optischen Präzisionsgeräte und ersten Prismenfeldstecher in der Werkstätte von Carl Zeiss (* 1816, † 1888).

□ 1866: Berechnung und Herstellung farbfehlerfreier Objektive (Apochromate). □ ab 1867: Entwicklung von Fokometer, Spektrometer, Komparator, Kondensor. □ 1870-96: Prof. an der Univ. Jena. □ ab 1875: Teilhaber an den optischen Werkstätten von C. Zeiss. □ 1877-1901: Dir. der Sternwarte in Jena. □ 1884: Gründung der Jenaer Glaswerke Schott & Genossen mit C. Zeiss und O. →Schott. □ ab 1889: Nach dem Tod von C. Zeiss Alleininhaber der Firma. □ 1891: Überschreibung der Firma an die von ihm gegründete Carl-Zeiss-Stiftung; deren Bevollmächtigter. □ 1903: Rücktritt von der Geschäftsleitung.

▷ P. G. Esche: Ernst Abbe, 1963; H. Volkmann: Carl Zeiss und Ernst Abbe, 1966. Abbé Pierre →Pierre, Abbé.

Abbé Pierre →Pierre, Abbé

Abbott, Berenice

amer. Fotografin
* 17.7.1898 Springfield, Ohio

Abbott gehört zu den Pionieren der Dokumentarfotografie. Sie kam 1923 als Assistentin zu M. →Ray, in der Folge spezialisierte sie sich auf Künstlerportraits (u. a. J. →Joyce und J. → Cocteau). Unter dem Eindruck von Jean Eugène Atgets Aufnahmen des alten Paris schuf sie die berühmte Fotoserie, die die Veränderungen des New Yorker Stadtbilds in den 30er Jahren dokumentiert (veröffentlicht in »Changing New York«, 1939).

□ 1921: Übersiedlung nach Paris; Beschäftigung mit der Bildhauerei (u. a. bei É. A. →Bourdelle und C. →Brancusi). □ 1926: Begegnung mit dem Werk von J. É. Atget (* 1856, † 1927). □ 1929: Erwerb von 2000 Diapositiven aus Atgets Nachlaß. □ 1930: Rückkehr in die USA; Veröffentlichung von Atgets Aufnahmen. □ 1934-58: Lehrerin für Fotografie an der New School for Social Research, New York. □ 1958-61: Wissenschaftliche Fotografien für das Physical Science Study Committee of Educational Services. □ 1968: Verkauf ihrer Fotos an das Museum of Modern Art, New York.

▷ E. Vestal: Berenice Abbott's Photographs, engl. 1970.

Abbott und Costello

amer. Komikerduo
Bud Abbott (eig. William A. Abbott)
* 1895 † 1974
Lou Costello (eig. Louis Francis Cristillo)
* 1906 † 1959

Abbott und Costello, die beide als Solokünstler begannen, aber erst mit gemeinsamen Auftritten in Varietés und im Zirkus Erfolg hatten, waren in den 40er und frühen 50er Jahren ein beliebtes amerikanisches Komikerpaar. Ihre überdrehten Komödien parodierten klassische Filmgenres (»Abbott und Costello treffen Frankenstein«, 1948; »Der Unsichtbare trifft Abbott und Costello«, 1951). Trotz einfallsreicher und origineller

Abbott und Costello, das erfolgreiche Komikerduo.

← Berenice Abbott

Abd El Krim →

filmtechnischer Mittel erreichten A. und C. als Darsteller nur selten das Niveau ihrer Vorbilder →Laurel und Hardy.

□ 1931: Erster gemeinsamer Auftritt. □ 1938: Erster Auftritt in einer Radio-Show. □ 1940: Gemeinsames Filmdebüt in »A night in the tropics/Eine Nacht in den Tropen«. □ 1941: »Abbott und Costello, Vorsicht Gespenster«. □ 1945: »Abbott und Costello in Hollywood«. □ 1948: »Abbott und Costello im Lande der Kakteen«. □ 1949: »Abbott und Costello: Verrücktes Afrika«. □ ab 1950: TV-Serie »The Abbott and Costello Show«. □ 1956: »Abbott und Costello: Tolle Jungs im Einsatz« (letzter gemeinsamer Film).

Abd El Krim

marok. Emir und Freiheitskämpfer
* 1882 Agadir † 6.2.1963 Kairo (Ägypten)

Abd El Krim führte in Marokko 1920-26 den Aufstand der Rifkabylen (Berberstämme) gegen die spanische Kolonialmacht an, der 1912 das Rifgebiet zugesprochen worden war. Nach dem Sieg über die Spanier (1921) ließ sich der ehemalige Kadi 1922 zum Emir ausrufen und proklamierte die Rif-Republik. Als sich der Aufstand auf französisches Terrain ausweitete, intervenierte Frankreich 1925 an der Seite Spaniens. Im Mai 1926 mußte der Unabhängigkeitskämpfer kapitulieren und wurde auf die Insel Réunion verbannt. Ab 1947 lebte er im Exil in Kairo.

▷ D. S. Woolman: Rebels in the Rif. Abd El Krim and the Rif rebellion, engl. 1968.

Abderhalden, Emil

schweiz. Physiologe
* 9.3.1877 Oberuzwil, Kt. St. Gallen
† 5.8.1950 Zürich

Abderhalden fand zur Schwangerschaftsfrüherkennung den Nachweis von Abwehrfermenten, die das Gewebe der Plazenta abbauen und bereits acht Tage nach Eintritt der Schwangerschaft im Blut auftreten. Eine von A. und dem Kinderarzt G. Fanconi erkannte und nach ihnen benannte Krankheit ist die durch Ablagerung der schwefelhaltigen Aminosäure Cystin z. B. in Leber, Niere und Knochenmark entstehende Cystinspeicherungskrankheit. A., der vor allem die wissenschaftlichen »Grundlagen unserer Ernährung und unseres Stoffwechsels« (Schr., 1917) schuf, entdeckte neue Aminosäuren und befaßte sich mit der Synthese von Polypeptiden, die sich beim Auf- oder Abbau der Eiweißkörper aus verschiedenen Aminosäuren bilden. Neben der Erforschung der Eiweißkörper untersuchte A. Fermente, Vitamine und Hormone. Der Präsident der Leopoldina, der Deutschen Akademie der Naturforscher in Halle/Saale, tat sich auch als Bekämpfer des Alkoholmißbrauchs hervor.

□ 1906: »Lehrbuch der physiologischen Chemie«. □ 1908-11: Prof. an der tierärztlichen Hochschule in Berlin. □ 1911-45: Prof. an der Univ. Halle/Saale. □ 1925-27: »Lehrbuch der Physiologie« (4 Bde.). □ 1946/47: Prof. an der Univ. Zürich. □ 1948: »Vitamine und Vitamintherapie«.

Abe, Kobo

jap. Schriftsteller
* 7.3.1924 Tokio

Abe ist ein Klassiker der japanischen Avantgarde. Vom europäischen Existentialismus (J.-P. → Sartre) inspiriert, wandte er sich um 1950 dem Surrealismus zu. Deutliche Affinitäten bestehen zu F. → Kafka. Thema seines Werkes ist die Vereinzelung des Menschen und ein universales, oft alptraumhaftes Bewußtsein von Fremdheit in der Welt. Sein berühmtester Roman, »Die Frau in den Dünen« (1962, dt. 1981), steht paradigmatisch für A.s Grundidee und seinen Verzicht auf die direkte Abbildung von Realität zugunsten ihrer ans Absurde grenzenden visionären Gestaltung. A. arbeitet auch als Bühnenautor und Regisseur.

□ bis 1940: Kindheit in der Mandschurei. □ 1943-48: Medizinstudium in Tokio. □ 1951: Akutagawa-Preis für »Die Wand — Das Verbrechen des S. Karma« (R.). □ seit 1973: Hör- und Fernsehspiele, zahlreiche Bühnenstücke in eigener Inszenierung im Abe-Studio.

W. Abendroth mit Studenten auf einer Vietnam-Demonstration 1970 in Frankfurt.

Abendroth, Hermann

dt. Dirigent
* 19.1.1883 Frankfurt/Main † 29.5.1956 Jena

Abendroth studierte bei Felix Mottl (* 1856, † 1911) in München und prägte als Leiter der Kölner Gürzenich-Konzerte (1915-34) das traditionsreiche rheinische Musikleben. Er galt mit seinem zurückhaltenden und auf Werktreue bedachten Dirigat als typisch deutscher Interpret. Neben den Klassikern des sinfonischen Erbes (Mozart, Beethoven, Brahms) setzte sich A. engagiert für die Werke Bruckners ein.

□ 1903/04: Dirigent des Münchner Orchestervereins. □ 1905-11: Orchester- und Theaterkapellmeister in Lübeck. □ 1911-14: Städtischer Musikdir. in Essen. □ 1915-34: Leiter der Gürzenich-Konzerte in Köln; Dir. des Konservatoriums. □ 1922/23: Dirigent der Sinfoniekonzerte des Orchesters der Staatsoper Berlin. □ 1934-45: Gewandhaus-Kapellmeister in Leipzig. □ 1945: Prof. und musikalischer Oberleiter in Weimar. □ 1949: Chefdirigent des Rundfunk-Sinfonieorchesters Leipzig.

← Hermann Abendroth

Abendroth, Wolfgang

dt. Staatsrechtler und Sozialwissenschaftler
* 2.5.1906 Elberfeld † 15.9.1985 Frankfurt/Main

Der Völker- und Staatsrechtler Abendroth war ein kritischer Beobachter der politischen Entwicklung Deutschlands nach dem 2. Weltkrieg. Als engagierter Sozialist kritisierte er in seiner Schrift »Bürokratischer Verwaltungsstaat und soziale Demokratie« (1956) die sich verselbständigende Bürokratie in den Behörden der BRD und verfaßte wissenschaftlich bedeutende Arbeiten zur Gewerkschaftspolitik, zum Streikrecht und zur Interpretation des Grundgesetzes. Seine »Sozialgeschichte der europäischen Arbeiterbewegung« (1965) gehört zu den Standardwerken kritischer Geschichtsschreibung. Mit seiner marxistischen Überzeugung stand A. in den 60er Jahren hinter den Zielen des rebellierenden Sozialistischen Deutschen Studentenbundes (SDS) und wurde zum profilierten Sprecher der Außerparlamentarischen Opposition (APO). In dem Buch »KP-Verbot oder Mit den Kommunisten leben?« (1968) wandte sich A. gegen den bundesdeutschen Antikommunismus amerikanischer Provenienz, warf aber der intellektuellen Linken gleichzeitig Konzeptionslosigkeit gegenüber den faschistischen Tendenzen des Kapitalismus vor.

□ 1937-41: Wegen Vorbereitung des Hochverrats als Widerstandskämpfer in Haft. □ ab 1950: Mitgl. des Staatsgerichtshofs Bremen. □ 1950: »Zwiespältiges Verfassungsrecht in Deutschland« (Schr.). □ 1951-73: Prof. an der Univ. Marburg. □ 1956: »Die deutschen Gewerkschaften« (Schr.). □ ab 1960: Mitgl. des Staatsgerichtshofs Hessen. □ 1961: Ausschluß aus der SPD wegen seiner Weigerung, sich vom SDS zu distanzieren. □ 1964: »Aufstieg und Krise der deutschen Sozialdemokratie« (Schr.). □ 1965: »Wirtschaft, Gesellschaft und Demokratie in der BRD« (Schr.). □ 1967: »Antagonistische Gesellschaft und politische Demokratie« (Schr.). □ 1972: »Faschismus und Kapitalismus« (Schr.).; Lehrtätigkeit an der Akademie der Arbeit in Frankfurt/Main. □ 1975: »Arbeiterklasse, Staat und Verfassung« (Schr.) □ 1982: »Gewerkschaft und Frieden« (Schr.).

▷ H. Maus: Gesellschaft, Recht und Politik. Festschrift zum 60. Geburtstag, 1968.

Abraham, Karl

dt. Psychoanalytiker
* 3.5.1877 Bremen † 25.12.1925 Berlin

Abraham trug als erster deutscher Psychoanalytiker dazu bei, die noch junge Wissenschaft in Deutschland zu etablieren. Bekannt wurde er mit seinen Untersuchungen zur Symbolik des Traums und des Mythos, die er beide in ihrer Beziehung zueinander als Ausdruck der Wunscherfüllung der Phantasie beschrieb. In langjähriger Korrespondenz mit S. →Freud stehend (ab 1907), gelangte A. aufgrund dessen Theorie über den sexuellen Reifungsprozeß des Kindes zu der These, daß Psychosen im Kindesalter durch eine Entwicklungshemmung während einer der sechs libidinösen Phasen hervorgerufen werden. Erst postum wurden weitere seiner wichtigen

Schriften — die 1933 ein Opfer der nazistischen Bücherverbrennungen geworden waren — zur Charakterbildung (1969) sowie zur theoretischen und praktischen Psychoanalyse (1973) herausgegeben.

□ 1904-07: Assistent von E. →Bleuler in der Heilanstalt Burghölzli, Zürich. □ ab 1907: Psychoanalytiker in Berlin. □ 1909: »Traum und Mythos. Schriften zur angewandten Seelenkunde«. □ 1910: Mitbegründer des Int. Inst. für Psychoanalyse in Berlin. □ 1920: »Die Psychoanalyse als Erkenntnisquelle für die Geisteswissenschaft« (Schr.). □ 1921: »Klinische Beiträge zur Psychoanalyse«. □ 1924: »A short study of the development of the libido, viewed in the light of mental disorders« (Schr.).

▷ H. Abraham (Hg.): Siegmund Freud & Karl Abraham. Briefe 1907-1926, 1965; H. Abraham: Karl Abraham — Sein Leben für die Psychoanalyse, 1976.

Abraham, Max

dt. Physiker
* 26.3.1875 Danzig † 16.11.1922 München

Abraham gelang mit seinen »Prinzipien der Dynamik des Elektrons« (1903) die mathematische Berechnung der sich mit der Geschwindigkeit verändernden Masse des Elektrons. Obgleich A. die allgemeine Relativitätstheorie von A. →Einstein später ablehnte, hatte er damit der speziellen Relativitätstheorie die mathematische Grundlage gegeben.
Seine »Theorie der Elektrizität« (2 Bde., 1904-08) über die allgemeinen Gesetze des elektromagnetischen Feldes, die Elektrodynamik und Elektronentheorie ist ein Standardwerk der theoretischen Physik. A. förderte mit der Weiterentwicklung der Maxwellschen Theorie die um 1900 einsetzende Erprobung der drahtlosen Telegraphie.

□ 1905: »Elektromagnetische Theorie der Strahlung« (Schr.). □ 1909-15: Prof. am Polytechnikum in Mailand. □ ab 1919: Prof. an den Univ. München, anschließend Stuttgart.

Abrahams, Peter Henri

südafr. Schriftsteller
* 19.3.1919 Vrededorp bei Johannesburg

Abrahams, der als Sohn einer Südafrikanerin und eines Äthiopiers in den Slums von Johannesburg aufwuchs, setzte sich als erster bedeutender farbiger Schriftsteller kritisch mit der Situation der Schwarzen Südafrikas auseinander. 1941 ging er nach England und begann zu schreiben. 1946 hatte M. mit »Schwarzer Mann im weißen Dschungel« (R., dt. 1962) weltweiten Erfolg; der Roman »Reiter der Nacht« (1948, dt. 1957), eine Liebesgeschichte zwischen einer Weißen und einem Afrikaner, wurde in 25 Sprachen übersetzt. Nach einer langen Schreibpause, in der er als Herausgeber verschiedener Zeitschriften tätig war, legte er 1985 mit »Der Ausblick von Cayoba« (dt. 1985) wieder einen Roman vor.

▷ P. H. Abrahams: Dort, wo die weißen Schatten fallen (Aut.), 1956.

Abs (2. v. r.) verhandelt über die deutschen Kriegsschulden, London 1951.

Abs, Hermann Josef

dt. Finanzfachmann
* 15.10.1901 Bonn

Der gelernte Bankkaufmann und ehemalige Bankier zählt zu den führenden Finanzexperten der BRD und besaß als Vorstands-, Aufsichtsrats- und Verwaltungsratsmitglied zahlreicher Banken und Industrieunternehmen großen wirtschaftlichen Einfluß. Als Leiter der deutschen Delegation zur Regelung der Auslandsschulden legte A. 1953 mit der Durchsetzung des sog. Londoner Schuldenabkommens den Grundstein für die Souveränität und das Alleinvertretungsrecht der BRD. A. erlangte zudem Bedeutung als Kunstmäzen: 1987 stiftete er 1 Mio. DM für das Bonner Beethoven-Archiv.

□ 1938: Vorstandsmitgl. und Dir. der Auslandsabteilung der Dt. Bank. □ 1951: Stellv. Aufsichtsratvors. der Kreditanstalt für Wiederaufbau. □ 1951-53: Leiter der dt. Delegation bei der Londoner Schuldenkonferenz. □ 1957-67: Vorstandssprecher der Dt. Bank. □ 1967-76: Aufsichtsratsvors. der Dt. Bank. □ 1968-70: Vors. der Fried. Krupp GmbH.

▷ H. J. Abs: Entscheidungen, 1991.

Achàd Ha'am

(eig. Ascher Ginzberg)
hebr. Schriftsteller
* 5.8.1856 Skwira, Ukraine † 2.1.1927 Tel Aviv (Israel)

Achàd, der sich ab 1885 publizistisch für die jüdisch-nationale Bewegung Chowewe Zion engagierte, ist der Begründer des Kulturzionismus. Nicht die Besiedlung Palästinas, wie Th. →Herzl sie forderte, sondern die Pflege der Kultur des Judentums sollte die jüdische Frage lösen. Den Zionismus betrachtete der Schöpfer des hebräischen Essays als eine überstaatliche jüdische Idee. 1922 übersiedelte er nach Palästina, wo er sein Hauptwerk, die Aufsatzsammlung »Am Scheidewege« (1895, dt. 1923), vollendete.

Achebe, Chinua Albert

nigerian. Schriftsteller
* 15.11.1930 Ogidi bei Onitsha

Mit der Romantetralogie »Okonkwo oder das Alte stürzt«, »Obi«, »Der Pfeil Gottes« und »Ein Mann des Volkes« (1958-66; dt. 1959-66) wurde Achebe einer der führenden Schriftsteller Afrikas. Er beschreibt darin die Konfrontation der traditionellen Gesellschaft mit europäischen Werten und rechnet schließlich mit der korrupten Führungsschicht des seit 1960 unabhängigen Nigeria ab. A., ein Angehöriger des Volkes der Ibo, ist ein wachsamer Beobachter der politischen Entwicklung und sozialen Wirklichkeit seines Landes.

□ 1954-66: Mitarbeiter beim nigerian. Rundfunk. □ 1967-70: Während des Bürgerkriegs ausgedehnte Vortragsreisen als Fürsprecher des unabhängigen Biafras. □ 1970: Lehrstuhl an der Univ. Nsukka (Nigeria); Essays, Gedichte und Kinderbücher. □ 1987: »Ameisenhaufen in der Savanne« (R., dt. 1987).

▷ K. Turkington: Chinua Achebe, 1977.

Bella Achmadulina →

Acheson, Dean Gooderham

amer. Politiker und Jurist
* 11.4.1893 Middletown, Conn.
† 12.10.1971 Sandy Springs, Maryl.

Acheson diente von F. D. →Roosevelt bis L. B. →Johnson mehreren US-Präsidenten als juristischer und außenpolitischer Berater. In dieser Position arbeitete er für Roosevelt das Leih-Pacht-Abkommen aus, das den neutralen USA ohne Verletzung der Verfassung erlaubte, an kriegführende Länder, vor allem Großbritannien, ohne sofortige Bezahlung Waffen zu liefern. Nach dem 2. Weltkrieg war er maßgeblich an der Ausarbeitung der Charta der Vereinten Nationen und des Marshall-Plans beteiligt. Um eine weitere Ausdehnung der sowjetischen Einflußsphäre zu verhindern, trat der militante Anti-Kommunist als Außenminister nachdrücklich für die Gründung der NATO ein.

□ 1933: Unterstaatssekr. im Schatzamt. □ 1934-41: Rechtsanwalt. □ ab 1941: Unterstaatssekr. im Außenministerium; Sonderbeauftragter des US-Präs. auf int. Konferenzen. □ 1949-53: Außenmin.

▷ D. Acheson: Present at the creation. My years in the State Department, 1970; D. Acheson: Among friends Personal letters of Dean Acheson, 1980.

← Dean Acheson

Achmadulina, Bella A.

(eig. Isabella Achatowna)
sowjet. Lyrikerin
* 10.4.1937 Moskau

Achmadulina schreibt eine formstrenge, zurückhaltend-persönliche Lyrik, die an die Tradition des Akmeismus (A. →Achmatowa, O. →Mandelstam) anknüpft. Die Wirklichkeit ist in ihren Gedichten weitgehend stilisiert und nur insofern bedeutsam, als sie subjektiv wahrgenommen und in eine künstlerische Form umgesetzt werden kann. In der Gedichtsammlung »Musikstunden« (1969, dt. 1975), die von den Motiven Einsamkeit, Zweifel an der eigenen künstlerischen Begabung und Wahnsinn beherrscht wird, zeigt A., die in erster Ehe mit dem sowjetischen Schriftsteller J. →Jewtuschenko verheiratet war, eine große Sensibilität für den Klangcharakter der Dinge.

Achmatowa, Anna Andrejewna

(eig. A. A. Gorenko)
russ. Lyrikerin
* 23.6.1889 Bolschoj Fontan bei Odessa
† 5.3.1966 Domodedowa bei Moskau

Achmatowa ist die größte russische Dichterin des 20. Jh.s. Mit ihrem Ehemann M. →Gumiljow gründete sie die Dichtergruppe Akmeisten, die den Mystizismus des Symbolismus durch größere Gegenständlichkeit zu überwinden versuchte. In ungekünstelter, fast volkstümlicher Einfachheit verschmolz A., die sich intensiv mit der Puschkin-Forschung auseinandersetzte, biblische und klassische Vorbilder. Liebe, Erotik und, oft im Kontrast dazu, religiöses Empfinden sind ihre Themen, in denen sich auch die Geschichte ihrer Heimat widerspiegelt.
Ihre Hauptwerke sind »Requiem« (1963, dt. 1964), eine autobiografische, gleichnishafte Dichtung über Frauen, deren Männer oder Söhne in Straflagern leben, und »Poem ohne Held«

Anna Achmatowa: Erst spät in ihrer Heimat gewürdigt.

(1977, dt. 1979), ein poetisches Panorama der Sowjetunion vor dem Hintergrund des 2. Weltkriegs und des Stalinterrors vor allem in den 30er Jahren, der auch A.s Leben jahrzehntelang tragisch überschattete.

☐ 1912: Erster Gedichtband. ☐ 1910-12: Auslandsreisen, u. a. nach Italien. ☐ 1910-18: Ehe mit N. Gumiljow. ☐ 1921: Erschießung Gumiljows als Verschwörer. ☐ 1922-40: Druckverbot. ☐ 1935: Erste Verhaftung des Sohnes (weitere: 1938; 1949). ☐ 1942: »Mut« (Ged.) in der Zeitschrift Prawda abgedruckt. ☐ 1956: Teilweise Rehabilitierung, auch des Sohnes. ☐ 1958: Wiederaufnahme der Publikation. ☐ 1964/65: Auslandsreisen (u. a. Rom, Sizilien). ☐ postum 1987: Publikation von »Requiem« in der UdSSR.

Achternbusch, Herbert

dt. Schriftsteller, Regisseur und Schauspieler
* 23.11.1938 München

Bayern ist die Inspirationsquelle des vielseitigen Künstlers Achternbusch, der auch als Theater- und Hörspielautor, Übersetzer, Maler und Bildhauer tätig ist. Seine schwer zugänglichen Filme (A. zeichnet verantwortlich für Produktion, Regie, Drehbuch und Hauptrolle) übertreten mit ihrer derben Komik und ihren obszönen Pointen grundsätzlich gesellschaftliche Tabus. 1983 führte »Das Gespenst« zu einer Diskussion um die staatliche Einflußnahme auf Filminhalte. Mit der Begründung, der Film verletze religiöses Empfinden, hatte der damalige Bundesinnenminister F. → Zimmermann die letzte Rate der zugesagten Filmförderung verweigert.

← Herbert Achternbusch

☐ ab 1962: Studium der Malerei. ☐ 1971: »Die Alexanderschlacht« (Prosa). ☐ 1974: »Das Andechser Gefühl« (F.). ☐ 1975: Ludwig-Thoma-Medaille; »Die Atlantikschwimmer« (F.). ☐ 1977: Petrarca-Preis (abgelehnt); »Servus Bayern« (F.). ☐ 1979: »Der Komantsche«. ☐ 1981: »Der Neger Erwin«. ☐ 1982: Neben anderen Auszeichnungen Bundesfilmpreis für »Das letzte Loch«. ☐ 1984: »Der Wanderkrebs«. ☐ 1985: »Die Föhnforscher«. ☐ 1986: Mülheimer Dramatikerpreis für »Gust«. ☐ 1988: »Wohin?« (F.). ☐ 1990: »Hick's Last Stand« (F.).

▷ J. Drews (Hg.): Herbert Achternbusch, 1982; P. W. Jansen/W. Schütte (Hg.): Herbert Achternbusch, 1984.

Adair, Paul Neal »Red«

amer. Feuerwehrmann
* 18.6.1915 Houston, Texas

Adair, der den Beinamen Red seiner roten Arbeitskleidung verdankt, wurde durch unzählige erfolgreiche Einsätze bei Brandkatastrophen auf Ölbohrstellen zur lebenden Legende. Seit fünf Jahrzehnten setzt der Feuerwehrmann für extrem hohe Gagen sein Leben aufs Spiel. Nach dem Golfkrieg 1991 erhielt A. den Auftrag, die ca. 600 auf Befehl von S. →Hussein in Brand gesetzten kuwaitischen Ölquellen zu löschen. A. schätzt, daß diese Arbeit unter den schwierigen Bedingungen bis 1995 dauern wird.

← Red Adair

☐ 1940: Erster Einsatz als Ölbrandbekämpfer; während des 2. Weltkriegs Dienst in einem Bombenräumkommando. ☐ 1959: Gründer der Firma Red Adair Oil Well Fires & Blowouts Control Co. ☐ 1962: Sechsmonatiger Einsatz an der brennenden Ölquelle GT 2 in der alger. Sahara. ☐ 1977: Abdichtung eines Lecks in der Förderleitung der Bohrinsel Bravo 14 im norw. Ölfeld Ekofisk. ☐ 1988: Nach Explosion auf der Ölplattform Piper Alpha vor der schott. Ostküste (167 Tote) Löschung des Feuers.

▷ Ph. Singerman: Red Adair. Der Feuerlöscher, dt. 1991.

Theo Adam →

Adam, Karl

dt. Rudertrainer
* 2.5.1912 Hagen † 18.6.1976 Ratzeburg

Adam, »der deutsche Ruderprofessor«, machte als Trainer den Deutschland-Achter zu einem internationalen Markenzeichen (1960 und 1968 Olympiasieger, 1964 Olympiazweiter). Der Oberstudienrat, der 1937 im Boxen Studentenweltmeister war, leitete von 1964 bis zu seinem Tod die Ruderakademie in Ratzeburg, die unter seiner Leitung 29 internationale Medaillen und 23 deutsche Meisterschaften gewann. A. führte das Intervalltraining ein und setzte auf die Aggression der Aktiven. Zudem vertrat er die Idee der Renngemeinschaften, d. h. die Zusammensetzung einer Rudermannschaft aus Mitgliedern verschiedener Vereine. Am berühmtesten wurde in den 60er Jahren der sog. Ratzekieler, eine Mannschaft aus Ratzeburg und Kiel.

Karl Adam: Deutschlands erfolgreichster Rudertrainer.

Adam, Theo

dt. Sänger
* 1.8.1926 Dresden

Der Baß-Bariton Adam gehört seit seinem ersten Auftritt bei den Bayreuther Festspielen (1952) zu den bedeutenden Wagner-Interpreten. In seiner Glanzrolle als Hans Sachs (»Meistersänger von Nürnberg«) gab er 1969 an der Metropolitan Opera New York sein Debüt. A. beschränkte sich nicht auf dramatische Baß- und Heldenbaritonpartien, sondern erzielte auch als Lied- und Oratoriensänger Erfolge.

☐ 1949: Erstes Engagement an der Staatsoper Dresden; Debüt als Eremit in Webers »Freischütz«. ☐ 1952: Bayreuther Auftritt als König Heinrich in »Lohengrin«. ☐ 1955: Engagement an der Dt. Staatsoper in Ost-Berlin. ☐ 1979: Nationalpreis 1. Klasse der DDR. ☐ 1985: Präs. des Kuratoriums der Dresdner Semperoper.

▷ Th. Adam: Die 100. Rolle oder Ich mache einen neuen Adam. Sängerwerkstatt II, 1986.

Adamov, Arthur

frz. Dramatiker russ. Herkunft
* 23.8.1908 Kislowodsk, Kaukasus
† 15.3.1970 Paris (Selbstmord)

Adamov, der seine Jugend in Deutschland und der Schweiz verbrachte, gehörte zu den wichtigsten Vertretern des avantgardistischen Theaters im Nachkriegsfrankreich. Seine pessimistische Grundhaltung ist in fast allen der z. T. absurden Dramen spürbar. A., der mit neuen Darstellungsmöglichkeiten des Theaters experimentierte, stellte, losgelöst von Zeit und Ort, die Einsamkeit und Leere der modernen Existenz dar. In besonderer Weise berührte ihn die Unfähigkeit des Menschen zur Kommunikation, seine Abgestumpftheit und Trägheit — wofür er das bedrückende Alltagsleben und gesellschaftliche Zwänge verantwortlich machte.

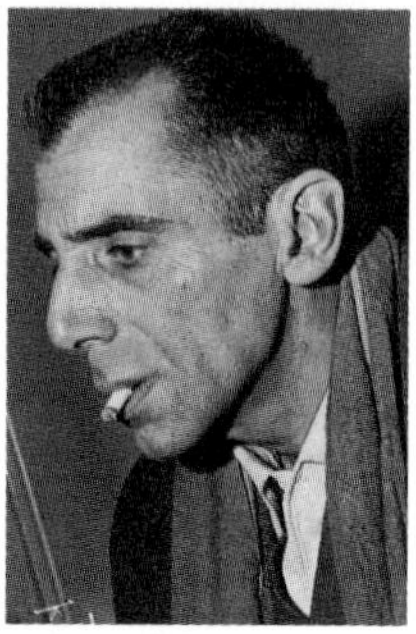

← Arthur Adamov

□ 1914: Flucht aus Deutschland in die Schweiz. □ 1916-22: Schulbesuch in Genf. □ 1922: Rückkehr nach Deutschland. □ 1924: Übersiedlung nach Paris. □ 1941: Internierung in einem Lager bei Argelès. □ ab 1945: Tätigkeit für Rundfunk und Fernsehen; Übersetzer russ. und dt. Literatur ins Französische. □ 1946: »Das Geständnis« (Ber.). □ 1949: »Die Invasion« (Dr., dt. 1952). □ 1952: »Alle gegen alle« (Dr., dt. 1959). □ 1957: »Paoli, Paoli« (Dr., dt. 1959). □ 1959: »Frühling 71« (Dr., dt. 1962). □ 1963: »Die Politik der Reste« (Dr., dt. 1968). □ 1969: »Off Limits« (Dr.).

▷ M. Vogt-Heinen: Zwischen Absurdität und Engagement, 1979.

Adams, Ansel Easton

amer. Fotograf
* 20.2.1902 San Francisco
† 22.4.1984 Monterey, Kalif.

Adams gehört zu den bedeutendsten Landschaftsfotografen des 20. Jh.s. Ziel seiner Arbeit (anfänglich vor allem innerhalb der von ihm begründeten Gruppe F/64) war ein klarer, sachlicher Fotostil unter Beachtung von Schärfe, Licht-

Ansel Adams bei der letzten Feineinstellung, 1966.

Schatten-Effekten und Details. A.s »Straight photography«, die sich in den 30er Jahren durchsetzte, stand im Gegensatz zum damals vorherrschenden Piktorialismus, der malerische, besonders impressionistische Effekte zu imitieren trachtete. Seine besten Landschaftsfotografien (u. a. »Mondaufgang«, von dem es 900 Kopien von A. selbst gibt — er besaß eine unnachahmliche Kopiertechnik) entstanden ab 1941. A. widmete sich auch der Architekturfotografie.

□ 1932: Gründung der Gruppe F/64 mit I. →Cunningham und E. Weston. □ 1933: Eröffnung einer eigenen Schule für Fotografie. □ 1939: Einzelausstellung im Museum of Modern Art, San Francisco. □ 1940: Mitbegründer der Fotoabteilung im Museum of Modern Art, New York. □ 1946: Mitbegründer des fotografischen Lehrinst. an der California School of Fine Arts, San Francisco. □ 1946-81: Zahlreiche Workshops im Yosemite-Nationalpark.

Adams, Henry

amer. Historiker und Kulturphilosoph
* 16.2.1838 Boston, Mass.
† 27.3.1918 Washington D. C.

Adams schrieb eine geschichtsphilosophisch wie literarisch bedeutsame Autobiografie, in welcher er die neuzeitliche Industrialisierung vor dem Hintergrund der eigenen Lebensgeschichte reflektierte und den Ansatz zu einer kritischen Geistesgeschichte schuf. Neben einigen Biografien und Romanen verfaßte A. ein neunbändiges Standardwerk zur diplomatischen Geschichte der Vereinigten Staaten der Jahre 1801-17. In seinen kulturkritischen Schriften bezweifelte A., daß der technische Fortschritt die Entwicklung der Menschheit fördere, und führte die Orientierungslosigkeit seines Zeitalters auf den Verlust eines einheitlichen Weltbildes zurück, wie es seiner Meinung nach noch im Mittelalter gegeben war.

□ 1868-70: Gesandtschaftssekr. in London. □ 1870-77: Prof. für Mediävistik an der Harvard Univ. □ 1882: »John Randolph« (Biogr.). □ 1889-91: »History of the United States of America during the administrations of Jefferson and Madison« (9 Bde.). □ 1913: »Mont-Saint-Michel and Chartres« (Schr.). □ postum 1919: Pulitzer-Preis.

▷ H. Adams: Die Erziehung des Henry Adams (Aut.), 1907, dt. 1953; F. Bishop: Henry Adams, engl. 1979.

Irmgard Schwaetzer →

(Adam-) Schwaetzer, Irmgard

dt. Politikerin
* 5.4.1942 Münster, Westf.

Die FDP-Politikerin, seit 1990 Wohnungsbauministerin, wurde 1980 erstmals in den Bundestag gewählt. 1982 wurde die entschiedene Befürworterin des Koalitionswechsels von der SPD (H. →Schmidt) zur CDU/CSU Generalsekretärin ihrer Partei, 1987 Staatsministerin im Auswärtigen Amt. Dort arbeitet sie auf dem Gebiet der Kultur- und Europapolitik. 1983, auf dem Höhepunkt der Parteispendenaffäre, sprach sie sich gegen ein Amnestiegesetz aus. 1988 kandidierte sie für den Parteivorsitz und unterlag dem früheren Wirtschaftsminister Graf →Lambsdorff.

Addams, Jane

amer. Sozialreformerin und Frauenrechtlerin
* 6.9.1860 Cedarville, Ill. † 21.5.1935 Chicago

Addams war die Initiatorin der amerikanischen Settlement-Bewegung, die bereits ab 1869 in England erste Fürsorgehäuser in großstädtischen

Bezirken errichtet hatte und deren Ideen sie in den USA verwirklichte. Als Mitbegründerin der Internationalen Frauenliga für Frieden und Freiheit kämpfte sie für das Frauenwahlrecht sowie für die Verbesserung des Jugendschutzes und der Armenpflege. Mit der Publizistin Nicholas Murray Butler (* 1862, † 1947) erhielt A. 1931 den Friedens-Nobelpreis.

□ 1887/88: Konfrontation mit europ. Großstadtslums in Großbritannien. □ 1889: Gründung des Hull House in Chicago nach dem Vorbild der Londoner Toynbee Hall, der ersten sozialen Fürsorgeinstitution der Welt. □ 1915-34: Erste Präs. der Int. Frauenliga.

← Jane Addams

Adenauer, Konrad

dt. Politiker

* 5.1.1876 Köln † 19.4.1967 Rhöndorf/Rhein

Durch die Dauer seiner Kanzlerschaft (insgesamt 14 Jahre), vor allem aber aufgrund seiner wegweisenden Entscheidungen (vor allem in der Außenpolitik) war Adenauer die prägende Gestalt der deutschen Nachkriegsgeschichte.
Nach dem 2. Weltkrieg Mitbegründer der CDU, setzte sich der vom Katholizismus geprägte A. nach seiner Wahl zum ersten Bundeskanzler der BRD nachdrücklich für eine Westintegration Deutschlands ein, die er mit einer Reihe von Verträgen festschrieb (1950 Europarat; 1951 Montanunion; 1952 Deutschland-Vertrag; 1954 WEU; 1955 NATO; 1957 EWG). Sein Ziel war die volle Gleichberechtigung und Wiederherstellung der Souveränität Deutschlands. Dazu bot der entschiedene Anti-Kommunist A. nach 1950 den Westmächten mehrfach einen deutschen Verteidigungsbeitrag gegen die sowjetische Bedrohung an und löste damit heftige innenpolitische Kontroversen aus, erreichte aber die Wiederbewaffnung und Mitgliedschaft in der NATO (1956 Aufstellung der Bundeswehr). Ein weiteres Ziel seiner Außenpolitik, für das er sogar eine »Europäisierung« des Saarlandes anbot, war die Aussöhnung mit Frankreich (1963 deutsch-französischer Freundschaftsvertrag). Neben der Westintegration engagierte sich A. für die Aussöhnung mit Israel und eine Wiedergutmachung für die Opfer des NS-Regimes.

Bundeskanzler Konrad Adenauer im Wahlkampf 1953.

Zugunsten der Eingliederung in die westliche Gemeinschaft lehnte er jeden Gedanken an Neutralität ab und beharrte bei Wiedervereinigungs-Angeboten von seiten der UdSSR (J. →Stalin) auf der Formel »Einheit in Freiheit«. Dafür nahm er die Abtrennung der Sowjetzone und die Gründung der DDR hin, betonte aber stets den Alleinvertretungsanspruch der Bundesrepublik und suchte ihn mit Hilfe der →Hallstein-Doktrin durchzusetzen (Abbruch der diplomatischen Beziehungen zu Staaten, die die DDR anerkennen). Nur mit der UdSSR wurden 1955 diplomatische Beziehungen aufgenommen, um so die Rückkehr der letzten deutschen Kriegsgefangenen zu ermöglichen.
Innenpolitisch nutzte A. die im Grundgesetz vorgegebene starke Stellung des Kanzlers (Richtlinienkompetenz) in hohem Maße, so daß seine Regierung häufig als »Kanzlerdemokratie« bezeichnet und kritisiert wurde, ein Begriff, der auch die restaurativen Bestrebungen seiner Kanzlerschaft kennzeichnet. In der Wirtschaftspolitik setzte er auf die von L. →Erhard entwickelte soziale Marktwirtschaft, die zwar der Wirtschaft starke Impulse vermittelte und breiten Wohlstand schuf, aber von den ursprünglich weiterreichenden sozialen Zielen des linken Flügels der CDU in erheblichem Maße abwich.

□ 1906: Mitgl. des Zentrums; Beigeordneter von Köln. □ 1917-33: Oberbürgermeister von Köln. □ 1918: Mitgl. des preuß. Herrenhauses. □ 1920-33: Präs. des preuß. Staatsrates. □ 1933: Von den Nationalsozialisten amtsenthoben. □ 1944: Zeitweilig in Haft. □ 1945: Erneut Oberbürgermeister von Köln; von brit. Militärregierung wieder entlassen. □ 1946: Vors. der CDU in der brit. Zone. □ 1948/49: Präs. des Parlamentarischen Rates. □ 1949: MdB. □ 1949-63: Bundeskanzler. □ 1950-66: Vors. der CDU. □ 1951-55: Außenmin. □ 1955: Besuch in Moskau und Aufnahme diplomatischer Beziehungen zur UdSSR; Rückkehr der letzten Kriegsgefangenen. □ 1963: Dt.-frz. Vertrag.

▷ K. Adenauer: Erinnerungen, 1965-68; R. Prittie: Konrad Adenauer. Vier Epochen dt. Geschichte, 1976; P. Koch: Konrad Adenauer, 1985; H.-P. Schwarz: Adenauer, 2 Bde., 1986/1991.

Adivar, Halide Edib

türk. Schriftstellerin

* 1884 Istanbul † 9.1.1964 ebd.

Adivar, die nach dem 1. Weltkrieg aktiv am anatolischen Freiheitskampf teilgenommen hatte, war eine der ersten schreibenden Frauen ihres Landes und Vertreterin der nationalistischen türkischen Literatur. Politische Meinungsverschiedenheiten mit Staatspräsident Atatürk (K. →Atatürk) erzwangen einen 15jährigen, meist in England und den USA verbrachten Auslandsaufenthalt (1923-38). Ihre bekanntesten Werke sind »Das Flammenhemd« (R., 1922, dt. 1923), die autobiografische Geschichte einer Frau im Krieg, und der zunächst auf englisch geschriebene Roman »Der Clown und seine Tochter« (1935). Dieser mit großem psychologischem Einfühlungsvermögen geschriebene Roman über die Spannungen zwischen europäischer und orientalischer Kultur ist das erfolgreichste Buch der türkischen Moderne.

Adjani, Isabelle

frz. Schauspielerin
* 27.6.1955 Gennevilliers bei Paris

Adjani wurde, ohne Schauspielunterricht genommen zu haben, mit Filmen wie »Die Geschichte der Adèle H.« (1975), »Das Auge« (1982), »Ein mörderischer Sommer« (1983) und »Camille Claudel« (1989) zum französischen Kinostar. Die mehrfach ausgezeichnete Darstellerin schöner, mysteriöser und mitunter neurotischer Frauengestalten arbeitete u. a. mit den Regisseuren F. →Truffaut, W. →Herzog, R. →Polanski und C. →Saura.

← Isabelle Adjani

☐ 1970: Filmdebüt in »Le Petit Bougnat«. ☐ 1972: Schauspielerin an der Comédie française. ☐ 1975: Oscar-Nominierung für »Die Geschichte der Adèle H.« (Rg. F. Truffaut). ☐ 1977: »Driver« (Rg. W. Hill). ☐ 1978: »Nosferatu — Phantom der Nacht« (Rg. W. Herzog). ☐ 1980: Goldene Palme für »Possession« und »Clara et les Chics Types«. ☐ 1989: Silberner Bär für »Camille Claudel« (Rg. B. Nuytten).

Adler, Alfred

österr. Psychiater und Psychologe
* 7.2.1870 Penzig bei Wien
† 28.5.1937 Aberdeen (Schottland)

Adler ist der Begründer der Individualpsychologie, der zweiten Wiener Schule der modernen Tiefenpsychologie. Den Hauptantrieb menschlichen Handelns sah A. nicht, wie S. →Freud, im Sexualtrieb, sondern im Macht- und Geltungsstreben des Menschen. Minderwertigkeitsgefühle, die sich aus Konflikten mit der Umwelt ergeben, werden nach A. durch den Selbstbehauptungswillen des Individuums kompensiert. Mangelndes Gemeinschaftsgefühl sei immer Zeichen von Minderwertigkeitskomplexen und treibe den einzelnen zu Neurosen. Da A. den Umwelteinflüssen große Bedeutung zumaß, werden seine Methoden vorrangig in der Psychotherapie und Erziehung (R. →Dreikurs) angewendet.

Alfred Adler vor dem 5. Int. Psychologenkongreß 1930.

☐ 1902-11: Zusammenarbeit mit Freud. ☐ 1907: »Studien über die Minderwertigkeit von Organen« (Schr.). ☐ 1910: Präs. der Wiener Psychoanalytischen Gesellschaft. ☐ 1912: »Über den nervösen Charakter« (Schr.); »Praxis und Theorie der Individualpsychologie« (Schr.). ☐ 1925: »Rettung der Menschheit durch Psychologie« (Schr.). ☐ 1927: Gastvorlesungen an der Columbia Univ., New York; »Menschenkenntnis« (Schr.). ☐ 1932-34: Prof. für medizinische Psychologie am Long Island College of Medicine. ☐ 1933: »Sinn des Lebens« (Schr.).

▷ J. Rattner: Alfred Adler, 1972; E. Ringel/G. Brandl: Ein Österreicher namens Alfred Adler, 1977; R. Schmidt: Die Individualpsychologie Alfred Adlers, 1982.

Adler, Friedrich

österr. Politiker und Physiker
* 9.7.1879 Wien † 2.1.1960 Zürich

Friedrich Adler →

Der Führer der sozialistischen Linken in Österreich wandte sich nach Ausbruch des 1. Weltkriegs scharf gegen die Kriegspolitik der Regierung. Adler ermordete 1916 den österreichischen Ministerpräsidenten Graf Stürgck; er wurde zum Tode verurteilt, danach zu 18 Jahren Kerkerhaft begnadigt und nach dem Zusammenbruch der Donaumonarchie amnestiert. Später war der Sohn V. →Adlers Mitorganisator und Sekretär der II. Internationale.

☐ 1910: Redakteur der sozialdemokratischen Zeitung Volksrecht in Wien. ☐ 1916-18: Kerkerhaft. ☐ 1919-24: Vors. des Reichsvollzugsausschusses der Arbeiterräte. ☐ 1923-40: Sekr. der sozialistischen Arbeiter-Internationale. ☐ 1940-46: Als Emigrant in den USA.

▷ R. G. Ardelt: Friedrich Adler. Probleme einer Persönlichkeitsentwicklung um die Jahrhundertwende, 1984.

Adler, Guido

österr. Musikwissenschaftler
* 1.11.1855 Eibenschütz, Mähren † 15.2.1941 Wien

Mit seinen musikhistorischen, stilkundlichen und methodischen Arbeiten hatte Adler großen Anteil an der Entwicklung der modernen Musikwissenschaft des 20. Jh.s. Der langjährige Ordinarius in Wien (1898-1927) edierte Musikwerke der Vergangenheit (»Denkmäler der Tonkunst in Österreich«, 83 Bde., bis 1938) und beeinflußte mit seinem Forschungsansatz, der auf eine Einheit von Musiktheorie und -praxis zielte, auch so unterschiedliche Komponisten wie A. →Schönberg und G. →Mahler.

☐ 1875: Gründung des Akademischen Wiener Wagnervereins. ☐ 1882: Habilitation mit einer »Studie zur Geschichte der Harmonik«. □ 1892: Organisation der Int. Musik- und Theaterausstellung in Wien. □ 1927: Organisation der Beethoven-Zentenarfeier in Wien; Gründung der Int. Gesellschaft für Musikwissenschaft. □ 1938: Publikationsverbot nach Anschluß Österreichs an das Dt. Reich.

▷ G. Adler: Wollen und Wirken. Aus dem Leben eines Musikhistorikers, 1935.

Adler, Max

österr. Philosoph und Soziologe
* 15.1.1873 Wien † 28.6.1937 ebd.

Adler ist einer der Hauptvertreter des Austro-Marxismus. Er grenzte sich einerseits gegen den Revisionismus (E. →Bernstein) ab, der Reformen »von oben« statt der Revolution »von unten« anstrebte, andererseits aber auch gegen den Bolschewismus →Lenins, der den gewaltsamen Umsturz der Gesellschaft ideologisch begründete. Der marxistischen These, das gesellschaftliche Sein bestimme das Bewußtsein, hält A. mit Kant entgegen: Das Bewußtsein liege vor der Erfahrung. Somit kann, nach A., nur das Bewußtsein die Erfahrungswelt revolutionieren. Der Klassenkampf des sich seiner gesellschaftlichen Lage bewußt gewordenen Menschen wird ein geistiger und politischer Kampf auf dem Wege zur klassenlosen Solidargemeinschaft sein. A.s Ruf nach politischer Bewußtseinsbildung verleiht ihm immer noch Aktualität.

□ 1903: Gründung des Vereins Zukunft, zusammen mit den sozialdemokratischen Politikern O. →Bauer, R. →Hilferding und K. Renner. □ 1925: »Kant und der Marxismus« (Schr.). □ 1936: »Das Rätsel der Gesellschaft. Zur erkenntniskritischen Grundlegung der Sozialwissenschaft« (Schr.).

▷ A. Pfabigan: Max Adler, 1982.

Adler, Viktor

österr. Politiker und Arzt
* 24.6.1852 Prag (heute CSFR) † 11.11.1918 Wien

Adler, ursprünglich ein Liberaler, wurde erst durch die Bekanntschaft mit A. → Bebel und K. Marx zum Sozialisten. Er war Mitbegründer und Führer der österreichischen Sozialdemokratie, deren Aufbau zu einer einflußreichen Massenpartei sein Lebenswerk war. A. wandte sich gegen anarchistische Bestrebungen und trat für die Vereinigung aller sozialen Demokraten in Österreich-Ungarn ein. Nach der Jahrhundertwende war er ein führender Vertreter des sog. Austro-Marxismus, der sich gegen den russischen Bolschewismus abgrenzte.

□ 1881: Mitbegründer und Mitgl. der Sozialen Demokratischen Partei. □ 1883: Niedergelassener Arzt. □ 1886: Hg. der Zeitschrift Gleichheit. □ 1889: Hg. der Arbeiterzeitung. □ 1905: Mitgl. des Reichsrats und des nieder-österr. Landtags. □ 1918: Leiter des Staatsamts für Äußeres (Minister).

Mario Adorf →

← Viktor Adler

Adorf, Mario

deutscher Schauspieler
* 8.9.1930 Zürich

Mit seiner Verkörperung des Massenmörders Lüdke in R. →Siodmaks Film »Nachts, wenn der Teufel kam« fand Adorf 1957 international Anerkennung; sie machte ihn zum vielbeschäftigten Star. Häufig auf die Rolle des grobschlächtigen Schurken festgelegt, wirkte er seit 1954 in über 70 Kinofilmen mit. Er spielte u. a. den Baulöwen Schuckert in R. W. →Fassbinders »Lola« (1981) und den Vater von Oskar Matzerath in V. →Schlöndorffs Adaption der »Blechtrommel« (1979) von G. →Grass. Seit den 60er Jahren lebt und arbeitet A. vorwiegend in Italien, ist jedoch öfters im deutschen Fernsehen zu sehen.

□ 1950-53: Studium der Philosophie und Theaterwissenschaften in Mainz und Zürich. □ 1953-55: Schauspielerausbildung an der Otto-Falckenberg-Schule in München. □ 1955-62: Ensemblemitgl. der Münchner Kammerspiele. □ 1958: Preis der dt. Filmkritik und Bundesfilmpreis; »Der Arzt von Stalingrad« (Rg. G. Radvanyi). □ 1960: »Schachnovelle« (Rg. G. Oswald). □ 1963: »Winnetou I« (Rg. H. Reinl). □ 1974: Ernst-Lubitsch-Preis. □ 1975: »Die verlorene Ehre der Katharina Blum« (Rg. V. Schlöndorff). □ 1976: »Bomber und Paganini« (Rg. N. Perakis). □ 1985: »Via Mala« (TV-Serie). □ 1986: Darstellerpreis des Bundesverbandes der Fernseh- und Filmregisseure.

Adorno, Theodor W.

(eig. Theodor Adorno-Wiesengrund)
dt. Philosoph und Soziologe
* 11.9.1903 Frankfurt/Main
† 6.8.1969 Visp, Kt. Wallis, Schweiz

Adorno — Philosoph, Soziologe, Psychologe, Musikwissenschaftler, Literaturkritiker und Komponist — war der scharfsinnigste Gesellschafts- und Kulturkritiker Westdeutschlands. Mit M. →Horkheimer, H. →Marcuse und anderen Vertretern der Frankfurter Schule entwickelte A. die sich als zeitgemäße Variante des Marxismus verstehende »kritische Theorie der Gesellschaft«.

Adorno — Selbstportrait vor dem Spiegel.

1942-44 erarbeiteten A. und Horkheimer an dem ins amerikanische Exil verlegten Frankfurter Institut für Sozialforschung die »Dialektik der Aufklärung« (Schr., 1947), in welcher die Krise der europäischen Zivilisation einer ideologiekritischen Betrachtung unterzogen wird: Aufklärung, die nach A. neben der Vernunft Voraussetzung der Freiheit des Menschen ist, habe sich seit dem rationalen Denken des 18. Jh.s und der als Fortschritt erachteten Naturbeherrschung durch die Technik in der modernen Industriegesellschaft in ihr selbstzerstörerisches Gegenteil verkehrt. Aufklärung werde zur Sicherung von Herrschaft gezielt manipuliert und antiaufklärerisch eingesetzt. Einen Ausweg sah A. in der radikalen Selbstaufklärung der Aufklärung, ein Programm, das von J. →Habermas fortentwickelt wurde.
Ab 1944 war A. als einer der Direktoren am Berkeley Project on the Nature and Extent of Antisemitism beteiligt. Die Ergebnisse dieser empirisch fundierten soziologischen Studie über die Zusammenhänge von Autoritätsgläubigkeit und Faschismus gingen in das u. a. von A. verfaßte klassische Standardwerk »The authoritarian Personality« (1950) ein. Nach seiner Rückkehr an die Universität Frankfurt/Main (1949) wurde A. zum kritischen und gefürchteten Kopf der kulturellen und intellektuellen deutschen Öffentlichkeit. 1961 löste A. bei einer Diskussion mit K. R. →Popper den sog. »Positivismusstreit in der deutschen Soziologie« (Schr., 1969) aus, der über Jahre dieses Fach beherrschte.

□ 1925: Übersiedlung nach Wien; Studium bei A. →Berg (Komposition) und Eduard Steuermann (Klavier). □ 1931-34: Dozent an der Univ. Frankfurt/Main. □ 1934-38: Emigration über England nach den USA; Lehrtätigkeit am Merton College, Oxford. □ 1938-41: Mitgl. des Inst. of Social Research, New York. □ 1941-48: Mitarbeiter am Forschungsprojekt der Univ. of Calif. in Berkeley über Social Discrimination. □ 1943-46: Musikalischer Berater von Th. →Mann bei dessen Roman »Doktor Faustus«. □ 1947: »Kompositionen für den Film« (Schr. mit H. →Eisler). □ ab 1950: Prof. an der Univ. Frankfurt/Main. □ 1951: »Minima Moralia« (Aphorismensammlung). □ ab 1955: Mithg. der »Frankfurter Beiträge zur Soziologie«. □ 1958: »Noten zur Literatur I« (II 1961; III 1965; IV postum 1974). □ ab 1959: Dir. des 1951 in Frankfurt/Main wiedergegründeten Inst. für Sozialforschung. □ 1962: »Einleitung in die Musiksoziologie«. □ 1963-68: Vors. der Dt. Gesellschaft für Soziologie. □ 1966: »Negative Dialektik« (Schr.). □ postum 1970: »Ästhetische Theorie« (Schr.).

▷ G. P. Knapp: Theodor W. Adorno, 1980; R. Wiggershaus: Theodor W. Adorno, 1987.

Adrian, Edgar Douglas, 1. Baron of Cambridge (ab 1955)

brit. Physiologe
* 30.11.1889 London † 4.8.1977 Cambridge

Adrian forschte über Nervenerregungen und konnte mit seinen Experimenten auf dem Gebiet der Elektrophysiologie viel zum Fortschritt der Neurologie und insbesondere zur Klärung physiologischer Reaktionen im Rückgrat und Gehirn beisteuern. Für die Entdeckung der Nervenzellenfunktionen erhielt A. mit Ch. S. →Sherrington 1932 den Medizin-Nobelpreis. Ab 1934 arbeitete er erfolgreich in der Epilepsieforschung und entwickelte Methoden zur Lokalisierung von Hirnverletzungen. In den 60er Jahren leitete A. im Auftrag der Weltgesundheitsorganisation (WHO) zwei britische Komitees zur Erforschung möglicher Strahlenschäden.

← Edgar D. Adrian

□ 1928: »The basis of sensation« (Schr.). □ 1929-37: Prof. am Forschungsinst. der Royal Society. □ 1932: »The mechanism of nervous action« (Schr.). □ 1937-51: Prof. an der Univ. Cambridge. □ 1950-55: Präs. der Royal Society. □ 1947: »The physical background of perception« (Schr.). □ 1951-65: Master des Trinity College, Cambridge; ab 1967 Rektor der Univ. ebd.

Aga Khan IV.

(eig. Karim Al Hussain Schah)
ind. Fürst und Oberhaupt der Ismaeliten
* 13.12.1936 (1937?) Genf

Aga Khan IV., das Oberhaupt der Ismaeliten, und seine Ehefrau, die Begum.

Nach dem Tod seines Großvaters Aga Khan III. wurde Prinz Karim Al Hussain Schah 1957 als Aga Khan IV. Nachfolger des Oberhauptes der Ismaeliten, die als 7. Imam Ismael († 760) anerkennen. Die islamische Sekte, der ca. 20 Mio. Gläubige in Ostafrika, Indien und Afghanistan angehören, verehrt ihren geistlichen Führer als Nachfolger Mohammeds und als Inkarnation göttlicher Kräfte. A.s Besitz, der auf Spenden beruht, wurde 1974 auf ca. 200 Mio. Dollar geschätzt; er ist u. a. Eigentümer einer der größten Pferde-Rennställe der Welt.

Agnelli, Giovanni

ital. Unternehmer
* 12.3.1921 Turin

Der promovierte Jurist, Enkel des gleichnamigen Gründers (* 1866, † 1945) der Fiat-Werke, trat 1966 an die Spitze dieses größten privatwirtschaftlichen Konzerns Italiens. Unter seiner Leitung erfuhr das traditionelle Automobilunternehmen »F.I.A.T.« eine Ausweitung des Produktionsprogramms (Werkzeugmaschinen, elektronische Geräte u. a.) und umfaßte 1987 760 Konzerngesellschaften in über 60 Ländern; 1989

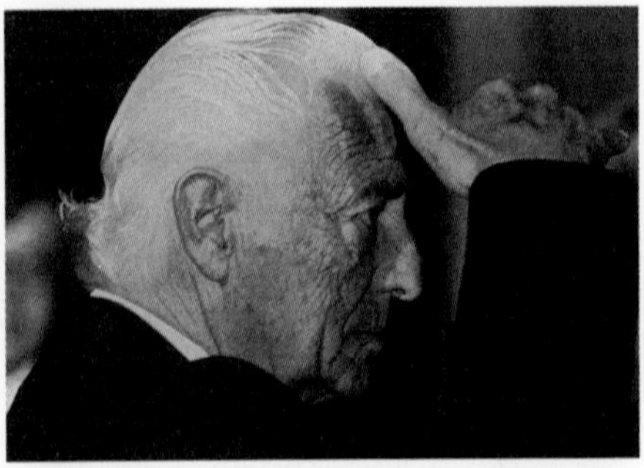

Agnelli, einer der mächtigsten Industriellen Italiens.

erreichte die Fiat-Gruppe einen Umsatz von 71,8 Mrd. DM (Gewinn 4,1 Mrd. DM; 286000 Beschäftigte). Der einflußreiche Industrielle, 1974-76 Präsident des Arbeitgeberverbandes, beherrscht den inländischen Automobilmarkt zu 60% und kontrolliert ein Viertel der italienischen Presse. A.s Bruder Umberto (* 1934), Vizepräsident des Unternehmens, ist sein designierter Nachfolger.

▷ A. Friedmann: Agnelli: Das Gesicht der Macht, 1991.

Agnon, Samuel Josef

(eig. S. J. Czaczkes)
hebr. Schriftsteller
* 17.7.1888 Buczacz, Galizien
† 17.2.1970 Rehovot (Israel)

Agnon ist der bedeutendste hebräische Prosaschriftsteller des 20. Jh.s. Als Chronist der jiddischen Welt Osteuropas schilderte er den Übergang des chassidischen Judentums in die Moderne Anfang dieses Jahrhunderts. Stilistisch orientierte sich A. an der strengen Prosa des fast zweitausendjährigen jüdischen Religionsgesetzes, der Mischna, was seinen Protagonisten fast archaischen Charakter verleiht.
Drei Romane ragen aus seinem Gesamtwerk heraus: »Bräutigamsuche« (1931), ein Schelmenstück, schildert vor dem Hintergrund des jüdischen Kleinstadtlebens die Suche eines armen Juden nach reichen Ehemännern für seine Töchter. »Nur wie ein Gast zur Nacht« (1940, dt. 1964), verfaßt aus der Distanz des 1924 nach Palästina Ausgewanderten, beschreibt den Zerfall des »Schtetl« am Beispiel seines Geburtsortes, den er 1930 besucht hatte. Der anhaltende Konflikt zwischen Tradition und modernem Rationalismus in der neuen Heimat Palästina ist Thema von »Gestern, Vorgestern« (1945, dt. 1969). 1966 erhielt A. (mit N. →Sachs) »für seine tiefgründige charakteristische Erzählkunst« den Literatur-Nobelpreis.

□ 1907: »Agunot« (R.). □ 1909-13: Aufenthalt in Jerusalem. □ 1912: »Und das Krumme wird gerade« (R., dt. 1918). □ 1913-24: Wohnsitz in Berlin, Wiesbaden und Bad Homburg. □ 1924: Übersiedlung nach Jerusalem. □ 1931: »Der Verstoßene« (R., dt. 1938). □ 1935: »Im Herzen der Meere« (Erz.n, dt. 1966); »Eine einfache Geschichte« (R., dt. 1967). □ 1943: »Der Treuschwur« (Erz., dt. 1965). □ 1966: Literatur-Nobelpreis. □ postum 1971: »Schira« (Erz.).

Andreas van Agt →

Andreas Aguilar →

← Samuel J. Agnon

Conrad Ahlers →

Agt, Andreas Antonius Maria van

niederl. Politiker
* 2.2.1931 Geldrop

»Dries« van Agt, maßgeblich an der Gründung des Christlich-Demokratischen Appells (CDA, 1973) beteiligt, forderte die gesellschaftliche Erneuerung auf der Basis »ethischen Erwachens«. Während seiner Amtszeit als Ministerpräsident (1977-82) wurden Maßnahmen gegen den Terrorismus ergriffen, der Schwangerschaftsabbruch legalisiert und, obwohl sich A. 1980 bezüglich eines Olympiaboykotts kompromißlos zeigte, die entsprechend dem NATO-Doppelbeschluß geplante Stationierung der Mittelstreckenraketen vertagt.

□ 1968: Ernennung zum Prof. für Straf- und Strafprozeßrecht an der Univ. Nijmegen. □ 1971-77: Justizmin. □ 1977-82: Ministerpräsident. □ 1982: Außenmin. □ 1982/83: Mitgl. der 2. Kammer. □ 1983-87: Kommissar der Königin in Nord-Brabant. □ 1987-89: Botschafter der EG in Japan.

Aguilar, Andreas

dt. Kunstturner
* 26.1.1962 Barcelona

Aguilar setzte 1989 mit dem Gewinn der Weltmeisterschaft an den Ringen die große Tradition des deutschen Geräteturnens fort. Der viermalige deutsche Ringemeister, der vor allem durch seine Kraftteile besticht, wurde in dieser Disziplin 1987 und 1989 Europameisterschaftsdritter und gewann 1987 die nationale Meisterschaft im Zwölfkampf. A. studiert Grafik-Design an der FH Hannover. Er entwirft bevorzugt Grafiken von turnerischen Bewegungsstudien.

Ahlers, Conrad

dt. Journalist und Politiker
* 8.11.1922 Hamburg † 18.12.1980 Bonn

Ahlers löste 1962 mit dem Spiegel-Artikel »Bedingt abwehrbereit« die sog. Spiegel-Affäre aus. Der Militärexperte hatte in seinem Artikel über das NATO-Manöver Fallex 62 angeblich 40 als geheim eingestufte Informationen und Zitate benutzt. A. und Spiegel-Herausgeber R. →Augstein wurden daraufhin verhaftet, die Redaktionsräume durchsucht. Die Unverhältnismäßigkeit dieser Reaktion angesichts der Haltlosigkeit der Vorwürfe sowie der in der Öffentlichkeit entstandene Eindruck der Pressezensur führten zum Rücktritt des damaligen Verteidigungsministers F. J. → Strauß.

□ 1945: Studium der Volkswirtschaft in Hamburg; dort 1947 Mitbegründer der Jungen Union. □ 1948: Mitarbeiter beim Dt. Dienst der BBC. □ 1951: Chef vom Dienst im Presse- und Informationsamt der Bundesregierung. □ 1952: Pressereferent in der Dienststelle Blank (Vorläuferin des Bundesverteidigungsministeriums). □ 1954: Außenpolitischer Redakteur der Tageszeitung Die Welt. □ 1957: Bonner Korrespondent des Wochenmagazins Der Spiegel. □ 1962: Nach 3jähriger Mitarbeit bei der Frankfurter Rundschau Rückkehr zum Spiegel als stellv. Chefredakteur. □ 1966: Stellv. Leiter des Bundespresseamtes. □ 1969-72: Staatssekr. und Leiter des Presse- und Informationsamtes. □ 1972-80: MdB (SPD). □ 1980: Intendant der Dt. Welle.

Aho, Juhani

(eig. Johannes Brofeldt)
finn. Schriftsteller
* 11.9.1861 Lapinlahti, Prov. Savo
† 8.8.1921 Helsinki

Als populärer Fürsprecher des Finnentums widersetzte sich Aho, ab 1897 freier Schriftsteller, mit seiner nationalromantischen und zugleich vom französischen Realismus beeinflußten Dichtung der vom zaristischen Rußland betriebenen Russifizierung der finnischen Sprache und Kultur. Hauptwerk A.s, der 1889 die liberale Zeitung Päivälehti mitbegründete, ist der Roman »Das schwere Blut« (1911, dt. 1920). In einer Dreiecksgeschichte beschreibt er Menschen, deren Wesensart von der einsamen finnischen Landschaft geprägt ist.

□ 1880: Philologiestudium in Helsinki. □ ab 1882: Mitarbeiter verschiedener finn. Zeitungen. □ 1884: »Die Eisenbahn« (R., dt. 1922). □ 1890: »Einsam« (R., dt. 1902). □ 1891-1921: »Späne« (Erz.n.). □ 1893: »Ellis Ehe« (R., dt. 1896). □ ab 1897: Freier Schriftsteller; »Panu« (R., dt. 1899). □ 1899: Parisreise. □ 1906: »Frühling und Nachtwinter« (R.).

Aicher, Otto »Otl«

dt. Grafiker und Designer
* 13.5.1922 Ulm † 1.9.1991 (Autounfall)

Aicher, einer der vielseitigsten deutschen Designer, gab den XX. Olympischen Sommerspielen in München als Gestaltungsbeauftragter ihr »Design«. Weltweite Verbreitung fanden die hier erstmals in größerem Umfang als Hinweise und Bezeichnungen verwendeten Bildzeichen (Piktogramme). Sie entstammen dem Bereich der Visuellen Kommunikation, den A. als Dozent der Hochschule für Gestaltung in Ulm bis zu deren Schließung 1968 betreute. Seine Texte »analog und digital«, »die welt als entwurf« und »typographie« (alle 1990) geben Aufschluß über die Theorie des Designs. A. konzipierte eine eigene Schrift, die er nach seinem Selbstversorger-Wohnsitz »Rotis« nannte.

← Otto »Otl« Aicher

Aichhorn, August

österr. Pädagoge und Psychoanalytiker
* 27.7.1878 Wien † 13.10.1949 ebd.

Aichhorn begründete die psychoanalytische Pädagogik, indem er die Methoden S. →Freuds auf die Fürsorgeerziehung anwandte und gleichzeitig die Handlungsmotive von Erziehungsberechtigten erforschte. Überzeugt, daß die Straftaten Jugendlicher eine Folge mangelnder oder falscher Erziehung sind, entwickelte A. diagnostische und therapeutische Methoden zur Resozialisierung verwahrloster Kinder und krimineller Jugendlicher.

□ 1918: Gründung des österr. Knabenerziehungsheimes Oberhollabrunn. □ 1922: Einrichtung von Erziehungsberatungsstellen in den Wiener Jugendämtern. □ 1925: »Verwahrloste Jugend. Die Psychoanalyse in der Fürsorgeerziehung« (Schr., 8. Aufl. 1974).

▷ Th. Aichhorn: Wer war August Aichhorn?, 1976.

Ilse Aichinger →

Aichinger, Ilse

österr. Schriftstellerin
* 1.11.1921 Wien

Aichinger steht mit ihrem vergleichsweise schmalen Werk außerhalb der literarischen Strömungen der deutschen Nachkriegszeit. In ihren Texten, die keiner Ideologie und keinem Programm verpflichtet sind, lehnt A. die Vorstellung von einer ausnahmslos realen Welt ab. Sie dringt in die Bereiche des Traumhaften und Grotesken vor und kombiniert Wirklichkeit mit absurden, surrealen Elementen. Ihre Geschichten entziehen sich rationalen Erklärungen und verweigern jede eindeutige Aussage. A.s einziger Roman, »Die größere Hoffnung« (1948), ist nach E. →Langgässers »Das unauslöschliche Siegel« (1946) der zweite Versuch der Bewältigung des Nationalsozialismus in der deutschen Frauenliteratur. Zu einem Schulbuchklassiker entwickelte sich ihre 1948 verfaßte »Spiegelgeschichte«, in der eine sterbende junge Frau ihr Leben rückwärts bis zu ihrer Geburt noch einmal erlebt.

□ 1945-47: Medizinstudium. □ 1949/50: Lektorin im S. Fischer Verlag in Wien. □ ab 1951: Teilnahme an Tagungen der Gruppe 47 (H. W. →Richter). □ 1953: Hochzeit mit dem Schriftsteller G. → Eich; »Der Gefesselte« (Erz.n); »Knöpfe« (Hsp.e). □ 1957: »Zu keiner Stunde« (Dialogszenen). □ 1961: »Besuch im Pfarrhaus« (Hörspiel) □ 1965: »Eliza Eliza« (Erz.n). 1969: »Auckland« (Hörspiele). □ 1976: »Schlechte Wörter« (Erz.n). □ 1978: »Meine Sprache und ich« (Erz.n). □ 1987: »Kleist, Moos, Fasana« (Prosa). □ 1991: Trägerin des erstmals verliehenen Literaturpreises der Stadt Solothurn.

▷ G. Lindemann: Ilse Aichinger, 1988.

Conrad Potter Aiken →

Aiken, Conrad Potter

amer. Schriftsteller
* 5.8.1889 Savannah, Georgia † 17.8.1973 ebd.

In Aikens dichterischem Werk, das auch Romane, Kurzgeschichten, Schauspiele und Essays umfaßt, dominiert die Lyrik. Die frühen Werke A.s zeigen eine Nähe zu T. S. →Eliot und E. →Pound, mit denen er auch freundschaftlich verkehrte. In seiner Lyrik versucht A. musikalische Strukturen in Sprache zu übersetzen, so etwa in »The Jig of Forslin: A Symphony« (1916). Für eine Auswahl seiner Gedichte erhielt er 1930 den Pulitzer-Preis. Schon früh beeindruckte den äußerst produktiven Schriftsteller — er veröffentlichte mehr als 50 Bücher — die Psychoanalyse. 1927 versuchte er mit ihrer Hilfe in dem Roman »Blue Voyage« eine Analyse menschlichen Verhaltens und gesellschaftlicher Probleme. Außerdem schrieb A. unter dem Pseudonym Samuel Jeake jr. für zahlreiche Zeitungen und Zeitschriften.

▷ J. F. Hoffmann: Conrad Aiken, 1962.

Ai Qing

(eig. Jiang Haicheng)
chin. Lyriker
* 27.3.1910 Jinhua, Zhejiang

Ai Qing ist einer der bedeutendsten chinesischen Lyriker des 20. Jh.s. Seine Poesie, die unter dem

Einfluß E. →Verhaerens, Walt Whitmans (* 1819, † 1892) und W. →Majakowskis entstand, zeichnet sich durch Unmittelbarkeit, Schlichtheit und bildhaften Ausdruck aus. Er wandte sich vom Formalismus der traditionellen chinesischen Lyrik ab und bevorzugte freie Verse. Höhepunkt seines Werks bildet die auf Wanderungen durch Nordchina entstandene Anthologie »Der Norden« (1939), in der er mit der Beschreibung karger, verarmter Landstriche eine erschütternde Anklage gegen soziale Mißstände erhob. 1958 wurde Ai Qing trotz Übernahme der literarischen Direktiven →Mao Zedongs als »Rechtsabweichler« verurteilt.

☐ 1928-32: Studium in Frankreich. ☐ 1932-35: Inhaftierung durch die Guomindang-Behörden. ☐ 1936: »Meine Amme Dayanhe« (Ged.e). ☐ 1938: »Der Sonne zugewandt« (Ged.e). ☐ 1939: »Er starb zum zweitenmal« (Ged.e). ☐ ab 1949: Leitender Kulturfunktionär. ☐ 1954: »Der schwarze Aal« (Versepos); »Reise durch Südamerika« (Gedichtzyklus). ☐ 1958: Verbannung nach Nordwestchina. ☐ 1979: Rehabilitierung.

Aitmatow, Tschingis
russ.spr.-kirg. Erzähler
* 12.12.1928 Schecker, Talas-Tal

Aitmatow ist trotz heftiger Kritik orthodoxer Kommunisten einer der beliebtesten Gegenwartsautoren der UdSSR. Gleich mit »Dschamilja« (Erz., 1958, dt. 1960), mit der er sein Literaturstudium abschloß, wurde er international bekannt. Vor allem von L. →Aragon überschwenglich gelobt, belegt die Erzählung A.s Interesse an Lebensweise, Überlieferungen und dem mythisch-magischen Weltbild seines Volkes, die seit den 70er Jahren verstärkt in die realistische Erzählweise einfließen. Zentrale Themen sind — wie u. a. in der Erzählung »Aug' in Auge« (1958, dt. 1974) — auch der 2. Weltkrieg und die Folgen des Stalinismus.
Seit dem Roman »Der Richtplatz« (1986, dt. 1987), in dem der Perestroika-Anhänger und zeitweilige Berater M. →Gorbatschows kritisch die gesellschaftliche Realität beleuchtet, finden sich auch christliche Motive und Positionen, so in dem M. →Bulgakow verpflichteten Pilatus-Kapitel. Der mehrfache Staatspreisträger (1968, 1977, 1983) ist Mitglied im Redaktionskollegium der Literaturnaja Gaseta.

← Tschingis Aitmatow

☐ 1937: Vater wird Opfer des Stalinterrors. ☐ 1946-53: Landwirtschaftsstudium. ☐ 1953-59: Tierzüchter. ☐ 1956-58: Literaturstudium am Gorki-Inst. ☐ 1967: »Abschied von Gülsary« (R., dt. 1967). ☐ 1973: Mit Kaltai Muhamedschanow »Aufstieg zum Fudschijama« (Dr.). ☐ 1988: Mitgl. des Präsidialrats von M. Gorbatschow. ☐ 1990: Botschafter in Luxemburg.

Akihito
Kaiser von Japan
* 23.12.1933 Tokio

Der älteste Sohn des 1989 verstorbenen Tenno Hirohito wurde 1990 inthronisiert. Universitätsbesuch und Auslandsreisen begründeten die Weltläufigkeit des Kaisers und sein modernes

Akihito, »weltlicher« Kaiser von Japan.

Demokratieverständnis. Die Regierungsdevise des 125. Tenno von Japan lautet »Heisei« (Vollendeter Friede). 1959 heiratete A. die bürgerliche Michiko Shoda, für damalige Verhältnisse eine Sensation.

☐ 1952: Ernennung zum Kronprinzen. ☐ 1953: Europareise; Besuch in England anläßlich der Krönung Elizabeths II. ☐ 1960: Geburt des jetzigen Kronprinzen Naruhito (genannt Hiro).

Akutagawa, Ryunosuke
jap. Schriftsteller
* 1.3.1892 Tokio † 24.7.1927 ebd. (Selbstmord)

Akutagawa war einer der Hauptrepräsentanten der sog. Intellektuellenschule, die sich gegen die naturalistischen, ästhetizistischen und idealistischen Strömungen in der japanischen Literatur wandte. In »Rashomon« (1915, dt. 1964) — der gleichnamige preisgekrönte Film von A. →Kurosawa (1954) geht auf die Geschichte »Im Dickicht« (1921, dt. 1921) zurück — oder in »Die Nase« (1916, dt. 1974) verarbeitete er wie in vielen seiner Werke Stoffe aus der klassischen japanischen Literatur und verband sie mit psychologischen Betrachtungen über die menschliche Natur. Später wandte er sich verstärkt gesellschafts- und kulturkritischen Themen zu. A. gilt als großer Stilistiker; nach ihm ist der wichtigste japanische Literaturpreis benannt.

Alain
(eig. Émile Auguste Chartier)
frz. Essayist
* 3.3.1868 Mortagne, Normandie
† 2.6.1951 Le Vésinet, Seine-et-Oise

Der Pazifist und Radikalsozialist Alain wirkte stilbildend mit seinen brillant formulierten Kurzessays, die er »Propos« (Bemerkungen) nannte und 1921-24 in seiner Wochenzeitschrift Libre Propos veröffentlichte. Der in der Tradition der französischen Moralistik stehende Schriftsteller gehörte keiner philosophischen Schule an. Als Rationalist plädierte der Gegner H. →Bergsons für die Eigenverantwortung des Individuums.

☐ 1889-92: Student der École normale supérieure. ☐ ab 1909: Gymnasiallehrer für Philosophie in Paris. ☐ 1925: »Die Pflicht, glücklich zu sein« (Propos, dt. 1960). ☐ 1938: »Entwürfe vom Menschen« (Propos).

Alain-Fournier

(eig. Henri-Alban F.)
frz. Schriftsteller und Literaturkritiker
* 3.10.1886 La Chapelle d'Angillon bei Bourges
† 22.9.1914 Saint-Rémy (gefallen)

In »Der große Kamerad« (1913, dt. 1964), dem einzigen vollendeten Roman des im 1. Weltkrieg gefallenen Autors, beschrieb Alain-Fournier die Jugendliebe eines Siebzehnjährigen, der seine Sehnsüchte und Träume mit der Realität des Lebens vereinbaren muß. Mittels einer einfachen, gleichzeitig aber suggestiven Sprache gelang ihm eine neuartige Darstellung der Spannung zwischen Vorstellungswelt und Wirklichkeit. Aufschlußreich für die Entstehung des romantisch-symbolistischen Werkes, dessen Bedeutung erst in den 20er Jahren erkannt wurde, ist der langjährige Briefwechsel A.-F.s mit J. →Rivière, seinem späteren Schwager.

□ 1905: Volontariat in London. □ ab 1909: Literaturkritiker in Paris. □ postum 1922: »Jugendbildnis« (R.-Fragment, dt. 1965). □ 1924: »Miracles« (Ged.e). □ 1926-28: »Jugendbildnis Alain-Fourniers« (Briefwechsel mit J. Rivière, dt. 1954).

▷ A. Sonet: Le Rêve d'Alain-Fournier, 1966.

Aland, Kurt

dt. Theologe (ev.)
* 28.3.1915 Berlin

Aland, seit 1958 Leiter des Instituts für neutestamentliche Textforschung in Münster, eines der renommiertesten Institute dieser Art, betreut seit der 25. Auflage 1963 (mit Erwin Nestle) das »Novum Testamentum Graece«. International anerkannt sind seine Forschungen über die Epochen der Kirchengeschichte.

□ 1947-59: Prof. an der Univ. Halle/Saale. □ 1956-83: Prof. an der Univ. Münster. □ 1978-83: Hg. der »Vollständigen Konkordanz zum griech. N.T.« (2 Bde.). □ 1980-82: »Geschichte der Christenheit« (2 Bde.); »Der Text des N.T.« (Schr.).

Aland präsentiert einen Kirchentext aus dem 10. Jh.

Albee, Edward Franklin

amer. Dramatiker
* 12.3.1928 Washington D. C.

Albees Ruf als profiliertester amerikanischer Gegenwartsdramatiker beruht auf dem Welterfolg von »Wer hat Angst vor Virginia Woolf?« (Dr., 1962, dt. 1963, 1966 verfilmt, mit E. →Taylor und R. →Burton). Ebenso wie in »Empfindliches

Edward Albee: Der zweifache Pulitzer-Preisträger in seinem Arbeitszimmer.

Gleichgewicht« (Dr., 1966, dt. 1967) kritisiert A. in diesem Ehedrama, eines der erfolgreichsten Theaterstücke der 60er Jahre, eine unrealistische Erfolgsideologie und den Mythos von der amerikanischen Familie als Garant einer intakten Gesellschaft. In anderen Stücken A.s dominieren die Themen Einsamkeit, Alter und Tod vor dem Hintergrund der Realitätsflucht des Durchschnittsamerikaners.
A.s Theater steht in der Tradition von E. →O'Neill und T. →Williams und zeigt Einflüsse des psychologisch-naturalistischen Dramas H. →Ibsens und A. →Strindbergs sowie des absurden Theaters (E. →Ionesco).

□ 1948-58: Werbeagent und Verkäufer. □ 1959: »Die Zoogeschichte« (Dr., dt. 1962). □ 1961: »Der amerikanische Traum« (Dr., dt. 1961). □ 1963: Mitbegründer des Playwrights Unit Workshop. □ 1966: Pulitzer-Preis (erneut 1975). □ 1971: »Alles vorbei« (Dr., dt. 1972). □ 1980: Goldmedaille für Drama von der American Academy of Arts and Letters; »The Lady from Dubuque« (Dr.).

Albers, Hans »Hannes«

dt. Schauspieler
* 22.9.1891 Hamburg † 24.7.1960 Kempfenhausen

Albers, mehr als 30 Jahre lang ein deutsches Schauspieleridol, eroberte sich getreu seinem Motto »Hoppla, jetzt komm' ich« (aus dem Film »Der Sieger«, 1932) mit hanseatischem Charme die Herzen seines Publikums. Von J. → Sternberg und M. →Dietrich bei Theaterproben entdeckt und für die Rolle des Artisten Mazeppa in dem Welterfolg »Der blaue Engel« (1929/30) engagiert, spielte er verwegene Draufgänger (u. a. »Bomben auf Monte Carlo«, 1931; »Heut kommt's drauf an«, 1932/33), in späteren Filmen

Hans Albers: Der »blonde Hans«.

gelegentlich gebremst von sehnsuchtsvoller Melancholie (u. a. »Münchhausen«, 1942/43; »Große Freiheit Nr. 7«, 1943/44). Trotz seiner ablehnenden Haltung gegenüber dem Nationalsozialismus gerieten dem »blonden Hans« manche Heldenrollen zu zweifelhaften Führerfiguren (»Peer Gynt«, 1934; »Carl Peters«, 1940/41). Mit der Charakterrolle des sorgenden Vaters in »Und über uns der Himmel« (1947) konnte er nach dem 2. Weltkrieg an seine Erfolge anknüpfen.

□ 1913: Engagement am Schiller-Theater in Altona. □ 1917: Erste Filmrolle im Stummfilm »Rauschgold« (Rg. H. Derweyn). □ 1918-27: Auftritte an Berliner Bühnen als Sänger, Tänzer und Komiker. □ 1932: »F.P. 1 antwortet nicht« (Rg. R. →Siodmak). □ 1937: »Der Mann, der Sherlock Holmes war« (Rg. K. Hartl). □ 1938/39: »Wasser für Canitoga« (Rg. H. Selpin). □ 1951: »Nachts auf den Straßen« (Rg. R. Jugert). □ 1954: »Auf der Reeperbahn nachts um halb eins« (Rg. W. →Liebeneiner). □ 1956: »Vor Sonnenuntergang« (Rg. G. Reinhardt). □ 1958: »Der Mann im Strom« (Rg. E. York).

Albers, Josef

amer. Maler, Grafiker, Designer und Kunstpädagoge dt. Herkunft
* 19.3.1888 Bottrop † 25.3.1976 New Haven, Conn.

Albers stellte die elementaren Gestaltungsmittel Linie, Fläche, Farbe in den Dienst einer »meditativen« abstrakten Kunst. Sie fand ihre reinste Ausprägung in der Bilderserie »Huldigung an das Quadrat« (1950-65) mit dem Motiv von ineinanderliegenden quadratischen Farbflächen. Durch seine Beschäftigung mit Fragen der Wahrnehmung — etwa der illusionistischen Raumwirkung von Linien — regte A. die Op-Art an (V. →Vasarely). Sein didaktisches Hauptwerk »Interaction of colour« (1963, Wechselwirkung der Farbe) ist eine Schule des Sehens.

← Josef Albers

□ ab 1908: Grundschullehrer. □ 1913-19: Kunststudium (Berlin, Essen, München). □ 1920: Eintritt in das Bauhaus in Weimar (W. →Gropius), ab 1923 als Nachfolger von J. →Itten Weiterentwicklung der Werklehre, ab 1925 Bauhausmeister. □ 1933: Emigration in die USA; Berufung an das Black Mountain College in N. Car. □ 1950-59: Leiter der Abteilung für Architektur und Gestaltung der Yale Univ., New Haven. □ 1953-55: Dozent an der Hochschule für Gestaltung in Ulm.

▷ F. Maret: Josef Albers, 1963; W. Spies: Josef Albers, 1970.

Albert I. von Belgien →

Albert I.

(Leopold Clement Marie Meinrad)
König der Belgier
* 8.4.1875 Brüssel † 17.2.1934 bei Namur (Unfall)

Albert aus dem Hause Sachsen-Coburg-Gotha war ein Neffe von König Leopold II., dem er 1909 auf dem Thron nachfolgte. Im August 1914 wies er die ultimative deutsche Forderung nach freiem Durchmarsch deutscher Truppen zurück. Als deren Einmarsch trotzdem erfolgte, übernahm er den Oberbefehl über das belgische Heer, mit dem er bis 1918 das Gebiet um Ypern verteidigte. Im Sommer 1918 wurde A. Oberbefehlshaber einer belgisch-französischen Einheit, an deren Spitze er am 26.11.1918 wieder in Brüssel einmarschierte. Für den Wiederaufbau seines Landes stiftete er den König-Albert-Fonds. 1934 verunglückte er tödlich beim Bergsteigen. Nachfolger wurde sein Sohn als →Leopold III.

▷ J. Willequet: Albert Ier, rois des Belges. Un portrait politique et humain, 1979.

Albert I. Honorius

Fürst von Monaco
* 13.11.1848 Paris † 26.6.1922 ebd.

Albert I. Honorius, einer der Väter der Ozeanografie.

Von 1889 bis zu seinem Tod regierte Albert das kleine Fürstentum. In dieser Zeit gründete der pazifistisch gesinnte Fürst ein internationales Friedensinstitut. Persönlich sehr an Meeresforschung interessiert — er unternahm zahlreiche eigene Forschungsreisen in den Atlantik und im Mittelmeer —, förderte er die Tiefseeforschung, unter anderem durch die Gründung des Musée Océanographique in Monaco. 1891 wurde er zum korrespondierenden Mitglied der Académie des sciences in Paris gewählt. 1911 gewährte er seinem Land eine konstitutionelle Verfassung.

▷ Albert I. Honorius: La carrière d'un navigateur (Aut.), Frz. 1902.

d'Albert, Eugène Francis Charles

dt. Komponist und Pianist
* 10.4.1864 Glasgow (Großbritannien)
† 3.3.1932 Riga (Lettland)

Seine Karriere als Konzertpianist und das kompositorische Werk zeugen von der Doppelbegabung d'Alberts. Der Sohn eines Tanzmusikers wurde auf seinen Konzertreisen vor allem als Interpret der Werke Bachs und Beethovens bewundert. Ab 1890 trat das Komponieren zunehmend in den Vordergrund. Während die Instrumentalmusik von Brahms beeinflußt war, lehnen sich die meisten seiner Opern stilistisch an Richard Wagner (* 1813, † 1883) an. A.s 1903 erfolgreich uraufgeführte Oper »Tiefland«, die den italienischen Verismus nach Deutschland brachte, hat als einziges seiner Werke im Repertoire der Opernhäuser überlebt.

▷ Ch. Pangels: Eugen d'Albert. Wunderpianist und Komponist, 1981.

← Eugène d'Albert

Alberti, Rafael

span. Lyriker
* 16.12.1902 Puerto de Santa Maria, Prov. Cádiz

Alberti ist einer der wichtigsten Lyriker der sog. Generation von 1927, deren Vertreter sich am dunklen, bildreichen Stil des richtungweisenden Barockdichters Luis de Góngora y Argote (* 1561, † 1627) orientierten. Einem breiten Publikum bekannt wurde der überzeugte Kommunist durch seine militanten, gegen den Faschismus gerichteten Gedichte, die ab 1933 entstanden.

☐ 1925: Nat. Literaturpreis für den ersten Gedichtband »Zu Lande, zu Wasser« (dt. 1960). ☐ 1929: »Über die Engel« (dt. 1982), A.s surrealistisches Hauptwerk. ☐ 1931: Nach Eintritt in die KP Hinwendung zur engagierten, politischen Lyrik; mit F. →García Lorca Gründung des Bündnisses antifaschistischer Intellektueller. ☐ 1933/34: Hg. der führenden Kulturzeitschrift Octubre. ☐ 1936: Auf seiten der Republikaner Teilnahme am Bürgerkrieg. ☐ 1937: Kampflieder in dem Gedichtband »Von einem Moment zum andern«. ☐ 1939: Emigration über Frankreich nach Argentinien. ☐ 1977: Rückkehr nach Spanien. ☐ 1983: Cervantes-Preis.

▷ R. Alberti: Der verlorene Hain (Erinnerungen) 1959, dt. 1976.

← Rafael Alberti

Albertz, Heinrich

dt. Politiker und Pfarrer
* 22.1.1915 Breslau

Albertz war während des Krieges als Pfarrer in Schlesien Mitglied der Bekennenden Kirche (M. →Niemöller). Als Nachfolger von W. →Brandt wurde er 1966 zum Regierenden Bürgermeister von Berlin gewählt.
Bereits ein Jahr später trat er jedoch nach innerparteilichen Auseinandersetzungen um den Polizeieinsatz während des Schah-Besuchs zurück (Der Student B. Ohnesorg war bei diesem Einsatz erschossen worden). Zunehmendes Verständnis für die Außerparlamentarische Opposition (APO) entfremdeten ihn von seiner Partei. 1975 begleitete er fünf freigepreßte RAF-Häftlinge in den Südjemen, um die Freilassung des von Terroristen entführten Berliner CDU-Vorsitzenden P. Lorenz zu erreichen. Seit seiner Pensionierung 1979 ist A. verstärkt publizistisch tätig und in der Friedensbewegung aktiv.

← Heinrich Albertz

☐ 1943: Inhaftierung wegen seiner nicht konformen Predigten. ☐ 1947: Mitgl. der SPD; MdL in Niedersachsen. ☐ 1948-55: Nieders. Min. für Flüchtlingswesen und Soziales. ☐ 1955-70: Mitgl. des Abgeordnetenhauses in Berlin. ☐ 1961-63: Innensenator in Berlin. ☐ 1963-66: Bürgermeister und Senator für Polizei, Sicherheit und Ordnung. ☐ 1966/67: Regierender Bürgermeister von Berlin. ☐ 1970-79: Pfarrer. ☐ 1983: »Warum ich Pazifist wurde« (Hg.). ☐ 1985: »Die Reise... Bericht über eine Fahrt nach Breslau 1984«. ☐ 1988: »Die Zehn Gebote« (Hg). ☐ 1991: »Der Wind hat sich gedreht. Gedanken über uns Deutsche«.

▷ H. Albertz: Blumen für Stukenbrock. Biographisches, 1983.

Albini, Franco

ital. Architekt
* 17.11.1905 Robbiate bei Como
† 1.11.1977 Mailand

Albini vertrat in seinen Bauten bereits ab den 30er Jahren einen zurückhaltenden Stil der geometrischen Reduktion und technischen Perfektion und wurde damit zu einem italienischen Vertreter des u. a. von L. →Mies van der Rohe durchgesetzten Rationalismus in der Architektur. Darin achtete er stets auch auf die Anbindung an die vorhandene städtebauliche Situation. Zu A.s frühen Bauten gehören die Arbeiterhäuser Fabio Filzi in Mailand (1936, mit R. Camus und G. Palanti). Nach dem 2. Weltkrieg errichtete er Kaufhäuser, u. a. 1957-62 La Rinascente in Rom (mit F. Helg), eine Konstruktion mit schwarzen Stahlelementen, die formal von den Gesimsmotiven römischer Renaissancepaläste abgeleitet sind, weiterhin Metrostationen (Mailand, 1962/63), vor allem aber Museumsbauten, u. a. das Museo del Palazzo di Bianco (1951) und das Museo del Tesoro di S. Lorenzo (1954-56), beide in Genua. Mit ihrer klaren Geometrie, den großen Glasflächen und einer ungewöhnlichen Lichtdramaturgie beeinflußten sie die Museumsarchitektur. A. war auch als Stadtplaner (Plan für Reggio Emilia) und Designer (Möbel) tätig.

Albrecht, Ernst

dt. Politiker
* 29.6.1930 Heidelberg

Mit Stimmen aus den Regierungsfraktionen (SPD, FDP) des Niedersächsischen Landtags wurde der CDU-Politiker Albrecht 1976 nach dem Rücktritt von A. →Kubel (SPD) überraschend zum Ministerpräsidenten gewählt. Weite Beachtung fand A., als er sich 1979 gegen die atomare Wiederaufbereitung in Gorleben aussprach. Er setzte sich für die Einführung privater Rundfunk- und Fernsehsender ein und schwächte dadurch die Stellung der öffentlich-rechtlichen Sendeanstalten. Nach der Aufdeckung von Unregelmäßigkeiten bei der Vergabe von Spielbanklizenzen durch die Landesregierung und der Inbetriebnahme des Braunkohlekraftwerks Buschhausen ohne Entschwefelungs- und ohne ausreichende Filteranlage schwand sein Ansehen in der Öffentlichkeit. 1990 verlor die CDU die Landtagswahl. A. zog sich aus der Politik zurück.

□ 1948-59: Studium der Philosophie und Theologie, der Rechts- und Wirtschaftswissenschaften. □ 1954-56: Attaché beim Ministerrat der Montanunion. □ 1958-70: Beamter bei der EG-Kommission. □ 1971-76: Tätigkeit in der Industrie. □ 1976-90: Ministerpräsident von Niedersachsen. □ 1979-90: Stellv. Vors. der CDU. □ 1980: Staatsvertrag über die Neugliederung des NDR. □ 1990: Wahlniederlage gegen G. →Schröder.

← Ernst Albrecht

Albrecht, Theo
dt. Unternehmer
* 1922

Albrecht ist der größte Lebensmittelhändler der Bundesrepublik. Der Leiter der Aldi-Märkte erreichte mit seinem Bruder Karl (* 1920) durch die konsequente Anwendung des Discount-Vertriebssystems (straff geführtes Sortiment, Verzicht auf Dekoration und kostenintensive Frischwaren) auch eine europäische Spitzenstellung. 1988, 26 Jahre nach Eröffnung des ersten Aldi-Markts in Dortmund, arbeiteten 20 000 Beschäftigte in ca. 2000 Filialen. Im Jahr der deutschen Vereinigung verbuchte Aldi eine Umsatzsteigerung von über 200 %. 1971 erregte die Entführung des als pressescheu bekannten A. Aufsehen; erst nach Zahlung eines Lösegelds von 7 Mio. DM wurde er freigelassen.

Theo Albrecht nach seiner Entführung 1971.

Al Capone →Capone, Alfonso

Alder, Kurt
dt. Chemiker
* 10.7.1902 Königshütte (Chorzów)
† 20.6.1958 Köln

1927/28 entdeckte und entwickelte Alder mit O. →Diels die Dien-Synthese, bei der durch Anlagerung von Kohlenwasserstoff mit zwei in Konjugation stehenden Doppelbindungen an ungesättigte Systeme Alkaloide, Duftstoffe oder Insektizide hergestellt werden (Diels-Alder-Reaktion). A. forschte über Stereochemie und die Polymerisation des Butadiens zu Synthesekautschuk.

□ 1934-36: Prof. an der Univ. Kiel; bis 1940 Forschungsleiter der I. G. Farben in Leverkusen. □ 1940-58: Prof. an der Univ. Köln. □ 1950: Chemie-Nobelpreis (mit O. Diels).

Aldrich, Robert
amer. Filmregisseur
* 9.8.1918 Cranston, Rhode Isl.
† 5.12.1983 Los Angeles, Kalif.

Aldrich, der sein Studium der Wirtschaftswissenschaften abbrach, um nach Hollywood zu gehen, machte sich in den 50er Jahren mit Gangsterfilmen einen Namen. 1954 wurde er mit dem Westernklassiker »Vera Cruz« (mit G. →Cooper und B. →Lancaster) weltbekannt. Oft als reiner Action-Regisseur verkannt, zielte A. mit der realistischen Darstellung von Gewalt auch in seinen weiteren Filmen stets auf eine Kritik an den herrschenden, die Gewalt provozierenden gesellschaftlichen Zuständen. 1971 drehte er mit »Die Grisom-Bande«, einer tragisch endenden Liebesgeschichte im Unterweltmilieu, einen seiner besten Filme.

Aldrich bei den Dreharbeiten zu »Hollywood Story«, 1955.

□ 1945-52: Regieassistent u. a. bei Ch. →Chaplin, J. →Renoir und J. →Losey. □ 1955: »Herbststürme«. □ 1957: »Ardennen 1944«. □ 1965: »Der Flug des Phönix« (mit J. →Steward). □ 1967: »Das dreckige Dutzend«. □ 1972: »Keine Gnade für Ulzana«. □ 1978: »Die Chorknaben«.

Alechinsky, Pierre
belg. Maler und Grafiker
* 19.10.1927 Brüssel

Alechinskys Malerei entwickelte sich aus nachexpressionistischen Anfängen zu einer bewegten Bildsprache, in der figürliche und abstrakte Elemente mit den Einflüssen ostasiatischer Kalligrafie verschmelzen. Der Künstler, der nach Öl-, später Acrylbildern viele Radierungen und Lithografien schuf (»Vulcanologies«, Serie, 1970), stieß 1949 zur Gruppe Cobra in Brüssel und wur-

de eines ihrer aktivsten Mitglieder. Die Gemeinschaft aus dänischen, niederländischen und belgischen Künstlern war bestrebt, den herrschenden Richtungen (Surrealismus bis zu geometrischer Abstraktion) eine Malerei freier, figürlich-abstrakter Formen mit dynamischem, d. h. spontan-gestischem Farbstrich entgegenzusetzen.
In den 50er Jahren lernte A. in Japan die fernöstliche Kalligrafie kennen. Seit den 60er und verstärkt den 70er Jahren tendieren seine immer noch bewegten Bilder zu einer etwas größeren Flächigkeit (»Die Ahnen«, 1976, Perpignan, Musée Hyacinthe Rigaud). Seit 1983 ist A. Professor für Malerei an der École Nacionales Supérieure des Beaux-Arts in Paris.

Alegría Bazán, Ciro

peruan. Schriftsteller und Politiker
* 4.11.1909 Hacienda Quilca, Prov. Huamachuco
† 17.2.1967 Lima

Neben dem Bolivianer A. →Arguedas und dem Ecuadorianer Jorge Icaza ist Alegría der bedeutendste Vertreter des literarischen Indigenismus, der auf die Misere der indianischen Bevölkerung aufmerksam macht. In seinen Romanen stellte er — u. a. durch die Verwendung der Ketschua-Sprache neben dem Spanischen — die Situation der Indianer in einer »weißen« Gesellschaft äußerst realistisch dar.

☐ 1931: Teilnahme am Aufstand der Landbevölkerung gegen die Militärregierung. ☐ 1934: Nach mehreren Verhaftungen Emigration nach Chile. ☐ 1935: »Menschen am Marañón« (dt. 1971). ☐ 1939: »Die hungrigen Hunde« (dt. 1978). ☐ 1941: »Die Welt ist groß und fremd« (dt. 1972); Lehrtätigkeit in den USA. ☐ 1960: Rückkehr nach Peru; Abg. der Zentrumspartei Acción Popular (AP).

Aleixandre, Vicente

span. Lyriker
* 26.4.1898 Sevilla † 14.12.1984 Madrid

1977 erhielt Aleixandre als Repräsentant der spanischen Poesie des 20. Jh.s den Literatur-Nobelpreis. Der zur Generation von 1927 (F. →García Lorca) gehörende Dichter stand bis Ende der 40er Jahre dem Surrealismus nahe. Die Werke dieser Periode — »Schwerter wie Lippen« (1932) und »Die Zerstörung oder die Liebe« (1935, dt. 1978) — wurden zur Hauptinspirationsquelle für die jungen Dichter der Nachkriegszeit. In seinen späteren Gedichten verwandte A. einen narrativen Stil mit umgangssprachlichen Elementen und gelangte schließlich zu großer Einfachheit des Ausdrucks.

☐ 1909: Übersiedlung der Familie nach Madrid. ☐ 1922: Bekanntschaft mit R. →Alberti. ☐ 1926: Erste poetische Versuche in der Revista de Occidente. ☐ 1928: Erster Gedichtband »Umkreis«. ☐ 1935: Nat. Literaturpreis. ☐ 1944: »Schatten des Paradieses«. ☐ 1949: Aufnahme in die Kgl. Span. Akademie. ☐ 1954: »Geschichte des Herzens«. ☐ 1962: »In einem weiten Gebiet«. ☐ 1968: »Gedichte der Vollendung«. ☐ 1974: »Dialoge der Erkenntnis«. ☐1977: Literatur-Nobelpreis.

Alexander I. →

Peter Alexander →

← Vicente Aleixandre

Alexander I.

König von Griechenland
* 1.8.1893 Schloß Dekeleia bei Athen
† 25.10.1920 ebd.

Im Jahr 1917 mußte König Konstantin I., der Vater von Alexander, auf Druck der Entente-Mächte (Frankreich, Großbritannien, Rußland) zurücktreten. Da man nicht nur dem Monarchen, der mit einer Schwester von Kaiser →Wilhelm II. verheiratet war, sondern auch dem Kronprinzen Georg (Geórgios) eine zu deutschfreundliche Haltung vorwarf, wurde der jüngere A. zum König gewählt. Er konnte sich jedoch gegen seinen autokratisch regierenden, ententefreundlichen Ministerpräsidenten E. Venizelos nicht durchsetzen und spielte politisch nur eine unbedeutende Rolle. Bereits 1920 starb A. an einer Blutvergiftung (nach einem Affenbiß).

Alexander, Peter

(eig. P. A. Neumayer)
österr. Sänger und Schauspieler
* 30.6.1926 Wien

Der vielseitige Unterhaltungskünstler zählt zu den populärsten Entertainern des deutschsprachigen Fernsehens. Alexander trat ab 1952 in mehr als 50 Filmen und zahlreichen TV-Shows auf. Er besang über 120 Schallplatten.

☐ ab 1931: Bei den Wiener Sängerknaben. ☐ 1945: Medizinstudium. ☐ 1946-48: Schauspielausbildung (u. a. Max-Reinhardt-Seminar, Wien). ☐ 1948: Engagement am Wiener Bürgertheater (1960 abgerissen). ☐ 1951: Erste Schallplatte. ☐ 1952: Kabarett »Simplicissimus«; erste Filmrolle in »Königin der Arena« (Rg. F. Meyer). ☐ 1963: »Charleys Tante« (F., Rg. G. v. →Cziffra). ☐ 1969: Goldene Leinwand für seinen 40. Film »Hurra, die Schule brennt« (Rg. W. Jacobs). ☐ 1983: Erste Goldene Schallplatte für die LP »Aus Böhmen kommt die Musik«.

Alexi II.

(eig. Alexej Michailowitsch Ridiger)
russ. Patriarch
* 23.2.1929 Tallinn (Estland)

1990 wurde Alexi II. als Nachfolger von Pimen zum 15. Patriarchen der russisch-orthodoxen Kirche von Moskau und Rußland gewählt. Der Anhänger der Reformpolitik M. →Gorbatschows, der sich als Mitglied des Weltkirchenrats stets für eine friedliche Koexistenz zwischen verschiedenen ethnischen Gruppen und Nationalitäten sowie für religiöse Toleranz eingesetzt hat, sieht seine wichtigsten Aufgaben in der Neuregelung des Verhältnisses von Kirche und Staat sowie der Bewältigung der Konflikte, die durch Sezessionsbestrebungen der Unierten Kirche in der Ukraine entstanden sind.

☐ 1950-57: Nach Priesterweihe Kirchenvorsteher in einer estn. Kleinstadt. ☐ 1961: Mönchsgelübde; Bischof von Tallinn und Estland; stellv. Vors. des kirchlichen Außenamts des Moskauer Patriarchats. ☐ 1961-68: Mitgl. des ZK des Weltkirchenrats. ☐ 1964: Erzbischof. ☐ 1965-86: Leiter des Ausbildungsausschusses im Hl. Synod (Führungsgremium der russ.-orthodoxen Kirche). ☐ 1968: Metropolit (Leiter der Kir-

Alexi II., Patriarch der russisch-orthodoxen Kirche.

chenprovinz) von Tallinn und Estland. □ 1989: Abg. im Kongreß der Volksdeputierten der UdSSR. □ seit 1990: Patriarch von Moskau und Rußland.

Alexiu, Eli

griech. Schriftstellerin
* 22.5.1894 Iraklion, Kreta † Febr. 1991

Soziales Engagement prägt nicht nur das erzählerische Werk der Lehrerin Alexiu; es fand auch in A.s 13jähriger Arbeit mit Kindern griechischer Kommunisten in Rumänien seinen Ausdruck, die vor politischer Verfolgung in der Heimat in die Volksdemokratie geflohen waren. Als eine der ersten Autorinnen schrieb A. schon in den 30er Jahren über die Stellung der Frau in der griechischen Gesellschaft.

□ 1931: »Harte Kämpfe für ein kleines Leben« (Erz.n). □ 1934: »Die dritte Mädchenschule« (R., dt. 1963). □ 1946: Pädagogikstudium in Paris. □ ab 1949: Mitarbeit am Aufbau des Schulwesens für Kinder griech. politischer Flüchtlinge in Rumänien. □ 1959: »Mit der Leier« (R.). □ 1962: Ausweisung aus Rumänien. □ 1972: »Die Dominierende« (R.).

Alfano, Franco

ital. Komponist und Pianist
* 8.3.1876 Posillipo (heute zu Neapel)
† 27.10.1954 San Remo

Alfano, zunächst Konzertpianist, war mit der 1904 in Turin uraufgeführten Oper »Risurrezione« (nach L. →Tolstois Roman »Auferstehung«) erfolgreich. Stilistisch folgt A. den Hauptvertretern des Verismo (G. →Puccini, P. →Mascagni, U. → Giordano). Diese künstlerische Verwandtschaft sowie seine Instrumentationstechnik prädestinierten ihn zur Vervollständigung des unvollendet gebliebenen 3. Akts von Puccinis »Turandot« (UA Mailand 1926).

□ 1914: UA von »L'Ombra di Giovanni« (Oper) an der Mailänder Scala. □ 1921: UA von »La Leggenda di Sakuntala« (Oper) in Bologna. □ 1923: Dir. des Liceo Musicale Giuseppe Verdi in Turin. □ 1940: Intendant des Teatro Massimo in Palermo. □ 1942-47: Leiter der Opernklasse an der Accademia di Santa Cecilia Rom. □ 1947-50: Dir. des Konservatoriums in Pesaro.

Alfons XIII. von Spanien →

Alfons XIII.

König von Spanien
* 17.5.1886 Madrid † 28.2.1941 Rom (Italien)

Alfons XIII., der 1902 den Thron bestieg, war zunächst wegen seiner modernen Ansichten und Aufgeschlossenheit sehr beliebt. Nach innen- und außenpolitischen Problemen (Autonomiebestrebungen Kataloniens, Niederlage gegen die Rifkabylen in Marokko, →Abd el Krim) billigte er 1923 die Militärdiktatur des Generals →Primo de Riviera. Nach dessen Rücktritt (1930) und dem Wahlsieg der republikanischen Parteien (1931) ging A. ins Exil nach Italien, ohne formell abzudanken. Dadurch blieb dem Haus Bourbon der Anspruch auf den spanischen Thron erhalten, den 1975 →Juan Carlos I. bestieg.

□ 1886: Postum geborener Sohn von König Alfons XII.; de jure bereits König mit seiner Geburt. □ 1886-1905: Unter der Regentschaft seiner Mutter, Königin María Cristina. □ 1902: Attentatsversuch. □ 1905-31: (nach seiner Volljährigkeit auch formell) König von Spanien. □ 1931-41: Im Exil in Italien. □ 1941: Offizieller Verzicht auf den Thron zugunsten seines Sohnes Juan, Graf von Barcelona († 1960).

Raúl Alfonsín Foulkes →

Alfonsín Foulkes, Raúl

argent. Politiker
* 13.3.1926 Chascomus, Prov. Buenos Aires

Als erster freigewählter Präsident nach dem verlorenen Falkland-Krieg gegen Großbritannien und dem Zusammenbruch der Militärdiktatur bestätigte Alfonsín seinen Ruf als kompromißloser Verfechter der Demokratie und machte sich um die Wiederherstellung der Menschenrechte und rechtsstaatlicher Verhältnisse verdient. A. konnte jedoch keine durchgreifenden Korrekturen in Wirtschaft und Bürokratie durchsetzen. Er erreichte 1984 die Beilegung der Grenzstreitigkeiten mit Chile und 1985 einen Ausgleich mit Großbritannien. Wegen der steigenden sozialen Spannungen verlor er 1989 die Präsidentschaftswahl gegen den Peronisten C. →Menem und trat vorzeitig von seinem Amt zurück.

□ 1944: Mitgl. der Unión Cívica Radical (UCR). □ 1950: Promotion. □ 1952-53: Abg. in der Prov. Buenos Aires. □ 1963-66; 1973-76: Abg. des Parlaments. □ 1981: Vors. der UCR. □ 1983-89: Staatspräsident.

Alfvén, Hannes Olof Gösta

schwed. Physiker
* 30.5.1908 Norrköping

Alfvén erforschte auf dem Gebiet der Plasmaphysik die Wechselwirkungen zwischen Magnetfeldern und elektrisch leitfähigen Gasen und Plasmen. Dabei erkannte er transversale magnetodynamische Wellen, die sich parallel zum homogenen Magnetfeld ausbreiten. Die mit dem experimentellen Nachweis der sog. Alfvén-Wellen begründete Magnetohydrodynamik, wofür A. 1970 den Physik-Nobelpreis (mit L. E. F. →Néel) erhielt, ist wichtig für die Astrophysik und die angestrebte Beherrschung der Kernfusion. 1978 erregte A. öffentliches Aufsehen, als er die IAEO (Internationale Atomenergie-Organisation) als »Verkaufsförderer« der Atomindustrie bezeichnete.

□ 1940-67: Prof. am Kgl. Inst. für Technologie, Stockholm. □ 1942: Voraussage der Existenz magnetodynamischer Wellen. □ 1950: »Kosmische Elektrodynamik« (Schr., dt.). □ 1954: »Über den Ursprung des Sonnensystems« (Schr., dt.). □ seit 1967: Prof. an der Univ. of Calif., San Diego; später gleichzeitig am Kgl. Inst. in Oslo. □ 1971: »Atome, Mensch und Universum« (Schr., dt.). □ 1972: »Der Mensch der siebziger Jahre« (Schr.). □ 1974: Vors. der 24. Pugwash-Konferenz bei Wien über Abrüstung und Sicherheit in Europa. □ 1981: »Cosmic plasma« (Schr.).

← Hannes Alfvén

Algren, Nelson

amer. Schriftsteller
* 28.3.1909 Detroit † 9.5.1981 Sag Harbour, N. Y.

Algren gehört zum Kreis der Schriftsteller, die die Vereinsamung des Individuums zum Thema ihrer Arbeiten machten. Seine Helden stehen einer modernen Gesellschaft gegenüber, in der für zwischenmenschliche Beziehungen kein Platz ist. In den Jahren der großen wirtschaftlichen Depression, die A. in Chicago erlebte, reifte sein literarischer Stil, der sog. Chicagoer Realismus. Sein erfolgreichster Roman, »Der Mann mit dem goldenen Arm« (1955 verfilmt von O. →Preminger, mit F. → Sinatra), ist ein Spiegelbild der Westside Chicagos. Bestechung, Brutalität, Not und Elend werden am Schicksal des Polen Frankie Majcinek festgemacht, der an seiner eigenen Schwäche und an der erbarmungslosen Großstadt scheitert.

□ 1935: »Der Gestiefelte«. □ 1942: »Nacht ohne Morgen« (R., dt. 1956). □ 1947: »Im Neon-Dschungel« (Erz.n, dt. 1964). □ 1949: »Der Mann mit dem goldenen Arm« (R., dt. 1952). □ 1956: »Wildnis des Lebens« (R., dt. 1956).

▷ M. H. Cox/W. Chatterton: Nelson Algren, engl. 1975.

← Nelson Algren

Ali, Muhammad

amer. Boxer
* 17.1.1942 Louisville, Ky.

Muhammad Ali war der erfolgreichste Boxer und die schillerndste Persönlichkeit in der Geschichte des Profi-Boxsports. Bereits mit 18 Jahren gewann er 1960 bei den Olympischen Spielen in Rom die Goldmedaille im Halbschwergewicht. 1965 legte er seinen Taufnamen Cassius Clay ab und trat der militanten »Black-Muslim«-Sekte bei. Wegen seiner Weigerung, im Vietnamkrieg zu kämpfen, wurde ihm 1967 der drei Jahre zuvor gegen Sonny Liston errungene Weltmeistertitel aberkannt.
1974 holte er sich den Titel gegen George Foreman zurück und durchbrach damit das Gesetz des »They never come back«. Showtalent und ein bemerkenswertes Selbstbewußtsein trugen ihm den Spitznamen »Großmaul« ein. 1979 trat A. offiziell ab. Gegen den Rat seiner Ärzte kehrte er jedoch ein Jahr später für die bis dahin im Profiboxsport höchste Börse von 8 Mio. US-$ in den Ring zurück; gegen den jüngeren Larry Holmes mußte er allerdings in der 10. Runde aufgeben. Heute leidet A. an einer Erkrankung des vegetativen Nervensystems.

▷ M. Ali: Der Größte (Aut.), 1976.

← Muhammad Ali

Alia, Ramiz

alban. Politiker
* 18.10.1925 Shkodër

Nach dem Tod von E. →Hoxha wurde Alia, der als Vorsitzender des Präsidiums der Nationalversammlung bereits Staatsoberhaupt war, zum Ersten Sekretär der Kommunistischen Partei gewählt. In den folgenden Jahren unternahm er vorsichtige Schritte zur Öffnung des seit Jahren außenpolitisch völlig isolierten Landes. Unter dem Eindruck der politischen Veränderungen in Osteuropa kündigte A. 1990 Reformen an, wie z. B. die Reprivatisierung von kleineren Betrieben, mehr Handlungsspielraum für Staatsunternehmen, Aufhebung des Verbots zur Religionsausübung. Trotz der ersten freien Wahlen im Frühjahr 1991 gelang es ihm jedoch nicht, die Unruhen in der Bevölkerung zu bremsen (Massenflucht Tausender Albaner nach Italien). Deshalb trat er im Mai 1991 von seinen Parteiämtern zurück, blieb jedoch Staatsoberhaupt.

□ 1944: In der nat. Befreiungsarmee (Partisanen). □ 1948: Mitgl. des Zentralkomitees der Partei der Arbeit (KP). □ 1961: Mitgl. des Politbüros. □ seit 1982: Staatsoberhaupt. □ 1985-91: Generalsekretär des ZK.

Aljechin, Alexander Alexandrowitsch

(auch Aljochin)
russ. Schachspieler
* 1.11.1892 Moskau
† 24.3.1946 Estoril bei Lissabon (Selbstmord)

Aljechin entstammte einer russischen Adelsfamilie und galt wegen seines kombinationsfreudigen Spiels als einer der besten Schachspieler aller Zeiten. Nach der Oktoberrevolution emigrierte er nach Frankreich. 1927 wurde A. im »Wettkampf des Jahrhunderts« in Buenos Aires gegen R. →Capablanca Schachweltmeister. Nach erfolgreicher Titelverteidigung gegen Bogoljubow verlor er 1935 überraschend gegen M. Euwe, gewann den Titel jedoch 1937 zurück und behielt ihn bis zu seinem Tod.

▷ H. Müller/A. Pawelczak: Schachgenie Aljechin, 1962.

Allen, Woody

(eig. Allen Stewart Konigsberg)
amer. Regisseur, Schauspieler und Schriftsteller
* 1.12.1935 New York

Allen schuf mit »Der Stadtneurotiker« (1977, mit D. Keaton) einen Komödientyp, der im Unter-

Woody Allen: Tragisch-komischer Chronist New Yorks.

schied zu seinen frühen Filmen auf Slapstick-Einlagen weitgehend verzichtet. Im Mittelpunkt steht die von A. dargestellte Figur des übersensiblen Intellektuellen, der von Selbstzweifeln, Beziehungskrisen und eingebildeten Problemen geplagt wird. Wie in »Manhattan« (1978) wird die Selbstentfremdung des Menschen durch das moderne Großstadtleben und die Rolle der Psychoanalyse auf tragikomische Weise karikiert. Als Hauptdarstellerin tritt in A.s Filmen häufig seine Lebensgefährtin Mia Farrow auf.

☐ 1964: »Was gibt's Neues, Pussy« (Rg. C. Donner). ☐ 1969: »Woody - Der Unglücksrabe« (Rg. und Hr.). ☐ 1971: »Bananas« (Rg. und Hr.); »Mach's noch einmal, Sam« (Rg. H. Ross). ☐ 1972: »Was Sie schon immer über Sex wissen wollten...« (Rg. und Hr.). ☐ 1978: Vier Oscars für »Der Stadtneurotiker«; »Innenleben« (Rg.). ☐ 1979: Zwei Oscars für »Manhattan« (Rg. und Hr.; mit M. →Streep). ☐ 1980: »Stardust Memories« (Rg. und Hr.); »Nebenwirkungen« (Erz., dt. 1983). ☐ 1982: »Zelig« (Rg. und Hr.). ☐ 1984: »The Purple Rose of Kairo« (Rg.; mit M. Farrow). ☐ 1985: Drei Oscars für »Hannah und ihre Schwestern« (Rg. und Hr.; mit M. →Caine); »September« (Rg.). ☐ 1987: »Radio Days« (mit M. Farrow). ☐ 1988: »Eine andere Frau« (Rg.; mit G. →Hackman). ☐ 1989: »Verbrechen und andere Kleinigkeiten« (Rg. und Hr.). ☐ 1991: »Alice« (mit W. →Hurt und M. Farrow).

▷ R. Rauh: Woody Allen. Seine Filme - Sein Leben, 1991; H. Gerhold: Woodys Welten. Die Filme von Woody Allen, 1991.

Allende, Isabel

chil. Schriftstellerin und Journalistin
* 2.8.1942 Lima (Peru)

Bereits Allendes Erstlingswerk »Das Geisterhaus« (R., 1982, dt. 1984) wurde ein Welterfolg. Die Nichte des ehemaligen chilenischen Präsidenten S. →Allende erzählt darin phantasievoll und realistisch zugleich die Geschichte einer Großfamilie bis in die Zeit der Diktatur A. →Pinochets. Mit den Romanen »Von Liebe und Schatten« (1984, dt. 1986) und »Eva Luna« (1987, dt. 1988), beide im venezolanischen Exil (1973-88) geschrieben, festigte sie ihren Ruf als Bestsellerautorin.

Juan Allende-Blin →

Salvador Allende →

← Isabel Allende

Allende-Blin, Juan

chilen. Komponist
* 28.2.1928 Santiago de Chile

Die Werke Allende-Blins dokumentieren den Wandel der Neuen Musik vom Serialismus der 50er Jahre (K. →Stockhausen) zum Sonorismus (K. →Penderecki). In Kompositionen wie »Sonorités« für Orgel (1962-64) betonte A. die klangmalerischen Eigenschaften von Musik und ließ formale Aspekte zurücktreten. Damit erleichterte er einer breiteren Hörerschaft das Verständnis für Neue Musik.

☐ 1957: Kompositionskurse in Paris bei O. →Messiaen; Übersiedlung nach Deutschland. ☐ 1961: »Séquence für Flöte, Vibraphon, Harfe und Schlagzeug« (Ballett, UA Berlin 1962). ☐ 1971: »Mein blaues Klavier« für Orgel. ☐ 1983: »Rapport sonore, Relato sonoro. Klangbericht« (mehrsprachiges Hsp.).

Allende Gossens, Salvador

chilen. Politiker
* 26.7.1908 Santiago de Chile † 11.9.1973 ebd.

Allende war der erste frei gewählte marxistische Präsident eines westlichen Staates. Sein großes Ziel war ein eigener »chilenischer Weg zum Sozialismus«. Der als persönlich integer bekannte Politiker fand zunächst auch bei politischen Gegnern Unterstützung. 1971 begann er mit der Verstaatlichung ausländischer Unternehmen der Grundstoffindustrie (Kupferminen), die sich vor allem in amerikanischem Besitz befanden. Den großen sozialen Unterschieden und den daraus resultierenden, sich mit Gewalt entladenden Spannungen suchte er durch eine Landreform zu begegnen, die Enteignung und gerechtere Neuverteilung des Großgrundbesitzes vorsah.
Ab 1972 organisierte die konservative Opposition in zunehmendem Maß den Widerstand gegen diese Politik. Zahlreiche Streiks, die fortgesetzte Ernährungskrise sowie häufige Übergriffe rechts- und linksradikaler Gruppen destabilisierten die innenpolitische Lage. A. verlor schließlich den Rückhalt im Parlament. 1973 wurde er durch rechtsgerichtete Militärs unter General →Pinochet gestürzt. Er kam dabei im Präsidentenpalast unter nicht völlig geklärten Umständen ums Leben.

☐ 1933: Mitbegründer der Sozialistischen Partei Chiles. ☐ 1939-41: Gesundheitsmin. ☐ 1945-70: Senator. ☐ 1952: Präsidentschaftskandidat (erneut 1958, 1964). ☐ ab 1964: Oppositionsführer. ☐ 1967-70: Senatspräs. ☐ 1970-73: Staatspräsident.

▷ R. Debray: Salvador Allende. Der chilenische Weg, 1972.

Allilujewa-Peters, Swedlana

russ.-amer. Publizistin
* 1924 Moskau (?)

Allilujewa-Peters ist die Tochter von J. →Stalin und seiner zweiten Ehefrau N. Allilujewa. Sie kehrte 1966 von der Beisetzung ihres Lebensgefährten R. Brijesh Singh in Indien nicht wieder in die Sowjetunion zurück, sondern wanderte 1967 in die USA aus. Heimweh und Enttäuschung über das Leben in einer amerikanischen Vorstadt ließen sie schließlich doch in ihre Heimat zurückkehren, nur um diese bereits zwei Jahre später desillusioniert wieder zu verlassen.

□ nach 1945: Studium der amer. Literatur und Geschichte. □ 1967: Politisches Asyl in den USA. □ 1968: »20 Briefe an einen Freund«. □ 1970-72: Dritte Ehe mit dem amer. Architekten W. Peters. □ 1978: Amer. Staatsbürgerschaft. □ 1982: Umzug nach Großbritannien. □ 1984: Rückkehr in die UdSSR. □ 1986: Erneut Übersiedlung in die USA.

▷ S. Allilujewa: Das erste Jahr (Erinnerungen), 1969.

← Swedlana Allilujewa

Allport, Gordon Willard

amer. Psychologe
* 11.11.1897 Montezuma, Ind.
† 9.10.1967 Cambridge, Mass.

Allport schuf mit seinen Arbeiten zur Persönlichkeitsentwicklung die Grundlagen der sog. humanistischen Psychologie. Im Gegensatz zur Methode S. →Freuds, Handlungsmotive des Individuums in dessen früher Kindheit zu suchen, betonte A. die Unabhängigkeit der Motive von den Primärtrieben und beschrieb sie in ihrem aktiven, auf die Zukunft gerichteten Streben nach Selbstverwirklichung. Mit der Klassifizierung der Charaktereigenschaften in kulturell und individuell geprägte, hob A. das den Menschen Eigentümliche hervor, woran sich neue Therapieformen wie die Gesprächs- und die Gestalttherapie orientierten.

□ ab 1930: Prof. an der Harvard Univ. in Cambridge, Mass. □ 1937: »Persönlichkeit« (Schr., dt. 1949). □ 1939: Präs. der Amer. Psychological Association. □ 1954: »The nature of prejudice« (Schr.). □ 1955: »Das Werden der Persönlichkeit« (Schr., dt. 1958). □ 1961: »Gestalt und Wachstum in der Persönlichkeit« (Schr., dt. 1970).

Almodóvar, Pedro

span. Regisseur
* 24.9.1952 Calzada de Calatrava

Durch respektlosen Umgang mit Tabuthemen hat Almodóvar in den 80er Jahren dem spanischen Kino provokante Impulse gegeben. »Frauen am Rande des Nervenzusammenbruchs« (1987, mit C. Maura) wurde sein erster internationaler Erfolg. A.s Darstellung zwischenmenschlicher Beziehungen betont häufig den Zusammenhang von Sexualität und Gewalt (u. a. in »Fessle mich«, 1989).

□ 1980: »Labyrinth der Leidenschaft«. □ 1984: »Womit hab' ich das verdient?«. □ 1986: »Das Gesetz der Begierde« (mit C. Maura); »Matador«.

▷ N. Vidal: The films of Pedro Almodóvar, 1988.

Alicia Alonso tanzte noch mit 45 Jahren die Giselle.

Alonso, Alicia

kuban. Tänzerin und Ballettdirektorin
* 21.12.1921 Havanna

Alonso, die ihre Karriere wegen eines schweren Augenleidens mehrfach unterbrechen mußte, wird als Ballerina vor allem wegen der Reinheit ihres klassischen Stils geschätzt, tritt aber auch in Musicals und modernen Balletten auf. Zu ihren berühmtesten Rollen gehört Giselle. Sie arbeitet u. a. mit dem American Ballet in New York, an dem sie ihre Ausbildung erhielt und dessen Compagnie sie wiederholt angehörte, und dem Ballet Nacional de Cuba in Havanna, dessen Leitung sie 1959 übernahm.

□ 1941-48: Mitgl. des American Ballet Theatre New York (mit Unterbrechungen). □ 1948: Gründung einer eigenen, nach ihr benannten Truppe. □ 1951: Rückkehr nach New York; zahlreiche Gastauftritte. □ 1955-57: Eigene Truppe, Ballets Russes de Monte Carlo. □ 1959: Primaballerina und Dir. des Ballet Nacional de Cuba. □ 1983: Letzter Auftritt als Giselle.

Dámaso Alonso →

Alonso, Dámaso

span. Lyriker und Philologe
* 22.10.1898 Madrid

Alonso gehört zu den einflußreichsten spanischen Literaturwissenschaftlern des 20. Jh.s. Seine langjährige Beschäftigung mit dem Werk von Luis de Góngora y Argote (*1561, † 1627) führte zur Wiederentdeckung des Barockdichters in Spanien (1927: Neuausgabe »Einsamkeiten«, Ged.e, Erstausg. 1936). A.s eigenes dichterisches Werk ist von tiefer Religiosität geprägt (»Söhne des Zorns«, Ged.e, dt. 1954).

☐ 1921: Erste Gedichte in »Reine Gedichte, Verse über die Stadt«. ☐ 1927: Hg. von Góngoras »Einsamkeiten« (Ged.e, 1636). ☐ 1942: »Die Poesie von San Juan de la Cruz« (Studie). ☐ 1944: Klangstarke, freie Verse in »Söhne des Zorns« (Ged.e, dt. 1954). ☐ 1948: Aufnahme in die Kgl. Span. Akademie (1968-82 deren Dir.). ☐ 1955: »Essays und Studien über Góngora« (Es.s). ☐ 1969: »Wonnen des Blicks« (Ged.e, erw. Ausg. 1981).

Alpert, Herb

amer. Bandleader und Trompeter
* 31.3.1935 Los Angeles, Kalif.

Alpert ist als Musiker und Plattenproduzent gleichermaßen innovativ und erfolgreich. Mit seiner 1960 gegründeten Band »Tijuana Brass« mischte er aus Dixieland, Rock und mexikanischer Mariachi-Musik seinen eigenen, vom Doppelspiel zweier Trompeten geprägten Sound. Seit Mitte der 70er Jahre stehen im Mittelpunkt seiner musikalischen Arbeit überwiegend Solo-Projekte mit Musikern wie Jazz-Trompeter H. → Masekela. Mit einem Startkapital von 200 US-$ gründete er 1962 die Plattenfirma A & M, die Stars wie →Supertramp, The Carpenters, J. →Baez, Police und Janet Jackson unter Vertrag hat und einer der größten unabhängigen Medienkonzerne ist.

← Herb Alpert

☐ 1955-57: Trompeter in einer Band der US-Armee. ☐ 1962: Gründung der Plattenfirma A & M (mit Jerry Moss). ☐ 1963: Erster Hit »The lonely bull«. ☐ 1965: Grammy Award für »A taste of honey« (Platte des Jahres). ☐ 1966: Grammy Award für »What now my love«. ☐ 1968: »The beat of the brass«. ☐ 1969: Auflösung der Band »Tijuana Brass«. ☐ 1978: »Alpert & Masekela« (LP). ☐ 1979: Grammy Award für »Rise« (LP). ☐ 1984: »Bullish« (LP). ☐ 1987: »Keep your eye on me« (LP). ☐ 1989: »My abstract heart« (LP).

Alt, Albrecht

dt. Theologe (ev.)
* 20.9.1883 Stübach, Bayern † 24.4.1956 Leipzig

Alts lebenslanges Interesse galt der Geschichte Israels und Palästinas. Seine religionshistorischen und regionalgeschichtlichen Forschungen haben der Wissenschaft von der Geschichte Palästinas und des Alten Orients wichtige Anstöße gegeben. Das Palästina-Jahrbuch, das er ab 1926 herausgab, erhielt durch ihn einen streng wissenschaftlichen Charakter.

☐ 1908: Erste Palästina-Reise. ☐ 1909: »Israel und Ägypten« (Schr.). ☐ ab 1923: Prof. für A. T. an der Univ. Leipzig. ☐ 1925-45: Vors. des Dt. Vereins zur Erforschung Palästinas. ☐ 1929-56: Mithg. des textkritischen A.T.s »Biblia Hebraica«. ☐ 1934: »Die Ursprünge des israelitischen Rechts« (Schr.).

▷ A. Alt zum 70. Geburtstag, Festschrift, 1953.

Alt, Franz

dt. Journalist
* 17.7.1938 Untergrombach bei Bruchsal

Alt, seit 1972 Redaktionsleiter und Moderator des politischen TV-Magazins »Report« (SWF), machte Anfang der 80er Jahre durch sein Engagement für die Friedensbewegung und gegen die Stationierung neuer Atomwaffen in Europa auf sich aufmerksam.
A.s kritische Berichte (Elend von Flüchtlingskindern, Waffenhandel mit Dritte-Welt-Ländern usw.), aber auch sein Bestseller »Frieden ist möglich. Die Politik der Bergpredigt« (1983) führten zu Konflikten zwischen dem überzeugten Christen und den Aufsichtsratsgremien des SWF; 1988 mußte A. nach mehreren arbeitsrechtlichen Auseinandersetzungen auf die von ihm beanspruchte alleinige Moderation des Monatsmagazins verzichten. Noch im selben Jahr trat er nach 24 Jahren aus der CDU aus.

Franz Alt, der freundliche Moralist.

☐ 1962: Eintritt in die CDU. ☐ 1967: Promotion zum Dr. phil. mit einer Dissertation über K. → Adenauer. ☐ 1969: Hörfunkredakteur beim SWF, Baden-Baden. ☐ 1970: Wechsel zum SWF-Fernsehen. ☐ seit 1972: Redaktionsleiter des Magazins »Report«. ☐ 1979: Adolf-Grimme-Preis. ☐ 1983: Von Okt. bis Nov. Moderationsverbot wegen des Vorwurfs, die Ausgewogenheit des ARD-Programms nicht mehr zu gewährleisten. ☐ 1985: »Liebe ist möglich. Die Bergpredigt im Atomzeitalter« (Schr.). ☐ 1988: Austritt aus der CDU. ☐ 1989: »Jesus – der erste neue Mann« (Schr.).

▷ M. Brumlik: Der Anti-Alt. Wider die furchtbare Friedfertigkeit, 1991.

Altenbourg, Gerhard

(eig. Gerhard Schröder)
dt. Grafiker
* 26.11.1926 Rödichen-Schnepfen, Thüringen
† 30.12.1989 (Autounfall)

Altenbourg gehörte aufgrund seiner individuellen, abseits des offiziellen Kunstbetriebs entwickelten Thematik und Gestaltungsweise zu den bedeutendsten Vertretern der Avantgarde in der DDR. In seinem vielgestaltigen grafischen Werk (Zeichnungen in Mischtechnik, Holzschnitte, Radierungen) kleidete A. alltägliche Erfahrungen in die Form des Skurrilen und Phantastischen. Kennzeichnend ist die Verknüpfung landschaftlicher und figürlicher Motive zu vexierbildhaften Kompositionen.

☐ 1948-56: Kunststudium in Weimar. ☐ ab 1956: Nach erzwungenem Abbruch freier Künstler in Altenburg (Thüringen). ☐ 1970: Als erster DDR-Künstler Mitgl. der Westberliner Akademie der Künste. ☐ 1986: Einzelausstellungen in Leipzig, Dresden, Ost-Berlin.

▷ E. Kicherts: Gerhard Altenbourg, 1986.

Althaus, Paul
dt. Theologe (ev.)
* 4.2.1888 Obershagen bei Celle
† 18.5.1966 Erlangen

Althaus, ab 1927 Präsident der Luther-Gesellschaft, bezog die Grundüberzeugung des Reformators auf unsere moderne Welt und gab so der systematischen Theologie neue Impulse. Er hob die zentrale Bedeutung der Rechtfertigungslehre hervor, indem er diese neu akzentuierte. Die dialektische Theologie (K. →Barth) verdankt A. wichtige Anregungen.

□ 1922: »Die letzten Dinge. Entwurf einer christlichen Eschatologie« (Schr.). □ ab 1925: Prof. an der Univ. Erlangen. □ 1947/48: »Die christliche Wahrheit« (Schr., 2 Bde.). □ 1962: »Die Theologie Martin Luthers« (Schr.). □ 1965: »Die Ethik Martin Luthers« (Schr.).

← Paul Althaus

Althusser, Louis
frz. Philosoph
* 16.10.1918 Birmandreis bei Algier
† 22.10.1990 Paris

Als Philosoph wie als Mitglied der KPF zählt Althusser zu den einflußreichsten marxistischen Theoretikern der 60er und 70er Jahre. Er suchte zwischen stalinistischem Dogmatismus und bürgerlich-humanistischer Scheinalternative einen dritten Weg. Durch systematische und methodologische Überlegungen, verbunden mit einer »symptomatischen Lektüre« der Werke von Karl Marx, versuchte A. dem Marxismus ein streng wissenschaftliches Fundament zu geben. Nach A. zeichnet sich ein Denken nach Wissenschaftskriterien im »Kapital« und den späten Schriften des »reifen Marx« ab. Es gelte nun, seine Wirtschaftsanalysen auch auf die sozialistische Wirtschaft anzuwenden. Aus der Althusser-Schule, die durch Verbindung von Marxismus und Strukturalismus auf eine neomarxistische Praxis zielt, ging M. →Foucault als Schüler hervor.

□ 1940-45: In dt. Kriegsgefangenschaft. □ ab 1948: Prof. an der École normale supérieure, Paris. □ 1965: »Für Marx« (Schr., dt. 1968). □ 1969: »Lenin und die Philosophie« (Schr., dt. 1974). □ 1974: »Elemente der Selbstkritik« (Schr., dt. 1975). □ 1977: »Ideologie und ideologische Staatsapparate« (Schr.). □ 1978: »Die Krise des Marxismus« (Schr.). □ 1980: Einweisung in eine psychiatrische Klinik in Paris wegen Totschlags an seiner Frau.

← Louis Althusser

Altig, Rudi
dt. Radsportler
* 18.3.1937 Mannheim

Altig war der erste deutsche Radsportler nach dem 2. Weltkrieg, der zur internationalen Spitzenklasse gehörte. Vier Weltmeisterschaften (1959 als Amateur, 1960 und 1961 als Profi im Verfolgungsfahren, 1966 als Profi-Straßenweltmeister auf dem Nürburgring), der Sieg in der Flandernrundfahrt 1964 und Erfolge bei mehreren Ein-Tages-Straßenrennen machten ihn zu einem der Hauptrivalen des damals führenden Franzosen J. →Anquetil. Bei der Tour de France scheiterte er in den Bergetappen, war aber wiederholt Träger des grünen Trikots für den spurtschnellsten Fahrer. A. gehörte zu den populärsten deutschen Sportlern seiner Zeit (Sportler des Jahres 1966).

Altig kämpft um den Großen Preis von Deutschland, 1964.

Robert Altman →

Altman, Robert
amer. Filmregisseur
* 20.2.1925 Kansas City, Missouri

Altman ist einer der wichtigsten Vertreter des New Hollywood (u. a. F. → Coppola, M. →Scorsese, St. →Spielberg), der Generation von Filmregisseuren, die Ende der 60er Jahre dem abgewirtschafteten amerikanischen Kino mit seinen allein auf alternde Stars und Glamour setzenden Filmen neue Impulse gab. Seinen ersten Kinoerfolg hatte er mit der Kriegsfilmsatire »M.A.S.H.« (1969), die in Cannes mit der Goldenen Palme ausgezeichnet wurde. »Nashville« (1975), für viele Kritiker sein bester Film, ist ein komplexes Porträt der USA, das die Verbindung von Politik und Show aufzeigt und wie seine meisten Filme amerikanische Mythen demontiert.

□ 1955-64: Fernsehregie; u. a. Episoden für die Serien »Alfred Hitchcock Presents« und »Bonanza«. □ 1971: »McCabe & Mrs. Miller«. □ 1972: »Spiegelbilder«. □ 1973: »Der Tod kennt keine Wiederkehr«; »Diebe wie wir«. □ 1974: »California Split«. □ 1976: »Buffalo Bill und die Indianer«; »Drei Frauen«. □ 1978: »Eine Hochzeit«; »Quintett«; »Ein perfektes Paar«. □ 1980: »Popeye - Der Seemann mit dem harten Schlag«. □ 1982: »Komm zurück, Jimmy Dean«. □ 1984: »Secret Honor«. □ 1985: »Fool for Love«. □ 1989: »Vincent & Theo« (über das Leben V. van Goghs).

Altman, Sidney
kanad. Biochemiker
* 8.5.1939 Montreal

Altman, seit 1980 Professor an der Yale University in New Haven, Conn., erhielt 1989 mit Th. R. →Cech den Chemie-Nobelpreis für die Entdeckung, daß Nukleinsäuren nicht nur als genetische Informationsträger, sondern auch als Biokatalysatoren wirken. Bis dahin hatte man angenommen, daß allein die aus Proteinen bestehenden Enzyme die biologischen Katalysatoren sind. 1977 zeigte A. an einem Bakterienenzym, daß es aus einer Protein- und einer Ribonukleinsäure-Komponente (RNS) besteht; 1983 wies A. nach, daß nur der RNS-Anteil des Bakterienenzyms katalysatorisch wirkt.

Álvarez, Luis Walter

amer. Physiker
* 13.6.1911 San Francisco † 1.9.1988 Berkeley

Álvarez, 1945-78 Professor für Kernphysik an der University of California, entdeckte 1961 in von ihm konstruierten Wasserstoff-Blasenkammern das Omega-Meson, eines der äußerst kurzlebigen Elementarteilchen (Resonanzen), die zu neuen Erklärungsmodellen über den Aufbau der Atomkerne führten. Für seine Entdeckung erhielt Á. 1968 den Physik-Nobelpreis.

Luis Álvarez vor dem Bild des jungen Albert Einstein (re.).

Á., der im 2. Weltkrieg an der Entwicklung des Radar und 1944/45 am amerikanischen Atombombenprojekt (R. →Oppenheimer) beteiligt war, erfand später Röntgen-Methoden, mit denen noch vermutete Grabkammern in ägyptischen Pyramiden als nicht existent nachgewiesen wurden. 1980 überraschte der Schüler von E. O. →Lawrence die Wissenschaft mit seiner umstrittenen Theorie, daß das Aussterben der Dinosaurier vor 65 Mio. Jahren auf den Aufprall eines das Klima der Erde verändernden Kometen zurückzuführen sei.

Alvaro, Corrado

ital. Schriftsteller
* 15.4.1895 San Luca, Prov. Kalabrien
† 11.6.1956 Rom

Alvaro war wie C. →Levi ein »Streiter« für den unterentwickelten Süden Italiens. In dem teilweise autobiografischen Erzählwerk des Kalabresen (»Das flüchtige Alter«, R., 1946), der Redakteur bei verschiedenen großen Zeitungen war (u. a. La-Stampa-Korrespondent in Deutschland und der UdSSR), zeigt sich in der Beschreibung menschlicher Schicksale ein starker, verklärender Regionalismus. A.s mythisch-realistischer Stil prägt auch die vergeistigten Landschaftsdarstellungen seines Essays »Italienisches Reisebuch« (1933, dt. 1956).

☐ 1917: Verarbeitung der Kriegserlebnisse in »Gedichte in Feldgrau«. ☐ 1922: Nach Literaturstudium und Redakteurstätigkeit in Mailand (Corriere della Sera) Übersiedlung nach Rom. ☐ 1926: »Der Mensch im Labyrinth« (R.). ☐ 1930: »Die Hirten von Aspromonte« (Erz.n, dt. 1942). ☐ 1946: »Das flüchtige Alter« (R.).

Alois Alzheimer →

Jorge Amado →

Alzheimer, Alois

dt. Nervenarzt
* 14.6.1864 Marktbreit, Bayern
† 19.12.1915 Breslau

Alzheimer erforschte krankhafte Veränderungen im Gehirngewebe und trug mit seinen »Histologischen und histopathologischen Arbeiten über die Großhirnrinde« (Schr. mit F. Nissl, 1909-13) zur Fundierung und Systematik der Hirnanatomie und Neuropathologie bei. Eine nach A. benannte, auch erbliche Hirnkrankheit, bei der es schon vor dem Greisenalter zu einem vollständigen Erlöschen des Gedächtnisses kommt (→Mao Zedong litt u. a. daran), führte der Professor an der Universität Breslau (ab 1912) auf den Schwund der Großhirnrinde zurück. A. gab die von ihm mitbegründete »Zeitschrift für die gesamte Neurologie und Psychiatrie« heraus.

Amado, Jorge

bras. Schriftsteller
* 10.8.1912 Fazenda Auricidia, Ferradas (heute Itabuna) bei Ilhéus, Bahia

Amado, dessen Romane in über 40 Sprachen übersetzt wurden, ist neben G. →García Márquez der meistgelesene Schriftsteller Lateinamerikas. Der Sohn eines Plantagenbesitzers teilt sein Werk selbst in zwei große Themenkreise ein: Den Kakao-Zyklus, der sich mit der Geschichte der ausbeuterischen Kakaowirtschaft in seiner Heimat befaßt, und den Bahia-Zyklus, der die Vermischung von Rassen und Kulturen in Brasilien zum Thema hat. A.s Gesellschaftskritik — er setzt sich vehement für die Unterdrückten und damit für die Farbigen ein — überdeckt nie seine Fabulierfreude. Zum größten (Verkaufs-)Erfolg des »brasilianischen Balzac« wurde der Roman »Gabriela wie Zimt und Nelken« (1958, dt. 1966), der hinter der Geschichte einer sinnlichen Mulattin die Kollision von Tradition und Fortschritt anschaulich macht.

☐ 1927: Nach Flucht vom Jesuitenkolleg Reporter der Tageszeitung Diario de Bahia. ☐ 1930-34: Jurastudium in Rio de Janeiro. ☐ 1932: Erstlingswerk »Das Land des Karnevals« (R.); KP-Mitglied. ☐ 1934: »Das Mietshaus« (R., dt. 1966). ☐ 1935: »Jubiabá« (R., dt. 1950). ☐ 1936-38: Mehrere Haftstrafen aus politischen Gründen. ☐ 1937: »Herren des Strandes« (R., dt. 1951). ☐ 1941-45: Exil in Argentinien. ☐ 1944: »Das Land der goldenen Früchte« (R., dt. 1953). ☐ 1946: Kommunistischer Parlamentsabg. ☐ 1948-52: Nach Verbot der KP Exil in Europa (Paris, Prag). ☐ 1957: Fernost-

Reise. □ 1961: Mitgl. der Bras. Akademie der Literatur. □ 1966: »Dona Flor und ihre zwei Ehemänner« (R., dt. 1968). □ 1969: »Die Geheimnisse des Mulatten Pedro« (R., dt. 1978). □ 1984: Ernennung zum Kommandeur der Ehrenlegion.

▷ R. Daus: Jorge Amado als engagierter Schriftsteller, 1968.

Amalrik, Andrej Alexejewitsch

sowjet. Schriftsteller und Historiker
* 12.5.1938 Moskau
† 11.(12.?)11.1980 bei Madrid (Spanien; verunglückt)

Amalrik wurde durch seine systemkritische Schrift »Kann die Sowjetunion das Jahr 1984 überleben?« (1969) weltweit bekannt. Das Werk erschien zunächst illegal im Samisdat (Verlag im Untergrund) und dann im Westen, woraufhin A. zu verschärfter Lagerhaft verurteilt wurde. A. hatte bereits 1963 wegen einer unerwünschten Lehrmeinung die Universität verlassen müssen und war 1965/66 in sibirischer Verbannung. 1976 erhielt er wie viele andere Dissidenten die Erlaubnis zur Ausreise.

▷ A. A. Amalrik: Unfreiwillige Reise nach Sibirien (aut. Bericht), 1970.

← Andrej A. Amalrik

Amann, Jürg

schweiz. Schriftsteller
* 2.7.1947 Winterthur

Amann, der 1982 den Ingeborg-Bachmann-Preis erhielt, gehört mit seinem Bemühen, die psychologische Tiefendimension einer künstlerischen Existenz begreifbar zu machen, zu den Autoren der sog. Neuen Innerlichkeit. A. legt seinen Dramen und seiner Prosa oft literaturgeschichtliches Material zugrunde und beschreibt das dialektische Verhältnis von Kunst und Leben am Beispiel bekannter Persönlichkeiten wie F. →Kafka, Goethe und R. →Walser (»Nachgerufen«, Prosa, 1983; »Die Korrektur«, Dr., 1980; »Franz Kafka«, Es., 1983).

← Jürg Amann

Ambesser, Axel von

(eig. A. Eugen von Österreich)
dt. Schauspieler, Regisseur und Schriftsteller
* 22.6.1910 Hamburg † 6.9.1988 München

Ambesser, schon in den 40er Jahren ein beliebter Schauspieler, verkörperte als Theater- und Filmschauspieler den charmanten Lebemann. Seinen größten Erfolg als Kinoregisseur (über 30 Filme) hatte er 1960 mit der Hašek-Verfilmung »Der brave Soldat Schwejk« (mit H. →Rühmann; Golden Globe). Bekanntestes Werk des Bühnenautors A. ist die Komödie »Das Abgründige in Herrn Gerstenberg« (UA 1946).

□ ab 1930: Theaterarbeit in Hamburg, München, Berlin, Wien und Salzburg. □ 1940: »Das Herz der Königin« (mit Z. →Leander, C. Froelich). □ 1958: »Der Pauker« (Rg., mit H. Rühmann). □ 1962: »Kohlhiesels Töchter« (Rg., mit L. →Pulver). □ 1975: »Die schöne Helena« (TV-Rg.). □ 1985: »Aus familiären Gründen« (TV-Rg.).

▷ A. Ambesser: Nimm einen Namen mit A., 1985; ders.: Aber fragt mich nur nicht wie, 1987.

← Axel von Ambesser

Eric Ambler: Der Meister des literarischen Thrillers.

Ambler, Eric

engl. Schriftsteller
* 28.6.1909 London

Ambler verhalf in seinen Romanen mit oft exotischen Schauplätzen dem Thriller zu literarischer Anerkennung. Seine frühen marxistischen Sympathien (»Grund zur Besorgnis«, R., 1938, dt. 1948) schwanden unter dem Eindruck des Stalinismus. Die spannende Handlung seiner Geschichten entfaltet sich meist um einen naiven, unbeteiligten Helden, der in ein undurchschaubares Geflecht von Intrigen gerät, deren Drahtzieher oft internationale Konzerne sind. Schon 1936 in »Der dunkle Grenzbezirk« (R., dt. 1976) beschwor er die Atomkriegsgefahr.

□ ab 1929: Nach Beendigung der Ingenieurschule u. a. Werbetexter. □ 1942-45: Produktionsleiter in einer brit. Armeefilmeinheit; später Roman- und Drehbuchautor. □ 1956: »Die Begabung zu töten« (Es., dt. 1988). □ 1959: »Der Waffenschmuggel« (R., dt. 1963). □ 1964: »Eine Art von Zorn« (R., dt. 1975). □ 1975: E.-A.-Poe-Preis für »Doktor Frigo« (R., 1974, dt. 1975).

▷ E. Ambler: Ambler by Ambler (Aut.), 1988.

Ameling, Elisabeth Sara »Elly«

niederl. Sängerin
* 8.2.1938 Rotterdam

Die lyrische Sopranistin Ameling war Preisträgerin in Genf (1958) und begann ihre Karriere zunächst als Konzert- und Oratoriensängerin (Bach-Partien), wirkte dann als Liedsängerin (Schubert, Schumann, Brahms). Nach Auftritten in Europa und Nordamerika wandte sich A. der Oper zu und gehört seit ihrem Amsterdamer Debüt (Ilia in »Idomeneo«) zu den bedeutendsten Mozart-Interpretinnen.

Amendt, Günter

dt. Sozialwissenschaftler, Publizist und Journalist
* 8.6.1939 Frankfurt/Main

»Das Sex-Buch« (1979) Amendts brachte dem promovierten Soziologen und damaligen Mitarbeiter der linksgerichteten politischen Zeitschrift

»konkret« den Vorwurf der Verbreitung pornographischer Schriften ein. Die bayerische Justiz ließ 1981 in München zahlreiche Exemplare des Verkaufserfolgs zu Beweiszwecken beschlagnahmen. Noch im selben Jahr stellte allerdings die Kommission zum Schutz des Buches den pädagogischen Wert der Studie heraus: Die in Wort und Bild ungewöhnlich offene Behandlung des Themas Sexualität sei zeitgemäß.

Amery, Carl

(eig. Christian Anton Mayer)
dt. Schriftsteller und Publizist
* 9.4.1922 München

Der Autor politisch engagierter Romane, Hörspiele und Essays setzte sich als Vertreter eines kritischen Katholizismus mit der Amtskirche und ihren Glaubensgrundsätzen auseinander (»Die Kapitulation oder Deutscher Katholizismus heute«, Schr., 1963). Seit Beginn der 70er Jahre beschäftigt sich Amery, bis 1974 Mitglied der SPD, zunehmend mit ökologischen Fragen, fordert den »ökologischen Materialismus« (»Natur als Politik. Die ökologische Chance des Menschen«, Schr., 1976) und trat 1979 bei der Europawahl als Kandidat der Partei der Grünen auf. 1989 wurde A., seinerzeit Mitglied der Gruppe 47 (H. W. →Richter), Präsident des bundesdeutschen PEN-Zentrums.

□ 1966-74: Mitgl. der SPD. □ 1967-71: Dir. der Städtischen Bibliotheken in München. □ 1972: »Das Ende der Vorsehung« (Es.). □ 1974: »Das Königsprojekt« (R.). □ 1976/77: Vors. des Verbandes Dt. Schriftsteller (VDS). □ 1990: »Das Geheimnis der Krypta« (R.).

Améry, Jean

(eig. Hans Mayer)
österr. Schriftsteller
* 31.10.1912 Wien
† 17.10.1978 Salzburg (Selbstmord)

Von den eigenen Erlebnissen in deutschen KZs und im belgischen Widerstand geprägt, beschäftigte sich Améry als Journalist und Verfasser gesellschaftskritischer Essays mit J.-P. →Sartres

Améry verfocht seine Würde bis zur letzten Konsequenz.

← Günter Amendt

← Carl Amery

Idi Amin Dada →

Kingsley Amis →

Grundidee des Existentialismus, d. h. mit den Grenzsituationen des Daseins. In seinem Diskurs »Hand an sich legen« (1976) stellte er den Selbstmord, den er zwei Jahre später in die Tat umsetzte, als letzte Form der Freiheit und Würde des Ichs dar.

□ 1938: Emigration nach Belgien; Mitgl. einer Widerstandsgruppe. □ 1943-45: Internierung in den KZs Auschwitz, Buchenwald und Bergen-Belsen. □ 1945: Freier Schriftsteller in Brüssel. □ 1966: »Jenseits von Schuld und Sühne« (Es.). □ 1968: »Über das Altern« (Es.). □ 1971: »Unmeisterliche Wanderjahre« (Es.). □ 1974: »Lefeu oder Der Abbruch« (Roman-Es.). □ 1978: »Charles Bovary, Landarzt. Porträt eines einfachen Mannes« (Es.).

▷ H. Arnold (Hg.): Jean Améry, 1988; J. Heidelberger-Leonard (Hg.): Über Jean Améry, 1990.

Amiet, Cuno

schweiz. Maler und Grafiker
* 28.3.1868 Solothurn
† 6.7.1961 Oschwand im Emmental, Kt. Bern

Amiet wurde durch farbintensive Landschafts- und Figurenbilder sowie ein umfangreiches grafisches Werk zum Vertreter des Expressionismus in der Schweiz. Um 1890 gehörte er zur Künstlergruppe in Pont-Aven (P. →Gauguin), Freundschaft verband ihn mit F. →Hodler. Seine Mitgliedschaft in der Gruppe Die Brücke (1906/07, E. L. →Kirchner) bestand nominell bis 1913. 50 seiner Werke wurden 1931 beim Brand des Münchner Glaspalasts vernichtet.

▷ M. Huggler: Cuno Amiet, 1971.

Amin Dada, Idi

ugand. Diktator
* 1924 (1925?) Koboko

Durch seinen unberechenbaren Regierungsstil wurde Amin, ehemaliger Boxer und Hauptmann der britischen Kolonialarmee, im Ausland zum Sinnbild des einfältig-brutalen afrikanischen Despoten. Internationales Aufsehen erregte er im Sommer 1972, als er im Rahmen einer Afrikanisierungskampagne 50 000 Asiaten des Landes verwies. Die Menschenrechtsorganisation Amnesty international bezichtigt ihn des Mordes an mindestens 100 000 Menschen während seiner Amtszeit. 1979 floh A. vor der Invasion tansanischer Truppen ins Exil nach Saudi-Arabien.

□ 1953-59: Als Kolonialoffizier an der Niederschlagung des Mau-Mau-Aufstands in Kenia beteiligt. □ Februar 1966: Mitwirkung beim Sturz von Staatspräsident Mutesa. □ 1967: Generalmajor und Oberbefehlshaber der Streitkräfte. □ 1971: Machtübernahme nach Sturz M. →Obotes. □ 1974-79: Außenmin. und Stabschef der Armee.

Amis, Kingsley

engl. Schriftsteller
* 16.4.1922 London

Amis zählt für viele Kritiker zu den »Zornigen jungen Männern« (J. → Osborne). Doch zeigt bereits »Glück für Jim« (1954, dt. 1957), daß A. nicht zu den unversöhnlichen Gegnern des Establishments gehört. Dieser unterhaltsame Universitätsroman erzählt das Leben eines mittelmäßigen Geschichtsdozenten, der an den gesellschaftlichen Konventionen seines Milieus scheitert; er ist einer der meistverkauften englischen Romane der Nachkriegszeit. A.s Darstellungsmittel sind Ironie und Komik, so auch in »One fat englishman« (R., 1963) und »Jake's thing« (R., 1978); sein eingängiger Stil machte ihn populär. A. schrieb außerdem Gedichte sowie Science-fiction- und Kriminalromane.

□ 1949-62: Literaturdozent in Swansea und Cambridge. □ 1958: »I like it here« (R.). □ 1966: »The Anti-Death-League« (R.). □ 1968: »Colonel Sun: A James Bond Adventure« (R., unter dem Pseudonym Robert Markham). □ 1969: »Der grüne Mann« (R., dt. 1973).

▷ P. Gardner: Kingsley Amis, 1981.

Amundsen, Roald Engebreth Gravning

norw. Polarforscher
* 16.7.1872 Borge † seit 18.6.1928 verschollen

Am 15.12.1911 erreichte Amundsen als erster Mensch den Südpol und kam damit dem Engländer R. F. →Scott um einen Monat zuvor. Der dramatische, weltweit verfolgte Wettlauf zum Pol war durch persönliche Rivalität zwischen A. und Scott gekennzeichnet. Auf dem Rückweg zum Rossmeer entdeckte A., der die 1100 km zum Pol mit Skiern und Hundeschlitten zurückgelegt hatte, die Königin-Maud-Kette. 1926 überflog er als erster Mensch den Nordpol (mit U. → Nobile). Im Juni 1928 stürzte er bei einer Rettungsaktion für den am Nordpol vermißten Nobile mit dem Flugzeug ab.

Roald Amundsen betrat als erster Mensch den Südpol.

□ 1897-99: Teilnahme an der belg. Südpolarexpedition von Adrien de Gerlach. □ 1900: Studium des Erdmagnetismus an dt. Observatorien. □ 1906: Mit der »Gjöa« erstmals durch die Nordwestpassage. □ 15.12.1911: Als erster Mensch am Südpol. □ 1920: Mit der »Maud« Bezwingung der Nordöstlichen Durchfahrt (Sibirien); Erforschung der nordsibirischen Küste. □ 11.-13.5.1926: Erste Überfliegung des Nordpols mit L. Ellsworth und U. Nobile nach gescheiterten Versuchen 1923 und 1925.

▷ R. Amundsen: Mein Leben als Entdecker, 1929.

Mulk Ráj Ánand →

Ánand, Mulk Ráj

ind. Schriftsteller
* 12.12.1905 Peschawar (heute Pakistan)

Der international bekannte Erzähler und Essayist Ánand, der sich in den 30er Jahren für die Unabhängigkeit Indiens von der Kolonialmacht Großbritannien einsetzte, aber erst 1945 aus England nach Indien zurückkehrte, gab mit seinen Romanen »Der Unberührbare« (1935, dt. 1954) und »Kuli« (1936, dt. 1954) der Entwicklung der modernen indo-englischen Literatur wichtige Impulse. Realistisch stellte er das Schicksal der Kastenlosen und Unterprivilegierten auf dem Subkontinent dar und wies auf das Unhaltbare ihrer — zumeist religiös begründeten — Unterdrückung hin. Auch seine spätere Prosa zeigt die humanistische Einstellung Á.s und sein Eintreten für eine nicht regional begrenzte, eigenständige kulturelle Identität Indiens.

□ bis 1945: Philologiestudium u. a. in London und Cambridge; Lehrtätigkeit an der Univ. London. □ 1945: Rückkehr nach Indien; Dozent in Kalkutta und Simla. □ 1953: »Maharaja privat« (R., dt. 1961). □ 1960: »Gauri« (R., dt. 1986).

▷ R. M. Ánand: Confession of a Lover (Aut.), 1976.

Anastasia →

Anastasia

(eig. Anna Anderson-Manahan)
angebliche Großfürstin von Rußland
* 16.12.1896 Borek (Polen)
† 12.2.1984 Charlottesville, Virg. (USA)

Das Schicksal der Anna Anderson-Manahan, die vergeblich um ihre Anerkennung als Zarentochter Anastasia kämpfte, beschäftigte jahrzehntelang Justiz und Boulevardpresse. Als angeblich einzige Überlebende des 1918 von Kommunisten verübten Massakers an der Zarenfamilie Romanow tauchte sie 1920 in Berlin auf. In der Folge bestätigten Mitglieder des europäischen Hochadels und weißrussische Emigranten in Paris zwar ihre Identität, sie wurde jedoch von engen Verwandten und deutschen Gerichten nicht bestätigt.

Géze Anda →

Anda, Géza

schweiz. Pianist ung. Herkunft
* 19.11.1921 Budapest † 13.6.1976 Zürich

Anda hatte mit seinem Engagement für B. →Bartók Anteil an der Anerkennung des ungarischen Komponisten, dessen Klavierkonzerte er mit F. →Fricsay auf Schallplatten einspielte. Während jahrelanger Zusammenarbeit mit der Camarata Academica des Salzburger Mozarteums (seit 1958) entwickelte sich A. zum Spezialisten für Mozarts Klavierwerke, die er als Solist auch vom Flügel aus dirigierte.

□ 1941: Solist in Berlin unter W. → Furtwängler. □ 1942: Übersiedlung nach Zürich; schweiz. Staatsbürgerschaft. □ 1960: Übernahme der Meisterklasse von E. →Fischer bei den Int. Musikfestwochen in Luzern. □ 1967: Aufführung der fünf Klavierkonzerte Ludwig van Beethovens beim Bonner Beethovenfest.

▷ Géza Anda. Ein Erinnerungsbild, 1977.

Anders, Günther

(eig. Günther Stern)
österr. Philosoph und Schriftsteller
* 12.7.1902 Breslau (heute Wrocław, Polen)

Anders, ein unbequemer Mahner, wurde mit seiner vieldiskutierten, literarisch-philosophischen Essaysammlung »Die Antiquiertheit des Menschen« (2 Bde., 1956-80) bekannt. Darin vertritt A. die These, daß der Mensch den von ihm selbst geschaffenen Techniken und modernen Apparaten nicht gewachsen sei. Angesichts der atomaren Bedrohung prognostiziert A. die höchstwahrscheinliche Selbstauslöschung der Menschheit und steht mit seiner pessimistischen Ansicht über »Endzeit und Zeitenende. Gedanken über die atomare Situation« (1972) in scharfem Gegensatz zu E. →Bloch, der eine Humanisierung des Menschen erhoffte.

Günther Anders: Noch im hohen Alter engagiert.

□ 1923: Promotion bei E. →Husserl. □ 1928: »Über das Haben« (Schr.). □ 1933: Emigration nach Paris (1936 Übersiedlung in die USA, 1950 nach Wien). □ 1935: »Die molussische Katakombe« (R.). □ 1959: »Der Mann auf der Brücke. Tagebuch aus Hiroshima und Nagasaki«. □ 1961: »Off Limits für das Gewissen« (Briefwechsel mit dem Piloten der Hiroshima-Bombe). □ 1968: »Visit beautiful Vietnam. ABC der Aggression heute« (Schr.). □ 1982: »Hiroshima ist überall« (Schriftensammlung zur atomaren Bedrohung). □ 1984: »Mensch ohne Welt. Schriften zur Kunst und Literatur« (Es.s). □ 1985: »Tagebücher und Gedichte«.

▷ J. Langenbach: Günther Anders. Eine Monographie, 1988.

Anders, Peter

dt. Sänger
* 1.7.1908 Essen † 10.9.1954 Hamburg (Unfall)

Anders war nach dem 2. Weltkrieg einer der anerkanntesten deutschen Sänger. Er kam vom lyrischen Fach und wandte sich später schweren Opernpartien zu (»Florestan« in Beethovens »Fidelio«, »Walther« in Wagners »Meistersinger von Nürnberg«). A. wurde auch als Mozart-Interpret geschätzt und sang nach 1948 an der Hamburger Staatsoper.

□ 1931: Erster Erfolg in J. Offenbachs »Schöne Helena« (Berlin; Rg. M. →Reinhardt). □ 1932: Debüt in Heidelberg. □ 1938-40: Engagement an der Staatsoper München. □ 1940-48: Engagement an der Staatsoper Berlin. □ 1952: Gastspiel an der Coventgarden Opera, London, beim Festival of Britain.

▷ F. W. Pauli: Peter Anders, 1963.

Alfred Andersch →

Lale Andersen →

← Peter Anders

Andersch, Alfred

dt. Schriftsteller
* 4.2.1914 München
† 21.2.1980 Berzona, Kt. Tessin (Schweiz)

Nicht nur durch sein literarisches Schaffen, auch durch seine Tätigkeit als Herausgeber der Zeitschriften »Der Ruf« und »Texte und Zeichen« wurde Andersch zu einer wichtigen Gestalt der deutschen Nachkriegsliteratur. In seinem umfangreichen Werk (Essays, Reiseberichte, Hörspiele, Romane und Erzählungen) beschäftigte A. sich in Anlehnung an die französischen Existentialisten (J.-P. →Sartre) mit den Möglichkeiten der Entscheidungsfreiheit des Menschen. In seinen Romanen »Sansibar oder Der letzte Grund« (1957) und »Winterspelt« (1974, 1977) orientieren sich die Protagonisten nicht an den durch Kirche, Partei oder Staat vorgegebenen Normen, sondern bemühen sich, aus freier, individueller Entscheidung zu handeln. In dem autobiografischen Bericht »Kirschen der Freiheit« (1952) stellt A. seine Desertion aus der deutschen Wehrmacht 1944 als Tat im Sinne der existentialistischen Philosophie dar, d. h. als Akt der Selbstbestimmung und der Verweigerung gegenüber gesellschaftlichen Zwängen.
In seinem Roman »Efraim« (1967) verwarf A. die Unterordnung der Literatur unter politische Zwecke, löste jedoch 1976 mit dem Gedicht »Artikel 3(3)« eine Debatte über Radikalenerlaß, Berufsverbot und Meinungsfreiheit im demokratischen Staat aus.

□ 1928-30: Buchhandelslehre. □ 1933: Jugendfunktionär der KPD; Inhaftierung im KZ Dachau. □ 1943/44: Kriegsdienst (Desertion). □ 1944-46: Kriegsgefangenschaft in den USA. □ 1946/47: Hg. der literarisch-politischen Wochenschrift Der Ruf. □ 1947: Mitbegründer der die Nachkriegsliteratur beeinflussenden Gruppe 47 (H. W. → Richter). □ 1948: »Deutsche Literatur in der Entscheidung« (Es.s). □ 1955-57: Hg. der Zeitschrift Texte und Zeichen. □ 1958: Übersiedlung in die Schweiz. □ 1960: »Die Rote« (R.). □ 1980: »Der Vater eines Mörders« (Erz.).

▷ B. Jendricke: Alfred Andersch, 1988; St. Reinhard: Alfred Andersch. Eine Biografie, 1989.

Andersen, Lale

(eig. Liselotte Helene Bunnenberg)
dt. Sängerin und Schauspielerin
* 23.3.1910 Bremerhaven
† 29.8.1972 Wien (Österreich)

Ihr Name ist bis auf den heutigen Tag mit dem wohl populärsten Schlager des 2. Weltkriegs verbunden — mit »Lili Marleen« (1938, Text: H. →Leip; Musik: N. Schultze). Ab August 1941 wurde das Lied vom deutschen Soldatensender Belgrad allabendlich gesendet. Nach Kriegsende trat A. international als Interpretin von Seemannsliedern und Chansons auf. R. W. →Fassbinders 1980 gedrehter Film »Lili Marleen« (Titelrolle H. →Schygulla) ist eine weitgehend fiktive Verfilmung ihres Lebens.

▷ L. Andersen: Der Himmel hat viele Farben — Leben mit einem Lied, 1972; L. Magnus-Andersen: Lale Andersen — die Lili Marleen, München 1981.

Andersen Nexø, Martin

(eig. Martin Andersen)
dän. Schriftsteller
* 26.6.1869 Kopenhagen † 1.6.1954 Dresden

Andersen Nexø, der schon mit acht Jahren im Steinbruch arbeiten mußte, war der erste Arbeiterdichter Dänemarks. Seine Motive entnahm der Sohn eines Steinhauers den unteren Gesellschaftsschichten. Internationalen Erfolg hatte er mit dem vierbändigen, autobiografischen Roman »Pelle der Eroberer« (1906-10, dt. 1912, verfilmt 1989). In kraftvoller Prosa beschreibt er darin den Weg des jungen Proletariers Pelle zum Sozialismus. In den inhaltlich anschließenden Romanen »Morten der Rote« (1945; dt. 1950) und »Die verlorene Generation« (1948; dt. 1950) macht Pelle als sozialdemokratischer Politiker Karriere, der sozialistische Schriftsteller Morten steht ihm als Kontrastfigur gegenüber

← Martin Andersen Nexø

□ 1877: Mit dem Vater nach Nexø auf Bornholm; Arbeit im Steinbruch. □ 1884-89: Schusterlehrling und Maurer. □ 1889-93: Besuch verschiedener Volkshochschulen. □ 1893-1902: Lehrerausbildung und sporadische Lehrtätigkeiten. □ 1894-96: Reise nach Spanien und Italien. □ 1902: »Überfluß« (R., dt. 1914). □ 1903: »Sonnentage« (Reiseb., dt. 1924). □ 1915: »Die Leute auf Dangaard« (R., dt. 1919). □ 1922: Reise in die Sowjetunion. □ 1923-30: Wohnsitz in Deutschland. □ 1929: »Im Gottesland« (R.). □ 1930: Rückkehr nach Dänemark. □ 1941: Drei Monate in Haft, anschließend Übersiedlung nach Schweden. □ 1948: »Die verlorene Generation« (R., dt. 1950). □ 1951: Übersiedlung in die DDR; Ehrenbürger Dresdens.

▷ M. Andersen-Nexø: Erinnerungen, 1932-39, dt. 1945-48; M. Zimmering: Martin Andersen Nexø, 1963.

Anderson, Carl David

amer. Physiker
* 3.9.1905 New York

Bei seinen Untersuchungen der kosmischen Strahlung in einem mit Bleiplatten ausgestatteten Nebelkammer-Labor fand Anderson nach fotografischen Auswertungen Teilchenbahnen, die denen der negativ geladenen Elektronen glichen, aber entgegengesetzt gekrümmt waren und folglich eine positive Ladung haben mußten. 1932 entdeckte A. das erste Teilchen Antimaterie (Positron), das P. A. M. →Dirac 1928 in seiner Quantentheorie als positiv geladenes Antiteilchen des Elektrons vorausgesagt hatte. Für die damit bestätigte Löchertheorie erhielt A., bis 1976 Professor am California Institute of Technology in Pasadena, 1936 den Physik-Nobelpreis (mit V. F. →Hess).

← Carl David Anderson

Anderson, Laurie

amer. Künstlerin
* 5.6.1947 Chicago, Ill.

← Laurie Anderson

Anderson wandte sich nach einem Violin- und einem Bildhauerstudium in den 70er Jahren der Performance zu. Sie verbindet Gesang, Sprache, Violinspiel und Körperbewegung sowie Dia- oder Filmprojektionen und Tonträger zu Multimedia-Aktionen. Dabei »erzählt« sie eigene Geschichten mit dem Ziel, ihre persönliche Erinnerung auf das Publikum zu übertragen und sie so zu einem kollektiven Erlebnis werden zu lassen (»For Instants – Part 4«, documenta 6, Kassel, 1977). 1983 schuf sie die siebenstündige Bühnenshow »United States«; 1986 entstand ihr erster Film »Home of the Braves«.

Anderson, Maxwell

amer. Dramatiker
* 15.12.1888 Atlantic, Penn.
† 28.2.1959 Stamford, Conn.

Seine Kritik an Militarismus, Korruption (etwa in der politischen Satire »Both your houses«, 1933) und sozialer Ungerechtigkeit sowie sein Pazifismus brachten Anderson die Kündigung als Lehrer ein; seine Dramen verhalfen den New Yorker Theatern zu internationalem Renommee. A.s bekanntestes Stück, »Dezembertag« (UA 1935, dt. EA 1955), verarbeitet den politischen Prozeß gegen die Anarchisten →Sacco und Vanzetti (1921). Es stellt die Frage, ob vergangene Schuld zu sühnen ist, ohne an der Gegenwart zu sündigen.

□ ab 1918: Dramatiker in New York. □ 1924: »Rivalen« (Dr., dt. 1929). □ 1927: »Leute wie du und ich« (Kom., dt. 1947). □ 1928: »Und wir haben nichts dagegen getan« (Dr., dt. 1930). □ 1930: Drehbuch nach E. M. → Remarques Roman »Im Westen nichts Neues«. □ 1933: Pulitzer-Preis. □ 1936: Drama Critics Circle Award (erneut 1937). □ 1948: »Königin für 1000 Tage« (Dr., dt. EA 1950).

▷ A. S. Shivers: »The life of Maxwell Anderson«, engl. 1982.

Anderson, Philip Warren

amer. Physiker
* 13.12.1923 Indianapolis, Ind.

Philip Anderson vor der von ihm entwickelten Formel.

Anderson befaßte sich mit den magnetischen Eigenschaften harter Supraleiter und amorpher (nichtkristalliner) Stoffe sowie der Entwicklung von optischen Gläsern und Lasermaterialien. 1958 wies A. das Fehlen eines Diffusionsprozesses von Teilchen in unregelmäßig strukturierten Stoffen nach, was zu der Einsicht führte, daß ungeordnete Netzwerke Leitfähigkeit verhindern können. Für seine Arbeit auf dem Gebiet der theoretischen Festkörperphysik erhielt A. 1977 den Physik-Nobelpreis (mit N. F. →Mott und

H. H. van →Vleck). 1987 verwies A. auf die theoretisch gegebene Möglichkeit, Supraleitfähigkeit auch bei Raumtemperatur zu erzeugen.

☐ 1963: »Concepts in solids« (Schr.). ☐ seit 1975: Prof. an der Princeton Univ., N. J. ☐ 1976-84: Dir. der Bell Telephone Laboratories in Murray Hill, N. J. ☐ 1984: »Basic notions of condensed matter physics« (Schr.).

Anderson, Sherwood

amer. Schriftsteller
* 13.9.1876 Camden, Ohio
† 8.3.1941 Colón (Panama)

Anderson, der 1912 Familie und Beruf abrupt verließ und in Chicago Werbetexter wurde, setzte sich in seinen autobiografisch geprägten Erzählungen mit der Bedrohung des natürlichen Lebens durch die technisierte Welt auseinander. In seinem Kurzgeschichtenzyklus »Winesburg, Ohio. Roman um eine kleine Stadt« (1919, dt. 1958) schildert ein Zeitungsreporter entscheidende Augenblicke im Leben grotesker Figuren einer fiktiven Kleinstadt im Mittelwesten. A.s Darstellung der Einsamkeit und Frustration gesellschaftlicher Außenseiter übte Kritik an dem Erfolgsmythos des »American Dream«. Sein von G. →Stein und vom Naturalismus beeinflußter Prosastil orientierte sich an der Alltagssprache und wurde wegweisend für Autoren wie E. →Hemingway und W. →Faulkner.

☐ ab 1890: Tätigkeiten als Zeitungsjunge, Maler, Landarbeiter. ☐ 1898-1912: Nach Teilnahme am Span.-Amer. Krieg Dir. einer Farbenfabrik. ☐ 1916: »Windy McPherson's Son« (R.). ☐ 1920: »Der arme Weiße« (R., dt. 1925). ☐ 1925: »Dunkles Lachen« (R., dt. 1963). ☐ ab 1927: Farmer in Virginia und Hg. zweier Zeitungen.

▷ Sh. Anderson: A story-teller's story (Aut.), 1924; Sh. Anderson: Memoirs (Aut.), 1942.

← Sherwood Anderson

Carl Andre →

← Carlos D. de Andrade

Andrade, Carlos Drummond de

bras. Lyriker
* 31.10.1902 Itabira, Minas Gerais
† 17.8.1987 Rio de Janeiro

Andrade, Mitglied der modernistischen Gruppe von Minas Gerais, wurde mit seinem Gesamtwerk zum wichtigsten brasilianischen Dichter des 20. Jh.s. Skepsis und Ironie kennzeichnen seine Poesie, die sich mit der Ichbezogenheit des Individuums und mit der gesellschaftspolitischen Realität auseinandersetzt.

☐ 1925: Mitbegründer der Zeitschrift A Revista. ☐ 1930: »Einige Poesie« (Ged.e). ☐ 1934: Kabinettschef im Unterrichtsministerium. ☐ 1945: Engagierte Lyrik in »Die Rose des Volkes« (Ged.e); Mithg. der kommunistischen Tribuna Popular. ☐ 1951: »Helles Rätsel« (Ged.e). ☐ 1962: »Lehre der Dinge« (Ged.e). ☐ bis 1984: Feuilletonartige Chroniken im Journal do Brasil.

Andrade, Mário de

(eig. Mário Raul de Morais Andrade)
bras. Schriftsteller und Musikforscher
* 9.10.1893 São Paulo † 25.2.1945 ebd.

Andrade, einer der Hauptvertreter des brasilianischen Modernismus, wurde 1922 Professor für Musikgeschichte und Ästhetik. Der von ihm Rhapsodie genannte, auf indianischen Mythen aufbauende Roman »Macunaíma. Der Held ohne jeden Charakter« (1928, dt. 1982) bezieht sich auf die Mythen der Taulipang- und Arekuna-Indianer, deren Schöpfergott Macunaíma, in die Großstadt São Paulo versetzt, statt Tiere und Pflanzen Autos und andere Zivilisationsgüter erschafft. Der Roman verdeutlicht ein wesentliches Anliegen des Lyrikers und Erzählers: Durch sprachliche Reformen, etwa die Mischung von klassizistischem Portugiesisch mit Umgangssprache und Neuschöpfungen, soll die nationale Identität Brasiliens dargestellt werden, ein erklärtes Ziel des brasilianischen Modernismus.

Andrae, Ernst Walter

dt. Archäologe und Bauforscher
* 18.2.1875 Anger bei Leipzig † 28.7.1956 Berlin

Unter der Leitung von Andrae wurde die Ruinenstätte Assur (bei Asch Scharkat, Irak) am rechten Ufer des Tigris freigelegt. Die von der Deutschen Orient-Gesellschaft unterstützten Ausgrabungen förderten Keilschrifttafeln, Bau- und Kunstwerke sowie die Bibliothek des assyrischen Königs Tiglatpilesers I. (1115-1078 v. Chr.) zutage.

☐ 1903-14: Ausgrabung Assurs; Mitarbeiter R. → Koldeweys bei der Freilegung Babylons (bei Al Hilla, Irak). ☐ 1923: »Farbige Keramik aus Assur und ihre Vorstufen in altassyrischen Wandmalereien« (Schr.). ☐ ab 1923: Prof. für Baugeschichte an der TH Berlin. ☐ ab 1928: Dir. der Vorderasiatischen Abteilung der Berliner Staatlichen Museen. ☐ 1938: »Das wiedererstandene Assur« (Schr.).

▷ K. Bittel/E. Heinrich (Hg.): Lebenserinnerungen eines Ausgräbers, 1962.

Andre, Carl

amer. Künstler
* 16.9.1935 Quincey, Mass.

Andre ist einer der profiliertesten Künstler der Minimal Art. Kern seiner Arbeit sind plastische Konfigurationen aus geometrischen Elementen — Holzblöcke, Ziegelsteine, quadratische Stahlplatten —, die er zu Pyramiden und Türmen schichtet, aneinanderreiht oder in Flächenanordnungen auf dem Boden auslegt. Damit knüpft A. an die abstrakten Gestaltungsprinzipien des Konstruktivismus, aber auch an die »Endlossäule« C. →Brancusis an, doch geht die formale Reduktion über diese Vorbilder hinaus. Dabei stellt die Anbindung der Objekte an den umgebenden Raum als ihr integrativer Bestandteil das eigentlich neuartige Moment dieser Art der geometrischen Abstraktion dar. A. sieht seine Objekte als Architekturen (Skulptur als Platz) und gleichzeitig als raumstrukturierende Elemente (»Palisade New York«, 1976, Eindhoven, Stedelijk van Abbe-Museum).

☐ 1958: Nach zahlreichen Tätigkeiten Begegnung mit F. →Stella und Hinwendung zur Skulptur. ☐ 1964: Ausstellung im Hudson River Museum in Yonkers, N. Y. ☐ seit 1977: Freie Arbeiten in der Landschaft; stärkere Betonung des Konzeptuellen. ☐ 1982: Teilnahme an der documenta 7 in Kassel.

André, Maurice

frz. Trompetensolist
* 21.5.1933 Alès, Dep. Gard

André, der bis 1953 als Bergmann arbeitete, erwarb als bedeutendster Trompetenvirtuose der Gegenwart Verdienste um die Wiederbelebung der lange Zeit nur wenig populären Trompetenmusik. Sein Repertoire reicht von altitalienischen Kompositionen über zeitgenössische Musik bis zum Jazz. Besondere Vorliebe hegt er für die Kompositionen von J. S. Bach (* 1685, † 1750), die er für Trompete umschrieb und mit denen A. seine größten Erfolge hatte.

☐ 1955: Preisträger des Int. Musikwettbewerbs in Genf. ☐ 1959: Entwicklung zum bedeutenden Bach-Trompeter unter K. →Richter in München. ☐ 1967: Prof. am Konservatorium in Paris; Solotrompeter der Opera comique.

← Maurice André

Andreas-Salomé, Lou

(Pseud. Henry Lou)
dt. Schriftstellerin
* 12.2.1861 St. Petersburg (Leningrad)
† 5.2.1937 Göttingen

Andreas-Salomé beeinflußte Künstler und Philosophen.

Als Freundin F. →Nietzsches, Vertraute R. M. →Rilkes und Schülerin S. →Freuds übte Andreas-Salomé großen Einfluß auf das Kultur- und Geistesleben der Jahrhundertwende aus. Sie verfaßte 1894 die erste, noch heute beachtete Studie zu Nietzsches Philosophie und vermittelte Rilke, dem sie den Vornamen Rainer gab, jene Genauigkeit in der Betrachtungsweise, die ihn als Dichter auszeichnete.
In zahlreichen Essays, Erzählungen, Aufsätzen und autobiografischen Schriften beschrieb sie psychologisch interessante Persönlichkeiten mit krankhaft gesteigertem Gefühlsleben oder Menschen in ihrer Vereinsamung.

☐ 1892: »Henrik Ibsens Frauengestalten« (Es.). ☐ 1894: »Friedrich Nietzsche in seinen Werken« (Biogr.). ☐ 1899/1900: Rußlandreisen mit Rilke. ☐ 1912/13: Studien bei S. Freud und A. →Adler. ☐ 1931: »Mein Dank an Freud« (offener Brief).

▷ H. Fr. Peters: Lou Andreas-Salomé,1974; C. Hoepke: Lou Andreas-Salomé. Eine Biografie, 1986.

Giulio Andreotti →

Andreotti, Giulio

ital. Politiker
* 14.1.1919 Rom

Der mehrfache Ministerpräsident Andreotti, einer der führenden Politiker der konservativen Christlich Demokratischen Partei (Democrazia Cristiana, DC), gilt als wortgewandter Taktiker und kühler Rechner. Bereits früh wurde er Mitglied der stark religiös orientierten Katholischen Aktion, die gute Beziehungen zum Vatikan besaß. Als überzeugter Anti-Marxist zählt er in seiner Partei zum rechten Flügel.
A. lehnte in den 70er Jahren den »historischen Kompromiß« (eine Regierungsbeteiligung der Kommunisten) ab und führte Italien daher notgedrungen jahrelang als Ministerpräsident einer Minderheits-Regierung mit nur eingeschränkten Möglichkeiten. Dabei war er durchaus bereit, in einzelnen Punkten mit den Kommunisten zusammenzuarbeiten. Als Außenminister setzte sich A. für eine mediterran-orientierte, proarabische Politik ein, die schon vor der Freilassung des führenden palästinensischen Terroristen Abu Abbas (1985) großes Befremden vor allem bei den Amerikanern auslöste. 1989 wurde er zum fünften Mal Ministerpräsident einer Koalition aus fünf Parteien.

☐ 1945: Mitgl. der verfassunggebenden Nationalversammlung. ☐ ab 1947: Mitgl. der Abgeordnetenkammer. ☐ 1954: Innenmin. ☐ 1955-58: Finanzmin. ☐ 1958/59: Schatzmin. ☐ 1959-66, 1974: Verteidigungsmin. ☐ 1968-72: Fraktionsvors. der DC in der Abgeordnetenkammer. ☐ 1966-69: Handelsmin. ☐ 1972, 1972/73: Ministerpräsident. ☐ 1974-76: Min. für Haushaltsplanung und Süditalien (Mezzogiorno). ☐ 1976-78, 1978/79: Ministerpräsident. ☐ 1983-89: Außenmin. ☐ seit 1989: Ministerpräsident.

Stefan Andres →

Andres, Stefan

dt. Schriftsteller
* 26.6.1906 Breitwies bei Trier
† 29.6.1970 Rom (Italien)

Als realistischer Erzähler von leidenschaftlicher Vitalität und kräftiger, bildsicherer Sprache schilderte Andres in seinem Werk (Romane, Hörspiele, Dramen, Gedichte und Essays) die Wechselwirkung von Gegensätzlichem (Sinnlichkeit — geistige Verantwortung; Freiheit — Willkür; irdisches Glück — Heilserwartung). Der ursprünglich von seinen Eltern für das Priesteramt bestimmte Schriftsteller analysierte in der Novelle »Wir sind Utopia« (1943) die Haltung des Christentums im totalitären Staat und löste mit seinen humanistischen Ideen eine Diskussion über ethisch-politische Fragen aus.

☐ 1932: »Bruder Luzifer« (R.). ☐ 1936: »El Greco malt den Großinquisitor« (Nov.). ☐ 1937-49: Exil in Positano (bei Salerno). □ 1949-59: »Die Sintflut« (R.-Trilogie). □ 1949-61: Rückkehr in die BRD. □ 1953: »Der Knabe im Brunnen« (R.). □ 1961: Endgültige Niederlassung in Rom. □ postum 1971: »Die Versuchung des Synesios« (R.).

▷ H. Wagener: Stefan Andres, 1974.

Andrews, Julie

brit. Schauspielerin und Sängerin
* 1.10.1935 Walton-Thames

Ihren ersten großen Erfolg als Sängerin erlebte Andrews 1956 am Broadway als Eliza Doolittle in dem Musical »My Fair Lady«. Für ihr Filmdebüt in »Mary Poppins« wurde sie 1964 mit einem Oscar ausgezeichnet. Fortan auf die Darstellung braver, gouvernantenhaft wirkender Frauen festgelegt, konnte sich die mit B. → Edwards verheiratete Schauspielerin erst 1982 mit der Filmkomödie »Victor und Victoria« (Rg. B. Edwards) von diesem Image befreien.

Julie Andrews in dem Musical »Star«, 1968.

□ 1954: »The Boy Friend« (Mus.). □ 1956: Preis der New Yorker Theaterkritiker für »My Fair Lady«. □ 1969: Ehe mit B. Edwards. □ 1972/73: »The Julie Andrews Hour« (TV-Serie). □ 1979: »Zehn — Die Traumfrau« (Rg. B. Edwards). □ 1980: »Ein reizender Fratz« (Rg. W. Bernstein).

Andrić, Ivo

serb. Schriftsteller und Diplomat
* 9.10.1892 Dolac/Travnik, Bosnien
† 13.3.1975 Belgrad

Andrić gehört neben M. →Krleža zu den bekanntesten Erzählern Jugoslawiens. Die Beschäftigung mit der Geschichte seiner Heimat Bosnien durchzieht das gesamte erzählerische Schaffen, für das A. 1961 den Literatur-Nobelpreis erhielt. Sein Hauptwerk, »Die Brücke über die Drina«, ist eine Chronik der bosnischen Kleinstadt Wischegrad vom 16. Jh. bis zum 1. Weltkrieg, von der Türkenherrschaft bis zum Untergang der Donaumonarchie. Charakteristisch für A.s Werk ist die Einbettung psychologisch genau gezeichneter, oft dem einfachen Volk entstammender Figuren in welthistorische Ereignisse. A. ist auch als Essayist hervorgetreten.

□ 1921: Eintritt in den diplomatischen Dienst. □ 1924: Promotion zum Dr. phil. in Graz. □ 1939: Gesandter in Berlin. □ ab 1941: Freier Schriftsteller. □ 1945: »Die Brücke über die Drina« (R., dt. 1953); »Wesire und Konsuln« (dt. 1961); »Das Fräulein« (dt. 1958). □ 1961: Literatur-Nobelpreis; »Francisco Goya« (Es., dt. 1962).

Jurij W. Andropow →

← Ivo Andrić

Andropow, Jurij W.

sowjet. Politiker
* 15.6.1914 Nagutskaja, Nordkaukasus
† 9.2.1984 Moskau

Andropow, nach dem Tod von L. → Breschnew 1982 Generalsekretär der KPdSU, versuchte vergeblich, die westliche Nachrüstung im Mittelstreckenbereich zu verhindern. Der ehemalige Komsomol-Funktionär, der als Förderer M. →Gorbatschows galt, war 1953-57 im diplomatischen Dienst und spielte 1956 eine führende Rolle bei der Unterdrückung des Aufstandes in Ungarn (I. →Nagy). Als KGB-Chef (1967-82) trug er die Verantwortung für die Ausbürgerung von Dissidenten, den Mißbrauch der Psychiatrie und andere Unterdrückungsmaßnahmen in der UdSSR. Sein Nachfolger als Generalsekretär wurde 1984 K. U. →Tschernenko.

▷ Z. Medwedjew: Andropow. Der Aufstieg zur Macht, 1983.

Andrzejewski, Jerzy

poln. Schriftsteller
* 19.8.1909 Warschau † 20.4.1983 ebd.

Jerzy Andrzejewski bei einer Lesung, 1966.

Andrzejewski, während der deutschen Besetzung im Untergrund, setzte sich als einer der ersten polnischen Nachkriegsautoren kritisch mit der geistigen Entwicklung in Polen während des 2. Weltkriegs und des anschließenden kommunistischen Aufbaus auseinander. Obwohl Parteimitglied, wurde er in den 50er Jahren zum Kritiker des politischen Dogmatismus und zur moralischen Autorität, die unerschrocken für das Recht des einzelnen eintrat.

□ 1939-44: Widerstandskämpfer in Warschau. □ 1948: »Asche und Diamant« (R., dt. 1961). □ 1949: Eintritt in die poln. KP (Austritt 1957). □ 1952-57: Parlamentsabg. □ 1968-75: Boykott von Publikationen durch das Regime wegen A.s Kritik an der Zensur und an der Beteiligung Polens an der Niederschlagung des Prager Frühlings. □ 1981: Unterstützung der Gewerkschaft Solidarität.

Anfinsen, Christian Boehmer

amer. Biochemiker
* 26.3.1916 Monessen, Penn.

Anfinsen erforschte die Wirkungsweise der für den Stoffwechsel verantwortlichen Enzyme und erklärte die molekulare Struktur und Biosynthese der Ribonuklease in der lebenden Zelle. An der dreidimensionalen Enzymstruktur, die als Biokatalysator wirkt, wies A. nach, daß sie durch die Reihenfolge der 124 Aminosäuren im Rubinuklease-Molekül bestimmt wird.

□ 1950-63: Prof. am Nat. Inst. of Health in Bethesda, Maryl. □ 1959: »The molecular basis of evolution« (Schr.). □ 1963-82: Prof. am Nat. Inst. für Arthritis und Stoffwechselkrankheiten in Bethesda. □ 1972: Chemie-Nobelpreis (mit St. → Moore und W. H. → Stein). □ seit 1982: Prof. an der John Hopkins Univ. in Baltimore, Maryl.

← Christian B. Anfinsen

Angeles, Victoria de los

(eig. Victoria López García)
span. Sängerin
* 1.11.1923 Barcelona

Angeles begann 1949 ihre internationale Karriere an der Pariser Oper als Margarethe in Charles Gounods »Faust«. Nach einer Südamerika-Tournee kam sie 1951 an die Metropolitan Opera New York und avancierte zur Interpretin französischer und italienischer Partien. A. wurde mit ihrem lyrischen, vibratolosen Sopran auch als Sängerin des facettenreichen spanischen Liedes bekannt.

← Victoria de los Angeles

Angelopoulos, Thodoros »Theo«

griech. Regisseur
* 27.4.1936 Athen

Angelopoulos, der sich in seinen Filmen u. a. mit griechischer Zeitgeschichte auseinandersetzt, drehte seinen ersten Spielfilm 1970 während der Militärdiktatur in Griechenland. International bekannt wurde er mit dem vierstündigen Epos »Die Wanderschauspieler« (1975) und dem Film »Der Bienenzüchter« (1986, mit M. → Mastroianni), einer Reflexion über Abschied und Tod. Typisch für A.s Filme sind komplizierte Kamerafahrten und lange Einstellungen, die den Zuschauer in die Rolle des distanzierten Beobachters zwingen.

□ 1953-57: Jurastudium. □ 1970: »Rekonstruktion« (F.). □ 1972: »Die Tage von '36« (F.). □ 1977: »Die Jäger« (F.). □ 1980: »Der große Alexander« (F.). □ 1984: »Die Reise nach Kythera« (F.). □ 1988: Europ. Filmpreis für »Landschaft im Nebel«.

▷ W. Ruggle: Theo Angelopoulos. Filmische Landschaft, 1990.

← Theo Angelopoulos

Angerer, Paul

österr. Bratschist, Dirigent und Komponist
* 16.5.1927 Wien

Angerer ist Spezialist für Kammermusik und nahm als Leiter renommierter Ensembles (u. a. Südwestdeutsches Kammerorchester, English Chamber Orchestra, Wiener Kammerorchester) viele Schallplatten auf, vorwiegend aus dem Repertoire der Wiener Klassik und des Barock. Zu seinen Kompositionen (meistens für kleine Besetzungen) gehören auch größere Bühnenwerke (»Die Paßkontrolle«, Fernsehoper, 1959; »Hotel Comédie«, Mus., 1970).

□ 1952: Solobratschist bei den Wiener Symphonikern. □ 1956: Leiter des Kammerorchesters der Wiener Konzerthausgesellschaft. □ 1964: Kapellmeister am Theater Bonn. □ 1967: Opernchef am Landestheater Salzburg. □ 1971-82: Leiter des Südwestdeutschen Kammerorchesters Pforzheim. □ seit 1982: Dozent an der Musikhochschule Wien.

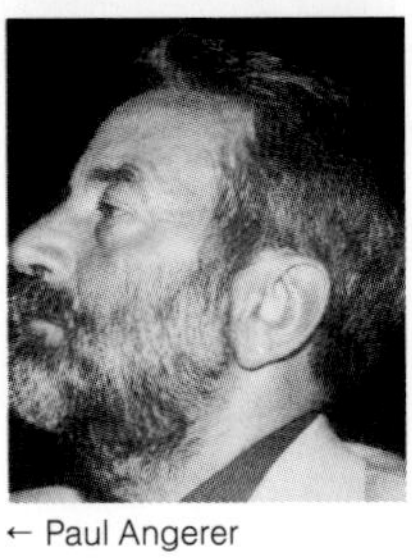
← Paul Angerer

Angerer, Peter

dt. Biathlet
14.7.1959 Hammer bei Inzell

Mit seinem Olympiasieg 1984 machte Angerer den Biathlonsport in Deutschland populär. Der Bundeswehrsoldat gewann zehn nationale Einzelmeisterschaften und fünf Medaillen bei Weltmeisterschaften. 1986/87 war er wegen Doping für ein halbes Jahr international gesperrt und konnte danach an seine früheren Einzelerfolge nicht mehr anknüpfen.

□ 1980: Bronze bei den Olymischen Spielen von Lake Placid mit der Staffel; Junioren-Weltmeister über 15 km und mit der Staffel. □ 1984: Gold über 20 km bei den Olympischen Spielen von Sarajevo; Silber über 10 km; Bronze mit der Staffel. □ 1987: Dt. Meister im Ski-Marathon über 50 km. □ 1988: Silber mit der Staffel bei den Olympischen Spielen von Calgary.

Anne

Prinzessin von Großbritannien und Nordirland
* 15.8.1950 London

Prinzessin Anne ist das zweite Kind (nach Kronprinz → Charles) von Königin → Elizabeth II. und Prinz Philip, dem Herzog von Edinburgh. 1971 wurde die Reitsportlerin Europameisterin in der Military. Ihre Vermählung mit dem bürgerlichen Artilleriehauptmann M. Phillips (1973) war ein spektakuläres Medienereignis. A. ist Präsidentin des internationalen Kinderhilfswerks Save the Children Fund.

Prinzessin Anne, 1975.

d'Annunzio, Gabriele

(eig. Antonio Rapagnetta)
ital. Schriftsteller und Politiker
* 12.3.1863 Pescara
† 1.3.1938 Cargnacio am Gardasee

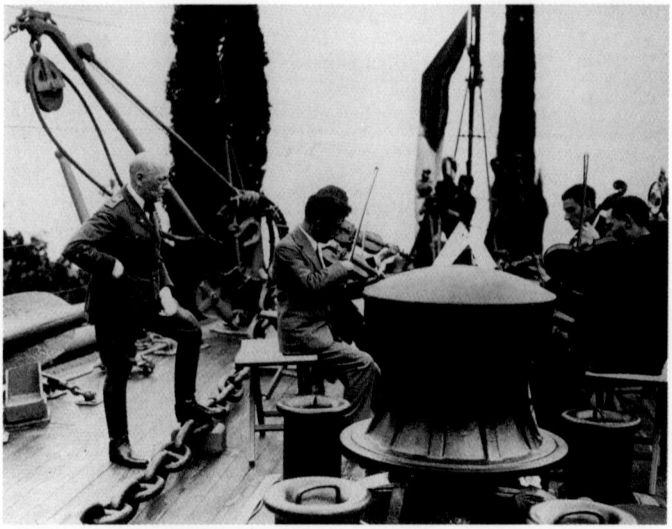

Gabriele d'Annunzio: Ein Ständchen für den großen Poeten Italiens.

Der Lyriker, Dramatiker und Romancier d'Annunzio war ein wortgewaltiger Formalist, der vom französischen Symbolismus, von R. Wagner und F. →Nietzsche beeinflußt wurde. Ein zentrales Motiv seines Werkes ist der heroische, alle Grenzen der Konvention mißachtende Übermensch, den A. am vollkommensten in seinem Roman »Feuer« (1900, dt. 1900) in der Figur des Stelio Effrena, seinem Alter ego, darstellte. In ihm enthüllte A. seine Liebesbeziehung zur Schauspielerin E. →Duse, die von großer Bedeutung für sein Schaffen war. Einen Höhepunkt seines umstrittenen Werks bildet das Drama »Die Tochter des Iorio« (1904, dt. 1910), in dem A. eine archaisch-stilisierte Welt mit der Leidenschaft und hemmungslosen Sexualität zweier Liebender kontrastierte.
A. sah sich selbst als einen der letzten Vertreter der neoklassizistischen Restauration. 1976 verfilmte L. →Visconti A.s Roman »Der Unschuldige«; mit der Gefährlichkeit der von A. ausgehenden Faszination beschäftigt sich T. →Dorst in »Der verbotene Garten«.

☐ 1881-89: Journalist in Rom. ☐ 1889: »Lust« (R., dt 1898). ☐ 1892: »Der Unschuldige« (R., dt. 1896). ☐ 1894: »Der Triumph des Todes« (R., dt. 1899). ☐ 1897-1904: Liebesbeziehung zu E. Duse. ☐ 1898: »Traum eines Herbstabends« (Dr., dt. 1903). ☐ 1898-1900: Abg. im ital. Parlament. ☐ 1899: »Die Gioconda« (Dr., dt. 1899). ☐ 1910: »Vielleicht, vielleicht auch nicht« (R., dt. 1910). ☐ 1910-15: Frankreichaufenthalt wegen hoher Verschuldung in Italien. ☐ 1911: »Das Martyrium des heiligen Sebastian« (Dr., dt. 1913). ☐ 1915-17: Pilot im 1. Weltkrieg. ☐ 1921: »Notturno« (R., dt. 1922). ☐ postum 1939: »Amarantia« (R., dt. 1942).

▷ M. Gazzetti: Gabriele d'Annunzio, dt. 1989.

Anouilh, Jean

frz. Dramatiker
* 23.6.1910 Bordeaux
† 3.10.1987 Lausanne (Schweiz)

Anouilh, zu dessen bekanntesten und meistgespielten Stücken »Becket oder Die Ehre Gottes« (1959, dt. 1961) gehört, ist einer der großen Dramatiker des 20. Jh.s. Seine Arbeiten, die sich durch feinsinnige psychologische Konstruktion und pointiert-ironische Dialoge auszeichnen, gliederte A. selbst in »Schwarze Stücke«, »Rosa Stücke«, »Glänzende Stücke«, »Knirschende Stücke« usw., um sich den gängigen Genre-Einteilungen zu entziehen. Aus einer pessimistischen Grundhaltung heraus stellte er immer

Anouilh: Der Nihilist mit dem Blick für die Wirklichkeit.

wieder den Gegensatz zwischen Ideal und Realität, Wahrheit und Lüge, Individuum und Gesellschaft dar, ohne je eine wirkliche Konfliktlösung anzubieten. Auch in »Antigone« (1943, dt. 1946), einer Aktualisierung der klassischen Sophokles-Tragödie mit deutlichen Bezügen zur Besatzungszeit ab 1940, zeigt sich der Nihilismus A.s, der weder für die idealistische Heldin noch für den pragmatischen »Politiker« Kreon Partei ergreift: Zur Durchsetzung ihrer Überzeugungen bleibt Antigone nur ein Ausweg — der Tod.

☐ 1931: Nach Schule und Studium in Paris Sekr. des Regisseurs und Schauspielers L. Jouvet. ☐ 1932: »Ball der Diebe« (dt. 1938); danach freier Schriftsteller. ☐ 1937: »Der Reisende ohne Gepäck« (dt. 1947). ☐ 1942: »Eurydike« (dt. 1946). ☐ 1946: »Medea« (dt. 1948), »Romeo und Jeanette« (dt. 1949); Übersiedlung in die Schweiz. ☐ 1953: »Jeanne oder Die Lerche« (dt. 1953). □ 1956: »Der arme Bitos oder Das Diner der Köpfe« (dt. 1959). □ 1970: »Wecken Sie Madame nicht auf!« (dt. 1970). □ 1980: Großer Theaterpreis der Académie française.

▷ J. Theisen: Jean Anouilh, 1968.

Anquetil, Jacques

frz. Radrennfahrer
* 8.1.1934 Mont St. Aignan bei Rouen
† 18.11.1987 Rouen

Anquetil, fünfmaliger Sieger der Tour de France, gilt als einer der bedeutendsten Etappenfahrer der Radsportgeschichte. Im Gegensatz zu längeren Rundfahrten war er bei Ein-Tages-Wettbewerben nicht so erfolgreich (1966 Sieger von Lüttich—Bastogne—Lüttich).

Anquetil versucht zum 6. Mal die Tour zu gewinnen, 1966.

□ 1956: Weltrekord im Stundenfahren (46,159 km). □ 1957: Sieger der Tour de France (erneut 1961, 1962, 1963, 1964). □ 1960: Sieger im Giro d'Italia (erneut 1964). □ 1963: Gewinner der Spanien-Rundfahrt.

Ansermet, Ernest

schweiz. Dirigent und Komponist
* 11.11.1883 Vevey † 20.2.1969 Genf

Ansermet gründete 1918 das Orchestre de la Suisse Romande in Genf, das er bis 1967 leitete und zu Weltruhm führte. Er förderte die moderne russische und französische Musik (S. →Prokofjew, Cl. →Debussy, M. →Ravel), wandte sich aber in seiner Ästhetik, »Die Grundlagen der Musik im menschlichen Bewußtsein« (1961, dt. 1965), gegen zeitgenössische Tendenzen.

□ 1906-10: Mathematiklehrer in Lausanne. □ 1912-14: Leiter des Kursaal-Orchesters in Montreux; Zusammenarbeit mit I. →Strawinsky. □ 1915-23: Orchesterleiter der Ballets Russes (S. →Diaghilew).

▷ E. Ansermet/J. Cl. Pignet: Gespräche über Musik, 1985.

← Ernest Ansermet

Conrad Ansorge →

Ansorge, Conrad

dt. Pianist und Komponist
* 15.10.1862 Buchwald, Schlesien
† 13.2.1930 Berlin

Wegen seines intuitiven Vortrags galt Ansorge als »Metaphysiker« unter den Pianisten. Auf Konzertreisen durch Europa und Nordamerika erwarb er einen Ruf als Beethoven-Interpret. Der Liszt-Schüler, der in Berlin (1898-1903) und Prag (ab 1920) lehrte, komponierte auch Klaviersonaten, Streichquartette und Lieder (nach Texten R. → Dehmels und St. →Georges).

József Antall →

Antall, József

ung. Politiker
* 7.4.1932 Budapest

Als Mitbegründer und Vorsitzender des Ungarischen Demokratischen Forums (gegr. 1989) zählt Antall zu den Leitfiguren der demokratischen Umgestaltung seines Landes. A., der 1956 nach Niederschlagung des Volksaufstandes (I. → Nagy) durch sowjetische Truppen inhaftiert wurde, später aber wieder in seinem Beruf als Historiker arbeiten konnte, vertritt Positionen der politischen Mitte und erstrebt für Ungarn die Mitgliedschaft in Europarat und EG. 1990 wurde A. nach den ersten freien Wahlen seit 1945 zum Ministerpräsidenten gewählt.

Horst Antes →

Antes, Horst

dt. Maler, Grafiker, Bildhauer und Objektkünstler
* 28.10.1936 Heppenheim an der Bergstraße

Antes, einer der vielseitigen deutschen Gegenwartskünstler, wurde vor allem als Maler und Grafiker mit archaischen rumpflosen Figuren (sog. Kopffüßler) bekannt, die auf seine Beschäftigung mit frühen Formen der präkolumbischen Kunst zurückgehen. Sie bilden in vielen Werken den Mittelpunkt, begleitet von symbolträchtigen Motiven wie Leitern, Kugeln und angedeuteten Bauten. Ebenso wurde der stark stilisierte Kopf selbst immer wieder Thema, auch in den großen, aus Stahlplatten geschnittenen und geschweißten Plastiken (»Der Kopf oder: die Lust an Adam«, 1967, Besitz des Künstlers). Zuvor hatte A. Keramiken bemalt und Tonköpfe modelliert (z. T. mit Federn und anderen Objekten kombiniert, Ergebnis seiner Beschäftigung mit der Kunst der nordamerikanischen Indianer). A. verbindet in seinem Werk eine phantastisch-realistische Komponente mit Vorbildern außereuropäischer Kulturen. Er ist seit 1967 Professor an der Karlsruher Kunstakademie. 1989 widmete ihm das Sprengel-Museum Hannover eine große Retrospektive.

Antheil, George

amer. Pianist und Komponist
* 8.7.1900 Trenton, N. J. † 12.2.1959 New York

Antheil gehörte mit seinen kompositorischen Experimenten in den 20er Jahren zu den Repräsentanten der musikalischen Avantgarde. Sein

Werk »Ballet mécanique« für elektrische Instrumente, zehn Klaviere und Maschinen (1925, UA 1927 New York) schrieb er zum kubistischen Stummfilm F. →Légers. Dem Zeitstil entsprechend verarbeitete A. in seinen Kompositionen Elemente des Jazz, der in den USA gerade Furore machte (»Jazz-Symphony«, 1926).

□ 1919-21: Kompositionsschüler von E. →Bloch in Philadelphia. □ 1921/22: Europatournee als Konzertpianist. □ 1930: UA der dreiaktigen Oper »Transatlantic« in Frankfurt/Main. □ 1946: Klavier-Konzert; Violin-Konzert. □ 1953: »The Capital of the World« (Ballett).

▷ G. Antheil: Enfant terrible der Musik, 1945, dt. 1960.

← George Antheil

Anthony, Susan Brownell

amer. Frauenrechtlerin
* 15.3.1820 Adams, Mass.
† 13.3.1906 Rochester, N. Y.

Die Lehrerin und Journalistin Anthony, die sich schon seit den 60er Jahren des 19. Jh.s für die politischen Rechte der Schwarzen eingesetzt hatte, erregte Aufsehen durch ihren resoluten Kampf für das Frauenwahlrecht: 1872 beteiligte sie sich an den staatlichen und städtischen Wahlen in Rochester und wurde wegen Verletzung des Wahlrechts (damals ein reines Männerwahlrecht) verhaftet. Mit E. Stanton organisierte sie die Frauenrechtsbewegung National American Woman Suffrage Association, der sie 1892-1900 als Präsidentin vorstand.

Antonescu, Ion

rumän. Politiker
* 14.6.1882 Pitesti
† 1.6.1946 Bukarest (hingerichtet)

Antonescu, ab 1940 rumänischer Ministerpräsident mit uneingeschränkten Vollmachten, regierte das Land von 1941 an als Militärdiktator. Der Führer (conducător) sagte A. →Hitler schon im Januar 1941 Unterstützung im geplanten Krieg gegen die UdSSR zu. Am 22.6.1941 trat Rumänien an der Seite des Deutschen Reichs in den 2. Weltkrieg ein. A., 1944 gestürzt, wurde 1946 von einem rumänischen Volksgerichtshof zum Tode verurteilt.

Antonioni, Michelangelo

ital. Regisseur
* 29.9.1912 Ferrara

Antonioni behandelt in seinen Filmen häufig die Einsamkeit des Menschen und seine Entfremdung zur Umwelt. Spiegelbilder für die Innenwelt seiner Protagonisten sind u. a. farblich verfremdete Landschaften. In »Die rote Wüste« (1963) färbte A. vor den Aufnahmen Wiesen blau und Bäume rot, in späteren Filmen manipulierte er die Farben mit elektronischen Mitteln. Zu seinen bekanntesten Filmen zählt »Blow-up« (1966), ein Diskurs über die Wahrnehmung von Wirklichkeit, vor dem Hintergrund des »Swinging London«. 1983 wurde A. in Venedig für sein Gesamtwerk ausgezeichnet.

← Michelangelo Antonioni

□ ab 1936: Nach Studium der Volkswirtschaft Filmkritiker bei diversen Zeitschriften. □ 1942: Regieassistent bei M. →Carné. □ 1943-49: Dokumentarfilme. □ 1950: Erster Spielfilm »Chronik einer Liebe«. □ 1955: »Die Freundinnen«. □ 1959: »Die mit der Liebe spielen«. □ 1960: »Die Nacht«. □ 1967: Goldene Palme von Cannes für »Blow-up«. □ 1969: »Zabriskie Point«. □ 1973: »Beruf: Reporter«. □ 1980: »Das Geheimnis von Oberwald«. □ 1982: »Identifikation einer Frau«. □ 1984: Schlaganfall.

▷ P. W. Jansen/W. Schütte (Hg.): Michelangelo Antonioni, 1984.

Antonow, Oleg

sowjet. Flugzeugkonstrukteur
* 7.2.1906 Troitsi bei Moskau † 4.4.1984 Moskau

Antonow, der bereits als 17jähriger sein erstes Segelflugzeug konstruiert hatte, entwickelte ab Mitte der 30er Jahre als Elitekonstrukteur des Sowjetstaats Kampf- und Spezialflugzeuge. Ab 1952 schuf er die Prototypen der Passagierflugzeuge der sowjetischen Luftfahrtgesellschaft Aeroflot. Seine AN-10 für 100 Passagiere wurde 1958 auf der Brüsseler Weltausstellung mit der Großen Goldmedaille ausgezeichnet.

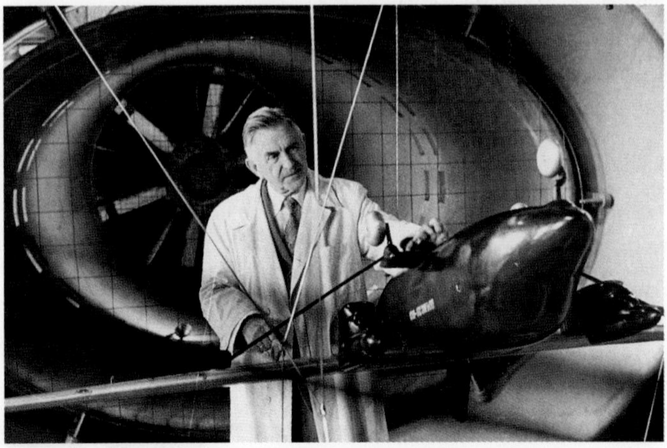
Oleg Antonow

□ 1936: Chefkonstrukteur des neu errichteten Flugzeugbau-Büros in Tuschino; Vors. des Inspektionskomitees für Segelflug in der UdSSR. □ 1944: Chefkonstrukteur für Spezialflugzeuge. □ 1958-66: Mitgl. im Obersten Sowjet. □ 1962: Berater im Luftfahrtministerium.

Aouita, Said

marok. Leichtathlet
* 2.11.1960 Kenitra

Aouita, ein Günstling des marokkanischen Königs →Hassan II., dominierte Mitte der 80er Jahre auf allen Laufstrecken zwischen 800 m und 5000 m. A.s größte Stärke lag im 5000-m-Lauf (er lief als erster unter 13 min.), in dem er 1984 Olympiasieger und 1986 Weltmeister wurde. A. lebt seit 1983 in Florenz.

□ 1983: WM-Dritter über 1500 m. □ 1984: Olympiasieger 5000 m. □ 1985: Weltrekord 1500 m (3:29,46 min.). □ 1986: Weltmeister 5000 m. □ 1987: Weltrekord 5000 m (12:58,39 min., erster unter 13 min.). □ 1988: Olympiadritter 800 m.

Apel, Hans

dt. Politiker
* 25.2.1932 Hamburg

Der SPD-Politiker Apel verkörpert den Typ des tatkräftigen, von protestantischer Ethik geprägten Pragmatikers. Nach einigen Jahren politischer Arbeit im Europa-Parlament wurde A. 1972 Staatssekretär im Auswärtigen Amt. 1974 wurde er in der Regierung →Schmidt Finanzminister. Haushaltsdefizite zwangen ihn zur Einleitung einer sparsameren Ausgabenpolitik. 1978 übernahm er als erster Politiker, der nie Soldat gewesen war, das Verteidigungsministerium. Die Links-Orientierung der Partei nach dem Verlust der Regierungsverantwortung in Bonn (1982) führte zum Ende der Karriere des »Parteisoldaten«, der in erstaunlicher Offenheit über seinen Abstieg berichtet hat.

← Hans Apel

□ 1954-60: Studium der Wirtschaftswissenschaften in Hamburg (Dr. rer. pol.). □ 1958-61: Sekr. der sozialistischen Fraktion des Europ. Parlaments. □ 1962: Dort Abteilungsleiter für Wirtschafts-, Finanz- und Verkehrspolitik. □ 1965-69: MdEP. □ 1965-90: MdB. □ 1970: Erstmals Wahl in den Parteivorstand der SPD. □ 1974: Finanzmin. □ 1978-82: Verteidigungsmin. □ 1988: Auf dem Parteitag der SPD in Münster nicht mehr in den Vorstand gewählt; Rücktritt von allen Parteiämtern und Verzicht auf eine weitere Bundestagskandidatur. □ 1991: »Die deformierte Demokratie« (Schr.).

▷ H. Apel: Der Abstieg, 1990.

Apitz, Bruno

dt. Schriftsteller
* 28.4.1900 Leipzig † 7.4.1979 Ost-Berlin

Apitz, ab 1927 Mitglied der KPD, verarbeitete seine furchtbaren Erlebnisse im KZ Buchenwald (1937-45) in dem Roman »Nackt unter Wölfen« (1958), der internationalen Erfolg erlangte. Das 1963 von der DEFA verfilmte Werk (Rg. F. →Beyer) war in der ehemaligen DDR neben A. →Seghers Roman »Das siebte Kreuz« (1941) eines der eindringlichsten Zeugnisse über die Zeit des Nationalsozialismus.

← Bruno Apitz

□ 1930-33: Mitgl. im Bund Proletarisch-Revolutionärer Schriftsteller. □ 1934-45: Haft in verschiedenen KZs (u. a. Buchenwald). □ 1945-55: Tätigkeit u. a. als Dramaturg bei der DEFA (Dt. Film AG). □ ab 1955: Freier Schriftsteller. □ 1976: »Der Regenbogen« (R.).

Apollinaire, Guillaume

(eig. Wilhelm A. de Kostrowitzky)
frz. Schriftsteller ital.-poln. Herkunft
* 26.8.1880 Rom † 9.11.1918 Paris

Apollinaire war einer der Wegbereiter der Moderne. Als Kulturkritiker entdeckte und förderte er den Kubismus (P. →Picasso, G. →Braque, H. →Matisse) und formulierte programmatisch den Begriff des Surrealismus.
Populär wurde er mit seiner Gedichtsammlung »Alcools« (1913, dt. 1978), die wie kaum ein anderes Werk die französische Dichtung beeinflußt hat. Mit der Sammlung »Calligrammes« (1918) bildet es den Höhepunkt seines literarischen Schaffens. A.s Lyrik entstand aus der unmittelbaren Äußerung des Gefühls, was sich in der Direktheit und Spontanität der Form niederschlug. Dabei verzichtete er weitgehend auf Interpunktion und auf die Wirklichkeit von Raum und Zeit.

← Apollinaire

□ 1899: Nach Studium in Monaco, Nizza und Cannes Umzug nach Paris. □ 1902/03: Hauslehrer bei Bad Honnef; Reisen nach Berlin, Prag, München und Wien. □ 1903: Bekanntschaft mit A. →Jarry, P. Fort, Picasso. □ 1911: »Bestiarium oder Das Gefolge des Orpheus« (Ged.e, dt. 1959). □ 1913: »Die Maler des Kubismus« (Es., dt. 1956). □ 1914: Frz. Staatsbürgerschaft. □ 1914-16: Teilnahme am 1. Weltkrieg; Kriegsverletzung. □ 1916: »Der gemordete Dichter« (Erz.n, dt. 1967). □ postum 1920: »Erhetzer und Co.« (Erz.n, dt. 1968).

▷ F. Simonis: Die Lyrik Guillaume Apollinaires, 1967; V. Neumann: Die Zeit bei Guillaume Apollinaire, 1972.

Apostel, Hans Erich

österr. Komponist dt. Herkunft
* 22.1.1901 Karlsruhe † 30.11.1972 Wien

Für Apostel, in den 20er Jahren Mitglied der sog. Zweiten Wiener Schule, war der Kompositionsprozeß ein Bekenntnis zur musikalischen Architektur. Er strebte in seinen Zwölfton-Kompositionen (Lieder und Klavierstücke) nach strenger Gliederung und verfaßte deshalb Partituren mit genauen Formtabellen. Bilder von A. →Kubin und O. → Kokoschka übersetzte A. in eine charakterisierende Tonsprache (»Kubiniana«, Klaviervariationen, 1945-50).

□ 1920: Korrepetitor am Landestheater Karlsruhe. □ 1922: Privater Musiklehrer in Wien; Anschluß an Zweite Wiener Schule (A. → Schönberg, A. →Berg, A. →Webern). □ 1928: Klaviervariationen »nach einer Kokoschka-Mappe«. □ 1947-50: Präs. der Sektion Österreich der Int. Gesellschaft für Neue Musik. □ 1960: Mitgl. des österr. Kunstsenats.

Appel, Karel

niederl. Maler
* 25.4.1921 Amsterdam

Appel, Mitbegründer und Hauptvertreter der aus dänischen, niederländischen und belgischen Künstlern bestehenden Gruppe Cobra (1949-51), verbindet in seinem Werk eine neoexpressionistische Figuration mit abstrakt-expressionistischen Tendenzen. Hinzu kommen Einflüsse der Kunst der Naturvölker, anfänglich auch der Art brut J. →Dubuffets. Die Verbindung figurativer und zunehmend auch abstrakter Elemente (z. B. »Frau und Strauß«, 1957, Amsterdam, Stedelijk Museum) in pastos-aggressivem Farbauftrag sowie die Verzerrung der Figuren machen ihn zu einem Vorläufer der Neuen Wilden in den 80er Jahren.

□ 1949: Erster öffentlicher Auftrag für das Amsterdamer Rathaus; das bemalte Holzrelief löst Proteste aus. □ 1950: Übersiedlung nach Paris. □ seit 1951: Zahlreiche große Aufträge. □ 1959: »Begegnung im Frühling« (Fresko für UNESCO-Gebäude in Paris). □ 1966/67: Keramische Wandgestaltungen in der Hochschule für Wirtschaftswissenschaften in Rotterdam. □ 1971: Erste Serie großer Skulpturen aus polychromem Aluminium. □ 1977: »Art Robot« (Aluminium-Skulptur) für die Univ. Dijon, Frankreich. □ 1991: Große Retrospektive in der Kunsthalle Köln.

▷ A. Frankenstein: Karel Appel, engl. 1980.

Appel, Reinhard

dt. Journalist
* 21.2.1927 Königshütte (Oberschlesien, Polen)

Appel wurde als Moderator der ZDF-Reihe »Journalisten fragen — Politiker antworten« einem breiten Publikum bekannt. Er leitete 1963-73 etwa 120 Sendungen der sog. Appel-Runde, bevor er für drei Jahre die Intendanz beim DLF übernahm. Kritiker warfen dem späteren Chefredakteur des ZDF (1976-88) wegen seiner behutsamen und vermittelnden Gesprächsführung mangelnden journalistischen Biß vor.

□ 1946-50: Volontär und Redakteur bei der Stuttgarter Zeitung. □ 1950-71: Korrespondent der Stuttgarter Zeitung in Bonn. □ 1962/63: Vors. der Bundespressekonferenz. □ 1969: Adolf-Grimme-Preis. □ 1971-73: Leiter des Bonner Büros der Süddeutschen Zeitung. □ 1973-76: Intendant des DLF. □ 1976-88: Als Chefredakteur des ZDF verantwortlich für alle politischen Sendungen (Nachfolger: Klaus Bresser).

← Reinhard Appel

Aquino, Benigno

philip. Politiker
* 27.11.1932 Conception
† 21.8.1983 Manila (ermordet)

Aquino, Ehemann von C. →Aquino, war einer der populärsten Oppositionspolitiker des Landes. Der liberale Senator und Jesuitenzögling war 1972 für die anstehenden Präsidentschaftswahlen der aussichtsreichste Kandidat — zumal Präsident →Marcos nach der philippinischen Verfassung nicht mehr wiedergewählt werden durfte. Marcos vereitelte jedoch die Wahlen durch einen Staatsstreich und ließ A. verhaften. Fünf Jahre später (1977) wurde dieser wegen »Subversion« zum Tode verurteilt. 1980 wurde die Strafe ausgesetzt, A. ging ins Exil. Von den USA aus reorganisierte er die Opposition. 1983 kehrte er trotz Einreiseverbots in seine Heimat zurück; auf dem Flughafen von Manila wurde er von Soldaten des Regimes ermordet.

□ 1954: Bürgermeister von Conception. □ nach 1960: Gouverneur der Provinz Tarlac. □ 1967-72: Senator; Generalsekretär der Liberalen Partei. □ 1972-80: In politischer Haft. □ 1980-83: In den USA im Exil.

Aquino, Corazon C.

philip. Politikerin
* 25.1.1933 Provinz Tarlac

Corazon Aquino, Witwe des 1983 ermordeten führenden Oppositionspolitikers Benigno →A., war die Integrationsfigur des demokratischen Widerstands gegen die Diktatur von Staatspräsident →Marcos, nach dessen Sturz (1986) sie das Präsidentenamt übernahm. Nach dem Sieg des von ihr geführten Oppositionsbündnisses trat Anfang 1987 eine neue Verfassung in Kraft. Die zögerliche Einlösung weitreichender Wahlversprechen führte bald zur Unzufriedenheit; Putschversuche rechter Armeeinheiten und Anschläge linker Guerillas wurden zur permanenten Bedrohung der Regierung.

▷ L. Komisar: Corazon Aquino, 1988.

← Corazon Aquino

Jassir Arafat →

Arafat, Jassir

(Deckname: Abu Ammar)
paläst. Politiker
* 21.3.1929 Jerusalem

Arafat ist der Gründer der größten palästinensischen Befreiungsorganisation, »Al Fatah«, und gilt unter den palästinensischen Führern als eher gemäßigt. Als Führer der PLO (seit 1969) erreichte er für die Palästinenser eine selbständige Position bei den arabischen Staaten und 1974 einen Beobachterstatus bei der UNO, nachdem er offiziell dem Terrorismus abgeschworen hatte. Nach dem israelischen Einmarsch in den Südlibanon 1982 zeigte A. sich erstmals kompromißbereit gegenüber Israel, weswegen sich radikale Gruppen von der »Fatah« bzw. von der PLO abspalteten. Dennoch gelang es A., die PLO zusammenzuhalten. Gleichzeitig mit der Gründung einer palästinensischen Exilregierung 1988 erkannte A. Israel indirekt an, und erklärte 1989 die PLO-Charta von 1964, die das Verschwinden von Israel zum Ziel hatte, für hinfällig.

□ 1948: Teilnahme am arab.-israel. Krieg. □ nach 1951: Studium der Elektrotechnik in Ägypten; Gründer der Paläst. Studentenunion. □ 1956: Teilnahme am Krieg gegen Israel als ägypt. Reserveoffizier. □ 1957-65: Unternehmer in Kuwait. □ 1965: Gründer der Al Fatah (Harikat Tahrir Falestin = Organisation zur Befreiung Palästinas). □ 1969: Vors. des Exekutivkomitees der Paläst. Befreiungsorganisation (PLO). □ 1981: Vizepräs. der Islamischen Weltkonferenz. □ 1988: Proklamation eines »Unabhängigen Staates Palästina«, nachdem König →Hussein II. von Jordanien zugunsten der PLO auf das Westjordanland verzichtet hat. □ 1989: (Exil-) Präs. des Staates Palästina.

▷ G. Konzelmann: Arafat. Verhängnis oder Hoffnung?, 1981; A. Moshel: In einer Hand den Ölzweig, 1988; J. Wallach/ J. Wallach: Arafat — In the eyes of the beholder, engl. 1990.

Louis Aragon →

Aragon, Louis

frz. Schriftsteller
* 3.10.1897 Paris † 24.12.1982 ebd.

Aragon gehörte 1924 neben A. →Breton und Ph. →Soupault zu den Gründungsmitgliedern der literarischen Bewegung des Surrealismus. Schon sein dreiteiliges Hauptwerk aus dieser Phase, »Pariser Landleben« (R., 1926, dt. 1969), kündigt allerdings durch subtile Kritik am Bürgertum die Hinwendung des Kommunisten zum Sozialistischen Realismus an. In der Romantetralogie »Die wirkliche Welt« (1934-44) zeigt A. die französische Oberschicht als dekadente, parasitäre Klasse. Die an klassischen Vorbildern orientierten, schmerzlich bewegten Gedichte aus der Besatzungszeit weisen den in der Résistance engagierten Autor auch als brillanten Lyriker aus.

□ 1926: Surrealistische Gedichte in »Die ständige Bewegung«. □ 1927: Eintritt in die Kommunistische Partei. □ 1932: Unter Einfluß seiner späteren Frau, der Schriftstellerin E. Triolet (* 1896, † 1970), Hinwendung zum Sozialistischen Realismus. □ 1941: »Gebrochenes Herz« (Ged.e). □ 1944: »Die französische Diana« (Ged.e). □ 1949-51: Fünfbändiger Romanzyklus »Die Kommunisten« (z. T. dt. 1953 ff.). □ 1958: »Die Karwoche« (R., dt. 1961). □ 1965: »Leere Spiegel« (R., dt. 1968). □ 1971: »Henri Matisse« (R., dt. 1974).

▷ D. Schmidt: Aragon, 1980.

Araiz, Oscar

argentin. Tänzer, Choreograph und Ballettdirektor
* 2.12.1940 Bahia Blancan

Araiz, der seine Karriere als Tänzer begann, gehört zu den profiliertesten Choreographen der Gegenwart. Nach Erfolgen in Lateinamerika kam er 1973 als freier Choreograph nach Europa und ist seit 1980 künstlerischer Leiter des Balletts in Genf (Schweiz).

□ 1958: Nach Ausbildung u. a. bei E. Locardi, R. Schottelius und D. Hoyer Debüt am Teatro Argentino in La Plata (Argentinien). □ 1964-67: Leiter einer von ihm selbst gegründeten Tanzgruppe in Argentinien. □ 1968-73: Künstlerischer Dir. des Ballet del Teatro San Martino in Buenos Aires. □ 1973-80: Freischaffender Choreograph, u. a. an der Hamburgischen Staatsoper, der Pariser Opéra und des Royal Winnipeg Ballet. □ 1980: Übernahme der Ballett-Direktion in Genf.

Arber, Werner

schweiz. Mikrobiologe und Genetiker
* 3.6.1929 Gränichen, Kt. Aargau

Arber, seit 1971 Professor an der Universität Basel, entdeckte die Restriktions-Enzyme, mit denen die im Zellkern als Erbträger fungierende Desoxyribonukleinsäure (DNS) entsprechend ihrem Sequenzaufbau nicht nur zerlegt, sondern auch wieder zusammengesetzt werden kann. 1978 erhielt A. den Medizin-Nobelpreis (mit D. →Nathans und H. O. Smith) für die Entdeckung dieser hochmolekularen Eiweißverbindungen und ihrer Anwendungsmöglichkeiten in der Molekulargenetik. Der Umgang mit diesen für die Behandlung von Erbkrankheiten und Krebs unentbehrlichen Enzymen ist wegen der dadurch möglich gewordenen DNS-Neukombination und der Züchtung völlig neuartiger Organismen strengsten Sicherheitsvorkehrungen unterworfen.

← Werner Arber

Arbus, Diane

amer. Fotografin
* 14.3.1923 New York † 26.7.1971 ebd. (Selbstmord)

Diane Arbus, die zunächst als Mode- und Porträtfotografin auf sich aufmerksam machte, wandte sich unter dem Eindruck der Arbeit von August Sander (* 1876, † 1964), der vor allem vor und nach dem 1. Weltkrieg seine größten Erfolge mit typologisierenden Porträts hatte, einer sozialkritisch geprägten Fotografie zu. Ihre Fotoserien von Randgruppen der amerikanischen Gesellschaft — sie bildete Arme, Obdachlose, Drogenabhängige, Transvestiten, Behinderte und Farbige ab — waren ausdrucksstarke, realistische Porträts, die den kritischen Geist der 60er Jahre genau trafen.

□ ab 1960: Mitarbeiterin u. a. bei den Zeitschriften Harper's Bazaar, Esquire, New York Times Magazine. □ ab 1964: Verschiedene Lehraufträge. □ 1967: Beteiligung an der Ausstellung »New Documents« im Museum of Modern Art, New York. □ 1970/71: Dozentin an der Rhode Island School of Design. □ postum 1972: Retrospektive im Museum of Modern Art, New York.

▷ P. Bosworth: Diane Arbus, 1985.

Archipenko, Alexander

amer. Bildhauer und Grafiker ukrain. Herkunft
* 30.5.1887 Kiew † 25.2.1964 New York

Archipenko, der lange Zeit in Paris und Berlin gelebt hat, gehört zu den Wegbereitern der abstrakten Plastik (C. →Brancusi). Sein Ausgangspunkt war die expressionistische Deformierung der natürlichen Körperformen (»Sitzende Frau«, 1911, Duisburg, Wilhelm-Lehmbruck-Museum). Um 1912 übertrug A. das kubistische Prinzip der Zer-

Archipenko neben seiner Terrakottafigur »Spaziergang«.

gliederung von der Malerei auf die plastische Gestaltung und entdeckte dabei das »negative Volumen«: Durch Höhlungen und Aussparungen dringt der umgebende Raum gleichsam in die Skulptur ein und wird Bestandteil des plastischen Gebildes (»Stehende«, 1920, Darmstadt, Hessisches Landesmuseum). Zum Spätwerk der 50er Jahre gehören Konstruktionen aus transparentem Material (teilweise von innen beleuchtet) und kinetische (bewegliche) Objekte.

□ 1902-08: Kunststudium in Kiew und Moskau. □ 1908: Übersiedlung nach Paris. □ ab 1910: Einzelausstellungen in Deutschland. □ 1920: Übersiedlung nach Berlin und private Lehrtätigkeit, Wanderausstellung u. a. in Paris und New York. □ 1923: Übersiedlung in die USA. □ 1940: Gründung einer Kunstschule in New York. □ ab 1950: Lehrtätigkeit an der Kansas City Univ.

▷ D. H. Karshan: Archipenko, Skulptur und grafische Kunst, 1974.

Arden, John

engl. Dramatiker
* 26.10.1930 Barnsley, Yorkshire

Arden, einer der »zornigen jungen Männer« der englischen Nachkriegsliteratur, zählt zu den bedeutendsten Vertretern des neuen englischen Dramas. Die Einführung von Elementen der Farce, der Slapstick-Komödie, der Volksballade und der Music Hall in das sozialkritische Drama trug A. den Beinamen »der britische Brecht« ein. Typisch für die meisten Bühnenstücke A.s, die um Macht und Machtmißbrauch kreisen und dogmatische Ideologien entlarven, sind die Gegenüberstellung von Ordnung und Anarchie, Staat und Individuum, Gewalt und Freiheit. Der Einsatz von Verfremdungstechniken und die Behandlung historischer Themen, so z. B. in »Armstrong sagt der Welt Lebwohl« (Dr., UA 1964, dt. 1967), zeugen von A.s ausgeprägter Experimentierfreudigkeit.

□ ab 1950: Studium der Architektur in Cambridge und Edinburgh. □ 1957: Heirat mit der Schauspielerin M. D'Arcy; »The waters of Babylon« (Dr.). □ 1959: »Der Tanz des Sergeanten Musgrave« (Dr., dt. EA 1962). □ 1960: »Die Kunst der guten Regierung« (Dr., dt. 1967). □ 1963: »Der Packesel« (Dr., dt. EA 1964). □ 1964: »Der glückliche Hafen« (Dr., zusammen mit M. D'Arcy, dt. 1970). □ 1972: »The Island of the Mighty« (Dr., zusammen mit M. D'Arcy). □ 1982: »Silence Among the Weapons« (R.).

Ardenne, Manfred Baron von

dt. Physiker
* 20.1.1907 Hamburg

Ardenne ist mit unzähligen Erfindungen auf dem Gebiet der Elektrotechnik bekannt geworden. Der erfindungsreiche Autodidakt erhielt 1923 als 15jähriger sein erstes Patent für eine Mehrfachröhre, die er dem Radiofabrikanten Siegfried Loewe verkaufte. Von seinen 600 Patenten haben viele elektronische Geräte zum Fortschritt auf verschiedenen Wissenschaftsgebieten beigetragen: 1930 erfand A. den Flying spot scanner und führte in Berlin das erste vollelektronische Fernsehbild vor. 1937 entwickelte A. das Rasterelektronen- und das Universalelektronenmikroskop (1939). Seit 1955 leitet A., der sich auch mit der Krebsbekämpfung beschäftigt, das Forschungsinstitut »Manfred von Ardenne« in Dresden-Weißer Hirsch.

□ 1928-45: Leitung des von ihm in Berlin-Lichterfelde gegründeten Forschungslaboratoriums für Elektronenphysik. □ 1933-38: Entwicklung von Bildaufnahmeröhre, Polarkoordinatenoszillograph (1936) und Mikrosonde (1938). □ 1945-55: Verlegung des Forschungsinst. nach Suchumi, UdSSR; Entwicklung des magnetischen Isotopentrenners (1945). □ 1953: Erfindung der Duoplasmatron-Ionen-Quelle. □ seit 1955: Prof. an der TU Dresden. □ 1957: Entwicklung der Endoradiosonde. □ 1963-89: Mitgl. der Volkskammer.

▷ F. Herneck: M. v. Ardenne (Biogr.), 1970; M. v. Ardenne: Mein Leben für Fortschritt und Forschung (aktualisierte Aut.), 1984.

Arenas, Reinaldo

kuban. Schriftsteller
* 16.7.1943 Los Lazos bei Holguín
† 7.12.1990 New York (USA; Selbstmord)

Arenas' Roman »Wahnwitzige Welt« (1969, dt. 1982) brachte ihm in seiner sozialistischen Heimat den Vorwurf mangelnden Fortschrittsglaubens ein und führte dazu, daß der zuvor mehrfach ausgezeichnete Autor ab 1970 in Kuba nicht mehr publizieren durfte. In dem Roman verknüpfte A. die historische Autobiografie eines mexikanischen Mönchs (Wende 18./19. Jh.), der wegen freiheitlicher Reden auch nach der Unabhängigkeit Mexikos mehrfach verhaftet wird, mit der Gegenwart in seinem Heimatland. A., 1974 zu einjähriger Kerkerhaft verurteilt, floh 1980 in die USA.

Hannah Arendt →

← Manfred von Ardenne

La Argentina →

← Reinaldo Arenas

Arendt, Hannah

amer. Schriftstellerin und Politologin dt. Herkunft
* 14.10.1906 Hannover † 4.12.1975 New York

Arendt erregte 1963 weltweites Aufsehen mit ihren Kommentaren zum Prozeß gegen A. →Eichmann, den »Fachmann der Endlösung«. Die Bedeutung des Prozesses sah sie in der Aufdeckung der immer noch gegenwärtigen Gefahr des Totalitarismus. In ihm offenbare sich die Krise unserer Zeit: Zunehmende Verlassenheit in der modernen Massengesellschaft mache den Menschen anfällig für Ideologien. Eine beliebige Idee (»Herrenrasse«, »klassenlose Gesellschaft«, usw.) wird zum Ausgangspunkt eines ideologischen Systems. Alles Handeln — auch die »Endlösung« — geschieht als Konsequenz der »Eiskälte« (wie A. →Hitler zu sagen pflegte) der menschlichen Logik. Für Spontaneität und Menschlichkeit bleibt kein Raum.

□ 1933: Emigration der Jüdin nach Paris. □ 1940: Flucht in die USA; journalistische Arbeiten. □ 1951: »Elemente und Ursprünge totaler Herrschaft« (Schr., dt. 1955). □ 1963: »Eichmann in Jerusalem« (Ber., dt. 1964). □ 1967: Prof. für Politische Philosophie an der New School for Social Research, N. Y.

▷ F. G. Friedmann: Hannah Arendt. Eine deutsche Jüdin im Zeitalter des Totalitarismus, 1985.

La Argentina

(eig. Antonia Mercé y Luque)
span. Tänzerin
* 4.9.1890 Buenos Aires (Argentinien)
† 18.7.1936 Bayona

Die Bedeutung La Argentinas, die einer Tänzerfamilie entstammte und während einer Auslandstournee ihrer Eltern in Argentinien geboren wurde, liegt in der Wiedergewinnung spanischer und südamerikanischer folkloristischer Elemente für das klassische Ballett. Ihre Truppe feierte in den 30er Jahren mit dieser Art volkstümlicher Tänze in ganz Europa sowie in Nord- und Südamerika Erfolge und löste eine Renaissance des spanischen Tanzes aus, die bis in die 80er Jahre anhielt.

□ 1901: Debüt als Tänzerin an der Madrider Oper. □ 1914: Erste Auftritte in Lateinamerika; nach Ende des 1. Weltkriegs Erfolge in Paris. □ 1929: Gründung einer eigenen Truppe, des Ballet Espagnol; zahlreiche internationale Tourneen.

Arguedas, Alcides

bolivian. Schriftsteller, Historiker und Diplomat
* 15.7.1879 La Paz † 6.5.1946 Chulumani

Arguedas, in den 30er Jahren bolivianischer Botschafter in Kolumbien und Venezuela, wurde mit seinem Roman »Rasse aus Bronze« (1919)

zum Begründer der indigenistischen Literatur (C. →Alegría). Aus Sicht der unterdrückten Indianer schilderte er deren Ausbeutung durch weiße Großgrundbesitzer. A.s mehrbändige »Geschichte Boliviens« (1920-29) vertiefte seine Kritik an den sozialen Mißständen in dem Andenland.

Arias Sánchez, Oscar

costarican. Politiker
* 13.9.1941 Heredia bei San José

Arias, 1979-84 Generalsekretär der »Partei der nationalen Befreiung« (PLN), erhielt 1987 den Friedens-Nobelpreis für seine Bemühungen um einen dauerhaften Frieden in Zentralamerika. Der Sozialdemokrat — 1986 zum bis dahin jüngsten Präsidenten Costa Ricas gewählt — unterzeichnete am 7. 8. 1987 mit den Staatschefs von Guatemala, El Salvador, Honduras und Nicaragua den von ihm initiierten Arias-Plan. Der Friedensplan sah in allen betroffenen Staaten einen Waffenstillstand (Nicaragua-Konflikt), den Dialog mit der Opposition und die Amnestie politischer Gefangener vor.

□ 1972-77: Min. für Planung und Wirtschaft. □ 1974: Dir. des Staatlichen Inst. für Technologie. □ 1975: Promotion zum Doktor der Staatswissenschaften. □ 1979-84: Generalsekr. der sozialdemokratischen »Partei der nationalen Befreiung« (PLN). □ 1986-90: Staatspräsident. □ 1987: Friedens-Nobelpreis.

← Oscar Arias Sánchez

Ariès, Philippe

frz. Historiker
* 21.7.1914 Blois, Dep. Loir-et-Cher † 8.2.1986 Paris

Unter sozialhistorischer Betrachtungsweise erforschte Ariès den Wandel der gesellschaftlichen Einstellungen zu Leben und Tod, zur Familie und zur Kindheit. Mit dem Verschwinden mittelalterlicher Wirtschaftsform, dem »ganzen Haus«, in welchem Familien- und Erwerbsleben noch unter einem Dach waren, werde die Kindheit als ein von der Welt der Erwachsenen abgesonderter Bereich historisch erstmals wahrnehmbar. Im wissenschaftlichen Ansatz der sog. Nouvelle Historie (F. →Braudel) verbunden, entwickelte A. mit seiner »histoire des mentalités« eine als Psychohistorie verstandene Sozialgeschichtsschreibung.

□ 1960: »Geschichte der Kindheit« (Schr., dt. 1973). □ 1977: »Geschichte des Todes« (Schr., dt. 1982). □ ab 1978: Lehrtätigkeit mit M. →Foucault an der École des Hautes Études. □ 1983: »Bilder zur Geschichte des Todes« (dt. 1984).

▷ Ph. Ariès: Ein Sonntagshistoriker (Aut.), 1980.

Giorgio Armani →

Arman

(eig. Arman Fernandez)
frz. Künstler
* 17.11.1928 Nizza

Arman gehört zu den Hauptvertretern der neodadaistischen Objektkunst und war Mitbegründer der Gruppe der Nouveaux Réalistes (1960). In der Beschäftigung mit Alltagsobjekten fand er zu seiner Kunstform der Akkumulation, der Ansammlung gleicher oder ähnlicher Gegenstände in Glas- oder Plexiglaskästen in scheinbar zufälligen Anordnungen. Es handelt sich überwiegend um Industrieprodukte wie Blechkannen (»Anhäufung von Kannen«, 1961, Köln, Museum Ludwig), Rundfunkröhren, Türgriffe, Zahnräder. Durch die oft malerische Komposition der Gegenstände und ihren Einschluß unter Glas werden sie ihrem ursprünglichen Verwendungszweck entfremdet und erhalten häufig eine poetische Qualität.
Die Verknüpfung von Alltagsgegenwart und Kunst ist auch Ziel von A.s »Destruktionen«, bei denen er z. B. Musikinstrumente zerlegt und wieder zusammenfügt, in Acryl eingießt oder auf eine Holzplatte klebt wie bei dem dadaistisch-witzigen und dekorativen Objekt »Chopins Waterloo« (1962, Paris, Musée National d'Art Moderne, Centre Georges Pompidou).

← Arman

Armani, Giorgio

ital. Modedesigner
* 1934 Piacenza

Armani machte sich als Designer zuerst in der Herren-Freizeitmode einen Namen, die er farblich belebte. Der Damenmode gab er neue Impulse, indem er den Anzug-Stil des Mannes ins Feminine umsetzte und legerer machte. Den bequemen Blazer ergänzt A. durch Hosen oder Röcke in wadenlang und weit oder kurz und eng. A. setzt auf ruhige Eleganz in neutralen Farben, wie Beige, Grau oder Wollweiß; Dekor lehnt er ab. Sein Purismus besticht durch edle Stoffe und perfekte Schnitte (kragenlose Blazer und Mäntel). Er entwirft bis zu 30 verschiedene Kollektionen pro Jahr (von »Giorgio Armani« über »Emporio« bis zu »Mani«). In den 80er Jahren brachte er auch Herrenparfüms unter seinem Namen auf den Markt.

□ bis 1970: Schaufensterdekorateur; Einkäufer für das Warenhaus La Rinascente; Designer für verschiedene Modefirmen. □ ab 1970: Selbständiger Designer in Mailand (seit 1975 unter eigenem Namen).

Armstrong, Louis »Satchmo«

amer. Jazzmusiker
* 4.7.1900 New Orleans, Louis.
† 6.7.1971 New York

Armstrong war »Mr. Jazz«, eine der wichtigsten Persönlichkeiten und Inbegriff des traditionellen Jazz. Seit 1928 spielte er ausschließlich Trompete. Seine Kunst des »timing« — immer den richtigen Ton zur richtigen Zeit zu bringen —, seine souveräne harmonische Sicherheit, die Leichtigkeit seiner Improvisationen und sein einmaliges Feingefühl für das musikalisch Wesentliche machten ihn zum stilbildenden Gestalter des Jazz — als Ensemble-Musiker, mehr noch aber als Solist. Weil er bei einer Schallplattenaufnahme im Studio plötzlich den Text vergessen hatte, erfand er den sog. Scat-Gesang, der später in der U-Musik von vielen Interpreten übernommen wurde. Der Entertainer und Sänger wurde mit Hits wie »Takes two to tango« (1952), »Mack the

»Satchmo« war mit der Jazz-Trompete verwachsen.

knife« (1959) oder »What a wonderful world« (1968) über den Jazz hinaus einem breiten Publikum bekannt.

□ Ende 1913: Wegen unerlaubten Waffenbesitzes Einlieferung in Fürsorgeanstalt; dort Kornettunterricht. □ 1922: Mitgl. der King-Oliver-Band, Chicago. □ 1925: Erste Plattenaufnahme mit seiner Band »Hot Five«. □ 1929: Erste Konzerte als Solist. □ 1932: Auftritte in London. □ 1946: Erste Hauptrolle in dem Film »New Orleans«. □ 1947: Gründung der »Louis Armstrong All Stars«. □ 1949: Europatournee. □ 1956: Dokumentarfilm »The Satchmo Story«. □ 1961: Auftritte in der UdSSR.

▷ L. Armstrong: Mein Leben in New Orleans (Aut.), dt. 1967; J. L. Collier: Louis Armstrong. An American Genius, engl. 1985.

Armstrong, Neil Alden
amer. Astronaut
* 5.8.1930 Wapakoneta, Ohio

Armstrong betrat am 21.7.1969 als erster Mensch den Mond. Nachdem ihm bereits 1966 mit David Scott das erste Kopplungsmanöver zweier Raumfahrzeuge in der Erdumlaufbahn geglückt war (Mission »GEMINI 8«), landete er als Kommandant der am 20.7.1969 von »Apollo 11« aus gestarteten Mondfähre »Eagle« auf dem Erdtrabanten. A. und Scott sammelten während ihres Aufenthaltes 21 kg Mondgestein.

Arnold, Karl
dt. Karikaturist
* 1.4.1883 Neustadt bei Coburg
† 29.11.1953 München

Arnold war ab 1907 Mitarbeiter, ab 1917 Teilhaber der politisch-satirischen Wochenschrift »Simplicissimus« (1896-1944). Mit seinen humorvoll-bissigen Karikaturen in klarem linearem Stil und mit pointensicheren, intelligenten Texten entwarf er ein Sittengemälde der Weimarer Republik. Seine Arbeiten waren Reaktionen auf das Nachkriegselend und den Verfall der Gesellschaftsmoral, die Wirtschaftskrise und den heraufziehenden Nationalsozialismus. Zu A.s bekanntesten Sammelwerken zählen »Berliner Bilder« (1924), »Schwabing und Kurfürstendamm« (1953) sowie »Hoppla, wir leben« (1956).

Karl Arnold →

← Neil Alden Armstrong

← Karl Arnold

Arnold, Karl
dt. Politiker und Gewerkschafter
* 21.3.1901 Herrlishöfen bei Biberach
† 29.6.1958 Düsseldorf

Arnold gehörte unmittelbar nach dem 2. Weltkrieg als Funktionär der christlichen Gewerkschaften zum sozialistischen Flügel der CDU und war neben J. →Kaiser der bedeutendste innerparteiliche Gegner K. →Adenauers. Der Mitbegründer der Partei und ihrer Sozialausschüsse war an der Formulierung des Ahlener Programms 1947 beteiligt, von dessen antikapitalistischen Forderungen (u. a. Vergesellschaftung der Schlüsselindustrie) die Partei später abrückte. Als Ministerpräsident von Nordrhein-Westfalen konnte A. mit seiner christlich-sozial geprägten Politik weite Teile der Arbeitnehmerschaft an der Ruhr gewinnen und dadurch der CDU in Bonn Mehrheiten sichern.

□ 1920: Funktionär der christlichen Gewerkschaft; Mitgl. der Zentrums-Partei. □ 1944: Verhaftung nach dem mißglückten Attentat auf A. →Hitler. □ 1945: Mitbegründer der CDU. □ 1946: Bürgermeister von Düsseldorf. □ 1947-56: Ministerpräsident von NRW. □ 1957: MdB.

▷ D. Hüwel: Karl Arnold – eine politische Biografie, 1980.

Arnold, Malcolm Henry
engl. Komponist
* 21.10.1921 Northampton

Arnold komponierte experimentelle, teilweise humoristische Werke (»Ouvertüre für Orchester, Orgel, Gewehre, drei Staubsauger und einen Elektrobohrer«, 1956), die in der Zeit des Serialismus (K. →Stockhausen) die Stiltradition der Romantik bewahrten. Für seinen Marsch zum Film »Brücke am Kwai« (Rg. D. →Lean) erhielt A. 1957 den Oscar.

□ 1941-48: Solotrompeter bei den Londoner Philharmonikern. □ 1953: »Hommage to the Queen« (Musik zum Krönungsballett F. →Ashtons für Königin →Elizabeth II.). □ 1959: »Parasol«, Musical nach A. →Schnitzler im Auftrag der BBC. □ 1967: »Peterloo«, Ouvertüre zur Hundertjahrfeier des Gewerkschaftskongresses TUC. □ 1979: »Sinfonie für Bläser«.

Arns, Paolo Evaristo
bras. Kardinal
* 14.9.1921 Forquilhinha, Süd-Brasilien

Der Franziskaner Arns hat sich als Vertreter der gemäßigten Befreiungstheologie bei der Vermittlung zwischen Kurie und den die politische Funktion der Kirche betonenden Priestern Südamerikas (L. →Boff) einen Namen gemacht. Er stand als Erzbischof von São Paulo 1970-89 der größten Diözese der Welt vor, bis sie im Rahmen der Restauration aufgehoben und in vier Diözesen aufgeteilt wurde. 1984 begleitete A. den radikalen Befreiungstheologen L. Boff zur Vorladung beim Präfekten der Glaubenskongregation, J. →Ratzinger, nach Rom.

Aron, Raymond

frz. Soziologe, Philosoph und Journalist
* 14.3.1905 Paris † 17.10.1983 ebd.

Aron hat sich in Frankreich durch journalistische Beiträge sowie zeitnahe soziologische Analysen den Ruf eines »engagierten Beobachters« erworben. In den geistigen Auseinandersetzungen der Nachkriegszeit wurde der Jugendfreund J.-P. →Sartres zu seinem prominentesten Kritiker; der marxistischen Linken warf er Abhängigkeit von der Sowjetunion vor. Seine journalistische und wissenschaftliche Arbeit galt einer Kritik linker Utopien. Aus liberaler Sicht behandelte er die Probleme moderner Industriegesellschaften einschließlich ihrer zwischenstaatlichen Konflikte. A. forderte den französischen Rückzug aus Algerien und war ein führender Kritiker Ch. de →Gaulles.

← Raymond Aron

□ 1930-33: Lektor an den Universitäten Köln und Berlin. □ 1935-39: Prof. an den Univ.n in Saint-Cloud und Toulouse. □ 1940: Zunächst Luftwaffenoffizier, nach der dt. Okkupation Chefredakteur der Zeitschrift La France Libre in Paris unter de Gaulle. □ 1947-77: Mitarbeiter des »Figaro« (zuletzt als politischer Dir.). □ ab 1945: Verschiedene Lehrtätigkeiten, u. a. an der Sorbonne und dem College de France. □ 1955: »Opium für Intellektuelle oder die Sucht nach Weltanschauung« (dt. 1957). □ 1962: »Frieden und Krieg. Eine Theorie der Staatenwelt« (dt. 1963); »Die industrielle Gesellschaft« (dt. 1964). □ 1965: »Demokratie und Totalitarismus« (dt. 1970). □ 1976: »Den Krieg denken. Clausewitz« (dt. 1976).

Arp, Hans

(auch Jean A.)
dt.-frz. Maler, Bildhauer und Dichter
* 16.9.1886 Straßburg † 7.6.1966 Basel (Schweiz)

Arp hat wichtige Phasen in der Kunst des 20. Jh.s auf verschiedenen Gebieten entscheidend mitgeprägt: Vor dem 1. Weltkrieg durch seinen Kontakt zu W. →Kandinsky und dem Blauen Reiter, 1916 als Zentralfigur der Dada-Bewegung und des Cabaret Voltaire in Zürich, 1924 als Mitverfasser des Ersten Surrealistischen Manifests in Paris und wenig später als einer der führenden Repräsentanten der Konkreten Kunst (er hatte schon in seinen frühen Tuschzeichnungen und Holzschnitten abstrakt-geometrische Formen erprobt). Darüber hinaus hat A. der Objektkunst Impulse gegeben sowie auf schriftstellerischem Gebiet der experimentellen Lyrik. Neben strengen Kompositionen waren nach den Gesetzen des Zufalls gefügte Collagen, »automatistische« Zeichnungen und Gedichte aus Wortneuschöpfungen und Nonsenszeilen (z. B. »Die Wolkenpumpe«, 1920), vor allem aber die ersten Holzreliefs aus Fundgegenständen A.s Beiträge zu Dadaismus und Surrealismus.
Eine eigene Sprache fand er in den von 1916 bis

Hans Arp, um 1960 in seinem Schweizer Atelier.

etwa 1930 entstandenen polychromen, aus übereinander montierten, weich fließenden Holzformen bestehenden Reliefs, einer konsequenten Überführung der mit seiner Frau S. →Taeuber-Arp bereits ab 1915 entwickelten Collagetechnik in der Materialkunst. 1926-28 schuf A., in den 20er Jahren Gründungsmitglied der einflußreichen Gruppe Abstraction-Création, mit ihr und Th. v. →Doesburg die Ausstattung des Straßburger Cafés L'Aubette, ein bedeutendes Ensemble der konkret-abstrakten Kunst. Ab 1930 wurde A. mit charakteristischen Vollplastiken aus Marmor oder Bronze zu einem der führenden Vertreter der von Naturformen ausgehenden Abstraktion in der Bildhauerei.

□ 1900/01: Studium an der Kunstgewerbeschule in Straßburg. □ 1905-07: Besuch der Kunstschule in Weimar. □ 1908-10: Studium an der Académie Julian in Paris. □ 1911: Mitgl. der Künstlergruppe Der Blaue Reiter in München. □ 1913: Mitarbeiter der Sturm-Galerie H. →Waldens in Berlin. □ 1916: Mitbegründer des Dadaismus in Zürich. □ 1919: Mitbegründer der Kölner Dadagruppe (mit M. →Ernst). □ ab 1921: Ehe mit S. Taeuber-Arp. □ 1924-28: Mitgl. der Surrealisten in Paris; Gründungsmitgl. der Gruppe Abstraction-Création. □ ab 1930: Vollplastiken. □ 1960: »Mondsand« (Ged.e). □ 1961: »Sinnende Flammen« (Ged.e).

▷ H. Arp: Unsern täglichen Traum (aut. Schr.), 1955; H. Bollinger u. a. (Hg.): Hans Arp zum 100. Geburtstag. Ein Lese- und Bilderbuch, 1986.

Arrabal, Fernando

span. Schriftsteller
* 11.8.1932 Melilla

Fernando Arrabal →

Arrabal entwickelte in den 60er Jahren die Konzeption des »panischen« Theaters, das alle Gegensätzlichkeiten der Welt verbinden soll: Das Schmutzige und das Sublime, die Poesie und die Vulgarität, die Tragödie und das Kasperletheater. A., dessen Stücke Einflüsse der französischen Absurden (E. →Ionesco) zeigen, greift immer wieder auf bedrückende Jugenderfahrungen zurück und macht die Grausamkeiten des spanischen Bürgerkriegs und des Faschismus, den starren Katholizismus sowie die verdrängte und tabuisierte Sexualität zu Themen seiner surrealistischen Traumspiele.

☐ 1952: »Picknick im Felde« (Dr., dt. 1969); Absurdes Theater. ☐ 1955: Wegen span. Zensur Übersiedlung nach Paris. ☐ 1959: »Baal Babylon« (R., dt. 1964; 1970/71 von A. verfilmt). ☐ 1967: »Der Architekt und der Kaiser von Assyrien« (Dr., dt. EA 1968); »panisches« Theater. ☐ 1968: Leiter der Zeitschrift Théâtre. ☐ 1969: »Und sie legten den Blumen Handschellen an« (Dr., dt. 1971). ☐ 1983: »Hohe Türme trifft der Blitz« (R., dt. 1986).

Arrau, Claudio

chilen. Pianist
* 6.2.1903 Chillán
† 9.6.1991 Mürzzuschlag (Österreich)

Arrau gehörte mit seinem einzigartig vielseitigen Repertoire (Schwerpunkte bei Beethoven, Chopin, Schumann, Brahms) zu den ganz großen Pianisten des 20. Jh.s. Jahrzehntelang bewältigte er mit künstlerischer Vitalität ein imposantes Konzertprogramm. In seinem Spiel verbindet sich virtuose Darstellungskraft mit disziplinierter Technik. In einer »Arrau-Edition« (59 Schallplatten) wurde 1983 A.s pianistisches Lebenswerk dokumentiert. Nach seinem trotz des hohen Alters plötzlichen Tod rief die chilenische Regierung Staatstrauer aus.

Claudio Arrau, einer der Titanen am Klavier.

☐ 1909: Auftritte als Wunderkind in Santiago de Chile. ☐ 1913-18: Chilen. Staatsstipendiat in Berlin. ☐ 1926-33: Lehrer am Sternschen Konservatorium in Berlin; erste weltweite Tourneen. ☐ 1935: Aufführung sämtlicher Bach-Klavierwerke in Berliner Konzertreihe. ☐ 1941: Konzerte in der Carnegie-Hall; Übersiedlung nach New York. ☐ 1962: Exklusiv-Vertrag mit Schallplattengesellschaft Philips. ☐ 1967: Gründung eines Fonds zur Förderung junger Künstler. ☐ 1983: Int. UNESCO Music Price. ☐ 1987: Schallplattenaufnahme der Klavierkonzerte Beethovens in der Dresdner Lukaskirche.

▷ I. Harden: Claudio Arrau. Ein Interpretenportrait, 1983; C. Arrau: Leben mit der Musik, 1984.

Svante August Arrhenius →

Arrhenius, Svante August

schwed. Physikochemiker
* 19.2.1859 Gut Wyk bei Uppsala
† 2.10.1927 Stockholm

Arrhenius, der mit seiner von Fachkollegen skeptisch beurteilten Theorie über Elektrolyte (1883/84) nicht zur Habilitation zugelassen wurde, erhielt 1903 den Chemie-Nobelpreis für seine 1887 abgeschlossene Theorie über die elektrolytische Dissoziation. A. bewies, daß Salzmoleküle in Lösungen zu Ionen zerfallen, in positiv geladene Kationen und negative Anionen, die durch ihr Wandern im Lösungsmittel den elektrischen Strom leiten. Der Begründer der Lehre von den chemischen Reaktionen in wässrigen Lösungen lieferte 1889 mit seinen Untersuchungen zur Temperaturabhängigkeit chemischer Reaktionen (Arrhenius-Gleichung) einen bedeutenden Beitrag zur Erklärung der Katalyse und der Reaktionskinetik.

☐ ab 1895: Prof. an der Univ. Stockholm. ☐ 1901: »Lehrbuch der Elektrochemie«. ☐ 1903: »Lehrbuch der kosmischen Physik« (2 Bde.). ☐ ab 1905: Dir. des Nobelinst. für physikalische Chemie. ☐ 1906: »Das Werden der Welten« (Schr.). ☐ 1907: »Immunochemie« (Schr.). ☐ 1915: »Chemie und das moderne Leben« (Schr.). ☐ 1926: »Erde und Weltall« (Schr.).

▷ E. H. Riesenfeld: Svante Arrhenius, 1931.

Kenneth Joseph Arrow →

Arrow, Kenneth Joseph

amer. Nationalökonom
* 23.8.1921 New York

Arrow, der in den Bereichen Statistik, Wachstums- und Gleichgewichtstheorie arbeitet, konzipierte eine »soziale Wohlfahrtsfunktion«, die individuelle Wünsche in einer gesamtwirtschaftlichen Zielfunktion zusammenfaßt (V. →Pareto). In seinem Hauptwerk, »Social choice and individual value« (1951), formulierte er das sog. Arrow-Paradoxon: Aus den individuellen Präferenzen rational handelnder Wirtschaftsteilnehmer kann nur dann eine soziale Wohlfahrtsfunktion konstruiert werden, wenn die Bürger nicht mehr als zwei Wahlmöglichkeiten besitzen (demokratische Abstimmung). Eine gesamtwirtschaftliche Zielfunktion wäre somit z. B. bei einem Zweiparteiensystem denkbar, das zu jeder Frage nur eine Alternative je Partei anbietet. 1972 erhielt A. mit J. R. → Hicks den Nobelpreis für Wirtschaftswissenschaften.

☐ 1949-68: Prof. an der Univ. Stanford, Kalif. (erneut seit 1979). ☐ 1951: Promotion in Philosophie. ☐ 1968-79: Prof. an der Harvard Univ., Mass. ☐ 1970: »Public investment, the rate of return and optimal fiscal policy« (mit M. Kurz). ☐ 1972: Nobelpreis für Wirtschaftswissenschaften. ☐ 1979: »Applied research for social policy«.

Arroyo, Eduardo

span. Maler
* 26.2.1937 Madrid

Arroyo vertritt in seiner Malerei einen kritischen Realismus, der aus seinem Widerstand gegen den Terror des Franco-Regimes während der

60er Jahre in Spanien erwuchs. Er wird der sog. Protestmalerei zugerechnet. Seine durch Kleidung und Habitus typisierten, gelegentlich fast gesichtslosen Gestalten werden in einer beinahe filmischen Montagetechnik ins Bild gesetzt. Sein Protest richtet sich gegen soziale Mißstände und die nach seinem Verständnis indifferente Haltung der Kunst (z. B. »Leben und sterben lassen oder Der tragische Tod des Marcel Duchamp«, 1965, mit G. Aillaud und A. Recalcati). Seit 1965 ist A. vorrangig als Bühnenbildner tätig (u. a. Bühnenbild für Richard Wagners »Walküre« in der Pariser Oper, 1976). 1976 nahm er an der Biennale in Venedig, 1977 an der documenta 6 in Kassel teil.

← Eduardo Arroyo

Artaud, Antonin

frz. Schauspieler und Regisseur
* 4.9.1896 Marseille † 4.3.1948 Irry-sur-Seine

Artaud war einer der einflußreichsten Avantgardisten des modernen Theaters, dessen Ideen vor allem im Freien Theater weiterleben. Für A. war das Theater ein Ort der Existenzerfahrung. Ausgehend von den Riten primitiver Kulte und Tänze des Orients, entwickelte A. seine Theorie für ein »Theater der Grausamkeit«, in dem Sprache nur eine untergeordnete Rolle spielt. Er forderte den Einsatz aller szenischen und bühnentechnischen Mittel, um beim Publikum durch eine Art religiösen Beschwörungsakt eine physische Schockwirkung auszulösen: Zuschauer und Schauspieler sollten durch diese grausame »Heilung« einen Prozeß der Selbsterkenntnis und Neugeburt erleben. Die Faszination, die von A. und seiner Theatertheorie ausgeht, liegt in seiner kompromißlosen Besessenheit, an der er am Ende seines Lebens selbst gescheitert ist.

← Antonin Artaud

□ 1924: Anschluß an die Pariser Surrealisten. □ 1925: »Die Nervenwaage« (Ged.e, dt. 1961); »Der Nabel des Zwischenreichs« (Ged.e, dt. 1964). □ 1927: Mit R. →Aron und R. →Vitrac Gründung des Theatre Alfred Jarry in Paris; Eröffnung mit eigenem Stück »Der verdorbene Magen oder die verrückte Mutter«. □ 1928: Inszenierung von »Mittagswende« (P. →Claudel), »Trauerspiel« (A. →Strindberg) und »Victor oder die Kinder an die Macht« (R. Vitrac). □ 1933: Gründung des Théâtre de la Cruauté (Theater der Grausamkeit). □ 1936: Mexikoreise und Experimente mit Drogen. □ 1937-48: Aufenthalte in Nervenheilanstalten. □ 1938: »Das Theater und sein Double« (Es.s, dt. 1969). □ postum 1971: »Tarahmaras« (Es.s, dt. 1975).

▷ E. Kapralik: Antonin Artaud. Leben und Werk, 1977; K. Blüher: Antonin Artaud und das Nouveau Théâtre, 1982; H. Fock: Antonin Artaud und der surrealistische Bluff, 2 Bde., 1988.

Artmann, H(ans) C(arl)

österr. Schriftsteller
* 12.6.1921 Wien

Artmann, bis 1958 die zentrale Gestalt der avantgardistischen Wiener Gruppe, forderte 1953 in seiner »Acht-Punkte-Proklamation des poetischen Actes« die künstlerische Einheit von poetischem Werk und Lebensstil. Literatur und Bohemienleben sind bei ihm eng miteinander verbunden. Frei von jedem inhaltlichen oder

Hans Carl Artmann - eine Gartentreppe als »Thron«.

gesellschaftlichen Engagement schlüpfte A. in immer neue literarische Rollen.Er verwendete die unterschiedlichsten Gattungen und Stile und kombinierte sie mit Versatzstücken aus der Trivialliteratur und modernem Großstadtjargon. Besonderen Erfolg hatten seine parodistischen Wiener Mundartgedichte in selbsterfundener Lautschrift (»med ana schwoazzn dintn«, 1958). 1974 erhielt A. den Großen Österreichischen Staatspreis.

□ 1967: »Fleiß und Industrie« (Prosa). □ 1968: »Die Anfangsbuchstaben der Flagge« (Erz.n). □ 1969: »Ein lilienweißer Brief aus Lincolnshire« (Ged.e). □ 1977: »Die Jagd nach Dr. U.« (R.). □ 1984: »Im Schatten der Burenwurst. Skizzen aus Wien«.

▷ J. Jung (Hg.): Artmann, H. C., Dichter, 1986.

Artschwager, Richard Ernst

amer. Künstler
* 26.12.1924 Washington D. C.

Mit seinen Skulpturen, die Möbelformen nachempfunden sind, leistet Artschwager, der ursprünglich Mathematik und Chemie studiert hatte, seit den 60er Jahren einen vielbeachteten und einflußreichen Beitrag im Zwischenbereich Kunst/Design. Alltagsgegenstände werden überdimensioniert oder verfremdet und damit ihrer eigentlichen Funktion entzogen, ohne jedoch formal den ursprünglichen Verwendungszweck zu leugnen. In der Präsentation des Alltäglichen als Kunstobjekt erstrebt A. die Reflexion des Betrachters über das Gewohnte und letztlich eine Bewußtmachung der ihn umgebenen Umwelt. Mit diesem Ansatz, nicht aber in der Ausführung der Objekte, steht er der Pop-art nahe. So zeigt seine Arbeit »Tower III« (1980) einen Beichtstuhl in reduzierter Form, bei dem die Bank, das

Sprechgitter und der Innensitz realistisch ausgeführt sind, alle Teile aber offen, also ohne äußeres Gehäuse präsentiert werden.

□ 1943/44, 1946-48: Studium der Mathematik und Chemie an der Cornell Univ., Ithaca, N. Y. □ ab 1949: Schreinerlehre; anschließend Herstellung von Schiffsaltären für die US-Marine. □ 1955-60: Schreinerwerkstatt. □ 1960- 65: Tätigkeit in einer New Yorker Möbelfabrik. □ ab 1965: Freier Künstler. □ 1968, 1972, 1982: Beteiligung an der documenta 4, 5 und 7 in Kassel. □ 1976, 1980: Teilnahme an der Biennale in Venedig. □ 1985: Biennale in São Paulo. □ 1985/86: Retrospektiven u. a. in der Kunsthalle Basel und im Stedelijk Van Abbe-Museum in Amsterdam. □ 1989: Retrospektive in der Städtischen Kunsthalle Düsseldorf.

Ascari, Alberto

ital. Automobilrennfahrer
* 13.7.1918 Bologna
† 26.5.1955 Monza (verunglückt)

Ascari, der in seiner 13jährigen Laufbahn (1942-55) 15 Große Preise gewann, war 1952 und 1953 Formel-1-Weltmeister. Der Italiener erhielt nach drei Siegen auf dem Nürburgring (1950, 1951 und 1952) den Ehrentitel »Meister des Nürburgrings«. Er verunglückte bei Versuchsfahrten mit einem Ferrari.

Asch, Schalom

jidd. Schriftsteller
* 1.1.1880 Kutno (Polen)
† 10.7.1957 London (Großbritannien)

Schalom Asch: Sprachrohr des jüdischen Volkes.

Bis zu Beginn der 30er Jahre war Asch in Deutschland der bekannteste jiddisch schreibende Schriftsteller. Hauptthema seiner Romane, die historische Stoffe wie den Kosakenaufstand Mitte des 17. Jh.s. — z. T. historisch verklärt — verarbeiten, ist die Überlebenskraft des jüdischen Volkes. Die Romantrilogie »Der Nazarener« (1939, dt. 1950), »Der Apostel« (1943, dt. 1946) und »Maria« (1949, dt. 1950), mit der A. zur Versöhnung von Christentum und Judentum beitragen wollte, wurde wegen der Aufnahme urchristlicher Motive von konservativen Kreisen in Israel heftig kritisiert.

Hal Ashby →

Ashby, Hal

amer. Regisseur
* 1927 (1939?) Ogden, Utah
† 27.12.1988 Malibu, Kalif.

Ashby war zunächst Cutter bei N. → Jewison (u. a. »Cincinnati Kid« und »In der Hitze der Nacht«, für den er einen Oscar erhielt), ehe er 1970 mit »Der Hausbesitzer« sein Regiedebüt gab. Mit »Harold und Maude« (1971), der Liebesgeschichte zwischen einem todessüchtigen Jüngling und einer lebensfrohen Greisin, schuf er eines der seltsamsten Paare der Filmgeschichte und den Kultfilm einer ganzen Generation. Seiner Vorliebe für skurrile Figuren blieb er auch in »Willkommen, Mr. Chance« (1979) treu. In dem Film wird ein Gärtner (P. →Sellers) , der 30 Jahre lang an der Realität nur durch das Fernsehen teilgenommen hat, durch eine Verwechslung zum Präsidentenberater.

□ 1973: »Das letzte Kommando«. □ 1974: »Shampoo«. □ 1976: »Dieses Land ist mein Land«. □ 1977: »Coming Home - Sie kehren heim« (mit J. → Fonda). □ 1980: »Herzen aus zweiter Hand«. □ 1981: »Rocks off - The Rolling Stones US-Tour '81«. □ 1983: »Die Zocker«. □ 1985: »Die Frau des Profis«. □ 1986: »Acht Millionen Wege zu sterben«.

Paddy Ashdown →

Ashdown, Paddy

(eig. Jeremy John Durham A.)
brit. Politiker
* 27.2.1941 Indien

Der ehemalige Nahkampfspezialist der Royal Marines und spätere Diplomat Ashdown ist seit 1988 Parteiführer der Sozialen und Liberalen Demokraten in Großbritannien. Die SLDP, die wegen des englischen Wahlrechts (Direktwahl) bislang nur wenige Abgeordnete im Parlament hat (1991: 21), versteht sich als »nicht-sozialistische« Alternative sowohl zur konservativen Regierung als auch zur Labour Party. Die im Januar 1988 entstandene Partei vereinigt die Liberal Party (LP) mit großen Teilen der Social Democratic Party, deren Rest unter D. →Owen sozialdemokratischen Zielsetzungen folgt.

Evelyn Ashford →

Ashford, Evelyn

amer. Leichtathletin
* 15.4.1957 Shevreport, Louis.

Ashford sicherte sich im Kampf gegen die DDR-Sprinterinnen zweimal den 100-m-Weltrekord und gewann dadurch große Popularität in den USA. Die Olympiasiegerin von 1984 belegte 1988 in Seoul hinter F. →Griffith den zweiten Rang über die 100 m.

□ 1983: Weltrekord über 100 m mit 10,79 sec. □ 1984: Olympiasiegerin über 100 m und mit der 4x100-m-Staffel; erneut Verbesserung des Weltrekords über 100 m auf 10,76 sec. □ 1988: Olympiazweite über 100 m.

Ashkenazy, Wladimir

sowjet. Pianist und Dirigent
* 6.7.1937 Gorki

Ashkenazy ist der bedeutendste sowjetische Pianist in der Generation nach S. →Richter. Der Gewinner des Tschaikowsky-Wettbewerbs (Moskau 1962) und glänzende Interpret S. →Rachmaninows und A. →Prokowjews tritt seit seiner Ausbürgerung (1963) auch als Dirigent auf. 1987 wurde A. zum Musikdirektor des Royal Philharmonic Orchestra London sowie zum Chefdirigenten des Radio-Symphonie-Orchesters Berlin berufen.

▷ J. Parrott: Vladimir Ashkenazy. Jenseits von Grenzen, 1987.

← Wladimir Ashkenazy

Ashton, Sir Frederick

engl. Tänzer und Choreograph
* 17.9.1904 Guayaquil (Ecuador)
† 18.8.1988 Suffolk

Ashton, einer der großen Choreographen des 20. Jh.s, machte das Royal Ballet in London zum bedeutendsten klassischen Ballettensemble außerhalb der Sowjetunion. Obwohl A. während der 30er Jahre auch Choreographien für Musicals und Revuen schuf, liegt der Schwerpunkt seines Schaffens im Bereich des klassischen Balletts. Als besonders produktiv erwies sich die Zusammenarbeit mit M. →Fonteyn.

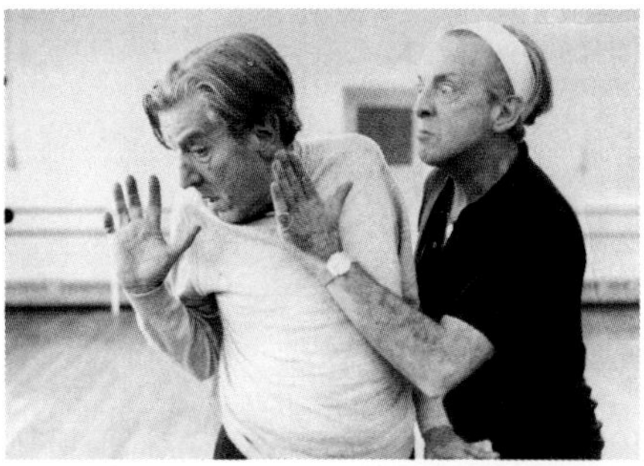

Ashton (l.) mit R. Helpmann bei Proben in London, 1965.

□ 1919: Nachdem er A. →Pawlowa in Lima auf der Bühne gesehen hat, beschließt Ashton, selbst Tänzer zu werden; Ausbildung u. a. bei L. →Massine. □ ab 1926: Choreographien u. a. für Marie Ramberts Ballet Club. □ 1933: Inszenierung der Oper »Four Saints in Three Acts« (M.: V. Thompson) in New York. □ 1935: Chefchoreograph des Vic-Wells Ballet in London. □ 1935: M. Fonteyn tanzt ihre erste Hauptrolle in »Rio Grande«, von A. choreographiert. □ 1948: »Cinderella«, erstes abendfüllendes Stück der engl. Ballettgeschichte. □ 1952: Stellv. Dir. des Sadler's Wells Ballet (1957 umbenannt in Royal Ballet). □ 1963-70: Dir. des Royal Ballet; danach gelegentlich Gastchoreographien. □ 1971: Choreographie des Tanzfilms »The Tales of Beatrice Potter«.

Asimov, Isaac

amer. Schriftsteller und Wissenschaftler
* 2.1.1920 Smolensk (Rußland)

← Isaac Asimov

Asimov, Sohn einer russischen Auswandererfamilie, wurde mit seinen Robotergeschichten zum berühmten Science-fiction-Autor. Zentralthema seiner Werke ist der Triumph des Verstandes und der Wissenschaft über die Emotion. Das Gefühl kann lediglich das drohende Unheil erahnen, aber nichts zur Konfliktlösung beitragen. Deshalb üben Roboter und Maschinen in A.s Geschichten eine Herrschaft aus, die Wirtschaftskrisen und typisch menschliche Konflikte durch wissenschaftliche Handlungsweise ausschaltet. Bekannt wurde A. auch mit seinen populärwissenschaftlichen Werken.

□ 1939: »Gefangene des Alls« (Erz., dt. 1966). □ ab 1948: Prof. für Biochemie an der Univ. Boston. □ 1950: »Ich, der Robot« (Erz.n, dt. 1952). □ 1951: »Der Tausendjahresplan« (R., dt. 1966). □ 1954: »Der Mann von drüben« (R., dt. 1956). □ 1976: »Der Zweihundertjährige« (Nov., dt. 1978); »Isaac Asimov über Science-fiction« (Es.s, dt. 1984).

▷ H. J. Alpers/H. Pusch (Hg.): Isaac Asimov - der Tausendjahresplaner, 1984.

Askenase, Stefan

belg. Pianist poln. Herkunft
* 10.7.1896 Lemberg † 18.10.1985 Bonn

Stefan Askenase →

Askenase erhielt seine Ausbildung bei dem Liszt-Schüler Emil Sauer in Wien. Er erwarb einen Ruf als Interpret der Klavierwerke Chopins, die er nach spieltechnischen und quellenkritischen Studien ohne Romantizismen vortrug. Sein Repertoire umfaßte die klassische und romantische Klaviermusik (vorwiegend Bach und Mozart).

□ 1922-25: Klavierdozent am Konservatorium in Kairo. □ 1925: Übersiedlung nach Brüssel; erste Konzerttourneen. □ 1940: Flucht vor dem NS-Regime nach Südfrankreich. □ 1954-61: Prof. in Brüssel. □ 1966: »Wie Meister üben« (Klavier-Lektion mit Schallplatten). □ 1968: Übersiedlung nach Deutschland. □ 17. 10. 1985: Letztes Konzert im Kölner Gürzenich-Saal mit Werken Chopins.

Askoldow, Alexander

sowjet. Regisseur
* 1937 (1932?)

Askoldows Regiedebüt und bislang einziger Film »Die Kommissarin« (1967) wurde nach der Fertigstellung verboten, A. wurde aus der Partei ausgeschlossen und erhielt Berufsverbot. Sein Film (nach einer Erz. von W. →Grossmann) handelt von einer schwangeren Politkommissarin, die während des russischen Bürgerkriegs bei einer jüdischen Familie einquartiert wird. A. erzählt diese Geschichte in einem eindringlichen visuellen Rhythmus, in dem äußerste Dynamik und Momente der Ruhe und des Innehaltens einander immer wieder ablösen. 1987 wurde »Die Kommissarin« beim Moskauer Filmfestival aufgeführt und fand mit 20jähriger Verspätung internationale Anerkennung (u. a. Silberner Bär der Berlinale 1988).

Asmodi, Herbert

dt. Dramatiker und Drehbuchautor
* 30.3.1923 Heilbronn

Bereits für sein erstes Drama »Jenseits vom Paradies« (1954), erhielt Asmodi den Gerhart-Hauptmann-Preis der Freien Volksbühne Berlin.

Seine zeitkritisch-ironischen Bühnenwerke (u. a. »Pardon wird nicht gegeben«, Kom., 1958; »Mohrenwäsche«, Kom., UA 1964; »Stirb und werde«, Kom., 1967; »Räuber und Gendarm. Eine Moritat«, 1968) orientieren sich am Muster der englischen Boulevard-Komödie. Einem größeren Publikum wurde A., der auch Gedichte verfaßte, durch zahlreiche Fernsehspiele bekannt, in denen er sowohl eigene Werke als auch Romanvorlagen anderer Autoren (u. a. »Die Frau in Weiß«, 1971; nach dem gleichnamigen Roman von Wilkie Collins) bearbeitete.

▷ H. Asmodi: Eine unwürdige Existenz. Eine Erinnerung, 2. Aufl. 1988.

Asplund, Gunnar

schwed. Architekt
* 22.9.1885 Stockholm † 20.10.1940 ebd.

Asplund war einer der herausragenden schwedischen Architekten der ersten Hälfte des 20. Jh.s. Mit der Stockholmer Staatsbibliothek (1924-28) verwirklichte er ein klassizistisches Ideal: Kubus und Zylinder erreichen monumentale Wirkung. A.s Gestaltung der Stockholmer Werkbund-Ausstellung 1930 unter großzügiger Verwendung von Glas und Stahl gilt als ein Ausgangspunkt der modernen Architektur in Schweden. Bedeutende Spätwerke sind der Erweiterungsbau des Göteborger Rathauses (1934-37) und der offene Hallenbau des Krematoriums in Stockholm (Südfriedhof, 1935-40).

Asquith, Herbert Henry, Earl of Oxford and A. (ab 1925)

brit. Politiker
* 12.9.1852 Morley, Yorkshire
† 15.2.1928 Sutton Courtenay, Berkshire

Während des Buren-Kriegs einer der Wortführer des imperialistischen Flügels der Liberalen, der eine autonome Regierung für Südafrika ablehnte, war Asquith innenpolitisch liberal. Als Premierminister (1908-16) regte er die Einführung einer Altersrente für Arbeitnehmer an (1911) und trat für das Frauenwahlrecht ein. Zur Eindämmung der Unruhen in Irland befürwortete A. eine Autonomie der Regierung in Dublin. Nach langem Streit um soziale Reformen und die Irlandfrage erreichte er 1911 die Ausschaltung des Oberhauses als Machtfaktor bei der Gesetzgebung und damit eine wesentliche Stärkung der Position des Premierministers (und des Unterhauses), die bis heute fortwirkt. 1916 trat A. nach längeren Auseinandersetzungen über die weitere Kriegführung zurück und wurde durch D. →Lloyd George abgelöst.

□ ab 1877: Publizist für The Economist. □ 1886-1918; 1920-24: Mitgl. des Unterhauses für die Liberalen. □ 1890: Kronrat (Queens Counsel). □ 1892-95: Innenmin. □ ab 1895: Vizepräs. der imperialistischen Liberalen Liga. □ 1906-08: Schatzkanzler. □ 1908-16: Premierminister. □ 1916-25: Führer der Opposition. □ 1923: »Genesis of war« (Schr.). □ ab 1925: Mitgl. des Oberhauses.

▷ H. H. Asquith: Memories and Reflections, engl. 1928.

Hafez al Assad →

← Gunnar Asplund

← Herbert Henry Asquith

Assad, Hafez al

syr. Politiker
* 6.10.1930 Kardhaha, Bez. Lathakia

Assad war ursprünglich ein Vertreter radikalrevolutionärer Ideen, beendete aber als Präsident die sozialistische Orientierung der Bath-Partei. Er bezeichnet sich selbst als Nationalisten und Pragmatiker. Als entschiedener Gegner Israels führte er Syrien in den Jom-Kippur-Krieg (1973); im Golfkrieg 1991 stand er allerdings auf der Seite der USA gegen den Irak.
Seit 1976 halten syrische Truppen große Teile des Libanon besetzt; Ziel von A., der im Inneren brutal gegen Regimegegner vorgeht, ist die Schaffung eines großsyrischen Machtbereichs. Aufgrund der Zusammenarbeit mit den USA während des Golfkriegs ist sein Einfluß gestiegen.

□ 1944: Mitgl. der Bath-Partei. □ 1948: Besuch der Militärakademie. □ 1963: Teilnahme am Staatsstreich der Bath-Partei; Beförderung zum General. □ 1964: Oberbefehlshaber der Luftwaffe. □ 1966-70: Verteidigungsmin. □ 1970: Initiator des Putschs gegen Präs. Nur ad Din al Atassi. □ seit 1971: Staatspräsident.

Asser, Tobias Michael Carel

niederl. Jurist
* 28.4.1838 Amsterdam † 29.7.1913 's Gravenhage

Asser, dem 1911 (mit A. H. Fried) der Friedens-Nobelpreis verliehen wurde, initiierte um die Jahrhundertwende mehrere internationale Konferenzen zum Privatrecht und war entscheidend an den Verhandlungen über die Neutralisierung des Suezkanals beteiligt.

□ 1862-93: Prof. in Amsterdam, zunächst für Bürgerliches Recht, dann für Handels- und Int. Recht. □ ab 1870: Mitgl. der Staatskommission für Int. Privatrecht (ab 1898 Vors.). □ 1888-95: Rheinschiffahrtskommissar für die Niederlande. □ 1893: Mitgl. des niederl. Staatsrates. □ 1911: Mitgl. des ständigen Schiedshofs in Den Haag.

Astaire, Fred

(eig. Frederick Austerlitz)
amer. Tänzer und Schauspieler
* 10.5.1899 Omaha, Nebr. † 22.6.1987 Los Angeles

Astaires tänzerischer Einfallsreichtum, seine Fähigkeit, schwierige Choreographien mit unvergleichlicher Leichtigkeit zu präsentieren und Requisiten scheinbar beiläufig in seine Nummern einzubauen, machten ihn zu einem der erfolgreichsten Tänzer des 20. Jh.s. Seine Leistungen auf dem Gebiet des Musicals wurden 1949 mit einem Spezial-Oscar honoriert. Die Produktionsgesellschaft R.K.O., für die er mit G. → Rogers 1933-39 in neun Filmen auftrat, ließ seine Beine mit einer Million Dollar versichern. Neben G. Rogers, die 1949 noch einmal in »Tänzer vom Broadway« seine Partnerin war, tanzte er u. a. mit R. →Hayworth, J. →Garland und Leslie Caron.

□ 1906: Als Siebenjähriger erste Auftritte mit seiner Schwester Adele. □ 1917: Engagement der Geschwister am Broadway. □ 1932: Beginn der Solokarriere. □ 1933: Filmdebüt in »Ich tanze nur für dich«; »Flying Down To Rio« (erster Film mit G. Rogers) □ 1934: »Scheidung auf amerikanisch«.

Fred Astaire in »Ein süßer Fratz« am Broadway, 1927.

☐ 1936: »Die Matrosen kommen«. ☐ 1935: »Ich tanz' mich in dein Herz hinein«. ☐ 1936: »Swing Time«. ☐ 1937: »Tanz mit mir«. ☐ 1941: »Wer wird schon reich beim Militär?«. ☐ 1948: »Osterspaziergang«. ☐ 1951: »Königliche Hochzeit«. ☐ 1953: »Vorhang auf«. ☐ 1955: »Daddy Langbein«. ☐ 1957: »Ein süßer Fratz«; »Seidenstrümpfe«. ☐ 1967: Letzter Auftritt als Tänzer in »Der goldene Regenbogen«. ☐ 1968/69: TV-Serie »Ihr Auftritt, Al Mundy«.

▷ St. Harvey: Fred Astaire. Seine Filme - sein Leben, 1982.

Aston, Francis William

brit. Chemiker und Physiker
* 1.9.1877 Harborne/Birmingham
† 20.11.1945 Cambridge

Aston entdeckte 1912 beim Neon die Existenz der Isotope und beschrieb die aus zwei oder mehr Isotopen gebildete Zusammensetzung bei etwa 30 nichtradioaktiven Elementen. Ausgehend von der Annahme, daß es beim Neon Atome verschiedener Masse gebe, deren Trennung ihm 1913 ansatzweise gelang, stellte A. das Gesetz der Ganzzahligkeit auf. A. erkannte, daß die Atomgewichte aller Elemente fast immer genau ein ganzzahliges Vielfaches des als kleinste Einheit geltenden Wasserstoffatomgewichts sind. Aufgrund der später festgestellten geringfügigen Unterschiede, die durch die unterschiedlichen Bindungsenergien der Kerne verursacht werden, behauptete A. 1920, daß sowohl die Spaltung großer wie die Fusion kleinerer Atomkerne hohe Energien freisetzen müsse.

☐ 1907: Entdeckung des »Astonschen Dunkelraums« (einer schmalen, absolut dunklen Zone) bei der Glimmentladung von Gasen. ☐ 1919: Erfindung des Massenspektrographen zur fotografischen Aufzeichnung von Ionen unterschiedlicher Masse; Entdeckung der Isotope des Chlors und anderer Elemente. ☐ 1921: Mitgl. der Royal Society. ☐ 1922: Chemie-Nobelpreis.

Miguel Angel Asturias →

Athenagoras I. →

Asturias, Miguel Angel

guatemaltek. Schriftsteller
* 19.10.1899 Guatemala-Stadt
† 9.6.1974 Madrid (Spanien)

Das Erzählwerk Asturias, der 1967 den Literatur-Nobelpreis erhielt, wird wesentlich von den Mythen der Maya-Indianer (»Legenden aus Guatemala«, 1930, dt. 1960) und dem sozialpolitischen Engagement des Mestizen geprägt. Dies wird u. a. in dem Diktatorenroman »Der Herr Präsident« (1946, dt. 1957) deutlich, einer allgemeingültigen Darstellung der Strukturen von Gewaltherrschaften. Im Stil des dem Surrealismus A. →Bretons nahestehenden Magischen Realismus verband A. die Vorstellungswelt der alten Hochkulturen mit dem westlichen, rationalen Wirklichkeitsverständnis und wurde so zu einem der Begründer des neuen lateinamerikanischen Romans. A., der sein Leben — je nach Zusammensetzung der Regierung — abwechselnd in Guatemala mit diplomatischen Missionen und im politischen Exil verbrachte (schon sein Vater mußte als Gegner des Diktators Cabrera in die Verbannung), übersetzte neben moderner französischer auch klassische Maya-Literatur.

☐ 1900-07: Verbannung des Vaters, eines Gegners des Diktators M. Estrada Cabrera, in die Provinz. ☐ 1916-23: Jurastudium in Guatemala-Stadt. ☐ 1921: Delegierter auf dem Int. Studentenkongreß in Mexiko-Stadt. ☐ 1923: Mitbegründer der Volkshochschule in der Hauptstadt. ☐ 1924-28: Studium der Volkskunde und Religionswissenschaft in Paris. ☐ ab 1945: Zeitweise in diplomatischem Dienst. ☐ 1949: »Maismenschen« (R., dt. 1956). ☐ 1956: Darstellung der wirtschaftspolitischen Einflußnahme der USA in »Weekend in Guatemala« (Erz.n, dt. 1962). ☐ 1961: »Don Niño oder Die Geographie der Träume« (R., dt. 1969) ☐ 1966: Botschafter in Paris (bis 1970); Lenin-Friedenspreis. ☐ 1967: Literatur-Nobelpreis. ☐ 1969: »Der böse Schächer« (R., dt. 1981).

▷ G. W. Lorenz: Miguel Angel Asturias, 1968.

Atatürk →Kemal Atatürk

Athenagoras I.

(eig. Aristoklis Spiru)
griech. Theologe (orth.)
* 25.3.1886 Tsaraplana, Nomos Epirus
† 7.(6.?)7.1972 Istanbul (Türkei)

Als Ehrenprimas der orthodoxen Kirche begann Athenagoras I., der 18 Jahre lang in Nord- und Südamerika wirkte, mit der römisch-katholischen Kirche einen Dialog, der seit 1439 versiegt war. Seine Begegnung mit Papst →Paul VI. in Jerusalem (1964) führte zur Aufhebung des gegen die Oberhäupter der lateinischen Kirche gerichteten Banns von 1054. Bei den Tagungen des Ökumenischen Rats der Kirchen (1967 in Genf, 1968 in Uppsala) bemühte sich A. um Verständigung und um ökumenische Kontakte auch zu anderen christlichen Kirchen.

☐ 1922: Metropolit von Korfu. ☐ 1930-48: Erzbischof der griech.-orth. Kirche von Nord- und Südamerika. ☐ ab 1949: Ökumenischer Patriarch von Konstantinopel.

▷ B. Ohse: Der Patriarch Athenagoras I. von Konstantinopel, 1968.

Attenborough, Richard

engl. Regisseur, Produzent und Schauspieler
* 29.8.1923 Cambridge

Attenborough stammt aus einer englisch-schottischen Offiziersfamilie und war zunächst als Theater- und Filmschauspieler tätig. Seine bekanntesten Auftritte hatte er in den Filmen »Der Flug des Phoenix« (1965, Rg. R. →Aldrich) und »Dr. Dolittle« (1966, Rg. R. Fleischer). Wie in dem Monumentalfilm »Gandhi« (1981/82), der mit acht Oscars ausgezeichnet wurde, setzte sich A. auch in »Schrei nach Freiheit« (1987), der Biografie des Apartheid-Gegners S. Biko, für Humanität und Gerechtigkeit ein.

Attenborough beim Start von »Gandhi« in Hamburg, 1983.

☐ 1941: Theaterdebüt in »Oh, Wildnis«. ☐ 1942: Erste Filmrolle in »Which we serve«. ☐ 1943: Einberufung zur Royal Air Force. ☐ 1955: Gründung der Produktionsgesellschaft Beaver Films (mit Bryan Forbes). ☐ 1959: Mitgründer der Filmgesellschaft Allied Film Makers. ☐ 1969: Regiedebüt: »Oh! What a lovely war«. ☐ 1972: »Der junge Löwe« (Filmbiogr. des jungen W. →Churchill). ☐ 1976: »Die Brücke von Arnheim«. ☐ 1978: »Magic — Eine unheimliche Liebesgeschichte«. ☐ 1982: Vors. des British Film Inst. ☐ 1985: »A Chorus Line«.

Attlee, Clement Richard Earl (ab 1955)

brit. Politiker
* 3.1.1883 London † 6.10.1967 ebd.

Attlee, ein kühler Pragmatiker, lehnte sich als Premierminister eng an die USA an und versuchte zugleich, innenpolitisch einen gemäßigten Sozialismus einzuführen. Mit der Entlassung Indiens in die Unabhängigkeit (1947) leitete er die Auflösung des Britischen Empires ein.

☐ 1907: Mitgl. der Fabian Society. ☐ 1908: Mitgl. der Independent Labour Party. ☐ 1922: Mitgl. des Unterhauses. ☐ 1924: »The social Worker« (Schr.). ☐ 1935-55: Parteiführer der Labour Party; »The will and the way to socialism« (Schr.). ☐ 1940: Minister Lordsiegelbewahrer. ☐ 1942: Stellv. Premierminister. ☐ 1945-51: Premierminister. ☐ 1951-55: Oppositionsführer im Unterhaus. ☐ 1955-67: Mitgl. im Oberhaus.

▷ K. Harris: Attlee, 1982; G. Dallar (Hg.): Attlee as I knew him, 1983.

Atwood, Margaret Eleanor

engl.spr. kanad. Schriftstellerin
* 18.11.1939 Ottawa

Margaret Atwood →

Atwood, die bedeutendste kanadische Lyrikerin, Erzählerin und Literaturkritikerin der Gegenwart, verbindet in ihrer Prosa feministische und kanadische Themen. In A.s Geschichten und Romanen werden die bedrohte Natur und psychisch deformierte Menschen als Opfer einer materialistischen und technisierten Welt dargestellt. Romane wie »Die eßbare Frau« (1969, dt. 1985) und »Der lange Traum« (1972, dt. 1979) üben Kritik an der Unterdrückung der Frau in der patriarchalischen Gesellschaft und schildern den langsamen Prozeß ihrer Selbstbefreiung. Mit ihren einflußreichen Werken, auch Essays, ist A. zu einem Leitbild der kanadischen Gegenwartsliteratur geworden.

☐ 1958-62: Studium an den Univ.n in Toronto und Cambridge, Mass. ☐ 1964-68: Lehrtätigkeit an verschiedenen Univ.n. ☐ 1972: »Survival: A thematic guide to canadian literature« (Es.). ☐ 1976: »Lady Orakel« (R., dt. 1984). ☐ 1977: »Unter Glas: Erzählungen« (dt. 1986). ☐ 1979: »Die Unmöglichkeit der Nähe« (R., dt. 1980). ☐ 1981: »Verletzungen« (R., dt. 1982); »Wahre Geschichten« (Ged.e, dt. 1984). ☐ 1983: »Die Giftmischer« (Erz.n, dt. 1985). ☐ 1985: »Der Report der Magd« (R., dt. 1987). ☐ 1989: »Katzenauge« (R., dt. 1990). ☐ 1991: »Tips für die Wildnis« (dt. 1991).

Atzmon, Moshe

(eig. Moshe Groszberger)
israel. Dirigent ung. Herkunft
* 30.7.1931 Budapest

Atzmon, seit 1991 Chef der Dortmunder Oper, gehört zu den international meistbeschäftigten Opern- und Konzertdirigenten. Nach Studien in Tel Aviv und London begann er seine Karriere 1963 als Preisträger renommierter Wettbewerbe (u. a. Mitropoulos International Music Competition New York). Mitte der 60er Jahre festigte A. seinen Ruhm als Leiter internationaler Spitzenorchester (1968 erste Schallplatten-Einspielungen mit dem New Philharmonia Orchestra London). Er konzentriert seine Aktivitäten auf Großbritannien, die USA und Israel.

☐ 1951-60: Hornist in Tel Aviv. ☐ 1967: Leiter der Wiener Philharmoniker bei den Salzburger Festspielen. ☐ 1969: Opern-Debüt an der Dt. Oper Berlin mit Rossinis »La Cenerentola«. ☐ 1969-71: Chefdirigent des Sydney Symphony Orchestra. ☐ ab 1972: Chefdirigent des NDR-Sinfonieorchesters und des Basler Sinfonieorchesters. ☐ seit 1991: Generalmusikdir. an der Oper Dortmund.

← Clement Richard Attlee

Aub, Max

span. Schriftsteller
* 2.6.1903 Paris (Frankreich)
† 23.7.1972 Mexiko-Stadt (Mexiko)

Aub, Sohn eines Deutschen und einer Französin, gehörte zu den bedeutendsten spanischen Exilschriftstellern. Der Dichter, Dramatiker und Literaturkritiker verarbeitete in seinem realistischen Romanzyklus »Das magische Labyrinth« die während und nach dem Bürgerkrieg gemachten Erfahrungen. Themen dieser in einem Zeitraum von 25 Jahren entstandenen sog. Feld-Romane sind u. a. die Rolle der Intellektuellen und die Notwendigkeit der politischen Parteinahme.

☐ 1914: Übersiedlung nach Spanien. ☐ 1930: Leiter des Studententheaters in Valencia. ☐ 1936-39: Während des Bürgerkriegs republikanischer Kulturattaché in Paris. ☐

1939-42: Haft in frz. KZs. □ ab 1942: Exil in Mexiko. □ 1943: »Geschlossenes Feld« (R.). □ 1945: »Blutiges Feld« (R.). □ 1951: »Die bitteren Träume« (R., dt. 1962). □ 1963: »Maurenfeld« (R.). □ 1965: »Französisches Feld« (R.). □ 1968: »Feld der Mandelbäume« (R.). □ 1969: Rückkehr nach Spanien.

Auden, Wystan Hugh

engl. Dichter
* 21.2.1907 York † 29.9.1973 Wien (Österreich)

Obwohl Auden auch als Essayist, Librettist, Dramatiker und Literaturkritiker produktiv war, kommt seinem poetischen Schaffen die größte Bedeutung zu. A.s avantgardistische, stilistisch, thematisch und formal außerordentlich vielseitige Lyrik zeichnet sich durch eine distanziert-unemotionale Sprache und klinisch-unterkühlte Diktion aus. A.s erste Schaffensphase steht im Bann der Bedrohung durch Faschismus und Weltwirtschaftskrise und der Ideen von Karl Marx und S. →Freud (»Spanien 1937«, Ged.). Nach seiner Emigration in die USA 1939 und seiner Rückkehr zum anglikanischen Glauben wandte sich A. der Philosophie Søren Kierkegaards (* 1813, † 1855) und den Ideen des protestantischen Theologen Reinhold Niebuhr zu. A.s Hauptwerk ist das Langgedicht »Das Zeitalter der Angst« (1947, dt. 1951), in dem Einsamkeit, Existenzangst und Erlösungsbedürftigkeit des Menschen in der modernen Massengesellschaft beschworen werden.

Jacques Audiberti →

W. H. Auden mit seinem Freund, dem Schriftsteller Ch. Isherwood, 1938.

□ 1935: Ehe mit Erika Mann. □ 1936: »Der Hund unter der Haut« (Dr.n, mit Chr. Isherwood). □ 1937: Unterstützung der Republikaner im span. Bürgerkrieg. □ 1938: Chinareise. □ ab 1940: Univ.-Dozent. □ 1945: Als Offizier der US-Armee in Deutschland; »Hier und jetzt. Ein Weihnachtsoratorium« (dt. 1961). □ ab 1946: Amer. Staatsbürgerschaft. □ 1948: Pulitzer-Preis. □ 1963: »Des Färbers Hand und andere Essays« (dt. 1965). □ 1968: Goldmedaille der American Academy of Arts and Letters.

▷ H. Carpenter: W. H. Auden, engl. 1981; G. Jarfe: Der junge Auden. Dichterische Verfahrensweisen und ihre Bedeutung in W. H. Audens Frühwerk, 1985.

Anita Augspurg →

Audiberti, Jacques

frz. Schriftsteller
* 25.3.1899 Antibes † 10.7.1965 Paris

Der Dramatiker, Lyriker, Romanschriftsteller und Maler Audiberti untermauerte sein Werk mit dem Begriff Abhumanismus. Die Existenz von Gewalt, Niedertracht und Begierde wurde von ihm als unabänderlich begriffen. Die Theaterstücke des wortgewaltigen Rhetorikers zeigen den vergeblichen Kampf des Menschen gegen das Böse: Er entkommt nur im Traum, freie Selbstbestimmung ist ihm unmöglich.

□ 1918-24: Gerichtsschreiber in Antibes. □ 1934: Mitarbeiter der Literatur- und Kulturzeitschrift Nouvelle Revue Française. □ 1935: Erster Preisträger des Prix Mallarmé für »Die Macht und die Falle« (1930, Ged.e). □ 1938: »Abraxas« (R.). □ 1962: »Äpfelchen... Äpfelchen« (Dr., dt. 1962). □ 1964: Auszeichnung des Gesamtwerks mit dem Grand Prix National des Lettres.

Auer von Welsbach, Carl Freiherr von

österr. Chemiker
* 1.9.1858 Wien
† 4.8.1929 Schloß Welsbach bei Mölbling, Kärnten

Auer von Welsbach entdeckte 1885 in dem für ein Element gehaltenen Didym die beiden Elemente Neodym und Praseodym. Unter den sog. Seltenerdmetallen, die A. im Hinblick auf ihre Hitzebeständigkeit als geeignete Gasglühkörper untersuchte, fand er 1905 Ytterbium und 1907 Lutetium.
Zu A.s Erfindungen gehören das 1885-92 entwickelte Gasglühlicht (Auerlicht), das mit seinem feinen und chemisch behandelten »Auerstrumpf« (Baumwollgewebe) die Leuchtkraft hellweiß verstärkt, sowie die erste Metallglühfadenlampe (1898-1902), die statt des üblichen Kohlefadens einen langlebigeren, aber teuren Osmiumdraht (I. →Langmuir) als Glühkörper besitzt. 1904 fand A. mit der Cer-Eisen-Legierung das bei Reibung Funken sprühende Material, das in Gasanzündern und Feuerzeugen Verwendung findet.

Augspurg, Anita

dt. Frauenrechtlerin
* 22.9.1857 Verden/Aller
† 20.12.1943 Zürich (Schweiz)

Die Pazifistin Augspurg war Wortführerin des radikaldemokratischen Flügels der deutschen Frauenbewegung. Sie gründete 1903 den Deutschen Verband für Frauenstimmrecht und führte ihn bis zu ihrer Emigration 1933. 1918-33 war A. deutsches Vorstandsmitglied der Internationalen Frauenliga für Frieden und Freiheit und gab mit Lyda G. Heymann die Zeitschrift Die Frau im Staat heraus.

□ 1881-85: Schauspielerin in Meiningen, Augsburg und Amsterdam. □ 1894: »Die ethische Frage der Frauenfrage« (Schr.). □ 1915: Mitbegründerin des Int. Ausschusses für einen dauerhaften Frieden, Den Haag (Vorläufer der Int. Frauenliga). □ 1918-33: Hg. der Zeitschrift für Frauenstimmrecht.

Augstein, Rudolf
dt. Publizist
* 5.11.1923 Hannover

Augstein ist Herausgeber und Miteigentümer des Wochenmagazins Der Spiegel, das sich durch investigativen Journalismus sowie eine unverwechselbare Sprache zum führenden deutschsprachigen Nachrichtenmagazin entwickelt hat. Unverkennbar ist die Orientierung an angelsächsischen Vorbildern.
In den 50er und 60er Jahren war A. ein entschiedener Gegner der Regierung →Adenauer, an der er unter dem Pseudonym »Jens Daniel« in zahlreichen Kommentaren scharfe Kritik übte, zuletzt 1967 in einem Nachruf. 1962 löste die Verhaftung des Spiegel-Autors C. →Ahlers wegen angeblicher Preisgabe militärischer Geheimnisse eine Regierungskrise aus, die zum Rücktritt von Verteidigungsminister F. J. →Strauß führte. A. ist auch als Buchautor hervorgetreten (u. a. »Preußens Friedrich und die Deutschen«, 1968).

Augstein und »Der Spiegel« prägten den BRD-Journalismus.

□ 1941: Volontär beim Hannoverschen Anzeiger; Arbeitsdienst. □ ab 1942: Soldat. □ 1945: In amer. Kriegsgefangenschaft. □ 1946: Mitarbeit beim Nachrichtenmagazin Diese Woche; nach Rückzug der engl. Presseoffiziere Hg. und Chefredakteur dieses Magazins (seit 1. 1. 1947 u. d. T. Der Spiegel). □ 1962/63: »Spiegel«-Affäre: C. Ahlers, A. und weitere Redaktionsmitglieder zeitweilig in Haft. □ seit 1965: Mitgl. des dt. PEN-Zentrums. □ 1968: »Preußens Friedrich und die Deutschen« (Sachb.). □ 1972: »Jesus Menschensohn« (Biogr.). □ 1972/73: MdB für die FDP. □ 1976-85: Mehrheitsbeteiligung am Filmverlag der Autoren.

▷ L. Brawand: Die Spiegel-Story, 1984.

Auguste Viktoria
Dt. Kaiserin und Königin von Preußen
* 22.10.1858 Dolzig, Niederlausitz
† 11.4.1921 Doorn (Niederlande)

1881 heiratete Auguste Viktoria als Prinzessin von Schleswig-Holstein-Sonderburg-Augustenburg den späteren Kaiser →Wilhelm II. Als Kaiserin setzte sie sich für karitative und kirchliche Bestrebungen im Deutschen Reich ein, was sie in Kontakt mit christlichen Reformbestrebungen um F. →Bodelschwingh und A. →Stoecker brachte. Im 1. Weltkrieg förderte sie die Pflege der Verwundeten und begleitete ihren Ehemann 1918 ins niederländische Exil.

George Auric →

Sri Aurobindo →

← Auguste Viktoria

Auric, George
frz. Komponist
* 15.2.1899 Lodève, Dep. Hérault † 23.7.1983 Paris

Auric etablierte mit seinen Werken zu Filmen J. →Cocteaus (»Das Blut eines Poeten«, 1930; »La Belle et la Bête«, 1946) die Filmmusik als musikalische Gattung. 1920 war A. Mitbegründer der Komponistengruppe Six (A. → Honegger, D. →Milhaud, F. →Poulenc) und komponierte ab 1924 für die Ballets Russes (S. →Diaghilew). Er wurde 1962 Mitglied der Wissenschaftsakademie Institute de France.

Auriol, Vincent
frz. Politiker
* 27.8.1884 Revel, Dep. Haute-Garonne
† 1.1.1966 Paris

Auriol vollzog als erster Staatspräsident (1947-54) der Vierten Republik die Annäherung Frankreichs an die USA und Großbritannien. Der ehemalige Rechtsanwalt, ab 1914 sozialistischer Abgeordneter in der Nationalversammlung, wandte sich 1940 gegen das mit der deutschen Besatzungsmacht kollaborierende Vichy-Regime (P. →Pétain). 1943 floh er nach London und schloß sich dem Nationalen Befreiungskomitee (CFLN) Ch. de →Gaulles an.

□ 1936/37: Finanzmin. im Kabinett des sozialistischen Ministerpräsidenten L. →Blum. □ 1937/38: Justizmin. □ 1945: Abg. bei der Gründung der Vereinten Nationen (26. 6.: Unterzeichnung der UN-Charta). □ 1947-54: Staatspräsident.

Aurobindo, Sri
(eig. Aurobindo Ghose)
ind. Philosoph
* 15.8.1872 Kalkutta † 5.12.1950 Pondichéry

Aurobindo, führender Vertreter des modernen Hinduismus, gründete 1910 in der damals französischen Kolonie Pondichéry (Indien) eine Einsiedelei (Ashram), die sich zu einem von seinen Glaubensanhängern vielbesuchten Centre Universitaire International entwickelte. In seinem religiös-philosophischen System strebte der ab 1926 in absoluter Isolation meditierende Glaubenslehrer eine Verbindung europäischen und indischen Gedankenguts sowie aller von Dogmen befreiten religiösen Vorstellungen an. Nach A. ist die Erlösung des Menschen ein gesellschaftliches und kosmisches Ereignis, bei dem der Gläubige mit Hilfe des »integralen Yoga« eine neue Stufe der menschlichen Evolution erreicht. Seine Lehren fanden in den 70er Jahren in Europa und den USA großen Anklang.

□ 1879-93: Erziehung und Studium in England. □ 1893-1906: Regierungsbeamter in Baroda (Gujarat) und Kalkutta; anschließend Teilnahme an der ind. Befreiungsbewegung gegen Großbritannien. □ 1908/09: Wegen nationalistischer Aktivitäten in Haft. □ ab 1910: Ständiger Aufenthalt in Pondichéry. □ 1940 »The life divine« (Schr.). □ 1948: »The synthesis of Yoga« (Schr.).

Ausländer, Rose

dt. Lyrikerin rumän. Herkunft
* 11.5.1901 Tschernowzy † 3.1.1988 Düsseldorf

Die Lyrikerin Ausländer entwickelte wie P. →Celan und W. →Benjamin eine jüdisch-chassidisch geprägte Sprachmystik, jedoch aus weiblicher Sicht, in der sie die Verfolgung durch den Nationalsozialismus, die Erfahrung der Heimatlosigkeit im Exil, kosmische Themen sowie eine idealisierte, pantheistische Naturauffassung zum Ausdruck brachte.
Nach neoromantischen Anfängen wandte sich A. stilistisch einer pointierten, auf »Grundworte« reduzierten Sprache zu. Für ihr »Bemühen um die äußerste Präzision poetischer Sprache und Empfindung« erhielt A. 1967 den Meersburger Droste-Hülshoff-Preis.

□ 1941-44: Versteck vor den Nationalsozialisten im Ghetto von Tschernowzy. □ 1946-65: Übersetzerin und Sekretärin in den USA. □ 1965: Übersiedlung nach Düsseldorf; »Blinder Sommer« (Ged.e). □ 1972: »Inventar« (Ged.e). □ 1978: »Mutterland« (Ged.e). □ 1982: »Mein Venedig versinkt nicht« (Ged.e). □ 1987: »Ich spiele noch. Neue Gedichte«.

← Rose Ausländer

Aust, Stefan

dt. Journalist und Autor
* 1946 Stade

Aust, NDR-Mitarbeiter und seit 1990 Moderator des Spiegel-TV, legte mit »Der Baader-Meinhof-Komplex« (1985) eine umfassende Dokumentation über die Hintergründe des Terrorismus in der BRD vor (A. →Baader, G. →Ensslin, U. →Meinhof). Der Bestseller wurde 1986 von Reinhard Hauff unter dem Titel »Stammheim« verfilmt. In »Mauss – Ein deutscher Agent« (1988) protokollierte der ehemalige »konkret«-Redakteur die mysteriösen Operationen des Privatagenten Werner Mauss.

← Stefan Aust

Austin, John Langshaw

engl. Sprachphilosoph
* 28.3.1911 Lancaster, Lancashire
† 8.2.1960 Oxford

Austin, einer der bedeutendsten Vertreter der Oxforder Schule der Sprachanalyse, begründete die Sprachphilosophie der Sprechakttheorie. Ähnlich wie L. →Wittgenstein verdankte A. seinen Einfluß in der Philosophie der alltäglichen Sprache weniger seinen Veröffentlichungen als seiner Lehrtätigkeit in Oxford. A. entdeckte, daß mit Hilfe von sprachlichen Äußerungen verschiedenste Arten von Handlungen vollzogen werden können. Auf seine unter dem Titel »Zur Theorie der Sprechakte« veröffentlichten Vorlesungen (1962, 1975, dt. 1972, 1979) geht die Unterscheidung zwischen lokutionären, illokutionären und perlokutionären Akten einer Äußerung zurück.

□ 1952-60: White's Prof. für Moralphilosophie in Oxford. □ 1958: »Philosophie und normale Sprache« (Es., dt. in: »Sprache und Analysis«, Hg. R. Bubner, 1968). □ postum 1961: »Philosophical Papers«. □ 1962: »Sinn und Sinneserfahrung« (Vorlesungen, hg. von G. J. Warnock).

Awoonor, Kofi

(eig. George Awoonor-Williams)
ghan. Schriftsteller
* 13.3.1936 Wheta

Awoonor gehört zu den führenden schwarzafrikanischen Schriftstellern der Gegenwart. Er entlarvt die Vorstellung von einem »Goldenen Zeitalter« nach der Unabhängigkeit Ghanas (1957) als Illusion und beschreibt die Erfahrungen junger Menschen, die nach einem Studium in Europa in ihrer Heimat mit Korruption und fortschrittshemmendem Opportunismus konfrontiert werden (»Schreckliche Heimkehr nach Ghana«, R., 1971, dt. 1985). Für seine Werke sucht er neue Formen des literarischen Ausdrucks und setzt sich über Konventionen hinweg. 1976 war der an der Universität von Cape Coast lehrende A. aus politischen Gründen zehn Monate im Gefängnis.

Axelrod, Julius

amer. Neurochemiker
* 30.5.1912 New York

Axelrods Untersuchungen der biogenen Amine und der Prozesse bei der Erregungsübertragung an den Nervenkontaktstellen (Synapsen) sind von entscheidender Bedeutung für Physiologie und Pharmakologie. A. erforschte 1958-62 die Mechanismen, die zur Bildung, Lagerung, Freisetzung und zum Abbau der im Nervensystem wirkenden Transmittersubstanzen (Adrenalin und Noradrenalin) führen. Seine Entdeckung, daß Noradrenalin durch ein Enzym neutralisiert und an den Synapsen abgekapselt, aber auch wieder aktiviert werden kann, vertiefte das Verständnis z. B. für schizophrene Krankheitsverläufe und pharmakologische Heilmethoden.

□ 1949-55: Wissenschaftler am Nat. Inst. of Health (NIH) in Bethesda, Maryl. □ 1955-84: Chef der Pharmakologischen Abteilung am Nat. Inst. of Mental Health (NIMH) ebd. □ 1970: Physiologie/Medizin-Nobelpreis (mit U. S. v. → Euler-Chelpin und B. Katz).

Julius Axelrod →

Axen, Hermann

dt. Politiker
* 6.3.1916 Leipzig

Axen, ab 1933 im kommunistischen Widerstand gegen A. →Hitler, war bis zum Zusammenbruch des SED-Regimes 1989 ZK-Sekretär für internationale Verbindungen und einflußreicher Außenpolitiker. A. hatte wesentlichen Anteil an der weltweiten politischen Anerkennung der DDR in den 70er und 80er Jahren.

□ 1933: Im kommunistischen Widerstand gegen die NS-Diktatur. □ 1935: In Dresden zu drei Jahren Zuchthaus verurteilt. □ 1940: Verhaftung in Paris und Einlieferung in das Internierungslager Vernet. □ 1942-45: Auslieferung an die Gestapo durch die Vichy-Regierung; KZ Auschwitz; nach Kriegsende als Häftling im KZ Buchenwald befreit. □ 1950: Nach einigen Jahren als FDJ-Aktivist ZK-Mitgl. der SED. □ 1956-66: Chefredakteur des Zentralorgans der Partei Neues Deutschland. □ 1966: ZK-Sekr. für int. Verbindungen. □ 1971: Vors. des Auswärtigen Ausschusses der Volkskammer. □ 1970-89: Vollmitgl. des Politbüros.

Hermann Axen →

Axioti, Melpo
griech. Schriftstellerin
* 15.7.1905 Athen † 22.5.1973 ebd.

Axioti erregte 1938 mit ihrem avantgardistischen ersten Roman »Schwierige Nächte« Aufsehen, der — in origineller, ausdrucksstarker Sprache geschrieben — auf eine logische Handlungsmotivation verzichtet. Als linksengagierte Autorin in Griechenland politisch verfolgt, lebte A. 1950-63 in Polen und der damaligen DDR und vertrat ab den 50er Jahren die Theorie des Sozialistischen Realismus in der Literatur.

□ 1939: »Zufall« (Ged.e). □ 1940: »Wollen wir tanzen, Maria?« (R.). □ 1946: »Tränen und Marmor« (R., dt. 1954). □ 1947: Emigration nach Paris. □ 1950: Abschiebung in die DDR. □ 1953: »Im Schatten der Akropolis« (R., dt. 1955). □ 1959: »Konterbande« (Ged.e, dt. 1959). □ 1964: Rückkehr nach Griechenland. □ 1965: »Mein Haus« (Erz.n). □ 1972: »Kadmo« (Erz.).

Axjonow, Wassili Pawlowitsch
sowj. Schriftsteller
* 20.8.1932 Kasan

Axjonow, Sohn der Schriftstellerin J. →Ginsburg, sprengte mit Romanen über eine unangepaßte, westlich orientierte Jugend, mit Karikaturen der Mißstände seiner Zeit die Grenzen des Sozialistischen Realismus, der seit 1934 von sowjetischen Schriftstellern gefordert wurde: 1979 verhinderte die Zensur die Veröffentlichung des Almanachs Metropol, 1981 wurde A. ausgebürgert und lebt seitdem in den USA.

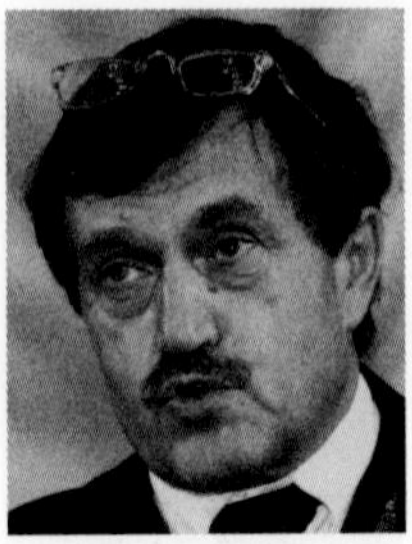
← Wassili P. Axjonow

□ 1948: Nach elfjähriger Trennung Reise zu der in Verbannung lebenden Mutter J. Ginsburg. □ 1956-60: Tätigkeit als Arzt. □ 1962: »Fahrkarte zu den Sternen« (R., dt. 1962). □ 1968: »Defizitposten Faßleergut« (R., dt. 1975). □ 1980: Nötigung zur Ausreise in die USA. □ 1981: Ausbürgerung.

Ayckbourn, Alan
engl. Dramatiker
* 12.4.1939 London

Mit seinen äußerst bühnenwirksamen Stücken wurde Ayckbourn zum meistgespielten britischen Dramatiker der Gegenwart. Seine mit farcenhaften Elementen durchsetzten Gesellschaftskomödien orientieren sich an den Konventionen des handwerklich perfekten Boulevardtheaters (well-made play). Für A. ist »Komödie... die zur rechten Zeit unterbrochene Tragödie«. Dementsprechend verbindet er witzige Unterhaltung mit sozialkritischer Darstellung vorstädtischer Probleme. A.s Bühnenstücke beziehen ihre Komik aus dem geistreichen Dialog und den überraschenden, grotesken Situationen, in die er seine realistisch gezeichneten Alltagscharaktere stellt. Ende der 70er Jahre wurde A. auch in der BRD bekannt.

□ 1971: »In bestem Einvernehmen« (Dr., dt. EA 1974). □ 1973: »Normans Eroberungen« (Dramentrilogie): »Tischmanieren« (dt. EA 1976); »Trautes Heim« (dt. EA 1976); »Quer durch den Garten« (dt. EA 1976). □ 1979: »Treppauf, treppab« (Dr., dt. EA 1982). □ 1980: »Schöne Bescherungen« (Dr., dt. EA 1983). □ 1985: »In Gedanken: Wie geht's den Bienen« (Dr., dt. 1986). □ 1990: »Body Language« (Dr.).

Patricio Aylwin →

Ayer, Sir (ab 1970) Alfred Jules
brit. Philosoph
* 29.10.1910 London † 27.(?)6.1989 ebd.

Ayer, in der Nachfolge B. →Russells Wortführer der analytischen Philosophie, bezweifelte aufgrund seiner Analyse des menschlichen Geistes und der vom Menschen zur Erkenntnis gebrauchten Sprache, daß wirklich gesichertes Wissen möglich sei. In »Sprache, Wahrheit und Logik« (1936, dt. 1970) bezeichnet A. metaphysische und theologische Aussagen sowie ethische und ästhetische Wertungen als sinn- und gehaltlose, nichtanalytische Sätze, da diese sich empirischer Prüfung entzögen. Die erkenntnistheoretische Grundfrage, was die Basis der menschlichen Erkenntnis sei, formulierte A. linguistisch um zu der Frage, in welcher Sprachform sich der Aufbau menschlicher Erfahrung am klarsten und einfachsten darstellen lasse (»The foundation of empirical knowledge«, 1940). A. schrieb auch hervorragende Biografien.

Sir Ayer bezweifelte die menschliche Erkenntnisfähigkeit.

□ 1946-59: Prof. am Univ. College London. □ 1956: »The problem of knowledge« (Schr.). □ 1959-78: Prof. an der Univ. Oxford. □ ab 1965: Präs. der Brit. Humanist Association. □ 1973: »Die Hauptfragen der Philosophie« (Schr.). □ 1980: »Hume« (Biogr.). □ 1985: »Wittgenstein« (Biogr.). □ 1986: »Voltaire« (Biogr.).

▷ A. J. Ayer: Part of my life. An Autobiography, 1977; ders.: More of my life (Aut.), 1984.

Aylwin, Patricio
chil. Politiker
* 26.11.1918 Santiago de Chile

Aylwin ist seit 1990 Staatspräsident Chiles. Der Jurist, Kandidat des Parteienbündnisses CPPD (17 konservative bis sozialistische Gruppierungen), löste A. →Pinochet ab, der das Land über 16 Jahre lang diktatorisch regiert hatte. Zu den ersten Amtshandlungen des Christdemokraten gehörten die Wiederaufnahme diplomatischer Beziehungen zur Sowjetunion, die Begnadigung politischer Gefangener und die Abschaffung der Todesstrafe. Bereits ein Jahr nach seinem Amtsantritt wurde A. jedoch eine zu nachgiebige Haltung gegen die ehemaligen Machthaber, vor allem dem immer noch mächtigen Pinochet gegenüber, vorgeworfen.

□ 1952-58: Prof. für Verwaltungs- und Rechtswissenschaften. □ 1960: Vizepräs. der Christlich-Demokratischen Partei (PDC). □ 1970-73: Unter dem Sozialisten S. →Allende Präs. des Nationalkongresses. □ 1973: Befürworter des Sturzes der Volksfrontregierung. □ 1977-82: Selbständiger Rechtsanwalt. □ 1988: Beteiligung an der Kampagne gegen eine Verlängerung der Amtszeit Pinochets; Wegbereiter des Zusammenschlusses der Oppositionsparteien. □ 11. 3. 1990: Vereidigung als Staatspräsident.

Aymé, Marcel

frz. Schriftsteller
* 29.3.1902 Joigny † 14.10.1967 Paris

← Marcel Aymé

Der Erzähler, Dramatiker und Kinderbuchautor Aymé war in erster Linie mit satirischen, derbkomischen Romanen erfolgreich. Sein Hauptwerk, »Die grüne Stute« (R., 1933, dt. 1953), ist eine bissige, mit umgangssprachlichen Redewendungen durchsetzte Schilderung des bäuerlich-ländlichen Lebens. Dieser Roman wurde ebenso verfilmt wie A.s groteske Novelle »Der Mann, der durch die Wand gehen konnte« (1943, dt. 1948). Die Hauptrolle in dem deutschen Spielfilm mit dem Titel »Ein Mann geht durch die Wand« (EA 1959) spielte H. →Rühmann.

□ 1929: Nach abgebrochenem Medizinstudium und unterschiedlichen Tätigkeiten (Maurer, Bankangestellter) hauptberuflicher Schriftsteller. □ 1939: »Geschichten vom Kater auf dem Baum« (Kdb., dt. 1954). □ 1949: »Zurück« (Nov.). □ 1954: »Die vier Wahrheiten« (Dr.). □ 1955: »Die Mondvögel« (Kom., dt. 1959).

Azaña y Díaz, Manuel

span. Politiker und Schriftsteller
* 10.1.1880 Alcalá de Henares
† 4.11.1940 Montauban (Frankreich)

← Manuel Azaña y Díaz

Der Linksrepublikaner Azaña initiierte als spanischer Premierminister (1931-33) ein Reformprogramm, das u. a. die Trennung von Kirche und Staat sowie eine rigorose Landumverteilung vorsah. Ein Großteil der Maßnahmen wurde unter den konservativ-reaktionären Regierungen der Jahre 1934/35 wieder rückgängig gemacht. A., der auch vielbeachtete Romane und Essays verfaßte, war während des Bürgerkriegs (1936-39) Staatspräsident; er emigrierte 1939 nach Frankreich.

Azevedo, José B. Pinheiro de

portug. Offizier und Politiker
* 5.6.1917 Luanda (Angola) † 10.8.1983 Lissabon

← José de Azevedo

Azevedo, 1975/76 nach Auseinandersetzungen zwischen Sozialisten und Kommunisten portugiesischer Ministerpräsident, hatte 1974 als einer der Führer der Bewegung der Streitkräfte (MFA) neben A. →Spínola maßgeblichen Anteil an dem nahezu unblutigen Sturz des →Salazar-Regimes (Nelkenrevolution). Im Revolutionsrat der Militärjunta war er Marinevertreter. Die MFA drängte nach der Machtübernahme auf die rasche Beendigung des Kolonialkrieges in Afrika, eine demokratische Verfassung und freie Wahlen.

□ 1946: Als Marineoffizier Befehlshaber auf einem Zerstörer. □ 1954: Beförderung zum Kapitän. □ 1955-63: Lehrer an der Seekadettenschule. □ 1968-71: Militärattaché in London. □ 1974: Beförderung zum Vizeadmiral; Beteiligung an der Nelkenrevolution. □ 1975/76: Nach heftigen Machtkämpfen zwischen Sozialisten und erstarkten Kommunisten Einsetzung als Ministerpräsident.

▷ U. Sperling: Portugal - Von Salazar zu Soares, 1987.

Aznavour, Charles

(eig. Ch. Aznavurijan)
frz. Schauspieler und Sänger arm. Abstammung
* 22.5.1924 Paris

Der Sänger Ch. Aznavour: Auch als Schauspieler groß.

Der kleine »Napoleon des Chansons« mit der großen, sentimental-rauchigen Stimme verdankte die ersten Schritte ins Scheinwerferlicht seiner Kollegin E. →Piaf. Sie förderte ihn in den 40er Jahren, sang als erste seine Lieder und legte damit den Grundstein für seinen Erfolg. Vor allem sein Talent, scheinbar Alltägliches, vordergründige Emotionen und Belanglosigkeiten in einer filigranen, poetischen Sprache darzustellen, faszinierte die Piaf. Sein Lied »Du läßt dich geh'n« (1962) ist zum Klassiker geworden. Als Schauspieler engagierten den vielseitigen Charakterdarsteller berühmte Regisseure wie F. →Truffaut (»Schießen Sie auf den Pianisten«, 1960), J. →Cocteau (»Das Testament des Orpheus«, 1960) und Cl. →Chabrol (»Die Phantome des Hutmachers«, 1982). 1957 erhielt er für seine schauspielerischen Leistungen in »Ein Schrei gegen Mauern« einen Preis.

Azorín

(eig. José Martínez Ruiz)
span. Schriftsteller
* 11.6.1874 (?) Monóvar, Prov. Alicante
† 2.3.1967 Madrid

Azorín gehörte zur spanischen Generation von 1898. Mit seinen sachlich-nüchternen Essays und Romanen begab er sich — als Reaktion auf den vermeintlichen Niedergang des Landes um die Jahrhundertwende — immer wieder auf die Suche nach dem »spanischen Wesen«. Der desillusionierte Autor erkannte es in der armen Bevölkerung, der vergangenen Größe und der kargen Landschaft Kastiliens.

□ 1896: Mitarbeiter der Madrider Zeitung El Progreso. □ 1900: »Die kastilische Seele« (Es.s). □ ab 1902: Pseud. Azorín. □ 1904: »Die Bekenntnisse eines kleinen Philosophen« (R., dt. 1949). □ 1905: »Auf den Spuren Don Quijotes« (Es.s, dt. 1923). □ 1924: Aufnahme in die Kgl. Span. Akademie. □ 1936-39: Exil in Frankreich. □ 1941: »Spanische Visionen« (Es.s, dt. 1942).

← Azorín

B

Bâ, Mariama

senegal. Schriftstellerin
* 1929 Dakar † 18.8.1981 ebd.

Bâ, die nur zwei Romane schrieb, war in den 80er Jahren die meistübersetzte schwarzafrikanische Autorin. In »Ein so langer Brief« (1979, dt. 1981) beschrieb sie kritisch die polygame Ehe aus weiblicher Sicht. In »Der scharlachrote Gesang« (1982, dt. 1982) schilderte sie anhand einer Mischehe die tiefen gesellschaftlichen und kulturellen Gegensätze zwischen Afrikanern und Europäern und stellte sich damit gegen das von L. S. →Senghor propagierte Ideal der Synthese beider Kulturen.

Isaak E. Babel →

Baader, Andreas

deutscher Terrorist
* 6.5.1943 München † 18.10.1977 Stuttgart

Baader war neben U. →Meinhof und G. →Ensslin einer der führenden Köpfe der 1968-70 entstandenen terroristischen Vereinigung Rote-Armee-Fraktion, deren Mitglieder sich aus radikalisierten Anhängern der Außerparlamentarischen Opposition (APO) rekrutierten. Ziel ihrer im Stil der Stadtguerilla durchgeführten Gewalttaten (Bombenanschläge, Entführungen) war die Bekämpfung der kapitalistischen staatlichen Grundordnung. 1972 wurde B. zusammen mit Jan-Carl Raspe und Holger Meins festgenommen und zu lebenslanger Haft verurteilt. Nach dem gescheiterten Freipressungsversuch durch die Entführung H. M. →Schleyers und eines Lufthansa-Jets nach Mogadischu wurde er tot in seiner Zelle in Stuttgart-Stammheim aufgefunden; die Behörden stellten Selbstmord fest.

← Andreas Baader

□ 1967: Bekanntschaft mit G. Ensslin. □ 1968: Drei Jahre Gefängnis für Brandstiftung in Frankfurter Kaufhaus. □ 1969: Vorläufige Entlassung wegen Revisionsantrag; Flucht nach Frankreich. □ 1970: Rückkehr in die BRD und erneute Verhaftung; Befreiung durch G. Ensslin und U. Meinhof; Aufenthalt in einem Palästinenser-Ausbildungslager; Aufbau der sog. RAF, Beteiligung an Banküberfällen und Sprengstoffanschlägen. □ 1972: Festnahme und Untersuchungshaft. □ 1973/74: Hungerstreik zur Verbesserung der Haftbedingungen; Zwangsernährung. □ Okt. 1974: Offizielle Anklageerhebung, Verlegung in den Hochsicherheitstrakt von Stuttgart-Stammheim; Besuch des frz. Philosophen J.-P. →Sartre. □ 21.5.1975: Prozeßbeginn gegen B., G. Ensslin, U. Meinhof und J.-C. Raspe. □ 28.4.1977: Lebenslängliche Haftstrafe; nach Schleyer-Entführung Isolationshaft.

Babbitt, Milton

amer. Komponist
* 10.5.1916 Philadelphia, Penn.

Als einer der führenden Komponisten auf dem Gebiet der elektronischen Musik erweiterte Babbitt die Zwölftontechnik (A. →Schönberg), indem er das Konzept der Tonreihe auch auf die Bereiche Rhythmus und Klangfarbe übertrug (»Composition for twelve instruments«, 1948). B. war mit seinen kompositorischen Ideen, für die er den deutschen Begriff »Gedankenexperimente« einführte, ein Wegbereiter des Serialismus (K. →Stockhausen).

□ 1943-45: Dozent für Mathematik an der Univ. Princeton, N. Y. □ 1959: Gründung des Electronic Music Center of Columbia and Princeton. □ 1960: Prof. für Musik; Guggenheim-Stipendium. □ 1961: »Composition for Synthesizer«. □ 1965: Mitgl. des Nat. Inst. of Arts and Letters.

Babel, Isaak E.

sowjet. Schriftsteller
* 13.7.1894 Odessa † 27.1.1940 (?) unbek.

Babel, ein Opfer stalinistischer »Säuberungen«, schuf mit dem Erzählzyklus »Die Reiterarmee« (1923-25) eines der bedeutendsten literarischen Zeugnisse der Russischen Revolution. B., der als Rotarmist am Polenfeldzug (1919-21) des Kosakengenerals Semjon Budjonny (* 1883, † 1973), eines ehemals zaristischen Dragonerwachtmeisters, teilgenommen hatte, zeigt — fern aller Heroisierung — in einprägsamen Skizzen die unerträglichen und sinnlosen Gewalttaten des Krieges. Der Ich-Erzähler, wie B. ein jüdischer Intellektueller unter rohen Kosaken, ist ein Ästhet, der mit der Barbarei konfrontiert wird, sich aber zur Bejahung des Lebens entschließt. B. verwandte eine knappe, präzise Sprache, in der er ungewöhnliche Metaphern, Kosakenjargon und jüdische Elemente miteinander verband und eine Ausdruckskraft erreichte, die in anderen Sprachen kaum mehr übertragbar ist.

□ 1915: Bekanntschaft mit M. →Gorki. □ 1921-24: »Odessaer Erzählungen« (dt. 1926). □ 1923-25: »Die Reiterarmee« (Erz.n, dt. 1926). □ 1935: Marija« (Dr., dt. 1962). □ 1939: Verhaftung. □ postum 1956: Rehabilitierung.

Babits, Mihály

ung. Schriftsteller
* 26.11.1883 Szekszárd † 4.8.1941 Budapest

Babits, der in den 30er Jahren als Sprachkünstler das literarische Leben in Ungarn maßgeblich beeinflußte, schrieb sowohl symbolistische Gedichte als auch volkstümliche Liebes- und Zechlieder. In seinem Roman »Das Kartenhaus« (1923, dt. 1926) entwarf B. ein kritisches Bild des industrialisierten Budapest. B.s Werke sind von einer humanistisch-katholischen Moral und von einer verfeinerten Formkultur gekennzeichnet. Er bemühte sich mit seinen zahlreichen Übersetzungen (u. a. Dantes »Divina Commedia«) um eine Einbindung der ungarischen Kultur in das europäische Geistesleben.

□ 1906-16: Gymnasiallehrer. □ 1916: »Der Storchkalif« (R., dt. 1920). □ ab 1921: Freier Schriftsteller. □ 1922: »Der Sohn des Virgilius Timár« (R., dt. 1923). □ ab 1930: Mithg. und Redakteur der Zeitschrift Nyugat. □ 1934/35: »Geschichte der europäischen Literatur« (Schr., 2 Bde., dt. 1949).

← Mihály Babits

Bacall, Lauren

(eig. Betty Joan Weinstein Perske)
amer. Schauspielerin
* 16.9.1924 New York

Bacall wurde durch ihr Filmdebüt in »Haben oder Nichthaben« (1944, Rg. H. →Hawks) an der Seite ihres späteren Ehemannes H. →Bogart berühmt. Als unterkühlt-verführerischer Frauentyp war sie vor allem in Filmen der Schwarzen Serie zu sehen, ihre herbe Ausstrahlung kam aber auch in der Komödie »Wie angelt man sich einen Millionär« (1953, mit M. →Monroe, Rg. J. Negulesco) und im Melodram »In den Wind geschrieben« (1956; mit R. →Hudson, Rg. D. →Sirk) zur Geltung. Seit den 60er Jahren ist B. als Theaterschauspielerin in Broadway-Produktionen erfolgreich.

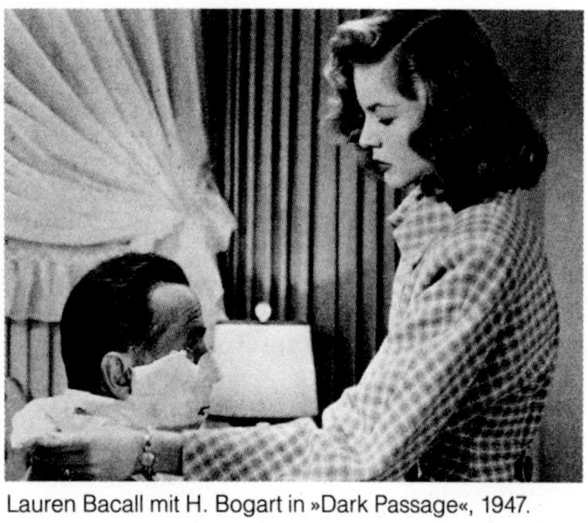

Lauren Bacall mit H. Bogart in »Dark Passage«, 1947.

□ ab 1945: Ehe mit H. Bogart. □ 1946: »Tote schlafen fest« (nach R. → Chandler; mit H. Bogart, Rg. H. Hawks). □ 1947: »Dark Passage/Das unbekannte Gesicht« (mit H. Bogart, Rg. D. Daves). □ 1948: »Gangster in Key Largo« (mit H. Bogart, Rg. J. →Huston). □ 1966: »Ein Fall für Harper« (J. Smight). □ 1974: »Mord im Orientexpress« (S. →Lumet). □ 1976: »Der Scharfschütze« (mit J. →Wayne, Rg. D. →Siegel). □ 1981: »Der Fanatiker« (mit J. Garner, Rg. E. Bianchi). □ 1988: »Mr. North - Liebling der Götter« (mit R. →Mitchum, Rg. D. Huston).

▷ J. Hyams: Humphrey Bogart und Lauren Bacall, 1983.

Riccardo Bacchelli →

Bacchelli, Riccardo

ital. Schriftsteller
* 19.4.1891 Bologna † 8.10.1985 Monza

Bacchelli war einer der Hauptvertreter der Ronda-Gruppe, die eine Erneuerung der italienischen Dichtung auf klassizistischer Grundlage anstrebte (Vorbild: G. Leopardi; * 1798, † 1837). In seinem Romanwerk gelang B. die psychologisch differenzierte Darstellung von Einzelschicksalen aus unterschiedlichen historischen Epochen. Die Trilogie »Die Mühle am Po« (1938-40, dt. 1952) schildert das Leben einer Familie von etwa 1800 bis zum 1. Weltkrieg und war eines der erfolgreichsten und meistgelesenen Bücher im Italien der Nachkriegszeit.

□ 1915-18: Artillerieoffizier. □ 1919-21: Literaturkritiken in der Zeitschrift La ronda. □ 1926: Nach Abbruch des Literaturstudiums Übersiedlung nach Mailand. □ 1927: »Der Teufel am Pontelungo« (R.). □ 1945: »Der Sohn des Lais« (R., dt. 1950). □ 1949: »Die Dämmerung des letzten Abends« (Dr.). □ 1959: »Du bist mein Vater nicht mehr« (R., dt. 1961).

Burt Bacharach →

Bacharach, Burt

amer. Komponist und Musiker
* 12.5.1928 Kansas City, Missouri

Sein musikalisches Konzept – prägnante, durchsichtige Arrangements, verbunden mit eingängigen Melodien – machte Bacharach zu einem Notenzauberer mit goldenen Händen. Der Bandleader und Arrangeur wurde Ende der 50er Jahre vor allem mit Texter Hal David zum gefragten Mainstream-, Film- und Musical-Komponisten durch Hits wie »The story of my life« (1957, Marty Robbins) und »Magic Moments« (1958, Perry Como). Mit dem von ihm selbst gesungenen »Trains and boats and plains« (1966) lieferte B. einen der am häufigsten aufgenommenen Titel der Popgeschichte. Den Grammy Award (1969) und zwei Oscars (1970) erhielt B. für die Musik zum Film »Butch Cassidy and the Sundance Kid« (mit R. →Redford und P. →Newman). Seit den 70er Jahren ist er auch auf Theaterbühnen erfolgreich; sein Musical »Promises Promises« (1968) lief 1281 Wochen am Broadway.

Bachelard, Gaston

frz. Philosoph
* 27.6.1884 Bar-sur-Aube † 16.10.1962 Paris

Bachelard, Wegbereiter des französischen Strukturalismus und der Nouvelle Critique (literarische Psychokritik), behauptete in seiner René Descartes (* 1596, † 1650) widersprechenden »Philosophie des Nein« (Schr., 1940), daß jeder Fortschritt in der Wissenschaft nicht aus der immer reicher werdenden Alltagserfahrung erwachse, sondern geradezu einen Bruch mit derselben darstelle. In seiner »Psychoanalyse des Feuers« (Schr., 1932, dt. 1940) mißt der Kenner

Bachelard glaubte an eine »Urerfahrung« des Menschen.

der Schriften S. →Freuds dem vorwissenschaftlichen Denken große Bedeutung bei. Dieses zeige sich in Traumerlebnissen, den Bildern und Symbolen der dem Verstand entgegengesetzten künstlerischen Einbildungskraft, die eine Art Urerfahrung der Menschheit widerspiegelt. Aufgrund dieser Betrachtungsweise entwickelte B. in seiner »Poetik des Raumes« (Schr., 1957) den Ansatz, literarische Texte unabhängig von der Biografie des Autors zu analysieren.

☐ 1919-30: Chemie- und Physiklehrer in Bar-sur-Aube. ☐ 1927: Promotion zum Docteur ès Lettres. ☐ 1930-40: Prof. an der Univ. Dijon. ☐ 1940-54: Prof. an der Sorbonne, Paris. ☐ 1960: »Die Poetik der Träumerei« (Schr.).

Bachmann, Ingeborg

österr. Schriftstellerin
* 25.6.1926 Klagenfurt † 17.10.1973 Rom (Italien)

Bachmann, mehrfach ausgezeichnete Lyrikerin, Erzählerin und Hörspielautorin, reflektierte in zumeist freirhythmischer, intellektuell-abstrakter Gedankenlyrik die Vereinzelung und Vereinsamung des modernen Menschen. Ihr schwer zugängliches Werk, das auch Libretti für den Komponisten H. W. →Henze und autobiografische Texte umfaßt, ist geprägt von der Sehnsucht nach einer Befreiung des Individuums aus der Unverbindlichkeit des Lebens zur wahren, vollkommenen Existenz. Die Musikalität und bildschöpferische Intensität ihrer oft verschlüsselten Dichtung beschwören Natur und Liebe als den letzten Halt des Menschen. B.s Zyklus »Todesarten«, den sie 1971 mit dem autobiografischen Roman »Malina« eröffnete, blieb unvollendet. Alljährlich wird in Klagenfurt ein nach ihr benannter Literaturpreis vergeben.

☐ 1945-50: Philosophiestudium in Graz, Innsbruck und Wien. ☐ 1951-53: Redakteurin der Sendergruppe Rot-Weiß-Rot in Wien. ☐ 1953: Mitgl. der »Gruppe 47«; »Die gestundete Zeit« (Ged.e). ☐ 1956: »Anrufung des Großen Bären« (Ged.e). ☐ 1958: »Der gute Gott von Manhattan« (Hsp.). ☐ 1959/60: Poetik-Vorlesung in Frankfurt/Main. ☐ 1964: Georg-Büchner-Preis der Dt. Akademie für Sprache und Dichtung. ☐ 1972: »Simultan« (Erz.n). ☐ 1973: »Gier« (Erz.).

▷ H. Höller: Ingeborg Bachmann, 1987; P. Beicken: Ingeborg Bachmann, 1988.

Wilhelm Backhaus →

Francis Bacon →

← Ingeborg Bachmann

Robert Baden-Powell →

Backhaus, Wilhelm

dt. Pianist
* 26.3.1884 Leipzig
† 5.7.1969 Villach, Kärnten (Österreich)

Backhaus, Schüler von E. d'→Albert in Frankfurt, begann 1900 seine pianistische Laufbahn und gehört neben A. →Rubinstein zu den großen alten Pianisten des 20. Jh.s. Er galt als bedeutendster Beethoven- und Brahms-Interpret seiner Zeit. Seine bis ins hohe Alter fortgesetzten Konzertreisen führten ihn durch Europa, Amerika und Australien. Sein letztes Konzert gab B. nur wenige Tage vor seinem Tod.

☐ 1900: Erste Konzertreise nach London. ☐ 1905: Rubinstein-Preis in Paris; Dozent am Royal College of Music in Manchester. ☐ 1933: Übersiedlung in die Schweiz. ☐ ab 1940: Weltweite Konzertreisen. ☐ 29. 6. 1969: Letzter Klavierabend in der Stiftskirche Ossiach (Kärnten) mit Beethovens Es-Dur-Sonate op. 31.

▷ R. Hauert / A. H. Eichmann: Wilhelm Backhaus, 1957.

Bacon, Francis

engl. Maler
* 28.10.1909 Dublin (Irland)

Bacon, der als 15jähriger nach London zog und als Maler Autodidakt war, entwickelte nach 1945 eine expressive figürliche Darstellungsweise, die sich von der international vorherrschenden Abstraktion in der Kunst absetzte. Im Zentrum seiner Bilder steht der isolierte, gequälte und von Vernichtung bedrohte Mensch. Skizzierte deformierte Körper befinden sich in käfigartigen Räumen oder vor neutralem Hintergrund. Häufig verfremdet B. historische Bildzitate, so in der Serie »Der schreiende Papst« (1951-65; ca. 45 Versionen), der ein Bild des spanischen Barockmalers Diego Velázquez (* 1599, † 1660) zugrunde liegt. In dreigliedrigen Tafelbildern setzt sich B. mit der Tradition des Triptychons auseinander (»Kreuzigungs-Triptychon«, 1965, München, Staatsgalerie moderner Kunst).

☐ 1925: Übersiedlung nach London. ☐ 1927/28: Aufenthalt in Berlin und Paris; Begegnung mit dem Werk P. →Picassos; erste Zeichnungen und Aquarelle. ☐ ab 1929: Designer in London (Möbel, Textilien). ☐ 1944: Eigenhändige Zerstörung des gesamten Frühwerks; Neubeginn als Maler. ☐ 1954: Mit B. →Nicholson und Lucien Freud Vertreter Großbritanniens auf der Biennale in Venedig. ☐ 1985/86: Große Retrospektive in London, Stuttgart und Berlin.

▷ D. Sylvester: Gespräche mit Francis Bacon, engl. 1976, dt. 1982; H. Davis/S. Yard: Francis Bacon, engl. und dt. 1986.

Baden-Powell, Robert Stephenson Smyth

brit. General
* 22.2.1857 London † 8.1.1941 Nyeri (Kenia)

Baden-Powell rief 1907 in England die Pfadfinderbewegung ins Leben, die rasch weite Verbreitung fand. Ziel des Vaters der Pfadfinder, der während des Burenkriegs (1899-1902) durch die erfolgreiche Verteidigung der Stadt Mafeking zum britischen Nationalhelden wurde, war neben der Unterweisung von Jungen im Auskundschaften von Wegen und Möglichkeiten (boy scouts) die Erziehung zu Pflichterfüllung und Hilfsbereitschaft. Später rückte das Engagement für den Weltfrieden in den Vordergrund.

▷ R. S. S. Baden-Powell: Lessons of a lifetime (Aut.), 1933.

Badings, Hendrik Herman »Henk«

niederl. Komponist
* 17.1.1907 Bandung (Indonesien)

Der ehemalige Dozent für Geologie und Paläontologie (bis 1932) brachte es als Autodidakt auf dem Gebiet der Musik bis zum Direktor am Reichskonservatorium in Den Haag, bevor er sich frei niederließ. Er gehört zu den ersten niederländischen Komponisten, die sich vom Einfluß der französischen Spätromantik lösten. B. verarbeitete Techniken der niederländischen Polyphonie des 15./16. Jh.s und experimentierte mit der 31-Ton-Stimmung (»Suite van kleine stukken voor 31-toons-orgel«, 1954).

□ 1934: Dozent für Komposition in Rotterdam. □ 1937: Dir. am Musiklyzeum Amsterdam. □ 1941: Dir. am Reichskonservatorium Den Haag. □ seit 1945: Freischaffender Komponist. □ 1951: »Tonalitätsprobleme in der Neuen Musik« (Schr.). □ 1959: »Salto mortale« (Fernsehoper, UA Salzburg). □ 1963-71: Prof. für Komposition an der Musikhochschule Stuttgart. □ 1971: »Markus-Passion«.

▷ T. Bouws: Levensbeeld van Henk Badings, 1960.

Badoglio, Pietro, Herzog von Addis Abeba (ab 1937)

ital. Militär und Politiker
* 28.9.1871 Grazzano, Piemont † 1.11.1956 ebd.

Der ehemalige Generalstabschef Badoglio, der den Eintritt Italiens in den 2. Weltkrieg abgelehnt hatte und 1940 wegen des gescheiterten Angriffs auf Griechenland zurücktreten mußte, wurde nach dem Sturz →Mussolinis 1943 von König →Victor Emanuel III. zum Ministerpräsidenten ernannt. Am 3. 9. 1943 erreichte B. einen separaten Waffenstillstand mit den Alliierten. Wegen seiner früheren Zusammenarbeit mit den Faschisten mußte er im Sommer 1944 von seinem Amt zurücktreten.

□ 1919: General. □ 1920-28; 1933-40: Generalstabschef. □ 1924/25: Botschafter in Brasilien. □ 1926: Feldmarschall. □ 1928-33: Gouverneur von Libyen. □ 1935/36: Oberbefehlshaber der ital. Truppen in Äthiopien. □ 1937: Vizekönig von (ital.) Ostafrika. □ 1939/40: Chef des Gesamtgeneralstabs. □ 1943/44: Ministerpräsident.

← Pietro Badoglio

Badura-Skoda, Paul

österr. Pianist
* 6.10.1927 Wien

Badura-Skoda gehört neben F. →Gulda und A. →Brendel zu den prominenten Wiener Pianisten der Nachkriegsgeneration. Er begann 1949 seine internationale Karriere mit Konzerten unter W. →Furtwängler und H. v. →Karajan. Der Mozart- und Beethoven-Interpret hat sich um eine Wiederbelebung des historischen Hammer-Klaviers verdient gemacht. Er veröffentlichte Kadenzen zu Klavierkonzerten Mozarts und hat sich wissenschaftlich mit Interpretationsfragen der Klaviermusik beschäftigt.

□ 1947: 1. Preis im Österr. Musikwettbewerb Wien. □ seit 1950: Int. Konzerttourneen. □ 1957: »Mozart-Interpretationen« (Schr.). □ 1965: Edition von Klavier-Konzerten Mozarts (KV 453, 456, 459) in der Neuen Mozart-Gesamtausgabe. □ 1966: »Artist in Residence« an der Univ. of Wisconsin, USA. □ 1970: »Die Klaviersonaten von Ludwig van Beethoven« (Schr.).

Baeck, Leo

jüd. Theologe und Rabbiner
* 23.5.1873 Lissa (Leszno), Posen
† 2.11.1956 London

Leo Baeck: Der große Rabbiner an seinem 80. Geburtstag.

Baeck war nach der Auswanderung M. →Bubers (1938) der letzte Repräsentant des Judentums in Deutschland zwischen den Weltkriegen. Der liberale Theologe und Gelehrte, um das Verbindende zwischen jüdischem Glauben und deutscher Kultur bemüht, ermöglichte als Präsident der Reichsvertretung der deutschen Juden (ab 1933) vielen Leidensgefährten die rechtzeitige Auswanderung, während er selbst als Rabbiner der Berliner Synagoge (ab 1912) bei seiner kleiner werdenden Gemeinde bis zu seiner Deportation nach Theresienstadt (1943) ausharrte.
Nach anfänglich apologetischen bis polemischen, gegen A. v. →Harnack gerichteten Schriften »Über das Wesen des Judentums« (1905) thematisierte B. später die Geschichte und die Realität des jüdischen Volkes. Nach dem 2. Weltkrieg sorgte der Repräsentant des gesamten Judentums von London aus für die Wiederaufnahme des christlich-jüdischen Dialogs.

□ 1912-39: Dozent an der Hochschule für die Wissenschaft des Judentums, Berlin (1939 von der Gestapo geschlossen). □ 1933: »Wege im Judentum. Reden und Aufsätze«.

□ 1945: Befreiung aus dem KZ Theresienstadt durch russ. Truppen; Übersiedlung nach London. □ 1954: Gründung des Leo-Baeck-Inst. in London, New York und Jerusalem. □ 1955-57: »Dieses Volk. Jüdische Existenz« (Schr., 2. Bd. postum). □ postum 1958: »Aus drei Jahrtausenden« (Nachdruck der 1938 erschienenen und vernichteten wissenschaftlichen Abh. zur Geschichte des jüd. Glaubens).

▷ A. Friedlaender: Leo Baeck (Biogr.), 1968; L. Baker: Hirt der Verfolgten (Biogr.), 1982.

Baekeland, Leo Hendrik

amer. Chemiker und Industrieller belg. Herkunft
* 14.11.1863 Gent † 23.2.1944 Beacon, N. Y.

Baekeland gewann 1905 aufgrund seiner Untersuchungen der Reaktionen zwischen Phenol und Formaldehyd das Kunstharz Bakelit. Das Plastikmaterial ist hitzebeständiger als Celluloid und wurde ab 1910 von dem Begründer der Kunststoffindustrie in industrieller Großproduktion hergestellt. Schon 1893 hatte B. mit der Produktion eines »Velox« genannten und patentierten Fotopapiers begonnen, das man bei künstlichem Licht entwickeln konnte.

← Leo H. Baekeland

□ 1886-88: Prof. an den Univ.n Brügge und Gent. □ 1889: Studienreise durch die USA; Auswanderung. □ 1899: Verkauf des 1891 in Yonkers gegründeten Fotolabors samt »Velox«- Patent (Fotopapier) für 1 Mio. Dollar an die Eastman Kodak Co. □ 1900: Studien an der TH Berlin-Charlottenburg. □ 1910: Gründung der General Bakelite Corporation. □ 1924: Präs. der Amer. Chemical Society.

Baeyer, Adolf Ritter von (ab 1885)

dt. Chemiker
* 31.10.1835 Berlin † 20.8.1917 Starnberg

Baeyer, Nachfolger von Justus von Liebig an der Universität München, gelang 1878 die vergleichsweise einfache Vollsynthese des Indigos, eines blauen Farbstoffs, der bis dahin nur durch komplizierte und kostenaufwendige Verfahren aus einer tropischen Pflanze gewonnen wurde. Die von B. 1883 abschließend gefundene Strukturformel des Indigos war Grundlage zur Synthese anderer Farbstoffe und der sich nun entwickelnden Farbenindustrie. Mit der nach ihm benannten Spannungstheorie (1885) erklärte B. die chemische Beständigkeit fünf- und sechsgliedriger Kohlenwasserstoffringe und fand ein Verfahren zur Prüfung von Farbbeständigkeit.

Adolph Baeyer: Der Vater der Farbenindustrie.

□ 1863: Entdeckung der Barbitursäure (E. → Fischer). □ 1867: Beschreibung der für die Kunststoffherstellung wichtigen Polymerisation und Kondensation. □ 1872-75: Prof. an der Univ. Straßburg; Entdeckung der Kunstharze Phenol und Formaldehyd (L. H. →Baekeland). □ ab 1875: Prof. an der Univ. München. □ 1905: Chemie-Nobelpreis. □ 1910: Stiftung der Adolf-Baeyer-Denkmünze durch die Gesellschaft Dt. Chemiker.

▷ K. Schmorl: Adolf v. Baeyer, 1952.

Baez, Joan

amer. Sängerin
* 9.1.1941 New York

Zum Idol und Sprachrohr ihrer Generation wurde Baez Anfang der 60er Jahre vor allem durch die Bürgerrechts-Hymne »We shall overcome«, dem später weltweit bekannt gewordenen Protestsong. Ihr Markenzeichen ist die glasklare, eher sanfte Stimme, mit der sie ihre überwiegend selbst geschriebenen Songs interpretiert (u. a. The night they drove old dixie down). In Bürgerbewegungen engagiert, initiierte sie zahlreiche Aktionen und Protestmärsche gegen Aufrüstung, Krieg, Atomwaffen, Kernenergie und Umweltverschmutzung. Mit großem persönlichem Einsatz (u. a. Gefängnisstrafen) setzt sie sich für politisch Verfolgte und Gefangene ein.

Joan Baez: Auch mit 47 Jahren noch engagiert.

□ 1959: Erster großer Auftritt beim Newport Folk Festival. □ 1960: Erste LP »Joan Baez«. □ 1963-65: Gründung des Inst. for Study of Non-Violence in Palo Alto (Kalif.); Film »Renaldo and Clara« mit B. →Dylan. □ 1971: Top-Ten-Hit »The night they drove old dixie down«. □ 1981: Bombendrohung während Lateinamerikatournee. □ 1988: Deutschlandtournee mit M. →Sosa und K. →Wecker. □ 1989: »Diamonds and rust in the bullring« (LP).

▷ J. Baez: We shall overcome - Mein Leben, 1988.

Bahr, Egon

dt. Journalist und Politiker
* 18.3.1922 Treffurt/Werra

Der SPD-Abrüstungsexperte Bahr hatte maßgeblichen Anteil an der Gestaltung der Ostpolitik der Regierung →Brandt. Bereits 1963 prägte B. die Formel »Wandel durch Annäherung« und wandte sich damit von der →Hallstein-Doktrin ab. 1970 begann B. Verhandlungen über einen Gewaltverzichtsvertrag mit der UdSSR (Moskauer Vertrag) und beteiligte sich an der Vorbereitung des Grundlagenvertrages zwischen den beiden deutschen Staaten. Seit Beginn der 80er Jahre beschäftigte sich B. verstärkt mit Abrüstungsfragen und übernahm 1984 als Nachfolger von Graf →Baudissin die Leitung des Hamburger Instituts für Friedensforschung und Sicherheitspolitik.

□ 1948-50: Korrespondent in Hamburg und Bonn für den Tagesspiegel. □ 1950-60: Bonner Kommentator und zeitweilig Chefredakteur des Senders RIAS Berlin. □ 1960: Von W. Brandt zum Leiter des Presse- und Informationsamtes in Berlin berufen. □ 1966: Sonderbotschafter im Auswärtigen Amt. □ 1969: Staatssekr. im Bundeskanzleramt und Bundesbevollmächtigter für Berlin. □ 1972-90: MdB.□ 1974: Min. für wirtschaftliche Zusammenarbeit. □ 1976: Bundesgeschäftsführer der SPD.

▷ M. Ushner: Egon Bahr. Ein Leben für Deutschland, 1991.

← Egon Bahr

Bahr, Hermann

österr. Schriftsteller
* 19.7.1863 Linz † 15.1.1934 München

Bahr, vielseitiger Essayist und geistreicher Kritiker, war ein Interpret und Fürsprecher aktueller, literarischer Richtungen um die Jahrhundertwende. Empfänglich für alle avantgardistischen Strömungen, förderte er junge Schriftsteller und beeinflußte mit seinem eigenen Werk die literarische Entwicklung seiner Zeit. B. vollzog zwischen 1890 und 1920 den Wandel vom Naturalismus über die Dekadenz und Neuromantik zum Impressionismus und Expressionismus. Mit seinen Gesellschaftskomödien über die Beziehung zwischen den Geschlechtern und die innere Freiheit des Menschen (u. a. »Das Konzert«, 1909) führte B. das psychologische Drama in die österreichische Literatur ein.

□ 1889: Mit O. Brahm Leiter der Zeitschrift Die Freie Bühne in Berlin. □ ab 1891: Freier Schriftsteller und Kritiker in Wien. □ 1894: Mithg. der liberalen Wochenschrift Die Zeit. □ 1897: »Theater« (R.). □ 1906/07: Regisseur unter M. →Reinhardt am Dt. Theater in Berlin. □ 1918: 1. Dramaturg am Burgtheater Wien. □ 1920: »Burgtheater« (Es.s).

▷ H. Bahr: Selbstbildnis. Autobiografie, 1923; D. G. Daviau: Der Mann von Übermorgen, 1984.

← Hermann Bahr

Bahrdt, Hans Paul

dt. Sozialwissenschaftler
* 3.12.1918 Dresden

Auf dem Gebiet der Industrie- und Betriebssoziologie regte Bahrdt die Diskussion um den neuen sozialen Standort und das Selbstverständnis der Angestellten an. Daneben verfaßte er kritische Schriften zum Wohnungsbau und zur Stadtplanung und initiierte die Aufnahme des Sozialplans in das Städtebauförderungsgesetz von 1971. B. warnte vor den Gefahren einseitiger Sozialstruktur (Alten-, Villen-, Banken-, Wohn-, Universitätsviertel etc.), die zu einem Zerfall des öffentlichen Lebens führe.

□ 1958: »Industriebürokratie« (Schr.). □ 1959: Prof. für Soziologie, TH Hannover. □ 1961: »Die moderne Großstadt« (Schr.). □ 1962: Prof. für Soziologie und Institutsleiter an der Univ. Göttingen. □ 1969: »Humaner Städtebau« (Schr.). □ 1974: »Umwelterfahrung« (Schr.). □ 1984: »Schlüsselbegriffe der Soziologie« (Schr.).

Bahro, Rudolf

dt. Sozialwissenschaftler und Politiker
* 18.11.1935 Bad Flinsberg, Schlesien (heute Polen)

Rudolf Bahro →

Der in der DDR aufgewachsene Bahro erregte 1977 mit seinem in Westdeutschland erschienenen Buch »Die Alternative. Zur Kritik des real existierenden Sozialismus« Aufsehen. Aus marxistischer Perspektive bemängelte er darin den politischen und wirtschaftlichen Zustand des SED-Staates. Wegen Geheimnis- und Landesverrats wurde B. 1978 zu einer achtjährigen Haftstrafe verurteilt, kam aber schon 1979 durch eine zum 30. Jahrestag der DDR ergangene Amnestie frei und in die BRD. Als sog. Fundamentalist gehörte er 1982-84 dem Bundesvorstand der Grünen an.

□ 1954: Beitritt zur SED; bis 1959 Philosophiestudium in Ost-Berlin. □ 1965-67: Stellv. Chefredakteur der FDJ-Zeitschrift Forum. □ ab 1967: Abteilungsleiter für wissenschaftliche Arbeitsorganisation in einem Gummi-Kombinat. □ 1977: Nach Kritik am DDR-System Verhaftung und Ausschluß aus der SED. □ 1979: Abschiebung in die BRD; Mitgl. der Grünen (bis 1985). □ 1980: Promotion zum Dr. phil.; Gastvorlesungen an der FU Berlin. □ 1986: »Logik der Rettung. Wer kann die Apokalypse aufhalten? Ein Versuch über die Grundlagen ökologischer Politik« (Schr.).

▷ R. Bahro: Ich werde meinen Weg fortsetzen. Eine Dokumentation, 1977.

Baird, John Logie

brit. Fernsehpionier
* 13.8.1888 Helensburgh, Schottland
† 14.6.1946 Bexhill, Sussex

John Logie Baird →

Baird gelang 1928 die erste transatlantische Fernsehübertragung von London nach New York. Zudem konnten die Briten wenig später erstmals ein sportliches Ereignis (Derby von Epsom) am Bildschirm verfolgen. Sein elektromechanisches System, das mit Hilfe des von P. →Nipkow entwickelten elektrischen Bildabtasters bis zu 12 1/2 farbige, bewegte Bilder pro Sekunde übertrug, hatte B. bereits 1926 mit einem Infrarot-Empfangsgerät als »Noctovisor« (Sehen bei Nacht) vorgestellt.

□ 1925: Gründung der ersten Fernsehgesellschaft der Welt, Television Ltd. □ 1926: Erste Übertragung eines Halbtonbildes (Raster: 30 Zeilen, 5 Bildwechsel/sec). □ 1928: Erste transatlantische Fernsehübertragung London–New York. □ 1931/32: Von der BBC finanzierte Sendung eines Versuchsprogramms.

Ba Jin

(eig. Li Feigan, auch Li Yaotang)
chin. Schriftsteller
* 25.11.1904 Chengdu, Sichuan

Die literarischen Vorbilder Ba Jins, einer der bekanntesten Schriftsteller der VR China, sind É. →Zola, R. →Rolland und der Russe Iwan Turgenjew (* 1818, † 1883). Seine politische Weltsicht entstand sowohl unter dem Einfluß des utopischen Sozialismus und Anarchismus russischer Prägung als auch des subjektivistischen Ideengehalts der 4. Mai-Bewegung von 1919. In seinem Roman »Die Familie« (1931, dt. 1980) beschreibt Ba Jin den Despotismus der traditionellen chinesischen Großfamilie und das Bestreben der jungen Generation chinesischer Intellektueller, sich von den Zwängen der konfuzianischen Moralvorstellungen zu befreien.

□ 1927/28: Studium der Biologie und Literatur in Paris. □ 1930: »Liebe« (R.-Trilogie). □ 1932: »Shading« (Erz., dt. 1981). □ 1940: »Reißende Strömung« (R.-Trilogie); »Der Garten der Ruhe« (R., dt. 1954). □ 1947: »Kalte Nächte« (R., dt. 1981). □ nach 1949: Kulturfunktionär in der VR China. □ 1966-76: Zielscheibe der Kritik der Ultralinken. □ seit 1981: Vors. des chin. Schriftstellerverbandes.

← Ba Jin

Baker, Chesney H. »Chet«

amer. Jazzmusiker
* 23.12.1929 Yale, Okla.
† 13.5.1988 Amsterdam (Niederlande)

Baker wurde durch die lyrisch, mit wenig Vibrato gespielte Trompete Anfang der 50er Jahre zum führenden Vertreter des Cool Jazz. Er begann in Tanzbands, studierte Musiktheorie und Harmonielehre am El Camino College in Los Angeles. Nach ersten Engagements bei Ch. →Parker wurde er 1952/53 bei G. →Mulligan zum gefeierten Star, der ab 1954 mit eigenen Combos in den USA und in Europa gastierte. Vor allem B.s LPs aus den 50er Jahren wie »Playboys« (mit A. Pepper), »Chet Baker & Crew« und »Chet in New York« sind begehrte Raritäten. 1988 starb der drogensüchtige Musiker, der zuletzt auch häufig in der Bundesrepublik gastierte, nach einem Sturz aus seinem Hotelfenster; die Hintergründe seines Todes blieben ungeklärt.

← »Chet« Baker

Baker, James A.

amer. Politiker
* 28.4.1930 Houston

Baker, ein erfahrener politischer Stratege und erprobter Wahlkampfmanager, wurde 1989 kurz nach der Wahl G. →Bushs zum US-Präsidenten als Nachfolger von G. →Shultz amerikanischer Außenminister.
Mit Geschick verstand er es, die schwieriger werdenden Beziehungen zur Sowjetunion nach den Unabhängigkeitsbestrebungen in den baltischen Ländern und dem überraschenden Rücktritt des sowjetischen Außenministers E. →Schewardnadse aufrecht zu erhalten. Seine Verhandlungen mit dem Irak konnten zwar den Golfkrieg 1991 nicht verhindern, doch erreichte er einen Zusammenschluß der arabischen Länder auf seiten der USA. Um dem Ziel einer umfassenden Friedenskonferenz in Nahost näherzukommen, ist B. auch bereit, Druck auf Israel auszuüben, um zu einem Kompromiß zwischen den Israelis und dem PLO-Führer →Arafat zu kommen. Unter US-Präsident R. →Reagen war B. Stabschef des Weißen Hauses und Finanzminister, bis er 1988 die Leitung des Wahlkampfes für G. Bush übernahm.

J. Baker: US-Außenminister in einer Zeit des Umbruchs.

Baker, Dame (seit 1976) Janet

engl. Sängerin
* 21.8.1933 Hatfield, Yorkshire

Die Altistin Baker begann nach Studien in London und Salzburg 1960 ihre Karriere als Oratorien- und Liedsängerin und entwickelte sich zur Spezialistin für Partien der Barock-Oper (Händel). Aus ihrem Repertoire werden ihre Interpretationen der Lieder G. → Mahlers besonders geschätzt. B., die 1982 von der Bühne zurücktrat, wandte sich gegen den Aufführungsdruck des internationalen Musikbetriebs und übernahm jährlich nur wenige Rollen mit einer geringen Zahl von Auftritten. Von Königin →Elizabeth II. wurde sie 1976 als »Dame of the British Empire« in den Adelsstand erhoben.

Joséphine Baker →

Baker, Joséphine

frz. Tänzerin und Sängerin
* 3.6.1906 Saint Louis, Missouri (USA)
† 12.4.1975 Paris

Barbusig, nur mit einem Röckchen aus Bananen bekleidet, wurde Baker als Revuestar zum Sinnbild der »wilden« 20er Jahre. Mit ihr trat der Charleston seinen Siegeszug durch Europa an. Bekannt wurde sie in einer von Schwarzen für Schwarze geschriebenen Revue mit dem Jazz-Song »I'm wild about Harry«; ihre größten Triumphe feierte sie 1925 in den Folies-Bergère in Paris. B., die im 2. Weltkrieg Mitglied der Résistance war, engagierte sich nach 1945 für verwaiste Kinder.

▷ J. Baker: Memoiren, dt. 1928; Ph. Rose: Joséphine Baker oder Wie eine Frau die Welt erobert, 1990.

Baker, Kenneth W.

brit. Politiker
* 3.11.1934

Baker, seit 1989 Vorsitzender der britischen Konservativen, begann seine Parteikarriere als Vertrauter von E. →Heath und gehört zum »linken« Parteiflügel. Obgleich kein Anhänger der wirtschaftspolitischen Grundsätze M. →Thatchers, übernahm er unter ihrer Regierung 1985 das Umweltressort. 1986-89 war er als Minister für Bildung und Wissenschaft Initiator einer umfassenden Schulreform.

Baker, Peter Edward »Ginger«

engl. Rockmusiker
* 19.8.1939 London

Baker zählt zu den bedeutendsten Schlagzeugern der Rockmusik. Beeinflußt von afrikanischen Rhythmen und den Trommlern der Swing-Ära, wertete er in den 60er Jahren mit seiner kraftvollen und ausgefallenen Spielweise das Schlagzeug in der Rockmusik auf. 1966-68 feierte er mit E. →Clapton und Jack Bruce im legendären Bluesrock-Trio Cream große Erfolge. In den 70er Jahren lenkte er durch seine Zusammenarbeit mit nigerianischen Musikern wie F. →Kuti das Interesse auf die bis dahin wenig bekannte afrikanische Popmusik. In deren Folge kam es immer öfter zu einer grenzüberschreitenden Zusammenarbeit zwischen Popmusikern (P. →Simon).

□ 1962: Mitgl. in A. →Korners Blues Incorporated. □ 1963: Wechsel zum Graham Bond Trio. □ 1966-68: Schlagzeuger der Gruppe Cream. □ 1967: »Fresh Cream« (LP). □ 1968: »Wheels of fire« (LP). □ 1970: »One« (LP, mit der Gruppe Airforce). □ 1971: »Live« (LP, mit F. Kuti). □ 1975: »Baker Gurvitz Army« (LP).

Bakey, Michael Ellis de

amer. Chirurg
* 7.9.1908 Lake Charles, Louis.

Bakey, einer der bedeutendsten Herz- und Gefäßchirurgen, implantierte 1963 erstmals ein künstliches Herz, ein mechanisches Gerät zur Unterstützung der Pumpleistung des Herzens. 1956 führte B. mit der Dacron-Prothese, an deren Entwicklung er teilhatte, den Blutgefäßersatz aus Kunststoff für pathologisch veränderte Arterien ein. Bekannt wurde B. mit seiner wesentlich verbesserten Herz-Lungen-Maschine (Rollenpumpe), der perfektionierten Gefäßnaht und seinen Behandlungstechniken bei Schlagadergeschwülsten. Die zur Vollkommenheit ausgereiften Operationsmethoden des Professors zogen prominente Patienten aus aller Welt nach Houston in seine chirurgische Abteilung am Baylor College, die er seit 1948 leitet. 1968 gelang es B. und seinem Team, Herz, Lunge und Nieren einer kurz zuvor verstorbenen Frau vier verschiedenen Empfängern einzupflanzen.
B., der wegen der ungelösten immunologischen Probleme von weiteren Herztransplantationen absah, befaßte sich intensiv mit der Entstehung der den Infarkt auslösenden Arterienverkalkung. Diese führt er auf Zytomegalie-Viren zurück, gegen die Impfstoffe entwickelt werden können.

Grigori Baklanow →

Léon Bakst →

Mili A. Balakirew →

Baklanow, Grigori

(eig. G. Fridman)
sowjet. Schriftsteller
* 11.9.1923 Woronesch

Baklanow, der als junger Freiwilliger am 2. Weltkrieg teilnahm, schildert in seinen Werken auf unpathetisch-realistische Art Fronterlebnisse von Soldaten der Roten Armee. »Ein Fußbreit Erde« (1959), eine in der Ich-Form gehaltene Erzählung, ist die Momentaufnahme eines erbitterten Stellungskampfes zwischen sowjetischen und deutschen Truppen am Fluß Dnjestr. B.s Lob einer unkomplizierten Männlichkeit erinnert an die Tradition sowjetischer Kriegsliteratur. Als Chefredakteur der Zeitschrift Snamjac (seit 1987) ist B. ein Vorkämpfer für »Glasnost« und »Perestroika«.

Bakst, Léon

(eig. Lew Samojlowitsch Rosenberg)
russ. Maler und Bühnenbildner
* 10.5.1866 St. Petersburg
† 28.12.1924 Paris (Frankreich)

Die Bühnenbilder und Kostümentwürfe, die Bakst für S. →Diaghilews Ballets Russes entwarf, wirkten durch die Einbeziehung folkloristischer und orientalischer Motive sowie die genau aufeinander abgestimmte Wechselwirkung von Dekoration und menschlicher Gestalt beispielgebend. Bei den Kostümen betonte er die physischen Bewegungen des Körpers durch seine Freilegung sowie durch entsprechende Accessoires (Schleier, Federn, Schmuck). In seiner Malerei folgte B. im wesentlichen seinem Vorbild H. →Matisse. Als Illustrator gelangte er zu einem unabhängigen Stil (u. a. Illustrationen zu N. Gogols »Die Nase«).

□ 1898-1904: Mitgl. der nach der Zeitschrift Mir Iskusstva (Welt der Kunst) benannten Künstlergruppe. □ ab 1909: Wohnsitz überwiegend in Paris. □ 1909: Ballettdekorationen für »Kleopatra«. □ 1912: Ausstattung für Cl. →Debussys »L'après-midi d'un faune«.

▷ C. Spencer: Léon Bakst, engl. 1973.

Balakirew, Mili Alexejewitsch

russ. Komponist
* 2.1.1837 Nischni-Nowgorod (heute Gorki)
† 29.5.1910 St. Petersburg

Als geistiger Führer der Gruppe der Fünf (César Cui, Modest Mussorgski, N. →Rimski-Korsakow, Alexander Borodin) beeinflußte Balakirew die musikalische Entwicklung seines Landes durch Einbeziehung der Volksmusik in die Kunstmusik. Damit erhielt Rußland als letztes europäisches Land im 19. Jh. einen nationalen Musikstil. Für seine reformerischen Ziele sammelte B. Volksmusik aus dem Wolgagebiet und dem Kaukasus (1862-65) und förderte die Verbreitung der Werke des Komponisten Michail Glinka (* 1804, † 1857).

☐ 1862: Gründung der Musikalischen Freischule St. Petersburg als Konkurrenz zum traditionellen Konservatorium. ☐ 1866/67: Aufführung von Opern Glinkas in Prag. ☐ 1868: »Islamej« (Klavierphantasie). ☐ 1883-94: Dir. der Hofsängerkapelle. ☐ ab 1895: Überarbeitung eigener Werke. ☐ 1904: Kantate zur Einweihung des Glinka-Denkmals in St. Petersburg.

▷ E. Schmitz: Das mächtige Häuflein, 1955.

Balanchine, George

(eig. Georgi M. Balantschiwadse)
amer. Choreograph georg. Herkunft
* 22.1.1904 St. Petersburg
† 30.4.1983 New York

← George Balanchine

Die besondere Leistung Balanchines, der vor allem auf die Ballettentwicklung in den USA Einfluß nahm, liegt in der Entdeckung des reinen, von allem Anekdotischen und Dekorativen befreiten Tanzes. Inspiriert durch die Werke I. →Strawinskys, zu dessen Musik er zahlreiche Choreographien schuf, begründete er das neoklassische Ballett, das auf klassischen Techniken basiert, sie jedoch neu akzentuiert, mit überraschenden Schrittfolgen bereichert und so ihr Vokabular erheblich erweitert. Typisch für B. ist ferner die Aufhebung der Trennung zwischen Solopartien und Ensemble. Er verzichtete in seinen Choreographien – auch für den Film – häufig auf eine durchgängige Handlung, nicht jedoch auf die Darstellung von Gefühlen und die Entwicklung von Themen.

☐ 1924-29: Ballettmeister und Choreograph am Ballets Russes von S. →Diaghilew. ☐ 1928: Choreographie von I. →Strawinskys »Apollon Musagète«. ☐ 1933: Übersiedlung in die USA; Gründung der American School of Ballet in New York. ☐ 1948: Choreograph des New York City Ballet; zahlreiche Europa-Tourneen. ☐ 1959: Choreographie von »Episodes« mit M. →Graham (M.: A. →Webern). ☐ 1962: Inszenierung der TV-UA von Strawinskys »Die Flut« . ☐ 1968: Choreographie von »Ein Sommernachtstraum« (F.).

▷ H. Koegler: Balanchine und das moderne Ballett, 1964; G. Balanchine: Balanchine's Festival of Ballet, 1978.

Balandier, Georges

frz. Soziologe und Ethnologe
* 21.12.1920 Aillevillers, Dep. Haute-Saône

Enttäuscht von der westlichen Zivilisation verließ Balandier 26jährig das vom Krieg gezeichnete Europa; Wahlheimat wurden die französischen Kolonien Afrikas. Ethnologische Feldforschungen, u. a. bei den Lebu (Senegal) und den Fang (Gabun), konfrontierten B. mit dem Zerfall des voreuropäischen Afrika. Die Ursachen hierfür schreibt B. dem geistigen und wirtschaftlichen Übergewicht der westlichen Kolonialmächte und dem Einfluß des Islam zu, der die traditionellen afrikanischen Religionen zunehmend umformt. B. wurde zum Befürworter der afrikanischen Autonomiebestrebungen.

☐ 1947: Leitung des Inst. d'Afrique in Conakry (Frz. Guinea). ☐ 1955: »Sociologie actuelle de l'Afrique noire« (Schr.). ☐ 1957: »Zwielichtes Afrika« (dt. 1959). ☐ 1962: Prof. an der Sorbonne, Paris. ☐ 1977: »Histoire d'autres« (Schr.). ☐ 1986: Mitgl. der Académie royal de Belgique.

Balbo, Italo

ital. Politiker
* 5.6.1896 Quartesana, Prov. Ferrara
† 28.6.1940 Tobruk (Flugzeugabsturz)

Balbo erarbeitete 1922 die militärischen Pläne für den »Marsch auf Rom«, mit dem die Faschisten die Macht in Italien übernahmen. Der Vertraute B. →Mussolinis, der als Minister (1929-33) die Luftwaffe reorganisierte, wurde 1934 Generalgouverneur von Libyen. B. sprach sich 1940 gegen den Kriegseintritt Italiens an der Seite des Deutschen Reiches aus und befürwortete eine Neutralitätspolitik.

▷ Cl. G. Segrè: Italo Balbo. A fashist life, engl. 1987.

Balch, Emily Greene

amer. Schriftstellerin
* 8.1.1867 Jamaica Plain, Mass.
† 3.2.(9.1.?)1961 Cambridge, ebd.

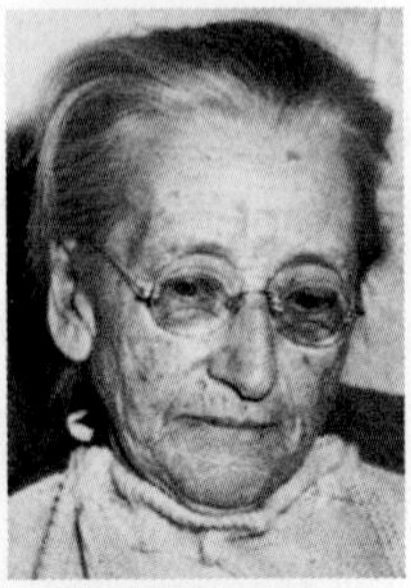

Emily Greene Balch →

Die Pazifistin und Friedens-Nobelpreisträgerin Balch war während des 1. Weltkriegs Mitbegründerin der Internationalen Frauenliga für Frieden und Freiheit, in der sie viele Jahre führend mitwirkte. Aufgrund ihrer kritischen Haltung zum Kriegseintritt der USA (1917) mußte sie ihre Professur aufgeben. Später arbeitete sie in verschiedenen Gruppen der Friedensbewegung und in gemeinnützigen Einrichtungen der Social-Settlement-Bewegung. Sie schrieb mehrere Bücher zur Friedens- und zur Frauenbewegung.

☐ 1897-1918: Prof. für Wirtschaft und Politik. ☐ 1922: Präs. der Amer. Frauenliga für Frieden und Freiheit. ☐ 1946: Friedens-Nobelpreis (mit J. R. →Mott).

Baldwin (of Bewdley), Stanley Earl (ab 1937)

brit. Politiker
* 3.8.1867 Bewdley, Worcestershire
† 14.12.1947 London

Stanley Baldwin →

Der ursprünglich strikt konservative Industrielle und Abgeordnete Baldwin verwirklichte im Amt des Premierministers eine gemäßigte Politik. So versuchte er dem Problem der Arbeitslosigkeit mit Schutzzöllen zu begegnen, die zahllosen Streiks durch Kooperation mit den Gewerkschaften und eine Schlichtungskommission zu entschärfen. Diese Linie vertrat er auch während des Generalstreiks 1926 gegen Widerstand in der eigenen Partei. 1923 verhandelte B. mit den USA erfolglos über den Erlaß der britischen Kriegsschulden. In den 30er Jahren kritisierte er N. →Chamberlains »Appeasement«-Politik.

□ 1908-37: Mitgl. des Unterhauses (Konservative). □ 1917: Stellv. Schatzmin. □ 1921: Handelsmin. □ 1922: Schatzkanzler. □ 1923; 1924-29; 1935-37: Premiermin. □ 1926: »Our inheritance« (Schr.). □ 1929: Lord President.

▷ K. Middlemas/J. Barnes: Baldwin. A biography, 1970; K. Young: Stanley Baldwin, engl. 1976.

Baldwin, James

amer. Schriftsteller
* 2.8.1924 New York
† 1.12.1987 Saint Paul de Vence (Frankreich)

Baldwin, der sich meist in Europa aufhielt, war einer der profiliertesten schwarzen Autoren Amerikas. Sein vielseitiges Werk ist eine Chronik der Katastrophen zwischen Schwarz und Weiß, zwischen Mann und Frau, zwischen Hetero- und Homosexualität. Letztere Thematik prägte bereits »Giovannis Zimmer« (R., 1956, dt. 1963). Seinen Ruhm als Autor verdankte B. aber auch seiner in zahlreichen Essays unter Beweis gestellten argumentativen Meisterschaft, die er gegen zahlreiche weiße Autoren ins Feld führte (u. a. W. → Faulkner und R. P. →Warren). Obgleich B. überzeugt war, daß nunmehr das Jahrhundert der Schwarzen begonnen hätte, wodurch die Weißen mit Recht den Status einer verfolgten Minderheit gewonnen hätten, plädierte er nicht für den bewaffneten Kampf, sondern für ein Nebeneinander der Rassen. Sein berühmtester Roman, »Gehe hin und verkünde es vom Berge« (1953, dt. 1966), ist das Psychogramm einer afroamerikanischen Familie, die aus dem sonntäglichen Erweckungsgottesdienst Kraft für den trostlosen Lebensalltag gewinnt.

James Baldwin: Chronist der Schwarzen Amerikas.

□ 1938-41: Tätigkeit als Laienprediger. □ 1948-57: Emigration nach Paris; auch später meist Aufenthalt in Europa. □ 1955: »Schwarz und Weiß« (Es.s, dt. 1963). □ 1962: »Eine andere Welt« (R., dt. 1965). □ 1964: »Blues für Mister Charlie« (Dr., dt. EA 1971). □ 1968: »Sag mir, wie lange ist der Zug schon fort« (R., dt. 1969). □ 1972: »Sie nannten ihn Malcolm X« (Dr., dt. 1974). □ 1974: »Beale Street Blues« (R., dt. 1974). □ 1976: »Teufelswerk« (Es.s, dt. 1977). □ 1979: »Zum Greifen nah« (R., dt. 1981). □ 1985: »Das Gesicht der Macht bleibt weiß« (Es.s, dt. 1986).

▷ D. Edwards/I. H. Birnie: James Baldwin and North America, engl. 1975; C. W. Sylvander: James Baldwin, engl. 1980; J. Köllhofer: James Baldwin. His place in American literary history and his reception in Europe, engl. 1991.

Cristobal Balenciaga →

Balenciaga, Cristobal

frz. Modeschöpfer span. Herkunft
* 21.1.1895 Guetaria † 23.3.1972 Jávea

Balenciaga war einer der einflußreichsten Grand Couturiers nach dem 2. Weltkrieg, hochgeschätzt unter den Kollegen und bis heute verehrt. Seine Mode wurde zum Inbegriff von Eleganz und hoher Schneiderkunst. Im Gegensatz zu vielen Modeschöpfern konnte B. selbst entwerfen, schneidern und nähen. Er entwickelte eine Linie aus der anderen, vermied modische Effekt-Hascherei und Publicity-Rummel. Seine Ideen waren zukunftsweisend. B. bildete A. → Courrèges und E. →Ungaro aus und beeinflußte H. de →Givenchy. Er weigerte sich strikt, Prêt-à-porter zu entwerfen.

□ 1915: Eröffnung eines Schneidersalons in San Sebastián, später eines Haute-Couture-Salons in Madrid und in Barcelona. □ 1937: Eröffnung eines Salons in Paris. □ 1968: Schließung seines Salons.

Balfour, Arthur James Earl (ab 1922)

brit. Politiker und Philosoph
* 25.7.1848 Whittinghame, Haddingtonshire/ Schottland † 19.3.1930 Woking

Mit dem Abschluß der »Entente cordiale« (1904), durch die er die Differenzen mit Frankreich ausräumte, leitete Balfour das Ende der politischen Isolierung (splendid isolation) Großbritanniens und die Einkreisung Deutschlands ein. Um die Unterstützung der Zionisten für die Alliierten im 1. Weltkrieg zu gewinnen, versprach B. 1917, daß sich Großbritannien für die Errichtung einer »Nationalen Heimstatt für Juden in Palästina« einsetzen werde (Balfour Declaration).

James Balfour erhielt zum 80. einen Rolls-Royce von seinen Parlamentskollegen.

□ 1874: Mitgl. des Unterhauses (Konservative). □ 1879: »A defence of philosophic doubts« (Schr.). □ 1885-92; 1895-1902: Min. im Kabinett seines Onkels, Lord Salisbury. □ 1892-94; 1906-11: Oppositionsführer. □ 1902-05: Premierminister. □ 1915: Erster Lord der Admiralität; »Theism and humanism« (Schr.). □ 1916-19: Außenmin. □ 1920: Brit. Delegationsführer beim Völkerbund. □ 1921-29: Lord President. □ 1923: »Theism and thought« (Schr.).

▷ S. H. Zebel: Balfour. A political biography, 1973; M. Egremont: Balfour. A life of Arthur James Balfour, 1980.

Balint, Michael

brit. Psychoanalytiker ung. Herkunft
* 3.12.1896 Budapest † 31.12.1970 London

Balint, der die Bedeutung der »primären Liebe« in der Beziehung zwischen Mutter und Kleinkind für die weitere psychische Entwicklung erkannte (die erwachsene Liebe sei auch eine Sehnsucht nach der primären Liebe), untersuchte zur Diagnose und schnelleren Behandlung seelischer Störungen (Fokaltherapie, von lat. focus: Brennpunkt) die zwischenmenschlichen Beziehungen. In den von ihm initiierten Balint-Gruppen tauschen Ärzte, Psychologen und Patienten ihre Erfahrungen zur Verbesserung der Arzt-Patient-Beziehung aus.

☐ 1932: »Die Urformen der Liebe und die Technik der Psychoanalyse« (Schr., dt. 1952). ☐ 1935: Nach Lehranalyse bei S. →Ferenczi Dir. des Psychoanalytischen Inst., Budapest. ☐ 1948-61: Forschungen an der Londoner Tavistock Klinik; Einrichtung von Ärzteseminaren. ☐ 1961: »Psychotherapeutische Techniken in der Medizin« (Schr., mit seiner dritten Ehefrau E. Balint, dt. 1976).

▷ W. Stucke: Die Balint-Gruppe, 1982.

← Michael Balint

Ball, Hugo

dt. Schriftsteller
* 22.2.1886 Pirmasens
† 14.9.1927 Sant'Abbondio, Tessin (Schweiz)

Ball, von M. →Reinhardt ausgebildeter Regisseur, wurde nach seiner Emigration in die Schweiz (1915) zum Mitbegründer des Dadaismus. Im Cabaret Voltaire in Zürich rezitierte er im Rahmen sog. Dada-Veranstaltungen seine »Lautgedichte«, Verse ohne Worte. 1920 konvertierte B. zum Katholizismus und übte scharfe Kritik an der »preußisch-protestantischen« Tradition der deutschen Geistesgeschichte. Als Anarchist plädierte er für eine freie »Internationale der Weltintelligenz«. Sein Werk umfaßt Programmschriften, Manifeste, Essays, Romane, Gedichte und eine Biografie über H. →Hesse.

☐ 1906: Studium der Philosophie und Soziologie. ☐ 1910: Regieausbildung am Reinhardt-Seminar Berlin. ☐ 1913: Dramaturg der Kammerspiele München. ☐ 1915: Als Pazifist Emigration in die Schweiz. ☐ 1917-19: Redakteur der Freien Zeitung in Bern. ☐ 1918: »Flametti oder vom Dandysmus der Armen« (R.). ☐ 1919: »Zur Kritik der deutschen Intelligenz« (Es.s). ☐ 1923: »Byzantinisches Christentum« (Es.s). ☐ 1927: »Hermann Hesse« (Biogr.).

▷ Stadt Pirmasens (Hg.): Hugo-Ball-Almanach, seit 1977; E. Ball-Hennings: Hugo Ball. Sein Leben in Briefen und Gedichten, 1991.

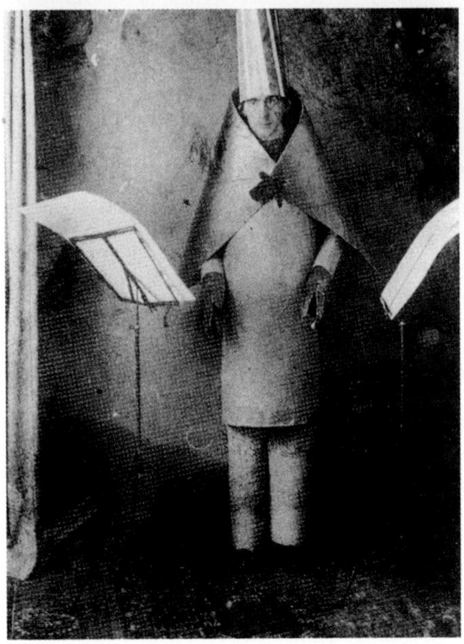

Hugo Ball beim Vortrag seiner »Verse ohne Worte«, 1916.

Balla, Giacomo

ital. Maler
* 18.7.1871 Turin † 1.3.1958 Rom

Balla, Mitbegründer der futuristischen Bewegung, war einer ihrer wesentlichen Propagandisten mit großer Wirkung auf die Kunst vor und nach dem 1. Weltkrieg. Nach futuristischen Prinzipien zerlegte er seine Bilder in dynamisch gereihte Elemente und gab so die Phasen eines Bewegungsablaufs durch simultane Darstellungen wieder (»Dynamik eines Hundes an der Leine«, 1912, New York, Museum of Modern Art). In »Mädchen, über einen Balkon laufend« (1912, Mailand, Galleria d'Arte Moderna) sind noch Spuren von B.s anfänglicher Beschäftigung mit dem Pointillismus zu erkennen. Wenig später entstanden fast abstrakte Kompositionen, in denen besonders die Beschäftigung mit dem Licht ihren Niederschlag fand (z. B. »Merkur zieht an der Sonne vorbei«, 1914, Mailand, Sammlung Gianni Mattioli). B.s Malerei der 20er Jahre war spirituell geprägt und hatte die Visualisierung geistiger Energien zum Ziel in den 30ern malte er wieder figürlich.

☐ 1893: Übersiedlung nach Rom und Anschluß an einen Kreis pointillistischer Maler; Bekanntschaft mit G. →Seurat und P. →Signac in Paris. ☐ 1909/10: Kontakt mit dem Futurismus durch F. T. →Marinetti; Unterzeichnung der futuristischen Manifeste. ☐ ab 1910: Bewegungsstudien. ☐ ab 1912: Erste futuristische Bilder. ☐ 1915: Manifest »Ricostruzione futurista dell'universo« (mit F. Depero). ☐ ab 1916: Neben Bildern auch Assemblagen. ☐ 1929: Mitunterzeichnung des Manifests der Gruppe Aeropittura. ☐ nach 1930: Rückkehr zur figürlichen Malerei.

Severiano Ballesteros →

Ballesteros, Severiano

span. Golfspieler
* 9.4.1957 Santander

Seit den 80er Jahren zählt Ballesteros zu den weltbesten Golfern. 1979 gewann er als jüngster Spieler in der Geschichte der British Open dieses seit 1860 ausgetragene Traditionsturnier (erneut 1984 und 1988).

☐ 1974: Erster Sieg in einem Profi-Turnier. ☐ 1976: Sieger des World Cup (erneut 1977). ☐ 1978: Gewinner der German Open (erneut 1988). ☐ 1980: Erfolg beim Masters in Augusta/Georgia (erneut 1983). ☐ 1986: Sieger der French Open. ☐ bis 1991: Über 40 bedeutende Turniersiege.

Ballif, Claude
frz. Komponist
* 22.5.1924 Paris

Ballif, der in Paris bei O. →Messiaen und in Berlin bei B. →Blacher studierte, gilt mit seinen experimentellen Werken als kühner Neuerer musikalischer Formen und Strukturen. Seine Kompositionen, für die B. den Begriff Metatonalität einführte, zielen auf die Aufhebung des Widerspruchs zwischen Tonalität und Atonalität. B. komponierte Instrumental- und Vokalwerke sowie ein »Requiem« für fünf Chöre, acht Solisten und Orchester (1953-68).

□ 1955: 1. Preis für Komposition beim Musikwettbewerb in Genf. □ 1956: »Einführung in die Metatonalität« (Schr., frz.). □ 1961: »Solfeggietto«, Solo für Flöte, Englischhorn, Violine oder Klarinette. □ seit 1964: Dozent am Konservatorium in Reims. □ 1968: »Berlioz« (Schr., frz.).

Ballin, Albert
dt. Reeder
* 15.8.1857 Hamburg
† 9.11.1918 ebd. (Selbstmord)

Unter Ballins Leitung entwickelte sich die Hamburg-Amerika-Linie (HAPAG, seit 1970 durch Fusion HAPAG-Lloyd) zur größten Reederei der Welt. B., ein Freund Kaiser →Wilhelms II., setzte sich für eine enge Zusammenarbeit mit England ein und kritisierte die Hochrüstungspolitik von Admiral A. v. →Tirpitz. Zu Beginn des 1. Weltkriegs unternahm er den erfolglosen Versuch einer Friedensvermittlung.

▷ L. Cecil: Albert Ballin. Wirtschaft und Politik im deutschen Kaiserreich 1888-1918, dt. 1969.

Balmain, Pierre
frz. Modeschöpfer
* 18.5.1914 Saint-Jean-de-Marienne, Dep. Savoie
† 29.6.1982 Neuilly-sur-Seine

Balmain, der im Stoffgeschäft seiner Eltern erste Anregungen erhielt, verstand sich als »Architekt der Bewegung«. Sein Stil war harmonisch, weich, feminin, nie starr; elegantes Auftreten lag ihm am Herzen. Berühmt wurden 1952-57 seine Kollektionen unter dem Titel »Jolie Madame«. Nach B.s Tod setzte Erik Mortensen den extravaganten Haute-Couture-Stil fort.

□ bis 1933: Architekturstudium in Paris; Verkauf von Modeskizzen an diverse Modehäuser und Zeitschriftenverlage. □ 1934-39: Assistent des Modeschöpfers E. Molyneux. □ 1940-45: Bei Lucien Lelong. □ 1945: Eröffnung seines Haute-Couture-Hauses. □ 1948: Erste Boutique. □ 1953: Erste Luxuskonfektion.

▷ P. Balmain: My Years and Seasons, engl. 1964.

Balmont, Konstantin Dmitrijewitsch
sowjet. Lyriker
* 16.6.1867 Gumnischtschi, Gouv. Wladimir
† 24.12.1942 Paris (Frankreich)

Der Individualist Balmont war wie W. →Brjussow Mitbegründer des russischen Symbolismus.

Ewald Balser →

← Albert Ballin

← Pierre Balmain

Hans Urs von Balthasar →

Seine lyrische Sprache fasziniert durch den rhythmisch-musikalischen Ausdruck. Als Übersetzer (u. a. Edgar Allan Poe, Charles Baudelaire) war B., der ab 1920 im Exil in Frankreich lebte, einflußreicher Vermittler fremdsprachiger Lyrik in Rußland.

□ 1887: Wegen revolutionärer Neigungen Verweis von der Moskauer Univ. □ 1903: »Laßt uns wie die Sonne sein« (Ged.e). □ 1905-13: Als Revolutionsgegner Emigration nach Paris; Reisen in alle Erdteile. □ 1917: »Sonette der Sonne, des Honigs und des Mondes« (Ged.e); Befürwortung der Februar-Revolution, jedoch Ablehnung des bolschewistischen Umsturzes. □ 1920: Emigration nach Paris.

▷ H. Schneider: Der frühe Balmont, 1970.

Balser, Ewald
dt. Schauspieler
* 5.10.1898 Elberfeld (heute Wuppertal)
† 17.4.1978 Wien (Österreich)

Balser, der ab 1928 dem Wiener Burgtheater angehörte, an zahlreichen deutschsprachigen Bühnen und bei den Salzburger Festspielen auftrat, war dank seiner imposanten Erscheinung und dunklen Stimme für große Charakter-, Helden- und Vaterrollen des klassischen Bühnen-Repertoires prädestiniert. Er verkörperte auch im Film historische Persönlichkeiten, etwa Rembrandt, Beethoven und den Arzt Professor →Sauerbruch. Am Burgtheater arbeitete B. zudem als Regisseur (ab 1948).

□ 1928: Nach Engagements u. a. in Basel und Düsseldorf Mitgl. des Wiener Burgtheaters. □ 1931: Nach Zwischenspiel an Münchner Kammerspielen Rückkehr ans Burgtheater. □ 1935-44: Zusätzliches Engagement am Dt. Theater Berlin. □ 1943: »Gabriele Dambrone« (F., Rg. H. Steinhoff). □ 1947: »Der Prozeß« (F., Rg. G. W. →Pabst). □ 1948: Ernennung zum Regisseur des Burgtheaters. □ 1955: »König Ottokars Glück und Ende« in Wien. □ 1958: Oberst Redl in »Spionage« (F., Rg. F. Antel). □ 1956: Mitgl. der Dt. Akademie der darstellenden Künste.

Balthasar, Hans Urs von
schweiz. Theologe (kath.)
* 12.8.1905 Luzern † 26.6.1988 Basel

Balthasar, ein progressiver Denker des Katholizismus der Nachkriegszeit, setzte sich mit seiner Schrift »Schleifung der Bastionen« (1952) schon zehn Jahre vor dem 2. Vatikanischen Konzil für die Überwindung konfessionell erstarrter Abgrenzungen und für die Öffnung der Kirche gegenüber den Belangen der Welt von heute ein. In seinen Schriften befaßte sich B., der kurz vor seinem Tod zum Kardinal ernannt wurde, auch mit philosophischen Fragen der Religion, mit theologischer Ästhetik, außerdem mit praktischen Glaubensfragen, dem Denken und Wirken Heiliger sowie zeitgenössischer Theologen, u. a. mit K. →Barth und H. de →Lubac.

□ 1937-39: »Apokalypse der dt. Seele« (Schr., 3 Bde.). □ 1950: Austritt aus dem Jesuitenorden; Gründung der Johannes-Gemeinschaft; »Therese von Lisieux« (Biogr.). □ 1951: »Karl Barth. Darstellung und Deutung seiner Theologie« (Biogr.). □ 1953: »Reinhold Schneider. Sein Leben und sein Werk« (Biogr.). □ 1961-71: »Herrlichkeit. Eine theologische Ästhetik« (Schr.). □ 1973-83: »Theodramatik« (Schr., 4

Bde.). □ 1975: Gottfried-Keller-Preis. □ 1976: »Henri de Lubac« (Biogr.). □ 1980: »Kennt uns Jesus – Kennen wir ihn?« (Es.). □ 1985: »Theologik« (Schr., 2 Bde.).

▷ H. U. v. Balthasar: Rechenschaft (Aut. mit einer Bibliografie von B. Widmer), 1965.

Balthus

(eig. Balthazar bzw. Baltusz Klossowski de Rola)
frz. Maler und Zeichner
* 29.2.1908 Paris

Balthus' eigenwilliger Stil ist zwischen der Neuen Sachlichkeit und dem Surrealismus angesiedelt, wobei sein verschwimmender Farbauftrag ihn wiederum von beiden Richtungen unterscheidet. Seine Motive sind meist Interieurs (besonders Salons mit gehobener Ausstattung), in denen junge Mädchen in ungewöhnlichen, manchmal beinahe obszönen Haltungen dargestellt sind. Erotische Anspielungen, meist zurückhaltend, sind in fast jedem Bild enthalten und gehen eine Verbindung mit der für B.s Bilder charakteristischen poetischen Grundstimmung ein. Das unbestimmte, mehrdeutige Element seiner Werke (z. B. »Mädchen auf einem weißen Pferd«, 1944, Lugano, Sammlung Thyssen-Bornemisza), der Eindruck eines Schwebezustandes zwischen Realem und Irrealem, zu dem die pastellige Malweise beiträgt, verbinden ihn auch mit dem Magischen Realismus.

□ 1933: Erster großer Erfolg mit dem Bild »Die Straße« (New Canaan, Conn., Sammlung J. T. Soby). □ 1961-76: Als Dir. der Académie de France Berufung an die Villa Medici, Rom. □ 1968: Retrospektive in der Tate Gallery, London. □ 1980: Teilnahme an der Biennale in Venedig.

Peter Bamm →

Baltimore, David

amer. Mikrobiologe
* 7.3.1938 New York

Baltimore gelang 1970 der für die experimentelle Krebsforschung bedeutende Nachweis eines spezifischen Enzyms (reverse Transkriptase) in Tumorviruspartikeln, das den lange für unumkehrbar gehaltenen biochemischen Fluß der Erbinformationen von DNS (Desoxyribonukleinsäure) zu RNS (Ribonukleinsäure) gewissermaßen »zurückübersetzen« kann. Mit der Entdeckung der teilweisen Umkehrbarkeit der genetischen Informationsübertragung konnten die Wechselwirkungen zwischen Tumorvirus und Erbsubstanz der Zelle aufgeklärt werden.

□ seit 1972: Prof. am Krebsforschungszentrum des Mass. Inst. of Technology (MIT) in Cambridge. □ 1975: Physiologie/Medizin-Nobelpreis (mit R. →Dulbecco und H. →Temin). □ seit 1982: Dir. des Whitehead Inst. für biomedizinische Forschung.

← David Baltimore

Baluschek, Hans

dt. Maler, Grafiker und Schriftsteller
* 9.5.1870 Breslau † 27.9.1935 Berlin

Baluscheks Werk ist durch sein sozialkritisches Engagement gekennzeichnet (ab 1933 wurde er von den Nationalsozialisten geächtet). In seinen Bildern und Bildzyklen (u. a. »Proletarierinnen«, 1900, und »Opfer«, 1906; im Besitz der Stadt Berlin) wandte er sich schon früh dem Thema der Verelendung in der Großstadt zu. Er schilderte das Kleinbürger- und Arbeitermilieu in einer schroffen, zwischen Pessimismus und Ironie angesiedelten Form, der sich auch die verwendete Mischtechnik (harte Kreide- oder Pastellstriche auf Aquarell und eine stumpfe Farbgebung) unterordnete. Motive waren daneben Industrieanlagen und Bahnhöfe.

□ 1889-94: Studium an der Berliner Kunstakademie. □ 1899: Gründungsmitgl. der Berliner Sezession (ab 1913: im Vorstand). □ 1929-33: Leiter der Großen Berliner Kunstausstellung, danach Ächtung durch die Nationalsozialisten.

← Hans Baluschek

Bamm, Peter

(eig. Curt Emmrich)
dt. Schriftsteller
* 20.10.1897 Hochneukirch bei Grevenbroich
† 30.3.1975 Zollikon, Kt. Zürich

Bamms Erinnerungen als Stabsarzt an der Ostfront in »Die unsichtbare Flagge« (1953) waren ein Welterfolg. Wie diese aus einer Vortragsreihe im Rundfunk hervorgegangene Anti-Kriegsdokumentation fanden auch seine kulturgeschichtlichen Reisebeschreibungen, seine geistreichen Essays und humorvollen Feuilletons ein großes Lesepublikum.

□ 1926-34: Nach Medizinstudium Weltreisen als Schiffsarzt; anschließend freier Schriftsteller. □ 1935: »Die kleine Weltlaterne« (Feuilletons). □ 1955: »Frühe Stätten der Christenheit« (Reiseber.). □ 1961: »An den Küsten des Lichts« (Reiseber.). □ 1962: »Anarchie mit Liebe« (Feuilletons). □ 1965: »Alexander oder Die Verwandlung der Welt« (Biogr.). □ 1969: »Adam und der Affe« (Es.s.).

▷ P. Bamm: Eines Menschen Zeit (Aut.), 1972.

Banda, Hastings Kamuzu

afr. Politiker
* 1902 (1905?) bei Kasungu, Njassaland

Banda war der erste Regierungschef des unabhängigen Malawi und ist einer der letzten Diktatoren aus der Zeit der Unabhängigkeit. Nach seiner Wahl zum Staatspräsidenten 1966 führte er ein Einparteiensystem ein und zog alle Exekutiv-Vollmachten an sich. Seit der gleichzeitigen Übernahme mehrerer Ministerämter regiert er sein Land unter dem Titel »Ngwazi« (Held und Eroberer) autokratisch. Als einziger afrikanischer Präsident unterhält er diplomatische Beziehungen zu Südafrika. Dennoch arbeitet B. mit seinen unmittelbaren Nachbarländern in der »Entwicklungsgemeinschaft südliches Afrika« eng zusammen.

□ um 1920: Auswanderung nach Südafrika; Dolmetscher und Büroangestellter; Weiterbildung in Abendkursen. □ 1945-53: Arzt in London. □ 1953-58: In Ghana. □ 1958: Rückkehr nach Njassaland; Gründung der Malawi Congress Party. □ 1959-63: In brit. Haft. □ 1963: Premierminister von Njassaland, ab 1964 von Malawi. □ 1966: Staatspräsident (seit 1971 auf Lebenszeit); zugleich Außen-, Justiz-, Landwirtschafts- und Verteidigungsmin.

▷ Ph. Short: Banda, engl. 1974.

Bandaranaike, Sirimavo Rattwate Dias

ceylon. Politikerin
* 17.4.1916 Balangoda

Die Witwe des 1959 ermordeten Salomon B. bestimmte für fast zwei Jahrzehnte die Politik Sri Lankas. Nach dem Tod ihres Gatten übernahm Frau Bandaranaike die Führung der linksgerichteten Sri Lanka Freedom Party (SLFP) und führte sie ein Jahr später mit einer buddhistisch-marxistischen Allianz zu einem großen Wahlsieg. B. wurde die erste frei gewählte weibliche Regierungschefin einer Demokratie. Während ihrer ersten Amtszeit verstaatlichte sie die ausländischen Tee-, Kokos- und Kautschukplantagen sowie alle großen Banken und die Ölgesellschaften. Weiterhin führte sie kostenlose Schulbildung und einen Gesundheitsdienst ein. 1972 wandelte sie die Monarchie »Commonwealth of Ceylon« in die staatssozialistische »Republik Sri Lanka« um. B.s prosinghalesische Politik benachteiligte die Tamilen und hatte bis heute andauernde ethnische Konflikte zur Folge, deren Auswirkungen auch in Indien zu spüren sind.

□ 1959: Vors. der SLFP. □ 1960-65: Ministerpräsidentin, zugleich Außen- und Verteidigungsmin. □ 1970-77: Ministerpräsidentin. □ 1980: Aberkennung der bürgerlichen Ehrenrechte.

▷ M. Seneviratne: Sirimavo Bandaranaike. The world's first woman prime minister. A biography, 1975.

Bang, Herman Joachim

dän. Schriftsteller
* 20.4.1857 Asserballe, Alsen
† 29.1.1912 Ogden, Utah (USA)

Bang, der in seinem letzten Roman, »Die Vaterlandslosen« (1906, dt. 1912), seiner Heimat nationale Selbstgefälligkeit vorwarf, schrieb 1886 mit »Am Wege« (Erz., dt. 1898) das bedeutendste Werk des dänischen Impressionismus. Als exzentrischer Dandy mit homophilen Neigungen vermittelte B. einfühlsam die Seelenlandschaft resignierender, am Rande einer verständnislosen Gesellschaft zugrunde gehender Menschen. Bestimmendes Merkmal im Werk B.s ist eine szenische Erzähltechnik von hoher Präzision, eine objektivierende Darstellungsweise, hinter der sich die subjektive Betroffenheit des Autors verbirgt.

□ 1880: »Hoffnungslose Geschlechter« (R., dt. 1900). □ 1887: »Zusammenbruch« (R., dt. 1913). □ 1889: »Tine« (R., dt. 1903). □ 1890: »Ein herrlicher Tag« (Erz., dt. 1921). □ 1896: »Ludwigshöhe« (R., dt. 1908). □ 1898: »Das weiße Haus« (Erz., dt. 1901). □ 1901: »Das graue Haus« (Erz., dt. 1909). □ 1904: »Michael« (R., dt. 1906).

Bangemann, Martin

dt. Politiker
* 15.11.1934 Wanzleben

Bangemann ist seit 1989 als EG-Kommissar in Brüssel für den Arbeitsbereich Binnenmarkt zuständig. Der FDP-Politiker begann seine Karriere als APO-Anwalt und linker Programmatiker (Parteiprogramm »Freiburger Thesen«, 1971).

← Sirimavo Bandaranaike

Abol-Hassan Banisadr →

← Herman Bang

Róbert Bárány →

1974/75 war er Generalsekretär, 1985-88 Parteivorsitzender der FDP und 1984-88 Bundeswirtschaftsminister. Zeitweilig führte er die Fraktion der Liberalen im EG-Parlament.

Banisadr, Abol-Hassan

iran. Politiker
* 21.3.1933 (?) Baqtsche bei Hamadan

Banisadr war 1980/81 Staatspräsident des Iran. Der Wirtschaftsberater von Ajatollah →Khomeini hatte 1979 als Mitglied des Revolutionsrates erheblichen Anteil an der Bildung der Islamischen Republik nach der Revolution und Vertreibung von Schah Resa →Pahlawi. Aufgrund seiner gemäßigten Haltung gegenüber Regimegegnern und der Verhandlungsbereitschaft während der Geiselnahme in der US-Botschaft (1979-81) verlor er jedoch die Unterstützung des Schiitenführers und wurde im Juni 1981 wegen »politischer Unfähigkeit« seines Amtes enthoben. Kurz darauf floh B. nach Frankreich.

▷ W. S. Freund: Welche Zukunft für den Iran? Die entwicklungspolitischen Grundideen des Abol-Hassan Banisadr, 1981.

Banting, Sir (ab 1934) Frederick Grant

kanad. Mediziner
* 14.11.1891 Alliston, Ontario † 21.2.1941 Musgrave Harbour, Neufundland (verunglückt)

Banting gelang 1921 mit Ch. H. →Best die Isolierung des Insulins, wofür er 1923 den Medizin-Nobelpreis mit J. R. →Macleod erhielt, dessen Verdienst lediglich in der Bereitstellung eines Laboratoriums für die eigentlichen Entdecker bestand. Alle Versuche, das den Blutzucker senkende Hormon aus der Bauchspeicheldrüse zu isolieren, waren bis dahin an dem Umstand gescheitert, daß das gesuchte Proteinmolekül von den Verdauungssäften sofort gespalten wird. Durch Trennung der für die Insulinproduktion verantwortlichen sog. Langerhansschen Inseln von dem übrigen Pankreasgewebe konnte das von B. »Isletin« genannte Hormon rein gewonnen werden. Das für Millionen von Diabetikern lebenserhaltende Insulin wurde erstmals 1923 aus der Bauchspeicheldrüse des Hausschweins in größeren Mengen hergestellt.

□ ab 1923: Prof. an der Univ. Toronto. □ ab 1930: Dir. des eigens für ihn eingerichteten Banting-Inst. ebd. □ 1941: Als Militärarzt Flugzeugabsturz über Neufundland.

Bárány, Róbert

österr. Mediziner ung. Herkunft
* 22.4.1876 Wien † 8.4.1936 Uppsala (Schweden)

Bárány, Spezialist für Hals-, Nasen- und Ohrenheilkunde, entwickelte zahlreiche Diagnoseverfahren u. a. zur Untersuchung der Störungen des Hörvermögens und des Gleichgewichtssinns sowie chirurgische Eingriffsmethoden. Für seine Studien zur »Physiologie und Pathologie des Bogengang-Apparates beim Menschen« (Schr., 1907) erhielt B. 1914 den Medizin-Nobelpreis. Bei dem von B. entwickelten »Zeigefingerversuch« (1906) berührt der Patient bei ausgetrecktem Arm mit seinem Zeigefinger den ihm entgegengestreckten des Arztes. Aus der Richtungsabweichung bei Wiederholung des Versuchs mit geschlossenen Augen kann der erkrankte Teil des Kleinhirns lokalisiert werden. Mit der sog. Lärmtrommel gelang B. 1908 die getrennte Hörprüfung des einzelnen Ohres.

□ 1906: »Untersuchungen über den Vestibular-Apparat des Ohres, reflektorisch ausgelösten, rhythmischen Nystagmus und seine Begleiterscheinungen« (Schr.). □ 1915-17: Österr. Militärarzt. □ 1917: Nach Kriegsgefangenschaft in Sibirien Übersiedlung nach Schweden. □ ab 1917: Prof. und Leiter der Univ.-Klinik für Ohren-, Nasen- und Kehlkopfkrankheiten in Uppsala. □ 1923: »Die Radikaloperation des Ohres ohne Gehörgangsplastik« (Schr.).

Barber, Donald Christopher »Chris«

engl. Jazzmusiker
* 17.4.1930 London

Der Posaunist Barber gründete bereits 1949 seine erste Band und wurde mit seiner Dixieland-Musik in England der populärste Vertreter des traditionellen Jazz. Er spielte zunächst Violine und Sopransaxophon, studierte dann Posaune und Baß an der Guildhall School of Music. 1953 gründete er mit Ken Colyer seine zweite Band. B. und Colyer besaßen später in London eigene Jazz-Clubs und beeinflußten in den frühen 60er Jahren zahlreiche Rockmusiker (u.a. die → Beatles). 1959 gelang B. mit S. →Bechets »Petite Fleur« der Sprung an die Spitze der englischen und deutschen Charts.

← »Chris« Barber

Barber, Samuel

amer. Komponist
* 9.3.1910 West Chester, Penn.
† 23.1.1981 New York

Pulitzer-Preisträger Barber (1935) gehört in den USA zu den am meisten gespielten amerikanischen Komponisten. Er verband in seinen Werken klassizistische Stiltendenzen (I. → Strawinski) und Elemente des Jazz zu einer spezifisch »Amerikanischen Musik«. Mit der Uraufführung seiner zweiten Oper »Anthony and Cleopatra« wurde 1966 das neue Metropolitan Opera House in New York eröffnet.

□ 1935: Pulitzer-Preis; amer. Rom-Preis. □ 1938: UA des »Essay 1« für Orchester durch A. →Toscanini in Rom. □ 1939-42: Dozent für Instrumentation am Curtis Inst. Philadelphia. □ 1942-45: Dienst in der Air Force. □ 1944: 2. Sinfonie op. 19 (Air Force gewidmet). □ 1946: »Medea« (Ballett, UA New York). □ 1958: »Vanessa« (Oper, UA New York). □ 1970: »The Lovers« für Bariton, Chor und Orchester.

▷ N. Broder: Samuel Barber, 1954.

← Samuel Barber

Barbie, Klaus

dt. SS-Führer
* 25.10.1913 Bad Godesberg
† 25.9.1991 Lyon

Der als »Schlächter von Lyon« bezeichnete Barbie wurde erst 1987 in einem aufsehenerregenden Prozeß für seine Verbrechen zu lebenslanger Haft verurteilt. B. war als Leiter der Sicherheitspolizei der Wehrmacht 1942-45 in Lyon verantwortlich für die Deportation von Zehntausenden sowie für die Folterung und Ermordung von mehr als 4000 Juden und Partisanen.

← Klaus Barbie

□ 1945: Vor der Befreiung Frankreichs Rückkehr nach Deutschland; anschließend Agent für die USA. □ 1947: Mit amer. Hilfe Flucht nach Bolivien. □ 1983: Auslieferung an Frankreich. □ 1987: Verurteilung.

▷ T. Bower: Klaus Barbie. Lyon, Augsburg, La Paz – Karriere eines Gestapo-Chefs, 1984; H. J. Andel: Der Fall Barbie, 1987.

Barbirolli, Sir (ab 1949) Giovanni Battista »John«

engl. Dirigent
* 2.12.1899 London † 28.7.1970 ebd.

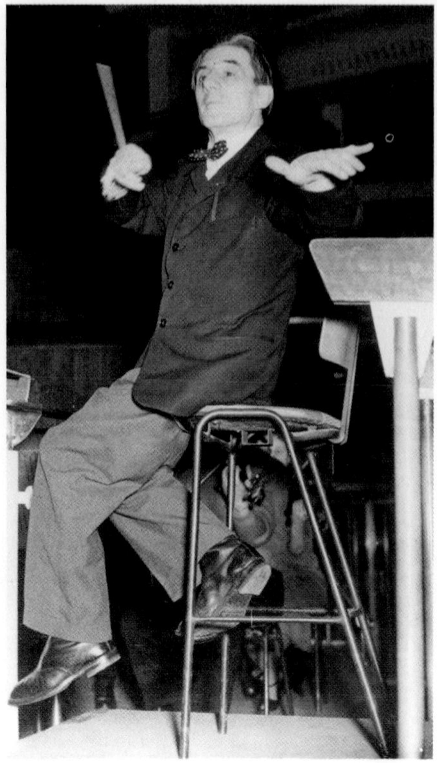
Barbirolli: Nach schwerer Krankheit Proben im Sitzen, 1957.

Barbirolli, mit 25 Chef eines eigenen Orchesters, galt als die größte englische Dirigentenbegabung nach Sir Th. →Beecham. Nach einer schon mit 15 Jahren begonnenen Karriere als Cellist wurde B. im Alter von 37 Jahren als Nachfolger von A. →Toscanini Chefdirigent des New York Philharmonic Orchestra. Ab 1943 reorganisierte er das traditionsreiche Hallé Orchestra in Manchester, das sich unter ihm zu einem europäischen Spitzenensemble entwickelte.

□ 1911-17: Studium am Trinity College of Music und an der Royal Academy of Music London. □ 1915-25: Solocellist des

Queen's Hall Orchestra. □ 1925: Gründung des Barbirolli Chamber Orchestra. □ 1937-42: Nachfolger A. → Toscaninis beim New York Philharmonic Orchestra. □ 1943-68: Leitender Dirigent des Hallé Orchestra, Manchester. □ 1962-67: Nachfolger von L. →Stokowski beim Huston Symphony Orchestra.

▷ Ch. Raid: John Barbirolli, 1971.

Barbusse, Henri

frz. Schriftsteller
* 17.5.1873 Asnières bei Paris
† 30.8.1935 Moskau (UdSSR)

Barbusses Antikriegsroman »Das Feuer« (1916, dt. 1918) wurde in über 60 Sprachen übersetzt. Der fanatische Antifaschist und Pazifist dokumentierte darin mit brutaler Offenheit die Unmenschlichkeit und Sinnlosigkeit des modernen Krieges. Das gelang ihm durch die nüchterne Darstellung der Erlebnisse und Gefühle einfacher Soldaten. B., der selbst am 1. Weltkrieg teilgenommen hatte, wandte sich ab 1920 immer stärker dem Kommunismus zu und verfaßte zahlreiche Propagandaschriften.

Barbusse zum 50. Geburtstag M. Gorkis (1918) in Moskau.

□ 1896-1903: Mitarbeit in der Druckerei des Innenministeriums. □ 1903: »Die Schutzflehenden« (R., dt. 1921). □ 1908: »Die Hölle« (R., dt. 1919). □ 1914: Prix Goncourt. □ 1916: »Das Feuer« (R., dt. 1918). □ 1919: »Klarheit« (R., dt. 1920); Gründer der gleichnamigen Antikriegsbewegung Clarté. □ 1921: »Das Messer zwischen den Zähnen« (Es.s, dt. 1922), Dokument der Annäherung an den Kommunismus. □ 1927: »Die Judasse Jesu« (Schr., dt. 1928).

▷ L. Spitzer: Studien zu Henri Barbusse, 1920.

Bardeen, John

amer. Physiker
* 23.5.1908 Madison, Wisc. † 30.1.1991 Boston

Bardeen, schon mit 30 Jahren Professor, war einer der wenigen Wissenschaftler, denen der Nobelpreis zweimal verliehen wurde. Für seine Entdeckung des Transistoreffekts und die Entwicklung des ersten Spitzentransistors (für Rundfunkgeräte ohne Elektronenröhren) erhielt B. 1956 den Physik-Nobelpreis (mit W. H. →Brattain und W. →Shockley).
Ab 1951 befaßte sich B. mit dem 1911 von H. →Kamerlingh Onnes entdeckten Phänomen der Supraleitfähigkeit, der sprunghaft ansteigenden Elektronenleitfähigkeit von Festkörpern bei ihrer Abkühlung bis nahe an den absoluten Nullpunkt (—273 °C). Mit L. N. →Cooper und J. R. →Schrieffer entwickelte B. 1955-57 eine nach ihren Initialen bezeichnete BSC-Theorie über Supraleiter, die die anziehende Kraft zwischen Elektronen und ihre Paarbildung (Elektron-Phonon-Kopplung) durch die Schwingungen des absolut abgekühlten Kristallgitters quantenmechanisch erklärt. Für diese Erkenntnisse, Voraussetzung für die praktische Energiegewinnung durch kontrollierte Kernschmelze in Fusionsreaktoren, erhielten B. und seine Mitarbeiter den Physik-Nobelpreis des Jahres 1972.

□ 1938-41: Prof. an der Univ. von Minn. □ 1945-51: Physiker an den Bell Telephone Laboratories in Murray Hill, N. J.. □ 1951-75: Prof. an der Univ. von Ill., Urbana. □ 1956: Physik-Nobelpreis (erneut 1972).

← John Bardeen

Brigitte Bardot →

Bardot, Brigitte

frz. Filmschauspielerin
* 28.9.1934 Paris

»B.B.« war Frankreichs populärster Filmstar und das Sex-Symbol der 60er Jahre. In dem Film »Und ewig lockt das Weib« (1956) von R. →Vadim, mit dem sie 1952-57 verheiratet war, spielte sie zum ersten Mal die impulsive, sinnlich-unschuldige Kindfrau ohne Bewußtsein von Repression und Sünde und wurde zum Sinnbild einer neuen Freizügigkeit. Ihr Privatleben (drei Ehen, zahlreiche Affären) trug zu diesem Image bei. Seit ihrem Rückzug aus dem Filmgeschäft 1974 engagiert sie sich als Tierschützerin, u. a. gegen das Robbenschlachten im Eismeer.

□ 1957: »Mit den Waffen einer Frau« (Rg. Cl. Autant-Lara). □ 1959: »Babette zieht in den Krieg« (Rg. Christian-Jacque). □ 1959-63: 2. Ehe mit J. Charriere. □ 1960: »Die Wahrheit« (Rg. H.-G. Clouzot). □ 1961: »Privatleben« (Rg. L. →Malle). □ 1963: »Die Verachtung« (Rg. J.-L. →Godard). □ 1965: »Viva Maria« (Rg. L. Malle). □ 1966-69: 3. Ehe mit G. →Sachs. □ 1970: »Die Rumstraße« (Rg. R. Enrico).

Barenboim, Daniel

israel. Pianist und Dirigent russ. Herkunft
* 15.11.1942 Buenos Aires (Argentinien)

Barenboim, mit Beginn der Spielzeit 1991/92 Nachfolger von G. →Solti als musikalischer Leiter des Chicago Symphony Orchestra, wandte sich bereits Anfang der 60er Jahre neben seiner außergewöhnlichen pianistischen Karriere dem Dirigieren zu. Wie sein Vorbild E. →Fischer führte er als dirigierender Pianist mit dem English Chamber Orchestra (seit 1965) Mozarts Klavier-

Barenboim: Eines der Wunderkinder der Musikszene.

konzerte auf und spielte weitere bedeutende Gesamtaufnahmen klassischer Konzerte ein. Die Domäne des Dirigenten und Pianisten ist die Musik des 19. Jh.s, doch setzte sich B. auch für die neue Musik ein (Orchesterwerke von W. →Lutoslawski). Seine besondere Verbindung zu den Berliner Philharmonikern reicht bis in die Ära W. →Furtwängler zurück.

□ 1949: Debüt als Wunderkind in Buenos Aires. □ 1950-55: Ausbildung bei E. Fischer in Salzburg und an der Accademia di Santa Cecilia, Rom (jüngster Meisterschüler aller Zeiten). □ 1955: Dirigentenstudium in Siena; Kompositionsunterricht bei N. Boulanger in Paris. □ seit 1957: Regelmäßige Tourneen als Konzertpianist. □ 1965: Ständiger Chefdirigent des English Chamber Orchestra, London. □ 1975-89: Musikalischer Dir. des Orchestre de Paris. □ 1987-89: Künstlerischer Dir. der Bastille-Oper in Paris. □ 11. 11. 1989: Spontanes Benefiz-Konzert für Ostberliner in der Westberliner Philharmonie. □ 1990: Dirigent der Berliner Philharmoniker auf ihrer ersten Konzertreise nach Israel. □ 1991: Nachfolger G. →Soltis beim Chicago Symphony Orchestra.

▷ D. Barenboim/M. Pollini: Daniel Barenboim. Maurizio Pollini. Musiker im Gespräch, 1980.

Barkla, Charles Glover

brit. Physiker
* 7.6.1877 Widnes, Lancashire
† 23.10.1944 Edinburgh

1905 entdeckte Barkla mit den sog. Bremsstrahlen, die beim Auftreffen von Elektronen auf Metall neben der Röntgeneigenstrahlung entstehen, die Polarisation und Wellennatur der Röntgenstrahlung. Aufgrund der anschließenden Analyse der charakteristischen Röntgeneigenstrahlung der Elemente durch H. →Moseley und B. wurde das Konzept der Ordnungszahlen des Periodischen Systems und die Röntgenspektroskopie entwickelt. 1917 erhielt B. den Physik-Nobelpreis.

Barlach, Ernst

dt. Bildhauer, Grafiker und Schriftsteller
* 2.1.1870 Wedel, Holstein † 24.10.1938 Rostock

Der Bildhauer Barlach, ein Einzelgänger unter den Expressionisten, blieb in bewußter Opposition zur zeitgenössischen abstrakten Kunst der figürlichen Darstellung verpflichtet. Seine in stilisierte Gewänder gehüllten Gestalten — Bettler, Frierende und Flüchtende, Lesende und Träumende — verkörpern menschliche Grunderfahrungen. Dem hohlen Pathos der Gefallenen-Denkmale setzte B. die meditativen und trauernden Skulpturen seiner Mahn- und Ehrenmale entgegen (»Der schwebende Engel«, 1927, Dom von Güstrow). Sie wurden nach 1933 entfernt bzw. zerstört und in den 50er Jahren z. T. erneuert. Neben den Figuren entstanden umfangreiche Zeichnungen und Druckgrafiken (Illustrationen zu klassischen Texten und eigenen Dichtungen). Für sein literarisches Werk, darunter acht Dramen (u. a. »Der tote Tag«, 1914; »Der arme Vetter«, 1918), erhielt B. 1924 den Kleist-Preis.

□ 1888-96: Kunststudium in Hamburg, Dresden und Paris. □ ab 1897: Freischaffender Künstler in Hamburg, Wedel und Berlin. □ 1906: Rußlandreise; erste Vollplastiken. □ 1910: Übersiedlung nach Güstrow. □ 1915/16: Kriegsdienst. □ 1916: »Der Verzweifelte« (Zürich, Kunsthaus). □ 1917: Erste Gesamtausstellung bei P. →Cassierer in Berlin. □ 1919-37: Mitgl. der Preuß. Akademie der Künste. □ 1928: Lübecker Mahnmal »Der Geistkämpfer« (erneuert 1954). □ 1929: Mahnmal im Magdeburger Dom (erneuert 1956). □ 1930-33: Drei Figuren für die Fassade der Katharinenkirche in Lübeck (aufgestellt 1946). □ 1930-34: »Fries der Lauschenden« (neun Figuren für ein Beethoven-Denkmal). □ 1937: Berufsverbot; Entfernung von 381 »entarteten« Werken aus dt. Museen.

▷ E. Barlach: Ein selbsterzähltes Leben (Aut.), 1928; F. Schult: Ernst Barlach. Werkverzeichnis, 3 Bde., 1958-71; E. Jansen: Ernst Barlach, 1984.

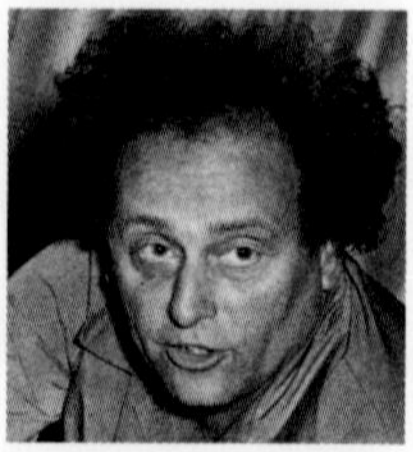
Boleslaw Barlog →

← Charles G. Barkla

← Ernst Barlach

Barlog, Boleslaw

dt. Regisseur und Intendant
* 28.3.1906 Breslau

Barlog, dessen Theaterkarriere von den NS-Behörden behindert wurde und der in den 40er Jahren hauptsächlich als Filmregisseur arbeitete, prägte nach Kriegsende als Intendant des Schloßparktheaters, ab 1951 auch des Schillertheaters, die Berliner Theaterlandschaft. Sein Interesse galt den zeitgenössischen internationalen Dramatikern. So inszenierte er als einer der ersten in Deutschland Werke von S. →Beckett und E. →Albee, beschäftigte sich aber auch mit Zuckmayer-Stücken und war als Musiktheater-Regisseur tätig. 1972 zog er sich von seiner Intendantentätigkeit zurück.

□ 1930-33: Regieassistent an der Berliner Volksbühne. □ 1940-49: Filmregisseur, u. a. »Wohin die Züge fahren«. □ 1945: Intendant des Berliner Schloßparktheaters. □ 1948: Rg. in →Zuckmayers »Des Teufels General«. □ 1951: Zusätzlich Intendanz des Berliner Schillertheaters; Ernennung zum Berliner Generalintendanten. □ 1959: Rg. von »Zoogeschichte« (E. Albee). □ seit 1972: Freier Regisseur.

▷ B. Barlog: Meine Freunde, die Kritiker, 1971; ders.: Theater lebenslänglich, 1981.

Barnack, Oskar

dt. Feinmechaniker
* 1.11.1879 Lynow, Brandenburg
† 16.1.1936 Bad Nauheim

Der Leitz-Entwicklungskonstrukteur Barnack schuf 1914 in Wetzlar mit der »Leica« die erste Kleinbildkamera für die Verwendung von Filmspulen. Lichtempfindliche, sehr feinkörnige

Barnack mit der von ihm konstruierten »Leica«.

Filmbeschichtungen ermöglichten ein neues, sehr viel kleineres Negativformat für eine kompakte Kamera, die 36 Bilder pro Filmspule aufnehmen konnte.
Die »Leica« kam 1925 auf den Markt und leitete den Aufbau des weltweit verbreiteten Leica-Systems mit Wechselobjektiven ein.

Barnard, Christiaan Neethling

südafr. Herzchirurg
* 8.11.1922 Beaufort West, Kapprovinz

Barnard, der als Pionier der Herzchirurgie schon die erste erfolgreiche Operation am offenen Herzen durchgeführt hatte, gelang am 3. 12. 1967 die erste Herzverpflanzung von Mensch zu Mensch. In einer fünfstündigen Operation wurde dem 55jährigen Louis Washkansky das Herz einer tödlich verunglückten 25jährigen Frau eingepflanzt, mit dem der Patient 18 Tage länger leben konnte. Nach weiteren Herztransplantationen war B. 1974 mit der spektakulären Verpflanzung eines Spenderherzens neben das Herz des Empfängers (»Huckepack«-Verfahren) erfolgreich.

← Christiaan Barnard

□ 1958-83: Chirurg am Groote-Schuur-Hospital; Dir. an der Medical School der Univ. Kapstadt. □ 1969: »Die Chirurgie der häufigen angeborenen Herzmißbildungen« (Schr., dt.). □ 1972: »Schach dem Herztod« (Schr., dt.). □ 1977: »In the night season« (R. mit S. Stander über das Problem der Sterbehilfe). □ 1981: »The body machine« (Schr.). □ seit 1984: Leitung einer Klinik auf der griech. Insel Kos.

▷ Chr. Barnard/C. B. Pepper: Mein Weg als Arzt und Mensch (Aut.), dt. 1969; H. T. Rowe: Der Herzchirurg von Kapstadt (Biogr.), 1969.

Barnard, Edward Emmerson

amer. Astronom
* 16.12.1857 Nashville, Tenn.
† 6.2.1923 Williams Bay, Wisc.

Barnard, Direktor des berühmten Yerkes-Observatoriums, war einer der großen Astronomen des 19. und 20. Jh.s. Mit Hilfe der von ihm verbesserten Himmelsfotografie entdeckte er 1892 den 5. Mond des Jupiter, später vier weitere seiner Satelliten und 16 Kometen. 1916 fand B. den Stern mit der größten bisher bekannten Eigenbewegung (Barnards Pfeilstern), einen »Roten Zwerg«, der sich mit Begleitern unserem Sonnensystem nähert. B. berechnete die Stärke des Saturnrings und gab mit über 4000 Fotografien von der Milchstraße Einblicke in Sternhaufen und interstellare Gas- und Staubwolken.

□ 1887-95: Forscher am Lick-Observatorium. □ 1892: Entdeckung einer Nova (explodierender Stern) im Sternbild Auriga. □ ab 1895: Prof. an der Univ. Chicago; Dir. des Yerkes-Observatoriums in Williams Bay.

Barnes, Djuna

amer. Schriftstellerin
* 12.6.1892 Cornwall-on-Hudson, N. Y.
† 18.6.1982 New York

Barnes, eine der unbekanntesten literarischen Größen des 20. Jh.s, nimmt mit ihren experimentellen Kurzdramen, Gedichten und Erzählungen eine Außenseiterposition in der Literatur der Moderne ein. Anhand der gestörten Beziehung fünf hochneurotischer Figuren beleuchtete B., die ursprünglich Malerei studiert hatte, in ihrem von der Psychoanalyse beeinflußten Roman »Nachtgewächs« (1936, dt. 1959) die Kontaktlosigkeit des modernen Menschen. B.s poetischer Sprachstil zeichnet sich auch in »Antiphon« (Dr., 1958, dt. 1986), einer stilisierten, in Blankvers geschriebenen Familientragödie, durch großen Bilderreichtum und dunkle Metaphorik aus. Während B. von Schriftstellern wie E. →Pound, T. S. →Eliot, A. →Gide und W. →Faulkner bewundert wurde, blieben ihre schwer zugänglichen Werke einem größeren Leserpublikum weitgehend unbekannt.

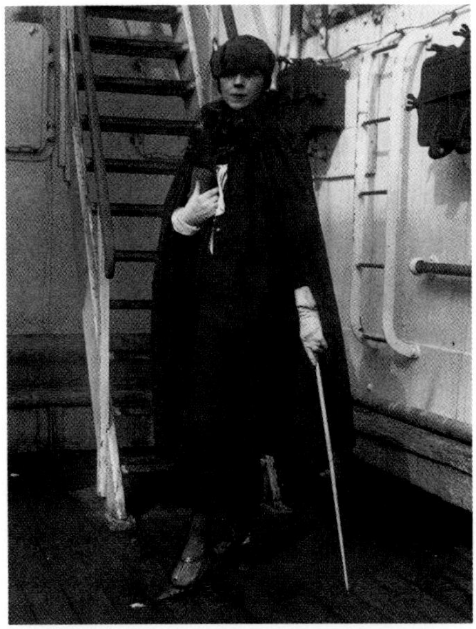

Djuna Barnes 1922 auf dem Schiff S.S. La Lorraine.

□ 1913-20: Reporterin und Illustratorin für New Yorker Zeitungen. □ 20er Jahre: Einziger Europaaufenthalt; Kontakt mit J. →Joyce. □ 1923: »A Book« (Dr.n, Erz.n, Ged.e; erw. Fassung 1929, dt. »Eine Nacht mit den Pferden«, Auswahl, 1961). □ 1928: »Ryder« (R., dt. 1986). □ 1929: »Almanach für Ladies« (Prosa, dt. 1985). □ postum 1984: »Eine Nacht in den Wäldern« (Erz.n, dt.). □ 1985: »Leidenschaft« (Erz.n, dt.); »Portraits« (Prosa, dt.). □ 1987: »Saturnalien« (Erz.n, Auswahl); »New York« (Erz.n, Prosa). □1991: »Solange es Frauen gibt, wie sollte da etwas vor die Hunde gehen?« (dt.).

▷ J. B. Scott: Djuna Barnes, 1976.

Barnes, Harry Elmer

amer. Soziologe
* 15.6.1889 Auburn, N. Y. † 25.8.1968 unbek.

Barnes Interesse galt der im Vergleich zur Technik verzögerten Entwicklung sozialer Institutionen (v. a. im Gesundheits- und Bildungswesen) in der amerikanischen Gesellschaft. Um das Problem der Armut, der Arbeitslosigkeit, der Jugendkriminalität usw. lösen zu können, müsse das bestehende ökonomische (kapitalistische)

System überholt werden. Unabdingbar für eine gerechtere Zukunft sei auch die volle Integration der Schwarzen, deren angebliche Gleichgestelltheit er als pure Heuchelei entlarvt.

□ 1926: Prof. für Sozialwissenschaften, Columbia Univ., N. Y. □ 1935: »History of western civilization« (Schr.). □ 1942: »The American way of life« (Schr.). □ 1953: »Entlarvte Heuchelei« (Schr., dt. 1961).

Barnet, Miguel

kuban. Schriftsteller und Ethnologe
* 28.1.1940 Havanna

Barnet schuf mit »Der Cimarrón« (R., 1966, dt. 1969) eine von ihm auch theoretisch begründete Prosaform, die sog. novela testimonio (etwa: Augenzeugenroman). Das Werk entstand nach Tonbandaufzeichnungen der Erinnerungen eines über 100jährigen ehemaligen Sklaven. Auch in »Das Lied der Rachel« (R., 1969, dt. 1980) und »Alle träumten von Kuba« (R., 1981, dt. 1981) dokumentiert B. anhand exemplarischer Biografien herausragende Ereignisse von der Kolonialzeit bis zur kubanischen Gegenwart.

← Miguel Barnet

Baroja y Nessi, Pío

span. Schriftsteller
* 28.12.1872 San Sebastián † 30.10.1956 Madrid

Baroja, ursprünglich Landarzt, dann Bäcker, gehört mit zahlreichen Essays, Erzählungen und etwa 70 Romanen zu den produktivsten und meistgelesenen Autoren der Generation von 1898 (→Azorín). In ausdrucksstarker Sprache kritisierte er den spanischen Klerus und die zeitgenössische Gesellschaft, die er als dekadent empfand. B.s pessimistische Grundhaltung offenbart sich im letztlich sinnlosen Agieren seiner Figuren, meist Abenteurern und Vagabunden.

← Pío Baroja y Nessi

□ 1893: Abschluß des Medizinstudiums. □ 1894-96: Landarzt in Cestona, Baskenland. □ 1896: Übernahme der väterlichen Bäckerei in Madrid. □ 1900: »Das Haus von Aizgorri« (R.). □ 1903: »Der Majoratsherr von Labraz« (R., dt. 1918). □ 1909: »Zalacaín, der Abenteurer« (R. dt. 1944). □ 1911: »Shanti Andía, der Ruhelose« (R., dt. 1913, NA 1961); »Der Baum der Erkenntnis« (R., dt. 1963). □ 1913-35: »Memoiren eines Tatmenschen« (R., 22 Bde.). □ 1935: Aufnahme in die Kgl. Span. Akademie.

Barón Crespo, Enrique

span. Politiker
* 27.3.1944 Madrid

1989 wurde Barón Crespo zum bisher jüngsten Präsidenten des Europäischen Parlaments gewählt. Der Sozialist setzt sich für erweiterte Zuständigkeiten der Volksvertretung der EG im Rahmen der Wirtschafts- und Währungsunion ein, die v. a. den Umweltschutz und eine europäische Sozialcharta fördern sollte.

□ 1970-77: Rechtsanwalt in Madrid. □ 1977: Abg. der Sozialistischen Arbeiterpartei Spaniens (PSOE) im span. Parlament (Cortes Generales). □ 1982-85: Min. für Verkehr, Kommunikation und Tourismus. □ 1986: Abg. im Europ. Parlament. □ 1987: Präs. der Europ. Bewegung. □ seit 1989: Präs. des Europ. Parlaments.

Barrault, Jean-Louis

frz. Schauspieler und Regisseur
* 8.9.1910 Le Vésinet

Barrault ist schon zu Lebzeiten eine Institution im französischen Theaterleben geworden. Weltweit bekannt wurde er mit der Rolle des Pantomimen in dem Film »Die Kinder des Olymp« (Rg. M. →Carné, 1944). Fasziniert von der Idee des totalen Theaters (A. →Artaud) appelliert B. in seinen Inszenierungen an die Schaulust des Zuschauers, die er unter Einbeziehung aller außersprachlichen Elemente wie Mimik, Gestik, Pantomime, Licht, Bühnenbild und Musik zu wecken versteht. Die bereits 1947 von ihm gegründete Compagnie Renaud-Barrault, die intensiv mit zeitgenössischen Autoren zusammenarbeitet, galt mit ihrem literarischen Programm lange als beste Schauspielbühne Frankreichs. Berühmt wurden B.s Shakespeare-Inszenierungen und seine Inszenierung von P. →Claudels »Der seidene Schuh« (1943).

Barrault wurde berühmt mit »Die Kinder des Olymp«.

□ 1931-35: Nach Schauspielausbildung bei Ch. →Dullin und E. →Decroux Mitgl. des Théâtre de l'Atelier in Paris. □ 1935: Regiedebüt mit der Pantomine »Als ich im Sterben lag« (nach W. →Faulkner); Gründung des Studio Grenier des Augustines; Zusammenarbeit mit A. →Breton, J. →Prévert und A. Artaud. □ 1937: Shakespeares »Hamlet« (Rg. und Hr.). □ 1940: Heirat mit der Schauspielerin Madeleine Renaud. □ 1940-46: Mitgl. der Comédie Française. □ 1947: Gründung der Schauspielergruppe Renaud-Barrault; »Der Prozeß« (nach F. →Kafka). □ 1959: Leitung des Théâtre de France (früher l'Odéon). □ 1963: Claudels »Columbus« in Essen. □ 1965-68: Leitung des Festivals »Theater der Nationen«. □ 1966: UA von M. →Duras' »Ganze Tage in den Bäumen«. □ 1974-79: Eigenes Theater am früheren Gare d'Orsay. □ 1978-80: Künstlerischer Leiter des Théâtre Français de Vienne in Wien. □ seit 1980: Leitung des Théâtre du Rond-Point. □ 1982: Rolle des Restif de la Bretonne im Film »Die Flucht nach Varenne« (Rg. E. →Scola).

▷ J.-L. Barrault: Mein Leben mit dem Theater, 1949, dt. 1967; ders.: Erinnerungen für morgen, 1972, dt. 1973.

Barre, Raymond

frz. Politiker
* 12.4.1924 St. Denis Réunion (Insel Réunion, Indischer Ozean)

Überraschend wurde der bis dahin politisch unbekannte Barre 1967 auf Vorschlag von Präsi-

dent de →Gaulle zum Vizepräsidenten der EG-Kommission ernannt. Dort machte B. sich durch seinen »Barre-Plan« (Errichtung einer großen Währungsreserve, interner Ausgleich von Handelsbilanzdefiziten) rasch einen Namen.
Wegen der schwierigen Wirtschaftslage Ende der 70er Jahre wurde der renommierte Wirtschaftswissenschaftler, der keiner Partei angehörte, 1976 von V. →Giscard d'Estaing zum Premierminister ernannt. Seinem Anti-Inflationsprogramm und den Versuchen der Bekämpfung der Arbeitslosigkeit blieb der Erfolg versagt. Die geringe Staatsverschuldung wurde ihm allerdings als sein Verdienst zugerechnet. 1981 wurde er nach dem Wahlsieg der Sozialisten (F. →Mitterrand) abgelöst. 1988 bewarb B. sich um die Präsidentschaftskandidatur der UDF (Gaullisten), scheiterte jedoch bereits im 1. Wahlgang.

□ 1951-54: Dozent an der Univ. Tunis. □ 1961-67; 1973-75: Prof. für Rechts- und Wirtschaftswissenschaften. □ 1967: Vizepräs. der EG-Kommission. □ 1973: Im Zentralrat der Banque de France. □ 1976: Außenhandelsmin. □ 1976-81: Premierminister, bis 1978 zugleich Wirtschafts- und Finanzmin. □ 1989: Gründung der Partei »Liberaler europ. und sozialer Konvent« (CLES).

▷ P. Pellissier: Un certain Raymond Barre, frz. 1977; H. Amouroux: Monsieur Barre, frz. 1986.

Barrès, Maurice

frz. Schriftsteller und Politiker
* 22.9.1862 Charmes-sur-Moselle, Lothringen
† 4.12.1923 Neuilly-sur-Seine bei Paris

Barrès hatte als brillanter Stilist nachhaltigen Einfluß auf Schriftsteller wie A. →Gide, H. → Montherlant und F. → Mauriac. Der Antisemit und Faschist verfaßte neben Romanen und politischen Aufsätzen auch Reise- und Kunstbücher. In seinem Frühwerk verherrlichte er den Egoismus des Individuums (Ich-Kult) als notwendige Eigenschaft, um sich von der gesichtslosen Masse Mensch abzuheben.
B.s späteres Schaffen ist Ausdruck seiner präfaschistischen Ideologie, der Kehrseite seiner vorherigen Einstellung. Das Individuum geht in einer Gemeinschaft auf, deren Bindeglieder Herkunft, Religion und Tradition sind.

□ 1888-91: »Der Kult des Ichs« (Romantrilogie). □ 1889-93: Als nationalistischer Abg. von Nancy in der Deputiertenkammer. □ 1894: »Vom Blute, von der Wollust und vom Tode« (Es.s, dt. 1907); in der Affäre um A. →Dreyfus starre antisemitische Haltung. □ 1897: »Die Entwurzelten« (R.). □ 1906: Aufnahme in die Académie française. □ 1921: »Der Genius des Rheins« (Es., dt. 1921).

▷ M. Devanture: La jeunesse de Maurice Barrès (1862-1888), 1975; C. St. Doty: From cultural revolution to counterrevolution. The politics of Maurice Barrès, 1976.

Barrios de Chamorro, Violeta

nicarag. Politikerin
* 18.10.1929 Rivas

Violeta Chamorro, Witwe des 1978 unter dem →Somoza-Regime ermordeten Oppositionsführers Pedro J. Chamorro, ist seit 1990 Staatspräsidentin Nicaraguas. Die Kandidatin des konser-

Violeta Chamorro →

Uwe Barschel →

← Maurice Barrès

vativen Oppositionsbündnisses UNO, die 1979 nach dem Sturz der Diktatur kurzzeitig der ersten Revolutionsjunta angehört hatte, löste überraschend die Sandinisten unter D. →Ortega ab. Nach dem Amtsantritt der populären Herausgeberin der Tageszeitung La Prensa erklärten sich die von den USA unterstützten Contras, die seit 1982 gegen die Regierung gekämpft hatten, mit ihrer Entwaffnung einverstanden. Im Juni 1990 machte das Ende des Bürgerkriegs den Weg zur Überwindung der schweren Wirtschaftskrise frei.

Barry, Marion S.

amer. Politiker
* 6.3.1936 Itta Bena, Miss.

Barry, der aus der Bürgerrechtsbewegung der 60er Jahre kam, zählte zu den bekanntesten farbigen Politikern in den USA. 1979-90 war er Bürgermeister von Washington. Erfolge bei der Haushaltssanierung und der Kriminalitätsbekämpfung wurden allerdings von Skandalen überschattet. Anfang 1990 wurde B. in einer spektakulären Aktion vom FBI wegen illegalen Drogenkonsums verhaftet und mußte daraufhin sein Amt abgeben.

Barschel, Uwe

dt. Politiker
* 13.5.1944 Glienicke bei Berlin
† 11.10.1987 Genf (Schweiz, Selbstmord)

Der CDU-Politiker Barschel war 1982-87 Ministerpräsident von Schleswig-Holstein. B. konnte sich zunächst als erfolgreicher Landespolitiker profilieren. Im Landtagswahlkampf 1987 versuchte er seinen sozialdemokratischen Herausforderer B. →Engholm aus Gründen der Machterhaltung mit fragwürdigen Mitteln zu diskreditieren. Auf dem Höhepunkt des Skandals schied B. unter nicht völlig geklärten Umständen aus dem Leben. In den Medien entstand — gestützt durch den Bericht des Untersuchungsausschusses — das Bild eines karrierebesessenen Politikers.

□ 1964-71: Studium der Rechtswissenschaften, Politologie, Volkswirtschaftslehre und Pädagogik. □ 1967-71: Landesvors. der Jungen Union. □ 1973: Leitung der CDU-Fraktion im Kieler Landtag. □ 1979: Finanzmin.; nach Landtagswahl Innenmin. □ 1982-87: Ministerpräsident.

▷ N. F. Pötzl: Der Fall Barschel, 1989.

Barth, Heinrich

schweiz. Philosoph
* 3.2.1890 Bern † 22.5.1965 Basel

Barth entwickelte eine kritische, christlich geprägte Existenzphilosophie. Beeinflußt von der dialektischen Theologie seines Bruders K. →Barth, begründete B. seine Lehre auf der prinzipiellen Unterscheidung zwischen philosophischem Wissen und existentiellem Glauben.

□ 1921: »Die Seele in der Philosophie Platons« (Schr.). □ ab 1928: Prof. an der Univ. Basel. □ 1929: »Das Problem der Autorität« (Schr.). □ 1947: »Philosophie der Erscheinung. Eine Problemgeschichte« (Schr., 2. Bd., 1959). □ 1957: Präs.

der schweiz. Philosophischen Gesellschaft. □ 1965: »Erkenntnis der Existenz« (Schr.). □ postum 1967: »Existenzphilosophie und neutestamentliche Hermeneutik« (Schr., Hg. G. Hauff).

Barth, Karl

schweiz. Theologe (ev.)
* 10.5.1886 Basel † 10.12.1968 ebd.

Barth ist der Begründer der Dialektischen Theologie. Er überwandt den liberalen Protestantismus des 19. Jh.s und brach die seit Schleiermacher (* 1768, † 1834) geschaffene Synthese von Christentum und Kultur, Kirche und Welt auf. Seine Wiederentdeckung der reformatorischen Botschaft im »Römerbrief« (1919) führte in den 30er Jahren zum Kirchenkampf und zum Widerstand gegen die kirchliche Anpassung an den Nationalsozialismus. Deshalb wird B. auch »Vater der Bekennenden Kirche« genannt.
In der Theologie B.s ist der »unendlich qualitative Unterschied« zwischen Gott und Welt durch Religion nicht aufhebbar. Nicht das religiöse Bewußtsein des Menschen erreiche Gott, sondern Gottes Wort erreiche den Menschen, und zwar exklusiv in der Offenbarung Gottes in Jesus Christus und im Glaubensvollzug. Unvollendet blieb sein Monumentalwerk »Kirchliche Dogmatik« (12 Bde., 1932-67).
B. setzte sich nach dem 2. Weltkrieg für eine humane Behandlung Deutschlands und gegen dessen Einbindung in die Front des Kalten Krieges ein; er kritisierte die Wiederbewaffnung der BRD ebenso wie die primitiven Formen des westlichen Antikommunismus. In den 60er Jahren setzte er sich in Gesprächen mit der römischen Kurie für die Ökumene ein.

← Karl Barth

□ 1911-21: Pfarrer in Safenwil, Aargau. □ 1922: Neubearbeitung des »Römerbriefs«. □ 1923-33: Mitbegründer und Mithg. der Zeitschrift Zwischen den Zeiten. □ 1925: »Das Wort Gottes und die Theologie« (Schr.). □ ab 1930: Prof. an der Univ. Bonn. □ 1934: Entwurf einer theologischen Erklärung, »Frankfurter Konkordie«, zur Vorbereitung der 1. Bekenntnissynode der Dt. Ev. Kirche. □ 1935: Amtsenthebung von der Univ. Bonn; »Evangelium und Gesetz« (Schr.). □ 1935-62: Prof. an der Univ. Basel. □ 1947: »Die protestantische Theologie im 19. Jh. Ihre Vorgeschichte und Geschichte« (Schr.). □ 1948: Teilnahme an der Weltkirchenkonferenz in Amsterdam. □ 1957: »Theologische Fragen und Antworten« (Schr.). □ 1966: Gespräche mit Papst →Paul VI. und Kardinal A. →Ottaviani.

▷ H. U. v. Balthasar: Karl Barth. Darstellung und Deutung seiner Theologie, 1951; K. Kupisch: Karl Barth in Selbstzeugnissen und Bilddokumenten, 1971.

Barthelme, Donald

amer. Schriftsteller
* 7.4.1931 Philadelphia

Parodie, Collage, Pop-art, Surrealismus, Existentialismus und die Auflösung von Handlungs- und Sprachzusammenhängen sind die Charakteristika der Werke Barthelmes. Seine Geschichten sind Grotesken, in denen die moderne Konsumgesellschaft in ihren Widersprüchen entlarvt wird. B.s avantgardistisches Spiel mit der Sprache spiegelt die sinnentleerte Gegenwartssprache wider, die sich im Medien- und Werbejargon erschöpft. Seine Sammlung von Kurztexten, »Komm wieder, Dr. Caligari«, ist ein Deutungsversuch unserer modernen Zivilisation, die B. in vielen Bereichen chaotisch, fremd und wenig liebenswert erscheint.

□ 1949-53: Journalismusstudium in Houston; Studienabbruch. □ 1956: Pressereferent der Univ. Houston. □ 1961: Dir. des Museums für Gegenwartskunst in Houston. □ 1962: Chefredakteur der Kulturzeitschrift Location. □ 1964: »Komm wieder, Dr. Caligari« (Anth., dt. 1965). □ 1967: »Schneewittchen« (R., dt. 1968). □ 1975: »Der tote Vater« (R., dt. 1977).

Roland Barthes →

Barthes, Roland

frz. Literaturwissenschaftler und Essayist
* 12.11.1915 Cherbourg † 26.3.1980 Paris

Barthes zählte zu den herausragenden Persönlichkeiten der Geistesgeschichte im Nachkriegsfrankreich. Eigenwillige Denkansätze — geprägt von Existentialismus, Psychoanalyse und Strukturalismus (besonders F. de →Saussures Theorie vom sprachlichen Zeichen) — lassen eine Klassifizierung seines Werks kaum zu; B.s Essays weisen ihn als Soziologen, Philosophen und Linguisten aus. Der Literaturwissenschaftler und -kritiker B. hielt jeden Text für unterschiedlich interpretierbar; der Philosoph im Zeitalter der Massenkommunikation untersuchte bestimmte Alltagsphänomene (etwa die Manipulation durch Texte) und versuchte, ihren Einfluß auf das menschliche Wirklichkeitsempfinden zu erklären.

□ 1939/40: Dozent für Literatur in Biarritz und Paris. □ 1941-46: Mehrere Sanatoriumsaufenthalte wegen Tuberkulose. □ 1948-50: Lehrtätigkeit in Bukarest und Alexandria. □ 1953: »Am Nullpunkt der Literatur« (Es., dt. 1959). □ 1957: »Mythen des Alltags« (Es., dt. 1964). □ 1960: Gründer eines Forschungszentrums für Massenkommunikation an der Pariser École Pratique des Hautes Études. □ 1963: »Über Racine« (Es.). □ 1967: »System der Mode« (Es.). □ 1973: »Das Vergnügen am Text« (Es., dt. 1974). □ 1976: Prof. für Literarische Semiologie am Collège de France. □ 1977: »Fragmente einer Sprache der Liebe« (Es., dt. 1984). □ 1980: »Die helle Kammer« (Es., dt. 1985).

▷ G. Röttger-Denker: Roland Barthes zur Einführung, 1989.

Otto Bartning →

Bartning, Otto

dt. Architekt
* 12.4.1883 Karlsruhe † 20.2.1959 Darmstadt

Bartning schuf in den 20er Jahren Voraussetzungen für die Erneuerung des (evangelischen) Kirchenbaus, die in Deutschland allerdings erst nach 1945 zur Geltung kamen. Vorbildlich wurde B.s Verwendung moderner Werkstoffe (Stahlkonstruktion der Kirche auf der Sonderschau »Pressa« in Köln, 1928) im Dienst zeitgemäßer Raumgestaltung. Betonrippen überspannen den runden Gemeinderaum der Auferstehungskirche in Essen (1930) und unterstützen die Orientierung auf das Zentrum mit Altar und Kanzel. 1946 entwarf B. den in knapp 50 Bauten ausgeführten Serientypus einer zeltförmigen »Notkirche« (u. a. Köln-Mülheim, Mainz).

□ 1904-04: Studium an der TH in Karlsruhe und Berlin. □ 1922: Entwurf einer »Sternkirche« für Essen. □ 1926-30: Leiter der Staatlichen Hochschule für Baukunst, Bildende Künste und Handwerk in Weimar. □ 1928-31: Beteiligung am Siedlungsprojekt Berlin-Siemensstadt. □ 1951-59: Präs. des Bundes Dt. Architekten. □ 1956/57: Vors. des Leitenden Ausschusses der Interbau in Berlin/West.

Bartók, Béla

ung. Komponist und Pianist
* 25.3.1881 Nagyszentmiklós
(heute Sînnicolau Mare, Rumänien)
† 26.9.1945 New York (USA)

Als führender Vertreter der klassischen Moderne entwickelte Bartók durch Erforschung des ungarischen (und später des rumänischen und slowakischen) Volksliedes neue kompositorische Gestaltungsmöglichkeiten. Er verarbeitete in seinen Werken die tonalen, rhythmischen und melodischen Eigenarten der Volksmusik und überwand dadurch das überlieferte Dur-Moll-System ohne Aufgabe der Tonalität (A. →Schönberg). Vor seinen musikethnologischen Forschungen (1905) war B.s Frühwerk der Tradition des 19. Jh.s verpflichtet (»Kossuth«, Sinf. Dichtung, 1903). 1908 entstand das erste von sechs Streichquartetten, die in der Geschichte der Gattung eine hervorragende Stellung einnehmen. Zu B.s reifsten Werken (1936-43) gehören die chromatisch spannungsreiche »Musik für Saiteninstrumente, Schlagzeug und Celesta«, die »Sonate für zwei Klaviere und Schlagzeug« und das »Konzert für Orchester«. Mit dem »Mikrokosmos« (153 Klavierstücke, 1926-37) konzipierte B. ein progressives pianistisches Lehrwerk. Seine Beschäftigung mit dem Volkslied mündete in der Publikationsreihe »Corpus musicae popularis Hungaricae« (Z. →Kodály).

← Béla Bartók

□ 1899: Studium an der Musikakademie Budapest. □ 1905: Teilnahme am Rubinstein-Wettbewerb in Paris mit »Rhapsodie« für Klavier und Orchester. □ 1907: Prof. für Klavier in Budapest. □ 1911: »Herzog Blaubarts Burg« (Oper, UA 1918 Budapest). □ 1917: Erster öffentlicher Erfolg mit dem Tanzspiel »Der holzgeschnitzte Prinz« (UA Budapest). □ 1918-24: Musikethnologische Schriften. 1934: Aufgabe der Klavier- Professur zugunsten intensiver Kompositionstätigkeit. □ 1940: Emigration in die USA.

▷ E. Helm: Béla Bartók in Selbstzeugnissen und Dokumenten, 1965; J. Demény: Ausgewählte Briefe, 2 Bde., 1973; T. Zielinski: Bartók. Leben und Werk, 1973.

Bartolini, Luigi

ital. Schriftsteller
* 8.2.1892 Cupramontana, Prov. Ancona
† 16.5.1963 Rom

Bartolini wurde durch die Verfilmung seines Romans »Fahrraddiebe« (1946, dt. 1952) einem breiten Publikum bekannt. V. De →Sica setzte die äußerst realistische Darstellung der gesetzlosen Zustände in Rom gegen Ende des 2. Weltkriegs bereits 1948 für das Kino um. Es ist die Geschichte des Arbeitslosen Antonio Ricci, der, ohne Fahrrad seiner Existenzgrundlage beraubt, selbst zum Dieb wird.
B., der in polemischen Schriften die zeitgenössische Kunst und Literatur angriff, machte sich auch als Maler und Kupferstecher einen Namen.

Wladyslaw Bartoszewski →

Michail Baryschnikow →

Barton, Sir (seit 1972) Derek Harold Richard

engl. Chemiker
* 8.9.1918 Gravesend, Kent

Barton erforschte die Zusammenhänge zwischen den »Konformationen« genannten Strukturen und Bewegungen komplexer Moleküle und ihren chemischen Reaktionen. Organische Moleküle bestehen aus ringförmig verzweigten oder verschraubten Ketten von Atomen, deren dreidimensionale Formen von Spannung, Dichte, Anziehung und Abstoßung bestimmt sind. Da die Konformation ausschlaggebend für das chemische Reaktionsvermögen ist, hat B. sog. Verhaltensmuster größerer Moleküle mit komplizierten Ringsystemen analysiert und die stereochemischen Erkenntnisse zur Strukturaufklärung von Naturstoffen angewandt.

□ 1949-53: Prof. am Birkbeck College, London. □ 1953-57: Prof. an der Univ. Glasgow. □ 1954: »The principles of conformational analysis« (Schr.). □ 1957-78: Prof. am Imperial College of Science and Technology, London. □ 1969: Chemie-Nobelpreis (mit O. →Hassel). □ 1978-85: Dir. des Inst. de Chimie in Gif-sur-Yvette bei Paris. □ seit 1985: Prof. an der Texas A and M Univ.

Bartoszewski, Wladyslaw

poln. Historiker
* 19.2.1922 Warschau

Mit großem publizistischem Engagement setzt sich Bartoszewski für die Vermittlung zwischen Juden und Christen sowie für eine Aussöhnung unter Polen und Deutschen ein. Die wissenschaftliche Arbeit des Zeithistorikers, der sich im 2. Weltkrieg am katholischen Widerstand und an Hilfsaktionen für die verfolgten Juden beteiligte und der nach dem Krieg in die Fänge des kommunistischen Staatsapparats geriet, ist der polnischen Geschichte während der deutschen Besatzung gewidmet.

□ 1940/41: Haft im KZ Auschwitz. □ 1944: Teilnahme am Warschauer Aufstand. □ 1946-54: Als Oppositioneller wegen angeblicher Spionage inhaftiert; 1955 rehabilitiert. □ 1967: »Der Todesring um Warschau 1939-1944« (Schr., dt. 1969). □ 1972-82: Generalsekretär des poln. PEN-Zentrums. □ 1980/81: »Der polnische Untergrundstaat 1939-1945« (Schr.). □ 1981: Als Mitglied der Gewerkschaft »Solidarität« inhaftiert. □ 1983: »Das Warschauer Ghetto - wie es wirklich war. Zeugenbericht eines Christen« (Schr., dt. 1983). □ 1986: Friedenspreis des Dt. Buchhandels.

▷ W. Bartoszewski: Erfahrungen meines Lebens. Es lohnt sich, anständig zu sein (Aut.), 1989.

Baryschnikow, Michail Nikolajewitsch

sowjet. Tänzer und Ballettdirektor
* 27.1.1948 Riga

Baryschnikow, einer der unbestrittenen Stars der internationalen Ballettszene der Gegenwart, ist ein außerordentlich vielseitiger Tänzer, der klassische Techniken ebenso beherrscht wie moderne. Mit eigenwilligen Schrittfolgen, Sprüngen und Drehungen von verblüffender Brillanz begeistert er Publikum und Kritik und hat seinen Erfolg durch Film- und Fernseharbeiten ausgebaut. Seit seinem Wechsel in den Westen 1974 schufen u. a. J. →Neumeier, F. →Ashton und G. →Balanchine Choreographien für B., der mit der Übernahme der Leitung des American Ballet Theatre New York 1980 einen weiteren Höhepunkt seiner Karriere erreichte.

□ 1966: Mitgl. des Kirow-Ensembles in Leningrad. □ 1974: Trennung von der Truppe während einer Kanadatournee; Mitgl. des American Ballet Theatre New York. □ 1976: Solopartie in »Hamlet Connotations« (Choreographie J. Neumeier). □ 1977: Choreographie-Debüt mit Tschaikowskis »Nußknacker«. □ 1980: Solotänzer und Künstlerischer Dir. des American Ballet Theatre; TV-Produktion »Balanchine on Broadway«. □ 1986: Ballettfilm »Giselle« (Rg. H. Ross).

Barzel, Rainer

dt. Politiker
* 20.6.1924 Braunsberg, Ostpreußen

Der CDU-Politiker Barzel war 1969-73 Oppositionsführer im Deutschen Bundestag und 1972 Kanzlerkandidat seiner Partei. Als Fraktionsvorsitzender bemühte er sich um die Zustimmung der Unionsparteien zu den Ostverträgen, erreichte jedoch nur die Stimmenthaltung seiner Fraktion. Nach dem gescheiterten Mißtrauensvotum gegen W. →Brandt und der verlorenen Bundestagswahl von 1972 schied er aus seinen Ämtern. 1983 wurde er Bundestagspräsident, mußte aber im Zusammenhang mit der Flick-Affäre (F. K. →Flick) zurücktreten. Er schrieb zahlreiche Bücher, darunter die politisch-autobiografischen Erinnerungen »Auf dem Drahtseil« (1978).

← Rainer Barzel

□ 1945-49: Studium der Rechtswissenschaften und der Volkswirtschaft in Köln. □ ab 1949: Politischer Aufstieg in NRW unter K. →Arnold. □ 1957-87: MdB. □ 1962/63: Min. für gesamtdeutsche Fragen im 5. Kabinett K. →Adenauer. □ 1964-73: Vors. der CDU/CSU-Fraktion im Bundestag; ab 1969 auch Oppositionsführer. □ 1971-73: Parteivors. □ 1982/83: Min. für innerdeutsche Beziehungen, danach bis 1984 Bundestagspräsident. □ 1987: »Geschichten aus der Politik: Persönliches aus meinem Archiv« (Schr.).

Baselitz, Georg

(eig. Hans-Georg Kern)
dt. Maler, Grafiker und Bildhauer
* 23.1.1938 Deutschbaselitz, Sachsen

Baselitz, 1980 mit A. →Kiefer Repräsentant der westdeutschen Kunstszene auf der Biennale in Venedig, ist ein Hauptvertreter des Neoexpressionismus (R. →Fetting, M. →Lüpertz): Bekenntnishaft sind die Gemälde »Nachtessen in Dresden« und »Der Brückechor« (beide 1983) mit den Porträts der Mitglieder der Künstlergruppe Die Brücke (E. L. →Kirchner). Die Figuren, die kopfüber gemalt sind, zeigen die Form der Verfremdung gegenständlicher Darstellung, die B. seit 1969 anwendet (»Der Wald auf dem Kopf«, 1969, Köln, Museum Ludwig). Vorangegangen waren Bilder mit provokanten sexuellen Themen (onanierende Figur »Die große Nacht im Eimer«, 1962/63, beschlagnahmt, heute Köln, Museum Ludwig), die Figuren des »Neuen Typs« (»Die große Freude«, 1965, Wien, Museum moderner Kunst) und Kompositionen aus fragmentierten figürlichen und landschaftlichen Motiven. Das »Modell für eine Skulptur« (1979/80, Köln, Museum Ludwig) steht am Beginn einer Reihe bemalter Holzplastiken, Neudeutungen der primitivistischen Figurauffassung des deutschen Expressionismus.

□ 1956: Studium an der Ostberliner Kunstakademie; Freundschaft mit A. R. →Penck. □ 1957-62: Kunststudium in Berlin/West; erstes und zweites »Pandämonium«-Manifest. □ 1976: Retrospektive in Bern, München und Köln. □ 1977-83: Prof. an der Kunstakademie Karlsruhe. □ um 1980: Erste Holzskulpturen. □ 1983-88: Prof. an der Kunstakademie Berlin/West.

▷ A. Franzke: Georg Baselitz, 1988; H. P. Schwerfel (Hg.): Georg Baselitz, 1989.

Basie, William »Count«

amer. Pianist und Bandleader
* 21.8.1904 Red Bank, N. Y.
† 26.4.1984 Hollywood., Flor.

Basie war das Symbol der Swingmusik. Er setzte Akzente durch seine ökonomische Spielweise, erzeugte Spannung mit wirkungsvoll eingestreuten Pausen und zeigte, daß ein großes Orchester ebenso entspannt swingen konnte wie eine kleinere Formation. Über 50 Jahre gelang es ihm, nur die besten Solisten zu beschäftigen, die gemeinsam mit dem Herzstück seiner jeweiligen Bands, der All American Rhythm Section, einen für Big Bands bis dahin nicht gehörten, ebenso dynamischen wie lässig-entspannten Stil entwickelten. B.s größte Hits waren u. a. »One o'clock jump« (1939) und »April in Paris« (1956).

Georg Baselitz, der deutsche Bildhauer, Maler und Grafiker, Vertreter des Neoexpressionismus, in seinem Atelier in Derneburg 1990.

Count Basie, bedeutender Repräsentant der Swingmusik.

Als erste farbige Formation spielte seine Band 1957 im New Yorker Waldorf Astoria.

□ 1928: Nach Wanderjahren als Vaudeville-Begleiter Engagement bei den Blue Devils. □ 1929: Pianist, später Leiter der Big Band Bennie Motens. □ ab 1935: Leitung eigener Bands, zunächst in Kansas City, ab 1936 in New York; erste Plattenaufnahmen. □ 1940: Berühmte Session mit H. →James, Ch. Barnett, C. →Hawkins, B. →Goodman und G. Krupa im Apollo Theatre in New York. □ 1942: Filmdebüt neben F. →Sinatra in »Reveille with Beverly«. □ 1944: Über 3 Mio. verkaufte LPs. □ 1954: Erste Europa-Tournee. □ 1957: England-Tournee. □ 1971: »On the sunny side of the street« (LP) mit E. →Fitzgerald. □ 1979: Diamantenes Jubiläum als Bandleader.

Bassani, Giorgio

ital. Schriftsteller
* 4.3.1916 Bologna

Bassani, Sohn eines jüdischen Arztes, hatte mit seinen »Ferrareser Geschichten« (1960, dt. 1964) weltweiten literarischen Erfolg. Die Sammlung von Erzählungen behandelt wie die meisten Romane B.s (u. a. »Die Gärten der Finzi-Contini«, 1962, dt. 1963) die gesellschaftliche Isolation, Ohnmacht und Verfolgung der Juden im faschistischen Italien. Da B. fast immer Ferrara, den Herkunftsort seiner Familie, als Schauplatz wählte, bietet sein Gesamtwerk ein detailliertes Geschichtsbild der Provinzhauptstadt.

□ 1943: Verhaftung wegen Zugehörigkeit zur Widerstandsbewegung. □ 1945: Gegen Kriegsende Übersiedlung nach Rom. □ ab 1948: Hg. der Zeitschrift Botteghe oscure (bis 1960). □ 1957: Prof. der Schauspielakademie Rom; Mitarbeiter verschiedener Verlage. □ 1964: »Hinter der Tür« (R., dt. 1967). □ 1968: »Der Reiher« (R., dt. 1970).

Bassermann, Albert

dt. Schauspieler
* 7.8.1867 Mannheim † 15.5.1952 Zürich (Schweiz)

Bassermann war ein Charakterdarsteller mit unerschöpflichem Ausdrucksreichtum. In seiner am Naturalismus geschulten Darstellungskunst dominierte das psychologische Spiel; so lagen ihm besonders die Bühnenfiguren des naturalistischen Dramas. Erfolge hatte B. vor allem in →Ibsen-Stücken, u. a. als Stockmann im »Volksfeind«, als Hjalmar Ekdal in »Wildente« und als Rubin in »Wenn wir Toten erwachen«. Erst unter der Regie von M. →Reinhardt begann B. auch Rollen des klassischen Dramas zu spielen: Philipp II. in Schillers »Don Carlos«, Mephisto in Goethes »Faust«, Nathan in Lessings »Nathan der Weise« und Shylock in Shakespeares »Kaufmann von Venedig«.

□ 1890-94: Engagements am Mannheimer Hoftheater Meiningen. □ 1895-1900: Engagement am Berliner Theater. □ 1900-04: Engagement am Dt. Theater von O. Brahm. □ 1904-09: Mit O. Brahm zum Berliner Lessingtheater. □ 1909-15: Wechsel zu M. Reinhardt ans Dt. Theater. □ 1915-34: Gastspielreisen. □ 1934-45: Emigration in die USA wegen seiner jüdischen Frau. □ 1951: Letzte Rolle als Attinghausen in Schillers »Wilhelm Tell«.

Shirley Bassey →

← Giorgio Bassani

← Albert Bassermann

Bassey, Shirley

engl. Sängerin
* 8.1.1937 Cardiff

Zum internationalen Star wurde Bassey 1964 durch den weltweiten Millionenhit »Goldfinger«, die Titelmelodie des dritten, gleichnamigen James-Bond-Films(S. →Connery). 1955 im Londoner Astor Club entdeckt, erhielt sie danach zahlreiche Musical- und Revue-Engagements in den renommierten Theatern des Londoner Westend. Ihr stilistisch stark vom Jazz geprägter Gesang bei Hits wie »What now my love« (1962) oder »I (who have nothing)« (1963) machte sie auch in den USA populär.

□ 1953: Erste Auftritte in Cardiff. □ 1957: Erster Hit »Banana boat song«. □ 1959: Erster englischer Nr.-1-Hit »As I love you«. □ 1963: »Bassey Spectacular« (LP). □ 1975: »The Shirley Bassey Singles Album« (LP). □ 1984: »I am what I am« (LP).

Bassow, Nikolai Gennadijewitsch

sowjet. Physiker
* 14.12.1922 Usman bei Woronesch

Bassow, bereits mit 40 Jahren Direktor des renommierten Lebedew-Instituts, trug mit theoretischen Arbeiten über Festkörperphysik und Experimenten in der Quantenelektronik zur Entwicklung des Molekularverstärkers (Maser) bei. Für den ersten mit Mikrowellen arbeitenden Maser (1954) erhielt B. den Physik-Nobelpreis 1964 (mit A. M. →Prochorow und Ch. H. →Townes). Auch an der späteren Entwicklung des Laser (Lichtverstärker) durch Anwendung des Maser-Prinzips hatte B. Anteil.

□ 1948: Eintritt in das Lebedew-Inst. der Sowjet. Akademie der Wissenschaften (1962 Dir. ebd.). □ seit 1967: Hg. der Zeitschrift Priroda. □ seit 1982: Mitgl. des Präsidiums des Obersten Sowjet.

Basten, Marco van

niederl. Fußballspieler
* 31.10.1964 L'Aja

Der außergewöhnlich torgefährliche Stürmer gehörte mit R. →Gullit zu den herausragenden

Spielern der niederländischen Europameisterschaftself von 1988. B. war 1984-87 viermal Torschützenkönig der holländischen Liga und wechselte 1987 von Ajax Amsterdam zum AC Mailand.

☐ 1982: Landesmeister mit Ajax Amsterdam (erneut 1983 und 1985). ☐ 1983: Pokalsieger mit Ajax Amsterdam (erneut 1986 und 1987). ☐ 1987: Gewinn des Europapokals der Pokalsieger mit Ajax Amsterdam. ☐ 1988: Landesmeister mit AC Mailand; Europas Fußballer des Jahres (erneut 1989). ☐ 1989: Gewinn des Europapokals der Landesmeister mit AC Mailand (erneut 1990).

Bastian, Adolf

dt. Arzt und Völkerkundler
* 26.6.1826 Bremen
† 2.2.1905 Port of Spain (Trinidad)

Bastians Werk steht am Beginn der ethnologischen Forschung in Deutschland. Er grenzte die Ethnologie als selbständige Disziplin klar von der Anthropologie ab. Der Zeitgenosse Darwins entwickelte seine Vorstellungen von der menschlichen Kulturentwicklung vor dem Hintergrund des naturwissenschaftlich orientierten Fortschrittsglaubens des 19. Jh.s. Gemäß dem Evolutionsgedanken legte B. eine gesetzmäßig stufenförmige Entwicklung von einer primitiven Urkultur bis zur hochspezialisierten Industriegesellschaft zugrunde. B. spricht von der psychischen Gleichheit aller Menschen, die sich jedoch in unterschiedlichen kulturellen Entwicklungsstadien befinden.

☐ 1850-1905: Reisen als Schiffsarzt und Forscher. ☐ 1860: »Der Mensch in der Geschichte« (Schr.). ☐ 1869: Erster Dozent für Völkerkunde in Berlin; Begründer der Zeitschrift für Ethnologie (mit R. Hartmann). ☐ 1878: »Die Culturländer des Alten America« (Abh.). ☐ 1886: Leiter des Kgl. Museums für Völkerkunde in Berlin. ☐ 1894: »Zur Mythologie und Psychologie der Nigritier in Guinea« (Schr.).

Bataille, Georges

frz. Schriftsteller und Soziologe
* 10.9.1897 Billom, Auvergne † 9.7.1962 Paris

Bataille baute, von dem Ethnologen M. →Mauss und dem Philosophen F. →Nietzsche beeinflußt, in seinen Schriften auf einer Gesellschaftstheorie auf, nach der der handelnde Mensch durch die dialektische Einheit von Tabu und Übertretung bestimmt wird. Der Versuch, den Menschen in seiner Totalität zu erfassen, führt dazu, daß B. seine Romanfiguren in Extremen leben läßt. Die Darstellung erotischer, bisweilen blasphemischer Grenzsituationen brachte B. den Vorwurf der Pornographie ein. Der Herausgeber verschiedener Literaturzeitschriften war auch als Verfasser politischer, soziologischer und kunsthistorischer Essays anerkannt.

☐ 1922-42: Bibliothekar in der Nationalbibliothek in Paris. ☐ 1928: »Die Geschichte des Auges« (Erz.). ☐ 1931-34: Mitgl. des Cercle Communiste Démocratique. ☐ 1935: Initiator der antifaschistischen Widerstandsgruppe Contre-Attaque. ☐ 1944: »Über Nietzsche« (Es.). ☐ 1946: Gründer der literarischen Zeitschrift Critique. ☐ 1949: »Der verfemte Teil« (Es., dt. 1975). ☐ 1950: »Abbé C.« (R., dt. 1966). ☐ 1955: »Lascaux oder die Geburt der Kunst« (Es., dt. 1955); »Manet« (Es., dt. 1955). ☐ 1957: »Das Blau des Himmels« (R., dt. 1967); »Die Tränen des Eros« (Es.s, dt. 1963).

▷ E. Bange: An den Grenzen der Sprache, 1982; R. Bischof: Souveränität und Subversion, 1984; B. Mattheus: Georges Bataille, 1984.

← Marco van Basten

← Adolf Bastian

← Georges Bataille

Mattia Battistini →

Bateson, Gregory

amer. Anthropologe und Psychologe engl. Herkunft
* 9.5.1904 Cambridge † 11.6.1980 San Francisco

Bateson war im Rahmen seiner Schizophrenieforschung an der Entwicklung der für die Familientherapie bedeutsam gewordenen sog. Double-bind-Theorie beteiligt. Das mit dem Begriff »Beziehungsfalle« bezeichnete Konzept besagt, daß sich beim Kind seelische Orientierungslosigkeit einstellen kann, wenn es auf verschiedenen Kommunikationsebenen mit widersprüchlichen Verhaltensanforderungen konfrontiert wird: Das Kind erfährt z. B. gleichzeitig verbal geäußerte Zuneigung und abweisende Blicke seitens eines Elternteils. Als Völkerkundler leitete B. Forschungsprojekte u. a. auf Neuguinea und Bali. Durch seine kulturvergleichenden Arbeiten beeinflußte er die moderne Ökologie-Bewegung.

☐ 1935-50: Ehe und Zusammenarbeit mit M. →Mead. ☐ ab 1940: Amer. Staatsbürger und Prof. an der Univ. of California, Santa Cruz. ☐ 1969: »Schizophrenie und Familie« (Schr.). ☐ 1972: »Ökologie des Geistes« (Schr., dt. 1980). ☐ 1979: »Geist und Natur« (Schr.).

▷ H. G. Holl: Das lockere und das strenge Denken. Essays über G. Bateson, 1985.

Batista y Zaldívar, Fulgencio

kuban. Politiker
* 16.1.1901 Banes, Prov. Oriente (heute Holguín)
† 6.8.1973 Guadalmina bei Marbella (Spanien)

Batista, schon ab 1933 als Generalstabschef mächtigster Mann Kubas, wurde 1940 erstmals Präsident der Zuckerinsel. 1944 abgewählt, übernahm er nach achtjährigem Aufenthalt in den USA durch einen Militärputsch 1952 erneut das höchste Staatsamt. Sein von den Vereinigten Staaten unterstütztes, durch polizeistaatliche Methoden gekennzeichnetes Regime wurde 1959 von F. →Castro gestürzt. Der Diktator floh und lebte ab 1961 in Portugal.

Battistini, Mattia

ital. Sänger
* 27.2.1856 Rom † 7.11.1928 Contigliano bei Rieti

Der Bariton Battistini war eine der bedeutendsten Sängerpersönlichkeiten seiner Epoche. Er stand fast 50 Jahre lang auf der Bühne und beherrschte über 80 große Partien (hauptsächlich aus der italienischen Opernliteratur, aber auch Wagner-Rollen). Seine Stimme ist auf zahlreichen Schallplattenaufnahmen dokumentiert (die ältesten stammen aus dem Jahr 1903).

☐ 1878: Debüt als Alfonso in Donizettis »La Favorita«. ☐ 1888: Debüt an der Mailänder Scala. ☐ 1888-1914: Jährliche Engagements in Rußland; Gastspiele in Europa und Südamerika. □ 1894-1912: Alljährliches Konzert in Warschau. □ 1927: Letztes Konzert in Graz.

▷ N. Slowinsky: Mattia Battistini, 1960; J. Steane: Kommentar zur Dokumentation sämtlicher Battistini-Aufnahmen, 1986.

Baudissin, Wolf Graf

← Wolf Graf Baudissin

dt. Militär
* 8.5.1907 Trier

Baudissin trat in den 50er Jahren mit Überlegungen zum Rollenverständnis des Soldaten in der demokratischen Gesellschaft hervor und entwickelte das Konzept des »Staatsbürgers in Uniform«. Nach seinem Ausscheiden aus dem Militärdienst übernahm B. einen Lehrauftrag an der Hamburger Universität. 1971-84 war er dort Direktor des Instituts für Friedensforschung und Sicherheitspolitik. Nachfolger wurde der Sicherheitsexperte der SPD, E. →Bahr.

□ 1926: Eintritt in das Infanterieregiment 9 in Potsdam. □ 1927-30: Unterbrechung des Militärdienstes durch Landwirtschaftslehre und -studium an der TH München. □ 1943-47: Kriegsgefangenschaft in Afrika (Major im Stab des Feldmarschalls E. →Rommel). □ 1951: Eintritt in die Dienststelle →Blank und Leitung des Referats »Innere Führung«. □ 1956: Übernahme in die Bundeswehr im Rang eines Oberst. □ 1961-67: Führungsaufgaben bei der NATO, ab 1965 als Generalleutnant. □ 1967: Versetzung in den Ruhestand.

Baudouin I.

← Baudouin I.

(fläm. Baldewijn I.)
König der Belgier
* 7.9.1930 Schloß Laeken bei Brüssel

Nach dem erzwungenen Thronverzicht seines Vaters, König Leopold III. aus dem Hause Sachsen-Coburg-Gotha, dem man vorwarf, sich nicht deutlich genug von der deutschen Besatzungsmacht distanziert zu haben, wurde Baudouin 1950 zum Regenten ernannt. Ein Jahr später wurde er vom Parlament zum König der Belgier erhoben. Der Monarch nimmt heute politisch nur noch repräsentative Aufgaben wahr, versucht aber, bei innenpolitischen Krisen überparteilich zwischen den gesellschaftlichen und politischen Gruppierungen zu vermitteln. Seit 1960 ist der König mit der Spanierin Doña →Fabiola de Mora y Aragón verheiratet.

Baudrillard, Jean

← Jean Baudrillard

frz. Soziologe
* 1929 Reims

Baudrillard ist ein Vertreter der »Postmoderne« (A. →Etzioni). Ihr Herzstück ist der Pluralismus, d. h. die Komplexität und Vielgestaltigkeit des modernen sozialen Lebens. Nach B. sind soziologische Theorien unmöglich geworden, da sie in der Illusion entstanden, daß der Mensch den Lauf der Dinge bestimme. Die Ereignisse haben uns jedoch durch die Verselbständigung der vom Menschen geschaffenen Produkte überholt. Die Produkte manipulieren uns durch die verführende Sprache der Werbung. Mit den Versprechungen von Status und Prestige haben sie uns entmündigt und konsumsüchtig gemacht. Die Dinge, deren Objekte wir geworden sind, kennen nur ein Gesetz: Die Gleichgültigkeit unserer Agonie gegenüber.

□ 1968: Prof. für Soziologie, Univ. Paris-Nanterre. □ 1970: »La Société de consommation: ses mythes, ses structures« (Schr.). □ 1976: »Der symbolische Tausch und der Tod« (Schr., dt. 1982). □ 1983: »Die falschen Strategien« (Schr., dt. 1985). □ 1985: »Die göttliche Linke« (Abh., dt. 1986). □ 1985: »Amerika« (Abh., dt. 1987).

Bauer, Gustav

Gustav Bauer →

dt. Politiker
* 6.1.1870 Darkehmen, Ostpreußen
† 16.9.1944 Berlin

Nach dem Rücktritt von P. →Scheidemann unterzeichnete der Sozialdemokrat Bauer als Reichskanzler, wenn auch unter Protest, den Versailler Vertrag. Während des →Kapp-Putsches trat er zurück, blieb aber als Reichsschatzminister in den beiden nachfolgenden Regierungen. Nach Korruptionsvorwürfen mußte B. sich nach 1925 aus der Politik zurückziehen (später rehabilitiert).

□ 1895: Mitbegründer des Verbands der Büroangestellten (Vors. bis 1908). □ 1902: Mitgl. im Zentralsekretariat der Freien Gewerkschaften. □ 1908-18: 2. Vors. der Generalkommission der Gewerkschaften. □ 1912-18; 1920-28: MdR (SPD). □ Okt. 1918: Staatssekr. des Reichsarbeitsamtes (Min.). □ 1919: Reichsarbeitsmin. □ 1919/20: Reichskanzler (bis 14.8.1919 offizielle Bezeichnung: Präs. des Reichsministeriums). □ 1920; 1921/22: Reichsschatzmin.

Bauer, Otto

österr. Politiker
* 5.9.1881 Wien † 4.7.1938 Paris (Frankreich)

Bauer war ein bedeutender Theoretiker des »Austromarxismus«, einer politischen Richtung, die sich vom Bolschewismus leninscher Prägung absetzte. Er entwickelte die Idee von der national-kulturellen Autonomie der einzelnen sozialistischen Bewegungen.
Seit dem Ende des 1. Weltkriegs war B. einer der Wortführer der österreichischen Sozialdemokratie und ab 1920 maßgeblich an der Gestaltung der Oppositionspolitik der SPÖ beteiligt. Zur Lösung des Nationalitätenproblems innerhalb der österreichisch-ungarischen Monarchie war er schon 1913 für einen Anschluß an Deutschland eingetreten; als Staatssekretär im Außenministerium unterzeichnete B. im Mai 1919 ein geheimes Anschlußprotokoll mit dem deutschen Außenminister →Brockdorff-Rantzau. 1934 floh B. in die Tschechoslowakei.

□ 1907: Redakteur für die Zeitung Der Kampf und die Arbeiterzeitung in Wien. □ 1914: Reserve-Offizier. □ 1917: In russ. Kriegsgefangenschaft. □ 1918/19: Staatssekr. im Außenamt. □ 1919/20: Mitgl. der konstituierenden Nationalversammlung. □ 1920: »Bolschewismus und Sozialdemokratie« (Schr.). □ 1920-34: Abg. im Nationalrat für die SPÖ. □ 1934: Gründer und Leiter des Auslandsbüros der österr. Sozialisten; zunächst in Brünn, 1938 in Paris.

▷ D. Albers u. a. (Hg.): Otto Bauer. Theorie und Politik, 1985; E. Fröschl/H. Zoitl: Otto Bauer (1881-1938). Theorie und Praxis, 1985.

Bauersfeld, Walther
dt. Ingenieur und technischer Physiker
* 23.1.1879 Berlin
† 28.10.1959 Heidenheim an der Brenz

Als Konstruktions- und Geschäftsleiter der Firma Carl Zeiss, Jena, konstruierte Bauersfeld ab 1919 ein Projektionsplanetarium, das Bewegungen der Sterne und Planeten auf einem kuppelförmigen Projektionsschirm naturgetreu darstellt. Mit F. Dischinger (* 1887, † 1953) entwickelte B. die Stahlbeton-Schalenbauweise, die wegen ihres dünnwandigen Tragwerks mit gekrümmter Oberfläche und der vergleichsweise hohen Stabilität sehr wenig Fundamentmaterial benötigt. 1927-49 war B. als Professor in Jena und Stuttgart tätig.

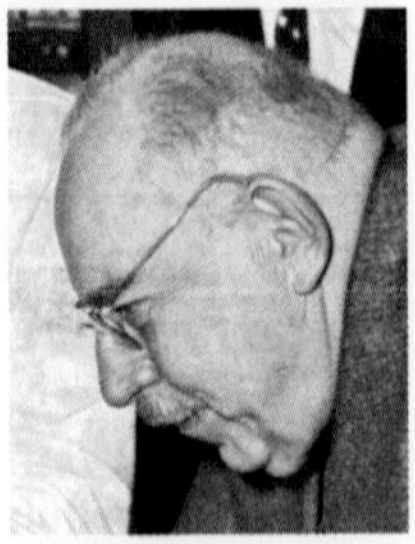
← Walther Bauersfeld

Baum, Gerhart
dt. Politiker
* 28.10.1932 Dresden

Der FDP-Politiker Baum, der seit 1972 dem Bundestag angehört, war 1978-82 Bundesinnenminister der sozial-liberalen Koalition unter H. →Schmidt. Er vertrat liberale Positionen im Bereich des Persönlichkeits- und Datenschutzes und stellte die Notwendigkeit der Kernenergie in Frage. Als Gegner des Koalitionswechsels erhielt B. 1982 kein Regierungsamt. Gegen die Meinung seines Nachfolgers F. →Zimmermann (CSU) forderte B., dem Umweltschutz Verfassungsrang zu geben.

← Gerhart Baum

Baum, Vicky
amer. Schriftstellerin österr. Herkunft
* 24.1.1888 Wien † 29.8.1960 Hollywood

Baum verfaßte auf der Grundlage detaillierter Milieustudien spannende Unterhaltungsromane und -novellen. Ihre in alle Weltsprachen übersetzten Bücher gehören zu den meistaufgelegten und -verfilmten Werken des 20. Jh.s. Einer ihrer erfolgreichsten Romane, »Menschen im Hotel« (1929; verfilmt 1931, 1959), schildert die Schicksale einiger sich zufällig im Grand Hotel in Berlin begegnender Menschen und beschreibt treffsicher die Atmosphäre der Stadt in den 20er Jahren.

□ 1916: Harfenistin in Darmstadt. □ 1919: »Frühe Schatten« (R.). □ 1922: »Welt ohne Sünde« (R.). □ 1926: Zeitschriftenredakteurin im Ullstein-Verlag, Berlin. □ 1931: Übersiedlung in die USA anläßlich der Verfilmung von »Menschen im Hotel« (R., 1929). □ 1939: »Hotel Shanghai« (R.). □ 1940: »Die große Pause« (R.). □ 1952: »Vor Rehen wird gewarnt« (R.). □ 1958: »Die goldenen Schuhe« (R.).

▷ V. Baum: Es war alles ganz anders. Erinnerungen, 1987.

← Vicky Baum

Baumeister, Willi
dt. Maler
* 22.1.1889 Stuttgart † 31.8.1955 ebd.

Baumeister schuf als einer der ersten deutschen Maler abstrakte Bilder und entwickelte bereits in den 20er Jahren einen geometrisch-abstrakten Stil, mit dem er Prinzipien des Konstruktivismus in Formen technoider Kompositionen aufnahm. Ab etwa 1930 wandte sich B. freieren Abstraktionen mit hieroglyphenähnlichen Zeichen auf hellem Grund zu (z. B. Serie der »Ideogramme«); ab 1938 folgte die Serie der »Eidos-Bilder«, die sich auf die Fähigkeit zu bildhaftem Erinnern beziehen (z. B. »Eidos V«, 1939, München, Staatsgalerie moderner Kunst).
Sein Spätwerk mit den »Montaru«- und »Aru«-Serien zeigt Motive, die teilweise wie Schnitte durch Felsformationen wirken. Das häufig dominante Schwarz wird durch kleine Randflächen in den Primärfarben akzentuiert (z. B. »Aru I«, Privatsammlung). Daneben stehen lockere Kompositionen, die häufig wie Vorläufer des französischen Tachismus und des Abstrakten Expressionismus wirken. B. hatte als Lehrer großen Einfluß auf jüngere Künstler.

Portrait Willi Baumeisters von Franz Lazi junior.

□ ab 1908: Studium an der Stuttgarter Kunstakademie (u. a. bei A. →Hoelzel). □ 1914: Reise nach Holland und Frankreich mit O. →Schlemmer. □ 1914-19: Kriegsdienst. □ 1919: Rückkehr nach Stuttgart. □ 1928-33: Lehrer für Gebrauchsgrafik und Typografie an der Städelschule in Frankfurt/Main (Entlassung durch die Nationalsozialisten). □ 1930: Mitgl. der Gruppe Cercle et Carré. □ 1932: Mitgl. der Gruppe Abstraction-Création. □ 1941: Ausstellungsverbot. □ ab 1946: Prof. an der Stuttgarter Kunstakademie. □ 1947: »Das Unbekannte in der Kunst« (Schr.). □ ab 1951: Teilnahme an der Biennale in São Paulo und in Venedig.

▷ W. Grohmann: Willi Baumeister, NA 1963.

Bäumer, Gertrud
dt. Frauenrechtlerin und Schriftstellerin
* 12.9.1873 Hohenlimburg, Westf.
† 25.3.1954 Gadderbaum bei Bielefeld

Bäumer, Gründungsmitglied der Deutschen Demokratischen Partei (DDP), setzte sich als engagierte Sozialpolitikerin für die Verwirklichung der Gleichberechtigung der Frauen ein. Mit

H. →Lange führte B. die Frauenbewegung in Deutschland an und gab ab 1901 das »Handbuch der Frauenbewegung« (5 Bde.) heraus. Bis zu ihrer Amtsenthebung durch die Nationalsozialisten war B. 1920-33 als erste Frau Ministerialrätin im Reichsinnenministerium und Delegierte für Jugendpolitik beim Völkerbund. Als Politikerin mundtot gemacht, schrieb B. später historische Biografien und Romane.

☐ 1891: Lehrerinnenexamen in Hamm. ☐ 1904: Promotion in Berlin. ☐ 1910-19: Vors. des Bundes Dt. Frauenvereine. ☐ 1916-20: Leitung des Sozialpädagogischen Inst., Hamburg. ☐ 1916-44: Hg. der Zeitschrift Die Frau (mit H. Lange). ☐ 1919-33: MdR (DDP). ☐ 1939: »Gestalt und Wandel. Frauenbildnisse« (Schr.). ☐ 1942: »Die Macht der Liebe. Der Weg des Dante Alighieri« (Biogr.). ☐ 1947: »Eine Woche im Mai. Sieben Tage des jungen Goethe« (R.). ☐ 1949: »Ricarda Huch« (Biogr.). ☐ 1951: »Otto I. und Adelheid« (Biogr.).

▷ G. Bäumer: Im Licht der Erinnerung (Aut.), 1953.

← Gertrud Bäumer

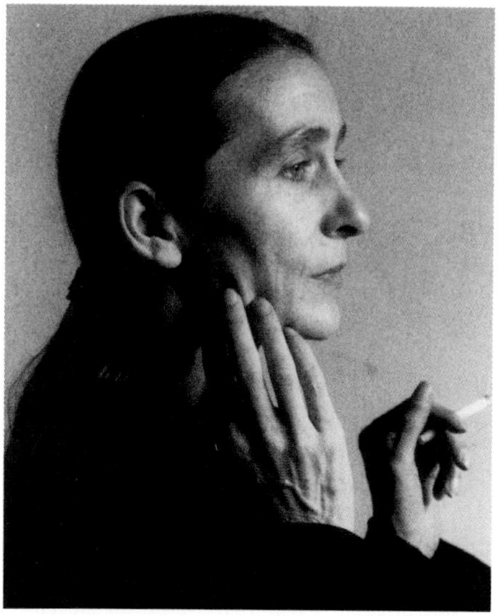

Pina Bausch vermittelte der Ballettszene neue Impulse.

Baur, Franz

dt. Meteorologe
* 14.2.1887 München
† 20.11.1977 Bad Homburg von der Höhe

Baur ist der Begründer der Großwetterkunde und der langfristigen Wettervorhersage. Aufgrund von Datensammlungen und systematischer Auswertung statistischen Materials werden aktuelle klimatische Erscheinungen mit ähnlichen Konstellationen vergangener Jahre und Sonnenfleckenzyklen in Beziehung gebracht, um die Witterungsentwicklung für größere Zeiträume zu prognostizieren.

☐ 1929-35: Leiter der Staatlichen Forschungsstelle für langfristige Witterungsvorhersage in Franfurt/Main. ☐ ab 1930: Prof. an der Univ. Frankfurt/Main. ☐ 1935-45: Dir. des Forschungsinst. für langfristige Witterungsvorhersage in Bad Homburg. ☐ 1948: »Einführung in die Großwetterkunde« (Schr.). ☐ 1956-58: »Physikalisch-statistische Regeln als Grundlage für Wetter- und Witterungsvorhersagen« (Schr., 2 Bde.).

Bausch, Philippine »Pina«

dt. Tänzerin, Ballettdirektorin und Choreographin
* 27.7.1940 Solingen

Bausch ist seit den 70er Jahren eine der prägenden Persönlichkeiten der internationalen Tanzszene. Mit ihrem Wuppertaler Ensemble entwickelte sie, an die Tradition des Ausdruckstanzes anknüpfend, diesen jedoch rigoros entschlackend, eine eigenwillige, zwischen Ballett und Sprechtheater angesiedelte Kunstform — das Tanztheater.
In ihren Choreographien thematisiert sie in expressiven, lose verknüpften Szenenfolgen die Grundfragen der menschlichen Existenz wie Liebe, Trauer, Einsamkeit, Gewalt, Altern. Dabei legt sie neben sog. E-Musik auch Schlager, Volkslieder und Songs zugrunde. B.s Produktionen erhalten als »work in progress« vielfach erst nach einigen Aufführungen ihre endgültige Gestalt und ihren Namen.

☐ ab 1955: Ausbildung als Tänzerin bei K. →Jooss an der Folkwang-Schule in Essen. ☐ ab 1958: Tänzerin, u. a. bei den Ruhrfestspielen Recklinghausen und beim New American Ballet New York. ☐ 1962: Solistin des neugegründeten Folkwang-Balletts unter K. Jooss. ☐ 1968: Choreographie von »Im Wind der Zeit« nach M. Dorner in Essen. ☐ 1969: Leiterin des Folkwang-Tanzstudios; Dozentin an der Folkwang-Schule. ☐ ab 1970: Gastspiele u. a. in Paris, München, Rotterdam und New York. ☐ seit 1973: Ballettdir. und Chefchoreographin der Wuppertaler Bühnen. ☐ 1974: »Iphigenie auf Tauris«, Tanzversion der Gluck-Oper. ☐ 1977: »Komm tanz mit mir« (M.: Volkslieder). ☐ 1984: »Auf dem Gebirge hat man einen Schrei gehört«. ☐ 1985: Künstlerische Leiterin des Studienbereichs Tanz in Essen. ☐ 1987: »Ahnen«.

▷ K. Weiss/I. Chamier: Setz dich hin und lächle — Tanztheater von Pina Bausch, 1979.

Bayâr, Mahmut Celâl

türk. Politiker
* 15.5.1883 Umurbey bei Bursa
† 22.8.1986 Istanbul

Der westlich ausgerichtete Bankfachmann Bayâr hatte wesentlichen Anteil am wirtschaftlichen Aufbau der Türkei vor dem 2. Weltkrieg.

Der Präsident Mahmut Bayâr auf der Schulbank (1955).

1946 verließ er die regierende Volkspartei und gründete eine eigene Partei. Nach deren Wahlsieg 1950 schloß sich B. eng an den Westen, insbesondere die USA an (1952 NATO, 1955 Bagdad-Pakt, 1959 CENTO). Da seine Regierung zwar die freie Wirtschaft förderte, aber alle Oppositionsbewegungen hart unterdrückte, kam es immer häufiger zu inneren Unruhen. 1960 wurde B. durch das Militär gestürzt und 1961 zum Tode verurteilt, anschließend zu lebenslanger Haft begnadigt; 1966 wurde er rehabilitiert. Er starb 1986 im hohen Alter von 103 Jahren.

□ 1909: Mitgl. der Jungtürken. □ 1919-21: Teilnahme am Unabhängigkeitskampf unter →Kemal Atatürk. □ 1921-46: Mitgl. der (kemalistischen) Republikanischen Volkspartei; mehrfach Min. □ 1932-37: Wirtschaftsmin. □ 1937-39: Ministerpräsident. □ 1946: Mitbegründer der Demokratischen Partei. □ 1950-60: Staatspräsident. □ 1960-65: In Haft.

Bayer, Herbert

österr.-amer. Künstler, Fotograf und Architekt
* 5.4.1900 Haag, Oberösterreich
† 30.9.1985 Santa Barbara, Kalif.

Bayers vielseitiges Werk vereint auf exemplarische Weise gebrauchskünstlerische Aspekte mit denen der freien Kunst. Als Typograf entwickelte B. u. a. moderne Schriftarten, als Designer und Architekt schuf er Ausstellungseinrichtungen (z. B. für das Museum of Modern Art, New York), als Art Director war er für die Zeitschrift Vogue, die Werbeagentur Dorland (Berlin/New York) und als künstlerischer Berater für die Container Corporation of America (CCA) tätig. Der Fotograf B. orientierte sich teils an der konstruktiven Bauhaus-Tradition (W. →Gropius), teils knüpfte er an die dadaistische Fotocollage etwa J. →Heartfields und H. →Höchs an, vor allem operierte er mit der dreidimensionalen Übertragung von Fotoarbeiten zu sog. Fotoplastiken. In der Malerei und Zeichnung fanden sich zunächst surrealistische Züge, später tendierte er zunehmend zur geometrischen Abstraktion, was auch für die großen Skulpturen seit den 50er Jahren gilt (»Double ascencion«, Brunnenskulptur, 1973, Los Angeles).

□ 1921-23: Nach einer Architekturausbildung Studium am Bauhaus in Weimar bei W. →Kandinsky; erste Versuche in der Typografie und Fotografie. □ 1925-28: Meister der Typografieklasse am Bauhaus in Dessau; anschließend Tätigkeit in der Werbebranche. □ 1938: Emigration in die USA; Designer, Werbeberater und Architekt. □ ab 1940: Hinwendung auch zur Malerei. □ ab 1955: Beschäftigung mit Land-Art-Projekten und Skulpturen. □ 1962: Lehrtätigkeit am Aspen Inst. for Humanistic Studies, Colo.

▷ A. Cohen: Herbert Bayer. The complete work, engl. 1984.

Bayer, Otto

dt. Chemiker
* 4.11.1902 Frankfurt/Main † 1.8.1982 Burscheid

Bayer, 1964-74 Aufsichtsratsvorsitzender der Farbenfabriken Bayer AG in Leverkusen, wurde 1936 mit seinem Verfahren zur Herstellung neuer Kunststoffe bekannt (Polyurethan-Chemie). Der mit der Gründerfamilie nicht verwandte Inhaber von etwa 400 Patenten baute das Unternehmen zu einer weltbekannten Forschungsstätte aus. Die Synthese und industrielle Produktion neuer Farb- und Gerbstoffe sowie von Kautschuk (Buna) und Schädlingsbekämpfungsmitteln gehen größtenteils auf B.s Erfindungen zurück.

Gustl Bayrhammer →

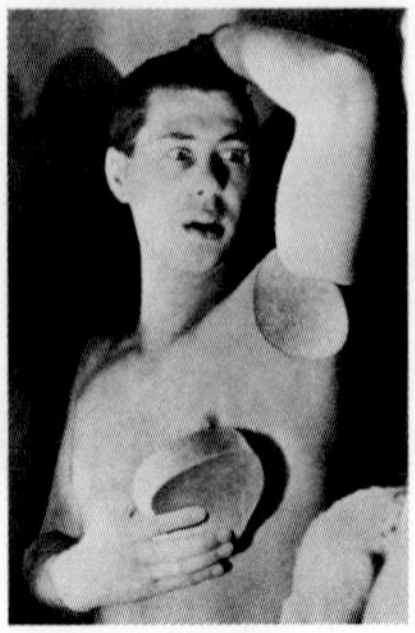
← Herbert Bayer

← Otto Bayer

□ 1939: Dir. des Werks Mainkur der I.G. Farben. □ ab 1944: Honorarprof. an der Univ. Köln. □ ab 1949: Mitgl. des Dt. Forschungsrats. □ 1951-63: Vorstandsmitgl. der neu gegründeten Farbenfabriken Bayer AG, Leverkusen. □ 1958-61: Mitgl. des Vorstands der Gesellschaft Dt. Chemiker. □ ab 1963: Aufsichtsratsmitgl. der Bayer AG.

Bayrhammer, Gustl

(eig. Adolf Gustav B.)
dt. Schauspieler
* 12.2.1922 München

Der bayerische Volksschauspieler gab 1945 sein Bühnendebüt und spielte danach in zahlreichen Stücken und Filmen nach Vorlagen von L. →Thoma, aber auch in vielen anderen Rollen. Zu seinen bekanntesten (seit 1965 über 300 TV-Filme) gehören der Kommissar Veigl in der Krimireihe »Tatort« und der Meister Eder in der Kinderserie »Meister Eder und sein Pumuckl«.

Bazaine, Jean René

frz. Maler
* 21.12.1904 Paris

Bazaine gehört zu den Begründern des französischen Informel, der folgenreichen Entwicklung zur nichtgeometrischen Abstraktion. Er entwickelte die Komposition seiner Bilder aus Anregungen der Kubisten; die lyrische Farbbehandlung unter Einsatz von Lichteffekten folgt den orphistischen Prinzipien R. →Delaunays. Davon ausgehend, betrieb B. die Zerlegung des Gegenstands vor allem in Farb- und Lichtwirkungen bis zur völligen Abstraktion bei starker rhythmischer Bewegtheit. Bilder wie »Le Vent de la Mer« (1949, Paris, Musée National d'Art Moderne, Centre Georges Pompidou) erinnern noch an den Orphismus und zeigen die Gesamtkomposition bestimmende Strukturen. Seit den 50er Jahren sind sie von einem aufgelockerten, gestischen Farbauftrag bestimmt.

□ 1941: Gründung der Gruppe Peintres de Tradition Française mit R. →Bissière, A. →Manessier und G. Singier. □ 1944-46: Glasfenster für die Kirche Notre-Dame de Toute Grace, Assy. □ 1948-51: Mosaik für Sacré Cœur, Audincourt. □ 1953: »Notizen zur Malerei der Gegenwart« (Es., dt. 1959). □ 1958: Mosaik für das UNESCO-Gebäude in Paris. □ 1965-70: Glasfenster für St.-Séverin in Paris. □ 1984-88: Mosaik für den Pariser Senat (Palais de Luxembourg); Dekoration für die Métro-Station Cluny — la Sorbonne in Paris.

Bea, Augustinus

dt. Theologe (kath.)
* 28.5.1881 Riedböhringen bei Donaueschingen
† 16.11.1968 Rom (Italien)

Für seine Bemühungen um Frieden und um die Begegnung mit nichtkatholischen Christen im Zeichen des 2. Vatikanischen Konzils erhielt der

Kardinal Bea (l.) und der Erzbischof von Canterbury.

Jesuit Bea, Leiter des päpstlichen Sekretariats für die Einheit der Christen, 1966 den Friedenspreis des Deutschen Buchhandels. Der Kurienkardinal und Beichtvater Papst →Pius' XII. verfaßte zahlreiche exegetische Werke zum Alten Testament und erstellte eine lateinische Neuübersetzung der Psalmen aus dem Urtext.

□ 1917: Prof. für A.T. an der niederl. Ordenshochschule Valkenburg bei Maastricht. □ 1921: Nach Aufhebung des Jesuitenverbots in Deutschland Provinzial der oberdt. Jesuitenprovinz. □ 1925: Übernahme eines Lehrstuhls an der Gregorianischen Univ., Rom. □ 1930-49: Rektor des Päpstlichen Bibelinst. □ 1962: »Die Einheit der Christen« (Schr.); Bischofsweihe durch Papst →Johannes XXIII. □ 1965: »Einheit in Freiheit« (Schr.); Gespräche mit dem Primas der Anglikanischen Kirche, A. M. Ramsey, und dem Ökumenischen Patriarchen von Konstantinopel, →Athenagoras I. □ 1966: »Die Kirche und das jüd. Volk« (Schr.).

▷ E. M. Jung-Inglessis: Augustinus Bea — Kardinal der Einheit, 1962; St. Schmidt (Hg.): Der Mensch Bea. Aufzeichnungen des Kardinals 1959 bis 1968, 1970.

The Beach Boys

amer. Rockgruppe

Sommer, Sonne, Sand und Meer und der mehrstimmige Harmoniegesang — damit hoben die kalifornischen »Strandjungs« 1962 zum Höhenflug ab. Die heimatliche Küste, die Mädchen und das Surfen inspirierten Drummer Dennis Wilson (* 1946, † 1983) zu den ersten Ideen, aus denen sein Vetter Mike Love (* 1941) den Song »Surfin« machte. Aufgenommen wurde dieser mit Dennis' Brüdern, Gitarrist Carl Wilson (* 1946) und Pianist Brian Wilson (* 1942) sowie Mike Love und später Gitarrist Al Jardine (*1942). In den folgenden Jahren variierte die Gruppe das Thema ausgiebig mit »Surfin' Safari«, »Surfin' USA«, »Surfer Girl«, »Fun Fun Fun«, »Dance, Dance, Dance« etc. und produzierten Hits am laufenden Band. In den 90er Jahren gehören ihre Konzerte in ausverkauften US-Stadien zum traditionellen Familiensommerprogramm.

»The Beach Boys«, seit 1962 erfolgreich im Musikgeschäft.

□ 1960: Erste Auftritte bei Schulfesten als »Carl & The Passions« und »Kenny & The Cadets«. □ 1961: Gründung der Beach Boys in Hawthorne, Kalif. □ 1962: Erster Hit »Surfin' Safari«. □ 1966: »Pet Sounds« (LP). □ 1971: »Surf's Up« (LP). □ 1985: »The Beach Boys« (LP) mit S. →Wonder, R. Starr (→Beatles), Gary Moore. □ 1988: »Brian Wilson« (Solo-LP); gemeinsamer Nr.-1-Hit mit »Kokomo«.

▷ St. Gaines: Heroes and villains - the true story of the Beach Boys, 1986.

Beadle, George Wells

amer. Biologe
* 22.10.1903 Wahoo, Nebr.
† 9.6.1989 Pomona, Kalif.

George Wells Beadle →

Beadle bestrahlte bestimmte Wildformen des Schimmelpilzes Neurospora crassa mit Röntgenstrahlen und züchtete aufgrund der Mutation ihrer Erbsubstanz neue Arten. Mit seinem Mitarbeiter E. L. →Tatum erkannte er dabei die biochemische Steuerungsfunktion der Gene beim Aufbau der Zellen. Für die Entdeckung, daß jeweils ein Gen die Bildung eines bestimmten Enzyms kontrolliert, erhielten beide 1958 den Physiologie/Medizin-Nobelpreis (zusammen mit J. →Lederberg).

□ 1937-46: Prof. an der Stanford-Univ. in Palo Alto, Kalif. □ 1939: »Introduction to Genetics« (Schr., mit A. H. Sturtevant). □ 1946-61: Prof. am Calif. Inst. of Technoloy in Pasadena. □ 1961-68: Prof. an der Univ. of Chicago. □ 1966: »The Language of Life« (Schr.). □ ab 1968: Dir. des Inst. für biomedizinische Forschung (AMA).

Beamon, Robert »Bob«

amer. Leichtathlet
* 29.8.1946 Jamaica bei New York

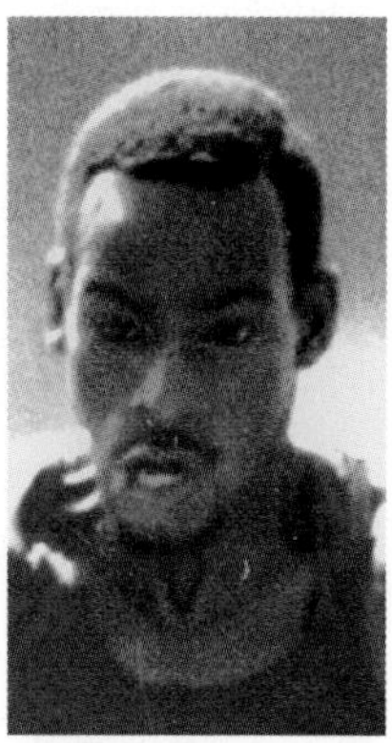

Bob Beamon →

Beamon machte Leichtathletik-Geschichte, als er am 18.10.1968 bei den Olympischen Spielen von Mexiko den Weltrekord im Weitsprung von 8,35 m auf 8,90 m verbesserte und damit Olympiasieger wurde. Begünstigt wurde dieser »Jahrhundertsprung« durch einen (erlaubten) 2-m-Rückenwind und die Höhe von Mexiko (2260 m). Erst fast 23 Jahre später verbesserte Mike Powell den Rekord bei der Leichtathletik-Weltmeisterschaft 1991 in Tokio auf 8,95 m. Zweiter wurde der Favorit C. →Lewis.

Bearzot, Enzo

ital. Fußballspieler
* 26.9.1927 Ajello

Bearzot führte 1982 die italienische Nationalmannschaft zur dritten Weltmeisterschaft (3:1

gegen Deutschland). In seiner aktiven Laufbahn bestritt er 422 Meisterschaftsspiele (u. a. für CC Catania, AC Turin und Inter Mailand).

☐ 1964-68: Trainer beim AC Turin. ☐ 1975-77: Assistent des Nationaltrainers. ☐ 1977-86: Ital. Nationaltrainer (abgelöst von A. Vicini).

The Beatles

engl. Rockgruppe

Knapp vier Jahre — vom ersten Hit »Love me do« (1962) in England bis zum letzten öffentlichen Auftritt am 29.8.1966 in San Francisco — genügten den Beatles, um so überzeugend und effizient auf sich aufmerksam zu machen wie nach ihnen nur wenige. Vier Straßenkinder mit der richtigen Musik, der richtigen Aussage zur richtigen Zeit — das waren die Beatles: J. →Lennon (* 1940, † 1980), P. →McCartney (* 1942), G. →Harrison (* 1943) und Ringo Starr (* 1940). Aus dem damaligen Rock' n' Roll, Skiffle, Country und Rhythm & Blues mischten sie ihre Musik, »Beat« genannt, mit der sie ihrer Epoche musikalisch den Stempel aufdrückten. Vier Jahre lang waren die »Pilzköpfe« ohne Unterbrechung in den Hitparaden vertreten und wurden Repräsentanten einer sich von der bürgerlichen Nachkriegsgesellschaft abwendenden Generation. Noch Jahre nach ihrer Trennung (1970) wurden den »Pilzköpfen« Unsummen für ein einziges Konzert geboten, allerdings vergeblich.

Die legendären »Beatles« 1964 auf einer US-Tournee in der Carnegie Hall.

☐ 1957: P. McCartney lernt J. Lennon kennen, schließt sich L.s »Quarrymen« an; G. Harrison kommt hinzu. ☐ 1960: Mit P. Best und S. Sutcliffe als »The Silver Beatles« erste Auftritte in Hamburg. ☐ 1962: R. Starr wird Schlagzeuger der Beatles. ☐ 1963: »Please please me« wird in England erster Nr.-1-Hit. ☐ 1964: Erste US-Auftritte und Tournee; »A hard day's night« (F.). ☐ 1965: »Help!« (F.); Verleihung des Ordens MBE (Member of the British Empire); »Rubber Soul« (LP). ☐ 1966: »Revolver« (LP). ☐ 1967: »Sgt. Pepper's lonely hearts club band« (LP); Grammy Award. ☐ 1968: Gründung der Plattenfirma »Apple«; »The white album« (Doppel-LP). ☐ 1970: »Let it be« (LP); P. McCartney verkündet am 10.4. die Auflösung der Gruppe.

▷ R. Carr/T. Tyler: The Beatles — Eine illustrierte Dokumentation, 1976; P. Schuster: Four ever — 25 Jahre Beatles, 1986; R. Moers/W. Neumann/H. Rombeck: Die Beatles - ihre Karriere, ihre Musik, ihre Erfolge, 1988.

Beaton, Sir (ab 1938) Cecil

brit. Fotograf und Bühnenbildner
* 1904 London
† 1980 Broadchalke

Der Fotograf Cecil Beaton: Die Kamera im Anschlag.

Beaton wurde durch seine sorgfältig arrangierten, mondänen und atmosphärisch gelegentlich surrealistisch anmutenden Modeaufnahmen und Porträts bekannt (M. →Dietrich, die englische Königsfamilie, W. →Churchill). Nach 1950 arbeitete er zusätzlich als Filmausstatter in Hollywood (»Gigi«, »My fair Lady«), wofür er zweimal mit dem Oscar ausgezeichnet wurde.

☐ 1922-25: Studium der Theaterwissenschaften, Kunstgeschichte und Architektur; daneben Beschäftigung mit der

Fotografie. □ ab 1928: Fotoarbeiten für int. Magazine (Vogue, Harper's Bazaar). □ 1938: Ernennung zum Hoffotografen am engl. Königshaus. □ 1939-44: Bildreporter an Kriegsschauplätzen (China, Indien); Fotoserie über das zerstörte London. □ 1945-70: Bühnen- und Kostümbildner in Hollywood (USA).

Beatrix

Königin der Niederlande
* 31.1.1938 Schloß Soestdijk

Beatrix, seit 1980 populäre Königin der Niederlande.

Seit Königin Beatrix, deren Eheschließung mit dem deutschen Diplomaten Claus von Amsberg 1966 in den Niederlanden sehr umstritten war, 1980 die Amtsgeschäfte übernommen hat, ist ihre Popularität schnell gestiegen. Die energisch und spontan handelnde Königin avancierte zu einer sachkundigen Regentin mit ansehnlichem Einfluß auf die Staatsgeschäfte.

□ 1956: Mitgl. des niederl. Staatsrates. □ 1961: Hochschulabschluß Rechtswissenschaften. □ 1962: Präs. der »Europäischen Arbeitsgruppe«. □ 1980: Vereidigung als Königin der Niederlande.

Beatty, Warren

(eig. Henry Warren Beaty)
amer. Schauspieler und Regisseur
* 30.3.1937 (1938?) Richmond, Virg.

← Warren Beatty

Der Bruder von Sh. →MacLaine, wegen vieler Liebesaffären auch als »größter Herzensbrecher seit R. →Valentino« bezeichnet, spielte den männlichen Part in der Gangsterballade »Bonnie und Clyde« (1967, Rg. A. Penn, mit F. → Dunaway). Für seine Verfilmung der John-Reed-Biografie »Reds« (1981, Rg. und Hr.) erhielt Beatty den Regie-Oscar.

□ 1956: Studium an der Northwestern Univ.'s School of Speech and Drama in Evanston, Ill. □ 1957: Erste Engagements in TV-Serien. □ 1960: Filmdebüt in »Fieber im Blut« (Rg. E. → Kazan). □ 1963: »Lilith« (Rg. R. Rossen). □ 1971: »McCabe und Mrs. Miller« (Rg. R. →Altman). □ 1973: »Zeuge einer Verschwörung« (Rg. A. J. →Pakula). □ 1974: »Shampoo« (Rg. H. →Ashby). □ 1977: »Der Himmel soll warten« (Rg. und Hr.) □ 1986: »Ishtar« (mit D. →Hoffman). 1990: »Dick Tracy« (Rg. und Hr.).

Beauvoir, Simone de

frz. Schriftstellerin
* 9.1.1908 Paris † 14.4.1986 ebd.

Simone de Beauvoir →

Beauvoir, Lebensgefährtin und wichtigste Schülerin des Existenzphilosophen Jean-Paul →Sartre, wurde durch ihren Essay »Das andere Geschlecht« (1949, dt. 1951) zu einer Identifikationsfigur der modernen Frauenbewegung. In der Studie analysierte sie die historischen und sozialen Hintergründe für die Unterdrückung der Frau und forderte ihre radikale Emanzipation; das Buch wurde von der katholischen Kirche verboten. Genauso erging es dem Roman »Die Mandarins von Paris« (1954, dt. 1955), einem Schlüsselroman über die Pariser Linksintellektuellen und deren persönliche sowie politische Identitätssuche in der Nachkriegszeit. B.s materialistisch-existentialistische Grundhaltung durchzieht ihr gesamtes erzählerisches, dramatisches und essayistisches Werk. Sie suchte nach einer »authentischen«, sich von den traditionellen, institutionalisierten Vorstellungen des Bürgertums abhebenden Moral. Viele ihrer autobiografischen Arbeiten sind Zeugnisse schonungsloser Selbstdarstellung; intensiv setzte sich B. mit ihrer unkonventionell freien Liebesbeziehung zu Sartre auseinander.

□ 1929: Bekanntschaft mit J.-P. Sartre; Abschluß des Philosophiestudiums mit Auszeichnung. □ 1931-43: Lehrerin in Marseille, Rouen und Paris. □ 1943: Erstlingswerk »Sie kam und blieb« (R., dt. 1953); Engagement in der Widerstandsbewegung. □ 1946: »Alle Menschen sind sterblich« (R., dt. 1949). □ 1954: Prix Goncourt für »Die Mandarins von Paris« (R., 1954, dt. 1955). □ 1957: »China — das weitgesteckte Ziel« (Reiseb., dt. 1958). □ 1958: »Memoiren einer Tochter aus gutem Hause« (Aut., dt. 1960). □ 1960: »In den besten Jahren« (Aut., dt. 1961). □ 1963: »Der Lauf der Dinge« (Aut., dt. 1966). □ 1970/71: Hg. der linksradikalen Zeitschrift L'idiot international. □ 1972: »Alles in allem« (Aut., dt. 1974). □ 1974: Präs. der Liga für Frauenrechte in Frankreich. □ 1981: »Die Zeremonie des Abschieds« (Prosa, dt. 1983).

▷ A. Madsen: Jean-Paul Sartre und Simone de Beauvoir, 1980; A. Schwarzer: Simone de Beauvoir heute, 1983; D. Bair: Simone de Beauvoir. Eine Biographie, 1990.

Beaverbrook, William Maxwell Aitken, Baron (ab 1916)

brit. Politiker und Zeitungsverleger
* 25.5.1879 Maple (Kanada)
† 9.6.1965 Mickleham, Surrey

William Beaverbrook →

Beaverbrook baute nach dem 1. Weltkrieg in England einen der größten Zeitungskonzerne seiner Zeit auf. Er gründete 1918 den Sunday Express, nachdem er bereits den Daily Express zur auflagenstärksten Zeitung der Welt gemacht hatte. Die B.-Presse stand im Dienst der konservativen Weltsicht ihres Besitzers, der für ein mächtiges britisches Empire ohne Anbindung an Europa eintrat.

□ 1910: Konservatives Mitgl. des Unterhauses. □ 1918: Informationsmin. im Kabinett D. →Lloyd George. □ 1925: »Politicians and the press« (Schr.). □ 1928-32: »Politicians and the war« (2 Bde., Schr.). □ 1940-42: Min. im Kabinett W. →Churchill. □ 1954: Aufgabe der Aktienmehrheit im Konzern. □ 1963: »The decline and fall of Lloyd George« (Schr.).

Bebel, August

dt. Politiker
* 22.2.1840 Deutz bei Köln
† 13.8.1913 Passugg, Graubünden

← August Bebel

Als Mitbegründer der SPD und deren langjähriger Vorsitzender war Bebel bis zu seinem Tod die überragende Persönlichkeit der Partei. Mit unermüdlichem Fleiß formte er eine sozialistische Massenpartei, die trotz Bismarcks Sozialistengesetzen bereits 1890 zur größten Partei im Deutschen Reich wurde. B. war als Sozialist fest vom Sieg der Arbeiterklasse überzeugt und wandte sich daher gegen den sog. Revisionismus (E. →Bernstein). Im Gegensatz zu W. → Liebknecht versuchte er, soziale Reformen durch Mitarbeit im Parlament zu erreichen, verweigerte aber — in sicherer Erwartung einer Selbstauflösung des Kapitalismus — jede Form der Beteiligung an Regierung oder Verwaltung. 1891 war B. maßgeblich an der Ausarbeitung des Erfurter Programms beteiligt, des ersten umfassenden Parteiprogramms der SPD.

☐ 1861: Mitgl. im Arbeiterverein. ☐ 1867-81: MdR. ☐ 1869: Mitbegründer der Sozialdemokratischen Arbeiterpartei. ☐ 1870: »Unsere Ziele« (Schr.). ☐ 1872-75: Festungshaft wegen Hochverrats und Majestätsbeleidigung (mit W. Liebknecht). ☐ 1875: Mitbegründer und Führer der Sozialistischen Arbeiterpartei, später SPD. ☐ 1876: Mitinhaber einer Fabrik. ☐ ab 1883: MdR. ☐ 1883: »Die Frau und der Sozialismus« (Schr.). ☐ 1887: »Charles Fourier« (Biogr.).

▷ A. Bebel: Aus meinem Leben (Aut.), 3 Bde., 1910-14; H. Hirsch: August Bebel. Sein Leben in Dokumenten, Reden und Schriften, 1968; B. Seebacher-Brandt: August Bebel, 1988; F. L. Carsten: August Bebel und die Organisation der Massen, 1991.

Bécaud, Gilbert

(eig. François Silly)
frz. Sänger und Pianist
* 24.10.1927 Toulon

← Gilbert Bécaud

Seinen dynamischen und explosiven Bühnenshows verdankt der Sänger, Komponist und Pianist Bécaud den Beinamen »Monsieur 100 000 Volt«. Von E. →Piaf gefördert, wurde er mit Hits wie »Et maintenant« und »Nathalie« (1965) zum internationalen Star. Er drehte Filme, unternahm Tourneen durch die USA und Kanada, schrieb Musicals (»Madame Rosa«, 1985), die auch am New Yorker Broadway liefen, und hatte im deutschen Fernsehen Ende der 60er Jahre eigene TV-Shows.

☐ 1946: Barmusiker. ☐ 1953: Erster Auftritt im Pariser Olympia. ☐ 1971: »Les plus grands succès 2« (LP). ☐ 1973: »Un homme libre« (F.). ☐ 1989: »Fais-moi signe« (LP).

Becher, Bernd und Hilla

dt. Fotografen
Bern(har)d
* 20.8.1931 Siegen
Hilla
* 2.9.1934 Potsdam

Das Ehepaar Becher hat vor allem mit der fotografischen Bestandsaufnahme von Industriebauten (u. a. im Ruhrgebiet und in den Niederlanden) den in Deutschland zuvor von nur wenigen etablierten Zweig der Dokumentarfotografie zu internationalem Rang erhoben und jüngere Fotografen entscheidend beeinflußt. Später arbeiteten sie auch in Großbritannien und den USA. Neben Industriebauten fotografierten sie Wassertürme und Fachwerkhäuser. Dabei entwickelten die beiden Fotografen ihren sachlich-präzisen, von strenger Frontalität bestimmten Stil, zu dem es auch gehört, alle wesentlichen Ansichten des Gebäudes in Aufnahmeserien zu dokumentieren und seine funktionale Ästhetik zu verdeutlichen.

Bernd und Hilla Becher: Fotos von Industriebauten sind ihr Markenzeichen.

☐ seit 1959: Gemeinsame dokumentarische Fotoarbeiten. ☐ 1961: Heirat. ☐ seit 1966: Zahlreiche Auszeichnungen. ☐ 1970: »Anonyme Skulpturen« (Fotobd.). ☐ 1977: »Fachwerkhäuser des Siegener Industriegebietes« (Fotobd.). ☐ 1988: »Wassertürme« (Fotob.). ☐ 1990: Goldener Löwe auf der Biennale in Venedig.

Becher, Johannes R(obert)

dt. Schriftsteller
* 22.5.1891 München † 11.10.1958 Ost-Berlin

Johannes R. Becher →

Als einer der führenden expressionistischen Lyriker protestierte Becher bereits in seinem Frühwerk gegen soziale Ungerechtigkeit: Mit der Zerstörung sprachlicher Konventionen beschwor er den Zusammenbruch der bürgerlichen Welt (»An Europa«, Ged., 1916).
Nach seinem 2. Beitritt zur KPD (1923) propagierte B. eine eher volkstümlich-schlichte Gestaltung des proletarischen Sujets im Interesse eines wirkungsvolleren Appells an die Massen. Er wurde zum anerkannten Repräsentanten des Sozialistischen Realismus und verfaßte 1949 die Nationalhymne der ehemaligen DDR. In verschiedenen Schriften (u. a. »Bemühungen«, 4 Bde., 1952-57) distanzierte er sich vor seinem Tod jedoch vorsichtig von einer Vereinnahmung

der Kunst durch die Tagespolitik und bewertete unkonventionelle literarische Formen zunehmend differenzierter.

□ 1910: Selbstmordversuch, München. □ 1914: »Verfall und Triumph« (Ged.e, Prosa, 2 Bde.). □ 1919: Erster Eintritt in die KPD (erneut 1923). □ 1935: Emigration in die UdSSR. □ 1945: Rückkehr nach Deutschland. □ 1953: Präs. der Akademie der Künste. □ 1954-58: Min. für Kultur in der DDR. □ 1957: »Das poetische Prinzip« (Aphorismen).

Bechet, Sidney

amer. Jazzmusiker
* 14.5.1897 New Orleans
† 14.5.1959 Paris (Frankreich)

Bechet, der bereits als achtjähriges Wunderkind in der Band Freddie Keppards in New Orleans präsentiert wurde, stieg schnell zum führenden Sopransaxophonisten des Jazz auf. Mit seinem für dieses Instrument ungewöhnlich voluminösen Ton und dem expressiven, »meckernden« Vibrato wirkte der neben L. →Armstrong begabteste frühe Improvisator stilbildend auf die folgenden Musikergenerationen. 1947 siedelte er nach Frankreich über, wo er bis zu seinem Tod sehr populär war.

□ 1905: Schüler des Kornettisten George Baquet; bis 1917 Engagements u. a. bei Buddy Petit und King Oliver. □ 1918: Umzug nach New York und Zusammenarbeit mit D. →Ellington und E. →Smith. □ 1925: Mit der Black Revue von J. →Baker erstmals auf Europatournee. □ 1928-30: Mit dem Showorchester N. Sissles wieder in Europa. □ 1932/33: Aufnahme des Stücks »I've found a new baby« mit den New Orleans Feetwarmers. □ ab 1938: Leitung eigener Formationen; u. a. Zusammenarbeit mit Eddie Condon. □ 1947: Übersiedlung nach Paris.

Bechstein, Carl

dt. Klavierfabrikant
* 1.6.1826 Gotha † 6.3.1900 Berlin

Bechstein gründete 1853 eine Klavierfabrik in Berlin. Seine Flügel fanden die Anerkennung der großen Pianisten seiner Zeit wie Franz Liszt (* 1811, † 1886), Anton Rubinstein (* 1829, † 1894) und Hans von Bülow (* 1830, † 1894), mit denen B. freundschaftlich verbunden war. Das Unternehmen, das vor dem 1. Weltkrieg jährlich über 5000 Instrumente herstellte und Filialen in St. Petersburg, Paris und London besaß, wurde nach schweren Kriegsschäden 1949 in Berlin wiederaufgebaut, die Flügel erfreuen sich nach wie vor großer Beliebtheit.

Bechterew, Wladimir Michailowitsch

russ. Neurologe und Psychiater
* 22.1.(1.2.?)1857 Sorali, Gouv. Wjatka
† 24.12.1927 Leningrad (St. Petersburg)

Bechterew beschrieb 1892 die Erscheinungsformen der nach ihm benannten Krankheit einer chronisch entzündlichen Wirbelsäulenversteifung, die häufig bei Männern auftritt. Mit I. P. →Pawlow entwickelte B. die Lehre von den bedingten Reflexen und begründete damit 1904 »Die objektive Psychologie« (Schr., dt. 1913). Von

← Sidney Bechet

Emil Beck →

Józef Beck →

← Carl Bechstein

Ludwig Beck →

B. stammt die erste systematische Darstellung der Prinzipien der sog. Reflexologie.

□ 1893-1907: Prof. an der Univ. St. Petersburg. □ 1903: »Die Bedeutung der Suggestion im sozialen Leben« (Schr., dt. 1905). □ 1918: »Grundzüge der Reflexologie des Menschen« (Schr., dt. 1923). □ 1921: »Die kollektive Reflexologie« (Schr., dt. 1928).

Beck, Emil

dt. Fechttrainer
* 20.7.1935 Tauberbischofsheim

Beck, ein gelernter Friseur, begann 1968 als Landestrainer in Baden-Württemberg seine unvergleichliche Karriere als »Medaillenschmied deutscher Fechtkunst«. Seinen Verein, den FC Tauberbischofsheim, machte er zum erfolgreichsten Fechtklub der Welt mit über 50 Medaillen bei Olympischen Spielen und Weltmeisterschaften. B. baute Tauberbischofsheim zu einem beispielhaften Leistungszentrum auf.

Beck, Józef

poln. Politiker
* 4.10.1894 Warschau
† 5.6.1944 Stăneşti (Rumänien)

Beck betrieb als Außenminister die vorsichtige Lösung von Frankreich und den Aufbau Polens als Führungsmacht eines »dritten Europa«, das von der Adria bis zur Ostsee reichen sollte. Er schloß mit der Sowjetunion (1932) und Deutschland (1934) Nichtangriffsverträge sowie einen Bündnisvertrag mit Rumänien. 1938 nutzte er die Sudetenkrise für den Erwerb des Gebiets um Teschen von der Tschechoslowakei. Als im Winter 1938/39 Deutschland Ansprüche auf Danzig und die Errichtung exterritorialer Verkehrswege erhob, suchte B. wieder französischen und britischen Schutz und lehnte strikt alle deutschen Forderungen ab.

□ 1914-17: Mit der österr. Poln. Legion Kampf gegen Rußland für ein freies Polen. □ 1917-21: In der poln. Armee im Kampf gegen die Sowjetunion. □ 1922/23: Militärattaché in Paris. □ 1926-32: Kabinettschef im Kriegsministerium. □ 1932-39: Außenmin. □ 1938: Flucht nach Rumänien; Haft.

Beck, Ludwig

dt. Militär und Widerstandskämpfer
* 29.6.1880 Biebrich/Wiesbaden
† 20.7.1944 Berlin (erschossen)

Beck widersetzte sich als Generalstabschef während der Sudetenkrise den Plänen A. →Hitlers und plante bereits damals einen Putsch gegen das NS-Regime. Wegen der fehlenden Unterstützung in der Generalität trat er im August 1938 von seinem Amt zurück. Während des Krieges war B. eine der Schlüsselfiguren des konservativen Widerstands um C. F. →Goerdeler und C. v. →Stauffenberg und nach einem Umsturz als Staatspräsident vorgesehen. Nach dem mißglückten Attentat vom 20. 7. 1944 wurde B. verhaftet und erschossen.

▷ K. J. Müller: General Ludwig Beck, 1980.

Beckenbauer, Franz

dt. Fußballspieler und Coach
* 11.9.1945 München

Beckenbauer ist nach F. →Walter und U. →Seeler der dritte Ehrenspielführer der Fußball-Nationalmannschaft und gilt weltweit als einer der besten Spieler aller Zeiten. Er war für seine elegante Ballführung berühmt, mit der er das Spiel aus der Position des offensiv ausgerichteten Liberos dirigierte. Bislang ist B. der einzige Fußballspieler der Welt, der als Kapitän einer Mannschaft (1974) sowie als Trainer (Teamchef, 1990) Weltmeister wurde. Mit 103 Länderspielen zwischen 1965 und 1977 ist er deutscher Rekord-Nationalspieler. Als Vereinsspieler gewann B. fünfmal die deutsche Meisterschaft und viermal einen Europapokal.

□ 1966: Dt. Pokalsieger mit Bayern München (erneut 1967, 1969, 1971); Dt. Fußballer des Jahres (erneut 1968, 1974 und 1976). □ 1967: Gewinn des Europapokals der Pokalsieger mit Bayern München. □ 1969: Dt. Meister mit Bayern München (erneut 1972-74). □ 1972: Europameister mit der dt. Nationalmannschaft; Europas Fußballer des Jahres (erneut 1976). □ 1974: Weltmeister mit der dt. Fußballnationalmannschaft. □ 1974-76: Gewinn des Europapokals der Landesmeister mit Bayern München (1976 Weltpokalsieger). □ 1977-80: Nach Wechsel in die USA dreimal amer. Meister mit Cosmos New York. □ 1982: Dt. Meister mit dem Hamburger SV. □ 1984-90: Teamchef der dt. Nationalmannschaft in 66 Länderspielen. □ 1990/91: Technischer Dir. von Olympic Marseille.

▷ H. Blickensdörfer: Der Kaiser — Die Franz Beckenbauer Story, 1991.

← Franz Beckenbauer

Becker, Boris

dt. Tennisspieler
* 22.11.1967

Becker gewann 1985 als erster Deutscher, erster ungesetzter und mit 17 Jahren jüngster Spieler das Turnier von Wimbledon (erneut 1986 und 1989) und hält sich seitdem ununterbrochen unter den besten vier Tennisspielern der Weltrangliste. B. gilt als kämpferischer Spieler mit hartem Aufschlag, was ihm vor allem auf Rasen- und Hallenplätzen Vorteile verschafft. Er war maßgeblich an den beiden Daviscup-Siegen (1988 und 1989) der deutschen Mannschaft beteiligt und eroberte Anfang 1991 erstmals die Spitze der Weltrangliste.

Boris Becker im Finale der Monte Carlo Open, 1989.

□ 1985: Sieg in Wimbledon gegen K. Curren; Sportler des Jahres (erneut 1986). □ 1986: Wimbledon (gegen I. →Lendl) □ 1987: Trennung von Trainer G. →Bosch. □ 1988: Zweiter in Wimbledon (gegen St. →Edberg). □ 1989: Wimbledon (gegen St. Edberg); US Open. □ 1990: Zweiter in Wimbledon (gegen St. Edberg). □ 1991: Australian Open; Zweiter in Wimbledon (Niederlage im ersten deutsch-deutschen Finale gegen M. →Stich).

Jurek Becker →

Becker, Jurek

dt. Schriftsteller poln. Herkunft
* 30.9.1937 Lódź

Vor dem Hintergrund seiner Kindheitserfahrungen im polnischen Ghetto und im KZ reflektiert Becker mit Ironie und intellektueller Schärfe die Judenverfolgung während des Faschismus, deckt aber auch Widersprüche in der Gesellschaft der ehemaligen DDR auf. Der vielseitige Autor politischer Glossen, Romane, Erzählungen und Drehbücher (u. a. zu der Fernsehserie »Liebling Kreuzberg«) wurde bereits mit seinem ersten Roman »Jakob der Lügner« (1969, verfilmt 1974 von F. →Beyer), für den er den Heinrich-Heine-Preis der DDR und den Charles-Veillon-Preis der Schweiz erhielt, einem breiten Publikum bekannt.

□ bis 1945: Aufenthalt im Ghetto und in den KZs Ravensbrück und Sachsenhausen. □ 1945: Übersiedlung nach Ost-Berlin. □ 1957: Mitgl. der FDJ und der SED. □ 1957-60: Philosophiestudium in Ost-Berlin. □ 1973: »Irreführung der Behörden« (R.). □ 1976: Ausschluß aus der SED; »Der Boxer« (R.). □ 1978: »Schlaflose Tage« (R.). □ 1978-90: Als DDR-Bürger freier Schriftsteller mit langfristigem Visum in Berlin/West. □ 1979: »Das Versteck« (Drehbuch). □ 1986: »Bronsteins Kinder« (R.).

▷ K. Graf/U. Konietzny (Hg.): Jurek Becker, 1991.

Samuel Beckett →

Beckett, Samuel

ir.-frz. Schriftsteller
* 13.4.1906 Dublin † 22.12.1989 Paris

Beckett, der Literatur-Nobelpreisträger von 1969, wurde mit dem pessimistisch-absurden Stück »Warten auf Godot« (1952, dt. 1953) zu einem Dramatiker von Weltrang. Seine Theaterstücke kommen ohne Handlung aus; die wortkargen, oft bizarren Dialoge sind Ausdruck der Hoffnungslosigkeit menschlicher Existenz. B.s Dramenfiguren scheinen unablässig ein Ziel zu verfolgen, das sie niemals erreichen, ja nicht einmal beschreiben können. Seit Ende der 80er Jahre haben auch B.s Romane — vor allem die Trilogie »Molloy« (1951), »Malone stirbt« (1951) und »Der Namenlose« (1953), in der B. das »Geheimnis« des Schweigens auszuloten versucht — stärkere Beachtung gefunden. B., der sowohl in englischer als auch in französischer Sprache schrieb, war mit J. →Joyce befreundet. Während der Besetzung Frankreichs durch das NS-Regime schloß er sich der Résistance an.

□ 1928-30: Lektor für Englisch an der Ecole Normale Supérieure in Paris. □ 1930: »Whoroscope« (Ged.). □ 1930-32: Assistent für Französisch am Trinity College Dublin. □ 1937: Nach Auslandsaufenthalten Wohnsitz in Paris. □ 1938: »Murphy« (R.). □ 1942-45: Flucht vor den Deutschen, Landarbeiter im Dep. Vaucluse. □ 1944: »Watt« (R.). □ 1952: »Warten auf Godot« (Dr.). □ 1956: »Endspiel« (Dr., dt. 1957). □ 1958: »Das letzte Band« (Dr., dt. 1959). □ 1961: »Glückliche Tage« (Dr., dt. 1961). □ 1966: »Imagination Dead Imagine« (R.). □ 1969: Literatur-Nobelpreis. □ 1972: »Nicht Ich« (Dr.). □ 1982: »Schlecht gesehen, schlecht gesagt« (R., dt. 1982). □ 1988: »Immer noch nicht mehr« (Erz., dt. 1991).

▷ D. Bair: Samuel Beckett, 1978.

Beckmann, Max

dt. Maler, Grafiker und Bildhauer
* 12.2.1884 Leipzig † 27.12.1950 New York (USA)

Der Expressionist Beckmann, dessen Bilder 1937 als »entartet« aus deutschen Museen entfernt wurden, gestaltete in seinem Werk das schonungslose Abbild menschlicher Existenz unter dem Vorzeichen von Gewalt und alltäglicher Bedrohung. Dem Versuch, die Historienmalerei durch die Darstellung aktueller Ereignisse wie des Untergangs der »Titanic« darzustellen, folgten figürliche Kompositionen, die sich in verschlüsselter Form auf Zeitereignisse beziehen. Herausragende Beispiele sind die Mord- und Vergewaltigungsszene »Die Nacht« (1918/19, Düsseldorf, Kunstsammlung Nordrhein-Westfalen) und das mit mythologischen Motiven ausgestattete Triptychon »Abfahrt« (1932/33, New York, Museum of Modern Art). Formale Kennzeichen wie die schwarze Konturierung der Einzelformen und die gleichsam drangvolle Enge des Bildgefüges verbinden die Figurenbilder mit B.s Landschaften, Stilleben und Bildnissen. Wie keinem anderen Künstler des 20. Jh.s diente B. das Selbstbildnis als Mittel der Selbstbefragung.

← Max Beckmann

□ 1899-1903: Kunststudium in Weimar. □ 1904: Übersiedlung nach Berlin; freier Künstler. □ 1914/15: Kriegsdienst als Sanitäter; Nervenzusammenbruch. □ 1915-33: Wohnsitz in Frankfurt/Main. □ 1925-33: Prof. der Städelschen Kunstschule, Entlassung. □ 1933: Übersiedlung nach Berlin. □ 1934: Erste Arbeit als Bildhauer (»Mann im Dunkeln«). □ 1937: Entfernung von 590 »entarteten« Werken aus dt. Museen; Emigration nach Amsterdam. □ 1947: Prof. der Washington Univ. Art School in St. Louis, USA. □ 1948: Übersiedlung in die USA. □ 1949: Wohnsitz in New York; Prof. an der Kunstschule des Brooklyn-Museums.

▷ M. Beckmann: Tagebücher 1940-1950, 1956; ders.: Leben in Berlin. Tagebücher 1908-1909, 1912-1913, 1966; F. Erpel: Max Beckmann. Leben im Werk. Die Selbstbildnisse, 1985; C. Schulz-Hoffmann: Max Beckmann, 1991.

Beckurts, Karl Heinz

dt. Kernphysiker
* 16.5.1930 Rheydt
† 9.7.1986 Straßlach bei München (ermordet)

Beckurts, bis 1962 Mitarbeiter aus Max-Planck-Institut für Physik in Göttingen, war 1963-70 als Direktor des Instituts für Angewandte Kernphysik im Kernforschungszentrum Karlsruhe am Aufbau der Reaktor-Industrie in der BRD beteiligt. Für größtmögliche Sicherheit eintretend, sprach sich B. mit Verweis auf andere Industrienationen gegen lange Genehmigungsverfahren aus und kritisierte vom wirtschaftlichen Standpunkt Verbote, wie sie die bei Gorleben geplante Wiederaufarbeitungsanlage trafen. B. setzte sich als Vorstandsmitglied und Forschungsmanager der Siemens AG München (ab 1980) für die Weiterentwicklung der Mikroelektronik in der BRD ein. 1986 wurde er Opfer eines Terroranschlags der RAF (A. →Baader).

← Karl Heinz Beckurts

□ 1956-62: Mitarbeiter am MPI für Physik in Göttingen. □ 1958: »Elementare Neutronenphysik« (Schr.). □ 1964: »Neutron Physics« (Schr.). □ 1970-80: Geschäftsführer, ab 1974 Vorstandsvors. der Kernforschungsanlage Jülich.

Becquerel, Antoine Henri

frz. Physiker
* 15.12.1852 Paris
† 25.8.1908 Le Croisic, Dep. Loire-Atlantique

1896 entdeckte Becquerel mehr zufällig die radioaktive Strahlung des Urans, die die traditionelle Vorstellung von den Atomen als kompakte Kugeln revolutionieren sollte. B. war bei seinen Versuchen mit den ein Jahr zuvor von W. C. →Röntgen entdeckten »X-Strahlen« von der Frage ausgegangen, ob auch fluoreszierende Stoffe Röntgenstrahlen aussenden können. Für B.s Versuch, mit einer Uranverbindung das Fluorenzenzleuchten und die darin vermuteten Röntgenstrahlen zu erhalten, war die Einwirkung von Sonnenlicht notwendig. Da B. auch ohne Sonne eine kontinuierliche Strahlung feststellen konnte, mußte diese aus den Uranatomen selbst stammen, die folglich eine Struktur hatten. Für seine Entdeckung dieser von M. →Curie 1898 »Radioaktivität« genannten Erscheinung erhielt B. 1903 den Physik-Nobelpreis mit dem Ehepaar Curie. Nach ihm wurde die Maßeinheit der radioaktiven Strahlungsstärke benannt.

□ 1876: Entdeckung der magnetischen Drehung der Polarisationsebene des Lichts in Gasen. □ ab 1892: Prof. an der École polytechnique in Paris. □ 1899: Fotografischer Nachweis der magnetischen Ablenkbarkeit der Betastrahlen. □ 1908: Präs. der Académie des sciences.

Henri Becquerel erhielt 1903 den Physik-Nobelpreis.

Bednarz, Klaus

dt. Journalist
* 6.6.1942 Falkensee bei Berlin

Bednarz wurde als Leiter und Moderator des politischen TV-Magazins »Monitor« (WDR) bekannt. Der Journalist, der mit seiner Redaktion seit 1983 hartnäckig Mißstände in Politik, Gesellschaft und Wirtschaft aufdeckt und engagiert für die Wahrung der Menschen- und Bürgerrechte eintritt, erntete mit seinen sorgfältig recherchierten Berichten Anerkennung und Kritik gleichermaßen. Als intimer Kenner Polens und der Sowjetunion veröffentlichte B. zahlreiche Bücher zu diesen Ländern.

☐ 1966: Promotion zum Dr. phil. in Wien. ☐ 1967-71: Redakteur beim Dt. Fernsehen. ☐ 1971-77: Korrespondent der ARD in Warschau. ☐ 1977-82: Leiter des ARD-Studios in Moskau. ☐ 1979: »Das alte Moskau« (Schr.). ☐ 1982/83: Leiter des Auslandsstudios beim WDR in Köln; Moderator der »Tagesthemen«. ☐ seit 1983: Redaktionsleiter von »Monitor«. ☐ 1984: »Masuren« (Schr.). ☐ 1988: Carl-von-Ossietzky-Medaille. ☐ 1989: »Polen. Ein Bild-Text-Band« (mit Peter Hirth).

← Klaus Bednarz

Bednorz, Johannes Georg

dt. Mineraloge
* 16.5.1950 Neuenkirchen, Westfalen

Bednorz, seit 1982 Mitarbeiter von K. A. →Müller im IBM-Forschungslaboratorium in Rüschlikon bei Zürich, entwickelte 1983-86 bei seinen gezielten Legierungsversuchen einen keramischen Supraleiter, der bei vergleichsweise hohen Temperaturen (–238 °C) Strom ohne elektrischen Widerstand verlustfrei leitet. Zusammen entdeckten die beiden Forscher, daß sich gerade die klassischen Nichtleiter-Materialien zur Entwicklung von »Hochtemperatur-Supraleitern« eignen, deren notwendige »Sprungtemperatur« zur Aufhebung des elektrischen Widerstands wesentlich über dem absoluten Nullpunkt (–273,3 °C) liegt. Dafür erhielten sie 1987 den Physik-Nobelpreis.

← Johannes G. Bednorz

Beebe, William Charles

amer. Zoologe
* 29.7.1877 New York † 4.6.1962 auf Trinidad

Beebe, ab 1919 Direktor der New York Zoological Society, wurde 1934 mit der von ihm konstruierten Taucherkugel (Bathysphäre) bekannt, in der er in der Nähe der Bermuda-Inseln erstmals eine Tiefe von 923 m erreichte. Die dort in absoluter Dunkelheit lebenden Organismen beschrieb der Tiefseeforscher 1934 in seiner auch literarisch meisterhaften Naturbeschreibung »923 Meter unter dem Meeresspiegel« (dt. 1935).

Beecham, Sir (ab 1916) Thomas

engl. Dirigent
* 29.4.1879 St. Helens, Lancashire
† 8.3.1961 London

Sir Thomas Beecham in der Berliner Philharmonie.

Beecham, der sich im Selbststudium musikalische Grundkenntnisse aneignete und dem ein legendäres Partiturgedächtnis nachgesagt wurde, erwarb als Orchestergründer und Dirigent außergewöhnliche Verdienste um die Musikpflege in England. Seine Karriere begann 1899, als er mit dem Hallé-Orchester (J. →Barbirolli) ein anspruchsvolles Konzertprogramm für den Dirigenten H. →Richter einstudierte. B. dirigierte englische Erstaufführungen (»Salome« und »Elektra« von R. →Strauss), trat mit neuartigen Interpretationen hervor (Händels »Messias«) und organisierte Gastspiele (u. a. S. →Diaghilews Ballets Russes in London). Mit dem von ihm 1946 gegründeten Royal Philharmonic Orchestra spielte B. bedeutende Schallplattenaufnahmen ein (Werke von Berlioz und J. →Sibelius).

☐ 1928: Gründer und Chefdirigent des London Symphony Orchestra. ☐ 1932: Gründung des London Philharmonic Orchestra. ☐ 1933: Künstlerischer Leiter der Int. Opera Season in Covent Garden. ☐ 1942-44: Engagement am Metropolitan Opera House in New York. ☐ 1946: Gründung des Royal Philharmonic Orchestra. ☐ 1959: »Frederick Delius« (Biogr.).

▷ Th. Beecham: A mingled chime (Aut.), 1944.

The Bee Gees

engl. Popgruppe

Das Gespür für gefällige Melodien, zeitgemäße Arrangements und das richtige »timing« machten die Bee Gees seit Mitte der 60er Jahre zu einer der erfolgreichsten Gruppen der Welt. Als Interpreten sorgten die drei Brüder Barry Gibb

Die Bee Gees auf ihrer Welttournee 1991 in Kiel.

(* 1946), Robin Gibb (* 1949) und Maurice Gibb (* 1949) bisher dreimal für Umsatzrekorde: Mitte der 60er Jahre in Australien, Ende der 60er Jahre von England aus weltweit und Ende der 70er Jahre von Amerika aus, als ihnen mit dem Welterfolg »Saturday Night Fever« ein Comeback gelang. Zwischen diesen Phasen zogen sie sich zurück und arbeiteten als Songschreiber und Produzenten für Interpreten wie B. →Streisand, D. →Ross oder Kenny Rogers.

□ 1955: Erste Auftritte als The Blue Cats in Manchester. □ 1958: Auswanderung mit den Eltern nach Australien. □ 1962: Erste Plattenaufnahmen. □ 1967: Rückkehr nach England und Gründung der Bee Gees (Abk. für Brothers Gibb); »Spicks and specks« wird erster Nr.-1-Hit. □ 1968: Millionenhits »World«, »Words«, »I've got to get a message to you«. □ 1970: Übersiedlung in die USA. □ 1975: »Main Course« (LP) mit den Hits »Nights on Broadway« und »Jive Talkin'«. □ 1977: Grammy Award für »How deep is your love«. □ 1978: Grammy Award für die Filmmusik zu »Saturday Night Fever« (mit J. →Travolta). □ 1980: Grammy Award für »Guilty« (LP mit Barry Gibb und B. Streisand). □ 1987: Hit »You win again«. □ 1989: »One« (LP).

▷ M. Henkels: Bee Gees - Die Superstars der 70er Jahre, 1979.

Beerbohm, Sir (ab 1939) Max

(eig. Henry Maximilian Beerbohm)
engl. Schriftsteller
* 24.8.1872 London † 20.5.1956 Rapallo (Italien)

Beerbohm verdankte seinen Ruf als Schriftsteller und Zeichner seinem karikaturistischen Talent und seiner blühenden Phantasie. In unterhaltsamen Essays, originellen Parodien und witzigen Karikaturen entlarvte B. prätentiöse und affektierte Verhaltensweisen der englischen Oberschicht und verspottete Spleens berühmter Zeitgenossen. Sein einziger Roman »Suleika Dobson« (1911, dt. 1988), eine humorvoll-ironische Darstellung des dekadenten Oxforder Universitätsmilieus der 1890er Jahre, war ein großer Publikumserfolg.

□ 1896: »Caricatures of Twenty-five Gentlemen«. □ 1897: »Der zärtliche Betrüger« (Parabel, dt. 1957); »The Works of Max Beerbohm« (Es.s). □ ab 1898: Nachfolger G. B. →Shaws als Theaterkritiker der Saturday Review. □ 1910: Übersiedlung nach Rapallo. □ 1912: »The Christmas Garland« (Erz.n). □ 1928: »The dreadful dragon of hay hill« (Parabel). □ postum 1975: »Der unvergleichliche Max. Essays und Erzählungen« (dt.).

▷ S. C. Roberts: The Incomparable Max, 1962.

Begin, Menachem

israel. Politiker
* 18.8.1913 Brest-Litowsk (Rußland)

Als Oppositionsführer vertrat Begin, in den 40er Jahren Mitglied einer terroristischen Untergrundorganisation, stets eine extrem nationalistische Politik gegenüber der arabischen Bevölkerung Palästinas; zudem lehnte er jedes Wiedergutmachungsabkommen mit Deutschland ab. Nach dem Wahlsieg des konservativen Wahlbündnisses (Likud-Block) 1977 zeigte er sich überraschend konzessionsbereit gegenüber Ägypten.

Brendan Behan →

← Sir Max Beerbohm

← Menachem Begin

1978 schloß er mit Präsident A. el → Sadat das Abkommen von Camp David, dem 1979 ein formeller Friedensvertrag folgte. Auf Grund dieses Vertrages räumte Israel die seit 1967 besetzte Sinai-Halbinsel. Mit dem Einmarsch israelischer Truppen in den Libanon zwang B. 1982 die PLO zum Abzug nach Tunesien. In seiner Amtszeit gelang es ihm nicht, die großen innenpolitischen Gegensätze zu überwinden. Für den Friedensschluß mit Ägypten erhielt B. 1978 mit Sadat den Friedens-Nobelpreis.

□ 1939: Führer einer zionistischen Jugendorganisation (Beitar) in Litauen; Verhaftung durch die Sowjets. □ 1940/41: Verbannung in ein Arbeitslager in Sibirien. □ ab 1942: Führer der terroristischen Untergrundorganisation »Irgun Zwai Leumi« in Palästina. □ ab 1948: Mitbegründer und Vors. der extrem rechtsgerichteten Cherut-Partei. □ 1967-70: Min. ohne Geschäftsbereich. □ 1977-83: Ministerpräsident.

▷ M. Begin: White nights. The story of a prisoner in Russia, NA 1979; G. Hirschler/L. S. Eckmann: Menachem Begin. From freedom fighter to statesman, 1979; A. Perlmutter: The life and times of Menachem Begin, 1987.

Behan, Brendan Francis

ir. Schriftsteller
* 9.2.1923 Dublin † 20.3.1964 ebd.

Geprägt durch die militant antibritische Haltung seines Elternhauses, sind Leben und Werk Behans vom Kampf gegen das als Besatzungsmacht empfundene Großbritannien in Irland bestimmt. Sein Hauptwerk »Borstal Boy« ist ein autobiografischer Roman, der seine Erlebnisse als Häftling zu Beginn des 2. Weltkriegs schildert. Nicht ohne Mitgefühl beschreibt er seine Mitgefangenen als Opfer der Institutionen Kirche, Staat und englische Monarchie. Zu weltweitem Ansehen gelangte B. mit seinem Theaterstück »Der Spaßvogel«, in dem er heftige Kritik an Doppelmoral und Todesstrafe übte. Typisch für B.s Schauspiele sind revueartige Tanzeinlagen, Pantomimen und das Vortragen von Balladen und Kirchenliedern. In die Sprache sind gälische Akzente eingefügt.

□ ab 1937: Mitgl. der Irisch Republikanischen Armee. □ 1940: Verurteilung zu drei Jahren Haft wegen Sabotage. □ 1942: Verurteilung zu 14 Jahren Haft wegen Mordversuchs. □ 1946: Amnestie und erneute Inhaftierung wegen Alkoholvergehens und »revolutionärer Umtriebe«. □ 1953: Kolumnist in der Irish Press. □ 1954: »Der Spaßvogel« (Dr., dt. 1964). □ 1958: »Die Geisel« (Dr., dt. 1962); »Borstal Boy« (R., dt. 1963). □ postum 1965: »Richards Korkbein« (Dr.-Fragment, dt. 1974).

▷ B. Behan: Bekenntnisse eines irischen Rebellen, 1981.

Behm, Alexander Karl Friedrich Franz

dt. Physiker
* 11.11.1880 Sternberg bei Schwerin
† 22.1.1952 Tarp bei Flensburg

Aufgrund des Untergangs des als unsinkbar geltenden britischen Passagierdampfers »Titanic« (auf seiner Jungfernfahrt am 15.4.1912) beschäftigte sich Behm mit Schallortungsverfahren und erfand im gleichen Jahr das Echolot (Behm-Lot). 1920 gründete er in Kiel die Behm-Echolot-

Gesellschaft, in der das Verfahren technisch vervollkommnet wurde und zur Serienreife gelangte. Die jeweilige Entfernung errechnet sich aus der halben Zeitdifferenz zwischen ausgestrahltem Schall und dem Empfang des Echos sowie seiner Geschwindigkeit.

Behnisch, Günter

dt. Architekt
* 12.6.1922 Lockwitz bei Dresden

Behnisch gehört zu den Architekten, die den Einsatz von industriell vorgefertigten Elementen in Deutschland durchgesetzt haben. Dabei ging er zunächst von einer strengen Gliederung des Baukörpers aus (Fachhochschule für Technik in Ulm, 1959-63).
Mit der Gründung der Architektengemeinschaft Behnisch & Partner 1966 vollzog sich der Wandel zu einem aufgelockerteren, Benutzer- und Umweltbedürfnissen angepaßten Stil, der seinen Ausdruck u. a. in der Trennung einzelner Bereiche, unregelmäßigen Grundrissen, Verwendung großer Glasflächen und damit insgesamt in größerer Leichtigkeit und Differenziertheit fand. Bedeutendstes Beispiel hierfür sind die Sportstätten des Olympiageländes in München. Unter Mitarbeit von F. →Otto entstand eine Zeltdachkonstruktion, die die einzelnen Bereiche architektonisch mustergültig verbindet. In den jüngsten Bauten verwirklichte das Büro B. & Partner Prinzipien des Dekonstruktivismus, der neuesten Architekturrichtung.

□ ab 1952: Architekturbüro in Stuttgart (mit B. Lambart). □ seit 1966: Partnerschaft mit W. Büxel, M. Sabatke u. a. □ seit 1967: Prof. an der TH Darmstadt. □ 1967-72: Olympiapark, München. □ 1973-80: Neugestaltung von Königstraße und Schloßplatz in Stuttgart. □ 1973-81: Projekte für Bundesbauten in Bonn. □ 1977-79: Studienzentrum der Ev. Kirche, Stuttgart-Birnbach. □ 1979-84: Verwaltungsgebäude des Diakonischen Werkes, Stuttgart. □ ab 1987: Neugestaltung der zentralen Bauten des Dt. Bundestages in Bonn; Museum der Dt. Bundespost in Frankfurt/Main. □ 1991: Kindergarten Luginsland in Stuttgart.

▷ Behnisch & Partner: Bauten und Entwürfe, 1975.

Peter Behrens →

← Günter Behnisch

Behrend, Siegfried

dt. Gitarrist
* 19.11.1933 Berlin

Behrend gehört zu den herausragenden Gitarristen der Gegenwart. Der Musikprofessor und Dirigent komponierte über 400 Werke, in denen er das klassische Gitarrenrepertoire mit Folklore-Elementen kombinierte. Nach 1963 gab B. auch im außereuropäischen Ausland zahlreiche Konzerte (mit der polnischen Sängerin Belina) und hielt Gastvorträge an den Universitäten von Madrid, Barcelona, Bogotá und Tokio.

□ 1949-52: Schüler am Klindworth-Scharwenka-Konservatorium (Dirigieren, Klavier, Kompositionslehre) in Berlin. □ 1952: Erster Gitarrenabend. □ 1958: Ehrenpräs. der Società Chitarristica Internazionale. □ 1968: »Air del sacro monte« (Komposition für Gitarre). □ 1969: »Xenographie« (Komposition für Gitarre, Laryngallaute und Schlagzeug).

▷ H. Eggers: Belina und Behrend, 1965.

← Siegfried Behrend

Behrens, Peter

dt. Architekt und Industriedesigner
* 14.4.1868 Hamburg † 27.2.1940 Berlin

Behrens begründete einen neuzeitlichen Architekturstil, der den Erfordernissen des industriellen Zeitalters gerecht wurde und dabei Funktionalität und ästhetischen Anspruch verband. Um die Jahrhundertwende ein Hauptvertreter des Jugendstils, erkannte und verwirklichte er als Architekt der AEG die stilistische Eigenständigkeit des Fabrikbaus in Deutschland (Turbinen-Montagehalle in Berlin-Moabit mit verglasten Wandflächen, 1908/09). Sein Arbeitsbereich als künstlerischer Beirat der AEG reichte vom Entwurf für Industrieprodukte bis zur Typografie der Geschäftspost.
Bei seinen repräsentativen Verwaltungsbauten vollzog B. eine Stilentwicklung vom monumentalen Neoklassizismus der Deutschen Botschaft in St. Petersburg (1911/12) zur plastischen Raumgestaltung des Expressionismus (Farbwerke in Frankfurt-Hoechst, 1920-25).

□ 1886-89: Kunststudium (Karlsruhe, Düsseldorf). □ 1900-02: Mitgl. der Künstlerkolonie in Darmstadt (Haus Behrens auf der Mathildenhöhe, 1901). □ 1903-07: Dir. der Kunstgewerbeschule in Düsseldorf. □ 1907-11: Mitarbeiter der AEG. □ ab 1911: Architekturbüro in Berlin (Mitarbeiter: M. →Gropius, →Le Corbusier, L. →Mies van der Rohe). □ 1922-36: Prof. der Kunstakademie in Wien. □ 1936-40: Leiter der Meisterklasse für Baukunst der Preuß. Akademie der Künste in Berlin.

▷ A. Windsor: Peter Behrens, 1981.

Behring, Emil Adolf von (ab 1901)

dt. Bakteriologe
* 15.3.1854 Hansdorf, Westpreußen
† 31.3.1917 Marburg

Behring entwickelte Seren gegen Tetanus und Diphtherie.

Behring, Begründer der Serumheilkunde, entdeckte mit S. →Kitasato 1890 die Fähigkeit des menschlichen Organismus, mit der Bildung von körpereigenen Gegengiften (Antikörpern) die Erreger von Infektionskrankheiten abzuwehren, deren Bekämpfung bis dahin nur mit körperfremden Chemikalien möglich war. Aufgrund seiner Immunitätslehre, die beschreibt, daß das immunisierte Blutserum eines Organismus bei seiner Übertragung auf einen anderen auch diesen immunisiert, gelang die Entwicklung erster wirksamer Seren gegen Wundstarrkrampf und die für Kinder tödliche Diphtherie. Die technischen Methoden zur industriellen Herstellung dieser Impfstoffe in den Farbenwerken Meister, Lucius & Brüning (später Farbwerke Hoechst AG) schuf B. in Zusammenarbeit mit P. →Ehrlich.

□ 1889-93: Assistent von R. →Koch in Berlin. □ 1892: »Die praktischen Ziele der Blutserumtherapie und die Immunisierungsmethoden zum Zwecke der Gewinnung von Heilserum« (2 Bde.). □ 1893-95: Prof. an der Univ. Halle/Saale. □ ab 1895: Prof. an der Univ. Marburg. □ 1901: Physiologie/Medizin-Nobelpreis. □ 1912: »Einführung in die Lehre von der Bekämpfung der Infektionskrankheiten« (Schr.).

▷ H. Zeiß/R. Bieling: Behring, Gestalt und Werk, 1940.

Bei Dao

(auch Shi Mo, Pseud. f. Zhao Zhenkai)
chin. Lyriker und Erzähler
* 2.8.1949 Peking

Bei Dao ist der wichtigste Vertreter der sog. obskuren Lyrik, einer in den 80er Jahren in China entstandenen poetischen Schule. Kennzeichen seiner Lyrik, in der er u. a. die Montagetechnik verwendet, ist eine komplexe, häufig verschlüsselte Bild- und Sprachwelt mit stark symbolischem Gehalt. Er vollzieht darin eine kritische Bestandsaufnahme der Wirklichkeit im real existierenden Sozialismus chinesischer Prägung, indem er das Lebensgefühl der Generation artikuliert, die unter dem Banner des Sozialismus großgeworden ist. Diese Haltung hat ihm in China den Vorwurf des Nihilismus und Existentialismus eingebracht.

← Bei Dao

□ 1969-80: Bauarbeiter. □ 1978-80: Hg. der Untergrundzeitschrift Heute. □ 1978: »In den Ruinen« (Erz., dt. 1985). □ 1979: »Die Heimkehr des Fremden« (Erz., dt. 1980). □ ab 1980: Redakteur der Esperanto-Zeitung El Popola Cinio in Peking; »Der Mond auf dem Schreibtisch« (Erz., dt. 1985). □ 1981: »Kreuzweg« (Erz., dt. 1987). □ seit 1987: Exil in Berlin/West. □ 1990: »Gezeiten« (R.).

Beinhorn, Elli

dt. Sportfliegerin
* 30.5.1907 Hannover

← Elli Beinhorn

Die Motorfliegerin Beinhorn sorgte in den 30er Jahren mit ihren Alleinflügen für Aufsehen. Nach dem Erwerb des Pilotenscheins 1928 spezialisierte sie sich auf Streckenflüge. Bekannt wurde vor allem ihr Afrikaflug vom 4. 1. bis 30. 1. 1931, der in Etappen von Berlin nach Timbuktu führte. Danach folgten Berlin — Australien und eine Südamerika-Tournee. B. war mit dem Automobilrennfahrer Bernd Rosemeyer (* 1907, † 1938) verheiratet.

Beinum, Eduard van

niederl. Dirigent
* 3.9.1900 Arnheim † 13.4.1959 Amsterdam

← Eduard van Beinum

Beinum begann 1920 seine Laufbahn als Pianist und Violinist. Ab 1926 leitete er den Orchesterverein in Harlem. 1931 wurde B. Dirigent, 1945 Chefdirigent des Amsterdamer Konzertgebouw-Orchesters. Er konzertierte als Gastdirigent in den Musikzentren Europas und Amerikas und widmete sich neben den Werken Haydns, Mozarts und B. →Bartóks den Sinfonien Bruckners. Seine Interpretationskunst ist auf vielen Schallplattenaufnahmen dokumentiert.

▷ W. Paap: Eduard van Beinum. 25 Years Conductor of the Concertgebouw Orchestra, 1956; K. Ph. Bernet Kempers/ M. Flothuis: Eduard van Beinum, 1959.

Beitz, Berthold

dt. Industrieller und Manager
* 26.9.1913 Demmin, Pommern (später DDR)

Der Name Beitz ist seit 1953 eng mit dem Krupp-Konzern verbunden. Als Generalbevollmächtigter machte B. das durch Demontage, Krieg und internationale Ächtung als »Waffenschmiede« Hitlers geschädigte Unternehmen zu einem weltumspannenden Verarbeitungskonzern. Besonderen Nachdruck legte er dabei auf die Intensivierung des Osthandels, von der die gesamte westdeutsche Wirtschaft profitierte. 1976 präsentierte B. den Staat Iran als neuen Miteigentümer (25,01 %) der Krupp GmbH. 1989 trat er als Aufsichtsratsvorsitzender zurück.

□ 1934-36: Banklehre in Stralsund. □ 1937: Stellv. Bank-Filialleiter in Demmin. □ 1939: Wechsel zu Shell, Hamburg. □ 1941: Kaufmännischer Leiter der Karpaten-Öl AG, Polen; Rettung jüd. Mitarbeiter vor dem KZ. □ 1949: Generaldir. der Iduna-Germania-Versicherung Hamburg. □ ab 1953: Generalbevollmächtigter von A. →Krupp v. Bohlen und Halbach. □ 1958: Als erster westdt. Industrieller Gast der poln.

Beitz beim Erhalt des Bundesverdienstkreuzes 1960.

Regierung. □ 1967: Vors. des Kuratoriums der gemeinnützigen A.-Krupp-v.-Bohlen-und-Halbach-Stiftung. □ 1970-89: Als Nachfolger von J. →Abs Aufsichtsratsvors. □ 1984-88: Vizepräs. des Int. Olympischen Komitees (IOC). □ seit 1989: Ehrenvors. des Aufsichtsrats der Fried. Krupp GmbH.

▷ D. M. Friz: Alfred Krupp und Berthold Beitz. Der Erbe und sein Statthalter, 1988.

Béjart, Maurice

(eig. Maurice Berger)
frz. Tänzer und Choreograph
* 1.1.1927 (1924?) Marseille

Béjart ist einer der meistdiskutierten Choreographen der Gegenwart. Mit spektakulären Produk-

Maurice Béjart: Ein experimentierfreudiger Choreograph.

tionen für seine Brüsseler Compagnie, das »Ballett des 20. Jahrhunderts«, erreichte er auf internationalen Tourneen mit Auftritten u. a. in Arenen, Stadien und Zirkuszelten ein breites Publikum, fand jedoch nicht immer ein positives Kritikerecho. Seine ausdrucksstarken Arbeiten basieren auf klassischem Schrittmaterial, verknüpft mit Elementen der Pantomime und des Jazztanzes. Nach Experimenten mit dem »spectacle totale«, einer Übertragung des Wagnerschen »Gesamtkunstwerks« auf die Tanzbühne, wandte sich B. auch mystischen, von fernöstlichen Weisheitslehren beeinflußten Themen zu.

☐ 1945: Debüt als Tänzer in Marseille. ☐ 1952: Choreograph und Solist in »Feuervogel« (F., Rg. H. Ekman, nach I. →Strawinsky). ☐ 1954: Gründung einer eigenen Truppe, Ballets de l'Étoile. ☐ 1959: Choreographie von »Le sacre du printemps« in Brüssel; danach Gründung des Ballet du XXe siècle (Ballett des 20. Jahrhunderts) an der Brüsseler Oper. ☐ 1961: »Bacchanale de Tannhäuser« in Brüssel. ☐ 1967: »Messe pour le temps présent« (Messe für unsere Zeit) in Avignon und Brüssel. ☐ 1971: »Nijinsky, clown de dieu« (Nijinsky, Clown Gottes) im Brüsseler Sportpalast. ☐ 1977: »V come...« in der Arena von Verona. ☐ 1982: »Wien, Wien, nur du allein« in Brüssel. ☐ 1984: »Die Stühle« nach E. →Ionesco mit M. →Haydée und J. →Neumeier in Stuttgart. ☐ 1987: Wechsel mit eigener Truppe von Brüssel nach Lausanne. ☐ 1991: »Der plötzliche Tod« (mit U. → Lemper).

▷ M. Béjart: Ein Augenblick in der Haut eines anderen, 1979, dt. 1980.

Békésy, Georg von

amer. Biophysiker ung. Herkunft
* 3.6.1899 Budapest † 13.6.1972 Honolulu (USA)

Der Nobelpreisträger von 1961, Békésy, erklärte mit seinen ausgeklügelten Experimenten und verfeinerten Meßmethoden den Hörvorgang des menschliches Ohres. Mittels die Natur imitierenden Versuchsanordnungen beschrieb er die Bewegung (Wanderwelle) der Lymphflüssigkeit entlang der Basilarmembran und den Mechanismus der Reizverteilung in der Schnecke des Innenohres, die zum Erkennen der verschiedenen Tonhöhen und Lautstärken durch das Gehirn führen. B., 1946 in die USA emigriert, klärte die Funktionsweise der Gehörknöchelchenkette auf und stellte im Gegensatz zu der bis dahin geltenden Resonanzhypothese des Hörens fest, daß das Trommelfell gleichmäßig elastisch ist.

☐ 1939-46: Prof. an der Univ. Budapest; anschließend Emigration über Schweden in die USA. ☐ 1947-66: Prof. an der Harvard-Univ. in Cambridge, Mass. ☐ 1960: »Experiments in hearing« (Schr.). ☐ 1961: Physiologie/Medizin-Nobelpreis. ☐ ab 1966: Prof. an der Univ. von Hawaii. ☐ 1967: »Sensory inhibition« (Schr.).

Harry Belafonte →

← Georg von Békésy

Belafonte, Harold George »Harry«

amer. Sänger, Entertainer und Schauspieler
* 1.3.1927 New York

Als Interpret westindischer Balladen und Calypso-Lieder (»Island in the sun«, »Coconut woman«) sowie als Entertainer wurde Belafonte, Sohn eines Matrosen und einer Hilfsarbeiterin aus Jamaica, ein Weltstar. Anerkennung als Schauspieler erwarb er sich in O. →Premingers »Carmen Jones« (1954), einer nur mit Farbigen besetzten Filmversion der Oper »Carmen« von Georges Bizet (* 1838, † 1875). Der politisch engagierte Sänger setzt seine Popularität in der Friedensbewegung und gegen die Apartheid in Südafrika ein. Er ist zudem Mitgründer und Präsident der amerikanischen, sich für die Abrüstung einsetzenden Vereinigung Performers and Artists for Nuclear Disarmament (PAND). 1982 wurde B. mit dem Martin-Luther-King-Friedenspreis ausgezeichnet.

☐ 1946-48: Schauspielunterricht an der New School for Social Research Dramatic Workshop in New York. ☐ 1948-52: Nachtklubsänger; Engagements am Broadway. ☐ ab 1953: Filme und Fernsehauftritte. ☐ 1957: »Songs of the Caribbean«. ☐ 1960: Emmy-Fernsehpreis für »Tonight with Belafonte«. ☐ 1988: »Paradise in Gazankulu« (LP).

Belaúnde Terry, Fernando

peruan. Politiker
* 7.10.1912 Lima

Belaúnde, Sproß einer der einflußreichsten Familien Perus, bestimmte als Staatspräsident etwa zehn Jahre die Landespolitik (1963-68 und nach zwölfjähriger Militärherrschaft erneut 1980-85). Seine Pläne, Wirtschaft und Sozialwesen zu reformieren, konnte B. nur zu geringen Teilen verwirklichen. Gegen Ende seiner Amtszeit befand sich Peru mit steigenden Inflationsraten und hoher Arbeitslosigkeit in einer schweren Wirtschaftskrise.

☐ 1948: Prof. für Architektur an der Univ. von Lima (bis 1960). ☐ 1956: Gründer der Partei Acción Popular. ☐ 1963-68: Staatspräsident (erneut 1980-85). ☐ ab 1981: Erschwerung der Reformpolitik B.s durch Terroranschläge der maoistischen Guerillagruppe Leuchtender Pfad (Sendero Luminoso).

Bell, Alexander Graham

amer. Physiologe und Erfinder schott. Herkunft
* 3.3.1847 Edinburgh
† 1.8.1922 Baddeck, Nova Scotia (Kanada)

Bell, Professor für Stimmphysiologie in Boston, entwickelte 1876 das erste Telefon, mit dem Sprache verständlich und zusammenhängend übertragen werden konnte. Die patentierte Erfindung verwandelte Schallschwingungen in elektrische Strom- bzw. Spannungsschwankungen, die durch elektrische Leitungen übertragen und schließlich in Schallschwingungen zurückverwandelt wurden. Gemeinsam mit Thomas Sanders und Gardiner Hubbard gründete er die amerikanische Bell Telephone-Company.

▷ R. V. Bruce: Bell. Alexander Graham Bell and the conquest of solitude, 1973; A. Roy Petrie: Alexander Graham Bell, engl. 1975.

← Alexander Graham Bell

Bell, Daniel

amer. Journalist und Soziologe
* 10.5.1919 New York

Bell vertrat 1973 die These, daß wir in den nächsten 30 bis 50 Jahren das Aufkommen der »nachindustriellen Gesellschaft« erleben werden, die drei Komponenten aufweist: Auf wirtschaftlichem Gebiet die Verlagerung von der Güterproduktion auf Dienstleistungen (Gesundheits- und Bildungswesen, technische Dienstleistungen); in der Technologie die zentrale Stellung einer neuen, wissenschaftlich fundierten Industrie und im sozialen Bereich die Entstehung technischer Eliten. Die Distanz des Menschen zur Natur, aber auch zu den Maschinen wächst, statt dessen wendet er sich mehr seinesgleichen zu.

□ 1948: Ressortleiter für Arbeitsfragen bei dem Wirtschaftsmagazin Fortune. □ 1959: Prof. für Sozialwissenschaften, Columbia-Univ., N. Y. □ 1969: Prof. an der Harvard Univ., Cambridge, Mass. □ 1973: »Die nachindustrielle Gesellschaft« (Schr., dt. 1975). □ 1976: »Die Zukunft der westlichen Welt« (Schr., dt. 1979). □ 1980: »The winding passage« (Schr.).

Bell, George Kennedy Allen

engl. Theologe (angl.)
* 4.2.1883 Hayling Island, Hampshire
† 3.10.1958 Canterbury, Kent

Bell war ein anglikanischer Kirchenführer von hohem politisch-moralischem Gewicht. Im 2. Weltkrieg stellte er vermittelnde Kontakte zwischen der britischen Regierung und deutschen Widerstandskreisen her (D. →Bonhoeffer). Außerdem verschaffte er vielen Juden Asyl in England. Als Mitglied des britischen Oberhauses wandte sich B. gegen die Aufnahme eines totalen Bombenkrieges. Wiederholt opponierte er gegen die Herstellung nuklearer Waffen.

□ 1924-58: Hg. der »Documents of Christian unity« (4 Bde.). □ ab 1929: Bischof von Chichester. □ 1930: Sekr. der Lambeth-Konferenz. □ 1945: Teilnahme bei der Stuttgarter Schulderklärung der dt. Protestanten. □ ab 1948: Vors. des Exekutivkomitees des ökumenischen Rates der Kirchen.

Belling, Rudolf

dt. Bildhauer
* 26.8.1886 Berlin † 9.6.1972 Krailling bei München

Zum sog. Pionier der abstrakten Plastik wurde Belling, der lange in der Türkei lebte, durch seine Skulptur »Dreiklang« (1918/19, mehrere Fassungen). Die Komposition aus drei Tänzerinnen entstand als Modell für eine monumentale Skulptur, die eine wechselseitige Belebung von Bau- und Bildhauerkunst einleiten sollte. In den 20er Jahren arbeitete B. eng mit den Architekten B. →Taut und H. →Poelzig zusammen.

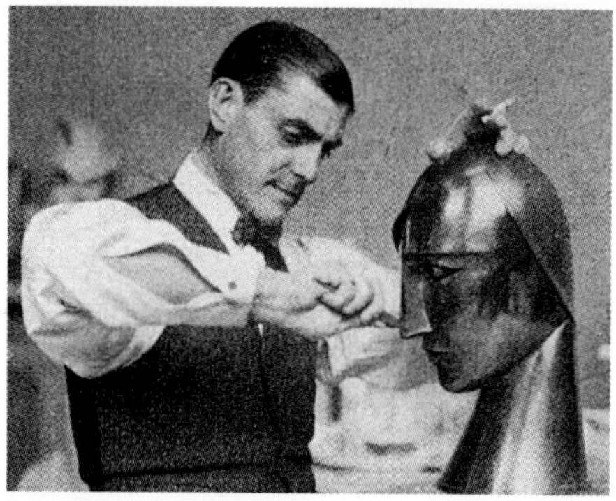

Rudolf Belling: Wegbereiter der abstrakten Plastik.

□ ab 1911: Kunststudium in Berlin. □ 1915-18: Kriegsdienst (Modellabteilung der Fliegertruppe in Berlin-Adlershof). □ 1919-21: Mitgl. des Arbeitsrats für Kunst in Berlin. □ 1937: Emigration in die Türkei. □ 1937-51: Prof. der Kunstakademie in Istanbul. □ 1952-65: Lehrauftrag an der TH in Istanbul. □ 1966: Übersiedlung nach Krailling.

▷ W. Nerdinger: Rudolf Belling und die Kunstströmungen in Berlin 1918-23, 1981.

Saul Bellow →

Bellow, Saul

amer. Schriftsteller
* 10.7.1915 Lachine, Prov. Quebec (Kanada)

Bellow, der Nobel- und Pulitzer-Preisträger von 1976, hat die amerikanische Literatur durch den Reflexionsroman bereichert. Seit »Herzog« (R. 1964, dt. 1965) tritt im Werk B.s immer wieder die Figur des humanistischen Intellektuellen jüdischer Herkunft auf, der durch das oberflächliche Glücksstreben der modernen Gesellschaft zu einer pessimistischen Weltsicht gelangt. B. gelingt es in seinen Romanen, ohne Verlust an erzählerischer Qualität philosophische Positionen zu formulieren (»Der Dezember des Dekans«, 1982, dt. 1982). In »Humboldts Vermächtnis« (1975, dt. 1976), dem Porträt eines Schriftstellers, treten autobiografische Züge hervor.

□ ab 1937: Nach Studium der Anthropologie und Soziologie Journalist, Lehrer und Universitätsdozent; seit 1962 Prof. an der Univ. Chicago. □ 1947: »Das Opfer« (R., dt. 1966). □ 1959: »Der Regenkönig« (R., dt. 1960). □ 1969: »Mr. Sammlers Planet« (R., dt. 1971). □ 1987: »Mehr noch sterben an gebrochenem Herzen« (R., dt. 1989).

▷ P. Bischoff: Saul Bellows Romane. Entfremdung und Suche, 1975.

Belmondo, Jean-Paul

frz. Schauspieler
* 9.4.1933 Neuilly-sur-Seine

← Jean-Paul Belmondo

Der Sohn eines Bildhauers und ehemalige Berufsboxer Belmondo wurde nach kleineren Filmrollen 1959 durch J. L. →Godards Erstlingswerk »Außer Atem« international bekannt und arbeitete danach mit den führenden Regisseuren der Nouvelle Vague (Neue Welle) zusammen. Seit den 70er Jahren spielte B. zumeist in populären Unterhaltungsfilmen (u. a. »Der Puppenspieler«, 1980), in denen er auch schwierigste Szenen ohne Double drehte. Ende der 80er Jahre feierte B. ein Comeback sowohl auf der Bühne (»Kean«, 1987, Dr. von J.-P. →Sartre) als auch mit dem Film »L'itineraire d'un enfant gâté/Der Weg eines verwöhnten Kindes« (1989).

□ 1951-56: Schauspielstudium am Pariser Konservatorium. □ 1958: »Die sich selbst betrügen« (Rg. M. →Carné). □ 1961: »Eine Frau ist eine Frau« (Rg. J. L. Godard). □ 1962: »Der Teufel mit der weißen Weste«; »Die Millionen eines Gehetzten« (beide Rg. J. P. →Melville). □ 1963-66: Präs. der frz. Schauspielerunion. □ 1965: »Elf Uhr nachts/Pierrot le Fou« (Rg. J. L. Godard). □ 1966: »Der Dieb von Paris« (Rg. L. →Malle). □ 1969: »Das Geheimnis der falschen Braut« (Rg. F. →Truffaut); »Borsalino« (mit A. → Delon, Rg. J. Deray). □ 1972: »Doctor Popaul« (Rg. C. →Chabrol). □ 1973: »Le Magnifique« (Rg. Ph. de Broca). □ 1974: »Stavisky« (Rg. A. →Resnais). □ 1986: »Der Boß«. □ 1989: »Der Löwe«.

▷ J.-P. Belmondo: 30 ans et 25 films (Aut.), 1963; S. Levy-Klein: J.-P. Belmondo. Seine Filme — sein Leben, 1981.

Belouso, Ludmilla →Protopopow

Bely, Andrej

(eig. Boris Nikolajewitsch Bugajew)
russ.-sowjet. Schriftsteller
* 26.10.1880 Moskau † 8.1.1934 ebd.

← Andrej Bely

Bely leistete als Dichter und Theoretiker des Symbolismus einen bedeutenden Beitrag zur russischen Literatursprache. Sein Hauptwerk, eine unter dem Titel »Ost und West« geplante geschichtsphilosophische Romantrilogie (1909-18), führte er nicht im Sinne der ursprünglichen Konzeption aus. Dachte B. zunächst an eine Synthese aus westlichem Rationalismus und östlichem Okkultismus, siegte schließlich die poetische Vision über den ideologischen Entwurf. In »Petersburg« (1913/14), dem zweiten Roman der Trilogie, ästhetisiert B., ein im Grunde unpolitischer Schriftsteller, die Revolution von 1905 in einer poetischen und äußerst musikalischen Sprache zu einem emotionalen Erlebnis. Wegen der erzähltechnischen Verwendung von »Bewußtseinsströmen« ist B. mit J. →Joyce verglichen worden.

□ 1899-1906: Mathematik- und Philosophiestudium in Moskau. □ ab 1908/09: Hinwendung zu Theosophie und Okkultismus. □ 1909-18: »Die silberne Taube« (dt. 1961); »Petersburg« (dt. 1959); »Kotik Letaev« (»Katerchen Letaev«). □ 1910: »Symbolismus« (Schr.). □ 1912: Anschluß an den Kreis des Anthroposophen R. → Steiner. □ 1914-16: Aufenthalt bei Steiner in Dornach. □ 1921-23: Nach anfänglicher Revolutionsbegeisterung Emigrant in Berlin. □ 1926: »Moskva« (R.).

Benacerraf, Baruj

amer. Mediziner venezol. Herkunft
* 29.10.1920 Caracas

Benacerraf, 1980 mit dem Nobelpreis für Medizin und Physiologie ausgezeichnet, erforschte die genetisch gesteuerten Strukturmerkmale der Zelloberfläche und ihre Eigenschaften zur Bildung von Antikörpern. Mit seinen Arbeiten über die körpereigenen Abwehrmechanismen gegen verpflanzte Organe und seinen Forschungen auf dem Gebiet der Immungenetik hat B. die Transplantationschirurgie entscheidend gefördert.

□ ab 1943: Amer. Staatsbürger. □ 1958-68: Prof. an der Univ. New York. □ seit 1970: Prof. an der Harvard Medical School in Boston, Mass. □ 1980: Physiologie/Medizin-Nobelpreis (mit J. →Dausset und G. D. →Snell).

Ben Ali, Zine el-Abidine

tunes. Politiker
* 3.9.1936 Hamman Sousse

Zine el-Abidine Ben Ali →

Nach seiner Ernennung zum Regierungschef stürzte Ben Ali — unter Berufung auf die Verfassung — den seit 1957 autokratisch regierenden Präsidenten H. →Bourguiba wegen »Senilität und Amtsunfähigkeit«. Die von dem tiefgläubigen Moslem und ehemaligen Geheimdienstchef nach Amtsantritt angekündigte Liberalisierung und Öffnung des Landes ist bei zunehmender Macht der Islamischen Fundamentalisten bislang nur ansatzweise in Angriff genommen worden. Bei umstrittenen Präsidentschaftswahlen 1989 wurde B. mit 99,27% der Stimmen in seinem Amt bestätigt.

□ 1958-74: Chef des militärischen Abwehrdienstes. □ 1974-77: Militärattaché in Rabat (Marokko). □ 1978-80: Chef des Nationalen Sicherheitsdienstes. □ 1980-84: Botschafter in Warschau (Polen). □ 1984-87: Innenmin. □ 1987: Ministerpräsident; seit Nov. Staatspräsident.

Benavente, Jacinto

span. Dramatiker
* 12.8.1866 Madrid † 14.7.1954 ebd.

Jacinto Benavente →

1922 erhielt Benavente den Literatur-Nobelpreis für die »Weiterführung des spanischen Dramas«. Er setzte den traditionsgebundenen melodramatischen Tragödien J. →Echegarays geistvolle, ironische Komödien entgegen, die mit satirischem Witz die zeitgenössische spanische Gesellschaft kritisierten. Kennzeichnend für seine Arbeiten sind präzise Charakterzeichnungen und fein inszenierte Intrigen in Dramen wie »Verbotene Liebe« (1913) und »Die gnädige Frau« (1908). Zu den 171 Werken des Dramatikers, der in den ersten Jahrzehnten des 20. Jh.s die spanische Bühne beherrschte, gehören neben Farcen und bäuerlichen Dramen auch Kinderstücke.

□ 1894: »Das fremde Nest« (Kom.). □ 1896: »Bekannte Leute« (Dr.). □ 1899: Leiter der Zeitschrift Vida literaria. □ 1907: »Der tugendhafte Glücksritter« (Kom., dt. 1917). □ 1908: »Liebe bewährt sich im Unglück« (Dr., dt. 1948). □ 1913: »Die Verhaßte« (Dr.). □ 1916: »Die frohe Stadt des Leichtsinns« (Kom., dt. 1919). □ 1922: Literatur-Nobelpreis. □ 1945: »Die Infanzona« (Kom.).

Ben Bella, Ahmed

alger. Politiker marok. Herkunft
* 25.12.1916 (1919?) Marnia bei Orân

Ben Bella, einer der Befreiungshelden Algeriens, war der erste Ministerpräsident nach Erlangung der Unabhängigkeit. Gegen den wachsenden Widerstand vieler ehemaliger Mitkämpfer trieb er nicht nur die Sozialisierung des Landes voran, sondern begründete ein autoritäres Präsidialsystem. Anfang 1963 verkündete er einen »arabischen Sozialismus« und ließ eine sozialistische Verfassung ausarbeiten, in der die Nationale Befreiungsfront FLN als Einheitspartei proklamiert wurde. 1965 wurde B. durch einen Putsch seines Generalstabschefs H. →Boumedienne gestürzt.

← Ahmed Ben Bella

□ 1943-45: Unteroffizier in der frz. Armee. □ ab 1946: Mitgl. der paramilitärischen Geheimorganisation OS (Organisation Social) □ 1950: In frz. Haft. □ 1952: Flucht nach Ägypten. □ 1954: Mitbegründer der FLN (Front de Libération National). □ 1956-62: In frz. Haft. □ 1962: Ministerpräsident. □ 1963-65: Staatspräsident und Vors. der FLN. □ 1965-79: In Hausarrest. □ 1981: Exil in Frankreich, später in der Schweiz.

▷ A. Ben Bella: Ben Bella — revient, frz. 1982.

Ben-Chorin, Schalom

(eig. Fritz Rosenthal)
israel. Religionsphilosoph und Schriftsteller
* 20.7.1913 München

Ben-Chorin, dessen schriftstellerisches Werk Lyrik, Essays und Prosa umfaßt, repräsentiert das Reformjudentum in Israel. Beeinflußt von seinem Lehrer und Freund M. →Buber, suchte er neue Wege jenseits der jüdischen Orthodoxie und wurde zum bedeutenden Förderer eines christlich-jüdischen Dialogs.

← Schalom Ben-Chorin

□ 1935: Als Zionist Übersiedlung nach Jerusalem. □ 1939: »Jenseits von Orthodoxie und Liberalismus« (Schr.). □ 1959: Leo-Baeck-Preis. □ 1966: »Zwiesprache mit Martin Buber« (Schr.). □ 1970-87: Dozent und Gastprof. an den Univ.n in Jerusalem, Tübingen, München. □ 1974: »Jugend an der Isar« (Schr.); Leopold-Lucas-Preis. □ 1975: »Jüdischer Glaube« (Schr.). □ 1979: »Das weiße Licht« (Erz.). □ 1982: »Germania Hebraica« (Schr.). □ 1986: »Was ist der Mensch?« (Es.); »Als Gott schwieg« (Es.).

Benda, Ernst

dt. Jurist und Politiker
* 15.1.1925 Berlin

Als Bundesinnenminister (1968/69) der Großen Koalition stand Benda im Mittelpunkt der Diskussion um die Verabschiedung der von ihm mitgetragenen Notstandsgesetze. 1971-83 ergingen unter B.s Präsidentschaft wichtige Entscheidungen des BVG: 1973 zum Grundlagenvertrag zwischen BRD und DDR, zum sog. Radikalenerlaß, zum Schwangerschaftsabbruch (1975) und zu der aus Gründen des Datenschutzes umstrittenen Volkszählung (1983). B., der mit seiner Schrift »Rechtsstaat und Verjährung« (1965) eine allgemein akzeptierte Lösung für die umstrittene Frage der Verjährung von NS-Verbrechen fand, legte als Verfassungsrichter das Grundgesetz oft gegen die Regierungsparteien aus; z. B. im sog. Diätenurteil (1975), das den steuerlichen Interessen der Parlamentarier widersprach, mit der Suspendierung der Wehrnovelle (1977) und der Kritik am Scheidungsrecht (1981).

Ernst Benda, 1971-83 Präsident des BVG in Karlsruhe.

□ ab 1956: Anwaltspraxis in Berlin/West. □ 1957-71: MdB (CDU). □ 1966: »Die Notstandverfassung« (Schr.); »Industrielle Herrschaft und sozialer Staat« (Schr.). □ 1971: »Der Rechtsstaat in der Krise« (Schr.). □ 1979: »Grundrechtswidrige Gesetze. Ein Beitrag zu den Ursachen verfassungsgerichtlicher Beanstandung« (Schr.) □ seit 1983: Prof. für Öffentliches Recht an der Univ. Freiburg i. Br.; Mithg. des »Handbuchs des Verfassungsrechts«.

Benda, Julien

frz. Philosoph und Schriftsteller
* 26.12.1867 Paris
† 7.6.1956 Fontenay-aux-Roses bei Paris

Benda vertrat gegenüber gefühlsbetontem Nationalismus und allen irrationalen Formen der Lebensanschauung das streng rationale Denken des demokratischen Intellektuellen und Europäers. Mit Essays wie »Über den Erfolg des Bergsonismus« (1914) wandte sich der nonkonformistische Einzelgänger, der nicht zur Essays, sondern auch mehrere Romane geschrieben hat, ebenso leidenschaftlich wie polemisch gegen philosophische Zeitströmungen wie den Vitalismus (H. →Bergson) und die Existenzphilosophie. In seinem kulturkritischen Werk »Der Verrat der Intellektuellen« (1927, dt. 1948) maß B. die zeitgenössische literarische Intelligenz, die er verurteilte, an antiken Denkern wie Sokrates und an Weltbürgern wie Erasmus von Rotterdam.

□ 1911: »Die Berufung« (R., dt 1920). □ 1919: »Belphégor« (Es.). □ 1922: »Die Liebenden« (R.). □ 1945: »Das byzantinische Frankreich« (Es.).

Bender, Hans

dt. Parapsychologe
* 5.2.1907 Freiburg i. Br. † 7.5.1991 ebd.

Bender gründete 1950 in Freiburg i. Br. das Institut für Grenzgebiete der Psychologie und Psychohygiene und wurde damit zum Pionier der deutschen Parapsychologie. Überzeugt von der Existenz außersinnlicher Wahrnehmungen, ging B. solchen Erscheinungen wie Telepathie, Hellsehen oder Spuk nach und versuchte, sie methodisch-experimentell zu erfassen. Die wissenschaftliche Erforschung solcher Phänomene ist nach wie vor umstritten.

☐ 1942-44: Dir. des Inst. für Klinische Psychologie an der Univ. Straßburg. ☐ 1954: »Parapsychologie, ihre Ergebnisse und Probleme« (Schr.). ☐ 1954-75: Lehrstuhl für Psychologie und Grenzgebiete der Psychologie an der Univ. Freiburg i. Br. ☐ ab 1957: Hg. der Zeitschrift für Parapsychologie und Grenzgebiete der Psychologie. ☐ 1971: »Unser sechster Sinn. Telepathie, Hellsehen und Psychokinese in der parapsychologischen Forschung« (Schr.). ☐ 1984: »Umgang mit dem Okkulten« (Schr.).

▷ E. Bauer (Hg.): Psi und Psyche. Festschrift für H. Bender, 1974.

← Hans Bender

Bendjedid, Chadli

alger. Politiker
* 14.4.1929 Bouteldja bei Constantine

Bendjedid wurde am 7.2.1979 Nachfolger des im Dezember 1978 verstorbenen algerischen Staatspräsidenten H. →Boumedienne. Er beschnitt die Machtfülle des ZK der Staatspartei Front de Libération National (FLN) und schlug einen pragmatischen Wirtschaftskurs ein. Nach den von Studenten und Arbeitern getragenen schweren Unruhen vom Herbst 1988 ließ B. eine neue Verfassung ausarbeiten, die erstmals die individuellen Freiheitsrechte nennt, andere politische Parteien zuläßt und die Macht des Militärs zurückdrängt.

☐ 1955-62: Offizier der FLN im alger. Unabhängigkeitskampf. ☐ 1963-78: Militärbefehlshaber der Region Oran; Koordinator der Streitkräfte. ☐ seit 1979: Staatspräsident.

Benedetti, Carlo de

ital. Unternehmer
* 14.11.1934 Turin

Der Sohn eines Metallfabrikanten baute als Präsident (ab 1983) den Computer- und Büromaschinenkonzern Olivetti zum Marktführer in Europa auf. Benedetti, der sich mit einer 25%-Beteiligung bei Olivetti eingekauft hatte, schuf durch konsequente Ankäufe von Firmenbeteiligungen ein Finanzimperium, das 1985 durch die Zulassung zur Börse noch expandieren konnte. 1987 erwirtschaftete B. einen Umsatz von mehr als 16 Mrd. DM. Durch die Fusion seiner Finanzholding mit einem französischen Bankhaus 1990, versuchte B. seine Idee einer europäischen Holding-Gesellschaft zu verwirklichen.

☐ 1972-76: Ausbau der väterlichen Metallfabrik zu einem metallverarbeitenden Konzern. ☐ 1976: Vorstandsvors. der Turiner Fiat-Werke; Amtsniederlegung wegen von G. → Agnelli abgelehnter Rationalisierungsvorschläge. ☐ 1978: Manager beim Olivetti-Konzern. ☐ 1984: Vermittlung einer 25%-Beteiligung des größten Telekommunikationskonzerns AT&T bei Olivetti.

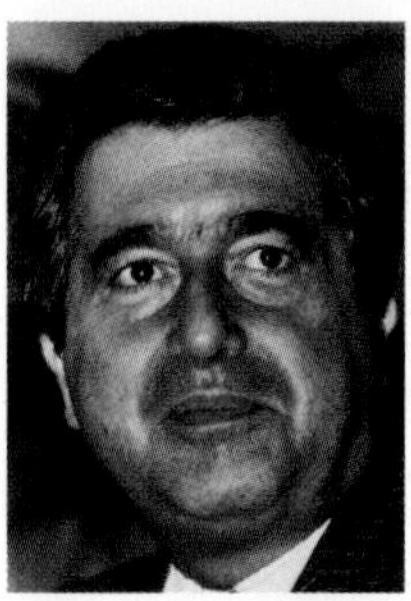

← Carlo de Benedetti

Benedetti, Mario

urug. Schriftsteller und Literaturkritiker
* 14.9.1920 Paso de los Toros

Seine »Bürogedichte« (1956) und die Erzählsammlung »Montevideanos« (1959) machten Benedetti zum Nationaldichter Uruguays. Mit psychologischem Scharfsinn, Sarkasmus und Ironie schildert er den Alltag der kleinen Leute, die in ihrem von Hoffnungslosigkeit, Armseligkeit und Feigheit bestimmten Leben außer materiellem Ehrgeiz keine weiteren Ziele haben. In seinen späteren Werken setzte B. deutlich politische und sozialkritische Akzente und klagte die Korruption und deren Folgen an.

☐ 1938-41: Büroangestellter in Buenos Aires. ☐ 1949: »Heute morgen« (Erz.n). ☐ 1953: »Wer von uns« (R.). ☐ 1960: »Die Gnadenfrist« (R., dt. 1984). ☐ 1965: »Danke für das Feuer« (R., dt. 1987). ☐ 1967-69: Mitarbeiter im staatlichen Kulturinst. in Havanna (Kuba). ☐ 1971: »Juan Angels Geburtstag« (R.). ☐ 1973-85: Nach Militärputsch in Uruguay im span. Exil. ☐ 1982: »Frühling im Schatten« (R., dt. 1986).

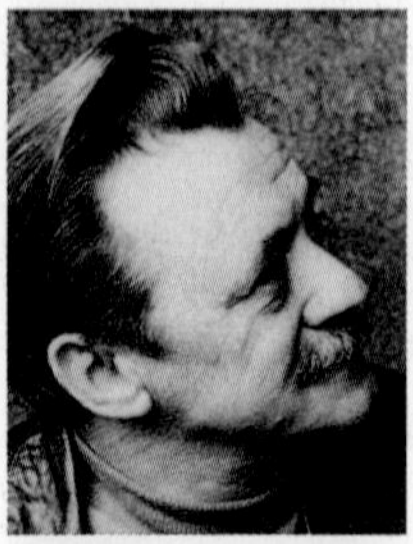

Mario Benedetti →

Benedetti Michelangeli, Arturo

ital. Pianist
* 5.1.1920 Brescia

Benedetti Michelangeli, Mitglied der Accademia Nazionale di Santa Cecilia in Rom, schloß bereits mit 14 Jahren seine Ausbildung ab und begann nach internationalen Preisen 1945 eine weltweite Karriere. Seine Interpretationen klassisch-romantischer Klaviermusik, insbesondere aber der Werke C. →Debussys und M. →Ravels gelten als Höhepunkte des Klavierspiels im 20. Jh. B. ist ein extrem selbstkritischer Pianist, der sich jahrzehntelang mit einem einzigen Stück auseinandersetzt. Für die Ausbildung junger Solisten unterhält er Meisterkurse in Bozen, Turin und Arezzo. Seine Geburtsstadt veranstaltet seit 1965 ein nach ihm benanntes Klavierfestival.

Benedetti Michelangeli →

Benedict, Ruth

amer. Anthropologin
* 5.6.1887 New York † 17.9.1948 ebd.

Benedict gehört wie M. →Mead zu den Gestaltern der in den 20er Jahren von F. →Boas begründeten Kultur- und Persönlichkeitsforschung. B. schildert die kulturbedingten Grundmuster (patterns) menschlichen Verhaltens, die jeweils einem psychologischen Grundzug unterliegen. Sie verwendet die kulturphilosophischen Begriffe »apollinisch« (maßvoll) und »dionysisch« (maßlos) zur Erstellung ihrer Kulturporträts. B.s Konzept vom »Kulturcharakter« wurde von den Sozialisationsforschern A. →Kardiner und R. →Linton erweitert und modifiziert.

☐ 1930-48: Assistenzprof. an der Columbia-Univ., N. Y. (1948 Prof.). ☐ 1934: Hauptwerk »Urformen der Kultur«

(Schr., dt. 1955). □ 1945: »Race: Science and Politics« (Schr.). □ 1946: »The Chrysanthemum and the Sword« (Schr.).

▷ M. Mead: Ruth Benedict, engl. 1974; J. Modell: Ruth Benedict. Patterns of a life, NA 1984.

Benedikt XV.

(eig. Giacomo Giovanni Battista della Chiesa)
ital. Papst (ab 1914)
* 21.11.1851 Genua † 22.1.1922 Rom

Benedikt XV. ist durch seine Vermittlungsbemühungen unter den kriegführenden Ländern im 1. Weltkrieg sowie durch seine Initiativen zur Linderung der Kriegs- und Nachkriegsnot als »Friedenspapst« in die Geschichte eingegangen. Wenn auch sein Bemühen um Frieden keinen Erfolg hatte, so hat der Papst viel zur Rückgewinnung des internationalen Ansehens des Vatikans beigetragen.

Papst Benedikt XV., der sog. Friedenspapst, 1914.

□ 1907: Erzbischof von Bologna. □ 1914: Im Mai Erhebung zum Kardinal, Sept. zum Nachfolger Papst →Pius' X. □ 1914-21: Wiedereinrichtung zahlreicher diplomatischer Vertretungen im Vatikan. □ 1917: Friedensnote »an die Oberhäupter der kriegführenden Völker«. □ 1918: Inkrafttreten des »Codex Iuris Canonici«. □ 16.5.1921: Heiligsprechung der Jeanne d'Arc.

▷ G. Schwaiger: Geschichte der Päpste im 20. Jh., 1968.

Beneš, Eduard

tschech. Politiker
* 28.5.1884 Kožlány, Böhmen (jetzt CSFR)
† 3.9.1948 Sezimovo Ustí, ebd.

Beneš, über 30 Jahre der prägende tschechische Politiker, war ein enger Mitarbeiter von T. →Masaryk, dem Begründers des tschechoslowakischen Staates nach dem Ende der Donaumonarchie. Als Außenminister (1918-35) versuchte B., durch Verträge mit Jugoslawien, Rumänien, Frankreich und der UdSSR die internationale Position der jungen Republik zu stärken. Mit den Stimmen der Nationalen Sozialisten, Sozialdemokraten und Kommunisten wurde er 1935 zum Präsidenten gewählt. Er mußte nach dem Münchner Abkommen (29.9.1938; Abtrennung des Sudetenlandes) zurücktreten; im 2. Weltkrieg war er Präsident der Exilregierung. Nach dem Krieg versuchte B. — wiederum Staatspräsident — die Tschechoslowakei zur unabhängigen »Brücke zwischen Ost und West« zu machen. Gegenüber dem kommunistischen Premierminister K. →Gottwald verlor er nach den Wahlen von 1946 jedoch immer mehr an Einfluß und trat nach dem kommunistischen Staatsstreich (1948) zurück.

← Eduard Beneš

□ 1918-35: Außenmin. □ 1921/22: Ministerpräsident. □ 1935-38: Staatspräsident. □ 1938: Exil in Großbritannien. □ 1940: Präsident der tschech. Exilregierung in London. □ 1945-48: Staatspräsident.

▷ E. Beneš: Erinnerungen, 1947.

Benetton, Luciano

ital. Modedesigner und Fabrikant
* 1935 Treviso

Luciano Benetton →

Schwerpunkt der Benetton-Mode sind T- und Sweat-Shirts. Sie werden vorfabriziert und erst kurz vor Auslieferung in den entsprechenden Modefarben eingefärbt. Benetton setzt auf kräftige Farben. Computer aided design, Quick response und Franchising bildeten die Basis für einen schnellen weltweiten Aufschwung der Firma (1985: 4000 Geschäfte in 57 Ländern), die B. mit seiner Schwester Giuliana 1966 gründete. In den 80er Jahren wurde das »Benetton«-Angebot u. a. durch Wollpullover, Blazer und Strickröcke erweitert.

Ben Gurion, David

(früher David Grün, bzw. hebr. Grin)
israel. Politiker
* 16.10.1886 Płonšk in Rußland (heute Polen)
† 1.12.1973 Tel Aviv

Ben Gurion, der »Vater des modernen Israel«, war schon als Jugendlicher ein begeisterter Kämpfer für eine »nationale Heimstätte für die

David Ben Gurion (l.) und Sir Winston Churchill, 1961.

Juden«. Nach seiner Übersiedlung nach Palästina (1906) führte der überzeugte Sozialist vier Jahrzehnte lang die Gewerkschaftsbewegung Histadrut bzw. die Arbeiterpartei. Das zähe Ringen mit der britischen Mandatsmacht endete 1948, als B. einen selbständigen Staat Israel ausrufen konnte, dessen erster Ministerpräsident er wurde. Während seiner langen Amtszeit an der Spitze wechselnder Koalitionen gelang ihm im bewaffneten Konflikt mit den arabischen Nachbarstaaten (u. a. 1956 Suezkrise) die Konsolidierung Israels. Gegen Widerstände im eigenen Land begründete B. den Beginn der deutsch-israelischen Aussöhnung.

□ 1904: Mitgl. der zionistischen Partei Poalai Zion. □ 1906: Auswanderung nach Palästina. □ bis 1910: Landarbeiter. □ 1911-14: Jurastudium in Istanbul. □ 1915: Von den türk. Behörden aus Palästina ausgewiesen. □ 1917/18: In der brit. »Jüdischen Legion«. □ 1918: Rückkehr aus Europa; Mitbegründer und Vors. der zionistisch-sozialistischen »Achdut Ha'avoda« (Einheit der Arbeit). □ 1920: Mitbegründer der Gewerkschaftsbewegung Histadrut; bis 1935 deren Generalsekr. □ 1930: Mitbegründer und Vors. der Mapai (Arbeiterpartei). □ 1935-48: Vors. der Exekutive der Jewish Agency (Jüdische Selbstverwaltung in brit. Palästina) und der World Zionist Organisation. □ 1948-53, 1955-63: Ministerpräsident und Verteidigungsmin. □ 1965: Austritt aus der Mapai und Gründung der Rafi (Israelische Arbeiterliste; bis 1970). □ 1971: »Erinnerung und Vermächtnis«. □ 1973: »Israel, die Geschichte eines Staates«.

▷ M. Bar-Zohar: David Ben Gurion, 1968; M. Bar-Zohar: 40 Jahre Israel. Die Biographie des Staatsgründers, 1988.

Benjamin, Walter

dt. Schriftsteller und Philosoph
* 15.7.1892 Berlin
† 26.(27.?)9.1940 Port Bou (Spanien, Selbstmord)

Benjamin war ein von jüdischer Mystik geprägter Marxist. In seinem einflußreichsten Werk, dem Essay »Das Kunstwerk im Zeitalter der technischen Reproduzierbarkeit« (1936), forderte er eine Ästhetik auf politischer Basis: Die kontemplative, bloß bewundernde Aufnahme eines Kunstwerks sei gescheitert, da die Einzigartigkeit, die sog. Aura eines Kunstwerks, durch die technischen Möglichkeiten der Reproduktion entmythologisiert und zerstört worden sei. B.s Spätwerk »Das Passagen-Werk« (1927-40), eine großangelegte Analyse bürgerlicher Verhaltensweisen im Paris des 19. Jh.s., blieb Fragment. Einfluß auf nachfolgende Generationen nahm der Literaturkritiker und Schriftsteller auch als hervorragender Stilist.

W. Benjamin: Der jüdische Philosoph und Schriftsteller.

B., der 1940 aus Angst vor einer Auslieferung an die Gestapo Selbstmord beging, wurde 1967/68 im Zuge der Studentenbewegung wiederentdeckt und seitdem umfassend rezipiert.

□ 1919: Promotion über den »Begriff der Kunstkritik in der deutschen Romantik«. □ 1925: Scheitern der Habilitation über das Barockdrama. □ 1928: »Einbahnstraße« (Aphorismen). □ 1933: Emigration nach Paris. □ postum 1955: Veröffentlichung der »Schriften I-II« durch Th. W. →Adorno.

▷ W. Benjamin: Berliner Kindheit um Neunzehnhundert, 1932-38; B. Witte: Walter Benjamin, 1985; M. Brodersen: Spinne im eigenen Netz. Walter Benjamin — Leben und Werk, 1990; N. Bolz/W. v. Reijen: Walter Benjamin, 1991.

Benn, Gottfried

dt. Schriftsteller
* 2.5.1886 Mansfeld, Brandenburg
† 7.7.1956 Berlin

Benn wurde wegweisend für die jungen Lyriker der BRD.

Benn, 1951 der erste Georg-Büchner-Preisträger, provozierte in seinem Frühwerk mit Gedichten (z. B. »Morgue«, 1912), in denen er zynisch und mit schockierender medizinischer Sachlichkeit Krankheit, Verfall und Verwesung des menschlichen Körpers beschrieb. Resignation gegenüber dem Kreatürlichen und der Endlichkeit menschlichen Lebens verband sich mit radikaler Religions- und Kulturkritik. Kurzfristig trat B. 1933 als geistiger Sympathisant der Nationalso-

zialisten auf (»Der neue Staat und die Intellektuellen«, Es.s, 1933), erkannte seinen Irrtum jedoch bereits 1934 und wurde 1938 mit einem Schreibverbot belegt.
In seiner zweiten Schaffensphase ab 1948 verknüpfte B. seine nihilistische Weltsicht mit dem Glauben an die formale Kraft der Kunst (schöpferischer Nihilismus). Mit dem Vortrag »Probleme der Lyrik« (1951), einem Manifest der Literarischen Moderne, übte B. großen Einfluß auf die junge Lyrikergeneration der Bundesrepublik aus.

□ 1903-05: Philosophie- und Theologiestudium. □ 1905-12: Medizinstudium und Promotion. □ 1914: Militärarzt im 1. Weltkrieg. □ 1924: »Schutt« (Ged.e). □ 1917-35: Praxis für Haut- und Geschlechtskrankheiten. □ 1932: »Nach dem Nihilismus« (Es.s). □ 1935: Oberstabsarzt in der Wehrmacht. □ 1938: Ausschluß aus der Reichsschrifttumskammer und Schreibverbot. □ 1944: »Roman des Phänotyps«. □ 1948: »Statische Gedichte«. □ 1949: »Der Ptolemäer« (Erz.n). □ 1951: Georg-Büchner-Preis. □ 1955: »Apèslude« (Ged.e).

▷ G. Benn: Doppelleben. Autobiografie, 1950; H. E. Holthusen: Gottfried Benn, 1986.

← Tony Benn

Benn, Anthony »Tony«

brit. Politiker
* 3.4.1925 London

Benn gehört zum linken Flügel der Labour Party und war 1971/72 deren Vorsitzender. 1945 erstmals ins Unterhaus gewählt und seit 1964 mehrfach Minister, gilt er als brillanter Redner und Populist. Als Industrieminister (1974/75) betrieb er die Verstaatlichung großer Industrieunternehmen; außenpolitisch verfocht er den Austritt Großbritanniens aus der EG. Die von B. 1980 auf dem Parteikongreß durchgesetzten Satzungsänderungen führten zur Spaltung der Partei (R. →Jenkins, D. → Owen).

← Heinz Bennent

Bennent, Heinz

dt. Schauspieler
* 18.7.1921 Atsch (Stolberg) bei Aachen

Bennent, dessen Kunst sich insbesondere in der Darstellung verschlossener, auch scheiternder Charaktere zeigt, ist einer der profiliertesten und zugleich populärsten deutschen Bühnen-, Film- und TV-Schauspieler. Als besonders fruchtbar erwies sich die Zusammenarbeit mit dem TV-Regisseur H. →Geissendörfer. In dessen Fernseh-Adaption des Ibsen-Dramas »Die Wildente« war B. mit seiner Tochter Anne zu sehen, deren darstellerisches Talent bei der Kritik seither große Beachtung findet. Filme drehte B., der wegen seiner intensiven und aktiven Probenarbeit von vielen renommierten Regisseuren geschätzt wird, u. a. unter F. →Truffaut, I. →Bergman, A. →Kluge, M. v. →Trotta und V. →Schlöndorff. In dessen →Grass-Verfilmung »Die Blechtrommel« (1978) beeindruckte B.s Sohn David in der Hauptrolle des Oskar Matzerath.

□ 1947-50: Engagement am Badischen Theater in Karlsruhe, danach in Bochum, Basel, Bonn, Hannover. □ 1954: Erste Arbeit fürs Fernsehen. □ 1961-63: Ensemblemitgl. am Hamburger Thalia-Theater. □ 1962: Hauptrolle in der TV-Produktion »Das Schloß« nach F. →Kafka. □ 1966: Erste Kinorolle in »Kopfstand Madame«. □ 1975/76: Titelfigur der TV-Serie »Der Anwalt«. □ 1976: »Das Schlangenei« (F., Rg. I. Bergman). □ 1976-78: Mitgl. der Münchner Kammerspiele. □ 1980: Theaterdir. in »Die letzte Metro« (F., Rg. F. Truffaut). □ 1981: Staatsanwalt Andergast im TV-Fünfteiler »Der Fall Maurizius« nach dem Roman von J. Wassermann. □ 1983: Prof. in »Der Tod des Mario Ricci« (F., Rg. Cl. Goretta). □ 1987: Maler Julian Fichtner in »Einsamer Weg« (A. →Schnitzler, Rg. Th. →Langhoff, Salzburg). □ 1988: Karl Joseph in »Die Besucher« (B. →Strauß, Rg. D. →Dorn, Münchner Kammerspiele).

Arnold Bennett →

Bennett, Arnold

engl. Schriftsteller
* 27.5.1867 Shelton bei Hanley, Staffordshire
† 27.3.1931 London

Bennett war einer der bedeutendsten Vertreter des realistischen Romans und des Regionalismus in der englischen Literatur. Den Schauplatz seiner vom französischen Realismus beeinflußten Werke bildet das kleinbürgerliche Milieu der Töpfereibezirke in Staffordshire, dessen zeitgeschichtlichen Hintergrund er detailgetreu beschrieb. Sein Hauptwerk, die Trilogie »Die Familie Clayhanger« (zusammengefaßt 1925, dt. 2 Bde., 1930), schildert den Aufstieg des Darius Clayhanger und den Konflikt mit seinem Sohn. B.s geistreiche Ironie kennzeichnete auch seine Kolportageromane, Dramen und Essays.

□ ab 1896: Freier Schriftsteller. □ 1902-12: Aufenthalt in Frankreich. □ 1902: »Das Grandhotel Babylon« (R., dt. 1919). □ 1908: »Konstanze und Sophie oder Die alten Damen« (R., dt. 1932, 1971 u. d. T. »Constance und Sophia oder Die Geschichte der alten Damen«). □ 1911: »Eine tolle Nummer« (R., dt. 1962). □ 1923: »Die Laster der kleinen Leute« (R., dt. 1927).

▷ M. Drabble: Arnold Bennett. A Biography, engl. 1974.

Bennett, James Gordon

amer. Publizist und Zeitungsverleger
* 10.5.1841 New York
† 14.5.1918 Beaulieu-sur-Mer bei Nizza (Frankreich)

Bennett übernahm von seinem gleichnamigen Vater den »New York Herald« (1924 mit der »New York Tribune« zur »New York Herald Tribune« zusammengefaßt), der 1853 die moderne amerikanische Massenpresse begründete. B., der den »New York Herald« auch in Paris und London herausbrachte, finanzierte 1871 die Afrikaexpedition des britischen Journalisten Sir H. M. →Stanley, in deren Verlauf Livingstone gefunden wurde. Für Autorennen, Ballon- und Flugzeugwettbewerbe stiftete der Verleger den Gordon-Bennett-Preis.

Michael Bennett →

Bennett, Michael

amer. Choreograph
* 8.4.1943 Buffalo, N. Y. † 2.7.1987 Tucson, Ariz.

Bennett, einer der großen Broadway-Choreographen der 70er und 80er Jahre, verlegte die Traumwelt des Show-Busineß auf die Bühne, zeigte jedoch auch die von harter Arbeit und erbarmungslosem Konkurrenzkampf bestimmte negative Seite der Branche. Das Musical »A Chorus Line« (UA 1975 am Broadway), das im Broadway-Milieu spielt, war eine der finanziell erfolgreichsten Produktionen der amerikanischen Bühnengeschichte. In weiteren Choreographien thematisierte er das Leben der französischen Modeschöpferin Coco Chanel (»Coco«, 1970) und die Karriere der schwarzen Mädchen-Showgruppe »Dreamgirls« (1981).

□ 1968: Choreographie von »Promises, Promises« nach einem Drama von N. →Simon am Broadway. □ 1971: Choreographie und Rg. des Musicals »Follies« am Broadway; Auszeichnung mit dem Tony Awards. □ 1974: Choreographie, Rg. und Drehbuch für »Seesaw«. □ 1976: Pulitzer-Preis für »A Chorus Line«. □ 1979: »Ballroom«.

← Martin Benrath

Benrath, Martin

dt. Schauspieler
* 9.11.1926 Berlin

Benrath zählt seit 30 Jahren zur ersten Garde der deutschen Charakterdarsteller. Am Düsseldorfer Schauspielhaus unter G. →Gründgens und am Bayerischen Staatsschauspiel München war er mit Titelrollen in J. →Anouilhs »Becket oder die Ehre Gottes« und Schillers »Wallenstein« erfolgreich. Seine bekanntesten Filme sind »Berlinger — Ein deutsches Abenteuer« (1975), »Kaltgestellt« (1978) und »Die weiße Rose« (1982), der den Widerstand der Geschwister →Scholl in der NS-Zeit thematisiert. Im Fernsehen spielte er Hauptrollen u. a. in »Heydrich in Prag« (1967; R. →Heydrich) und »Die Buddenbrooks« (1979). B. trat zudem als Regisseur hervor. 1982 inszenierte er am Cuvilliés-Theater das »Ende des Spiels« von Simon Grey.

← Max Bense

Bense, Max

dt. Philosoph und Wissenschaftstheoretiker
* 7.2.1910 Straßburg † 29.4.1990 Stuttgart

Bense gab in seiner »Aesthetica« (Schr., 1965) eine informationstheoretische Begründung der Ästhetik. Unter Verzicht auf metaphysische Deutung des Schönen löste B. das literarische Kunstwerk aus dem traditionellen Zusammenhang von Autorintention und individueller Rezeption, indem er bei geisteswissenschaftlichen und ästhetischen Problemen mit naturwissenschaftlichen Methoden ansetzte. Mit seinen Experimenten, Texte wie »Entwurf einer Rheinlandschaft« (1962) oder »Einer Liebesgeschichte zufälliges Textereignis« (1967) durch elektronische Datenverarbeitungsanlagen maschinell herzustellen, inspirierte B. die sog. Konkrete Poesie.

□ 1946-49: Prof. an der Univ. Jena. □ 1947: »Philosophie als Forschung« (Schr.). □ 1950-78: Prof. an der TH Stuttgart. □ 1950: »Literaturmetaphysik. Der Schriftsteller in der technischen Welt« (Schr.). □ 1955-60: »Descartes und die Folgen. Ein aktueller Traktat« (Schr., 2 Bde.). □ 1962: »Theorie der Texte. Eine Einführung in neuere Auffassungen und Methoden« (Schr.). □ ab 1976: Hg. der Zeitschrift Semiosis. □ 1979: »Die Unwahrscheinlichkeit des Ästhetischen und die semiotische Konzeption der Kunst« (Es.). □ 1985: »Kosmos Atheos« (Ged.e).

Anton Benya →

Benya, Anton

österr. Gewerkschafter
* 8.10.1912 Wien

Benya war als langjähriger Präsident des österreichischen Gewerkschaftsbundes (1963-87) neben B. →Kreisky einer der politisch einflußreichsten Männer Österreichs. Er trat für eine Sozialpartnerschaft der Tarifparteien ein, lehnte aber die Mitbestimmung der Arbeitnehmer in der Unternehmensleitung ab.

□ 1934-37: Wegen Mitarbeit in der illegalen Betriebsgruppe Freie Gewerkschaft mehrmals inhaftiert. □ 1948: Berufung zum Sekr. des Gewerkschaftsbundes. 1962-67: Vors. der Gewerkschaft der Metall- und Bergarbeiter, der größten Gewerkschaft Österreichs.

Benz, Carl Friedrich

dt. Ingenieur und Automobilpionier
* 25.11.1844 Karlsruhe † 4.4.1929 Ladenburg

Mit dem liegenden Einzylinder-Viertakt-Benzinmotor (0,8 PS), der einen dreirädrigen Wagen antrieb, schuf Benz 1885 ein völlig neues Straßenfahrzeug. Dieses erste Automobil besaß bereits ein Differential zur gleichmäßigen Verteilung des Antriebs auf zwei Räder, Riemenantrieb und Vollgummibereifung. B. erhielt für seinen unabhängig von G. →Daimler entwickelten »Patentmotorwagen« deutsche und ausländische Patente. Bereits zu Beginn des 20. Jh.s konnte B. ein

C. Benz (l.) neben seinem Sohn Eugen am Steuer seines Victoria-Automobils, 1893.

breites Programm (vom offenen 3-PS-Velo für zwei Personen bis zum zwölfsitzigen 15-PS-Break) anbieten.

□ 1878: Konstruktion des Zweitaktmotors. □ 1883: Gründung der Benz & Cie. Gasmotorenfabrik, Mannheim. □ 1886: Öffentliche Vorführung des ersten dreirädrigen, benzingetriebenen Automobils mit Einzylinder-Viertaktmotor. □ 1893: Produktion von Vierradwagen. □ 1901: Benz & Cie. bietet zehn verschiedene Modelle an. □ 1926: Zusammenschluß von Benz & Cie. und der Daimler-Motorengesellschaft zur Daimler-Benz AG, Stuttgart.

Berchtold, Leopold Graf

österr.-ung. Politiker und Diplomat
* 18.4.1863 Wien
† 21.11.1942 Schloß Peresznye bei Ödenburg

Während der Bosnischen Krise 1908 gelang es Berchtold mit großem diplomatischem Geschick, die Spannungen zwischen den Regierungen in Wien und in St. Petersburg auszugleichen; daher wurde er 1911 gegen seinen Willen zum Außenminister berufen. Den darauffolgenden Krisen auf dem Balkan zeigte sich B. nicht mehr gewachsen; Österreich-Ungarn wurde zunehmend isoliert. Nach der Ermordung des österreichischen Thronfolgers Franz Ferdinand in Sarajevo führte u. a. B.s scharf formuliertes Ultimatum an Serbien (23. 7. 1914) zum Ausbruch des 1. Weltkriegs.

← Leopold Graf Berchtold

□ 1894-1911: Botschafter in Paris, London und St. Petersburg. □ 1911-15: Außenmin. und Vors. des Ministerrats. □ 1915/16: Als Reserveoffizier an der Front. □ 1916: Obersthofmeister. □ ab 1918: Ohne politisches Amt.

Berdjajew, Nikolai Alexandrowitsch

russ. Philosoph
* 19.3.1874 Obuchowo bei Kiew
† 23.3.1948 Clamart bei Paris (Frankreich)

Berdjajew stellte die Freiheit in das Zentrum seiner christlichen Existenzphilosophie. Anfangs Marxist und in seinen kulturkritischen Anschauungen F. →Nietzsche verwandt, fand B. über »Die Weltanschauung Dostojewskijs« (Abh., 1923, dt. 1925) zum Christentum und betonte die schöpferische Kraft der Persönlichkeit. Bestimmend sei, lehrte der »prophetische Philosoph«, die durch nichts determinierte Freiheit, die — selbst Gott vorausgehend — im Nichtsein gründe.

← Nikolai A. Berdjajew

□ 1899-1902: Wegen marxistischer Aktivitäten im zaristischen Rußland Verbannung nach Vologda (nördlich von Moskau). □ 1917-22: Prof. an der Univ. Moskau; Gründung einer Freien Akademie der geistigen Kultur. □ 1922: Wegen radikaler Kritik am Materialismus und Atheismus Ausweisung aus der UdSSR. □ ab 1924: Aufenthalt in Paris; Hg. der Zeitschrift Put; Gründung einer Religionsphilosophischen Akademie. □ 1927: »Die Philosophie des freien Geistes« (dt. 1930). □ 1931: »Die Bestimmung des Menschen« (Abh., dt. 1935). □ 1932: »Wahrheit und Lüge des Kommunismus« (dt. 1953). □ 1939: »Von des Menschen Knechtschaft und Freiheit« (dt. 1954). □ 1946: »Die russische Idee« (dt. 1983).

▷ N. A. Berdjajew: Selbsterkenntnis. Versuch einer philosophischen Autobiographie, 1949, dt. 1953.

Berg, Alban

österr. Komponist
* 9.2.1885 Wien † 24.12.1935 ebd.

Unter den drei Komponisten der Zweiten Wiener Schule (A. →Schönberg, A. v. →Webern) war Berg derjenige, dessen Musik am deutlichsten von der Auseinandersetzung mit der romantischen Kunstauffassung zeugte. Sein nach dem Dramenfragment Georg Büchners (* 1813, † 1837) entstandenes Hauptwerk »Wozzeck« (UA 1925 Berlin) gilt als repräsentative Komposition des modernen Musiktheaters. B. vollzog in diesem freitonalen Werk eine Balance zwischen unmittelbarer Ausdruckskraft und strenger klassizistischer Formgebung, die für sein gesamtes Schaffen kennzeichnend ist.
In der »Lyrischen Suite« für Streichquartett (1925/26) wandte B. zum ersten Mal die Zwölftontechnik seines Lehrers Schönberg an. Dabei gelang es ihm, die abstrakte Kompositionstechnik mit der Expressivität tonaler Musik zu verbinden. Gleiches gilt für das »Violinkonzert« aus dem Todesjahr des Komponisten, das zu den populärsten Werken der Moderne gehört.
Unvollendet blieb B.s zweite Oper »Lulu« (1928-35) nach F. →Wedekinds Dramen »Erdgeist« und »Die Büchse der Pandorra« (F. →Cerha rekonstruierte 1976 den dritten Akt nach Partiturentwürfen). Darin verband B. das Reihenprinzip Schönbergs mit der Leitmotivtechnik Wagners und hob damit den überlieferten Gegensatz zwischen Nummernoper und durchkomponiertem Musikdrama auf. Als neue Möglichkeit der dramaturgischen Gestaltung setzte B. in »Lulu« die Technik der filmischen Illustration ein.

← Alban Berg

□ 1904-10: Kompositionsunterricht bei A. Schönberg in Wien. □ 1911: Übergang zu freitonaler Kompositionsweise (»Streichquartett, op. 3«). □ 1915-18: Militärdienst in Ungarn; Versetzung wegen gesundheitlicher Labilität in das Wiener Kriegsministerium. □ 1918: »Vortragsmeister« in Schönbergs Verein für musikalische Privataufführungen. □ 1919: Kompositionslehrer in Wien. □ 1925: UA der Oper »Wozzeck« in Berlin. □ ab 1925: Anwendung der Zwölftontechnik. □ 1930: Mitgl. der Preuß. Akademie der Künste. □ 1934: Opfer der nationalsozialistischen Pressekampagne. □ postum 1936: UA des »Violinkonzerts« in Barcelona.

▷ W. Reich: Alban Berg. Leben und Werk, 1937; Th. W. Adorno: Berg. Der Meister des kleinsten Übergangs. 1968; V. Scherliess: Alban Berg in Selbstzeugnissen und Bilddokumenten, 1975.

Berg, Paul

amer. Biochemiker
* 30.6.1926 New York

Berg entwickelte die Technologie der Genchirurgie, eine Voraussetzung für die biogenetische Herstellung von Insulin und Interferon durch gezielt manipulierte Bakterienkulturen. 1972 gelang es B. auf experimentellem Wege, mit Hilfe von Enzymen bestimmte Moleküle aus den Ketten der DNS (Desoxyribonukleinsäure) verschiedener Organismen herauszuschneiden, zu neuen Molekülkomplexen zusammenzusetzen und in Zellen zu vermehren. B. erkannte die Gefahren, die durch Mißbrauch der möglich gewordenen Manipulation der Erbsubstanz (neue bakteriologische Waffen) drohen, und initiierte eine Kampagne zur freiwilligen wissenschaftlichen Selbstkontrolle, die 1976 zu einer internationalen Konferenz und ersten gesetzlichen Richtlinien führte.

□ 1955-74: Prof. an der Washington Univ. in St. Louis. □ 1966: Mitgl. der amer. Akademie der Wissenschaften. □ seit 1970: Gleichzeitig Prof. an der Stanford Univ., Kalif. □ 1980: Chemie-Nobelpreis (mit W. →Gilbert und F. →Sanger).

Berganza, Teresa

span. Sängerin
* 16.3.1935 Madrid

Berganza trat 1955 in Madrid erstmalig als Konzertsängerin auf und gab 1957 ihr internationales Operndebüt als Dorabella in Mozarts »Così fan tutte« bei den Festspielen in Aix-en-Provence. Seitdem singt die Mezzosopranistin, eine bedeutende Rossini-Interpretin, auf allen großen Bühnen der Welt. B. trat auch als Liedsängerin auf; berühmt wurden ihre Interpretationen der spanischen Lieder von Fernando Sor (* 1778, † 1839) und der Arien von Martin y Soler (* 1754, † 1806).

Bergengruen, Werner

dt. Schriftsteller und Übersetzer
* 16.9.1892 Riga (Lettland)
† 4.9.1964 Baden-Baden

Christliche Weltsicht und Ethik prägen das Werk Bergengruens. Der konservative Schriftsteller veranschaulichte anhand ungewöhnlicher Begebenheiten und exemplarischer Grenzsituationen allgemeingültige Daseinsgesetze. So schilderte er in seinem Roman »Am Himmel wie auf Erden« (1940) die Ängste einzelner Menschen angesichts der Bedrohung durch eine astrologisch vorhergesagte Flutkatastrophe. Kennzeichnend für B.s Werke ist die der Novellentechnik entlehnte Konzentration der Handlung auf eine einzige Geschehenslinie. Anerkennung erlangte B. nicht nur als Schriftsteller, sondern auch als Übersetzer russischer Literatur.

☐ 1923: »Das Gesetz des Atum« (R.); »Schimmelreiter hat mich gossen« (Nov.n). ☐ 1930: »Der tolle Mönch« (Nov.n). ☐ 1935: »Der Großtyrann und das Gericht« (R.). ☐ 1936: Konversion zum Katholizismus. ☐ 1937: Ausschluß aus der Reichsschrifttumskammer. ☐ 1941: »Der spanische Rosenstock« (Nov.). ☐ 1952-62: »Der letzte Rittmeister« (R.).

▷ H. Bänziger: Werner Bergengruen, 1983.

Berger, Erna

dt. Sängerin
* 19.10.1900 Cossebaude bei Dresden
† 14.6.1990 Essen

Die Sopranistin Berger zählte als Opern- und Liedsängerin zu den profiliertesten Interpretinnen ihrer Zeit. Sie debütierte als einer der drei Knaben in Mozarts »Zauberflöte« 1926 an der Dresdner Staatsoper (Fr. →Busch), der sie bis 1934 angehörte. 1946 startete B. über Salzburg, New York, Australien und Japan ihre internationale Karriere und festigte ihren Ruf als bedeutendste deutsche Vertreterin des Koloraturfachs. Ihre Glanzrollen waren die Konstanze in Mozarts »Entführung aus dem Serail«, die Königin der Nacht in Mozarts »Zauberflöte« sowie die Violetta in G. → Verdis »La Traviata«.

☐ 1926: Soubrette an der Dresdner Staatsoper. ☐ 1927: Titelpartie in der UA von P. Graeners (* 1872, † 1944) »Hanneles Himmelfahrt« (Oper). ☐ 1930: Partie des »Hirtenknaben« in der Bayreuther Aufführung des »Tannhäuser«. ☐ 1934-46: Mitgl. der Berliner Staatsoper. ☐ Nov. 1946: Wiederauftritt nach dem Krieg an der Dt. Staatsoper (Titelrolle in Verdis »La Traviata«). ☐ 1949-53: Weltweite Gastspiele. ☐ 1953: Letzter Opernauftritt in Berlin. ☐ 1955: Mitgl. der Berliner Akademie der Künste. ☐ ab 1960: Prof. an der Staatlichen Hochschule für Musik Hamburg. ☐ ab 1971: Prof. an der Essener Folkwang-Hochschule.

▷ K. Höcker: Erna Berger. Die singende Botschafterin, 1961; Erna Berger: Auf den Flügeln des Gesanges (Aut.), 1988.

Hans Berger →

← Werner Bergengruen

Helmut Berger →

← Erna Berger

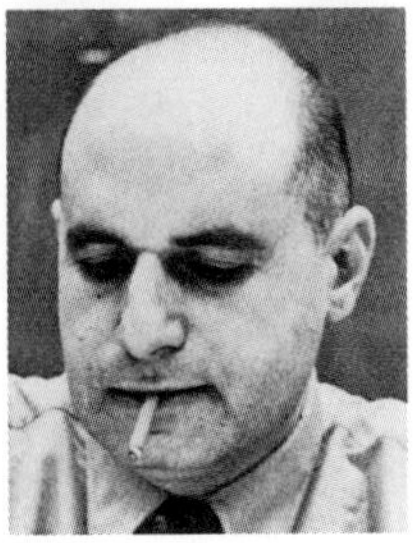

Peter Ludwig Berger →

Berger, Hans

dt. Nervenarzt
* 21.5.1873 Neuses an den Eichen bei Coburg
† 1.6.1941 Jena

Berger entwickelte 1929 ein an den Kopf anlegbares Elektrodensystem, mit dem ihm die Aufzeichnung der rhythmischen Schwingungen der elektrischen Arbeitsleistung im Gehirn bei unversehrter Kopfhaut gelang. Der Begründer der Elektroenzephalographie unterschied bei seiner Ableitung des Hirnstrombildes Alpha- und Betawellen, die zur besseren Diagnose vieler Gehirnerkrankungen, zunächst der Epilepsie, ausgewertet wurden.

☐ 1904-07: »Über die körperlichen Äußerungen psychischer Zustände« (2 Bde.). ☐ 1915: »Trauma und Psychose« (Schr.). ☐ 1919-38: Prof. an der (später nach B. benannten) Psychiatrischen Klinik der Univ. Jena. ☐ 1921: »Psychophysiologie in 12 Vorlesungen«.

Berger, Helmut

(eig. Helmut Steinberger)
österr. Schauspieler
* 29.5.1944 Bad Ischl, Oberösterreich

Berger wurde 1966 von dem italienischen Regisseur L. →Visconti entdeckt und 1968 mit der Hauptrolle seines Films »Die Verdammten« betraut, die ihn international bekannt machte. Seinen größten Erfolg hatte B. als »Ludwig II.« (1972, Rg. L. Visconti, mit R. →Schneider, G. →Fröbe), dessen psychische Isolierung er eindrucksvoll darstellte. 1983/84 spielte er in der US-Fernsehserie »Denver-Clan«.

☐ 1966: Filmdebüt in »Hexen von heute« (Rg. L. Visconti). ☐ 1969: Hauptrolle in »Das Bildnis des Dorian Gray« (Rg. M. Dallamano) . ☐ 1970: »Der Garten der Finzi Contini« (Rg. V. →De Sica). ☐ 1973: »Aschermittwoch« (mit E. →Taylor); »Der Reigen« (Rg. O. → Schenk). ☐ 1986: »Lenz oder Die Freiheit« (Rg. D. Berner).

Berger, Peter Ludwig

amer. Soziologe österr. Herkunft
* 17.3.1929 Wien

Berger bezeichnet seinen soziologischen Standort als »humanistisch«. Stark beeinflußt wurde er von A. →Schütz und dessen Phänomenologie des Alltagslebens. Nach B. erfahren wir zwei Welten: Die Mikrowelt unseres täglichen Lebens mit seiner vertrauten Routine und gleichzeitig die anonyme, abstrakte Makrowelt mit ihren übergeordneten Regulativmustern (Rechtsgefüge, Unterrichtswesen, Staatsverfassung, Wirtschaftssystem). Die Entwirrung des Geflechts beider Welten ist Aufgabe einer soziologischen Wissenschaft im Sinne B.s. Worin die Werte unseres Leben bestehen, erschließt sich nach B. durch ein kollektives Urteil, denn die Gesellschaft sei immer auch eine Singgemeinschaft.

□ 1966: »Die gesellschaftliche Konstruktion der Wirklichkeit« (Schr., dt. 1969). □ 1970: Prof. für Soziologie an der Rutgers Univ., N. Y. □ 1973: »Das Unbehagen in der Modernität« (Schr., dt. 1975). □ 1975: »Welt der Reichen, Welt der Armen« (Schr., dt. 1976). □ 1979: »Der Zwang zur Häresie« (Schr., dt. 1980). □ 1981: Prof. an der Univ. Boston.

Berghaus, Ruth

dt. Opernregisseurin
* 2.7.1927 Dresden

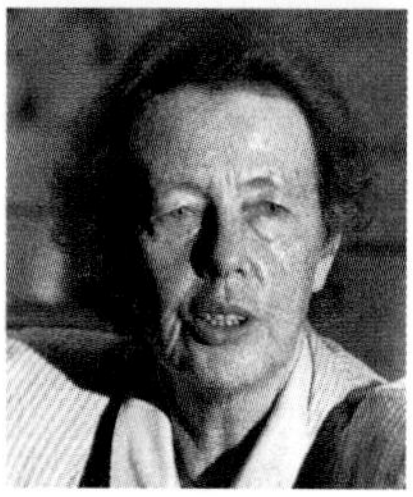

← Ruth Berghaus

Berghaus, die mit der Inszenierung der Oper »Puntila« (1966) ihres Mannes P. →Dessau ersten internationalen Erfolg hatte, rief mit ihren unkonventionellen Produktionen stets kontroverse Reaktionen bei Kritik und Publikum hervor. Proteste und Begeisterung zugleich erlebten ihre Wagner-Inszenierungen »Parsifal« (1982) und »Tristan und Isolde« (1987) in Frankfurt/Main und Hamburg. Seit dem Fall der Berliner Mauer (Nov. 1989) wird B., die als überzeugte Kommunistin gilt, zunehmend wegen ihrer stillschweigenden Zusammenarbeit mit der ehemaligen SED kritisiert.

□ 1951-64: Choreographin an der G.-Palucca-Schule in Dresden und an Ostberliner Bühnen. □ 1962: Beitritt zur SED. □ 1964-70: Regieassistentin, ab 1967 Regisseurin beim Berliner Ensemble. □ 1970-77: Als Nachfolgerin H. →Weigels Intendantin des Berliner Ensembles. □ seit 1977: Regisseurin an der Dt. Oper in Ost-Berlin; daneben zahlreiche Gastverpflichtungen, u. a. in Frankfurt/Main, Mannheim, Paris, Wien und Hamburg.

▷ S. Neef: Das Theater der Ruth Berghaus, 1989; K. Bertisch: Ruth Berghaus, 1990.

Bergius, Friedrich

dt. Chemiker
* 11.10.1884 Goldschmieden bei Breslau
† 30.3.1949 Buenos Aires (Argentinien)

← Friedrich Bergius

Bergius, Pionier auf dem Gebiet chemischer Massenproduktionsverfahren, entwickelte 1911 die Voraussetzungen zur industriellen Gewinnung von flüssigem Kohlenwasserstoff durch direkte Kohleverflüssigung. Diese 1926 von M. Pier verbesserte Kohlehydrierung wurde in der I. G. Farbenindustrie ab 1927 technisch perfektioniert und im großen Maßstab zur Benzingewinnung eingesetzt.
In den 20er Jahren erarbeitete B. verschiedene Techniken, Holz unter Zugabe von hochkonzentrierter Salzsäure in kristallierten Traubenzucker umzuwandeln. Außerdem gelang dem Nobelpreisträger von 1931 die Umwandlung von Äthylen in Glykol.

□ 1909: Habilitation an der TH Hannover; anschließend Privatgelehrter. □ 1914-45: Mitarbeiter der Goldschmidt AG, Essen. □ 1931: Chemie-Nobelpreis mit C. →Bosch. □ ab 1948: Berater der argentin. Regierung auf dem Gebiet der Industrialisierung des Landes.

Bo Hjalmar Bergman →

Bergman, Bo Hjalmar

schwed. Schriftsteller
* 6.10.1869 Stockholm † 17.11.1967 ebd.

Der Lyriker und Novellist Bergman war neben Hjalmar Söderberg der herausragende Vertreter des schwedischen Impressionismus. Sein erster Gedichtband »Die Marionetten« (1903) vermittelt den illusionslosen Pessimismus des Fin de siècle, wonach der Mensch seinem Schicksal wehrlos ausgeliefert ist. In der Gedichtsammlung »Ein Mensch« (1908) zeichnet sich B.s Veränderung zugunsten einer positiveren Lebenseinstellung ab. In seinen Novellen beschrieb B. das Leben in seiner Heimatstadt Stockholm. Kritik an Faschismus und Kommunismus übte er in dem Gedicht »Das Reich« (1944).

□ ab 1892: Nach Jurastudium Tätigkeit im Postministerium. □ 1900: Parisreise. □ 1904: »Ein Traum« (Nov.). □ 1917-32: Berater am Dramatiska teater in Stockholm. □ 1925: Mitgl. der Schwed. Akademie. □ 1926: »Mein Freund, der Baron« (Nov.). □ 1931: »Trotz alledem« (Ged.). □ 1935: Pensionierung. □ 1939: »Alte Götter« (Ged.). □ 1961: »Wir wandern« (R.).

▷ B. Liljenberg: Bo Bergman, 1985.

Bergman, Ingmar

schwed. Regisseur
* 14.7.1918 Uppsala

Bergman im Dramatischen Theater in Stockholm, 1991.

Bergman, Sohn eines Pastors, setzt sich in seinen Theaterinszenierungen und über 50 Filmen mit metaphysischen und existentiellen Sinnfragen auseinander. Psychologisch u. a. an A. →Strind-

berg geschult, untersucht er in seltener Radikalität die Problematik menschlicher Beziehungen, so in »Wilde Erdbeeren« (1957) und »Szenen einer Ehe« (1973). Fragen nach Gott und dem Sinn des Lebens stellen u. a. »Das siebente Siegel« (1956) und die sog. Kammerspieltrilogie (»Wie in einem Spiegel«, »Licht im Winter«, »Das Schweigen«, 1960-63). »Das Schweigen«, für viele Kritiker die Vision einer Welt ohne Gott, wurde wegen der für damalige Verhältnisse freizügigen Darstellung von Sexualität einer von B.s finanziell erfolgreichsten Filmen.
B. bevorzugt einen festen Schauspielerstamm (u. a. M. v. → Sydow, L. → Ullmann, Gunnar Björnstrand, Erland Josephson, Harriet Andersson, Bibi Andersson). Seine überwiegend schwarzweißen Filme kennzeichnen eine ausgeprägte Symbolik sowie kontrastreiche Bilder mit erdrückenden Innenräumen. 1976 verließ B. nach Auseinandersetzungen mit den schwedischen Steuerbehörden seine Heimat (Rückkehr 1981). Sein Alterswerk »Fanny und Alexander« (1982), die Geschichte eines Geschwisterpaars, das in einer Künstlerfamilie aufwächst und nach dem Tod des Vaters in die strenge Obhut des religiösen Stiefvaters kommt, ist eine Abrechnung mit dem puritanischen Protestantismus. Der Film erhielt vier Oscars.

☐ 1938-40: Studium der Literatur- und Kunstgeschichte; erste Theaterinszenierungen. ☐ 1944: Drehbuchautor und Regieassistent bei »Die Hörige« (Rg. A. Sjöberg). ☐ 1944-46: Leiter des Helsingborger Stadttheaters. ☐ 1945: Debütfilm »Krise«. ☐ 1953: »Abend der Gaukler«; »Die Zeit mit Monika«. ☐ 1955: »Das Lächeln einer Sommernacht«. ☐ 1958: Goldener Bär für »Wilde Erdbeeren« (1957). ☐ 1960: Oscar (bester ausländischer Film) für »Die Jungfrauenquelle«. ☐ 1963-66: Leiter des Kgl. Dramatischen Theaters in Stockholm. ☐ 1966: »Persona«. ☐ 1968: »Schande«. ☐ 1971: Sechste Ehe mit Ingrid Rosen. ☐ 1972: »Schreie und Flüstern«. ☐ 1973: »Szenen einer Ehe«. ☐ 1975: TV-Inszenierung der »Zauberflöte«. ☐ 1976: »Das Schlangenei«; Goethepreis der Stadt Frankfurt. ☐ 1976-85: Regisseur am Münchener Residenztheater. ☐ 1978: »Herbstsonate« (mit I. → Bergman). ☐ 1983: Goldener Löwe von Venedig für das Gesamtwerk. ☐ 1989: Präs. der Gesellschaft für den europ. Film.

▷ I. Bergman: Mein Leben (Aut.), 1987; E. Weise: Ingmar Bergman, 1987.

Ingrid Bergman, »natürlicher« Weltstar aus Schweden.

Bergman, Ingrid

schwed. Schauspielerin
* 29.8.1915 Stockholm
† 29.8.1982 London (Großbritannien)

Bergman war bereits in Schweden ein Filmstar, als sie 1939 der Produzent D. O. → Selznick nach Hollywood holte. In »Casablanca« (1942, Rg. M. → Curtiz) spielte sie mit H. → Bogart eines der bekanntesten Liebespaare der Filmgeschichte und wurde mit ihrem mädchenhaften Charme der erste »natürliche« Star der Traumfabrik. Unter A. → Hitchcock drehte sie drei Filme, u. a. mit C. → Grant »Berüchtigt/Notorius« (1946).
1948 lernte sie den italienischen Regisseur R. → Rossellini kennen (sechs gemeinsame Filme; u. a. »Stromboli«, 1949) und verließ ihren ersten Mann. Noch vor der Scheidung bekam sie von Rossellini ein Kind, was ihr die amerikanische Öffentlichkeit, die sie mit der Nonne aus »Die Glocken von St. Marien« (1946, L. McDarey) und »Johanna von Orleans« (1948, V. Fleming) identifizierte, lange Zeit verübelte. Für ihre Hauptrollen in »Das Haus der Lady Alquist/Gaslight« (1944, Ch. → Cukor) und »Anastasia« (1956, A. Litvak) erhielt sie jeweils den Oscar.

☐ 1934: Filmdebüt in »Munkbrogeven« (Rg. E. Adolphson und S. Wallén). ☐ 1936: »Intermezzo« (G. Molander). ☐ 1937: Heirat mit dem Arzt P. Lindström. ☐ 1943: »Wem die Stunde schlägt« (mit G. → Cooper, Rg. S. Wood). ☐ 1945: »Ich kämpfe um dich« (mit G. → Peck, Rg. A. Hitchcock). ☐ 1950-57: Ehe mit R. Rossellini; drei Kinder, u. a. die Schauspielerin I. Rossellini. ☐ 1958-78: Dritte Ehe mit dem Theaterproduzenten L. Schmidt. ☐ 1974: »Mord im Orient-Express« (S. → Lumet); Oscar für die beste Nebenrolle. ☐ 1978: »Herbstsonate« (mit L. → Ullmann, Rg. I. → Bergman).

▷ I. Bergman: Mein Leben (Mem.), 1980; L. Leamer: Ingrid Bergman, 1987.

Gustav von Bergmann →

Bergmann, Gustav von

dt. Internist
* 24.12.1878 Würzburg † 16.9.1955 München

Bergmann begründete mit seiner Schrift »Funktionelle Pathologie« (1936) die Lehre von den nicht organisch bedingten Krankheitserscheinungen und förderte das funktionelle Denken in der Heilkunde. Neben wertvollen Studien zur Entstehung des Magengeschwürs befaßte sich B. mit Stoffwechselkrankheiten und Funktionsstörungen des Herzens. Als Professor für Innere Medizin lehrte B. an den Universitäten in Marburg, Frankfurt/Main, Berlin und München und war Mitherausgeber des »Handbuchs der inneren Medizin«.

Bergner, Elisabeth
(eig. Elisabeth Ettel)
österr. Schauspielerin
* 22.8.1897 Drogobytsch (Galizien)
† 13.5.1986 London (Großbritannien)

Bergner begann ihre Theaterkarriere im Berlin der »Goldenen« 20er Jahre mit triumphalen Erfolgen in A. →Strindbergs »Königin Christine« und G. B. →Shaws »Die heilige Johanna«. Nach ihrer Emigration 1933 wurde sie in Großbritannien und den USA an der Seite von D. →Fairbanks jr. in »Katharina die Große« (1933) und mit L. →Olivier in »As you like it« (1935) auch dem angelsächsischen Publikum bekannt. Ihre unprätentiöse Art, Melancholie in der Fröhlichkeit und Heiterkeit in Augenblicken der Verzweiflung darzustellen, machte sie zum Vorbild der jüngeren Schauspielergeneration.

← Elisabeth Bergner

□ 1915-22: Bühnenengagements in Innsbruck, Zürich, Berlin und München. □ ab 1921: Zahlreiche Filme mit dem Regisseur Paul Czinner, ihrem späteren Ehemann. □ 1933-49: Emigration; Bühnen- und Filmengagements in London, New York und Hollywood. □ 1938: Brit. Staatsbürgerschaft. □ ab 1949: Gastspiele in der BRD, New York und London. □ ab 1975: Rollen im dt. Fernsehen (»Nachtdienst«, 1975; »Angelo und Lucy«, 1984).

▷ E. Bergner: Bewundert viel und viel gescholten. Elisabeth Bergners unordentliche Erinnerungen, 1978.

Bergonzi, Carlo
ital. Sänger
* 13.7.1924 Parma

Bergonzi debütierte nach Gesangsstudien 1948 als Bariton in der Titelrolle von Rossinis »Barbier von Sevilla«. 1951 wechselte er zum Tenorfach und fand internationale Anerkennung als Spezialist für Partien G. →Verdis, Donizettis und G. →Puccinis. Erfolge erzielte er an der Mailänder Scala (1963-68) und am Metropolitan Opera House in New York (bis 1972 regelmäßige Gastspiele). Unter den Tenören der Nachkriegszeit beherrschte B. das Passaggio von der Brust- in die Kopfstimme mit einzigartiger Leichtigkeit.

Bergson, Henri
frz. Philosoph
* 18.10.1859 Paris † 4.1.1941 ebd.

Die Lebensphilosophie des Literatur-Nobelpreisträgers von 1927 ist von einem Zeitbegriff geprägt, der die vom Individuum subjektiv empfundene Zeit betont. Nicht auf der objektiven, physikalischen Zeit (temps), sondern auf der erlebten, realen Zeit (durée réelle) baute Bergson seine intuitive Erkenntnistheorie, seine Theorien über das Gedächtnis und die Zeit auf, die auch Schriftsteller wie M. →Proust stark beeinflußten. Die Wirklichkeit des Lebens, die nicht dem Intellekt, sondern dem Bewußtsein nur intuitiv erfahrbar sei, deutete B. metaphysisch als eine Einheit, in der eine als »élan vital« umschriebene kreative Kraft ständig neue Schöpfungen entwickele. Bekannt wurde der um Frieden und internationale wissenschaftliche Zusammenarbeit bemühte Philosoph u. a. mit seiner auf empirischer Sozialpsychologie beruhenden Studie über »Das Lachen« (1900, dt. 1914), die der modernen Molière (* 1622, † 1673)-Forschung entscheidende Impulse gab.

Sune K. Bergström →

← Henri Bergson

□ 1889: Nach Philosophiestudium an der École Normale Supérieure Veröffentlichung der Doktorarbeit »Zeit und Freiheit. Eine Abhandlung über die unmittelbaren Bewußtseinstatsachen« (dt. 1911). □ 1896: »Materie und Gedächtnis« (Es., dt. 1907). □ 1900-21: Prof. für Griechisch und Philosophie am Collège de France. □ 1914: Mitgl. der Académie française; Präs. der Académie des Sciences Morales et Politiques; Indizierung seiner Schriften durch Papst →Pius X. □ 1922: Präs. der Völkerbundkommission für geistige Zusammenarbeit in Genf. □ 1927: Literatur-Nobelpreis. □ 1932: »Die beiden Quellen der Moral und der Religion« (Schr., dt. 1933). □ 1934: »Denken und schöpferisches Werden« (Schr., dt. 1948).

▷ L. Kolakowski: Henri Bergson. Ein Dichterphilosoph (Biogr.), 1985.

Bergstraesser, Arnold
dt. Sozialwissenschaftler
* 14.7.1896 Darmstadt † 24.2.1964 Freiburg i. Br.

Bergstraesser führte die Internationale Politik als wissenschaftliche Disziplin in Deutschland ein. Er untersuchte v. a. die in den 50er Jahren sich herausbildende Bipolarität der Welt durch das östliche Paktsystem und den Zusammenschluß des Westens unter amerikanischer Führung. B. beschäftigte sich mit konkreten Möglichkeiten der Friedenssicherung auf institutioneller und vertraglicher Ebene.

□ 1929: Prof. für Staatswissenschaft und Auslandskunde, Univ. Heidelberg. □ 1937: Emigration in die USA; Prof. für dt. Kultur und europ. Geschichte, Claremont College (Kalif.), später in Chicago (1944). □ 1950: Rückkehr nach Deutschland. □ 1954: Prof. für wissenschaftliche Politik und Soziologie, Univ. Freiburg i. Br. □ 1955: Dir. des Inst. für europ. Politik und Wissenschaft. □ postum 1965: »Weltpolitik als Wissenschaft« (Schr.).

Bergström, Sune Karl
schwed. Biochemiker
* 10.1.1916 Stockholm

Bergström isolierte in den 50er Jahren erstmals sog. Prostaglandine, biologisch sehr aktive Gewebshormone, die im Gegensatz zu anderen Hormonen nicht über Drüsen in den Blutkreislauf gelangen, sondern unmittelbar in der Nähe desjenigen Körpergewebes gebildet und wieder abgebaut werden, wo sie wirken. Dem Nobelpreisträger von 1982 gelang die Reinkultur der insbesondere für die Herzmuskulatur wichtigen Prostaglandine, und mit der Aufklärung der chemischen Struktur schuf er die Grundlagen zu ihrer Synthese.

□ 1947-58: Prof. an der Univ. Lund. □ 1958-77: Prof. am Karolinska-Inst. in Stockholm; seit 1969 Rektor ebd. □ seit 1977: Vors. des beratenden Ausschusses für medizinische Forschung bei der WHO in Genf. □ 1982: Physiologie/Medizin-Nobelpreis (mit B. →Samuelsson und J. R. →Vane).

Berija, Lawrenti Pawlowitsch

sowjet. Politiker
* 29.3.1899 Mercheuli bei Suchumi, Georgien
† 23.12.1953 (?) Moskau (hingerichtet)

Als gefürchteter Geheimdienstchef war Berija eine der wichtigsten Stützen von J. →Stalin. Nach der Revolution unterdrückte B. die Selbständigkeitsbestrebungen in seiner Heimat Georgien; später war er maßgeblich an der blutigen »Säuberung« der Partei beteiligt. Zusammen mit G. →Malenkow und W. → Molotow bildete er nach Stalins Tod für kurze Zeit die sowjetische Führungsspitze, bis er als »Verräter« aus der Partei ausgeschlossen wurde. Nach offiziellen Angaben wurde er im Dezember 1953 hingerichtet.

Berija (m.) mit Parteigenossen bei der Beisetzung J. Stalins im März 1953.

☐ 1917: Mitgl. der Bolschewiki. ☐ 1921-31: Polizeifunktionär im Transkaukasus. ☐ 1931-36: 1. Parteisekretär in der Transkaukasischen Republik. ☐ 1934: Mitgl. des ZK der KPdSU. ☐ ab 1938: Volkskommissar für das NKWD (staatliches Sicherheitswesen, später MWD genannt); damit auch Chef der Geheimpolizei. ☐ ab 1939: Mitgl. des Politbüros. ☐ 1946: Mitgl. des Präsidiums des ZK. ☐ März-Juni 1953: Stellv. Premierminister.

▷ Th. Wittlin: Commissar. The life and death of Lavrentij Pawlowitsch Berija, 1973.

Berio, Luciano

ital. Komponist
* 24.10.1925 Oneglia (heute zu Imperia)

Berio war mit seinen Werken an der Ausformung der Serialität (K. →Stockhausen) und der Erschließung der elektronischen Musik beteiligt. Stärker als andere Exponenten der Neuen Musik zielt B. auf die Kontinuität musikalischer Traditionen. Die Entdeckung einer »Musik im Raum« (»Perspectives«, 1956) knüpft an die venezianische Mehrchörigkeit des 16. Jh.s an. Seine »Sinfonia für 8 Singstimmen und Orchester« (1969) ist ein Beispiel für die Collage- und Zitattechnik der zeitgenössischen Musik. B. verknüpfte in diesem Schlüsselwerk unterschiedliche Entwicklungsstränge der neueren Kompositionsgeschichte (u. a. die Verbindung von Musik und Politik, Probleme der Sprachkomposition).

← Luciano Berio

☐ 1954: Mit B. →Maderna Gründung des Studios für musikalische Phonologie bei der RAI Mailand. ☐ 1956-60: Hg. der Zeitschrift Incontri musicali. ☐ 1965: Prof. für Komposition an der Juilliard School of Music, New York. ☐ 1977-80: Leiter der Abteilung Elektroakustik des IRCAM (Inst. de Recherche et de Coordination Acoustique-Musique) in Paris. ☐ 1982: »La vera storia« (UA Mailänder Scala). ☐ 1984: »Un 77 in ascolto« (UA Salzburger Festspiele). ☐ 1989: Siemens-Musikpreis.

Berkhan, Karl Wilhelm

dt. Politiker
* 8.4.1915 Hamburg

Berkhan war mit seinem Freund H. → Schmidt 1946 Gründungsmitglied des Sozialistischen Deutschen Studentenbundes (SDS). In seiner Zeit als Abgeordneter des Bundestages spezialisierte sich der ehemalige Luftwaffenpilot auf wehrpolitische Fragen. Nach seiner Wahl zum Wehrbeauftragten setzte B. sich besonders für die individuellen Rechte der Soldaten ein (»Bürger in Uniform«), wobei er diese wiederholt »vor allzu großer Anpassungsfähigkeit« warnte.

☐ 1940-45: Flugzeugführer in der Luftwaffe. ☐ seit 1945: Mitgl. der SPD. ☐ 1953-57: Mitgl. der Hamburger Bürgerschaft. ☐ 1957-75: MdB; Wehrexperte der SPD. ☐ 1969-75: Staatssekr. im Bundesverteidigungsministerium. ☐ 1975-85: Wehrbeauftragter des Dt. Bundestages.

Berlage, Hendrik Petrus

niederl. Architekt
* 21.2.1856 Amsterdam † 12.8.1934 Den Haag

Berlage leitete in den Niederlanden die Überwindung des dekorativen Historismus ein. Als Wendepunkt gilt sein Neubau der Amsterdamer Börse (1898-1903), deren Haupthalle von unverkleideten Konstruktionselementen beherrscht wird. Die Begegnung mit L. H. →Sullivan während einer Amerikareise (1911/12) bestärkte B. in seiner Betonung der rationalen Funktionsgerechtigkeit eines Bauwerks. Von dieser »Maschinenästhetik« distanzierte sich B. Mitte der 20er Jahre. Herausragend ist die kontrastreich komponierte Baugruppe der First Church of Christ Scientist (1925/26) in Den Haag.

☐ 1876-78: Studium am Polytechnikum in Zürich. ☐ ab 1889: Architekturbüro in Amsterdam. ☐ 1913: Übersiedlung nach Den Haag. ☐ 1914-19: Leiter der Bauabteilung der Firma Wm. H. Müller & Co. (Verwaltungsgebäude »Holland House« in London, 1914-16). ☐ ab 1919: Eigenes Architekturbüro in Den Haag.

▷ M. Bock: Anfänge der neuen Architektur. Berlages Beitrag, 1983.

Berlin, Irving

(eig. Israel Baline)
amer. Schlagerkomponist
* 11.5.1888 Temum, Sibirien (UdSSR)
† 22.9.1989 New York

Als Berlin im Alter von 101 Jahren starb, lag eine beispiellose Karriere als Schlager- und Musicalkomponist hinter ihm. Aus ärmlichen Verhältnissen stammend, besaß er einen Instinkt für den Publikumsgeschmack, aber auch einen ausgeprägten Geschäftssinn. Seinem ersten Welthit »Alexander's Ragtime Band« (1911) folgten zahl-

Irving Berlin singt eigene Songs in Nassau, Bahamas.

lose erfolgreiche Songs sowie Revuen und Musicalfilme. Das Lied »A White Christmas« (1942), gesungen von B. →Crosby, wurde mit über 200 Mio. weltweit verkauften Schallplatten erfolgreichster Schlager aller Zeiten; »God bless america« ist auch heute noch eines der meistgesungenen patriotischen Lieder. Als sein Meisterstück gilt das auch heute noch vielgespielte Musical »Annie get your gun« (1946).

□ 1893: Auswanderung in die USA. □ 1907: Erstes Lied »Marie from sunny Italy«. □ 1913: Ballade »When I lost you« (über 1 Mio. Plattenauflage). □ 1917: Organisator von Soldatenrevuen. □ 1919: Gründung eines Musikverlags und eines Musiktheaters. □ 1927: Mitarbeit am ersten Tonfilm »The Jazz Singer«. □ 1932: Musical »Face the music«. □ 1933-40: Musikfilme. □ 1940-45: Musikalische Propaganda. □ 1977: Auszeichnungen »Medal of Merit«, »Medal of Freedom«.

▷ L. Berggreen: As thousands cheer, 1991.

Maximilian D. Berlitz →

← Emil Berliner

Silvio Berlusconi →

← Enrico Berlinguer

Berliner, Emil

amer. Elektroingenieur dt. Herkunft
* 20.5.1851 Hannover † 3.8.1929 Washington D. C.

Der deutsche Auswanderer Berliner erfand 1887 in Washington das Grammophon, eine Weiterentwicklung des Phonographen von Th. A. → Edison. Als Tonträger verwendete B. erstmals eine kreisförmige, mit einer Wachsschicht versehene Zinkplatte. Die Art der Aufzeichnung (Berliner-Schrift) ermöglichte eine verbesserte Vervielfältigung der Aufnahmen, so daß bereits 1892 Schallplatten in größerer Anzahl produziert werden konnten.

Berlinguer, Enrico

ital. Politiker
* 25.5.1922 Sassari, Sardinien † 11.6.1984 Padua

Der stets höfliche und zurückhaltende Berlinguer entstammte einer aristokratischen Familie katalanischer Herkunft. Seitdem er als Zwanzigjähriger das Jurastudium aufgegeben hatte, widmete er sich ausschließlich der Kommunistischen Partei (PCI), deren unumstrittener Führer er ab 1972 war. Es gelang ihm, die Partei unter dem Schlagwort »Eurokommunismus« vom sowjetischen Einfluß zu lösen; in der Zugehörigkeit zur NATO sah er die Garantie für einen eigenständigen Weg zum Sozialismus. Doch sein hartnäckig verfolgtes Ziel, den »historischen Kompromiß« mit den Christdemokraten, vermochte er nicht zu erreichen. 1981 stellte B. in einem Dokument der PCI fest, daß der »mit der Oktoberrevolution eingeschlagene Weg« seine »erneuernde Antriebskraft« verloren habe. Damit leitete er ungewollt zum Ende der Partei über, die nach den Reformen in Osteuropa 1991 in PDS umbenannt wurde.

□ 1943: Mitgl. der Kommunistischen Partei (Partida Communista Italiana, PCI). □ 1944: Sekr. des Kommunistischen Jugendverbandes. □ 1945: Im ZK der PCI. □ 1949-56: Generalsekretär des Kommunistischen Jugendbundes. □ 1957: Dir. der Zentralhochschule der PCI. □ 1958: Im Parteivorstand. □ 1962-66: Sekr. des ZK. □ 1966: Mitgl. des Politbüros. □ 1968-84: Mitgl. der Abgeordnetenkammer. □ 1969: Stellv. Generalsekretär der PCI. □ 1972-84: Generalsekretär der PCI.

Berlitz, Maximilian David

amer. Sprachpädagoge dt. Herkunft
* 1852 Württemberg
† 6.4.1921 New York

Berlitz gründete 1878 in Providence im US-Bundesstaat Rhode Island seine erste Sprachschule. Er entwickelte eine Methode, die auf der Grundlage des sofortigen Sprechens einer Fremdsprache einen schnellen Erwerb der Umgangssprache möglich machen sollte. Zu diesem Zweck unterrichten in dem mittlerweile weltweiten Netz von B.-Schulen ausschließlich ausländische Lehrkräfte in ihrer Muttersprache.

Berlusconi, Silvio

ital. Unternehmer
* 29.9.1936 Mailand

Berlusconi ist Herr über den größten nicht an der Börse notierten Konzern Italiens, der Fininvest SpA. 1988 verbuchte die Unternehmensgruppe — ohne eine ebenfalls von B. kontrollierte italienische Warenhauskette — einen Umsatz von 6 Mrd. DM. Dabei entfiel der Hauptanteil auf drei Fernsehanstalten in Italien sowie auf Beteiligungen am Privatfernsehen in Spanien, Frankreich, Kanada und Deutschland. 1989 setzte eine amerikanische Zeitschrift den »Citizen Kane der europäischen Medien« in ihrer Milliardärshitliste an die erste Stelle.

□ 1961: Gründung einer Bauholding. □ 1966: Realisierung einer Neubausiedlung für 4000 Menschen. □ 1969: Bau der als beispielhaft geltenden Satellitenstadt Milano due für 10 000 Menschen. □ 1979: Kauf kleinerer TV-Gesellschaften. □ 1982: Gründung der Fininvest SpA. □ 1983: Übernahme des TV-Senders Italia Uno. □ 1984: Kauf des Senders Rete Quattro. □ 1985: Kauf der größten span. TV-Studios. □ seit 1986: Präs. und Großaktionär des Fußballvereins AC Mailand. □ 1988: Erwerb der Kapitalmehrheit der größten ital. Warenhauskette. □ 1989: Kontrolle von 50,3 % des ital. Verlags Mondadori.

▷ R. Igel: Berlusconi — Eine italienische Karriere, 1990.

Bermann Fischer, Gottfried

dt. Verleger
* 31.7.1897 Gleiwitz (heute Gliwice, Polen)

Bermann Fischer, Schwiegersohn des Verlagsgründers S. →Fischer, trug nach dem 2. Weltkrieg mit preiswerten Taschenbuchausgaben zur Verbreitung guter Literatur im Nachkriegsdeutschland bei. Während des Krieges publizierte der wegen seiner jüdischen Herkunft emigrierte Verleger in Schweden und den USA zahlreiche, von den Nationalsozialisten verfolgte Schriftsteller und rettete so u. a. das Lebenswerk von Th. →Mann, H. v. →Hofmannsthal, A. → Kolb, A. →Schnitzler und St. →Zweig. Seit seinem Ausscheiden aus dem S. Fischer Verlag Ende der 60er Jahre lebt er zurückgezogen in der Toskana.

☐ 1923: Medizinisches Staatsexamen bei E. F. →Sauerbruch. ☐ 1925: Eintritt in den Berliner S. Fischer Verlag. ☐ 1926: Heirat mit Brigitte Fischer (Annahme des Doppelnamens). ☐ 1936: Gründung des Bermann Fischer Verlags im Wiener Exil. ☐ 1938: Flucht nach Schweden. ☐ 1940: Emigration in die USA. ☐ 1950: Teilweise Rückgabe des 1936 von P. →Suhrkamp übernommenen S. Fischer Verlags. ☐ 1951: Gründung der Fischerbücherei KG Frankfurt-Hamburg. ☐ 1972: Aufgabe von Sitz und Stimme in Verwaltungsgremien. ☐ 1990: »Briefwechsel mit Autoren« (mit Brigitte Bermann Fischer).

← G. Bermann Fischer

Bernanos, Georges

frz. Schriftsteller
* 20.2.1888 Paris † 5.7.1948 Neuilly-sur-Seine

Bernanos gehörte neben P. →Claudel und F. →Mauriac zu den Hauptvertretern des französischen »Renouveau catholique«, der die Erneuerung katholischer Prinzipien anstrebte. Der Kampf zwischen Gut und Böse im Menschen ist das Hauptthema seiner Romane, deren Protagonisten zumeist Priester sind. Als kritischer Christ klagte B. die Gleichgültigkeit und den Opportunismus der bürgerlichen Welt sowie die Schwäche der katholischen Kirche an, die er für den Verfall der zeitgenössischen Kultur verantwortlich machte. In zornigen Streitschriften verurteilte der Patriot wiederholt den Faschismus in Spanien und Deutschland.

← Georges Bernanos

☐ 1906-08: Rechts- und Philosophiestudium. ☐ 1913/14: Redakteur einer monarchistischen Zeitung in Rouen. ☐ 1914-18: Freiwillige Teilnahme am 1. Weltkrieg. ☐ 1919-26: Versicherungsagent. ☐ 1926: »Die Sonne Satans« (R., dt. 1927); danach freier Schriftsteller. ☐ 1929: Prix Fémina für »Die Freude« (R., dt. 1929). ☐ 1933: Invalide durch Motorradunfall. ☐ 1934: Übersiedlung nach Mallorca. ☐ 1936: Grand Prix du Roman der Académie française für »Tagebuch eines Landpfarrers« (R., 1936, dt. 1936). ☐ 1938: Kritik am span. Faschismus in »Die großen Friedhöfe unter dem Mond« (Prosa, dt. 1949); Emigration nach Brasilien. ☐ 1945: Rückkehr nach Frankreich. ☐ 1947: Rückzug nach Tunesien.

▷ H. Guillemin: Regards sur Bernanos, 1976; J. E. Cooke: Georges Bernanos. A story of Christian commitment, 1981.

Bernard, Émile

frz. Maler, Grafiker und Schriftsteller
* 28.4.1868 Lille † 16.4.1941 Paris

Bernard war Begründer einer symbolistischen Ästhetik, die über das Bildmotiv vor allem gedankliche, und zwar zunächst allgemein metaphysische, später religiöse Inhalte in zeichenhafter Sprache vermittelte. Um 1880 entwickelte er den sog. Cloisonnismus, einen flächigen Stil, bei dem die Bildteile durch kräftige Linien gegeneinander abgegrenzt werden (ähnlich der Emailletechnik zur farbigen Verzierung von Metallen durch schmale Stege), und in dem stille, symbolträchtige Werke entstanden. Zwischen ihm und P. →Gauguin, der den Cloisonnismus in seine Malerei aufnahm, entstand später ein Streit über dessen Urheberschaft. B.s kunsttheoretische Korrespondenz mit Vincent van Gogh, Gauguin und O. →Redon beleuchtet die künstlerischen Intentionen der Zeit.

☐ 1887: Begegnung mit V. v. Gogh. ☐ 1888: Begegnung mit P. Gauguin. ☐ 1893: Gemälde »Begräbnis Vincent van Goghs« (Paris, Sammlung M.-A. Bernard-Fort). ☐ 1893-1904: Reisen nach Italien, Spanien, Ägypten. ☐ 1904: Rückkehr nach Paris; Begegnung mit P. →Cézanne. ☐ 1917: »Souvenirs sur Paul Cézanne« (Es.s).

▷ J. J. Luthi: Émile Bernard, Chef de l'École de Pont-Aven, frz. 1976.

Bernardin, Joseph Louis

amer. Theologe (kath.)
* 2.4.1928 Columbia, S. Car.

Der amerikanische Kardinal Bernardin ist ein sozialpolitisch engagierter Vorkämpfer für die Friedenskirche. Sein Hirtenbrief zur Atomrüstung (1983) kam einer Absage an die militärische Strategie der Regierung → Reagan gleich und wurde von der amerikanischen Bischofskonferenz mit großer Mehrheit angenommen. B. forderte darin völlige Einstellung der atomaren Rüstung und ihrer Stationierung.

Joseph L. Bernadin in der Erzdiözese Chicago, 1982.

☐ 1968: Weihbischof von Atlanta, Georgia. ☐ 1968-77: Generalsekretär, ab 1974 Präs. der amer. Bischofskonferenz in Washington, D. C. ☐ 1972: Erzbischof von Cincinnati. ☐ 1974: Mitgl. der Int. Bischofssynode in Rom. ☐ 1982: Erzbischof von Chicago. ☐ 1983: Aufnahme in das Kardinalskollegium.

Bernatzik, Hugo Adolf

österr. Völkerkundler und Forschungsreisender
* 26.3.1897 Wien † 9.3.1953 ebd.

»Die Große Völkerkunde« des Österreichers Bernatzik wurde 1939 in Deutschland publiziert, ein Jahr nach dem gewaltsamen Anschluß Österreichs. Im selben Jahr erhielt B. einen Lehrstuhl in Graz, Spezialgebiet Kolonialethnologie.

B. untersuchte die Ursachen des rapiden Bevölkerungsrückgangs der kolonisierten Naturvölker: Ausrottung, Abdrängung, Ausbeutung, unzweckmäßige Zivilisierungsmaßnahmen. Er riet zu einer die Eigenart der Eingeborenen stärker berücksichtigenden Verwaltungspolitik, um die »wirtschaftliche Nutzbarkeit« von Mensch und Umgebung langfristig sicherzustellen. B. sah die Völkerkunde im Dienste des deutschen Volkes.

□ 1923-37: Forschungsreisen in alle Teile der Welt. □ 1933: »Äthiopien des Westens« (Schr.). □ 1939: »Die Große Völkerkunde« (Handbuch, 3 Bde., Hg.); Lehrstuhl für Völkerkunde in Graz. □ 1947: »Afrika, Handbuch der angewandten Völkerkunde« (Hg.).

Bernfeld, Siegfried

österr. Pädagoge und Psychoanalytiker
* 7.5.1892 Lemberg (Lwow)
† 2.4.1953 San Francisco (USA)

Bernfeld, der Wissenschaftstheoretiker der psychoanalytischen Bewegung, versuchte die Lehren S. →Freuds natur- und sozialwissenschaftlich zu fundieren, um eine marxistisch-psychoanalytische Erziehungswissenschaft zu entwickeln. Schon 1915 Mitglied der österreichischen Jugendbewegung, beeinflußte der Pädagoge mit seinen »Ausgewählten Schriften. Antiautoritäre Erziehung und Psychoanalyse« (3 Bde., hg. postum 1974) noch die antiautoritäre Bewegung der 70er Jahre, indem er Politik und Psychoanalyse verband (H. →Marcuse). Seine gesammelten »Bausteine der Freud-Biographik« (hg. postum 1981) lieferten dem Freud-Biografen E. → Jones wertvolle Informationen.

□ 1915: »Über den Begriff der Jugend« (Promotion). □ 1922: Eröffnung einer psychoanalytischen Praxis in Wien. □ 1925: »Sisyphos oder die Grenzen der Erziehung« (Schr.). □ 1937: Emigration in die USA; Tätigkeit am Psychoanalytischen Inst., San Francisco.

Bernhard

Prinz der Niederlande
* 29.6.1911 Jena

Prinz Bernhard, seit 1937 Gemahl der späteren Königin Juliana, galt wegen seiner vielen Kontakte lange Zeit als »bester niederländischer Exportartikel«. Aufgrund seiner patriotischen Haltung während des 2. Weltkriegs, der Initiierung der sog. Bilderberg-Konferenzen und seiner Arbeit in europäischen und internationalen Stiftungen errang er großes Ansehen. Mitte der 70er Jahre, als B.s Name im Zusammenhang mit der Lockheed-Affäre genannt wurde, mußte er seine militärischen Funktionen und eine Reihe weiterer Ämter niederlegen.

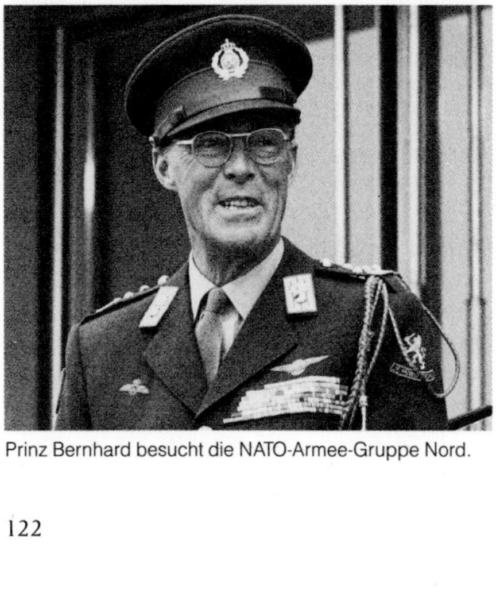

Prinz Bernhard besucht die NATO-Armee-Gruppe Nord.

□ 1929-35: Jurastudium in Lausanne, München und Berlin. □ 1941: Leiter der Kgl. Niederl. Mission in London. □ 1944/45: Befehlshaber der Niederl. Streitkräfte. □ 1961-77: Vors. des World Wildlife Fund. □ 1970-76: Generalinspekteur der Streitkräfte.

Bernhard, Thomas

österr. Schriftsteller
* 9.2.1931 Kloster Heerlen (Niederlande)
† 12.2.1989 Gmunden

Thomas Bernhard auf seinem Vierkanthof im oberösterreichischen Ohlsdorf.

Die satirischen Dramen des mit hohen Literaturpreisen ausgezeichneten Schriftstellers Bernhard verursachten immer wieder Skandale und Prozesse in Österreich. Angriffe auf österreichische Institutionen und Personen öffentlichen Interesses verband B. mit Kritik an der Kunst und dem Kunstbetrieb. Zahlreiche Theaterstücke sind bizarre Farcen über Macht (»Vor dem Ruhestand«, 1976), Künstler (»Minetti«, 1976) oder das Scheitern philosophischer Weltgebäude (»Der Weltverbesserer«, 1979). Proteste richteten sich zuletzt gegen B.s Drama »Heldenplatz« (1988), das von einer jüdischen Emigrantenfamilie handelt, die nach ihrer Rückkehr an der Gleichgültigkeit der Österreicher und am noch immer bestehenden Antisemitismus zugrundegeht. Die mit groteskem Humor verbundene pessimistische Weltsicht des Schriftstellers spiegelt sich auch in den autobiografischen Romanen, in denen B. seine negativen, oft demütigenden Kindheits- und Jugenderfahrungen verarbeitete (»Die Ursache«,

1975; »Der Keller«, 1976; »Der Atem«, 1978; »Die Kälte«, 1981; »Ein Kind«, 1982).

□ 1947: Lehre als Lebensmittelhändler. □ 1948-51: Nach mehrmonatigem Krankenhausaufenthalt wegen Tuberkulose erste schriftstellerische Versuche in der Lungenheilanstalt Grafendorf. □ 1951-57: Studium der Musik, Schauspielkunst und Dramaturgie in Wien und Salzburg; Mitarbeiter am Demokratischen Volksblatt. □ 1957: »Auf der Erde und in der Hölle« (Ged.e). □ 1958: »In hora mortis« (Ged.e). □ 1963: »Frost« (R.). □ 1967: »Verstörung« (R.). □ 1968: Großer Österr. Staatspreis. □ 1970: Georg-Büchner-Preis; »Das Kalkwerk« (R.). □ 1974: »Die Jagdgesellschaft« (Dr.). □ 1975: »Korrektur« (R.). □ 1982: »Beton« (R.). □ 1986: »Auslöschung« (R.). □ 1988: »Heldenplatz« (Dr.).

▷ B. Sorg: Thomas Bernhard, 1977; N. J. Meyerhofer: Thomas Bernhard, 1985; K. Fleischmann (Hg.): Thomas Bernhard — Eine Begegnung, 1991.

Bernhardt, Sarah

(eig. Henriette-Rosine Bernard)
frz. Schauspielerin
* 22.10.1844 Paris † 26.3.1923 ebd.

Sarah Bernhardt: »Göttlich« und skandalumwittert.

Bernhardt war neben E. →Duse eine der populärsten Schauspielerinnen ihrer Zeit. Mit ihrem ausdrucksvollen, leidenschaftlichen und exzentrischen Darstellungsstil eroberte sie die Bühnen der Welt und inspirierte zahlreiche Künstler (u. a. V. →Sardou, E. →Rostand, A. →Mucha). Ihren ersten Bühnenerfolg hatte sie 1873 in der Rolle der Phädra in Racines gleichnamigem Stück an der Comédie Française in Paris, wo sie bis zum Beginn ihrer ersten Amerika-Tournee (1880) in Rollen wie der Zaire in Voltaires gleichnamigem Stück und der Doña Sol in V. Hugos »Hernani« gefeiert wurde. Zur Rolle ihres Lebens wurde die Marguerite Gautier in der »Kameliendame« von A. Dumas dem Jüngeren, die sie fast dreitausend Mal spielte.
Um die »Göttliche« rankten sich schon aufgrund ihrer Abstammung als uneheliche Halbjüdin zahlreiche Skandale, denen sie durch ihren aufwendigen Lebensstil und der selbstgeschaffenen Aura einer »Femme fatale« immer wieder Nahrung gab. Nacheinander leitete B., die sich auch als Bildhauerin, Schriftstellerin und Malerin versuchte, in Paris vier Theater, von denen eines heute ihren Namen trägt.

□ 1862: Erster Auftritt in »Iphigénie« von Racine. □ 1864: Geburt ihres unehelichen Sohnes Maurice. □ 1880: Erste von insgesamt acht Amerika-Tourneen, anschließend Gastspiele in Europa und im Vorderen Orient. □ 1881: Erster Auftritt als Marguerite Gautier in der »Kameliendame«. □ 1891-93: Welttournee. □ 1899: Titelrolle in »Hamlet« von Shakespeare. □ 1915: Beinamputation. □ 1922: Letzte Rolle als Tiltelfigur in »Régine Arnaud« von L. Verneuil.

▷ S. Bernhardt: Mein doppeltes Leben (Aut.), 1905, dt. 1907; C. O. Skinner: Madame Sarah, 1966, dt. 1968; M. Moog-Grünewald (Hg.): Die göttliche Sarah Bernhardt, 1982.

Eduard Bernstein →

Bernstein, Eduard

dt. Politiker
* 6.1.1850 Berlin † 18.12.1932 ebd.

Der Sozialdemokrat (seit 1872) Bernstein begann im Londoner Exil (1887-1901) unter dem Einfluß der Fabian Society (G. B. →Shaw, B. und S. → Webb), eine Revision des orthodoxen Marxismus einzuleiten. Seine Schrift »Die Voraussetzungen des Marxismus und die Aufgaben der Sozialdemokratie« (1899) gilt als die »Bibel des Revisionismus«. 1902 errang B. sein erstes Reichstagsmandat. Als Kriegsgegner vorübergehend Mitglied der USPD (1917), hatte B. großen Einfluß auf das Görlitzer Programm (1921) der SPD. Nach 1945 wurde sein Reformsozialismus in der SPD zur vorherrschenden Richtung.

Bernstein, Leonard »Lenny«

amer. Dirigent und Komponist
* 25.8.1918 Lawrence, Mass. † 14.10.1990 New York

Bernstein erlangte als Dirigent und Komponist Weltruhm und trug entscheidend zum musikalischen Selbstbewußtsein Amerikas bei. Mit ihm hatte 1958 zum ersten Mal ein im Land geborener und ausgebildeter Musiker die Leitung der New Yorker Philharmoniker übernommen. B. begeisterte mit einem publikumswirksamen Dirigierstil breite Bevölkerungsschichten und trat erfolgreich gegen die traditionelle Trennung zwischen ernster und unterhaltender Musik ein. Als Dirigent war er ein Förderer zeitgenössischer amerikanischer Komponisten (A. →Copland, Ch. →Ives).
Sein vielseitiges kompositorisches Werk integrierte unterschiedliche Stile vom Neoklassizismus bis zum sinfonischen Jazz und galt wegen der rhythmischen Vitalität als typisch amerikanisch. Das Musical »Westside Story« (UA 1957 New York) eroberte schnell einen Stammplatz auf den internationalen Bühnen. Verdienste erwarb B. auch als Musikpädagoge (kommentierte TV-Konzerte) und Autor populärer Musikbücher (u. a. »Von der unendlichen Vielfalt der Musik«, 1966, dt. 1975).

□ 1941: Studium am Curtis Inst. of Music in Philadelphia; Dozent am Boston Inst. of Modern Art. □ 1943: Zweiter Dirigent des New York Philharmonic Symphony Orchestra; sensationeller Auftritt in Vertretung des erkrankten B. →Walter

Bernstein auf einem Gala-Empfang in München, 1981.

mit dem New York Philharmonic Symphony Orchestra. □ 1945-48: Chefdirigent des New York City Symphony Orchestra. □ 1948-55: Prof. am Berkshire Music Center. □ 1957: UA »Westside Story« (Mus.) in New York. □ 1958-69: Nachfolger von D. →Mitropoulos als Leiter des New York Philharmonic Symphony Orchestra. □ 1963: Aufführung von G. →Verdis »Falstaff« am Metropolitan Opera House New York. □ ab 1969: Weltweite Gastspiele. □ 1976: »1600 Pennsylvania Avenue« (Mus.) zum 200jährigen Bestehen der USA. □ 1981: Mitgl. der amer. Akademie der Wissenschaften und Künste. □ 1983: Ehrenpräs. des Orchesters der Accademia di Santa Cecilia Rom. □ 1985: Konzert-Tournee zum Gedenken der Atombomben-Opfer von Hiroshima und Nagasaki (1945). □ 1987: Initiator und Leiter des Orchesters des Schleswig-Holstein Musik Festivals (J. →Frantz).

▷ L. Bernstein: Freude an der Musik, 1959, dt. 1961; ders.: Von der unendlichen Vielfalt der Musik, 1966, dt. 1975; P. Gradenwitz: Leonard Bernstein. Eine Biografie, 1990; J. Peyser: Leonard Bernstein, 1991.

Berri, Nabih

liban. Politiker
* 1940 (?) Freetown, Sierra Leone

Berri ist seit 1978 Führer der Syrien nahestehenden schiitischen Organisation »Amal« (Hoffnung). B. tritt für die Abschaffung des religiösen Proporzsystems ein sowie für den Kampf gegen Israel und palästinensische Organisationen. Wegen seiner vergleichsweise gemäßigten Politik (1982 Unterstützung des christlichen Staatspräsidenten A. → Gemayel; 1984-88 Beteiligung an der »Regierung der nationalen Einheit«) spalteten sich radikale Gruppen (u. a. Hizbollah, Islamischer Heiliger Krieg) von der Amal-Miliz ab. Die Belagerung palästinensischer Flüchtlingslager durch die Amal-Miliz 1986/87 wurde von fast allen Bürgerkriegsgruppen kritisiert.

← Nabih Berri

Alphonse Bertillon →

Berry, Charles Edward »Chuck«

amer. Musiker
* 18.10.1931 St. Louis, Miss.

Berry, der sog. Vater des Rock'n'Roll, wurde mit seinen in den 50er Jahren aufgenommenen Klassikern »Maybelline«, »Roll Over Beethoven«, »Sweet Little Sixteen« und »Johnny B. Goode« zum Vorbild berühmter Gruppen wie der →Beatles, Animals und Yardbirds. Mit seinen einfachen Texten, die von Alltagssituationen an Tankstellen, Landstraßen und Bahnhöfen handelten, identifizierte sich ein Millionenpublikum. Sein Markenzeichen waren ungeschliffene Gitarrenläufe und der unnachahmliche »Duck Walk«. Seit seinem Comeback 1972 geht B., der wegen finanzieller Schwierigkeiten und Gesetzesüberschreitungen häufig Schlagzeilen macht, alljährlich auf Tournee.

Chuck Berry: Die Rock'-n'-Roll-Legende in Aktion.

□ Herbst 1955: Beginn der Karriere mit »Maybelline«. □ 1969: Nach finanziellen Fehlschlägen Vertrag mit der Plattenfirma Chess. □ 1972: Comeback mit »My Ding-A-Ling«. □ 1979: Wegen Steuerhinterziehung 100 Tage in Haft. □ 1987: Filmportrait »Hail! Hail! Rock'n'Roll«.

Bertillon, Alphonse

frz. Anthropologe und Kriminalist
* 22.4.1853 Paris
† 13.2.1914 Münsterlingen (Schweiz)

Bertillon, Leiter des Identifikationsbüros der Pariser Polizei, erfand ein anthropometrisches System zur Identifizierung von Personen. Er benutzte hierfür elf verschiedene Körpermaße und unveränderliche Merkmale, die nach einem bestimmten Schlüssel festgehalten wurden. Sein System wurde auch außerhalb Frankreichs angewandt, bis es durch die Daktyloskopie (Fingerabdruckverfahren) ersetzt wurde.

□ ab 1880: Leiter des Identifikationsbüros der Pariser Polizei. □ 1882: Einführung seines Systems (Bertillonsches System). □ 1890: »La photographie judiciaire« (Schr.).

Bertini, Gary

israel. Dirigent und Komponist
* 1.5.1925 Kishinov, Bessarabien (heute UdSSR)

Bertini hatte durch die Gründung verschiedener Ensembles (Israel Chamber Orchestra, Jerusalem Symphony Orchestra) unschätzbaren Anteil an der musikalischen Entwicklung in dem jungen Staat Israel. B., der noch Mitte der 60er Jahre Gastspiele in Deutschland strikt ablehnte, wurde 1987 Nachfolger von M. →Gielen als Intendant und Generalmusikdirektor der Oper in Frankfurt/Main.

□ 1956: Gründung des ersten Kammerchors Israels (Rinat-Chor). □ 1964: Gründung des Israel Chamber Orchestra. □ 1966: Europa-Debüt beim Festival Yehudi →Menuhin in Bath, England. □ 1978: Chefdirigent des Jerusalem Symphony Orchestra. □ 1983: Leiter des Kölner Rundfunksinfonieorchesters. □ 1987: Nachfolger von M. →Gielen als Intendant und Generalmusikdirektor der Frankfurter Oper; UA der ersten Oper von J. →Cage (»Europeras 1 & 2«).

← Gary Bertini

Bertolucci, Bernardo

ital. Regisseur
* 16.3.1940 (1941?) Parma

Bertolucci, Sohn des Schriftstellers Attilio B. und Mitglied der Kommunistischen Partei Italiens (KPI), setzt sich in seinen teilweise opernhaften Filmen bevorzugt mit dem italienischen Faschismus auseinander. Das fünfeinhalbstündige Klassenkampf-Epos »1900« (1974-76) des ehemaligen Regieassistenten P.P. →Pasolinis erzählt die Lebensgeschichten eines Gutsbesitzer- und eines Landarbeitersohns in der ersten Hälfte des 20. Jh.s. Zu einem Skandalerfolg wurde »Der letzte Tango in Paris« (1972, mit M. → Brando, dem damit ein grandioses Comeback gelang), der wegen erotischer Freizügigkeiten zeitweise in Italien verboten war. »Der letzte Kaiser« (u. a. mit P. →O'Toole), unter Mitwirkung von 19000 Komparsen an Originalschauplätzen in China gedreht, erhielt 1988 neun Oscars (u. a. bester Film, beste Regie).

□ 1961: Regieassistent bei P. P. →Pasolini. □ 1962: Viareggio-Literaturpreis für eine Gedichtsammlung; Regiedebüt »La Commare Secca« (Die dürre Gevatterin). □ 1963/64: »Vor der Revolution«. □ 1969: »Die Strategie der Spinne«. □ 1969/70: »Der große Irrtum« (nach A. →Moravias Roman »Der Konformist«). □ 1971: Wahlkampffilm für die KPI. □ 1972: »Der letzte Tango in Paris«. □ 1974-76: »1900« (Teil 1 und 2). □ 1978/79: »La Luna«. □ 1980/81: »Die Tragödie eines lächerlichen Mannes«. □ 1986/87: »Der letzte Kaiser«. □ 1990: »Himmel über der Wüste«.

▷ P. W. Jansen/W. Schütte (Hg.): Bernardo Bertolucci, 1982.

← Bernardo Bertolucci

Bertram, Adolf Johannes

dt. Theologe (kath.)
* 14.3.1859 Hildesheim † 6.7.1945 Schloß Johannesberg bei Jauernig, Böhmen

Kardinal Bertram besaß als Vorsitzender der Fuldaer Bischofskonferenz jahrzehntelang eine kirchenpolitische Schlüsselstellung und prägte ab 1933 die in ihrer Zweideutigkeit später kritisierte Haltung des deutschen Episkopats gegenüber dem Nationalsozialismus. Als Kirchenhistoriker widmete er sich vor allem der Geschichte des Bistums Hildesheim.

← Adolf Johannes Bertram

□ 1896: »Die Bischöfe von Hildesheim« (Schr.). □ 1899-1925: »Die Geschichte des Bistums Hildesheim« (Schr., 3 Bde.). □ 1906: Bischof von Hildesheim. □ 1914: Fürstbischof von Breslau. □ 1916: Ernennung zum Kardinal. □ ab 1919: Vors. der Fuldaer Bischofskonferenz. □ 1929: »Im Geiste und Dienste der kath. Aktion« (Schr.).

Besant, Annie

engl. Theosophin
* 1.10.1847 London † 20.9.1933 Adyar (Indien)

Der ihr nahestehende G. B. →Shaw bezeichnete sie als »größte Rednerin des Jahrhunderts«. Als Mitglied der sozialistischen Fabian Society (u. a. Shaw, H. G. →Wells) stritt Besant für die Emanzipation der Frau. Die überzeugte Atheistin konvertierte jedoch bereits 1889 zur »Theosophischen Gesellschaft« und errichtete als deren Präsidentin das Hauptquartier im indischen Adyar. Als Mitglied des Indischen Nationalkongresses setzte sich die Freundin M. → Gandhis und J. →Nehrus für das Recht der Inder auf Selbstbestimmung ein.

□ 1885: Mitgl. der Fabian Society. □ 1889: Mitgl. der »Theosophischen Gesellschaft«; ab 1907 deren Präs. □ 1894: »Die Reinkarnations- oder Wiederverkörperungslehre« (Schr., dt. 1895). □ 1917: Präs. des Indischen Nationalkongresses.

▷ A. Besant: Annie Besant (Aut.), engl. 1983; R. Dinnage: Annie Besant, engl. 1986.

Besson, Benno

schweiz. Theaterregisseur
* 4.11.1922 Yverdon, Kt. Waadt

Bekannt wurde der ehemalige Regieassistent B. →Brechts 1962 mit der Inszenierung von Aristophanes' »Frieden« am Deutschen Theater von Ost-Berlin. Seitdem ist er einer der erfolgreichsten deutschsprachigen Theaterregisseure. Zu seinen Produktionen gehören »Hamlet« (Helsinki, 1979), »Die heilige Johanna der Schlachthöfe« (Stockholm, 1981) und »Don Juan« (Genf, 1987).

□ 1942-47: Studium der Romanistik und Anglistik an der Univ. Zürich; mit eigenem Wandertheater auf Tournee. □ 1949-58: Als Regieassistent, später als Regisseur im Berliner Ensemble Ost-Berlin. □ 1952: Erste selbständige Regiearbeit mit Molières »Don Juan«. □ 1962-68: Regisseur am Dt. Theater Ost-Berlin; □ 1969-77: Künstlerischer Leiter der Volksbühne Ost-Berlin. □ ab 1982: Dir. des Theaters La Comédie in Genf.

Best, Charles Herbert

kanad. Physiologe amer. Herkunft
* 27.2.1899 West Pembroke, Maine
† 31.3.1978 Toronto

Best isolierte 1921 mit seinem Lehrer F. G. →Banting das zur Behandlung von Diabetes wichtige Insulin. Letzterer teilte mit seinem von dem Nobelpreiskomitee übergangenen Schüler das Preisgeld. B. arbeitete erfolgreich an der Nutzanwendung des Insulins gegen die Zuckerkrankheit weiter, entdeckte 1930 ein das Histamin abbauendes Enzym (Diamin-Oxydase) und forschte über die Muskelphysiologie.

□ 1922: »Internal secretions of the pancreas« (Abh. mit F. G. Banting). □ ab 1929: Prof. an der Univ. Toronto. □ 1941-67: Leiter des Banting-Best Department of Medical Research ebd.

Betancur Cuartes, Belisario

kolumbian. Politiker
* 4.2.1923 Amagá, Dep. Antioquia

Betancur, 1982-86 Staatspräsident Kolumbiens, setzte sich für eine Einstellung ausländischer Militärhilfe in Mittelamerika ein. In der Auseinandersetzung mit der Guerilla erreichte B. 1984/85 einen einjährigen Waffenstillstand. Wirtschaftspolitische Mißerfolge (hohe Arbeitslosigkeit und Außenverschuldung) sowie blutige Zusammenstöße mit den Guerilla-Gruppen nach dem Scheitern des sog. nationalen Dialogs 1985 verhinderten 1986 eine Wiederwahl des konservativen Politikers.

← Belisario Betancur

Bethe, Hans Albrecht

amer. Physiker dt. Herkunft
* 2.7.1906 Straßburg, Elsaß (heute Frankreich)

Hans A. Bethe: Physik-Nobelpreisträger von 1967.

Bethe war 1943-46 als Direktor der Abteilung für theoretische Physik im Atomforschungsinstitut in Los Alamos (N. Mex.) an der Entwicklung der Atombombe beteiligt, später auch an der Wasserstoffbombe, die er eigentlich verhindern wollte. Für seine 1938/39 unabhängig von C. F. v. →Weizsäcker gewonnenen Erkenntnisse über die Energie erzeugenden Kernumwandlungsprozesse in Fixsternen erhielt B. 1967 den Physik-Nobelpreis. Nach dem sog. Bethe-Weizsäcker-Zyklus werden bei Temperaturen von über zehn Millionen Grad im Inneren der Sonne durch Verbrennung von Wasserstoff Heliumkerne erzeugt, ein Vorgang, der als Energiequelle der Sterne gilt. In der Öffentlichkeit setzte sich B. immer wieder für schärfste Rüstungskontrollen ein und kämpfte zuletzt gegen R. →Reagans SDI-Programm.

□ 1933: Emigration nach England. □ 1934: Theorie über die Bremsung von Elektronen durch Materie (Bethe-Heitler-Formel). □ 1935-75: Prof. an der Cornell Univ. in Ithaca, N. Y. □ 1939: »Energy production in stars« (Schr.). □ 1947: Theoretische Erklärung des sog. Lamb-Shifts, der in der Quantenelektrodynamik für die Berechnung kleinster Verschiebungen von Wasserstoffatomen wichtig wurde. □ 1956: »Mesons and fields« (Schr., 2 Bde.). □ 1958: Initiator und Delegierter der ersten int. Konferenz für einen Atomteststopp in Genf, die 1963 zum Atomteststopp-Abkommen führte.

▷ J. Bernstein: Prophet der Energie: Hans Bethe (Biogr.), 1988.

Bethlen, István Graf Bethlen von B.

ung. Politiker
* 8.10.1874 Gernyeszeg
† 1947 bei Moskau (ermordet?)

Der konservative Bethlen war als Ministerpräsident (1921-31) enger Berater des ungarischen Reichsverwesers M. von →Horthy. Er bemühte sich um eine innere Konsolidierung und wirtschaftliche Förderung des durch Bürgerkrieg (1918/19) zerissenen und den Vertrag von Trianon (1920) halbierten Landes. B. erreichte 1924 die Aufnahme Ungarns in den Vökerbund und 1927 die Errichtung eines ungarischen Freihafens im italienischen Fiume (Rijeka). Wegen seiner anfänglichen Sympathien für den italienischen Faschismus wurde er nach dem sowjetischen Einmarsch 1945 in die Sowjetunion verschleppt und vermutlich ermordet.

Bethmann Hollweg, Theobald von

dt. Politiker und Jurist
* 29.11.1856 Hohenfinow bei Eberswalde
† 2.1.1921 ebd.

Bethmann Hollweg →

Mit Bethmann Hollweg wurde in der kritischen Lage des Deutschen Reiches vor dem 1. Weltkrieg ein Verwaltungsfachmann ohne außenpolitische Erfahrungen Reichskanzler. Innenpolitisch sah er zwar die Notwendigkeit für Reformen, besaß jedoch nicht die Tatkraft, sie zu verwirklichen. 1910 scheiterte sein Versuch, das Drei-Klassen-Wahlrecht in Preußen zu beseitigen. Außenpolitisch bemühte er sich vergeblich um einen Ausgleich mit Großbritannien. Während des Krieges konnte B. seine politischen Absichten gegenüber der Obersten Heeresleitung nicht durchsetzen und erhielt 1917 den Abschied.

□ 1886: Landrat. □ 1896-99: Regierungspräs. von Bromberg. □ 1899-1905: Oberpräs. der Prov. Brandenburg. □ 1905-09: Preuß. Innenmin. und stellv. Reichskanzler. □ 1907-09: Zugl. Reichsinnenmin. □ 1909-17: Reichskanzler. □ 1919-21: »Betrachtungen zum Weltkrieg« (2 Bde.).

▷ K. Hildebrandt: Bethmann Hollweg, 1970.

Beti, Mongo

(eig. Alexandre Biyidi-Awala)
kamerun. Schriftsteller
* 30.6.1932 Akométan

Mongo Beti →

Beti, der seit 1951 in Frankreich lebt, zählt zu den meistgelesenen afrikanischen Autoren. Seine vier bereits vor der Unabhängigkeit Kameruns

1960 veröffentlichten Romane beschreiben den Kampf gegen die koloniale Unterdrückung und wurden Klassiker der schwarzafrikanischen Literatur. 1974 übte er in »Perpétue und die Gewöhnung ans Unglück« Kritik an der neokolonialistischen Ausbeutung seines Heimatlandes. Gegen die daraus resultierenden beruflichen Schwierigkeiten (er arbeitete als Lehrer) setzte er sich öffentlich zur Wehr.

☐ 1954: »Die grausame Stadt« (R., dt. 1963). ☐ 1956: »Der arme Christ von Bomba« (R., dt. 1980). ☐ 1957: »Besuch in Kala« (R., dt. 1963). ☐ 1958: »Tam-Tam für den König« (R., dt. 1959). ☐ 1958-74: Lehrer in Rouen. ☐ 1978: Gründung der Zeitschrift Schwarze Völker/Afrikanische Völker. ☐ 1979: »Sturz einer Marionette« (R., dt. 1982).

Bettelheim, Bruno

amer. Kinderpsychologe österr. Herkunft
* 25.8.1903 Wien
† 13.3.1990 Silverspring, Kalif. (Selbstmord)

Bruno Bettelheim: Ein Leben für die Kinder.

Hubert Beuve-Méry →

Mit seiner Forderung nach einer Erziehung ohne Strafe und Gewalt sowie nach grenzenloser Geduld im Umgang mit Kindern brach Bettelheim mit traditionellen Erziehungsmethoden. Nach seinen Erfahrungen in den Konzentrationslagern Dachau und Buchenwald 1938/39, die zum Anstoß seines therapeutischen Lebenswerks wurden, emigrierte er in die USA und begann, Methoden zur Therapie autistisch gestörter Kinder zu entwickeln. Alle Handlungen, auch die aggressiven Lebensäußerungen der Kinder, seien zu akzeptieren und nach Gründen und Motiven zu befragen. Mit seinen Beiträgen zur Kinder- und Sozialpsychologie sowie zur Psychologie des Märchens fand B. weltweite Beachtung.

☐ 1939: Entlassung aus KZ-Gefangenschaft aufgrund der Fürsprache der US-Präsidentengattin Eleanor Roosevelt. ☐ 1944-73: Prof. für Kinder- und Jugendpsychologie, Psychiatrie und Pädagogik an der Univ. Chicago; Leiter der Orthogenic School ebd. ☐ 1950: »Liebe allein genügt nicht. Die Erziehung emotional gestörter Kinder« (Schr., dt. 1985, 5. Aufl.). ☐ 1969: »Die Kinder der Zukunft. Gemeinschaftserziehung als Weg einer neuen Pädagogik« (Schr., dt. 1988, 7. Aufl.). ☐ 1976: »Kinder brauchen Märchen« (Schr., dt. 1977). ☐ 1982: »Kinder brauchen Bücher. Lesen lernen durch Faszination« (mit K. Zelan, dt. 1982).

▷ B. Bettelheim: Leben für Kinder (Aut.), 1987, dt. 1987.

Betti, Ugo

ital. Schriftsteller
* 4.2.1892 Camerino, Prov. Macerata
† 9.6.1953 Rom

Betti war neben L. →Pirandello der bedeutendste italienische Dramatiker der ersten Hälfte des 20. Jh.s. Seine Erfahrungen als Richter in Parma und Rom (ab 1931) spiegeln sich in vielen der mehr als 20 Theaterstücke. B. zeigte die schicksalhafte Verstrickung des Menschen in Schuld, Elend und Verbrechen, deren Lösung nicht dem einzelnen Individuum, sondern nur einer höheren Ordnungsmacht gelingen könne. Zu seinen erfolgreichsten Dramen, die wie Prozesse aufgebaut sind, gehört »Korruption im Gerichtspalast« (1944, dt. 1950).

Beuve-Méry, Hubert

frz. Journalist und Verleger
* 5.1.1902 Paris
† 6.8.1989 Fontainebleau bei Paris

Der promovierte Jurist begründete als erster Herausgeber von Le Monde (1944-69) den Weltruf der linksliberalen Tageszeitung. Beuve-Méry, der für seine journalistische Geradlinigkeit und seinen Mut bekannt war, wurde unter dem Pseudonym Sirius zur nationalen Institution der französischen Presse.

☐ 1928-39: Dir. am frz. Inst. in Prag und Korrespondent der Zeitung Le Temps. ☐ 1940-42: Als Studienleiter einer Verwaltungsschule Verbindung zur Résistance, Schließung der Schule durch das Vichy-Regime. ☐ 1942-44: Pressearbeit im Untergrund. ☐ 1944-69: Hg. der Tageszeitung Le Monde.

Beuys, Joseph

dt. Künstler
* 12.5.1921 Kleve † 23.1.1986 Düsseldorf

Beuys war mit seinen Aktionen, Objekten, Installationen und Zeichnungen der auch international bedeutendste deutsche Avantgardist nach dem 2. Weltkrieg. Im Mittelpunkt seiner Aktivitäten standen der »erweiterte Plastikbegriff«, später umfassender der »erweiterte Kunst- und Wissenschaftsbegriff«, beide u. a. von B.s Beschäftigung mit der Anthroposophie R. →Steiners abgeleitet. Hinzu kam sein spezifisches Verständnis von den fundamentalen Gegensätzen alles Existierenden, das sich in der Verwendung entsprechender Materialien manifestierte. So setzte er Wärme mit Evolution und Kreativität gleich, verkörpert u. a. in den Materialien Fett

Joseph Beuys (1972) begriff Kunst auch immer als politisches Engagement.

(im Sinne von Wärmeenergie, aber auch dem Freisetzen von Gedanken) und Filz (Wärmespeicher, Isolation gegen Kälte), die innerhalb des Werks eine große Rolle spielen (z. B. der »Fettstuhl«, 1963, Darmstadt, Landesmuseum; der bekannte »Filzanzug« als Multiple oder die Serie der Filzstapel). Allgemeiner steht Fett in flüssiger Form für Leben und erstarrt für Tod.
In dem Bestreben, die rationalistische Zergliederung von Kunst, Wissenschaft und anderen Lebensbereichen zugunsten einer wiederzugewinnenden Ganzheitlichkeit von Natur und Kultur zu überwinden, griff er auch auf archetypische Symbole früher Gesellschaften wie z. B. Elch oder Hirsch zurück. Einen entsprechend ritualisierten Charakter hatten die Aktionen vom Anfang der 60er bis zur Mitte der 70er Jahre (z. B. »Coyote — I like America and America likes me«, 1974 in New York), mit denen B. auch zu einem der führenden Künstler der Fluxusbewegung wurde. Er entwickelte seinen Begriff der »sozialen Skulptur/Plastik«, einer Vorstellung, die die Totalität von Kunst in allen Lebensbereichen beinhaltet. Dazu gehören auch B.s umweltschützerische Aktivitäten wie die Aktion »7000 Eichen« für Kassel (documenta 7, 1982).

□ 1946-51: Studium an der Düsseldorfer Kunstakademie u. a. bei E. →Mataré. □ 1961-72: Prof. ebd. □ ab 1972: Zunehmende öffentliche Anfeindungen. □ 1979: Große Retrospektive im Solomon R. Guggenheim Museum, New York. □ 1985/86: Letzte Ausstellung zu Lebzeiten im Museo di Capodimonte, Neapel. □ 1986: Wilhelm-Lehmbruck-Preis der Stadt Duisburg.

▷ G. Adriani u. a.: Joseph Beuys. Leben und Werk, NA 1986.

Frank Beyer →

← William Beveridge

Beveridge, William Henry, 1. Baron of (ab 1946)

brit. Nationalökonom und Politiker
* 5.3.1879 Rangpur (Ostpakistan, heute Bangladesch) † 16.3.1963 Oxford

Beveridge erarbeitete 1941/42 im Auftrag der britischen Regierung den sog. Beveridge-Plan. Der »Report on social insurance and allied services«, der umfassende Versicherungs- und Fürsorgemaßnahmen sowie eine Politik der Vollbeschäftigung vorsah, war Grundlage für die britischen Sozialreformen nach dem 2. Weltkrieg.

□ 1908-16: Tätigkeit im Handelsministerium. □ 1919-37: Dir. der London School of Economics and Political Science. □ 1931: »Causes und cures of unemployment« (Schr.). □ 1941/42: Vors. des interministeriellen Ausschusses für Sozialversicherung (Beveridge-Plan). □ 1944: »Full employment in a free society« (Schr.). □ 1944-46: Liberales Mitgl. im Unterhaus. □ 1953: »Power and influence« (Schr.). □ 1959: »Defense of free learning« (Schr.).

Bevin, Ernest

brit. Politiker und Gewerkschafter
* 9.3.1881 Winsford, Somerset † 14.4.1951 London

Seit dem Generalstreik von 1926 war Bevin der einflußreichste britische Gewerkschaftsführer seiner Zeit. Seine große Popularität trug viel dazu bei, den sozialen Frieden während des Krieges zu bewahren. Als Außenminister (1945-51) setzte B. sich für eine europäische Koalition und zugleich für eine enge Anlehnung an die USA ein. Er überzeugte nach dem Krieg US-Präsident H. →Truman von der Notwendigkeit, zur Abwehr der »sowjetischen Bedrohung« in Europa zu bleiben. Nach Abschluß mehrerer bilateraler Bündnisverträge mit anderen westeuropäischen Staaten sowie Gründung der Westeuropäischen Union (WEU, 1948), war B. 1949 einer der Hauptinitiatoren der NATO.

□ ab 1905: Mitgl. einer Gewerkschaft. □ 1921-40: Generalsekretär der Transportarbeitergewerkschaft. □ ab 1937: Vors. des Generalrats der Gewerkschaften. □ 1940-45: Arbeitsmin. □ 1945-51: Außenmin.

▷ A. Bullock: The life and times of Ernest Bevin, 1983; M. Stephens: Ernest Bevin. Unskilled labourer and world statesman, NA 1985.

Beyer, Frank

dt. Regisseur
* 26.5.1932 Nobitz, Thür.

Beyer, einer der bedeutendsten Regisseure der ehemaligen DDR, machte sich auch im Westen mit Filmen einen Namen, die in unpathetischer Weise antifaschistische Themen behandeln. »Nackt unter Wölfen« (1963, nach dem Roman von B. →Apitz, 1958) wurde ebenso von der DDR-Kritik ausgezeichnet wie die Verfilmung des Romans »Jakob der Lügner« (1974) von J. →Becker (Oscar-Nominierung 1977). Dagegen fielen B.s aktuell-gesellschaftskritische Produktionen meist der Zensur zum Opfer. »Die Spur der Steine« (1965/66 mit M. →Krug), eine tragikomische Geschichte aus dem DDR-Alltag, kam erst 1990 in die Kinos.

□ 1952-57: Studium an der Filmhochschule FAMU in Prag. □ 1953: Erste Filmarbeit »Roznicky« (Dokumentarfilm). □ 1957: Spielfilmdebüt mit »Zwei Mütter«. □ 1958-66: Spielfilmregisseur im DEFA-Studio. □ 1962: »Königskinder«. □ 1963: »Karbid und Sauerampfer«. □ 1967-69: Regisseur am Staatsschauspiel in Dresden. □ 1968: »Der Geizige« (TV nach Molières Drama). □ 1969: Am Gorki-Theater in Ost-

Berlin. □ 1969/70: »Rottenknechte« (TV-Dokumentarspiel). □ 1977: »Das Versteck« (mit M. Krug). □ 1978: »Geschlossene Gesellschaft« (TV). □ 1980: »Der König und sein Narr«. □ 1982: »Der Aufenthalt« (nach H. →Kant). □ 1983: »Bockshorn« (nach einem Roman von Christoph Meckel). □ 1989: »Der Bruch« (mit G. →George).

Bhagwan →Rajneesh Bhagwan

Bhumibol Aduljadej

König von Thailand
* 5.12.1927 Cambridge, Mass. (USA)

Bhumibol wurde nach der Ermordung seines Bruders Ananda Mahidol 1946 als Rama IX. König und religiöses Oberhaupt der thailändischen Buddhisten. Der politische Einfluß des auch als Komponist und Jazzmusiker bekannten Monarchen ist begrenzt. 1973 erzwang er jedoch nach der blutigen Unterdrückung von Studentenunruhen den Rücktritt des langjährigen Militärdiktators Kittikachorn. 1981 unterstützte er mit Erfolg Regierungschef General Prem gegen putschende Militärs.

Bhumibol Aduljadej: Der Musiker auf dem Königsthron.

□ ab 1946: König von Thailand. □ 1946-50: Studium der Rechtswissenschaft in Lausanne, Schweiz. □ 1950: Offizielle Krönung als König nach Erreichen der Volljährigkeit; Hochzeit mit Prinzessin Sirikit. □ 1977: Ernennung der zweiten Tochter, Maha Chakri Sirindhorn, zur Kronprinzessin.

▷ T. Kraivixien: His Majesty King Bhumibol Aduljadej, compassionate monarch of Thailand, 1982.

Bhutto, Benazir

pakistan. Politikerin
* 21.6.1953 in der Prov. Sindh

Bhutto, Tochter des charismatischen Ministerpräsidenten Zulfikar Ali-Khan →Bhutto, der 1977 gestürzt und 1979 hingerichtet worden war, wurde als erste Frau in einem islamischen Land Regierungschefin. Ihre innenpolitischen Gegner, die die von Präsident →Zia ul-Haq eingeleitete Re-Islamisierung des Landes rasch vorantreiben wollen, riefen 1989 zum »heiligen Krieg« gegen den weiblichen Regierungschef auf. Im Frühjahr und Sommer 1990 kam es in mehreren Großstädten des Landes zu blutigen Unruhen, die Hunderte von Todesopfern forderten. Als das Militär mit einem Putsch drohte, entließ Staatspräsident G. Ishaq Khan die Ministerpräsidentin (wegen angeblicher Korruption) und löste gleichzeitig das Parlament auf.

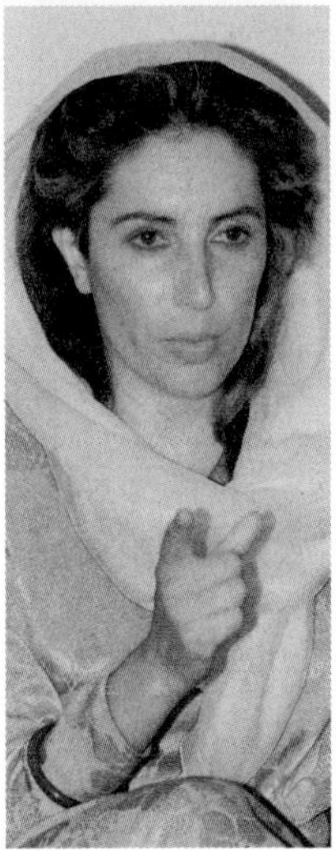

← Benazir Bhutto

□ 1986: Nach Politologiestudium in Harvard und Oxford Vors. der Pakistan. Volkspartei (PPP). □ 1988-90: Ministerpräsidentin.

▷ B. Bhutto: Tochter des Ostens, 1990.

Bhutto, Zulfikar Ali-Khan

pakistan. Politiker
* 5.1.1928 Larkana
† 4.4.1979 Rawalpindi (hingerichtet)

Bhutto, Gründer der linksgerichteten Pakistan People's Party (PPP), befürwortete als Staatspräsident, nachdem sich der Ostteil des Landes im März 1971 zur unabhängigen Republik Bangladesch erklärt hatte, die letztlich gescheiterte militärische Intervention. Während seiner Amtszeit als Premierminister (1973-77) bemühte er sich um soziale Reformen und den Abbau der außenpolitischen Spannungen mit Indien und Afghanistan, begegnete jedoch der politischen, vor allem islamischen Opposition mit entschiedener Härte. Der 1977 durch einen unblutigen Militärputsch gestürzte Politiker wurde 1978 wegen Anstiftung zum Mord an einem Oppositionspolitiker zum Tode verurteilt. Seine Tochter B. →Bhutto, ab 1982 Vorsitzende der PPP, war 1988-90 pakistanische Premierministerin.

Zulfikar Bhutto scheiterte an der islamischen Opposition.

□ 1963-66: Außenmin. unter Staatspräsident Ayub Khan. □ 1967: Gründung der linksgerichteten oppositionellen Pakistan People's Party. □ 1971-73: Staatspräsident. □ 1973-77: Premierminister. □ 1977: Sturz durch Militärputsch. □ 1978: Verurteilung zum Tode durch den Strang.

▷ K. Newman: Pakistan unter Ayub Khan, Bhutto und Zia ul-Haq, 1986.

Bialas, Günter
dt. Komponist
* 19.7.1907 Bielschowitz, Oberschlesien

Bialas ist einer der profilierten Vertreter der zeitgenössischen deutschen Musik. Seine Kompositionen standen zunächst unter dem Einfluß von P. →Hindemith, I. →Strawinsky und B. →Bartók. Nach 1947 verband B. tradierte Stilelemente mit modernen Kompositionstechniken. Chorkantaten (»Im Anfang, mit drei Echo- Stimmen und Orgel«, 1962) haben besonderen Rang in seinem Schaffen, zu dem vier Opern, Orchestermusik und drei Streichquartette gehören.

□ 1933-39: Studienrat für Musik in Breslau. □ 1945: Leiter des Münchner Bachvereins. □ 1947: Kompositionslehrer an der Musikakademie Detmold. □ 1959-73: Prof. für Komposition an der Musikhochschule in München. □ 1975: Mitgl. der Berliner Akademie der Künste. □ 1980: Haydn-Fantasien »Der Weg nach Eisenstadt«. □ 1986: »Lamento di Orlando« für Orchester, Bariton und Chor.

▷ G. Speer/H. J. Winterhoff (Hg.): Meilensteine eines Komponistenlebens, 1977.

← Günter Bialas

Bialoszewski, Miron
poln. Schriftsteller
* 30.6.1922 Warschau † 17.6.1983 ebd.

Der Individualist Bialoszewski, der die offizielle Kultur der Stalinzeit ablehnte, aber auch der politischen Opposition nach 1956 und ab 1976 fernblieb, begründete mit experimenteller Lyrik und Prosa die linguistische Literatur Polens. B. zerlegt Sätze und Wörter, um mittels der Wortreste und Dialogfetzen die Realität adäquat in Sprache zu übersetzen.

□ 1944: Teilnahme am Warschauer Aufstand gegen die dt. Besatzung; Zwangsarbeit in Deutschland. □ 1946-52: Journalist. □ 1955: Gründung eines Zimmertheaters. □ 1970: »Erinnerungen aus dem Warschauer Aufstand« (R.).

▷ M. Bialoszewski: Der Infarkt (Aut.), 1977.

Biedenkopf, Kurt Hans
dt. Wirtschaftsjurist und Politiker
* 28.1.1930 Ludwigshafen

1990 hat Biedenkopf als einziger »Westpolitiker« ein hohes Amt in den neuen Bundesländer übernommen; er wurde Ministerpräsident von Sachsen. Sein wirtschaftspolitischer Sachverstand — ab 1977 leitete B. das von ihm gegründete Institut für Wirtschafts- und Gesellschaftspolitik — ist in diesem hochindustrialisierten Gebiet der ehemaligen DDR wichtige Voraussetzung für die schwierige Aufgabe. Zuvor war ihm als CDU-Generalsekretär (1973-77) eine weitgreifende Modernisierung der Partei gelungen.

□ 1964-70: Ordinarius an der Ruhr-Univ. Bochum. □ seit 1965: Mitgl. der CDU. □ 1967-69: Rektor ebd. □ 1971-73: Geschäftsführer der Henkel GmbH, Düsseldorf. □ 1973-77: Generalsekr. der CDU. □ 1976-80: MdB. □ 1986/87: Vors. des CDU-Landesverbands NRW. □ 1987-90: MdB. □ 1989: »Zeitsignale. Parteienlandschaften im Umbruch« (Schr.). □ 1990: Gastprof. für Wirtschaftspolitik an der Univ. Leipzig. □ seit Okt. 1990: Ministerpräsident von Sachsen.

Manfred Bieler →

← Kurt Hans Biedenkopf

Horst Bienek →

Biehle, Alfred
dt. Politiker
* 15.11.1926 Augsburg

Als erster CSU-Politiker wurde Biehle im April 1990 (allerdings erst im 2. Wahlgang) zum Wehrbeauftragten des Bundestags gewählt. Als Vorsitzender der Untersuchungsausschüsse zur →Wörner-Kießling-Affäre (1983/84) und zum Ramstein-Flugschau-Unglück (1988/89) erwarb er Ansehen auch bei Mitgliedern der SPD. B. forderte eine Einstellung militärischer Tiefflüge unter 150 m und sprach sich 1989 gegen den Plan der Bundesregierung aus, die Wehrpflicht von 15 auf 18 Monate zu verlängern.

□ 1944: Kriegsdienst bei der Luftwaffe (1945 verwundet). □ seit 1950: CSU-Mitglied; Journalist bei der Würzburger Tageszeitung Mainpost. □ ab 1955: Kreisvors. der CSU in Karlstadt. □ seit 1969: MdB. □ ab 1982: Vors. des Verteidigungsausschusses. □ seit 1990: Wehrbeauftragter des Bundestags.

Bieler, Manfred
dt. Schriftsteller
* 3.7.1934 Zerbst (Anhalt)

Bieler verbindet in seinem vielseitigen Werk (Parodien, satirische Romane, Erzählungen, Hör- und Fernsehspiele) Elemente der Unterhaltungsliteratur mit gesellschaftskritischem Engagement. Der 1971 mit dem Literaturförderungspreis der bayrischen Landesregierung ausgezeichnete Schriftsteller wurde in der Bundesrepublik durch seine Familienchronik »Der Mädchenkrieg« (1975) bekannt, in der er anhand des Schicksals dreier Bankierstöchter Furcht, Elend und vermeintlichen Glanz des Dritten Reichs schildert und die für das Fernsehen verfilmt wurde.

□ 1952-56: Germanistikstudium in Ost-Berlin. □ 1958: »Der Schuß auf die Kanzel« (Parodie) □ 1960: Als Fischfiletierer mit einem Fang- und Verarbeitungsschiff nach Kanada. □ 1963: »Bonifaz oder Der Matrose in der Flasche« (R.). □ 1965: Übersiedlung nach Prag. □ 1968: Übersiedlung nach München; »Maria Morzeck oder Das Kaninchen bin ich« (R.). □ 1978: »Der Kanal« (R.). □ 1983: »Der Bär« (R.).

▷ M. Bieler: Still wie die Nacht. Memoiren eines Kindes, 1989.

Bienek, Horst
dt. Schriftsteller und Regisseur
* 7.5.1930 Gleiwitz, Schlesien
† 30.11.1990 München

Bienek setzte sich in seinem Werk (Lyrik, Essays, Romane, Filme) mit den Möglichkeiten der Bewahrung innerer Freiheit bei gleichzeitiger äußerer Bedrohung und Gefangenschaft auseinander (u. a. »Die Zelle«, R., 1968; 1971 verfilmt). Der 1951-55 wegen seiner Kritik an der stalinistischen Kulturpolitik in einem sowjetischen Arbeitslager inhaftierte Schriftsteller verband persönliche Erlebnisse mit allgemeinen Erfahrungen seiner Generation. 1982 vollendete B. eine vierteilige Romanreihe, in der er in exemplarischer Weise und mit großem Realismus seine

Kindheit in Gleiwitz vor dem Hintergrund des 2. Weltkriegs schilderte (»Die erste Polka«, 1975; »Septemberlicht«, 1977; »Zeit ohne Glocken«, 1979; »Erde und Feuer«, 1982).

□ 1951: Aufnahme in die Theaterklasse der »Meisterschüler« von B. →Brecht. □ 1951-55: Inhaftierung in sowjet. Arbeitslagern. □ 1955: Übersiedlung in die BRD. □ 1957-61: Kulturredakteur beim Hess. Rundfunk; Hg. der Buchreihe »Studio 58«. □ 1961: Cheflektor beim Dt. Taschenbuchverlag in München; Mithg. der Zeitschrift »Blätter und Bilder«. □ 1981: Nelly-Sachs-Preis.

Bierce, Ambrose Gwinnett

amer. Schriftsteller
* 24.6.1842 Meigs County, Ohio
† 11.1.1914(?) Ojinaga ? (Mexiko)

Bierce beobachtete furchtlos die Realität.

Sein Hang zum Makabren und Satirischen und die betont sachliche Schilderung des brutalen Kriegsalltags trugen ihm den Namen Bitter Bierce ein. Am bekanntesten ist seine Kurzgeschichte »Eine Begebenheit an der Owl-Creek-Brücke« (1891, dt. 1920), die von der trügerischen Fluchtvorstellung eines Saboteurs im Augenblick seiner Hinrichtung erzählt. B.s Einfluß auf E. →Hemingways Realismus und die Wirkung seines illusionslosen schwarzen Humors auf J. →Barth, K. →Vonnegut und J. →Heller zeugen von der anhaltenden Bedeutung des großen psychologischen Realisten. B.s Experimente mit dem Nebeneinander oft widersprüchlicher Erzählperspektiven und den Selbsttäuschungen des Bewußtseins haben vor allem auf J. L. →Borges und C. →Fuentes einen nachhaltigen Einfluß ausgeübt.

□ 1861: Soldat im US-Bürgerkrieg. □ 1867: »Basilica« (Ged.)«. □ 1872-75: Aufenthalt in England. □ 1877: Mithg. der politischen Zeitschrift Argonaut. □ ab 1887: Reporter für den San Francisco Examiner. □ 1882: »Der Mönch und die Henkerstochter« (Erz.n, dt. 1968). □ 1913/14: Als Kriegsbeobachter in Mexiko verschollen.

▷ R. Saunders: Ambrose Bierce, engl. 1985.

Biermann, (Karl-)Wolf

dt. Lyriker und Liedermacher
* 15.11.1936 Hamburg

Biermann, Inbegriff des politischen Liedermachers — er prägte den Begriff analog zu B. → Brechts »Stückeschreiber« — und Büchner-Preisträger von 1991, singt gegen Unterdrückung in der sozialistischen wie der kapitalistischen Gesellschaft an. Der überzeugte Sozialist läßt sich dabei auch von linken Kräften nicht vereinnahmen. Seine von Brecht, Heinrich Heine (*1797, †1856) und François Villon (* 1431, † nach 1463) beeinflußten Balladen und Gedichte trägt er teils mit clowneskem Überschwang, teils mit zurückhaltender Nachdenklichkeit vor. 1976 provozierte B.s Ausbürgerung aus der ehemaligen DDR eine Ausreisewelle und Proteste in Ost und West. Trotz Berufsverbot seit den 60er Jahren durch Publikationen im Westen bekannt, engagiert sich B. seit 1976 in der Anti-Atomkraft- und der Friedensbewegung der BRD; private Töne prägen zunehmend seine politischen Texte.

□ 1953: Übersiedlung in die DDR. □ 1957-59: Theaterarbeit. □ 1959-63: Philosophiestudium. □ 1963: Ausschluß aus der SED. □ 1965: »Die Drahtharfe« (Ged.e, Berlin/West); Berufs- und Ausreiseverbot. □ 1968: »Mit Marx- und Engelszungen« (Ged.e, Lieder, Berlin/West). □ 1970: »Der DraDra« (Kom., UA 1971, Münchner Kammerspiele). □ 1972: »Für meine Genossen« (Lieder, Ged.e). □ 1973: »Warte nicht auf

Biermann bei seinem ersten öffentliches Auftritt seit 1965, Köln 1976.

beßre Zeiten« (LP). □ 1976: Ausbürgerung während einer BRD-Tournee; »Es gibt ein Leben vor dem Tod« (LP); »Es geht sein' sozialistischen Gang« (LP). □ 1977: »Der Friedensclown« (LP). □ 1979: »Hälfte des Lebens« (LP). □ 1982: »Verdrehte Welt — das seh' ich gerne« (Ged.e); »Wir müssen vor Hoffnung verrückt sein« (LP). □ 1986: »Affenfels und Barrikade« (Ged.e, Prosa). □ 1989: Nach Öffnung der dt.-dt. Grenze Konzerte in Leipzig und Ost-Berlin. □ 1990: »Klartexte im Getümmel — Dreizehn Jahre im Westen«.

▷ Th. Rothschild: Wolf Biermann, Liedermacher und Sozialist, 1976.

Bikila, Abebe

äthiop. Leichtathlet
* 7.8.1932 Mout † 5.11.1973 Addis Abeba

Bikila war in der Leichtathletik der erste schwarzafrikanische Olympiasieger. Er gewann 1960 in Rom als Außenseiter den Marathonlauf barfuß in der Rekordzeit von 2:15:16 Std. 1964 holte er in Tokio erneut die Goldmedaille und war damit der erste Marathonläufer mit zwei Olympiasiegen. Er startete auch 1968 in Mexiko, gab aber wegen Verletzung auf. B. war seit 1969 nach einem Verkehrsunfall querschnittsgelähmt.

← Abebe Bikila

Bilabel, Barbara

dt. Kostüm-, Bühnenbildnerin und Regisseurin
* 21.4.1939 Darmstadt

Die feministisch engagierte Regisseurin Bilabel verwirklicht auf der Bühne große, oft kühne Visionen der Welt. Sie arbeitet mit präzisem Blick für die Wirklichkeit, meidet Beschönigungen und scheut nicht davor zurück, Brutalität und Gewalt darzustellen. An den großen Erfolg ihres Regiedebüts (»Medea« von Euripides, 1981) konnte B. in ihren nachfolgenden Inszenierungen nicht anknüpfen.

□ 1972: Ausstattung der »Fledermaus« (R. →Strauss, Rg. O. →Schenk) in Berlin. □ 1976: Ausstattung der »Meistersinger von Nürnberg« (R. Wagner) in Berlin. □ 1977: Ausstattung der »Hedda Gabler« (H. →Ibsen, Rg. N.-P. →Rudolph). □ 1978: Ausstattung der UA »Rotter« (Th. →Brasch, Rg. Ch. Nel). □ seit 1981: Regisseurin u. a. am Dt. Schauspielhaus in Hamburg. □ 1982: A. →Strindbergs »Totentanz«. □ 1986: »Preparadise sorry now« (R. W. →Fassbinder); UA »Herbstball« (S. Dähnert) in Wuppertal. □ 1989: »Liebe und Magie in Mamas Küche« (L. →Wertmüller) in Basel.

Karl Ludwig Binding →

Bill, Max

schweiz. Maler, Bildhauer, Architekt und Kunsttheoretiker
* 22.12.1908 Winterthur

Bill ist einer der bedeutendsten Vertreter und Theoretiker der Konkreten Kunst, die sich auf der Basis rein geometrisch-abstrakter Formen unter Ausschluß jeglicher Naturvorbilder an den Konstruktivismus anschloß. B.s vielseitiges Werk ist vom Bauhaus (W. →Gropius) geprägt, als dessen Fortsetzung er die Ulmer Hochschule für Gestaltung konzipierte und leitete. Seine Bilder und Plastiken entstanden nach strukturellen und seriellen Normen meist in mehrjährigen Werkreihen. Dabei spielt B. eine Form- oder Farbidee in ihren Entwicklungsmöglichkeiten durch, wobei eine komplexe ästhetische Wirkung zur Entfaltung kommt. Standen in der Malerei und Graphik zunächst lineare Konstellationen im Vordergrund, so experimentierte B. anschließend mit Farbquadraten. Er legte damit das Fundament für Op-art sowie Farbfeldmalerei. Daneben entwickelte B. sog. Einflächenplastiken aus Messing oder Kupferblech nach dem Prinzip des Möbius-Bandes (»Unendliche Schleife«). Es folgten die »Säulenplastiken« aus Granit und seit 1960 die »Kugelplastiken«, in denen B. das Grundprinzip der Kugel durch Teilung und Schnitt variierte.

← Max Bill

□ 1924-27: Studium an der Kunstgewerbeschule in Zürich. □ 1927-29: Studium am Bauhaus in Dessau unter W. Gropius und H. →Meyer. □ 1932-38: Mitgl. der Künstlergruppe Abstraction-Création. □ 1951-56: Mitbegründer und Rektor der Hochschule für Gestaltung in Ulm (1953-55 erbaut). □ 1967-74: Prof. für Umweltgestaltung an der Hochschule für Bildende Künste in Hamburg. □ 1978-83: »Kugelschale mit drei gleichen Ausschnitten«. □ 1987: Ausstellung in der Schirn-Kunsthalle, Frankfurt/Main. □ 1990/91: Retrospektive im Wilhelm-Hack-Museum Ludwigshafen.

▷ N. Rotzler: Max Bill, 1977.

Binding, Karl Ludwig Lorenz

dt. Strafrechtslehrer
* 4.6.1841 Frankfurt/Main † 7.4.1920 Freiburg i. Br.

Mit seiner Theorie der Vergeltung, die Strafe als Sühne für eine schuldhaft begangene Tat wertet, gehört Binding der klassischen Strafrechtsschule an. Der Strafrechtsdogmatiker stand in scharfem Gegensatz zu der von F. v. →List vertretenen soziologischen Richtung, die im Wesen der Strafe die Prävention und den sozialen Schutz sieht. In seiner grundlegenden Schrift »Die Normen und ihre Übertretung. Eine Untersuchung über die rechtmäßige Handlung und die Arten des Delikts« (4 Bde., 1872-1920) definiert B. das Verbrechen als eine Verletzung des staatlichen Anspruchs auf Gehorsam gegenüber den Normen.

□ 1866-72: Prof. an den Univ.n Basel, Freiburg und Straßburg. □ 1873-1913: Prof. an der Univ. Leipzig. □ 1881: »Grundriß des deutschen Strafprozeßrechts« (Schr.). □ 1885: »Handbuch des Strafrechts«. □ 1919: »Die Schuld im deutschen Strafrecht« (Schr.).

Binet, Alfred

frz. Psychologe
* 11.7.1857 Nizza † 18.10.1911 Paris

Binet ist der Wegbereiter der wissenschaftlichen und experimentellen Psychologie in Frankreich und wurde mit seinen Testreihen zur Ermittlung des Intelligenzstandes bei Kindern (Binet-Simon-Test) bekannt. Ab 1905 arbeitete er an Standardtestserien für Kinder zwischen 3 und 15 Jahren. Im Anschluß an B. entwickelte W. →Stern die Meßgröße »IQ«.

□ 1895-1911: Dir. des Laboratoire de psychologie physiologique an der Sorbonne; Gründung der ersten frz. psychologischen Fachzeitschrift L'Anneé Psychologique. □ 1911: »Die neuen Gedanken über das Schulkind« (Schr.).

Binnig, Gerd

dt. Physiker
* 20.7.1947 Frankfurt/Main

Binnig unterzeichnet das Nobelpreis-Dokument.

Gerd Binnig erhielt 1986 den Physik-Nobelpreis für die Konstruktion des Raster-Tunnel-Mikroskops. Das mit dem Schweizer Heinrich Rohrer 1981 entwickelte Instrument kann Oberflächenstrukturen von Festkörpern in ihren atomaren Dimensionen sichtbar machen. Die damit gegebene Möglichkeit, sogar Bruchteile eines zehnmillionsten Millimeters dreidimensional darzustellen, ist für die Herstellung von Halbleitern und integrierten Schaltungen wichtig. B. arbeitet seit 1978 im IBM-Forschungslaboratorium in Rüschlikon bei Zürich und ist seit 1987 Honorarprofessor an der Ludwig-Maximilian-Universität in München. Er arbeitet daran, die Möglichkeiten der Raster-Tunnel-Mikroskopie mit der Technik der Laserspektroskopie zu kombinieren.

Binswanger, Ludwig

schweiz. Psychiater
* 13.4.1881 Kreuzlingen † 5.2.1966 ebd.

Binswanger erweiterte die Psychotherapie um die sog. Daseinsanalyse. Der philosophisch gebildete Anhänger S. →Freuds forderte von Ärzten, Psychologen und Therapeuten, in dem Menschen nicht allein den Patienten, sondern die ganzheitliche Persönlichkeit mit ihrer Biografie und Einbindung in das soziale Umfeld zu sehen. Nicht die Analyse des Krankheitsverlaufs, sondern die Beschreibung des Daseins des Patienten soll nach B. Grundlage der Therapie sein. Eine zentrale Rolle spielt dabei für B. die Liebesfähigkeit, die Voraussetzung ist sowohl für die Selbsterkenntnis als auch für das Verstehen eines anderen.

□ 1911-56: Ärztlicher Dir. im väterlichen Sanatorium in Kreuzlingen. □ 1942: »Grundformen und Erkenntnis menschlichen Daseins« (Schr.). □ 1956: »Drei Formen mißglückten Daseins: Verstiegenheit, Verschrobenheit, Manieriertheit« (Schr.); »Erinnerungen an Sigmund Freud«. □ 1965: »Wahn. Beiträge zu einer phänomenologischen und daseinsanalytischen Erforschung« (Schr.).

M. Bircher-Benner →

← Ludwig Binswanger

Bioy Casares, Adolfo

argentin. Schriftsteller
* 15.9.1914 Buenos Aires

Bioy Casares' Romane und Erzählungen sind Meisterwerke der Phantastischen Literatur. In schlüssig konstruierten, spannungsgeladenen Geschichten konfrontiert er seine Figuren mit mysteriösen Ereignissen, die sie nicht entwirren können. Unter dem Pseudonym H. Bustos Domecq veröffentlichte B. mit seinem Freund J. L. →Borges Kriminalromane, Drehbücher und Anthologien.

□ 1940: »Morels Erfindung« (R., dt. 1965); »Anthologie der phantastischen Literatur« (gemeinsam mit seiner Frau S. Ocampo und J. L. Borges). □ 1942: »Sechs Aufgaben für Don Isidro Parodi« (Erz.n, dt. 1969) mit Borges unter dem Pseud. H. Bustos Domecq. □ 1954: »Der Traum der Helden« (R., dt. 1977). □ 1969: »Tagebuch des Schweinekrieges« (R., dt. 1978).

Bircher-Benner, Maximilian Oskar

schweiz. Arzt
* 22.8.1867 Aarau † 24.1.1939 Zürich

Bircher-Benner gründete 1897 eine Privatklinik am Zürichberg, in welcher der Ernährungsforscher Heilerfolge mit seiner auf vegetarischer Rohkost basierenden Diät erzielte. Diese »Neue Ernährungslehre« (Schr., 1924) wurde anfänglich angefeindet, von der Vitaminforschung aber bestätigt. Seine Naturheilmethode ergänzte B. mit Bädern, Massagen, Gymnastik und seelischem Beistand.

□ 1903: »Grundzüge der Ernährungstherapie auf Grund der Energetik« (Schr.). □ 1924: »Früchtespeisen und Rohgemüse« (Schr.). □ 1939: Eröffnung eines Volkssanatoriums in Zürich.

Birendra Bir Bikram Schah

König von Nepal
* 28.12.1945 Katmandu

Birendra übernahm von seinem Vater, König Mahendra, das »Panchayat-System«, eine sog. parteilose Demokratie, in der jedoch der König in der Praxis als absolutistischer Herrscher regierte. Im Juli 1990 mußte B. aufgrund der mas-

Birendra mit seiner Frau Aiswarya 1983 in der Schweiz.

siven Forderungen der Bevölkerung nach Einführung der Demokratie weitgehend auf seine Machtstellung verzichten.

☐ 1952-64: Als erster nepal. Herrscher Ausbildung im Ausland (Indien, Großbritannien). ☐ 1972: Nach dem Tod seines Vaters König von Nepal. ☐ 1975: Krönung. ☐ 1990: Weitgehende Beschränkung auf repräsentative Funktionen.

▷ M. Lal Bajracharya: Birendra, the king with a difference, 1974.

Birgel, Wilhelm Maria »Willy«

dt. Schauspieler
* 19.9.1891 Köln
† 29.12.1973 Dübendorf bei Zürich (Schweiz)

Birgel, der erst 1934 vom Theater zum Film kam, galt als Grandseigneur des deutschen Films. Seine Spezialität waren distanziert-elegante, innerlich jedoch zweifelnde Charaktere, wie sie in den Ufa-Produktionen »Schlußakkord« (1936) und »Zu neuen Ufern« (1937) zu sehen waren. Wegen NS-Propagandastreifen wie »Feinde« (1940) und »Kameraden« (1941) nach dem Krieg bei der Kritik vorübergehend in Ungnade gefallen, wandte er sich wieder dem Theater und dem später aufkommenden Fernsehen zu.

Willy Birgel (1941) in seiner typischen Pose.

☐ 1910: Schauspielschule Köln; ab 1913 kleine Rollen am Stadttheater Bonn. ☐ 1914-18: Teilnahme am 1. Weltkrieg. ☐ 1919-36: Bühnenengagements in Aachen und Mannheim. ☐ 1934: Erste Filmrolle in »Ein Mann will nach Deutschland«. ☐ 1941: »...reitet für Deutschland«. ☐ ab 1947: Gast aller wichtigen dt. Bühnen; in den 60er Jahren zahlreiche Fernsehrollen.

Bischof, Werner

schweiz. Fotograf
* 26.4.1916 Zürich † 16.5.1954 in Peru (verunglückt)

Bischof, in erster Linie Bildberichterstatter, vertrat einen humanen Journalismus. Er wurde durch seine Reportagen über die Kriegsinvaliden, Flüchtlinge und zerbombten europäischen Städte nach dem 2. Weltkrieg bekannt. Später dokumentierte er die Armut in den Ländern der Dritten Welt, vor allem in Indien und Südost-Asien. Nach Kriegsreportagen aus Vietnam arbeitete er in Nord- und für die Serie »Frauen von heute« auch in Südamerika, wo er bei einem Autounfall in den Anden umkam.

☐ 1932-36: Studium bei H. Finsler an der Kunstgewerbeschule, Zürich. ☐ ab 1936: »Foto-Grafik«-Atelier für Werbe- und Modeaufnahmen in Zürich. ☐ ab 1942: Führender Fotograf der Zeitschrift Du. ☐ 1949: Eintritt in die Fotoagentur Magnum; Fotoarbeiten für die Zeitschriften Life, Observer und Epoca. ☐ 1952: Kriegsberichterstatter in Vietnam für die Zeitschrift Paris Match. ☐ postum 1990: Retrospektive im Palais de Tokyo, Paris.

Michael Bishop →

Bishop, Michael John

amer. Mediziner
* 22.2.1936 York, Penn.

Bishops mikrobiologische Forschungen über Wachstum und Teilung der Zellen führten in Zusammenarbeit mit H. E. →Varmus zur Entdeckung des zellulären Ursprungs krebsauslösender »Onkogene« (Nobelpreis 1989). Bis dahin ging man in der Krebsforschung davon aus, daß Krebs über die Vermittlung von Viren verursacht wird. Mit Dominique Stehelin, der zur Isolierung des gefährlichen Erbguts eine spezielle Spür-Sonde entwickelte, gelang es dem Forscherteam, das Krebsgen in völlig normalen Zellen zu identifizieren und aus einem Retrovirus des Huhns herauszupräparieren.
Die Feststellung, daß das Onkogen in zwei Varianten auftritt, die Geschwülste oder Leukämie auslösen, führte 1976 zu der Entdeckung, daß die Krebsgene auch in gesunden Zellen »schlummern«. An der genetischen Steuerung von Wachstum und Teilung der Zellen beteiligt, können sie von außen durch chemische Substanzen oder ionisierende Strahlung zu Krebserregern entarten. Nachdem mittlerweile etwa 50 derartige zelluläre Krebsgene bekannt sind, gilt die Krebsübertragung durch Viren eher als eine Ausnahme.

☐ seit 1972: Prof. an der Univ. of Calif., San Francisco. ☐ seit 1981: Dir. der Georg F. Hooper Research Foundation ebd. ☐ 1982: Lasker-Preis. ☐ 1989: Medizin-Nobelpreis (mit H. E. Varmus).

← Werner Bischof

Bissier, Julius

dt. Maler
* 3.12.1893 Freiburg i. Br.
† 18.6.1965 Ascona (Italien)

Bissier entwickelte ab den 30er Jahren als einer der ersten europäischen Maler eine von ostasiatischer Kalligrafie und Zen-Buddhismus beeinflußte Form der Abstraktion und war damit ein Vorläufer des Tachismus. Es entstanden kleine Tusch- und Ölbilder mit chiffreartigen Zeichen (»Zeichen des bipolaren Lebens«) und deutlich kalligrafischem Charakter. Darin wird Augenblicksempfindungen des Künstlers Ausdruck gegeben. Manche der Bilder tragen als Titel nur ihr Entstehungsdatum (z. B. »12. Febr. 64«, Düsseldorf, Kunstsammlung Nordrhein-Westfalen). Nach dem 2. Weltkrieg arbeitete B. zunächst an Monotypien, später an seiner Serie der farbigen »Miniaturen« mit immer stärker vereinfachten, spannungsvoll gegeneinander gesetzten Symbolformen, die teilweise vor der Fläche zu schweben scheinen, was den meditativen Eindruck der Werke erhöht.

□ 1914/15: Studium an der Kunstakademie in Karlsruhe (wenige Monate). □ ab 1921: Beschäftigung mit der Malerei der Neuen Sachlichkeit. □ 1929-33: Lehrer an der Univ. Freiburg. □ um 1930: Begegnung mit W. →Baumeister und C. →Brancusi. □ ab 1947: Arbeit an Monotypien. □ ab 1956: Sog. Miniaturen in Eiöltempera auf Leinwand.

▷ A. D. Ketelsen: Julius Bissier. Der Mensch und der Künstler, 1986.

Bissière, Roger

frz. Maler
* 22.9.1888 Villeréal, Lot-et-Garonne
† 2.12.1964 Boissiérette, ebd.

Bissière erregte nach 1945 mit seinen kontemplativen, die Farbe als Lichtträger behandelnden abstrakten Bildern Aufsehen. Aus dem Umkreis des Kubismus kommend und von den lyrischen Farbabstraktionen R. →Delaunays und vor allem von P. →Klee beeinflußt, hatte B. während des Krieges wegen eines Augenleidens die Malerei aufgeben müssen. Um so intensiver widmete er sich nach der Genesung seinen ungewöhnlichen Motiven mit dunklen Strichrastern oder lichten Farbmosaiken. Die Bilder zeigen fast immer eine klare Strukturierung und die Auseinandersetzung mit den Wirkungen von Farbe und Licht (»Grau und Violett«, 1957, Luxemburg, Musée d'Histoire et d'Art). Häufig taucht eine verspielte Ornamentik auf, die in anderen Teilen des Werks durch angedeutete Gegenstandsbezüge (vor abstrakten Hintergründen) abgelöst wird. B. trat auch mit literarischen Arbeiten (u. a. über C. →Corot und G. →Seurat) hervor.

□ bis 1911: Studium an der Kunstakademie in Bordeaux, danach Reisen. □ 1918: Übersiedlung nach Paris. □ ab 1920: Arbeit mit G. →Braque. □ 1924-38: Lehrer an der Acádemie Ranson in Paris. □ 1939: Übersiedlung in die Dordogne. □ ab den 40er Jahren: Zunehmend abstrahierte Bilder sowie Bildteppiche und Holzskulpturen. □ 1960/61: Gestaltung von 61 Glasfenstern für die Kathedrale von Metz.

Bitow, Andrej Georgijewitsch

sowjet. Schriftsteller
* 27.5.1937 Leningrad

Bitow ist ein Meister der psychologischen Kurzprosa. Er propagiert ein Aufsprengen traditioneller Erzählgenres, um so eine größere Wirklichkeitsnähe zu erreichen; er wandte sich früh vom verordneten sozialistischen Realismus ab. Der ausgebildete Naturwissenschaftler konzentriert sein psychologisches Interesse vor allem auf das Leben von Großstadtmenschen. Sein Roman »Das Puschkinhaus« (dt. 1983), zunächst im Ausland erschienen, wurde im Zuge von Glasnost (M. →Gorbatschow) 1987 in der Zeitschrift Nowy mir abgedruckt.

□ 1955-62: Studium am Leningrader Bergbauinst. □ 1961: »Der große Luftballon« (Erz., dt. 1979). □ 1968: »Armenische Lektionen« (Erz.n). □ 1976: »Die Rolle« (Erz.n). □ 1978: »Das Puschkinhaus« (R., dt. 1983).

Kurt Bittel →

← Andrej G. Bitow

Bittel, Kurt

dt. Archäologe und Prähistoriker
* 5.7.1907 Heidenheim/Brenz † 30.1.1991

Bittel war 1931-39 und ab 1952 an den Ausgrabungen der Hethiterhauptstadt Hattusa, 150 km östl. von Ankara (Türkei), beteiligt. Für Grabungen, Schichtbestimmungen und Datierungen zog B. andere Wissenschaftsgebiete hinzu. So zeigten die bei 28 Grabungsexpeditionen in Anatolien freigelegten Großsiedlungen, Tempel und Paläste der hethitischen Hochkultur (15.-12. Jh. v. Chr.) die räumliche und zeitliche Verflechtung von ägyptischer, babylonischer und griechischer Kultur, deren Zusammenhänge neben ihrer jeweiligen spezifischen Eigenart nun erkennbar wurden.

□ 1934: »Kelten in Württemberg« (Schr.). □ 1938-45: Dir. des Dt. Archäologischen Inst. (DAI) in Istanbul (erneut 1953-60). □ 1945: »Grundzüge der Vor- und Frühgeschichte Kleinasiens« (Schr.). □ 1948-54: Prof. an der Univ. Tübingen. □ 1960-71: Präs. des DAI. □ 1976: »Die Hethiter« (Schr.).

Bjørneboe, Jens Ingvald

norw. Schriftsteller
* 9.10.1920 Kristiansand † 9.5.1976 Veierland

Bjørneboe war der führende Vertreter des norwegischen Tendenzromans. Zentrales Thema seiner realistischen Romane und Novellen ist die Unterdrückung des Menschen durch den Menschen. Mit dem Roman »Jonas und das Fräulein« (1955), der Geschichte eines von seinen Lehrern gequälten legastenischen Jungen, löste B. eine öffentliche Diskussion über das norwegische Schulsystem aus. »Der Augenblick der Freiheit« (1965, dt. 1968) ist ein zentrales Werk der neueren norwegischen Romanliteratur und enthüllt als »Weltgeschichte der Bestialität« Unrecht, das im Namen des angeblichen Rechts begangen wurde.

□ 1943: Flucht nach Schweden. □ 1946: Gemäldeausstellung. □ 1950-57: Lehrer an der Rudolf-Steiner-Schule in Oslo. □ 1951: »Gedicht«. □ 1952: »Ehe der Hahn kräht« (R., dt. 1970). □ 1960: »Viel Glück, Tonnie« (R., dt. 1965). □ 1967: »Nackt im Hemd« (R., dt. 1970). □ 1968: »Norwegen, mein Norwegen« (Es.). □ 1974: »Haie« (R., dt. 1984).

▷ F. Wandrup: Jens Bjørneboe, 1991.

Bjørnson, Bjørnstjerne

norw. Schriftsteller
* 8.12.1832 Kvikne, Prov. Østerdalen
† 26.4.1910 Paris (Frankreich)

Bjørnson reformierte mit seiner realistischen, Natur und Dichtung als Einheit behandelnden Kunstauffassung die norwegische Literatur. Als vielseitiger, auch sozial und politisch engagierter Schriftsteller schrieb er volkstümliche Bauerngeschichten, die norwegische Nationalhymne »Ja, wir lieben dieses Land« (1859) und, den Realismus H. → Ibsens vorwegnehmend, zeitkritische Dramen und Romane. B.s Meisterwerk ist das zweiteilige Drama »Über die Kraft« (1883/95, dt. 1886/96), in dem er die Forderung des Christentums, der Mensch müsse Ideale verwirklichen, die über seine Kräfte gehen, zurückweist. 1903 wurde B. als erster Norweger mit dem Literatur-Nobelpreis ausgezeichnet.

☐ 1854: Literarische und journalistische Tätigkeit. ☐ 1856: Teilnahme am nordischen Studentenzug nach Uppsala. ☐ 1857-59: Theaterleiter in Bergen. ☐ 1859: Leitung der liberalen Zeitung Aftenbladet. ☐ 1860-63: Reise nach Deutschland und Italien (erneut 1873-75). ☐ 1862: »König Sigurd« (Dr., dt. 1866). ☐ 1868: »Das Fischermädchen« (Erz., dt. 1868). ☐ 1870-72: Theaterleiter in Oslo. ☐ 1877: »Magnhild« (R., dt. 1878). ☐ 1879: »Das neue System« (Dr., dt. 1880). ☐ 1882-87: Parisaufenthalt. ☐ 1898: »Paul Lange und Tora Parsberg« (Dr., dt. 1899). ☐ 1909: »Wenn der junge Wein blüht« (Kom., dt. 1909).

Blacher, Boris

dt. Komponist
* 6.(19.?)1.1903 Newchwang (China)
† 30.1.1975 Berlin

← Boris Blacher

Blacher, dessen kompositorisches Interesse rhythmischen Strukturen galt, entwickelte aus der Beschäftigung mit der Zwölftonmusik ein System »variabler Metren« (»Ornamente für Klavier. 7 Studien über variable Metren«, 1950); sie waren ein früher Beitrag zur Förderung der seriellen Musik (K. →Stockhausen). Zu seinen Kompositionen gehören Lieder, Instrumentalwerke, Filmmusiken, Ballette und Opern (»Preußisches Märchen«, UA 1952 Berlin). Als Pädagoge beeinflußte B. Komponisten wie G. v. →Einem, G. →Klebe und A. →Reimann.

☐ 1922: Architekturstudium in Berlin. ☐ 1924-26: Musikstudien. ☐ 1937: Anerkennung als Komponist (»Concertante Musik« für Orchester). ☐ 1938/39: Dozent für Komposition am Dresdner Konservatorium. ☐ 1948: Dozent für Komposition an der Berliner Musikhochschule. ☐ 1953-70: Dir. der Berliner Musikhochschule. ☐ 1960: Prof. für elektronische Komposition an der TU Berlin. ☐ 1968: Präs. der Akademie der Künste.

▷ H. H. Stuckenschmidt: Boris Blacher, 1963.

Black, Sir (seit 1981) James Whyte

brit. Pharmakologe
* 14.6.1924 Schottland

Black, Nobelpreisträger von 1988, entwickelte auf dem Gebiet der Arzneimitteltherapie in den 60er Jahren die sog. Betablocker, die erfolgreich bei Angina pectoris, Herzinfarkt und Bluthochdruck verabreicht werden. B. erfand eine Substanz (Propanolol), die die Bindung des bei Streß freigesetzten Adrenalins an die Beta-Rezeptoren des Herzmuskels blockiert und dadurch den Anstieg von Puls und Blutdruck reduziert. Ähnlich wirken die von B. entwickelten Magensäureblocker (Cimetidin) gegen überschüssiges Histamin, das sonst zu vermehrter Säuresekretion und damit zu Entzündungen führt.

☐ 1973-77: Prof. am Univ. College, London. ☐ 1978-84: Dir. der Abteilung für therapeutische Forschungen am Wellcome Forschungslaboratorium, Kent. ☐ seit 1984: Prof. an der King's College Medical School, Univ. London. ☐ 1988: Physiologie/Medizin-Nobelpreis (mit G. B. →Elion und G. H. →Hitchings).

Patrick M. Blackett →

Blackett, Patrick Maynard Stuart Baron B. of Chelsea (ab 1969)

brit. Physiker
* 18.11.1897 London † 13.7.1974 ebd.

Blackett gelang 1933 erstmals die Beobachtung der Paarbildung von Elektronen mit den 1932 von C. D. →Anderson entdeckten Positronen aus Gammaquanten, also der Beweis für die Umwandlung von Strahlungsenergie in Materie (A. →Einstein). Möglich wurde die diesen Prozeß beweisende Fotografie durch Verbesserungen der von Ch. Th. R. →Wilson erfundenen »Nebelkammer«, die B. mit zwei Geigerzählern koppelte. Wenn Teilchen kosmischer Strahlung, die in der mit Gas gefüllten Kammer sog. Nebelspuren sichtbar hinterlassen, beide Zähler passierten, dann wurde durch Koinzidenzschaltung der Aufnahmeapparat ausgelöst und damit die Chance gesteigert, eine Fotografie von einem signifikanten Ereignis zu erhalten. Für seine Entdeckung erhielt B. 1948 den Physik-Nobelpreis.

☐ 1933-37: Prof. an der Univ. London. ☐ 1937-53: Prof. an der Univ. Manchester. ☐ 1948: Physik-Nobelpreis. ☐ 1953-63: Prof. für Physik am Imperial College of Science and Technology, London. ☐ 1965: Präs. der Royal Society.

Anatoli Blagonrawow →

Blagonrawow, Anatoli Arkadjewitsch

sowjet. Ingenieur und Artillerieleutnant
* 1.6.1894 Ankowo bei Moskau
† 4.2.1975 Moskau

Der Waffentechniker Blagonrawow konstruierte während des 2. Weltkriegs die sog. Stalinorgel. Im September 1941 setzte die Rote Armee diesen Mehrfachraketenwerfer, mit dem je nach Typ bis zu 48 Geschosse gleichzeitig abgefeuert werden konnten, erstmals ein. Das Geräusch der herannahenden Raketen erinnerte an eine Orgel. B. war außerdem am Entwurf russischer Erdsatelliten und Raumfahrzeuge beteiligt.

Blake, Peter

engl. Maler
* 25.6.1932 Dartford, Kent

Blake hat seit 1960 einen wesentlichen Anteil an der Entwicklung der Pop-art. Werke wie »Got a Girl« (1960/61, Whitworth Art Gallery, Univ. of Manchester) kombinieren Fotos von Pop-Musikern wie E. →Presley mit grellfarbigen Flächen. Andere Pop-Größen sind auf plakatähnliche Bilder gebannt (»Bo Diddley«, 1963, Köln, Museum Ludwig). In Assemblagen (»Toy Shop«, 1962, London, Tate Gallery) vereint B. reale Gegenstände (eine Tür, ein Fenster, Spielzeug) mit Fotos, eine Inszenierung, die Trivialkultur fast wertfrei präsentiert und gleichzeitig ironisiert. Diese Ambivalenz, die auch auf B.s Beschäftigung mit der Volkskunst zurückgeht, unterscheidet sein Werk von dem anderer Pop-Künstler. Seine Mittel sind konventioneller, volkstümlicher; er zeigt mit gezielter Naivität die Konfrontation zwischen einem einfachen Leben und dem der Idole einer neuen Massenkultur und allgemein zwischen

Peter Blake beim Aufbau einer seiner Assemblagen.

Tradition und Modernität. In jüngerer Zeit setzen sich in seinem Werk wieder die (nie ganz aufgegebenen) realistischen Elemente durch.

□ 1946-51: Studium am Gravesend Technical College and School of Art. □ 1953-56: Studium am Royal College of Art, London. □ 1960-64: Lehraufträge an Kunstschulen. □ 1983: Retrospektive in der Tate Gallery, London.

Blaman, Anna

(eig. Johanna Petronella Vrugt)
niederl. Schriftstellerin
* 31.1.1905 Rotterdam † 13.6.1960 ebd.

Mit dem Werk von Blaman, in dem Liebe und Erotik, die Einsamkeit sowie die Urangst vor dem Nichts im Mittelpunkt stehen, hielt der Existentialismus Einzug in die niederländische Literatur. Bereits mit »Frau und Freund« (1941) fand B. Anerkennung als moderne Autorin, populär wurde sie aber erst mit dem skandalumwobenen, kunstvoll strukturierten Roman »Einsames Abenteuer« (1948, dt. 1988). In ihm schildert B. mit autobiografischen Bezügen die Probleme lesbischer Liebe. Für ihr gesamtes Œuvre erhielt sie 1957 den P.-C.-Hooft-Preis.

Blank, Theodor

dt. Politiker
* 19.9.1905 Elz, Hessen † 14.5.1972 Bonn

Blank, 1957-65 Bundesminister für Arbeit und Sozialordnung, war 1955/56 erster Verteidigungsminister der BRD. Das Vertrauen K. →Adenauers erwarb sich B. als Leiter der sog. Dienststelle Blank, aus der das Verteidigungsministerium hervorging. Der CDU-Politiker wurde 1950 in dieser Funktion zunächst mit der Unterbringung alliierter Besatzungstruppen in ehemaligen Wehrmachtskasernen und anderen militärischen Einrichtungen beauftragt und stieg 1951 zum Sicherheitsberater auf.

Fanny Blankers →

Wilhelm Blaschke →

V. Blasco Ibáñez →

← Theodor Blank

Blankers, Francina »Fanny«

niederl. Leichtathletin
* 26.4.1918 Amsterdam

Blankers gewann vier Goldmedaillen bei den Olympischen Spielen 1948 in London und holte sich insgesamt acht Medaillen (u. a. fünf goldene) bei den Europameisterschaften 1938, 1946 und 1950. Sie begann ihre Karriere unter ihrem Mädchennamen Koen und heiratete später ihren Trainer, den Sportjournalisten Jan Blankers. B. erzielte zehn Weltrekorde in acht verschiedenen Wettbewerben.

□ 1938: Bronze bei der EM über 100 und 200 m. □ 1946: Gold bei der EM über 80 m Hürden und 4x100 m. □ 1948: Olympiasiegerin über 100 und 200 m, 80 m Hürden und 4x100 m. □ 1950: Gold bei der EM über 100 und 200 m und 80 m Hürden; Silber über 4x100 m.

Blaschke, Wilhelm Johann Eugen

österr. Mathematiker
* 13.9.1885 Graz † 17.3.1962 Hamburg

Mit der Abhandlung »Geometrie der Gewebe« (1938) begründete Blaschke die ebene Kinematik (Bewegungslehre), die später für axiomatische Grundlagen der Geometrie bedeutend wurde. Neben wichtigen Arbeiten zur affinen Differential- und Integralgeometrie entwickelte B. die topologische Differentialgeometrie.

□ 1913-15: Prof. an der Dt. TH Prag. □ 1916: »Kreis und Kugel« (Schr.). □ 1919-53: Prof. an der Univ. Hamburg. □ 1921-23: »Grundlagen von Einsteins Relativitätstheorie« (Schr.). □ 1935-37: »Vorlesungen über Integralgeometrie« (2 Bde.). □ 1948: »Analytische Geometrie« (Schr.). □ 1950: »Einführung in die Differentialgeometrie« (Schr.).

Blasco Ibáñez, Vicente

span. Schriftsteller
* 29.1.1867 Valencia
† 28.1.1928 Menton (Frankreich)

Blasco Ibáñez, einer der Hauptvertreter des spanischen Naturalismus, gehörte Anfang des 20. Jh.s zu den meistgelesenen spanischen Autoren im Ausland. Der aufgrund seiner republikanischen Gesinnung verfolgte Autor lieferte in seinen frühen, regionalistischen Romanen ein plastisches und intensives Bild der menschenunwürdigen Lebensbedingungen in der valencianischen Landschaft am Mittelmeer. Vitalität und Farbigkeit kennzeichnen die Darstellung der Küstenregion und der kämpferischen Charaktere. Später schrieb B. engagierte Sozialromane, aber auch historische und Abenteuerromane, denen von der Kritik Oberflächlichkeit vorgeworfen wurde.

□ 1891: Gründer der Zeitung El Pueblo. □ 1894: »Reis und Planwagen« (R.). □ 1895: »Maiblume« (R.). □ 1898: »Die Scholle« (R., dt. 1950). □ 1902: »Sumpffieber« (R., dt. 1929). □ 1904-07: Abg. der Republikaner im span. Parlament. □ 1905: Antiklerikale Thesen in »Die Bodega« (R., dt. 1932). □ 1908: »Die blutige Arena« (R., dt. 1925; 1922 u. d. T. »Blood and Sand« in den USA verfilmt). □ 1909-14: Aufenthalt in Argentinien. □ 1916: Antidt. Kriegsroman »Die Apokalyptischen Reiter« (dt. 1924).

Blech, Hans Christian
dt. Schauspieler
* 20.2.1915 Darmstadt

Blech trat als Charakterdarsteller u. a. in Inszenierungen von F. →Kortner und B. →Brecht auf und spielte seit 1949 in über 60 Kino- und zahlreichen Fernsehfilmen. Eine seiner bekanntesten Rollen war der Schleifer Platzek in der Verfilmung von H. H. Kirsts Roman »08/15«.

☐ 1937: Erstes Engagement in Kiel. ☐ ab 1947: Mitgl. der Münchner Kammerspiele. ☐ 1949: Filmdebüt in »Affäre Blum« (Rg. E. Engel). ☐ 1961: »Der längste Tag«. ☐ 1972: »Der scharlachrote Buchstabe« (W. →Wenders) ☐ 1981: »Der Zauberberg« (H. W. →Geissendörfer). ☐ 1984: »Oberst Redl« (I. →Szabo). ☐ 1990: »Meister Timpe« (TV).

← Hans Christian Blech

Blech, Leo
dt. Dirigent und Komponist
* 21.(22.?)4.1871 Aachen † 25.8.1958 Berlin

Als Dirigent war Blech Spezialist für veristische und französische Opern (ca. 600 Aufführungen von Bizets »Carmen«). Der jüdische Emigrant (1941) setzte sich in Stockholm für Wagners Bühnenwerke ein. Zu seinem kompositorischen Werk gehören sechs Opern, in denen er in der Nachfolge seines Lehrers E. →Humperdinck zu einem neuen Typus des Lustspiels fand (»Das war ich«, UA Dresden 1902).

☐ 1893: Kapellmeister in Aachen. ☐ 1899: Kapellmeister am Dt. Theater Prag. ☐ 1906: Berufung an die Kgl. Oper Berlin. ☐ 1913-23: Kgl. Preuß. Generalmusikdir. ☐ 1937: Emigration über Riga nach Stockholm. ☐ 1949: Generalmusikdir. an der Städtischen Oper Berlin.

▷ W. Jacob: Leo Blech, 1931.

← Leo Blech

Blériot, Louis
frz. Ingenieur und Flugzeugpionier
* 1.7.1872 Cambrai † 1.8.1936 Paris

Der Begründer der französischen Flugzeugindustrie überflog am 23.7.1909, 18 Jahre, bevor Ch. →Lindbergh den Atlantik überflog, mit einem Eindecker den Ärmelkanal zwischen Calais und Dover. B.s von ihm selbst konstruiertes »Modell XI« wurde von einem 25-PS-Motor angetrieben und brauchte für die Strecke 27,2 Minuten.

Louis Blériot in seinem selbstkonstruierten Flugzeug.

Bleuler, Eugen
schweiz. Psychiater
* 30.4.1857 Zollikon, Kt. Zürich † 15.7.1939 ebd.

Bleuler prägte den Begriff »Schizophrenie«, indem er das Krankheitsbild abgrenzend beschrieb und damit die moderne Schizophrenieforschung begründete. B. verschaffte darüber hinaus der Psychoanalyse S. →Freuds Eingang in die Universitätspsychiatrie und schuf mit seinem »Lehrbuch der Psychiatrie« (1916, 15. Aufl. 1983) ein Standardwerk.

☐ 1898-1927: Prof. für Psychiatrie an der Univ. Zürich; Dir. der Heilanstalt Burghölzli ebd. (sein Assistent war C. G. →Jung). ☐ ab 1904: Mitgl. der von Freud gegründeten Wiener Psychologischen Mittwochs-Vereinigung. ☐ 1911: »Dementia praecox oder Gruppe der Schizophrenien« (Schr.). ☐ 1919: »Das autistisch-undisziplinierte Denken in der Medizin und seine Überwindung« (Schr.).

▷ R. Gaupp: Eugen Bleuler. Die Persönlichkeit und ihr Werk, in: Zeitschrift für die gesamte Neurologie und Psychiatrie 168, 1940.

Tania Blixen →

Blixen, Tania
(eig. Karen Christence von Blixen-Finecke)
dän. Schriftstellerin
* 17.4.1885 Rungstedlund † 7.9.1962 ebd.

Durch die Verfilmung ihrer autobiografischen Erzählung »Afrika, dunkel lockende Welt« (1937, dt. 1938; F. 1985 u. d. T. »Jenseits von Afrika«, mit R. →Redford, M. →Streep und K. M. →Brandauer) wurde Blixen weltberühmt. In bildreicher Sprache schildert die außerhalb jeder Literaturströmung stehende Autorin den Alltag auf ihrer Kaffeefarm in Kenia. Zentrales Thema ihrer Werke (u. a. »Sieben phantastische Erzählungen«, 1934, dt. 1980; »Babettes Gastmahl«, 1952, dt. 1960, verfilmt 1987) ist die Unabänderlichkeit des Schicksals und die Notwendigkeit, sich ihm zu unterwerfen.

☐ 1914: Heirat mit dem schwed. Baron Bror von Blixen-Finecke; Auswanderung nach Kenia. ☐ 1931: Rückkehr nach Dänemark. ☐ 1942: »Kamingeschichten« (Nov.n, dt. 1958). ☐ 1944: »Die Rache der Engel« (R., dt. 1959, 1991). ☐ 1957: »Widerhall« (Nov.n, dt. 1959). ☐ 1958: »Schicksalsanekdoten« (Nov.n, dt. 1960). ☐ 1960: »Schatten wandern übers Gras« (Erz.n, dt. 1961). ☐ postum 1978: »Briefe aus Afrika« (dt. 1987).

▷ F. Lassow/C. Selbom: Tanja Blixen — Ihr Leben in Dänemark und Afrika, 1987; T. Blixen: Mottos meines Lebens, 1991.

Ernest Bloch →

Bloch, Ernest
amer. Komponist schweiz. Herkunft
* 24.7.1880 Genf † 15.7.1959 Portland, Oreg.

Blochs Kompositionen begründeten eine neohebräische Musikkultur (»Trois Poèmes Juif« für Orchester, 1913; »Israel«, 1912-17). Grundlage der von B. eingeleiteten Phase der jüdischen Musik ist die Auseinandersetzung mit dem überlieferten Tempelgesang. B. hatte großen Einfluß auf die junge amerikanische Komponistengeneration (G. →Antheil).

☐ 1909/10: Dirigent in Neuchâtel und Lausanne. ☐ 1911-15: Kompositionslehrer in Genf. ☐ 1920-25: Leiter des Inst. of

Music in Cleveland, Ohio. □ 1925-30: Leiter des Konservatoriums in San Francisco. □ 1930-38: Freischaffender Komponist in der Schweiz. □ 1938: Rückkehr in die USA. □ 1943: Dozent an der Univ. von Kalif. in Berkeley. □ 1958: »Two last Poems« für Flöte und Orchester.

▷ R. Strassburg: Ernest Bloch, 1977.

Bloch, Ernst

dt. Philosoph und Schriftsteller
* 8.7.1885 Ludwigshafen † 4.8.1977 Tübingen

Blochs Prinzip Hoffnung wandte sich gegen Indoktrination.

Bloch gehört mit G. →Lukács zu den bedeutenden marxistischen Philosophen des 20. Jh.s. In den Mittelpunkt seiner Philosophie über die im Vergangenen und Bestehenden liegenden Möglichkeiten einer Humanisierung des Lebens stellte B. »Das Prinzip Hoffnung« (3 Bde., 1954-59), das 1938-47 im amerikanischen Exil (1933-48) entstanden war.
Aus der philosophischen und kulturellen Tradition, der Kunst, Architektur, Musik und Dichtung, aber auch aus den Tagträumen, dem Film und trivialem Kitsch arbeitete B. eine Enzyklopädie möglicher Hoffnungsgehalte als das antizipierende Bewußtsein des »Noch-Nicht-Seienden« heraus. Bezugspunkte seiner Vorstellungen von einer als »Heimat« gedachten Welt, in der die Erniedrigung des Menschen und seine Entfremdung in Gesellschaft und Natur aufgehoben sind, waren neben Aristoteles und Hegel der dialektische Materialismus, die Aufklärung und die wesentlichen Errungenschaften der Französischen Revolution sowie die jüdisch-christliche Eschatologie. Letztere ins Diesseitige wendend, vertrat B. einen an der Zukunft orientierten Marxismus gegen die doktrinäre Erstarrung des sog. real existierenden Sozialismus. Die Folgen waren Beschränkung seiner Publikationstätigkeit in der DDR sowie die Zwangsemeritierung. 1961 übersiedelte er in die BRD. Ebenso wie Th. W. →Adorno und M. →Horkheimer hatte B. großen Einfluß auf die Studentenbewegung in der BRD in den 60er Jahren.

□ 1917: Aus Protest gegen die dt. Eroberungspolitik im 1. Weltkrieg Übersiedlung in die Schweiz (Rückkehr nach Deutschland 1919). □ 1918: »Vom Geist der Utopie« (2. Fassung 1923). □ 1921: »Thomas Münzer als Theologe der Revolution« (Schr.). □ 1930: »Spuren« (Erz.n). □ 1933-48: Emigration über die Schweiz, Italien, Österreich, Polen in die USA. □ 1935: »Erbschaft dieser Zeit« (Schr.). □ 1949-57: Prof. an der Univ. Leipzig; Zwangsemeritierung wegen politischer Divergenzen mit der SED infolge der Niederwerfung des Aufstands in Ungarn. □ 1951: »Subjekt — Objekt. Erläuterungen zu Hegel« (Schr.). □ ab 1953: Mithg. der Dt. Zeitschrift für Philosophie. □ ab 1961: Gastprof. der Univ. Tübingen; »Naturrecht und menschliche Würde« (Schr.). □ 1967: Friedenspreis des Dt. Buchhandels. □ 1968: »Atheismus im Christentum. Zur Religion des Exodus und des Reichs« (Schr). □ 1972: »Das Materialismusproblem. Seine Geschichte und Substanz« (Schr.).

▷ S. Markun: Ernst Bloch in Selbstzeugnissen und Bilddokumenten, 1977; B. Schmidt: Ernst Bloch, 1985; P. Zudeick: Der Hintern des Teufels. Ernst Bloch — Leben und Werk, 1987.

Felix Bloch →

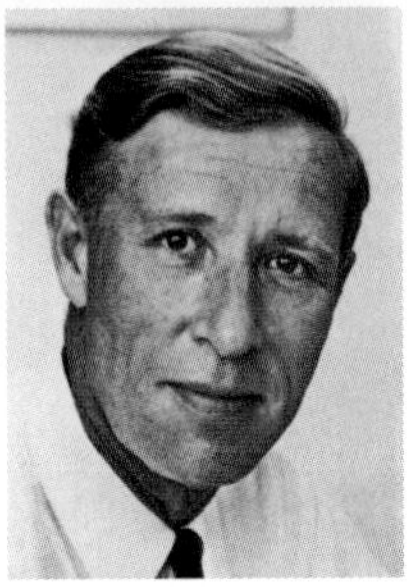

Konrad E. Bloch →

Bloch, Felix

schweiz.-amer. Physiker
* 23.10.1905 Zürich † 10.9.1983 ebd.

Bloch, 1965 Präsident der American Physical Society, entwickelte 1946 Präzisionsmessungen zur Bestimmung magnetischer Kraftfelder (Kerndipolmomente) in Atomen flüssiger und fester Körper (Kerninduktion). Für seine »Kernresonanzmethode«, die für Untersuchungen der Strukturen chemischer Verbindungen unerläßlich wurde, erhielt B. 1952 den Physik-Nobelpreis mit Edward Mills Purcell, der unabhängig zu gleichen Ergebnissen gekommen war.

□ 1932/33: Dozent an der Univ. Leipzig; Emigration. □ 1934-71: Prof. an der Stanford Univ. in Palo Alto, Kalif. □ 1952: Physik-Nobelpreis. □ 1954/55: Dir. des europ. Kernforschungszentrums CERN, Genf. □ 1965/66: Präs. der Amer. Physical Society.

Bloch, Konrad Emil

amer. Biochemiker dt. Herkunft
* 21.1.1912 Neisse, Schlesien

Bloch klärte die den Cholesterin- und Fettsäurenstoffwechsel regulierenden Mechanismen auf. Grundlegend für die Therapie der häufigsten Kreislauferkrankungen wie z. B. der Arteriosklerose wurde die Erkenntnis, daß die körpereigene Biosynthese der Fettsäuren sowie die für ihren Stoffwechsel verantwortlichen Enzyme aus komplexen Verbindungen der »aktivierten Essigsäure« (Koenzym A) als dem kleinsten molekularen Baustein bestehen.

□ 1936: Emigration in die USA. □ 1950-54: Prof. an der Univ. Chicago. □ seit 1954: Prof. an der Harvard Univ. in Cambridge, Mass. □ 1956: Mitgl. der amer. Akademie der Wissenschaften. □ 1964: Physiologie/Medizin-Nobelpreis (mit F. F. K. →Lynen).

Bloch, Marc

frz. Historiker
* 6.7.1886 Lyon † 16.6.1944 bei Saint-Didier-de-Formans, Dep. Ain (hingerichtet)

Mit seiner Forderung nach einer umfassenden Darstellung des Menschen in seiner »sozialen Bedingtheit« sowie mit seinen Forschungen zur Sozialgeschichte des Mittelalters gehört Bloch zu den profiliertesten Historikern des 20. Jh.s. Vom Marxismus und der Soziologie É. →Durkheims ausgehend, gründete B. 1929 mit Lucien Febvre die einflußreiche Zeitschrift »Annales d'histoire économique et sociale«, die sich zum Sprachrohr einer neuen, wirtschafts- und sozialgeschichtlich orientierten Geschichtsschreibung entwickelte (G. →Duby, F. →Braudel).

□ 1919-36: Prof. an der Univ. Straßburg. □ 1936-40: Prof. an der Sorbonne in Paris; anschließend an der Univ. Montpellier. □ 1939/40: »Die Feudalgesellschaft« (Schr., 2 Bde., dt. 1968). □ 1942/43: Amtsenthebung auf Anordnung der Regierung Vichy; aktives Mitgl. der Résistance. □ 1944: Verhaftung und Hinrichtung durch die Gestapo.

Bloembergen, Nicolaas

amer. Physiker niederl. Herkunft
* 11.3.1920 Dordrecht

Bloembergen schuf das theoretische Fundament für die Entwicklung der Laserspektroskopie. Als führender Wissenschaftler auf dem Gebiet der Wechselwirkung zwischen Laserstrahlung und Materie, wobei Atome durch Bestrahlung auf höhere Energieebenen gebracht werden, begründete B. die sog. nichtlineare Optik und wies u. a. die Frequenzverdopplung bestimmter Kristalle aufgrund der Einwirkung von Laserlicht nach. Diese Forschungen gingen in den von A. L. →Schawlow entwickelten frequenzveränderlichen Laser ein, der z. B. die Verteilung der Ladung im Atom sichtbar machen kann.

□ 1948: »Nuclear magnetic relaxation« (Diss.). □ seit 1951: Prof. an der Harvard Univ. in Cambridge, Mass. □ 1958: Amer. Staatsbürger. □ 1965: »Nonlinear optics« (Schr.). □ 1977: »Nonlinear spectroscopy« (Schr.). □ 1981: Physik-Nobelpreis (mit A. L. Schawlow).

Blohm, Werner

dt. Industrieller
* 25.12.1926 Hamburg (?)

Blohm, ab 1963 Geschäftsführer der von seinem Vater 1933 gegründeten Hamburger Flugzeugbau GmbH (HFB), vollzog 1969 die Fusion der HFB mit der Messerschmitt-Bölkow GmbH. Die Messerschmitt-Bölkow-Blohm GmbH (MBB) ist das größte deutsche Luft- und Raumfahrtunternehmen. 1974 wurde B., der gegenüber L. →Bölkow kontroverse Ansichten in bezug auf das Airbusprojekt vertrat, von seinem Posten als Leiter des Unternehmensbereichs Hamburger Flugzeugbau abberufen. 1976 übergab die Familie Blohm 20,25% ihres MBB-Kapitalanteils an die Hansestadt Hamburg. Seit 1986 hält die Familie nur noch 0,68% des MBB-Kapitalanteils.

Alexander Blok →

Werner von Blomberg →

← Nicolaas Bloembergen

Blok, Alexander Alexandrowitsch

russ. Lyriker
* 28.11.1880 St. Petersburg † 7.8.1921 ebd.

Blok, der von A. →Bely und anderen Schriftstellern zum führenden Vertreter des russischen Symbolismus erklärt wurde, gilt als der größte moderne Lyriker im vorrevolutionären Rußland. Bekannt wurde seine von P. →Celan übersetzte Versdichtung »Die Zwölf« (1918), ein episches Poem über die Oktoberrevolution. B. verstand die Revolution nicht politisch, sondern als kosmische Katastrophe, die ihn zu religiösen Visionen inspirierte. So läßt er Jesus Christus die rote Fahne der Revolution tragen, die politischen Ereignisse erscheinen im Licht einer unabwendbaren göttlichen Ordnung.

□ 1904: »Die Verse von der schönen Dame« (Ged.e, dt. 1947). □ 1906: »Die Schaubude« (Versdr., dt. 1947); »Die Unbekannte« (Versdr.). □ 1912: »Rose und Kreuz« (Versdr.). □ 1918: »Die Zwölf« (Ged.e, dt. 1920).

Blomberg, Werner von

dt. Militär
* 2.9.1878 Stargard, Pommern (heute Polen)
† 14.3.1946 Nürnberg

Blomberg, ab dem 30.1.1933 Reichswehrminister, trug entscheidend zur Festigung der Macht Hitlers bei. Während des Röhmputsches (E. →Röhm) gab er im Parteiorgan Völkischer Beobachter eine Loyalitätserklärung des Heeres für Hitler ab. Nach dem Tod →Hindenburgs ließ er die Armee auf den Diktator vereidigen. 1938 nahm Hitler B.s Heirat mit einer Prostituierten zum Anlaß, ihn zu entlassen (W. v. →Fritsch), um selbst das Oberkommando zu übernehmen.

□ 1927-29: Als Chef des Truppenamtes gute Kontakte zur Roten Armee. □ 1933: Reichswehrmin. und General der Infanterie. □ 1935-38: Reichskriegsminister und Oberbefehlshaber der Wehrmacht. □ 1936: Als erster Offizier der Wehrmacht zum Generalfeldmarschall ernannt.

Blondel, André Eugène

frz. Physiker
* 28.8.1863 Chaumont † 15.11.1938 Paris

Blondel konstruierte den ersten Oszillographen zur Aufzeichnung schnell verlaufender elektrischer Impulse. Nach dem 1893 vorgestellten elektromagnetischen Schleifenoszillographen entwickelte B. neben anderen photometrischen Geräten 1895 das Lumenmeter zur Messung der als »Lumen« definierten Einheiten eines Lichtstroms. B., der wegen Krankheit 27 Jahre seines Lebens im Zimmer verbringen mußte, arbeitete an der drahtlosen Telegraphie und dem Bau von Wechselstrommaschinen.

Blondel, Maurice

frz. Philosoph
* 2.11.1861 Dijon † 4.6.1949 Aix-en-Provence

Blondel entwickelte 1893 eine den Gegensatz von Freiheit und Notwendigkeit überwindende

Philosophie der »Action« (Schr., dt. 1965), in der das Sein und das menschliche Tun, das sich durch Denken und Glauben ausweisen soll, als eine dynamisch-dialektische Einheit gedacht wird. Auf diesem unorthodoxen Denkmodell, das die Offenbarung Gottes einschließt, begründete B. seine der christlichen Religion verpflichtete Philosophie. B. beeinflußte das katholische Denken des 20. Jh.s (P. →Teilhard de Chardin), ungeachtet der Verurteilung seiner Schriften seitens des Vatikans.

□ 1896-1927: Prof. an der Univ. Aix-en-Provence. □ 1904: »Geschichte und Dogma« (dt. 1963). □ 1934: »Das Denken« (2 Bde., dt. 1953-56). □ postum 1950: »Philosophische Ansprüche des Christentums« (dt. 1954).

Blood, Sweat & Tears

amer. Jazzrockgruppe

Blood, Sweat & Tears, eine Rockgruppe mit Jazz-Bläserbesetzung, wurde Ende der 60er Jahre zum entscheidenden Impulsgeber und Wegbereiter einer neuen Musikrichtung, die in den folgenden Jahren unter dem Begriff Jazzrock von Rock- wie Jazzmusikern angenommen und fortgeführt wurde. Das musikalische Konzept hatte Sänger und Keyboarder Al Kooper (* 1944) durch die Fusion von Elementen des Blues, Rock, Folk, Jazz und der Klassik entwickelt. Wesentlichen Anteil am Erfolg der Band hatte nach Koopers Ausscheiden ab 1969 der in England geborene Sänger und Songschreiber David Clayton-Thomas (* 1941).

□ 1968: Gründung von Blood, Sweat & Tears (der Name bezieht sich auf W. →Churchills Mobilisierungsaufruf im 2. Weltkrieg) in New York; »Child is father to the man« (LP). □ 1969: Grammy Award für »Blood, Sweat & Tears« (LP) und den Hit »Spinning Wheel«. □ 1970: »Blood, Sweat & Tears 3« (LP). □ 1972: »New Blood« (LP); »David Clayton-Thomas« (Solo-LP). □ 1973: »No Sweat« (LP). □ 1974: »Mirror Image« (LP). □ 1976: »In Concert« (LP); »More than ever« (LP). □ 1977: »Brand new day« (LP). □ 1978: Europatournee. □ 1980: »Nuclear Blues« (LP).

Blood, Sweat & Tears 1968, vorn Sänger Al Kooper.

Léon Marie Bloy →

Léon Blum →

Bloomfield, Leonard

amer. Sprachwissenschaftler
* 1.4.1887 Chicago † 18.4.1949 New Haven, Conn.

Bloomfield begründete den amerikanischen Deskriptivismus und machte sich um die Erforschung von Indianersprachen verdient. Seine Abhandlung »Language« (1933) ist als eine Zusammenfassung des damaligen Erkenntnisstandes der Sprachwissenschaft konzipiert. Für B. bestand die Aufgabe einer wissenschaftlich fundierten Sprachbetrachtung in der systematischen Beschreibung der Äußerungen einer Sprachgemeinschaft. B. ging vom behavioristischen Modell des Reiz-Reaktionsschemas aus und beschränkte sich auf die Beschreibung beobachtbarer Daten sprachlichen Verhaltens unter Ausschluß psychologischer Betrachtungs- und Deutungsweisen.

□ 1914: »An introduction to the study of language« (Abh.). □ 1927-40: Prof. für Germanische Philologie an der Univ. Chicago. □ 1940-49: Prof. für Linguistik an der Univ. Yale. □ postum 1970: »A Leonard Bloomfield Anthology« (Abh.n/theoretische Schr.n, hg. von Ch. F. Hackett).

Bloy, Léon Marie

frz. Schriftsteller
* 11.7.1846 Périgueux
† 3.11.1917 Bourg-La-Reine bei Paris

Bloy war Wegbereiter der modernen katholischen Literatur in Frankreich (P. →Claudel). Der zeitlebens mittellose Autodidakt sah es als seine Berufung an, die »gottlose« bürgerliche Gesellschaft und den Klerus bloßzustellen. B.s Tagebücher und Romane — reich an oft unflätigen Metaphern — sind fanatische Pamphlete eines selbsternannten Propheten, der selbstherrlich über die Welt Gericht hält.

▷ L. Planté: Aspects de Léon Bloy, 1976.

Blum, Léon

frz. Politiker und Journalist
* 9.4.1872 Paris
† 30.3.1950 Jouy-en-Josas, Dep. Seine-Oise

Während seiner ersten beiden kurzen Amtszeiten als französischer Ministerpräsident, die begleitet waren von Streiks und akuten Finanzproblemen, konnte Blum dennoch zahlreiche soziale Reformen durchsetzen, darunter die 40-Stunden-Woche und den bezahlten Urlaub. Im Spanischen Bürgerkrieg verfocht er eine zurückhaltende Politik und verlor so die Unterstützung der Volksfront. 1938 mußte B. zurücktreten, wurde jedoch 1946 noch einmal Ministerpräsident.

□ 1902: Mitbegründer der Sozialistischen Partei. □ 1919: Vors. der Sozialistischen Partei; Hg. der Zeitung Le Populaire. □ 1930: Führer der Volksfront (Kommunisten, Sozialisten, Liberale, Gewerkschaften). □ 1936/37; März/April 1938: Ministerpräsident. □ 1940: In frz. Haft. □ 1943-45: In Deutschland interniert (KZs Buchenwald und Dachau). □ 1946/47: Ministerpräsident.

▷ J. Colton: Léon Blum. Humanist in politics, engl. 1974; J. Lacouture: Léon Blum, frz. 1977.

Blüm, Norbert

dt. Politiker
* 21.7.1935 Rüsselsheim

Der sozialpolitisch engagierte Blüm machte 1972 auf sich aufmerksam, als er sich für die volle paritätische Mitbestimmung einsetzte und die Ostpolitik von W. →Brandt verteidigte. Als Arbeitsminister bemüht er sich seit 1982 mit wechselndem Erfolg, einen Ausgleich zwischen liberalen Vorstellungen einer »Befreiung des vom Staat bevormundeten Bürgers« und seinen eigenen Grundvorstellungen der christlichen Soziallehre zu finden. Umstritten waren die von ihm durchgesetzte Strukturreform im Gesundheitswesen und die Rentenreform. Nach den ersten gesamtdeutschen Wahlen 1990 wurde er erneut Arbeitsminister in einem im Sozialbereich verkleinerten Ministerium.

← Norbert Blüm

□ 1949-57: Werkzeugmacher. □ seit 1950: Mitgl. der IG Metall und der CDU. □ 1957-67: Abendgymnasium und Soziologiestudium. □ 1968-75: Hauptgeschäftsführer der Sozialausschüsse der CDA. □ 1972-81, ab 1983: MdB. □ 1977-87: Vors. der Sozialausschüsse der CDA. □ 1981-90: Stellv. Vors. der CDU. □ 1981/82: Senator für Bundesangelegenheiten in Berlin. □ seit 1982: Min. für Arbeit und Sozialordnung. □ 1987: Landesvors. der CDU in NRW.

▷ W. Filmer/H. Schwan: Norbert Blüm, 1990.

Blumberg, Baruch Samuel

amer. Mediziner
* 28.7.1925 New York

Blumberg entdeckte 1963 im Blutserum eines australischen Eingeborenen ein bis dahin unbekanntes Antigen (Australia-Antigen), von dem man annahm, daß es ausschließlich bei diesem Volksstamm auftrete. Aufgrund seiner Feststellung, daß das Antigen auch auf andere ethnische Gruppen übertragbar ist, konnten B. und sein Mitarbeiter Anthony Allison 1967 das Australia-Antigen als Erreger der Virushepatitis B identifizieren (Nobelpreis 1976). Durch den von B. entwickelten Blumberg-Test können nun insbesondere Blutspender im Hinblick auf den für Leberentzündungen verantwortlichen Virus untersucht und damit die Übertragungsmöglichkeiten von Hepatitis B durch Bluttransfusion verhindert werden.

□ ab 1964: Stellv. Dir. am Inst. für Krebsforschung, Philadelphia. □ 1976: Medizin-Nobelpreis (mit D. C. →Gajdusek). □ 1977: »Australia Antigen and the Biology of Hepatitis B« (Schr.). □ seit 1977: Prof. an der Univ. of Pennsylvania.

Blume, Friedrich

dt. Musikwissenschaftler
* 5.1.1893 Schlüchtern, Hessen † 22.11.1975 ebd.

Blume, ab 1938 Professor in Kiel, hat der Musikwissenschaft wichtige Impulse gegeben. Er war Mitbegründer des »Internationalen Quellenlexikons der Musik« und Herausgeber der Allgemeinen Enzyklopädie »Die Musik in Geschichte und Gegenwart« (MGG, 14 Bde., 1949-68), einem Standardwerk. B. verfaßte grundlegende Studien über die musikalischen Epochen Renaissance, Barock, Klassik und Romantik.

← Friedrich Blume

□ 1921: Promotion (»Studien zur Vorgeschichte der Orchestersuite im 15.-16. Jh.«). □ 1925: Habilitation in Berlin (»Das monodische Prinzip in der protestantischen Kirchenmusik«). □ 1928-34: Dozent an der Kirchenmusikschule in Berlin-Spandau. □ 1934-58: Leiter des Musikwissenschaftlichen Inst. Kiel. □ 1947: Gründung der Gesellschaft für Musikforschung. □ 1958-61: Präs. der Int. Gesellschaft für Musikwissenschaft.

Blumenberg, Hans

dt. Philosoph und Schriftsteller
* 13.7.1920 Lübeck

Blumenberg, einer der bedeutenden und belesensten Philosophen der Gegenwart, beschäftigt sich mit der Philosophie der Renaissance und Neuzeit sowie der Geschichts- und Kulturphilosophie. Mit seinen »Paradigmen zu einer Metaphorologie« (Schr., 1960) begründete B. eine Begriffs- und Wissenschaftsgeschichte, deren Untersuchungsgegenstand philosophische Denkmodelle, literarische Metaphern sowie Mythen, Symbole und Fiktionen sind, mit denen Menschen die Welt und ihre Stellung darin interpretierend begreifen. Dabei läßt B. gerade die Vielzahl der gedeuteten »Wirklichkeiten, in denen wir leben« (Schr., 1981) vor einer absoluten Wirklichkeitsinterpretation bestehen und bietet »Die Lesbarkeit der Welt« (Schr., 1981) als eine Art Interpretation des Interpretierens.

Hans Blumenberg: Philosoph der Lebensvielfalt.

□ 1960: »Die Legitimität der Neuzeit« (Schr.). □ 1960-70: Prof. an den Univ. Gießen (bis 1965) und Bochum. □ 1963: Mitgl. der Akademie der Wissenschaften und der Literatur, Mainz. □ 1964: »Kopernikus im Selbstverständnis der Neuzeit« (Schr.). □ 1965: »Die kopernikanische Wende« (Schr.). □ seit 1970: Prof. an der Univ. Münster, Westfalen. □ 1979: »Arbeit am Mythos« (Schr.). □ 1986: »Lebenszeit und Weltzeit« (Schr.). □ 1987: »Das Lachen der Thrakerin« (Schr.); »Die Sorge geht über den Fluß« (Es.s). □ 1988: »Matthäuspassion« (Schr.).

Blumhardt, Christoph Friedrich

dt. Theologe (ev.)
* 1.6.1842 Möttlingen bei Calw † 1.8.1919 Bad Boll

Mit seiner in Predigten und Andachten formulierten Sozialethik begründete Blumhardt den sog. religiösen Sozialismus und beeinflußte die dialektische Theologie K. →Barths. B., der 1880 die Leitung des pietistischen Erweckungszentrums in Bad Boll übernahm und das »Reich Gottes auf Erden« zu verwirklichen suchte, geriet wegen seines politischen Bekenntnisses zum Sozialismus in Gegensatz zur Amtskirche.

□ 1899: Öffentliches Eintreten für die Rechte der Arbeiterschaft; Eintritt in die SPD bei gleichzeitigem Verzicht auf seine Pfarrstelle. □ 1900-06: Abg. im Württ. Landtag; anschließend Palästina-Reise □ 1915: Begegnung mit K. Barth.

▷ E. Thurneysen: Christoph Blumhardt, 1926 (NA 1962); R. Lejeune: Christoph Blumhardt und seine Botschaft, 1938.

Blyton, Enid Mary

engl. Schriftstellerin
* 11.8.1896 London † 28.11.1968 Beckenham, Kent

Blyton ist mit mehr als 400 Kinder- und Jugendbüchern sowie einer Auflage von über 60 Mio. Exemplaren die erfolgreichste Schriftstellerin dieses Genres. Mit den Internatsgeschichten »Hanni und Nanni« und der »Fünf-Freunde«-Serie (dt. ab 1953) erlangte sie insbesondere in Deutschland große Popularität. Freundschaft, Abenteuer und das Ideal der Wohlerzogenheit kennzeichnen die Inhalte ihrer meist als Serien angelegten Geschichten.

▷ E. Blyton: Enid Blyton erzählt aus ihrem Leben (Aut.), 1969; B. Stoney: Enid Blyton — A Biography, engl. 1974.

Boas, Franz

amer. Anthropologe dt. Herkunft
* 9.7.1858 Minden † 21.12.1942 New York

Boas gilt als der Begründer der modernen amerikanischen Ethnologie. Er wandte sich scharf gegen die Evolutionstheoretiker seiner Zeit, die biologische Evolutionsgesetze auf die Entwicklung menschlicher Kulturen übertrugen, wobei sie die schriftlosen Völker auf die niedrigste, die modernen Industrienationen auf die höchste Kulturstufe stellten. B. sprach von der Gleichwertigkeit aller Kulturen; Unterschiede seien nicht genetisch, sondern historisch bedingt. Zahlreiche Faktoren — u. a. Wirtschaftsweise, Kindererziehung — beeinflussen nach B. die Geschichte einer Kultur.
Der Kulturrelativist fordert von den Anthropologen umfangreiche Feldforschung und die Kenntnis der jeweiligen einheimischen Sprache. Mit seinen Feldstudien über die Zentral-Eskimo und die Kwakiutl (nordamerikanischer Indianerstamm) legte B. den Grundstein für die Kultur- und Persönlichkeitsforschung. Zu seinen Schülern gehörten R. →Benedict und M. →Mead.

□ 1883/84: Dozent für Geographie in Berlin; Expedition nach Baffin-Island, Kanada. □ 1887: Auswanderung in die USA. □ 1888: »The Central Eskimo« (Abh.). □ 1899-1942: Prof. für Ethnologie und Anthropologie an der Columbia Univ., N. Y. □ 1907/08: Präs. der American Anthropological Society. □ 1911-38: »Handbook of American Indian Languages» (Mit-Hg.). □ 1931: Präs. der American Association for the Advancement of Science. □ postum 1948: »Race, Language and Culture« (Es.s 1891-1936).

Louison Bobet →

← Enid Blyton

Johannes Bobrowski →

Umberto Boccioni →

Bobet, Louison

frz. Radrennfahrer
* 12.3.1925 St. Meen-le-Grand † 13.3.1983 Paris

Bobet war einer der populärsten Radrennfahrer der Nachkriegszeit. Er gewann als erster dreimal hintereinander die Tour de France (1953-55) und wurde 1954 Straßenweltmeister auf dem Solinger Klingenkurs.

□ 1946: Frz. Amateurmeister. □ 1951: Sieger Mailand—San Remo sowie der Lombardei-Rundfahrt. □ 1954: Frz. Sportler des Jahres. □ 1955: Flandern-Rundfahrt. □ 1956: Paris—Roubaix.

Bobrowski, Johannes

dt. Schriftsteller
* 9.4.1917 Tilsit † 2.9.1965 Ost-Berlin

Der im Memelland aufgewachsene Bobrowski machte die jahrhundertealte Schuld der Deutschen an den östlichen Nachbarvölkern zu seinem Thema. In eigenwilliger, die syntaktische Abfolge oft durchbrechender Sprache beschwört er — über alle Spannungen hinweg — die Gemeinsamkeiten von Deutschen, Litauern, Polen und Russen. B. fand als erster DDR-Autor in der ehemaligen DDR wie der BRD gleichermaßen Beachtung.

□ 1937: Kunstgeschichtsstudium in Berlin; Kontakt zur Bekennenden Kirche (M. →Niemöller, K. →Barth). □ 1949: Rückkehr aus sowjet. Kriegsgefangenschaft; Tätigkeit als Lektor. □ 1961: »Sarmatische Zeit« (Ged.e). □ 1962: »Schattenland Ströme« (Ged.e). □ 1964: »Levins Mühle« (R.). □ 1966: »Wetterzeichen« (Ged.e); »Litauische Claviere« (R.).

Boccioni, Umberto

ital. Maler und Bildhauer
* 19.10.1882 Reggio di Calabria
† 16.8.1916 Sorte bei Verona

Boccioni war der Hauptvertreter und neben R. T. →Marinetti auch der wesentliche Theoretiker der futuristischen Bewegung, einem der wichtigsten italienischen Beiträge zur Kunst des 20. Jh.s. Ausgehend vom Pointillismus entwickelte B. seinen Malstil über die Begegnung mit dem Kubismus und den Theorien Marinettis. Indem er durch Aufteilung des Bildes in Farb- und Formsegmente, Dynamisierung durch sog. Kraftlinien, kinematografische Effekte der rhythmischen Aufeinanderfolge von Bewegungsabläufen und durch Vielfachkonturen zu einem bahnbrechenden Ausdruck gelangte, verwirklichte er das Ziel des Futurismus.
Die Bewegung wird in dynamischer Form zum eigentlichen Darstellungsinhalt gemacht (so z. B. »Elastizität«, 1920, Mailand, Sammlung Juncker), auch wenn Themen wie Verkehr,

Straße oder Stadt vordergründige Motive bilden. Mit G. →Balla, C. → Carra, Luigi Russolo und G. Severini veröffentlichte er 1910 das »Manifest der futuristischen Malerei«.
Ab 1912 beschäftigte B. sich auch mit Skulpturen, die u. a. durch Öffnung der Kontur, Umschließung von Räumen, dem Spiel von Konkav und Konvex sowie dem Gegeneinander von Flächen und Linien eine erstaunliche Raumöffnung und Bewegung erhielten (z. B. »Urform der Bewegung im Raum«, 1913, New York, Museum of Modern Art).

□ 1898-1902: Studium in Rom; Begegnung mit G. Severini und G. Balla. □ 1907: Übersiedlung nach Mailand. □ 1909: Begegnung mit F. T. Marinetti. □ 1911: Parisreise und Begegnung mit dem Kubismus. □ 1912: Teilnahme an der ersten int. Futuristenausstellung in der Galerie Bernheim-Jeune in Paris. □ ab 1914: Kriegsfreiwilliger. □ 1916: Tod während eines Genesungsurlaubs.

Bockelmann, Rudolf

dt. Sänger
* 2.4.1892 Bodenteich bei Celle
† 9.10.1958 Dresden

Als einer der bedeutendsten Wagner-Interpreten seiner Generation sang Bockelmann 1928-42 in Bayreuth. Berühmt wurde er mit der Darstellung des Wotan in »Rheingold«. Der kraftvolle Heldenbariton erhielt seine Ausbildung in Leipzig und debütierte 1920 am Stadttheater in Celle. Es folgten Engagements am Opernhaus in Leipzig (1921-26), an der Staatsoper in Hamburg (1926-32) und an der Berliner Staatsoper (1932-44). Ab 1956 lehrte er als Professor an der Musikhochschule in Dresden.

Böckler, Hans

dt. Politiker und Gewerkschafter
* 28.2.1875 Trautskirchen, Mittelfranken
† 16.2.1951 Köln

Böckler war nach dem 2. Weltkrieg maßgeblich am Wiederaufbau der deutschen Gewerkschaftsbewegung beteiligt. Dabei engagierte er sich nach den schlechten Erfahrungen mit zersplitterten Gewerkschaften in der Weimarer Republik für die Gründung einer starken Einheitsgewerkschaft. Zudem kämpfte er erfolgreich für die Mitbestimmung der Arbeitnehmer in der Montanindustrie.

□ ab 1894: Mitgl. der SPD. □ ab 1904: Gewerkschaftsfunktionär. □ 1912: Redakteur der Metallarbeiterzeitung. □ 1924-28: Stadtverordneter in Köln. □ 1928-33: MdR. □ 1933 und 1944: Mehrfach verhaftet. □ 1945: Mitbegründer des Gewerkschaftsbundes in NRW. □ 1947: MdL. □ 1949: Vors. des Deutschen Gewerkschaftsbundes und Vizepräs. des Int. Bundes Freier Gewerkschaften.

▷ U. Borsdorf: Hans Böckler. Arbeit und Leben eines Gewerkschafters 1875-1945, 1982.

Bocuse, Paul

frz. Meisterkoch
* 11.2.1926 Collonges-au-mont d'Or

Bocuse, der eines der besten französischen Restaurants in Lyon besitzt, gehört zu den Begründern der Nouvelle Cuisine. Als wichtigste Grundsätze in bezug auf eine neue Art des Kochens betont B. in seinem Standardwerk »Die Neue Küche« (1977) sorgfältige Auswahl frischer, erstklassiger Produkte, Bewahrung des Eigengeschmacks der einzelnen Lebensmittel und die bekömmliche, nicht zu kalorienreiche Zubereitung der Gerichte. Wegen ihrer Abhängigkeit von der Qualität der Zutaten — B. läßt es sich nicht nehmen, sie selbst auf dem Markt auszuwählen — nannte B. seine Küche eine Cuisine de marché (Küche des Marktes). B. bevorzugt traditionelle französische Gerichte, die er auf neue Weise zubereitet.

Wilhelm von Bode →

F. v. Bodelschwingh →

← Hans Böckler

← Paul Bocuse

Bode, Wilhelm von (ab 1914)

dt. Kunsthistoriker und Museumsdirektor
* 10.12.1845 Calvörde bei Magdeburg
† 1.3.1929 Berlin

Mit der Zusammenstellung von Werken verschiedener Gattungen (Malerei, Skulptur, Kunsthandwerk) in »Epochenräumen« entwickelte Bode eine neue Form der kunsthistorischen Präsentation, die eine Kulturepoche in ihrer gesamten Vielfalt darstellen möchte. Er verwirklichte sie als Generaldirektor der (Königlichen) Berliner Museen (1905-20) im von ihm 1904 gegründeten Kaiser-Friedrich-Museum (seit 1960 Bode-Museum). Zu seinen wissenschaftlichen Arbeiten gehörte das erste umfassende Rembrandt-Werkverzeichnis (mit C. Hofstede de Groot, 8 Bde., 1897-1905).

▷ W. v. Bode: Fünfzig Jahre Museumsarbeit, 1922.

Bodelschwingh, Friedrich von

dt. Theologe (ev.)
* 6.3.1831 Haus Marck bei Tecklenburg, Westf.
† 2.4.1910 Bethel bei Bielefeld

Unter Bodelschwinghs Leitung (ab 1872) entwickelten sich die Heil- und Pflegeanstalt für Epileptiker »Bethel«, das Westfälische Diakonissenhaus »Sarepta« und die Brüderanstalt »Nazareth« zum größten Hilfswerk der Inneren Mission. Neben den geistig und psychisch Kranken, denen B. immer einen eigenverantwortlichen Arbeitsbereich zugewiesen sehen wollte, galt seine Sorge auch den Obdachlosen und Landstreichern, für die er sog. Arbeiterkolonien gründete. Die Betheler Mission wirkte mit ihren Diakonissen, Diakonen und Theologen auch außerhalb von Europa, so z. B. in Ostafrika.

□ ab 1882: Gründung von Arbeiterkolonien, u. a. »Wilhelmsdorf« (1882) bei Bielefeld, die »Kolonie Freistatt« (1900) im Wietingmoor, »Hoffnungstal«, »Lobetal«, »Gnadental« (1905) östl. von Berlin; Gründung der Theologischen Schule in Bethel. □ 1888: »Was kann die freie christliche Liebestätigkeit zur Abhilfe des Wohnungselends in den großen Städten tun?« (Abh). □ 1903: »Wie kämpfen wir siegreich gegen die Jesuitengefahr?« (Abh.). □ 1903-08: Abg. des Preuß. Landtags; Durchsetzung des Wanderer-Arbeitsstätten-Gesetzes (1907).

▷ Th. Heuss: F. v. Bodelschwingh, in: Dt. Gestalten, 1951; G. v. Bodelschwingh: Friedrich v. Bodelschwingh. Ein Lebensbild, 1966; B. Büchner: Abenteuer Bethel, 1991.

Boeing, William Edward

amer. Flugzeugkonstrukteur
* 1.10.1881 Detroit † 28.9.1956 Puget Sound, Wash.

1916 gründete Boeing mit C. Westervelt die Boeing Co., Seattle. Dank einer vorausschauenden Produktplanung entwickelte sich die Firma zum weltgrößten Hersteller ziviler Düsenflugzeuge (Marktanteil 1990: ca. 60%). So läutete sie 1970 mit der Boeing 747 die Ära der Großraumflugzeuge ein. Der sog. Jumbo-Jet, der mit einer Länge von 70,5 m und einer Reichweite von 8000 km bis zu 500 Passagiere befördern kann, wurde schnell zum Verkaufserfolg. Die Firma produziert auch für den Weltraum- und den Militärbereich, u. a. die Raketen Minuteman und die für das US-Weltraumprogramm genutzte Saturn.

← W. E. Boeing

Boesak, Allan

südafr. Theologe (ev.)
* 23.2.1946 Kakamas, Kapprovinz

Boesak war einer der profiliertesten Kirchenführer im Kampf gegen die Apartheid. Als Präsident des Reformierten Weltbundes (1982-90) setzte er sein kirchenpolitisches und moralisches Gewicht für die Gleichstellung der farbigen Bevölkerung ein; dabei vertrat er alle Formen des gewaltlosen Widerstands. 1985 verschärfte sich seine friedliche Auseinandersetzung mit den weißen Machthabern Südafrikas anläßlich einer verbotenen Demonstration für den zu der Zeit inhaftierten Bürgerrechtskämpfer N. →Mandela; sie führte zu B.s Verhaftung sowie zu scharfen Gerichtsauflagen.

← Allan Boesak

□ seit 1976: Hochschulpfarrer an der für Farbige reservierten Westcap-Univ. □ 1980: »Ein Fingerzeig Gottes — 12 südafr. Predigten«. □ 1981: Vorsitzender der Allianz Schwarzer Reformierter Christen in Südafrika. □ 1982: Wahl zum Präs. des Weltbundes der reformierten Kirchen in Ottawa. □ 1983: Organisator der marxistisch-revolutionären Vereinigten Demokratischen Front. □ 1985: »Gerechtigkeit erhöht ein Volk — Texte aus dem Widerstand« (Schr.); Robert-F.-Kennedy-Preis für Menschenrechte. □ 1990: Aufgabe der Kirchenämter wegen einer außerehelichen Beziehung.

Boff, Leonardo

bras. Theologe (kath.)
* 14.12.1938 Concórdia, Prov. Santa Catarina

Boff ist ein namhafter Mitstreiter der vor allem in den südamerikanischen Staaten verbreiteten »Theologie der Befreiung«. Schon 1985 wurde er wegen marxistischer Thesen von der Kurie zu einem einjährigen »Bußschweigen« verurteilt. 1990 erweckte B. mit seinen Vorschlägen für eine Strukturreform in der lateinamerikanischen Kirche erneut das Mißtrauen der Glaubenskongregation. B. hat über 30, zumeist ins Deutsche übersetzte Bücher publiziert.

← Leonardo Boff

□ seit 1970: Prof. an der Theologischen Hochschule der Franziskaner in Petrópolis. □ 1980: »Die Neuentdeckung der Kirche« (Schr.). □ 1984: »Kirche: Charisma und Macht« (Schr., dt. 1985). □ 1985: »Erfahrung von Gnade« (Schr.); »Zeugen Gottes in der Welt« (Schr.); »Jesus Christus der Befreier« (Schr.); Preis der Schweizer Stiftung für Freiheit in der Kirche.

Bogarde, Dirk

(eig. Derek Jules Gaspard Ulric Niven Van den Bogaerde)
engl. Schauspieler und Schriftsteller
* 28.3.1921 Hampstead bei London

Bogarde zählte Ende der 50er Jahre als Darsteller romantischer Rollen (u. a. zahlreiche Arztfilme) zu den populärsten Schauspielern seines Landes. Internationale Anerkennung verdankt er Auftritten in J. →Loseys Harold-Pinter-Adaptionen (»Der Diener«, 1963; »Zwischenfall in Oxford«, 1967) und der Hauptrolle in L. →Viscontis »Tod in Venedig« (1971, nach Th. →Mann). Ende der 70er Jahre zog sich B. vorübergehend von der Schauspielerei zurück und verfaßte neben autobiografischen Schriften u. a. den Roman »A Gentle Occupation« (1980). 1991 überraschte der mittlerweile 70jährige mit einem neuen Film, »Daddy Nostalgie«.

Bogarde 1956 in dem Film »I'll be met by moonlight«.

□ ab 1939: Theaterrollen. □ 1958: »Denn der Wind kann nicht lesen« (Rg. R. Thomas). □ 1965: »Modesty Blaise — die tödliche Lady« (J. Losey). □ 1968: »Die Verdammten« (L. Visconti). □ 1974: »Der Nachtportier« (L. Cavani). □ 1976: »Providence« (A. →Resnais). □ 1978: »Eine Reise ins Licht — Despair« (R. W. →Fassbinder). □ 1981: »Voices in the Garden« (R.). □ 1983: »An orderly man« (aut. Schr.). □ 1991: »Daddy Nostalgie« (Rg. B. →Tavernier).

Bogart, Humphrey (de Forest)

amer. Schauspieler
* 25.12.1899 New York † 14.1.1957 Hollywood

Bogart, Sohn eines Chirurgen, spielte in über 70 Filmen vorwiegend den schweigsamen, zynischen Einzelgänger und Anti-Helden. Nach zahlreichen Gangsterrollen wurde er 1941 berühmt als Privatdetektiv Sam Spade in »Der Malteserfalke« (Rg. J. →Huston, nach dem Roman von D. →Hammett), der wie »Tote schlafen fest« (Rg. H. → Hawks, 1946) mit B. als Philip Marlowe zu einem Klassiker der »Schwarzen Serie« wurde. Den Verführer mit harter Schale und weichem Kern perfektionierte er in dem Kinoklassiker »Casablanca« (1942, mit I. →Bergman). B., schon zu Lebzeiten eine Kultfigur, war in vierter Ehe mit L. →Bacall verheiratet, die er 1944 bei den Dreharbeiten zu der Hemingway-Verfilmung »Haben und Nichthaben« (Rg. H. Hawks) kennengelernt hatte.

□ 1918: Theaterdebüt. □ 1930: Engagement in Hollywood (v. a. Gangsterrollen). □ 1942: »Casablanca« (Rg. M. → Curtiz). □ 1947: »Der Schatz der Sierra Madre« (Rg. J. Huston). □ 1948: »Key Largo/Hafen des Lasters« (Rg. J. Hu-

H. Bogart und I. Bergman 1942 in »Casablanca«.

ston). □ 1951: Oscar für »African Queen« (mit K. →Hepburn). □ 1954: »Die Caine war ihr Schicksal« (Rg. E. → Dmytryk). □ 1955: »An einem Tag wie jeder andere« (Rg. W. →Wyler). □ 1956: »Schmutziger Lorbeer« (Rg. M. Robson).

▷ P. W. Jansen, W. Schütte (Hg.): Humphrey Bogart, 1976; J. Coe: Humphrey Bogart. As time goes by. Eine Bildbiografie, 1991.

Bogdanov, Michael

engl. Regisseur
* 15.12.1938 London

Mit politisch engagierten und experimentellen Shakespeare-Inszenierungen hat sich Bogdanov in England als führender und zugleich umstrittener Regisseur etabliert. Phantasievoll und ohne falschen Respekt vor Klassikern nimmt B. Stellung zu Problemen unserer Zeit und setzt damit neue Maßstäbe für eine Interpretation Shakespeares, den er als den »größten lebenden Theaterautor« bezeichnet. Auch in Hamburg verfolgt B. als Nachfolger von P. →Zadek und »Sparintendant« sein Shakespeare-Konzept.

□ 1970/71: Stellv. Regisseur am Royal Shakespeare Theatre. □ 1973-77: Regisseur am Haymarket und Phoenix Theatre. □ 1980-86: Co-Dir. am National Theatre in London. □ 1983: Shakespeares »Hamlet« am Abbey Theatre in Dublin; Moderator der TV-Sendung »Shakespeare lebt«. □ 1988: Premiere der sieben Königsdramen Shakespeares am Berliner Schiller-Theater innerhalb von 48 Stunden. □ 1989-92: Intendant des Dt. Schauspielhauses in Hamburg.

Bogdanovich, Peter

amer. Regisseur und Filmpublizist
* 30.7.1939 Kingston, N. Y.

Bogdanovichs Filme sind Reminiszenzen an die Meister der alten Filmkunst. Bekannt wurde er durch »The last picture show/Die letzte Vorstellung« (1971). Der in Schwarzweiß gedrehte Film, der das trostlose Leben in einer texanischen Kleinstadt zu Beginn der 50er Jahre schildert, wurde von Kritikern hochgelobt. Die nachfolgenden Produktionen wie »Is' was, Doc?« (1972, mit B. →Streisand und R. O'Neal), der sich an die Screwball-Komödien der 30er Jahre anlehnt, waren hauptsächlich finanzielle Erfolge.

□ 1967: Erste Filmregie in »Bewegliche Ziele« (mit B. →Karloff); »John Ford« (Schr.). □ 1971: »Allan Dwan: Der letzte Pionier« (Schr.). □ 1972: »Paper Moon« (mit R. O'Neal). □ 1976: »Nickelodeon«. □ 1984: »Die Maske« (mit Cher). □ 1991: »Texasville« (Fortsetzung von »Die letzte Vorstellung« mit den gleichen Schauspielern).

Willy Bogner →

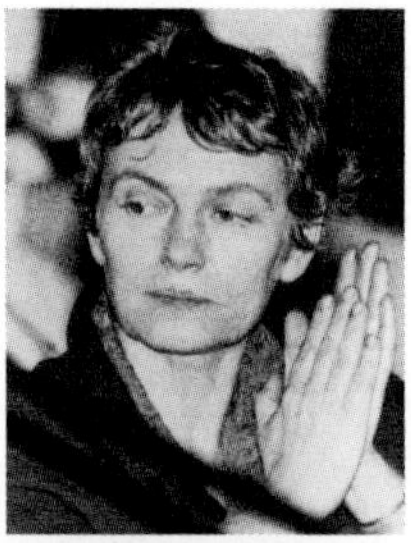

Bärbel Bohley →

← Peter Bogdanovich

Bogner, Willy

dt. Unternehmer, Filmregisseur und -produzent
* 23.1.1942 München

Bogner baute ab 1972 das von seinem Vater Willy Bogner (* 1909, † 1977) 1935 gegründete Skimodenwerk zu einem nahezu alle Sportarten umfassenden Sportbekleidungsunternehmen aus. Er erzielte 1985 einen Gesamtumsatz von 200 Mio. DM. B., der wie sein Vater ein erfolgreicher Skisportler war (1960 und 1964 Mitglied der deutschen Olympia-Mannschaft), ist einer der besten Skikameramänner der Welt. Berühmt wurden seine waghalsigen Action-Aufnahmen für den James Bond-Film »Im Geheimdienst Ihrer Majestät« (1968/69). 1968 gründete B. die gleichnamige Filmproduktionsgesellschaft.

□ 1962: Zweifacher Studentenweltmeister im Slalom und in der Kombination. □ 1972: Im väterlichen Unternehmen zuständig für Werbung und für die Sportkollektion. □ 1976: Gründung der amer. Tochtergesellschaft Bogner of America. □ 1985: Spezialkameramann im James-Bond-Film »Im Angesicht des Todes«. □ 1986: Rg. in »Feuer und Eis«.

Bohley, Bärbel

dt. Bürgerrechtlerin
* 24.5.1945 Berlin

Die Malerin und Grafikerin Bohley wurde als Mitbegründerin der Bürgervereinigung Neues Forum (11.9.1989) zu einer Symbolfigur der Reformbewegung in der ehemaligen DDR. Die erste landesweite Oppositionsgruppe, die eine für jeden offene Diskussionsplattform zur gesellschaftlichen Umgestaltung sein sollte, hatte großen Zulauf, wurde aber als politische Vereinigung nicht zugelassen. B., die sich bereits in der Initiative für Frieden und Menschenrechte (1985-88) für einen humanen Sozialismus mit größerer Meinungs-, Reise- und Versammlungsfreiheit eingesetzt hatte, zog sich aus der Parteipolitik zurück, als nach der Öffnung der Berliner Mauer (9.11.1989) auch das Neue Forum mehrheitlich die von ihr abgelehnte schnelle Wiedervereinigung forderte.

□ 1969-74: Studium an der staatlichen Kunsthochschule in Berlin-Weißensee (Abschluß als Diplom-Malerin). □ seit 1974: Freischaffende Künstlerin. □ 1982: Mitbegründerin der Gruppe Frauen für den Frieden. □ 1983: Sechswöchige Untersuchungshaft wegen öffentlicher Äußerungen über die Friedensfrauen von Greenham Common (B. →Williams); Ausschluß aus der Ostberliner Sektionsleitung des Verbandes der bildenden Künstler. □ Jan. 1988: Erneute Festnahme wegen »landesverräterischer Beziehungen«; Abschiebung (nach einem halben Jahr Rückkehr in die DDR). □

Sept. 1990: Besetzung der ehemaligen Zentrale des Staatssicherheitsdienstes mit der Forderung nach unabhängiger Kontrolle und wirksamem Schutz der Akten.

Böhm, Gottfried

dt. Architekt
* 23.1.1920 Offenbach/Main

Böhm, Sohn des Kirchenarchitekten Dominikus Böhm (* 1880, † 1955), gewann durch seine einfühlsame Verbindung zeitgemäßer Bauformen mit historischer Bausubstanz internationale Anerkennung. In den Neubau des Bensdorfer Rathauses in Bergisch Gladbach (1962-64) bezog B. Burgtürme ein, zwischen zwei Flügel des Schlosses in Saarbrücken fügte er einen transparenten Mittelteil (1988). Als expressiven Baukörper, äußerlich einem Kristall ähnlich, gestaltete B. die Wallfahrtskirche »Maria, Königin des Friedens« in Velbert-Neviges (1965-68).

□ 1942-47: Studium der Architektur und Bildhauerei in München. □ 1947-55: Zusammenarbeit mit seinem Vater (u. a. Kapelle St. Columba in Köln, 1949). □ ab 1963: Prof. für Stadtbereichsplanung und Werklehre an der TH Aachen. □ 1975: Großer Preis des Bundes Dt. Architekten.

← Gottfried Böhm

Bohm, Hark

dt. Regisseur und Schauspieler
* 18.5.1939 Hamburg

Bohms Filme sind Alltagsgeschichten, die bei aller Gesellschaftskritik einen hohen Unterhaltungswert besitzen. Mit großem Einfühlungsvermögen und Sympathie für seine Figuren greift er Probleme von Jugendlichen auf, so z. B. in »Yasemin« (1987/88), einer Liebesgeschichte zwischen einem deutschen Jungen und einem türkischen Mädchen. Hauptdarsteller in vielen Filmen sind B.s Pflegesohn Dschingis Bowakow und sein Adoptivsohn Uwe.

□ 1960-66: Studium der Rechtswissenschaft. □ 1970: Gründungsmitgl. des Filmverlags der Autoren. □ 1972: »Tschetan, der Indianerjunge«. □ 1975: »Nordsee ist Mordsee«. □ 1977: »Moritz, lieber Moritz«. □ 1979: »Im Herzen des Hurricans«. □ 1984: »Der Fall Bachmeier — Keine Zeit für Tränen«. □ 1986: »Der kleine Staatsanwalt« (Rg. und Hr.). □ seit 1991: Prof. für Filmregie an der Univ. Hamburg.

← Hark Bohm

Böhm, Karl

österr. Dirigent
* 28.8.1894 Graz † 14.8.1981 Salzburg

Böhm, bis 1943 Chef der Dresdner Staatskapelle, fand breite Anerkennung als einer der bedeutendsten Opern- und Konzertdirigenten des 20. Jh.s erst nach 1957, als er ausschließlich als Gastdirigent in Musikzentren der Welt tätig war (Metropolitan Opera House New York; Salzburger und Bayreuther Festspiele; Opernhäuser in Mailand, Berlin und Hamburg). Schwerpunkte in seinem Repertoire bildeten Mozart, Wagner und R. →Strauss, der sein künstlerisches Testament an B. gerichtet hat. Seine Interpretationen (auch moderner Komponisten wie H. W. →Henze) zielten mit sparsamer Gestik auf uneingeschränkte Werktreue. B. erhielt zahlreiche Auszeichnungen und Ehrungen und stiftete den Karl-Böhm-Preis für junge Dirigenten.

Karl Böhm bei den Salzburger Festspielen 1964.

□ 1917: Korrepetitor und Erster Kapellmeister in Graz. □ 1919: Promotion zum Dr. jur. □ 1921: Verpflichtung an die Münchner Staatsoper durch B. →Walter. □ 1927: Generalmusikdir. in Darmstadt. □ 1931: Generalmusikdir. in Hamburg. □ 1934-43: Nachfolger von Fr. →Busch als Chef der Dresdner Staatskapelle. □ 1943-45: Dir. der Staatsoper Wien. □ 1945/46: Auftrittsverbot. □ 1950-53: Leiter der dt. Spielzeit am Theatro Colón in Buenos Aires. □ 1954-56: Dir. der Staatsoper Wien. □ ab 1957: Triumphe als Gastdirigent (v. a. am Metropolitan Opera House New York). □ 1962: Debüt mit »Tristan« in Bayreuth. □ 1964: Als erster Dirigent nach 1945 Titel des »Österr. Generalmusikdirektors«. □ 1978: Ehrendirigent der Bayer. Staatsoper München.

▷ K. Böhm: Begegnungen mit Richard Strauss, 1964; M. Roemer: Karl Böhm, 1966; K. Böhm: Ich erinnere mich genau (Aut.), 1974; F. Endler: Karl Böhm, 1981.

Karlheinz Böhm →

Böhm, Karlheinz

dt. Schauspieler
* 16.3.1928 Darmstadt

Als Kaiser →Franz Joseph von Österreich in den Sissi-Filmen (1955-57) wurde der Sohn des Dirigenten K. →Böhm an der Seite von R. →Schneider bekannt. Bis 1980 drehte Böhm über 80 Kino- und Fernsehfilme, einige davon unter der Regie R. W. →Fassbinders. Mit dem Spendenbetrag, den B. 1981 nach seinem Auftritt in der ZDF-Show »Wetten, daß..?« erhielt, gründete er die Stiftung »Menschen für Menschen« zugunsten Hungernder in Afrika. Seitdem widmet er sich dem Kampf gegen Hunger und Lethargie in äthiopischen Flüchtlingslagern.

□ 1948: Filmdebüt in Karl Hartls »Der Engel mit der Posaune«. □ 1949-53: Engagement am Burgtheater in Wien. □ 1959: Verkörperung eines perversen Mörders in »Peeping Tom« (Rg. M. Powell). □ 1962: »Die vier apokalyptischen Reiter« (Rg. V. →Minelli). □ 1974: »Effi Briest« (Rg. R. W. →Fassbinder). □ 1976: »Mutter Küsters' Fahrt zum Himmel«

(Rg. R. W. Fassbinder). □ 1981: »Die Laurents« (TV-Serie). □ 1987: »Nagaya. Ein Dorf in Äthiopien« (Sachb.).

▷ K. Böhm: Mein Weg, 1991.

Böhm-Bawerk, Eugen von

österr. Nationalökonom
* 12.2.1851 Brünn † 27.8.1914 Kramsach

Böhm-Bawerk gehörte zu den Hauptvertretern der Österreichischen Grenznutzenschule (auch Wiener Schule; C. → Menger). Im Gegensatz zur klassischen Nationalökonomie (Adam Smith, * 1723, † 1790; A. →Marshall), die den Wert einer Ware durch Arbeitsaufwand und Herstellungskosten errechnete, ergab sich für den Grenznutzentheoretiker B. der Wert eines Produktes aus seinem Nutzen. Die populäre Agiotheorie entwickelte er in seinem Hauptwerk »Kapital und Kapitalzins« (1884-89). B. verstand den Zins als ein Agio (Aufschlag), den das Individuum zu entrichten bereit ist, weil es dem Gegenwartskonsum einen höheren Wert beimißt als dem Güterverbrauch in der Zukunft.

□ 1880: Habilitation □ 1880-89: Lehrstuhl in Innsbruck. □ 1884-89: »Kapital und Kapitalzins« (2 Bde.). □ 1889: Ministerialrat im österr. Finanzministerium □ 1895: Finanzmin. (erneut 1897/98, 1900-04). □ 1905-14: Lehrstuhl in Wien. □ 1911-14: Präs. der Akadamie der Wissenschaften in Wien. □ postum 1924-26: »Gesammelte Schriften« (2 Bde).

▷ O. Weinberger: Die Grenznutzenschule, 1926.

Bohn, René

dt. Chemiker
* 7.3.1862 Dornach bei Mulhouse (heute Frankreich)
† 6.3.1922 Mannheim

Bohn entdeckte 1901 die Farbstoffgruppe der Indanthrene, womit ihm erstmals die Herstellung eines nicht aus Indigo synthetisierten Blaus gelang (A. R. v. →Baeyer), das andere Farben in seiner Beständigkeit übertraf. Ab 1906 im Vorstand der BASF in Ludwigshafen, verschaffte B., der auch auf dem Gebiet der Alizarinfarbstoffe ein farbechtes Rot erfand, dem Warenzeichen »Indanthren« Weltruf.

← René Bohn

Bohr, Åge Niels

dän. Physiker
* 19.6.1922 Kopenhagen

1950/51 entdeckte Bohr die sog. Kollektivanregung der Nukleonen, die sich als Oberflächenschwingungen und Rotationen der Atomkerne äußern. Mit B. R. →Mottelson entwickelte B. eine Theorie (Kollektivmodell), mit der sich diese Kollektivbewegung sowie Struktur und Eigenschaft deformierter Atomkerne beschreiben ließen. Beide Forscher erhielten 1975 den Physik-Nobelpreis mit J. →Rainwater, der die Nukleonenbewegung ebenfalls erkannt hatte.

□ 1954: »Rotational states of atomic nuclei« (Schr.). □ 1956: Prof. an der Univ. Kopenhagen. □ 1963-70: Dir. des von seinem Vater N. →Bohr in Kopenhagen gegründeten Inst. für Theoretische Physik. □ 1966: »Struktur der Atomkerne« (mit B. R. Mottelson, 3 Bde.).

← Åge Niels Bohr

Niels Bohr (r.), »Vater« der Atombombe, 1955 auf der Int. Atomkonferenz in Genf.

Bohr, Niels

dän. Physiker
* 7.10.1885 Kopenhagen † 18.11.1962 ebd.

Bohr ist einer der großen Wegbereiter der Atom- und Kernphysik. Von dem von E. → Rutherford eingeführten Begriff »Atomkern« ausgehend (und der damit einhergehenden Vorstellung von einem winzigen massiven Kern innerhalb eines planetarisch gedachten Modells), entwickelte B. 1913 unter Anwendung der von M. →Planck gegebenen Quantentheorie das nach ihm benannte Atommodell.
Indem sich B. auf das einfachste, das Wasserstoffatom konzentrierte, fand er heraus, daß ein Elektron nur dann ganz bestimmte Energie-Quanten abgab oder absorbierte, wenn es von seiner Umlaufbahn in eine andere sprang. Das Bohrsche Atommodell, das nur kreisförmige Umlaufbahnen vorsah, wurde 1916 von A. → Sommerfeld um elliptische erweitert.
Für seine Theorie, daß die Elektronen in Schalen angeordnet sind und die äußeren Schalen die chemischen Eigenschaften der Atome bestimmen, was 1922 zur theoretischen Erklärung des Periodensystems führte, erhielt B. 1922 den Physik-Nobelpreis.
Das Wasserstoff-Atommodell konnte komplexe Atome nicht erklären. So ging B. 1927 in der mit W. →Heisenberg formulierten »Kopenhagener Deutung« nach seinem Komplementaritätsprinzip davon aus, daß ein Elektron sowohl einen Teilchen- wie einen Wellenaspekt haben müsse, obwohl diese sich gegenseitig ausschließen. Die (heute »ältere«) Quantentheorie hatte ihren vorläufigen Abschluß gefunden.

□ ab 1916: Prof. an der Univ. Kopenhagen. □ 1918-22: »Über die Quantentheorie der Linienspektren« (Schr., dt. 1923). □ 1922: Physik-Nobelpreis. □ 1935/36: Erklärung der Kernspaltung durch das sog. Sandsack-Modell. □ 1939: Deutung des Spaltungsvorgangs eines Uran-Isotops 235 durch Neutronenbeschuß (Tröpfchen-Modell). □ 1943-45: Emigration in die USA; Mitwirkung am amer. Atombombenprojekt. □ 1955: Organisation der ersten Atoms for Peace Conference in Genf. □ 1957: »Atomphysik und menschliche Erkenntnis« (Schr., dt. 1958).

▷ R. E. Moore: Niels Bohr. Ein Mann und sein Werk verändern die Welt, 1970; K. v. Meyenn (Hg.): Niels Bohr, 1985; St. Rozental: Schicksalsjahre mit Niels Bohr, 1991.

Boileau, Pierre Louis

* 28.4.1906 Paris † 16.1.1989 Beaulieu-sur-Mer

Narcejac, Thomas

(eig. Pierre Ayraud)
* 3.7.1908 Rochefort-sur-Mer
frz. Schriftsteller

Boileau (Sozialarbeiter) und Narcejac (Lehrer) verfaßten gemeinsam Kriminalromane, die sich deutlich von der klassischen Detektivgeschichte unterschieden. Die Darstellung psychischer Grenzsituationen erhielt den Vorrang gegenüber der Verbrechensaufklärung. B./N. bauten die Spannung mehr um die Figuren selbst als um das Geschehen auf. Einige ihrer ca. 50 Romane wurden verfilmt: Nach »Von den Toten auferstanden« (1955) z. B. entstand A. →Hitchcocks »Vertigo« (1958). Mit »Der Detektivroman« (Es., 1964, dt. 1967) legten sie eine Theorie zur Ästhetik des Kriminalromans vor.

Marc Bolan →

← Curt Bois

Bois, Curt

dt. Schauspieler
* 5.4.1901 Berlin

Bois' Schauspielerkarriere reicht vom Stummfilm bis ins Video-Zeitalter. Bereits vor seinem Exil in den USA (1933-1950) war der Mime, der als Sechsjähriger im Berliner Theater des Westens debütierte, ein gefragter Schauspieler, Kabarettist und Komiker. Nach seiner Rückkehr trat er als Chlestakow in Nikolai Gogols »Der Revisor« (1950) unter der Regie W. →Langhoffs sowie als Puntila in B. →Brechts Inszenierung »Herr Puntila und sein Knecht Matti« (1952) am Deutschen Theater Berlin auf. Große Erfolge feierte B. ab 1957 unter der Regie von F. →Kortner (u. a. als Malvolio in Shakespeares »Was ihr wollt«). 1981 widmeten die Schauspieler O. →Sander und B. →Ganz ihrem großen Vorbild den Fernsehfilm »Gedächtnis«.

□ 1909: »Mutterliebe« (Stummfilm) und Kinderrollen am Berliner Thalia-Theater. □ 1914-21: Engagements als Komiker und Kabarettist an Varietés in Deutschland, der Schweiz und Österreich. □ 1923-33: Gastspiele an Berliner Bühnen. □ 1933-50: Exil in den USA; 40 Filme in Hollywood, u. a. »Casablanca« (1942). □ 1950-53: Engagement am Dt. Theater. □ 1958: Bayer. Staatsschauspiel München. □ 1959-78: Staatliche Schauspielbühnen Berlin. □ seit 1970: Zahlreiche Fernsehrollen.

▷ Curt Bois: So schlecht war mir noch nie, 1967.

Ludwig Bölkow →

← Jean Bedel Bokassa

Bokassa, Jean Bedel

zentralafr. Politiker
* 22.2.1921 Bobangui

Bokassa, Ende 1965 durch Staatsstreich an die Macht gelangt, ließ sich 1972 zum Präsidenten auf Lebenszeit ernennen und 1976 zum Kaiser von Zentralafrika ausrufen. Gewaltherrschaft und wirtschaftlicher Niedergang führten 1979 zum Sturz des ehemaligen französischen Kolonialoffiziers, nachdem sich die ihn bis dahin stützende französische Regierung dem früheren Präsidenten D. Dacko zugewandt hatte. Nach überraschender Rückkehr aus dem Exil wurde B. 1987 zum Tode verurteilt, das Urteil wurde jedoch nicht vollstreckt.

Bolan, Marc

(eig. Mark Feld)
engl. Rockmusiker
* 30.9.1947 London † 16.9.1977 ebd. (verunglückt)

Mit seiner Band »T(yrannosaurus) Rex« wurde Bolan in den 70er Jahren zur Leitfigur des britischen Glamour und Glitzerrock. Hits wie »Hot Love«, »Get it on« und »Metal Guru« beherrschten 1970-74 die europäischen Hitparaden. Anfänglich trat B. mit seinem Partner Steve Peregrine Took (ab 1970 Mickey Finn) als Duo auf und machte folkorientierte Musik auf akustischen Instrumenten. Später erweiterte er die Band zum typischen Rock-Ensemble, spielte E-Gitarre und stellte Rock-Arrangements in den Vordergrund. Thematisch und inhaltlich blieb er bei seinen märchenhaften, mythologischen Texten.

□ 1966: Erste Platte »The Wizard«. □ 1967: Gründung der Band »John's Children«. □ ab 1968: Zusammenarbeit mit Steve Peregrine Took als »T. Rex«. □ 1970: Aufnahme von Percussionist Mickey Finn; »T. Rex« (LP); erster Hit »Ride a white swan«. □ 1971: »Electric Warrior« (LP). □ 1972: »Bolan Boogie« (LP); »Born to boogie« (F.).

Bölkow, Ludwig

dt. Konstrukteur und Unternehmer
* 30.6.1912 Schwerin

Bölkow, der bereits 1939 als Ingenieur bei W. →Messerschmitt an der Entstehung des ersten Düsenjagdflugzeugs der Welt (Me-262) beteiligt war, gründete 1956 die Firma »Bölkow Entwicklungen KG« (ab 1965 »Bölkow GmbH«), 1968 fusionierte sie mit der »Messerschmitt-Werke-Flugzeug-Union-Süd GmbH« (ab 1969 »Messerschmitt-Bölkow-Blohm GmbH«, W. →Blohm). 1977 schied B., dem wiederholt die Mißachtung wirtschaftlicher Grundsätze und seine Neigung zur »Technosophie« vorgeworfen worden war, aus dem Unternehmen aus. Er blieb jedoch MBB-Kapitaleigner.

□ 1948-56: Ingenieurbüro in Stuttgart. □ 1955-68: Entwicklung von Hubschraubern, Verkehrsflugzeugen, Panzerabwehrflugkörpern und Raketen. □ 1969: 13,4%-Kapitalanteil an Messerschmitt-Bölkow-Blohm GmbH. □ 1977: Abgabe von 12,24% seiner Gesellschaftsanteile an die Bayer. Landesanstalt für Aufbaufinanzierung.

Böll, Heinrich

dt. Schriftsteller
* 21.12.1917 Köln † 16.7.1985 Langenbroich

Die Prosa des meistgelesenen deutschen Nachkriegsautors ebenso wie sein öffentliches Eintre-

Der Schriftsteller Heinrich Böll 1983 als Teilnehmer einer Sitzblockade in Mutlangen.

ten für die Außenseiter der Gesellschaft zeigen Böll als streitbaren Anwalt von individueller Freiheit und Humanität. Zentrale Themen des Büchner- (1967) und Nobelpreisträgers (1972) waren die Erfahrung von Nationalsozialismus und Krieg sowie der Verlust von Menschlichkeit in der Konsumgesellschaft der BRD seit 1945 (»Ansichten eines Clowns«, R., 1963). Wegen B.s Protest gegen die Gewalt der Massenmedien, den er in »Die verlorene Ehre der Katharina Blum« (Erz., 1974, F. 1975, Rg. V. →Schlöndorff) verarbeitete, galt er konservativen Kritikern als »geistiger Sympathisant« des Terrorismus. Mit der Gruppe 47 (H. W. →Richter) lehnte B. Ideologien mit absolutem Wahrheitsanspruch ab.
Er setzte seine Kritik an der Zerstörung urchristlicher Werte wie Friedens- und Nächstenliebe durch Macht- und Besitzstreben auch in praktisches Engagement um: B. trat für Kernkraftgegner und Friedensinitiativen ein und nahm die Dissidenten A. I. →Solschenizyn und L. →Kopelew bei sich auf. Ohne Aufhebens davon zu machen, unterstützte B. weltweit verfolgte und hilfsbedürftige Kollegen und Freunde.

□ 1937/38: Buchhändlerlehre. □ 1939-45: Soldat im 2. Weltkrieg. □ 1945: Kriegsgefangenschaft. □ 1950: »Wanderer, kommst du nach Spa...« (Erz.n). □ 1951: »Wo warst du Adam« (R.). □ 1954: »Haus ohne Hüter« (R.). □ 1955: »Das Brot der frühen Jahre« (Erz.). □ 1957: »Irisches Tagebuch« (Reiseb.). □ 1959: »Billard um halb zehn« (R.). □ 1966: »Ende einer Dienstfahrt« (Erz.). □ 1967: Georg-Büchner-Preis. □ 1971: Präs. des int. PEN-Clubs (bis 1974); »Gruppenbild mit Dame« (R.). □ 1972: Literatur-Nobelpreis; nach B.s öffentlichem Plädoyer für eine sachliche Berichterstattung über die Baader-Meinhof-Gruppe (A. →Baader, U. →Meinhof) polizeiliche Hausdurchsuchung. □ 1979: Austritt aus der kath. Kirche; »Fürsorgliche Belagerung« (R.). □ 1982: »Vermintes Gelände« (Es.s). □ 1983: Teilnahme an der Blockade des Raketenstützpunkts Mutlangen. □ 1985: »Frauen vor Flußlandschaft« (R.).

▷ K. Schröter: Heinrich Böll, 1982; H. Falkenstein: Heinrich Böll, 1987; J. H. Reid: Heinrich Böll, 1991.

Boltzmann, Ludwig

österr. Physiker
* 20.2.1844 Wien
† 5.9.1906 Duino bei Triest (Selbstmord)

Boltzmann, dessen Interesse der Begründung der Thermodynamik und ihrer statistischen Einordnung in die klassische Mechanik galt, entwickelte die in Ansätzen vorhandene kinetische Gastheorie durch eine präzise Formulierung des Wahrscheinlichkeitsbegriffs. Mit der sog. Boltzmann-Gleichung leitete er die Verteilungsfunktion für Energie und Geschwindigkeit von Gasmolekülen ab, womit der Grundstein zu einer umfassenden Statistik des der klassischen Mechanik gehorchenden physikalischen Geschehens gelegt und der Quantenstatistik der Weg vorgezeichnet war.

□ 1869-73: Prof. an der Univ. Graz. □ 1872: Experimentelle Bestätigung der umstrittenen Maxwellschen Elektrodynamik. □ 1873-99: Prof. an mehreren österr. und dt. Univ.n. □ 1884: Mathematische Begründung des Gesetzes über den Zusammenhang zwischen Strahlung und Temperatur (Stefan-Boltzmann-Gesetz). □ 1891-93: »Vorlesungen über Maxwell's Theorie der Elektrizität und des Lichts« (2 Bde.). □ 1896-98: »Vorlesungen über Gastheorie« (2 Bde.). □ 1897-1904: »Vorlesungen über Prinzipe der Mechanik« (2 Bde.). □ 1900-02: Prof. an der Univ. Leipzig. □ ab 1902: Prof. an der Univ. Wien.

▷ E. Broda: Ludwig Boltzmann (Biogr.), 1955.

Bond, Edward

engl. Dramatiker
* 18.7.1934 Holloway, London

Bond ist der bedeutendste englische Vertreter des Theaters der Grausamkeit (A. →Artaud). Kunst soll für B., wie für B. →Brecht, zur Lösung gesellschaftlicher Probleme beitragen. Er sieht die Aufgabe des Schriftstellers in der rationalen Analyse der Entstehungsbedingungen menschlicher Gewalt und will mit einer Ästhetik der Provokation Zuschauer zur Einsicht in das Wesen der Gewalt bringen (»Gerettet«, UA 1965, dt. EA 1967). Ein weiteres Hauptthema, die Korrumpierbarkeit des von Natur aus nicht bösen Menschen durch Macht und durch materielle Interessen, behandelt B. oft anhand historischer Stoffe, z. B. in »Lear« (UA 1971, dt. EA 1972), einer Bearbei-

Bond, einer der interessanten englischen Dramatiker, im Royal Court Theatre, 1965.

tung von Shakespeares »König Lear«, und in »Bingo« (UA 1973, dt. EA 1976).

□ ab 1960: Mitgl. der Schriftstellergruppe des Royal Court Theatre. □ 1962: »Die Hochzeit des Papstes« (Dr., dt. 1971). □ 1966: Mitarbeit am Drehbuch von M. →Antonionis Film »Blow up«. □ 1969: »Schmaler Weg in den tiefen Norden« (Dr., dt. EA 1969). □ 1973: »Die See« (Dr., dt. EA 1973). □ 1978: »Das Bündel oder Der neue schmale Weg in den tiefen Norden« (Dr., dt. EA 1978). □ 1982: »Sommer« (Dr., dt. EA 1983). □ 1985: »Die Kriegsspiele« (Dramentrilogie: »Rot, schwarz und ignorant«, dt. 1985; »Tin Can People«, dt. 1987; »Großer Frieden«, dt. 1987).

▷ P. Iden: Edward Bond, 1973; D. Buhmann: Edward Bond, Theater zwischen Psyche und Politik, 1988.

Bondartschuk, Sergei Fjodorowitsch

sowjet. Schauspieler und Regisseur
* 25.9.1920 Belosjorka, Odessa

Bondartschuk, ab Ende der 40er Jahre bis zur Perestroika einer der führenden Filmschauspieler, war in der Sowjetunion für patriotisch gefärbte Heldenrollen prädestiniert. Im Westen wurde er mit seiner Darstellung des »Othello« (1955, Rg. S. Jutkewitsch) bekannt. Als Regisseur bevorzugte B. Literaturverfilmungen; seine Adaption von Tolstois »Krieg und Frieden«, in der er den Pierre Besuchow spielte, beeindruckte mit aufwendigen Massenszenen (ca. 100 000 Komparsen).

← S. F. Bondartschuk

□ 1942-45: Rezitator bei der Roten Armee; Engagement beim Theaterensemble des Innenministeriums. □ 1945-48: Studium bei S. Gerasimow am Staatlichen Allunions-Inst. für Kinematografie. □ 1948: Darstellerdebüt als bolschewistischer Widerstandskämpfer in »Die junge Garde« (Rg. S. Gerasimow). □ 1951: Hauptrolle in »Taras Schewtschenko« (Rg. I. Sawtschenko) □ 1959: Regiedebüt mit »Ein Menschenschicksal«. □ 1968: Oscar (als bester ausländischer Film) für »Krieg und Frieden«. □ 1969: Regie von »Waterloo« (Coproduktion von D. de →Laurentiis und Mosfilm). □ 1984-86: »Boris Godunow« (Rg. und Hr.).

Bondy, Luc

schweiz. Regisseur
* 17.7.1948 Zürich

Bondys Regiearbeiten kennzeichnet ein behutsamer Umgang mit der dramatischen Vorlage, eine sanfte Mischung der Gefühle und raffinierte Zusammenstellung der Charaktere. Dabei meidet er Stilisierung und dramatische Effekte und setzt statt dessen auf nuancierte Schattierung. Da er den Text weder umdeutet noch politisiert, wirken seine Inszenierungen oft eher konventionell. Viel Beifall erhielt B. u. a. 1975 für die Inszenierung von Marivaux' »Unbeständigkeit der Liebe«, in der er eine bislang unerreichte Balance fand zwischen Ironie, Gefühl und Komik.

← Luc Bondy

□ 1969: Nach Debüt an der int. Theateruniv. Paris Regieassistent am Hamburger Thalia-Theater. □ 1973: Mit E. →Bonds »Die See« zum Berliner Theatertreffen. □ 1975: Mit Marivaux' »Unbeständigkeit der Liebe« zum Berliner Theatertreffen. □ 1978: Erste Opernregie mit »Lulu« (A. →Berg) in Hamburg. □ 1980: Filmregie »Die Ortliebschen Frauen«. □ 1982: Mit »Kalldeway Farce« (B. →Strauß) zum Berliner Theatertreffen. □ 1985-88: Künstlerischer Leiter der Berliner Schaubühne. □ 1989: UA von »Die Zeit und das Zimmer« (B. Strauß) an der Berliner Schaubühne.

Bonhoeffer, Dietrich

dt. Theologe (ev.)
* 4.2.1906 Breslau
† 9.4.1945 KZ Flossenbürg (hingerichtet)

Bonhoeffer ist ein bedeutender Glaubenserneuerer in der protestantischen Kirche gewesen, zugleich Mitglied der Bekennenden Kirche und Widerstandskämpfer gegen die nationalsozialistische Gewaltherrschaft. 1942 versuchte er über den sich in Schweden aufhaltenden anglikanischen Bischof von Chichester, G. →Bell, Kontakt mit der britischen Regierung zu knüpfen, um die Möglichkeiten eines Friedensschlusses unter einer neuen deutschen Regierung zu erkunden. Als Theologe verstand B. die »Nachfolge Christi« als Verpflichtung des Menschen, zu seiner Diesseitigkeit zu stehen und nicht zu versuchen, sie zu überwinden. Leben und Werk B.s gaben dem deutschen Protestantismus nach dem 2. Weltkrieg die Kraft zum Schuldbekenntnis sowie zur moralischen Erneuerung.

D. Bonhoeffer, ev. Theologe und Widerstandskämpfer.

□ 1927: »Sanctorum communio« (Diss., NA 1986). □ 1931: Studentenpfarrer an der TH Berlin; »Akt und Sein« (Habilitationsschrift von 1929). □ 1935: Leiter des (illegalen) Predigerseminars der Bekennenden Kirche in Finkenwalde. □ 1936: Entzug der Lehrerlaubnis für Hochschulen. □ 1937: »Nachfolge« (Schr.). □ 1939: »Gemeinsames Leben« (Schr.). □ 1941: Rede- und Schreibverbot. □ 1943: Verhaftung; anschließend Deportation in die KZs Buchenwald, Schönberg, Flossenbürg. □ postum 1949: »Ethik« (aus dem Nachlaß hg. von E. Bethge). □ 1951: »Widerstand und Ergebung. Briefe und Aufzeichnungen aus der Haft« (hg. von E. Bethge).

▷ H. Rothfels: Deutsche Opposition gegen Hitler, 1949; E. Bethge: Dietrich Bonhoeffer, 1967; E. Feil: Die Theologie Dietrich Bonhoeffers, 1971.

Bonnard, Pierre

frz. Maler und Grafiker
* 13.10.1867 Fontenay-aux-Roses
† 23.1.1947 Le Cannet bei Cannes

Bonnard ist der wohl profilierteste Maler der nachimpressionistischen Ära, in der zahlreiche

Künstler im Anschluß an den Impressionismus noch mit dessen Stilmitteln arbeiteten. In seinen lichtdurchfluteten, vibrierenden Landschaften, Akt-, Kinder- und Familienbildern sowie Interieurs und Stilleben gelang es B. als einem der wenigen Künstler, impressionistische Ausdrucksformen neu zu beleben.
Seine Werke bestehen aus einem feinen, häufig kleinteiligen Farbauftrag unter Verzicht auf Perspektive in fast flächigen Kompositionen. Dabei erzielt B. mit den Mitteln der Farbe, häufig in der ungewöhnlichen Verbindung von Gelb- und Orangetönen, mehr noch als durch seine Sujets starke atmosphärische Wirkungen (z. B. »Akt im Gegenlicht«, 1908, Brüssel, Musée Royaux des Beaux-Arts).
Hierin und in der Intimität der dargestellten Szenen liegt B.s Besonderheit. Er gehört mit seinem Entwurf »France Champagne« auch zu den Begründern der modernen Plakatkunst, weiterhin schuf er richtungweisende Farblithografien (u. a. die Serie »Quelques aspects de la vie de Paris«, 1900) sowie Illustrationen.

P. Bonnard prägte die nachimpressionistische Kunst.

□ 1896: Studium an der Académie Julian in Paris; Freundschaft mit dem Maler P. Sérusier (* 1864, † 1927). □ 1889: Mitgl. der von Sérusier gegründeten Gruppe der Nabis, die P. → Gauguin nacheiferte. □ 1889-1920: Fotoarbeiten (»Pierre Bonnard — Photograph«, hg. F. Heilbrun/ Ph. Néagu, dt. 1988). □ um 1890-1903: Zeichner für La Revue Blanche. □ ab 1891: Freundschaft mit H. de →Toulouse-Lautrec. □ 1907: Reisen (u. a. ans Mittelmeer), die seine Malweise beeinflußten.

▷ A. Terrasse: Bonnard. Leben und Werk, 1989.

Yves Jean Bonnefoy →

Bonnefoy, Yves Jean

frz. Schriftsteller
* 24.6.1923 Tours

Bonnefoy ist einer der wichtigsten französischen Dichter der Nachkriegszeit. In seinem Hauptwerk »Über Bewegung und Reglosigkeit der Douve« (1953) legte er Theorie und Ziel seiner realistischen Poesie dar. B.s gebundene, bildreiche Sprache sollte die Welt »neu erschaffen«. Der Hochschullehrer arbeitete als Literatur- und Kunstkritiker für verschiedene Zeitschriften und übersetzte zahlreiche Werke Shakespeares.

□ 1943: Nach abgebrochenem Mathematikstudium in Tours Student der Philosophie und Kunstgeschichte in Paris. □ 1953: »Über Bewegung und Reglosigkeit der Douve« (Ged.). □ 1958: »Herrschaft des Gestern: Wüste« (Ged.e, dt. 1969). □ 1963: »Miró« (Es.). □ ab 1967: Redakteur der literarischen Zeitschrift L'Ephémère. □ 1981: Grand Prix de Poésie (von der Académie française für B.s Gesamtwerk). □ 1982: Nach Lehraufträgen in Vincennes und Nizza Prof. am Pariser Collège de France.

▷ G. Butters: Yves Bonnefoy, 1981.

Bonomi, Ivanoe

ital. Politiker
* 18.10.1873 Mantua † 20.4.1951 Rom

Bonomi, ein führender Vertreter der italienischen Reformsozialisten, war 1921/22 Ministerpräsident jener Mitte-Links-Regierung, die den Faschisten unterlag. Nach dem Sturz →Mussolinis (25. 6. 1943) wurde B., der zuvor den Widerstand gegen den Diktator koordiniert hatte, Präsident des Nationalen Befreiungskomitees. 1944/45 war er Ministerpräsident einer provisorischen Regierung, 1948 Senatspräsident.

Waldemar Bonsels →

Bonsels, Waldemar

dt. Schriftsteller
* 21.2.1881 Ahrensburg bei Hamburg
† 31.7.1952 Ambach

Bonsels' größter Erfolg war »Die Biene Maja und ihre Abenteuer« (1912), ein Roman für Kinder. Die Abenteuer der eigenwilligen Biene wurden in alle wichtigen Sprachen übersetzt und durch die Verfilmungen 1972 und 1977 weltbekannt.

□ 1916: »Indienfahrt« (R.). □ 1919: »Don Juan. Eine epische Dichtung«. □ 1920: »Eros und die Evangelien« (Versepos). □ 1946: »Mortimer. Der Getriebene der dunklen Pflicht« (R.). □ 1948: »Das vergessene Licht« (R.).

Boon, Louis Paul (Albrecht)

niederl.-spr. belg. Schriftsteller
* 15.3.1912 Aalst † 10.5.1979 Erembodegem

Boon gab der niederländischen Literatur durch die Episodentechnik in seinem Werk neue Anstöße. Die Entwicklung des »zarten Anarchisten« B. zum verbitterten, individualistischen Sozialisten spiegelt sich in seinem Hauptwerk, dem Doppelroman »Ein Mädchen aus Ter-Muren« (1953, dt. 1970) und »Sommer in Ter-Muren« (1956, dt. 1986), in dem er sich auch mit seiner eigenen Rolle als Schriftsteller und Journalist kritisch auseinandersetzte.

□ 1942: »Die Vorstadt wächst« (R.). □ ab 1944: Mitarbeiter verschiedener kommunistischer und sozialistischer Zeitungen. □ ab 1972: Ehrenmitgl. der Gesellschaft für niederl. Literatur.

Booth, Hubert Cecil

engl. Ingenieur
* 4.12.1871 Gloucester † 14.1.1955 Croydon

Booth erfand 1901 den Vakuumstaubsauger, der wegen seiner Größe auf einem Pferdewagen zum jeweiligen Einsatzort transportiert werden mußte. Über einen 240 m langen Schlauch, der durch Fenster oder Türen in die Gebäude geführt wurde, sog das mit Ventilator und Stoffilter ausgestattete Gerät unter erheblicher Lärmentwicklung Staub und Schmutz von Teppichen und Möbelstücken. Haushaltsmodelle, die Booth ab 1906 entwickelte, hatten immerhin noch ein Gewicht von etwa 40 kg.

□ 1889-92: Ingenieurstudium am City and Guilds Central Inst. für Bau- und Maschinenbauwesen in Gloucester. □ 1894: Entwicklung eines Riesenrads mit teilflexibler Konstruktion (Grundlage für die Berechnung der Beweglichkeit von Hängebrücken). □ 1901: Gründung der British Vacuum Cleaner Co. Ltd. □ 1902/03: Bau der Connel Ferry Bridge über dem Loch Etive (Schottland). 1952: Rückzug aus dem Geschäftsleben.

Booth, William

engl. Theologe und Methodist
* 10.4.1829 Nottingham, Nottinghamshire
† 20.8.1912 London

Booth war Gründer (1878) und erster »General« der aus seiner Londoner Zeltmission hervorgegangenen Heilsarmee (Salvation Army). 1890 erregte er mit seinem Buch »Im dunkelsten England« großes Aufsehen. Darin entwarf er das Programm seiner Mission, einer bis in Lebensform und Sprache militärisch straff geführten Organisation. Die Heilsarmee kümmert sich um Obdachlose und Bedürftige und konnte sich mit zunehmender Anerkennung seitens der Regierungen weltweit etablieren. 1990 stellte sie über 11 Mio. Obdachlosenbetten zur Verfügung.

▷ H. Begbie: Feldzug der Liebe. General William Booth, 1920, dt. 1929; gekürzte NA 1963.

Borchardt, Ludwig

dt. Ägyptologe
* 5.10.1863 Berlin † 12.8.1938 Paris (Frankreich)

Borchardt fand bei Ausgrabungen im ägyptischen Amarna die Büste der Nofretete. Er erforschte die altägyptische Baugeschichte und schuf daraus erstmals eine Chronologie der historischen Ereignisse jener Zeit.

□ ab 1895: Grabungsexpeditionen und Pyramidenuntersuchungen in Ägypten □ 1901-14: Ausgrabung der Totentempel der Pyramiden von Abu Sir und Amarna. □ 1907-28: Gründer und Dir. des Dt. Inst. für ägypt. Altertumskunde in Kairo. □ ab 1917: Hg. der »Quellen und Forschungen zur Zeitbestimmung der ägyptischen Geschichte«.

Rudolf Borchardt →

Wolfgang Borchert →

← William Booth

Jules Bordet →

Borchardt, Rudolf

dt. Schriftsteller
* 9.6.1877 Königsberg † 10.1.1945 Trins, Tirol

Borchardt, Gegner der Weimarer Republik und Vertreter einer elitären Kunstauffassung, betrachtete als Auftrag des Dichters die »schöpferische Restauration« von Wissenschaft, Kultur und Politik im Sinne der klassischen deutschen Humanität. Beeinflußt von St. →George und H. v. →Hofmannsthal, knüpfte B. thematisch und formal an die europäischen Traditionen der Antike und des Mittelalters an.

□ 1903: Nach dem Philologie- und Archäologiestudium Übersiedlung nach Italien. □ 1904: »Der Durant« (Verserz., Erstdruck 1920). □ 1907: »Das Buch Joram« (Erz.). □ 1913: »Jugendgedichte«. □ 1914-18: Offizier im 1. Weltkrieg. □ 1929: »Das hoffnungslose Geschlecht« (Erz.). □ 1931: »Führung« (Rede). □ 1935: »Pisa. Ein Versuch« (Es.s). □ 1937: »Vereinigung durch den Feind hindurch« (R.). □ 1944/45: Mehrmonatige Haft wegen jüd. Abstammung.

Borchert, Wolfgang

dt. Schriftsteller
* 20.5.1921 Hamburg † 20.11.1947 Basel (Schweiz)

Der Nonkonformist und Pazifist Borchert leitete mit seinen Kurzgeschichten über Krieg und Nachkriegszeit sowie dem berühmt gewordenen Heimkehrerdrama »Draußen vor der Tür« (1947, auch als Hörspiel) die Nachkriegsliteratur der BRD ein. Im expressionistischen Stil gestaltete B. exemplarisch Not und Einsamkeit der Überlebenden des 2. Weltkriegs und ihre Frage nach der Schuld. Seit 1956 berufen sich Kriegsdienstverweigerer auf B.s Aufruf »Sag nein!« (1947).

□ 1937-41: Buchhandelslehre; Schauspielunterricht. □ 1941: Als Soldat an der Ostfront. □ 1942: Verurteilung zur »Bewährung an der Front« wegen »Staatsgefährdung«. □ 1943/44: Inhaftierung wegen einer Goebbels-Persiflage. □ 1945: Flucht aus frz. Gefangenschaft. □ 1947: »Die Hundeblume« (Erz.); »An diesem Dienstag« (Erz.); »Dann gibt es nur eins (Sag nein!)« (Appell).

Bordet, Jules

belg. Mediziner und Bakteriologe
* 13.6.1870 Soignies, Prov. Hennegau
† 6.4.1961 Brüssel

Im Rahmen seiner Forschungen über die bakterientötende Wirkung des Blutserums beschrieb Bordet 1901 die sog. Komplementbindungs-Reaktion. Danach wird bei der Antigen-Antikörper-Reaktion die hitzeempfindliche Komponente, die bei der Reaktion des Antikörpers mit den Bakterien wirksam wird, im Blutserum verbraucht. Für diese Erkenntnis, die für die gesamte Immunologie von entscheidender Bedeutung ist, erhielt B. 1919 den Physiologie/Medizin-Nobelpreis. 1906 entdeckte B. mit dem belgischen Hygieniker Octave Gengou den Erreger des Keuchhustens, gegen den B. einen Impfstoff entwickelte.

□ 1894-1901: Mitarbeiter am Inst. Pasteur, Paris. □ 1901-40: Dir. des von ihm 1901 in Brüssel gegründeten Inst. Pasteur. □ 1907-35: Prof. an der Univ. Brüssel.

Borel, Émile (Félix Édouard Justin)

frz. Mathematiker und Politiker
* 7.1.1871 Saint-Affrique, Dep. Aveyron
† 3.2.1956 Paris

Borel entwickelte die erste effektive Maßtheorie und trug zur Begründung der modernen Theorie der reellen Funktionen bei. B., der die Mathematik konstruktiv und »halbintuitionistisch« (L. E. J. →Brouwer) zu begründen suchte, verfaßte grundlegende Lehrbücher und Abhandlungen zur Analysis, Mengenlehre, Funktionen- und Spieltheorie sowie zu divergenten Reihen. 1928-56 war B. Direktor des von ihm 1921 mitbegründeten Instituts Henri Poincaré für Wahrscheinlichkeitstheorie und theoretische Physik.

← Émile Borel

☐ 1897: Sekr. der Société Mathématique de France (ab 1905 Präs.). ☐ 1909-40: Prof. an der Sorbonne, Paris. ☐ 1914-18: Mitgl. des Forschungsbeirats des Kriegsministeriums. ☐ 1921: Mitgl. der Akademie der Wissenschaften; »Zeit und Raum. Von Euklid bis Einstein« (Schr., dt. 1931). ☐ 1924-36: Radikalsozialistisches Mitgl. der Abgeordnetenkammer. ☐ 1925: Marinemin. im Kabinet Painlevés. ☐ 1945: Auszeichnung als Kämpfer der Résistance.

Borg, Arne

schwed. Schwimmer
* 18.8.1901 Stockholm † 7.11.1987 ebd.

Borg war mit 32 Weltrekorden (1921-29) einer der berühmtesten Schwimmer seiner Zeit. Sein 1927 in Bologna aufgestellter Weltrekord über 1500 m Freistil (19:07,2 min.) hatte mehr als zehn Jahre Bestand. Mit seinem Zwillingsbruder Ake († 1973) wurde er 1924 Olympiadritter mit der 4x200-m-Freistil-Staffel. B., der sich durch Auslandsreisen dem Wehrdienst entzogen hatte, machte ab 1930 Werbung für Sportartikel und Bademoden.

← Arne Borg

Borg, Björn

schwed. Tennisspieler
* 6.6.1956 Södertälje

Borg, der u. a. fünfmal Wimbledon (1976-80) und sechsmal die French Open (1974-76, 1978-80) gewann, war einer der erfolgreichsten Tennisspieler. Von August 1977 bis Juli 1981 war er ohne Unterbrechung 48 Monate die Nr. 1 der Weltrangliste. Seine Spezialität war das abwartende Spiel von der Grundlinie, wobei er mit Vorhand und beidhändiger Rückhand gleichmäßig starke Topspin-Bälle schlug. B. war der erste »Superstar« und Großverdiener des Tennissports (Preisgelder insgesamt 3,6 Mio. US-$). 1984 trat B. vom Turniersport zurück und versuchte 1991 (allerdings vergeblich) ein Comeback.

← Björn Borg

Borgen, Johan

norw. Dramatiker, Erzähler und Literaturkritiker
* 28.4.1902 Kristiania (heute Oslo)
† 16.10.1979 Hvaler

Borgen gilt als der moderne Klassiker Norwegens. Zentrale Themen seines Gesamtwerks (Novellen, Hörspiele, Romane, Dramen) sind Persönlichkeits- und Identitätsprobleme. In seinem Hauptwerk, der 1957 vollendeten Romantrilogie »Lillelord«, beschreibt B. die rastlose Suche nach Selbstverwirklichung vor dem Hintergrund des Zusammenbruchs einer großbürgerlichen, erstarrten Gesellschaft.

☐ ab 1923: Mitarbeiter der Zeitung Dagbladet. ☐ 1934: »Alles in allem« (R.). ☐ 1937: »Kindergemüt« (Nov.n). ☐ 1940/41: Während dt. Besetzung Verfasser von Feuilletons; Flucht ins schwed. Exil. ☐ 1952: »Novellen um die Liebe«. ☐ 1954: »Nacht und Tag« (N.n). ☐ 1955-57: »Lillelord«-Trilogie: »Lillelord« (R., dt. 1980); »Die dunklen Quellen« (R., dt. 1980); »Wir haben ihn nun« (R., dt. 1981). ☐ 1959: »Ich« (R.). ☐ 1961: »Alles war anders geworden« (Nov.n, dt. 1970). ☐ 1964: »Der rote Nebel« (R.). ☐ 1965: »Neue Novellen«.

Borges, Jorge Luis

argentin. Schriftsteller
* 24.8.1899 Buenos Aires
† 14.6.1986 Genf (Schweiz)

Borges, hervorragender Stilist und Formkünstler, gehörte zu den einflußreichsten modernen Schriftstellern Lateinamerikas. Der mehrsprachige Autor, der aus einem geradezu enzyklopädischen Wissensfundus schöpfte, machte die Religionen, Philosophien, Mythologien und Literaturen der Welt von der Antike bis in die Neuzeit zu Ausgangspunkten seiner Essays und (phantastischen) Erzählungen. B. versuchte, die Rätselhaftigkeit der menschlichen Existenz zu entwirren. Sein Erzählwerk basiert auf der Erkenntnis, daß Traum und Phantasie wesentliche Bestandteile der Realität sind: Die Totalität des Seins ist nur mit Hilfe des Imaginären faßbar. Der Übersetzer englischer und französischer Literatur

Jorge Luis Borges: Der argentin. Schriftsteller 1943.

schrieb Gedichte und Essays u. a. über J. →Joyce und F. →Kafka und war Herausgeber mehrerer Anthologien phantastischer Literatur. Zusammen mit A. →Bioy Casares verfaßte er unter dem gemeinsamen Pseudonym H. Bustos Domecq Kriminalromane und Drehbücher.

□ 1914-21: Aufenthalt in der Schweiz und Spanien. □ 1922: Gründer der Zeitschriften Prisma und Proa. □ 1923: »Buenos Aires mit Inbrunst« (Ged.e, dt. 1982). □ 1925: »Das Eine und die Vielen« (Es.s, dt. 1966). □ 1935: »Der schwarze Spiegel« (Erz.n, dt. 1961). □ 1938: Durch Unfall teilweiser Verlust des Augenlichts; Assistent in einer städtischen Bibliothek. □ 1944: »Fiktionen« (Erz.n, dt. 1959-61). □ 1946: Wegen antiperonistischer Äußerungen Entlassung als Bibliothekar. □ 1950: Präs. des argentin. Schriftstellerverbandes. □ 1955: Nach Sturz von J. →Perón Direktor der Nationalbibliothek (bis 1973); fast völlige Erblindung. □ 1956: Prof. für engl. Literatur. □ 1957: »Einhorn, Sphinx und Salamander« (Es.s, dt. 1969). □ 1960: »Borges und ich« (Ged. und Prosa, dt. 1969). □ 1970: »David Brodies Bericht« (Erz.n, dt. 1972). □ 1975: »Das Sandbuch« (Erz.n, dt. 1977). □ 1980: Span. Cervantes-Preis. □ 1983: Aufnahme in die frz. Ehrenlegion. □ 1986: Zweite Ehe mit María Kodama.

▷ G. Haefs: Borges — Der mythische Bibliothekar, 1987.

Borgward, Carl Friedrich Wilhelm

dt. Autokonstrukteur
* 10.11.1890 Altona (heute zu Hamburg)
† 28.7.1963 Bremen

Borgward erfüllte in der Zeit des Wiederaufbaus nach 1945 mit dem spöttisch-liebevoll genannten »Leukoplastbomber« den Wunsch der Käufer nach einem billigen Kleinstwagen. Der »Lloyd 300« mit einer Höchstgeschwindigkeit von 75 km/h verbrauchte 5,5 l Benzin auf 100 km. Gegen die Konkurrenz finanzkräftiger Großunternehmen unterlag der auf technischen Fortschritt konzentrierte B. und mußte 1961 Konkurs anmelden. Zum Sammlerobjekt wurde die von B. konstruierte »Isabella Coupé«.

← Carl F. W. Borgward

□ 1928: Gründung der Borgward-Werke AG in Bremen. □ 1950: Produktion des »Lloyd 300« mit kunstlederüberzogener Holzkarosserie (ab 1952 mit 400 cm³); Entwicklung des Prototyps eines Leichtbau-Coupés mit Aluminium-Karosserie und Zweitaktmotor (250 cm³). □ 1961: Konkurs; teilweise Übernahme durch die Impulsora Mexicana Automotriz S. A., Mexico City.

Boris III.

König von Bulgarien
* 30.1.1894 Sofia † 28.8.1943 ebd.

Durch den Thronverzicht seines Vaters, Ferdinand I., am Ende des 1. Weltkriegs wurde Boris III. 1918 König von Bulgarien. Als konstitutioneller König hatte er zunächst nur wenig Einfluß, griff jedoch nach 1930 öfter in die Tagespolitik ein. 1934 unterstützte er einen Militärputsch unter D. Veltschew, übernahm 1935 selbst die Regierung und errichtete ein autoritäres Regime. 1941 schloß sich B. den Achsenmächten an, ohne sich jedoch am Krieg gegen die Sowjetunion zu beteiligen. Er starb im Herbst 1943 unter ungeklärten Umständen.

← Boris III.

▷ St. Groueff: Crown of thorns. King Boris III. of Bulgaria, 1987.

Borlaug, Norman Ernest

amer. Agrarwissenschaftler
* 25.3.1914 Cresco, Iowa

Borlaug machte sich um die Züchtung von hochertragreichen Weizen-, Mais- und Getreidesorten verdient, die als »Grüne Revolution« in die Geschichte der von Hungerkatastrophen bedrohten Entwicklungsländer eingegangen sind. Maßgeblich beteiligt an den von der FAO durchgeführten Kultivierungsversuchen der sog. Hochleistungssorten in den 60er Jahren in Pakistan und im Mittleren Osten, wurde B. 1970 mit dem Friedens-Nobelpreis für sein Bemühen um die Lösung der Welternährungsprobleme ausgezeichnet.

□ 1944-60: Mitarbeiter der Rockefeller Foundation in Mexiko. □ 1964-79: Leiter des Int. Mais- und Weizenveredelungszentrums ebd. □ 1970: Friedens-Nobelpreis. □ seit 1984: Prof. an der Texas A & M Univ.

Bormann, Martin

dt. Politiker
* 17.6.1900 Halberstadt
† 2.5.1945 Berlin (verschollen)

Als Chef der Parteikanzlei und Sekretär A. →Hitlers steuerte Bormann den gesamten Parteiapparat der NSDAP. Er kontrollierte die Personalpolitik, konnte aber keine zentral gelenkte Verwaltungsstruktur aufbauen. Sein enger persönlicher Kontakt zum »Führer« ermöglichte B. den Ausbau seiner Position als zweitmächtigster Mann im Dritten Reich.

NSDAP-Reichsleiter M. Bormann (l.) mit R. Heß, 1935.

□ 1922/23: Mitgl. eines Freikorps. □ 1924: Beteiligung an einem Fememord. □ 1927: Funktionär der NSDAP in Thür. □ 1928: Funktionär in der Reichsleitung der NSDAP. □ 1941: Leiter der Parteikanzlei (im Rang eines Reichsmin.). □ 1943: Sekr. des »Führers«. □ 1946: Vom Int. Militärtribunal in Nürnberg in Abwesenheit zum Tode verurteilt. □ 1973: Todeserklärung.

▷ J. v. Lang: Der Sekretär, 1977.

Born, Max

dt.-brit. Physiker
* 11.12.1882 Breslau (heute Wrocław, Polen)
† 5.1.1970 Göttingen

Born gehört mit seinen Arbeiten zur Relativitätstheorie (A. →Einstein), zum Kristallgitterbau und zur elektromagnetischen Wellentheorie des Lichts zu den bedeutendsten Lehrern der modernen theoretischen Physik. 1922-25 widmete er sich der mathematisch exakten Formulierung mikrophysikalischer Gesetzmäßigkeiten und der Theorie atomarer Prozesse, der sog. Quantenmechanik. Sie ermöglicht die widerspruchsfreie Beschreibung der Teilchen- und Welleneigenschaften mikrophysikalischer Teilchen und bietet die Erklärung für den Schalenaufbau der Elektronenhülle der Atome sowie ihrer chemischen Bindung und physikalischen Eigenschaft (N. → Bohr). Mit seinen Schülern W. →Heisenberg und P. → Jordan entwickelte B. die sog. Matrizenmechanik und gab 1926 eine statistische Interpretation der quantenmechanischen Wellenfunktionen. Demnach gibt die vom Elektron ausgehende Wellenbewegung die Wahrscheinlichkeit an, mit der das Elektron an bestimmten Punkten existent ist.
Für seine Grundlagenforschung zur modernen Quantentheorie und seine Theorie der Kristallgitter erhielt B. 1954 den Physik-Nobelpreis (mit W. →Bothe).

M. Born, 1954 mit dem Physik-Nobelpreis ausgezeichnet.

☐ 1920: »Die Relativitätstheorie Einsteins und ihre physikalischen Grundlagen«. ☐ 1921-33: Prof. an der Univ. Göttingen; Amtsenthebung und Emigration nach Cambridge, Großbritannien. ☐ 1930: »Elementare Quantenmechanik« (mit P. Jordan). ☐ 1936-53: Prof. an der Univ. Edinburgh. ☐ ab 1939: Brit. Staatsbürger. ☐ 1954: Physik-Nobelpreis. ☐ 1957: »Physik im Wandel meiner Zeit« (Schr.). ☐ 1965: »Von der Verantwortung des Naturwissenschaftlers« (Schr.). ☐ 1969: »Experiment und Theorie in der Physik« (Schr.).

▷ H. Vogel: Physik und Philosophie bei Max Born, 1968.

Nicolas Born →

Ernest Borneman →

Holger Börner →

Born, Nicolas

dt. Schriftsteller
* 31.12.1937 Duisburg † 7.12.1979 Dannenberg

Mit seinem im vom Bürgerkrieg erschütterten Libanon spielenden Roman »Die Fälschung« (1979, verfilmt 1980/81 von V. →Schlöndorff) überwand Born die Hemmung bundesdeutscher Gegenwartsautoren, sich mit Politik und dem internationalen Zeitgeschehen auseinanderzusetzen: Vor dem Hintergrund des sinnlosen Krieges erkennt die Hauptfigur, ein Reporter, auch die eigene Lebenswirklichkeit als Illusion. Ausgehend vom Realismus der sog. Kölner Schule um D. →Wellershoff, vermied B. auch in seiner Lyrik durch subjektive, aber distanzierte Darstellung ein Festschreiben der Wirklichkeit.

☐ 1960-65: Chemigraph in Essen. ☐ 1967: »Marktlage« (Ged.e). ☐ 1970: »Wo mir der Kopf steht« (Ged.e). ☐ 1975: Gastdozent für Gegenwartsliteratur an der Univ. Essen. ☐ 1976: »Die erdabgewandte Seite der Geschichte« (R.).

Borneman, Ernest

österr. Sexualforscher und Publizist
* 12.4.1915 Berlin

Borneman, der bedeutendste zeitgenössische Sexualforscher, leitete ab 1962 ein breit angelegtes Forschungsprojekt zur Kindersexualität. Die Ergebnisse seiner Untersuchung erschienen seit 1973 in mehreren Bänden unter dem gemeinsamen Titel »Studien zur Befreiung des Kindes«. 1975 erschien B.s Hauptwerk, »Das Patriarchat. Ursprung und Zukunft unseres Gesellschaftssystems«. In den 50er und 60er Jahren schrieb und produzierte B., der auch Romane und eine Jazz-Oper geschrieben hat, Hunderte von Funk- und Fernsehsendungen.

☐ 1933-36: Studium der Sozialanthropologie an der London School of Economics. ☐ 1936-39: Studium der Vorgeschichte und Archäologie an der Univ. of Edinburgh. ☐ 1937: »The face on the cutting room floor« (R.). ☐ 1940/41: Internierung als ziviler Kriegsgefangener in England und Kanada. ☐ 1941: »A love story« (R.). ☐ 1948: Dir. der Filmabteilung der UNESCO in Paris. ☐ 1950: »Tremolo« (Fernsehspiel, Rg. Y. →Brynner, CBS New York). ☐ 1954: UA der Jazz-Oper »Four o'clock in the morning blues« durch die BBC. ☐ 1954-59: Studium der Sexualwissenschaft bei Helena Wright in London. ☐ 1958: Organisator des Londoner Filmfestivals. ☐ 1960: UA des Schauspiels »The girl on the highway« in London. ☐ 1968: »Psychoanalytische Studien zur Sexualanthropologie« (Schr.); »Landschaft mit Figuren« (R., dt. 1971). ☐ 1971: »Sex im Volksmund« (Schr.). ☐ 1973: »Psychoanalyse des Geldes« (Schr.). ☐ 1974-84: Lehrtätigkeit an der Univ. Salzburg; seit 1977 Prof. ☐ 1981: »Lehrbuch der sexuellen Entwicklungspsychologie. Reifungsphase des Kindes« (Bd. 1).

Börner, Holger

dt. Politiker
* 7.2.1931 Kassel

Der hessische SPD-Politiker Börner, ursprünglich ein scharfer Gegner der grünen Bewegung, war der erste Ministerpräsident, der mit den Grünen koalierte: 1985-87 gehörte seinem Kabinett J. →Fischer als Umweltminister an. B., ein

Befürworter der Kernenergie, entließ F. nach einem Koalitionsstreit um die Betriebsgenehmigung der Plutoniumfabrik Hanau. Schon zu Beginn der 80er Jahre war B. in Bedrängnis geraten, als er den Ausbau des Frankfurter Flughafens gegen heftigen Widerstand in der Bevölkerung durchsetzte.

□ 1946: Nach Facharbeiterlehre politisches Engagement bei den Jungsozialisten (Juso). □ 1957-76: MdB. □ 1961-64: Bundesvors. der Jusos. □ 1967-72: Parlamentarischer Staatssekr. beim Bundesmin. für Verkehr. □ 1972-76: Bundesgeschäftsführer der SPD. □ 1976-87: Hess. Ministerpräsident. □ seit 1987: Vors. der Friedrich-Ebert-Stiftung.

Borotra, Jean

frz. Tennisspieler
* 13.8.1898 Arbonne, Pyrenäen

Borotra gehörte zu den legendären »vier Musketieren« (H. →Cochet, R. →Lacoste, J. → Brugnon), die 1927-32 den Daviscup für Frankreich gewannen. In Wimbledon absolvierte er 65 Einzel, 88 Doppel und 68 Mixed. Nach Beendigung seiner aktiven Laufbahn war er in der französischen Sportpolitik tätig.

□ 1924: Sieger in Wimbledon (erneut 1926). □ 1928: Australian Open. □ 1931: French Open. □ 1947: Letztes Daviscup-Spiel als 48jähriger.

Borowski, Tadeusz

poln. Schriftsteller
* 12.11.1922 Schitomir, Ukraine
† 3.7.1951 Warschau (Selbstmord)

← Tadeusz Borowski

Borowskis Leben und Werk standen im Schatten der nationalsozialistischen Schreckensherrschaft. B. schilderte konsequent realistisch die Grausamkeit des KZ nicht, wie andere Autoren, aus der Perspektive des Opfers, sondern, kompromißlos und anklagend, aus der des privilegierten Häftlings, der sein Überleben mit Wohlverhalten den Henkern gegenüber erkauft.

□ 1933: Repatriierung nach Polen. □ 1940: Polonistikstudium an der Warschauer Untergrunduniv. □ 1943-45: KZ-Häftling in Dachau und Auschwitz. □ 1948: »Die steinerne Welt« (Erz.n, dt. 1963); »Bei uns in Auschwitz« (Erz.n, dt. 1963, 1982). □ 1949/50: Korrespondent in Berlin/West; Redakteur des poln. Informationsbüros.

Borries, Bodo von

dt. Physiker
* 22.5.1905 Herford † 17.7.1956 Köln

Borries entwickelte 1930-38 mit E. →Ruska ein Elektronenmikroskop mit magnetischen Linsen, das 1938/39 von der Berliner Firma Siemens & Halske serienmäßig hergestellt wurde. Mit diesem Instrument, das Elektronen (nicht das Licht) zur Abbildung und magnetische oder elektrische Felder als Linsen nutzt, wurde das Auflösungsvermögen von Lichtmikroskopen weit übertroffen. B., ab 1953 Professor an der TH Aachen, veröffentlichte 1949 seine Schrift »Die Übermikroskopie« und gründete im gleichen Jahr die Deutsche Gesellschaft für Elektronenmikroskopie.

Dieter Borsche →

Borsche, Dieter Albert Eugen

dt. Schauspieler
* 25.10.1909 Hannover † 5.8.1982 Nürnberg

Borsche traf mit seiner Titelrolle als »Dr. Holl« (1951) den Geschmack des Nachkriegspublikums und wurde einer der beliebtesten Kinostars der 50er Jahre. Lange auf »edle« Charaktere festgelegt, stellte er in den zahlreichen Edgar-Wallace-Filmen der 60er Jahre auch zwielichtige Gestalten dar. Bühnenerfolge hatte B., der bereits vor dem Krieg ein bekannter Theaterschauspieler war, mit R. →Hochhuts »Der Stellvertreter« (1963) unter der Regie von E. →Piscator und Peter Shaffers »Equus« (1974).

□ 1935-44: Bühnenengagements in Weimar, Danzig und Breslau; kleinere Filmrollen. □ 1944/45: Kriegsgefangenschaft. □ 1947-49: Oberspielleiter des Kieler Schauspiels. □ ab 1949: zahlreiche Spielfilme, Bühnenstücke und Fernsehproduktionen.

Borsow, Valeri

sowjet. Leichtathlet
* 20.10.1949 Lwow

Borsow ist in der Geschichte der Olympischen Spiele bislang der einzige Europäer, der die 100 m und 200 m gewinnen konnte (1972). Der mit der Turn-Olympiasiegerin Ludmilla Turistschewa verheiratete B. galt als Sprinter ohne besondere Eigenschaften: Er war nur schnell.

□ 1969: Europameister über 100 m. □ 1971: Europameister 100 m und 200 m. □ 1972: Olympiasieger 100 m, 200 m und 4x100-m-Staffel. □ 1974: Europameister 100 m.

Bortoluzzi, Paolo

ital. Tänzer und Choreograph
* 17.5.1938 Genua

Bortoluzzi, dessen Choreographien eher konventionell sind, gehört aufgrund seiner präzisen Technik, in der sich kraftvolle Brillanz mit subtiler Eleganz paart, zu den großen Tänzerpersönlichkeiten der Gegenwart. Als erster Solotänzer des Balletts des 20. Jahrhunderts entfaltete er unter M. →Béjart eine beeindruckende schauspielerische und humoreske Begabung.

□ 1957: Debüt als Tänzer beim Nervi Festival. □ 1960-72: Mitgl. des Balletts des 20. Jahrhunderts; zahlreiche Gastauftritte, vor allem in Düsseldorf, New York und Mailand. □ 1968: Solist in »Bhakti« (Choreographie: M. Béjart). □ 1969: Choreographie von »La valse« in Düsseldorf. □ 1971: »Lieder eines fahrenden Gesellen«, Pas de deux mit R. →Nurejew in Wien (Choreographie: Béjart). □ 1984-91: Ballettdir. der Dt. Oper am Rhein Düsseldorf/Duisburg. □ 1987: Choreographie von »Hommage à Picasso« in Duisburg.

Carl Bosch →

Bosch, Carl

dt. Chemiker
* 27.8.1874 Köln † 26.4.1940 Heidelberg

Bosch, langjähriger Vorstandsvorsitzender der BASF, erweiterte 1908-13 die von F. →Haber entwickelte Ammoniaksynthese zu einem indu-

striellen Produktionsverfahren. Die Gewinnung synthetischen Ammoniaks, des Grundstoffs für Düngemittel, führte zu einer enormen Ertragssteigerung in der Landwirtschaft.
Die Haber-Bosch-Synthese beruht auf einem Hochdruck-Reaktionsverfahren, bei dem unter 200 Atmosphären und 500 °C durch Eisenkatalysation Wasser- und Stickstoff verbunden werden. B.s Hochdrucktechnik diente auch zur Herstellung synthetischen Treibstoffs durch Kohleverflüssigung sowie der Kautschuksynthese.

□ ab 1899: Chemiker in der Badischen Anilin- und Soda-Fabrik (BASF), Ludwigshafen. □ 1919: Teilnahme an den Versailler Friedensverhandlungen als Vorstandsvors. der BASF. □ 1931: Chemie-Nobelpreis (mit F. →Bergius). □ 1935-40: Vorsitzender des Aufsichts- und Verwaltungsrats der I. G. Farbenindustrie AG. □ 1937: Als Nachfolger M. →Plancks Präs. der Kaiser-Wilhelm-Gesellschaft.

▷ K. Holdermann: Im Banne der Chemie. Carl Bosch. Leben und Werk, 1953.

Bosch, Robert August

dt. Industrieller
* 23.9.1861 Albeck bei Ulm † 12.3.1942 Stuttgart

Robert Bosch, Produzent elektrischer Kfz-Ausrüstung.

Bosch gründete 1886 in Stuttgart eine »Werkstätte für Feinmechanik und Elektrotechnik«. Aus der 1916 in eine AG umgewandelten Firma ging 1937 die »Robert Bosch GmbH« hervor, derzeit der weltweit führende Produzent für Kfz-Elektrik. B. entwickelte ab 1887 Niederspannungs- und ab 1902 Hochspannungs-Magnetzünder für Verbrennungsmotoren. Seine Firma lieferte die erste einheitliche elektrische Kfz-Ausrüstung, bestehend aus Zündkerzen, Lichtmaschine, Anlasser, Scheinwerfer, Winker, Wischer usw.
Der »rote Bosch«, sozialpolitisch fortschrittlich, führte 1906 den Achtstundentag ein und verwandte sein Vermögen für der Wissenschaft und Öffentlichkeit dienende Stiftungen, u. a. finanzierte er das 1942 in Stuttgart eröffnete Robert-Bosch-Krankenhaus.

▷ Th. Heuss: Robert Bosch. Leben und Leistung, NA 1975; H. K. Herdt: Bosch. 1886-1986. Portrait eines Unternehmens, 1986.

Hans-Jürgen von Bose →

Bose, Hans-Jürgen von

dt. Komponist
* 21.12.1953 München

Bose ist Vertreter der um 1950 geborenen Komponistengeneration (W. → Rihm, M. →Trojahn), deren Musik mit dem Begriff »neue Einfachheit« charakterisiert wird. Dem internationalen Publikum wurde B. 1986 bekannt, als zu den Schwetzinger Festspielen seine erste große Oper, »Die Leiden des jungen Werther«, uraufgeführt wurde. Entscheidendes Merkmal seiner jüngsten Oper, »63: Dream Palace« (UA München 1990), ist eine im Zusammenspiel unterschiedlicher musikalischer Idiome (Jazz, Rock, Streicherklang) simulierte Improvisation.

□ 1972: Kompositionsstudium an der Musikhochschule Frankfurt/Main. □ 1973: Erstes Streichquartett. □ 1975: »Morphogenesis« für Orchester. □ 1981: »Nacht aus Blei« (Ballett). □ 1986: UA der Oper »Chimäre« in Aachen; Mitgl. der Berliner Akademie der Künste. □ 1987: »Fünf Gesänge nach Gedichten von →García Lorca«. □ 1990: Erfolg bei der Münchner Biennale (Festival für zeitgenössisches Musiktheater) mit »63: Dream Palace« (nach der Nov. von J. Purdy).

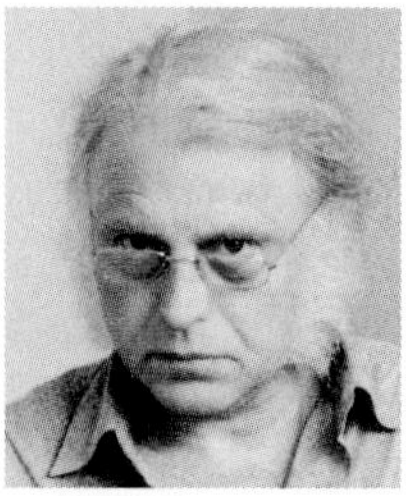

Horst Bosetzky →

Bosetzky, Horst Otto Oskar

(Pseud. »-ky«)
dt. Soziologe und Schriftsteller
* 1.2.1938 Berlin

Bekannt geworden ist Bosetzky als Autor von Kriminalromanen mit sozialkritischer und sozialpsychologischer Hintergründigkeit. Er publizierte sie jahrelang unerkannt unter dem Pseudonym »-ky«. Der Soziologe B. beschäftigte sich mit Problemen der Organisationsform und Herrschaftsausübung industrieller Großbetriebe. Die Doktrinen der Demokratie, die unserem Staat zugrunde liegen, haben sich, so B., kaum auf unsere bürokratische Organisation ausgewirkt. Eine Demokratisierung der Industrieverwaltung setze also eine »Aufweichung« der bürokratischen Strukturen voraus.

□ 1970: »Grundzüge einer Soziologie der Industrieverwaltung« (Schr.); Mitarbeit in der Kommission für Verwaltungsreform des Bremer Senats. □ 1971: Erster Roman unter dem Pseud. »-ky« (»Zu einem Mord gehören zwei«). □ 1973: Prof. an der von ihm mitbegründeten FH für Verwaltung und Rechtspflege, Berlin. □ 1979: »Kein Reihenhaus für Robin Hood« (R.). □ 1980: »Mensch und Organisation« (Schr.). □ 1990: »Nieswand kennt Tag und Stunde« (R.).

Bosl, Heinz

dt. Tänzer
* 21.11.1946 Baden-Baden † 12.6.1975 München

Bosl, der an der Ballettschule der Bayerischen Staatsoper studierte, war von 1962 bis zu seinem frühen Tod deren Mitglied. Ab 1965 trat B. als Solist vor allem in Heldenrollen des klassischen Tanzes auf und galt als einer der besten Tänzer der 70er Jahre. Als Partner von M. → Fonteyn, u. a. 1973 in Berlin und in den USA, wurde er international bekannt. Die nach ihm benannte Heinz-Bosl-Stiftung (gegr. 1978 in München) hat sich die Förderung des tänzerischen Nachwuchses zur Aufgabe gemacht.

□ 1966: Rollenkreation in H. Rosens »Symphonie fantastique« in München. □ 1968: Auftritt in J. →Crankos Choreographie »Begegnung in drei Farben«. □ 1969: Solist in »Casanova in London«, choreographiert von J. →Charrat. □ 1973: Erste Tournee als Partner von M. Fonteyn.

▷ M. Niehaus (Hg.): Heinz Bosl, 1975.

Bosl, Karl

dt. Historiker
* 11.11.1908 Cham, Oberpfalz

← Karl Bosl

In seiner umfangreichen Forschungsarbeit, niedergelegt in 35 Büchern, hat Bosl die europäische Verfassungs-, Wirtschafts- und Gesellschaftsgeschichte des Mittelalters dokumentiert. Als Herausgeber des »Handbuchs der Geschichte der böhmischen Länder« (4 Bde., 1967-74) und mit seiner »Geschichte Bayerns« (2 Bde., 1952-55) profilierte sich B. außerdem als Spezialist für süddeutsche Landesgeschichte.

□ 1950/51: »Geschichte des Mittelalters« (Schr.); »Die Reichsministerialität der Salier und Staufer« (Schr., 2 Bde.). □ 1953-60: Prof. an der Univ. Würzburg. □ 1960-77: Prof. an der Univ. München; Dir. des Inst. für Bayer. Geschichte. □ 1970: »Europa im Mittelalter« (Schr.). □ 1980: »Europa im Aufbruch. Herrschaft, Gesellschaft und Kultur vom 10. bis zum 14. Jh.« (Schr.).

Boss, Lewis

amer. Astronom
* 26.10.1846 Providence, Rhode Isl.
† 5.10.1912 Albany, N. Y.

Boss veröffentlichte 1910 den »Preliminary General Catalogue of 6188 Stars for the Epoch 1900« (PGC), den er aufgrund seiner Beobachtungen (ab 1895) von Albany und Argentinien aus über Positionen und Bewegungen der Sterne zusammengestellt hatte. Sein Sohn Benjamin, der den vorläufigen Sternenkatalog fortführte, gab 1937 den »General Catalogue of 33342 Stars for the Epoch 1950« (GC) heraus. Auf ihm beruhen moderne Untersuchungen über Bau und Dynamik unseres Sternensystems.

□ ab 1876: Dir. der Dudley-Sternwarte in Albany. □ 1882: Expedition nach Chile zur Beobachtung des Durchgangs der Venus vor der Sonne. □ 1908: Entdeckung des ersten Bewegungssternhaufens im Sternbild Stier; darauf aufbauend Entwicklung einer Methode zur näherungsweisen Berechnung ihrer Distanz (Sternstromparallaxe).

Boss, Medard

schweiz. Psychiater
* 4.10.1903 St. Gallen

Boss entwickelte eine sich von L. → Binswanger absetzende psychotherapeutische »Daseinsanalytik«, die zwar an der Philosophie M. →Heideggers orientiert, aber auch von Elementen indischer Philosophie beeinflußt ist. 1972 gründete B. das Daseinsanalytische Institut für Psychotherapie und Psychosomatik in Zürich.

□ 1928: Nach Lehranalyse bei S. →Freud Assistent von E. →Bleuler in der Heilanstalt Burghölzli, Zürich. □ 1938-47: Zusammenarbeit mit C. G. →Jung. □ 1940: »Körperliches Kranksein als Folge seelischer Gleichgewichtsstörungen« (Schr.). □ ab 1946: Kontakte mit M. Heidegger in Zollikon, der B.s Arbeiten am »Grundriß der Medizin« (2. Aufl. 1975) unterstützte. □ ab 1953: Prof. für Psychotherapie an der Univ. Zürich. □ 1956-58: Gastvorlesungen in Indien und Indonesien. □ 1957: »Psychoanalyse und Daseinsanalytik« (Schr.). □ 1982: »Von der Spannweite der Seele« (Schr.).

Bosse, Jürgen

dt. Regisseur
* 4.11.1939 Quakenbrück

Jürgen Bosse →

Bosses Engagement gilt den Autoren des 20. Jh.s und der kontinuierlichen Ensemblearbeit. Während seiner Mannheimer Zeit (1977-88) verzichtete er weitgehend auf Inszenierungen von Klassikern und Uraufführungen, um dem seiner Meinung nach schädlichen Medienrummel zu entgehen. B.s Regiearbeit ist ganz auf den Schauspieler ausgerichtet und zeugt von präziser handwerklicher Auseinandersetzung mit den Stücken. Eine seiner gelungensten Inszenierungen, »Der Bockerer«, hielt sich mehrere Jahre auf dem Mannheimer Spielplan.

□ 1974: Regiedebüt mit R. W. →Fassbinders »Katzelmacher« in Wuppertal. □ 1975-77: Regisseur am Mannheimer Nationaltheater. □ 1977-88: Schauspieldir. am Mannheimer Nationaltheater. □ 1979: Shakespeares »Richard III.«. □ 1981: B. →Brechts »Im Dickicht der Städte« am Wiener Burgtheater. □ 1984: Dt. EA von »Genius« (H. →Brenton). □ 1985: China-Tournee mit »Der Bockerer« (U. Becker/ P. Preses). □ 1987: »Ich bin nicht Rappaport« (H. Gardner). □ seit 1988: Leitung des Stuttgarter Staatsschauspiels. □ 1989: »Joel Brand« (H. →Kipphardt).

Bossi, Rolf

dt. Jurist
* 10.9.1923 Karlsruhe

Rolf Bossi →

Bossi, seit 1952 Strafverteidiger, avancierte in einer Reihe spektakulärer Prozesse zum umstrittenen »Staranwalt« der BRD (u. a. 1971 Verteidigung der Entführer von Th. →Albrecht). Überzeugt, daß die Straftat eines Menschen nur Symptom einer psychischen Fehlentwicklung seit seiner frühen Kindheit sei, führte B. Psychologie und Psychoanalyse in die deutschen Strafprozesse ein und erreichte aufgrund von Gutachten renommierter Sachverständiger vergleichsweise milde Strafen für abnorme oder schizophrene Gewaltverbrecher sowie ihre Einweisung in Heilanstalten. 1989 machte B. in dem Prozeß um das Gladbecker Geiseldrama den zuständigen Innenminister Nordrhein-Westfalens für die Eskalation der Gewalt verantwortlich.

▷ R. Bossi: Ich fordere Recht (Aut.), 1977.

Botero, Fernando

kolumbian. Maler und Bildhauer
* 19.4.1932 Medellin

Fernando Botero →

Botero entwickelte für seine naiv anmutenden, überzeichneten Gemälde einen sehr persönlichen Figurenstil. Motive der meisten Werke sind gedrungene, häufig in prächtige historisierende

Gewänder gekleidete, manchmal auch nackte Männer- und Frauenfiguren. Er paraphrasiert und persifliert in der Technik alter Meister und deutet in Einzel- und Gruppenporträts früherer Epochen die Eitelkeit und unfreiwillige Komik, die aus Repräsentations- und Geltungssucht entsteht, um. Seit 1976 überträgt B. seinen mythischen Hang zu Wesen mit üppigen Formen auch auf überdimensionierte Skulpturen.

☐ 1951: Erste Ausstellung in Bogotá. ☐ ab 1952: In Europa. ☐ bis 1960: Studium an der Akademie San Fernando, Madrid. ☐ 1960: Übersiedlung nach New York. ☐ 1973: Niederlassung in Paris. ☐ 1983: »Torso« (Skulptur, 3,31 m hoch). ☐ 1986/87: Ausstellungen in München, Bremen, Frankfurt/Main.

▷ P. Restany: Fernando Botero, 1984.

Botha, Pieter Willem

südafr. Politiker
* 12.1.1916 Paul-Roux-Distrikt, Oranjefreistaat

← Pieter Willem Botha

Botha distanzierte sich als südafrikanischer Staatspräsident (1984-89) von der Ideologie der Rassentrennung, unternahm jedoch nur zögerliche Schritte, die Praxis der Apartheid aufzuheben. Ein allgemeines und gleiches Wahlrecht für Schwarze lehnte er ab. Bereits als Ministerpräsident (ab 1978) erwirkte er aber, gegen Widerstand auch der eigenen Partei, den Abbau diskriminierender Bestimmungen am Arbeitsplatz, in öffentlichen Ämtern und Verkehrsmitteln. 1986 gab er den Bewohnern der sog. Homelands die südafrikanische Staatsbürgerschaft zurück und hob das Verbot gemischtrassiger Wohngebiete auf. Seine vorsichtige Reformpolitik führte zu schweren Stimmverlusten seiner Partei.

☐ 1948-84: Parlamentsabg. für die National Party. ☐ 1958-61: Stellv. Innenmin. unter H. F. →Verwoerd. ☐ 1961-66: Min. für Wohnungsbau, öffentliche Arbeiten und Mischlingsangelegenheiten. ☐ 1966-80: Verteidigungsmin.; Aufbau einer auslandsunabhängigen Rüstungsindustrie. ☐ 1978: Als Ministerpräsident Nachfolger J. B. →Vorsters. ☐ 1984-89: Nach Verfassungsreform Staatspräsident, durch F. W. de →Klerk abgelöst.

Botha, Roelof Frederik »Pik«

südafr. Politiker
* 27.4.1932 Rustenburg, Transvaal

Seit seiner Ernennung zum Außenminister bemühte sich Botha, die diplomatische Isolierung Südafrikas aufzubrechen. Sein erster Erfolg war das Abkommen mit den »Frontstaaten« Angola und Moçambique 1984. Mit der Unterzeichnung des Friedensvertrags mit Kuba und Angola zur Beendigung des Kriegs in Südwestafrika und zur Unabhängigkeit von Namibia konnte er sein Land 1988 ein beträchtliches Stück aus der seit den 60er Jahren andauernden Isolierung herausführen. B. unterstützt den politischen Reformkurs von Präsident F. W. de →Klerk.

☐ 1953-62: Im diplomatischen Dienst. ☐ 1963-68: Völkerrechtlicher Berater der Regierung. ☐ 1967-74: Mitgl. der südafr. Delegation bei der UNO. ☐ 1970-74, seit 1977: Abg. für die Nationale Partei. ☐ 1974-77: Botschafter in den USA. ☐ seit 1977: Außenmin.

Walter Bothe →

Bothe, Walter

dt. Physiker
* 8.1.1891 Oranienburg † 8.2.1957 Heidelberg

Bothes Untersuchungen der Gammastrahlung bei Kernreaktionen brachten die Erkenntnis, daß Atomkerne künstlich angeregt werden können. 1928/29 gelang B. und W. →Kolhörster der Nachweis, daß die kosmische Ultrastrahlung aus massiven Partikeln besteht. 1930 bestrahlte B. Beryllium mit Alphateilchen und stellte »seltsame« Strahlen fest, die zur Entdeckung der Neutronen führten (J. →Chadwick).

☐ 1930: »Künstliche Erregung von Kern-Gammastrahlen« (Schr. mit H. Becker). ☐ ab 1934: Dir. des Inst. für Physik am Kaiser-Wilhelm-Inst. (später MPI); Prof. an der Univ. Heidelberg. ☐ 1944: Konstruktion des ersten dt. Teilchenbeschleunigers. ☐ 1954: Physik-Nobelpreis (mit M. →Born).

Botta, Mario

schweiz. Architekt
* 1.4.1943 Mendrisio, Kt. Tessin

Mit seinen streng stereometrisch entwickelten Bauten ist Botta einer der wichtigsten Repräsentanten der sog. Tessiner Schule, die ihre Auffassung vom Rationalismus etwa →Le Corbusiers herleitet, jedoch landschaftliche und städtebauliche Gegebenheiten stärker berücksichtigt. B.s Einfamilienhäuser sind als kompakte Würfel, Kuben oder Zylinder gestaltet und besitzen durch Öffnungen gleichzeitig eine große Leichtigkeit. Dadurch werden Bau und umgebende Landschaft visuell verbunden (z. B. die Häuser in Cadenazzo und Riva San Vitale). Die Schule in Morbio Inferiore schiebt sich als einfacher, aber elegant wirkender Riegel in die Landschaft, die sie nicht nur durchschneidet, sondern deren Formationen sie konzeptionell einbezieht. Die Büro- und Verwaltungsbauten zeigen B.s große Sensibilität gegenüber vorgegebenen städtebaulichen Konzeptionen.

Botta vor der von ihm entworfenen Zentrale der Gotthard-Bank in Lugano, 1988.

☐ 1964-69: Architekturstudium an der Univ. Venedig. ☐ 1965: Praktikum bei Le Corbusier. ☐ seit 1965: Einfamilienhäuser u. a. in Masagno, Stabio, Cadenazzo, Riva San Vitale, Ligornetto. ☐ 1969: Zusammenarbeit mit L. →Kahn. ☐ 1972-77: Schule in Morbio Inferiore, Tessin. ☐ 1977-82: Verwaltungsgebäude der Schweizer Staatsbank in Fribourg. ☐ 1984: Bürohaus Ransila, Lugano. ☐ 1986: Banca del Gottardo, Lugano.

▷ E. Pizzi, Mario Botta, 1990.

Bottlinger, Kurt Felix

dt. Astronom
* 12.9.1888 Spandau † 19.2.1934 Berlin

Bottlinger, der Sternaufbau und interstellare Materie erforschte, berechnete 1932 das Kraftfeld des Milchstraßensystems und gab in einem nach ihm benannten Diagramm die Korrelation der Geschwindigkeitskomponenten der einzelnen Sterne an. Mit lichtelektrischen und fotografischen Messungen bestimmte B. Farben und Zustandsgrößen von Sternen.

☐ ab 1921: Observator (ab 1927 Prof.) an der Universitätssternwarte in Potsdam-Babelsberg. ☐ 1923: Klassifizierung des Sirius-Begleiters als »Weißer Zwerg« (1962 optisch gefunden). ☐ postum 1937: »Galaktischer Atlas« (fertiggestellt von I. Beck).

Boudjedra, Rachid

alger. Schriftsteller
* 5.9.1941 Aïn Beïda

In seinem literarischen Werk beschäftigt Boudjedra sich kritisch mit den überkommenen Traditionen der nachkolonialen algerischen Gesellschaft. Mit den Romanen »Die Verstoßung« (1969) und »Ideale Topographie für eine tatsächliche Aggression« (1975) profilierte er sich als führender Vertreter der neuen Schriftstellergeneration seines Landes. Um auch die einfachen Leute zu erreichen, schreibt B., der wie viele seiner Kollegen sein Schaffen in den Dienst der Nation gestellt hat, seit 1982 nur noch auf arabisch.

Boulanger, Lili Juliette

frz. Komponistin
* 21.8.1893 Paris
† 13.3.1918 Mézy, Dep. Seine-et-Oise

Für ihre Kantate »Faust et Hélène« erhielt Boulanger als erste Frau 1913 den Rom-Preis des Conservatoire Paris. Nachdem ihr Werk lange Zeit vergessen war, gilt sie heute als eine Symbolfigur weiblicher Kreativität auf dem Gebiet der Musik. In kurzer Schaffenszeit (und im beständigen Kampf gegen eine fortschreitende Krankheit) schrieb sie mit Psalmvertonungen, Liederzyklen und zwei sinfonischen Dichtungen Werke von intensiver Ausdruckskraft. Ihr Hauptwerk ist die Komposition »Pie Jesu« für Gesang, Streichquartett, Harfe und Orgel (1918).

☐ 1910/11: Frühe Kompositionen unter dem Einfluß von G. →Fauré und Cl. → Debussy. ☐ 1912: Studium am Conservatoire Paris; »L'Hymne au Soleil«. ☐ 1917: »Vieille prière bouddhique« (Vertonung eines alten buddhistischen Gebets).

Boulanger, Nadia Juliette

frz. Musikpädagogin, Komponistin und Dirigentin
* 16.9.1887 Paris † 22.10.1979 ebd.

Boulanger, Schülerin von G. →Fauré und ab 1950 Direktorin des Conservatoire Américain Fontainebleau, hatte mit ihren pädagogischen Tätigkeiten maßgeblichen Einfluß auf die junge amerikanische Komponistengeneration. Sie gilt in Amerika als die Begründerin der neoklassizistischen Bewegung (I. →Strawinsky) und prägte den antiromantischen, vitalen Stil der »American Music« (A. →Copland). Als Dirigentin erwarb B. Verdienste um das Werk Claudio Monteverdis (*1567, † 1643) und setzte sich für die Kompositionen ihrer frühverstorbenen Schwester L. J. → Boulanger ein.

← Nadia J. Boulanger

☐ 1909: Assistentin in der Kompositions-Klasse des Conservatoire Paris. ☐ 1920-39: Dozentin an der École Normale de Musique Paris. ☐ ab 1921: Dozentin am Conservatoire Américain von Fontainebleau. ☐ 1940-46: Lehrtätigkeit an verschiedenen Schulen in den USA (u. a. Juillard School New York).

Boulez, Pierre

frz. Komponist und Dirigent
* 26.3.1925 Montbrison, Dep. Loire

Boulez, in den 50er und 60er Jahren Wortführer der musikalischen Avantgarde, ist einer der bedeutenden Vertreter der Neuen Musik (»Pli selon pli — Portrait de Mallarmé« für Sopran und Orchester, 1957-62). Sein Werk, das an A. →Webern und O. →Messiaen anknüpft, repräsentiert den Entwicklungsgang der Musik nach 1945 mit der Hinwendung zum elektroakustischen Experiment. Als Dirigent renommierter Orchester und Spezial-Ensembles hat B. neue Hörgewohnheiten etabliert. Er verfaßte grundlegende Schriften zur modernen Musiktheorie und erwarb Verdienste als Konzertorganisator.

Pierre Boulez: Ein Repräsentant der sog. Neuen Musik.

☐ 1942: Kompositionsstudium bei O. Messiaen am Pariser Konservatorium. ☐ 1954: Gründung der Konzertreihe Domaine Musical. ☐ 1955-67: Dozent für musikalische Analyse bei den Darmstädter Ferienkursen für Neue Musik. ☐ 1963: Leiter der Pariser EA von A. →Bergs Oper »Wozzeck«. ☐ 1971-75: Chefdirigent des BBC Symphony Orchestra London. ☐ 1971-77: Als Nachfolger von L. →Bernstein Chef der

New Yorker Philharmoniker. □ 1976: Spektakuläre Aufführung von Wagners »Ring des Nibelungen« in Bayreuth (Rg. P. →Chéreau). □ seit 1976: Prof. am Collège de France. □ 1977: Leiter des musikalisch-akustischen Inst. IRCAM (»Inst. de Recherche et de Coordination Acoustique-Musique«) am Centre Pompidou Paris (L. →Berio). □ 1979: UA der (dreiaktigen) Gesamtfassung von A. Bergs Oper »Lulu« (F. →Cerha) in Paris. □ seit 1985: Ausgedehnte Tourneen mit dem Ensemble intercontemporain.

▷ P. Boulez: Musikdenken heute, 1968; P. Boulez: Werkstatt-Texte, 1972; Th. Hirsbrunner: Pierre Boulez und sein Werk, 1985.

Boumedienne, Houari

alger. Politiker
* 1925 Guelma, Dep. Bône † 27.12.1978 Algier

← Houari Boumedienne

Boumedienne war als »Schöpfer der algerischen Volksarmee«, die er seit 1955 von Marokko und Tunesien aus organisierte und politisch schulte, einer der »Helden« des algerischen Befreiungskampfes. Nach der Erringung der Unabhängigkeit unterstützte er zunächst A. →Ben Bella, den er allerdings 1965 durch einen Militärputsch stürzte. In den ersten Jahren seiner Regierung betrieb der radikale Sozialrevolutionär mit Sympathien für →Mao Zedong und F. →Castro eine forcierte, am osteuropäischen Sozialismus orientierte Industrialisierungspolitik. Später gelang es ihm, die Beziehungen zur ehemaligen Kolonialmacht Frankreich zu normalisieren.

□ 1960: Chef des Generalstabs der alger. Exilregierung. □ 1961-65: Verteidigungsmin. □ 1963-65: Stellv. Ministerpräsident. □ ab 1965: Vors. des Revolutionsrats (Staatsoberhaupt und Regierungschef). □ ab 1976: Staatspräsident.

Bourdieu, Pierre Felix

frz. Soziologe
* 1.8.1930 Denguin, Dep. Basses-Pyrénées

← Pierre Bourdieu

Bourdieu gehört zu den führenden Vertretern der »École française«, die sich durch radikalen Praxisbezug auszeichnet. Ihn interessiert vor allem der Zustand und das Funktionieren von Gesellschaften. So betrieb B. in dem um seine Unabhängigkeit kämpfenden Algerien ethnologische Studien, um Grundlagen und Ziele des Kampfes zu verstehen. In seinen theoretischen Schriften arbeitet er an einer »Wissenschaft der Praxis«. Der Gegensatz zwischen Subjektivismus (die praktische Erkenntnisweise des »Alltagsverstandes«) und Objektivismus (wissenschaftliche Erkenntnisweise) in der Sozialwissenschaft sei künstlich und im Extrem ein Gegensatz von Ideologie und Mechanik. Nach B. ist die Wissenschaft der Sozialwelt die wissenschaftliche Beschreibung der vorwissenschaftlichen Erfahrung. Mit J. C. Passeron untersuchte er in zahlreichen Aufsätzen auch das Phänomen des »kulturellen Privilegs«.

□ 1958-60: Lehrtätigkeit in Algier. □ 1966: »Die Illusion der Chancengleichheit« (Schr., mit J. C. Passeron, dt. 1971). □ 1975: Dir. der Zeitschrift Actes de la recherche en sciences sociales. □ 1979: »Die feinen Unterschiede« (Schr., dt. 1982). □ 1980: »Sozialer Sinn« (Schr., dt. 1987). □ seit 1981: Prof. für Soziologie am Collège de France, Paris. □ 1984: »Homo Academicus« (Schr., dt. 1988).

Bourguiba, Habib ben Ali

tunes. Politiker
* 3.8.1903 Monastir

Habib ben Ali Bourguiba →

Als erster Staatspräsident der ehemaligen französischen Kolonie war Bourguiba 1957-87 der unumschränkte Herrscher des nordafrikanischen Staates. Der Absolvent der Pariser Sorbonne eröffnete 1927 in Tunis eine Anwaltspraxis, schloß sich jedoch bald dem tunesischen Widerstand gegen die Franzosen an. Für seine Überzeugung verbrachte er insgesamt 15 Jahre in französischen Gefängnissen. B. gehörte zu den gemäßigten, gleichwohl autokratisch regierenden arabischen Führern. Am 7. 11. 1987 wurde er von Innenminister →Ben Ali wegen Amtsunfähigkeit abgesetzt.

□ 1924-27: Jurastudium und Promotion in Paris. □ 1927: Anwalt in Tunis. □ 1930-32: Mithg. der Zeitung Stimme Tunesiens. □ 1934: Gründer der »Neo-Destour«-Partei. □ bis 1936: Internierung. □ 1938-42: Inhaftierung in Lyon und Marseille wegen Hochverrats. □ 1943: Rückkehr nach Tunesien; nach Sieg der Alliierten in den Untergrund. □ 1952-54: Erneut in Haft. □ 1955: Freilassung; Ausschaltung radikaler Parteimitgl. □ 1957: Erster Staatspräsident Tunesiens. □ 1964: Wiederwahl (erneut 1969, 1974). □ 1967: Befürworter einer israel.-arab. Zusammenarbeit. □ ab 1972: Rückzug aus der Tagespolitik.

Boveri, Theodor

dt. Zoologe
* 12.10.1862 Bamberg † 15.10.1915 Würzburg

Theodor Boveri →

Boveri, Begründer der Chromosomentheorie der Vererbung, erforschte die Entwicklung der Ei- und Samenzellen sowie die Vorgänge bei Befruchtung und Vererbung. 1914 führte B. aufgrund seiner Untersuchung der Kern- und Zellspaltung das Entstehen bösartiger Tumore auf Störungen in den Chromosomenverhältnissen zurück und erkannte die für die Entwicklung der Mutationstheorie bedeutende Tatsache, daß sich der abnorme Chromatingehalt auf Tochterzellen fortpflanzt.

□ 1887-1907: »Zellen-Studien« (6 Bde.). □ ab 1893: Prof. an der Univ. Würzburg. □ 1902: »Das Problem der Befruchtung« (Schr.).

▷ F. Baltzer: Theodor Boveri. Leben und Werk eines großen Biologen 1862-1915, 1962.

Bovet, Daniel

ital. Pharmakologe schweiz. Herkunft
* 23.3.1907 Neuchâtel (Neuenburg)

Daniel Bovet →

Bovet, Mitentdecker des Wirkungsmechanismus der Sulfonamide für die Therapie von Infektionskrankheiten, erforschte seit 1937 die Allergien heilenden Antihistamine. In den 50er Jahren erregte B. mit seinen Studien über das Pfeilgift »Kurare« großes Aufsehen. Während einer Expedition nach Brasilen lebte B. längere Zeit unter Indianern und untersuchte die muskelerschlaffende Wirkung des von ihnen benutzten Giftes. Von B. und seiner Frau entwickelte Kurare-Abkömmlinge finden Anwendung bei der Behandlung des Wundstarrkrampfs und in der Anästhesie als lebenserhaltende Narkotika.

□ 1939-47: Dir. am Inst. Pasteur, Paris. □ 1947: Übersiedlung nach Rom; ital. Staatsbürger. □ 1957: Medizin-Nobelpreis. □ 1959: »Curare and Curare-like agents« (Schr. mit F. Bovet-Nitti). □ 1964-71: Prof. an der Univ. Sassari. □ 1971-82: Prof. an der Univ. Rom.

Bowen, Elizabeth Dorothea

ir. Schriftstellerin
* 7.6.1899 Dublin † 22.2.1973 Kent

Bowen ist eine bedeutende Repräsentantin der jüngeren englischen Literatur. Ihre bevorzugten Charaktere sind, wie in dem Roman »Der Tod des Herzens« (1938, dt. 1949), heranreifende Jugendliche und Frauen, die emotional ins Wanken geraten. Erstaunlich ist die psychologische Beobachtungsgabe der Schriftstellerin, die das spätere Scheitern ihrer Charaktere auf das soziale Umfeld in früher Kindheit zurückführte.

□ 1912: Nach dem Tod der Mutter Erziehung im Internat Downe House (England). □ 1923: Ehe mit Alan Charles Cameron; journalistische Vorlesungen an der Londoner Universität; »Begegnungen« (Nov.n). □ 1949: »Die Glut des Tages« (R.). □ 1964: »Die kleinen Mädchen« (R., dt. 1965).

▷ P. Craig: Elizabeth Bowen, engl. 1986.

Bowie, David

(eig. David Robert Jones)
engl. Rocksänger und Schauspieler
* 8.1.1947 London (?)

← David Bowie

Bowie war in den 70er Jahren mit stilistisch vielfältiger Musik, surrealistischem Make-up und bizarren Bühnenshows einer der exzentrischsten Vertreter der britischen Rockmusik. Thema des experimentierfreudigen Sängers mit dem androgynen Image ist die Flucht aus einer übertechnisierten Welt in die Magie interplanetarischer Weiten. Den größten Erfolg als Schauspieler hatte B. in N. → Oshimas Film »Merry Christmas, Mr. Lawrence« (1982), in dem er einen englischen Offizier in japanischer Kriegsgefangenschaft spielt.

□ 1969: »The man who sold the world«. 1972: »The rise and fall of Ziggy Stardust and the spiders from mars«. □ 1976: »Station to station«. □ 1977: »Heroes«. □ 1978: »Peter and the wolf«. □ 1986: »Absolute beginners — The original motion picture soundtrack«. □ 1989: »Tin Machine«.

Boyd Orr, John
Lord of Brechin Mearns (ab 1949)

schott. Ernährungsforscher
* 23.9.1880 Kilmaurs
† 25.6.1971 Newton bei Brechin

← John Boyd Orr

Boyd Orr, Friedens-Nobelpreisträger von 1949, arbeitete über Ernährungsfragen einer zunehmenden Weltbevölkerung. Er war der Überzeugung, der Frieden könne nur durch die Befreiung der Menschheit vom Hunger erhalten werden. Als langfristige Lösung des Armutsproblems, vor allem in Ländern der Dritten Welt, vertrat er folgende Entwicklungspolitik: Gewährung von Krediten, technische Unterstützung beim Aufbau einer modernen Landwirtschaft sowie Bereitstellung lagerfähiger Nahrungsmittel. Die Frage einer politischen Lösung — Verteilung des Landbesitzes — wurde von B. nicht gestellt.

□ 1942: Prof. für Physiologie an der Univ. Glasgow. □ 1945: Generaldir. des Welternährungsamtes (Food and Agriculture Organization, FAO) bei den UN. □ 1949: Friedens-Nobelpreis. □ 1953: »Werden nur die Reichen satt?« (Schr., dt. 1954).

Boysen, Rolf

dt. Schauspieler
* 31.3.1920 Flensburg

Rolf Boysen →

Boysen gehört seit den 50er Jahren zu den profiliertesten deutschen Theaterschauspielern. Der Schwerpunkt seiner Arbeit, die von F. →Kortner gefördert wurde, liegt in der Darstellung klassischer Rollen wie die des Alkibiades in Shakespeares »Timon von Athen« oder des Herzog Alba in Schillers »Don Carlos«. Einem größeren Publikum wurde B. 1978 mit der Titelrolle in der Fernseh-Inszenierung des »Wallenstein« bekannt. Seit 1987 ist er für sechs Monate im Jahr beim Wiener Burgtheater verpflichtet.

Bracher, Karl Dietrich

dt. Historiker und Politikwissenschaftler
* 13.3.1922 Stuttgart

Karl Dietrich Bracher →

Mit seinen Arbeiten über die Weimarer Republik sowie Aufstieg und Machtstruktur des Nationalsozialismus wurde Bracher über die Fachwelt hinaus bekannt. Seine Bücher »Die Auflösung der Weimarer Republik« (1955) und »Die deutsche Diktatur« (1969) gehören zu den Standardwerken auf diesem Gebiet. B. hat mit seinem nüchternen Demokratieverständnis, das technokratischer Autorität wie revolutionärer Utopie fernsteht, die Entwicklung der Politischen Wissenschaften in der BRD geprägt.

□ 1959-87: Prof. für Politische Wissenschaft und Zeitgeschichte an der Univ. Bonn; Gründer und Dir. des Seminars für Politische Wissenschaft ebd. □ 1964: »Hitler« (Biogr.). □ 1971: »Das deutsche Dilemma« (Es.). □ 1976: »Die Krise Europas 1917-1975« (Schr.). □ seit 1981: Mithg. der »Geschichte der Bundesrepublik Deutschland« (5 Bde.). □ 1982: »Zeit der Ideologien. Eine Geschichte politischen Denkens im 20. Jh.« (Schr.). □ 1980-88: Vors. des Wissenschaftlichen Beirats des Inst. für Zeitgeschichte in München. □ 1987: »Die totalitäre Erfahrung« (Es.s).

Bradbury, Ray

amer. Schriftsteller
* 22.8.1920 Waukegan, Ill.

Bradbury ist einer der Science-fiction-Autoren, die sich nicht bei der Beschreibung technischer Neuerungen aufhalten, sondern die gesellschaftlichen Auswirkungen der technischen Entwicklung für die Zukunft analysieren. Dem Fortschritt gegenüber höchst skeptisch, werden Grauen und Ängste für B. zu kulturkritischen

Darstellungsformen. Sein Meisterwerk »Fahrenheit 451« ist die beeindruckende Kritik an einer unüberschaubar und bedrohlich werdenden Kommunikationsgesellschaft. Die tele- und audiovisuelle Gesellschaft hat über die Buchkultur gesiegt und verbrennt die Schriften derjenigen, die gegen sie aufbegehren. 451 Grad Fahrenheit entsprechen 232 Grad Celcius, der Temperatur, bei der Papier in Flammen aufgeht. In der 1950 erschienenen Erzählung »Das Kinderzimmer« (dt. 1981) entwirft B. ein von tiefem Pessimismus erfülltes Bild der westlichen Gesellschaft und der destruktiven Folgen von Technik und Wissenschaft.

□ 1934: Umzug nach Los Angeles. □ 1947: »Düsterer Karneval« (Anth.). □ 1950: »Die Mars-Chroniken« (R., dt. 1972). □ 1951: »Fahrenheit 451« (R., dt. 1981).

▷ D. Mogan: Ray Bradbury, 1986.

← Ray Bradbury

Sir W. L. Bragg →

Bradley, Francis Herbert

engl. Philosoph
* 30.1.1846 Clapham, Surrey † 18.9.1924 Oxford

Bradley überwand mit seiner neuhegelianischen Metaphysik den englischen Utilitarismus und Pragmatismus. In seinem Essay »Erscheinung und Wirklichkeit« (1893, dt. 1928) ging B. von der Existenz eines dem Gefühl, aber nicht dem begrifflichen Denken faßbaren harmonischen Ganzen aus, das hinter der von der Reflexion vollzogenen Aufspaltung in Subjekt und Objekt bestehe. Mit seinen erkenntniskritischen Schriften hat B. die Idealismuskritik von B. →Russell und G. E. →Moore beeinflußt.

□ ab 1870: Mitgl. des Merton College der Univ. Oxford. □ 1874: »The presuppositions of critical history« (Schr.). □ 1876: »Ethical studies« (Schr.). □ 1883: »The principles of logic« (Schr.). □ 1914: Als erster engl. Philosoph mit dem Order of Merit geehrt; »Essays on truth and reality«.

Bragg, Sir (ab 1920) William Henry

brit. Physiker
* 2.7.1862 Wigton, Cumberland
† 12.3.1942 London

← Sir W. H. Bragg

Bragg erhielt 1915 mit seinem Sohn W. L. →Bragg den Physik-Nobelpreis für das von ihnen entwickelte Verfahren zur Bestimmung von Kristallstrukturen (Röntgenstrukturanalyse) und von Wellenlängen der Röntgenstrahlen. Mit ihren Methoden, die nachhaltig auf die theoretische Chemie wirkten, konnten beide Forscher u. a. die Regelmäßigkeit der Strukturen von Kochsalz und die Diamant-Strukturen erklären.
In der sog. Braggschen Gleichung werden Wellenlänge, Reflexion und Intensität von monochromatischen Röntgenstrahlen durch ihre Beugung an Kristallen definiert; die Braggsche Kurve beschreibt die Ionisierungsdichte geladener Alphateilchen in Abhängigkeit zum Abstand der Strahlenquelle. Im 1. Weltkrieg leitete B. die Entwicklung eines Unterwasser-Suchgerätes zur U-Boot-Abwehr.

□ 1886-1908: Prof. an der Univ. Adelaide, Australien. □ 1909-15: Prof. an der Univ. Leeds. □ ab 1915: Prof. an der Univ. London. □ 1925: »Was ist Materie?« (Schr., dt. 1931). □ 1933: »Die Welt des Lichts« (Schr., dt. 1935). □ 1935-40: Präs. der Royal Society.

Bragg, Sir (ab 1941) William Lawrence

brit. Physiker
* 31.3.1890 Adelaide, Australien
† 1.7.1971 Ipswich, Suffolk (London?)

Bragg bestätigte experimentell die von P. J. W. →Debye aufgestellte Theorie der Gitterschwingungen in bezug auf Wärmekapazität und reflektierter Strahlungsstärke. Aufgrund der 1912/13 mit seinem Vater W. H. →Bragg entwickelten Drehkristallmethode zur Bestimmung der Wellenlänge der an Kristallen gebeugten Röntgenstrahlen konnte B. aus den Beugungsmustern Rückschlüsse auf die Kristallstrukturen ziehen. Dieses Verfahren wendete B. zur weiteren Analyse des atomaren Aufbaus von Mineralien, Legierungen, anorganischen Verbindungen und besonders der Silikate an und perfektionierte die Röntgenspektroskopie und -strukturanalyse.

□ 1915: Jüngster Physik-Nobelpreisträger (mit seinem Vater); »Die Beugung von X-Strahlen durch Kristalle« (Schr., dt. 1923). □ 1919-37: Prof. an der Univ. Manchester. □ 1925: »The cristalline state« (Schr., mit W. H. Bragg). □ 1937/38: Dir. des Nat. Physical Laboratory. □ 1938-53: Als Nachfolger von E. →Rutherford Prof. an der Univ. Cambridge. □ 1943: »Geschichte der Röntgenspektralanalyse« (Schr., dt. 1947). □ 1954-61: Dir. des Royal Inst.

Brancusi, Constantin

rumän. Bildhauer
* 19.2.1876 Hobitza bei Pestisani Gori
† 16.3.1957 Paris (Frankreich)

Brancusi leistete mit seinen abstrahierten und abstrakten Werken einen der fundamentalsten Beiträge zur Skulptur der klassischen Moderne und war einer ihrer Wegbereiter. Angeregt wurde er u. a. von afrikanischer Kunst, vor allem aber von der griechischen Archaik und von fernöstlichem Gedankengut. Vom Vorbild des Werkes A. →Rodins wandelte er seine Arbeit 1907 zu hoher Formreduktion und -abstraktion (erste von insgesamt 14 Fassungen des Themas »Der Kuß«, Craiova, Muzeul de Arta). B. suchte bereits hier größtmögliche Einfachheit bei vollkommener Symmetrie und der Synthese geometrischer und biomorpher Formen. In den folgenden Skulpturen zum Thema »Die schlummernde Muse«, komprimierte Darstellungen eines auf der Seite liegenden Frauenkopfes, näherte er sich weitgehend der von ihm als elementar und ideal geschätzten Eiform an.
In der »Endlossäule« (1935-38) im Park von Tirgu Jiu in Rumänien kommt der Einfluß u. a. griechischer Karyatidenformen zum Ausdruck. Sie gehört zu einem plastischen Ensemble, in dem Elemente der rumänischen Volkskunst, antiker Triumphbogenformen und indischer Tempelsäulen verarbeitet wurden.

□ 1895-98: Schreinerlehre und Besuch der Kunstgewerbeschule in Craiova. □ 1898-1902: Kunststudium in Bukarest. □ 1902: Übersiedlung nach Paris. □ ab 1908: Ausstellun-

Constantin Brancusi: Der rumänische Bildhauer in seinem Atelier in Paris 1927.

gen in Paris und Bukarest. □ 1913: Beteiligung an der Armory Show (New York, Chicago, Boston). □ 1933: Entwurf des »Tempels der Meditation« für den Maharadscha von Indor (nicht ausgeführt). □ 1955: Retrospektive im Solomon R. Guggenheim Museum, New York. □ 1956: Erwerb der frz. Staatsbürgerschaft.

▷ C. Giedion-Welcker: Constantin Brancusi, 1958; F. T. Bach: C. Brancusi. Metamorphosen plastischer Form, 1987.

Brandauer, Klaus Maria

österr. Schauspieler
* 22.6.1944 Bad Aussee

Brandauer hatte 1981 mit der Darstellung des Hendrik Höfgen in I. →Szabós »Mephisto« internationalen Erfolg. Auch in »Oberst Redl« (1984) und »Hanussen« (1988), ebenfalls unter Szabó, spielte B., der seit 1972 Ensemblemitglied des Wiener Burgtheater ist, ehrgeizige Mitläufer totalitärer Regime, die sich schuldig machen und zuletzt Opfer der Politik werden.

□ 1962: Bühnendebüt am Landestheater Tübingen. □ 1963-72: Engagements in Salzburg, Düsseldorf, Wien und München. □ 1981: »Mephisto« (1982 Oscar für den besten ausländischen Film). □ 1983: James-Bond-Film »Sag niemals nie«. □ 1985: Rolle des »Jedermann« bei den Salzburger Festspielen. □ 1986: Baron Blixen in »Jenseits von Afrika«. □ 1990: »Das Rußlandhaus« (nach dem Roman von J. →Le Carré, mit S. →Connery).

← Klaus Maria Brandauer

▷ K. M. Brandauer: Brandauer. Das Schwerste ist am leichtesten (Aut.), 1991.

Brandes, Georg

(eig. Morris Cohen)
dän. Kritiker und Schriftsteller
* 4.2.1842 Kopenhagen † 19.2.1927 ebd.

Brandes wurde mit seinen Essays, Kritiken und der Vorlesung über die »Hauptströmungen der europäischen Literatur des 19. Jahrhunderts« (1871/72) zum Wegbereiter des Realismus in Skandinavien. Er beeinflußte Schriftsteller wie H. →Drachmann, H. →Ibsen und B. →Bjørnson und forderte generell ein größeres Problembewußtsein in der Literatur. Als einer der ersten propagierte er den deutschen Philosophen F. →Nietzsche in Nordeuropa. B. war in Dänemark und Norwegen Urheber der nach ihm »Brandesianismus« genannten antiklerikalen und kosmopolitischen Geistesströmung.

□ 1859-64: Studium der Rechte, Ästhetik und Philosophie. □ 1866/67: Parisaufenthalt. □ ab 1867: Briefwechsel mit H. →Ibsen. □ 1870: »Die französische Ästhetik in unserer Zeit« (Dissertation). □ 1877-82: Aufenthalt in Berlin. □ 1883: Rückkehr nach Kopenhagen. □ 1888: »Aristokratischer Radikalismus« (Es.s); »Der große Mensch als Quelle der Kultur« (Es.s). □ ab 1902: Prof. in Kopenhagen.

Brando, Marlon

amer. Schauspieler
* 3.4.1924 Omaha, Nebr.

Brando ist einer der vielseitigsten, aber auch einer der exzentrischsten Stars Hollywoods. 1947 wurde er als Kowalski in der Broadwayinszenierung von T. →Williams' »Endstation Sehnsucht« berühmt (1951 von E. →Kazan verfilmt). Als Bandenführer avancierte er 1953 in »Der Wilde« zum Idol einer rebellischen Jugend. 1954 erhielt er für seine Leistung in »Die Faust im Nacken« (Rg. E. Kazan) den Oscar. Während der 60er Jah-

M. Brando, 1954 und 1971 mit dem Oscar ausgezeichnet.

re spielte er in kommerziell wenig erfolgreichen Filmen. In der Rolle des Don Corleone feierte er 1971 in »Der Pate« jedoch ein triumphales Comeback. Den ihm dafür zugesprochenen Oscar nahm er unter Hinweis auf die Unterdrückung der Indianer nicht an. Später setzte er aufwendigen Kinoproduktionen wie »Superman« (1978) und »Apocalypse now« (1979) durch kurze, mit Millionengagen honorierte Gastrollen Glanzlichter auf.

□ 1943: Besuch des New Yorker Dramatic Workshop unter E. →Piscator. □ 1944: Erstes Broadway-Engagement. □ 1952: »Viva Zapata« (Rg. E. Kazan). □ 1953: »Julius Caesar« (Rg. J. L. Mankiewicz). □ 1954: »Desirée« (Rg. H. Koster). □ 1956: »Das kleine Teehaus« (Rg. D. Mann). 1958: »Die jungen Löwen« (Rg. E. →Dmytrik). □ 1962: »Meuterei auf der Bounty« (Rg. L. Milestone). □ 1965: »Morituri« (Rg. B. →Wicki). □ 1967: »Die Gräfin von Hongkong« (Rg. Ch. →Chaplin). □ 1970: »Queimada« (Rg. G. Pontecorvo). □ 1971: »Der Pate« (Rg. F. F. →Coppola). □ 1972: »Der letzte Tango in Paris« (Rg. B. →Bertolucci). □ 1976: »Duell am Missouri (Rg. A. Penn). □ 1989: »Weiße Zeit der Dürre« (Rg. E. Paley).

Brändström, Elsa

schwed. Philanthropin
* 26.3.1888 St. Petersburg (Leningrad)
† 4.3.1948 Cambridge, Mass.

Brändström war als Delegierte des schwedischen Roten Kreuzes 1914-20 Initiatorin der Kriegsgefangenenhilfe in Rußland. Ihre aufopfernde Hilfe in den Lagern der deutschen Soldaten brachten der Diplomatentochter den Beinamen »Engel von Sibirien« ein. Nach dem 1. Weltkrieg sammelte sie in den USA und Skandinavien Gelder zur Gründung von Fürsorgehäusern im besiegten Deutschland.

▷ E. Brändström: Unter Kriegsgefangenen in Rußland und Sibirien 1914-20, 1921.

← Elsa Brändström

Brandt 1970 am Ehrenmal für die jüd. Toten in Warschau.

Brandt, Willy

(eig. Herbert Ernst Karl Frahm)
dt. Politiker
* 18.12.1913 Lübeck

Brandt war der erste sozialdemokratische Bundeskanzler nach dem 2. Weltkrieg. Als Vorsitzender der SPD prägte der international hochgeachtete Staatsmann mehr als zwei Jahrzehnte lang die Politik seiner Partei. Die von ihm initiierte Ostpolitik trug entscheidend zur Überwindung der Konfrontation zwischen den militärischen Machtblöcken in Europa bei. 1971 erhielt er für diese »Politik der Versöhnung« den Friedens-Nobelpreis.
Bereits als Regierender Bürgermeister von Berlin hatte er mit E. →Bahr seine späteren Leitgedanken für eine neue Politik gegenüber den Ländern Osteuropas entwickelt, wobei er an einen »Wandel durch Annäherung« in kleinen Schritten dachte. Als Außenminister (1966-69) leitete er diese Entspannungspolitik ein, die er als Bundeskanzler (1969-74) gegen den Widerstand der Opposition (gescheiterter Mißtrauensantrag 1972) konsequent fortführte (Deutsch-Sowjetischer-, Deutsch-Polnischer Vertrag, Gipfeltreffen mit dem Regierungschef der DDR, W. →Stoph, 1970; Viermächteabkommen über Berlin/West 1971). Nachdem B. 1972 einen großen Wahlsieg erringen konnte (die SPD wurde erstmals stärkste Fraktion), scheiterte er letztendlich an einer wenig konsequenten Innenpolitik, in der er seine eigene Forderung — »mehr Demokratie wagen« — u. a. mit dem umstrittenen Radikalenerlaß unterlief. 1974 trat er wegen der Affäre um den Kanzleramtsspion G. →Guillaume zurück. B.s großes Ansehen im Ausland wurde 1976 durch seine Wahl zum Vorsitzenden der Sozialistischen Internationale sowie 1977 durch die zum Vorsitzenden der internationalen Nord-Süd-Kommission unterstrichen.

□ 1931: Mitgl. der Sozialistischen Arbeiterpartei (SAP). □ 1933: Emigration nach Norwegen (er nannte sich seitdem meist W. Brandt; formelle Namensänderung 1949). □ ab 1933: Studium der Geschichte in Oslo. □ 1936: Als »norweg.« Student »Gunnar Gaasland« in Berlin. □ 1937: Journalist in Spanien. □ 1940: Norweg. Staatsbürger; Flucht nach Schweden. □ 1947: Norweg. Presseattaché in Berlin. □ 1948: Wiedereinbürgerung; im SPD-Vorstand von Berlin. □ 1949-57, ab 1969: MdB. □ 1950-57: Mitgl. des Berliner Abgeordnetenhauses. □ 1957: »Ernst Reuter« (Schr.). □ 1957-66: Regierender Bürgermeister von Berlin. □ 1958-62: Vors. der Berliner SPD. □ 1960: »Mein Weg nach Berlin«

(Schr.). □ 1964-87: Vors. der SPD. □ 1966: »Draußen — Schriften während der Emigration«. □ 1966-69: Außenmin. □ 1969-74: Bundeskanzler. □ 1971: Friedens-Nobelpreis. □ 1976: »Begegnungen und Einsichten. Die Jahre 1960-73« (Schr.). □ ab 1976: Präs. der Sozialistischen Internationale. □ 1977-89: Präs. der Unabhängigen Kommission für Internationale Entwicklungsfragen (Nord-Süd-Kommission). □ 1979-83: Mitgl. des Europa-Parlaments. □ 1987: »Widerstand und Exil 1933-45« (Schr.). □ 1990: »›...was zusammengehört‹. Reden zu Deutschland«.

▷ T. Prittie: Willy Brandt, 1974; W. Brandt: Links und frei. Mein Weg 1930-1950, 1982; G. Hofmann: Willy Brandt. Porträt eines Aufklärers aus Deutschland, 1988; P. Koch: Willy Brandt. Eine politische Biographie, 1988; W. Brandt: Erinnerungen, 1989.

Brandys, Kazimierz

poln. Schriftsteller
* 27.10.1916 Łodz

Brandys schrieb als Kommunist wie später als Dissident gleichermaßen überzeugend: Mit »Die Bürger« (R., 1954) schuf er ein Musterbeispiel der geforderten engagiert-sozialistischen Literatur; Enttäuschung über die stalinistische Willkürherrschaft dokumentiert die Erzählung »Die Verteidigung des Granada« (1956, dt. 1966), die eine kurze Tauwetterperiode in Polen einleitete. Das »Warschauer Tagebuch« (1981/82, dt. 1984) ist ein literarisches Zeugnis der Oppositionsbewegung nach 1976.

□ 1934-38: Jurastudium. □ 1946-58: Zeitschriftenredakteur. □ 1950-57: Vorstandsmitgl. des poln. Schriftstellerverbandes. □ 1955: Poln. Staatspreis; Lösung vom Sozialistischen Realismus. □ 1958-62: »Briefe an Frau Z.« (Es.s, dt. 1966). □ 1966: Austritt aus der KP. □ 1974: »Der Einfall« (dt. 1990). □ 1981/82: Übersiedlung nach Paris.

Branner, Hans Christian

dän. Schriftsteller
* 23.6.1903 Ordrup † 24.4.1966 Kopenhagen

Branners psychologischer Roman »Der Reiter« (1949, dt. 1951) zählt zur klassischen dänischen Nachkriegsliteratur. Das Werk steht in der Tradition des Bewußtseinsinhalte vermittelnden sog. Inneren Monologs und beschreibt die existentielle Angst des modernen Menschen, die nur durch Übernahme persönlicher Schuld und Verantwortung überwunden werden kann.

□ 1923-31: Lagerverwalter in einem Verlag. □ ab 1932: Freier Schriftsteller. □ 1936: »Ein Dutzend Menschen« (R., dt. 1938). □ 1941: »Traum um eine Frau« (R., dt. 1948). □ 1942: »Die Geschichte von Børge« (R., dt. 1948). □ 1952: »Die Geschwister« (Dr., dt. 1952).

← Hans Christian Branner

Branson, Richard

brit. Unternehmer
* 18.7.1950 Surrey

Branson hat sich als ideenreicher Jungunternehmer und »Hippie-Kapitalist« einen Namen gemacht. 1969 begann B. mit einem Versandhandel für Schallplatten (»Virgin Records«). Seit den 80er Jahren führt er einen Konzern von mehr als 50 Firmen, zu dem auch eine Fluggesellschaft (»Virgin Atlantic Airways«) gehört. B., der einen unkonventionellen Lebensstil pflegt, plädiert als Unternehmer für hierarchiefreies Management und Gewinnbeteiligung der Mitarbeiter.

▷ M. Brown: Richard Branson, 1989.

Braque, Georges

frz. Maler und Grafiker
* 13.5.1882 Argenteuil-sur-Seine † 31.8.1963 Paris

Braque begründete mit P. →Picasso den Kubismus. Beide Künstler gelangten unabhängig voneinander zu den gleichen Ergebnissen: Aufsplitterung extrem vereinfachter Form in prismatische, geometrisch-stereometrische Felder, Aufgabe einer zentralen Perspektive, Mehransichtigkeit und simultane Darstellung des Gegenstands unter Verwendung hauptsächlich von Braun- und Grüntönen. Ein Beispiel dafür ist die abstrahierte figurale Komposition »Der Portugiese« von 1911 (Basel, Kunstmuseum). Daneben entstanden Landschaften nach denselben Prinzipien, ebenso Stilleben mit starkem Collage-Charakter, wobei die Überwindung der Zweidimensionalität der Bildfläche vorrangig war (z. B. »Komposition mit Kreuz-As«, 1913, Paris, Musée National d'Art Moderne, Centre Georges Pompidou). Die Form der Darstellung, nicht das Sujet oder Motiv (z. B. Trauben, Musikinstrumente, gemaserte Holzplatten) wurde zur eigentlichen künstlerischen Aufgabe.
Ebenfalls parallel mit Picasso vollzog B. die Verbindung von Bild und Collage (u. a. Zeitungsausschnitte) sowie den Schritt zum Materialbild (mit der Einbringung von Sägemehl, Holzkohle usw.). Wie die anderen Kubisten gelangte B. von der ersten Phase der Zerlegung des Gegenstands bald zu dessen Zusammenfügung aus geometrisch-tektonischen Elementen (z. B. »Stillleben auf einem Tisch«, 1919, Paris, Musée National d'Art Moderne, Centre Georges Pompi-

Georges Braque, Mitbegründer des Kubismus, 1956.

dou), ein Stil, den er im wesentlichen beibehielt. B. schuf auch Illustrationen, Keramiken, Glasarbeiten, Plastiken und Bühnenbilder.

□ 1902: Studium u. a. an der Académie Humbert in Paris. □ ab 1904: Fauvistische Phase. □ ab 1907: Bekanntschaft mit Picasso. □ 1908: Erste kubistische Ansichten und Landschaftsbilder; erste Einzelausstellung bei D. H. →Kahnweiler. □ 1912: Parallel zu Picasso Erfindung der Collagetechnik. □ 1914-17: Kriegsteilnahme. □ 1922: Eigener Saal in der Ausstellung Salon d'Automne in Paris. □ ab 1938: »Atelierbilder«. □ nach 1945: Neben den Bildern Gipsschnitte. □ 1948: Veröffentlichung der Tagebücher. □ 1953: Ausmalung der Decke des »Etruskersaals« im Louvre; erste Ausstellung eines lebenden Malers im Louvre.

▷ F. Ponge/P. Descargues/A. Malraux: Georges Braque, 1971.

Brasch, Thomas

dt. Schriftsteller
* 19.2.1945 Westow (Großbritannien)

Brasch, Sohn eines ehemals hohen SED-Funktionärs, mußte wegen seines Protestes gegen jegliche Art von staatlicher Unterdrückung zweimal ein Studium abbrechen und erhielt Publikationsverbot. 1968/69 war er wegen »staatsfeindlicher Hetze« inhaftiert. Weder Repräsentant des Staates noch Dissident, stellt der seit 1976 in der BRD lebende Autor B. das Individuum und seine existentiellen Erfahrungen in den Mittelpunkt seiner Arbeiten.

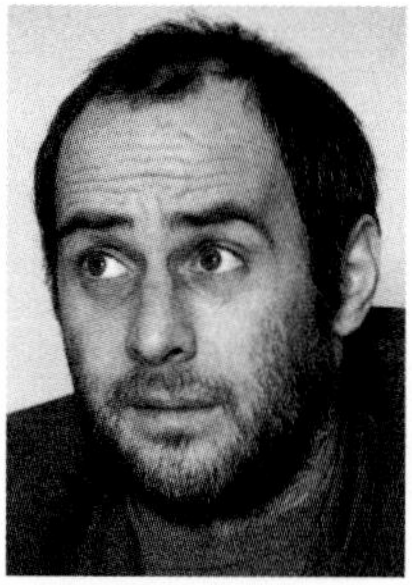

← Thomas Brasch

□ 1965: Erzwungener Abbruch des Journalismusstudiums wegen »existentialistischer Anschauungen« und »Verunglimpfung führender Persönlichkeiten«. □ 1968: Zwangsexmatrikulation der Filmhochschule Potsdam. □ 1977: »Vor den Vätern sterben die Söhne« (Erz.n); »Retter« (Dr.). □ 1978: »Lovely Rita« (Dr.). □ 1981: »Engel aus Eisen« (F.). □ 1988: »Der Passagier. Welcome to Germany« (F.).

Brassaï

(eig. Gyula Halász)
ung. Fotograf
* 9.9.1899 Brasso † 11.7.1984 Nizza (Frankreich)

Brassaï: Der ung. Fotograf bei einem Selbstporträt.

Das vielseitige Talent Brassaï fand sein hauptsächliches Betätigungsfeld nach Anregungen durch A. →Kertész in der Fotografie. Meisterhaft beherrschte er sie auch unter minimalen Lichtverhältnissen (Available-Light-Fotografie). Die Aufnahmen in seinem Band »Paris bei Nacht« (1933) gehören zu den bedeutenden Zeugnissen dieses Genres und machten ihn berühmt. Inspiriert von seinem Freund P. →Picasso nahm B. die Kritzeleien an Pariser Häuserwänden auf und skizzierte und fotografierte einen großen Teil von dessen plastischem Werk. B. arbeitete auch als Bühnenbildner und schuf erste Bühnenausstattungen mit Fotografien.

□ 1919-22: Studium der Malerei in Budapest und Berlin. □ 1924: Übersiedlung nach Paris. □ ab 1924: Tätigkeiten als Maler, Bildhauer und Journalist. □ ab 1926: Erste Fotografien. □ ab 1945: Bildjournalist u. a. für Harper's Bazaar; Entwürfe für Ballettausstattungen. □ 1948: »Les sculptures de Picasso« (Fotoband).

Brassens, Georges

frz. Chansonnier
* 22.10.1921 Sète † 30.10.1981 ebd.

Der Maurersohn Brassens gehörte zu den Größten des französischen Chansons. Als genauer Beobachter und wachsamer Gegner jeglicher Konvention besang er den »kleinen, anständigen Kerl«, der allein seinem Gewissen gehorcht und dadurch, dem braven Soldaten Schwejk gleich, Sand in das Getriebe der Gesellschaft streut. Zu seinen bekanntesten Chansons gehören »La mauvaise réputation« (1952) und »Le Gorille«, in dem er die Justiz verspottet. 1968 lehnte B. die Mitgliedschaft in der Académie française mit der Begründung ab, als Sterblicher wolle er nicht unsterblich sein.

□ 1940: Als Hilfsarbeiter bei Renault, Paris. □ 1942: »A la venvole« (Gd.e); Mitarbeiter des anarchistischen Blattes Le Libertaire. □ 1943/44: Arbeitszwangsverpflichtung nach Deutschland. □ 1952: Erfolgreiches Debüt als Chansonnier

G. Brassens: Der populäre französische Chansonnier.

im Trois Baudets in Paris. □ 1953-76: Alljährliche Auftritte im Pariser Bobino. □ 1967: Auszeichnung mit dem Prix de Poésie de l'Académie française.

▷ R. Stellberg: Die Chansons von Georges Brassens und ihr Publikum, 1979.

Brătianu, Ion I. C.

rumän. Politiker
* 20.8.1864 Florica † 26.11.1927 Bukarest

Brătianu, 1909-27 mehrfach Ministerpräsident Rumäniens, setzte 1914 gegen König →Carol I. zunächst die Neutralität seines Landes im 1. Weltkrieg durch. Nach den russischen Erfolgen 1916 vollzog er jedoch den Anschluß an die Tripelentente zwischen Rußland, Frankreich und Großbritannien. Dem Führer der Liberalen Partei (seit 1909) gelang 1923 die Verabschiedung einer Verfassung für Großrumänien, dem nach dem Friedensvertrag die Bukowina, die Dobrudscha, Siebenbürgen und das östliche Banat zugefallen waren.

Brattain, Walter Houser

amer. Physiker
* 10.2.1902 Amony (China) † 13.10.1987 Seattle

Walter Brattain mit seiner Frau und seinem Sohn, 1956.

Mit der Entdeckung des »Transistoreffekts« (Verstärkung elektrischer Signale) entwickelten Brattain, J. →Bardeen und W. →Shockley 1948/49 die ersten Transistoren, die nicht nur die Elektronenröhren in den Rundfunkgeräten verdrängten, sondern auch Funk, Telefon und Datenverarbeitung revolutionierten. B.s Erkenntnisse beruhen auf seiner Forschertätigkeit seit 1929 (in den Bell Telephone Laboratories in Murray Hill, N. J.) über die Elektronenemission und Absorption an Festkörperoberflächen und über die elektrische Leitfähigkeit von Halbleitern. Für die Entwicklung des Spitzen-Transistors erhielten B. und J. Bardeen 1956 den Physik-Nobelpreis zusammen mit W. Shockley, der den (sich als besser erweisenden) Flächen-Transistor konstruiert hatte.

Brauchitsch, Eberhard von

dt. Manager
* 28.11.1926 Berlin

Im Prozeß um die größte Parteispendenaffäre der Nachkriegszeit wurde Brauchitsch 1987 vom Vorwurf der Bestechung freigesprochen, jedoch zu zwei Jahren Gefängnis wegen Steuerhinterziehung verurteilt (gegen eine Geldbuße von

Manfred von Brauchitsch →

Walter von Brauchitsch →

← E. von Brauchitsch

550000 DM für drei Jahre zur Bewährung ausgesetzt). Der ehemalige Manager des Flick-Konzerns (1960-65 und 1973-82) war angeklagt, Politiker mit Parteispenden bestochen zu haben, um Steuervorteile für die Wiederanlage des Verkaufserlöses von Daimler-Benz-Aktien zu erhalten. Als Mitangeklagte wurden Bundeswirtschaftsminister O. Graf →Lambsdorff, der 1984 zurückgetreten war, und sein Amtsvorgänger H. F. → Friderichs zu Geldbußen verurteilt.

□ 1955: Vorstandsassistent bei der Dt. Lufthansa. □ 1957: Alleiniger Geschäftsführer der Dt. Flugdienst GmbH; Gründung der späteren Lufthansa-Tochter Condor-Flugdienst. □ 1965-71; ab 1973: Persönlich haftender geschäftsführender Gesellschafter der F. →Flick K.G. □ 1971/72: Generalbevollmächtigter von A. →Springer, Berlin. □ 1982: Entlassung; freier Unternehmensberater.

▷ J. Feierabend: Der Industrielle. Eberhard von Brauchitsch — eine Karriere in Deutschland, 1987.

Brauchitsch, Manfred von

dt. Automobilrennfahrer
* 15.8.1905 Hamburg

Von Brauchitsch war 1928-39 einer der bekanntesten Automobilrennfahrer hinter R. →Caracciola. Er siegte 1932 auf der Avus und gewann 1937 die Großen Preise von Monaco und Frankreich. 1953 ging er in die DDR, wo er 1961-89 Präsident der Gesellschaft zur Förderung des Olympischen Gedankens war.

□ 1947-50: Präs. des Automobilclubs von Deutschland (AvD). □ ab 1951: Mitwirkung im Vorbereitungskomitee für die Kommunistischen Weltjugendspiele. □ 1953: Übersiedlung in die DDR. □ 1988: Olympischer Orden des Internationalen Olympischen Komitees (IOC).

Brauchitsch, Walter von

dt. Generalfeldmarschall
* 4.10.1881 Berlin
† 18.10.1948 Hamburg (in brit. Haft)

1938 wurde von Brauchitsch als Nachfolger W. v. →Fritschs Oberbefehlshaber des Heeres. Seine anfängliche Skepsis gegenüber A. →Hitler schwand nach dessen militärischen Erfolgen im Westen. B. leitete die Operationen in Frankreich, Polen und auf dem Balkan. Als er im Dezember 1941 einen Rückzug der erschöpften Truppen von der Ostfront befürwortete, traten bestehende strategische Differenzen mit Hitler offen zutage. Der Generaloberst legte seinen Posten nieder, um einer Entlassung zuvorzukommen.

Braudel, Fernand

frz. Historiker
* 24.8.1902 Luméville-en-Ornois, Dep. Meuse
† 27.11.1985 Saint-Gervais, Dep. Haute-Savoie

Braudel war der bedeutendste Vertreter einer sich seit 1929 in Frankreich herausbildenden Geschichtsschreibung, der sog. Nouvelle Histoire, deren Zeitschrift »Annales« seither ein Forum für engagierte Sozialgeschichtsschreibung ist. Das Interesse dieser strukturgeschichtlich orientierten Historiker (H. →Febvre und M. →Bloch) gilt nicht mehr der politischen Ereignisgeschichte, sondern vor allem den ökonomischen und sozialen Lebensbedingungen. So sind »Handel«, »Alltag« und »Wirtschaft« die Hauptthemen und Titel von B.s weltweit beachteter, dreibändigen »Sozialgeschichte des 15.-18. Jahrhunderts« (1968-79, dt. 1985/86).

Fernand Braudel: Vertreter der »Nouvelle Histoire«.

☐ 1940: In dt. Kriegsgefangenschaft. ☐ 1949: »Das Mittelmeer und die Mittelmeerwelt im Zeitalter Philipps II.« (Schr.). ☐ 1949-72: Prof. am Collège de France. ☐ 1979: »Wirtschaft und Gesellschaft in Frankreich im Zeitalter der Industrialisierung 1789-1880 (3 Bde., dt. 2 Bde. 1986-88). ☐ 1985: »Die Dynamik des Kapitalismus« (Schr.); Aufnahme in die Académie française.

Brauer, Max

dt. Politiker
* 3.9.1887 Altona † 2.2.1973 Hamburg

Brauer, den H. →Schmidt eine »Leitfigur der Sozialdemokratie« nannte, zählt zu den bedeutenden Kommunalpolitikern der Nachkriegszeit. Er leitete energisch den Wiederaufbau des zerbombten Hamburgs ein und konnte 1949 über seine alten Beziehungen in den USA eine Wiederaufnahme des Schiffsbaus und des Überseehandels erreichen.

☐ 1916: Stadtverordneter in Altona. ☐ 1919-24: Zweiter Bürgermeister von Altona. ☐ 1924-33: Oberbürgermeister von Altona. ☐ 1933: Exil u. a. in China und den USA. ☐ 1946-53; 1957-60: Erster Bürgermeister von Hamburg. ☐ 1961-65: MdB.

Braun, Karl Ferdinand

dt. Physiker
* 6.6.1850 Fulda † 20.4.1918 New York

Braun entwickelte 1897 die Elektronenstrahlröhre, die zum wichtigsten Bauelement für Oszillographen, Radar und Fernsehgeräte wurde. 1898 gab der Erfinder der Braunschen Röhre der Funktechnik mit der Einführung des gekoppelten, aus zwei Schwingkreisen bestehenden Senders und des sog. Kristalldetektorempfängers den entscheidenden Anstoß zur weltweiten drahtlosen Telegraphie. Für seine Verdienste um den Funkverkehr erhielt B. 1909 den Physik-Nobelpreis (mit G. →Marconi).

Lily Amalie Braun →

← Max Brauer

← Karl Ferdinand Braun

☐ 1874: Entdeckung des Gleichrichtereffekts bei Sulfiden (der heute in allen Halbleiterbauelementen verwendet wird). ☐ 1885-95: Prof. an der Univ. Tübingen. ☐ ab 1895: Prof. an der Univ. Straßburg. ☐ 1901: »Drahtlose Telegraphie durch Wasser und Luft« (Schr.). ☐ 1913: Erprobung der von ihm erfundenen Rahmenantenne auf dem Eiffelturm (zur Ortung der Ausbreitungsrichtung elektromagnetischer Wellen). ☐ 1917/18: Reise in die USA als Zeuge in einem Patentprozeß; nach Kriegseintritt der USA Zivilinternierter in New York.

▷ F. Kurylo: Ferdinand Braun. Leben und Wirken des Erfinders der Braunschen Röhre, 1965.

Braun, Lily Amalie

dt. Politikerin und Schriftstellerin
* 2.7.1865 Halberstadt † 9.8.1916 Berlin

Braun war Mitarbeiterin bei verschiedenen sozialdemokratischen Zeitschriften. In der deutschen Frauenbewegung war sie bereits vor der Jahrhundertwende aktiv (»Die Frauenfrage«, Schr., 1901). Außer zeitgebundenen Romanen und Dramen schrieb sie Memoiren, die noch heute als wichtiges Dokument der Geschichte der Frauenbewegung gelten.

▷ L. A. Braun: Memoiren einer Sozialistin, 2 Bde., 1909-11.

Braun, Otto

dt. Politiker
* 28.1.1872 Königsberg, Ostpreußen
† 15.12.1955 Ascona (Schweiz)

Braun war einer der erfolgreichsten Politiker der SPD während der Weimarer Republik. Nach dem →Kapp-Putsch wurde er an der Spitze wechselnder Koalitionen (meist mit DDP und Zentrum) für zwölf Jahre preußischer Ministerpräsident. In dieser Zeit war Preußen mit seiner stabilen Mehrheit die zuverlässigste Stütze der Demokratie. Dabei gelang es ihm, eine republiktreue Staatsverwaltung aufzubauen und das Schulwesen zu reformieren. Seine Absetzung durch den Reichskanzler von →Papen 1932 bedeutete eine entscheidende Schwächung der ersten deutschen Republik.

☐ 1893: Hg. der Königsberger Volkszeitung. ☐ 1911-21: Vorstandsmitgl. der SPD. ☐ 1913-18: Mitgl. des preuß. Abge-

Ministerpräsident Braun beim Eintrag ins Eiserne Buch.

ordnetenhauses. □ 1918-21: Preuß. Landwirtschaftsmin. □ 1920: MdR. □ 1920-32: Preuß. Ministerpräsident (mit kurzen Unterbrechungen 1921 und 1925). □ 1933: Emigration in die Schweiz. □ 1940: »Von Weimar zu Hitler« (Schr.).

▷ H. Schulze: Otto Braun oder Preußens demokratische Sendung, 1977.

Braun, Volker

dt. Schriftsteller
* 7.5.1939 Dresden

Trotz seiner Kritik an Mißständen des »real existierenden« Sozialismus erhielt Braun 1988 den Nationalpreis der DDR, weil er sich von der sozialistischen Ideologie nie distanzierte; er forderte jedoch ihre vollkommenere Umsetzung. 1976 verurteilte er die Ausbürgerung W. → Biermanns als Fehler. B.s unbequem-kritische Haltung ließ die Reaktion der damaligen DDR-Behörden zwischen Anerkennung und Aufführungs- bzw. Publikationsverbot schwanken.

□ 1960-64: Nach Eintritt in die SED Philosophiestudium. □ 1972: »Die Kipper« (Dr.). □ 1973: »Hinz und Kunz« (Dr.). □ 1980: »Großer Frieden« (Dr.). □ 1985: »Hinze-und-Kunze-Roman« (R.). □ 1988: »Transit Europa« (Dr.).

← Volker Braun

Braun, Wernher Freiherr von

amer. Rakateningenieur dt. Herkunft
* 23.3.1912 Wirsitz (heute Wyrzysk, Polen)
† 16.6.1977 Alexandria, Virg.

Braun war an der Entwicklung und Erprobung der dreistufigen Rakete »Saturn V« beteiligt, die das 41 Tonnen schwere Raumschiff »Apollo 11« 1969 zum Mond brachte (N. A. →Armstrong). B., der im 2. Weltkrieg die Entwicklung der deutschen V-2-Rakete leitete, konstruierte auch die Jupiter-C-Rakete, die 1958 den ersten amerikanischen Erdsatelliten »Explorer I« in seine Umlaufbahn trug. B. erarbeitete Pläne für Weltraumstationen, Raumtransporter und die Erforschung des Planeten Mars. Anfang der 70er Jahre übernahm B. die Leitung eines Satellitenprojekts zur Fernsehübertragung von Bildungsprogrammen in die Entwicklungsländer.

W. v. Braun mit dem Modell einer vierstufigen Rakete.

□ 1930-45: Mitarbeiter des Heereswaffenamtes; Dir. des Raketenwaffenamtes in Peenemünde. □ ab 1937: Entwicklung der ersten automatisch gesteuerten Flüssigkeitsrakete A 4 (V 2). □ 1944: Abschuß der ersten ballistischen Fernrakete der Kriegsgeschichte gegen Kriegsziele in Großbritannien. □ 1945: Übersiedlung in die USA. □ 1952: »Das Marsprojekt« (Schr.). □ ab 1955: Amer. Staatsbürger. □ 1959-72: Entwicklung der Saturn-Raketen. □ 1967: »History of rocketry and space travel« (Illustrierte Raumfahrtgeschichte). □ ab 1969: Hg. von »Das Wissen der Gegenwart« (20 Bde.). □ ab 1970: Stellv. Dir. der NASA. □ ab 1972: Vizepräs. des Luft- und Raumfahrtkonzerns Fairchild.

▷ E. Bergaust: Wernher von Braun (Biogr.), 1976.

Atze Brauner →

Brauner, Arthur »Atze«

dt. Filmproduzent
* 1.8.1918 Lodz (heute Polen)

Seit 1946 produzierte Brauners Filmgesellschaft »Central Cinema Company« (CCC) über 220 Filme, von denen die typischen Unterhaltungsfilme der Nachkriegszeit den Hauptanteil bilden. Neben zahlreichen Edgar-Wallace- und Karl-May-Adaptionen war B. aber auch Produzent einiger ambitionierter Werke, die sich mit der NS-Vergangenheit auseinandersetzen (u. a. »Die weiße Rose«, 1982).

▷ A. Brauner: Mich gibt's nur einmal. Rückblende eines Lebens, 1976.

Brecht, Bertolt

(eig. Eugen Berthold Friedrich B.)
dt. Schriftsteller
* 10.2.1898 Augsburg † 14.8.1956 Ost-Berlin

Brecht hat als Lyriker und Autor didaktischer Prosa, vor allem jedoch als einer der wichtigsten Dramatiker des 20. Jh.s die Entwicklung von Literatur und Theater weltweit geprägt: Der bedeutende Vertreter des epischen Theaters wurde zum Klassiker. Form und Inhalt seiner Werke sind durch die Erfahrung von Nationalsozialismus und Krieg geprägt sowie vom Wissen um die Spannung zwischen individuellem Glücksanspruch und sozialer Gerechtigkeit; das chinesische Theater, Shakespeare und die Antike beeinflußten B.s literarische Entwicklung.
Aufgewachsen in bürgerlichen Verhältnissen, rebellierte B. gegen die bourgeoise Lebensform; die »Dreigroschenoper« (UA 1928; F. 1931; R. 1934) wurde trotz des Angriffs auf die bürgerliche Scheinmoral zum spektakulärsten Theatererfolg der Weimarer Republik.
Die Lyrik, von Heinrich Heine (* 1797, † 1856) und François Villon (* 1431, † nach 1463) beeinflußt, ist zum großen Teil Gebrauchslyrik; über den aktuellen Erfolg hinaus wirkt sie u. a. bei W. →Biermann weiter.
B.s episches Theater, das nicht nur H. →Müller beeinflußte, transportierte marxistisch inspi-

rierte, auf Veränderung zielende Gesellschaftskritik. In den Meisterdramen wie »Der gute Mensch von Sezuan« (UA 1943), konsequenter noch in den Lehrstücken mit erkennbar didaktischer Intention — z. B. »Die Maßnahme« (UA 1930) — setzt B. verfremdende Effekte ein (kommentierender Erzähler, Songs, andere Medien), um eine kritiklose Identifikation des Zuschauers mit den Bühnenfiguren zu erschweren und so Kritik und Bewußtseinsänderung zu aktivieren. Im Exil schrieb B., der früh die nationalsozialistische Gefahr erkannt hatte, engagiert gegen den Faschismus an: Das Drama »Mutter Courage und ihre Kinder« (UA 1941) begründete endgültig seinen Weltruhm.
B.s Offenheit für Veränderungen bestimmte auch seine Arbeitsweise, die in der modernen Massengesellschaft nur ein gemeinschaftlicher Prozeß sein konnte. B., der sich 1948 für den sozialistischen Teil Deutschlands entschieden hatte und 1949 das Berliner Ensemble gründete, arbeitete u. a. mit E. →Piscator und K. →Weill zusammen.

Bertolt Brecht: Porträt des Schriftstellers, 1950.

□ 1917: In München Studium der Literatur und Philosophie, später Medizin; ab 1920 Theaterarbeit. □ 1922: »Baal« (Dr.); Heirat mit der Sängerin Marianne Zoff. □ 1923: »Im Dickicht der Städte« (Dr.). □ 1924: In Berlin Dramaturg bei M. →Reinhardt am Dt. Theater; Bekanntschaft mit Elisabeth Hauptmann. □ 1927: »Hauspostille« (Ged.e). □ 1929: Heirat mit H. →Weigel. □ 1930: UA der Oper »Aufstieg und Fall der Stadt Mahagonny« provoziert einen Theaterskandal; »Der Jasager und der Neinsager« (Dr.); »Geschichten vom Herrn Keuner«. □ 1932: »Die Mutter« (Dr. nach M. →Gorki); Verbindung mit Margarete Steffin. □ 1933: Verbindung mit Ruth Berlau; Emigration; Stationen des Exils (bis 1948) sind Dänemark, Schweden, Finnland, die UdSSR, ab 1941 die USA. □ 1935: Ausbürgerung durch die Nationalsozialisten. □ 1943: »Das Leben des Galilei« (Dr.). □ 1948: »Herr Puntila und sein Knecht Matti« (Dr.); »Der kaukasische Kreidekreis« (Dr.); »Kalendergeschichten«. □ 1950: Österr. Staatsbürger. □ postum 1958: »Der aufhaltsame Aufstieg des Arturo Ui« (Dr.). □ 1963: »Der Messingkauf« (Schr.).

▷ K. Völker: Bertolt Brecht, 1976; J. Knopf: Brecht Handbuch, 2 Bde., 1980-84; K.-D. Müller (Hg.): Bertolt Brecht, 1985.

Bredow, Hans

dt. Rundfunkingenieur
* 26.11.1879 Schlawe, Pommern
† 9.1.1959 Wiesbaden

Als Staatssekretär im Reichspostministerium (ab 1921) erteilte Bredow die Konzession für den ersten öffentlichen Rundfunksender, die Berliner Rundfunkgesellschaft Radiostunde AG. 1926 wurde B. Reichsrundfunkkommissar und war für die Einrichtung des deutschen Rundfunknetzes und dessen Eingliederung in das Weltfunknetz verantwortlich. Aus Protest gegen die Entlassung liberaler Rundfunkmitglieder trat er 1933 von seinem Amt zurück und erhielt Berufsverbot. Nach dem 2. Weltkrieg trug er, u. a. als Verwaltungsratsvorsitzender des Hessischen Rundfunks (1949-51), zum Wiederaufbau des deutschen Rundfunks bei.

□ 1908: Technischer Dir. bei der Telefunken GmbH; Errichtung des Schiffs- und Übersehfunkdienstes. □ 1917: Erstmalige Übertragung von Sendungen mit Hilfe von Röhrensendern und Rückkopplungsempfängern. □ 1919: Ministerialdir. im Reichspostministerium. □ 1945: Kurzzeitig Regierungspräs. in Wiesbaden. □ 1949-51: Verwaltungsratsvors. des Hess. Rundfunks.

Ernst Breit →

Breit, Ernst

dt. Gewerkschaftsfunktionär
* 20.8.1924 Rickelshof, Dithmarschen

Breit war 1982-90 Vorsitzender des Deutschen Gewerkschaftsbunds, des größten Gewerkschafts-Dachverbandes der Welt. B., der sein Amt von H.-O. →Vetter übernahm, engagierte sich für die Durchsetzung der 35-Stunden-Woche. Der Skandal um den gewerkschaftseigenen Wohnungsbaukonzern Neue Heimat sowie stagnierende Mitgliederzahlen erschwerten seine Amtsführung. 1985 wurde er zum Präsidenten des Europäischen Gewerkschaftsbundes gewählt.

Paul Breitner →

Breitner, Paul Georg

dt. Fußballspieler
* 5.9.1951 Freilassing

Breitner gehörte zur deutschen Nationalmannschaft, die 1972 Europameister und 1974 Weltmeister wurde. Mit Bayern München errang er zahlreiche Titel (u. a. 1974 Europapokal der Landesmeister). B., der zu Beginn seiner Karriere durch linke Thesen und Lektüre der »Peking-Rundschau« für Aufsehen sorgte, ist heute Kolumnist bei der Bild-Zeitung.

□ 1961-70: ESV Freilassing. □ 1971: Pokalsieger mit Bayern München (erneut 1982). □ 1971-82: 48 Länderspiele. □ 1972: Meister mit Bayern München (erneut 1973, 1974, 1980 und 1981). □ 1975: Meister mit Real Madrid (erneut 1976). □ 1977/78: Spieler bei Eintracht Braunschweig. □ 1981: Dt. Fußballer des Jahres. □ 1982: WM-Zweiter mit der Nationalmannschaft.

Breitscheid, Rudolf

dt. Politiker
* 2.11.1874 Köln
† 24.8.1944 KZ Buchenwald (Luftangriff)

In der Zeit der Weimarer Republik war Breitscheid außenpolitischer Sprecher der SPD-Reichstagsfraktion. Als Befürworter einer deutsch-französischen Verständigung unterstützte er im Parlament die Politik des liberalen Außenministers G. →Stresemann. Während des Exils in Paris gehörte er bis zu seiner Auslieferung der deutschen Volksfront an.

□ 1903: Mitgl. der (liberalen) Freisinnigen Vereinigung. □ 1912: Mitgl. der SPD. □ 1915-23: Hg. der Zeitschrift Der Sozialist. □ 1917-22: Mitgl. der USPD. □ 1918/19: Preuß. Innenmin. □ 1920-33: MdR. □ 1926-30: Mitgl. der dt. Kommission beim Völkerbund. □ 1928-33: Einer der Vors. der SPD-Fraktion. □ ab 1933: Im Exil in Frankreich. □ 1941: Von frz. Behörden ausgeliefert. □ 1941-44: Inhaftiert; ab 1943 im KZ Buchenwald.

Breker, Arno

dt. Bildhauer
* 19.7.1900 Elberfeld (Wuppertal)
† 13.2.1991 Düsseldorf

Breker gehörte nach 1936 (Wettbewerb zur Ausgestaltung des Berliner Olympiastadions) zu den meistbeschäftigten Bildhauern der nationalsozialistischen Machthaber. Seine monumentalen Skulpturen für Repräsentationsbauten, während des Krieges großenteils zerstört, verherrlichten den Typus des »Herrenmenschen«. B., der seine Arbeit stets als unpolitisch verstand, wandte sich nach 1945 realistischen Bronzebüsten und Aktstudien zu, die — obschon häufig von konventioneller Gefälligkeit — sein bildhauerisches Talent erkennen lassen. 1984 entstand seine Bronzestatue der zweifachen Hochsprung-Olympiasiegerin U. →Meyfarth.

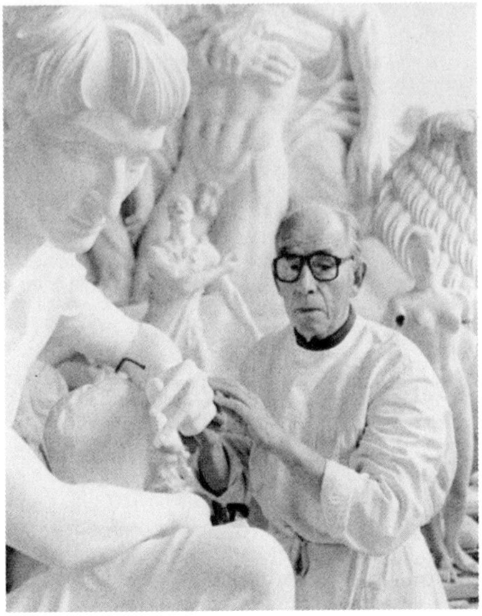
Arno Breker 1981 in seinem Düsseldorfer Studio.

Jacques Brel →

Alfred Brendel →

Brel, Jacques

frz. Chansonnier belg. Herkunft
* 8.4.1929 Brüssel † 9.10.1978 Bobigny

Die Lieder des Fabrikantensohns Brel, der 1953 aus der Enge seines wohlsituierten Elternhauses nach Paris floh, erfreuen sich auch nach seinem Tod unverminderter Beliebtheit. Er sang ebenso leidenschaftlich über die Beziehungen zwischen Frauen und Männern wie über Heuchelei in Politik (»Le diable«, 1954), Kirche (»La dame patronesse«, 1959) und Bürgertum (»Ces gens là«). Bei jedem seiner bis zu 30 Auftritte pro Monat verausgabte sich B. bis zur Erschöpfung. Mit den Worten, er wolle kein alter Sänger sein, zog er sich 1967 vom Chanson zurück und drehte mehrere Filme mit Regisseuren wie C. →Lelouch und M. →Carné.

□ 1952: Erster Auftritt im belg. Rundfunk. □ 1953: Erste Plattenaufnahmen mit den Liedern »La foire« und »Il y a«. □ 1959: Engagement im Bobino in Paris. □ 1961: Triumphales Debüt im Pariser Olympia. □ 1961-64: Weltweite Tourneen. □ ab 1967: Filme mit C. Lelouch, M. →Carné und E. Molinaro (»Die Filzlaus«, 1973). □ 1977: Letzte LP »Brel«.

Brendel, Alfred

österr. Pianist
* 5.1.1931 Wiesenberg, Mähren

Brendel war ab 1950 weltweit als Konzertpianist tätig und wurde mit spannungsreichen Interpretationen der Klavierwerke Beethovens, Mozarts und Schuberts berühmt. B. widmete sich intensiv Schallplatteneinspielungen (1978 sämtliche Klaviersonaten Beethovens), für die er zahlreiche Preise erhielt. Wegen seiner vielbeachteten analytischen Arbeiten zur Klaviermusik nannte man ihn »Klavierphilosoph«. Im Schubert-Jahr 1978 kommentierte er in einer 13teiligen TV-Serie die Klaviersonaten Schuberts.

□ 1943: Klavier- und Kompositionsstudien in Graz. □ 1947: Staatsprüfung für Klavier an der Wiener Akademie. □ 1949: Meisterkurs bei E. →Fischer in Luzern. □ seit 1950: Weltweite Konzerttätigkeit. □ 1960-70: Leitung einer Meisterklasse bei den Wiener Festwochen. □ 1972: Übersiedlung nach London. □ 1977: Dt. Schallplattenpreis für die Einspielung der späten Klaviersonaten von Beethoven. □ 1982/83: Aufführung aller 32 Klaviersonaten Beethovens während einer achtmonatigen Europatournee. □ 1984: Frankfurter Musikpreis.

▷ A. Brendel: Nachdenken über Musik, 1978.

Brendel, Walter

dt. Experimentalchirurg
* 6.11.1922 Karlsruhe † 29.8.1989 München

Brendel, ab 1969 Inhaber des ersten Lehrstuhls für Experimentelle Chirurgie am Universitätsklinikum München, entwickelte ein Antilymphozytenserum (ALS), das die körpereigene Abwehr gegen eingepflanzte Spenderorgane unterdrückt. Das »Münchner Serum«, das sich schon bei der zweiten Herzverpflanzung unter Chr. →Barnard bewährte, wird seit der ersten Herzverpflanzung in Deutschland unter R. →Zenker (1969) mit zunehmendem Erfolg in der Transplantationschirurgie eingesetzt. Mit der von B. eingeführten elektrischen Schockwellenbehandlung zur Zertrümmerung von Nieren- und Gallensteinen setzte sich die sog. Chirurgie ohne Messer als eine der wichtigsten Neuerungen seit dem 2. Weltkrieg in der chirurgischen Praxis durch. In seinem eigenen, weltweit anerkannten Institut für Experimentelle Chirurgie am Münchner Klinikum in Großhadern befaßte sich B. auch mit der Pathophysiologie von Hirnödemen bei Schädel-Hirn-Traumen.

Brentano, Franz

dt. Philosoph
* 16.1.1838 Marienberg bei Boppard
† 17.3.1917 Zürich (Schweiz)

Brentano, Gegner jeglicher nicht auf strengster empirischer Erfahrung aufbauenden Philosophie, erhob 1874 mit seiner Schrift »Psychologie vom empirischen Standpunkt« (2 Bde. 1911; 3 Bde. postum 1928) die Psychologie zur philosophischen Grundwissenschaft. In seiner Lehre von der Intentionalität des Bewußtseins werden alle psychischen Phänomene — klassifiziert in Vorstellungen, Urteile und Gemütsbewegungen — als Abbild innerer Wahrnehmung gesehen, die auf Objekte außerhalb des Bewußtseins gerichtet ist. Ein Großteil der Schriften des Wegbereiters der sog. Aktpsychologie (C. →Stumpf) wurde postum herausgegeben, darunter seine »Lehre vom richtigen Urteil« (1956).

□ 1864: Priesterweihe. □ 1867: »Die Psychologie des Aristoteles« (Abh.). □ 1873: Protest gegen die Dogmen von der Trinität und der päpstlichen Unfehlbarkeit; Austritt aus dem Priesterstand, der kath. Kirche und Verzicht auf seine Professur an der Univ. Würzburg (ab 1872). □ 1874-80: Prof. an der Univ. Wien; Amtsenthebung wegen vorangegangener Eheschließung mit Ida von Lieben in Leipzig. □ 1889: »Vom Ursprung sittlicher Erkenntnis« (Schr.).

Brentano, Heinrich von

dt. Politiker und Jurist
* 20.6.1904 Offenbach/Main
† 14.11.1964 Darmstadt

Brentano, während der 50er Jahre einer der profiliertesten CDU-Politiker, hatte großen Einfluß auf die Formulierung der hessischen Verfassung sowie des Grundgesetzes. Als Bundesaußenminister befürwortete B. wie K. →Adenauer eine starke Westbindung der Bundesrepublik und trat insbesondere für eine Mitgliedschaft in der EWG ein. B. war ein entschiedener Vertreter der →Hallstein-Doktrin und lehnte alle Vorschläge zur Wiedervereinigung ab, die eine Neutralisierung Deutschlands bedeutet hätten.

□ 1932: Präs. der Rechtsanwalts- und Notarkammer. □ 1945: Mitbegründer der CDU in Hessen. □ 1946: MdL. □ 1948/49: Mitgl. des Parlamentarischen Rats. □ 1949-64: MdB. □ 1949-55: Vors. der CDU/CSU-Fraktion. □ 1955-61: Außenmin. □ 1961-64: Vors. der CDU/CSU-Fraktion.

Lujo Brentano →

← Heinrich von Brentano

Brentano, Ludwig Josef »Lujo«

dt. Nationalökonom und Sozialpolitiker
* 18.12.1844 Aschaffenburg † 9.9.1931 München

»Lujo« Brentano, Bruder des Philosophen F. →Brentano, zählte um die Jahrhundertwende mit G. v. →Schmoller und A. →Wagner zu den führenden Sozialpolitikern Deutschlands. Als Mitbegründer des Vereins für Socialpolitik (1872) und sog. Kathedersozialist trat er für eine umfassende Sozialgesetzgebung, Lohnerhöhungen und Arbeitszeitverkürzungen ein und unterstützte die reformistische, auf Veränderung durch Gesetze zielende Gewerkschaftsbewegung.

□ 1867: Promotion an der Univ. München. □ 1871: Habilitation in Berlin. □ 1871/72: »Die Arbeitergilden der Gegenwart« (2 Bde.). □ 1872-1914: Prof. in Breslau, Straßburg, Wien, Leipzig und München. □ 1888: »Die klassische Nationalökonomie« (Schr.). □ 1927-29: »Eine Geschichte der wirtschaftlichen Entwicklung Englands« (3 Bde.).

▷ L. J. Brentano: Mein Leben im Kampf um die soziale Entwicklung Deutschlands (Aut.), 1931.

Brenton, Howard

engl. Schriftsteller
* 13.12.1942 Portsmouth

Brenton ist ein wichtiger Vertreter des sozialistisch engagierten Experimentaltheaters in England (T. →Griffiths, D. →Hare). Seine Stücke setzen sich mit der Unterdrückung menschlicher Phantasie durch die Gesellschaft auseinander und beschäftigen sich mit den Möglichkeiten einer sozialistischen Veränderung. So prangert er in »Magnificence« (Dr., UA 1973) und in »Weapons of Happiness« (Dr., UA 1976) den Terrorismus bzw. den Stalinismus als fehlgeleitete Vergeudungen politischer Energien an. B. greift bevorzugt auf die Darstellungsmittel des Agitprop-Theaters, des epischen Dramas (B. →Brecht) und des Theaters der Grausamkeit (A. →Artaud) zurück.

□ 1965: Abschluß des Studiums an der Univ. Cambridge. □ 1969: »Christie in Love« (Dr., dt. 1971); »Zahn um Zahn« (Dr., dt. 1971). □ 1972/73: Dramaturg am Royal Court Theatre, London. □ 1973: »Brassneck« (Dr., mit D. Hare). □ 1974: »The Churchill Play«. □ 1976: »Weapons of Happiness« (Dr.). □ 1977: »Epsom Downs«. □ 1980: »The Romans in Britain«. □ 1983: »The Genius« (dt. 1984). □ 1985: »Pravda« (mit D. Hare). □ 1989: »Diving for Pearls« (R.).

Breschnew, Leonid Illjitsch

sowjet. Politiker
* 19.12.1906 Kamenskoje (Dnjeprodserschinsk, Ukraine) † 10.11.1982 Moskau

Nachdem Breschnew im Oktober 1964 maßgeblich am Sturz von N. →Chruschtschow beteiligt war, bestimmte er als Generalsekretär der KPdSU fast 20 Jahre die Politik der Sowjetunion. Die von Chruschtschow eingeleiteten zaghaften Reformen ließ er abbrechen; seine Innenpolitik,

Leonid Breschnew: 16 Jahre Generalsekretär der KPdSU.

die vor allem auf den Machterhalt der Partei ausgerichtet war, trug stark restaurative Züge. Daher wird B.s Regierungszeit in der UdSSR im Hinblick auf die »Perestroika« M. →Gorbatschows heute oft als »Stagnationszeit« bezeichnet. Außenpolitisch konzentrierte er sich auf die Wahrung von Einfluß und Stellung der Sowjetunion in der Welt. Nach dem Einmarsch von Truppen des Warschauer Pakts in die Tschechoslowakei 1968 zur Unterdrückung des reformsozialistischen Kurses von A. →Dubček verkündete er die These von der »eingeschränkten Souveränität« der sozialistischen Staaten Osteuropas gegenüber der Sowjetunion (»Breschnew-Doktrin«). Nach 1970 bemühte er sich um eine Kooperation mit dem Westen (W. →Brandt). Dennoch nutzte er die Zeit nach der amerikanischen Niederlage in Vietnam zur Erweiterung der sowjetischen Einflußsphäre in Afrika und in Asien, wobei er auch den Einsatz von militärischen Machtmitteln nicht scheute (Einmarsch sowjetischer Truppen in Afghanistan 1979).

□ 1938: Gebietssekr. der KPdSU in der Ukraine. □ 1941-45: Politischer Kommissar in der Roten Armee; zuletzt Generalleutnant. □ 1950: 1. Sekr. der Moldawischen SSR. □ 1952: Sekr. des ZK. □ 1957: Mitgl. des Politbüros. □ 1960-64, 1977-82: Vors. des Präsidiums des Obersten Sowjets (Staatsoberhaupt). □ ab 1964: 1. Sekretär (ab 1966: Generalsekretär) des ZK der KPdSU. □ 1970: Deutsch-Sowjetischer Vertrag. □ 1976: Marschall der Sowjetunion.

▷ L. I. Breschnew: Memoirs, engl. 1982.

Bresgen, Cesar

österr. Komponist
* 16.10.1903 Florenz (Italien) † 7.4.1988 Salzburg

Bresgen stand unter dem Einfluß der Jugendmusikbewegung um F. →Jöde und komponierte »Spiel- und Gebrauchsmusik«, mit der er zur Popularisierung der Ernsten Musik beitrug. Seine Volkslied-Bearbeitungen wurden in vielen pädagogischen Werken und Schulbüchern aufgenommen. International bekannt wurde B., der neue Kompositionstechniken ablehnte, mit Märchenopern für die Jugend (»Der Mann im Mond«, 1958).

□ 1939: Leiter der Musikschule für Jugend und Volk in Salzburg. □ 1945: Organist und Chordirektor in Mittersill, Salzburg. □ ab 1947: Prof. für Komposition am Salzburger Mozarteum. □ 1950: »Der Igel als Bräutigam« (Märchenoper). □ 1966: Konzert für Orchester. □ 1978: Herausgeber der Anthologie »Europäische Volkslieder aus acht Jahrhunderten«. □ 1979: UA der Oper »Der Engel von Prag« in Salzburg. □ 1982: UA der »Ballade für Geiger und Kammerorchester« in Luzern.

▷ C. Bresgen: Mittersill 1945. Ein Weg zu Anton Webern, 1983.

Robert Bresson →

Bresson, Robert

frz. Regisseur
* 25.9.1907 Bromont-Lamothe, Puy-de-Dôme

Bressons Filme, in denen fast ausschließlich Laien spielen (B. nennt sie Modelle), kennzeichnet ein nüchterner, fast dokumentarischer Stil. Der Einfluß des französischen Katholizismus mit Fragen nach Schuld und Gnade wird nicht nur in »Der Prozeß der Jeanne d'Arc« offensichtlich, sondern auch in den Filmen »Pickpocket« (1959), »Mouchette« (1966, nach G. →Bernanos) und »Die Sanfte« (1968/69, nach F. M. Dostojewski).

□ 1934: Nach Arbeit als Maler erster Film (Kopie verschollen). □ 1940/41: Dt. Kriegsgefangenschaft. □ 1943: »Das Hohelied der Liebe«. □ 1950: »Das Tagebuch eines Landpfarrers«. □ 1965: »Zum Beispiel Balthasar«. □ 1970: »Vier Nächte eines Träumers«. □ 1973: »Lancelot, Ritter der Königin«. □ 1976: »Der Teufel möglicherweise«. □ 1982: »Das Geld«.

▷ P. W. Jansen/W. Schütte (Hg.): Robert Bresson, 1978.

Claire Bretécher →

Bretécher, Claire

frz. Karikaturistin
* 17.4.1940 Nantes

Mit ihren satirischen Bildfolgen wurde Bretécher zu einer führenden Vertreterin der zeitgenössischen Cartoonszene. Nach Ausbildung und Tätigkeit als Zeichenlehrerin trat sie ab 1967 mit Cartoons für Kinder- und Jugendzeitschriften hervor. Ihnen folgten bissige Gesellschaftskarikaturen, meist in Serienform. B.s beliebtester Gegenstand ist der »progressive« Mittelstandsfranzose, treffend charakterisiert in einer maßvoll überzeichnenden Bildsprache. Am bekanntesten wurde ihre Serie »Les Frustrés«, die ab 1974 in dem Pariser Wochenblatt Nouvel Observateur erschien und in Form von Bildgeschichten die Pariser Intellektuellenszene karikiert (»Die Frustrierten«, 5 Bde., dt. 1978-81). Ebenso erfolgreich sind B.s humorvolle Kommentare zu den Auswüchsen des Feminismus.

Andrea Breth →

Breth, Andrea

dt. Regisseurin
* 1952

Breth ist eine der talentiertesten und interessantesten Theaterregisseurinnen in der Bundesrepublik. Ihre Regiearbeiten sind vom Film beeinflußt: Sie inszeniert oft künstlich wirkende Bilder der Langsamkeit und achtet auf einen präzisen Ablauf des Geschehens. Wie P. →Stein ist B. eine akribische Regisseurin, die am Text möglichst keine Streichungen vornimmt. Behutsam arbeitet sie in ihren vieldeutigen Inszenierungen den entlarvenden Widerspruch zwischen Sprache und Geste heraus.

☐ 1979: Ö. v. →Horváths »Zur schönen Aussicht« in Hamburg. ☐ 1980: Lessings »Emilia Galotti« in Berlin. ☐ 1981: »Proper Operation« (J. Laederbach) in Zürich. ☐ 1982: UA »Eisenherz« (G. →Reinshagen) in Bochum. ☐ 1984: Mit F. →García Lorcas »Bernada Albas Haus« (Freiburg i. Br.) zum Berliner Theatertreffen. ☐ 1985: E. →Bonds »Sommer« in Freiburg. ☐ 1987: Mit J. →Greens »Süden« zum Berliner Theatertreffen; Kortner-Preis. ☐ 1988: A. →Ayckbourns »Schöne Bescherung« in Bochum. ☐ 1989: Shakespeares »Was ihr wollt« und H. →Ibsens »Gespenster« in Bochum. ☐ 1990: M. →Gorkis »Die Letzten« in Bochum. ☐ 1991: H. v. Kleists »Der zerbrochene Krug« in Wien.

Breton, André

frz. Schriftsteller
* 18.2.1896 Tinchebray, Dep. Orne
† 28.9.1966 Paris

André Breton: Mitbegründer des Surrealismus.

Papst, Theoretiker, Führer, Kritiker und Dichter des Surrealismus — das war Breton. 1924 gründete er mit Freunden (P. →Eluard, L. →Aragon, Ph. →Soupault) die Bewegung, deren künstlerisches und ideologisches Programm er in zwei Manifesten (1924 und 1929) formulierte. Ziel war demnach die »Lösung des scheinbaren Widerspruchs zwischen Traum und Wirklichkeit in einer Art absoluter Wirklichkeit, der Surrealität«. Der Anspruch, Unbewußtes und Bewußtes, Handeln und Denken, Kunst und Leben miteinander in Einklang zu bringen, inspirierte nicht nur Autoren, sondern auch Maler, Bildhauer und Filmemacher. B., der seine Philosophie in bilderreicher, lyrischer Prosa vermittelte, schrieb mit »Nadja« (Erz., 1928, dt. 1960), der Geschichte einer Frau von übersinnlicher Kraft, sein surrealistisches Meisterwerk.

☐ 1919: Mitbegründer der Zeitschrift Littérature. ☐ 1922: Endgültiger Bruch mit den Dadaisten, zu deren Vordenkern B. gehörte. ☐ 1924: »Manifest des Surrealismus« (Es., dt. 1968); Organ der Bewegung wird die Zeitschrift La Révolution surréaliste. ☐ 1927-35: Mitgl. der Kommunistischen Partei. ☐ 1929: »Zweites Manifest des Surrealismus« (Es., dt. 1968). ☐ 1937: »Verrückte Liebe« (Ged.e, dt. 1970). ☐ 1940-45: Exil in den USA. ☐ 1944: »Arcane 17« (Ged.e). ☐ 1947: »Ode an Charles Fourier« (dt. 1982).

▷ E. Lenk: Der springende Narziß, 1971.

Birgit Breuel →

Breuel, Birgit

dt. Politikerin
* 7.9.1937 Hamburg

Nach der Ermordung D. K. →Rohwedders wurde Breuel 1991 zur Präsidentin der Berliner Treuhandanstalt, der »Anstalt zur treuhänderischen Verwaltung des Volkseigentums«, gewählt. Sie hat die Aufgabe, etwa 9000 ehemalige DDR-Staatsbetriebe in die Marktwirtschaft zu führen. B., die einen rigorosen marktwirtschaftlichen Kurs verfolgt, erregte bereits als erste Frau im niedersächsischen Kabinett E. → Albrechts mit einer Entstaatlichungs- und Entbürokratisierungskampagne Aufsehen. Ihre Privatisierungspolitik stieß bei den Oppositionsparteien und den Gewerkschaften auf Kritik. In mehreren Buchpublikationen warb B. für weniger Staat und mehr Eigeninitiative.

☐ 1956-59: Politikstudium in Hamburg, Oxford und Genf. ☐ 1961/62: Direktionsassistentin beim Wirtschaftsinformationsdienst Int. Report in New York. ☐ 1965: Einzelhandelskauffrau. ☐ 1966: Mitgl. der CDU. ☐ 1970: Wahl in die Hamburger Bürgerschaft. ☐ 1976: Wirtschaftssprecherin der Hamburger CDU-Fraktion; »Es gibt kein Butterbrot umsonst« (Schr.). ☐ 1978-86: Niedersächs. Wirtschaftsmin. ☐ 1979: »Den Amtsschimmel absatteln — weniger Bürokratie, mehr Bürgernähe« (Schr.). ☐ 1986-90: Finanzmin. ☐ 1990: Vorstandsmitgl. der Treuhandanstalt (Zustandsbereich Niederlassungen). ☐ seit 1991: Präs. der Treuhand.

Marcel Breuer →

Breuer, Marcel

amer. Architekt und Designer ung. Herkunft
* 21.5.1902 Pécs † 1.7.1981 New York

Breuer war ein bedeutender Anreger industrieller Formgebung in Design und Architektur. Als Leiter der Tischlerei im Bauhaus (W. →Gropius) konstruierte er erstmals Sessel und Stühle mit Rahmen aus Stahlrohr. Damit initiierte B. die Serienproduktion von »Bauhaus«-Möbeln. Zusammen mit P. L. →Nervi und Bernard Zehrfuss baute er 1953-58 den UNESCO-Komplex in Paris. Beispiel der in seinem Spätwerk vorherrschenden Tendenz zur plastischen Formung der Baukörper ist das Whitney Museum of American Art in New York (1963-66).

☐ 1920-28: Student, ab 1925 Meister am Bauhaus in Weimar und Dessau. ☐ 1928-34: Freier Architekt in Berlin. ☐ 1934: Emigration nach England. ☐ 1937-46: Prof. an der Harvard Univ., Cambridge (Mass.), bis 1941 Zusammenarbeit mit W. Gropius. ☐ ab 1946: Architekturbüro in New York, zeitweise in Paris.

Breytenbach, Breyten

südafr. Schriftsteller
* 18.9.1939 Bonnievale, Kapprovinz

Breytenbach ist Symbol des weißen Widerstands gegen das südafrikanische Apartheid-System. In dem Roman »Wahre Bekenntnisse eines Albino-Terroristen« (dt. 1984) verarbeitet er Erfahrungen seiner siebenjährigen Haft als politischer Gefangener. B, der noch in den 60er Jahren von seinen burischen Landsleuten als einer der größten Dichter ihrer Sprache gefeiert wurde, hielt nach der Inhaftierung seine Muttersprache Afrikaans vorübergehend nur noch für »Inschriften auf Grabmälern« geeignet.

☐ 1961: Nach zweijähriger Europareise Niederlassung in Paris; wegen Ehe mit einer Farbigen Einreiseverbot für Südafrika. ☐ 1964: Lyriksammlungen »Die Eisenkuh muß schwitzen« (dt. 1964), »Das Haus der Tauben« (1967). ☐ 1973: Dreimonatige Besuchserlaubnis; für Südafrika; »Augenblicke im Paradies« (R., dt. 1983). ☐ 1975: Mit falschem Paß in Südafrika verhaftet. ☐ 1982: Abschiebung nach Frankreich; Annahme der frz. Staatsbürgerschaft. ☐ 1984: »Schlußakte Südafrika« (Ged.e, dt. 1986).

← Breyten Breytenbach

Pierre Brice →

Briand, Aristide

frz. Politiker
* 28.3.1862 Nantes † 7.3.1932 Paris

Wie de →Gaulle und K. →Adenauer nach dem 2. Weltkrieg, waren Briand und G. →Stresemann (gemeinsamer Nobelpreis 1926) nach dem 1. Weltkrieg die treibenden Faktoren einer deutsch-französischen Annäherung. Mit den Verträgen von Locarno (1925) versuchte B. mit Deutschland zu einer Verständigung zu gelangen, ohne dabei die französischen Sicherheitsinteressen zu vernachlässigen; diesem Zweck dienten die Defensiv-Verträge mit Polen und der Tschechoslowakei. B.s Bestreben war eine gesamteuropäische Friedenslösung. Auf seine Vorschläge geht der Briand-Kellogg Pakt zurück (F. B. → Kellogg), in dem der »Krieg als Mittel für die Lösung internationaler Streitfälle« verurteilt wird. 1930 legte er einen Plan für die »Vereinigten Staaten von Europa« vor.

☐ 1902: Deputierter der Sozialisten. ☐ 1908: Justizmin. ☐ 1909-29: Insgesamt elfmal Premierminister. ☐ 1925-31: Außenmin. (mit Unterbrechungen). ☐ 1925: Locarno-Verträge. ☐ 1926: Friedens-Nobelpreis (mit G. Stresemann). ☐ 1928: Briand-Kellogg-Pakt.

Der frz. Premierminister Aristide Briand (r.) mit Pierre Laval in Versailles.

▷ F. Siebert: Aristide Briand. Ein Staatsmann zwischen Frankreich und Europa, 1973.

Brice, Pierre

(eig. P. Louis de Bris)
frz. Schauspieler
* 6.2.1929 Brest

Als Apachenhäuptling Winnetou wurde Brice in den Karl-May-Verfilmungen der 60er Jahre bekannt. Diese populäre Rolle spielte er auch in einer 14teiligen TV-Serie (1977) sowie bei den Karl-May-Festspielen von Elspe (1976-86) und Bad Segeberg (seit 1988).

Bridgman, Percy Williams

amer. Physiker
* 21.4.1882 Cambridge, Mass.
† 20.8.1961 Randolph, N. H. (Selbstmord)

P. W. Bridgman in seinem Labor an der Harvard Univ.

Bridgman erforschte das Verhalten von Flüssigkeiten und Feststoffen, die einem hohen Druck ausgesetzt wurden (bis 425 000 bar) und zeigte die Veränderung ihrer physikalischen Eigenschaften; so wurden u. a. Nichtmetalle zu Metallen. 1955 gelang Wissenschaftlern der General Electric Company die Umwandlung von Graphit in künstliche Diamanten. Für diese Erkenntnisse, die auch Aufschlüsse über die Vorgänge im Erdinneren lieferten, erhielt B. 1946 den Physik-Nobelpreis.

☐ 1913-54: Prof. an der Harvard Univ., Cambridge, Mass. ☐ 1927: Begründung des sog. Operationalismus mit der wissenschaftstheoretischen Schr. »Die Logik der heutigen Physik« (dt. 1932). ☐ 1950: »Forschung und soziale Verantwortung« (Schr., dt. 1954).

Brink, André Philippus

südafr. Schriftsteller
* 29.5.1935 Vrede, Oranje-Freistaat

Brink gehört zur kleinen Gruppe der Buren, die gegen die Apartheid kämpfen. »Einsicht in die Dunkelheit« (1973), der erste auf afrikaans geschriebene Roman, wurde wegen seiner Kritik an dem Gesetz gegen die Unmoral bis 1982 verboten. »Weiße Zeit der Dürre« (R., 1982, dt. 1984), die Politisierung eines weißen Lehrers angesichts des Soweto-Aufstands, wurde 1989 mit M. →Brando verfilmt.

□ 1962: »Kaufpreis für das Leben« (R.). □ 1963: »Nicolette und der Botschafter« (R., dt. 1966). □ 1968: Nach Beteiligung an der Pariser Studentenrevolte Beginn des politischen Engagements. □ 1975: »Stimmen im Wind« (R., dt. 1981). □ 1978: »Gerüchte vom Regen« (R.). □ 1982: »Die Nilpferdpeitsche« (R., dt. 1985). □ 1984: »Die Mauer der Pestilenz« (R.). □ 1991: »Blick ins Dunkel« (R.).

← André Brink

Brinkmann, Rolf Dieter

dt. Schriftsteller
* 16.4.1940 Vechta
† 23.4.1975 London (Großbritannien; Unfall)

Brinkmanns subjektiver, provozierender Umgang mit Themen aus dem Alltag zeigt ihn als Vertreter der literarischen Protestgeneration der 60er Jahre. Beeinflußt von der amerikanischen Pop- und Underground-Literatur (z. B. F. O'Hara) verwandte B. Sprache, Bilder und Motive aus Film, Comic und Werbung.

□ 1959: Buchhandelslehre. □ 1962: Pädagogikstudium (abgebrochen). □ 1968: »Keiner weiß mehr« (R.). □ 1969: Hg. von »ACID. Neue amerikanische Szene« (Ged.e); »Silver Screen. Neue amerikanische Lyrik«. □ 1974: Gast an der Univ. Austin, Texas. □ 1975: »Westwärts 1 & 2« (Ged.e); Petrarca-Preis.

← Rolf Dieter Brinkmann

Bristow, Gwen

amer. Schriftstellerin
* 16.9.1903 Marion, S. Car.
† 17.8.1980 New Orleans, Louis.

Bristow verfaßte anspruchslose Familien- und Liebesromane in historischem Gewand. B.s Louisiana-Romantrilogie (»Tiefer Süden«, 1937, dt. 1939; »Die noble Straße«, 1938, dt. 1950; »Am Ufer des Ruhmes«, 1940, dt. 1951) verfolgt das Schicksal einer Südstaatenfamilie über mehrere Generationen. Die populäre Aufbereitung amerikanischer Pioniergeschichte ist allerdings gepaart mit einem selbstbewußten Feminismus, der die heutige Frauengeschichtsschreibung um Jahrzehnte vorwegzunehmen scheint.

□ 1925-33: Reporterin in New Orleans. □ 1929: Ehe mit Bruce Manning; gemeinsame Arbeit an Kriminalromanen. □ 1950: »Kalifornische Sinfonie« (R., dt. 1951). □ 1980: »Melodie der Leidenschaft« (R., dt. 1980).

← Gwen Bristow

Britten, Benjamin

engl. Komponist
* 22.11.1913 Lowestoft, Suffolk
† 4.12.1976 Aldeburgh, ebd.

Britten gelang die im 20. Jh. seltene Karriere eines freischaffenden Komponisten ohne existenzsichernde Ämter. Trotz der Popularität einiger Orchesterwerke (»Purcell-Variationen«, 1945) hat B. Berühmtheit vor allem durch seine Bühnenwerke erlangt, für die er 1947 ein eigenes Ensemble, die English Opera Group, gründete. Kompositionen wie »Peter Grimes« (UA London 1945) oder die Shakespearevertonung »Ein Sommernachtstraum« (UA Aldeburgh 1960) ließen die englische Operntradition wieder aufleben; »War Requiem« (UA Coventry 1962) ist ein hervorragendes Beispiel englischer Chormusik. Jenseits von allen avantgardistischen Strömungen hat der technisch versierte B. eine leicht faßliche Musik geschrieben, die aus der Mischung unterschiedlicher (historischer) Stile ein eigenes Profil gewinnt.

B. Britten in Aldeburgh, Suffolk, an seinem Flügel.

□ 1930: Stipendiat am Royal College of Music London. □ 1932: »Sinfonietta« für zehn Instrumente (op. 1). □ 1937: Erster int. Erfolg bei den Salzburger Festspielen (»Variationen über ein Thema von Frank Bridge«). □ 1939-42: Aufenthalt in den USA; Dirigent, Liedbegleiter und Komponist von Hörspielmusiken. □ 1940: »Sinfonia da Requiem«. □ 1942: Rückkehr nach Europa. □ 1947: Mitbegr. der English Opera Group. □ 1953: »Gloriana« (Oper) zur Krönung von →Elizabeth II. □ 1973: »Der Tod in Venedig« (Oper).

▷ E. W. White: Benjamin Britten. Leben und Werk, 1950; B. Britten: Wunderbare Welt der Musik, 1968, dt. 1969.

Waleri J. Brjussow →

Brjussow, Waleri Jakowlewitsch

sowjet. Schriftsteller
* 13.12.1873 Moskau † 9.10.1924 ebd.

Brjussow wurde durch eigene Gedichte und Übersetzungen aus dem Französischen zum Begründer des Symbolismus in Rußland. Der Formkünstler führte neue Metren (freier Vers) ein und etablierte das Motiv der Großstadt in der russischen Literatur; B.s historische und mythologische Themen zeigen weder nationales noch soziales Interesse.

□ 1894/95: »Russische Symbolisten« (Ged.e). □ 1903: »Urbi et orbi« (Ged.e). □ 1906: »Stephanos« (Ged.e). □ 1920: KP-Mitgl.; Organisation der Literaturabteilung im Volksbildungskommissariat. □ 1921: Gründung des Inst. für Literatur und Kunst. □ 1924: »Grundlagen der Verslehre« (Schr.).

▷ B. Flickinger: Valerij Brjusov. Dichtung als Magie, 1976.

Broch, Hermann

österr. Schriftsteller
* 1.11.1886 Wien
† 30.5.1951 New Haven, Conn. (USA)

← Hermann Broch

Brochs Thema ist die Verantwortung der Kunst in der Zeit des Werteverfalls und des (nationalsozialistischen) Totalitarismus. Er wollte mit seinen Romanen zur Deutung der Zeit beitragen, die eine in Einzeldisziplinen zerfallene Geisteswissenschaft nicht mehr leistete, und fand zu einer neuen Darstellungsform: B. stellte Traum, Handlung, Reflexion, Geschichte und Mythos nebeneinander; die Sprache wechselt zwischen reflektierender Prosa und Lyrik.

□ 1906: Abschluß als Textilingenieur. □ 1907-09: Militärdienst. □ bis 1927: Leiter der väterlichen Textilfabriken (Verkauf); freier Schriftsteller. □ 1928-31: Mathematik-, Philosophie- und Psychologiestudium. □ 1931/32: »Die Schlafwandler« (3 Bde., R.). □ 1938: Verhaftung durch die Nationalsozialisten; Emigration in die USA. □ 1945: »Der Tod des Vergil« (R.). □ 1950: »Die Schuldlosen« (R.). □ postum 1953: »Der Versucher« (R., 1969 u. d. T. »Bergroman«).

▷ P. M. Lützeler: Hermann Broch, 1985; R. Koester: Hermann Broch, 1987.

Brock, Bazon

dt. Kunstpublizist, -theoretiker und Künstler
* 2.6.1936 Stulpow, Pommern

← Bazon Brock

Brock trat in den 60er Jahren als Publizist und Künstler der Happeningszene hervor (z. B. Aktion »Endlose Linie« in Hamburg, 1959, mit F. →Hundertwasser). Er stand auch als Wegbegleiter verschiedenen Künstlergruppen wie Zero nahe. Dem erweiterten Kunstbegriff der Fluxusbewegung um J. →Beuys blieb B. in seinen künstlerischen wie publizistischen Aktivitäten verbunden, so etwa mit der Aktion »Im Gehen Preußen verstehen« (1981), einem Kulturlehrpfad durch Gegenwart und Vergangenheit Berlins. B. wendet sich vor allem gegen die tradierten Formen des Kunst- und Ausstellungsbetriebs und beschäftigt sich als Kunsttheoretiker mit den Fragen einer neuen Ästhetik. Seine Schriften von 1978 bis 1986 sind in dem Band »Ästhetik gegen erzwungene Unmittelbarkeit. Die Gottsucherbande« 1986 erschienen.

□ seit 1965: Nach dem Studium der Philosophie, Germanistik und Politologie in Hamburg und Frankfurt/Main Lehrtätigkeit u. a. an der Hochschule für angewandte Kunst in Wien, der Hamburger Kunstakademie und der Bergischen Univ. in Wuppertal. □ 1977: »Ästhetik als Vermittlung« (Sachb., mit Karla Fohrbeck). □ 1985: »Wir wollen Gott. Aus dem Unterhaltungsprogramm für die Hölle — erste theatralische Demonstration« (Video-Kassette). □ 1986: »Grundgeräusche und ein Hörraum« (Ton-Kassette).

Brockdorff-Rantzau, Ulrich Graf von

dt. Politiker und Diplomat
* 29.5.1869 Schleswig † 8.9.1928 Berlin

← U. v. Brockdorff-Rantzau

Brockdorff-Rantzau bemühte sich in Versailles vergeblich um einen »ehrenhaften Frieden«, wobei er energisch die alliierte These der deutschen Alleinschuld zurückwies. Als Protest gegen die Vertragsunterzeichnung trat er im Juni 1919 als Außenminister zurück. Mit dem Berliner Vertrag zwischen dem Deutschen Reich und der Sowjetunion erstrebte er 1926 eine Ergänzung zu den Locarno-Verträgen (1925), um eine einseitige Westbindung Deutschlands zu vermeiden.

□ 1912: Gesandter in Kopenhagen. □ 1918: Staatssekr. des Außenamts (Minister). □ 1919: Außenmin.; Leiter der dt. Delegation in Versailles. □ 1922-28: Botschafter in Moskau.

Brod, Max

österr.-israel. Schriftsteller
* 27.5.1884 Prag † 20.12.1968 Tel Aviv

Max Brod →

Brods großes Verdienst ist die Rettung und postume Edition der Werke F. →Kafkas, entgegen Kafkas Verfügung, bisher unveröffentlichte Manuskripte nach seinem Tod zu verbrennen. Das Interesse am eigenen Werk des vielseitigen Schriftstellers trat darüber in den Hintergrund. Der Zionist und Kulturphilosoph B. schrieb religiöse Prosadichtungen, historische Romane aus dem jüdischen Milieu sowie unterhaltende Liebesromane unterschiedlicher Qualität als Zugeständnis an den Publikumsgeschmack.

□ 1915: »Tycho Brahes Weg zu Gott« (R.). □ 1921: »Heidentum, Christentum, Judentum« (Schr.). □ 1939: Emigration des Juristen, Verwaltungsbeamten und Theaterkritikers nach Palästina; Dramaturg am Habimah-Theater (Tel Aviv). □ 1947/48: »Diesseits und Jenseits« (Schr.).

▷ M. Brod: »Streitbares Leben« (Aut.), 1960.

Brodmann, Roman

schweiz. Journalist und Fernsehregisseur
* 18.6.1920 Binningen † 1.2.1990 Basel

Brodmann avancierte Mitte der 60er Jahre zu einem der profiliertesten Dokumentarfilmer des deutschen Fernsehens. Als führender Kopf der Stuttgarter Schule, der stilbildenden Dokumentarfilmabteilung des SDR, befaßte sich B. in seinen Features kritisch und kunstfertig mit gesellschaftlichen Mißständen und Ärgernissen. Er griff Tierfreunde, Pornokunden, Sangesbrüder, Politiker oder Besucher der Salzburger Festspiele an. Zu den wichtigsten der über 100 Filme des streitbaren Regisseurs gehört »Der Polizeistaatsbesuch« (1967) über die Visite von Schah Resa →Pahlawi in Berlin.

□ 1943-49: Redakteur bei der Züricher Tageszeitung Die Tat. □ 1954-63: Freier Mitarbeiter des Schweizer Fernsehens; ab 1960 Chefredakteur der Zürcher Woche. □ 1961: Prix Italia für TV-Freitagsmagazin. □ 1963-65: Freier Redakteur beim ZDF. □ 1965: Wechsel zur ARD. □ 1967: Erster Adolf-Grimme-Preis für »Die Mißwahl« (TV-Feature). □ 1975: TV-Reihe »Reservate«. □ 1987: Parlamentarische Debatten und scharfe Proteste in der Schweiz nach »Der Traum vom Schlachten der heiligsten Kuh« (ARD-Film über die Abschaffung der eidgenössischen Armee).

Brodsky, Joseph

russ.-amer. Schriftsteller
* 24.5.1940 Leningrad

Der 1972 aus der UdSSR ausgebürgerte und seither in den USA lebende Brodsky behandelt in seiner metaphernreichen Lyrik die Themen Trennung, Kälte, Nacht und Tod und greift dabei auf antike und christliche Traditionen zurück. Sein Werk steht unter dem Einfluß Goethes, aber auch G. →Benns und englischsprachiger Lyriker, etwa in »Große Elegie auf John Donne« (1963) oder in dem Gedichtband »Römische Elegien« (1982, dt. 1985). Seine autobiografische Skizze »Less Than One« (1986) erschien auszugsweise als »Erinnerungen an Leningrad« (1987). Wegen der formalen Brillanz und wortgewaltigen Virtuosität seiner Dichtung, die weiterhin in russischer Sprache entsteht, erhielt B. 1987 den Literatur-Nobelpreis.

Joseph Brodsky erhielt 1987 den Literatur-Nobelpreis.

□ 1955: Abbruch der Schulausbildung in Leningrad; Labor- und Fabrikarbeiter. □ 1960: Veröffentlichungen in der Untergrundzeitschrift Sintaksis. □ 1964: Verhaftung und Verurteilung wegen »parasitären Lebenswandels« zu fünf Jahren Verbannung und Zwangsarbeit. □ 1972: Ausweisung. □ seit 1977: Amer. Staatsbürger. □ 1988: »Marmor« (Dr., dt. 1988); »Flucht nach Byzanz« (Es.s; Teilübersetzung aus »Less Than One«, 1986). □ 1991: Auszeichnung als »poeta laureatus« in den USA.

Broglie, Louis Victor de (Herzog ab 1960)

frz. Physiker
* 15.8.1892 Dieppe, Normandie
† 19.3.1987 Louveciennes bei Paris

← Louis Victor de Broglie

Broglie entdeckte die Wellennatur der Materie und hat mit seiner 1923/24 entwickelten Theorie über den Welle-Teilchen-Dualismus zur Begründung der modernen Atomphysik beigetragen. Mikrophysikalische Teilchen zeigen je nach Art des Beobachtungsexperiments in ihrer Gesamtheit entweder ein Verhalten von Teilchen (im Sinne der klassischen Physik) oder von Wellen (wie z. B. gebeugtes Licht). Beim Durchgang gebündelter Elektronenstrahlen durch Kristallgitter zeigen sich Beugungserscheinungen wie bei einer Wellenstrahlung, obgleich es sich um atomare Teilchen handelt. Teilchen- und Wellennatur atomarer Materie werden durch die Quantentheorie als komplementäre mikrophysikalische Phänomene mathematisch erfaßt.
Mit dem von B. eingeführten Begriff »Materiewellen« konnten die Quantenbedingung (N. →Bohr) und die stabilen Elektronenbahnen der Atome erklärt werden. Für die Wellentheorie, die E. →Schrödinger zur Weiterentwicklung der Wellenmechanik anregte, erhielt B. 1929 den Physik-Nobelpreis (mit O. W. →Richardson).

□ 1919-27: Experimentelle Forschungen im privaten Laboratorium seines Bruders Maurice in Paris. □ 1929: Physik-Nobelpreis; »Einführung in die Wellenmechanik« (dt. 1929). □ 1932-62: Prof. an der Sorbonne, Paris. □ 1937: »Licht und Materie« (dt. 7. Aufl. 1949). □ 1941: »Die Elementarteilchen« (dt. 1943). □ 1944: Mitgl. der Académie française. □ 1947: »Physik und Mikrophysik« (dt. 1950).

▷ L. de Broglie: Louis de Broglie und die Physiker (biogr. und aut. Aufsätze), 1955.

Bronnen, Arnolt

(eig. Arnold Bronner)
österr. Schriftsteller
* 19.8.1895 Wien † 12.10.1959 Ost-Berlin

Arnolt Bronnen →

Bronnen, Skandaldramatiker der 20er Jahre, vollzog innerhalb von drei Jahrzehnten den Wandel vom Linksradikalen (Freundschaft mit B. →Brecht) zum Nationalsozialisten (Freundschaft mit J. →Goebbels) und schließlich zum kommunistischen Widerstandskämpfer. Seine expressionistischen Bühnenexperimente (u. a. »Vatermord«, 1920) waren aufgrund der krassen Darstellung von Sexualität und Tabuthemen heftig umstritten; in den 70er Jahren wurden B.s Dramen wiederentdeckt.

□ 1926: »Ostpolzug« (Dr.). □ 1928: »Film und Leben Barbara La Marr« (R.). □ 1928-33: Dramaturg des Berliner Rundfunks. □ 1936-40: Programmleiter des Dt. Fernsehsenders. □ 1945-50: Kulturredakteur der »Neuen Zeit« in Linz. □ ab 1955: Theaterkritiker in Ost-Berlin. □ 1956: »Aisopos. Sieben Berichte aus Hellas« (R.).

▷ A. Bronnen: Arnolt Bronnen gibt zu Protokoll (Aut.), 1954.

Bronson, Charles

(eig. Charles Dennis Buchinsky)
amer. Schauspieler
* 3.11.1922 Ehrenfield, Penn.

Bronson wurde als elftes von insgesamt 15 Kindern einer Bergarbeiterfamilie geboren und legte während der McCarthy-Ära seinen russischklingenden Namen ab. 1974 spielte der weitgehend auf Abenteuer- und Westernfilme fixierte

Charles Bronson: Filmreklame zu »Ein Mann sieht rot«.

Schauspieler die Hauptrolle in dem Publikumserfolg »Ein Mann sieht rot« (Rg. M. Winner), der wegen der Verherrlichung von Selbstjustiz bei der Kritik auf Ablehnung stieß.

□ 1938: Als Sechszehnjähriger Arbeiter in einer Kohlenmine. □ 1951: Filmdebüt. □ 1958: »Revolver-Kelly« (Rg. R. Corman). □ 1968: »Spiel mir das Lied vom Tod« (S. →Leone). □ 1971: »Chatos Land« (M. Winner).

Brook, Peter

engl. Regisseur
* 21.3.1925 London

Brooks Engagement gilt der Suche nach den Ursprüngen des Theaters, denen er als Leiter des Pariser Studienzentrums für Theaterforschung mit ungewöhnlichen Experimenten nachspürt. In seinen Inszenierungen stehen rituelle Elemente im Vordergrund; dabei konzentriert sich B. auf den mimisch-szenischen Ausdruck; Sprache und Bühnenbild bleiben reduziert. Zugleich gehört B. jener Gruppe von Regisseuren an, die engagiertes politisches Theater machen.
Aufsehen erregte B. mit Großprojekten wie seiner »Orghast«-Inszenierung zur 2500-Jahr-Feier des Perserreichs in Persepolis (1971), für die er eigens eine Universalsprache, eine Mischung aus Sanskrit, Persisch, Latein und Altgriechisch entwickelte. Mit der Dramatisierung des neunstündigen Sanskrit-Versepos »Mahabharata« ging er 1985 auf Welttournee.

Peter Brook: Regisseur spektakulärer Großprojekte.

□ 1943: Regiedebüt mit Marlowes »Dr. Faustus«. □ 1947-50: Produktionsleiter am Kgl. Opernhaus in London. □ 1949: R. →Strauss' »Salomé«, Bühnenbild S. →Dalí. □ 1962: Co-Dir. der Royal Shakespeare Company in Stratfort-upon-Avon; »Herr der Fliegen« (F., nach dem Roman von W. →Golding). □ 1965: Peter Weiss »Marat/Sade« (1966 verfilmt). □ ab 1970: Leitung des Pariser Zentrums für Theaterforschung. □ 1975: Welttournee mit »Les Ikes« (nach C. Turnbull). □ 1982: »Carmen« (nach G. Bizet; 1983 verfilmt). □ 1989: Verfilmung der Inszenierung von »Mahabharata«.

▷ P. Brook: Der leere Raum 1968, dt. 1969; O. Ortolani: Peter Brook, 1988; G. Banu (Hg.): Peter Brook — Wanderjahre, 1988, dt. 1989.

Brooks, Mel

(eig. Melvyn Kaminsky)
amer. Regisseur und Schauspieler
* 1926 Brooklyn, N. Y.

Brooks begann seine Karriere als Komiker an New Yorker Bühnen. In seinen Filmen parodierte er Hollywood-Genres wie Western-, Horror- bzw. Monumentalfilm (u. a. »Is' was, Sheriff?«, 1973; »Frankenstein Junior«, 1974; »Mel Brooks' verrückte Geschichte der Welt«, 1980).

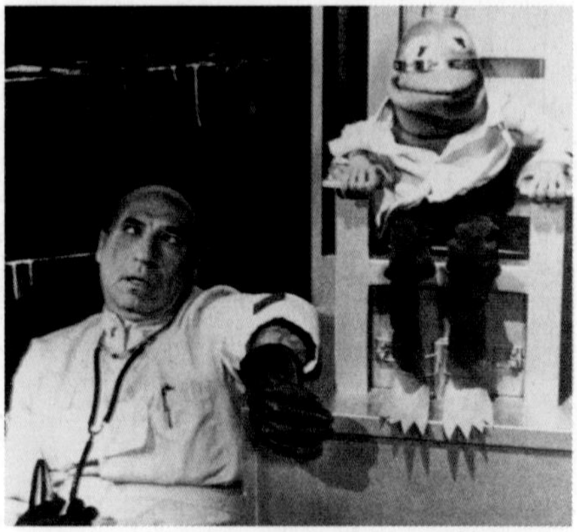

Mel Brooks in einer Filmszene aus dem »Muppet Movie«.

□ ab 1949: Mit W. →Allen Gagschreiber für den Komiker S. Caesar. □ seit 1964: Zweite Ehe mit der Schauspielerin A. Bancroft. □ 1968: Drehbuch-Oscar für »Frühling für Hitler« (Regiedebüt). □ 1976: »Silent Movie«. □ 1986/87: »Spaceballs«. □ 1991: »Das Leben stinkt«.

▷ P. W. Jansen/W. Schütte (Hg.): Woody Allen. Mel Brooks, 1980.

Martin Broszat →

Broszat, Martin

dt. Historiker
* 14.8.1926 Leipzig † 14.10.1989 München

Der Zeithistoriker Broszat beschäftigte sich mit der Geschichte des Nationalsozialismus, des Antisemitismus und der Judenverfolgung. In seinem Hauptwerk, »Der Staat Hitlers« (1969), einer strukturgeschichtlichen Betrachtung des NS-Regimes, behauptete er, daß die Diktatur und ihre Verbrechen weniger von Anfang an geplant, als eine Reaktion auf die Verschlechterung der Kriegssituation gewesen sei. Während seine Thesen für fachwissenschaftliche Kontroversen sorgten, wandte sich B. einer systematischen Erforschung der Sozialgeschichte des Dritten Reichs zu. Als Herausgeber der sechsbändigen Dokumentation »Bayern in der NS-Zeit. Soziale Lage und politisches Verhalten der Bevölkerung im Spiegel vertraulicher Berichte« (1977-83) analysierte er erstmals die von der Forschung kaum beachtete Geschichte des Alltags unter der nationalsozialistischen Gewaltherrschaft.

☐ 1960: »Der Nationalsozialismus« (Schr.). ☐ ab 1972: Leiter des Inst. für Zeitgeschichte in München; Prof. an der Univ. Konstanz. ☐ 1983: »Das Dritte Reich. Herrschaftsstruktur und Geschichte« (Schr.). ☐ 1986: »Nach Hitler. Der schwierige Umgang mit unserer Geschichte« (Schr.). ☐ 1988: »Von Stalingrad zur Währungsreform« (Schr.).

Brouwer, Luitzen Egbertus Jan

niederl. Mathematiker
* 27.2.1881 Overschie/Rotterdam
† 2.12.1966 Blaricum, Prov. Nordholland

Brouwer arbeitete »Über die Grundlagen der Mathematik« (Schr., 1907) und wandte sich gegen die axiomatische Methode (D. →Hilbert), die eine Reihe unbeweisbarer Axiome an den Anfang der den formalen Regeln der klassischen Logik folgenden Mathematik stellt. Der Begründer des mathematischen Intuitionismus versuchte dagegen, der Mathematik einen konstruktiven Aufbau zu geben, da mathematische Axiome nicht vorausgesetzt werden können, weil Mathematik nur als eine vom Verstand konstruierte Wissenschaft existiert.

☐ 1910: Grundlegende Arbeiten zur Topologie; Beweis der Invarianz der Dimensionszahl. ☐ 1912-51: Prof. an der Univ. Amsterdam. ☐ 1912: Verallgemeinerung des Jordanschen Kurvensatzes; Fixpunktsätze für topologische Abbildungen.

Brown, Herbert Charles

amer. Chemiker brit. Herkunft
* 22.5.1912 London

Brown entwickelte in der Chemie der Borverbindungen neue organische Synthesen, die in der Natur nicht vorkommen. Aufgrund seiner langjährigen Forschungen über die Umwandlungsprozesse von Boranen und den von ihm entdeckten Organoboranen fand der Nobelpreisträger von 1979 äußerst vielseitige Reagenzien für Chemie und Pharmazie zum Aufbau größerer Moleküle aus Kohlenstoffatomen.

☐ 1947-78: Prof. an der Purdue Univ. in Lafayette, Ind. ☐ 1972: »Boranes in organic chemistry« (Schr.). ☐ 1975: »Organic synthesis via boranes« (Schr.). ☐ 1979: Chemie-Nobelpreis (mit G. →Wittig).

← Herbert Charles Brown

Brown, James

amer. Musiker
* 4.6.1929 (?) bei Toccoa, Georgia

Brown erkämpfte sich als einer der ersten schwarzen Popstars mit Hits wie »Soul Brother« (1969) und »Sex Machine« (1970) einen Platz in dem von Weißen beherrschten amerikanischen Showgeschäft. Sein Publikum, das er mit gospelähnlichen Dialogen, ekstatischen Bühnenshows und dem Appell »Say it loud, I'm black and proud« begeisterte, fand er hauptsächlich in den Schwarzen-Ghettos der Großstädte. 1988 wurde der sog. Godfather of Soul, dem kurz zuvor mit »Living in America« ein Comeback gelungen war, wegen Körperverletzung zu sechs Jahren Gefängnis verurteilt.

☐ 1956: Erster Hit mit »Please, Please, Please«. ☐ 1963: Verkauf von über 1 Mio. Exemplare der LP »Live at the Apollo«. ☐ ab 1966: Auftritte in Ghetto-Schulen. ☐ 1971: »King Heroin«, ein Lied gegen Drogenmißbrauch. ☐ 1974: »It's Hell« (LP). ☐ 1986: »Gravity« (LP). ☐ 1988: »I'm real« (LP).

← James Brown

Brown, Michael Stuart

amer. Genetiker
* 13.4.1941 New York

Brown, seit 1977 Direktor des Zentrums für molekulare Genetik an der Universität von Texas in Dallas, erforschte den Fettstoffwechsel und die Entstehung von Krankheiten, die auf zu hohe Cholesterinkonzentrationen im Blut zurückgehen. Mit J. L. →Goldstein entdeckte B. an der Zelloberfläche Protein-Rezeptoren, die das Cholesterin aus dem Blut ins Zellinnere aufnehmen. Für die Beschreibung der normalen Funktionsweise des Cholesterinkreislaufs im Organismus sowie der Erklärung der für die Entstehung von Arteriosklerose und Herzinfarkt verantwortlichen Störungen dieser sog. LDL-Rezeptoren erhielten beide Forscher 1985 den Medizin-Nobelpreis. Mit der Entwicklung experimenteller Systeme schufen sie außerdem die Voraussetzungen, um die Wirkung von Medikamenten zu testen, die in der Zelle zur Vermehrung der LDL-Rezeptoren anregen.

Browning, John Moses

amer. Erfinder
* 21.1.1855 Ogden, Utah
† 26.11.1926 Brüssel (Belgien)

Browning, der während des 1. Weltkriegs eine Panzerabwehrkanone baute, hatte bereits bei seiner Selbstladepistole von 1896 das Prinzip, auf dem das moderne Maschinengewehr basiert, realisiert. Die nach B. benannte Waffe mit hin- und hergleitendem Verschluß nutzte den Rückstoß des Schusses für automatischen Hülsenausstoß und erneutes Laden.

☐ 1879: Konstruktion des Hinterladergewehrs. ☐ 1890: Übernahme der mit O. F. Winchester (* 1810, † 1880) entwickelten Schnellfeuerkanone durch die amerikanische Armee. ☐ 1896: Erfindung der nach B. benannten Selbstladepistole.

John M. Browning (r.) erklärt sein Selbstladegewehr.

Bruant, Aristide

frz. Lyriker und Chansonnier
* 6.5.1851 Courtenay, Dep. Loiret † 11.2.1925 Paris

Bruant war der Begründer des modernen literarischen Chansons. Die Auftritte des ehemaligen Bahnangestellten in dem Konzertcafé Chat noir auf dem Pariser Montmartre (ab 1883) und in seinem eigenen Le Mirliton (1885-95) machten ihn zum gefeierten Kabarettstar. Der exzentrische Dichter, der über Arme, die Unterwelt und das Leben auf den Straßen der französischen Hauptstadt sang, komponierte die Melodien zu seinen satirisch-realistischen Versen selbst. 1901 veröffentlichte B. »Der Argot im 20. Jahrhundert«, eine Art Wörterbuch der Gaunersprache.

Brubeck, David Warren »Dave«

amer. Jazzmusiker
* 6.12.1920 Concord, Kalif.

Der Pianist und Komponist Brubeck gewann mit der Anwendung klassischer Formen im Jazz die intellektuelle Mittelschicht als neues Publikum. International erfolgreich waren seine Kompositionen »Fugue on bop themes«, »Elementals« für Jazzquartett und Sinfonieorchester und vor allem der Titel »Take Five«, komponiert von seinem Altsaxophonisten Paul Desmond. 1967 löste sich das bekannt gewordene Brubeck-Quartett auf. In den 70er und 80er Jahren war B. mit einer neuen Gruppe, die zunehmend Elemente aus der Rockmusik aufnahm, die Attraktion zahlreicher Jazz-Festivals.

□ 1944: Nach Kompositionsstudium bei A. →Schönberg und D. →Milhaud Leitung einer Militärkapelle. □ 1946: Gründung des Oktetts The Jazz Workshop Ensemble. □ ab 1951: Zahlreiche Welttourneen mit dem Brubeck-Quartett. □ 1959: UA des »Dialogue for Jazz Combo and Symphony« mit L. →Bernstein und dem New York Philharmonic Orchestra. □ 1970: »Dave Brubeck in Berlin« (LP). □ 1975/76: Konzerte mit dem ehemaligen Brubeck-Quartett. □ 1980: Europa-Tournee. □ 1986: »Reflections« (LP).

← Dave Brubeck

Bruce, Sir (ab 1908) David

brit. Bakteriologe austral. Herkunft
* 29.5.1855 Melbourne † 27.11.1931 London

Bruce, erfolgreicher Tropenmediziner im Dienst der britischen Armee, entdeckte 1887 den Erreger des in Mittelmeerländern verbreiteten »Maltafiebers«, die durch unpasteurisierte Schaf- und Ziegenmilch übertragene Bakteriengattung »Brucella melitensis«. Darüber hinaus war B. auch an der Isolierung des Erregers der Schlafkrankheit beteiligt und fand bei seinen Forschungsexpeditionen nach Afrika die Ursachen einer Reihe von Haustiere betreffenden Seuchen.

Bruch, Max

dt. Komponist
* 6.1.1838 Köln † 2.10. 1920 Berlin-Friedenau

Bruch orientierte sich in seinen Werken stilistisch und ästhetisch an Brahms. Mit seinen melodiebetonten Chorwerken war B., der Anregungen aus der Folklore bezog (schottische, russische und hebräische Weisen), einer der populärsten Komponisten seiner Zeit. Heute noch geschätzt sind die drei Violinkonzerte (1868-91) und das Konzertstück »Kol Nidrei« (1881) für Cello und Orchester.

□ 1853-57: Stipendiat der Mozart-Stiftung. □ 1858-61: Musiklehrer in Köln. □ 1863: »Die Loreley« (Oper, UA Mannheim). □ 1878: Leiter des Sternschen Gesangvereins in Berlin. □ 1880: Dirigent der Philharmonic Society in Liverpool. □ 1883: Dir. des Orchestervereins in Breslau. □ ab 1891: Leiter einer Kompositionsklasse an der Berliner Akademie.

▷ K. Ch. Fifield: Max Bruch. Biographie eines Komponisten, 1990.

Bruch, Walter

dt. Ingenieur und Fernsehpionier
* 2.3.1908 Neustadt/Weinstraße

Bruch, der bereits 1937 eine Ikonoskop-Fernsehkamera vorstellte, schuf die Grundlagen des Farbfernsehsystems der BRD. Die von B. entwickelte Farbübertragungsnorm PAL (Phase Alternation Line; engl.; zeilenweise Phasenveränderung) wurde am 25. 8. 1967 offiziell in der BRD gestartet und bis 1990 in über 60 Länder verkauft. Auch die MAC-Norm, die ab 1992/93 in Europa den besseren Empfang größerer Fernsehbilder ermöglichen soll, geht auf B. zurück.

Walter Bruch: Der Wegbereiter des Farbfernsehens in der BRD im Fernsehlabor, 1965.

Christine Brückner →

← Max Bruch

Brückner, Christine

dt. Schriftstellerin
* 10.12.1921 Schmillinghausen, Waldeck

Brückner, Autorin der Romantrilogie »Jauche und Levkojen« (1975), »Nirgendwo ist Poenichen« (1977) und »Die Quints« (1985), schildert individuelles menschliches Schicksal vor zeitgeschichtlichem Hintergrund. Bevor sie zu schreiben begann, arbeitete B. als Mensaleiterin, Redakteurin und in einem Kunstinstitut; sie studierte Kunstgeschichte, Germanistik und Psychologie.

□ 1954: »Ehe die Spuren verwehen« (R.). □ 1973: »Überlebensgeschichten« (Erz.n). □ 1983: »Wenn du geredet hättest, Desdemona. Ungehaltene Reden ungehaltener Frauen«.

▷ C. Brückner: Die Stunde des Rebhuhns (Mem.), 1991.

Brückner, Peter
dt. Sozialpsychologe
* 13.5.1922 Dresden † 10.4.1982 Nizza (Frankreich)

Brückner, ein Schüler von A. →Mitscherlich, wurde in den 60er und 70er Jahren zu einer Symbolfigur der Studentenbewegung. B. erforschte die politischen und kapitalistischen Strukturen unter marxistisch-sozialpsychologischen Gesichtspunkten. Von der wesentlich von ihm mitgeprägten »Politischen Psychologie« forderte er kritische Analysen und Anleitungen zum politischen Handeln. Wegen seiner angeblich zwiespältigen Haltung zur Gewalt wurde B. mehrfach vom Dienst suspendiert.

□ 1967-72: Prof. für Psychologie an der TU Hannover; Dir. des Psychologischen Seminars. □ 1972-80: Wiederholte Suspendierungen, Disziplinarverfahren infolge des sog. Ruhland-Prozesses. □ 1977: »Die Mescalero-Affäre. Ein Lehrstück über Aufklärung und politische Kultur« (Schr.). □ 1978: »Versuch, uns und anderen die Bundesrepublik zu erklären« (Es.). □ 1979: »Über die Gewalt« (Schr.). □ ab 1980: Private Lehrtätigkeit im Club Voltaire in Hannover. □ 1981: »Zur Sozialpsychologie des Kapitalismus« (Schr.); »Psychologie und Geschichte« (außeruniv. Vorlesungen).

▷ P. Brückner: Das Abseits als sicherer Ort (Aut.), 1980.

Brüggen, Frans
niederl. Flötist und Dirigent
* 30.10.1934 Amsterdam

Brüggen, der mit 21 Jahren bereits Professor für Blockflöte, Querflöte und Musik des 18. Jh.s in Den Haag und Amsterdam war, ist der prominenteste Blockflötist des 20. Jh.s. Nicht nur als Solist bei zahlreichen Konzerten und Schallplatteneinspielungen, sondern auch als Pädagoge und Herausgeber von Blockflötenmusik verhalf er dem Instrument zu internationaler Bedeutung. Sein differenziertes Spiel und seine ausdrucksvolle Virtuosität inspirierten Komponisten der Avantgarde wie L. → Berio. Seit den 70er Jahren genießt B. auch als künstlerischer Leiter verschiedener Ensembles und Kammerorchester wachsendes Ansehen. Er gründete 1981 das sog. Orchester des 18. Jahrhunderts, um eine historische Spielpraxis im Konzertleben zu etablieren.

□ 1950-56: Blockflöten-, Querflöten- und Musikwissenschaftsstudium in Amsterdam. □ seit 1955: Prof. an den Konservatorien in Den Haag und Amsterdam für Blockflöte, Querflöte und Alte Musik. □ 1972/73: Erasmus Prof. an der Harvard Univ. □ 1973/74: Regents Prof. an der Berkeley Univ.

Brugman(n), Karl
dt. Sprachforscher und Indogermanist
* 16.3.1849 Wiesbaden † 29.6.1919 Leipzig

Brugmann begründete mit dem Grundsatz von der ausnahmslosen Geltung der sog. Lautgesetze beim Lautwandel (Veränderung der Laute im Laufe der Sprachgeschichte) die sprachwissenschaftliche Schule der Junggrammatiker (»Morphologische Untersuchungen auf dem Gebiete der indogermanischen Sprachen«, 6 Bde., 1878-1910). Sein Hauptwerk ist der »Grundriß der vergleichenden Grammatik der indogermanischen Sprachen« (2 Bde., 1886-92).

□ 1876: Theorie der »Nasalis sonans in der indogermanischen Grundsprache«. □ 1882-1919: Prof. in Leipzig und Freiburg i. Br. □ 1892: Gründung der Fachzeitschrift »Indogermanische Forschungen«.

← Peter Brückner

Jacques Brugnon →

Avery Brundage →

Gro Harlem Brundtland →

Brugnon, Jacques
frz. Tennisspieler
* 11.5.1895 Paris † 20.3.1978 ebd.

Brugnon gehörte zum legendären französischen Daviscup-Team (J. →Borotra, H. →Cochet und R. →Lacoste), das 1927-32 den Daviscup gewann. Von den »vier Musketieren« war er der schwächste Einzelspieler, aber der zuverlässigste im Doppel. Als Doppelspieler gewann er viermal Wimbledon (1926, 1928, 1933), fünfmal die French Open (1928, 1930, 1932 und 1934) und 1928 die Australian Open.

Brundage, Avery
amer. Sportfunktionär
* 28.9.1887 Detroit
† 8.5.1975 Garmisch-Partenkirchen

Brundage war 1952-72 Präsident des Internationalen Olympischen Komitees (IOC). Der Bauunternehmer und Kunstsammler war ein Gegner jeglicher Liberalisierung des Amateurstatus. Aus diesem Grund veranlaßte er 1932 den Ausschluß des finnischen Läufers P. →Nurmi von den Olympischen Sommerspielen. B. unterstützte die Teilnahme der Südafrikaner bei Olympischen Spielen und beklagte deren Ausschluß als unzulässige Politisierung der Spiele.

□ 1912: Olympiateilnehmer in Stockholm (Fünf- und Zehnkampf). □ 1914: USA-Meister im Mehrkampf (erneut 1916 und 1918). □ 1936-72: IOC-Mitgl. □ 1946-52: IOC-Vizepräsident. □ seit 1973: Ehe mit der dt. Prinzessin M. von Reuß.

Brundtland, Gro Harlem
norw. Politikerin
* 20.4.1939 Oslo

Brundtland, eine resolute und äußerst populäre Politikerin, war der erste weibliche Regierungschef Norwegens. Mit ihrem großen Engagement für Frauenfragen und Umweltschutz (Vorsitzende der UN-Umweltschutzkommission) erwarb sie sich internationale Anerkennung. In der Außenpolitik strebte sie eine enge Zusammenarbeit mit der EG an; innenpolitisch konnte sie mit einem einschneidenden Sparprogramm die Wirtschaft stabilisieren, der Anstieg der Arbeitslosigkeit führte jedoch zu Unruhen. Nach den Parlamentswahlen von 1989 mußte sie ihr Amt an den konservativen Jan Peder Syse übergeben.

□ bis 1963: Medizinstudium. □ 1963-66: Weiterbildung an der Harvard-Univ. Cambridge, Mass. (USA). □ 1966-74: Ärztin im staatlichen Gesundheitsdienst. □ 1974-79: Umweltmin. □ 1975: Stellv. und seit 1981 Vors. der sozialdemokratischen Arbeiterpartei. □ 1977: Abg. im Storting (Parlament). □ 1981, 1986-89: Ministerpräsidentin.

H. Brüning mußte 1932 als Reichskanzler zurücktreten.

Brüning, Heinrich
dt. Politiker
* 26.11.1885 Münster
† 30.3.1970 Norwich, Verm. (USA)

Der Zentrumspolitiker Brüning wurde zur tragischen Gestalt der Weimarer Republik. Als Reichskanzler (ab 1930) versuchte er mit Notverordnungen nach Art. 48 der Reichsverfassung zu regieren, da sein Kabinett keine parlamentarische Mehrheit besaß. B. lehnte eine Arbeitsbeschaffungspolitik ab und wollte die Sanierung der Reichsfinanzen und die Reparationsfrage mit einer konsequenten Deflationspolitik lösen. Doch die damit verbundenen Lohn- und Gehaltskürzungen, steigende Arbeitslosigkeit und Firmenzusammenbrüche führten zu einem wachsenden Einfluß der extremen Parteien NSDAP und KPD und damit zu einer von B. nicht beabsichtigten Destabilisierung der Republik. Die fortwährende Ausschaltung von Parlament und demokratischen Parteien sowie das wachsende Mißtrauen des greisen Reichspräsidenten v. →Hindenburg führten schließlich trotz der sich abzeichnenden Lösung der Reparationsfrage zu seiner Abberufung. Auf Betreiben Generals v. →Schleicher mußte B. im Mai 1932 zurücktreten. Seine außenpolitischen Erfolge (Ende der Reparationen, Anerkennung der rüstungspolitischen Gleichberechtigung Deutschlands) kamen nur ein knappes Jahr später A. →Hitler zugute.

□ 1920-30: Geschäftsführer des (christlichen) Dt. Gewerkschaftsbundes. □ 1924-33: MdR (Zentrum). □ 1929: Vors. der Zentrums-Fraktion. □ 1930-32: Reichskanzler. □ ab Oktober 1931: Auch Außenmin. □ 1934: Emigration. □ 1937: Prof. für Politische Wissenschaft an der Harvard Univ., Cambridge, Mass. (USA). □ 1951-55: Prof. in Köln. □ 1955: Rückkehr in die USA. □ 1968: »Reden und Aufsätze«.

▷ E. Lohe: Brüning. Offizier, Staatsmann, Gelehrter, 1969; H. Brüning: Memoiren 1885-1934, 1970.

Brüning, Peter
dt. Maler und Grafiker
* 21.11.1929 Düsseldorf † 25.12.1970 Ratingen

Brüning war in den 50er Jahren und Anfang der 60er Jahre ein Idol der rheinischen Kunstszene. Mit seiner gestisch-abstrakten Malerei gehörte er zu den profilierten Vertretern des deutschen Informel. Um 1960 brach er mit dieser Kunstrichtung: In sog. Kartografie-Bildern — großformatig, mit schwarz-blauen und schwarz-roten Akzenten auf weißem Grund — zeigte er die Einschnürung der Natur unter einem Netz aus Straßen und Schildern. Diese symbolhafte Warnung vor Umweltzerstörung setzte er später auch in plastischen Gestaltungen und elektronisch gesteuerten »Verkehrswänden« fort.

▷ M.-L. Otten: Peter Brüning, 1988.

Emil Brunner →

← Peter Brüning

Brunner, Emil
schweiz. Theologe (ev.)
* 23.12.1889 Winterthur † 6.4.1966 Zürich

Brunner war neben K. →Barth und Eduard Thurneysen (* 1888, † 1974) Mitbegründer der dialektischen Theologie. 1933/34 trennte er sich in der Frage nach dem »Anknüpfungspunkt« des Wortes Gottes beim Menschen von K. Barth, der dieser Möglichkeit sein kompromißloses »Nein!« (Schr., 1934) entgegenhielt, und wandte sich einer theologischen Anthropologie zu, die das Gottesverhältnis als eine personale Ich-Du-Begegnung herausstellt.

□ 1921: »Erlebnis, Erkenntnis und Glaube« (Schr.). □ 1924-53: Prof. für systematische und praktische Theologie an der Univ. Zürich. □ 1935: »Unser Glaube« (Schr.). □ 1937: »Das Wort Gottes und der moderne Mensch« (Schr.). □ 1946-60: »Dogamtik« (Schr., 3 Bde.). □ 1951: »Mißverständnis der Kirche« (Schr.). □ 1953: »Das Ewige als Zukunft und Gegenwart« (Schr.). □ 1958: »Gott und sein Rebell« (Schr.).

▷ R. Roessler: Person und Glaube. Der Personalismus der Gottesbeziehung bei Emil Brunner, 1965.

Brunner, Otto
österr. Historiker
* 21.4.1898 Mödling bei Wien
† 12.6.1982 Hamburg

Brunners Werk »Land und Herrschaft« (1939) wurde zu einem Standardwerk der deutschen Verfassungs- und Sozialgeschichte des Spätmittelalters. Neben Abhandlungen zur Sozial- und Wirtschaftsgeschichte des Adels hatten seine wiederholt aufgelegten »Neuen Wege der Sozialgeschichte« (1956) Einfluß auf die Entwicklung der deutschen Geschichtsschreibung.

□ 1931-45: Prof. an der Univ. Wien. □ 1949: »Adeliges Landleben und europäischer Geist« (Schr.). □ 1953: »Die Rechtsquellen der Städte Krems und Stein« (Schr.) □ ab 1954: Prof. an der Univ. Hamburg; 1959/60 Rektor ebd. □ 1980: »Neue Wege der Sozial- und Verfassungsgeschichte« (Schr.).

▷ Alteuropa und die moderne Gesellschaft. Festschrift für Otto Brunner, 1963.

Brynner, Yul
(eig. Julius Briner)
schweiz.-amer. Schauspieler russ. Herkunft
* 11.7.1920 Wladiwostok(?) † 10.10.1985 New York

Kahlgeschoren, sein Markenzeichen, trat Brynner in zahlreichen Abenteuerfilmen auf. Den größten Erfolg hatte er 1952 in der Broadway-Inszenierung des Musicals »Der König und ich«, das 1956 von Walter Lang verfilmt wurde und ihm den Oscar als bester Hauptdarsteller einbrachte. B. engagierte sich mehrfach für die UNESCO und war Sonderberater John F. →Kennedys in der Aktion Food for Peace.

☐ 1933-37: Trapezartist bis zu einem schweren Unfall. ☐ 1940: Reise in die USA mit dem Wandertheater Michael Tschechow. ☐ 1949: Filmdebüt in »Rauschgiftbrigade« (Rg. L. Benedek). ☐ 1957: »Die zehn Gebote« (Rg. C. B. →de Mille). ☐ 1960: »Die glorreichen Sieben« (Rg. J. →Sturges). ☐ 1973: »Die Schlange« (Rg. H. Verneuil).

← Yul Brynner

Brzezinski, Zbigniew

amer. Politologe poln. Herkunft
* 28.3.1928 Warschau

Der Politologe und Osteuropaspezialist Brzezinski war seit den 60er Jahren als Präsidentenberater tätig; unter J. →Carter wurde er 1976 Leiter des Nationalen Sicherheitsrates. Als Kritiker der von R. →Nixon und G. →Ford betriebenen Entspannungspolitik geriet er in Widerspruch zu Außenminister Cyrus Vance. B. lehrt an der Columbia University in New York, leitet das Zentrum für strategische und internationale Studien an der Georgetown University in Washington und ist Verfasser zahlreicher Fachpublikationen.

← Zbigniew Brzezinski

Buber, Martin

israel. Sozial- und Religionsphilosoph
österr. Herkunft
* 8.2.1878 Wien † 13.6.1965 Jerusalem

Bubers Bemühen galt der Erneuerung des abendländischen Judentums im Geiste der Bibel und des Chassidismus, dessen Schrifttum er sammelte und durch eine rege Übersetzertätigkeit erschloß. Er zeichnete sich durch einzigartige deutschsprachige Gestaltungskraft aus und war zudem ein brillanter jüdischer Bibelexeget. Entsprechend seinem »dialogischen Prinzip«, das er 1923 in der Schrift »Ich und Du« als das unmittelbare Verhältnis sowohl des einzelnen Menschen zum anderen wie auch zu Gott beschrieb, setzte er sich für die Versöhnung zwischen Juden und Deutschen ein, aber auch für eine friedliche Koexistenz von Arabern und Juden.

B. wirkte seit 1898 in der zionistischen Bewegung und in der Erwachsenenbildung. Er beeinflußte mit seinen Anschauungen nicht nur die christliche Theologie, sondern auch Pädagogik, Psychiatrie und Philosophie.

Martin Buber: Der bedeutende jüd. Religionsphilosoph.

☐ 1916-24: Hg. der Zeitschrift »Der Jude«. ☐ ab 1919: Zusammenarbeit mit F. →Rosenzweig am Freien Jüd. Lehrhaus in Frankfurt. ☐ 1923-33: Honorarprof. für jüd. Religionswissenschaft und Ethik an der Univ. Frankfurt. ☐ 1925-61: Übersetzung des A.T.s ins Deutsche, mit F. Rosenzweig bis zu dessen Tode 1929. ☐ 1926-30: Mit J. Wittig und V. v. →Weizsäcker Hg. der Zeitschrift »Die Kreatur«. ☐ 1938-51: Prof. für Sozialphilosophie an der Hebr. Univ. Jerusalem. ☐ 1952: Auszeichnung durch den Friedenspreis des Dt. Buchhandels. ☐ 1963: »Der Jude und sein Judentum« (Schr.); Erasmus-Preis der Niederlande.

▷ M. Buber: Begegnungen. Aut. Fragmente, 1960; W. Kraft: Gespräche mit Martin Buber, 1966; G. Wehr: Martin Buber in Selbstzeugnissen und Bilddokumenten, 1968; G. Wehr: Martin Buber, 1991.

Buber-Neumann, Margarete

dt. Schriftstellerin
* 21.10.1901 Potsdam † 6.11.1989 Frankfurt/Main

M. Buber-Neumann →

Buber-Neumann, in ihrer Jugend überzeugte Kommunistin, vollzog aufgrund ihrer Erfahrungen unter zwei totalitären Systemen einen Wandel zur engagierten Antikommunistin und Demokratin. Die Verfolgung durch stalinistische Behörden (1938-40) und Nazis (1940-45) dokumentierte sie in zahlreichen Büchern (u. a. »Als Gefangene bei Stalin und Hitler«, 1949; »Von Potsdam nach Moskau. Stationen eines Irrwegs«, 1957).

☐ 1926: Eintritt in die KPD. ☐ 1933: Emigration nach Spanien, in die Schweiz und schließlich nach Moskau. ☐ 1938-40: Inhaftierung in Arbeitslagern. ☐ 1940: Auslieferung an die Gestapo. ☐ 1940-45: Inhaftierung im KZ Ravensbrück. ☐ 1950: Mitbegründerin des »Befreiungskomitees für die Opfer totalitärer Willkür«. ☐ 1963: »Kafkas Freundin Milena« (Erinnerung an die Bekanntschaft mit Milena Jesenska im KZ Ravensbrück).

▷ M. Buber-Neumann: Freiheit, du bist wieder mein (Aut.), 1978.

Bubka, Sergej

sowjet. Leichtathlet
* 4.12.1963 Donezk

Bubka, dem in der Sowjetunion als erstem die Vermarktung seiner Leistungen im »kapitalistischen Ausland« erlaubt wurde, übersprang im Stabhochsprung als erster die 6,00 m (13.7.1985 Rom). 1989-91 stellte B. 16 Weltrekorde auf; im Training soll er bereits 6,30 m überquert haben. Seine »Salamitaktik«, die kontinuierliche Steige-

Sergej Bubka stellte zahlreiche Weltrekorde auf.

rung der Bestmarken um nur einen Zentimeter, macht ihn zu einem der Spitzenverdiener in der Leichtathletik.

☐ 1983: Weltmeister (erneut 1987). ☐ 1984: Erster Weltrekord (5,85 m). ☐ 1986: Europameister. ☐ 1988: Olympiasieger; neunter Weltrekord (6,06 m). ☐ 1991: Mit 6,11 m in der Halle 23. Weltrekord; mit 6,07 m im Freien 25. Weltrekord; Weltmeister bei der WM in Tokio (5,95 m).

Bucerius, Gerd

dt. Verleger und Publizist
* 19.5.1906 Hamm, NRW

Bucerius prägte als Verleger der Hamburger Wochenzeitung Die Zeit entscheidend die bundesdeutsche Presselandschaft. Der promovierte Jurist, der nach Kriegsende zunächst als Senator der Hamburger Baubehörde politisch aktiv wurde, schrieb seit Gründung (1946) der hochangesehenen Zeitung für Politik, Wirtschaft, Handel und Kultur selbst regelmäßig zu aktuellen Tagesereignissen. Nachdem bereits 1977-82 Diether Stolze den Zeit-Verlag geleitet hatte, übergab B. die publizistische Führung 1985 an Hilde von Lang und Altbundeskanzler H. →Schmidt (seit 1990 nur noch Herausgeber). B. stand dem Verlag jedoch weiterhin als Berater zur Verfügung. B. ist auf Lebenszeit Vorsitzender der 1971 gegründeten Zeit-Stiftung, der die Titelrechte der Zeit gehören. Das neunköpfige Kuratorium entscheidet über die Besetzung von Verleger und Chefredakteuren. Die unternehmerische Initiative liegt aber bei B. allein.

☐ 1925-32: Jurastudium. ☐ 1946: Mitbegründer der Wochenzeitung Die Zeit. ☐ 1947-49: Mitgl. des Frankfurter Wirtschaftsrats. ☐ 1949-62: CDU-MdB. ☐ 1951: Mehrheitseigner des Stern-Magazins. ☐ 1957: Alleiniger Verleger der Zeit. ☐ 1965: Mit Richard Gruner und J. →Jahr Gründer der Gruner + Jahr GmbH & Co., dem damals nach dem Haus Springer zweitgrößten Pressekonzern. ☐ 1966: Kauf der Zeitschrift Volkswirt (Vorläufer der Wirtschaftswoche). ☐ 1969: Loslösung der Zeit aus dem Verlag. ☐ 1973: Nach Verkauf seiner Gruner+Jahr-Anteile an die Bertelsmann AG dort Mitgl. des Aufsichtsrats. ☐ 1974: Verkauf der Wirtschaftswoche an Holtzbrinck, dafür 15% an der Handelsblatt GmbH. ☐ 1979: Bertelsmann-Anteil sinkt auf 10,74%. ☐ 1984: »Zwischenrufe und Ordnungsrufe« (Schr.). ☐ 1986-89: 5%-Beteiligung an Radio Hamburg. ☐ 1988: Gründung der Zeit-TV-GmbH (55% Bucerius).

James M. Buchanan →

Buchanan, James McGill

amer. Ökonom
* 2.10.1919 Murfreesboro, Tenn.

Buchanan, Nobelpreisträger von 1986, begründete die Theorie der Public Choice, die das Zustandekommen ökonomischer Entscheidungen im öffentlichen Bereich analysiert. Der Grundgedanke dieser Theorie besteht darin, verstärkt ökonomische Kriterien in die Entscheidungsfindung von Staat, Verbänden und Parteien einfließen zu lassen. B., Vertreter der sog. Neuen Politischen Ökonomie, ist Direktor des 1969 von ihm gegründeten Forschungszentrums Center for Study of Public Choice (Fairfax, Virg.).

☐ 1956-68: Lehre und Forschung an der Univ. of Virg., Charlottesville. 1958: »Public principles of public debt« (Schr.). ☐ 1962: »The calculus of consent« (Schr. mit G. Tulloch). ☐ 1969-83: Prof. am Virg. Polytechnic Inst., Blacksburg. ☐ 1972: »Theory of public choice. Political applications of economics« (Schr.). ☐ seit 1983: Prof. an der George-Mason-Univ. in Fairfax, Virg. ☐ 1985: »The reason of rules« (Schr.). ☐ 1986: Nobelpreis für Wirtschaftswissenschaften.

← Gerd Bucerius

Bucharin, Nikolai Iwanowitsch

sowjet. Politiker
* 9.10.1888 Moskau † 15.3.1938 ebd. (hingerichtet)

Bucharin war als marxistischer Wirtschaftstheoretiker ein enger Mitarbeiter von W. →Lenin. Nach Lenins Tod unterstützte er zunächst J. →Stalin. Als Verteidiger von Lenins »Neuer Ökonomischer Politik« (NEP) wandte er sich jedoch bald gegen Stalins Politik der überhasteten Industrialisierung und Zwangskollektivierung. 1929 wurde er als »Rechts-Abweichler« aller seiner Ämter enthoben. Er war 1938 der Hauptangeklagte im dritten großen Schauprozeß während Stalins »Säuberungs-Maßnahmen« in Moskau.

☐ 1906: Mitgl. der Bolschewiki. ☐ 1911: Verbannung nach Sibirien; Flucht nach Deutschland. ☐ 1917: Chefredakteur des Parteiorgans Prawda; Mitgl. des ZK der KPdSU. ☐ 1918: »Imperialismus und Weltwirtschaft« (Schr.). ☐ 1922: »Theorie des historischen Materialismus« (Schr.). ☐ 1924: Mitgl. des Politbüros. ☐ 1926: Vors. des Exekutivkomitees der Komintern. ☐ 1929: Verlust aller Ämter. ☐ 1934: Hg. der Regierungszeitung Iswestija. ☐ 1937: Verhaftung.

Nikolai I. Bucharin →

Buchheim, Lothar-Günther

dt. Verleger und Schriftsteller
* 6.2.1918 Weimar

Der Kunstsammler und -verleger Buchheim dokumentierte in Romanen und Bildbänden die Sinnlosigkeit und Brutalität des U-Bootkriegs, wie er sie als Kriegsberichterstatter erfahren hatte (u. a. in »Das Boot«, R., 1973; verfilmt von W. →Petersen, 1981). B. besitzt eine wertvolle Sammlung expressionistischer Kunst, die er bis 1980 der Bayerischen Staatsgemäldesammlung als Leihgabe zur Verfügung stellte. B.s Plan, die Sammlung als Dauerleihgabe an die Stadt Duisburg abzugeben, scheiterte an der kompromißlosen Haltung B.s in bezug auf Nutzungsfläche und Leitung des zu diesem Zweck neu errichteten Museums.

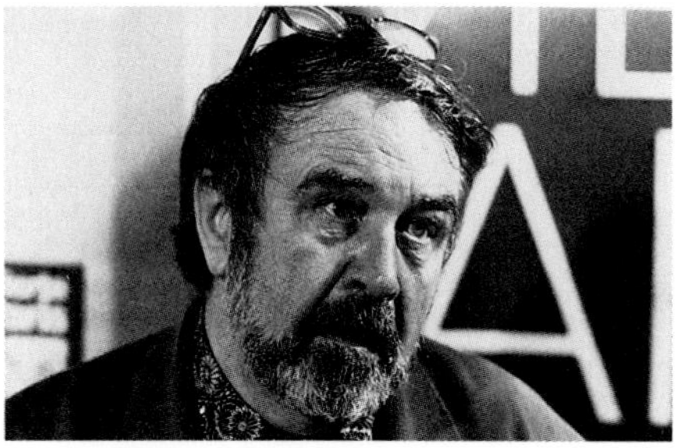

L.-G. Buchheim, begeisterter Kunstsammler und Autor.

□ 1951: Gründung des Buchheim-Verlags (Kunstbuchverlag). □ 1956: »Die Künstlergemeinschaft Brücke« (Schr.). □ 1958: »Der Blaue Reiter und die Neue Künstlervereinigung« (Schr.). □ 1973: »Das Boot« (R.). □ 1980: »Der Luxusliner« (R.) □ 1988: »Malerbuch. Arbeiten aus drei Jahrzehnten«.

▷ Lothar-Günther Buchheim. Der Maler, Katalog der Ausstellung des Ulmer Museums, 1988.

Buchholz, Horst

dt. Schauspieler
* 4.12.1933 Berlin

Seine Darstellung in »Die Halbstarken« (1956; Rg. G. Tressler mit K. Baal) legte Buchholz auf den ungestümen Jugendlichen fest, der gegen die Erwachsenenwelt rebelliert. Durch die Titelrolle in K. →Hoffmanns »Bekenntnisse des Hochstaplers Felix Krull« (1957, nach Th. →Mann) wurde B. international bekannt und erreichte als Chico in »Die glorreichen Sieben« (1960; mit Y. →Brunner, Rg. J. →Sturges) den Höhepunkt seiner Karriere. Seit den 70er Jahren konzentriert sich B. vorrangig auf die Fernseh- und Theaterarbeit.

← Horst Buchholz

□ ab 1950: Schauspieler an verschiedenen Berliner Theatern. □ 1954: »Marianne« (Rg. J. →Duvivier). □ 1957: »Monpti« (mit R. →Schneider, Rg. H. →Käutner). □ 1959: »Tiger Baby« (Rg. L. Thompson); »Das Totenschiff« (mit M. →Adorf, nach dem Roman von B. →Traven; Rg. G. Tressler). □ 1960: »Fanny« (Rg. J. Logan). □ 1961: »Eins, zwei, drei« (mit J. → Cagney; Rg. B. →Wilder). □ 1978: »Lawinenexpress« (Rg. M. Robson).

Buchner, Eduard

dt. Chemiker
* 20.5.1860 München
† 13.8.1917 Focani (Rumänien, gefallen)

Buchner entdeckte 1897 bei gärungschemischen Untersuchungen, daß die alkoholische Gärung des Zuckers nicht durch die Lebensfunktionen der Hefezellen eingeleitet wird, sondern durch ein in ihnen eingelagertes Enzym. Noch bevor er dieses Enzym als »Zymase« isolieren konnte, bewies B. die zellfreie Gärung, indem er die Hefe auspreßte und mit dem Zellsaft die Gärung in Gang brachte.

← Eduard Buchner

□ 1897: »Alkoholische Gärung ohne Hefezellen« (Abh.). □ 1899-1911: Prof. an der Univ. Breslau. □ 1903: »Die Zymasegärung« (Schr., zusammen mit seinem Bruder H. →Buchner). □ 1907: Chemie-Nobelpreis. □ ab 1911: Prof. an der Univ. Würzburg.

Buchner, Hans Ernst August

dt. Hygieniker und Bakteriologe
* 16.12.1850 München † 5.4.1902 ebd.

Buchner, ab 1894 Professor an der Universität München, erkannte die Bedeutung der von ihm »Alexine« genannten Blutserumproteine für die körpereigene Immunabwehr und leitete damit die Erforschung der für die Antikörperbildung verantwortlichen Gamma-Globuline ein. Der Nachfolger von M. →Pettenkofer am Münchner Hygienischen Institut entdeckte, daß die Bakterien tötenden Substanzen ihre Wirkung bei einer Erhitzung auf 56°-60 °C verlieren. B. erarbeitete außerdem Methoden zur Untersuchung anaerobischer, d. h. ohne Sauerstoff lebender Bakterien.

Buck, Pearl S(ydenstricker)

amer. Schriftstellerin
* 26.6.1892 Hillsboro, W. Virg.
† 6.3.1973 Danby, Verm.

Die in China als Tochter eines Missionars aufgewachsene Buck wurde wegen ihrer Schilderung der chinesischen Bauernwelt bekannt. Als erste Schriftstellerin brachte sie der westlichen Welt die fernöstliche Kultur Chinas näher. Ihr Hauptwerk ist die Romantrilogie »Das Haus der Erde« über den Jahrzehnte dauernden Existenzkampf eines Bauern und dessen Frau, die unter der Kuratel eines Großgrundbesitzers stehen. Der Bauer gelangt im Laufe seines Lebens zu Reichtum, den seine Kinder, beeinflußt von den revolutionären

Pearl S. Buck: Literatur-Nobelpreisträgerin 1938.

Umbrüchen in China zu Beginn des 20. Jh.s sowie dem Einzug westlicher Wertvorstellungen, nicht mehr im Sinne einer schollengebundenen Tradition verwalten können. Die Simplizität der Sprache ist ein Versuch der Annäherung an das Chinesische. Im Westen von der Kritik gefeiert (Literatur-Nobelpreis 1938), warfen ihr chinesische Intellektuelle vor, China zu stark aus der Perspektive westlicher Wertvorstellungen dargestellt zu haben.

□ 1921-31: Prof. für engl. Literatur in Nanking. □ 1930: »Ostwind, Westwind« (R., dt. 1934). □ 1931: »Die gute Erde« (R., dt. 1933); Veröffentlichung von Hilferufen in westlichen Zeitungen wegen der großen Überschwemmungskatastrophe am Yangtse. □ 1934: »Die Mutter« (R., dt. 1934). □ 1935: »Das geteilte Haus« (R., dt. 1935). □ 1938: Literatur-Nobelpreis. □ 1939: »Das Haus der Erde« (R., dt. 1957). □ 1952: »Und weiter führt der Weg nach Westen« (R., dt. 1952, unter dem Pseudonym John Sedges publiziert). □ 1967: »Des Lebens ganze Fülle« (R., dt. 1967). □ 1972: Verweigerung der Einreise nach China aus politischen Gründen.

▷ P. S. Buck: Mein Leben — meine Welten (Aut.), 1976.

Bücken, Ernst

dt. Musikforscher
* 2.5.1884 Aachen † 28.7.1949 Overath bei Köln

← Ernst Bücken

Bücken verfaßte bedeutende Abhandlungen zur musikalischen Stilkunde (H. →Riemann). Er gab 1927-34 das bis heute als musikgeschichtliches Standardwerk geltende »Handbuch der Musikwissenschaft« heraus, in dem er die rein formale Stilkritik zu einem umfassenden kulturgeschichtlichen Stilbegriff weiterführte (H. Wölfflin). Seine intensive Beschäftigung mit Problemen der musikalischen Biographik mündete in die Konzeption der Reihe »Die großen Meister der Musik« (1934).

□ 1920: Habilitation in Köln mit »Der heroische Stil in der Oper«. □ 1925-45: Professor an der Univ. Köln. □ 1936: Dozent an der Abteilung Schulmusik der Kölner Hochschule für Musik. □ 1938: Ehrenmitgl. der Società Antonio Vivaldi zu Venedig. □ 1942: Mitgl. des Staatlichen Inst. für Musikforschung, Berlin.

Buckwitz, Harry

dt. Regisseur
* 31.3.1904 München
† 27.12.1987 Zürich (Schweiz)

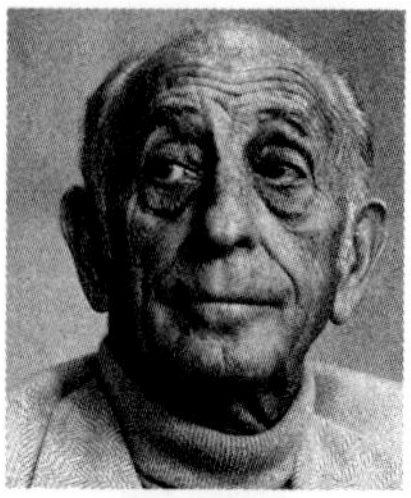

← Harry Buckwitz

Nach dem 2. Weltkrieg schuf Buckwitz als Generalintendant der Städtischen Bühnen Frankfurt/Main mit seinen Brecht-Inszenierungen die Grundlage für ein politisches Theater. Ideologisch keineswegs fixiert, führte er auch Werke von M. →Frisch (»Andorra«) und A. →Miller (»Hexenjagd«) auf und zeigte sich gegenüber Novitäten wie P. →Weiss' »Vietnam-Diskurs« (1968) aufgeschlossen.

□ 1926-37: Schauspielengagements in Mainz, Bochum, Augsburg und Freiburg i. Br. □ 1937: Nach Auftrittsverbot Emigration nach Tanganjika. □ 1940: Repatriierung. □ 1944: Wehrmacht. □ 1946-51: Verwaltungschef der Münchener Kammerspiele. □ 1951-68: Generalintendant der Städtischen Bühnen Frankfurt/Main. □ 1970-77: Dir. des Schauspielhauses Zürich. □ ab 1977: TV-Inszenierungen.

Buero Vallejo, Antonio

span. Dramatiker
* 29.9.1916 Guadalajara

Buero Vallejo ist einer der wichtigsten spanischen Dramatiker der Nachkriegszeit. Obwohl seine Stücke moderate Kritik an den sozialpolitischen Gegebenheiten enthalten, warfen ihm Kollegen allzu bereitwillige Anpassung an das Franco-Regime vor. B.s erfolgreiches Erstlingswerk »Geschichte einer Treppe« (1949) zeigt das triste Leben in einem schäbigen Madrider Mietshaus.

□ 1936-39: Teilnahme am span. Bürgerkrieg auf seiten der Republikaner. □ 1939-46: Gefängnis. □ 1949: Lope-de-Vega-Preis für »Geschichte einer Treppe« (Dr., dt. 1955). □ 1970: »Der Traum der Vernunft« (Dr., dt. 1973). □ 1971: Aufnahme in die Kgl. Span. Akademie. □ 1980: »Richter in der Nacht« (Dr., dt. 1983). □ 1986: Cervantes-Preis.

Buffalo Bill

(eig. Frederick William Cody)
amer. Jäger und Schausteller
* 26.2.1846 im Scott County, Iowa
† 10.1.1917 Denver, Col.

Buffalo Bill →

Buffalo Bill arbeitete als Postreiter, Büffeljäger, Fallensteller sowie als Pfadfinder für die amerikanische Armee (zwischen 1869 und 1876) im Kampf gegen Indianer, bevor er 1883 den ersten Wildwest-Zirkus gründete. Mit ihm reiste er mehr als 30 Jahre erfolgreich durch die USA und durch Europa. In seinen Shows verklärte er das Bild vom »Wilden Westen« und schuf damit ein Amerikabild, das über Generationen fortwirkte. In mehreren Biografien (ab 1879) stilisierte sich B. zum Mythos des amerikanischen Westens. Schon seit 1869 ist B. Held zahlloser Kurzgeschichten und Groschenromane (1960 waren es mehr als 1700).

▷ R. Beissel: Buffalo Bill und Sitting Bull. Zwei Biographien, 1978.

Buffet, Bernard

frz. Maler und Grafiker
* 10.7.1928 Paris

Buffets Werk ist auch in den Gemälden von einem grafischen Stil geprägt. Hintergrund der Bilder und Radierungen ist eine Art gestisches Ra-

Bernard Buffet: Der Maler bei der Arbeit, 1991.

stersystem, in das er seine ausgezehrten Figuren in kahlen Räumen, die leeren Straßen oder die ärmlichen Gegenstände seiner trostlosen Stilleben sozusagen einschreibt. In den figürlichen Arbeiten dominieren Themen wie Angst, Armut und Leiden, aber auch religiöse Inhalte. Sie visualisieren das Lebensgefühl einer vom 2. Weltkrieg geprägten Generation und stehen der Philosophie des Existentialismus nahe. Das kommt besonders in Grafikzyklen wie »Die Passion Christi« (1952), »Die Schrecken des Krieges« (1956) oder »Die Französische Revolution« (1978) zum Ausdruck. Das aus dünnen schwarzen Linien bestehende Grundraster bestimmt den düsteren Eindruck der Arbeiten, die häufig monochrom oder allenfalls von gedämpfter Farbigkeit sind.

□ ab 1944: Studium an der École des Beaux-Arts in Paris. □ 1947: Erste Einzelausstellung. □ 1948: Kritikerpreis. □ seit den 50er Jahren: Neben Ölbildern vor allem Grafikzyklen und Bühnenbilder. □ 1956: Teilnahme an der Biennale in Venedig. □ 1962: Bühnenbild für die Oper »Carmen«.

▷ Ch. Sorlier: Bernard Buffet Lithographe, frz. 1979.

Charlotte Bühler →

Bugatti, Ettore

frz. Automobilkonstrukteur ital. Herkunft
* 15.9.1881 Mailand † 21.8.1947 Paris

Ettore Bugatti: Der berühmte Automobilkonstrukteur bei der Prinz-Heinrich-Fahrt 1909.

Bugatti konstruierte die ersten Kompressorrennwagen und war selbst ein erfolgreicher Rennfahrer. 1907 gründete er im Elsaß (Molsheim) ein Automobilwerk, das Rennwagen und Luxuslimousinen herstellte. Das Unternehmen produziert inzwischen vorrangig Flugzeugmotoren und Triebwagen.

Buhl, Hermann

österr. Bergsteiger
* 21.9.1924 Innsbruck
† 27.6.1957 Chagolisa, Indien (verunglückt)

Buhl unternahm in den 50er Jahren eine Reihe schwierigster Erstbegehungen. Als erster durchstieg er im Winter die Marmolada-Südwestwand und die Watzmann-Ostwand. Er erreichte in 17 Stunden im Alleingang den Gipfel des Nanga Parbat (3.7.1953) und des Broad Peak (9.6.1957). 1954 schrieb B. das Buch »Achttausender drunter und drüber«.

← Hermann Buhl

Bühler, Charlotte

dt. Psychologin
* 20.12.1893 Berlin † 3.2.1974 Stuttgart

Bühler brachte in den 30er Jahren einen großen Forscherkreis zur Kinder- und Jugendpsychologie zusammen, die sog. Wiener Schule, und erstellte 1932 mit H. Hetzer auf Kleinkinder abgestimmte Entwicklungs- und Intelligenztests. Nach ihrer Emigration in die USA (1939) entwickelte B. mit V. →Frankl und C. →Rogers die humanistische Psychologie, einer auch als »Dritte Kraft« bezeichneten Richtung neben Psychoanalyse und Behaviorismus, die sich hauptsächlich mit der Biografie und den Zielvorstellungen des Individuums befaßt (G. W. →Allport).

□ 1920: Lehrauftrag als erste Frau an der TU Dresden. □ 1929-38: Prof. an der Univ. Wien. □ 1939: Dir. des Parents Association Inst. in London. □ ab 1945: Prof. für Psychiatrie an der Univ. Los Angeles. □ 1962: »Psychologie im Leben unserer Zeit« (Schr.). □ 1964-66: Präs. der von ihr mitbegründeten Association for Humanistic Psychology. □ 1972: »Einführung in die humanistische Psychologie« (zusammen mit M. Allen).

Bühler, Karl

dt. Psychologe
* 27.5.1879 Meckesheim bei Heidelberg
† 24.10.1963 Los Angeles, Kalif. (USA)

Karl Bühler experimentierte auf dem Gebiet der Denk-, Urteils- und Willensprozesse. Von Bedeutung sind seine Systematisierungen der Sprachphänomene und seine Sprachtheorie, wonach sich Sprache in die drei Funktionen Ausdruck, Appell und Darstellung gliedert. Mit den Begriffen Instinkt, Dressur und Intellekt bezeichnete B. die drei Bereiche sinnvollen Verhaltens bei Tier und Mensch.

□ 1915-38: Prof. an den Univ. in München, Dresden und Wien. □ 1918: »Abriß der geistigen Entwicklung des Kindes« (8. Aufl. 1958). □ 1933/34: »Ausdruckstheorie« (2. Aufl. 1968); »Sprachtheorie« (Nachdruck 1982). □ 1939: Mit seiner Frau Ch. →Bühler Emigration in die USA; seitdem psychologischer Berater am Cedars of Lebanon Hospital in Los Angeles. □ 1960: »Das Gestaltprinzip im Leben des Menschen und der Tiere« (Schr.).

Buhre, Traugott

dt. Schauspieler
* 21.6.1929 Insterburg

Buhre ist ein subtiler Darsteller kraftvoller Charaktere, denen er eine hintergründige Dimension zu verleihen versteht, zugleich jedoch auch ein hinreißender Komiker. Seinen Stil entwickelte er in der Zusammenarbeit mit P. →Palitzsch an den Theatern in Stuttgart und Frankfurt/Main sowie mit C. →Peymann, unter dessen Regie B. in einer Reihe von Stücken von Th. →Bernhard auftrat.

Trotz seiner Erfolge mit klassischen Rollen (Titelfigur des »Faust« 1979 in München, Nathan in »Nathan der Weise« 1981 in Bochum) bevorzugt B. moderne Werke (u. a. E. →Bond und H. →Pinter).

☐ 1952: Bühnendebüt in Naßbach, danach Engagements in Rheydt, Köln, Karlsruhe, Bremen. ☐ 1968: Ensemblemitgl. am Württ. Staatstheater Stuttgart unter P. Palitzsch. ☐ 1971: Rolle des Goethe in UA von »Hölderlin« (von P. →Weiss). ☐ 1972: Wechsel mit Palitzsch nach Frankfurt/Main. ☐ ab 1975: Engagements u. a. in Zürich, Bochum, am Thalia-Theater und am Dt. Schauspielhaus Hamburg sowie am Burgtheater Wien. ☐ 1985: Bruscon in UA von »Der Theatermacher« (von Th. Bernhard) bei den Salzburger Festspielen. ☐ 1990: Rolle des Wirts in »Winckelmanns Reisen« (F., Rg. J. Schütte).

Buick, David Dunbar

amer. Ingenieur und Unternehmer
* 17.9.1854 Arbroath (Schottland)
† 5.3.1929 Detroit, Mich.

Buick erfand ein Verfahren, Metall zum Schutz vor Korrosion mit Porzellan zu überziehen (z. B. für Badewannen). Ab 1890 führte er Versuche mit Verbrennungsmotoren durch. Mit den 1902 entwickelten Motoren ließ B. ab 1903 die nach ihm benannten Kraftfahrzeuge in der Buick Motor Car Company herstellen.

Buisson, Ferdinand Edouard

frz. Pädagoge und Politiker
* 20.12.1841 Paris
† 16.2.1932 Thien-Saint-Antoine, Dep. Oise

Als Mitbegründer der Liga für Menschenrechte (1898) und als Verfechter des Völkerbundgedankens erhielt Buisson 1927 mit L. →Quidde den Friedens-Nobelpreis. B. hatte maßgeblichen Anteil an der Reformierung des Schulwesens in der 3. Französischen Republik (1914-40) und engagierte sich für die Trennung von Kirche und Staat sowie für das Frauenstimmrecht und das Proportionalwahlrecht.

1879: Dir. des Primarschulwesens. ☐ 1882-93: »Dictionaire de Pédagogie«. ☐ 1896-1906: Prof. für Erziehungswissenschaft an der Sorbonne, Paris. ☐ 1902-14, 1919-24: Abg. im frz. Parlament.

Miodrag Bulatović →

← Ferdinand E. Buisson

Bukowski, Charles

amer. Schriftsteller
* 16.8.1920 Andernach/Rhein (Deutschland)

Bukowski schildert, provokant und schockierend, das triste Milieu der Alkoholiker, Prostituierten, Obdachlosen und Kriminellen. Dabei versteht sich B. als Anti-Poet und Anti-Schriftsteller. Seine z. T. vulgäre Sprache und die obsessiven Schilderungen sexueller Vorgänge sowie B.s antibürgerliche Pose stießen im etablierten Literaturbetrieb überwiegend auf Ablehnung. Um so mehr Erfolg hatte er bei der jüngeren Generation im Umfeld der Jugendprotestbewegung. Sein Werk zeigt Einflüsse der Beat-Lyriker (A. →Ginsberg) und der Hippie-Bewegung sowie Rückgriffe auf E. →Hemingway und die Imagisten (E. →Pound). Von enormer sprachlicher Sensibilität zeugen viele seiner Gedichte, die zwischen zarter Melancholie, irritierender Banalität und meisterhafter Satire wechseln.

← Charles Bukowski

☐ 1922: Umzug der Familie in die USA; Kindheit und Jugend in Los Angeles. ☐ 1939-41: Journalistik-Studium am Los Angeles City College. ☐ 1941-56: Gelegenheitsarbeiter und Tramp. ☐ 1969: »Aufzeichnungen eines Außenseiters« (Erz.n, dt. 1970); »Einmal New York und zurück« (Erz., dt. 1990). ☐ 1971: »Der Mann mit der Ledertasche« (R., dt. 1974). ☐ 1989: »Hollywood« (R., dt. 1990). ☐ 1990: »Septuagenarian Stew« (Erz.n und Ged.e).

▷ Ch. Bukowski: BUK. Von und über Ch. Bukowski, dt. 1989.

Bulatović, Miodrag

serb. Schriftsteller
* 20.2.1930 Okladi bei Bjelo Polje

Bulatovićs Romane und Erzählungen haben den 2. Weltkrieg und die jüngere Vergangenheit Jugoslawiens zum Thema. Seine »Antihelden« erleben ihre Abenteuer in der vom Kriegselend gezeichneten Heimat, in den neueren Romanen auch im europäischen Umfeld. Mittels einer zu Übertreibung neigenden Sprache sprengt B. thematische und ethische Tabus der serbischen Literatur. Er zeichnet eine verzerrte, groteske, apokalyptische Welt der Don Quichotes des 20. Jh.s.

☐ 1958: »Wolf und Glocke« (Nov.n, dt. 1962). ☐ 1959: »Der rote Hahn fliegt himmelwärts« (R., dt. 1960). ☐ 1964: »Der Held auf dem Rücken des Esels« (R., dt. 1965). ☐ 1965: »Godot ist gekommen« (Dr., dt. 1966), eine Weiterführung von S. →Becketts »Warten auf Godot«. ☐ 1975: »Die Daumenlosen« (R., dt. 1975).

Bulgakow, Michail Afanasjewitsch

sowjet. Schriftsteller
* 15.5.1891 Kiew † 10.3.1940 Moskau

Bulgakow, dessen humorvoll-satirische Werke ab 1925 in der UdSSR nicht publiziert werden durften, wurde erst in den 60er Jahren im Zuge des politischen Tauwetters entdeckt und avancierte in kurzer Zeit zum Klassiker. Im ab 1928 entstandenen Hauptwerk »Der Meister und Margarita« (R., postum 1966/67, dt. 1968), das auch phantastische Elemente aufweist, ver-

Bulgakows Werke waren lange in der UdSSR verboten.

knüpft B. den Roman über das Scheitern eines Schriftstellers an der sowjetischen Kulturbürokratie mit dem Roman seiner Hauptfigur über Christus als Opfer des Pilatus und des römischen Geheimdienstes.

□ 1916-19: Tätigkeit als Arzt. □ 1925: »Teufelsspuk« (Erz.). □ 1926: »Die Tage der Geschwister Turbin« (Dr., dt. 1928). □ 1928: Verbot der Aufführung des Dramas »Die Flucht« vor der Premiere. □ 1930: Ablehnung des Ausreiseantrags. □ postum 1965: »Theaterroman« (entstanden 1936/37, dt.1969). □ postum 1966/67: »Der Meister und Margarita« (R., entstanden ab 1928, vollständige Fassung 1973, dt. vollständig 1968). □ postum 1968: »Hundeherz« (Erz., entstanden 1925, dt. 1968). □ 1991: »Manuskripte brennen nicht« (Es.s).

▷ E. Proffer: Michail Bulgakov, 1984.

Bulganin, Nikolai Alexandrowitsch

sowjet. Politiker
* 11.6.1895 Nischni Nowgorod † 24.2.1975 Moskau

Seit seinem Eintritt in die Partei der Bolschewiki nach der Februarrevolution 1917 rückte Bulganin über verschiedene Funktionärsposten in der Parteihierarchie stetig nach oben. Die Spitze erreichte er, als J. →Stalin ihn für seine Dienste während des Krieges in der Militärverwaltung mit dem Titel »Marschall« belohnte und zum Verteidigungsminister ernannte. Zwei Jahre nach dem Tod Stalins wurde B. für kurze Zeit Ministerpräsident der UdSSR. Neben dem agilen N. → Chruschtschow spielte er jedoch nur eine untergeordnete Rolle. 1958 wurde er aller seiner Ämter enthoben.

□ ab 1917: Mitgl. der Bolschewiki und der Tscheka (politische Geheimpolizei, ab 1922 GPU). □ 1932: Vors. des Moskauer Sowjets. □ 1937: Ministerpräsident der Russ. SSR; Mitgl. des ZK. □ 1938-41: Stellv. Vors. des Rates der Volkskommissare; Leiter der Staatsbank. □ 1947: Marschall der Sowjetunion. □ 1947-49, 1952-55: Verteidigungsmin. □ 1948-58: Mitgl. des Politbüros. □ 1955-58: Ministerpräsident. □ 1958: Aller Ämter enthoben.

Bullmann, Maik

dt. Ringer
* 25.4.1967 Frankfurt/Oder

Mit seinem Sieg am 21.10.1990 bei den Weltmeisterschaften im griechisch-römischen Stil war Bullmann der erste Sportler aus der ehemaligen DDR, der in einer gesamtdeutschen Mannschaft Weltmeister wurde. B., gelernter Maschinen- und Anlagenmonteur, war Feldwebel der Nationalen Volksarmee, ehe er nach dem 3.10.1990 von der Bundeswehr übernommen wurde.

□ 1988: Olympiateilnehmer. □ 1989: Weltmeister 90 kg. □ 1990: EM-Zweiter 100 kg; Weltmeister 90 kg.

Bullock, Alan Louis Charles Baron (seit 1976)

engl. Historiker
* 13.12.1914 Trowbridge

Bekannt wurde Bullock mit seiner 1952 erschienenen Biografie »Hitler — Studie einer Tyrannei« (dt. 1953), dem ersten Versuch einer vorurteilslosen Analyse A. →Hitlers und der nationalsozialistischen Gewaltherrschaft, die vor allem in der BRD über Jahre für Aufsehen sorgte. B. stützte seine Recherche auf die Nürnberger Prozeßakten sowie auf die Bestände der »Wiener Bibliothek«, einem von Alfred Wiener 1933 in London gegründeten Archiv für Hitler-Reden und nationalsozialistische Dokumente.

□ 1940-45: Korrespondent der BBC. □ seit 1956: Mithg. der Werkreihe »The Oxford history of modern Europe«. □ 1969-73: Vizekanzler der Univ. Oxford. □ 1960-83: »The life and times of Ernest Bevin« (Biogr., 3 Bde.).

Fürst Bülow →

← Nikolai A. Bulganin

← Alan L. Ch. Bullock

Bülow, Bernhard Graf (ab 1899), Fürst (ab 1905) von

dt. Politiker
* 5.3.1849 Klein-Flottbek, Hamburg
† 28.10.1929 Rom (Italien)

Bülow trat sein Amt als Reichskanzler mit der Absicht an, Bewahrer der »Bismarckschen Traditionen« zu sein. Der von vielen als selbstgefällig eingeschätzte Reichskanzler verspielte jedoch rasch das Ansehen, das Bismarck im Ausland für das Deutsche Reich gewonnen hatte. Dazu trugen nicht zuletzt unbedachte Äußerungen bei, wie die von der »Nibelungentreue« oder seine Forderung nach einem »Platz an der Sonne« für Deutschland. Unter dem Einfluß von Friedrich von Holstein führte seine schwankende Haltung gegenüber Rußland auf dem Balkan und gegenüber Großbritannien im Flottenbau das Reich zunehmend in eine außenpolitische Isolation. Durch seinen Versuch, Frankreich in der 1. Marokko-Krise (1905/06) einzuschüchtern, wurde die Isolation noch verstärkt. Seine unentschlossene und zugleich auftrumpfende Art prägte auch die Innenpolitik, in der er sich unsicher zwischen Liberalismus und Konservatismus bewegte. Mit der durch ihn mitverschuldeten »Daily-Telegraph-Affäre« (er ließ den ihm vorgelegten Text anstandslos passieren) verlor er die Unterstützung von Kaiser →Wilhelm II. Nach dem Scheitern seiner Wahlrechts- und Reichsfinanzreform wurde B. als erster Reichskanzler vom Parlament gestürzt.

□ 1874: Im diplomatischen Dienst. □ 1893/94: Botschafter in Rom. □ 1897-1900: Staatssekr. des Auswärtigen Amtes (Min.). □ 1900-09: Reichskanzler und preuß. Ministerpräsident.

▷ B. v. Bülow: Denkwürdigkeiten, 4 Bde, 1930/31.

Bülow, Victor Christoph Karl »Vicco« von

(Pseud. Loriot)
dt. Karikaturist, Schauspieler, Regisseur und Autor
* 12.11.1923 Brandenburg/Havel

Bülow entstammt einer preußischen Offiziersfamilie, nach deren Wappentier, dem Pirol (frz. Loriot), er sein Pseudonym wählte. Die berühmtesten Zeichentrickfiguren des Humoristen sind die Männchen mit der Knollennase (u. a. Cartoonbände, Trickfilme, Kartenspiele) und der für die Aktion Sorgenkind gestaltete TV-Hund

Vicco von Bülow, besser bekannt als »Loriot«.

Wum. In seinen Fernsehauftritten (meist mit Evelyn Hamann) parodiert er mit feinsinnigem Humor bürgerliches Verhalten und prominente Zeitgenossen. L.s erster Spielfilm »Ödipussi« war 1988 die erfolgreichste deutsche Kinoproduktion, seine Cartoonbände erreichten bis 1990 eine Gesamtauflage von über 3 Mio. Exemplaren.

☐ ab 1950: Cartoons für die Zeitschriften Stern und Quick. ☐ 1954: Erster Cartoonband »Auf den Hund gekommen«. ☐ 1967-72: TV-Serie »Cartoon«. ☐ 1973: Goldene Schallplatte für »Ich wünsch mir eine kleine Miezekatze«. ☐ ab 1976: TV-Sketche »Loriot«. ☐ 1983: »Möpse und Menschen. Eine Art Biographie«. ☐ 1985: Inszenierung der Oper »Martha« (von Friedrich von Flotow) an der Staatsoper Stuttgart. ☐ 1987: Spielfilmdebüt »Ödipussi«. ☐ 1991: »Pappa ante portas« (F.).

Bultmann, Rudolf Karl

dt. Theologe (ev.)
20.8.1884 Wiefelstede bei Oldenburg
† 30.7.1976 Marburg

Bultmann, ein Anhänger der dialektischen Theologie (K. →Barth), ist einer der wirkungsvollsten und zugleich umstrittensten Theologen des 20. Jh.s. In Anwendung der von ihm mitentwickelten formgeschichtlichen Methode erkannte er die kleinsten Erzähleinheiten der synoptischen Evangelien (Markus, Lukas und Matthäus) als Bildungen der frühchristlichen Gemeinde. Die Rekonstruktion der Lebensgeschichte Jesu wurde damit nach B. unmöglich; die Frage nach der Bedeutung des historischen Jesus war neu gestellt.

B. verband philologisch exakte Methoden mit der in seinem Aufsatz »Neues Testament und Mythologie« (1941) dargelegten und von M. →Heidegger beeinflußten »existentialen« Interpretation. Seine damit verbundene Forderung nach Entmythologisierung des Neuen Testaments blieb umstritten. Der bedeutende Exeget, dessen besonderes Interesse dem Johannes-Evangelium galt, hat vor allem die neutestamentliche Wissenschaft belebt.

☐ 1916-20: Prof. an der Univ. Breslau. ☐ 1921: »Die Geschichte der synoptischen Tradition« (Schr.). ☐ 1921-51: Prof. an der Univ. Marburg. ☐ 1926: »Jesus« (Schr.). ☐ 1933: »Glauben und Verstehen« (Schr., 4 Bde.). ☐ ab 1934: Mitgl. der Bekennenden Kirche. ☐ 1941: »Das Johannes-Evangelium« (1968 u. d. T. »Das Evangelium des Johannes«). ☐ 1949: »Das Urchristentum im Rahmen der antiken Religionen« (Schr.). ☐ 1953: »Theologie des N. T.« (Schr.). ☐ 1957: »Geschichte und Eschatologie« (Schr., dt. 1958); »Die drei Johannesbriefe« (Schr., Neuauslegung 1967).

▷ D. Sölle: Politische Theologie. Eine Auseinandersetzung mit Rudolf Bultmann, 1971; E. Jüngel: Glauben und Verstehen. Zum Theologiebegriff Rudolf Bultmanns, 1985.

← Rudolf Bultmann

Grace Bumbry →

Bumbry, Grace

amer. Sängerin
* 4.1.1937 St. Louis, Missouri

Die Mezzosopranistin Bumbry war Schülerin von L. →Lehmann in Chicago und sang 1961 in Bayreuth als erste Farbige die Venus in Wagners »Tannhäuser«. Ihre internationale Karriere begann B. 1960 in Paris als Amneris in G. →Verdis Oper »Aida«. Zu ihren Glanzrollen zählen die Titelpartien in Bizets »Carmen« und in »Salome« von R. →Strauss. Erfolg hat die amerikanische Sängerin auch als Liedinterpretin.

Wilhelm Bungert →

Bungert, Wilhelm

dt. Tennisspieler
* 1.4.1939 Mannheim

Bungert, bis B. →Becker einer der erfolgreichsten deutschen Tennisspieler, erreichte 1967 als ungesetzter Spieler das Wimbledon-Finale, das er gegen den Australier John Newcombe verlor. Er bestritt 43 Davis-Pokal-Spiele (1958-71) und scheiterte 1970 mit der deutschen Mannschaft erst im Finale gegen die USA.

☐ 1962: Nat. Dt. Meister (erneut 1963 und 1965). ☐ 1964: Int. Meister von Deutschland. ☐ 1981-86: Kapitän der dt. Davis-Pokal-Mannschaft.

Iwan A. Bunin →

Bunin, Iwan Alexejewitsch

russ. Lyriker und Erzähler
* 22.10.1870 Woronesh
† 8.11.1953 Paris (Frankreich)

Bunin ist wegen der Exaktheit seiner erlesengeschliffenen Sprache einer der größten russischen Stilisten. Seine klassisch-strenge Lyrik steht in der Nachfolge von Alexander Puschkin, seine Prosa, deren Zentralmotiv der Tod ist, schildert das Leben auf dem Lande und den Niedergang der Adelswelt, der er selbst entstammte. Höhepunkte des frühen Schaffens sind die Erzählungen »Der Herr aus San Francisco« (1915, dt. 1922) und »Mitjas Liebe« (1925, dt. 1925). Im Pariser Exil (seit 1920) entstanden, schildert der autobiografische Roman »Das Leben Arsenjews« (1929, dt. 1934) B.s Jugend und die sozialen Umstände in Rußland; er bildet den Höhepunkt des Spätwerkes. B. war der erste Russe, der den Literatur-Nobelpreis erhielt (1933).

Luis Buñuel: Der geniale Surrealist aus Spanien.

Buñuel, Luis

span. Regisseur
* 22.2.1900 Calanda, Prov. Aragon
† 29.7.1983 Mexiko City

Buñuel, Sohn einer streng katholischen Großbürgerfamilie, wurde für seinen Erstling »Ein andalusischer Hund« (1928, unter Mitarbeit von S. →Dalí) von der surrealistischen Avantgarde begeistert gefeiert. In freier Assoziationsfolge reiht der Film schockierende Bilder aneinander und verletzt gesellschaftliche Tabus. Surrealistische Motive bestimmen auch B.s spätere Filme, so in »Der Würgeengel« (1962), in dem eine Gruppe reicher Bürger einen Raum trotz geöffneter Türen nicht verlassen kann.
Selten formulierte B. Sozialkritik so deutlich wie in »Die Vergessenen — Los Olvidados« (1950), einem Film über Jugendkriminalität; statt dessen bevorzugte er bei seiner Abrechnung mit Bürgertum, Familie und Kirche eine vieldeutige Bildsprache. B.s Lieblingsthemen waren die in ungerechten sozialen Verhältnissen zum Scheitern verurteilte christliche Caritas (»Nazarin«, 1958; »Viridiana«, 1961) und die sog. amour fou, die verrückte Liebe, die er u. a. in seinem letzten Film »Dieses obskure Objekt der Begierde« (1977) karikierte.

☐ 1920-23: Studium in Madrid; Begegnung mit S. Dalí und →García Lorca. ☐ 1923: Übersiedlung nach Paris. ☐ 1930: UA »L'Âge d'or« — Das Goldene Zeitalter« in Paris; Verbot nach Ausschreitungen von Rechtsextremisten. ☐ 1932: »Las Hurdes« (Dokumentarfilm über das Elend kastilischer Landarbeiter). ☐ 1946: Übersiedlung nach Mexiko. ☐ 1951: »Der Weg, der zum Himmel führt«. ☐ 1952: »El Bruto, der Starke«. ☐ 1955: »Das verbrecherische Leben des Archibaldo de la Cruz.« ☐ 1959: Goldene Palme von Cannes für »Nazarin«. ☐ 1961: Goldene Palme von Cannes für »Viridiana«. ☐ 1963: »Tagebuch einer Kammerzofe«. ☐ 1966: »Belle de Jour — Schöne des Tages«; »Die Milchstraße«. ☐ 1969/70: »Tristana«. ☐ 1972: Oscar als bester ausländischer Film für »Der diskrete Charme der Bourgeoisie«. ☐ 1974: »Das Gespenst der Freiheit«.

▷ P. W. Jansen/W. Schütte (Hg.): Luis Buñuel, 1975; M. Schwarze: Buñuel, 1981; L. Buñuel: Mein letzter Seufzer (Aut.), 1983.

Buonaiuti, Ernesto

ital. Theologe (kath.)
* 24.4.(?)1881 Rom † 20.4.1946 ebd.

Buonaiuti war eine in der Geschichte des 20. Jh.s beispiellose Konfliktkarriere mit dem römischen Stuhl und später dem italienischen Staat beschieden: B. wurde 1909 wegen seines Eintretens für den italienischen Modernismus von Papst →Pius X. von seiner Professur am Päpstlichen Priesterseminar S. Appollinare entbunden und 1921 exkommuniziert; seine Bücher kamen auf den Index. Als B. 1932 den faschistischen Eid verweigerte, verlor er auch seinen Forschungsauftrag an der Staatsuniversität Rom.

☐ 1915-32: Prof. für Geschichte des Christentums an der Univ. Rom; ab 1929 gemäß der Lateranverträge als »excommunicatus advitandum« nur noch Forschungsbeauftragter ohne Lehrstuhl. ☐ 1927: »Der katholische Modernismus« (Schr.). ☐ 1935-39: Gastprof. an der Univ. Lausanne (Schweiz). ☐ 1942-46: »Geschichte des Christentums« (3 Bde., dt. 2 Bde., 1948-57).

▷ E. Buonaiuti: Pilger Roms (Aut.), 1945; O. Schroeder: E. Buonaiuti, der Charismatiker unter den Modernisten (in ders.: Aufbruch und Mißverständnis. Zur Geschichte der reformkatholischen Bewegung, 1969).

Carl Jacob Burckhardt →

Burckhardt, Carl Jacob

schweiz. Historiker und Diplomat
* 10.9.1891 Basel † 3.3.1974 Vinzel, Kt. Waadt

Der Historiker Burckhardt, der auch mit Essays und Erzählungen bekannt wurde, hat mit seinem Standardwerk »Richelieu« (3 Bde., 1935-67) ein klassisches Beispiel biografischer Geschichtsschreibung geschaffen. Als Hoher Kommissar des Völkerbundes in Danzig versuchte der Schweizer Diplomat 1937-39 vergeblich, den Kriegsausbruch zu verhindern; seine 1960 erschienenen Erinnerungen »Meine Danziger Mission 1937-39« sind eine wichtige Quelle für die Vorgeschichte des 2. Weltkriegs.

☐ 1918-22: Attaché seiner Botschaft in Wien; Freundschaft mit H. v. →Hofmannsthal. ☐ 1932: Prof. am Inst. des Hautes Études Internationales in Genf. ☐ 1941: »Gestalten und Mächte« (Schr.). ☐ 1944-48: Präs. des Int. Roten Kreuzes; Organisator zahlreicher Hilfsaktionen. ☐ 1945-50: Gesandter der Schweiz in Paris. ☐ 1952: »Drei Erzählungen«. ☐ 1954: Friedenspreis des Dt. Buchhandels.

▷ P. Stauffer: Zwischen Hofmannsthal und Hitler: Carl J. Burckhardt, Facetten einer außergewöhnlichen Existenz, 1991.

Franz Burda →

Burda, Franz

dt. Verleger
* 24.2.1903 Philipsburg, Baden
† 30.9.1986 Offenburg

Der promovierte Volkswirt übernahm 1929 die Druckerei seines Vaters und baute als Verleger nach dem 2. Weltkrieg einen bedeutenden Zeitschriftenverlag auf. Burda, der 1935 mit der Umstellung auf Tiefdruck den Aufstieg der Druckerei begründet hatte, erzielte mit der 1954 konzipierten Bunten Illustrierte die Rekordauflage von 2 Mio. Exemplaren. Dem Konzern, dessen Druckereien zu den größten Europas zählen, gehören mittlerweile über 30 Zeitschriften, darunter Freizeit Revue, Pan und freundin. Mit der eigenen Produktionsfirma Pan TV engagierte sich B. im Privatfernsehen. Er war größter Minderheitsaktionär (24 %) beim Axel Springer Verlag.

☐ 1948: Gründung der Zeitschrift Das Ufer. ☐ 1949: Entstehung des Fachverlages Burda Moden unter der Leitung der Ehefrau Aenne B. ☐ 1971: Beteiligung an der Tiefdruckerei Meredith-Burda in Lynchburg (USA). ☐ 1981/82: Scheitern der Fusionsbestrebungen mit dem Verlag A. →Springer. ☐ 1986: Übertragung der Geschäftsanteile an die Söhne Franz (* 1932), Frieder (* 1936) und Hubert B. (* 1940).

Burdon, Eric

engl. Rockmusiker
* 11.5.1941 Walker-on-Tyne

Als Sänger der Gruppe The Animals entwickelte sich Burdon zu einem der besten weißen Blues-Interpreten. Mit seiner rauhen Stimme machte er Titel wie »House of the rising sun« (1962) und »San Franciscan nights« (1967) zu internationalen Hits. Das Stück »Spill the wine« (1969) war der Beginn einer zweijährigen Zusammenarbeit mit dem farbigen Septett War. Die nachfolgenden Platten wurden kommerzielle Mißerfolge. Erst 1982 konnte er mit der LP »Comeback« wieder als Sänger mit der »schwärzesten Stimme Englands« überzeugen.

← Eric Burdon

☐ 1963: »The Animals« (LP). ☐ 1965: »Animals on tour«. ☐ 1967: Übersiedlung nach Kalifornien; »Winds of change« (LP). ☐ 1968: »Everyone of us« (LP). ☐ 1969: »Eric Burdon declares war!« (LP). ☐ 1970: »Black Man's Burdon« (LP). ☐ 1978: »The best of...« (LP). ☐ 1983: Revival-Tournee mit den Animals. ☐ 1984: »Greatest Hits Live« (LP).

Burger, Hermann

schweiz. Schriftsteller und Literaturwissenschaftler
* 10.7.1942 Menziken, Aargau
† 28.2.1989 Brunegg, ebd. (Selbstmord)

1988, ein Jahr vor Burgers Tod, erschien sein »Traktat« über den Freitod und offenbarte den depressiven Hintergrund seines literarischen Schaffens. In Lyrik und Prosa gestaltete B. sein Thema der Angst vor Krankheit und Tod. Mit einer artifiziellen Sprache baute er eine Scheinwelt auf und versuchte so, den Schmerz zu verdecken.

← Hermann Burger

☐ 1967: »Rauchsignale« (Ged.e). ☐ 1976: »Schilten« (R.). ☐ 1979: »Diabelli« (Erz.). ☐ 1980: »Kirchberger Idyllen« (Ged.e). ☐ 1982: »Die künstliche Mutter« (R.). ☐ 1983: »Ein Mann aus Wörtern« (Prosa). ☐ 1986: »Blankenburg« (Erz.). ☐ 1988: »Tractatus logico-suicidalis«. ☐ 1989: »Brunsleben« (1. Teil der unvollendeten Trilogie »Brenner«).

Burger, Warren Earl

amer. Richter
* 17.9.1907 St. Paul, Minn.

Burger trat als Oberster Bundesrichter der USA 1974 ins Rampenlicht der amerikanischen Öffentlichkeit, als der Supreme Court in der Watergate-Affäre US-Präsident R. →Nixon einstimmig zur Herausgabe der umstrittenen Tonbänder aufforderte. B. setzte sich für die Rassenintegration ein und betonte die Rechte des Einzelnen gegenüber der in Mißkredit geratenen Macht des Staates.

← Warren Earl Burger

☐ 1953: Stellv. Justizmin. unter US-Präsident D. →Eisenhower. ☐ 1956-69: Richter am Appellationsgericht in Washington D. C. ☐ 1969-86: Oberster Bundesrichter.

Burgess, Anthony

brit. Schriftsteller
* 25.2.1917 Manchester

Burgess gehört mit über 40 Werken zu den produktivsten und vielseitigsten britischen Autoren des 20. Jh.s. Die Romane des ehemaligen Katholiken offenbaren eine allerdings kritisch und frivol interpretierte religiöse Gedankenwelt. In »Uhrwerk Orange« (1962, dt. 1972, 1971 verfilmt von St. →Kubrick), seinem bekanntesten Roman, beschäftigt er sich mit dem Thema der Willensfreiheit. Am Beispiel jugendlicher Delinquenten wird deutlich, daß die Freiheit, Böses zu tun, eine Bedingung menschlicher Existenz ist. Beachtung fand die frühe »Malaiische Trilogie«, in der B.s Auslandserfahrungen als Kolonialbeamter während der 40er und 50er Jahre zur Geltung kommen. B. ist auch als Komponist hervorgetreten (»Sinfonie in C«, UA 1975).

Anthony Burgess, Autor von »Uhrwerk Orange«, 1985.

☐ 1940-46: Nach Literatur- und Musikstudium in Manchester Dienst in der brit. Armee. ☐ 1946-59: Erziehungsoffizier, Lehrer und Kolonialbeamter. ☐ 1956-59: »Time for a Tiger«, »The Enemy in the Blanket«, »Beds in the East« (»Malaiische Trilogie«). ☐ 1963: »Inside Mr. Enderby«. ☐ 1968: »Enderby Outside« (beide Romane dt. u. d. T. »Enderby«, 1991). ☐ 1980: »Der Fürst der Phantome« (dt. 1982). ☐ 1982: »Erlöse uns, Lynx« (dt. 1986). ☐ 1985: »Das Reich der Verderbnis« (dt. 1985). ☐ 1986: »Der Mann am Klavier« (dt. 1989).

▷ G. Hanselmann: Die Zukunftsromane von Anthony Burgess, 1985.

Burgh, Chris de

(eig. Chris Davidson)
engl. Rockmusiker
* 5.10.1948 Buenos Aires (Argentinien)

Chris de Burgh ist erfolgreich mit ausdrucksstarken, rockig arrangierten und vielfach schwermütigen Balladen, deren bildhafte Texte auf hohem, fast lyrischem Niveau mystisch-mythische Geschichten erzählen. Als »Außenseiter des Rock« wurde der britische Diplomatensohn in Deutschland von Kritikern hochgelobt und bereits seit Anfang der 80er Jahre mit Goldenen Schallplatten ausgezeichnet, während in England nicht einmal Insider den Songschreiber und Sänger kannten. Erst 1986 konnte B. mit »Lady in red« auch in England seinen ersten Hit plazieren.

□ 1974: Erster Plattenvertrag. □ 1975: »Far beyond these castle walls« (LP). □ 1980: »Eastern Wind« (LP). □ 1982: »The Getaway« (LP); erste Deutschlandtournee. □ 1984: »Man on the line« (LP). □ 1986: »Into the light« (LP). □ 1988: »Flying Colours« (LP). □ 1989: »Spark to a flame« (LP).

Burnet, Sir (ab 1951) Frank MacFarlane

austral. Mediziner
* 3.9.1899 Traralgon, Victoria
† 31.8.1985 Melbourne

Burnet, der Begründer der modernen Immunologie, entwickelte im Zusammenhang mit seinen Forschungen über Virus- und Infektionskrankheiten ab 1949 eine Theorie, wonach die Immunitätsreaktion der Lebewesen nicht durch Vererbung angeboren ist, sondern während ihrer embryonalen Entwicklung erworben wird. In Zusammenarbeit mit P. B. →Medawar zog B. die 1961 experimentell bestätigte Schlußfolgerung, daß die Abwehrreaktionen gegen körperfremde Gewebe und Organe im embryonalen Zustand beeinflußt werden können. Für die grundlegenden Erkenntnisse über die immunologische Toleranzfähigkeit (Antigen-Antikörper-Reaktion) im Falle späterer Transplantationen erhielten beide Forscher 1960 den Medizin-Nobelpreis. 1937 entdeckte B. den Erreger des Lungenentzündungen auslösenden Q-Fiebers.

□ 1944-65: Dir. des Walter and Eliza Hall-Inst. für medizinische Forschung in Melbourne; Prof. an der Univ. ebd. □ 1947: Medaille der Royal Society. □ 1955: »Principles of animal virology« (Schr.). □ 1956: »Enzyme, antigen and virus« (Schr.). □ 1959: »The clonal selection theory of acquired immunity« (Schr.). □ 1965-69: Präs. der austral. Akademie der Wissenschaften. □ 1976: »Immunology« (Schr.).

Burnham, James

amer. Soziologe
* 22.11.1905 Chicago † 28.7.1987 New York (?)

Burnham ist in Deutschland mit seiner These vom »Regime der Manager« bekanntgeworden. Die angestellten Wirtschaftslenker, die heute zunehmend die »Kapitalisten« ersetzen, würden sich demnach in allen Industriestaaten zur herrschenden Schicht entwickeln und zur Vorherrschaft über die anderen sozialen Kräfte tendieren (u.a. Armee, Gesetz, politische Bürokratie, Wissenschaft). Diese Entwicklung zerstöre das Fundament der Freiheit.

□ 1932: Prof. für Philosophie, Washington Square College, N. Y. □ 1941: »Das Regime der Manager« (Schr., dt. 1948). □ 1943: »Die Machiavellisten« (Schr., dt. 1949). □ 1950: »Die Strategie des Kalten Krieges« (Schr., dt. 1950). □ 1964: »Begeht der Westen Selbstmord ?« (Schr., dt. 1964).

← Chris de Burgh

Arthur Frank Burns →

Edgar Rice Burroughs →

Burns, Arthur Frank

(eig. Arthur Frank Burnzweig)
amer. Diplomat österr. Herkunft
* 25.4.1904 Stanislau, Galizien (heute Polen)
† 26.6.1987 Baltimore, Ohio

Mehr als 20 Jahre diente Burns verschiedenen republikanischen Präsidenten als Wirtschaftsberater, bevor er als amerikanischer Botschafter nach Bonn kam. Hier bemühte er sich mit Erfolg um einen Ausgleich der Spannungen, die wegen der wachsenden Vorbehalte gegen die Politik der USA in Deutschland entstanden waren (u. a. wegen der geplanten Stationierung von Pershing-II-Raketen).

□ 1910: Auswanderung seiner (jüdischen) Eltern in die USA. □ 1926-43: Dozent, später Prof. für Wirtschaftswissenschaften. □ 1945-53: Dir. des Nat. Büros für Wirtschaftsforschung (1957-67 dessen Präsident). □ 1953-57: Wirtschaftsberater von Präsident D. →Eisenhower. □ 1961-66: Präsidentenberater für Arbeitsfragen. □ 1970-77: Präs. der US-Notenbank. □ 1981-85: Botschafter in Bonn.

Burroughs, Edgar Rice

amer. Schriftsteller
* 1.9.1875 Chicago † 19.3.1950 Los Angeles

Burroughs verfaßte die »Tarzan«- Romane, die ab 1914 in zahlreichen Fortsetzungen erschienen und zum Stoff für populäre Verfilmungen (J. →Weissmuller) und Comics wurden. Von R. → Kipling beeinflußt, erzählen sie die Geschichte eines im Urwald aufgewachsenen weißen Dschungelhelden, der stets siegreich ist und dem Klischee vom edlen Wilden entspricht.

Burroughs, William S.

amer. Schriftsteller
* 5.2.1914 St. Louis, Missouri

Burroughs ist insofern ein Vorläufer der Beat-Generation, als er aus der Perspektive des gesellschaftlichen Außenseiters drogenbedingte Grenzsituationen (Zwänge, Halluzinationen, Alpträume) beschreibt. Anders aber als bei J. → Kerouac erscheint hinter seinen apokalypti-

»Drogenspezialist« William S. Burroughs 1962 in Paris.

schen Visionen eine satirische Absicht nach Art von Jonathan Swift (* 1667, † 1745). Er verleiht damit seinen Werken trotz ihrer schockierenden Sprache und Mißachtung gesellschaftlicher und sexueller Tabus (»The Naked Lunch«, R., 1959, dt. 1962) eine moralische Botschaft. Formal entspricht dem von B. propagierten Kampf gegen den Totalitarismus geschlossener Sinnsysteme das Zerbrechen von Satzzusammenhängen, das Durchbrechen der Zeit- und Raumkoordination und der Wechsel von Identitäten (von B. als Cut-up-Methode bezeichnet). Erst in »Die wilden Boys« (R., 1971, dt., 1980) weicht er ein wenig von seiner radikalen Erzählform ab.

☐ ab 1936: Abgebrochene Studien der Anthropologie (Harvard Univ.) und Medizin (Wien). ☐ 1944-57: Rauschgiftsüchtig, wiederholte Entziehungskuren. ☐ 1953-74: Unstetes Leben zwischen Tanger, Paris und London. ☐ 1961: »Soft Machine« (R., dt. 1971). ☐ 1962: »The ticket that exploded« (R.). ☐ 1964: »Nova Express« (R., dt. 1970). ☐ 1970: »Die letzten Worte von Dutch Schultz« (R., dt. 1971). ☐ 1973: »Exterminator« (R.). ☐ 1974: Rückkehr in die USA (New York). ☐ 1987: »Western Lands« (R., dt. 1988).

▷ Ph. Mikriammos: William S. Burroughs, frz. 1975.

Burrows, Eva

austral. Geistliche
* 15.9.1929 Newcastle

Burrows wurde 1986 »Generalin« der internationalen Heilsarmee, jener 1878 von W. →Booth gegründeten christlichen Freikirche, die heute eine der größten, weltweit für Schutz- und Obdachlose wirkenden Missionsgesellschaften ist. B. war 1977-79 Gebietskommandeurin in Sri Lanka, 1979-82 in Schottland und bis 1986 in gleicher Funktion in Australien.

☐ 1952-67: Missionserzieherin am Howard Inst., Zimbabwe. ☐ 1967-69: Leiterin des Usher Inst. ebd. ☐ 1970-75: Mitglied des Direktoriums des Int. College for Officers of the Salvation Army, London. ☐ 1975-77: Leiterin der Woman's Social Services in England und Irland.

← Eva Burrows

Burt, Sir (ab 1946) Cyril Lodowic

engl. Psychologe
* 3.3.1883 London † 10.10.1971 ebd.

Burt begründete die englische Erziehungspsychologie, wandte die statistischen Methoden R. A. →Fishers zur Standardisierung der kinderpsychologischen Intelligenztests an (A. →Binet) und entwickelte in den 30er Jahren die »Faktorenanalyse« für Intelligenzprüfungen. Mit ihrer Hilfe vermochte man jede einzelne Information mit jeder anderen in Beziehung zu setzen. Seine Versuche, aufgrund einer Untersuchung von 53 eineiigen Zwillingspaaren zu beweisen, daß die Intelligenz zu 85% erblich sei, gelten heute als manipuliert.

☐ 1903: Mitbegründer der ersten heilpädagogischen Kinderbetreuungsklinik in England. ☐ 1913-30: Erster städtischer Psychologe im Londoner County Council; später Präs. der British Psychological Society. ☐ 1925: »The young delinquent« (Schr.). ☐ 1931-50: Prof. für Psychologie am Univ. College, London. ☐ 1937: »The backward child« (Schr.). ☐ 1941: »The factors of the mind« (Schr.). ☐ 1959: »The psychological study of typography« (Schr.).

Pol Bury →

Richard Burton am Beginn seiner Filmkarriere, 1960.

Burton, Richard

(eig. Richard Jenkins)
brit. Schauspieler
* 10.11.1925 Pontrhydyfen, Wales
† 5.8.1984 Genf (Schweiz)

Nach vielversprechenden Erfolgen als Shakespeare-Darsteller widmete Burton sich ab 1956 hauptsächlich dem lukrativeren Filmgeschäft. Mit Filmen wie »Der längste Tag« (1962), »Becket« (1964) und »Der Spion, der aus der Kälte kam« (1966) wurde er zum Weltstar. Alkoholexzesse und seine öffentlich ausgetragenen Eheschlachten mit E. →Taylor, seiner Partnerin in »Wer hat Angst vor Virginia Woolf?« (1965, E. →Albee), hielten die Skandalpresse jahrelang in Atem. In der Rolle des Komponisten Richard Wagner (1982) zeigte B., den L. →Olivier als besten Shakespeare-Interpreten bezeichnet hatte, vor seinem überraschenden Tod noch einmal seine Qualitäten als Charakterdarsteller.

☐ 1943: Bühnendebüt in »Druid's Rest« am Royal Court Theatre Liverpool. ☐ 1944-47: Dienst in der Royal Air Force. ☐ 1948: Filmdebüt in »The last days of Dolwyn«. ☐ 1950-56: Bühnenerfolge mit »Hamlet«, »König Johann«, »Der Sturm« und »Othello«; über 600 Hörfunksendungen. ☐ 1952: »Meine Cousine Rachel« (Rg., H. Koster). ☐ 1955: »Der große Regen« (Rg., J. Negulesco). ☐ 1959: »Blick zurück im Zorn« (Rg., T. Richardson). ☐ 1962: »Cleopatra« (Rg.: J. L. Mankiewicz). ☐ 1966: »Der Widerspenstigen Zähmung« (Rg.: F. Zefirelli). ☐ 1971: »Das Mädchen und der Mörder« (Rg.: J. →Losey). ☐ 1977: »Equus — Blinde Pferde« (Rg.: S. →Lumet). ☐ 1979: »Steiner — Das eiserne Kreuz« (Rg., A. V. McLaglen). ☐ 1984: »1984« (Rg., M. Radford).

Bury, Pol

belg. Künstler
* 26.4.1922 Haine-Saint-Pierre

Bury ist ein wichtiger Vertreter der kinetischen Plastik; er schuf unter dem Einfluß von A. →Calder bewegliche, aus Holzlatten gefertigte Plastiken. Seit den 60er Jahren arbeitet er auch mit Elektromotoren, Magnetkraft und Lichtfühlern, die seine Skulpturen in minimale Bewegungen versetzen bzw. sie steuern. Mitte der 70er Jahre entdeckte B. den Brunnen als Ausdrucksmittel. In seiner Brunnengestaltung für den Innenhof des Pariser Palais Royal (1985) mit zwei Becken bewegen sich hochpolierte Edelstahlkugeln (jeweils aus zwei Halbkugeln zusammengesetzt) mechanisch und reflektieren dabei das Bild der Umgebung.

□ 1938/39: Malereistudium an der Kunstakademie von Mons; Mitgl. der für die belg. Nachkriegskunst wichtigen Gruppe Jeune Peinture Belge; zunächst surrealistische, später abstrakt-gestische Bilder. □ ab 1953: Zusammenarbeit mit der Gruppe Cobra; Arbeit an kinetischen Plastiken. □ ab 1976: Gestaltung von Brunnen (Auftragsarbeiten für öffentliche Gebäude, Plätze und Parks). □ 1989: Brunnen »November 1989«. □ 1990: Retrospektive im Josef Albers Museum, Bottrop.

▷ D. Ashton: Pol Bury, frz. 1971.

Busch, Adolf

dt. Violinist und Komponist
* 8.8.1891 Siegen † 9.6.1952 Guilford, Verm. (USA)

Busch, Bruder des Dirigenten Fr. → Busch, gründete 1919 das B.-Quartett und mit seinem jüngeren Bruder, dem Cellisten Hermann B. (* 1897, † 1975), 1926 das B.-Trio. Er war als Solist und Kammermusiker bedeutender Interpret der Werke Bachs, Beethovens und Brahms' und setzte in den 20er Jahren für das Streichquartettspiel neue Maßstäbe. Seine Kompositionen (eine Sinfonie, je ein Violin- und Klavierkonzert, Kammermusik) sind von M. →Reger beeinflußt. B. war Lehrer von Y. →Menuhin.

Adolf Busch, als Solist und im Quartett erfolgreich.

□ 1902-08: Studium am Kölner Konservatorium. □ 1907: Freundschaft mit M. →Reger. □ 1912: Konzertmeister des Wiener Konzertvereins. □ 1918/19: Prof. an der Hochschule für Musik Berlin. □ 1919: Gründung des Busch-Quartetts. □ ab 1922: Weltweite Konzerttourneen als Solist und mit seinem Quartett. □ 1933: Verzicht auf die dt. Staatsbürgerschaft aus Protest gegen Nationalsozialismus. □ 1935: Staatsbürger der Schweiz. □ 1940: Übersiedlung in die USA. □ 1949: Wiederauftritt in Deutschland beim Bonner Beethovenfest.

Busch, Ernst

dt. Schauspieler und Sänger
* 22.1.1900 Kiel † 8.6.1980 Ost-Berlin

Busch, bis 1921 Maschinenschlosser auf der Kieler Werft, schuf mit dem Komponisten H. →Eisler Kampflieder der Arbeiterbewegung, die er eindringlich-prononciert vortrug (»Solidaritätslied« im kommunistischen Agitationsfilm »Kuhle Wampe«, 1932, Rg. S. →Dudow). Das von ihm während des Spanischen Bürgerkriegs in Barcelona edierte Liederbuch »Canciónes de las Brigadas Internacionales« (1938) gilt als erstes Dokument des internationalen Arbeiterliedes. In den 50er Jahren trat B. als Mitglied des Berliner Ensembles in Stücken von B. →Brecht auf (Koch in »Mutter Courage«, 1951; Richter im »Kaukasischen Kreidekreis«, 1954).

□ 1916: Eintritt in die Kieler Arbeiterjugend. □ 1918: Teilnahme am Kieler Matrosenaufstand. □ 1921: Entlassung aus der Werft; Schauspieler unter C. → Zuckmayer am Kieler Stadttheater. □ 1927: Unter E. →Piscator Engagement am Berliner Theater am Nollendorfplatz. □ 1928: Rolle des Konstabler Smith bei der UA der »Dreigroschenoper«; Zusammenarbeit mit B. →Brecht. □ 1929-32: Neben Aktivitäten als Kabarettist und Sänger proletarischer Kampflieder zahlreiche Filmrollen. □ 1935: Sänger im Radio Komintern Moskau. □ 1937: Teilnahme am span. Bürgerkrieg. □ 1942-45: Zuchthaus in Berlin. □ 1947: Gründung des Schallplattenverlags »Lied der Zeit« im Ostsektor Berlins. □ 1951-57: Engagement beim Berliner Ensemble. □ ab 1960: Dokumentation der Geschichte des demokratischen und proletarischen Liedes (50 Schallplatten, Bild- und Textmaterialien, Kommentare).

▷ K. Siebig: Ich geh' mit dem Jahrhundert mit. Ernst Busch. Eine Dokumentation, 1980; L. Hoffmann/K. Siebig: Ernst Busch. Eine Biographie in Texten, Bildern und Dokumenten, 1990.

Fritz Busch →

← Ernst Busch

Paul V. Busch →

Busch, Fritz

dt. Dirigent
* 13.3.1890 Siegen
† 14.9.1951 London (Großbritannien)

Busch leitete in den 20er Jahren mit Neuinszenierungen von »Troubadour«, »Othello« und »Falstaff« eine Verdi-Renaissance in Deutschland ein. Seine Uraufführungen von Opern zeitgenössischer Komponisten (F. →Busoni, K. → Weill, O. →Schoeck, R. →Strauss) am Dresdner Staatstheater erregten weltweites Aufsehen. B. war Mitbegründer der Festspiele in Glyndebourne, Sussex (1934) und setzte Maßstäbe für die Interpretation der Werke Mozarts.

□ 1909: Kapellmeister und Chordir. am Dt. Theater in Riga. □ 1919-22: Als Nachfolger M. v. →Schillings Operndir. in Stuttgart. □ 1922-33: Generalmusikdir. der Dresdner Staatsoper. □ 1933: Emigration nach Buenos Aires, Argentinien. □ 1947: Argentin. Staatsbürgerschaft.

▷ G. Busch: Fritz Busch. Dirigent, 1985.

Busch, Paul Vincenz

dt. Zirkusdirektor
* 21.1.1850 Berlin † 28.11.1927 ebd.

Busch, dessen Karriere nach der Teilnahme am Deutsch-Französischen Krieg 1870/71 als Dressurreiter in Wanderzirkussen begann, gründete 1884 den nach ihm benannten Zirkus. Mit Pferdedressurnummern, bei denen er bis zu 50 Tiere gleichzeitig vorführte, und spektakulären Kunststücken (Kutschenfahrten über einstürzende Brücken, trampolinspringende Pferde) setzte sich B. gegen traditionsreiche Konkurrenten durch. Häuser im Wiener Prater, in Hamburg, Berlin und Breslau ermöglichten während der

Wintersaison kontinuierliche Programme. Im Sommer gastierte das Unternehmen mit großen Viermastzelten in den Metropolen des europäischen Kontinents.

Busch, Wilhelm

dt. Maler, Zeichner und Dichter
* 15.4.1832 Wiedensahl bei Hannover
† 9.1.1908 Mechtshausen bei Seesen, Harz

Busch war einer der wenigen Zeichner, die ihre Bildergeschichten mit eigenen Versen verbanden. In der Verknüpfung von witzigen, wenngleich aus einer eher pessimistischen Weltsicht erwachsenden oft sarkastischen Knittelversen und satirischen Zeichnungen gelangen ihm so einmalige Bildergeschichten wie »Max und Moritz« (1865), die ein Welterfolg wurden und in Deutschland bis heute populär sind. Sehr bekannt wurden auch seine 32 »Münchener Bilderbogen«. Dagegen blieben die mehr als tausend meist kleinformatigen Ölbilder (vor allem Landschaften in einem später expressiven Gestus) weitgehend unbeachtet.

Wilhelm Busch nach einer Fotografie aus dem Jahr 1902.

☐ ab 1851: Studium der Malerei in Düsseldorf, Antwerpen und München. ☐ ab 1859: Ständiger Mitarbeiter der satirischen Zeitschrift Fliegende Blätter. ☐ 1865: Welterfolg mit seiner ersten Bildergeschichte »Max und Moritz«. ☐ 1872: »Die fromme Helene«. ☐ 1876: »Herr und Frau Knopp«. ☐ 1884: »Maler Klecksel«. ☐ 1895: »Der Schmetterling«.

▷ G. Ueding: Wilhelm Busch, 1977; W. Arndt: The Genius of Wilhelm Busch. Comedy of frustration, 1982.

Bush, George Herbert Walker

amer. Politiker
* 12.6.1924 Milton, Mass.

US-Präsident Bush (seit 1989) gilt als typischer Vertreter des wohlhabenden amerikanischen Ostküsten-Establishments. Der Millionär, dessen Vater Senator von Connecticut war, wird aufgrund seiner eigenen Erfolge in der texanischen Erdölindustrie als »selfmademan« angesehen. Als Vizepräsident unter R. →Reagan erwarb B. das Image eines gemäßigten Konservativen. Von Reagan wurde er mehrfach mit diplomatischen Sondermissionen betraut, wobei er durch geschickte Verhandlungen im Ausland seine Position für eine erneute Präsidentschaftkandidatur stärken konnte.

George Bush: Der ehemalige Vizepräsident R. Reagans ist seit 1989 der 41. Präsident der USA.

Bei seiner ersten Haushaltsrede bezeichnete er die »Sicherung einer friedlichen Welt« als seine wichtigste Aufgabe. Im Dezember 1989, beim Gipfeltreffen mit M. →Gorbatschow in Malta, erklärten beide Politiker den »kalten Krieg« für beendet. Seit seiner Wahl zum Präsidenten verteidigt B., dem viele Kritiker zuvor vorgeworfen hatten, er sei zu »konfliktscheu«, konsequent die amerikanischen Interessen (militärische Intervention in Panama, 1989; Golfkrieg zur Vertreibung S. →Husseins aus Kuwait, 1991).

☐ 1941: Meldung als Kriegsfreiwilliger. ☐ bis 1945: Dienst als Marineflieger. ☐ 1948: Abschluß an der Yale-Univ. (Nationalökonomie). ☐ 1949-64: Mitbegründer, später Dir. bzw. Präs. der Zapata Petroleum Corp. sowie der Zapata Off Shore Corp. (Ölbohrungen und -förderung im Golf von Mexiko). ☐ 1966: Senator für Texas. ☐ 1970-72: UNO-Delegierter. ☐ 1972: Parteivors. der Republikaner. ☐ 1974: Leiter des Verbindungsbüros in Peking (Bezeichnung vor der Aufwertung zur Botschaft). ☐ 1976/77: Dir. des Geheimdienstes CIA. ☐ 1980: Präsidentschaftskandidatur. ☐ 1981-89: Vizepräsident. ☐ seit 1989: 41. US-Präsident.

▷ G. Bush: Blick nach vorn (Aut.), dt. 1991.

Bush, Kate

engl. Rockmusikerin
* 30.7.1958 Plumstead

Bushs Markenzeichen ist die ausdrucksstarke, vom Jazz geprägte Vier-Oktaven-Stimme, die sie wie ein Solo-Instrument technisch perfekt und virtuos beherrscht. Sensibel und mit einem Höchstmaß an künstlerischer Kreativität nutzt sie bei den Arrangements und Aufnahmen ihrer anspruchsvollen Kompositionen modernste Studio-Technologie für Soundspielereien und ungewöhnliche, bisweilen bizarre Klangeffekte. Dadurch betont sie die Wirkung ihrer surrealen Texte aus abstrakten Phantasie- und Märchenwelten. Dieser neue, von ihr geschaffene Mainstream-Pop ist zum Maßstab für zahlreiche Sängerinnen geworden.

← Kate Bush

□ 1974: Plattenvertrag durch Vermittlung von David Gilmour (→Pink Floyd). □ 1978: »The kick inside« (LP); erster Hit »Wuthering Heights«; »Lionheart« (LP). □ 1980: »Never Forever« (LP). □ 1982: »The Dreaming« (LP). □ 1985: »Hounds of love« (LP). □ 1986: »The whole story« (LP). □ 1990: »The sensual world« (LP).

▷ P. Kerton: Kate Bush, 1980.

Busoni, Ferruccio Benvenuto

ital. Komponist und Pianist
* 1.4.1866 Empoli bei Florenz
† 27.7.1924 Berlin (Deutschland)

Busoni wurde als Pianist, Komponist (Klavierwerke, Opern) und Verfasser musikästhetischer Schriften bekannt. Kennzeichnend für B. ist der Widerspruch zwischen Bewahrung alter Werte und radikaler Neugestaltung einer musikalischen Zukunft. Er orientierte sich einerseits in seinen Werken (ab 1890) an J. S. Bach, W. A. Mozart und Johannes Brahms, proklamierte andererseits klangliche Möglichkeiten eines Drittelton-Systems (»Entwurf einer neuen Ästhetik der Tonkunst«, Schr., 1907).

← Ferruccio B. Busoni

□ 1874: Debüt als Pianist in Triest. □ 1881: Aufnahme in die Accademia Filarmonica Bologna. □ 1889: Prof. für Klavier in Helsinki. □ 1890: Rubinstein-Preis; Prof. in Moskau. □ 1891-94: Konzertreisen in den USA; Dozent in Boston. □ ab 1894: Wohnsitz in Berlin. □ 1907: Leitung einer Meisterklasse am Wiener Konservatorium. □ 1913: Dir. des Liceo Musicale Bologna. □ 1920: Leitung einer Kompositionsklasse an der Berliner Akademie der Künste.

▷ H. H. Stuckenschmidt: Ferruccio Busoni, 1967.

Butenandt, Adolf Friedrich Johann

dt. Biochemiker
* 24.3.1903 Lehe/Bremerhaven

Butenandt gelang 1929-31 die Isolierung weniger Milligramm des Geschlechtshormons Östron, verantwortlich für die sexuelle Reifung der Frau, und des in den Hoden gebildeten Androsteron. Nachdem B. noch das Schwangerschaftshormon Progesteron isoliert hatte, bestimmte er 1935 die Konstitution der Geschlechtshormone, deren Synthese dadurch möglich wurde (Voraussetzung für die Entwicklung der Anti-Baby-Pille). Bedeutend für die Schädlingsbekämpfung wurden B.s Analysen der Lockstoffe des Seidenspinners (1959).

← Adolf Butenandt

□ 1933-36: Prof. an der TH Danzig. □ ab 1936: Leiter des Inst. für Biochemie des Kaiser Wilhelm-Inst. in Berlin-Dahlem; seit 1948 Max-Planck-Inst. in Tübingen, später München. □ 1949: Entgegennahme des Chemie-Nobelpreises für 1939 (mit L. →Ružička), was B. seinerzeit von den Nationalsozialisten untersagt worden war. □ 1956-72: Prof. an der Univ. München. □ 1960-71: Präs. der Max-Planck-Gesellschaft.

Buthelezi, Mangosuthu Gatsha

südafr. Stammesführer und Politiker
* 27.8.1928 Mahlabatini, Zululand

Buthelezi, seit 1972 Chefminister des Bantu-Homeland KwaZulu, ist ein entschiedener Gegner der Apartheid und der Homeland-Politik der südafrikanischen Regierung. Er engagiert sich für eine föderative Regionalisierung in einem einheitlichen Südafrika, das die Gleichberechtigung aller Rassen garantiert. Als Führer der Inkatha-Bewegung (einer für verschiedene politische Gruppierungen offenen sog. schwarzen Allianz) und Präsident der South African Black Alliance (SABA) befürwortet er den gewaltlosen Widerstand. Seine gemäßigte Haltung stößt bei vielen schwarzen Gruppen auf Widerstand. Seit 1990/91 bemüht er sich in Gesprächen mit N. →Mandela vom konkurierrenden ANC, die zunehmend blutigen Auseinandersetzungen zwischen den schwarzen Stämmen zu beenden.

Buthelezi beim Besuch der Frankfurter Buchmesse,1982.

□ seit 1953: Häuptling des Buthelezi-Stammes. □ 1970: Leiter der Territorialbehörde der Zulu. □ 1972: Chefminister des Homeland KwaZulu. □ 1976: Gründung der »Black Unity Front« (BUF; 1977 verboten). □ 1978: Präs. der »South African Black Alliance«. □ 1990: »Südafrika. Meine Vision«.

▷ B. Temkin: Gatsha Buthelezi: Zulustatesman. A biography, 1976.

Butler, Reginald Cotterell »Reg«

engl. Bildhauer
* 28.4.1913 Buntingford, Hertfordshire

Butler, ehemals einer der Hauptvertreter der abstrakten Plastik in England, hatte vor allem in

den 50er und 60er Jahren beachtliche Erfolge mit seinen Metallkonstruktionen. Es waren z. T. filigrane, in den Raum vorstoßende Kombinationen von Metallgestängen (meist aus Eisen). Häufig kombinierte B. auch offene und geschlossene Formen zu teilweise bizarren Gebilden. Die zweite Werkgruppe waren überschlanke Frauen- und Mädchenfiguren in häufig exzentrischen Posen (»Mädchen«, 1953/54, London, British Council).
Gelegentlich vereinte B. in seinen Arbeiten Figur und abstrakte Konstruktion (z. B. »Figur im Raum«, 1957/58, Mannheim, Kunsthalle). Ab den 60er Jahren entstanden auch bemalte Bronzefiguren, meist lebensgroße Frauenakte.

☐ 1939-41: Nach Architekturstudium (während Kriegsersatzdienst) Arbeit als Schmied. ☐ ab 1950: Autodidaktische Entwicklung zum Bildhauer. ☐ 1953: 1. Preis beim int. Wettbewerb für das in Berlin geplante Denkmal des unbekannten politischen Gefangenen (nicht ausgeführt; Modell in der Tate Gallery, London). ☐ ab den 70er Jahren: Rückzug von Arbeit und Öffentlichkeit.

← Reginald »Reg« Butler

James Francis Byrnes →

Butor, Michel

frz. Schriftsteller und Literaturwissenschaftler
* 14.9.1926 Mons-en-Barœul

Butor stellt als einer der wichtigsten Vertreter des Nouveau Roman (A. →Robbe-Grillet) in seinen Romanen die Wirklichkeit dar, ohne sie zu deuten, d. h. er beschränkt sich auf die Beschreibung wahrnehmbarer Gegebenheiten. An Veränderungen der Realität versucht er sich durch permanente Weiterentwicklung des literarischen Ausdrucks anzupassen. In seinen Essays befaßt sich B., von dem auch Gedichte und Hörspiele vorliegen, mit moderner Literatur und Musik.

☐ 1954: »Paris — Passage de Milan« (R., dt. 1967). ☐ 1956: »Der Zeitplan« (R., dt. 1960). ☐ 1957: Vielschichtige Zeit-Raum-Struktur in »Paris—Rom oder die Modifikation« (R., dt. 1958). ☐ 1958: »Genius Loci« (Es.s, 3 Bde., dt. 1962). ☐ 1960: »Stufen« (R., dt. 1964). ☐ 1962: »Fluglinien« (R., dt. 1965). ☐ 1972: Stifter des Fonds Michel Butor (Stadtbibliothek Nizza). ☐ 1974: Nach Prof.n in Frankreich und den USA Lehrstuhl für Literatur an der Univ. Genf.

▷ F. Wolfzettel: Michel Butor und der Kollektivroman, 1969; G. Thiele: Die Romane Michel Butors, 1975.

← Michel Butor

Buzzati, Dino

(eig. Dino Buzzati-Traverso)
ital. Schriftsteller und Journalist
* 16.10.1906 San Pellegrino bei Belluno, Dolomiten
† 18.1.1972 Mailand

Das bekannteste Werk des oft als »italienischer Kafka« bezeichneten Buzzati ist der Roman »Die Festung« (1940, dt. 1954; 1976 u. d. T. »Die Tatarenwüste« mit V. →Gassmann und M. von →Sydow verfilmt). In der Lebensbeschreibung eines Leutnants, der jahrzehntelang in einer abgelegenen Festung vergeblich auf einen Tatarenangriff wartet und schließlich, als der Feind endlich naht, stirbt, vermischen sich realistische und phantastische Elemente. Zentrale Themen B.s, der ab 1928 Redakteur beim Corriere della Sera war, sind das Verfliegen der Zeit und die Fragwürdigkeit des menschlichen Daseins.

▷ B. Baumann: Dino Buzzati, 1980.

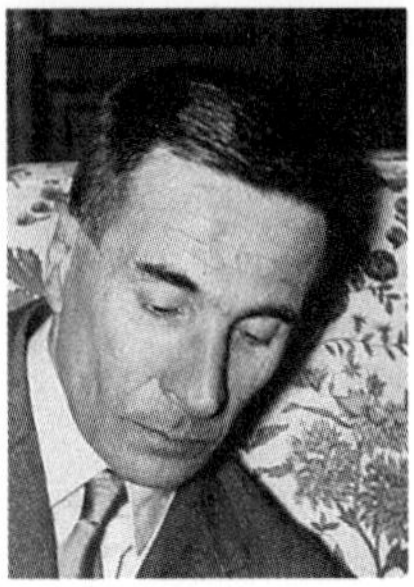

← Dino Buzzati

Byrnes, James Francis

amer. Politiker
* 2.5.1879 Charleston, S. Car.
† 9.4.1972 Columbia, ebd.

Während der Präsidentschaft F. D. → Roosevelts war Byrnes einer der einflußreichsten Senatoren. Er spielte bei der Aufhebung des Neutralitätsgesetzes und bei der Ausarbeitung des Leih-Pacht-Gesetzes zur Unterstützung von Großbritannien im 2. Weltkrieg eine wichtige Rolle. Während des Kriegs leitete er das Büro zur Kriegsmobilisierung (War Mobilization), das zuständig war für die staatliche Kontrolle der Industrie, und nahm als Berater des Präsidenten an den wichtigsten Konferenzen der Alliierten teil. Als Außenminister verhandelte B. 1945/46 in Europa über eine zukünftige Friedensordnung. 1947 trat er wegen Differenzen mit US-Präsident H. →Truman zurück. Danach setzte er sich mehrfach für eine Verständigung mit Deutschland ein.

☐ 1911-25: Mitgl. des Repräsentantenhauses für die Demokraten. ☐ 1930-41: Senator. ☐ 1941/42: Richter am Obersten Gericht. ☐ 1943: Leiter des Büros zur Kriegsmobilisierung. ☐ 1945-47: Außenmin. ☐ 1951-55: Gouverneur von S. Car.

C

Caballé, Montserrat

span. Sängerin
* 12.4.1933 Barcelona

Caballé gilt mit ihrer souveränen Beherrschung der Gesangstechnik und der Dramatik ihres Vortrags als Nachfolgerin der Primadonna assoluta M. →Callas. Seit ihrem Debüt an der Metropolitan Opera New York (1965) als Marguerite in Charles Gounods »Faust« (* 1818, † 1893) feiert sie an allen traditionsreichen Bühnen der Welt Triumphe. Innerhalb ihres vielseitigen Rollenrepertoires (zahleiche Schallplattenaufnahmen) setzt sich C., die auch eine bedeutende Oratorien- und Liedsängerin ist, für vergessene und technisch schwierige italienische Opern ein.

☐ 1956-59: Engagement am Stadttheater von Basel. ☐ 1962/63: Konzerttournee durch Mexiko. ☐ 1969: Partie der Gräfin in Mozarts »Figaros Hochzeit« bei den Festspielen in Glyndebourne. ☐ seit 1969: Regelmäßige Gastspiele an der Mailänder Scala. ☐ seit 1975: Gastspiele an der Covent Garden Opera London, Grand Opéra Paris, am Teatro Colón von Buenos Aires und am Teatro Liceo von Barcelona. ☐ 1979: Titelpartie in »Adriana Lecouvreur« von Francesco Cileas (* 1866, † 1950) an der Metropolitan Opera New York. ☐ 1986: Partie der Maddalena in U. →Giordanos »Andrea Chénier« bei den Festspielen von Verona.

Caetano, Marcelo José das Neves Alves

portug. Politiker
* 17.8.1906 Arganil bei Lissabon
† 26.10.1980 Rio de Janeiro (Brasilien)

Caetano war Mitschöpfer des portugiesischen Ständestaats und langjähriger enger Mitarbeiter von A. →Salazar, dessen Nachfolger er 1968 wurde. C. leitete nur zögernd eine Liberalisierung ein. In Kolonialfragen beharrte er auf althergebrachten Positionen, obwohl der lang anhaltende, verlustreiche Kolonialkrieg in Afrika (Angola, Moçambique und Guinea-Bissau) zunehmend Unruhen unter der Bevölkerung auslöste. 1974 wurde C. in der unblutigen Nelkenrevolution von linksgerichteten Offizieren der Bewegung der Streitkräfte (MFA) gestürzt. Er ging ins Exil nach Brasilien.

← Marcelo Caetano

□ 1933-68: Prof. für Verfassungs- und Verwaltungsrecht. □ 1944-47: Kolonialmin. □ 1949-55: Präs. der Ständekammer. □ 1955-58: Min. des Präsidialamtes. □ 1958: Mitgl. des Staatsrats. □ 1959-62: Rektor der Univ. Lissabon. □ 1962-68: Dekan der Juristischen Fakultät. □ 1968-74: Ministerpräsident. □ 1970: Vors. der Einheitspartei Acçao Nacional Popular. □ ab 1974: Exil in Brasilien.

Cage, John

amer. Komponist und Künstler
* 5.9.1912 Los Angeles, Kalif.

John Cage in der Düsseldorfer Kunsthalle, 1972.

Mit seinen radikalen künstlerischen Neuerungen ist Cage eine der Vaterfiguren der zeitgenössischen Musik. Kompositionstechnisch und ästhetisch hat er spätere Entwicklungen der Musik vorweggenommen und alle wichtigen Komponisten seit 1960 beeinflußt. Bereits Mitte der 30er Jahre komponierte C. mit feststehenden rhythmischen Mustern, sog. Patterns. Bekannt wurde er durch seine Stücke für »Prepared Piano«, einen Flügel, dessen Klang durch montierte Fremdkörper (Metall, Gummi) jeweils individuell verfremdet wurde. »Imaginary Landscape No 1« (1939) verwandte erstmals Reproduktionsgeräte (Plattenspieler) als Klangerzeuger. C. war Initiator der aleatorischen Musik (P. →Boulez), bei der die Stücke zufällig verlaufen, so daß das klangliche Ergebnis nicht mehr voraussehbar ist (»Imaginary Landscape No 4« für zwölf Radios). Als Kritik an der totalen Durchorganisation der seriellen Musik (K. →Stockhausen) brach C.s Ästhetik der Unbestimmtheit mit der jahrhundertealten Vorstellung von Musik als einer geschlossenen Form. Das zeigte sich auch in seinen spektakulären Happenings, bei denen die Aktion und der Prozeß des Spielens wichtiger waren als das Ergebnis.

□ 1930: Architekturstudien in Paris. □ 1934: Kostenloser Privatunterricht bei A. →Schönberg. □ 1949-51: Studium beim Zen-Philosophen D. T. Suzuki. □ 1951: Einführung des unkontrollierten Zufalls als kompositorisches Prinzip (nach dem chin. Wahrsagebuch »I Ching«). □ 1952: Happening mit dem Pianisten D. →Tudor, dem Tänzer M. →Cunningham und dem Maler R. →Rauschenberg in New York. □ 1954: Aufführung der »music for prepared piano« bei den Darmstädter Int. Ferienkursen für Neue Musik. □ 1956-58: Prof. für Komposition an der New School for Social Research in New York. □ 1963: UA von E. →Saties »Vexations« in Zagreb (840malige Wiederholung desselben Stücks in 18 Stunden). □ 1979: Karl-Sczuka-Preis des Südwestfunks für das Hörwerk »roaratorio — ein irischer Zirkus über Finnegan's Wake«. □ 1982: »James Joyce, Marcel Duchamp, Erik Satie« (Hsp.). □ 1987: UA der Orgelkomposition »ASLAP Organ 2« beim Metzer Festival (aus Anlaß des 75. Geburtstags); UA von »Europeras 1 & 2« in Frankfurt/Main unter dem Dirigenten G. →Bertini.

▷ J. Cage: Schriften (1. Silence, 1961, dt. 1969; 2. A Year from Monday, 1969; 3. M, 1973); K.-H. Metzger/R. Riehn (Hg.): John Cage I und II, 1990; J. Ullmann (Hg.): Changes. John Cage im Osten, 1991.

Cagney, James Francis

amer. Schauspieler
* 17.7.1904 New York †30.3.1986 Stanfordville, N. Y.

Cagney war im amerikanischen Kino der 30er und 40er Jahre der Inbegriff des Gangsters, den er vom kleinen Gauner bis zum psychotischen Gewalttäter variantenreich verkörperte. Die Filmszene in »Öffentlicher Feind« (1931, Rg. W. Wellmann), in der er Mae Clark eine halbe Grapefruit im Gesicht zerdrückte, machte ihn berühmt. Für eine eher untypische Rolle in dem Tanzfilm »Yanckee Doodle Dandy« (M. →Curtiz) erhielt er 1942 den Oscar.

James Cagney →

□ 1935: »Der FBI-Agent« (Rg. W. Keighley). □ 1938: »Chikago« (Rg. M. Curtiz). □ 1939: »Die wilden Zwanziger« (Rg. R. Walsh). □ 1949: »Maschinenpistolen/White Heat«, (Rg. R. Walsh). □ 1955: »Tyrannische Liebe« (Rg. Ch. Vidor). □ 1961: »Eins, zwei, drei« (Rg. B. →Wilder). □ 1981: »Ragtime« (Rg. M. →Forman).

▷ P. McGilligan: Cagney — the actor as auteur, engl. 1975; J. Cagney: Cagney by Cagney, engl. 1976.

Cai Chang

chin. Politikerin
* 1900 Xiangxiang, Prov. Hunan

Cai Chang gehört zu den wenigen Frauen, die zu Beginn des 20. Jh.s Anschluß an die revolutionäre Bewegung in China fanden und innerhalb der KPCh Karriere machten. Sie ist die prominenteste Politikerin der VR China und überstand während ihrer langen Karriere alle politischen Wirren (u. a. die Kulturrevolution). Dem ZK der KPCh gehörte sie ohne Unterbrechung 54 Jahre an; fast 30 Jahre war sie Vorsitzende des chinesischen Frauenverbands.

☐ 1913: Flucht mit der Mutter nach Changsha wegen der vom Vater geplanten Zwangsehe mit einem sog. Landlord (Militärmachthaber in der Provinz); Kontakt mit →Mao Zedong. ☐ 1918: Mitgl. der von Mao gegründeten Neuen Volksstudiengesellschaft. ☐ 1919-25: Aufenthalt in Europa, u. a. in Lyon (Frankreich). ☐ seit 1923: Mitgl. der KPCh. ☐ 1926: Sekr. der Frauenabteilung im ZK Guomindang. ☐ 1928-32: Aufenthalt in der UdSSR. ☐ 1928-82: Mitgl. des ZK der KPCh. ☐ 1934/35: Teilnahme am Langen Marsch. ☐ 1949-78: Vors. des Demokratischen Frauenverbands (seit 1957 Chin. Frauenverband). ☐ 1975-80: Stellv. Vors. des Nat. Volkskongresses.

Caine, Michael

(eig. Maurice Joseph Micklewhite)
engl. Schauspieler
* 14.3.1933 London

Mit durchschnittlich mehr als vier Rollen im Jahr gehört Caine zu den meistbeschäftigten Schauspielern des internationalen Films. Seine Vielseitigkeit zeigte er u. a. als Frauenmörder in »Dressed to kill« (1980, Rg. B. de Palma) oder als tolpatschiger Gouverneur in der Komödie »Wasser — Der Film« (1985, Rg. D. Clement). Für seine Darstellung des untreuen Ehemanns und Psychologen in W. →Allens »Hannah und ihre Schwestern« (1985) erhielt er einen Oscar.

☐ 1957-63: Ca. 100 Fernsehrollen. ☐ 1963: »Zulu« (Rg. C. R. Endfield). ☐ 1967: »Das Millionen Dollar Gehirn« (Rg. K. →Russell). ☐ 1968: »Luftschlacht um England« (Rg. G. Hamilton). ☐ 1969: »Ein dreckiger Haufen (Rg. A. de Toth); »Zu spät für Helden« (mit H. →Fonda, Rg. R. → Aldrich). ☐ 1973: »Die schwarze Windmühle« (Rg. D. →Siegel). ☐ 1975: »Der Mann, der König sein wollte« (mit S. →Connery, Rg. J. →Huston). ☐ 1983: »Rita will es endlich wissen« (Rg. L. Gilbert). ☐ 1986: »Mona Lisa« (Rg. N. Jordan). ☐ 1987: »Das vierte Protokoll« (Rg. J. Mackenzie). ☐ 1990: »Genie und Schnauze« (mit B. →Kingsley, Rg. T. Eberhardt).

← Michael Caine

Rafael A. Calderón →

Erskine Caldwell →

Calder, Alexander

amer. Bildhauer
* 22.7.1898 Lawton, Penn. † 11.11.1976 New York

Calder wurde mit seinen beweglichen abstrakten Metallplastiken zu einem Wegbereiter der Ki-

Calder vor einem seiner schwebenden Mobiles. 1957.

netischen Kunst. Als erster widmete er sich ab Ende der 20er Jahre ausschließlich der Konstruktion plastischer Gebilde aus geschweißten, verschraubten oder verdrahteten Metallteilen. C. ist der großen Bewegung der Abstraktion, nicht aber einer bestimmten Stilrichtung zuzuordnen. Bekannt wurde er nach seinen motorgetriebenen Plastiken vor allem mit seinen Mobiles, von der Decke hängenden oder frei im Raum aufgestellten Objekten aus dünnen Metallplatten. Schon in den 30er Jahren begann C. die beweglichen, Blattformen ähnelnden Elemente mit stabilen Konstrukten zu verbinden (z. B. »Rote Blätter«, 1942, Chicago, Art Clubs of Chicago), später schuf er feststehende Plastiken, für die H. →Arp den Begriff Stabiles prägte.

☐ 1923: Kurse an der Art Student's League in New York. ☐ 1930: Begegnung mit P. →Mondrian. ☐ 1931: Erste große Ausstellung in der Galerie Percier in Paris; Mitgl. der Künstlergruppe Abstraction-Création. ☐ ab 1934: »Mobiles«; erste »Stabiles«. ☐ nach 1945: Monumentale Freiplastiken (z. B. »Mensch« für die Weltausstellung in Montreal, 1967).

Calderón Fournier, Rafael Angel

costarican. Politiker
* 14.3.1949 Diriamba (Nicaragua)

Calderón ist seit 1990 Staatspräsident von Costa Rica. Der Christdemokrat will den wirtschaftlichen Stabilisierungskurs seines Vorgängers, des Nobelpreisträgers O. →Arias Sánchez, fortsetzen. Bei seinem Regierungsantritt nannte er als wichtigste Aufgaben die Reduzierung des hohen Haushaltsdefizits und den Ausgleich der Handelsbilanz. Außenpolitisch knüpft C. engere Beziehungen zu den USA.

☐ 1975: Parlamentsabg.; Gründer der Republikanischen Calderonistenpartei, aus der (zusammen mit anderen konservativen Gruppierungen) 1985 die Partei der christlich-sozialen Einheit (PUSC) hervorgeht. ☐ 1978-82: Außen- und Kulturmin. unter dem konservativen Präs. R. Carazo Odio. ☐ seit 1990: Staatspräsident.

Caldwell, Erskine

amer. Schriftsteller
* 17.12.1903 White Oak, Georgia
† 11.4.1987 Paradise Valley, Ariz.

Caldwell beschrieb in Romanen und Erzählungen das Kleinpächterelend im Süden der USA zur Zeit der Depression. Eindringlich zeigt der einem krassen Realismus verpflichtete Schriftsteller die psychischen Folgen der Armut. In »Die Tabakstraße« (1932, dt. 1948) und »Gottes kleiner Acker« (1933, dt. 1949), seinen bedeutendsten Romanen, sind die Menschen von einer zerstörerischen Triebhaftigkeit besessen; sexuelle Perversionen drücken ihre völlige Hoffnungslosigkeit aus.

Callaghan, James

brit. Politiker
* 27.3.1912 Portsmouth

Callaghan sah sich als britischer Premierminister einer Labour-Regierung (1976-79) mit einer anhaltenden Wirtschaftskrise konfrontiert. Anfangs gelang es C., der schon seit 1961 Finanzexperte der Partei war, die übermächtigen Gewerkschaften durch einen »Sozialvertrag« zur Lohndisziplin zu bewegen; eine Streikwelle und Aktionen schottischer Autonomisten führten jedoch 1979 zum Sturz seiner Regierung durch ein Mißtrauensvotum der Konservativen (M. → Thatcher).

□ 1945-87: Abg. im Unterhaus. □ 1947-50: Parlamentarischer Staatssekr. im Verkehrsministerium. □ 1964-67: Schatzkanzler. □ 1967-70: Innenmin. □ 1974-76: Außenmin. □ 1976-79: Premierminister; bis 1980 Parteiführer. □ 1979/80: Oppositionsführer.

← James Callaghan

Callas, Maria

(eig. M. Kalojeropulos)
ital. Sängerin griech. Herkunft
* 2.12.1923 New York (USA)
† 16.9.1977 Paris (Frankreich)

Callas war mit ihren stimmlichen und darstellerischen Fähigkeiten eine der bedeutendsten Sängerinnen der Gegenwart. Ab 1947 wurde sie an den großen Opernbühnen Europas als führende Sopranistin gefeiert. Ihre Stimme vereinigte brillante Koloraturtechnik und dramatische Kraft. Zu ihren besonderen Verdiensten gehört die Wiederbelebung zahlreicher in Vergessenheit geratener Belcanto-Opern (z. B. von Bellini und Rossini). Die Primadonna assoluta zog sich in den 60er Jahren von der Bühne zurück und widmete sich umfangreichen Schallplatteneinspielungen. Eine letzte Europatournee unternahm C. 1973 mit dem Tenor G. di →Stefano.

Maria Callas: Die Primadonna als »Medea« in der Covent Garden Opera, London 1952.

□ 1937: Studium am Nationalkonservatorium Athen. □ 1938: Debüt als Santuzza in P. →Mascagnis »Cavalleria rusticana« am Athener Opernhaus. □ 1947: Int. Erfolg bei den Festspielen in Verona. □ 1948: Koloratur-Partie der Elvira in Bellinis »Die Puritaner« am Teatro Fenice von Venedig. □ ab 1950: Karriere an der Mailänder Scala. □ 1954: Zusammenarbeit mit dem Regisseur L. →Visconti. □ 1956: Debüt an der Metropolitan Opera New York als Norma (Oper von Bellini). □ 1969: Hauptdarstellerin im Film »Medea« von P. P. →Pasolini.

▷ G. Jellinek: Callas. Portrait of a Prima Madonna, 1960; A. Stassinopoulos: Maria. Beyond the Callas Legend, 1980; J. Kesting: Maria Callas, 1990.

Leopoldo Calvo Sotelo →

Italo Calvino: Ein Autor phantastischer Erzählungen.

Calvino, Italo

ital. Schriftsteller
* 15.10.1923 Santiago de las Vegas (Kuba)?
† 19.9.1985 Siena

Calvino, bis 1956 Mitglied der KPI, war einer der bedeutendsten italienischen Schriftsteller der Nachkriegszeit. Der Sohn eines Agrarwissenschaftlers, der 1947 mit einem antifaschistischen, neorealistischen Roman debütierte, fand schnell zu einer originären Erzählform, um sich mit der Wirklichkeit auseinanderzusetzen. C.s Geschichten stecken voller übermütiger Phantasie, sind moderne, spielerisch-ironische Märchen, die die Grenzen der Romantradition sprengen. Zu seinen bekanntesten Werken gehören »Der Baron auf den Bäumen« (R., 1957, dt. 1960) und »Wenn ein Reisender in einer Winternacht« (R., 1979, dt. 1985).

□ 1943: Partisan in der ital. Widerstandsbewegung. □ 1945-47: Literaturstudium in Turin; Beginn der Mitarbeit im Verlag Einaudi. □ 1947: »Wo Spinnen ihre Nester bauen« (R., dt. 1965). □ 1952: »Der geteilte Visconte« (R., dt. 1957). □ 1959-67: Hg. der Zeitschrift Il menabò. □ 1963: »Der Tag eines Wahlhelfers« (R., dt. 1964). □ 1965: »Kosmokomische Geschichten« (Erz.n, dt. 1969). □ 1974: »Das Schloß, darin sich Schicksale kreuzen« (Erz., dt. 1978).

Calvo Sotelo y Bustelo, Leopoldo

span. Politiker
* 14.4.1926 Madrid

Calvo Sotelo ist ein Neffe des Monarchistenführes José C., dessen Ermordung 1936 den Bürgerkrieg in Spanien auslöste. 1981 wurde die Wahl von C. zum Ministerpräsidenten durch einen Putschversuch unterbrochen, der jedoch an der entschlossenen Haltung von König →Juan Carlos I. scheiterte. C. forcierte die Einführung der Marktwirtschaft und arbeitete auf den Beitritt Spaniens zur EG und zur NATO hin. Nach der Abspaltung des sozialdemokratischen Flügels der Union des demokratischen Zentrums (UCD) unter F. →Fernández Ordóñez trat er zurück.

□ 1957: Mitbegründer der monarchistischen Unión Española. □ 1967/68: Präs. der RENFE (span. Eisenbahn). □

1971-75, 1976-82: Mitgl. der Cortes (Parlament). □ 1975: Handelsmin. □ 1976: Min. für öffentliche Arbeiten und Städteplanung. □ 1977: Mitorganisator der UCD. □ 1978: Min. für die EG. □ 1980: Vize-Ministerpräsident. □ 1981/82: Ministerpräsident.

Câmara, Hélder Pessõa »Dom Hélder«

bras. Theologe (kath.)
* 7.2.1909 Fortaleza, Ceará

Câmara, 1964-85 Erzbischof von Olinda und Recife, gehört zu den fortschrittlichsten Geistlichen im brasilianischen Episkopat. Sein besonderes Engagement gilt den sog. Basisgemeinden, in denen sich die vom Vatikan kritisierte Befreiungstheologie verbreitet hat. Von der »feudalistischen« Kirche fordert er Umkehr zur Armut, wie sie das Evangelium lehre, und von Staat und Gesellschaft die Abschaffung des immer noch nachwirkenden Kolonialismus. Unter dem Militärregime war er Diffamierungen und Attentaten ausgesetzt. C. vertritt einen eigenständigen brasilianischen Sozialismus und fordert eine Entwicklungs- und Bildungspolitik, die vor allem den benachteiligten Bevölkerungsschichten zugute kommt.

Dom Hélder während einer Prozession in Recife.

□ 1952: Weihbischof von Rio de Janeiro; Gründer der Nationalkonferenz bras. Bischöfe. □ 1968: »Revolution für den Frieden«. □ 1970: »Die Spirale der Gewalt« (dt. 1970); »Es ist Zeit« (dt. 1970); Martin-Luther-King-Preis. □ 1973: Alternativ-Friedens-Nobelpreis Norwegens. □ 1986: »Gott lebt in den Armen« (dt. 1986).

▷ J. González: Dom H. Câmara, dt. 1971; J. R. Hermanns: Revolution zur Befreiung des Menschen, 1971.

Campbell, William Wallace

amer. Astronom
* 11.4.1862 Hancock County, Ohio
† 14.6.1938 San Francisco, Kalif.

Campbell war einer der wegweisenden Astronomen zu Beginn des 20. Jh.s. Er vermaß Sternspektren, bestimmte mit der Radialgeschwindigkeit von Fixsternen deren Bewegung zur Erde hin oder von ihr weg und gab 1924 einen Katalog mit über 1000 Doppelsternen heraus, von denen er einige selbst entdeckt hatte. Um die Sonnenbewegung im System der Milchstraße zu bestimmen, ließ C. in Santiago de Chile ein Teleskop aufstellen und kombinierte die gewonnenen Daten mit denen der Lick-Sternwarte in Kalifornien. Sieben Sonnenfinsternis-Expeditionen führten C. um die Erde, bei denen er Material über die Sonnenoberfläche sammelte.

□ 1901-30: Dir. des Lick Observatory, Mt. Hamilton, Kalif. □ 1923-30: Präs. der Univ. of Calif., Berkeley. □ 1931-35: Präs. der Nat. Academy of Science.

Heinrich Campendonk →

Campendonk, Heinrich

dt. Maler und Grafiker
* 3.11.1889 Krefeld
† 9.5.1957 Amsterdam (Niederlande)

Campendonk, jüngstes Mitglied der Künstlergruppe Der Blaue Reiter (W. →Kandinsky), entwickelte in seinem expressionistischen Frühwerk eine märchenhaft anmutende Bildwelt: Stilisierte Menschen. und Tiere bevölkern in idyllischer Eintracht die Szenerie aus abstrahierten landschaftlichen Elementen. Ab 1920 herrschte in C.s stets gegenständlicher Darstellung die Tendenz zu dekorativer Schematisierung vor. Seine Hinterglasmalerei beeinflußte seinen Malstil technisch wie inhaltlich. Zum Spätwerk gehören die Apsisfenster des Bonner Münsters.

□ 1905-09: Kunststudium in Krefeld. □ 1911: Übersiedlung nach Sindelsdorf, Oberbayern; Freundschaft mit F. →Marc und Beteiligung am Blauen Reiter. □ 1914-16: Kriegsdienst. □ 1926-33: Prof. an der Kunstakademie Düsseldorf. □ 1935-54: Prof. an der Kunstakademie Amsterdam. □ 1937: Entfernung von 87 »entarteten« Werken aus dt. Museen.

▷ A. Firmenich: Heinrich Campendonk, 1989.

Camus, Albert

frz. Schriftsteller
* 7.11.1913 Mondovi (Algerien)
† 4.1.1960 (Autounfall)

Der Existentialist Camus beeinflußte mit seinen Romanen, Dramen und Essays maßgeblich das europäische Geistesleben nach dem 2. Weltkrieg. Anders als J.-P. →Sartre war der Nobelpreisträger von 1957 Idealist, Moralist und Antikommunist. Der Absurdität der menschlichen Existenz, welche er rational als sinnlos erkannte, setzte C. die unaufhörliche Suche nach einem Weg zur Erfüllung des natürlichen Glücksverlangens entgegen. In diesem Bestreben durchlief er philosophisch und schriftstellerisch unterschiedliche Phasen.
Wird die Hauptfigur in »Der Fremde« (R., 1942, dt. 1948) sich ihres Selbst überhaupt erst angesichts des Todes bewußt, und liegt in »Der Mythos von Sisyphos« (Es., 1942, dt. 1950) der Daseinssinn noch allein in dem Hinnehmen der Lebensabsurdität und dem Verzicht auf Selbstmord als Konsequenz, so scheint der Protagonist in »Die Pest« (R., 1947, dt. 1949) eine Reaktionsmöglichkeit gefunden zu haben: Der Arzt Rieux begegnet dem Leiden Unschuldiger mit aufopferungsvoller Hilfe. C. zeigt schließlich mit dem Es-

Albert Camus: Ein Hauptvertreter des französischen Existentialismus.

say »Der Mensch in der Revolte« (1951, dt. 1953) auch theoretisch seinen Ausweg aus dem Nihilismus: Er liegt in der Auflehnung gegen gegebene Situationen, der Revolte. C. lehnte die gewalttätige Revolution ab, befürwortete aber die Revolte des einzelnen als Ausdruck der Empörung gegen Ungerechtigkeiten jeder Art. Dementsprechend führte die aktive Solidarität mit den Mitmenschen zur Lebensbejahung und ermöglichte so die Bewältigung der Sinnlosigkeit.

□ 1932: Nach erster Tuberkuloseerkrankung Philosophiestudium. □ 1934/35: Mitgl. der Kommunistischen Partei. □ 1937: Gründer des Théâtre de l'Équipe; Beginn journalistischer Tätigkeit. □ 1938: »Hochzeit des Lichts« (Es.s, dt. 1954). □ 1940: Reporter der Zeitung Paris-Soir; Mitgl. der Résistance. □ 1943: Verlagslektor bei Gallimard. □ 1944: »Das Mißverständnis« (Dr., dt. 1959); Bekanntschaft mit Sartre. □ 1948: »Der Belagerungszustand« (Dr., dt. 1955). □ 1950: »Die Gerechten« (Dr., dt. 1959). □ 1952: Bruch mit Sartre nach Erscheinen von »Der Mensch in der Revolte« (Es., 1951, dt. 1953). □ ab 1954: Versuch der Vermittlung im Algerienkonflikt. □ 1956: »Der Fall« (Erz., dt. 1957). □ 1957: »Das Exil und das Reich« (Erz.n, dt. 1958); Literatur-Nobelpreis. □ 1959: »Die Besessenen« (Dr., dt. 1959).

▷ H. R. Schlette: Albert Camus. Welt und Revolte, 1980; A. Pieper: Albert Camus, 1984; M. Rath: Albert Camus, 1984; H. R. Lottmann: Camus. Biografie, 1986; A. Camus: Tagebuch 1951-1959, dt. 1991.

Wilhelm Canaris →

Can

dt. Rockgruppe

Ende der 60er Jahre nahm die Kölner Band mit ihrem monoton-maschinell klingenden Rock unter Ausnutzung elektronischer Möglichkeiten die Entwicklung auch der anglo-amerikanischen Rockmusik vorweg. Die erste LP »Monster Movie« veröffentlichten Organist Irmin Schmidt (* 1937), Schlagzeuger Jackie Liebezeit (* 1938), Bassist Holger Czukay (* 1938), Gitarrist Michael Karoli (* 1948) und Sänger Malcolm Mooney noch im Eigenvertrieb. In den 70er Jahren war Can auch in England und Amerika sehr erfolgreich. Im Mittelpunkt der gegenwärtigen Arbeit stehen Film- und TV-Musiken.

□ 1968: Gründung von »Can«. □ 1971: »Spoon« (Titelmusik zum TV-Krimi »Das Messer«); »Tago Mago« (LP). □ 1972: Erste Englandtournee. □ 1974: »Soon over babaluma« (LP). □ 1978: »Can« (LP). □ 1989: »Rite Time« (LP). □ 1991: »Radio wave surfer« (Solo-LP von H. Czukay).

▷ G.Meierding: Can — die Magier, 1986.

Canaris, Wilhelm

dt. Militär
* 1.1.1887 Aplerbeck (Dortmund)
† 9.4.1945 Flossenbürg (hingerichtet)

Canaris war einer der hochrangigen Militärs aus dem Umkreis der Widerstandsbewegung gegen A. →Hitler. Seine tatsächliche Rolle konnte jedoch nie zweifelsfrei geklärt werden, was Anlaß zu manch spekulativer Stilisierung gab. Fest steht, daß C. als Chef der Abwehr bereits 1938, nach der Ablösung des Oberbefehlshabers des Heeres, W. →Fritsch, aus religiösen Motiven Verbindung zur Widerstandsbewegung aufnahm. Während des Krieges versuchte er, Offiziere für einen Widerstand gegen Hitler zu gewinnen, lehnte allerdings aus moralischen Gründen ein Attentat ab. Als »ideologisch unsicher« wurde er im Februar 1944 entlassen. Nach dem Anschlag auf Hitler verhaftet, wurde er ohne Gerichtsverfahren hingerichtet.

□ 1905: Eintritt in die Marine. □ 1928-32: Im Stab des Chefs der Marineleitung. □ 1935-44: Konteradmiral und Chef der (militär.) Abwehr. □ 1940: Admiral. □ 1944/45: Im KZ, zuletzt Flossenbürg.

▷ H. Höhne: Canaris, 1976.

Candela, Félix

span.-mex. Architekt
* 27.1.1910 Madrid

Candela entwickelte unter dem Eindruck der Bauten Eduardo Torrojas (* 1899, † 1961) die Schalenbauweise weiter und gehört zu deren bedeutendsten Erneuerern. Sein Konstruktionsprinzip der hyperbolischen Paraboloide (bei der die Verschalung auch gewölbter Flächen mit geraden Brettern erstellt wird), erlaubt nicht nur ungewöhnliche Konstruktionen, sondern auch eine hohe Wirtschaftlichkeit. C.s Bauten weisen kühne Wölbungen auf und sind fast skulptural gestaltet (z. B. die Dreischalenkonstruktion des Restaurants Los Manantiales in Xochimilco, Mexiko, 1958). Einige seiner Bauten sind gestalterisch von A. →Gaudí beeinflußt.

□ 1936-39: Nach Architekturstudium Teilnahme am span. Bürgerkrieg auf seiten der Republikaner. □ 1939: Flucht nach Frankreich und Internierung in Perpignan; Flucht nach Mexiko. □ seit Anfang der 50er Jahre: Entwicklung der Schalenbauweise. □ 1951: Pavillon für kosmische Strahlenforschung auf dem Universitätsgelände von Mexiko-Stadt. □ 1953-70: Prof. an der mex. Nationaluniv. □ 1954/55: S. Maria Miraculosa, Mexiko-Stadt (mit E. de la Mora). □ 1959/60: Kirche San José Obrero, Monterey (USA). □ 1968: Olympische Sporthalle, Mexiko-Stadt. □ ab 1971: Architekt und Prof. der Univ. of Ill. in Chicago.

Candilis, Georges

frz. Architekt griech. Herkunft
* 11.4.1913 Baku

Candilis entwickelte die rationalistischen Prinzipien →Le Corbusiers, die er vor allem als Bauleiter der Wohnanlage Unité d'habitation in Marseille (1947-52) kennengelernt hatte, zu einer größeren Vielfalt weiter. Gleichzeitig verfocht er entgegen der Charta von Athen das Prinzip einer organischen Verflechtung der urbanen Funktionen unter Einbeziehung von Grünanlagen. Zu seinen herausragenden Projekten gehören die Wohnanlagen von Bagnols-sur-Cèze im Rhônetal (1956-61) und Le Mirail in Toulouse (1967-73, mit Shadrach Woods und Alexis Josič). Ebenfalls mit Josič und Woods sowie unter Mitarbeit von Manfred Schiedhelm und Jean Prouvé errichtete er 1967-79 den Institutskomplex der Freien Universität Berlin in streng rechtwinkliger Anlage.

□ 1933: Begegnung mit Le Corbusier. □ 1945-50: Tätigkeit im Architekturbüro Le Corbusiers. □ 1951-54: Leiter der afr. Filiale des Architekturbüros ATBAT in Casablanca. □ 1955: Gründung eines Architekturbüros in Paris mit S. Woods und A. Josič. □ seit 1967: Eigenes Büro in Paris.

▷ J. Joedicke (Hg.): Candilis, Josič, Woods. Ein Jahrzehnt Architektur und Stadtplanung, 1968.

← Georges Candilis

Canetti, Elias

dt.spr. Schriftsteller bulg. Herkunft
* 25.7.1905 Rustschuk (heute Russe)

Canetti, 1981 mit dem Literatur-Nobelpreis ausgezeichnet, wurde im deutschsprachigen Raum erst mit seinem Alterswerk, den drei Bänden seiner Autobiografie (»Die gerettete Zunge«, 1977; »Die Fackel im Ohr«, 1980; »Das Augenspiel«, 1985), einem größeren Publikum bekannt. In seinem Hauptwerk »Masse und Macht« (Es.), auf das er sich zwischen 1939 und 1960 fast ausschließlich konzentrierte, analysierte C. die politischen, sozialen und kulturellen Umwälzungen in Europa. Stets wiederkehrende Themen des vom frühen Tod seines Vaters geprägten Schriftstellers sind die Auflehnung gegen die Endlichkeit des Daseins und die strikte Ablehnung abstrakter Denksysteme.

Elias Canetti: Literatur-Nobelpreisträger von 1981.

□ 1911: Übersiedlung nach England. □ 1913: Tod des Vaters; Übersiedlung nach Österreich. □ 1916-24: Wohnsitze in Zürich und Frankfurt/Main. □ 1924-29: Chemiestudium und Promotion. □ 1930/31: »Die Blendung« (R.; ersch. 1936). □ 1932: »Hochzeit« (Dr.). □ 1938/39: Emigration über Paris nach London. □ 1950: »Komödie der Eitelkeiten« (Dr.). □ 1968: »Die Stimmen von Marrakesch« (Reiseb.). □ 1972: »Die gespaltene Zukunft« (Aufsätze und Gespräche); Georg-Büchner-Preis. □ 1975: »Das Gewissen der Worte« (Es.s). □ 1981: Literatur-Nobelpreis. □ 1987: »Das Geheimherz der Uhr« (Aufzeichnungen).

▷ D. Barnouw: Elias Canetti, 1979; F. Aspetsberger/G. Stieg: Elias Canetti, 1986.

Cankar, Ivan

slowen. Schriftsteller
* 10.5.1876 Vrhnika † 11.12.1918 Ljubljana

Cankar ist neben France Prešeren (* 1800, † 1849) einer der bedeutendsten Schriftsteller Sloweniens. Bereits seine Lyrik (u. a. »Erotika«, 1899), beeinflußt vom westeuropäischen Symbolismus, stieß auf heftige Proteste der konservativen Literaturkritik. Als Schöpfer eines neuen slowenischen Prosastils problematisierte C. in seinen Dramen, Romanen und Erzählungen die aufkommende Kapitalwirtschaft in den ländlichen Gebieten und die zunehmende Verelendung der Bauern. Bekannt wurde die Erzählung »Der Knecht Jernej« (1907, dt. 1929), die als »poetische Umdichtung« des Kommunistischen Manifests interpretiert wurde.

□ 1896-1909: Aufenthalt in Wien. □ 1902: »Am Steilweg« (R., dt. 1965). □ 1904: »Das Haus zur barmherzigen Mutter Gottes« (Erz., dt. 1930). □ 1906: »Martin Kačur, der Idealist« (Erz., dt. 1985). □ 1907: Erfolglose Kandidatur als sozialdemokratischer Landtagsabg. □ 1908: »Aus dem Florianital« (Erz.n, dt. 1947); »Spuk im Florianital« (Kom., dt. 1953).

▷ Walder: Ivan Cankar als Künstlerpersönlichkeit, 1954.

Cantor, Georg

dt. Mathematiker dän. Herkunft
* 3.3.1845 St. Petersburg
† 6.1.1918 Halle/Saale

Cantor beschrieb 1883 die »Grundlage einer allgemeinen Mannigfaltigkeitslehre« und begründete damit die für die moderne Mathematik unverzichtbare Mengenlehre. Anfänglich wegen seiner Untersuchungen transfiniter Elemente (unendlicher Mengen) von deutschen Fachkollegen als »Verderber der Jugend« angefeindet, gewann C., der sein Lebensende in tiefen psychischen Depressionen verbrachte, erst im Ausland und postum großes Ansehen.

Georg Cantor →

□ 1872-1913: Prof. an der Univ. Halle/Saale. □ 1890-93: Gründer und Präs. der Dt. Mathematikervereinigung. □ 1895-97: »Beiträge zur Begründung der transfiniten Mengenlehre« (Schr.). □ 1897: Initiator des 1. Int. Mathematikerkongresses in Zürich.

▷ W. Purkert/H.-J. Ilgauds: Georg Cantor, 1985, erw. NA 1987.

Cao Yu

(eig. Wan Jiabao)
chin. Dramatiker
* 24.9.1910 Qianjiang, Hubei

Cao Yus Erstlingswerk »Gewitter« (1934, dt. 1980) zählt zu den meistgespielten Klassikern des chinesischen Sprechtheaters. In Inhalt, Form und Technik von der antiken griechischen Tragödie ebenso geprägt wie von europäischen und amerikanischen Vorbildern (H. →Ibsen, A. →Tschechow, E. →O'Neill), besticht das Stück durch hervorragende Dialoge und einen strengen dramatischen Aufbau. Cao Yu, seit 1949 Kulturfunktionär in der VR China, erzählt darin von Verwicklungen und Verfehlungen einer Familie, die Inzest und Tod zur Folge haben.

← Cao Yu

□ 1928-34: Literaturstudium in Tianjin und Peking. □ ab 1935: Rektor der Staatl. Hochschule für Bühnenkunst in Nanjing. □ 1936: »Sonnenaufgang« (Dr., dt. 1981). □ 1938: »Wildnis« (Dr.). □ 1941: »Der Pekingmensch« (Dr., dt. 1980). □ 1946/47: USA-Aufenthalt. □ seit 1949: Kulturfunktionär in der VR China. □ 1954: »Himmel ohne Wolken« (Dr., dt. 1961).

Capa, Robert

(eig. Andrei Friedmann)
ung. Fotograf
* 22.10.1913 Budapest
† 25.5.1954 Thai-Binh (Indochina)

Capa, einer der profiliertesten Bildjournalisten seiner Zeit, berichtete von fast allen Kriegsschauplätzen zwischen 1936 und 1954. Seine aufrüttelnden Aufnahmen, z. B. »Tod eines Soldaten« aus dem Spanischen Bürgerkrieg oder die Palästina-Reportage, lassen ähnlich wie bei W. →Bischof Anteilnahme erkennen, die über den Standard eines rein sachlichen Bildjournalismus hinausgeht. C.s Fotografien aus den 30er Jahren erschienen unter dem Titel »Death in the Making« 1937 in Buchform.

← Robert Capa

□ 1931: Nach dem Studium an der Univ. Berlin Tätigkeit als Fotoassistent. □ 1933: Emigration nach Paris. □ 1936: Kriegsberichterstatter im Span. Bürgerkrieg. □ 1938: Berichterstatter des chin.-jap. Kriegs. □ 1941-45: Kriegsberichterstatter für Life (u. a. von der Landung der alliierten Streitkräfte in der Normandie). □ 1947: Gründungsmitgl. der Gruppe Magnum. □ 1948: Reportage über den Krieg in Palästina; Berichterstattung vom Indochinakrieg. □ postum 1964: »Images of War« (Fotoband).

Capablanca, José Raoul

kuban. Schachspieler
* 19.11.1888 Havanna † 8.3.1942 New York

Capablanca, Schachweltmeister 1921-27, gewann den Titel gegen den 27 Jahre lang dominierenden E. →Lasker und verlor ihn 1927 in Buenos Aires an A. →Aljechin. Der als Schachgenie gefeierte C. war bereits mit zwölf Jahren kubanischer Meister. 1914-24 wies seine Bilanz bei 126 Turnier- und Wettkampfpartien nur vier Niederlagen auf.

▷ H. C. Schonberg: Die Großmeister des Schach, 1974.

Karl Čapek: Ein vielseitiger tschechischer »Klassiker«.

Čapek, Karel

tschech. Schriftsteller und Journalist
* 9.1.1890 Malé Svatonovice † 25.12.1928 Prag

Nach dem 2. Weltkrieg als Verfechter einer bürgerlichen Demokratie in der ČSSR für einige Zeit totgeschwiegen, nimmt Čapek dort Ende des 20. Jh.s neben J. →Hašek den Rang eines Klassikers ein. Im Mittelpunkt seines vielfältigen Schaffens stehen die Probleme des Kapitalismus im Zeitalter der technischen Zivilisation sowie der Kampf gegen Krieg und Totalitarismus. In dem Drama »W.U.R.« (UA 1920) verwendete Č. erstmals seinen Neologismus »Roboter«; in »Krakatit« (R., 1924, dt. 1949) nahm er die Erfindung der Kernspaltung vorweg. Daneben schrieb Č. Kritiken, Feuilletons und Reisebücher sowie eine zeitkritische Romantrilogie. Ideen- und zeitgeschichtliche Quellen von hohem intellektuellem Rang sind bis heute die »Gespräche mit Masaryk« (1928-35, dt. 1969).

□ 1910/11: Studium in Berlin. □ 1915: Promotion in Philosophie (Prag). □ 1917-29: Journalist bei Volksblatt und Volkszeitung (Prag). □ 1920: »Französische Lyrik der neueren Zeit« (Es.). □ 1924: »Seltsames England« (Reiseb., dt. 1947). □ postum 1933: »Hordubal« (R., dt. 1934). □ 1934: »Meteor« (R.); »Ein persönliches Leben« (R.). □ 1936: »Krieg mit den Molchen« (R., dt. 1936).

Capone, Al(fonso) »Scarface«

ital.-amer. Bandenchef
* 17.1.1899 Neapel † 25.1.1947 Miami, Flor.

Al Capone, dessen Schlafzimmer sich aus Sicherheitsgründen in einer riesigen Stahlkammer befand, brachte es in den 20er Jahren zum gefürchtetsten und »erfolgreichsten« Bandenchef der Chicagoer Unterwelt. Mit Prostitution, Glücksspiel, dem Betrieb illegaler Kneipen (»speak easies«) während der Prohibition (ab 1920) und dem Eintreiben von sog. Schutzgeldern (»protection racket«) verdiente C.s Bande mehr als 100 Mio. US-$. Dem Scarface (Narbengesicht), wie er wegen eines Schmisses auf der Wange genannt wurde, konnten seine Gewalttaten nie nachgewiesen werden. Verurteilt wurde er lediglich wegen Steuerhinterziehung und illegalen Waffenbesitzes. C. starb auf seinem Ruhesitz in Miami.

☐ 1914: Einwanderung der Familie in die USA (New York). ☐ ab 1920: Aufenthalt in Chicago; Übernahme der Bande des untergetauchten John Torrio. ☐ 1926: Anschlag auf sein Hauptquartier in Cicero, Ill. ☐ 1929: Befehl zu einem Massaker am Valentinstag, dem 14. Febr. ☐ 1931: Verurteilung zu elf Jahren Haft wegen Steuerhinterziehung. ☐ 1939: Vorzeitige Entlassung.

Capote, Truman

(eig. T. Streckfus Persons)
amer. Schriftsteller
* 30.9.1924 New Orleans † 25.8.1984 Los Angeles

Capote war eine der schillerndsten Figuren der amerikanischen Literaturszene und ein genialer Selbstdarsteller. 1966 schuf er mit dem Tatsachenroman »Kaltblütig« (dt. 1966) eine literarische Sensation. Ein von ihm selbst recherchierter Familienmord in Kansas hatte ihn zu dieser neuen Kunstgattung inspiriert, einer Mischform aus Fiktion und Realität. Seit den 50er Jahren arbeitete C. an einem Porträt der New Yorker Schickeria, zu der er zeitlebens enge Beziehungen unterhielt. Der Schlüsselroman blieb unvollendet und erschien 1987, von Empörung begleitet, unter dem Titel »Erhörte Gebete« (dt. 1987).

Truman Capote: Der Autor von »Frühstück bei Tiffany«.

☐ 1940: Glossenschreiber für die Gesellschaftskolumne des Magazins New Yorker. ☐ 1951: »Die Grasharfe« (R., dt. 1952). ☐ 1958: »Frühstück bei Tiffany« (R., dt. 1959, 1960 verfilmt von B. →Edwards mit A. →Hepburn). ☐ 1976: Filmrolle in Robert Moores »Eine Leiche zum Dessert«. ☐ 1980: »Musik für Chamäleons« (Erz.n, dt. 1983).

▷ G. Clarke: Truman Capote, 1990.

Frank Capra →

Capra, Frank

amer. Regisseur ital. Herkunft
* 19.5.1897 Palermo
† 3.9.1991 La Quinta, Kalif.

Capra schuf in seinen satirisch-sozialkritischen Komödien (»Mr. Smith geht nach Washington«, 1939, mit J. →Stewart) die Figur des sympathischen »kleinen Mannes«, der mit schlichter Ehrlichkeit und Individualismus gegen Korruption und Unmoral kämpft. C.s Filme, die sich durch klare Charakterdarstellungen und skurrilen Humor auszeichnen, waren große Publikumserfolge. Seine letzte Regiearbeit stammt aus dem Jahr 1961 (»Die unteren Zehntausend«).

☐ 1931: »Platinum Blonde/Vor Blondinen wird gewarnt« (mit J. →Harlow). ☐ 1934: »Es geschah eines Nachts«. ☐ 1936: »Mr. Deeds geht in die Stadt« (mit G. →Cooper). ☐ 1938: Oscar für »Lebenskünstler«. ☐ 1941: »Arsen und Spitzenhäubchen« (mit C. →Grant). ☐ 1942-45: »Why we fight/Warum wir kämpfen« (Dokumentarfilmserie). ☐ 1947: »Ist das Leben nicht schön?«.

▷ F. Capra: The name above the title (Aut.), 1971.

Capra, Fritjof

österr. Physiker und Futurologe
* 1.2.1939 Wien

Fritjof Capra →

Capra, Professor für Atomphysik an der University of California in Berkeley, ist mit seinen Arbeiten über die philosophischen, kulturellen und sozialen Auswirkungen des analytischen Denkens der modernen Naturwissenschaften bekannt geworden.
In seinem Buch »Das Tao der Physik. Die Konvergenz von westlicher Wissenschaft und östlicher Weisheit« (1975, dt. erw. NA 1984) tritt C., ausgehend von Übereinstimmungen zwischen westlichen Aussagen der modernen Quantenphysik und östlicher Mystik, für ein radikales Umdenken ein. In »Das Neue Denken. Die Entstehung eines ganzheitlichen Weltbildes im Spannungsfeld zwischen Naturwissenschaft und Mystik« (dt. 1987) fordert C. ökologisches statt materialistisches Bewußtsein und will mit »Wendezeit. Bausteine für ein neues Weltbild« (1982, dt. 1983) dem rationalen Weltbild eine neue Sicht auf die Wirklichkeit erschließen.

Caracciola, Rudolf

dt. Automobilrennfahrer
* 30.1.1901 Remagen † 28.9.1959 Kassel

Rudolf Caracciola →

Caracciola, genannt »Caratsch«, war ein volkstümlicher und erfolgreicher Rennfahrer. Er fuhr mit einer einjährigen Ausnahme (Alfa Romeo) 13 Jahre lang für Mercedes-Benz (1926-39), gewann 15 Große Preise und stellte 17 Weltrekorde auf. Einem Comeback-Versuch nach dem 2. Weltkrieg blieb der Erfolg versagt.

☐ 1926: Großer Preis von Deutschland (erneut 1928, 1931, 1932, 1937 und 1939). ☐ 1930: Europameister im Bergfahren (erneut 1931). ☐ 1932: Europameister im Rennwagen (heute: Formel 1). ☐ 1934: Großer Preis von Italien (erneut 1937). ☐ 1935: Großer Preis von Frankreich, Spanien, Belgien und der Schweiz (erneut 1937 und 1938). ☐ 1936: Großer Preis von Monaco.

Carapetyan, Armen

amer. Musikwissenschaftler armenischer Herkunft
* 11.10.1908 Isfahan (Persien, heute Iran)

Carapetyan promovierte 1945 an der Harvard University Cambridge (Mass.) über den frankoflämischen Komponisten Adrian Willaert (* ca. 1480, † 1562) und gab durch seine editorischen und organisatorischen Leistungen wichtige Impulse für die Erforschung der älteren Musikgeschichte (Mittelalter, Renaissance). Er ist Gründer des American Institute of Musicology (Cambridge und Rom) und leitet dessen Publikationsreihen (»Corpus Mensurabilis Musicae«, über 200 Bde.; »Corpus Scriptorum Musica«).

Cardenal, Ernesto

nicarag. Lyriker, Priester und Politiker
* 20.1.1925 Granada

← Ernesto Cardenal

Cardenal erwarb sich aufgrund seines entschiedenen Eintretens gegen die Somoza-Diktaturen in Nicaragua weltweit den Ruf eines revolutionären Dichter-Priesters. Die Verbindung von tiefer Religiosität mit politischem Engagement durchzieht sein gesamtes lyrisches Werk. 1966 gründete C. die christliche Lebens- und Arbeitsgemeinschaft Solentiname, die zum Synonym für einen Ort der Besinnung und der Solidarität mit den Ärmsten wurde.

□ 1942-49: Studium der Philosophie und Literaturwissenschaft in Mexiko-Stadt und New York. □ 1950: Europareise. □ 1954: Teilnahme an der gescheiterten April-Rebellion gegen Anastasio Somoza García; Gefängnisstrafe. □ 1957: Eintritt in ein Trappistenkloster (USA). □ 1960: »Die Stunde Null« (Ged.e, dt. 1980). □ 1961: »Epigramme« (Ged.e). □ 1964: »Zerschneide den Stacheldraht« (Ged.e, dt. 1967). □ 1965: Kath. Priesterweihe in Managua. □ 1966: Gründer der christlichen Kommune Solentiname (Nicaragua). □ 1969: »Für die Indianer Amerikas« (Ged.e, dt. 1973). □ 1977: Mitgl. der Sandinistischen Befreiungsfront; bis 1979 Exil in Costa Rica. □ 1979-90: Nach dem Sturz von A. →Somoza Debayle Kultur- und Erziehungsmin. der sandinistischen Regierung. □ 1980: Friedenspreis des Dt. Buchhandels. □ 1981: »Heimweh nach der Zukunft« (Ged.e, dt.).

▷ H. Koch: Ernesto Cardenal. Eine Bildbiografie, 1990.

Cardin, Pierre

(eig. P. Cardini)
frz. Modedesigner ital. Herkunft
* 7.7.1922 Venedig

← Pierre Cardin

Cardins Modestil wird von geometrischen Figuren, vor allem dem Kreis bestimmt. Internationale Erfolge waren 1954 seine »Robes bulles« aus großen Ballonformen, 1960 die »Zylinder-Linie«, 1963 Kleid-Skulpturen, die durch große runde Ausschnitte in Taille und Dekolleté auffielen, sowie sog. Weltraum-Bodysuits. Das weltweite Großunternehmen C. entwirft neben Accessoires und Modeschmuck auch Inneneinrichtungen und Porzellan.

□ bis 1946: Architekturstudium in Paris; Schneiderausbildung. □ ab 1947: Mitarbeiter bei Ch. →Dior. □ 1950: Eröffnung eines eigenen Ateliers. □ 1953: Erste Haute-Couture-Kollektion. □ 1959: Erste Konfektions-Kollektion unter eigenem Namen für die Kaufhäuser Printemps und Hertie. □ 1960: Erste Herrenkollektion. □ 1970: Eröffnung des von ihm ausgestatteten Theaters Espace Pierre Cardin. □ 1977: Eröffnung der Galerie Évolution. □ 1979 und 1981: Erste Damen- und Herrenmodenschau eines westlichen Couturiers in China. □ 1981: Kauf des Restaurants Maxim's in Paris. □ 1983: Maxim's Restaurants in Peking und Moskau.

Cardinale, Claudia

ital. Schauspielerin
* 15.4.1939 Tunis (Tunesien)

Claudia Cardinale →

Cardinale entwickelte sich vom Image einer »italienischen Bardot« (B. →Bardot) in Filmen wie »Diebe haben es schwer« (1958, Rg. M. Monicelli) zu einer ernsthaften Schauspielerin. Unter Regisseuren wie L. →Visconti, F. →Fellini und W. →Herzog konnte sie ihr Talent in zahlreichen anspruchsvollen Rollen beweisen.

□ 1961: »Cartouche, der Bandit« (mit J.-P. →Belmondo). □ 1963: »Der Leopard« (L. Visconti, mit B. →Lancaster). □ 1966: »Die gefürchteten Vier« (R. Brooks). □ 1968: »Spiel mir das Lied vom Tod« (S. →Leone). □ 1981: »Fitzcarraldo« (W. Herzog). □ 1984: »Claretta« (P. Squittieri).

Carducci, Giosuè

ital. Lyriker und Literaturhistoriker
* 27.7.1835 Val di Castello, Toskana
† 16.2.1907 Bologna

Carducci wurde 1906 als erster Italiener mit dem Literatur-Nobelpreis ausgezeichnet. Der Sohn eines Landarztes glorifizierte in seinem Werk die heldenhafte Vergangenheit Italiens. Er ahmte die Klassiker nach, verwandte antike Versmaße für seine Dichtung, schrieb Sonette, pathetische Hymnen und Oden. Von der zeitgenössischen Kultur enttäuscht, übte C., der als Literaturhistoriker Mittelalterforschung betrieb, scharfe Kritik an der katholischen Kirche, deren Körperfeindlichkeit er ein heidnisches Natur- und Lebensideal entgegensetzte.

□ 1857: »Verse« (Ged.e). □ 1860: Prof. für Griechisch in Pistoia. □ 1861-1903: Prof. für ital. Literatur in Bologna. □ 1865: »Hymnus an den Satan« (Ged.) □ 1867-82: »Jamben und Epoden« (Ged.e). □ 1877-89: »Barbarische Oden« (Ged.e, dt. 1907). □ 1883: Verherrlichung der Frz. Revolution in der Sonettsammlung »Ça ira«. □ 1906: Literatur-Nobelpreis.

Carl XVI. Gustav

König von Schweden
* 30.4.1946 Schloß Haga bei Stockholm

Carl XVI. Gustav →

Am 19.9.1973 trat Carl Gustav die Nachfolge seines Großvaters, König →Gustav VI., als König von Schweden an. 1975 stimmte er einer Verfassungsänderung zu, welche die Rechte und Pflichten des Königs auf reine Repräsentationsaufgaben beschränkt. Nach der Verabschiedung einer weiteren Verfassungsänderung (1980), die die Thronfolge nunmehr unabhängig vom Geschlecht regelt, wurde seine erstgeborene Tochter Victoria Ingrid (* 1977) Thronanwärterin. Seit 1976 ist der König mit der Deutschen →Silvia Sommerlath verheiratet.

Carlsson, Ingvar Gösta

schwed. Politiker
* 9.11.1934 Boraas bei Göteborg

Carlsson wurde 1986 nach der Ermordung O. →Palmes Ministerpräsident und Vorsitzender der schwedischen Sozialdemokraten. Der Pragmatiker führte die engagierte Außenpolitik seines Vorgängers (Abrüstung, Unterstützung der Anliegen der Dritten Welt) nur zaghaft fort. Nach den verlustreichen Wahlen 1991 trat er zurück.

□ bis 1958: Studium der Politischen Wissenschaften in Lund. □ ab 1958: Mitarbeiter von T. →Erlander. □ 1961-67: Vors. der Jugendorganisation der Sozialdemokraten. □ seit 1964: Mitgl. des Reichstages. □ 1969-73: Min. für Unterricht und Kultur. □ 1973-76: Min. für Wohnungswesen und Raumordnung. □ 1982-86: Vizepremier und Min. für Forschungsfragen, ab 1985 zusätzlich Umweltmin. □ seit 1986: Vors. der Sozialdemokraten. □ 1986-91: Ministerpräsident.

← Ingvar G. Carlsson

Carmen Sylva

(eig. Elisabeth von Rumänien)
rumän. Schriftstellerin und Königin
* 29.12.1843 Schloß Monrepos bei Neuwied
† 2.3.1916 Bukarest

Die Fürstentochter Carmen Sylva, die ab 1869 mit dem späteren rumänischen König →Carol I. verheiratet war, wurde durch ihre in der rumänischen Tradition verwurzelten Gedichte und Erzählungen auch als Literatin bekannt. Neben neuromantischer Lyrik (»Mein Rhein«, 1884; »Meine Ruh«, 1884; »Meerlieder«, 1891; »Unter der Blume«, 1903) schrieb sie phantasievolle Märchen (»Leidens Erdengang«, 1882; »Märchen einer Königin«, 1901).

← Carmen Sylva

Carmichael, Stokeley

amer. Bürgerrechtler und Philosoph
* 29.6.1941 Port of Spain (Trinidad)

Carmichael war als Student in der schwarzen Bürgerrechtsbewegung aktiv und wurde mehrfach bei Demonstrationen verhaftet. Später lehnte er die Bürgerrechtsbewegung als zu kompromißbereit ab und forderte als einer der Wortführer der Black-Power-Bewegung (nach einem Roman von R. →Wright, 1954) alle Farbigen in den USA zum revolutionären Befreiungskampf auf. Nach 1973 verlor die Protestbewegung an Bedeutung.

□ 1952: Emigration in die USA; Umzug nach Harlem, New York. □ 1964: Abschluß des Philosophiestudiums an der Howard Univ. □ 1966/67: Vors. des SNCC (Students Nonviolent Coordinating Committee). □ 1967: »Black Power« (Schr.). □ 1967-69: Vors. der Black Panther Party for Selfdefence. □ 1969: »Die Politik der Befreiung in Amerika« (Schr., mit C. V. Hamilton).

← Stokeley Carmichael

Carnap, Rudolf

amer. Philosoph dt. Herkunft
* 18.5.1891 Ronsdorf (Wuppertal)
† 14.9.1970 Santa Monica, Kalif.

Carnap vertrat die Philosophie des logischen Empirismus, wonach Erkenntnis nur aufgrund von Erfahrung, formaler Logik und Sprache möglich ist. C. beschäftigte sich mit der Anwendung mathematischer Logik auf die Philosophie und mit der Analyse der logischen Struktur wissenschaftlicher Sätze der Physik. Sein Versuch, Geistes- und Naturwissenschaften zu einer Einheitswissenschaft zu verbinden, baute zunächst auf nicht weiter definierbaren Grundbegriffen auf, der »Ähnlichkeitserinnerung«, aus der alle Erfahrungs- und Wissenschaftsbegriffe abgeleitet werden konnten. Mit dem Ziel, eine formale Sprache zu konstruieren, die größere Klarheit bei der Formulierung wissenschaftlicher und philosophischer Fragen bieten sollte, wandte sich C. 1928 in seiner Schrift »Der logische Aufbau der Welt. Versuch einer Konstitutionstheorie der Begriffe« einer phänomenalistischen Sprache zu. Später entwickelte der Antimetaphysiker »Die physikalische Sprache als Universalsprache der Wissenschaft« (1931), die in eine Beobachtungs- und Theoriesprache gegliedert ist.

← Rudolf Carnap

□ 1928: »Scheinprobleme in der Philosophie« (Abh.). □ 1931-35: Prof. an der Univ. Prag. □ 1934: »Logische Syntax der Sprache« (Abh.). □ 1935: Emigration in die USA. □ 1936-52: Prof. an der Univ. Chicago. □ 1939: »Grundlagen der Logik und Mathematik« (Schr.). □ 1952-54: Prof. am Inst. for Advanced Study in Princeton, N. J. □ 1954: »Einführung in die symbolische Logik« (Abh.). □ 1954-61: Prof. an der Univ. of Calif. in Los Angeles. □ 1966: »Einführung in die Philosophie der Naturwissenschaften« (Schr., dt. 1969).

Carné, Marcel

frz. Regisseur
* 18.8.1909 Paris

Carné erhält 1958 den Grand Prix de cinéma français.

Carné ist der wichtigste Regisseur des sog. poetischen Realismus. Sein Hauptwerk »Kinder des Olymp« (1943-45, mit J.-P. →Barrault), das mit einfühlsamen Bildern und Worten (Buch: J. →Prévert) die tragisch-melancholische Lebensgeschichte des Pantomimen Debureau erzählt, wurde ein Filmklassiker.
Mit seinem düster-poetischen Stil, den er seit »Hafen im Nebel« (1938, mit J. →Gabin, Buch: J. Prévert) konsequent verfolgte, hatte C. großen Einfluß auf Regisseure und Schauspieler des sog. Neorealismus.

□ 1930-34: Regieassistent bei R. →Clair. □ 1937: »Ein sonderbarer Fall«. □ 1938: »Hotel du Nord«. □ 1939: »Der Tag bricht an« (mit J. Gabin). □ 1953: »Thérèse Raquin — Du sollst nicht ehebrechen« (mit S. →Signoret). □ 1960: »Gefährliches Pflaster«. □ 1971: »Mörder nach Vorschrift«.

Carnegie, Andrew

amer. Industrieller schott. Herkunft
* 25.11.1835 Dunfermline † 11.8.1919 Lenox, Mass.

Carnegie, der mit seinem Vater 1848 in die USA auswanderte, arbeitete als Laufbursche, bevor er sich in der Stahlindustrie ein Vermögen erwarb (Stahlschienenwerk, Heereslieferungen, Carnegie Steel Company). Nach seinen Prinzipien, die er 1899 in »The Gospel of Wealth« (Das Evangelium des Reichtums) entwarf, legte er sein Vermögen in Stiftungen an (Stammkapital über 200 Mio. US-$). Zu den bedeutendsten zählen die Stiftung für den internationalen Frieden (1910), die Konzerthalle Carnegie Hall in New York und die 1911 gegründete Carnegie Corporation of New York zur »Förderung und Verbreitung des Wissens und der Verständigung« zwischen den USA und dem Britischen Commonwealth.

← Andrew Carnegie

Carol I., Fürst

König von Rumänien
(Prinz von Hohenzollern-Sigmaringen)
* 20.4.1839 Sigmaringen † 10.10.1914 Sinaia

Nach dem Sturz von Fürst A. Cuza wurde Carol 1866 zum Fürsten von Rumänien gewählt, das damals noch zum Osmanischen Reich gehörte. 1877 nutzte er den Türkisch-Russischen Krieg und verkündete die Unabhängigkeit Rumäniens. 1881 wurde C. der erste souveräne König seines Landes. Innenpolitisch arbeitete er meist mit der liberalen Partei zusammen und führte zahlreiche Reformen durch. Zu Beginn des 1. Weltkriegs wollte C. sich, gemäß dem Bündnisvertrag von 1883, auf die Seite der Mittelmächte stellen, mußte jedoch auf Druck des Parlaments die Neutralität Rumäniens erklären. Zwei Jahre nach seinem Tod trat Rumänien auf der Seite der Entente in den Krieg ein.

Hans Carossa →

← Carol I. von Rumänien

Carol II.

König von Rumänien
* 15.10.1893 Sinaia † 4.4.1953 Estoril (Portugal)

Carol, der Großneffe von →Carol I., herrschte von 1930 bis 1940. 1925 hatte das Parlament den Kronprinzen wegen seiner Beziehung zu Frau E. Lupescu zum Thronverzicht zugunsten seines Sohnes →Michael gezwungen. Innenpolitische Schwierigkeiten veranlaßten jedoch Ministerpräsident Iuliu Maniu (* 1873, † 1953), ihn 1930 aus dem Exil zurückzurufen. Kurz nach seiner Thronbesteigung übernahm der König selbst die Regierung. Seine Herrschaft war von wachsendem Faschismus und Antisemitismus geprägt. 1940 mußte er auf Druck A. →Hitlers und J. →Stalins der Abtretung von Siebenbürgen und Moldawien zustimmen. Zur Beruhigung der anschließenden Massendemonstrationen zwang General Ion Antonescu (* 1882, † 1946) C. erneut zum Rücktritt zugunsten seines Sohnes. Nach der Heirat mit Frau Lupescu lebte C. in Portugal im Exil.

Carol II. auf einer Spazierfahrt durch Paris (l).

Carossa, Hans

dt. Schriftsteller
* 15.12.1878 Bad Tölz
† 12.9.1956 Rittsteig bei Passau

Carossa orientierte sich als Lyriker und Erzähler nicht an der literarischen Avantgarde, sondern an den Vertretern der klassisch-romantischen Tradition (Goethe, Stifter, Mörike). In knapper und bildhafter Sprache behandelte C. symbolhaft autobiografische Erlebnisse, während in der Lyrik Naturmetaphern vorherrschen. Aufgrund der verharmlosenden Tendenz einiger seiner die Zeit des Nationalsozialismus behandelnden Werke und eines 1942 verfaßten Lobgedichts auf den »Führer« wurde C. heftig kritisiert und blieb trotz seiner Hilfeleistung für jüdische Schriftsteller umstritten.

□ 1903-16: Arzt in Passau, Nürnberg und München. □ 1913: »Doktor Bürgers Ende« (Erz.). □ 1916-18: Bataillonsarzt. □ 1941: Wahl zum Präs. der von J. →Goebbels initiierten Europäischen Schriftstellervereinigung. □ 1940-45: »Stern über der Lichtung« (Ged.e).

▷ H. Carossa: Eine Kindheit (Aut.), 1922; ders.: Vorspiele. Geschichte einer Kindheit (Aut.), 1955; H. Falkenstein: Hans Carossa (Biogr.), 1983.

Wallace H. Carothers →

Carothers, Wallace Hume

amer. Chemiker
* 27.4.1896 Burlington, Iowa
† 29.4.1937 Philadelphia, Penn. (Selbstmord)

Carothers, der Strukturen und physikalische Eigenschaften hochpolymerer Stoffe erforschte, entwickelte 1932 die erste Chemiefaser aus Polyamiden, das der Naturseide abgeschaute Nylon, dessen Produktion von DuPont 1938 aufgenommen wurde. 1930 war dem Forschungsleiter (ab 1928) des Chemiekonzerns I. DuPont de Nemours & Company in Wilmington (Del.) die Synthese von Chloroprenkautschuk (Neopren) gelungen.

Carpenter, John H.

amer. Regisseur
* 16.1.1948 Carthage, N. Y.

Carpenter ist ein Meister des Horrorgenres. Seine Filme kennzeichnen aufwendige Tricks und überraschende Schockeffekte. Zu den Höhepunkten seiner Karriere, die 1973 mit der Science-fiction-Parodie »Dark Star — Finsterer Stern« begann, zählt u. a. der Film »Halloween — Die Nacht des Grauens« (1978), der eine Reihe von Nachahmern fand. Die Musik zu seinen Werken komponiert C. selbst.

☐ 1976: »Assault — Anschlag bei Nacht«. ☐ 1978: »Elvis — The King«; »Das unsichtbare Auge«. ☐ 1979: »The fog — Nebel des Grauens«. ☐ 1980: »Die Klapperschlange«. ☐ 1982: »Das Ding aus einer anderen Welt«: 1983: »Christine« (nach St. →King). ☐ 1984: »Starman«. ☐ 1985. »Big Trouble in Little China«. ☐ 1987: »Die Fürsten der Dunkelheit«. ☐ 1989: »Sie leben«.

▷ W. Loderhose: John Carpenter. Das große Filmbuch, 1990.

Carpentier, Alejo
kuban. Schriftsteller
* 26.12.1904 Havanna
† 24.4.1980 Paris (Frankreich)

Carpentier: Der Übermittler »wunderbarer Wirklichkeit«.

Carpentier gehört mit J. L. →Borges (Argentinien) und M. A. →Asturias (Guatemala) zu den Begründern der modernen lateinamerikanischen Erzählliteratur. Sein Ziel war die Darstellung der »wunderbaren Wirklichkeit« Lateinamerikas, eines im Gegensatz zur rational geprägten europäischen Kultur an Naturschauspielen, Mythen, Religionen und kulturellen Gegensätzen reichen Kontinents. So besiegen in seinem Roman »Das Reich von dieser Welt« (1949, dt. 1974) zu Beginn des 19. Jh.s die vom Voodooglauben beseelten Negersklaven ihre weißen Herren; in »Die verlorenen Spuren« (R., 1949, dt. 1979) triumphiert die Macht und Schönheit des Urwalds über jedes menschliche Handeln. Nach der Erkenntnis der unlösbaren Verflechtung mit Europa (»Explosion in der Kathedrale«, 1962, dt. 1977) wird das Alterswerk C.s, der zuletzt kubanischer Kulturattaché in Paris war, von der Vision einer universalen Weltkultur geprägt (u. a. »Das Barockkonzert«, 1974, dt. 1976).

☐ 1927: Gründung der avantgardistischen Zeitung Revista de Avance in Havanna. ☐ 1928-39: Freiwilliges Exil in Frankreich; häufige Reisen nach Spanien; Kontakte zu A. →Bréton, G. → García Lorca und O. →Paz. ☐ 1930: »Dos poemas afro-cubanos« (Ged.e). ☐ 1933: »Der Herr sei gelobt! Eine afro-kubanische Geschichte«. ☐ 1939: Rückkehr nach Kuba; freier Mitarbeiter der kommunistischen Zeitung Gaceta del Caribe. ☐ 1946-58: Tätigkeit bei einer Werbeagentur in Caracas (Venezuela). ☐ 1959: Verlagsleiter von Editorial Nacional in Havanna; Organisator der Alphabetisierung der Landbevölkerung. ☐ 1974: »Staatsraison« (R., dt. 1976). ☐ 1979: »Die Harfe und der Schatten« (R., dt. 1984).

Carlo Carrà →

Carrà, Carlo
ital. Maler
* 11.2.1881 Quargnento, Piemont † 13.4.1966 Rom

Carrà ist neben G. de →Chirico der zweite bedeutende Vertreter der Pittura metafisica und wie dieser ein Vorläufer des Surrealismus. C.s metaphysische Bilder, die zwischen 1917 und 1921 entstanden, sind magisch-verschlüsselte Werke; in einer kühlen Malweise präsentieren sie disparate und isolierte Gegenstände und attrappenhafte, gesichtslose Figuren (wie Schneiderpuppen) in kahlen, bühnenähnlichen Räumen, vor kulissenhaften Gebäuden oder leblosen Landschaften.
Die Perspektive der Bilder ist extrem verkürzt, die stillebenhafte Präsentation zusammenhangloser Motive in einer geometrischen Flächenaufteilung angelegt (»Die metaphysische Muse«, 1917, Mailand, Pinacoteca di Brera). Das alogische Element dieser Bilder ist so genau kalkuliert und perfekt inszeniert, daß sich der Betrachter diesen surrealen Welten nicht zu entziehen vermag. C. hatte vor 1917 eine impressionistisch-pointillistische Phase durchlaufen und dann kubistische und futuristische Werke geschaffen, bevor er zu seiner metaphysischen Periode kam, die nach 1921 in einen Stilpluralismus aus Magischem Realismus, Neuer Sachlichkeit und klassischen Formen überging. 1987 richtete die Kunsthalle Baden-Baden eine Retrospektive seines Werkes ein.

Alexis Carrel →

Carrel, Alexis
frz. Chirurg und Physiologe
* 28.6.1873 Saint-Foy-lès-Lyon, Dep. Rhône
† 5.11.1944 Paris

Für die Blutgefäßchirurgie entwickelte Carrel 1902 eine Nahtmethode, aufgrund der es ihm 1908 erstmals gelang, an Versuchstieren Organe ohne Funktionsstörungen zu transplantieren. Neben entscheidenden Verbesserungen in der Behandlung tiefer infizierter Wunden (Antiseptikum) erfand C. 1910 ein Verfahren, Blutgefäße, Gewebskulturen und Organe außerhalb des Körpers in einer geeigneten Nährflüssigkeit über längere Zeit bis zur späteren Verpflanzung zu erhalten. 1912 wurde C. in Stockholm der Physiologie/Medizin-Nobelpreis verliehen.

☐ 1906-39: Forschungen am Rockefeller-Inst., New York. ☐ 1912: Physiologie/Medizin-Nobelpreis. ☐ 1935: »Der Mensch, das unbekannte Wesen« (Schr., dt. 1936). ☐ 1938: »The culture of organs« (Schr. mit C. A. Lindberg). ☐ ab 1941: Dir. der von ihm gegründeten Fondation Française pour l'Étude des Problèmes Humaines in Paris.

Carrell, Rudi

(eig. Rudolf Wijbrand Kesselaar)
niederl. Schauspieler und Showmaster
* 19.12.1934 Alkmaar

Carrell, der bereits mit 17 Jahren als Schauspieler auf der Bühne stand, wurde zunächst im niederländischen, ab 1965 auch im deutschen Fernsehen als Moderator der Rudi Carrell Show bekannt. Der schlagfertige und ideenreiche C. gehört seither zu den beliebtesten Fernsehunterhaltern der BRD.

□ 1951-59: Auftritte als Entertainer, Zauberkünstler, Bauchredner und Kasperltheaterspieler. □ 1959: Erster Auftritt im niederl. Fernsehen. □ 1960-65: »Rudi Carrell Show« ebd. □ 1965-73: »Rudi-Carrell-Show« bei Radio Bremen (ab 1968 als Coproduktion mit dem SDR). □ 1974-79: Spielshow »Am laufenden Band«. □ 1981/82: »Rudis Tagesshow«, (erneut 1985). □ seit 1988: »Die Rudi Carrell Show«.

▷ R. Carrell: Gib mir mein Fahrrad wieder (Aut.), 1979.

← Rudi Carrell

Jean-Claude Carrière →

Carreras, José

span. Sänger
* 5.12.1946 Barcelona

José Carreras nach seinem Bühnen-Comeback, 1989.

Carreras gilt neben P. →Domingo und L. →Pavarotti als internationaler Spitzenstar im Tenorfach. 1970 debütierte er am Teatro Liceo (Barcelona) als Flavio in Bellinis Oper »Norma« und ist mit seiner klangvollen, samtigen Tenorstimme seit 1972 gefeierter Gast in New York, London, Buenos Aires und Wien. Ende der 70er Jahre übernahm er auch Partien wie Alvaro in G. → Verdis »Die Macht des Schicksals«, die eine dramatisch feste Tongebung verlangen. Neben Bühnen-, Festspiel- und Schallplattenverpflichtungen (36 Opernaufnahmen bis 1987) wirkte C. auch in Musicalproduktionen mit.

□ 1968: Aufgabe des Chemiestudiums zugunsten der Gesangskarriere. □ 1970: Engagement am Theater Barcelona. □ 1971: Gewinner des Verdi-Wettbewerbs in Busseto. □ 1973/74: Gast an der Covent Garden Opera London. □ 1977: Unter H. v. →Karajan und F. Zeffirelli in Wien Partie des Rodolfo in G. →Puccinis »La Bohème«. □ 1985: »West Side Story« (Musical von L. → Bernstein). □ 1988: Wiederaufnahme der Bühnentätigkeit nach einjähriger Krankheitspause. □ 1990: Galakonzert mit P. Domingo und L. Pavarotti im Rahmen der Fußball-WM in Italien.

▷ J. Carreras: Singen mit der Seele, 1989.

Carrière, Jean-Claude

frz. Schriftsteller
* 6.8.1928 Nîmes

Carrière ist einer der profiliertesten Drehbuchautoren Frankreichs. Bekannt wurde er mit den Romanversionen der Tati-Filme »Die Ferien des Monsieur Hulot« (1958, dt. 1959) und »Mein Onkel« (1960, dt. 1960). Er war Drehbuchautor für L. →Malle und M. →Forman und arbeitete intensiv mit L. →Buñuel zusammen. Für seinen Bestseller »Der Sperber von Maheux« (R., 1972, dt. 1980), der sich anhand der Geschichte einer Bergbauernfamilie mit der Tragik des zivilisierten Menschen auseinandersetzt, erhielt C. den renommierten Prix Goncourt.

□ 1954: Rückkehr aus Paris in den Süden Frankreichs. □ 1967: Erstlingsroman »Rückkehr nach Uzès«; Auszeichnung der Académie française. □ 1987: Erinnerungen an die seine Person betreffenden Auswirkungen des Prix Goncourt von 1972 in »Der Preis« (dt. 1988).

Carrillo, Santiago

span. Politiker
* 18.1.1915 Gijón

Carrillo leitete während der Franco-Diktatur die spanische Exil-KP. Als Generalsekretär der Partei trat er die Nachfolge der legendären D. →Ibárruri Gómez (La Pasionaria) an, die gleichzeitig den Vorsitz übernahm und damit nominell die Partei führte (1960). Nach dem Prager Frühling (1968) brach C. mit dem Stalinismus und entwickelte eurokommunistische Positionen.

Carrillo und Ibárruri auf einem Parteikongreß, 1978.

□ 1936: Eintritt in die span. KP; kurze Zeit Polizeichef von Madrid. □ ab 1939: Frz. bzw. lateinamer. Exil. □ ab 1942: Aufbau einer Geheimorganisation der KP in Spanien. □ 1960-82: Generalsekr. der KP (1977 legalisiert). □ 1985: Parteiausschluß und erfolglose Parteineugründungen.

Carrington, Peter Alexander, Baron of

brit. Politiker
* 6.6.1919 London

Carrington leitete 1979 als erster Außenminister (1979-82) der Regierung →Thatcher die Londoner Rhodesien-Konferenz, die der ehemaligen Kolonie Zimbabwe-Rhodesien eine neue Verfassung gab und den Übergang zu einer schwarzen Mehrheitsregierung ermöglichte. 1982 trat C. während des Falkland-Krieges zurück, da man ihm vorwarf, den Angriff der Argentinier nicht vorausgesehen zu haben. 1991 erklärte er sich bereit, im Auftrag der EG eine Friedenskonferenz für Jugoslawien zu koordinieren.

□ seit 1946: Konservatives Mitgl. des Oberhauses. □ 1956-59: Brit. Hochkommissar in Australien. □ 1959-63: Erster Lord der Admiralität. □ 1970-74: Verteidigungsmin. □ 1974: Energiemin. □ 1979-82: Außenmin. □ 1984-88: Generalsekretär der NATO; abgelöst durch M. →Wörner.

← Peter A. Carrington

Carson, Rachel Louise

amer. Biologin und Schriftstellerin
* 27.5.1907 Springdale, Penn.
† 14.4.1964 Silver Spring, Maryl.

Carson beschäftigte sich in ihren populärwissenschaftlichen Schriften mit Problemen der Umweltverschmutzung und der Meeresbiologie. In ihrem Buch »Der stumme Frühling« (1962, dt. 1963) warnte die engagierte Umweltschützerin vor den zu erwartenden gesundheitsschädigenden Auswirkungen der Insektenvernichtungsmittel auf Mensch und Tier, womit sie Anlaß zu einer intensiven Erforschung der Langzeitwirkung von Pestiziden gab.

□ 1941: »Under the sea-wind« (Schr.). □ 1947: Hg. der Publikationen des »U. S. Fish and Wildlife Service«. □ 1951: »The sea around us« (Schr., ausgezeichnet mit dem Nat. Book Award). □ 1955: »The edge of the sea« (Schr.).

← Rachel L. Carson

Carstens, Karl

dt. Jurist und Politiker
* 14.12.1914 Bremen

Dialogbereitschaft und das Bemühen um Popularität prägten — bei wertkonservativer Grundhaltung — die Amtszeit von K. Carstens als Bundespräsident (1979-84). 1983 machte er durch die Auflösung des Bundestages den Weg für Neuwahlen frei, nachdem die neue Regierungskoalition von CDU/CSU und FDP aufgrund einer Koalitionsabsprache der Regierung H. →Kohl formell das Vertrauen entzogen hatte.

□ 1945-49: Rechtsanwalt. □ 1960: Prof. für Staats- und Völkerrecht in Köln. □ 1960-69: Staatssekr. im Auswärtigen Amt, dann im Verteidigungsministerium bzw. im Bundeskanzleramt. □ seit 1972: MdB (CDU). □ 1973-76: Fraktionsvors. der CDU/CSU. □ 1976-79: Bundestagspräsident. □ 1979-84: Bundespräsident.

Karl Carstens, der fünfte Bundespräsident (1979-84).

Carter, Howard

engl. Archäologe
* 9.5.1873 Swaffham, Norfolk † 2.3.1939 London

Nach jahrelangen Forschungen entdeckte Carter 1922 im ägyptischen »Tal der Könige« das Grab des Tut-anch-Amun (ab 1347 v. Chr., ägyptischer König der 18. Dynastie, 1337 ermordet). Thronsessel, Goldsarg, Goldmaske und Brustschmuck der Mumie aus dem unversehrten Grabschatz, der die Blüte altägyptischer Kunst veranschaulicht, werden im Ägyptischen Museum in Kairo aufbewahrt.

□ ab 1891: Archäologe und Zeichner in Ägypten. □ 1902: Entdeckung der Königsgräber von Hatschepsut, Thutmosis IV. und Siptah. □ 1922: Entdeckung der Grabkammer von Tut-anch-Amun im Tal der Könige. □ 1922-33: »Tut-anch-Amun« (Schr., 3 Bde., dt. 1924-34).

Howard Carter untersucht die Tür des goldenen Pharao-Schreins von Tut-anch-Amun.

Carter, James Earl »Jimmy«

amer. Politiker
* 1.10.1924 Plains, Georgia

Seit seiner Jugend betreute Carter die Sonntagsschule seiner heimischen Baptistengemeinde. Hier schöpfte der tiefgläubige Christ die Kraft für seine Kampagnen für die Menschenrechte und soziale Reformen. Dieses moralische Element war 1976, nach der amerikanischen Niederlage in Vietnam und nach der Watergate-Affäre von Präsident R. →Nixon, ein wesentlicher Grund für die Wahl des außenpolitisch unerfahrenen C. zum US-Präsidenten.
C.s Politik, eine Mischung aus innenpolitischer Entscheidungsschwäche und offensiver Menschenrechtspolitik nach außen, stürzte die USA noch tiefer in die Krise. Sie gefährdete nicht nur die Entspannungspolitik mit der Sowjetunion, sondern rief auch Kritik von Verbündeten hervor. Mit wirtschaftlichem Druck und moralischen Pressionen destabilisierte C. mehrere, mit den USA eng verbündete Diktaturen (Iran, Nicaragua, Philippinen). Nach der Geiselnahme des US-Botschaftspersonals in Teheran im November 1979 und dem gescheiterten Befreiungsversuch mußte C. 1980 gegen R. →Reagan die schwerste Wahlniederlage der Demokraten in diesem Jahrhundert hinnehmen.

Carter, 39. US-Präsident, 1978 im Weißen Haus.

☐ 1943-53: Dienst bei der Marine; nach Studium der Nuklearphysik zuletzt Technischer Offizier auf einem Atom-U-Boot. ☐ ab 1953: Erdnußfarmer und Handel mit Gütern für die Landwirtschaft. ☐ 1962-66: Mitgl. des Senats von Georgia für die Demokraten. ☐ 1971-75: Gouverneur von Georgia. ☐ 1977-81: 39. US-Präsident. ☐ seit 1981: Im sozialen Bereich aktiv; Vermittler bei regionalen Konflikten.

▷ B. Lebens: Jimmy Carter, der Präsident, 1976.

Cartier-Bresson, Henri

frz. Fotograf und Filmemacher
* 22.8.1908 Chanteloup

Cartier-Bresson hatte mit seinem Fotostil großen Einfluß auf den Bildjournalismus. Sein Erfolg bestand nach eigener Aussage vor allem in der Fixierung des »entscheidenden Augenblicks« bei der Entstehung eines Fotos. Bereits 1946 veranstaltete das New Yorker Museum of Modern Art eine Ausstellung mit seinen Fotografien. C. veröffentlichte richtungweisende Fotobände wie

Enrico Caruso →

Cartier-Bresson auf einer Pressekonferenz, 1956.

»Menschen in Moskau« (1955), »Frankreich« (1970) und »The Face of Asia« (1972). Seine Aufnahmen sind unprätentiös, aber von einem hohen Stimmungsgehalt geprägt (wie das oft veröffentlichte Bild »Auf dem Weg zum Markt in Süditalien« von 1952). Die 1987 vom New Yorker Museum of Modern Art veranstaltete Ausstellung über das Frühwerk zeigte C. s bislang unbekannte Affinität zum Surrealismus.

☐ 1927/28: Studium der Malerei bei A. Lhote. ☐ ab 1931: Beschäftigung mit der Fotografie unter dem Einfluß von J.-E. Atget und M. →Ray. ☐ 1934/35: Fotodokumentation über eine ethnografische Expedition in Mexiko. ☐ 1936-39: Regieassistent von J. →Renoir. ☐ 1937: »Retour á la vie« (Film über die Krankenhäuser im republikanischen Spanien). ☐ 1939-45: Bildberichterstatter in der frz. Armee. ☐ 1945: »Le Retour« (F.). ☐ 1947: Mitbegründer der Bildagentur Magnum (u. a. mit R. →Capa). ☐ 1948-50: Reisen u. a. durch Indien und China. ☐ 1955: »Menschen in Moskau«. ☐ 1970: »Frankreich«. ☐ 1972: »The Face of Asia«. ☐ 1985: »Photoportraits«. ☐ 1987: »In Indien«. ☐ 1989: »Zeichnungen«.

Caruso, Enrico

ital. Sänger
* 27.2.1873 Neapel † 2.8.1921 ebd.

Caruso war die überragende Sängerpersönlichkeit seiner Zeit. Der lyrische Tenor setzt bis heute Maßstäbe für kunstvolles Singen gepaart mit darstellerischem Ausdruck. 1898 begann seine internationale Karriere, als er in der Uraufführung von U. →Giordanos Oper »Fedora« am Teatro Lirico in Mailand die Rolle des Loris sang. 1903 verkörperte er am Metropolitan Opera House den Herzog von Mantua in G. →Verdis »Rigoletto«. Seither war New York trotz alljährlicher weltweiter Gastspiele Mittelpunkt seines Wirkens. Zu seinem Repertoire, das auf fast 250 Schallplatten (seit 1902) erhalten ist, gehören über 60 Opernrollen und 500 Lieder. C. war auch ein begabter Karikaturist.

▷ P. Gargano/G. Cesarini: Caruso — eine Biografie, 1991.

Casals, Pablo (katal. Pau)

span. Violoncellist, Dirigent und Komponist
* 29.12.1876 Vendrell, Katalonien † 22.10.1973 San Juan, Puerto Rico (mit USA assoziiert)

Pablo Casals spielt Haydn im römischen Theater von Caesarea, Israel 1961.

Casals war der bedeutendste Cellist des 20. Jh.s. Seine sieben Jahrzehnte umspannende Karriere begann 1898 bei den Lamoureux-Konzerten in Paris. C., der auch als Kammermusiker und Dirigent eigener Ensembles hervortrat, hat sich große Verdienste um Bachs Solo-Suiten erworben, die er durch neuartige Interpretation in das Konzertrepertoire einführte. Impulse für die Technik und Methodik des Cello-Spiels gab er auch als Lehrer. Zu seinen Kompositionen gehören das Oratorium »El Pesebre« (UA Acapulco 1960) und zahlreiche Sardanes (katal. Tanzsätze).

Sir Roger Casement →

□ 1895-98: Solocellist der Pariser Opéra. □ 1897: Prof. für Cello am Konservatorium in Barcelona. □ 1905: Gründung eines Klaviertrios mit J. Thibaud und A. Cortot. □ 1919-36: Leitung des Orchestra Pau Casals. □ 1925: Gründung einer Abonnentengemeinschaft für Arbeiter (Assosiació Obrera de Concerts). □ 1943: »El Pessebre« (Weihnachtsoratorium für Soli, Chor und Orchester). □ 1950-68: Organisation eines alljährlichen Bach-Festivals in Prades (Pyrénées-Orientales). □ 1956: Übersiedlung nach Puerto Rico. □ 1957-60: Gründung eines Festivals, eines Sinfonieorchesters und eines Konservatoriums in San Juan (Puerto Rico). □ ab 1961: Dozent an der von F. →Serkin geleiteten Musikakademie in Marlboro, Verm. □ 1967: Offizieller Rückzug aus dem Musikleben bei den Musikfestspielen in San Salvador. □ 1970: Letzter Auftritt als Dirigent in New York.

▷ J. Müller-Blattau: Casals, 1964; P. Casals: Licht und Schatten auf einem langen Weg. Erinnerungen, aufgezeichnet von A. E. Kahn, dt. 1974.

Casaroli, Agostino

ital. Kardinal und Diplomat
* 24.11.1914 Castel San Giovanni, Prov. Piacenza

Casaroli ist einer der einflußreichsten Politiker des Kirchenstaates und der Architekt der vatikanischen Ostpolitik, die seit den 60er Jahren das Ziel verfolgte, den katholischen Christen im Ostblock durch den Dialog mit den kommunistischen Machthabern freiere Religionsausübung zu ermöglichen. 1967 übernahm er den »Rat für die Öffentlichen Angelegenheiten der Kirche« und avancierte damit gewissermaßen zum päpstlichen »Außenminister«.

□ 1937: Priesterweihe. □ seit 1940: Im päpstlichen diplomatischen Dienst. □ 1967: Sekr. des Rates für die Öffentlichen Angelegenheiten der Kirche. □ 1979: Nachfolge von Kardinalstaatssekr. Villot, Erhebung in den Kardinalsrang. □ 1984: Stellvertr. des Papstes in der Kirchenverwaltung.

Casement, Sir (ab 1911) Roger

brit.-ir. Politiker und Diplomat
* 1.9.1864 Kingston, Dublin
† 3.8.1916 London (hingerichtet)

Als britischer Diplomat prangerte Casement während seiner Zeit in Afrika und Amerika (1895-1911) mehrfach die Ausbeutung unterdrückter Völker an. Seit seinem Ausscheiden aus dem diplomatischen Dienst kämpfte er für die irische Unabhängigkeit. Nach Ausbruch des 1. Weltkriegs ging C. nach Deutschland, um unter den britischen Kriegsgefangenen für eine irische Freiwilligenarmee zu werben. 1916 brachte ihn ein deutsches U-Boot nach Irland. Er wurde noch am gleichen Tag von den britischen Behörden verhaftet und wegen Hochverrats hingerichtet. Seitdem wird er von den irischen Nationalisten wie ein Märtyrer verehrt.

▷ B. Inglis: Roger Casement, engl. NA 1974; B. L. Reid: The lives of Roger Casement, 1976; R. Sawyer: Casement. The flawed hero, 1984.

Casey, William J.

amer. Jurist und Politiker
* 13.3.1913 Elmhurst, N. Y.
† 6.5.1987 Glen Cove, ebd.

Casey, bereits während des 2. Weltkriegs im Geheimdienst tätig, wurde 1981 von US-Präsident →Reagan zum Direktor der CIA ernannt. Er erreichte eine Aufstockung des Etats und verhalf der CIA zu neuem Ansehen. Aktionen gegen das Regime der Sandinisten in Nicaragua und die Verwicklung der CIA in die sog. Irangate-Affäre gaben Anlaß zur Kritik an C.s Amtsführung.

□ ab 1937: Rechtsanwalt in New York. □ 1942-45: Als Mitgl. des Geheimdienstes zuständig für Sabotageplanung und Nachrichtendienstgruppen in Deutschland und Frankreich. □ 1972-74: Unter US-Präsident →Nixon Unterstaatssekr. für wirtschaftliche Angelegenheiten. □ 1981-87: Dir. der CIA.

← William J. Casey

Cash, John R. »Johnny«

amer. Country-Sänger
* 26.2.1932 Kingsland, Ark.

Cash, der seine ersten Platten 1955 in Memphis aufnahm, zählt zu den führenden Vertretern der amerikanischen Country & Western Music. Mit seinen Liedern stellt er sich einerseits auf die Seite der Kriminellen und Drogenabhängigen, er beschwört andererseits bei gemeinsamen Auftritten mit dem Heilsprediger B. →Graham Gesetz und Ordnung. Nach schwerer Tablettenabhängigkeit Anfang der 80er Jahre erlebte C., dessen größte Hits »I walk the line« und »Ring of fire« waren, 1987 mit der LP »Johnny Cash comes to town« ein Comeback.

□ 1957: »With his red & blue guitar« (LP). □ 1960: »Sings Hank Williams« (LP). □ 1963: »Ring of fire« (LP). □ 1964: »I walk the line« (LP). □ 1969: »At San Quentin« (LP). □ 1971: »Man in black« (LP). □ 1977: »The last gunfighter ballad« (LP) . □ 1988: »One million dollars« (LP).

← Johnny Cash

Caslavska, Vera

tschech. Turnerin
* 3.5.1942 Prag

Caslavska war nicht nur eine der weltbesten Kunstturnerinnen (sieben Gold- und vier Silbermedaillen bei drei Olympischen Spielen), sondern 1968 auch eine Symbolfigur des Prager Frühlings. Zwischen 1959 und 1968 siegte sie 22mal bei Olympischen Spielen, Welt- und Europameisterschaften. 1989 wurde sie zur Präsidentin des Nationalen Olympischen Komitees (NOK) der CSFR gewählt.

□ 1959: Europameisterin Schwebebalken. □ 1962: Europameisterin Pferdsprung. □ 1964: Olympiasiegerin Mehrkampf, Schwebebalken und Pferdsprung. □ 1965: Europameisterin Mehrkampf, Schwebebalken, Pferdsprung, Boden und Stufenbarren. □ 1966: Weltmeisterin Mehrkampf (Einzel und Mannschaft) und Pferdsprung. □ 1967: Europameisterin Mehrkampf, Schwebebalken, Pferdsprung, Boden und Stufenbarren. □ 1968: Olympiasiegerin Mehrkampf, Pferdsprung, Boden und Stufenbarren.

← Vera Caslavska

Cassatt, Mary

amer. Malerin
* 22.5.1845 Pittsburgh, Penn.
† 14.6.1926 Le Mesnil-Théribus, Oise (Frankreich)

Cassatt war die bedeutendste amerikanische Impressionistin. Sie gelangte nach der Übersiedlung nach Paris und der Begegnung mit E. →Degas zu ihrer Malweise mit leichtem, aber präzisem Strich und weichen zurückhaltenden Farbtönen. C. wurde vor allem von A. →Renoir beeinflußt. Mit dem Bild »Die Loge« (um 1883, Cincinnati, Art Museum) beteiligte sie sich an der vierten Impressionistenausstellung. 1890 lernte sie anläßlich einer Ausstellung in der Pariser École des Beaux-Arts den japanischen Holzschnitt kennen, dessen formale Kennzeichen, vor allem die Flächigkeit und den klaren Umriß, sie adaptierte und mit ihrer persönlichen Handschrift verband. So entstanden ab 1891 ihre bedeutenden Holzschnitte, u. a. »Brief« und »Morgentoilette«. In ihrer Malerei stand nach 1890 das Thema »Mutter und Kind« im Mittelpunkt.

▷ G. Pollock: Mary Cassatt, engl. 1980.

Cassavetes, John

amer. Regisseur und Schauspieler
* 9.12.1929 New York † 3.2.1989 Los Angeles

Cassavetes, Sohn griechischer Einwanderer, erwies sich in seinen Filmen (bevorzugte Hauptdarstellerin Ehefrau Gena Rowlands) als kritischer Beobachter der amerikanischen Mittelschicht, deren Beziehungskrisen und Ängste er schonungslos bloßlegte. Nachdem Versuche, im Studiosystem Hollywoods zu arbeiten, gescheitert waren, drehte C. nur noch in Eigenproduktion. Als Schauspieler war er u. a. in »Rosemaries Baby« (1967, Rg. R. →Polanski) zu sehen.

□ 1953: Abschluß des Studiums an der New Yorker Academy of Dramatic Arts. □ ab 1954: Zahlreiche Theater-, Fernseh- und Filmrollen. □ 1958: Regiedebüt »Schatten«. □ 1968: »Gesichter«. □ 1970: »Husbands«. □ 1971: »Minnie und Moskowitz«. □ 1976: »Mord an einem chinesischen Buchmacher«. □ 1980: Goldener Löwe von Venedig für »Gloria«. □ 1984: Goldener Bär von Berlin für »Love Streams«. □ 1985: »Big Trouble — Sterben und leben lassen«.

▷ P. W. Jansen/W. Schütte (Hg.): J. Cassavetes, 1983.

Cassirer, Ernst

dt. Philosoph
* 28.7.1874 Breslau † 13.4.1945 New York (USA)

Cassirer weitete den kritischen Idealismus auf den gesamten kulturellen Bereich der menschlichen Wirklichkeitsdeutung aus. Die sog. Bildwelten, in denen sich der menschliche Geist darstellt, setzen sich aus den als symbolische Formen bezeichneten Gebieten der Wissenschaft, Kunst, Religion sowie aus Mythos und Sprache zusammen, die als autonome Schöpfungen des Geistes gesehen werden. In seinem Hauptwerk »Die Philosophie der symbolischen Formen« (3 Bde., 1923-29) deutet C. den Mythos als aktive Geistestätigkeit zur Bearbeitung und Abbildung der Außenwelt mittels Zeichen- und Symbolsystemen.
In seinem Spätwerk »Vom Mythos des Staates« (1946, dt. 1949) untersuchte C. anhand politischer Mythen die Entstehung des nationalsozialistischen Staates.

Ernst Cassirer →

□ 1906-57: »Erkenntnisproblem in der Philosophie und Wissenschaft der neueren Zeit« (Schr., 4 Bde.). □ 1912-18: Hg. der Werke von I. Kant und von G. W. F. Leibniz (1916-26). □

1917: »Freiheit und Form« (Schr.). □ 1919-33: Prof. an der Univ. Hamburg. □ 1927: »Individuum und Kosmos in der Philosophie der Renaissance« (Schr.). □ 1932: »Philosophie der Aufklärung« (Schr.). □ 1933: Emigration; Prof. an der Univ. Oxford. □ 1935-41: Prof. an der Univ. Göteborg. □ 1941-44: Gastprof. an der Yale-Univ. □ 1942: »Zur Logik der Kulturwissenschaften« (Schr.). □ 1944: »Was ist der Mensch?« (Schr., dt. 1960).

▷ P. A. Schilpp: Ernst Cassirer, 1966; T. Cassirer: Mein Leben mit Ernst Cassirer, 1981.

Cassirer, Paul

dt. Kunsthändler und Verleger
* 21.2.1871 Görlitz † 7.1.1926 Berlin

Cassirer war vor und nach dem 1. Weltkrieg eine der führenden Persönlichkeiten der Berliner Kulturszene; seine vielfältigen Aktivitäten dienten vor allem dem Ziel, der modernen Kunst und Literatur im wilhelminischen Obrigkeitsstaat ein Forum zu geben. Mit seinem Kunstsalon förderte er Maler wie M. →Liebermann, L. →Corinth und M. →Slevogt. Zudem setzte er sich für die französischen Impressionisten ein, womit er in Opposition zur wilhelminischen Kunstauffassung geriet. In seinem Verlag erschienen Texte von H. →Mann sowie expressionistische Literatur (z. B. die Dramen von E. →Barlach). Durch die von C. gegründete Gesellschaft Pan wurden unbekannte oder verbotene Bühnenstücke verbreitet (u. a. von F. →Wedekind).

← Paul Cassirer

□ 1898: Nach dem Studium der Kunstgeschichte in München und der Redaktionsmitarbeit am Simplicissimus Gründung einer Verlags- und Kunsthandlung in Berlin (mit seinem Vetter Bruno). □ 1901: Nach dem Ausscheiden Bruno Cassirers alleinige Übernahme des Kunstsalons. □ 1908: Gründung des Verlags P. Cassirer. □ 1909: Gründung der Pan-Presse (Veröffentlichung impressionistischer und expressionistischer Illustrationen). □ 1910: Gründung der Zeitschrift Pan (später hg. von A. →Kerr). □ 1913: Präs. der Berliner Secession; Gründung der Freien Secession; Gründung der Zeitschrift Die weißen Blätter.

Cassius Clay →Ali, Muhammad

Castro Ruz, Fidel

kuban. Politiker
* 13.8.1927 Mayarí, Prov. Oriente

Castro war der erste sozialistische Regierungschef eines Staates in der westlichen Hemisphäre. Mittlerweile ist er der »dienstälteste« kommunistische Machthaber der Welt. Nach dem Sturz des Diktators F. →Batista y Zaldívar 1959 verstaatlichte C. Industrie und Landwirtschaft (auch US-Unternehmen), führte die Planwirtschaft ein und schuf ein neues Volksbildungssystem, wodurch die Analphabetenrate von 24 % (1959) auf 2 % (1981) reduziert werden konnte. Seine Maßnahmen brachten ihn in einen scharfen Gegensatz zu den USA. 1961, nach einem gescheiterten, vom CIA unterstützten Versuch von Exil-Kubanern, in der Schweinebucht zu landen, wurde Kuba zur Sozialistischen Republik erklärt. Mit der Erlaubnis zur Stationierung sowjetischer Mittelstreckenraketen löste C. 1962 die Kuba-Krise aus, die die USA und die UdSSR an den Rand eines Atomkriegs führte.

Castro: Der letzte westliche kommunistische Herrscher.

In der Folgezeit versuchte C., sich in der Bewegung der Blockfreien zu profilieren, doch wegen seiner engen Bindung an die Sowjetunion mit nur mäßigem Erfolg (1972 Beitritt zum RGW). Nach dem Zusammenbruch der portugiesischen Herrschaft in Afrika 1975 sandte er zur Stützung sozialistischer Befreiungsorganisationen 50 000 kubanische Soldaten nach Angola und Moçambique (Rückzug ab 1989). Durch Veränderungen und Reformen in Osteuropa (M. →Gorbatschow) geriet Kuba, das mehr als 80% seines Handels mit Ländern des RGW abwickelte, in große wirtschaftliche Schwierigkeiten. Daher sah C. sich 1990 gezwungen, Kuba vorsichtig für ausländische Investoren zu öffnen. Gleichzeitig unterstrich er jedoch, daß er am marxistisch-leninistischen Kurs festhalten wolle.

□ 1947: Anschluß an revolutionäre Exilgruppen, die den Diktator der Dominikanischen Republik, General R. Trujillo, stürzen wollen. □ 1948: Aktive Beteiligung an politischen Unruhen in Bogotá, Kolumbien. □ 1950: Promotion; Mitgl. des (linksreformistischen) Partido Ortodoxo. □ 1953: Revolutionsversuch in Santiago de Cuba; Verhaftung. □ 1954: Amnestie; Exil in Mexiko und den USA. □ Dez. 1956: Landung in Kuba. □ 1956-59: Guerilla-Kampf gegen das Batista-Regime. □ ab 1959: Ministerpräsident. □ seit 1965: 1. Sekr. der Kommunistischen Partei Kubas. □ seit 1976: Vors. des Staatsrats (Staatsoberhaupt) und Vors. des Ministerrats (Ministerpräsident).

▷ E. Meneses: Fidel Castro. Beschreibung einer Revolution, 1968; P. G. Bourne: Fidel Castro. »Maximo Lider« der kubanischen Revolution, 1990.

Ceauşescu, Nicolae

rumän. Politiker
* 26.1.1918 Scorniceşti † 25.12.1989 (erschossen)

Als Parteichef (ab 1965) und Staatspräsident (ab 1974) herrschte Ceauşescu bis zu seinem Sturz

Nicolae Ceauşescu kurz vor seinem Sturz 1989.

1989 mit einer auf Personenkult, Nepotismus und Unterdrückung basierenden Gewaltherrschaft. C., der sich als Präsident »Conducator« (Führer) nennen ließ, hatte sich in den 60er Jahren durch einen von der UdSSR relativ unabhängigen außenpolitischen Kurs die Unterstützung der westlichen Länder gesichert. Er lehnte die von der UdSSR Rumänien zugedachte Rolle des bloßen Agrar- und Rohstofflieferanten ab und wollte gewaltsam die Industrialisierung des agrarisch strukturierten Landes erzwingen. Dabei verlangte er der Bevölkerung enorme Opfer ab (u. a. Verbot privaten Autoverkehrs und obligatorische Wohnungstemperatur von 12 °C im Winter, Nahrungsmittelmangel), die wie die rigorose Unterdrückung oppositioneller Kräfte durch die Geheimpolizei Securitate Widerstand provozierte. 1989 wurden C. und seine Frau Elena, gefördert durch den Zusammenbruch kommunistischer Regime in Osteuropa, nach bürgerkriegsähnlichen Aufständen gestürzt, von einem militärischen Sondergericht zum Tode verurteilt und erschossen.

□ 1933-36: Mitgl. des kommunistischen Jugendverbandes (KJV); Jugendfunktionär. □ 1936-38: Inhaftierung wegen illegaler Parteiarbeit (erneut 1940-44). □ 1948: Nach Errichtung der Republik und Zwangsvereinigung der Sozialdemokraten mit der KP zur Rumänischen Arbeiterpartei Kandidatmitgl. des ZK. □ 1948/49: Stellv. Landwirtschaftsmin. □ 1955: Mitgl. des Politbüros. □ 1965-89: Generalsekr. der KP Rumäniens. □ 1967: Staatsratsvors.; Aufnahme diplomatischer Beziehungen zur BRD. □ 1968: Unterstützung der tschech. Reformbewegung um A. →Dubček während des sog. Prager Frühlings. □ 1969: Vors. des Verteidigungsrats. □ 1973: Leiter des Obersten Rats für die wirtschaftliche und soziale Entwicklung Rumäniens. □ 1988/89: Auflösung von Dörfern und Umsiedlung der Bewohner in sog. Agroindustrielle Komplexe.

Cech, Thomas Robert

amer. Biochemiker
* 8.12.1947 Chicago, Ill.

Cech fand 1981 bei Untersuchungen der Ribonukleinsäure (RNS) eines Wimpertierchens, daß auch die RNS als Biokatalysator wirken kann. Bis dahin galt die Ansicht, daß die bei biochemischen Reaktionen erforderlichen Enzyme aus Proteinen bestehen müssen, damit z. B. Erbinformationen von der Desoxyribonukleinsäure (DNS) auf die RNS übertragen oder »übersetzt« werden können. C., seit 1983 Professor an der University of Colorado in Boulder, konnte beweisen, daß ein RNS-Molekül aus den eigenen Molekülketten bestimmte Bereiche mit den gewünschten Informationen herausschneiden und in der richtigen Weise wieder zusammensetzen kann. Für das der Biochemie eröffnete Gebiet der RNS-Katalyse erhielten C. und S. →Altman 1989 den Chemie-Nobelpreis.

Edgar A. R. Cecil →

Cecil, Edgar Algernon Robert, 1. Viscount (seit 1923) C. of Chelwood

brit. Politiker und Diplomat
* 14.9.1864 Salisbury
† 24.11.1958 Tunbridge Wells, Kent

Der Präsident des Völkerbunds und Friedens-Nobelpreisträger Cecil stimmte 1938 gegen das Münchner Abkommen, mit dem der britische Premier A. N. →Chamberlain sowie die Regierungen Frankreichs und Italiens A. →Hitlers ultimative Forderung nach Abtretung des Sudetenlandes an das Deutsche Reich erfüllten. Er erwies sich damit als weitsichtiger Gegner der britischen Appeasement-Politik, die überzeugt war, Hitler durch Konzessionen beschwichtigen zu können.

□ ab 1906: Abg. der Konservativen. □ 1915: Unterstaatssekr. des Auswärtigen Amtes. □ 1916-18: Blockademin. □ 1923-46: Präs. des Völkerbunds. □ 1937: Friedens-Nobelpreis. □ 1946: Ehrenpräs. der UN auf Lebenszeit.

Cela, Camilo José

span. Schriftsteller
* 11.5.1916 Iria Flavia, Prov. Galicien

Cela erhielt 1989 den Literatur-Nobelpreis. Schon mit seinem Erstlingswerk wurde der vom Naturalismus und dem klassischen Schelmenroman beeinflußte Autor zum Begründer eines neuen Stils, des sog. Tremendismo: Direkt und detailliert schildert er in »Pascual Duartes Familie« (R., 1942, dt. 1949) anhand des Lebensweges eines Mörders die Schrecken der Brutalität. Der Sohn eines Spaniers und einer Engländerin, der auch als Verfasser von Reisebüchern brillierte,

Cela mit Ehefrau M. Castano in Guadalajara, 1990.

bot mit »Der Bienenkorb« (R., 1951, dt. 1964) ein Panoptikum der Madrider Nachkriegsgesellschaft, indem er mehrere hundert Gestalten in skizzenhaften Momentaufnahmen porträtierte.

□ 1936-39: Teilnahme am Span. Bürgerkrieg auf nationalistischer Seite. □ 1948: »Reise nach Alcarria« (Reiseb.). □ 1953: »Mrs. Caldwell spricht mit ihrem Sohn« (R., dt. 1961). □ 1954: Übersiedlung nach Mallorca. □ 1956: Gründer der Literaturzeitschrift Papeles de Son Armadans. □ 1957: Mitgl. der Kgl. Span. Akademie. □ 1962: »Geschichten ohne Liebe« (Erz.n). □ 1989: Literatur-Nobelpreis.

Celan, Paul

(eig. Paul Anczel)
dt.spr. Lyriker rumän. Herkunft
* 23.11.1920 Tschernowzy
† 20.(?)4. 1970 Paris (Selbstmord)

Der Lyriker Paul Celan lebte ab 1948 in Paris.

Celan, Sohn deutschsprachiger Juden, die 1942 in einem rumänischen KZ ermordet wurden, verfaßte vom französischen Symbolismus und Surrealismus beeinflußte Gedichte. Bekannt wurde er 1952 durch seine Lyriksammlung »Mohn und Gedächtnis« und der darin enthaltenen hymnenartigen »Todesfuge«, die in assoziations- und bildreichen Versen die Judenvernichtung während des Nationalsozialismus thematisiert. Die verschlüsselten Aussagen in C.s Gedichten entzogen sich ab 1959 (»Sprachgitter«) zunehmend jedem logischen Verständnis: Reduzierte Strukturen (u. a. Ein-Wort-Zeilen, Kurzgedichte, Zitatfolgen aus Werken von Dichtern oder Wissenschaftlern), verbunden mit einer verselbständigten Sprache erschwerten den Zugang zu seiner Lyrik. 1960 erhielt C. den Georg-Büchner-Preis.

□ 1938/39: Medizinstudium in Tours (Frankreich). □ 1939: Studium in Tschernowzy. □ 1942-44: Arbeitslager in Rumänien. □ 1945: Verlagslektor in Bukarest. □ 1948: Übersiedlung nach Paris; »Der Sand aus den Urnen« (Ged.e). □ 1963: »Die Niemandsrose« (Ged.e). □ 1968: »Fadensonnen« (Ged.e). □ postum 1976: »Zeitgehöft. Späte Gedichte aus dem Nachlaß«.

▷ P. Szondi: Celan-Studien, 1972; W. Menninghaus: Paul Celan, 1980.

Sergiu Celibidache →

Celibidache, Sergiu

rumän. Dirigent
* 28.6.1912 Roman, Rumänien

Celibidaches Karriere begann 1946 mit der Leitung der Berliner Philharmoniker. In dieser Funktion vertrat er bis 1952 den aus Entnazifizierungsgründen verhinderten W. →Furtwängler und wurde zur populärsten Musikerpersönlichkeit im Nachkriegs-Berlin. Als Generalmusikdirektor in München (seit 1979) führte der als strenger Orchester-Erzieher geltende C. die Münchner Philharmoniker zu einem vielbeachteten Aufstieg. Berühmt sind seine eigenwilligen Interpretationen der Werke von Bruckner und Brahms. C., der Festspiele meidet und Schallplatteneinspielungen ablehnt, komponierte vier Sinfonien, eine Orchestersuite und ein Klavierkonzert im spätromantischen Stil.

□ 1939-45: Studium an der Musikhochschule Berlin. □ 1946: Als erster Dirigent in Berlin Lizenz für alle vier Besatzungszonen. □ 1946-52: In Vertretung von W. →Furtwängler Leiter der Berliner Philharmoniker. □ 1952-61: Gastdirigent in Mittel- und Südamerika. □ 1961: Leiter des schwed. Radio-Sinfonieorchesters. □ 1972-79: Ständiger Dirigent und Leiter des Radio-Sinfonieorchesters Stuttgart. □ seit 1979: Chef der Münchner Philharmoniker und Generalmusikdir. in München. □ 1986: Gastspiel in Warschau. □ 1987/88: Leiter der Orchester-Akademie des Schleswig-Holstein Musik Festivals (J. → Frantz). □ Febr. 1990: Nach der Revolution in Rumänien als erster Dirigent eines westeuropäischen Orchesters Gastspiel in Bukarest mit den Münchner Philharmonikern.

Céline, Louis-Ferdinand

(eig. Louis-Ferdinand Destouches)
frz. Schriftsteller
* 27.5.1894 Courbevoie
† 1.(2.?)7.1961 Meudon bei Paris

Céline gehört zu den Erneuerern der französischen Romanliteratur im 20. Jh. Sein Erstling und Meisterwerk, »Reise ans Ende der Nacht« (1932, dt. 1933), eine schonungslose Darstellung der Absurdität menschlicher Existenz, beeinflußte durch stilistische Neuerungen (etwa die Aufnahme umgangssprachlicher Besonderheiten) Schriftsteller wie J. →Genet und R. →Queneau. Das Gesamtwerk des überzeugten Faschisten und Antisemiten C., der auch politische Essays und Pamphlete verfaßte, offenbart eine

L.-F. Céline, richtungweisender Romanschriftsteller.

pessimistische Grundhaltung und absoluten Nihilismus.

□ 1914: Freiwilliger im 1. Weltkrieg (1915 schwer verwundet). □ 1928: Armenarzt in Pariser Vorstadt. □ 1936: »Tod auf Borg« (R., dt. 1937); nach Rußlandreise Hinwendung zum Faschismus. □ 1937: »Die Judenverschwörung in Frankreich« (Pamphlet, dt. 1938). □ 1939: Eigene Arztpraxis in Saint-Germain-en-Laye. □ 1944: Wegen Kollaborationsanklage Flucht nach Dänemark; dort 18monatige Haft. □ 1951: Rückkehr nach Frankreich; Arztpraxis in Meudon. □ 1957: »Von einem Schloß zum andern« (R., dt. 1960).

▷ M. Bardèche: Louis-Ferdinand Céline, frz. 1986; J. Monnier: »Armer Geliebter«. Elizabeth Craig erzählt von L.-F. Céline, 1991.

Ceram, C. W.

(eig. Kurt W. Marek)
dt. Schriftsteller
* 20.1.1915 Berlin † 12.4.1972 Hamburg

Ceram, Mitarbeiter verschiedener Zeitungen und Zeitschriften, gelang 1949 mit seinem auch von der Fachwelt gelobten Werk »Götter, Gräber und Gelehrte« ein fesselnder, für Laien leicht verständlicher Bericht über die archäologische Forschung der letzten 200 Jahre. Der in 23 Sprachen übersetzte Bestseller wurde zum Vorbild für die moderne Sachbuchliteratur.

□ 1938-45: Soldat. □ 1945: Feuilletonredakteur, Kunstkritiker. □ 1947: Cheflektor des Rowohlt-Verlags. □ 1949: »Götter, Gräber und Gelehrte« (Sachb.; Bildband 1957). □ 1952: Übersiedlung in die USA. □ 1955: »Enge Schlucht und schwarzer Berg« (Sachb.). □ 1965: »Eine Archäologie des Kinos« (Sachb.). □ 1971: »Der erste Amerikaner« (Sachb., überarbeitete NA 1991).

Cerha, Friedrich

österr. Komponist, Musikwissenschaftler und Dirigent
* 17.2.1926 Wien

Cerha gründete 1958 das Kammerensemble »die reihe« (die gleichnamige Schriftenreihe ist Sprachrohr der seriellen Avantgarde), mit dem er sich um die zeitgenössische Musik verdient machte. Von seinem Vorbild A. →Berg, dessen Opernfragment »Lulu« C. vollendet hat (UA Paris 1979), übernahm er die Vorliebe für Literaturopern (»Baal«, UA Salzburg 1981; »Der Rattenfänger«, UA Wien 1987).

□ 1956: »Espressioni fondamentali« für Orchester. □ 1956/57: Rom-Stipendium. □ 1958: Gründung des Ensembles »die reihe« in Wien. □ 1976: Prof. an der Hochschule für Musik in Wien. □ 1981: UA von »Netzwerk« bei den Wiener Festwochen (Bühnenwerk für Bariton, 6 Sprecher, Kammerensemble, Bewegungsgruppen und Mimen). □ 1989: UA von »Monumentum« bei den Salzburger Festspielen.

Cerha bei einer Probe mit der Staatskapelle Berlin.

▷ F. Cerha: Zu meiner Musik und einigen Problemen des Komponierens heute, 1969.

Aimé Césaire →

← C. W. Ceram

Césaire, Aimé

frz. Schriftsteller
* 26.6.1913 Basse-Pointe, Martinique

Césaires Werk durchzieht ein leidenschaftliches Engagement für die kulturelle und politische Gleichstellung der schwarzen Rasse. In seinem für die literarische Bewegung der sog. Négritude (L. S. →Senghor) programmatischen Gedicht »Zurück ins Land der Geburt« (1939, dt. 1962) wies der farbige Dichter den Überlegenheitsanspruch der Weißen durch die Betonung der kulturellen Eigenständigkeit der Schwarzen zurück. Als Abgeordneter Martiniques in der französischen Nationalversammlung (seit 1946) war er maßgeblich an der rechtlichen Gleichstellung seiner Heimatinsel mit Frankreich beteiligt.

□ 1932-39: Studium in Paris; Bekanntschaft mit L. S. Senghor und A. →Bréton. □ 1939-45: Lehrer in Martinique; Hg. der Zeitschrift Tropique. □ 1946: Wahl in die frz. Nationalversammlung. □ 1948: »Sonnendolche« (Ged.e, dt. 1956). □ 1950: »Über den Kolonialismus« (Es., dt. 1970). □ 1959: Bürgermeister von Fort-de-France, Martinique. □ 1963: »Die Tragödie des Königs Christoph« (Dr., dt. 1964). □ 1966: »Im Kongo« (Dr., dt. 1966). □ 1969: »Ein Sturm« (Dr., dt. 1970).

Cézanne, Paul

frz. Maler
* 19.1.1839 Aix-en-Provence † 22.10.1906 ebd.

Die herausragende Bedeutung Cézannes für die Entwicklung der modernen Malerei beruht auf seiner Konzeption des Bildes als einer selbständigen, durch die Realität lediglich angeregten Konstruktion aus Formen und Farben. Hierdurch überwand C. die selbst im Impressionismus noch nachwirkende Tradition einer künstlerischen Nachahmung der sinnlichen Wahrnehmung. C.s frühe Bildnisse sowie erotische und religiöse Darstellungen sind von grellen Hell-Dunkel-Kontrasten geprägt (»Die büßende Magdalena«, 1866-68, Paris, Musée d'Orsay). Die zweite Periode seines Schaffens stand im Zeichen der Auseinandersetzung mit der impressionistischen Freilichtmalerei. Der hier vorherrschenden Tendenz zur Auflösung klarer Bildstrukturen setzte C. eine Malweise entgegen, die sich auf die Gesetzmäßigkeit bestimmter Form- und Farbbeziehungen gründet. Diese ist verbunden mit einer Aufhebung der perspektivischen Einheitlichkeit des Bildausschnitts zugunsten der Kombination unterschiedlicher Blickpunkte. Die auf den Kubismus (G. →Braque, P. →Picasso) vorausdeutende Kompositionsweise findet sich vor allem in C.s Stilleben (»Tisch mit Gefäßen und Früchten vor einer Kommode«, um 1885, München, Neue Pinakothek). Kennzeichnend für C.s Spätwerk ist die Beschränkung auf einige

Selbstbildnis von Paul Cézanne, Vorläufer der Moderne.

wenige Motive. So bilden Hauptwerke wie »Die großen Badenden« (1898-1905, Philadelphia, Museum of Art) und »Montagne Sainte-Victoire« (1904-06, Zürich, Kunsthaus) Bestandteile entsprechender Werkreihen.

□ 1858: Zeichenkurs des Museums in Aix. □ 1859/60: Jurastudium. □ ab 1861: Abwechselnd Aufenthalt in Paris und Aix. □ 1864: Erfolglose Bewerbung um Aufnahme in die Pariser Kunstakademie. □ 1874-77: Teilnahme an der Gruppenausstellung der Impressionisten in Paris (C. →Monet). □ 1884: Letzte, wiederum erfolglose Bewerbung um Beteiligung an der Pariser »Salon«-Ausstellung. □ 1886: É. →Zolas Schlüsselroman »Das Werk« mit der Hauptfigur eines scheiternden Malers beendet die seit der Jugendzeit bestehende Freundschaft zu dem Schriftsteller. □ 1895: Ausstellung bei A. →Vollard in Paris, Beginn der Anerkennung innerhalb der Avantgarde. □ postum 1907: Gedächtnisausstellung im Pariser »Herbstsalon«.

▷ L. Venturi: Cézanne. Seine Kunst — sein Werk, 2 Bde., 1936; J. Rewald (Hg.): Paul Cézanne. Briefe, 1962; G. Adriani: Paul Cézanne. Zeichnungen, 1978; M. Hoog: Cézanne und seine Welt, 1981.

Chaban-Delmas, Jacques Michel Pierre

(eig. Jacques Delmas)
frz. Politiker
* 7.3.1915 Paris

Chaban-Delmas war mehrfach Präsident der Nationalversammlung. Nach 1958 brachte er »Vorbehaltsrechte« des Präsidenten hinsichtlich der Außen- und Verteidigungspolitik in die Verfassungsdiskussion ein. Solche Rechte wurden in die Verfassung der V. Republik aufgenommen. Nach dem Tod von Präsident Ch. de →Gaulle wurde Ch. Premierminister. Außenpolitisch näherte er Frankreich wieder der NATO an und öffnete 1971 Großbritannien den Weg in die EG. 1972 mußte er wegen des Vorwurfs der Steuerhinterziehung zurücktreten.

← J. Chaban-Delmas

□ vor 1940: An der Kriegsschule in St. Cyr. □ 1941-43: Im frz. Industrie-Ministerium tätig. □ 1943: Flucht nach London; Mitgl. der France Libre von General Ch. de →Gaulle. □ seit 1947: Bürgermeister von Bordeaux. □ 1953: Fraktionschef der Gaullisten in der Nationalversammlung. □ 1957/58: Verteidigungsmin. □ 1958-69, 1978-81, 1986-88: Präs. der Nationalversammlung. □ 1969-72: Premierminister. □ 1974, 1981: Präsidentschaftskandidat.

▷ G. Claisse: Jacques Chaban-Delmas, frz. 1974.

Chabrol, Claude

frz. Regisseur
* 24.6.1930 Paris

Claude Chabrol →

Chabrol, einer der Begründer der sog. Nouvelle Vague (Neue Welle), demaskiert (beeinflußt von F. →Lang und A. →Hitchcock) die Selbstzufriedenheit des Bürgertums. In vielen seiner Filme, in denen häufig Stéphane Audran (seine 2. Ehefrau) die weibliche Hauptrolle spielt, wird die in Konventionen erstarrte bürgerliche Welt durch ein Gewaltverbrechen erschüttert und offenbart so ihr wahres Gesicht.

□ ab 1953: Kritiken für die Filmzeitschrift Cahiers du Cinéma. □ 1956: Nach Erbschaft Gründung einer Produktionsgesellschaft. □ 1957/58: »Die Enttäuschten«. □ 1959: Goldener Bär von Berlin für »Schrei, wenn du kannst«. □ 1959/60: »Die Unbefriedigten«. □ 1964-81: Ehe mit Stéphane Audran. □ 1967: »Zwei Freundinnen«. □ 1968: »Die untreue Frau«. □ 1969: »Das Biest muß sterben«; »Der Schlachter«. □ 1971: »Der zehnte Tag«. □ 1982: »Die Phantome des Hutmachers« (nach G. →Simenon, mit Ch. →Aznavour und M. Serrault). □ 1984/85: »Hühnchen in Essig« (mit Ph. →Noiret). □ 1987: »Der Schrei der Eule« (nach P. →Highsmith). □ 1988: »Eine Frauensache« (mit I. →Huppert). □ 1991: »Madame Bovary« (mit I. Huppert).

Chadwick, Sir (ab 1945) James

brit. Physiker
* 20.10.1891 Manchester
† 24.(23.?)7.1974 Cambridge

James Chadwick →

Chadwick, der sich den Aufbau des Atomkerns theoretisch nur mit »neutralen« Teilchen erklären konnte, entdeckte 1932 bei der Bestrahlung von Beryllium mit Alphateilchen das elektrisch ungeladene Elementarteilchen »Neutron«, das W. →Bothe schon zwei Jahre zuvor freigesetzt hatte, aber nicht identifizieren konnte. Für seine Entdeckung des dritten Atomkern-Bausteins neben Elektronen und Protonen erhielt C. 1935 den Physik-Nobelpreis.

□ 1921: »Radioactivity and radioactive substances« (Schr.). □ 1930: »Radiations from radioactive substances« (Schr. mit E. →Rutherford). □ 1935: Physik-Nobelpreis. □ 1935-48: Prof. an der Univ. Liverpool. □ 1948-58: Rektor des Gonville and Caius College, Cambridge.

Chagall, Marc

russ.-frz. Maler
* 7.7.1887 Liosno bei Witebsk
† 28.3.1985 Saint-Paul-de-Vence

Chagall gehört mit seinen assoziativen, phantasievoll erzählenden Werken zu den bekanntesten

Marc Chagall, fotografiert von Henri Cartier-Bresson.

und bedeutendsten Malern des 20. Jh.s. Seine Bildthemen beruhen auf Kindheitserinnerungen, Legenden und Märchen, jüdisch-biblischen Geschichten und russischer Volkskunst und werden mit spezifischen Symbolgehalten verknüpft. Räumlichkeit und Perspektive sind aufgehoben, die Welt wird aus ihrem gewohnten Zusammenhang gelöst, Häuser und Menschen stehen kopfüber oder schweben frei und schwerelos im Raum. Hierin nahm Ch. den späteren Surrealismus teilweise vorweg. Andererseits werden die Motive mit einer heiteren Leichtigkeit vorgetragen, die sie von allen Kunstrichtungen unterscheidet. Beeinflußt wurde Ch. kompositorisch vor allem vom Kubismus, in der bewegten Farbigkeit von R. →Delaunay (z. B. »Der Dichter oder halb vier«, 1911, Philadelphia, Museum of Art). In seinem späteren Werk werden die Motive fast konturlos aus der pastos aufgetragenen Farbe gestaltet (»Sommernachtstraum«, 1939, Grenoble, Musée de Peinture et de Sculpture). Den zunehmenden Antisemitismus nahm Ch. in einer Serie von Kreuzigungsbildern auf (»Weiße Kreuzigung«, 1938, Chicago, Art Institute). Sein Spätwerk bestimmten monumentale Wandbilder und -teppiche, Mosaiken und Glasfenster (Metropolitan Opera House, New York, 1966; Kathedrale von Reims, 1972).

□ 1906-09: Studium in St. Petersburg (Leningrad) bei L. →Bakst. □ 1910-14: Parisaufenthalt. □ 1914: Erste Einzelausstellung in der »Sturm«-Galerie in Berlin (H. →Walden); Rückkehr nach Rußland. □ 1918: Kommissar für bildende Kunst im Gouv. Witebsk. □ 1920-22: Moskauaufenthalt. □ 1922: Übersiedlung nach Paris. □ 1931-39: Zyklus von Bibel-Illustrationen (26 Radierungen). □ 1941: Emigration in die USA. □ 1945: Bühnendekoration für I. →Strawinskis »Feuervogel« in New York. □ ab 1949: Wohnsitz in Saint-Paul-de-Vence (Frankreich). □ 1962: Fenster für die Synagoge der Hadassah-Klinik in Jerusalem. □ 1970: Fenster für das Frauenmünster in Zürich. □ 1973: Ausstellung in der Tretjakow-Galerie, Moskau; Eröffnung des Musée National Message biblique Marc Chagall, Nizza. □ 1977: Große Retrospektive im Louvre, Paris. □ 1978-84: Fenster für St. Stephan, Mainz. □ postum 1991: Große Ausstellung in der Hypo-Kunsthalle, München.

▷ M. Chagall: Mein Leben, 1929, dt. 1959; C. Sorlier: Marc Chagall, 1991.

Ernst Boris Chain →

Chain, Sir (ab 1969) Ernst Boris

brit. Chemiker dt. Herkunft
* 19.6.1906 Berlin † 12.8.1979 Castlebar (Irland)

Chain erklärte 1941 mit H. W. →Florey die Struktur und therapeutische Wirkung des Penicillins, das 1928 von A. →Fleming entdeckt worden war. Dafür erhielten die drei Forscher 1945 den Physiologie/Medizin-Nobelpreis. C. identifizierte und isolierte den antibakteriellen Faktor, entdeckte die Penicillinase, ein das Antibiotikum spaltendes Enzym, und fand eine unspaltbare Variante des Penicillins.

□ ab 1930: Biochemiker am Charité-Hospital, Berlin. □ 1933: Emigration nach Cambridge. □ ab 1939: Brit. Staatsbürger. □ 1948-61: Dir. am Inst. Superiore de Sanità, Rom. □ 1961-73: Prof. am Imperial College der Univ. London.

Chairil Anwar

indon. Schriftsteller
* 26.7.1922 Medan, Sumatra † 28.4.1959 Jakarta

Chairil Anwar wurde als Initiator der Künstlerorganisation Gelanggang (1946) und geistiger Mittelpunkt der Gruppe Angkatan '45 zum Vordenker einer neuen Schriftstellergeneration und gab der indonesischen Lyrik innovative, eigenwillige Impulse. Beeinflußt von den niederländischen Schriftstellern Hendrik Marsmann (* 1899, † 1940) und Jan Jacob Slauerhoff (* 1898, † 1936) führte Ch. das freie Versmaß in die indonesische Dichtung ein. Zudem übersetzte er R. M. →Rilke, J. →Steinbeck und E. →Hemingway.

Arthur N. Chamberlain →

Chamberlain, Arthur Neville

brit. Politiker
* 18.3.1869 Edgbaston, Birmingham
† 9.11.1940 Heckfield

Auf viele Zeitgenossen wirkte Chamberlain meist wie ein kühler Geschäftsmann, nicht wie ein engagierter Politiker. Dennoch konnte er als Gesundheitsminister eine Reihe sozialer Verbesserungen im Gesundheitswesen durchsetzen. Als Premierminister erreichte Ch. eine Klärung der Differenzen mit der Irischen Republik. Bald nach seinem Amtsantritt (1937) begann er mit der britischen Wiederaufrüstung, für die er sich schon als Schatzkanzler eingesetzt hatte. Gegenüber A. →Hitler betrieb Ch. zunächst eine Beschwichtigungspolitik (appeasement), da er einen Teil der deutschen Forderungen für berechtigt und Großbritannien für nicht ausreichend gerüstet hielt. 1938 bot er Hitler das Selbstbestimmungsrecht für die Sudetendeutschen an. Trotz weitergehender Forderungen Hitlers unterzeichnete er das Münchner Abkommen, das er mit einem Vertrag über deutsch-britische Konsultationen verband. Nach dem deutschen Angriff auf Norwegen wurde Ch. durch W. →Churchill abgelöst.

□ vor 1911: Geschäftsmann. □ 1911-18: Stadtrat von Birmingham. □ 1915/16: Oberbürgermeister ebd. □ 1918-40: Mitgl. des Unterhauses für die Konservativen. □ 1923; 1924-29; 1931: Gesundheitsmin. □ 1923/24; 1931-37: Schatzkanzler. □ 1937-40: Premierminister.

▷ H. M. Hyde: Neville Chamberlain, dt. 1982.

Chamberlain, Houston Stewart

dt. Rassentheoretiker engl. Herkunft
* 9.9.1855 Portsmouth † 9.1.1927 Bayreuth

Chamberlain war begeisterter Anhänger der Wagnerschen Kunst und Weltanschauung, die aus innerer Auflehnung gegen das »von Wissenschaftlichkeit zersetzte« Zeitalter erwuchs. Ch.s Vorstellungen über die kulturellen Aufgaben und Leistungen des »Germanentums« im 19. Jh. verbreiteten sich rasch in bürgerlichen Kreisen. Er stellte Rassentheorien auf über Hethiter, Arier und Juden, über reine und vermischte Rassen. Mit seinen Schriften wurde Ch. zu einem der geistigen Wegbereiter des Nationalsozialismus.

□ 1899: »Die Grundlagen des 19. Jahrhunderts« (Schr.). □ 1903: Vermählung mit Richard Wagners Tochter Eva. □ 1916: Dt. Staatsbürgerschaft. □ 1918: »Rasse und Nation« (Schr.). □ 1925: »Rasse und Persönlichkeit« (Schr.). □ postum 1928: »Briefwechsel mit Kaiser Wilhelm II.«.

▷ G. G. Field: Evangelist of race, 1981.

Chamberlain, Sir Joseph Austen

brit. Politiker
* 16.10.1863 Birmingham † 16.3.1937 London

Chamberlain war als britischer Außenminister durch seine Vermittlerrolle wesentlich am Zustandekommen des Locarno-Vertrags (1925) beteiligt, in dem Deutschland, Frankreich und Belgien einander ihre Grenzen garantierten und dem Deutschen Reich die Aufnahme in den Völkerbund zugesagt wurde (G. →Stresemann). 1925 erhielt er mit Ch. →Dawes den Friedens-Nobelpreis.

□ ab 1912: Konservativer Abg. □ 1903-05 und 1919-21: Schatzkanzler. □ 1915-17: Staatssekr. für Indien. □ 1918: Mitgl. des Kriegskabinetts. □ 1921/22: Lordsiegelbewahrer und Führer des Unterhauses; Vors. der Konservativen. □ 1924-29: Außenmin. □ 1925: Friedens-Nobelpreis.

Chamberlain, Owen

amer. Physiker
* 10.7.1920 San Francisco

1955 entdeckten Chamberlain und E. →Segrè bei Versuchen zur Protonenstreuung das Antiproton, wofür beide 1959 den Physik-Nobelpreis erhielten. Nach der Entdeckung des Positrons

Owen Chamberlain →

← Houston S. Chamberlain

← Joseph A. Chamberlain

Raymond Chandler →

(C. D. →Andersen) bestätigte sich die Theorie, daß es zu jedem Elementarteilchen (Bausteine des Atomkerns: Elektron, Proton, Neutron) ein entsprechendes und komplementäres Antiteilchen gibt. Das von C. erzeugte Antiproton entstand durch Zusammenprall zweier Protonen, wobei nach dem Gesetz der sog. Paarbildung Antiteilchen stets mit ihrem zugehörigen Teilchen entstehen. Bereits ein Jahr später konnten beide Forscher die Existenz des Antineutrons bestätigen. C., der 1942-46 an dem amerikanischen Atombombenprojekt Manhattan mitwirkte, ist seit 1958 Professor an der University of California in Berkeley.

Chamberlain, Richard George

amer. Schauspieler
* 31.3.1935 Los Angeles, Kalif.

Chamberlain zählt zu den großen Stars der Fernsehserie. In dem TV-Mehrteiler »Dornenvögel« (1983, nach C. McCullough) schwankt er als katholischer Priester zwischen Klerus-Karriere und leidenschaftlicher Liebe zu einer Frau; in »Shogun« (1980, nach J. →Clavell) spielte er einen englischen Seemann, der im 17. Jh. mit der für Europäer fremden Kultur Japans konfrontiert wird.

□ 1961-65: »Dr. Kildare« (TV-Serie). □ 1970: »Tschaikowski — Genie und Wahnsinn« (Rg. K. →Russell). □ 1973. »Die drei Musketiere« (Rg. R. Lester) □ 1978: »Die letzte Flut« (Rg. P. →Weir). □ 1985: »Quatermain — Auf der Suche nach dem Schatz der Könige« (Rg. J. L. Thompsen). □ 1987: »Casanova« (TV, Rg. S. Langton). □ 1990: »Dr. Kulani — Arzt auf Hawaii« (TV-Serie).

Chamorro, Violetta

→Barrios de Chamorro, Violetta

Chandler, Raymond Thornton

amer. Schriftsteller
* 23.7.1888 † 26.3.1959 La Jolla, Kalif.

Chandler ist der Schöpfer des Privatdetektivs Philip Marlowe. Stilistisch von E. →Hemingway beeinflußt, gab Ch. dem Kriminalroman wesentliche Impulse, indem er nicht nur das Delikt darstellte, sondern auch die Motive für das Verbrechen aufzeigte. Gleichzeitig verlegte er die Handlung des Verbrechens in das ihm geläufige Milieu der Großstadt. Ch. begann erst im Alter von 50 Jahren mit dem Schreiben. Sein erstes größeres Werk, »Der tiefe Schlaf« (R., 1939, dt. 1961), wurde zugleich sein erfolgreichstes. Im Dschungel von Korruption und Kriminalität wird die Figur Philip Marlowes zum modernen Streiter für Recht und Ordnung stilisiert, respektlos, witzig, bisweilen puritanisch und trotz aller Versuchung immer tugendhaft.

□ 1895: Tod des alkoholabhängigen Vaters; Umzug mit der Mutter nach London. □ 1912: Rückkehr in die USA. □ 1933: Verlust des Arbeitsplatzes wegen Alkoholproblemen; erste schriftstellerische Versuche im Kriminalmagazin Black Mask. □ 1939: »Der tiefe Schlaf« (R., dt. 1961). □ 1940: »Lebwohl, mein Liebling« (R., dt. 1976). □ 1942: »Das hohe

Fenster« (R., dt. 1975). □ 1943: »Die Tote im See« (R., dt. 1976). □ 1949: »Die kleine Schwester« (R., dt. 1975). □ 1954: »Der lange Abschied« (R., dt. 1975).

▷ K. Lutze: Mein Freund Marlowe. Das einsame Leben des Raymond Chandler, 1991.

Chandrasekhar, Subrahmanyan

amer. Astrophysiker ind. Herkunft
* 19.10.1910 Lahore (Pakistan)

Chandrasekhar untersuchte Anfang der 30er Jahre Aufbau und Entwicklungsstadien sog. Weißer Zwerge, einer Gruppe von äußerst kleinen Fixsternen mit sehr hoher Temperatur und von unvorstellbar komprimierter Dichte (10 t/cm³). Auf der Grundlage von Atom- und Relativitätstheorie berechnete der damals 21jährige, daß nicht alle »sterbenden« Sterne, deren Energie verbraucht ist, zu planetengroßen Zwergen degenerieren, sondern nur solche, deren Masse nicht größer als das 1,44fache unserer Sonne ist (Chandrasekhar-Grenze). Im Widerspruch zu A. St. →Eddingtons Theorie behauptete Ch., daß ausbrennende Sonnen mit größerer Masse unter ihren wesentlich stärkeren Gravitationskräften sich in einer Supernova-Explosion zu Neutronensternen (100 Mio. t/cm³) verdichten oder praktisch zu nichts, nämlich zu einem »Schwarzen Loch« werden. 1983 erhielt Ch. den Physik-Nobelpreis (mit W. A. →Fowler).

← S. Chandrasekhar

□ 1933: Promotion bei P. A. M. →Dirac an der Univ. Cambridge, England. □ seit 1937: Forschungen am Yerkes-Observatorium, Chicago. □ 1939: »An introduction to the study of stellar structure« (Schr.). □ 1942-86: Prof. an der Univ. Chicago. □ ab 1953: Amer. Staatsbürger; Goldmedaille der Royal Astronomic Society, London. □ 1983: »Eddington« (Biogr.); »The mathematical theory of black holes« (Schr.); Physik-Nobelpreis.

Chanel, Coco

(eig. Gabrielle Ch.)
frz. Modeschöpferin
* 19.8.1883 Saumur † 10.1.1971 Paris

Chanel entwickelte während des 1. Weltkriegs ihre charakteristische einfache Linie: Sweaters, Matrosenjacken, Faltenröcke und gerade Kittel- und Hemdblusenkleider. 1918 lancierte sie Pyjamas für Frauen. In den 20er Jahren wurden ihre sportliche Jerseymode und 1926 ihr »kleines Schwarzes« bekannt. Typischer Aufputz waren kleine Dreieckstücher und lange, vielreihige Perlenketten. Ab 1954 hatte sie internationalen Erfolg mit ihren Chanel-Kostümen aus körnig weichen, melierten Tweeds, die Jacke kragenlos und bordiert, der Rock leicht ausgestellt. Weltberühmt wurde ihr Parfum »Chanel No. 5« von 1920. C.s Arbeit wurde entscheidend durch Liaisons mit wohlhabenden Männern geprägt. Sie war zudem befreundet mit P. →Picasso, S. →Diaghilev, J. →Cocteau und I. →Strawinsky. Seit 1983 steht das Haus Chanel unter der künstlerischen Leitung von K. →Lagerfeld.

← Coco Chanel

□ ab 1909: Modistin in Paris. □ ab 1914: Modeentwürfe und eigene Boutique in Deauville. □ 1919: Eröffnung eines Modesalons in Paris. □ 1939: Schließung des Haute-Couture-Salons. □ 1954: Wiedereröffnung des Salons mit dem »Chanel-Kostüm«.

▷ E. Charles-Roux: Coco Chanel, 1978; M. Haedrich: Coco Chanel, 1989.

Chaplin, Sir (ab 1975) Charles Spencer »Charlie«

engl. Schauspieler, Regisseur und Produzent
* 16.4.1889 London † 25.12.1977 Vevey (Schweiz)

Chaplin schuf die berühmteste Figur der Filmgeschichte: Sein Tramp, ausstaffiert mit Bürstenbärtchen, Spazierstock und Melone, in engem Gehrock und weiten Hosen, wurde zum Sinnbild für Humanität und den tragikomischen Kampf des kleinen Mannes gegen Autoritäten. Allen Widrigkeiten einer unheilvollen Welt zum Trotz verliert der Vagabund und Außenseiter nie seine Würde: Ob er mit weltmännischer Geste eine mit Zigarrenstummeln gefüllte Sardinenbüchse wie ein goldenes Zigarettenetui handhabt (»The Kid«, 1921) oder einem Gourmet gleich seinen Schuh verspeist (»Goldrausch«, 1925).
Ch. war einer der ersten, der die effektheischenden Slapstick-Komödien mit einem vielschichtigen Charakter versah. Pathos und Sentimentalität bildeten bei aller Komik feste Bestandteile seiner Filme, die politische Dimension war offensichtlich: »Moderne Zeiten« (1936) prangert die Entfremdung des Menschen in der Industriegesellschaft an und wurde zunächst wegen »kommunistischer Tendenzen« in Deutschland und Italien verboten.

Charlie Chaplin mit Jackie Coogan in »The Kid«, 1921.

Bereits 1938 begann Ch. mit den Dreharbeiten zu »Der große Diktator«, seine Abrechnung mit dem ihm äußerlich ähnlichen und nur vier Tage jüngeren A. →Hitler, den er der Lächerlichkeit preisgab. »Monsieur Verdoux« (1947), die Geschichte eines modernen Heiratsschwindlers ohne Reue, blieb unverstanden und wurde ein finanzieller Mißerfolg. 1975 erhob die englische Königin das »einzige Genie der Filmindustrie« (G. B. →Shaw) in den Adelsstand.

□ 1894: Erster Auftritt des fünfjährigen Schaustellerkindes in einer Music Hall. □ 1901: Alkoholtod des Vaters. □ 1903: Einweisung der Mutter in eine Nervenheilanstalt. □ 1910: Amerikatournee mit einer engl. Theatergruppe. □ 1913: Engagement bei Keystone Film Company; zahlreiche kurze Slapstick-Filme. □ 1915: »Der Tramp«. □ 1919: Gründung der Filmgesellschaft United Artists mit D. →Fairbanks, M. →Pickford und D. W. →Griffith. □ 1921: »The Kid«. □ 1925: »Goldrausch«. □ 1927: »Circus«. □ 1931: »Lichter der Großstadt«. □ 1936: »Moderne Zeiten«; dritte Ehe mit P. →Goddard. □ 1940: »Der große Diktator«. □ 1943: vierte Ehe mit O. O'Neill (Tochter des Dramatikers E. →O'Neill). □ 1947: »Monsieur Verdoux«. □ 1952: »Rampenlicht«; nach Europaaufenthalt Verweigerung der Wiedereinreise wegen angeblicher unamerikanischer Haltung. □ 1953: Übersiedlung in die Schweiz. □ 1957: »Ein König in New York«. □ 1966: »Die Gräfin von Hongkong«. □ 1971: Ehren-Oscar.

▷ Ch. Chaplin: Die Geschichte meines Lebens, 1964; D. Robinson: Chaplin. Sein Leben — seine Kunst, 1989.

Charis, Petros

(eig. Ioannis Marmariadis)
griech. Schriftsteller
* 26.8.1902 Athen

Charis, Literaturkritiker und Herausgeber der literarischen Zeitschrift Nea Hestia, machte als einer der ersten griechischen Autoren die Stadt zum Thema und Schauplatz seiner symbolistischen Prosa; in Erzählungen und Romanen (z. B. »Die letzte Nacht der Erde«, 1924, dt. 1980) schilderte er soziale und psychologische Aspekte der Entwicklung einer urbanen Gesellschaft.

□ seit 1933: Hg. der führenden Literaturzeitschrift Nea Hestia. □ 1944: »Ferne Welt« (Erz.n); »Kritische Stunde« (Es.s). □ 1958: »Lichter auf dem Meer« (Erz.n). □ 1969: »Die lange Nacht« (Erz.n). □ 1979: »Tage des Zorns« (R.).

Charles

Prinz von Wales
* 14.11.1948 London

Prinz Charles wurde mit der Thronbesteigung (1952) seiner Mutter →Elizabeth II. britischer Thronerbe. Ch., seit 1981 mit Lady →Diana Spencer verheiratet, nutzt seine hohe Stellung und seine Popularität zur Propagierung gemeinnütziger Ziele (Innenstadtsanierung, Umweltschutz), wobei er oft im Widerspruch zur offiziellen Regierungspolitik steht. 1987 nahm er an der 2. Nordseeschutzkonferenz in London teil. Mit dem Märchenbuch »Der alte Mann von Lochnagar« betätigte sich Ch. 1980 erfolgreich als Schriftsteller.

▷ A. Holden: Charles — Die Biografie, 1990; HRH The Prince of Wales: Die Zukunft unserer Städte, 1990.

← Prinz Charles

Charles, Ray

(eig. R. Ch. Robinson)
amer. Soulmusiker und Entertainer
* 23.9.1932 Albany, Georgia

Charles hat mit seinen am Blues orientierten Songs zahlreiche Rocksänger beeinflußt. Mit dem 1954 in Atlanta aufgenommenen Stück »I've got a woman« verband der Sänger, der mit sechs Jahren erblindete, erstmals bis dahin als unvereinbar geltende Stilelemente aus Gospel und Blues und begründete die Soulmusik. In den 60er Jahren dehnte er sein Repertoire auf die Country- und Popmusik aus; »I can't stop loving you« wurde ein Millionenhit. Anläßlich seines 40jährigen Bühnenjubiläums wurde er 1984 mit einer Fernsehdokumentation geehrt.

Ray Charles: Der blinde »Vater des Soul«, 1985.

□ 1949-51: Erste Singleplatten »Confession Blus«, »Kiss me baby«, »Baby, let me hold your hand«. □ 1958: »Yes indeed« (LP). □ 1959: »The Genius of Ray Charles« (LP). □ 1962: »Country & Western Music« (LP). □ 1964: Verhaftung wegen Heroinbesitzes; Entziehungskur. □ 1965. »Live in Concert« (LP). □ 1967: »A Man and his soul« (LP). □ 1973: »My kind of jazz« (LP). □ 1974: »Georgia on my mind« (LP). □ 1977: »What have I done to their songs« (LP). □ 1989: »Just between us« (LP).

▷ R. Charles: Brother Ray — Ray Charles' own Story, engl. 1978.

Charrat, Janine

frz. Tänzerin und Choreographin
* 24.7.1924 Grenoble

Charrat machte sich nach Erfolgen als Tänzerin, u. a. an der Seite von R. →Petit, mit ihren harmonisch-ansprechenden Choreographien einen Namen. 1951 gründete sie Les Ballets Janine Charrat, später umbenannt in Les Ballets de France. Neben klassischen Sujets choreographierte sie zahlreiche moderne Tanzstücke, u. a. zur Musik von W. → Egk (»Abraxas«, 1949, Städtische Oper Berlin; »Casanova in London«, 1969, mit H. →Bosl, Bayerische Staatsoper München).

□ 1937: Debüt als tanzender Kinderstar in »La Mort du cygne« (F.). □ 1941-44: Auftritte als Tanzpartnerin von R. Petit. □ 1945: Erster Erfolg als Choreographin mit »Jeu de Cartes« (I. →Strawinsky) bei den Ballets des Champs-Élysées. □ 1951: Gründung einer eigenen Truppe in Paris; zahlreiche int. Tourneen. □ 1957: Choreographie von »Diagramme« zur Musik von J. S. Bach. □ 1962-64: Ballettchefin in Genf, danach Arbeit als freie Choreographin. □ 1970: Gründung einer Ballettschule in Paris. □ 1973: Choreographie von »Offrandes et Hyperprism« (M.: E. →Varèse) in Paris. □ seit 1980: Dir. für Tanz am Centre Georges Pompidou in Paris.

Charrière, Henri-Antoine

frz. Schriftsteller
* 1906 unbek. † 28.7.1973 Madrid (Spanien)

Charrière gelang mit dem autobiografischen Roman »Papillon« (1969, dt. 1970) ein Welterfolg. Der Bericht von seiner Haft auf der Teufelsinsel vor der Küste Französisch-Guayanas und der abenteuerlichen Flucht wurde 1973 unter gleichem Titel von F. J. Schaffner verfilmt (mit St. →McQueen und D. →Hoffman). 1972 veröffentlichte Ch. als Fortsetzung der Geschichte den Roman »Banco« (dt. 1973).

← Henri Charrière

Chatschaturjan, Aram Iljitsch

arm.-sowjet. Komponist
* 6.6.1903 Tiflis, Georgien † 1.5.1978 Moskau

Chatschaturjan begann nach dem Studium seine Karriere als »Verdienter Kunstschaffender der Armenischen Sowjetrepublik«, für die er 1944 die Nationalhymne komponierte. Seine Musik verbindet die Folklore seiner Heimat und russische Tradition (M. A. →Balakirew) mit dem französischen Impressionismus eines C. →Debussy. Sein bekanntestes Werk ist »Gajaneh« (Ballett, UA Perm 1942) mit dem berühmt gewordenen kurdischen Säbeltanz.

Chatschaturjan: Schöpfer der armenischen Nationalhymne.

□ 1922-29: Cello- und Kompositionsstudium am Musiktechnikum Gnessin in Moskau, anschließend am Konservatorium in Moskau. □ 1933/34: Erste Sinfonie als Diplomarbeit. □ 1937: Klavierkonzert; Zusammenarbeit mit S. →Prokofjew. □ 1939: Erster Vors. des Organisationskomitees des sowjet. Komponistenverbands. □ 1947: »Sinfonisches Poem«. □ 1951: Prof. für Komposition am Konservatorium in Moskau. □ 1957: Sekr. des Komponistenverbandes der UdSSR. □ 1959: »Gruß-Ouvertüre« zum XXI. KPdSU-Parteitag. □ 1966: Jazzkomposition für B. →Goodman.

▷ F. Streller: Aram Chatschaturjan, 1968.

Chatzopulos, Kostas

(Pseud. Petros Vassilikos)
griech. Schriftsteller
* 1868 Agrinion † 12.8.1920 auf einem Schiff zwischen Korfu und Brindisi

Zwei Einflüsse, mit denen er bei Aufenthalten in Deutschland konfrontiert wurde, prägten Chatzopulos' Gesamtwerk: Bestimmte der Symbolismus insbesondere Ch.s Lyrik, so regte die sozialistische Bewegung ihn zu einer kritischen Prosa an, in der er die Benachteiligung der Schwachen in einer erstarrten Klassengesellschaft anklagte. In »Herbst« (1917), dem bedeutendsten Roman des griechischen Symbolismus, wird die soziale Thematik von einer suggestiven poetischen Atmosphäre überlagert.

□ 1898: Hg. der avantgardistischen Zeitschrift Kunst; »Elegien und Idyllen« (Ged.e). □ 1899-1902: Aufenthalt in Deutschland (ebenso 1905-14). □ 1910: »Liebe im Dorf« (Erz.). □ 1915: »Die Burg am Akropotamos« (R.); »Übermensch« (Erz.). □ 1920: »Abendliche Sagen« (Ged.e).

André Chaval →

Chaval, André François

(eig. Yves Le Louarn)
frz. Zeichner und Cartoonist
* 10.2.1915 Bordeaux † 22.1.1968 Paris

Chaval war mit seinen sarkastisch-trockenen Cartoons der Altmeister des schwarzen Humors. Seine Karikaturen erschienen ab 1956 in Wochenzeitschriften wie Paris Match und Punch, im Figaro und in vielen ausländischen Blättern. Daneben illustrierte Ch. Bücher von E. →Kästner, R. →Queneau und Jonathan Swift (* 1667, † 1745). Bevorzugt karikierte Ch. menschliche Unzulänglichkeiten und hielt mit sicherem Gefühl für Situationskomik groteske Szenen fest. Kennzeichnend für seinen Stil ist die Charakterisierung der Bildfiguren ausschließlich durch kräftige schwarze Konturlinien und Reduktion auf wenige Formelemente. Ch. drehte auch Zeichentrickfilme.

Chen Duxiu

chin. Politiker
* 8.10.1879 Huaining, Anhui
† 27.5.1942 Jiangjin bei Chongqing

Chen Duxiu, erster Generalsekretär der KPCh, bewirkte mit der Herausgabe der Zeitschrift Jugend (1915; ab 1916 u. d. T. Neue Jugend) eine Sensibilisierung junger Intellektueller (darunter auch →Mao Zedong) für marxistische Ideen. Nach der Gründung der KPCh (1921), deren Vorsitz er bis 1926 innehatte, geriet Ch. zunehmend in Konflikt mit der Komintern, die den chinesischen Kommunisten eine Einheitsfront mit der bürgerlichen Guomindang aufzwang. 1929 wurde Ch. aus der KPCh ausgeschlossen und ist bisher nicht rehabilitiert worden.

□ 1898-1902: Studium des Schiffsbaus in Hangzhou. □ 1902: Flucht nach Japan wegen politischer Aktivitäten. □ 1904: Lehrer an der Anhui-Akademie in Wuhu. □ 1907-10: Studium in Frankreich. □ 1917: Prof. an der Peking-Univ. □ 1927: Rücktritt vom Vorsitz der KPCh. □ 1932-37: Inhaftierung.

▷ L. Feigon: Chen Duxiu. Founder of the Chinese Communist Party, 1976.

Chen Yi

chin. Politiker und Militär
* 1901 Lezhi, Prov. Sichuan † 6.1.1972 Peking (?)

Chen Yi machte sowohl in der Armee als auch im Parteiapparat Karriere. Als Militärführer — er war einer der zehn Marschälle der Volksbefreiungsarmee — hatte er großen Anteil an der Vertreibung der nationalchinesischen Streitkräfte →Chiang Kai-sheks. Als Außenminister (ab 1958) und enger Vertrauter →Zhou Enlais bestimmte er 14 Jahre die pragmatischer werdende Außenpolitik und vorsichtige Öffnung gegenüber dem Westen entscheidend mit.

□ 1919-21: Aufenthalt in Frankreich. □ ab 1923: Mitgl. der KPCh. □ 1926: Mitarbeiter von Zhou Enlai an der Whampoa-Militärakademie. □ 1927: Teilnahme am (gescheiterten) Aufstand von Nanchang gegen Chiang Kaishek. □ 1928: Dir. der Politabteilung der 4. Roten Armee (Politkommissar →Mao Zedong). □ 1934/35: Militärische Absicherung des Langen Marsches als Befehlshaber der 22. Roten Armee. □ 1941-49: Befehlshaber der Neuen 4. Armee (ab 1947 Ostchin. Befreiungsarmee); Vertreibung der Nationalchinesen vom Festland. □ ab 1945: Mitgl. des ZK der KPCh. □ 1949-54: Leiter des Militär- und Verwaltungsrats Ostchina. □ 1949-58: Bürgermeister von Shanghai. □ 1956-65/66: Mitgl. des Politbüros. □ ab 1958: Außenmin.

Chéreau, Patrice

frz. Regisseur
* 2.11.1944 Lézigné

← Patrice Chéreau

Chéreau gehört zur Garde der modernen französischen Regisseure, die sich für ein Volkstheater engagieren und mit der literarischen Tradition des Theaters brechen (A. →Mnouchkine). Seine Interpretation von R. Wagners »Ring des Nibelungen« (1976) zum 100jährigen Bestehen der Bayreuther Festspiele wurde zum umstrittenen Jahrhundert-Ereignis und als Abschied vom Weihefestspiel gewertet. Wichtigstes Element seiner Arbeit ist die Beschäftigung mit den Schauspielern, mit denen er auch nach der Premiere eines Stücks immer wieder intensive Proben durchführt. Anfang der 90er Jahre zog sich Ch. vorläufig von der Bühne zurück, um sich auf seine Filmarbeit zu konzentrieren.

□ 1966-69: Leiter des Pariser Théâtre de Sartrouville. □ 1969: Erste Opernregie »Die Italienerin in Algier« (G. Rossini); Regie und Darsteller in Shakespeares »Richard II.«. □ 1970: Zusammenarbeit mit G. →Strehler am Piccolo Teatro in Mailand; »Toller« (T. →Dorst) ebd. □ 1976-80: R. Wagners »Ring des Nibelungen« in Bayreuth. □ 1979: A. →Bergs »Lulu«. □ 1982: »Peer Gynt« (H. →Ibsen). □ 1982-90: Co-Leitung des Théâtre des Amandiers in Paris-Nanterre. □ 1984: César für beste Filmregie in »Der verführte Mann«. □ 1988: Für Shakespeares »Hamlet« Molière-Preis für beste Inszenierung der Saison 1989/90 in Frankreich.

Cherry, Donald Eugene »Don«

amer. Jazzmusiker
* 18.11.1936 Oklahoma City

Im Zusammenspiel mit dem Saxophonisten Ornette Coleman schuf der Trompeter Cherry 1959 in Los Angeles eine musikalische Form, die seit dem Erscheinen der gleichnamigen Schallplatte 1961 als »Free Jazz« bekannt ist. Getreu dessen Leitmotiv — permanente Bewegung — überschritt Ch. in den 60er Jahren als Wegbereiter der sog. Weltmusik die musikalischen Grenzen des europäischen Kulturkreises. Seitdem spielt er nicht nur mit internationalen Jazz- und Rock-

Don Cherry beim Pori-Jazz-Festival in Finnland.

größen, sondern auch mit afrikanischen, tibetanischen und lappländischen Volksmusikanten.

□ ab 1951: Engagements bei Red Mitchell, Dexter Gordon und Wardel Gray. □ 1959: Als Mitgl. des Ornette-Coleman-Quartetts berühmtes Gastspiel im New Yorker Five Spot Café. □ 1963: Europatournee mit Sonny Rollings; bis 1985 Aufenthalt in Frankreich und Schweden. □ 1965: »Complete Communion« (LP). □ 1966: »Symphony for improvisers« (LP). □ 1969-73: Reisen nach Afrika und Asien. □ 1972: Mit Dollar Brand bei den Berliner Jazztagen. □ 1978. »Grazing Dreams« (LP); Auftritt mit Dudu Pukwana und Lateef Khan. □ ab 1985: Wohnsitz in New York, Zusammenarbeit mit Charlie Haden und Hilton Ruiz.

Chesterton, Gilbert Keith

engl. Schriftsteller
* 29.5.1874 London † 14.6.1936 ebd.

G. K. Chesterton →

Chesterton wurde durch seine Pater-Brown-Geschichten bekannt, die das Genre des Kriminalromans parodieren. In ihnen tritt ein unscheinbar wirkender katholischer Priester auf, den Beobachtungsgabe, Menschenkenntnis und Intuition zum Meisterdetektiv machen. C., der aus einer unitarischen Familie kam und als Journalist für liberale Zeitschriften gearbeitet hatte, trat 1922 zum Katholizismus über. Sein phantastischer Roman »Der Mann, der Donnerstag war« (1908, dt. 1910) ist eine christliche Antwort auf den anarchistischen Nihilismus. Aus derselben religiösen Perspektive erfolgte seine Auseinandersetzung mit G. B. →Shaw und H. G. →Wells. C. schrieb auch Gedichte sowie literarische und sozialkritische Essays.

Chevalier, Maurice

frz. Chansonnier und Schauspieler
* 12.9.1888 Paris † 1.1.1972 ebd.

Maurice Chevalier →

Chevalier war bereits als 20jähriger ein gefeierter Chansonnier an Pariser Revuetheatern (Folies-

Bergère) und trat später auch in England und Argentinien auf. Weltberühmt wurde er als singender Charmeur in Revuefilmen wie »Der lächelnde Leutnant« (1931, Rg. E. →Lubitsch) oder »Gigi« (1957, mit L. Caron). Seine Chansons, z. B. »I remember it well« und »Thank heaven for little girls«, trugen zum Erfolg der Filme bei.

□ 1932: »Eine Stunde mit Dir« (Rg. E. Lubitsch, G. →Cukor). □ 1956: »Ariane — Liebe am Nachmittag« (B. →Wilder). □ 1959: »Can-Can« (Rg. W. Lang, mit Sh. →MacLaine und F. →Sinatra). □ 1960: »Fanny« (Rg. J. Logan, mit Ch. Boyer und L. Caron).

▷ M. Chevalier: Mein Leben und meine Lieder (Aut.), 1948; ders.: Mein glückliches Leben. Erinnerungen, 1972.

Chevrolet, Louis

amer. Autorennfahrer und Automobilkonstrukteur schweiz. Herkunft
* 25.12.1879 La Chauds-de-Fonds
† 6.6.1941 Detroit

Chevrolet fuhr in Amerika ab 1905 auf den wichtigsten Autorennstrecken zahlreiche Rekorde. Mit W. C. Durant (* 1861, † 1947) konstruierte er 1911 den ersten Wagen des Typs Chevrolet, in den er seinen bereits 1909 entwickelten Sechszylindermotor einbaute. Ebenfalls 1911 wurde die Chevrolet Motor Company gegründet, die sich — seit 1917 als Teil der General Motors Corporation — zu einem der weltweit bedeutendsten Automobilunternehmen entwickelte.

Louis Chevrolet 1917 am Steuer seines Rennwagens.

□ 1884: Emigration nach Frankreich. □ 1900: Emigration in die USA. □ 1907-10: Rennfahrer und Motorenbauer für die Buick Motor Car Company. □ 1911-13: Chefingenieur der Chevrolet Motor Company. □ 1916-26: Präs. und Geschäftsführer der Frontenac Motor Company. □ ab 1926: Entwicklung von Flugzeug- und Hubschraubermotoren. □ ab 1933: Mechaniker bei Chevrolet.

Cheysson, Claude

frz. Diplomat und Politiker
* 13.4.1920 Paris

Cheysson war als EG-Kommissar für Entwicklungshilfe maßgeblich am Abkommen von Lomé (1975) beteiligt, das die wirtschaftliche Zusammenarbeit zwischen Dritte-Welt-Ländern und Industriestaaten fördert. Als Außenminister der Regierung Mauroy trat er für den NATO-Doppelbeschluß und die selbständige Rolle Frankreichs als Nuklearmacht ein.

□ 1948: Eintritt in den diplomatischen Dienst. □ 1957-62: Generalsekr. der Kommission für technische Zusammenarbeit in Afrika. □ 1966-69: Frz. Botschafter in Indonesien. □ 1973-81: EG-Kommissar für Entwicklungshilfe. □ 1981-85: Außenmin. □ seit 1985: Erneut Mitgl. der EG-Kommission in Brüssel.

Chiang Ching-kuo →

Chiang Ching-kuo

taiwan. Politiker
* 18.3.1910 (1909 ?) Qikou, Prov. Zhejiang
† 13.1.1988 Taipeh (?)

Chiang Ching-kuo, der älteste Sohn von →Chiang Kai-shek, stieg während der 50er Jahre zu einem der mächtigsten Männer Taiwans auf. Ab 1943, nach einem 12jährigen Zwangsaufenthalt in der UdSSR, war Ch. enger Vertrauter seines Vaters. Ende der 50er Jahre leitete er mehrere Kommandounternehmen auf dem chinesischen Festland und besuchte bis 1970 viermal die USA. 1978 wurde er als Nachfolger seines Vaters († 1975) zum Staatspräsidenten gewählt. Während seiner Amtszeit brachen die USA ihre diplomatisachen Beziehungen zu Taiwan ab. Der bis dahin von den Amerikanern unterstützte Wirtschaftsaufschwung hielt jedoch unvermindert an.

□ 1925-27: Studium an der Sun Yat-sen-Univ. in Moskau. □ 1927: Verweigerung der Rückreise durch die sowjet. Behörden wegen Auflösung der Einheitsfront zwischen Guomindang und KPCh. □ 1928-30: Studium am Tolmatschow-Militär- und Politinst., Leningrad. □ 1930-37: Verbannung nach Sibirien. □ ab 1934: Stellv. Dir. einer Schwermaschinenfabrik in Swerdlowsk, Ural. □ 1937: Rückkehr nach China. □ 1949: Flucht nach Taiwan (mit seinem Vater). □ 1954: Stellv. Generalsekr. des Nat. Verteidigungsrats. □ 1963: USA-Reise, Begegnung mit J. F. →Kennedy. □ 1965-69: Verteidigungsmin. □ 1969-72: Stellv. Ministerpräsident. □ 1972-78: Ministerpräsident. □ ab 1975: Vors. der Guomindang. □ ab 1978: Staatspräsident.

Chiang Kai-shek

chin.-taiwan. Politiker und Militär
* 31.10.1887 Qikou, Prov. Zhejiang
† 5.4.1975 Taipeh

Chiang Kai-shek konnte sich nach dem Tod →Sun Yat-sens (1925) als dessen Nachfolger an der Spitze der Guomindang durchsetzen. Das Ziel des ehemals engen Vertrauten des Parteigründers war die Einigung Chinas, allerdings im Gegensatz zu seinem Vorgänger unter Ausschluß der Kommunisten. Nach dem Nordfeldzug (1926-28) gegen die regionalen Militärmachthaber (sog. Warlords), den er mit der Gründung einer Nationalregierung in Nanjing abschloß, unternahm Ch. ab 1930 fünf Vernichtungsfeldzüge gegen die Kommunisten (ab 1934 mit Hilfe deutscher Militärberater, u. a. Generaloberst H. v. →Seeckt), die 1934/35 zu ihrem legendären Langen Marsch nach Nordchina gezwungen wurden. Während der japanischen Besetzung Chinas (1937-45) mußte Ch. auf Drängen der Sowjetunion und der eigenen Partei ein Aktionsbündnis mit der KPCh schließen, das diese zu einer Reorganisation nutzte. Im erneut aufflammen-

← Claude Cheysson

den Bürgerkrieg ab 1946 waren die Guomindang-Truppen der Volksarmee →Mao Zedongs unterlegen. Ch. mußte mit seinem Sohn, →Chiang Ching-kuo, nach Taiwan fliehen. Bis zu seinem Tod blieb er Präsident der Republik China mit dem Anspruch, ganz China zu vertreten. Die anläßlich des Koreakriegs seitens der USA beschlossene Wirtschaftshilfe führte in den 50er Jahren zu einem Aufschwung, der Taiwan nach Japan zur zweitgrößten Industrienation Asiens machte.

Chiang Kai-shek 1938: Treffen des Verteidigungsrats.

☐ 1908-11: Militärische Ausbildung in Japan. ☐ 1911: Beteiligung an der Revolution in China. ☐ ab 1918: Mitgl. der Guomindang. ☐ 1923: Stabschef des Hauptquartiers von Sun Yat-sen. ☐ 1924: Kommandant der Whampoa-Militärakademie. ☐ 1926: Aufkündigung der Einheitsfront zwischen Guomindang und KPCh; Beginn des Nordfeldzugs. ☐ ab 1927: Ehe mit der Schwester → Soong Ching Lings, der Witwe Sun Yat-sens. ☐ 1928: Vors. der Nationalregierung in Nanjing. ☐ 1936: Verhaftung durch das eigene Militär (Zwischenfall von Xi'an); Einheitsfront mit der KPCh. ☐ 1939: Vors. des Obersten Nationalen Verteidigungsrats. ☐ 1942: Oberbefehlshaber der alliierten Streitkräfte der chin. Kriegszone. ☐ 1943, 1948: Staatspräsident. ☐ 1949: Flucht nach Taiwan. ☐ ab 1950: Präsident der Republik China auf Taiwan.

▷ F.-W. Schlomann/P. Friedlingstein: Tschiang Kai-schek. Ein Leben für China, 1976.

Chichester, Sir (ab 1967) Francis

brit. Segler
* 17.9.1901 Plymouth † 26.8.1972 ebd.

Chichester segelte 1966/67 mit der »Gipsy Moth IV« als erster Mensch im Alleingang von Plymouth nach Sydney (Australien) und zurück über Kap Hoorn (Südamerika). Für die ca. 46 000 km lange Reise brauchte der 65jährige Weltumsegler 226 Tage.

← Francis Chichester

Chillida Juantegui, Eduardo

span. Bildhauer und Grafiker
* 10.1.1924 San Sebastián

Eduardo Chillida →

Chillida ist neben R. →Serra der profilierteste Vertreter der abstrakten Metallplastik. In seinem Werk findet sich eine eigenständige Synthese geometrischer und freier Formelemente. Er zielt dabei auf die Konfrontation des Materials mit dem Raum, aber auch auf die Wechselwirkung zwischen Positiv und Negativ im Spiel zwischen Volumen und Leere.
Ch. schuf zum einen optisch leicht wirkende, aus linearen Elementen bestehende, rhythmisch bewegte Gebilde, die, spitz auslaufend, sich in den Raum »bohren«. Zum anderen verwendet er bandartige, kräftige Vierkantelemente aus Eisen und Stahl, die er rechtwinklig abknickt und zu kompakten Konfigurationen verwebt (z. B. »Iru Burni«, 1966, New York, Hasting Foundation). Das Bemühen um das Problemfeld Masse-Raum verraten Titel wie »Rund um das Leere IV« (1968, Basel, Kunstmuseum) oder »Windkamm«. Drei sog. Windkämme — zangenartige, in den Felsen gekrallte Gebilde, die sich zeichenartig vor das Meer schieben — installierte Ch. 1977 an der Küste seiner Geburtsstadt San Sebastián.

☐ 1943-47: Architekturstudium, danach Hinwendung zur Bildhauerei. ☐ ab 1951: Abstrakte Eisenplastiken. ☐ ab 1965: Arbeiten auch mit Alabaster, Granit und Holz. ☐ 1968: Teilnahme an der documenta 4 in Kassel. ☐ 1969: »Windkamm VI«, Stahlskulptur vor dem UNESCO-Gebäude in Paris. ☐ 1984: Gründung der Chillida-Stiftung. ☐ 1986-88: Monument für die Stadt Guernica zum 50. Jahrestag der Bombardierung. ☐ 1988: Teilnahme an der Biennale in Venedig. ☐ 1991: Retrospektive im Berliner Gropiusbau.

▷ O. Paz: Chillida, frz. 1979.

Chirac, Jacques

frz. Politiker
* 29.11.1932 Paris

Jacques Chirac →

Nach seiner Wahl in die Nationalversammlung profilierte sich der vielseitige Technokrat und brillante Redner rasch als Symbolfigur der Konservativen. 1974 ernannte ihn V. →Giscard d'Estaing zum Premierminister. Chirac war jedoch nicht bereit, als bloßer Erfüllungsgehilfe des Präsidenten zu handeln und trat 1976 wegen unüberbrückbarer Differenzen mit Giscard zurück. Nach den Wahlen zur Nationalversammlung wurde er 1986 wiederum Premierminister. Doch die »Cohabitation« mit dem sozialistischen Staatspräsidenten scheiterte, die von Ch. versprochene Belebung der Wirtschaft blieb aus, die Arbeitslosigkeit stieg. Nach dem erneuten Wahlsieg des Präsidenten F. →Mitterrand mußte Ch. zurücktreten.

☐ 1967: Deputierter der UDR (Neo-Gaullisten). ☐ 1967-72: Staatssekr. in verschiedenen Ministerien. ☐ 1972/73: Landwirtschaftsmin. ☐ 1974-76, 1986-88: Premierminister. ☐ 1974/75: Generalsekr. der UDR. ☐ 1976-80, seit 1982: Vors. der RPR (neuer Name für UDR). ☐ seit 1977: Bürgermeister von Paris.

▷ M. Szafran: Chirac, ou les passions du pouvoir, frz. 1986.

Chirico, Giorgio de
ital. Maler
* 10.7.1888 Volos, Griechenland † 19.11.1978 Rom

Chirico ist einer der wichtigsten Maler der ersten Jahrhunderthälfte. Er nahm mit den Werken seiner sog. Pittura metafisica, einer Malerei der geheimnisvoll-irrealen Motive mit metaphysischem Hintergrund, nicht nur den Surrealismus in großen Teilen vorweg, sondern beeinflußte auch die Neue Sachlichkeit und den Magischen Realismus.
Unter dem Eindruck der Bilder Arnold Böcklins (* 1827, † 1901) und M. →Klingers sowie der Philosophie F. →Nietzsches gelangte er zu seiner »metaphysischen« Periode. Die Darstellung von leeren Plätzen mit kalten Architekturen und einsamen Statuen, unter Anwendung einer mehrfachen Perspektive, scheinbar endloser Fluchten usw. irritiert die Sehgewohnheiten (»Die beunruhigenden Musen«, um 1916, München, Staatsgalerie moderner Kunst). Später traten noch die sog. Manichini hinzu, Kleiderpuppen ähnliche Figuren ohne Gesicht, die meist in Interieurs eingebunden sind. Ab den 20er Jahren wandte sich Ch. Werken mit eher magisch-realistischem Inhalt zu, nach 1945 wurde der klassische Zug in seinen Bildern stärker.

Joaquim Chissano →

Chirico, der Maler der »geheimnisvollen Bäder«, erholt sich im Wasser, 1962.

□ 1906-09: Studium an der Kunstakademie in München. □ 1909: Rückkehr nach Mailand. □ ab 1910: »Metaphysische« Bilder. □ 1911-15: Parisaufenthalt. □ ab 1914: Serie der Piazze-d'Italia-Bilder. □ 1915: Rückkehr nach Italien; Lazarettdienst. □ 1916/17: Begegnung mit C. →Carrà und Begründung der sog. Scuola metafisica (metaphysische Schule); Interieurs. □ ab 1920: Hinwendung zu mythologisch-romantischen Themen (u. a. Serien der »römischen Villen«, der »Argonauten« und der »Gladiatoren«). □ nach 1945: Spätwerk u. a. mit den Motiven der »geheimnisvollen Bäder« und zahlreichen Selbstbildnissen.

Chissano, Joaquim Alberto
moçambik. Politiker
* 22.10.1939 Chibuto

Seit den Gründungstagen der FRELIMO (Bewegung zur Befreiung von Moçambique) gilt Staatspräsident Chissano (seit 1986) als pragmatischer Intellektueller. Als Außenminister suchte er einen politischen Kurs zwischen marxistischer Ideologie und westlicher Wirtschaftshilfe zu halten. Durch die leichte Öffnung gegenüber dem Westen sicherte er sich ab 1987 die Unterstützung sowohl Großbritanniens als auch der USA. Mit einem Gesprächsangebot an die von Südafrika unterstützten Rebellen der RENAMO (Resistencia Nacional Moçambicana) bemüht er sich seit 1989, den seit Staatsgründung (1975) andauernden Bürgerkrieg zu beenden. 1990 ließ er den Marxismus-Leninismus aus den Parteistatuten streichen und kündigte die Zulassung eines Mehrparteiensystems an.

□ ab 1960: Medizinstudium in Lissabon und Paris. □ 1962: Mitbegründer der FRELIMO. □ ab 1964: Von Tansania aus Guerilla-Aktionen gegen portug. Truppen in Moçambique. □ 1975: Außenmin. □ seit 1986: Staatspräsident und Generalsekretär der FRELIMO.

Chlebnikow, Welimir (Viktor)
russ. Lyriker
* 9.11.1885 Tundutowo, Gouv. Astrachan
† 28.6.1922 Santalowo, Gouv. Novgorod

Chlebnikow war der originellste der futuristischen Dichter. Seine schwer entschlüsselbare Experimentaldichtung schöpft ungenutzte Möglichkeiten der Wortbildung aus, etwa in dem Gedicht »Beschwörung durch das Lachen« (1913, dt. 1972). Ch. wollte jenseits der Verstandeswelt neue »transmentale« Bedeutungszusammenhänge herstellen und eine spontan verständliche Universalsprache von mythisch-ritueller Urkraft schaffen, an die er die utopisch-visionäre Hoffnung einer einigen Welt und einheitlichen Weltregierung knüpfte. Mathematisch-kabalistische Knobelei und eine poetische Konzeption von Welt vereinte Ch. in dem dramatischen Gedicht »Zangezi« (1922, dt. 1972). Die Wirkung seiner Lyrik, die neben slawischen auch altorientalische und asiatische Mythen aufgriff, auf nachfolgende Dichtergenerationen ist immens, das Entschlüsseln seiner Texte dauert — ähnlich wie bei A. →Schmidt oder J. →Joyce — an.

□ 1903-11: Studium der Mathematik und Naturwissenschaften in Kasan und St. Petersburg (ohne Abschluß). □ 1913: Mit W. →Majakowski u. a. Hg. des futuristischen Manifests »Eine Ohrfeige dem öffentlichen Geschmack«. □ 1914: »Musterbuch der Verse«. □ 1915: Nach der Lösung vom Futurismus keiner Richtung mehr zugehörig. □ bis 1922: Unstetes Wanderleben, das ihn bis nach Persien führt. □ postum 1923: »Verse«.

Noam Chomsky →

Chomsky, Avram Noam
amer. Linguist und Sprachphilosoph
* 7.12.1928 Philadelphia, Penn.

Chomsky, seit 1955 Professor für Linguistik am Massachusetts Institute of Technology, begründete die generative Transformationsgrammatik. Diese ermöglicht es, zwischen der empirischen Oberflächen- und der rationalen Tiefenstruktur der menschlichen Sprache zu unterscheiden. Die Fähigkeit des Menschen, völlig neue Sätze zu bilden und zu verstehen, also das Phänomen der Kreativität, erklärt Ch. mit Hilfe der »Tiefengrammatik«. Damit ist Ch., der sprachphilosophisch an den Rationalismus des 17. und 18. Jh.s sowie an Wilhelm von Humboldt (* 1776, † 1835) anknüpft, ein Gegner der behaviouristischen Psychologie (B. F. →Skinner).

☐ 1957: »Strukturen der Syntax« (dt. 1973). ☐ 1965: »Aspekte der Syntaxtheorie« (dt. 1974). ☐ 1966: »Cartesianische Linguistik« (dt. 1971). ☐ 1969: »Amerika und die neuen Mandarine« (dt. 1969). ☐ 1975: »Reflexionen über Sprache« (NA 1976, dt. 1977). ☐ 1986: »Knowledge of language: its nature, origin and use«. ☐ 1987: »Generative grammar: its basis, development and prospects«.

Chotjewitz, Peter Otto

dt. Schriftsteller
* 14.6.1934 Berlin

Chotjewitz lehnte in seinen frühen Werken überkommene Gattungsformen ab und experimentierte mit Erzählstrukturen, Rollenprosa, Dokumentartexten und Slogans, um die Pluralität der Gesellschaft angemessen zu spiegeln (u. a. »Hommage à Frantek. Nachrichten für seine Freunde«, 1965). Sein sozialistisches Engagement bewirkte jedoch in den 70er Jahren eine Wandlung zum realistischen Erzähler sozialer Wirklichkeit (»Der dreißigjährige Friede«, 1977). Ch.s Roman »Die Herren des Morgengrauens« beschreibt die existentiellen Folgen des Sympathisanten-Verdachts, dem Chotjewitz als Wahlverteidiger des Terroristen A. →Baader selbst ausgesetzt war. Die juristischen und literarischen Auseinandersetzungen um den Roman führten 1978 zur Auflösung der Autorenedition des Bertelsmann Verlags.

← Peter O. Chotjewitz

☐ 1955-65: Nach Malerlehre Jurastudium, Studium der Publizistik, Geschichte und Philosophie. ☐ 1967: »Die Insel. Erzählungen auf dem Bärenauge«. ☐ 1972: »Die Trauer im Auge des Ochsen« (Erz.n). ☐ 1975: Als Rechtsanwalt Wahlverteidiger des Terroristen A. Baader. ☐ 1978: »Die Herren des Morgengrauens« (R.). ☐ 1986: »Tod durch Leere« (R.-Studien).

Christ, Karl

dt. Althistoriker
* 6.4.1923 Ulm

Mit seinen Veröffentlichungen zur Römischen Geschichte und Wissenschaftsgeschichte sowie mit seinen Darstellungen zur antiken Münzkunde hat sich Christ einen Namen über das Fachpublikum hinaus gemacht. Seine 1979 erschienene Schrift »Krise und Untergang der Römischen Republik« (erw. Aufl. 1984) erweist sich aufgrund der sachlichen Darstellung historischer Tatsachen als ein wissenschaftliches Lehrbuch, das auch dem interessierten Nichtfachmann ein unabhängiges Urteil erlaubt. 1988 folgte seine »Geschichte der römischen Kaiserzeit«.

← Karl Christ

☐ seit 1965: Ordinarius für Alte Geschichte an der Univ. Marburg. ☐ 1967: »Antike Numismatik. Einführung und Bibliografie«. ☐ 1973: »Das Römische Weltreich«. ☐ 1982: »Römische Geschichte und deutsche Geschichtswissenschaft«. ☐ 1982/83: »Römische Geschichte und Wissenschaftsgeschichte« (3 Bde.). ☐ 1988: »Geschichte der römischen Kaiserzeit. Von Augustus bis Konstantin«.

Alexandrine, Knud, Christian X. und Frederik, um 1910.

Christian X.

König von Dänemark und von Island
* 26.9.1870 Charlottenlund
† 20.4.1947 Kopenhagen

Christian X. wurde für die Dänen zum Symbol des passiven Widerstands, als er sich während der deutschen Besatzung einen Judenstern auf seine Kleidung nähen ließ. 1943-45 lebte der König, der nach dem deutschen Einmarsch 1940 befohlen hatte, den aussichtslosen Kampf einzustellen und damit sinnloses Blutvergießen verhinderte, in Schloß Amelienborg in Hausarrest. Bereits vor dem 2. Weltkrieg war er bei seinen Landsleuten beliebt, seit er 1915 eine demokratische Verfassung akzeptiert hatte, die Dänemark in eine konstitutionelle Monarchie umwandelte. Ab 1912 König von Dänemark, wurde er 1920 auch König von Island (bis 1944).

Christians, Friedrich Wilhelm

dt. Bankmanager
* 1.5.1922 Paderborn

Friedrich W. Christians →

Christians prägt seit über 20 Jahren (ab 1965 als Vorstandsmitglied und seit 1990 als Aufsichtsratsvorsitzender) die Geschicke der Deutschen Bank. Unter seiner Leitung erzielte das Kreditinstitut 1985 den besten Jahresabschluß (ca. 4 Mrd. DM; Geschäftsvolumen insgesamt 242,7 Mrd. DM) seit seiner Gründung 1870 und entwickelte sich zu einer der größten Banken der Welt. C., der als »Außenpolitiker« des Geldinstituts das umstrittene Röhren/Gas-Tauschgeschäft der Mannesmann AG mit der Sowjetunion durchsetzte, war der erste westliche Wirtschaftsfachmann, den M. →Gorbatschow 1985 nach seinem Amtsantritt empfing.

□ 1949-51: Mitarbeiter für Verfassungsrecht im Parlamentarischen Rat in Bonn. □ ab 1951: Tätigkeit bei der Dt. Bank. □ 1976: Vorstandssprecher (ab 1985 mit A. →Herrhausen). □ 1975-79: Präs. des Bundesverbandes Dt. Banken. □ 1988: Befürworter eines Rahmenabkommens über einen 3,5-Mrd.-DM-Kredit an die Sowjetunion.

Christie, Dame (ab 1971) Agatha

(eig. A. Mary Clarissa Mallowan, geb. Miller)
engl. Schriftstellerin
* 15.9.1890 Torquay, Devon
† 12.1.1976 Wallingford, Oxfordshire

Christie ist mit ihren ca. 70 Detektivromanen die erfolgreichste Kriminalschriftstellerin aller Zeiten. Die Gesamtauflage ihrer Werke wird auf über 400 Mio. geschätzt. Im Mittelpunkt vieler ihrer spannenden Geschichten, die den Lebensstil der britischen Mittelschicht spiegeln, steht die Aufklärung raffiniert konstruierter Verbrechen durch den belgischen Detektiv Hercule Poirot oder die Amateurdetektivin Miss Marple. Typische Situation ist die Isolierung einer Personengruppe etwa in einem Zug wie in »Mord im Orientexpress« (R., 1934, dt. NA 1985) oder auf einem abgelegenen Landsitz. Zahlreihe von Ch.s z. T. verfilmten Werken, z. B. »Tod auf dem Nil« (R., 1937, dt. 1959), zählen nicht zuletzt wegen der einfühlsamen Figurendarstellung zu den besten Kriminalromanen der Weltliteratur.
»The Mousetrap« (Dr., UA 1952, dt. EA 1954, dt. 1953 u. d. T. »Fuchsjagd«) wird seit 1952 täglich im Londoner Westend aufgeführt und ist aufgrund seiner sensationell langen Laufzeit zu einer Londoner Touristenattraktion geworden.

A. Christie: Immer gut gelaunt, die »Queen« des Krimis.

□ 1920: »Das fehlende Glied in der Kette« (R., dt. 1959). □ 1926: »Roger Ackroyd und sein Mörder« (R., dt. 1928 u. d. T. »Alibi«). □ 1930: »Mord im Pfarrhaus« (R., dt. 1952). □ 1939: »Zehn kleine Negerlein« (R., dt. 1944). □ 1971: »Nemesis«

▷ J. Morgan: Agatha Christie, 1984.

Christo

(eig. Christo Javacheff)
amer. Künstler bulg. Herkunft
* 13.6.1935 Gabrovo

Christo hat mit seinen spektakulären Verpackungen großer Gebäude und seinen Landschaftsprojekten weltweites Aufsehen erregt. Die erste Aktion dieser Art war die vollständige Umhüllung des Berner Kunstmuseums mit Polypropylenfolie. Neben weiteren Gebäudeverpackungen folgte das Projekt »Wrapped Coast« (1972), bei dem Ch. in der Little Bay bei Sydney (Australien) einen 1,5 km langen Küstenabschnitt mit Folie abdeckte, weiterhin »Valley Curtain« (1972), die Verhängung eines Tals bei Rifle, Colo., sowie »The Running Fence«, ein Zaun aus Nylongewebe von 37 km Länge und 5,40 m Höhe in der kalifornischen Wüste. 1980/81 folgte die Umhüllung mehrerer Inseln in der Biscayne Bay vor Miami mit rosafarbenem Spezialgewebe (»Surrounded Islands«).
Ch. hatte in den 60er Jahren, anknüpfend an M. →Ray und die Dadaisten, Objekte aus umhüllten Alltagsgegenständen hergestellt. Die Ausweitung dieses Prinzips in gigantische Dimensionen und damit der umfassende Eingriff in ein Stadtbild oder eine Landschaft soll ein neues Bewußtsein von Wirklichkeit und Geschichte eines Ortes oder einer architektonischen Gegebenheit ermöglichen.

□ 1952-57: Studium an den Kunstakademien in Sofia und Wien. □ 1958-63: Wohnsitz in Paris; verschnürte Objekte. □ seit 1968: Wohnsitz in New York; große Land-Art- und Verpackungsprojekte. □ seit 1972: Bemühung um das Projekt der Verhüllung des Berliner Reichstags (bisher nicht durchgeführt). □ 1985: »The Pont Neuf Wrapped«, Paris.

▷ D. Bourdon: Christo, engl. 1970.

Christoff, Boris

ital. Sänger bulgar. Herkunft
* 18.5.1919 Plowdiw

Christoff, einer der bedeutendsten Bassisten des 20. Jh.s, debütierte 1946 in Rom als Colline in G.

→Puccinis »La Bohème«. Berühmt wurden seine Interpretationen russischer (Titelpartie in Mussorgskis »Boris Godunow«), französischer und italienischer Opern. C., der in 120 Rollen durch seine Darstellungskunst und markante Tongebung beeindruckte, war auch hervorragender Interpret des russischen Liedes; 1955-57 nahm er sämtliche Lieder von Modest Mussorgski (* 1839, † 1881) auf.

☐ seit 1946: Auftritte an der Mailänder Scala. ☐ 1950: An der Metropolitan Opera New York Partie des König Philipp in G. →Verdis »Don Carlos«. ☐ 1951: Zum Verdi-Jahr in Florenz Übernahme der Partie des Procida in »Die Sizilianische Vesper« als Partner von M. →Callas. ☐ 1958-63: Engagements an der Oper von Chicago. ☐ 1958-74: Auftritte an der Covent Garden Opera London.

▷ O. Dekhova: Boris Christoff, 1965.

Chruschtschow, Nikita Sergejewitsch

sowjet. Politiker
* 17.4.1894 Kalinowka, Gouv. Kursk
† 11.9.1971 Moskau

Als Nachfolger von Joseph →Stalin versuchte Chruschtschow, der Partei und der Sowjetunion neue Impulse zu geben. Die von ihm eingeleitete sog. Tauwetterperiode und Entstalinisierung (u. a. schaltete er W. →Molotow und G. →Malenkow aus) war jedoch von nur kurzer Dauer. Bereits 1957 wurde Stalin rehabilitiert.
Seine Wirtschaftspolitik zielte vor allem auf eine Ertragssteigerung der von Stalin vernachlässigten Landwirtschaft. Auf Initiative von Ch., der sich stets als landwirtschaftlichen Experten betrachtete, wurden gewaltige Anstrengungen zur »Neulandgewinnung« in der Steppe unternommen.
Außenpolitisch ist Ch.s Name mit dem Werben um eine friedliche Koexistenz mit dem Westen und zugleich mit der unverhüllten Drohung mit der Atombombe verküpft (Errichtung von Raketenbasen in Kuba, 1962). Sein Alleinvertretungsanspruch der wahren Lehre des Marxismus-Leninismus stieß vor allem in China, bei →Mao Zedong, auf scharfe Ablehnung. Wegen der zunehmenden wirtschaftlichen Mißerfolge und dem sich verschärfenden Konflikt mit der VR China wurde er 1964 abgesetzt. Dennoch gilt Ch.s Politik in der Sowjetunion als Vorläufer der Perestroika (M. →Gorbatschow).

Chruschtschow nach seinem UN-Auftritt mit dem Schuh.

☐ 1918: Mitgl. der Bolschewiki. ☐ 1929-31: Studium auf einer Parteihochschule in Moskau. ☐ 1934-66: Mitgl. des ZK der KPdSU. ☐ 1935: 1. Parteisekr. von Moskau. ☐ 1938: 1. Parteisekr. der Ukraine. ☐ 1939-64: Mitgl. des Politbüros. ☐ 1941-45: Politkommissar bei den Streitkräften. ☐ 1943: Generalleutnant. ☐ 1947-49: Vors. des ukrainischen Ministerrats. ☐ 1949: Sekr. des ZK. ☐ 1953-64: 1. Sekr. des ZK. ☐ 1958-64: Nach Ablösung N. →Bulganins auch Vors. des Ministerrats der UdSSR (Ministerpräsident).

▷ W. Leonhard: Nikita S. Chruschtschow, 1965; R. Neumann-Hoditz: Nikita S. Chruschtschow, 1980; S. Chruschtschow: Nikita Chruschtschow, 1991.

Chun Doo Hwan →

Chun Doo Hwan

südkorean. General und Politiker
* 23.1.1931 (1932?) Naechonri (Daegu?)

Als Staatspräsident Südkoreas (1980-88) verzeichnete Chun Doo Hwan zwar wirtschaftliche Erfolge (Wirtschaftswachstum 1987: 12%), ging jedoch mit größter Härte gegen politische Gegner vor und wurde beschuldigt, sich unrechtmäßig bereichert zu haben. Straßenschlachten zwischen Studenten und Sicherheitskräften zwangen Ch. 1987, Vorschläge der Opposition zur Reform des Präsidialsystems (Direktwahl des Präsidenten) anzunehmen. Nach seiner Amtszeit bat der General sein Volk öffentlich um Vergebung und zog sich in das buddhistische Kloster Paektamsa zurück.

☐ 1961: Beteiligung am Staatsstreich Park Chung Hees. ☐ 1978: General und Kommandeur der Präsidentengarde. ☐ 1979/80: Nach der Ermordung Park Chung Hees Chef des Geheimdienstes; brutale Niederschlagung eines Volksaufstands. ☐ 1980-88: Staatspräsident. ☐ 1984: Als erstes südkorean. Staatsoberhaupt offizielle Visite in Tokio.

▷ Ch. Kum Sung: Chun Doo Hwan, man of destiny. A biography of the president of the Republic of Korea, 1982.

Churchill, Sir (ab 1953) Winston Spencer

brit. Politiker und Schriftsteller
* 30.11.1874 Blenheim Palace, London
† 24.1.1965 London

Während des 2. Weltkriegs war Churchill, der den Briten gleich nach seinem Regierungsantritt 1940 »Blut, Mühsal, Tränen und Schweiß« abverlangt hatte, Symbol des Durchhaltewillens gegen die Deutschen und Motor der »Grand Alliance« zwischen Großbritannien, den USA und der UdSSR. Die außergewöhnliche politische Karriere des aus der Familie der Herzöge von Marlborough stammenden Ch., die dreimal beendet schien, dauerte über 60 Jahre und machte ihn zu einer herausragenden Persönlichkeit der britischen Geschichte.
Ch.s politischer Aufstieg begann 1904 mit seinem Übertritt von den Konservativen zu den Liberalen und der engen Freundschaft zu D. →Lloyd George. 1911 zum Marineminister beru-

Churchill während einer Wahlkampfreise 1951.

fen, beschleunigte er die Modernisierung und den Ausbau der britischen Flotte. Gegen den Widerstand zahlreicher Militärs beharrte er 1915 auf einem Angriff auf Konstantinopel, um den Krieg rasch zu beenden. Als die britische Offensive an den Dardanellen nach einem dreiviertel Jahr am türkischen Widerstand gescheitert war, schien seine politische Karriere beendet. Doch nach der Ernennung von Lloyd George zum Premierminister (Dez. 1916) kehrte er in die Regierung zurück. 1919 sandte er als Kriegsminister britische Truppen nach Rußland, da er fürchtete, die bolschewistische Revolution könne sich über Europa ausbreiten. Diese antisozialistische Haltung führte ihn 1924 zurück zu den Konservativen. Mit der Übernahme der Regierung durch die Labour Party (1929) drohte seiner Karriere abermals das Ende.
In den folgenden zehn Jahren machte Ch. durch historische und politische Veröffentlichungen auf sich aufmerksam — darunter eine Biografie seines Vorfahren John Churchill, Herzog von Marlborough (4 Bde., 1933-38; dt. 2 Bde., 1968/69). Er kritisierte vehement die britische Appeasement-Politik A. N. →Chamberlains (1933-39) gegenüber A. →Hitler.
Mit dem Ausbruch des 2. Weltkriegs kehrte Ch. als Marineminister auf die politische Bühne zurück. Im Frühjahr 1940 wurde er als Premier- und Verteidigungsminister politischer und militärischer Führer Großbritanniens. Nach der Versenkung der französischen Flotte in Oran durch die englische Marine — die Ch. befohlen hatte, damit sie nicht den Deutschen in die Hände fiel — war Großbritannien völlig auf sich gestellt. Erst mit der Unterzeichnung der »Atlantik-Charta« (Aug. 1941, mit F. D. → Roosevelt) erhielt Ch. amerikanische Unterstützung. Während er auf der Konferenz von Casablanca (1943) noch als gleichgestellter Partner die weiteren Kriegsziele mitbestimmen konnte, gelang es ihm in Jalta und Potsdam (1945) gegenüber J. →Stalin und Roosevelt nur bedingt, seinen Standpunkt durchzusetzen. Das Kriegsende rückten in Großbritannien die sozialen Probleme wieder in den Vordergrund. Noch während der Potsdamer Konferenz wurde Ch. mit dem Wahlsieg der Labour Party als Premier abgelöst.
Als Oppositionsführer setzte er sich nachdrücklich für die Gründung der NATO ein. Nach der Niederlage der Labour-Regierung wurde Ch. 1951 mit 77 Jahren noch einmal Premierminister. Er ließ den größten Teil der zuvor verstaatlichten Industrie reprivatisieren. Außenpolitisch betonte Ch. stets den engen Zusammenhalt des britischen Commonwealth und die »besonderen Beziehungen« zu den USA. 1955 trat er aus gesundheitlichen Gründen zurück.

□ 1895: Offizier. □ 1896-1900: Kriegsberichterstatter im span.-amer. Krieg, in Indien, Sudan und im Burenkrieg. □ 1900-64 (mit Unterbrechungen): Mitgl. des Unterhauses für die Konservativen. □ 1904: Übertritt zu den Liberalen. □ 1905-08: Unterstaatssekr. für die Kolonien. □ 1908-10: Handelsmin. □ 1910: Innenmin. □ 1911-15: Erster Lord der Admiralität (Marinemin.). □ 1915-17: Offizier an der Westfront. □ 1917-19: Munitionsmin. □ 1919-21: Kriegsmin. □ 1921: Kolonialmin. □ 1922-28: »Die Weltkrisis« (4 Bde.). □ 1924: Wechsel zu den Konservativen. □ 1924-29: Schatzkanzler. □ 1939: Erster Lord der Admiralität. □ 1940-45: Premierminister und Verteidigungsmin. □ 1948-54: »Der zweite Weltkrieg« (6 Bde., dt. 1948-54). □ 1951-55: Premierminister. □ 1953: Literatur-Nobelpreis. □ 1956: Karlspreis der Stadt Aachen. □ 1956-58: »Aufzeichnungen zur europäischen Geschichte« (4 Bde., dt. 1956-58).

▷ W. Churchill: Weltabenteuer im Dienst (Aut.), 1930, dt. 1931; S. Haffner: Winston Churchill, 1974; D. Aigner: Winston Churchill. Ruhm und Legende, 1975; W. Manchester: Churchill. Der Traum vom Ruhm 1874-1932, 1989; ders.: Churchill. Allein gegen Hitler 1932-1940, 1990; D. Irving: Winston Churchill, Bd. 1, 1991.

Galeazzo Ciano →

Ciano, Galeazzo, Graf von Cortellazzo

ital. Diplomat und Politiker
* 18.3.1903 Livorno
† 11.1.1944 Verona (hingerichtet)

Ciano, der Schwiegersohn B. →Mussolinis, begründete als Außenminister Italiens bei seinem Berlin-Besuch 1936 die »Achse« Berlin—Rom. Nach der Besetzung Prags durch deutsche Truppen begann er sich von Mussolinis Außen- und Kriegspolitik zu distanzieren. Er fand Anschluß an den innerfaschistischen Widerstand, stimmte 1943 im Faschistischen Großrat für den Sturz des Diktators und floh nach Deutschland. 1944 wurde er nach Auslieferung durch das Deutsche Reich von einem Sondergericht in Verona zum Tode verurteilt und erschossen.

□ ab 1925: Im diplomatischen Dienst. □ 1930: Heirat mit Mussolinis Tochter Edda. □ 1933: Pressechef, ab 1934 Leiter des Staatssekretariats für Presse und Propaganda (ab 1935 Ministerium). □ 1936-43: Außenmin. □ 1943: Botschafter beim Hl. Stuhl.

▷ The Ciano Diaries, 1939-43, engl. 1946.

Cimino, Michael

amer. Regisseur
* 1943 New York

Cimino behandelt Tabus der amerikanischen Geschichte.

Cimino zählt zu den umstrittensten Filmregisseuren der Gegenwart: Sein Vietnamfilm »Die durch die Hölle gehen« erhielt fünf Oscars und sorgte 1979 auf der Berlinale für einen Eklat (der Ostblock boykottierte die Festspiele). »Heaven's Gate« (1980), ein Spätwestern über den sog. Johnson-County-Krieg in Wyoming zwischen den Landbesitzern und hungernden Immigranten Ende des 19. Jh.s, wurde ein finanzieller Flop und ruinierte die Produktionsfirma United Artists. Nach der Uraufführung wurde der von der Kritik zwiespältig aufgenommene Film vorläufig zurückgezogen und kam erst um 90 Minuten gekürzt in die Kinos. In Europa gilt die ungekürzte Fassung mittlerweile als Meisterwerk.

□ 1972: Mitautor am Drehbuch für »Lautlos im Weltall« (Rg. D. Trumball). □ 1973: Regiedebüt »Die letzten beißen die Hunde« (mit C. →Eastwood). □ 1978: »Die durch die Hölle gehen« (mit R. de →Niro, M. →Streep). □ 1980: »Heaven's Gate« (mit K. →Kristofferson, I. →Huppert). □ 1985: »Im Jahr des Drachen«. □ 1986/87: »Der Sizilianer« (mit Ch. Lambert). □ 1990: »Desperate Hours — 24 Stunden in seiner Gewalt« (mit M. →Rourke).

Cioran, Émile Michel

rumän.-frz. Essayist
* 8.4.1911 Răşinari

Cioran, Sohn eines griechisch-orthodoxen Priesters, ist einer der profiliertesten Skeptiker des 20. Jh.s. Von F. →Nietzsche und O. →Spengler beeinflußt, begreift C. die Welt als sinnentleert und absurd, den Menschen als minderwertige Schöpfung. Schon in seinen frühen Essays, die er noch in rumänischer Sprache verfaßte, ist Endzeitstimmung spürbar: C. sieht den Untergang der abendländischen Kultur nahen.

□ 1928-31: Philosophiestudium in Bukarest. □ 1934: »Auf den Gipfeln der Verzweiflung« (Es.). □ 1940: »Die Dämmerung des Denkens« (Es.). □ ab 1947: Ständiger Wohnsitz in Paris. □ 1949: »Die Lehre vom Zerfall« (Es., dt. 1953). □ 1952: »Syllogismen der Bitterkeit« (Es., dt. 1969). □ 1960: »Geschichte und Utopie« (Es., dt. 1965). □ 1969: »Die verfehlte Schöpfung« (Es., dt. 1979).

In starrer Pose auf dem Kaiserthron, die Kaiserinwitwe Ci Xi um die Jahrhundertwende.

← Émile M. Cioran

René Clair →

Ci Xi

(eig. Xiaoqin)
Kaiserin von China
* 29.11.1835 Peking † 15.11.1908 ebd.

Ci Xi war von der Thronbesteigung ihres fünfjährigen Sohnes Tongzhi (Kaiser 1861-74) bis zu ihrem Tod Regentin und damit faktisch Kaiserin von China. In den ersten Jahren ihrer Herrschaft versuchte sie, Schulen und Verwaltung nach europäischem Vorbild umzuformen. 1898 entmachtete sie jedoch ihren Neffen, Kaiser Guangxu (1875-1908), um dessen Reformbemühungen zu beenden. Die von ihr selbst aufgrund des »Boxer«-Aufstands (1900) eingeleiteten innenpolitischen Reformen kamen zu spät, um die Mandschu-Dynastie zu retten (→Pu Yi).

▷ M. Warner: Die Kaiserin auf dem Drachenthron, dt. 1974.

Clair, René

(eig. René Chomette)
frz. Regisseur
* 11.11.1898 Paris
† 15.3.1981 Neuilly-sur-Seine bei Paris

Seine Heimatstadt Paris mit ihren Hinterhöfen und deren Bewohner steht häufig im Mittelpunkt von Clairs heiter-melancholischen Filmen, so auch in seinem ersten Tonfilm »Unter den Dächern von Paris« (1930). Der Poet des französischen Kinos drehte 1924 den dadaistischen Kurzfilm »Entr'acte« (Musik E. →Satie). Er trat auch als Autor hervor und wurde 1960 als erster Filmregisseur in die traditionsreiche Académie française aufgenommen.

□ 1921: Schauspieler bei L. →Feuillade. □ 1923: »Das schlafende Paris«. □ 1927: »Der Florentiner Hut«. □ 1931: »Die Million«. □ 1940-45: Aufenthalt in Hollywood. □ 1942: »Meine Frau, die Hexe«. □ 1943: »Es geschah morgen«. □ 1947: »Schweigen ist Gold« (mit M. →Chevalier). □ 1949: »Der Pakt mit dem Teufel« (mit G. →Philipe). □ 1952: »Die Schönen der Nacht« (mit G. Philipe). □ 1955: »Das große Manöver« (mit G. Philipe). □ 1957: »Die Mausefalle«. □ 1965: »Die Festung fällt, die Liebe lebt« (letzter Film).

Clapton, Eric Patrick

engl. Rockmusiker
* 30.3.1945 Ripley, Surrey

Clapton ist seit über 20 Jahren einer der besten bluesinspirierten Rockgitarristen. Waren zunächst lange, virtuose Gitarrensoli für ihn charakteristisch, wandte er sich später einfühlsameren Songs zu. Er spielte mit den Yardbirds, den Bluesbreakers (mit J. →Mayall), mit Cream (Jack Bruce und G. →Baker) sowie Blind Faith (S. →Winwood). Seit den 70er Jahren arbeitet er als Solist mit Musikern wie Ph. →Collins, G. → Harrison, T. →Turner und Ry Cooder zusammen. Seine größten Hits waren »Layla« (1970) und »I shot the sheriff« (1974).

□ 1964: »Five live yardbirds« (LP). □ 1965: »For your love« (LP mit den Yardbirds). □ 1966: »Bluesbreakers with Eric Clapton« (LP). □ 1967: »Fresh cream« (LP). □ 1968: »Wheels of fire« (LP). □ 1970: »Layla« (LP). □ 1974: »461 Ocean boulevard« (LP). □ 1977: »Slowhand« (LP). □ 1983: »Money and cigarettes« (LP). □ 1986: »August« (LP).

← Eric Clapton

Clarín

(eig. Leopoldo Alas y Ureña)
span. Schriftsteller
* 25.4.1852 Zamora † 13.6.1901 Oviedo

Claríns Meisterwerk »Die Präsidentin« (R., 1884/85, dt. 1971) ebnete den Weg für die Weiterentwicklung des spanischen Romans im 20. Jh. Der gefürchtete Literaturkritiker und Essayist schilderte darin anhand eines Frauenschicksals den sittlichen und moralischen Verfall der provinziellen Gesellschaft Spaniens. Durch seine Wirkung auf das sich in den Hauptfiguren wiedererkennende Bürgertum wurde der realistische Roman zu einem Skandalerfolg — vergleichbar mit »Madame Bovary« von Gustave Flaubert (*1821, †1880).

□ ab 1882: Prof. für Recht und Wirtschaftspolitik in Oviedo. □ 1886: »Pipá« (Erz.n). □ 1892: »Doña Berta« (Nov.). □ 1894: »Plaudereien« (Es.s). □ 1896: »Moralische Geschichten« (Erz.n).

Albert Claude →

Clark, Jim

brit. Automobilrennfahrer
* 4.3.1936 Glasgow † 7.4.1968 Hockenheim (BRD)

Clark, der für die Firma Lotus fuhr, gewann in seiner kurzen Karriere 25 Große Preise und war 1963 und 1965 Weltmeister in der Formel 1. Er verunglückte tödlich bei einem Formel-2-Rennen auf dem Hockenheim-Ring.

□ 1962-65: Sieger im GP von England (erneut 1967); Sieger im GP von Belgien. □ 1963-65: GP von Holland (erneut 1967). □ 1965: GP von Deutschland; 500 Meilen-Rennen von Indianapolis.

← Jim Clark

Clark, Mark Wayne

amer. Offizier
* 1.5.1896 Madison Barracks, N. Y.
† 17.4.1984 Charleston, S. Car.

General Clark war 1942 Stabschef der US-amerikanischen Landstreitkräfte in Nordafrika. Als Oberbefehlshaber der 5. Armee landete er 1943 mit seinen Truppen in Salerno (Italien) und zog am 4.6.1944 in Rom ein. Nach der Besetzung Österreichs verhinderte er als Hoher Kommissar eine Spaltung des Landes, indem er den Zusammenhalt der alliierten Behörden sicherte und die neue österreichische Regierung unterstützte. Im Koreakrieg war er Oberbefehlshaber der UN-Truppen.

□ 1942: Stabschef in Nordafrika. □ 1943: Oberbefehlshaber der 5. Armee. □ 1945-57: Oberkommandierender der US-Besatzungstruppen in Österreich; dann Hoher Kommissar in Wien. □ 1952/53: Oberbefehlshaber in Korea. □ 1953: Abschied vom militärischen Dienst.

Claude, Albert

belg. Mediziner
* 23.8.1899 Longlier (Neufchâteau), Prov. Luxemburg † 22.(23.?)5.1983 Brüssel

Claude, Nobelpreisträger von 1974, entwickelte neue Präparationstechniken, die erstmals Einblick in den funktionellen Aufbau und die Struktur von Körperzellen erlaubten. Mit der Methode des fraktionierten Zentrifugierens gelangen elektronenmikroskopische Bilder kleinster Zellteilchen, die schließlich zur Entdeckung der Mitochondrien führte. Über dieses feinste System zylindrischer Zellbestandteile läuft der Energieprozeß im Innern der Zelle ab.

□ 1929-50: Forschungen am Rockefeller-Inst., New York. □ 1950-72: Dir. des Jules-Bordet-Inst. der Freien Univ. Brüssel. □ 1974: Physiologie/Medizin-Nobelpreis (mit Chr. R. de →Duve und G. E. →Palade).

Claude, Georges

frz. Chemiker und Physiker
* 24.9.1870 Paris † 23.5.1960 Saint-Cloud

Claude, der Entdecker des Neonlichts (1910), entwickelte 1902 ein nach ihm benanntes Verfahren zur Luftverflüssigung und 1917 eine Ammoniaksynthese (F. →Haber). 1896 hatte der erfolgreiche Erfinder entdeckt, daß in Aceton gelöstes Acetylen-Gas gefahrlos verwendet und transportiert werden kann.
Nach dem 1. Weltkrieg projektierte C. vor Kuba das erste Meereswärmekraftwerk, das Energie aus dem Temperaturgefälle zwischen Meeresspiegel und -boden ziehen sollte. Wegen Kollaboration mit den Deutschen war C. 1945-49 inhaftiert.

Camille Claudel: Stand immer im Schatten von Rodin.

Claudel, Camille

frz. Bildhauerin
* 8.12.1864 Fère-en-Tardenois, Aisne
† 19.10.1943 Montdevergues

Das umfangreiche, Porträtbüsten, Figuren und Kleingruppen umfassende Werk Claudels gehört zu den qualitätvollsten bildhauerischen Œuvres der Zeit um die Jahrhundertwende. Es wurde lange übersehen, da die Künstlerin zeit ihres Lebens im Schatten ihres berühmten Lehrers und Lebensgefährten A. →Rodin stand. Ihm verdankt sie aber zweifellos auch entscheidende Anregungen wie die differenzierte Oberflächenbehandlung der Skulptur, die aus dem Spiel von Licht und Schatten, der Kontrastierung einzelner Partien ihre Lebendigkeit erhält. C.s Bronze- und Marmorskulpturen (oft auch in Verbindung mit Onyx, z. B. »Die Welle«, 1897/98) besitzen in ihrer sinnlichen und lebendigen Ausstrahlung einen eigenständigen Charakter. Zu ihren Hauptwerken gehören die grazilen Bronzegruppen »La Valse« (1891-1905) und »L'Age mur« (1907). Ausdrucksvolle Bildnisse schuf sie von Rodin und ihrem Bruder P. →Claudel.

□ ab 1881: Studium an der Académie Colarossi in Paris, ab 1883 als Schülerin Rodins. □ 1883-1905: Regelmäßige Beteiligung an den Ausstellungen im Pariser Salon. □ 1885-98: Assistentin im Atelier Rodins. □ 1913: Einweisung in eine psychiatrische Klinik in Ville-Evrard, ab 1914 in eine Klinik in Montdevergues. □ postum 1988: Verfilmung von C.s Leben nach der Biografie von R.-M. Paris.

▷ R.-M. Paris: Camille Claudel, dt. 1989; A. Delbée: Der Kuß, Kunst und Leben der Camille Claudel, NA 1990; Camille Claudel. 1864-1943, mit Werkkatalog, NA 1991.

Claudel, Paul

frz. Schriftsteller und Diplomat
* 6.8.1868 Villeneuve-sur-Fère, Dep. Aisne
† 23.2.1955 Paris

Claudel war einer der wichtigsten französischen Bühnenautoren des 20. Jh.s. Der Vertreter des Renouveau catholique, einer katholischen Erneuerungsbewegung in der europäischen Literatur, strebte die Neuerschaffung der Welt durch das Wort des Dichters an, den er als Werkzeug Gottes begriff. Der Katholizismus durchzieht auch die Lyrik, Essays und Prosaschriften des Dramatikers, der Jahrzehnte seines Lebens auf diplomatischen Posten im Ausland verbrachte. C.s Meisterwerk, »Der seidene Schuh« (Dr., 1930, dt. 1939), bietet ein komplexes Bild der Welt, der Totalität des menschlichen Seins innerhalb einer göttlichen Ordnung: In dem monumentalen Stück ist die Einheit von Raum und Zeit aufgehoben, zahlreiche Episoden durchbrechen den zentralen Handlungsstrang.

Paul Claudel: Diplomat und katholischer Dramatiker.

□ 1886: Konversion zum katholischen Glauben. □ 1890: Beginn der diplomatischen Karriere; »Die Stadt« (Dr., dt. 1943). □ 1893-1935: Konsul bzw. Botschafter u. a. in den USA, China, Österreich, Deutschland, Brasilien und Japan. □ 1894: »Der Tausch« (Dr., dt. 1910). □ 1906: »Mittagswende« (Dr., dt. 1908). □ 1910: Mit Bibelversen vergleichbare rhythmisierte Prosa in »Fünf große Oden« (Ged.e, dt. 1939). □ 1912: »Verkündigung« (Dr., dt. 1912). □ 1920: »Der erniedrigte Vater« (Dr.). □ 1930: »Der seidene Schuh« (Dr., dt. 1939). □ 1938: »Johanna auf dem Scheiterhaufen« (Dr., dt. 1938). □ 1947: Aufnahme in die Académie française.

▷ A. Espiau de la Maëstre: Das göttliche Abenteuer. Paul Claudel und sein Werk, 1968; A. Fuss: P. Claudel, 1980.

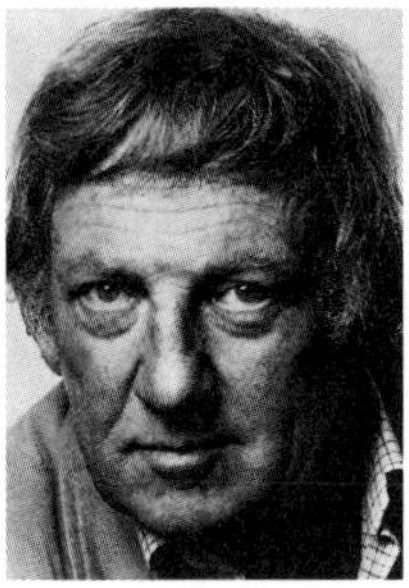
Hugo Claus →

Claus, Hugo

niederl.spr. belg. Schriftsteller, Dramatiker, Regisseur und Maler
* 5.4.1929 Brügge

Claus, nach dem 2. Weltkrieg Mitbegründer der Zeitschrift Zeit und Mensch und als Maler Mitglied der avantgardistischen COBRA-Bewegung, entwickelte sich nach 1948 sowohl als Lyriker als auch als Prosaautor und Dramatiker vom umstrittenen Wunderkind zum bedeutendsten niederländischsprachigen Autor Belgiens. C.s umfangreiches, postmodernes Werk ist äußerst heterogen. Sprachvirtuosität, mythische Elemente und Dynamik kennzeichnen seine vielfach surrealistisch-materialistische Lyrik, die um die Ödipusproblematik, das romantische Motiv der verlorenen Unschuld und die Beziehung Mann — Frau kreist. C.s soziales Engagement zeigt sich in den Meisterwerken »Die Verwunderung« (R., 1962, dt. 1979) und »Der Kummer von Flandern« (R., 1983, dt. 1986).

Clausen, Alden Winship

amer. Bankfachmann
* 17.2.1923 Hamilton, Ill.

Als Präsident der Bank of America (1970-81 und 1986-90) bewirkte Alden in den 70er Jahren eine beispiellose Expansion der größten Handelsbank der Welt. Er baute die Geschäftsbeziehung zu Lateinamerika aus und kam durch eine Straffung der Unternehmensführung 1986 einem Verkauf der Bank zuvor. Als Nachfolger von R. S. →McNamara war A. 1981-86 Präsident der Weltbank.

Clavell, James

amer. Schriftsteller, Drehbuchautor und Regisseur austr. Herkunft
* 10.10.1924 Sydney

Clavell, im 2. Weltkrieg Hauptmann der britischen Artillerie und seit 1963 amerikanischer Staatsbürger, ist Autor zahlreicher Bestsellerromane, die, teils historisierend, Abenteuer und Exotik miteinander verbinden. Sein bisher größter Erfolg war »Shogun« (1975, dt. 1976), die Geschichte eines englischen Seemanns, der im 17. Jh. nach Japan gelangt und dort in die Wirren politischer Auseinandersetzungen gerät (1980 verfilmt von J. London mit R. → Chamberlain). Für »Wirbelwind« (1986, dt. 1988), einen Roman über die iranische Revolution, erhielt er ein Honorar von 5 Mio. DM.

Clay, Lucius D.

amer. Offizier
* 23.4.1897 Marietta, Georgia
† 16.4.1978 Chatham, Mass.

Clay, ab 1945 Stellvertreter General → Eisenhowers und 1947-49 Militärgouverneur in der amerikanischen Besatzungszone Deutschlands, war Mitinitiator und Organisator der Luftbrücke während der Berliner Blockade von 1948/49. Der Transport von fast 1,8 Mio. t Versorgungsgütern bewog die Sowjetunion zum Einlenken und bewahrte die Freiheit West-Berlins; er machte C. zu einem der populärsten Amerikaner der Nachkriegszeit in Deutschland. 1961/62 war er persönlicher Beauftragter von US-Präsident → Kennedy für Berlin-Fragen.

Clay (l.), W. Brandt und Bürgermeister Amrehn in Berlin, 1961.

▷ W. Krieger: General Lucius D. Clay und die amerikanische Deutschlandpolitik 1945-1949, 1988.

Eldridge Cleaver →

← Alden W. Clausen

← James Clavell

Cleaver, Eldridge Leroy

amer. Schriftsteller
* 31.8.1935 Wabbaseka, Ark.

Cleaver, ein militanter farbiger Schriftsteller, der mehrere Haftstrafen abbüßte, schrieb in kalifornischen Gefängnissen das Buch »Soul on Ice« (1968), ein Dokument des Hasses und der Verzweiflung über die Lage der Farbigen in den USA. Namhafte amerikanische Autoren wie N. →Mailer unterstützten C.s literarische Karriere. Nachdem C. erneut mit dem Gesetz in Konflikt geraten war, ging er ins Ausland (Ehrengast in Moskau). Vom Kommunismus enttäuscht, lebt er seit 1975 wieder in den USA.

Cleef, Lee van

amer. Schauspieler
* 9.1.1925 Sommerville, N. Y.
† 16.12.1989 Oxnard, Kalif.

Van Cleef war seit seinem ersten Filmauftritt in dem Western-Klassiker »Zwölf Uhr mittags« (1952, Rg. F. →Zinnemann) auf die Rolle des Schurken festgelegt, den er in zahlreichen Nebenrollen darstellte. Mitte der 60er Jahre fast vergessen (er erhielt bereits Arbeitslosenhilfe), gelang ihm mit dem Aufkommen des Italo-Westerns nicht nur ein Comeback, sondern auch der Aufstieg zum Weltstar.

□ bis 1946: Militärzeit bei der Navy; Gelegenheitsjobs. □ 1959: »Auf eigene Faust« (mit R. Scott, Rg. B. Boetticher). □ 1964: »Für eine Handvoll Dollar« (Rg. S. Leone). □ 1966: »Zwei glorreiche Halunken« (Rg. S Leone). □ 1969: »Sabata« (Rg. F. Kramer). □ 1984: »Geheimcode Wildgänse« (Rg. A. M. Dawson). □ 1988: »Der Commander«.

Clemen, Wolfgang

dt. Anglist
* 29.3.1909 Bonn † 16.3.1990 Endorf, Oberbayern

Clemen, der 1946-74 in München Englische Philologie lehrte, war ein renommierter Shakespeare-Forscher. Bereits mit seiner Dissertation über »Shakespeares Bilder« (1936) hatte er der Forschung neue Wege gewiesen. In bewußter Absetzung von geistesgeschichtlichen und psychologischen Deutungsversuchen verstand er den literarischen Text als für sich stehendes sprachliches Kunstwerk. Sein Kommentar zu »Richard III.« (1957) wurde ein Standardwerk der deutschen Anglistik. Auch in angelsächsischen Ländern fanden C.s Arbeiten Beachtung.

□ 1964: Gründung der Shakespeare-Bibliothek in München. □ 1969: »Das Drama Shakespeares« (Schr.). □ 1981: Orden Pour le mérite für Wissenschaft und Künste. □ 1985: »Shakespeares Monologe. Ein Zugang zu seiner dramatischen Kunst« (Schr.).

Clemenceau: »Le tigre« auf seinem Ruhesitz Saint Vincent sur Jard, 1926.

Clemenceau, Georges Benjamin

frz. Politiker
* 28.9.1841 Mouilleron/Vendée
† 24.11.1929 Paris

Der deutschlandfeindliche Clemenceau spielte bei den Verhandlungen zum Versailler Vertrag eine entscheidende Rolle, wobei er dem Idealismus des US-Präsidenten W. →Wilson die französischen Machtinteressen entgegensetzte; er strebte eine dauernde Niederhaltung Deutschlands an. C.s frühe politische Karriere als Führer der Linken war geprägt von strengem Antiklerikalismus und von Protest gegen den Kolonialismus. Als Journalist engagierte er sich mit É. →Zola für A. →Dreyfus. Sein Ziel als Premierminister (1906-09) war, den französischen Einfluß im damals noch unabhängigen Marokko zu verstärken, wodurch er den Konflikt mit dem Deutschen Reich und die Marokko-Krisen 1905/06 und 1911 herbeiführte. Als Senator (ab 1902) setzte C. alles daran, die Armee zu verstärken. Nach Ausbruch des Krieges 1914 propagierte er die Zusammenfassung und Mobilisierung aller Kräfte Frankreichs für den Sieg. Er kritisierte die Regierung als »schwächlich« und brandmarkte jede Form von Kriegsmüdigkeit. Im Krisenjahr 1917 wurde »le tigre« wieder an die Spitze der Regierung berufen.

□ 1865-68: Als Korrespondent und Lehrer in den USA. □ 1871: Bürgermeister von Montmartre; Deputierter der Radikalen; praktizierender Arzt. □ 1876-93: Führer der Radikalen. □ 1893: Journalist. □ 1902: Senator. □ 1906-09; 1917-20: Premierminister; 1917-20 zugleich Kriegsmin.

▷ Ph. Erlanger: Clemenceau, frz. 1979; T. Gottfried: Georges Clemenceau, engl. 1987.

Clément, René

frz. Regisseur
* 18.3.1913 Bordeaux

Von der Dokumentarfilmarbeit beeinflußt, entwickelte Clément einen kargen, wirklichkeitsnahen Regiestil, der seinen beiden berühmten Kriegsfilmen »Schienenschlacht« (1945) und »Verbotene Spiele« (1952) große Eindringlichkeit verlieh. C.s leicht distanzierte Sichtweise sorgte in meisterhaften Thrillern wie »Nur die Sonne war Zeuge« (1959, mit A. →Delon) oder »Das Haus unter den Bäumen« (1971, mit F. → Dunaway) für eine spannungsgeladene Atmosphäre. In den 60er Jahren drehte C. monumentale internationale Co-Produktionen mit Starbesetzungen (u. a. »Brennt Paris?«, 1965, mit J. P. →Belmondo, G. →Fröbe, O. →Welles).

← René Clément

□ 1936: Erste Kurzfilmproduktion mit J. →Tati. □ 1946: »Goldene Palme« für »Schienenschlacht«. □ 1949: »Die Mauern von Malapaga« (mit J. →Gabin). □ 1955: »Gervaise« (mit Maria →Schell). □ 1963: »Wie Raubkatzen« (mit A. Delon, J. →Fonda). □ 1969: »Der aus dem Regen kam« (mit Ch. →Bronson). □ 1972: »Treibjagd« (mit J.-L. →Trintignant). □ 1975: »Das ganz große Ding« (mit S. Rome).

Clemente, Francesco

ital. Maler
* 23.3.1952 Neapel

Clemente wurde mit seinen verschlüsselten Bilderfindungen im großflächigen konstrastreichen Stil einer der Hauptvertreter der neueren italienischen Malerei und neben E. →Cucchi, Sandro Chia und Mimmo Paladino einer der führenden Protagonisten der sog. Arte Cifra. Entsprechend dieser Richtung arbeitet er im Stil einer sinnlich-emotionalen, individualistischen Figuration, die nicht das Abbild der Wirklichkeit sucht, sondern der Erfindung neuer Bildwelten gilt. »Zärtliche Lüge« von 1984 (Zürich, Sammlung Bruno Bischofberger) verbindet z. B. kosmische Bezüge mit geheimnisvollen Frauenköpfen, aber auch mit banalen Anspielungen (auf Fußball). C. schöpft aus dem literarischen und philosophischen Repertoire sowohl westlicher als auch fernöstlicher Traditionen. Zu seinen Themen gehören Gewalt (etwa in dem profanierten Kreuzweg mit dem Titel »14 Stationen«, 1983), Sexualität und Zivilisationskritik. C. beherrscht alle malerischen Techniken vom Aquarell bis zur Freskomalerei.

□ ab 1970: Architekturstudium. □ 1975: Teilnahme an der Biennale São Paulo. □ seit 1978: Wohnsitz überwiegend in New York; Aufenthalte in Madras, Indien. □ 1980: Biennale Venedig. □ 1981: Westkunst, Köln. □ 1982: documenta 7, Kassel; Ausstellung »Zeitgeist«, Berlin.

▷ Kunst Heute Nr. 5: Clemente, 1990.

Cleveland, Stephen Grover

amer. Politiker
* 18.3.1837 Caldwell, N. J.
† 24.6.1908 Princeton, ebd.

Cleveland war 1885-89 und 1893-97 der 22. bzw. 24. Präsident der Vereinigten Staaten. Der Demokrat betrieb eine streng konservative Wirtschafts- und Finanzpolitik und lehnte staatliche Maßnahmen zugunsten der sozial schwachen Bevölkerungsteile ab. In der Außenpolitik widersetzte er sich der aufkommenden Interventionspolitik, die unter seinem Nachfolger William McKinley 1897-1901 forciert wurde und unter

Th. →Roosevelt mit der Herrschaft über den Panamakanal 1903 einen Höhepunkt fand.

□ 1882: Gouverneur von New York. □ 1894: Gegner der Schutzzollpolitik im Rahmen der Tarifreform. □ 1895: Druck auf Großbritannien zur friedlichen Regelung des Grenzkonflikts mit Venezuela.

Clever, Edith

dt. Schauspielerin
* 13.12.1940 Wuppertal

In den 70er Jahren war Clever eine der weiblichen Stars der Berliner Schaubühne unter P. →Stein. Ihr intensiver, sehr ins Persönliche gehende Darstellungsstil und ihre fiebrige Sensibilität erzeugen eine Spannung im Publikum, die oft an die Grenze des Erträglichen geht. Seit ihrer Zusammenarbeit mit dem Regisseur H.-J. →Syberberg hat sich C. von der Arbeit im Ensemble der Berliner Schaubühne zurückgezogen und mehrstündige Solo-Abende mit szenischen Lesungen, von Syberberg inszeniert, gegeben.

□ 1966-70: Engagement am Theater Bremen. □ ab 1971: Mitgl. der Schaubühne am Halleschen Ufer (heute: Lehniner Platz). □ 1973: Nelly in »Hypochonder« von B. →Strauß. □ 1978: Ruth in »Trilogie des Wiedersehens« von B. Strauß; Titelrolle in P. Steins Fernsehfilm »Groß und Klein« von B. Strauß. □ 1982: Erste Zusammenarbeit mit H.-J. Syberberg in dessen »Parsifal«-Verfilmung. □ 1985: Als Kundry sechsstündiger Monolog in Syberbergs Film »Die Nacht« — einziger dt. Beitrag bei den Filmfestspielen in Cannes. □ 1987: Gastspiel in Paris mit szenischer Lesung von Kleists »Penthesilea«-Monolog (Rg. H.-J. Syberberg); Filmfassung.

Clift, Montgomery

amer. Schauspieler
* 17.10.1920 Omaha, Nebr. † 24.9.1966 New York

Clift verkörperte oft sensible Charaktere, die ihre inneren Konflikte durch Selbstbesinnung zu lösen versuchen, anstatt sie gewalttätig nach außen zu tragen. Wie in »Red River« (1948; mit J. →Wayne, Rg. H. →Hawks) bildete er als Sohn-Figur häufig den Gegenpart zur väterlich-strengen Hauptfigur.

□ ab 1946: Ausbildung in L. →Strasbergs Actors Studio. □ 1947: »Die Gezeichneten« (Rg. F. →Zinnemann). □ 1951: »Ein Platz an der Sonne« (mit E. →Taylor, Rg. G. Stevens). □ 1953: »Verdammt in alle Ewigkeit« (mit B. → Lancaster und F. →Sinatra, Rg. F. Zinnemann); »Zum Schweigen verurteilt« (Rg. A. →Hitchcock). □ 1960: »Nicht gesellschaftsfähig« (mit M. → Monroe und C. →Gable, Rg. J. → Huston). □ 1963: »Freud« (Rg. J. Huston).

Clouzot, Henri-Georges

frz. Regisseur
* 20.11.1907 Niort bei La Rochelle † 12.1.1977 Paris

Als Regisseur spannender Thriller legte Clouzot Wert auf genaue Milieuschilderung und exakte Psychologisierung seiner Figuren, so auch in »Lohn der Angst« (1952, mit Y. →Montand), der 1953 mit der Goldenen Palme von Cannes und dem Goldenen Bären von Berlin ausgezeichnet wurde. Mit »Picasso« (1955), einem Bericht über die Arbeit des berühmten Künstlers, schuf er eine persönliche Form des Dokumentarfilms.

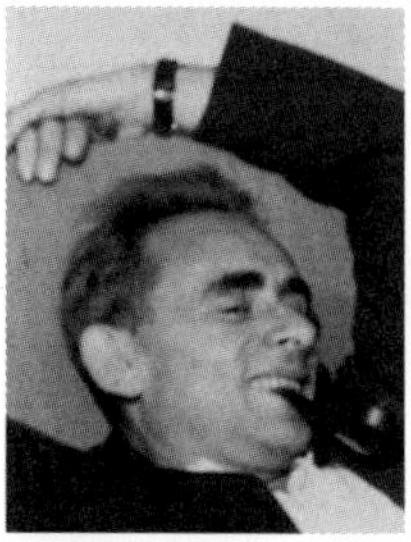

Henri Clouzot →

← Edith Clever

← Montgomery Clift

John D. Cockcroft →

□ 1942: »Der Mörder wohnt in Nr. 21«. □ 1943: »Der Rabe«. □ 1947: »Unter falschem Verdacht«. □ 1948: »Manon«. □ 1954: »Die Teuflischen« (mit S. →Signoret). □ 1960: »Die Wahrheit«. □ 1968: »Seine Gefangene«.

Cobham, William C. Jr. »Billy«

amer. Jazzmusiker
* 16.5.1944 Panama-Stadt (Panama)

Der in New York aufgewachsene Schlagzeuger wurde in den 70er Jahren als Solist wie auch als Ensemble-Musiker zum stilbildenden Vorbild des Jazz wie auch der Rockmusik. Neben der Arbeit im Studio mit M. →Davis widmete sich Cobham in den 60er Jahren der New Yorker Jazzrock-Formation Dreams, bevor ihn J. →McLaughlin 1973 ins damalige Mahavishnu Orchestra holte. Neben seiner eigenen, solistischen Arbeit ist C. auch weiterhin als Sessiondrummer im Studio u. a. für J. →Brown, Herbie Mann, Sam & Dave und Larry Coryell tätig.

□ 1967/68: Mitgl. des New York Jazz Sextet. □ 1969: Erste Europatournee mit M. Davis. □ 1973: »Spectrum« (LP mit Tommy Bolin, Jan Hammer). □ 1974: »Crosswinds« (LP mit George Duke, John Williams). □ 1975: »Shabazz« (LP mit Michael Brecker, John Scofield). □ 1976: »Life in Europe« (LP mit John Scofield, George Duke, Alfonso Johnson). □ 1979: »B.C.« (LP mit Jim Gilstrap, George Duke). □ 1983: »Smokin'« (LP mit Dean Brown, Gil Goldstein, Tim Landers). □ 1985: »Warning« (LP).

Cochet, Henri

frz. Tennisspieler
* 14.12.1901 Villeurbanne bei Lyon
† 2.4.1987 Paris

Cochet war einer der »vier Musketiere« (J. →Borotra, R. →Lacoste und J. → Brugnon), die 1927-32 sechsmal in Serie den Daviscup für Frankreich gewannen. Einer seiner spektakulärsten Einzelerfolge glückte ihm 1927 in Wimbledon, als er im Halbfinale gegen T. W. →Tilden mit 2:6, 4:6 und 1:5 zurücklag und trotzdem noch gewann.

□ 1924: Olympiazweiter in Paris. □ 1926: Sieger bei den French Open (erneut 1928, 1930 und 1932). □ 1927: Wimbledon (erneut 1929). □ 1928: US Open.

Cockcroft, Sir (ab 1948) John Douglas

brit. Physiker
* 27.5.1897 Todmorden, Yorkshire
† 18.9.1967 Cambridge

Cockcroft und E. T. S. →Walton entwickelten 1929 einen nach ihnen benannten Hochspannungsgenerator zur Kernzertrümmerung, in welchem geladene Teilchen beschleunigt werden konnten. 1932 erzeugten sie in dem sog. Kaskadengenerator die erste Kernumwandlung durch künstlich hochbeschleunigte Protonen, bei der aus dem Atomkern des Lithiumisotops zwei Heliumkerne entstanden. Für dieses Prinzip, das bald durch das Zyklotron (E. O. →Lawrence) ersetzt wurde, erhielten C. und Walton 1951 den Physik-Nobelpreis.

Cocker, John Robert »Joe«

engl. Rockmusiker
* 20.5.1944 Sheffield

Cocker ist mit seinem rauhen Gesang einer der wenigen weißen Soul- und Blues-Sänger. 1969 begann seine internationale Karriere auf dem legendären Woodstock-Festival, als er den →Beatles-Song »With a little help from my friends« zu einem inbrünstigen Glaubensbekenntnis uminterpretierte. Von gewissenlosen Managern ausgebeutet, ruinierte C. in den 70er Jahren durch übermäßigen Alkoholkonsum Gesundheit und Karriere, präsentierte aber gleichwohl immer wieder bemerkenswerte LPs wie »Stingray« (1976). Mit dem sentimentalen Lied »Up where we belong« und seriösem Management schaffte C., den R. →Charles einmal als »meinen einzigen wirklichen Schüler« bezeichnete, Ende 1982 ein triumphales Comeback.

□ 1961: Mitgl. der Rhythm & Blues-Gruppe Vance Arnold & The Avengers. □ 1964: Erste Single mit dem Beatles-Titel »I'll cry instead«. □ 1969/70: »Mad-Dogs-&-Englishmen«-Tournee durch die USA. □ 1972: Ausweisung während einer Australientournee wegen Drogenbesitzes □ 1973: Gesundheitlicher Zusammenbruch während eines Konzerts in Los Angeles. □ 1975: »Jamaica say you will« (LP). □ 1978: »Luxury you can afford« (LP). □ 1982: »Sheffield Steel« (LP). □ 1984: »Civilized Man« (LP). □ 1987: »Unchain my heart« (LP). □ 1989: »One night of sin« (LP).

← Joe Cocker

Cocteau malt »Un concerto pour deux pinceaux«, 1962.

Cockerell, Sir (seit 1969) Christopher Sydney

brit. Konstrukteur
* 4.6.1910 Cambridge

Cockerell entwickelte 1955 ein Luftkissenboot (Hovercraft), das von Druckluftpolstern getragen wird und auf dem Wasser wie auf dem Land fahren kann. 1965 wurde in Frankreich das Hovercraft-Prinzip auch bei einem Zug angewendet. C., der 1935-50 bei der Marconi Wireless Telegraph Company gearbeitet hatte, wurde 1958 Direktor der Hovercraft Development Ltd. in Southampton (seit 1965 nur noch in beratender Funktion).

← Christopher Cockerell

Cocteau, Jean

frz. Schriftsteller, Maler und Regisseur
* 5.7.1889 Maisons-Laffitte bei Paris
† 11.10.1963 Milly-la-Forêt bei Paris

Cocteaus Œuvre umfaßt nahezu alle Aspekte der Kunst: Ballett, Theater, Film, Roman, Lyrik, Kunstkritik, Zeichnung, Malerei, Bildhauerei. Allen avantgardistischen Strömungen — besonders dem Surrealismus — gab er entscheidende Impulse. C. selbst, zu dessen Freundeskreis die führenden Künstler der Zeit gehörten, war keiner Kunstrichtung eindeutig zuzuordnen.
Wie bei den Dramen »Orpheus« (UA 1926) und »König Ödipus« (1927) griff er häufig auf antike Mythen zurück. Mit der Rolle des Künstlers, setzte er sich in seinem bekanntesten Roman »Kinder der Nacht« (1929) und in seinen Filmen auseinander. Das poetische Märchen »La Belle et la Bête/Es war einmal« (1945/46, mit J. →Marais) wurde C.s populärster Film.

□ 1917: In Paris UA von »Parade« durch die Ballets Russes (M.: E. →Satie, Kostüme und Kulisse P. →Picasso). □ 1919: »Hahn und Harlekin« (Schr.). □ 1922: UA von »Antigone« (Dr.). □ 1923: Krise nach Tod seines Lebensgefährten R. Radiguet. □ 1928/29: Entziehungskur. □ 1930/31: »Das Blut eines Dichters« (F.). □ 1934: »Die Höllenmaschine« (Dr.). □ 1950: »Orphée« (F.). □ 1953: »Der Lebensweg eines Dichters« (Aut.). □ ab 1955: Mitgl. der Académie française. □ 1960: »Das Testament des Orpheus« (F.).

▷ A. Fraigneau: Jean Cocteau in Selbstzeugnissen und Bilddokumenten, 1961; F. Brown: Jean Cocteau. Eine Biografie, 1985; M. Lange: Jean Cocteau — Prinz ohne Reich, 1991.

Sebastian Coe →

Coe, Sebastian

brit. Leichtathlet
* 29.9.1956 Chiswick

Coe zählte über ein Jahrzehnt zu den weltbesten Mittelstreckenläufern. Der zweimalige Olympiasieger (1980 und 1984) stellte zwölf Weltrekorde auf. Über 1500 m und 1 Meile blieb er vom 14.9.1976 bis zum 24.6.1983 ungeschlagen. Seit Beendigung seiner Karriere engagiert C. sich politisch für die Konservativen.

□ 1980: Olympiasieger über 1500 m in Moskau; Olympiazweiter 800 m. □ 1982: Ehrung als Member of the British Empire. □ 1984: Olympiasieger 1500 m in Los Angeles; Olympiazweiter 800 m. □ 1986: Europameister 800 m.

Coetzee, John Marie

südafr. Schriftsteller
* 9.2.1940 Kapstadt

Coetzee ist einer der wichtigsten jüngeren Schriftsteller Südafrikas. Mit Elementen aus Fabel und Allegorie beschreibt er die psychischen Folgen eines Lebens unter dem Apartheid-Regime. Bekannt wurde C. mit den Romanen »Im Herzen des Landes« (1977, dt. 1987), einer Parabel über die Unmöglichkeit von Kommunikation in der Isolation (1984 verfilmt mit T. Howard u. d. T. »Dust«), und »Warten auf die Barbaren« (1980, dt. 1984), der Lebensbeichte eines alternden Richters. Kafkaeske Elemente (F. →Kafka) benutzte der in Kapstadt lehrende Literaturprofessor in dem mehrfach ausgezeichneten Roman »Leben und Zeit des Michael K.« (1983, dt. 1985).

← John M. Coetzee

Cohen, Albert

frz.-schweiz. Schriftsteller
* 16.7.1895 Korfu (Griechenland) † 7.10.1981 Genf

Cohen, langjähriger Diplomat in Diensten des Völkerbundes und der UNO, hatte mit seinem ersten Roman »Solal« (1930, dt. 1932) als Jude zunächst sogar in Deutschland Erfolg. Er erzählt die Geschichte des griechisch-jüdischen Solal von Solal, eines Vagabunden zwischen der Welt seiner Vorfahren und der des europäischen Establishments, schwankend zwischen Anpassung und Verweigerung, ständig auf der Suche nach der reinen Liebe und auf der Flucht vor ihr. Die wortgewaltige Darstellung des untergehenden Europa kurz vor Ausbruch des 2. Weltkriegs — burlesk und tragisch zugleich — wird in »Eisenbeißer« (R., 1938, dt. 1984) fortgesetzt und findet schließlich ihren Abschluß in »Die Schöne des Herrn« (1968, dt. 1983).

← Albert Cohen

□ 1900: Übersiedlung nach Marseille. □ 1914-17: Jurastudium in Genf. □ 1919: Schweiz. Staatsbürgerschaft. □ 1922: »Lichtbilder oder Nach-Mitternacht in Genf« (Prosa) in der Zeitschrift Nouvelle Revue Française. □ 1926-30: Tätigkeit im Int. Arbeitsamt in Genf. □ 1939: Repräsentant Ch. → Weizmanns (damals Präs. der Zionistischen Weltorganisation) in Paris. □ 1940: Flucht nach London; Agent der Jewish Agency for Palestine. □ ab 1944: Mitarbeit in der Int. Flüchtlingsorganisation des Völkerbunds (später UNO). □ 1947: Rückkehr nach Genf. □ 1968: Grand Prix du Roman der Académie française für »Die Schöne des Herrn«.

▷ A. Cohen: Das Buch meiner Mutter, 1954, dt. 1971.

Cohen, Leonard

kanad. Liedermacher und Schriftsteller
* 21.9.1934 Montreal

Cohen, seit Ende der 50er Jahre in seiner Heimat als literarisches Enfant terrible erfolgreich (u. a. »Let us compare mythologies«, Ged.e, 1955), wurde 1967 mit melancholischen Balladen wie »Suzanne« und »So long, Marianne« international bekannt. In seinen Liedern beklagt der Poet mit der monoton-morbiden Bluesstimme Tod und Selbstzerstörung, besingt aber auch die Liebe und sexuelle Erfahrungen. Seit den 80er Jahren konzentriert er sich auf die Literatur und produziert Video-Filme.

← Leonard Cohen

□ 1955: »Let us compare mythologies« (Ged.e). □ 1964: »The spice box of earth« (Ged.e). □ 1966: »Schöne Verlierer« (R., dt.1970). 1968: »Songs of Leonard Cohen« (LP). □ 1969: »Songs from a room« (LP). □ 1970: Gefeierter Auftritt beim Festival auf der Isle of Wight. □ 1971: »Songs from love and hate« (LP). □ 1973: Dokumentarfilm »Bird on a wire«. □ 1974: »New Skins for the old Ceremony« (LP). □ 1977: »Death of a ladies man« (LP). □ 1984: »Various Positions« (LP).

Cohen, Stanley

amer. Biochemiker
* 17.11.1922 New York

Cohen, Nobelpreisträger von 1986, entdeckte im Anschluß an die von R. →Levi-Montalcini durchgeführten Untersuchungen über hormonähnliche Substanzen, die das Wachstum von Gewebszellen steuern, einen die Bildung der Oberhaut stimulierenden Faktor. Der »Epidermal Growth Factor« (EGF) beschleunigt nicht nur die Heilung von Schleim- und Hornhaut, sondern bewirkt auch die Reduplikation der Erbsubstanz. Da der aus der Speicheldrüse männlicher Mäuse isolierte EGF auch das Wachstum anderer Zellen anregt und in Verbindung mit Viren zu unkontrolliert wuchernden Geschwulsten führt, ist er für die Krebsforschung von großer Bedeutung. C. klärte auch die Funktion des sog. NGF auf, eines Wachstumsfaktors der Nervenzellen, der bei der Heilung von Störungen des zentralen Nervensystems eine wichtige Rolle spielt.

Stanley Cohen: Der Biochemiker freut sich über den Nobelpreis 1986.

□ 1953-59: Mitarbeiter der amer. Krebsforschungsgesellschaft in St. Louis. □ seit 1962: Prof. an der Vanderbilt-Univ. in Nashville, Tenn. □ seit 1976: Prof. der Cancer Research Society ebd. □ 1986: Physiologie/Medizin-Nobelpreis mit R. Levi-Montalcini.

Cohn-Bendit, Marc Daniel

dt. Politiker und Journalist
* 1945 Montauban, Dep. Tarnet-Garonne (Frankreich)

Cohn-Bendit spielte 1968 bei den Mai-Unruhen in Frankreich eine führende Rolle. Nach seiner Ausweisung schloß er sich in Deutschland der

Studentenbewegung (APO) um R. →Dutschke an. Heute zählt C., der schon früh Zweifel an einer Strategie der Gewalt geäußert hatte, innerhalb der Grünen zu den entschiedensten Gegnern eines öko-sozialistischen Fundamentalismus (J. →Ditfurth).

☐ 1958: Rückkehr mit seiner Mutter nach Deutschland. ☐ 1965-68: Soziologiestudium in Nanterre/Paris. ☐ 1968: Ausweisung aus Frankreich; »Linkskapitalismus — Gewaltkur gegen die Alterskrankheit des Kommunismus« (Schr.). ☐ 1976: Redakteur, später Hg. der Zeitschrift Pflasterstrand in Frankfurt/Main (seit 1988: Mitinhaber). ☐ seit 1984: Mitgl. der Grünen. ☐ 1987: »Wir haben sie so geliebt die Revolution« (Schr.). ☐ 1988: »1968: Die letzte Revolution, die noch nichts vom Ozonloch wußte« (Schr.). ☐ 1989: Wahl in den Stadtrat von Frankfurt/Main.

← Daniel Cohn-Bendit

Coing, Helmut

dt. Jurist
* 28.2.1912 Celle

Coing setzte sich als Vorsitzender des Wissenschaftsrats (1958-61) als einer der ersten für den Ausbau der deutschen Universitäten und die materielle Absicherung der Studenten ein. Der Direktor des MPI für Europäische Rechtsgeschichte (1964-80) beschäftigte sich innerhalb des Privatrechts vor allem mit dem Erbrecht und besorgte 1953-65 vier Auflagen des Standardwerks »Lehrbuch des Erbrechts« von Th. Kipp. C. bearbeitete auch die 10. und 11. Auflage von Staudingers Kommentar zum BGB und trug mit der Schrift »Grundzüge der Rechtsphilosophie« (1950) zur Klärung der ethischen Grundlagen des Rechts bei.

☐ 1938: »Die Rezeption des Römischen Rechts in Frankfurt« (Schr.). ☐ seit 1940: Prof. an der Univ. Frankfurt/Main. ☐ 1955-57: Rektor ebd. ☐ 1956/57: Vors. der Westdt. Rektorenkonferenz. ☐ seit 1961: Vors. des Wissenschaftlichen Beirats der Fritz-Thyssen-Stiftung. ☐ 1967: »Epochen der Rechtsgeschichte in Deutschland« (Schr.). ☐ seit 1972: Hg. des »Handbuchs der Quellen und Literatur der neueren europäischen Privatrechtsgeschichte«. ☐ 1984: Kanzler des Ordens Pour le mérite.

← Helmut Coing

Colani, Luigi

dt. Designer
* 2.8.1928 Berlin

Colani ist einer der vielseitigsten und eigenwilligsten Designer. Seine Kreationen umfassen von der Armbanduhr über Kloschüsseln und Flugzeuge, Autos und Schiffe nahezu alle Artikel der modernen Industriewelt. Kennzeichen seiner Auto- und Flugzeugprototypen ist die unvergleichliche Aerodynamik; so entwickelte C. die Form des 1985 vorgestellten Propellerflugzeugs Pontressina, das die Geschwindigkeit eines Düsenflugzeugs erreicht. C., der Büros in Panama, Japan, Bremen, Toulouse und Bern unterhält, widmet sich mittlerweile einem den natürlichen Gegebenheiten folgenden sog. Bio-Design.

Der eigenwillige Colani in einer seiner Kreationen.

Colbert, Claudette

(eig. Lily Claudette Chauchoin)
amer. Schauspielerin frz. Herkunft
* 13.9.1903 Paris

Nach kleineren Rollen in Stummfilmen und am Theater hatte Colbert ihre größten Erfolge in den sog. Screwball-Komödien der 30er und 40er Jahre (»Ein Stück vom Mond«, 1933; »Blaubarts achte Frau«, 1938, Rg. E. →Lubitsch, mit G. →Cooper und D. →Niven). Für die Hauptrolle in »Es geschah in einer Nacht« (1934, Rg. F. →Capra, mit C. →Gable) erhielt sie den Oscar. Mit ihrer Rolle in »Sein Name war Parrish« nahm C. 1961 Abschied vom Film, trat aber weiterhin in zahlreichen Broadway-Inszenierungen auf.

Cl. Colbert als Cleopatra, 1934, Rg. Cecil B. DeMille.

☐ 1927: »For the love of Mike« (Stummfilm). ☐ 1930: Erste Filmrolle in Hollywood in »Manslaughter«. ☐ 1931: »The smiling lieutenant/Der lächelnde Leutnant« (Rg. E. Lubitsch). ☐ 1932: »Im Zeichen des Kreuzes« (Rg. C. B. →De Mille). ☐ 1939: »Enthüllung um Mitternacht« (Buch: B. →Wilder). ☐ 1940: »Trommeln am Mohawk« (Rg. J. →Ford, mit H. →Fonda). ☐ 1942: »Atemlos nach Florida« (Rg. P. Sturges). ☐ 1944: »Als du Abschied nahmst« (mit J. →Cotten). ☐ 1963/64: »The irregular verb to love« (Broadway). ☐ 1981: »Aren't we all« (Broadway).

Cole, Nat »King«

(eig. Nathaniel Adams Coles)
amer. Jazzmusiker
* 17.3.1917 Montgomery, Alab.
† 15.2.1965 Santa Monica, Kalif.

In den 30er und 40er Jahren war Cole als Jazz-Pianist mit seinem Trio Vorbild für spätere Jazz-Größen wie O. →Peterson und Wynton Kelly. In den 50er Jahren wandte sich C. als Sänger der populären Musik zu. Mit seiner weichen, etwas rauchigen Stimme eroberte er vorderste Hitlistenplätze und hatte als erster Farbiger der USA 1956/57 seine eigene Fernsehshow. Bis zu seinem Tod war er einer der beliebtesten amerikanischen Popstars.

Nat »King« Cole →

Colette, Sidonie-Gabrielle

frz. Schriftstellerin
* 28.1.1873 Saint-Sauveur-en-Puisaye/Yonne
† 3.8.1954 Paris

Colette war bereits mit ihren ersten Romanen — der sog. Claudine-Serie (1900-03), in der sie ihre Jugenderinnerungen, angereichert mit erotischen Pikanterien, niederschrieb — sehr erfolgreich. Die mehrfach verheiratete Autorin arbeitete ab 1906 als Sängerin, Kabarettistin und Tänzerin in Pariser Varietés. C.s unkonventioneller Lebensstil beeinflußte ihr Werk, das die sinnliche Liebe und die Beziehung der Geschlechter zum Thema hat: Die Frauenfiguren schwanken zwischen dem Streben nach Unabhängigkeit und der Sehnsucht nach Geborgenheit.

□ 1893: Erste Ehe mit dem Schriftsteller H. Gauthier-Villars, der unter dem Pseud. Willy ihre Claudine-Romane veröffentlicht. □ 1900: »Claudine erwacht« (dt. 1958). □ 1901: »Claudine in Paris« (dt. 1959). □ 1902: »Claudine in der Ehe« (dt. 1959). □ 1903: »Claudine geht« (dt. 1957). □ 1906: Scheidung und Übersiedlung nach Paris. □ 1913-23: Theaterkritiken. □ 1919: »Mitsou« (R., dt. 1927). □ 1920: »Chéri« (R., dt. 1927). □ 1928: »Freuden des Lebens« (R.). □ 1935: Aufnahme in die Académie Belge. □ ab 1944: Mitgl. der Académie Goncourt. □ 1945: »Gigi« (R., dt. 1953; verfilmt 1958 von V. Minelli, mit L. Caron und M. →Chevalier).

▷ R. Baader/D. Fricke (Hg.): Die französische Autorin vom Mittelalter bis zur Gegenwart, 1979; H. Lottmann: Colette, 1991.

Collins, Phil

engl. Rockmusiker
* 31.1.1951 London

Mit einer geschickten Mischung aus romantischen Balladen, aggressivem Rock und schwarzer Funkmusik ist der Allround-Musiker Collins, der als Schlagzeuger bei Genesis begann und 1981 mit der LP »Face Value« parallel eine Solo-Karriere als Sänger startete, zu einem der umsatzstärksten Popstars der 80er Jahre avanciert. C. ist außerdem als Produzent tätig und war 1988 auch als Schauspieler in der Kriminalkomödie »Buster« erfolgreich.

□ 1970: »Trespass« (LP mit Genesis). □ 1972: »Foxtrot« (LP). □ 1974: »The lamb lies down on Broadway« (LP). □ 1977: »Wind and wuthering« (LP). □ 1980: »Duke« (LP). □ 1981: »Face Value« (Solo-LP). □ 1982: »Hello, I must be going« (LP). □ 1983: »Genesis« (LP mit Genesis). □ 1984: Kino-Soundtrack »Against all odds«. □ 1986: »Invisible Touch« (LP mit Genesis). □ 1989: »...but seriously« (Solo-LP).

Colombo, Emilio

ital. Politiker
* 11.4.1920 Potenza

← Emilio Colombo

Der Christdemokrat Colombo, 1970-72 Ministerpräsident Italiens, erwarb sich als Schatzminister 1963-70 den Beinamen »Vater des italienischen Wirtschaftswunders«. Er trug zur Überwindung mehrerer Wirtschaftskrisen bei und bemühte sich um den Abbau des Strukturgefälles zwischen Nord- und Süditalien. Im Ausland ist C. als überzeugter Europäer bekannt: Bereits maßgeblich am Aufbau der EWG beteiligt, war er 1977-79 Präsident des EG-Parlaments.

□ 1948: Abg. der Christdemokratischen Partei (DC). □ 1955-58: Landwirtschaftsmin. □ 1958-59: Min. für Außenhandel. □ 1959-63: Industrie- und Handelsmin. □ 1963-70: Schatzmin. □ 1970-72: Chef einer Koalitionsregierung. □ 1973/74: Finanzmin. □ 1977-79: Präs. des Europ. Parlaments. □ 1979: Karlspreis. □ 1980-83: Außenmin. im zweiten Kabinett F. →Cossigas.

Coltrane, John William »Trane«

amer. Jazzmusiker
* 23.9.1926 Hamlet, N. Car. † 17.7.1967 New York

John Coltrane während eines Konzerts in Amsterdam, 1962.

Der Saxophonist Coltrane, einer der herausragenden Jazzmusiker (u. a. 1965 Jazzman of the year), beherrschte mit O. Coleman die internationale Jazz-Szene der 60er Jahre. 1955 im M. →Davis-Quintett durch sein Solo in »Round about midnight« bekannt geworden, löste er später als erster seine Improvisationen von der Akkordbegleitung und orientierte sich nur noch an der tonalen Skala, über der er neue Akkorde bildete. Dazu entwickelte er eine Spielweise, die den Eindruck einer gläsernen, splitternden Klangfläche (»Sheets of sound«) erweckte. In den 60er Jahren leitete C. ein eigenes Quartett, das seinen inzwischen von exotischer Musik inspirierten Intentionen folgte. 1965 löste sich C. während eines Free-Jazz-Konzertes in New York endgültig von allen tonalen Zentren und wurde bis zu seinem frühen Tod einer der führenden Musiker innerhalb der Jazz-Avantgarde.

□ 1945-47: Mitgl. einer Navy-Band auf Hawaii. □ 1947-49: Engagement bei Eddie Vinson. □ 1949-51: Altsaxophonist in der D. →Gillespie-Big-Band. □ 1951-55: Engagements bei Earl Bostic und J. Hodges. □ 1955-57: Mitgl. des M.-Davis-Quintetts. □ 1960-65: Eigenes Quartett. □ 1961: »Africa/Brass« (LP). □ 1963: »Impressions« (LP). □ 1965: »Ascension« (LP); Wahl zum Jazzman of the year. □ 1966: Japan-Tournee. □ 1966/67: Konzerte in New York.

Coluche

(eig. Michel Colucci)
frz. Schauspieler
* 28.10.1944 Paris
† 19.6.1986 bei Grasse (verunglückt)

Coluche wurde als Komiker in Komödien von Claude Zidi bekannt (»Brust oder Keule«, 1976; mit L. →de Funès), bevor er mit »Am Rande der

Coluche als selbsternannter Präsidentschaftskandidat.

Nacht« (1983) auch als Darsteller ernster Rollen Beachtung fand. Das soziale Engagement des Schauspielers, 1980/81 selbsternannter Kandidat im Präsidentschaftswahlkampf, fand seinen Ausdruck u. a. in der Einrichtung von Armenküchen im Winter 1985/86.

Comaneci, Nadia

rumän. Turnerin
* 12.11.1961 Bukarest

Comaneci war die überragende Turnerin der Olympischen Spiele 1976 in Montreal, wo sie siebenmal die bis dahin noch nie vergebene Höchstnote 10 erhielt. 1976-80 gewann sie bei Olympischen Spielen fünf Gold-, drei Silber- und eine Bronzemedaille.

□ 1975: Europameisterin Mehrkampf, Pferdsprung, Schwebebalken und Stufenbarren. □ 1976: Olympiasiegerin Mehrkampf, Schwebebalken und Stufenbarren. □ 1977: Europameisterin Mehrkampf und Pferdsprung. □ 1978: Weltmeisterin Schwebebalken. □ 1979: Europameisterin Mehrkampf, Pferdsprung und Bodenturnen. □ 1980: Olympiasiegerin Schwebebalken und Bodenturnen. □ 1989: Emigration in die USA.

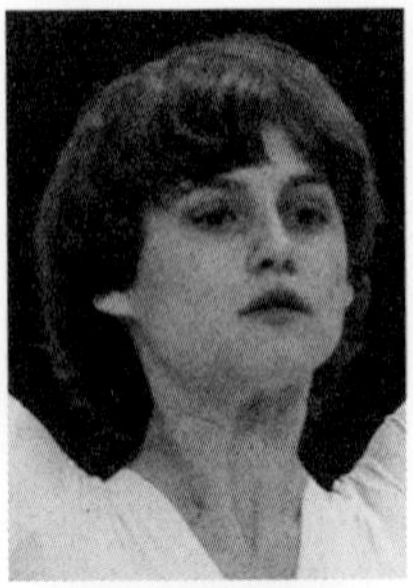

← Nadia Comaneci

Compton, Arthur Holly

amer. Physiker
* 10.9.1892 Wooster, Ohio
† 15.3.1962 Berkeley, Kalif.

Bei seinen Forschungen über die Streuung von Röntgenstrahlen entdeckte Compton 1922 den nach ihm benannten Compton-Effekt, wofür er 1927 den Physik-Nobelpreis (mit Ch. Th. R. →Wilson) erhielt. Aufgrund des von W. H. →Bragg entwickelten Meßverfahrens für Wellenlängen der Röntgenstrahlen stellte C. fest, daß die Wellenlänge der gestreuten Strahlen größer waren als die der ursprünglich einfallenden. Mit der Vermutung, daß Lichtquanten mit Elektronen kollidieren und daß sich durch diesen Energieverlust die Wellen verlängern, lieferte C. 1923 den Beweis für die Teilchennatur des Lichts, das also wie das Elektron (L. v. de → Broglie) einen Wellen- und Teilchencharakter hat.

□ 1923-45: Prof. an der Univ. Chicago. □ 1927: Physik-Nobelpreis. □ ab 1930: Durchführung weltweiter Messungen der Höhenstrahlung, deren Teilchencharakter C. bestätigt. □ 1942-45: Leiter des Plutonium-Forschungsprojekts im Rahmen der amer. Atombombenentwicklung. □ 1945-53: Kanzler der Washington Univ., St. Louis. □ 1953-61: Prof. für Naturphilosophie ebd.

▷ A. H. Compton: Die Atombombe und ich (Aut.), 1956, dt. 1958.

Compton beim Messen der Höhenstrahlung, 1932.

I. Compton-Burnett →

Compton-Burnett, Dame (ab 1967) Ivy

engl. Schriftstellerin
* 5.6.1884 Pinner, Middlesex † 27.8.1969 London

Compton-Burnett war die »Erfinderin« des Dialogromans. Ihre Romane bestehen fast nur aus stilisiertem Figurendialog. In C.s Werken wird das Familienleben der englischen Oberschicht in der Zeit vor dem 1. Weltkrieg geschildert. Ihre Themen sind Machtstreben, Tyrannei, Eifersucht, Familienkonflikte, Kontaktlosigkeit und Habgier. So zeigt etwa »Eine Familie und ein Vermögen« (R., 1939, dt. 1966), wie der Zusammenhalt einer Familie durch eine Erbschaft bedroht wird. Die Schwächen der unsympathisch gezeichneten, stark typisierten Figuren werden schonungslos bloßgestellt.

□ 1903-07: Studium der klassischen Philologie in London. □ ab 1925: Berufsschriftstellerin. □ 1931: »Männer und Frauen« (R., dt. 1987). □ 1941: »Eltern und Kinder« (R., dt. 1990). □ 1947: »Diener und Bediente« (R., dt. 1988). □ 1963: »Ein Gott und seine Gaben« (R., dt. 1989).

▷ H. Spurling: Ivy Compton-Burnett, 2 Bde., 1974.

Congar, Yves Marie-Joseph

frz. Theologe (kath.)
* 13.4.1904 Sedan

Congar war einer der einflußreichsten theologischen Berater auf dem 2. Vatikanischen Konzil (1962-65). Er setzte sich für eine Überwindung der konfessionellen Spaltung in der Christenheit ein und ist einer der Hauptbefürworter einer Wiedervereinigung der Konfessionen.

□ ab 1925: Dominikaner. □ 1931-54: Prof. an der Dominikanerhochschule Le Saulchoir in Étoilles bei Paris. □ 1953: »Der Laie. Entwurf einer Theologie des Laientums« (dt. 1957). □ 1965-67: In dt. Sprache erscheinen »Das Bischofsamt und die Weltkirche« (1965), »Die Tradition und die Traditionen« (1965), »Für eine dienende und arme Kirche« (1966), »Heilige Kirche« (1966), »Jesus Christus, unser Mittler, unser Herr« (1967).

Connery, Sean

(eig. Thomas C.)
schott. Schauspieler
* 25.8.1930 Edinburgh

Connery, der mit dreizehn Jahren die Schule verließ und sich einige Jahre mit Gelegenheitsarbeiten durchschlug, wurde in der Rolle des James Bond weltberühmt. Siebenmal spielte er den Superagenten: Erstmals 1962 (»007 jagt Dr. No«), zuletzt nach zwölfjähriger Pause 1983 (»Sag niemals nie«). C.s bekannteste Filme, in denen er sich vom Bond-Klischee lösen konnte, waren u. a. »Marnie« (1963, Rg. A. →Hitchcock) und »Ein Haufen toller Hunde« (1964, S. →Lumet).

Sean Connery (1983): Ein letztes (?) Mal James Bond.

□ 1956: Nach Theater- und Fernsehrollen Filmdebüt in »Die blinde Spinne« (Rg. M. Tully). □ 1964: »Goldfinger« (mit G. →Fröbe). □ 1973: »Zardoz« (Rg. J. Boorman). □ 1975: »Der Mann, der König sein wollte« (Rg. J. →Huston). □ 1976: »Robin und Marian« (Rg. R. Lester). □ 1986: »Der Name der Rose« (Rg. J.-J. Annaud). □ 1988: Oscar als bester Nebendarsteller für »The Untouchables — Die Unbestechlichen« (Rg. B. de Palma). □ 1989: »Indiana Jones und der letzte Kreuzzug« (Rg. St. →Spielberg). □ 1990: »Jagd auf Roter Oktober« (Rg. J. McTiernan)

▷ M. F. Callan: Sean Connery. Seine Filme — sein Leben, 1984.

Connolly, James

ir. Politiker
* 5.6.1868 Edinburgh (Schottland)
† 12.5.1916 Dublin (hingerichtet)

Connolly war einer der Führer des irischen Osteraufstands gegen die britische Besatzungsmacht und proklamierte 1916 die Irische Republik. Als marxistischer Gewerkschafts- und Parteiführer bemühte er sich um eine Synthese des irischen Nationalismus mit dem Sozialismus, was ihn in Gegensatz zur nationalistischen Sinn Féin brachte. C. fiel schwer verwundet den britischen Truppen in die Hände und wurde im Mai 1916 zusammen mit anderen am Aufstand beteiligten irischen Führern erschossen.

← James Connolly

□ 1896: Mitgründer der Irischen Sozialistischen Republikanischen Partei. □ 1903-10: Gewerkschaftsführer in den USA. □ 1912: Mitgründer der Irischen Labour-Partei und der ir. Transportarbeitergewerkschaft. □ 1913: Teilnahme am Generalstreik in Dublin; Gründung einer »Bürgerarmee«. □ 1916: Hauptinitiator des Osteraufstands.

▷ N. Connolly O'Brian: James Connolly. Portrait of a rebel father, 1975; R. D. Edwards: James Connolly, 1981.

Connors, James Scott »Jimmy«

amer. Tennisspieler
* 2.9.1952 East St. Louis, Ill.

Connors war 1974-77 ununterbrochen Erster der Weltrangliste im Tennis. Der kampfstarke Spieler gewann acht Grand-Slam-Turniere, davon fünfmal die US Open. Er siegte in 108 Grand-Prix-Turnieren (zuletzt 1989 in Tel Aviv). 1991 spielte er noch als 38jähriger bei den French Open (Aufgabe gegen den gerade halb so alten Michael Chang nach vier Sätzen wegen Erschöpfung).

Bei den US Open 1991 zeigte »Jimbo« es den Jungen.

□ 1973: Doppelsieger in Wimbledon (mit I. Nastase). □ 1974: Sieger in Wimbledon (erneut 1982); Australian Open. □ 1977: WCT-Weltmeister (erneut 1988). □ 1983: Fünfter Sieg bei US Open (bereits 1974, 1976, 1978 und 1982).

Conrad, Joseph

(eig. Józef Teodor Konrad Nalecz Korzeniowski)
engl. Schriftsteller poln. Herkunft
* 3.12.1857 bei Berditschew, Ukraine
† 3.8.1924 Bishopsbourne, Kent

Conrads psychologische Erzählkunst und seine Experimente mit impressionistischen und symbolischen Darstellungstechniken machten ihn zu einem wichtigen Wegbereiter für den Roman der Moderne (J. →Joyce, V. →Woolf.). Seine autobiografisch geprägten Werke verbinden eine abenteuerliche Handlung, oft in exotischem Milieu, mit psychologisch eindringlichen Charakterstudien. Im Zentrum von C.s Romanen und Erzählungen stehen meist Einzelgänger. Diese müssen sich fern der Zivilisation in schicksalhaften Entscheidungssituationen bewähren. So erzählt C.s bekanntester Roman »Lord Jim«

Conrad schildert den Kampf des Menschen um Würde.

(1899/1900, dt. 1927; verfilmt 1964 mit P. →O'Toole) die »Entwicklungsgeschichte« eines träumerischen jungen Seemanns, der seine Ehre verliert, als er aus Panik ein scheinbar sinkendes Schiff verläßt.

C. kontrastiert in seinen Werken die pessimistische Vorstellung von der Sinnlosigkeit der Welt mit einer stoischen Anerkennung menschlicher Würde. In dem thematisch und formal besonders ausgereiften Roman »Nostromo« (1904, dt. 1927), einem Höhepunkt in C.s Schaffen, wird der Gegensatz zwischen verschiedenen Lebensauffassungen vor dem Hintergrund politischer Wirren in einer imaginären südamerikanischen Republik gestaltet.

Kennzeichen der komplexen Erzählweise in C.s Meisterwerken sind häufige Reflexionen über den Erzählvorgang, Durchbrechung der Chronologie und ständiger Perspektivenwechsel. Die daraus resultierende Subjektivierung der Aussagen führt zu einer prismatischen Auffächerung des Erzählten und erschwert die Identifikation mit einzelnen Figuren.

□ 1874-94: Seemann. □ 1886: Brit. Staatsbürger; Kapitänspatent. □ 1895: »Almayers Wahn« (R., dt. 1935). □ 1896: »Der Verdammte der Inseln« (R., dt. 1934). □ 1897: »Der Nigger von der »Narcissus«. Eine Seegeschichte« (Nov., dt. 1912). □ 1898: »Jugend« (Erz., dt. 1926). □ 1899: »Das Herz der Finsternis« (Nov., dt. 1926). □ 1902: »Taifun« (R., dt. 1908); »Das Herz der Finsternis« (R., dt. 1926). □ 1906: »Spiegel der See« (Erinnerungen und Aufzeichnungen, dt. 1939). □ 1906/07: »Der Geheimagent. Eine einfache Geschichte« (R., dt. 1926). □ 1913: »Spiel des Zufalls« (R., dt. 1926). □ 1919: »Der goldene Pfeil, eine Geschichte zweier Aufzeichnungen« (R., dt. 1932).

▷ F. R. Karl: Joseph Conrad. Eine Biographie, 1979, dt. 1983; F. Schunck: Joseph Conrad, 1979; P. Nicolaisen: Joseph Conrad, 1988.

Constant →

Constant

(eig. Constant Anton Nieuwenhuys)
niederl. Maler und Objektkünstler
* 21.7.1920 Amsterdam

In seiner Malerei vertritt Constant einen expressiven, farbenkräftigen Stil zwischen Abstraktion und Figuration, wie er für die Mitglieder der Gruppe Cobra, zu deren Gründern er 1949 gehörte, typisch war. Er schuf auch Serien von Lithografien zum Thema Krieg wie »8 x la guerre« (u. a. Rotterdam, Museum Boymans van Beuningen). Seine frühen Eisendrahtobjekte zeigen bereits die Verbindung von Abstraktion und Gegenständlichkeit. In den 60er Jahren stellte C. Raumkonstruktionen in Modellgröße vor, die Vorschläge zur Lösung urbaner Wohnprobleme beinhalteten, die er später innerhalb eines »New Babylon« genannten Projekts erweiterte. Seine Malerei tendiert seit den 60er Jahren immer mehr zur Flächigkeit und zur Rücknahme des Gegenstands (z. B. »Grüße aus New Babylon«, 1963, Den Haag, Rijksdienst Beeldende Kunst).

Conze, Alexander Christian

dt. Archäologe
* 10.12.1831 Hannover † 19.7.1914 Berlin

Conze nahm 1900-12 mit W. →Dörpfeld die zweite Grabung in Pergamon (West-Anatolien) vor, die eines der Sieben Weltwunder zutage förderte, den Pergamonaltar (180-160 v. Chr. errichtet). Neben seiner Lehrtätigkeit an der Universität gab er als Direktor der Berliner Antikensammlung (1877-87) den Museen eine besser organisierte Präsentation, indem er die Skulpturensammlungen neu ordnete und vorbildlich katalogisierte.

□ 1862: »Melische Thongefässe« (erster umfassender Katalog). □ 1873-75: Ausgrabungsleiter in Samothrake. □ 1878-86: Grabungen in Pergamon. □ 1887-1905: Leitung und Neuorganisation des Dt. Archäologischen Inst. □ ab 1893: Hg. der Reihe »Die attischen Grabreliefs« (2 Bde.).

Werner Conze →

Conze, Werner

dt. Historiker
* 31.12.1910 Neuhaus/Elbe
† 28.4.1986 Heidelberg

Wie kein zweiter hat Conze in den ersten Nachkriegsjahrzehnten auf die Methodendiskussion in der deutschen Sozialgeschichtsschreibung eingewirkt. Der Spezialist für deutsche Geschichte im 19. und 20. Jh. wurde auch in Fragen der Hochschul- und Bildungspolitik gehört und setzte sich für eine Verbesserung des Geschichtsunterrichts an den Schulen ein.

□ 1957/58: »Die Strukturgeschichte des technisch-industriellen Zeitalters als Aufgabe für Forschung und Unterricht« (Schr.); »Polnische Nation und deutsche Politik im Ersten Weltkrieg« (Schr.). □ 1957-79: Prof. an der Univ. Heidelberg. □ 1963: »Die deutsche Nation. Ergebnis der Geschichte« (Schr). □ 1966: »Die Arbeiterbewegung in der nationalen Bewegung« (Schr., mit D. Groh). □ 1972-84: Hg. von »Geschichtliche Grundbegriffe. Historisches Lexikon zur politisch-sozialen Sprache in Deutschland« (5 Bde.).

Coolidge, Calvin

amer. Politiker
* 4.7.1872 Plymouth, Verm.
† 5.1.1933 Northampton, Mass.

Coolidge förderte als US-Präsident (1923-29) die Interessen der Wirtschaft und verhalf der Industrie zu einer Periode der Prosperität. In der Außenpolitik vertrat der Republikaner einen gemäßigten Isolationismus und lehnte daher den Beitritt zum Völkerbund ab. Die deutschen Reparationsleistungen des 1. Weltkriegs versuchte er der Wirtschaftskraft und den wachsenden Auslandsschulden des Deutschen Reichs anzupassen (Ch. G. →Dawes, O. D. →Young).

□ 1912-15: Senator. □ 1919/20: Gouverneur von Mass. □ ab 1921: Vizepräsident; nach W. G. →Hardings Tod (1923) US-Präsident (bis 1929).

← Calvin Coolidge

Cooper, Gary

(eig. Frank J. Cooper)
amer. Schauspieler
* 7.5.1901 Helena, Mont. † 13.5.1961 Hollywood

Cooper, der seine Karriere als Komparse begann gehörte in den 30er Jahren zu den bestbezahlten Hollywoodstars (ca. 500 000 US-$ Jahresgage). Er verkörperte meist den zähen, schweigsamen Helden, wie in dem Western-Klassiker »12 Uhr mittags« (Rg. F. →Zinnemann), der ihm 1952 nach »Hauptmann York« (Rg. H. →Hawks, 1941) den zweiten Oscar einbrachte. Neben Western spielte er in Abenteuerfilmen, Komödien und den Hemingway-Adaptionen »In einem anderen Land« (Rg. F. Borzage, 1933) und »Wem die Stunde schlägt« (Rg. S. Wood, 1943).

G. Cooper und I. Bergman in »Wem die Stunde schlägt«.

□ 1925/26: Komparsenrollen. □ 1929: »Der Mann aus Virginia« (Rg. V. Fleming). □ 1930: »Marokko« (Rg. J. v. →Sternberg). □ 1935: »Bengali« (Rg. H. Hathaway). □ 1936: »Mr. Deeds geht in die Stadt« (Rg. F. →Capra). □ 1939: »Drei Fremdenlegionäre« (Rg. W. A. Wellman). 1954: »Vera Cruz« (Rg. R. →Aldrich). 1956: »Lockende Versuchung« (Rg. W. →Wyler).

▷ G. Cooper: Gib dem Glück die Sporen. Die Geschichte meines Lebens (Aut.), Berlin 1991.

Leon Neil Cooper →

Cooper, Leon Neil

amer. Physiker
* 28.2.1930 New York

1956 entdeckte Cooper die Möglichkeit, jeweils zwei Elektronen entgegengesetzten Spins (Eigendrehimpuls), die sich unter normalen Bedingungen gegenseitig abstoßen, paarweise aneinanderzubinden, und zwar im supraleitenden Zustand eines Metalls. Die »Cooper-Paare« bildeten die Voraussetzung für die 1957 von C. J. →Bardeen und J. R. →Schrieffer entwickelte quantenmechanische Theorie der Supraleitung, mit der das von H. →Kamerlingh Onnes erkannte Phänomen seine Erklärung fand, daß bis auf -273 °C abgekühlte Metalle ihren elektischen Widerstand verlieren. Für die BCS-Theorie, die den unbegrenzt fließenden elektrischen Strom ohne Aufrechterhaltung elektrischer Spannung der Technik nutzbar machte, erhielten die drei Forscher 1972 den Physik-Nobelpreis. 1987 brachte IBM ein von C. entwickeltes Software-System auf den Markt, das von Hand geschriebene Buchstaben in Computerzeichen übersetzt.

Coover, Robert Lowell

amer. Schriftsteller
* 4.2.1932 Charles City, Iowa

Coover dramatisiert in seinen postmodernen Erzählungen und Romanen die Spannung zwischen notwendigen Vorstellungswelten und ihrer repressiven Dogmatisierung. In teils satirischen, teils grotesk-surrealistischen Darstellungen enthüllt er die fatalen Auswirkungen des Festhaltens an organisierter und damit für ihn sinnloser Religion (»The origin of the Brunists«, R., 1966), an literarischen und kulturellen Stereotypen (»Pricksongs and descants«, Erz.n, 1969) und an politischer Ideologie (»Die öffentliche Verbrennung«, R., 1977, dt. 1983). Kritiker haben C. immer wieder Subversivität und Blasphemie vorgeworfen.

□ 1953-57: Leutnant der US-Navy. □ 1965: M.A.-Abschluß an der Univ. of Chicago; danach längere Aufenthalte in Europa, vor allem in Spanien und England. □ seit 1979: Prof. an der Brown Univ. in Providence, Rhode Isl. □ 1982: »Spanking the Maid« (R.). □ 1986: »Geralds Party« (R., dt. 1987). □ 1987: »A night at the movies, or, you must remember this« (Erz.n); »Whatever happened to Gloomy Gus of the Chicago Bears« (R.).

Copland, Aaron

(eig. Aaron Caplan)
amer. Komponist und Dirigent
* 14.11.1900 New York † 2.12.1990 Westchester

Copland hatte durch seine Kompositionen, Lehrtätigkeiten, Schriften und organisatorischen Leistungen maßgeblichen Einfluß auf die Entwicklung einer modernen, eigenständigen Musik in den USA. Der Schüler von N. →Boulanger versuchte, in seinen Bühnen- (»Rodeo«, Ballett, 1942), Film- (»Our Town«, 1940) Klavier- und Konzertmusiken (u. a. drei Sinfonien) Stil-

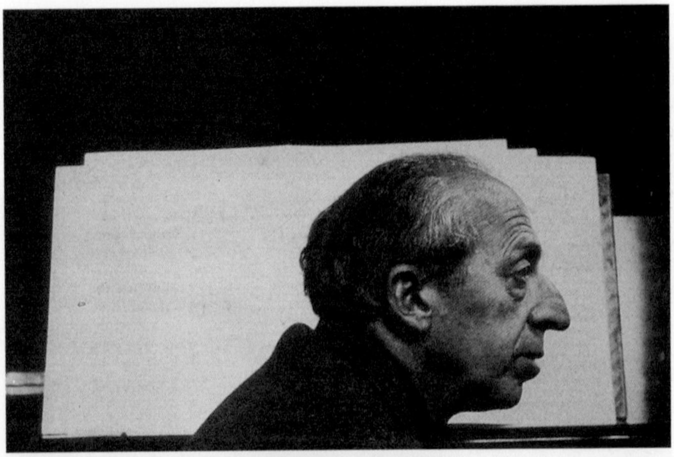
Aaron Copland, der »Vater« der amerikanischen Musik, 1959.

mittel der europäischen Kunstmusik, des Jazz und der amerikanischen Folklore zu einer spezifisch amerikanischen Tonsprache (G. →Schuller) zu vereinen.

□ 1925: UA der »Symphony for Organ and Orchestra« in New York. □ 1925-27: Guggenheim-Stipendium als erster Komponist. □ 1928-31: Organisation der »Copland-Sessions-Concerts« zur Förderung der Aufführungsmöglichkeiten amer. Komponisten. □ 1935-44: Dozent für Komposition an der Harvard Univ. □ 1937: Gründung der American Composers Alliance. □ ab 1940: Leiter der Kompositionsklasse des Berkshire Music Center. □ 1945: Auszeichnung durch den Pulitzer-Preis für »Appalachian Spring« (Ballett, 1944). □ 1951/52: Prof. in Harvard. □ 1962: »Connotations for Orchestra«. □ 1971: »Three Latin-American-Sketches« für kleines Orchester.

▷ A. Copland: Vom richtigen Hören der Musik, 1938, dt. 1967; A. Copland: Unsere neue Musik, 1941, dt. 1947.

Coppi, Fausto

ital. Radrennfahrer
* 15.11.1918 Castellania † 2.1.1960 Tortona

Coppi gewann 1949 zum ersten Mal binnen eines Jahres die beiden großen Rundfahrten im Radsport: Den Giro d'Italia und die Tour de France. Bei der Tour hatte er nach einem Raddefekt schon 43 Minuten Rückstand auf das Gelbe Trikot, siegte aber nach einer Aufholjagd in den Bergen mit elf Minuten Vorsprung vor seinem langjährigen Rivalen Gino Bartali. Ein zweites Mal gelang ihm das Double 1952.

□ 1940: Giro d'Italia (erneut 1947, 1949, 1952, 1953). □ 1942: Stundenweltrekord (45,848 km). □ 1949: Tour de France (erneut 1952). □ 1953: Straßenweltmeister.

Coppola, Francis Ford

amer. Regisseur, Produzent und Drehbuchautor
* 7.4.1939 Detroit, Mich.

Coppola, der sein Handwerk bei Roger Corman lernte, ist als risikofreudiger und kompromißloser Filmemacher bekannt. Sein umstrittener Antikriegsfilm »Apokalypse Now« entstand in vierjähriger Drehzeit (1976-79, davon 18 Monate im philippinischen Dschungel), wobei 350000 m Material für einen Film von 3800 m Länge verbraucht wurden. Mit dem Mafia-Epos »Der Pate« (1971, nach dem Roman von M. →Puzo) landete C. einen der größten kommerziellen Erfolge der Filmgeschichte (Produktionskosten ca. 7 Mio US-$, Einspielergebnis ca. 300 Mio. US-$), den er durch die Fortsetzungen »Der Pate II« (1974) und »Der Pate III« (1991) noch steigern konnte. Sein selbstproduziertes Melodram »Einer mit Herz« (1981, Kosten 25 Mio. US $ wurde ein finanzielles Fiasko und brachte ihn an den Rand des Ruins. Als Produzent war C. an »American Graffiti« (Rg. G. →Lucas) und »Hammett« (Rg. W. →Wenders) beteiligt, 1983 brachte er eine restaurierte Fassung von A. →Gance' Stummfilm »Napoleon« in die Kinos.

← Fausto Coppi

Coppola ist als monomanischer Regisseur berüchtigt.

□ 1962: Regiedebüt »Dementia 13«. □ 1967: »Der goldene Regenbogen«. □ 1971: »Der Pate« (mit M. →Brando); Drehbuch-Oscar für »Patton — Rebell in Uniform« (Rg. F. J. Schaffner). □ 1974: »Der Pate II«. □ 1979: Goldene Palme von Cannes für »Apocalypse Now«. □ 1980: Erwerb der Hollywood General Studios und Umbau in Zoetrope Studios. □ 1983: Verkauf der Zoetrope Studios; »Rumblefish«. □ 1984: »Cotton Club«; Prozeß mit dem Prouzenten wegen Überschreitung des Budgets (50 Mio. US-$). □ 1986: »Der steinerne Garten«. □ 1988: »Tucker«. □ 1991: »Der Pate III«.

▷ P. W. Jansen, W. Schütte (Hg.): F. F. Coppola, 1985.

Corea, Anthony Armando »Chick«

amer. Jazzmusiker und Komponist
* 12.6.1941 Chelsea, Mass.

Corea zählt zu den talentiertesten Instrumentalisten und Komponisten der Gegenwart. 1972 gründete er die für den modernen Jazz wegweisende Gruppe Return to forever, die erstmals Jazz- , Rock-, Latin- und klassische Elemente zur sog. Fusionsmusik vereinte und viele Rockmusikfans für den Jazz gewann. 1985 stellte er, auf der Suche nach neuen Klängen, die »Chick-Corea-Electric-Band« zusammen, die seither zu den renommierten Jazzgruppen gehört. Stilistisch keiner Kategorie zuzuordnen, tritt der 1970 der Glaubensgemeinschaft Church of Scientology beigetretene C. sowohl als Solist als auch mit Kammermusikensembles und philharmonischen Orchestern auf.

□ 1961-70: Pianist u. a. in den Bands von St. →Getz, S. →Vaughan, Herbie Mann, M. →Davis. □ 1966: Erste LP »Tones for Miss Bones«. □ 1971: »Piano Improvisations Vo.1« (LP). □ 1972: »Piano Improvisations Vo.2« (LP); »Crystal Silence« (LP, mit Gary Burton). □ 1973: »Hymns of the seventh galaxy« (LP). □ 1975: »No Mystery« (LP); Auszeichnung mit dem Grammy Award (ebenso 1976, 1978, 1979). □ 1976: »My Spanish heart« (LP). □ 1978: »The mad hatter« (LP). □ 1981: »In Concert, Zurich, Oct. 28, 1980« (LP). □ 1983: »Lyric suite for sextet« (LP); »The Meeting« mit F. →Gulda (LP). □ 1988: »Eye of the beholder« (LP). □ 1989: »Introducing ...« (LP). □ 1991: Deutschlandtournee.

Lovis Corinth, der expressive Impressionist, in seinem Berliner Atelier.

Cori, Carl F. und Gerty T.

amer. Mediziner und Biochemiker
tschech. Herkunft
Carl Ferdinand * 5.12.1896 Prag
† 20.10.1984 Cambridge, Mass.
Gerty Theresa (geb. Radnitz) * 15.8.1896 Prag
† 26.10.1957 Saint Louis, Missouri

Die Eheleute Cori (ab 1920) erforschten die katalytischen Prozesse des Kohlehydrat-Stoffwechsels des in Leber und Muskelzellen gespeicherten Glykogens. 1936 entdeckten sie mit dem Cori-Ester (Glykose-1-phosphat) das erste Zwischenprodukt beim Aufbau des Glykogens. Schritt für Schritt verfolgten sie den Kreislauf von Auf- und Abbau, bis sie den gesamten Cori-Zyklus beschreiben konnten. Die C.s erforschten außerdem die Funktion der Enzyme in tierischem Gewebe und entdeckten das Enzym Phosphorylase, das die Spaltung oder Synthese von Polysachariden katalysiert.

Gerty und Carl (r.) Cori erhielten 1947 den Physiologie/Medizin-Nobelpreis.

□ 1922: Gemeinsame Emigration in die USA. □ 1928: Amer. Staatsbürger. □ ab 1931: Professoren an der Washington Univ. in St. Louis, Missouri (C. F. bis 1967). □ 1947: Gemeinsamer Physiologie/Medizin-Nobelpreis (mit B. A. → Houssay). □ ab 1967: C. F. als Prof. am Mass. General Hospital der Harvard Medical School in Boston, Mass.

Corinth, Lovis

dt. Maler und Grafiker
* 21.7.1858 Tapiau bei Königsberg
† 17.7.1925 Zandvoort (Niederlande)

Corinth gelangte als Repräsentant des deutschen Impressionismus (M. →Liebermann, M. →Slevogt) zu expressiver Gestaltungsweise, die postum als »entartet« verfemt wurde. Die entscheidende Zäsur in seinem Leben und Werk bildete 1911 eine teilweise Lähmung; danach dominierte die schon im Frühwerk angelegte impulsive Malweise, verbunden mit kühner perspektivischer Wahl des Bildausschnitts. Beides zeichnet die ab 1918 entstandenen Walchensee-Landschaften aus. Herausragende Bedeutung besitzen C.s eindringliche Bildnisse, etwa des Schriftstellers Eduard Graf Keyserling (1900), und ab 1900 jährliche Selbstporträts. Die Themen seiner figürlichen Kompositionen fand C. in Bibel und Mythologie, Literatur und Geschichte, im Theater und auf dem Berliner Ufa-Gelände; so verarbeitete er Eindrücke von E. →Lubitschs Dreharbeiten zu »Anna Boleyn« in der gleichnamigen Grafikmappe (1920).

□ 1876-82: Kunststudium in Königsberg und München. □ ab 1884: Studienjahre in Antwerpen, Paris, Berlin. □ 1890-1900: Sezessionsmitgl. in München. □ 1900: Übersiedlung nach Berlin. □ 1910: Als Nachfolger von M. Liebermann Präs. der Berliner Sezession. □ 1911: Schlaganfall. □ ab 1918: Sommeraufenthalte in Urfeld am Walchensee, Oberbayern. □ 1925: Reise in die Niederlande.

▷ G. v. d. Osten: Lovis Corinth, 1955.

Allen M. Cormack →

Cormack, Allen Macleod

amer. Physiker südafr. Herkunft
* 23.2.1924 Johannesburg

Cormack, seit 1980 Professor an der Tufts University in Medford (Mass.), versuchte 1963/64 auf dem Gebiet der Röntgendiagnostik radiographische Querschnitte von biologischen Systemen zu gewinnen und schuf damit die theoretischen Grundlagen der Computertomographie (CAT). Indem ein feiner Röntgenstrahl innerhalb des menschlichen Körpers eine beliebige Gewebeschicht abtastet, entsteht auf dem Monitor ein Schichtbild dieser Region im Querschnitt. Für dieses Verfahren, das sich wegen der geringen

Strahlenbelastung besonders für Gehirnuntersuchungen eignet, erhielt C. 1979 den Physiologie/Medizin-Nobelpreis gemeinsam mit dem britischen Ingenieur G. N. Hounsfield, der das erste Gerät baute.

Corneille

(eig. Cornelis Guillaume van Beverloo)
niederl. Maler
* 3.7.1922 Lüttich

Der Autodidakt Corneille entwickelte einen abstrakt-gegenständlichen, grafisch betonten Lyrismus mit deutlichen Bezügen zur Natur (Wüste), aber auch zur »Stadtlandschaft« (symbolisiert im Labyrinth) sowie mit symbolhaften Motiven wie Vogel und Sonne (z. B. »In einem Garten mit Vögeln«, 1962, Amsterdam, Stedelijk Museum). Er war 1949 Gründungsmitglied der Gruppe COBRA, was auf die provozierende Farbigkeit seiner Bilder Einfluß hatte. Die aus dieser Phase resultierende Expressivität der Motive trat allerdings zunehmend zugunsten einer beruhigteren »poetischen« Auffassung und festeren Strukturierung der Kompositionen in den Hintergrund. C.s Werk umfaßt auch Radierungen und Keramiken.

Cornforth, Sir (seit 1977) John Warcup

austral.-brit. Chemiker
* 7.9.1917 Sydney

Cornforth befaßte sich mit stereochemischen Untersuchungen der durch Enzyme katalysierten Reaktionen in biologischen Systemen. Durch Markierung der Wasserstoffatome (Indikatormethode) zeigte C. detailliert die einzelnen Reaktionsschritte bei der Biosynthese von Cholesterin in einer lebenden Zelle.

☐ 1962-75: Dir. am Milstead-Laboratorium für chemische Enzymologie in Sittingbourne, Kent. ☐ 1975-82: Prof. an der School of molecular sciences der Univ. Sussex, Brighton. ☐ 1975: Chemie-Nobelpreis (mit V. →Prelog).

← John Cornforth

Correns, Carl Erich

dt. Botaniker
* 19.9.1864 München † 14.2.1933 Berlin

Correns entdeckte um 1900 die in Vergessenheit geratenen Mendelschen Vererbungsgesetze erneut und gehört mit E. Tschermak und H. de →Vries zu den Begründern der modernen, auf Experimenten basierenden Vererbungslehre. Mit Problemen der Geschlechtsbestimmung befaßt, wies C. an zweihäusigen und später buntblättrigen Pflanzen Sonderfälle und Abweichungen von den Mendelschen Regeln nach (nicht mendelnde Vererbung) und zeigte erstmals neben dem Kern der Zelle auch ihr Plasma als Erbträger auf.

☐ 1903-09: Prof. an der Univ. Leipzig. ☐ 1907: »Die Bestimmung und Vererbung des Geschlechts nach neuen Versuchen bei höheren Pflanzen« (Abh.). ☐ 1909-14: Prof. an der Univ. Münster. ☐ 1913: »Die Vererbung und Bestimmung des Geschlechts« (Schr. mit R. →Goldschmidt). ☐ ab 1914: Dir. am Kaiser-Wilhelm-Inst. für Biologie in Berlin-Dahlem.

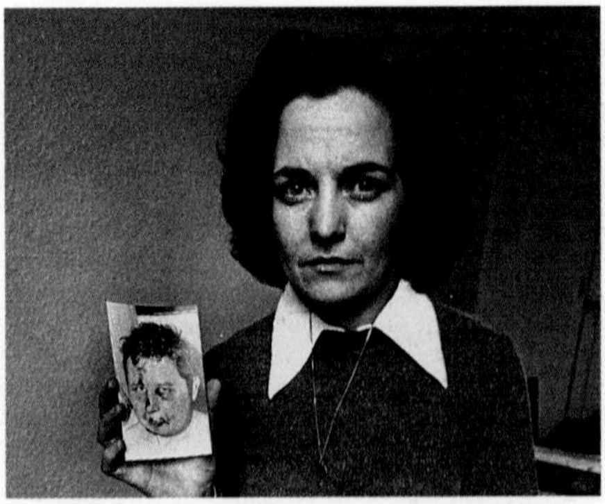
Corrigan mit dem Bild eines Opfers britischer Soldaten.

Corrigan, Mairead

nordir. Friedenskämpferin
* 27.1.1944 Belfast

1977 erhielt Corrigan zusammen mit B. Williams nachträglich den Friedens-Nobelpreis für das Jahr 1976. Die beiden Frauen sind die Initiatorinnen der Friedensmärsche gegen Terror und Gewalt in Nordirland. Sie gründeten die Bewegung Community of the Peace People, in der katholische und protestantische Frauen gemeinsam für die Versöhnung der Konfessionen in ihrem Land kämpfen.

Julio Cortázar →

Cortázar, Julio

argentin. Schriftsteller
* 26.8.1914 Brüssel (Belgien)
† 12.2.1984 Paris (Frankreich)

Cortázar war neben J. L. →Borges der zweite herausragende argentinische Schriftsteller des 20. Jh.s. Sein Hauptwerk, der experimentelle Roman »Rayuela, Himmel und Hölle« (1963, dt. 1980), eröffnete der spanischsprachigen Prosa neue Wege: Durch die Auflösung von zeitlicher Linearität sind mehrere, von der Kapitelfolge unabhängige Lesarten möglich. Die den Text kennzeichnende Durchdringung von Phantastik und Realität in einer Umgangston und Poesie verbindenden Sprache findet sich auch in den »verführerischen« Erzählungen C.s. Sie zeigen dem Leser eine alltägliche Welt, in die fast unmerklich Magisch-Unerklärliches eindringt und sie bestimmt. Diese Wirklichkeitsauffassung rückt den Autor in die Nähe der Surrealisten.

☐ 1944: Nach Lehrertätigkeit in der Provinz Dozent für frz. Literatur an der Univ. Mendoza. ☐ 1946: Aus Protest gegen die Regierung Perón Aufgabe dieser Laufbahn; Übersetzer in Buenos Aires. ☐ 1951: Übersiedlung nach Paris; Übersetzer für die UNESCO. ☐ 1956: »Ende des Spiels« (Erz.n, dt. 1977). ☐ 1960: Studie des argentin. Bürgertums in »Die Gewinner« (R., dt. 1966). ☐1963: Rayuda, Himmel — und — Hölle« (R.; dt. 1980). ☐ 1966: »Das Feuer aller Feuer« (Erz.n, dt. 1976). ☐ 1967: Öffentliches Eintreten für die kuban. Revolution (Kontroverse mit dem peruan. Schriftsteller M. → Vargas Llosa). ☐ 1973: Verbindung von politischem Engagement und Fiktion in »Album für Manuel« (R., dt. 1976). ☐ 1976: Prix Medicis.

▷ E. P. Garfield: Julio Cortázar, engl. 1975.

Cosby, Bill
amer. Schauspieler und Entertainer
* 12.7.1937 Philadelphia, Penn.

Mit Einnahmen von 115 Mio. US-$ war Cosby 1989/90 der bestverdienende Entertainer. Seine Familienserie »Bill Cosby Show« zählt in den USA zu den beliebtesten Fernsehsendungen. Dem deutschen Publikum wurde der farbige Schauspieler in den 60er Jahren bekannt durch die TV-Serie »Tennisschläger und Kanonen«.

Cossiga, Francesco
ital. Politiker
* 26.7.1928 Sassari, Sardinien

Cossiga, ein Vetter von E. →Berlinguer, zählt zum linken Flügel der DC (Christlich-Demokratische Partei). Der brillante Redner pflegte stets gute Kontakte zur PCI (Kommunisten, heute PDS). Sein Ansehen wuchs, nachdem er 1978 als Innenminister die politische Verantwortung für die Ermordung seines Freundes A. →Moro übernahm und zurücktrat. Seine kurze Amtszeit als Ministerpräsident an der Spitze von zwei Minderheitsregierungen war hauptsächlich mit Koalitionsverhandlungen ausgefüllt. 1985 wurde C., dem auch politische Gegner Respekt zollen, mit den Stimmen der PCI als Nachfolger von A. →Pertini zum Staatspräsidenten gewählt. 1991 setzte er sich vehement für eine Verfassungsreform der italienischen Ersten Republik (seit 1946) ein.

Cossiga genießt als Staatspräsident großen Respekt.

□ 1945-85: Mitgl. der DC (Democrazia Cristiana). □ 1953: Prof. für Verwaltungsrecht in Sassari. □ 1958: Mitgl. der Abgeordnetenkammer. □ 1966-71: Unterstaatssekr. im Verteidigungsministerium. □ 1974/75: Min. für Verwaltungsreform. □ 1975-78: Innenmin. □ 1979/80: Ministerpräsident. □ 1983: Senatspräsident. □ seit 1985: Staatspräsident (gewählt bis 1992).

Costa, Lúcio
bras. Architekt
* 27.2.1902 Toulon, Var

Costa beeinflußte in hohem Maße die brasilianische Architektur im Sinne des Rationalismus →Le Corbusiers und wurde vor allem durch die Planung für die neue Hauptstadt Brasilia bekannt. In diesem Generalplan verwirklichte er die von der internationalen Architektenvereinigung CIAM in der sog. Charta von Athen beschlossene Forderung nach Trennung der Funktionsbereiche. So sind hier z. B. die Wohnviertel streng von den Straßenzügen (in mehreren Ebenen oberhalb der Wohngebiete angelegt) getrennt. Der futuristische Grundriß Brasilias symbolisiert einen Flugkörper.

□ ab 1931: Nach dem Studium an der Kunstakademie in Rio de Janeiro und Tätigkeit als Architekturhistoriker am bras. Denkmalamt Leiter der Kunstakademie und der Architekturhochschule. □ 1936-43: Ministerium für Erziehung und Gesundheit, Rio de Janeiro, heute Kulturpalast (mit O. →Niemeyer, A. E. →Reidy). □ 1939: Bras. Pavillon für die Weltausstellung New York (mit Niemeyer). □ 1956: Entwurf des Gesamtplans für die neue Hauptstadt Brasilia.

Costa-Gavras, Constantin
griech. Regisseur
* 1933

C. Costa-Gavras →

Costa-Gavras ist einer der engagiertesten Vertreter des politischen Kinos: »Z« (1968, mit Y. →Montand) prangert die Machenschaften der griechischen Militärdiktatur an, »Das Geständnis« (1969) zeigt die stalinistischen Säuberungsaktionen in der CSSR, und »Vermißt« (1981) enthüllt die Beteiligung des CIA am faschistischen Putsch in Chile.

□ 1969: Oscar als bester Auslandsfilm für »Z«. □ 1972: »Der unsichtbare Aufstand«. □ 1982: Goldene Palme von Cannes und Drehbuch-Oscar für »Vermißt« (mit J. →Lemmon). □ 1989: »Music Box — Die ganze Wahrheit«.

Costner, Kevin
amer. Schauspieler und Regisseur
* 18.1.1955 Los Angeles

Kevin Costner →

1991 erhielt Costners Film »Der mit dem Wolf tanzt« sieben Oscars, u. a. in den Kategorien Bester Film und Regie. C., der auch die Hauptrolle in dem von ihm produzierten 3-Std.-Epos über das Schicksal der Sioux verkörperte, gehört seitdem zu den großen amerikanischen Kinostars. Dem in der Auswahl seiner Rollen sehr wählerischen Schauspieler war 1987 in Brian de Palmas »The Untouchables« (Die Unbestechlichen) an der Seite von R. de →Niro und S. →Connery der Durchbruch gelungen.

□ 1985: Held in dem Edelwestern »Silverado« (Rg. L. Kasdan). □ 1989: Hauptrolle im märchenhaften »Feld der Träume« (Rg. P. A. Robinson). □ 1990: Regie-Debüt mit »Der mit dem Wolf tanzt«. □ 1991: Hauptdarsteller in »Robin Hood — König der Diebe« (Rg. K. Reynolds).

▷ N. Young: K. Costner. Der letzte amerikanische Held, 1991.

Cotten, Joseph
amer. Schauspieler
* 15.5.1905 Petersburg, Virg.

Cotten begann seine Karriere in Filmen von und mit O. →Welles (u. a. »Citizen Kane«, 1940) und

J. Cotton und P. Collinge in »Im Schatten des Zweifels«.

brillierte als Witwenmörder in A. →Hitchcocks »Im Schatten des Zweifels« (1943). Seit den 50er Jahren kann C. nicht mehr an seine früheren Erfolge anknüpfen.

□ 1941: »Der Glanz des Hauses Amberson« (Rg. O. Welles). □ 1942: »Von Agenten gejagt» (mit O. Welles, Rg. N. Foster). □ 1946: »Duell in der Sonne« (mit G. →Peck, Rg. K. →Vidor). □ 1949: »Der dritte Mann« (mit O. Welles, Rg. C. Reed); »Sklavin des Herzens« (Rg. A. Hitchcock). □ 1967: »Petulia« (Rg. R. Lester). □ 1973: »Empfindliches Gleichgewicht« (Rg. T. Richardson).

▷ Joseph Cotten: Mein unbescheidenes Leben, 1988.

Coubertin, Pierre de

frz. Sportfunktionär
* 1.1.1863 Paris † 2.9.1937 Genf (Schweiz)

Baron de Coubertin, Pädagoge und Diplomat, war der Initiator der modernen Olympischen Spiele. Er gründete 1894 in Paris das Internationale Olympische Komitee (IOC). Als völkerverbindende Veranstaltung in der Tradition des antiken sportlichen Wettkampfs fanden 1896 in Athen die ersten Spiele der Neuzeit statt. Trotz der Abschaffung des Amateurgedankens 1981 haben viele Ideen C.s, u. a. die Olympiafahne mit fünf farbigen Ringen auf weißem Grund, bis heute Bestand.

□ 1894-1925: Mitgl. des IOC. □ 1894-96: Generalsekretär des IOC. □ 1896-1925: Präs. des IOC. □ 1912: Gewinner einer Goldmedaille im Olympischen Kunstwettbewerb (Literatur).

▷ P. de Coubertin: Erinnerungen, 1959.

← Pierre de Coubertin

Coudenhove-Kalergi, Richard Nikolaus (Graf bis 1919)

österr. Politiker und Schriftsteller
* 16.11.1894 Tokio (Japan)
† 27.7.1972 Schruns, Vorarlberg

Als »Vater des Europagedankens« war Coudenhove-Kalergi der einzige Nicht-Parlamentarier, der ab 1954 (auf Lebenszeit) Mitglied des Parlamentarischen Rats war. Schon zu Beginn der 20er Jahre hatte C. Pläne für ein Vereinigtes Europa entwickelt, das er sich als Staatenbund (allerdings ohne Sowjetunion) vorstellte. Nach dem Krieg belebte er seine Idee und wurde 1952 Ehrenpräsident der »Europäischen Bewegung«. Während des Krieges hatte er in den USA vergeblich versucht, eine österreichische Exilregierung zu bilden.

← R. Coudenhove-Kalergi

□ 1923: Gründer der Paneuropa-Union, »Paneuropa« (Schr.). □ ab 1924: Hg. der Zeitschrift Paneuropa. □ 1938: Emigration in die Schweiz, später in die USA. □ 1940-46: Prof. für Geschichte in New York. □ 1947: Gründer und Vors. der Europ. Parlamentarischen Union. □ 1953: »Die europäische Nation« (Schr.).

▷ R. N. Coudenhove-Kalergi: Aus meinem Leben, 1948.

Couperus, Louis Marie Anne

niederl. Schriftsteller
* 10.6.1863 Den Haag
† 16.7.1923 De Steeg bei Arnheim

Couperus, zeitweilig Journalist für verschiedene Zeitungen, wird der Gruppe der Achtziger zugerechnet, die die niederländische Literatur Ende des 19. Jh.s erneuerte. C. debütierte 1889 mit dem naturalistischen Roman »Eline Vere« (dt. 1893), in dem er sich, wie in vielen folgenden Romanen, kritisch mit dem Bürgertum in seiner Geburtsstadt auseinandersetzte. Als einer der ersten niederländischen Schriftsteller fand C. auch international breite Anerkennung.

□ bis 1878: Wohnhaft in Batavia. □ 1886: Lehrbefähigung für den Unterricht an höheren Schulen für das Fach Niederländisch. □ 1892: »Ekstase« (R.,dt. 1895). □ 1900: »Stille Kraft« (R., dt. 1902). □ 1905/06: »Heliogabal« (R., dt. 1928). □ 1906: »Von alten Menschen, den Dingen die vorübergehen« (R., dt. 1985). □ 1909: Journalist für Het Vaderland und De Haagsche Post. □ 1919: »Xerxes oder der Hochmut« (R., dt. 1919). □ 1920: »Iskander« (R., dt. 1925).

Cournand, André Frédéric

amer. Mediziner frz. Herkunft
* 24.9.1895 Paris
† 19.2.1988 Great Barrington, Mass.

Cournand, Nobelpreisträger von 1956, verbesserte die 1929 von W. →Forßmann im Selbstversuch erprobte Herzkatheterisierung und führte sie 1940 in die klinische Praxis ein. Durch die von ihm fortentwickelten Diagnoseverfahren, wobei C. Katheter bis in die Herzkammern und die Lungenarterien legte, sind in der Thoraxchirurgie große Fortschritte erzielt worden. C.s intensive Forschungen galten angeborenen Herzfehlern und chronischen Lungenleiden.

□ 1930: Übersiedlung in die USA. □ ab 1941: Amer. Staatsbürger. □ 1951-64: Prof. an der Columbia-Univ. und am Bellevue Hospital, New York. □ 1956: Physiologie/Medizin-Nobelpreis (mit W. Forßmann und D. W. →Richards).

Courrèges, André

frz. Modedesigner
* 9.3.1923 Pau

1964 entstand der in Schwarzweiß gehaltene »Courrèges-Stil«, der auf waagerechten und senkrechten Schnitten basierte (Mini-Röcke, Hosen, dazu flache Halbstiefel, meist aus weißem

Plastik). 1965 führte Courrèges den »Weltraum-Look« mit helmartigen Kopfbedeckungen und Sonnenbrillen mit Augenschlitzen ein. 1969 kreierte er Overalls aus breitem Rippenstrick in Weiß. Seinen Stil änderte C. 1972 in eine rüschenverzierte feminine Linie.

□ bis 1949: Techniker und Brückenbauingenieur; Modedesignstudium. □ 1950-61: Assistent bei C. → Balenciaga. □ 1961: Eröffnung eines Ateliers in Paris. □ 1972: Ausstattung der frz. Teilnehmer der Olympischen Sommerspiele. □ 1973: Erste Herrenmode.

← André Courrèges

Courths-Mahler, Hedwig

dt. Schriftstellerin
* 18.2.1867 Nebra, Thüringen
† 26.11.1950 Rottach-Egern

Courths-Maler, die aus bescheidenen sozialen Verhältnissen stammte, erzielte mit ihren Romanen Millionenauflagen. In klischeehafter Gleichförmigkeit und einfachen Arrangements schilderte sie Aufstieg, Reichtum und Glück sozial Unterprivilegierter. Die verkitschte, vermeintlich vornehme Sprache der über 200 Romane wurde oft parodiert.

□ 1881-83: Dienstmädchen und Verkäuferin. □ 1912: Erster Erfolg als Schriftstellerin mit »Die wilde Ursula« (R.). □ 1916: »Ich will« (R.). □ 1917: »Meine Käthe« (R.). □ 1918: »Die schöne Unbekannte« (R.). □ 1919: »Der Scheingemahl« (R.). □ 1948: »Flucht in den Frieden« (R.).

▷ D. Maurer: Hedwig Courths-Mahler, 1991.

← H. Courths-Mahler

Cousteau, Jacques Yves

frz. Meeresforscher
* 11.6.1910 Saint-André-de-Cubzac, Dep. Gironde

Bekannt wurde Cousteau mit seinen Expeditionen auf dem Forschungsschiff »Calypso«, das er aus einem amerikanischen Minenräumer zu einem schwimmenden Laboratorium umgebaut hat. Seine über Jahre auf den Weltmeeren gesammelten Erkenntnisse dokumentierte der hervorragende Wissenschaftler in der TV-Serie »Geheimnisse des Meeres«, die über 13 Jahre zu den beliebten Sendungen in der BRD gehörte. 1973 gründete C. mit seinem Sohn Philippe († 1979) eine nach ihnen benannte Gesellschaft in den USA, die sich für den Schutz des Meeres einsetzt. Nach einer 1983/84 mit seinem Sohn Jean-Michel unternommenen Expedition ins Amazonas-Gebiet berichtete C. in der TV-Reportage »Abenteuer Amazonas« (1984) von den bedrohlichen Eingriffen des Menschen in das Ökosystem des brasilianischen Regenwaldes.

Cousteau will das Meer vor den Menschen schützen.

□ 1944-56: Gründer der Unterwasserforschungsgruppe und Offizier der frz. Marine. □ 1946: Konstrukteur des ersten Preßlufttauchgeräts (Aqualunge). □ 1953: »Die schweigende Welt« (Sachb., dt. 1953; F. 1955). □ 1957-89: Dir. des Ozeanographischen Museums in Monaco. □ 1960: »Der goldene Fisch« (F., Oscar für den besten Kurzfilm). □ 1962-65: Entwicklung des Unterwasserlaboratoriums »Vorkontinent«. □ 1963: »Das lebende Meer« (Sachb., dt. 1964); »Welt ohne Sonne« (F., dt. 1964; Oscar für den besten Dokumentarfilm). □ 1970: »Haie. Herrliche Räuber der See« (Sachb., dt. 1971). □ seit 1981: Hg. der Reihe »Cousteau-Umweltlesebuch« (dt. seit 1983). □ 1988: Mitgl. der Académie française.

Couve de Murville →

Couve de Murville, Maurice Jacques

frz. Politiker
* 24.1.1907 Reims

Couve de Murville galt als ein Musterbeispiel der geschickten und effizienten »Technokraten«, die seit den Tagen des Londoner Exils unter General Ch. de → Gaulle dienten. Als Außenminister vertrat er ab 1958 vorbehaltlos die Politik seines Präsidenten (Beendigung des Krieges in Algerien, Aussöhnung mit Deutschland, Austritt aus der NATO). 1969, mit dem Rücktritt von de Gaulle, schied auch C. aus der Politik aus, kehrte allerdings 1973 in die Abgeordnetenkammer zurück.

□ vor 1940: Im Finanzministerium. □ 1940-45: Flucht zu General de Gaulle; im Comité Français de la Libération Nationale Beauftragter für das Finanzwesen. □ 1945-50: Staatssekr. im Außenministerium. □ 1950-58: Botschafter in Kairo, Washington und Bonn. □ 1958-68: Außenmin. □ 1968/69: Premierminister. □ 1973: Deputierter der UDF (Neo-Gaullisten).

Noël Coward →

Coward, Sir (ab 1970) Noël Pierce

engl. Dramatiker
* 16.12.1899 Teddington
† 26.3.1973 Port Maria (Jamaika)

Coward, ein vielseitiger und kommerziell erfolgreicher Autor, Schauspieler und Komponist, war neben Terence Ratigan einer der großen Altmeister des handwerklich perfekten Boulevardtheaters (Well-made Play). C.s amüsante Gesellschaftskomödien spielen im Milieu der eleganten Oberschicht. Sie zeichnen sich durch geistreiche Dialoge, authentische Wiedergabe von Alltagssprache, bühnenwirksame Situationskomik und ironischen Humor aus. Zu C.s populärsten Stücken zählt die ca. 2000mal aufgeführte »Geisterkomödie« (UA 1941, dt.spr. EA

1945), die 1945 erfolgreich verfilmt und 1964 u. d. T. »High Spirits« als Musical adaptiert wurde.

☐ ab 1911: Erste Bühnenerfahrungen als Schauspieler, Sänger, Tänzer und Entertainer. ☐ 1925: »Heufieber« (Dr., dt. EA 1926). ☐ 1931: »Cavalcade« (Dr.). ☐ 1933: »Unter uns Vieren«((Dr., dt. EA 1952).

▷ Sir N. Coward: Present Indicative (Aut.), engl. 1937; ders.: Future Indefinite (Aut.), engl. 1954; C. Lesley: The Life of Noël Coward, engl. 1976.

Craig, Gordon Alexander

amer. Historiker schott. Herkunft
* 26.11.1913 Glasgow

Für die als meisterhafte Historiographie gewürdigte »Deutsche Geschichte 1866-1945« (1978, dt. 1980) erhielt Craig 1982 als erster den Historikerpreis der Stadt Münster. C. arbeitet im Rahmen europäischer Themen insbesondere über die Geschichte Preußens, Deutschlands und über den Militarismus.

Gordon Craig, seine Leidenschaft ist die dt. Geschichte.

☐ seit 1925: Amer. Staatsbürgerschaft als Folge der Einbürgerung seines Vaters. ☐ 1950-60: Prof. an der Princeton Univ., N. J. ☐ 1955: »Die preuß.-dt. Armee 1640-1945« (dt. 1960). ☐ 1958: »Von Bismarck zu Adenauer. Aspekte dt. Staatskunst« (dt. 1961). ☐ seit 1961: Prof. an der Stanford Univ., Kalif.; Honorarprof. (1962) der FU Berlin. ☐ 1983: »Zwischen Krieg und Frieden. Konfliktlösung in Geschichte und Gegenwart« (dt. 1984). ☐ 1989: »Geschichte Europas 1815-1980« (3. neubearbeitete Aufl.).

Cram, Donald James

amer. Chemiker
* 22.4.1919 Chester, Verm.

Cram gelang auf dem neuen Gebiet der supramolekularen »Wirt-Gast-Chemie« (Ch. J. →Pedersen) die Synthese von sog. Wirts-Molekülen, die im Inneren ihrer komplexen Struktur Gast-Moleküle aufnehmen, durch die Zellmembran schleusen und wichtige biologische Prozesse imitieren können. Solche Moleküle, die in biologischen Systemen Signale von Zelle zu Zelle tragen, können sich »erkennen« (wie z. B. die Enzyme bei ihrer Bindung an Rezeptoren) und diejenigen auswählen, mit denen sie komplexere Moleküle bilden werden.

☐ seit 1956: Prof. an der Univ. of Calif, Los Angeles. ☐ 1978: »The essence of organic chemistry« (Schr., mit J. M. Cram). ☐ 1987: Chemie-Nobelpreis (mit J.-M. →Lehn und Ch. J. Pedersen).

Gottfried v. Cramm →

Cramm, Gottfried von

dt. Tennisspieler
* 7.7.1909 Nettlingen, Hannover
† 7.11.1976 Kairo, Ägypten (Autounfall)

Cramm, der bedeutendste deutsche Tennisspieler vor dem 2. Weltkrieg, stand dreimal hintereinander (1935-37) im Einzelfinale von Wimbledon, das er allerdings nie gewinnen konnte. Der »Tennisbaron« galt als Inbegriff von spielerischer Eleganz und Fair play. Er gewann elf deutsche Meisterschaften (davon sechs im Einzel). Von 102 Spielen im Davis-Cup konnte er 82 für sich entscheiden.

☐ 1933: Wimbledonsieger im Mixed (mit H. Krahwinkel). ☐ 1934: Sieger im Einzel in Paris (erneut 1936). ☐ 1937: Sieger im Doppel in Paris; USA-Meister im Einzel. ☐ ab 1955: Ehe mit der Woolworth-Erbin Barbara Hutton.

▷ E. Steinkamp: G. v. Cramm. Der Tennisbaron, 1990.

Crane, Hart Harold

amer. Lyriker
* 21.7.1899 Garretsville, Ohio
† 27.4.1932 Golf von Mexiko (Selbstmord)

Cranes künstlerisches Ansehen beruht im wesentlichen auf seiner Gedichtsequenz »The Bridge« (1930), dem wohl ehrgeizigsten lyrischen Opus in englischer Sprache seit T. S. →Eliots »Das wüste Land« (1921/22). In hymnischer Sprache und mit großer wortschöpferischer Originalität versucht C. den Mythos Amerika in einer die Realität überschreitenden Imagination zu fassen. Die Brücke (Brooklyn Bridge, New York) wird dabei zum Symbol amerikanischen Lebens; sie kündet von der Verbindung der traditionellen Werte des »klassischen« Amerika mit der als materialistisch-technologisch empfundenen Gegenwart.

▷ J. Unterecker: Voyager. A life of Hart Crane, engl. 1987.

Cranko, John

brit. Tänzer und Ballettdirektor
* 15.8.1927 Rustenburg (Südafrika)
† 26.6.1973 Dublin (Irland)

Cranko war ein außerordentlich vielseitiger Choreograph, der lyrisch-poetische Produktionen ebenso brillant inszenierte wie derb-humoristische. Durch seine Arbeit als Ballettdirektor am Württembergischen Staatstheater in Stuttgart fand das deutsche Ballettleben in den 60er Jahren Anschluß an die internationale Entwicklung, wobei Cranko sich dem abstrakten moder-

John Cranko, ein Glücksfall für Stuttgarts Tanztheater.

nen Ballett öffnete, aber auch das klassische, abendfüllende Handlungsballett wiederbelebte. Zu C.s Erfolg in Stuttgart trugen eine systematische Förderung des tänzerischen Nachwuchses, vor allem jedoch eine intensive Probenarbeit bei, die Solisten (u. a. M. →Haydée) und Ensemble zu Höchstleistungen inspirierte.

□ 1942: Choreographie-Debüt in Kapstadt mit »Die Geschichte vom Soldaten«. □ 1946: Mitgl. des Sadler's Wells Theatre Ballet in London, zunächst auch als Tänzer; ab 1949 vor allem als Choreograph. □ 1952: »Pineapple Poll« am Sadler's Wells. □ 1955: »La belle Hélène« an der Pariser Opéra. □ 1955: Revue »Cranks« in London. □ 1957: UA des abendfüllenden Balletts »Der Pagodenprinz« (M.: B. →Britten). □ 1960: »New Cranks« in London. □ ab 1961: Ballettdir. am Württ. Staatstheater Stuttgart; Gastspiele mit der eigenen Truppe; Gastinszenierungen u. a. in Berlin, Toronto, New York, Kopenhagen. □ ab 1968: Zugleich Chefchoreograph der Münchener Staatsoper. □ 1969: »Der Widerspenstigen Zähmung« in Stuttgart. □ 1973: »Spuren« in Stuttgart.

▷ W. E. Schäfer (u. a.): John Cranko und das Stuttgarter Ballett, 1973.

Cranston, Toller

kanad. Eiskunstläufer
20.4.1949 Hamilton

Obwohl sein größter Erfolg nur der dritte Platz bei den Olympischen Spielen 1976 in Innsbruck war, zählte Cranston zu den herausragenden Eiskunstläufern. Dreimal gewann er bei Weltmeisterschaften mit ausdrucksstarken Tanzelementen die Kürwertung, brachte sich aber durch schwache Leistungen in der Pflicht um den Titel. Ab 1977 war C. Profi bei der Eisrevue »Holiday on Ice«.

← Toller Cranston

Craxi, Bettino

ital. Politiker
* 24.2.1934 Mailand

Craxi, der erste sozialistische Ministerpräsident Italiens, ist ein robuster und nüchterner Politiker, dem großes Managertalent nachgesagt wird. Sein Studium der Geschichte brach er ab, um sich als hauptamtlicher Parteifunktionär ausschließlich der Politik zu widmen. 1983 wurde er Ministerpräsident einer Mitte-Links-Koalition aus fünf Parteien. Trotz dieser relativ schwachen Basis im Parlament entwickelte C. einen für Italien neuen politischen Stil, indem er ohne Rücksicht auf die Partikularinteressen der Koalitionspartner Entscheidungen erzwang. Eine der umstrittensten Maßnahmen zur Stabilisierung der Wirtschaft war die Abschaffung der automatischen Lohnanpassung an die Inflation. Außenpolitisch setzte er betont nationale Akzente und trat auch gegenüber den USA selbstbewußter auf als seine konservativen Vorgänger. Nach dem Auszug der christlich-demokratischen Minister aus der Regierung trat er im Frühjahr 1987 zurück.

Bettino Craxi: Auch im Parlament erreichbar, 1987.

□ 1952: Mitgl. der Sozialistischen Partei Italiens (PSI). □ 1960-70: Stadtrat von Mailand. □ 1965-68: Sekr. der PSI der Lombardei. □ seit 1968: Mitgl. der Abgeordnetenkammer. □ seit 1976: Generalsekretär der PSI. □ 1983-87: Ministerpräsident.

Fritz Cremer →

Cremer, Fritz

dt. Bildhauer und Grafiker
* 22.10.1906 Arnsberg/Ruhr

Cremer gehörte zu den führenden und einflußreichsten Bildhauern der ehemaligen DDR. Bekannt wurde er durch seine antifaschistischen Denkmäler in den früheren Konzentrationslagern Buchenwald, Mauthausen und Auschwitz. Sein realistischer, dabei vereinfachender, zuweilen monumentalisierender Stil zeigt sowohl Einflüsse von K. →Kollwitz als auch von A. →Rodin und A. →Maillol. Neben figürlichen Arbeiten (»Der Geschlagene«, 1947) schuf er auch mehrere Porträts.

□ 1921-25: Steinmetzlehre in Essen. □ 1929-34: Studium bei W. Gerstel in Berlin. □ 1946-50: Lehrtätigkeit an der Akademie für angewandte Kunst in Wien. □ seit 1950: Prof., seit 1974 auch Vizepräs. der (Ost-)Berliner Kunstakademie. □ 1975: »Aufsteigender«, Plastik im Park des UNO-Hauptquartiers, New York.

▷ D. Schmidt: Fritz Cremer, 1973.

Cresson, Edith

frz. Politikerin
* 27.1.1934 Boulogne-Billancourt

1991 wurde Cresson nach dem Rücktritt M. →Rocards von Staatspräsident F. →Mitterrand zur Premierministerin ernannt. Die erste Frau an der Spitze der französischen Regierung sah ihre dringlichste Aufgabe in der Stärkung der Wirtschaft. Mit Durchsetzungsvermögen und Sachkenntnis erwarb sich die »hemdsärmelige« Agraringenieurin während der 80er Jahre Anerkennung und Respekt in verschiedenen Regierungsämtern. Als Außenhandelsministerin (1983-86) gelang ihr eine drastische Reduzierung des Handelsbilanzdefizits auf 25 Mrd. DM (1985). Einen Monat nach ihrer Amtsübernahme überstand C. mit Hilfe der Kommunisten das erste Mißtrauensvotum im Parlament.

☐ 1965: Wahlkampfhelferin von Mitterrand. ☐ seit 1971: Mitgl. der Sozialistischen Partei. ☐ 1979: MdEP. ☐ 1981: Landwirtschaftsmin. ☐ 1983-86: Min. für Außenhandel und Fremdenverkehr (ab 1984 zugleich Min. für die Umstrukturierung der Industrie). ☐ 1988-90: Min. für Europafragen. ☐ 1990: Beraterin eines Elektromechanik-Konzerns. ☐ seit 1991: Premierministerin.

← Edith Cresson

Crick, Francis Harry Compton

brit. Biochemiker
* 8.6.1916 Northampton

Crick entwickelte 1953 mit J. D. →Watson ein Modell der räumlichen Struktur der Moleküle der Desoxyribonukleinsäure (DNS), die als Erbinformationsträger mit ihrer Fähigkeit zur Verdopplung (Reduplikation) die Form einer zweistrangigen, spiralförmig ineinandergewundenen Doppelhelix hat. Erstmals war mit dem Watson-Crick-Modell eine Erklärung dafür möglich, daß sich die einzelnen Stränge bei ihrer identischen Reduplikation nicht zerstören, sondern als Vorlage zur Bildung eines neuen, komplementären Strangs dienen. In seinem Buch »Life Itself« (1981) spekuliert C. über die Möglichkeit, daß das Leben auf der Erde von Bakterien jenseits unseres Sonnensystems stamme.

F. Crick hält Kontakt zum wissenschaftlichen Nachwuchs.

☐ 1949-76: Tätigkeit am Medical Research Council Laboratory in Cambridge. ☐ 1962: Physiologie/Medizin-Nobelpreis mit Watson und M. H. F. →Wilkins (der durch Röntgenstrukturanalyse der DNS die Daten für das Modell lieferte). ☐ 1966: »Of molecules and men« (Schr.). ☐ 1977: Prof. am Salk Inst. in San Diego, Kalif.

Alfredo Cristiani →

Cristiani, Alfredo

salvador. Politiker
* 22.11.1947 San Salvador

Im Juni 1989 übernahm Cristiani das Amt des Staatspräsidenten El Salvadors von J. N. →Duarte. Als Mitglied der rechtsextremen Republikanisch-Nationalistischen Allianz (ARENA) macht er eine politische Lösung im seit 1979 andauernden Bürgerkrieg von der Bereitschaft der linken Guerillabewegung FMLN abhängig, sich entwaffnen zu lassen. Die FMLN ihrerseits fordert zunächst die Entmachtung der für ungezählte Menschenrechtsverletzungen verantwortlichen Militärs; eine Lösung ist nicht in Sicht. Der Betriebswirt und Unternehmer C. tritt für die Stärkung der Privatwirtschaft ein, damit aus El Salvador das »Taiwan Zentralamerikas« wird.

☐ 1984: Als Inhaber des Familienimperiums (Pharma-Unternehmen, Kaffee- und Baumwollplantagen) Eintritt in die rechtsextreme ARENA-Partei. ☐ 1985: Parlamentsmitgl. ☐ seit 1989: Staats- und Regierungschef.

Benedetto Croce →

Croce, Benedetto

ital. Philosoph, Historiker und Politiker
* 25.2.1866 Pescasseroli, Prov. L'Aquila
† 20.11.1952 Neapel

Croce gründete 1903 mit G. →Gentile die einflußreiche kulturkritische Zeitschrift La Critica. Als Herausgeber (bis 1944) publizierte C. in dieser von der Zensur des italienischen Regimes unberührten Zeitschrift neben eigenen auch die wichtigsten philosophischen, historischen und literarischen Schriften europäischer Zeitgenossen.
Aufgrund seiner Auseinandersetzung mit dem Historischen Materialismus und der Geschichtsphilosophie Hegels entwickelte der antiklerikale Intellektuelle ein eigenständiges philosophisches Konzept. Mit seinem dialektischen Idealismus, in dem die Menschheitsgeschichte optimistisch als unendlicher dialektischer Fortschritt des objektiven Geistes und als Geschichte der Freiheit erscheint, überwand C. den italienischen Positivismus des 19. Jh.s.
In seinem vierbändigen Hauptwerk, »Philosophie als Wissenschaft des Geistes« (1902-17), differenzierte C. zwischen theoretischer und prakti-

scher Geistestätigkeit, in welcher sich einerseits Logik (das verallgemeinernde begriffliche Denken) und Ästhetik (die auf das Einzelne und Individuelle gerichtete Intuition) sowie andererseits Ökonomik (das Nützliche) und Ethik (das Gute) gegenüberstehen. Mit »Poesie und Nichtpoesie« (Schr., 1923, dt. 1924) führte C. entgegen der traditionellen Gattungslehre die Eigenständigkeit der Poesie als reiner Kunst ohne didaktische oder unterhaltende Funktionen ein.

□ 1907: »Lebendiges und Totes in Hegels Philosophie« (Schr., dt. 1909). □ 1910: Senator. □ 1911: »Die Philosophie Giambattista Vicos« (Schr., dt. 1927). □ 1919: »Goethe« (Schr., dt. 1949). □ 1920: »Ariost, Shakespeare, Corneille« (Schr., dt. 1922). □ 1920/21: Unterrichtsmin. □ 1921: »Dantes Dichtung« (Schr., dt. 1921). □ 1925: Öffentliche Stellungnahme gegen den Faschismus mit dem Manifest der antifaschistischen Intellektuellen vom 1.5.1925 in La Critica. □ 1932: »Geschichte Europas im 19. Jh.« (Schr., dt. 1947). □ 1943-47: Vors. der neu begründeten Liberalen Partei. □ 1944: Minister. □ 1947: Gründer des Ital. Inst. für historische Studien, Neapel.

▷ K.-E. Lönne: Benedetto Croce als Kritiker seiner Zeit, 1967.

Cronin, James Watson

amer. Physiker
* 29.9.1931 Chicago, Ill.

Cronin, seit 1971 Professor an der University of Chicago, arbeitet auf dem Gebiet der Elementarteilchenphysik. Mit V. L. →Fitch entdeckte er bei dem Zerfall eines neutralen Kaons, daß das bis dahin geltende naturwissenschaftliche Prinzip der sog. CP-Invarianz (Symmetriegesetze zwischen Materie und Antimaterie) verletzt wird. Bei diesem Gesetz ging man von der Gleichheit der Masse und Lebensdauer von Teilchen und Antiteilchen aus. Für seine Entdeckung, daß Materie länger als Antimaterie lebt, erhielt C. 1980 den Physik-Nobelpreis.

Cronkite, Walter

amer. Journalist
* 4.11.1916 St. Joseph, Missouri

Die »Evening News with Walter Cronkite« (CBS, Start 16.4.1962) machten den ehemaligen Kriegsberichterstatter zu einer einflußreichen TV-Größe in den USA. C. führte für diese Nachrichtensendung die Funktion des sog. anchorman ein. Als solcher, sämtliche Arbeitsbereiche der Redaktion koordinierender Moderator leitete er die Abendnachrichten bis 1981. Der vertrauenerweckende Chefsprecher hatte mit fundierten Berichten zu allen nationalen Ereignissen unschätzbaren Einfluß auf die öffentliche Meinung; seine Sendung erreichte zuletzt ca. 18,5 Mio. Zuschauer.

Cronkites »Evening News«, Beginn einer neuen Ära.

William Crookes→

← James W. Cronin

□ 1939-45: Nach verschiedenen Tätigkeiten als Radioreporter Kriegsberichterstatter für die Nachrichtenagentur United Press. □ 1945-49: Berichte über die Nürnberger Prozesse. □ ab 1950: Mitarbeiter der Rundfunkgesellschaft CBS. □ 1962-81: Chefsprecher der CBS-Nachrichten.

▷ P. Taylor: W. Cronkite. This is Walter Cronkite, 1975; P. Westman: Walter Cronkite. The most trusted man in America, 1980.

Crookes, Sir (ab 1897) William

brit. Chemiker und Physiker
* 17.6.1832 London † 4.4.1919 ebd.

Der Privatgelehrte Crookes entdeckte 1861 mittels Spektralanalyse das Element Thallium und beschrieb die Eigenschaften dieses giftigen Schwermetalls, das er in dem von ihm eingeführten spiralförmigen Periodensystem der chemischen Elemente einordnete. Für seine Beobachtungsversuche der elektrischen Entladung in Abhängigkeit vom Druck konstruierte C. 1879 eine nach ihm benannte Vakuum-Röhre, in welcher er beim Elektrizitätsdurchgang durch verdünnte Gase die wichtigsten Eigenschaften der aus geladenen Partikeln bestehenden Kathodenstrahlung erkannte. C.s verbesserte Vakuumtechnik beeinflußte die Herstellung von Glühlampen.

□ 1854-56: Meteorologe am Radcliffe-Observatorium in Oxford. □ 1859: Gründer und Hg. der Zeitschrift Chemical News. □ 1874/75: Konstruktion eines Radiometers (eine drehbare, im Vakuum aufgehängte »Lichtmühle«, die sich bei Bestrahlung durch einseitige Erhitzung ihrer geschwärzten Flügelseiten dreht). □ 1900: C.s Untersuchungen an Uransalz geben die ersten Hinweise, daß Radioaktivität die Umwandlung von einem Element in ein anderes einschließt. □ 1903: Entdeckung, daß Alphastrahlen Zinksulfid zum Leuchten bringen (Szintillationswirkung). □ 1913: Entwicklung eines Spinthariskops zur Beobachtung der Szintillation. □ 1913-15: Präs. der Royal Society.

Crosby, Harry Lillis »Bing«

amer. Sänger und Schauspieler
* 2.5.1904 Tacoma, Wash.
† 14.10.1977 Madrid (Spanien)

Crosby wurde durch die millionenfach verkaufte Aufnahme des Weihnachtslieds »White Christ-

Bing Crosbys Radio Show, Beginn einer Karriere.

mas« zur Legende. Zahlreiche Platten nahm er auch mit Jazzmusikern wie Bix Beiderbecke, E. K. »Duke« →Ellington, L. →Armstrong, Jimmy Dorsey, Jack Teagarden, Louis Jordan, Bob Haggart und Eddie Condon auf. C.s Künstlername ist die Erfindung seiner Mitschüler — sie tauften ihn »Bing« wegen seiner leidenschaftlichen Lektüre der »Bingville Buggle«-Comic-strips. Als Schauspieler etablierte sich C. durch seinen feinfühligen Humor und seine Sentimentalität. Er drehte insgesamt 68 Spielfilme.

□ 1926: Jazzsänger in der Band von Paul Whiteman. □ ab 1931: Regelmäßige Auftritte im Rundfunk. □ 1942: Erste Aufnahme von »White Christmas«. □ 1944: »Going my way« (F.). □ 1954: »The country girl« (F.). □ 1956: »True Love« (mit G. →Kelly).

▷ A. H. Marill: Bing Crosby, 1969.

Cruise, Thomas »Tom«

(eig. T. C. Mapother IV)
amer. Schauspieler
* 3.7.1962 Syracuse, N. Y.

Als draufgängerischer Jetpilot in »Top Gun — Sie fürchten weder Tod noch Teufel« (Rg. T. Scott) wurde Cruise 1985 zum Teenageridol und erfolgreichsten Nachwuchsdarsteller Hollywoods. Seine schauspielerischen Qualitäten stellte der weitgehend auf jugendliche Helden festgelegte C. u. a. in »Rain Man« (mit D. →Hoffman, Rg. B. →Levinson, 1988) unter Beweis.

□ 1981: »Endlose Liebe« (Rg. F. →Zeffireli). □ 1982: »Die Outsider« (Rg. F. F. →Coppola). □ 1985: »Top Gun — Sie fürchten weder Tod noch Teufel«. □ 1986: »Die Farbe des Geldes« (Rg. M. →Scorsese). □ 1990: »Geboren am 4. Juli« (Rg. O. →Stone); »Tage des Donners« (Rg. T. Scott).

Cruyff, Johann

niederl. Fußballspieler
* 25.4.1947 Amsterdam

Cruyff gehörte mit F. →Beckenbauer zu den überragenden Fußballspielern der 70er Jahre. Dreimal gewann er mit Ajax Amsterdam den Europapokal der Landesmeister (1971-73) und wurde 1974 mit der Nationalmannschaft Vize-Weltmeister. Er bestritt 48 Länderspiele und schoß 34 Tore. Nach Beendigung seiner aktiven Laufbahn, in der er neunmal holländischer Meister wurde, war er auch als Trainer erfolgreich.

□ 1957-73: Ajax Amsterdam. □ 1971: Fußballer des Jahres (erneut 1973 und 1974). □ 1973-78: FC Barcelona. □ 1974: Vize-Weltmeister. □ 1978- 80. US-Profi Liga. □ ab 1988: Trainer bei FC Barcelona.

Cucchi, Enzo

ital. Maler und Zeichner
* 14.11.1950 Morro d'Alba

Cucchi ist neben F. →Clemente und Sandro Chia ein prominenter Vertreter der italienischen Transavanguardia. Diese Kunstrichtung sucht nach einer neuen Sinnlichkeit, einer individualistischen, oft verschlüsselten, aber meist gegenständlichen Zeichensprache. In einem neoexpressionistischen Stil gibt C. z. T. surrealistische Akzente setzende Endzeitstimmungen wieder, wie in dem Bild »Blaue Grotte« (1980, Zürich, Sammlung Bruno Bischofberger). Gelegentlich bezieht er Objekte in die Malgründe mit ein und stößt damit in den Raum vor. »Verzauberte Stadt« (1986, München, Galerie Bernd Klüser) kombiniert eine Eisenkonstruktion mit Bleiformen vor gelbem Hintergrund: Zivilisatorische Objekte werden mit einer z. T. äußerst wüstenartigen Landschaft konfrontiert, die von verschlüsselten Zeichen (»Skorpion«, »Oase«, »Sandspuren«) belebt ist. So arbeitet C. mit einer geheimnisvollen Symbolsprache, die sich auch völlig abstrahierter Zeichen im Sinne magisch-mythischer Symbole bedient.

Enzo Cucchi →

← Tom Cruise

□ 1965: Verschiedene Tätigkeiten, u. a. bei einem Restaurator; autodidaktische Entwicklung zum Maler und Zeichner. □ seit 1977: Zahlreiche Einzelausstellungen. □ 1980: Ausstellung im Stedelijk Museum, Amsterdam. □ 1982: Teilnahme an der documenta 7 in Kassel sowie der Ausstellung »Zeitgeist«, Berlin. □ 1987: Teilnahme an der documenta 8.

Cukor, George

amer. Regisseur
* 7.7.1899 New York † 24.1.1983 Los Angeles

Cukor etablierte sich in den 20er Jahren als Bühnenregisseur am Broadway (»The Great Gatsby«) und hatte ab 1929 seine größten Erfolge in Hollywood. Mit seiner einfühlsamen und intensiven Schauspielerführung förderte er vor allem die Karriere weiblicher Stars wie G. →Garbo und A. →Gardner. Großen Einfluß hatte er auf K. →Hepburn, mit der er Meisterwerke der »sophisticated comedy« drehte (»Die Nacht vor der Hochzeit«, 1940, mit C. → Grant und J. →Stewart). Einige der genauesten und atmosphärisch dichtesten Verfilmungen literarischer Klassiker stammen

George Cukor: Der Komödienspezialist zeigt Mary Boland, wie sie spielen soll.

ebenfalls von C. (»David Copperfield«, 1935; »Die Kameliendame«, 1936).

☐ 1919-28: Regisseur am Broadway. ☐ 1929: Wechsel nach Hollywood. ☐ 1930: Dialogregie bei »Im Westen nichts Neues« (nach dem Roman von E. M. →Remarque). ☐ 1932: »Eine Scheidung« (mit K. Hepburn). ☐ 1933: »Dinner um acht« (mit J. →Harlow). ☐ 1937: »Holiday/Die Schwester der Braut« (mit C. Grant). ☐ 1940: »Die Nacht vor der Hochzeit« (mit K. Hepburn, C. Grant, J. →Stewart). ☐ 1941: »Die Frau mit den zwei Gesichtern« (mit G. →Garbo). ☐ 1944: »Gaslight/ Das Haus der Lady Alquist« (mit Ingrid →Bergman). ☐ 1949: »Ehekrieg« (mit K. Hepburn und S. →Tracy). ☐ 1955: »Knotenpunkt Bhowani« (mit A. Gardner). ☐ 1957: »Girls« (mit G. → Kelly); »Wild ist der Wind (mit A. → Magnani und A. →Quinn). ☐ 1960: »Machen wir's in Liebe« (mit M. → Monroe). ☐ 1963: »My Fair Lady« (nach G. B. →Shaw, mit A. →Hepburn und R. →Harrison). ☐ 1972: »Reisen mit meiner Tante«. ☐ 1981: »Reich und berühmt«.

Cummings, E(dward) E(stlin)

amer. Schriftsteller
* 14.10.1894 Cambridge, Mass.
† 3.9.1962 North Conway, N. H.

Der modernistische Maler, Zeichner, Lyriker und Romancier Cummings errang seinen ersten literarischen Erfolg mit dem Roman »Der endlose Raum« (1922, dt. 1954, 1961 u. d. T. »Der ungeheure Raum«). Vor dem Hintergrund seiner Kriegsgefangenschaft in Frankreich 1917 beschäftigte sich C. mit dem Menschen als Individuum. C.s Lyrik steht im Zeichen einer inhaltlichen und formalen Erneuerung der amerikanischen Literatur. Er bevorzugte den freien Vers mit assoziierenden Gedankensprüngen und arbeitete oft mit typographischen Experimenten, eigenwilliger Interpunktion, Sprachzertrümmerung und Collagentechnik nach Art des Dadaismus (H. →Ball).

☐ 1911-16: Studium an der Harvard Univ. ☐ 1918: Als Maler im New Yorker Künstlermilieu. ☐ 1921: Europaaufenthalt mit J. →Dos Passos; Bekanntschaft mit E. →Pound. ☐ 1925: »&« (Ged.e). ☐ 1931: »By E. E. Cummings« (Es.s). ☐ 1933: »No Thanks« (Ged.e). ☐ 1944: »1x1« (Ged.e). ☐ 1946: »Santa Claus« (Dr.). ☐ 1958: »Gedichte« (engl. u. dt.). ☐ 1960: Letzte Europareise. ☐ postum 1963: »73 Poems« (Ged.e). ☐ postum 1971: »Fairy Tales/Märchen« (engl./dt.).

▷ R. S. Kennedy: Dreams in the mirror (Biogr.), engl. 1980.

← E. E. Cummings

Cumont, Franz

belg. Archäologe und Religionshistoriker
* 3.1.1868 Aalst † 19.8.1947 Brüssel

Cumont verfaßte grundlegende Werke zur Geschichte der antiken orientalischen Religionen (z. B. Mithraskult) und zur Erforschung der ägyptischen Astrologie. Meisterhaft verstand er es, bildliche und epigraphische Monumente auszuwerten und der Forschung somit neue Anregungen zu geben. Sein wissenschaftliches Lebenswerk hat nachhaltigen Einfluß auf die Religionsgeschichte ausgeübt, insbesondere im Rahmen der protestantischen Theologie.

☐ 1894-1900: »Die Mysterien der Mithra« (Schr., 2 Bde., dt. 1903). ☐ 1896: Prof. für klassische Philologie an der Univ. Gent. ☐ 1899-1912: Museumskonservator in Brüssel. ☐ 1906: »Die orientalischen Religionen im römischen Heidentum« (Schr., dt. 1910). ☐ ab 1912: Privatgelehrter. ☐ 1937: »Die Astrologie der Ägypter« (Schr.).

Cunningham, Imogen

amer. Fotografin
* 12.4.1883 Portland, Oreg.
† 24.6.1976 San Francisco

Cunningham gelangte zu ihrem eigenen Stil durch die Bekanntschaft mit A. E. →Adams und Edward Weston (* 1886, † 1958). Mit ihnen gründete sie die Gruppe F/64, die sich der Neuen Sachlichkeit (Straight Photography) mit dem Ziel einer extrem scharfen, völlig realistischen Abbildungsweise verschrieben hatte. Neben frühen Pflanzenstudien entstanden vor allem Porträts (u. a. von Hollywood-Stars), aber auch zahlreiche Reportagen für große Zeitschriften. Ab 1970 wandte sich C. Aufnahmen von über Neunzigjährigen zu, die postum 1978 veröffentlicht wurden (»After Ninety«).

☐ 1909/10: Studium der Fotochemie an der TH Dresden; Eröffnung eines Studios in Seattle, Wash. ☐ ab 1930: Arbeit für große Zeitschriften (z. B. Vanity Fair). ☐ 1932: Mitbegründerin der Gruppe F/64. ☐ ab 1947: Dozentin an verschiedenen kalif. Schulen und Hochschulen.

▷ M. Mann: Imogen Cunningham. Photographs 1910-73, engl. 1974.

Cunningham, Merce

amer. Choreograph
* 16.4.1919 Centralia, Wash.

Merce Cunningham

Cunningham wurde mit seinen abstrakten Choreographien, in denen er auf psychologische oder symbolhafte Elemente sowie auf eine durchgängige Handlung verzichtete, zu einem der Gründer des avantgardistischen Tanzes, auch als Non-Ballet oder Minimal Dance bezeichnet. In Zusammenarbeit mit J. →Cage, anderen zeitgenössischen Komponisten sowie bildenden Künstlern, u. a. A. →Warhol, J. →Johns und R. →Rauschenberg entwickelte er den Tanz zu einer eigenständigen Kunstform, die — so C.s Theorie — lediglich zeitgleich, aber unabhängig von der unterlegten Musik abläuft. Gelegentlich experimentiert C. auch mit dem Zufallsprinzip, indem er Blöcke von vornherein festgelegten

Schrittfolgen willkürlich miteinander kombiniert, so daß eine Choreographie bei jeder Aufführung anders erscheint, ohne daß die Substanz sich verändert.

☐ 1940-45: Mitgl. von M. →Grahams Compagnie. ☐ 1947: Choreographie von »The Seasons« (M.: J. Cage). ☐ ab 1953: Arbeit mit eigenem Ensemble in verschiedenen amer. Städten. ☐ 1958: Choreographie von »Summerspace«. ☐ 1969: Zugleich Leitung des Ensembles für modernes Ballett in New York. ☐ 1972: »Un jour ou deux« (M.: J. Cage, Ausstattung: R. Rauschenberg) an der Pariser Opéra. ☐ 1982: Choreographie von »Trails«.

▷ J. Klosty: Merce Cunningham, engl. 1975.

Curie, Marie

frz. Chemikerin und Physikerin poln. Herkunft
* 7.11.1867 Warschau
† 4.7.1934 Sancellemoz, Savoyen

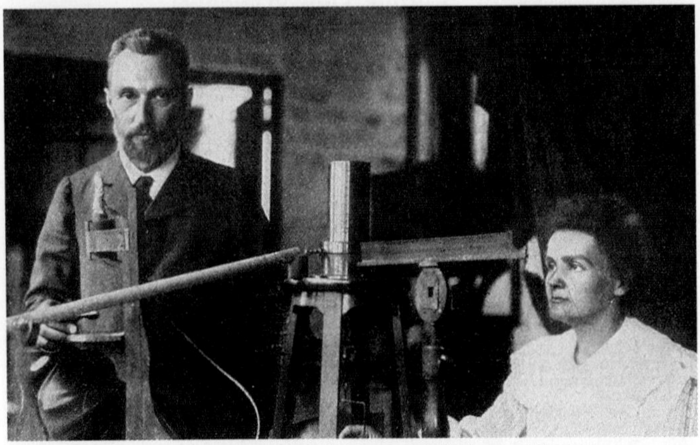

Pierre und Marie Curie entdeckten 1898 die Elemente Polonium und Radium.

Marie Curie war nicht nur die erste Frau, die den Nobelpreis erhielt, sie bekam ihn gleich zweimal, und das in der den Männern vorbehaltenen Domäne der Naturwissenschaften. 1903 erhielt sie den Physik-Nobelpreis mit ihrem Ehemann, P. →Curie, und A. H. →Becquerel »für die Entwicklung und Pionierleistung auf dem Gebiet der spontanen Radioaktivität und der Strahlungsphänomene«; 1911, fünf Jahre nach dem Tod ihres Ehemanns, erhielt sie den Chemie-Nobelpreis, diesmal allein, für »die Entdeckung der Elemente Radium und Polonium«. Die Untersuchung der von Becquerel entdeckten Strahlung des Uran, die C. »Radioaktivität« nannte, hatte sie mit ihrem Ehemann auf die Spur der beiden Elemente geführt. Sie wurde so zur Begründerin der Radiochemie, ihre Untersuchungen wurden zum Grundstein der Nuklearforschung. C., deren Aufnahme in die Académie française an einer (männlichen) Gegenstimme scheiterte, starb an Leukämie, verursacht durch die Überdosen radioaktiver Strahlung während ihres Forscherlebens.

☐ ab 1891: Studium der Physik, Mathematik und Chemie in Paris. ☐ ab 1895: Ehe mit P. Curie. ☐ 1897: Geburt ihrer Tochter I. →Joliot-Curie. ☐ 1903: Physik-Nobelpreis; »Untersuchungen über die radioaktiven Substanzen« (Diss., dt. 1904). ☐ ab 1906: Als erste Frau Prof. an der Sorbonne; ab 1914 Leiterin des Inst. du radium ebd. ☐ 1910: »Die Radioaktivität« (Schr., 2 Bde., dt. 1912). ☐ 1911: Chemie-Nobelpreis.

▷ E. Curie: Madame Curie. Leben und Wirken, 1980; R. Reid: Marie Curie, 1980.

Curie, Pierre

frz. Physiker
* 15.5.1859 Paris † 19.4.1906 ebd. (verunglückt)

Curie erforschte die Strukturen von Kristallen, ihre elektrischen sowie magnetischen Eigenschaften und entdeckte 1880 mit seinem Bruder Paul Jacques (* 1855, † 1941) die sog. Piezoelektrizität, mit der die von G. J. →Lippmann vorhergesagte Deformierbarkeit von Kristallen durch ein elektrisches Feld experimentell bestätigt wurde. Die rhythmische Vibration eines Kristalls entsprechend einer angelegten, schnell wachsenden Spannung diente später zur Erzeugung von Ultraschall; piezoelektrische Kristalle gehören heute zu den Bestandteilen von Mikrophonen und Plattenspielern.
Ab 1896 arbeitete C. mit seiner Ehefrau M. →Curie auf dem Gebiet der Radioaktivität von Uranerzen und konnte mit magnetischen Ablenkungen beweisen, daß die radioaktive Strahlung aus negativ und positiv geladenen sowie neutralen Komponenten (Alpha-, Beta-, Gammastrahlen) bestehen muß. 1903 erhielt C. den Physik-Nobelpreis mit seiner Frau und A. H. →Becquerel.

☐ 1895: »Magnetische Eigenschaften von Körpern bei unterschiedlichen Temperaturen« (Schr.). ☐ ab 1895: Ehe mit M. Curie, geb. Maria Salome Sklodowska. ☐ 1895-1903: Prof. an der École de physique et de chimie industrielle, Paris. ☐ 1903: Physik-Nobelpreis. ☐ 1904-06: Prof. an der Sorbonne ebd. ☐ 1905: Mitgl. der Académie des sciences.

▷ M. Curie: Pierre Curie, 1950.

Curtis, Anthony »Tony«

(eig. Bernard Schwar[t]z)
amer. Schauspieler
* 3.6.1925 New York

Tony Curtis →

In den 50er Jahren stieg Curtis in die Reihen der Hollywood-Größen auf. Seine beste Rolle spielte er in der Komödie »Manche mögen's heiß« (1959, mit J. →Lemmon und M. →Monroe), in der er Image und Spielweise von C. →Grant parodierte. In Filmen wie »Dein Schicksal in meiner Hand« (1957, mit B. →Lancaster) und »Der Frauenmörder von Boston« (1968, mit H. →Fonda) bewies er sich auch in dramatischen Rollen. Nach einigen Mißerfolgen ab Mitte der 60er Jahre gelang ihm in den 70er Jahren als Partner von R. →Moore in der Fernsehserie »Die Zwei« ein Comeback.

☐ 1946: Besuch des Erwin Piscators Dramatic Workshop in New York. ☐ 1948: Erste Rolle in dem Film »Gewagtes Alibi« (mit B. Lancaster). ☐ 1951: Erste Hauptrolle in »Die Diebe von Marschan«. ☐ 1953: »Houdini, der König des Varieté«. ☐ 1958: »Flucht in Ketten« (mit S. →Poitier). ☐ 1959: »Unternehmen Petticoat« (mit C. Grant). ☐ 1961: »Taras Bulba« (mit Y. →Brunner). ☐ 1975: »Der letzte Tycoon« (mit R. de

→Niro, R. →Mitchum, J. →Moreau, J. →Nicholson). □ 1979: »Ein reizender Fratz« (mit J. →Andrews und W. →Matthau). □ 1984: »Die Himmelsmaschine — Einladung eines Verrückten« (mit O. →Welles). □ 1987: »Der Passagier — Welcome to Germany« (mit K. Thalbach und M. Habich).

Curtis, Lionel George

brit. Politiker und Historiker
* 7.3.1872 Coddington, Ledbury
† 24.11.1955 Kidlington, Oxford

Curtis setzte sich publizistisch und als Berater führender Politiker für die Umgestaltung des britischen Kolonialreichs in ein (von ihm erstmals so genanntes) »British Commonwealth of Nations« ein. 1910 entwarf er die Verfassung der Südafrikanischen Union; 1931 war er am Westminsterstatut beteiligt, dem Gründungsdokument des Commonwealth.

Curtius, Ernst Robert

dt. Romanist
* 14.4.1886 Thann, Elsaß † 19.4.1956 Rom (Italien)

Der Literaturwissenschaftler Curtius, Enkel des deutschen Historikers und Archäologen Ernst Curtius (* 1814, † 1896), wurde nach dem 1. Weltkrieg zum Übermittler französischer Literatur und damit Geistes- und Wesensart nach Deutschland. Der Verfasser zahlreicher Arbeiten insbesondere zu modernen Dichtern Frankreichs schrieb mit »Europäische Literatur und lateinisches Mittelalter« (1948) ein Standardwerk, in dem er aus weltliterarischer Perspektive das Fortleben wichtiger mittelalterlicher Gedanken- und Bildmuster (Topoi) in den Gegenwartsliteraturen untersuchte.

Ernst Robert Curtius: Übermittler französischer Kultur.

□ 1919: »Die literarischen Wegbereiter des neuen Frankreich« (Schr.); Prof. in Bonn. □ 1921: »Maurice Barrès und die geistigen Grundlagen des französischen Nationalismus« (Schr.). □ 1929: Nach Prof.n in Marburg und Heidelberg Rückkehr nach Bonn. □ 1933: »Deutscher Geist in Gefahr« (Schr.). □ 1950: »Kritische Essays zur europäischen Literatur«.

Julius Curtius →

← Lionel G. Curtis

Ludwig M. Curtius →

Curtius, Julius

dt. Jurist und Politiker
* 7.2.1877 Duisburg † 10.11.1948 Heidelberg

Curtius, MdR für die DVP 1920-32 und 1926-29 bereits Wirtschaftsminister, übernahm 1929 nach dem Tod von G. →Stresemann das Außenministerium. Gegen massiven Widerstand konservativer Kräfte erreichte er in der deutschen Reparationsfrage die endgültige Annahme des Youngplanes (O. D. → Young) und damit die vorzeitige Räumung des Rheinlandes durch die Franzosen. Da sein Plan einer deutsch-österreichischen Zollunion scheiterte, trat er 1931 zurück.

▷ J. Curtius: Sechs Jahre als Minister der Deutschen Republik, 1948.

Curtius, Ludwig Michael

dt. Archäologe und Kunsthistoriker
* 13.12.1874 Augsburg † 10.4.1954 Rom (Italien)

Curtius, wie kein zweiter mit den Denkmälern des klassischen Altertums vertraut, verfaßte meisterhafte Interpretationen zur Mythologie und Kunst der Antike. Als Mitarbeiter bei den Grabungen auf Ägina (Griechenland) und in Boğazkale (Türkei) verstand es C., das Interesse der Kunsthistoriker für den Nahen Osten zu wecken.

□ ab 1920: Prof. für klassische Archäologie an der Univ. Heidelberg. □ 1929: »Die Wandmalerei Pompejis« (Schr.). □ 1928-38: Erster Dir. des Dt. Archäologischen Inst. in Rom. □ 1944: »Das antike Rom« (Schr.). □ 1947: »Interpretationen von sechs griechischen Bildwerken« (Schr.).

▷ L. Curtius: Deutsche und antike Welt. Lebenserinnerungen, 1950.

Curtiz, Michael

(eig. Mihaly Kertész)
amer. Regisseur ung. Herkunft
* 24.12.1888 Budapest
† 10.4.1962 Hollywood, Kalif.

Curtiz war der typische Auftragsregisseur der Hollywoodstudios in den 40er und 50er Jahren. Er drehte rd. 100 Filme, ohne sich dabei auf ein Genre oder einen Stil festzulegen. Höhepunkt seiner Karriere war der Kultfilm »Casablanca« (1942, mit H. →Bogart und Ingrid →Bergman), der 1943 drei Oscars (Regie, Drehbuch, bester Film) erhielt.

□ 1926: »The third degree«. □ 1932: »20 000 Jahre Sing-Sing« (mit S. →Tracy). □ 1933: Mystery of the wax museum«. □ 1935: »Unter Piratenflagge« (mit E. →Flynn). □ 1937: »Kid Galahad« (mit B. →Davis, E. G. →Robinson). □ 1938: »Chicago« (mit J. →Cagney). □ 1939: »Robin Hood — König der Vagabunden« (mit E. Flynn). □ 1939: »Herr des Wilden Westens«. □ 1940: »Herr der sieben Meere«. □ 1941: »Der Seewolf« (nach J. →London, mit E. G. Robinson). □ 1942: »Yankee Doodle Dandy« (mit J. Cagney). □ 1945: »Eine Frau mit Unternehmungsgeist«. □ 1947: »Der Unverdächtige«. □ 1953: »Der Sheriff ohne Colt«. □ 1954: »Sinuhe, der Ägypter«. □ 1958: »Mein Leben ist der Rhythmus« (mit E. →Presley). □ 1960: »Franz von Assisi«. □ 1961: »Comancheros« (mit J. →Wayne).

Clifford Curzon, Englands bedeutender Pianist, bei einer Probe.

Curzon, Sir (ab 1977) Clifford

engl. Pianist
* 18.5.1907 London † 1.9.1982 ebd.

Curzon, der in Berlin und Paris (bei N. →Boulanger) studierte, war mit neuartigen Interpretationen der Werke von Brahms, Schubert und Liszt einer der bedeutendsten Pianisten Englands. Er legte 1932 seine Professur an der Royal Academy of Music in London nieder, um sich ganz seiner Konzerttätigkeit zu widmen. Kennzeichnend für sein Spiel waren die analytische Durchdringung der Werke und eine auf musikalische Zusammenhänge konzentrierte Artikulation.

□ 1923: Debüt als Bach-Interpret in den Queen's Hall Promenade Concerts. □ 1928-30: Studium in Berlin. □ 1936: Europatournee als erster Künstler im Auftrag des British Council. □ 1937-72: Weltweite Gastspielreisen. □ 1948-53: Regelmäßige Auftritte in Paris. □ 1955: Auftritt beim Beethoven-Fest in Bonn. □ 1958: Ernennung zum Commander of the British Empire (C.B.E.).

Ottokar Czernin →

Curzon, George Nathaniel, Marquess C. of Kedlestone (ab 1921)

brit. Politiker
* 11.1.1859 Kedlestone Hall, Derbyshire
† 20.3.1925 London

Curzon bemühte sich als britischer Außenminister (1919-24) um die Festlegung der polnisch-russischen Grenze. Sein 1920 auf der interalliierten Konferenz von Spa unterbreiteter Vorschlag (»Curzon-Linie«) wurde 1939 im Hitler-Stalin-Pakt von der Sowjetunion angenommen. 1923 wandte C. sich gegen die französische Besetzung des Ruhrgebiets und half, den Konflikt beizulegen.

□ 1886-94: Konservativer Unterhausabg. □ 1898-1905: Vizekönig und Generalgouverneur von Indien; Rücktritt nach Meinungsverschiedenheit mit Lord →Kitchener, dem Oberbefehlshaber der brit. Truppen in Indien. □ 1915: Lordsiegelbewahrer. □ 1916: Mitgl. des Kriegskabinetts. □ 1919-24: Außenmin.

Cyrankiewicz, Józef

poln. Politiker
* 23.4.1911 Tarnów, Galizien † 20.1.1989 Warschau

Cyrankiewicz schloß als polnischer Ministerpräsident 1950 mit der DDR den Vertrag über die Oder-Neiße-Grenze sowie 1970 als Staatsratsvorsitzender den Warschauer Vertrag mit der BRD. Die Parteiführung (E. →Gierek) entmachtete C. 1972, da er für den Schießbefehl an die Miliz bei den Dezemberunruhen 1970 verantwortlich gemacht wurde.

□ 1941-45: KZ-Häftling in Auschwitz und Mauthausen. □ 1945: Generalsekr. der Sozialistischen Partei, deren Zusammenschluß mit der KP zur Vereinigten Poln. Arbeiterpartei (1948) er betrieb. □ 1947-52; 1954-70: Poln. Ministerpräsident. □ 1948-71: Politbüromitgl. □ 1970-72: Staatsratsvors.

Czernin, Ottokar Theobald Graf C. von und zu Chudenitz

österr. Politiker
* 26.9.1872 Dimokur (Dymokury)
bei Podebrad, Böhmen
† 4.4.1932 Wien

Czernin wurde während des 1. Weltkriegs zum Außenminister ernannt. Seine Friedensbemühungen waren nur im Osten erfolgreich (1918 Friedensverträge mit der Ukraine, Rußland und Rumänien). Seine geheimen Verhandlungen mit den Entente-Mächten scheiterten an der unnachgiebigen Haltung Italiens und Frankreichs, obwohl er Frankreich sogar Elsaß-Lothringen anbot. Im April 1918 mußte Cz. zurücktreten, als der französische Präsident R. →Poincaré die geheimen österreichischen Angebote veröffentlichte.

□ ab 1903: Abg. des Böhm. Landtags. □ 1912: Mitgl. des Herrenhauses. □ 1913: Botschafter in Bukarest. □ 1916-18: Außenmin. □ 1920-23: Mitgl. des Nationalrates.

Czerny, Adalbert

dt. Kinderarzt
* 25.3.1863 Szczakowa, Galizien (heute UdSSR)
† 3.10.1941 Berlin

Czerny, der die Erziehungsfunktion des Arztes als wichtigen Bestandteil der Kinderpsychologie erkannte, begründete mit seiner Schrift »Der Arzt als Erzieher des Kindes« (1908) die moderne Kinderheilkunde und setzte sie als Prüfungsfach für Mediziner im deutschen Sprachraum durch. Im Zusammenhang mit seiner Lehre über die spezielle Ernährung im Säuglings- und Kindesalter prägte C., der in Breslau eine Kinderklinik aufbaute, den Begriff »Die exsudative Diathese« (Abh., 1903) und schuf damit das Fachgebiet der Konstitutionsanomalien des Kindes.

□ ab 1894: Aufbau einer Kinderklinik in Breslau. □ 1903-10: Prof. an der Univ. Breslau. □ 1906: »Des Kindes Ernährung. Ernährungsstörungen und Ernährungstherapie« (Schr. mit A. Keller, 2. Bd. 1918). □ 1919-32: Prof. an der Univ. Berlin. □ 1935-37: Prof. an der med. Akademie Düsseldorf.

▷ H. Hartmann: Gesunde Kinder. Das Lebenswerk Adalbert Czernys, 1938.

Czerny, Vincenz

dt. Chirurg
* 19.11.1842 Trautenau, Böhmen
† 3.10.1916 Heidelberg

Czerny, ab 1906 Direktor des von ihm gegründeten Heidelberger Instituts für experimentelle Krebsforschung, hat sich um die Entwicklung von Operationstechniken in der chirurgischen Krebsbehandlung, aber auch um die Therapie inoperabler Krebskranker verdient gemacht. C., dessen Name mit einer Reihe von ihm entwickelten chirurgischen Instrumenten und Methoden verbunden ist, wurde als Pionier auf dem Gebiet der Bauchchirurgie sowie mit plastischen Operationen bekannt.

□ 1871-77: Prof. an der Univ. Freiburg i. Br. □ 1877-1906: Prof. an der Univ. Heidelberg. □ 1878: »Beiträge zur operativen Chirurgie« (Schr.). □ 1901: Präs. der Dt. Gesellschaft für Chirurgie.

Cziffra, Géza von

österr. Regisseur und Autor ung. Herkunft
* 19.12.1900 Arad (heute Rumänien)
† 28.4.1989 Dießen am Ammersee, Bayern

Mit erfolgreichen Unterhaltungsfilmen wie »Die Beine von Dolores« (1957) und »Nachtschwester Ingeborg« (1958) traf Cziffra den Publikumsgeschmack seiner Zeit. Er drehte 73 Filme und schrieb u. a. 138 Drehbücher (»Es war eine rauschende Ballnacht«, 1939). Die ambitionierte Filmkritik ignorierte ihn wegen seiner Auffassung, ein Film könne nie Kunst, höchstens Kunsthandwerk sein. Den deutschen Jungfilmern warf Cz. vor, Filme für den Stammtisch, nicht aber fürs große Publikum zu machen.

□ ab 1918: Journalist in Wien. □ ab 1923: Begegnung mit E. E. →Kisch, E. →Lasker-Schüler, Ö. v. →Horváth u. a. in Berlin. □ 1943: »Der weiße Traum« (Eisrevuefilm). □ 1950: »Die Dritte von rechts« (mit V. Molnár). □ 1957: »Tante Wanda aus Uganda«. □ 1960: »Kriminaltango«. □ 1963: »Charleys Tante«. □ 1985: »Es war eine rauschende Ballnacht« (Schr.; sog. Sittengeschichte des dt. Films).

▷ G. v. Cziffra: Im Wartesaal des Ruhms, 1985; G. v. Cziffra: Ungelogen, 1987.

D

Dacqué, Edgar

dt. Paläontologe und Naturphilosoph
* 8.7.1878 Neustadt/Weinstraße
† 14.9.1945 München

Dacqué erforschte die fossile, wirbellose Fauna der Erdzeitalter Jura/Kreide und befaßte sich mit der Stammesgeschichte des Menschen. Er deutete die Evolutionslehre Charles Darwins (* 1809, † 1882) in eine teleologische Entwicklungtheorie um, wonach der Mensch als Urform und Ziel der Evolution, die Tierarten als Stufen der Menschheitsentwicklung oder als biologische Sackgassen begriffen werden.

□ 1915: »Grundlagen und Methoden der Paläogeographie« (Schr.). □ ab 1915: Prof. an der Univ. München; Kustos an der Paläontologischen Sammlung des Bayer. Staates ebd. □ 1925: »Urwelt, Sage und Menschheit« (Schr.). □ 1938: »Das verlorene Paradies. Zur Seelengeschichte des Menschen« (Schr.). □ 1940: »Die Urgestalt« (Schr.).

▷ M. Schröter (Hg.): Edgar Dacqué. Werk und Wirkung (mit Teilen von D.s Aut.), 1948.

Edgar Dacqué →

Lil Dagover →

← Géza von Cziffra

Roald Dahl →

Dagover, Lil

(eig. Marie Antonia Sieglinde Marta Seubert)
dt. Schauspielerin
* 30.9.1887 Madiun, Java (Indonesien)
† 23.1.1980 Grünwald bei München

Mit ihren Rollen in »Das Kabinett des Dr. Caligari« (1919, Rg. Robert Wiene) und »Tartüff« (1925, Rg. F. W. → Murnau) wurde Dagover eine der bekanntesten Schauspielerinnen des deutschen Stummfilms. 1931 engagierte sie Max →Reinhardt für die Salzburger Festspiele und leitete den Beginn ihrer Theaterkarriere ein. Nach Kriegsende trat D. als Grande Dame in zahlreichen Filmen auf (u. a. »Die seltsame Gräfin«, 1961, Rg. J. v. Baky).

□ 1919/20: »Die Spinnen« (Rg. F. →Lang). □ 1924: »Zur Chronik von Grieshaus« (Rg. A. v. Gerlach). □ 1930: Erster Tonfilm »Va Banque« (mit G. → Gründgens). □ 1953: »Königliche Hoheit« (Rg. H. Braun). □ 1959: »Buddenbrooks« (Rg. A. Weidenmann).

▷ L. Dagover: Ich war die Dame (Aut.), 1979.

Dahl, Roald

engl. Schriftsteller
* 13.9.1916 Wandaff, Südengland
† 23.11.1990 Oxford

Dahl wurde mit seiner Kurzgeschichtensammlung »Küßchen, Küßchen« (dt. 1966) bekannt. Die Charaktere in seinen humorvollen und makabren Erzählungen erleben Schreckliches in eigentlich alltäglichen Situationen. In seiner Kurzgeschichte »Die Lammkeule« erschlägt eine Frau ihren Mann mit einer gefrorenen Lammkeule und setzt die Tatwaffe dann den Polizisten, die den Mordfall untersuchen, zum Abendessen vor. In dieser wie in seinen anderen Geschichten schockierte und amüsierte D. seine Leser gleichermaßen. Sein distanzierter Erzählstil ließ die skurrilsten Begebenheiten erschreckend real erscheinen. D. machte sich auch als Kinder- und Drehbuchautor einen Namen.

□ 1932-39: Kaufmann in der Shell-Company-Niederlassung in Dar-es-Salaam in Ostafrika; danach Kampfpilot im 2. Weltkrieg (schwere Verletzung). □ 1953: »...und noch ein Küßchen« (Erz.n, dt. 1953). □ 1959: »Küßchen, Küßchen« (Erz.n, dt. 1966). □ 1964: »Charlie und die Schokoladenfabrik« (Kinderbuch, dt. 1981). □ 1966: Drehbuch zum James-Bond-Film »Man lebt nur zweimal« (Rg. L. Gilbert, Hr. S. →Connery). □ 1974: »Kuschelmuschel« (Erz.n, dt. 1975). □ 1986: »Going solo«.

Dahlhaus, Carl

dt. Musikforscher
* 10.6.1928 Hannover † 13.3.1989 Berlin

Dahlhaus war mit seinen thematisch weitgespannten Arbeiten zur Geschichte, Ästhetik und Theorie der Musik einer der führenden Musikforscher der Gegenwart. Mit seiner Fähigkeit, Zusammenhänge zwischen Sozial-, Ideen-, und Kompositionsgeschichte zu präzisieren, verkörperte er in einer Zeit zunehmender Spezialisierung der Wissenschaften das Ideal eines universell gebildeten Gelehrten (u. a. »Die Idee der absoluten Musik«, 1978). Der Ordinarius an der TU Berlin (ab 1967 Nachfolger von H. H. →Stuckenschmidt) war Editionsleiter der Richard-Wagner-Gesamtausgabe, Mitherausgeber der Werke von A. →Schönberg sowie Herausgeber grundlegender Enzyklopädien (»Neues Handbuch der Musikwissenschaft«, ab 1980).

← Carl Dahlhaus

□ 1950-58: Dramaturg am Dt. Theater in Göttingen. □ 1960-62: Musikredakteur der Stuttgarter Zeitung. □ 1962-66: Wissenschaftlicher Mitarbeiter an der Univ. Kiel. □ 1966: Habilitation in Kiel (»Untersuchungen über die Entstehung der harmonischen Tonalität«). □ 1967: Ordinarius an der TU Berlin; »Musikästhetik« (Schr.). □ 1971: »Wagners Konzeption des musikalischen Dramas« (Schr.). □ 1977-80: Präs. der Gesellschaft für Musikforschung. □ 1978: »Die Idee der absoluten Musik« (Schr.). □ 1987: Auszeichnung mit dem Frankfurter Musikpreis.

▷ D. Kühn: Löwenmusik (Es.s), 1979.

Dahlke, Paul Viktor Ernst

dt. Schauspieler
* 12.4.1904 Streitz, Pommern
† 24.11.1984 Salzburg (Österreich)

Populär wurde Dahlke durch zahlreiche Fernsehauftritte in den 60er und 70er Jahren, u. a. als Rheinschiffer auf der »MS Franziska« in der gleichnamigen Serie (1977/78, Rg. W. →Staudte). Auf der Leinwand hatte der gelernte Bühnenschauspieler seine größten Erfolge in Verfilmungen von Theaterstücken, so als eifersüchtiger Ruprecht in G. Ucickys Kleist-Adaption »Der zerbrochene Krug« (1937).

← Paul Dahlke

□ 1933-44: Engagement am Dt. Theater in Berlin. □ 1934: »Liebe, Tod und Teufel« (Rg. H. →Hilpert). □ 1938: »Capriccio« (mit L. →Harvey, Rg. K. Ritter). □ 1940: »Das Fräulein von Barnhelm« (Rg. H. Schweikart). □ 1943: »Romanze in Moll« (Rg. H. → Käutner). □ 1944: »Der Täter ist unter uns« (Rg. H. B. Fredersdorf). □ 1949: »Der Bagnosträfling« (Rg. G. →Fröhlich). □ 1952: »Der Tag vor der Hochzeit« (Rg. R. Thiele). □ 1953: »Vergiß die Liebe nicht« (Rg. P. Verhoeven). □ 1955: »Drei Männer im Schnee« (Rg. K. →Hoffmann).

Dahn, Felix

dt. Schriftsteller und Historiker
* 9.2.1834 Hamburg † 3.1.1912 Breslau (Polen)

Dahns populärer historischer Roman »Ein Kampf um Rom« (1876) über den Untergang der Ostgoten (6. Jh.) traf die euphorisch-patriotische Stimmung der Zeit Bismarcks (* 1815, † 1898) und der Reichsgründung (1871). In der idealisierenden Darstellung germanischen Heldentums sahen später die Nationalsozialisten eine Bestätigung ihrer rassistischen Ideologie.

← Felix Dahn

□ 1857: Privatdozent für Jura in München. □ 1861-1909: »Die Könige der Germanen« (12 Bde.). □ 1863: Prof. für Jura in Würzburg, später in Königsberg und Breslau. □ 1870/71: Freiwilliger im Dt.-frz. Krieg. □ 1876: »Ein Kampf um Rom« (R., 4 Bde.).

▷ F. Dahn: Erinnerungen, 1890-95.

Dahrendorf, Sir (seit 1991) Ralf

dt. Politiker und Soziologe
* 1.5.1929 Hamburg

Dahrendorf, einer der bekanntesten deutschen Soziologen, profilierte sich Ende der 60er Jahre auch als liberaler Politiker. Mit seinem Essay »Homo Sociologicus« (1959) provozierte er eine vielfältige öffentliche Diskussion. Der »Homo Sociologicus« ist nicht nur eine kritische Auseinandersetzung mit der Rollentheorie in der neueren Soziologie, sondern zugleich ein politisches Bekenntnis zum Liberalismus. Die Soziologen der Nachkriegszeit haben, so D., für ihre wissenschaftliche Analyse den entfremdeten Menschen konstruiert, den »homo sociologicus«, ein Aggregat von Rollen ohne Eigenverantwortung. Verliert der Soziologe den hypothetischen Charakter dieser Schöpfung aus den Augen, macht er sich zum Instrument von Konformität und Unfreiheit. D. fordert vom Soziologen, seine Arbeitsfelder unter dem Gesichtspunkt ihrer Bedeutung für das Individuum und seiner Freiheit auszuwählen. Wissenschaft habe grundsätzlich eine gesellschaftspolitische Funktion, sie könne niemals wertfrei sein.

□ 1960: Gastprof. für Soziologie an der Columbia Univ., N. Y. □ 1966: Prof. an der Univ. Konstanz. □ 1967: »Pfade aus Utopia« (Schr.); Eintritt in die FDP. □ 1968: Gastprof. an der Harvard Univ., Cambridge, Mass. □ 1969/70: Parlamentarischer Staatssekr. im Außenministerium. □ 1970: EG-Kommissar. □ seit 1974: Dir. der London School of Economics (LSE). □ 1979: »Lebenschancen« (Schr.). □ 1984: Prof. Univ. Konstanz. □ 1987: »Fragmente eines neuen Li-

R. Dahrendorf: Die Soziologie soll dem Menschen nutzen.

beralismus« (Es.s). □ 1988: Rektor am St. Anthony's College, Oxford; Austritt aus der FDP; Anschluß an die engl. Sozialliberalen unter David Steel. □ 1990: »Betrachtungen über die Revolution in Europa« (Es.). □ 1991: Annahme der brit. Staatsbürgerschaft.

▷ R. Dahrendorf: Reisen nach innen und außen (Aut.), 1984.

Daimler, Gottlieb

dt. Ingenieur
* 17.3.1834 Schorndorf † 6.3.1900 Bad Cannstatt

Der Autopionier Daimler, der sich 1883 den mit W. →Maybach konstruierten schnellaufenden Viertakt-Benzinmotor patentieren ließ, war neben C. →Benz einer der Schöpfer des modernen Automobils; 1890 gründete er die Daimler-Motorengesellschaft. D.s Mercedes (postum 1901) wies als erstes Modell keine Elemente von Kutschwagen und Fahrrad mehr auf: Hinterrad-Antrieb und ein hinter dem längsstehenden Motor angeordnetes Getriebe wurden zur bis ca. 1965 gültigen Standardbauweise für Autos.

□ 1872-81: Technischer Dir. der Gasmotorenfabrik Deutz. □ 1882: Gründung einer Werkstatt mit W. →Maybach. □ 1883: Entwicklung des universell einsetzbaren, schnellaufenden Benzinmotors. □ 1885: Vorstellung eines hölzernen Zweirads mit 0,5-PS-Motor. □ 1886: Einbau eines Motors in ein Boot und einen Pferdewagen (1,1 PS). □ 1890: Gründung der Daimler-Motorengesellschaft. □ 1900/01: Vorstellung des ersten Mercedes. □ 1926: Vereinigung mit der Firma Benz & Cie. zur Daimler-Benz AG, Stuttgart.

← Gottlieb Daimler

Daladier, Edouard

frz. Politiker
* 18.6.1884 Carpentras, Dép. Vaucluse
† 10.10.1970 Paris

Daladier unterstützte anfangs die Appeasement-Politik des britischen Premierministers A. N. →Chamberlain. 1938 schloß er als Premierminister einer Mitte-Links-Regierung mit A. →Hitler das Münchner Abkommen zur Auflösung der Tschechoslowakei sowie eine Vereinbarung zu gegenseitigen Regierungskonsultationen, die jedoch nichts mehr verhindern konnte. D. erklärte dem Deutschen Reich am 3. Sept. 1939, nach dem deutschen Angriff auf Polen, den Krieg, den er eigentlich vermeiden wollte.

□ ab 1919: Abg. der Radikal-Sozialisten (1927-32 deren Vors.). □ ab 1924: Mehrfach Minister. □ 1933/34; 1938-40: Premierminister. □ 1936/37; 1940: Kriegsmin. □ 1943-45: In Deutschland interniert. □ 1946-58: Abg. der Radikal-Sozialisten (ab 1956 Fraktionsvors.). □ 1953-58: Bürgermeister von Avignon.

← Edouard Daladier

Dalai Lama (14.)

(eig. Tanchu Dhondup;
Mönchsname: Tenzin Gyatzu)
tibet. Priesterfürst
* 6.6.1935 Takser bei Kumbum (Osttibet)

Dalai Lama (Dalai, mong. »Meer des Wissens«; Lama, tibet. »Priester«) ist seit dem 14. Jh. der Titel des höchsten Priesters und weltlichen Würdenträgers Tibets. Nach Auffassung der tibeti-

Erhielt 1989 den Friedens-Nobelpreis, der 14. Dalai Lama.

schen Buddhisten ist der D. die immer wiederkehrende Inkarnation des göttlichen Bodhisattva Avalokiteschwara, der sich nach dem Tod eines D. an einem gleichzeitig geborenen Knaben anhand ausgewählter körperlicher Merkmale als neue Verkörperung offenbart.
1939 wurde Tenzin Gyatzu vier Jahre nach dem Tod des 13. Dalai Lama in Osttibet von Mönchen auserwählt und 1940 als 14. Dalai Lama inthronisiert. 1959 mußte das geistliche und weltliche Oberhaupt der Tibeter vor →Mao Zedongs Truppen fliehen, die einen Aufstand im seit 1950 besetzten Tibet niederschlugen. Seitdem fordert er von seinem Exil in Dharamsala im Himalaja (Nordindien) die Unabhängigkeit seines Landes und ruft die Tibeter zum gewaltlosen Widerstand gegen die Chinesen auf. 1989 erhielt er den Friedens-Nobelpreis.

▷ Dalai Lama: Das Buch der Freiheit (Aut.), dt. 1990; C. B. Levenson: Dalai Lama — Weisheit und Würde ohne Macht (autorisierte Biogr.), dt. 1990; C. B. Levenson: Die Vision des Dalai Lama, dt. 1991.

D'Albert, Eugene →Albert, Eugene 'd

Dalén, Nils Gustaf

schwed. Ingenieur
* 30.11.1869 Stenstorp, Västergötland
† 9.12.1937 Stockholm

Dalén, der Dampf- und Heißluftturbinen konstruierte, erfand 1906 eine Signalbeleuchtung, die bei Leuchttürmen, Feuerschiffen und Leuchtbojen weltweite Verwendung fand. In einem explosionssicheren Gasakkumulator werden mit einem Acetylenbrenner Lichtblitze erzeugt, wobei ein selbststeuernder Regulator die Zufuhr des hochexplosiven Gases sichert. Für seine der Navigation dienende Erfindung erhielt D. 1912 den Physik-Nobelpreis.

Dalí, Salvador

span. Maler, Bildhauer und Grafiker
* 11.5.1904 Figueras bei Gerona, Katalonien
† 23.1.1989 ebd.

Dalí gehört zu den wichtigsten surrealistischen Malern und Bildhauern und galt als exzentrischster Künstler der Moderne. Seine altmeisterliche Technik stand im Kontrast zu den anderen Surrealisten, was letztlich zum Ausschluß aus der Gruppe führte.
Das irrationale Element von D.s Kunst besteht in der Gestaltung visionärer, aus eigenen psychischen Extremzuständen gewonnener Sujets, die er vor allem in den Bildern der 30er Jahre zu beklemmenden Aussagen verdichtete (z. B. »Weiche Konstruktion mit gekochten Bohnen. Vorahnung des Bürgerkriegs«, 1936, Philadelphia, Museum of Art; »Die brennende Giraffe«, 1935, Basel, Museum für Gegenwartskunst). Tod, Verwesung und Destruktion waren immer wiederkehrende Themen. D. malte seine Motive, die u. a. von M. →Ernst, Y. →Tanguy und G. de →Chirico sowie den Schriften S. →Freuds beeinflußt waren, in glatter Lasurtechnik. Seine von ihm als »paranoisch-kritische Methode« bezeichnete Vorgehensweise führte zu absurden Assoziationen. Plastisch herausgearbeitete, häufig skurrile Figuren bewegen sich vor präzis und kühl gemalten, unbestimmten Hintergründen, aus der Kombination disparater Teile sowie Deformation und Metamorphose entstehen überraschende Gebilde. Dabei überlagern sich häufig sexuelle und religiöse Inhalte mit persönlichsten Empfindungen (»Die Versuchung des hl. Antonius«, 1946, Brüssel, Musée Royaux des Beaux-Arts).
D. schuf auch eine Reihe von Plastiken, so die bekannte »Venus von Milo mit Schubladen« (1936-64, Rotterdam, Museum Boymans-van-Beuningen), ein klassizistischer Halbakt in Bronze. Bedeutend für die Entwicklung der Assemblagekunst waren seine surrealistischen Objekte der 30er Jahre (z. B. »Hummer-Telefon«, 1936, London, Tate Gallery). D. war auch an Filmen beteiligt (u. a. L. →Buñuels »Ein andalusischer Hund«, 1924). Außerdem schuf er viele Grafiken und entwarf Schmuck und Glasobjekte.
Belastet von einer frühen Identitätskrise vollzog sich D.s Leben zwischen Selbstdarstellung, raffiniert inszeniertem Geniekult (u. a. mit spektakulären Aktionen und Happenings) und ständiger psychischer Gefährdung. Gala, die ehemalige Frau des surrealistischen Dichters P. →Eluard, wurde seine Frau und Muse, die ihn immer wieder aus seinen Krisen rettete. D.s Geschäftssinn trieb ihn zu einer fast inflationären Vermarktung seines Namens.

□ 1921: Kurzes Studium an der Madrider Kunstakademie. □ 1927/28: Paris-Reisen; Bekanntschaft mit P. →Picasso und A. →Breton. □ 1929-40: Wohnsitz in Paris. □ 1937: Ausschluß aus der surrealistischen Bewegung. □ 1940: Übersiedlung in die USA. □ 1942: »Das geheime Leben des Salvador Dalí« (Schr., dt. 1984). □ 1948: Rückkehr nach Europa; Niederlassung in Port Lligat. □ 1972: Eröffnung eines Dalí-Museums in Figueras. □ 1979: Große Retrospektive im Centre Georges Pompidou, Paris. □ ab 1980: Nach einer Virusinfektion Beginn eines langen Siechtums. □ 1982: Erhebung zum Marquis de Dalí y Púlbol durch den span. König →Juan Carlos I. □ ab 1985: Künstliche Ernährung. □ 1989: Große Ausstellung in der Stuttgarter Staatsgalerie.

▷ M. Secrest: Salvador Dalí. Sein exzentrisches Leben, sein geniales Werk, seine phantastische Welt, 1987.

Salvador Dalí war ein Meister der Selbstdarstellung.

Luigi Dallapiccola →

Dallapiccola, Luigi

ital. Komponist
* 3.2.1904 Pisino (heute Pazin), Istrien
† 19.2.1975 Florenz

Dallapiccola war einer der bedeutendsten italienischen Komponisten des 20. Jh.s. Er führte die Zwölftontechnik A. →Schönbergs und A. →Bergs in Italien ein und erweiterte sie um die spezifische Kantabilität und Klanglichkeit der Musiktradition seines Landes (»Tre Laudi« für hohe Stimme und 13 Instrumente, 1936/37). Historisches Denken bezeugen auch die dem »Neomadrigalismo« verpflichteten Werke der 20er und 30er Jahre (»Cori di Michelangelo«, 1933-36), in denen sich D. mit der italienischen Liedform des Madrigals (Blütezeit 15./16. Jh.) auseinandersetzte. Menschliche Aussagen und humanitäre, politische Forderungen stehen im Zentrum seines Œuvres (»Gesänge der Gefangenschaft«, 1938, als Protest gegen den Faschismus). Eine schöpferische Bilanz seiner Kompositionsmittel zog B. mit der Oper »Ulisse« (UA Berliner Festwochen 1968).

□ 1923: Klavier- und Kompositionsstudien am Konservatorium in Florenz. □ 1934-67: Prof. für Klavier am Konservatorium in Florenz. □ 1938: Antifaschistische »Gesänge der Gefangenschaft«. □ 1940: Spektakuläre UA von »Volo di notte« (Oper, Text nach A. de →Saint Exupéry) in Florenz. □ 1948: »Marsia (Ballett). □ 1950: UA der Oper »Il Prigionieri« in Florenz; UA des geistlichen Dramas »Job«. □ 1953: Goethe-Lieder. □ 1968: »Geburt eines Librettos«, Schrift über die Entstehungsgeschichte der Oper »Ulisse«.

▷ R. Vlad: Luigi Dallapiccola, 1957; F. Nicolodi: Luigi Dallapiccola, 1975.

Dam, Henrik Carl Peter
dän. Biochemiker
* 21.2.1895 Kopenhagen † 17.(24.)4.1976 ebd.

Dam entdeckte 1934 das Vitamin »K«, das er 1939 isolieren konnte. Mit E. A. →Doisy, der die Struktur des Vitamins beschrieb, erhielt D. 1943 den Physiologie/Medizin-Nobelpreis. D., 1946-65 Professor an der TH Kopenhagen, befaßte sich mit der Erforschung der Vitamine, Fette und Sterine, besonders des Cholesterins.

Danella, Utta
dt. Schriftstellerin
* 18.6.1920 (?) Berlin

Danella, die u. a. als Journalistin arbeitete, gehört mit Jugendbüchern, Erzählungen und Unterhaltungsromanen in einer Gesamtauflage von über 50 Mio. Exemplaren zu den erfolgreichsten Autorinnen des 20. Jh.s. D.s Romane, die häufig als Fortsetzungen in Illustrierten erscheinen, schildern psychologisch wenig differenziert gestaltete Frauenschicksale.

□ 1956: »Alle Sterne vom Himmel« (R.). □ 1960: »Stella Termogen oder Die Versuchungen der Jahre« (R.). □ 1973: »Niemandsland« (R.); »Der blaue Vogel« (R.). □ 1989: »Das Hotel im Park« (R.). □ 1990: »Meine Freundin Elaine« (R.).

Daniel-Lesur
(eig. Daniel Jean Yves Lesur)
frz. Komponist
* 19.11.1908 Paris

Daniel-Lesur war 1936 neben O. →Messiaen in Paris Mitbegründer der Komponistengruppe Jeune France, die dem herrschenden Neoklassizismus der 30er Jahre (I. →Strawinsky) fern stand und unter dem Motto »retour à l'humaine« eine national-französische Musik anstrebte. Seine Kompositionen (zahlreiche Vokal- und Instrumentalwerke) knüpfen an die Tradition von C. Franck an. Zu seinen Hauptwerken gehören die Kantate »Cantique des cantiques« (1953) sowie die Opern »Andrea del Sarto« (1968) und »Ondine« (1982).

□ 1927-37: Organist an St.-Clotild in Paris. □ 1937-44: Organist an der Benediktinerabtei in Paris. □ 1935-62: Kontrapunktlehrer an der Schola Cantorum Paris (ab 1957 Dir.). □ 1945: Mitarbeiter des frz. Rundfunks. □ 1957: »Für oder Wider die Moderne Musik« (Schr., frz.). □ seit 1962: Programmberater des frz. Fernsehens. □ 1971-73: Administrateur de la Réunion des Théâtre Lyriques Nationaux. □ seit 1973: Inspecteur Général de la Musique.

▷ J. J. Brothier: La »Jeune France«, frz. 1955.

Daniélou, Jean
frz. Theologe (kath.)
* 14.5.1905 Neuilly-sur-Seine † 20.5.1974 Paris

Daniélou gehörte zu den führenden Theologen des 2. Vatikanischen Konzils (1962-65). Ab 1944 gab er mit H. de →Lubac die »Sources Crétiennes« heraus sowie mit K. →Rahner u. a. das in sechs Sprachen erschienene Werk »Sacramentum mundi. Theologisches Lexikon für die Praxis« (4 Bde., dt. 1967-69). D. konnte sich auch als Historiker der Kirchen- und Geistesgeschichte des frühen Christentums einen Namen machen.

□ 1929: Eintritt in den Jesuitenorden. □ ab 1944: Prof. und Dekan der theologischen Fakultät am Inst. Catholique, Paris. □ 1963: »Neuere Geschichte der Kirche« (Schr., dt. 1963). □ 1969: Erhebung zum Kardinal. □ 1972: Mitgl. der Académie française.

Erich v. Däniken →

← Utta Danella

Hanne Darboven →

Däniken, Erich von
schweiz. Schriftsteller
* 14.4.1935 Zofingen, Kt. Aargau

Däniken wurde in den 70er Jahren mit seinen Thesen über die Landung außerirdischer Austronauten auf der Erde und die Existenz einer vergessenen Zivilisation zum umstrittenen Bestsellerautor. In zahlreichen Sachbüchern versucht er mit archäologischen Dokumenten seine visionären Hypothesen zu beweisen. So deutete er u. a. die ägyptischen Pyramiden als prähistorische Bodenstationen von Astronauten.

□ 1964: Leitung eines Hotels in Davos. □ 1968: »Erinnerungen an die Zukunft« (Sachb., verfilmt 1969). □ 1970: Gefängnisstrafe wegen Urkundenfälschung. □ 1973: »Meine Welt in Bildern — Bildargumente für Thesen, Spekulationen und Erforschungen« (Schr.). □ 1987: »Wir alle sind Kinder der Götter« (Sachb.). □ 1991: »Die Steinzeit war ganz anders« (Sachb.); »Die Rätsel im alten Europa« (Sachb.).

D'Annunzio, Gabriele
→Annunzio, Gabriele d'

Darboven, Hanne
dt. Konzeptkünstlerin
* 29.4.1941 München

Hanne Darboven gehört zu den bekanntesten deutschen Repräsentanten der Konzeptkunst. Beeinflußt von der amerikanischen Minimal Art wie der Concept Art machte die Künstlerin Zahlen — in Form von Ziffern oder Worten — zu ihrem primären Bildvokabular. Für sie ist Zeit als persönliches Erlebnis ebenso wie als Zeitgeschichte erfahrbar. Ihren Additionen von Zahlen, meist Kalenderdaten, verlieh sie durch grafische Darstellung visuelle Poesie. Die umfangreichste Arbeit dieser Art umfaßt 402 Aktenordner mit Zahlenreihen (»Ein Jahrhundert«, 1971-75, Aachen, Neue Galerie, Sammlung Ludwig). Diesem konzeptuellen Ansatz folgen ihre handschriftlichen »Wiederaufschreibungen« literarischer Werke (z. B. Homers »Odyssee«, J.-P. → Sartres »Die Wörter«) und die seit 1975 aus Texten, Fotos, Zahlen und Diagrammen montierten, persönlichen »Geschichtsbücher«.

Darío, Rubén
(eig. Félix Rubén García Sarmiento)
nicarag. Lyriker und Diplomat
* 18.1.1867 Metapa † 6.(7.?)2.1916 León

Als Begründer des Modernismo wurde Darío um die Jahrhundertwende zum Erneuerer der spa-

Der Lyriker Rubén Darío war kreolischer Abstammung.

nischen und lateinamerikanischen Lyrik. Diesen Stil, der im Streben nach Musikalität und Farbe neue Bilder und Versformen entwickelte, perfektionierte der Journalist und Diplomat, der während seiner Dienstjahre in Europa ein unstetes Leben als Bohemien führte, in seinem bedeutendsten Werk, »Gesänge von Leben und Hoffnung« (1905).

☐ 1886: Klangfülle und innovative Rhythmik in »Azul« (Ged.e und Prosa). ☐ 1889: Korrespondent der Tageszeitung La Nación in Buenos Aires. ☐ 1892: Erste Spanienreise. ☐ 1893: Konsul Kolumbiens in Buenos Aires; auf Reisen nach Paris Bekanntschaft mit dem Symbolisten Paul Verlaine (* 1844, † 1896). ☐ 1896: »Profane Gedichte«. ☐ 1898: Korrespondent von La Nación in Spanien. ☐ 1903: Konsul Nicaraguas in Paris. ☐ 1905: »Gesänge von Leben und Hoffnung« (Ged.e). ☐ 1908: Gesandter in Spanien. ☐ 1914: Pazifistische Aktivitäten in New York; kurz darauf schwere Erkrankung und Rückkehr nach Nicaragua.

Dassault, Marcel

(eig. Marcel Bloch)
frz. Industrieller und Flugzeugkonstrukteur
* 22.1.1892 Paris † 18.4.1986 Neuilly-sur-Seine

Marcel Dassault während einer Pressekonferenz, 1972.

Dassault, der bereits 1915 einen neuen Propeller für Kampfflugzeuge des 1. Weltkrieges konstruierte, avancierte nach 1945 zum bedeutendsten Flugzeugkonstrukteur Frankreichs: Er entwickelte eine Vielzahl ziviler und militärischer Flugzeuge, u. a. die Mirage und die Mystère IV, die 1964 als erstes europäisches Flugzeug die Schallmauer durchbrach. D., auch als Großimmobilienhändler aktiv, engagierte sich politisch für die Neogaullisten und war Alterspräsident der französischen Nationalversammlung.

▷ M. Dassault: The talisman (Aut.), 1971; P. Assouline: Monsieur Dassault, 1983.

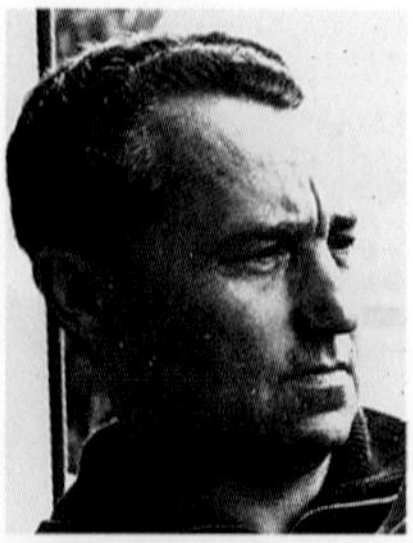

Adolf Dassler →

Dassler, Adolf

dt. Unternehmer
* 3.11.1900 Herzogenaurach † 6.9.1978 ebd.

Dassler legte mit der Entwicklung der ersten Fußballschuhe mit Nagelstollen 1925 den Grundstein für das in den 70er Jahren größte Sportartikelunternehmen. 1958 nannte er das Familienunternehmen entsprechend den Anfangsbuchstaben seines Namens »adidas«. Nachdem die Produktpalette in den 80er Jahren systematisch um Freizeitbekleidung und Kosmetikartikel erweitert worden war, geriet das Unternehmen auf dem konkurrenzstarken Sportartikelmarkt ins Hintertreffen. 1990 verkauften die Erben D.'s 80 % des Firmenkapitals an den französischen Unternehmer B. →Tapie.

☐ 1920: Übernahme des väterlichen Schuhmacherbetriebs. ☐ 1924: Beteiligung des Bruders Rudolf D. ☐ 1947: Trennung der Brüder; Gründung des Sportunternehmens »PUMA« durch Rudolf D.

Willi Daume →

Daume, Willi

dt. Sportfunktionär
* 24.5.1913 Hückeswagen

Daume macht sich als Funktionär um die Entwicklung des Sports in der Bundesrepublik Deutschland verdient. Der langjährige Präsident des Deutschen Sportbundes (1950-70) war maßgeblicher Planer und Organisator der Olympischen Spiele von München (1972).

☐ 1936: Olympiateilnehmer in Berlin (Basketball). ☐ seit 1949: Mitgl. des Nat. Olympischen Komitees (NOK). ☐ 1949-55: Präs. des Dt. Handball-Bundes. ☐ 1956-91: Mitgl. des Int. Olympischen Komitees (IOC). ☐ seit 1961: Präs. des NOK. ☐ 1972-76: Vizepräs. des IOC. ☐ 1979-89: Präs. der Dt. Olympischen Gesellschaft. ☐ 1989-91: Vors. der Stiftung Dt. Sporthilfe.

Jean Dausset →

Dausset, Jean

frz. Mediziner und Immunologe
* 19.10.1916 Toulouse

Dausset, Nobelpreisträger von 1980, entdeckte die an weiße Blutkörperchen und -plättchen gebundenen Blutgruppenmerkmale und beschrieb deren immunologische Bedeutung im Hinblick auf Verträglichkeit und Abstoßung von implantierten Spenderorganen. Er wies nach, daß Gewebetransplantationen von Mensch zu Mensch mit identischer Gewebestruktur wie z. B. bei eineiigen Zwillingen besonders erfolgreich verlaufen. In seinen jüngsten Studien weist D. auf Möglichkeiten zur Vorbeugung hin, die sich aus dem erkannten Zusammenhang zwischen bestimmten Gewebegruppen und ihrer Veranlagung für spezifische Krankheiten ergeben.

☐ 1956: »Biologische und klinische Immun-Hämatologie« (Schr.). ☐ 1962-68: Stellv. Dir. des Inst. zur Erforschung von Leukämie. ☐ 1978-84: Prof. am Collège de France, Paris. ☐ 1977: Mitgl. der Akademie der Wissenschaften. ☐ 1980: Physiologie/Medizin-Nobelpreis (mit B. →Benacerraf und G. D. →Snell).

Dauthendey, Max(imilian) Albert

dt. Schriftsteller
* 25.7.1867 Würzburg † 29.8.1918 Malang (Java)

← Max Dauthendey

Dauthendey, anfangs noch von der formstrengen Lyrik St. →Georges beeinflußt (»Ultraviolett«, Ged.e, 1893), entwickelte sich zum sinnenhaft-impressionistischen Lyriker, der in freien Rhythmen und klanglicher Malerei die Schranken zwischen Wirklichkeit und Phantasie aufhob. Die Eindrücke, die D. auf zahlreichen Reisen durch Amerika und Asien gewann, spiegeln sich in den exotischen Stoffen seiner Romane und Novellen (»Die acht Gesichter am Biwasee«, Nov.n, 1911). D.s Dramen fanden wenig Anerkennung. Am häufigsten wurde das 1910 entstandene Drama »Die Spielereien einer Kaiserin« aufgeführt.

▷ M. Dauthendey: Geschichten aus meinen Wanderjahren (Aut.), 1913.

David, Johann Nepomuk

österr. Komponist, Organist und Dirigent
* 30.11.1895 Eferding, Oberösterreich
† 22.12.1977 Stuttgart

← Johann N. David

David hat mit seinen Kompositionen und Konzerten (als Organist und Chorleiter) das Musikleben Österreichs nachhaltig beeinflußt. Durch seine Orientierung an der überlieferten Kontrapunktik nahm er in der Neuen Musik der ersten Jahrhunderthälfte eine Sonderstellung ein. Grundlegend für sein Schaffen war das großangelegte »Choralwerk« für Orgel (1929-73), ein bedeutendes Beispiel für die modernen Ausdrucksmöglichkeiten des Instruments. In ihrer strukturellen Dichte bilden die »6 Evangelienmotetten« (1958) einen Höhepunkt der Chormusik. In den acht Sinfonien (bis 1964) erweiterte D. die zeitgenössische Sinfonik, indem er gemäß der kontrapunktischen Tradition die Werke aus einem einzigen Thema (»cantus firmus«) entwickelte (sog. Monothematik).

☐ 1915-20: Volksschullehrer in Peterskirchen (Innkreis). ☐ 1920-23: Studium an der Wiener Musikakademie. ☐ 1923: UA von »Media vita« (Sinfonie) in Linz. ☐ 1924-34: Organist und Leiter des Bach-Chors in Wels (Oberösterreich). ☐ 1939: Leiter des Leipziger Konservatoriums. ☐ 1948-63: Prof. für Theorie und Kontrapunkt an der Musikhochschule Stuttgart. ☐ 1949-52: Leitung des Bruckner-Chors Stuttgart. ☐ 1966: »Josquin-Variationen« für Flöte, Horn und Streichorchester. ☐ 1972: »Thomas von Aquin. Pange Lingua« für Orgel; »Franz von Assisi. Quant le Rosignol« für Orgel.

▷ H. H. Stuckenschmidt: Johann Nepomuk David, 1965.

Davidoff 1985 mit der von ihm kreierten Zigarette.

Davidoff, Zino

schweiz. Unternehmer russ. Herkunft
* 11.3.1906 Kiew, Ukraine

Der Name Davidoff steht weltweit für Zigarren höchster Qualität und ist zum Synonym für Genuß und Luxus geworden. D.s Aufstieg begann mit dem Ausbruch des 2. Weltkriegs, als sich der Genfer Tabakhändler die letzte Lieferung kubanischer Havannas sichern konnte. Sein in Brasilien und auf der Karibikinsel erworbenes Knowhow (Lagerung der Zigarren bei gleichbleibender Luftfeuchtigkeit und Temperatur) war Grundlage des Erfolgs. 1986 wurde die »Anniversario 80« zum 80. Geburtstag des Firmengründers entwickelt und in Deutschland für 100 DM je Stück verkauft. Seit den 80er Jahren sind »Davidoff«-Krawatten, -Parfüm und -Uhren (eine erlesene Omega-Serie) auf dem Markt.

☐ 1911: Übersiedlung der Familie in die Schweiz. ☐ 1931: Nach längerem Südamerika-Aufenthalt Rückkehr nach Genf ins väterliche Unternehmen. ☐ ab 1946: Verkauf einer neuen Zigarrenserie (benannt nach den fünf besten Bordeaux-Weingütern). ☐ ab 1967: Herstellung der »Davidoff Nr. 1« in Kuba. ☐ 1971: Umwandlung des Privatunternehmens in die Firma Davidoff & Cie. ☐ 1985: Lizenzvertrag mit der Firma Reemtsma für die »Cigarette Davidoff« (Einführungspreis 8 DM für 20 Zigaretten).

David-Néel, Alexandra

frz. Schriftstellerin und Orientalistin
* 24.10.1868 Saint-Mandé, Dep. Val-de-Marne
† 8.9.1969 Digne, Dep. Alpes-de-Haute-Provence

David-Néel erforschte die asiatische Geisteswelt. Jahrzehntelang hielt sie sich in Indien, Japan, Korea, China und Tibet auf. D. studierte tibetanische Literatur im lamaistischen Kloster von Kum Bum und durchwanderte unerforschte Regionen Tibets. Als Pilgerin verkleidet betrat sie 1924 als erste weiße Frau die für Ausländer verbotene tibetanische Hauptstadt Lhasa.

☐ bis 1903: Auftritte als Opernsängerin (u. a. Haiphong, Hanoi). ☐ 1927: »Arjopa. Die erste Pilgerfahrt einer weißen Frau nach der verbotenen Stadt des Dalai Lama« (dt. 1928). ☐ 1933: »Mönche und Strauchritter« (dt. 1933). ☐ 1953: »Altes Tibet, neues China« (dt. 1955).

▷ B. M. Foster/M. Foster: Forbidden journey. The life of Alexandra David-Néel, 1987.

Davis, Sir (seit 1979) Colin

engl. Dirigent
* 25.9.1927 Weybridge, Surry

Davis, seit 1983 Chef des Sinfonieorchesters des Bayerischen Rundfunks, ist einer der bedeutendsten Dirigenten Englands seit Sir Th. →Beecham. Der Nachfolger von Sir G. →Solti an der Covent Garden Opera London (1971) zählt zu den prominentesten Opern- und Konzertdirigenten der Gegenwart. Er erwarb Verdienste als Interpret der Werke von Mozart, I. →Strawinsky und Berlioz, zu dessen Popularisierung er beitrug.

Colin Davis: Freundlich, aber unnachgiebig und präzis.

□ 1957: Stellv. Dirigent des Scottish Symphony Orchestra der BBC. □ 1966: Debüt an der Metropolitan Opera New York. □ 1967-71: Chefdirigent des Hauptorchesters der BBC London. □ 1972-76: Erster Gastdirigent beim Boston Symphony Orchestra. □ 1977: Sibelius-Medaille für die Schallplattenaufnahme der Sinfonien von J. →Sibelius. □ seit 1983: Chefdirigent des Sinfonieorchesters des Bayerischen Rundfunks.

▷ A. Blyth: Colin Davis, 1972.

Davis, Miles Dewey

amer. Jazzmusiker
* 25.5.1926 Alton, Ill.
† 28.9.1991 Santa Monica, Kalif.

Der Trompeter Davis war der führende Musiker des Modern Jazz. Typisch für seinen Stil war ein weicher, warmer Ton ohne Vibrato und die verhaltene, vornehmlich lineare Melodik mit einem lyrischen Einschlag, dazu gehört auch die häufige Verwendung des Dämpfers. Ende der 40er Jahre markierte D. den Übergang vom Bebop zum Cool Jazz. Dokumentiert ist diese Epoche auf den sog. Capitol-Aufnahmen von 1949/50. In den 70er Jahren beeinflußte D. zahlreiche Rockmusiker und strebte eine Fusion zwischen Jazz und Rock an. Zu diesem Zweck verpflichtete er u. a. J. →McLaughlin und Ch. →Corea für seine Band. D. erhielt insgesamt 23 Grammy Awards.

← Miles Davis

□ 1944: Studium an der Juilliard School of Music in New York. □ 1945: Erstes Engagement bei Billy Eckstine. □ 1948: Gründet erste Band; »Birth of the cool« (LP). □ 1959: »Sketches of Spain« (LP, Grammy Award 1960). □ 1969: »Bitches Brew« (LP, Grammy Award 1970). □ 1981: »The man with the horn« (LP). □ 1982: Grammy Award für »We want Miles« (LP). □ 1988: Grammy Award für »Music from siesta«.

▷ M. Davis: Miles Davis — Autobiography, engl. 1990.

Davis, Ruth Elizabeth »Bette«

amer. Schauspielerin
* 5.4.1908 Lowell, Mass.
† 6.10.1989 Paris (Frankreich)

Davis: Die Augen machten sie berühmt.

Hollywoods Schönheitsideal der 30er Jahre entsprach Davis nicht, aber sie faszinierte mit der eindringlichen Darstellung emanzipierter, oft autoritärer Frauen und war prädestiniert für das skrupellose »bad girl«. Ihre Augen waren besonders ausdrucksstark. In langwierigen Auseinandersetzungen mit den Studiobossen gelang es der zweifachen Oscar-Preisträgerin (»Dangerous«, Rg. Alfred E. Green, 1935; »Jezebel — Die boshafte Lady«, Rg., W. →Wyler, 1938), Mitspracherecht bei der Filmauswahl zu ertrotzen, eine zu der Zeit ungewöhnliche Bevorzugung. Die Rollen, in denen D. dem Wahnsinn nahe Charaktere verkörperte (u. a. »Was geschah wirklich mit Baby Jane?«, 1962; »Wiegenlied für eine Leiche«, 1964; beide Rg. R. →Aldrich), zählen zu ihren psychologisch überzeugendsten Leistungen.

□ 1929: Broadway-Debüt. □ 1930: Wechsel nach Hollywood. □ 1934: »Des Menschen Hörigkeit.« □ 1941: »Die kleinen Füchse« (Rg. W. Wyler). □ 1951: Darstellerpreis von Cannes für »Alles über Eva« (J. L. Mankiewicz). □ 1977: Als erste Frau Life Achievement Award des Amer. Film Inst. □ 1983: TV-Serie »Hotel«. □ 1986: »Wale im August« (Rg. L. →Anderson)

▷ J. Vermilye: Bette Davis. Ihre Filme — ihr Leben, 1988.

Davis, Sammy, jr.

amer. Entertainer und Schauspieler
* 8.12.1925 Harlem, New York
† 16.5.1990 Beverly Hills

Davis jr., der bereits als Dreijähriger im Minifrack auf der Bühne stand, war einer der größten Allround-Entertainer des Showgeschäfts. Als »Mr. Wonderful« im gleichnamigen Musical 1956 zum Broadway-Star avanciert, war D. der erste farbige Künstler mit einer eigenen Show im US-Fernsehen. Es folgten 23 Filme und 40 LPs mit Liedern wie »Mr. Bojangles«, »Candy Man« und »It ain't necessarily so«, die er nicht nur sang, sondern mit der ihm eigenen Leichtigkeit und Eleganz auch spielte und tanzte. Seit den

Sammy Davis jr.: Ihm wurde nichts geschenkt, dem kleinen »Mr. Bojangles«.

60er Jahren trat D. in den Spitzenklubs von Las Vegas auf, wo er Mitglied des sog. Rat Pack war, einer einflußreichen und trinkfesten Clique um F. →Sinatra.

□ ab 1930: USA-Tour mit Vater und Onkel als »Will Mastin Trio«. □ 1933: Erste Filmrolle in »Rufus Jones for President«. □ 1943: Eintritt in die Armee. □ 1946: Start der Solokarriere im Nachtklub Slapsy Maxie's in Los Angeles. □ 1954: Verlust des linken Auges; Annahme des jüd. Glaubens. □ 1959: Sportin' Life in der Verfilmung des Musicals »Porgy and Bess« (Rg. O. →Preminger). □ 1963: Europatournee (ebenso 1967, 1968, 1978, 1982, 1986). □ 1973: Umstrittener Auftritt zu Ehren der Vietnamheimkehrer im Weißen Haus. □ April 1989: Gemeinsamer Auftritt mit F. →Sinatra und L. →Minelli in München. □ Nov. 1989: Feier zum 60jährigen Bühnenjubiläum in Los Angeles.

▷ S. Davis jr.: Warum ich? (Aut.), 1989.

Doris Day →

Dawes, Charles Gates

amer. Politiker und Bankier
* 27.8.1865 Marrietta, Ohio
† 23.4.1951 Evanston, Ill.

Dawes entwarf 1924 einen Plan (Dawes-Plan), der die deutschen Reparationszahlungen an die Siegermächte des 1. Weltkriegs von der wirtschaftlichen Leistungsfähigkeit Deutschlands abhängig machte. Das Deutsche Reich mußte allerdings seine Reichsbahn für 800 Mio. Goldmark verpfänden und die Reichsbank internationalisieren, was als Einschränkung deutscher Souveränität heftigen Widerstand provozierte. Die mit dem Dawes-Plan verbundenen amerikanischen Kredite leiteten jedoch zusammen mit der Senkung der jährlichen Reparationen eine Periode des wirtschaftlichen Aufschwungs ein. D. erhielt 1925 den Friedens-Nobelpreis.

Kinder gratulieren Dawes zur Wahl zum US-Vizepräsidenten.

□ 1917: General. □ 1921-25: Dir. des Bundeshaushaltsbüros (U.S. Bureau of the Budget). □ 1925-29: Vizepräs. der USA. □ 1925: Auszeichnung mit dem Friedens-Nobelpreis. □ 1929-32: Botschafter in London. □ ab 1933: Präs. der City National Bank, Chicago.

▷ B. N. Timmons: Charles G. Dawes. A portrait of an American, 1979.

Day, Doris

(eig. D. von Kappelhoff)
amer. Schauspielerin und Sängerin
* 3.4.1924 Cincinnati

Day verkörperte in den Unterhaltungsfilmen der 50er und 60er Jahre die strahlende blonde amerikanische Unschuld. Sie begann ihre Karriere zunächst als Tänzerin, dann als Sängerin (u. a. »Sentimental Journey«, »Que Sera«) und war in zahlreichen Filmkomödien zu sehen (u. a. »Bettgeflüster« mit R. →Hudson, Rg. M. Gordon, 1959; »Ein Pyjama für zwei«, 1961). Ihre künstlerisch reifste Leistung zeigte sie in dem →Hitchcock-Thriller »Der Mann, der zuviel wußte« (1956).

□ 1948: Filmdebüt in »Zaubernächte in Rio« (Rg. M. →Curtiz). □ 1959: »Meisterschaft im Seitensprung« (Rg. Ch. Walters). □ 1961: »Ein Pyjama für zwei«; »Ein Hauch von Nerz« (beide Rg. D. Mann).

▷ G. Morris: Doris Day. Ihre Filme — ihr Leben, 1983.

Dayan, Moshe

israel. Offizier und Politiker
* 20.5.1915 Deganya (Palästina)
† 16.10.1981 Tel Aviv

Dayan war seit dem erfolgreichen Sinai-Feldzug von 1956 der populärste Armeeführer Israels. Im Sechstagekrieg (1967) sowie im Jom-Kippur-Krieg (1973) leitete er das Verteidigungsressort. 1977 wurde er unter M. →Begin Außenminister und verließ die Arbeiterpartei (Mapai). Er hatte maßgeblichen Einfluß auf das Friedensabkommen von Camp David (1978), in dem Israel und Ägypten nach dem Jerusalem-Besuch A. →Sadats eine Normalisierung ihrer Beziehungen erreichten. Die Siedlungspolitik der Regierung Begin sowie ihre Weigerung, den Palästinensern Autonomie zu gewähren, veranlaßten ihn 1979 zum Rücktritt.

← Moshe Dayan

□ 1953-58: Generalstabschef der israel. Armee. □ 1959-64: Als Mitgl. der Mapai Landwirtschaftsmin. □ 1964: Mitbegr. der Rafi-Partei (1969 in der Arbeiterpartei aufgegangen). □ 1967-74: Verteidigungsmin. □ 1977-79: Außenmin.

James Dean: Einsam und mit drei Filmen zur Legende geworden.

Dean, James Byron

amer. Schauspieler
* 8.2.1931 Marion, Ind.
† 30.9.1955 Salinas, Kalif. (Autounfall)

Dean war in seinen drei Filmen »Jenseits von Eden« (Rg. E. →Kazan, UA 1955), »Denn sie wissen nicht, was sie tun« (Rg. N. →Ray, UA 1955) und »Giganten« (Rg. G. Stevens, UA 1956) der Prototyp des verletzbaren Außenseiters und Inbegriff des rebellierenden Jugendlichen, der sich von der Welt der Erwachsenen unverstanden fühlt und gegen bürgerliche Werte ankämpft. Sein plötzlicher Tod machte ihn zum Idol der jungen Generation, die seine Kleidung nachahmte und ihn als Kultfigur bis heute verehrt.

▷ D. Dalton: James Dean. Seine Filme — sein Leben, 1984; W. Fuchs: James Dean. Spuren eines Giganten, 1986.

Debus, Kurt

dt.-amer. Raketeningenieur
* 29.11.1908 Frankfurt/Main
† 10.10.1983 Cocoa Beach, Flor.

Mit W. v. →Braun arbeitete Debus 1942-45 als Chef-Testingenieur an der Entwicklung der V2-Rakete im deutschen Raketenzentrum Peenemünde. Beide Wissenschaftler wurden 1945 in die USA »deportiert«. 1952 wurde D. Firechief der Army Ballistic Missile Agency in Huntsville, Alabama, wo er 1958 für den Start des ersten Satelliten, Explorer I, verantwortlich war. D. leitete als Chef sämtlicher Raketenabschüsse der US-Weltraumbehörde NASA (ab 1960) bzw. als Direktor des heutigen John F. Kennedy Space Centers (1963-74) die Starts der amerikanischen Weltraumprogramme Apollo und Skylab.

Debussy, Claude

frz. Komponist
* 22.8.1862 Saint-Germain-en-Laye
† 25.3.1918 Paris

Debussy wurde mit Werken wie »Prélude à l'après-midi d'un faune« (Orchesterwerk, 1892-94) zum Schöpfer einer neuen Stilrichtung der französischen Musik um 1900, die als impressionistisch bezeichnet wurde. Seine Werke bildeten in der Zeit des musikgeschichtlichen Umbruchs (Auflösung der Tonalität) eine wichtige Verbindung zwischen der Musik des 19. Jh.s und der Klassischen Moderne. Ohne den Einfluß von Richard Wagners (* 1813, † 1883) Musikdramen undenkbar, zeigen die Kompositionen von D. gleichwohl eine spezifisch französische Gegenreaktion (»Pelléas et Mélisande«, lyrisches Drama, UA Paris 1902) auf die deutsche Musiktradition. Technisch äußerte sich der neue Musikstil in

reich differenzierten Klangfarben, freier formaler Gestaltung und einer Loslösung von traditioneller Harmonik mit der Ausbildung einer neuen Motivstruktur.
Drei Phasen sind in D.s Œuvre zu erkennen. Die erste (bis ca. 1902) ist eine Verarbeitung der Einflüsse Wagners sowie zeitgenössischer französischer und russischer Komponisten und gipfelt in seiner einzigen Oper »Pelléas et Mélisande«. Im Zentrum der mittleren Schaffensphase stehen die Orchesterwerke »La Mer« (1903-05) und »Ibéria« (1906-08), die sich durch tonmalerische Techniken der programmatisch gebundenen Musik annähern. Zudem führen frühere Experimente mit Klangfarben zur Vollendung eines neuen Klavierstils in Meisterwerken wie »L'Isle joyeuse« (1904), »Images I & II« (1905-08) und »Prélude I & II« (1909-13). Kennzeichnend für den formal strengen Spätstil der dritten, bereits von der Krankheit des Komponisten überschatteten Phase sind die Liedvertonungen »Trois poèmes de St. Mallarmé« (1913).
D.s Anteil an der Grundlegung der Neuen Musik des 20. Jh.s ist bedeutend. Mit seiner Kunst, die eine Wende zur neoklassizistischen Haltung der Moderne (I. →Strawinsky) einleitete, rückte Paris wieder in das Zentrum des internationalen Musiklebens.

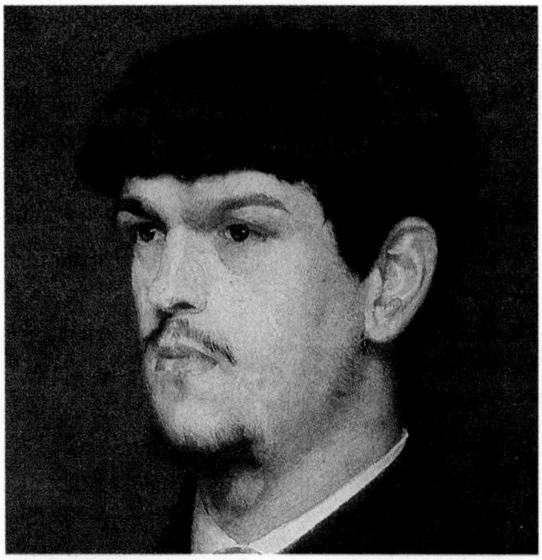

Claude Debussy, gemalt von Marcel Baschet, 1884.

□ 1872: Aufnahme am Conservatoire Paris. □ 1884: Prix de Rome für »L'enfant prodigue« (Kantate). □ 1888/89: Bayreuth-Reisen; Kritik an Wagners Theorien. □ ab 1890: Bohemien in Paris; Kontakte zu E. →Satie. □ 1894: UA von »Prélude à l'après-midi d'un faune« (Orchesterwerk). □ 1902: Musikkritiken unter dem Pseud. Monsieur Croche; UA von »Pelléas et Mélisande« (Drame lyrique, nach M. →Maeterlinck) in Paris. □ 1903-05: Erste impressionistische Klavierwerke; »La mer« (Sinfonische Skizzen). □ 1908: Konzertreisen in Europa mit Aufführungen eigener Werke. □ ab 1909: Einsetzendes Krebsleiden. □ 1910-13: »Préludes II« für Klavier. □ 1913: UA von »Jeux« (Ballett) mit den Ballets Russes (S. →Diaghilew); »Trois poèmes de St. Mallarmé« (Klavierlieder).

▷ C. Debussy: Einsame Gespräche mit Monsieur Croche (Artikelsammlung), 1922, dt. 1971; J. Barraqué: Claude Debussy in Selbstzeugnissen und Bilddokumenten, 1962; Th. Hirsbrunner: Debussy und seine Zeit, 1981.

Joachim Deckarm →

Debye, Peter Joseph

amer. Physiker und Physikochemiker
niederl. Herkunft
* 24.3.1884 Maastricht † 2.11.1966 Ithaca, N. Y.

Debye und I. Langmuir mit vergrößerten Schneeflocken.

Debye, der zu den bedeutendsten Physikern des 20. Jh.s zählt, arbeitete zunächst über die theoretische Behandlung des Dipolmoments von Molekülen, die an einem Teil positive und am anderen negative Ladungen besitzen. Deren Einheit wurde dem »Master of the Molecule« zu Ehren »Debye« genannt. 1912 stellte D., der 1940 in die USA emigrierte, seine erste Theorie der Gitterschwingungen in Kristallen zur Erklärung der spezifischen Wärme fester Körper auf. Mit seiner zweiten Theorie zur polarisierenden Wirkung elektrischer Felder auf Moleküle und der Temperaturabhängigkeit der jeweiligen Dielektrizitätskonstanten eines bestimmten Stoffs können aus deren Temperaturverlauf die Dipolmomente polarer Moleküle ermittelt werden. Für seine Aufklärung der Molekularstrukturen und ihrer Dipolmomente bei Gasen und Flüssigkeiten erhielt D. 1936 den Chemie-Nobelpreis.

□ 1914-19: Prof. an der Univ. Göttingen. □ 1920-27: Prof. an der Univ. Zürich. □ 1927-35: Prof. an der Univ. Leipzig. □ 1929: »Polare Moleküle« (Schr.). □ 1934: »Theorie der elektrischen Molekulareigenschaften« (Schr.). □ 1935-39: Prof. an der Univ. Berlin; Dir. des Kaiser-Wilhelm-Inst. für Physik ebd. □ 1939/40: Weigerung, dt. Staatsbürgerschaft anzunehmen; Emigration. □ ab 1946: Amer. Staatsbürger. □ 1948-52: Prof. an der Cornell Univ. in Ithaca.

Deckarm, Joachim

dt. Handballspieler
* 19.1.1954 Saarbrücken

Deckarm war einer der weltbesten Angriffsspieler. Er hatte in 104 Handball-Länderspielen 381 Tore erzielt (3,6 Tore je Spiel), bis ihn ein schwerer Unfall in einem Halbfinalspiel des Europapokals in Ungarn 1979 zum Schwerbehinderten machte. D. lag 131 Tage im Koma und konnte erst 1982 aus einem Rehabilitationszentrum nach Hause entlassen werden.

□ ab 1973: Spieler beim VfL Gummersbach. □ 1974: Dt. Meister (erneut 1975 und 1976); Sieger im Europapokal der Landesmeister. □ 1977: Pokalsieger (erneut 1978). □ 1978: Sieger im Europapokal der Pokalsieger; Weltmeister mit der dt. Nationalmannschaft.

Decker-Slaney, Mary

amer. Leichtathletin
* 4.8.1958 Flemington, N. J.

Decker-Slaney war unter dem Ehrentitel »American girl« eine der großen Favoritinnen im 3000-m-Finale der Olympischen Spiele 1984 in Los Angeles, stürzte aber und schied aus. Die nur 51 kg schwere Langstrecklerin gewann 1985 (unbesiegt) den Weltpokal. In erster Ehe war sie mit dem amerikanischen Marathonläufer Ron Tabb verheiratet, danach mit dem britischen Diskuswerfer Rick Slaney.

□ 1973: Berufung in die USA-Mannschaft als bis dahin jüngste Leichtathletin (14 Jahre und 226 Tage). □ 1974-85: Fünf Weltrekorde (Freiluft), 13 Weltrekorde (Halle), 21 amer. Rekorde von 800 m bis 10 000 m. □ 1974: USA-Meisterin über 800 m. □ 1979: Panamerikasiegerin über 1500 m. □ 1983: Weltmeisterin über 1500 m und 3000 m. □ 1985: Weltpokalsiegerin (Langstrecke).

← M. Decker-Slaney

Dedecius, Karl

dt. Übersetzer und Schriftsteller
* 20.5.1921 Łódź (Polen)

Dedecius, bedeutender Übersetzer und Vermittler polnischer Literatur (u. a. von C. →Milosz, T. →Różewicz), initiierte 1979 die Gründung des Deutschen Polen-Instituts, das eine umfassende Spezialbibliothek polnischer Werke einrichtete. 1990 erhielt D. für seine Verdienste um die deutsch-polnische Verständigung den Friedenspreis des deutschen Buchhandels.

Weizsäcker gratuliert Dedecius zum Friedenspreis, 1990.

□ 1943-50: In sowjet. Kriegsgefangenschaft. □ 1952: Übersiedlung in die BRD. □ 1953-78: Angestellter einer Versicherung in Frankfurt/Main. □ 1959: Hg. der ersten Anthologie poln. Gedichte (»Lektion der Stille«). □ 1965: »Polnische Poesie des 20. Jahrhunderts« (Hg.). □ 1966/67: »Polnische Prosa des 20. Jahrhunderts« (Hg.). □ 1967: Übersetzerpreis der Dt. Akademie für Sprache und Dichtung. □ seit 1979: Dir. des von ihm initiierten Dt. Polen-Inst. in Darmstadt. □ 1981: »Zur Literatur und Kunst Polens« (Sachb.). □ 1988: »Von Polens Poeten« (Es.).

Dedekind, (Julius Wilhelm) Richard

dt. Mathematiker
* 6.10.1831 Braunschweig † 12.2.1916 ebd.

Dedekind befaßte sich mit der Zahlentheorie und entwickelte in seiner Abhandlung »Stetigkeit und irrationale Zahlen« (1872) eine Theorie der reellen Zahlen. Mit dem »Dedekindschen Schnitt« gab D. eine Definition der Irrationalzahl: Jeder Schnitt durch eine Gerade, deren Punkten Zahlen zugeordnet wurden, stellt nach mathematischem Schließen eine rationale oder irrationale Zahl dar. D.s vom Zahlenbegriff unabhängige Definition der Endlichkeit sowie der Existenzbeweis unendlicher Mengen trugen zur Begründung der modernen Algebra bei.

□ 1858-62: Prof. am Polytechnikum Zürich. □ 1862-94: Prof. am Polytechnikum Braunschweig; 1872-75 Rektor ebd. □ 1888: »Was sind und was sollen Zahlen?« (Schr.).

Deep Purple

engl. Rockgruppe

Deep Purple war in den 70er Jahren eine der erfolgreichsten und einflußreichsten Bands des Hardrock. Vor allem Keyboarder Jon Lord (* 1941) und Gitarrist Ritchie Blackmore (* 1945) prägten den aggressiven Stil, Sound und die optische Präsentation der Band und damit der gesamten Musikrichtung. Während Lord nach einem Klassik-Studium Elemente der klassischen Musik in die Rockmusik einbringen wollte, sah Blackmore die Zukunft in riffbetontem Rock und dessen konsequenter, gradliniger Umsetzung. Diese konträren Ansichten führten zu musikalisch fruchtbaren Spannungen und äußerst kreativen Auseinandersetzungen. Das Ergebnis waren Platten, die als Höhepunkte des britischen Hardrock gelten und mit Bassist Roger Glover (* 1945), Schlagzeuger Ian Paice (* 1948) und Sänger Ian Gillan (* 1945) aufgenommen wurden (»Deep Purple in Rock«, 1970).

Deep Purple 1969: (v. l.) R. Blackmore, J. Lord, Simper, I. Paice, Evans.

□ 1968: Gründung von Deep Purple durch Blackmore und Lord; »Shades of Deep Purple« (LP). □ 1969: Konzert mit dem Royal Philharmonic Orchestra: »Concerto for group and orchestra«; »The book of Taliesyn« (LP); Glover und Gillan schließen sich der Band an; »Deep Purple« (LP); erste Auftritte in Deutschland. □ 1970: »Deep Purple in rock« (LP). □ 1971: »Fireball« (LP). □ 1972: »Made in Japan« (Live-LP). □ 1973: »Who do you think we are« (LP); Glover und Gillan werden durch David Coverdale und Glenn Hughes ersetzt. □ 1974: »Burn« (LP); »Stormbringer« (LP). □ 1975: »Come taste the band« (LP); Blackmore gründet »Rainbow«, Tommy Bolin wird neuer Gitarrist. □ 1977: Trennung. □ 1984: Neuformierung und Comeback-LP »Perfect Strangers«. □ 1990: »Slaves and masters« (LP).

Degas: Selbstbildnis 1854/55, Musée d'Orsay, Paris.

Degas, Edgar

(eig. Edgar-Hilaire-Germain de Gas)
frz. Maler, Grafiker und Bildhauer
* 19.7.1834 Paris † 26.9.1917 ebd.

Degas schilderte in impressionistischen Momentaufnahmen das Milieu gehobener großstädtischer Unterhaltung. Seine Bilder zeigen Balletteusen im Übungssaal und auf der Bühne, Musiker und Sängerinnen im Konzertcafé, Jockeys vor ihrem Einsatz auf der Rennbahn. Im Gegensatz zum sinnlichen Entzücken A. →Renoirs und dem sarkastischen Mitgefühl H. de →Toulouse-Lautrecs wahrte D., der wohlhabende Sohn eines Bankiers, stets kühle Distanz, deren Ausdruck ungewöhnliche, oft verzerrende Blickwinkel sind und eine Kompositionstechnik, die den kalkulierten Eindruck von zufälliger Wahrnehmung erzeugt. Als Modelle komplizierter Bewegungsstudien wirken Frauen, die D. als Aktfiguren bei der Toilette oder als Arbeiterinnen darstellt. Seine auf die Moderne vorausweisende illusionslose Sicht blieb verbunden mit einem Höchstmaß an farblicher Nuancierung; sie zeichnet hauptsächlich die ab 1890 vorherrschende Pastellmalerei aus.

□ 1854: Wechsel vom Jura- zum Kunststudium (Paris). □ 1856: Erste Studienreise nach Italien. □ 1865-70: Regelmäßige Beteiligung am Pariser Salon mit Porträts und Historienbildern. □ 1873: Reise in die USA (Gemälde »Baumwollkontor in New Orleans«). □ ab 1874: Teilnahme an der Gruppenausstellung der Impressionisten (Cl. →Monet). □ um 1885: Beginn von Sehstörungen. □ ab 1900: Beschränkung des nahezu erblindeten Malers auf plastische Arbeiten (Akt-Statuetten).

▷ A. Terasse: Edgar Degas, 1973.

Degenhardt, Franz Josef

dt. Liedermacher und Schriftsteller
* 3.12.1931 Schwelm, Westfalen

Geprägt von den Protestbewegungen gegen den Vietnamkrieg, gegen Notstandsgesetze und Berufsverbote, trat Degenhardt in den 60er und 70er Jahren als politischer Liedermacher auf. Seine gesellschaftskritischen, u. a. von G. →Brassens beeinflußten Chansons stehen in der Tradition B. →Brechts und K. →Tucholskys. D., Anhänger kommunistischer Ideale, versteht sich als Anwalt benachteiligter Minderheiten. Seine Romane schildern die politische und gesellschaftliche Entwicklung der BRD seit 1945.

← F. J. Degenhardt

□ 1952-56: Jurastudium. □ 1963: »Rumpelstilzchen« (LP). □ 1965: »Spiel nicht mit den Schmuddelkindern« (LP). □ 1969: »Im Jahr der Schweine« (LP). □ 1971: Ausschluß aus der SPD wegen Unterstützung der DKP. □ 1972: »Mutter Mathilde« (LP). □ 1973: »Zündschnüre« (R.). □ 1975: »Brandstellen« (R.); »Mit aufrechtem Gang« (LP). □ 1979: »Der Wind hat sich gedreht im Lande« (LP). □ 1985: »Die Abholzung« (R.). □ 1991: »August Heinrich Hoffmann, genannt von Fallersleben« (R.).

▷ H. L. Arnold: Franz Josef Degenhardt, 1972.

Degrelle, Léon

belg. Faschistenführer
* 15.6.1906 Bouillon

Degrelle gründete um 1930 in Wallonien die katholisch-faschistische Rexistenbewegung und propagierte nach der deutschen Besetzung Belgiens 1940 die Zusammenarbeit mit den Nationalsozialisten. Im 2. Weltkrieg kämpfte er in der von ihm aufgestellten SS-Freiwilligen-Legion »Wallonie« an der Ostfront. Von einem belgischen Kriegsgericht wurde er in Abwesenheit zum Tode verurteilt. Sein Aufenthalt im spanischen Exil (seit 1945) löste widerholt diplomatische Konflikte aus.

▷ L. Degrelle: Die verlorene Legion, dt. 1972, 2. Aufl.

Dehler, Thomas

dt. Politiker
* 14.12.1897 Lichtenfels
† 21.7.1967 Streitberg, Oberfranken

Dehler, 1949-53 Bundesjustizminister, war Mitbegründer der FDP und ein Verfechter des natio-

Th. Dehler, Widerstandskämpfer und FDP-Mitbegründer.

nal betonten Liberalismus. Sein Engagement für deutsch-sowjetische Verhandlungen über die sog. deutsche Frage trug 1956/57 zum Bruch der Koalition zwischen FDP und CDU bei. D., der die Prinzipien der freien Marktwirtschaft vertrat, war 1960-67 Vizepräsident des Deutschen Bundestags. Die Bonner Parteizentrale der FDP heißt nach ihm Thomas-Dehler-Haus.

☐ 1924: Gründungsmitgl. des Reichsbanners Schwarz-Rot-Gold (politischer Kampfverband der Linken). ☐ 1926-33: Vors. der DDP Bamberg. ☐ 1944: Als Widerstandskämpfer in ein Zwangsarbeitslager verschleppt. ☐ ab 1949: MdB (FDP). ☐ 1953-56: Fraktionsvors. der FDP im Bundestag. ☐ 1954-57: Bundesvors. der FDP.

▷ G. Ott: Thomas Dehler, 1985.

Dehmel, Richard

dt. Schriftsteller
* 18.11.1863 Wendisch-Hermsdorf
† 8.2.1920 Blankenese (heute zu Hamburg)

Dehmel, anfangs Vertreter eines sozial orientierten Naturalismus, wurde nach der Jahrhundertwende zum Wegbereiter des Expressionismus. D. beschäftigte sich mit sozialkritischen Themen (»Erntelied«, Ged., 1893; »Der Arbeitsmann«, Ged., 1896) sowie mit dem Widerstreit zwischen Trieb und Vernunft (»Zwei Menschen«, R., 1903). Seine Gedichte hatten mit ihren symbolkräftigen Bildern und Impressionen großen Einfluß auf die zeitgenössische Lyrik.

☐ 1882-87: Studium der Naturwissenschaften, Nationalökonomie, Philologie, Soziologie, Philosophie und Theologie in Berlin und Leipzig. ☐ 1896: »Weib und Welt« (Ged.e). ☐ 1899-1902: Reisen ins europ. Ausland. ☐ 1903: »Rumpumpel« (Kindergeschichte). ☐ 1914: Kriegsfreiwilliger. ☐ 1919: »Zwischen Volk und Menschheit« (Kriegstageb.).

▷ J. Bab: Richard Dehmel. Die Geschichte eines Lebenswerkes, 1926.

Dehmelt, Hans Georg

amer. Physiker dt. Herkunft
* 9.9.1922 Görlitz

Dehmelt, seit 1961 Professor für Physik an der University of Washington in Seattle, gelang es 1973 erstmals, ein Elektron dauerhaft zu isolieren und in einer sog. Ionenfalle über zehn Monate lang zu studieren. An dem im Vakuum »gefangenen« Elektron konnte D. durch Präzisionsmessungen das magnetische Moment auf ein Hundertmilliardstel genau bestimmen. Durch Weiterentwicklung der von W. →Paul in den 50er Jahren begonnenen Speicherungsversuche subatomarer Teilchen gelangen es D. und einem Heidelberger Forscherteam Ende der 70er Jahre, ein durch Laserlicht in seiner Bewegung gehemmtes Barium-Ion genauestens zu beobachten.
Für die Hochpräzisionsmessungen, die u. a. den Bau von Atomuhren ermöglichten, zeichnete die Schwedische Akademie der Wissenschaften D. 1989 mit dem Physik-Nobelpreis aus (mit N. F. →Ramsey und W. Paul).

← Hans G. Dehmelt

Deisenhofer, Johann

dt. Biophysiker
* 30.9.1943 Zusamaltheim bei Dillingen

Für Deisenhofer zum alltäglichen Arbeitsgerät geworden, der Computer.

Deisenhofer verbesserte 1982-85 die Methoden der Röntgenstrukturanalyse derart, daß der Feinbau des an der Photosynthese beteiligten Reaktionszentrums einer Purpurbakterie erstmals aufgeklärt werden konnte. Durch wesentliche Verkürzung der computergestützten Rechenzeiten wurde aus einer Vielzahl von Röntgenbildern die dreidimensionale atomare Struktur des im Zellmembran gelagerten und wohl kompliziertesten Eiweißmoleküls sichtbar, in welchem als biologischer »Photozelle« Licht in chemische Energie umgewandelt wird, eine der Grundvoraussetzungen organischen Lebens.

☐ 1971-88: Mitarbeiter am Max-Planck-Institut (MPI) für Biochemie in Planegg-Martinsried bei München. ☐ 1988: Chemie-Nobelpreis mit den am Projekt beteiligten R. →Huber und H. →Michel. ☐ seit 1988: Prof. am Howard Hughes Medical Inst. der Univ. of Texas, Dallas.

Delaunay, Robert

frz. Maler
* 12.4.1885 Paris † 25.10.1941 Montpellier

Delaunay gehört neben W. →Kandinsky zu den Begründern der abstrakten Malerei. In den Bildserien »Eiffelturm« (1909), »Fenster« (1912) und »Kreisformen« (1912/13) übertrug er die kubistische Zergliederung der Form auf die Verwendung des Farbenprismas. Diesen Farbkubismus bzw. die Verselbständigung der Farbe bezeichnete G. →Apollinaire in Anspielung auf die freie Sprachverwendung im lyrischen Ausdruck als »Orphismus«. Die ungegenständlichen Kreis- und Spiralenbilder, die in konzentrische Farbabschnitte eingeteilt sind, erzeugen den Eindruck von Bewegung.
Nachdem D. in den 20er Jahren gegenständliche Motive in abstrahierter Form aufgegriffen hatte (Bildserie »Läufer«), kehrte er zur geometrischen

Abstraktion zurück (»Unendliche Rhythmen«, 1934, Paris, Musée d'Art moderne).

☐ 1902-04: Lehre als Dekorationsmaler in Paris. ☐ ab 1909: Kubistische Architekturbilder (»Eiffelturm«-Serie). ☐ ab 1910: Ehe mit S. →Delaunay-Terk. ☐ 1911-13: Beteiligung an den Ausstellungen der Künstlergruppe Blauer Reiter und der »Sturm«-Galerie (H. →Walden). ☐ 1937: Wandgemälde im Pavillon der Eisenbahn und im Pavillon der Luftfahrt der Pariser Weltausstellung (mit seiner Frau); Entfernung von vier »entarteten« Werken aus dt. Museen. ☐ 1940: Flucht aus Paris nach Südfrankreich.

▷ G. Vriesen/M. Imdahl: Robert Delaunay — Licht und Farbe, 1967; K.-P. Schuster (Hg.): Delaunay und Deutschland, 1985.

Robert Delaunay mit Frau Sonia und Sohn Charles, 1916.

Delaunay-Terk, Sonia

frz. Malerin und Designerin russ. Herkunft
* 14.11.1885 Gradiesk, Ukraine
† 5.12.1979 Paris

Delaunay-Terk stand in den späten 20er Jahren im Mittelpunkt der Art-deco-Bewegung, die den Gegensatz zwischen freier und angewandter Kunst zu überbrücken suchte. In diesem Sinn umfaßt ihr vielgestaltiges Werk Bucheinbände und typographische Arbeiten, Stoff- und Modeentwürfe, Bühnenbilder und Filmausstattungen. Als Grundlage diente ihr die gemeinsam mit R. →Delaunay entwickelte geometrisch-abstrakte Malerei des Orphismus (»Elektrische Prismen«, 1914, Paris, Musée d'Art moderne).

☐ 1905: Kunststudium in Karlsruhe. ☐ ab 1906: Freie Künstlerin in Paris. ☐ ab 1910: Ehe mit R. Delaunay. ☐ 1913: Malerische »simultane« Ausgestaltung von Prosagedichten von B. →Cendrars. ☐ 1924-29: Leitung eines Modehauses in Paris.

▷ B. Dorival: Sonia Delaunay-Terk. Leben und Werk 1885-1979, 1985; J. Damase: Sonia Delaunay — Mode und Design, 1991.

Hans Delbrück →

Delbrück, Hans

dt. Historiker und Politiker
* 11.11.1848 Bergen auf Rügen † 14.7.1929 Berlin

Mit seiner »Geschichte der Kriegskunst im Rahmen der politischen Geschichte« (4 Bde., 1900-20; fortges. von E. Daniels und O. Haintz, Bde. 5-7, 1926-36) erschloß Delbrück der Wissenschaft ein neues Fachgebiet. D. zeigte die Zusammenhänge zwischen Staats- und Kriegsverfassung auf und klassifizierte die Kriegsführung am Beispiel Friedrichs des Großen und Napoleons nach Ermattungs- und Vernichtungsstrategien. In für seine Zeit selten ausgeprägter Weise verstand sich D. stets als politisch aktiver Gelehrter. Im 1. Weltkrieg trat er für maßvolle Kriegsziele ein, wandte sich gegen den uneingeschränkten U-Bootkrieg und das preußische Dreiklassenwahlrecht. Später widersprach D. der »Dolchstoßlegende« und wies die Deutschland vorgeworfene Kriegsschuld zurück.

☐ 1882-84: Mitgl. des Preuß. Abgeordnetenhauses. ☐ 1883-1919: Hg. der »Preußischen Jahrbücher«. ☐ 1884-90: MdR. ☐ 1896-1921: Als Nachfolger H. v. Treitschkes Prof. an der Univ. Berlin. ☐ 1923-28: »Weltgeschichte« (5 Bde.).

▷ A. Thimme: Hans Delbrück als Kritiker der Wilhelminischen Epoche, 1955.

Delbrück, Max

amer. Biologe dt. Herkunft
* 4.9.1906 Berlin † 9.3.1981 Pasadena, Kalif.

Delbrück, Mitbegründer der Molekularbiologie, entdeckte 1946 bei den »Bakteriophagen« genannten Viren (die nicht Körperzellen, sondern Bakterien befallen), daß das genetische Material verschiedener Virus-Stämme kombinierbar und zur Erzeugung neuer Arten geeignet ist. Mit der Aufklärung des Vermehrungszyklus von Bakteriophagen und der Erkenntnis, daß die bakterielle Phagenresistenz auf Mutationen beruht, legten er und S. →Luria 1943 den Grundstein für die Bakteriengenetik.

☐ 1932-37: Mitarbeiter am Kaiser-Wilhelm-Inst. für Chemie in Berlin. ☐ ab 1945: Amer. Staatsbürger. ☐ 1947-77: Prof. am Technologischen Inst. in Pasadena. ☐ 1969: Physiologie/Medizin-Nobelpreis (mit S. Luria und A. →Hershey).

▷ P. Fischer: Licht und Leben. Ein Bericht über Max Delbrück, den Wegbereiter der Molekularbiologie, 1985.

Max Delbrück: Mit ihm begann die Molekularbiologie.

Delcassé, Théophile

frz. Politiker
* 1.3.1852 Pamiers, Dep. Ariège † 22.2.1923 Nizza

Delcassés Politik als Außenminister zielte auf eine Erweiterung des französischen Kolonialreichs in Afrika sowie das Aufbrechen der seit Bismarck bestehenden Isolation. Die von ihm initiierte Einverleibung Zentralafrikas führte 1898/99 beinahe zum Krieg mit Großbritannien. Es gelang D. jedoch während seiner ersten Amtszeit als Außenminister durch geduldige Diplomatie, den britisch-französischen Gegensatz in eine »Entente cordiale« (1904) umzuwandeln. Bereits 1900-1902 konnte er Verträge mit Rußland und Italien abschließen. Sein Versuch, Schritte zur Annexion Marokkos einzuleiten (1905), führte zur 1. Marokko-Krise mit Deutschland. D. mußte daraufhin als Außenminister zurücktreten.

□ ab 1875: Abg. der Radikalen. □ 1894/95: Kolonialmin. □ 1898-1905; 1914/15: Außenmin. □ 1911-13: Marinemin. □ 1913/14: Botschafter in St. Petersburg (Rußland).

▷ J. R. Leygues/J. L. Barré: Delcassé, frz. 1980.

Delibes, Miguel

span. Schriftsteller
* 17.10.1920 Valladolid

Delibes, seit 1973 Mitglied der Königlichen Spanischen Akademie, ist einer der herausragenden zeitgenössischen Romanschriftsteller Spaniens. Seine Werke verdanken ihre Authentizität einer konzis-ungekünstelten, dabei aber ausdrucksstarken Sprache. Ohne Verzicht auf feinsinnigen Humor zeigt er realistisch das Leben während der Franco-Ära. In »Fünf Stunden mit Mario« (R., 1966, dt. 1976) wählt D. einen langen inneren Monolog zur Darstellung der Zwiesprache einer konservativen Ehefrau mit ihrem gerade verstorbenen, progressiven Mann, wodurch ein komplexes Bild der kastilischen Provinz-Gesellschaft entsteht.

← Miguel Delibes

□ ab 1945: Nach Rechtsstudium Lehrer für Handelsrecht in Valladolid; gleichzeitig Arbeit als Karikaturist und Journalist. □ 1947: Premio Nadal für das Erstlingswerk »Der Schatten der Zypresse ist lang« (R.). □ 1950: »Und zur Erinnerung Sommersprossen« (R., dt. 1960). □ 1955: »Tagebuch eines Jägers« (R., dt. 1964). □ 1958-63: Chefredakteur der Zeitung El Norte de Castilla in Valladolid. □ 1959: »Das rote Blatt« (R., dt. 1988). □ 1982: »Die heiligen Narren« (R., dt. 1987).

Delius, Friedrich Christian

dt. Schriftsteller
* 13.2.1943 Rom (Italien)

Der Germanist und Verlagslektor Delius erregte mit satirisch-provokativer Dokumentarliteratur öffentliches Aufsehen. Einer Verleumdungsklage der Firma Siemens wurde 1975 z. T. entsprochen; D. durfte einige Formulierungen der sog. Festschrift »Unsere Siemens-Welt« (1972) nicht wiederholen. In seinem ersten Roman »Ein Held der inneren Sicherheit« (1981), der sich an den Entführungsfall H.-M. →Schleyer anlehnte, griff der Pfarrersohn kritisch staatliche Sympathisantenjagd und Nachrichtensperre auf.

← Friedrich C. Delius

□ 1965: »Kerbholz« (Ged.e). □ 1966: »Wir Unternehmer. Über Arbeitgeber, Pinscher und das Volksganze« (Schr.). □ 1975: »Moritat auf Helmut Hortens Angst und Ende« (Ged.). □ 1984: »Adenauerplatz« (R.). □ 1987: »Mogadischu Fensterplatz« (R.).

Della Casa, Lisa

schweiz. Sängerin
* 2.2.1919 Burgdorf bei Bern

Della Casa begann ihre internationale Karriere 1947 als Zdenka in der Oper »Arabella« von R. →Strauss bei den Salzburger Festspielen. Mit ihrer vollkommenen Phrasierungskunst und künstlerischen Gestaltungsgabe wurde die Sopranistin in allen Musikzentren der Welt zur bedeutenden Interpretin der Werke von Mozart (Gräfin in »Figaros Hochzeit«) und R. Strauss. D. war auch eine erfolgreiche Liedinterpretin.

□ 1941: Debüt in G. →Puccinis »Madame Butterfly« in Solothurn-Biel. □ 1947: Mitgl. der Staatsoper Wien. □ 1953: Darstellung der drei Frauenrollen bei der UA von G. v. →Einems Oper »Der Prozeß«. □ 1953-68: Mitgl. der Metropolitan Opera New York. □ 1960: Rolle der Marschallin in »Der Rosenkavalier« von R. Strauss zur Eröffnung des neuen Salzburger Festspielhauses. □ 1974: Rückzug aus dem Musikgeschäft.

▷ D. Debeljevic: Ein Leben mit Lisa Della Casa, 1975.

Deller, Alfred George

engl. Sänger
* 31.5.1912 Margate, Kent
† 16.7.1979 Bologna (Italien)

Der Autodidakt Deller gründete 1948 als Dirigent an der St.-Pauls-Kathedrale London ein eigenes Vokalensemble (»Deller-Consort«) und hat mit weltweiten Aufführungen älterer (englischer) Barockmusik die in Vergessenheit geratene Tradition des Countertenor-Singens wiederbelebt. Dabei erreichen Männer durch das Singen mit Kopfstimme (»Falsettieren«) die Höhe der weiblichen Altstimme. Mit dieser wiederentdeckten Technik war D. ein hervorragender Bach-Interpret. Sein Sohn Mark (* 1938) setzt seit 1979 die Tätigkeit seines Vaters fort. Beispielhafte Schallplattenaufnahmen von Vater und Sohn im Duett entstanden ab 1962.

□ 1940-47: Chorsänger an der Kathedrale von Canterbury. □ 1947: Solist und Chordirigent an der St.-Pauls-Kathedrale in London. □ 1948: Bildung des Vokalensembles »Deller-Consort«. □ 1960: Partie des Oberon bei der UA von B. →Brittens Oper »A Midsummer Night's Dream«.

▷ M. und M. Hardwick: Alfred Deller. A singularity of voice, 1968; O. Baldwin/A. Wilson: Alfred Deller, 1969.

Delon, Alain

frz. Schauspieler und Regisseur
* 8.11.1935 Sceaux bei Paris

Delon verkörperte 1967 als Killer Jeff Costello (»Der eiskalte Engel«, Rg. J. P. →Melville) eine der eindringlichsten Figuren des sog. Film Noir. Seit den 70er Jahren trat er bis auf wenige Ausnahmen (1983, »Eine Liebe von Swann«, Rg. V. →Schlöndorff) in kommerzorientierten Action-Filmen auf; seine eigenen Regiearbeiten (u. a. »Der Kämpfer«, 1982) konnten bisher nicht überzeugen.

Alain Delon: Den Tod vor Augen in »Der eiskalte Engel«.

□ 1952-55: Fallschirmspringer in Indochina. □ 1957: Filmdebüt in »Killer lassen bitten«. □ 1958: »Liebelei« (mit R. →Schneider). □ 1959/60: »Nur die Sonne war Zeuge« (Rg. R. Clément, nach dem Roman »Der talentierte Mr. Ripley« von P. →Highsmith); »Rocco und seine Brüder« (Rg. L. →Visconti). □ 1962: »Der Leopard« (Rg. L. Visconti, nach G. →Tomasi di Lampedusa). □ 1969: »Der Clan der Sizilianer« (Rg. H. Verneuil); »Borsalino« (mit J.-P. →Belmondo, Rg. J. Deray). □ 1976: »Monsieur Klein« (Rg. J. →Losey).

▷ R. A. Zondergeld: Alain Delon. Seine Filme — sein Leben, 1984.

Delors, Jacques

frz. Politiker
* 20.7.1925 Paris

← Jacques Delors

Delors, der frühere »Superminister« (Wirtschaft und Finanzen, Budgetfragen) im Kabinett →Mauroy, ist seit 1985 Präsident der EG-Kommission in Brüssel. In diesem Amt gelang ihm nach Jahren der Stagnation eine Weiterführung des europäischen Integrationsprozesses. Durch ein »Weißbuch« gab er den Anstoß zur Vollendung des EG-Binnenmarktes bis 1992. Der unter seiner Leitung 1989 erarbeitete Delors-Plan sieht in mehreren Schritten die Verwirklichung einer Währungsunion innerhalb der Gemeinschaft vor.

□ 1973-79: Mitgl. des Generalrats der Bank von Frankreich. □ 1974: Eintritt in die Sozialistische Partei; wirtschaftspolitischer Sprecher F. →Mitterrands. □ 1979: MdEP und Leiter des Ausschusses für Währungs- und Wirtschaftsfragen. □ 1981-84: Nach Wahlsieg Mitterrands Wirtschafts- und Finanzmin., nach 1983 auch für Budgetfragen zuständig. □ seit 1985: Präs. der EG-Kommission (Wiederwahl 1986 und 1988).

Pater Delp vor dem Volksgerichtshof in Berlin, 1944.

Delp, Alfred

dt. Theologe (kath.)
* 15.9.1907 Mannheim
† 2.2.1945 Berlin-Plötzensee (hingerichtet)

Delp beteiligte sich ab 1942 an dem Entwurf einer christlichen Sozialordnung, welche die Widerstandsgruppe »Kreisauer Kreis« um den Grafen H. J. v. →Moltke für die Zeit nach dem erwarteten Zusammenbruch Deutschlands plante. Als Sozialphilosoph suchte er in seinen Schriften nach einer Gesellschaftsordnung jenseits von Kapitalismus und Marxismus. In ihr sollten soziale Gerechtigkeit, Eigentumsbildung in Arbeitnehmerhand und eine Sozialpflichtigkeit des Eigentums verwirklicht sein. Nach dem Attentat auf Hitler (20.7.1944) wurde D. verhaftet und vom Volksgerichtshof wegen Hoch- und Landesverrats zum Tode verurteilt.

□ 1926: Konversion und Eintritt in die Gesellschaft Jesu. □ 1935: »Tragische Existenz« (Schr.). □ 1939-41: Schriftleiter der Jesuitenzeitschrift »Stimmen der Zeit« bis zur Beschlagnahme durch die Gestapo. □ 1943: »Der Mensch und die Geschichte« (Schr.). □ postum 1949: »Christ und Gegenwart« (Schr., 3 Bde., aus dem Nachlaß).

▷ R. Bleistein: Alfred Delp. Geschichte eines Zeugen, 1989.

Delvaux, Paul

belg. Maler und Grafiker
* 23.9.1897 Antheit bei Huy

Delvaux gehört zu den profilierten Malern des Surrealismus. Sein Hauptmotiv sind imaginäre Räume und Architekturen mit merkwürdig starren Frauen- und Mädchenakten in häufig bizarren Haltungen. Die Architekturen zitieren antike Formen oder Renaissancebauten; dennoch wirken die kahlen Alleen, Straßenzüge, Plätze, die kalten Hallen mit Treppenaufgängen, die nirgendwo hinzuführen scheinen, nicht zuletzt durch extreme perspektivische Verkürzungen artifiziell: Sie sind Kulissen für die völlig isolierten, künstlichen Gestalten, die mit leerem Blick aneinander vorbei ins Nichts schauen. Mit solchen Mitteln schafft D. in seinen Bildern trotz realistischer Details eine Loslösung von der vertrauten Sehweise, die Wandlung zu Bildern, die aus Träumen zu stammen scheinen (»Die rosa Schleifen«, 1937, Antwerpen, Koninklijk Museum voor Schone Kunsten).

Süleyman Demirel →

Delvaux, der Meister des Surrealismus, an einem seiner Frauenakte, um 1980.

☐ 1930/31: Expressionistische Gemälde unter dem Einfluß C. Permekes, G. de Smets und J. →Ensors, die D. später vernichtet. ☐ 1934: Auf der Ausstellung Minotaure in Brüssel Begegnung mit Bildern von G. de →Chirico, S. →Dalí, M. →Ernst und R. →Magritte. ☐ seit 1943: Hinzufügung von Skeletten als Bildmotive. ☐ ab etwa 1950: Beschäftigung mit Lithografie und Aquatintaradierung. ☐ 1950-62: Prof. für Wandmalerei an der École Nationale Supérieure d'Art et d'Architecture de la Cambre, Brüssel. ☐ ab 1952: Neben Leinwandbildern große Wandgemälde (u. a. im Kursaal von Ostende). ☐ 1982: Eröffnung des Delvaux-Museums bei Brüssel.

▷ B. Emerson: Paul Delvaux, 1985.

DeMille, Cecil B(lount)

amer. Filmregisseur und Produzent
* 12.8.1881 Ashfield, Mass. † 21.1.1959 Hollywood

DeMille gründete 1913 mit J. →Lasky, S. Goldfish (später →Goldwyn) und A. Freed die Jesse Lasky Feature Play Company, aus der 1927 die Paramount Filmproduktionsgesellschaft hervorging. Als Regisseur monumentaler Ausstattungsfilme (»Die zehn Gebote«, 1923, 1956; »Cleopatra«, 1934) verarbeitete er vorzugsweise biblische und antike Stoffe. D., der zu den Gründern der Filmstadt Hollywood gehörte, war ein Meister spektakulärer Effekte und ein Pionier in der filmischen Realisierung von Massenszenen.

← Cecil B. DeMille

☐ 1913: Regiedebüt in »The Squaw Man«. ☐ 1932: Vertragsregisseur bei Paramount. ☐ 1938/39: »Union Pacific/Die Frau gehört mir«. ☐ 1949: »Samson und Delilah«. ☐ 1950: Gastrolle in »Sunset Boulevard« mit G. →Swanson. ☐ 1951: »Die größte Schau der Welt«.

▷ C. Higham: Cecil B. DeMille, 1973.

Demirel, Süleyman

türk. Politiker
* 6.10.1924 Islamköy, Prov. Isparta

Der mehrmalige türkische Ministerpräsident Demirel wurde 1980 während einer schweren Wirtschaftskrise von der Armee gestürzt. Der fortwährende Machtkampf zwischen D., dem Führer der konservativen Gerechtigkeitspartei, und B. →Ecevit, seinem sozialdemokratischen Gegenspieler, und die damit verbundene Lähmung des Staates hatten das Militär unter Generalstabschef K. → Evren zum Staatsstreich bewogen. Das gegen D. und Ecevit verhängte Verbot der politischen Betätigung wurde 1987 durch ein Referendum aufgehoben.

☐ 1964-80: Vors. der Gerechtigkeitspartei (Auflösung der Partei durch das Militärregime). ☐ 1965-71; 1975-77; 1977/78; 1979/80: Ministerpräsident. ☐ 1987: Vors. der Partei des Rechten Weges.

DeMita, Ciriaco

ital. Politiker
* 2.2.1928 Fusco bei Avellino

DeMita, der zum linken Flügel der Democrazia Cristiana (DC) gehört, war als Parteichef (1982-89) und Ministerpräsident (1988/89) der mächtigste Gegenspieler des Sozialisten B. →Craxi. Anfang der 70er Jahre befürwortete C. den »historischen Kompromiß«, eine enge Zusammenarbeit zwischen Christdemokraten und Kommunisten.

☐ seit 1963: Parlamentsmitgl. ☐ 1968: Unterstaatssekr. im Innenministerium. ☐ 1973: Industriemin. ☐ 1974-76: Außenhandelsmin. unter A. →Moro. ☐ 1982-89: Vors. der Democrazia Cristiana. ☐ 1988/89: Ministerpräsident.

Dempsey, Jack

amer. Boxer
* 24.6.1894 Manassa † 1.6.1983 New York

Dempsey war das Boxidol der 20er Jahre und von 1919 bis 1926 Weltmeister aller Klassen. 60 seiner 80 Professionalkämpfe beendete er als Sieger, 49 davon vorzeitig. Als D. 1926 seinen Titel verlor, hatte er zuvor drei Jahre pausiert.

☐ 1919: K.o.-Sieg über J. Willard. ☐ 1920: K.o.-Sieg über B. Miske und B. Brennan. ☐ 1921: K.o.-Sieg über G. Carpentier (Frankreich). ☐ 1923: Punktsieg über T. Gibbons; K.o.-Sieg über L. Firpo (Argentinien). ☐ 1926: WM-Verlust nach Punktniederlage gegen G. Tunney. ☐ 1927: Punktniederlage gegen Tunney.

Dene, Kirsten

dt. Schauspielerin
* 16.3.1943 Hamburg

Im deutschsprachigen Theater zählt Dene zu den talentiertesten und wandlungsfähigsten Schauspielerinnen. Ihr Darstellungsstil ist überaus körperbetont und temperamentvoll, zugleich sehr realistisch und natürlich. Wegen ihres großen Ausdrucksreichtums überzeugte D. sowohl in klassischen als auch in modernen Frauenrollen. Entscheidend für ihre Entwicklung wurde die Begegnung mit dem Regisseur C. →Peymann, dem sie von Stuttgart über Bochum nach Wien folgte.

□ 1961-63: Mitgl. am Stadttheater Essen. □ 1963-70: Mitgl. an den Städtischen Bühnen Frankfurt. □ 1970-72: Mitgl. der Staatlichen Schauspielbühne Berlin. □ 1972-79: Mitgl. am Württ. Staatstheater Stuttgart. □ 1977: Titelrolle in Goethes »Iphigenie« (Rg. C. Peymann); □ 1979-86: Mitgl. am Bochumer Schauspielhaus. □ 1982: Thusnelda in »Hermannsschlacht« (H. v. Kleist, Rg. C. Peymann). □ seit 1986: Mitgl. am Wiener Burgtheater. □ 1988: Anna in UA »Heldenplatz« (Th. →Bernhard, Rg. C. Peymann). □ 1989: Hedwig in Schillers »Wilhelm Tell« (Rg. C. Peymann).

Deneuve, Cathérine

(eig. C. Dorléac)
frz. Schauspielerin
* 22.10.1943 Paris

Deneuve trat bereits mit dreizehn Jahren in Filmen auf und wurde von R. Vadim zum Star aufgebaut. Großen Erfolg hatte die vielseitige Schauspielerin mit der Darstellung einer psychisch Kranken in »Ekel« (Rg. R. →Polanski, 1964) und in der imagebildenden Titelrolle von »Belle de Jour — Schöne des Tages« (L. →Buñuel, 1966), wo sie eine scheinbar unnahbare Bürgersfrau verkörpert, die ihre erotischen Wünsche als Prostituierte auslebt. D. stand Modell für die Büste der französischen Nationalheiligen »Marianne«.

Cathérine Deneuve als Séverine in »Belle de Jour«, 1966.

□ 1956: Filmdebüt in »Junge Rosen im Wind« (Rg. A. Hunnebelle). □ 1964: Goldene Palme von Cannes für »Die Regenschirme von Cherbourg« (J. Demy). □ 1968/69: »Das Geheimnis der falschen Braut« (Rg. F. →Truffaut). □ 1970: »Tristana« (Rg. L. Buñuel). □ 1972: »Der Chef« (Rg. J. P. →Melville). □ 1980: »Die letzte Metro« (Rg. F. Truffaut). □ 1981: »Wahl der Waffen« (Rg. A. Corneau). □ 1983: »Der Hunger«.

Deng Xiaoping

chin. Politiker
* 22.8.1904 Guang'an, Prov. Sichuan

Der lange, wechselvolle politische Weg von Deng Xiaoping wird am besten mit den Worten →Mao Zedongs charakterisiert, der ihn 1976 einen Mann nannte, der »Pragmatismus über ideologische Klarheit« stelle. Nach dem Sturz der sog. Viererbande um die Mao-Witwe → Jiang Qing wurde D. faktisch Nachfolger von Mao und damit der mächtigste Mann Chinas. Er begann mit der Durchsetzung von Wirtschaftsreformen, für deren bloße Erwähnung er noch 1967 zur »Umerziehung« geschickt worden war. Sein vordringliches Ziel war die Ankurbelung der Wirtschaft sowie die Verbesserung der Versorgungslage und des Lebensstandards der Bevölkerung. Um dies zu erreichen, leitete er die Öffnung des Landes nach Westen ein, wofür China bereits 1978 durch den Friedensvertrag mit Japan und die Aufnahme in den Sicherheitsrat der UNO belohnt wurde. 1984 erreichte er die Rückgabe der britischen Kolonie Hongkong für 1997.
Bei all seinen Bemühungen ließ D. keinen Zweifel daran, daß es ihm nur um eine Modernisierung der Wirtschaft ging, nicht aber um politische Veränderungen. Als es 1989 zu Massendemonstrationen chinesischer Studenten kam, setzte er den Einsatz der »Volksbefreiungsarmee« durch, die am 4.6.1989 die Demokratiebewegung in Peking blutig niederschlug. Seine letzte offizielle Machtposition gab D. 1990 auf und trat als Vorsitzender der zentralen staatlichen Militärkommission zurück.

Deng Xiaoping →

□ 1922-26: Student in Lyon und Moskau. □ 1924: Mitgl. der Kommunistischen Partei Chinas (KPCh). □ 1927: Im Sekretariat des ZK. □ 1929-43; 1946-49: Politkommissar bzw. Leiter der Politabteilung bei Verbänden der Volksarmee; Teilnahme am »Langen Marsch« (1934/35). □ 1943-45: Leiter der Allgemeinen Politischen Abteilung des Volksrevolutionären Militärrats. □ 1945: Mitgl. des ZK. □ ab 1949: Sekr. des ZK und Chef der Wirtschaftskommission für Südwest-China. □ 1952-67; 1973-80: Zugleich stellv. Ministerpräsident in Peking. □ 1953/54: Finanzmin. □ 1954-67: Generalsekr. des ZK. □ 1955-67: Mitgl. des Politbüros. □ 1967: Während der »Kulturrevolution« Ausschluß aus der Partei; öffentliche »Selbstkritik«. □ 1967-73: Zur »Umerziehung« als Klempner in der Prov. Jianxi. □ 1973: Erneut im ZK. □ 1974-76: Im Politbüro. □ 1976: Verhaftung. □ 1977: Wiedereinsetzung in alle Partei- und Regierungsämter; Vizevors. der KPCh; Generalstabschef (bis 1980). □ 1981-90: Vors. der Zentralen Militärkommission (Oberbefehlshaber).

▷ P. Sabatier: Der letzte Drache. Deng Xiaoping in seiner Zeit, 1991.

Denktasch, Rauf Raşit

zypr. Politiker
* 27.1.1924 Ktima bei Baf

Rauf R. Denktasch →

Denktasch ist der erste Präsident der Türkischen Republik Nord-Zypern, die er 1983 nach dem Scheitern eines Verfassungskompromisses zwischen der türkischen und der griechischen Volksgruppe auf der Insel proklamierte. Da diesem Staat diplomatische Anerkennung versagt blieb, bemüht sich D., durch Verhandlungen (mit G. →Vassiliou) eine Lösung des Zypern-Konflikts herbeizuführen.

□ 1960: Präsident der türk. Kommunalkammer auf Zypern. □ 1964-68: Im türk. Exil. □ 1973: Vizepräsident Zyperns. □ 1975: Nach Militärputsch gegen den griech. Staatspräsidenten Erzbischof →Makarios und Invasion durch türkische Truppen Präs. des Türk. Föderationsstaates von Zypern. □ 1983: Proklamation der Türk. Republik Nord-Zypern.

Denver, John

(eig. Henry J. Deutschendorf)
amer. Sänger
* 31.12.1943 Roswell, N. Mex.

Denver wurde durch die oft verklärenden und nostalgischen Texte seiner in gefällige und folkloristische Melodien verpackten Lieder zum Inbegriff des »All-American Boy«, der mit patriotischer Heimatliebe die positiven Seiten und das Gute im Menschen besingt. Vor diesem Hintergrund warnte D. schon zu Beginn der 70er Jahre in mehreren seiner Lieder vor den Folgen der Umweltzerstörung (»Rocky Mountain High«, 1972).

□ 1969: Komposition des Millionenhits »Leaving on a jet plane« (gesungen von »Peter, Paul & Mary«); »Rhymes and reasons« (LP). □ 1971: Erster Solo-Hit »Take me home, country roads«, »Poems, prayers & promises« (LP). □ 1974: Erfolgreichstes Jahr mit drei Hits »Sunshine on my shoulders«, »Annie's Song« und »Back home again«. □ 1977: »Oh God« (F.). □ 1981: »Some days are diamonds« (LP). □ 1986: »One World« (LP). □ 1988: »Higher Ground« (LP).

▷ M. Martin: John Denver — Rocky Mountain Wonderboy, engl. 1977.

Depardieu, Gérard

frz. Schauspieler
* 27.12.1948 Châteauroux

Depardieu, der aus einfachen Verhältnissen stammt und mit dreizehn Jahren von zu Hause weglief, gehört seit den 80er Jahren zu den meistbeschäftigten französischen Kinostars. Sein erster internationaler Erfolg war die Titelrolle im Revolutionsdrama »Danton« des polnischen Regisseurs A. →Wajda. In seinen ca. 60 Filmen verkörperte er häufig Kraftmenschen mit sensiblem Charakter. 1991 konnte D. seine Vielseitigkeit in den beiden erfolreichen Filmen »Cyrano de Bergerac« (Rg. J.-P. Rappeneau) und »Green Card« (Rg. P. →Weir) beweisen.

□ 1954: Schauspielkurse am Théâtre National Populaire. □ 1965: Erste Film- und Theaterrollen. □ 1973: »Die Ausgebufften« (Rg. B. Blier). □ 1976: »1900« (Rg. B. →Bertolucci). □ 1980: »Die letzte Metro« (Rg. F. →Truffaut). □ 1981: »Die Frau nebenan« (Rg. F. Truffaut); »Mein Onkel aus Amerika« (Rg. A. → Resnais). □ 1982: »Danton« (Rg. A. Wajda). □ 1985: »Abendanzug« (Rg. B. Blier). □ 1986: »Die Flüchtigen« (Rg. B. Veber).

← Gérard Depardieu

Derain, André

frz. Maler, Grafiker und Bildhauer
* 10.6.1880 Chatou bei Paris
† 8.9.1954 bei Garches (Autounfall)

Derain gehört zu den Mitbegründern des Fauvismus und orientierte sich nach einer realistischen Anfangsphase vor allem an der Malerei von H. →Matisse. In Übereinstimmung mit den anderen Fauvisten forderte D. die (zumindest teilweise) Befreiung der (plakativ und grell eingesetzten) Farbe vom Gegenstandsbezug, die Betonung des Lichts in der Farbe, den Verzicht auf zeichnerische Elemente wie der Kontur sowie die Flächigkeit der Komposition, insgesamt die Verbannung jedes nachahmenden Moments. Unter dem Einfluß afrikanischer Plastik traten auch expressive Verzeichnungen oder Verzerrungen in D.s Bilder (z. B. »London Bridge«, New York, Museum of Modern Art) und seine um 1905/06 entstandenen Skulpturen. Die Auseinandersetzung mit P. →Cézannes Werk und dem Kubismus führte dann zu einer kompositionellen Stabilisierung und Rücknahme der Farbigkeit.

← André Derain

□ ab 1898: Studium an der Académie Carrière, Paris; Begegnung mit Matisse. □ ab 1900: Enge Freundschaft mit M. de →Vlaminck. □ 1904: Besuch der Académie Julian. □ 1905: Ausstellung von Matisse, Derain und Gleichgesinnten im Pariser Salon d'Automne und Formierung der Gruppe der »Fauves« (Die Wilden). □ bis 1907: Arbeit an fauvistischen Bildern. □ ab 1919: Rückkehr zu konventionelleren Malformen.

Derrida, Jacques

frz. Philosoph
* 15.7.1930 El-Biar bei Algier

Jacques Derrida, einer der wichtigsten frz. Philosophen.

Derrida versucht die im Zuge der abendländischen Philosophie verschüttete Bedeutung der Schrift zurückzugewinnen. In diesem Sinne, ausgehend von M. →Heidegger und S. →Freud, dekonstruierte D. die zentralen Begriffe der Philosophie. Die Schrift, deren Vorrangigkeit vor der Rede D. betont, diene ebenso dem Wort als dessen Abbild, wie das Wort als Träger von Sinn fungiere. Aufgrund seiner Überlegungen über die Zusammenhänge von Wort- und Bildzeichen und den in den traditionellen Kategorien von Form und Inhalt sich ausdrückenden moralischen und politischen Implikationen postulierte D. ein offenes und uneindeutiges Interpretationsverfahren (»Die Schrift und die Differenz« Es., 1967, dt. 1972). Im Zusammenhang mit der Diskussion um die Postmoderne zählt D. mit seinen »Randgängen der Philosophie« (Schr., 1972, dt. 1976) zu den einflußreichen Denkern des ausgehenden 20. Jh.s.

Derwall, Josef »Jupp«

dt. Fußballspieler und Trainer
* 10.3.1927 Würselen

Derwall war 1978-84 als Nachfolger von H. →Schön Trainer der deutschen Nationalmannschaft, mit der er 1980 die Europameisterschaft gewann. Nach dem Ausscheiden bei der EM 1984 verließ er den DFB und ging als Trainer in die Türkei, wo er mit Galatasary Istanbul Meister und Pokalsieger wurde.

□ 1954: Zwei Länderspiele für dt. Nationalmannschaft. □ 1966-70: Trainer des Saarländischen Fußballverbandes. □ 1970-84: DFB-Trainer. □ 1972: Betreuung der Dt. Olympiamannschaft. □ 1982: WM-Zweiter mit Nationalmannschaft. □ 1984-88: Trainer bei Galatasary Istanbul.

← Jupp Derwall

Desani, Govindas Vishnoodas

ind. Schriftsteller
* 8.7.1909 Nairobi

Desani lebte mehrere Jahre in indischen, burmesischen und japanischen Klöstern und lehrte ab 1969 bis zur Pensionierung in den USA Buddhismus. Als Autor des poetischen Dramas »Hali« (1950), vor allem jedoch des Romans »Alles über H. Hatterr« (1948) wurde D. in Europa begeistert gefeiert. Die phantasievolle, originelle Art, in der D. das metaphysische Thema der Suche nach dem Sinn des Lebens aufgreift und die absurden Abenteuer eines Wanderers zwischen Morgen- und Abendland schildert, ist in der indo-englischen Literatur ohne Beispiel.

Deschner, Karlheinz

dt. Schriftsteller
* 23.5.1924 Bamberg

Polemische Kritik am Literaturbetrieb der BRD und deren Hauptvertreter sowie an Christentum und Kirche ließ den Literaturwissenschaftler und Theologen Deschner für seine Kritiker zum »Tabuknacker« und »Würgeengel« werden. In seinem auf sieben bis neun Bände angelegten Hauptwerk »Kriminalgeschichte des Christentums« — drei Bände erschienen 1986, 1988 und 1990 — analysiert D. Verbrechen, die Christen im »Namen des Herrn« seit Jahrhunderten in Kirche, Staat und Politik verübten.

← Karlheinz Deschner

□ 1941: Freiwilliger im 2. Weltkrieg. □ 1956: »Die Nacht steht um mein Haus« (R.) als Abkehr von den Idealen des Dritten Reichs. □ 1957: »Kitsch, Konvention und Kunst« (Schr.); »Was halten Sie vom Christentum?« (Schr.). □ 1964: »Talente, Dichter, Dilettanten« (Schr.). □ 1986, 1988, 1990: »Kriminalgeschichte des Christentums«, Bd. 1: »Die Frühzeit«; Bd. 2: »Die Spätantike«; Bd. 3: »Die Alte Kirche«.

Dessau, Paul

dt. Komponist und Dirigent
* 19.12.1894 Hamburg † 28.6.1979 Ost-Berlin

Dessau, der 1948 aus den USA in den damaligen Ostteil Berlins zurückkehrte, gehörte zu den anerkannten Komponisten der ehemaligen DDR. Er verwandte in seinen Werken, die meist einer außermusikalischen, politischen Aussage verpflichtet waren, sowohl komplizierte Konstruk-

Dessau beim Einstudieren seiner Oper »Lanzelot«, 1969.

tionsmittel der Neuen Musik als auch schlichte Elemente der Unterhaltungsmusik. Sein populärstes Werk war das im Pariser Exil entstandene Lied »Die Thälmann-Kolonne« (1936). D. wurde durch Vertonungen von Texten seines Freundes B. →Brecht bekannt, mit dem er ab 1942 zusammenarbeitete (»Die Verurteilung des Lukullus«, 1951; »Puntila«, UA 1966). Er bezeichnete seine Musiksprache als »volkstümlich«, da sie der »Sache des Volkes« diene.

□ 1910-12: Studium am Klindworths-Scherwanka-Konservatorium in Berlin. □ 1912: Korrepetitor am Stadttheater Hamburg. □ 1925: Dirigent an der Städtischen Oper Berlin. □ 1925/26: »Erste Symphonie«. □ 1930/31: »Tadel der Unzuverlässigkeit« (Lehrstück). □ 1933: Emigration nach Paris. □ 1936: »Kampflied der schwarzen Strohhüte«. □ 1939: Übersiedlung nach New York. □ ab 1942: Zusammenarbeit mit B. → Brecht. □ 1948: Rückkehr nach Ost-Berlin. □ 1957-59: »Puntilla« (Oper, nach B. Brecht, UA Berlin 1966). □ 1959: Prof. in Berlin; »Hymne auf den Beginn einer neuen Geschichte der Menschheit« (zum 10. Jahrestag der DDR). □ 1968: »Musikarbeit in der Schule« (Schr.). □ 1969: »Lanzelot« (Oper, Libr. H. → Müller, UA Berlin 1969). □ 1974: »Notizen zu Noten« (Schr.). □ 1978: Quintett für Oboe, Klarinette, Fagott, Horn und Klavier.

▷ F. Hennenberg: Paul Dessau. Für Sie porträtiert, 1974.

Friedrich Dessauer →

Dessauer, Friedrich

dt. Biophysiker und Philosoph
* 19.7.1881 Aschaffenburg
† 16.2.1963 Frankfurt/Main

Dessauer, Pionier der Röntgenmedizin und Strahlenbiophysik, förderte die Tiefentherapie und Röntgenkinematographie, mit der ihm 1909/10 erstmals Aufnahmen eines schlagenden Herzens gelangen. Aufgrund der sog. Treffertheorie erfaßte D. den Wirkungsmechanismus von Röntgenstrahlen auf lebende Zellen und begründete damit die »Quantenbiologie« (Schr., 1954). Der wirtschaftspolitische Berater von Reichskanzler H. →Brüning befaßte sich mit der »Geldentwertung als Gesetzgebungsproblem des Privatrechts« (Schr., 1921) und stand als Politiker »Im Kampf mit der Wirtschaftskrise« (Schr.,

1931). Als Philosoph widmete sich D. in zahlreichen Büchern der Einordnung der naturwissenschaftlichen und technischen Erkenntnisse in das philosophische Denken sowie der Stellung des Menschen zu Technik und Religion.

□ 1915: »Kompendium der Röntgenaufnahme und Röntgendurchleuchtung« (Schr., 2 Bde., mit B. Wieser). □ 1921-23: Prof. an der Univ. Frankfurt/Main; erneut ab 1953. □ 1924-30: MdR (Zentrum). □ 1925: »Lehrbuch der Strahlentherapie«. □ 1926: »Philosophie der Technik« (Schr.). □ 1934-36: Prof. an der Univ. Istanbul. □ 1937-53: Prof. an der Univ. Fribourg, Schweiz. □ 1943: »Der Fall Galilei und wir« (Schr.). □ 1945: »C. W. Röntgen« (Biogr.). □ 1951: »Religion im Lichte der heutigen Naturwissenschaften« (Schr.). □ 1958: »Naturwissenschaftliches Erkennen. Beiträge zur Naturphilosophie«; »Streit um die Technik«.

▷ F. Dessauer: Kontrapunkte eines Forscherlebens (Aut.), 1962.

Dessoir, Max

dt. Psychologe und Philosoph
* 8.2.1867 Berlin
† 19.7.1947 Königstein im Taunus

Dessoir, der 1889 den Begriff »Parapsychologie« prägte (H. →Bender), beschäftigte sich zunächst mit der kritischen Erforschung okkulter Erscheinungen, dem Grenzgebiet zwischen Psychologie und Physiologie sowie der Geschichte dieser Disziplinen. Als Professor für Philosophie und Ästhetik entwickelte D. ab 1906 eine systematische Ästhetik des Kunstwerks, wobei er die geschichtliche Entwicklung und kulturelle Funktion der Kunst sowie den Künstler in seine Fragestellungen mit einbezog.

← Max Dessoir

□ 1889: Promotion bei W. →Dilthey in Philosophie; 1892 an der Univ. Würzburg in Medizin. □ 1897-1934: Prof. an der Univ. Berlin. □ 1906: »Ästhetik und allgemeine Kunstwissenschaft« (Schr.); Hg. der gleichnamigen Zeitschrift. □ 1911: »Abriß einer Geschichte der Psychologie« (Schr.). □ 1913-31: Veranstalter int. Kongresse der von ihm 1909 gegründeten Gesellschaft für Ästhetik und allgemeine Kunstwissenschaft. □ 1918: »Vom Jenseits der Seele« (Schr.). □ 1923: »Vom Diesseits der Seele« (Schr.). □ 1947: »Das Ich, der Traum, der Tod« (Schr.).

▷ M. Dessoir: Buch der Erinnerung (Aut.), 1946.

Deutsch, Ernst

dt. Schauspieler
* 16.9.1890 Prag (heute CSFR)
† 22.3.1969 Berlin/West

Als temperamentvoller und ekstatischer Schauspieler war Deutsch schon in den 20er Jahren »Herold« des expressionistischen Theaters. Nach seiner Rückkehr aus der Emigration (1948) eroberte er die deutschen Bühnen mit seinen scharf charakterisierten, überspitzt dargestellten Figuren zurück. Seine Altersrollen Nathan in »Nathan der Weise« (Lessing, 1954) und Shylock in »Der Kaufmann von Venedig« (Shakespeare, 1957) wurden seine Glanzrollen. Er gestaltete sie nicht in scheinbarer Wirklichkeitstreue, sondern drückte in ihnen seine Weltanschauung aus.

Ernst Deutsch: Der große Schauspieler um 1965.

□ 1914/15: Erstes Engagement an der Wiener Volksbühne. □ 1916: Erster Erfolg in der Titelrolle »Der Sohn« (W. →Hasenclever) in Dresden. □ 1917-33: Engagements an den Berliner Bühnen von M. →Reinhardt und L. Jeßner. □ 1920: Erste Filmrolle in »Der Golem« (Rg. P. Wegener). □ 1933-47: Emigration in die USA. □ 1938: Tempeldiener in dem Film »Der Prozeß« (Rg. G. W. →Pabst), dafür 1948 auf der Biennale in Venedig Preis für die beste Darstellung einer Nebenrolle. □ 1955: Titelrolle in »Professor Bernhardi« (A. →Schnitzler).

▷ G. Zivier: Ernst Deutsch, 1964; H. Reinhardt (Hg.): Das bin ich (Aut.), 1970.

Deutsch, Helene

amer. Psychoanalytikerin poln. Herkunft
* 9.10.1884 Przemyśl, Galizien
† 29.3.1982 Cambridge, Mass.

Deutsch, zeitweilig Mitarbeiterin von S. →Freud, leistete Pionierarbeit auf dem Gebiet der Frauenpsychologie und der weiblichen Sexualität (»Die Psychologie der Frau«, 2 Bde., 1944-53, dt. 1953) und war eine der bedeutendsten Psychoanalytikerinnen der USA. Die streitbare, aber undogmatische Frauenrechtlerin, die in ihrer Studienzeit R. →Luxemburg nahestand, beteiligte sich noch in den 70er Jahren an den Protestmärschen gegen den Vietnamkrieg.

□ 1912: Hochzeit mit dem Internisten und behandelnden Arzt von S. Freud, Felix Deutsch. □ 1912-18: Assistentin an der Wiener →Wagner-von-Jauregg-Klinik für Psychiatrie; anschließend Lehranalyse und Assistenz bei S. Freud. □ 1925: »Zur Psychologie der weiblichen Sexualfunktionen« (Schr.); Dir. des Psychoanalytischen Ausbildungsinst., Wien. □ ab 1934: Nach Emigration Prof. für Psychiatrie an der Boston Univ. und am Massachusetts General Hospital. □ 1944-53: »Die Psychologie der Frau« (Schr., 2 Bde., dt. 1953).

▷ H. Deutsch: Selbstkonfrontation (Aut. und zugleich eine Geschichte der Psychoanalyse), 1973, dt. 1975.

Devereux, Georges

ung. Psychoanalytiker und Ethnologe
* 13.9.1908 Lugos (heute Nyírlugos)
† 30.5.1985 Paris (Frankreich)

Devereux untersuchte die psychische Entwicklung der Menschen unter besonderer Berücksichtigung ihrer angestammten Kulturkreise. In der von ihm begründeten Ethnopsychiatrie kam D. zu der Auffassung, daß der menschliche Charakter nur in Abhängigkeit seiner kulturspezifischen Muster zu bestimmen sei. Folglich besitzen Urteile über seelisches Fehlverhalten oder Abweichungen von der sog. Normalität keine globale Gültigkeit.

☐ ab 1963: Prof. für Ethnopsychiatrie an der École Pratique des Hautes Études, Paris. ☐ 1967: »Angst und Methode in den Verhaltenswissenschaften« (dt. 1973). ☐ 1972: »Ethnopsychoanalyse« (dt. 1978). ☐ 1974: »Normal und anormal. Aufsätze zur allgemeinen Ethnopsychiatrie« (dt. Ausgabe).

← Georges Devereux

Dewar, Sir (ab 1904) James

brit. Chemiker und Physiker
* 20.9.1842 Kincardine-on-Forth, Schottland
† 27.3.1923 London

Dewars bedeutendste Arbeiten betrafen Gasverflüssigungsverfahren, Tieftemperaturchemie und Vakuumtechnik. 1892/93 entwickelte er mit Reinhold Burger nach den Konstruktionsplänen des deutschen Physikers A. F. Weinhold ein doppelwandiges Glasgefäß, dessen Zwischenraum evakuiert und dessen innere Wand glänzend verkupfert oder versilbert ist. Das Dewar-Gefäß, die heute im alltäglichen Gebrauch bekannte Thermosflasche, setzt Wärmeleitung und -strahlung durch Vakuum und Verspiegelung herab. Aufbauend auf seiner 1891 entwickelten Luftverflüssigungsanlage, wobei D. die magnetischen Eigenschaften von flüssigem Sauerstoff entdeckte, gelang es ihm 1898 erstmals, flüssigen und ein Jahr später festen Wasserstoff durch Kompression und Abkühlung zu gewinnen.

☐ 1867: Aufstellung der Diagonalformel für Benzol. ☐ 1875-77: Prof. an der Univ. Cambridge. ☐ ab 1877: Prof. an der Royal Institution, London. ☐ 1878: Verflüssigung von Luft. ☐ ab 1897: Präs. der Chemical Society. ☐ 1899: Entwicklung des Schießpulvers Kordit (mit F. A. Abel).

Dewey, John

amer. Philosoph und Pädagoge
* 20.10.1859 Burlington, Verm. † 1.6.1952 New York

Dewey, der bedeutendste Vertreter des amerikanischen Pragmatismus, ist mit seinem praxisnahen pädagogischen Konzept von »Demokratie und Erziehung« (Schr., 1916, dt. 1930) bekannt geworden. Ziel aller Wissenschaften solle die Verbesserung sozialer Verhältnisse sein. Philosophie, die nach D. aus sozialen Spannungen entstehe, diene ausschließlich der Lösung gesellschaftlicher Konflikte, indem sie durch Erfahrung, Denken und Erkenntnis Handlungsanweisungen auf einer höheren Entwicklungsstufe und das theoretische Fundament einer sozialen Erziehung des Menschen bereitstelle. Die gesellschaftlich bestimmte Pädagogik, die eine Selbstverwirklichung des Individuums ermögliche, müsse sich am naturwissenschaftlichen Erkenntnisfortschritt, an der industriellen Entwicklung und am Demokratisierungsprozeß der Gesellschaft orientieren.
Als Psychologe vertrat D. die Position des Funktionalismus, wonach alle Verhaltensweisen grundsätzlich aus der Anpassung an die Umwelt resultieren. Der einflußreiche, sozialkritische Pädagoge, der für eine Humanisierung der kapitalistischen Wirtschaft plädierte, beeinflußte das amerikanische Demokratiebewußtsein und prägte vor allem mit der Einführung des Arbeitsunterrichts das Erziehungs- und Bildungswesen.

☐ 1894-1904: Prof. an der Univ. Chicago; Gründung der Dewey School zur Reform des amer. Elementarschulwesens. ☐ 1900: »Schule und öffentliches Leben« (Schr., dt. 1905). ☐ 1904-30: Prof. an der Columbia-Univ., New York. ☐ 1922: »Die menschliche Natur« (Schr., dt. 1931). ☐ 1933: »Wie wir denken. Eine Untersuchung über die Beziehung des reflektiven Denkens zum Prozeß der Erziehung« (dt. 1951). ☐ 1937: Leiter der Untersuchungskommission gegen den Emigranten L. →Trotzki in Mexiko.

▷ W. S. Schewkin: Die Pädagogik John Deweys, 1955.

Sergei Diaghilew →

Diaghilew, Sergei Pawlowitsch

russ. Ballettimpresario
* 31.3.1872 Kaserne Selischtschew, Nowgorod
† 19.8.1929 Venedig (Italien)

Als Gründer und Leiter der Ballets Russes prägte Diaghilew das internationale Ballett im zweiten und dritten Jahrzehnt des 20. Jh.s. D., der nie selbst choreographierte, verdankt seinen Erfolg dem Spürsinn für Begabung und seiner Integrationskraft. Zu D.s weltberühmter Tanztruppe gehörten u. a. A. →Pawlowa und W. →Nijinski, zu seinen Choreographen L. →Massine und G. →Balanchine. Bildende Künstler wie H. →Matisse, A. → Derain und P. → Picasso entwarfen die Ausstattung, Komponisten wie I. →Strawinsky, S. → Prokofjew und M. →Ravel komponierten die Musik für sein Ensemble.

☐ 1899-1901: Dramaturg am Marien-Theater St. Petersburg. ☐ 1899-1904: Hg. der Zeitschrift Mir Iskusstwa (Welt der Kunst). ☐ 1908: D. bringt als Theater-Impresario die Oper »Boris Godunow« (M.: M. Mussorgski) nach Paris. ☐ 1909: Erster Auftritt einer von ihm zusammengestellten Truppe von Petersburger und Moskauer Tänzern in Paris; danach Gründung der Ballets Russes. ☐ 1910: »Der Feuervogel« (M.: I. Strawinsky). ☐ 1912: »L'apres-midi d'un faune« mit W. Nijinski (M.: C. → Debussy). ☐ 1919: »Der Dreispitz« (M.: M. de →Falla). ☐ 1924: »Le train bleu« (M.: D. →Milhaud). ☐ 1928: »Apollon Musagète« (M.: I. Strawinsky, Choreographie: G. Balanchine).

▷ R. Buckle: Diaghilew, engl. 1979.

← John Dewey

Diamond, Neil Leslie

amer. Rockmusiker
* 24.1.1941 Coney Island, N. Y.

Etwa zehn Jahre brauchte der New Yorker Komponist, Arrangeur, Songschreiber und Sänger, um eine Plattenfirma von seinen Qualitäten als Sänger zu überzeugen. Zuvor war er nur als

Songschreiber gefragt. Von Diamond stammen mehrere Millionenhits, u. a. für Gruppen wie Monkees, →Deep Purple oder die Sängerin Lulu. 1972 erhielt der Sänger mit dem dunklen, sentimental klingenden Bariton für einen neuen Plattenvertrag die damals sensationelle Garantiesumme von 5 Mio. US-$.

☐ 1951: Mitgl. der Memphis Backstreet Boys. ☐ 1954: Mitgl. der Folkband The Roadrunners. ☐ 1964: Songschreiber in New York. ☐ 1966: Komponiert für die Monkees den Millionenhit »I'm a believer«; erste Platte »Solitary Man«. ☐ 1970: Erster Nr.-1-Hit »Cracklin' Rosie«. ☐ 1973: Grammy Award für Filmmusik zu »Jonathan Livingston Seagull«. ☐ 1976: »Beautiful Noise« (LP). ☐ 1981: Hauptrolle im Film »The Jazz-Singer« (mit L. → Olivier). ☐ 1989: »The best years of our lives« (LP).

▷ R. Wiseman: Solitary star: a biography of Neil Diamond, engl. 1988.

← Neil Diamond

Diana

Prinzessin von Wales
* 1.7.1961 Sandringham

Als Lady Diana Frances Spencer heiratete D. am 29.7.1981, von 750 Mio. Fernsehzuschauern in aller Welt verfolgt, den britischen Thronfolger, Prinz →Charles. Dank ihrer sympathischen, jugendlichen Ausstrahlung erfreut sich die Prinzessin, die seit 300 Jahren die erste aus einem englischen Adelsgeschlecht stammende Gemahlin eines Königs sein wird, großer Beliebtheit. Ihre beiden Söhne, Prinz William (* 1982) und Prinz Henry (* 1984), stehen in der Thronfolge an zweiter und dritter Stelle.

← Prinzessin Diana

Díaz, Porfirio

mex. Politiker
* 15.9.1830 Oaxaca † 2.7.1915 Paris

Díaz wird vielfach als Schöpfer des modernen Mexikos angesehen. Als »Revolutions-General« kämpfte er zunächst gegen die Franzosen, dann gegen Kaiser Maximilian (1867 erschossen) und die Klerikalen. Seine lange Amtszeit brachte nach den zahlreichen Bürgerkriegen zunächst innenpolitischen Frieden und wirtschaftlichen Fortschritt. Doch da D. im Laufe der Zeit seine diktatorische Macht zunehmend ausweitete und die Großgrundbesitzer und amerikanischen Konzerne begünstigte, kam es 1910 zu einer erneuten Revolution unter F. Madero, die den Diktator 1911 zum Rücktritt zwang.

Porfirio Díaz: Der ordengeschmückte Diktator mit 80 Jahren.

☐ 1854: Beteiligung an der Revolution gegen den Diktator A. Santa Anna (* 1795, † 1876). ☐ 1866/67: Beteiligung an der Revolution des Präsidenten B. Juárez (* 1806, † 1872) gegen die Franzosen. ☐ 1877-80; 1884-1911: Staatspräsident.

Dib, Mohammed

alger. Schriftsteller
* 21.7.1920 Tlemcen

Dib wurde durch seine »Algerische Trilogie«, in der er die Armut seines Volkes und dessen Demütigung durch die französischen Kolonialherren beschreibt, zum Mitbegründer einer eigenständigen, von Folklore und Exotik befreiten algerischen Literatur (»Das große Haus«, 1954, dt. 1956; »Der Brand«, 1954, dt. 1956; »Der Webstuhl«, 1957). Die nach der Unabhängigkeit auftretenden sozialen und psychologischen Probleme verarbeitete der aufmerksame Beobachter der politischen Entwicklung in »Gott bei den Berbern« (R., 1970), »Abel« (R., 1977) und »Die Terrassen von Orsol« (R., 1985).

Dibango, Emmanuel »Manu«

kamerun. Jazzmusiker
* 1933 (1934?) Douala

Dibango, der sich 1972 mit der LP »Soul Makossa« in der internationalen Jazz-Szene etablieren konnte, ist der berühmteste Saxophonist Afrikas. Mit seiner vitalen Mischung aus europäischem Jazzrock, traditionellen afrikanischen Rhythmen und lateinamerikanischen Cha-Chas gehört D. neben D. →Cherry, mit dem er ebenso wie mit H. →Hancock, Jaco Pastorius und Robby Shakespeare zusammenarbeitete, zu den Protagonisten der sog. Weltmusik.

Manu Dibango: Einer der Großen des afrikanischen Jazz.

☐ 1973: »Oboso« (LP). ☐ 1976: »Super Kumba« (LP). ☐ 1978: »Afrovision« (LP). ☐ 1981: »Ambassador« (LP). 1985: »Electric Africa« (LP). ☐ 1987: »Afrijazzy« (LP).

Dibelius, (Friedrich Karl) Otto

dt. Theologe (ev.)
* 15.5.1880 Berlin † 31.1.1967 ebd.

Dibelius machte sich nach dem 2. Weltkrieg als Bischof von Berlin-Brandenburg um den kirchlichen Wiederaufbau verdient. Wegen seiner Forderung nach Eigenständigkeit der Kirche und seiner ablehnenden Haltung gegenüber dem Herrschaftsanspruch totalitärer Staaten, seien es kommunistische oder faschistische, wurde ihm von den DDR-Behörden 1960 die Ausübung seines Amtes im Osten seiner Diözese untersagt.

Dibelius als EKD-Ratsvorsitzender in London, 1955.

□ 1903: »Das Vaterunser« (Schr.). □ 1925-33: Generalsuperintendent der Kurmark; aus politischen Gründen amtsenthoben. □ 1927: »Das Jahrhundert der Kirche« (Schr.). □ 1934: Tätigkeit im Brandenburger Bruderrat der Bekennenden Kirche (M. →Niemöller). □ 1949: »Grenzen des Staates« (Schr.). □ 1949-61: Vors. des Rats der EKD. □ 1950: »Vom ewigen Recht« (Schr.). □ 1954-61: Erster dt. Präsident des Ökumenischen Rats der Kirchen. □ 1963: »Obrigkeit« (Schr.).

▷ R. Stupperich: Otto Dibelius. Sein Denken und Wollen (mit Bibliogr.), 1970.

Diels, Otto Paul Hermann

dt. Chemiker
* 23.1.1876 Hamburg † 7.3.1954 Kiel

Diels erforschte die Struktur des Cholesterins und das im Gonan entdeckte Grundgerüst der Steroide, derjenigen Naturstoffe, zu denen die Geschlechtshormone gehören. 1928 entwickelte D. mit seinem Assistenten K. →Alder die Diensynthese, ein wichtiges Syntheseverfahren der organischen Chemie, das sich durch seine Vielseitigkeit, ungesättigte Kohlenstoffe und solche mit konjugierten Doppelbindungen zu verbinden, als eine fruchtbare chemische Reaktion bewährt hat. D.s »Einführung in die organische Chemie« (1907, 21. Aufl. 1966) wurde ein Standardwerk.

□ 1906-16: Prof. an der Univ. Berlin. □ 1916-44: Prof. und Dir. des Chemischen Inst. an der Univ. Kiel. □ 1946-48: Wiederaufbau des Instituts. □ 1950: Chemie-Nobelpreis (mit K. Alder).

Carl Diem →

Jiři Dienstbier →

Eberhard Diepgen →

Diem, Carl

dt. Sportwissenschaftler
* 24.6.1882 Würzburg † 17.12.1962 Köln

Diem war einer der bedeutendsten deutschen Sportwissenschaftler und -funktionäre. 1936 initiierte er als Organisator der Olympischen Spiele von Berlin den bis heute üblichen Fackellauf von Griechenland zur jeweiligen Austragungsstätte. Auch das deutsche Sportabzeichen (seit 1913) wurde von D. eingeführt. Der Gründer der Deutschen Sporthochschule in Köln (seit 1947) verfaßte u. a. die »Weltgeschichte des Sports« (1960). Seine Frau Liselott (* 1906) war 1967-69 die erste Rektorin der Deutschen Sporthochschule Köln.

□ 1903: Schriftführer der dt. Sportbehörde für Athletik (Leichtathletik). □ 1904: Gründer des Verbandes Berliner Athletik-Vereine. □ 1912: Mannschaftsführer für Leichtathletik bei den Olympischen Spielen in Stockholm. □ 1920: Mitbegründer der dt. Hochschule für Leibesübungen in Berlin. □ 1938-43: Dir. des Int. Olympischen Inst. in Berlin. □ 1947-62: Rektor der dt. Sporthochschule in Köln. □ 1949: Schriftführer des dt. Nat. Olympischen Komitees (NOK). □ 1956: Verleihung des Olympischen Ordens durch das Internationale Olymische Komitee (IOC).

Dienstbier, Jiři

tschech. Journalist und Politiker
* 20.4.1937 Kladno

Dienstbier wurde 1989 nach dem Zusammenbruch der kommunistischen Herrschaft Außenminister der CSFR. Der Journalist und langjährige Freund V. →Havels gehörte der tschechischen Bürgerrechtsbewegung an und war seit 1979 Sprecher der »Charta 77«. Obwohl er 1970 mit Berufsverbot belegt und mehrfach inhaftiert wurde, hielt D. an den Ideen des »Prager Frühlings« (A. →Dubček) fest.

Diepgen, Eberhard

dt. Politiker
* 13.11.1941 Berlin

Der CDU-Politiker Diepgen war 1984-89 Regierender Bürgermeister von Berlin. Als Nachfolger R. von →Weizsäckers war D. bemüht, Berlin das Image einer selbstbewußten Metropole zu geben. Im diplomatischen Verkehr mit Ost-Berlin beschritt er eigene Wege (1988 Treffen mit E. →Honecker). Korruptionsaffären und das Anwachsen sozialer Spannungen in der Stadt führten zur Wahlniederlage der CDU im Januar 1989. Nach dem Scheitern des SPD/AL-Senats unter W. →Momper wurde D. 1991 in einer Großen Koalition der erste Regierende Bürgermeister Gesamt-Berlins.

Diesel, Rudolf

dt. Ingenieur
* 18.3.1858 Paris (Frankreich)
† 29.9.1913 (ertrunken im Ärmelkanal)

Diesel schuf 1892/93 mit seinem Verbrennungsmotor eine leistungsstarke Alternative zur Dampfmaschine. Der D.-Motor arbeitet ohne elektrische Zündung und Vergaser mit der Kompressionsselbstzündung des Treibstoffs. Robuster als der Ottomotor (W. →Maybach) erzielte er einen höheren Wirkungsgrad (26%, Ottomotor: 13%) und verbrannte das billigere Schweröl. Ab 1912 setzte D. seine Motoren auch mobil in Lokomotiven ein, seit 1936 gibt es D.-Autos.

□ 1880-95: Nach dem Maschinenbaustudium in München Arbeiten auf dem Gebiet der Kältetechnik in Paris und Berlin. □ 1893-97: Entwicklung des nach D. benannten ersten selbstzündenden Verbrennungsmotors in Zusammenarbeit mit der Maschinenfabrik Augsburg-Nürnberg und der Firma Krupp. □ 1907: Gründung der Gesellschaft für Thermo-Lokomotiven. □ 1913: Probefahrt der ersten 1000-PS-Großdiesellok für die Preuß. Staatseisenbahnen.

← Rudolf Diesel

Dietrich, Maria Magdalena »Marlene«

dt.-amer. Schauspielerin und Sängerin
* 27.12.1901 (1904?) Berlin

Als Variétésängerin Lola-Lola (»Ich bin von Kopf bis Fuß auf Liebe eingestellt«) wurde Dietrich 1930 in »Der blaue Engel» (Rg. J. v. →Sternberg) berühmt. Im selben Jahr ging sie mit von Sternberg (sieben gemeinsame Filme) nach Hollywood, wo sie fortan den resoluten, mondänen Vamp spielte. Bis 1975 trat D., die ihre Beine hoch versichern ließ, mit einer eigenen Show als Sängerin auf. Seit Ende der 70er Jahre lebt sie zurückgezogen in Paris, 1983 widmete ihr Maximilian →Schell die Filmbiografie »Marlene«.

□ ab 1922: Schauspielerausbildung an der Max-Reinhardt-Schule in Berlin; kleinere Theater- und Filmrollen. □ 1930: »Der blaue Engel«; Wechsel nach Hollywood; »Marokko« (Rg. J. v. Sternberg). □ 1931: »Entehrt« (Rg. J. v. Sternberg). □ 1932: »Shanghai-Express«; »Blonde Venus« (beide Rg. J. v. Sternberg). □ 1939: Amer. Staatsbürgerschaft; »Der große Bluff« (mit J. →Stewart, Rg. G. Marshall). ab 1943: Truppenbetreuung bei der US-Armee. □ 1948: »Eine auswärtige Affäre« (Rg. B. → Wilder). □ 1957: »Zeugin der Anklage« (Rg. B. Wilder). □ 1964: UdSSR-Tournee. □ 1967/68: Broadway-Auftritte. □ 1975: Ende der Bühnenlaufbahn nach Oberschenkelhalsbruch.

▷ R. Seidel: M. Dietrich. Eine Chronik ihres Lebens in Bildern und Dokumenten, 1984; M. Dietrich: Ich bin, Gott sei Dank, Berlinerin, 1987; P. O'Connor: Marlene Dietrich. Der blonde Engel. Eine Bildbiographie, 1991.

Marlene Dietrich: Spielte den geheimnisvollen Vamp in Perfektion, die unnahbare Diva.

Dietrich, Wilfried

dt. Ringer
* 14.10.1933 Schifferstadt

Dietrich, der erfolgreichste deutsche Ringer, nahm an fünf Olympischen Spielen teil. Höhepunkt seiner Karriere war der Gewinn der Goldmedaille 1960 in Rom. Der »Kran von Schifferstadt« war 30mal deutscher Meister (17 Titel im Freistil, 13 im griech.-röm. Stil) und blieb 1956-62 ungeschlagen. Einen seiner spektakulärsten Kämpfe lieferte D. sich 1972 in München, als er den amerikanischen Vier-Zentner-Koloß Chris Taylor nach einem Überwurf schulterte.

Der »Kran von Schifferstadt« macht seinem Namen Ehre.

□ 1956: Olympiazweiter in Melbourne (griech.-röm.). □ 1960: Olympiasieger in Rom (Freistil); Olympiazweiter (griech.-röm.). □ 1964: Olympiadritter in Tokio (griech.-röm.). □ 1968: Olympiadritter in Mexiko (Freistil). □ 1972: Olympiafünfter in München.

Diktonius, Elmer Rafael

finn.-schwed. Schriftsteller
* 20.1.1896 Helsinki † 23.9.1961 ebd.

Der Lyriker Diktonius war einer der Hauptvertreter des finnischen Modernismus. Beeinflußt von F. →Nietzsche und den deutschen Expressionisten wandte sich der sozialistisch orientierte Dichter mit kraftvollen, lakonischen Gedichten

(»Harte Lieder«, 1922; »Krallenflammen«, 1924; »Steinkohle«, 1927) gegen realitätsferne Ästheten und zeitgenössische Konventionen. D.s revolutionäre Intention trat später zugunsten meditativer, stimmungsvoller Lyrik in den Hintergrund.

Dilthey, Wilhelm

dt. Philosoph, Geschichts- und Literaturwissenschaftler
* 19.11.1833 Biebrich bei Wiesbaden
† 1.10.1911 Seis bei Bozen

Dilthey, bedeutendster Vertreter der hermeneutischen Wissenschaften, begründete die »Erfahrungswissenschaft der geistigen Erscheinungen« (Schr., 1910), die er gegenüber den »erklärenden« Naturwissenschaften als eine eigenständige »verstehende« Wissenschaft methodisch absicherte. Dem Schöpfer der Erkenntnistheorie der Geisteswissenschaften ging es um die Erfassung »geschichtlicher Seelenvorgänge«, der gesellschaftlichen und historischen Natur des Menschen. Was der Mensch sei, könne dieser nicht aus philosophischen Spekulationen, sondern nur durch die Geschichte erfahren, und die Geisteswissenschaften haben den Zweck, dem Menschen Handlungsorientierungen zu geben. Für die Literaturwissenschaft bedeutend wurde D.s hermeneutischer Interpretationsansatz, wonach der Rezipient literarische Texte durch »Das Erlebnis und die Dichtung« (Schr., 1906) intuitiv und nacherlebend verstehen solle (H.-G. →Gadamer). Seinem geisteswissenschaftlichen Konzept über das Verhältnis von Erleben, Ausdruck und Verstehen entsprechend entwickelte D. auch »Ideen über eine beschreibende und zergliedernde Psychologie« (Abh., 1894).

Dilthey (um 1905) wollte Literatur intuitiv verstehen.

☐ 1868-71: Prof. an der Univ. Kiel. ☐ 1870: »Das Leben Schleiermachers« (Biogr., 1. Bd.). ☐ 1871-82: Prof. an der Univ. Breslau. ☐ 1883: »Einleitung in die Geisteswissenschaften. Versuch einer Grundlegung für das Studium der Gesellschaft und Geschichte« (1. Bd.). ☐ 1883-1908: Prof. an der Univ. Berlin. ☐ 1905: »Jugendgeschichte Hegels« (Biogr.).

▷ C. Misch: Der junge Dilthey. Ein Lebensbild in Briefen und Tagebüchern, 1960.

Al DiMeola →

DiMeola, Al

amer. Jazzmusiker
* 22.7.1954 Jersey City, N. J.

Der Gitarrist DiMeola wurde Anfang der 80er Jahre als Solist durch sein virtuoses und vielseitiges Spiel auf der Gitarre zum neuen Star des zeitgenössischen Jazz. Dabei beherrscht er die klassische akustische Gitarre (»Cielo e terra«, LP, 1985) ebenso perfekt und sicher wie die elektrische (»Soaring through a dream«, LP, 1985). Anfangs inspiriert von Musikern wie M. →Davis, Ch. →Corea und J. →McLaughlin, entwickelte er Anfang der 80er Jahre seinen eigenen Stil. Entscheidend wurde für D. nicht die vordergründige technische Fertigkeit und Präzision, sondern der sinnliche Ausdruck und das Gefühl.

☐ 1963: Wechsel vom Schlagzeug zur Gitarre. ☐ 1972: Studium in Boston an der Berklee School of Music. ☐ 1973: Erste Engagements bei Barry Miles und Joe Kayes Neophonic Orchestra. ☐ 1974-76: Gitarrist bei Ch. Coreas Band Return to forever. ☐ 1980: »Splendido Hotel« (LP). ☐ 1981: »Friday night in San Francisco« (LP mit J. McLaughlin und Paco de →Lucía). ☐ 1982: »Casino« (LP); »Electric Rendezvous« (LP mit Steve Gaad, P. de Lucia und Jan Hammer). ☐ 1983: »Passion, grace and fire« (LP mit John McLaughlin und P. de Lucia). ☐ 1986: »Land of the midnight sun« (LP). ☐ 1987: Gründung des Al DiMeola Project mit Airto Moreira, Phil Markowitz, Danny Gottlieb und Chip Jackson. ☐ 1988: »Tirami Su« (LP). ☐ 1989: »Tour de force« (LP).

Georgi Dimitrow →

Dimitrow, Georgi

bulg. Politiker
* 18.6.1882 Kovatschewtzi
† 2.7.1949 Moskau (UdSSR)

Dimitrow, Mitbegründer der Kommunistischen Partei Bulgariens, ließ 1946 die Volksrepublik Bulgarien ausrufen. Während seiner Amtszeit als Ministerpräsident (1946-49) wurde eine neue, zentralistische Verfassung (»Dimitrowsche Verfassung«) erlassen und die bulgarische Wirtschaft nach sowjetischem Muster umgestaltet. Nach der Auflösung aller bürgerlichen Parteien und dem Zusammenschluß der kommunistischen und sozialistischen Parteien zur alles bestimmenden Einheitspartei, wurde D. 1948 Generalsekretär der KP.

☐ ab 1902: Mitgl. der Sozialdemokratischen Partei. ☐ 1909: Mitgl. im ZK der Sozialdemokratischen Partei. ☐ 1923: Als Kommunist Teilnahme an Aufständen in Bulgarien. ☐ 1923-46: Emigration nach Moskau, Wien, Berlin. ☐ 1933: Verwicklung in den Prozeß um den Reichstagsbrand in Berlin (Freispruch). ☐ 1935-43: Generalsekretär der Komintern in Moskau. ☐ 1937-45: Abg. des Obersten Sowjets. ☐ 1944: Rückkehr mit sowjet. Truppen nach Bulgarien. ☐ 1949: Abschluß eines Freundschaftsvertrags mit Jugoslawien.

Dine, Jim

amer. Maler, Grafiker und Objektkünstler
* 16.6.1935 Cincinnati, Ohio

Dine wird zu den profilierten Künstlern der Pop Art gerechnet, obgleich sich sein Werk in seinem oft poetischen Ansatz, dem Einsatz der Farbe im Sinne des Abstrakten Expressionismus sowie einer sehr persönlichen Ikonografie nicht gänzlich mit den Prinzipien dieser Kunstrichtung deckt.

Pop-art-Künstler Jim Dine vor einem seiner Werke.

In manchem steht er auch dadaistischen und surrealistischen Positionen nahe. Typisch für D. sind Werke, die Malerei und Gegenstände kombinieren, so z. B. eine farbige Fläche mit am oberen Bildrand aufgehängten, ihrerseits mit Farbe besprühten Werkzeugen (»Five feet of colorful tools«, 1962, New York, Museum of Modern Art). Ironisch-liebenswürdige Züge tragen die Bilder und Grafiken, in denen die Herzform zum Hauptmotiv wird. In jüngster Zeit setzt sich D. in Bildern und Zeichnungen mit der antiken Mythologie auseinander.

□ 1953-57: Studium an der Univ. von Cincinnati und der Boston School of Fine and Applied Arts. □ 1959: Übersiedlung nach New York. □ seit 1960: Aufsehenerregende Happenings wie »Car Crash«; Beschäftigung mit Malerei, Objektmontage, Druckgrafik und Zeichnung. □ seit 1965: Zusätzlich Bühnenausstattungen, Kostümentwürfe, Illustrationen (u. a. zu O. →Wildes »Das Bildnis des Dorian Gray«). □ 1985: Große Wandmalerei für die Nuveen Company, Chicago.

Dinescu, Mircea

rumän. Lyriker
* 11.12.1950 Slobozia, Ialomita

Dinescu zählt, in mehrere Sprachen übersetzt, zu den erfolgreichsten rumänischen Lyrikern der Gegenwart. In der BRD erschien 1989 die Sammlung »Exil im Pfefferkorn« mit Gedichten aus den vorangegangenen 13 Jahren, in denen D. sich mit dem Zustand des Landes unter dem menschenverachtenden Regime von N. →Ceauşescu auseinandersetzt. Schon vor dem Sturz des Diktators Ende 1989 hatte D. in mehreren im Ausland publizierten Interviews couragiert auf dessen Verbrechen hingewiesen.

← Mircea Dinescu

□ 1971-86: Acht Gedichtbände; zahlreiche Auszeichnungen. □ ab April 1989: Hausarrest nach Erscheinen eines regimefeindlichen Interviews in der frz. Zeitung Libération und der dt. Frankfurter Rundschau. □ Dez. 1989: Im Anschluß an Ceauşescus Sturz Mitgl. des Rates der »Front zur nationalen Rettung«; Präs. des rumän. Schriftstellerverbandes.

Ding Ling

(eig. Jiang Bingzhi)
chin. Erzählerin
* 12.10.1904 Linli, Hunan † 4.3.1986 Peking

Ding Ling →

Ding Ling ist die bedeutendste chinesische Erzählerin des 20. Jh.s. Höhepunkt ihres Frühwerks, das unter dem Einfluß emanzipatorischer Geistesströmungen und westlicher Erzähltechniken im China der 20er Jahre entstand, bildet ihre Erzählung »Das Tagebuch der Sophia« (1927, dt. 1980). Sie beschreibt darin eine tuberkulosekranke junge Frau, die auf der Suche nach Identität eine Phase sozialer Entfremdung, emotionaler Isolation und passiver Rebellion durchlebt. Erstmals in der chinesischen Literatur thematisiert die Heldin ihre sexuellen Sehnsüchte, wobei sie Kritik an der Keuschheitsideologie und den Tabus der traditionellen Sexualmoral übt. Ding Lings soziales Engagement, u. a. in Frauenfragen, führte zu Konflikten mit der KPCh (1957 Verurteilung als Rechtsabweichlerin).

□ 1921-25: Studium in Shanghai und Peking. □ 1929: »Ein kleines Zimmer in der Qingyun-Gasse« (Erz., dt. 1985); »Hirsekorn im blauen Meer« (Erz.n, dt. 1987). □ 1930: Anschluß an die Liga linksgerichteter Schriftsteller. □ 1931: »Fluten« (Erz.). □ 1933: »Jahreszeiten einer Frau« (R., dt. 1991). □ 1933-36: Inhaftierung durch die Guomindang-Behörden. □ 1948: »Sonne über dem Sanggan« (R., dt. 1952). □ ab 1949: Übernahme kulturpolitischer Funktionen. □ 1957: Verbannung nach Nordostchina. □ 1979: Rehabilitierung.

Dingwort-Nussek, Julia

dt. Wirtschaftsjournalistin
* 6.10.1921 Altona (heute Hamburg)

Dingwort-Nussek wurde dem Fernsehpublikum in den 70er Jahren durch ihre plausiblen Stellungnahmen zu komplizierten wirtschaftspolitischen Themen bekannt. 1973-76 leitete sie als Chefredakteurin des WDR den Programmbereich Politik (1975: Adolf-Grimme-Preis). Ihre Sachkompetenz führte die Volkswirtin 1974 in den Aufsichtsrat des Düsseldorfer Kaufhauskonzerns Horten. Als erste Frau wurde sie 1976 zur Präsidentin der Landeszentralbank Niedersachsen berufen.

□ 1940-43: Volkswirtschaftsstudium. □ 1944: Promotion zum Dr. rer. pol. □ 1946-69: Zunächst Wirtschaftsjournalistin beim NWDR, später Leiterin der Wirtschaftsredaktion Hörfunk beim NDR. □ 1969-73: Stellv. Chefredakteurin der Hauptabteilung Zeitgeschehen und Leiterin der Wirtschaftsredaktion beim NDR-Fernsehen in Hamburg. □ 1973-76: Chefredakteurin Fernsehen beim WDR. □ 1976-88: Präs. der Niedersächs. Landeszentralbank Hannover.

Dinkins, David

amer. Politiker
* 10.7.1927 Trenton, N. J.

Dinkins, seit 1990 der erste farbige Bürgermeister von New York, hatte sich überraschend gegen seinen Vorgänger E. →Koch (1978-90) durchsetzen können; dieser war an den Problemen der sozialen Verelendung, des Drogenkonsums und der Kriminalität gescheitert.

Diop, Birago

senegal. Schriftsteller
* 11.12.1906 Dakar

Diop zeichnete als einer der ersten Schwarzafrikaner die bis dahin nur von Ethnologen beachteten mündlichen Überlieferungen der Völker südlich der Sahara auf (u. a. »Erzählungen von Ahmadou Koumba«, 1947). Damit schuf er einen wichtigen Bezugspunkt für die moderne afrikanische Literatur, deren Autoren nach jahrhundertelanger kolonialer Überfremdung eine neue kulturelle Identität suchten. Für »Erzählungen und Anekdoten« (1963) erhielt D. 1964 den renommierten Literaturpreis Grand Prix Littéraire de l'Afrique Noire.

Dior, Christian

frz. Modeschöpfer
* 21.1.1905 Granville
† 23.10.1957 Montecatini (Italien)

Dior wurde zum wegweisenden Couturier der 50er Jahre. 1947 begründete er seinen Weltruhm mit einem neuen weiblichen Stil, dem New Look: Die Kleidoberteile waren auf Figur geschnitten, die Schultern rund, der Rock weit ausschwingend und wadenlang, die Haare in einer leichten Welle zu einem lockeren Nackenknoten geformt; hinzu kamen farblich abgestimmte Accessoires wie ein zierlicher Hut, Handtasche, Handschuhe und Stockschirm. Dem New Look folgten jede Saison sich ändernde Linien: 1953 »Tulpenlinie«, 1953/54 »Kuppellinie«, 1954/55 »H-Linie«, 1955 »A-Linie« und 1956 »Pfeillinie«.

□ bis 1930: Nach Diplomaten-Ausbildung Maler und Galerist. □ ab 1931: Hutskizzen und Modeillustrationen für Le Figaro Illustré. □ ab 1938: Modeentwürfe für R. Piquet. □ 1942: Wechsel zu L. Lelong. □ 1947: Mit finanzieller Unterstützung des Textilfabrikanten M. Boussac Eröffnung des eigenen Hauses. □ 1949: Gründung einer New Yorker Gesellschaft für den Wiederverkauf von Dior-Modellen. □ 1951: Gründung der Handelsmarke Dior mit weltweiten Lizenzen.

▷ F. Giroud: Christian Dior, 1987.

← David Dinkins

Abdou Diouf →

Christian Dior: Der Modeschöpfer mit einer Kundin, 1950.

Diouf, Abdou

senegal. Politiker
* 7.9.1935 Louga

Der als nüchterner Technokrat geltende Diouf wurde 1980 als Nachfolger von L. →Senghor zum Staatspräsidenten des Senegal gewählt. Er bemüht sich seither um eine Reform des Staatsapparats und um den Ausbau der Staatsunternehmen. Nach außen betreibt er eine gemäßigt prowestliche Politik. 1982 schloß D. unter dem Namen »Senegambia« eine Konföderation mit Gambia, die 1989 wieder aufgelöst wurde.

□ vor 1959: Studium in Dakar und Paris. □ 1960: Mitgl. der Einheitspartei »Sozialistische Partei Senegals«. □ 1961: Gouverneur der Region Siné-Saloum. □ 1965: Generalsekretär im Präsidialamt. □ 1968-70: Industriemin. □ 1970-80: Ministerpräsident. □ seit 1980: Staatspräsident. □ seit 1983: Zugleich Ministerpräsident.

Dirac, Paul Adrien Maurice

brit. Physiker
* 8.8.1902 Bristol, Gloucestershire
† 20.10.1984 Tallahassee, Flor. (USA)

Dirac war einer der Begründer der Quantentheorie. Durch Vereinigung von Quanten- und Relativitätstheorie schuf er die mathematischen Grundlagen der Quantenmechanik und Quantenelektrodynamik zur Beschreibung der Wechselwirkung von Licht und Materie. Ausgehend von W. →Heisenbergs quantentheoretischen Ansätzen und von L. V. de →Broglies mathematischer Beschreibung der Welleneigenschaften von Teilchen, stellte D. 1928 eine nach ihm benannte Gleichung zur relativistischen Elektronentheorie auf, in welcher er dem Elektron sowohl einen positiven wie einen negativen Energiezustand zuordnete.
In der »Löchertheorie« sagte D. die Existenz von positiv geladenen Anti-Elektronen voraus, die C. D. →Anderson 1932 experimentell mit dem »Positron« bestätigen konnte. 1933 erhielt D. den Physik-Nobelpreis (mit E. →Schrödinger).

□ 1930: »Die Prinzipien der Quantenmechanik« (Schr., dt. 1930). □ 1932-69: Prof. für Mathematik an der Univ. in Cambridge. □ 1933: Physik-Nobelpreis. □ ab 1971: Prof. an der Florida State Univ. in Tallahassee. □ 1975: »General theory of relativity« (Schr.).

Dirks, Walter

dt. Publizist
* 8.1.1901 Hörde (heute Dortmund)
† 30.5.1991 Wittnau bei Freiburg i. Br.

Die 1946 von Dirks (zusammen mit E. →Kogon) gegründeten und bis 1984 herausgegebenen Frankfurter Hefte wurden zu einer der erfolgreichsten Zeitschriften für Kultur und Politik im Nachkriegsdeutschland. D., der als Gegner des Nationalsozialismus 1933/34 in »Schutzhaft« genommen wurde, versuchte in seinen Aufsätzen, zur geistig-moralischen Erneuerung des Landes beizutragen. Die Maxime des ab 1966 als freier Schriftsteller in Wittnau bei Freiburg lebenden Katholiken war stets die Verknüpfung christlicher Ideen mit dem Sozialismus.

☐ 1923-34: Feuilletonist und Leiter des Kulturressorts der Rhein-Mainischen Volkszeitung. ☐ 1935-43: Trotz Schreibverbots Feuilletons in der Frankfurter Zeitung. ☐ 1946: »Die zweite Republik«, erster Beitrag in den Frankfurter Heften. ☐ 1956-66: Leiter der Hauptabteilung Kultur des WDR. ☐ 1967-77: Kommentare in der SWF-Reihe Blick in die Zeit. ☐ 1983: Geschwister-Scholl-Preis für das Buch »War ich ein linker Spinner? — Republikanische Texte von Weimar bis Bonn« (1982).

▷ W. Dirks: Der singende Stotterer. Autobiographische Texte, 1983.

← Walter Dirks

Disney, Walter Elias »Walt«

amer. Trickfilmzeichner und Comic-Autor
* 5.12.1901 Chicago † 15.12.1966 Burbank, Kalif.

Sein Mitarbeiter Ub Iwerks war es, der 1926 die Figur erfand, aber Disney machte sie zum Markenzeichen: Mickey Mouse, der Prototyp des Comics. Die Filmproduktionen der bereits 1923 gegründeten Disney Company, deren Helden Pluto, Goofy, Donald Duck, Bambi u. a. weltberühmt wurden, verbanden technische Perfektion mit einer spannend erzählten Geschichte und individuell gestalteten Charakteren. 1928 produzierte D. den ersten Tontrickfilm, »Steamboat Willie«, dem 1934 mit »Schneewittchen und die sieben Zwerge« (dt. 1950) der erste farbige Trickfilm in abendfüllender Länge folgte. Obwohl D.s Hauptinteresse dem für ein Massenpublikum produzierten Zeichentrickfilm galt, waren seine Dokumentarfilme (»Die Wüste lebt«, 1953, dt. 1954) und die Verfilmungen von Kinderklassikern mit Schauspielern (»20 000 Meilen unter dem Meer«, 1955, dt. 1956) nicht minder erfolgreich. Mit der breitangelegten Vermarktung seiner Figuren als Werbeträger und dem Nachbau seiner phantastischen Märchenwelt im Disneyland-Vergnügungspark (1955) in Florida erwies sich D. zudem als Pionier der Werbe- und Freizeitindustrie.

Walt Disney (1954): Der Trickfilmpionier sammelte Oscars wie andere Briefmarken.

☐ 1910: Zeitungsjunge in Kansas City. ☐ 1916: Kurse an der Kunstakademie in Chicago. ☐ 1919: Reklamezeichner. ☐ 1921: Erste erfolglose Kurzfilmproduktion. ☐ 1922: Aufenthalt in Hollywood. ☐ 1923: Gründung der Disney Company. ☐ 1926: Erfindung der Mickey Mouse; erster Tontrickfilm ☐ 1930: Start der Mickey-Mouse-Comic-strips in Zeitungen. ☐ 1932: Ehren-Oscar für die Erfindung von Mickey Mouse. ☐ 1940: »Pinocchio« (dt. 1951); »Fantasia« (dt. 1952). ☐ 1942: Unterrichtsfilme für das Militär; »Bambi« (dt. 1950). ☐ 1948: Oscar für den ersten Dokumentarfilm »Seal Island«. ☐ 1950: Erster Spielfilm »Die Schatzinsel« (dt. 1952). ☐ 1951: »Alice im Wunderland« (dt. 1952). ☐ 1954: Start eigener Fernsehshows. ☐ 1964: »Mary Poppins« (dt. 1965), erfolgreichster Disney-Spielfilm.

▷ R. Reitberger: Walt Disney, 1979.

Distler, Hugo

dt. Organist und Komponist
* 24.6.1908 Nürnberg
† 1.11.1942 Berlin (Selbstmord)

Distler gilt neben E. →Pepping als Erneuerer der protestantischen Kirchenmusik. Er entwickelte in seinen Chorwerken (»Deutsche Choralmesse«, 1932) einen zeitgenössischen Chorstil mit neobarocken Tendenzen. Auch mit seinen Orgelkompositionen knüpfte er an historisierende Reformströmungen der 20er Jahre (Orgel- und Chorbewegung) an. Die Nationalsozialisten verfemten ihn (ab 1936) als Repräsentanten einer »entarteten Kunst«.

☐ 1927-31: Orgel- und Kompositionsstudium in Leipzig. ☐ 1931-37: Kantor der Jacobikirche in Lübeck. ☐ 1933: »Die Orgel unserer Zeit« (Schr.). ☐ 1933-38: Orgelpartiten und Choralbearbeitungen. ☐ 1936: Cembalokonzert. ☐ 1937: Prof. für Komposition, Orgel und Chorleitung in Stuttgart. ☐ 1939: Mörike-Chorliederbuch. ☐ 1940: Prof. an der Berliner Musikhochschule; »Funktionelle Harmonielehre« (Schr.). ☐ 1941: Leiter des Berliner Domchors; »Nun danket alle Gott« (Kantate).

▷ U. Hermann: Hugo Distler. Rufer und Mahner, 1972.

Ditfurth, Hoimar von

dt. Mediziner und Wissenschaftsjournalist
* 15.10.1921 Berlin † 1.11.1989 Freiburg i. Br.

Ditfurth, einer der profiliertesten Wissenschaftsjournalisten der BRD, moderierte von 1971-83 die populärwissenschaftliche ZDF-Sendereihe »Querschnitt«, in welcher er es hervorragend verstand, komplexe Sachverhalte allgemeinverständlich darzustellen. Von einem Vermittler vor allem naturwissenschaftlicher Themen entwickelte D. sich ab Ende der 70er Jahre zu einem vehementen Kritiker westlicher Fortschrittsgläubigkeit und vertrat die zunehmend kulturpessimistische Ansicht, daß die Menschheit sich durch Umweltzerstörung, Überbevölkerung und Aufrüstung selbst vernichten werde (»So laßt uns denn ein Apfelbäumchen pflanzen — es ist soweit«, Sachb., 1985). Seine düsteren Prognosen mündeten aber niemals in Fatalismus, sondern waren trotz allem von Hoffnung und großem Engagement getragen.

H. v. Ditfurth: Vom Wissenschaftsvermittler zum Mahner.

☐ 1959-67: Oberarzt und Lehrtätigkeit an der Univ. Würzburg. ☐ 1964: Hg. der naturwissenschaftlich-medizinischen Zeitschrift n + m. ☐ ab 1968: Prof. für Psychiatrie und Neurologie und Mitgl. der Medizinischen Fakultät der Univ. Heidelberg. ☐ 1970: »Kinder des Weltalls« (Sachb.). ☐ 1972: »Im Anfang war der Wasserstoff« (Sachb.). ☐ 1974: »Dimensionen des Lebens« (Sachb.). ☐ 1976: »Der Geist fiel nicht vom Himmel« (Sachb.). ☐ 1981: »Wir sind nicht nur von dieser Welt« (Sachb.). ☐ In den 80er Jahren: Unterstützung der Grünen im Wahlkampf (denen seine Tochter J. →Ditfurth bis 1991 angehörte).

▷ H. v. Ditfurth: Innenansichten eines Artgenossen (Aut.), 1989.

Ditfurth, Jutta (von)

dt. Politikerin
* 29.9.1951 Würzburg

Seit den 80er Jahren (1981-85 Stadträtin in Frankfurt) war Ditfurth Symbolfigur des fundamentalistischen Flügels der Grünen. Ihr kompromißloses Eintreten gegen Atomkraft, Gen- und Computertechnologie (mit teils spektakulären Aktionen) im Verein mit ihrer großen Rednergabe machten sie zur Gallionsfigur jener, die jede Kompromißbereitschaft in Richtung SPD als Verrat an der Bewegung ansahen. Obwohl D. ab 1984 mehrmals zur Sprecherin im Bundesvorstand gewählt wurde, war die Kluft zwischen ihr und den sog. Realos um J. →Fischer zu Beginn der 90er Jahre unüberbrückbar geworden. Nachdem die Grünen bei der Bundestagswahl 1990 den Einzug ins Parlament verpaßt hatten, erklärte die Tochter des Wissenschaftspublizisten H. v. →Ditfurth 1991 die Trennung von der Partei und gründete eine neue Organisation mit dem Namen Ökologische Linke/Alternative Liste.

Jutta Ditfurth →

▷ J. Ditfurth: Träumen, Kämpfen, Verwirklichen (mit M. Zieran), 1988.

Dix, Otto

dt. Maler und Grafiker
* 2.12.1891 Untermhaus bei Gera
† 25.7.1969 Singen am Hohentwiel

Dix, nach expressionistischen Anfängen ein Hauptvertreter der Neuen Sachlichkeit der 20er Jahre (G. F. →Hartlaub), verstand sich als Chronist der politischen und sozialen Verhältnisse aus der Sicht der Opfer. Zentrale Themen sind die

Dix, vehementer Verteidiger der Opfer der Gesellschaft, in seinem Atelier 1960.

Leiden des Krieges (Triptychon »Der Krieg«, 1929-32, Dresden, Gemäldegalerie Neue Meister) und die gesellschaftlichen Kontraste zwischen Luxus und Elend (Triptychon »Die Großstadt«, 1927/28, Stuttgart, Städtische Galerie). In diesen Zeitbildern bediente sich D. ebenso wie in seinen Porträts (»Bildnis Sylvia von Harden«, 1926, Paris, Musée d'Art Moderne) einer altmeisterlichen Maltechnik; zugleich verfremden perspektivische Verzerrungen und farbliche Dissonanzen die sachliche Wiedergabe.

□ 1905-09: Lehre als Dekorationsmaler in Gera. □ 1909-14, 1919-22: Kunststudium in Dresden und Düsseldorf. □ 1914-18: Kriegsdienst. □ 1919: Mitbegründer der Dresdner Secession — Gruppe 1919. □ 1920: Beteiligung an der Ersten Int. Dada-Messe in Berlin. □ 1925: Beteiligung an der Ausstellung Neue Sachlichkeit in Mannheim. □ 1927-33: Prof. an der Kunstakademie Dresden. □ 1936: Übersiedlung nach Hemmenhofen am Bodensee. □ 1937: Entfernung von 270 »entarteten« Werken aus dt. Museen. □ 1945/46: Volkssturm, Kriegsgefangenschaft. □ 1950: Prof. an der Kunstakademie Karlsruhe.

▷ D. Schmidt (Hg.): Otto Dix im Selbstbildnis, 1978; E. Karcher: Otto Dix. Leben und Werk, 1988; H. Kinkel: Die Toten und die Nackten — Beiträge zu Dix, 1991.

Djilas, Milovan

jugos. Politiker und serb. Schriftsteller
* 12.6.1911 Podbišće

Djilas, bis in die 50er Jahre ein enger Berater →Titos, ist der ideologische Begründer des Titoismus. In seinen Büchern »Die neue Klasse« (1957, dt. 1958) und »Gespräche mit Stalin« (dt. 1962) kritisierte D. später nicht nur den Personenkult, sondern auch die vom Kommunismus hervorgebrachten Herrschafts- und Unterdrükkungsmethoden. Das literarische Werk steht ganz im Zeichen der montenegrinisch-serbischen Geschichte, der Aufstände gegen die türkischen Okkupatoren und des Schicksals der Bauern, die sich in großer Zahl am Unabhängigkeitskampf beteiligten.

← Milovan Djilas

□ 1945: Minister. □ 1953: Vizepräs. des Politbüros. □ 1954: Wegen Kritik am Kommunismus Verlust aller politischen Funktionen; mehrjährige Gefängnisstrafen. □ 1966: Begnadigung. □ 1968: »Njegoš oder Dichter zwischen Kirche und Staat« (Biogr., dt. 1968). □ 1969-86: Publikations- und Ausreiseverbot. □ 1970: »Verlorene Schlacht« (R., dt. 1971). □ 1980: »Tito. Eine kritische Biografie« (dt. 1980). □ 1985: »Menschenjagd. Vier Romane« (dt. 1985). □ 1987: »Welten und Brücken« (R., dt. 1987).

Dmytryk, Edward

amer. Regisseur
* 4.9.1908 Grand Forks (Kanada)

Dmytryk war einer der bedeutendsten Hollywood-Regisseure der 50er Jahre. In Western wie »Die gebrochene Lanze« (1954, mit Sp. →Tracy und R. →Widmark) und in Kriminal- und Kriegsfilmen verknüpfte er actionreiche Unterhaltung mit psychologischen Charakterstudien. D. hatte als Cutter gearbeitet, bevor er sich mit dem Detektivfilm »Mord, mein Liebling« (1944; mit D. Powell, nach R. →Chandler) als Regisseur etablierte. D., zeitweilig Mitglied der Kommunistischen Partei, sorgte 1950 für Aufsehen, als er ein vom McCarthy-Ausschuß verhängtes Arbeitsverbot durch die Preisgabe von Namen ehemaliger Parteigenossen umging. D. verfaßte auch Lehrbücher über das Filmhandwerk.

← Edward Dmytryk

□ 1930-40: Tätigkeit als Cutter. □ ab 1939: Erste Regie-Arbeiten. □ 1945: »Stahlgewitter« (mit J. →Wayne und A. →Quinn). □ 1947: »Im Kreuzfeuer« (mit R. →Mitchum und R. Young). □ 1954: »Die Caine war ihr Schicksal« (mit H. →Bogart und J. Ferrer). □ 1955: »Treffpunkt Hongkong« (mit C. →Gable und S. Hayward). □ 1956: »Der Berg der Versuchung« (mit Sp. Tracy und R. Wagner). □ 1958: »Die jungen Löwen« (mit M. →Brando, M. →Clift und D. →Martin). □ 1959: »Warlock« (mit R. Widmark, H. →Fonda und A. Quinn). □ 1965: »Alvarez Kelly« (mit W. →Holden und R. Widmark). □ 1972: »Blaubart« (mit R. →Burton und Raquel Welch). □ 1975: »Ein Mann rechnet ab«.

▷ E. Dmytryk: On Screen Directing, 1983; R. Fischer (Hg.): Edward Dmytryk, Film Director, 1990.

Döblin, Alfred

dt. Schriftsteller
* 10.8.1878 Stettin † 26.6.1957 Emmendingen

Döblin, ein Sozialist jüdischer Herkunft, hatte großen Anteil an der Entwicklung des Expressionismus und der Romantheorie des 20. Jh.s. »Berlin Alexanderplatz« (1929), als exemplarischer Großstadtroman gerühmt, machte D. international bekannt. In einem schnellen Wechsel der Bilder, Szenen und sprachlichen Mittel schilderte D. anhand der Leidensgeschichte des naiven Franz Biberkopf beispielhaft eine vielfach gebrochene Wirklichkeit. D.s im Exil und nach 1945

Alfred Döblin: Psychiater und Großstadt-Romancier.

entstandene zeitkritische Werke mit religiösen und mythischen Motiven wurden in der BRD wenig beachtet; lediglich G. →Grass bezeichnete D. als seinen Lehrer und stiftete einen alljährlich vergebenen Döblin-Preis.

□ 1905-30: Tätigkeit als Psychiater. □ 1910: Mitbegründer der expressionistischen Zeitschrift Der Sturm (H. →Walden). □ 1913: »Die Ermordung einer Butterblume« (Erz.). □ 1915: »Die drei Sprünge des Wang-lun« (R.). □ 1917: »Bemerkungen zum Roman« (Schr.). □ 1918: USPD-Mitgl. □ 1920: »Wallenstein« (R.). □ 1921: SPD-Mitgl. □ 1924: »Berge, Meere und Giganten« (R.). □ 1929: »Berlin Alexanderplatz« (R.); »Der Bau des epischen Werks« (Schr.). □ 1930: Emigration nach Paris. □ 1933: Austritt aus der Preuß. Akademie der Schönen Künste; Verbot seiner Bücher durch die Nationalsozialisten; Aberkennung der dt. Staatsbürgerschaft. □ 1934: »Babylonische Wanderung« (R.). □ 1935: »Pardon wird nicht gegeben« (R.). □ 1939-50: »November 1918« (R.-Tetralogie). □ 1940: Flucht vor dt. Truppen in die USA. □ 1941: Konversion zum Katholizismus. □ 1945: Rückkehr nach Deutschland; kulturpolitische Arbeit bei der frz. Militärregierung. □ 1949: Mitbegründer der Akademie der Wissenschaften und der Literatur in Mainz. □ 1956: »Hamlet oder Die lange Nacht nimmt ein Ende« (R.).

▷ K. Schröter: Alfred Döblin in Selbstzeugnissen und Bilddokumenten, 1978.

Dobrynin, Anatoli F.

sowjet. Diplomat und Politiker
* 16.11.1919 Krasnaya Gorka bei Moskau

Dobrynin, 1961-86 Botschafter der UdSSR in Washington, ist ein weltgewandter Diplomat und versierter Amerika-Kenner. Er wirkte an vier Vereinbarungen über Rüstungskontrolle mit und war Teilnehmer zahlreicher Gipfeltreffen. Als ZK-Sekretär und Leiter der Abteilung für Internationale Beziehungen (1986-88) engagierte er sich für die Außenpolitik →Gorbatschows.

Dobzhansky, Theodosius

amer. Biologe russ. Herkunft
* 25.1.1900 Nemirow bei Lemberg, Ukraine
† 18.12.1975 Davis, Kalif.

Dobzhansky verband in seiner einflußreichen Schrift »Genetics and the origin of species« (1937) die Evolutionstheorie Charles Darwins (* 1809, † 1882) mit den Mendelschen Vererbungsgesetzen und begründete damit die Evolutionsgenetik als eigenständige Disziplin. Bedeutende Erkenntnisse auf dem Gebiet der experimentellen Genetik über Mutationsvielfalt und natürliche Auslese veranschaulichte D. an der Taufliege. Er arbeitete über die Entwicklungsgeschichte der Menschheit und verfaßte neben »The biological basis of Human freedom« (Schr., 1956) eine ganze Reihe allgemeiner Werke über philosophische Aspekte der Evolution.

□ 1924-27: Dozent an der Univ. Leningrad. □ 1929-40: Lehrtätigkeit am Calif. Inst. of Technology in Pasadena. □ 1940-62: Prof. an der Columbia Univ. in New York. □ 1955: »Evolution, genetics and man« (Schr.). □ 1962-71: Prof. an der Rockefeller-Univ., New York. □ 1962: »Dynamik der menschlichen Evolution« (Schr., dt. 1965). □ 1964: »Vererbung und Menschenbild« (Schr., dt. 1966). □ 1970: »Genetics of the evolutionary process« (Schr.). □ ab 1971: Prof. an der Univ. of Calif. in Davis.

E. L. Doctorow →

← Anatoli Dobrynin

Heimito v. Doderer →

← Th. Dobzhansky

Doctorow, E(dgar) L(awrence)

amer. Schriftsteller und Literaturhistoriker
* 6.1.1931 New York

In Doctorows äußerst populären Romanen vereinigen sich verschiedene Entwicklungstendenzen der postmodernen Literatur. Seine Werke stellen eine innovative Variante des historischen Romans dar und entlarven die Subjektivität der Geschichte (u. a. in »Das Buch Daniel«, 1971, dt. 1974). Durch die Verbindung von historischen Ereignissen und Persönlichkeiten mit frei erfundenen Figuren und Situationen hebt D. die Trennung von Geschichtsschreibung und Literatur auf. Sein bekanntester Roman, »Ragtime« (1975, dt. 1976), wurde 1981 von M. →Forman verfilmt.

□ bis 1953: Philosophiestudium. □ 1953-55: Militärdienst. □ ab 1960: Herausgeber- und Lehrtätigkeiten. □ 1960: »Willkommen in Hard Times« (R., dt. 1987). □ 1971: »Das Buch Daniel« (R., dt. 1974). □ 1979: »Sterntaucher« (R., dt. 1982). □ 1984: »Das Leben der Dichter« (Erz.n und eine Nov., dt. 1985). □ 1985: »Weltausstellung« (R., dt. 1987). □ 1989: »Billy Bathgate« (R., dt. 1990).

Doderer, Heimito von

österr. Schriftsteller
* 5.9.1896 Weidlingau (heute zu Wien)
† 23.12.1966 Wien

Doderer zeigt in seinen Hauptwerken »Die Strudlhofstiege« (R., 1951) und »Die Dämonen« (R., 1956) mittels eines großen Figurenensembles einen Querschnitt durch die Wiener Gesellschaft der 20er Jahre. Sein Thema ist die »Menschwerdung«: Von der abstrahierten, ideologieverzerrten »zweiten Wirklichkeit« entwickeln sich die Gestalten zu ihrer wahren Bestimmung, indem sie die Dämonen — Ideologien wie Faschismus oder Romantizismus — als »Lebensvereinseitigungen« bekämpfen.

□ 1916-20: Kriegsgefangenschaft in Sibirien. □ 1923: »Gassen und Landschaft« (Ged.e). □ 1933-38: NSDAP-Mitgl. □ 1938: »Ein Mord, den jeder begeht« (R.). □ 1940: Konversion zum Katholizismus. □ 1945: Nach Teilnahme am 2. Weltkrieg Verlagslektor. □ 1951: »Die Strudlhofstiege« (R.). □ 1956: »Die Dämonen« (R.). □ 1962: »Die Merowinger oder die totale Familie« (R.). □ 1964: »Roman Nr. 7«, 1. Teil: »Die Wasserfälle von Slunj« (R.). □ postum 1976: »Commentarii 1951 bis 1956« (Tagebuch). □ 1991: »Die sibirische Klarheit«. Texte aus der Gefangenschaft.

Döderlein, Albert

dt. Gynäkologe
* 5.7.1860 Augsburg † 10.12.1941 München

Döderlein, Mitbegründer der bakteriologischen Gynäkologie, verbesserte mit seinen operativen Techniken (Kaiser- und Schambeinschnitt) die Geburtshilfe; zudem führte er zur Vermeidung von Infektionen das Tragen von Gummihandschuhen ein. Als wegweisender Chirurg der Frauenheilkunde entwickelte D. die Röntgentherapie des Gebärmutterkrebses und analysierte das Kindbettfieber. Neben seiner Beschreibung der Funktion der im Scheidenmilieu gegen Krankheitserreger wirksamen Milchsäurebakterien (Döderlein-Stäbchen) verfaßte D. das Standardwerk »Leitfaden für den geburtshilflichen Operationskurs« (1893).

☐ 1892: »Das Scheidensekret und seine Bedeutung für das Puerperalfieber« (Schr.). ☐ 1893: Prof. in Groningen; »Leitfaden für den geburtshilflichen Operationskurs«. ☐ 1905: »Operative Gynäkologie« (Schr. mit B. Krönig). ☐ ab 1907: Prof. an der Univ. München. ☐ ab 1915: Hg. des »Handbuchs der Geburtshilfe« (3 Bde.). ☐ 1916: Eröffnung der von D. angeregten Münchner gynäkologischen Klinik.

Doesburg, Theo van

(eig. Christian Emil Marie Küpper)
niederl. Künstler, Architekt und Kunsttheoretiker
* 30.8.1883 Utrecht † 7.3.1931 Davos (Schweiz)

Theo van Doesburg: Mitbegründer der Gruppe De Stijl.

Doesburgs Werk hatte entscheidenden Anteil an der von Holland ausgehenden Richtung des frühen Konstruktivismus. Zudem war er an der späteren Fundierung der Konkreten Kunst beteiligt, jener Richtung, die sich auf der Basis rein geometrisch-abstrakter Formen unter Ausschluß jeder Anlehnung an Naturvorbilder in der Nachfolge konstruktivistischer Prinzipien entwickelte. Mit P. →Mondrian u. a. gründete D. 1917 die Gruppe De Stijl, eine Keimzelle der abstrakten Kunst, sowie die gleichnamige Zeitschrift, Forum vieler europäischer Avantgardekünstler. Seine eigenen künstlerischen Aktivitäten — vor allem streng geometrische Bilder mit rechtwinkligen, später diagonalen Elementen — faßte er unter dem mondrianschen Begriff Neoplastizismus, später unter der von ihm geprägten Bezeichnung Elementarismus, zusammen. Als Architekt stand er mit seinen aus kubischen Formen gebildeten funktionalistischen Entwürfen am Anfang des International Style (Haus Lange, Alkmaar, 1917, typisierte Hausentwürfe wie die »Maison Particulière«) und nahm später vom Bauhaus verbreitete Gedanken vorweg.
Seine theoretischen Schriften, ab 1930 auch in der von ihm herausgegebenen Zeitschrift L'Art concret veröffentlicht, waren Wegmarken einer kompromißlos avantgardistischen Kunstauffassung. D. bemühte sich auch um die Zusammenführung von Malerei, Plastik und Architektur (Umbau des Cafés L'Aubette in Straßburg, 1926-28, mit H. →Arp und S. →Taeuber-Arp).

☐ 1920: Veröffentlichung dadaistischer Gedichte. ☐ 1923: Übersiedlung nach Paris. ☐ 1924: De-Stijl-Architekturmanifest. ☐ 1926: Manifest des Elementarismus. ☐ 1929/30: Bau des eigenen Hauses in Meudon. ☐ 1931: Mitbegründer der Gruppe Abstraction-Création in Paris.

Friedhelm Döhl →

Döhl, Friedhelm

dt. Komponist
* 7.7.1936 Göttingen

Döhl zählt zu den führenden Vertretern der jungen deutschen Komponistengeneration. Mit seinen Werken konnte er sich einen festen Platz im öffentlichen Konzertleben erobern. Nach einer Phase freier Atonalität setzte sich D. mit der seriellen Technik von A. →Webern auseinander (»Julianische Minuten«, 1963). Vor allem in seiner Volksmusik tendiert er zu meditativen Themen (»Melancolica, Magische Quadrate«, 1968). Um ein neuartiges Intermedium zu schaffen, arbeitete er in den 70er Jahren auch mit bildenden Künstlern zusammen.

☐ 1965-68: Dozent am R.-Schumann-Konservatorium Düsseldorf. ☐ ab 1969: Akademischer Rat an der FU Berlin (ab 1972 Prof.). ☐ 1970: »Klang-Szene« für 2 Hammond-Orgeln, elektrische Transformation, Lautsprecher, Objekte und Beleuchtung. ☐ 1974: »Anna K.« (Mikrodramen III) für Sprecher, Drum, Cello, Tonband und Apparate. ☐ seit 1974: Leiter der Baseler Musikakademie. ☐ 1980: »Ikaros«, Ballett. ☐ 1984/85: »Passion« für Orchester. ☐ 1990: UA der Oper »Medea« in Kiel.

Dohnányi, Christoph von

dt. Dirigent und Theaterintendant
* 8.9.1929 Berlin

Dohnányi, Bruder des Politikers K. v. →Dohnanyi, studierte nach dem Kapellmeister-Examen (1952) in den USA bei seinem Großvater, dem Pianisten und Dirigenten Ernö von Dohnanyi (* 1877, † 1960), und bei L. →Bernstein. Als Lei-

Christoph von Dohnányi: Chef des Cleveland Orchestra.

ter des Cleveland Orchestra (seit 1984) ist er Chef eines der besten Ensembles der Welt. D. erwarb als Operndirektor in Frankfurt/Main (ab 1972) und als Intendant in Hamburg (ab 1977) Verdienste um das zeitgenössische Musiktheater (Zusammenarbeit mit jüngeren Regisseuren wie L. →Bondy, J. →Flimm). Er dirigierte zahlreiche Uraufführungen (»Die Bassariden« von H. W. →Henze, Salzburg 1966) und hatte Anteil an der Wiederentdeckung des Schönberg-Lehrers A. v. →Zemlinsky (1981 Aufführung der Opern »Eine florentinische Tragödie« und »Der Geburtstag der Infantin«).

□ 1952: Korrepetitor und Kapellmeister in Frankfurt/Main unter Sir G. →Solti. □ 1957: Jüngster Generalmusikdir. der BRD in Lübeck. □ 1963: Generalmusikdir. in Kassel. □ 1964-70: Chefdirigent des Sinfonieorchesters des WDR. □ 1972-77: Operndir. der Städtischen Bühnen Frankfurt/Main. □ 1977-84: Als Nachfolger von A. →Everding Intendant und musikalischer Oberleiter an der Hamburgischen Staatsoper. □ seit 1984: Chefdirigent des Cleveland Orchestra in Nachfolge von L. →Maazel. □ 1986: Europa-Tournee. □ 1987: Japan-Tournee. □ 1990: Abschlußkonzert der Orchesterkonzerte bei den Salzburger Festspielen.

▷ Christoph von Dohnányi. Musiker im Gespräch, 1976.

Dohnanyi, Hans von

dt. Jurist und Widerstandskämpfer
*1.1.1902 Wien (Österreich)
† 8.(9.?)4.1945 KZ Sachsenhausen (hingerichtet)

Dohnanyi, eines der Opfer des Widerstands gegen Hitler.

Dohnanyi gehörte zu den führenden Persönlichkeiten des deutschen Widerstandes gegen die NS-Diktatur. 1939 wurde D., der bereits Beziehungen zum Widerstand unterhielt, Leiter des Referats Politik bei der Abwehr. 1943 wurde er als Verschwörer gegen A. →Hitler verhaftet und im April 1945 nach einem Standgericht im KZ Sachsenhausen ermordet.

□ 1929-38: Tätigkeit im Reichsjustizministerium (zuständig für Fragen der Strafrechtsreform). □ 1938: Reichsgerichtsrat in Leipzig. □ 1939-43: Leiter des Referats Politik im Stab der Abwehr des Oberkommandos der Wehrmacht. □ 1943: Verhaftung durch die Gestapo.

▷ E. Chowaniec: Der »Fall Dohnanyi« 1943-1945, 1991.

Klaus von Dohnanyi →

Dohnanyi, Klaus von

dt. Politiker
* 23.6.1928 Hamburg

Der SPD-Politiker, Sohn des Widerstandskämpfers H. v. →Dohnanyi, war 1972-74 Bundesminister für Bildung und Wissenschaft. Als Erster Bürgermeister von Hamburg (1981-88) setzte er sich für eine Legalisierung von Hausbesetzungen ein (Hafenstraße). Für die umstrittene Konfliktlösung (nach Räumung aller Barrikaden und »Befestigungen« in und außerhalb der Häuser Abschluß eines Pachtvertrages) erhielt er 1988 die Theodor-Heuss-Medaille.

□ 1968/69: Staatssekr. im Bundeswirtschaftsministerium. □ seit 1969: MdB. □ 1969-72: Parlamentarischer Staatssekr. im Bundesministerium für Bildung und Wissenschaft. □ 1972-74 Min. dieses Ressorts. □ 1976-81: Staatsmin. im Auswärtigen Amt. □ 1979-81: Landesvors. der SPD in Rhld.-Pf. □ 1981-88: Erster Bürgermeister der Freien und Hansestadt Hamburg. □ 1990: »Das deutsche Wagnis« (Schr.).

Dohrn, Anton

dt. Zoologe
* 29.12.1840 Stettin † 26.9.1909 München

Unter Dohrns Leitung entwickelte sich die 1870 von ihm in Neapel gegründete »Zoologische Station« zur Erforschung der Meeresfauna zu einem vorbildlichen internationalen Wissenschaftszentrum, das — u. a. von E. →Abbe sowohl finanziell wie mit optischen Geräten unterstützt — Gelehrte aus fast allen Ländern anzog. Der größte Teil systematischer zoologischer Forschung wurde in der Villa Nazionale in Neapel durchgeführt. Verdient machte sich D. auch um die vergleichende anatomische und stammesgeschichtliche Erforschung der Krebs- und Gliedertiere sowie mit seinen »Studien zur Urgeschichte des Wirbeltierkörpers« (1881-1907).

▷ Th. Heuss: Anton Dohrn (Biogr.), 1962.

Takako Doi →

Doi, Takako

jap. Politikerin
* 30.11.1928 Kobe

Die als erste Frau 1986 zur Vorsitzenden der Sozialistischen Partei (SPJ) gewählte Politikerin erzielte durch ihren engagierten Einsatz für Umweltschutz und Frauenfragen bei den Oberhauswahlen 1989 beträchtliche Stimmengewinne. Ihre sogenannte »Madonna-Strategie«, die Abgrenzung gegen skandalträchtige Widersacher aus der LDP (u. a. S.→Uno), machte sie besonders bei den Wählerinnen populär.

□ ab 1958: Dozenturen für Rechtswissenschaft an drei Univ.n. □ ab 1969: Sozialistische Abg. der Präfektur Hyogo. □ 1982: Stellv. Parteivors. der SPJ. □ 1986-91: Vors. der SPJ.

Doisy, Edward Albert

amer. Biochemiker
* 13.11.1893 Hume, Ill.
† 23.10.1986 Saint Louis, Missouri

Doisy erforschte die Geschlechtshormone und entwickelte 1923, als er Professor an der Universität in Saint Louis wurde, den sog. Allen-Doisy-Test zur Bestimmung östrogener Stoffe. 1929 isolierte D. das Hormon Östron (unabhängig von A. →Butenandt). Für die Konstitutionsaufklärung des 1934 von C. P. H. →Dam entdeckten Vitamins K erhielt D. mit diesem 1943 den Physiologie/Medizin-Nobelpreis.

← Edward A. Doisy

Doldinger, Klaus Erich Dieter

dt. Musiker und Komponist
* 12.5.1936 Berlin

Der Klarinettist Doldinger gehört zu den führenden Jazzmusikern Deutschlands und wird als Repräsentant der deutschen Musikszene international anerkannt. Sein Repertoire reicht vom traditionellen Dixieland-Jazz bis zum kommerziellen Jazz-Rock, den er mit seiner 1971 gegründeten Formation Passport spielt. Daneben komponierte der Ehrenbürger der Stadt New Orleans zahlreiche Film-, Fernseh- und Werbemusiken, u. a. für die Krimi-Serie »Tatort«, »Das Boot« (nach dem Roman von L.-G. →Buchheim) und »Die unendliche Geschichte« (nach dem Kinderbuch von M. →Ende).

Klaus Doldinger bei einem Konzert in Hannover, 1985.

□ ab 1952: Klavier-, Klarinette- und Saxophonstudium am Robert-Schumann-Konservatorium Düsseldorf; Mitbegründer der Dixieland-Band Feetwarmers. □ 1961: Gründung des Klaus-Doldinger-Quartetts; zahlreiche Blues- und Tanzplatten unter dem Pseudonym Paul Nero. □ 1964: Im Auftrag des Goethe-Inst. Tournee durch 40 Länder. □ 1970: Hinwendung zum elektrisch verstärkten Jazz-Rock; Gründung der Gruppe Motherhood. □ 1971: Gründung der Gruppe Passport; Tourneen mit A. →Korner, B. Auger und V. Kriegel. □ 1976: Auszeichnung mit dem deutschen Schallplattenpreis (ebenso 1981). □ 1979: »Oceanliner« (LP). □ 1982: »Earthborn« (LP).

Dollfuß, Engelbert

österr. Politiker
* 4.10.1892 Texing, Niederösterreich
† 25.7.1934 Wien (ermordet)

Dollfuß war 1932-34 österreichischer Bundeskanzler und Außenminister. Als Vertreter der Christlichsozialen Partei betrieb er die Errichtung einer autoritären Herrschaft nach katholisch-ständestaatlichen Prinzipien (Austrofaschismus). Die Sozialdemokratie wurde von ihm gewaltsam ausgeschaltet; gegenüber dem Terror der Nationalsozialisten war er allerdings machtlos. 1934 wurde er Opfer eines nationalsozialistischen Umsturzversuchs.

□ 1927: Dir. der Niederösterr. Landwirtschaftskammer. □ 1930: Präs. der österr. Bundesbahnen. □ 1931: Min. für Landwirtschaft. □ 1932-34: Bundeskanzler und Außenmin.

← Engelbert Dollfuß

Dollo, Louis

belg. Paläontologe
* 7.12.1857 Lille † 19.4.1931 Uccle bei Brüssel

Dollo, Wegbereiter der biologisch ausgerichteten paläontologischen Forschung, erkannte 1891/92 die Entwicklungsprinzipien der Evolution: Die in Einzelfällen umstrittene Dollosche Regel besagt, daß stammesgeschichtliche Modifikationen der Organismen nicht wieder in ihren vorangegangenen Zustand zurückgebildet werden können. Die Irreversibilität gilt vor allem für Organe wie z. B. die menschlichen Zehen, die im Verlaufe der Entwicklung in ihren ehemaligen Funktionen reduziert wurden.

□ ab 1882: Tätigkeit am Musée Royal d'Histoire Naturelle Belgique. □ 1893: »Die Gesetze der Evolution« (Schr.). □ ab 1909: Prof. an der Univ. Brüssel.

Domagk, Gerhard

dt. Pathologe und Bakteriologe
* 30.10.1895 Lagow, Brandenburg † 24.4.1964 Burgberg bei Königsfeld im Schwarzwald

Gerhard Domagk →

Domagk, Mitbegründer der »Chemotherapie bakterieller Infektionen« (Schr., 1941) und Nobelpreisträger von 1939, führte die äußerst wirksamen Sulfonamide in die Therapie ein. 1935 entdeckte D. die bakterientötende Wirkung des orangeroten Farbstoffs Prontosil, eines später weltbekannten Medikaments, das Infektionskrankheiten, verursacht durch Steptokokken, und besonders Lungenentzündungen heilt. Ab 1943 arbeitete D. an der »Chemotherapie der Tuberkulose mit den Thiosemikarbazonen« (Schr., 1950) und entwickelte 1956 das Medikament E 39 gegen Krebs.

□ ab 1927: Dir. der Forschungsabteilung der Farbenfabriken Bayer AG in Wuppertal-Elberfeld. □ 1939: Physiologie/Medizin-Nobelpreis (Entgegennahme 1947). □ 1947: »Pathologische Anatomie und Chemotherapie der Infektionskrankheiten« (Schr.).

Domar, Evsey David

amer. Ökonom poln. Herkunft
* 16.4.1914 Łódź

Domar, Vertreter der postkeynesianischen Wachstumstheorie, entwickelte 1946 ein Modell, das langfristig ein gleichgewichtiges Wachstum des Volkseinkommens ermöglichen sollte. D.s Theorie, nach der primär die Investitionen das Wirtschaftswachstum bewirken, bildete später mit dem Modell des Engländers Roy Forbes Harrod (1939) den entscheidenden Ansatz für kompliziertere Wachstumsmodelle (Harrod-Domar-Wachstumstheorie).

□ 1936-43: Emigration in die USA; Studium. □ 1947-58: Prof. in Chicago und Baltimore. □ 1958-72: Prof. am Mass. Inst. of Technology, Cambridge. □ 1965: »The burden of the debt and the national income« (Schr.).

Domin, Hilde

dt. Schriftstellerin
* 27.7.1912 Köln

← Hilde Domin

Die für das 20. Jh. typische Erfahrung des langjährigen Exils während der Zeit des Nationalsozialismus prägen Domins Leben und Werk. Zur deutschen Sprache zurückgekehrt, schildert sie — private und politische Aussage verschmelzend — das Wiederfinden der verlorenen Bilder von Heimat und Liebe.

□ 1933-54: Im Exil in Italien, Großbritannien, der Dominikanischen Republik und den USA. □ 1959: »Nur eine Rose als Stütze« (Ged.e). □ 1962: »Rückkehr der Schiffe« (Ged.e). □ 1964: »Hier« (Ged.e). □ 1966: »Wozu Lyrik heute?« (Es.). □ 1968: »Das zweite Paradies« (R., Neufassung 1986).

Domingo, Plácido

span. Sänger
* 21.1.1941 Madrid

Plácido Domingo singt in der Münchner Olympiahalle, 1990.

Domingo gehört zu den gefeierten und meistbeschäftigten Sängern und bildet mit den Tenören L. →Pavarotti und J. →Carreras die Star-Trias der Gegenwart. Nach vielbeachteten Auftritten gelang ihm 1968 der endgültige Durchbruch zur Weltspitze mit einem sensationellen Erfolg an der Metropolitan Opera New York als Maurizio in der Oper »Adriana Lecouvreur« von Francesco Cilèa (* 1866; † 1950). Seitdem feiert D., dessen umfangreiches Repertoire von der französischen Grand opéra über G. →Verdi und Wagner bis zum Verismo reicht, glanzvolle Auftritte an allen Bühnen der Welt. D. übernahm 1982-86 drei Hauptrollen in Opernverfilmungen (u. a. »Otello«, 1986, Rg. F. Zeffirelli), trat als Operndirigent hervor (1984, »La Bohème« von G. →Puccini in New York) und ist seit 1987 Opernchef in Los Angeles. Zu seinen zahlreichen Schallplatteneinspielungen (z. B. 34 Aufnahmen allein 1976) gehören über 50 Opern-Gesamtaufnahmen.

□ 1960: Debüt als Alfredo in Verdis »La Traviata« an der Monterrey Opera Mexiko. □ 1962-65: Über 300 Vorstellungen (in hebräischer Sprache) an der Hebrew Opera Tel Aviv. □ 1966: Partie des Titelhelden in »Don Rodrigo« von A. →Ginastera. in der Eröffnungsvorstellung des neuen Hauses im New Yorker Lincoln Center. □ 1968: Engagement an der Metropolitan Opera New York. □ seit 1968: Gastspiele an den Weltbühnen (u. a. Mailand, London, Hamburg, Barcelona, München, Wien, Salzburg). □ 1983: Don José in der Opernverfilmung von »Carmen«. □ 1985: Weltweite Benefiztournee für die Erdbebenopfer in Mexico. □ 1988: 2000. Auftritt in G. Puccinis »Mädchen aus dem goldenen Westen«. □ 1989: König Gustav in Verdis »Maskenball« unter Sir G. →Solti. □ 1991/92: Verpflichtung für die Wagner-Rollen »Parsifal« und »Siegmund« in Wien.

▷ P. Domingo: Die Bühne. Mein Leben, 1983; D. Snowman: Die göttliche Stimme, dt. 1986.

»Fats« Domino →

Domino, Antoine »Fats«

amer. Rockmusiker
* 26.2.1928 New Orleans

Domino, der »Urvater« des Rock 'n' Roll, spielte diese Musik, lange bevor sie ihren Namen trug. Er benutzte das Piano als Rhythmus-Instrument, reduzierte die Saxophone auf Vokalpausenfüller und schuf im Verein mit seinem kratzigen Tenor und Anleihen aus der Country-Musik Rock-'n'-Roll-Klassiker wie »Blueberry Hill«, »I'm walking to New Orleans« und »My girl Josephine«. Der auch in den 90er Jahren als Entertainer beliebte Musiker hat mit seinem kraftvollen Pianospiel großen Einfluß auf die zeitgenössische Rockmusik ausgeübt.

□ 1950: »Rock and rollin'« (LP). □ 1956: »This is Fats Domino« (LP). □ 1959: »Fats Domino swings« (LP). □ 1961: »I miss you so« (LP). □ 1963: »Here he comes again« (LP). □ 1967: »Ain't that a shame« (LP). □ 1974: »Live at Montreux« (LP). □ 1979: »Golden Greats« (LP).

Helen Donath →

Donath, Helen

amer. Sängerin
* 10.7.1940 Corpus Christi, Texas

Donaths glanzvolle Karriere begann mit dem Ruf an die Staatsoper München 1967. Ihre lyrische Sopranstimme, die auch Partien aus dem Koloraturfach beherrscht, ist auf vielen Schallplatteneinspielungen zu hören. Gastspiele führten D. u. a. nach Paris und mit der Hamburger Staatsoper nach Japan (1984). Zu ihren Glanzpartien gehören die Pamina aus Mozarts »Zauberflöte« und die Sophie im »Rosenkavalier« von R. →Strauss. Als Liedinterpretin wird sie von ihrem Ehemann, dem Pianisten Klaus D., begleitet.

□ 1958: Debüt als Konzert- und Liedersängerin in New York. □ 1961: Übersiedlung nach Europa; Engagement an der Oper Köln. □ 1963-68: Engagement am Landestheater in Hannover. □ 1965-67: Mitgl. der Oper in Frankfurt/Main. □ seit 1970: Ständiges Mitgl. an der Staatsoper Wien.

»Kees« van Dongen →

Dongen, Cornelis Theodorus Maria »Kees« van

niederl. Maler
* 26.1.1877 Delfshaven bei Rotterdam
† 28.5.1968 Monte Carlo

Kees van Dongen gehört zu den frühen Malern des Fauvismus. Sein zentrales Motiv waren vor dem 1. Weltkrieg Frauenporträts in gestisch-expressivem, pastosem Stil (»Die Sängerin Modjesko«, 1908, New York, Museum of Modern Art). Nach impressionistischen Anfängen und Tätigkeiten u. a. als Zeichner und Karikaturist für satirische Zeitschriften hatte D. Kontakt zu H. → Matisse und A. → Derain und nahm an der ersten Fauvistenausstellung 1905 im Pariser Salon d'Automne teil. Eindrucksvolle Studien exotischer Frauengestalten entstanden aufgrund von Reisen durch Ägypten und Marokko. In der Folge gewannen dekorative Züge die Oberhand, später in Kombination mit realistischeren Elementen. Mit diesem Stil wurde D. ab den 20er Jahren zum gesuchten Porträtisten der Pariser Gesellschaft.

□ 1894/95: Studium an der Kunstakademie in Rotterdam. □ 1897: Übersiedlung nach Paris. □ ab 1905: Fauvistische Phase. □ 1907: Kontakt zu den dt. Brücke-Malern (E. L. → Kirchner), mit denen D. zeitweilig ausstellt. □ 1910-13: Reisen durch Spanien, Marokko, Ägypten; Bilder mit exotischen Motiven. □ ab den 20er Jahren: Entwicklung zum Gesellschaftsporträtisten.

▷ G. Diehl: Van Dongen, o. J.

Karl Dönitz →

Dönhoff, Marion Gräfin

dt. Journalistin und Publizistin
* 2.12.1909 Schloß Friedrichstein, Ostpreußen

Dönhoff, seit 1973 Mitherausgeberin der Wochenzeitung Die Zeit, ist eine der profiliertesten deutschen Journalistinnen. Die Doktorin der Staatswissenschaften, die sich aus einer liberalen, humanitären Grundeinstellung heraus stets für eine Politik der Verständigung zwischen den Nationen einsetzte, hatte auch als Buchautorin Erfolg: Mit »Eine Kindheit in Ostpreußen« (1988) stand sie fast zwei Jahre auf der Spiegel-Bestsellerliste.

□ 1936: Eintritt in die Verwaltung der ostpreuß. Familiengüter. □ 1945: Flucht nach Westen. □ ab 1946: Redakteurin der Zeit. □ 1955: Gründung der Dt. Gesellschaft für Auswärtige Politik. □ 1968-72: Chefredakteurin. □ 1970: »Deutsche Außenpolitik von Adenauer bis Brandt« (Schr.). □ 1971: Friedenspreis des Dt. Buchhandels. □ 1981: »Von gestern nach übermorgen« (Schr.). □ 1983: »Amerikanische Wechselbäder« (Schr.). □ 1985: »Weit ist der Weg nach Osten« (Schr.). □ 1989: »Namen, die keiner mehr nennt« (Schr.). □ 1990: »Gestalten unserer Zeit. Politische Portraits«. □ 1991: »Versöhnung: Polen und Deutsche« (Hg. mit Freimut Duve).

Marion Gräfin Dönhoff, Mitherausgeberin der »Zeit«, bei einer Buchpräsentation, 1985.

Dönitz, Karl

dt. Militär
* 16.9.1891 Grünau bei Berlin
† 24.12.1980 Aumühle bei Hamburg

Als Kommandeur der U-Boot-Flotte war Dönitz eine der prägenden Gestalten der Seekriegsführung im 2. Weltkrieg. In seinem Testament bestimmte A. → Hitler ihn zu seinem Nachfolger. Am 1.5.1945 bildete D. als letzter Reichspräsident noch eine geschäftsführende Reichsregierung unter J. L. Graf von Schwerin-Krosigk, bevor er am 23.5. von den Engländern verhaftet wurde (inhaftiert bis 1956).

□ 1936: Oberbefehlshaber der U-Boote. □ 1943: Großadmiral; Oberbefehlshaber der Kriegsmarine. □ Mai 1945: Reichspräsident. □ 1946-56: Als Kriegsverbrecher verurteilt; Gefängnis in Spandau. □ 1970: »Deutsche Strategie zur See im 2. Weltkrieg« (Schr.).

▷ K. Dönitz: Zehn Jahre und zwanzig Tage (Erinnerungen), 1958.

Donovan

(eig. Donovan Philip Leitch)
engl. Popsänger
* 10.5.1946 Glasgow

Der damalige Straßensänger Donovan wurde 1964 in einer englischen TV-Show entdeckt und avancierte 1965/66 mit verträumten Liebesliedern und Anti-Kriegsbotschaften wie »Catch the Wind«, »Colours« und »Universal Soldier« zu einem der führenden Liedermacher der sog. Blumenkinder-Generation. Nach Ausflügen in die psychedelische Rockmusik verlor er in den 70er Jahren den künstlerischen Anschluß; sein altes Repertoire erfreut sich jedoch nach wie vor großer Beliebtheit.

Donovan auf einem Open-Air-Konzert in Hamburg, 1980.

□ 1965: »Fairytale« (LP). □ 1966: »Sunshine Superman« (LP). □ 1967: »Universal Soldier«; »Mellow Yellow« (LPs). □ 1968: »In Concert«; »Hurdy Gurdy Man« (LPs). □ 1972: »Cosmic Wheels« (LP). □ 1974: »7-Tease« (LP). □ 1983: »Lady of the stars« (LP). □ 1989: »Greatest Hits and more« (LP).

Doolittle, Hilda

amer. Dichterin und Schriftstellerin
* 10.9.1886 Bethlehem, Penn.
† 27.9.1961 Küsnacht (Schweiz)

Doolittle, bekannt unter dem Kürzel »H. D.«, wurde zusammen mit E. →Pound zur Begründerin des Imagismus. Ihre Lyrik zeichnet sich durch freie Rhythmen, präzise Bildfolgen und Ökonomie der Form aus. Der Hoffnungslosigkeit der modernen Weltsicht stellte D. in ihren Gedichtzyklen Bilder des Wachstums und der Regeneration gegenüber. Ihre Gedichte bearbeiten griechische Mythen aus der Sicht der Frau und fordern eine stärkere Präsenz des Weiblichen, so z. B. in »Helen in Egypt« (Ged.e, 1961). D. schrieb auch modernistische Romane.

□ 1911: Übersiedlung nach Europa. □ 1913-37: Ehe mit dem engl. Literaten R. Aldington. □ 1926: »Palimpsest« (R.). □ 1930: Schauspielerin im Film »Borderline«. □ ab 1931: Psychoanalyse bei Ellis, dann bei S. →Freud. □ 1934: »Kora und Ka« (R.). □ ab 1937: Homoerotische Beziehung mit W. Ellerman (Bryher). □ 1944-46: »Trilogy« (Ged.e). □ 1949: »Avon« (Ged.e, dt. 1955). □ postum 1972: »Hermetic Definition« (Ged.e). □ 1981: »HERmione: ein Selbstportrait« (R., dt. 1987). □ 1982: »The Gift« (aut. R.).

▷ H. Doolittle: Huldigung an Freud (Aut.), 1956, dt. 1976; dies.: Das Ende der Qual: Eine Erinnerung an Ezra Pound (Aut.), 1979, dt. 1985.

Julius Döpfner →

The Doors

amer. Rockgruppe

Von der Presse als »Rattenfänger des Bösen« apostrophiert, wurden Keyboarder Ray Manzarek (* 1935), Gitarrist Robbie Krieger (* 1946) und Schlagzeuger John Densmore (* 1945) mit Sänger J. →Morrison (* 1943, † 1971) Ende der 60er Jahre als The Doors zur tonangebenden Rockformation. Schwermütige, depressive Bluesakkorde, durch Effekte verzögerte Gitarrensoli und düstere Texte voller Endzeitahnungen, dazu Morrisons aufreizende, laszive Bühnenshow bestimmten die musikalische und optische Präsentation der Doors. Nachdem sich Morrison 1971 als Solist selbständig gemacht hatte, arbeitete die Gruppe als Trio weiter und orientierte sich in Richtung Jazzrock, ohne jedoch an die alten Erfolge anknüpfen zu können.

The Doors 1968 in Frankfurt: Manzarek, Morrison, Densmore, Krieger (v. l. n. r.).

□ 1965: Gründung der Doors in Los Angeles. □ 1967: »The Doors« (LP); »Light my fire« Nr.-1-Hit in den US-Charts; »Strange Days« (LP). □ 1968: »Waiting for the sun« (LP). □ 1969: »The soft parade« (LP). □ 1970: »Morrison Hotel« (LP); »Doors 13« (LP); »Absolutely Live« (LP). □ 1971: »L. A. Woman« (LP); »Other Voices« (LP). □ 1972: »Full Circle« (LP).

▷ D. Sugarman: The Doors — The illustrated history, engl. 1983; A. Doe/J. Tobber: The Doors in their own words, engl. 1988; J. Densmore: Riders on the storm. The Doors, dt. 1991.

Döpfner, Julius

dt. Theologe (kath.)
* 26.8.1913 Hausen bei Bad Kissingen
† 24.7.1976 München

Als Vorsitzender der Fuldaer Bischofskonferenz war Döpfner einer der maßgeblichen deutschen Kardinäle der Nachkriegszeit. Er vertrat in kirchenpolitischen Fragen unbeugsam die päpstliche Linie, so z. B. in dem Zwist zwischen dem Theologen H. →Küng und der Kurie oder in der Frage um die Erweiterung der Straffreiheit bei Abtreibung. Als Bischof von Berlin kritisierte D. in den 50er Jahren die kirchenfeindliche Politik der Regierung in der DDR. Er arbeitete in dieser Zeit eng mit dem Bischof der protestantischen Kirche, O. →Dibelius, zusammen.

□ 1948: Als jüngstes europ. Mitgl. des Episkopats von Papst →Pius XII. zum Bischof von Würzburg berufen. □ 1957: Bischof von Berlin. □ 1958: Jüngster der von Papst →Johannes XXIII. neu ernannten Kardinäle. □ 1961: Erzbischof von München-Freising. □ 1965: Vors. der Fuldaer Bischofskonferenz. □ 1974: Vertreter im Ständigen Rat der römischen Bischofssynode.

Dorn, Dieter

dt. Regisseur
* 31.10.1935 Leipzig

Der Intendant der Münchner Kammerspiele zählt zu den erfolgreichsten und risikofreudigsten Regisseuren des zeitgenössischen deutschen Theaters. Dorns Inszenierungen halten sich sehr genau an die dramatische Vorlage, ohne auf Effekte und Phantasie zu verzichten. So wirken seine aktualisierten Klassikerinszenierungen nicht modernistisch, sondern bieten eine präzise Lesart des Textes. Ein Beispiel ist D.s »Iphigenie« (Goethe, 1981), bei der er sich ganz allein auf die Sprache konzentrierte: Die Schauspieler spielten vor einem gleißenden Hintergrund und beschränkten sich auf die wichtigsten Gebärden. Es gab keine Auftritte oder Abgänge. D.s Engagement gilt zeitgenössischen Autoren, deren Stücke er oft uraufführt (u. a. B. →Strauß).

□ 1956-58: Schauspielausbildung am Max-Reinhardt-Seminar in Berlin. □ 1958-61: Schauspieler, Dramaturg und Regieassistent am Landestheater Hannover. □ 1964-68: Regisseur und Dramaturg an der Landesbühne Hannover. □ 1968-70: Regisseur in Essen und Oberhausen. □ 1971: Mit »Der Menschenfeind« (Ch. Hampton) beim Berliner

D. Dorn (l.): Seit 1983 Chef der Münchner Kammerspiele.

Theatertreffen. ☐ 1974: UA »Die Macht der Gewohnheit« (Th. → Bernhard) für die Salzburger Festspiele. ☐ 1975: UA »Auf dem Chimborazo« (T. → Dorst) an den Münchner Kammerspielen. ☐ 1976-83: Oberspielleiter der Münchner Kammerspiele. ☐ 1979: Mit »Groß und klein« (B. Strauß) beim Berliner Theatertreffen; Operndebüt mit Mozarts »Entführung aus dem Serail« an der Wiener Staatsoper. ☐ seit 1983: Intendant der Münchner Kammerspiele. ☐ 1985: Goethes »Tasso« für die Salzburger Festspiele. ☐ 1988: UA »Besucher« (B. Strauß). ☐ 1991/92: »König Lear« (Shakespeare).

Dornier, Claude »Claudius«

dt. Flugzeugkonstrukteur
* 14.5.1884 Kempten, Allgäu
† 5.12.1969 Zug (Schweiz)

Dornier vor seinem neuen Riesenflugzeug DO-X, 1932.

Dornier, zunächst Mitarbeiter bei den Zeppelinwerken, gründete 1914 mit einer Flugzeugwerft in Friedrichshafen die Stammfirma der Dornier-Gruppe. 1922 konstruierte er das zweimotorige Flugboot »Wal«, das der Norweger R. → Amundsen bei seinen Polarexpeditionen benutzte. Aus diesem Prototyp entwickelte D. den »Superwal« und die zwölfmotorige DO-X (1928), das zu seiner Zeit größte Flugzeug der Welt, sowie Kampfflugzeuge für den Einsatz im 2. Weltkrieg (Do 17, Do 215, Do 335). 1955 wurde mit dem Bau der Do 27 unter D.s Leitung die Produktion deutscher Flugzeuge wiederaufgenommen.

☐ 1914: Entwicklung eines dreimotorigen Wasserflugzeugs für F. Graf von → Zeppelin; Gründung einer eigenen Flugzeugwerft in Friedrichshafen. ☐ 1929: Jungfernflug der DO-X. ☐ 1932: Gründung der Dornier Metallbauten GmbH (später Dornier GmbH). ☐ ab 1957: Serienherstellung des Kurzstartflugzeugs Do 27. ☐ 1963: Übernahme des Vorstandsvorsitzes der Dornier GmbH durch D.s Sohn Claudius Dornier (* 1914, † 1986). ☐ 1967: Bau des Senkrechtstarters Do 31.

Dörpfeld, Wilhelm

dt. Archäologe
* 26.12.1853 Barmen (heute Wuppertal)
† 25.4.1940 Niedri auf Leukas (Griechenland)

Dörpfeld, der die Methode der Schichtgrabung einführte, war der erfolgreichste deutsche Archäologe seiner Zeit. Nach dem Tod Heinrich Schliemanns (* 1822, † 1890) fand er das homerische Troja und entwickelte aufgrund seiner Beobachtungs- und Interpretationsfähigkeit neue Forschungsmethoden. Sie beruhen auf einer systematischen, wissenschaftlichem Maßstab entsprechenden Auswertung von literarischen Quellen, Einzelbeobachtungen und topographischen Erkundungen.

☐ 1877-81: Grabungen in Olympia, anschließend Troja, Pergamon, Tiryns. ☐ 1887-1911: 1. Sekr. des Dt. Archäologischen Inst. in Athen. ☐ 1896: »Das griech. Theater« (Schr., mit E. Reisch). ☐ 1935: »Alt-Olympia« (Schr., 2 Bde.). ☐ 1937-39: »Alt-Athen und seine Agora« (Schr., 2 Bde.).

Doris Dörrie →

Dörrie, Doris

dt. Regisseurin
* 26.5.1955 Hannover

Mit der Komödie »Männer« (mit H. Lauterbach und U. Ochsenknecht) hatte Dörrie 1985 überraschenden Erfolg bei Kritik und Publikum. Der Film karrikiert mit ironischem Humor die gesellschaftlichen Rollenbilder von Mann und Frau. Ihre Zusammenarbeit mit dem durch »Männer« bekannt gewordenen Uwe Ochsenknecht (* 1956) setzte D. in der Komödie »Geld« (1989/90) fort.

☐ 1975-78: Studium an der Münchener Hochschule für Film und Fernsehen. ☐ 1978: »Max und Sandy«. ☐ 1983: »Mitten ins Herz«. ☐ 1984: »Im Innern des Wals«. ☐ 1986: »Paradies« (mit K. Thalbach). ☐ 1987: »Ich und Er«. ☐ 1991: »Der Mann meiner Träume« (Erz.n). ☐ 1991: »Für immer und ewig«.

Tankred Dorst →

Dorst, Tankred

dt. Schriftsteller
* 19.12.1925 Oberlind bei Sonneberg, Thüringen

Dorst schildert in seinen Stücken das Mißverhältnis von Lebensplan und Realität — z. B. in »Toller« (Dr., 1968) — und die Sinnlosigkeit von »Weltentwürfen« vor der Geschichte. Während er mit

»Merlin oder Das wüste Land« (Dr., UA 1981) einen Sensationserfolg erzielt hatte, wurden »Karlos« (Dr., 1990) nicht überzeugende Charakterzeichnung und zu grelle Effekte vorgeworfen.

□ 1968: »Toller« (Dr., Rg. P. →Palitzsch; 1969 u. d. T. »Rotmord« von P. →Zadek verfilmt). □ 1972: »Eiszeit« (Dr., Rg. P. Zadek). □ 1975: »Auf dem Chimborazo« (Kom.). □ 1976: »Dorothea Merz« (R.). □ 1978: »Klaras Mutter« (Erz.). □ 1980: »Merlin oder Das wüste Land« (Dr., UA 1981). □ 1983: »Eisenhans« (F.). □ 1984: »Reise nach Stettin« (Erz.). □ 1990: Georg-Büchner-Preis; »Karlos« (Dr., Münchner Kammerspiele, Rg. D. →Dorn).

▷ H. Laube (Hg.): Werkbuch über Tankred Dorst, 1974.

Dostal, Nico

österr. Komponist
* 27.11.1895 Korneuburg bei Wien
† 26.10.1981 Salzburg

Dostal, der in Österreich seine Laufbahn mit kirchenmusikalischen Werken begann, gehört zu den wichtigsten Komponisten der späten deutschsprachigen Operette. 1933 erregte er erstmals Aufsehen mit dem Werk »Clivia«. Zu seinen größten Erfolgen zählen »Die ungarische Hochzeit« (1939), »Manina« (1942), »Zirkusblut« (1951) und »Dr. Eisenbart« (1952).

Dos Passos, John Roderigo

amer. Schriftsteller
* 14.1.1896 Chicago † 28.9.1970 Baltimore

Dos Passos: Technisch brillanter Kapitalismuskritiker.

Donald W. Douglas →

Dos Passos, einer der großen Neuerer des amerikanischen Romans, erlangte internationalen Ruhm mit seinen Großstadtromanen, die ihre radikale Neuartigkeit Einflüssen aus der modernen Kunst (Kubismus; Expressionismus) und dem Film (Schnitt- und Montagetechnik) verdanken. Dies gilt für den New-York-Roman »Manhattan Transfer« (1925, dt. 1927) und für die monumentale Romantrilogie »U.S.A.« (1930-36), wo in klassenkämpferisch sozialkritischer Schärfe ein Kapitalismus attackiert wird, der, so D., die USA spalte und ihre Zukunft gefährde. Mit Hilfe verschiedener, aneinander montierter Dokumentations-, Informations- und Argumentationsverfahren (D. nennt sie »Kameraauge« und »Wochenschau«) widerlegt er den Mythos von den sog. goldenen 20er Jahren. Von D.s avantgardistischer Romantechnik ging eine nachhaltige Wirkung aus (u. a. auf J.-P. →Sartre und N. →Mailer).

□ 1912-16: Studium am Harvard College. □ 1917: Freiwilliger im 1. Weltkrieg, als Sanitäter in Frankreich und Italien. □ 1921: »Drei Soldaten« (R., dt. 1922). □ 1927: »Orient-Express« (Es.s). □ 1930-36: Romantrilogie »U.S.A.« (1930: »Der 42. Breitengrad« dt. 1930; 1932: »Auf den Trümmern« dt. 1932; 1936: »Hochfinanz« dt. 1962). □ 1931: Anzeige gegen D. wegen Sympathisierens mit streikenden Bergarbeitern. □ 1938: »Journeys Between Wars« (Es.s). □ 1939: »Abenteuer eines jungen Mannes« (R., dt. 1939). □ 1958: »Die großen Tage« (R., dt. 1960). □ 1961: »Midcentury« (R.). □ 1975: »Century's Ebb« (R.).

▷ V. S. Carr: Dos Passos, engl. 1984.

Kirk Douglas →

Douglas, Donald Willis

amer. Flugzeugunternehmer
* 6.4.1892 New York
† 1.2.1981 Palm Springs (Kalif.)

Drei Douglas-Maschinen, die »World Cruisers«, legten 1924 in fünfeinhalb Monaten den ersten Flug um die Erde zurück. Douglas' Fabrik, die als McDonnell Douglas Co. (Fusion 1967) zum neben Boeing Co. (W. E. →Boeing) weltweit führenden Luftfahrtunternehmen aufstieg, erlangte bereits in den 30er Jahren mit den DC-Verkehrsflugzeugen Weltruhm: Sowohl die legendäre DC 3 »Dakota« wie die DC 10 — sie geriet in den 70er Jahren wegen Mängeln an der Triebwerksaufhängung in die Schlagzeilen — waren Anfang der 90er Jahre noch im Einsatz.

□ 1920: Gründung der Flugzeugwerke Douglas Aircraft Co. Inc. in Santa Monica, Kalif. □ 1924: Erster Flug um die Erde durch drei D.-Torpedomaschinen (»World Cruisers«). □ 1936: Bau des Verkehrsflugzeugs DC 3 »Dakota«. □ 1959: DC 6, DC 7, DC 8. □ 1965: DC 9, DC 10. □ 1967: Fusion mit der McDonnell Co. zur McDonnell Douglas Aircraft Co.

Douglas, Kirk

(eig. Issur Daniil Demski)
amer. Schauspieler, Regisseur und Produzent
* 9.12.1916 (1918?) Amsterdam, N. Y.

Douglas, Sohn russisch-jüdischer Einwanderer, zählt mit über 80 Filmen zu den produktivsten Schauspielern Hollywoods. Seine bekanntesten Auftritte hatte er als skrupelloser Journalist (»Reporter des Satans«, Rg. B. →Wilder, 1951), als Vincent van Gogh (»Vincent van Gogh — Ein Leben in Leidenschaft«, Rg. V. Minnelli, 1956) und in der Titelrolle von »Spartacus« (Rg St. →Kubrick, 1959).

□ ab 1941: Kleine Rollen am Broadway. □ 1946: Filmdebüt in »The strange love of Martha Ivers« (Rg. L. Milestone). □ 1951: »Reporter des Satans« (Rg. B. Wilder). □ 1952: »Die Stadt der Illusionen« (Rg. V. Minelli) □ 1954: »Die Fahrten des Odysseus« (Rg. M. Camerini); »20 000 Meilen unter dem Meer« (Rg. R. Fleischer). □ 1957: »Wege zum Ruhm« (Rg. St. Kubrick). □ 1958: »Die Wikinger« (Rg. R. Fleischer). □ 1959: »Der letzte Zug von Gun Hill« (Rg. J. →Sturges). □ 1969: »Das Arrangement« (Rg. E. →Kazan). □ 1972: Regiedebüt »Scalawag«. □ 1980: Jury-Präs. in Cannes. □ 1986: »Archie und Harry — sie können's nicht lassen« (mit B. →Lancaster, Rg. J. Kanew).

▷ R. Lacourbe: Kirk Douglas. Seine Filme — sein Leben, 1985; K. Douglas: Weg zum Ruhm, 1988.

Douglas, Michael Kirk

amer. Schauspieler und Produzent
* 25.9.1944 New Brunswick, N. J.

← Michael Douglas

Douglas, der als Sergeant Steve Heller in der TV-Krimi-Serie »Die Straßen von San Francisco« (1972-75, mit K. Malden) auch in Europa bekannt wurde, erhielt als Produzent (mit S. Zaentz) bereits für seinen ersten Film »Einer flog über das Kuckucksnest« (1975, mit J. →Nicholson, nach dem Roman von K. →Kesey) einen Oscar. Auch in seinen nachfolgenden, sehr erfolgreichen Produktionen, u. a. »Das China Syndrom« (1978, mit J. →Fonda und J. →Lemmon) über einen Störfall in einem Atomkraftwerk und »Auf der Jagd nach dem grünen Diamanten« (mit K. →Turner), in denen er die Hauptrolle spielte, bewies D. sicheres Gespür für aktuelle Themen und den Einsatz von Spezialeffekten. Für die Rolle des Gordon Gekko in »Wall Street« wurde der Sohn des Hollywood-Stars K. →Douglas 1987 zum zweiten Mal mit einem Oscar ausgezeichnet.

□ 1967: Abschluß des Drama-Studiums an der Univ. von Kalifornien. □ 1972: »Napoleon und Samantha« (mit J. Foster). □ 1977: »Coma« (mit R. → Widmark). □ 1985: »Auf der Jagd nach dem Juwel vom Nil«; »A Chorus Line«. □ 1987: »Eine verhängnisvolle Affäre«. □ 1989: »Black Rain«. □ 1990: »Der Rosenkrieg« (mit K. Turner).

▷ A. Heinzelmeier: Michael Douglas, 1990; N. Stresau: Michael Douglas, 1990.

Doyle, Sir (seit 1902) Arthur Conan

engl. Schriftsteller und Historiker
* 22.5.1859 Edinburgh
† 7.7.1930 Crowborough, Sussex

Arthur Conan Doyle: Erfinder von Sherlock Holmes.

Doyle ist der geistige Vater von Sherlock Holmes. Mit dem exzentrischen Detektiv schuf D. die Gattung des modernen Kriminalromans, deren literarische Höhepunkte R. →Chandler und später P. →Highsmith markieren.
D. stattete seinen Meisterdetektiv mit einem überragenden Beobachtungsvermögen, gepaart mit einer phänomenalen Kombinationsgabe, aus. Damit wird das Zusammensetzen der Spuren zu einem Puzzle, das zum Schluß auf den Täter weist, zum eigentlichen Erlebnis für den Leser und Sherlock Holmes zu einer Art Übervater der Gerechtigkeit. Als »menschliche« Identifikationsfigur hat D. dem Meister seinen Adlatus Dr. Watson zur Seite gestellt, der mit seinen naiven Fragen auch dem Leser auf die Sprünge hilft.
D. dachte ursprünglich daran, seinen Helden sterben zu lassen. Verleger und Publikum überzeugten ihn davon, es nicht zu tun.

□ bis 1891: Praktizierender Arzt. □ 1891/92: »Sherlock Holmes Abenteuer« (Erz.n, dt. 1895). □ 1901/02: »Der Hund von Baskerville« (R., dt. 1905).

▷ P. Norden: Sir Arthur Conan Doyle, engl. 1965; J. Symons: Conan Doyle. Portrait of an artist, engl. 1987.

Drach, Albert

österr. Schriftsteller
* 17.12.1902 Wien

Albert Drach →

Der jüdische Jurist Drach, der 1938 vor den Nationalsozialisten nach Frankreich floh, wurde erst spät als Schriftsteller entdeckt. Der 1938 entstandene Roman »Das große Protokoll gegen Zwetschkenbaum«, in dem D. das Thema des Antisemitismus aufgreift, geriet bei Erscheinen 1964 zur literarischen Sensation. Seit Ende 1983 ist D. fast vollständig erblindet.

□ 1938-47: Mitgl. der frz. Widerstandsbewegung. □ 1965: »Die kleinen Protokolle und das Goggelbuch« (Erz.). □ 1968: »Z. Z. Das ist die Zwischenzeit« (Protokolle). □ 1988: Georg-Büchner-Preis. □ 1991: »Untersuchung an Mädeln«.

▷ A. Drach: Unsentimentale Reise (Aut.), 1966.

Drachmann, Holger Hendrik Heroldt

dän. Lyriker und Schriftsteller
* 9.10.1846 Kopenhagen † 14.1.1908 Hornbæk

Drachmann wurde mit seinen radikalen politischen Gedichten zum Erneuerer der dänischen Lyrik. Im Mittelpunkt seines Werks stand die eigene, von Liebesaffären und politischen Richtungswechseln geprägte Künstlerexistenz. So veranschaulicht seine Lyrik den Wandel vom Sozialisten (»King Mob«, 1872) zum nationalkonservativen Patrioten (»Alte Götter und neue«, 1881) und schließlich zum Liberalen. Der Roman »Verschrieben« (1890, dt. 1892), eine Liebeserklärung an eine Varieté-Tänzerin, ist zugleich eine kaum verschlüsselte Satire auf die Kopenhagener Gesellschaft zur Zeit der Jahrhundertwende.

□ 1871: Aufenthalt in England. □ 1875: »Gedämpfte Melodien« (Ged.e). □ 1876: »Einer zuviel« (R.). □ 1877: »Lieder am Meer« (Ged.e). □ 1879: »Jugend in Gedicht und Lied« (Ged.e). □ 1883: »Schattenbilder« (Reiseb.). □ 1892: »Junge Lieder« (Ged.e). □ 1903: »Kirche und Orgel« (Erz.).

Heike Drechsler →

Drechsler, Heike

dt. Leichtathletin
* 16.12.1964 Gera

Drechsler zählte 1981-91 zu den besten Weitspringerinnen der Welt und brillierte auch in den Sprintstrecken über 100 m und 200 m. Sie blieb

1984 im Weitsprung ungeschlagen und kam durch den DDR-Boykott der Olympischen Spiele von Los Angeles um eine mögliche Goldmedaille.

□ 1983: Weltmeisterin Weitsprung (7,27 m). □ 1985: Weitsprung-Weltrekord 7,44 m (erneut 1986, 7,45 m). □ 1986: Europameisterin über 200 m (21,71 sec., Weltrekord) und Weitsprung (7,27 m). □ 1987: WM-Zweite 100 m und WM-Dritte Weitsprung. □ 1988: Olympiadritte 100 m und 200 m sowie Olympiazweite Weitsprung. □ 1990: Europameisterin Weitsprung (7,30 m) und EM-Zweite 200 m. □ 1991: WM-Zweite Weitsprung.

Drees, Willem

niederl. Politiker
* 5.7.1886 Amsterdam † 14.5.1988 Den Haag

Drees, seit dem von ihm eingereichten Notgesetz zur Altersversorgung »Vater Drees« genannt, war wesentlich an der Gründung der Partei der Arbeit (PvdA) beteiligt. Während seiner Amtszeit als Ministerpräsident löste D. die indonesische Frage, ermöglichte den Beitritt der Niederlande zur NATO und der EWG und beendete die mit 118 Tagen längste Regierungskrise der niederländischen Geschichte.

□ 1913-41: Gemeinderatsmitgl. von Den Haag. □ 1919-41: Sitz im Verwaltungsgremium Provinciale Staten für Südholland. □ 1933-40: Mitgl. der 2. Kammer. □ 1940/41: Internierung in Buchenwald, danach Tätigkeit in der Widerstandsbewegung. □ 1945-48: Sozialmin. □ 1948-58: Ministerpräsident. □ 1958: Staatsmin.

← Willem Drees

Dregger, Alfred

dt. Politiker
* 10.12.1920 Münster

Der CDU-Politiker Dregger, seit 1982 Unionsfraktionsführer im Deutschen Bundestag, vertritt in seiner Partei den konservativ-nationalen Flügel. Mehrfach errang er als Spitzenkandidat in Hessen gute Wahlergebnisse (zuletzt 1982), ohne jedoch eine Regierungsmehrheit zu erreichen. D. war ein entschiedener Verfechter des NATO-Doppelbeschlusses. In der Frage des Asylrechts trat er wiederholt für eine Grundgesetzänderung ein.

□ 1956-70: Oberbürgermeister von Fulda. □ 1967-72: MdL (Hessen). □ 1967-82: Landesvors. der hessischen CDU. □ seit 1969: Im Bundesvorstand der CDU. □ seit 1972: MdB. □ 1982-91: Fraktionsvors. der CDU/CSU.

← Alfred Dregger

Dreikurs, Rudolf

österr. Pädagoge und Psychologe
* 8.2.1897 Wien † 25.5.1972 Chicago, Ill. (USA)

Dreikurs, ein Weggefährte A. →Adlers, entwickelte nach seiner Emigration in die USA 1937 die Individualpsychologie weiter und verschaffte ihr gegenüber der Dominanz der Psychoanalyse breitere Geltung. D. gründete Adler-Institute und Gesellschaften in Rio de Janeiro, Chicago und Tel Aviv. Sein Interesse galt der vorbeugenden Erziehung sowie den zwischenmenschlichen Beziehungen in Familie und Schule. D.s Schriften »Kinder fordern uns heraus« (12. Aufl. 1980) und »Psychologie im Klassenzimmer« (9. Aufl. 1980) sind in der Pädagogik nicht ohne Einfluß geblieben.

← Rudolf Dreikurs

Theodore Dreiser →

Dreiser, Theodore

amer. Schriftsteller
* 27.8.1871 Terre Haute, Ind.
† 28.12.1945 Hollywood

Dreiser kritisierte in seinen Romanen das wirtschaftliche und soziale Erfolgsstreben der amerikanischen Gesellschaft. Mit seinem zum Dokumentarischen neigenden Stil ist er ein wichtiger Vertreter des amerikanischen Naturalismus. In »Eine amerikanische Tragödie« (1925), seinem bedeutendsten Werk, schilderte D. das Leben Clyde Griffith', eines anständigen, aber schwächlichen Charakters, der auf dem elektrischen Stuhl stirbt. Für D. bewahrheitete sich darin ein Milieudeterminismus, von dem er zutiefst überzeugt war. Die Ursache von Verbrechen sah er vor allem in Armut und Unwissenheit. D. wurde kurz vor seinem Tod Mitglied der Kommunistischen Partei und hatte großen Einfluß auf die sozialkritischen Romane von J. →Dos Passos.

□ ab 1895: Journalist in New York. □ 1900: »Schwester Carrie« (R., dt. 1929). □ 1907-10: Chefredakteur. □ 1911: »Jenny Gerhardt« (R., dt. 1928). □ 1912-47: Cowperwood-Trilogie (R.e, dt. 1928-53). □ 1915: »Das Genie« (R., dt. 1929). □ 1918: »Ton in des Schöpfers Hand« (Dr., dt. 1928). □ 1925: »Eine amerikanische Tragödie« (R., dt. 1927). □ 1927: Reise in die UdSSR.

▷ K. H. Wirzberger: Die Romane Theodore Dreisers, 1955.

Dressel, Birgit

dt. Leichtathletin
* 4.5.1960 Bremen † 10.4.1987 Mainz

Dressel, eine der besten europäischen Mehrkämpferinnen, brachte durch ihren Tod nach einem offensichtlichen Medikamentenschock das Thema Doping ins Gespräch. Die diplomierte Sportlehrerin, 1986 deutsche Meisterin im Siebenkampf, war zuvor in Stuttgart bei der Europameisterschaft Vierte geworden.

Birgit Dressel: Tod nach Medikamentenschock.

Drewermann, Eugen

dt. Theologe (kath.) und Psychotherapeut
* 20.6.1940 Bergkamen

Drewermann, ein für den Glauben ebenso engagierter wie schriftstellerisch produktiver Autor, zählt mit seinen Publikationen, u. a. tiefenpsychologische Märchendeutungen und Kommentare zum Markusevangelium, zu den meistgelesenen, aber auch umstrittensten katholischen Theologen der Gegenwart. Seine psychotherapeutischen Erfahrungen — insbesondere mit Kollegen — fanden 1989 in »Kleriker — Psychogramm eines Ideals« ihren kirchenkritischen, reformatorischen Niederschlag. 1991 wurde D. vom Paderborner Erzbischof J. J. Degenhardt die kirchliche Lehrbefugnis entzogen.

□ seit 1979: Privatdozent an der Kath. Theologischen Fakultät Paderborn. □ 1988/89: »Tiefenpsychologie und Exegese« (Schr., 2 Bde., 5. Aufl.); »Der tödliche Fortschritt. Von der Zerstörung der Erde und des Menschen im Erbe des Christentums« (Schr., 5. Aufl.). □ 1991: »Die Spirale der Angst« (Schr.); Lehrbeauftragter an der Univ. Paderborn.

← Eugen Drewermann

Drewitz, Ingeborg

dt. Schriftstellerin
* 10.1.1923 Berlin † 26.11.1986 ebd.

Drewitz: 1966-86 im Präsidium des PEN-Zentrums der BRD.

Schreiben und sozialpolitisches Engagement — u. a. für notleidende Schriftsteller und für Gefangene — gehörten bei der promovierten Historikerin, Germanistin und Philosophin Drewitz, die zeitweise Fabrikarbeiterin war, unauflöslich zusammen. Die Autorin setzte sich mit der nationalsozialistischen Vergangenheit auseinander, mit der Isolation des einzelnen in der modernen Gesellschaft sowie der Rolle der Frau.

□ 1955: »Alle Tore waren bewacht« (Dr.). □ 1974: »Wer verteidigt Katrin Lambert?« (R.). □ 1978: »Gestern war Heute — Hundert Jahre Gegenwart« (R.). □ 1979: »Schatten im Kalk. Lyrik und Prosa aus dem Knast«. □ 1986: »Eingeschlossen« (R.).

Dreyer, Carl Theodor

dän. Regisseur
* 3.2.1889 Kopenhagen † 20.3.1968 ebd.

Dreyer, der bedeutendste dänische Regisseur, inszenierte in seinen Stummfilmen vor allem das Leiden des einzelnen im Kampf gegen das Böse. Obwohl D.s Helden scheitern, bleiben sie letztendlich moralische Sieger. Sehr deutlich wird diese Grundhaltung in seinem berühmtesten Werk »La passion de Jeanne d'Arc« (1928), in dem D. überwiegend in schlichten Großaufnahmen das Verhör, die Verurteilung und die Hinrichtung der Johanna von Orleans schildert. Die kompromißlose Form und der moralisierende Inhalt seiner Filme fanden nur wenig Zuschauer, was D. zu langen Arbeitsunterbrechungen zwang. Späte Rehabilitation brachte 1955 die Verleihung des Goldenen Löwen von Venedig für »Ordet — Das Wort«.

□ ab 1912: Drehbuchautor. □ 1919: Erste Regie »Der Präsident«. □ 1919-21: »Blätter aus dem Buche Satans«. □ 1921: »Die Gezeichneten«. □ 1922: »Es war einmal«. □ 1924: »Michael« (für die Ufa). □ 1925: »Du sollst deine Frau ehren«. □ 1932: Erster Tonfilm »Vampyr«. □ 1943: »Tag der Rache«. □ 1964: »Gertrud«.

▷ W. Sarnoff: Carl Dreyer, engl. 1975.

Alfred Dreyfus →

Dreyfus, Alfred

frz. Offizier
* 9.10.1859 Mülhausen † 12.7.1935 Paris

Dreyfus, ein Hauptmann jüdischer Herkunft im französischen Generalstab, wurde 1894 wegen angeblichen Verrats militärischer Geheimnisse an Deutschland in einem unrechtmäßigen Verfahren zu lebenslänglicher Deportation verurteilt, obwohl Schriftsteller wie É. → Zola (»J'accuse!«) sich für ihn einsetzten. Der Skandal weitete sich zur größten innenpolitischen Krise der 3. Republik aus, in der sich Republikaner und Rechtsparteien unversöhnlich gegenüberstanden. Die Republikaner gründeten die Liga der Menschenrechte; im anderen Lager entstand die profaschistische Action française. Der antisemitische Zug der Affäre Dreyfus löste die zionistische Bewegung aus (Th. → Herzl). D. wurde erst 1906 voll rehabilitiert.

▷ M. Matray: Dreyfus. Ein französisches Trauma, 1988.

Richard Dreyfuss →

Dreyfuss, Richard Stephan

amer. Schauspieler
* 29.10.1947 New York

Dreyfuss gehört zu den unspektakulären Schauspielern Hollywoods. Obwohl er bereits 1977 einen Oscar für seine Leistung in »Der Untermieter« (Rg. H. Hoss) erhielt und immer wieder durch solide und vielseitige Arbeit überzeugte, besitzt er kein Star-Image. In den 80er Jahren spielte er erfolgreich in Komödien wie »Zoff in Beverly Hills« (1986, Rg. P. Mazursky).

□ 1973: »American Graffiti« (Rg. G. → Lucas). □ 1974: »Der weiße Hai« (Rg. St. → Spielberg). □ 1975: »Nahaufnahme« (Rg. J. Byram). □ 1977-80: »Die unheimliche Begegnung mit der dritten Art« (Rg. St. Spielberg). □ 1980: »Das große Finale« (Rg. J. Oliansky); »Ist das nicht mein Leben« (Rg. J. Badhem). □ 1986: »Stakeout — Die Nacht hat viele Augen« (Rg. J. Badham). □ 1987: »Nuts — Durchgedreht« (mit B. → Streisand, Rg. M. → Ritt). □ 1989/90: »Always« (Rg. St. Spielberg). □ 1991: »Ein charmantes Ekel« (Rg. L. Hallström); »Grüße aus Hollywood«. (mit M. → Streep, Sh. → McLaine, Rg. M. Nichols).

Driesch, Hans Adolf Eduard

dt. Biologe und Philosoph
* 28.10.1867 Bad Kreuznach † 16.4.1941 Leipzig

Driesch, der sich als bedeutendster Vertreter des sog. Neo-Vitalismus gegen die mechanistische Lebensauffassung seines Lehrers E.→Haeckel wandte, wurde mit seinen embryologischen Experimenten an Seeigeleiern bekannt, die er 1891-1900 als Assistent von A. →Dohrn an der Zoologischen Station in Neapel durchführte. Mit seiner Entdeckung, daß sich vollständige Seeigel-Larven nicht nur aus ganzen befruchteten Eizellen entwickeln, sondern auch aus daraus isolierten Furchungszellen (Blastomeren), schienen D. die Lebensvorgänge allein durch Physik und Chemie nicht mehr erklärbar zu sein. D. nahm einen ganzheitlich wirkenden natürlichen »Faktor E« (Entelechie) an, der nach dem Prinzip der »Ganzheitskausalität« nicht nur den unentwickelten Organismus zu seiner endgültigen Gestalt leitet, sondern auch bei dessen Verstümmelung die Restitution der ganzen Form bewirkt. Von der Biologie ausgehend, wandte sich der Philosoph nach Entwicklung seiner »Ordnungslehre« (Schr., 1912) und metaphysischen »Wirklichkeitslehre« (Schr., 1917) schließlich der Psychologie und der Erklärung parapsychologischer Phänomene zu. 1947 wurde die Regensburger Hans-Driesch-Gesellschaft für Philosophie und Parapsychologie gegründet.

Hans Driesch: Der Biologe hält eine Vorlesung in der Pariser Fondation Carnegie.

□ 1905: »Der Vitalismus als Geschichte und als Lehre« (Schr.). □ 1908: »Philosophie des Organischen« (2 Bde., dt. 1909). □ 1920: Prof. an der Univ. Köln. □ 1921-33: Prof. an der Univ. Leipzig; Zwangsemeritierung durch die Nationalsozialisten. □ 1928: »Der Mensch und die Welt« (Schr.). □ 1932: »Parapsychologie. Die Wissenschaft von den (»okkulten« Erscheinungen« (Schr.). □ 1941: »Biologische Probleme höherer Ordnung« (Schr.).

▷ H. Driesch: Lebenserinnerungen (Aut., postum hg. v. I. Tétaz-Driesch), 1951; A. Wenzel: Hans Driesch, Persönlichkeit und Bedeutung für die Biologie und Philosophie von heute, 1951.

Drigalski, (Karl) Wilhelm von

dt. Bakteriologe und Hygieniker
* 21.6.1871 Dresden † 12.5.1950 Wiesbaden

Drigalski, ab 1925 Leiter des gesamten öffentlichen Gesundheitswesens in Berlin und nach dem 2. Weltkrieg in Hessen, machte sich schon im 1. Weltkrieg um die Bekämpfung der Epidemien verdient. Zur bakteriologischen Diagnose entwickelte D., zu Beginn des Jahrhunderts Mitarbeiter von R. →Koch in Berlin, das Rezept für einen nach ihm benannten Nährboden mit Laktose und Lackmus als Indikatoren. Zudem erfand er zahlreiche in Labors unentbehrliche Geräte zur Differentialdiagnose von Salmonellen und Typhuserregern.

Erich D. von Drygalski →

□ 1901-04: Als Mitarbeiter von R. Koch am Berliner Inst. für Infektionskrankheiten maßgeblich an der Typhusbekämpfung in Lothringen und an der Saar beteiligt. □ ab 1908: Prof. an der Univ. Halle/Saale. □ 1913: Leiter der Cholerabekämpfung in Serbien während des Balkankriegs. □ 1927-33: Mitgl. des Reichsgesundheitsamts, Berlin; Amtsenthebung durch die Nationalsozialisten.

Drude, (Carl Georg) Oskar

dt. Botaniker
* 5.6.1852 Braunschweig † 1.2.1933 Dresden

Der hervorragende Pflanzengeograph Drude stellte 1887 einen »Atlas der Pflanzenverbreitung« zusammen und gab das »Handbuch der Pflanzengeographie« (1890) heraus. Indem D. die geographische Verbreitung der Pflanzen mit ihren Wachstumserscheinungen in Verbindung brachte, schuf er die Grundlagen für »Die Ökologie der Pflanzen« (Schr., 1913).

□ 1879-1920: Prof. am Polytechnikum (seit 1890 TH) Dresden; Dir. des botanischen Gartens ebd. □ 1884: »Die Florenreiche der Erde« (Schr.). □ 1896: »Deutschlands Pflanzengeographie« (Bd. 1); Mithg. der mehrbändigen Reihe »Die Vegetation der Erde«, Verfasser von Bd. 6 (1902). □ ab 1901: Leiter der Versuchsstation für Pflanzenkultur in dem von ihm 1893 nach pflanzengeographischen Gesichtspunkten neuangelegten botanischen Garten.

Drygalski, Erich Dagobert von

dt. Geograph
* 9.2.1865 Königsberg in Preußen
† 10.1.1949 München

Drygalski, ein bedeutender Polarforscher und Gletscherkundler, leitete die erste deutsche Antarktisexpedition. Er entdeckte »Kaiser-Wilhelm II-Land« mit dem von ihm so genannten »Gaußberg«, einem 371 m aus dem Inlandeis emporragenden, eisfreien Vulkankegel.

□ 1901-03: Antarktisexpedition mit dem Forschungsschiff »Gauß«. □ 1904: »Zum Kontinent des eisigen Südens« (Reiseb.). □ 1905-31: »Die deutsche Südpolarexpedition 1901-03« (Reiseb., 20 Bde. und 2 Atlanten). □ ab 1906: Prof. für Geographie, Univ. München.

Dschinnah, Mohammed Ali

(auch Jinnah)
Moslemführer und pakistan. Politiker
* 25.12.1876 Karatschi † 11.9.1948 ebd.

Der Rechtsanwalt Dschinnah war ab 1916 Präsident der moslemischen Partei Indiens (Moslem-Liga). Da D. Hindus und Moslems als zwei verschiedene Nationalitäten ansah, betrieb er ab 1940 die Schaffung eines eigenständigen, islamisch bestimmten Staates Pakistan im Commonwealth. Nach der Gründung Pakistans (1947) war D. bis zu seinem Tod 1948 Generalgouverneur des Landes.

Dschumblat, Kamal

liban. Politiker
* 1919 Muchtara † 16.3.1977 bei Baaklin (ermordet)

Der Drusenführer Dschumblat war jahrzehntelang eine zentrale Figur der libanesischen Politik. Ab 1960 mehrfach Minister, verfolgte er das Ziel, den in der Verfassung verankerten religiösen Proporz zu ändern, der die Volksgruppe der Drusen, eine seit dem 11. Jh. in Syrien und im Libanon existierende, dem Islam verwandte Sekte, benachteiligte. D., sowohl Gründer einer sozialistischen Partei als auch Feudalherr, wurde nach dem Eingreifen Syriens in den libanesischen Bürgerkrieg 1977 ermordet. Neuer Führer der Drusen wurde sein Sohn Walid D. (* 1947 oder 1948).

← Kamal Dschumblat

Duarte, José Napoleón

salvador. Politiker
* 23.11.1925 San Salvador † 23.2.1990 ebd.

Nach einem Militärputsch gegen den Diktator Molina wurde der Christdemokrat Duarte 1980 erst auf Druck der USA als Präsident von El Salvador akzeptiert. Bis zu den freien Wahlen 1982 blieb seine Regierung ohne große Wirkung. 1984 wurde er erneut Präsident, jedoch wurden seine Reformbemühungen (u. a. Ansätze zu einer Landreform) zwischen der linksextremen Guerilla der FMLN und den von den USA unterstützten Militärs zerrieben. Die permanente Wirtschaftskrise und allgemeine Kriegsmüdigkeit führten schließlich zum Vertrauensverlust der Bevölkerung.

☐ 1960: Mitbegründer und Generalsekr. der Christdemokraten (PDC). ☐ 1964: Bürgermeister von San Salvador. ☐ 1972: Staatspräsident; unmittelbar nach der Wahl Verhaftung und Verurteilung zum Tode; später Ausweisung nach Venezuela. ☐ 1979: Rückkehr nach El Salvador; Außenmin. ☐ 1980-82; 1984-89: Staatspräsident.

▷ J. N. Duarte/D. Page: Duarte. My story, engl. 1986.

← José Napoleón Duarte

Dubček, Alexander

tschech. Politiker
* 27.11.1921 Uhrovec, Slowakei

Dubček war Hauptinitiator und Symbolfigur des »Prager Frühlings« von 1968, der kurzen Glanzzeit des tschechoslowakischen Reformkommunismus; D. und seine Getreuen hatten es sich zum Ziel gesetzt, Sozialismus und Demokratie miteinander zu verbinden, ein Versuch, der beim »Großen Bruder« Sowjetunion (L. →Breschnew) auf Mißtrauen stieß. Nach dem Einmarsch der Truppen des Warschauer Paktes im August 1968 wurde er als 1. Sekretär der tschechoslowakischen KP entmachtet und 1970 aus der Partei ausgeschlossen; er lebte seither als Landarbeiter. Die demokratische Revolution von 1989 führte zu seiner Rehabilitierung. Im De-

A. Dubček bei einem Privatbesuch in Frankreich, 1990.

zember 1989 konnte D. als Parlamentspräsident die Vereidigung des Staatspräsidenten V. →Havel vornehmen.

☐ 1951-54 und ab 1960: Abg. der Nationalversammlung. ☐ 1955-58: Besuch der Parteihochschule der KPdSU in Moskau. ☐ ab 1958: Mitgl. des Zentralkomitees der KP. ☐ 1968/69: 1. Sekretär der KP. ☐ 1969/70: Botschafter in der Türkei. ☐ 1970: Verlust aller Ämter. ☐ seit 1989: Parlamentspräsident.

Dubois, Eugène

niederl. Arzt und Anatom
* 28.1.1858 Eisden, Prov. Limburg
† 16.12.1940 Halen

Dubois entdeckte 1890/91 bei Trinil auf Java Schädel- und Hüftknochen des Urmenschen Pithecanthropus erectus, den er als das Zwischenglied zwischen Mensch und Menschenaffen ansah. Zu D.s wichtigen Beiträgen zur Entwicklungsgeschichte gehören seine Untersuchungen über die stammesgeschichtliche Entwicklung des Gehirns der Säugetiere.

☐ 1887-95: Militärarzt in Indonesien. ☐ 1888-90: Fossiliensuche auf Sumatra. ☐ 1894: »Pithecanthropus erectus, eine menschliche Übergangsform aus Java« (Schr.). ☐ 1899-1928: Prof. an der Univ. Amsterdam.

William E. B. DuBois →

DuBois, William Edward Burghardt

amer. Politiker, Wirtschaftswissenschaftler und Schriftsteller
* 23.2.1868 Great Barrington, Mass.
† 27.8.1963 Accra (Ghana)

Schon während seines Studiums in Harvard forderte DuBois, der französisch-afrikanischer Abstammung war, die sofortige Gleichstellung der Schwarzen in den USA, deren einflußreichster Sprecher er in den folgenden Jahrzehnten wurde. Auf den von ihm organisierten Panafrikanischen Kongressen und in seinen Büchern trat er für eine Rückkehr nach Afrika ein. Nach dem 2. Weltkrieg wandte D. sich der internationalen Friedensbewegung zu und propagierte die Ausbreitung des Sozialismus in den USA.

☐ 1896-1910; 1934-48: Prof. für Soziologie und für Geschichte. ☐ 1910-34: Mitgl. der Gesellschaft zur Förderung

Farbiger (National Association for the Advancement of Colored People, NAACP). □ 1919-27: Leiter der Kongresse der Panafr. Bewegung. □ 1959: Lenin-Preis. □ 1961: Mitgl. der amer. KP. □ 1962: Emigration nach Ghana und Annahme der Staatsbürgerschaft.

▷ R. W. Logan: W. E. B. DuBois. A profile, 1971; U. Hamilton: W. E. B. DuBois. A biography, 1972; M. Marable: W. E. B. DuBois. Black radical democrat, 1986.

Dubuffet, Jean

frz. Maler und Bildhauer
* 31.7.1901 Le Havre † 12.5.1985 Paris

Jean Dubuffet: Der Vater der »Art brut«, 1956.

Dubuffet hat mit der von ihm so benannten Art brut (frz.; rohe, unverbildete Kunst), bei der er sich von Kinderzeichnungen sowie den Malereien der sog. Primitiven und auch Geistesgestörter leiten ließ, die Kunst nach dem 2. Weltkrieg erheblich beeinflußt. Er war ein Wegbereiter des Informel, der nichtgeometrischen Abstraktion. Bei seinen abstrakten Werken mit dickem Farbauftrag und unter Einbeziehung von Materialien wie Kitt, Kohlenstaub, Teer, Glasscherben sowie graffitiartigen Ritzungen ging er zu Motiven über, die häufig an Landschaftsformationen erinnern. In diesem Stil entstanden auch bewußt verzerrte Akte. Später zerschnitt er bemalte Leinwände und fügte die Teile zu collageartigen Bildern zusammen. In seinem Spätwerk wandte er sich wieder gegenständlichen Motiven zu, heiteren, farbigen Figuren auf weißem Grund.

□ ab 1908: Studium an der Académie Julian, Paris; später Studium u. a. der Philosophie und Literatur; gegenständliche Zeichnungen und Gemälde. □ 1924-42: Vorübergehende Aufgabe der Malerei; Tätigkeit u. a. als Weinhändler in St-Mandé. □ 1947: Gründung der Compagnie de l'art brut. □ bis 1952: Porträt- und Landschaftszyklen. □ 1953: Schwamm-Figuren. □ ab 1955: Leinwandcollagen, Materialbilder. □ ab 1966: Plastiken, v. a. aus Kunststoff. □ 1981: Große Retrospektive im Solomon R. Guggenheim Museum, New York, und im Centre Georges Pompidou, Paris. □ 1990: Ausstellung in der Schirn-Kunsthalle, Frankfurt/Main.

▷ Th. M. Messer: Jean Dubuffet 1901-1985, 1990.

Georges M. C. Duby →

Duby, Georges Michel Claude

frz. Historiker
* 7.10.1919 Paris

Duby ist ein international anerkannter Experte für die Sozial- und Kulturgeschichte des Mittelalters. Er steht in der Tradition M. →Blochs und ist Hauptvertreter der mit der Zeitschrift Annales verbundenen Historikerschule Nouvelle Histoire, die Wirtschaft und Gesellschaft in den Mittelpunkt ihrer Forschung rückt (F. →Braudel). 1987 wurde D. in die Academie française aufgenommen.

□ 1951-70: Prof. an der Univ. d'Aix-en-Provence-Marseille. □ seit 1970: Prof. am Collège de France, Paris. □ 1973: »Der Sonntag von Bouvines. 27. Juli 1214« (Schr., dt. 1988); »Krieger und Bauern. Die Entwicklung von Wirtschaft und Gesellschaft im frühen Mittelalter« (Schr., dt. 1983). □ 1978: »Die drei Ordnungen. Das Weltbild des Feudalismus« (Schr., dt. 1981). □ 1981: »Ritter, Frau und Priester. Die Ehe im Frankreich des 11. und 12. Jh.s.« (Schr., dt. 1985). □ 1984: »Guillaume le Maréchal. Oder der beste aller Ritter« (Schr., dt. 1985).

Josef Duchac →

Duchac, Josef

dt. Politiker
* 19.2.1938 Bad Schlag, Sudetenland

Seit 1990 ist Duchac Ministerpräsident von Thüringen. Der Christdemokrat, der erst 1989 politisch aktiv wurde, sieht seine Hauptaufgabe nach dem Aufbau einer funktionierenden Verwaltung in der Erhaltung und Förderung der Industrie sowie der Sicherung möglichst vieler Arbeitsplätze. Als besonders problematisch stellt sich in dem finanzschwachen neuen Bundesland die Situation der Kali-Industrie und der Zeiss-Werke Jena dar.

□ 1957: Nach Abitur Beschäftigung bei der Post. □ 1964: Studienabschluß als Chemie-Ingenieur; Abteilungsleiter im Gummiwerk Waltershausen (später Produktionsleiter). □ 1973: Examen als Wirtschaftsingenieur. □ 1989: Betriebsleiter des Gummiwerks Waltershausen; Vors. des CDU-Kreisverbandes Gotha; Vorstandsmitgl. der DDR-CDU. □ Juni 1990: Leiter der Bezirksverwaltungsbehörde Erfurt. □ Aug. 1990: Landessprecher für Thüringen. □ seit Nov. 1990: Ministerpräsident.

Duchamp, Marcel

frz. Künstler
* 28.7.1887 Blainville bei Rouen
† 2.10.1968 Neuilly-sur-Seine

Duchamp, der Bruder des Bildhauers R. →Duchamp-Villon, gehört zu den bedeutendsten avantgardistischen Künstlern der Moderne. Er war eine Zentralfigur des Dadaismus. Anfänglich widmete er sich der Malerei; in den beiden Fassungen von »Akt, eine Treppe hinabsteigend« von 1911 bzw. 1912 (beide Philadelphia, Museum of Art) verband D. in der Darstellung eines Bewegungsvorgangs kubistische und futuristische Prinzipien. In dem Hinterglasobjekt »Die Neuvermählte, von einem Junggesellen entkleidet« (1915-23, Philadelphia, ebd.) vereinten sich konstruktivistische Ideen mit einem überraschenden Vorgriff auf den Surrealismus. 1913

Marcel Duchamp mit seinem ersten »Ready-made«: Reifen auf Hocker.

aber erfolgte D.s Durchbruch zu einer radikal neuen, konzeptuellen Haltung: Er montierte das Vorderrad eines Fahrrads auf einen Küchenschemel und kreierte damit die erste Assemblage aus Alltagsgegenständen, das von ihm so genannte Ready-made. D. führte damit den Futuristen ironisch vor, daß ihr Bemühen um die Darstellung von Bewegung im Bild letztlich angesichts eines simplen, tatsächlich in Bewegung zu versetzenden Gegenstands ad absurdum geführt werden konnte. Andererseits zeigte er den Kubisten an den sich überschneidenden und sich in scheinbar verschiedener Drehrichtung bewegenden Speichen die Prinzipien von Simultaneität und Polyperspektive. Mit diesem und anderen alltäglichen Objekten formulierte D. seinen Protest gegen das, was er »Museumskunst« nannte. Mit seinen Ready-mades hat D. die Ansichten über Kunst bis hin zum Neodadaismus der 60er Jahre und darüber hinaus revolutioniert.

□ ab 1904: Impressionistische Landschaften und Porträts. □ 1913: Teilnahme an der Armory Show in New York; erste Objekte. □ 1914: Übersiedlung nach New York. □ ab 1915: Führender Vertreter der Dada-Bewegung. □ 1921: Gründung der Zeitschrift New York Dada. □ ab 1922: »Roto-Reliefs«. □ nach 1925: Beschäftigung mit dem Schachspiel; Experimentalfilme.

▷ G. Moure: Duchamp, 1988.

Duchamp-Villon, Raymond

frz. Bildhauer

* 5.11.1876 Damville, Eure † 7.10.1918 Cannes

Duchamp-Villon, Bruder von M. →Duchamp, fand in der Synthese von kubistischen und futuristischen Kunstprinzipien sowie der Adaption gewisser Züge afrikanischer Kunst zu einem eigenen, stark abstrahierenden Stil, der ihn zu einem der bedeutendsten frühen Bildhauer des 20. Jh.s machte. In seinem zentralen Werk »Großes Pferd« (1914, Paris, Musée National d'Art Moderne) verbinden sich stark stilisierte biomorphe Elemente (Pferd, Mähne) mit Maschinenteilen wie Pleuelstange und Schwungrad, mit denen er den Begriff »Pferdestärke« in einer für die Skulptur neuartigen ironisierenden Form definierte. Damit nahm D. bereits die dadaistische Assemblagetechnik und Ironisierung vorweg. Gleichzeitig visualisierte er in der dynamischen Komposition das Thema der Bewegung im Raum. In seinen späten Arbeiten gelangte er zu einer noch gesteigerten Formvereinfachung wie bei der kleinen Tonskizze »Kopf des Professor Gosset« (Tonoriginal 1917, später in Bronze gegossen).

□ ab 1898: Nach einem Medizinstudium autodidaktische Beschäftigung mit der Bildhauerei. □ 1911: Mitgl. der Groupe Puteaux. □ 1912: Entwurf einer Maison cubiste. □ 1915-17: Kriegsdienst, anschließend Typhuserkrankung, an deren Folgen D. stirbt.

Duden, Konrad

dt. Philologe

* 3.1.1829 Gut Bossigt bei Wesel

† 1.8.1911 Sonnenberg (heute zu Wiesbaden)

Der Gymnasialdirektor Duden setzte sich für eine Vereinheitlichung unterschiedlicher Schreibweisen im Deutschen ein. Mit seinem »Vollständigen orthographischen Wörterbuch der deutschen Sprache« (1880) schuf er die Grundlage der deutschen Rechtschreibung, die laut Kultusministerbeschluß von 1955 verbindlich ist.

Wladimir D. Dudinzew →

Dudinzew, Wladimir Dmitrijewitsch

sowjet. Schriftsteller

* 29.7.1918 Kupjansk, Ukraine

Dudinzew wurde mit seinem Roman »Der Mensch lebt nicht vom Brot allein« (1957, dt. 1957) schlagartig bekannt. Obwohl formal noch dem Sozialistischen Realismus verpflichtet, wurde seine Abrechnung mit den Mißständen des Stalinismus als Beginn der Liberalisierung verstanden.

□ 1940-42: Nach Abschluß des Jurastudiums Frontoffizier. □ 1942-46: Tätigkeit am Kriegsgericht in Sibirien. □ 1946-51: Korrespondent für die Zeitung des kommunistischen Jugendverbands. □ 1960: »Ein Neujahrsmärchen« (Erz., dt. 1960).

Raoul Dufy →

Dufy, Raoul

frz. Maler und Grafiker

* 3.6.1877 Le Havre

† 23.3.1953 Forcalquier, Basses-Alpes

Dufy wurde vor allem mit seinen in lichten, freundlichen Farben und leichter Strichführung gemalten Strand- und Hafenbildern bekannt (z. B. »Die Mole von Honfleur«, 1930, Saint-Tropez, Musée de l'Annonciade). Weitere Motive waren Rennplätze, Straßenszenen, Konzertsäle, Akte. Zum Dekorationscharakter von D.s Malerei trug seine Beschäftigung mit dem Stoffdruck bei. Er wandte sich auch anderen Drucktechniken, dem Aquarell, der Wandmalerei, der Keramik und der Illustration zu (u. a. Illustrationen zu G. → Apollinaires »Der gemordete Dichter«, 1926).

Begonnen hatte D. nach einer kurzen impressionistischen Phase im Stil der Fauvisten, von denen ihn besonders H. →Matisse beeindruckte. Wenig später war er unter dem Einfluß vor allem P. →Cézannes und der Kubisten zu festeren Bildstrukturen und einer etwas zurückgenommenen Farbigkeit gelangt. Im Spätwerk entwickelte er die von ihm so genannte peinture tonale, in der jeweils eine bestimmte Grundfarbe ein Bild dominiert.

☐ ab 1900: Besuch der École des Beaux-Arts in Paris. ☐ 1905-08: Fauvistische Phase. ☐ 1908-12: Starker kubistischer Einfluß; in der Folge Lockerung der Malweise. ☐ ab den 20er Jahren: Entwicklung des typischen linearflächigen Stils; verstärkte Hinwendung zur Illustration. ☐ 1937: 60 x 10 m großes Wandbild »La Fée Électricité« für die Pariser Weltausstellung (heute im Pariser Musée National d'Art Moderne). ☐ ab 1944: Tonale Malerei.

▷ A. Werner: Raoul Dufy, 1985.

Duhamel, Georges

frz. Schriftsteller
* 30.6.1884 Paris † 13.4.1966 Valmondois

Der Kulturkritiker und Humanist Duhamel setzte in seinen Werken die französische Erzähltradition des 19. Jh.s fort. In seinen Romanzyklen »Leben und Abenteuer Salavins« (5 Bde., 1920-32, dt. Auswahl 1924-63) und »Chronik der Familie Pasquier« (10 Bde., 1933-41, dt. Auswahl 1952-55) sowie in seinen kulturkritischen Essays beschäftigte sich D. mit der Situation des modernen Menschen, der in einer zunehmend vom technischen Fortschritt bestimmten Welt die Orientierung verliert und gezwungen ist, nach neuen Wegen zu suchen. 1935 wurde D. in die Académie française aufgenommen.

☐ 1906: Gründung des Künstlerkreises Abbaye. ☐ ab 1913: Literaturkritiker für verschiedene Zeitschriften. ☐ 1914-17: Frontarzt im 1. Weltkrieg. ☐ 1917: »Leben der Märtyrer 1914-17« (Nov.n, dt. 1919). ☐ 1918: Prix Goncourt für Novellenband »Zivilisation«. ☐ 1930: »Spiegel der Zukunft« (Es.s, dt. 1931). ☐ 1935: Aufnahme in die Académie française. ☐ 1935-40: Redaktionsleiter der Literatur- und Kulturzeitschrift Mercure de France.

▷ G. Duhamel: Lunes res fur ma vie (Aut., 4 Bde.), 1945-53.

Duhem, Pierre Maurice Marie

frz. Philosoph und Physiker
* 10.6.1861 Paris
† 14.9.1916 Cabrespine, Dep. Aude

Duhem, der neben Hydro- und Elektrodynamik die von J. W. Gibbs entwickelte klassische Thermodynamik weiterführte, vertrat als Naturphilosoph eine Anfang des 20. Jh.s einflußreiche Wissenschaftslehre: Die physikalischen Gesetze seien symbolische Konstruktionen, die die Wirklichkeit nur unvollständig wiedergäben, während die Philosophie nur ein provisorisches Begreifen der Welt erlaube. Mit seinem postum erschienenen wissenschaftsgeschichtlichen »System der Welt« (10 Bde., 1913-59) über die Entwicklung der Astrophysik von Platon bis Kopernikus hat D. entscheidend zum Verständnis der

E. K. Dühring →

← Georges Duhamel

Carl Duisberg →

antiken und mittelalterlichen Physik beigetragen.

☐ 1894-1916: Prof. an der Univ. Bordeaux. ☐ 1903: »Die Wandlung der Mechanik und der mechanischen Naturerklärung« (Schr., dt. 1912). ☐ 1905/06: »Ziel und Struktur der physikalischen Theorien« (2 Bde., dt. 1908). ☐ 1906-13: »Studien über Leonardo da Vinci« (3 Bde.).

Dühring, Eugen Karl

dt. Ökonom und Philosoph
* 12.1.1833 Berlin
† 21.9.1921 Nowawes bei Potsdam

Dühring, neben E. →Mach ein bedeutender Vertreter des deutschen Positivismus, wirkte bahnbrechend mit seinen Darstellungen der Wissenschaftsgeschichte und der volkswirtschaftlichen Theorien. In Opposition zur zeitgenössischen sozialistischen Bewegung und gegenüber dem sog. Kampf ums Dasein darwinistischer Provenienz propagierte der vollständig erblindete Privatgelehrte die Idee einer »wirklich freien Gesellschaft«, deren Verwirklichung er von jeglicher Autorität sowie der christlichen und jüdischen Religion gehemmt sah. Gegen diese richtete er in seiner Schrift »Ersatz der Religion durch Vollkommeneres« (1882/83) heftige Angriffe. Sich selbst als den eigentlichen »Begründer« des Antisemitismus bezeichnend, kritisierte D., polemisch und provozierend, neben dem Militarismus und den Universitäten auch den dialektischen Materialismus von Karl Marx (* 1818, † 1883), was Friedrich Engels (* 1820, † 1895) zum Anlaß nahm, des »Herrn Eugen Dührings Umwälzung der Wissenschaft« (Schr., 1878) als Vulgärmaterialismus abzutun. Der 1924 gegründete Dühring-Bund setzte sich für die Verbreitung von D.s Lehre ein.

☐ 1863-77: Dozent an der Univ. Berlin; anschließend Privatgelehrter wegen Entzugs der Lehrbefugnis aufgrund seiner scharfen Kritik am Universitätsbetrieb. ☐ 1865: »Capital und Arbeit« (Schr.); »Der Werth des Lebens im Sinne einer heroischen Lebensauffassung« (Schr.). ☐ 1866: »Kritische Grundlegung der Volkswirthschaftslehre« (Schr.). ☐ 1869: »Kritische Geschichte der Philosophie« (Schr.). ☐ 1871: »Kritische Geschichte der Nationalökonomie und des Socialismus« (Schr.). ☐ 1873: »Kritische Geschichte der allgemeinen Principien der Mechanik« (preisgekrönte Schr.). ☐ 1878: »Logik und Wissenschaftstheorie« (Schr.). ☐ 1881: »Die Judenfrage« (Schr., 6. Aufl. 1930). ☐ 1893: »Die Großen der Literatur« (2 Bde.).

▷ E. Dühring: Sache, Leben und Feinde (Aut.), 1882; G. Albrecht: Eugen Dühring (Biogr.), 1927.

Duisberg, (Friedrich) Carl

dt. Chemiker und Industrieller
* 26.9.1861 Barmen (heute Wuppertal)
† 19.3.1935 Leverkusen

Als Vorstandsvorsitzender der Farbenfabrik Bayer war Duisberg 1925 maßgeblich an der Gründung der I.G. (Interessengemeinschaft) Farbenindustrie AG beteiligt, deren Aufsichtsratsvorsitz er im selben Jahr übernahm. 1888 hatte der Chemiker das erste Bayer-Medikament, ein Fiebermittel, entwickelt und war danach vor allem durch Grundlagenforschung sowie die Herstellung von Teerfarben (Erfindung von Benzopurpurin, Benzoazurin u. a.) hervorgetreten.

☐ 1912: Planung und Ausbau des von Elberfeld nach Leverkusen verlegten Bayer-Werkes. ☐ postum 1949: Gründung der Carl-Duisberg-Gesellschaft zur Förderung von wissenschaftlichen Nachwuchskräften durch Bund und Länder.

▷ F. C. Duisberg: Meine Lebenserinnerungen, 1933.

Düker, Heinrich

dt. Psychologe
* 24.11.1898 Dassel bei Hannover

Düker, einer der großen deutschen Experimentalpsychologen nach dem 2. Weltkrieg, befaßte sich mit der Psychologie des Wollens, mit pharmako-psychologischen Forschungen und Verfahren zur Arzneimittelprüfung. Im Rahmen der Arbeitspsychologie untersuchte er scheinbar automatisch ablaufende, jedoch als willentlich gesteuert zu begreifende Vorgänge.

☐ 1929: Habilitation mit einer experimentellen Studie über Fließbandarbeit. ☐ 1936-44: Wiederholte Verhaftungen wegen Widerstands und Vorbereitung zum Hochverrat. ☐ 1945: Prof. an der Univ. Göttingen; Oberbürgermeister ebd. ☐ ab 1946: Prof. an dem von ihm gegründeten Psychologischen Inst. der Univ. Marburg. ☐ 1959: »Der Konzentrationsleistungstest« (mit G. A. Lienert). ☐ 1975: »Untersuchung über die Ausbildung des Wollens«.

▷ L. Tent (Hg.): Erkennen, Wollen, Handeln. Festschrift für Heinrich Düker zum 80. Geburtstag, 1981.

Dulbecco, Renato

amer. Biologe ital. Herkunft
* 22.2.1914 Catanzaro

Dulbecco, Nobelpreisträger von 1975, erforschte die Wirkung des Tumorvirus auf die Erbmasse der lebenden Zelle. Bei herangezüchteten Zellkulturen fand D. heraus, daß DNS-Viren die Zellen entweder zerstören oder genetisch umformen. Das Erbgut des Virus geht in die transformierten Zellen ein, regt diese zur Bildung neuer Viren an oder verwandelt sie in Krebszellen.

☐ 1954-63: Prof. am Calif. Inst. of Technology in Pasadena. ☐ 1963-71: Forschungen am Salk-Inst. in La Jolla, Kalif. ☐ 1971-74: Leiter am Cancer Research Funds Laboratory, London. ☐ 1975: Physiologie/Medizin-Nobelpreis (mit D. →Baltimore und H. M. →Temin). ☐ 1977-81: Prof. an der Medical School der Univ. of Calif. in San Diego.

Dulles, John Foster

amer. Politiker
* 25.2.1888 Washington D. C. † 24.5.1959 ebd.

Dulles, der im Kommunismus ein »moralisches Übel« sah, das kompromißlos bekämpft werden müsse, versuchte während seiner Amtszeit als Außenminister (1953-59), der Sowjetunion ein Netz von Militär- und Sicherheitspakten entgegenzusetzen (u. a. SEATO, 1954). Diese Politik des Eingrenzens (»Containment«) und der Drohung mit dem Atomschlag (massive retaliation) stieß gegen Ende der 50er Jahre selbst bei den Verbündeten der USA zunehmend auf Kritik und wurde in den 60er Jahren durch die Strategie der flexiblen Antwort (flexible response) abgelöst.

☐ 1918/19: Mitgl. der US-Friedensdelegation in Paris. ☐ 1945: Chefberater der US-Delegation bei der Gründung der UNO. ☐ 1946-48; 1950: Gesandter ebd. ☐ 1949: Senator. ☐ 1951: Chefunterhändler beim Friedensschluß mit Japan. ☐ 1953-59: Außenmin.

▷ M. A. Guhin: A statesman and his times, 1972; R. W. Pruessen: John Foster Dulles. The road to power, 1982.

Roland Dumas →

D. Du Maurier →

← Renato Dulbecco

← John F. Dulles

Dumas, Roland

frz. Jurist und Politiker
* 23.8.1922 Limoges

Der Sozialist Dumas, einer der einflußreichsten Politiker seines Landes, ist engster Vertrauter des Staatspräsidenten F. →Mitterrand. Sowohl als Minister als auch in zahlreichen Sondermissionen bewies D. diplomatisches Verhandlungsgeschick; als Außenminister setzt er sich besonders für ein starkes und souveränes Europa ein. Auch in seinem eigentlichen Beruf als Anwalt machte D. Karriere. Seine prominentesten Mandanten waren S. de →Beauvoir, J.-P. →Sartre und P. →Picasso.

☐ 1945-49: Jurastudium in Paris und London. ☐ ab 1950: Rechtsanwalt in Paris. ☐ 1956-58; 1967/68: Abg. in der Nationalversammlung. ☐ 1983/84: Europamin. ☐ 1984-86: Außenmin. (erneut seit 1988).

Du Maurier, Daphne

engl. Schriftstellerin
* 13.5.1907 London † 19.4.1989 Cornwall

Bekannt wurde Du Maurier als Verfasserin zahlreicher populärer Romane, die sich durch eine gelungene Mischung aus Spannung, Romantik, realistischer Figurendarstellung und psychologischem Einfühlungsvermögen auszeichnen. Bevorzugter Schauplatz der oft abenteuerlichen Handlung ist die Grafschaft Cornwall im Südwesten Englands, so auch in ihrem berühmtesten Roman »Rebecca« (1938, dt. 1940), der 1940 von A. →Hitchcock mit L. →Olivier verfilmt wurde.

☐ 1934: »Gerald, der Lebensroman meines Vaters« (R., dt. 1955). ☐ 1936: »Gasthaus Jamaika« (R., dt. 1949; verfilmt von A. Hitchcock 1939). ☐ 1965: »Das Geheimnis des Falken« (R., dt. 1965). ☐ 1969: »Ein Tropfen Zeit« (R., dt. 1970). ☐ 1981: »The Rebecca Notebook and Other Stories« (Erz.n).

▷ D. Du Maurier: Growing Pains (Aut.), engl. 1977.

Dunant, Henri

schweiz. Philanthrop und Schriftsteller
* 8.5.1828 Genf
† 30.10.1910 Heiden, Kt. Appenzell Außerrhoden

Dunant regte 1862 aufgrund seiner Erlebnisse in der Schlacht von Solferino (Sieg Frankreichs und Piemonts über Österreich 1859) die Gründung einer neutralen Hilfsorganisation an, aus der sich das Internationale Rote Kreuz entwickelte. 1864 veranlaßte er die Einberufung einer Konferenz, auf der die Genfer Konvention beschlossen wurde, ein Abkommen zum Schutz der Verwundeten, Kriegsgefangenen und Zivilbevölkerung im Kriegsfall. Dieses Abkommen hat, in 1949 abgeänderter und den neuen Möglichkeiten der Kriegsführung angepaßter Form, noch heute Gültigkeit und wurde von nahezu allen Staaten ratifiziert. Gemeinsam mit Frédéric Passy erhielt der Philanthrop 1901 den Friedens-Nobelpreis.

▷ W. Hendtlass: J. Henry Dunant. Gründer des Roten Kreuzes, Urheber der Genfer Konvention, 1980.

← Henri Dunant

Dunaway, Faye

amer. Schauspielerin
* 14.1.1941 Bascom, Flor.

Dunaway kam vom Theater zum Film, wo sie 1967 als Gangsterbraut an der Seite von W. →Beatty in »Bonnie und Clyde« (Rg. A. Penn) bekannt wurde. 1976 erhielt sie für ihre Darstellung einer TV-Managerin in »Network« (Rg. S. →Lumet) den Oscar für die beste Hauptrolle.

Faye Dunaway als »Bonnie« am Anfang ihrer Filmkarriere.

□ 1962: Broadwaydebüt. □ 1966: Filmdebüt in »Die Meute« (Rg. E. Silverstein). □ 1967: »Thomas Crown ist nicht zu fassen« (Rg. N. →Jewison). □ 1969: »Das Arrangement« (Rg. E. →Kazan); »Little Big Man« (mit D. →Hoffman, Rg. A. Penn). □ 1974: »Chinatown« (mit J. →Nicholson, Rg. R. →Polanski). □ 1981: »Meine liebe Rabenmutter« (Rg. Perry); TV-Vierteiler »Evita — First Lady« (über E. →Peron). □ 1984: »Supergirl« (Rg. J. Szwarc).

▷ A. Hunter: Faye Dunaway, 1987.

Duncan, Isadora

amer. Tänzerin
* 26.5.1877 San Francisco, Kalif.
† 14.9.1927 Nizza (Frankreich)

Duncan kreierte zu Beginn des 20. Jh.s in Europa den sog. freien Tanz. An — eigenwillig interpretierte — antike Vorbilder anknüpfend, bewegte sie sich, ohne Spitzentanz und die für das akademische Ballett charakteristischen Sprünge, rhythmisch-expressiv zu sinfonischer Musik, die oft gar nicht fürs Ballett komponiert war. Stets barfuß und mit einer losen, knielangen Tunika bekleidet, trat sie, u. a. in den von ihr gegründeten Tanzschulen, für eine Befreiung des weiblichen Körpers von äußeren Zwängen ein und hatte in diesem Zusammenhang großen Einfluß auf die bildende Kunst und Literatur des Jugendstils. Noch zu Lebzeiten der Tänzerin wurde ihr Stil vielfach als zu gekünstelt kritisiert.

I. Duncan: Prophetin der freien, unverbildeten Bewegung.

□ 1898: Erster Solotanzabend in New York. □ 1900: Auftritte in Intellektuellenzirkeln in London. □ 1901: Durchbruch in Paris, danach Auftritte u. a. in Wien, Budapest und Berlin. □ 1904: Gründung der Duncan-Tanzschule in Berlin (mit ihrer Schwester Elisabeth D.); Auftritt mit Schülerinnen bei Wagner-Festspielen in Bayreuth. □ 1905: Erstes Gastspiel in St. Petersburg, danach wiederholt Auftritte in Rußland/Sowjetunion. □ 1909: Erste, wenig erfolgreiche Tournee in den USA. □ 1922: Eheschließung mit dem erheblich jüngeren sowjet. Dichter S. →Jessenin. □ 1927: Tod während einer Autofahrt im Cabriolet, da sich D.s Seidenschal in den Speichen des Fahrzeugs verfängt.

▷ I. Duncan: My life, dt. 1927.

Katherine Dunham →

Dunham, Katherine

amer. Tänzerin und Choreographin
* 1.2.1910 Joliet, Ill.

Dunham, die Tanz und Völkerkunde studierte, entwickelte auf der Grundlage ethnologischer Studien auf den Antillen einen Stil, der Elemente des klassischen Balletts mit der afrokaribischen Folklore verbindet; damit ist sie eine Mitbegründerin des (schwarzen) Jazz Dance. Durch Filme, aber auch durch zahlreiche Tourneen mit ihrer Truppe, wurde sie in den 40er und 50er Jahren bekannt. Ihre erste Tanzschule in New York bestand 1945-54. 1967 übernahm sie die Direktion des Performing Arts Training Center in East St. Louis Branch/Ill.

□ 1936: Erste Reise zu den Westindischen Inseln. □ 1937: UA von D.s »Negro Dance Evening« in New York. □ 1940:

Jazz-Tanzstück »Tropics and Le Jazz Hot« in New York. □ 1943: »Stormy Weather« (F., Rg. W. Le Bacon). □ 1945: Gründung der Dunham School of Dance in New York. □ 1963: Choreographie von Tänzen in der Oper »Aida« (G. →Verdi) an der Metropolitan Opera New York.

▷ R. Beckford: Katherine Dunham, engl. 1979.

Dunlop, John Boyd

schott. Tierarzt und Erfinder
* 5.2.1840 Dreghorn, Ayrshire
† 23.10.1921 Dublin (Irland)

Dunlop erfand 1888 erneut den Luftdruckgummireifen mit Ventil. Die patentierte Fahrzeugluftbereifung des Briten R. W. Thomson von 1845 war in Vergessenheit geraten. D.s pneumatischer Reifen, er war für Fahrräder gedacht, wurde anfangs noch auf das Rad geklebt. Später konnte er ausgewechselt und auch für Kraftfahrzeuge verwendet werden. 1898 gründete D. die Dunlop Rubber Company Ltd., die zunächst Fahrrad- und Autoreifen, später auch andere Gummireifen herstellte.

Dupré, Marcel

frz. Organist und Komponist
* 3.5.1886 Rouen
† 30.5.1971 Meudon, Dep. Hauts-de-Seine

Mit der für Paris erstmaligen Aufführung sämtlicher Orgelwerke Bachs begann Dupré 1920 seine Karriere. Er erlangte mit seinen Orgelimprovisationen auf internationalen Konzertreisen Weltruhm. Die von C.-M. Widor begründete, neue französische Orgelschule setzte er fort, indem er sinfonische Klangfarben und konzertante Formen in seine Orgelwerke einbezog und die Kompositionen aus ihrer liturgischen Bindung befreite. D. schrieb neben zahlreichen Orgel-Werken Kompositionen für Orgel und Orchester sowie Klavier- und Vokalmusik und verfaßte grundlegende Unterrichtswerke. Sein bedeutendster Schüler war O. →Messiaen.

Marcel Dupré im Wanamakers Konzertsaal, Philadelphia.

□ 1914: Prix de Rome für »Psyché« (Kantate). □ 1926: Prof. für Orgel am Conservatoire Paris. □ 1934: Organist an Saint Sulpice Paris als Nachfolger seines Lehrers C.-M. Widor. □ 1946: Leiter des Conservatoire Américain in Fontainebleau (N. →Boulanger). □ 1954-56: Dir. des Conservatoire Paris. □ 1956: Mitgl. der Wissenschaftsakademie Inst. de France. □ 1962: »Concour complet d'improvisation à l'orgue« (Unterrichtswerk).

Marguerite Duras →

← John Boyd Dunlop

Francis H. Durbridge →

Karlfried Graf Dürckheim →

Duras, Marguerite

(eig. M. Donnadieu)
frz. Schriftstellerin
* 4.4.1914 Gia Dinh (Vietnam)

Duras' Drehbuch »Hiroshima mon amour« (1960, dt. 1961) brachte der vielseitigen Autorin nach der Verfilmung durch A. →Resnais (1959) weltweite Anerkennung. Wie in den meisten ihrer Erzählungen, Bühnenarbeiten und Filme behandelt sie auch darin die Geschichte einer unerfüllbaren Liebe. D., die intensiv mit Techniken des Nouveau Roman (A. →Robbe-Grillet) experimentiert, eroberte 1984 mit dem autobiografischen Werk »Der Liebhaber« (R., dt. 1985) erstmals die Bestsellerlisten.

□ 1944-50: Nach Engagement in der Résistance Mitgl. der Kommunistischen Partei. □ 1958: »Moderato Cantabile« (R., dt. 1959). □ 1960: Goldene Palme von Cannes. □ 1966: Regiedebüt mit »La Musica« (F., Drehbuch nach einem 1965 entstandenen Dr.). □ 1977: »Vera Baxter« (F., mit G. →Depardieu). □ 1983: Grand Prix du Théâtre der Académie française. □ 1984: Prix Goncourt für »Der Liebhaber« (R., dt. 1985). □ 1985: »Der Schmerz« (R., dt. 1986). □ 1986: »Blaue Augen schwarzes Haar« (R., dt. 1987).

▷ M. Duras: The war. A memoir, 1986.

Durbridge, Francis H.

engl. Drehbuchautor und Kriminalschriftsteller
* 25.11.1912 Birmingham

Durbridge war vor allem in den 60er Jahren als Drehbuchautor spannungsgeladener Kriminalgeschichten äußerst erfolgreich. Er wurde zum Vorläufer der Serienproduktionen. TV-Mehrteiler wie »Das Halstuch« (1962) oder »Melissa« (1966) wurden zu Straßenfegern. In den 70er Jahren verblaßte sein Ruhm.

□ 1948-68: Hörspielreihe »Send for Paul Temple«. □ 1963/64: »Es ist soweit«, »Tim Frazier I«, »Tim Frazier II« (TV-Krimis). □ 1965: »Die Schlüssel« (TV-Krimi). □ 1966: »Melissa« (TV-Krimi). □ 1968: »Ein Mann namens Harry Brent« (TV-Krimi). □ 1971: »Das Messer« (TV-Krimi). □ ab 1971: »Paul Temple« (26-teilige Fernsehreihe).

Dürckheim, Karlfried Graf

(eig. Karl Friedrich Graf Eckbrecht von Dürckheim-Montmartin)
dt. Psychotherapeut und Schriftsteller
* 24.10.1896 München
† 28.12.1988 Todtmoos, Schwarzwald

Dürckheim entwickelte aus christlich-mystischen und zenbuddhistischen Elementen eine existentialpsychologische Lehre. Die von ihm begründete sog. initiatische Therapie umfaßt meditative Übungen, die weniger auf Heilung akuter Störungen, sondern mehr auf die Selbstverwirklichung des einzelnen Menschen zielen. Ab 1948 war D. Leiter der mit Maria Hippius gegründeten Existentialpsychologischen Bildungs- und Begegnungsstätte in Todtmoos.

□ ab 1933: Prof. für Psychiatrie an der Pädagogischen Akademie in Breslau. □ 1937-45: Forschungsaufenthalt in Japan; Begegnung mit dem Zen-Buddhismus. □ ab 1948: Leiter der Bildungsstätte in Todtmoos. □ 1950: »Japan und die Kultur der Stille« (Schr.). □ 1956: »Hara. Die Erdmitte des Menschen« (Schr.). □ 1962: »Der Alltag als Übung« (Schr.). □ 1976: »Meditieren — wozu und wie« (Schr.). □ 1981: »Der Weg, die Wahrheit, das Leben« (Schr.). □ 1984: »Von der Erfahrung der Transzendenz« (Schr.).

▷ M. Hippius (Hg.): Transzendenz und Erfahrung. Festschrift zum 70. Geburtstag von Graf Dürckheim, 1966.

Durieux, Tilla

(eig. Ottilie Godefroy)
dt. Schauspielerin frz.-kroat. Abstammung
* 18.8.1880 Wien (Österreich) † 21.2.1971 Berlin

Tilla Durieux in der Rolle der »Judith« (F. Hebbel).

Als Interpretin leidenschaftlicher Frauen wie »Salome« (O. →Wilde, 1903), »Judith« (F. Hebbel, 1910) und Lulu in F. →Wedekinds »Erdgeist« (1913) eroberte Durieux die Bühnen Berlins; als alte Dame des deutschen Theaters kehrte sie nach dem 2. Weltkrieg in ihre Heimat zurück — dazwischen lagen Jahre des Exils in Jugoslawien, wo die Schauspielerin als Näherin gearbeitet hatte. Nach ihrer Rückkehr feierte man die Vertreterin der großen Theater-Epoche von M. →Reinhardt und O. Brahm bis zu L. Jeßner und E. →Piscator an vielen westdeutschen Theatern, doch konnte sie an ihre Vorkriegs-Erfolge nicht mehr anknüpfen.

□ 1903-11: Engagement an den Max-Reinhardt-Bühnen in Berlin. □ 1910: 2. Ehe mit dem Kunsthändler P. →Cassirer. □ 1930: 3. Ehe mit dem jüdischen Bankier L. Katzenellenbogen. □ 1933: Emigration über Prag nach Zagreb. □ 1952: Filmrolle als Bäuerin in »Die letzte Brücke« (Rg. H. →Käutner). □ 1955: Endgültige Rückkehr nach Berlin; Mutter in »Die chinesische Mauer« (M. →Frisch). □ 1964: Filmrolle in »Verdammt zur Sünde« (Rg. Eichberg, dafür 1965 Bundesfilmpreis für beste Nebenrolle). □ 1966: Titelrolle in »Die Irre von Chaillot« (J. →Giraudoux). □ 1970: Ehrenmitgl. beim Dt. Theater in Ost-Berlin.

▷ T. Durieux: Eine Tür fällt ins Schloß (aut. R.), 1928; dies.: Eine Tür steht offen (Aut.), 1954; J. W. Preuß: Tilla Durieux, 1965; T. Durieux: Meine ersten neunzig Jahre (Aut., Hg. J. W. Preuß), 1971.

Durkheim, Émile

frz. Soziologe
* 15.4.1858 Épinal † 15.11.1917 Paris

Durkheim zählt neben M. →Weber und V. →Pareto zu den Wegbereitern der Soziologie als eigenständiger Wissenschaft. D. war überzeugt, Phänomene des »Kollektivbewußtseins« (Nationalgefühl, Verhaltensregeln in Familie, Beruf, bei Verträgen etc.) seien empirisch faßbaren Gesetzen unterworfen und prägte den Begriff der »sozialen Tatsachen«. Er sah die moderne arbeitsteilige Gesellschaft als Organismus an, dessen Funktionsfähigkeit die »Solidarität« gewährleiste. Die Solidarität baue sich aus dem Bewußtsein gegenseitiger Abhängigkeit auf.

□ 1893: »Über die Teilung der sozialen Arbeit« (Schr., dt. 1977). □ 1895: »Die Regeln der soziologischen Methode« (Schr., dt. 1908). □ 1899: Gründung der Zeitschrift L'Année Sociologique mit M. →Mauss. □ 1906: Prof. für Pädagogik und Soziologie an der Sorbonne, Paris. □ 1912: »Die elementaren Formen des religiösen Lebens« (Schr., dt. 1980).

▷ St. Lukes: Émile Durkheim. His life and work, NA 1985.

Hans-Peter Dürr →

Dürr, Hans-Peter

dt. Kernphysiker
* 7.10.1929 Stuttgart

Dürr ist Professor für Physik in München und beschäftigt sich seit langem mit den Problemen einer nicht auf Kernenergie basierenden Energieversorgung. Anfang der 80er Jahre gründete D. an der Universität München das Seminar »Sanfte Energietechnologien«. In der Beantwortung erkenntnistheoretischer Fragen schränkt er den Stellenwert naturwissenschaftlichen Denkens zugunsten intuitiven moralischen Wissens ein.

□ 1963: Mitgl. der Max-Planck-Gesellschaft. □ 1985: Vorstandsmitgl. der dt. Sektion von Greenpeace. □ 1987: »Physik und Transzendenz« (Hg.); Dir. des Werner-Heisenberg-Inst., München; Right Livelihood Award (Alternativer Nobelpreis). □ 1988: »Das Netz des Physikers« (Schr.). □ 1989: »Geist und Natur« (Mit-Hg.).

Heinz Dürr →

Dürr, Heinz

dt. Unternehmer
* 16.7.1933 Stuttgart

Dürr, in den 70er Jahren als mittelständischer Unternehmer Arbeitgebervertreter der Metallindustrie Baden-Württembergs, wurde 1980 Vorstandsvorsitzender des sanierungsbedürftigen Elektrokonzerns AEG-Telefunken. Trotz eines überzeugenden Sanierungskonzepts mußte der Konzern 1982 wegen Zahlungsunfähigkeit ein Vergleichsverfahren beantragen (1986 Übernahme der AEG durch die Daimler-Benz AG). 1991 trat D. das Amt des Vorstandsvorsitzenden der Deutschen Bundesbahn an. Sein Ziel ist die Umwandlung des maroden Staatsbetriebs (einschließlich der ostdeutschen Reichsbahn) in ein Privatunternehmen.

□ 1975-80: Vors. des Verbands der Metallindustrie von Bad.-Württ. □ 1980: Vorstandsvors. der AEG-Telefunken. □ 1986-90: Vorstandsmitgl. der Daimler-Benz AG. □ seit 1991: Vorstandsvors. der DB.

Durrell, Lawrence George

engl. Schriftsteller
* 27.2.1912 Jullundur (Indien)
† 7.11.1990 Sommières (Frankreich)

Das umfangreiche erzählerische und lyrische Œuvre von Durrell zeichnet sich durch formale Experimentierfreudigkeit aus. Inhaltlich sind seine Werke hingegen auf einige wiederkehrende Themen wie Liebe, Erotik, die Problematik des Künstlerdaseins, Identitätsfindung und Suche nach Lebenssinn beschränkt. D.s berühmtestes Werk, das aus vier Romanen bestehende »Alexandria Quintett«, ist der Versuch, eine auf der Relativitätstheorie basierende Prosaform zu entwickeln. In den ersten drei Romanen (»Justine«, 1957, dt. 1958; »Balthazar«, 1958, dt. 1959; »Mountolive«, 1958, dt. 1960) werden die gleichen Ereignisse aus jeweils unterschiedlichen Perspektiven geschildert. Chronologisch fortgeführt wird die »Untersuchung über die moderne Liebe« in »Clea« (1960, dt. 1961). Durch die Zeitstruktur und die Perspektivenvielfalt relativierte D. herkömmliche Vorstellungen von Wirklichkeit, Wahrheit und Erkenntnis.

□ ab 1931: Ausgedehnte Reisen, längere Aufenthalte auf Korfu, in Athen und Paris. □ 1938: »Die schwarze Chronik« (R., dt. 1962). □ 1941-45: Presseattaché in Kairo und Alexandria. □ 1945: »Schwarze Oliven« (Es.s, dt. 1963). □ 1953: »Leuchtende Orangen« (Es.s, dt. 1964). □ 1957: »Bittere Limonen« (Es.s, dt. 1986). □ 1968: »Tunc« (R., dt. 1969). □ 1970: »Nunquam« (R., dt. 1970). □ 1974-85: »Avignon-Quintett« (R.e, dt. 1977-89).

▷ J. A. Weigel: Lawrence Durrell, 1965.

Friedrich Dürrenmatt im vertrauten Tête-à-tête mit dem Kakadu »Lulu«, 1980.

← Lawrence G. Durrell

Dürrenmatt, Friedrich

schweiz. Schriftsteller
* 5.1.1921 Konolfingen bei Bern
† 14.12.1990 Neuenburg

Als Dramatiker, Essayist, Erzähler und Hörspielautor erhielt Dürrenmatt 1986 für sein umfangreiches Werk den Georg-Büchner-Preis. D. agierte als skeptischer Opponent, der auf gesellschaftliche und moralische Widersprüche hinweisen und sein Publikum zur kritischen Reflexion bewegen wollte. Zu Welterfolgen wurden seine Dramen »Der Besuch der alten Dame« (1956) und »Die Physiker« (1962).
Der amüsant-makabre Satiriker schuf eine eigene Form der Tragikomödie, in der die Wirklichkeit zur Groteske verfremdet und die schlimmstmögliche Wendung am Schluß des Dramas durch einen Zufall verursacht wird. In »Die Physiker« griff D. das Problem der Verantwortung des Forschers im Atomzeitalter auf: Der Wissenschaftler handelt zwar verantwortungsbewußt, indem er sich als »Irrer« in einer Anstalt dem Zugriff der Politiker entzieht, kann aber den Mißbrauch seiner Ergebnisse nicht verhindern. Die Ärztin erweist sich als allmächtige Irre, die sich der vernichtenden Formel bemächtigt hat und die Welttragödie auszulösen droht.
In seinen Kriminalromanen (»Der Richter und sein Henker«, 1952; »Der Verdacht«, 1958) und anderen Prosatexten kritisiert D. die erstarrten, selbstgefälligen und inhumanen Konventionen der zeitgenössischen Gesellschaft. Protagonist ist in der Regel der sich verweigernde, aber scheiternde »mutige Mensch«.

□ 1941-45: Studium der Theologie, Germanistik und Philosophie in Bern und Zürich. □ 1951-53: Theaterkritiker der Weltwoche. □ 1952: »Die Ehe des Herrn Mississippi« (Kom.). □ 1955: »Das Unternehmen der Wega« (Hsp.); »Grieche sucht Griechin« (Prosa-Kom.). □ 1957: »Romulus der Große« (Kom.). □ 1958: »Der Verdacht« (R.) . □ 1966-72: »Theater-Schriften und Reden, II.«. □ 1967-69: Direktionsmitgl. und Regisseur am Basler Stadttheater. □ 1970-72: Berater des Züricher Schauspielhauses. □ 1976: »Zusammenhänge. Essays über Israel«. □ 1983: »Achterloo« (Kom.). □ 1985: »Justiz« (R.). □ 1989: »Durcheinandertal« (R.).

▷ A. Arnold: Friedrich Dürrenmatt, 5. erw. Aufl. 1986; E. Brock-Sulzer: Friedrich Dürrenmatt. Stationen seines Werkes, 1986; H. Goertz: Friedrich Dürrenmatt, 1987.

Duse, Eleonora Giulia Amalie

ital. Schauspielerin
* 3.10.1858 Vigevano, Lombardei
† 21.4.1924 Pittsburgh (USA)

Duse war eine der größten Tragödinnen der Theatergeschichte, die mit ihrer Bühnenkunst den Darstellungsstil einer ganzen Epoche beeinflußte. Im Gegensatz zur künstlich-leidenschaftlichen Darbietung S. →Bernhardts betonte sie die realistische Wiedergabe von Empfindungen. Diesen neuen Darstellungsstil forderte auch K. →Stanislawski in seiner Schauspieltheorie. D., die aus einer Familie umherziehender Komödianten stammte und schon als Kind die Rollen ihrer kranken Mutter übernehmen mußte, spielte zu Beginn ihrer Karriere viele Stücke aus dem Repertoire Bernhardts (u. a. »Kameliendame«), entwickelte jedoch schnell ihren eigenen Stil. Schon früh entdeckte sie die Bühnenwirksamkeit von H. →Ibsens Dramen, die einen wichtigen Platz in ihrem Repertoire einnahmen und die sie in Italien bekannt machte. Sie führte trotz schwacher Konstitution ein rastloses Leben und zog mit ihrer Theatertruppe durch die ganze Welt. Wie Bernhardt inspirierte auch sie Künstler zu ihren Werken (R. M. →Rilke, G. →d'Annunzio).

□ 1862: Erster Bühnenauftritt als Cosette in »Die Elenden« von V. Hugo. □ 1880: Mitgl. der Theatertruppe Cesare Rossi in Turin. □ 1881: Ehe mit Tebaldo Checchi. □ 1882: Geburt ihrer Tochter Enrichetta. □ 1884: Erster großer Bühnenerfolg als Santuzza in G. →Vergas »Cavalleria rusticana«. □ 1885: Beginn der int. Karriere in Südamerika; Trennung vom Ehemann. □ 1887: Gründung der Schauspielertruppe Compagnia della Città di Roma. □ 1891: Nora in »Ein Puppenheim« von H. Ibsen. □ 1909: Abschied von der Bühne. □ 1914: Gründung eines Heims für Schauspielerinnen in Rom. □ 1921: Rückkehr auf die Bühne. □ 1924: Letzter Auftritt in Pittsburgh (USA).

▷ O. Resnevic-Signorelli (Hg.): Briefe, 1952; F. W. Nielsen: Eleonora Duse, 1984; D. Maurer: Eleonora Duse, 1988.

← Eleonora Duse

Dutschke, Rudolf »Rudi«

dt. Politiker und Soziologe
* 7.3.1940 Schönefeld / Luckenwalde, Brandenburg
† 24.12.1979 Århus (Dänemark)

Dutschke war zwischen 1965 und 1968 der führende Theoretiker der außerparlamentarischen Opposition (APO) und antiautoritären Bewegung. Geschult an Marx, Engels und G. →Lukács verfocht er seine Thesen von der »manipulierten Gesellschaft«. Nach der Bildung der Großen Koalition (SPD/CDU/CSU) 1966 und der Erschießung des Studenten Benno Ohnesorg 1967 (durch einen Polizisten während des Besuchs Schah M. R. →Pahlawis) organisierte er in Berlin zahlreiche Protestaktionen. Mit diesen »Offensivaktionen« — z. B. gegen den Vietnamkrieg oder die Notstandsgesetze — glaubte er, weitere Minderheiten innerhalb und außerhalb der Universitäten mobilisieren zu können. Am 11.4. 1968 wurde er auf offener Straße niedergeschossen und lebensgefährlich verletzt. Ab 1975 arbeitete er an der FU in Berlin an einem Forschungsprojekt und engagierte sich wieder politisch, zuletzt für die Grünen. Er starb an den Spätfolgen des Attentats.

Soziologiestudent Rudi Dutschke: Wortführer der APO.

□ 1958: Wegen Wehrdienstverweigerung Studienverbot in der DDR; Lehre als Industriekaufmann. □ 1960-68: Studium an der FU in Berlin. □ 1963: Mitgl. der sog. Subversiven Aktion. □ 1964: Mitgl. des Sozialistischen Dt. Studentenbunds (SDS). □ 1968: »Rebellion der Studenten oder Die neue Opposition« (Schr., Mitautor). □ 1969-71: Studium in London; wegen »subversiver Tätigkeit« Ausweisung aus Großbritannien. □ ab 1971: Wohnhaft in Dänemark. □ 1974: »Versuch, Lenin auf die Füße zu stellen« (Schr.).

▷ R. Dutschke: Mein langer Marsch. Reden, Schriften und Tagebücher aus zwanzig Jahren, postum 1980; U. Chaussy: Die drei Leben des Rudi Dutschke. Eine Biografie, 2. Aufl. 1986; J. Miermeister: Rudi Dutschke, 1986.

Olav Duun →

Duun, Olav

norw. Schriftsteller
* 21.11.1876 Fosnes, Insel Jøa
† 13.9.1939 Botne bei Holmstrand

Duun, der als Bauer, Fischer und Volksschullehrer das Leben der Fjordbewohner aus eigener Anschauung kannte, schuf mit dem monumentalen Prosaepos »Die Juwikinger« (6 Bde., 1918-23, dt. 1927-29) eines der bedeutendsten Romanwerke der norwegischen Literatur. Im Dialekt seiner Heimat beschreibt er darin die Wandlung einer heidnischen, patriarchalisch geprägten Bauernsippe zu einem sittlich-moralischen, modernen Gemeinwesen. Auch die übrigen Werke D.s, der sich gegen alles Künstlerische wandte, schildern die Menschen seiner Heimat und sind von einem herben Realismus geprägt.

□ 1904-27: Lehrer in Botne. □ 1907: »Wunderliche Burschen und anderes Volk« (Erz.n). □ 1909: »Trotz alledem« (R.). □ 1914: »Drei Freunde« (R.). □ 1916: »Das gute Gewissen« (R.). □ 1918-23: »Die Juwikinger« (R.e, 6 Bde., dt. 1927-29): »Die Juwikinger«, 1918; »Mit Blindheit geschlagen«, 1919; »Die Großhochzeit«, 1920; »Das Abenteuer«, 1921; »Die Jugend«, 1922; »Im Sturm«, 1923. □ 1929-33: »Ragnhild«-Trilogie (R.e, dt. 1948): »Mitmensch«, 1929; »Ragnhild«, 1931; »Das letzte Lebensjahr«, 1933. □ 1938: »Der Mensch und die Mächte« (R., dt. 1941).

Duvalier, Jean Claude »Baby Doc«

haïtian. Politiker
* 3.7.1951 Port-au-Prince

Duvalier, 1971-86 Staatspräsident von Haïti, stammt aus einer »Dynastie« von Diktatoren; bereits sein Vater und Amtsvorgänger François D. (1907-71) übte ab 1964 eine brutale Herrschaft aus. D. führte sein Land in den 70er Jahren aus der politischen Isolierung heraus und schien auch eine Liberalisierung zu versuchen (Verfas-

»Baby Doc« Duvalier wird mit 19 Jahren Präsident von Haïti.

sungsreform von 1983). Blutige Unruhen und Streiks zwangen ihn jedoch 1986 zum Machtverzicht. Er lebt seither im Exil.

Duve, Christian René de

belg. Biochemiker
* 2.10.1917 Thames Ditton, Surrey (England)

Mittels biochemischer Zellfraktionierung und elektronenmikroskopischer Untersuchungen entdeckte Duve 1955 in tierischen Zellen die winzigen Zellpartikelchen Lysosomen. D. entwickelte unter Wahrung der Funktionen lebender Zellen Methoden zur Isolation dieser »Microbodies« genannten Zellorganellen, die mit ihrem Enzymgehalt für intrazelluläre Abbau- und Speicherprozesse sorgen und eine wichtige Rolle bei den immunologischen Abwehrreaktionen der weißen Blutkörperchen spielen.

☐ seit 1947: Prof. an der Univ. Löwen; 1951 Dir. des Inst. für physiologische Chemie ebd. ☐ seit 1962: Gleichzeitig Prof. am Rockefeller-Inst., New York; Entdeckung der (für intrazelluläre Reaktionen verantwortlichen) »Peroxysomen«. ☐ 1974: Physiologie/Medizin-Nobelpreis (mit A. →Claude und G. E. →Palade).

Duvivier, Julien

frz. Regisseur
* 8.10.1896 Lille † 29.10.1967 Paris

Duvivier, der als Stummfilmregisseur begann, hatte in den 50er Jahren großen Erfolg mit der Verfilmung der Don-Camillo-Geschichten von G. →Guareschi. Die Komödien über die Dauerfehde zwischen einem streitlustigen Priester (→Fernandel) und einem kommunistischen Bürgermeister (G. Cervi) bilden aber nur einen Aspekt seines Schaffens. In den 30er Jahren zählte D. neben J. →Renoir und M. →Carné zu den wichtigsten Vertretern des poetischen Realismus. Sein Freund J. → Gabin wurde unter D.s Regie in »Pépé le Moko — Im Dunkeln von Algier« (1937) zum Star in den Filmen dieser melancholisch-resignativen Stilrichtung.

☐ ab 1920: Stummfilmregisseur. ☐ 1936: »Zünftige Bande« (mit J. Gabin). ☐ 1939: Emigration in die USA. ☐ 1942: »Tales of Manhattan« (mit Ch. Boyer). ☐ 1946: Rückkehr nach Frankreich. ☐ 1950/51: »Unter dem Himmel von Paris«. ☐ 1952: »Don Camillo und Peppone«. ☐ 1953: »Don Camillos Rückkehr«. ☐ 1958: »Ein Weib wie der Satan« (mit B. →Bardot). ☐ 1967: »Mit teuflischen Grüßen«.

Antonín Dvořák →

← Julien Duvivier

Dvořák, Antonín

tschech. Komponist
* 8.9.1841 Nelahozeves (Mühlhausen), Böhmen
† 1.5.1904 Prag

Dvořák, der erste tschechische Sinfoniker, ist nach Bedřich Smetana (* 1824, † 1824) der bedeutendste Repräsentant der tschechischen Nationalmusik (L. →Janáček). Er verband in seinen Kompositionen (10 Opern, 9 Sinfonien, 5 Sinfonische Dichtungen, Kammermusik, Solokonzerte, oratorische Musik, Lieder) Einflüsse der deutschen Romantik mit Elementen der böhmisch-mährischen Folklore (»Slawische Rhapsodien«, 1878). Die Universalität seiner Musiksprache, die Einflüsse von Brahms zeigt, widerspricht dem oft gebrauchten Klischee vom »böhmischen Musikanten«. 1878-91 nahm D. deutlichen Bezug auf nationale Sujets (»Dumky-Trio«, 1891; »Die heilige Ludmilla«, 1885/86). In seiner berühmten neunten Sinfonie »Aus der Neuen Welt« (UA New York 1893) verarbeitete er auch amerikanische Folklore. Zu D.s populärsten Werken zählen das Cellokonzert von 1894/95, das »Requiem« (1890) und die Oper »Rusalka« (UA Prag 1901).

☐ 1857-59: Studium an der Orgelschule Prag. ☐ 1866-71: Bratschist im Orchester des Interimstheaters Prag. ☐ 1874-77: Organist an St. Adalbert, Prag. ☐ 1875-78: Staatsstipendiat in Wien. ☐ 1884/85: Konzertreisen nach England. ☐ 1891: Prof. für Komposition in Prag; Ehrendoktorwürde der Karlsuniv. ☐ 1892-95: Dir. des Nat. Conservatory of Music, New York. ☐ 1893: UA der 9. Sinfonie (»Aus der Neuen Welt«) in New York. ☐ ab 1901: Dir. am Prager Konservatorium.

▷ K. Honolka: Anton Dvořák in Selbstzeugnissen und Bilddokumenten, 1974.

Dylan, Bob

(eig. Robert Zimmermann)
amer. Rockpoet
* 24.5.1941 Duluth, Minn.

Dylan war der einflußreichste amerikanische Popmusiker der 60er Jahre. Als wacher Beob-

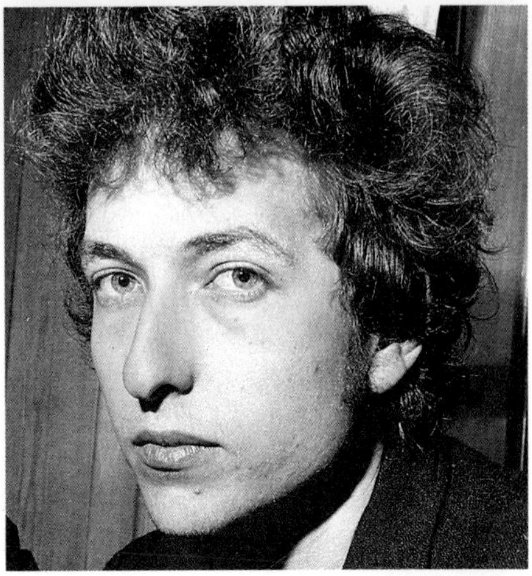

Pop-Protestler Bob Dylan auf Tournee in England, 1965.

achter politischer und sozialer Mißstände erhob er Anklage gegen Krieg, Atombombengefahr, Rassendiskriminierung und Materialismus. Mit Liedern wie »A hard rain's a-gonna fall«, »Chimes of freedom« und »Blowin' in the wind« fing er das Lebensgefühl einer ganzen Generation ein. Als »Fahnenträger« irgendeiner Bewegung ließ sich D., der sein Publikum ebenso begeistert wie brüskiert, jedoch nie mißbrauchen. Nach einem Ausflug in den sog. Gospelrock, der ihn von seinen Anhängern entfremdete, fand der Sänger mit dem krächzenden Timbre Anfang der 80er Jahre wieder zu seinen von den Bluessängern Leadbelly und Big Bill Broonzy geprägten musikalischen Ursprüngen zurück.

□ 1959/60: Kunststudium an der Univ. of Minn. □ 1961: Erster Plattenvertrag. □ 1962: »Bob Dylan« (LP). □ 1963: »The freewheelin' Bob Dylan« (LP); Auftritt in der Show von J. →Baez. □ 1964: »The times they are a-changing« (LP), »Another Side of Bob Dylan« (LP). □ 1965: Mit der Single »Like a rolling stone« Übergang zur Rockmusik. □ 1966: Schwerer Motorradunfall; danach Zusammenarbeit mit der Gruppe The Band. □ 1968: Erfolgreiches Comeback mit »John Wesley Harding« (LP). □ 1971: »Tarantula« (R.). □ 1972: Hauptrolle in dem Film »Pat Garrett jagt Billy the Kid«. □ 1974/75: Konzertreise durch die USA. □ 1975/76: »Rolling Thunder Revue« mit J. →Baez, A. →Ginsberg und J. →Mitchell. □ 1978: Uraufführung des Dylan-Films »Renaldo und Clara«. □ 1986: »Biograph« (Fünffach-LP). □ 1989: »Oh Mercy« (LP). □ 1990: Deutschlandtournee.

▷ R. Shelton: Bob Dylan. Sein Leben und seine Musik, 1990.

E

Eastman, George

amer. Erfinder und Industrieller
* 12.7.1854 Waterville, N. Y.
† 14.3.1932 Rochester, ebd. (Selbstmord)

Eastman entwickelte 1880 ein Verfahren zur Herstellung fotografischer Trockenplatten und begann 1884 mit der Prodution von Fotoplatten und Rollfilmen. Mit der Erfindung des biegsamen Filmmaterials schuf E. die Grundlage für die Entwicklung der ersten Amateur-Kamera, die er 1888 unter der Bezeichnung Kodak No. 1 vorstellte.

Eastwood, Clint

amer. Schauspieler und Regisseur
* 31.5.1930 San Francisco

Eastwood wurde als wortkarger, namenloser Westernheld in den Italo-Western von S. →Leone bekannt (u. a. »Für eine Handvoll Dollar«, 1964) und war unter dem Regisseur D. →Siegel in Polizistenfilmen wie »Coogans großer Bluff« (1967) und »Dirty Harry« (1971) zu sehen. Von seinen eigenen Regiearbeiten, in denen er häufig auch die Hauptrolle übernahm, erhielten »Honkytonk Man« (1982) und »Bird« (1987), eine Hommage an den Jazzmusiker Ch. →Parker, gute Kritiken.

← Clint Eastwood

□ ab 1954: Zahlreiche Filmnebenrollen □ 1958-66: Fast 150 Folgen der TV-Western-Serie »Rawhide« (Reitpeitsche). □ 1966: »Zwei glorreiche Halunken« (Rg. S. Leone). □ 1970: Regiedebüt: »Sadistico — Play Misty For Me«. □ 1979: »Flucht von Alcatraz« (Rg. D. Siegel). □ 1984/85: »Pale Rider — der namenlose Reiter« (Rg., Hr.). □ 1986-88: Bürgermeister von Carmel-by-Sea. □ 1990: »Weißer Jäger, schwarzes Herz« (Produktion, Rg., Hr.).

Eban, Abba Solomon

israel. Politiker und Schriftsteller
* 2.2.1915 Kapstadt

Eban, der sich schon früh für den Zionismus interessierte und 1942 britischer Verbindungsoffizier in Jerusalem wurde, war 1966-74 Außenminister Israels. E. gehört der Arbeiterpartei (Mapai) an und gilt als »Taube«, da er in der Palästinenserfrage für eine Autonomielösung eintritt und direkte Kontakte zur PLO befürwortet. Politisch isoliert, scheiterte er 1988 bei der Kandidatenaufstellung für die Knessetwahl.

Abba Eban: Israelischer Außenminister 1966-74.

□ 1949-59: Vertreter Israels bei den UN; ab 1950 zugleich Botschafter in Washington. □ 1960-63: Unterrichtsmin. □ 1963-66: Stellv. Ministerpräsident. □ 1966-74: Außenmin. □ 1985: »Das Erbe. Die Geschichte des Judentums« (dt. 1986).

Ebbinghaus, Hermann

dt. Psychologe
* 24.1.1850 Barmen (heute Wuppertal)
† 26.2.1909 Halle/Saale

Ebbinghaus war ein origineller und findiger Pionier auf dem Gebiet der experimentellen Psychologie, welche er humorvoll gegen ungerechtfertigte Angriffe seitens W. →Diltheys zu verteidigen wußte. E., der in Berlin, Breslau und Halle/Saale lehrte, befaßte sich mit der Lerntheorie und experimentierte mit gefühls- und wertneutralen, sog. sinnlosen Silben. Mit der »Ebbinghaus-Kurve« zeichnete er den Prozeß des Vergessens auf, wonach das Gedächtnis das Erlernte erst schnell, dann langsamer verliert und kam zu der Erkenntnis, daß die notwendige Lernzeit im

Verhältnis zum Umfang des Lernstoffs schneller anwächst (Ebbinghaus-Gesetz). Ein erstmals 1897 mit Breslauer Schulkindern durchgeführter »Lücken-Test« (Wortlücken in einem Text müssen ergänzt werden) ist noch heute Bestandteil von Eignungsprüfungen.

□ 1885: »Über das Gedächtnis« (Schr.). □ 1886-94: Prof. an der Friedrich-Wilhelm-Univ. Berlin. □ 1890: Gründung der Zeitschrift für Psychologie und Physiologie der Sinnesorgane. □ 1894-1905: Prof. an der Univ. Breslau. □ 1897-1902: »Grundzüge der Psychologie« (Bde. I/1, I/2; Bd. II/1 1906). □ ab 1905: Prof. an der Univ. Halle/Saale.

Ebert, Friedrich

dt. Politiker
* 4.2.1871 Heidelberg † 28.2.1925 Berlin

Der erste Reichspräsident der Weimarer Republik war ein moderater Sozialist, der seine Kräfte vor allem der praktischen Führung der SPD widmete und überspitzte theoretische Diskussionen vermied.
In Nachfolge von A. →Bebel versuchte Ebert in der Tradition Ferdinand Lassalles (* 1825, † 1864) mit einem gemäßigten Kurs des »Burgfriedens« und der Reformen seine Partei allmählich an den Staat heranzuführen. Dabei nahm der glänzende Redner und kluge Vermittler zwischen parteipolitischen Gegensätzen die Abspaltung des linken Flügels der Partei als USPD bzw. Spartakusbund (Kommunisten) in Kauf, um die Sozialdemokraten endlich an die Regierung zu bringen. Dieses Ziel erreichte er nach der Abdankung des letzten kaiserlichen Reichskanzlers, Prinz →Max von Baden, am 9.11.1918; nach dem Zusammenbruch des Kaiserreichs wurde E. neben H. Haase Vorsitzender des Rates der Volksbeauftragten.
Dort sprach er sich gegen weitergehende Ziele der revolutionären Rätebewegung bzw. anarchistischer Kreise aus. Zur Aufrechterhaltung der staatlichen Ordnung nutzte er notfalls sogar die Unterstützung republikfeindlicher Kräfte, wie beim Spartakus-Aufstand 1919 oder beim →Kapp-Putsch 1920, was ihm heftige Kritik im eigenen Lager einbrachte. Trotz zahlreicher persönlicher Verunglimpfungen trug E. durch seine kluge und behutsame Amtsführung viel zur Stabilisierung der jungen Weimarer Republik bei. Sein Nachfolger wurde P. v. →Hindenburg.

□ ab 1889: Mitgl. der SPD. □ 1893: Redakteur in Bremen. □ 1900: Mitgl. der Bremischen Bürgerschaft; Fraktionsvors. der SPD. □ 1905: Sekr. des Parteivorstands der SPD. □ 1912-19: MdR. □ 1913-19: Vors. der SPD. □ 1918: Reichskanzler; Mitvors. des Rates der Volksbeauftragten. □ ab 1919: Reichspräsident.

▷ Ebert-Stiftung (Hg.): Friedrich Ebert 1871-1925, 1980.

Friedrich Ebert, Reichspräsident 1919-25, schreitet die Front der Ehrenkompanie ab.

M. v. Ebner-Eschenbach →

John Carew Eccles →

Ebner-Eschenbach, Marie von

(geb. Freifrau Dubsky)
österr. Schriftstellerin
* 13.9.1830 Schloß Zdislavic, Mähren
† 12.3.1916 Wien

Die Novelle von Ebner-Eschenbach über den treuen Hund »Krambambuli« (1883) gehört zu den bekanntesten deutschsprachigen Tiergeschichten. Die angedeutete soziale Problematik ist ein zentrales Thema ihres Gesamtwerks: E.s realistische Darstellung der Ständegesellschaft Österreichs zeigt ihre humanistische und soziale Einstellung. Weniger rebellisch als humorvoll spiegelt sie die Anfänge der Demokratie und der Befreiung der Frau im 19. Jh.

□ 1876: »Božena« (Erz.). □ 1880: »Lotti, die Uhrmacherin« (R.); »Aphorismen«. □ 1881: »Neue Erzählungen«. □ 1883: »Dorf- und Schloßgeschichten«. □ 1886: »Neue Dorf- und Schloßgeschichten«. □ 1887: »Das Gemeindekind« (Erz.n, 2 Bde.). □ 1901: »Aus Spätherbsttagen« (Erz.n).

▷ M. v. Ebner-Eschenbach: Meine Kinderjahre (Aut.), 1906.

Eccles, Sir (seit 1958) John Carew

austral. Physiologe
* 27.1.1903 Melbourne

Eccles, Nobelpreisträger von 1963, erforschte die Funktionen des Zentralnervensystems, des Hirns und des Rückenmarks. Aufgrund seiner Experimente mit Mikroelektroden in den Nervenzellen entdeckte E. den Mechanismus der Ionenströme und den Zusammenhang von Reiz und Hemmung bei der Impulsübertragung an den Synapsen genannten Verbindungs- und Schaltstellen der Nervenzellen. Das elektrische Potential einer reizleitenden Nervenzelle wird danach nicht nur durch Ionenaustausch umgekehrt, sondern erfährt auch durch die den Synapsen folgenden Membranpotentiale einen erregenden oder hemmenden Ausgleich. Die bekannteste seiner Publikationen ist das mit K. R. →Popper 1977 verfaßte Buch »Das Ich und sein Gehirn« (dt. 1977).

□ 1951-66: Prof. an der austral. Nationaluniv. in Canberra. □ 1957: »The physiology of the nerve cells« (Schr.). □ 1957-61: Präs. der austral. Akademie der Wissenschaften. □ 1963: Physiologie/Medizin-Nobelpreis (mit A. L. →Hodgkin und A. F. →Huxley). □ 1964: »The physiology of synapses« (Schr.). □ 1966-68: Leiter am Inst. für biomedizinische Forschung der Amer. Medical Association (AMA) in Chicago. □ 1968-75: Prof. an der Univ. Buffalo (N. Y.). □ 1980: »The human psyche« (Schr.).

Ecevit, Bülent
türk. Politiker
* 28.5.1925 Istanbul

Ecevit war 1974 als türkischer Ministerpräsident für die Entsendung eines Expeditionskorps nach Zypern verantwortlich (→Makarios III.). In den späten 70er Jahren verwickelte sich E., der dem sozialdemokratischen Flügel der Republikanischen Volkspartei angehört, in einen dauernden Machtkampf mit seinem konservativen Rivalen S. → Demirel. Nach dem Militärputsch von 1980 (K. →Evren) wurde ihm die politische Betätigung untersagt; er wurde bis zur Amnestie (1987) mehrfach inhaftiert.

☐ 1957-60; 1961-80: Abg. im Parlament. ☐ 1961: Mitgl. der Verfassunggebenden Versammlung. ☐ 1961-65: Arbeitsmin. unter I. →Inönü. ☐ 1966-71: Generalsekr. der Republikanischen Volkspartei. ☐ 1972-80: Deren Vors. ☐ 1974; 1977 und 1979/80: Ministerpräsident.

← Bülent Ecevit

Echegaray y Eizaguirre, José
span. Dramatiker
* 19.4.1832 Madrid † 14.(16.?)9.1916 ebd.

Echegaray erhielt 1904 den Literatur-Nobelpreis für die Wiederbelebung und Weiterführung des traditionellen Dramas aus dem Siglo de Oro (Goldenes Zeitalter, 16./17. Jh.). Dem hochgebildeten Mathematiker und Politiker gebührt das Verdienst, das spanische Theater in ganz Europa verbreitet zu haben. »Galeotto« (1881, dt. 1901) begeisterte das Publikum — wie die übrigen 60 Dramen E.s — durch starke innere Spannung, Elan und leidenschaftliches Pathos. Dem Neuromantiker wurde andererseits mangelnde Wirklichkeitsnähe und Effekthascherei vorgeworfen. J. →Benavente verdrängte ihn schließlich von der Bühne.

☐ 1854-68: Mathematik-Prof. in Madrid. ☐ 1868-74: Arbeitsmin. ☐ 1874: Gründer der Banco de España; UA des ersten Stückes »Das Scheckbuch«. ☐ 1877: »Wahnsinn oder Heiligkeit« (Dr., dt. 1887). ☐ ab 1884: Mitgl. der Span. Akademie. ☐ 1892: »Der Sohn des Don Juan« (Dr.). ☐ 1904: Literatur-Nobelpreis (mit Frédéric Mistral).

Eckes, Ludwig
dt. Unternehmer
* 28.4.1913 Nieder-Olm † 14.1.1984 ebd.

Unter Eckes' kaufmännischer Leitung (seit 1952) entwickelten sich die elterlichen Weinbrennereien zu einer expandierenden Firmengruppe mit Tochterfirmen in Österreich, Italien, den USA und Argentinien. Bekannte Produkte sind der Weinbrand Chantré, der Fruchtsaft »Hohes C«, der Likör »Eckes-Edelkirsch« und der Schnaps »Zinn 40«. 1981 überschritt der Weltumsatz erstmals die Milliardengrenze. Vier Jahre zuvor hatte E. durch den überraschenden Kauf der »Constantin Film« Aufsehen erregt.

☐ 1931: Eintritt in den elterlichen Betrieb. ☐ 1939-45: Teilnahme am 2. Weltkrieg. ☐ seit 1953: Herstellung des Weinbrands Chantré. ☐ 1958: Gründung der Eckes-Übersee-Fruchtsaft-KG. ☐ 1973: Rückzug aus der Geschäftsleitung; weiterhin Sprecher des Konzernbeirats.

← Ludwig Eckes

Eco, Umberto
ital. Schriftsteller und Philosoph
* 5.1.1932 Alessandria, Piemont

Eco, als Professor für Semiotik und Verfasser witzig-geistvoller Essays anfangs nur einem Fachpublikum bekannt, überraschte 1982 mit dem zum Weltbestseller gewordenen Roman »Der Name der Rose« (verfilmt 1985/86 mit S. →Connery, Rg. Jean-Jacques Annaud). Am Beispiel einer Kriminalgeschichte im Klostermilieu des 14. Jh.s vermittelt E. Einblicke in die Umsetzbarkeit seiner semiotischen Theorien. E. hatte 1962 eine Poetik entwickelt, die von einem Kunstwerk prinzipiell Mehrdeutigkeit und Unbestimmbarkeit der jeweiligen Zeichenstrukturen fordert (»Das offene Kunstwerk«, dt. 1973). Diesem Ansatz folgte 1968 (dt. 1972) die zum Standardwerk avancierte »Einführung in die Semiotik«, in der er die Theorie der Semiotik als allgemeine Kulturwissenschaft darstellt.

Umberto Eco: Autor von »Das Foucaultsche Pendel«.

☐ 1954: Promotion in Philosophie. ☐ 1954-59: Kulturjournalist. ☐ 1959-76: Betreuung einer philosophisch-soziologisch-semiotischen Schriftenreihe im Verlag Bombiani. ☐ 1959: »Entwicklung der mittelalterlichen Ästhetik« (Schr.). ☐ 1961: Mitbegründer der Zeitschrift »Marcatré«. ☐ 1964: »Apokalyptiker und Integrierte« (Es.s, dt. 1984). ☐ 1966-69: Prof. für visuelle Kommunikation in Florenz. ☐ 1971: Prof. für Semiotik an der Univ. Bologna (ab 1975: Lehrstuhlinhaber); Gründung der ersten int. Zeitschrift für Semiotik, Versus. ☐ 1979: »Lector in fabula« (Schr., dt. 1987). ☐ 1983: »Nachschrift zum Namen der Rose« (dt. 1984); »Platon im Striptease-Lokal« (Parodien, dt. 1990). ☐ 1984: »Semiotik und Philosophie der Sprache« (Schr., dt. 1985). ☐ 1988: »Das Foucaultsche Pendel« (R., dt. 1988).

Edberg, Stefan
schwed. Tennisspieler
* 19.1.1966 Västervik

Edberg, der erfolgreichste schwedische Tennisspieler nach B. →Borg, gewann u. a. zweimal Wimbledon (1988 und 1990 jeweils gegen B. →Becker) und eroberte Ende 1990 die Spitze der Weltrangliste (Mitte 1991 kurzzeitig durch Becker abgelöst). Mit Schweden gewann er zweimal den Daviscup (1985 und 1987).

☐ 1984: Sieg im Olympischen Demonstrationswettbewerb von Los Angeles. ☐ 1985: Australian Open (erneut 1986 und 1987). ☐ 1987: Doppelsieger US Open und Australian Open (mit A. Jarryd). ☐ 1988: Olympiadritter in Seoul. ☐ 1991: Gewinner der US-Open.

Stefan Edberg →

Eddington, Sir (ab 1930) Arthur Stanley

brit. Astronom und Physiker
* 28.12.1882 Kendal, Westmoreland
† 22.11.1944 Cambridge

Nach Berechnungen der Sternbewegungen und der Erforschung von Sternhaufen und Gasnebeln widmete sich Eddington ab 1916 dem inneren Aufbau der Sterne und begründete mit seinen Erkenntnissen die moderne Astrophysik.
E. erkannte den gasförmigen Materiezustand der Fixsterne und entdeckte 1924 als deren wichtige Gleichgewichtskraft neben Gasdruck und Gravitation eine Beziehung zwischen ihren Massen und Leuchtkräften (Strahlungsdruck). Sterne, die nach E.s Berechnungen an der Grenze solcher Stabilität liegen (Pulsare von 50facher Sonnenmasse), expandieren und kontraktieren ständig.
Ebenso bedeutend wie seine Erkenntnisse über Entstehung und Alter von Sterntypen sind E.s Arbeiten zur Quanten- und allgemeinen Relativitätstheorie, deren Annahme der Lichtablenkung im Schwerefeld großer Sterne E. 1919 bei einer Sonnenfinsternis in Westafrika bestätigte. E. machte die Relativitätstheorie A. →Einsteins in England bekannt.

□ 1906-13: Leiter des Royal Observatory bei Greenwich. □ ab 1913: Prof. an der Univ. Cambridge. □ ab 1914: Dir. der Sternwarte ebd. □ 1921: »Raum, Zeit und Schwere« (Schr., dt. 1923). □ 1923: »Die Relativitätstheorie in mathematischer Behandlung« (Schr., dt. 1925). □ 1926: »Der innere Aufbau der Sterne« (Schr., dt. 1928). □ 1929: »Das Weltbild der Physik« (Schr., dt. 1931). □ 1939: »Philosophie und Naturwissenschaft« (Schr., dt. 1949).

← Arthur St. Eddington

Eddy, Mary

amer. Gründerin der Christian Science
(Christliche Wissenschaft)
* 16.7.1821 Bow, N. H. † 3.12.1910 Boston

1879 gründete Eddy die heute weltweit verbreitete Sekte »Church of Christ, Scientist«. Die Lehre dieser Bewegung, den Glauben an die »Heilung durch den Geist«, beschrieb E. 1875 in ihrem Hauptwerk »Wissenschaft und Gesundheit, mit Schlüssel zur heiligen Schrift«. Als fanatische Kämpferin für ihre Idee entwickelte sie einen straffen Führungsstil und forderte große finanzielle Opfer von ihren Anhängern.

Edelman, Gerald Maurice

amer. Biochemiker
* 1.7.1929 New York

Edelman, seit 1960 Professor am Rockefeller-Institut der Universität New York, legte 1969 seine vollständige Enzifferung des Aufbaus eines Antikörper-Moleküls (Immunglobulin) vor. Dieses große Eiweißmolekül besteht aus vier Ketten, gebildet aus mehr als 1300 Aminosäuren, die über Schwefelatome in der Form eines Ypsilons zusammengehalten werden. Für die Aufklärung der an der Immunabwehr beteiligten Antigen-Antikörper-Reaktion erhielt E. 1972 den Physiologie/Medizin-Nobelpreis (mit R. R. → Porter).

← Gerald M. Edelman

Eden, Sir (ab 1954) Robert Anthony, Earl of Avon (ab 1961)

brit. Politiker
* 12.6.1897 Windlestone Hall, Durham
† 14.1.1977 Salisbury, Wiltshire

Eden vertrat eine eigenständige Außenpolitik Großbritanniens in der Tradition des Empire neben den neuen Weltmächten USA und Sowjetunion. Nach dem 2. Weltkrieg war er als Außenminister (1951-55) und Premier (1955-57) maßgeblich am Aufbau des westlichen Bündnissystems und an der Ausarbeitung des Indochina-Abkommens (1954) beteiligt. Seine Pläne für eine neutrale und entmilitarisierte Zone in Mitteleuropa sowie für eine Wiedervereinigung Deutschlands scheiterten. Die im Okt. 1956 von ihm mitausgelöste Suez-Krise rief heftige Proteste hervor und führte 1957 zu seinem Rücktritt als Premier und zum britischen Rückzug aus Ägypten.

□ 1923-57: Mitgl. des Unterhauses (Konservative). □ 1931-33: Unterstaatssekr. im Außenministerium. □ 1934/35: Lordsiegelbewahrer. □ 1935-38; 1940-45; 1951-55: Außenmin. □ Mai 1940: Kriegsmin. □ 1955-57: Nach W. →Churchills Rücktritt Premierminister. □ ab 1961: Mitgl. des Oberhauses.

Robert Anthony Eden →

Edison, Thomas Alva

amer. Ingenieur und Erfinder
* 11.2.1847 Milan, Ohio
† 18.10.1931 West Orange, N. J.

Edison, der u. a. Telegraf, Telefon und Kamera weiterentwickelte, erfand insgesamt ca. 2000 elektrische Verfahren und Geräte. Um rationelle Stromnutzung zu ermöglichen, konstruierte E. die Kohlefadenglühlampe mit Schraubfassung, bleigesicherte Leitungsnetze und elektrische Leistungsmesser. Das von ihm eingerichtete erste öffentliche Elektrizitätswerk versorgte bis zu 5000 Straßenlampen gleichzeitig mit Strom.

□ 1886: Entwicklung eines Telegrafen. □ 1870: Gründung einer Elektrofabrik. □ 1877: Entwicklung des Kohlekörnermikrofons für das Telefon sowie des ersten Phonographen, der die menschliche Stimme oder Musik aufzeichnen und

Edison: Erfinder der ersten brauchbaren Glühlampe.

wiedergeben kann. □ 1879: Konstruktion der Kohlefadenglühlampe mit Schraubfassung. □ 1882: Aufbau des ersten öffentlichen Elektrizitätswerks in New York. □ 1883: Entdeckung des glühelektrischen Effekts (»Edison-Effekt«), der für die Entwicklung der Elektronenröhre maßgebend war. □ 1889: Herstellung eines Tonfilms mittels einer Laufbildkamera.

Edward VII.

König von Großbritannien und Irland,
Kaiser von Indien
* 9.11.1841 London † 6.5.1910 ebd.

König Edward VII. regierte von 1901 bis 1910.

Edward, der infolge der langen Regierungszeit seiner Mutter →Victoria erst mit 60 Jahren (1901) König wurde, nahm bereits als Kronprinz Repräsentationsaufgaben wahr. Durch zahlreiche Auslandsreisen wirkte er für die britische Bündnispolitik vor dem 1. Weltkrieg. Nachfolger auf dem Thron wurde 1910 →George V.

Edward VIII.

König von Großbritannien und Irland
(ab 1937 Herzog von Windsor)
* 23.6.1894 White Lodge
† 28.5.1972 Paris (Frankreich)

Edward VIII., der Sohn von →George V., herrschte nur von Jan. bis Dez. 1936. Kurz nach seiner Thronbesteigung wollte E. eine geschiedene Amerikanerin, Mrs. Wallis Simpson, heiraten. Dies löste eine schwere innenpolitische Krise aus. Die Regierung unter S. →Baldwin verweigerte ihre Zustimmung. Diese Heirat sei mit seiner Stellung nicht vereinbar, zumal er als König auch Oberhaupt der anglikanischen Kirche sei. König E. mußte zugunsten seines Bruders, →George VI., abdanken und lebte nach seiner Heirat zumeist in Frankreich.

Blake Edwards →

← König Edward VIII.

Edwards, Blake

amer. Regisseur
* 26.7.1922 Tulsa, Okla.

Edwards bewies sein komödiantisches Talent bereits in »Frühstück bei Tiffany« (1960, nach T. →Capote). Mit den »Rosaroter-Panther«-Filmen (1963-82, mit P. →Sellers als Inspektor Clouseau) schuf er eine der erfolgreichsten Komödienserien Hollywoods.

□ 1967: »Der Partyschreck«. □ 1969: Zweite Ehe mit der Schauspielerin J. → Andrews. □ 1978: »Zehn — Die Traumfrau«. □ 1982: »Viktor/Viktoria«. □ 1984: »Micki & Maude«. □ 1986: »Blind Date — Verabredung mit einer Unbekannten«. □ 1987: »Sunset — Dämmerung in Hollywood«. □ 1989: »Skin Deep«. □ 1991: »Switch — die Frau im Manne«.

Eggebrecht, Axel

dt. Schriftsteller und Journalist
* 10.1.1899 Leipzig † 14.7.1991 Hamburg

Eggebrecht, 1945 Mitbegründer des NWDR in Hamburg und bis 1949 Abteilungsleiter, gehörte zu den produktivsten und vielseitigsten Autoren der Nachkriegszeit. Mit unpolitischen Filmdrehbüchern (»Bel Ami«, 1939; »Operette«, 1940; »Wiener Blut«, 1941; alle mit W. →Forst) überlebte er das 3. Reich und machte danach in seinen Erzählungen, Essays, Hör- und Fernsehspielen die angesichts der geschichtlichen Misere Deutschlands dringend notwendige »bürgerliche Aufklärung« zu seinem Hauptanliegen.

Axel Eggebrecht: Vielschreiber und NWDR-Mitbegründer.

□ 1918-20: Germanistik- und Philosophiestudium. □ 1920-25: Mitgl. der Kommunistischen Partei. □ 1926-33: Mitarbeit bei mehreren liberalen Berliner Zeitungen. □ 1927: »Katzen« (Erz.n u. Es.s). □ 1929: Erster Roman »Leben einer Prinzessin. Amor vacui«. □ 1933: Mehrmonatige Inhaftierung im KZ Hainewalde; bis 1935 Schreibverbot. □ 1949: Als freier Mitarbeiter Kommentare im Hörfunk des NDR (bis 1973). □ 1954: »Rittmeister Wronski« (Filmdrehbuch). □ 1956: »Der Falschspieler« (Hsp.). □ 1963: Leiter des NDR-Nachwuchsstudios (bis 1971). □ 1968: »Die Weltbühne. Geschichte einer Zeitschrift 1905-1933« (TV-Produktion). □ 1979: Ossietzy-Medaille der Liga für Menschenrechte.

▷ A. Eggebrecht: Der halbe Weg. Zwischenbilanz einer Epoche, 1975.

Egk, Werner

(eig. Werner Joseph Mayer)
dt. Komponist und Dirigent
* 17.5.1901 Auchsesheim (heute zu Donauwörth)
† 10.7.1983 Inning am Ammersee

Egk, Schüler von C. →Orff in München und erster deutscher Präsident der Weltorganisation der Urheberrechtsgesellschaft CISAC (1976-78), wurde durch sein Schaffen auf den Gebieten der Oper (»Peer Gynt«, UA Berlin 1938) und des Balletts (»Die Chinesische Nachtigall«, UA München 1953) bekannt. Seine Musik blieb trotz der Aufnahme zeitgenössischer Elemente (I. →Strawinsky) traditionell ausgerichtet. Zum ersten Mal in der Operngeschichte bezog E. bayerische Volksmusik ein (»Die Zaubergeige«, UA Frankfurt/Main 1935).

← Werner Egk

□ 1930-33: Hörspielmusiken für den Bayer. Rundfunk. □ 1936: »Olympische Festmusik« (Auftragswerk des NOK) mit C. →Orff. □ 1936-40: Kapellmeister an der Staatsoper Berlin. □ 1941-45: Leiter der Fachschaft Komponisten in der Reichsmusikkammer. □ 1950-53: Dir. der Musikhochschule Berlin. □ 1953: Gastdirigent an der Staatsoper München. □ 1954: Präs. des Dt. Komponistenverbands. □ 1955: UA von »Irische Legende« (Oper) in Salzburg. □ 1960: »Musik, Wort, Bild« (Schr.). □ 1963: UA »Die Verlobung in San Domingo« in München. □ 1969: »Casanova in London« (Ballett, UA München). □ 1975: »Fünf Stücke« für Bläserquartett.

▷ W. Egk: Die Zeit wartet nicht (Aut.), 1973.

Ehlers, Hermann

dt. Jurist und Politiker
* 1.10.1904 Berlin † 29.10.1954 Oldenburg

Ehlers engagierte sich während der NS-Diktatur als Rechtsberater der Bekennenden Kirche (M. →Niemöller) und wurde deshalb 1939 aus dem Staatsdienst entlassen. Ab 1950 war das CDU-Mitglied bis zu seinem frühen Tod der erste Bundestagspräsident der BRD. Nachfolger wurde E. →Gerstenmaier.

← Hermann Ehlers

□ 1939: Entlassung aus dem Staatsdienst. □ 1945: Juristischer Oberkirchenrat in Oldenburg. □ 1949-54: MdB. □ 1950-54: Bundestagspräsident. □ 1952: 2. Vors. der CDU.

▷ K. Erdmann (Hg.): Hermann Ehlers. Reden, Aufsätze, Briefe, 1991; A. Meier: Hermann Ehlers, 1991.

Ehmke, Horst Paul August

dt. Politiker
* 4.2.1927 Danzig

Der SPD-Politiker Ehmke übernahm 1969 als rechte Hand von Bundeskanzler W. →Brandt die Leitung des Bundeskanzleramts. 1972 wurde er Minister für Forschung und Technologie sowie für das Post- und Fernmeldewesen. Der Rücktritt Brandts 1974 beendete auch E.s Amtszeit. Obwohl er als Vertreter der linken Mitte nicht immer die Zustimmung konservativer SPD-Mitglieder findet, gehört E. als stellvertretender Fraktionsvorsitzender (seit 1977) zur Führungsmannschaft der Partei.

← Horst P. A. Ehmke

□ 1947: Eintritt in die SPD. □ 1953: »Grenzen der Verfassungsänderung« (Schr.). □ 1961: Prof. für Rechtswissenschaften in Freiburg i. Br. □ 1967-69: Staatssekr. im Bundesjustizministerium. □ 1969: Bundesjustizmin.; »Perspektiven — Sozialdemokratische Politik im Übergang zu den 70er Jahren« (Hg.). □ 1981: »Beiträge zur Verfassungstheorie und Verfassungspolitik« (Schr.).

Ehre, Ida

dt. Schauspielerin, Regisseurin und Theaterleiterin
* 9.7.1900 Prerau (heute Přerov, CSFR)
† 16.2.1989 Hamburg

Ehres Name ist untrennbar mit den Hamburger Kammerspielen verbunden, die sie nach Ende des 2. Weltkriegs gründete und bis zu ihrem Tod leitete. In dem vom Staat nur gering unterstützten Privattheater brachte E. die durch den Krieg langentbehrte zeitgenössische Weltliteratur auf die Bühne (u. a. Th. →Wilder, J.-P. →Sartre, J. →Anouilh und G. B. →Shaw). Aufmerksamkeit erregte 1947 die UA von W. →Borcherts Heimkehrer-Drama »Draußen vor der Tür« mit Hans Quest in der Hauptrolle. In ihrem Haus, aber auch an anderen deutschen Bühnen, war sie in großen Rollen zu sehen, u. a. als Hekuba in »Die Troerinnen« (Euripides/F. →Werfel, 1947) und als »Mutter Courage« (B. →Brecht, 1952).

Ida Ehre: »Mutter« der Hamburger Kammerspiele.

□ 1928-31: Ensemblemitgl. am Mannheimer Nationaltheater. □ 1931-33: Engagement am Lessingtheater in Berlin. □ 1933: Als Jüdin Berufsverbot. □ 1939: Mißglückter Auswanderungsversuch nach Chile. □ 1943: Inhaftierung in KZ-Abteilung des Hamburger Zuchthauses Fuhlsbüttel. □ 1945: Neugründung der Hamburger Kammerspiele. □ 1977: Irrenärztin in »Die Irre von Chaillot« (J. →Giradoux). □ 1980: Sarah Bernhardt in »Memoiren« (J. Murrell). □ 1985: Gründung eines Ida-Ehre-Stipendiums für Bühnenautoren durch die Hamburger Körber-Stiftung.

▷ Förderer der Hamburger Kammerspiele (Hg.): Mutter Courage und ihr Theater, 1965; I. Ehre: Gott hat einen größeren Kopf, mein Kind ... (Aut.), 1985.

Ehrenburg, Ilja Grigorjewitsch

sowjet. Schriftsteller
* 27.1.1891 Kiew † 31.8.1967 Moskau

Ehrenburgs Roman »Tauwetter« (1954, dt. 1957) mit seiner Kritik an der repressiven Literaturpolitik der Stalinzeit gab der Phase der Entspannung nach →Stalins Tod (1953) den Namen. Bis zu diesem Zeitpunkt hatte der »Sowjetbürger jüdischer Nationalität« E. sich z. T. dem geforderten Sozialistischen Realismus angepaßt und Kritik in die Form der Satire und des abenteuerlichen Schelmenromans verpackt. Während des Tauwetters setzte er sich für die Rehabilitierung der unter Stalin verfolgten Schriftsteller ein (M. I. →Zwetajewa, I. E. →Babel).

□ 1908: Als Revolutionär inhaftiert; Emigration nach Paris; Korrespondent für russ. Zeitungen. □ 1917: Rückkehr. □ 1921-41: Auslandsaufenthalte; Kriegsberichterstatter im Span. Bürgerkrieg und im 2. Weltkrieg. □ 1922: »Die ungewöhnlichen Abenteuer des Julio Jurenito« (R., dt. 1923). □ 1924: »Die Liebe der Jeanne Ney« (R., dt. 1926). □ 1928: »Das bewegte Leben des Lasik Roitschwantz« (R., dt. 1969). □ 1933: »Der zweite Tag« (R., dt. 1935). □ 1942: »Der Fall von Paris« (R., dt. 1945). □ 1954: »Tauwetter« (R., dt. 1957).

▷ I. Ehrenburg: Menschen, Jahre, Leben (Aut.), 1960-65, dt. 1962-65.

← Ilja G. Ehrenburg

Paul Ehrlich →

← Christian von Ehrenfels

Ehrenfels, Christian von

(eig. Maria Christian Julius Leopold Karl Freiherr von Ehrenfels)
österr. Philosoph und Psychologe
* 20.6.1859 Rodaun bei Wien
† 8.9.1932 Lichtenau, Niederösterreich

Ehrenfels gehört zu/ den Begründern der Gestaltpsychologie und arbeitete über Werttheorie, Ethik und Sexualmoral. Bekannt wurde E. mit seinem 1890 in der Vierteljahresschrift für wissenschaftliche Philosophie erschienenen Beitrag »Über Gestaltqualitäten«. Darin stellte er seine Entdeckung vor, daß beim Prozeß des Wahrnehmens ein von jeder Empfindung unabhängiges Moment wirksam sei — die »Gestaltqualität« (eine Melodie bleibt auch in verschiedenen Tonarten und auf unterschiedlichen Instrumenten gespielt die gleiche Melodie). Das Interesse des auch dichtenden Philosophen galt später der Mathematik.

□ 1888: Habilitation für Philosophie an der Univ. Wien. □ ab 1900: Prof. für Philosophie an der Univ. Prag. □ 1916: »Kosmogonie« (Schr.). □ 1922: »Das Primzahlengesetz« (Schr.).

Ehrenfest, Paul

österr. Physiker
* 18.1.1880 Wien
† 25.9.1933 Amsterdam (Selbstmord)

Bekannt wurde Ehrenfest, ab 1912 Professor an der Universität Leiden, mit seiner Arbeit über »Die begrifflichen Grundlagen der statistischen Auffassung in der Mechanik« (1914), in welcher er und seine Frau Tatjana ihren Standpunkt zur statistischen Mechanik von L. →Boltzmann darstellten.

1913-16 entwickelte E. seine Hypothese von den adiabatischen Invarianten, wonach thermodynamische Zustandsveränderungen, die bei schnellem Ablauf vom Quantenzustand eines mikrophysikalischen Systems in einen energetisch tiefer liegenden führen, bei sehr langsamem Verlauf keine dieser »Quantensprünge« auslösen. Mit dem sog. Ehrenfestschen Theorem stellte E. 1927 eine allgemeingültige Beziehung zwischen der Quantentheorie und der klassischen Physik her.

Ehrlich, Paul

dt. Mediziner
* 14.3.1854 Strehlen, Schlesien
† 20.8.1915 Bad Homburg v. d. H.

Ehrlich, Begründer der Chemotherapie und Nobelpreisträger von 1908, entdeckte 1909/10 mit dem japanischen Bakteriologen Sahatschiro Hata das Salvarsan und erprobte dieses aus mehr als tausend synthetisierten Arsenverbindungen hervorgegangene Medikament erfolgreich bei der Behandlung der Syphilis. Zuvor hatte der Serologe im Trypanrot ein Mittel gegen den Erreger der Schlafkrankheit gefunden und neuartige Diagnoseverfahren durch Färbung des Blutes, lebender Zellen und Gewebe entwickelt, womit ihm u. a. die selektive Färbung der Tuberkelbazillen gelang.
E. leitete ab 1899 das später nach ihm benannte Institut für experimentelle Therapie in Frankfurt/Main, dem 1906 die Stiftung »Georg-Speyer-Haus« angegliedert wurde. Mit seiner Seitenkettentheorie schuf er für die Immunitätslehre die wissenschaftliche Grundlage der Antigen-Antikörper-Reaktion.

□ 1890-1904: Prof. an der Univ. Berlin; Mitarbeiter von R. →Koch. □ 1891: »Farbenanalytische Beiträge zur Histologie und Klinik des Blutes«. □ 1892: Synthese eines Diphtherie-Antitoxins. □ 1904: »Gesammelte Arbeiten zur Immunitätsforschung«. □ 1908: Physiologie/Medizin-Nobelpreis (mit I. I. Metschnikow). □ 1910: »Experimentelle Chemotherapie der Spirillosen« (mit S. Hata). □ 1911-14: »Abhandlungen über Salvarsan« (4 Bde.). □ ab 1914: Prof. an der Univ. Frankfurt/Main.

▷ H. Loewe: Paul Ehrlich. Schöpfer der Chemotherapie, 1950; H. Satter: Paul Ehrlich (Biogr.), 1963.

Eibl-Eibesfeld, Irenäus

österr. Verhaltensforscher
* 15.6.1928 Wien

Eibl-Eibesfeld begründete die Humanethologie als selbständige Disziplin. Er untersuchte die Formen der Kommunikation bei Mensch und Tier, die Mechanismen der Gruppenbindungen und der Aggressionskontrolle. Aufgrund zahlreicher Forschungsreisen (u. a. mit H. →Hass zu den Galápagos-Inseln) konnte er soziale Interaktion kulturvergleichend untersuchen und ein universales Regelsystem im menschlichen Sozialverhalten nachweisen: Aggressives, aber auch altruistisches Verhalten des Menschen sei durch stammesgeschichtliche Anpassung vor-

Irenäus Eibl-Eibesfeld bei den Eipo im Hochland von Neuguinea.

programmiert. E. vertritt die These, daß der Mensch genetisch zum »Guten« wandelbar und zu einem friedlichen Zusammenleben befähigt sei.

☐ 1951-69: Mitarbeiter von K. →Lorenz am Max-Planck-Inst. (MPI) für Verhaltensphysiologie. ☐ 1960: »Galápagos. Die Arche Noah im Pazifik« (Schr.). ☐ 1967: »Grundriß der vergleichenden Verhaltensforschung« (erste umfassende Darstellung dieses Wissenschaftsgebiets). ☐ seit 1970: Prof. für Zoologie an der Univ. München; Leiter der Arbeitsgruppe für Humanethologie am MPI für Verhaltensphysiologie in Seewiesen bei Starnberg. ☐ 1970: »Liebe und Haß. Zur Naturgeschichte elementarer Verhaltensweisen« (Schr.). ☐ 1973: »Der vorprogrammierte Mensch. Das Ererbte als bestimmender Faktor im menschlichen Verhalten« (Schr.). ☐ 1975: »Krieg und Frieden aus der Sicht der Verhaltensforschung« (Schr.). ☐ 1984: »Die Biologie des menschlichen Verhaltens. Grundriß der Humanethologie« (Lehrbuch). ☐ 1988: »Der Mensch — das riskierte Wesen. Zur Naturgeschichte menschlicher Unvernunft« (Schr.). ☐ 1991: »Das verbindende Erbe. Expeditionen zu den Wurzeln unseres Verhaltens« (Schr.).

Eich, Günter

dt. Schriftsteller
* 1.2.1907 Lebus/Oder
† 20.12.1972 Großgmain bei Salzburg (Österreich)

Eich begründete die sprachlich karge sog. Kahlschlagpoesie (»Abgelegene Gehöfte«, 1948), Inbegriff des dichterischen Neubeginns nach 1945. Als meistgespielter Hörspielautor der 50er Jahre rief E. vor dem Hintergrund der nationalsozialistischen Vergangenheit zum Mißtrauen jeglicher Ideologie auf. Den Georg-Büchner-Preisträger (1959) führte die Erkenntnis, daß Sprache weder als Mittel zur Kommunikation noch zur Welterfahrung taugt, zu einer schwer zugänglichen Kurzprosa (»Maulwürfe«, 1968); sie rückt ihn in die Nähe des Absurden Theaters (E. →Ionesco).

☐ 1932-39: Arbeiten für den Hörfunk. ☐ 1939-45: Soldat im 2. Weltkrieg. ☐ 1946/47: In amer. Gefangenschaft. ☐ 1947: »Züge im Nebel« (Erz.). ☐ 1951: »Träume« (Hörspiel). ☐ ab 1953: Ehe mit I. →Aichinger. ☐ 1955: »Botschaften des Regens« (Ged.e). ☐ 1959: Georg-Büchner-Preis. ☐ 1964: »Zu den Akten« (Ged.e). ☐ 1966: »Anlässe und Steingärten« (Ged.e). ☐ 1970: »Ein Tibeter in meinem Büro« (Prosa). ☐ 1972: »Nach Seumes Papieren« (Ged.e). ☐ postum 1973: »Zeit und Kartoffeln« (Hörspiel).

▷ H. F. Schafroth: Günter Eich, 1976.

Hans Eichel →

Bernd Eichinger →

← Günter Eich

Eichel, Hans

dt. Politiker
* 24.12.1941 Kassel

Ministerpräsident Eichel setzte nach der Landtagswahl 1991 mit einer rot-grünen Koalition die Tradition der SPD-geführten Landesregierungen in Hessen fort. Zwar hatte er sich als Oberbürgermeister von Kassel durch eine eher pragmatische Politik ausgezeichnet, doch pflegte er mit dem linken Flügel seiner Partei stets gute Kontakte. Bereits 1981 wagte er als erster Sozialdemokrat in Kassel eine Koalition mit den Grünen und besetzte 1985 den Magistrat der Stadt paritätisch mit Männern und Frauen.

☐ 1961-68: Studium der Germanistik und Geschichte. ☐ 1969-72: Stellv. Vors. der Jungsozialisten. ☐ 1970-75: Vors. der SPD-Fraktion in Kassel. ☐ 1975-91: Oberbürgermeister von Kassel. ☐ 1989: Vors. der hessischen SPD. ☐ seit 1991: Ministerpräsident.

Eichinger, Bernd

dt. Filmproduzent und -verleiher
* 11.4.1949 Neuburg

Mit Filmen wie »Das Boot« (1981, Rg. W. →Petersen), der sechs Oscar-Nominierungen erhielt, und »Der Name der Rose« (1986, Rg. Jean-Jacques Annaud) führte Eichinger als Manager und Mitinhaber (seit 1979) die Produktionsfirma Neue Constantin in die Spitzengruppe der internationalen Filmindustrie. In den 70er Jahren hatte er mit seiner Produktionsfirma Solaris anspruchsvolle Kino- und Fernsehfilme produziert, u. a. »Falsche Bewegung« von W. →Wenders (1974) und »Hitler. Ein Film aus Deutschland« von H.-J. → Syberberg (1976/77).

☐ 1970-73: Studium an der Münchener Hochschule für Film und Fernsehen. ☐ 1974: Gründung der Produktionsfirma Solaris. ☐ 1976: »Die Wildente« (Rg. H. W. →Geissendörfer); »Grete Minde« (Rg. H. Genée). ☐ 1979: Mit einem Kompagnon Übernahme der Neuen Constantin (Nachfolgefirma des Constantin Filmverleihs). ☐ 1981: »Wir Kinder vom Bahnhof Zoo« (Rg. U. Edel). ☐ 1983: »Die unendliche Geschichte« (Rg. W. →Petersen, nach dem Buch von M. →Ende). ☐ 1990: »Letzte Ausfahrt Brooklyn« (Rg. U. Edel, nach dem Roman von H. →Selby).

Eichmann, Adolf

dt. Parteifunktionär
* 19.3.1906 Solingen
† 31.5./1.6.1962 Ramla (Israel, hingerichtet)

Eichmann, ein farbloser Parteifunktionär und Bürokrat, wurde zur schrecklichen Symbolfigur

Eichmann im Kreuzverhör in Jerusalem, 1961.

des nationalsozialistischen Rassenwahns. Ohne innere Beteiligung organisierte E. als »Judenreferent« des SS-Reichssicherheitshauptamts (ab 1941 »Dienststelle E.«) in gnadenloser Perfektion die Deportation der im deutschen Machtbereich lebenden Juden in die Massenvernichtungslager in Osteuropa. Nach dem Krieg unerkannt entkommen, wurde E. 1960 vom israelischen Geheimdienst aus Argentinien entführt (S. →Wiesenthal) und nach aufsehenerregendem Prozeß hingerichtet.

□ 1927: Mitgl. im dt.-österr. Frontkämpferbund. □ ab 1932: Mitgl. der NSDAP und der SS. □ 1934: Im Sicherheitsdienst-Hauptamt. □ 1939: Leiter des Judenreferats im Reichssicherheitshauptamt. □ 1941: SS-Obersturmbannführer. □ 1945: Flucht nach Argentinien. □ 1960: Entführung durch israel. Geheimdienst. □ 1961: Prozeß in Jerusalem.

▷ H. Arendt: Eichmann in Jerusalem, 1964; J. v. Lang: Das Eichmann-Protokoll, 1982; P. Z. Malkin: Ich jagte Eichmann, 1991.

Eick, Jürgen

dt. Journalist
* 24.3.1920 Dresden † 13.5.1990 Rosenheim

Eick zählte 1949 zur Gründergeneration der Frankfurter Allgemeinen Zeitung und prägte als Ressortleiter den Wirtschaftsjournalismus der Nachkriegszeit. Der engagierte Anhänger der freien Marktwirtschaft hatte großen Anteil daran, daß die FAZ zum führenden Blatt konservativer Wirtschaftskreise wurde. In griffig formulierten Leitartikeln und Buchpublikationen verknüpfte E. das Thema Wirtschaft mit allgemeinpolitischen Fragen. Stark umstritten war seine Einstellung zur betrieblichen Mitbestimmung; den wachsenden Gewerkschaftseinfluß hielt er für schädlich. 1977 wurde E. als erster mit dem Ludwig-Erhard-Preis für Wirtschaftspublizistik ausgezeichnet.

□ 1940: Verwundung in Frankreich. □ 1941-44: Studium der Nationalökonomie in Berlin. □ 1946: Promotion zum Dr. rer. pol. □ 1946-48: Redakteur der Wirtschafts-Zeitung (später Deutsche Zeitung) in Stuttgart. □ 1949: Mit Gründung der FAZ Leiter ihres Wirtschaftsteils. □ 1958: »Wenn Milch und Honig fließen« (Schr.). □ 1960: »Das Jahrhundert des kleinen Mannes« (Schr.). □ 1963-86: Mithg. der FAZ. □ 1974: Scharfe Kritik an der Wirtschaftspolitik der SPD-Regierung in »Wie man eine Volkswirtschaft ruinieren kann« (Schr.). □ ab 1986: Kurator der Fazit-Stiftung (Mehrheitsgesellschafterin der FAZ GmbH).

Eiermann, Egon

dt. Architekt
* 29.9.1904 Neuendorf bei Berlin
† 19.7.1970 Baden-Baden

Eiermann mit dem Modell der neuen Kaiser-Wilhelm-Gedächtniskirche in Berlin, 1958.

Eiermann hat mit seinen funktionellen, vom Konstruktivismus der Bauhaus-Ära geprägten Bauten, mit seiner Lehrtätigkeit und als Juror bei wichtigen Wettbewerben die Nachkriegsarchitektur in Deutschland entscheidend mitbestimmt. Er konzentrierte sich vor allem auf Verwaltungs- und Kaufhausbauten wie das Versandhaus Neckermann in Frankfurt/Main, dessen Fassade durch horizontale Stege, vertikale Elemente und der Außenwand vorgelagerte Treppenaufgänge aufgelockert ist. So entsteht ungeachtet der strengen Geometrie des Gesamtbaus und seiner Größe ein Eindruck von Leichtigkeit. Den Neubau der Kaiser-Wilhelm-Gedächtniskirche in Berlin setzte E. in Form klarer, geometrisch gestalteter Baukörper unmittelbar neben den als Kriegsruine erhaltenen neoromanischen Turm des Vorgängerbaus. Farbig verglaste Formsteine sorgen im Innenraum für interessante Lichteffekte. E. war auch als Designer tätig (z. B. Klappstuhl, 1952).

□ 1923-27: Studium an der TH Berlin bei H. →Poelzig. □ ab 1930: Architekturbüro in Berlin. □ 1947-70: Prof. an der TH Karlsruhe. □ 1956-58: Dt. Pavillon auf der Weltausstellung in Brüssel (mit S. Ruf). □ 1961-63: Kaiser-Wilhelm-Gedächtniskirche, Berlin. □ 1962-64: Dt. Botschaft, Washington. □ 1965-69: Hochhaus des Dt. Bundestages, Bonn. □ 1967-72: Hauptverwaltung IBM, Stuttgart.

▷ W. Schirmer: Egon Eiermann, 1984.

Gustave Eiffel →

Eiffel, (Alexandre) Gustave

frz. Bauingenieur
* 15.12.1832 Dijon † 28.12.1923 Paris

Eiffel, dessen Architektenbüro 1889 für die Pariser Weltausstellung den nach ihm benannten über 300 m hohen Turm konstruierte (Entwurf und Bauleitung Maurice Koechlin), errichtete in aller Welt Brücken, Hallen und Ausstellungsgebäude aus Stahl. U. a. ließ er die Schleusen des Panama-Kanals (1882-1914) und die tragende Konstruktion der Freiheitsstatue in New York (Einweihung 1886) bauen.

□ 1858-60: Leitender Ingenieur beim Bau der Brücke von Bordeaux. □ 1866: Gründung der Firma Societé Eiffel. □ 1867: Bau der Maschinenhalle der ersten Pariser Weltausstellung. □ 1875: Errichtung der Douro-Brücke bei Porto in Portugal. □ 1876: Erstes Warenhaus aus Stahl und Glas »Magasins au Bon Marché« in Paris. □ 1884: Truyère-

Brücke (Auvergne, Frankreich). □ 1887-89: Bau des Eiffelturms. □ 1909: Gründung des ersten aerodynamischen Laboratoriums mit Windkanal.

Eigen, Manfred

dt. Physikochemiker
* 9.5.1927 Bochum

Eigen erforschte ultraschnell ablaufende biochemische und enzymatische Reaktionen und entwickelte dazu Untersuchungsmethoden, die Einsicht in die nur eine Milliardstel Sekunde andauernden Prozesse ermöglichen. Die sog. Relaxationsmethode, mit der chemische Gleichgewichtszustände kurzfristig durch Hochspannungsimpulse, Druck- oder Temperaturänderungen gestört werden, gibt Aufschluß z. B. über die Steuerung der Enzyme, die den intrazellulären Stoffwechsel regeln. 1970 veröffentlichte E. »Die Selbstorganisation der Materie und die Evolution biologischer Makromoleküle«, ein physikalisch-chemisches Modell der Entstehung des Lebens.

□ seit 1964: Prof. am Max-Planck-Inst. für biophysikalische Chemie in Göttingen; Dir. der Abteilung für Biochemische Kinetik ebd. □ 1967: Chemie-Nobelpreis (mit R. G. W. → Norrish und G. → Porter). □ 1975: »Das Spiel — Naturgesetze steuern den Zufall« (Schr., mit R. Winkler). □ 1982: Präs. der Studienstiftung des Dt. Volkes.

← Manfred Eigen

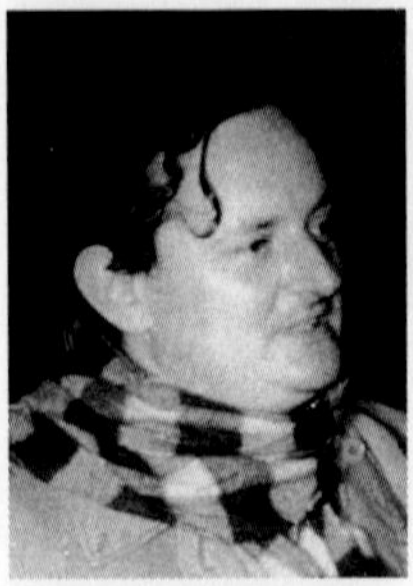
Gottfried von Einem →

Eijkman, Christiaan

niederl. Hygieniker
* 11.8.1858 Nijkerk, Geldern † 5.11.1930 Utrecht

Eijkman, Nobelpreisträger von 1929, erforschte im ehemaligen Niederländisch-Ostindien die Ursachen der Beriberi, einer unter den Bewohnern südostasiatischer Länder auftretenden Krankheit, die von psychischer Erregbarkeit, schneller Erschöpfung und Lähmungserscheinungen begleitet wird. Der Ernährungswissenschaftler, der vor Ort die gleichen Symptome zufällig bei Hühnern wiedererkannte, die eine Zeitlang mit poliertem Reis gefüttert worden waren, führte die Beriberi auf die überwiegend aus geschältem Reis bestehende mangelhafte Ernährung zurück. Mit der erstmaligen Untersuchung der sog. Mangelkrankheiten machte E. den Anfang der Vitaminforschung.

□ 1888-96: Dir. des Laboratoriums für Pathologie in Batavia (Jakarta). □ 1898-1928: Prof. an der Univ. Utrecht. □ 1929: Physiologie/Medizin-Nobelpreis mit F. G. → Hopkins, der die Beriberi als Vitaminmangelkrankheit vollständig aufklärte.

← Christiaan Eijkman

Eimert, Herbert

dt. Komponist und Musiktheoretiker
* 8.4.1897 Bad Kreuznach † 15.12.1972 Düsseldorf

Eimert gehört zu den ersten Komponisten, die sich mit der Zwölftontechnik von A. → Schönberg auseinandersetzten (»Atonale Musiklehre«, Schr., 1924). Er war ein Pionier der elektronischen Musik in Deutschland (1951 Gründung des ersten elektronischen Studios in Köln) und wurde durch seine Position am Rundfunk (WDR) zu einer Schlüsselfigur der Musikentwicklung nach 1945. E. förderte die musikalische Avantgarde und gab (1955-62) mit K. → Stockhausen ein Periodikum für Neue Musik (»die reihe«) heraus.

□ 1928-33: Redakteur beim WDR in Köln. □ 1936-45: Musikkritiker der Kölnischen Zeitung. □ 1948: Leitung des »Musikalischen Nachtprogramms« beim WDR. □ 1951-62: Leiter des von ihm gegründeten Studios für elektronische Musik im WDR Köln. □ 1960-62: »Epitaph für Aykichi Kuboyama« für Sprecher und Sprachklänge. □ 1965-71: Prof. und Leiter des neugegründeten Studios für elektronische Musik an der Kölner Musikhochschule. □ 1973: »Das Lexikon der elektronischen Musik«.

Einem, Gottfried von

österr. Komponist
* 24.1.1918 Bern (Schweiz)

Mit seinem ersten Bühnenwerk, »Dantons Tod« (UA Salzburg 1947), wurde Einem als Opernkomponist in ganz Europa bekannt. In seinen Kompositionen (Opern, Ballett- und Instrumentalmusik sowie Lieder und Chorwerke) bedient sich E. einer erweiterten Tonalität, die in ihrer Verständlichkeit durch eingängige Rhythmik und formale Klarheit verstärkt wird. Mitunter als eklektizistisch kritisiert, bemüht sich E. als Vertreter der gemäßigten Moderne, dem Auseinanderfallen von »blutleer-esoterischem und epigonal-kommerziellem Bezirk« des gegenwärtigen Musiklebens entgegenzuwirken (»Komponist und Gesellschaft«, Schr., 1967).

□ 1941-43: Kompositionsstudien bei B. → Blacher. □ 1944: Hauskomponist und musikalischer Berater der Dresdner Staatsoper. □ 1947: UA seiner ersten Oper »Dantons Tod« unter F. → Fricsay in Salzburg. □ 1948-51: Direktionsmitgl. der Salzburger Festspiele. □ 1953: Salzburger UA von »Der Prozeß« (Oper) unter K. → Böhm. □ 1960: Mitgl. der Akademie der Künste Berlin. □ 1964-73: Prof. für Komposition an der Hochschule für Musik und darstellende Kunst Wien. □ 1975: UA der Kantate »An die Nachgeborenen« in New York zum Jubiläum der UN. □ 1980: Auseinandersetzungen um die UA von »Jesu Hochzeit« (Mysterienoper) bei den Wiener Festwochen wegen vermeintlicher Blasphemie. □ 1985: UA der »Zwölf Lieder nach verschiedenen Dichtern« bei den Salzburger Festspielen.

▷ D. Hartmann: Gottfried von Einem, 1967; F. Saathen (Hg.): Einem-Chronik, 1982.

Einstein, Albert

dt. Physiker
* 14.3.1879 Ulm † 18.4.1955 Princeton, N. J.

Einstein, der Schöpfer der Relativitätstheorie, revolutionierte die Grundlagen der Physik, wie sie seit Isaac Newton (* 1643, † 1727) bestanden hatten. Aber erst der von A. S. → Eddington 1919 erbrachte Nachweis der in E.s allgemeiner Relativitätstheorie (1914-16) vorausgesagten Lichtablenkung im Einflußbereich von Gravitationsfeldern großer Sterne begründete seinen Weltruhm.

1905 erschienen im Deutschen Jahrbuch für Physik fünf Abhandlungen von E., von denen zwei die beiden Grundpfeiler der klassischen Physik zum Einsturz brachten: Die Begriffe von

Albert Einstein mit seiner Frau und seiner Tochter Margot in Berlin.

absolutem Raum und absoluter Zeit. Mit seiner fundamentalen Kritik an der dem gesunden Menschenverstand entsprechenden Raum- und Zeitmessung entwickelte E. seine epochemachende spezielle Relativitätstheorie, aus der er im gleichen Jahr das Gesetz von der Trägheit der Energie folgerte. Raum und Zeit, lehrte E., sind erst mit der Materie und dem Kosmos entstanden; sie sind nicht als absolute Einzelgrößen, sondern als ein vierdimensionales Raum-Zeit-Kontinuum zu denken; jede Bewegung ist relativ zu einem bestimmten Bezugssystem zu sehen. Der Zeitablauf hängt demnach von der Geschwindigkeit der Relativbewegung ab. E. brachte Raum und Zeit in gegenseitige Abhängigkeit, indem er die Energie E, die Masse m und die Lichtgeschwindigkeit c in der Formel $E = m \times c^2$ verknüpfte. Die theoretisch formulierte Beziehung zwischen Energie und Masse wurde von der Atomphysik bald bestätigt und fand bei der Umwandlung von Masse in Energie in den ersten Atombomben von 1945 ihren schrecklichsten Ausdruck.
In der zweiten Abhandlung befaßte sich E. mit dem physikalisch ungeklärten Photoeffekt, bei dem durch einfallendes Licht bei verschiedenen Metallen unterschiedliche Emissionen von Elektronen freigesetzt werden. Dieses Phänomen erklärte E. mit der 1900 von M. →Planck aufgestellten Quantentheorie:
Licht, das nach E.s Lichtquantenhypothese ebenfalls aus Quanten besteht, setzt je nach seiner Wellenlänge mehr oder weniger Elektronen frei, wobei kurze Wellen mit höherenergetischen Quanten auch höherenergetische Elektronen erzeugen. Damit war nicht nur die Grundlage einer Quantentheorie der Strahlung geschaffen, sondern auch die Schlußfolgerung gegeben, daß selbst elektromagnetische Strahlung aus Materieteilchen (Korpuskeln) bestehen müsse. Für die Anwendung der Quantentheorie und die Erklärung des Photoeffekts — nicht für die Relativitätstheorie — erhielt E. 1921 den Physik-Nobelpreis.
In den 20er und 30er Jahren war E. als Pazifist und Sozialist zunehmenden antisemitischen Angriffen ausgesetzt; 1932 emigrierte er in die USA. Dort machte er 1939 den amerikanischen Präsidenten F. D. →Roosevelt auf den möglichen Bau einer deutschen Atombombe aufmerksam, womit das amerikanische Atombombenprojekt »Manhattan« seinen Anfang nahm.

□ 1901: Schweiz. Staatsbürger. □ 1902-09: Tätigkeit als technischer Experte dritter Klasse am Patentamt in Bern. □ 1910-14: Prof. an der Univ. und TH Zürich; 1911/12 an der Univ. Prag. □ 1912: Aufstellung des Quantenäquivalenzgesetzes auf der Grundlage der Lichtquantentheorie. □ 1914-32: Mitgl. der Preuß. Akademie der Wissenschaften in Berlin; Dir. des Kaiser-Wilhelm-Inst. für Physik ebd. □ 1916: »Die Grundlage der allgemeinen Relativitätstheorie« (Schr.). □ 1917: »Über die spezielle und allgemeine Relativitätstheorie« (Schr.). □ 1922: »Grundzüge der Relativitätstheorie« (Schr.). □ 1932: Verzicht auf seine akademischen Ämter in Deutschland; Emigration in die USA. □ 1933-55: Tätigkeit am Inst. for Advanced Studies, Princeton, N. J. □ 1934: »Mein Weltbild« (Schr.). □ 1938: »Physik als Abenteuer der Erkenntnis« (Schr., dt. 1949); »Die Evolution der Physik« (Schr., dt. 1951). □ ab 1940: Amer. Staatsbürger.

▷ A. Einstein: Aus meinen späten Jahren (Aut.), 1952; J. Wickert: Albert Einstein dargestellt in Selbstzeugnissen und Bilddokumenten, 1972; P. A. Schilpp (Hg.): Albert Einstein als Philosoph und Naturforscher, 1979.

Einstein, Carl

dt. Schriftsteller
* 26.4.1885 Neuwied
† 5.7.1940 Pau (Frankreich; Selbstmord)

Einstein wurde mit dem Roman »Bebuquin oder Die Dilettanten des Wunders« (1912), der groteske und phantastische Elemente aufweist, zum Wegbereiter surrealistischer Prosa. Als Kunsthistoriker erbrachte er in seinem Buch »Negerplastik« (1915) den Nachweis der Verwandtschaft zwischen afrikanischer Kunst und dem Kubismus (G. →Braque).

□ 1912: »Anmerkungen über den Roman« (Schr.). □ 1921: »Die schlimme Botschaft« (Dr.). □ 1926: »Kunst des 20. Jahrhunderts« (Schr.). □ 1928: Emigration nach Paris. □ 1936/37: Teilnahme am Span. Bürgerkrieg gegen F. →Franco. □ 1940: Flucht vor dt. Truppen; Selbstmord. □ postum 1973: »Die Fabrikation der Fiktionen« (Schr.).

▷ S. Penkert: Carl Einstein. Beiträge zu einer Monographie, 1969; C. Einstein: Prophet der Avantgarde, 1991.

Carl Einstein →

Einthoven, Willem

niederl. Physiologe
* 21.5.1860 Semarang, Java (Indonesien)
† 29.9.1927 Leiden

Einthoven, ab 1885 Professor an der Universität Leiden, schuf mit seiner 1903 verbesserten »Konstruktion des Saitengalvanometers« (Schr., 1909) zur Aufzeichnung bioelektrischer Muskelimpulse die Voraussetzungen zur Entwicklung des Elektrokardiogramms (EKG). Für das diagnostische Meßinstrument, das Unterschiede zwischen normalen und pathologisch veränderten Herzschlägen registriert, erhielt E. 1924 den Medizin-Nobelpreis.

← Willem Einthoven

Eiselsberg, Anton Freiherr von

österr. Chirurg
* 31.7.1860 Schloß Steinhaus bei Wels, Oberösterreich
† 25.10.1939 St. Valentin, Niederösterreich (Unfall)

Eiselsberg entwickelte neue Operationsmethoden für Rückenmark, Gehirn und die Magen-Darm-Chirurgie. 1907 gelang ihm die erste operative Entfernung eines Rückenmarktumors. E. befaßte sich mit der noch wenig erforschten Physiologie und Pathologie der Schilddrüse und stellte Richtlinien für die Nachbehandlung problematischer Kropfoperationen auf. Mit den 1909 gegründeten Unfallstationen wurde der vielseitige Mediziner, der auch über Tetanus und Impftuberkulose arbeitete, zum Pionier der Unfallchirurgie.

□ 1896-1901: Prof. an der Univ. Königsberg. □ 1901-31: Prof. am Klinikum der Univ. Wien. □ 1912: »Aus der Werkstatt des Chirurgen« (Schr.). □ 1921: Präs. der Int. Gesellschaft der Ärzte, Wien.

▷ A. v. Eiselsberg: Lebensweg eines Chirurgen (Aut.), 1938.

← Anton Eiselsberg

Dwight D. Eisenhower: 34. US-Präsident (1953-61).

Eisenhower, Dwight D.

amer. Militär und Politiker
* 14.10.1890 Denison, Tex.
† 28.3.1969 Washington D. C.

Eisenhower, der als Oberbefehlshaber der US-Streitkräfte in Europa am 7.5.1945 die deutsche Kapitulation entgegengenommen hatte, wurde 1953 zum 34. US-Präsidenten gewählt (bis 1961). Der gemäßigte Republikaner bemühte sich — gegen demokratische Kongreßmehrheiten und Widerstände in der eigenen Partei — um eine liberale Politik (»modern republicanism«). Seine größten Erfolge errang E. in der Außenpolitik: Er beendete 1953 den Koreakrieg und unterstützte 1956 die UN gegen Großbritannien und Frankreich in der Suezkrise (G. →Nasser), die zur Aufstellung der E.-Doktrin führte, deren Ziel die Begrenzung des sowjetischen Vordringens im Nahen Osten war. Nach dem Tod von Außenminister J. F. → Dulles, dem Hauptvertreter einer Politik der Eindämmung des sowjetischen Expansionismus (»containment«), versuchte E. den Kalten Krieg zu überwinden; eine Begegnung mit N. →Chruschtschow in Camp David (1959) blieb jedoch infolge des U2-Zwischenfalls (Abschuß eines amerikanischen Aufklärungsflugzeuges über der UdSSR) ergebnislos. Im Innern betrieb E. einen vorsichtigen Ausbau des Sozialsystems, förderte Bürgerrechtsbewegung und Rassenintegration, wurde aber als zu zögerlich kritisiert.

□ 1942: Oberbefehlshaber der US-Truppen in Europa, Koordination der Invasionen in Nordafrika und Europa. □ 1943: Oberbefehlshaber der alliierten Invasionstruppen. □ 1945: US-Oberbefehlshaber in Deutschland. □ 1945-48: Generalstabschef. □ 1948-50: Präs. der Columbia Univ. New York. □ 1950-52: Oberkommandierender der NATO-Streitkräfte. □ 1953-61: 34. Präsident der USA.

▷ J. Gunther: Eisenhower, 1952.

Eisenstaedt, Alfred

amer. Fotograf dt. Herkunft
* 6.12.1898 Dierschau

Eisenstaedt entwickelte einen ebenso sachlichen wie sensiblen Fotostil, der ihn an die Seite von H. →Cartier-Bresson stellt. Dies zeigen schon die Porträts von M. →Dietrich im »Blauen Engel« und die Bilder von Th. → Mann. Als präziser Beobachter erwies er sich bei der Dokumentation des italienischen Äthiopienfeldzugs (1935, über 3500 Fotos). Das zwiespältige Erscheinungsbild der führenden Nationalsozialisten hielt er in Porträts wie dem von J. →Goebbels eindringlich fest. In den USA wurde E. zu einem der geschätztesten Fotografen (er lieferte allein 80 Titelfotos für »Life«). Sein 1945 unmittelbar bei Bekanntwerden des Kriegsendes auf dem New Yorker Times Square geschossenes Bild eines Matrosen, der eine Krankenschwester küßt, wurde zu einem der meistgedruckten Fotos der Welt.

□ 1927-29: Nach autodidaktischer Beschäftigung mit der Fotografie Tätigkeit als Bildreporter für das Berliner Tageblatt und den Weltspiegel. □ 1929: Bericht von der Nobelpreisverleihung an Th. Mann. □ 1935: Emigration in die USA. □ ab 1936: Freier Fotograf in New York; Arbeiten für die Zeitschriften Vogue, Harper's Bazaar und Life.

Alfred Eisenstaedt →

Eisenstein, Sergej Michailowitsch

sowjet. Regisseur
* 23.1.1898 Riga † 11.2.1948 Moskau

Eisenstein war einer der bedeutendsten Regisseure und einflußreichsten Theoretiker des Films. In seinen frühen Produktionen, in denen der revolutionäre Kampf der russischen Arbeiter im Mittelpunkt stand, verzichtete er auf individuelle Helden und bediente sich einer vielfältigen Montagetechnik. Berühmt wurden u. a. die Sequenzen aus »Streik« (1924), in denen die Niederschlagung eines Streiks mit der Abschlachtung eines Ochsen kontrastiert wurde, und das Massaker auf der Odessa-Treppe in »Panzerkreuzer Potemkin« (1925).

Eisenstein: Regisseur von »Panzerkreuzer Potemkin«.

Der 1931/32 in Mexiko gedrehte Film »Que viva Mexiko« (finanziert von U. →Sinclair) konnte nicht vollendet werden, ebenso nicht Eisensteins erster Tonfilm »Die Beshin-Wiese« (1935-37), der von den Funktionären u. a. als formalistisch abgetan wurde und nur noch als Fragment erhalten ist. In seinen letzten Filmen (»Alexander Newski«, 1938, und »Iwan der Schreckliche«, 1944-46, 1958, zwei Teile) wandte sich der »talentierteste und größte Filmregisseur« (Ch. →Chaplin) dem Leben nationaler geschichtlicher Gestalten zu.

□ 1915-18: Bauingenieurstudium in St. Petersburg. □ 1918: Eintritt in die Rote Armee. □ 1920/21: Bühnenbildner am Proletkult-Theater in Moskau. □ 1923: Regieassistent bei W. E. →Meyerhold. □ 1924: »Streik«. □ 1925: »Panzerkreuzer Potemkin«. □ 1926-29: »Die Generallinie/Das Alte und das Neue«. □ 1927/28: »Oktober/Zehn Tage, die die Welt erschütterten«. □ 1929-32: Auslandsreise (u. a. Aufenthalte im westlichen Europa, den USA und Mexiko). □ 1938: »Alexander Newski«. □ postum 1958: Fünf Jahre nach Stalins Tod UA des zweiten Teils von »Iwan der Schreckliche«.

▷ E. Weise: Eisenstein, 1975; S. M. Eisenstein: Ich selbst. Memoiren, 1988.

»Hanns« Eisler →

Eisler, Johannes »Hanns«

dt. Komponist
* 6.7.1898 Leipzig † 6.9.1962 Ost-Berlin

Eisler, Komponist der Nationalhymne der ehemaligen DDR (»Auferstanden aus Ruinen«, 1949), nahm mit dem Klavierlied »Zeitungsausschnitte« (1925/26) nach eigenen Aussagen »Abschied von der bürgerlichen Konzertlyrik« und wurde als »proletarischer Komponist« einer der bedeutendsten Vertreter der sozialistischen Musikbewegung, u. a. schrieb er zahlreiche Lieder für E. →Busch.
Mit eingängigen Melodien entwickelte E. einen politisch motivierten, proletarischen Liedstil (über 600 Lieder und Kantaten). Er komponierte über 40 Bühnenmusiken (u. a. zu Stücken von B. →Brecht, z. B. zu »Die Maßnahme«, 1930), Filmmusiken und Instrumentalwerke (darunter Kammermusik, Suiten, Sinfonien). Obwohl E. für eine funktionale Gebrauchsmusik eintrat, zeigen seine abstrakten Instrumentalwerke den Einfluß der bürgerlichen Musiktradition in der Nachfolge A. →Schönbergs.

□ 1919-23: Kompositionsunterricht bei A. →Schönberg und A. →Webern in Wien. □ 1924: Musikpreis der Stadt Wien mit »Erste Sonate« für Klavier. □ 1925-33: Dozent am Klindworth-Scherwanka-Konservatorium in Berlin; Anschluß an die Gruppe proletarischer Musiker (»Komsomol«). □ 1926: Mitgl. der KPD; □ 1927: Mitglied der Agitproptruppe »Das rote Sprachrohr«. □ ab 1928: Dozent für Musikgeschichte und -soziologie an der Marxistischen Arbeiterschule (MASCH); erste Kompositionen für den Arbeitersänger E. → Busch. □ 1929: »Kominternlied«. □ 1930: Beginn der Zusammenarbeit mit B. →Brecht; UA des Lehrstücks »Die Maßnahme«. □ 1933-38: Emigration über Österreich, Dänemark und Spanien in die USA. □ ab 1938: Lehrer für Komposition an der New School for Social Research in New York. □ 1942-48: Musiken für zahlreiche Hollywood-Filme (u. a. zu F. →Langs »Hangmen also die«). □ 1947: »Komposition für den Film« (Schr., dt. 1949); Ausweisung durch das Komitee zur Untersuchung unamerikanischer Tätigkeiten (J. → McCarthy). □ 1948: Rückkehr nach Wien. □ ab 1950: Prof. für Komposition an der neugegründeten Hochschule für Musik in Ost-Berlin; zugleich Mitgl. der Akademie der Künste ebd.

▷ E. Klemm: Hanns Eisler, 1975; A. Betz: Hanns Eisler. Musik einer Zeit, die sich eben bildet, 1976.

Eisler, Rudolf

österr. Philosoph
* 7.1.1873 Wien † 14.12.1926 ebd.

Eisler, der eine philosophische »Synthese von empirischem Realismus und transzendentalem Idealismus« anstrebte, ist vor allem als Herausgeber enzyklopädischer Werke und des bedeutenden »Wörterbuchs der philosophischen Begriffe« bekannt geworden (3 Bde., 1899; NA seit 1971 u. d. T. »Historisches Wörterbuch der Philosophie«, z. Zt. 6 Bde.).

□ 1894: Promotion über »Die Weiterbildung der Kantschen Aprioritätslehre« bei W. →Wundt. □ 1907: »Einführung in die Erkenntnistheorie« (Schr.). □ 1908: »Grundlagen der Philosophie des Geisteslebens« (Schr.). □ 1912: »Philosophen-Lexikon« (Repr. 1972). □ 1913: »Handwörterbuch der Philosophie«. □ postum 1930: »Kant-Lexikon« (aus dem Nachlaß; Repr. 1971).

Eisner, Kurt

dt. Politiker und Journalist
* 14.5.1867 Berlin † 21.2.1919 München (ermordet)

Eisner gehörte dem Nationalsozialen Verein von F. →Naumann an, bevor er sich der SPD anschloß. Nach seiner Wahl zum bayerischen Ministerpräsidenten (1918) betrieb der ehemalige »Vorwärts«-Redakteur eine widersprüchliche Politik und verlor dadurch viele Anhänger. Da E. sich von einem deutschen Kriegsschuldbekenntnis bessere Friedensbedingungen erhoffte, ließ er zum Teil gefälschte Dokumente veröffentlichen, um dies zu beweisen. Nach der Wahlniederlage der USPD (Jan. 1919) trat er zurück. Seine Ermordung (durch einen Nationalisten) wurde zum Signal für die Ausrufung einer bayerischen Räterepublik.

□ 1898-1905: Redakteur bei der SPD-Zeitung Vorwärts. □ 1905: Als »Revisionist« aus der Partei ausgeschlossen; freier Schriftsteller. □ ab 1910: Redakteur der »Münchener Post«. □ 1917: Mitgl. der USPD. □ 1918/19: Bayer. Ministerpräsident und Außenmin.

← Kurt Eisner

Werner Elert →

Eissler, Kurt R.

österr. Psychologe und Schriftsteller
* 1908 Wien

Eissler, Gründer des Sigmund-Freud-Archivs, erregte große Aufmerksamkeit mit seiner Abhandlung »Goethe — Eine psychoanalytische Studie« (1983, 2 Bde.), in der er sich mit der Beziehung Goethes zu Charlotte von Stein auseinandersetzte. Anhand ihrer Weimarer Korrespondenz, die mehr als ein Jahrzehnt andauerte, analysierte E. die Entwicklung Goethes bis hin zu dessen Beziehung zu Christiane Vulpius, die er schließlich heiratete.

□ 1966: »Sigmund Freud und die Wiener Universität« (Schr.). □ 1978: »Der sterbende Patient. Zur Psychologie des Todes« (Schr.). □ 1980: »Todestrieb, Ambivalenz, Narzißmus« (Schr.).

Ekelöf, Bengt Gunnar

schwed. Lyriker
* 15.9.1907 Stockholm † 16.3.1968 Sigtuna

Ekelöf, der in London, Uppsala und Paris Orientalistik studierte, war Wegbereiter der modernen schwedischen Lyrik. Auf der Suche nach neuen Ausdrucksformen experimentierte er in seinen Gedichten mit komplizierten Formschemata aus der Musik (»Erdendämmerung«, 1932), benutzte Wiederholungen oder ließ Verse »automatisch« entstehen, indem er seinen Assoziationen freien Lauf ließ (»Dedikation«, 1934). E.s Grundaussage war, daß nur der Tod real und befreiend sei — das Ich, Geschehen und Begriffe hingegen lediglich Illusion.

□ 1936: »Trauer und Stern« (Ged.e). □ 1938: »Kauf des Blinden Lied« (Ged.e). □ 1941: »Fährengesang« (Ged.e); Spaziergänge« (Es., dt. 1966). □ 1945: »Non serviam« (Ged.e). □ 1951: »Im Herbst« (Ged.e). □ 1955: »Nonsensdenken« (Ged.e); »Spaziergänge« (Es., dt. 1966). □ 1958: Mitgl. der Schwed. Akademie. □ 1959: »Opus incertum« (Ged.e).

Ekwensi, Cyprian Odiatu Duaka

nigerian. Schriftsteller
* 26.9.1921 Minna

Ekwensi ist seit 40 Jahren der populärste Volksschriftsteller Nigerias. Hauptthema seiner Novellen, Romane und Kinderbücher sind Menschen, die in der Stadt Glück, Erfolg und Aufstieg suchen. »People of the City« (1954) ist der erste moderne Roman Nigerias. Mit »Jagua Nana« (1961, dt. 1987), der tragischen Geschichte einer Prostituierten in Lagos, schuf E. eine der großen Frauengestalten der afrikanischen Literatur.

Elert, Werner

dt. Theologe (ev.)
* 19.8.1885 Heldrungen, Sachsen
† 21.11.1954 Erlangen

Elert gab der protestantischen Theologie zwischen den beiden Weltkriegen eine Neuorientierung, indem er auf die ursprüngliche Substanz des reformatorischen Luthertums zurückgriff. Sein Denken trug Züge eines rassisch getönten Nationalismus. Der Professor für systematische Theologie war maßgeblich an der Weimarer Ausgabe der Werke Luthers beteiligt.

□ 1921: »Der Kampf um das Christentum. Geschichte der Beziehungen zwischen dem ev. Christentum in Deutschland und dem allgemeinen Denken seit Schleiermacher und Hegel« (Schr.). □ ab 1923: Prof. an der Univ. Erlangen. □ 1924: »Lehre des Luthertums im Abriß« (Schr.). □ 1931/32: »Morphologie des Luthertums« (Schr., 2 Bde.). □ 1933: »Bekenntnis: Blut und Boden« (Schr.). □ 1940: »Der christliche Glaube. Grundlinien der lutherischen Dogmatik« (Schr.). □ 1949: »Das christliche Ethos. Grundlinien der lutherischen Ethik« (Schr.).

▷ F. Hübner (Hg.): Gedenkschrift für Werner Elert, 1955; J. M. Owen: Der Mensch zwischen Zorn und Gnade. Das Anliegen Werner Elerts in seiner Lehre von Gesetz und Evangelium, 1971.

Elgar, Sir (ab 1904) Edward

engl. Komponist
* 2.6.1857 Broadheath bei Worcester
† 23.2.1934 Worcester

Elgar, als Komponist Autodidakt, war musikalischer Repräsentant der Epoche von →Edward VII. Seit Henry Purcell (* 1659; † 1695) und Ge-

Edward Elgar: Master of the King's Music.

org Friedrich Händel (* 1685, † 1759) war E. der erste Komponist von internationalem Rang in England. Der Schöpfer eines modernen englischen Nationalstils und erster bedeutender Sinfoniker seines Landes (zwei Sinfonien, 1907-10) wurde stilistisch von der »Neudeutschen Schule« (Schumann, Wagner) beeinflußt und verarbeitete Instrumentierungstechniken von Hector Berlioz (* 1803; † 1869) und R. →Strauss. E. führte die Gattung des Oratoriums mit Kompositionen wie »The Dream of Gerontius« (1900), »The Apostels« (1903) und »The Kingdom« (1906) zu einem neuen Höhepunkt. Sein Stil war für die Entwicklung der englischen Musik (R. →Vaughan Williams) von entscheidender Bedeutung.

□ 1879: Violinstudien in London. □ 1882: Konzertmeister in Worcester. □ 1885-89: Nachfolger seines Vaters als Organist an St. George, Worcester. □ 1890: Erste Anerkennung als Komponist mit »Froissart« (Ouvertüre). □ 1893: »The Black Knight« für Chor und Orchester. □ 1899: Int. Erfolg mit »Enigma Variations« über ein eigenes Thema für Orchester. □ 1905/06: Prof. für Musik in Birmingham. □ 1924: Ernennung zum Master of the King's Music.

▷ J. N. Moore: Elgar. A Life in Photographs, 1972.

Eliade, Mircea

rumän. Religionshistoriker und Schriftsteller
* 9.3.1907 Bukarest † 22.4.1986 Chicago, Ill.

Eliade war einer bekanntesten Religionshistoriker des 20. Jh.s. In zahlreichen auch populären Veröffentlichungen trug er zum neuen Verständnis des Mythos und seiner Symbolsprache, der indischen Religion und Philosophie sowie des Schamanismus bei. Sein Hauptwerk, die dreibändige »Geschichte der religiösen Ideen« (1976-78, dt. 1978), umfaßt als ein großangelegtes Unternehmen die elementaren religiösen Vorstellungen von der Steinzeit bis zum Beginn der Neuzeit. E., der auch als Romanautor bekannt geworden ist, war Herausgeber der »Encyclopedia of Religion« (15. Bd. 1987).

← Mircea Eliade

□ 1933-39: Dozent an der Univ. Bukarest; »Das Mädchen Maitreyi« (R., dt. 1948). □ 1938-42: Hg. der religionswissenschaftlichen Zeitschrift Zalmoxis. □ 1940-45: Kulturattaché in London und Lissabon. □ 1948: »Die Religionen und das Heilige« (Schr., dt. 1954). □ 1957: »Mythen, Träume und Mysterien« (Schr., dt. 1961). □ 1957-86: Prof. für Religionsgeschichte an der Univ. Chicago. □ 1958: »Das Mysterium der Wiedergeburt« (Schr., dt. 1961). □ 1960-72: Mithg. der Zeitschrift Antaios. □ 1961: Gründer und Hg. der Zeitschrift History of Religions. □ 1969: »Die Sehnsucht nach dem Ursprung. Von den Quellen der Humanität« (Schr.).

▷ H. P. Duerr (Hg.): Sehnsucht nach dem Ursprung. Zu Mircea Eliade, 1983.

Elias, Norbert

brit. Soziologe dt. Herkunft
* 22.6.1897 Breslau
† 1.8.1990 Amsterdam (Niederlande)

Ins Rampenlicht der deutschen Öffentlichkeit geriet Elias erst als über 70jähriger. Wachsende Anerkennung und Popularität gingen mit den politischen Wandlungsprozessen seit den 70er Jahren einher. In seinem Hauptwerk »Über den

Elias schrieb »über den Prozeß der Zivilisation« (1939).

Prozeß der Zivilisation« untersuchte E. — vor allem am Beispiel der deutschen Geschichte — die Wechselwirkung zwischen individuellem Bewußtsein und gesellschaftlicher Entwicklung: Politische Passivität, das Streben nach Idealen sowie Brüche im Prozeß der deutschen Staatsbildung seit dem 19. Jh. ermöglichten seiner Erkenntnis nach den »Barbarisierungsschub« der Hitler-Epoche. Erst mit der 68er-Bewegung begann die politische Bewußtseinswerdung der Deutschen. Zivilisation bedeutet für E., der bereits 1933 emigrieren mußte, das Zurückdrängen der Affekte und Fremdzwänge zugunsten individueller Selbstzwänge.

□ 1933: Emigration nach Paris. □ 1938: Emigration nach England. □ 1939: »Über den Prozeß der Zivilisation« (Schr.). □ 1954: Prof. für Soziologie an der Univ. Leicester. □ ab 1964: Gastprof. u. a. in Amsterdam, Konstanz, Bochum. □ 1983: »Engagement und Distanzierung« (Es.s). □ 1984: »Über die Zeit« (Es.s). □ postum 1991: »Mozart — Das bürgerliche Genie in einer höfischen Umwelt« (Abh.).

Elin-Pelin

(eig. Dimitar Iwanow Jotow)
bulg. Schriftsteller
* 18.7.1877 Bailowo † 3.12.1949 Sofia

Elin-Pelin, einer der führenden bulgarischen Erzähler, verfaßte zahlreiche humoristische Kurzgeschichten. Seine vom psychologischen Realismus beeinflußten Werke bilden einen künstlerischen Gegenpol zu den modernistischen, intellektuellen Richtungen der bulgarischen Literatur. Zentrales Thema seiner Kurzgeschichten, Erzählungen und Romane ist das bäuerliche Leben. Der Kurzroman »Die Geraks« (1911, dt. 1955) schildert den Zerfall einer bäuerlichen Großfamilie um die Jahrhundertwende. E. bildet mit I. →Wasow und J. →Jowkow das klassische Dreigestirn der realistischen Erzähler Bulgariens.

□ 1902: Redakteur der Zeitschrift Dorfgespräche. □ 1906/07: Aufenthalt in Frankreich. □ 1921: Redakteur der Zeitschrift Rasvigor. □ 1926-44: Kustos des Wasow-Museums in Sofia. □ 1933: »Jan Bibijan« (R., dt. 1961). □ 1936: »Die Liebe aber ist das Größte« (Erz.n, dt. 1959). □ 1937: »Begegnung« (R., dt. 1952). □ ab 1940: Mitgl. der bulg. Akademie der Wissenschaften und Vors. des bulg. Schriftstellerverbands.

Elion, Gertrude Belle

amer. Biochemikerin und Pharmakologin
* 23.1.1918 New York

Elion untersuchte den Stoffwechsel der Nukleinsäuren gesunder sowie kranker Zellen und entdeckte 1948 mit ihrem Kollegen G. H. →Hitchings Substanzen, die das Wachstum von Krankheitserregern hemmen. Auf diesem Grundprinzip der Hemmung gelang ihnen durch Veränderung der Erbinformationsbausteine, die krankhafte Vermehrung der weißen Blutkörperchen bei Leukämie zu reduzieren. Die Arzneimittelforscher entwickelten chemotherapeutische Medikamente gegen Malaria, Gicht, Herpes sowie die Grundlagen für die Herstellung von »AZT«, einem Medikament im Kampf gegen die Immunschwächekrankheit Aids.

□ seit 1944: Forschungen im Pharmaunternehmen Burroughs Wellcome in Tuckahoe, N. Y. □ 1966-83: Leiterin der Abteilung für Experimentaltherapie ebd. □ 1970-83: Prof an der Duke Univ. in Durham, N. Car. □ seit 1983: Forschungsprof. ebd. □ 1988: Physiologie/Medizin-Nobelpreis (mit J. W. →Black und G. H. Hitchings).

Eliot, T(homas) S(tearns)

engl. Schriftsteller amer. Herkunft
* 26.9.1888 Saint Louis, Missouri † 4.1.1965 London

T. S. Eliot in seinem kleinen Londoner Büro, 1951.

Eliot, der Literatur-Nobelpreisträger von 1948, war einer der bedeutendsten Lyriker, Dramatiker und Literaturkritiker der Moderne. Seine Werke verbinden traditionelle und experimentelle Elemente in einer neuartigen Synthese. Dazu gehören die Erneuerung des dramatischen Monologs, frei wechselnde Rhythmen sowie eine ausgefeilte Montage-, Leitmotiv- und Symboltechnik.
In dem Langgedicht »Das wüste Land« (1922, dt. 1927), einem der Hauptwerke der modernen Literatur, symbolisiert etwa die verdorrte Wüste die Unfruchtbarkeit, Sinnentleerung und Orientierungslosigkeit des Menschen in der modernen Gesellschaft. Der Eindruck verlorengegangener Einheit und Harmonie wird durch die fragmentarische Form verstärkt. In E.s Gedichten, kulturkritischen Essays und Dramen wird dem geistigen und religiösen Zerfall der abendländischen Kultur die Wiederentdeckung des Glaubens in Form eines christlichen Humanismus als rettende Alternative gegenübergestellt.

□ 1906-09: Studium in Harvard. □ 1910/11: Studium an der Sorbonne (Philosophie und die frz. Symbolisten). □ 1915: Heirat mit V. Haigh-Wood; Umzug nach England; Tätigkeit als Lehrer. □ 1917-19: Mithg. der Zeitschrift The Egoist. □ 1920: »Poems« (Ged.e). □ 1922-39: Hg. der Zeitschrift The Criterion. □ ab 1925: Mitarbeit beim Verlag Faber & Faber, später einer der Direktoren. □ 1927: Konversion zum Anglikanismus; brit. Staatsbürgerschaft. □ 1927-29: Gastprof. in Harvard. □ 1927-30: »Aschermittwoch« (Ged., dt. 1951). □ 1933: »Die Rolle der Dichtung und die Rolle der Kritik« (Es.s, dt. in »Ausgewählte Essays 1917-47«, 1950). □ 1935: UA »Mord im Dom« (Dr., dt. EA 1947). □ 1939: »Old Possums Katzenbuch« (Ged.e, dt. 1952; Vorlage für das Musical »Cats« von A. L. →Webber, UA 1981). □ 1940-43: »Vier Quartette« (Ged.e, dt. 1948). □ 1947: Tod seiner Frau nach langer psychischer Krankheit. □ 1948: »Beiträge zum Begriff der Kultur« (Es.s, dt. 1949). □ 1954: »Der Privatsekretär« (Dr., dt. EA 1954). □ 1957: Heirat mit V. Fletcher. □ 1958: »Ein verdienter Staatsmann« (Dr., dt. EA 1960).

▷ J. Kleinstück: T. S. Eliot in Selbstzeugnissen und Bilddokumenten, 1967; W. Riehle: T. S. Eliot, 1979.

Elizabeth II. →

»Duke« Ellington →

Elizabeth II.

Königin von Großbritannien und Nordirland
* 21.4.1926 London

Königin Elizabeth II., die 1952 ihrem Vater →George VI. auf den Thron folgte, bekleidet ein ausschließlich repräsentatives Amt. Als Oberhaupt des Commonwealth unternimmt sie zahlreiche Auslandsreisen. Ihre Beliebtheit unterstreicht die Bedeutung der Monarchie als Stabilitätsgarant der britischen Gesellschaft. Thronfolger ist E.s ältester Sohn, Prinz →Charles.

□ 1947: Heirat mit Ph. Mountbatten (Prinz →Philip). □ 2.6.1953: Krönung in der Westminster-Abtei. □ seit 1953: Zahlreiche Repräsentationsreisen und Staatsbesuche (1965 und 1978 in der BRD). □ 1977: Silbernes Thronjubiläum.

Ellington, Edward Kennedy »Duke«

amer. Jazzmusiker
* 29.4.1899 Washington, D. C. † 24.5.1974 New York

Über 50 Jahre lang war Ellington einer der maßgebenden Jazzmusiker. Kaum ein anderer vor ihm und nach ihm dürfte so viele Titel komponiert, Konzerte gegeben und Schallplatten aufgenommen haben. Als Pianist und Bandleader beeinflußte er den Traditional Jazz und den Swing. Seine Stärke war, das Zusammengehörigkeitsgefühl unter den Musikern seiner Band zu fördern und sie ihren Eigenarten gemäß optimal einzusetzen. Auf dieser Basis entstanden die meisten Kompositionen im typischen Ellington-Sound. Wichtigste Titel wurden »Echoes of the jungle«, »Mood Indigo« und die »Black, brown and beige«-Suite.

□ 1917-19: Reklamemaler; erstes Engagement als Profi im Poodle Dog Café. □ 1922: Gründung der ersten Band in New York. □ 1923: Nächtliche Übertragung seiner Konzerte im Rundfunk. □ 1925: Erste Schallplatte »I'm gonna hang around my sugar«. □ 1927-33: Auftritte im Cotton Club in

Harlem. □ 1930: »Mood Indigo« (LP); »Check and double check« (F.). □ 1933: Erste Europatournee. □ 1943: »Black, brown and beige«-Suite, Entwicklung zum sinfonischen Stil. □ 1959: Filmmusik zu »Anatomy of a murder«. □ 1961: Filmmusik zu »Paris Blues«. □ 1965: Kirchenkonzerte. □ 1969: Film über Mexikotournee.

▷ St. Dance: The world of Duke Ellington, 1970; D. Ellington: Music is my mistress, 1973.

Elstner, Tim Maria Franz »Frank«

dt.-österr. Fernsehunterhalter und Medienmanager
* 19.4.1942 Linz

Elstner, der aus einer Schauspielerfamilie stammt und bereits mit 21 Jahren Sprecher bei Radio Luxemburg war, ist einer der profiliertesten deutschen Fernsehunterhalter. Er moderierte u. a. die Quizsendungen »Montagsmaler« (1974-79) sowie die von ihm entwickelte Spielshow »Wetten, daß..?« (ab 1981), die er 1987 an seinen Kollegen Th. →Gottschalk abgab.

□ 1952: Erste Auftritte im Kinderfunk als Sprecher von Bambi. □ 1963: Volontariat bei den Badischen Neuesten Nachrichten in Karlsruhe. □ 1964: Wechsel zu RTL. □ 1966-68: Chefsprecher ebd. □ 1970: Stellvertretender Programmdirektor. □ 1972-82: Dir. des deutschsprachigen Programms bei RTL. □ 1981-87: Moderation der ZDF-Show »Wetten daß..?«. □ seit 1986: Produktion und Moderation der TV-Serie »Die stillen Stars«, Gespräche mit Nobelpreisträgern. □ 1987: Konzeption der Spielshow »Tele-As«. □ 1988-90: Moderator der Unterhaltungssendung »Nase Vorn«.

← Frank Elstner

Éluard, Paul

(eig. Eugène Émile Paul Grindel)
frz. Lyriker
* 14.12.1895 Saint-Denis
† 18.11.1952 Charenton-le-Pont

Éluard war einer der Initiatoren des Surrealismus (A. →Breton) in Frankreich. So stellten seine frühen Gedichte in einfacher, bilderreicher Sprache und harmonischen Versen die innere Erlebniswelt des Menschen dar. Aufgewühlt vom spanischen Bürgerkrieg und der deutschen Besatzung, entwickelte sich É. neben L. →Aragon zum bedeutendsten Lyriker der Widerstandsbewegung und schrieb militante Gedichte im Dienst des Kommunismus. Beherrschendes Thema seiner Dichtung blieb aber die Liebe, die É. als Sinn des Daseins begriff.

□ 1912: Aufgrund einer Lungenkrankheit Aufenthalt in Davos. □ 1922: »Wiederholungen« (Ged.e, dt. 1983). □ 1924: »Sterben am Nichtsterben« (Ged.e, dt. 1983); Weltreise (Ostasien, Australien, Amerika). □ 1926: »Hauptstadt der Schmerzen« (Ged.e, dt. 1959). □ 1929: Scheidung von seiner Frau Gala, der späteren Muse S. →Dalís. □ 1938: Trennung von den Surrealisten. □ 1940-42: »Das geöffnete Buch« (Ged.e). □ 1942: »Dichtung und Wahrheit« (Ged.e, dt. 1963); als Mitgl. der Résistance Beitritt zur KP. □ 1948: »Politische Gedichte« (Ged.e, dt. 1949).

▷ L. Decaunes: Paul Éluard. L'amour, la révolt, le rêve, 1982.

Paul Éluard mit seiner Frau Nusch und Lee Miller.

Elvström, Poul

dän. Segler
* 25.2.1928 Hellerup

Elvström (viermal Olympiasieger und elfmal Weltmeister) war der erste Segler, der sich durch gezieltes Training an Land auf die Wettkämpfe vorbereitete. Der gelernte Maurer wurde während seiner Karriere ein renommierter Segelmacher und Bootsausrüster. Als 60jähriger segelte er mit seiner Tochter noch internationale Regatten und startete 1988 zum achten Mal bei Olympischen Spielen.

□ 1948: Olympiasieger (Leuchtkäferklasse) in London. □ 1952: Olympiasieger (Finn) in Helsinki (erneut 1956 Melbourne, 1960 Rom). □ 1968: Olympiavierter (Star) in Mexiko. □ 1984: Olympiavierter (Tornado) in Los Angeles.

Poul Elvström →

Elytis, Odysseas

(eig. O. Alepudelis)
griech. Schriftsteller
* 2.11.1911 Iraklion, Kreta

Der Literatur-Nobelpreisträger (1979) Elytis zählt mit G. →Seferis zu den Erneuerern griechischer Lyrik in den 30er Jahren. In surrealistischen Gedichten, die sich durch ungewöhnliche Bilder und Wortschöpfungen auszeichnen, mystifiziert er die lichtdurchflutete griechische Insellandschaft. In seinem Hauptwerk, dem nach dem Vorbild der orthodoxen Liturgie strukturierten lyrischen Epos »To axion esti — Gepriesen sei« (1959, dt. 1959), stellt E. seine persönliche sowie die nationale und historische Erfahrung des Volkes während des 2. Weltkriegs, der faschistischen Besetzung Griechenlands und des folgenden Bürgerkriegs dar. Mit seiner Beschwörung der ewigen Einheit von griechischer Geschichte, Kultur und Landschaft wurde E. zum Begründer eines neuen nationalen Mythos.

□ 1940: »Orientierungen« (Ged.e). □ 1948-52: Im Pariser Exil (erneut 1969-72 während der Herrschaft der Militärjunta). □ 1972: »Lieder der Liebe« (Ged.e, dt. 1981). □ 1974: »Offene Karten« (Es.s). □ 1978: »Maria Nepheli. Ein szenisches Gedicht« (dt. 1981). □ 1979: Literatur-Nobelpreis. □ 1985: »Der kleine Nautilus« (Ged.e).

Odysseas Elytis →

Embirikos, Andreas

griech. Schriftsteller
* 1901 Braila (Rumänien) † 11.2.1975 Athen

Der psychoanalytisch geschulte Lyriker Embirikos hielt sich lange Jahre im Ausland, vor allem in Paris auf und war eng mit A. →Breton und P. →Éluard befreundet. Mit der Veröffentlichung seines Gedichtbands »Hochofen« (1935) gab er

der Entwicklung der griechischen Literatur neue Impulse: Seine streng surrealistische Technik des »automatischen Schreibens« verzichtete auf logischen Textaufbau und setzte einen Strom von aussagekräftigen Bildern aus dem Unterbewußtsein frei. Sie kreisen vor allem um das Thema Erotik, das auch in E.s Prosawerken vorherrscht, verbleiben aber — der Wirklichkeit entrückt — im Bereich des Imaginären.
E. publizierte wie O. →Elytis u. a. in der Zeitschrift Neue Literatur, dem Forum zeitgenössischer avantgardistischer Autoren.

Emich, Friedrich Peter

österr. Chemiker
* 5.9.1860 Graz † 22.1.1940 ebd.

Emich, Begründer der anorganischen Mikrochemie, entwickelte analytische Bestimmungsverfahren (Faden- und Farbreaktionen) zur genaueren qualitativen Prüfung von Substanzen. Der Professor an der TH in Graz (ab 1889) konstruierte Mikrowaagen, mit denen er auch die quantitative Messung erheblich verfeinerte, und sorgte mit seinem »Lehrbuch der Mikrochemie« (1911) für die Verbreitung der Mikroanalyse in den chemischen Laboratorien.

Emmanuel, Pierre

(eig. Noël Mathieu)
frz. Lyriker
* 3.5.1916 Pau † 22.9.1984 Paris

← Pierre Emmanuel

Emmanuel war einer der einflußreichsten französischen Dichter zur Zeit der Résistance im 2. Weltkrieg. Der Gedichtband »Die Freiheit führt unsere Schritte« (1945) zeigt die Suche des Menschen — Opfer und Henker zugleich — nach Gott. Der leidenschaftliche Christ E., dessen Stil von einer bilderreichen, fast barocken Sprache geprägt wird, verwandte in seinem Spätwerk heidnische und christliche Mythen als Grundlage für seine Lyrik.

☐ 1941: »Grab des Orpheus, Fragment« (Ged.e). ☐ 1963: »Die neue Geburt« (Ged.e). ☐ 1968: Aufnahme in die Académie française. ☐ 1969-71: Präs. des internationalen PEN-Clubs. ☐ 1970: »Jacob« (Ged.e).

Enchi, Fumiko

jap. Schriftstellerin
* 2.10.1905 Tokio † 14.10.1986 ebd.

← Fumiko Enchi

Enchi zählt zu den wenigen erfolgreichen japanischen Schriftstellerinnen. Thematisch sind ihre Werke stets auf individuelle Frauenschicksale konzentriert und bewegen sich häufig im Grenzbereich des Übernatürlichen (u. a. »Die Dichterin und die Masken« R., 1958, dt. 1984). Motivisch schöpft sie aus ihren profunden Kenntnissen der klassischen japanischen Literatur. Bekannt ist E. auch als Bühnenautorin, Essayistin und Kritikerin.

☐ ab 1923: Vorlesungen über Theater bei Osanai Kaoru. ☐ 1927: Heirat mit dem Journalisten Yoshimatsu Enchi; Kontakt zu linksgerichteten Schriftstellerinnen. ☐ 1935: Veröffentlichung einer Dramensammlung; danach Hinwendung zur Prosa. ☐ 1945: Krebsoperation, Schaffenskrise. ☐ 1949-57: »Die Wartejahre« (R., dt. 1985). ☐ 1953: Erster großer Erfolg mit der Erzählung »Hungrige Tage und Wochen«. ☐ 1968-76: Vors. des jap. Schriftstellerinnenverbandes. ☐ 1970: Wahl in die Akademie der Künste.

Edgar Ende →

Ende, Edgar Carl Alfons

dt. Maler
* 23.2.1901 Altona (heute Hamburg)
† 27.12.1965 Netterndorf, Oberbayern

Ende entfaltete ab den 20er Jahren seinen surrealistischen Stil mit Elementen der Neuen Sachlichkeit, anfänglich mit Anklängen an die Pittura Metafisica G. de →Chiricos, später auch an M. →Ernst. Er lebte ab 1931 in München und war 1947 Mitbegründer der Neuen Gruppe. In seinen perspektivisch auf den Eindruck unendlicher Räume hin konstruierten Bildern ordnete er disparate, rätselhafte Gegenstände und Architekturen oder überdimensionale Tiergestalten seinen oft kahlköpfigen Aktfiguren oder -gruppen zu, die sich in den räumlichen Weiten zu verlieren scheinen. Fliegende Boote, Engelsgestalten, Mischwesen aus Tier und Mensch, Porträts, in denen sich realistische Züge mit surrealen Motiven verbinden (»Selbstporträt Edgar Ende«, 1946, Privatsammlung) zeigen den Reichtum von E.s Phantasie.

Ende, Michael

dt. Schriftsteller
* 12.11.1929 Garmisch-Partenkirchen

Michael Ende: Erfolgreicher Autor von Traumbüchern.

Popularität erlangte der 1961 erstmals mit dem Deutschen Jugendbuchpreis ausgezeichnete Autor Ende, Sohn von E. →Ende, mit abenteuerlich-phantastischen Erzählungen für Kinder (u. a. »Jim Knopf und Lukas der Lokomotivführer«, 1960). Seine vorwiegend von Erwachsenen gelesenen Kunstmärchen »Momo« (1973; verfilmt 1986, Rg. J. Schaaf) und »Die unendliche Geschichte« (1979; verfilmt 1983, Rg. W. →Petersen) wenden sich gegen den Verlust der Phantasie in einer technisierten Welt.

☐ 1948-50: Besuch der Schauspielschule Otto Falckenbergs (Münchner Kammerspiele). ☐ 1954-62: Filmkritiker beim Bayerischen Rundfunk. ☐ 1962: »Jim Knopf und die wilde 13« (Kdb.). ☐ 1967: »Der Spielverderber« (Dr.). ☐

1975: »Das kleine Lumpenkasperle« (Kdb.). □ 1978: »Das Traumfresserchen« (Kdb.). □ 1982: »Das Gauklermärchen« (Dr.). □ 1984: »Der Goggolori« (Dr.); »Der Spiegel im Spiegel« (Erz.n). □ 1989: »Der satanarchäolügenialkohöllische Wunschpunsch« (Kdb.). □ 1991: »Work wie Träume«.

▷ P. Boccarius: Michael Ende — der Anfang der Geschichte, 1990.

Enders, John Franklin

amer. Mikrobiologe
* 10.2.1897 West Hartford, Conn.
† 8.9.1985 Waterford, ebd.

Enders, 1947-72 Forschungsdirektor am Bostoner Children's Hospital Medical Center, entwickelte in Zusammenarbeit mit F. Ch. →Robbins und Th. →Weller Methoden zur Kultivierung von Viren, die — im Gegensatz zu den leichter anlegbaren Bakterienkulturen — bis dahin außerhalb von lebenden Organismen nicht zu züchten waren. 1948 gelang außerhalb lebender Organe die Reinkultur von Mumpsviren, ohne daß sie sofort von den wesentlich schneller wachsenden Bakterien überwuchert wurden, indem man die bakterientötende Wirkung des Penicillins, das die Viren nicht beeinträchtigt, einsetzte. Dasselbe Verfahren ließ sich auch auf die sonst nur in lebenden Nervenzellen existierenden Polioviren anwenden, womit die Grundlagen zur Impfstoffgewinnung gegen Mumps und Kinderlähmung geschaffen waren. 1954 erhielten die drei Forscher den Physiologie/Medizin-Nobelpreis.

← John Franklin Enders

Erich Engel →

Hans A. Engelhard →

← George Enescu

Endo, Shusaku

jap. Schriftsteller
* 27.3.1923 Tokio

Den Katholiken Endo beschäftigen in seinem literarischen Werk die christlich-humanistischen Grundprinzipien in der Auseinandersetzung mit der traditionellen japanischen Kultur. Herausragendes Beispiel ist sein historischer, die japanische Christenverfolgung behandelnder Roman »Schweigen« (1966, dt.1977). Die Literaturkritik vergleicht E. oft mit G. →Greene. E.s literarische Sprache ist unprätentiös, eine klare Erzählstruktur dominiert. Populär sind in Japan auch seine humoristisch-ironischen Kurzgeschichten und Essays.

□ 1926-33: Kindheit in der Mandschurei. □ 1945-49: Romanistikstudium in Tokio. □ 1950-52: Aufenthalt in Lyon. □ 1955: Akutagawa-Preis für »Der weiße Mensch« (R.). □ 1957: »Meer und Gift« (R., dt. 1976). □ 1974: »Eine Klinik in Tokio« (R., dt. 1982). □ 1985- 89: Vors. des jap. PEN-Klubs.

Enescu, George

rumän. Violinist und Komponist
* 7.(19.?)8.1881 Liveni, Moldau
† 4.5.1955 Paris (Frankreich)

Enescu reiste nach Studien in Wien und Paris (ab 1893) als Violinvirtuose und wurde durch sein Bach-Spiel berühmt. Neben seiner Solistenkarriere war E. auch pädagogisch tätig (Lehrer von Y. →Menuhin). Nach seinem Vorbild B. →Bartók studierte E. die rumänische Folklore, die starken Einfluß auf seine Kompositionen hatte (»Oedipe«, Lyrische Tragödie, 1936; Sinfonien, Kammermusik, Chöre). Er stiftete 1912 den E.-Preis für rumänische Komponisten.

□ 1894: Bekanntschaft mit Brahms in Wien. □ 1895: Übersiedlung nach Paris. □ 1899: Beginn der weltweiten Virtuosenlaufbahn. □ 1901/02: »Rhapsodies Roumaines« für Orchester. □ 1926: Violinsonate »în caracter popular românesc«. □ ab 1928: Prof. für Violine in Paris, Siena und New York. □ 1936: UA von »Oedipe« (Lyrische Tragödie) in Paris. □ 1950: »Vox maris« (Sinfonische Dichtung).

▷ M. Viocana u. a.: George Enescu, 2 Bde., 1971.

Engel, Erich

dt. Regisseur und Dramaturg
* 14.2.1891 Hamburg † 10.6.1966 Berlin

Engel trug mit seinen rationalen Inszenierungen, insbesondere von Dramen Shakespeares und B. →Brechts zur Etablierung des sog. epischen Theaters bei. Nach dem Krieg setzte er die Zusammenarbeit mit Brecht am Berliner Ensemble fort, dessen künstlerischer Leitung er ab 1957 angehörte. Wie seine Theaterarbeit sind auch E.s Filme von humanistischem Engagement geprägt (u. a. »Der Maulkorb«, 1938).

□ 1923: UA von Brechts »Im Dickicht der Städte« in München. □ 1925: Shakespeares »Coriolan« in Berlin. □ 1928: UA von Brechts »Dreigroschenoper« in Berlin. □ 1939: Shakespeares »Othello«, Berlin. □ 1945-47: Intendant der Münchner Kammerspiele. □ 1948: »Affäre Blum« (F.). □ 1949: Inszenierung (mit B. Brecht) von Brechts »Mutter Courage« am Berliner Ensemble. □ 1963: Brechts »Schwejk im Zweiten Weltkrieg« ebd.

Engelhard, Hans A.

dt. Politiker
* 16.9.1934 München

Der FDP-Politiker Engelhard wurde 1982 nach dem Machtwechsel in Bonn als Bundesjustizminister in das Kabinett H. →Kohls berufen. Wegen seiner Rechtspolitik kam es innerhalb der Regierungskoalition (CDU, CSU, FDP) wiederholt zu Konflikten mit der CSU. E. hatte sich 1986 gegen eine von der CSU geforderte grundgesetzliche Änderung des Asylrechts ausgesprochen und forderte 1988 eine Erweiterung und Verschärfung des Umweltstrafrechts.

□ 1954: Eintritt in die FDP. □ 1970: Fraktions- und Parteivors. der FDP in München. □ 1970-72: Stadtrat in München. □ seit 1972: MdB. □ 1977-82: Stellv. Vors. der FDP-Fraktion. □ 1982-90: Bundesjustizmin.

Engelmann, Bernt

dt. Schriftsteller
* 20.1.1921 Berlin

Engelmanns Hauptwerk, das »Deutsche Anti-Geschichtsbuch« (3 Bde., 1974-77), ist Ausdruck seiner antikapitalistisch und antifaschistisch motivierten Gesellschaftskritik; es zeigt die »Geschichte der kleinen Leute« aus der »Perspektive von unten«. Von Kritikern als unsachgemäße Vereinfachung verurteilt, erreichte es ebenso wie

Engelmann: Millionenauflagen mit engagierten Reportagen.

die politisch engagierten, von E. als »Tatsachenromane« bezeichneten Sozialreportagen — Angriffe auf die Reichen und Mächtigen der BRD — Millionenauflagen.

□ 1944/45: Als Widerstandskämpfer inhaftiert. □ 1948-67: Journalist für das Wochenmagazin Der Spiegel; TV-Auslandsberichte. □ 1965: »Das eigene Nest« (Schr.). □ 1968: »Die Macht am Rhein« (Schr., 2 Bde.); »Krupp« (Schr.). □ 1970: »Deutschland ohne Juden« (Schr.). □ 1971: »Meine Freunde, die Waffenhändler« (Schr.). □ 1974: »Großes Bundesverdienstkreuz« (R.). □ 1974-77: »Deutsches Anti-Geschichtsbuch« (3 Bde.): »Wir Untertanen« (1974); »Einig gegen Recht und Freiheit« (1975); »Trotz alledem« (1977). □ 1977-83: Vors. des Verbands dt. Schriftsteller (VdS). □ 1981: »Wir sind wieder wer« (Schr.). □ 1982: Organisation des Int. Schriftstellertreffens für den Frieden mit H. →Kant. □ 1985: »Vorwärts und nicht vergessen« (Schr.).

Engholm, Björn

dt. Politiker
* 9.11.1939 Lübeck

Der SPD-Politiker Engholm, 1981/82 Bundesminister für Bildung und Wissenschaft, wurde 1988 Ministerpräsident von Schleswig-Holstein. Der unerwartet hohe Wahlsieg E.s war die Reaktion der Wähler auf den Skandal um den ehemaligen Ministerpräsidenten U. →Barschel, dem ungesetzliche Machenschaften im Wahlkampf gegen E. nachgewiesen worden waren. Seit Mai 1991 ist E. als Nachfolger von J. →Vogel SPD-Parteivorsitzender.

□ 1962: Eintritt in die SPD. □ 1965-69: Vors. der Jungsozialisten in Lübeck. □ ab 1969: MdB. □ 1977: Vors. des innen- und bildungspolitischen Arbeitskreises der SPD-Bundestagsfraktion; Berufung zum Parlamentarischen Staatssekr. im Bundesministerium für Bildung und Wissenschaft durch Bundeskanzler H. →Schmidt. □ ab 1983: Oppositionsführer im Kieler Landtag. □ seit 1988: Ministerpräs. □ seit 1991: SPD-Parteivors.

← Björn Engholm

Engler, Adolf Gustav Heinrich

dt. Botaniker
* 25.3.1844 Sagan, Schlesien † 10.10.1930 Berlin

Engler gab 1887-99 das mehrbändige Standardwerk »Natürliche Pflanzenfamilien« mit Karl Prantl heraus, gefolgt von der Reihe »Das Pflanzenreich« (1900-37). Die bis heute maßgebliche Pflanzensystematik beruht auf der Theorie, daß die höheren Pflanzen aus den niederen hervorgegangen sind, und verbindet pflanzengeographische und stammesgeschichtliche Betrachtungen. Unter D.s Leitung (1889-1921) entwickelte sich der Botanische Garten in Berlin-Dahlem zu einer der vorbildlichsten Anlagen der Welt.

□ 1878-89: Prof. an der Univ. Kiel und Dir. des Botanischen Gartens ebd.; ab 1884 in Breslau. □ 1879-82: »Versuch einer Entwicklungsgeschichte der Pflanzenwelt« (2 Bde.). □ 1880: Gründer und Hg. der »Botanischen Jahrbücher«. □ 1882: Gründungsmitgl. der Dt. Botanischen Gesellschaft. □ 1902-13: Expeditionen nach Afrika, Indien und Java. □ 1908-25: »Pflanzenwelt Afrikas« (5 Bde. innerhalb des 15bändigen Sammelwerkes »Die Vegetation der Erde«).

Engler, Carl Oswald Viktor

dt. Chemiker
* 5.1.1842 Weisweil bei Freiburg i. Br.
† 7.2.1925 Karlsruhe

Engler begründete zu Beginn des 20. Jh.s das wissenschaftliche Fundament für die Erdöltechnik. Der sich um das Promotionsrecht auch für die TH verdient gemachte Hochschullehrer, dem 1870 erstmals die Synthese des Indigos gelang (A. v. →Baeyer), erkannte als erster die Autoxydation beim Ozon.

□ 1872-74: »Handbuch der technischen Chemie« (2 Bde.). □ 1876-1919: Prof. am Polytechnikum (seit 1885 TH) in Karlsruhe. □ 1880: Gründung der chemisch-technischen Versuchs- und Prüfanstalt. □ 1885: Konstruktion eines Geräts zur Viskositätsmessung von Flüssigkeiten aufgrund ihrer Auslaufzeit (Viskosimeter). □ 1887-90: MdR. □ 1907-25: »Das Erdöl, seine Physik, Chemie, Geologie, Technologie und sein Wirtschaftsbetrieb« (6 Bde., mit H. v. Höfer).

Engonopulos, Nikos

griech. Schriftsteller
* 21.10.1910 (?) Athen † 30.10.1985 ebd.

Der orthodoxe Surrealist Engonopulos stieß mit seinem ersten Gedichtband »Nicht mit dem Fahrer sprechen« (1938) — ähnlich wie A. →Embirikos drei Jahre zuvor — auf heftige Kritik: Kompromißloser und provokativer noch als sein Kollege negiert E., der auch als surrealistischer Maler hervortrat, die Forderung der logischen Textkomposition und konfrontiert den Leser mit raschen Folgen von widersprüchlichen Erinnerungen und Traumbildern.
Das während der deutschen Besetzung Griechenlands im 2. Weltkrieg verfaßte patriotische Gedicht »Bolivar« (1945) wurde zum griechischen Nationalepos.

□ 1939: »Die Klaviere des Schweigens« (Ged.e). □ 1946: »Die Rückkehr der Vögel« (Ged.e). □ 1948: »Eleutis« (Ged.e).

Per Olov Enquist →

Enquist, Per Olov

schwed. Schriftsteller
* 23.9.1934 Bureå, Västerbotten

Enquist gehört der Autorengeneration der 60er Jahre an. In seinen Romanen beschäftigt er sich kritisch-analytisch mit sozialpolitischen Themen wie der Verführbarkeit der Menschen (»Der fünfte Winter des Magnetiseurs«, 1964, dt. 1966) oder der Auslieferung baltischer Flüchtlinge an Rußland (»Die Ausgelieferten«, 1968 dt. 1969). Sein besonderes Interesse gilt auch der Frage, wie Literatur Wahrheit vermitteln kann.

□ 1961: »Kristallauge« (R.). □ 1963: »Der Fahrtweg« (R.). □ 1964: »Der fünfte Winter des Magnetiseurs« (R., dt. 1966). □ 1966: »Hess« (R.). □ 1971: »Der Sekundant« (R., dt. 1979). □ 1978: »Der Auszug der Musikanten« (R., dt. 1982). □ 1985: »Gestürzter Engel« (R., dt. 1987).

Ensor, James Sidney

belg. Maler und Radierer
* 13.4.1860 Ostende † 19.11.1949 ebd.

Ensor nahm in seinem Werk Elemente des Fauvismus und Expressionismus sowie des späteren Surrealismus vorweg. In einem gestischen, z. T. impressionistischen Farbauftrag und in bleichen bis grellen Tönen formulierte er seine Hauptthemen — Menschen in Masken, oft bis zur Monstrosität deformiert, Skelette, Pierrots, Musikanten. Die Fastnachtsbräuche seiner flämischen Heimat deutete er zu Abbildern eines großen absurden Welttheaters um. Hinzu kam bei E. die Selbstthematisierung des Künstlertums, deutlich in dem zentralen Werk »Der Einzug Christi in Brüssel im Jahre 1888« (1888, Antwerpen, Koninklijk Museum voor Schone Kunsten), in dem er Christus mit seinen eigenen Gesichtszügen ausstattete.

James S. Ensor, 1942.

□ 1877: Studium an der Académie des Beaux-Arts in Brüssel. □ 1880: Rückkehr nach Ostende; bürgerliche Interieurs in dunklen Farben (Dunkle Periode). □ 1885: Anschluß an die avantgardistische Künstlergruppe Les Vingt. □ ab 1886: Helle Periode; Radierungen und Stiche. □ ab 1911: Arbeit an Bühnenbild und Kostümentwürfen für die selbst komponierte Bühnenpantomime »Die Liebestonleiter« (UA 1921). □ 1921: Zeichnungszyklus »Szenen aus dem Leben Christi«. □ 1926: Belg. Vertreter auf der Biennale in Venedig. □ 1929: Erhebung in den Adelsstand.

▷ T. Kiefer: James Ensor, 1976.

Gudrun Ensslin →

Ensslin, Gudrun

dt. Terroristin
* 15.8.1940 St. Bartholomä
† 18.10.1977 Stuttgart-Stammheim (Selbstmord)

Die Pfarrerstochter Ensslin gehörte zum inneren Kreis der 1968-70 entstandenen terroristischen Vereinigung Rote-Armee-Fraktion (RAF) um A. →Baader und U. →Meinhof und entwickelte sich später zu deren ideologischem Kopf. Nach mehreren Banküberfällen und Sprengstoffanschlägen zwischen 1970 und Mai 1972 wurde sie am 7.6.1972 festgenommen. 1977 wurde sie mit A. Baader, Jan-Carl Raspe und U. Meinhof, zu der sie ein von persönlicher Rivalität geprägtes Verhältnis hatte, in Stuttgart-Stammheim zu lebenslanger Haft verurteilt. Kurz nach dem gescheiterten Freipressungsversuch durch die Entführung von Arbeitgeberpräsident H. M. →Schleyer durch die RAF beging E. in ihrer Zelle Selbstmord.

□ 1960-64: Studium der Philosophie, Anglistik und Germanistik in Tübingen und Schwäbisch Gmünd. □ 1965: Übersiedlung nach Berlin/West; Stipendium der Studienstiftung des Dt. Volkes; Engagement für die SPD. □ 1967: Bekanntschaft mit A. Baader. □ 1968: Übersiedlung mit A. Baader nach Frankfurt/Main; Festnahme nach gemeinschaftlicher Brandstiftung in Frankfurter Kaufhaus. □ 1969: Nach vorläufiger Entlassung Flucht nach Frankreich mit A. Baader. □ 1970: Nach terroristischer Ausbildung im Palästinenser-Camp heimliche Rückkehr in die BRD; Aufbau einer terroristischen Untergrundorganisation. □ 1972: Festnahme; Hungerstreiks als Protest gegen Haftbedingungen. □ 1975: Prozeßbeginn. □ 1977: Verurteilung zu lebenslanger Haft; nach Schleyer-Entführung Isolationshaft.

Enver Pascha →

Enver Pascha

osman. (türk.) Militär und Politiker
* 9.3.1881 Konstantinopel (Monastir?) † 4.8.1922 Baldschuwan (?), Tadschikistan (ermordet)

Enver war 1908 einer der Initiatoren der Revolution der »Jungtürken«, die den Rücktritt des Sultans Abdül Hamid und die Wiedereinführung der Verfassung von 1876 erzwangen. In der Folgezeit versuchte E., die türkische Armee nach preußischem Vorbild zu reformieren. 1914 wurde der als skrupellos bekannte E. als Kriegsminister faktisch Staatschef und war für die Massaker in Armenien mitverantwortlich. Nach dem vergeblichen Versuch, die Sowjets zur Mithilfe am Sturz M. →Kemals zu bewegen, suchte E. seine pantürkischen Ziele durch einen Aufstand der Turkvölker Zentralasiens gegen die sowjetische Herrschaft zu verwirklichen.

□ 1909: Militärattaché in Berlin. □ 1911/12: Teilnahme am türk.-ital. Krieg. □ 1912: Gouverneur von Bengasi (Libyen); Pascha. □ 1913: Chef des türk. Generalstabs während des 2. Balkankriegs. □ 1914-18: Kriegsmin.; kurz vor Kriegsende entlassen. □ 1918/19: Exil in Deutschland. □ 1919-21: In Moskau. □ 1921/22: In Zentralasien.

Enzensberger, Hans Magnus

dt. Schriftsteller und Publizist
* 11.11.1929 Kaufbeuren, Allgäu

Der kritische Intellektuelle, Lyriker und beachtete Essayist Enzensberger fordert in der Nachfolge

H. M. Enzensberger erhielt 1963 den Georg-Büchner-Preis.

B. →Brechts und W. →Benjamins die Nutzung der Massenmedien im Dienst der gesellschaftlichen Progressivität. Mit den Mitteln der Verfremdung (Montagestil, Verwendung von Werbeslogans und übertriebenen Metaphern) übt er in seinen Gedichtbänden Kritik am Zeitgeist, an gesellschaftlichen Konventionen und am Durchschnittsmenschen, der sich mit dem Mittelmaß zufrieden gibt. Als erfolgreicher Herausgeber der politischen Literaturzeitschrift »Kursbuch« (seit 1965) nahm E. in den 60er und 70er Jahren großen Einfluß auf die junge Intellektuellen-Generation.

☐ 1949-54: Studium der Literaturwissenschaft, Sprachen und Philosophie. ☐ 1955: Promotion. ☐ 1955-57: Rundfunkredakteur in Stuttgart. ☐ 1957: »Verteidigung der Wölfe« (Ged.). ☐ 1960/61: Lektor beim Suhrkamp Verlag in Frankfurt/Main. ☐ 1961: »Landessprache« (Ged.e). ☐ 1962: »Einzelheiten« (Es.s). ☐ 1963: Georg-Büchner-Preis. ☐ 1964: »Blindenschrift« (Ged.e). ☐ 1967: »Deutschland, Deutschland unter anderm« (Es.s). ☐ 1967/68: Gastprof. an der Wesleyan Univ. in Conn. (USA). ☐ 1968/69: Aufenthalt in Kuba. ☐ 1970: »Das Verhör von Habana« (Dr.). ☐ 1975: »Mausoleum. 37 Balladen aus der Geschichte des Fortschritts«. ☐ seit 1985: Hg. der Buchreihe »Die Andere Bibliothek«. ☐ 1987: »Ach Europa! Wahrnehmungen aus sieben Ländern«. ☐ 1988: »Mittelmaß und Wahn. Gesammelte Zerstreuungen« (Es.s).

▷ A. Zimmermann: Hans Magnus Enzensberger, 1977; R. Grimm (Hg.), Hans Magnus Enzensberger, 1983.

Eppler, Erhard

dt. Politiker
* 9.12.1926 Ulm

Eppler ist seit den 70er Jahren einer der profiliertesten Vordenker der SPD. Als einer der ersten Sozialdemokraten forderte er den Abschied von der Atomenergie und den konsequenten Schutz der Umwelt auch gegenüber marktwirtschaftlichen Sachzwängen. Als Landesvorsitzender von Baden-Württemberg bemühte sich der strenggläubige Christ, die SPD im Sinne seiner rigorosen moralischen Grundsätze umzuformen. Als die Partei bei den Landtagswahlen 1980 jedoch nur noch 32 % der Stimmen erhielt (1972: 37,6 %), warfen ihm interne Kritiker eine »Intellektualisierung« der Partei sowie »Entfremdung von der Arbeitnehmerschaft« vor. Wenig später verzichtete er auf sein Landtagsmandat. E. engagierte sich danach verstärkt in der Ökologie- und der Friedensbewegung. 1984 kehrte er ins Parteipräsidium der SPD und in die Programmkommission zurück, in der er am Entwurf des neuen Grundsatzprogramms mitwirkte.

☐ 1943-45: Flakhelfer. ☐ nach 1950: Mitgl. der Synode der EKD. ☐ 1951-61: Gymnasiallehrer. ☐ 1952: Mitgl. der Gesamtdeutschen Volkspartei (GVP). ☐ seit 1956: Mitgl. der SPD. ☐ 1961-76: MdB. ☐ 1968-74: Min. für wirtschaftliche Zusammenarbeit. ☐ 1973-80: Landesvors. der SPD von Bad.-Württ. ☐ 1973-82; 1984-91: Im Parteipräsidium der Bundes-SPD. ☐ 1975: »Ende oder Wende. Von der Machbarkeit des Notwendigen« (Schr.). ☐ 1976-82: MdL und Fraktionsvors. (bis 1980) der SPD in Bad.-Württ. ☐ 1977-91: Im Vorst. des Dt. Ev. Kirchentages. ☐ 1981-83; 1991: Amtierender Kirchentagspräsident. ☐ 1983: »Die tödliche Utopie der Sicherheit« (Schr.). ☐ 1984-86: Stellv. Vors. der SPD-Programmkommission. ☐ 1991: »Plattform für eine neue Mehrheit« (Schr.).

▷ E. Eppler: Einsprüche. Zeugnisse einer politischen Biographie, 1987.

Erhard Eppler auf dem 20. Deutschen Evangelischen Kirchentag 1983 in Hannover.

Erhard, Ludwig

dt. Politiker und Wirtschaftswissenschaftler
* 4.2.1897 Fürth † 5.5.1977 Bonn

Der »Vater des Wirtschaftswunders« (Erhard selbst verwahrte sich gegen diese Bezeichnung) setzte nach 1945 das wirtschaftspolitische Konzept der sozialen Marktwirtschaft durch: Am 20.6.1948, dem Tag der Währungsreform, erklärte er gegen den Widerstand der Besatzungmächte das Ende der Zwangswirtschaft und leitete so den wirtschaftlichen Aufschwung West-Deutschlands nach dem 2. Weltkrieg ein. In den Kabinetten →Adenauer war er bis 1963 Wirtschaftsminister. Als Bundeskanzler (ab 1963) blieb E. jedoch ohne Fortune: Außenpolitische Differenzen mit Frankreich und das Problem des deutsch-amerikanischen Devisenausgleichs führten dazu, daß er schon 1966 durch K. G. →Kiesinger abgelöst wurde, der mit der SPD unter Vizekanzler W. →Brandt die Große Koalition bildete (bis 1969).

Ludwig Erhard: 1949-63 Wirtschaftsminister der BRD.

□ 1942: Leiter des Inst. für Industrieforschung in Nürnberg. □ 1945/46: Bayer. Min. für Handel und Gewerbe. □ 1948/49: Dir. der Wirtschaftsverwaltung des Vereinigten Wirtschaftsgebietes der drei Westzonen. □ 1949-76: MdB. □ 1949-63: Wirtschaftsmin. □ 1957-63: Vizekanzler. □ 1963-66: Bundeskanzler. □ 1966/67: CDU-Vors., danach Ehrenvors.

▷ Ludwig-Erhard-Stiftung (Hg.): Ludwig Erhard und seine Politik, 1985.

Erhardt, Heinz

dt. Schauspieler und Humorist
* 20.2.1909 Riga, Lettland † 5.6.1979 Hamburg

Erhardt, beliebtester Humorist in der Zeit des deutschen Wirtschaftswunders, zeichnete sich durch hintersinnigen Sprachwitz aus. Er spielte mit der Doppeldeutigkeit von Worten (»Bei glatten Straßen muß man sechzehn geben — also doppelt acht«) und verballhornte Lebensweisheiten (»Wer den Schaden hat, spottet jeder Beschreibung«). E. absolvierte zahlreiche Bühnen-, Rundfunk-, Film- und Fernsehauftritte und wurde auch als Buchautor populär (u. a. »Noch'n Gedicht«, 1963).

□ 1926-28: Musikstudium am Leipziger Konservatorium. □ 1928-38: Verkäufer in einer Musikalienhandlung. □ 1938: Debüt als Komiker beim Rundfunk. □ 1957: »Der müde Theodor« (Rg. G. v. →Cziffra); »Witwer mit fünf Töchtern« (Rg. E. Engels). □ 1958: »Immer diese Radfahrer« (Rg. H. Deppe). □ 1959: »Drillinge an Bord« (Rg. H. Müller). □ 1961: »Drei Mann in einem Boot« (mit H. J. →Kulenkampff und W. Giller, Rg. H. Weiss). □ 1971: »Willi wird das Kind schon schaukeln« (Rg. W. Jacobs).

▷ R. Thissen: Heinz Erhardt und seine Filme, 1986.

Erikson, Erik Homburger

amer. Psychoanalytiker dt. Herkunft
* 15.6.1902 Frankfurt/Main

Erikson, profilierter Vertreter der Jugendpsychologie, befaßte sich mit den Problemen der Verhaltensunsicherheit Jugendlicher. Er prägte den Begriff der Identitätskrise und beschrieb den menschlichen Lebenszyklus in acht Entwicklungsstufen (von der oral-sensorischen Phase über die Pubertät bis zur Reife), die alle von psychosozialen Identitätskrisen begleitet seien. In seinen Schriften verband E. seine Interessen für Psychoanalyse, Geschichte, Politik und Kultur und versuchte, die wechselseitigen Einflüsse dieser Gebiete zu benennen.

□ 1933: Nach Lehranalyse bei A. →Freud Emigration in die USA. □ 1938: Arbeit unter Kindern der Sioux-Indianer in der Pine Ridge Reservation (S. Dak.); anschließend Zusammenarbeit mit dem Anthropologen A. Kroeber unter den Yurok-Indianern (Kalif.). □ 1950: »Kindheit und Gesellschaft« (Schr., dt. 1957). □ 1951-60: Prof. für Psychologie an der Univ. of Calif., Berkeley. □ 1958: »Der junge Mann Luther« (Biogr., dt. 1964). □ 1960-70: Prof. an der Harvard Univ. in Cambridge, Mass. □ 1962: Indienreise; »Gandhis Wahrheit« (Es., dt. 1969). □ 1963: »Jugend und Krise« (Schr., dt. 1970). □ 1964: »Einsicht und Verantwortung« (Schr., dt. 1966). □ 1970: Pulitzerpreis.

Tage Erlander →

← Heinz Erhardt

Joseph Erlanger →

Erlander, Tage

schwed. Politiker
* 13.6.1901 Ransäter, Värmland
† 21.6.1985 Stockholm

Während seiner langen Amtszeit als Ministerpräsident verschaffte Erlander sich den Ruf eines besonnenen, undoktrinären Sozialpolitikers, der aus Schweden ein »Volksheim« für alle machen wollte. Dabei bestand für ihn nicht nur ein Gebot der Solidarität zwischen den Klassen, sondern auch zwischen den Generationen. Mit einer großzügigen Sozial- und Finanzgesetzgebung sowie der Gründung kommunaler und genossenschaftlicher Unternehmen gab E. die entscheidenden Impulse zur Schaffung des schwedischen Wohlfahrtsmodells. Außenpolitisch hielt er einen Kurs der Neutralität, ohne Zweifel an seiner prowestlichen Einstellung zu lassen.

□ 1928-38: In der Redaktion eines Lexikon-Verlages. □ 1930: Stadtverordneter von Lund für die Sozialdemokraten. □ 1933-45, 1948-73: Abg. der 2. Kammer des Reichstags. □ 1944/45: Staatssekr. im Sozialministerium. □ 1945-48: Mitgl. der 1. Kammer. □ 1945/46: Erziehungsmin. □ 1946-69: Vors. der Sozialdemokraten und Ministerpräsident.

Erlanger, Joseph

amer. Neurophysiologe
* 5.1.1874 San Francisco, Kalif.
† 5.12.1965 Saint Louis, Missouri

Erlanger, Nobelpreisträger von 1944, erforschte mit H. S. →Gasser die elektrophysiologischen Eigenschaften des Nervensystems, dessen Impulse sie mittels Kathodenstrahl-Oszillographen verstärkten. 1932 entdeckten sie in den Nervensträngen unterscheidbare Arten von Nervenfasern, die je nach ihrer Beschaffenheit verschiedene Signale mit unterschiedlicher Geschwindigkeit weiterleiten.

□ 1906-10: Prof. an der Univ. of Wisconsin, Madison. □ 1910-46: Prof. an der Washington Univ. in Saint Louis. □ 1937: »Electrical signs of nervous activity« (Schr. mit H. S. Gasser). □ 1944: Physiologie/Medizin-Nobelpreis

Erler, Fritz

dt. Politiker
* 14.7.1913 Berlin † 22.2.1967 Pforzheim

← Fritz Erler

Der Sozialdemokrat Erler war in den 50er Jahren an der Durchsetzung des Reformkurses beteiligt, durch den sich die SPD von marxistischem Gedankengut trennte und zu einer entideologisierten Volkspartei wurde (Godesberger Programm, 1959). 1964 wurde E. stellvertretender Vorsitzender der SPD und Fraktionsführer im Bundestag. Nachfolger als Fraktionsvors. wurde nach E.s Tod 1967 H. →Schmidt.

□ 1938-45: Inhaftierung wegen sozialdemokratischer Parteiaktivität. □ 1945-49: Landrat. □ 1946: MdL in Württemberg-Hohenzollern. □ ab 1949: MdB. □ ab 1964: Stellv. Vors. der SPD und Fraktionsführer.

Erni, Hans

schweiz. Maler, Grafiker und Bildhauer
* 21.2.1909 Luzern

← Hans Erni

In Ernis Werk werden realistische mit abstrakten und surrealen Zügen vereint (»Fliegen«, 1941, Basel, Kunstmuseum). Auffällig für das Frühwerk sind geometrisierte lineare Elemente, während die Farbe eher als plastisch-räumliche Ergänzung eingesetzt wurde. In diesem Stil schuf E. auch große Wandbilder. Daneben entstanden Zeichnungen, Illustrationen und Druckgrafik. Die jüngeren Bilder sind u. a. von der Hinwendung zu klassischen Themen gekennzeichnet, die in einem dekorativen, wiederum mit surrealen Zügen durchsetzten Stil vorgetragen werden. Das bildhauerische Werk der 80er Jahre umfaßt vor allem expressive Tierplastik und Sportmotive. Daneben erlangte E. internationale Beachtung als Plakatkünstler.

□ ab 1929: Studium u. a. an den Vereinigten Staatsschulen für freie und angewandte Kunst in Berlin. □ 1932: Mitgl. der Pariser Gruppe Abstraction-Création. □ ab 1939: Wandbilder in der Synthese von Abstraktion und Realismus (u. a. »Die Welt der Chemie«, 1944, für die CIBA AG, Basel). □ 1964: Mosaiken für das Berner Rundfunkhaus.

▷ A. A. Haesler: Hans Erni: lebendige Zeitgenossenschaft. Werke 1979-1987, 1987.

Ernst, Max

dt. Maler, Grafiker, Objektkünstler und Bildhauer
* 2.4.1891 Brühl † 1.4.1976 Paris (Frankreich)

Ernst ist einer der bedeutendsten Maler des Surrealismus. Neben P. →Picasso gilt er als der vielseitigste und ingeniöseste Künstler der Moderne. Sein Werk reicht von dadaistischen Collagen und Assemblagen über die Erfindung der Durchreibetechnik (Frottage) und vieler anderer Methoden bis zu großen Gemälden, mit denen er den Surrealismus einleitete und in seinem Spätwerk eigentlich auch vollendete. Sein beachtliches skulpturales Werk vereint die großen Entwicklungslinien des Jahrhunderts — Archaismus und Primitivismus — mit surrealistischen Prinzipien. Stets reizte ihn das Groteske und Bizarre. Sein hintergründiger Humor konnte sich vor allem während seiner Dada-Aktivitäten (1919-24) entfalten. Magische Sujets und Bilderfindungen manifestieren sich in den großen Gemälden (»Der Elefant Celebes«, 1919, London, Sammlung Roland Penrose), den geheimnisvollen Werken mit versteinert wirkenden Wäldern und phantastischen Gestalten, die sich bei näherem Hinsehen wieder zu verflüchtigen scheinen (z. B. »Europa nach dem Regen«, 1940-42, Hartford, Conn., Wadsworth Atheneum) oder den rätselhaften Figurenerfindungen (»Die Einkleidung der Braut / der Ehefrau«, 1940, Venedig, Sammlung Peggy Guggenheim), in denen E. die Tradition visionärer Malerei eines Matthias Grünewald (* um 1480, † 1528) und Hieronymus Bosch (* um 1450, † 1516) fortsetzt.
E.s plastisches Werk entwickelte sich aus der Material- und Objektmontage seines Frühwerks. Ähnlich wie Picasso, aber mit anderen Zielsetzungen schuf er z. T. monumentale Skulpturen wie die Gruppe »Capricorne« (1948, u. a. Mannheim, Städtische Kunsthalle) aus den Abgüssen von Autofedern, Milchflaschen etc. auf der Basis von Zementblöcken, die in Bronze gegossen wurden.

Max Ernst

□ 1919: Mitbegründer der Kölner Dada-Gruppe (mit H. →Arp); Hg. mehrerer Dada-Zeitschriften; Collagen und Assemblagen. □ 1922: Übersiedlung nach Paris; Veröffentlichung illustrierter Gedichtbände sowie Holzstichcollagen; erste surreale Gemälde; Gründungsmitgl. der surrealistischen Gruppe. □ 1925: Erfindung der Frottage. □ 1929: Veröffentlichung des ersten Collage-Romans »La femme 100 têtes«. □ 1930: Rolle in L. →Buñuels Film »L'âge d'or«.

□ ab 1934: Auch Skulpturen. □ 1941: Emigration in die USA; Beschäftigung mit der Décalcomanie (Abreiben der Farbe von Reliefs oder Gegenständen). □ 1942: Hg. einer surrealistischen Zeitschrift in New York (u. a. mit A. →Breton und M. →Duchamp). □ 1941-43: Entwicklung neuer Techniken, die u. a. das Dripping-Verfahren J. →Pollocks vorwegnehmen. □ ab 1946: Ehe mit der amer. Malerin und Objektkünstlerin D. Tanning. □ 1952: Rückkehr nach Frankreich. □ 1975: Große Retrospektive im Solomon R. Guggenheim Museum, New York. □ postum 1991: Große Ausstellung zum 100. Geburtstag u. a. in der Staatsgalerie, Stuttgart.

▷ W. Spies: Max Ernst, 1975.

Erté

(eig. Romain de Tirtoff)
frz. Zeichner und Modeschöpfer russ. Herkunft
* 23.11.1892 St. Petersburg † Mai 1990 Paris

Erté, der sein erstes Modell für →Mata Hari kreierte, vertrat einen ausgeprägt theatralischen Art-deco-Stil, in dem er Farben, meist aber Schwarz-Weiß, kontrastreich gegeneinandersetzte. Berühmt wurden seine bizarr-phantastischen Modezeichnungen u. a. für Harper's Bazaar, Vogue, Cosmopolitan und Femina.

Erté: Er liebte die Theatralik.

□ 1912-14: Nach Kunststudium in St. Petersburg Modezeichner bei P. →Poiret in Paris. □ 1913: Entwurf des ersten eigenen Modells für die Tänzerin →Mata Hari; Konzentration auf Modezeichnung und Ausstattung zahlreicher Filme, Opern und Revuen. □ 1970-74: Ausstattung der Revuen von R. Petit mit Z. Jeanmaire. □ 1974: Ausstattung von A. →Hellers »Flic Flac«.

▷ Erté: Things I Remember, 1975.

Ertl, Josef

dt. Politiker
* 7.3.1925 Oberschleißheim bei München

← Josef Ertl

Während seiner Zeit als Bundeslandwirtschaftsminister (1969-83) gelang es Ertl, ehemals Direktor eines Landwirtschaftsamts, durch eine sozial-liberale Agrarpolitik die Einkommensverhältnisse der Bauern an die allgemeine Lohnentwicklung anzupassen. Mit Sachverstand vertrat der Diplomlandwirt, der dem konservativen Flügel der FDP zugerechnet wird, die Interessen der Bauern auch auf europäischer Ebene.

□ 1952-56: Abg. des Kreistages München-Land. □ 1960: Dir. des Landwirtschaftsamtes Miesbach; Oberlandwirtschaftsrat. □ 1961-87: MdB. □ 1969-83: Bundesmin. für Ernährung, Landwirtschaft und Forsten. □ 1971-83: Landesvors. der FDP in Bayern. □ seit 1983: Präs. der Dt. Landwirtschaftsgesellschaft. □ 1986-88: Präs. der Arab.-Dt. Vereinigung Ghorfa für Handel und Industrie.

Erzberger, Matthias

dt. Politiker
* 20.9.1875 Buttenhausen (Münsingen), Württ.
† 26.8.1921 Bad Griesbach, Baden (ermordet)

Matthias Erzberger →

Erzberger war einer der maßgeblichen Politiker der jungen Weimarer Republik. Ab 1917 setzte er sich für einen Verständigungsfrieden ein und war am Sturz von Reichskanzler Th. von →Bethmann Hollweg beteiligt. Am 11.11.1918 unterzeichnete er in Compiègne den Waffenstillstand und organisierte dessen Durchführung.
Sein Ziel als Finanzminister war die Stärkung der Zentralgewalt. Dafür schuf er die »Erzbergersche Finanzreform«, die dem Reich eine eigene Finanzverwaltung gab und Steuereinnahmen sicherte. Zudem setzte E., der seine Karriere 1896 als Zeitungsredakteur begonnen hatte, die Übernahme der unter Länderhoheit stehenden Eisenbahn durch das Reich durch. Wegen seines Eintretens für den Versailler Vertrag in nationalen Kreisen verhaßt, wurde er 1921 von zwei ehemaligen Offizieren ermordet.

□ 1896: Redakteur des kath. Dt. Volksblatts. □ ab 1903: MdR für das Zentrum. □ Okt. 1918: Staatssekr. (Min.) ohne Geschäftsbereich. □ 1919: Reichsmin. ohne Geschäftsbereich. □ 1919/20: Reichsfinanzmin. und Vizekanzler.

▷ W. Ruge: Matthias Erzberger. Eine politische Biografie, 1976.

Esaki, Leo

jap. Physiker
* 12.3.1925 Osaka

Leo Esaki erklärt den »Tunneleffekt«, New York, 1973.

Esaki arbeitete mit kleinen Kristallgleichrichtern (Halbleiterdioden) und wies 1957/58 beim Durchgang von Elektronen durch extrem dünne Halbleiter-Grenzschichten zwischen unterschiedlich dotierten Halbleitern den sog. Tunneleffekt nach. Elektronen können, was nach der klassischen Physik als unmöglich galt, Hindernisse von der Dicke einiger hundert Atome durchdringen. Für die Entwicklung der nach ihm benannten Tunneldiode (Esaki-Diode), die zur Erzeugung von Hochfrequenzschwingungen, aber auch als kleiner und superschneller Schalter in elektronischen Geräten verwendet wird, erhielt E. 1973 den Physik-Nobelpreis (mit I. →Giaever und B. D. →Josephson).

Eschenbach, Christoph

dt. Pianist und Dirigent
* 20.2.1940 Breslau

Eschenbach wurde als Pianist durch internationale Konzertreisen bekannt (klassisches und modernes Repertoire) und trat häufig mit dem Pianisten J. →Frantz auf. Seit seinem USA-Debüt mit dem San Francisco Symphony Orchestra (1975) arbeitet E. mit verschiedenen amerikanischen Orchestern (Cleveland Orchestra, Boston Symphony). Seit 1988 ist E. Chef des Houston Symphony Orchestra.

□ 1962: Preisträger als Pianist beim ARD-Wettbewerb. □ 1965: 1. Preis beim Concours Clara Haskil in Luzern. □ 1979-82: Chefdirigent der Staatsphilharmonie in Ludwigshafen. □ 1982-85: Künstlerischer Leiter des Tonhalle-Orchesters Zürich.

← Christoph Eschenbach

Eschenburg, Theodor

dt. Politikwissenschaftler und Publizist
* 24.10.1904 Kiel

Mit seiner engagierten, oft beißenden Kritik an öffentlichen Mißständen gewann Eschenburg nicht nur einen großen Leserkreis, er erhielt auch ehrenvolle Beinamen wie »Wächter der Verfassung«. E. sprach sich 1958 für eine gesetzliche »Notstandsregelung« zur Verhinderung des Mißbrauchs von Staatsgewalt aus. Er kritisierte die in allen Parteien übliche Praxis der Ämterpatronage sowie die private Parteienfinanzierung durch Spendenleistungen. 1989 wandte E. sich gegen jegliche Quotenregelung bei der Aufstellung von Parlamentsbewerbern.

□ 1933-45: Geschäftsführer von Industrieverbänden. □ 1945: Staatskommissar für das Flüchtlingswesen in Württemberg-Hohenzollern. □ 1952: Prof. für Politikwissenschaft, Univ. Tübingen; »Der Beamte in Partei und Parlament« (Schr.). □ 1973: »Matthias Erzberger« (Abh.). □ 1974: Vors. der Kommission Vorbeugender Geheimschutz. □ 1983: »Jahre der Besatzung 1945-49« (Schr.). □ 1987: »Spielregeln der Politik« (Schr.).

← Theodor Eschenburg

Escher, M(aurits) C(ornelis)

niederl. Grafiker
* 17.6.1898 Leeuwarden † 27.3.1972 Hilversum

Im Mittelpunkt von Eschers Werk stehen Lithografien, in denen geometrische und figurative Elemente häufig in ornamentalisierender Weise verbunden sind. Andererseits visualisierte E. mathematisch-geometrische Problemstellungen wie in den scheinbar endlosen Treppen, bei denen weder Anfang noch Ende oder Laufrichtung eindeutig sind. E. experimentierte mit der Aufhebung des Gegensatzes von Vorder- und Hintergrund (durch deckungsgleiche, aber verschiedenfarbige Figuren erzielt), mit alogischem Perspektivenwechsel und Fläche-Raum-Beziehungen. Besonders in der Darstellung von Bauwerken soll die gewohnte Sehweise des Betrachters irritiert werden.

Der Grafiker M. C. Escher auf einem Selbstporträt, 1943.

▷ B. Ernst: Der Zauberspiegel des Maurits Cornelis Escher, 1978.

Estes, Richard

amer. Maler
* 14.5.1932 Keewane, Ill.

Estes arbeitet im Stil des sog. Foto- oder Hyperrealismus, dessen Ziel es ist, Menschen, Gegenstände, Häuser usw. mit einem so hohen Grad an Detailgenauigkeit und Schärfe darzustellen, daß die Werke kaum von Fotografien zu unterscheiden sind bzw. sie an »Wirklichkeitsnähe« zu übertreffen scheinen. E. malt fast »stillebenartige« nächtliche Schaufenster (»Foodshop«, 1967, Köln, Museum Ludwig), Telefonzellen und andere großstädtische Motive, die Kühle und Unpersönlichkeit ausstrahlen. Sofern auch Menschen dargestellt sind, wirken sie in ihrer Überpointiertheit seltsam unlebendig, wie Statisten in einem Umfeld, zu dem sie augenscheinlich keine Beziehung haben. In ihrer Isolation sind sie den Personen auf Bildern von E. →Hopper vergleichbar.

Etrich, Ignaz »Igo«

österr. Flugzeugbauer
* 25.12.1879 Horní Staré Město (heute CSFR)
† 4.2.1967 Salzburg

Etrich konstruierte 1909 in einer Weiterentwicklung des Gleiters von Otto Lilienthal (*1848, †1896) ein Motorflugzeug und stützte sich dabei auf Erkenntnisse aus der Beobachtung des Fluges von Fledermäusen und der Gleiteigenschaften von Früchten eines Kürbisgewächses (Zanonia). Das einer Taube ähnliche Fluggerät wurde von E. →Rumpler verbessert und ab 1910 in Berlin als Etrich-Rumpler-Taube gebaut. 1912 gründete E. in Liebau, Schlesien, die Etrich-Fliegerwerke, die 1914 nach Brandenburg an der Havel verlegt wurden.

Etzioni, Amitai Werner

amer. Soziologe dt. Herkunft
* 4.1.1929 Köln

Der Ausdruck »Postmoderne« fand 1968 durch Etzioni Eingang in die Soziologie. Die postmoderne Gesellschaft ist, nach E., durch eine Steigerung der Kommunikations-, Wissens- und Energietechnologien bestimmt. Die allgemeine Entwicklung führt zu einer »aktiven Option«, d.h. zu einer Gesellschaft, die nicht technokratischer Fremdbestimmung folgt, sondern autonom, dynamisch und pluralistisch sein wird. Für die Friedensforschung entwickelte E. Strategien zur Abrüstung und Waffenkontrolle (»Der harte Weg zum Frieden«, 1965; »Siegen ohne Krieg«, 1965).

□ ab 1967: Prof. an der Columbia Univ. □ 1968: »Die aktive Gesellschaft« (Schr., dt. 1975). □ 1973: Ratsmitgl. des Amer. Jewish Congress. □ 1979: Berater für das Weiße Haus. □ seit 1980: Prof. für Soziologie, George Washington Univ., Washington. □ 1984: »Capital Corruption« (Abh.).

← Amitai Etzioni

Eucken, Rudolf

dt. Philosoph
* 5.1.1846 Aurich, Ostfriesland † 14. (?) 9.1926 Jena

Eucken entwickelte eine »schöpferischer Aktivismus« genannte Lebensphilosophie, mit der er die Menschen seiner Zeit aus dem gelehrten Intellektualismus und ihrer technischen Scheinkultur aufrütteln wollte. Das Ideal eines die geistige Zusammenarbeit der Völker förderndes, ethisch verwurzelten und im Göttlichen gipfelnden Geisteslebens sah E. in der mittelalterlichen Welt verwirklicht. Für sein wiederholt aufgelegtes und in viele Sprachen übersetztes literarisches Werk wurde E. 1908 mit dem Literatur-Nobelpreis ausgezeichnet.

□ 1871-74: Prof. an der Univ. Basel. □ 1874-1920: Prof. an der Univ. Jena. □ 1888: »Die Einheit des Geisteslebens in Bewußtsein und Tat der Menschheit« (Schr.). □ 1890: »Die Lebensanschauungen der großen Denker« (20. Aufl. 1950). □ 1907: »Grundlinien einer neuen Lebensanschauung« (Schr.). □ 1908: »Der Sinn und Wert des Lebens« (Schr.). □ 1918: »Mensch und Welt« (Schr.). □ 1920: »Sozialismus und seine Lebensgestaltung« (Schr.); Gründung des Eucken-Bundes zur Pflege und Verbreitung seiner Lehre.

▷ R. Eucken: Lebenserinnerungen, 1921; M. Wendt: Rudolf Eucken (Biogr.), 1927.

← Rudolf Eucken

Eucken, Walter

dt. Nationalökonom
* 17.1.1891 Jena † 20.3.1950 London (England)

Eucken, Sohn des Philosophen R. →Eucken, gehört zu den geistigen Vätern der Marktwirtschaft. Seine wirtschaftspolitischen Konzepte bildeten nach dem 2. Weltkrieg in der BRD die theoretische Grundlage der Sozialen Marktwirtschaft (L. →Erhard, A. →Müller-Armack). Als Mitbegründer der Freiburger Schule vertrat E. eine neoliberale Wirtschaftsordnung mit vollkommener Konkurrenz und Privateigentum an Produktionsmitteln. E. wandte sich vehement gegen eine gelenkte Wirtschaft, lehnte aber gleichzeitig eine Politik des Laissez-faire ab. Der Staat soll nicht in Wirtschaftsabläufe eingreifen, jedoch die erforderlichen Rahmenbedingungen schaffen und als Wächter fungieren: Konstituierende Prinzipien (u. a. offener Zugang zu den Märkten, stabile Währung, Vertragsfreiheit) bilden den Rahmen für die Wettbewerbsordnung; regulierende Prinzipien (u. a. Monopolbehörde, Arbeitnehmer- und Umweltschutz) sollen das Wettbewerbsprinzip schützen. Zu Beginn der 70er Jahre traten in der bundesdeutschen Wirtschaftspolitik die Theorien von J. M. →Keynes an die Stelle der Euckschen Lehre.

□ 1909-13: Studium der Nationalökonomie, Statistik und Philosophie. □ 1913: Promotion. □ 1921: Habilitation. □ 1923: »Kritische Betrachtungen zum Geldproblem« (Schr.). □ 1925-27: Prof. an der Univ. Tübingen. □ 1927-50: Prof. an der Univ. Freiburg i. Br. □ 1934: »Kapitaltheoretische Untersuchungen« (Schr.). □ 1938: »Nationalökonomie — Wozu?« (Schr.). □ 1940: »Die Grundlagen der Nationalökonomie« (Schr.). □ postum 1952: »Grundsätze der Wirtschaftspolitik« (mit K. P. Hensel). □ 1953: »Wettbewerb, Monopol und Unternehmer« (Schr.).

Eulenburg, Philipp Fürst zu E. und Hertefeld

dt. Politiker und Diplomat
* 12.2.1847 Königsberg
† 17.9.1921 Schloß Liebenberg bei Templin

Fürst Eulenburg, 1894-1903 deutscher Botschafter in Wien, war eine der schillerndsten Figuren der Wilhelminischen Zeit. Als enger Vertrauter →Wilhelms II. spielte er beim Sturz Bismarcks eine maßgebliche Rolle. Den Kaiser bestärkte er in dessen Neigung zu einem »persönlichen Regiment«. Nach seinem Ausscheiden aus dem diplomatischen Dienst (1903) mußte sich E. in drei aufsehenerregenden Prozessen, denen ein publizistischer Angriff M. →Hardens vorausgegangen war, gegen den Vorwurf der Homosexualität und des Meineides verteidigen; auch wenn es zu keiner Verurteilung kam, war sein politischer Einfluß damit gebrochen.

August Euler →

Euler, August Heinrich

dt. Flugpionier
* 20.11.1868 Oelde
† 1.7.1957 Feldberg, Schwarzwald

Euler, Flugzeugfabrikant und Gründer einer Fliegerschule von Weltruf, erwarb am 31.12.1909 den ersten deutschen Flugzeugführerschein. Als Leiter des neugegründeten Reichsluftfahrtamtes setzte er sich für die Regelung des Luftrechts ein.

□ 1908: Gründung einer Flugzeugfabrik in Frankfurt/Main. □ 1909/10: Gründung einer Fliegerschule. □ ab 1918: Erster Leiter des Reichsluftfahrtamts.

H. von Euler-Chelpin →

Euler-Chelpin, Hans Karl August Simon von

schwed. Chemiker dt. Herkunft
* 15.2.1873 Augsburg † (6.?)7.11.1964 Stockholm

Euler-Chelpin setzte sich mit der Wirkung der Enzyme und ab 1923 besonders mit den Koenzymen (A. →Harden) auseinander. E. gab eine physikalisch-chemische Deutung dieser sich bei der Zuckergärung in den Muskeln abspielenden Vorgänge, die Energie liefern.

□ ab 1899: Privatdozent für physikalische Chemie an der Univ. Stockholm. □ ab 1902: Schwed. Staatsbürgerschaft. □ 1906-41: Prof. an der Univ. Stockholm; ab 1929 Dir. des neugegründeten Inst. für Vitamine und Biochemie ebd. □ 1910: »Allgemeine Chemie der Enzyme« (Schr.). □ 1929: Chemie-Nobelpreis (mit A. Harden). □ 1931: Isolation und

Strukturerklärung des für die Enzymforschung wichtigen Koenzyms NAD (Nikotinsäureamid-adenin-dinukleotid). □ 1944: »Entstehung, Wachstum und Rückbildung von Tumoren« (Schr.). □ 1962: »Chemotherapie und Prophylaxe des Krebses« (Schr.).

Euler-Chelpin, Ulf Svante von

schwed. Physiologe
* 7.2.1905 Stockholm † 10.3.1983 ebd.

Während seiner Erforschung der Informationsübertragungsmechanismen im Organismus entdeckte Euler-Chelpin, Leiter des Karolinska Instituts, 1946 die Funktionsweise des Noradrenalins und wurde 1970 mit dem Nobelpreis ausgezeichnet. Dieser Transmitter, ein den Blutdruck regulierendes Hormon der Nebenniere, sorgt an den Synapsen genannten Nervenschaltstellen für die Erregungsübertragung. Aufgrund seiner Beschreibung des Ausschüttungsmechanismus dieser Substanz, die E. auch im Gehirn nachwies, trug er entscheidend zur Entwicklung von Noradrenalin stimulierenden oder hemmenden Heilmitteln bei.

□ ab 1939: Prof. und Leiter des Karolinska Inst. in Stockholm. □ ab 1953: Mitgl. und zeitweise Vors. des Nobelpreis-Komitees. □ 1970: Physiologie/Medizin-Nobelpreis (mit J. →Axelrod und B. Katz).

← U. S. von Euler-Chelpin

Evans, Sir (ab 1911) Arthur John

brit. Archäologe
* 8.7.1851 Nash Mills bei London, Hertfordshire
† 11.7.1941 Youlbury bei Oxford

Sir Arthur John Evans in seinem Arbeitszimmer, 1925.

Evans erforschte die minoische Kultur des 2. und 3. Jtd.s v. Chr., für die er eine Chronologie erstellte. Seine archäologischen Forschungen begann E. 1893 auf Kreta und unternahm ab 1900 auf eigene Kosten die Ausgrabungen in Knossos, bei denen der Palast des sagenhaften Königs Minos entdeckt wurde. Der teilweise aus originalen Mauerfragmenten rekonstruierte Palast aus dem 16. Jh. v. Chr., den E. in seiner Schrift »The Palace of Minos at Knossos« (4 Bde., 1921-36) beschrieb, besaß Warmwasserheizung, Badezimmer und Toiletten mit Wasserspülung.

Evans-Pritchard, Sir (ab 1971) Edward Evan

engl. Sozialanthropologe
* 21.9.1902 Crowborough, Sussex
† 11.9.1973 Oxford

Evans-Pritchard war einer der ersten Ethnologen, der versuchte, fremde Denksysteme aus ihrer eigenen Logik heraus zu verstehen. Er lebte lange Zeit unter den Zande und Nuer im ehemaligen angloägyptischen Sudan und lernte deren Sprachen. E. wollte die für alle Stammesmitglieder gleichen Glaubensanschauungen, die sog. Kollektivvorstellungen, herausfinden. Der Empiriker untersuchte u. a. den Glauben an Hexerei und dessen Einfluß auf das Denken und das zwischenmenschliche Verhalten.

□ 1926-39: Expedition nach Zentral-, Ost- und Nordafrika. □ 1930-33: Prof. für Soziologie, Univ. Kairo. □ 1937: »Hexerei, Orakel und Magie bei den Zande« (Schr., dt. 1978). □ 1940: »The Nuer« (Abh.). □ 1940-45: Dienst bei der brit. Armee in Afrika. □ 1946-70: Prof. für Sozialanthropologie, Univ. Oxford. □ 1949-51: Präs. des Royal Anthropological Inst. □ 1951: »Social anthropology« (Schr.).

▷ M. Douglas: Evans-Pritchard, 1980.

August Everding →

Everding, August

dt. Regisseur und Intendant
* 31.10.1928 Bottrop

Everding, der als Regieassistent bereits mit F. →Kortner, P. Verhoven und H. →Käutner zusammenarbeitete, ist seit Jahrzehnten einer der — auch international — anerkanntesten Opern- und Schauspielregisseure und übt als Generalintendant der Bayerischen Staatstheater großen Einfluß auf die deutsche Theaterlandschaft aus. In seinen Sprechtheaterinszenierungen widmet er sich insbesondere zeitgenössischen Dramatikern: Er leitete die deutschen Erstaufführungen von »Empfindliches Gleichgewicht« (E. →Albee) 1967 und »Biografie« (M. →Frisch) 1968, jeweils in München. Großen Erfolg als Opernintendant hatte E. u. a. in New York, London, Bayreuth, Hamburg und München mit Werken von Richard Wagner.

□ 1955: Regisseur an den Münchener Kammerspielen, ab 1959 stellv. Intendant, ab 1963 Intendant. □ 1967: »Tristan und Isolde« (Oper von R. Wagner) in Wien, 1971 in New York. □ 1973-77: Intendant der Hamburgischen Staatsoper. □ 1976: »Lohengrin« (Oper von R. Wagner) in New York. □ 1977-82: Intendant der Münchener Staatsoper. □ 1980: »Die Entführung aus dem Serail« (Oper von W. A. Mozart) in München. □ seit 1982: Generalintendant der Bayerischen Staatstheater. □ 1985: »Die Bernauerin« (Oper von C. →Orff) in München. □ 1987: Wiedereröffnung des Prinzregententheaters in München. □ 1988/89: »Der Ring des Nibelungen« (Opern-Tetralogie von R. Wagner) in Warschau.

Chris Evert-Mill →

Evert-Mill, Chris

amer. Tennisspielerin
* 21.12.1954 Fort Lauderdale, Flor.

Evert-Mill dominierte mit M. →Navratilova über eineinhalb Jahrzehnte das Damentennis. In ihrer Profikarriere (1972-88) gewann sie 18 Grand-Slam-Turniere, darunter siebenmal die French-

Open. Ihr offizielles Preisgeld wird mit 8,7 Mio US-$ angegeben.

□ 1974: Siegerin in Wimbledon; French Open. □ 1975: French Open; US Open. □ 1976: Wimbledon; US Open. □ 1977: US Open. □ 1978: US Open. □ 1979: French Open; Ehe mit dem Daviscup-Spieler J. Lloyd. □ 1980: US Open; French Open. □ 1981: Wimbledon. □ 1982: US Open; Australian Open. □ 1983: French Open. □ 1984: Australian Open. □ 1985: French Open. □ 1986: French Open. □ seit 1988: Ehe mit A. Mill.

Evren, Kenan

türk. Offizier und Politiker
* 1.1.1917 Alasehir bei Manisa

Evren kam 1980 als Generalstabschef der türkischen Armee (1978-83) durch einen Militärputsch an die Macht (S. →Demirel) und wurde von einem Nationalen Sicherheitsrat zum Staatspräsidenten ernannt. E. veranlaßte die größte Verhaftungswelle in der jüngeren Geschichte seines Landes; es kam zu schweren Menschenrechtsverletzungen. In der Verfassung von 1982 erhielt E. weitreichende Vollmachten. Als Anhänger des Kemalismus (nach dem Staatsgründer →Kemal Atatürk) forcierte E. die vor allem gegen den Islam gerichtete Modernisierung des Landes und die Hinwendung zum Westen. Der Sieg T. →Özals bei der Parlamentswahl 1983 brachte die allmähliche Rückkehr der Türkei zu einer Zivilregierung.

← Kenan Evren

Ewald, Carl Anton Emil

dt. Internist
* 30.10.1845 Berlin † 20.9.1915 ebd.

Ewald, führender Forscher auf dem Gebiet der Physiologie und Pathologie der Verdauungsorgane, entwickelte die aus der Diagnostik nicht mehr wegzudenkende weiche Magensonde. Neben zahlreichen wichtigen Arbeiten über Leber- und Schilddrüsenkrankheiten förderte E. vor allem die physiologisch begründete Ernährungs- und Diätlehre.

□ 1876-88: Leiter der Frauensiechenanstalt, Berlin; ab 1882: Prof. □ 1879-1902: »Die Lehre von der Verdauung. Einleitung in die Klinik der Verdauungskrankheiten« (3 Bde.). □ 1888-1915: Leiter der inneren Abteilung des Augusta-Hospitals, Berlin.

Exter, Alexandra Alexandrowna

russ. Malerin und Bühnenbildnerin
* 6.1.1882 Belestok bei Kiew
† 17.3.1949 Paris (Frankreich)

Exter gehörte zu den bemerkenswertesten Persönlichkeiten der russischen Avantgarde während des 1. Weltkriegs. Ihr Werk steht unter dem Eindruck von Orphismus, Kubismus und Futurismus, vor allem aber dem der russischen Konstruktivisten (K. →Malewitsch). Daraus entwickelte E. einen individuellen abstrakten Stil, der Dynamik, Formbrechung und Tektonik in kräftigen Farben vorträgt (z. B. »Farbdynamik«, 1916/17, Köln, Museum Ludwig). Aus dieser Stilmischung löste sich in den 20er Jahren ein streng geometrischer, reiner Konstruktivismus heraus. Schon in Kiew und verstärkt in Paris beschäftigte E. sich auch mit Stoffentwürfen, Theaterkostümen und Bühnenbildern, die ihrer Zeit weit voraus waren.

□ 1907: Besuch der Kiewer Kunstakademie. □ ab 1908: Regelmäßige Aufenthalte in Paris; Besuch der Académie de la Grande Chaumière. □ 1912: Übersiedlung nach St. Petersburg; Aufenthalte in Kiew, Moskau, Paris, Italien. □ 1916: Teilnahme an der Ausstellung »Tramway V« in Moskau. □ ab 1918: Eigenes Atelier in Kiew. □ 1924: Endgültige Übersiedlung nach Paris.

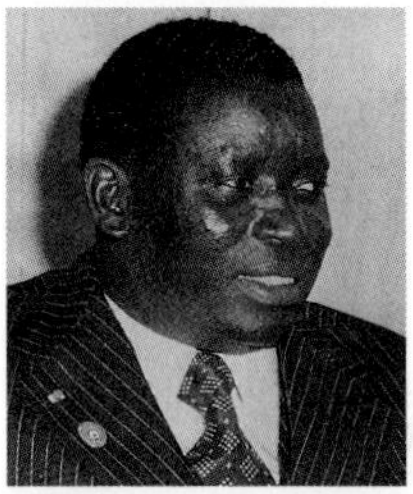

Étienne G. Eyadéma →

Eyadéma, Étienne Gnassingbé

togo. Politiker
* 26.12.1935 Piya, Lama-Kara-Distrikt

Als Staatspräsident, Ministerpräsident und Oberbefehlshaber der Streitkräfte ist Eyadéma seit seinem Putsch von 1967 der unumschränkte Herrscher von Togo. Die Macht des prowestlich orientierten Diktators stützt sich vor allem auf das Militär und die allgegenwärtige Einheitspartei RPT, deren Vorsitzender er seit 1969 ist. 1979 ließ er sich seine Machtposition in einer neuen Verfassung festschreiben, mußte 1991 allerdings unter starkem Druck der Oppositionsgruppen erstmals Zugeständnisse machen (Zulassung von Parteien, Generalamnestie für politische Häftlinge) und einen Übergang zu demokratischen Verhältnissen versprechen.

□ nach 1950: Eintritt in die frz. Armee. □ 1953-61: Einsatz in Algerien und Indochina; zuletzt Stabsfeldwebel. □ ab 1961: Offizier im unabhängigen Togo. □ 1963: Putsch gegen Sylvanus Olympio, den ersten Präsidenten Togos; Generalstabschef. □ 1967: Sturz von Präsident Grunitzky, seitdem Staatspräsident, Regierungschef und Oberbefehlshaber der Armee. □ seit 1969: Vors. der Einheitspartei Rassemblement du Peuple Togolais (RPT).

▷ C. Feuillet: Le Togo »en général«. La longue marche de Gnassingbé Eyadéma, 1976.

Erich Eyck →

Eyck, Erich

dt. Historiker
* 7.12.1878 Berlin † 23.6.1964 London (England)

Der liberale Historiker Eyck schrieb die erste umfassende »Geschichte der Weimarer Republik« (2 Bde., 1954-56). In seinem Hauptwerk »Bismarck« (3 Bde., 1941-47), das ein Klassiker der biografischen Geschichtsschreibung ist, zeigte E., daß die deutsche Einigung auch auf einem anderen als dem vom Reichsgründer eingeschlagenen Weg möglich gewesen wäre.

□ 1937: Bis zu seiner Emigration nach Großbritannien Tätigkeit als Rechtsanwalt und Publizist. □ 1938: »Gladstone« (Biogr., dt. 1946). □ 1948: »Das persönliche Regiment Wilhelms II.« (Schr.). □ postum 1965: »Auf Deutschlands politischem Forum. Essays«.

H. J. Eysenck →

Eysenck, Hans Jürgen

brit. Psychologe dt. Herkunft
* 4.3.1916 Berlin

Eysenck, der der Psychoanalyse jede Wissenschaftlichkeit absprach, trug mit naturwissenschaftlich-experimentellen Untersuchungen zur modernen Persönlichkeitsforschung und Verhaltenstherapie bei und gehört als Initiator und Leiter bedeutender Forschungsstätten zu den bekanntesten Psychologen Großbritanniens. E.s These, daß die Intelligenz im wesentlichen ererbt sei (»Vererbung, Intelligenz und Erziehung«, Schr., 1971), sowie die Ergebnisse entsprechender Untersuchungen an Schwarzen und Weißen haben zu scharfen Kontroversen geführt.

□ 1953: »Wege und Abwege der Psychologie« (Schr., dt. 1960). □ 1955-83: Prof. an der Univ. London. □ 1962: »Intelligenztest« (dt. 1972). □ 1971: »Vererbung, Intelligenz und Erziehung« (Schr., dt. 1975). □ 1972: »Die Experimentiergesellschaft« (Schr., dt. 1973). □ 1985: »Sigmund Freud. Niedergang und Ende der Psychoanalyse« (Schr., dt. 1985).

Eyth, Max von

dt. Ingenieur und Schriftsteller
* 6.5.1836 Kirchheim unter Teck
† 25.8.1906 Ulm

← Max von Eyth

Eyth entwickelte mit dem Briten John Fowler (* 1817, † 1898) den von einer Dampfmaschine angetriebenen Pflug. Auf Reisen führte er das Gerät, das die Arbeitsproduktivität um 25 % steigerte, in Länder aller Kontinente ein. E. schrieb zudem viele volkstümliche Erzählungen aus der Welt der Technik.

□ 1861-82: Entwicklung des dampfgetriebenen Pflugs. □ 1871-84: »Wanderbuch eines Ingenieurs« (Erz.n, 3 Bde.; erw. Aufl. 1903/04). □ 1885: Gründung und Leitung (bis 1896) der Dt. Landwirtschaftsgesellschaft (Berlin). □ 1899: »Hinter Pflug und Schraubstock« (Erz.n, 2 Bde.). □ 1906: »Der Schneider von Ulm« (R., 2 Bde.). □ postum 1975: »Tagebücher« (Hg. R. Laïs).

F

Faber-Castell, Anton Wolfgang Graf von

dt. Unternehmer
* 7.6.1941 Bamberg

← Graf von Faber-Castell

Faber-Castell ist seit 1976 Leiter des in Familienbesitz befindlichen größten Bleistift-Herstellers der Welt. 1987 betrug der Weltumsatz ca. 600 Mio. DM, wobei ein wachsender Anteil auf innovative Schreib- und Zeichengeräte sowie auf holzgefaßte Make-up-Stifte entfiel. Sitz der Bleistift-Dynastie F.-C., die seit 1898 unter diesem Namen produziert, ist Stein bei Nürnberg. Das Unternehmen hat weltweit ca. 5000 Angestellte (1989).

□ 1966-72: Kaufmännische Ausbildung; Besuch der Managementschule IMEDE in Lausanne. □ 1972: Beitritt zur »Credit Swiss White Weld«-Gruppe (int. Finanzierungen). □ 1976: Übernahme der Unternehmensleitung von seinem Vater Roland; Straffung des Sortiments. □ seit 1987: Ehe mit der Verkaufsdirektorin für Chanel New York, Mary Elizabeth Hogan.

Fabiola

Königin der Belgier
* 11.6.1928 Madrid (Spanien)

Fabiola, aus Spanien stammende Königin der Belgier.

Seit ihrer Hochzeit mit König →Baudouin I. 1960 ist Fabiola Königin der Belgier. Sie ist die Tochter des Grafen G. de Mora, Marqués de Casa Riera, einem der reichsten Großgrundbesitzer Spaniens. Vor ihrer Verlobung widmete sich die strenggläubige Katholikin und examinierte Krankenschwester mit großem Engagement der sozialen Arbeit in einem Vorort von Madrid. In Belgien verfaßte sie außerdem ein Kinderbuch und besprach Schallplatten mit Märchen, deren Erlös für bedürftige Kinder bestimmt war. Die zurückhaltende Königin hat durch ihre ungezwungene Art zur Popularität der Monarchie in Belgien beigetragen.

Fabius, Laurent

frz. Politiker
* 20.8.1946 Paris

Fabius, Sozialist großbürgerlicher Herkunft und Protégé von Staatspräsident F. →Mitterrand, war 1984-86 Ministerpräsident der französischen Regierung. In diesem Amt vertrat F., der noch als Haushaltsminister der Regierung P. → Mauroy (1981-83) eine ausgabenfreudige Reformpolitik betrieben hatte, einen pragmatischen Wirtschaftskurs, der in der eigenen Partei und bei den Kommunisten auf Kritik stieß. 1988 wurde F. Kammerpräsident.

Fadejew, Alexander Alexandrowitsch

sowjet. Schriftsteller
* 24.12.1901 Kimry
† 13.5.1956 Moskau (Selbstmord)

Alexander A. Fadejew →

Fadejew, als Autor und Kulturpolitiker ein führender Vertreter des Sozialistischen Realismus, schuf mit den Romanen »Die Neunzehn« (1927, dt. 1928) und »Die Junge Garde« (1945-51, dt. 1949-53) beispielhafte Werke einer parteilichen Literatur, die durch idealisierende Darstellung proletarischen Heldentums zum Kommunismus erziehen sollte. Den Vorwurf der Mitverantwortung für die stalinistische repressive Kulturpolitik wies F. kurz vor seinem Freitod zurück; er klagte die Parteiführung an, viele Schriftsteller in die Emigration oder den Tod getrieben zu haben.

□ 1918: KP-Mitgl. □ 1926-32: In der Schriftstellerorganisation RAPP Beteiligung an der Gleichschaltung der Literatur. □ 1929-40: »Die letzte Udehe« (R., unvollendet, dt. 1932-34). □ 1934-56: Führende Tätigkeit im staatlichen Schriftstellerverband. □ 1939-56: Mitgl. des ZK. □ 1956: Verlust der Ämter unter N. S. →Chruschtschow.

Fahd

König von Saudi-Arabien
* 1923 (?) Er Riad

Fahd, der 1986 den Titel Majestät ablegte und sich seitdem »Diener der zwei Schreine« (von Mekka und Medina) nennen läßt, herrscht seit 1982 als Angehöriger einer Feudaldynastie über Saudi-Arabien. Seit den 50er Jahren hatte F. zahlreiche Ministerämter bekleidet. Der Wirtschaftsfachmann gilt in der arabischen Welt als modern und prowestlich. F.s scharfer Kritik am fundamentalistischen Regime des Iran folgte 1988 der Abbruch der diplomatischen Beziehungen. Im Golfkrieg (1990/91) stand Fahd auf der Seite der USA.

König Faisal →

← König Fahd

Fahlberg, Constantin

dt. Chemiker
* 22.12.1850 Tambow (Rußland)
† 5.8.1910 Nassau an der Lahn

Fahlberg, ab 1878 Professor an der John Hopkins University in Baltimore, entdeckte 1879 den künstlichen Süßstoff Saccharin und ließ sich das Herstellungsverfahren patentieren. 1884 gründete F. eine Saccharinfabrik in New York, 1886 die zweite in Salbke-Westerhüsen an der Elbe und wurde auf diese Weise zum Begründer der Süßstoffindustrie.

Fairbanks, Douglas sen.

(eig. D. Elton Th. Ulman)
amer. Schauspieler
* 23.5.1883 Denver, Colo.
† 12.12.1939 Santa Monica, Kalif.

Fairbanks' selbstironische Darstellung draufgängerischer Helden sowie seine akrobatischen Kampfeinlagen machten ihn zum Idol der 20er Jahre und zu einem der ersten Hollywood-Stars. Seine Spezialität waren sog. Mantel-und-Degen-Filme wie »Im Zeichen des Zorro« (1920, Rg. F. Niblo). Die Qualität seiner darstellerischen Leistung beruhte auf seiner vorangegangenen erfolgreichen Karriere als Theaterschauspieler. Sein Sohn Douglas Fairbanks jr. (* 1909) war ebenfalls Schauspieler.

□ 1916-20: Etwa 30 Filmrollen. □ 1919: Gründung der Firma »United Artists« mit Ch. →Chaplin, M. →Pickford und D. W. →Griffith. □ 1921: »Die drei Musketiere« (Rg. F. Niblo). □ 1922: »Robin Hood« (Rg. A. Dwan). □ 1924: »Der Dieb von Bagdad« (Rg. R. Walsh). □ 1925-35: Ehe mit M. Pickford. □ 1926: »Der schwarze Pirat« (Rg. A. Parker). □ 1929: »Die eiserne Maske« (Rg. A. Dwan); »Der widerspenstigen Zähmung« (Rg. S. Taylor).

← Douglas Fairbanks sen.

Faisal Ibn Abd Al Asis Ibn Saud

König von Saudi-Arabien
* 1907 (?) Er Riad
† 24.(25.?)3.1975 ebd. (ermordet)

König Faisal kam 1964 durch Absetzung seines Bruders, König Saud, an die Macht. Er verfolgte eine an den Grundsätzen der orthodoxen, wahhabitischen Glaubensrichtung orientierte gemäßigte Reformpolitik. Dazu gehörte einerseits der Aufbau eines modernen Sozialsystems, andererseits die unbedingte Beachtung der Scharia, des islamischen Rechts. In erbitterter Gegnerschaft zu den »atheistischen«, sozialistischen arabischen Staaten arbeitete er als Verbündeter der USA eng mit dem Westen zusammen. 1975 wurde er von einem nahen Verwandten ermordet.

□ 1926: Vizekönig des Hedschas (westlicher Teil der arab. Halbinsel). □ 1953: Außenmin. □ 1958-60: Ministerpräsident. □ 1962-64: Ministerpräsident und Außenmin. □ 1964-75: König von Saudi-Arabien.

▷ V. Sheean: Faisal. The king and his kingdom, 1975.

Falckenberg, Otto

dt. Regisseur
* 5.10.1873 Koblenz † 25.12.1947 München

O. Falckenberg: Dir. der Münchner Kammerspiele (ab 1917).

Falckenbergs Strindberg-, Shakespeare- und Expressionisten-Inszenierungen waren traditionsbildend für das deutsche Theater. Seine auf surreale Weise konsequent ins Traum- und Spukhafte umgesetzte »Gespenstersonate« (1915) von A. →Strindberg und die scheinbar improvisierte, tänzerisch-rhythmisierte Aufführung von Shakespeares »Wie es euch gefällt« (1917) begründeten seinen Ruhm als Regisseur der damals als avantgardistisch geltenden Münchner Kammerspiele. Einen Namen machte sich F. auch als Entdecker und Förderer von jungen Schauspielern, u. a. E. →Flickenschildt, Th. →Giehse, M. →Hoppe und H. →Rühmann. F. zum Gedenken trägt die den Münchner Kammerspielen angeschlossene Schauspielschule seinen Namen.

□ 1901: Mitbegründer, Autor und Regisseur des Kabaretts »Elf Scharfrichter«. □ 1904: Erster Erfolg mit Kleists »Robert Guiskard«. □ 1914/15: Oberspielleiter und Chefdramaturg der Münchner Kammerspiele. □ 1915: Strindbergs »Rausch« und »Gespenstersonate«. □ 1917: Shakespeares

»Wie es euch gefällt«. □ 1917-44: Dir. der Münchner Kammerspiele. □ 1922: UA von Brechts »Trommeln in der Nacht«. □ 1926: »Cymbeline« (Dr. von Shakespeare).

▷ W. Petzet: Otto Falckenberg, 1939; F. Euler: Der Regisseur und Schauspielpädagoge Otto Falckenberg, 1976.

Falco

(eig. Johann Hölzl)
österr. Rockmusiker
* 19.2.1957 Wien

Falco machte sich einen Namen, als er Anfang der 80er Jahre den aus der anglo-amerikanischen Rockmusik adaptierten Rap-Stil in seinen Kompositionen verwendete und im Wiener Dialekt aufnahm. Mit seinem ersten Hit »Der Kommissar« konnte sich F. auch in Großbritannien und den USA etablieren. Über die Musikszene hinaus in die Schlagzeilen geriet er mit seinem Hit »Jeannie«, als der Titel auf den Index kam und wegen angeblicher Verherrlichung einer Vergewaltigung heftige Diskussionen auslöste.

□ 1978/79: Aufenthalt in Berlin, seitdem Pseudonym Falco. □ 1979-81: Bassist und Sänger bei der »Hallucination Company«. □ 1981: Bassist bei der Gruppe »Drahdiwaberl«; Komposition »Ganz Wien« wird zum Wiener Szene-Hit; Solo-Single »Der Kommissar«. □ 1982: »Einzelhaft« (LP). □ 1984: »Junge Römer« (LP). □ 1985: »Rock me Amadeus« Nr.-1-Hit in den USA; »Falco 3« (LP). □ 1986: »Jeannie« (Single). □ 1987: »Der Goldmacher« (F.). □ 1989: »Wiener Blut« (LP).

Faldbakken, Knut

norw. Schriftsteller
* 31.8.1941 Hedmarken

Faldbakken ist neben dem Schweden L. →Gustafsson einer der prominentesten Gegenwartsautoren Skandinaviens. Aufsehen erregen seine Romane wegen ihrer provokanten Themen wie Liebe und Sexualität, Inzest und Moral. »Der Schneeprinz« (1982, dt. 1986), ein Roman über das Ende vermeintlicher ehelicher Harmonie durch einen Ausbruch sexueller Energien, löste in Skandinavien einen Skandal aus. Kontrovers diskutiert wurde auch der Roman »Pan in Oslo« (1985, dt. 1987), in dem F. in ironischer Verfremdung die von Männer geprägten Mythen der Männerfreundschaft und der reinen Liebe in Unschuld entlarvt.

□ 1960-62: Studium der Psychologie in Oslo (Abbruch). □ 1965-75: Aufenthalt im europ. Ausland. □ 1967: Romanerstling »Der graue Regenbogen« (1974 verfilmt). □ 1969: »Das Haus seiner Mutter« (R., 1972 verfilmt). □ 1971: »Maude tanzt« (R.). □ seit 1972: Literaturkritiker beim Osloer Dagbladet; »Insektsommer« (R.). □ 1974-76: »Unjahre« (R., 2 Bde., dt. 1983). □ 1975-80: Hg. der Literaturzeitschrift Vinduet. □ 1987: »Das Leben mit Marilyn« (Dr.).

Falin, Valentin M.

sowjet. Diplomat und Journalist
* 3.4.1926 Leningrad

Falin, 1971-78 Moskaus Botschafter in Bonn und bester Deutschland-Kenner des Kreml, war 1972 als Gesprächspartner E. →Bahrs maßgeblich am Zustandekommen der Ostverträge beteiligt.

← Falco

Peter Falk →

← Knut Faldbakken

← Valentin M. Falin

Ab 1986 sorgte er als Leiter der Presseagentur Nowosti für die Verbreitung der Reformziele M. →Gorbatschows im Ausland. 1988 übernahm er die Leitung der Internationalen Abteilung des ZK.

□ 1942-45: Dreher in einer Moskauer Fabrik. □ 1945-50: Ausbildung im Inst. für int.Beziehungen, Moskau. □ 1952-71: Leiter verschiedener europ. Abteilungen im Außenministerium. □ 1978-82: Erster stellv. Leiter der Abteilung für int. Information beim ZK. □ 1983: Sonderkorrespondent der Regierungszeitung Iswestija.

Falk, Kurt

österr. Verleger
* 1933 Wien

Als Besitzer des zweitgrößten Presseimperiums Österreichs ist Falk einer der einflußreichsten Verleger seines Landes. Seine 1985 gegründete Boulevardzeitung »Die ganze Woche« bildet das einzige politische Gegengewicht zur Kuriergruppe, der er 1959-74 als Mitherausgeber der Neuen Kronenzeitung selbst angehört hatte. F. zeichnet sich durch kaufmännisches Geschick und Risikobereitschaft aus.

Falk, Peter

amer. Schauspieler
* 16.9.1927 New York

Als TV-Inspektor Columbo wurde Falk bekannt. Mit zerknittertem Trenchcoat tauchte er am Tatort auf, um mit unkonventionellen Methoden und naiver Hartnäckigkeit den Verbrecher zu überführen. Unter J. →Cassavetes und in W. →Wenders Film »Der Himmel über Berlin« (1987) stellte F. seine Vielseitigkeit unter Beweis.

□ 1967: »Columbo — Mord nach Rezept« (Rg. R. Irving). □ 1970: »Ehemänner« (Rg. J. Cassavetes). □ ab 1971: Etwa 40 Folgen der TV-Serie »Columbo«. □ 1974: »Frau unter Einfluß« (Rg. J. Cassavetes). □ 1980: »Kesse Bienen auf der Matte« (Rg. R. →Aldrich). □ 1985: »Big shot — Sterben und Leben lassen« (Rg. J. Cassavetes). □ 1987: »Die Braut des Prinzen« (Rg. R. Reiner).

Falkberget, Johan Petter

(eig. J. P. Lillebakken)
norw. Schriftsteller
* 30.9.1879 Rugldalen bei Røros
† 5.4.1967 Tyvoll bei Røros

Falkberget schilderte als erster in der norwegischen Literatur das entbehrungsreiche Leben der Bergarbeiter im Nordnorwegen des frühen 18. Jh.s. Die Sozialkritik in seinem Hauptwerk, der Trilogie »Im Zeichen des Hammers« und der Tetralogie »Brot der Nacht«, mündet jedoch nicht in eine Kritik der herrschenden Verhältnisse, sondern in den romantisch verklärten Aufruf, »Wege der Liebe« zu gehen.

□ 1887: Bergmann in Røros. □ 1906: Redakteur der Arbeiterzeitung Nybott in Ålesund. □ 1907: »Schwarze Felder« (R.). □ 1908/09: »Minenschüsse und Fackelbrand« (R., dt. 1912). □ 1917: »Brandopfer« (R., dt. 1929). □ 1923: »Die vierte Nachtwache« (R., dt. 1927). □ 1927-35: Romantrilogie »Im Zeichen des Hammers«; (dt. 1937/38): »Grube Chri-

Der ehemalige Bergmann J. Falkberget (r.) mit K. Heinig.

stianus Sextus«, 1927; »Im Zeichen des Hammers«, 1931; »Der Turmwächter«, 1935. □ 1930-33: Parlamentsabg. □ 1940: Wegen dt. Besetzung Flucht nach Schweden. □ 1940-59: Romantetralogie »Brot der Nacht« (dt. 1953-62): »Brot der Nacht«, 1940; »Die Pflugschar«, 1946; »Johannes«, 1952; »Wege der Liebe«, 1959.

Falkenhausen, Alexander Ernst von

dt. Militär
* 29.10.1878 Blumenthal bei Neiße
† 31.7.1966 Nassau/Lahn

Falkenhausen verbrachte den größten Teil seiner Dienstzeit in China, Japan und der Türkei und wurde als Sinologe und Orientalist hochgeschätzt. Nach seinem Abschied war er Leiter eines militärischen Beraterstabs von →Chiang Kaishek. Als Militärgouverneur von Belgien und Nordfrankreich (ab 1940) knüpfte er Kontakte zum militärischen Widerstand. Nach dem Attentat vom 20.7.1944 wurde er von den Nationalsozialisten verhaftet.

□ 1897-1930: Soldat; zuletzt Generalleutnant. □ 1934-39: Militärberater in China. □ 1940: General. □ 1944/45: Nach Verhaftung u. a. im KZ Dachau. □ 1951: In Belgien zu sechs Jahren Zwangsarbeit verurteilt.

▷ Hsi-Huey Liang: The Sino-German connection. Alexander von Falkenhausen between China and Germany 1900-1941, 1978.

← A. E. von Falkenhausen

Falkenhayn, Erich von

dt. Militär
* 11.9.1861 Belchau, Westpreußen
† 8.4.1922 Schloß Lindstedt bei Potsdam

Als deutscher Generalstabschef im 1. Weltkrieg verfolgte Falkenhayn seine militärischen Ziele, ohne eine mit der Politik abgestimmte Gesamtstrategie zu entwickeln. Nach dem von F. als »Abnutzungsschlacht« geplanten Desaster von Verdun mußte er zurücktreten. Sein Nachfolger wurde P. v. →Hindenburg.

□ 1880: Eintritt in die Armee. □ 1896-1902: Instruktionslehrer, später beim Dt. Expeditionskorps in China. □ 1913-15: Preuß. Kriegsmin. □ 1914-16: Chef des Generalstabs. □ 1916-18: Armeeoberbefehlshaber in Rumänien, Palästina und an der Ostfront. □ 1920: »Die oberste Heeresleitung 1914-16« (Schr.). □ 1921: »Der Feldzug der 9. Armee gegen Rumänen und Russen 1916/17« (Schr.).

← Erich von Falkenhayn

Fallaci, Oriana

ital. Journalistin und Schriftstellerin
* 29.6.1930 Florenz

Oriana Fallaci →

Fallacis aggressiv und provokant geführte Interviews mit Politikern wie H. →Kissinger, G. →Meir, F. →Castro oder J. →Arafat machten sie zur Starjournalistin. 1979 war sie die erste Frau aus dem Westen, die von dem iranischen Revolutionsführer Ajatollah →Khomeini ein Interview erhielt. Die engagierte Reporterin ging für ihre Berichte in viele Krisengebiete der Welt. Ihr autobiografischer Roman »Ein Mann« (1979, dt. 1980), in dem sie ihrem Lebensgefährten Alekos Panagoulis, der Symbolfigur des griechischen Widerstandes gegen die Militärjunta J. →Papadopulos', ein Denkmal setzte, entwickelte sich zu einem Bestseller.

□ 1947: Beginn der journalistischen Karriere als Lokalreporterin für »L'Italia Centrale«. □ ab 1955: Als Korrespondentin der Zeitschrift L'Europeo zahlreiche Auslandsreisen (USA, Ungarn, Naher Osten). □ ab 1963: Wohnsitz in New York. □ 1967/68: Kriegsberichterstatterin in Vietnam. □ 1969: »Wir, Engel und Bestien« (Tageb., dt. 1970). □ 1975: »Brief an ein nie geborenes Kind« (Schr., dt. 1977). □ 1979: »Ein Mann« (R., dt. 1980).

Fallada, Hans

(eig. Rudolf Ditzen)
dt. Schriftsteller
* 21.7.1893 Greifswald † 6.2.1947 Ost-Berlin

H. Fallada: Erfolg 1932 mit »Kleiner Mann — was nun?«

Falladas Thema ist die Not der »kleinen Leute« während der Weltwirtschaftskrise unter dem Vorzeichen des drohenden Nationalsozialismus. F.s erfolgreichster Roman, »Kleiner Mann — was nun?« (1932), zeigt den verzweifelten Kampf um das private Glück; mit seiner einfühlsamen Darstellung traf F. die Stimmungslage eines Publikums, das durch die Wirren des 1. Weltkriegs und der Weimarer Republik verunsichert war.

□ 1911-13: Klinikaufenthalt (Psychiatrie). □ 1914-18: Landwirtschaftsinspektor. □ 1923: Inhaftierung wegen Geldunterschlagung. □ 1930: Verlagslektor. □ 1931: »Bauern, Bonzen und Bomben« (R.). □ 1932: »Kleiner Mann — was nun?« (R.; F. 1933, Rg. F. Wendhausen). □ 1934: »Wer einmal aus dem Blechnapf frißt« (R.). □ 1935: »Wir hatten einmal ein Kind« (R.). □ 1937: »Wolf unter Wölfen« (R.). □ 1938: »Der eiserne Gustav« (R.; F. 1958 mit H. →Rühmann, Rg. G. Hurdalek). □ 1941: »Ein Mann will hinauf« (R.). □ 1944: Niederschlagung einer Mordanklage wegen Unzurechnungsfähigkeit. □ 1945: Unterstützung durch J. R. →Becher. □ 1947: »Jeder stirbt für sich allein« (R.).

Falla, Manuel de

span. Komponist
* 23.11.1876 Cádiz
† 14.11.1946 Alta Gracia, Córdoba (Argentinien)

Falla hat als einer der bedeutendsten Komponisten Spaniens der Musik seines Landes wieder Weltgeltung verschafft. Er verband in seinen Werken Stilelemente des französischen Impressionismus mit harmonischen und melodischen Eigenarten der andalusischen Folklore. Vorbilder für seinen national geprägten Musikstil mit universellem Anspruch waren Cl. →Debussy und der spanische Komponist Isaac Albéniz (* 1860; † 1909). F. schrieb zwei Opern, Ballette, Konzerte und zahlreiche Klavier- und Vokalwerke. Die szenische Kantate »Atlántida«, an der F., zurückgezogen in Argentinien, bis zu seinem Tode arbeitete, wurde von seinem Schüler E. Halffter vollendet.

← Manuel de Falla

□ 1899: Abschluß der Musikstudien am Konservatorium Madrid mit dem 1. Preis im Fach Klavier. □ 1905: 1. Preis beim nat. Opernwettbewerb der Academia de Bellas Artes mit »La Vida breve« (Oper, UA Nizza 1913). □ 1907-14: Klavierlehrer in Paris; Kontakte mit Cl. Debussy und M. →Ravel. □ 1914: Rückkehr nach Spanien (Granada). □ 1915: UA der »Siete canciones populares españolas« für Singstimme und Klavier in Madrid. □ 1919: UA von »El sombrero de tres picos« (Ballett) unter E. →Ansermet in London (Bühnenbild von P. →Picasso). □ 1923: »El retablo de Maese Pedro« für drei Stimmen und kleines Orchester (Marionettenspiel, UA Sevilla und Paris). □ 1928: UA des »Concerto per clavicembalo« mit fünf Soloinstrumenten in Paris. □ 1939: Emigration nach Argentinien; UA des letzten Orchesterwerks, »Homenajes« (Suite in vier Teilen), am Teatro Colón in Buenos Aires.

▷ R. Crichton (Hg.): Manuel de Falla, 1977.

Faltermeyer, Harold

dt. Komponist und Produzent
* 5.10.1952 München

Faltermeyer ist vor allem in den USA als Filmkomponist erfolgreich. Als Autor und Produzent zeichnet er verantwortlich für die Musik von Hollywood-Filmen wie »Beverly Hills Cop« (mit E. →Murphy), »Fire and ice« (Rg. W. →Bogner), »Top Gun« (mit T. →Cruise), »Running Man« (mit A. →Schwarzenegger) sowie »Fatal Beauty« (mit Whoopy Goldberg) und wurde mehrfach mit dem Grammy Award ausgezeichnet. Unter dem Pseudonym Axel F. nimmt F. seit 1985 eigene Schallplatten auf.

□ ab 1978: Zusammenarbeit mit G. →Moroder. □ 1979: Erster int. Hit »Hot Stuff« (gesungen von Donna Summer). □ 1986: Grammy Award für Filmmusik zu »Beverly Hills Cop«. □ 1987: Grammy Award für »Top Gun«.

← Harold Faltermeyer

Faltings, Gerd

dt. Mathematiker
* 28.7.1954 Gelsenkirchen

Faltings gehört zu den bedeutenden zeitgenössischen Forschern der reinen Mathematik, insbesondere der algebraischen Geometrie. 1983 bewies F. in seiner Abhandlung »Endlichkeitssätze für Abelsche Varietäten über Zählkörpern« die von L. J. Mordell 1922 aufgestellte Vermutung, daß auf bestimmten algebraischen Kurven höchstens endlich viele Punkte mit rationalen Koordinaten liegen können.

□ 1982-84: Jüngster Mathematikprofessor der BRD an der Gesamthochschule Wuppertal. □ Seit 1984: Prof. am Inst. for Advanced Study in Princeton, N. J.

Fanfani, Amintore

ital. Politiker
* 6.2.1908 Santo Stefano bei Arezzo

Fanfani bekleidete seit 1947 zahlreiche Kabinettsposten und war mehrmals Ministerpräsident Italiens; noch 1987 leitete er als 79jähriger eine Übergangsregierung. Der Wirtschaftswissenschaftler hatte sich 1945 der Democrazia Cristiana (DC) angeschlossen, in die er seine sozialreformerischen Ideen einbrachte. In den 50er Jahren setzte er sich für staatlichen Wohnungsbau und Agrarreformen ein. Obgleich Anwalt einer »Öffnung nach links«, wandte er sich in den 70er Jahren gegen den sog. historischen Kompromiß (Idee einer Koalition mit den Kommunisten).

□ 1936-43: Prof. für Wirtschaftsgeschichte in Mailand, ab 1938 zugleich in Venedig. □ 1943-45: Exil in der Schweiz. □

A. Fanfani vor seiner Vereidigung als Ministerpräsident.

1946: Abg. der Verfassunggebenden Versammlung. □ 1947-50: Arbeitsmin. □ 1948-68: Parlamentsabg. □ 1951-53: Landwirtschaftsmin. □ 1953/54 und 1987: Innenmin. □ 1954-59 und 1973-75: Parteisekr. der DC. □ 1954; 1958/59; 1960-63: Ministerpräsident. □ 1965 und 1966-68: Außenmin. □ seit 1968: Senator (seit 1972 auf Lebenszeit). □ 1968-73; 1976-82 und 1985-87: Senatspräsident. □ 1982/83 und 1987: Erneut Ministerpräsident.

Fangio, Juan Manuel

argentin. Automobilrennfahrer
* 24.6.1911 Balcarce

Fangio zählte als fünfmaliger Weltmeister (1951 und 1954-57) zu den dominierenden Formel-1-Fahrern der Nachkriegszeit. Er gewann 24 von 51 Grand-Prix-Rennen und fuhr für Alfa Romeo, Mercedes, Ferrari, Cooper und Maserati. Berühmt waren vor allem seine Zweikämpfe mit St. →Moss.

□ 1949-57: Sieger in 46 Rennen. □ 1949/50: GP von San Remo. □ 1950: GP von Belgien. □ 1954: GP der Schweiz. □ 1954-57: GP von Deutschland.

▷ Das Fangio-Album, 1991.

← J. M. Fangio

Fang Lizhi

chin. Astrophysiker und Regimekritiker
* 1936 Peking

Fang Lizhi, international anerkannter Astrophysiker, wurde 1986/87 zum Idol zahlreicher Studenten. Als Vizedirektor der Universität von Hefei unterstützte er ihre Forderungen nach mehr Demokratie und wurde daraufhin ein zweites Mal nach 1957 (Rehabilitierung 1978) aus der KPCh ausgeschlossen. 1989 der Anstiftung zur Studentenrevolte in Peking bezichtigt, floh F. in die amerikanische Botschaft. Er emigrierte nach Großbritannien und arbeitet seitdem als Professor in Oxford.

← Fang Lizhi

Fargue, Léon-Paul

frz. Lyriker
* 4.3.1878 Paris † 25.11.1947 ebd.

Fargue war der Dichter der Stadt Paris. Der Sohn eines Handwerkers, der sein ganzes Leben in der Metropole verbrachte, besuchte als Jugendlicher den literarischen Zirkel im Haus Stéphane Mallarmés (* 1842, † 1898) und kam dort mit dem Symbolismus in Berührung. Seine Verse entwerfen in lebendigen Bildern und humorvoller Sprache ein vielschichtiges, märchenhaft anmutendes Porträt der modernen Großstadt und ihrer Bewohner.

L.-P. Fargue: Dem Symbolismus verpflichteter Lyriker.

□ ab 1912: Mitarbeiter der Zeitschrift Nouvelle Revue Française (A. →Gide); Lyrikband »Gedichte«. □ 1923-33: Hg. der Zeitschrift Commerce. □ 1939: »Der Wanderer durch Paris« (Prosa, dt. 1967). □ 1948: »Die großen Stunden des Louvre« (Ged.e).

▷ L. Rypko Schub: Fargue, 1973.

Farrar, Geraldine

amer. Sängerin
* 28.2.1882 Melrose, Mass.
† 11.3.1967 Ridgefield, Conn.

Geraldine Farrar →

Die Sopranistin Farrar erhielt Unterricht in Boston, Paris und Berlin (bei L. →Lehmann) und feierte 1901-06 Triumphe als Mitglied der Berliner Hofoper. 1906 debütierte sie an der Metropolitan Opera New York, wo sie bis 1931 engagiert war und viele Rollen an der Seite von E. →Caruso sang. F., die ab 1922 nur noch Konzerte gab, war Spezialistin für lyrische Sopranpartien französischer und italienischer Opern des 19. Jh.s und wurde als Puccini-Interpretin berühmt.

▷ G. Farrar: Memoiren, 1916, dt. 1928.

Farrell, James Thomas

amer. Schriftsteller
* 27.2.1904 Chicago † 22.8.1979 New York

James T. Farrell →

Farrells Bücher setzen sich kritisch mit dem amerikanischen Lebensstil der 30er und 40er Jahre auseinander. Sein größter Erfolg war die Romantrilogie »Studs Lonigan«, deren Thema die Integration und Selbstbehauptung irischstämmiger Amerikaner in den Zeiten von Prohibition, wirtschaftlicher Depression und Weltkrieg ist. Am Beispiel des von traditionellen Idealen geprägten William Lonigan beschreibt F. den Existenzkampf des Individuums inmitten der Großstadt mit allen negativen Begleiterscheinungen: Alkohol, Gewalt, Prostitution. Lonigans Scheitern geht mit dem Versuch einher, Minderheiten wie Juden und Schwarze für die Mißstände verantwortlich zu machen.

□ bis 1939: Verschiedene Tätigkeiten bei der Eisenbahn, einer Speditionsfirma und einer Tankstelle. □ 1932: »Der junge Lonigan« (R.). □ 1934: »Studs Lonigan als junger Mann« (R.). □ 1935: »Der Tag des jüngsten Gerichts« (R.). □ 1936: »Danny O'Neill« (R., dt. 1952). □ 1938: »Kein Stern geht verloren« (R., dt. 1959).

▷ E. M. Branch: James T. Farrell (Biogr.), engl. 1971.

Fassbaender, Brigitte

dt. Sängerin
* 3.7.1939 Berlin

Fassbaender ist nicht nur eine bedeutende Altistin, sie verfügt auch über ungewöhnliche schauspielerische Fähigkeiten. F. studierte am Konservatorium in Nürnberg bei ihrem Vater, dem Bariton Willy Domgraf-Fassbaender (* 1897; † 1978), und ersang sich als Mitglied der Bayerischen Staatsoper (seit 1961, 1970 Kammersängerin) alle wichtigen Partien ihres Fachs. In ihrem weitgefächerten Repertoire gehört der Octavian im »Rosenkavalier« von R. →Strauss zu den Glanzrollen. F. erwarb zudem als Lied-, Konzert- und Oratoriensängerin Ansehen.

☐ 1961: Debüt an der Bayer. Staatsoper in München als Nicklaus in Offenbachs »Hoffmanns Erzählungen«. ☐ 1965: Mitgl. der Dt. Oper am Rhein, Düsseldorf-Duisburg. ☐ 1972-78: Partie der Dorabella in Mozarts »Così fan tutte« bei den Salzburger Festspielen. ☐ 1974: Debüt an der Metropolitan Opera New York als Octavian im »Rosenkavalier« von R. Strauss. ☐ 1976: Partie der Lady Milford bei der UA von G. v. →Einems Oper »Kabale und Liebe« an der Wiener Staatsoper. ☐ 1986: Erfolg an der Mailänder Scala in »Frau ohne Schatten« von R. Strauss.

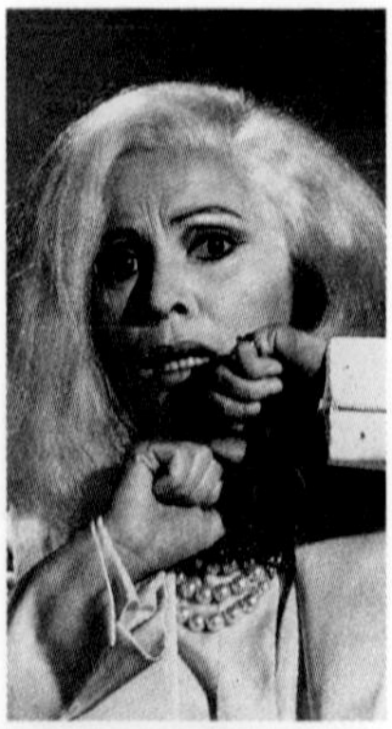

← Brigitte Fassbaender

R. W. Fassbinder als Schauspieler 1982 in seinem letzten Film »Kamikaze 1989«.

Fassbinder, Rainer Werner

dt. Regisseur, Schauspieler und Autor
* 31.5.1945 Bad Wörishofen † 10.6.1982 München

Fassbinder gehörte nicht nur wegen seiner großen Produktivität (42 Filme in 14 Jahren) zu den Ausnahmeerscheinungen des deutschen Films. In seinen Werken, die oft eine ausgeprägte Licht- und Farbästhetik aufweisen, machte er sich zum Chronisten der BRD, deren Vor- und Zeitgeschichte er, bevorzugt anhand von Frauengestalten, darstellte. Häufig waren Randexistenzen die Protagonisten seiner Filme. Fürs Fernsehen drehte F. u. a. die umstrittene Serie »Berlin Alexanderplatz« (1979/80, nach dem Roman von A. →Döblin, mit G. →Lamprecht). Schon 1974 hatte er mit dem Film »Angst essen Seele auf« (mit B. →Mira) großes Aufsehen erregt.

☐ ab 1967: Mitgl. des Münchener Action-Theaters (später »antitheater«). ☐ 1969: Erster langer Spielfilm »Liebe ist kälter als der Tod«; »Katzelmacher«. ☐ 1970-72: Ehe mit I. Caven. ☐ 1971: »Händler der vier Jahreszeiten«; Gründung der Produktionsgesellschaft Tango. ☐ 1972: »Wildwechsel« (von F.-X. → Kroetz); TV-Serie »Acht Stunden sind kein Tag«. ☐ 1974: »Effi Briest«. ☐ 1974/75: Leiter des Theaters am Turm (TAT) in Frankfurt/Main. ☐ 1976/77: »Bolwieser«. ☐ 1978: »Die Ehe der Maria Braun«. ☐ 1980: »Lili Marleen«. ☐ 1981: »Lola«. ☐ 1982: Goldener Bär von Berlin für »Die Sehnsucht der Veronika Voss«; »Querelle« (nach J. → Genet). ☐ postum 1984: Wegen antisemitischer Passagen Streit um UA von »Der Müll, die Stadt und der Tod« (Dr.).

▷ P. W. Jansen/W. Schütte (Hg.): R. W. Fassbinder, 1985.

Faulhaber, Michael von

dt. Theologe (kath.)
* 5.3.1869 Klosterheidenfeld bei Schweinfurt
† 12.6.1952 München

Faulhaber hatte maßgeblichen Anteil an der Abfassung der (einzigen) deutschsprachigen Enzyklika »Mit brennender Sorge«, mit welcher Papst →Pius XI. 1937 gegen die Behinderung der Kirche im nationalsozialistischen Deutschland protestierte. Als Kardinal (ab 1921) führte F. außerdem den katholischen Widerstand gegen den NS-Staat. Seine wichtigsten Forschungsarbeiten galten sowohl der biblischen Poesie als auch der Katenen-Problematik.

Faulhaber: Ab 1921 Kardinal von München und Freising.

☐ 1903-10: Ordinarius für alttestamentliche Exegese an der Univ. Straßburg. ☐ 1911-17: Bischof von Speyer. ☐ 1912: »Charakterbilder der biblischen Frauenwelt« (Schr.). ☐ 1917: »Das Schwert des Geistes« (Schr.); Erzbischof von München und Freising. ☐ ab 1921: Kardinal. ☐ 1933: Adventspredigten gegen den zunehmenden Antisemitismus und nat. Chauvinismus. ☐ 1934: »Judentum, Christentum, Germanentum« (Schr.). ☐ 1945: Einführung des Frauenstudiums der kath. Theologie.

Faulkner, William

amer. Schriftsteller
* 25.9.1897 New Albany, Miss.
† 6.7.1962 Byhalia, Miss.

William Cuthbert Falkner, der sich schon als junger Poet (er veröffentlichte zunächst spätromantische Gedichte) Faulkner nannte, hat lange auf Anerkennung warten müssen. Als er 1950 den Literatur-Nobelpreis erhielt, hatte er in seinem epischen Gesamtwerk mit dem fiktiven Yoknapatawpha-Distrikt bereits den großen Weltent-

wurf geschaffen, der von nun an die literarischen Vorstellungen von Landschaft, Kultur und Problematik der amerikanischen Südstaaten dominieren sollte.
Die Bewohner dieses Schicksalsraums sind leidensfähige Leute, in deren oft groteskem und makabren Daseinskampf sich die Geschichte der Südstaaten entfaltet: Ihre einstige Größe, die Zerstörung der alten Pflanzerkultur, die wechselseitigen Schuldverstrickungen zwischen Weißen, Mischlingen und Schwarzen, die Degeneration der alten Aristokratenfamilien, der Aufstieg von brutalen, korrupten Emporkömmlingen. Trotz der Perversitäten einer verkommenen Gesellschaft gelingt eine Katharsis — durch Mitleid, Opferbereitschaft und Durchhaltevermögen wird der Mensch überleben.
Radikaler noch als J. →Joyce, dessen innovative Techniken des Bewußtseinsromans ihn inspirierten, verzichtet F. auf erzählende Chronologie. Seit »Schall und Wahn« (R., 1929, dt. 1956) war der Wechsel der Erzählperspektive eines seiner Charakteristika, ebenso eine Sprache, die seiner realistischen Darstellungsweise einen starken Symbolgehalt verleiht.

William Faulkner erhielt 1950 den Literatur-Nobelpreis.

□ 1915: Abbruch des Schulbesuchs; Banklehre. □ 1918: Kadett der kanad. Luftwaffe. □ 1919-26: Literaturstudium (abgebrochen) und Gelegenheitsarbeiten. □ 1925: Europareise. □ ab 1926: Freier Schriftsteller; »Soldatenlohn« (R., dt. 1958). □ 1929: »Sartoris« (R., dt. 1961). □ 1930: »Als ich im Sterben lag« (R., dt. 1961). □ 1932: »Licht im August« (R., dt. 1935). □ 1936: »Absalom, Absalom!« (R., dt. 1938). □ 1938: »Die Unbesiegten« (Erz.n, dt. 1954). □ 1940: »Das Dorf« (1. Snopes-R., dt. 1957). □ 1942: »Das verworfene Erbe« (Erz.n, dt. 1953). □ 1950: Literatur-Nobelpreis. □ 1954: »Eine Legende« (R., dt. 1955). □ 1955: Pulitzer-Preis (erneut 1962). □ 1957: »Die Stadt« (2. Snopes-R., dt. 1958). □ 1959: »Das Haus« (3. Snopes-R., dt. 1960).

▷ P. Nicolaisen: Faulkner, 1981; St. B. Oates: William Faulkner. Sein Leben. Sein Werk, 1990.

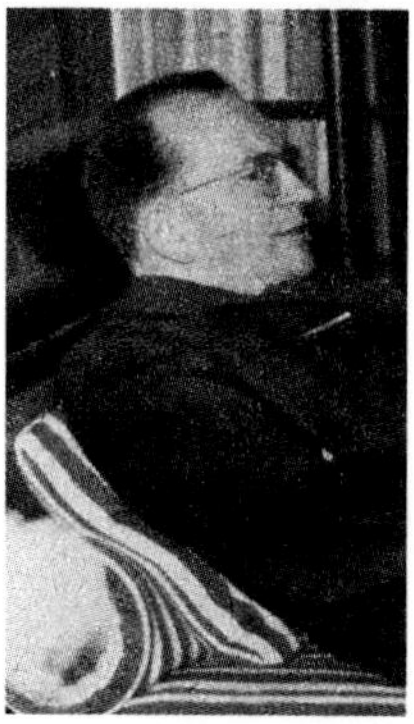

Edgar Faure →

Faure, Edgar

frz. Politiker
* 18.8.1908 Béziers, Dep. Hérault † 30.3.1988 Paris

Faure zählte zu den führenden französischen Politikern der Nachkriegszeit. Von 1949 bis 1973 gehörte er als Staatssekretär und Minister zahlreichen Regierungen an und war zweimal selbst — wenn auch nur kurzzeitig — Premierminister. 1958 befürwortete er die Berufung von General Ch. de →Gaulle zum Präsidenten und war seitdem einer seiner engsten Vertrauten. In de Gaulles Auftrag reiste er häufig als Sonderbotschafter ins Ausland. Neben seiner vielfältigen politischen Tätigkeit war F., der nicht nur Jura, sondern auch Literatur und orientalische Sprachen studiert hatte, ein erfolgreicher Schriftsteller. Er schrieb vor allem politisch-historische Bücher, Reiseberichte und Kriminalromane (Pseud. Edgar Sanday).

□ 1943/44: Mitgl. der frz. Widerstandsbewegung und des Nat. Befreiungskomitees. □ 1945/46: Frz. Anklagevertreter bei den Kriegsverbrecherprozessen in Nürnberg. □ 1946-55: Deputierter der Radikalsozialisten. □ 1947-70: Bürgermeister von Port-Lesnay. □ 1952; 1955/56: Premierminister. □ 1953-55; 1958: Finanzmin. □ 1959: Senator. □ 1962: Prof. an der Univ. Dijon. □ 1966-68: Min. für int. Zusammenarbeit. □ 1972/73: Min. für soziale Fragen. □ 1973-78: Präs. der Nationalversammlung. □ 1978: Mitgl. der Académie française. □ ab 1979: MdEP. □ 1986: Präs. des Int. Verbands der Autoren und Komponisten.

▷ P. Belotti: Portrait d'Edgar Faure, 1978; E. Faure: Memoires, frz. 1982.

G. U. Fauré →

Fauré, Gabriel Urbain

frz. Komponist
* 12.5.1845 Pamiers, Dep. Ariège † 4.11.1924 Paris

Fauré, Schüler von C. →Saint-Saëns und Lehrer von M. →Ravel, nahm in der Phase der nachromantischen Erneuerung in Frankreich eine bedeutende Vermittlerposition ein. Er gilt als Wegbereiter des Impressionismus (C. → Debussy) und als eigentlicher Schöpfer einer französischen Kammermusik (Klavier- und Streichquintette, Quartette). »La Bonne Chance« (1892/93) und »Chanson d'Eve« (1906-10) gehören zu den herausragenden Zyklen in der Geschichte des Klavierliedes. F. komponierte u. a. zwei Opern, Bühnenmusiken (»Pelléas und Mélisande«, 1898) und ein Requiem (1888), das in Deutschland große Beachtung fand. Als Leiter des Pariser Konservatoriums (1905-20) hatte F. nachhaltigen Einfluß auf das französische Musikleben (N. →Boulanger).

□ 1866: Organist an Saint-Sauveur in Rennes. □ ab 1870: Tätigkeiten als Organist, Kapellmeister und Musikpädagoge in Paris. □ 1877: Weimar-Reise mit C. Saint-Saëns. □ 1881-86: Erste bedeutende Kompositionen (»Ballade« für Klavier und Orchester; »3 Impromptus«; »6 Barcarolles«; »7 Nocturnes«). □ 1888: »Requiem« zum Tod seiner Eltern. □ 1892: Inspektor der Provinz-Konservatorien. □ 1896: Prof. am

Conservatoire Paris; Organist an Sainte-Madelaine Paris. □ 1900: UA von »Prométhée« (Tragédie-lyrique) in Béziers. □ 1903-13: Musikkritiker des Figaro. □ 1905-20: Dir. des Conservatoire Paris. □ 1913: UA von »Pénélopé« (Oper) in Monte Carlo. □ 1923/24: Letztes Streichquartett.

▷ C. Rostand: Gabriel Fauré und sein Werk, 1945, dt. 1950.

← Jean Fautrier

Fautrier, Jean

frz. Maler und Grafiker
* 16.5.1898 Paris
† 21.7.1964 Châtenay-Malabry bei Paris

Fautrier gehörte neben →Wols und P. → Soulages zu den Begründern des sog. Informel in Frankreich, der spontan-gestischen, nicht geometrischen abstrakten Malerei seit 1945/46. Die besondere Wirkung von F.s Stil liegt dabei vor allem im plastischen Auftrag verschiedener Farbschichten oder plastischer Materialien als Farbgrund. Er hatte diese Methode bereits bei seinen Zeichnungen der 20er Jahre erprobt, indem er mit einer rauhen dicken Masse zunächst eine reliefartige Schicht auf den Grund auftrug, die er dann mit Tinte und Farbpulver akzentuierte. Die Bilder seines Hauptwerks entfalten ihre Wirkung auch durch den lasierenden Auftrag zurückgenommener Farbtöne (zarte Nuancen in Gelb, Grün, Rosa, Violett) und Höhungen mit Weiß, so daß sie u. a. durch ihre Lichteffekte bestechen (z. B. die Serien der »Geiseln«, 1943-45, oder der »Objekte«, 1955/56).

Febvre, Lucien

frz. Historiker
* 22.7.1878 Nancy
† 26.9.1956 Saint-Amour, Dep. Jura

Febvre überwand in seiner Schrift »Philippe II. und die Franche-Compté« (1911) die Grenzen der traditionellen Historiografie, indem er Geschichte und Geografie miteinander verband. Geschichtsschreibung, die F. im weitesten Sinne als eine Humanwissenschaft verstand, sollte nicht die Geschichte der Tatsachen, sondern der Menschen und Gesellschaften schildern. 1929 gründete er mit M. →Bloch die Zeitschrift Annales d'histoire économique et sociale, die sich zum Forum dieser neuen Geschichtsschreibung in Frankreich entwickelte. Sie widmet sich vor allem wirtschafts- und sozialgeschichtlichen Fragestellungen. In seinen »Combats pour l'historie« (Schr., 1953) faßte der Herausgeber der »Encyclopédie Française« seine neuartige Geschichtskonzeption zusammen.

□ 1912-18: Prof. an der Univ. Dijon. □ 1918-30: Prof. an der Univ. Straßburg. □ 1928: »Martin Luther« (Biogr.). □ ab 1930: Prof. am Collège de France in Paris. □ 1947: Mitbegründer der sog. VI. Sektion der École pratique des hautes études.

Konstantin A. Fedin →

Fedin, Konstantin Alexandrowitsch

sowjet. Schriftsteller
* 24.2.1892 Saratow † 15.7.1977 Moskau

Fedin, der als junger Schriftsteller zu den »Serapionsbrüdern«, einer apolitischen literarischen Bruderschaft gehörte, wurde mit dem Roman »Städte und Jahre« (1924, dt. 1927) einer der wichtigsten Vertreter des Sozialistischen Realismus. Seine mit dem Werk »Frühe Freuden« (1945, dt. 1948) begonnene Romantrilogie erzählt anhand zahlreicher Einzelschicksale und inspiriert durch den Glauben an historische »Notwendigkeiten« die Geschichte Rußlands im 20. Jh. Als 1. Sekretär des sowjetischen Schriftstellerverbandes verhinderte F. seinerzeit die Veröffentlichung von B. →Pasternaks Roman »Doktor Schiwago«.

□ 1914-18: Zivilinternierter in Deutschland. □ 1947/48: »Ein ungewöhnlicher Sommer« (R., dt. 1950). □ ab 1959: 1. Sekretär des sowjet. Schriftstellerverbandes. □ 1961-67: »Die Flamme« (R., dt. 1. Teil 1963).

Fedossejew, Pjotr Nikolajewitsch

sowjet. Philosoph
* 22.8.1908 Starinskoje, Gebiet Gorki

Fedossejew, seit 1971 Vizepräsident der Akademie der Wissenschaften der UdSSR, verfaßte Schriften über Probleme des dialektischen und historischen Materialismus sowie zu Fragen der wissenschaftlichen Begründung des Kommunismus. In Auseinandersetzung mit den Strömungen der sog. bürgerlichen Philosophie und Soziologie befaßte sich F. mit der Geschichte des Marxismus-Leninismus und wandte sich gegen die orthodoxe Grundthese von der Identität der Produktivkräfte und Produktionsverhältnisse in der sozialistischen Gesellschaft.

□ 1955-62: Dir. des Inst. für Philosophie der Akademie der Wissenschaften der UdSSR. □ 1958: »Sozialismus und Humanismus« (Schr., dt. 1960). □ seit 1960: Mitautor von »W. I. Lenin. Biographie« (dt. seit 1961). □ 1961: Mitgl. des ZK der KPdSU. □ 1962: »Kommunismus und Philosophie« (Schr., dt. 1973). □ 1967-71: Dir. des Inst. für Marxismus-Leninismus. □ seit 1968: Leiter des Autorenkollektivs »Karl Marx. Biographie« (dt. seit 1979). □ 1972: »Der Marxismus im 20. Jh.« (Schr., dt. 1973). □ 1980: Mitautor von »Demokratischer Sozialismus. Ideologie des Sozialreformismus«.

Jürgen Fehling →

Fehling, Jürgen

dt. Regisseur
* 1.3.1885 Lübeck † 14.6.1968 Hamburg

Fehling war als Spielleiter der Berliner Staatlichen Bühnen (1922-39; 1940-44) einer der einflußreichsten deutschen Theaterregisseure der 20er und 30er Jahre. Expressionistische Elemente und eine von hoher Musikalität zeugende, suggestive Wortregie ließen die Bühnenrealität in einem dämonisch-magischen Licht erscheinen. Nach Kriegsende arbeitete F. u. a. in München, Zürich und Berlin.

□ 1920: Erste Inszenierung, N. Gogols »Heirat« an der Berliner Volksbühne. □ 1922-39: Spielleiter am Berliner Staatstheater. □ 1926: UA von H. H. →Jahnns »Medea«. □ 1927: »Der Kaufmann von Venedig« (von Shakespeare, mit F. → Kortner). □ 1939: »Richard II.« (von Shakespeare, mit G. →Gründgens). □ 1940-44: Spielleiter am Staatlichen Schauspielhaus Berlin. □ 1952: »Maria Stuart« (von Schiller) am Schillertheater Berlin.

▷ J. Fehling: Die Magie des Theaters, 1965.

Fehrenbach, Konstantin

dt. Politiker
* 11.1.1852 Wellendingen, Baden
† 26.3.1926 Freiburg i. Br.

Als Reichskanzler einer Minderheitsregierung konnte sich Fehrenbach 1920/21 auf die parlamentarische Tolerierung durch die SPD stützen. F. führte die deutsche Delegation bei den Reparationskonferenzen in Spa und London und trat nach der ultimativen Festsetzung der Reparationen auf 132 Mrd. Goldmark von seinem Amt als Reichskanzler zurück.

☐ 1885-87; 1901-13: Bad. MdL (Zentrum). ☐ 1903-26: MdR. ☐ 1907-09: Präs. des Bad. Landtags. ☐ 1918: Letzter Reichstagspräs. des Kaiserreichs. ☐ 1919/20: Präs. der Weimarer Nationalversammlung. ☐ 1920/21: Reichskanzler. ☐ 1924: Fraktionsvors. des Zentrums.

Feininger, Charles Léonell »Lyonel«

amer. Maler und Grafiker dt. Herkunft
* 17.7.1871 New York † 31.1.1956 ebd.

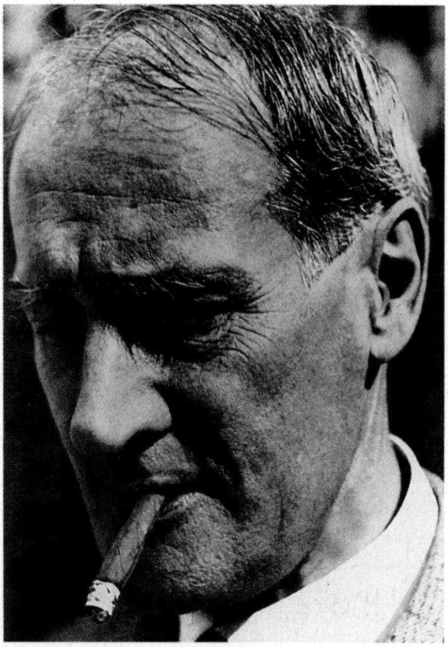

Lyonel Feininger: Bis 1932 Meister am Bauhaus in Dessau.

Feininger entwickelte um 1912 aus Anregungen des Kubismus seinen Stil expressionistischer Stadt- und Landschaftsbilder. Die geometrische Gliederung der gegenständlichen Motive und des Bildraums sowie die transparente Farbgebung erzielen prismatische Wirkung. F. selbst bezeichnete die »innere Umformung« der Wahrnehmung als »Kristallisierung«. Thematische Schwerpunkte sind mittelalterliche Baudenkmäler wie »Die Marktkirche in Halle« (1930, München, Staatsgalerie Moderner Kunst) und Meerbilder mit Segelschiffen. Ein kennzeichnendes Werk der Druckgrafik ist der Holzschnitt »Die Kathedrale (des Sozialismus)«, mit dem F. 1919 das erste Bauhaus-Manifest ausstattete.

☐ 1887: Übersiedlung nach Europa; Beginn des Kunststudiums (Hamburg, Berlin, Paris). ☐ 1893-1907: Karikaturist (Ulk, Lustige Blätter). ☐ 1913: Verbindung zum Blauen Reiter (W. →Kandinsky). ☐ 1919-32: Meister am Bauhaus (W. →Gropius) in Weimar und Dessau, ab 1926 ohne Lehrverpflichtung. ☐ 1924: Ausstellungsgemeinschaft Die Blauen Vier mit A. v. →Jawlensky, W. Kandinsky und P. →Klee. ☐ 1936: Rückkehr in die USA (endgültig 1937). ☐ 1937: Entfernung von 378 »entarteten« Werken aus dt. Museen.

▷ H. Hess: Lyonel Feininger (mit Werkverzeichnis der Gemälde), 1959; E. L. Prasse: Lyonel Feininger. Das grafische Werk, 1972; U. Luckhardt: Lyonel Feininger, 1989; W. Buche (u. a., Hg.): Die Halle-Bilder, 1991.

Kalli Feldkamp →

Feldkamp, Karl-Heinz »Kalli«

dt. Fußballtrainer
* 2.6.1934

Feldkamp wurde 1991 mit dem 1. FC Kaiserslautern, der ein Jahr zuvor noch um den Klassenerhalt kämpfen mußte, überraschend Deutscher Fußballmeister. In einer bis zum letzten Spieltag spannenden Saison verwiesen die Pfälzer den Vorjahressieger FC Bayern München auf den zweiten Platz und sicherten sich nach 1951 und 1953 den dritten Titelgewinn.

☐ 1971-74: Trainer bei SG Wattenscheid 09. ☐ 1976-78: Arminia Bielefeld. ☐ 1978-82: 1. FC Kaiserslautern. ☐ 1982/83: Borussia Dortmund. ☐ 1983/84: Arminia Bielefeld. ☐ 1984-87: Bayer Uerdingen (DFB-Pokalsieger 1985). ☐ 1987-89: Eintracht Frankfurt (DFB-Pokalsieger 1988). ☐ seit 1990: 1. FC Kaiserslautern (DFB-Pokalsieger 1990).

José Feliciano →

Feliciano, José Monserate

amer. Musiker
* 10.9.1945 Larez (Puerto Rico)

Mit seinem sehr persönlichen Stil führte der blinde Feliciano den Folk zu neuen Dimensionen. Die Wurzeln seiner Musik liegen in Puerto Rico. Wesentlich geprägt sind seine Persönlichkeit und Musik allerdings vom New Yorker Stadtteil Harlem, in dem er aufwuchs. Die Intensität des Soul verknüpft F. mit lateinamerikanischen Rhythmen und dem kraftvollen, aggressiven Rock New Yorks. F. beherrscht etwa 30 Instrumente, nimmt viele seiner Platten auch auf spanisch auf, wirkt in Filmen und TV-Serien als Schauspieler mit und schreibt Filmmusiken.

☐ 1962: Erste Auftritte im New Yorker Stadtteil Greenwich Village. ☐ 1963: »The voice and guitar of José Feliciano« (LP); erster Auftritt beim Newport Folk Festival. ☐ 1966: Konzert in Buenos Aires (100 000 Zuschauer). ☐ 1968: Gold für »Feliciano!« (LP); Grammy Award für »Light my fire«. ☐ 1969: »10 to 23«. ☐ 1973: »Compartments« (LP). ☐ 1976: »Sweet soul music« (LP). ☐ 1982: »Escenas de amor« (LP). ☐ 1983: Grammy Award für »Me enamoré« (LP). 1987: »Los grandes éxitos« (LP). ☐ 1989: »I'm never gonna change« (LP).

Fellini, Federico

ital. Regisseur
* 20.1.1920 Rimini

Fellini, der zunächst als Karikaturist, Journalist und Gagschreiber arbeitete, begründete seinen

Federico Fellini: Eigenwilliger Regisseur aus Italien.

Weltruhm mit »La Strada« (1954). Der im Schaustellermilieu angesiedelte Film (mit Ehefrau G. →Masina und A. →Quinn) wurde von einigen Kritikern als Abkehr vom Neorealismus bewertet, den F. als Co-Autor von R. →Rossellinis »Rom — offene Stadt« (1945) mitinitiiert hatte. Seit den 60er Jahren bevorzugt F. eine episodenhafte Erzählstruktur und verarbeitet überwiegend eigene Erfahrungen, wobei M. →Mastroianni häufig die Rolle seines Alter ego übernimmt. Wiederkehrende Elemente F.s subjektiver Bildphantasien sind die Auseinandersetzung mit der Dekadenz und das Verhältnis zu Frauen, die oft als monströse Bedrohung dargestellt werden.

□ seit 1943: Ehe mit G. Masina. □ 1946: Co-Autor von »Paisa« (Rg. R. Rossellini). □ 1950: Co-Regie »Lichter des Varieté«. □ 1953: »Vitelloni«. □ 1957: Oscar als bester ausländischer Film für »Die Nächte der Cabiria«. □ 1960: Goldene Palme von Cannes für »Das süße Leben« (mit A. Ekberg). □ 1963: Oscar als bester ausländischer Film für »Achteinhalb«. □ 1965: »Julia und die Geister«. □ 1971: »Roma«. □ 1973: »Amarcord«. □ 1976: »Casanova« (mit D. →Sutherland). □ 1979: »Die Stadt der Frauen«. □ 1983: »Schiff der Träume«. □ 1985: »Ginger und Fred«. □ 1986: »Intervista«. □ 1990: »Die Stimme des Mondes«.

▷ T. Kezich: Fellini. Eine Biografie, 1989.

Felsenstein, Walter

österr. Regisseur
* 30.5.1901 Wien
† 8.10.1975 Ost-Berlin (DDR)

Felsenstein war ein bedeutender Vertreter des realistischen Musiktheaters und einer der größten Opernregisseure des 20. Jh.s. Ab 1947 Oberspielleiter der Komischen Oper Ost-Berlin, erregte er mit ausgefeilten, text- und partiturgetreuen Inszenierungen von Mozart- und Verdi-Opern sowie Offenbach-Operetten, aber auch mit Opernverfilmungen weltweit Aufsehen. Als Schauspiel-Regisseur hatte er u. a. bei Gastspielen in Wien, Berlin/West und München mit Klassiker- Inszenierungen Erfolg. Zu seinen Schülern gehört G. →Friedrich.

□ 1921-23: Schauspielstudium in Wien. □ 1932-34: Oberspielleiter an der Kölner Oper, 1934-36 an der Oper in Frankfurt/Main, 1938-40 am Stadttheater in Zürich. □ 1940-44: Regisseur am Berliner Schiller-Theater. □ ab 1947: Intendant der Komischen Oper in Ost-Berlin. □ 1959: Vizepräs. der Akademie der Künste in der DDR. □ 1967: Inszenierung der Oper »Das schlaue Füchslein« von L. Janáček fürs DDR-Fernsehen. □ 1969: »Othello«-Verfilmung. □ 1972: Schillers »Wallenstein« in München. □ 1975: Dritte Inszenierung von Mozarts »Hochzeit des Figaro« in Ost-Berlin.

▷ W. Felsenstein/S. Melchinger: Musiktheater, 1961; G. Friedrich: Walter Felsenstein, 1961.

Felsenstein: Begründer des realistischen Musiktheaters.

Feng Youlan →

Feng Youlan

chin. Philosoph
* 4.12.1895 Tanghe, Prov. Henan

Feng Youlan, seit 1928 Professor für Philosophie an der Qinghua-Universität in Peking, wurde mit seiner 1937 ins Englische übertragenen »Geschichte der chinesischen Philosophie« (2 Bde., 1930-36, 1962 überarbeitete NA) bekannt. Zur Darstellung der bis ins 20. Jh. reichenden Philosophiegeschichte wandte der Schüler von J. →Dewey eine von westlichen historischen Methoden beeinflußte Systematik an. In seiner eigenen, seit 1939 entwickelten »neuen rationalen Philosophie« (Hsin li-hsüeh) verband F. neokonfuzianische und westliche Elemente zu einem für die chinesische Tradition ungewöhnlichen formal-logischen Konzept.

1957-63 und erneut seit 1976 wurde F. wegen seiner »idealistischen« (im Gegensatz zum dialektischen und historischen Materialismus stehenden) Lehrmeinung angegriffen. Mit seinen 150 Selbstkritiken gilt F. als der Typus des sich nachgiebig gebenden, auf seiner Überzeugung aber letztlich beharrenden Philosophen. 1983 wurde er zum Mitglied des Ständigen Komitees der Politischen Konsultativkonferenz des Chinesischen Volkes gewählt.

Féraud, Louis Edouard

frz. Modedesigner
* 13.2.1921 Arles

Bekannt wurde Féraud in den 50er Jahren mit einem jugendlich-unkonventionellen Stil. Er führte Segelleinen und kräftige Farben in die Haute Couture ein; bis heute ist seine Mode stark von der Kunst Südamerikas beeinflußt. In den 70er Jahren wandte er sich zunehmend einem elegant-femininen Stil zu. Für den Abend bevorzugt F. glänzende und straßbestickte Stoffe. Er entwarf Kostüme für über 80 Filme.

Louis Féraud: Erfolgreicher Pariser Modeschöpfer.

☐ 1945: Eröffnung einer Modeboutique in Cannes. ☐ 1953: Eröffnung eines Modesalons in Paris. ☐ 1955: Gründung der Handelsmarke Louis Féraud, die Modelle für andere Modefirmen, wie für Lilo Fink, sowie Herrenmode entwirft.

▷ L. Féraud: Louis Féraud, frz. 1985.

Ferdinand I.

König (Zar) von Bulgarien
* 26.2.1861 Wien † 14.8.1948 Coburg

Der 1887 zum bulgarischen Fürsten (unter türkischer Oberhoheit) gewählte Prinz von Sachsen-Coburg-Koháry nutzte 1908 die große Balkankrise (Revolution der Jungtürken, österreichische Annexion von Bosnien), um sich als Ferdinand I. zum Zaren (König) zu erklären. Auf seine Initiative wurde 1911 die »Balkanliga« gegen die Türkei gebildet. Nach der Niederlage im 2. Balkankrieg (1913) schloß er sich 1915 den Mittelmächten an und mußte nach der Niederlage 1918 zugunsten seines Sohnes →Boris III. abdanken.

▷ J. v. Königslöw: Ferdinand von Bulgarien, 1970.

Sándor Ferenczi →

← Ferdinand I. v. Bulgarien

Ferdinand I.

König von Rumänien
* 25.8.1865 Sigmaringen † 20.7.1927 Sinaia

Ferdinand I., Sohn des Fürsten Leopold von Hohenzollern-Sigmaringen, war 1914-27 König von Rumänien. Nach der österreichisch-

Ferdinand I. krönt seine Frau mit der goldenen Krone.

ungarischen Niederlage bei der russischen Brussilow-Offensive 1916 schloß sich F. auf Druck seiner Minister der Entente an. Mit der Annexion der ungarischen Gebiete nördlich und westlich der Karpaten ließ er sich erneut als »König aller Rumänen« krönen (1922).

Ferenczi, Sándor

ung. Nervenarzt und Psychoanalytiker
* 16.7.1873 Miskolcz † 22.5.1933 Budapest

Ferenczi, einer der ersten Anhänger S. →Freuds und Gründer der Internationalen Psychoanalytischen Gesellschaft, überwandt die klassische Analysepraxis und erprobte neue, aktive Techniken der Therapie, die sich nicht nur auf Analyse und Bewußtmachung seitens des Arztes beschränkten. Seine Methoden sollten durch Auflagen und Verbote seitens des Patienten bestimmte Verhaltensweisen fordern oder untersagen. Zudem bezog er nonverbale Äußerungen wie Haltung und Bewegung in die psychoanalytische Technik ein. In seinem Werk »Thalassa« (1924) behauptete F., daß das Verlangen des Menschen, in den Mutterleib zurückzukehren, den Wunsch nach dem Ursprung des Lebens, dem Meer, symbolisiere.

☐ 1908: Erste Begegnung mit Freud; Mitgl. der Wiener Psychoanalytischen Gesellschaft. ☐ 1913: Gründer der Ung. Psychoanalytischen Gesellschaft. ☐ 1919: Erster ung. Prof. für Psychoanalyse an der Univ. Budapest. ☐ 1920: Gründer der Int. Psychoanalytischen Gesellschaft. ☐ 1924: »Entwicklungsziele der Psychoanalyse« (Schr., mit O. →Rank).

Fermi, Enrico

ital. Physiker
* 29.9.1901 Rom † 28.11.1954 Chicago, Ill. (USA)

Mit Fermis Entdeckung, daß durch Neutronenbeschuß sowohl eine Kernumwandlung wie auch eine Kettenreaktion und damit ungeheure Energie erzeugt werden kann, begann das sog. Atomzeitalter.
1934 beschoß F., Nobelpreisträger von 1938, Uran mit abgebremsten Neutronen, um durch Kernumwandlung neue radioaktive Stoffe zu erhalten, die in der Natur nicht vorkommen. In dem Glauben, ein solches Transuran erhalten zu haben, hatte F. tatsächlich mit der Uranspaltung experimentiert, ohne es zu wissen. Nach der ersten Uranspaltung (1938 durch O. →Hahn) entwickelte F. die Möglichkeiten zur nuklearen Ket-

Enrico Fermi, 1938 mit dem Nobelpreis ausgezeichnet, in seinem Laboratorium.

tenreaktion, zu deren Realisierung der erste Reaktor in Chicago gebaut wurde. Am 2.12.1942 gelang unter F.s Leitung erstmals eine kontrollierte, sich selbst erhaltende Kettenreaktion. Der ungewöhnlich vielseitige Atomphysiker stellte 1926 gleichzeitig mit P. A. M. →Dirac eine nach ihnen benannte Quantenstatistik für gleichartige Teilchen (Elektronen, Protonen, Neutronen) eines thermodynamischen Systems auf und auf dieser Grundlage 1928 ein Näherungsverfahren zur Berechnung der Dichte der Elektronenwolke im Atom.

□ 1927-38: Prof. an der Univ. Rom. □ 1938: Entgegennahme des Physik-Nobelpreises in Stockholm; direkt anschließend Emigration in die USA. □ 1939-42: Prof. an der Columbia Univ., New York. □ ab 1942: Prof. an der Univ. Chicago. □ 1944-46: Beteiligung an der Entwicklung der amer. Atombombe. □ 1952: Entdeckung der Elementarteilchenresonanzen.

▷ L. Fermi: Mein Mann und das Atom (Biogr.), 1954, dt. 1956.

Rudolf Fernau →

← Fernandel

Fernandel

(eig. Fernand-Joseph Désiré Contandin)
frz. Schauspieler
* 8.5.1903 Marseille † 26.2.1971 Paris

Fernandel, der ab 1932 als Komiker tätig war, hatte seinen größten Erfolg als streitbarer Pfarrer in den »Don-Camillo«-Filmen nach den Romanen von G. →Guareschi. Seinen Widersacher, den kommunistische Bürgermeister Peppone, spielte Gino Cervi (* 1904, † 1974).

Fernández Ordóñez, Francisco »Paco«

span. Politiker
* 22.6.1930 Madrid

Nach dem Tod von General F. →Franco entwickelte sich Fernández Ordóñez zu einem der führenden Köpfe der spanischen Sozialdemokratie. 1985 wurde F. von Ministerpräsident F. →González Márquez zum Außenminister ernannt. Seine umfassenden Kenntnisse als Jurist und Wirtschaftsfachmann beschleunigten die schwierigen Detailverhandlungen mit der EG (Beitritt 1986).

□ 1954-59: Staatsanwalt. □ nach 1960: Wirtschaftsstudium in den USA. □ 1969-74: Staatssekr. im Finanzministerium. □ 1974: Präs. der INI (größte staatliche Holdinggesellschaft). □ 1977: Mitgl. der Cortes (Parlament); bis 1979 Finanzmin. □ 1980/81: Justizmin. □ 1981: Gründer der sozialdemokratischen Partei Acción Democrática. □ 1982: Mitgl. der Sozialistischen Arbeiterpartei Spaniens (PSOE). □ seit 1985: Außenmin.

Fernau, Rudolf

dt. Schauspieler
* 7.1.1898 München † 4.11.1985 ebd.

Fernau überzeugte als Charakterdarsteller vor allem in dämonisch-zwielichtigen Rollen. Er spielte seit den 20er Jahren an vielen renommierten deutschen Bühnen, trat seit den 30er Jahren auch als Filmschauspieler (»Im Namen des Volkes«, 1938; »Jeder stirbt für sich allein« nach H. →Fallada, 1976) und seit den 70er Jahren als Fernsehdarsteller auf.

□ 1918: Debüt als »Don Carlos« (von Schiller) in Regensburg. □ 1924-26: Mitgl. des M. →Reinhardt-Ensembles am Dt. Theater Berlin. □ 1930-41; 1947-49: Engagement am Staatstheater Stuttgart. □ 1942: »Dr. Crippen an Bord« (F.). □ 1953-73: Auftritte an den Städtischen Bühnen Berlin. □ 1953: »Königliche Hoheit«, (F. nach dem R. von Th. →Mann, mit D. →Borsche). □ 1969: König Philipp in »Don Carlos« bei einem Gastspiel des Schiller-Theaters in New York. □ 1976: »Bis zur bitteren Neige« (F. nach dem R. von J. M. → Simmel, mit H. →Knef).

▷ R. Fernau: Als Lied begann's. Lebenstagebuch eines Schauspielers, 1972.

Ferrari, Enzo

ital. Automobilfabrikant
* 20.2.1898 Modena † 14.8.1988 ebd.

Ferrari, ab 1919 Rennfahrer bei Alfa Romeo, gründete 1929 seinen eigenen Rennstall und errang als Konstrukteur international erfolgreicher Formel-1- und GT-(Grand-Tourisme)-Wagen Weltruhm. Der erste von F. entwickelte Wagen, ein Alfa 158, wurde 1937 gebaut. Erst seit 1943,

Enzo Ferrari: 1924 noch Rennfahrer, später erfolgreicher Automobilkonstrukteur.

mit der Gründung der unabhängigen Auto Avio Construzioni Ferrari, tragen die von F. entwickelten Renn- und Elitesportwagen den Namen Ferrari.

□ 1919: Erstes Straßenrennen für CMN (Construzioni Meccaniche Nazionali). □ 1929: Gründung des eigenen Rennstalls Scuderia Ferrari. □ 1938: Dir. der Rennabteilung von Alfa Romeo, Liquidierung der Scuderia Ferrari. □ 1943: Gründung eines eigenen Unternehmens für die Rennwagenproduktion. □ 1949: Erster von (bis 1988) 93 Grand-Prix-Siegen (Le Mans). □ 1952: Erster von insgesamt neun WM-Titeln (bis 1991).

Ferré, Gianfranco

ital. Modedesigner
* 15.8.1944 Legnano

Ferrés Modestil zeigt klare Schnittkonstruktionen und eine locker sitzende Linie ohne verspielten Aufputz. Seine Art, einzelne Elemente zusammenzusetzen, wurde mit der japanischen Falttechnik Origami verglichen. Durchsichtige Batisthemden sowie seine Lieblingsfarbe Weiß dominieren F.s Mode.

□ 1969: Architektur-Diplom; danach Entwurf von Schmuck und Accessoires für andere Modedesigner und Prêt-à-porter-Kollektionen verschiedener Firmen. □ ab 1978: Selbständiger Designer in Mailand, auch für Herren- und Strickkollektionen. □ 1989: Übernahme der künstlerischen Leitung des Hauses Ch. →Dior.

Ferri, Enrico

ital. Jurist und Politiker
* 25.2.1856 San Benedetto Po bei Mantua
† 12.4.1929 Rom

1921 legte Ferri seinen »Entwurf für ein italienisches Strafgesetzbuch« vor, das nicht nur für Italien, sondern auch für südamerikanische Staaten vorbildlich wurde. Mit Cesare Lombroso begründete der Strafrechtler die positivistische Schule, die die sozialen Ursachen von Straftaten ausdrücklich in die Strafbemessung einbezieht. Ein internationales Standardwerk wurde F.s zweibändige Abhandlung »Das Verbrechen als soziale Erscheinung. Grundzüge der Kriminalsoziologie« (1889, dt. 1896).

□ 1886-1919: Abg. der Sozialisten. □ ab 1919: Vors. der Kommission zur Reform des ital. Strafrechts. □ 1926: Anschluß an den Faschismus. □ 1929: Senator.

Ferrier, Kathleen

engl. Sängerin
* 22.4.1912 Higher Walton, Lancashire
† 8.10.1953 London

Ferrier, bedeutendste Altistin ihrer Zeit, war Telefonistin und wurde entdeckt, als sie im 2. Weltkrieg vor Soldaten Volkslieder sang. Nach ihrer Ausbildung in London (1940-42) erwarb F. mit ihrer warmen und samtigen Stimme rasch weltweites Ansehen als Oratorien- (Bach, Händel) und Liedsängerin (Brahms, Mahler). Beim ersten Glyndebourne Festival nach Kriegsende sang F. die Titelrolle in der Uraufführung von B. →Brittens Oper »Der Raub der Lucretia« (1946). Eine unheilbare Krankheit unterbrach vorzeitig ihre Karriere (Febr. 1953 letzter Auftritt an der Covent Garden Opera London als Orpheus in Glucks Oper »Orpheus und Eurydike«).

▷ W. Ferrier: The Life of Kathleen Ferrier, 1955.

Joachim C. Fest →

← Gianfranco Ferré

← Kathleen Ferrier

Fest, Joachim C.

dt. Publizist
* 8.12.1926 Berlin

Fest, seit 1973 Leiter des Kulturteils und Mitherausgeber der FAZ, ist vor allem mit seinen zeitgeschichtlichen Publikationen bekannt geworden. Aufsehen erregte seine Hitler-Biografie (1973), die 1977 unter dem Titel »Hitler — eine Karriere« verfilmt wurde. In ihr gelang es ihm, bislang unveröffentlichtes Material zu verarbeiten (u. a. Teile des Tagebuchs der Eva Braun).

□ 1963: »Das Gesicht des Dritten Reiches« (Schr.). □ 1963-68: Chefredakteur und Hauptabteilungsleiter Zeitgeschehen beim NDR; zeitweilig Leitung des Magazins »Panorama«. □ 1967-77: Mitgl. des dt. PEN-Zentrums. □ 1973: »Hitler« (Biogr.). □ seit 1973: Mithg. der FAZ. □ 1981: »Aufgehobene Vergangenheit« (Porträts). □ seit 1984: Aufsichtsratsmitgl. der Bertelsmann AG. □ 1985: »Die unwissenden Magier: Über Thomas Mann und Heinrich Mann« (Abh.). □ 1988: »Eine italienische Reise« (Schr.). □ 1991: »Der zerstörte Traum. Vom Ende des utopischen Zeitalters« (Es.).

Fetscher, Iring

dt. Politologe
* 4.3.1922 Marbach am Neckar

Mit seiner Gesellschaftskritik steht Fetscher in der Tradition der Frankfurter Schule (M. →Horkheimer, Th. W. →Adorno). Drei Hauptprobleme gefährden seiner Meinung nach die Überlebenschancen der Menschheit: Die Umweltzerstörung, das unkontrollierte Bevölkerungswachstum und — damit verbunden — das Welternährungsproblem. Die negativen Folgen des technologischen Fortschritts würden immer deutlicher sichtbar. F. spricht vom »Zwang, die selbstzerstörerisch gewordene Industriezivilisation durch eine bewußt-geplante, qualitativ andere Weltzivilisation abzulösen«.

Der Politologe Iring Fetscher in seinem Arbeitszimmer.

□ 1963: Prof. für Politische Wissenschaft, Univ. Frankfurt/Main. □ 1972: »Modelle der Friedenssicherung« (Schr.). □ 1976: »Überlebensbedingungen der Menschheit — Zur Dialektik des Fortschritts« (Es.). □ 1990: »Utopien, Illusionen, Hoffnungen. Plädoyer für eine politische Kultur in Deutschland« (Schr.).

Feuchtwanger, Lion

(Pseud. J. L. Wetcheek)
dt. Schriftsteller
* 7.7.1884 München
† 21.12.1958 Los Angeles (USA)

← Lion Feuchtwanger

Mittels zeitpolitischer Aktualisierung der deutschen und jüdischen Geschichte gelang Feuchtwanger die Erneuerung des historischen Romans. Großen Erfolg erzielte der von B. →Brecht und H. →Mann beeinflußte pazifistisch-sozialistische Schriftsteller mit seinem 1922 verfaßten Roman »Jud Süß« (ersch. 1925). Das zunächst von den Nationalsozialisten verbotene Buch diente 1940 als Vorlage für einen antisemitischen Hetzfilm unter der Regie von V. →Harlan.

□ 1903-07: Studium der Philosophie, Germanistik und Anthropologie (Promotion). □ 1917/18: Teilnahme an der Revolution in Berlin. □ 1923: »Die häßliche Herzogin Margarete Maultasch« (R.). □ 1930-40: Romantrilogie »Der Wartesaal«. □ 1932-45: »Josephus«-Trilogie (R.). □ 1933: Ausbürgerung durch die Nationalsozialisten während eines USA-Aufenthalts. □ 1933-40: Organisation des geistigen Widerstands gegen die Nationalsozialisten in Frankreich. □ 1940: Flucht in die USA. □ 1951: »Goya« (R.). □ 1956: »Die Witwe Capet« (Dr.).

▷ 1984; W. Jeske/P. Zahn: Lion Feuchtwanger — Der arge Weg der Erkenntnis, 1984; M. Simbruk/P. Werhahn (Hg.): L. Feuchtwanger: Ja — das Ganze nochmal. Eine Biographie in Selbstzeugnissen Feuchtwangers, 1984.

Feuillade, Louis

frz. Regisseur
* 19.2.1873 Lunel † 26.2.1925 Nizza

Feuillade, einer der Pioniere des Films, ist der Erfinder des Abenteuer-Mehrteilers. Seine in der Stummfilmzeit gedrehten Verbrecher-Serien »Fantômas« (1913/14) und »Judex« (1916/17) bauen über mehrere Episoden einen Spannungsbogen auf, der erst in der letzten Folge gelöst wird. Zum ersten Mal widmete ein Regisseur den Gangstern, die trotz geisterhafter Züge immer in einer realistischen Alltagswelt agieren, mehr Aufmerksamkeit als der Polizei. F. arbeitete ohne Drehbuch und ließ seine Schauspieler improvisieren.

□ 1905: Drehbuchautor bei L. Gaumont. □ 1908-11: Kurzfilme. □ 1911-13: »Das Leben wie es wirklich ist«. □ 1915/16: »Die Vampire« (zehn Episoden). □ 1917: »Neue Abenteuer von Judex« (zwölf Episoden). □ 1918: »Der Mann ohne Gesicht«. □ 1924: »Die Waise von Paris« (sechs Episoden).

▷ H. Tomicek: Louis Feuillade, 1980.

Feyerabend, Paul Karl

österr. Philosoph und Wissenschaftstheoretiker
* 13.1.1924 Wien

Feyerabend, anfangs dem wissenschaftlichen Denken und der strengen Theorie des kritischen Rationalismus (K. R. →Popper) verpflichtet, wandte sich 1970 »Wider den Methodenzwang« (Schr., dt. NA 1976), der in der rationalen Methodologie den einzigen Weg zur Erkenntnis sieht. In seiner »anarchistischen Erkenntnistheorie« vertritt F. eine durch Methodenpluralismus charakterisierte »freie« oder »fröhliche Wissenschaft«. Kreativität und Spontaneität, wie sie den bildenden Künsten zugrunde liegen, seien auch Voraussetzungen des Erkenntnisfortschritts. F. bestreitet nicht nur die rationalen und logischen Kriterien geltender Wissenschaftstheorie, sondern auch den Sinn solcher methodischer Standards, die er mit dem Slogan »Bürgerinitiativen statt Erkenntnistheorie« über Bord werfen und durch den Grundsatz »Anything goes« sowie gezielte Antiregeln ersetzen will.

□ 1958-79: Prof. an der Univ. of Calif. in Berkeley. □ 1965: »Probleme des Empirismus. Schriften zur Theorie der Erklärung der Quantentheorie und der Wissenschaftsgeschichte« (dt. 1981). □ 1978: »Erkenntnis für freie Menschen« (Schr., dt. 1979). □ seit 1979: Prof. an der ETH Zürich. □ 1981: »Philosophical papers« (2 Bde.). □ 1984: »Wissenschaft als Kunst« (Schr.).

R. Ph. Feynman →

Feynman, Richard Phillips

amer. Physiker
* 11.5.1918 New York
† 15.2.1988 Los Angeles, Kalif.

1961 erschien Feynmans Standardwerk »Quantenelektrodynamik« (dt. 1969). Schon 1949 hatte F. eine nach ihm benannte, sehr anschauliche Darstellung des Verlaufs der Wechselwirkungsprozesse zwischen Elektronen, Positronen und Photonen veröffentlicht. Die Feynman-Diagramme ermöglichen durch ein vorgegebenes Regelwerk die Wahrscheinlichkeitsberechnung bestimmter Streuungen, Strahlungen und Energien. Die später weiterentwickelten Graphen werden vor allem in der Elementarteilchen-, Quantenfeldtheorie und Kernphysik verwendet und geben Hinweise zum Aufbau von Versuchsanordnungen sowie zur Auswertung der Ergebnisse der Experimente.
Für seine Berechnungen der elektrodynamischen Wechselwirkung und den Nachweis, daß dabei Änderungen in Ladung und Masse des Elektrons auftreten, erhielt F. 1965 den Physik-Nobelpreis.

□ 1942-45: Mitwirkung am amer. Atombombenprojekt in Princeton und Los Alamos, N. Mex. □ 1945-50: Prof. an der Cornell Univ. in Ithaka, N. Y. □ ab 1950: Prof. am Calif. Inst. of Technology in Pasadena. □ 1963-65: »Vorlesungen über Physik« (3 Bde.). □ 1965: Physik-Nobelpreis. □ 1986: Mitgl. der Kommission zur Aufklärung des Challenger-Unglücks.

▷ R. P. Feynman: Sie belieben wohl zu scherzen, Mr. F. (Aut.), 1985.

Johannes Fibiger →

Fibiger, Johannes

dän. Pathologe
* 23.4.1867 Silkeborg, Jütland
† 30.1.1928 Kopenhagen

Fibiger, ab 1900 Professor an der Universität Kopenhagen, gelang 1912 die erste experimentelle Krebserzeugung an Versuchstieren. Durch Verfütterung mit Parasiten infizierter Nahrung bildeten sich im Vormagen der Laborratten Pflasterzellkarzinome. Für diese bedeutende Arbeit der Krebsforschung erhielt F. 1926 den Physiologie/Medizin-Nobelpreis.

Fichte, Hubert

dt. Schriftsteller
* 21.3.1935 Perleberg, Westprignitz
† 8.3.1986 Hamburg

Hubert Fichte: Er kämpfte gegen die Fremdheit.

Das Werk Fichtes, der das Interview als literarische Form etablierte, trägt autobiografische Züge. Durch Beschreiben von eigener und fremder Wirklichkeitserfahrung aus unterschiedlichen Perspektiven suchte F. die Fremdheit des eigenen Ichs und das Gefühl des Fremdseins in der Welt zu überwinden. Er schilderte gesellschaftliche Außenseiter wie Kinder oder Angehörige der Hamburger Subkultur ebenso wie die Riten afroamerikanischer Kulturen.

□ 1952-62: Landwirtschaftliche Tätigkeit u. a. in Schweden und Frankreich. □ 1963: »Der Aufbruch nach Turku« (Erz.n, erw. Aufl. 1985). □ 1965: »Das Waisenhaus« (R.). □ 1968: »Die Palette« (R.). □ 1971: »Detlevs Imitationen Grünspan« (R.). □ 1971-75: Anthropologische Studien in Bahia (Brasilien), auf Haïti und Trinidad. □ 1972: »Interviews aus dem Palais d'Amour«. □ 1974: »Versuch über die Pubertät« (R.). □ 1976: »Xango — Die afroamerikanischen Religionen« (Schr.). □ 1980: »Petersilie« (Schr.). □ 1985: »Lazarus und die Waschmaschine« (Schr.). □ postum 1987: »Die Geschichte der Empfindlichkeit« (Schr., Fragment). □ 1988: »Homosexualität und Literatur« (Es.s); »Eine glückliche Liebe« (R.).

▷ Th. Beckermann (Hg.): Hubert Fichte — Materialien zu Leben und Werk, 1985.

Fichtel & Sachs →Sachs, Ernst

Fichtel, Anja

dt. Fechterin
* 17.8.1968 Tauberbischofsheim

Fichtel zählt zu den erfolgreichsten Florett-Fechterinnen. 1988 gewann sie bei den Olympischen Spielen von Seoul im Einzel und mit der Mannschaft die Goldmedaille.

□ 1985: Weltmeisterin (Mannschaft). □ 1986: Weltmeisterin (Einzel); WM-Dritte (Mannschaft). □ 1987-90: Europapokal-Siegerin mit FC Tauberbischofsheim. □ 1989: Weltmeisterin (Mannschaft). □ 1990: Weltmeisterin (Einzel).

Fields, W. C.

(eig. William Claude Dukenfield)
amer. Schauspieler
* 29.1.1880 Philadelphia
† 25.12.1946 Pasadena, Kalif.

Fields, dessen Markenzeichen eine vom Alkohol gerötete Knollennase war, gehörte zu den bekanntesten amerikanischen Filmkomikern. Er spielte mit Vorliebe Trunkenbolde und wurde der Inbegriff des hinterhältigen Menschenhassers, der kleine Kinder, Hunde und Weihnachten verabscheut.

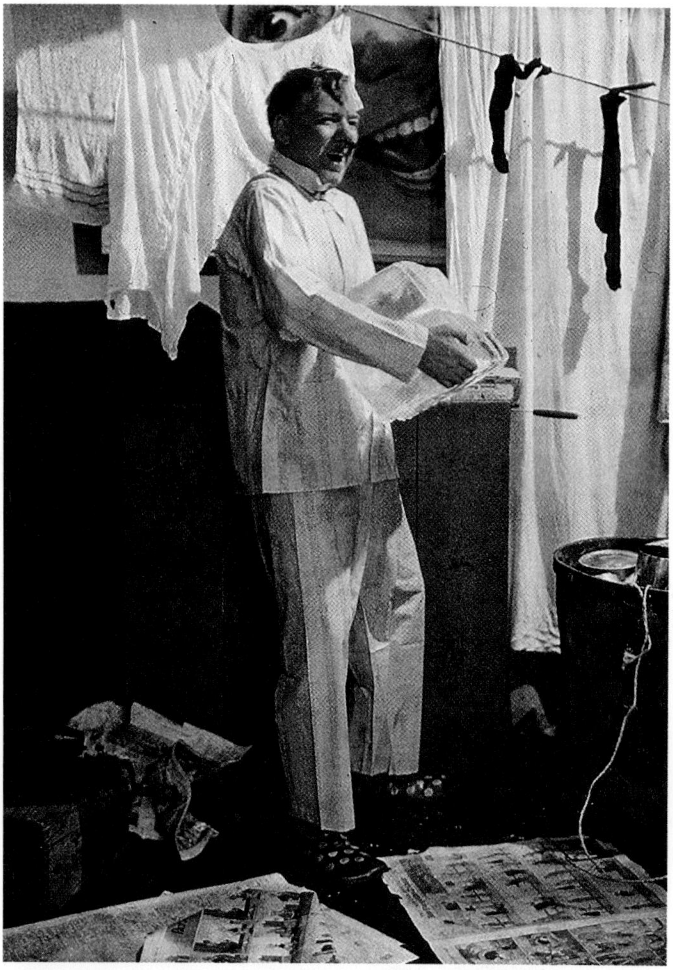

W. C. Fields: Der Filmkomiker mit der auffälligen Nase ist bis heute populär.

□ ab 1894: Varietéauftritte als komischer Jongleur. □ 1901: Europatournee. □ 1905: Theater-Debüt. □ 1915: Erstes Engagement in Hollywood. □ 1925: »Sally vom Jahrmarkt« (Rg. D. W. → Griffith). □ 1935: »David Copperfield« (Rg. G. →Cukor). □ 1940: »My little Chickadee« (mit M. West, Rg. E. Cline). □ 1941: »Gib einem Trottel nie eine Chance« (Rg. E. Cline).

▷ N. Yanni: W. C. Fields, 1974.

Fielmann, Günther

dt. Unternehmer
* 17.9.1939 Stafstedt bei Rendsburg

Der Augenoptiker Fielmann legte mit dem Rezept, hochwertige, modische Kassenbrillen zu niedrigen Preisen anzubieten, 1972 den Grundstein zu einem Brillen-Imperium mit bundesweit 176 Fachgeschäften (1989) und 340 Mio. DM Jahresumsatz (1988). Novitäten wie die werbeträchtige »Geld-zurück-Garantie« und die seit 1987 angebotene Brillenversicherung runden F.s Marketing-Konzept ab.

Fieseler, Gerhard

dt. Flugzeugkonstrukteur und Kunstflugpionier
* 15.4.1896 Glesch bei Köln † 1.9.1987 Kassel

Fieseler gehörte in den 20er und 30er Jahren zur Elite der deutschen Kunstflieger. Er gewann fünf deutsche und zwei Europameisterschaften sowie 1934 die Weltmeisterschaft. 1937 konstruierte F. das erste Kurzstart- und Langsamflugzeug der Welt, den legendären »Fieseler-Storch« (Fi 156), der überwiegend als Kurierflugzeug verwendet wurde (Landegeschwindigkeit 38 km/h, Landeweg 15 m). In den Werken der späteren Fieseler-Flugzeugbau-GmbH (gegr. 1930) wurde die Rakete Fi 103 entwickelt, die im 2. Weltkrieg als »V1« bekannt wurde.

▷ G. Fieseler: Meine Bahn am Himmel, 1979.

← Gerhard Fieseler

Fieser, Louis Frederick

amer. Chemiker
* 7.4.1899 Columbus, Ohio
† 25.7.1977 Cambridge, Mass.

Fieser, 1937-67 Professor an der Harvard University in Cambridge, gelang 1939 die Synthese des für die Blutgerinnung wichtigen Vitamins K 1. F. synthetisierte krebserregende Kohlenwasserstoffe und erfand zur Herstellung von Benzingelen den Brandbombenstoff Napalm.

Louis F. Fieser entwickelte den Brandbombenstoff Napalm.

Figl, Leopold

österr. Politiker
* 2.10.1902 Rust, Niederösterreich † 9.5.1965 Wien

Nach den ersten Nachkriegswahlen im November 1945 wurde Figl Regierungschef einer Allparteienregierung. Seit jener Zeit bemühte er sich um die Wiedererlangung der vollen Souveränität des Landes. Mit dem Abschluß des österreichischen Staatsvertrags 1955 hatte er dieses Ziel erreicht. Bis zu seinem Tod war er politisch aktiv am Wiederaufbau Österreichs beteiligt.

Leopold Figl: Als passionierter Jäger auf der Pirsch.

☐ 1934: Dir. des niederösterr. Bauernbundes. ☐ 1938-43: Inhaftierung in verschiedenen KZs. ☐ 1945: Mitbegründer der ÖVP (Österr. Volkspartei) und deren Obmann (bis 1951). ☐ 1945-53: Bundeskanzler. ☐ 1953-59: Außenmin. ☐ 1959-62: Präsident des Nationalrats. ☐ ab 1962: Landeshauptmann von Niederösterreich.

Fignon, Laurent

frz. Radrennfahrer
* 12.8.1960 Paris

Fignon war als zweimaliger Sieger der Tour de France (1983 und 1984) die große französische Hoffnung im Radsport. Er wurde bereits als Nachfolger J. →Anquetils gefeiert, Verletzungen und Krankheiten warfen ihn jedoch zurück. Unvergessen ist seine Niederlage bei der Tour de France 1989, als er am letzten Tag im Zeitfahren mit nur acht Sekunden Rückstand auf G. →LeMond verlor.

☐ 1982: Bester Nachwuchsfahrer im Giro d'Italia (15. Platz). ☐ 1984: Frz. Straßenmeister. ☐ 1988: Sieger Mailand—San Remo (erneut 1989). ☐ 1989: Sieger Giro d'Italia; Sieger Holland-Rundfahrt.

Filbinger, Hans Karl

dt. Politiker
* 15.9.1913 Mannheim

Filbinger übernahm 1966 in der Nachfolge K. G. →Kiesingers das Amt des baden-württembergischen Ministerpräsidenten. Neben F. J. →Strauß zählte F., der 1973 stellvertretender Parteivorsitzender der CDU wurde, zu einem der schärfsten Kritiker der sozial-liberalen Koalition in Bonn. Anschuldigungen, er sei als Marinerichter im 2. Weltkrieg an Verurteilungen Fahnenflüchtiger zum Tode beteiligt gewesen, zwangen F. 1978 zum Rücktritt.

← Hans Filbinger

□ seit 1951: Mitgl. der CDU. □ 1958: Staatsrat in Stuttgart. □ 1960-66: Bad.-württ. Innenmin. □ 1960-79: Mitgl. des Bundesvorstands der CDU; Landesvors. der CDU für Bad.-Württ. □ 1970-74: Bevollmächtigter der BRD für kulturelle Angelegenheiten des dt.-frz. Vertrags. □ 1973/74: Präs. des Bundesrats. □ 1973-79: Stellv. Parteivors.

▷ B. Heck (Hg.): Hans Filbinger — Der Fall und die Fakten, 1980; L. Bossle: Hans Filbinger — Ein Mann in unserer Zeit, 1983.

Filchner, Wilhelm

dt. Forschungsreisender und Schriftsteller
* 13.9.1877 München † 7.5.1957 Zürich (Schweiz)

Filchner führte das Leben eines Abenteurers und Forschers. Als Landvermesser der preußischen Militärverwaltung leitete er Expeditionen in unerforschte Regionen Eurasiens und der Antarktis. Bekannt wurde F. durch seine Überquerung des unzugänglichen Pamirgebirges zu Pferde im Alter von 23 Jahren. Zehn Jahre später erforschte er das antarktische Weddellmeer (1911/12), dessen Schelfeis heute seinen Namen trägt.

← Wilhelm Filchner

□ 1901: »Ritt über den Pamir« (Reiseb.). □ 1903-05: Expedition nach Osttibet und China. □ 1911/12: Leiter der Zweiten Dt. Südpolarexpedition. □ 1926-40: Expeditionen nach Zentralasien. □ 1929: »Om mani padme hum« (Reiseb.). □ 1938: »Bismillah« (Reiseb.).

▷ W. Filchner: Ein Forscherleben (Aut.), 1950.

Filip, Ota

dt.-tschech. Schriftsteller
* 9.3.1930 Mährisch-Ostrau

Filip wurde wegen seines Eintretens für die Reform des tschechoslowakischen Sozialismus bis zu seiner Ausbürgerung 1974 lange Jahre politisch verfolgt. Die Helden seiner Romane sind meist kleine Leute, die sich mit dem Weltgeschehen mehr oder minder erfolgreich auseinandersetzen. In dem Roman »Das Café am Rande der Stadt« (1967, dt. 1968) porträtierte F. seine mährische Heimatstadt zur Zeit der deutschen Besetzung. Das Schicksal Mährens zwischen Donaumonarchie, Drittem Reich und Kommunismus steht auch im Mittelpunkt weiterer, oft grotesker oder tragikomischer Werke wie »Café Slavia« (R., 1985). F. ist in der BRD für zahlreiche Periodika und Rundfunkanstalten als Literaturkritiker und politischer Kommentator tätig.

← Ota Filip

□ 1948-60: Redakteur in Prag. □ 1960: Nach einjähriger Mitgliedschaft Ausschluß aus der KPC. □ 1960-68: Hilfsarbeiter. □ 1967: »Das Café am Rande der Stadt« (R., dt. 1968). □ 1968: Unterzeichner des »Manifests der 2000 Worte« (Programmschrift des Prager Frühlings); danach erneut Hilfsarbeiter. □ 1970: Publikationsverbot; Verurteilung zu 18 Monaten Haft. □ 1974: Abschiebung in die BRD. □ seit 1981: Abfassung seiner Werke in deutscher Sprache. □ 1988: »Die Sehnsucht nach Procida« (R.).

Finch, Peter

austral. Schauspieler
* 28.9.1916 London (England)
† 14.1.1977 Los Angeles (USA)

Nach ersten Bühnen- und Filmrollen in Australien (»Goldgräber«, 1948) etablierte sich Finch erfolgreich in beiden Metiers auch in Großbritannien. Er wirkte in mehreren Kriegsfilmen mit (»Marsch durch die Hölle«, 1956), hatte aber seine brillantesten Rollen als einfühlsamer Darsteller historischer Personen (Lord Nelson in »Die Nelson-Affäre«, 1973) und exzentrischer oder problematischer Charaktere, z. B. als homophiler Arzt in »Sunday, bloody sunday« (1970). In London spielte F. am St. James Theatre neben O. →Welles in »Othello« (1951).

Peter Finch als Englands Seeheld Admiral Nelson, 1973.

□ 1936: Filmdebüt in Australien. □ 1949: Erste Rolle an einem brit. Theater in dem Stück »Daphne Laureola«. □ 1950: »Captain Carvallo« (Theater). □ 1952: »Robin Hood und seine tollkühnen Gesellen« (Walt-Disney-Film). □ 1953: »Elefantenpfad« (mit E. →Taylor). □ 1959: »Geschichte einer Nonne« (mit A. →Hepburn). □ 1960: »Der Mann mit der grünen Nelke« (über O. →Wilde, mit J. →Mason). □ 1963: »Die erste Nacht«. □ 1965: »Der Flug des Phoenix« (Rg. R. → Aldrich, mit J. →Stewart und H. →Krüger). □ 1967: »Große Lüge Lylah Claire« (Rg. R. Aldrich). □ 1976: »Network« (Rg. S. →Lumet, mit F. → Dunaway).

Finck, Werner

dt. Schauspieler, Kabarettist und Autor
* 2.5.1902 Görlitz † 31.7.1978 München

Finck, Mitbegründer des Kabaretts Katakombe in Berlin (1929) und Gründer der Mausefalle in Stuttgart und Hamburg (1948, 1951), war einer der großen Erneuerer des Kabaretts. In seinen frühen Texten, die er nie satirisch-aggressiv, sondern humorvoll und subtil vortrug, entwickelte er unter dem Druck der nationalsozialistischen Zensur eine Meisterschaft in der Kunst des Andeutens. In seinen Soloprogrammen nach dem 2. Weltkrieg (u. a. »Kritik der reinen Unvernunft«, 1946-49; »Der brave Soldat schweigt«, 1963) verknüpfte er seine Lebensgeschichte mit der Geschichte der jüngsten Vergangenheit, um als hintersinniger, moderner Eulenspiegel die Entwicklung der jungen deutschen Demokratie zu kommentieren. Finck, der auch als Schauspieler tätig war, veröffentlichte seine Texte in mehreren Büchern.

Werner Finck: Der Meister der halben Sätze.

☐ 1928: Nach Theaterstationen in Bunzlau und Darmstadt Ankunft in Berlin. ☐ ab 1929: Künstlerischer Leiter der Katakombe. ☐ 1935: Schließung des Kabaretts durch die Nationalsozialisten; KZ-Aufenthalt. ☐ 1937: Erneute Auftrittserlaubnis. ☐ 1938: »Das Kautschbrevier« (Schr.). ☐ 1939: Ausschluß aus der Reichskulturkammer. ☐ 1939-45: Soldat im 2. Weltkrieg. ☐ 1948: Gründung des Kabaretts Mausefalle in Stuttgart. ☐ 1970: »Sie werden lachen — mir ist es ernst« (Soloprogramm). ☐ 1972: »Alter Narr — was nun?« (Texte). ☐ 1977: »Heiter — auf verlorenem Posten« (Texte).

▷ K. Budzinski (Hg.): Witz als Schicksal — Schicksal als Witz, 1966.

Fink, Agnes

schweiz. Schauspielerin dt. Herkunft
* 14.12.1919 Frankfurt/Main

Agnes Fink →

Fink gehört zu den großen Charakterdarstellerinnen des deutschsprachigen Theaters. Zu ihren Paraderollen gehören u. a. die Charlotte von Stein in dem Ein-Personen-Stück »Ein Gespräch im Hause Stein über den abwesenden Herrn von Goethe« von P. →Hacks, Schillers »Maria Stuart« und die Alkmene in der Dramatisierung des »Amphitryon«-Stoffes sowohl von H. v. Kleist als auch von J. →Giraudoux. F. hat sich ferner als Film- und TV-Darstellerin einen Namen gemacht. 1957 erhielt sie den Dt. Fernsehpreis für den Film »Die schönen Gleichgültigen«.

☐ 1939: Bühnendebüt in Heidelberg. ☐ 1945: Übersiedlung mit ihrem Mann, dem Schweizer Schauspieler und Regisseur B. →Wicki, in die Schweiz; Annahme der schweiz. Staatsbürgerschaft. ☐ ab 1945: Engagements in Zürich und Berlin, später auch an anderen großen dt. Bühnen. ☐ 1957: Dt. Fernsehpreis für ihre Darstellung der »Schönen Gleichgültigen« nach J. →Cocteau (Rg. F. P. Wirth). ☐ 1971: Rolle in »Das falsche Gewicht« (F., Rg. B. Wicki, nach einer Nov. von J. →Roth).

Finnbogadóttir, Vigdis

isländ. Politikerin
* 15.4.1930 Reykjavík

V. Finnbogadóttir: Vom Stadttheater zur Staatspräsidentin.

Finnbogadóttir wurde 1980 als nicht-parteigebundene Kandidatin zum ersten weiblichen Staatsoberhaupt der Welt gewählt. Die Politikerin ist Gegnerin der NATO, wobei sie sich vor allem gegen den US-Luftwaffenstützpunkt in Keflavík wendet. Eine ihrer Hauptaufgaben sieht sie in der Bewahrung der isländischen Identität und Sprache. Darüber hinaus setzt sie sich für die Gleichberechtigung der Frau ein.

☐ nach 1949: Sprachstudium in Frankreich und Dänemark; anschließend Gymnasiallehrerin. ☐ 1972-80: Leitung des Stadttheaters in Reykjavík. ☐ 1978: Vors. des Kulturkomitees des Nordischen Rats. ☐ seit 1980: Staatspräsidentin. ☐ 1988: Wiederwahl mit 92,7 % der Stimmen.

Finney, Albert

engl. Schauspieler
* 9.5.1936 Salford bei Manchester

Albert Finney →

Finney gehört zu den bedeutendsten Bühnen- und Filmschauspielern Großbritanniens. Er spielte u. a. in Shakespeare-Inszenierungen und Stücken von J. →Osborne (u. a. »Griff aus dem Dunklen«, 1963). Im Film verkörperte er exzentrische Figuren wie den trunksüchtigen Konsul in »Unter dem Vulkan« (1983; nach M. →Lowry, Rg. J. → Huston). Als Leiter einer Shakespeare-Truppe, in einer Art Haßliebe mit seinem Garderobier (T. Courtenay) verbunden, war F. in »Ein ungleiches Paar« (1983, Rg. P. Yates) zu sehen.

□ 1953-55: Ausbildung an der Royal Academy of Dramatic Art. □ ab 1959: Ensemble-Mitgl. des Shakespeare Memorial Theatre in Stratford-upon-Avon. □ 1960: »Der Komödiant« (mit L. → Olivier, Rg. T. Richardson). □ 1961: Titelrolle im Osborne-Stück »Luther«; »Samstagnacht bis Sonntagmorgen« (nach A. →Sillitoe, Rg. K. Reisz). □ 1963: Schauspielerpreis von Venedig für »Tom Jones — Zwischen Bett und Galgen«. □ 1967: »Ein erfolgreicher Blindgänger« (Rg. und Hr.). □ 1974: »Mord im Orientexpress« (Rg. S. → Lumet). □ 1982: »Annie« (Rg. J. Huston). □ 1983: Dir. der Künstlervereinigung United British Artists. □ 1990: »Miller's Crossing« (Rg. J. Coen).

Fischer, Aloys

dt. Pädagoge
* 10.4.1880 Furth im Walde † 23.11.1937 München

Fischer gehörte mit G. →Kerschensteiner zum Kern der reformpädagogischen Bewegung des frühen 20. Jh.s. Neben einer grundlegenden wissenschaftlichen Ausbildung für Lehrer forderte er vom praktischen Pädagogen »Instinktsicherheit«. Zeitlebens beschäftigte F. sich mit psychologischen, soziologischen und philosophischen Themen im Rahmen der Erziehungswissenschaften sowie mit Fragen der Didaktik. Nach F. ist Erziehung eine Frage der Vormundschaft, nicht der Herrschaft; die selbständige Kulturauffassung der Jugend müsse von der älteren Generation respektiert werden.

□ 1914: Prof. für Erziehungswissenschaften, Univ. München. □ 1921: »Erziehung als Beruf« (Aufs.). □ 1931: »Vom Sinn der Erziehung« (Aufs.).

▷ K. Kreitmair (Hg.): Aloys Fischer. Leben und Werk (gesammelte Aufsätze), 1950-71.

Fischer, Edwin

schweiz. Pianist und Dirigent
* 6.10.1886 Basel † 24.1.1960 Zürich

Fischer zählt zu den herausragenden Pianisten des 20. Jh.s. Sein Interesse galt den Klavierwerken Bachs und Beethovens, er trat jedoch als Dirigent der Berliner und Wiener Philharmoniker auch mit Aufführungen der Werke Bruckners hervor. Mit W. →Schneiderhan (ab 1948) und dem Cellisten Enrico Mainardi (* 1897; † 1976) bildete er ein Klaviertrio. F. leitete als Direktor des Konservatoriums in Luzern bis 1958 die Meisterkurse und hatte als Pädagoge großen Einfluß auf die junge Pianisten- und Komponistengeneration. Nach einem Schlaganfall 1954 gab er nur noch wenige Konzerte.

□ 1905-14: Dozent am Sternschen Konservatorium in Berlin. □ 1914: Leiter der Sommerkurse am Musikinst. für Ausländer in Potsdam. □ 1926: Dirigent des Lübecker Musikvereins. □ 1928: Dirigent des Münchner Bachvereins. □ ab 1936: Regelmäßige Kurse an der Akademie für Tonkunst in München. □ 1942: Rückkehr in die Schweiz; Gründung eines Klaviertrios. □ ab 1945: Dir. des Konservatoriums in Luzern; Leiter der Meisterkurse. □ 1949: »Musikalische

Edwin Fischer: Der große Pianist und Pädagoge im Kreise seiner Schüler.

Betrachtungen« (Schr.). □ 1960: »Von den Aufgaben des Musikers« (Schr.).

▷ B. Gavoty/R. Hauert: Edwin Fischer, 1955, dt. 1955; H. Haid (Hg.): Dank an Edwin Fischer, 1962.

Fischer, Emil Hermann

dt. Chemiker
* 9.10.1852 Euskirchen † 15.7.1919 Berlin

Emil Fischer →

Fischer, Pionier der Naturstoffchemie, analysierte ab 1882 die Molekülstruktur der wichtigsten Zucker. F. stellte fest, daß ihre häufig aus sechs Kohlenstoffatomen bestehenden Moleküle 16 Verbindungen eingehen können und synthetisierte dann den Traubenzucker. Neben der Entdeckung des Schlafmittels Veronal machte sich F. besonders um die Erforschung der in der Nukleinsäure entdeckten Purine, der Eiweißverbindungen (ab 1899) und Kohlenhydrate verdient.

□ 1885-92: Prof. an der Univ. Würzburg. □ ab 1892: Prof. an der Univ. Berlin. □ 1902: Chemie-Nobelpreis; anschließend Entwicklung der Vakuumdestillation mit C. Harries (Wasserverdampfung ohne Erhitzung). □ 1907: Synthese eines Proteins aus 18 Aminosäuren (wegweisend für die Eiweißchemie).

▷ K. Hoesch: Emil Fischer. Sein Leben und sein Werk, 1921; E. Fischer: Aus meinem Leben (Aut.), 1922.

Fischer, Ernst Otto

dt. Chemiker
* 10.11.1918 München

Fischer, Nobelpreisträger von 1973, gelang 1957 mit der metallorganischen Darstellung von Chrom und Benzol (Dibenzol-Chrom) eine jener Synthesen aus Metallen und organischen Stoffen, die wegen ihres typischen Molekülaufbaus »Sandwich-Verbindungen« genannt werden. Diese für die Herstellung völlig neuer Substanzen wichtigen Katalysatoren zeichnen sich durch ungewöhnliche Bindungen aus: Bei der Sandwich-Verbindung Ferrocen ist das Eisenatom nicht direkt an ein Wasserstoffatom gebunden, sondern durch seine Elektronenwolke stabil zwischen zwei planen, aus fünf Wasserstoffatomen bestehenden Ringen eingebettet.

□ 1957-63: Prof. an der Univ. München. □ 1964: Synthese der sandwichartigen Metall-Carben- und Metall-Carbin-Verbindungen. □ seit 1964: Prof. an der TH (später TU) München. □ 1973: Chemie-Nobelpreis (mit G. →Wilkinson).

Fischer, Franz Joseph Emil

dt. Chemiker
* 19.3.1877 Freiburg i. Br. † 1.12.1948 München

Fischer entwickelte 1923-25 mit Hans Tropsch ein Verfahren zur synthetischen Herstellung von Kohlenwasserstoffen aus Kohlenmonoxid und Wasserstoff. Die Fischer-Tropsch-Synthese (Kogasinverfahren), die 1932 großtechnisch erprobt wurde, spielt bei der Benzin- und Motorenölgewinnung eine bedeutende Rolle. Während der Hydrierung fallen durch Druckveränderung auch höhermolekulare Produkte wie Paraffine und Alkohole auf dem Katalysator an. Seit 1962 in der BRD wegen der optimaleren Petrochemie nicht mehr angewandt, wird das Syntheseverfahren derzeit noch in Südafrika benutzt.

□ 1911-13: Prof. an der TH Berlin. □ 1913-43: Dir. des von ihm aufgebauten Kaiser-Wilhelm-Inst. für Kohlenforschung (heute Max-Planck-Institut) in Mülheim/Ruhr. □ 1936: Entwicklung der Paraffinsynthese.

Fischer, Fritz

dt. Historiker
* 5.3.1908 Ludwigsstadt, Oberfranken

Anfang der 60er Jahre löste Fischer mit seinem Werk »Griff nach der Weltmacht. Die Kriegszielpolitik des kaiserlichen Deutschland 1914/18« (1961) eine Diskussion über Deutschlands historische Schuld am Ausbruch des 1. Weltkriegs aus. In der sog. Fischer-Kontroverse behauptete F., daß die seit 1871 nach Weltgeltung strebende

F. Fischer: Seine Thesen wurden kontrovers diskutiert.

← Franz Fischer

Hans Fischer →

Joschka Fischer →

Kuno Fischer →

Reichsführung den größten Teil der Kriegsschuld zu verantworten habe. 1965 wandte sich F. mit seinem Buch »Weltmacht oder Niedergang« gegen die Historiker Egmont Zechlin und G. →Ritter, die von der Schuld aller beteiligten Großmächte sprachen.

□ 1948-71: Prof. an der Univ. Hamburg. □ 1969: »Krieg der Illusionen. Die deutsche Politik von 1911-1914« (Schr.). □ 1977: »Der 1. Weltkrieg und das dt. Geschichtsbild« (Schr.). □ 1983: »Juli 1914: Wir sind nicht hineingeschlittert« (Schr.).

Fischer, Hans

dt. Chemiker
* 27.7.1881 Höchst am Main
† 31.3.1945 München (Selbstmord)

Fischer erforschte die Zusammensetzung der roten Blut- und grünen Blattfarbstoffe. 1928/29 gelang F. die Synthese des Hämins (Häm), des farbgebenden Bestandteils im Hämoglobin der roten Blutkörperchen. Außerdem erklärte F. die Ringstruktur der Porphyrine und Pyrrole; letztere sind Komponenten des Gallenfarbstoffs.

□ ab 1921: Prof. an der TH München. □ 1930: Chemie-Nobelpreis. □ 1935: Strukturaufklärung des Chlorophylls. □ 1945: Zerstörung seiner Labors bei alliierten Bombenangriffen auf München.

Fischer, Joseph »Joschka«

dt. Politiker
* 12.4.1948 Gerabronn

Fischer ist Symbolfigur des pragmatischen, koalitionsgeneigten Flügels der Grünen. Vier Jahre nach dem ersten Versuch wurde er 1991 zum zweiten Mal hessischer Umweltminister. Während seiner ersten Amtszeit (1985-87) scheiterte die erste rot-grüne Koalition auf Landesebene unter Ministerpräsident H. →Börner an den Grünen, die eine entschiedenere Antikernkraftpolitik durchsetzen wollten. F. war in den 60er Jahren zur Studentenbewegung gestoßen und gehörte zeitweilig dem militanten Flügel der außerparlamentarischen Opposition (APO) an.

▷ B. Johnsen: Joschka Fischers Umweltministerium, 1991.

Fischer, Kuno

dt. Philosoph
* 23.7.1824 Sandewalde bei Guhrau, Schlesien
† 5.7.1907 Heidelberg

Mit seiner zehnbändigen, von Descartes bis Schopenhauer reichenden »Geschichte der neueren Philosophie« (1852-93) war Fischer der bedeutende Philosophiehistoriker zu Beginn des 20. Jh.s. Die Entwicklungsgeschichte der Philosophie als Fortschritt der Selbsterkenntnis des menschlichen Geistes darstellend, schuf F. mit seiner Monographie »Kants Leben und die Grundlage seiner Lehre« (Bd. IV, 1860) zudem die Grundlage für den Neukantianismus.

□ 1852: »System der Logik und Metaphysik oder Wissenschaftslehre« (Schr. über den Versuch, die Hegelsche Dialektik mit Kantschen Positionen und dem Evolutionismus zu verbinden). □ 1853: Entzug der Lehrbefugnis an der Univ. Heidelberg wegen pantheistischer Gesinnung. □ 1856-72: Prof. an der Univ. Jena. □ 1872-1903: Prof. an der Univ. Heidelberg. □ 1881: »Lessing als Reformator der dt. Literatur« (Schr., 2 Bde.). □ 1891: »Schiller-Schriften« (Schr., 2 Bde.); »Philosophische Schriften«. □ 1895-1908: »Goethe-Schriften« (9 Bde.).

▷ E. Hoffmann: Kuno Fischer (Biogr.), 1924.

Fischer, Otto Wilhelm »O. W.«

österr. Schauspieler
* 1.4.1915 Klosterneuburg bei Wien

In der Rolle des eleganten Liebhabers war Fischer in den 50er Jahren Filmpartner von M. →Schell und R. →Leuwerik. Charakteristisch für ihn waren die aristokratisch erscheinende Distanziertheit nebst einer charmanten Selbstironie. Seine bekanntesten Rollen waren »Peter Voss, der Millionendieb« (1958, Rg. W. Becker) und der Geheimagent Thomas Lieven in »Es muß nicht immer Kavier sein« (1961; Rg. G. v. Radvanyi, nach J. M. →Simmel).

□ ab 1936: Erste Filmrollen; Engagement am Wiener Theater in der Josephstadt. □ 1946-52: Mitgl. des Wiener Burgtheaters. □ 1953: »Solange Du da bist« (mit M. Schell; Rg. H. Braun); »Ein Herz spielt falsch« (mit R. Leuwerik; Rg. R. Jugert). □ 1954: »Ludwig II.« (mit R. Leuwerik; Rg. H. →Käutner). □ 1955: »Hanussen« (Rg. und Hr.). □ 1956: »Mein Vater der Schauspieler« (R. →Siodmak). □ 1958: Dt. Filmpreis für »Helden« (Rg. F. P. Wirth). □ 1959: »Menschen im Hotel« (mit H. →Rühmann). □ 1977: Dt. Filmpreis.

← O. W. Fischer

Fischer, Robert James »Bobby«

amer. Schachspieler
* 9.3.1943 Chicago

Fischer galt als Wunderkind des Schach und war mit 15 Jahren der bis dahin jüngste Großmeister der Schachgeschichte. Er gewann 1972 in Reykjavík die Weltmeisterschaft gegen Boris Spasski (UdSSR), verlor sie aber 1975 an A. →Karpow, weil er sich weigerte anzutreten.

← Bobby Fischer

Fischer, Ruth

(eig. Elfriede Golke, geb. Eisler)
dt. Politikerin und Publizistin
* 11.12.1895 Leipzig † 13.3.1961 Paris

Die Schwester von K. →Eisler wurde 1924 nach internen Fraktionskämpfen als Repäsentantin der ultralinken Gruppe zur Vorsitzenden der KPD gewählt. Unter dem Motto »Bolschewisierung der Partei« stellte sie die Weichen für die Abhängigkeit der KPD von Moskau. Auf Betreiben von J. →Stalin wurde sie 1925 jedoch von E. →Thälmann abgelöst. Nach ihrem Parteiausschluß bemühte sie sich, in Anlehnung an G. →Sinowjew, um die Gründung einer linkskommunistischen Partei (»Leninbund«) in Deutschland. Nach 1929 zog sie sich aus der aktiven Politik zurück.

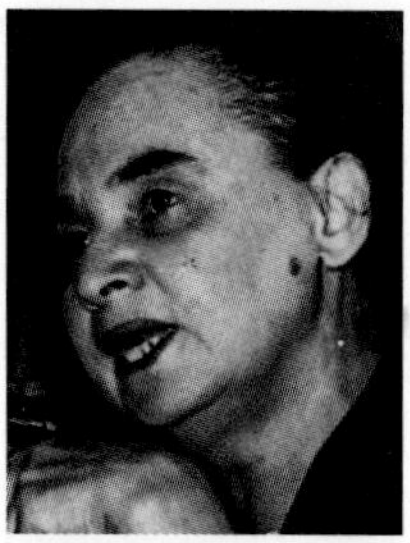

← Ruth Fischer

□ 1914: Mitgl. der SPD. □ 1918: Mitbegründerin der österr. KP. □ 1919: Mitgl. der KPD und des ZK der KPD. □ 1921: Vors. der KPD in Berlin. □ 1923: Im Zentralausschuß der KPD. □ 1924-28: MdR. □ 1924/25: Vors. der KPD. □ 1925/26: Unter Hausarrest in Moskau. □ 1926: Flucht aus der Sowjetunion; Parteiausschluß. □ ab 1933: Exil in Paris, dann USA. □ ab 1945: Publizistin in Paris. □ 1946: »Stalin und der deutsche Kommunismus« (Schr.). □ 1956: »Von Lenin bis Mao« (Schr.). □ 1958: »Die Umformung der Sowjetgesellschaft« (Schr.).

Fischer, Samuel

dt. Verleger
* 24.12.1859 Liptovský Mikuláš (heute CSFR)
† 15.10.1934 Berlin

Samuel Fischer: Eine große Verlegerpersönlichkeit.

Der Gründer des S. Fischer-Verlags (1886, Berlin) und Verleger der Kulturzeitschrift Neue Rundschau, der 1899 den Theaterverein Freie Bühne mitbegründete, trug maßgeblich zur Etablierung der modernen Klassiker bei. Um die literarische Erneuerung anzuregen, förderte er die Naturalisten H. →Ibsen, G. →Hauptmann und É. →Zola, verlegte u. a. H. →Hesse, Th. →Mann und G. B. →Shaw. 1936-50 war der jüdische Verlag geteilt: F.s Schwiegersohn und Nachfolger Gottfried →Bermann Fischer ging mit einem Teil der Autoren nach Wien (später Stockholm, Amsterdam); P. →Suhrkamp leitete den verbliebenen Verlagsteil als Suhrkamp Verlag vormals S. Fischer. Seit 1950 verhalf der wiedervereinigte S. F.-Verlag Bermann Fischers u. a. S. →Freud und F. →Kafka zu Popularität.

Fischer-Dieskau, Dietrich

dt. Sänger
* 28.5.1925 Berlin

Der lyrische Bariton Fischer-Dieskau, der zu den bedeutendsten Opern- und Oratoriensängern der Nachkriegszeit zählt, errang mit seinen Lied-Interpretationen vor allem von Schubert, Schumann und H. →Wolf Weltruhm. Begleitet von Pianisten wie D. →Barenboim, M . →Pollini, C. →Eschenbach, H. →Höll verschaffte er der Kunst des Liedgesangs sowie der Konzertform des Liederabends neue Geltung und Popularität. F. wirkte vier Jahrzehnte mit umfassendem Repertoire bei den bedeutenden Festspielen und an den großen Opernhäusern (Uraufführungen u. a. von Werken B. →Brittens, H. W. → Henzes und A. →Reimanns). Er besang ein umfangreiches Schallplattenwerk (alle vokalmusikalischen Sparten) und trat auch als Autor hervor.

D. Fischer-Dieskau: Er macht den Liedergesang populär.

□ 1948: Verpflichtung als erster lyrischer Bariton an der Städtischen Oper Berlin. □ 1954/55: In Bayreuth Partie des Wolfram im »Tannhäuser«. □ seit 1956: Auftritte in Salzburg als Opern-, Konzert- und Liedersänger. □ 1961: Gregor Mittenhofer (Hr.) in der UA von H. W. Henzes »Elegie für Liebende« bei den Schwetzinger Festspielen. □ 1964: Debüt in der New Yorker Carnegie-Hall. □ 1965: Triumph an der Covent Garden Opera London als Mandryka in »Arabella« (Oper) von R. →Strauss. □ 1971: »Auf den Spuren der Schubertlieder« (Schr.). □ 1978: Titelpartie in der UA von A. Reimanns »Lear« (Oper) an der Münchener Oper. □ seit 1982: Prof. für Gesang an der Berliner Hochschule der Künste. □ 1985: »Töne sprechen, Worte klingen. Zur Geschichte und Interpretation des Gesangs« (Schr.). □ 1990: »Wenn Musik der Liebe Nahrung ist« (Sachb.).

▷ K. S. Whitton: Dietrich Fischer-Dieskau. Ein Leben für den Gesang (Biogr.), 1984; D. Fischer-Dieskau: Von Berlin aus... Erinnerungen, 1987.

Fisher, Irving

amer. Nationalökonom
* 27.2.1867 Saugerties, N. Y. † 29.4.1947 New York

Mit »Mathematical investigations in the theory of value and prices« (1892) leistete Fisher einen wichtigen Beitrag zur Mathematisierung der Grenznutzentheorie (C. →Menger, L. →Walras). Als Verfechter der Quantitätstheorie des Geldes entwickelte er 1911 die bekannteste Formulierung der sog. Verkehrsgleichung. Seine Darstellung der definitorischen Gleichheit der Werte des Geld- und Güterstroms (in einer Periode einer Volkswirtschaft) dient bis zur Gegenwart als Grundlage geldtheoretischer Erörterungen.

□ 1888-91: Studium der Mathematik und Physik, anschließend Volkswirtschaftsstudium. □ 1898-1935: Prof. für politische Ökonomie an der Yale Univ., New Haven. □ 1907: »The rate of interest« (Schr.). □ 1911: »The purchasing power of money« (Schr., dt. 1916). □ 1928: »The money illusion« (Schr., dt. 1929). □ 1930: »The theory of interest« (Schr., dt. 1932). □ 1935: »Stable money« (Schr., dt. 1937).

▷ I. N. Fisher: My Father — Irving Fisher, 1956.

Val Logsdon Fitch →

← Irving Fisher

Fisher, Sir (ab 1952) Ronald Aylmer

brit. Statistiker und Genetiker
* 17.2.1890 East Finchley, Middlesex
† 29.7.1962 Adelaide (Australien)

Fisher, Begründer der mathematisch ausgerichteten Statistik, entwickelte neue Schätz- und Testtheorien, deren Methoden erfolgreich auf biologische und medizinische Probleme angewandt werden. Mit seinen statistischen Verfahren klärte F. die Bedeutung der Blutgruppen auf, besonders die des positiven und negativen Rhesus-Faktors bei der Vererbung.

□ 1925: »Statistical methods for research workers« (Standardwerk). □ 1933-43: Prof. am Univ. College, London. □ 1943-57: Prof. an der Univ. Cambridge, Mass. □ 1950: »Contributions to mathematical statistics« (Schr.). □ 1956: »Statistical methods and scientific inference« (Schr.). □ 1959-62: Forschungsbeauftragter der Commonwealth Scientific and Industrial Research Organisation (CSIRO) in Adelaide (Australien).

Fitch, Val Logsdon

amer. Physiker
* 10.3.1923 Merriman, Nebr.

Fitch, seit 1960 Professor an der Princeton University, arbeitet über experimentelle Kern- und Elementarteilchenphysik. Mit den von ihm entdeckten Pion-Atomen konnte F. die Ladungsverteilung im Atomkern erforschen. 1964 studierten F. und J. W. →Cronin im Brookhaven Laboratory in New York das neutrale K-Meson, bei dessen Zerfall sie Verletzungen der sonst gültigen physikalischen Symmetriegesetzmäßigkeiten (CP-Invarianz) feststellten. Erst 1980 erhielten beide den Physik-Nobelpreis für diese Entdekkung, die z. B. erklärt, warum sich Materie und Antimaterie des symmetrischen Universums nach den Symmetriegesetzen nicht gegenseitig vernichtet haben.

Fitzgerald, Ella

amer. Jazzsängerin
* 25.4.1918 Newport News, Virg.

Seit den 40er Jahren ist Fitzgerald die unumstrittene First Lady of Jazz. Mit ihrer klaren, eine enorme Spannweite umfassenden Stimme, sicherer Intonation und einzigartigem Improvisationstalent verfügt sie über ein vom Swing über den Bop bis zum Pop reichendes Repertoire. 1934 bei einem Amateur-Sänger-Wettbewerb in Harlem entdeckt, arbeitete F. u. a. mit L. →Armstrong, C. →Basie, D. →Ellington, B. →Goodman und O. →Peterson zusammen. Herausragend sind ihre aus den 40er Jahren stammenden Bebop-Aufnahmen von »Lady be good« und »How high the moon«. Mit ihrer Interpretation

Ella Fitzgerald: Die »Stimme des Jazz« bei einem Konzert 1954.

der Songbooks von C. →Porter, I. →Berlin, J. →Kern und G. →Gershwin schuf sie Dokumente der amerikanischen Musik. Seit Mitte der 80er Jahre muß F. ihre Tourneetätigkeit aus gesundheitlichen Gründen einschränken.

☐ 1935-42: Sängerin, ab 1939 Leiterin der Chick-Webb-Band. ☐ 1938: Erster großer Erfolg mit dem verjazzten Kinderreim »A tisket, a tasket«. ☐ ab 1946: Zusammenarbeit mit Jazz-Manager N. Granz; regelmäßige Europa-Tourneen. ☐ 1955: Filmrolle in »Pete Kelly's Blues«; eigene TV-Shows. ☐ 1961: Auszeichnung von der amer. Schallplattenindustrie als beste Sängerin. ☐ 1966: »Mack the knife« (LP). ☐ 1967: »Best« (LP). ☐ 1972: »Watch what happens» (LP). ☐ 1975: »Ella in London« (LP).

Fitzgerald, F(rancis) Scott (Key)

amer. Schriftsteller
* 24.9.1896 St. Paul, Minn.
† 21.12.1940 Hollywood, Kalif.

Seit seinem Anfangserfolg mit »Diesseits vom Paradies« (R., 1920, dt. 1988) gilt Fitzgerald als typischer Vertreter der desillusionierten Generation nach dem 1. Weltkrieg (»lost generation«, G. →Stein) und als begabter Chronist des Jazz-Zeitalters, jener hedonistischen Welt der 20er Jahre in Amerika, die gegen die viktorianischen Moralbegriffe revoltierte. Doch sprengte bereits »Der große Gatsby« (R., 1925, dt. 1953; verfilmt 1974 mit R. →Redford) jede einengende Etikette und bewies, daß der Autor auch zu tiefergehenden Gesellschaftsanalysen mit zeitlos künstlerischem Anspruch fähig war. Symbolhaltig und straff strukturiert zeichnet er die tragische Figur eines neureichen Helden, der seine banalen Illusionen verwirklicht und zuletzt die Hohlheit des Erreichten erkennen muß. In »Zärtlich ist die Nacht« (R., 1934, dt. 1952; verfilmt 1985), dem Porträt eines talentierten Arztes und Künstlers, der seine Begabung verkommen läßt, treten autobiografische Züge hervor.

S. Fitzgerald: Mit Frau und Kind vor dem Tannenbaum.

☐ 1913-17: Literaturstudium an der Princeton Univ. ☐ 1919: Werbetexter. ☐ 1922: »The Beautiful and Damned« (R.); »Tales of the Jazz Age« (Erz.n). ☐ 1925-30: Aufenthalt in Frankreich. ☐ 1935: Nervenzusammenbruch. ☐ 1937: Drehbuchautor bei Metro-Goldwyn-Mayer in Hollywood. ☐ postum 1941: »Der letzte Taikun« (R., dt. 1962).

▷ A. Turnbull: F. Scott Fitzgerald, dt. 1986.

Garret FitzGerald →

FitzGerald, Garret

ir. Politiker
* 9.2.1926 Dublin

FitzGerald war 1981-87 mit einer kurzen Unterbrechung 1982 irischer Premierminister. In Koalitionsregierungen seiner konservativen Fine Gael mit der Labour Party bemühte er sich vergeblich um eine Sanierung der Wirtschaft und die Liberalisierung des Landes. Der Versuch, die

Ehescheidung in Irland zu ermöglichen, scheiterte 1986 am Einfluß der katholischen Kirche. Seinen größten politischen Erfolg errang F. mit dem anglo-irischen Abkommen von Hillsborough (1985), das der Republik Irland ein Mitspracherecht bei der Verwaltung Nordirlands einräumt.

Flagstad, Kirsten

norw. Sängerin
* 12.7.1895 Hamar † 7.12.1962 Oslo

Flagstad gehört zu den überragenden Sängerinnen des 20. Jh.s. Sie feierte als bedeutende Wagner-Interpretin an der Metropolitan Opera New York (1935-42 und 1951-53) und an anderen internationalen Bühnen (u. a. 1948-51 an der Covent Garden Opera London) Triumphe. Mit ihrer dunkel timbrierten Sopranstimme war sie ebenso in Opern von Beethoven (Leonore in »Fidelio«) und Gluck (Titelpartie in »Alceste«) erfolgreich. F., auch als Oratoriensängerin gefragt, beteiligte sich am Aufbau der neuen Norwegischen Staatsoper in Oslo, die sie 1958-60 leitete.

Kirsten Flagstad: Probe in London mit Carl Rankl, 1947.

□ 1917: Soubrette am Mayol Theater Oslo. □ 1928-32: Engagement am Stadttheater Göteborg. □ 1934: Erste Erfolge in Bayreuth als Sieglinde in der »Walküre« und als Gutrune in der »Götterdämmerung«. □ 1935-41: Sensationelle Erfolge an der Metropolitan Opera New York. □ 1941-45: Zurückgezogenes Leben in Norwegen. □ 1948-51: Auftritte an der Covent Garden Opera London. □ ab 1953: Rückzug von der Bühne; Auftritte als Konzert- und Oratoriensängerin.

▷ K. Flagstad: The Flagstad Manuscript (Aut.), 1952; A. Rein: Kirsten Flagstad, 1968.

Flaherty, Robert

amer. Filmregisseur
* 16.2.1884 Iron Mountain, Mich.
† 23.7.1951 Dummerston, Verm.

Flaherty, einer der Pioniere des Dokumentarfilms, schuf ethnographische Filme von künstlerisch hohem Rang. Schon sein erstes abendfüllendes Stummfilmprojekt, »Nanuk der Eskimo« (1921), für das er monatelang eine Eskimofamilie begleitet hatte, war bei der Kritik wie auch finanziell ein großer Erfolg. Es entstanden Filme wie »Moana« (1923/25) über das Leben der Menschen auf den Samoa-Inseln, »Tabu« (1931), der Pueblo-Indianer in Neu-Mexico beobachtet,

Otto Flake →

Robert Flaherty: Pionier des Dokumentarfilms.

und als erster Tonfilm »Die Männer von Aran« (1931/34) über die Bewohner der irischen Aran-Inseln, mit dem er 1934 den ersten Preis der Biennale in Venedig gewann.

□ 1910-16: Expeditionen in die kanad. Subarktis zur Vermessung der Belcher Islands und der Baffin-Land-Region. □ 1926: »Twenty Four Dollar Island« (Auftragsfilm). □ 1933: »Industrial Britain«. □ 1936: »Elefanten-Boy« (nach R. → Kipling). □ 1941: »The Land«. □ 1948: »Louisiana-Legende«.

▷ R. Flaherty: My Eskimo Friends (Mem.), 1923; Staatliches Filmarchiv der DDR (Hg.): Robert Flaherty, 1964.

Flake, Otto

(Pseud. Leo F. Kotta)
dt. Schriftsteller
* 29.10.1880 Metz † 10.11.1963 Baden-Baden

Flake vermittelte in realistischen Gesellschafts- und Bildungsromanen europäische (Kultur-)Geschichte des 19. und 20. Jh.s. Der Erzähler und Kulturphilosoph, der häufig Beziehungen und Gegensätze zwischen Deutschen und Franzosen gestaltete, engagierte sich für eine Verständigung beider Völker und für ein von nationalen Gegensätzen befreites Weltbürgertum.

□ 1902/03: Mithg. der Zeitschrift Der Stürmer. □ 1913-28: »Ruland«-Romanzyklus: »Freitagskind« (1928 u. d. T. »Eine Kindheit«); »Ruland« (1922); »Der gute Weg« (1924); »Villa U.S.A.« (1926); »Freund aller Welt« (1928). □ 1924: »Zum guten Europäer« (Es.s). □ 1933: »Hortense oder Die Rückkehr nach Baden-Baden« (R.). □ 1946: »Fortunat« (R., 2 Bde.). □ 1947: »Ein Mann von Welt« (R., 2 Bde.). □ 1950: »Die Sanduhr« (R.); »Schloß Ortenau« (R.).

▷ O. Flake: Es wird Abend (Aut.), 1960.

Flavin, Dan

amer. Künstler
* 1.4.1933 New York

Flavin gehört zu den frühesten und wichtigsten Vertretern einer Richtung innerhalb der Lichtkunst, die mit Objekten aus Neonröhren im Sinne der Minimal Art arbeitet. Seine vornehmlich aus fluoreszierenden Lichtröhren gebildeten Objekte, so z. B. diagonal in Raumecken plazierte oder an Wänden angeordnete Konstruktionen, erweitert er häufig zu räumlichen Installationen, die er wie Barrieren in die Ausstellungsräume schiebt. Zu diesen Arbeiten gehört »An Artificial Barrier of Green Fluorescent Light (To Trudie and Enno Develing)« von 1968/69 (New York, Leo Castelli Gallery). Die besondere Wirkung entsteht nicht nur durch die geometrisch gegliederten Gebilde selbst, sie liegt auch darin, daß die Massierung der Leuchtkörper das jeweilige Umfeld in fluoreszierende »Lichträume« verwandelt.

Dan Flavin: Seine Lichträume wirken oft wie Barrieren, Kunsthalle Köln, 1973.

Flechtheim, Ossip Kurt

dt. Zukunftsforscher
* 5.3.1909 Nikolajew (UdSSR)

Flechtheim prägte 1943 den Begriff der »Futurologie«. Seiner Meinung nach gehören zum Leben in einer Welt im Wandel mehr denn je Prognostik, Planung und eine Philosophie der Zukunft. Futurologische Wissenschaft im Sinne F.s dient der Erforschung einer gewaltfreien Umstrukturierung der bestehenden Gesellschafts- und Wirtschaftsordnung. In das zukunftsschöpferische Planen muß das Element des »Guten« eingehen.

Ossip Flechtheim: Er will die Zukunft humaner gestalten.

☐ 1910: Übersiedlung nach Deutschland. ☐ 1933: Aus politischen und rassischen Gründen als Gerichtsreferendar entlassen. ☐ 1935: Emigration in die Schweiz. ☐ 1939: Übersiedlung in die USA. ☐ 1951: Rückkehr nach Deuschland. ☐ 1961: Prof. für Politikwissenschaft an der FU Berlin. ☐ 1968-71: Hg. der Zeitschrift Futurum. ☐ 1970: »Futurologie — der Kampf um die Zukunft« (Schr.). ☐ 1974: »Ausblick in die Gegenwart« (Es.). ☐ 1980: »Futurum« (Schr., Hg.). ☐ 1987: »Ist die Zukunft noch zu retten?« (Schr.).

Fleckenstein, Albrecht

dt. Physiologe
* 3.5.1917 Aschaffenburg

Fleckenstein, einer der profiliertesten Physiologen der BRD, beschäftigte sich mit dem Energiestoffwechsel erregbarer Muskelzellen und entdeckte bei Untersuchungen bestimmter Herzkrankheiten die sog. Kalzium-Antagonisten. Diese Substanzen, aus denen seit Mitte der 70er Jahre pharmazeutische Präparate zur Vorbeugung und Behandlung von Herzinfarkten entwickelt werden, wirken in den Gefäßmuskelzellen gegen die vom Kalzium verursachte Absenkung der Kontraktionskräfte der Muskeln.

☐ 1950: »Die periphere Schmerzauslösung und Schmerzausschaltung« (Schr.). ☐ 1953-56: Prof. an der Univ. Heidelberg. ☐ 1955: »Der Kalzium-Natrium-Austausch als Energieprinzip in Muskel und Nerv« (Schr.). ☐ seit 1956: Prof. an der Univ. Freiburg i. Br. ☐ 1959-61: Vors. der Dt. Physiologischen Gesellschaft. ☐ 1981: »Calcium antagonism in heart and smooth muscle« (Schr.).

Fleißer, Marieluise

dt. Schriftstellerin
* 23.11.1901 Ingolstadt † 2.2.1974 ebd.

Marieluise Fleißer →

Mit zwei Theaterstücken begründete Fleißer in den 20er Jahren die Tradition des kritischen Volksstücks (Ö. v. →Horváth). »Fegefeuer in Ingolstadt« machte 1926 die junge Autorin mit einem Schlag bekannt; »Pioniere in Ingolstadt« führte wegen der von B. →Brecht eingefügten, unverhohlen erotischen und antimilitaristischen Szenen 1929 in Berlin zu einem Skandal, den F., im Gegensatz zu Brecht, nicht verkraftete, zumal sie seitdem in ihrer Heimatstadt heftig angegriffen wurde. Sie löste die Beziehung zu Brecht, suchte Kontakt zu konservativen Kreisen und konnte ihre literarische Arbeit erst nach ihrer Ehe (1935-58) wieder aufnehmen. Ende der 60er Jahre erlebte F. eine späte Renaissance ihrer Stücke, als Autoren wie F.-X. →Kroetz und M.

→Sperr, sich auf sie berufend, die Tradition des gesellschaftskritischen Volksstücks fortführten.

□ 1923: »Meine Zwillingsschwester Olga« (Erz.). □ 1926: »Fegefeuer in Ingolstadt« (Dr.). □ 1929: »Pioniere in Ingolstadt« (Dr.). □ 1930: »Tiefseefisch« (Dr., vollständig 1974). □ 1931: »Mehlreisende Frieda Geyer« (R.). □ 1935: Ehe mit dem Tabakhändler J. Haindl; Schreibverbot. □ 1950: »Der starke Stamm« (Dr.). □ 1963: »Avantgarde« (Erz.n).

▷ S. Tax: Schreiben, Überleben. Ein biographischer Versuch, 1984.

Fleming, Sir (ab 1944) Alexander

brit. Bakteriologe
* 6.8.1881 Lochfield Darvel † 11.3.1955 London

Fleming, Nobelpreisträger von 1945, entdeckte 1928 das Penicillin und erforschte, ohne es isolieren zu können, dessen Anwendungsmöglichkeiten bei der Hemmung des Wachstums verschiedenster Bakterien. 1921 hatte F. das bakterientötende Lysozym identifiziert und isoliert, das u. a. in der Tränenflüssigkeit vorkommt.

Sir Fleming: Der Entdecker des lebensrettenden Penicillin.

□ ab 1929: Prof. an der Univ. London. □ 1945: Physiologie/Medizin-Nobelpreis (mit E. B. →Chain und H. W. →Florey). □ 1946: »Penicillin und seine praktische Anwendung« (Schr., dt. 1950).

Fleming, Ian

engl. Schriftsteller
* 28.5.1908 London † 12.8.1964 Canterbury

Fleming, der als Korrespondent in Moskau arbeitete und im 2. Weltkrieg für den britischen Geheimdienst tätig war, ist Schöpfer des Geheimagenten James Bond. Diese Phantasiegestalt, die seit »Casino Royale« (1953, dt. 1960) der Held seiner zahlreichen Romane ist, wurde zum Inbegriff des »Superagenten« und zum erfolgreichsten Serienhelden der Filmgeschichte. S. →Connery, R. →Moore und T. Dalton haben bislang diesen betont männlichen, aber auch der Selbstironie fähigen Helden im Film dargestellt.

Walther Flemming →

← Ian Fleming

Flemming, Walther

dt. Biologe
* 21.4.1843 Sachsenberg bei Schwerin
† 4.8.1905 Kiel

Flemming, 1876-1901 Professor für Anatomie an der Universität Kiel, erforschte den Prozeß der Kern- und Zellteilung bei Tieren und erkannte dabei grundsätzliche Übereinstimmungen mit pflanzlichen Organismen. Im glasklaren Zellkern, dessen Substanzen sich bis dahin kaum anfärben und unterscheiden ließen, entdeckte F. 1879 leicht färbbare Partikelchen, die er nach dem griechischen Wort chroma (für Farbe) »Chromatin« nannte. Aufgrund seiner verbesserten Färbe- und Konservierungsmethoden (mit einer nach ihm benannten Lösung aus Chromosmiumessigsäure) erkannte F., daß sich im Verlauf der Zellteilung aus dem Chromatin bestimmte fadenförmige Schleifen bilden, die man später »Chromosomen« nannte. Bei diesem Vorgang, von F. als »Mitose« bezeichnet und 1882 in seinem klassischen Werk »Zellsubstanz, Kern und Zellteilung« meisterhaft beschrieben, verdoppelt sich die Zahl der Chromosomen, die dann je zur Hälfte von feinen Fasern an den Seiten der Zelle polarisiert werden, bevor diese sich in zwei Tochterzellen halbiert.

Flexner, Simon

amer. Pathologe und Bakteriologe
* 25.3.1863 Louisville, Ky. † 2.5.1946 New York

Flexner, über 30 Jahre am Rockefeller-Institut tätig, erforschte die Infektionskrankheiten Lepra, Typhus und Pest. 1900 fand er den Erreger der Ruhr und 1907 den der spinalen Kinderlähmung. Unter F.s Leitung wurde das Rockefeller-Institut in New York die führende Forschungsstätte auf dem Gebiet der Viruskrankheiten.

□ 1896-99: Prof. an der John Hopkins Univ. in Baltimore. □ 1899-1903: Prof. an der Univ. of Penn., Philadelphia. □ 1900: »On the etiology of tropical dysentery« (Schr.). □ 1903-35: Leiter der medizinischen Forschungsabteilung des Rockefeller Inst. in New York.

Flexner (l.) mit dem Dir. des Robert-Koch-Inst., Neufeld.

Flick: Der mächtige Montanunternehmer mit Einfluß auf die Rüstungsindustrie.

Flick, Friedrich

dt. Industrieller
* 10.7.1883 Ernstdorf (Kreuztal)
† 20.7.1972 Konstanz

Flick galt als der reichste Mann Deutschlands. Nach der Wirtschaftskrise 1929 hatte der Sohn eines Landwirts die Mitteldeutschen Stahlwerke aufgebaut und daraus im Laufe der 30er und 40er Jahre Deutschlands bedeutendstes Montanunternehmen gemacht. Während des Krieges kontrollierte F. die gesamte Stahlindustrie in den besetzten europäischen Ländern und hatte engen Kontakt zur Rüstungsindustrie. 1947 wurde er in Nürnberg zu sieben Jahren Gefängnis verurteilt, 1950 jedoch vorzeitig entlassen. Mit dem Rest seines Vermögens (etwa 25%) baute er in der BRD ein neues Unternehmen der Eisen- und Stahlindustrie auf, die Flickgruppe mit Sitz in Düsseldorf und einem Jahresumsatz von 24,8 Mrd. DM (1984). Es war das mächtigste private Industrieimperium Deutschlands. F.s Sohn Friedrich Karl verkaufte es 1985 an die Deutsche Bank (Flick-Affäre, E. v. →Brauchitsch).

▷ K. Pritzkoleit: Männer, Mächte, Monopole, 1953.

Flickenschildt, Elisabeth

dt. Schauspielerin
* 16.3.1905 Hamburg † 26.10.1977 ebd.

Flickenschildt, die »magic lady« des deutschen Theaters, faszinierte durch sprachliche Brillanz und kühle, dämonische, zur Manieriertheit neigende Schauspielkunst. Ihr hintergründiger Sarkasmus machte sie zu einer gleichberechtigten Partnerin von G. →Gründgens. Neben den klassischen Frauenrollen der Weltliteratur, u. a. Racines »Phädra«, Elizabeth in Shakespeares »Maria Stuart« und Atossa in Aischylos' »Perser«, spielte F. die großen Rollen der Moderne: Brechts »Mutter Courage«, die Irrenärztin in Dürrenmatts »Die Physiker« und seine »Alte Dame«. Mit G. Gründgens verband sie eine enge künstlerische Partnerschaft: Er holte sie nach dem 2. Weltkrieg in sein Düsseldorfer Ensemble und nahm sie 1952 mit nach Hamburg. Nach seinem Tod ging F. kein festes Engagement mehr ein. Sie wirkte in ca. 100 Filmen mit.

Flickenschildt: Eine der großen deutschen Tragödinnen.

□ 1933-36: Mitgl. der Münchner Kammerspiele. □ 1936-41: Engagement am Dt. Theater in Berlin. □ 1941-44: Engagement am Staatstheater in Berlin. □ 1941: Frau Marthe in Goethes »Faust« (Rg. G. Gründgens). □ 1947-55: Engagement am Schauspielhaus Düsseldorf. □ 1955-63: Engagement am Dt. Schauspielhaus Hamburg. □ 1973: Arsinoë in Molières »Der Menschenfeind« (Rg. R. →Noelte) bei den Salzburger Festspielen. □ 1977: Letzte Bühnenrolle als Volumnia in Shakespeares »Coriolan« in Hamburg.

▷ E. Flickenschildt: Kind mit roten Haaren (Aut.), 1971; N. Neumann/J. Voss (Hg.): Elisabeth Flickenschildt, Theater ist Leidenschaft, 1978.

Jürgen Flimm →

Flimm, Jürgen

dt. Regisseur und Intendant
* 17.7.1941 Gießen

Mit effektvollen und unkonventionellen Inszenierungen präsentiert Flimm klassische Dramen in modernen Interpretationen mit grellen, oft schockierenden Momenten. So besiegelten z. B. in seiner Kölner Inszenierung von 1983 Faust und Mephisto ihren Pakt, indem Mephisto dem Faust eine Ader aufbiß und Faust seinen Namen auf Mephistos nackte Brust schrieb. Neben dem Theater arbeitet F. gelegentlich auch für das Fernsehen und den Hörfunk.

□ 1968-77: Regieassistent bei den Münchner Kammerspielen. □ 1972: Spielleiter am Mannheimer Nationaltheater. □ 1973/74: Oberspielleiter am Hamburger Thalia Theater. □

1977: Mit E. →Ionescos »Die Stühle« zum Berliner Theatertreffen. □ 1979-85: Schauspieldir. am Kölner Schauspiel. □ 1979: Mit Kleists »Käthchen von Heilbronn« zum Berliner Theatertreffen. □ 1984: Filmregie »Die Wupper« (E. →Lasker-Schüler). □ seit 1985: Intendant des Hamburger Thalia Theaters. □ 1987: Austritt aus dem Dt. Bühnenverein aus Protest gegen die Stiftung eines Gustaf-Gründgens-Preises. □ 1991: »Was ihr wollt« (Shakespeare).

Flitner, Andreas

dt. Erziehungswissenschaftler
* 28.9.1922 Jena

Schwerpunkte der Arbeiten Flitners — Sohn von W. A. →Flitner — sind Erziehungsfragen des Kindes- und Jugendalters, Probleme der Schulreform und Bildungspolitik. Für F. wird mit dem Wort »Erziehung« ein grundlegender anthropologischer Sachverhalt bezeichnet. Die beiden Hauptformen verfehlter Kommunikation zwischen Erwachsenen und Kindern seien Zwang und falsch verstandene Freiheit, hinter der sich Beziehungslosigkeit verberge.

□ 1958: Prof. für Erziehungswissenschaften, Univ. Tübingen. □ 1972: »Spielen — Lernen« (Es.). □ 1973: »Soziologische Jugendforschung« (Abh.). □ 1984: Vors. der Akademie für Bildungsreform. □ 1987: »Für das Leben oder für die Schule« (Es.s).

Flitner, Wilhelm August

dt. Pädagoge
* 20.8.1889 Bad Berka † 21.1.1990 Tübingen

Flitner — Vater von A. →Flitner — gehört zu den Mitbegründern der Pädagogik als eigenständiger Geisteswissenschaft. Durch die Trennung von Philosophie und Theologie verhalf er der praxisorientierten Reformpädagogik (A. →Fischer) zum Durchbruch. F. förderte die Erwachsenenbildung und regte nach dem 2. Weltkrieg die Schul- und Hochschulreform mit an.

□ 1924: »Die Abendvolkshochschule, Entwurf und Theorie« (Abh.). □ ab 1929: Prof. für Pädagogik, Univ. Hamburg. □ 1949: »Allgemeine Pädagogik« (Schr.). □ 1954: »Grund- und Zeitfragen der Erziehung und Bildung« (Schr.).

▷ W. A. Flitner: Lebensbericht (Aut.), 1984.

Fljorow, Georgi Nikolajewitsch

sowjet. Physiker
* 2.3.1913 Rostow am Don

1941 entdeckte Fljorow, daß das Uran auch ohne Neutronenbeschuß einen sehr langsamen, spontanen Zerfall zeigt. Diese Erscheinung spielt bei der künstlichen Erzeugung von Elementen (Transuranen), die in der Natur nicht vorkommen, eine erhebliche Rolle. F. entdeckte so 1964 das Kurtschatovium, ein künstlich erzeugtes Isotop des Elements 104. Auch die Möglichkeit einer Kernkettenreaktion erkannte F. schon 1940 unabhängig von E. →Fermi.

□ 1957/58: Erzeugung von Nobelium (Element 102). □ 1960: Dir. des Laboratoriums für Kernreaktionen am Vereinigten Inst. für Kernforschung in Dubna. □ 1963: Entdeckung der Radioaktivität der Protonen. □ 1967: Erzeugung von Bohrium (Element 105). □ 1968: Mitgl. der Sowjet. Akademie der Wissenschaften.

Paul Flora →

← Andreas Flitner

Sir Howard Florey →

← Georgi N. Fljorow

Flora, Paul

österr. Karikaturist und Illustrator
* 29.6.1922 Glurns, Südtirol

Mit seinen politischen Karikaturen und satirischen Illustrationen in erzählerischem Zeichenstil wurde Flora weit über die Grenzen Österreichs bekannt. So arbeitete er u. a. für die deutsche Wochenzeitung Die Zeit, in der er regelmäßig das politische und kulturelle Zeitgeschehen glossierte. Das tragikomische Element im menschlichen Alltagsleben haben seine zahlreichen Bücher zum Thema (»Floras Fauna«, 1953; »Das Musenroß«, 1955; »Der bürgerliche Wüstling«, 1972). F. illustrierte auch Bücher wie W. →Hildesheimers »Ich trage eine Eule nach Athen«. Er war Schüler von O. →Gulbransson, folgte aber in seinem das Blatt mit einem Liniennetz überziehenden Zeichenstil A. →Kubin.

Florey, Sir (ab 1944) Howard Walter, Baron of Adelaide (ab 1965)

austral. Pathologe
* 24.9.1898 Adelaide † 21.2.1968 Oxford

Florey erforschte mit E. B. →Chain die antibakterielle Wirkung des von A. →Fleming 1928 entdeckten Penicillins (gemeinsamer Nobelpreis 1945). Nachdem beiden Forschern 1939 die Isolierung der gesuchten Substanz aus Schimmelpilzkulturen gelungen war, entwickelten sie 1941 das Antibiotikum zur Therapiereife. Ein von F. geleitetes Ärzteteam setzte 1943 Penicillin bei der Behandlung von Kriegsverletzten in Tunesien und auf Sizilien erfolgreich ein.

□ 1931-35: Prof. an der Univ. Sheffield. □ 1935-62: Prof. an der Sir William Dunn School für Pathologie in Oxford. □ 1943: »General and local administration of penicillin« (Schr.). □ 1945: Physiologie/Medizin-Nobelpreis (mit E. B. Chain und A. Fleming). □ 1960: Präs. der Royal Society. □ 1962-65: Leiter des Queens College in Oxford. □ ab 1965: Kanzler der austral. Nat.-Univ. in Canberra.

Flory, Paul John

amer. Chemiker
* 19.6.1910 Sterling, Ill. † 9.(8.?) 9.1985 Big Sur, Kalif.

Flory erforschte die Polymerisationsmechanismen natürlicher und synthetischer Makromoleküle, ihre »Vernetzung« und Zusammensetzung

Paul Flory (1973) forschte für die Kunststoffindustrie.

aus kleineren Molekülen. F. erarbeitete eine Systematik der Zusammenhänge zwischen Molekülstruktur und ihren physikalischen Eigenschaften, die eine gezielte Produktion der sich aus Makromolekülen zusammensetzenden Kunst- und Werkstoffe ermöglichte.

□ 1948-56: Prof. an der Cornell Univ., New York. □ 1953: »Principles of polymer chemistry« (Schr.). □ 1956-61: Dir. des Mellon Inst., Pittsburgh. □ 1961-76: Prof. an der Stanford Univ., Kalif. □ 1969: »Statistical mechanics of chain molecules« (Schr.). □ 1974: Chemie-Nobelpreis.

Flynn, Errol

amer. Schauspieler
* 20.6.1909 Antrim (Nordirland), nach eigenen Angaben Hobart (Australien) † 14.10.1959 Los Angeles

Der draufgängerische Abenteurer, der über seine Feinde triumphiert und die Frauenherzen mit frechem Charme erobert, das war Flynns Paraderolle. Er spielte u. a. den Piratenkapitän Blood in »Unter Piratenflagge« (1935; Rg. M. →Curtiz) und die Titelhelden in »Herr des Wilden Westens« (1939; Rg. M. Curtiz) sowie in »Robin Hood, der König der Vagabunden« (1938; Rg. M. Curtiz). Partnerin in neun seiner Filme war Olivia de Havilland.

□ 1937: »Mit eiserner Faust« (Rg. W. Kneighley). □ 1939: »Günstling einer Königin« (mit B. →Davis; Rg. M. Curtiz). □ 1940: »Herr der sieben Meere« (mit C. →Rains; Rg. M. Curtiz). □ 1941: »Sein letztes Kommando« (mit O. de Havilland; Rg. R. Walsh). □ 1942: »Der freche Kavalier« (Rg. R. Walsh). □ 1945: »Der Held von Burma« (Rg. R. Walsh). □ 1952: »Gegen alle Flaggen« (mit A. →Quinn; Rg. G. Sherman). □ 1953: »Der Freibeuter« (Rg. W. Kneighley). □ 1954: »Gekreuzte Klingen« (mit G. →Lollobrigida; Rg. M. Krims).

← Errol Flynn

Dario Fo: Der ital. Meister der Satire vor dem Eiffelturm.

Fo, Dario

ital. Dramatiker, Schauspieler und Regisseur
* 24.3.1926 San Giano, Prov. Varese

Fo wurde mit gesellschaftskritischen, dramaturgische Normen durchbrechenden Stücken (»Bezahlt wird nicht«, 1974) zu einem Exponenten des modernen Agitationstheaters. Er versteht seine Arbeit als Beitrag zur Etablierung einer Volkskultur gegenüber der unbeweglichen »offiziellen« Kultur und der ausgrenzenden Politik herrschender Klassen. Der Autor, Darsteller und Bühnenbildner in einer Person verbindet dazu Elemente des traditionellen Volkstheaters, der Commedia dell'arte und des mittelalterlichen Mysterienspiels mit Varieté- und Revueformen. Fos satirisch-groteske Farce »Offene Zweierbeziehung« (1983), in der er zusammen mit seiner Frau Franca Rame die von der Gesellschaft institutionalisierte Untreue persifliert, gehörte 1985/86 zu den zehn meistgespielten Stücken des deutschsprachigen Theaters.

□ 1959: Zusammen mit seiner Frau Gründer der Theatergruppe Compagnia Dario Fo-Franca Rame. □ 1963: »Isabella, drei Karavellen und ein Possenreißer« (Farce, dt. 1986). □ 1966: »Wer einen Fuß stiehlt, hat Glück in der Liebe« (Kom., dt. 1985). □ 1968-70: Leiter der Theatergesellschaft Nuova Scena; politisches Agitationstheater. □ 1969: »Mistero Buffo« (Neun szenische Monologe, dt. EA 1973). □ 1970: Gründer des Theaterkollektivs La Comune. □ 1974: »Bezahlt wird nicht« (Farce, dt. EA 1976). □ 1977: »Nur Kinder, Küche, Kirche« (groteskes Lehrstück, dt. EA 1979). □ 1987: Inszenierung der Rossini-Oper »Der Barbier von Sevilla« in Amsterdam.

▷ J. Jungblut: Das politische Theater Dario Fos, 1978; O. Ortolani (Hg.): Dario Fo — Theater und Politik, 1984.

Ferdinand Foch →

Foch, Ferdinand

frz. Militär
* 2.10.1851 Tarbes † 20.3.1929 Paris

Marschall Foch war während des 1. Weltkriegs einer der erfolgreichsten französischen Militärs. 1918 wurde er zum Oberbefehlshaber der Alliierten ernannt und nahm in dieser Funktion am 11.11.1918 die deutsche Kapitulation in Compiègne entgegen. Bei der Friedenskonferenz in Versailles konnte er sich mit seiner Forderung, die französische Grenze bis an den Rhein zu verschieben, nicht durchsetzen.

□ 1870: Eintritt in die Armee. □ 1894: Prof. für Militärgeschichte. □ 1907-11: Chef der Kriegsschule (École de Guerre). □ 1914: Kommandeur der 9. Armee in der Marneschlacht. □ 1916: Planung und Leitung der Sommeschlacht. □ 1917: Chef des frz. Generalstabs. □ 1918: Oberbefehlshaber der alliierten Streitkräfte in Frankreich und Belgien; Marschall; Leiter der Waffenstillstandskommission.

▷ F. Foch: Meine Kriegserinnerungen 1914-1918, postum 1931.

Focke, Henrich

dt. Flugzeugkonstrukteur
* 8.10.1890 Bremen † 25.2.1979 ebd.

← Henrich Focke

Als Mitbegründer der Firma Focke-Wulf-Flugzeugbau-AG in Bremen (1924) konstruierte Focke 1932-37 den ersten praktisch verwendbaren, senkrecht startenden Hubschrauber (FW 61), mit dem er sämtliche Hubschrauber-Weltrekorde des Jahres 1937 errang. Darüber hinaus entwickelte er zahlreiche neuartige Segel-, Motor- und Militärflugzeuge.

□ ab 1908: Bau von Flugzeugen. □ 1924: Gründung der Focke-Wulf-Flugzeugbau AG in Bremen (nach mehreren Fusionen 1969 Zentralgesellschaft VFW-Fokker mbH, Düsseldorf). □ 1932-37: Bau des Hubschraubers FW 61. □ 1937: Gründung der Focke, Achgelis & Co. GmbH in Delmenhorst zur Herstellung von Hubschraubern. □ ab 1945: Aufenthalte in Paris, London, den Niederlanden und Brasilien. □ 1953: Prof. an der TH Stuttgart.

▷ H. Focke: Mein Lebensweg, 1977.

Foerster, Friedrich Wilhelm

dt. Erziehungswissenschaftler
* 2.6.1869 Berlin † 9.1.1966 Kilchberg (Schweiz)

Foersters pädagogische und politische Schriften sind christlich und pazifistisch orientiert. Selbsterkenntnis und Selbsterziehung waren für ihn das Hauptziel pädagogischer Bemühungen. Der überzeugte Demokrat und Föderalist — »Nur der Föderalismus ist das Gegenteil von aller Diktatur« — übte scharfe Kritik am Nationalgedanken und Antisemitismus der preußisch-deutschen Politik des 19. und 20. Jh.s.

□ 1904: »Jugendlehre« (Schr.). □ 1914: Prof. für Pädagogik, Univ. München. □ 1920: Amtsniederlegung und Emigration in die Schweiz. □ 1922: »Angewandte Politische Ethik« (Es.s). □ 1942-64: Aufenthalt in den USA. □ 1964: Rückkehr in die Schweiz.

▷ F. W. Foerster: Memoiren, 1953.

Fogazzaro, Antonio

ital. Schriftsteller
* 25.3.1842 Vicenza † 7.3.1911 ebd.

← Antonio Fogazzaro

In Fogazzaros Hauptwerk »Die Kleinwelt unserer Väter« (R., 1895, dt. 1902) zeigt sich das ausgeprägte erzählerische Talent des Autors: Die wirklichkeitsnahe, detaillierte Charakterbeschreibung. Humorvoll-ironisch stellt er ein bürgerliches Ehepaar dar, dessen Alltag vom Antagonismus zwischen dem christlichen Glauben des Mannes und dem Atheismus der Frau bestimmt wird. F., selbst Christ, versuchte in seinen Romanen wie in seinem Leben, den orthodoxen Katholizismus mit der Lehre des Darwinismus zu verbinden (u. a. »Der Heilige«, R., 1905). Weil er die Erneuerung der Kirche forderte, kam er auf den Index.

□ 1864: Nach Jurastudium und Promotion in Padua und Turin kurze Tätigkeit als Anwalt in Mailand. □ 1881: »Malombra« (R., dt. 1889). □ 1888: »Das Geheimnis des Dichters« (R., dt. 1925). □ 1905: »Der Heilige« (R., dt. 1906). □ 1910: »Leila« (R., dt. 1911).

Fokker, Anthony Herman Gerard

niederl. Flugzeugkonstrukteur
* 6.4.1890 Kediri (Java)
† 23.12.1939 New York (USA)

A. Fokker mit seiner Frau bei der ersten int. Flugausstellung in Chicago, 1928.

Fokker gründete 1912 in Johannisthal bei Berlin eine Flugzeugbaufabrik, die er 1913/14 nach Schweden verlegte. Während des 1. Weltkriegs konstruierte er dort schnelle einsitzige Jagdflugzeuge mit durch den Propellerkreis schießenden Maschinengewehren, wie z. B. die Fokker D-I, mit der M. von →Richthofen flog, und die Fokker D-VII, das meistbenutzte deutsche Kampfflugzeug im 1. Weltkrieg.

□ 1919: In Amsterdam Gründung der N. V. Koninklijke Nederlandse Vliegtuigenfabriek Fokker (nach mehreren Fusionen Zentralgesellschaft VFW-Fokker mbH). □ 1922: Emigration in die USA; Gründung der Fokker Aircraft Corporation of America.

▷ A. Fokker: The flying dutchman, 1931.

Fonda, Henry

amer. Schauspieler
* 16.5.1905 Grand Island, Nebr.
† 12.8.1982 Los Angeles

H. Fonda in seinem letzten Film »Am goldenen See«, 1981.

Fonda, Vater der Schauspieler Peter und Jane →Fonda, war einer der meistbeschäftigten Stars Hollywoods (über 80 Filme). In Western spielte er einige seiner bekanntesten Rollen, u. a. den gegen das Unrecht kämpfenden Outlaw Frank James (»Jesse James, Mann ohne Gesetz«, Rg. H. King, 1939, und »Rache für Jesse James«, Rg. F. →Lang, 1940) und den Marshall Wyatt Earp (»Faustrecht der Prärie«, Rg. J. →Ford, 1946). Seine schauspielerische Vielseitigkeit zeigte er u. a. in »Früchte des Zorns« (1940, Rg. J. Ford), »Krieg und Frieden« (1956, Rg. K. →Vidor) und in »Spiel mir das Lied vom Tod« (1968, Rg. S. →Leone), in dem der »edelste aller Westernhelden« (J. Ford) einen abgefeimten Schurken darstellt.

□ 1923-25: Journalistikstudium in Minnesota. □ 1925: Technischer Assistent am Theater von Omaha, Nebr. □ 1934: Hauptrolle in dem Bühnenstück »The farmer takes a wife« (1935 verfilmt). □ 1939: »Der junge Mr. Lincoln« (Rg. J. Ford). □ 1942: »Ritt zum Ox-Bow« (Rg. W. A. Wellmann). □ 1946: Broadway-Auftritt in dem Erfolgsstück »Mr. Roberts«. □ 1947: »Befehl des Gewissens«, »Bis zum letzten Mann« (beide Rg. J. Ford). □ 1956: »Der falsche Mann« (Rg. A. →Hitchcock). □ 1957: Goldener Bär von Berlin als bester Hauptdarsteller für »Die zwölf Geschworenen« (Rg. S. →Lumet). □ 1963: »Der Kandidat« (Rg. F. J. Schaffner). □ 1980: Ehrenoscar. □ 1981: Oscar als bester Hauptdarsteller für »Am goldenen See« (mit K. →Hepburn, Rg. M. Rydell).

▷ M. Kerbel: Henry Fonda. Seine Filme — sein Leben, 1982.

Fonda, Jane Seymour

amer. Schauspielerin
* 21.12.1937 New York

Jane Fonda: Als Schauspielerin auch politisch engagiert und dem Vater ebenbürtig.

Die Tochter von H. →Fonda wandelte sich im Verlauf ihrer Karriere vom Sex-Sternchen aus »Barbarella« (1967, Rg. R. Vadim) zum politisch engagierten Star. In ihren späteren Filmen spielte sie oft aktive Frauen, die sich in einer von Männern dominierten Welt behaupten müssen. Für ihre Darstellung einer Prostituierten in »Klute« (1970; mit D. →Sutherland, Rg. A. → Pakula) und einer Offiziersgattin in »Coming Home — Sie kehren heim« (1977; Rg. H. →Ashby) wurde sie mit dem Oscar ausgezeichnet. Zu Beginn der 80er Jahre wurde F. als »Vortänzerin« der von ihr mitausgelösten Fitness- und Aerobicwelle populär.

□ 1964: »Cat Balou — Hängen sollst du in Wyoming« (Rg. E. Silverstein). □ 1966: »Barfuß im Park« (mit R. → Redford, Rg. G. Saks). □ 1969: »Nur Pferden gibt man den Gnadenschuß« (Rg. S. →Pollack). □ 1972: »Nora« (Rg. J. →Losey). □ 1978: »Das Chinasyndrom« (mit J. →Lemmon, M. →Douglas, Rg. J. Bridges). □ 1981: »Am goldenen See« (mit H. Fonda, K. →Hepburn, Rg. M. Rydell). □ 1990: »Stanley und Iris« (mit R. de →Niro, Rg. M. → Ritt).

Fontana, Lucio

ital. Maler und Bildhauer
* 19.2.1899 Rosario di Santa Fé (Argentinien)
† 7.9.1968 Commabio bei Varese

Die Bedeutung Fontanas liegt im Entwurf seines sog. Spazialismo, einer Form der Malerei, bei der er abstrakt-monochrom bemalte Leinwände mit spitzen Gegenständen perforierte, später mit dem Rasiermesser aufschlitzte und mit Stoff hinterlegte. So stellte er statt der planen Leinwand Plastizität und eine Beziehung des Bildes zum Raum her (z. B. »Concetto spaziale: Attese — Raumkonzept: Erwartungen«, 1960/61, Köln, Museum Ludwig). F. betrachtete den Maluntergrund dabei nicht nur als Farbträger, sondern als Objekt. Bei einer Bildserie F.s unterstreichen plastisch gestaltete Rahmen den Willen, die Grenzen zwischen Malerei und Plastik zu überwinden. Zudem war F. mit seinen schwarzen, frei von der Decke hängenden abstrakten Objekten, die mit gebündeltem Licht angestrahlt wurden, ein Wegbereiter des Environments.

□ 1905: Übersiedlung von Argentinien nach Mailand mit seinen ital. Eltern. □ 1928-30: Studium an der Accademia di Brera in Mailand. □ ab 1930: Abstrakte Plastiken. □ ab 1935: Keramische Arbeiten. □ 1939-46: Argentinien-Aufenthalt. □ 1945: Veröffentlichung des sog. Manifesto Bianco. □ 1947: Rückkehr nach Mailand; Gründung der Gruppe Movimento spaziale. □ ab 1949: Neben der Malerei sog. Lichtplastiken; durchlöcherte Leinwandbilder. □ 1951: Manifesto tecnico. □ 1958: Serie der »eingeschnittenen« Leinwände. □ ab 1961: Plastisch geformte Holzrahmen. □ 1966: Großer Preis der Biennale in Venedig. □ 1980: Große Retrospektive im Palazzo Pitti, Florenz.

Fonteyn de Arias, Dame (seit 1956) Margot

(eig. Peggy Hookham)
engl. Tänzerin
* 18.5.1919 Reigate
† 21.2.1991 Panama-Stadt (Panama)

Fonteyn, eine der größten Tänzerinnen des 20. Jh.s, beeindruckte weniger durch ihre technische Virtuosität als durch ihre Ausstrahlung, in der sich damenhafte Zurückhaltung und Wärme mit plötzlich aufflackerndem intensivem Gefühl verbanden. In den 50er Jahren wurde sie insbesondere in Choreographien von F. →Ashton am Sadler's Wells Ballet (später: Royal Ballet) in London als Primaballerina assoluta gefeiert, und zwar sowohl für das klassische als auch für das moderne Repertoire. 1961 startete sie eine zweite Karriere an der Seite von R. →Nurejew, mit dem sie auf zahlreichen Tourneen in aller Welt auftrat. Große Erfolge feierte sie in »Dornröschen«, »Giselle« und »Schwanensee« sowie mit Nurejew in »Romeo und Julia«.

Margot Fonteyn: Primaballerina assoluta, 1959.

□ 1934: Aufnahme ins Sadler's Wells Ballet (später: Royal Ballet). □ 1935: Titelrolle in »Le Baiser de la Fée« (Ch.: F. Ashton). □ 1954: Präs. der Royal Academy of Dancing. □ 1958: Titelrolle in der UA von »Undine« (M.: H. W. →Henze) in London. □ ab 1959: Gasttänzerin des Royal Ballet. □ 1962: Erster Auftritt mit R. Nurejew als »Giselle«. □ 1979: Letzter Auftritt in einer Geburtstagsgala des Royal Ballet in London. □ 1979: Produktion der TV- Serie »Vom Zauber des Tanzes«.

▷ M. Fonteyn: Die zertanzten Schuhe (Aut.), 1975, dt. 1976.

Michael Foot →

Foot, Michael

brit. Politiker und Journalist
* 23.7.1913

Foot, der zum radikalen Flügel der Labour Party gehört, blieb lange Zeit der Zugang zu Ministerämtern versperrt; erst 1974 wurde er Arbeitsminister. Er war ein wortgewaltiger Gegner des britischen EG-Beitritts, auch nach der Übernahme des Parteivorsitzes (1980). 1983 erlitt die Labour Party unter seiner Führung die schwerste Wahlniederlage seit 50 Jahren; F. wurde daraufhin von N. →Kinnock abgelöst, der eine sozialdemokratische Alternative zur konservativen Regierungspolitik vertritt.

□ 1942-44: Chefredakteur des Evening Standard. □ 1945-55 und seit 1960: Mitgl. des Unterhauses. □ 1974-76: Arbeitsmin. □ 1976-79: Führer des Unterhauses und Stellv. Premierminister, Lordpräs. des Geheimen Staatsrates. □ 1980-83: Vors. der Labour Party und Oppositionsführer.

Forbes, Malcolm Stevenson

amer. Verleger
* 19.8.1919 New York † 24.2.1990 Far Hills, N. J.

Forbes war Herausgeber des international angesehenen Forbes-Wirtschaftsmagazins, das seit 1989 auch in Deutschland auf dem Markt ist. Ne-

M. Forbes nutzte jede Möglichkeit der Selbstdarstellung.

ben dieser Tätigkeit sorgte der in der Kunst der Selbstdarstellung geübte Multimillionär mit extravaganten Hobbies für Schlagzeilen. 1985 scheiterte der Versuch des leidenschaftlichen Ballonfahrers, mit einer Stratosphärengondel den Atlantik zu überqueren. Als »Entertainer der Völkerverständigung« durchquerte er in den 80er Jahren China und die UdSSR.

Ford, Gerald

amer. Politiker
* 14.7.1913 Omaha, Nebr.

Vizepräsident Ford wurde 1974 Nachfolger des aufgrund der Watergate-Affäre zurückgetretenen Präsidenten R. →Nixon. F., dessen moralische Integrität außer Frage stand, fiel die Aufgabe zu, dem Ansehensverlust der amerikanischen Demokratie entgegenzuwirken. F. erließ eine Amnestie für Vietnamdeserteure und setzte die Entspannungspolitik H. →Kissingers fort. Bei der Präsidentschaftswahl 1976 unterlag er knapp seinem Herausforderer J. →Carter.

□ 1941: Abschluß eines rechtswissenschaftlichen Studiums mit dem Doktorgrad. □ 1948-73: Abg. der Republikanischen Partei im Repräsentantenhaus; ab 1965 Fraktionsführer. □ 1973: Nachfolger des zurückgetretenen Vizepräs. Spiro Agnew. □ 1974-76: 38. Präsident der USA.

← Gerald Ford

Ford, Harrison

amer. Schauspieler
* 13.7.1942 Chicago, Ill.

Ford wurde populär mit der Verkörperung draufgängerischer, Comic-Helden vergleichbarer Figuren wie dem Weltraumpiloten Han Solo in dem Science-fiction-Zyklus »Krieg der Sterne«. St. → Spielberg wählte ihn für die Rolle des Archäologen Indiana Jones, der mit Witz und Cleverneß haarsträubende Situationen meistert und neben James Bond zu den erfolgreichsten Serienhelden gehört. Seine Vielseitigkeit bewies F. u. a. in »Der einzige Zeuge« (1985, Rg. P. →Weir) und in »Frantic« (1987, Rg. R. →Polanski).

□ 1966-72: Zahlreiche Nebenrollen und TV-Auftritte. □ 1973: »American Graffiti« (Rg. G. →Lucas); □ 1977: »Krieg der Sterne« (Rg. G. Lucas). □ 1979: »Das Imperium schlägt zurück« (Rg. I. Kerschner). □ 1980: »Indiana Jones — Jäger des verlorenen Schatzes« (Rg. St. Spielberg). □ 1982: »Blade-Runner« (Rg. R. Scott); »Die Rückkehr der Jedi-Ritter« (Rg. R. Marquand). □ 1983: »Indiana Jones und der Tempel des Todes« (Rg. St. Spielberg). □ 1986: »Mosquito coast« (Rg. P. Weir). □ 1987: »Frantic« (Rg. R. Polanski). □ 1989: »Indiana Jones und der letzte Kreuzzug« (Rg. St. Spielberg). □ 1990: »Aus Mangel an Beweisen« (Rg. A. J. → Pakula). □ 1991: »Regarding Henry« (Rg. M. Nichols).

▷ B. Schulz/W. Loderhose: Harrison Ford, Hollywoods heimlicher Superstar, 1989.

← Harrison Ford

Ford, Henry

amer. Industrieller
* 30.7.1863 Dearborn, Mich. † 7.4.1947 Detroit

Ford war nicht nur der erfolgreichste Automobilkonstrukteur seiner Zeit, er revolutionierte auch die industrielle Produktion. 1896 stellte er seinen ersten Motorenwagen vor, den er bis 1908 zu dem legendären Modell T (»Tin Lizzy«) weiterentwickelte. Der ungewöhnliche Erfolg dieses Automobils (1908-27 Verkauf von 15 Mio. Stück, Anstieg des Kapitals der Ford Motor Company von 100000 US-$ auf 70 Mio. US-$) ist auf F.s neuartigem Konzept der Betriebsorganisation und Produktion (»Fordismus«) zurückzuführen, das in seiner Umsetzung über die von F. W. →Taylor begründete wissenschaftliche Betriebsführung hinausging. Die Einführung des Montagefließbands (1913) und anderer Rationalisierungsmaßnahmen bei gleichzeitiger Verbesserung der Arbeitsbedingungen (hohe Löhne, kurze Arbeitszeiten) ermöglichte die Herstellung eines für die breite Masse erschwinglichen, qualitativ hochwertigen, in Massen produzierbaren Produkts. Mit seinem Vermögen finanzierte F. zahlreiche soziale Stiftungen, u. a. die Ford-Foundation zur Friedenssicherung (1936).

□ 1880-82: Lehre in der Detroit Drydock Company. □ 1884: Ausbildung an der Detroiter Goldsmith, Bryant and Stratton Univ. (Technisches Zeichnen, Wirtschaftswissenschaft). □ ab 1891: Maschinist (später leitender Ingenieur) bei der Edison Illuminating Co. in Detroit. □ 1903: Gründung der Ford Motor Company. □ 1906-19, 1943-45: Präs. der Ford Motor Company (1919-43 Sohn Edsel Ford). □ 1914: Erhöhung des Tageslohns für Arbeiter von 2,30 US-$ auf 5 US-$; soziologische Studien über die Lebensumstände der Angestellten; Einrichtung von Englischkursen für ausländische Arbeitnehmer. □ 1926: »Today and tomorrow« (Schr.). □ 1930: »Moving forward« (Schr.).

▷ H. Ford: Mein Leben und Werk, 1925, dt. 1932.

← Henry Ford

Henry Ford II.: Er rettete das Unternehmen seines Großvaters vor dem Ruin.

Ford, Henry II.

amer. Unternehmer
* 4.9.1917 Detroit, Mich. † 29.9.1987 ebd.

Ford, Enkel des Firmengründers H. →Ford, übernahm 1945 die Leitung des in finanzielle Schwierigkeiten geratenen Automobilkonzerns (bis 1980) und baute ihn durch Modernisierung und Forcierung der Rüstungsproduktion während des Koreakriegs (1950-52) zum zweitgrößten Automobilhersteller der Welt aus.

□ 1945-60: Präs. der Ford Motor Company. □ 1956: Verkauf von 60 % der stimmberechtigten Aktien aus dem Familienbesitz an öffentliche Anleger; Spenden aus dem Verkaufserlös an die 1936 gegründete philanthropische Ford-Stiftung. □ 1960: Aufsichtsratsvors. □ 1978: Entlassung des damaligen Präs. L. A. →Iacocca.

▷ B. Herndon: Die Ford-Dynastie, 1970.

Ford, John

(eig. Sean Aloysius O'Fearna)
amer. Regisseur ir. Herkunft
* 1.2.1895 Cape Elizabeth, Maine
† 31.8.1973 Palm Springs

Ford zählt mit sechs Regie-Oscars (vier Spiel-, zwei Dokumentarfilme) zu den meistausgezeichneten Regisseuren Hollywoods. Sein eigentliches Metier war der Western, den er maßgeblich prägte, obwohl keiner seiner Oscar-Filme diesem Genre zuzurechnen ist. Die Tafelberge und Sandsteinfelsen von Monument Valley (»John-Ford-Country«), wo er u. a. »Stagecoach/Höllenfahrt nach Santa Fé/Ringo« (1939) und »The Searchers/Der schwarze Falke« (1956) drehte, wurde zur Western-Kulisse par excellence. F. bevorzugte als Hauptdarsteller J. →Wayne und H. →Fonda, aber auch kleinsten Nebenrollen verhalf er durch liebevolle Charakterisierung zu scharfen Konturen. F.s bekannteste Oscar-Filme waren »Früchte des Zorns« (1940, mit H. Fonda; nach einem Roman von J. →Steinbeck) und »So grün war mein Tal« (1941, nach R. →Llewellyn).

Auguste Forel →

John Ford: Der »König« des Western bei Dreharbeiten zu »Faustrecht der Prärie«, 1946.

□ ab 1913: Schauspieler und Regieassistent in Hollywood. □ 1917: Regiedebüt »The Tornado«. □ bis 1928: Ca. 60 Stummfilme, u. a. »Das eiserne Pferd« (1924). □ 1935: Oscar für »Der Verräter«. □ 1939: »Der junge Mr. Lincoln« (mit H. Fonda). □ 1940: »Tobacco Road«. □ 1942: Oscar für Kriegsdokumentarfilm »The Battle of Midway«. □ 1943: Oscar für Dokumentarfilm »December 7th«. □ 1946: »Faustrecht der Prärie« (mit H. Fonda). □ 1947: »Bis zum letzten Mann« (mit J. Wayne und H. Fonda). □ 1949: »Der Teufelshauptmann« (mit J. Wayne). □ 1950: »Rio Grande« (mit J. Wayne und M. O'Hara). □ 1952: Oscar für »The Quiet Man/Der Sieger« (mit J. Wayne und M. O'Hara). □ 1960: »Zwei ritten zusammen« (mit R. →Widmark und J. → Stewart). □ 1961: »Der Mann, der Liberty Valence erschoß« (mit J. Wayne, J. Stewart, L. →Marvin). □ 1963: »Cheyenne« (mit R. Widmark).

▷ J. Baxter: John Ford. Der legendäre Hollywoodregisseur, 1980.

Forel, Auguste Henri

schweiz. Psychiater
* 1.9.1848 La Gracieuse bei Morges
† 27.7.1931 Yvorne, Kt. Waadt

Forel war einer der großen Gelehrten seiner Zeit, er arbeitete als Hypnosetherapeut, Sexualwissenschaftler und Tierpsychologe. Auf dem Gebiet der Gehirnanatomie entdeckte er den Ursprung des Gehörnervs und beschrieb den nach ihm benannten »Campus Foreli«. Er kämpfte für Alkoholabstinenz, für den Völkerfrieden und engagierte sich für Strafrechtsreformen. 1888 gründete F. das Trinkerasyl Ellikon und gab zehn Jahre später alle öffentlichen Ämter auf, um sich sozialen, sexualhygienischen und humanitären Aufgaben zu widmen. Zu Beginn des 1. Weltkriegs machte F. mit der pazifistisch-sozialistischen Schrift »Vereinigte Staaten der Erde« (1914/15) auf sich aufmerksam und nochmals 1923 mit seinem fünfbändigen Werk über »Die soziale Welt der Ameisen«.

□ ab 1879: Prof. für Psychiatrie an der Univ. Zürich (Rücktritt 1886); als Nachfolger E. → Bleulers Dir. der Heilanstalt Burghölzli ebd. □ 1889: »Der Hypnotismus« (Schr.). □ 1890: »Die Trinksitten, ihre hygienische und soziale Bedeutung« (Schr.). □ 1894: »Gehirn und Seele« (Schr.). □ 1905: »Die sexuelle Frage« (Schr.).

▷ A. Forel: Rückblick auf mein Leben, postum 1935; A. Wettley: Auguste Forel, ein Arztleben im Zwiespalt seiner Zeit, 1953.

Foreman, George

amer. Boxer
* 10.1.1949 Marshall, Tex.

George Foreman (l.) im »Kampf der Generationen«, 1991.

18 Jahre nach seinem ersten Titelgewinn gegen Joe Frazier (* 1944) schrieb Foreman erneut Boxgeschichte, als er 1991 mit 42 Jahren gegen Schwergewichts-Weltmeister Evander Holyfield (* 1962) wieder in den Ring stieg. Der Laienprediger verlor den »Kampf der Generationen« zwar nach Punkten, überstand aber die zwölf Runden unerwartet gut und war am Ende um 12,5 Mio. US-$ reicher.

□ 1968: Olympiasieger in Mexiko. □ 1969-77: 45 Profikämpfe (43 Siege; 42 durch k. o.). □ 1973: Titelgewinn gegen J. Frazier. □ 1974: Titelverlust an M. →Ali in Kinshasa (Zaïre). □ 1977: Rücktritt als Nummer 3 der Weltrangliste. □ ab 1987: Comeback als Profiboxer.

Forlani, Arnaldo

ital. Jurist und Politiker
* 8.12.1925 Pesaro bei Ancona

Forlani, der dem rechten Flügel der Democrazia Cristiana (DC) angehört und Gegner des »historischen Kompromisses« (Bündnis mit den Kommunisten) ist, ist seit 1989 Parteiführer der DC und damit einflußreichster Politiker der italienischen Christdemokraten. Als Ministerpräsident scheiterte F. 1981 nach Aufdeckung des Skandals um die geheime Freimaurerloge »P2«.

□ 1962-69: Stellv. Parteisekr. der DC. □ 1968/69: Min. für verstaatlichte Unternehmen. □ 1969-73: Parteisekr. □ 1974-76: Verteidigungsmin. □ 1976-79: Außenmin. □ 1980/81: Ministerpräsident. □ 1983-86: Stellv. Ministerpräsident.

Forman, Milos

amer. Regisseur tschech. Herkunft
* 18.2.1932 Cáslaw

Forman, ein Meister des anspruchsvollen Unterhaltungskinos, ist einer der erfolgreichsten Regisseure der Gegenwart. Fünf Oscars erhielt der in einer Heilanstalt spielende Film »Einer flog übers Kuckucksnest« (1975, mit J. →Nicholson, nach dem Roman von K. →Kesey); die Mozart- und Künstlerbiografie »Amadeus« (1984) wurde mit acht Oscars ausgezeichnet. Bis zur Niederschlagung des Prager Frühlings hatte F. zu den wichtigsten Regisseuren der CSSR gezählt. Nach einem Auslandsaufenthalt erhielt er ein Arbeitsverbot, woraufhin er in die USA emigrierte.

□ bis 1957: Student an der Prager Filmhochschule. □ 1959-62: Dokumentarfilme. □ 1963: »Der schwarze Peter«. □ 1965: »Die Liebe einer Blondine«. □ 1967: »Der Feuerwehrball«. □ 1969: Übersiedlung in die USA. □ 1971: »Taking off«. □ 1977: »Hair«. □ 1981: »Ragtime«. □ 1990: »Valmont«.

Werner Forßmann (1956): Mit Selbstversuchen gewann er medizinische Erkenntnisse.

← Milos Forman

Forßmann, Werner

dt. Chirurg und Urologe
* 29.8.1904 Berlin † 1.6.1979 Schopfheim

Forßmann, Nobelpreisträger von 1956, führte 1929 im Selbstversuch erstmals die Sondierung des Herzens mit einem dünnen, durch die Ellenbogenvene eingeführten Katheter durch und bewies damit die Gefahrlosigkeit der Katheterisierung des menschlichen Herzens. Auch seine zweite große, an sich selbst vorgenommene Pioniertat, die Herzkammern mit einem Kontrastmittel zu füllen, blieb in der Ärzteschaft fast ein Jahrzehnt völlig unbeachtet. Seine damals umstrittenen, ihm sogar untersagten Versuche gehören seit den 40er Jahren zu den Grundvoraussetzungen der diagnostischen und therapeutischen Herzmedizin. F., der von Anfang an vor dem Schlafmittel Contergan gewarnt hatte, kritisierte 1967 die erste Herztransplantation unter Chr. →Barnard wegen der ungelösten immunologischen Probleme als verfrüht.

□ 1929: »Die Sondierung des rechten Herzens« (Abh.). □ 1931: »Kontrastdarstellung der Höhlen des lebenden rechten Herzens und der Lungenschlagader« (Abh.). □ 1950-58: Urologe an der Diakonie in Bad Kreuznach. □ 1954: Leibniz-Medaille der Akademie der Wissenschaften (DDR). □ 1956-64: Prof. an der Univ. Mainz. □ 1956: Physiologie/Medizin-Nobelpreis (mit A. F. →Cournand und D. W. →Richards). □ 1958-70: Chefarzt am Ev. Hospital in Düsseldorf; ab 1964 Prof. an der Medizinischen Akademie ebd.

▷ W. Forßmann: Selbstversuch. Erinnerungen eines Chirurgen, 1972.

Forst, Willi

(eig. Wilhelm Frohs)
österr. Schauspieler und Regisseur
* 7.4.1903 Wien † 11.8.1980 ebd.

In Musikfilmen der 30er Jahre wie «Zwei Herzen im Dreivierteltakt« (1930, Rg. G. v. Bolvary) oder »Leise flehen meine Lieder« spielte Forst den unbeschwerten Charmeur. Zahlreiche Lieder, die er in seinen Filmen sang, wurden Evergreens, so das »Wienerlied« aus »Atlantic« (1929, Rg. E. A. Dupont) und »Du hast Glück bei den Frau'n. . .« aus »Bel Ami« (1939, Rg. und Hr.), der zu den

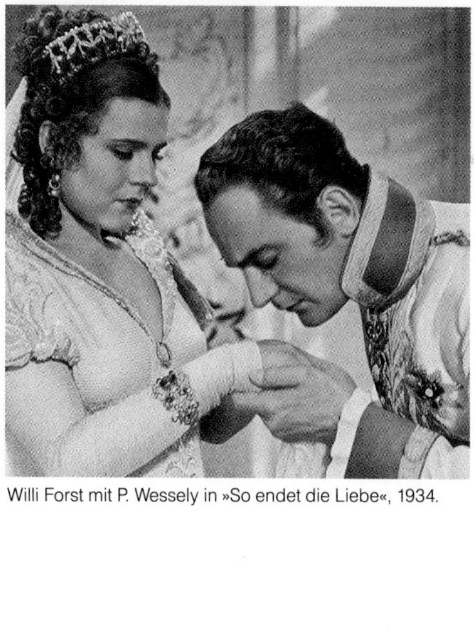

Willi Forst mit P. Wessely in »So endet die Liebe«, 1934.

wenigen international beachteten Produktionen während der NS-Zeit gehörte.

□ 1919: Beginn der Theaterlaufbahn. □ ab 1920: Nebendarsteller in Stummfilmen. □ 1927: Arbeit am Berliner Lessing-Theater unter E. →Piscator. □ 1928-31: Dt. Theater in Berlin (M. → Reinhardt). □ 1932: »Peter Voss, der Millionendieb« (Rg. E. A. Dupont); »Der Prinz von Arkadien« (mit L. → Harvey, Rg. K. Hartl). □ 1933: »Brennendes Geheimnis« (R. →Siodmak); »Leise flehen meine Lieder« (Rg., mit H. →Moser). □ 1934: »Maskerade« (Rg.). □ 1935: »Königswalzer« (mit P. →Hörbiger, Rg. H. Maisch). □ 1942: »Wiener Blut« (Rg., mit W. →Fritsch). □ 1951: »Die Sünderin« (Rg., mit H. → Knef). □ 1954: »Bei dir war es immer so schön« (Rg. H. Wolff).

▷ R. Dachs: Willi Forst. Eine Biographie, 1986.

Forster, E(dward) M(organ)

engl. Schriftsteller
* 1.1.1879 London † 7.6.1970 Coventry

Forsters Werke sind geprägt von einem liberalen Humanismus, der sich gegen jede Form von Philistertum, Intoleranz und Unmenschlichkeit richtet. Zu den zentralen Themen seiner Romane zählen der Konflikt zwischen Konventionen und persönlichen Bedürfnissen und die Überwindung der Schranken, die sich aus unterschiedlichen Traditionen, Lebensauffassungen und Wertvorstellungen ergeben.

Forster: »Auf der Suche nach Indien«, ein Welterfolg.

Den Widerstreit gegensätzlicher Lebensformen gestaltete F. in seinen frühen Werken durch die Gegenüberstellung englischer Konventionalität und italienischer Vitalität und Natürlichkeit, so z. B. in »Zimmer mit Aussicht. Eine Liebesgeschichte« (R., 1908, dt. 1986; verfilmt 1986 von J. →Ivory). Die unüberbrückbaren Gegensätze zwischen verschiedenen Kulturkreisen stehen auch im Mittelpunkt seines Erfolgsromans »Indien« (1924, dt. 1932, 1960 u. d. T. »Auf der Suche nach Indien«), in dem christliche Moral und hinduistisches Kastensystem aufeinanderprallen. Der Roman wurde 1984 mit großem Aufwand von D. →Lean verfilmt.

□ 1897-1901: Studium der klassischen Philologie und Geschichte am King's College, Cambridge. □ 1905: »Engel und Narren« (R., dt. 1948). □ 1910: »Wiedersehen in Howards End« (R., dt. 1949). □ 1912, 1922: Reisen nach Indien. □ 1915-19: Tätigkeit für das Rote Kreuz in Ägypten. 1927: »Ansichten des Romans« (Es.s., dt. 1949). □ ab 1946: Literaturdozent am King's College, Cambridge. □ postum 1971: »Maurice « (R., dt. 1988).

▷ P. N. Furbank: E. M. Forster. A Life, 2 Bde. engl. 1977/78.

Ernst Forsthoff →

Forsthoff, Ernst

dt. Staats- und Verwaltungsrechtler
* 13.8.1902 Laar bei Duisburg
† 13.8.1974 Heidelberg

Forsthoff war einer der führenden deutschen Staatsrechtler der Nachkriegszeit. Neben seinem 1949 erschienenen Standardwerk »Lehrbuch des Verwaltungsrechts« (9. Aufl. 1966) wurden viele Bücher des international anerkannten Juristen in fremde Sprachen übersetzt. F. war 1960-63 Präsident des Obersten Verfassungsgerichts der Republik Zypern.

□ ab 1933: Prof. an der Univ. Frankfurt/Main. □ 1940: »Deutsche Verfassungsgeschichte in der Neuzeit« (Schr.). □ ab 1943: Prof. an der Univ. Heidelberg. □ 1954: »Verfassungsprobleme des Sozialstaats« (Schr.). □ 1959: »Rechtsfragen der leistenden Verwaltung« (Schr.). □ 1961: »Die Problematik der Verfassungsauslegung« (Schr.). □ 1971: »Der Staat in der Industriegesellschaft« (Schr.).

Forsyth, William David »Bill«

schott. Regisseur
* 29.7.1947 Glasgow

Mit einfühlsamer Beobachtungsgabe inszeniert Forsyth poetische, optimistische Komödien, die oft die sozialen Verhältnisse in Schottland spiegeln. Sein bekanntester Film »Local Hero« (1982, Musik M. →Knopfler) erzählt die Geschichte eines schottischen Küstenstädtchens, das einer Ölraffinerie weichen soll. Doch die spröde Schönheit der Natur und die Ursprünglichkeit der Bewohner lassen den Ölboß (B. →Lancaster) von seinem Plan Abstand nehmen.

Bill Forsyth →

□ 1967/68: Drehbuchautor bei der BBC. □ 1968-70: Kurzfilme. □ 1970-77: Dokumentarfilme. □ 1979: »That sinking feeling«. □ 1980: »Gregory's girl«. □ 1984: »Comfort and joy«. □ 1989: »Housekeeping«. □ 1990: »Die Traumtänzer« (mit B. →Reynolds). □ 1991: »Rebeccas Töchter«.

Forsythe, William

amer. Choreograph und Ballettdirektor
* 30.12.1949 New York

Forsythe, einer der profiliertesten Choreographen der Gegenwart, hat eine eigene, am Neoklassizismus orientierte, streng mathematische, zugleich bildhaft-sinnliche Tanzsprache entwikkelt. Seine experimentellen und provokativen, dem Tanztheater nahestehenden Arbeiten sind vielfach in Zusammenarbeit mit zeitgenössischen Komponisten entstanden. Unter F.s Leitung wurde das Ballett in Frankfurt/Main zu einem der führenden Ensembles in Europa.

□ 1969: Mitgl. des Joffrey Ballet in New York. □ 1973: Engagement als Tänzer bei J. →Cranko in Stuttgart. □ 1976: Choreographie von »Urlicht« (M.: G. →Mahler), Pas de deux, mit seiner Frau Eileen Brady. □ 1977: Choreographie von »Daphne« in Stuttgart, mit M. →Haydée in der Titelrolle. □ 1978: »Folia« (M.: H. W. →Henze) beim Festival in Montepulciano. □ 1980-84: Freischaffender Choreograph, u. a. für das Nederlands Dans Theater und das Ballett der Dt. Oper Berlin/West. □ 1984: UA von »France/Dance« an der Pariser Opéra Comique. □ 1984: Ballettdir. der Städtischen Bühnen Frankfurt/Main. □ 1985: »Isabelle's Dance« (Mus.) in Frankfurt/Main. □ 1988: »Impressing the Czar« in Frankfurt/Main. □ 1990: Ballett-Intendant in Frankfurt/Main mit jährlich fest vereinbarten Gastauftritten in Paris.

Fortes, Meyer

engl. Ethnologe
* 25.4.1906 Britstown, Kapprovinz (heute Südafrika)

Fortes war — wie sein Lehrer A. R. →Radcliffe-Brown — strukturaler Funktionalist. Mit dieser Wissenschaftsmethode begann in den 30er Jahren die britische Sozialanthropologie. F. war überzeugt, daß die Beziehungen zwischen den Menschen erkennbaren Gesetzmäßigkeiten unterworfen sind. Jedes soziokulturelle Phänomen (z. B. religiöser Brauch, Stammesorganisation) habe seine bestimmte Funktion für den Erhalt einer Gesellschaft und könne nur aus dem Gesamtzusammenhang verstanden werden. F. betrieb jahrelang Feldforschung in Afrika, vor allem bei den Tallensi und Aschanti an der Goldküste (heute Ghana).

□ 1940: »African political systems« (Schr., mit E. E. →Evans-Pritchard). □ 1949: »The web of kinship among the Tallensi« (Schr.). □ ab 1950: Prof. für Sozialanthropologie, Univ. Cambridge. □ 1959: »Oedipus and lob in west african religion« (Schr.). □ 1969: »Kinship and the social order« (Schr.).

Fortner, Wolfgang

dt. Komponist, Musikpädagoge und Dirigent
* 12.10.1907 Leipzig † 5.9.1987 Heidelberg

Fortner hat als Komponist, Pädagoge, Dirigent und Organisator (neben K. A. →Hartmann, O. →Messiaen und L. → Dallapiccola) die Entwicklung der Neuen Musik im Deutschland der Nachkriegszeit beeinflußt. Als scharfsinniger Vertreter einer gemäßigten Avantgarde hielt er am überlieferten Begriff des Kunstwerks fest und wahrte die Traditionen der musikalischen Gattungen. Mit diesem ästhetischen Rückhalt (Orientierung an A. →Webern, Mozart, Bach) war er einer der letzten Komponisten des 20. Jh.s, die einen Personalstil entwickelten. Seit seiner Sinfonie (1947) löste sich F. von früheren Einflüssen (I. →Strawinsky, P. →Hindemith, H. →Distler) und wandte sich der Zwölftontechnik A. →Schönbergs zu, die er durch »harmonische Festlegungen« erweiterte (»Die weiße Rose«, Ballett, 1949). Er schrieb sechs Opern (u. a. »Die Bluthochzeit«, UA Köln 1957), Kammermusik (vier Streichquartette), Orchester- und Vokalwerke (»Petrarca-Sonette«, 1980). Zu seinen Schülern zählen u. a. H. W. →Henze, A. →Reimann und H. →Zender.

← Wolfgang Fortner

□ 1930: UA des ersten Streichquartetts beim Dt. Tonkünstlerfest Königsberg. □ 1931-54: Dozent für Komposition und Musiktheorie am Kirchenmusikalischen Inst. Heidelberg. □ 1936: Gründung des Heidelberger Kammerorchesters. □ ab 1946: Dozent bei den Int. Ferienkursen für Neue Musik Darmstadt. □ 1954-57: Prof. für Komposition an der Musikakademie Detmold. □ 1962: UA der Oper »In seinem Garten liebt Don Perlimplín Belisa« in Schwetzingen. □ 1964: Künstlerische Leitung der Musica-viva-Konzerte in München. □ 1957-73: Prof. für Komposition an der Musikhochschule Freiburg i. Br. □ 1972: UA der Oper »Elisabeth Tudor« in Berlin/West. □ 1975: UA von »Prismen« für Soli und Orchester in Basel.

▷ H. Lindlar (Hg.): Wolfgang Fortner. Eine Monographie, 1960.

Fosbury, Richard

amer. Leichtathlet
* 6.3.1947 Portland, Oreg.

Fosbury: Sein Flop revolutionierte den Hochsprung und brachte ihm die Goldmedaille.

Fosbury ist der Erfinder des nach ihm benannten Flop, des Hochsprungs in der Rückenlage nach einer Körperdrehung beim Absprung. Er gewann 1968 mit seinem Stil die US-Hochschulmeisterschaft (2,19 m) und die Goldmedaille bei den Olympischen Spielen in Mexiko (2,24 m). F. sprang nie Weltrekord und beendete seine Laufbahn nach den Spielen von Mexiko. Der Fosbury-Flop dominiert heute den internationalen Hochsprung.

Fossey, Dian

amer. Verhaltensforscherin
* 16.1.1932 San Francisco, Kalif.
† 27.12.1985 Virunga-Nationalpark (Ruanda, ermordet)

In dem Buch »Gorillas im Nebel. Mein Leben mit den sanften Riesen« (1983, dt. 1989) faßte Fossey ihre Feldstudien bei den vom Aussterben bedrohten Berggorillas in Ruanda zusammen. Ab 1963 beobachtete die Zoologin drei Generationen der an den unzugänglichen Virunga-

Vulkanhängen lebenden Menschenaffen aus nächster Nähe und entwickelte während des Zusammenlebens eine intensive Beziehung zu ihnen. F., die unerbittlich gegen Wilderer und für den Schutz der seltenen Tiere kämpfte, wurde 1985 ermordet in ihrer Hütte aufgefunden. Die Verfilmung ihres abenteuerlichen Lebens (»Gorillas im Nebel — Die Leidenschaft der Dian Fossey«, 1989, Hr. Sigourney Weaver) machte die Wissenschaftlerin auch in Deutschland bekannt.

▷ H. Hayes: Dian Fossey. Die einsame Frau des Waldes, 1991.

Foucauld, Charles Eugène Vicomte de

frz. Mönch
* 15.9.1858 Straßburg
† 1.12.1916 Tamanrasset (Algerien; erschossen)

Foucaulds Lebenswerk war die Evangelisation der Berber. Der Trappistenmönch ging 1901 nach Algerien, wo er 16 Jahre lang unter den Tuareg im Hoggar-Gebirge als verehrter »großer Marabut« lebte. Er lernte die Sprache der Berber, verfaßte das bisher beste Wörterbuch dazu (hg. 1918-20) und sammelte deren Gedichte, Sprichwörter und Geschichten. Seine Evangelisation wird von den sog. Kleinen Brüdern und Schwestern Jesu fortgeführt.

▷ R. V. C. Bodley: Der Mönch in der Sahara, 1954; B. Strätling: Der Marabut der Hoggarberge, 1961; J.-F. Six: Das Leben von Charles de Foucauld, 1966.

Foucault, Michel

frz. Philosoph
* 15.10.1926 Poitiers † 25.6.1984 Paris

Foucaults Gesamtwerk ist eine Geschichte der Zivilisation, wobei F. die Entwicklung gesellschaftlicher »Diskurse« und die mit ihnen einhergehenden Macht-, Ausgrenzungs- und Disziplinierungstechniken in den Vordergrund seiner »Archäologie« genannten Untersuchungen stellte. Ideologien, gesellschaftliches Bewußtsein, Institutionen, Anschauungen sowie Einstellungen werden als sprachähnliche Systeme gesehen und dargestellt.
In seiner Dissertation »Wahnsinn und Gesellschaft. Eine Geschichte des Wahns im Zeitalter der Vernunft« (1961, dt. 1969) ging F. zunächst der Genese des Begriffs Wahnsinn nach, der ursprünglich eine mystische Entrückung meinte, im Zuge der Aufklärung aber als Instrument zur Ausgrenzung der als nicht normal angesehenen Individuen diente. Unter diesem Aspekt der Eigendefinition der Gesellschaft untersuchte F. auch die Entwicklung der Medizin, des Strafvollzugs und »Die Geschichte der Sexualität« (1976-84). In diesem auf sechs Bände angelegten, aber mit drei Büchern Fragment gebliebenen Werk analysierte F. die modernen Machtsysteme, die sich durch die Sexualität und in ihr manifestieren.
Im Gegensatz zu den handfesten Formen der Machtausübung in der Antike und im mittelalterlichen Abendland stellte F. eine seit dem 18. Jh. datierende Herrschaftsform fest, die ihre Repression mehr über die Regulierung und Kontrolle der physischen und vor allem psychischen Kräfte des Individuums ausübt.

Michel Foucault untersuchte die Herrschaftsformen.

☐ 1962-68: Prof. an der Univ. Clermont-Ferrand. ☐ 1966: »Die Geburt der Klinik. Eine Archäologie des ärztlichen Blicks« (Schr., dt. 1973). ☐ 1968-70: Prof. an der Univ. Paris-VIII, Vincennes. ☐ 1969: »Die Archäologie des Wissens« (Schr., dt. 1973). ☐ ab 1970: Prof. am Collège de France. ☐ 1971: »Die Ordnung des Diskurses« (Schr., dt. 1974). ☐ 1975: »Überwachen und Strafen. Die Geburt des Gefängnisses« (Schr., dt. 1976). ☐ 1976: »Der Wille zum Wissen« (Bd. 1 der »Geschichte der Sexualität», dt. 1977). ☐ 1984: »Der Gebrauch der Lüste« (Bd. 2, dt. 1986); »Die Sorge um sich« (Bd. 3, dt. 1986).

▷ Von der Freundschaft. Michel Foucault im Gespräch, 1984; D. Eribon: Michel Foucault, dt. 1991.

Sir Ralph Fowler →

Fowler, Sir (ab 1942) Ralph Howard

brit. Physiker und Mathematiker
* 17.1.1889 Fedsden bei Royden, Essex
† 28.7.1944 Cambridge

Fowler fand 1928 eine Erklärung für die Feldelektronenemission (Austritt von Elektronen aus kalten Metallen aufgrund äußerer Einwirkung eines elektrischen Feldes), indem er auf den sog. Tunneleffekt verwies. Dieser beschreibt das nach den Gesetzen der klassischen Physik unwahrscheinliche Phänomen, daß ein atomares Teilchen (Elektron) sehr feine Sperren durchdringen kann, deren potentielle Energie höher als seine kinetische Energie ist. F., der über Oberflächenspannung, Quanten- und statistische Mechanik sowie die Materie im Inneren der Sterne arbeitete, entwickelte statistische Methoden zur Berechnung von Mittelwerten und Streuungen um diese Mittelwerte (mit Charles Galton Darwin).

Fowler, William Alfred

amer. Astrophysiker
* 9.8.1911 Pittsburgh, Penn.

Fowler wandte die Erkenntnisse der Kernphysik in der Astrophysik an und entwickelte eine Theorie über das Entstehen schwerer chemischer Elemente. In seiner Schrift »Nucleosynthesis in massive stars and supernovae« (1965) behauptet der neben S. →Chandrasekhar bedeutendste Astrophysiker, daß aus dem sog. Urknall nicht alle Elemente, sondern nach kernphysikalischen Gesetzen nur Wasserstoff und Helium hervorgegangen seien. Alle übrigen schweren Elemente seien teils im Innern der Sonnen, teils bei ihrer Explosion (Supernova) entstanden. F., seit 1942 Professor am Calif. Inst. of Technology in Pasadena, erhielt 1983 den Physik-Nobelpreis.

← William A. Fowler

Fowles, John

engl. Schriftsteller
* 31.3.1926 Leigh-on-Sea, Essex

Seit seinem Erstling »Der Sammler« (R., 1963, dt. 1964) sind Fowles' spannend erzählte Romane internationale Bestseller. Im Zentrum seiner vom Existentialismus (J.-P. →Sartre) beeinflußten Werke stehen Liebe und Erotik sowie das Verhältnis von Wirklichkeit und Illusion. In F.s größtem Erfolg, dem Roman »Der Magus« (1966, dt. 1969), wird die Vorstellung einer von der eigenen Erfahrung unabhängigen Welt durch den Entwicklungsprozeß des Protagonisten radikal in Zweifel gezogen. Mit seinen erzählerischen Experimenten (Wechsel von Fiktionsebenen, alternative Romanschlüsse) hat F. die Entwicklung des englischen Romans mitgeprägt.

← John Fowles

□ ab 1950: Nach Französischstudium Tätigkeit als Universitätslektor und Lehrer. □ seit 1963: Berufsschriftsteller. □ 1969: »Die Geliebte des französischen Leutnants« (R., dt. 1974). □ 1974: »Der Ebenholzturm« (Erz.n, dt. 1975). □ 1977: »Daniel Martin« (R., dt. 1980). □ 1982: »Mantissa« (R., dt. 1984). □ 1985: »Die Grille« (R., dt. 1987).

▷ B. N. Olshen: John Fowles, engl. 1978.

France, Anatole

(eig. Jacques-François A. Thibault)
frz. Schriftsteller
* 16.4.1844 Paris † 13.10.1924 Bechellerie, Tours

Der Literatur-Nobelpreisträger France wurde von der Republik als offizieller Autor gefeiert und nach seinem Tod mit einem Staatsbegräbnis geehrt, während die katholische Kirche seine Werke auf den Index setzte. F. stand in der Tradition der Aufklärung (Voltaire) und bildete einen Gegenpol zum irrationalen Symbolismus des ausgehenden 19. Jh.s. Eine eindeutige sozialkritische Haltung bewies F. zum erstenmal in dem berühmt gewordenen Band »Crainquebille und andere nützliche Erzählungen« (1903, dt. 1903): Hier entwickelte er seinen charakteristischen und später bis zur Meisterschaft vollendeten Stil, geprägt durch sprachliche Eleganz, Verspieltheit und Leichtigkeit des Erzählens. Zu den großen

A. France: Der ironisch-skeptische Aufklärer, um 1903.

Satiren der Weltliteratur zählt sein Roman »Die Insel der Pinguine« (1908, dt. 1909), in dem F. mit beißender Ironie seine Skepsis und seine Enttäuschung über die Schwächen der menschlichen Natur zum Ausdruck bringt.

□ 1881: »Professor Bernards Schuld« (R., dt. 1885). □ 1888-93: Literaturkritiker bei der Zeitschrift Temps. □ 1891: »Thais« (R., dt. 1910). □ 1893: »Die Bratküche zur Königin Gänsefuß« (Erz., dt. 1907). □ 1896: Aufnahme in die Académie française. □ 1897-1901: »Die Götter dürsten« (R., dt. 1912). □ 1914: »Aufruhr der Engel« (R., dt. 1917). □ 1921: Literatur-Nobelpreis.

Franck, James

amer. Physiker dt. Herkunft
* 26.8.1882 Hamburg † 21.5.1964 Göttingen

Franck arbeitete im 2. Weltkrieg an der Entwicklung der amerikanischen Atombombe mit (J. R. →Oppenheimer), warnte aber 1945 in einer Peti-

James Franck in seinem Chicagoer Labor, 1938.

tion (Franck-Report) die amerikanische Regierung vor ihrem Einsatz sowie vor den wirtschaftlichen und politischen Folgen. F. plädierte für eine Ächtung der Bombe und sagte das atomare Patt voraus. F. und G. →Hertz, die ab 1911 über die Wechselwirkung von Elektronen und Gasmolekülen experimentierten, gelang 1913 in dem Franck-Hertz-Versuch der experimentelle Nachweis sog. diskreter Anreicherungsstufen (Energieniveaus) der Atome des Quecksilberdampfes. Damit fand die Quantenhypothese M. →Plancks ihre Bestätigung, und die Vorstellung N. →Bohrs über den Atomaufbau wurde untermauert. Beide Forscher erhielten 1925 den Physik-Nobelpreis.

□ 1913: Mit dem Franck-Hertz-Versuch Nachweis sog. diskreter Anreicherungsstufen. □ 1916-20: Prof. an der Univ. Berlin. □ 1920-33: Prof. an der Univ. Göttingen. □ 1925: Physik-Nobelpreis. □ 1926: »Anregung von Quantensprüngen durch Stöße« (Schr. mit P. →Jordan); Formulierung des Franck-Condon-Prinzips. □ 1933/34: Emigration über Dänemark in die USA. □ 1935: Prof. an der John Hopkins Univ., Baltimore. □ 1938-47: Prof. an der Univ. Chicago.

François-Poncet, André

frz. Diplomat und Politiker
* 13.6.1887 Provins, Seine-et-Marne
† 8.1.1978 Paris

François-Poncet, Germanist und Deutschlandkenner, war 1931-38 französischer Botschafter in Berlin. Während des 2. Weltkriegs von den Deutschen interniert, wurde er 1949 Hochkommissar und anschließend Botschafter seines Landes (1953-55) in Bonn. Der engagierte Europapolitiker hatte während dieser Zeit Anteil am Beginn der deutsch-französischen Aussöhnung (Ch. de →Gaulle, K. →Adenauer).

Françqis-Poncet (r.) mit K. Adenauer in Paris, 1951.

□ 1928-31: Unterstaatssekr. für Unterricht, Kunst und Volkswirtschaft. □ 1931-40: Frz. Botschafter in Berlin, ab 1938 in Rom. □ 1940-45: Zunächst Mitgl. des Nationalrats, dann Deportation und Internierung durch die Deutschen. □ 1949-53: Hochkommissar. □ 1952: Aufnahme in die Académie française. □ 1953-55: Botschafter in Bonn. □ 1955-60: Präs. des frz. Rats der Europäischen Bewegung. □ 1955-67: Präs. des frz. Roten Kreuzes.

Franco y Bahamonde, Francisco

span. Diktator
* 4.12.1892 El Ferrol † 20.11.1975 Madrid

Gestützt auf Klerus und Militär konnte sich Franco bis zu seinem Tod als letzter Diktator West-Europas halten. Nach einem Militärputsch im Juni 1936 zum Sturz der Volksfront-Regierung führte F. eine Koalition aus nationalen, rechtsgerichteten und klerikalen Kräften in einem fast dreijährigen blutigen Bürgerkrieg zum Sieg, unterstützt von Italien und Deutschland (Legion »Condor«; Bombardierung von Guernica). Noch während des Krieges führte F. als »Caudillo« ein autoritäres Staatssystem in Spanien ein, das in seiner Ideologie an die Reconquista anknüpfte (»Caudillo« war der Titel des ersten spanischen Anführers gegen die Mauren 722).

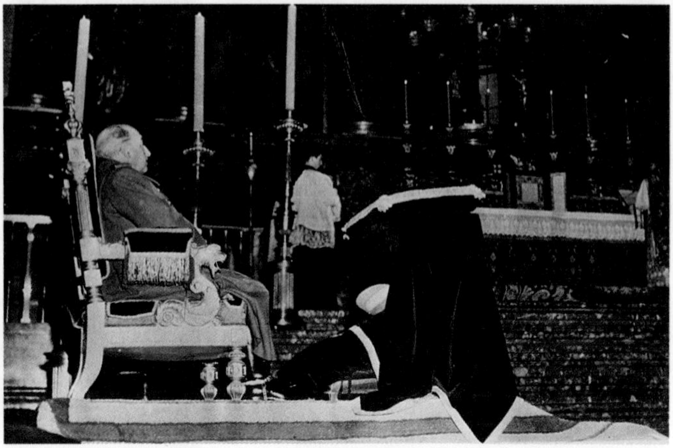

Franco: Der Caudillo während einer Messe zum 9. Todestag König Alfons' XIII.

Nach seinem Sieg widerstand er dem Druck A. →Hitlers und blieb im 2. Weltkrieg neutral. 1945 verkündete F. formal die Bürgerrechte und erklärte 1947 Spanien zu einer »katholischen Monarchie«. Doch erst 1953 gelang es ihm, durch ein Stützpunkt-Abkommen mit den USA die internationale Isolation Spaniens zu durchbrechen. Bis zu seinem Tod suchte F. durch eine forcierte Industrialisierung den Anschluß an die westlichen Industriestaaten zu erringen.

□ 1907: Eintritt in die Armee. □ 1920-27: Dienst bei der span. Fremdenlegion. □ 1934-36: Chef des span. Generalstabs. □ 1936: Militär-Befehlshaber der Kanarischen Inseln; Beteiligung am Militärputsch; Generalissimus (Oberbefehlshaber). □ 1937: Führer der (faschistischen) Falange-Partei.

□ ab 1938: Staatschef. □ 1947: Wiedereinführung der Monarchie. □ 1957: Staats- und Regierungschef sowie (bis 1973) militärischer Oberbefehlshaber und Führer der Einheitspartei.

▷ H. G. Dahms: Francisco Franco, 1972.

Frank, Adolf

dt. Chemiker und Unternehmer
* 20.1.1834 Klötze, Altmark † 30.5.1916 Berlin

Frank erschloß 1860 die Kali-Lager bei Staßfurt der Düngemittelherstellung und begründete 1863 die Kali-, später auch die Zellulose-Industrie in Deutschland. 1865 entwickelte F. eine Methode, aus den Abraumsalzen Brom zu Desinfektionszwecken zu gewinnen, und 1899 mit Nicodemo Caro ein nach ihnen benanntes Verfahren zur Herstellung von Kalkstickstoff.

□ 1862: »Verluste bei der Fabrikation des Rohzuckers« (Diss., Univ. Göttingen). □ 1867-85: Leiter der Charlottenburger Glashütte; Einführung brauner Bierflaschen zum Schutz gegen Licht und Wärme. □ 1896: Berater der Nobel-Dynamit AG bei Hamburg. □ 1898: Gründung der dt. Cyanid-Gesellschaft. □ 1904-08: Bau der ersten Kalistickstoff-Fabriken in Italien und Deutschland.

Frank, Annelies Marie

niederl.spr. Schriftstellerin dt.-jüd. Herkunft
* 12.6.1929 Frankfurt/Main
† März 1945 Bergen-Belsen

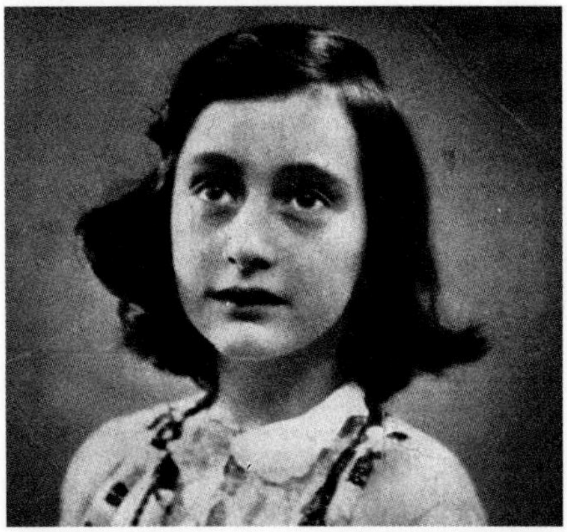

Anne Frank: Ihr Tagebuch bewegte die ganze Welt.

Anne Frank tauchte 1942 mit ihrer Familie, mit der sie 1933 aus Deutschland übergesiedelt war, in Amsterdam unter. Das Tagebuch, in dem sie ab dem 12.6.1942 bis zu ihrer Verhaftung und Deportation ins KZ am 4.8.1944 ihre Erlebnisse und Gedanken festhielt, wurde von ihrem Vater, dem einzigen Überlebenden der Familie, nach dem Kriegsende veröffentlicht und bewegte als »document humain« die Welt. Wer die Familie denunziert hat, ist bis heute ungeklärt. Die Echtheit der Tagebücher wurde bis zum Nachweis durch das Staatliche Institut für Kriegsdokumentation und bis zur Herausgabe der Standardedition 1986 immer wieder angezweifelt.

▷ M. Gies: Meine Zeit mit Anne Frank, 1991.

Bruno Frank →

Frank, Bruno

dt. Schriftsteller
* 13.6.1887 Stuttgart
† 20.6.1945 Beverly Hills, Kalif. (USA)

Franks historischer Roman »Cervantes« (1934) demonstriert am Schicksal des spanischen Dichters Miguel de Cervantes Saavedra (* 1547, † 1616) die Bedrohung der Menschenwürde in einer Zeit weltgeschichtlicher Umwälzungen. F.s Plädoyer für Humanität und Freiheit gehört zu den bedeutenden Werken, mit denen Exilautoren auf den Nationalsozialismus reagierten.

□ 1924: »Tage des Königs« (Nov.n). □ 1926: »Trenck« (R.). □ 1928: »Politische Novelle«. □ 1929: »Der Magier« (Nov.). □ 1930: »Sturm im Wasserglas« (Kom.). □ 1933: Emigration in die USA. □ 1937: »Der Reisepaß« (R.). □ 1939: »Lüge als Staatsprinzip« (Schr.). □ 1943: »Die Tochter« (R.).

Frank, Hans

dt. Jurist und Politiker
* 23.5.1900 Karlsruhe
† 16.10.1946 Nürnberg (hingerichtet)

Hans Frank →

Frank war schon am gescheiterten Hitler-Putsch in München 1923 beteiligt und als Rechtsanwalt für die NSDAP tätig. Gedankt wurde es ihm nach 1933 mit der Verleihung hoher Ämter. A. →Hitler ernannte ihn u. a. zum Reichsminister ohne Geschäftsbereich. 1933-42 war er Präsident der Akademie für deutsches Recht. F. gehörte jedoch nie zum engen Kreis der wirklichen Machthaber des NS-Regimes. Als Generalgouverneur von Polen war er mitverantwortlich für eine brutale Besatzungspolitik.

□ 1930-45: MdR. □ 1930-42: Leiter der Rechtsabteilung der Reichsführung bzw. des Reichsrechtsamtes der NSDAP. □ 1933/34: Bayer. Justizmin. □ 1933-42: Präs. der Akademie für dt. Recht. □ ab 1934: Reichsmin. ohne Geschäftsbereich. □ ab 1939: Generalgouverneur in Polen. □ 1946: Vom internationalen Militärgerichtshof zum Tode verurteilt.

Frank, Ilja Michailowitsch

sowjet. Physiker
* 23.10.1908 St. Petersburg
† 23.6.1990 Moskau

Ilja M. Frank →

Frank, Kernphysiker sowie Spezialist für Fotochemie und physikalische Optik, wurde 1937 mit der Deutung und Theorie des sog. Tscherenkow-Effekts bekannt. P. A. →Tscherenkow hatte 1934 eine nach ihm benannte elektromagnetische Strahlung entdeckt, die durch energiereiche Teilchen (Elektron, Meson) in durchsichtigen Stoffen (Glas, Wasser) entsteht. Das bläulichweiße Leuchten sind die elektromagnetischen Kopfwellen des im Medium sich schnell bewegenden geladenen Teilchens (ähnlich eines mit Überschall fliegenden Geschosses). Da dieser Effekt später in Atomzählern Verwendung fand, erhielten F., Tscherenkow und I. J. →Tamm 1958 den Physik-Nobelpreis.

□ ab 1944: Prof. an der Univ. Moskau. □ ab 1957: Leiter des Laboratoriums für Neutronenphysik am Vereinigten Inst. für Kernforschung in Dubna. □ 1958: Physik-Nobelpreis. □ ab 1968: Mitgl. der sowjet. Akademie der Wissenschaften.

Frank, Leonhard

dt. Schriftsteller
* 4.9.1882 Würzburg † 18.8.1961 München

Frank, in der BRD und der ehemaligen DDR gleichermaßen mit Preisen ausgezeichnet, verband sein Eintreten für Völkerverständigung und die klassenlose, sozialistische Gesellschaft mit dem Plädoyer für Individualität. Der überzeugte Pazifist und Sozialrevolutionär legte in den Novellen »Der Mensch ist gut« (1917) sein politisches und ethisches Credo ab.

☐ 1914: »Die Räuberbande« (R.). ☐ 1915: »Die Ursache« (Erz.). ☐ 1915-18: Im Schweizer Exil. ☐ 1924: »Der Bürger« (R.). ☐ 1926: »Karl und Anna« (Erz.). ☐ 1933: Emigration nach Frankreich; mehrfache Inhaftierung. ☐ 1944-50: Exil in den USA. ☐ 1950: Rückkehr in die BRD; »Deutsche Novelle«. ☐ 1955: Nationalpreis der DDR. ☐ 1957: Großes Bundesverdienstkreuz.

▷ L. Frank: Links, wo das Herz ist (Aut.), 1952; Ch. Frank: Sagen, was noch zu sagen ist. Mein Leben mit Leonhard Frank, 1982.

← Leonhard Frank

Frank, Robert

amer. Fotograf schweiz. Herkunft
* 9.11.1924 Zürich

Die Stärke von Franks Fotografien ist ihre schonungslose Darstellung der Realität. F. verbindet dabei den Anschein des Zufälligen (Schnappschuß) mit der Fähigkeit zur höchst artifiziellen, fast klassischen Komposition seiner Motive. Diese sehr individuelle Stilsynthese hat die Fotografie um eine neue Sehweise bereichert. Sie wird vor allem in dem auf einer zweijährigen Reise durch die USA entstandenen Fotoband »The Americans« (1957, mit Texten von J. → Kerouac) deutlich, einer kritischen Betrachtung des amerikanischen Alltagslebens.
Seit den 60er Jahren interessiert sich F. vor allem für den Autoren- und Experimentalfilm und wird dabei von ähnlichen Gesichtspunkten wie in der Fotografie geleitet.

☐ 1943/44: Nach verschiedenen Studien Standfotograf bei der Gloria-Filmgesellschaft in Zürich. ☐ 1947: Übersiedlung nach New York; Aufnahmen für die Magazine Harper's Bazaar und Life. ☐ 1951-55: Nach Reisen und Europaaufenthalten wieder in New York tätig. ☐ 1955: Guggenheim-Stipendium (Amerikaprojekt). ☐ 1959: »Pull my Daisy« (F.). ☐ 1965-69: »Conversations in Vermont« (F.); »Me and My Brother Kaddish« (F.). ☐ 1970: »The Lines of my Hand« (Fotoband). ☐ 1971: »About Me — A Musical« (F.). ☐ 1983: Rückkehr nach Zürich. ☐ 1987: »Candy Mountain« (F.).

← Robert Frank

Frankel, Max

amer. Journalist dt. Herkunft
* 3.4.1930 Gera, Thür.

Seit 1986 ist Frankel Chefredakteur der New York Times (Aufl. 1988: 1,02 Mio.). Der Nachfolger A. Rosenthals stand damals schon seit 32 Jahren im Dienst der renommierten Tageszeitung und hatte sich mit brillanten Reportagen und Kommentaren unter den herausragenden amerikanischen Journalisten etabliert. 1973 erhielt F. den Pulitzer-Preis (J. → Pulitzer) für seine im Vorjahr anläßlich der China-Reise des damaligen US-Präsidenten R. → Nixon entstandene Artikelserie aus dem wenig bekannten Reich der Mitte.

☐ 1940: Übersiedlung in die USA. ☐ 1953: Abschluß des Politikstudiums an der Columbia Univ. ☐ 1954: Feste Anstellung als Reporter bei der New York Times. ☐ 1957-60: Moskaukorrespondent. ☐ 1968-73: Bürochef in Washington. ☐ 1973-77: Redaktionelle Leitung der Sonntagsbeilage. ☐ 1977-86: Verantwortlicher Redakteur für die Leitartikel. ☐ seit 1986: Chefredakteur.

← Max Frankel

Frankenfeld, Peter

dt. Entertainer und Showmaster
* 31.5.1913 Berlin † 4.1.1979 Hamburg

Frankenfeld, der in über 20 Jahren (1952-79) als schlagfertiger Conférencier etwa 1500 Sendungen moderierte, gehörte zu den Pionieren der deutschen Fernsehunterhaltung. 1952 übernahm F., der vier Jahre zuvor im Hörfunk Quizsendungen nach amerikanischem Muster eingeführt hatte, mit »Schöne Bescherung« seine erste Fernseh-Show. Das großkarierte Jackett wurde sein Markenzeichen. In zahlreichen Sendungen, die er meist selbst konzipierte, war F. in der Folge auf dem Fernsehschirm zu sehen (u. a. »Und ihr Steckenpferd«, 1963-74; »Sie und er im Kreuzverhör«, 1971-73; »Vergißmeinnicht«, eine Sendereihe zugunsten der Aktion Sorgenkind, 1964-1970). F., der in mehreren Büchern seine Witze und Bonmots gesammelt hat (u. a. »Bekenntnisse eines großkarierten Herrn«, 1969), arbeitete auch als Schauspieler am Theater.

☐ 1938: Ausstellung als Maler in der Berliner Sezession; Auftritt mit erstem eigenem Kabarettprogramm aus Anlaß einer Atelierfeier; Engagement im Berliner Kabarett der Komiker. ☐ 1948: Nach Kriegsgefangenschaft und Auftritten in US-Offiziersclubs erste Rundfunkmoderation von Quiz-Sendungen. ☐ 1955: »1000 Seiten Albernheiten« (Schr.). ☐ 1958-61: Fernsehsendung »Toi, Toi, Toi«. ☐ 1968: Theaterrolle in M. → Frischs »Biografie: Ein Spiel« in Zürich. ☐ 1972: »Meine besten Witze und Anekdoten« (Schr.). ☐ ab 1975: Autor und Fernsehmoderator von »Musik ist Trumpf«.

Peter Frankenfeld →

Frankenthaler, Helen

amer. Malerin
* 12.12.1928 New York

Frankenthaler hat durch die von ihr entwickelte Methode des »Soakstain« den Abstrakten Expressionismus um eine Variante erweitert. Dabei verteilt sie stark verdünnte Farbe lasierend auf die unbehandelte Leinwand. In diese durchscheinenden, sich teilweise überlagernden Flächen schreibt F. mit gestischem Pinselduktus expressive Zeichen ein, oder sie setzt den zartfarbigen Flächen kompaktere, tiefere Töne entgegen, wodurch Räumlichkeit erzielt wird. Ungeachtet der völligen Abstraktion der Kompositionen stellen sich Assoziationen zu Naturformen ein (z. B. »Gebirge und Meer«, 1952, New York, André Emmerich Gallery).

☐ 1945-50: Studium an der Dalton School, New York, der Art Students' League und bei H. → Hofmann. ☐ 1951: Begegnung mit J. → Pollock. ☐ 1958-71: Ehe mit R. → Motherwell. ☐ 1959: Teilnahme an der documenta 2 in Kassel. ☐ seit 1960: Lehraufträge an verschiedenen Univ.n. ☐ 1966: Teilnahme an der Biennale in Venedig. ☐ 1969: Erste Retrospektive (Whitney Museum of American Art, New York; Europa). □ 1973: Wandmalereien für das First Wisconsin Center Gebäude, Milwaukee. □ 1989: Retrospektive im Museum of Modern Art, New York.

Frankl, Viktor Emil

österr. Psychiater und Psychotherapeut
* 26.3.1905 Wien

Frankl ist ein herausragender Vertreter der anthropologischen Richtung der Psychiatrie (Dritte Wiener Schule). Er begründete die Existenzanalyse, die für das Verhalten des Menschen — neben dem Willen zur Lust (S. →Freud) und dem Willen zur Macht (A. →Adler) — einen Willen zum Sinn für bestimmend hält. Mangelnder Sinn führe zu Neurosen. Die von F. begründete »Logotherapie« soll dem Patienten bei seiner Sinnsuche helfen.

□ 1947: »Die Psychotherapie in der Praxis«. (Schr.). □ 1951: »Logos und Existenz« (Schr.). □ 1955-70: Prof. für Neurologie und Psychiatrie an der Univ. Wien. □ 1959-61: »Handbuch der Neurosenlehre und Psychotherapie« (5 Bde.). □ ab 1970: Prof. für Logotherapie an der Univ. San Diego, Kalif. □ 1972: »Der Mensch auf der Suche nach dem Sinn« (Schr.); »Der Wille zum Sinn« (Schr.). □ 1977: »Das Leiden am sinnlosen Leben« (Schr.).

Franklin, Aretha

amer. Soulsängerin
* 25.3.1942 Memphis, Tenn.

Franklin, die bis zu ihrem 18. Lebensjahr im Gospelchor ihres Vaters sang, ist seit ihrem ersten Hit »I never loved a man« 1967 die First Lady of Soul. Mitte der 70er Jahre nahm das Interesse an ihrer Musik ab; ihr Ausflug in die synthetische Diskomusik blieb erfolglos. Erst 1985 konnte sie mit dem Album »Who's zoomin' who« an ihre früheren Erfolge anknüpfen. Die LP »Through the storm«, auf der sie die ganze Palette ihres Könnens zeigt, wurde 1989 von der Kritik stürmisch gefeiert.

□ 1958: »The Gospel Soul of Aretha Franklin« (LP). □ 1968: »Queen of Soul« (LP). □ 1970: »Today I sing the blues« (LP). □ 1971: »Aretha's greatest hits«; »Aretha live at Fillmore West« (LP). □ 1972: »Amazing Grace« (LP). □ 1974: »Let me in your life« (LP). □ 1982: »Jump to it« (LP). □ 1983: »The legendary Queen of Soul« (LP). □ 1984: »That's Soul« (LP). □ 1987: »One Lord, one Faith, one Baptism« (LP).

← Aretha Franklin

Franks, Sir (seit 1942) Oliver Shewell, Lord (seit 1962) Baron of Headington

brit. Gelehrter und Diplomat
* 16.2.1905 Birmingham

Franks, 1937-45 Professor für Moralphilosophie an der Universität Glasgow, wurde 1947 als diplomatisch versierter Leiter der britischen Delegation bei der Pariser Konferenz über den Marshall-Plan bekannt. Im gleichen Jahr verhandelte F. über den Wiederaufbau Europas auch in Washington, wo er 1948-52 britischer Botschafter war. 1982 leitete F. die von der Regierung Thatcher eingesetzte Untersuchungskommission zur Klärung des Vorwurfs, Großbritannien sei auf die Falkland-Invasion Argentiniens nicht vorbereitet gewesen.

Franks: Der Botschafter bei der Ankunft in Southampton.

□ 1945/46: Staatssekr. des brit. Versorgungsministeriums. □ 1953-75: Dir. der Lloyds Bank Ltd.; 1954-62 Vorstandsvors. ebd. □ 1959: Im Auftrag der Weltbank Untersuchung der wirtschaftlichen Verhältnisse und Entwicklungsprogramme in Indien und Pakistan (mit H. J. →Abs). □ 1961/62: Präs. der Vereinigung brit. Bankiers. □ 1962-76: Provost am Worcester College, Oxford. □ 1965-84: Kanzler der East Anglia Univ.

Frantz, Justus

dt. Pianist und Festival-Intendant
* 18.5.1944 Hohensalza (heute Inowroclaw, Polen)

Frantz erwarb als Gründer und Intendant des Schleswig-Holstein-Musik-Festivals (seit 1986) Verdienste um die Popularisierung klassischer Musik. Er initiierte mit den jährlich ausgetragenen Veranstaltungen des Festivals, die unter Beteiligung international renommierter Künstler (Y. →Menuhin, L. →Bernstein) ein breites Publikum erreichten (300 000 Besucher, 1988), neue Formen des privaten Kulturengagements. Für seine Leistungen als Musikmanager

Justus Frantz: Als Pianist und Organisator gleichermaßen begabt.

erhielt F. 1987 den Deutschen Marketing-Preis. Seine internationale Karriere als Pianist (Werke der Klassik und Romantik) begann er 1970 bei einem Konzert in London (unter H. v. →Karajan). F. bespielte zahlreiche Schallplatten und bildete mit Ch. →Eschenbach ein erfolgreiches Duo.

□ 1967: Stipendiat der Studienstiftung des dt. Volkes; Preisträger beim Int. Musikwettbewerb in München. □ 1969: Erste int. Verpflichtungen als Pianist. □ 1975: Debüt in New York mit sechs Konzerten der New Yorker Philharmoniker unter L. Bernstein. □ 1981: Schallplattenaufnahme mit Ch. Eschenbach und dem damaligen Bundeskanzler H. →Schmidt. □ seit 1986: Intendant des Schleswig-Holstein-Musik-Festivals. □ 1989: Initiator und Mitbegründer der Dt.-sowjet. Jungen Philharmonie.

Franz Josef II.

Fürst von Liechtenstein
* 16.8.1906 Frauenthal, Steiermark
† 13.11.1989 Grabs (Schweiz)

← Franz Josef II.

Als jüngerer Sohn einer Seitenlinie des Hauses Liechtenstein wurde Prinz Franz Josef in Österreich geboren, wo die Familie ihren Hauptsitz hatte. Später studierte er in Wien an der Forstakademie. Als 1938 die regierende Linie in Liechtenstein ausstarb, trat er die Thronfolge an. Nach dem 2. Weltkrieg verlor der Fürst einen Großteil seines Besitzes (hauptsächlich in der Tschechoslowakei und in Schlesien). Durch eine vorteilhafte Steuergesetzgebung gelang es ihm seit den 50er Jahren, zahlreiche Firmen und Banken in Liechtenstein anzusiedeln und so dem Land eine große Prosperität zu verschaffen. 1984 übertrug er die Hoheitsrechte seinem Sohn Hans Adam, blieb aber bis zu seinem Tod Staatsoberhaupt des Landes.

Franz Joseph I.

Kaiser von Österreich (ab 1848) und König von Ungarn (ab 1867)
* 18.8.1830 Schönbrunn † 21.11.1916 ebd.

Franz Joseph I.: Mit seinem Tod ging eine Epoche zu Ende.

Durch die Abdankung seines Onkels, Ferdinands I., im Revolutionsjahr 1848 wurde Franz Joseph I. Herrscher der Donaumonarchie. Mit russischer Hilfe schlug er den Aufstand der Ungarn nieder und hob wesentliche liberale Zugeständnisse wieder auf. Der wachsende Druck des Nationalismus erzwang den Verzicht auf Norditalien (1859 Schlacht bei Solferino), das Ausscheiden aus dem Deutschen Bund infolge der Niederlage bei Königgrätz (1866) und den Ausgleich mit Ungarn 1867. Nach anfänglicher Unbeliebtheit wurde F. J., der am längsten von allen Herrschern der europäischen Geschichte regierte, zur Symbolfigur der Habsburgermonarchie; dazu trugen auch familiäre Schicksalsschläge (Selbstmord des Kronprinzen Rudolf in Mayerling 1889; Ermordung der Kaiserin Elisabeth in Genf 1898) bei.
Zunehmende nationale Spannungen auf dem Balkan trieben Österreich-Ungarn und das seit 1879 verbündete Deutsche Reich 1914 in den 1. Weltkrieg, dessen Ende mit der Zerschlagung der Donaumonarchie der Kaiser nicht mehr erlebte.

▷ E. C. Corti/H. Sobol: Kaiser Franz Joseph, 1985.

Fraser, Dawn

austral. Schwimmerin
* 15.11.1938 Sydney

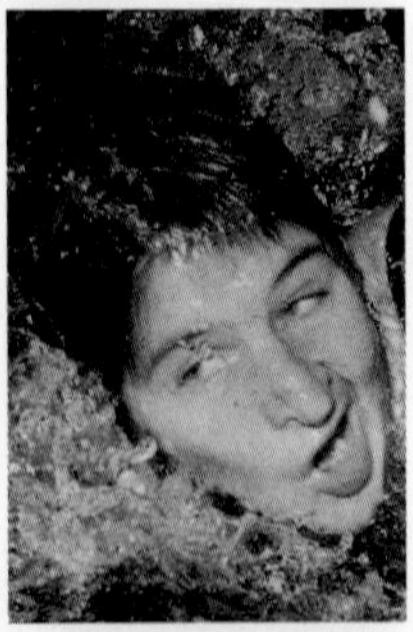
Dawn Fraser →

Fraser gewann — einmalig in der olympischen Geschichte — dreimal die 100 m Freistil und schwamm 43 Weltrekorde; einer davon machte die Australierin weltberühmt. 1962 unterbot sie als erste Frau über 100 m Freistil die Minutengrenze (59,9 sec.). 1956-64 errang sie vier olympische Gold- und vier Silbermedaillen.

Fraser, Malcolm

austral. Politiker
* 21.5.1930 Melbourne

Malcolm Fraser →

Als erklärter Gegner jeder Art von Sozialismus und Widersacher der Gewerkschaften gewann Fraser, Mitglied der Liberal Party (LP), 1975 die Wahl gegen die regierende Australian Labor Party (ALP). Er sah die Hauptaufgabe seiner Regierung in der Wirtschaftsentwicklung durch Liberalisierung der Gesetze sowie Investitionsförderung. 1983 verlor er die Wahl gegen R. →Hawke.

□ vor 1955: Studium der Wirtschaftswissenschaften in Oxford, England. □ 1955: Abgeordneter im Repräsentantenhaus für die Liberale Partei. □ 1966: Heeresmin. □ 1968/69, 1971/72: Min. für Erziehung und Wissenschaft. □ 1969/71: Verteidigungsmin. □ 1975-83: Premierminister.

▷ J. Edwards: Life wasn't meant to be easy. A political profile of Malcolm Fraser, 1977.

Frazer, Sir (ab 1914) James George

engl. Anthropologe und klassischer Philologe
* 1.1.1854 Glasgow † 7.5.1941 Cambridge

Frazer steht als Evolutionist in der geistigen Tradition A. →Bastians und E. B. →Tylors. Bekannt wurde er als Autor des Werkes »Der goldene Zweig«. Die zugrunde liegende Thematik — magische und religiöse Praktiken bei Naturvölkern aus allen Teilen der Welt — bildet den Schwerpunkt von F.s gesamtem Schaffen. Seine Unterscheidung zwischen Magie und Religion wurde auch von späteren Ethnologen übernommen,

Sir James Fraser: Sein Thema waren Magie und Religion.

nicht aber seine These von der stufenförmigen Entwicklung vom magischen über das religiöse zum wissenschaftlichen Denken.

□ 1879: Mitgl. des Trinity College, Univ. Cambridge. □ 1907-15: »Der goldene Zweig« (Schr., 12 Bde., dt. Auswahl 1928). □ 1910: »Totemism and Exogamy« (Schr.). □ 1921: Prof. für Anthropologie, Univ. Cambridge.

▷ A. Downie: Frazer and »The golden bough«, 1970.

Frears, Stephen

brit. Regisseur
* 20.6.1931 Leicester

Frears zählt zu den wichtigsten Vertretern des »New British Cinema«, dessen Low-Budget-Produktionen dem Kino der 80er Jahre neue Impulse gaben. F.s sozialkritische Filme schildern mit bissiger Ironie anhand von Einzelschicksalen die gesellschaftliche Situation im zeitgenössischen England. Mit der Hollywood-Produktion »Gefährliche Liebschaften« (1989), die drei Oscars erhielt, griff Frears erstmals ein historisches Thema auf.

□ 1968: Regieassistent bei L. →Anderson während der Dreharbeiten zu »If...«. □ 1971: »Gumshoe« (mit A. → Finney). □ 1972-84: TV-Regisseur. □ 1984: »The Hit« (mit J. →Hurt). □ 1985: »Mein wunderbarer Waschsalon« (nach H. Kureishi). □ 1987: »Das stürmische Leben des Joe Orton«; »Sammie und Rosie tun es« (beide nach H. Kureishi). □ 1991: »Grifters« (mit A. Houston).

Frege, (Friedrich Ludwig) Gottlob

dt. Mathematiker und Philosoph
* 8.11.1848 Wismar † 26.7.1925 Bad Kleinen

Frege, der lange verkannte, eigentliche Begründer der formalen Logik, formulierte in seinem Hauptwerk »Grundgesetz der Arithmetik« (2 Bde., 1893, 1903) wichtige Voraussetzungen der mathematischen Grundlagenforschung.
In seinen sprachanalytischen Untersuchungen »Über Sinn und Bedeutung« (Aufs., 1892) von Wörtern (z. B. Eigennamen im Unterschied zu Wörtern im Kontext eines Satzes) traf F. erstmals die Unterscheidung von Objekt- und Metasprache. Mit seiner Forderung, nach der Wortbedeutung stets im Satzzusammenhang zu fragen, beeinflußte F. die Entwicklung der Linguistik und Philosophie im angelsächsischen Sprachraum, in welchem er nach Kant zu den meistgelesenen deutschen Philosophen zählt.

Eduardo Frei →

Frei Montalva, Eduardo

chil. Politiker
* 16.1.1911 Santiago de Chile † 22.1.1982 ebd.

Der Christdemokrat Frei, 1964-70 chilenischer Staatspräsident, konnte sein wirtschaftliches und soziales Reformprogramm nur zum Teil verwirklichen. 1970 unterlag er bei den Präsidentschaftswahlen S. →Allende, dessen Volksfrontregierung 1973 durch einen Militärputsch (A. →Pinochet) gestürzt wurde. Seit 1975 übte F. zunehmend Kritik an der Militärjunta; u. a. kämpfte er gegen die Festigung der Militärherrschaft durch eine neue Verfassung (1980).

□ ab 1939: Prof. für Arbeitsrecht und Wirtschaftspolitik in Santiago. □ 1936: Vors. der neugegründeten Falange Nacional (nach dem Krieg Vereinigung mit den Christlich-Sozialen). □ 1945/46: Min. für Öffentliche Arbeiten. □ 1964-70: Staatspräsident. □ ab 1977: Mitgl. der von W. →Brandt geleiteten Nord-Süd-Kommission.

← Stephen Frears

Freire, Paulo

bras. Pädagoge
* 19.9.1921 Recife

Freire ist einer der bedeutendsten Pädagogen der Dritten Welt. Der international gefragte Berater für den Aufbau von Alphabetisierungs- und Bewußtseinsarbeit entwickelte eine Methode »politischen Lernens« für sozial benachteiligte Gruppen. Indem er Materialien und Texte mit Themen aus ihrem täglichen Leben benutzt, will F. den Lernenden ihre Situation bewußt machen.

□ bis 1964: Prof. für Pädagogik an der Univ. Recife. □ 1964: Nach dem Sturz der Regierung Goulart ins Exil. □ 1970: Bildungsberater beim Ökumenischen Rat der Kirchen, Genf. □ 1971: »Pädagogik der Unterdrückten« (Aufs.e, dt. 1973). □ ab 1976: Bildungsberater der seit 1974 unabhängigen Republik Guinea-Bissau. □ 1980: Rückkehr nach Brasilien. □ 1986: »Schule, die Leben heißt« (Aufs.e).

▷ D. E. Collins: Paulo Freire, his life, works and thought, 1977.

← Gottlob Frege

Freisler, Roland

dt. Jurist und Politiker
* 30.10.1893 Celle † 3.2.1945 Berlin (bei Luftangriff)

Freisler wurde als Präsident des Volksgerichtshofs (seit 1942) zur Symbolfigur der Pervertierung des Rechts im NS-Staat. 1915 in russische Kriegsgefangenschaft geraten und zeitweilig Kommunist und sowjetischer Kommissar, verurteilte F. als sog. Volksrichter Gegner des NS-Regimes wegen »Hoch- und Landesverrats«. Mit wüsten Schmähungen und geifernden Tiraden pflegte dieser Sadist und Massenmörder im Namen des deutschen Rechts seine Opfer (u. a. die

Roland Freisler: Ein Mörder in der Robe des Richters.

Angeklagten des Attentats auf A. →Hitler vom 20.7.1944) zu überschütten.

□ 1925: Eintritt in die NSDAP. □ 1933-42: Staatssekr. im preuß. Justizministerium, ab 1934 im Reichsjustizministerium. □ 1942: Teilnahme an der Wannseekonferenz (Planung von Deportation und Vernichtung der europäischen Juden). □ 1942-45: Präs. des Volksgerichtshofs.

A. Freud mit dem Großen Ehrenzeichen Österreichs, 1981.

Freud, Anna

brit. Kinderpsychoanalytikerin österr. Herkunft
* 3.12.1895 Wien † 8.10.1982 London

Anna Freud, die jüngste Tochter S. →Freuds, wandte die Psychoanalyse auf das kindliche Seelenleben an und entwickelte die Theorie der sog. Abwehrmechanismen, Mittel, mit denen das Ich Unerträgliches und Angstzustände verleugnen kann. Mit der Gründung (1947) und der Leitung (1952-82) der Hampstead Child-Therapy Course and Clinic in London schuf F. das wissenschaftlich-diagnostische und praktisch-therapeutische Fundament der Kinderpsychologie und erarbeitete neben M. →Klein die Grundlagen der Kinderpsychotherapie.

□ 1918-21: Lehranalyse bei S. Freud. □ 1925-38: Vors. des Wiener Inst. für Psychoanalyse. □ 1936: »Das Ich und die Abwehrmechanismen« (Schr.). □ 1938: Emigration mit ihrem Vater nach England. □ 1940-45: Leitung einer Kinderbetreuungsstelle in London. □ 1968: »Wege und Irrwege in der Kinderentwicklung« (Schr.). □ 1966-73: Hg. der Werke ihres Vaters.

▷ U. H. Peters: Anna Freud. Ein Leben für das Kind, 1979.

Freud, Sigmund

österr. Mediziner und Psychologe
* 6.5.1856 Freiberg (heute Príbor, CSFR)
† 23.9.1938 London (Großbritannien)

Freud entwarf mit seinen Theorien über das Unbewußte, die Verdrängung und mit seiner Konzeption des Ödipuskomplexes eines der einflußreichsten Gedankengebäude des 20. Jh.s: Die Psychoanalyse. 1892-95 entwickelte er unter Verzicht auf Hypnosetechniken die psychoanalytische Methode der freien Assoziation und ab 1899 die Traumdeutung (»Die Traumdeutung«, Schr., 1900). Er entdeckte im seelischen Kräftespiel des Menschen auf Befriedigung zielende Triebenergien, die er als das Ergebnis verdrängter frühkindlicher sexueller Wünsche und als Hauptursache der Neurosen interpretierte. Zu diesen Triebenergien rechnete F. ab 1920 auch den Todes- oder Destruktionstrieb.

Sigmund Freud mit Sohn und Prinzessin Marie de Bonaparte in Paris (v. r.).

Die seelische Organisation des Menschen stellte sich F. »strukturiert« vor, und zwar durch die Komponenten des »Es« (das Unbewußte), des »Ich« (die bewußte Vermittlungsinstanz zwischen den Wünschen des Es und den Anforderungen der Außenwelt) sowie des »Über-Ich« (auferlegte Normen und Verhaltensmuster). Das Individuum begegnet nach F. der gesellschaftlichen Reglementierung und Tabuisierung der Libido mit der sog. Sublimierung, so daß die kulturellen Leistungen des Menschen als Ersatzhandlungen letztendlich auf Unterdrückung seines Sexualtriebes beruhen.
F., der seine psychoanalytische Theorie auf alle geistigen, kulturellen und religiösen Bereiche des Lebens und der (westlichen) Zivilisation ausweitete, nahm einen universalen Einfluß auf nahezu alle Humanwissenschaften, die weitere

Entwicklung der Medizin, Psychologie, Anthropologie, Philosophie, Kunst und Literatur.

□ 1885: Dozent (ab 1902 Prof.) für Neuropathologie an der Univ. Wien; Eröffnung einer psychiatrischen Praxis. □ 1900: »Die Traumdeutung« (Schr.). □ 1901: »Zur Psychopathologie des Alltagslebens« (Schr.). □ 1905: »Der Witz und seine Beziehung zum Unbewußten« (Schr.). □ 1909: Vorlesungen an der Clark-Univ. (mit C. G. →Jung auf Einladung G.S. →Halls). □ 1913: »Totem und Tabu« (Schr.). □ 1916/17: »Vorlesungen zur Einführung in die Psychoanalyse«. □ 1920: »Jenseits des Lustprinzips« (Schr.). □ 1921: »Massenpsychologie und Ich-Analyse« (Schr.). □ 1923: »Das Ich und das Es« (Schr.). □ 1927: »Die Zukunft einer Illusion« (Schr.). □ 1929: »Das Unbehagen in der Kultur« (Es.). □ 1933: »Warum Krieg?« (Schr., mit A. →Einstein). □ 1938: »Abriß der Psychoanalyse« (Schr.); Emigration nach London. □ postum 1939: »Der Mann Moses und die monotheistische Religion« (Schr.).

▷ E. Jones: Das Leben und Werk von Sigmund Freud (3 Bde.), 1953-57, dt. 1960-63; G. Bally: Einführung in die Psychoanalyse Sigmund Freuds, 1971; L. Marcuse: Sigmund Freud, NA 1982; R. W. Clark: Sigmund Freud, dt. NA 1985; O. Mannoni: Sigmund Freud. Mit Selbstzeugnissen und Bilddokumenten, dt. 1986.

Freund, Gisèle

frz. Fotografin dt. Herkunft
* 19.12.1912 Berlin

Von Gisèle Freund stammen sehr bekannte und eindringlich charakterisierende Porträts wie die ersten Farbaufnahmen von J. →Joyce (Reportage für Life). Aufsehen erregten ihre Bildberichte aus Lateinamerika, vor allem die Reportagen über »Evita« →Perón (1950). Ihre Aufnahmen zeigen Anteilnahme, so bei dem berühmten Porträt der depressiven V. →Woolf (1939), aber auch den unbestechlichen Blick des Bildjournalisten. Selbst Repräsentationsfotos wie das des französischen Präsidenten F. →Mitterrand von 1981 fangen subtil die Persönlichkeit ein.

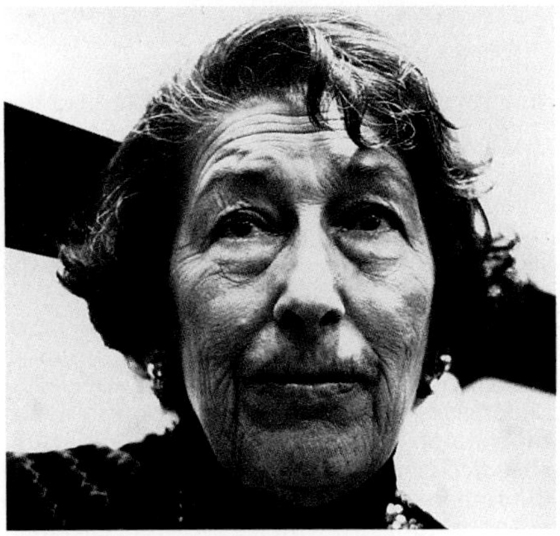

Gisèle Freund: Sie wurde berühmt mit ihren Porträts.

□ 1932: Studium am Inst. für Sozialforschung, Frankfurt/Main. □ 1933: Nebentätigkeit als Fotografin; Flucht nach Paris. □ ab 1935: Freie Fotografin für Paris Match, Life und Du. □ 1936: Promotion an der Pariser Sorbonne über »Photographie und Gesellschaft« (dt. 1968). □ ab 1938: Zahlreiche Künstler- und Schriftstellerporträts in Farbe. □ ab 1940: Im Untergrund im südfrz. Lot. □ 1942: Emigration nach Argentinien; Reisen durch Lateinamerika. □ 1946: Rückkehr nach Paris. □ 1948-54: Mitgl. der Gruppe Magnum. □ 1950-76: Zahlreiche Reisen, u. a. durch Mexiko. □ seit 1953: Wohnsitz in Paris. □ 1972-83: Arbeit an mehreren Filmen.

▷ G. Freund: Memoiren des Auges, 1978.

Freund, Leopold

österr. Röntgenologe
* 5.4.1868 Miscovice (Miskowitz) bei Prag (heute CSFR) † 7.1.1943 Brüssel (Belgien)

Freund führte ab 1896 im Wiener Allgemeinen Krankenhaus die Behandlung mit Röntgenstrahlen in die klinische Praxis ein. Der Begründer der medizinischen Radiologie und Röntgentherapie faßte die von ihm entwickelten Behandlungsmethoden sowie die möglichen Indikationsgebiete und Dosierungen der gefährlichen Strahlen im »Grundriß der gesamten Radiotherapie für praktische Ärzte« (Schr., 1903) zusammen.

Otto Freundlich →

Freundlich, Otto

dt. Maler, Bildhauer und Kunsttheoretiker
* 10.7.1878 Stolp, Pommern
† 9.3.1943 KZ Majdanek bei Lublin (Polen)

Freundlich, als Künstler Autodidakt, vermittelte zwischen französischer und deutscher Avantgarde. In seinem bildhauerischen Werk wurde die Architektur des menschlichen Kopfes zu seinem zentralen Thema (Plastik »Der neue Mensch«, 1912, verschollen, 1937 abgebildet auf dem Umschlag des Ausstellungsführers »Entartete Kunst«). Die Hinwendung zur Abstraktion vollzog F. als Glasmaler und Mosaizist (Wandmosaik »Die Geburt des Menschen«, 1918/19, heute in Köln, Städtische Bühnen). F.s Konzeption des Gesamtkunstwerks fand ihren Ausruck im Modell eines »Leuchtturms der sieben Künste« (um 1936).

□ 1903-06: Studium der Kunstgeschichte in Berlin, München und Florenz. □ ab 1907: Freier Künstler in Berlin, Paris (Freundschaft mit P. →Picasso) und Köln; im 1. Weltkrieg Sanitäter. □ 1924: Übersiedlung nach Paris. □ 1934/35: »Der Weg der abstrakten Kunst« (Schr.), »Richtlinien für den Unterricht in der bildenden Kunst« (Schr.). □ 1937: Als »entartet« verfemt. □ 1939/40: Internierung; danach Flucht in die Pyrenäen. □ 1942: Verhaftung als Jude und Deportation.

▷ Rheinisches Landesmuseum Bonn (Hg.): Otto Freundlich (mit Werkverzeichnis), 1980.

Rudolf Frey →

Frey, Rudolf

dt. Anästhesiologe
* 22.8.1917 Heidelberg
† 23.12.1981 Mainz (Selbstmord)

Frey, der 1967 den ersten Lehrstuhl für Anästhesiologie an der Universität Mainz erhielt, setzte die wissenschaftliche Eigenständigkeit dieser Disziplin an den deutschen Hochschulen durch. Mit der von ihm initiierten Einrichtung des Notarztwagens und der Entwicklung eines künstlichen Blutersatzes zählt F. zu den Begründern der

Katastrophenmedizin. Um neue Methoden in der Schmerzbekämpfung bemüht, wurde F. 1972 Leiter der von ihm angeregten Mainzer Schmerzklinik. F., der freiwillig aus dem Leben schied, war Vizepräsident der Deutschen Gesellschaft für humanes Sterben und befürwortete die aktive Sterbehilfe in aussichtsloser Situation nach Eintritt des Hirntodes.

□ ab 1952: Hg. der Zeitschrift Der Anästhesist. □ 1955: »Lehrbuch der Anästhesiologie« (mit anderen). □ 1956-60: Prof. an der Univ. Heidelberg. □ ab 1960: Prof. an der Univ. Mainz. □ 1974: »Schmerztherapie heute« (Schr. mit H. H. Wieck). □ 1978: »Sterbehilfe« (Schr. mit V. Eid).

Freyer, Hans

dt. Soziologe
* 31.7.1887 Leipzig † 18.1.1969 Ebersteinburg

Freyer war der Soziologen-»Führer« des Dritten Reiches. Er verurteilte die moderne »industrielle Gesellschaft« als zutiefst antiliberal und verfocht die Idee der »Volksgemeinschaft«, das nationalsozialistische Pendant zur marxistischen Ideologie von der »klassenlosen Gesellschaft«. Seine Idee von der »Volkswerdung« verstand F. auch im rassischen Sinne. Nach 1945 korrigierte er seine Einstellung.

□ 1930: »Soziologie als Wirklichkeitswissenschaft« (Schr.). □ 1938-44: Prof. für Soziologie, Univ. Budapest. □ 1948: »Weltgeschichte Europas« (Schr.). □ 1955: Prof. für Soziologie, Univ. Münster. □ postum 1970: »Gedanken zur Industriegesellschaft« (Schr.).

← Hans Freyer

Freyssinet, Eugène

frz. Konstrukteur und Architekt
* 13.7.1879 Objat, Corrèze † 8.6.1962 Saint-Pierre de Vésubie, Alpes-Maritimes

Freyssinet gehört wie R. →Maillard und L. →Nervi zu den Pionieren des Stahlbetonbaus. Seine bahnbrechenden Entwicklungen vor allem im Spannbetonbau führten in der engen Verflechtung konstruktiver und gestalterischer Aspekte zur fast vollkommenen architektonischen Einheit von Form und Technik. Dies zeigten beispielhaft die Luftschiffhallen in Orly (1944 zerstört). Die eleganten Bogen aus Stahlbeton, die die Bauten konstituierten, waren nur 9 cm dick und in einer gleichmäßigen Faltung miteinander verbunden. F.s Fähigkeiten stellen auch seine Brückenbauten unter Beweis, z. B. die Brücke über die Elorn-Mündung bei Plougastel (1925-30). Sie schwingt sich in leichten Bögen über den Fluß, und darüber erhebt sich eine filigrane Tragekonstruktion für Gleisanlagen. F.s Bauten gehören zu den vollendeten Zeugnissen des Ingenieurbaus im 20. Jh.

□ ab 1907: Nach dem Studium Tätigkeit im öffentlichen Dienst in Moulins. □ ab 1916: Bau von Flugzeughangars, Brücken (u. a. Allierbrücken bei Le Veurdre und Boutiron) und der beiden Luftschiffhallen in Paris-Orly (1916-24). □ ab 1928: Eigenes Büro in Paris. □ 1935: Gare-Maritime, Le Havre. □ 1948: Wasserhochbehälter, Orleans. □ 1958: Unterirdische Basilika Pius' X. in Lourdes (mit P. Vago).

▷ J. A. Fernández Ordóñez: Eugène Freyssinet, span. 1978.

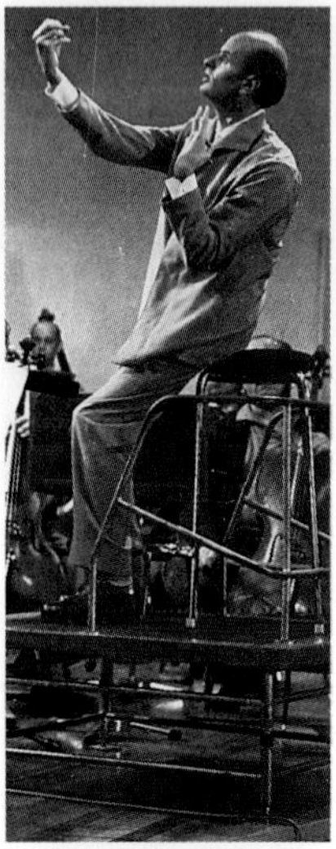

Ferenc Fricsay →

Frick, Wilhelm

dt. Jurist und Politiker
* 12.3.1877 Alsenz bei Meisenheim
† 16.10.1946 Nürnberg (hingerichtet)

Frick war als Reichsinnenminister (1933-43) für die administrative und legislative Festigung der NS-Herrschaft verantwortlich; seine Gesetzentwürfe dienten der Diskriminierung und Ausschaltung politischer Gegner, oppositioneller Kirchenvertreter und der Juden (Nürnberger Gesetze von 1935). Als erster nationalsozialistischer Minister (in Thüringen schon zu Beginn der 30er Jahre) gab F. eine Vorahnung von den Herrschaftspraktiken nach der Machtergreifung.

Frick (r.) und Goebbels 1932 im Berliner Sportpalast.

□ 1924-45: MdR, ab 1928 Fraktionsvors. der NSDAP. □ 1930/31: Min. für Inneres und Volksbildung in Thüringen. □ 1933-43: Reichsinnenmin. □ 1943-45: Reichsprotektor von Böhmen und Mähren. □ 1946: Vom internationalen Militärgerichtshof zum Tode verurteilt.

Fricsay, Ferenc

österr. Dirigent ung. Herkunft
* 9.8.1914 Budapest † 20.2.1963 Basel (Schweiz)

Fricsay zählte zu den profiliertesten Konzert- und Operndirigenten der Gegenwart (1978 Abschluß der Fricsay-Edition der Deutschen Grammophon auf 40 Schallplatten). Mit technischer Perfektion und prägnanten Interpretationen war der Schüler von Z. →Kodály neben seinen Ämtern an den Opernhäusern Budapest, Wien, München und Berlin ein bevorzugter Rundfunk- (RIAS-Sinfonieorchester) und Schallplattendirigent (musikalischer Leiter der Deutschen Grammophon-Gesellschaft). F., der oft mit A. →Nikisch verglichen wurde, war Spezialist für die Werke von Mozart und Bartók (Aufnahme sämtlicher Orchesterwerke) und setzte sich auch für die zeitgenössische Musik ein.

□ 1933-44: Dirigent in Szeged. □ 1945-48: Dirigent der Staatsoper und des Philharmonischen Orchesters in Budapest. □ 1947: Leiter der UA von G. v. →Einems Oper »Dantons Tod« in Salzburg (in Vertretung des erkrankten O. →Klemperer). □ 1947/48: Dirigent der Staatsoper Wien. □ 1948-53: Generalmusikdir. der Städtischen Oper und Dirigent des RIAS-Sinfonieorchesters. □ 1956-58: Generalmusikdir. der Bayer. Staatsoper München. □ ab 1961: Generalmusikdir. der Dt. Oper Berlin. □ 1962: »Über Mozart und Bartók« (Schr.).

▷ F. Herzfeld: Ferenc Fricsay. Ein Gedenkbuch, 1964.

Friderichs, Hans

dt. Politiker und Bankfachmann
* 6.10.1931 Wittlich, Rhld.-Pf.

Friderichs, der von 1972 bis 1977 Bundeswirtschaftsminister (FDP) der sozial-liberalen Koalition war, wurde im Zusammenhang mit der Flick-Spendenaffäre 1987 wegen Steuerhinterziehung zu einer Geldstrafe verurteilt. Er soll in seiner Amtszeit insgesamt 375 000 DM vom Flick-Konzern angenommen haben, um eine Steuerbefreiung für die Reinvestition von Flick-Gewinnen zu erwirken. F., der sich 1977 überraschend aus der Politik zurückgezogen hatte, um die Nachfolge des von Terroristen ermordeten Jürgen Ponto als Vorstandssprecher der Dresdner Bank anzutreten, trat 1985 wegen der gegen ihn erhobenen Vorwürfe von seinem Amt zurück.

□ 1964-69: In der Nachfolge H.-D. → Genschers Bundesgeschäftsführer der FDP. □ 1969: Staatssekr. im rheinland-pfälzischen Ministerium für Landwirtschaft im Kabinett von Ministerpräsident H. →Kohl. □ 1972-77: Bundeswirtschaftsmin. □ 1974: »Mut zum Markt. Wirtschaftspolitik ohne Illusionen« (Schr.). □ 1978-85: Vorstandssprecher der Dresdner Bank. □ 1979-84: Als Aufsichtsratsvors. bei AEG Verdienste um die Sanierung des Konzerns. □ 1988: Aufsichtsratsvors. beim europ. Airbus Konsortium (Nachfolger von F. J. →Strauß) und beim Einzelhandelskonzern co op.

← Hans Friderichs

Fried, Alfred Hermann

österr. Schriftsteller
* 11.11.1864 Wien † 4.5.1921 ebd.

Fried, der 1892 die Deutsche Friedensgesellschaft mitbegründete, war vor dem 1. Weltkrieg einer der führenden Pazifisten in Europa. Er forderte den Aufbau internationaler Organisationen zur Verhütung von Kriegen. 1911 erhielt er den Friedens-Nobelpreis.

□ ab 1883: Buchhändler in Berlin. □ 1891: Hg. der Zeitschrift »Die Waffen nieder!« (ab 1899: »Friedenswarte«). □ 1892: Mitbegründer der Dt. Friedensgesellschaft. □ 1908: »Das internationale Leben der Gegenwart« (Schr.). □ 1911: Friedens-Nobelpreis (mit T. M. C. Asser). □ 1911-13: »Handbuch der Friedensbewegung«. □ 1919: »Der Weltprotest gegen den Versailler Frieden« (Schr.).

Fried, Erich

österr. Schriftsteller
* 6.5.1921 Wien
† 22.11.1988 Baden-Baden

Fried, der 1938 wegen seiner jüdischen Abstammung nach England geflohen war, setzte Lyrik zur kritischen Selbsterkundung wie zur Vermittlung zwischen Andersdenkenden ein. Er protestierte gegen erlebtes und beobachtetes Unrecht, den Vietnamkrieg, Israels Palästinenserpolitik, die Form der Terrorismusbekämpfung in der BRD, aber auch gegen den Dogmatismus der sog. Linken. Von der 68er Generation verehrt, von der Literaturkritik als Agitationslyrik verurteilt, provozierten F.s Gedichte die konservative Kritik; sie wurden 1978 aus bayerischen Schullesebüchern entfernt. 1987 erhielt F., der sich auch als Shakespeare-Übersetzer Anerkennung erwarb, den Georg-Büchner-Preis.

← Erich Fried

□ 1938: Flucht vor den Nationalsozialisten nach England. □ 1944: »Deutschland« (Ged.e). □ 1952-68: Redakteur des dt. Programms der BBC. □ 1960: »Ein Soldat und ein Mädchen« (R.). □ 1964: »Warngedichte«. □ 1966: »und Vietnam und« (Ged.e). □ 1967: »Anfechtungen« (Ged.e). □ 1970: »Unter Nebenfeinden« (Ged.e). □ 1974: »Höre Israel!« (Ged.e). □ 1978: »100 Gedichte ohne Vaterland«. □ 1979: »Liebesgedichte«. □ 1981: Wiedererlangung der österr. Staatsbürgerschaft. □ 1982: »Das Unmaß aller Dinge« (Erz.n). □ 1983: »Es ist was es ist« (Ged.e). □ 1987: Georg-Büchner-Preis. □ 1988: »Gedanken in und an Deutschland« (Es.s, Reden).

▷ H. L. Arnold (Hg.): Erich Fried, 1986; M. Levin (Hg.): Über Erich Fried, 1987.

Friedell, Egon

(eig. E. Friedmann)
österr. Schriftsteller, Journalist und Schauspieler
* 21.1.1878 Wien † 16.3.1938 ebd. (Selbstmord)

Egon Friedell: Der »geniale Dilettant«, von Max Reinhardt als Schaspieler entdeckt.

Friedells Hauptwerk, die »Kulturgeschichte der Neuzeit« (3 Bde., 1927-31), ist vollkommener Ausdruck seiner geistreichen anekdotisch-essayistischen Darstellungskunst. Plastisch und mit großem Einfühlungsvermögen zeichnet F. darin ein Bild der europäischen Entwicklung seit der Renaissance, zeigt ungewohnte Parallelen zur Gegenwart auf und provoziert durch bewußt subjektive, antiwissenschaftliche Aufbereitung. F. arbeitete auch als Dramaturg, Theaterdichter, -rezensent und Schauspieler und war das »Enfant terrible« der Wiener Kulturszene. 1938 nahm er sich kurz nach dem Einmarsch deutscher Truppen in Wien wegen seiner jüdischen Herkunft das Leben.

□ 1908: »Goethe« (Sketch). □ 1912: »Ecce poeta« (Es.s). □ 1915: »Von Dante zu d'Annunzio« (Es.s). □ 1920: »Die Judastragödie« (Dr.). □ 1922: »Steinbruch« (Aphorismen). □ 1936: »Kulturgeschichte Ägyptens und des alten Orients«. □ postum 1940: »Kulturgeschichte Griechenlands« (Fragment, dt. 1949). □ 1946: »Die Reise mit der Zeitmaschine« (Nov.). □ 1950: »Das Altertum war nicht antik« (Es.s). □ 1953: »Kleine Porträtgalerie« (Es.s).

Friedenthal, Richard

dt. Schriftsteller
* 9.6.1896 München † 19.10.1979 Kiel

Friedenthal geriet mit seiner Goethe-Biografie (1963) ins Kreuzfeuer der Kritik. Die eindrucksvolle, flüssig geschriebene Charakterisierung Goethes, die anders als eine werkorientierte Betrachtung auch Persönlichkeitsmerkmale und die Zeitumstände einbezieht, wurde gleichermaßen als Respektlosigkeit verurteilt wie als »befreiende Tat« gelobt.

□ 1927: »Marie Rebscheider« (Nov.n). □ 1929: »Der Eroberer« (R.). □ 1933: Schreibverbot. □ 1938: Emigration nach England. □ 1945-50: Londoner Redakteur der Neuen Rundschau (S. →Fischer). □ 1951-54: Verlagsleiter in München. □ 1959: »Leonardo« (Biogr.); »Georg Friedrich Händel« (Biogr.). □ 1963: »Goethe, sein Leben und seine Zeit« (Biogr.). □ 1967: »Luther — Sein Leben und seine Zeit« (Biogr.). □ 1969: »Entdecker des Ich« (Es.s). □ 1972: »Jan Hus« (Biogr.).

▷ K. Piper (Hg.): Und unversehens ist es Abend. Von und über Richard Friedenthal, 1976.

← Richard Friedenthal

Friedman, Milton

amer. Ökonom
* 31.12.1912 New York

Friedman, Anhänger des klassischen Kapitalismus, ist der bekannteste Vertreter des sog. Monetarismus, einer Wirtschaftstheorie, derzufolge die Volkswirtschaft primär über die umlaufende Geldmenge gesteuert werden soll (Chicago-Schule). F., seit den 60er Jahren einflußreicher Berater des rechten Flügels der Republikaner, glaubt im Gegensatz zu J. M. →Keynes an die Selbstheilungskräfte des Marktes und plädiert für eine weitgehende Abstinenz des Staates sowie die Abschaffung des Wohlfahrtssystems in seiner gegenwärtigen Form. Die vordergründige Aufgabe sieht er in der Inflationsbekämpfung durch Geldmengenpolitik; Arbeitslosenquote und Zinssätze hingegen seien als natürliche und instabile Größen langfristig nicht zu beeinflussen. Die Lehre des Nobelpreisträgers (1976) wurde u. a. in den USA (»Reaganomics«) und Großbritannien (»Thatcherism«) praktiziert, hat jedoch seit Mitte der 80er Jahre an Bedeutung verloren.

Milton Friedman, »Prophet« des Kapitalismus.

□ 1928-33: Studium der Wirtschaftswissenschaften. □ 1935-37: Wirtschaftsexperte im Nat. Resources Committee, Washington D. C. □ 1937-40: Mitarbeiter im Nat. Büro für Wirtschaftsforschung, Washington D. C. (erneut 1948-81). □ 1938: »Studies in income and wealth« (Schr., 2 Bde.). □ 1941-43: Steuerexperte im US-Schatzamt. □ 1943-45: Stellv. Abteilungsdir. an der Columbia Univ., New York. □ 1948-83: Prof. an der Univ. Chicago. □ 1962: »Die Theorie der Preise« (Schr., dt. 1977); »Kapitalismus und Freiheit« (Schr., dt. 1971). □ 1963: »Inflation: Causes and consequences« (Schr.). □ 1968-84: Kolumnist bei Newsweek. □ 1976: Nobelpreis für Wirtschaftswissenschaften. □ 1977: Wirtschaftsberater der israel. Likud-Regierung. □ 1980: »Chancen, die ich meine« (Schr., mit Ehefrau Rose). □ 1984: »Die Tyrannei des Status Quo« (Schr., dt. 1985).

▷ A. Bönisch/J. Iša: Keynes oder Friedman?, 1978.

Friedrich, Götz

dt. Regisseur und Theaterleiter
* 4.8.1930 Naumburg an der Saale

Götz Friedrich, erfolgreicher Opernintendant, probt Alban Bergs »Lulu«.

Friedrich, ein Schüler W. →Felsensteins, ist dank seiner stilsicheren und genauen, intellektuell herausfordernden Inszenierungen einer der anerkanntesten Opernregisseure der Gegenwart. Seit seinem Wechsel von der Komischen Oper in Ost-Berlin in die Bundesrepublik (1973) hat G., der auch eine Vielzahl von Libretti neu übersetzt und bearbeitet hat, u. a. durch Inszenierungen der großen Opern des 20. Jh.s — »Moses und Aron« (A. →Schönberg) 1973 in Wien, »Aus einem Totenhaus« (L. →Janáček) 1978 in Zürich —, Aufmerksamkeit erregt. Als Intendant der

Deutschen Oper Berlin besetzt er einen wichtigen Posten innerhalb der internationalen Musiktheater-Branche.

□ 1968: Oberspielleiter der Komischen Oper Ost-Berlin unter W. Felsenstein, 1973-80 an der Hamburgischen Staatsoper; zahlreiche Gastinszenierungen. □ 1974: »Rheingold« und »Walküre« (Opern von R. Wagner) an der Covent Garden Opera in London. □ seit 1981: Intendant der Dt. Oper Berlin. □ 1984/85: »Der Ring des Nibelungen« (Opern-Tetralogie von R. Wagner) in Berlin.

Friedrichs, Hanns Joachim

dt. Fernsehjournalist
15.3.1927 Hamm/Westf.

Friedrichs, vormals als ZDF-Korrespondent in New York verantwortlich für die UNO-Berichterstattung, war 1985-91 beim NDR Erster Moderator der »Tagesthemen«. F. übernahm damit in dieser nach amerikanischem Vorbild konzipierten Nachrichtensendung die Rolle des »Anchorman«, der die Sendung moderiert und zu den einzelnen Nachrichtenblöcken überleitet. Dieser auf die Person des Moderators zugeschnittene Stil der Nachrichtenvermittlung führte innerhalb kurzer Zeit zu einer Verdoppelung der Einschaltquoten und machte F. zu einem der populärsten Nachrichtensprecher des deutschen Fernsehens.

□ 1950-55: Redakteur bei der BBC in London. □ 1964: USA-Korrespondent in Washington. □ 1969: Moderator der Nachrichtensendung »heute«. □ 1972/73: ZDF-Korrespondent in Vietnam. □ 1973: Übernahme der Hauptredaktion Sport beim ZDF. □ 1981: ZDF-Korrespondent in New York. □ 1985-91: Erster Moderator der »Tagesthemen«.

← Hanns J. Friedrichs

Frings, Joseph

dt. Theologe (kath.)
* 6.2.1887 Neuss † 17.12.1978 Köln

Kardinal Frings war lange Zeit der Wortführer des deutschen Katholizismus. Er gehörte zum Präsidium des 2. Vatikanischen Konzils (1962-65), auf dem er sich zu Glaubensfragen, wie z. B. zur Mischehenregelung, sehr kritisch gegenüber der kirchlichen Lehre äußerte. Außerdem setzte er sich für die Rechte der mit dem Heiligen Offizium in Konflikt geratenen Theologen ein. In den Nachkriegsjahren bestritt F. den Vorwurf der Kollektivschuld aller Deutschen. Mit Mut und Selbstbewußtsein vertrat F. den alliierten Siegermächten gegenüber die Interessen der notleidenden Bevölkerung.

Joseph Frings: Liberaler Katholik und großer Kardinal.

□ 1942-69: Erzbischof von Köln. □ 1945-65: Vors. der dt. Bischofskonferenz. □ 1946: Erhebung zum Kardinal. □ 1948: Protektor des Flüchtlingswesens.

▷ J. Frings: Für die Menschheit bestellt. Erinnerungen des Alterzbischofs von Köln (Aut.), 1973.

Frisch, Karl Ritter von

österr. Zoologe
* 20.11.1886 Wien † 12.6.1982 München

Frisch beschäftigte sich mit dem Kommunikationsvermögen und der Orientierungsfähigkeit bei Fischen und Bienen. Bekannt wurde er 1923 mit seiner Entdeckung und Entschlüsselung der »Sprache« der Bienen, mit der sie sich über Richtung und Entfernung einer neuen Nahrungsquelle unterrichten. F. beschrieb »Die Sonne als Kompaß im Leben der Bienen« und erkannte deren Vermögen, ultraviolettes Licht zu erkennen. Neben der für die Imkerei wichtigen Dressur der Honigbienen, auf farblich markierte Plätze zu fliegen, entwickelte F. ein Duftlenkungsverfahren zur gezielten Befruchtung landwirtschaftlicher Nutzpflanzen durch Bienen.

Karl v. Frisch →

□ 1923: »Über die Sprache der Bienen« (Schr.). □ ab 1924: Hg. der »Zeitschrift für vergleichende Physiologie«. □ 1925-46; 1950-58: Prof. an der Univ. München; Dir. des Zoologischen Inst. ebd. □ 1927: »Aus dem Leben der Bienen« (Schr.). □ 1936: »Du und das Leben, eine moderne Biologie« (Schr.). □ 1946-50: Prof. an der Univ. Graz. □ 1952/53: »Biologie« (2 Bde.). □ 1965: »Tanzsprache und Orientierung der Bienen« (Schr.). □ ab 1972: Hg. des »Journal of comparative physiology«. □ 1973: Physiologie/Medizin-Nobelpreis (mit K. →Lorenz und N. →Tinbergen). □ 1974: »Tiere als Baumeister« (Schr.).

▷ K. v. Frisch: Erinnerungen eines Biologen (Aut.), 1957; ders.: Fünf Häuser am See. Familienerinnerungen, 1980.

Frisch, Max

schweiz. Schriftsteller
* 15.5.1911 Zürich † 4.4.1991 ebd.

Frisch, Träger des Georg-Büchner-Preises (1958), zählt als Romancier wie als Dramatiker zu den bekanntesten deutschsprachigen Autoren der Nachkriegszeit. Sein thematisch wie formal experimentierender Umgang mit Realität, der sein unruhiges, von Berufs- und Ortswechseln gekennzeichnetes Leben widerspiegelt, ist charakteristisch für die Literatur des 20. Jh.s. Hauptthema ist die Selbstentfremdung des modernen Menschen, der im Rollenspiel seine Identität sucht und ergründen will, wie weit sein Leben auch von Fiktionen bestimmt wird. F.s Tagebücher — Teil des literarischen Werks — enthalten

Max Frisch: Bis zum Schluß ein unbestechlicher Kritiker seiner Heimat.

neben poetischen Skizzen zeitkritische Reflexionen eines engagierten Beobachters.

□ 1931-41: Germanistik- und Architekturstudium; Journalist. □ 1940: »Blätter aus dem Brotsack« (Tageb.). □ 1942-54: Architekt. □ 1943: »J'adore ce qui me brûle oder Die Schwierigen« (R.). □ 1945: »Bin oder Die Reise nach Peking« (Erz.); »Nun singen sie wieder« (Dr.). □ 1946: »Santa Cruz« (Dr.); »Die chinesische Mauer« (Dr.). □ 1949: »Als der Krieg zu Ende war« (Dr.). □ 1950: »Tagebuch 1946-49«. □ 1951: »Graf Öderland« (Dr.). □ 1953: »Don Juan oder Die Liebe zur Geometrie« (Kom.). □ 1954: »Stiller« (R.). □ 1957: »Homo faber« (R., verfilmt 1991 von V. →Schlöndorff). □ 1958: »Biedermann und die Brandstifter« (Dr.); Georg-Büchner-Preis. □ 1961: »Andorra« (Dr.). □ 1964: »Mein Name sei Gantenbein« (R.). □ 1967: »Öffentlichkeit als Partner« (Reden u. a.). □ 1968: »Biografie: Ein Spiel« (Dr.). □ 1971: »Wilhelm Tell für die Schule« (Es.). □ 1972: »Tagebuch 1966-71«. □ 1974: »Dienstbüchlein« (Es.). □ 1975: »Montauk« (Erz.). □ 1978: »Triptychon« (Dr.). □ 1979: »Der Mensch erscheint im Holozän« (Erz.). □ 1982: »Blaubart« (Erz.). □ 1989: »Schweiz ohne Armee? Ein Palaver« (Schr.). □ 1990: »Jonas und sein Veteran« (Dr.).

▷ J. H. Petersen: Max Frisch, 1978; A. Stephan: Max Frisch, 1983; W. Schmitz (Hg.): Max Frisch, 1987.

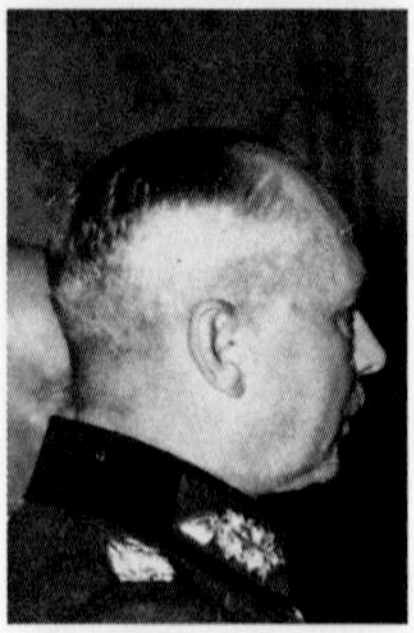

W. Freiherr von Fritsch →

← Otto R. Frisch

Willi Fritsch →

Frisch, Otto Robert

brit. Physiker österr. Herkunft
* 1.10.1904 Wien † 22.9.1979 Cambridge

Frisch führte mit seiner Tante, L. →Meitner, Untersuchungen zur Uranspaltung durch und deutete die experimentellen Ergebnisse, die O. →Hahn beim Beschuß von Uran mit Neutronen gewonnen hatte. F., der mit populärwissenschaftlichen Büchern zur Atomphysik bekannt wurde, führte den Begriff »nuclear fission« (Kernspaltung) in die Physik ein.

□ 1933: Emigration nach England. □ 1934-39: Mitarbeiter von N. →Bohr in Kopenhagen. □ 1943: Brit. Staatsbürger. □ 1943-46: Beteiligung am amer. Atombombenprojekt in Los Alamos, N. Mex. □ 1947: »Meet the atoms« (Schr.). □ 1947-72: Prof. an der Univ. Cambridge. □ 1963: »Die Elementarteilchen der Physik« (Schr.).

▷ O. R. Frisch: Woran ich mich erinnere. Physik und Physiker meiner Zeit (Aut.), 1979.

Frisch, Ragnar Anton Kittil

norw. Nationalökonom
* 3.3.1895 Oslo † 21.1.1973 ebd.

Frisch war 1930 Mitbegründer der Econometric Society (Cleveland, Ohio). Dieses internationale Gremium von Ökonomen (u. a. J. →Tinbergen, J. A. →Schumpeter) etablierte die »Ökonometrie« als selbständige Disziplin der Wirtschaftswissenschaften. F. entwickelte dynamische Modelle für die Analyse von Wirtschaftsabläufen und schuf die Bezeichnung »Makroökonomie« für den Bereich der Wirtschaftstheorie, der gesamtwirtschaftliche Zusammenhänge auf der Basis von Globalgrößen untersucht. Mit Jan Tinbergen erhielt er 1969 den erstmals vergebenen Nobelpreis für Wirtschaftswissenschaften.

□ 1931-65: Nach Habilitation Prof. an der Univ. Oslo. □ 1933-55: Hg. der Zeitschrift Econometrica. □ 1942: »New methods of measuring marginal utilities« (Schr.). □ 1969: Nobelpreis für Wirtschaftswissenschaften. □ 1976: »Economic planning studies« (Schr.).

Fritsch, Werner Freiherr von

dt. Militär
* 4.8.1880 Benrath (Düsseldorf)
† 22.9.1939 bei Warschau (gefallen)

Fritsch, der als Oberbefehlshaber des Heeres (1935-38) maßgeblich an der deutschen Wiederaufrüstung beteiligt war, widersetzte sich ab November 1937 Hitlers Expansionsplänen. Daraufhin wurde er 1938 aufgrund einer Intrige wegen angeblicher Homosexualität aus der Armee ausgeschlossen. Durch diese Aktion und die zeitgleiche Verabschiedung W. v. →Blombergs konnte Hitler das Oberkommando der Wehrmacht übernehmen. Von einem militärischen Ehrengericht rehabilitiert, fiel F. 1939 im Polenfeldzug.

□ 1928: Leiter der Heeresabteilung im Truppenamt. □ 1932: Befehlshaber des Wehrkreises III (Berlin) im Rang eines Generalleutnants. □ 1934-38: Chef der Heeresleitung (1935 Umbenennung in Oberbefehlshaber des Heeres).

Fritsch, Willi

dt. Schauspieler
* 27.1.1901 Kattowitz (heute Katowice, Polen)
† 13.7.1973 Hamburg

Fritsch, der schon im Stummfilm der 20er Jahre den charmanten Liebhaber verkörperte, wurde im Musikfilm der 30er Jahre als Partner von L. →Harvey berühmt. Nach dem 2. Weltkrieg war F. in rund 40 Filmen erfolgreich — 1965 erhielt er den Deutschen Filmpreis.

□ 1925: »Seine Frau, die Unbekannte« (Rg. B. Christensen). □ 1930: »Liebeswalzer« (mit L. Harvey, Rg. W. Thiele); »Die Drei von der Tankstelle« (mit L. Harvey, Rg. W. Thiele). □ 1931: »Der Kongreß tanzt« (mit L. Harvey, Rg. E. Charell). □ 1933: »Walzerkrieg« (Rg. L. Berger). □ 1935: »Spione« (Rg. F. →Lang). □ 1936: »Glückskinder« (mit L. Harvey, Rg. K. Ritter). □ 1941: »Frauen sind doch bessere Diplomaten« (mit M. →Rökk, Rg. G. Jakoby). □ 1947: »Film ohne Titel« (mit H. → Knef, Rg. R. Jugert). □ 1964: »Das hab' ich von Papa gelernt« (mit Th. Fritsch, Rg. A. v. →Ambesser).

▷ W. Fritsch: »...das kommt nicht wieder« (Aut.), 1963.

Gert Fröbe in »Der tolle Bomberg«, 1957.

Fröbe, Karl-Gerhart »Gert«

dt. Schauspieler
* 25.2.1913 Planitz bei Zwickau
† 5.9.1988 München

Nach dem 2. Weltkrieg als Otto Normalverbraucher in »Berliner Ballade« (1948, Rg. R. A. Stemmle) bekannt geworden, begann Fröbe mit »Die Helden sind müde« (1955, Rg. Y. Ciampi) seine internationale Karriere, in der er häufig den »häßlichen Deutschen« verkörperte. Das Repertoire des wandlungsfähigen Schauspielers reichte vom »Räuber Hotzenplotz« (1974, Rg. G. Ehmcks) über den Filmbösewicht und Bondgegenspieler »Goldfinger« (1964, Rg. G. Hamilton) bis zur eindringlichen Darstellung eines Kindermörders in »Es geschah am hellichten Tag« (1958, mit H. →Rühmann; Rg. L. Vajda, nach F. →Dürrenmatt). F. trat auch erfolgreich als Rezitator auf (u. a. J. →Ringelnatz, Chr. → Morgenstern, E. →Kästner).

□ 1933-35: Bühnenmalerlehre am Staatstheater in Dresden. □ ab 1935: Schauspielunterricht bei E. →Ponto. □ 1937: Erstes Engagement in Wuppertal. □ 1946: Münchner Kammerspiele. □ 1958: »Der Pauker« (mit H. Rühmann, Rg. A. v. Ambesser); »Das Mädchen Rosemarie« (Rg. R. Thiele). □ 1961: Ernst-Lubitsch-Preis für »Der Gauner und der liebe Gott« (Rg. A. v. Ambesser); »Der längste Tag« (Rg. u. a. B. →Wicki). □ 1964: »Die tollkühnen Männer in ihren fliegenden Kisten« (Rg. K. Annakin). □ 1976: »Das Schlangenei« (Rg. Ingmar →Bergman). □ 1982: »Der Garten« (mit E. →Bergner, Rg. W. Liebeneier).

▷ G. Ball: Gert Fröbe. Seine Filme — sein Leben, 1982; G. Fröbe: Auf ein Neues, sagte er... und dabei fiel ihm das Alte ein (Aut.), 1988.

Frobenius, Leo

dt. Völkerkundler
* 29.6.1873 Berlin † 9.8.1938 Biganzolo (Italien)

Frobenius gehört mit F. →Graebner zu den Gründungsvätern der Kulturkreislehre. Ziel war die Erhellung der Geschichte schriftloser Gesellschaften, ausgehend von der Überzeugung, daß es keine einlinige Menschheitsentwicklung gäbe, wie sie der Evolutionismus des 19. Jh.s postuliert hatte. Ähnlichkeiten zwischen Völkern betrachtete er als Ergebnis der Ausbreitung (Diffusion) von Kulturen. F.s These von wenigen kulturellen Entstehungszentren ist seit den 40er Jahren überholt. Auf seinen zahlreichen Forschungsreisen sammelte F. als erster Völkerkundler altafrikanisches Erzählgut und untersuchte altafrikanische Felsbilder.

□ 1899-1901: »Probleme der Kultur« (Schr.). □ 1904-35: Zwölf Forschungsreisen in Afrika. □ 1922: Gründung des Forschungsinst. für Kulturmorphologie (heute Frobenius-Inst. in Frankfurt/Main). □ 1922-31: »Atlas Africanus« (Hg.). □ 1932: Prof. für Kulturanthropologie, Univ. Frankfurt/Main. □ 1934: Dir. des dortigen Völkerkundemuseums.

Cornelia Froboess →

Froboess, Cornelia

dt. Schauspielerin
* 28.10.1943 Wriezen/Oder

Froboess überzeugt als Darstellerin klassischer und moderner Rollen durch ihre nüchterne Sachlichkeit und disziplinierte, aufrichtige Spielweise, die aber nicht emotionslos bleibt. Bekannt und populär wurde F. durch Fernsehrollen, für die sie zahlreiche Publikumsauszeichnungen gewann. Große Erfolge hatte F. schon als Kinderstar und Schlagersängerin in den 50er und 60er Jahren; bereits mit acht Jahren stand sie zum ersten Mal auf der Bühne.

□ 1951: Erster Bühnenauftritt mit dem Schlager »Pack die Badehose ein«. □ 1964/65: Mitgl. am Braunschweiger Staatstheater. □ 1964: Titelrolle in Lessings »Emilia Galotti«. □ 1965: Hannah im Fernsehfilm »Wahn oder Der Teufel von Boston« (L. →Feuchtwanger). □ 1967: Heirat mit H. Matiasek. □ seit 1972: Mitgl. an den Münchner Kammerspielen. □ 1977: Marie Caroline in dt. EA »Die Nacht der Tribaden« (P. O. →Enquist, Rg. D. →Dorn). □ 1982: Goldener Bär der Berliner Filmfestspiele für Rolle in »Die Sehnsucht der Veronika Voss« (Rg. R. W. →Fassbinder). □ 1983: Xenia in dt. EA »Der Sommer« (E. →Bond, Rg. L. →Bondy). □ 1990: Titelrolle in Ibsens »Die Frau vom Meer« (Rg. Th. →Langhoff).

← Leo Frobenius

Fröding, Gustav

schwed. Lyriker
* 22.8.1860 Alster, Värmland † 8.2.1911 Stockholm

Tiefe Schwermut und überschäumende Lebensfreude zugleich prägen das Werk des manisch-depressiven Fröding, der zu den bedeutendsten Lyrikern Schwedens gehört. Mit Alliterationen, Assonanzen und freien Rhythmen brachte er eine neue Qualität in die schwedische Lyrik. In dem Essay »Über den Humor« (1890) begegnete F. dem bürgerlichen Moralismus mit einer an die Menschlichkeit appellierenden Philosophie, die niemanden als ausschließlich gut oder böse ansieht.

□ 1880-85: Studium in Uppsala, ohne Abschluß. □ 1885-87: Mitarbeiter der radikalen Zeitung Karlstads-Tidningen (erneut 1891-94). □ 1891: »Gitarre und Ziehharmonika« (Ged.e). □ 1894: »Neue Gedichte«. □ 1896: »Spritzer und Fetzen« (Ged.e). □ 1897: »Neues und Altes« (Ged.e). □ 1898-1905: Aufenthalt in der Nervenheilanstalt von Uppsala.

Fröhlich, Gustav

dt. Schauspieler
* 21.3.1902 Hannover
† 22.12.1987 Lugano (Schweiz)

Fröhlich, der in etwa 125 Spielfilmen mitwirkte, war besonders in den 30er Jahren einer der populärsten deutschen Schauspieler. Nach einem Überraschungserfolg in F. →Langs »Metropolis« (1926) und Rollen in anspruchsvollen Produktionen wurde er jedoch auf die Rolle des jugendlichen Liebhabers in Unterhaltungsfilmen festgelegt. Zu seinem größten Bühnenerfolg gehört die Verkörperung des »Prinzen von Homburg« (Dr. von H. v. Kleist) unter M. →Reinhardt am Deutschen Theater Berlin (1932). Einen letzten großen Auftritt hatte F. 1981/82 in der zehnteiligen TV-Serie »Die Laurents«.

□ 1921-24: Engagement an der Berliner Volksbühne, u. a. unter E. →Piscator. □ 1922: Filmdebüt in »Paganini« (Rg. H. Goldberg). □ 1932: »Ein Mann mit Herz« (F., Rg. G. v. Bolvary). □ 1934: Rg. und Hr. in »Die Abenteuer eines jungen Herrn in Polen« (F.). □ 1942: »Der große König« (F., Rg. V. →Harlan). □ 1950: »Die Sünderin« (F., Rg. W. →Forst). □ 1968: »Laubenkolonie« (TV).

▷ G. Fröhlich: Waren das Zeiten. Mein Film-Heldenleben, 1983.

← Gustav Fröhlich

Fromm, Erich

amer. Psychoanalytiker und Schriftsteller
dt. Herkunft
* 23.3.1900 Frankfurt/Main
† 18.3.1980 Muralto bei Locarno (Italien)

Fromm ist der wohl bekannteste psychoanalytische Schriftsteller der Gegenwart. Als Wissenschaftler entwickelte er, Ansätze der Psychoanalyse und der marxistischen Soziologie verbindend, therapeutische Methoden, die Phantasie, Kreativität und Solidarität fördern sollten. F. betonte die soziale und kulturelle Überformung der Antriebs- und Persönlichkeitsentwicklung (Akkulturation) und wies auf die gruppen- und kulturspezifisch unterscheidbaren Formen der Triebbefriedigung hin. Wegen seiner kritischen Stellung gegenüber S. →Freuds Lehre gilt F. als »Neopsychoanalytiker«.

Fromm: Seine Bücher beeinflußten die 70er und 80er Jahre.

□ 1929-32: Dozent für Psychoanalyse am Inst. für Sozialforschung, Frankfurt/Main. □ 1934: Emigration in die USA; Dozent an der Columbia Univ., New York. □ 1941: »Die Furcht vor der Freiheit« (Schr., dt. 1945). □ 1947: »Psychoanalyse und Ethik« (Schr., dt. 1954). □ 1951-67: Prof. an der Univ. Nacional Autónoma de Mexico; ab 1957 Dir. des Inst. für Psychoanalyse ebd. □ 1958-62: Prof. an der Michigan State Univ., USA. □ 1956: »Die Kunst zu lieben« (Schr., dt. 1980). □ 1959: »Sigmund Freuds Sendung« (Schr., dt. 1961). □ ab 1962: Prof. für Psychologie an der Univ. New York. □ 1973: »Die Anatomie der menschlichen Destruktivität« (Schr., dt. 1974). □ 1976: »Haben oder Sein« (Schr., dt. 1976). □ 1979: »Sigmund Freuds Psychoanalyse. Größe und Grenzen« (Schr., dt. 1979).

Frost, Robert Lee

amer. Lyriker
* 26.3.1874 San Francisco † 29.1.1963 Boston

Der Lyriker Robert Frost im Alter von 82 Jahren.

Der vierfache Pulitzer-Preisträger Frost lebte neun Jahre als Farmer in Derry, New Hampshire. Seine formal konventionelle Naturlyrik zeigt, fern jeder Romantik, den Menschen im Kampf mit den Elementen (»Storm Fear«, 1913), im Spannungsbereich zwischen Natur und karger bäuerlicher Zivilisation (»Mending Wall«, 1914) und in der Vereinsamung des Alters (»An Old Man's Winter Night«, 1916). Seine scheinbar schlichte Poesie errang bei den Amerikanern volksliedhafte Popularität. F. gilt als der amerikanischste aller US-Lyriker und mit den Avantgardisten T. S. →Eliot, E. →Pound und W. →Stevens als unumstrittener Meister der amerikanischen Dichtung.

□ 1892-1922: Studium mit häufigen Unterbrechungen. □ 1912-15: Englandaufenthalt. □ 1913: »A Boy's Will« (Ged.e). □ 1914: »North of Boston« (Ged.e). □ 1916: »Mountain Interval« (Ged.e). □ 1924: Pulitzer-Preis für Lyrik (ern. 1931, 1937, 1943). □ 1930: »Collected Poems« (Ged.e). □ 1936: Prof. an der Harvard Univ. □ 1942: »A Witness Tree« (Ged.). □ 1952: »Gesammelte Gedichte« (dt.).

▷ L. Thomson/R. H. Winnick: Robert Frost. A Biography, engl. 1982; St. Burnshaw: Robert Frost himself, engl. 1986.

Frunse, Michail Wassilewitsch

sowjet. Militär und Politiker
* 2.2.1885 Pischpek, Frunse † 31.10.1925 Moskau

Frunse begründete mit L. →Trotzki die Rote Armee. Im Bürgerkrieg war er zunächst als politischer Kommissar, später auch als Armeeführer erfolgreich. Er löste Trotzki 1925 als Volkskommissar ab, starb aber kurze Zeit später unter ungeklärten Umständen.

□ 1904: Mitgl. der Bolschewiki. □ 1905: Teilnahme an der Revolution in Moskau; danach verhaftet und zum Tode verurteilt; zu Zwangsarbeit begnadigt (bis 1914). □ 1917: Teilnahme an der Revolution in Belorußland. □ 1918: Militärkommissar. □ 1919/20: Armeeführer. □ 1920: Oberbefehlshaber in der Ukraine. □ 1924: Generalstabschef der Roten Armee. □ 1925: Volkskommissar für Kriegswesen und Oberbefehlshaber der Roten Armee.

← Michail W. Frunse

Fry, Christopher

(eig. Ch. Harris)
engl. Dramatiker
* 18.12.1907 Bristol

Fry, Sohn eines Laienpredigers der Quäker-Bewegung, schreibt lyrische Versdramen, die als Festspiele oder Komödien eine christliche Weltsicht bejahen. Große Bühnenerfolge waren »Die Dame ist nicht fürs Feuer« (1948), »Venus im Licht« (1950) und »Das Dunkel ist Licht genug« (1954). Das historische Drama »König Kurzrock« (1961) handelt vom mittelalterlichen Konflikt zwischen kirchlicher und staatlicher Autorität am Beispiel von Erzbischof Becket und König Heinrich II., ein Thema, mit dem sich auch T. S. →Eliot und J. →Anouilh befaßten. Gegen Ende der 50er Jahre begann das Publikumsinteresse an F.s »metaphysischen« Dramen nachzulassen. F. betätigte sich auch als Übersetzer französischer Literatur und wirkte (als Schauspieler) bei großen Filmproduktionen in Hollywood mit (u. a.»Ben Hur«).

▷ Ch. Fry: Can you find me (Aut.), engl. 1978.

Christopher Fry: Der »metaphysische« Dramatiker und Gentleman an seinem Schreibtisch.

Fuchs, Ernst

österr. Maler und Grafiker
* 3.2.1930 Wien

Fuchs stellt in altmeisterlicher Manier mythologische und biblische Themen in Phantasielandschaften dar. Er ist beeinflußt von Hieronymus Bosch (* um 1450, † 1516) sowie von Manierismus, Symbolismus, Jugendstil und Surrealismus. Auch die Szenen und Figuren enthalten phantastisch-surreale Elemente (z. B. »Moses vor dem brennenden Dornbusch«, 1956, Wien, Österreichische Galerie). F. wird u. a. mit R. → Hausner zur sog. Wiener Schule des Phantastischen Realismus gerechnet.

Ernst Fuchs: Die Mütze ist sein Markenzeichen.

□ 1946-50: Studium an der Wiener Kunstakademie bei A. P. →Gütersloh. □ ab 1948: Erste Radierungen (»Salome mit dem Haupt des Täufers«, »Leda mit dem Schwan«). □ ab 1958: Eigene Galerie in Wien. □ 1966: Programmatische Schrift »Architectura Caelestis«.

Fuchs, Klaus

dt. Physiker und Spion
* 29.12.1911 Rüsselsheim † 28.1.1988 Ost-Berlin

Fuchs war von 1943 bis 1946 als britischer Staatsangehöriger (ab 1942) an der Entwicklung der amerikanischen Atombombe in Los Alamos (N. Mex.) beteiligt (J. R. →Oppenheimer) und verriet der UdSSR wichtige britische und amerikanische Geheimnisse. Der kommunistische Meisterspion wurde erst 1948 entlarvt, 1950 zu 14 Jahren Gefängnis verurteilt und 1959 vorzeitig aus britischer Haft entlassen. Nach seiner Übersiedlung in die damalige DDR leitete F. dort den Aufbau der Kernkraftwerke.

□ 1932: Mitgl. der KPD. □ 1933: Emigration über Frankreich nach England. □ 1946: Leiter der theoretischen Abteilung am brit. Atomforschungszentrum in Harwell, Oxfordshire. □ 1951: Aberkennung der brit. Staatsbürgerschaft. □ 1959-74: Tätigkeit am Zentralinst. für Kernphysik in Rossendorf bei Dresden. □ ab 1967: Mitgl. des ZK der SED.

Fuchsberger, Joachim Karl »Blacky«

dt. Schauspieler
* 11.3.1927 Stuttgart

In den 80er Jahren etablierte sich Fuchsberger als Show- und Talkmaster im Fernsehen (u. a. »Auf los geht's los«, 1977-85). Bekannt geworden in der Rolle des Gefreiten Asch in der »08/15«-Trilogie (1954/55; nach H. H. Kirst, Rg. P. May), blieb er vor allem durch zahlreiche Edgar-Wallace-Verfilmungen populär.

□ 1955: »Der letzte Mann« (Rg. H. Braun). □ 1959: »Die feuerrote Baronesse« (Rg. R. Rugert). □ 1961: »Die seltsame Gräfin« (Rg. J. V. Baky). □ 1962: »Das Gasthaus an der Themse« (Rg. A. Vohrer). □ 1964: »Der Hexer« (Rg. A. Vohrer). □ 1965: »Der letzte Mohikaner« (Rg. H. Reinl). □ 1973: »Das fliegende Klassenzimmer« (nach E. →Kästner, Rg. W. Jacobs). □ ab 1980: TV-Talkshow »Heut' abend«. □ 1982: »Der Fan« (Rg. E. Schmidt). □ 1989 »Terra Australis« (Rg. und Produktion). □ ab 1991: Moderation der Quizsendung »Ja oder Nein«.

← Joachim Fuchsberger

Fuentes, Carlos

mex. Schriftsteller
* 11.11.1928 Mexiko-City

Fuentes gehört zu den stilistisch originellsten Romanciers Lateinamerikas und ist mit O. →Paz der bedeutendste Gegenwartsautor Mexikos. Der kritisch-undogmatischen Denkweise von F., dessen Themen um die Geschichte Mexikos und seiner Menschen kreisen, entspricht ein ständiges Bemühen um die Weiterentwicklung der Romantechnik. »Landschaft in klarem Licht« (1958, dt. 1974), sein erster Roman, ist ein mehrdimensionales Porträt von Mexiko-City und der alten Aztekenhauptstadt Tenochtitlán gleichermaßen; »Nichts als das Leben« (R., 1962, dt. 1964) beschreibt das Scheitern der mexikanischen Revolution von 1910, wobei F. veschiedene Zeitebenen kunstvoll übereinanderblendet. Später machte F., als unermüdlich Reisender auch in Europa zu Hause, die vielfältigen Beziehungen zwischen Lateinamerika und der Alten Welt zum Thema (u. a. »Terra nostra«, R., 1975, dt. 1977; »Die Heredias«, R., 1980, dt. 1981).

Carlos Fuentes: Ein Mittler zwischen Neuer und Alter Welt.

□ 1950-59: Diplomat und Kulturattaché. □ 1962: »Aura und Geburtstag« (R., dt. 1976). □ 1967: »Hautwechsel« (R., dt. 1969). □ 1969: »La nueva novela hispanoamericana« (Es.). □ 1975-77: Mex. Botschafter in Paris. □ 1978: »Das Haupt der Hydra« (R., dt. 1981). □ 1981: »Verbranntes Wasser« (Erz.n, dt. 1987). □ 1987: »Christoph, ungeboren« (R., dt. 1991). □ 1990: »La Campaña« (R., dt. 1990).

Athol Fugard →

Fugard, Athol Halligan

südafr. Dramatiker
* 11.6.1932 Middelburg, Kap-Provinz

Fugard begründete mit dem 1961 in Johannesburg uraufgeführten Drama »Blutsband« (dt. EA Köln 1976) das moderne südafrikanische Theater. Verzicht auf Requisiten und illusionslose Analysen menschlicher Probleme kennzeichnen auch die in Zusammenarbeit mit der schwarzen Schauspieltruppe Serpent Players entstandenen Produktionen »Sizwe Bansi ist tot« (1973, dt. 1979) und »Die Insel« (1974, dt. 1979). In »A Place with the Pigs« (Dr., 1988) beschäftigte sich der Apartheidgegner F. mit der sozialen Verantwortung des einzelnen gegenüber der Gesellschaft.

Franz Fühmann →

Fühmann, Franz

dt.spr. Schriftsteller
* 15.1.1922 Rochlitz (Tschechoslowakei)
† 8.7.1984 Ost-Berlin

Der Sozialist Fühmann griff — u. a. durch seine Verteidigung des offiziell als dekadent geltenden G. →Trakl (1982) — in die dogmatisch erstarrte Literaturdebatte der DDR ein und forderte, die mythische Dimension einer von der Ideologie unabhängigen Literatur zu erhalten. Auf der Suche nach Wahrheit und Würde des Menschen thematisierte F. die Erfahrung von Faschismus, Krieg und der Wandlung zum Marxisten.

□ 1941: Als Nationalsozialist Freiwilliger im 2. Weltkrieg. □ 1949: Rückkehr aus sowjet. Kriegsgefangenschaft als Marxist; Niederlassung in der DDR; Funktionär der Nationaldemokratischen Partei (NDPD, bis 1973); Journalist. □ 1953: »Die Fahrt nach Stalingrad« (Ged.e). □ 1957: »Kameraden« (Nov.); Nationalpreis der DDR. □ 1962. »Das Judenauto« (Nov.n). □ 1975: »Erfahrungen und Widersprüche« (Es.s). □ 1978: »Bagatelle, rundum positiv« (Erz.n). □ 1982: »Der Sturz des Engels« (Es.). □ postum 1985: »Das Ohr des Dionysios« (Erz.n). □ 1991: »Im Berg. Verlorene Zeit«.

Fukazawa, Shichiro

jap. Schriftsteller
* 29.1.1914 Isawamachi, Yamanashi
† 18.8.1987 Shobu-machi, Saitama

Fukazawa verweist mit seinem Werk auf die tragische Diskrepanz zwischen menschlichen Belangen und der Gebundenheit an traditionelle Zusammenhänge. In seinem ersten Erfolgsroman, »Schwierigkeiten beim Verständnis der Narayama-Lieder« (1956, dt. 1964), erzählt er in archaisierender Form von dem Brauch, alte Leute als »unnütze Esser« in den Bergen auszusetzen. F. dringt hier zum Urgrund des japanischen Gemeinschaftsdenkens vor, das auf der bedingungslosen Opferbereitschaft des einzelnen basiert. Charakteristisch für den erst spät zur Literatur gelangten Autodidakten ist seine unsentimentale, lakonische Sprache.

□ ab 1939: Musiker in Tokio. □ 1958: »Der Fuefuki-Fluß« (R.). □ 1959: »Die Prinzen von Tokio« (R.). □ 1960: »Geschichte eines Traums« (R.); Anschlag auf seinen Verleger wegen Kritik am Kaiserhaus in F.s Roman. □ 1980: »Puppen aus dem Nordosten Japans« (R.).

Fulbright, James William

amer. Politiker
* 9.4.1905 Sumner, Mont.

Fulbright, 1941-43 demokratischer Abgeordneter im Repräsentantenhaus, forderte 1943 eine internationale Organisation zum Schutz des Weltfriedens. Die nach ihm benannte Resolution war 1945 eine der Grundlagen zur Gründung der UNO. Als Vorsitzender des außenpolitischen Ausschusses im Senat (1959-74) kritisierte er die Interventionspolitik der amerikanischen Regierung in Kuba und Vietnam. Gemäß seiner Maxime der Völkerverständigung initiierte er 1946 die »Fulbright-Stipendien«, die einen umfassenden Studenten- und Professorenaustausch zwischen den USA und Europa ermöglichen sollten.

□ 1921: Jurastudium in Ark. □ 1928-34: Stipendium in Oxford; Europareisen. □ 1939: Rektor der Staatsuniv. von Ark. in Jonesboro. □ 1945-74: Senator von Ark. □ 1967: Vorlage eines Achtpunkte-Friedensplans für die Beendigung des Vietnamkriegs; »Die Arroganz der Macht« (Schr.). □ seit 1974: Tätigkeit als Berater und Anwalt.

← James W. Fulbright

Samuel Fuller →

Fuller, Richard Buckminster

amer. Ingenieur und Architekt
* 12.7.1895 Milton, Mass. † 1.7.1983 Los Angeles

Fuller trat zunächst mit progressiven Architekturentwürfen, später vor allem mit spektakulären Kuppelbauten hervor. Im Projektstadium blieb das sog. »Dymaxion House«, eine technisierte »Installation zum Wohnen« (1927), in der ein überkuppelter Rundbau alle Wohnfunktionen zusammenfassen sollte (Dymaxion: Dynamik plus maximale Effizienz). Die Reparaturhalle der Union Tank Car Corp. in Baton Rouge, Louis. (1958), mit einer Kuppel von 117 m Durchmesser, ist der bisher größte moderne Kuppelbau. F. konnte solche Spannweiten durch die Verwendung leichter Materialien (Leichtmetalle, Kunststoff, Holz) und die besondere geodätische Konstruktion aus Oktaedern, Tetraedern usw. erreichen. Alle Teile wurden vorgefertigt und am Bauplatz zusammengesetzt. So entstand auch der fast kugelförmige, mit einer wabenähnlichen Struktur überzogene amerikanische Pavillon für die Weltausstellung in Montreal. Mit seinen konstruktiven wie gestalterischen Ideen erreichte F. v. a. eine jüngere Architektengeneration (Lehraufträge am Massachusetts Institute of Technology in Cambridge und an der Princeton University, N. J.).

R. Fuller vor dem Pavillon zur Weltausstellung in Montreal.

▷ R. B. Fuller: Konkrete Utopie, 1974; D. W. Robertson: Mind's Eye of R. B. Fuller, engl. 1974.

Fuller, Samuel

amer. Regisseur
* 12.8.1912 Worchester, Mass.

Fuller, der u. a. als Polizeireporter und Kriegskorrespondent tätig war, prägte mit Kriegsfilmen und Western wie »Vierzig Gewehre« (1957, mit B. →Stanwyck) die Ästhetik des Action-Kinos. Wiederkehrendes Thema seiner Filme ist der Krieg, die gewalttätige Auseinandersetzung zwischen Völkern, Kulturen und einzelnen Menschen. F., der den Großteil der Drehbücher zu seinen Filmen selber schrieb, ist auch als Krimi-Autor bekannt. Sein Roman »The Dark Page« wurde 1952 unter dem Titel »Skandalblatt« (Rg. Ph. Karlson) verfilmt.

□ 1949: »Ich erschoß Jesse James«. □ 1950: »Der Baron von Arizona« (mit V. →Price). □ 1951: »Die Hölle von Korea«. □ 1953: »Die Polizei greift ein« (mit R. →Widmark). □ 1957: »Hölle der tausend Martern« (mit R. →Steiger). □ 1964: »Der nackte Kuß«. □ 1969: »Hai« (mit B. →Reynolds). □ 1978: »The Big Red One/Die unbesiegbare Erste« (mit L. →Marvin). □ 1981: »Weiße Bestie«. □ 1989: »Straße ohne Wiederkehr«.

▷ U. v. Berg/N. Grob: Fuller, 1984.

Funès, Louis de

frz. Schauspieler
* 31.7.1914 Courbevoie † 27.1.1983 Nantes

Funès, der als grimassenschneidender Komiker überwiegend cholerisch-aggressive Kleinbürger spielte, wurde seit Beginn der 60er Jahre mit zahlreichen Klamauk-Filmen als »Balduin, der... (Geldschrankknacker, Ferienschreck, Heiratsmuffel usw.)« populär.

□ 1964: »Der Gendarm von St. Tropez«; »Fantomas« (mit J. →Marais). □ 1973: »Die Abenteuer des Rabbi Jakob«. □ 1978: »Der Querkopf« (mit Anni Girardot).

Funk, Casimir

poln.-amer. Biochemiker
* 23.2.1884 Warschau † 20.11.1967 Albany, N. Y.

Funk erforschte die durch Vitaminmangel hervorgerufenen Krankheitsbilder. Bei seiner Untersuchung der Beriberi (1912), einer in südostasiatischen Ländern verbreiteten psychischen Krankheit aufgrund Vitamin-B_1-Mangels, prägte F. den Begriff Vitamin und verfaßte das grundlegende Werk »Die Vitamine« (1913).

Fürbringer, Ernst-Fritz

dt. Schauspieler
* 27.7.1900 Braunschweig † 30.10.1988 München

Fürbringer war bis ins hohe Alter ein äußerst populärer Schauspieler, der besonders durch Auftritte in TV-Serien (»Derrick«, »Der Kommissar«, »Schwarzwaldklinik«) einem Millionenpublikum bekannt war. Ab 1966 arbeitete F., der klassische Heldenrollen ebenso verkörperte wie väterliche Bonvivants in Boulevardstücken, nach z. T. langjähriger Ensemblezugehörigkeit in Hamburg, Berlin, München und Frankfurt/Main, als freier Schauspieler. Bereits in den 30er Jahren hatte er sich beim Film als Darsteller und Synchronsprecher einen Namen gemacht.

E.-F. Fürbringer nach Kriegsende in München, 1947/48.

□ 1925-35: Ensemblemitgl. der Hamburger Kammerspiele; Debüt als Oberpriester in F. Grillparzers »Des Meeres und der Liebe Wellen«. □ 1935-42: Engagement am Bayrischen Staatsschauspiel in München. □ 1940: Tellheim in »Das Fräulein von Barnhelm« (F.). □ 1943: »Titanic« (F.). □ 1954-59: Mitgl. des Ensembles der Münchner Kammerspiele. □ 1953: »Ein Herz spielt falsch« (F.). □ 1984: TV-Mehrteiler »Vor dem Sturm« nach dem Roman von Th. Fontane.

Furgler, Kurt

schweiz. Politiker
* 24.6.1924 St. Gallen

Der langjährige Bundesrat Furgler (1971-82 Justiz- und Polizei-, 1982-86 Volkswirtschaftsdepartement) amtierte 1977, 1981 und 1985 als Bundespräsident der Schweiz. Der Christdemokrat ist überzeugter Anhänger der katholischen Soziallehre. Um sein Land vor »Überfremdung« zu schützen, bewirkte F. in den 70er Jahren eine Einschränkung des Grundstücksverkaufs an Ausländer (»Lex Furgler«).

← Kurt Furgler

Reinhard Furrer: Schwerelos im europäischen Weltraumlabor Spacelab.

Furrer, Reinhard

dt. Physiker und Astronaut
* 25.11.1940 Wörgl, Tirol (Österreich)

Furrer, seit 1987 Professor für Weltraumtechnologie an der FU Berlin, war nach U. →Merbold der zweite deutsche Wissenschaftler, der an einem Weltraumflug (30.10.-7.11.1985) teilnahm und physikalische Experimente durchführte. In dem von der amerikanischen Raumfähre »Challenger« mitgeführten europäischen Weltraumlabor »Spacelab« wurden u. a. die Auswirkungen der Schwerelosigkeit auf Materialverarbeitung, Kristallwachstum und den menschlichen Organismus erforscht.

Furtwängler, Adolf

dt. Archäologe
* 30.6.1853 Freiburg i. Br.
† 11.10.1907 Athen (Griechenland)

Furtwängler, der mit seinen Kenntnissen der antiken Kunstdenkmäler alle Zeitgenossen übertraf, vollendete die von positivistischem Geist getragene kunsthistorische Archäologie und legte der Forschung des 20. Jh.s das Fundament. Zu den Klassikern archäologischer Wissenschaft zählen seine »Meisterwerke der griechischen Plastik« (2 Bde., 1893) und die mit K. Reichhold zusammengestellte »Griechische Vasenmalerei« (Schr., 1900-06).

□ 1878/79: Teilnahme an Ausgrabungen in Olympia. □ 1880-93: Leiter der Berliner Antikensammlung Antiquarium. □ ab 1884: Prof. an der Univ. Berlin. □ 1894-1907: Prof. an der Univ. München und Leiter der Glyptothek. □ 1900: »Die antiken Gemmen« (3 Bde.). □ 1901-07: Teilnahme an Ausgrabungen in Orchomenos, Amyklai und Ägina. □ 1906: »Aegina« (2 Bde.).

Furtwängler, Wilhelm

dt. Dirigent und Komponist
* 25.1.1886 Berlin
† 30.11.1954 Ebersteinburg (heute Baden-Baden)

Furtwängler, der sich nach frühen Kompositionen (»Te Deum«, UA Breslau 1910) fast aus-

Furtwängler: Legendärer Chef der Berliner Philharmoniker.

schließlich dem Dirigieren widmete, war als Chef der Berliner Philharmoniker (1922-45 und 1947-54) einer der bedeutendsten Interpreten der Musik des 19. Jh.s (Sinfonik, Opern) und der Moderne. Er setzte sich während der NS-Zeit für verfolgte Orchestermusiker und diffamierte Komponisten ein (1934 Rücktritt aus Protest gegen Hindemith-Boykott). Wegen seiner Tätigkeiten in Berlin, Wien und Salzburg während des Dritten Reichs erhielt F. von den Siegermächten bis 1947 Auftrittsverbot. F. unternahm nach seiner Rehabilitierung zahlreiche Gastspielreisen mit den Berliner Philharmonikern in das westliche Ausland (in den USA boykottiert). Er war Gegner der werkgetreuen Aufführungspraxis und vertrat das Ideal des schöpferischen Interpreten. Zu seinen Werken gehören drei Sinfonien (1903, 1947, 1954).

□ 1915-20: Operndir. in Mannheim. □ 1920-22: Nachfolger von R. →Strauss als Dirigent der Sinfoniekonzerte der Berliner Staatsoper. □ 1922-28: Nachfolger von A. →Nikisch als Dirigent der Leipziger Gewandhauskonzerte. □ 1928: Generalmusikdir. der Stadt Berlin; Nachfolger von F. →Weingartner als Leiter der Wiener Philharmoniker. □ 1931: Musikalischer Leiter der Bayreuther Festspiele. □ 1932: Goethe-Medaille. □ 1933: Dir. der Berliner Staatsoper; Vizepräs. der Reichsmusikkammer. □ 1934: Rücktritt von den Ämtern aus Protest gegen das NS-Verbot der UA von P. →Hindemiths Oper »Mathis der Maler«. □ 1935-45: Erneute Leitung der Berliner Philharmoniker nach Kompromiß mit Reichsmin. J. → Goebbels. □ ab 1937: Dirigent der Salzburger Festspiele. □ 1939: Leiter der Wiener Philharmoniker. □ 1945: Übersiedlung an den Genfer See. □ ab 1947: Chef der Berliner und Wiener Philharmoniker (nach Entnazifizierung); Dirigent des London Philharmonic Orchestra.

▷ E. Furtwängler: Über Wilhelm Furtwängler, 1979; K. Höcker: Die nie vergessenen Klänge. Erinnerungen an Wilhelm Furtwängler, 1979.

Gertrud Fussenegger →

Fussenegger, Gertrud

(eig. G. Dietz)
österr. Schriftstellerin
* 8.5.1912 Pilsen

Als tiefgründige realistische Erzählerin steht Fussenegger in der Nachfolge Adalbert Stifters (* 1805, † 1868). Ihre zeitbezogenen Gesellschaftsromane vermitteln ein Bild der böhmisch-altösterreichischen Bürgerwelt (»Das Haus der dunklen Krüge«, 1951) sowie eine Darstellung Böhmens im 20. Jh. bis zum 2. Weltkrieg (»Das verschüttete Antlitz«, 1957). Anfangs der Tradition verpflichtet, entwickelte F. in ihrem Alterswerk neue Erzählformen (»Zeit des Raben, Zeit der Taube«, R., 1960).

▷ G. Fussenegger: Ein Spiegelbild mit Feuersäule. Ein Lebensbericht, 1979.

Futabatei, Shimei

(eig. Hasegawa Tatsunosuke)
jap. Schriftsteller
* 4.4.1864 Edo (heute Tokio)
† 10.5.1909 Golf von Bengalen

Futabatei war der Wegbereiter des modernen japanischen Romans nach westlichem Vorbild. »Ziehende Wolken« (1887-89, engl. »Drifting Clouds«, 1967) schildert die Suche eines Menschen nach authentischen Werten in einer von oberflächlichen Reizen bestimmten Welt und entfernt sich damit von der Romanze. Einen weiteren Bruch mit der japanischen Literaturtradition vollzog F. durch die Verwendung von Umgangssprache. F. übersetzte viele russische Autoren, u. a. Turgenjew (* 1818, † 1883), →Tolstoi und Dostojewski (* 1821, † 1881).

□ 1881-86: Studium der russ. Sprache in Tokio. □ 1886: »Elemente der Prosa« (Schr.) unter dem Einfluß T. Shoyos und russischer Theoretiker. □ 1899-1902: Dozent für Russisch. □ 1906: »Ihre Gestalt« (R., engl. »An adopted husband«, 1909). □ 1907: »Mittelmaß« (R., dt. Teilübers. 1965). □ ab 1908: Zeitungskorrespondent in St. Petersburg.

G

Jean Gabin →

Gabin, Jean

(eig. J. Alexis Moncorgé)
frz. Schauspieler
* 17.5.1904 Mériel bei Paris
† 15.11.1976 Neuilly-sur-Seine

Fast ein halbes Jahrhundert zählte Gabin zu den bedeutendsten Schauspielern Frankreichs (95 Filme). In seinen frühen Filmen spielte er soziale Außenseiter wie den Gangster in »Pépé le Moko — im Dunkel von Algier« (1937, Rg. J. →Duvivier) oder den Deserteur in »Hafen im Nebel« (1938, mit M. →Morgan, Rg. M. →Carné). Mehrfach verkörperte er den Kommissar Maigret (nach G. →Simenon) und brillierte in einer seiner letzten großen Altersrollen mit S. →Signoret in »Die Katze« (1970, P. Granier-Deferre). Nach dem Grandseigneur des französischen Kinos ist der Prix Gabin benannt, der jährlich dem besten französischen Nachwuchsschauspieler verliehen wird.

□ 1930: Filmdebüt. □ 1936: »Nachtasyl« (Rg. J. →Renoir). □ 1937: »Die große Illusion« (Rg. J. Renoir). □ 1939: »Der Tag bricht an« (Rg. M. Carné). □ 1954: »Wenn es Nacht wird in Paris« (Rg. J. Becker). □ 1955: »French Can Can« (Rg. J. Renoir). □ 1958: »Die Elenden« (Rg. J.-P. Le Chanois); »Mit den Waffen einer Frau« (mit B. →Bardot, Rg. C. Autant-Lara). □ 1959: »Im Kittchen ist kein Zimmer frei« (Rg. G. Grangier). □ 1969: »Der Clan der Sizilianer (Rg. H. Verneuil). □ 1973: »Die Affäre Dominici« (Rg. C. Bernard-Aubert).

▷ A. Brunelin: Jean Gabin. Leben. Filme. Frauen, 1989.

Carl-August Gablenz →

Gable, Clark

amer. Schauspieler
* 1.2.1901 Cadiz, Ohio
† 16.11.1960 Los Angeles-Hollywood, Kalif.

Clark Gable: Fliegender Draufgänger in »Der Werkpilot«, 1938.

Gable verkörperte den schneidigen, charmanten Draufgänger und machte mit Aufkommen des Tonfilms R. →Valentino und E. →Flynn den Rang des beliebtesten Herzensbrechers Hollywoods streitig. Seine größten Erfolge hatte er als Gegenspieler von Ch. →Laughton in »Die Meuterei auf der Bounty« (1935, Rg. F. Lloyd) und als Partner von V. →Leigh in dem Hollywood-Klassiker »Vom Winde verweht« (1939, Rg. V. Fleming). In »Nicht gesellschaftsfähig« (1960, mit M. →Monroe; Rg. J. →Huston) zeigte G. kurz vor seinem Tod eine seiner besten schauspielerischen Leistungen.

□ ab 1924: Theaterschauspieler und Statist in Hollywood. □ 1931: Erste bedeutende Rolle in »The Painted Desert«. □ 1932: »Dschungel im Sturm« (Rg. V. Fleming; einer von sechs Filmen mit J. →Harlow). □ 1934: Oscar als bester Hauptdarsteller in »Es geschah in einer Nacht« (mit C. →Colbert, Rg. F. →Capra). □ 1939: Dritte Ehe mit der Schauspielerin C. Lombard. □ 1942: Nach Lombards Tod (Flugzeugabsturz) Meldung zur amer. Luftwaffe. □ 1953: »Mogambo« (mit A. →Gardner, Rg. J. →Ford). □ 1955: »Drei Rivalen« (Rg. R. Walsh).

▷ R. Jordan: Clark Gable. Seine Filme — sein Leben, 1986.

Gablenz, Carl-August Freiherr von

dt. Luftfahrtpionier
* 13.10.1893 Erfurt
† 21.8.1942 bei Mühlberg/Elbe (Flugzeugabsturz)

Durch die Installierung schwimmender Flugzeugstützpunkte im Atlantik ermöglichte Gablenz 1934 den ersten planmäßigen Transatlantikflugdienst der Welt. Diese Stationen schufen Gelegenheiten zur Zwischenlandung, die zu der Zeit bei Flügen von Europa nach Amerika noch unerläßlich waren.

□ ab 1926: Flugbetriebsleiter der Dt. Lufthansa. □ 1934: Einrichtung des ersten Transatlantikflugdienstes der Welt. □ ab 1941: Chef des Planungsamts im Reichsluftfahrtministerium.

Gabo, Naum

(eig. Naum Nehemia Pavsner)
amer. Plastiker russ. Herkunft
* 5.8.1890 Brjansk
† 23.8.1977 Waterbury, Conn.

Gabo gehört zu den einflußreichsten Repräsentanten der abstrakt-konstruktiven Plastik. Mit seinem Bruder A. →Pevsner war er einer der Hauptpropagandisten des russischen Konstruktivismus und beeinflußte spätere Kunstrichtungen wie die Kinetische Plastik und die Op Art. Im Mittelpunkt stehen seine »Sphärischen Raumkonstruktionen«, bei denen er ein Gerüst aus durchsichtigem Perspex mit Nylonfäden überzog und damit ätherische Gebilde schuf. Dabei bilden die Fäden durchaus Volumina, die sich

Naum Gabo mit einer »Sphärischen Raumkonstruktion«.

aufgrund ihrer optischen Durchlässigkeit jedoch im Raum fast auflösen, begünstigt durch das Spiel vibrierenden Lichts. Das enger gespannte Zentrum dieser Nylongewebe führt zu einer Konzentration des Lichts und höherer Plastizität, während sich die fragilen Konstruktionen zum Rand hin fast in den Raum hinein verflüchtigen. Das entspricht G.s in einem frühen Manifest erhobenen Postulat nach Aufhebung der Grenze zwischen Materie und Raum (z. B. »Lineare Raumkonstruktion Nr. 2«, 1959/60, Duisburg, Wilhelm-Lehmbruck-Museum).

□ 1910-17: Auslandsaufenthalte (u. a. in München); Arbeit an kubistisch-futuristischen Plastiken. □ ab 1915: Arbeit mit durchsichtigen Materialien und an motorgetriebenen Konstruktionen. □ 1917: Rückkehr nach Moskau. □ 1920: »Realistisches Manifest« mit grundlegenden konstruktivistischen Ideen (mit Pevsner). □ 1922-32: Architekt in Berlin; Kontakte zum Bauhaus und zur niederl. De-Stijl-Bewegung. □ 1932: Übersiedlung nach Paris; Mitgl. der Gruppe Abstraction-Création. □ 1935-46: Aufenthalt in England. □ 1946: Übersiedlung in die USA. □ 1953/54: Prof. an der Harvard Univ. in Cambridge, Mass. □ 1957: Große Freiplastik für das von M. →Breuer errichtete Kaufhaus De Bijkendorf in Rotterdam. □ 1970-73: »Drehung«, Brunnenanlage in London. □ postum 1989: Einrichtung eines ständigen Gabo-Raumes in der Berlinischen Galerie.

▷ S. Nash/J. Merkert: Naum Gabo, 1987.

Gábor, Dennis
brit. Physiker ungar. Herkunft
* 5.6.1900 Budapest † 9.2.1979 London

Gábor, 1958-67 Professor am Londoner Imperial College, entwickelte 1948 die Holographie. Diese Methode eröffnete die Möglichkeit, dreidimensionale Bilder darzustellen, den Gegenstand also in seiner räumlichen Anordnung zu erkennen. Nachdem in den 60er Jahren mit dem Laser (monochromatisches kohärentes Licht) die Voraussetzungen für die praktische Anwendung der Holographie in der medizinischen Diagnostik und elektronischen Datenverarbeitung entwickelt waren (A. → Kastler, Ch. H. →Townes), erhielt G. 1971 den Physik-Nobelpreis.

Gabriel, Peter
engl. Rockmusiker
* 13.5.1950 London

← Peter Gabriel

Nach seiner Trennung von der Band »Genesis« profilierte sich Gabriel ab 1975 als Solist und stilprägender Soundbastler auf dem Gebiet der experimentellen Rockmusik. Seine unkonventionellen Kompositionen zeichnen sich durch wuchtige Sound- und Rhythmuspuzzles aus, zusammengestellt aus ungewöhnlichen Klängen, wie z. B. die Windkanal-Geräusche einer Autotest-Anlage und Harmonien aus anderen Kulturkreisen.

□ 1966-75: Sänger bei Genesis. □ 1977: »Peter Gabriel« (LP). □ 1978: »II« (LP). □ 1980: »Ein deutsches Album« (LP); Gründung des jährlich stattfindenden World of Music Art and Dance-Festivals. □ 1982: »IV — Ein deutsches Album« (LP). □ 1983: »Plays Live« (LP). □ 1986: »So« (LP, mit K. →Bush); Deutschlandtournee. □ 1989: »Passion« (LP). □ 1991: »Shaking the tree — 16 Golden Greats« (LP).

Muammar al Gaddafi →

H.-G. Gadamer: Einer der bedeutendsten dt. Philosophen.

Gadamer, Hans-Georg
dt. Philosoph
* 11.2.1900 Marburg

Gadamer begründete die philosophische Hermeneutik, die Lehre von der Aneignung der Überlieferung durch das Verstehen im Medium der Sprache. Ausgehend von W. →Dilthey formulierte G. in seinem programmatischen Hauptwerk »Wahrheit und Methode. Grundzüge einer philosophischen Hermeneutik« (1960) die Möglichkeit, Wahrheit in Kunst, Geschichte und Philosophie zu erfahren, die sich jenseits des wissenschaftlichen Methodenbewußtseins erschließen läßt. Die Erfahrung von Wahrheit hänge von den erkannten Bedingungen des Verstehens der Tradition ab, z. B. der historischen Gebundenheit jeder Interpretation (Wirkungsgeschichte), wie sie im hermeneutischen Zirkel als Zusammenspiel von Vorverständnis und Textsinn beschrieben wird. Die mit G.s Philosophie des Verstehens rehabilitierte Autorität der Tradition löste in den 60er Jahren eine Kontroverse zwischen Hermeneutikern und Ideologiekritikern (J. →Habermas) aus.

□ 1923-28: Schüler von M. →Heidegger. □ 1939-47: Prof. an der Univ. Leipzig; 1946/47 Rektor ebd. □ 1947-49: Prof. an der Univ. Frankfurt/Main. □ 1949-68: Als Nachfolger von K. →Jaspers Prof. an der Univ. Heidelberg. □ 1953: Gründer der Zeitschrift Philosophische Rundschau. □ 1967-77: »Kleine Schriften« (4 Bde.). □ 1971: »Hegels Dialektik. Fünf hermeneutische Studien«. □ 1972-74: Mithg. der »Neuen Anthropologie«. □ 1976: »Vernunft im Zeitalter der Wissenschaft« (Aufs.). □ 1977: »Poetic« (Es.s). □ 1989: »Das Erbe Europas« (Aufs.).

▷ H.-G. Gadamer: Philosophische Lehrjahre (Aut.), 1977.

Gaddafi, Muammar al
lib. Politiker
* Sept. 1942 Sirte, Misurata (?)

Zusammen mit anderen jungen Offizieren stürzte Gaddafi 1969 die Monarchie (→Idris I.) und ist

seitdem — unter wechselnden Titeln — Staatschef seines Landes. Er knüpft bewußt an die Tradition der Beduinen an und lebt asketisch in einem Zelt. Im Anschluß an seine »grüne Revolution« (nach der Farbe des Propheten Mohammed) entwickelte G. die »Dritte internationale Idee« zwischen kapitalistischem Materialismus und atheistischem Kommunismus. Er versuchte, seine panarabischen Träume durch Staatszusammenschlüsse (mit Ägypten, Syrien, Tunesien, Marokko, Tschad) zu verwirklichen, wurde durch diese Pläne jedoch wiederholt in Bürgerkriege anderer arabischer Staaten verwickelt (u. a. im Tschad, Sudan).
Wegen der finanziellen Unterstützung von Befreiungsorganisationen in Afrika bzw. von linken Gruppen in Europa wurde G. mehrfach mit Terroranschlägen in Verbindung gebracht, was ihn zuletzt auch im arabischen Lager isolierte. Diese (mutmaßliche) Unterstützung war schließlich Anlaß für die Bombardierung von Tripolis (1986) durch die amerikanische Luftwaffe, bei der G. nur knapp mit dem Leben davonkam. Danach schwächte er seine Politik deutlich ab: Die Revolutionskomitees verloren an Einfluß; seit 1989 ist er bestrebt, die diplomatischen Beziehungen zu seinen Nachbarstaaten wieder zu normalisieren.

☐ 1962: Studium der Geschichte in Bengasi. ☐ 1964: Militärakademie in Libyen und in Großbritannien. ☐ 1967: Offizier; zuletzt Oberst. ☐ 1969-79: Vors. des Revolutionsrats und Oberbefehlshaber der Streitkräfte; Staatspräsident. ☐ 1977: Generalsekr. des Volkskongresses. ☐ seit 1979: Formal ohne jedes politische Amt; faktisch weiterhin Staatschef.

▷ H. Brill: Libyens Außen- und Sicherheitspolitik. Muamar el Gaddafis Motive und Visionen, 1988.

Gades, Antonio

(eig. A. Esteve)
span. Tänzer und Choreograph
* 16.11.1936 Elda

Mit seinen Filmchoreographien, in denen er Elemente des klassischen Balletts mit Folklore-Elementen verknüpft, gelingt Gades eine furiose Wiederbelebung der spanischen Tanztradition — insbesondere des Flamencos — mit ihren leidenschaftlichen, den Geschlechterkampf darstellenden Elementen.
Sein bekanntester, mit dem Regisseur C. →Saura realisierter Film »Carmen« (1983), in dem er selbst die männliche Hauptrolle tanzt, verbindet dokumentarische Studien aus dem Tänzermilieu mit einer modernen Liebesgeschichte zwischen einem Choreographen und einer jungen Tänzerin, die sich vor dem Hintergrund der tänzerischen Erarbeitung des »Carmen«-Motivs entfaltet.

☐ 1949: Debüt als Tänzer im Circo Price. ☐ 1950-59: Mitgl. der Truppe von Pilar López. ☐ 1963: Gründung einer eigenen Truppe. ☐ 1964: Auftritt mit dem Ensemble im Rahmen der Weltausstellung in New York. ☐ 1978/79: Leiter des Span. National-Balletts. ☐ ab 1980: Erneut Arbeit mit eigener Truppe. ☐ 1982: »Bluthochzeit« (F., Rg. C. Saura, nach F. →García Lorca). ☐ 1985: »El amor brujo« (Der Liebeszauber, F., Rg. C. Saura, nach M. de →Falla).

Gaede, Wolfgang

dt. Physiker
* 25.5.1878 Lehe bei Bremerhaven
† 24.6.1945 München

Gaede, ab 1919 bis zur Amtsenthebung 1934 durch die Nationalsozialisten Professor an der Universität Karlsruhe, entwickelte in der Vakuumtechnik Hochleistungspumpen, ohne die wichtige atomphysikalische Experimente unmöglich wären: 1905 die rotierende Quecksilberpumpe, mit der G. vor der Naturforscherversammlung in Meran erstmals Aufsehen erregte; 1912 die Molekularluftpumpe, die entsprechend den Bewegungsgesetzen der Gasmoleküle deren Reibung zur Vakuumerzeugung nutzt; 1915 die heute meistverwendete Diffusionspumpe, bei der die Gasmoleküle von Quecksilberdampf aus dem Versuchsraum gesogen werden.

▷ H. Gaede: Wolfgang Gaede. Der Schöpfer des Hochvakuums, 1954.

Antonio Gades als 22jähriger mit Nana Lorca bei einem Gastspiel in London.

Gaffky, Georg Theodor August

dt. Bakteriologe
* 17.2.1850 Hannover † 23.9.1918 ebd.

Gaffky, der 1884 den Typhuserreger erstmals in Reinkultur isolierte, leitete 1897 eine Expedition nach Indien zur Erforschung der Pest. Als Mitarbeiter von R. →Koch nahm G. schon 1883/84 an den Cholera-Expeditionen nach Ägypten und Indien teil und verfaßte den »Bericht über die Tätigkeit der zur Erforschung der Cholera entsandten Kommissionen« (1888). Zur Bestimmung der Anzahl der Tuberkelbakterien im Sputum Erkrankter stellte G. eine nach ihm benannte Skala auf. Aktuelle Bedeutung gewannen G.s Forschungen über die Cholera während der 1892 in Hamburg ausgebrochenen Epidemie.

☐ 1884: »Zur Ätiologie des Abdominaltyphus« (Abh.). ☐ 1888-1904: Prof. an der Univ. Gießen. ☐ 1897: Leitung einer Expedition nach Indien zur Erforschung der Pest. ☐ 1904-13: Als Nachfolger R. Kochs Dir. des Inst. für Infektionskrankheiten in Berlin.

Gagarin, Juri Alexejewitsch

sowjet. Kosmonaut
* 9.3.1934 Kluschino bei Smolensk
† 27.3.1968 Nowosjolowo bei Wladimir (Flugzeugabsturz)

Ein strahlender Gagarin nach seinem Weltraumabenteuer.

Gagarin war der erste Mensch im Weltall. Mit der Raumkapsel »Wostok I« umkreiste er am 12.4.1961 die Erde auf einer elliptischen Bahn im Abstand von 175 bis 327 km. Während des Flugs, der 108 Minuten dauerte, befand sich G. 70 Minuten lang im Zustand der Schwerelosigkeit. Am 5. Mai desselben Jahres gelang dem Astronauten Alan Shepard in einer Mercury-Raumkapsel der erste ballistische Raumflug der Amerikaner.

Serge Gainsbourg →

Gerd Gaiser →

Gainsbourg, Serge

(eig. Lucien Ginsburg)
frz. Chansonnier
* 2.4.1928 Paris † 2.3.1991 ebd.

Gainsbourg löste 1969 mit dem Song »Je t'aime, moi non plus«, in dem seine langjährige Lebensgefährtin Jane Birkin tiefe erotische Seufzer von sich gab, einen internationalen Skandal aus. Seine lyrisch-aggressiven Balladen und Chansons wurden dagegen im Ausland kaum bekannt. In Frankreich war der Sänger, Komponist, Texter und Schauspieler damals schon eine Art Volksheld. Als Exzentriker und selbsternannter Provokateur trat er — meist unrasiert und betrunken — regelmäßig in den Talkshows aller TV-Sender auf; die Meinung des Berufsskandaleurs, der z. B. öffentlich einen 500-Francs-Schein verbrannte oder die französische Nationalhymne zu Reggae-Rhythmen intonisierte, war gefragt. 1965 erhielt G. für sein Lied »Poupée de cire, poupée de son« den Prix d'Eurovision de la Chanson.

Gaiser, Gerd

dt. Schriftsteller
* 15.9.1908 Oberriexingen, Württ.
† 9.6.1976 Reutlingen

Gaisers destruktiv-kritische, sich in den Mythos flüchtende Darstellung von Kriegs- und Nachkriegszeit — in den 50er Jahren hochgelobt — wurde in den 60er Jahren heftig kritisiert: Sein Bild vom Menschen als Opfer eines chaotischen, sich fortlaufend wiederholenden Weltgeschehens wurde als Ausweichen vor einer ehrlichen Vergangenheitsbewältigung angesehen.

☐ 1939-45: Offizier im 2. Weltkrieg; Kriegsgefangenschaft. ☐ 1949-62: Maler; Dozent für Kunsterziehung. ☐ 1949: »Zwischenland« (Erz.n). ☐ 1950: »Eine Stimme hebt an« (R.). ☐ 1953: »Die sterbende Jagd« (R.). ☐ 1958: »Schlußball« (R.). ☐ 1959: »Sizilianische Notizen« (Erz.n). ☐ 1960: »Am Paß Nascondo« (Erz.n). ☐ 1965: »Gazelle, grün« (Erz.n). ☐ 1974: »Umgang mit Kunst« (Es.s). ☐ 1975: »Alpha und Anna« (Erz.n).

Gajdusek, Daniel Carleton

amer. Kinderarzt und Virologe
* 9.9.1923 Yonkers, N. Y.

Gajdusek, Nobelpreisträger von 1976, entdeckte bei der Untersuchung der Kuru, einer auf Papua-Neuguinea unter den Ureinwohnern verbreiteten, tödlich verlaufenden Erkrankung des Zentralnervensystems, die bis dahin unbekannten sog. langsamen Viren. G. wies anhand dieser Slow-Virus-Infektion nach, daß sich bestimmte Krankheitserreger jahrzehntelang im menschlichen Körper aufhalten können, ohne besondere Symptome hervorzurufen, weil das Immunsystem auf die Infektion lange nicht reagiert. Aufgrund seiner Entdeckungen konnten einige Krankheiten des Nervensystems, die man für Degenerationserscheinungen gehalten hatte, als Slow-Virus-Infektionen erkannt werden.

☐ seit 1958: Prof. am Nat. Inst. of Health in Bethesda, Maryl.; seit 1970 Leiter des Forschungslaboratoriums Zentralnervensystem ebd. □ 1965: »Slow, Latent and Temperate Virus Infections« (Schr.). □ 1976: Physiologie/Medizin-Nobelpreis (mit B. S. → Blumberg); »Correspondence on the discovery of Kuru« (Schr.). □ 1980: »Kuru« (Schr. mit J. Farquhar).

Galbraith, John Kenneth

amer. Nationalökonom
* 15.10.1908 Iona Station, Ontario (Kanada)

Galbraith ist einer der einflußreichsten Ökonomen nach dem 2. Weltkrieg. Der Harvard-Professor prägte die Wirtschaftspolitik der Kennedy-Ära und fungierte als Wirtschaftsberater verschiedener US-Behörden. International bekannt wurde G. durch seine Theorie der gegengewichtigen Marktmacht, derzufolge der Markt zur Hälfte von einigen Monopolen und Oligopolen beherrscht wird. Da sich jedoch gleichzeitig Kräfte formieren, die den Einfluß der Monopolmacht neutralisieren (u. a. Gewerkschaften), funktioniere der Markt trotzdem.
Die Forderung des linksliberalen Ökonomen nach einer staatlichen Lohn- und Preiskontrolle steht im krassen Widerspruch zu den Ansichten konservativer Wirtschaftswissenschaftler (M. → Friedman) und erregte oftmals die wirtschaftspolitischen Gemüter. G. trat bereits in den 50er Jahren für den Umweltschutz ein (»Gesellschaft im Überfluß«, 1958; dt. 1959), er plädiert für die Unterstützung der Entwicklungsländer und die Beschränkung der Rüstungsproduktion. In zahlreichen Publikationen beschreibt er die Unzulänglichkeit des herrschenden Wirtschaftsdenkens und wirft etablierten Ökonomen vor, idealisierte Marktmodelle zu entwerfen, die an der Realität vorbeizielen.

□ 1927-34: Studium der Volks- und Agrarwirtschaft in Toronto und Berkeley, Kalif. □ 1939-42: Prof. an der Princeton-Univ., N. J. □ 1940-43: Wirtschaftsexperte im US-Verteidigungsministerium sowie in der Behörde für Preiskontrolle. □ 1949-75: Prof. an der Harvard Univ., Mass. □ 1960: Berater von J. F. → Kennedy. □ 1961-63: US-Botschafter in Indien. □ 1967: »Die moderne Industriegesellschaft« (Schr., dt. 1968). □ 1971: »Wirtschaft, Friede und Gelächter« (Schr., dt. 1972). □ 1976: »Die Tyrannei der Umstände« (Schr., dt. 1978). □ 1979: »Die Arroganz der Satten« (Schr., dt. 1980). □ 1986: »Anatomie der Macht« (Schr., dt. 1987).

▷ J. K. Galbraith: Leben in entscheidender Zeit. Memoiren, 1981, dt. 1982.

Robert Gale →

Clemens von Galen →

John K. Galbraith: Einflußreicher Ökonom und erfolgreicher Schriftsteller.

Gale, Robert Peter

amer. Arzt
* 11.10.1945 New York

Gale, seit 1974 Professor an der University of California in Los Angeles, wurde nach dem Reaktorunfall von Tschernobyl (1986) bekannt, als er an 17 Strahlenopfern in einer Moskauer Klinik Knochenmarktransplantationen vornahm. G.s Operations- und Transplantationstechniken zur Ersetzung des krebsgeschädigten durch gesundes Knochenmark von Spendern haben sich als heilend erwiesen. Seit 1982 leitet G. eine von ihm angeregte internationale Organisation zur Koordination von Knochenmarktransplantationen und zur Registrierung von Patienten und Spendern.

Galen, Clemens August Graf von

dt. Theologe (kath.)
* 16.3.1878 Dinklage bei Oldenburg
† 22.3.1946 Münster

Während der nationalsozialistischen Diktatur war Galen ein ebenso engagierter wie mutig streitender Bischof gegen das »Neuheidentum« des Regimes. Er sorgte u. a. für die unverzügliche Bekanntmachung der gegen die nationalsozialistische Kirchenfeindlichkeit gerichteten Enzyklika »Mit brennender Sorge« (Papst → Pius XI.). In drei berühmt gewordenen Predigten protestierte er 1941 gegen die Beschlagnahmung von Klöstern zu Parteizwecken und die von den Nazis veranlaßte Tötung von Geisteskranken. Nach Kriegsende trat er entschieden gegen Willkürakte der westlichen Besatzungsmächte auf.

□ ab 1933: Bischof von Münster. □ 1934: »Studien zum Mythos des 20. Jh.s.« gegen A. → Rosenberg. □ 1946: Von Papst → Pius XII. zum Kardinal ernannt.

▷ H. Portmann: Kardinal von Galen, 1948; M. Bierbaum: Nicht Lob, nicht Furcht. Das Leben des Kardinals von Galen nach unveröffentlichten Briefen und Dokumenten, 1962.

Galinski, Heinz

Vorsitzender des Zentralrats der Juden in Deutschland
* 28.11.1912 Marienburg (heute Malbork, Polen)

Galinski, der während des Nationalsozialismus in den Konzentrationslagern Auschwitz, Buchenwald und Bergen-Belsen inhaftiert war, wurde 1988 als Nachfolger Werner Nachmanns (* 1925, † 1988) Vorsitzender des Direktoriums des Zentralrats der deutschen Juden. Unmittelbar nach dem 2. Weltkrieg hatte er sich für die

Gleichstellung der rassisch Verfolgten mit den Widerstandskämpfern eingesetzt und die ersten Entschädigungsgesetze für die Opfer des NS-Regimes ausgearbeitet. G. vertritt als Vorsitzender der Jüdischen Gemeinde Berlins (seit 1949), von deren ehemals 173 000 Mitgliedern nur 1400 den nationalsozialistischen Völkermord überlebten, die Politik der »Integration ohne Assimilation«.

□ 1943: Deportation nach Auschwitz. □ 1945: Zwangsarbeiter in einem Außenlager des KZ Buchenwald. □ 1949: Vors. der Jüd. Gemeinde Berlins. □ 1975: Scheitern eines Attentats der »RAF«. □ seit 1988: Vorsitz im Zentralrat der dt. Juden; Versuch einer Aufklärung des Vorwurfs der Unterschlagung von Wiedergutmachungsgeldern durch seinen Amtsvorgänger Werner Nachmann.

← Heinz Galinski

George Horace Gallup: Meinungsforscher-Pionier.

Gall, Lothar

dt. Historiker
* 3.12.1936 Lötzen, Ostpreußen

Mit seiner Biografie »Bismarck. Der weiße Revolutionär« gelang Gall nach langjähriger Sichtung bisheriger Forschungsergebnisse 1980 ein authentisches Bismarck-Bild, das auch die persönliche Tragödie des oft überzeichneten Staatsmannes darstellt. G. ist Mitglied der Historischen Kommission bei der Bayerischen Akademie der Wissenschaften (seit 1977) und Mitherausgeber der traditionsreichen Historischen Zeitschrift (seit 1976).

□ 1968-72: Prof. an der Univ. Gießen. □ 1968: »Der Liberalismus als regierende Partei« (Schr.). □ 1972-75: Prof. an der FU Berlin. □ seit 1975: Prof. an der Univ. Frankfurt/Main. □ 1984: »Europa auf dem Weg in die Moderne 1850-1890« (Schr.). □ 1989: »Bürgertum in Deutschland. Die Bassermanns« (Schr.).

← Lothar Gall

Gallo, Robert Charles

amer. Mikrobiologe
* 23.3.1937 Waterbury, Conn.

Gallo, seit 1982 Leiter des Forschungsbereichs Aids am National Institute of Health in Bethesda, Maryl., erkannte 1984 in der Gruppe der Retroviren den Erreger der gegen Antibiotika unempfindlichen Immunschwächekrankheit. Mit der Identifizierung des Virus, den G. HTLV-III nannte, waren die Voraussetzungen für die Suche nach einem Mittel gegen Aids geschaffen.

▷ R. Gallo: Aids — Die Jagd auf den Virus, 1991.

← Robert Gallo

Gallup, George Horace

amer. Meinungsforscher
* 18.11.1901 Jefferson, Iowa
† 27.7.1984 Thun (Schweiz)

Gallup, der 1935 in Princeton, New Jersey, das mittlerweile weltberühmte Institute of Public Opinion gründete, war ein Pionier der modernen Demoskopie. Mit den von ihm entwickelten Meinungsumfragen, die erstmals stichprobenartig nur kleine repräsentative Bevölkerungsgruppen erfaßten, gab er den Anstoß zur Anwendung sozialwissenschaftlicher Methoden in der Meinungsforschung. G., dessen Kette Gallup International neben 35 führenden Umfrageinstituten auch das deutsche EMNID-Institut umfaßt, hatte einen seiner größten Erfolge bereits 1936, als er die Wahl F. D. → Roosevelts zum US-Präsidenten entgegen anderslautenden Prognosen richtig voraussagte.

□ 1928: Promotion mit der Arbeit »Eine neue Technik für objektive Methoden zum Messen des Leserinteresses an einer Tageszeitung«. □ 1932-47: Leiter der Forschungsabteilung der Werbeagentur »Young and Rubicam« in New York. □ 1935-37: Prof. für Zeitungswissenschaft an der Columbia-Univ. (Pulitzer School of Journalism). □ 1944: »Guide to Public Opinion Polls« (Schr.). □ 1964: »The Miracle Ahead« (Schr.).

John Galsworthy →

Galsworthy, John

engl. Schriftsteller
* 14.8.1867 Kingston Hill, Surrey
† 31.1.1933 Hampstead, London

Galsworthy, der Literatur-Nobelpreisträger von 1932, entwarf in seinen Werken ein umfassendes Panorama der englischen bürgerlichen Welt. Seine Dramen und realistisch erzählten Gesellschaftsromane setzten sich kritisch mit den Sitten und der Mentalität der oberen Mittelklasse auseinander. G.s Hauptwerk, der mit verbindenden Novellen angereicherte Romanzyklus »Die Forsyte Saga« (5 Bde., 1906-21, dt. 2 Bde., 1925) und dessen Fortsetzungen »Eine Moderne Komödie« (R.e, 5 Bde., 1924-28, dt. 1929) und »Das Ende vom Lied« (R.e, 3 Bde. 1931-33, dt. 1989), erzählt den Aufstieg und Verfall einer englischen Familie aus dem Besitzbürgertum vom ausgehenden Viktorianischen Zeitalter bis zu den 20er Jahren des 20. Jh.s. Der konservativen Lebensführung der Viktorianer stellte G. in seinen Werken das Ideal der Brüderlichkeit gegenüber.

□ 1886-89: Jurastudium in Oxford. □ 1906: »Der Zigarettenkasten« (Dr., dt. 1909). □ 1906-21: »Die Forsyte Saga« (R.-Zyklus, dt. 1925). □ 1910: »Justiz« (Dr., dt. 1913). □ 1913: »Die dunkle Blume. Das Liebesleben eines Mannes« (R., dt. 1922). □ 1917: »Jenseits« (R., dt. 1926). □ 1921: Gründung des Int. PEN-Clubs (mit C. A. Dawson-Scott), bis 1933 dessen Präs. □ 1924-28: »Eine Moderne Komödie« (R.-Zyklus, dt. 1929). □ 1926: »Flucht« (Dr., dt. 1927). □ 1930: »Auf der Forsyte-Börse« (Nov.n, dt. 1930). □ 1931-33: »Das Ende vom Lied« (R.-Trilogie, dt. 1931-33).

▷ C. Dupré: John Galsworthy. A Biography, engl.1976.

Galtieri, Leopoldo Fortunato

argentin. Politiker
* 16.7.1926 Caseros, Prov. Buenos Aires

Galtieri gehörte zu der Militärjunta, die 1976 Präsidentin I. →Perón stürzte. Da die wirtschaftliche Lage in Argentinien sich nach 1980 dramatisch verschlechterte, suchte er nach einer außenpolitischen Ablenkung der unzufriedenen Bevölkerung. Am 2.4.1982 ließ er die britischen Falklandinseln (Islas Malvinas) militärisch besetzen, die Argentinien seit seiner Gründung 1821 beansprucht. Trotz Vermittlungsbemühungen der UNO eroberten die Briten die Inseln nach wenigen Wochen wieder zurück. Die Niederlage leitete das Ende der Militärdiktatur ein (R. →Alfonsín); G. mußte zurücktreten. Er wurde später verhaftet, jedoch 1985 in einem Kriegsgerichtsverfahren freigesprochen.

□ ab 1942: Soldat; danach Kriegsakademie; Ingenieuroffiziersschule; US-Kriegsschule in Panama. □ 1970: Brigadegeneral. □ 1975/76: Generalstabschef des Heeres. □ 1976: Divisionsgeneral. □ 1976-80: Kommandierender General eines Armeekorps. □ 1980-82: General; Oberbefehlshaber des Heeres. □ 1981/82: Staatspräsident.

← Leopoldo Galtieri

Galton, Sir (ab 1909) Francis

brit. Naturforscher und Anthropologe
* 16.2.1822 Sparkbrook bei Birmingham, Warwickshire † 17.1.1911 Grayshott House bei Haslemere, Surrey

Galton unternahm in den 40er Jahren des 19. Jh.s Entdeckungsreisen durch Afrika und beschäftigte sich später mit Anthropologie und Problemen der Vererbung. G., der die von Gregor Mendel (* 1822, † 1884) aufgestellten Regeln nicht kannte und von irrigen Voraussetzungen ausging, hat mit der Einführung der Statistik in die Erbforschung und seinen Untersuchungen über eineiige Zwillinge richtungweisend gewirkt. Aufgrund seiner Erkenntnis, daß die Begabung eine vererbbare Eigenschaft ist, begründete G. auch die problematische Eugenik als die Lehre zur planmäßigen Verbesserung menschlichen Erbguts durch gezielte Auswahl der Elternpaare. Entsprechend seinem letzten Willen wurde aus G.s Vermögen an der Londoner Universität ein Lehrstuhl für Eugenik gegründet.

Abel Gance →

Gamow, George Anthony

amer. Physiker russ. Herkunft
* 4.3.1904 Odessa † 19.8.1968 Boulder, Colo.

1928 wandte Gamow die Theorie der Quantenmechanik auf den natürlichen Alpha-Zerfall von Atomkernen an und erklärte diesen Prozeß als sog. Tunneleffekt, wonach Alphateilchen mit einer geringeren Energie Kerne mit höherer Ladungszahl verlassen können. Im Hinblick auf die vorwiegend von Wasserstoff gespeiste Energiequelle der Sterne vertrat der Astrophysiker neben seiner modifizierten Urknall-Theorie, die er »big bang« nannte, die Ansicht, daß sich die Sonne langsam aufheize und daß das Ende des Erdenlebens Hitze sein werde. Als populärwissenschaftlicher Autor international bekannt, vermutete der Biochemiker schon 1954 (was 1961 bestätigt wurde), daß der genetische Code aus Bausteinen (64 mögliche Triplett-Konstruktionen) der Nukleinsäuren zusammengesetzt ist.

□ 1931: »Der Bau des Atomkerns und die Radioaktivität« (Schr., dt. 1932). □ 1931-33: Prof. an der Univ. in Leningrad. □ 1934-56: Prof. an der George-Washington-Univ., D. C. □ 1947: »Eins, zwei, drei ... Unendlichkeit« (Schr., dt. 1956). □ 1952: »Die Geburt des Alls« (Schr., dt. 1959). □ ab 1956: Prof. an der Univ. of Colo., Boulder. □ 1960: »Physik in unserer Welt« (Schr., 2 Bde., dt. 1963). □ 1961: »Biographie der Physik« (Schr., dt. 1965). □ 1963: »Erde, unser Planet« (Schr., dt. 1969). □ 1964: »Sonne, Stern unter Sternen« (Schr., dt. 1967).

← George A. Gamow

Gance, Abel

frz. Regisseur
* 25.10.1889 Paris † 10.11.1981 ebd.

Gances Experimentierfreude brachte dem Film künstlerische und technische Neuerungen. In »Der Wahnsinn des Dr. Tube« (1915) nahm er Mittel des expressionistischen Films vorweg: Subjektive Kameraeinstellungen und Zerrspiegelaufnahmen sollten die Sichtweise eines psychisch Kranken vortäuschen. Darüber hinaus führte G. die schnelle Montage ein, bei der einzelne Einstellungen nachträglich geschnitten und neu verklebt werden (»Das Rad«, 1922), und entwickelte mit der sog. Polyvision in seinem Monumentalfilm »Napoléon« (1925-27) das erste Breitwandverfahren.

□ 1909: Debüt als Bühnenschauspieler in »Molière«. □ 1911: Gründung einer eigenen Filmgesellschaft und Produktion des ersten Films »La Digue ou pour sauver la Hollande/Der Deich oder um Holland zu retten«. □ 1917: »Mater Dolorosa«. □ 1918: »Die zehnte Sinfonie«. □ 1919: Erster großer Erfolg mit dem Antikriegsfilm »Ich klage an«. □ 1931: Erster Tonfilm »Das Ende der Welt«. □ 1955: Erster Farbfilm »Der Turm der sündigen Frauen«. □ 1960: »Austerlitz — Glanz einer Kaiserkrone«. □ 1962: »Cyrano und D'Artagnan«. □ 1972: »Bonaparte und die Revolution« (Tonfassung von »Napoléon«).

Gandhi, Indira Priyardarshini

ind. Politikerin
* 19.11.1917 Allahabad
† 31.10.1984 Delhi (ermordet)

Gandhi, Tochter und langjährige Mitarbeiterin von J. →Nehru, bestimmte fast 20 Jahre lang ebenso pragmatisch wie machtbewußt die Politik Indiens. Um ihren Kurs durchzusetzen, nahm sie zweimal die Spaltung der regierenden Kongreßpartei in Kauf (1969, 1978).
Anfänglich dem Sozialismus zugeneigt (u. a. ließ sie 1969 die Großbanken verstaatlichen), regierte sie bei Bedarf mit parlamentarischer Hilfe der Kommunisten und schloß 1971 einen Freundschaftsvertrag mit der Sowjetunion. 1971 unterstützte sie militärisch die Abtrennung Ost-Pakistans als »Bangladesh« und veranlaßte 1975 die Annexion von Sikkim. Wendepunkt ihrer Karriere war 1975 ihre Verurteilung wegen Korruption während der Wahlen von 1971. Rück-

Indira Gandhi: Im Wahlkampf waren der machtbewußten Politikerin viele Mittel recht.

trittsforderungen der Opposition begegnete sie durch einen Staatsstreich und Verfassungsänderungen. Verstärkt durch die permanente Wirtschaftskrise und die vorgenommenen Zwangssterilisationen sammelte sich danach erstmals die zersplitterte Opposition. Die Wahlen 1977 brachten ihr eine bittere Niederlage. Dem Ausschluß aus der Führung der Kongreßpartei begegnete sie mit der Neugründung einer eigenen Partei, der »»Indian National Congress Indira«, mit der sie 1980 mit einer Zweidrittel-Mehrheit an die Macht zurückkehrte.

Der vorher nur latent vorhandene Regionalismus und die religiösen Spannungen wurden nun in Indien immer offenkundiger. Nach blutigen Auseinandersetzungen zwischen Sikhs und Hindus stürmten im Juni 1984 Einheiten der Bundesarmee den Goldenen Tempel von Amritsar, das Hauptheiligtum der Sikhs, die einen eigenen Staat anstreben. 1984 wurde G. von zwei ihrer Sikh-Leibwächter ermordet.

□ vor 1937: Studium in Oxford, England. □ 1937: Mitgl. der Ind. Kongreßpartei. □ 1938: Mitgl. des ind. Parlaments. □ 1941/42: Studium in Indien. □ 1959: Präs. der Ind. Kongreßpartei. □ 1964-66: Min. für Information und Rundfunk. □ 1966-77; 1980-84: Ministerpräsidentin; zeitweilig gleichzeitig auch Min. für Planung, Information und Äußeres.

▷ I. Gandhi: My truth, NA 1982.

Gandhi, Mohandas Karamchand »Mahatma«

ind. Politiker
* 2.10.1869 Porbandar
† 30.1.1948 Delhi (ermordet)

Die historische Bedeutung von Gandhi liegt in seinem Kampf für Gewaltlosigkeit, dem Erfolg im passiven Widerstand (Weigerung zur Zusammenarbeit) und zivilen Ungehorsam bei der Durchsetzung seiner Ziele.

Schon als Rechtsanwalt in Südafrika, wo er für die politischen Rechte der eingewanderten Inder kämpfte, entwickelte er die Grundprinzipien dieser Methode (»Satjagraha« = unbedingtes Festhalten an der Wahrheit). Für gezielte Gesetzesübertretung nahmen dabei G. und seine Anhänger bewußt Haftstrafen in Kauf. Insgesamt verbrachte er 2089 Tage in Gefängnissen. Seine gesamte Philosophie, seine asketische Lebensführung, seine Motivation zur Durchsetzung dieser Überzeugungen waren tief in der hinduistischen Religion verwurzelt. Mit Massenbewegungen gegen britische Wirtschaftsinteressen (z. B. für häusliches Weben, heimische Salzherstellung) suchte er nach dem 1. Weltkrieg sowohl die ökonomische Basis der Briten zu schwächen als auch das Gefühl einer eigenständigen indischen Identität zu stärken, Voraussetzung für seinen Traum eines unabhängigen Indien. Er setzte sich stets für eine Abmilderung der Gegensätze zwischen den Kasten sowie zwischen den verfeindeten Moslems und Hindus ein, wobei ihm eine Aufwertung der »Parias« (»Unberührbaren«) besonders am Herzen lag.

1947 griff G. — wenngleich vergeblich — noch einmal in die Politik ein, um einen Bürgerkrieg und ein Auseinanderbrechen Indiens in einen islamischen und einen hinduistischen Staat zu verhindern. Das Inkrafttreten der ersten indischen Verfassung (26.1.1950) erlebte G. nicht mehr. 1948 wurde er von einem hinduistischen Fanatiker erschossen.

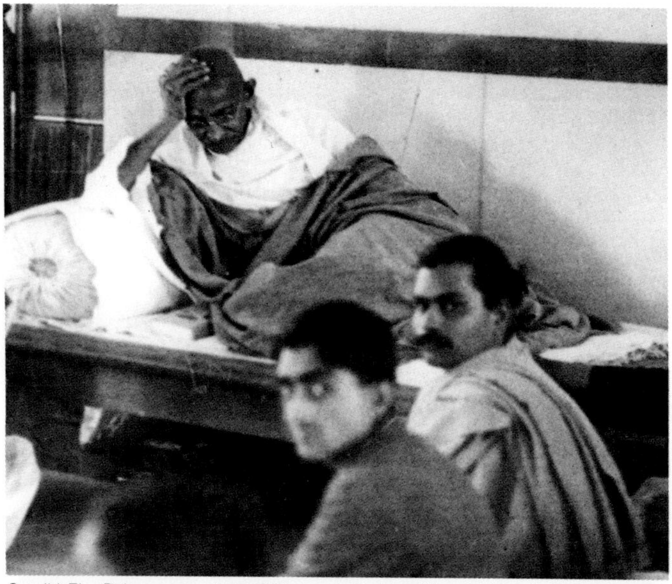

Gandhi: Eine Ruhepause nach der Eröffnung des Lakshmi-Narrain-Tempel in Neu-Delhi, 1939.

□ 1888: Jurastudium in London. □ 1891: Rechtsanwalt in Bombay. □ 1893: Syndikus in Südafrika. □ 1894: Gründung der Indischen Kongreßpartei in Natal. □ 1914: Rückkehr nach Indien. □ 1915: Beiname »Mahatma« (dessen Seele groß ist). □ 1919: Aufruf zum Generalstreik. □ 1920-34: Präs. der Indischen Kongreßpartei. □ 1930: »Salzmarsch« ans Meer zur Brechung des brit. Salzmonopols. □ 1930: »Mein Leben« (dt.). □ 1931: Konferenz mit der brit. Regierung in London. □ 1942: Forderung der sofortigen Unabhängigkeit Indiens; in Haft (bis 1944).

▷ M. Gandhi: Autobiographie, 1960; O. Wolff: Mahatma Gandhi, 1963; G. Woodcock: Mahatma Gandhi, 1974; L. Collins/D. Lapierre: Gandhi. Um Mitternacht die Freiheit, 1976.

Gandhi, Rajiv Ratan

ind. Politiker
* 20.(29.?)8.1944 Delhi
† 21.5.1991 Sriperumbudur bei Madras, Tamil Nadu (ermordet)

Rajiv Gandhi: Ein Opfer des Schmelztiegels Indien.

Nach dem Unfalltod seines jüngeren Bruders Sanjay (1980) wurde Gandhi von seiner Mutter I. →Gandhi in die Politik gedrängt. Er folgte ihr 1984 im Amt des Ministerpräsidenten nach. Innenpolitisch setzte er sich für einen Ausgleich mit den Sikhs ein und konnte durch Liberalisierungsmaßnahmen in der Wirtschaft zunächst Erfolge vorweisen. 1987 erreichte er ein Abkommen zur Beendigung des Bürgerkriegs auf Sri Lanka. Sein Ansehen sank jedoch nach der Aufdeckung zahlreicher Korruptionsskandale in der Bürokratie. Nach dem Verlust der absoluten Mehrheit im Parlament bei den Wahlen 1989 trat er zurück, blieb aber als Präsident der Kongreßpartei politisch aktiv und wurde Oppositionsführer.
Während der Parlamentswahlen im Mai 1991, bei denen der Enkel J. →Nehrus gute Chancen zur erneuten Regierungsübernahme hatte, fiel G. einem Bombenattentat zum Opfer. Die Täter wurden in den Reihen der radikalen Guerilla-Organisation der »Tamile-Tigres« vermutet, die einen unabhängigen Staat »Eelam« fordern.

□ bis 1980: Pilot der Indian Airlines. □ 1981: Mitgl. des Parlaments. □ 1983: Einer der fünf Generalsekr.e der Ind. Kongreßpartei. □ 1984-89: Ministerpräsident. □ 1986: Attentatsversuch eines Sikh. □ Juli 1989: Pakistan-Besuch zu Gesprächen über die umstrittene Provinz Kaschmir.

▷ Sch. Verma: A portrait of Rajiv Gandhi, 1985.

Ganghofer, Ludwig Albert

dt. Schriftsteller
* 7.7.1855 Kaufbeuren † 24.7.1920 Tegernsee

Ganghofer wurde durch seine Geschichten, die in den oberbayerischen Alpen spielen, zu einem populären Vertreter der sog. Heimatliteratur. Der Verzicht auf die Darstellung sozialer Probleme und die klischeehafte, stark idealisierte Schilderung der Gebirgswelt sowie die Sentimentalisierung des Geschehens schufen die Voraussetzung für große Publikumsresonanz. Zahlreiche seiner Dramen und Romane wurden verfilmt (u. a. »Die Martinsklause«, R., 1894, verfilmt 1951; »Der Jäger von Fall«, R., 1883, verfilmt 1956).

← Ludwig Ganghofer

□ 1874-79: Studium der Philosophie und Philologie (Promotion). □ 1880: »Der Herrgottschnitzer von Ammergau« (Volksstück). □ 1881: Dramaturg am Wiener Ringtheater. □ 1886-92: Feuilletonredakteur am Neuen Wiener Tagblatt. □ 1895: »Schloß Hubertus« (R.). □ 1899: »Das Schweigen im Walde« (R.). □ 1914: »Der Ochsenkrieg« (R.). □ 1918: »Das große Jagen« (R.).

▷ L. Ganghofer: Lebenslauf eines Optimisten (Aut.), 1909-11.

Ganz, Bruno

schweiz. Schauspieler
* 22.3.1941 Zürich

Bruno Ganz →

Ganz, der in den 70er Jahren zu den wichtigsten Mitgliedern von P. →Steins Schaubühnen-Ensemble gehörte, erwies sich mit seiner sensiblen, konzentrierten Spielweise als Idealbesetzung für die problembeladenen Filme des jungen deutschen Kinos, so in dem Beziehungsdrama »Die linkshändige Frau« (1977, Rg. P. →Handke) oder in »Messer im Kopf« (1978, Rg. R. Hauff), einem Film über die Terrorismushysterie der 70er Jahre. In dem 1988 mit der Goldenen Palme von Cannes ausgezeichneten Film »Der Himmel über Berlin« (Rg. W. →Wenders) spielte er einen Engel, der aus Liebe zu einer Frau auf die Erde zurückkommt.

□ 1960: »Der Mann mit der schwarzen Melone« (Rg. K. Suter). □ 1961: »Chikita« (Rg. K. Suter). □ 1962-68: Theaterarbeit mit P. →Zadek. □ 1968-75: Theaterarbeit mit P. Stein. □ 1974: Jakow Schalimow in »Die Sommergäste« (nach M. →Gorki/ B. →Strauß, Rg. P. Stein). □ 1975: »Die Marquise von O.« (Rg. E. →Rohmer). □ 1976: »Die Wildente« (Rg. H. W. →Geissendörfer). □ 1976/77: »Der amerikanische Freund« (Rg. W. Wenders). □ 1978: »Nosferatu — Phantom der Nacht« (mit I. →Adjani, Rg. W. →Herzog). □ 1980: »Der Erfinder« (Rg. K. Gloor). □ 1981: »Die Fälschung« (Rg. V. →Schlöndorff). □ 1982: Titelrolle in Shakespeares »Hamlet« (Rg. K. M. Grüber). □ 1982/83: »In der weißen Stadt« (Rg. A. →Tanner). □ ab 1984: Hölderlin-Rezitationsabende. □ 1984/85: »Väter und Söhne« (TV, Rg. B. →Sinkel). □ 1991: »Tassilo — Ein Fall für sich« (TV-Sechsteiler; nach M. →Walser, Rg. H. Gies).

Gao Xingjian

chin. Schriftsteller
* 1940 Taizhou, Jiangsu

Gao Xingjian ist der wichtigste avantgardistische Bühnenautor Chinas. Den Höhepunkt seines bisherigen Schaffens, das u. a. in der Tradition des Absurden Theaters steht, bildet sein Stück »Die Busstation« (1983, dt. 1988), das in Anlehnung an S. →Becketts »Warten auf Godot« entstand. Es handelt von einer Gruppe Fahrgäste, die zehn Jahre vergeblich an einer Bushaltestelle auf den Bus wartet. Das Stück wurde als nihilistisch mißverstanden und vom Spielplan abgesetzt.

□ 1965-69: Verschickung aufs Land während der Kulturrevolution. □ 1979: Mitgl. des Schriftstellerverbands; Dramaturg am Volkskunsttheater in Peking. □ 1983: »Das Notsignal« (Dr.). □ 1985: »Die Wilden« (Dr.).

Garaudy, Roger

frz. Politiker und Philosoph
* 17.7.1913 Marseille

Garaudy, 1956-70 Mitglied des Politbüros und Chefideologe der KPF, trat für die Entstalinisierung des Kommunismus ein. In seinen Schriften bemühte sich G. um den Dialog zwischen Marxisten und Christen. Wegen seiner Kritik am Einmarsch der Truppen des Warschauer Pakts in die CSSR (1968) und seinen Vorstellungen über einen undogmatischen Reformkommunismus nach dem Modell des Prager Frühlings (A. →Dubček) wurde G. 1970 aus der Partei ausgeschlossen. 1982 überraschte G. die Öffentlichkeit mit seinem Bekenntnis zum Islam.

☐ 1933-70: Mitgl. der KPF, seit 1945 des ZK. ☐ 1946-51: Abg. der frz. Nationalversammlung; 1956-58 deren Vizepräs. ☐ 1962-73: Prof. an der Univ. Poitiers; Leiter des von ihm gegründeten Centre d'Études et des Recherches Marxistes (CERM), Paris. ☐ 1966: »Marxismus im 20. Jh.« (dt. 1969). ☐ 1968: »Kann man heute noch Kommunist sein?« (dt. 1970). ☐ 1972: »Die Alternative. Ein neues Modell der Gesellschaft jenseits von Kapitalismus und Kommunismus« (dt. 1973). ☐ 1976: »Das Projekt Hoffnung« (dt. 1976). ☐ 1979: »Aufruf an die Lebenden« (dt. 1980). ☐ 1981: »Die wiedergefundene Liebe« (R.).

← Roger Garaudy

Garbarek, Jan

norw. Jazzmusiker
* 10.4.1947 Mysen

Der aus einer polnischen Familie stammende Garbarek zählt zu den herausragenden Free-Jazz-Musikern Europas. Spezialität des Tenor- und Sopransaxophonisten sind gesangartige, getragene Melodien, die an die schwermütige norwegische Landschaft erinnern, und ein kontrollierter, selbst in höchsten Lagen differenzierter Ton. G. arbeitet mit wechselnden Musikern zusammen, u. a. mit D. →Cherry, K. →Jarrett und Chick →Corea. Als sehr produktiv erwies sich von Beginn an (1970, »Afric Pepperbird«, LP) G.s Zusammenarbeit mit dem Münchner Plattenproduzenten Manfred Eicher (ECM).

☐ 1966: Unterricht bei George Russell. ☐ 1969: »Electronic Sonata« (LP). ☐ 1973: »Listen to the silence« (LP). ☐ 1975: »Belonging« (LP). ☐ 1977: Mit »Dansere« (LP) Künstler des Jahres in Deutschland; USA-Tournee mit K. →Jarrett. ☐ 1981: »Aftenland« (LP). ☐ 1983: Zusammenarbeit mit E. Weber. ☐ 1985: »It's ok to listen to the gray voice« (LP). ☐ 1990: »I took up the runes« (LP).

Garbo, Greta

(eig. G. Lovisa Gustafsson)
schwed. Schauspielerin
* 18.9.1905 Stockholm † 15.4.1990 New York

»Die Marmorstirn einer trauernden Göttin und weite Augen voll goldener Dunkelheit«, so beschrieb der Schriftsteller K. →Mann die Garbo, deren »Gesicht aus Schnee und Einsamkeit« (R. →Barthes) zu ihrem Mythos ebenso beitrug wie der abrupte Rückzug aus dem Filmgeschäft: 1941 beendete »die Göttliche« nach dem Mißerfolg von »Die Frau mit den zwei Gesichtern« (Rg. G. →Cukor) ihre Karriere und entzog sich konsequent der Öffentlichkeit. Aufgewachsen in ärmlichen Verhältnissen, wurde G. vom schwedischen Regisseur Mauritz Stiller entdeckt, der ihr den Künstlernamen gab und sie 1926 nach Hollywood mitnahm. In ihren Filmen, u. a. »Mata Hari« (1931, Rg. G. Fitzmaurice), »Königin Christine« (1933, Rg. R. Mamoulian) und »Anna Karenina« (1928, Rg. E. Goulding; 1935, Rg. C. Brown) verkörperte G. häufig Frauen, die in unrechtmäßigen Liebesbeziehungen scheitern. Einen ihrer bekanntesten, aber auch untypischsten Auftritte (»Die Garbo lacht«, laut Verleihwerbung) hatte sie als Politkommissarin »Ninotschka« (1939, Rg. E. →Lubitsch).

☐ 1921: Erster Auftritt als Mannequin in einem Werbefilm. ☐ 1924: »Gösta Berlings Saga« (Rg. M. Stiller). ☐ 1926: Vertrag mit MGM, Übersiedlung in die USA. ☐ 1927: »Es war« (erster Film mit J. Gilbert, Rg. C. Brown). ☐ 1928: »Das göttliche Weib« (Rg. V. Sjöström). ☐ 1932: »Menschen im Hotel« (Rg. E. Goulding). ☐ 1936: »Die Kameliendame« (Rg. G. Cukor). ☐ 1937: »Maria Walewska« (Rg. C. Brown). ☐ 1951: Annahme der amer. Staatsbürgerschaft. ☐ 1954: Sonder-Oscar für das Gesamtwerk.

▷ F. Sands/S. Broman: Die Göttliche. Greta Garbo. Die Wahrheit über einen Mythos, 1979; A. Gronowicz: Greta Garbo — Ihr Leben, 1990.

Greta Garbo: Die »Göttliche« in dem Film »Mata Hari«, 1931.

Garborg, Arne Evensen

norw. Schriftsteller und Sprachreformer
* 25.1.1851 Time-Jæren, Rogaland
† 14.1.1924 Asker bei Oslo

Garborg machte als Herausgeber der Zeitschrift Feddraheimen (1877-82) die Umgangssprache Nynorsk literaturfähig. In seinem literarischen Werk beschäftigte er sich vorrangig mit religiösen Themen. Bereits der 1878 verfaßte Romanerstling »Ein Freidenker« kritisiert religiöse Intoleranz; »Müde Seelen« (R., 1891, dt. 1893) schildert ein verinnerlichtes, undogmatisches Christentum und verdeutlicht zugleich G.s Wandel vom Naturalisten zum Verfasser religiöser Bekenntnisliteratur. Mehrere Gedichte wurden, u. a. in der Vertonung von E. →Grieg, bekannte Volkslieder.

← Arne Garborg

□ 1874: Abitur nach Jahren als Journalist und Wanderschullehrer. □ 1878-87: Staatlicher Revisor; Entlassung wegen freigeistiger Schriften. □ 1883: »Bauernstudenten« (R., dt. 1902). □ 1886: »Aus der Männerwelt« (R., dt. 1888). □ 1892: »Frieden« (R., dt. 1894). □ 1895: »Die Besessene« (Ged.e, dt. 1903). □ 1896: »Paulus« (Dr., dt. 1898). □ 1901: »Der verlorene Vater« (R., dt. 1901). □ 1908: »Der heimgekehrte Sohn« (R.).

García Lorca, Federico

span. Schriftsteller
* 5.6.1898 Fuentevaqueros bei Granada
† 19.8.1936 Viznar bei Granada (ermordet)

García Lorca ist ein Klassiker der Moderne und der meistgespielte spanische Dramatiker des 20. Jh.s. In seinen Dramen spiegelt sich der Einfluß unterschiedlichster Traditionen wider: Die griechische Tragödie, das spanische Volkstheater und das bürgerliche Trauerspiel des 19. Jh.s. Zentrales Motiv seiner Werke, in denen die Figuren gegen dogmatische Moralprinzipien und tradierte Sittengesetze ankämpfen, ist der Tod, den G. in mythischen Anspielungen als ungelebtes, erstarrtes Leben beschreibt. So sind die Töchter in »Bernarda Albas Haus« (Dr., 1945, dt. 1954) bei lebendigem Leibe begraben, und in »Doña Rosita bleibt ledig« (Dr., 1935, dt. 1954) wartet die Protagonistin 25 Jahre lang vergeblich auf ihren nach Amerika verreisten Verlobten.
G. war nicht nur ein bedeutender Dramatiker, sondern auch ein großer Lyriker, der volkstümliche Elemente mit avantgardistischen Techniken verband. Nur wenige Tage nach Beginn des Spanischen Bürgerkriegs wurde G. von Falangisten der Guardia Civil erschossen.

García Lorca: Begeisterter Leiter eines Studententheaters.

□ ab 1919: Philosophie- und Jurastudium in Madrid; Freundschaft mit S. →Dalí, L. →Buñuel, J. R. →Jiménez. □ 1928: »Zigeunerromanze« (Ged.e, dt. 1938). □ 1929: »In seinem Garten liebt Don Perlimplin Belisa« (Dr., dt. 1954). □ 1930: »Die wundersame Schustersfrau« (Dr., dt. 1954). □ 1931: »Dichtung vom Canto Jondo« (Ged.e, dt. 1956). □ 1932: Gründung der Studentenbühne »La Barraca« (mit E. →Ugarte). □ 1933: UA »Bluthochzeit« (Dr., dt. 1952); Reise nach Argentinien. □ 1934: UA »Yerma« (Dr., dt. 1954). □ 1935: »Klage um Ignacio Sanchez Mejia« (Ged.e, dt. 1953).

▷ H. Rogmann: García Lorca, 1981; C. Petersen: Federico García Lorca, 1986.

García Márquez, Gabriel

kolumbian. Schriftsteller
* 6.3.1928 Aracataca

Mit dem Roman »Hundert Jahre Einsamkeit« (1967, dt. 1970) schrieb García Márquez sein Meisterwerk (int. Aufl.: Über 10 Mio.). Der Nobelpreisträger von 1982 erzählt darin vom Aufstieg und Niedergang der Familie Buendía und des von ihr gegründeten imaginären Dorfes Macondo. Zugleich gibt er einen Abriß der Geschichte Lateinamerikas, eines Kontinents, der sein spezifisches Gesicht dem Aufeinanderprallen unterschiedlicher Rassen und Kulturen verdankt.
G.s außerordentlich plastische Bildsprache, genährt aus Mythos und Wirklichkeit, weist ihn

García Márquez: Großes Interesse an dem Chronisten Lateinamerikas in Stockholm, 1982.

als Magischen Realisten (M. A. →Asturias) aus. Alle späteren Romane des Autors, der aus politischen Motiven immer wieder journalistisch arbeitete, wurden Bestseller.

□ 1947: Jurastudium in Bogotá. □ 1949: Journalist bei der Zeitschrift El Universal. □ 1952: Korrespondent der Zeitschrift El Espectador. □ 1955: Als Journalist in Genf, Rom und Paris; »Laubsturm« (R., dt. 1975). □ 1959: Korrespondent der kubanischen Presseagentur Prensa Latina in New York. □ 1961: Arbeit als Drehbuchautor; »Der Oberst hat niemand, der ihm schreibt« (R., dt. 1976). □ 1962: »Das Leichenbegängnis der Großen Mama« (Erz.n, dt. 1974). □ 1966: »Die böse Stunde« (R., dt. 1979). □ 1968: Übersiedlung nach Barcelona. □ 1970: »Bericht eines Schiffbrüchigen« (Rep., dt. 1982). □ 1972: »Die unglaubliche und traurige Geschichte der einfältigen Erendira« (Erz.n, dt. 1974). □ 1975: Umzug nach Mexiko-Stadt; Diktatorenroman »Der Herbst des Patriarchen« (dt. 1978). □ 1981: »Chronik eines angekündigten Todes« (R., dt. 1981). □ 1982: Rückkehr nach Kolumbien; Literatur-Nobelpreis. □ 1985: »Die Liebe in den Zeiten der Cholera« (R., dt. 1987). □ 1989: »Der General in seinem Labyrinth« (R., dt. 1989).

▷ St. Minta: Gabriel García Márquez. Writer of Colombia, 1987.

García Pérez, Alán Gabriel

peruan. Politiker
* 23.5.1949 Lima

← Alán García Pérez

García Pérez, 1985-90 Staatspräsident, versuchte mit einem pragmatischen Reformprogramm und rigorosen Sparmaßnahmen, Peru aus dem sozialen Elend zu führen. Die 1987 überhastet durchgeführte Verstaatlichung der Banken und Versicherungen führte jedoch zur Kapitalflucht und zu einer Inflationsrate von 2000 %. Die Folge waren Militärrevolten, Generalstreiks und der weiterhin ungebrochene Terror der maoistischen Guerilla »Leuchtender Pfad«. Ab 1988 sank daher die Hoffnung des Volkes auf den »Populisten« G. genauso rasch wieder, wie sie vor seiner Wahl gestiegen war.

□ 1966-78: Studium in Lima, Madrid und Paris. □ 1979: Mitgl. der verfassunggebenden Versammlung. □ 1980: Mitgl. des Parlaments für die Alianza Popular Revolucionaria Americana (APRA). □ 1982: Generalsekretär der APRA. □ 1985-90: Staatspräsident.

García Robles, Alfonso

mex. Politiker
* 20.3.1911 Zamora † 2.9.1991 Mexiko-Stadt

← Alfonso García Robles

García Robles setzte sich seit Jahrzehnten für eine weltweite Abrüstung und ein Verbot der Atomwaffen ein. 1967 hatte er maßgeblichen Anteil am Zustandekommen eines Vertrags über eine atomwaffenfreie Zone in Lateinamerika. Zum Problem der Abrüstung hat G. sich in zahlreichen Artikeln und Büchern geäußert. In Anerkennung seiner weltweiten Kampagnen wurde ihm 1982 der Friedens-Nobelpreis zuerkannt.

□ 1939-46; 1957-64; 1971-75: Im Diplomatischen Dienst. □ 1946-57: Dir. im Generalsekretariat der UNO. □ 1964-71: Staatssekr. im Außenministerium. □ 1976/77: Außenmin. □ 1977: Leiter der mex. Delegation bei der UNO und bei den Abrüstungskonferenzen in Genf und New York. □ 1982: Friedens-Nobelpreis (mit A. →Myrdal).

John Eliot Gardiner →

Gardiner, John Eliot

engl. Dirigent
* 20.4.1943 Fontmell Magna, Dorset

Gardiner gehört zu den ersten Dirigenten des 20. Jh.s, die mit neuartigen Interpretationen das Publikum für die sog. Alte Musik begeistern konnten. Anläßlich der 400-Jahr-Feier des Renaissance-Komponisten Claudio Monteverdi (* 1567, † 1643) führte er dessen »Vesperae« mit spektakulärem Erfolg auf. Seitdem hat sich G. eine große Souveränität im Umgang mit den verschiedenen Stilen des 17. und 18. Jh.s erarbeitet. Zu seinem Repertoire gehören auch Werke von Händel, Mozart und Gluck sowie moderne Gitarrenkonzerte mit Julian Bream (* 1933).

□ 1964: Nach Studien in Cambridge, London und Paris Gründung des Monteverdi Chor. □ 1968: Gründung des Monteverdi Orchestra. □ 1969: Aufführung der »Zauberflöte« von Mozart in der Sadler's Wells Opera London. □ 1973-75: Hg. und Aufführung zweier Rameau-Opern in London. □ 1980/81: Dirigent des Symphonieorchesters von Vancouver (Kanada). □ seit 1981: Künstlerischer Leiter der Händel-Festspiele in Göttingen. □ seit 1982: Musikalischer Dir. der Oper von Lyon. □ 1990: Debüt bei den Salzburger Festspielen. □ 1991: Chef des NDR-Sinfonieorchesters.

Gardner, Ava

(eig. Lucy Johnson)
amer. Schauspielerin
* 24.12.1922 Smithfield, N. Car.
† 25.1.1990 London

Ava Gardner blieb ihrem Image immer treu.

Die Liebesgöttin Hollywoods, wie Gardner wegen ihrer erotischen Ausstrahlung genannt wurde, entsprach diesem Image sowohl in ihren Filmen als auch in ihrem Privatleben (zahlreiche Affären, Ehen mit den Schauspielern Mickey Rooney, F. →Sinatra und dem Klarinettisten A. →Shaw). Ihre bekanntesten Filmauftritte hatte sie als Partnerin von G. →Peck in der Hemingway-Adaption »Schnee auf dem Kilimandscharo« (1952, Rg. H. King) und in der Titelrolle von »Die barfüßige Gräfin« (1954, Rg. J. L. Mankiewicz).

□ 1941: Vertrag mit den MGM-Filmstudios. □ 1947: »Rächer der Unterwelt/The Killers« (mit B. →Lancaster, Rg. R. →Siodmak). □ 1951: »Pandora und der fliegende Holländer« (Rg. A. Lewin). □ 1953: »Mogambo« (mit C. → Gable, Rg. J. →Ford). □ 1963: »Die Nacht des Leguans« (mit R. →Burton, Rg. J. →Huston; nach T. →Williams). □ 1986: Letzte Filmrolle in »Regina« (mit A. →Quinn).

Garland, Judy

(eig. Frances Gumm)
amer. Schauspielerin
* 10.6.1922 Grand Rapids, Minn.
† 22.6.1969 London (Selbstmord)

Garland, die Mutter von L. →Minelli, war in den 30er und 40er Jahren ein gefeierter Kinderstar und trat in zahlreichen Musicals auf. Ihren größter Erfolg hatte sie als Dorothy in dem Märchenfilm »The Wizzard of Oz/Das zauberhafte Land« (1939, Rg. V. Fleming).

□ 1935: Vertrag mit MGM. □ 1938: »Love finds Andy Hardy« (mit M. Rooney, Rg. G. B. Seitz). □ 1940: »Ziegfeld Girl/Mädchen im Rampenlicht« (Rg. R. Z. Leonard). □ 1942: »For me and my gal« (mit Gene →Kelly, Rg. B. Berkeley). □ ab 1945: Ehe mit V. Minelli. □ 1948: »Der Pirat« (mit G. Kelly, Rg. V. Minelli); »Osterspaziergang« (mit F. →Astaire, Rg. Ch. Walters). □ 1954: »Ein neuer Stern am Himmel« (mit J. →Mason, Rg. G. → Cukor).

▷ J. Juneau: Judy Garland. Ihre Filme — ihr Leben, 1980.

Garnier, Tony

frz. Architekt
* 13.8.1869 Lyon † 19.1.1948 La Bédoule bei Lyon

Garnier war ein Pionier der modernen französischen Architektur. Vorrangig das Projekt seiner »Cité industrielle«, einer industriellen Stadtsiedlung, vermittelte G. nicht nur →Le Corbusier, sondern der gesamten Architektur des Rationalismus weit über Frankreich hinaus entscheidende Impulse. Von sozialistischen Ideen durchdrungen (Charles Fourier, É. →Zola), projektierte G. zwischen 1899 und 1904 diese Idealstadt, in der Wohn- und Industriebereiche, Verkehrsnetz, Stadtzentrum, Krankenhausviertel und Erholungsstätten, Schulzentrum usw. klar voneinander getrennt, aber durch eine durchdachte Infrastruktur miteinander verbunden sind. Ziel war nicht nur die städtebauliche Trennung der Funktionsbereiche, vielmehr strebte G. bewohnerfreundliche Häuser an, die zu sog. Wohninseln zusammengefaßt werden sollten. Nahezu alle seine Grundideen wurden von der internationalen Architektenvereinigung CIAM in der sog. Charta von Athen übernommen. Einiges davon konnte G. in seinen Lyoner Bauten, so in dem aus 22 Pavillons bestehenden Krankenhauskomplex (1915-30), verwirklichen.

□ 1905-19: Stadtbaumeister in Lyon. □ 1909-13: Schlachthof. □ 1913-18: Stadion. □ 1915-30: Grange-Blanche-Krankenhaus. □ 1917: Veröffentlichung des Projekts »Une cité industrielle«. □ ab 1919: Eigenes Architekturbüro in Lyon. □ 1928-35: Wohnanlage Les États-Unis (Lyon).

Kardinal Gasparri: Nach der Einigung mit Mussolini (1929) der Segen für die Soldaten.

← Judy Garland

← Tony Garnier

Gasparri, Pietro

ital. Theologe (kath.)
* 5.5.1852 Capovalazza de Ussita
† 18.11.1934 Rom

Gasparri, ab 1907 Kardinal, war 1926-29 maßgeblich an den Verhandlungen zwischen dem Heiligen Stuhl und der italienischen Regierung unter B. →Mussolini beteiligt, die in den Lateranverträgen zu der staatsrechtlichen Anerkennung der Souveränität des Papstes über die Vatikanstadt und zu einer Versöhnung von Kirche und Staat in Italien führten. Als Vorsitzendem der von Papst →Pius X. beauftragten Kommission zur Neugestaltung des kanonischen Rechts waren G. 1907-17 alle Vorarbeiten übertragen, die die Herausgabe des neuen kirchlichen Gesetzbuches »Codex Iuris Canonici« ermöglichten (1918 in Kraft getreten).

□ 1880-98: Prof. am Inst. Catholique, Paris. □ ab 1898: Titularerzbischof von Iconium und Apostolischer Delegat für Ecuador, Bolivien und Peru. □ 1914-30: Kardinalstaatssekr. □ 1917: Verfasser der (von Deutschland abgelehnten) päpstlichen Friedensnote. □ 1923-32: Hg. der »Codicis Iuris Canonici fontes« (6 Bde.). □ ab 1929: Vors. der Kardinalskommission zur Kodifikation des Ostkirchenrechts. □ 1930: »Catechismus Catholicus« (dt. 1932).

Gasser, Herbert Spencer

amer. Physiologe
* 5.7.1888 Platteville, Wisc. † 11.5.1963 New York

Gasser und J. →Erlanger entdeckten 1924 hochdifferenzierte Funktionen einzelner Nervenfasern, von denen sie drei Typen unterschieden (gemeinsamer Nobelpreis 1944). Auf dem Bildschirm eines Oszillographen demonstrierten sie, daß bestimmte Erregungsimpulse wie Empfindungen von Hitze, Kälte oder Schmerz nur von bestimmten Nervenfaserarten weitergeleitet werden.

□ 1921-31: Prof. an der Washington Univ. in St. Louis, Mont. □ 1931-35: Prof. an der Cornell Medical School in Ithaca, N. Y. □ 1935-53: Dir. des Rockefeller Inst. in New York. □ 1944: Physiologie/Medizin-Nobelpreis (mit J. Erlanger).

Gassmann, Vittorio

ital. Schauspieler
* 1.9.1922 Genua

Gassmann wurde als Darsteller in zahlreichen italienischen und amerikanischen Filmen international bekannt, u. a. in »Bitterer Reis« (1949, Rg. G. de Santis, mit S. →Mangano) und »Man nannte es den großen Krieg« (1959, Rg. M. Monicelli). In Italien, wo er mehrmals als bester Schauspieler des Landes ausgezeichnet wurde, spielte er in der Theatergruppe L. →Viscontis und gründete mit L. Squarzina 1951 ein eigenes Ensemble.

□ 1943: Theaterdebüt in Mailand. □ 1956: Erste Filmrolle in »Liebesvorspiel«. □ 1951: Gründung einer eigenen Theatergruppe. □ 1953: »Symphonie des Herzens« (Rg. C. Vidor, mit E. →Taylor). □ 1958: »Diebe haben's schwer« (Rg. M. Monicelli). □ 1966: »Siebenmal lockt das Weib« (Rg. V. de →Sica, mit Sh. →MacLaine). □ 1975: Auszeichnung in Cannes für die Hauptrolle in »Der Duft der Frauen« (Rg. D. Risi).

▷ V. Gassmann: Eine große Zukunft hinter sich (Erinnerungen), 1982.

← Vittorio Gassmann

Gatti, Armand

(eig. Dante Armando G.)
frz. Dramatiker und Regisseur
* 26.1.1924 Monaco

Gattis Engagement gilt den sozialen Randgruppen und Unterdrückten. Er zählt neben A. →Mnouchkine und P. →Chéreau zu den Vertretern des neuen französischen Volkstheaters, das einem humanen Sozialismus verpflichtet ist. G.s Stücke, die er oft selbst inszeniert, zeichnen sich durch offene Dramaturgie aus (Rückblenden, simultane Handlungsstränge). Als Leiter der Volksbühne Atelier de Création de Populaire (seit 1982) läßt G. Vertreter sozialer Randgruppen in seinen Inszenierungen selber mitwirken.

□ 1940: Als Mitgl. der Résistance Verhaftung durch die Gestapo und Zwangsarbeit in Hamburg. □ 1954/55: Als Journalist Teilnahme am Bürgerkrieg in Guatemala. □ 1955: Reise nach China; Dokumentarfilm »Sonntag in Peking«. □ 1956: Reise nach Sibirien; Dokumentarfilm »Brief aus Sibirien«. □ 1959: UA »Der Ochsenfrosch« (Rg. J. Vilar). □ 1962: Inszenierung des eigenen Stücks »Das imaginäre Leben des Straßenkehrers August G.«. □ 1966: UA »Öffentlicher Gesang vor zwei elektrischen Stühlen«. □ 1967: »V wie Vietnam«. □ 1975: UA »Die Hälfte des Himmels sind wir«.

Gaudí, Antoni

(eig. A. Gaudí y Cornet)
span. Architekt und Kunsthandwerker
* 25.6.1852 Reus, Prov. Tarragona
† 10.6.1926 Barcelona

Gaudí war der erste Architekt der Moderne, der in seinen Bauten bildhauerische Akzente setzte. In der Verschmelzung von Elementen des dekorativen, maurisch beeinflußten Mudejarstils (12.-16. Jh.) mit Jugendstilformen sowie eigenen Vorstellungen von der Symbiose plastischer und architektonischer Prinzipien gelangte er zu bis heute einmaligen Darstellungsformen, die das Stadtbild von Barcelona prägen.

Antoni Gaudí (um 1890): Er prägte das Bild Barcelonas.

Sein Hauptwerk ist die von dem Diözesanarchitekten Francisco de Paula del Villar übernommene Bauaufgabe der Kirche »La Sagrada Familia« in Barcelona. G. folgte dem neugotischen Entwurf Villars nicht, lehnte sich aber an gotische Kathedralformen an, die er in einen von Dekorationen nahezu überschwemmten, grottenartigen und bis heute nicht vollendeten Kirchenbau transponierte. 1885-90 hatte G. bereits mit dem »Palacio Güell« und dessen Park, später vor allem mit der »Casa Battló« (1905-07) Zeichen für einen von organischen Formen abgeleiteten Stil gesetzt. Die »Casa Milà«, ein großes Appartmenthaus ebenfalls in Barcelona, nahm diese Prinzipien in einer geschwungenen Fassade, einem weich modulierten Dach sowie einer lebhaft und unregelmäßig gestalteten Fassadengliederung auf.

□ 1874-78: Studium an der Escola Provincia d'Arquitectura in Barcelona. □ 1878: Entwurf für eine Arbeitersiedlung mit Fabrikgebäude und Gemeinschaftshaus, ebd. □ ab 1883: Arbeit an der Votivkirche »La Sagrada Familia« (unvollendet); Casa Vicens, beide Barcelona. □ 1887: Umgestaltung der Finca Güell (privates Anwesen der Familie Güell), ebd. □ 1887-93: Bischofspalast in Astorga, Prov. León. □ 1888/89: Mutterhaus des Ordens der hl. Teresa von Ávila. □ 1906: Casa Milà, Barcelona.

▷ J. Bassegoda: Antoni Gaudí, 1985; X. Güell (Hg.): Antoni Gaudí, 1987.

Paul Gauguin →

Gauguin, Paul

frz. Maler, Grafiker und Bildhauer
* 7.6.1848 Paris
† 8.5.1903 Atouana auf La Dominique, Marquesas-Inseln

Im Werk des Autodidakten Gauguin fanden zwei Tendenzen der modernen Malerei ihren frühen Ausdruck: Die Suche nach der Ursprünglichkeit und die Verselbständigung von Form und Farbe. Letzteres zeigt sich in der Zusammenfassung von Einzelformen zu konturierten Flächen in freier Farbgebung; leuchtendes Gelb und Rot beherrschen beispielsweise das »Selbstbildnis mit Heiligenschein« (1889, Washington, National Gallery of Art). Die Themen seiner figürlichen Kompositionen fand G. zunächst in der bäuerlich-religiösen Welt der Bretagne (»Die Vision nach der Predigt/Jakobs Kampf mit dem Engel«,

1888, Edinburgh, National Gallery of Scotland; »Der gelbe Christus«, 1889, Buffalo, Albright Art Gallery). Sein Traum vom Einklang zwischen Mythos, Natur und Mensch führte G. in das — durch die französische Kolonialverwaltung freilich längst beeinträchtigte — Paradies der Südsee. Insofern verbindet der Exotismus im Spätwerk G.s das unmittelbare Erlebnis der Tropenwelt mit dem Ziel, deren eigentliches Abbild zu gestalten (»Mahana no Atua/Tag der Götter«, 1894, Washington, National Gallery of Art).

□ 1849: Emigration der Familie nach Peru. □ 1855: Rückkehr nach Frankreich (Orléans). □ 1865-71: Schiffsjunge bzw. Matrose. □ 1871-83: In Paris Bankangestellter und Börsenmakler, zugleich Beschäftigung mit Malerei. □ 1880-86: Beteiligung an der Gruppenausstellung der Impressionisten (C. →Monet). □ 1886: Aufenthalt in Pont-Aven, Bretagne (erneut 1888, 1889/90, 1894). □ 1887: Reise nach Panama und Martinique. □ 1888: In Arles Aufenthalt bei Vincent van Gogh (* 1853, † 1890). □ 1891: Reise nach Tahiti. □ 1893-95: Letzter Aufenthalt in Frankreich. □ 1895: Rückkehr nach Tahiti. □ 1897: Veröffentlichung der autobiografischen Schrift »Noa-Noa« in Paris (dt. 1920). □ 1901: Rückzug auf die Marquesas-Insel La Dominique. □ postum 1903-06: Ehrung durch Ausstellungen in Wien, Brüssel und Paris (Herbstsalon).

▷ G. Wildenstein, R. Cogniat: Gauguin, 1972; V. Segalen: Paul Gauguin und seine letzte Umgebung, 1982.

Gaulle, Charles de

frz. Politiker
* 22.11.1890 Lille
† 9.11.1970 Colombey-les-deux-Eglises

De Gaulle an der Spitze der Siegesparade auf den Champs Élysées, 1944.

De Gaulle war einer der großen Staatsmänner des 20. Jh.s. Seine politische Karriere verlief in zwei Etappen. Ab 1940 wurde der Gründer des Französischen Komitees der Nationalen Befreiung (CFLN) zum Symbol des französischen Widerstands gegen die deutsche Besatzungsmacht. Aus dem Exil rief er in Rundfunkansprachen seine Landsleute zur Fortsetzung des Krieges auf und benannte sich selbst als einzigen legitimen Repräsentanten Frankreichs. 1944 zog er an der Spitze des zur provisorischen Regierung umgewandelten CFLN in das befreite Paris ein. Differenzen mit den neuen Parteiführern veranlaßten ihn jedoch, 1946 zurückzutreten.
Auf dem Höhepunkt der Algerienkrise wurde de G. 1958 zum Architekten der V. Republik. Als Staatspräsident (1958-69) zeichnete er sich durch eine selbstbewußte, aber um Ausgleich bemühte Politik aus. Gegen Widerstände auch innerhalb der eigenen Partei beendete er den Algerienkrieg und entließ die französische Kolonie 1962 in die Unabhängigkeit. Mit K. →Adenauer legte er den Grundstein für die deutsch-französische Aussöhnung (Vertragsunterzeichnung 1963); gleichzeitig forcierte er den Aufbau einer Atomstreitmacht (Force de frappe) und trat aus den militärischen Organisationen der NATO aus. De G. strebte ein »Europa der Vaterländer« an, in dem Frankreich die führende Rolle übernehmen sollte. Seine Außenpolitik und eine unter weitgehender Ausschaltung des Parlaments vollzogene Wirtschaftspolitik, die anfangs glänzende Wachstumsraten und soziale Stabilität brachte, waren nur dank der neuen Verfassung von 1958 möglich, die dem Präsidenten außerordentliche Macht verschaffte.
Die Maiunruhen in Paris sowie die größte Streikwelle der französischen Geschichte schwächten 1968 de G.s Position. Als ein von ihm angeregtes Referendum zur Neuordnung der Provinzen und des Senats abgelehnt wurde (1969), trat er zurück. Ideen und Ziele des Generals wurden Grundlage der »Gaullisten«-Bewegungen, die sich zur Umsetzung seiner Anschauungen bildeten (Union des Démocrates pour la Ve République, UDR, 1968-76; Rassemblement pour la République, RPR, seit 1976).

□ 1916: In dt. Kriegsgefangenschaft bei Verdun. □ 1920/21: Mitgl. der Militärmission in Polen. □ 1940: Divisionskommandeur; Flucht nach Großbritannien; Gründung des CFLN. □ 1943: Chef der frz. Exil-Regierung in Algerien. □ 1944: Chef der provisorischen frz. Regierung. □ 1945/46: Provisorischer Staatspräsident. □ 1947-53: Gründer und Vors. des Rassemblement du Peuple Français (RPF; »Bewegung des frz. Volkes«). □ 1955-59: »Memoiren 1940-1946«. □ 1958: Ministerpräsident und Verteidigungsmin. □ 1958-69: Staatspräsident. □ 1970: »Memoiren der Hoffnung«.

▷ D. Cook: Charles de Gaulle, 1985; E. Weisenfeld: Charles de Gaulle. Der Magier im Elysee, 1990.

Gaultier, Jean-Paul

frz. Modedesigner
* 24.4.1952 Arcueil bei Paris

Jean-Paul Gaultier →

Der Avantgardist Gaultier setzt Ideen der Londoner Straßenszene ins Prêt-à-porter um. Aufsehen erregten 1976 sein elektronischer Schmuck, 1980 Modelle aus Konservendosen und Mülleimern, 1983 Korsagenkleider, die 1990 von der jungen Mode aufgenommen wurden, sowie 1985/86 Röcke, Barockroben und Spitzenstrümpfe für Männer. Für seine Modenschauen engagiert G. auch Laien ohne Mannequin-Figur. Neben Filmkostümen entwirft er Videoclips.

□ ab 1970: Designer bei P. →Cardin. □ seit 1976: Selbständiger Designer in Paris. □ 1981: Kollektionen für Japan. □ seit 1984: Auch Herrenkollektionen.

Gaus, Günter Kurt Willi
dt. Journalist und Politiker
* 23.11.1929 Braunschweig

Gaus, 1969-73 Chefredakteur des Wochenmagazins Der Spiegel, gehörte zu den wichtigsten journalistischen Befürwortern der Ostpolitik W. →Brandts. Als Leiter der Ständigen Vertretung der BRD in der DDR (1974-81) handelte er mit der Ost-Berliner Regierung insgesamt 17 innerdeutsche Abkommen aus (u. a. Verkehrsverträge). In seinem Buch »Wo Deutschland liegt« (1983) beschrieb er die ehemalige DDR als eine »Nischengesellschaft«, die ihren Bürgern den Rückzug ins Private ermöglicht habe. Bekannt wurde G. auch durch seine Fernsehinterviews mit Prominenten.

□ 1965-69: Programmdir. beim Südwestfunk. □ 1969-73: Chefredakteur beim Spiegel. □ 1973: Staatssekr. im Bundeskanzleramt. □ 1974-81: Leiter der Ständigen Vertretung der BRD in Ost-Berlin. □ 1976: Eintritt in die SPD. □ 1981: Wissenschaftssenator in Berlin/West.

← Günter Gaus

Gaviria, César
kolumbian. Politiker
* 31.3.1947 Pereira

Gaviria, der bereits mit 23 Jahren Stadtrat von Pereira wurde, ist seit 1990 Staatspräsident von Kolumbien. Der Volkswirtschaftler setzte den von seinem Vorgänger Virgilio Barco verschärften Kampf gegen die Drogenmafia (Medellín-Kartell) fort, nachdem 1989/90 drei Präsidentschaftskandidaten ermordet worden waren. Dazu forderte er größere Unterstützung der Regierungen der Verbrauchsländer, die durch die enorme Nachfrage besonders nach Kokain für den Drogenterror mitverantwortlich sind.

□ 1973: Bürgermeister von Pereira. □ 1978: Stellv. Min. für Entwicklung. □ 1983: Vors. der Wirtschaftskommission des Parlaments. □ 1986-90: Finanz- , dann Innenmin. □ seit 1990: Vors. der Liberalen Partei und Staatspräsident.

← César Gaviria

Gaye, Marvin Pentz
amer. Soulsänger
* 2.4.1939 Washington D. C.
† 1.4.1984 ebd. (erschossen)

Gaye war einer der führenden Vertreter des Soul. 1971 produzierte der zu diesem Zeitpunkt bereits mit zwölf Goldenen Schallplatten ausgezeichnete Künstler als erster schwarzer Musiker durch Leitmotive geordnete Konzeptalben wie die sozial engagierte, Jazz, Blues und Rock verschmelzende LP »What's going on«. Nach zwei Scheidungen, dem Mißerfolg der LP »Here my dear« 1977 sowie Schulden in Millionenhöhe unternahm er 1979 einen Selbstmordversuch. 1982 gelang ihm mit dem Lied »Sexual Healing« ein letzter weltweiter Erfolg. Zwei Jahre später wurde der populäre Sänger nach einem Familienstreit von seinem Vater erschossen.

□ 1955-57: In der US-Air-Force (unehrenhafte Entlassung). □ 1957: Gründung der ersten eigenen Band Marquees. □ ab 1961: Studiomusiker beim ersten schwarzen Plattenkonzern Tamla Motown; erste eigene LP »The soulful moods of Marvin Gaye«. □ 1963: »That stubborn kind of fellow« (LP). □ 1965: »Tribute to Nat King Cole« (LP). □ 1968: »I heard it through the grapevine« (LP). □ 1969: »Marvin Gaye and his girls« (LP). □ 1972: »The hits of Marvin Gaye« (LP). □ 1973: »Diana & Marvin« (LP, mit D. →Ross). □ 1980: »Early Years« (LP). □ 1982: »Midnight Love« (LP).

▷ D. Ritz: Devided soul, engl. 1985.

Nicolai Gedda →

Marvin Gaye: Ein Kuß für den Grammy Award, 1983.

Gebhardt, Bruno
dt. Historiker
* 9.10.1858 Krotoszyn (heute Polen)
† 13.2.1905 Berlin

1881 gab Gebhardt erstmals sein inzwischen klassisch gewordenes »Handbuch der deutschen Geschichte« heraus, das bereits zehn Jahre später in 2. Auflage erschien (mit anderen Mitarbeitern). Das Nachschlagewerk des Realschullehrers wurde immer wieder neu bearbeitet und aufgelegt, zuletzt 1973-80 als Taschenbuchausgabe in 22 Bänden (hg. von H. →Grundmann).

□ 1884: Promotion über »Die gravamina der deutschen Nation gegen den römischen Hof« (2. Aufl. 1885). □ ab 1888: Oberlehrer an der Städtischen Realschule, Berlin. □ 1896-99: »Wilhelm von Humboldt als Staatsmann« (Schr., 2 Bde.). □ 1903/04: Hg. von Humboldts »Politischen Denkschriften 1802-34« (3 Bde.).

Gedda, Nicolai
(eig. Nicolai Ustinow)
schwed. Sänger
* 11.7.1925 Stockholm

1957 debütierte Gedda nach Verpflichtungen in Mailand (1953) und London (1954) an der Metropolitan Opera New York und bei den Salzburger Festspielen und zählt seitdem zu den bedeutendsten und vielseitigsten Tenören des 20. Jh.s. Mit seiner lyrisch-dramatischen Stimme ist G. Spezialist für Mozart-Partien und für das französische Opernrepertoire. Er trat auch als Lieder- (R. →Strauss) und Konzertsänger hervor. Sein Schallplattenwerk (in sechs Sprachen) umfaßt 70 Opern- und Operettenpartien, 20 Oratorien und mehr als 300 Lieder.

□ 1951: Debüt an der Kgl. Oper von Stockholm. □ 1954: Debüt an der Grand Opéra Paris als Hüon in Webers »Oberon«. □ 1957: Partie des Belmonte in Mozarts »Entführung aus dem Serail« bei den Salzburger Festspielen. □ 1961: Große Konzert-Tournee durch Nordamerika. □ 1966: Erste Wagnerpartie (Lohengrin) in Stockholm; Mitgl. der schwed. Musikakademie. □ 1980: Gastspiel am Bolschoi-Theater Moskau. □ 1988: Rolle des Sängers im »Rosenkavalier« von R. →Strauss an der Dt. Oper Berlin.

Gehlen, Arnold

dt. Philosoph und Soziologe
* 29.1.1904 Leipzig † 30.1.1976 Hamburg

Arnold Gehlen: Für ihn ist der Mensch ein Mängelwesen.

In der empirisch-philosophischen Anthropologie Gehlens ist der Mensch, verglichen mit anderen instinktsicheren Lebewesen, als »Mängelwesen« definiert. In seinem Hauptwerk, »Der Mensch. Seine Natur und seine Stellung in der Welt« (1940), erklärte G., daß der Mensch in seiner biologischen Sonderstellung auf die Bildung von Institutionen und auf Handlungsanweisungen angewiesen ist. Besondere kulturelle Leistungen wie Sprache, Wissenschaft und Kunst beruhen demnach nicht auf freien Übereinkünften autonomer Individuen, sondern auf nackten Notwendigkeiten und werden als Ersatz und Überbietung des Mangels an sicheren Instinkten gesehen.
Die Institutionen selbst wurden von G. in »Urmensch und Spätkultur« (Schr., 1956) als naturgeschichtliche Unabänderlichkeiten mit ihren Ordnungs- und Führungsfunktionen beschrieben. Bestritten werden G.s Institutionenlehre und anthropologische Thesen von der Verhaltensforschung und der »Frankfurter Schule« (M. →Horckheimer).

□ 1933: »Theorie der Willensfreiheit«. □ 1934-44: Prof. an der Univ. in Leipzig, ab 1938 in Königsberg, 1940 in Wien. □ 1947-62: Prof. an der Hochschule für Verwaltungswissenschaften, Speyer. □ 1957: »Die Seele im technischen Zeitalter. Sozialpsychologische Probleme in der industriellen Gesellschaft« (Aufs.). □ 1961: »Anthropologische Forschung« (Aufs.). □ ab 1962: Prof. an der TH Aachen. □ 1963: »Studien zur Anthropologie und Soziologie« (Aufs.). □ 1969: »Moral und Hypermoral. Eine pluralistische Ethik« (Aufs.). □ 1975: »Einblicke« (Aufs.e).

Reinhard Gehlen →

Frank O. Gehry →

Gehlen, Reinhard

dt. Militär und Nachrichtendienstler
* 3.4.1902 Erfurt † 8.6.1979 Berg, Kr. Starnberg

Gehlen, 1942-45 Leiter der Abteilung Fremde Heere Ost im Generalstab des Heeres, übergab 1945 der amerikanischen Besatzungsmacht sein umfangreiches Geheimdienstmaterial. Der Ostexperte baute mit Billigung der USA einen Auslandsnachrichtendienst auf (Organisation Gehlen), der 1955 von der Bundesregierung übernommen und 1956 in »Bundesnachrichtendienst« umbenannt wurde. Geheimdienstpannen und Kritik an der Feindaufklärung im 2. Weltkrieg brachten Ende der 60er Jahre den »Mythos G.« ins Wanken.

□ 1920: Eintritt in die Reichswehr. □ 1942-45: Leiter der Abteilung Fremde Heere Ost im Generalstab des Heeres. □ 1945: Aufbau und Leitung der Organisation Gehlen, 1955 von der BRD übernommen. □ 1956-68: Präs. des Bundesnachrichtendienstes.

▷ R. Gehlen: Der Dienst. Erinnerungen 1942-1971, 1971.

Gehry, Frank O.

amer. Architekt kanad. Herkunft
* 28.2.1929 Toronto

Gehry ist ein führender Repräsentant des Dekonstruktivismus, einer seit den 70er Jahren bestehenden Architekturrichtung, die entgegen strengen Konstruktionsprinzipien eine freie, collageartige Zusammenfügung divergenter Baukörper sucht und ein Ineinanderfließen der Innenräume anstrebt. Herausragender Bau G.s ist das California Aerospace Museum in Los Angeles (1981-84) mit unvermittelt gegeneinander gesetzten kantigen Volumina, verbunden durch klar gestaltete Glasflächen. Einen instabilen, schwebenden Eindruck hinterlassen die in scheinbarer Regellosigkeit aneinandergefügten kubischen Baukörper von G.s Design-Museum in Weil am Rhein (1989), das sich wie eine große asymmetrisch angelegte Skulptur erhebt. In seinen frühen Bauten, wie dem eigenen Haus in Santa Monica (1977-79), setzte G. auch einfachste Materialien wie Wellblech ein; sie erinnern dadurch an Notunterkünfte in subkulturellen Randgebieten der kalifornischen Großstädte.

□ ab 1954: Studium an der Univ. of Southern California, Los Angeles, und der Harvard Graduate School of Design, Cambridge, Mass. □ ab 1970: Entwurf von Einfamilienhäuser (z. B. Davishouse in Malibu, Kalif.). □ 1981: Loyola Law School, Los Angeles.

▷ Walker Art Center (Hg.): Die Architektur von Frank Gehry, 1989.

Geiger, Johannes »Hans«

dt. Physiker
* 30.9.1882 Neustadt an der Weinstraße
† 24.9.1945 Potsdam

Geiger konstruierte zur Registrierung energiereicher Teilchen 1928 mit E. W. →Müller das nach ihnen benannte Zählrohr, das — kurz Geiger-Zähler genannt — zu den wichtigsten Meßgeräten der Kernphysik gehört. Radioaktive Teilchen verursachen in einem gasgefüllten Metallzylinder bei der Ionisierung von Gasmolekülen und ihrer Entladung hörbare Knacklaute. 1913 erkannte G. bei Streuversuchen mit Alpha-Teilchen, daß die Ordnungszahl eines chemischen Elements gleich der Kernladungszahl seiner Atomkerne ist.

□ 1906-12: Mitarbeiter von E. →Rutherford in Manchester bei der Untersuchung der Streuung von α-Teilchen. □ 1911: Aufstellung der sog. Geiger-Nuttall-Beziehung zwischen der Zerfallskonstanten (Halbwertszeit) eines Alpha-Strahlers und seiner Reichweite in Luft. □ 1912-25: Leiter des Laboratoriums für Radioaktivität an der Physikalisch-Technischen Reichsanstalt in Berlin-Charlottenburg. □ 1925-35: Prof. an der Univ. Kiel, ab 1921 in Tübingen. □ 1926-29: Hg. des »Handbuchs der Physik« (24 Bde., mit K. Scheel). □ ab 1936: Prof. an der TH Berlin.

Geiger, Theodor

dt. Soziologe
* 9.11.1891 München
† 16.6.1952 auf der Überfahrt von Kanada nach Dänemark

Geiger lieferte 1932 eine der ersten Erklärungsversuche für den Erfolg der nationalsozialistischen »Bewegung«. Er postulierte eine Affinität zwischen dem »Wirtschaftsmaterialismus« der NSDAP und der Mentalität des Mittelstandes (kleine Selbständige, Beamte und Angestellte) und entwickelte Hypothesen über den Zusammenhang von sozialer Lage (Lebenschancen, Privilegien) und gesellschaftspolitischem Bewußtsein bzw. Ideologie.

□ 1928: Prof. für Soziologie an der TH Braunschweig. □ 1932: »Die soziale Schichtung des deutschen Volkes« (Schr.). □ 1933: Emigration nach Dänemark. □ 1938: Prof. für Soziologie an der Univ. Århus (bis 1940, wieder ab 1945). □ 1950: »Die Gesellschaft zwischen Pathos und Nüchternheit« (Schr., dt. 1960).

Geissendörfer, Hans Wilhelm

dt. Regisseur
* 6.4.1941 Augsburg

Geissendörfer schrieb Fernsehgeschichte als Erfinder der ersten deutschen TV-Endlos-Serie »Lindenstraße«. Der Dauerbrenner erzählt im Gegensatz zu vergleichbaren US-Serien wie »Dallas« vom Alltag in einem typischen deutschen Mehrfamilienhaus und dessen Umfeld. Dabei verknüpft G. aktuelles Zeitgeschehen und gesellschaftliche Tabuthemen mit den fiktiven Lebensgeschichten der verschiedenen Charaktere seiner Serie, die Woche für Woche hohe Einschaltquoten erreicht. Bereits 1981 erregte G. Aufmerksamkeit mit seiner umstrittenen Verfilmung von Th. →Manns »Der Zauberberg«.

□ 1967/68: »Der Fall Lena Christ« (TV). □ 1969: »Jonathan«. □ 1971: Gründung des Filmverlags der Autoren; »Carlos« (TV). □ 1975/76: »Sternsteinhof«. □ 1976: »Die Wildente« (nach H. →Ibsen). □ 1977: »Die gläserne Zelle« (nach P. →Highsmith). □ 1981: »Der Zauberberg« (nach Th. →Mann). □ 1983: »Ediths Tagebuch« (nach P. Highsmith). □ ab 1986: »Lindenstraße« (TV-Serie). □ 1989: »Bumerang, Bumerang«.

Heiner Geißler →

Bob Geldof →

← Hans Geissendörfer

Geißler, Heiner

dt. Politiker
* 3.3.1930 Oberndorf am Neckar

Geißler löste als Generalsekretär der CDU (1977-89) und profilierter Sozialpolitiker in den 80er Jahren in der Union einen Richtungsstreit aus. Mit der Hinwendung zu neuen Themen (multikulturelle Gesellschaft, Frauenfragen, Jugend) versuchte er, seiner Partei Wählerschichten »links von der Mitte« zu erschließen. Spektakuläre Wahlerfolge der rechtsgerichteten Republikaner schienen G.s Strategie zu widersprechen; 1989 trennte sich daher der Parteivorsitzende H. →Kohl von seinem Generalsekretär.

□ 1960: Promotion zum Dr. jur. □ 1965-67 und seit 1980: MdB. □ 1967-77: Sozialmin. von Rhld.-Pf. □ 1971-79: MdL (Rhdl.-Pf.). □ 1977-89: Generalsekr. der CDU. □ 1982-85: Bundesmin. für Jugend, Familie und Gesundheit.

Geldof, Bob

ir. Rockmusiker
* 5.10.1952 Dublin

Geldof wurde durch die von ihm 1985 in London und Philadelphia zugunsten der Afrikahilfe organisierte größte Rockshow der Welt einer der angesehensten Musiker der 80er Jahre. Auf dem in über 100 Länder übertragenen Popspektakel »Live Aid« traten Musiker wie B. →Dylan, D. →Bowie, T. →Turner, M. Jagger (→Rolling Stones) und P. →McCartney unentgeltlich auf und erspielten einen Reinerlös von 500 Mio. DM. Seitdem konzentriert sich der Sänger wieder auf die eigene Musik.

□ 1978: »A tonic for the troops« (LP). □ 1979: »The fine Art of Surfacing « (LP). □ 1982: »V Deep« (alle LPs mit den Boomtown Rats); Mitwirkung im Pink-Floyd-Film »The Wall«. □ 1984: Gründung eines Afrika-Fonds; Produzent der Benefiz-Single »Do they know it's Christmas«. □ 1986: Erhebung in den Adelsstand; erste Solo-LP »Deep in the heart of nowhere«. □ 1987: Nominierung für den Friedens-Nobelpreis. □ 1990: »Vegetarians of love« (LP).

Gell-Mann, Murray

amer. Physiker
* 15.9.1929 New York

Gell-Mann, seit 1957 Professor für Elementarteilchenphysik am California Institut of Technology in Pasadena, ist der führende Theoretiker

M. Gell-Mann im Gespräch mit Margaretha Nobel, 1969.

auf diesem Gebiet. Für seine Forschungen zur Klassifizierung und Wechselwirkung der unüberschaubar gewordenen subatomaren Teilchen, mit denen sich ihre Reaktionen berechnen und voraussagen lassen, erhielt G. 1969 den Physik-Nobelpreis. 1964 nahm G. als Grundbestandteile der sog. Hadronen (Sammelbegriff für die Elementarteilchen Mesonen und Baryonen) drei hypothetische »Quarks« an, die den Dschungel der subatomaren Welt besser erklären sollten (S. L. →Glashow, D. R. →Hofstadter).

▷ O. Höfling/ P. Waloschek: Die Welt der kleinsten Teilchen, 1984.

Gemayel, Amin

liban. Politiker
* 1942 Bikfaja

Gemayel, 1982-88 Staatspräsident des Libanon, war der Sohn des langjährigen Falange-Führers Pierre G. und Bruder des 1982 ermordeten Staatspräsidenten Beschir G. Er setzte sich für einen unabhängigen, von fremden Truppen freien Libanon ein; es gelang dem maronitischen Christen jedoch nicht, mit den moslemischen Gruppen einen Verfassungskompromiß zu erzielen und damit den Bürgerkrieg und die Einflußnahme Syriens und Israels zu beenden.

Jean Genet: Der Bürgerschreck Frankreichs, ein Nachfahre François Villons.

← Amin Gemayel

Genée, Dame (ab 1950) Adeline

(eig. Anina Jensen)
dän. Tänzerin
* 6.1.1878 Århus
† 23.4.1970 Esher (Großbritannien)

Genée war ab der Jahrhundertwende bis in die 30er Jahre in London und anderen europäischen Metropolen sowie in den USA eine umschwärmte Ballerina; zu ihren großen Glanzrollen gehörte die »Coppélia« von Léo Delibes (* 1836, † 1891). Das Publikum schätzte vor allem ihren anmutig-graziösen Stil und ihre geradezu puppenhafte Schönheit. Als Präsidentin der London Association of Operatic Dancing (ab 1920), aus der 1935 die Royal Academy of Dancing hervorging, war G. eine der treibenden Kräfte beim Aufbau des englischen Balletts.

□ 1895/96: Erste Auftritte in Berlin und München. □ 1897-1907: Solotänzerin am Londoner Empire Theater; Gastauftritte u. a. in Kopenhagen. □ 1907-10: Wechsel nach New York, danach Rückkehr nach London. □ 1917: Offizielle Abschiedsvorstellung als Tänzerin in London; danach jedoch weitere Einzelauftritte bis 1933. □ 1954: Rücktritt als Präs. der Royal Academy of Dancing.

▷ I. Guest: Adeline Genée — A lifetime of ballet under six reigns, engl. 1950.

← Adeline Genée

Genet, Jean

frz. Schriftsteller
* 19.12.1910 Paris † 15.4.1986 ebd.

Genet provozierte wie kein anderer französischer Autor des 20. Jh.s äußerst widersprüchliche und heftige Reaktionen auf seine Person und sein Werk. Der wegen wiederholter Straftaten zu lebenslanger Haft verurteilte Sohn einer Prostituierten hatte es nur dem Einsatz von Schriftstellern wie J. →Cocteau und J.-P. →Sartre zu verdanken, daß er 1948 begnadigt wurde. In seinen Romanen und Dramen, die zunächst im Gefängnis entstanden, stellte G. das gesellschaftlich anerkannte Wertesystem radikal in Frage und entwickelte eine Ästhetik des Bösen. Seine Helden sind Kriminelle, ihre Verbrechen — Diebstahl, Verrat und Homosexualität — machte er zu Tugenden. Seine Sprache, reich an Bildern und Wendungen aus den Argot, erinnert an François Villon (* 1431, † 1463). Als Dichter verpönt und gepriesen, blieb G. bis zu seinem Tod ein Außenseiter; seine Werke waren, auch wegen der freizügigen Darstellung von Obszönitäten, zeitweise verboten.

□ 1918: Pflegekind einer Bauernfamilie in Burgund. □ 1926: Nach ersten Diebstählen Einweisung in eine Besserungsanstalt. □ ab 1930: Fremdenlegionär, dann Landstreicher in mehreren europ. Ländern; Haftstrafen wegen Zuhälterei, Geldfälschung, Eigentumsdelikten. □ 1942: In Paris Gefängnisstrafe wegen Einbruchdiebstahls; erster Gedichtband »Der zum Tode Verurteilte« (dt. 1969). □ 1944: »Notre-Dame-des-Fleurs« (R., dt. 1959). □ 1946: Verurteilung zu lebenslanger Haft. □ 1947: »Das Totenfest« (R., dt. 1966); »Querelle« (R., dt. 1955, 1982 von R. W. →Fassbinder verfilmt). □ 1948: Begnadigung; Tätigkeit als Buchhändler. □ 1949: Zelebration von Verbrechen, Gewalt und Homosexualität in »Tagebuch eines Diebes« (R., dt. 1962); »Unter Aufsicht« (Dr., dt. 1958). □ 1956: »Der Balkon« (Dr., dt. 1959). □ 1958: »Die Neger« (Dr., dt. 1962). □ 1961: »Wände überall« (Dr., dt. 1961). □ 1977: Plädoyer für die RAF-Terroristen in Le Monde. □ 1983: Auszeichnung mit dem höchsten frz. Ehrenpreis, dem Grand Prix National.

▷ J.-P. Sartre: Saint Genet. Komödiant und Märtyrer, 1952, dt. 1982.

Genscher, Hans-Dietrich

dt. Politiker
* 21.3.1927 Reideburg bei Halle/Saale

Genscher, dienstältester Außenminister der Welt (seit 1974) und 1974-85 Vorsitzender der FDP, hatte 1982 entscheidenden Anteil am Koali-

H.-D. Genscher: Der dienstälteste Außenminister der Welt.

tionswechsel seiner Partei von der SPD zur CDU/CSU, trat aber auch unter Bundeskanzler H. →Kohl für Kontinuität in der Ost- und Entspannungspolitik ein. Nachdrücklich verfocht er in der eigenen Partei die Durchsetzung des NATO-Doppelbeschlusses. Nach dem Regierungsantritt M. →Gorbatschows erkannte er früh neue Chancen für die Entspannungspolitik. Zahlreiche Reisen in nahezu alle Staaten der Erde prägen G.s. außenpolitischen Stil. Großen Anteil hatte er an den »2 + 4«-Verhandlungen zwischen beiden deutschen Staaten und den Siegermächten des 2. Weltkrieges, die zur deutschen Wiedervereinigung 1990 führten.

□ nach 1945: Jurastudium und zunächst LDPD-Mitglied. □ 1952: Übersiedlung in die BRD. □ 1965-69: Parlamentarischer Geschäftsführer der FDP. □ seit 1965: MdB. □ 1969-74: Innenmin. □ 1974-85: Vors. der FDP. □ seit 1974: Außenmin. und Vizekanzler. □ 1991: »Unterwegs zur Einheit« (Reden).

▷ H. R. Schulze: Hans-Dietrich Genscher. Ein deutscher Außenminister, 1990.

Gentile, Giovanni

ital. Philosoph und Politiker
* 30.5.1875 Castelvetrano
† 15.4.1944 Florenz (ermordet)

← Giovanni Gentile

Gentile entwickelte aufgrund seiner »Allgemeinen Theorie des Geistes als reinen Aktes« (1916) seine radikal auf das »denkende Ich« bezogene Philosophie. Die Tätigkeit des Geistes, den sich selbst erzeugenden Akt des Denkens, setzte G. in seinem Glauben an die unbegrenzten Möglichkeiten des Gedankens mit Freiheit gleich.
Neben seinem Freund B. →Croce ist G. ein bedeutender Vertreter des neueren italienischen Idealismus; aber seine blinde Bewunderung für den faschistischen Staat führte schließlich zum Bruch mit Croce.
G., 1922-24 Unterrichtsminister im ersten Kabinett Mussolinis, führte 1923 eine umfassende Schulreform durch: Betonung der Religion in den Grundschulen, obligatorischer Lateinunterricht ab dem 6. Schuljahr. Der Theoretiker faschistischer Ideologie, der mit seinen »Grundlagen des Faschismus« (Schr., 1925, dt. 1936) das italienische Regime, nicht aber Rassismus und Gewalt legitimierte, wurde Opfer eines Attentats kommunistischer Partisanen.

□ 1903-22: Mit Croce Hg. der Zeitschrift La Critica. □ 1906-17: Prof. an der Univ. in Messina, ab 1914 an der Univ. in Pisa. □ ab 1917: Prof. an der Univ. Rom. □ ab 1920: Hg. des Giornale critico della filosofia italiana. □ 1925-37: Leitender Hg. der »Enciclopedia Italiana«. □ 1931: »Philosophie der Kunst« (Schr., dt. 1934).

Harald Genzmer →

Genzmer, Harald

dt. Komponist
* 9.2.1909 Blumenthal (heute zu Bremen)

Genzmer, zu dessen Œuvre viele Werke mit pädagogischem Charakter zählen, ist ein Hauptvertreter der an P. →Hindemith anschließenden zeitgenössischen Musik in Deutschland. Seine Kompositionen für Laienspieler (z. B. Sonatinen) sind als Spiel-, Übungs- und Vortragsmusik beliebt. G. schrieb Orchesterwerke (drei Sinfonien, 1942, 1957, 1958), Konzerte u. a. für Trautonium (eines der ersten elektronischen Musikinstrumente), Kammermusik (zwei Streichquartette, 1949, 1953) sowie Orgel- und Chorwerke.

□ 1934-37: Studienleiter an der Breslauer Oper. □ 1938-45: Theorielehrer an der Jugend- und Volksmusikschule in Berlin-Neukölln. □ 1946-57: Prof. für Komposition an der neugegründeten Musikhochschule Freiburg i. Br. □ 1952: UA von »Kokua« (Ballett) in Freiburg. □ seit 1957: Prof. an der Akademie der Tonkunst München. □ 1962: »Jiménez-Kantate« für Sopran, Chor und Orchester. □ 1977: »Oswald von Wolkenstein« (Kantate) für Sopran, Bariton, Chor und Orchester.

▷ Interpreten über Harald Genzmer, 1969.

George V.

König von Großbritannien (ab 1910),
Kaiser von Indien (ab 1911)
* 3.6.1865 London
† 20.1.1936 Sandringham, Norfolk

George wurde 1892 nach dem Tod seines Bruders Albert Thronfolger. Als Monarch bemühte er sich um einen Ausgleich in der irischen Frage

George V.: Ein friedliebender Monarch.

(Vertrag von 1921, E. de →Valera). 1926 trug er zur friedlichen Beendigung der durch einen Generalstreik ausgelösten innenpolitischen Krise in Großbritannien bei.

George VI.

König von Großbritannien (ab 1936)
* 14.12.1895 Sandringham, Norfolk
† 6.2.1952 ebd.

George VI. mit Mutter Mary und Tochter Elizabeth bei der Taufe des Enkels, Prinz Charles.

George, der eine Ausbildung zum Seeoffizier erhalten und 1916 an der Skagerrakschlacht teilgenommen hatte, wurde nach der Abdankung seines Bruders →Edward VIII. König von Großbritannien. Große Popularität erlangte G., als er im 2. Weltkrieg trotz der deutschen Bombardierung im Buckingham-Palast in London ausharrte. 1948 verzichtete er auf den Titel eines Kaisers von Indien. Seine Tochter →Elizabeth II. folgte ihm auf den Thron.

George, Götz

(eig. Götz Schulz)
dt. Schauspieler
* 23.6.1938 Berlin

Als schnoddriger Ruhrpott-Kommissar Schimanski wurde George 1981 mit der TV-Serie »Tatort« populär und etablierte sich als Star des deutschen Actionkinos. Sein körperbetontes, machohaftes Spiel bildete die Grundlage für Erfolgsfilme wie »Abwärts« (1984, Rg. C. Schenkel) und »Die Katze« (1987, Rg. D. Graf). Der Sohn des Schauspielers H. →George stand bereits als Kind auf der Bühne und erhielt 1959 einen Bundesfilmpreis für seine Rolle in »Jacqueline« (Rg. W. →Liebeneiner). In den 60er Jahren drehte G. zahlreiche Action- und Abenteuerfilme.

Götz George in seinem ersten Tatort, 1981.

☐ 1953: »Wenn der weiße Flieder wieder blüht« (mit R. →Schneider, Rg. H. Deppe). ☐ 1960: »Kirmes« (Rg. W. →Staudte). ☐ 1962: »Der Schatz im Silbersee« (nach K. May, Rg. H. Reinl). ☐ 1977: »Aus einem deutschen Leben« (TV, Rg. Th. Kotulla). ☐ 1985: »Zahn um Zahn« (Rg. H. Gies). ☐ 1986: »Zabou« (Rg. H. Gies). ☐ 1988: »Der Bruch« (Rg. F. →Beyer). ☐ 1989: »Schulz und Schulz« (Rg. I. Hoffmann). ☐ 1991: »Schtonk« (Rg. H. Dietl).

▷ H. R. Blum: Götz George. Seine Filme - sein Leben, 1989.

George, Heinrich

(eig. Georg August Friedrich Hermann Schulz)
dt. Schauspieler
* 9.10.1893 Stettin † 25.9.1946 Sachsenhausen

Der Vater von G. →George verkörperte mit seiner wuchtigen Statur und kraftvollem Spiel häufig Charaktere, die ihr sensibles Inneres durch äußere Brutalität verbergen. So spielte er u. a. den Franz Biberkopf in »Berlin Alexanderplatz« (1931, auch A. →Döblin, Rg. P. Jutzi). Als ausgebildeter Theaterschauspieler hatte G. seine eindrucksvollsten Auftritte in längeren Passagen wie dem Verteidigungsmonolog in »Dreyfus« (1930, Rg. R. Oswald). Während der NS-Herrschaft übernahm G. Rollen in Durchhaltefilmen wie »Kolberg« (1944/45, Rg. V. →Harlan). Nach Kriegsende wurde er wegen Zusammenarbeit mit den Nationalsozialisten verhaftet und starb an den Folgen einer Blinddarmoperation in einem sowjetischen Internierungslager.

☐ 1917-21: Theaterarbeit in Dresden und Frankfurt/Main. ☐ 1921: »Lady Hamilton« (Rg. R. Oswald). ☐ 1922: »Lucrezia Borgia« (Rg. R. Oswald). ☐ 1923: »Der Mensch am Wege« (Rg. W. Dieterle). ☐ 1925-28: Engagement an der Berliner Volksbühne bei E. →Piscator. ☐ 1926: »Metropolis« (Rg.

Heinrich George in dem Film »Der Postmeister«, 1940.

F. → Lang). □ 1928: »Das letzte Fort« (Rg. C. Bernhardt). □ 1929: »Der Sträfling aus Stambul« (Rg. G. Ucicky). □ 1930: »Der Andere« (Rg. R. Wine). □ 1931: Aufenthalt in Hollywood. □ 1932: Ehe mit der Schauspielerin Bertha Drews. □ 1935: »Die Stützen der Gesellschaft« (Rg. D. Sierck). □ 1937-44: Intendant am Schiller-Theater Berlin. □ 1938: »Heimat« (Rg. C. Froelich). □ 1940: »Der Postmeister« (Rg. G. Ucicky); »Jud Süß« (Rg. V. Harlan). □ 1942: »Der große Schatten« (Rg. P. Verhoeven). □ 1944: »Das Mädchen Juanita« (Rg. W. →Staudte).

▷ B. Drews: Heinrich George, 1959; F. M. Berger: Heinrich George im Film seiner Zeit, 1975; P. Laregh: Heinrich George. Komödiant in seiner Zeit, 1991.

George, Stefan

dt. Schriftsteller
* 12.7.1868 Büdesheim (heute zu Bingen)
† 4.12.1933 Minusio bei Locarno (Schweiz)

Vom französischen Symbolismus beeinflußt leitete George eine Erneuerung der deutschen Lyrik ein. Streng gegliederte Gedichtzyklen und eine knappe, aber klangvolle Sprache dokumentieren sein Formbewußtsein. Zur Überwindung der europäischen Kulturkrise (F. →Nietzsche) wollte G. mit Hilfe der Lyrik auf Politik und Religion einwirken. Die im G.-Kreis versammelten Anhänger (u. a. M. →Dauthendey, zeitweise F. →Gundolf) verbreiteten G.s Reformanspruch als Hochschullehrer, Schriftsteller oder bildende Künstler. G.s Utopie des aristokratischen Menschen in einer neuen Welt mythischer Werte deuteten die Nationalsozialisten in ihrem Sinn um. Seine Ausreise in die Schweiz zeigt jedoch eher ästhetische als politische Distanz.

← Stefan George

□ 1890: »Hymnen« (Ged.e). □ 1892: »Algabal« (Ged.e). □ 1892-1919: Blätter für die Kunst (Zeitschrift). □ 1895: »Die Bücher der Hirten- und Preisgedichte, der Sagen und Sänge und der Hängenden Gärten« (Ged.e). □ 1897: »Das Jahr der Seele« (Ged.e). □ 1900: »Der Teppich des Lebens und die Lieder von Traum und Tod« (Ged.e). □ 1907: »Der siebente Ring« (Ged.e). □ 1914: »Der Stern des Bundes« (Ged.e). □ 1928: »Das neue Reich« (Ged.e). □ 1933: Ausreise in die Schweiz.

▷ M. Winkler: Stefan George, 1970; W. Kraft: Stefan George, 1980; K. Kluncker: Das geheime Deutschland. Über Stefan George und seinen Kreis, 1985.

George-Brown, Baron of Jevington (ab 1970)

(eig. George Alfred Brown)
brit. Politiker
* 2.9.1914 London † 2.6.1985 Cusgarne, Cornwall

George-Brown →

George-Brown, 1960-70 stellvertretender Vorsitzender der Labour Party, trat bereits 1961 gegen die Parteimehrheit für einen Beitritt Großbritanniens zur EWG ein. 1964-66 war er Wirtschafts-, 1966-68 Außenminister. G., dessen politischer Aufstieg mit Hilfe der britischen Transportarbeiter-Gewerkschaft erfolgt war, gehörte zum rechten Flügel seiner Partei. Anfang der 80er Jahre schloß er sich der von R. →Jenkins, S. Williams und D. →Owen gegründeten Sozialdemokratischen Partei an.

Georgi, Yvonne

dt. Tänzerin
* 29.10.1903 Leipzig † 25.1.1975 Hannover

Georgi, eine Schülerin von É. Jacques-Dalcroze und M. →Wigman, gehörte zu den bedeutenden Künstlern des deutschen Ausdruckstanzes. Ab 1926 unternahm sie zahlreiche Tourneen mit H. →Kreutzberg, u. a. in die USA. Während des 2. Weltkriegs unterhielt sie eine eigene Truppe in den Niederlanden. Als Choreographin und Ballettdirektorin nach dem Krieg außerordentlich produktiv, wandte sie sich verstärkt dem klassischen Ballett zu.

□ 1923: Debüt als Tänzerin in Leipzig. □ 1926-31: Tänzerische Arbeit in Hannover; Gründung einer Schule; Tourneen mit H. Kreutzberg. □ 1932-36: Nach Aufenthalt in Amsterdam erneut Engagement in Hannover. □ 1938: Auftritt in Scheveningen mit einer niederl. Truppe; danach Gründung eines eigenen Ensembles in den Niederl. □ 1951-54: Ballettmeisterin an der Düsseldorfer Oper. □ 1954-70: Ballettdir. in Hannover. □ bis 1973: Zugleich Dir. der Tanzabteilung an der Musikhochschule Hannover.

▷ H.Koegler: Yvonne Georgi, 1963.

Gerassimow, Gennadi

sowjet. Journalist
* 1933

Gennadi Gerassimow →

Gerassimow, Absolvent der Moskauer Hochschule für Internationale Beziehungen, leitet seit 1986 die Informationsabteilung des sowjetischen Außenministeriums. Faktisch zugleich Regierungssprecher, versucht G., die »Glasnost«-Politik Präsident →Gorbatschows journalistisch umzusetzen. Durch einen langjährigen Korrespondentenaufenthalt in den USA wurde G. ein Kenner der angelsächsischen Welt einschließlich der Grundsätze und Methoden amerikanischer Öffentlichkeitsarbeit.

□ ab 1955: Mitarbeiter verschiedener Publikationsorgane von Regierung, Partei und Gewerkschaft. □ 1967/68: Zunächst politischer Beobachter, dann Leiter des amer. Korrespondentenbüros der Agentur Nowosti. □ 1978-86: Stellv. Chef der Nachrichtenagentur Nowosti und Chefredakteur der mehrsprachigen Wochenzeitung Moskowskije Nowosti. □ seit 1986: Leiter der Informationsabteilung des sowjet. Außenministeriums.

Geremek, Bronislaw

poln. Historiker und Politiker
* 6.3.1932 Warschau

Geremek, Sohn eines in Auschwitz ermordeten Rabbiners, überbrachte 1980 zusammen mit T. →Mazowiecki streikenden Arbeitern in Danzig eine Solidaritätsadresse der Warschauer Intellektuellen. Der Historiker, der an der Sorbonne lehrte, wurde in der Folge einer der wichtigsten Berater der freien Gewerkschaft »Solidarität«. 1989 errang er einen Sitz im Sejm. L. →Walesas Kritik an der Regierung Mazowiecki veranlaßte G. 1990 zum Austritt aus dem Bürgerkomitee, dem politischen Arm der Solidarität.

Gerhardt, Elena

dt. Sängerin
* 11.11.1883 Leipzig † 11.1.1961 London (England)

Gerhardt, vom Dirigenten A. →Nikisch entdeckt und auf einer Amerika-Tournee (1912) am Klavier begleitet, war eine der bedeutendsten Liedinterpretinnen des 20. Jh.s. Die Mezzosopranistin widmete sich nach einem Engagement am Opernhaus in Leipzig (1903/04) ausschließlich dem Liedgesang. Gerühmt wurde ihre Fähigkeit der nuancierten Textausdeutung. G. hatte mit ihrer internationalen Konzerttätigkeit großen Anteil an der Vermittlung deutscher Liedtradition insbesondere in der angelsächsischen Musikwelt (u. a. H. →Wolf).

▷ E. Gerhardt: Recital (Mem.), 1953.

Gerlach, Helmut von

dt. Publizist und Politiker
* 2.2.1866 Mönchmotschelnitz, Schlesien
† 1.8.1935 Paris (Frankreich)

Gerlach, der im Kaiserreich zunächst den Konservativen nahestand (Anhänger des Hofpredigers A. →Stoecker), wandelte sich während des 1. Weltkriegs zum radikalen Pazifisten (Gründungsmitglied der Deutschen Friedensgesellschaft bereits 1892). In der Weimarer Republik führte er einen publizistischen Kampf gegen die deutsche Rechte (Chefredakteur der Berliner Zeitung Welt am Montag, Vorsitzender der dt. Liga für Menschenrechte). 1933 ging er in die Emigration nach Österreich, später nach Frankreich.

□ 1896: Mit F. →Naumann Gründung des Nationalsozialen Vereins. □ 1903-06: MdR (Freisinnige Vereinigung). □ 1918/19: Unterstaatssekr. im preuß. Innenministerium. □ ab 1933: Emigration, zunächst in Österreich, dann Frankreich.

Walther Gerlach →

← Helmut von Gerlach

Gerlach, Walther

dt. Physiker
* 1.8.1889 Biebrich bei Wiesbaden
† 10.8.1979 München

1921 entdeckte Gerlach mit O. →Stern die im Widerspruch zur klassischen Physik stehende Richtungsquantelung von Atomen durch ihre Ablenkung im inhomogenen Magnetfeld. Der mit Silberatomen durchgeführte Versuch wies erstmals das magnetische Moment einzelner Atome nach und zeigte, daß der Strahl des Atoms entsprechend seinen Einstellungsmöglichkeiten zum Magnetfeld in ebenso viele Teilstrahlen aufgespalten wird. G. wurde auch durch populärwissenschaftliche Bücher und Biografien über deutsche Naturforscher bekannt.

□ 1921: Entdeckung der Richtungsquantelung von Atomen (Stern-Gerlach-Versuch); »Experimentelle Grundlagen der Quantentheorie« (Schr.). □ 1921-29: Prof. an den Univ. Frankfurt, ab 1924 Tübingen. □ 1923: »Materie, Elektrizität, Energie« (Schr.). □ 1929-57: Prof. an der Univ. München; 1948-50 Rektor ebd. □ 1930-36: »Die chemische Emissionsspektralanalyse« (Schr., 3 Bde. mit E. Riedl). □ 1949-61: Vizepräs. der Dt. Forschungsgemeinschaft. □ 1956: »Physik des täglichen Lebens« (Schr.). □ 1962: »Humanität und naturwissenschaftliche Forschung« (Schr.). □ 1966: »Johannes Kepler. Leben und Werk« (Biogr., mit M. List).

Gerling, Hans Günther

dt. Unternehmer
* 6.6.1915 Köln † 14.8.1991 ebd.

Gerling machte mit dem System des Direktverkaufs von Versicherungen an die Industrie das von seinem Vater 1937 übernommene Unternehmen zu dem zweitgrößten Industrieversicherer (nach der Allianz-Versicherung) der Bundesrepublik (1987: 4,85 Mrd. DM Prämieneinnah-

Hans Gerling: Mit Versicherungen einen Konzern aufgebaut.

men). Nach dem Zusammenbruch der Kölner Herstatt-Bank 1974 mußte G., an dem Geldhaus mit 81,4 % beteiligt, als Absicherung seiner Zahlungen an die Herstatt-Gläubiger 51 % seiner Unternehmensgruppe u. a. an ein deutsches Industriekonsortium (VHDI) verkaufen. Eine →Flick-Mehrheitsbeteiligung blieb Episode: 1986 wurde G., dem ein patriarchalischer Führungsstil nachgesagt wird, wieder Eigentümer des Gerling-Konzerns. Ende 1990 bestellte er nicht seinen Sohn Rolf, sondern den Bankier Adolf Kracht zu seinem Nachfolger.

□ 1936: Diplomkaufmann. □ 1937: Promotion zum Dr. rer. pol. □ 1940-45: Kriegsdienst. □ 1944: Vorstandsmitgl. aller Gerling-Versicherungsgesellschaften. □ 1949: 79,47 Mio. DM Gesamtprämieneinnahmen. □ 1965: Nach Ausscheiden von Bruder Walter alleiniger Unternehmensführer. □ 1973: Öffentliche Kritik am absolutistischen Betriebsklima nach Rep. von G. →Wallraff. □ 1978: Nach Herstatt-Desaster Neugliederung des Gerling-Konzerns. □ 1978-86: Flick-Gruppe Mehrheitsaktionär. □ 1983: Vor Herstatt-Prozeß »Flucht« in ein Schweizer Sanatorium. □ 1988: Gründung des Gerling Welt Inst. für Risiko-Beratung.

Gernhardt, Robert

dt. Karikaturist, Maler und Autor
* 13.12.1937 Reval (heute Tallinn, Estland)

Gernhardt, als Karikaturist des Satiremagazins Titanic bekannt geworden, hat sich in den 80er Jahren mit seinen witzigen, unverschämt-lockeren Bemerkungen zu Erhabenem und Schamlosen in die erste Reihe der deutschen Satiriker geschrieben. Das künstlerische Werk des vielseitigen Autors von Gedichten, Bildergeschichten und Erzählungen ist in dem Buch »Innen und Außen« (1988) zusammengestellt.

□ bis 1972: Mitarbeiter der Zeitschrift pardon. □ 1980: Mitbegründer der Zeitschrift Titanic; seither Hauptverfasser der unter dem Namen Hans Mentz laufenden »Humor-Kritik«. □ 1982: »Ich Ich Ich« (R.). □ 1983: »Katzenpost« (Kdb.). □ 1986: »Die Toscana-Therapie« (Dr.). □ 1988: »Was gibt's denn da zu lachen? Kritik der Komiker, Kritik der Kritiker, Kritik der Komik«. □ 1991: »Lug und Trug«.

← Robert Gernhardt

Gershwin, George

(eig. Jacob Gershwin)
amer. Komponist, Pianist und Dirigent
* 26.9.1898 Brooklyn, New York
† 11.7.1937 Beverly Hills, Kalif.

Gershwin, der dem New Yorker Milieu russisch-jüdischer Einwanderer entstammte, wurde mit seiner vielseitigen Musik (Songs, Filmschlager, Musicals, Konzerte, Opern) amerikanischer Nationalkomponist. Er zählt zu den populärsten und neben L. →Bernstein, A. →Copland, S. →Barber, C. →Porter wichtigsten Musikerpersönlichkeiten der USA im 20. Jh. Zunächst mit Unterhaltungsmusik erfolgreich, verband der Freund A. →Schönbergs in den 20er Jahren europäische Kunstmusik mit afro-amerikanischer Jazzmusik und war mit seinen Orchesterwerken (»Rhapsody in Blue«, 1924) Mitbegründer des »symphonic jazz« (P. →Whiteman). Nach Folklore-Studien in den Südstaaten schuf G. mit dem realistischen Bühnenwerk »Porgy and Bess« (UA New York 1935) einen Markstein in der amerikanischen Operngeschichte.

G. Gershwin schrieb Meisterwerke des »symphonic jazz«.

□ ab 1914: Songplugger (Gutachter für Unterhaltungsmusik) in einem New Yorker Musikverlag. □ 1919-33: Komponist von Broadway-Revuen. □ 1922: »Blue Monday« (einaktige Oper). □ 1924: UA der »Rhapsody in Blue« für Klavier und Jazzorchester in der Carnegie Hall, New York; »Lady be good« (Mus.). □ 1925: »Concerto in F« für Klavier und Orchester. □ 1928: Europa-Aufenthalt (Begegnungen mit M. → Ravel, I. →Strawinsky, F. →Poulenc, D. →Milhaud); »Ein Amerikaner in Paris« (Orchesterwerk). □ ab 1931: Komponist für Musikfilme in Hollywood. □ 1935: UA von »Porgy and Bess« (Folk-Opera) in Boston und New York.

▷ W. Schwinger: Er komponierte Amerika. George Gershwin. Mensch und Werk, 1965; D. Ewen: George Gershwin. Vom Erfolg zur Größe, 1988; H. Krellmann: George Gershwin mit Selbstzeugnissen und Bilddokumenten, 1988.

Gerstenmaier, Eugen

dt. Politiker und Theologe
* 25.8.1906 Kirchheim unter Teck
† 13.3.1986 Remagen

Eugen Gerstenmaier →

Gerstenmaier, Mitglied der Bekennenden Kirche (M. →Niemöller) und des Kreisauer Kreises (H. J. Graf von → Moltke), war 1954-69 Präsident des Deutschen Bundestages. Zu seinen Verdiensten gehört der vorsichtige Beginn der Aussöhnung mit Israel. Eine in der Öffentlichkeit umstrittene Wiedergutmachungsleistung (G. war während der NS-Zeit an der Ausübung eines akademischen Lehramtes gehindert worden) beendete seine politische Karriere. Sein Name lebt im Bürohochhaus des Deutschen Bundestages in Bonn, dem »langen Eugen«, fort.

□ 1936-44: Mitarbeiter im Kirchlichen Außenamt der Ev. Kirche in Berlin. □ 1939/40: In die kulturpolitische Abteilung des Auswärtigen Amtes dienstverpflichtet. □ 1944: Nach dem Attentat vom 20. Juli zu 7 Jahren Zuchthaus verurteilt. □ 1945: Gründung des Ev. Hilfswerks; Leitung bis 1951. □ 1949-69: MdB (CDU). □ 1954-69: Bundestagspräsident.

▷ E. Gerstenmaier: Streit und Frieden hat seine Zeit (Aut.), 1981.

Gert, Valeska

dt. Tänzerin, Schauspielerin und Kabarettistin
* 11.1.1900 Berlin † 15.3.1978 Kampen, Sylt

Gert begründete mit ihren am Ausdruckstanz orientierten, sozialkritisch-satirischen »Grotesktänzen« (»Canaille«, »Kupplerin«, »Politische Versammlung«, »Boxkampf«) die moderne Tanzpantomime. Während der 20er Jahre mit ihren internationalen Tanztourneen, aber auch als Film- und Bühnendarstellerin erfolgreich, mußte sie 1933 in die USA emigrieren, wo sie ein eigenes Kabarett gründete. Nach Kriegsende trat sie in Deutschland erneut als Kabarettistin und Schauspielerin auf.

V. Gert: Ausdrucksstarke Tanzpantomime begründete ihren internationalen Erfolg.

□ 1918: Erster Auftritt als Tänzerin in Berlin. □ 1925: »Die freudlose Gasse« (F., Rg. G. W. →Pabst). □ 1931: »Die Dreigroschenoper« (F., Rg. G. W. Pabst). □ 1933: Übersiedlung nach New York. □ 1946: Rückkehr in die BRD. □ 1977: »Der Fangschuß« (F., Rg. V. → Schlöndorff).

Gessler, Otto

dt. Politiker
* 6.2.1875 Ludwigsburg, Württ.
† 24.3.1955 Lindenberg, Allgäu

Gessler bemühte sich trotz Differenzen mit dem Chef der Heeresleitung, H. von →Seeckt, um den Aufbau der Reichswehr. Dabei schirmte er im Reichstag die weiterhin monarchistisch geprägte Reichswehr geschickt gegenüber der Opposition ab. Gleichzeitig stärkte er jedoch die Position des

Otto Gessler (r.) mit seinem Nachfolger Wilhelm Groener.

Ministeriums gegenüber der Heeresleitung, so daß er v. Seeckt 1926 aus geringem Anlaß und ohne Komplikationen entlassen konnte.

□ 1913: Bürgermeister in Nürnberg. □ 1918: Mitbegründer der DDP. □ 1919: Reichsmin. für Wiederaufbau. □ 1920-24: MdR der DDP. □ 1920-28: Reichswehrmin. □ 1931-33: Vors. des Vereins für das Deutschtum im Ausland. □ 1944: Inhaftierung im KZ Ravensbrück. □ 1950-52: Präs. des Dt. Roten Kreuzes.

Sylvia Geszty →

Geszty, Sylvia

(eig. Sylvia Witkowsky)
dt. Sängerin ung. Herkunft
* 28.2.1934 Budapest

Geszty zählt zu den bedeutendsten Koloratursopranistinnen der Gegenwart und ist eine brillante Mozart-Interpretin (Partie der Königin der Nacht in der »Zauberflöte«). Sie gastierte an allen großen Opernbühnen Westeuropas und sang bei den Festspielen in Salzburg (ab 1967) und Glyndebourne (1972, Konstanze in Mozarts »Entführung aus dem Serail«). G. begeisterte im Konzertsaal mit dem Vortrag virtuoser Koloratur-Walzer und -Kanzonen ebenso wie als hervorragende Operettensängerin.

□ 1952-59: Studium am Konservatorium in Budapest. □ 1959: Debüt an der Budapester Nationaloper. □ 1959-61: Solistin der Ung. Philharmonischen Gesellschaft. □ 1961-70: Mitgl. der Berliner Staatsoper. □ 1963-70: Als ständiger Gast Ensemblemitgl. der Komischen Oper Berlin. □ 1966-72: Regelmäßige Gastspiele an der Staatsoper in Hamburg. □ seit 1972: Mitgl. der Staatsoper in Stuttgart. □ seit 1975: Prof. für Gesang an der Musikhochschule in Stuttgart.

Jean Paul Getty →

Getty, Jean Paul

amer. Industrieller
* 15.12.1892 Minneapolis, Minn.
† 6.6.1976 Sutton Place bei London (Großbritannien)

Getty, der bereits mit 23 Jahren seine erste Million im Ölgeschäft verdiente, hinterließ bei seinem Tod ein auf 20 Mrd. DM geschätztes Privatvermögen. G.s brillanter Geschäftssinn machte die von seinem Vater G. F. Getty (* 1855 † 1930) in Oklahoma gegründete Ölgesellschaft zu einem weltumspannenden Imperium, das sich mit Rohöl aus Saudi-Arabien und den USA versorgt. 1971 beschäftigte allein sein größtes Unternehmen, die Getty Oil Co., 13 000 Mitarbeiter (1971). Weltweit Aufsehen erregte 1973 die brutale Entführung seines Enkels Paul Getty III. in Italien, der erst nach sechs Monaten gegen ein Lösegeld von 6,5 Mio. DM freigelassen wurde.

Getz, Stan(ley)

amer. Jazzmusiker
* 2.2.1927 Philadelphia, Penn.
† 6.6.1991 Malibu, Kalif.

Getz, der insgesamt elf Grammy Awards erhielt, war ein Pionier des Bebop und herausragender Tenor-Saxophonist des Mainstream. Dank souveräner Technik brachte er einen Ton, der als Ideal des Cool Jazz galt. Zum Ausdruck kam sein

Können in der lyrisch betonten Melodik, u. a. bei den Improvisationen über langsame Themen. Berühmt wurde er durch sein Solo bei »Early Autumn«, 1947 aufgenommen mit W. →Herman's »Second Herd«, aber auch durch Balladen wie »Indian Summer«, »Wrap your troubles in dreams« und »Too marvellous for words«. Schallplatten unter seinem Namen nahm er ab 1944 u. a. mit Stan Kenton, B. →Goodman, G. →Mulligan, O. →Peterson, Charlie Byrd und Astrud Gilberto auf. Seine Interpretation des Bossanova-Hits »The Girl from Ipanema« machte ihn schlagartig zum Weltstar.

□ 1942: Erste Auftritte bei Dish »Stinky« Rogers. □ 1944: Erste Auftritte im Rundfunk unter St. Kenton. □ 1947: Gründung der »Four Brothers« mit Herb Steward, Jimmy Giuffre und Zoot Sims. □ 1951: Erste Auftritte im Ausland (Skandinavien). □ 1956: Mitwirkung im Film »The Benny Goodman Story«. □ 1957: Mit Jazz At The Philharmonic auf Tournee in Europa. □ 1958: Tournee durch Skandinavien. □ 1962: Popularisierung des Bossanova durch Millionenhit »Desafinado«. □ 1964: Grammy Award für »The girl from Ipanema« (LP; aufgenommen mit A. Gilberto).

← Stan Getz

Gheorghiu-Dej, Gheorghe

rumän. Politiker
* 8.11.1901 Bîrlad, Kreis Vaslui † 19.3.1965 Bukarest

Gheorghiu-Dej, 1944 am Sturz der Militärdiktatur I. →Antonescus beteiligt, prägte bis zu seinem Tod 1965 als Chef der kommunistischen Partei und Staatsoberhaupt (ab 1961) die Politik Rumäniens. Er hatte entscheidenden Anteil an der Beseitigung der Monarchie (1947 Abdankung und Exil König →Michaels I.) und der Errichtung einer kommunistischen Diktatur (»Volksrepublik«). Der Abzug der sowjetischen Besatzungstruppen (1958) ermöglichte ihm einen unabhängigeren Kurs gegenüber dem Führungsanspruch der KPdSU. Sein Nachfolger wurde der von ihm protegierte N. →Ceauşescu.

□ 1930: Eintritt in die rumän. KP. □ 1934: Als Kommunist zu zwölf Jahren Zwangsarbeit verurteilt. □ 1945: Generalsekretär des ZK (1955 und 1960 als 1. Sekretär wiedergewählt). □ 1948-52: Vizepräs. des Ministerrats. □ 1952-55: Ministerpräsident. □ ab 1961: Präs. des Staatsrats.

Giacometti, Alberto

schweiz. Bildhauer und Maler
* 10.10.1901 Borgonovo bei Stampa, Graubünden
† 11.1.1966 Chur

Giacometti gehört zu den bedeutendsten Bildhauern der Moderne. Sein außerordentliches Werk ist nach Anfängen unter dem Einfluß der Kunst der Naturvölker sowie der Surrealisten keiner Richtung mehr zuzuordnen. Charakteristisch für sein Hauptwerk sind die gelängten, unregelmäßig konturierten, in der Oberfläche aufgerissenen Köpfe, Büsten und Figuren mit übermäßig betonten Gliedmaßen und kleinen, später ebenfalls in die Länge gezogenen Köpfen. Sie sind einerseits Ergebnis von Wahrnehmungsphänomenen (G. vergrößerte beim Arbeiten bewußt die Entfernung zwischen sich und dem Modell), andererseits Ausdruck auch innerer Distanz, ebenso Sinnbild der existentiellen Gesetzmäßigkeiten menschlichen Daseins (z. B. »Der Wald«, 1950, St-Paul-de-Vence, Fondation Maeght). In diesen Urgestalten, Chimären an der Grenze zwischen Amorphem und Pflanzlichem, fand G. zu einer völlig neuen Wirklichkeitserfahrung. Er schuf zudem in einer nervösen linearen Technik und mit autonom eingesetzter Farbgebung ein bedeutendes malerisches und zeichnerisches Werk.

□ bis 1935: Primitivistische, kubistische und surrealistische Einflüsse. □ ab 1935: Zweite Werkphase mit existentialistisch gedeuteten Urthemen von Mann und Frau; Akzentuierung durch käfigartige Konstruktionen. □ ab 1946: Beschäftigung auch mit Malerei und Zeichnung. □ 1956: Erste große Retrospektive in der Kunsthalle Bern. □ 1962: Ausstellung und großer Skulpturenpreis auf der Biennale in Venedig. □ postum 1988: Große Ausstellung im Hirshhorn Museum and Sculpture Garden, Washington, D. C. □ 1989: Ausstellung im Museum of Modern Art, San Francisco.

▷ J. Lord: Giacometti. Der Mensch und sein Lebenswerk, 1987; E. Scheidegger: Alberto Giacometti: Spuren einer Freundschaft, 1990.

Alberto Giacometti bei der Arbeit in seinem Atelier in Montrouge, 1955.

Ivar Giaever →

Giaever, Ivar

amer. Physiker norw. Herkunft
* 5.4.1929 Bergen

Giaever, seit 1958 Experimentalphysiker im Forschungszentrum der General Electric Company in Schenectady (N. Y.), führte 1960/61 Versuche mit thermisch angeregten Elektronen an Supraleitern durch. Ähnlich wie die von N. L. →Cooper in der Nähe des absoluten Nullpunkts gekoppelten Elektronen-Paare durchdrangen auch G.s supraleitende Elektronen die sehr feinen Isolationsschichten zwischen zwei Supraleitern und zeigten den sog. Tunneleffekt (R. H. →Fowler). Für die damit verbundene Bestimmung einer im Anregungsspektrum des Supraleiters auftretenden »Energielücke« erhielt G. 1973 den Nobelpreis (mit L. →Esaki und B. D. →Josephson).

Giap, Vo Nguyên

vietn. Politiker und Militär
* 1912 Quang Binh, Annam

General Giap gilt neben →Mao Zedong als bedeutendste Autorität des modernen Guerillakrieges. Auf vietnamesischer Seite war er der entscheidende Stratege während der langjährigen Kriege gegen Frankreich und die USA. Durch den unter seiner Führung errungenen Sieg bei Diên Biên Phu mußte Frankreich 1954 Vietnam die Unabhängigkeit gewähren.

Vo Nguyên Giap erzwang 1954 Vietnams Unabhängigkeit.

☐ vor 1926: Besuch des frz. Gymnasiums in Hué. ☐ 1930: Mitgl. der KP. ☐ bis 1938: Studium der Volkswirtschaft in Hanoi. ☐ 1940: Flucht vor den Japanern nach China. ☐ 1941: Mitbegründer der Vereinigung für die Unabhängigkeit Vietnams (Vietminh). ☐ Jan.-Aug. 1945: Guerillakrieg gegen die Japaner. ☐ seit 1954: Stellv. Ministerpräsident und (bis 1980) Verteidigungsmin.

▷ V. N. Giap: Volkskrieg — Volksarmee, dt. 1968.

André Gide mit Michèle Morgan nach der Verleihung des Nobelpreises, 1947.

Giauque, William Francis

amer. Physikochemiker
* 12.5.1895 Niagara Falls bei Ontario (Kanada)
† 28.3.1982 Oakland, Kalif.

Giauque, 1930-77 Professor an der University of California in Berkeley, erzielte 1933 mit dem von ihm entwickelten Verfahren der adiabatischen Entmagnetisierung erstmals Tiefsttemperaturen, die nur einige tausendstel Grad über dem absoluten Nullpunkt (–273,15 °C) liegen. G. ließ in einem mit flüssigem Helium gefüllten Behälter magnetisches Salz abkühlen, dessen Moleküle durch ein magnetisches Feld nach den Polen ausgerichtet waren. Nachdem die tiefste Temperatur erreicht war, wurde das Magnetfeld entfernt. Die damit aus der magnetischen Fixierung gelösten Salzmoleküle absorbierten nun ihrerseits Wärme aus dem Helium und kühlten es weiter ab. Für dieses Verfahren und seine Erkenntnisse über das Verhalten von Stoffen unter extrem niedrigen Temperaturen erhielt G. 1949 den Chemie-Nobelpreis.

← William F. Giauque

Gide, André

frz. Schriftsteller
* 22.11.1869 Paris † 19.2.1951 ebd.

Gide, Literatur-Nobelpreisträger von 1947, beeinflußte in der ersten Hälfte des 20. Jh.s das geistige Leben ganz Europas. Er forderte in seinem umfangreichen Werk das uneingeschränkte Recht des Individuums auf Selbstverwirklichung. Persönliche Freiheit ist ihmzufolge nur durch Nichtanpassung an die durch Institutionen wie Kirche oder Ehe aufgestellten Normen erreichbar. Der aus einem protestantischen Elternhaus stammende, puritanisch erzogene G. bekannte sich öffentlich zu seiner Homosexualität — mit der Folge, daß ihm keine offiziellen Ehrungen in Frankreich zuteil wurden. In seinen Tagebüchern und autobiografischen Schriften schilderte G. ungewöhnlich freimütig seine sexuellen Erfahrungen. Sein einziger größerer Roman, »Die Falschmünzer« (1925), in dem der Schriftsteller selbst als handelnde Figur vorkommt, ist das umfassendste Zeugnis seiner

Weltanschauung. 1952 setzte die katholische Kirche G.s Bücher postum auf den Index.

□ 1880: Tod des Vaters. □ ab 1889: Tagebücher. □ 1891: Bekanntschaft mit O. →Wilde; Teilnahme an den Dienstagstreffen der Symbolisten um S. →Mallarmé. □ 1893-94: Reise nach Algerien und Tunesien; erste homosexuelle Erfahrungen. □ 1895: Vermählung mit seiner Kusine. □ 1897: »Uns nährt die Erde« (R., dt. 1930). □ 1902: »Der Immoralist« (R., dt. 1925). □ 1908: Mit J. →Rivière u. a. Gründer der Zeitschrift Nouvelle Revue Française. □ 1914: »Die Verliese des Vatikan« (R., dt. 1922). □ 1919: »Pastoralsymphonie« (Erz., dt. 1925). □ 1924: »Stirb und werde« (Aut., dt. 1930). □ 1925: »Die Falschmünzer« (R., dt. 1928). □ 1927/28: Anklage des Kolonialismus in »Kongo und Tschad« (Reiseb., dt. 1930). □ 1929: »Die Schule der Frauen« (R., dt. 1929). □ 1936: Nach Reise in die Sowjetunion endgültige Abwendung vom Kommunismus. □ 1947: Literatur-Nobelpreis.

▷ W. D. Lange (Hg.): Französische Literatur des 20. Jahrhunderts — Gestalten und Tendenzen, 1986.

Giehse, Therese

(eig. Th. Gift)
dt. Schauspielerin
* 6.3.1898 München † 3.3.1975 ebd.

Giehse war eine der größten Volksschauspielerinnen und (neben H. →Weigel) Brechtinterpretinnen des deutschsprachigen Theaters. Ihre Bühneninterpretationen waren von einer unnachahmlichen Genauigkeit, Wahrhaftigkeit und Sachlichkeit, die ohne falsches Pathos auskamen. Mehrfach protokollierte B. →Brecht seine Beobachtungen über G.s Rolleninterpretationen und nutzte sie als Inspiration für seine Theaterarbeit. Schon zu Beginn ihrer Karriere spielte G. fast immer ältere Frauen wie die Mutter Wolffen in G. →Hauptmanns »Biberpelz«, Frau Peachum in Brechts »Dreigroschenoper« und Gina in H. →Ibsens »Wildente«. Ihre bekanntesten Rollen waren »Mutter Courage« von Brecht und »Wassa Schelesnowa« von M. →Gorki.

□ 1926-33: Mitgl. der Münchner Kammerspiele unter O. →Falckenberg. □ 1929: Bei Proben zur »Dreigroschenoper« Bekanntschaft mit Brecht. □ 1933: Mit E. Mann Eröffnung des Kabaretts »Die Pfeffermühle«. □ 1937-66: Ensemblemitgl. und Gast am Zürcher Schauspielhaus. □ 1941: Titelrolle bei der UA von Brechts »Mutter Courage und ihre Kinder« in Zürich. □ 1943: Mi Tzü in UA von Brechts »Der gute Mensch von Sezuan« ebd. □ 1948: Schmuggler-Emma bei der UA von Brechts »Herr Puntila und sein Knecht Matti« ebd. □ 1949-52: Mitgl. des Brecht-Ensembles in Berlin. □ 1956: Claire Zachanassian bei der UA von Dürrenmatts »Der Besuch der alten Dame«. □ 1962: Fräulein Mathilde von Zahnd bei der UA von Dürrenmatts »Die Physiker«. □ 1974: Filmrolle in »Black Moon« (Rg. L. →Malle). □ 1975: Letzte Rolle in Brechts »Die Gewehre der Frau Carrar«.

Giehse in »Die fehlenden Blätter« nach H. James, 1960.

▷ W. Drews: Therese Giehse, 1965; M. Sperr (Hg.): Therese Giehse. »Ich hab nichts zum Sagen« (Aut.), 1973.

Gielen, Michael Andreas

österr. Dirigent und Komponist
* 20.7.1927 Dresden

Michael Gielen: Sein Repertoire umfaßt die Neue wie die klassische Musik.

Gielen erwarb als Dirigent durch zahlreiche Ur- und Erstaufführungen von Werken zeitgenössischer Komponisten (L. →Berio, G. →Ligeti, K. →Stockhausen, M. → Kagel) den Ruf eines Spezialisten für Neue Musik. 1965 realisierte er die multimediale, als »unaufführbar« gemiedene Oper »Die Soldaten« von B. A. →Zimmermann mit dem Kölner Opernensemble. Er trat auch als Interpret spätromantischer Werke (u. a. G. →Mahler, Fr. →Schreker) sowie als Mozart-Dirigent (»Don Giovanni«, Frankfurt/Main 1977) hervor. Mit seinen Kompositionen (Kammermusik, Chorwerke, Lieder) steht G. in der Nachfolge der Schönberg-Schule. Er schrieb u. a. das »Mitbestimmungsmodell« (1971-74).

□ 1940-46: Studium in Buenos Aires. □ 1946: Sonate für Violine und Klavier. □ 1949: Variationen für Streichquartett. □ 1951-60: Kapellmeister und Korrepetitor an der Staatsoper Wien. □ 1960-65: Chefdirigent der Oper in Stockholm. □ 1969-76: Leiter des Orchestre National de Belgique. □ 1973-75: Chefdirigent der Niederl. Oper. □ 1976: »Einige Schwierigkeiten bei der Überwindung der Angst« (Orchesterstück). □ 1977-87: Als Nachfolger von Ch. v. →Dohnányi Generalmusikdir. an der Frankfurter Oper. □ 1978: Erster Gastdirigent der BBC in London. □ 1980-86: Leiter des Cincinnati Symphony Orchestra. □ seit 1986: Chefdirigent des SWF-Sinfonieorchesters.

▷ Musiker im Gespräch: Michael Gielen, 1982.

John Gielgud: Ein Spezialist für Shakespeare-Dramen.

Gielgud, Sir (seit 1953) John

engl. Schauspieler und Regisseur
* 14.4.1904 London

Gielgud gehört zu den großen englischen Schauspielern des 20. Jh.s. Seine außergewöhnliche Sprechkultur und sein präzises, intelligentes Spiel stellte er — im Film und auf der Bühne — insbesondere in Shakespeare-Dramen, später auch in zeitgenössischen Stücken, u. a. von H. →Pinter und G. →Greene, unter Beweis. Seine Darstellung des Hamlet 1934/35 in London und 1936/37 in New York ging in die Theatergeschichte ein. Die Bandbreite seiner Inszenierungen umfaßt sowohl klassische Komödien als auch moderne Konversationsstücke.

□ 1921: Bühnendebüt als Herold in Shakespeares »Henry V.« am Old Vic, danach Engagements an verschiedenen Londoner Theatern. □ 1928: Gastspiel in New York, dann Rückkehr ans Old Vic. □ 1935: Inszenierung von »Romeo und Julia«. □ ab 1940: Auftritte vor Angehörigen der brit. Armee. □ 1953: Oscar für die Darstellung des Cassius in »Julius Cesar« (F., Rg. J. L. Mankiewicz). □ 1958: Präs. der Shakespeare-Reading-Society. □ 1981: Oscar für die Darstellung des Butlers in »Arthur — Kein Kind von Traurigkeit«. □ 1991: Prospero in »Prospero's books« (F., Rg. P. → Greenaway).

▷ J. Gielgud: Early Stages, 1939; ders.: Stage Directions, 1963; ders.: Distinguished company, 1972.

Gienger, Eberhard

dt. Turner
* 21.7.1951 Künzelsau

Mit dem nach ihm benannten Salto, einem Flugteil am Reck, schrieb Gienger Turngeschichte. Bei Olympischen Spielen, Welt- und Europameisterschaften gewann er vier Gold-, fünf Silber- und eine Bronzemedaille.

□ 1973: Europameister am Reck (erneut 1975 und 1981). □ 1974: Weltmeister am Reck; Dt. Sportler des Jahres (erneut 1978). □ 1976: Olympiadritter am Reck in Montreal. □ 1978: WM-Zweiter Seitpferd und Reck. □ 1981: WM-Zweiter Reck. □ seit 1988: Bundesturnwart.

Edward Gierek →

Gierek, Edward

poln. Politiker
* 6.1.1913 Porabka

Gierek wurde als Nachfolger W. .→ Gomulkas 1970 zum 1. ZK-Sekretär der kommunistischen Arbeiterpartei Polens gewählt. Seine Wirtschaftspolitik beschleunigte den Niedergang der kommunistischen Herrschaft. Um den Lebensstandard der polnischen Bevölkerung zu heben, förderte G. die Verbrauchsgüterindustrie, gewährte Lohnerhöhungen bei subventionierten Preisen und steigerte die Einfuhren. Eine drastische Verschlechterung der Wirtschaftslage führte nach einer Welle von Streiks und Protesten (Forderung nach unabhängigen Gewerkschaften auf der Danziger Leninwerft, L. →Walesa) 1980 zu seinem Sturz.

□ 1923-34: In Frankreich; mit 13 Jahren Bergarbeiter; Ausweisung wegen Teilnahme an einem Streik. □ 1931: Eintritt in die poln. KP. □ 1937-48: In Belgien, Beteiligung am antidt. Widerstand. □ 1959: Mitgl. des Politbüros des ZK. □ 1970-80: 1. ZK-Sekretär, abgelöst durch S. →Kania. □ 1981: Parteiausschluß. □ 1981/82: Internierung.

Otto von Gierke →

Gierke, Otto Friedrich von (ab 1911)

dt. Jurist und Rechtshistoriker
* 11.1.1841 Stettin
† 10.10.1921 Berlin-Charlottenburg

Gierke, prominentester Vertreter der sog. Rechtsgermanistik, verfaßte neben einem sozialkritischen Kommentar zum ersten Entwurf des BGB (1888/89), den er als »doktrinär, undeutsch, unsozial« charakterisierte und dem ein »Tropfen sozialen Öles« fehle, die umfangreichste (jedoch unvollendete) Darstellung über das »Deutsche Privatrecht« (3 Bde., ab 1895) sowie die ebenso monumentalen wie einflußreichen Werke zur Geschichte und Theorie sozialer Verbände, der Genossenschaften und ihres Rechts. Seine erfolgreichen Bemühungen um den Ausbau eines Sozialrechts, die G. in seiner Abhandlung über »Die soziale Aufgabe des Privatrechts« (1889) vorstellte, wurden zur Richtschnur für das deutsche Arbeitsrecht.

□ 1868-1913: »Das deutsche Genossenschaftsrecht« (4 Bde.). □ 1872-84: Prof. an der Univ. Breslau. □ 1884-87: Prof. an der Univ. Heidelberg. □ 1887: »Die Genossenschaftstheorie und die deutsche Rechtsprechung« (Schr.). □ 1887-1921: Prof. an der Univ. Berlin; 1902/03 Rektor ebd. □ 1902: »Das Wesen der menschlichen Verbände« (Schr.). □ 1915: »Der deutsche Volksgeist im Kriege« (Schr.). □ 1916/17: »Recht und Sittlichkeit« (Schr.).

Herbert Giersch →

Giersch, Herbert

dt. Nationalökonom
* 11.5.1921 Reichenbach

Giersch leitete zwei Jahrzehnte lang das Institut für Weltwirtschaft in Kiel. 1989 trat er dieses Amt nach seiner Emeritierung an Horst Siebert ab. Der Anhänger der neoliberalen Wirtschaftstheorie arbeitete auf den Gebieten Außenwirtschafts-, Konjunktur- und Beschäftigungspolitik und befürwortete die Beschränkung staatlicher Eingriffe. G., Mitarbeiter verschiedener Organisationen und Forschungsinstitute, gehörte 1964-70 dem Sachverständigenrat an.

☐ 1950-55: Prof. an der Univ. Münster. ☐ 1953/54: Abteilungsleiter der Organisation für europ. wirtschaftliche Zusammenarbeit (OEEC, Vorläufer der OECD). ☐ 1955-69: Prof. an der Univ. Saarbrücken, Dir. des Inst. für vergleichende Nationalökonomie und Statistik. ☐ 1960: »Allgemeine Wirtschaftspolitik, Bd. 1: Grundlagen« (Bd. 2: 1977). ☐ 1963-71: Mitgl., zeitweilig Vors. des Wissenschaftlichen Beirats des Bundesministeriums für wirtschaftliche Zusammenarbeit. ☐ 1964: »Aufgaben der Strukturpolitik« (Schr.). ☐ 1964/65: Mitarbeit im Entwicklungshilfe-Komitee der OECD, Paris. ☐ 1967: »Lohnpolitik und Geldwertstabilität« (Schr.). ☐ 1969-89: Prof. an der Univ. Kiel, Dir. des Inst. für Weltwirtschaft. ☐ 1986: »Perspektiven der Weltwirtschaft« (Schr.).

Gieseking, Walter

dt. Pianist
* 5.11.1895 Lyon (Frankreich)
† 26.10.1956 London (Großbritannien)

Als herausragender Pianist seiner Zeit konzertierte Gieseking vor dem 2. Weltkrieg in Europa und den USA. Er wurde als Interpret der Klavierwerke der Wiener Klassik (besonders Mozart) sowie der modernen französischen (Cl. → Debussy, M. →Ravel) und der zeitgenössischen Musik (I. →Strawinsky, B. → Bartók, P. →Hindemith) bekannt. G. erwarb Verdienste durch die Weiterführung der von Karl Leimer (* 1858, † 1944) begründeten Methode des Klavierspiels (»Modernes Klavier-Spiel«, Schr., 1931).

Walter Gieseking mit R. Laubenthal und N. Orloff (v. l.).

☐ 1912-17: Pianistische Ausbildung in Hannover. ☐ 1916-18: Regimentsmusiker (Pauker) beim Militär. ☐ ab 1921: Konzerttourneen durch Europa. ☐ ab 1926: Auftritte in den USA. ☐ 1938: »Rhythmik, Dynamik, Pedal« (Schr., mit K. Leimer). ☐ 1945-47: Auftrittsverbot. ☐ 1947: Leiter einer Meisterklasse für Klavier am Konservatorium in Saarbrücken.

▷ W. Gieseking: So wurde ich Pianist (Aut.), 1963.

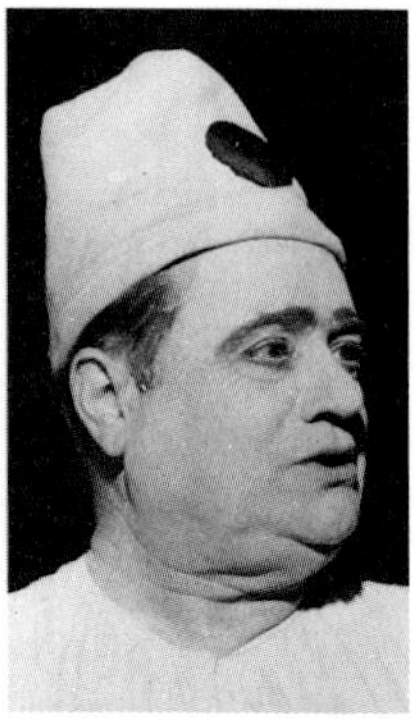

Beniamino Gigli →

Gigli, Beniamino

ital. Sänger
* 20.3.1890 Recanati bei Ancona †30.11.1957 Rom

Gigli war neben E. → Caruso der bedeutendste Tenor zu Beginn des 20. Jh.s. Im Mittelpunkt seines ungewöhnlich großen Repertoires standen die lyrischen Partien der italienischen Oper. G., der sich als »Sänger des Volkes« empfand, trug in seinen Konzerten auch Volkslieder und Schlager vor. In den 30er Jahren begann er neben seiner weltweiten Tätigkeit als Opern- und Konzertsänger eine erfolgreiche Filmkarriere (»Vergiß mein nicht«, 1934; »Ave Maria«, 1937). Nach dem 2. Weltkrieg sang er (auch auf Schallplatte) oft mit seiner Tochter, der Sopranistin Rina G. (* 1916).

☐ 1918: Engagement an der Mailänder Scala unter A. →Toscanini. ☐ 1919: Triumphale Südamerika-Tournee. ☐ 1920-32: Ensemblemitgl. an der Metropolitan Opera New York. ☐ 1944-46: Auftrittsverbot durch amer. Besatzungsmacht. ☐ 1955: Letzte Auftritte.

▷ B. Gigli: Und es blitzen die Sterne (Aut.), 1943, dt. 1958; H. Hahn: Un'annima cantava. Eine Seele sang. Begegnungen mit Beniamino Gigli, 1966.

Walter Gilbert →

Gilbert, Walter

amer. Molekularbiologe
* 21.3.1932 Boston, Mass.

Gilbert, seit 1968 Professor an der Harvard University in Cambridge, entwickelte mit F. →Sanger Untersuchungsmethoden, um die exakte Reihenfolge der Nukleotide (Erbinformationsteilchen) zu bestimmen, aus denen sich die Desoxyribonukleinsäure (DNS) zusammensetzt. Die beiden Wissenschaftler zerlegten die Doppelhelix (F. H. C. → Crick) mit Enzymen und markierten die Enden der Molekülteilchen radioaktiv. Für die radiographische Verfilmung der genauen Position der Nukleotide erhielten sie 1980 den Chemie-Nobelpreis (mit P. →Berg).

Emil Gilels →

Gilels, Emil

sowjet. Pianist
* 19.10.1916 Odessa † 14.10.1985 Moskau

Gilels war neben S. →Richter herausragender Vertreter der russischen Pianistenschule und einer der bedeutendsten Pianisten der Gegenwart. Seine Weltkarriere begann, als er ab 1954 auch im Westen konzertieren durfte. Der vielseitige Virtuose, der ein gewaltiges Repertoire beherrschte (von Scarlatti bis D. →Schostakowitsch), konnte das Publikum immer wieder mit neuen Programmen überraschen. Kraftfülle und Temperament (bei Werken von Liszt, Chopin, Tschaikowsky) kennzeichneten sein stilbildendes Klavierspiel in gleicher Weise wie die Fähigkeit zur sensiblen Ausdeutung (Miniaturen von Brahms, Schumann).

☐ 1929: Erstes öffentliches Konzert in Odessa. ☐ 1933: 1. Preis beim Allunionswettbewerb der Interpreten in Moskau. ☐ 1935-38: Klavierstudien in Moskau. ☐ ab 1952: Prof. am Moskauer Konservatorium. ☐ ab 1954: Int. Auftritte (auch im westlichen Ausland).

Gill, Sir (ab 1900) David
brit. Astronom
* 12.6.1843 Aberdeen † 24.1.1914 London

Gill, 1878-1907 Königlicher Astronom und Direktor der Sternwarte am Kap der Guten Hoffnung, die unter seiner Leitung Weltruf erlangte, schuf die Grundlagen der fotografischen Himmelsaufnahme. Der bedeutendste messende Astronom, der den gesamten südlichen Sternenhimmel fotografierte, legte 1901 die erste, auf sorgfältige Vermessung von Venus und Mars gestützte, exakte Berechnung der mittleren Entfernung der Sonne von der Erde vor (astronomische Maßeinheit).

□ 1874: Expeditionen zur Insel Mauritius zur Beobachtung des Venusdurchgangs vor der Sonne. □ 1877: Expedition zur Insel Ascensión zur Beobachtung der Marsopposition (kleinste Entfernung zur Erde). □ 1882: Fotografische Messung von Sternpositionen. □ 1897: Mit Astronomen in Leipzig und New Haven Bestimmung der Sonnenparallaxe (Entfernung). □ 1904: Hg. der »Cape Photographic Durchmusterung« (CPD, ein Katalog mit 450 000 von G. fotografierten Sternen des südlichen Himmels).

Gillespie, Dizzy
(eig. John Birks)
amer. Jazzmusiker
* 21.10.1917 Cheraw, S. Car.

Dizzy Gillespie bei einem Konzert in der Carnegie Hall, 1987.

Der Trompeter Gillespie ist bedeutsam für die Entwicklung des Bebop, da er neue rhythmische Wege ging und bis dahin nicht gehörte harmonische Verbindungen fand. Sein klarer Ton, die fast einmalige lineare Melodik sowie seine in den Höhen perfekte Sicherheit kennzeichnen seinen Stil. Neben Ch. →Parker und Thelonious Monk nahm er Anfang der 40er Jahre an den legendären Sessions in Minton's Playhouse im New Yorker Stadtteil Harlem teil. In den folgenden Jahren waren es seine Anregungen, die Schlagzeuger wie Max Roach oder Art Blakey zu wichtigen Musikern ihres Instrumentes im Modern Jazz werden ließen. Seine wichtigsten Kompositionen waren »Groovin' High«, »Night in Tunisia«, »Woody'n You« oder »Salt Peanuts«. Er wirkte in zahlreichen Filmen mit und nahm ab 1945 Schallplatten unter eigenem Namen auf.

□ 1932: Studium der Harmonielehre und Musiktheorie am Musik-Inst. in Laurinburg, N. Car. □ 1937: Mit Teddy Hill auf Europatournee. □ 1943: Engagement bei E. →Hines. □ 1945: Erste Schallplatte mit den vier »klassischen« Titeln des Bebop: »Shaw 'Nuff«, »Salt Peanuts«, »Hot House« und »Lover Man«. □ 1946-50: Europatourneen mit eigener Big Band. □ 1951: Gründung der Plattenfirma Dee Gee. □ 1985: »Dee gee days« (LP mit Aufnahmen von 1951). □ 1990: »Max and Dizzy, Paris 1989« (LP mit M. Roach).

King Camp Gillette →

Allen Ginsberg →

Gillette, King Camp
amer. Erfinder und Industrieller
* 5.1.1855 Fond du Lac, Wisc.
† 10.7.1932 Los Angeles

Gillette erfand 1901 den Rasierapparat mit auswechselbarer Stahlklinge und ließ ihn patentieren. Im selben Jahr gründete er in Boston die Gillette Razor Company (später The Gillette Company). 1971 verzeichnete die Firma einen Jahresumsatz von 729,7 Mio. US-$ und beschäftigte 25 000 Angestellte.

Ginastera, Alberto
argentin. Komponist
* 11.4.1916 Buenos Aires
† 25.6.1983 Genf (Schweiz)

Ginastera ist als Wegbereiter einer nationalen Musik Argentiniens neben H. → Villa-Lobos der prominenteste Komponist Lateinamerikas. Er verband Elemente des Neoklassizismus mit der Folklore seines Landes. G., der elektronisch erzeugte Musik ablehnte, bemühte sich in seinem Œuvre (Opern, Konzerte, Ballettmusiken, Kammer- und Klaviermusik), die Ausdrucksmöglichkeiten traditioneller Instrumente zu erweitern (»Estudios Sinfónicos« für Orchester, 1967).

□ 1948: Gründung der Liga argentin. Komponisten. □ 1948-58: Leiter des von ihm gegr. Konservatoriums für Musik und darstellende Kunst in La Plata. □ 1958-62: Leiter der Fakultät für Kunst und Musikwissenschaft der päpstlichen Univ. Argentiniens in Buenos Aires. □ 1960: »Cantata para América mágica« für Sopran, zwei Klaviere und Schlagzeugensemble (nach präkolumbischen Texten). □ 1962: Gründung des lateinamerikanischen Zentrums für musikalische Hochschulstudien am Inst. Torcuato di Tella in Buenos Aires. □ 1964: UA von »Don Rodrigo« (Oper) in Buenos Aires. □ 1965: Gast der Akademie der Künste in Berlin. □ 1970: »Milena« (Kantate) für Sopran und Orchester (nach F. → Kafka). □ 1971: Übersiedlung in die Schweiz. □ 1976: »Glosses sobre temes de P. Casals« für Streichorchester zu Ehren des Cellisten P. →Casals (UA Festspiele Luzern 1976).

▷ F. Spangemacher (Hg.): Alberto Ginastera, 1984.

Ginsberg, Allen
amer. Schriftsteller
* 3.6.1926 Newark, N. J.

Ginsberg war Wortführer der sog. Beat-Generation, die in den 50er Jahren gegen J. →McCarthys Intellektuellenverfolgung und den amerikanischen Konventionalismus aufbegehrte. Sein offenes Bekenntnis zur Homosexualität sowie zu Experimenten mit LSD machten ihn zur Kultfigur. Sein erstes Poem »Howl« (1955, dt. 1959) ist sein berühmtestes. Unter Rückbezug auf Vorbilder wie William Blake (* 1819, † 1892), W. C. →Williams und den französischen Symbolismus kritisiert G. den American Way of Life und verurteilt Kapitalismus und Vietnamkrieg.

Spätere Werke des zum Buddhismus konvertierten G. greifen auch ökologische Themen auf.

□ 1961: »Kaddisch« (Ged.e, dt. 1962). □ 1962: Indienaufenthalt. □ 1968: »Planet News« (Ged.e, dt. 1969). □ 1970: »Indische Tagebücher« (dt. 1972). □ 1972: »Der Untergang Amerikas« (Ged.e, dt. 1975). □ 1981: »Jukebox Elegien« (Ged.-Auswahl). □ seit 1986: Distinguished Prof. am Brooklyn College. □ 1988: »Überlegungen zur Poesie« (dt.).

▷ D. McBride: Cometh with clouds, engl. 1982.

Ginsburg, Jewgenia Semjonowna

russ. Schriftstellerin
* 20.12.1906 (?) † 25.5.1977 Moskau

Ginsburg war Lehrerin und Journalistin, ehe sie 1937 im Zuge des Stalinterrors grundlos verhaftet wurde. 1937-47 und 1951-56 verbrachte sie in Lagern, ohne den Glauben an den Kommunismus zu verlieren. 1956 wurde sie rehabilitiert. Ihre zweibändigen Erinnerungen, »Marschroute eines Lebens« (1967, dt. 1967) und »Gratwanderung« (1979, dt. 1980), gehören zu den besten Beiträgen der sog. Lagerliteratur und durften erst postum 1988 in der UdSSR veröffentlicht werden. G.s Sohn ist der russische Exilschriftsteller W. →Axjonow.

Ginsburg, Witali Lasarewitsch

sowjet. Physiker
* 4.10.1916 Moskau

Abgesehen von bedeutenden Arbeiten zur Astrophysik und Höhenstrahlung entwickelte Ginsburg 1950 mit L. D. →Landau eine nach ihnen benannte phänomenologische Theorie der Supraleitung, die die elektromagnetischen Eigenschaften solcher Leiter quantitativ erfaßt. Die darin vorausgesagten »suprafluiden Elektronen« (neben den bekannten im supraleitenden Zustand kurzgeschlossenen Leitungselektronen) sind später als gebundene Elektronenpaare (L. N. →Cooper) experimentell bestätigt worden. Die Ginsburg-Landau-Theorie führte 1960 zur Entdeckung weiterer Eigenschaften der Supraleiter (I. →Giaever).

□ seit 1942: Leiter der theoretischen Abteilung des Physikalischen Inst. der Akademie der Wissenschaften der UdSSR in Moskau. □ seit 1945: Prof. an der Univ. Gorki. □ 1949: Entwicklung der Theorie der Ferroelektrizität und Arbeiten über die Ausbreitung der Radiowellen in der Ionosphäre. □ 1966: Auszeichnung mit dem Lenin-Preis.

Giordano, Ralph

dt. Journalist und Schriftsteller
* 20.3.1923 Hamburg

Giordanos engagierte Fernsehreportagen und Dokumentationen (u. a. »Die armenische Frage existiert nicht mehr«, 1986) sind geprägt von der Erinnerung an die am eigenen Leib erfahrene Judenverfolgung während des Nationalsozialismus. 1982 verarbeitete G. die Erlebnisse seiner Familie (mit veränderten Namen) während des Dritten Reiches in dem autobiografischen Roman »Die Bertinis«. Die gleichnamige Verfilmung durch E. Monk (1988) stieß auf große Publikumsresonanz.

Giordano verarbeitete eigene Erlebnisse in »Die Bertinis«.

□ 1939: Mißhandlung durch die Gestapo. □ 1944: Flucht vor der drohenden Deportation in menschenunwürdige Verstecke. □ 1945-56: Als Mitgl. der KPD Berichterstatter für kommunistische Zeitungen. □ 1961: Redakteur der Ost-West-Redaktion des NDR in Hamburg. □ 1964: Freier Fernsehreporter des WDR in Köln. □ 1966: »Heia Safari« (Rep.). □ 1984: »Die Spur — Reportagen aus einer gefährdeten Welt«. □ 1987: »Die zweite Schuld oder Von der Last, ein Deutscher zu sein« (Abh.). □ 1990: »An den Brandherden der Welt« (Rep.n). □ 1991: »Israel, um Himmels Willen, Israel« (Rep.n)

Giordano, Umberto

ital. Komponist
* 28.8.1867 Foggia † 12.11.1948 Mailand

Giordano ist nach P. →Mascagni und R. →Leoncavallo der wichtigste Vertreter des italienischen Verismo. Bekannt wurde G. 1896 mit der Oper »Andrea Chénier«, die als einzige seiner zehn

Der Komponist Umberto Giordano am Dirigentenpult der Mailänder Scala.

Bühnenwerke (1892-1929) im internationalen Repertoire erhalten blieb. Kennzeichnend für G.s Opern, mit denen er zu seiner Zeit Weltruhm erlangte, sind melodische Einprägsamkeit, kühne Klangkombinationen und eine auf äußerliche Effekte zielende, dramatische Spannung.

□ 1882-90: Studium am Konservatorium in Neapel. □ 1892: UA des Auftragswerks »Mala vita« (Oper) in Rom. □ 1896: UA von »Andrea Chénier« (Oper) in Mailand. □ 1898: UA von »Fedora« (Oper) in Mailand unter Mitwirkung von E. →Caruso. □ 1928: »L'astro magico« (Ballett). □ 1929: UA von »Il re« (Oper) in Mailand; Mitgl. der Accademia d'Italia.

▷ M. Morini: Umberto Giordano, ital. 1968.

Girard, René

frz.-amer. Literaturwissenschaftler und Anthropologe
* 25.12.1923 Avignon

Girard entwickelte aus der vergleichenden Betrachtung der Menschenbilder in Literatur, Ethnologie und Psychoanalyse eine eigene anthropologische Kulturtheorie. Kernpunkt ist die Erkenntnis, daß der Nachahmungstrieb sämtliche gesellschaftlichen Verhaltensmuster bestimmt. Er ist G. zufolge Ursache der möglichen Selbstzerstörung des Menschen: Das fundamentale Begehren dessen, was ein Vorbild anstrebt oder besitzt, führt unweigerlich zum Konflikt zwischen Vorbild und Nachahmer.

□ 1947: Übersiedlung in die USA; Dozent für romanische Sprachen an der Indiana Univ. (bis 1952). □ 1957: Nach Dozententätigkeit an verschiedenen Hochschulen Wechsel an die John Hopkins Univ. in Baltimore. □ 1961: Prof. für frz. Literatur. □ 1978: »Seit der Weltgründung verborgene Dinge« (Schr.). □ 1981: »Der Sündenbock« (Schr.).

Girardelli, Marc

österr.-lux. Skirennläufer
* 18.7.1963 Lustenau

Girardelli, der von seinem Vater gemanagt wird und als Österreicher für Luxemburg startet, wurde viermal Gesamtsieger im Alpinen Weltpokal (1985, 1986, 1989 und 1991). Der Skirennläufer gewann zudem drei Weltmeisterschaften: 1987 und 1989 in der Alpinen Kombination sowie 1991 im Spezialslalom.

Giraudoux, Jean

frz. Schriftsteller
* 29.10.1882 Bellac † 31.1.1944 Paris

In den 20er und 30er Jahren war Giraudoux einer der bedeutendsten Dramatiker Frankreichs. In seinen Dramen, die nicht von der traditionellen Form des Sprechtheaters abwichen, verarbeitete G. biblische Motive und antike Stoffe; seine Hauptthemen waren Krieg und Frieden, Gerechtigkeit und Staatsraison. Ein pessimistisches Menschenbild zeichnete G. in seinem Drama »Der trojanische Krieg findet nicht statt« (UA 1935, dt. 1936), in dem er den im Menschen verwurzelten Kriegsinstinkt entlarvt. Ebenfalls von einer pessimistischen Grundstimmung geprägt ist sein meistgespieltes Drama »Die Irre von Chaillot« (UA 1944, dt. 1945), in dem G. sich gegen das Profitdenken der modernen Welt wendet. Seine Dramen, in denen G. mit ironischem Ton politische und menschliche Probleme aufwirft, sind Ideenträger, in denen die Handlung zweitrangig ist. Neben Dramen schrieb G. auch Essays und Romane.

□ 1903-05: Germanistikstudium. □ 1906: Hauslehrer in der Familie der Herzöge von Sachsen-Meiningen. □ 1907: Lektor an der Harvard Univ., Cambridge, Mass. (USA). □ 1908/09: Feuilletonredakteur beim Matin. □ ab 1910: Diplomatische Laufbahn. □ 1921: »Suzanne und der Pazifik« (R., dt. 1958). □ 1922: »Siegfried oder Die zwei Leben des Jacques Ferestier« (R., dt. 1962). □ 1924: Berufung zum Leiter des Informations- und Pressedienstes in Paris (erneut 1939/40); »Juliette im Lande der Männer« (R., dt. 1927). □ 1929: UA »Amphitryon 38« (dt. 1931). □ 1930: »Die Schule des Hochmuts« (R., dt. 1948). □ 1933: UA »Intermezzo« (dt. 1950). □ 1937: UA »Elektra« (dt. 1957). □ 1943: UA »Sodom und Gomorrha« (dt. 1947).

Jean Giraudoux verarbeitete antike Stoffe zu kritisch-pessimistischen Dramen.

Giri, Varahagiri Venkata

ind. Politiker
* 10.8.1894 Berhampur, Orissa
† 24.6.1980 Madras, Tamil Nadu

Nach seiner Rückkehr aus Europa war Giri Mitbegründer der indischen Gewerkschaftsbewegung. Bereits vor dem 1. Weltkrieg hatte er die sozialistische Gewerkschaftsbewegung in Irland kennengelernt. Er war zweimal für längere Zeit Vorsitzender des mit der Kongreßpartei eng verbundenen indischen Gewerkschaftsdachverbandes. 1969 setzte er sich gegen den Widerstand von I. → Gandhi bei den Präsidentschaftswahlen durch.

□ vor 1916: Studium in Dublin; Mitgl. der ir. Sinn Féin (Partei). □ 1916: Nach dem ir. Osteraufstand Ausweisung aus Großbritannien. □ 1937-42: Arbeitsmin. in der Prov. Madras. □ 1942-45: In brit. Haft. □ ab 1952: Mitgl. des Unions-Parlaments (Lok Sobha). □ 1952-54: Arbeitsmin. □ 1957-67: Nacheinander Gouverneur von Uttar Pradesh, Kerala und Karnataka (Maisur). □ 1967-69: Vizepräsident. □ 1969-74: Staatspräsident.

▷ V. V. Giri: My life and times, 1976.

Giscard d'Estaing (3. v. l.) mit anderen europäischen Regierungschefs in London, 1977.

Giscard d'Estaing, Valéry

frz. Politiker
* 2.2.1926 Koblenz (Deutschland)

Giscard d'Estaing war 1966-73 Parteiführer der Unabhängigen Republikaner und 1974-81 französischer Staatspräsident. Der Nachfolger von G. →Pompidou und Gegner F. →Mitterrands versuchte in Koalition mit den Gaullisten ein ehrgeiziges Reformprogramm zu verwirklichen. Er senkte das Wahlalter und liberalisierte das Abtreibungs- und Scheidungsrecht. Wirtschafts- und sozialpolitische Reformansätze stießen auf den Widerstand des französischen Unternehmerverbands und der Gaullisten. 1976 trennte er sich von seinem gaullistischen Premier J. → Chirac. In der Außenpolitik entfaltete G. eine intensive Reisediplomatie. Auf Kritik stieß seine nur halbherzige Verurteilung des sowjetischen Einmarsches in Afghanistan.

□ 1959-62: Staatssekr. für Finanzen. □ 1962-66 und 1969-74: Min. für Wirtschaft und Finanzen. □ 1966-73: Parteiführer der Unabhängigen Republikaner. □ 1974-81: Staatspräsident, abgelöst durch F. Mitterrand. □ 1979: Affäre um ein Diamantengeschenk des zentralafr. Kaisers →Bokassa. □ seit 1982: Vors. der Union pour la Democratie Française (UDF). □ seit 1984: Mitgl. der Nationalversammlung. □ 1987: Vors. des Auswärtigen Ausschusses.

Hubert de Givenchy →

Giulini: Gastdirigent bei den großen Orchestern der Welt.

Giulini, Carlo Maria

ital. Dirigent
* 9.5.1914 Barletta, Prov. Bari

Giulini, zuletzt Chef des Los Angeles Philharmonic Orchestra (bis 1984), gilt als einer der kultiviertesten Dirigenten der Gegenwart. Er begann seine Karriere mit bedeutenden Opernaufführungen (Verdi-Opern »Falstaff« beim Festival Edinburgh 1955 und »Don Carlos« an Covent Garden London 1958), bevor er sich seit 1965 zunehmend der Konzerttätigkeit zuwendet. Der gläubige Katholik trat mit Aufführungen großer Sakralwerke hervor (Beethovens »Missa Solemnis«; »Requiem« von G. →Verdi) und interpretierte Kompositionen der klassischen Moderne (frühe Werke von A. →Webern und A. → Berg; 9. Sinfonie von G. →Mahler; »Feuervogel«, Ballett, von I. →Strawinsky).

□ 1934: Bratschist am Teatro Augusteo Rom. □ 1945-50: Ständiger Dirigent bei der RAI in Rom und Mailand. □ 1951: Debüt als Operndirigent mit »La Traviata« von G. Verdi beim Festival in Bergamo. □ 1953-56: Erster Dirigent an der Mailänder Scala. □ 1955: Dirigent an der Oper in Rom. □ seit 1956: Gastdirigent bei führenden europ. Orchestern. □ seit 1969: Erster Gastdirigent des Chicago Symphony Orchestra. □ 1973-76: Leiter der Wiener Symphoniker. □ 1978-84: Leiter des Los Angeles Philharmonic Orchestra.

Givenchy, Hubert (James Taffin) de

frz. Modeschöpfer
* 21.2.1927 Beauvais

Givenchy kreiert eine sehr feminine, elegante Mode mit Vorliebe für strahlende Farben, große

Muster, Volants und attraktive Schleifen. Er schuf zahlreiche Filmkostüme für A. →Hepburn. Ein Vorbild des Perfektionisten ist C. →Balenciaga.

☐ ab 1944: Modezeichner bei J. Fath, später bei E. →Schiaparelli. ☐ 1951: Eröffnung eines Ateliers in Paris. ☐ 1956: Eröffnung eines Haute-Couture-Hauses in Paris mit weltweiten Lizenzen für Parfums, Accessoires und Inneneinrichtung.

Gjellerup, Karl Adolph

dän. Schriftsteller
* 2.6.1857 Roholte, Insel Seeland
† 11.10.1919 Dresden (Deutschland)

Gjellerup, der anfänglich dem Kreis der Realisten um G. →Brandes angehörte, wandte sich nach einer Studienreise durch Deutschland und Griechenland (1883) als glühender Deutschlandverehrer dem Humanismus Goethes und Schillers zu. Unerfüllte Sehnsucht nach dem Liebesglück und ätherisch-keusche Frauengestalten in impressionistischen Stimmungsbildern kennzeichnen seine zwei bedeutendsten Romane, »Minna« (1889, dt. 1887) und »Die Hügelmühle« (1896, dt. 1909). In seinem Spätwerk dominiert die gewissermaßen pessimistische Weltverneinung des Buddhismus (»Der Pilger Kamanita«, R., 1906, dt. 1907; »Die Weltwanderer«, R., 1910, dt. 1910). 1917 erhielt er gemeinsam mit H. →Pontoppidan den Literatur-Nobelpreis in Anerkennung seiner »reichen, vielfältigen, von hohen Idealen getragenen Dichtung«.

☐ 1878: »Ein Idealist« (R.). ☐ 1879: »Das junge Dänemark« (Es.s). ☐ 1882: »Ein Jünger der Germanen« (R., dt. 1923). ☐ 1883: »Romulus« (R., dt. 1888). ☐ 1892: Übersiedlung nach Dresden mit seiner dt. Ehefrau. ☐ 1897: »An der Grenze« (R., dt. 1919). ☐ 1907: »Das Weib des Vollendeten« (Dr., dt. 1907). ☐ 1913: »Reif für das Leben« (R., dt. 1916). ☐ postum 1920: »Das heiligste Tier« (Erz.n).

← Karl Adolph Gjellerup

Glasenapp, (Otto Max) Helmuth von

dt. Indologe und Religionswissenschaftler
* 8.9.1891 Berlin † 25.6.1963 Tübingen

Glasenapp war im 20. Jh. einer der bedeutendsten Mittler indischer Kultur. Mit seinen umfassenden und allgemeinverständlichen Schriften zur indischen Religion und Philosophie fand er sowohl in der Fachwelt wie auch im breiten Publikum große Anerkennung.

☐ 1922: »Der Hinduismus« (Schr.). ☐ 1925: »Der Jainismus« (Schr.). ☐ 1928-45: Prof. an der Univ. Königsberg. ☐ 1929: »Die Literaturen Indiens« (Schr.). ☐ 1936: »Der Buddhismus in Indien und im Fernen Osten« (Schr.). ☐ 1943: »Die Religionen Indiens« (Schr.). ☐ 1946-59: Prof. an der Univ. Tübingen. ☐ 1949: »Die Philosophie der Inder« (Schr.). ☐ 1951/52: »Die fünf großen Religionen« (Schr., 2 Bde.). ☐ 1960: »Das Indienbild dt. Denker« (Schr.).

▷ H. v. Glasenapp: Meine Lebensreise (Aut.), 1964.

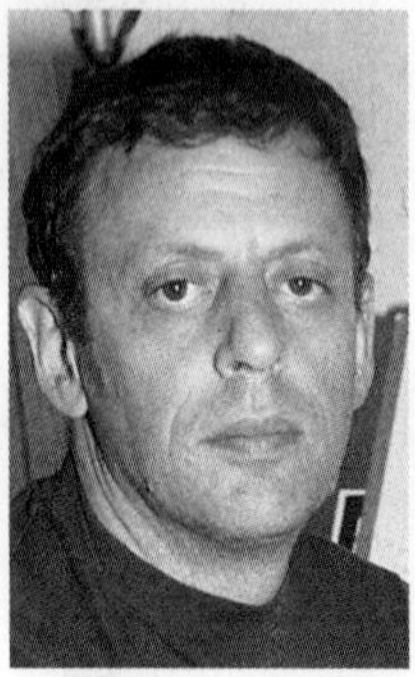
Philip Glass →

Glaser, Donald Arthur

amer. Physiker
* 21.9.1926 Cleveland, Ohio

Glaser, seit 1959 Professor an der University of California in Berkeley, erfand 1952 die »Blasenkammer«, ein Nachweisgerät für energiereiche Teilchen, wofür er 1960 den Physik-Nobelpreis erhielt. Die von Ch. Th. R. →Wilson erstmals konstruierten »Nebelkammern« sind mit Gas gefüllt, in welchem die Elementarteilchen durch Kondensation eine sichtbare Nebelspur hinterlassen. Die Blasenkammer enthält dagegen überhitzten flüssigen Wasserstoff, in denen auch hochenergetische und extrem kurzlebige Teilchen aufgrund ihrer Bläschenspur und der höheren Abbremsung entdeckt und beobachtet werden können (L. W. →Álvarez).

← Donald A. Glaser

Glashow, Sheldon Lee

amer. Physiker
* 5.12.1932 New York

Glashow, seit 1966 Professor an der Harvard University in Cambridge, entwickelte eine Theorie zur Elementarteilchenphysik, in welcher die beiden Elementarkräfte »schwache Wechselwirkung« und »elektromagnetische Kraft« in einer einheitlichen Formel vereinigt sind. Die mathematische Zusammenfassung dieser beiden analog wirkenden mikrophysikalischen Kräfte (von denen es mit »Kernkaft« und »Gravitation« insgesamt vier gibt) führte zu der zwischenzeitlich bestätigten Voraussage, daß schwache Reaktionen ohne Ladungsänderung stattfinden. Die 1961 von G. behauptete Existenz eines ungeladenen Vektorbosons wurde 1983 von C. →Rubbia bestätigt, stand aber zunächst im Widerspruch zu der »Quarks«-Theorie von M. →Gell-Mann, wonach die Elementarteilchen aus drei (Quark genannten) Urbausteinchen bestehen. G., der 1979 den Physik-Nobelpreis (mit A. →Salam und St. →Weinberg) erhielt, postulierte 1970 den vierten »charmed Quark«, der 1974 durch die Entdeckung eines sog. Psi-Teilchens bestätigt wurde (B. →Richter).

Glass, Philip

amer. Komponist
* 31.1.1937 Baltimore, Maryl.

Glass, Komponist der Hymne zur Eröffnung der Olympischen Spiele 1984 in Los Angeles, ist neben St. →Reich ein Hauptvertreter der »Minimal music«. Diese sowohl vom Free Jazz als auch von indischen Traditionen beeinflußte amerikanische Musikrichtung (um 1965) basiert auf der ständigen Wiederholung und Variation kurzer musikalischer Grundmodelle (»1 + 1«, 1968). 1968 gründete G. ein eigenes Ensemble (Keyboard-Instrumente, Synthesizer, Bläser, Singstimmen) und wurde mit der mehrstündigen Komposition »Music in Twelve Parts« (UA 1974 New York) zum bekanntesten Repräsentanten einer neuen Avantgarde. Zu seinen Werken (häufig für Musikergruppen) zählt die Opern-Trilogie »Einstein on the beach« (1976), »Satyagraha« (1980) und »Echnaton« (1984).

☐ 1964: Als Fulbright-Stipendiat Studium bei N. →Boulanger in Paris. ☐ 1965-68: Zusammenarbeit mit dem ind. Sitarspieler R. →Shankar; Reisen durch Nordafrika, den Mittleren Osten und Südostasien. □ 1968: Gründung des Philip-G.-Ensembles. □ 1969: Aufsehen mit den Kompositionen »How Now« und »Two Pages« bei der »Anti-Illusions Show« im Whitney Museum New York. □ 1976: UA der Oper »Einstein on the Beach« beim Avignon Festival. □ 1978: Debüt an der New Yorker Carnegy Hall mit »Another Look at Harmony, Parts III and IV«. □ 1982: Musik zum Film »Koyaanisqátsi«, Rg. Godfrey Reggio). □ 1986: UA der Oper »The Making of the Representative for Planet 8« in Amsterdam.

Glasunow, Alexander Konstantinowitsch

russ. Komponist
* 10.8.1865 St. Petersburg
† 21.3.1936 Neuilly-sur-Seine (Frankreich)

Glasunow war einer der wichtigsten und einflußreichsten Musikerpersönlichkeiten Rußlands in der Generation nach Peter Tschaikowsky (* 1840, † 1893). Ohne fachspezifische Ausbildung (nur mit Hilfe einiger Anleitungen von N. →Rimski-Korsakow) wurde er Direktor (1905-28) und Reformator (nach 1918) des St. Petersburger Konservatoriums. Mittelpunkt seines Œuvres, das stilistisch zur Spätromantik gehört, bildet die Instrumentalmusik (neun Sinfonien und Sinfonische Dichtungen; Konzerte für Klavier, Violine, Saxophon; Orgel- und Kammermusik). Wegen vergleichbarer Formprinzipien (zyklische Formen, Kontrapunktik, Variationstechnik) wurde G. in der zeitgenössischen Kritik häufig als »russischer Brahms« bezeichnet. Seine Werke vermittelten zwischen den Traditionen der nationalrussischen Petersburger Schule (M. →Balakirew) und der universell orientierten Moskauer Schule (P. Tschaikowsky).

Alexander Glasunow: Der Autodidakt wurde als »russischer Brahms« gefeiert.

□ 1886: »Zum Gedächtnis Liszts« (Sinfonie). □ 1891: »Kreml« (Sinfonische Dichtung). □ 1897: »Raimonda« (Ballett). □ 1899: Prof. für Partiturspiel und Theorie am Konservatorium in St. Petersburg. □ 1904: Violinkonzert. □ 1905-28: Dir. des Konservatoriums in St. Petersburg. □ 1909: Bühnenmusik zu O. → Wildes Schauspiel »Salomé«. □ 1928: Emigration nach Paris (während einer Konzerttournee). □ 1932: Quartett für vier Saxophone.

▷ H. Günther: Alexander Glasunow zum 100. Geburtstag, 1965; A. N. Krjukow: Alexander Konstantinowitsch Glasunow, 1988.

Glemp, Józef

poln. Theologe (kath.)
* 18.12.1928 Hohensalza (heute Inowroclaw)

In einer Zeit der schweren innenpolitischen Auseinandersetzungen hat Kardinal Glemp als Primas von Polen durch sein großes Engagement der katholischen Kirche zu hohem Ansehen verholfen. Seit 1982 setzte er sich unermüdlich für die Freilassung der während der Militärregierung unter General →Jaruselski inhaftierten Mitglieder der freien Gewerkschaft »Solidarität« ein, zu denen auch L. →Walesa gehörte. Mit diplomatischem Geschick wirkte G. 1983 darauf hin, daß die katholische Kirche, gestärkt durch die zweite Polenreise Papst →Johannes Pauls II., mit dem polnischen Staat über eine mögliche Aufhebung des Kriegsrechts verhandeln konnte. 1984 wurden seine Verhandlungen über die Freilassung aller politischen Gefangenen von der Ermordung des Priesters J. →Popieluszko durch die Geheimpolizei überschattet.

Kardinal Glemp setzt sich für politische Freiheit ein.

□ 1958-64: Studium an der Lateran-Univ. in Rom. □ 1964-67: Sekr. am Priesterseminar, Notar der bischöflichen Kurie und des Metropolitengerichts in Gnesen. □ 1979: Erhebung zum Bischof von Warmia (Ermland). □ seit 1981: Erzbischof von Gnesen und Waschau; Primas von Polen. □ 1983: Erhebung zum Kardinal.

Glenn, John Herschel

amer. Politiker und Astronaut
* 18.7.1921 Cambridge, Ohio

Glenn umkreiste 1962 als erster amerikanischer Astronaut in einer Raumkapsel (Mercury »Friendship 7«) die Erde. Nach seinem Ausscheiden aus dem aktiven Dienst wurde er für die Demokratische Partei politisch aktiv und war 1984 einer der Präsidentschaftskandidaten. Mit seinem Wahlprogramm, einer Mischung aus Antikommunismus und Sozialprogrammen, konnte er sich jedoch nicht durchsetzen.

□ 1942: Marineflieger; Einsätze im Pazifik und später in Korea. □ ab 1954: Testpilot der Marine. □ 1960-64: Astronaut; zuletzt Oberst. □ 1965-74: Präs. der Royal Crown Cola Ltd. □ seit 1974: Senator für Ohio (Demokraten).

▷ P. Westman: John Glenn. Around the world in 90 minutes, engl. 1979; J. Margolis: John Glenn. Biography, engl. 1984.

← John H. Glenn

Globke, Hans

dt. Jurist und Politiker
* 10.9.1898 Düsseldorf † 13.2.1973 Bonn

Globke leitete 1953-63 als Staatssekretär die Verwaltung des Bundeskanzleramts. Wegen seiner Mitwirkung an der Herausgabe des Kommentars zu den Nürnberger Gesetzen (»Gesetz zum Schutz des dt. Blutes und der dt. Ehre«, 1935) sah sich G. während seiner gesamten Amtszeit heftigen Angriffen seitens der SPD und FDP ausgesetzt. Auch die Vorwürfe des Auslands konnten G.s Position unter Bundeskanzler K. →Adenauer jedoch nicht erschüttern.

□ 1932-45: Ministerialrat für Staatsangehörigkeitsfragen im Reichsinnenministerium. □ 1950: Ministerialdir. im Bundeskanzleramt. □ 1961: Die Bonner Staatsanwaltschaft weist den Vorwurf zurück, G. habe Kontakte mit A. →Eichmann gehabt. □ 1963: Verurteilung G.s in Abwesenheit zu lebenslangem Zuchthaus in einem Schauprozeß des Obersten Gerichts in Ost-Berlin.

← Hans Globke

Glotz, Peter

dt. Politiker
* 6.3.1939 Eger

Der Medienexperte und ehemalige Bundesgeschäftsführer der SPD (1981-87) gilt als Stratege und »Vordenker« seiner Partei. Glotz hat versucht, die SPD von traditionellen Orientierungen

Peter Glotz: Politik gegen Rechtsextremismus in der BRD.

zu lösen und ihr neue Wählerschichten (»technische Intelligenz«) zu erschließen. Beachtung finden seine zahlreichen Publikationen über Tagespolitik, Kultur und aktuelle Zeitströmungen.

□ 1961: Eintritt in die bayer. SPD. □ 1972-77: MdB. □ 1974-77: Parlamentarischer Staatssekr. im Bundesministerium für Bildung und Wissenschaft. □ 1977-81: Senator für Wissenschaft in Berlin/West. □ 1981-87: Bundesgeschäftsführer der SPD. □ 1986: »Kampagne in Deutschland. Politisches Tagebuch 1981 bis 1983«. □ 1989: »Die deutsche Rechte« (Sachb.). □ 1990 »Der Irrweg des Nationalstaats. Europäische Reden an ein deutsches Publikum«.

Glubb, Sir (ab 1956) John Bagot

(gen. G. Pascha)
brit. Militär
* 16.4.1897 Preston, Lancashire
† 17.3.1986 Mayfield, Sussex

Glubb war 1939-56 Oberbefehlshaber der »Arabischen Legion«, die im 2. Weltkrieg im Irak und in Syrien die Alliierten unterstützte. Er baute die Armee Transjordaniens zu einer modernen, schlagkräftigen Truppe aus und kämpfte 1948/49 im 1. Nahost-Krieg gegen Israel. Zudem war er ein hervorragender Kenner der arabischen Welt; wie »Lawrence von Arabien« (T. E. →Lawrence) verstand er es, sich in die arabische Mentalität einzuleben. Trotz seiner außerordentlich großen Popularität wurde er 1956 vom jordanischen König →Hussein II. entlassen, der ihn der Unterstützung Israels beschuldigte.

Glucksmann, André

frz. Philosoph
* 19.6.1937 Boulogne-sur-Mer

André Glucksmann engagiert sich gegen totalitäre Regime.

Glucksmann, zur Zeit der Pariser Studentenunruhen im Mai 1968 maoistisch orientierter Verfechter des Marxismus-Leninismus, wandte sich später vehement gegen alle philosophischen Systeme ideologischer oder totalitärer Weltanschauung. Der Vertreter der »Neuen Philosophie« Frankreichs, der die Verantwortung der Philosophen für die Folgen ihres Denkens fordert, hat sich zum Fürsprecher der Dissidenten sozialistischer Staaten gemacht. 1983 rechnete G. in der »Philosophie der Abschreckung« (Schr., dt.

1984) mit den pazifistischen Vorstellungen der Friedensbewegung ab.

☐ 1957: Ausschluß aus der KPF aufgrund seiner Kritik am Einmarsch der UdSSR in Ungarn. ☐ 1975: »Köchin und Menschenfresser« (Schr., dt. 1976). ☐ 1977: »Die Meisterdenker« (Schr., dt. 1978). ☐ 1985: »Die Macht der Dummheit« (Schr.). ☐ 1990: »Am Ende des Tunnels« (Schr., dt. 1991).

Gmeiner, Hermann

österr. Sozialpädagoge
* 23.6.1919 Alberschwende, Vorarlberg
† 26.4.1986 Innsbruck

SOS-Kinderdorf-Gründer Gmeiner mit Kindern in Israel.

Gmeiner ist der »Vater« der SOS-Kinderdörfer. Ein persönliches Erlebnis gab den Anstoß zu dem Plan, elternlosen, verlassenen und gefährdeten Kindern ein neues Zuhause in familienartigen Gemeinschaften zu schaffen. Dank G.s Initiative entstand ein weltweites Sozialwerk, das 1986 mehr als 225 SOS-Kinderdörfer in 85 Ländern umfaßte. Das Sozialwerk lebt von Spenden und Patenschaften.

☐ 1949: Gründung des Vereins »SOS-Kinderdorf«; Grundsteinlegung des ersten Kinderdorfes in Imst, Tirol. ☐ 1960: Gründung des Dachverbandes »SOS-Kinderdorf International«, Straßburg. ☐ 1963: Erste Asienreise zur Planung von Kinderdörfern. ☐ 1967: Erste Lateinamerikareise. ☐ 1970: Erste Afrikareise.

Gobert, Boy Christian Klee

dt. Schauspieler und Intendant
* 5.6.1925 Hamburg † 30.5.1986 Wien (Österreich)

← Boy Gobert

Populär wurde der Schauspieler Gobert in den 50er und 60er Jahren als Dandy, Snob und Lebenskünstler in mehr als 50 Filmen. Auf der Bühne überzeugte er in Charakterrollen, u. a. als Mephisto in Goethes »Faust« (1979), als Jago in Shakespeares »Othello« (1982) und als »Richard III.« (1972). Großen Erfolg hatte G. sowohl als Schauspieler als auch als Intendant in Hamburg, wo ihm zu Ehren der Boy-Gobert-Preis für Nachwuchsschauspieler gestiftet wurde. Ab Herbst 1986 sollte G. die Direktion des Wiener Theaters in der Josefstadt übernehmen.

☐ 1947: Schauspieldebüt als Oswald in H. →Ibsens »Gespenster« in Hamburg. ☐ 1947-50: Mitgl. am Bad. Staatstheater in Karlsruhe. ☐ 1950-54: Engagement in Frankfurt/Main, zuerst an den Fritz-Rémond-Bühnen, dann an den Städtischen Bühnen. ☐ 1960-69: Mitgl. am Wiener Burgtheater. ☐ 1966: Erste Inszenierung mit Shakespeares »Was ihr wollt« in Hamburg. ☐ 1969-80: Intendant des Hamburger Thalia-Theaters. ☐ 1976: Tournee durch die Sowjetunion. ☐ 1980-85: Generalintendant der Staatlichen Schauspielbühnen Berlins. ☐ 1985: Letzte Rolle als Titelfigur in Schillers »Wallenstein«.

Godard, Jean-Luc

frz. Regisseur
* 3.12.1930 Paris

Godard, Initiator der Nouvelle Vague, bei Aufnahmen 1968.

Godard gehört zu den wichtigsten Regisseuren Frankreichs nach dem 2. Weltkrieg. Sein Debütfilm »Außer Atem« (1959, mit J. P. →Belmondo und J. Seberg) brach mit den Konventionen des Hollywood-Kinos u. a. durch abrupt geschnittene Sequenzen und wurde zum Initialfilm der Nouvelle Vague. Wie die Hauptvertreter dieser Stilrichtung (u. a. C. → Chabrol und F. → Truffaut), hatte sich auch G. zunächst als Kritiker mit dem Medium Film beschäftigt. Trotz der formalen Experimente hatte der Film für den konsequenten Neuerer stets eine politische Dimension. So nutzte er das Medium für Appelle gegen den Vietnamkrieg und unterstützte den Pariser Studentenaufstand vom Mai 1968. Nach intensiver Beschäftigung mit dem Medium Video in den 70er Jahren kehrte G. zu Beginn der 80er Jahre wieder zu einer kontinuierlichen Filmarbeit zurück.

☐ seit 1952: Kritiker bei der Filmzeitschrift Cahiers du Cinema. ☐ 1960/61: »Eine Frau ist eine Frau« (mit J. P. Belmondo und A. Karina). ☐ 1961-64: Ehe mit der Schauspielerin A. Karina. ☐ 1962: »Die Geschichte der Nana S.« (mit A. Karina). ☐ 1962/63: »Die Karabinieri«. ☐ 1963: »Die Verachtung« (mit B. →Bardot und M. →Piccoli, nach A. →Moravia). ☐ 1964: »Eine verheiratete Frau«. ☐ 1965: Goldener Bär von Berlin für »Lemmy Caution gegen Alpha 60« (mit E. Constantine); »Elf Uhr Nachts — Pierrot le fou« (mit J. P. Belmondo). □ 1965/66: »Masculin — Feminin oder: die Kinder von Marx und Coca-Cola« (mit J.-P. → Léaud). □ 1966: »Made in USA« (mit A. Karina). □ 1968: »Eins plus Eins«. □ 1980: »Rette sich wer kann (das Leben)«; »Einführung in eine wahre Geschichte des Kinos« (Schr., dt. 1984). □ 1983: Goldener Löwe von Venedig für »Vorname Carmen«. □ 1984: »Maria und Josef«. □ 1990: »Nouvelle Vague« (mit A. → Delon). □ 1991: »Allemagne neuf zéro«.

▷ P. W. Jansen/W. Schütte (Hg.): Jean- Luc Godard, 1979.

Goddard, Paulette

(eig. Pauline Marion Goddard Levee)
amer. Schauspielerin
* 3.6.1911 Great Neck, N. Y.
† 23.4.1990 Porto Ronca (Schweiz)

Mit ihrer ersten Hauptrolle sicherte sich Goddard einen Platz in der Filmgeschichte: Sie spielte an der Seite von Ch. → Chaplin in »Moderne Zeiten« (1936) die weibliche Variante des Tramps. Der Komödie verpflichtet, erhielt sie aber auch gute Kritiken in der ernsten Titelrolle von J. → Renoirs »Tagebuch einer Kammerzofe« (1946).

P. Goddard wurde in den Filmen Charlie Chaplins bekannt.

□ 1933-42: Ehe mit Ch. Chaplin. □ 1940: »Der große Diktator« (Rg. Ch. Chaplin). □ 1942: »Piraten im Karibischen Meer« (Rg. C. B. → DeMille). □ 1958-70: Ehe mit E. M. → Remarque. □ 1966: Letzter Kurzauftritt in »Die Gleichgültigen« (Rg. F. Marelli).

Goddard, Robert Hutchins

amer. Physiker und Raketeningenieur
* 5.10.1882 Worcester, Mass.
† 10.8.1945 Baltimore, Maryl.

Goddard, der ab 1923 mit Benzin und flüssigem Sauerstoff arbeitende Raketenmotoren testete, gelang 1926 der erste Start einer 1,20 m hohen Flüssigkeitsrakete, die ab 1929 mit Meßinstrumenten ausgerüstet wurde. Wegen Lärmbelästigung aus Massachusetts verbannt, startete G. 1935 von einem Versuchsgelände in New Mexico eine Rakete, die mit selbstkühlenden Motoren die Schallmauer durchbrach und 2000 m Höhe erreichte. Im 2. Weltkrieg war G. mit der Entwicklung kleinerer Raketen für den Flugzeugstart von Trägerschiffen aus beschäftigt, während im nationalsozialistischen Deutschland bereits größere Raketen für Kriegsziele in England von W. v. → Braun entwickelt wurden.

Alexander Godunow →

Godunow, Alexander Boris

sowjet. Tänzer
* 28.11.1949 Riga

Godunow ist einer der herausragenden Ballett-Tänzer der Gegenwart, der insbesondere in Rollen des klassischen Repertoires brilliert. Für einen Tänzer ungewöhnlich groß, beeindruckt er durch Eleganz, technische Raffinesse und eine ungeheure Sprungkraft. Zu seinen großen Rollen, die er schon am Bolschoi-Ballett in Moskau tanzte, gehören Prinz Siegfried in »Schwanensee«, der Poet in »Les Sylphides«, der Florimund in »Dornröschen« und die Titelfigur in »Spartacus«; nach dem Wechsel in den Westen 1979 feierte er am American Ballet Theatre New York u. a. als Don José in »Carmen« und Othello in »The Moor's Pavane« Triumphe.

□ 1971: Solist beim Bolschoi-Ballett in Moskau. □ 1973: Goldmedaille beim Int. Ballettwettbewerb in Moskau. □ 1974: Erste Tournee mit dem Bolschoi-Ballett in den USA. □ 1975: Zweite Tournee mit dem Bolschoi-Ballett in den USA; Kontakte zum ehemaligen Mitschüler M. → Baryschnikow. □ 1979: G. kehrt von einer Tournee durch die USA nicht mehr in die Sowjetunion zurück. □ 1979-82: Erster Solist am American Ballet Theatre New York unter Baryschnikow. □ ab 1983: Gastengagements, u. a. an der Dt. Oper Berlin/West, am Ballett des 20. Jahrhunderts unter M. → Béjart, in Japan und in Israel.

Der Physiker Robert H. Goddard mit seiner ersten Flüssigtreibstoffrakete, 1926.

Joseph Goebbels rief in Hetzkampagnen nicht nur zur Judenvernichtung auf.

Goebbels, Joseph

dt. Politiker
* 29.10.1897 Rheydt † 1.5.1945 Berlin (Selbstmord)

Goebbels, ab 1926 NS-Gauleiter von Berlin-Brandenburg und bereits ein Jahr später der am meisten gefürchtete Demagoge der Reichshauptstadt, organisierte nach der nationalsozialistischen Machtergreifung als Minister für Volksaufklärung und Propaganda die Gleichschaltung der Massenmedien und des kulturellen Lebens. Im Herbst 1933 wurde er Präsident der von ihm gegründeten Reichskulturkammer. Sein Ziel war die Propagierung des »Führermythos«; zu diesem Zweck setzte er Rundfunk, Presse und Film ein. Am 9.11.1938 initiierte G., der wie kein anderer von A. →Hitlers Gefolgsleuten den Antisemitismus als Propagandawaffe benutzte, das Pogrom der »Reichskristallnacht«. In der berüchtigten Rede im Sportpalast (18.2.1943) putschte er die Massen zum »totalen Krieg« auf. Nach dem Attentat vom 20. Juli 1944 wurde er »Generalbevollmächtigter für den totalen Kriegseinsatz«. Wenige Stunden nach dem Tod Hitlers tötete er seine Kinder und schied mit seiner Frau im Hof der Reichskanzlei aus dem Leben.

□ 1924: Nach Studium der Germanistik, Philosophie und Geschichte Eintritt in der Redaktion der Elberfelder »Völkischen Freiheit«; Mitgl. der NSDAP. □ 1926: Gauleiter von Berlin-Brandenburg. □ 1927-34: Hg. des »Angriffs« (Hetzblatt gegen die Weimarer Republik). □ ab 1928: MdR. □ 1933-45: Minister für Volksaufklärung und Propaganda.

▷ E. Fröhlich (Hg.): Die Tagebücher des Joseph Goebbels, 1987 (Teil I) und 1988/89 (Teil II); R. G. Reuth: Goebbels, 1990.

Carl F. Goerdeler →

Goeppert-Mayer, Maria

amer. Physikerin dt. Herkunft
* 28.6.1906 Kattowitz (heute Katowice, Polen)
† 20.2.1972 San Diego, Kalif.

Goeppert-Mayer entwickelte ab 1947 ein Schalenmodell des Atomkerns, das eine Erklärung für die stabilen und abgeschlossenen Schalen bietet. Hervorgerufen wird diese Stabilität durch die als »magische Zahlen« bezeichneten Protonen- oder Neutronenzahlen (2, 8, 20, 28, 50, 82 und 126), die dem Kern große Bindungs-, hohe Anregungsenergie und einen kleinen Kernradius verleihen. G., die über chemische Isotopentrennverfahren und statistische Mechanik arbeitete, erhielt 1963 den Physik-Nobelpreis mit J. H. D. →Jensen und E. P. →Wigner, die unabhängig voneinander zu ähnlichen Atommodellen gekommen waren.

G.-Mayer erhielt als zweite Frau den Physik-Nobelpreis.

□ 1930-39: Lehrtätigkeit an der John Hopkins Univ. in Baltimore. □ 1933: Amer. Staatsbürgerin. □ 1939-46: Lehrtätigkeit an der Columbia Univ. in New York. □ 1940: »Statistical mechanics« (Schr. mit ihrem Ehemann J. E. Mayer). □ 1946-60: Forschungen am Argonne Nat. Laboratory an der Univ. of Chicago. □ 1955: »Elementary theory of nuclear shell structure« (Schr. mit J. H. D. Jensen). □ ab 1960: Prof. an der Univ. of Calif. in La Jolla.

Goerdeler, Carl Friedrich

dt. Politiker und Widerstandskämpfer
* 31.7.1884 Schneidemühl
† 2.2.1945 Berlin (hingerichtet)

Goerdeler, konservativer Gegner der Weimarer Republik und 1930-37 Oberbürgermeister von Leipzig, trat aus Opposition gegen das NS-Regime von seinem Amt zurück und beteiligte sich ab 1939 maßgeblich am bürgerlichen Widerstand gegen A. →Hitler. Im Falle eines Umsturzes hätte er dessen Nachfolger im Reichskanzleramt werden sollen. G. erstrebte eine Rückkehr zum Parlamentarismus unter Wahrung der Großmachtrolle Deutschlands. Nach dem Attentat vom 20.7.1944, das er allerdings abgelehnt hatte, wurde G. zum Tode verurteilt und 1945 hingerichtet.

Goes, Albrecht

dt. Schriftsteller und Pfarrer (ev.)
* 22.3.1908 Langenbeutingen, Württ.

Aus christlich-humanistischer Grundhaltung heraus gestaltet Goes ein realistisches Bild der Menschen des 20. Jh.s. Obwohl er um ihre Unzulänglichkeit weiß und u. a. in »Das Brandopfer« (Erz., 1954) an die nationalsozialistische Schuld erinnert, sieht er den Menschen dennoch in Gottes Schöpfung geborgen.

□ 1930-52: Pfarrer. □ 1939: »Mörike« (Biogr.). □ 1940: »Der Nachbar« (Ged.e). □ 1950: »Unruhige Nacht« (Erz.). □ 1954: »Das Brandopfer« (Erz.). □ 1965: »Im Weitergehen« (Es.s). □ 1966: »Dichter und Gedicht« (Es.s). □ 1971: »Kanzelholz« (Predigten). □ 1978: »Lichtschatten du« (Ged.e). □ 1983: »Noch und schon« (Prosa).

▷ W. Bourgoignie: Auf der Suche nach reiner Menschlichkeit, 1965; E. W. Rollins/H. Zohn (Hg.): Men of dialogue. Martin Buber and Albrecht Goes, engl. 1969.

Goetz, Curt

(eig. Kurt Götz)
dt. Schriftsteller, Schauspieler und Regisseur
* 17.11.1888 Mainz
† 12.9.1960 Grabs, Kt. Sankt Gallen (Schweiz)

Als Verfasser geistreicher Gesellschaftskomödien mit pointenreichen Dialogen und liebenswürdigem Humor war Goetz einer der bekanntesten deutschsprachigen Komödiendichter seiner Zeit. Zahlreiche Werke wurden (z. T. unter seiner Regie) verfilmt (u. a. »Dr. med. Hiob Praetorius« 1934; »Das Haus in Montevideo oder Traugotts Versuchung«, 1953).

□ 1907-11: Schauspieler in Rostock und Nürnberg. □ 1923: Hochzeit mit der Schauspielerin Valerie von Martens; »Der Lampenschirm« (Kom.). □ 1929: »Der Lügner und die Nonne« (Kom.). □ 1939: Emigration nach Hollywood. □ 1945: Übersiedlung in die Schweiz. □ 1956: »Nichts Neues aus Hollywood« (Kom.).

▷ C. Goetz / V. v. Martens: Die Memoiren des Peterhans von Binningen / Die Verwandlung des Peterhans von Binningen / Wir wandern, wir wandern, 1960-63.

Goffman, Erving

kanad. Sozialwissenschaftler
* 1922 Manville, Alberta † 1982 Philadelphia (USA)

Goffman wurde 1969 in Deutschland bekannt mit seiner amüsanten und subtilen sozialwissenschaftlichen Studie »Wir alle spielen Theater« (Abh., 1959). Eine alte Metapher — das Leben als Welttheater — wird zu einem großen, grotesk schillernden Gemälde alltäglicher Darstellungskünste und -mechanismen erweitert. Selbstdarstellung (der Überlegene, der Interessierte, der Spontane usw.) ist eine Bedingung erfolgreicher

← Albrecht Goes

Friedrich Gogarten →

← Curt Goetz

sozialer Tätigkeit und mit Amoralität gewürzt, da die moralische Haltung zur Rolle gehört und nicht dem Bedürfnis des Darstellers entspringt.

□ 1958: Prof. für Anthropologie und Soziologie, Univ. Berkeley, Kalif. □ 1967: »Interaktionsrituale« (Schr., dt. 1971). □ 1968: Prof. an der Univ. von Penn. □ 1974: »Rahmen-Analyse« (Schr., dt. 1977).

Gogarten, Friedrich

dt. Theologe (ev.)
* 13.1.1887 Dortmund † 16.10.1967 Göttingen

Mit den Begründern der dialektischen Theologie (K. →Barth, R. →Bultmann, E. →Brunner) wandte sich Gogarten gegen den Historismus der evangelischen Theologie des 19. Jh.s. Er hob den absoluten Gegensatz zwischen Gott und Mensch hervor. Seine Bemühungen um eine theologische Anthropologie sowie sein Beitritt zu den »Deutschen Christen« führten in den 30er Jahren zum Bruch mit Barth. Seine ethischen und politischen Anschauungen haben u. a. auch auf die Soziologie und katholische Theologie Einfluß genommen.

□ 1921: »Die religiöse Entscheidung« (Schr.). □ 1924: »Martin Luther. Vom unfreien Willen« (Hg.). □ 1931-35: Prof. an der Univ. Breslau. □ 1932: »Politische Ethik« (Schr.). □ 1935-55: Prof. an der Univ. Göttingen. □ 1952: »Der Mensch zwischen Gott und Welt« (Schr.). □ 1953: »Verhängnis und Hoffnung der Neuzeit. Die Säkularisierung als theologisches Problem« (Schr.). □ 1966: »Jesus Christus, die Wende der Welt« (Schr.). □ 1967: »Luthers Theologie« (Schr.).

▷ H. Fischer: Christlicher Glaube und Geschichte. Voraussetzungen und Folgen der Theologie F. Gogartens, 1966; P. Lange: Konkrete Theologie? K. Barth und F. Gogarten. »Zwischen den Zeiten« (1922-33), 1972.

Golding, William Gerald

engl. Schriftsteller
* 19.9.1911 St. Columb Minor, Cornwall

Golding, der 1983 den Literatur-Nobelpreis erhielt, entwickelte jenseits der Hauptströmungen des englischen Nachkriegsromans eine originel-

William Golding: Autor des Romans »Herr der Fliegen«.

le Erzählkunst. Sie ist der Versuch einer Synthese von realistischem Roman und allegorischer Sinngebung. Wie viele seiner kulturpessimistischen Werke kreist auch sein bekanntester Roman, »Herr der Fliegen« (1954, dt. 1956; u. a. 1963 verfilmt von P. →Brook), um die Frage nach dem Wesen des Menschen, um den Verlust seiner Unschuld und um das Problem von Schuld und Sünde. Diese Anti-Robinsonade schildert die Geschichte einer Gruppe von Jungen, deren anfänglich demokratisches Verhalten auf einer einsamen Insel im Handlungsverlauf einer diktatorisch-barbarischen Lebensweise weicht.

□ 1935: B. A. am Brasenose College, Oxford. □ 1939/40 und 1945-61: Lehrer in Salisbury. □ 1940-45: Kriegsdienst bei der Marine. □ 1955: »Die Erben« (R., dt. 1964). □ 1959: »Freier Fall« (R., dt. 1963). □ 1964: »Der Turm der Kathedrale« (R., dt. 1983). □ 1967: »Oliver« (R., dt. 1972). □ 1970: Doctor of Letters der Univ. von Sussex, Brighton. □ 1979: »Das Feuer der Finsternis« (R., dt. 1980). □ 1980: »Äquatortaufe« (R., dt. 1983). □ 1987: »Die Eingepferchten« (R., dt. 1988). □ 1989: »Fire Down Below« (R.).

Goldmann, Nahum

dt.-jüd. Politiker
* 10.7.1895 Wischnewo, Posen (heute Wiszniewieć, Polen) † 29.8.1982 Bad Reichenhall

N. Goldmann: Ein Vermittler zwischen Israel und Arabien.

Nach dem Jurastudium in Marburg und Berlin engagierte Goldmann sich ab 1918 in der zionistischen Bewegung, hielt jedoch die Gründung des Staates Israel für verfrüht. 1952 vermittelte er beim Zustandekommen des Wiedergutmachungsvertrags zwischen Israel und der Bundesrepublik. Obwohl sich G., langjähriger Präsident der zionistischen Weltorganisation, im Ausland stets für den Staat Israel einsetzte, blieb er bis zuletzt ein heftiger Kritiker der offiziellen israelischen Politik.

□ 1901: Übersiedlung nach Frankfurt/Main. □ ab 1918: In Berlin. □ 1920: Gründer der Eschkol-Publikations-Gesellschaft; Hg. der Encyclopädia Judaica. □ 1929: Vertreter der Jewish Agency in Genf. □ 1940-64: In den USA. □ 1949-78: Präs. des Jüdischen Weltkongresses. □ 1951: Vors. des Exekutivkomitees der Jewish Agency. □ 1956-68: Präs. der Zionistischen Weltorganisation. □ 1964: In der Schweiz und in Israel. □ 1970: Verhinderung von Vermittlungsgesprächen mit dem ägypt. Präsidenten G. A. el →Nasser durch die israel. Regierung. □ 1974: Als Verrat gewerteter Versuch der Kontaktaufnahme mit PLO-Führer J. →Arafat.

▷ N. Goldmann: Staatsmann ohne Staat. Autobiographie, 1970; ders.: Mein Leben als deutscher Jude, 1979; ders.: Mein Leben. USA — Europa — Israel, 1982.

Hans Goldschmidt →

Goldschmidt, Hans Johann Wilhelm

dt. Chemiker
* 18.1.1861 Berlin † 25.5.1923 Baden-Baden

Goldschmidt entwickelte 1905 ein Verfahren (Aluminothermie) zur Gewinnung reiner, kohlenstofffreier Metalle. Schwer schmelzbare Metalle wie Chrom, Mangan und Molybdän stellte G. in reiner Form her, indem er das bei hohen Temperaturen explosionsartig verbrennende Aluminiumpulver-Metall-Gemisch im Inneren des Schmelztiegels gefahrlos zündete. Abgewandelt wandte G. das sog. Thermit-Verfahren auch auf die Schweißtechnik an; es eignete sich wegen seiner hohen Temperatur besonders zum Schweißen von Eisenbahnschienen.

Richard Goldschmidt →

Goldschmidt, Richard

amer. Zoologe dt. Herkunft
* 12.4.1878 Frankfurt/Main
† 25.4.1958 Berkeley, Kalif.

Goldschmidt entwickelte aufgrund von Untersuchungen über die geographisch bedingten Arten des Schwammspinners (Schmetterling) und das Auftreten von »Intersexen« eine Theorie über »Mechanismus und Physiologie der Geschlechtsbestimmung« (Schr., 1920). Seine anfängliche Vorstellung vom Gen als einem Enzym modifizierte er 1937 und erklärte es als eine Atomgruppe in einem Riesenmolekül, dem Chromosom. Experimente mit Taufliegen führten G. zu der Erkenntnis, daß bestimmte Veränderungen des Phänotyps nicht erblich, sondern umweltabhängig sind.

□ 1911: »Einführung in die Vererbungslehre« (Schr.). □ 1920: »Die quantitativen Grundlagen von Vererbung und Artbildung« (Schr.). □ 1921-35: Dir. am Kaiser-Wilhelm-Inst. für Biologie in Berlin; anschließend Emigration in die USA wegen der nationalsozialistischen Rassengesetze. □ 1936-46: Prof. an der Univ. of Calif. in Berkeley. □ 1940: »The material basis of evolution« (Schr.). □ 1955: »Theoretische Genetik« (Schr., dt. 1961).

▷ R. Goldschmidt: Erlebnisse und Begegnungen (Aut.), 1956, dt. 1959; R. Goldschmidt: Im Wandel das Bleibende (Aut.), postum 1963.

Victor Goldschmidt →

Goldschmidt, Victor Moritz

schweiz.-norweg. Mineraloge und Geochemiker
* 27.1.1888 Zürich
† 20.3.1947 Vestre Aker bei Oslo

Goldschmidt, Begründer der Geochemie, erforschte die Verteilungsgesetze der chemischen Elemente in der Erdrinde und ihren Aufbau. G. erkannte die Zusammenhänge zwischen der Häufigkeit der in Mineralien gebundenen Elemente, ihrem Atomgewicht sowie dem Kristallgitterbau. Mit der Strukturbestimmung von über 200 Mischkristallen stellte G. 1936 in einem nach ihm benannten Diagramm erstmals die Radien von Ionen und Atomen auf.

□ 1914-28: Prof. an der Univ. Oslo. □ 1923-27: »Geochemische Verteilungsgesetze der Elemente, I-VIII« (Schr., Heft IX 1938). □ 1929-35: Prof. an der Univ. Göttingen; Vertreibung durch die Nationalsozialisten und Emigration nach Norwegen. □ 1936-40: Dir. des Geologischen Museums, Oslo; anschließend Verhaftung durch die dt. Besatzer. □ 1942: Flucht und Emigration über Schweden nach England.

Goldstein, Joseph Leonard

amer. Mediziner und Molekulargenetiker
* 18.4.1940 Sumter, S. Car.

Die Nobelpreisträger L. Goldstein (r.) und M. Brown in ihrem Labor in Dallas.

Goldstein, seit 1977 Dekan des Departments für Molekulargenetik an der University of Texas in Dallas, klärte in Zusammenarbeit mit M. St. →Brown die Ursachen von Fettstoffwechselstörungen auf. Aufgrund langjähriger Forschungen über den Cholesterinstoffwechsel fanden sie heraus, daß das im Blut zirkulierende Cholesterin über Rezeptoren in das Innere der Zellen gelangt. Bei krankhaften Veränderungen dieser Rezeptoren steigt der Cholesterinspiegel im Blut und führt schließlich zu Arteriosklerose und Herzinfarkt. Für ihre Entdeckung, die die Entwicklung von Medikamenten zur Aktivierung der Cholesterin-Rezeptoren ermöglicht, erhielten sie 1985 den Physiologie/Medizin-Nobelpreis.

Goldwater, Barry

amer. Politiker
* 1.1.1909 Phoenix, Ariz.

Goldwater, langjähriger Senator und erfolgloser Präsidentschaftskandidat gegen L. B. →Johnson (1964), gilt als »Vater des amerikanischen Konservatismus«. Innenpolitisch wandte er sich gegen staatliche Sozialprogramme; er unterstützte den kommunistenfeindlichen Senator J. R. →McCarthy und war ein Gegner der Entspannungspolitik J. F. → Kennedys.

← Barry Goldwater

□ 1952-64 und 1969-86: Senator für Arizona. □ 1963: Votum gegen den Atomwaffensperrvertrag. □ 1964: Präsidentschaftskandidat gegen L. B. Johnson. □ 1981-84: Vorsitz im Ausschuß für Geheimdienste. □ 1984-86: Vorsitz im Verteidigungsausschuß.

Goldwyn, Samuel

(eig. Samuel Goldfish bzw. Schmuel Gelbfisz)
amer. Filmproduzent poln. Herkunft
* 22.8.1882 Warschau † 31.1.1974 San Francisco

Goldwyn, Einwanderer aus den Slums von Warschau und gelernter Handschuhmacher, ist einer der Väter der Filmstadt Hollywood. Er gründete (1913 und 1916) die Vorläufer der beiden berühmten Produktionsgesellschaften Paramount Pictures, die 1913 den ersten Langfilm Hollywoods (»The Squaw Man«) präsentierte, und Metro-Goldwyn-Mayer. Stars wie G. →Cooper und L. →Olivier gehörten zu seinen Entdeckungen. Mit dem Heimkehrerdrama »Die besten Jahre unseres Lebens« (1946, Rg. W. →Wyler) erzielte er als unabhängiger Produzent einen seiner größten Erfolge (8 Oscars).

Samuel Goldwyn: Ein Pionier der Traumfabrik Hollywood.

□ 1898: Fußmarsch von Warschau nach Hamburg; Fahrt über Birmingham nach Kanada. □ 1899: Leben in den Einwandererslums in New York; Aufstieg zum Vertreter für Handschuhe. □ 1913: Mitbegründer der Produktionsgesellschaft »Jesse L. Lasky Feature Play Company«. □ 1916: Gründung der Filmgesellschaft »Goldwyn Pictures« mit den Brüdern Selwyn. □ 1924: Unabhängiger Produzent mit eigenem Studio. □ 1939: »Wuthering Heights«, Rg. W. Wyler. □ 1959: »Porgy and Bess«, Rg. O. →Preminger.

▷ A. Scott Berg: Goldwyn. A Biography, engl. 1989.

Golgi, Camillo

ital. Histologe
* 7.7.1843 (1844?) Corteno bei Brescia
† 21.1.1926 Pavia

Golgi entwickelte 1873 spezielle histologische Färbemethoden mit Silbersalzen für Zellen, mit denen er beispiellose Erkenntnisse über Feinstruktur und Aufbau des Nervensystems gewann. Mit seiner »reazione nera« fand G. die zwischen den Nervenzellen-Fortsätzen befindlichen Spalten (Synapsen) und viele nach ihm benannte Zellkomponenten sowie die Organellen, deren Erforschung der Elektronenmikroskopie vorbehalten blieb. In den 80er Jahren analysierte G. den Malaria-Parasiten.

□ 1880-1918: Prof. an der Univ. Pavia. □ 1900: Senator der ital. Regierung. □ 1906: Physiologie/Medizin-Nobelpreis mit S. →Ramón y Cajal, dessen Neuronen-Theorie G. allerdings bestritt.

Goll, Claire

dt.-frz. Schriftstellerin
* 29.10.1891(?) Nürnberg † 30.5.1977 Paris

Die Lyrikerin und Erzählerin Goll und ihr Mann, der Schriftsteller Yvan Goll (* 1891, † 1950), schrieben in den 20 Jahren aufsehenerregende, aneinander gerichtete Liebesgedichte im Stil des Surrealismus. Das autobiografische Alterswerk der G., die ein bewegtes Leben in der Schweiz, New York und Paris führte, ist eine bittere Abrechnung mit der Mutter und Freunden, zu denen auch R. M. →Rilke gehörte.

□ 1921: Zweite Ehe mit Yvan Goll. □ 1925: »Gedichte über die Liebe«. □ 1926: »Gedichte über die Eifersucht« und »Gedicht über das Leben und den Tod«. □ 1931: »Ein Mensch ertrinkt« (R.). □ 1933: »Arsenik« (R., 1977 u. d. T. »Jedes Opfer tötet seinen Mörder«). □ 1966: »Briefe« mit Y. Goll. □ 1971: »Traumtänzerin« (Aut.). □ 1976: »Ich verzeihe keinem« (Aut.).

← Claire Goll

Gollancz, Sir (ab 1965) Victor

engl. Verleger und Schriftsteller
* 9.4.1893 London † 8.2.1967 ebd.

Gollancz, der 1960 für sein Lebenswerk den Friedenspreis des Deutschen Buchhandels erhielt, gründete 1928 den Verlag Victor Gollancz, Ltd. für Belletristik und Sachbücher und 1936 den sozialistischen Left Book Club. Nach dem 2. Weltkrieg zeigten zahlreiche Veröffentlichungen des Verlags, aber auch das von G. selbst verfaßte »In darkest Germany« (1947) den Verleger als Gegner der These einer deutschen Kollektivschuld; er befürwortete nachdrücklich die Aussöhnung Großbritanniens mit Deutschland.

▷ V. Gollancz: Auf dieser Erde (Erinnerungen), 1953; R. D. Edwards: Victor Gollancz. A biography, engl. 1987.

← Victor Gollancz

Gollwitzer, Helmut

dt. Theologe (ev.)
* 29.12.1908 Pappenheim, Bayern

Gollwitzers in zahlreichen Veröffentlichungen niedergelegte wissenschaftliche und seelsorgerische Arbeit ist von seinem persönlichen Verständnis des »Christseins in unserer heutigen Welt« bestimmt: Mit der Begründung, daß ein Christ verpflichtet sei, sein Nein gegen den »Rüstungswahn« zu demonstrieren, beteiligte er sich 1985 an den Sitzblockaden des Atomwaffendepots in Mutlangen. Schon 1955 hatte G. gegen die Wiederaufrüstung der Bundesrepublik protestiert. In den 60er Jahren wandte er sich gegen den Krieg in Vietnam und unterstützte die Forderungen der Studentenbewegung um R. →Dutschke. Während der Entführung H. M. →Schleyers 1977 versuchte er die Terroristen von Gewalttaten abzuhalten. G.s Hauptanliegen ist der Dialog sowie die Klärung des Verhälnisses von christlichem Glauben und Wissenschaft, Gesellschaft und Staat.

Helmut Gollwitzer ist in der Friedensbewegung verwurzelt.

□ 1945-49: In sowjet. Kriegsgefangenschaft. □ 1950-57: Prof. an der Univ. Bonn. □ 1954: »Die christliche Gemeinde in der politischen Welt«. □ 1957-75: Prof. an der FU und der Kirchlichen Hochschule, Berlin. □ 1958: »Israel und wir« (Schr.). □ 1957: »Die Christen und die Atomwaffen« (Schr.). □ 1962: »Forderungen der Freiheit. Aufsätze und Reden zur politischen Ethik«. □ 1965: »Denken und Glauben« (Schr.). □ 1967: »Vietnam, Israel und die Christenheit« (Schr.). □ 1970: »Krummes Holz, aufrechter Gang. Zur Frage nach dem Sinn des Lebens« (Schr.). □ 1973/74: Buber-Rosenzweig-Medaille; Carl v. →Ossietzky-Medaille. □ 1974: »Die kapitalistische Revolution« (Schr.). □ 1978: »Befreiung zur Solidarität« (Schr.). □ 1980: »Was ist Religion?« (Schr.).

▷ Festschrift zum 70. Geburtstag, 1978; C. Stern: Zwei Christen in der Politik: Gustav Heinemann und Helmut Gollwitzer, 1978.

Golon, Anne

(eig. Simone Golonbinoff)
frz. Schriftstellerin
* 19.12.1927 Toulon

Golons »Angélique«-Romane (14 Bde., 1957 ff., dt. 1958 ff.) gehören mit einer weltweiten Gesamtauflage von über 1000 Millionen Exemplaren zu den erfolgreichsten Büchern der Welt. Die Autorin unterhält ihre meist weiblichen Leser mit den (erotischen) Abenteuern einer jungen französischen Adeligen aus dem 17. Jh.

Anne Golon →

Goltz, Colmar Freiherr von der

dt. Militär
* 12.8.1843 Bielkenfeld bei Labiau, Ostpreußen
† 19.4.1916 bei Bagdad

Goltz zählte zu den vielseitigsten Militärführern seiner Zeit. Er verfaßte zahlreiche militärhistorische Werke, aber auch schöngeistige Literatur. In der Türkei leitete er zunächst die Militärschulen und reorganisierte später die türkische Armee nach europäischem Muster. Die Bewegung der »Jungtürken« war stark von seinen Anschauungen geprägt. Wegen seiner Kritik an der Militärpolitik des Deutschen Reichs wurde er 1916 auf

Colmar von der Goltz →

den wenig bedeutenden Posten des Generalinspekteurs der Befestigungen abgeschoben.

□ 1867-83: Im Generalstab. □ 1882: »Das Volk in Waffen« (Schr.). □ 1883: »Von Roßbach bis Jena« (Schr.). □ 1883-96: Zur türk. Armee abkommandiert. □ 1896: (türk.) Feldmarschall; Pascha. □ 1911: (preuß.) Generalfeldmarschall; Gründer des Jungdeutschlandbundes. □ 1914: Generalgouverneur in Belgien. □ 1915/16: Türkischer Armeeführer.

▷ H. Teske: Colmar Freiherr von der Goltz. Ein Kämpfer für den militärischen Fortschritt, 1957.

Gombrowicz, Witold

poln. Schriftsteller
* 4.8.1904 Małoszyce, Sandomierz
† 24.7.1969 Vence (Frankreich)

Gombrowicz gehört mit S. →Witkiewicz und Bruno Schulz (* 1892, † 1942) zur literarischen Avantgarde Polens im 20. Jh. Thema seiner grotesk-phantastischen Fabeln ist die ständige Verformung des Menschen durch gesellschaftliche Konventionen, die ihn im Zustand der Unreife halten. Einzelne Passagen aus seinem Roman »Ferdydurke« (1938, dt. 1960) über den Kampf eines 17jährigen gegen die ihm aufgezwungene Reife und Bildung wurden in Polen sprichwörtlich für Entfremdung und für die Anpassung an eine Gesellschaft, deren vornehmliches Ziel in der Entmündigung ihrer Bürger besteht.

□ 1928-34: Jurist und Journalist. □ 1938: »Yvonne, Prinzessin von Burgund« (Dr., dt. 1964). □ 1939-63: Exil in Argentinien. □ 1953: »Die Trauung« (Dr., dt. 1964); »Trans-Atlantik« (R., dt. 1964). □ 1957-66: »Die Tagebücher« (3 Bde., dt. 1961-72). □ 1960: »Verführung« (R., dt. 1963). □ 1964: Übersiedlung nach Frankreich. □ 1965: »Indizien« (R., dt. 1966). □ 1966: »Operette« (UA 1969, dt. 1982).

▷ W. Gombrowicz, Gespräche (Aut.), 1969; F. Bondy/C. Jelensky: Gombrowicz, 1978.

Gomolka, Alfred

dt. Politiker
* 21.7.1942 Breslau (heute Wrocław, Polen)

Gomolka, seit Oktober 1990 Ministerpräsident von Mecklenburg-Vorpommern, war nach der politischen Wende in der DDR im Herbst 1989 zunächst auf regionaler Ebene aktiv. Im März 1990 wurde er in die Volkskammer gewählt und gehörte ihr bis zur Wiedervereinigung an. Als Regierungschef des dünnbesiedelten, kaum industrialisierten Landes bekämpft der promovierte Geograph vordringlich die immense Arbeitslosigkeit: Infolge der Umstrukturierung der Landwirtschaft hatte Mecklenburg-Vorpommern im Februar 1991 die höchste Arbeitslosenquote der BRD (11,3 %).

□ 1960-64: Studium an der Univ. Greifswald. □ 1963: Mitgl. der DDR-CDU. □ 1964/65: Lehrer in Sollstedt (Thüringen). □ 1965: Diplomgeograph; Dozent an der Univ. Greifswald (erneut 1985-89). □ 1968: Austritt aus der CDU, die sich nicht gegen den Einmarsch der Warschauer-Pakt-Truppen in die CSSR aussprach. □ 1971: Promotion; Wiedereintritt in die CDU nach Unterzeichnung der Ostverträge. □ 1979-84: Ratsmitgl. der Stadt Greifswald. □ 1984: Kurzzeitig Vorstandsmitgl. der CDU. □ 1989/90: Mitgl. des CDU-Kreisvorstands Greifswald. □ seit 1990: Ministerpräsident.

Władisław Gomułka →

← Witold Gombrowicz

← Alfred Gomolka

Gomułka, Władisław

poln. Politiker
* 6.2.1905 Krosno, Galizien † 1.9.1982 Warschau

Gomułka, während der deutschen Okkupation kommunistischer Untergrundkämpfer und nach dem Kriege wegen zu eigenständiger Politik gegenüber der Sowjetunion als »Rechtsabweichler« inhaftiert, wurde 1956 zum zweiten Mal Parteiführer der polnischen Vereinigten Arbeiterpartei (1. Sekretär des ZK, Mitglied des Politbüros). Er unterbrach die Kollektivierung der Landwirtschaft und verbesserte das Verhältnis der Partei zur katholischen Kirche. G.s erfolglose Wirtschaftspolitik (Ablehnung westlicher Kredite) führte 1970 zu erheblichen Unruhen in der Bevölkerung und in deren Folge zu seiner Ablösung durch E. →Gierek.

□ 1926: Eintritt in die KP. □ 1932-34 und 1936-39: Wegen gewerkschaftlicher Agitation inhaftiert. □ 1942: Teilnahme am Gründungskongreß der Poln. Arbeiterpartei in Warschau. □ 1942-48: Mitgl. des Politbüros und (ab 1943) Generalsekretär der KP. □ 1945-49: Stellv. Ministerpräs. und Minister für Westgebiete. □ 1951-55: Haft. □ 1956-70: Als Nachfolger B. → Bieruts 1. Sekretär des ZK und Mitgl. des Politbüros. □ 1970: Abschluß des Warschauer Vertrags mit der BRD (W. →Brandt).

Göncz, Arpád

ung. Politiker und Schriftsteller
* 10.2.1922 Budapest

Göncz, der 1988 als Gründungsmitglied des Bundes freier Demokraten an der demokratischen Umgestaltung Ungarns mitwirkte, ist seit 1990 Parlamentspräsident und Staatsoberhaupt der Republik. Der Übersetzer von W. →Faulkner und E. →Hemingway verarbeitete in mehreren Dramen das katastrophale Scheitern der Reformbewegung von 1956 (I. →Nagy). G. warb 1991 bei seinem ersten Staatsbesuch in der BRD um den verstärkten Einsatz von deutschem

Arpád Göncz: Mitgestalter der ungarischen Demokratie.

Unternehmens- und Bankkapital in Ungarn, das durch den ökonomischen Umbau hin zur Marktwirtschaft mit Geldentwertung, hoher Arbeitslosigkeit und Verarmung konfrontiert ist.

□ 1944: Promotion zum Dr. jur. □ 1944: Verwundung nach aktiver Teilnahme am antideutschen Widerstand. □ 1945: Leiter der Budapester Jugendorganisation der Partei der Kleinlandwirte. □ 1951: Nach der zwischenzeitlichen Parteiauflösung Gelegenheitsarbeiter in der Landwirtschaft. □ 1958: Verurteilung zu lebenslänglicher Haft wegen der Teilnahme am Volksaufstand von 1956. □ 1963: Amnestiert; Arbeit als Übersetzer. □ 1969: Fertigstellung des historischen Romans »Sarusok« (ersch. 1974). □ 1989: Präs. des ung. Schriftstellerverbands. □ seit 1990: Staatspräsident.

Gontscharowa, Natalia Sergejewna

russ. Malerin
* 4.6.1881 Ladyschkino
† 17.10.1962 Paris (Frankreich)

Natalia Gontscharowa: Eine vielseitige Avantgardistin.

Natalia Gontscharowa begründete mit ihrem Mann M. →Larionow um 1911 den Rayonismus, einen ersten abstrakten Malstil, bei dem das gesamte Bildfeld in starkfarbige Strahlenbündel unter Einbeziehung von Lichteffekten zerlegt wird. G. nimmt mit dieser Verbindung aus futuristischen und kubistischen Elementen einen wesentlichen Platz innerhalb der russischen Avantgarde ein. Zusammen mit Larionow experimentierte sie auch mit Lichtinstallationen für die Bühne. Ab 1915 in Paris, war sie dann vor allem als Bühnenbildnerin und Kostümzeichnerin tätig, u. a. für S. →Diaghilews Ballets Russes.

▷ M. Chamot: Gontscharowa. Stage design and painting, engl. 1979.

González, Julio

(eig. Julio Luis Jesús González-Pellicer)
span. Bildhauer
* 21.9.1876 Barcelona
† 27.3.1942 Arcueil bei Paris (Frankreich)

González hat mit seinen teilweise oder völlig abstrakten Eisenskulpturen einen wesentlichen Beitrag zur Entwicklung der modernen Metallplastik geleistet. Seine Werke aus Gestängen, Eisenplatten und industriellen Abfallstücken fügte er im Sinne seines Begriffs vom »Zeichnen im Raum« unter Negierung jeder tradierten Vorstellung von Volumen zusammen.
1928 begann G. für P. →Picasso zu arbeiten und ging selbst zu immer stärker abstrahierten Plastiken über. Es entstanden leichte, auf den Raum bezogene, bizarre Gebilde in mehrachsiger Vertikalität wie »Der Traum« (1931-34, Paris, Galerie de France), aber auch horizontal angelegte, aus dem Volumen gearbeitete Werke wie »Liegende Figur« (1936, London, David Grob Gallery). Unter dem Eindruck afrikanischer Kunst schuf G. in den 30er Jahren eine Reihe sog. Masken in großartiger Vereinfachung.

□ ab 1891: Arbeit im väterlichen Kunstschmiedeatelier in Barcelona; Zeichenunterricht. □ 1900-28: Wohnsitz in Paris; Tätigkeit als Kunstschmied; Freundschaft mit Picasso. □ ab 1928: Beschäftigung mit der Eisenplastik. □ um 1932: »Maske: licht und schattig« (Paris, Galerie de France). □ 1938-40: »Monsieur Cactus« (Paris, Musée National d'Art Moderne, Centre Georges Pompidou).

▷ V. Aguilera Cerni: Julio González, span. 1971.

Felipe Gonzáles →

González Márquez, Felipe

span. Politiker
* 5.3.1942 Sevilla

González, seit 1982 spanischer Ministerpräsident, erwarb durch seinen gemäßigt-pragmatischen, an der westeuropäischen Sozialdemokratie orientierten Regierungskurs auch im Ausland hohes staatsmännisches Ansehen. Unter der Führung des Generalsekretärs der Sozialistischen Arbeiterpartei Spaniens (PSOE) gewann die junge Demokratie an Stabilität. Seine Industrialisierungspolitik forderte jedoch angesichts der trotz eines enormen Wirtschaftswachstums nach dem EG-Beitritt (1986) gleichbleibend hohen Arbeitslosigkeit wiederholt die Kritik vor allem der sozialistischen Gewerkschaften heraus. Innenpolitisch blieb darüber hinaus der blutige Terror der Untergrundorganisation ETA, die einen selbständigen baskischen Staat fordert, ein beherrschendes Problem.

□ 1964: Mitgl. des im Untergrund tätigen PSOE. □ 1965-70: Mitgl. des Provinzkomitees und des Nat. Komitees des PSOE. □ 1966: Nach Abschluß des Jurastudiums in Belgien Rechtsanwalt in Sevilla. □ 1974: Generalsekretär der Partei. □ 1976: »Was ist Sozialismus?« (Schr.). □ 1977: Abschluß des Moncloa-Paktes zur Überwindung der Wirtschaftskrise zwischen der regierenden Union des demokratischen Zentrums (A. →Suárez) und den oppositionellen Sozialisten (González) und Kommunisten (S. →Carrillo). □ seit 1982: Ministerpräsident.

Goodman, Benjamin David »Benny«

amer. Jazzmusiker
* 30.5.1909 Chicago, Ill. † 13.6.1986 New York

Goodman war als der »König des Swing« der Inbegriff des Jazz-Klarinettisten, spielte einen runden, eleganten Ton und machte den Swing zum wohl auch heute noch populärsten Jazz-Stil. Nahezu alle herausragenden Musiker des Swing, wie W. »Count« →Basie, Teddy Wilson, Gene Krupa, L. → Hampton, St. →Getz, Roy Eldridge und Zoot Sims, spielten in seinen unterschiedlichen Bands oder nahmen mit ihm Platten auf. Als erster weißer Orchesterchef engagierte er farbige Musiker. Er trat auch als Konzertklarinettist z. B. mit dem Budapester Streichquartett auf und spielte Werke von B. →Bartók, A. →Copland, P. →Hindemith und Mozart. Das Leben dieses Musikers diente mehreren Filmen als Vorlage.

Benny Goodman beim Allstar Swing Festival 1973.

□ 1921: Erstes Engagement bei Benny Meroff. □ 1924: Mitgl. der Austin High School Band. □ 1926-29: Engagement bei Ben Pollack. □ 1930: Umsiedlung nach New York. □ 1934: Erste eigene Band. □ 1935: Legendäres Konzert am 21.8. im Palomar Ball Room von Los Angeles. □ 1938: Als erster Jazzmusiker Auftritt in der New Yorker Carnegie Hall. □ 1948: »A song is born« (F.). □ 1950: Erste Europatournee. □ 1955: »The Benny Goodman Story« (F.). □ 1958/59: TV-Show »Swing into spring«. □ 1962: UdSSR-Tournee. □ 1978: Neuauflage des Konzerts von 1938 in der New Yorker Carnegie Hall.

Goodman, Nelson

amer. Philosoph
* 7.8.1906 Sommerville, Mass.

Goodman, führender Vertreter der analytischen Philosophie in Amerika, beeinflußte die Wissenschaftstheorie durch seine Entdeckung eines neuen Rätsels der Induktion. In seinem Hauptwerk »Tatsache, Fiktion, Voraussage« (1954) wies G. erstmals auf das Problem der Unterscheidung von gültigen und ungültigen induktiven Schlüssen hin.
Ausgehend von dem Bemühen um die Schaffung und Anwendung einer unmißverständlichen Wissenschaftssprache mit logischer Syntax und den Versuchen R. →Carnaps, Begriffe und Aussagen empirischer Nachprüfbarkeit zu unterziehen, erweitere G. seine sprachphilosophischen Analysen auch auf nicht-verbale Symbolsysteme. Mit der Schrift »Die Sprachen der Kunst. Ein Ansatz zur Symboltheorie« (1968, dt. 1973) überwand G. die Trennung zwischen Wissenschaft und Kunst, deren bildliche Darstellungen oder musikalische Notationen ebenfalls als Elemente einer strukturalen Linguistik angesehen werden müssen.

← Nelson Goodman

□ 1946-64: Prof. an der Univ. of Penn.; anschließend an der Brandeis-Univ., Mass. (bis 1967). □ 1951: »The structure of appearance« (Schr.). □ 1968-77: Prof. an der Harvard Univ. □ 1972: »Problems and projects« (Schr.). □ 1978: »Ways of worldmaking« (Schr.).

Goppel, Alfons

dt. Politiker
* 1.10.1905 Reinhausen bei Regensburg

Alfons Goppel →

Nachdem der bayerische Ministerpräsident Hans Ehard 1962 seinen Verzicht auf Wiederwahl erklärt hatte, wurde Goppel zu dessen Nachfolger gewählt. Die Errichtung eines »Ministeriums für Landesentwicklung und Umweltfragen« (1970) wird zu seinen Verdiensten gezählt. Mit einer konservativ-bodenständigen Politik stieß G. in Bayern auf große Zustimmung (1974: 62 % für die CSU). Gestützt auf solche Wahlergebnisse konnte er im Bundesrat wiederholt gegen den Willen des Vorsitzenden seiner Partei, F. J. →Strauß, votieren (so 1976: Zustimmung zum deutsch-polnischen Vertrag).

□ 1930-33: Mitgl. der Bayer. Volkspartei. □ 1945: Mitgründer der CSU. □ 1945: Rechtsrat der Stadt Aschaffenburg. □ 1952: Bürgermeister von Aschaffenburg. □ ab 1954: MdL. □ 1958: Bayer. Innenmin. □ 1962-78: Ministerpräsident von Bayern. □ 1979-84: MdEP. □ 1980: Gründer der Alfons-Goppel-Stiftung für humanitäre und soziale Entwicklungshilfe.

Gorbatschow, Michail S.

sowjet. Politiker
* 2.3.1931 Priwolnoje, Gebiet Stawropol

Gorbatschow blieb — für viele überraschend — nach dem gescheiterten Putschversuch orthodoxer Kommunisten im August 1991 vorerst Staatspräsident einer im Wandel begriffenen Sowjetunion. Er konnte sich gegen den russischen Präsidenten B. →Jelzin, der an der Spitze des demokratischen Widerstands zum Volkshelden geworden war, und andere Kritiker nur behaupten, weil er sofort die Initiative ergriff, selbstkritisch mit Jelzin zusammenarbeitete und die kompromißlose Durchsetzung von Reformen ankündigte. Nach Absetzung des gesamten Kabinetts stellte G. als Vorsitzender eines neugebildeten Staatsrats vorgezogene Parlaments- und Präsidentschaftswahlen direkt nach Unterzeichnung eines neuen Unionsvertrages in Aussicht. Die zukünftige Staatsform sollte nach Verhandlungen mit den nach Souveränität strebenden Teilrepubliken (ohne das Baltikum) festgesetzt werden. G. trat als Generalsekretär der KPdSU zurück, das Parteivermögen wurde in treuhänderische Verwaltung übergeben. Als neues Staatsorgan wurde ein »interrepublikanisches Komitee« zur Steuerung der Wirtschaft gebildet.

Michail Gorbatschows »Perestroika« setzte den Umschwung in Osteuropa in Gang.

G. hatte nach seiner Wahl zum Generalsekretär der KPdSU (1985) die bis dahin größten Reformanstrengungen in der Geschichte der Sowjetunion unternommen. Sein Programm umfaßte die wirtschaftliche und soziale Umgestaltung (»Perestroika«) des Landes sowie die Herstellung von Öffentlichkeit (»Glasnost«) in Abkehr von der restriktiven Informationspolitik des alten Regimes. Uneingeschränkt erfolgreich war G. jedoch nur auf dem Gebiet der Außenpolitik. Die Ablösung von Außenminister A. →Gromyko durch E. A. →Schewardnadse (1985), das Abkommen mit den USA über die Beseitigung aller Mittelstreckenwaffen (1987) sowie der Rückzug der sowjetischen Truppen aus Afghanistan (ab 1988) bedeuteten die Abkehr von hegemonialer Großmachtpolitik. Seine Zustimmung zur deutschen Wiedervereinigung (1990) entsprang der Einsicht in den unaufhaltsamen Zerfall des Ostblocks und die politische Instabilität der DDR. Innenpolitisch stand G. im Gegensatz zu Radikalreformern wie B. Jelzin und Funktionären des alten Parteiapparats wie J. →Ligatschow und Kräften des Militärs. Die zögerliche Einführung marktwirtschaftlicher Elemente, die dadurch mitbedingte Versorgungskrise sowie die ethnischen Konflikte des Vielvölkerstaates brachten G. gegen Ende der 80er Jahre in der Öffentlichkeit zunehmend in Bedrängnis. Andererseits war es gerade sein Zickzackkurs zwischen vorsichtigen Reformen und Zugeständnissen an die Reaktion, der die sowjetische Nomenklatura jahrelang beschwichtigte und die demokratischen Kräfte im Volk wachsen ließ.
Im September 1991 berief G. einen Konsultativrat, der ihn in seinen Wirtschaftsreformen unterstützen soll (Mitglieder sind u. a. E. A. Schewardnadse und A. →Sobtschak).

□ 1950-55: Jurastudium. □ 1952: Mitgl. der KPdSU. □ 1958-62: Sekr. des Komsomol des Gebiets (Kraj) Stawropol. □ 1962-66: Abteilungsleiter im Gebietskomitee der KPdSU. □ 1966-68: Parteivors. der Stadt Stawropol. □ 1967/68: Jurastudium in Moskau; Studium am Agrarinst. in Stawropol. □ 1970-78: 1. Sekr. des Gebiets Stawropol. □ 1971: Vollmitgl. im ZK der KPdSU. □ 1978: Berufung zum ZK-Sekr. und Leitung der Abteilung Agrarwirtschaft im ZK. □ 1980: Vollmitgl. des Politbüros. □ 1985-91: Generalsekretär der KPdSU. □ 1988: »Perestroika« (Schr., dt.). □ 1990: Wahl zum Staatspräsidenten durch den Kongreß der Volksdeputierten; Friedens-Nobelpreis. □ Sept. 1991: Ankündigung einer drastischen Einschränkung der militärischen und wirtschaftlichen Hilfe für Kuba (Truppenabzug).

▷ K. Löw: Das Prinzip Gorbatschow, Anspruch und Wirklichkeit, 1989; G. Sheehy: Gorbatschow: Der Mann, der die Welt verändert hat, 1991.

Gordimer, Nadine

engl.spr. südafr. Schriftstellerin
* 20.11.1923 Springs, Transvaal

Gordimer, Literatur-Nobelpreisträgerin von 1991, ist mit ihrem umfangreichen Œuvre eine der bedeutendsten südafrikanischen Schriftstellerinnen der Gegenwart. Ihre Werke sind literarische Auseinandersetzungen mit dem Apartheidsystem und seinen deformierenden Auswirkungen auf die weiße und schwarze Bevölkerung. Bevorzugte Themen ihrer Erzählungen und Romane, die fast alle in Südafrika spielen, sind das Problem der schwarzen Selbstbestimmung, die gesellschaftliche Determinierung des einzelnen und die Konflikte in einer fiktiven Zeit nach dem Ende der weißen Vorherrschaft. So schildert z. B. ihr Roman »Der Ehrengast« (1970, dt. 1986) die Erlebnisse eines liberalen Weißen in einem imaginären afrikanischen Staat nach der Unabhängigkeit. Die politische Thematik dominiert auch in G.s Roman »Burgers Tochter« (1979, dt. 1982), in dessen Mittelpunkt die Suche der Tochter eines weißen Anti-Apartheid-Aktivisten nach Identität und Stellung in der südafrikanischen Gesellschaft steht. Formal zeichnen sich G.s Werke, die trotz ihrer regimekritischen Grundhaltung mit Propaganda nichts gemein haben, durch detailreiche Beschreibungen des südafrikanischen Milieus aus.

Nadime Gordimer kritisiert in ihrem Werk die Unmenschlichkeit der Apartheidspolitik.

☐ 1949: »Face to Face: Short Stories«. ☐ 1953: »Entzauberung« (R., dt. 1978). ☐ 1956: »Clowns im Glück« (Erz.n, dt. 1982). ☐ 1958: »Fremdling unter Fremden« (R., dt. 1962). ☐ 1963: »Anlaß zu lieben« (R., dt. 1983). ☐ 1969/70: Gastdozenturen, u. a. an den Univ.n Harvard und Princeton. ☐ 1971: Prof. für kreatives Schreiben an der Columbia Univ. ☐ 1974: »Der Besitzer« (R., dt. 1977). ☐ 1981: »Julys Leute« (R., dt. 1983). ☐ 1984: »Eine Stadt der Toten, eine Stadt der Lebenden« (Erz.n, dt. 1985). ☐ 1987: »Ein Spiel der Natur« (R., dt. 1987). ☐ 1991: »Die Geschichte meines Sohnes« (R., dt. 1991); Literatur-Nobelpreis als erste Südafrikanerin und als siebte Frau überhaupt.

▷ R. F. Haugh: Nadine Gordimer, 1974; St. Clingman: The novels of Nadine Gordimer, engl. 1986.

Göring, Hermann

dt. Politiker und Militär
* 12.1.1893 Marienbad bei Rosenheim
† 15.10.1946 Nürnberg (Selbstmord)

H. Göring gründete 1933/34 die gefürchtete Gestapo.

Neben H. →Himmler und J. →Goebbels war Göring der dritte Gefährte A. →Hitlers, der von Beginn an dessen Weg in blindem Gehorsam gefolgt war. Hinter G.s Prunksucht und Eitelkeit, der er mit einer Vielzahl von Titeln frönte (u. a. Reichsjägermeister), verbarg sich ein fanatischer Rassenhaß. Ab 1933 betrieb er den heimlichen Aufbau der Luftwaffe und leitete ab 1936 die deutsche Aufrüstung als Generalbevollmächtigter für den Vierjahresplan. Mit der Gründung der Gestapo 1933/34 organisierte G. die brutale Unterdrückung der Opposition und mit Himmler die Errichtung der Konzentrationslager. Während des Krieges verlor er an Einfluß. Im April 1945 ließ ihn Hitler wegen heimlicher Verhandlungen mit den Alliierten verhaften und aller seiner Ämter entheben. Vom Internationalen Militärtribunal in Nürnberg wurde G. als Kriegsverbrecher zum Tode verurteilt.

☐ 1918: Kommandeur des Jagdgeschwaders »Richthofen«. ☐ 1919-21: Testpilot in Dänemark und Schweden. ☐ ab 1922: Mitgl. der NSDAP. ☐ 1923: Beteiligung am Hitlerputsch. ☐ 1928: MdR. ☐ 1932: Reichstagspräs. ☐ 1933: Reichsmin. ohne Geschäftsbereich und Beauftragter für die Luftfahrt; zugleich preuß. Ministerpräsident und Innenmin. (bis 1934); »Aufbau einer Nation« (Schr.). ☐ ab 1935: Oberbefehlshaber der Luftwaffe. ☐ 1936: Generalbevollmächtigter für den Vierjahresplan. ☐ ab 1938: Generalfeldmarschall. ☐ 1939: Zum künftigen Nachfolger Hitlers bestimmt. ☐ 1940: Reichsmarschall.

▷ W. Paul: Wer war Hermann Göring?, 1983; St. Martens: Hermann Göring, 1985.

Maxim Gorki begründete den sozialistischen Realismus in der sowjetischen Literatur.

Gorki, Maxim

(eig. Alexej Maximowitsch Peschkow)
sowjet. Erzähler und Dramatiker
* 28.3.1868 Nishni Nowgorod (heute Gorki)
† 18.6.1936 Gorki bei Moskau

Gorki — das Pseudonym bedeutet »der Bittere« — wurde in der UdSSR lange als Inbegriff des sowjetischen Schriftstellers gefeiert. Als erster Vorsitzender des 1934 gegründeten Schriftstellerverbandes propagierte er konsequent den sozialistischen Realismus.
G. führte die »Barfüßler« — Lumpenproletarier und Asoziale — in die russische Literatur ein, und zwar mit Erzählungen wie »Tschelkasch« (1895, dt. 1901) und naturalistischen Dramen. »Nachtasyl« (1902, dt. 1903) gehört zum Standardrepertoire der Bühnen in aller Welt; sein Werk »Die Mutter« (1906, dt. 1908) wird von der sozialistischen Kritik bis heute als Prototyp des proletarischen Romans bezeichnet.
Zahlreiche russische Autoren verdanken G. Entdeckung und Förderung, u. a. L. →Andrejew. Wegen Differenzen zunächst mit dem Zaren, dann mit dem Sowjetstaat verbrachte G. viele

Jahre im Exil; nach der endgültigen Heimkehr machte er sich jedoch die Leitlinien der offiziellen Kulturpolitik zu eigen. Dennoch durfte er, auch wegen Meinungsverschiedenheiten mit J. →Stalin, in den letzten Lebensjahren die UdSSR nicht mehr verlassen.

□ 1891/92: Wanderarbeiter in Südrußland. □ 1892: Debüt mit »Makar Tschudar« (Erz., dt. 1901). □ 1900: Gründer und Leiter des Verlags Wissen. □ 1901: »Das Lied vom Sturmvogel« (Ged., dt. 1901). □ 1902: Debüt als Dramatiker mit »Kleinbürger« (dt. 1902). □ 1905: Bekanntschaft mit Lenin. □ 1906-13: Erstes Exil. □ 1908: »Die Beichte« (Erz., dt. 1924). □ 1913-23: Aut. Trilogie »Kindheit« (dt. 1917); »Unter fremden Menschen« (dt. 1918) und »Meine Universitäten« (dt. 1923). □ 1921-31: Zweites Exil. □ ab 1924: Aufenthalt in Sorrent. □ 1925-36: »Klim Samgin« (R., dt. 1952-57). □ 1931: Rückkehr in die Sowjetunion.

Gorky, Arshile

(eig. Vosdaning Manoog Adoian)
amer. Maler armen. Herkunft
* 25.10.1906 Hayotz Dzore, Türkisch-Armenien
† 21.7.1948 Sherman, Conn. (Selbstmord)

Gorky verfolgte in seinem Werk Methoden des surrealistischen Automatismus, mit denen er zunehmend in abstrakte Bereiche vorstieß. So wurde er zum Vorläufer des Action Painting und Wegbereiter des Abstrakten Expressionismus, der großen Richtung der nichtgeometrischen Abstraktion. Seine reifsten Bilder sind geprägt von starkfarbigen halbabstrakten Formen, die im Raum schweben und traumartige Eindrücke darstellen. Sie geben seiner automatistischen, aus dem Unbewußten schöpfenden Malweise Ausdruck (»Tisch, Landschaft, Das Unzugängliche«, 1945, Baltimore, Museum of Art).

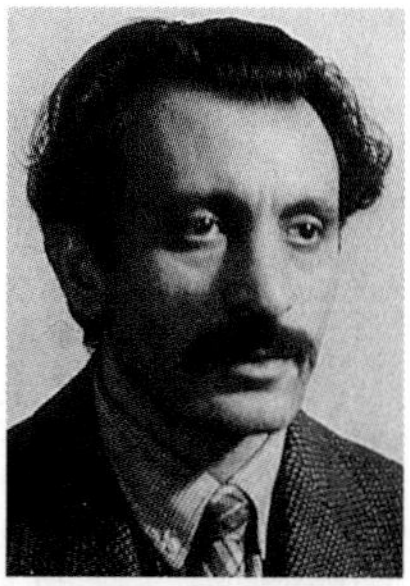
← Arshile Gorky

□ 1920: Emigration in die USA. □ 1927-32: Verarbeitung der Einflüsse P. → Cézannes und P. → Picassos. □ um 1935: Kubistisch konzipierte Stilleben. □ um 1940: Einfluß J. → Mirós. □ ab 1944: Nach der Begegnung mit den Surrealisten A. → Breton, M. → Ernst, R. → Matta Beginn der automatistischen Phase.

▷ H. Rand: Arshile Gorky. The implication of symbols, engl. 1981.

Gorski, Alexander Alexejewitsch

russ. Tänzer und Choreograph
* 18.8.1871 St. Petersburg † 20.10.1924 Moskau

Gorski revolutionierte das traditionelle, von M. →Petipa geprägte russische Ballett, indem er Klassiker des Ballett-Repertoires nach einer exakten, an der Tanzschrift W. Stepanows orientierten Choreographie neu einstudierte und, die Vorstellungen des Theaterpädagogen K. →Stanislawski auf die Tanzbühne übertragend, dramatisch-realistische Handlungsballette schuf, u. a. »Salomes Tanz« (1921, M.: R. →Strauss) und »Die Venusgrotte« (1923, M.: aus R. Wagners Oper »Tannhäuser«).

□ 1895: Solotänzer am Marijinskij-Theater in St. Petersburg. □ 1898: Erste Choreographie am Bolschoi-Theater Moskau, »Dornröschen«. □ 1900: Wechsel ans Bolschoi-Ballett nach Moskau; Choreographie von »Don Quixote«. □ 1902: Ernennung zum Ballettmeister. □ 1910: »Salammbo«. 1912: Choreographie von »Le Corsaire«, beeinflußt von I. → Duncan. □ 1918: »Stenka Rasin« (M.: A. →Glasunow). □ 1919: »Nußknacker« (A. Tschaikowski).

Gottschalk, Hans

dt. Autor, Film- und TV-Produzent
* 31.7.1926 Stuttgart

Gottschalk entwickelte nach seinem Ausscheiden aus der Bavaria Atelier GmbH, in der er 1959-73 ca. 2000 TV- und Filmproduktionen verantwortete, beliebte Serien wie »Polizei-Inspektion 1« (Start 1976) und »Der Alte« (Start 1977) für die Neue Münchner Fernsehproduktion. Ab 1977 produzierte er in seiner Firma »Galaxy Film« weitere TV-Serien (»Ein Fall für zwei«, Start 1981). Seinen ersten Erfolg als Drehbuchautor hatte G. 1955 mit der TV-Adaption von A. →Goes' »Unruhige Nacht« (Erz., 1950).

□ 1946-48: Leiter der Studiobühne an der Univ. Tübingen. □ 1951/52: Regieassistent am Württ. Staatstheater in Stuttgart. □ 1954-59: Leiter der Abteilung Fernsehspiel beim SDR. □ 1956: Drehbuch für »Der Richter und sein Henker« (nach F. → Dürrenmatt). □ 1970: Adolf-Grimme-Preis für den Film »Der Attentäter«. □ 1975: Drehbuch für »Aufs Kreuz gelegt« (Rg. W. → Petersen).

Gottschalk, Thomas

dt. Funk- und Fernsehmoderator
* 18.5.1950 Bamberg

Thomas Gottschalk →

Gottschalk hat sich als Moderator der ZDF-Sendung »Na sowas« (1982-87) und der Samstagabendunterhaltungshow »Wetten, daß..?«, die er 1987 von F. → Elstner übernahm, als einer der Talentiertesten der jungen deutschen Showmaster-Generation erwiesen. Der ehemalige Jungredakteur des BR war u. a. durch die freche Moderation der Hörfunksendung »Pop nach acht« bekannt geworden. In Ulk-Filmen, die er seit 1981 vor allem mit Mike Krüger dreht, stellt sich G. zudem als schauspielernder Komiker vor.

□ 1971: Während des Lehramtstudiums (Geschichte und Deutsch) freier Mitarbeiter beim BR. □ 1976: Anstellung als Redakteur. □ 1977: Moderator der »Telespiele« (ab 1980 von der ARD übernommen). □ 1982: Wechsel zum ZDF. □ 1983: Goldene Kamera (erneut 1985). □ 1988: Gründung der Produktionsfirma Power Company.

Gottwald, Klement

tschech. Politiker
* 23.11.1896 Dědice, Mähren (heute zu Výskov)
† 14.3.1953 Prag

Klement Gottwald →

Nach dem kommunistischen Staatsstreich im Februar 1948 wurde Gottwald zum Staatspräsidenten der Tschechoslowakei gewählt. Er ließ zunächst die Opposition ausschalten (Zwangsvereinigung mit den Sozialdemokraten, Verbot aller »reaktionären« Gruppen) und wandelte danach das Land in eine Volksdemokratie nach stalinistischem Muster um (u. a. durch Schauprozesse, Zwangskollektivierung und einen ausgeprägten Personenkult).

□ 1920: Mitgl. der Sozialdemokratischen Partei. □ 1921: Mitbegründer der Kommunistischen Partei der Tschechoslowakei (KPC). □ 1929: Mitgl. der Nationalversammlung; Generalsekretär der KPC. □ 1934-36, 1939-45: Exil in der UdSSR. □ 1945: Generalsekretär der KPC, stellv. Ministerpräsident und Führer der Nationalen Front. □ 1946-48: Ministerpräsident einer Koalitionsregierung der Nationalen Front. □ 1948-53: Staatspräsident.

Gould, Glenn

kanad. Pianist
* 25.9.1932 Toronto † 4.10.1982 ebd.

Gould, bereits zu Lebzeiten einer der gefeiertsten Pianisten des Jahrhunderts, blieb als Person in seiner Exzentrik und selbstgewählten Isolation seinen Mitmenschen in weiten Bereichen verschlossen. Das Wunderkind, das schon als Dreijähriger einmal gehörte Melodien auf dem Klavier nachspielte, gab mit 13 Jahren sein erstes Solokonzert — und wurde als Genie erkannt.

Glenn Gould: Der Exzentriker gab mit nur 32 Jahren sein letztes Konzert.

G. gelangen durch das »Visualisieren« von Musik immer wieder überraschende Neuinterpretationen. Die Werke von Beethoven und Mozart, die Kontrapunktik in der Musik von Bach gab er in eigenwilliger, irritierender wie offenbarender Weise wieder.
Der menschenscheue Pianist, der durch ungewöhnliche Bühnenauftritte sein Publikum empörte und irritierte, gab 1964 sein letztes öffentliches Konzert. Im Anschluß daran bespielte er unzählige, technisch ausgefeilte, aus »Splices« (Sequenzen) zusammengesetzte Schallplatten und ging damit in die Geschichte der modernen Musikinterpretation ein.

Juan Goytisolo →

□ 1945: Erstes Solokonzert. □ 1947: Orchesterdebüt mit dem Toronto Symphony Orchestra. □ 1950: Erste Schallplattenaufnahme. □ 1956: Einspielung von Bachs »Goldberg-Variationen«. □ 1964: Rückzug aus der Öffentlichkeit. □ 1965: Reise zur Antarktis; »The Idea of North« (Hsp. in Form einer Triosonate).

▷ J. Cott: Telefongespräche mit Glenn Gould, 1987; A. Kazdin: Glenn Gould. Ein Porträt, dt. 1990.

Gowers, Sir (ab 1897) William Richard

brit. Mediziner
* 20.3.1845 London † 4.5.1915 ebd.

Gowers erforschte Anatomie und Neurologie des Gehirns und des Rückenmarks. Nach ihm ist das Gowers-Bündel im Rückenmark benannt sowie zahlreiche, von ihm beschriebene Syndrome. Unter Gowers-Zeichen versteht man die paradoxe Pupillenerweiterung bei Lichteinfall. Auf G., der sich auch um die Erforschung der Epilepsie verdient gemacht hat, geht die Methode der Zählung von Blutkörperchen zurück.

□ ab 1872: Prof. am Univ. College Hospital, London. □ 1879: »Die Ophthalmoskopie in der inneren Medizin« (Schr., dt. 1893). □ 1886-88: »Handbuch der Nervenkrankheiten« (2 Bde., dt. 3 Bde., 1892). □ 1907: »The borderland of epilepsy« (Schr.).

Goytisolo, Juan

span. Schriftsteller
* 5.1.1931 Barcelona

Goytisolo ist einer der auffälligsten und im Ausland bekanntesten zeitgenössischen Romanschriftsteller Spaniens. Mit »Identitätszeichen« (1966, dt. 1978) entfernte er sich endgültig vom objektiven Realismus, dem bevorzugten Stil der Nachkriegszeit, und fand eine neue Schreibweise, die sich durch eine Vielfalt von Stilelementen, Brüche in der Erzähltechnik, eine komplexe Zeit-Raumstruktur sowie variable Sprachbehandlung (Fremdsprachen bleiben oft unübersetzt) auszeichnet. Der Roman ist eine aggressive Abrechnung mit der Franco-Ära. G.s Hauptfigur, Alvaro Mendiola, der er autobiografische Züge verlieh, findet in der spanischen Gesellschaft keinen Platz; Identifikationsmöglichkeiten bieten ihm neben Randgruppen wie den Zigeunern nur außereuropäische Völker, vor allem Araber. G., der 1957 ins Exil nach Frankreich ging, förderte die Verbreitung moderner spanischer Literatur in Frankreich.

□ 1954: »Die Falschspieler« (R., dt. 1958). □ 1955: »Trauer im Paradies« (R., dt. 1958). □ 1956: »Das Fest der anderen« (R., dt. 1960). □ ab 1957: Freiwilliges Exil in Paris; als Mitarbeiter des Verlagshauses Gallimard Einflußnahme auf die Übersetzung und Herausgabe moderner span. Literatur. □ 1958: »Strandgut« (R., dt. 1965). □ 1960: Darstellung der Armut in Andalusien in »Die Felder von Níjar« (Reiseb.). □ 1970: »Rückforderung des Conde Don Julián« (R., dt. 1976). □ 1975: »Johann ohne Land« (R., dt. 1981).

Grabner, Hermann

österr. Musikpädagoge und Komponist
* 12.5.1886 Graz † 3.7.1969 Bozen (Italien)

Grabner erweiterte die sog. funktionale Harmonielehre des Musikforschers H. → Riemann (»Die wichtigsten Regeln des funktionellen Tonsatzes«, Schr., 1935) und verfaßte zahlreiche musiktheoretische Schriften, die er als pädagogische Lehrwerke konzipierte (»Anleitung zur Fugenkomposition«, 1934; »Generalbaßübungen«, 1936; »Musikalische Werkbetrachtung«, 1950). Als Komponist stand der Schüler von M. → Reger der Orgelbewegung (H. →Distler) nahe (»Media vita in morte sumus«, Bearbeitung für Orgel, 1925).

□ 1913: Theorielehrer am Konservatorium in Straßburg. □ 1919-24: Dozent an der Mannheimer Musikhochschule sowie an der Heidelberger Musikakademie. □ 1924-38: Lehrer für Komposition am Leipziger Konservatorium. □ 1930: Universitätsmusikdir. in Leipzig. □ 1938-45: Prof. für Komposition an der Berliner Musikhochschule. □ 1950/51: Prof. am Berliner Konservatorium. □ 1958: »Die Kunst des Orgelbaus« (Schr.). □ 1963: »Die pädagogische Bedeutung der Werkanalyse« (Schr.).

Gracia Patricia → Kelly, Grace

Graebner, Fritz

dt. Völkerkundler
* 4.3.1877 Berlin † 13.7.1934 ebd.

Graebner zählt neben L. →Frobenius und W. →Schmidt zu den wichtigsten Vertretern der deutschen Kulturkreislehre. G. vertrat die These, von nur wenigen kulturellen Entstehungszentren habe sich der geistige Kulturbesitz (Sprache, Mythen, soziale Organisation, etc.) durch Wanderungsbewegungen größerer Menschengruppen weiträumig ausgebreitet. G. teilte Australien, Südostasien und die Südsee in Kulturkreise ein, die Afrika und später auch Amerika mit einbezogen. Diese vergleichende Methode der Geschichtsforschung, entwickelt aus berechtigter Kritik am klassischen Evolutionismus, ist seit den 40er Jahren überholt.

□ 1903: »Kulturkreise und Kulturgeschichten in Ozeanien« (Schr.). □ 1904: Forschungsreise zum Bismarck-Archipel. □ 1906: Assistent am Völkerkundemuseum in Köln; nach dem 1. Weltkrieg Dir. bis 1928. □ 1908: »Die sozialen Systeme der Südsee« (Schr.). □ 1911: Theoretisches Hauptwerk »Die Methode der Ethnologie«. □ 1924: »Das Weltbild der Primitiven« (Schr.).

← Fritz Graebner

Graeser, Camille Louis

schweiz. Maler
* 27.2.1892 Carouge, Kt. Genf
† 21.2.1980 Wald, Kt. Zürich

Graeser entwickelte innerhalb der vom Konstruktivismus ausgehenden Kunst seine eigenständige Variante. In die vor allem mit geometrisch-abstrakten meist rechtwinklig angelegten Bildkompositionen brachte er auch strukturierende Elemente wie Streifen oder Quadrate ein. Daneben wandte er das Prinzip der Reihung von farblich auf die Gesamtwirkung abgestimmten Streifen an. Interessant ist die Aufteilung der Bildfläche in nur zwei oder drei hart gegeneinander gesetzte Farbfelder, mit denen er Prinzipien der Minimal Art vorwegnahm.

□ 20er Jahre: Tätigkeit als Innenarchitekt, u. a. für L. →Mies van der Rohes Bauten der Weißenhofsiedlung in Stuttgart. □ ab 1933: Tätigkeit als Maler; u. a. mit M. →Bill zum Kreis der sog. Zürcher Konkreten. □ ab den 50er Jahren: Äußerste Minimalisierung der Bildelemente. □ 1956/57: Polychromes Aluminium-Relief für den Sitzungssaal der Aluminium-Industrie AG, Zürich. □ ab 1974: Entwicklung zweifarbiger Volumen-Konstruktionen.

▷ W. Rotzler, Camille Graeser, 1979.

← Camille L. Graeser

Graf, Oskar Maria

dt. Schriftsteller
* 22.7.1894 Berg am Starnberger See
† 28.6.1967 New York (USA)

Graf, bayerischer Katholik und internationaler Sozialist in einer Person, lebte ab 1938 in den USA im Exil. Bekannt geworden mit volkstümlich-humorvollen, aber gesellschaftskritischen Romanen über bayerisches Dorf- und Kleinstadtleben, beschwor er bereits in den 20er Jahren die Gefahr des Faschismus. Der leidenschaftliche Pazifist G. analysierte als einer der ersten deutschen Autoren, warum der Nationalsozialismus gerade im Kleinbürgertum Anhänger fand (u. a. in »Bolwieser«, R., 1931).

O. M. Graf analysierte früh den Faschismus in Deutschland.

□ 1918: Teilnahme an der Novemberrevolution und der Gründung der bayer. Räterepublik. □ 1929: »Kalender-Geschichten«. □ 1933: Emigration über Wien, Brünn und Prag in die USA (ab 1938). □ 1936: »Der Abgrund« (R.). □ 1937: »Anton Sittinger« (R.). □ 1940: »Das Leben meiner Mutter« (Biogr., dt. 1946). □ 1947: »Unruhe um einen Friedfertigen« (R.). □ 1949: »Die Eroberung der Welt« (R.).

▷ O. M. Graf: Wir sind Gefangene (Aut.), 1927; ders.: Gelächter von außen (Aut.), 1966; G. Bauer: Oskar Maria Graf. Gefangenschaft und Lebenslust, 1987.

Graf, Stefanie »Steffi«

dt. Tennisspielerin
* 14.6.1969 Brühl

Graf gelang als dritte Spielerin der Tennisgeschichte 1988 der Grand Slam, der Sieg bei den vier bedeutendsten Turnieren (Wimbledon, French Open, US Open, Australian Open) innerhalb eines Jahres. Hinzu kam im selben Jahr der Gewinn der Goldmedaille bei den Olympischen Spielen von Seoul. Vom 16.8.1987 bis zum 11.3.1991 war G. länger als jede Spielerin vor ihr Erste der Weltrangliste.

□ 1986-1989: Dt. Sportlerin des Jahres. □ 1987: French Open; Federation Cup mit der Nationalmannschaft. □ 1988: Wimbledon; French Open; US Open; Australian Open. □ 1989: Wimbledon; US Open; Australian Open; Weltsportlerin. □ 1990: Australian Open. □ 1991: Zum dritten Mal Wimbledonsiegerin.

Steffi Graf →

Graham, Billy

amer. Evangelist
* 7.11.1918 Charlotte, N. Car.

Evangelisationskampagnen durch die ganze Welt machten Graham bekannt. Der fundamentalistische Baptistenprediger war einer der ersten, der für seine »Kreuzzüge zur Erweckung der lauen Christenheit« konsequent die modernen Massenmedien nutzte (Funk, Film und Fernsehen). Mit eigenen Filmproduktionen und religösen Magazinen erwirtschaftete G. 1984 über 170 Mio. DM.

□ 1943-45: Pfarrer in Western Springs, Ill. □ 1945-48: Präs. der »Jugend-für-Christus-Bewegung«. □ 1950: Wöchentliche Rundfunksendung »Stunde der Entscheidung«. □ 1967: Erste Evangelisationsreise in ein sozialistisches Land (Jugoslawien). □ 1984: »Feldzug« gegen atomare Aufrüstung in der Sowjetunion.

← Billy Graham

Graham, Martha

amer. Tänzerin, Choreographin und Tanzpädagogin
* 11.5.1894 Allegheny, Penn. † 2.4.1991 New York

Graham, eine Pionierin des Modern Dance in den USA, entwickelte — beeinflußt u. a. vom freien Tanz der I. →Duncan — eine eigene Tanztechnik, die vor allem in den USA an vielen Tanzschulen gelehrt wird. Sie beruht, zentriert um den Solarplexus, auf der Harmonie von Atmung und Bewegung. Für ihre Truppe, die zunächst ausschließlich, später überwiegend aus Frauen bestand, schuf G. zumeist eigens dafür komponierte Musik für 150 Choreographien, in deren Mittelpunkt vielfach starke, sich emanzipierende Frauen stehen. Für diese handlungsorientierten Tanzstücke griff sie auf die antike Mythologie und historische Frauenfiguren zurück, die sie bis ins hohe Alter selbst verkörperte.

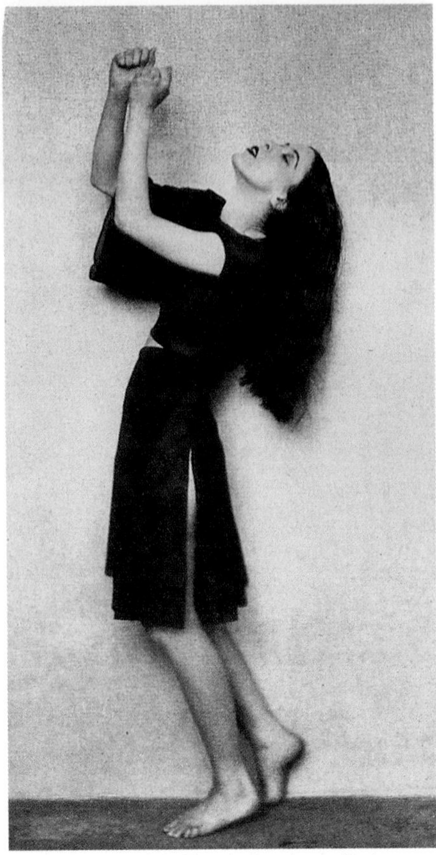

Martha Graham sah im Tanz die Sprache der Seele.

□ 1926: Debüt als Solistin in New York. □ 1927: Gründung der Martha-Graham-Schule für zeitgenössischen Tanz. □ 1929: Gründung einer eigenen Tanztruppe. □ 1931: »Incantation«. □ 1935: »Frontier«. □ 1940: »Letter to the world«. □ 1943: »Death and entrances« zum Leben der Brontë-Schwestern. □ 1958: »Clytemnestra«. □ 1959: »Episodes«, über Maria Stuart. □ 1973: Nach schwerer Krankheit Abschied vom Tanz, weiterhin Leiterin ihrer Schule.

Grammont, Maurice

frz. Sprachwissenschaftler
* 15.4.1866 Damprichard, Dep. Doubs
† 17.10.1946 Montpellier

Grammont, der in Montpellier Vergleichende Sprachwissenschaft lehrte, war einer der bedeutendsten Phonetiker seines Fachs. Der Verfasser des »Lehrbuch der Phonetik« (1933), ein Experte auf dem Gebiet des Lautwandels, entwickelte die nach ihm benannten Grammontschen Gesetze (die Stellung gleicher oder ähnlicher Konsonanten zwischen Vokalen oder in Gruppen bewirkt die Veränderung eines Mitlauts) sowie das Grammontsche Dreikonsonantengesetz.

Gramsci, Antonio

ital. Politiker
* 23.1.1891 Ales, Sardinien † 27.4.1937 Rom

Gramsci war mit Palmiro Togliatti der Gründer und der führende Theoretiker der Kommunisti-

Antonio Gramsci begründete den Kommunismus in Italien.

schen Partei Italiens, deren Generalsekretär er von 1924 bis 1927 war. Ursprünglich vom Idealismus von B. →Croce beeinflußt, wandte er sich später dem Studium von K. Marx (* 1818, † 1883) zu. G.s zahlreiche Schriften beeinflußten nicht nur die italienischen Intellektuellen, sondern auch die marxistische Theoriediskussion im Ausland. Heftige Kritik an der faschistischen Herrschaft B. →Mussolinis führte 1926 zu seiner Verhaftung. Er verbrachte danach noch elf Jahre im Gefängnis.

□ 1913: Mitgl. der Sozialistischen Partei. □ 1919-22: Gründer und Hg. von »L'Ordine nuovo«. □ 1921: Mitgründer der Kommunistischen Partei Italiens (KPI). □ 1924: Gründer der Zeitung »Unità«. □ 1924-27: Generalsekretär der KPI. □ 1926: Verhaftet. □ 1928: Verurteilung zu 20 Jahren Zwangsarbeit.

▷ G. Fiori: Antonio Gramsci: Life of a revolutionary, NA 1975; A. Davidson: Antonio Gramsci. Towards an intellectual biography, 1977.

Grandi, Dino Graf G. di Mordano (ab 1937)

ital. Politiker
* 4.6.1895 Mordano, Prov. Bologna
† 21.5.1988 Bologna

Seit dem »Marsch auf Rom« 1922, den er als sog. Stabschef leitete, war Grandi einer der wichtigsten faschistischen Führer Italiens. Vor allem als Justizminister und Präsident der Abgeordnetenkammer hatte er während des 2. Weltkriegs großen Einfluß. Auf der Sitzung des Großen faschistischen Rats am 24./25.7.1943 setzte G. den Sturz von B. →Mussolini durch. Bald danach mußte er selber fliehen. Ein Jahr später wurde er in Abwesenheit zum Tode verurteilt.

□ 1919: Mitgl. der Faschisten. □ ab 1922: Mitgl. des Großen faschistischen Rats. □ 1925-29: Unterstaatssekr. im Außenministerium. □ 1929-32: Außenmin. □ 1932-39: Botschafter in London. □ 1939-43: Justizmin. und Präs. der Abgeordnetenkammer. □ 1944-57: Exil in Portugal und in Brasilien. □ 1957: Rückkehr nach Italien.

Cary Grant →

Dino Grandi bei einer Feier zum 13. Jahrestag des Marsches auf Rom, 1935.

Granit, Ragner Arthur

finn.-schwed. Neurophysiologe
* 30.10.1900 Helsinki

Granit, Nobelpreisträger von 1967, erforschte die physiologischen und chemischen Zusammenhänge beim Sehvorgang bezüglich Intensität und Farbe, den bioelektrischen Austausch auf der Netzhaut des dem Licht ausgesetzen Auges sowie die motorischen Kontrollmechanismen. An isolierten Nervenzellen der Netzhaut wies G. nach, daß eine einzige Nervenfaser auf das Licht verschiedener Wellenlängen entsprechend unterschiedlich reagiert.

□ 1937-40: Prof. an der Univ. Helsinki. □ 1940-67: Prof. am Kaolinska-Inst. in Stockholm; Dir. am 1946 gegründeten Medizinischen Nobel-Inst. ebd. □ 1947: »Sensory mechanisms of the retina« (Schr.). □ 1962: »The visual pathway« (Schr.). □ 1963-65: Präs. der Kgl. Schwed. Akademie der Wissenschaften. □ 1967: Physiologie/Medizin-Nobelpreis (mit H. K. Hartline und G. →Wald). □ 1971: »Basis of motor control« (Schr.).

Grant, Cary

(eig. Alexander Archibald Leach)
amer. Schauspieler
* 18.1.1904 Bristol (England)
† 30.11.1986 Davenport, Id.

Berühmt wurde Grant als der elegante und humorvolle Gentleman Hollywoods. Bereits in den 30er Jahren spielte er als junger Mann neben M. →West und M. →Dietrich, bis er mit Filmen von H. →Hawks selbst zum Star wurde. G.s charmante Nonchalance, gepaart mit naiver Tollpatschigkeit, bildete den Grundstein seines Erfolgs und wurde zum Markenzeichen seiner vielen Komödien. Aus der Zusammenarbeit mit A. →Hitchcock ragt »Der unsichtbare Dritte« (1959) heraus, worin G. sein Talent zu Komik und Understatement mit der Rolle des Helden wider Willen verbinden konnte. Für sein Lebenswerk erhielt er 1970 — vier Jahre nach seinem letzten Film — einen Ehren-Oscar.

□ 1932: »Blonde Venus« (Rg. J. v. → Sternberg). □ 1936: »Sylvia Scarlett« (mit K. →Hepburn, Rg. G. →Cukor). □ 1938: »Leoparden küßt man nicht« (Rg. H. Hawks). □ 1940: »Sein Mädchen für besondere Fälle« (Rg. H. Hawks). □ 1941: »Verdacht« (Rg. A. Hitchcock). □ 1944: »Arsen und Spitzenhäubchen« (F. →Capra). □ 1946: »Berüchtigt« (mit I. →Bergman, Rg. A. Hitchcock). □ 1949: »Ich war eine männliche Kriegsbraut« (Rg. H. Hawks). □ 1955: »Über den Dächern von Nizza« (mit G. →Kelly, Rg. A. Hitchcock). □ 1958: »Hausboot« (mit S. →Loren, Rg. M. Shavelson). □ 1961: »Ein Hauch von Nerz« (mit D. →Day, Rg. D. Mann). □ 1966: Letzter Filmauftritt in »Nicht so schnell, mein Junge« (Rg. Ch. Walters).

▷ J. Vermyle: Cary Grant. Seine Filme — sein Leben, 1986.

Grass, Günter

dt. Schriftsteller
* 16.10.1927 Danzig (heute Polen)

Grass, der außer Romanen auch Gedichte und Theaterstücke schreibt sowie als Bildhauer und Grafiker arbeitet, ist neben H. →Böll wichtigster Repräsentant der zweiten Generation deutscher

Günter Grass: Der politisch engagierte Autor des Romans »Die Blechtrommel«.

Nachkriegsliteratur. G.s Werk und sein politisches Engagement sind geprägt von der Herkunft aus dem Danziger Kleinbürgertum und der Erfahrung des nationalsozialistischen Totalitarismus, die ihn zum Gegner jeder Art von Ideologie werden ließ. Mit dem Roman »Die Blechtrommel« (1959) — einem historisch treffenden, grotesk-provokativ überzeichnenden Bild der Nazi- und Nachkriegszeit — etablierte sich G. als international anerkannter Autor. Sein Ich-Erzähler protestiert gegen die Massenverführung, die den 2. Weltkrieg ermöglichte, und gegen die Vergangenheitsverleugnung in der BRD der 50er Jahre. In späteren Romanen griff G. zeitlich weiter zurück bzw. entwarf in »Die Rättin« (R., 1986) eine apokalyptische Zukunftsvision. Die Zeitkritik in seinen Werken korrespondiert mit G.s praktischem Engagement für Demokratie und Frieden bis hin zu seiner Forderung einer verbindlichen deutschen Anerkennung der Westgrenze Polens bei der Vereinigung von BRD und DDR 1990.

☐ bis 1956: Bildhauerei- und Grafikstudium. ☐ 1959: »Die Blechtrommel« (R.; F. 1979, Rg. V. →Schlöndorff). ☐ 1961: »Katz und Maus« (Nov.). ☐ 1963: »Hundejahre« (R.). ☐ 1965: Wahlkampf für die SPD (erneut 1969, 1972); Georg-Büchner-Preis. ☐ 1966: »Die Plebejer proben den Aufstand« (Dr.). ☐ 1969: »Örtlich betäubt« (R.). ☐ 1972: »Aus dem Tagebuch einer Schnecke« (Prosa). ☐ 1974: »Der Bürger und seine Stimme. Reden, Aufsätze, Kommentare«. ☐ 1977: »Der Butt« (R.). ☐ 1978: »Denkzettel. Politische Reden und Aufsätze 1965-76«. ☐ 1979: »Das Treffen in Telgte« (Erz.). ☐ 1980: »Kopfgeburten oder Die Deutschen sterben aus« (Prosa). ☐ 1984: »Widerstand lernen. Politische Reden 1980-83«. ☐ 1986: »Die Rättin« (R.). ☐ 1988: Aufenthalt in Indien; »Zunge zeigen« (Reiseb., Zeichnungen).

▷ H. Brode: Günter Grass, 1979; V. Neuhaus: Günter Grass, 1979; H. Vormweg: Günter Grass in Selbstzeugnissen und Bilddokumenten, 1986.

Grassi, Ernesto

ital. Philosoph
* 2.5.1902 Mailand

Grassis Forschungen betreffen die Philosophie der Antike, der Renaissance und des italienischen Humanismus (u. a. »Die zweite Aufklärung«, 1958). Verbunden mit eigenen existenzphilosophischen Positionen, versuchte der in München lehrende Philosoph die humanistische Auffassung des Menschen und das »Politische Erbe der Renaissance« (Schr., 1947) für die Gegenwart wieder fruchtbar zu machen.

☐ 1938-45: Prof. an der Univ. Berlin. ☐ 1945-48: Prof. an der Univ. Zürich. ☐ seit 1948: Prof. an der Univ. München. ☐ 1950: »Vom Ursprung der Geistes- und Naturwissenschaften« (Schr.). ☐ seit 1955: Hg. der wissenschaftlichen TB-Reihe des Rowohlt-Verlags. ☐ 1958: »Die zweite Aufklärung« (Schr.). ☐ 1970: »Macht des Bildes. Ohnmacht der rationalen Sprache. Zur Rettung des Rhetorischen« (Schr.). ☐ 1973: »Humanismus und Marxismus. Zur Kritik der Verselbständigung von Wissenschaft« (Schr.). ☐ 1984: »Die Macht der Phantasie. Zur Geschichte des abendländischen Denkens« (Schr.).

Grassi, Giovanni Battista

ital. Zoologe
* 27.5.1857 Rovellasca bei Como † 10.5.1925 Rom

Grassi, ab 1895 Professor für Vergleichende Anatomie an der Universität Rom, trug entscheidend zur Aufklärung der Malariaübertragung durch Stechmücken bei. Aufgrund seiner Feststellung, daß bestimmte von Stechmücken geplagte Regionen Italiens malariafrei waren, entdeckte G., daß allein die Anophelesmücke den Krankheitserreger überträgt. Mit der Chininprophylaxe schuf G. die Grundlagen zu einer systematischen Bekämpfung der Malaria.

The Grateful Dead

amer. Rockgruppe

The Grateful Dead wurden Mitte der 60er Jahre zur Kultband und Keimzelle des damaligen San-Francisco-Rock, wie er u. a. von J. →Joplin und Jefferson Airplane gespielt wurde. In den Mittelpunkt ihrer Arbeit stellte die Gruppe um Songschreiber, Gitarrist und Sänger Jerry Garcia

The Greatful Dead bei einer UN-Veranstaltung zur Rettung der Regenwälder.

(* 1942) das Kollektiv und verkörperte damit die Weltanschauung der damaligen Hippie-Kultur. Die Band, die sich stets der Vermarktung durch das Showbusiness entzog, arbeitete und lebte zusammen, auf Tourneen wurden die Musiker von ihren Familien begleitet. Anders als sonst üblich in der Rockmusik zeichnet sich ihre Musik nicht durch solistisches Können und Selbstdarstellung einzelner Stars aus, sondern durch Kollektiv-Improvisationen auf der Basis einer Mischung aus Elementen des Folk und der Rockmusik (u. a. »Wake of the flood«, LP, 1973).

□ 1966: Gründung von Grateful Dead. □ 1967: Erste LP »Grateful Dead«. □ 1970: »Live Dead« (LP). □ 1972: Erste Europatournee. □ 1973: »Wake of the flood« (LP). □ 1974: »Grateful Dead from the Mars hotel« (LP). □ 1975: »Blues for Allah« (LP). □ 1980: »Go to heaven« (LP). □ 1987: »In the dark« (LP). □ 1990: »Without a net« (LP).

▷ H. Harrison: The Grateful Dead — Vanguard of a new generation, engl. 1973.

Graubner, Gotthard

dt. Maler
* 13.6.1930 Erlbach, Vogtland

Graubner arbeitet vorrangig an sog. Polsterbildern, bei denen er Schaumstoff auf einer Grundplatte oder Leinwand anbringt und diese »Polster« mit vielschichtig bemalter Folie oder wiederum Leinwand überzieht. Die Auswölbungen erweitern die Bildebene in den Raum (Farbraumkörper) und erzeugen die verschiedenartigsten Lichtmodulationen. Die Anordnung solcher beinahe monochromer, in der Farbe meist zurückhaltender Bildobjekte führte zu den »Nebelräume« genannten Environments.

□ 1947-59: Studium an den Kunstakademien in Berlin, Dresden und Düsseldorf. □ 1969-76: Prof. an der Hamburger Kunstakademie. □ seit 1976: Prof. an der Düsseldorfer Kunstakademie. □ 1988: Zwei Bilder im Auftrag des Bundespräsidenten R. v. →Weizsäcker für Schloß Bellevue, Berlin. □ 1989/90: Große Einzelausstellung in der Bremer Kunsthalle.

▷ D. Helms: Gotthard Graubner, 1974.

Robert Graves →

Gotthard Graubner erarbeitet in seinem Düsseldorfer Atelier Bildobjekte.

Graves, Michael

amer. Architekt
* 9.7.1934 Indianapolis

Graves, seit 1972 Professor in Princeton, gehört zu den profilierten Repräsentanten der Postmoderne (z. B. Kalko House in Green Book, N. J., 1978, oder Public Services Building in Portland, Oreg., 1980-82). Er fand im Verlauf seiner Entwicklung zu einer Verknüpfung des Rationalismus eines →Le Corbusier mit Rückgriffen auf historische Baustile von der griechischen Antike bis zur klassizistischen französischen Revolutionsarchitektur.

□ ab 1964: Nach dem Studium u. a. in Harvard und Rom Dozent in Princeton (N. J.), Austin (Tex.) und Los Angeles. □ ab 1967: Geometrisch orientierte Bauten in der Nachfolge des Rationalismus. □ 1969: Gemeinsame Ausstellung mit P. Eisenmann, Ch. Gwathmey, J. Hejduk und R. →Meier, die sich zur Gruppe der sog. New York Five formieren. □ seit den 70er Jahren: Postmoderne Bauten. □ seit 1972: Prof. in Princeton. □ 1982-86: Verwaltung der Humana Corporation, Louisville, Ky.

▷ K. Frampton/C. Rowe: Five Architects: Eisenmann, Gwathmey, Graves, Hejduk, Meier, engl. 1983; K. Nichols/P. Burke/C. Hancock: Michael Graves. Bauten und Projekte 1982-1989, 1990.

Graves, Robert

(eig. Robert von Ranke-Graves)
engl. Schriftsteller
* 26.7.1895 Wimbledon
† 7.12.1985 Deyá, Mallorca (Spanien)

Graves, Urenkel des deutschen Geschichtsforschers Leopold von Ranke, wurde durch unterhaltsame und unkonventionelle historische Romane bekannt. Sein erfolgreichstes Werk ist die fiktive Autobiografie des römischen Kaisers Claudius (* 10 v. Chr., † 54 n. Chr., ermordet), »Ich Claudius, Kaiser und Gott« (1934, dt. 1934). G.s literarischer Rang beruhte aber auf seinem lyrischen Œuvre, das ca. 30 Gedichtbände umfaßt. Wie in seinen autobiografischen Prosaschriften, etwa in »Strich drunter« (Aut., 1929, dt. 1930), verarbeitete G. in seinen frühen Gedichten seine Erlebnisse im 1. Weltkrieg. Die späteren Themen seiner sich beständig verändernden Lyrik, die formale Vielfalt und einen Hang zu esoterischer Abstraktheit aufweist, umfassen Liebe, Suche nach Identität sowie die Mythen- und Religionsgeschichte.

□ ab 1914: Offizier in Frankreich, im gleichen Regiment wie S. L. →Sassoon. □ 1919-25: Studium der Philologie und Geschichte in Oxford. □ 1925: »Welshman's Horse« (Ged.e). □

1926/27: Dozentur für Engl. Literatur in Kairo; Freundschaft mit T. E. →Lawrence. □ Ab 1927: Freier Schriftsteller; »Lawrence and the Arabs« (Biogr.). □ 1929-36, 1946-85: Aufenthalt auf Mallorca. □ 1930: »But it still goes on« (Aut.). □ 1936: »Rostbraun-gezähnt. Roman um eine Briefmarke« (dt. 1937). □ 1946: »König Jesus« (R., dt. 1954). □ 1948: »Die weiße Göttin« (Abh.). □ 1961-66: Prof. für Lyrik in Oxford.

▷ M. Seymour-Smith: Robert Graves. His live and work, engl. 1982; R. P. Graves: Robert Graves (Biogr.), engl. 1986.

Graziani, Rodolfo, Marchese di Neghelli (ab 1936)

ital. Militär und Politiker
* 11.8.1885 Filletino, Prov. Frosinone
† 11.1.1955 Rom

Graziani verbrachte den größten Teil seiner militärischen Karriere in Libyen, bis er 1935 zum Gouverneur von Italienisch-Somaliland ernannt wurde. Die Eroberung Äthiopiens brachte ihm 1936 den Marschallstab und die Nobilitierung zum Marchese. Nach den Niederlagen in Libyen verlor er seine Ämter, bis ihn B. →Mussolini 1943 zu seinem Kriegsminister ernannte.

Rodolfo Graziani vor dem Militärgericht in Rom, 1950.

□ 1935/36: Armeeführer im ital.-äthiop. Krieg. □ 1936/37: Vizekönig von Äthiopien. □ 1939: Generalstabschef. □ 1940/41: Oberbefehlshaber der ital. Armee in Libyen. □ 1943-45: Kriegsmin. der italienischen Republik in Norditalien. □ 1950: Zu 19 Jahren Gefängnis verurteilt; bald amnestiert. □ ab 1952: Führer der ital. Neofaschisten.

Graziano, Rocky

(eig. Thomas Rocco Barbella)
amer. Boxer
* 1.1.1921 New York † 22.5.1990 ebd.

Graziano, der in den Slums von New York aufwuchs und einen Teil seiner Jugend in Gefängnissen verbrachte, gewann 67 (52 durch K. o.) von 83 Kämpfen. Gegen seinen großen Rivalen Tony Zale holte er 1947 die Weltmeisterschaft im Mittelgewicht, die er 1948 wieder an Zale abtreten mußte. Das Leben des populären Boxers wurde 1957 mit P. →Newman verfilmt (»Somebody likes you«).

Juliette Gréco galt als die Muse der Existentialisten.

Gréco, Juliette

frz. Chanson-Sängerin
* 7.2.1927 Montpellier

Gréco, in deren Bar Tabou im Pariser Künstlerviertel St. Germain-de-Prés u. a. J.-P. →Sartre und A. →Camus verkehrten, wurde bereits als »Muse der Existentialisten« verehrt, als sie 1950 mit Ch. →Aznavours Chanson »Je haïs les Dimanches« berühmt wurde. Scheinbar unbeteiligt, nur mit ihren Händen die Texte unterstreichend, trägt die Sängerin mit einer Vorliebe für schwarze Kleider ihre Lieder vor. An der Seite von Stars wie O. →Welles und A. →Gardner arbeitete G. in den 50er Jahren auch als Schauspielerin. Seit Ende der 60er Jahre tritt sie nur noch selten in der Öffentlichkeit auf. 1991 feierte die 64jährige Sängerin im Pariser Olympia ein vielbeachtetes Comeback.

□ 1943: In Paris für zwei Monate in Gestapo-Haft. □ 1946: Eröffnung der Bar Tabou. □ 1949: Debüt als Chanson-Sängerin im Pariser Cabaret Le Bœuf sur le Toit. □ 1951: Plattenvertrag nach dem Erfolg von »Je haïs les Dimanches«. □ 1952: Schallplattenpreis von Paris; Engagements u. a. im Bobino und im La Rose rouge. □ 1954: Triumphaler Auftritt im Pariser Olympia (erneut 1991). □ 1957: »Zwischen Paris und Madrid« (F., Rg. D. Zanuck). □ 1958: »Die Wurzeln des Himmels« (Rg. J. →Huston). □ 1959: Erste Tournee durch die BRD; »Zwang zum Bösen« (F., Rg. R. Fleischer). □ 1960-87: Auf Tourneen, z. T. auch im Fernsehen. □ 1983: Auftritt in Michael Heltaus »Liederzirkus«.

▷ J. Gréco: Ich bin, die ich bin, 1983.

Green, Julien

frz. Schriftsteller amer. Herkunft
* 6.9.1900 Paris

Green ist schon zu Lebzeiten ein Klassiker der französischen Literatur geworden. Romane und Dramen des zweisprachig aufgewachsenen, mehrfach konvertierten Autors, der nach einer Zuwendung zum Buddhismus 1939 zum zweiten Mal Katholik wurde, spiegeln seine innere Zerrissenheit zwischen diesseitiger Lebensgier

Julien Greens Werk ist von der Auseinandersetzung mit der Religion geprägt.

und religiöser Jenseitssehnsucht wider. Der zwischen Körper und Seele schwankende Mensch mit seinen beängstigenden Leidenschaften, seiner Triebverfallenheit, seinen Verbrechen und seinen Träumen könne nur durch göttliche Gnade Erlösung finden.

□ 1917: Freiwilliger im 1. Weltkrieg. □ 1919-22: Philologiestudium in den USA. □ 1924: »Streitschrift gegen die Katholiken Frankreichs« (Schr., dt. 1945). □ 1926: Erster Erfolg mit »Mont-Cinère« (R., dt. 1928). □ 1929: »Léviathan« (R., dt. 1930). □ 1932: »Treibgut« (R., dt. 1932). □ 1934: »Der Geisterseher« (R., dt. 1934). □ 1940-45: Emigrant in den USA; Unterstützung der frz. Widerstandsbewegung u. a. durch Radiosendungen. □ 1950: »Moira« (R., dt. 1952). □ 1953: »Der Mann, der aus der Fremde kommt« (Dr., dt. 1953). □ 1954: »Der Feind« (Dr., dt. 1955). □ 1960: »Jeder Mensch in seiner Nacht« (R., dt. 1960). □ 1966: »Fernes Land« (Aut., dt. 1966). □ 1971: Aufnahme in die Académie française. □ 1988: Monumentaler Südstaaten-Roman »Von fernen Ländern« (dt. 1988). □ 1990: Fortsetzung in »Sterne des Südens« (R., dt.1990). □ 1991: »Tagebücher 1926-1942«.

▷ G. S. Burne: Julien Greene, engl. 1972; J. Greene: Dans la gueule du temps, 1978.

Greenaway, Peter

brit. Regisseur, Autor und Maler
* 5.4.1942 Newport, Wales

Seit seinem ersten langen Spielfilm, »Der Kontrakt des Zeichners« (1982), gilt Greenaway als Enfant terrible des europäischen Kinos. Mit exotischer Fabulierlust verbindet er skurrile Anekdoten mit rätselhaft, surreal anmutenden Bildern. Das Verhältnis des Menschen zum Tod schildert G. in allen Schattierungen und schreckt dabei auch nicht vor brutalen Schockeffekten zurück wie z. B. in »Der Koch, der Dieb, seine Frau und ihr Liebhaber« (1989).

← Peter Greenaway

□ 1960-65: Studium der Kunst und Malerei. □ 1965-76: Cutter im Central Office of Information. □ 1967-80: Experimentelle Kurzfilme. □ 1980: »The Falls«. □ 1985: »Ein Z und zwei Nullen«. □ 1986: »Der Bauch des Architekten«. □ 1988: »Verschwörung der Frauen«. □ 1991: »Prosperos books« (nach W. Shakespeare, mit J. →Gielgud).

Greene, Graham

engl. Schriftsteller
* 2.10.1904 Berkhamsted
† 3.4.1991 Genf (Schweiz)

Greene, einer der bedeutendsten englischen Romanciers, erzielte mit seinen Romanen, einer spannenden Mischung aus Religiosität, Erotik und Abenteuer, große Erfolge. Psychologisch brillant entwickelte Kriminal- und Kolportageromane stehen neben sog. ernsten Romanen, die sich mit der Brüchigkeit der Welt und der Ambivalenz moralischer Werte auseinandersetzen. In illusionsloser, realistischer Darstellung schilderte G., der zahlreiche Krisengebiete der Welt bereiste, die schuldhafte Verstrickung des einzelnen und die durch Lieblosigkeit und Gewalt verursachte Vereinsamung des Individuums. G.s bedeutendster Roman, »Die Kraft und die Herrlichkeit« (1940, dt. 1948), stellt in den Gestalten des »Whiskey-Priesters« und des ihn verfolgenden Polizeileutnants zwei Idealisten einander ge-

G. Greene, Autor des Romans »Unser Mann in Havanna«.

genüber, Vertreter entgegengesetzter Ideologien, die sich jedoch nicht in die Kategorien »Gut« und »Böse« einordnen lassen und letztlich aufgrund menschlicher Unzulänglichkeit beide scheitern. Zahlreiche Werke (u. a. »Der dritte Mann«, 1950; dt. 1951; »Unser Mann in Havanna« 1958; dt. 1959) wurden verfilmt und machten G. einem breiten Publikum bekannt. In seinem Spätwerk (u.a. »Monsignore Quijote«, 1982, dt. 1982) dominiert eine komödiantische Weltsicht.

□ 1926: Konversion zum Katholizismus. □ 1926-30: Mitarbeiter der Zeitung Times. □ 1932: »Orientexpress« (R., dt. 1950). □ 1940/41: Mithg. des »Spectator«. □ 1942/43: Als Mitarbeiter des Außenamtes auf Sondermission in Westafrika. □ 1948: »Das Herz aller Dinge« (R., dt. 1949). □ 1950: »Der dritte Mann« (R., dt. 1951). □ 1966: »Die Stunde der Komödianten« (dt. 1966). □ 1969: »Die Reise mit meiner Tante« (R., dt. 1970). □ 1973: »Der Honorarkonsul« (R., dt. 1973). □ 1980: »Dr. Fischer aus Genf oder die Bombenparty« (R., dt. 1982). □ 1985: »Der zehnte Mann« (R., dt. 1985).

▷ G. Greene: Eine Art Leben (Aut.), 1971, dt. 1971; A. Weber: Die Erzählstruktur von Graham Greenes katholischen Romanen, 1978; G. Greene: Fluchtwege (Aut.), 1980, dt. 1981; G. Greene/M. F. Allain: Gespräche, dt. 1983.

Greer, Germaine

austral. Feministin
* 29.1.1939 Melbourne

Mit ihrem Buch »Der weibliche Eunuch« (1970), einer Attacke gegen die sich von Männern abhängig machende Frau, wurde Greer zu einer Wortführerin der radikalen Frauenbewegung. G., die bis zum Beginn der 80er Jahre als Fürsprecherin einer tabufreien Gesellschaft hervorgetreten war, verblüffte 1984 mit ihrem Buch »Sex und Schicksal«, in dem sie die Rückkehr zu Keuschheit und Abstinenz forderte.

□ 1968-73: Lehrstuhl für Anglistik an der Warwick-Univ. in England. □ 1979-82: Leiterin des Studienzentrums für feministische Literatur an der Tulsa-Univ. in Oklah., USA. □ 1991: »Wechseljahre« (dt. 1991).

← Germaine Greer

Greger, Max

dt. Musiker
* 2.4.1926 München

Greger gehört als Orchesterleiter und Saxophonist seit Mitte der 50er Jahre zu den populärsten Musikern in Deutschland. Mit seiner Big Band setzte er zunächst die Tradition eines G. →Miller fort, brachte später jedoch vom Swing über den Rock bis zur Volksmusik (»Zauber der Berge«, LP, 1990) sämtliche musikalische Richtungen.

Max Greger ist einer der beliebtesten Tanzorchesterleiter.

□ 1946-48: Musikstudium am Konservatorium in München. □ 1948: Erste eigene Jazzband »Enzian Sextett«. □ 1963-78: Leitung des ZDF-Show-Orchesters. □ 1978: Goldene Schallplatte für »Mach mal wieder Tanztag« (LP). □ 1988: »Evergreens im Glenn-Miller-Sound« (LP).

Martin Gregor-Dellin →

Gregor-Dellin, Martin

dt. Schriftsteller
* 3.6.1926 Naumburg/Saale † 23.6.1988 München

Gregor-Dellin, 1982 bis zu seinem Tod Präsident des bundesdeutschen PEN-Zentrums, analysierte in seinem Werk Versuche der Selbstbehauptung in einer entfremdeten Welt. So schilderte er in dem Roman »Der Kandelaber« (1962) das Leben eines Studienrats unter den Bedingungen totalitärer Herrschaft in einer kleinen thüringischen Stadt. Anerkennung fanden auch G.s Musikerbiografien (u. a. »Richard Wagner. Sein Leben, sein Werk, sein Jahrhundert«, 1980).

□ 1958: Übersiedlung aus der DDR in die Bundesrepublik. □ 1959: »Der Nullpunkt« (R.). □ 1961/62: Redakteur beim Hess. Rundfunk. □ 1962-66: Cheflektor der Nymphenburger Verlagshandlung in München. □ 1963: »Jakob Haferglanz« (R.). □ ab 1966: Freier Schriftsteller. □ 1969: »Aufbruch ins Ungewisse« (Erz.n). □ 1984: »Heinrich Schütz« (Biogr.). □ 1985: »Was ist Größe?« (Es.s). □ 1986: »Italienisches Traumbuch« (Prosa).

Greinacher, Norbert

dt. Theologe (kath.)
* 26.4.1931 Freiburg i. Br. (Tübingen)

Mit publizistischem Engagement und demonstrativer Öffentlichkeitsarbeit tritt Greinacher für eine Vermittlung zwischen den aktuellen Belangen der Gesellschaft, der Vielfalt ihrer Glaubensüberzeugungen und der Lehre der Amtskirche ein. In Auseinandersetzung mit der »Theologie der Befreiung« Lateinamerikas versucht G., der christlichen Kirche mit dem Modell einer praxisorientierten Theologie neue Perspektiven zu eröffnen, um ihrem Auftrag der Verkündigung in der Welt von heute mehr Resonanz zu verleihen. G. ist Mitherausgeber des »Handbuchs der Verkündigung« (2 Bde., 1970).

□ 1966: »Die Kirche in der städtischen Gesellschaft« (Habilitationsschr.). □ seit 1969: Prof. für Praktische Theologie an

N. Greinacher propagiert eine praxisorientierte Theologie.

der Univ. Tübingen. □ 1974: Hg. von »Praktische Theologie heute« (Schr.). □ 1978: »Vor einem neuen politischen Katholizismus?« (Schr. mit F. Klostermann). □ 1980: Mitbegründer der Initiative Kirche von unten. □ 1982: »Frauen in der Männerkirche« (Schr.). □ 1983: Aufenthalt in Nicaragua. □ 1984: Als prominenter Vertreter der Friedensbewegung Beteiligung an der Blockade des amer. Raketenstützpunktes bei Mutlangen. □ 1985: »Der Konflikt um die Theologie der Befreiung. Diskussion und Dokumentation« (Schr.). □ 1986: »Herausforderung im Hinterhof. Das neue Nicaragua — eine Bestandsaufnahme« (Schr.).

Greindl, Josef

dt. Sänger
* 23.12.1912 München

Greindl ist einer der bedeutendsten Wagner-Interpreten nach dem 2. Weltkrieg. 1952-70 trat er regelmäßig bei den Festspielen in Bayreuth auf. Er wurde in Partien wie dem Landgrafen im »Tannhäuser«, dem Hans Sachs in den »Meistersingern« und in Rollen des Nibelungenrings (Hunding, Fafner, Wanderer, Hagen) bekannt. Mit seiner kräftigen Baßstimme war G. auch im Buffo-Fach sowie als Oratorien- und Liedsänger erfolgreich. Er sang noch 1973 bei den Salzburger Festspielen (Prolog und Chorführer in der UA des Bühnenspiels »De temporum fine comoedia« von C. →Orff) und debütierte 1976 als Regisseur mit Beethovens Oper »Fidelio« in Bremerhaven.

□ 1943: Erster Auftritt in Bayreuth als Pogner in den »Meistersingern«. □ 1948-56: Engagement an der Städtischen Oper Berlin. □ 1952: Engagement an der Metropolitan Opera New York. □ seit 1956: Mitgl. der Wiener Staatsoper. □ seit 1961: Mitgl. der Dt. Oper Berlin; Leiter einer Opernklasse an der Musikhochschule Saarbrücken. □ seit 1973: Prof. an der Musikhochschule Wien.

Gremliza, Hermann L.

dt. Verleger und Journalist
* 20.11.1940 Köln

Gremliza, seit 1974 Herausgeber und Verleger der sozialistischen Monatszeitschrift Konkret, für die in den 60er Jahren U. →Meinhof gearbeitet hatte, machte 1987 durch seine Auseinandersetzung mit G. →Wallraff von sich reden. Der ehemalige Mitarbeiter des Spiegel (1969-71 leitender Redakteur für deutsche Politik) behauptete, Wallraffs erste Reportage über die Bild-Zeitung (»Der Aufmacher«, 1977) selbst geschrieben zu haben. Er verlieh dem Schriftsteller den »Karl-Kraus-Preis«, einen von ihm gestifteten, mit 30 000 DM dotierten Anti-Preis, der die »ausgezeichneten« Autoren verpflichtet, künftig nichts mehr zu schreiben. Wallraff konnte den Vorwurf nicht widerlegen, beharrte aber auf der Feststellung, der eigentliche Urheber zu sein.

Gretschko, Andrej Antonowitsch

sowjet. Politiker
* 17.10.1903 Golodajewska bei Tagaurog (Asowsches Meer)
† 26.4.1976 Moskau

Seit den 50er Jahren war Gretschko einer der einflußreichsten Militärs der Sowjetunion. Sein

Andrej Gretschko mit Breschnew und Kossygin (v. l.) zur 1.-Mai-Feier 1968.

Aufstieg begann nach dem Tod von J. →Stalin, als N. →Chruschtschow ihn zum Oberbefehlshaber der sowjetischen Truppen in Deutschland ernannte. 1968 leitete er den Einsatz der Armeen des Warschauer Pakts zur Unterdrückung des Prager Frühlings in der CSSR. Bereits vor dem Einmarsch der Truppen war G. zur Vorbereitung der Operation für mehrere Wochen nach Prag gekommen.

□ 1919: Soldat. □ 1928: Mitgl. der KPdSU. □ 1942: Generalmajor. □ 1953-57: Oberbefehlshaber der sowjet. Truppen in Deutschland. □ 1955: Marschall. □ 1957-60: Oberbefehlshaber der sowjet. Armee; stellv. Verteidigungsmin. □ 1960-67: Oberbefehlshaber der Streitkräfte des Warschauer Pakts. □ 1961: Mitgl. des ZK. □ ab 1967: Verteidigungsmin. □ 1973: Mitgl. des Politbüros.

Wayne Gretzky →

Gretzky, Wayne

kanad. Eishockeyspieler
* 26.1.1961 Hamilton, Ontario

The Great Gretzky, wie die Fans den erfolgreichsten Spieler der National Hockey League (NHL) nennen, wurde 1990 von der amerikanischen Nachrichtenagentur Associated Press zum Sportler des Jahrzehnts gewählt. Der mannschaftsdienliche Spielgestalter mit der Rückennummer 99 brach 1989 bereits in seinem 780ten NHL-Einsatz den Rekord von Gordie Howe, der in 1767 Spielen 801 Tore erzielt und 1049 Vorlagen gegeben hatte.

□ 1979-88: Spieler bei den Edmonton Oilers. □ 1984: Stanleycup-Gewinner mit den Edmonton Oilers (erneut 1985, 1987 und 1988). □ ab 1988: Ehe mit der Filmschauspielerin J. Jones; Wechsel zu den Los Angeles Kings.

Edward Grey →

Grey, Sir (ab 1882) Edward, Viscount G. of Fallodon (ab 1916)

brit. Politiker
* 24.4.1862 London
† 7.9.1933 Fallodon, Northumberland

Grey bestimmte als langjähriger Außenminister (1905-16) mit seiner Geheimdiplomatie die britische Außenpolitik in den Jahren vor dem 1. Weltkrieg. Er vertiefte die »Entente cordiale« mit

Frankreich (1904) zu einem Bündnis und verbesserte die Beziehungen zu Italien. 1907 schloß er mit Rußland einen Vertrag, der alle noch ausstehenden Differenzen beider Länder regelte. In gleichzeitigen Verhandlungen mit Deutschland lehnte G. jedes Angebot ab, das nicht eine Reduzierung der deutschen Flotte zum Ziel hatte (→Tirpitz). Zugleich weigerte er sich, eine britische Neutralitäts-Garantie abzugeben — die er in privaten Gesprächen befürwortete. 1916, als D. →Lloyd George zum Premierminister ernannt wurde, trat G. zurück.

▷ K. Robbins: Sir Edward Grey. A biography of Lord Grey of Fallodon, engl. 1971.

Grieg, Edvard Hagerup

norw. Komponist
* 15.6.1843 Bergen † 4.9.1907 ebd.

Grieg hat der Musik seines Landes Weltgeltung verschafft. Er verband in seinen Werken zeitgenössische satztechnische Mittel mit melodischen und rhythmischen Eigenarten der norwegischen Volksmusik (»Norwegische Volksweisen und Tänze«, 1870) und erzielte mit seinem national-romantischen Stil (stärker als J. →Sibelius) internationale Anerkennung.
Die neuartige Harmonik von G.s Kompositionen ist z. T. durch das mehrstimmige Spiel der volkstümlichen Hardanger-Fiedel (norw. Streichinstrument in Violinform) beeinflußt und nimmt Entwicklungen des Impressionismus (C. →Debussy) vorweg. Besonders populär wurden die beiden Peer-Gynt-Suiten (1888; 1891 mit dem berühmten Satz »Solveigs-Lied«) sowie die Orchestersuite »Aus Holbergs Zeit« (1885). G. vertonte 244 Lieder (auch nach Texten dt. Dichter), die seine Ehefrau und Sopranistin Nina G. (* 1845; † 1935) interpretierte.

□ 1858-62: Studium am Leipziger Konservatorium. □ 1863: Übersiedlung nach Kopenhagen; Fortsetzung der Studien beim dän. Komponisten Niels W. Gade (* 1817, † 1890). □ 1865/66: Rom-Aufenthalt; Trauermarsch zum Gedächtnis des verstorbenen Freundes und Komponisten der norw. Nationalhymne Rikard Nordraak (* 1842, † 1866). □ 1872: Bühnenmusik zum Schauspiel »Sigurd Jorsalfar« von B. →Bjørnson anläßlicher der Eröffnung des Nationaltheaters in Christiania (heute Oslo). □ ab 1876: Jährliche Konzertreisen durch Europa. □ 1880-82: Dirigent der Bergener Orchester Harmonien. □ 1898: Organisator des ersten norw. Musikfestes in Bergen.

▷ D. Monrad-Johannson: Edvard Grieg, 1943, NA 1956; A. Cherbuliez: Edvard Grieg. Leben und Werk, 1947.

Griem, Helmut

dt. Schauspieler
* 6.4.1932 Hamburg

Griem ist einer der meistbeschäftigten und vielseitigsten Bühnen- und Filmschauspieler der Bundesrepublik. Auf der Bühne kommt G.s Ausdrucksreichtum sowohl in großen Charakterrollen als auch in gebrochenen, einsamen Gestalten zum Tragen. Dabei spielt er leise, behutsam und nuanciert, kann aber auch pathetisch und leidenschaftlich sein. International bekannt wurde G. durch ausländische Filmproduktionen wie »Die Verdammten« (Rg. L. →Visconti, 1968) und »Cabaret« (mit L. →Minelli, 1971).

Helmut Griem →

□ 1960: Filmdebüt in »Fabrik der Offiziere« (Rg. F. Wisbar). □ 1963: Ferdinand in Schillers »Kabale und Liebe« (Rg. W. Schmidt) □ 1965: Simon in »Alle Reichtümer der Welt« (E. →O'Neill, R. O. Schuh) auf den Salzburger Festspielen. □ 1968: Titelrolle in UA »Philoktet« (H. →Müller, Rg. H. Lietzau). □ 1972: Titelrolle in Kleists »Friedrich von Homburg« (Rg. H. Lietzau). □ 1975: Hauptrolle im Film »Ansichten eines Clowns« (nach H. →Böll, Rg. V. Jasny). □ 1982: Eduard in der Goethe-Verfilmung von »Wahlverwandtschaften«. □ 1987: Titelrolle in Goethes »Faust« (Rg. D. →Dorn).

Grieshaber, Helmut Andreas Paul »HAP«

dt. Holzschneider und Maler
* 15.2.1909 Rot an der Rot
† 12.5.1981 Achalm bei Reutlingen

Grieshaber ist der bedeutendste deutsche Holzschneider und -stecher nach dem 2. Weltkrieg. Seine Holzschnitte sind vom Expressionismus beeinflußt, aber in Technik und Stil weiterent-

HAP Grieshabers Holzschnitte haben häufig mythologische und biblische Themen.

wickelt. G. fand seine Inhalte vor allem in der antiken Mythologie und in biblischen Themen, wobei er auch auf mittelalterliche Motive zurückgriff (z. B. die Holzschnittfolgen »Totentanz von Basel«, 1968, oder »Josef«, 1972). Die großflächigen Kompositionen sind in kräftigen Farben gehalten, die Figuren blockhaft und mit sparsamer Binnenzeichnung angelegt. Von den Expressionisten unterscheidet sich G. in seinem späteren Werk durch die dekorative Stilisierung, häufig auch stärkere Abstrahierung und die malerische (durch mehrere Farbplatten erzielte) Wirkung seiner Drucke, doch blieb grundsätzlich die Expressivität des Ausdrucks erhalten.

□ 1926-31: Studium der Kalligrafie, Buchkunst und des Holzschnitts in Deutschland, England und Frankreich. □ 1933-39: Sog. Reutlinger Drucke im Sinne des Nachexpressionismus. □ 1955-60: Als Prof. an der Kunstakademie in Karlsruhe Nachfolger von E. →Heckel. □ 1964: Monumentale Wandgestaltungen zum Thema »Der Rhein« im Foyer des Bonner Stadttheaters. □ ab den 70er Jahren: Lose Folge von Holzschnitten zu gesellschaftlichen Themen und Umweltproblemen unter dem Titel »Engel der Geschichte«.

▷ W. Sandberg/M. Fuerst: Grieshaber. Der betroffene Zeitgenosse, 1978.

Griffith, Arthur

ir. Politiker
* 31.3.1872 Dublin † 12.8.1922 ebd.

Griffith kämpfte zeitlebens für ein unabhängiges Irland. Dabei lehnte er eine gewaltsame Revolution ab und befürwortete den passiven Widerstand gegen die Briten. Vor dem 1. Weltkrieg kämpfte er erbittert gegen die Pläne der britischen Liberalen, die protestantischen Gebiete um Belfast von Irland abzutrennen. Innenpolitisch lehnte er die sozialistische Gewerkschaftsbewegung ab. 1918, nach dem Wahlsieg der Sinn Féin, wurde G. in Abwesenheit von E. de →Valera faktisch Präsident der irischen Republik.

□ 1898-1902: Journalist in Südafrika. □ 1905: Gründer der Sinn Féin (Partei). □ 1916/17: Verhaftet; in einem Internierungslager in Wales. □ 1921: Leiter der irischen Delegation bei den Friedensverhandlungen mit Großbritannien. □ 1922: Staatspräsident.

▷ R. Davis: Arthur Griffith, engl. 1976; C. Younger: Arthur Griffith, engl. 1981.

Griffith, David Wark

amer. Regisseur
* 22.1.1875 La Grange, Ky. † 23.7.1948 Hollywood

Griffith, der fast 500 Filme drehte (überwiegend Einakter), prägte die ästhetische Entwicklung des Films, da er als einer der ersten wechselnde Einstellungen innerhalb einer Szene, Wechsel des Bildformats, Parallel-Montagen sowie Auf- und Abblenden verwandte. Seine Hauptwerke waren »Geburt einer Nation« (1915), ein Monumentalfilm über den amerikanischen Bürgerkrieg, und »Intolerance« (1916), ein dreieinhalbstündiges Epos mit vier wechselnden Erzählebenen. Dieser Film stieß wegen seiner komplexen Struktur auf Unverständnis, hatte jedoch wegen der Massenszenen (teilweise wirkten 16 000 Komparsen mit) nachhaltigen Einfluß auf die sowjetischen Filmemacher.

F. Griffith-Joyner →

← Arthur Griffith

D. W. Griffith wurde mit »Geburt einer Nation« berühmt.

□ 1908: Regiedebüt. □ 1919: »Gebrochene Blüten«. □ 1922: »Zwei Waisen im Sturm«. □ 1924: »Ist das Leben nicht wunderschön?«. □ 1925: »Sally vom Jahrmarkt«. □ 1931: »Der Kampf«.

Griffith-Joyner, Florence

amer. Leichtathletin
* 21.12.1959 Los Angeles

»Flying Flo« war 1988 die herausragende Athletin der Olympischen Spiel von Seoul. Sie gewann drei Goldmedaillen (100 m, 200 m und 4x100 m) sowie eine Silbermedaille (4x400 m). Im gleichen Jahr lief die extravagante Sprinterin, die auch mit überlangen Fingernägeln und ausgefallenen Trikots für Aufsehen sorgte, Weltrekord über 100 m (10,49 sec.) und 200 m (21,34 sec.).

□ 1981: Weltpokalvierte über 4x100 m mit den USA. □ 1983: WM-Vierte über 200 m. □ 1984: Olympiazweite in Los Angeles über 200 m. □ 1988: Weltsportlerin des Jahres.

Griffiths, Trevor

engl. Dramatiker
* 5.4.1935 Manchester

Mit seinen sozialkritischen Ideenstücken hat Griffiths dem politischen Gegenwartstheater in England wichtige Impulse gegeben (H. →Brenton, D. →Hare). Durch realistische Darstellung und den Rückgriff auf Techniken volkstümlicher Unterhaltung gelingt es G., politische Vorstellungen der Linken bühnenwirksam umzusetzen und einem breiten Publikum nahezubringen. Thema seines erfolgreichen Stücks »Komiker« (UA 1975, dt. EA 1978) ist die kritische Auseinandersetzung mit den Wirkungsmechanismen und der gesellschaftlichen Bedeutung unterschiedlicher Formen von Komik.

□ 1952-55: Dank eines Stipendiums Literaturstudium an der Univ. Manchester. □ 1955-57: Infanterist im Manchester-Regiment. □ 1957-65: Lehrer. □ 1965-72: Fernsehredakteur bei der BBC. □ 1970: »Roter Sonntag in Turin« (Dr., dt. 1973). □ 1974: »Solidarität« (Fernsehspiel, dt. 1977). □ 1976: »Bill Brand« (Fernsehspiel). □ 1986: »Vaterland« (Drehbuch, dt. 1988); »Real Dreams« (Dr.).

Grignard, (François Auguste) Victor

frz. Chemiker
* 6.5.1871 Cherbourg † 13.12.1935 Lyon

Grignard synthetisierte 1900 aus Magnesium und Alkylhalogeniden in Äther magnesiumorganische Verbindungen, die sich als äußerst reaktionsfähige Reagenzien bewährt haben. Durch die »Grignardsche Reaktion« nahm die organische Chemie einen enormen Aufschwung.

□ 1910-19: Prof. an der Univ. Nancy. □ 1912: Chemie-Nobelpreis (mit P. →Sabatier). □ ab 1919: Prof. an der Univ. in Lyon.

Grigorowitsch, Juri Nikolajewitsch

sowjet. Tänzer, Choreograph und Ballettdirektor
* 1.(2.?) 1. 1927 Leningrad (heute St. Petersburg)

Unter der Leitung von Grigorowitsch entfernte sich das Bolschoi-Ballett in Moskau vom pathetisch-heroischen Stil und wandte sich einer psychologisch genauen Figurenzeichnung und einer subtil-effektvollen Dramaturgie zu. Bedeutung erlangte zudem G.s Neuinterpretation des Moskauer Glanzstücks »Spartacus«, die er gemeinsam mit dem Komponisten A. →Chatschaturjan entwickelte.

□ 1946: Eintritt als Tänzer in das Ensemble des Kirow-Theaters. □ 1948: Erste Choreographie. □ seit 1964: Chefchoreograph und künstlerischer Dir. des Bolschoi-Balletts Moskau; zahlreiche Gastchoreographien, u. a. in Wien, Paris und Kopenhagen. □ 1969: »Nußknacker«. □ 1968: »Spartacus«. □ 1973: »Dornröschen«. □ 1975: »Iwan der Schreckliche«. □ 1982: »Das goldene Zeitalter«.

← Juri Grigorowitsch

Grimme, Adolf

dt. Pädagoge und Politiker
* 31.12.1889 Goslar † 27.8.1963 Degerndorf am Inn

Grimme war ein religiöser Sozialist und Schulreformer. Von den Deutschen forderte er nach 1945 Erziehung zu Demokratie und Toleranz. Politische Unmündigkeit habe das Dritte Reich erst möglich gemacht: »Wir sind an der Erziehung zur Subalternität zerbrochen.« Zeitlebens stellte G. die Frage nach der Gegenwartsbedeutung des Christentums. Er trennte den historisch wandelbaren Kirchenglauben von der absoluten christlichen Forderung nach Selbst- und Mitverantwortung in allen Lebensbereichen.

□ 1930-32: Preuß. Kultusmin. (SPD). □ 1942-45: In Haft wegen Zugehörigkeit zum Widerstand. □ 1946: Kultusmin. in Niedersachsen (SPD). □ 1948: Generaldir. des NWDR. □ 1961: Stiftung des Adolf-Grimme-Preises (für dt. TV-Produktionen) durch den Volkshochschulverband. □ postum 1969: »Sinn und Widersinn des Christentums« (Abh.).

← Adolf Grimme

Gris, Juan

(eig. José Victoriano Gonzáles)
span. Maler und Grafiker
* 23.3.1887 Madrid
† 11.5.1927 Boulogne-sur-Seine (Frankreich)

Juan Gris entwickelte eigenen kubistischen Collagestil.

Juan Gris begründete mit P. →Picasso und G. →Braque den Kubismus. In seiner anfänglichen analytischen Werkphase ging es ihm um die Zerlegung, simultane Darstellung und Untersuchung des Gegenstands auf seine stereometrischen, vor allem kubischen Grundformen hin, wobei unter starker Verkürzung mehrere Perspektiven entstanden. In einer Art Collagetechnik setzte er in Stilleben die Bildelemente nebeneinander und schichtete sie teilweise übereinander, so daß mehrere Bildebenen entstanden (»Das Frühstück«, 1915, Paris, Musée National d'Art Moderne, Centre Georges Pompidou). Die Formzersplitterung verstärkte sich, als G. begann, in die Collage Zeitungspapier, Tapetenreste, Spiegelscherben u. a. zu integrieren und sich dabei wie seine kubistischen Mitstreiter einen weiteren Schritt weg vom Illusionismus und hin zur Autonomie der Bildmittel zu bewegen. Später setzte G. seine Figuren und Gegenstände in einer »architektonischen« Vorgehensweise aus geometrisch-stereometrischen Grundformen zusammen, z. B. in den Pierrotbildern.

□ 1902-04: Besuch der Escuela de Artes y Manufacturas in Madrid. □ ab 1902: Zeichner für satirische Zeitschriften. □ 1906: Übersiedlung nach Paris. □ ab 1911: Kubistische Stilleben und Figurenbilder. □ 1913: Mit Picasso in Céret (Pyrenäen). □ ab 1914: Beschäftigung mit der Collage; Freundschaft mit H. →Matisse. □ ab 1915: »Fensterbilder«. □ 1916-19: »Architektonische« Periode; synthetischer Kubismus. □ ab 1917/18: Freundschaft mit J. →Lipchitz; Gipsplastiken. □ 1922-24: Neben der Malerei Bühnenbilder (für S. →Diaghilews Ballets Russes). □ ab 1924: Illustrationen.

▷ J. A. Gaya Nuno: Juan Gris, engl. NA 1986.

Grock

(eig. Adrian Wettach)
schweiz. Musikclown
* 10.1.1880 Reconvilier bei Biel
† 14.7.1959 Schloß bei Imperia (Italien)

Grock, der als Clown bereits vor dem 1. Weltkrieg in allen europäischen Großstädten Erfolge feier-

Grock: Ungeschminkt vor seinem Bild als Clown, 1949.

te, wurde mit neuartigen Programmen zum Idol seines Metiers. Er verband in seinen Soloauftritten, die er durch musikalische und akrobatische Vorführungen zu einstündigen Programmen ausbaute, das sichere Gefühl für die Wirkung des Komischen mit professioneller körperlicher und musikalischer Ausdrucksfähigkeit.

▷ Grock: Ein Leben als Clown, 1948, dt. 1951; ders.: Nit m-ö-ö-ö-glich. Die Memoiren eines Clowns, 1956.

Groddeck, Georg Walther

dt. Arzt und Schriftsteller
* 13.10.1866 Bad Kösen
† 11.6.1934 Schloß Knonau, Kt. Zürich (Schweiz)

Groddeck entwickelte die von S. →Freud übernommene und inhaltlich veränderte psychoanalytische Zentralkategorie des »Es«. In seinem »Buch vom Es. Psychoanalytische Briefe an eine Freundin« (1923) legte G. seine von ihm auch in die Praxis umgesetzte Theorie psychosomatischer Medizin dar: Da Seele und Körper untrennbar verbunden seien, müsse die Heilung des Patienten gleichermaßen physisch und psychisch angelegt sein. G. schrieb Romane, Erzählungen und gab die Zeitschrift Die Arche heraus.

← Georg Groddeck

□ ab 1900: Leiter eines Sanatoriums in Baden-Baden. □ 1921: »Der Seelensucher. Ein psychoanalytischer Roman«. □ postum 1970: »Der Mensch und sein Es. Briefe, Aufsätze, Biographisches«. □ 1991: »Satanarium« (Hg. O. Jägersberg).

Groener, Wilhelm

dt. Militär und Politiker
* 22.11.1867 Ludwigsburg
† 3.5.1939 Bornstedt bei Potsdam

Groener war in seinen militärischen und politischen Ämtern ein hervorragender Organisator, der stets um sozialen Ausgleich bemüht war. Sein Bemühen, die neue Reichswehr in die staatliche Ordnung zu integrieren, blieb allerdings erfolglos. Sie blieb — wenn auch oft neutral — in verhängnisvoller Weise ein Staat im Staate.

W. Groener (r.) mit H. Held und P. von Hindenburg (l.).

Nach seinem Ausscheiden aus der Reichswehr leitete der parteilose G., der der liberalen DDP nahestand, bis zum Sturz von H. →Brüning (1932) mehrere Reichsministerien. Als Innenminister verbot er im April 1932 die Kampfbünde SA und SS der Nationalsozialisten.

□ 1884: Soldat. □ 1914: Chef des Feldeisenbahnwesens. □ 1916/17: Im Vorstand des Kriegsernährungsamtes; Chef des Kriegsamtes, zugleich stellv. preuß. Kriegsmin. □ 1918/19: Als Nachfolger →Ludendorffs Generalquartiermeister; Generaloberst. □ 1920-23: Reichsverkehrsmin. □ 1928-32: Reichswehrmin. □ 1931/32: Zugleich Reichsinnenmin.

▷ W. Groener: Lebenserinnerungen, 1967.

Grohmann, Will

dt. Kunsthistoriker
* 4.12.1887 Bautzen † 6.5.1968 Berlin

Grohmann war einer der progressivsten Kunsthistoriker seiner Generation, der sich schon in den 20er Jahren für avantgardistische Künstler wie E. L. →Kirchner und die Brücke-Mitglieder, für W. →Kandinsky und P. →Klee ebenso einsetzte wie nach dem 2. Weltkrieg für Angehörige der jüngeren Avantgarde. G. verfaßte maßgebende Monografien und Werkverzeichnisse, u. a. über Kirchner, Kandinsky, W. Baumeister und H. →Moore. Daneben trat er mit zahllosen Katalogbeiträgen, Essays und Vorträgen zur zeitgenössischen Kunst hervor.

□ 1908-13: Studium der Kunst- und Literaturgeschichte und Philosophie in Leipzig und Paris. □ ab 1918: Gymnasiallehrer. □ 1926-29: Wissenschaftlicher Assistent an der Staatlichen Gemäldegalerie, Dresden. □ 1948-58: Prof. an der Hochschule für bildende Künste, Berlin/West.

Gromyko, Andrei A.

sowjet. Politiker
* 18.7.1909 Starije Gromyki bei Gomel
† 2.7.1989 Moskau

Gromyko, ab 1939 im diplomatischen Dienst der UdSSR und Teilnehmer der alliierten Kriegskonferenzen von Teheran (1943) und Potsdam (1945), leitete 1957-85 das sowjetische Außenministerium. Zeitweilig der »dienstälteste Außenminister der Welt«, vertrat G. bis zuletzt entschieden die hegemoniale Politik seines Landes. So rechtfertigte er 1969 vor der UNO-Vollversammlung die Besetzung der Tschechoslowakei durch die Truppen des Warschauer Pakts und kritisierte in den 70er Jahren die Menschenrechtspolitik von US-Präsident J. →Carter. Am Zustandekommen des Moskauer Vertrags von 1970, einem der wichtigsten Ergebnisse der neuen Ostpolitik der Regierung W. →Brandt, war G. maßgeblich beteiligt. 1985 wurde G. im Zuge der außenpolitischen Neuorientierung unter Präsident →Gorbatschow durch E. A. →Schewardnadse abgelöst und bekleidete bis zu seiner völligen Entmachtung (1988) das Amt des Staatsoberhaupts.

← Andrei Gromyko

□ 1931: Eintritt in die KPdSU. □ 1936-39: Mitarbeiter am Wirtschaftswissenschaftlichen Inst. der Akademie der Wissenschaften. □ 1939: Eintritt in den diplomatischen Dienst. □ 1943-46: Botschafter in den USA. □ 1946-48: Ständiger Vertreter der Sowjetunion beim Weltsicherheitsrat der UNO. □ 1949-52, 1953-57: 1. Stellv. des Außenmin. □ 1952/53: Botschafter in London. □ ab 1957: Mitgl. des ZK der KPdSU. □ 1957-85: Außenmin. □ 1973-88: Mitgl. des Politbüros der KPdSU. □ 1985-88: Staatsoberhaupt.

▷ A. Gromyko: Erinnerungen, dt. 1990.

Grönemeyer, Herbert

dt. Rockmusiker und Schauspieler
* 12.4.1956 Göttingen

Grönemeyer wurde 1984 mit seiner LP »4630 Bochum«, auf der er mit Liedern wie »Männer« oder »Gib mir mein Herz zurück« treffsicher den Zeitgeist beschwor, zu einem Rockidol der 80er Jahre. Von P. →Zadek als schauspielerisches Naturtalent gefördert, stand er bereits 1981 nach Engagements in Köln, Stuttgart, Hamburg und Berlin in W. →Petersens Welterfolg »Das Boot« vor der Filmkamera.

← Herbert Grönemeyer

□ 1968: Gründung seiner ersten Band. □ 1974: Erste Kompositionen für das Schauspielhaus in Bochum. □ 1975: Abitur, Studium der Rechts- und Musikwissenschaften. □ 1978: Erste LP »Grönemeyer«. □ 1982: Hauptrolle in »Frühlingssinfonie« (Rg. P. Schamoni, mit N. →Kinski). □ 1984: Platin für »4630 Bochum«, ebenso für »Sprünge« (1986), »Ö« (1988) und »Luxus« (1990).

Gropius, Walter

dt.-amer. Architekt und Designer
* 18.5.1883 Berlin † 5.7.1969 Boston, Mass.

W. Gropius verband in der Architektur Kunst und Technik.

Mit der Gründung des Bauhaus, der Schule für Kunst, Design und Architektur 1919 in Weimar, verband Gropius das Ziel, Kunst und Technik zu einer neuen Einheit zu verschmelzen. Dies entsprach seiner Forderung, die funktionalistische Architektur, Bautechnik und Wirtschaftlichkeit mit ästhetischen, psychologischen und sozialen Bedürfnissen in Einklang zu bringen. Schon 1910/11 verwendete er bei der Fagus-Schuhleistenfabrik in Alfeld/Leine Glaswände als Raumhülle ohne tragende Funktion, um Arbeitsplatz und Umgebung in Beziehung zu setzen. Funktionsgerechte Gliederung durch freie Grundrißgestaltung kennzeichnet den Bauhaus-Komplex in Dessau (1925/26). Im Siedlungsbau wirkte G. der Gleichförmigkeit durch variablen Einsatz vorgefertigter Elemente entgegen. Als Teil eines Berliner Großprojekts entstand 1929/30 die Siemensstadt; ihr folgte 1964-68 die Berliner Buckow-Rudow-Siedlung (heute Gropiusstadt). Zu den zahlreichen nicht realisierten Entwürfen gehörte das 1927 für E. →Piscator entwickelte Totaltheater. In der Emigration vertrat G. als Lehrender wie als Architekt seine 1930 geäußerte Überzeugung, daß die Rationalisierung des Bauwesens »nur Sinn hat, wenn sie lebensbereichernd wirkt«.

□ 1903-07: Architekturstudium in München und Berlin. □ 1907-10: Assistent von P. →Behrens in Berlin. □ ab 1911: Zusammenarbeit mit Adolf Meyer (* 1881, † 1929). □ 1914:

Musterfabrik der Werkbund-Ausstellung in Köln. □ 1919-28: Dir. des Bauhaus in Weimar und (ab 1926) in Dessau. □ 1920: Märzgefallenen-Denkmal in Weimar. □ 1930: Gestaltung von Autokarosserien für die Adler-Werke. □ 1934: Emigration nach England. □ 1937-52: Leiter der Architekturabteilung der Harvard Univ. in Cambridge, Mass. □ 1937-41: Zusammenarbeit mit M. →Breuer. □ 1946: Gründung des Büros The Architects' Collaborative (TAC). □ 1956/57: Beteiligung an der Interbau in Berlin/West (Wohnblock im Hansaviertel). □ 1957-61: US-Botschaft in Athen. □ 1963-67: Porzellanfabrik Rosenthal in Selb.

▷ W. Gropius: Internationale Architektur, 1925 (NA 1981); S. Giedion: Walter Gropius. Mensch und Werk, 1954; K. Wilhelm: Walter Gropius. Industriearchitekt, 1983; P. Berdini: Walter Gropius, 1984; H. Probst/Ch. Schädlich: Walter Gropius, 3 Bde., 1986/87.

Gross, Johannes

dt. Journalist und Publizist
* 6.5.1932 Neunkhausen, Rhld.-Pf.

Gross, Herausgeber der Wirtschaftsmagazine Capital und Impulse, wurde durch die Moderation der ZDF-Sendung »Die Bonner Runde« (1977-84) zu einem der bekanntesten Journalisten der BRD. Der ehemalige Berater von Altbundeskanzler L. →Erhard, der mehrere politische Bücher verfaßte, schreibt seit 1971 Leitartikel, Glossen und Kolumnen für die Frankfurter Allgemeine Zeitung.

□ 1959-62: Bonner Korrespondent, ab 1961 Ressortchef Politik der Deutschen Zeitung. □ 1962-68: Leiter der Politischen Abteilung und stellv. Dir. des Aktuellen Programms im DLF. □ 1967: »Die Deutschen« (Schr.). □ 1968: Chefredakteur und stellv. Intendant der DW. □ 1974-80: Chefredakteur von Capital. □ Seit 1980: Hg. von Capital und Impulse. □ 1983: Vorstandsmitgl. des Verlags Gruner + Jahr AG & Co. □ 1985: »Notizbuch« (Sammlung gleichbetitelter Beiträge für das Frankfurter Allgemeine Magazin). □ 1986: Ludwig-Erhard-Preis für Wirtschaftspublizistik. □ 1990: »Das neue Notizbuch. 1985-1990«.

← Johannes Gross

Alfred Grosser →

Groß, Michael

dt. Schwimmer
* 17.6.1964 Frankfurt/Main

Groß war der überragende Schwimmer der 80er Jahre. Der »Albatros«, wie der 2,01 m große Athlet wegen der enormen Spannweite seiner Arme genannt wurde, war dreimal Olympiasieger, fünfmal Weltmeister und dreizehnmal Europameister. Zu seinen Spezialdisziplinen gehörten die 200 m Freistil sowie die 100 und 200 m Schmetterling. G., der für den EOSC Offenbach startete, schwamm neben 68 nationalen Rekorden 12 Welt- und 24 Europarekorde.

□ 1981: Europameister 200 m Schmetterling. □ 1982: Weltmeister 200 m Freistil und 200 m Schmetterling. □ 1983: Europameister 200 m und 4x200-m-Freistil, 100 m und 200 m Schmetterling und 4x100-m-Lagen. □ 1984: Olympiasieger in Los Angeles über 200 m Freistil und 100 m Schmetterling, Olympiazweiter 200 m Schmetterling und 4x200-m-Freistil. □ 1985: Europameister 200 m, 4x100 m und 4x200-m-Freistil, 100 m und 200 m Schmetterling und 4x100-m-Lagen. □ 1986: Weltmeister 200 m Freistil und 200 m Schmetterling. □ 1987: Europameister 200 m Schmetterling und 4x200-m-Freistil. □ 1988: Olympiasieger in Seoul über 200 m Schmetterling, Olympiadritter 4x200-m-Freistil. □ 1991: Weltmeister 4x200-m-Freistil.

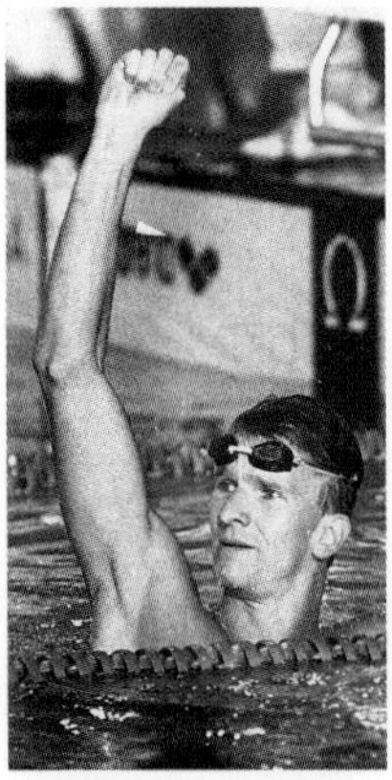
← Michael Groß

Gross, Otto

dt. Arzt und Psychopathologe österr. Herkunft
* 17.3.1877 Gniebing, Steiermark
† 13.2.1920 Berlin

Gross' Verdienst besteht darin, als einer der ersten der naturwissenschaftlich orientierten Psychoanalyse sozialkritische Perspektiven gegeben zu haben. Er widmete sich der Rehabilitation gescheiterter und gesellschaftlich ausgegrenzter Menschen, zu denen er selbst zählte.

□ 1901: »Compendium der Pharmakotherapie« (Schr.). □ 1908: Drogenentziehungskur und Analyse bei C. G. →Jung in der Züricher Heilanstalt Burghölzli. □ 1909: »Über psychopathische Minderwertigkeiten« (Schr.). □ 1913: Verhaftung in Berlin und Ausweisung wegen sozialrevolutionärer, angeblich anarchistischer Gesinnung; Einweisung in eine psychiatrische Anstalt. □ 1914: Entlassung auf Druck seiner Freunde, u. a. E. →Mühsam; Arbeit als Arzt.

▷ E. Hurwitz: Otto Gross: »Paradies«-Sucher zwischen Freud und Jung, 1979.

Grosser, Alfred

frz. Politologe und Publizist dt. Herkunft
* 1.2.1925 Frankfurt/Main

Der Politikwissenschaftler und Germanist Grosser gehört seit 1948 zu den wichtigsten Vermittlern zwischen Franzosen und Deutschen. In seinen zahlreichen Büchern, Aufsätzen und Reden wirbt er unermüdlich für den Abbau von Vorurteilen zwischen beiden Ländern (»Deutschlandbilanz«, 1970). 1975 erhielt G. den Friedenspreis des Deutschen Buchhandels.

□ 1933: Emigration mit den Eltern nach Frankreich. □ 1937: Frz. Staatsbürgerschaft. □ 1955: Prof. für politische Wissenschaften an der Sorbonne. □ ab 1965: Mitarbeiter zahlreicher Zeitungen (u. a. Le Monde, Ouest-France), sowie für das dt. Fernsehen. □ 1967: Generalsekretär des Frz. Komitees für Austausch mit dem neuen Deutschland. □ 1985: »Das Deutschland im Westen, Bilanz nach 40 Jahren« (Schr.). □ 1986: »Bundesrepublik Deutschland« (Schr.). □ 1987: »Mit Deutschen streiten« (Schr.). □ 1989: »Vernunft und Gewalt« (Schr.).

Grossman, Wassili Semjonowitsch

sowjet. Schriftsteller
* 20.12.1905 Berditschew, Ukraine
† 14.9.1964 Moskau

Obwohl Grossman ein offiziell anerkannter Schriftsteller und Literaturfunktionär war,

Wassili Grossman an seinem Schreibtisch, 1945.

schrieb er regimekritische Werke, die nur im Untergrund oder im Ausland erscheinen konnten. Der Grundgedanke seines Weltkriegsromans »Leben und Schicksal« (postum 1980, dt. 1984) ist die Wesensgleichheit von Nationalsozialismus und Stalinismus; er wurde erst 1988 in der UdSSR veröffentlicht. Von G. stammt auch »In der Stadt Berditschew« (Erz., 1947, dt. 1989), die Vorlage zu A. →Askoldows Film »Die Kommissarin« (1967, UA 1988).

Grosz, Georg Ehrenfried »Georges«

dt. Grafiker und Maler
* 26.7.1893 Berlin † 6.7.1959 Berlin/West

Grosz, bis heute Inbegriff des sozialkritischen Künstlers, entwickelte seine aggressive Form satirischer Typisierung aus der dadaistischen Collage und Fotomontage (Zusammenarbeit mit J. →Heartfield). Nach grafischen Zyklen wie »Ecce Homo« (1922) und »Der Spießerspiegel« (1925) entstand als Hauptwerk das Gemälde »Die Stützen der Gesellschaft« (1926, Berlin, Neue Nationalgalerie) mit den Symbolfiguren des Rechtsradikalismus, Chauvinismus, Militarismus und klerikaler Bigotterie. Die juristischen Sanktionen gegen G. reichten bis zur Verurteilung wegen Gotteslästerung anläßlich der Beteiligung an E. →Piscators Berliner »Schwejk«-Inszenierung 1928.

Otto Grotewohl →

George Grosz griff in seinen Bildern Spießbürgertum und Bigotterie an.

□ 1909-14: Kunststudium (Dresden, Berlin). □ 1914/15: Kriegsfreiwilliger, Entlassung wegen Krankheit. □ 1918: Mitbegründer des Berliner Club Dada. □ 1920: Beteiligung an der Ersten Int. Dada-Messe in Berlin. □ 1925: Beteiligung an der Mannheimer Ausstellung Neue Sachlichkeit (G. F. →Hartlaub). □ 1931-55: Gastdozent, nach der Emigration 1933 Lehrer an der Art Students' League in New York. □ 1937: Entfernung von 285 »entarteten« Werken aus dt. Museen. □ 1938: Erwerb der amer. Staatsbürgerschaft. □ 1959: Rückkehr nach Berlin.

▷ A. Dückers: George Grosz. Das druckgrafische Werk, 1978; H. Hess: George Grosz, 1982.

Grotewohl, Otto

dt. Politiker
* 11.3.1894 Braunschweig † 21.9.1964 Ost-Berlin

Nach zunächst zögernder Haltung besiegelte Grotewohl im April 1946 durch seinen Händedruck mit W. →Pieck die Vereinigung von SPD und KPD zur SED. Er hatte danach wesentlichen Anteil am Aufbau der SED, blieb allerdings selbst als Ministerpräsident der DDR im Schatten von W. →Ulbricht. Die sozialdemokratische Komponente in der zwangsvereinigten Partei vermochte er kaum zur Geltung zu bringen. 1991 wurde sein früheres Wohnhaus in Berlin zur »Literaturwerkstatt« umfunktioniert.

□ 1912-18; 1922-46: Mitgl. der SPD. □ 1918-22: Mitgl. der USPD. □ 1921-24: Min. für Inneres und Justiz in Braunschweig. □ 1925-32: MdR. □ nach 1933: Handelsvertreter. □ 1938-45: Mehrfach in politischer Haft. □ 1946-64: Mitgl. des ZK und des Politbüros der SED. □ 1946-54: Mitvors. der SED. □ 1949-64: Ministerpräs. der DDR. □ ab 1960: Stellv. Vors. des Staatsrats der DDR.

▷ H. Vosske: Otto Grotewohl. Biographischer Abriß, 1979.

Grothe, Franz Johannes August

dt. Komponist
* 17.9.1908 Berlin † 12.9.1982 Köln

Der Pianist und Arrangeur avancierte bald nach dem Beginn des Tonfilms zum Hauskomponisten der UFA. Grothe schrieb die Musik zu ca. 170 Unterhaltungsfilmen, darunter »Die Herren vom Maxim« (1932), »Aufruhr der Herzen» (1944), »Fanfaren der Liebe« (1951), »Ich denke oft an Piroschka« (1955), »Wir Wunderkinder« (1958) und »Das Wirtshaus im Spessart« (1959).

Franz Grothe: Seine Schlager wurden Evergreens.

Evergreens wurden die Schlager »In der Nacht ist der Mensch nicht gern alleine« und »So schön wie heut, so müßt es bleiben«.

Grotowski, Jerzy

poln. Theaterleiter und Regisseur
* 11.8.1933 Rzeszów

Mit seiner Theorie des sog. armen Theaters, die auf Magie und Ritual, Selbstfindung und kollektivem Empfinden aufbaut, wurde Grotowski weltweit zur Leitfigur des Freien Theaters. Das »arme Theater« verzichtet auf den Bühnenapparat und konzentriert sich auf den Spieler und dessen vielfältige darstellerische Möglichkeiten. Seit Mitte der 70er Jahre beschäftigt sich G. mit der Entwicklung sog. Special Projekts, einer Art Selbsterfahrungsgruppen.

□ 1957: Regiedebüt mit »Die Stühle« (E. →Ionesco) in Krakau. □ 1959: Mit L. Flaszen Gründung des »Theater der 13 Reihen« in Oppole. Später Umbenennung in Theater-Laboratorium. □ 1965: Umzug nach Wroclaw (Breslau). □ ab 1965: Weltweite Gastspielreisen.

▷ J. Grotowski: Das arme Theater, 1968 (dt. 1970); T. Baszynski/Z. Osinski: Das Theaterlaboratorium Grotowskis, 1979.

Groult, Benoîte

frz. Schriftstellerin
* 1920

Benoîte Groult beschäftigt sich vor allem mit Frauenfiguren.

Groult hatte mit ihrem Roman »Salz auf unserer Haut« (1988, dt. 1989) sensationellen Erfolg. Die Jurorin des Prix Femina, die bis 1953 Journalistin beim französischen Rundfunk (RTF) war und mit 40 Jahren zusammen mit ihrer Schwester ein erstes Buch veröffentlichte, erzählt darin in unverblümter Sprache von der lebenslang andauernden, nur auf sexuellem Verlangen beruhenden Liebesbeziehung eines ungleichen Paares, einer Pariser Intellektuellen und eines bretonischen Fischers.

▷ F. Gontier: Benoîte Groult, frz. 1978.

Gruber, Edmund Leon

dt. Journalist
* 5.9.1936 München

Der Kaufmannssohn Gruber, seit 1988 Intendant des DLF, machte sich in den 60er und 70er Jahren auf verschiedenen Korrespondentenplätzen im Nahen Osten und den USA einen Namen als exzellenter Journalist. 1981 sorgte G. als Leiter der Nachrichtenredaktion »ARD-Aktuell« (1980-88) für Schlagzeilen: Mitarbeiter warfen ihm vor, innere Zensur auszuüben. Dem der CDU nahestehenden Chefredakteur wurde 1983 Heiko Engelkes zur Seite gestellt.

Edmund Gruber →

□ 1963: Wechsel von der Süddeutschen Zeitung zum Bayerischen Rundfunk (BR). □ ab 1967: ARD-Korrespondent in Tel Aviv (zuständig für Israel, Griechenland, Türkei, Zypern und Iran). □ 1973: Wechsel nach London. □ 1978-80: ZDF-Korrespondent in Washington. □ 1980-88: Chefredakteur von »ARD-Aktuell« (Nachfolger von D. →Gütt). □ seit 1988: Intendant des DLF in Köln.

Grüber, Klaus Michael

dt. Regisseur
* 4.6.1941 Neckarelz

K. M. Grüber →

Mit bilderreichen, assoziativen Inszenierungen stellt Grüber die traditionellen Formen und Inhalte des konventionellen Theaters in Frage und sucht nach ästhetisch neuen Wegen. Bilder, Visionen und pantomimische Szenen dienen G. nicht der Ausbeutung eines Textes, sondern dem »Reinhören« in und dem Nachdenken über ihn. Damit arbeitet er oft gegen den dramatischen Dialog an und verweigert sich auf diese Weise der Konsumhaltung des Theaterbetriebs.

□ 1962-67: Regieassistent bei G. →Strehler in Mailand. □ 1967: Regiedebüt mit »Der Impresario von Smyrna« (Goldoni) in Freiburg i. Br. □ 1969-73: Regisseur in Bremen unter K. →Hübner. □ 1971: Erste Opernregie mit »Wozzek« (A. →Berg). □ 1973: Mit »Das letzte Band« (S. →Beckett) zum Berliner Theatertreffen. □ 1976: »Walküre« (R. Wagner) an der Pariser Oper. □ 1977: »Die Winterreise« (nach Hölderlins »Hyperion«) im Berliner Olympia-Stadion. □ 1984: »Bérénice« (Racine) an der Comédie Française in Paris. □ 1988: »Die Affäre Rue de Louraine« (Labiche) an der Schaubühne. □ 1989: »Dantons Tod« (G. Büchner) in Paris.

▷ U. B. Carstensen: Klaus Michael Grüber, 1988.

Grün, Max von der

dt. Schriftsteller
* 25.5.1926 Bayreuth

Vor dem Hintergrund eigener Erfahrungen als Bergarbeiter im Ruhrgebiet griff Grün als einer der ersten deutschen Autoren seit den 20er Jahren die sozialen Aspekte der modernen Arbeitswelt auf, ohne jedoch eine Politisierung der Arbeiter anzustreben. Von Arbeitgeberseite wie den Gewerkschaften angefeindet, rückt der Mitbegründer der Autoren-Gruppe 61 (1972 aufgelöst) in Romanen, Hörfunk- und Fernsehbeiträgen Probleme des Arbeiteralltags in der Industriegesellschaft ins öffentliche Bewußtsein.

Max von der Grün →

□ 1951-64: Arbeiter im Untertagebergbau. □ 1961: Mitbegründer der Gruppe 61. □ 1962: »Männer in zweifacher Nacht« (R.). □ 1963: »Irrlicht und Feuer« (R.; TV 1966 und 1968). □ 1968: »Zwei Briefe an Pospischiel« (R.; TV 1970). □ 1973: »Stellenweise Glatteis« (R.; TV 1975). □ 1979: »Flächenbrand« (R. und TV). □ 1986: »Die Lawine« (R.). □ 1990: »Springflut« (R.).

▷ F. Schonauer: Max von der Grün, 1978.

Gründgens, Gustaf

dt. Schauspieler, Regisseur und Intendant
* 22.12.1899 Düsseldorf
† 7.10.1963 Manila (Philippinen)

Seine überragenden Talente als Schauspieler, Regisseur und Intendant machten Gründgens zu einer der bedeutendsten und zugleich umstrittensten Persönlichkeiten des deutschen Theaters während des Dritten Reichs und der nachfolgenden Ära K. →Adenauers. Während seiner Zeit als Generalintendant der Berliner Bühnen (ab 1937) setzte er sich zwar dem Vorwurf aus, er würde sich von den Nationalsozialisten mißbrauchen lassen, konnte jedoch auch vielen Kollegen das Leben retten.
Als Schauspieler faszinierte G. durch seine vielseitige mimische Ausdrucksfähigkeit, seine tänzerische Kraft und sein Sendungsbewußtsein, als ein dem Klassizismus verpflichteter Regisseur durch seine Klarheit, Präzision und Sparsamkeit im Einsatz technischer Mittel und als Intendant durch seine Führungsqualitäten. Seine wichtigste Bühnenfigur als Schauspieler und Regisseur war der Mephisto (Goethes »Faust«), dessen bahnbrechende Interpretationen (1941, 1957 und 1958; W. →Quadflieg) ihm internationale Anerkennung verschafften.

□ 1919-20: Ausbildung an der Düsseldorfer Theaterakademie. □ 1920/21: Erstes Engagement an den Städtischen Bühnen Halberstadt. □ 1922-28: Engagement an den Hamburger Kammerspielen. □ 1925-28: Ehe mit Erika Mann (Tochter von Th. →Mann). □ 1928-34: Schauspieler und Regisseur an den Max-Reinhardt-Bühnen in Berlin. □ 1936-47: Ehe mit M. →Hoppe. □ 1937: Ernennung zum Generalintendanten Berlins und Staatsschauspieler. □ 1945/46: Mehrere Verhaftungen durch die Sowjets. □ 1947-55: Generalintendant der Städtischen Bühnen Düsseldorf. □ 1955-63: Generalintendant des Dt. Schauspielhauses Hamburg. □ 1962: Letzte Rolle als Philipp II. in Schillers »Don Carlos«.

▷ G. Gründgens: Wirklichkeit des Theaters, 1953; A. Mühr: Mephisto ohne Maske, 1981; R. Badenhausen (Hg.): Laß mich ausschlafen, 1982; H. Goertz: Gustaf Gründgens, 1982.

G. Gründgens in seiner Paraderolle als »Mephisto«, 1959.

Max Grundig →

Grundig, Max

dt. Unternehmer
* 7.5.1908 Nürnberg † 8.12.1989 Baden-Baden

Grundig stieg nach dem 2. Weltkrieg in kurzer Zeit zum größten Radiohersteller Europas auf. Bereits 1948 produzierte er das legendäre Modell »Weltklang«, ab 1951 folgten Tonband- und Fernsehgeräte. 1982 schlug G. angesichts wachsender Konkurrenz aus Fernost, die dem Unternehmen 1980/81 erstmals Umsatzverluste beschert hatte, den Zusammenschluß der europäischen Unterhaltungselektronik-Branche unter einer Handelsmarke vor, fand damit aber nur bei Philips Anklang. 1984 übernahm Philips die unternehmerische Leitung der Grundig AG, während G., oft auch »Monument des privaten Unternehmertums« genannt, bis zu seinem Tod Vorstandsvorsitzender der Mehrheitsaktionärin Max-Grundig-Stiftung blieb.

□ 1930: Eröffnung von »Radio-Vertrieb Fürth, Grundig & Wurzer, Handel mit Radiogeräten«. □ 1938: Erste Umsatzmillion mit der Produktion von Transformatoren. □ 1946: Erster großer Erfolg mit bezugsscheinfreiem Einkreiser-Radiobaukasten »Heinzelmann«. □ ab 1951: Tonband- und Fernsehgeräte. □ 1957: Aktienmehrheit bei den Büromaschinenwerken Triumph und Adler. □ 1959-68: Gründung weiterer Produktionsstätten in Europa und Taiwan. □ 1979: Gesellschaftsrechtliche Verbindung zwischen Grundig AG und Philips. □ ab 1984: Errichtung einer Hotelkette.

Herbert Grundmann →

Grundmann, Herbert

dt. Historiker
* 14.2.1902 Meerane bei Zwickau
† 20.3.1970 München

Das Interesse des Mediävisten Grundmann, ab 1950 Professor an der Universität in München, galt der Geistesgeschichte und Historiographie des Mittelalters. G. war Präsident der nach dem 2. Weltkrieg neugegründeten »Monumenta Germaniae Historica« und Herausgeber des »Archivs für Kulturgeschichte«. Er betreute ferner federführend 1954-60 die 8. und 9. Auflage (1970) des von B. →Gebhardt begründeten »Handbuchs der deutschen Geschichte«, einem Standardwerk.

□ 1935: »Religiöse Bewegungen im Mittelalter« (Schr.). □ 1939-50: Prof. an der Univ. Königsberg; ab 1944 Münster. □ ab 1950: Prof. an der Univ. München. □ 1957: »Vom Ursprung der Univ. im Mittelalter« (Schr.). □ 1963: »Ketzergeschichte des Mittelalters« (Schr.). □ 1965: »Geschichtsschreibung im Mittelalter« (Schr.).

Grunwald, Henry

(eig. Heinrich Anatol Grünwald)
amer. Journalist, Publizist und Diplomat
österr. Herkunft
* 3.12.1922 Wien

Grunwald war 1979-87 Chefredakteur der Time, des meistgelesenen politischen Nachrichtenmagazins der Welt. Unter der Ägide G.s, der als 16jähriger mit seiner Familie in die USA kam und 1945 als Redakteur bei Time begann, wurden zunehmend neue Themen in dem Magazin behandelt (Umwelt, Energie, Gesellschaft). Der Journalist prägte auf dem Höhepunkt seiner Karriere auch die übrigen Publikationen des Time-Incorporated-Konzerns (u. a. Life, People, Time-Life-Books). Seit 1988 ist G. US-Botschafter in Österreich.

Gruša, Jiří

tschech. Schriftsteller, Übersetzer und Diplomat
* 10.11.1938 Pardubice

Gruša, der als entschiedener Verfechter von Menschen- und Bürgerrechten sowie als Unterzeichner der Charta 77 in der Tschechoslowakei lange Jahre verfolgt und 1981 ausgebürgert wurde, vertritt nach dem demokratischen Umbruch seit 1990 sein Land als Botschafter in Bonn. Als einer der vielseitigsten Literaten des tschechischen Exils veröffentlichte G. außer Lyrik mehrere komplex strukturierte, z. T. kafkaeske Romane; in »Mimner« (1972, dt. 1986) schildert er den Sieg eines totalitären Staates über das hilf- und rechtlose Individuum.
G. wurde auch als Übersetzer von R. M. →Rilke und F. →Kafka sowie als Förderer tschechischer Literatur im Ausland bekannt.

□ 1970: Berufsverbot. □ 1975: »Der 16. Fragebogen« (R., dt. 1979). □ 1983: Hg. des Bildbandes »Franz Kafka aus Prag«; »Janinka« (R., dt. 1984). □ 1991: »Gedichte«.

Bernhard Grzimek regte die Einrichtung afrikanischer Nationalparks an.

Grzimek, Bernhard

dt. Zoologe
* 24.4.1909 Neisse, Schlesien
† 13.3.1987 Frankfurt/Main

Grzimek, 1945-74 Direktor des Zoologischen Gartens in Frankfurt/Main, war ein bedeutender und engagierter Verfechter des Naturschutzes, der sich in populärwissenschaftlichen Büchern, Filmen und Fernsehsendungen für die Erhaltung freilebender Tiere einsetzte. Bekannt wurde der Veterinär 1956 mit seiner ersten TV-Serie »Ein Platz für Tiere«, die zu den erfolgreichsten und langlebigsten Sendereihen des deutschen Fernsehens wurde. Mit seinem Sohn Michael (1959 abgestürzt bei Luftaufnahmen für den mit dem Oscar ausgezeichneten Dokumentarfilm »Serengeti darf nicht sterben«) drehte G. 1956 den Film »Kein Platz für wilde Tiere«, der den Bundesfilmpreis und den Berliner »Goldenen Bären« erhielt. Die Einrichtung des Nationalparks in Kenia (1966) geht auf G.s Initiative zurück, der von den Regierungen Tansanias und Ugandas zum Kurator ihrer Nationalparks ernannt wurde und dort hohes Ansehen genoß.

□ 1954: »Kein Platz für wilde Tiere« (Schr.). □ 1959: »Serengeti darf nicht sterben« (Schr., übersetzt in 36 Sprachen). □ 1960: Gründer der Zeitschrift Das Tier. □ 1967-74: Hg. von »Grzimeks Tierleben« (16 Bde.). □ 1969-73: Naturschutzbeauftragter der dt. Bundesregierung. □ 1970: Goldmedaille des World Wildlife Fund (WWF). □ 1980: »Einsatz für Afrika. Neue Erlebnisse mit Wildtieren« (Schr.). □ 1987: Hg. von »Grzimeks Enzyklopädie der Säugetiere« (5 Bde.).

▷ B. Grzimek: Tiere, mein Leben. Erlebnisse und Forschungen aus fünf Jahrzehnten (Aut.), 1984.

Tatjana Gsovsky →

Gsovsky, Tatjana

dt. Tänzerin, Choreographin und Tanzpädagogin
russ. Herkunft
* 18.3.1901 Moskau

Während ihrer Arbeit in Ost- und West-Berlin gab Gsovsky, die 1925 nach Deutschland übergesiedelt war, der deutschen Tanzszene in den 50er Jahren wichtige Impulse. Ausgebildet für das klassische Ballett, aber auch vom freien Tanz I. →Duncans beeinflußt, choreographierte sie neben Stücken aus dem klassischen Repertoire moderne Werke mit eigens dafür geschaffener Musik — komponiert u. a. von C. →Orff, G. v.

→Einem, B. →Blacher und W. →Egk. G.s (reisendes) Berliner Ballett war für seine hohe tänzerische Qualität bekannt.

□ 1920: Ballettmeisterin in Krasnodar. □ 1925: Übersiedlung nach Berlin. □ 1929: Gründung einer klassischen Ballettschule in Berlin. □ 1942-44: Choreographin in Leipzig. □ 1945-52: Ballettmeisterin an der Dt. Staatsoper in Ost-Berlin. □ 1947: »Zauberladen« (M.: G. Rossini/ O. →Respighi) in Berlin. □ 1948: Dt. EA von »Romeo und Julia« (M.: S. →Prokofjew). □ 1952-54: Ballettmeisterin am Teatro Colon in Buenos Aires. □ 1954-65: Ballettdir. der Städtischen (später: Dt.) Oper Berlin/West. □ 1954: »Roter Mantel« (M.: L. →Nono) bei den Berliner Festwochen. □ 1955: Gründung des Berliner Balletts. □ 1959-66: Zugleich Leiterin des Balletts in Frankfurt/Main; zahlreiche Gastchoreographien, u. a. in München und Mailand.

▷ S. Enkelmann/T. Gsovsky: Ballett in Deutschland, 1954.

Guardini, Romano

dt. Religionsphilosoph und Theologe (kath.)
ital. Herkunft
* 17.2.1885 Verona † 1.10.1968 München

Guardini war in den 50er und 60er Jahren ein bedeutender Interpret und Vermittler katholischer Weltanschauung. Mit seinen christlich-existentiellen Analysen der Werke großer Kirchenväter, Philosophen und Dichter hat er die intellektuellen Kreise des Laienkatholizismus und des Protestantismus beeinflußt.

← Romano Guardini

□ 1922: »Vom Sinn der Kirche« (Schr.). □ 1939: Als Prof. der Univ. Berlin zwangsemeritiert. □ 1929: »Das Gute, das Gewissen und die Sammlung« (Schr.). □ 1933: »Der Mensch und der Glaube. Versuch über die religiöse Existenz in Dostojewskijs großen Romanen« (Schr.). □ 1935: »Die Bekehrung des hl. Aurelius Augustinus« (Schr.). □ 1939: »Hölderlin. Weltbild und Frömmigkeit« (Schr.). □ 1941: »Zu R. M. Rilkes Deutung des Daseins« (Schr.). □ 1944: »Der Tod des Sokrates«. □ 1948-63: Prof. an der Univ. München. □ 1950: »Das Ende der Neuzeit« (Schr.). □ 1952: Friedenspreis des Dt. Buchhandels.

▷ R. Guardini: Stationen und Rückblicke (Aut.), 1965; H. Engelmann/F. Ferrier: Romano Guardini, 1966; H. R. Schlette: Romano Guardini — Werk und Wirkung, 1973.

Guareschi, Giovanni

ital. Schriftsteller
* 1.5.1908 Fontanelle di Rocca Bianca, Prov. Parma
† 22.7.1968 Cervia

Größter Erfolg Guareschis war sein heiter-satirischer Roman »Don Camillo und Peppone« (1948, dt. 1950). Mit der pointenreichen Darstellung des »kameradschaftlichen« Kampfes zwischen einem Dorfpfarrer (Don Camillo) und einem kommunistischen Bürgermeister (Peppone) um die Seelen ihrer Mitbürger kritisierte G. politischen Extremismus, Korruption und den Konformismus seiner Zeit. Der gleichnamige Film (1952) von J. →Duvivier mit dem französischen Schauspieler →Fernandel in der Rolle des listig-gewitzten Pfarrers machte G. auch außerhalb Italiens bekannt.

□ 1929: Redakteur des Corriere Emiliano in Parma. □ 1936-43: Chefredakteur der satirischen Wochenzeitung Bertoldo. □ 1942: »Das Schicksal heißt Clothilde« (R., dt. 1952). □ 1943: Dt. Kriegsgefangenschaft. □ 1944: »Carlot-

G. Guareschi, einer der bekanntesten Satiriker Italiens.

ta und die Liebe« (R., dt. 1952). □ 1945-61: Leiter der humoristischen Zeitschrift Candido in Mailand. □ 1948: »Don Camillo und Peppone« (R., dt. 1950). □ 1952: Dt. Auswahl »Enthüllungen eines Familienvaters« (Erz.n). □ 1953: »Don Camillo und seine Herde« (R., dt. 1953). □ 1954: »Bleib in deinem D-Zug« (Erz.n, dt. 1955). □ 1963: »Genosse Don Camillo« (R., dt. 1964). □ 1968: »Mein häuslicher Zirkus« (Erz.n, dt. 1969). □ postum 1969: »Don Camillo und die Rothaarige« (R., dt. 1969).

Gubaidulina, Sofia

sowjet. Komponistin
* 24.10.1931 Tschistopol, Tatar

Gubaidulina gehört zu den führenden Vertretern der Neuen Musik in der Sowjetunion. 1975 war sie Mitbegründerin der Komponistengruppe Astreja, die in der sowjetischen Musikszene mit Improvisationskonzerten Aufmerksamkeit erregte. G., die 1986 erstmals die BRD besuchen durfte, lebt als freischaffende Komponistin in Moskau. Ihre weitgefächerten Kompositionen reichen vom Orchesterwerk bis zum Ballett und zur elektronischen Musik.

□ 1949-54: Klavierstudium am Konservatorium in Kasan. □ ab 1954: Kompositionsstudium am Moskauer Konservatorium. □ 1959-61: Assistentin ebd. □ 1963: Erster Preis im Allunionswettbewerb mit »Allegro rustico« für Flöte und Klavier. □ 1972: »Stufen« für großes Orchester. □ 1987: »Drittes Streichquartett«.

▷ V. Suslin: Auskunft über Sofia Gubaidulina, 1982.

Heinz Guderian →

Guderian, Heinz

dt. Militär
* 17.6.1888 Kulm, Westpreußen
† 14.5.1954 Schwangau bei Füssen

Guderian war einer der geschicktesten und eigenwilligsten Organisatoren der deutschen Panzertruppen. Zu Beginn des Krieges war er Armeeführer, wurde jedoch von A. →Hitler abgesetzt, als er im Winter 1941/42 dem sowjetischen Druck durch den Rückzug seiner Truppen auswich. Nach dem 20.7.1944 wurde er zum Generalstabschef des Heeres ernannt, jedoch nach wiederholten Kontroversen mit Hitler im März 1945 erneut verabschiedet.

□ ab 1907: Soldat. □ 1938: General der Panzertruppen. □ 1940: Generaloberst. □ 1941: Entlassung aus der Armee. □ 1943: Generalinspekteur der Panzertruppen. □ 1944/45: Chef des Generalstabs des Heeres. □ 1945-48: Kriegsgefangenschaft.

▷ H. Guderian: Erinnerungen eines Soldaten, 1951.

Che Guevara: In den 60er Jahren ein Sinnbild für den Kampf gegen Diktaturen.

Guevara Serna, Ernesto »Che«

kuban. Politiker argentin. Herkunft
* 14.6.1928 Rosario
† 9.10.1967 (?) bei Higueras (Bolivien, erschossen)

In den 60er Jahren wurde »Che« Guevara zur wichtigen Leitfigur der europäischen Linken. Ab 1956 kämpfte der argentinische Arzt mit F. →Castro, den er ein Jahr zuvor in Mexiko kennengelernt hatte, als Guerillero gegen den Diktator F. →Batista. Nach dem Sieg der kubanischen Revolution (1959) war er zunächst in der Regierung tätig. Doch G., der emphatisch für einen »neuen sozialistischen Menschen« plädierte, wollte die revolutionäre Bewegung auch in andere lateinamerikanische Staaten tragen. 1966 baute er in Bolivien eine neue Guerilla-Organisation auf. Es gelang ihm aber nicht, die Kommunistische Partei des Landes für sich zu gewinnen. 1967 wurde seine Gruppe von der bolivianischen Armee gefangengenommen, G. wurde (vermutlich) dabei erschosssen.

□ 1953: Promotion in Buenos Aires; danach Arzt in einer bolivianischen Lepra-Station; revolutionäre Tätigkeit in verschiedenen lateinamer. Staaten. □ 1956-59: Guerillero in Kuba. □ 1959-65: Kuban. Staatsangehörigkeit. □ 1959-61: Präsident der kuban. Nationalbank. □ 1961-65: Industriemin. □ 1966/67: Guerillero in Bolivien. □ postum 1968: »Bolivianisches Tagebuch«; »Guerilla — Theorie und Methode«; »Venceremos! Wir werden siegen!«.

▷ F. Hetmann: Ich habe sieben Leben. Die Geschichte des Ernesto Guevara, genannt Che, 6. Aufl. 1980; E. Guevara: Mein Sohn Che, dt. 1986; M. Löwy: Che Guevara, dt. 1987.

Charles É. Guillaume →

Günter Guillaume →

Guggenheim, Marguerite »Peggy«

amer. Kunstmäzenin und -sammlerin
* 26.8.1898 New York † 23.12.1979 Venedig (Italien)

Die Nichte Solomon R. Guggenheims (* 1861, † 1949), des Begründers des gleichnamigen Museums in New York, legte mit Meisterwerken von P. →Picasso, P. →Mondrian, C. →Brancusi u. a. den Grundstock für eine beachtliche Kunstsammlung, die sie 1942 erstmals in ihrer Galerie Art of This Century vorstellte. Sie organisierte Wechselausstellungen zeitgenössischer Kunst, so die erste Präsentation von Arbeiten J. → Pollocks. Ihre Sammlung erweiterte sie kontinuierlich, u. a. um Hauptwerke von M. →Ernst, mit dem sie in den 40er Jahren verheiratet war. 1947 überführte G. ihre Sammlung nach Venedig, wo sie seit 1949 im Palazzo Venier dei Leoni zu besichtigen ist (seit G.s Tod im Besitz der Solomon R. Guggenheim Foundation).

P. Guggenheim, die Mäzenin am Canal Grande in Venedig.

Guillaume, Charles Édouard

frz.-schweiz. Physiker
* 15.2.1861 Fleurier, Kt. Neuenburg
† 13.6.1938 Sèvres bei Paris

Guillaume, von 1915 bis 1936 Direktor des Bureau International des Poids et Mesures in Sèvres, entwickelte 1896 die aus Eisen und Nickel (gemischt in einem Verhältnis von 9:5) bestehende Legierung »Invar«, deren temperaturabhängige Volumenänderung äußerst gering ist. Für diese Erfindung, die nicht nur die kostspielige Platin-Iridium-Verbindung für geeichte Standard-Metermaße ersetzte, sondern auch als Unruhe oder Aufziehfedern die Genauigkeit von Uhren wesentlich verbesserte, erhielt G. 1920 den Physik-Nobelpreis.

Guillaume, Günter

dt. Spion
* 1.2.1927 Berlin

Die Verhaftung des Referenten im Kanzleramt Guillaume als DDR-Agent löste in Bonn einen politischen Skandal aus. G. hatte Kenntnisse über SPD-interne Vorgänge, Reisen des Bundeskanzlers und geheime Gespräche der europäischen Spitzenpolitiker an den Leiter der Hauptverwaltung bei der DDR-Staatssicherheit, Markus →Wolf, weitergegeben. Das Bundesamt für Verfassungsschutz, das Vorbehalte gegen G. nicht mit Nachdruck geäußert hatte, geriet ins Kreuzfeuer der Kritik. G.s direkter Vorgesetzter, der damalige Bundeskanzler W. →Brandt, trat sofort von seinem Amt zurück.

☐ 1944: Flakhelfer; Kriegsgefangenschaft. ☐ ab 1950: Redakteur im Ost-Berliner Verlag Volk und Wissen; SED-Mitgl. ☐ 1956: Übersiedlung nach Frankfurt/Main. ☐ 1957: Eintritt in die SPD. ☐ 1968: Geschäftsführer der SPD-Fraktion im Frankfurter Stadtrat. ☐ 1970: Durch Vermittlung von H. Ehrenberg (SPD) Aufnahme im Bundeskanzleramt. ☐ 1972: Persönlicher Referent von W. Brandt. ☐ 1974: Verhaftung. ☐ 1975: Verurteilung zu 15 Jahren Gefängnis wegen Landesverrats. ☐ 1981: Im Austausch gegen bundesdeutsche Agenten Entlassung in die DDR.

Guillemin, Roger Charles Louis

amer. Biochemiker frz. Herkunft
* 11.1.1924 Dijon

Guillemin isolierte Peptidhormone, erforschte ihre Struktur und synthetisierte sie. Mit A. →Schally wies G. nach, daß die Tätigkeit z. B. der Hirnanhangdrüse durch Substanzen des Hypothalamus (eines Teils des Zwischenhirns) über das Zentralnervensystem stimuliert wird (gemeinsamer Nobelpreis 1977). 1969 isolierte G. den sog. Releaserfaktor des die Schilddrüsentätigkeit anregenden Hormons und klärte die Struktur weiterer Polypeptide auf, die er anschließend synthetisierte. G.s Entdeckungen, die die endokrinologische Hirnforschung einleiteten, bewiesen den Einfluß des Zentralnervensystems auf die Drüsenfunktionen des Organismus.

☐ 1957-70: Prof. am Baylor College of Medicine in Houston, Tex. ☐ seit 1970: Prof. am Salk Inst. in La Jolla und an der Univ. of Calif. in San Diego. ☐ 1977: Physiologie/Medizin-Nobelpreis (mit A. Schally und R. S. Yalow).

Guillén, Jorge

span. Lyriker
* 18.1.1893 Valladolid † 6.2.1984 Málaga

Guillén gehörte zur sog. Generation von 1927 (F. →García Lorca) und war der bedeutendste spanische Lyriker in der Tradition der Poésie pure. Sein Hauptwerk, die Sammlung »Lobgesang«, von 75 Gedichten (1928) nach und nach auf 334 Gedichte (1950) erweitert, ist eine Hymne an das Leben und die Schöpfung. G., dessen Poesie sich durch klassische Strenge in Versmaß und Rhythmus auszeichnet, geht von Alltagserscheinungen aus und überhöht sie ins Irreale.

☐ 1917-23: Lektor an der Sorbonne in Paris. ☐ 1924: Doktorarbeit über den Barockdichter Luis de Góngora y Argote (* 1561, † 1627). ☐ 1925: Prof. für span. Literatur in Murcia. ☐ 1928-50: »Lobgesang« (mehrfach erw. Gedichtsammlung, dt. Auswahl 1952). ☐ 1929-31: Lektor in Oxford. ☐ 1932: Prof. in Sevilla. ☐ ab 1938: Exil in den USA. ☐ 1941-57: Prof. am Wellesley College in Massachusetts. ☐ 1957-63: Gedichtzyklus »Klageschrei« als Protest gegen Krieg und politische Verfolgung. ☐ 1967: »Huldigung« (Ged.e). ☐ 1970: Rückkehr nach Spanien. ☐ 1976: Cervantes-Preis. ☐ 1981: »Ausdruck« (Ged.e).

▷ G. R. Lind: Jorge Guilléns »Cántico«. Eine Motivstudie, 1955; B. Mitterer: Zur Dichtung Jorge Guilléns, 1978.

Nicolás Guillén →

← Roger Ch. Guillemin

Guillén, Nicolás

kuban. Lyriker
* 10.7.1902 Camagüey † 16.7.1989 Havanna

Der Mulatte Guillén gehört neben P. →Neruda zu den wichtigsten lateinamerikanischen Dichtern des 20. Jh.s. Schon in seinem Erstlingswerk, »Musikalische Themen des Son« (Ged.e, 1930), in dem er den Rhythmus afrokubanischer Volkslieder und Tänze in eine neue, lautmalerische Lyrik umsetzte, wandte er sich gegen Ausbeutung und Unterdrückung der schwarzen Bevölkerung Mittelamerikas. Später dehnte er sein sozialpolitisches Engagement aus. Er griff den US-Kapitalismus an und stellte seine Poesie in den Dienst des Kommunismus, indem er die sozialen Errungenschaften Kubas unter F. →Castro pries.

☐ 1934: »West Indies Ltd.« (Ged.e). ☐ 1937: Auf seiten der Republikaner Teilnahme am span. Bürgerkrieg; Gedichtsammlungen »Spanien, ein Gedicht in vier Ängsten und einer Hoffnung« und »Gesänge für Soldaten und kubanische Lieder für Touristen«. ☐ 1938: Redakteur der Zeitschrift Hoy. ☐ 1947: »Bitter schmeckt das Zuckerrohr« (Ged.e, dt. 1952). ☐ 1955: Exil in Paris und Argentinien. ☐ 1959: Nach Ende der Diktatur F. →Batistas Rückkehr nach Kuba. ☐ ab 1961: Präs. des kubanischen Schriftsteller- und Künstlerverbandes; als Kulturbotschafter F. →Castros zahlreiche Auslandsreisen. ☐ 1964: »Ich habe« (Ged.e). ☐ 1977: »Sie gingen Gitarren jagen« (Ged.e, dt. Auswahl).

Guilloux, Louis

frz. Schriftsteller
* 15.1.1899 Saint-Brieuc † 14.10.1980 ebd.

Guilloux' wichtigster Roman, »Schwarzes Blut« (1935, dt. 1973, 1967 dramatisiert u. d. T. »Cripure«), stellt realistisch das von Stupidität und Boshaftigkeit der Masse bestimmte Leben in einer bretonischen Kleinstadt während des 1. Weltkriegs (1917) dar. Der Sozialist trat zeitlebens für die unteren Gesellschaftsschichten ein, ohne dogmatisch zu werden. Tiefer Pessimismus in bezug auf die menschliche Grausamkeit kennzeichnet das Gesamtwerk G.s, der u. a. 1973 mit dem Grand Prix de littérature der Académie française ausgezeichnet wurde.

Guimard, Hector

frz. Architekt
* 10.3.1867 Paris † 2.6.1942 New York (USA)

Guimard war der bedeutendste französische Jugendstil-Architekt. Vor allem mit der Gestaltung sämtlicher Pariser Metro-Eingänge (1898-1904) in einem aus floralen und geometrischen Elementen gebildeten, eigenwilligen Stil (Style Guimard) wirkte er auf einen Teil der Architektur bis zum Art deco der 30er Jahre ein. Stark ornamental strukturiert war auch die Eisenkonstruktion des Humbert-de-Romans-Gebäudes in Paris (1902). G. entwarf auch Porzellan, Keramik, Tapeten und Möbel.

□ ab 1882: Studium an der École des Arts Décoratifs und der École des Beaux-Arts, Paris. □ 1891-1900: Prof. an der École des Beaux-Arts. □ ab 1894: Zahlreiche Bauten in und um Paris, neben den Metro-Eingängen u. a. die École du Sacré-Cœur (1895) mit V-förmigen Stützkonstruktionen. □ 1938: Übersiedlung in die USA.

▷ F. Ferré/M. Rheims: Hector Guimard, architecte, frz. 1985.

Guimarães Rosa, João

bras. Schriftsteller
* 27.6.1908 Cordisburgo, Minas Gerais
† 19.11.1967 Rio de Janeiro

← João Guimarães

Guimarães Rosa wurde mit seinem Roman-Epos »Grande Sertão« (1956, dt. 1964) einer der herausragenden brasilianischen Schriftsteller des 20. Jh.s. Der Lebensbericht eines Räuberhauptmanns aus dem nordöstlichen, trockenen Hochland Sertão gerät zu einem allumfassenden Bild der Lebenswirklichkeit dieser Region, die für den Autor in allen Details mythisch und voller subjektiver Elemente ist. Dem entspricht seine Erzählweise. Zeitebenen verschwimmen, die Sprache ist ein Gemisch aus Neologismen, dem indianischen Tupi und Lautmalereien in z. T. zerhackten Sätzen, die der analphabetische Berichterstatter von sich gibt.
G., der keiner literarischen Strömung eindeutig zugeordnet werden kann, läßt mit seinem Werk den brasilianischen Regionalismus der 30er und 40er Jahre hinter sich und findet eine neue Literatursprache.

□ 1925-30: Medizinstudium in Belo Horizonte. □ 1931: Arzt in Itaguara, Minas Gerais. □ 1934: Eintritt in den diplomatischen Dienst. □ 1938-42: Vizekonsul in Hamburg. □ 1942-51: Botschaftssekr. in Bogotá und Paris. □ 1946: Erster Erzählband »Sagarana«. □ ab 1951: Verschiedene Tätigkeiten im bras. Außenministerium. □ 1956: »Corps de ballet« (Erz.n, dt. 1966). □ 1962: »Das dritte Ufer des Flusses« (Erz.n, dt. 1968). □ 1965: Vizepräs. der ersten lateinamer. Autorenkonferenz in Mexiko. □ 1967: Aufnahme in die bras. Academia de Letras. □ postum 1969: »Diese Geschichten« (Erz.n; darin »Mein Onkel, der Jaguar«, dt. 1981).

Guinness, Sir (seit 1959) Alec

engl. Schauspieler
* 2.4.1914 London

Guinness, der neben seiner Filmkarriere stets dem Theater verbunden war (u. a. als Shakespeare-Darsteller), bewies seine virtuose Wandlungsfähigkeit zum ersten Mal in dem Film »Adel verpflichtet« (1949, Rg. R. Hamer), in dem er acht exzentrische Mitglieder einer Familie verkörperte. Für seine Darstellung des Oberst Nicholson in »Die Brücke am Kwai« (Rg. D. →Lean) wurde er 1957 mit dem Oscar ausgezeichnet. Fürs Fernsehen spielte G. den Geheimdienstchef George Smiley in »König, Dame, As, Spion« (1979, Rg. J. Irvin) und »Smileys Leute« (1981, Rg. S. Langton; beide nach den Romanen von J. →LeCarré).

□ 1934: Bühnendebüt. □ 1936: Engagement am Old Vic Theatre in London. □ 1948: »Oliver Twist« (Rg. D. Lean). □ 1954: »Die seltsamen Wege des Pater Brown« (Rg. R. Hamer). □ 1955: »Ladykillers« (Rg. A. Mackendrick). □ 1959: »Unser Mann in Havanna« (Rg. C. Reed). □ 1962: »Lawrence von Arabien« (Rg. D. Lean). □ 1965: »Doktor Schiwago« (Rg. D. Lean). □ 1977-82: Kurzauftritte in der Trilogie »Krieg der Sterne«. □ 1980: Ehren-Oscar. □ 1988: Goldener Bär von Berlin für das Gesamtwerk.

Alec Guinness in dem Film »Adel verpflichtet« von 1949.

▷ A. Guinness: Das Glück hinter der Maske, 1986; A. Missler: Alec Guinness. Seine Filme — sein Leben, 1987.

Sacha Guitry →

Guitry, Sacha

(eig. Alexandre Pierre Georges G.)
frz. Schriftsteller, Schauspieler und Regisseur
* 21.2.1885 St. Petersburg (Rußland)
† 24.7.1957 Paris

Guitry, als erfolgreicher Autor Mitglied der Académie Goncourt, verfaßte etwa 130 Dramen in der Tradition des Pariser Boulevardtheaters (u. a. »Désirée«, 1927, dt. 1942; »Die Straße der Liebe«, 1938, dt. 1938). Das Multitalent inszenierte nicht nur viele seiner Theaterstücke selbst, er trat in ihnen auch oft als Schauspieler auf. Zahlreiche seiner Stücke wurden verfilmt. Erfolgreich waren zudem G.s Historienfilme und seine dramatisierten Biografien (u. a. »Mozart«, 1926; »Jean de la Fontaine«, 1928).

□ 1920: »Mein Vater hat Recht gehabt« (Kom., dt. 1928). 1921: »Jacqueline« (Kom., dt. 1924). □ 1936: »Tagebuch eines Schwindlers« (R., dt. 1937). □ 1951: »Das Scheusal« (F.); »Nicht zuhören meine Damen« (Kom., dt. 1951).

▷ S. Guitry: Wenn ich mich recht erinnere, 1935 (Aut.), dt. 1939.

Gulbranssen, Trygve

norw. Schriftsteller
* 15.6.1894 Christiania (heute Oslo)
† 10.10.1962 Gut Hobøe

Gulbranssens größter Erfolg war der Roman »Und ewig singen die Wälder« (1933, dt. 1935). Die romantisch verklärte Geschichte eines alten Bauerngeschlechts, der zwei Fortsetzungen folgten (dt. zusammengefaßt u. d. T. »Das Erbe von Bjørndal«, 1936), prägte in Deutschland das Skandinavienbild einer ganzen Generation. 1959 wurde das Werk mit G. →Fröbe in der Hauptrolle verfilmt.

← Trygve Gulbranssen

Gulbransson, Olaf

norw. Zeichner und Karikaturist
* 26.5.1873 Christiania (heute Oslo)
† 18.9.1958 Tegernsee

Gulbransson, der 1902 nach München übergesiedelt war, wurde vor allem durch seine Karikaturen in der satirischen Zeitschrift Simplicissimus bekannt (bis 1949), die dem Blatt zeitweilig das entscheidende Gepräge gaben. G. hatte einen leichten, die Personen treffend charakterisierenden Strich und arbeitete eher mit humorvollen Pointierungen als mit scharfem Sarkasmus. Die zeichnerischen Mittel setzte er bewußt sparsam ein. Seine humoristisch-lakonisch gezeichneten Kommentare zum Zeitgeschehen karikieren meist menschliche Schwächen (gesammelt u. a. in »Sprüche und Wahrheiten«, 1939).

▷ D. Gulbransson-Björndal: Olaf Gulbransson, NA 1977.

Friedrich Gulda →

Olaf Gulbransson nahm mit seinen Karikaturen menschliche Schwächen auf Korn.

Gulda, Friedrich

österr. Pianist und Komponist
* 16.5.1930 Wien

Gulda ist einer der fesselndsten und umstrittensten Pianisten der Nachkriegszeit. Seine wechselhafte Karriere wird durch den Versuch bestimmt, Konventionen des Musikbetriebs in Frage zu stellen. Seinen ersten großen Erfolg hatte G. 1950 mit der Aufführung sämtlicher Klaviersonaten Beethovens in der Carnegie Hall New York. Sein umfassendes Repertoire und sein sicheres Stilgefühl brachten ihm in kurzer Zeit Weltruhm ein. Auf der Suche nach neuen Möglichkeiten musikalischer Improvisation setzte sich G. seit den 60er Jahren intensiv mit dem Jazz auseinander. Er gründete das Eurojazz Orchester (1960), initiierte Jazz-Wettbewerbe (1966) und veranstaltete internationale Diskussionsforen (1968). In seinen Konzertprogrammen kontrastiert G. klassische Werke mit eigenen Kompositionen und humorvollen Bearbeitungen.

□ 1942-47: Studium an der Wiener Musikakademie. □ 1954: Lehrer an der int. Sommerakademie Salzburg. □ 1963: »Musik für 3 Solisten und Band«. □ 1965: »The Excursion« für Jazzorchester. □ 1968: Dt. Schallplattenpreis für die Einspielung sämtlicher Klaviersonaten Beethovens. □ 1968-71: Leitung des Forum Ossiach. □ 1971: »Worte zur Musik« (Schr.). □ 1976/77: Leitung der »Tage freier Musik« in Lungau. □ 1981: Aufführung sämtlicher Klaviersonaten Mozarts in Wien, Paris und Mailand. □ 1984: Konzert mit Ch. →Corea im Wiener Konzertsaal. □ 1990: UA von »Paradise Island« für Mezzosopran und Orchester in München.

▷ E. Janitsch: Friedrich Gulda — die Verantwortung des Interpreten, 1953; K. Geitel: Fragen an Friedrich Gulda, 1973.

Gullit, Ruud

niederl. Fußballspieler
* 1.9.1962 Amsterdam

Gullit, Sohn einer Holländerin und eines Surinamesen, hatte als Spielmacher großen Anteil am Sieg der Niederlande bei der Europameisterschaft 1988. Er wechselte 1987 vom PSV Eindhoven für 15 Mio. DM zum AC Mailand.

□ 1979-81: Spieler bei Haarlem. □ 1981: Debüt in der Nationalmannschaft. □ 1982-85: Feyenoord Rotterdam (Niederl. Meister und Pokalsieger 1984). □ 1985-87: PSV Eindhoven (Niederl. Meister 1986 und 1987). □ 1987: Europas Fußballer des Jahres. □ seit 1987: AC Mailand (Gewinn des Europapokals der Landesmeister 1989 und 1990).

Gullstrand, Allvar

schwed. Augenarzt
* 5.6.1862 Landskrona † 28.7.1930 Stockholm

Gullstrand erforschte die optischen Gesetzmäßigkeiten der Lichtbrechung, nach denen Projektion und Abbildung der Gegenstände der Außenwelt auf der Netzhaut des Auges stattfinden (Dioptrik), wofür er 1911 den Physiologie/Medizin-Nobelpreis erhielt. Neben der nach ihm benannten Spaltlampe zur lokalen Beleuchtung bestimmter Augenbereiche sowie dem stereoskopischen Ophthalmoskop zur Untersuchung der Hornhaut führte G. den reflexlosen Augenspiegel in die Untersuchungspraxis ein. Zum Ausgleich des Sehverlusts nach Staroperationen entwickelte G. punktuell abbildende Brillen.

□ 1890: »Beiträge zur Theorie des Astigmatismus« (Schr.). □ 1894-1927: Prof. an der Univ. Uppsala. □ 1911: »Einführung in die Methoden der Dioptrik des Auges des Menschen« (Schr.).

Gumiljow, Nikolai Stepanowitsch

russ. Schriftsteller
* 15.4.1886 Kronstadt
† 24.8.1921 Petrograd (St. Petersburg; hingerichtet)

← Nikolai Gumiljow

Gumiljow führte russische und französische Volkspoesie, aber auch Afrika als neues, exotisches Thema in die russische Literatur ein. Der wichtigste Theoretiker des auf den Symbolismus folgenden Akmeismus (O. →Mandelstam) trat für eine realistische, anschauliche Dichtung ein. Als konterrevolutionärer Verschwörer verdächtigt, wurde G. erschossen.

□ 1908-12: Reisen durch Europa, Afrika und den Vorderen Orient. □ 1908: »Romantische Blumen« (Ged.e). □ 1910-18: Ehe mit A. →Achmatowa. □ 1911: Gründung der Gruppe Dichtergilde, aus der die Akmeisten hervorgingen. □ 1912: »Fremder Himmel« (Ged.e). □ 1914-17: Kriegsfreiwilliger. □ 1916: »Der Köcher« (Ged.e). □ 1918: »Lagerfeuer« (Ged.e); »Mik. Afrikanisches Versepos« (Ged.e). □ 1921: »Die Feuersäule« (Ged.e); als angeblicher Konterrevolutionär erschossen. □ postum 1986: Rehabilitierung nach 63jähriger Verbannung aus der Sowjetliteratur.

Gundlach, Gustav

dt. Sozialwissenschaftler
* 3.4.1892 Geisenheim
† 23.6.1963 Mönchengladbach

Der Jesuit Gundlach leistete wichtige Beiträge zum Ausbau der katholischen Soziallehre, deren Inhalt die Festlegung der prinzipiell gültigen Normen im Wandel der sozialen Wirklichkeit ist. Familie, Privateigentum und Staat sind die drei Eckpfeiler der christlich-sozialen Lehre. Dem Staat obliegt, unter Mitwirkung der Kirche, der Schutz der Personenrechte und die Förderung persönlicher Verantwortung durch entsprechende Familien- und Eigentumspolitik.

□ 1912: Mitgl. der Gesellschaft Jesu. □ 1934-62: Prof. für kath. Gesellschaftslehre, Gregoriana, Rom; Berater von →Pius XI. und →Pius XII. □ 1962: Leiter der Kath. Sozialwissenschaftlichen Zentralstelle, Mönchengladbach. □ postum 1964: »Die Ordnung der menschlichen Gesellschaft« (Schr.).

▷ J. Schwarte: Gustav Gundlach S. J., 1975.

Gundolf, Friedrich

(eig. Friedrich Leopold Gundelfinger)
dt. Literarhistoriker
* 20.6.1880 Darmstadt † 12.7.1931 Heidelberg

Gundolf übte mit seinen auch außerhalb der Fachwelt erfolgreichen Monografien (u. a. »Goethe«, 1916; »George«, 1920; »Shakespeare«, 1928) großen Einfluß auf die deutsche Literaturwissenschaft aus. Bedeutende Künstlerpersönlichkeiten interpretierte er als Symbolgestalten ihrer Epoche. Als Literarhistoriker und Übersetzer (»Shakespeare«, 10 Bde., 1908-18) war G. stark von St. →George geprägt.

□ 1911: »Shakespeare und der deutsche Geist« (Abh.). □ ab 1916: Prof. für dt. Literaturgeschichte in Heidelberg. □ 1921: »Dichter und Helden« (Abh.). □ 1930: Erster Preisträger des Lessing-Preises der Hansestadt Hamburg; »Gedichte«.

Güney, Yilmaz

(eig. Yilmaz Pütün)
türk. Regisseur, Schauspieler und Autor
* 1937 Ostanatolien † 9.9.1984 Paris (Frankreich)

Yilmaz Güney bei einer Pressekonferenz in Cannes, 1982.

Mit der Verleihung der Goldenen Palme von Cannes für »Yol — Der Weg« (1982) wurde Güney einem breiten Publikum bekannt. Die Geschichte von fünf Gefangenen auf Hafturlaub prangert die sozialen Mißstände und die politische Unterdrückung in der Türkei an. In seiner Heimat war G. seit den 60er Jahren ein populärer Darsteller in Abenteuerfilmen, bevor er 1967 eine eigene Produktionsfirma gründete. Mehrere Gefängnisaufenthalte unterbrachen seine Filmarbeit, bis er 1981 einen Hafturlaub zur Flucht aus der Türkei nutzen konnte.

□ 1958: Veröffentlichung der Erzählung »Ungleichung mit drei Unbekannten«. □ 1957-67: Darsteller in rund 100 Filmen. □ 1968: »Die Braut der Erde«. □ 1970: »Hoffnung«. □ 1974: »Der Freund«; Verurteilung zu 18 Jahren Haft. □ 1981: Flucht aus der Türkei. □ 1982: Ausbürgerung. □ 1983: Sein letzter Film »Die Mauer«.

▷ J. Heijs: Yilmaz Güney. Seine Filme — sein Leben, 1983.

Guo Moruo →

Guo Moruo

(eig. Guo Kaizhen)
chin. Schriftsteller
* 10.(16.?)11.1892 Shawan, Sichuan
† 12.6.1978 Peking

Guo Moruos Renommee beruht vor allem auf seinem lyrischen Frühwerk und seinen autobiografischen Schriften. Seine Anthologie »Göttinnen« (1921), in der er erstmals in der Literatur Chinas die moderne chinesische Umgangssprache verwandte, kennzeichnet den Bruch mit der klassischen chinesischen Lyrik und den Beginn der Moderne. Die Anthologie, eine Kritik am feudalen Gesellschaftssystem, war Ausdruck des emanzipatorischen, romantischen und subjektivistischen Zeitgeistes sowie des Heroenkults des Autors. Er verherrlichte darin in einem enthusiastischen Hymnus an das autonome Ich die freie Entfaltung des Individuums.

□ 1914-24: Studium (Literatur, Medizin) in Japan. □ 1924/25: Lehrer an einer Militärakademie in Kanton. □ 1926: »Olive« (R.). □ 1927: Rückkehr nach Japan. □ 1938: »Stimme des Krieges« (Ged.). □ 1942: »Qu Yuan« (Dr., dt. 1980).

▷ Guo Moruo: Kindheit (Aut.), 1929, dt. 1981; Guo Moruo: Jugend (Aut.), 1929-36, dt. 1985.

Gurvitch, Georges

frz. Soziologe russ. Herkunft
* 2.11.1894 Noworossisk † 12.12.1965 Paris

Gurvitch begründete mit seinem »dialektischen Hyper-Empirismus« eine neue soziologische Methode. Er verband Tatsachenforschung mit kritisch-dialektischer Theorie. Dialektik ist, so G., selbst Teil der einander bedingenden sozialen Phänomene (Institutionen, Werte, Ideen etc.). Sie kann keine »letzte Wahrheit« vermitteln; sie ist undogmatisch. Statt dessen legt Dialektik die Dynamik der sozialen Wirklichkeit offen. Die den »Totalphänomenen« (Individuum-Kollektiv, Freiheit-Determinismus, Spontanes-Organisiertes etc.) innewohnenden Widersprüche und Spannungen sind Triebkräfte jeder sozialen Bewegung und Entwicklung.

□ 1929: Frz. Staatsbürgerschaft. □ 1935: Prof. für Soziologie in Strasbourg. □ 1940-45: Aufenthalt in den USA. □ 1945: Gründung des Centre d'Etudes Sociologiques, Paris. □ 1950: »Die gegenwärtige Berufung der Soziologie« (Es.s). □ 1962: »Dialektik und Soziologie« (Schr., dt. 1965).

Gusinde, Martin

dt.-österr. Ethnologe
* 29.10.1886 Breslau
† 18.10.1969 Mödling bei Wien

Gusinde gehörte zum engsten Kreis der Wiener Schule der Kulturkreislehre (W. →Koppers, W. →Schmidt). Größte Bedeutung hat G.s Erforschung der Araukaner (südamerikanischer Indianerstamm) und der heute nahezu ausgestorbenen Feuerland-Indianer (Yamana, Halakwulut, Selk'nam).

□ 1911: Mitgl. der Steyler Missionsgesellschaft. □ 1915-60: Dozent für Anthropologie an der Univ. Santiago (Chile), Innsbruck, Sevilla, Washington D. C., Nagoya (Japan). □ 1918-24: Feldforschungen auf Feuerland. □ 1931-39: »Die Feuerland-Indianer« (3 Bde.). □ 1934-56: Feldforschungen in Afrika, Neu-Guinea und auf den Philippinen. □ 1966: »Von Gelben und Schwarzen Buschmännern« (Schr.).

Gustafsson, Lars

schwed. Schriftsteller
* 17.5.1936 Västerås

Gustafsson, einer der bekanntesten schwedischen Autoren der Gegenwart und langjähriger Chefredakteur einer angesehenen Literaturzeitschrift, beschäftigt sich in seinem Werk mit sprachphilosophischen und erkenntnistheoretischen Problemen. Ein Schwerpunkt ist der Versuch, die Wirklichkeit von der Illusion zu trennen und damit verborgene Bewußtseinsinhalte aufzuspüren. In dem 1971-78 verfaßten fünfbändigen Romanzyklus »Risse in der Mauer« untersuchte G. die Bewußtseinskrise der 60er Jahre aus verschiedenen Erzählperspektiven.

Lars Gustafsson befaßt sich auch mit Sprachphilosophie.

□ 1957: »Rast am Wege« (R.). □ 1959: »Letzte Tage und Tod des Dichters Brumberg« (R.). □ 1961: Promotion zum Dr. phil. an der Univ. Uppsala. □ 1962-72: Chefredakteur der Literaturzeitschrift Bonniers Litterära Magasin. □ 1966: »Der eigentliche Bericht über Herrn Arenander« (R., dt. 1969). □ 1971-78: »Risse in der Mauer« (R.e, dt. 1972-78): »Herr Gustafsson persönlich«, 1971; »Wollsachen«, 1973; »Das Familientreffen«, 1975; »Sigismund«, 1976; »Der Tod eines Bienenzüchters«, 1978. □ 1979: Habilitation mit der sprachphilosophischen Arbeit »Sprache und Lüge« (dt. 1980). □ 1986: »Die dritte Rochade des Bernard Froy« (R., dt. 1986). □ 1991: »Nachmittag eines Fliesenlegers« (R., dt. 1991).

König Gustav V. →

Gustav V.

König von Schweden
* 16.6.1858 Schloß Drottningholm
† 29.10.1950 ebd.

Obwohl der konservative Gustav V. auf die Einhaltung seiner königlichen Vorrechte achtete, setzte sich unter seiner Regentschaft (1907-50) die konstitutionelle Monarchie in Schweden endgültig durch. Während der beiden Weltkriege trat er für eine strikte Neutralität seines Landes ein. Der äußerst populäre G. war von 1884 bis 1891 auch Vizekönig von Norwegen.

König Gustav VI. an seinem 90. Geburtstag mit Kronzprinz Karl Gustav.

Gustav VI.

König von Schweden
* 11.11.1882 Stockholm † 15.9.1973 Helsingborg

Gustav VI., 1950 zum König erhoben, genoß im In- und Ausland als Kunsthistoriker und als Archäologe großes Ansehen. Als junger Mann war er mehrfach an archäologischen Ausgrabungen beteiligt gewesen. Später veranlaßte er in Schweden, Italien und in Griechenland archäologische Forschungen. Bei der Gründung der schwedischen Archäologischen Institute in Athen und in Rom wirkte er aktiv mit.

Gütersloh, Albert Paris

(eig. Albert Conrad Kiehtreiber)
österr. Maler und Schriftsteller
* 5.2.1887 Wien † 16.5.1973 Baden bei Wien

Die Bedeutung von Gütersloh liegt in seinen Anregungen zur Begründung der sog. Wiener Schule des Phantastischen Realismus, einer surrealistischen Variante, die vor allem seine Schüler E. →Fuchs und R. →Hausner darstellerisch umsetzten. G. selbst malte in einem eher erzählenden Stil, der aber in der fahlen Farbgebung und einer gewissen Morbidität der Figuren surreale Züge enthält. Er schrieb auch eine Reihe von Büchern, so die Fabel »Kain und Abel«, die mit eigenen Illustrationen 1924 erschien, ebenso »Der Lügner unter Bürgern« (R., 1922) und »Sonne und Mond« (R., 1962). Der äußerst vielseitige Künstler war auch als Schauspieler, Bühnenbildner und Regisseur tätig, doch die größte Wirkung hatte er als langjähriger Professor an der Wiener Kunstakademie.

▷ H. Hutter: Albert Paris Gütersloh, Beispiele, Schriften zur Kunst, Bilder, Werkverzeichnis, Auswahl 1977.

Dieter Gütt →

Guthrie, Woodrow Wilson »Woody«

amer. Folklore-Sänger
* 14.7.1912 Okemah, Okla. † 3.10.1967 New York

Guthrie war der »Vater« des politischen Folksongs. Das Schicksal der durch die Weltwirtschaftskrise entwurzelten Farmer im Mittleren Westen, die er auf ihrem Treck zu den Plantagen Kaliforniens begleitet hatte, regte den Wandersänger und überzeugten Sozialisten zu über 1000 größtenteils zur amerikanischen Volksmusik gewordenen Liedern an (»This land is your land«, »Pastures of plenty«). Er beschwor die Solidarität der Arbeiterschaft und rief zur Gründung von Gewerkschaften auf. In seiner Nachfolge stehen die Protestsänger der 60er und 70er Jahre wie B. →Dylan und J. →Baez.

□ ab 1930: Freundschaft mit P. →Seeger. □ 1940: Erste Plattenaufnahmen für den Musikforscher Alan Lomax. □ 1941: Gründung der Almanac Singers. □ 1943-45: Als Marine-Angehöriger in Europa. □ nach 1945: Zusammenarbeit mit Leadbelly, Sonny Terry und Cisco Huston. □ 1961: »Ballads of Sacco and Vanzetti« (LP). □ 1963: »Bound for glory« (LP). □ 1966: »This land is your land« (LP).

▷ W. Guthrie: Bound for glory, engl. 1943.

Gütt, Dieter

dt. Journalist
* 24.2.1924 Marienwerder (Kwidzyn, Polen)
† 28.1.1990 Hamburg (Selbstmord?)

Gütts scharf formulierte, bisweilen grobe TV-Kommentare machten den damaligen ARD-Programmdirektor (Politik) Ende der 60er Jahre bekannt. Urteile wie »geifernde Kamarilla von Volksverführern« (über Vertriebenenfunktionäre, 1969) lösten Empörung aus. Seine Kompromißlosigkeit brachte den Journalisten, der ab 1978 Leiter des neu eingerichteten Ressorts »ARD-aktuell« (Tagesschau und Tagesthemen) war, häufig in Konflikt mit dem Postulat der parteipolitischen Ausgewogenheit der Nachrichtensendungen. 1980 gab er diese Position aus Ärger über die ständige Einflußnahme von Parteien auf die Programmgestaltung auf.

□ 1943-45: Soldat im 2. Weltkrieg. □ 1949: Redakteur bei der Berliner Zeitschrift Weltbühne. □ 1954: Bonner Korrespondent der Kölner Zeitung Welt der Arbeit. □ 1956-66: Zunächst Rundfunkredakteur, dann stellv. TV-Chefredakteur beim WDR. □ 1967-72: Politischer Koordinator der ARD in der Programmdirektion München. □ 1969: Gesammelte Kommentare in »Es spricht Dieter Gütt«. □ 1973-78: WDR-Korrespondent bei der UNO in New York. □ 1978-80: Chefredakteur von ARD-aktuell in Hamburg. □ 1981-83: WDR-Redakteur »Kommentare und Feature«. □ 1983-86: Stellv. Chefredakteur der Zeitschrift stern in Hamburg.

Guttuso, Renato

ital. Maler
* 2.1.1912 Bagheria bei Palermo † 18.1.1987 Rom

Guttusos Werk stand im Zeichen eines sozialkritischen Realismus, der von einer kommunistischen Überzeugung und vom Kampf gegen den Faschismus geprägt war und großen Einfluß auf die realistische italienische Malerei vor und nach

dem 2. Weltkrieg hatte. In einem flächigen, detailreichen Stil gestaltete er in kräftigen Farben seine expressiven, in Haltung und Gebärde häufig ekstatischen Figuren, die er beinahe unauflöslich mit dem Bildhintergrund und einer Fülle von Gegenständen verknüpfte, so z. B. »Erschießung Federico García Lorcas« (1938, Rom, Galleria Nazionale d'Arte Moderna). G. deutete auch biblische Themen völlig neu, wie in der als Anklage gegen die Unmenschlichkeit und als einen provokanten Angriff gegen die kirchliche Bibelexegese zu verstehenden »Kreuzigung« (1941, Rom, ebd.).
Die Werke seit den 60er Jahren tragen bei aller agitatorischen Gesellschaftskritik in ihrer collagehaften Komposition neben realistischen oft symbolhafte bis surreale Züge (»Mai 1968 — Die Wandzeitung«, 1968, Aachen, Neue Galerie, Sammlung Ludwig). 1976 entstand mit »Café Greco« (Köln, Museum Ludwig) eines der wichtigsten Bilder der späten Werkphase, in dem G. die (verstorbenen) Künstler inmitten der Jugend Roms sowie römischer Touristen darstellt und somit Tod und Leben metaphysisch verbindet.

Renato Guttuso (M.) bei der Eröffnung einer Ausstellung in Rom, 1962.

☐ 1933: Nach ersten Malstudien bei dem Futuristen P. Rizzo Übersiedlung nach Rom, später Mailand. ☐ 1938: Mitgl. der politisch engagierten Mailänder Gruppe Corrente. ☐ 1947/48: Mitgl. u. a. der Gruppe Fronte Nuovo delle Arti. ☐ ab 1951: Mitgl. des Zentralkomitees der KPI. ☐ 1965/66: Autobiografische Serie von Bildern und Zeichnungen. ☐ ab den 70er Jahren: Serie der Hommagen an P. →Picassos Bild »Guernica«. ☐ 1973: »Das Gastmahl« (Bildserie). ☐ 1976-83: Mitgl. des römischen Senats für die KPI. ☐ 1982: Große Retrospektive im Palazzo Grassi, Venedig. ☐ 1983: Fresken in der Kapelle von Sacro Monte (Varese).

▷ F. Grasso: Renato Guttuso, Pittore di Bagheria, ital. 1982.

Gysi, Gregor

dt. Politiker
* 16.1.1948 Berlin

Seit 1990 versucht der PDS-Vorsitzende Gysi die Erblast der SED abzuschütteln und zugleich eine linke Alternative zur SPD zu entwickeln. In der

Gregor Gysi →

ehemaligen DDR hatte G. als Anwalt Oppositionelle vertreten, u. a. 1989 das neugegründete Neue Forum. Im Dezember 1989 hatte er den Rücktritt des gesamten Politbüros und des Zentralkomitees der SED gefordert.

☐ 1971: Rechtsanwalt. ☐ 1988: Vors. des Berliner und aller 15 Bezirks-Rechtsanwaltskollegien der DDR. ☐ Dez. 1989: Vors. der SED; danach SED-PDS. ☐ 1990: Nach Umbenennung und Umstrukturierung der Partei Vors. der PDS. ☐ Mai 1990: Mitgl. der Volkskammer. ☐ seit Okt. 1990: Vors. der PDS-Gruppe im Bundestag; »Wir brauchen einen dritten Weg. Selbstverständnis und Programm der PDS« (Schr.).

▷ I. Runge: Gregor Gysi. »Ich bin Opposition«, Ein Porträt, 1990.

H

Haack, Käthe

dt. Schauspielerin
* 11.8.1897 Berlin † 5.5.1986 ebd.

Haack war auf der Bühne und im Film erfolgreich. Anfangs weder auf ein Genre noch auf bestimmte Charaktere festgelegt, übernahm sie später überwiegend Mutterrollen. Großen Anklang auf dem Theater fand sie 1916 als Fanny im Einakter »Tobby« von C. →Goetz (über 150 Auftritte) und ab 1964 als Mrs. Higgins im Musical »My Fair Lady« (über 1000 Auftritte). H. war mit Heinrich Schroth verheiratet, ist Mutter von H. →Schroth und Stiefmutter von C. H. →Schroth.

☐ 1913: Bühnendebüt in Berlin. ☐ 1917: Filmdebüt mit »Der Katzensteg«. ☐ 1924: »Hedda Gabler« (F., nach dem Dr. von H. →Ibsen). ☐ 1931: »Berlin Alexanderplatz« (F., nach dem R. von A. →Döblin). ☐ 1934-44: Engagement unter G. →Gründgens am Berliner Staatstheater. ☐ ab 1945: Auftritte auf verschiedenen Berliner Bühnen. ☐ 1961/62: Deutschland-Tournee mit der Dramatisierung von Goethes »Hermann und Dorothea«. ☐ 1967: Ernennung zur Berliner Staatsschauspielerin. ☐ 1977: Letzte Filmrolle in »Grete Minde« (Rg. H. Genee).

▷ K. Haack: In Berlin und anderswo, 1971.

König Haakon VII. →

Haakon VII.

(geboren als Carl, Prinz von Dänemark)
König von Norwegen
* 3.8.1872 Charlottenlund † 21.9.1957 Oslo

Als Norwegen seine Unabhängigkeit von Schweden erklärte (1905), akzeptierte Prinz Carl den norwegischen Thron unter der Bedingung, daß er durch ein Plebiszit bestätigt werde. Nach seiner Wahl nahm er den altnorwegischen Namen Haakon (Håkon) an. In den folgenden Jahrzehnten erwarb sich der König großes Ansehen. Nach der deutschen Invasion 1940 lebte er bis 1945 in London im Exil.

▷ T. Greve: Haakon VII of Norway. Founder of a new monarchy, 1983.

Haanpää, Pentti Mikael

finn. Schriftsteller
* 14.10.1905 Piippola
† 30.9.1955 ebd. (verunglückt)

Der Autodidakt Haanpää, dessen Kurzgeschichten und Erzählungen seine Herkunft aus dem nordfinnischen Holzfällermilieu nicht leugnen, wurde wegen seiner armeekritischen Novellensammlung »Exerzierplatz und Kaserne« (1928) sieben Jahre von den finnischen Verlegern boykottiert. Volksnähe und persönliche Integrität verschafften ihm, über den Tod hinaus, ein hohes Ansehen bei der Bevölkerung.

Haarmann, Friedrich »Fritz«

dt. Polizeispitzel
* 25.10.1879 Hannover
† 15.4.1925 ebd. (hingerichtet)

Fritz Haarmann: Der Massenmörder wird von ehemaligen Kollegen verhaftet.

Mit der Verhaftung des Massenmörders Haarmann am 23.6.1924 endete in Hannover eine Mordserie, der ab 1918 27 junge, obdachlose Männer zum Opfer gefallen waren. Prozeßbeobachter kritisierten die Polizei, die eine Observierung und Festnahme des bereits verdächtigen H. verzögert hatte; der homosexuelle, wegen Sittlichkeitsverbrechen vorbestrafte H. war ab 1918 Polizeispitzel im Zuhältermilieu Hannovers gewesen.

Haas, Joseph

dt. Komponist
* 19.3.1879 Maihingen bei Nördlingen
† 30.3.1960 München

Haas, einer der bedeutendsten Schüler von M. →Reger, knüpfte mit seinem Schaffen an die Spätromantik an. Auch bei Laienmusikern beliebt sind seine volkstümlichen, meist geistlichen Vokalkompositionen (»Die heilige Elisabeth«, Oratorium, 1931). Seine »Speyerer Domfestmesse« (1930) wurde in 30 Sprachen übertragen. H. war zwar 1921 Mitbegründer der Donaueschinger Konzerte zur Förderung zeitgenössischer Tonkunst, wahrte jedoch selbst die tonalen Grundlagen. Werktitel wie »Eulenspiegeleien« und »Wichtelmännchen« (1912) begründeten seinen Ruf als »Spitzweg moderner Klaviermusik«.

Joseph Haas →

☐ ab 1911: Kompositionslehrer am Stuttgarter Konservatorium. ☐ 1921-50: Prof. an der Münchner Akademie der Tonkunst. ☐ 1925: Leiter der Abteilung Kirchenmusik. ☐ 1930: Mitgl. der Preuß. Akademie der Künste in Berlin. ☐ 1945-50: Präs. der Musikhochschule München.

▷ K. Laux: Joseph Haas, 1954.

Haas, Wander Johannes de

niederl. Physiker
* 2.3.1878 Lisse, Prov. Südholland
† 26.4.1960 Bilthoven, Prov. Utrecht

1915 fand Haas an der Physikalisch-Technischen Reichsanstalt in Berlin auf Anregung A. →Einsteins die experimentelle Bestätigung des sog. Einstein-de-Haas-Effekts: Ein frei aufgehängter Eisenstab beginnt sich bei Magnetisierung zu drehen, hervorgerufen durch die geänderten Drehimpulse der magnetisierten Elektronen. H. widmete sich später der Erzeugung von Tiefsttemperaturen durch Magnetisierung und der Erforschung des elektrischen Widerstands von Metallen im Magnetfeld. Während des 2. Weltkriegs vereitelte H. den Zugriff der deutschen Besatzer auf niederländische Uranerze.

☐ 1917-22: Prof. an der TH in Delft. ☐ 1924-48: Prof. an der Uni. Leiden; Dir. der Kamerlingh-Onnes-Laboratorien. ☐ 1930: Entdeckung des De-Haas-van-Alphen-Effekts der anomalen magnetischen Eigenschaften von Metallen bei sehr tiefen Temperaturen.

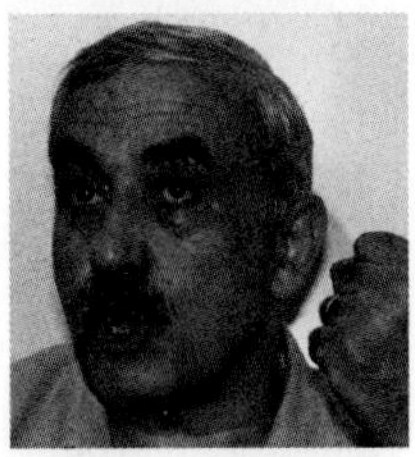

Georges Habasch →

Habasch, Georges

paläst. Politiker
* 1.1.1925 Lydda (Lod) bei Tel Aviv

Habasch ist als radikaler Palästinenserführer Gegenspieler des gemäßigteren J. →Arafat. Nach der Niederlage im arabisch-israelischen Krieg 1967 gründete H. eine Guerilla-Gruppe, um den Kampf gegen den Zionismus fortzusetzen. 1974 trat er mit seiner Orgaisation aus der PLO aus, da sie ihm zu gemäßigt erschien. Mehrfach gewährte er terroristischen Gruppen aus aller Welt Unterstützung und Unterschlupf, so z. B. der deutschen RAF (A. →Baader, G. →Ensslin).

☐ 1925: Geburt als Sohn eines wohlhabenden griechisch-orthodoxen Getreidehändlers. ☐ bis 1951: Studium der Medizin an der amer. Univ. in Beirut. ☐ vor 1963: Betrieb einer kleinen Privatklinik in Amman und Damaskus. ☐ vor 1967: Arzt in einem Ordenskrankenhaus in Amman. ☐ seit 1967: Begründer und Führer der Volksfront zur Befreiung Palästinas (PFLP).

Fritz Haber →

Haber, Fritz

dt. Chemiker
* 9.12.1868 Breslau † 29.1.1934 Basel (Schweiz)

Haber fand 1908 eine Methode, unter hohem Druck Ammoniak aus Stickstoff und Wasserstoff zu gewinnen. H.s Modellapparatur diente

C. →Bosch als Vorbild zu einer großtechnischen Hochdruckanlage. Das Haber-Bosch-Verfahren, Grundlage der Kunstdüngerproduktion, eignet sich auch zur Synthese künstlichen Kautschuks sowie Treibstoffs durch Kohleverflüssigung.

□ 1906-11: Prof. an der TH Karlsruhe. □ 1911-33: Dir. des Kaiser-Wilhelm-Inst. in Berlin-Dahlem; Synthese des Chlor- (1915) und Senfgases (1917) für die Kriegsführung, um den Stellungskrieg zu beenden. □ 1918: Chemie-Nobelpreis für das Haber-Bosch-Verfahren. □ 1933: Emigration nach Großbritannien.

▷ Ch. Haber: Mein Leben mit F. Haber (Biogr.), 1970.

Haber, Heinz

dt. Physiker und Publizist
* 15.5.1913 Mannheim † 13.2.1990 Hamburg

Haber, der in den 50er Jahren in den USA für die NASA die ersten Astronautenanzüge konstruiert hatte, wurde mit seinen etwa 30 populärwissenschaftlichen Büchern und über 350 Fernsehsendungen bekannt, in denen er komplexe Probleme der Wissenschaft einem breiten Publikum anschaulich zu präsentieren wußte. In den 70er Jahren wandte sich der Astrophysiker, der die Atomkraft als sauberste Ernergiequelle pries, den Problemen der Umwelt- und Klimazerstörung sowie der Überbevölkerung zu.

□ 1946-58: Forschungs- und Lehraufträge über Luft- und Raumfahrtmedizin an verschiedenen amer. Inst.n und der Univ. of Calif., Los Angeles. □ 1955: »Our friend, the atom« (Sachb., unter Mitwirkung von W. →Disney als TV-Produktion verfilmt). □ 1956-58: Wissenschaftlicher Berater bei der Konzeption des Vergnügungsparks Disneyland in Burbank, Kalif. □ 1959: »Lebendiges Weltall« (Sachb., verfilmt; 1962 mit dem Preis für das beste wissenschaftliche Jugendbuch ausgezeichnet). □ ab 1964: Hg. der Zeitschrift Bild der Wissenschaft; □ 1965: »Unser blauer Planet. Die Entwicklungsgeschichte der Erde« (Sachb.). □ 1970/71: »Heureka« (TV-Serie über Erfinder). □ 1973: »Stirbt unser blauer Planet?« (Sachb.). □ 1980: »Die Erde schlägt zu« (Sachb.). □ 1987: »Die Zeit. Geheimnis des Lebens« (Sachb.). □ 1989: »Sonne — Energie für das Leben« (TV-Serie); »Eiskeller oder Treibhaus. Zerstören wir unser Klima?« (Sachb.).

Haberlandt, Arthur Ludwig Wolfgang

österr. Volkskundler
* 9.3.1889 Wien † 28.5.1964 ebd.

Haberlandt untersuchte die volkstümliche Kultur Europas in ihrer geschichtlichen Entwicklung. Als Volkskundler war er auf der Suche nach dem »Ureuropäer«, als Museumsleiter wollte er das dazugehörige Lebensbild entwerfen. In Anlehnung an die Kulturkreislehre (L. →Frobenius) — einer heute überholten Forschungsmethode — stellte er seine historischen »Lebenskreise« auf (Hirtenleben, bäuerliches Leben usw.). H. führte umfangreiche Studien in den Balkanländern — Montenegro, Albanien, Serbien — durch.

□ ab 1906: Mitarbeiter am Museum für Volkskunde, Wien (von seinem Vater Michael 1895 gegr.). □ ab 1924: Dir. ebd. □ 1919: »Volkskunst der Balkanländer« (Abh.). □ 1928: »Die Völker Europas« (Abh.). □ 1935: »Die deutsche Volkskunde« (Abh.).

Gottlieb Haberlandt →

← Heinz Haber

Haberlandt, Gottlieb

österr. Botaniker
* 28.11.1854 Wieselburg-Ungarisch-Altenburg
† 30.1.1945 Berlin

Haberlandt, ab 1909 Professor an der Universität Berlin und Gründer des dortigen Pflanzenphysiologischen Instituts, erforschte die funktionellen Zusammenhänge zwischen Bauweise und Lebensvorgängen der Pflanzen. Die für die Forschung fruchtbare Verbindung von Anatomie und Physiologie hatte H. 1884 in seinem aufsehenerregenden Werk »Physiologische Pflanzenanatomie im Grundriß« dargestellt. Als einer der ersten wies H. pflanzliche Hormone nach und erklärte deren Bedeutung für Zellteilung und embryonale Entwicklung.

Habermas, Jürgen

dt. Philosoph und Soziologe
* 18.6.1929 Düsseldorf

Habermas, der meistbeachtete deutsche Gegenwartsphilosoph, hat seit den 70er Jahren innovative Diskussionen in den Sozialwissenschaften gefördert. Der aus der »Frankfurter Schule« hervorgegangene Schüler von Th. W. →Adorno und M. →Horkheimer führte die sog. kritische Theorie der Gesellschaft »in praktischer Absicht« fort. In seiner Habilitationsschrift »Strukturwandel der Öffentlichkeit« (1962) zeigte H. mit aufklärerischem Anspruch die deformierten ökonomischen, politischen und kulturellen Verhältnisse bürgerlicher Gesellschaft auf. Hinter dieser nach den objektiven Bedingungen einer Systemveränderung fragenden Analyse steht das Interesse H.s für eine fortschreitende Emanzipation des Menschen aus den Zwängen von Gesellschaft und Natur.

Jürgen Habermas: Sein Interesse gilt der Emanzipation des Menschen.

In der Schrift »Erkenntnis und Interesse« (1968) führt H. seine Behauptung, daß es keine objekti-

ve Erkenntnis gibt, auf das »erkenntnisleitende Interesse« zurück. Die Erkenntnis der Wirklichkeit werde nicht nur von dem auf Naturbeherrschung zielenden Interesse bestimmt, sondern auch von der »Lebenswelt« des Individuums aufgrund nicht reflektierter Aneignung überkommener Wertvorstellungen sowie Zwang ausübender Normen. Auf diesen bewußtseinsphilosophischen Fragestellungen entwickelte H. seine »Theorie des kommunikativen Handelns« (2 Bde., 1981), wonach die normativen Grundlagen der Gesellschaft in der Sprache liegen, die als zwischenmenschliches Verständigungsmittel soziale Interaktion erst ermöglicht.
H., der sich mit Schriften wie »Die neue Unübersichtlichkeit« (1985) als scharfsinniger Kritiker der bundesrepublikanischen Gesellschaft erwiesen hat, engagiert sich auch mit öffentlichen Stellungnahmen zu aktuellen Fragen, z. B. 1986 im sog. Historikerstreit (E. →Nolte).

□ 1963: »Theorie und Praxis« (Schr., NA 1971). □ 1964-71: Prof. an der Univ. Frankfurt/Main. □ 1968: »Technik und Wissenschaft als Ideologie« (Schr). □ 1971-80: Dir. am Max-Planck-Inst. zur Erforschung der Lebensbedingungen der wissenschaftlich-technischen Welt, Starnberg. □ 1973: »Legitimationsprobleme im Spätkapitalismus« (Schr.). □ 1983: »Moralbewußtsein und kommunikatives Handeln« (Schr.). □ seit 1983: Prof. an der Univ. Frankfurt/Main; Dir. am MPI für Sozialforschung, München. □ 1985: »Der philosophische Diskurs der Moderne« (Schr.). □ 1988: »Nachmetaphysisches Denken« (Aufs.e.). □ 1990: »Wenn ich an Deutschland denke« (Es.). □ 1991: »Erläuterungen zur Discoethik«.

▷ H. Gripp: Jürgen Habermas (Biogr.), 1984.

Habsburg, Otto von

(eig. Franz Josef Otto von Habsburg-Lothringen)
dt. Politiker
* 20.11.1912 Reichenau (Österreich)

Otto von Habsburg ist der älteste Sohn des letzten Kaisers von Österreich und Königs von Ungarn, Karl, auf dessen Thron er erst 1961 offiziell verzichtete. Während seines Exils in den USA lernte H. 1940 Graf →Coudenhoven-Calergi kennen, dessen paneuropäische Ideen ihn für seine weitere politische Arbeit prägten. Nach dem Krieg konzentrierten sich seine politischen und publizistischen Anstrengungen auf die Schaffung eines einigen, christlichen Europas.

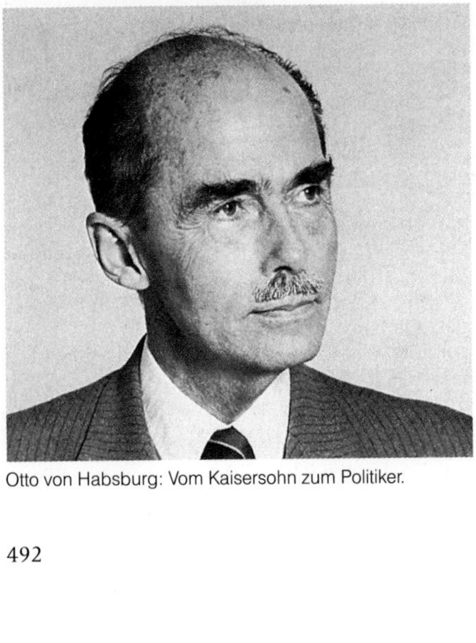

Otto von Habsburg: Vom Kaisersohn zum Politiker.

□ 1921: Verbannung mit seinen Eltern auf Madeira. □ 1930-35: Studium in Belgien. □ 1938-40: In Paris; Protestaktionen gegen den Anschluß Österreichs. □ 1940-44: Exil in den USA. □ 1945: Rückkehr nach Österreich; Ausweisung. □ 1945-54: Wohnsitz in Paris und auf der Iberischen Halbinsel. □ seit 1954: In Deutschland. □ 1973: Präsident der Paneuropa-Union. □seit 1979: MdEP für die CSU; »Europa — Garant der Freiheit« (Schr.). □ 1986: »Die Reichsidee — Geschichte und Zukunft einer übernationalen Ordnung« (Schr.).

▷ E. Feigl: Otto von Habsburg. Protokoll eines politischen Lebens, 1987.

Hácha, Emil

tschech. Politiker
* 12.7.1872 Schweinitz, Böhmen † 27.6.1945 Prag

Der angesehene Verwaltungsrichter Hácha wurde im Nov. 1938 nach der Abtretung des Sudetenlands an das Deutsche Reich und dem Rücktritt von E. →Beneš zum Staatspräsidenten der Tschechoslowakei gewählt. H. mußte im März 1939 auf Druck A. →Hitlers auch die Abtrennung der Slowakei hinnehmen und einen Protektoratsvertrag mit Deutschland abschließen. Bis 1945 blieb er an der Spitze einer vom deutschen Reichsprotektor abhängigen Regierung. Er starb im Gefängnis, wo er auf seinen Prozeß wegen Kriegsverbrechen und Kollaboration mit den Deutschen wartete.

□ 1916: Verwaltungsrichter am obersten österr. Verwaltungsgericht in Wien. □ 1925-38: Präsident des obersten Verwaltungsgerichts. □ 1938: Staatspräsident. □ 1939-45: Präsident der autonomen Verwaltung des Protektorats Böhmen und Mähren.

Friedrich Hacker →

Hacker, Friedrich

amer. Psychiater österr. Herkunft
* 19.1.1914 Wien † 23.6.1989 Mainz

Hackers Werk »Aggression. Die Brutalisierung der modernen Welt« (1971, aktualisierte NA 1985) wurde zum Standardwerk der Aggressionsforschung. H. beleuchtet darin das Phänomen der zunehmenden Gewaltbereitschaft in der Massengesellschaft in all ihren Erscheinungen. Er hoffte, daß der Mensch mit seinen Anlagen zur Gewalt und Aggression vernünftig und verantwortlich umgehen werde, glaubte aber nicht, daß menschliche Intelligenz solches Handeln auch garantiere.

□ 1940-45: Emigration in die USA, Gründung einer Klinik für Psychiatrie in Los Angeles; Prof. an der Univ. ebd. □ 1968: Gründer und Präs. der Sigmund-Freud-Gesellschaft in Wien. □ 1973: »Terror, Mythos, Realität. Analysen« (Schr.). □ 1978: »Freiheit, die sie meinen« (Schr.). □ 1981: »Drogen. Verhüten, statt behandeln, statt strafen« (Schr.).

Julius Hackethal →

Hackethal, Julius

dt. Mediziner
* 6.11.1921 Reinholterode/Eichsfeld, Heiligenstadt

Hackethal wurde vor allem als engagierter Sachverständiger für die Interessen der von ärztlichen

Kunstfehlern betroffenen Patienten bekannt. Seit den 60er Jahren übt H. Kritik am Standesethos der Ärzteschaft, an der zu hohen Sterberate nach Standardoperationen, am Niveau des Gesundheitswesens und der Ineffizienz der Krebsvorsorge. 1981 gründete er das »Eubios-Zentrum am Chiemsee«, das er bis 1988 leitete. In dieser Einrichtung sind die technischen Möglichkeiten der modernen Medizin mit einer biologisch-naturgemäßen Erfahrungsheilkunde und dem Humanitätsprinzip verknüpft. Der Befürworter der Sterbehilfe in aussichtslos erscheinenden Krankheitsfällen löste nicht nur wiederholt öffentliche Kontroversen aus, sondern geriet mit seinem konsequenten Handeln oft in Konflikt mit Standesorganisationen und der Justiz.

□ 1956-64: Oberarzt der Chirurgie der Univ.-Klinik in Erlangen; seit 1962 Prof. □ 1965-74: Chefarzt des Städtischen Krankenhauses Lauenburg (Elbe). □ 1976: »Auf Messers Schneide. Kunst und Fehler der Chirurgie« (Schr.). □ 1977: »Nachoperation« (Schr.). □ 1978: »Keine Angst vor Krebs« (Schr.). □ 1979: »Krankenhaus. Gegen ein patientenfeindliches Gesundheitswesen« (Schr.). □ 1980: »Operation — ja oder nein« (Schr.). □ 1988: »Humanes Sterben. Mitleidstöten als Patientenrecht und Arztpflicht« (Schr.). □ 1989: Eröffnung der Praxisklinik für Ganzheitsmedizin und Ausgewählte Chirurgie.

Hackman, Eugene Alden »Gene«

amer. Schauspieler
* 30.1.1930 (1931?) San Bernadino, Kalif.

Für seine Hauptrolle in »French Connection — Brennpunkt Brooklyn« (Rg. W. Friedkin) bekam Hackman 1971 einen Oscar, der ihn zwar bekannt machte, aber auch auf ein Rollenklischee festlegte. In unzähligen Filmen mimte H. seitdem als Polizist, Gangster oder Soldat den draufgängerischen, harten Einzelkämpfer. Daß er auch leisere Töne beherrscht, konnte er erstmals 1988 in W. →Allens Ehedrama »Eine andere Frau« unter Beweis stellen.

← Gene Hackman

□ 1963: »Lilith« (mit W. →Beatty, Rg. R. Rossen). □ 1967: »Bonnie und Clyde« (mit F. →Dunaway, Rg. A. Penn). □ 1972: »Die Höllenfahrt der Poseidon« (Rg. R. Neame). □ 1974: »French Connection II« (Rg. J. Frankenheimer); »Zandys Braut« (Rg. J. Troell); »700 Meilen westwärts« (Rg. R. Brooks). □ 1975: »Heiße Spur« (Rg. A. Penn). □ 1978: »Superman« (Rg. R. Donner). □ 1981: »Reds« (Rg. W. Beatty). □ 1982: »Under fire« (Rg. R. Spotiswoode). □ 1985: »Target — Zielscheibe« (Rg. A. Penn). □ 1987: »No way out — Es gibt kein zurück« (Rg. R. Donaldson). □ 1988: »Mississippi Burning« (Rg. A. →Parker). □ 1989: »Narrow Margin — 12 Stunden Angst« (Rg. P. Hyams).

Hacks, Peter

dt. Schriftsteller
* 21.3.1928 Breslau

Die Dramen des von B. →Brecht beeinflußten Autors Hacks, der 1955 aus politischer Überzeugung in die damalige DDR übersiedelte, wurden dort wie in der BRD häufig gespielt und ebenso oft kritisiert. Im Westen erregte H.s Eintreten für die DDR-Politik (Mauerbau, Ausbürgerung W. →Biermanns) Protest; im Osten störte die Kritik an den Mißständen des sozialistischen Alltags.

← Peter Hacks

Der Autor von Kinderbüchern, Neubearbeitungen von Stoffen der Weltliteratur (u. a. »Pandora«, Dr. nach Goethe, 1981) sowie historischen Komödien will in eine »sozialistische Klassik« auch bürgerliche Traditionen integrieren.

□ 1955: »Eröffnung des indischen Zeitalters« (Kom.); Übersiedlung in die DDR. □ 1958: »Die Schlacht bei Lobositz« (Dr.). □ 1960-63: Dramaturg und Autor des Dt. Theaters in Ost-Berlin. □ 1962: »Die Sorgen und die Macht« (Dr.). □ 1968: »Amphitryon« (Kom.). □ 1974: Nationalpreis der DDR (erneut 1977). □ 1976: »Ein Gespräch im Hause Stein über den abwesenden Herrn von Goethe« (Dr.). □ 1981: »Pandora« (Dr., nach J. W. v. Goethe). □ 1986: »Historien und Romanzen« (Es.s, Erz.n, Ged.e). □ 1987: »Liebkind im Vogelnest« (Kdb.).

▷ G. Schmidt: Peter Hacks in BRD und DDR, 1980; A. Jäger: Der Dramatiker Peter Hacks, 1986.

Haeckel, Ernst

dt. Zoologe und Philosoph
* 16.2.1834 Potsdam † 9.8.1919 Jena

Als führender Vertreter der Darwinschen Abstammungslehre in Deutschland entwickelte Haeckel in seinem Hauptwerk »Generelle Morphologie der Organismen« (2 Bde., 1866) Ziel und Programm seiner Evolutionslehre. Aufgrund der Feststellung, daß sich die Embryonen verschiedener Wirbeltiere (einschließlich des menschlichen Embryos) in ihren frühesten Entwicklungsstadien am ähnlichsten sind, verknüpfte H. die Ontogenese (die Entwicklung des

Ernst Haeckel: Er führte Darwins Lehre fort.

Individuums von der Eizelle bis zur Geschlechtsreife) mit der Phylogenie (der Stammesgeschichte der Lebewesen). Seine prägnante Formel »Die Ontogenie ist die kurze und schnelle Rekapitulation der Phylogenie« propagierte H. 1872 als »Biogenetisches Grundgesetz«.
Konsequent bezog H. auch die Entwicklung des Menschen in die Deszendenztheorie ein, wonach höhere Lebewesen aus niederen hervorgegangen sind. Seine darauf aufbauende monistische Naturphilosophie, die H. in bewußter Gegnerschaft zur christlichen Kirche als eine Art naturwissenschaftliche Ersatzreligion verstand (er gründete 1906 den Monistenbund), faßte er 1899 in der aufsehenerregenden Schrift »Die Welträtsel. Gemeinverständliche Studien über monistische Philosophie« zusammen.

□ 1862-1909: Prof. an der Univ. Jena; Gründer des »Phyletischen Museums« (für Abstammungslehre) ebd. □ 1866: Begegnung mit Charles Darwin (* 1809, † 1882) in England. □ 1868: »Natürliche Schöpfungsgeschichte« (Schr.). □ 1881/82: Erste Tropenfahrt nach Ceylon. □ 1892: »Der Monismus als Band zwischen Religion und Wissenschaft« (Schr.). □ 1894-96: »Systematische Phylogenie. Entwurf eines natürlichen Systems der Organismen auf Grund ihrer Stammesgeschichte« (3 Bde.). □ 1900/01: Zweite Tropenfahrt nach Java und Sumatra. □ 1917: »Kristallseelen. Studien über das anorganische Leben« (Schr.).

▷ J. Hemleben: Ernst Haeckel in Selbstzeugnissen und Bilddokumenten, 1967; K. Keitel-Holz: Ernst Haeckel. Forscher — Künstler — Mensch. Eine Biographie, 1984.

Haesler, Otto

dt. Architekt
* 13.6.1880 München
† 2.4.1962 Wilhelmshorst bei Potsdam

← Otto Haesler

Haesler, ab 1926 Mitglied der Architektengruppierung Ring, hat vorwiegend mit Wohnsiedlungen in Zeilenbauweise die Prinzipien des architektonischen Rationalismus in Deutschland ab den 20er Jahren mitentwickelt. Er war zudem einer der Pioniere der Industrialisierung im Bauwesen. Seine Siedlung Georgsgarten in Celle (1925) gehört zu den frühen Beispielen des Zeilenbaus und besticht durch klare Formen, großzügige Durchfensterung der Fassaden, vor allem der vorgezogenen Treppenaufgänge, und durch sorgfältig ausgeführte Details. Diese Prinzipien perfektionierte H. in der Siedlung Dammerstock in Karlsruhe (1927/28) und weiteren Siedlungsbauten. Auch seine Einzelbauten, vor allem das Seniorenwohnheim in Kassel (1932, mit Karl Völker) und die Volksschule in Celle (1927-31) mit der klar gegliederten Aula, die über ein teilweise verglastes Dach belichtet wird, repräsentieren rationalistisches Bauen.

□ 1906-32: Architekturbüro in Celle. □ 1926: Mitgl. der Architektengruppierung Ring. □ 1929-31: Rothenberg-Siedlung, Kassel; Siedlung Blumenlägerfeld, Celle. □ 1934: Übersiedlung nach Eutin wegen nationalsozialistischer Anfeindungen; Tätigkeit als Gartenarchitekt. □ 1946-53: Wohnanlagen in Rathenow bei Potsdam. □ 1950-52: Dir. der Hochschule für Baukunst, Weimar. □ ab 1953: Tätigkeit in Wilhelmshorst.

▷ O. Haesler: Mein Lebenswerk als Architekt, 1957.

Ernst Haeusserman →

Haeusserman, Ernst

österr.-amer. Theaterleiter und Regisseur
* 3.6.1916 Leipzig † 11.6.1984 Wien

Als Direktor des Burgtheaters und des Theaters in der Josefstadt prägte Haeusserman die Wiener Theaterlandschaft von den 50er Jahren bis zu seinem Tod. Während er eigene Inszenierungen zurückstellte, bemühte er sich als Burgtheaterleiter (1959-68) mit großem organisatorischem Geschick um eine vorsichtige Öffnung der Bühne für zeitgenössische Werke. Am Theater in der Josefstadt widmete er sich als Regisseur u. a. den Dramen A. →Schnitzlers. Ab 1973 inszenierte er mehrere Male H. v. →Hofmannsthals »Jedermann« bei den Salzburger Festspielen. H. war ein Schüler M. →Reinhardts, mit dem er 1939-43 während der Emigration in den USA zusammengearbeitet hatte.

□ 1933-39: Schauspieler am Wiener Burgtheater. □ 1939: Emigration in die USA. □ 1943: Annahme der amer. Staatsbürgerschaft. □ 1948-53: Leiter der Kulturabteilung der Wiener US-Botschaft. □ 1953-59: Dir. des Wiener Theaters in der Josefstadt (mit F. Stoß). □ 1959-68: Dir. des Wiener Burgtheaters. □ ab 1970: Dir. des Theaters in der Josefstadt (bis 1977 mit F. Stoß).

Haffner, Sebastian

(eig. Raimund Pretzel)
dt.-brit. Publizist
* 27.(?)12.1907 Berlin

Sebastian Haffner: Ein engagierter Zeitzeuge.

Haffners provokante Publikationen zur Geschichte und Politik Deutschlands machten den langjährigen stern-Mitarbeiter zu einem gefragten Zeitzeugen. Der regelmäßige Gast in W. →Höfers TV-Sendung »Der internationale Frühschoppen«, der 1938 nach England emigrierte und dort bis 1943 Mitarbeiter der deutschen »Zeitung« war, befürwortete schon 1968 die Anerkennung der DDR sowie der bestehenden europäischen Grenzen, und noch 1987 riet er von einer Wiedervereinigung ab. Sein bekanntestes

Buch ist der Essay »Anmerkungen zu Hitler« (1978). 1982 erschienen zahlreiche Arbeiten H.s für den Observer, Die Welt, den stern und Konkret in dem Essayband »Zur Zeitgeschichte«.

□ 1935: Promotion zum Dr. jur. □ 1938: Emigration nach England. □ 1940-43: Mitarbeiter der dt. »Zeitung« in London. □ 1942-61: Redakteur, ab 1945 Korrespondent der Sonntagszeitung The Observer. □ 1948: Brit. Staatsbürger. □ 1954: Rückkehr nach Berlin. □ ab 1963: Kolumnist beim stern-Magazin. □ 1968: »Der Teufelspakt. 50 Jahre deutsch-russische Beziehungen« (Schr.). □ 1972: »Deutschland, Deine guten Seiten« (stern-Serie). □ 1978: »Anmerkungen zu Hitler« (Es.). □ 1979: »Preußen ohne Legende« (stern-Buch). □ 1980: »Überlegungen eines Wechselwählers« (Schr.). □ 1987: »Von Bismarck zu Hitler« (Schr.).

Hagelstange, Rudolf

dt. Schriftsteller
* 14.1.1912 Nordhausen, Harz † 5.8.1984 Hanau

Der christliche Humanist Hagelstange, in den 50er und 60er Jahren neben H. →Böll ein führender Vertreter der deutschen Nachkriegsliteratur, artikulierte in dem Sonettzyklus »Venezianisches Credo« (1946) Entsetzen und inneren Widerstand angesichts des Kriegsgeschehens und traf damit das Lebensgefühl einer ganzen Generation. H.s spätere unterhaltende Prosa mißt aktuelle Problematik an den zeitlosen Werten abendländischer Tradition und relativiert so die Zeitkritik; H. wurde seit den 60er Jahren wegen dieser »Unverbindlichkeit« kritisiert.

← Rudolf Hagelstange

□ 1940-45: Soldat; amer. Kriegsgefangener. □ 1950: »Meersburger Elegie«. □ 1952: »Ballade vom verschütteten Leben«. □ 1959: »Spielball der Götter« (R.). □ 1969: »Altherrensommer« (R.). □ 1975: »Der große Filou« (R.). □ 1983: »Der Niedergang« (R.).

▷ R. Hagelstange: Menschen und Gesichter (Erinnerungen), 1982.

Hagen, Nina

dt. Rocksängerin
* 11.3.1955 Berlin-Friedrichshain

Laut, schrill, exzentrisch und unberechenbar — so platzte Nina Hagen 1978 als »Berliner Göre mit Punk-Gehabe« in die deutsche Rockszene und sang ihre provozierenden Texte virtuos mit einer Koloratur in Alt und melodischen Kieksern. Trotz des zum Teil sensationellen Erfolgs und ihrer in Deutschland fast konkurrenzlosen Show-Begabung blieb H. als exotische Außenseiterin primär ein willkommenes Medien-Ereignis mit nur geringer Wirkung auf die deutsche Rockmusik der 80er Jahre.

← Nina Hagen

□ 1974: Engagement beim Alfons Wonneberg Orchester. □ 1975: Gründung der Band »Automobil«. □ 1976: Ausbürgerung aus der DDR. □ 1977: Gründung der »Nina Hagen Band« in Berlin/West. □ 1978: Erste Goldene Schallplatte für »Nina Hagen Band« (LP); erste Tournee. □ 1979: »Cha Cha« (F. mit Herman Brood und Lene Lovich); »Unbehagen« (LP). □ 1981: Aufenthalt in Los Angeles. □ 1987: »Love« (LP). □ 1989: »Nina Hagen« (LP).

▷ Kathrin Brigl: Nina Hagen — Die Provokation, 1986; Nina Hagen: Ich bin ein Berliner — Mein sinnliches und übersinnliches Leben, 1988.

Carl Hagenbeck: Tiere waren seine Leidenschaft.

Hagenbeck, Carl

dt. Tierhändler und Zirkusdirektor
* 10.6.1844 Hamburg † 14.4.1913 ebd.

Hagenbeck baute die väterliche Tierhandlung zu einem Weltunternehmen mit eigenen Tierfangexpeditionen aus. Ausstellungen zur Völkerkunde, die er ab 1875 organisierte, verband H. mit aufsehenerregenden Tierschauen. 1907 gründete er den nach ihm benannten Tierpark in Hamburg und war Leiter eines Zirkusunternehmens. Die von ihm entwickelte sog. zahme Dressur wurde weltweit übernommen.

▷ C. Hagenbeck: Von Tieren und Menschen, 1908.

Hagman, Larry

amer. Schauspieler
* 21.9.1931 Weatherford, Tex.

Hagman, der in den 60er Jahren in der TV-Serie »Bezaubernde Jeannie« (1965-70) auftrat, wurde als Negativheld J. R. (John Ross) Ewing in der TV-Serie »Dallas« zur Kultfigur und zum mehr-

L. Hagman: Die Nichtraucher-Kampagne des Ekels J. R.

fachen Millionär; er verdiente zuletzt 15 Mio. US-$ im Jahr. 1991 wurde in den USA die letzte von 356 Folgen (ab 1979) ausgestrahlt. Zeitweise verfolgten 300 Mio. Zuschauer in 57 Ländern die Intrigen des texanischen Ölbarons.

Hahn, Carl Horst

dt. Industriemanager
* 1.7.1926 Chemnitz

Hahn, der 1982 T. →Schmücker als Vorstandsvorsitzender der Wolfsburger Volkswagen AG ablöste, machte den auf einer Talfahrt befindlichen Konzern zur Nr. 1 der europäischen Automobilbranche. 1989 verkaufte die VAG unter der Regie des »Taschenrechners auf zwei Beinen« weltweit 2,93 Mio. Fahrzeuge und erzielte einen Rekordumsatz von 65 Mrd. DM. 1990 stellte der VW-Chef durch Verhandlungen mit dem Kraftfahrzeug-Kombinat IFA (Trabant) in der ehemaligen DDR die Weichen für eine Expansion in Osteuropa.

Carl H. Hahn: Seit 1982 der Boß bei VW.

☐ 1954: Leiter der VW-Exportabteilung in Wolfsburg. ☐ 1959-64: Leiter der amer. VW-Tochterfirma. ☐ 1965-72: Verkaufschef und Vorstandsmitgl.; Kündigung nach Differenzen mit VW-Chef Leiding. ☐ 1973: Vorstandsvors. der Continental Gummi-Werke AG, Hannover. ☐ 1982 Rückkehr zu VW. ☐ 1984: Kooperations- und Liefervertrag mit der DDR; Gründung eines dt.-chin. Gemeinschaftsunternehmens in Shanghai. ☐ 1986: Mehrheitsübernahme bei den span. SEAT-Werken. ☐ 1987: Kooperationsverträge mit der amer. Ford Motor Co. und der jap. Toyota Motor Corp.; Aufgabe der verlustreichen US-Produktion. ☐ 1988: Lieferung einer kompletten Motorenstraße nach Chemnitz.

Hahn, Otto

dt. Chemiker
* 8.3.1879 Frankfurt/Main † 28.7.1968 Göttingen

Hahn, Nobelpreisträger von 1944, entdeckte 1938 die Kernspaltung und schuf damit die Grundlage für die Nutzung der Atomenergie. Bei einem Versuch, Uranatome mit Neutronen zu beschießen, um damit schwerere »Transurane«

Otto Hahn: Durch Zufall entdeckte er die Kernspaltung; rechts Lise Meitner.

zu erzeugen, spalteten H. und Friedrich Straßmann Urankerne. Unter hoher Energieabgabe zerfiel der um ein Neutron angereicherte und darum instabile Uran-236-Kern u. a. in Barium und Krypton. H., Gegner der nuklearen Waffen, initiierte 1955 die »Mainauer Deklaration«, in der er mit anderen Nobelpreisträgern vor den Gefahren der Kernspaltung warnte.

☐ 1904-06: Forschungen bei W. →Ramsay in London und bei E. →Rutherford in Montreal; Entdeckung der radioaktiven Elemente Radiothorium und Radioactinium. ☐ 1910-34: Prof. an der Univ. Berlin. ☐ 1929-45: Dir. des Kaiser-Wilhelm-Inst. für Chemie ebd. ☐ 1939: »Angewandte Radiochemie« (Schr.). ☐ 1945: Chemie-Nobelpreis des Jahres 1944. ☐ 1948-60: Präs. der Max-Planck-Gesellschaft. ☐ 1950: »Neue Atome« (Schr.). ☐ 1957: Unterzeichnung des Göttinger Manifests gegen atomare Aufrüstung der Bundeswehr. ☐ 1962: »Vom Radiothor zur Uranspaltung« (Schr.).

▷ O. Hahn: Mein Leben (Aut.), 1968; E. H. Berninger: Otto Hahn in Selbstzeugnissen und Bilddokumenten, 1979.

Ulla Hahn →

Hahn, Ulla

dt. Schriftstellerin
* 30.4.1946 Brachthausen/Sauerland

Hahn, eine der erfolgreichsten deutschsprachigen Lyrikerinnen seit Beginn der 80er Jahre, erregte bereits mit ihrem ersten Gedichtband »Herz über Kopf« (1981) große Aufmerksamkeit. Trotz zahlreicher Auszeichnungen (u. a. Leonce-und-Lena-Preis, 1981; Friedrich-Hölderlin-Preis, 1985) ist die Schriftstellerin aufgrund der Subjektivität und Traditionsgebundenheit ihrer Lyrik bei der Kritik umstritten.

☐ ab 1965: Studium der Germanistik. ☐ 1978: »Literatur in der Aktion« (Schr.). ☐ seit 1979: Kulturredakteurin bei Radio Bremen. ☐ 1983: »Spielende« (Ged.e). ☐ 1985: »Freudenfeuer« (Ged.e). ☐ 1991: »Ein Mann im Haus« (R.).

Haider, Jörg

österr. Politiker
* 26.1.1950 Bad Goisern, Oberösterreich

Seit seinem Aufstieg zum Obmann der FPÖ (1986) sorgte der nationalliberale Haider wiederholt für Aufsehen. Widerspruch erregten besonders seine Äußerungen bezüglich der Zugehörigkeit Österreichs zur »deutschen Kulturnation«. Als er 1989 zum Landeshauptmann von Kärnten gewählt wurde, war er seit 1949 der erste Politiker in einem solchen Amt, der nicht einer der beiden großen Parteien (ÖVP, SPÖ) angehörte. 1991 wurde H. wegen der Äußerung, im Dritten Reich sei eine ordentliche Beschäftigungspolitik gemacht worden, vom Landtag abgewählt; einen freiwilligen Rücktritt hatte er abgelehnt.

Haile Selassie I.

(eig. Taferi Makwennen)
Kaiser (Negusa Negesti) von Äthiopien
* 23.7.1892 Edjesso, Prov. Harar
† 27.8.1975 Addis Abeba

Haile Selassi I. war der letzte mit absoluter Macht herrschende Kaiser von Äthiopien (1930-74). Anfangs führte H., der von französischen Jesuiten erzogen worden war, zahlreiche wirtschaftliche und soziale Reformen durch. So ließ er Schulen errichten und schickte viele Äthiopier zum Studium nach Europa und in die USA. 1924 verbot er die Sklaverei, und in den Jahren 1942-44 veranlaßte er eine große Landreform. Nach 1960 verzögerte er jedoch mit seiner autokratischen Herrschaft zunehmend die notwendige Modernisierung Äthiopiens. Eine Hungerkatastrophe in weiten Teilen des Landes lieferte 1974 den Anlaß für das Militär, ihn schrittweise zu entmachten. Er starb in Hausarrest.

Bernard Haitink →

Haile Selassi I. (1958): 44 Jahre lang unumschränkter Herrscher Äthiopiens.

☐ 1910: Gouverneur von Harar. ☐ 1916-30: Regent und Thronfolger unter Kaiserin Zauditu. ☐ 1928: Negus (König) Haile Selassie. ☐ 1930: Kaiser. ☐ 1931: Erlaß einer Verfassung. ☐ 1935: Invasion ital. Truppen. ☐ 1936: Annexion Äthiopiens durch Italien. ☐ 1936-41: Exil in Großbritannien. ☐ 1974: Absetzung.

▷ R. Kapuściński: The Emperor. Downfall of an autocrat, NA 1984.

Haitink, Bernard

niederl. Dirigent
* 4.3.1929 Amsterdam

Haitink, seit 1986 musikalischer Direktor der Covent Garden Opera London, leitete 1961-64 mit E. →Jochum das Concertgebouw Orchester Amsterdam und war anschließend über 20 Jahre (1965-88) Chef dieses internationalen Spitzenensembles. Er wurde durch zahlreiche Konzertreisen als Spezialist für Werke von Mozart, Bruckner und G. → Mahler bekannt. Seit den 70er Jahren trat H., der als werktreuer Dirigent gilt, auch mit Opern-Interpretationen hervor (1978 Leiter des Glyndebourne Opera Festivals). Seine enge Zusammenarbeit mit Schallplattenfirmen führte zu bedeutenden Gesamteinspielungen (Bruckner, Mahler, sinf. Dichtungen von Liszt).

☐ 1954/55: Teilnahme an Dirigierkursen des Niederl. Rundfunks. ☐ 1955: Violinist des Radio-Sinfonie-Orchesters der Niederlande. ☐ 1956: Sensationeller Auftritt als Dirigent mit dem Concertgebouw-Orchester Amsterdam anstelle des erkrankten C. M. →Giulini. ☐ 1965-88: Künstlerischer Dir. und Chefdirigent des Concertgebouw-Orchesters. ☐ Seit 1967: Zahlreiche Gastdirigate (u. a. Wien, Boston, New York, Chicago). ☐ 1967-78: Chef des Philharmonic Orchestra London. ☐ 1986: Musikalischer Dir. der Covent Garden Opera London. ☐ 1991: Westeuropatournee mit der Staatskapelle Dresden.

Hajek, Otto Herbert

dt. Plastiker, Maler und Grafiker
* 27.6.1927 Kaltenbach, Südböhmen (heute Nové Hutě, CSFR)

Hajek strebt in seinem konstruktivistischen Werk eine Verbindung von Gegenstand, Farbe, Raum und Architektur an. Er fand vor allem mit seinen großen »Raumzeichen«, die aus stereometrischen, häufig streng geometrisch bemalten Elementen bestehen, international Anerkennung. So schuf er in Adelaide (Australien) 1973-77 die begehbare Freiplastik »Stadtikonographie«, die er als urbanen, künstlerischen Freiraum versteht. Solche Arbeiten sollen die Umwelt humaner machen und die Wahrnehmungsfähigkeit des Betrachters schärfen.

□ 1847-54: Studium an der Kunstakademie Stuttgart. □ 1960-63: »Kreuzweg«, Berlin-Plötzensee. □ 1962-64: »Begehbare Plastik« in Frankfurt/Main. □ seit 1980: Prof. an der Karlsruher Akademie.

▷ C. Pese (Hg.): Otto Herbert Hajek. Über die Durchdringung des Lebens mit Kunst, 1987.

Halbe, Max

dt. Schriftsteller
* 4.10.1865 Gütland bei Danzig (heute Polen)
† 30.11.1944 Gut Burg bei Neuötting, Oberbayern

In seinen naturalistischen Dramen — u. a. in dem Erfolgsstück »Jugend« (1893) — thematisiert Halbe den Widerstreit zwischen menschlicher Natur und gesellschaftlichen Zwängen. Er charakterisiert die Figuren durch die Darstellung ihres sozialen Umfelds in der prägenden Atmosphäre des ländlichen Westpreußen. Spätere psychologisch motivierte Romane tragen melancholische, neuromantische Züge und zeigen Anklänge an die Heimatliteratur.

← Max Halbe

□ 1890: »Freie Liebe« (Dr.). □ 1892: »Eisgang« (Dr.). □ 1897: »Mutter Erde« (Dr.). □ 1903: »Der Strom« (Dr.). □ 1910: »Dr. Sieverings Heimfahrt« (Nov.). □ 1911: »Die Tat des Dietrich Stobäus« (R.). □

▷ M. Halbe: Scholle und Schicksal (Aut.), 1933; ders.: Jahrhundertwende (Aut.), 1935; F. Zillmann: Max Halbe. Wesen und Werk, 1959.

Halbfas, Hubertus

dt. Religionspädagoge (kath.)
* 12.7.1932 Drolshagen, Sauerland

Halbfas ist ein Didaktiker von großer Breitenwirkung, der insbesondere dem Religionsunterricht neue Impulse gegeben hat. Wegen abweichender Ansichten in seiner »Fundamentalkatechetik« (1968) über die Auferstehung Christi und den christlichen Missionsauftrag kam es zwischen H. und der deutschen Bischofskonferenz zu einem Eklat. Er mußte von seinen kirchlichen Lehraufträgen zurücktreten.

□ 1960: »Handbuch der Jugendseelsorge und -führung« (Schr.). □ 1964: »Jugend und Kirche« (Schr.). □ 1965: »Der Religionsunterricht. Psychologische und didaktische Konturen« (Schr.). □ seit 1967: Prof. an der PH Reutlingen. □ 1969: Entzug der Missio canonica. □ 1971: »Aufklärung und Widerstand — Beiträge zur Reform des Religionsunterrichts und der Kirche« (Schr.). □ 1983-86: »Religionsunterricht in der Grundschule« (Schr., 4 Bde.). □ 1989: »Wurzelwerk. Geschichtliche Dimensionen der Religionsdidaktik« (Schr.).

Halbwachs, Maurice

frz. Soziologe
* 11.3.1877 Reims
† 16.3.1945 Buchenwald (ermordet)

Halbwachs, ein Schüler E. →Durkheims, befaßte sich mit den Problemen des sozialen Denkens. Er wies auf die verhaltensprägende Kraft der verschiedenen gesellschaftlichen Klassen hin. Für H. besteht das Gedächtnis aus kollektiven Erinnerungen. Den kollektiven Rahmen des Gedächtnisses bilden seiner Meinung nach nicht nur Jahreszahlen, Namen und historische Begriffe, sondern Denk- und Erfahrungsströmungen: »Die Geschichte ist nicht die gesamte Vergangenheit, aber sie ist auch nicht das, was von der Vergangenheit übrigbleibt.« Als ein Beispiel gelebter Geschichte nannte H. den Kontakt Kind—Großeltern.

□ 1919: Prof. für Soziologie an der Univ. Strasbourg und an der Sorbonne. □ 1930: »Les causes du suicide« (Schr.). □ 1938: Präs. des Inst. français de Sociologie, Paris. □ 1944: Prof. für Sozialpsychologie am Collège de France; kurz darauf verhaftet. □ postum 1950: »Das kollektive Gedächtnis« (Schr., dt. 1967).

Hale, George Ellery

amer. Astronom
* 29.6.1868 Chicago, Ill.
† 21.2.1938 Pasadena, Kalif.

Hale, der bedeutendste Sonnenforscher der Jahrhundertwende, entwickelte 1891 den sog. Spektroheliographen, mit dem die Sonne im

George Hale (um 1935): Der Sonnenforscher mit seinem Spektrohelioskop.

Licht einer einzigen Spektrallinie fotografiert werden konnte. 1924 konstruierte H. das Spektrohelioskop, mit dem der Wasserstoffreichtum bei den solaren Protuberanzen nachgewiesen wurde. Bereits 1908 hatte H. die Magnetfelder der Sonnenflecken entdeckt und erstmals die Existenz von Magnetismus außerhalb der Erde nachgewiesen.
Eines der größten Spiegelteleskope der Welt, das nach 15jähriger Bauzeit 1948 fertiggestellte Hale-Teleskop mit einem Durchmesser von 5,10 m, steht auf dem Mount Palomar bei Pasadena.

□ 1888-91: Einrichtung der Kenwood-Sternwarte bei Chicago. □ ab 1892: Prof. für Astrophysik an der Univ. von Chicago; Gründer und Hg. der beiden Zeitschriften Astronomy and Astrophysics und Astrophysical Journal (ab 1895). □ 1895-1905: Dir. des von ihm eingerichteten Yerkes-Observatoriums bei Chicago. □ 1904-23: Dir. des von ihm 1902 gegründeten Mount-Wilson-Observatoriums bei Los Angeles. □ 1928: Gründung des Mount-Palomar-Observatoriums bei Pasadena.

Halévy, Ludovic

frz. Librettist
* 1.1.1834 Paris † 8.5.1908 ebd.

Halévy, Neffe des französischen Komponisten Jacques F. Halévy (* 1799, † 1862), machte sich als Textbuchautor von Opern und Operetten einen Namen. Seine bekanntesten Libretti, die er gemeinsam mit dem Dramatiker Henri Meilhac (* 1831, † 1897) schrieb, sind diejenigen zu Jacques Offenbachs »Die schöne Helena« (1864) und Georges Bizets »Carmen« (1875).

▷ E. C. Hansen: Ludovic Halévy. A study of frivolity and fatalism in nineteenth century France, 1987.

Haley, Alex

afro-amer. Schriftsteller und Journalist
* 11.8.1922 Ithaca, N. Y.

»Roots« (dt. »Wurzeln«), die verfilmte Familiensaga, ist das große autobiografische Werk Haleys

Alex Haleys Suche nach seiner Herkunft war erfolgreich.

— die Identitätssuche eines schwarzen Amerikaners. Das mit einem Aufwand von mehr als 80 000 US-Dollar finanzierte »Forschungsprojekt« wurde zum Nationalepos der Schwarzen in Amerika. Mit Buch und Film gelang es H. aufzuzeigen, welche kulturelle Identität sein Volk vor der Sklaverei und der Entrechtung durch die Weißen besaß. Vor diesem Erfolg arbeitete H. als freier Schriftsteller und Journalist bei Reader's Digest, Saturday Evening Post und Playboy.

□ 1939-59: Angestellter bei der Küstenwache. □ 1954: Vertrag mit dem Verlag Doubleday & Company über ein Buch zur Abschaffung der Rassentrennung. □ seit 1959: Freier Schriftsteller und Journalist. □ 1976: »Wurzeln — Saga einer amerikanischen Familie« (R., dt. 1977). □ 1977: US-TV-Serie »Roots« (dt. 1978).

Haley, Bill

amer. Rockmusiker
* 6.7.1925 Highland Park, Mich.
† 9.2.1981 Harlington, Tex.

Bill Haley: The King of Rock 'n' Roll macht Stimmung; vorn seine Frau.

Haleys Name ist untrennbar mit der Entstehung des Rock 'n' Roll verbunden. Aus einem Gemisch von Country & Western-Musik und schwarzem Rhythm & Blues begründete er einen Musikstil, den der Diskjockey Alan Freed in Anlehnung an die permanenten Schlagwörter »Rock«, »Rattle« und »Roll« bald »Rock 'n' Roll« nannte. H.s 1954 mit seiner Band Comets aufgenommenen Stücke »Shake, rattle and roll« und »Rock around the clock«, umarrangierte Versionen schwarzer Ghetto-Hits, wurden zu Klassikern der Rockmusik.

□ 1943: Erste Schallplatte »Candy Kisses«. □ 1949: Diskjockey in Chester, Penn.; Gründung der Band Four Aces of Swing. □ 1951: Umbenennung seiner Band in The Comets. □ 1953: Erster Hit mit »Crazy Man Crazy«. □ 1957: Deutschlandtournee, Tumulte in Essen und Berlin. □ 1958: Letzter Hit »Skinnie Minnie«. □ bis 1981: Revival-Konzerte.

Halffter Jiménez, Christóbal

span. Komponist und Dirigent
* 24.3.1930 Madrid

Halffter, Komponist der UNO-Kantate »Yes speak out, yes« (1968) zum 20jährigen Jubiläum der Formulierung der Menschenrechte, zählt zu den bedeutendsten spanischen Komponisten der Gegenwart. Er orientierte sich in seinen Werken zunächst an dem Nationalstil seines Lehrers M. de →Falla y Matheu, wandte sich dann zeitgenössischen Kompositionstechniken zu (Vorbilder I. →Strawinsky, K. →Penderecki und G. → Ligeti), die er nach eigenen Angaben »latinisierte« (in ihrer klanglichen Dimension bereicherte). Sein »Requiem auf die Idee der Freiheit« (1971, UA München 1975) wurde unter →Franco verboten.

□ 1960-66: Prof. für Komposition am Konservatorium Madrid, ab 1964 dessen Dir. □ 1970: UA der Oper »Don Quichote« in Düsseldorf. □ 1971: »Klage für die Opfer der Gewalt« für Kammerensemble und elektronische Klangumwandlung. □ 1975: »Elegie auf den Tod dreier spanischer Dichter« (A. →Machado, Miguel Hernandez und F. →García Lorca gewidmet). □ 1976/77: »Variationen über den Widerhall eines Schreis« für Instrumente, Tonband und Life-Elektronik. □ 1987: »Dortmunder Variationen« zum 100jährigen Jubiläum des Dortmunder Sinfonieorchesters.

← Ch. Halffter Jiménez

Halifax, Edward Frederik Lindley Wood, Baron Irwin (ab 1925), Viscount H. (ab 1934), Earl of H. (ab 1944)

brit. Politiker
* 16.4.1881 Powderham Castle, Devonshire
† 23.12.1959 Garrowby Hall, Yorkshire

Halifax vertrat als Außenminister, im Gegensatz zu seinem Vorgänger A. →Eden, die Position des Premierministers A. N. →Chamberlain, dessen Appeasement-Politik gegenüber A. →Hitler er unterstützte. In seiner Amtszeit als Vizekönig von Indien suchte er einen politischen Ausgleich mit M. →Gandhi und erklärte 1929, daß es Ziel britischer Politik sein müsse, Indien den Status eines Dominions zu geben.

□ 1910-25: Mitgl. des Unterhauses für die Konservativen. □ 1924/25: Landwirtschaftsmin. □ 1925-31: Vizekönig von Indien. □ 1935: Kriegsmin. □ 1935-38: Lordsiegelbewahrer; Präsident des Oberhauses. □ 1938-40: Außenmin. □ 1940-46: Botschafter in den USA.

Earl of Halifax vor seinem Landhaus in Yorkshire.

Hall, (Granville) Stanley

amer. Experimentalpsychologe
* 1.2.1846 Ashfield, Mass.
† 24.4.1924 Worcester, ebd.

Hall, ein Vorkämpfer der experimentellen Psychologie, stellte aufgrund der biogenetischen Gesetzmäßigkeiten (E. →Haeckel) das »psychogenetische Grundgesetz« auf, wonach die psychische Entwicklung des Individuums (Ontogenese) analog zur Entwicklungsgeschichte der Menschheit (Phylogenese) verlaufe. H. kommt außerdem das Verdienst zu, die Psychoanalyse S. →Freuds und C. G. →Jungs in Amerika eingeführt und popularisiert zu haben.

□ 1881-88: Prof. an der Johns Hopkins Univ., Baltimore. □ 1883: Gründung des ersten experimentalpsychologischen Laboratoriums ebd. □ 1887: Gründung der Zeitschrift The American journal of psychology. □ ab 1889: Präs. der Clark Univ. □ 1909: Konferenz mit S. Freud und C. G. Jung ebd. □ 1912: »Die Begründer der modernen Psychologie« (Schr., dt. 1914).

Stanley Hall →

Hall, Peter

engl. Regisseur und Theaterleiter
* 22.11.1930 Bury Saint Edmunds

Zu Halls großen Leistungen gehört der Aufbau der Royal Shakespeare Company zu einem festen Ensemble von hohem Niveau, das nicht nur während der Sommermonate, sondern ganzjährig in Stratford-upon-Avon (der Geburtsstadt Shakespeares) und London auftritt. 1983/84 inszenierte H. den »Ring des Nibelungen« in Bayreuth. Sein Umgang mit Geldmitteln als langjähriger Direktor des National Theatre London führte 1978 zu einer Dreiteilung der Direktion.

□ 1955: Inszenierung von S. Becketts »Warten auf Godot« am Arts Theatre London. □ 1960: Nach vielbeachteten Shakespeare-Inszenierungen Übernahme der Royal Shakespeare Company. □ 1967: Erste Filmregie bei »Work is a four letter word«. □ 1969: Dir. des Opernhauses Covent Garden London. □ 1972-89: Dir. des National Theatre London; Inszenierung von Dramen H. → Pinters. □ 1989: Gründung einer eigenen Schauspieltruppe.

▷ P. Hall: The story of a dramatic battle, 1984.

Peter Hall →

Hallstein, Ingeborg

dt. Sängerin
* 23.5.1937 München

Hallstein begann 1960 eine glanzvolle internationale Karriere als Koloratursopranistin. Als ständiges Mitglied der Staatsoper in München (seit 1961) hatte sie triumphale Gastspiele (u. a. in London, Buenos Aires, Paris, Montreal, Hamburg) und wurde mit Rollen aus Opern von Mozart, G. →Verdi und R. →Strauss berühmt. H. trat auch als Lieder- und Konzertsängerin hervor. Zahlreiche Fernsehauftritte trugen zu ihrer außergewöhnlichen Popularität bei.

□ 1958: Engagement am Nationaltheater in Basel. □ 1960: Debüt bei den Salzburger Festspielen. □ seit 1961: Ständiges Mitgl. der Bayer. Staatsoper. □ 1962: Partie der Königin der Nacht in Mozarts Oper »Zauberflöte« bei der Eröffnungsvorstellung des renovierten Theaters an der Wien. □ 1964:

Ingeborg Hallstein →

Koloraturpartie bei der UA der Solokantate »Being Beauteous« von H. W. →Henze. □ 1966: Partie der Autonie und der Proserpina bei der UA der Henze-Oper »Die Bassariden« in Salzburg. □ 1968: Bayer. Kammersängerin. □ seit 1981: Prof. an der Musikhochschule in Würzburg.

Hallstein, Walter

dt. Politiker
* 17.11.1901 Mainz † 29.3.1982 Stuttgart

Hallstein (r.) wird 1959 vom Vorwurf der üblen Nachrede freigesprochen; 3. v. r. H. Blankenhorn, Botschafter in Paris.

Als Staatssekretär im Auswärtigen Amt entwickelte Hallstein in den 50er Jahren die These, daß nur die Bundesrepublik als Rechtsnachfolgerin des Deutschen Reichs berechtigt sei, für das deutsche Volk im Ausland zu sprechen. Mit dieser »Hallstein-Doktrin« versuchte die Regierung →Adenauer, die diplomatische Anerkennung der DDR zu verhindern. Erst W. →Brandt gab ab 1970 diese Doktrin auf.

□ 1930: Prof. für Recht in Rostock. □ 1941: Prof. in Frankfurt/Main. □ 1950: Leiter der dt. Delegation bei den Verhandlungen über die Montanunion. □ 1950/51: Staatssekr. im Bundeskanzleramt. □ 1951-58: Staatssekr. im Auswärtigen Amt. □ 1958-67: Präs. der EWG-Kommission. □ 1969-72: MdB der CDU. □ 1979: »Europa-Reden« (Schr.).

Hallwachs, Wilhelm Ludwig Franz

dt. Physiker
* 9.7.1859 Darmstadt † 20.6.1922 Dresden

Hallwachs, der führende Spezialist für Photoelektrizität, entdeckte 1888 einen nach ihm benannten, äußeren Photoeffekt, bei dem sich negativ geladene Metallplatten unter ultraviolettem Licht entladen und ungeladene durch UV-Strahlen positiv aufgeladen werden. Der Hallwachs-Effekt, auf dem die Photozelle basiert, diente später A. →Einstein zur Entwicklung seiner diesen Effekt erklärenden Lichtquantenhypothese (1905).

□ ab 1893: Prof. an der TH Dresden; 1921/22 Rektor ebd. □ 1904: Entdeckung der sog. lichtelektrischen Ermüdung bei der Photoelektrizität. □ 1914: »Die Lichtelektrizität« (Schr.).

Johnny Hallyday →

W. S. Halsted →

Hallyday, Johnny

(eig. Jean Philippe Smet)
frz. Rocksänger
* 15.6.1943 Paris

Der ehemalige Möbelpacker hatte gleich mit seiner ersten Single »Let's twist again« einen Millionenhit in Frankreich und wurde zum Idol seiner Generation. Hallyday komponiert die wenigsten seiner Titel selbst; am erfolgreichsten ist er mit Cover-Versionen etablierter Hits in französischer Sprache. Bei seinen Auftritten putscht er geschickt die Gefühle mit einer körperlich betonten Show bis zum Exzeß auf. Mitte der 80er Jahre begann er eine zweite Karriere als Schauspieler (u. a. unter der Regie von J.-L. →Godard).

Halm, August

dt. Musikpädagoge und Komponist
* 26.10.1869 Großaltdorf, Württ.
† 1.2.1929 Saalfeld, Thüringen

Halm war einer der Initiatoren der Jugendmusikbewegung (Fr. →Jöde) und deren bedeutendster Pädagoge. In ihrer Hinwendung zur »Einfachheit« und »Natürlichkeit« (Volkslied und -tanz) richtete sich die Bewegung gegen Kultur und Zivilisation der bürgerlichen Industriegesellschaft. Zunächst von H. → Wolf beeinflußt, wandte sich H. später einer Instrumentalmusik mit pädagogischer Funktion zu (u. a. zwei Sinfonien, Schauspielmusiken). In seinen Schriften formulierte er Theorien der musikalischen Form und entwickelte mit H. Schenker neue Wege der musikalischen Analyse (H. → Riemann).

□ 1892-94: Studium an der Kgl. Musikschule in München. □ 1903-06: Musiklehrer am Landerziehungsheim Haubinda (Thüringen). □ 1906-10: Musiklehrer an der Freien Schulgemeinde Wickersdorf (Thüringen). □ 1910: Dirigent der Liedertafel Ulm. □ 1913: »Von zwei Kulturen der Musik« (Schr.). □ 1913/14: Kritiker der Süddeutschen Zeitung Stuttgart. □ 1914: Musiklehrer an der ev. Lehrerbildungsanstalt Esslingen. □ ab 1920: Leiter der Freien Schulgemeinde Wickersdorf. □ 1926: »Einführung in die Musik« (Schr.).

▷ A. Halm: Sinn und Form (Aufs.), 1978.

Halsted, William Stewart

amer. Chirurg
* 23.9.1852 New York † 7.9.1922 Baltimore, Maryl.

Halsted, der 1885 im Selbstversuch die Cocain-Anästhesie zur örtlichen Betäubung durch Injektion erprobte, entwickelte die Leitungs- und Lumbalanästhesie, die Betäubung der Nervenbahnen und des Rückenmarks durch Narkose. Ab 1892 Professor an der Johns Hopkins University in Baltimore, gründete H. dort die erste chirurgische Hochschule in Amerika. 1890 führte er das Tragen von Gummihandschuhen in der Chirurgie ein. Mit der nach ihm benannten Intrakutan-Naht entwickelte H. die Methode einer mit feinsten chirurgischen Nadeln angelegten Naht innerhalb der Hautschnittfläche zur Vermeidung sichtbarer Stichkanäle. Fortschritte erzielte H. bei der Brustamputation sowie der Operation von Schilddrüse, Leber und Darm.

Hamilton, Richard

engl. Maler und Grafiker
* 24.2.1922 London

Hamilton ist nach E. →Paolozzi der zweite entscheidende Wegbereiter der englischen Pop Art. Mit seiner Collage »Just what is it that makes today's homes so different, so appealing?« (1956, Tübingen, Kunsthalle) gab er einer ganzen Generation von Popkünstlern die Richtung vor. Diese Arbeit vereint in der Kombination von Anzeigenfragmenten und Illustriertenfotos alle Themen der frühen Pop Art, von der modernen Wohnkultur über Sex- und Muskelfetische zu Konsumartikeln, Werbung und den Massenmedien. Neben solche reinen Collagen treten Verbindungen von meist verfremdeten Fotos mit Malerei wie in »My Marilyn« von 1964 (Köln, Museum Ludwig), eine ironisch-sarkastische Arbeit mit einem Porträt von M. → Monroe. Später vergrößerte H. aufgerasterte Fotos so stark, daß sich die Einzelheiten fast auflösen, ein Eindruck, den H. durch Übermalung verstärkt. Andere Werke zeigen Porträts von Massenidolen (B. →Crosby) in farblicher Umkehrung, als handele es sich um Farbnegative. 1991 ehrte die Kestner-Gesellschaft H. mit einer Ausstellung.

R. Hamilton vor einer seiner übermalten Fotografien.

□ ab 1952: Mitgl. der Independent Group im Inst. of Contemporary Art (ICA), London; Studium u. a. an den Royal Academy Schools. □ 1956: Beteiligung an der richtungweisenden Ausstellung »This is Tomorrow« am ICA. □ 1957-61: Lehrtätigkeit am Royal College of Art. □ 1963: Kontakt mit New Yorker Pop-Künstlern; seitdem verstärkter Einsatz der Fotografie, auch als Vorlage für die Malerei. □ 1991: Große Ausstellung in der Kestner-Gesellschaft, Hannover.

▷ Richard Hamilton — Exteriors, Interiors, Objects, People, dt. engl. Katalog der Kestner-Ausstellung, 1991.

Marvin Hamlisch →

Hamlisch, Marvin

amer. Komponist und Musiker
* 2.4.1944 New York

Als Komponist eingängiger Melodien in der Tradition von C. → Porter oder I. →Berlin wurde Hamlisch bereits im Alter von 17 Jahren berühmt. Hits wie »Sunshine, Lollipops & Roses« oder »California Nights« schrieb er 1961 für Leslie Gore. Den Schwerpunkt seiner Arbeit bildet die Filmmusik, u. a. für W. →Allens Filme »Woody — der Unglücksrabe« (1969) und »Bananas« (1971). Sein größter Erfolg war das Musical »A Chorus Line« (1975), das es bis 1991 auf 6500 Aufführungen brachte.

□ 1951: Beginn des Musikstudiums an der New Yorker Juilliard School of Music als jüngster jemals dort aufgenommener Schüler. □ 1961: Engagement bei L. →Minelli als Arrangeur und musikalischer Direktor. □ 1973: Oscar für die Musik in dem Film »The way we were« (mit B. →Streisand). □ 1977: »Nobody does it better« aus dem James-Bond-Film »The spy who loved me« (gesungen von Carly Simon). □ 1986: Verfilmung von »A Chorus Line« (mit M. →Douglas).

Dag Hammarskjöld →

Hammarskjöld, Dag

schwed. Politiker
* 29.7.1905 Jönköping, Südschweden
† 17.9.1961 bei Ndola (Sambia, verunglückt)

Hammarskjöld machte sich als Diplomat einen Namen, der im vertraulichen Gespräch zwischen den Parteien zu vermitteln versteht. Als Generalsekretär der Vereinten Nationen bemühte er sich darum, die UNO als eine friedenstiftende Macht zu stärken. Nach der Unabhängigkeit von Belgisch-Kongo (später Zaïre) 1960 organisierte er eine Friedenstruppe von 20 000 Mann, um den dortigen Bürgerkrieg zu schlichten. Auf einem Flug zum Präsidenten der kongolesischen Provinz Katanga, M. →Tschombé, kam H. bei einem Flugzeugabsturz ums Leben. Für seine Verdienste wurde ihm im gleichen Jahr der Friedens-Nobelpreis verliehen.

□ 1936: Unterstaatssekr. im Finanzministerium. □ 1941-48: Präs. der schwed. Nationalbank. □ 1951-53: Stellv. Außenmin. □ ab 1953: Generalsekretär der UNO. □ postum 1961: Friedens-Nobelpreis.

▷ J. Hoffmann-Herreros: Dag Hammarskjöld. Politiker — Schriftsteller — Christ, 1991.

H. Hamm-Brücher →

Hamm-Brücher, Hildegard

dt. Politikerin
* 11.5.1921 Essen

Während ihrer Zeit als Abgeordnete der FDP im Bayerischen Landtag machte Hamm-Brücher sich durch den hartnäckigen Kampf gegen die Konfessionsschule einen Namen. Dabei stieß sie mit ihren betont liberalen Ansichten zur Bildungspolitik häufig auch bei den eigenen Parteifreunden auf Kritik. Nach ihrem Wechsel in die hessische bzw. in die Bundesregierung war sie hauptsächlich mit schul- und kulturpolitischen Aufgaben betraut.

□ ab 1939: Studium der Chemie (Promotion 1945) in München; Kontakt zur »Weißen Rose« der Geschwister →Scholl.

☐ 1945-48: Redakteurin der Neuen Zeitung in München. ☐ 1946: Mitgl. der FDP. ☐ 1949/50: Stipendium an der Harvard Univ., Cambridge, Mass., USA. ☐ 1950-66, 1970-76: Bayer. MdL. ☐ 1967-69: Staatssekr. im hess. Kultusministerium. ☐ 1969-72: Staatssekr. im Bundesministerium für Bildung und Wissenschaft. ☐ 1976: »Bildung ist kein Luxus« (Schr.). ☐ 1976-90: MdB. ☐ 1976-82: Staatsmin. im Außenministerium. ☐ 1986: »Leiden an der Wirklichkeit« (Schr.). ☐ 1989: »Die aufgeklärte Republik« (Schr., mit N. Schreiber). ☐ 1991: »Der freie Volksvertreter — eine Legende?« (Schr.).

Hammer, Armand

amer. Industrieller bulg. Abstammung
* 21.5.1898 New York † 10.12.1990 Los Angeles

Hammer, gleichermaßen Ölmagnat, Kunstsammler und Makler zwischen Ost und West, war zu Beginn der 20er Jahre der erste westliche Unternehmer, der Kontakte zu W. I. →Lenin unterhielt. Er lieferte gegen Pelze und Kunstwerke Weizen in die Sowjetunion und eröffnete nach seiner Rückkehr 1930 in New York eine erste Galerie; Entspannung durch Handel war sein Credo. 1957 erwarb er für 100 000 US-$ den Ölkonzern Occidental Petroleum und machte ihn zur siebtgrößten Ölgesellschaft der USA. H. blieb mit der Kreml-Führung in Kontakt, vermittelte zwischen Ost und West und finanzierte die Behandlung der Opfer der Tschernobyl-Katastrophe 1986 durch amerikanische Spezialisten. Außerdem spendete er Millionen Dollar für die Krebsforschung. 1990 wurde in Los Angeles kurz vor seinem Tod das Armand Hammer Museum of Art and Culture eröffnet.

▷ A. Hammer: Mein Leben, dt. 1989.

Hammerstein-Equord, Kurt Freiherr von

dt. Militär
* 26.9.1878 Hinrichshagen, Mecklenburg
† 24.4.1943 Berlin

Ähnlich wie General K. v. →Schleicher hoffte der konservative Hammerstein-Equord noch 1933, den Einfluß der NSDAP mit Hilfe der Reichswehr begrenzen zu können. Als er 1934 erkannte, daß dies nicht möglich war, trat er als Chef der Heeresleitung zurück. In den folgenden Jahren blieb er in Kontakt zu General E. →Beck, über den er später W. →Leuschner und C. →Goerdeler kennenlernte. 1939 plante der militärische Widerstand die Festnahme Hitlers bei dessen Besuch von H.s Armeegruppe. Kurz vor dieser Visite wurde H. jedoch als politisch unzuverlässig entlassen.

☐ 1929: Chef des Truppenamtes. ☐ 1930: Chef der Heeresleitung. ☐ 1934: Generaloberst; Rücktritt. ☐ 1939: Befehlshaber einer Armeegruppe an der frz. Grenze.

Hammett, (Samuel) Dashiell

amer. Schriftsteller
* 27.5.1894 St. Mary's County, Maryl.
† 10.1.1961 New York

Nach achtjähriger Tätigkeit in Pinkerton's Detektei setzte Hammett seine Erfahrungen schriftstellerisch um und schuf den Typ des hartgesottenen, wortkargen und einzelgängerischen Detektivs. Sam Spade, gespielt von H. → Bogart in »Der Malteser Falke« (R., 1930, dt. 1951, verfilmt von J. → Huston 1941), hat Schauspieler und Autor berühmt gemacht. Mit seinen aktionsbetonten, in lakonischem Stil geschriebenen Geschichten wurde H. neben R. → Chandler zum Klassiker des Detektivromans.

Dashiell Hammett: Der Kriminalschriftsteller vor dem McCarthy-Ausschuß.

← Armand Hammer

← Hammerstein-Equord

Lionel Hampton →

☐ 1929: »Rote Ernte« (R., dt. 1957). ☐ ab 1930: Liaison mit der Dramatikerin L. →Hellman. ☐ 1931: »Der gläserne Schlüssel« (R., dt. 1953, verfilmt 1935 und 1942). ☐ 1934: »Der dünne Mann« (R., dt. 1952, verfilmt 1934). ☐ 1951: Aussageverweigerung über »unamerikanische Aktivitäten« vor dem →McCarthy-Ausschuß (1951/52 inhaftiert).

▷ D. Johnson: Dashiell Hammett, 1983, dt. 1985; W. F. Nolan: Dashiell Hammett, 1985.

Hammond, Laurens

amer. Ingenieur
* 11.1.1895 Evanston, Ill. † 1.7.1973 Cornwall, Conn.

Hammond baute 1934 die nach ihm benannte erste elektromechanische Orgel, mit der sich verschiedene Musikinstrumente nachahmen ließen. Der ehemalige Uhrmacher entwickelte das Tasteninstrument, als er mit alten Zahnrädern eine Varietéorgel herstellen wollte.

Hampton, Lionel

amer. Jazzmusiker
* 12.4.1913 (1909?) Louisville, Ky.

Hampton hat das Vibraphon im Jazz populär gemacht. Während der Swing-Ära war er auf diesem Instrument ohne Konkurrenz. Er zeichnete sich durch einen schwungvollen, harmonischen Stil aus und fand mit seinem dynamischen Spiel auch im Rhythm & Blues viel Beifall. Seine Karriere begann er zunächst als Schlagzeuger in Chicago bei der Defender Boys' Band; 1936 wechselte mit dem Engagement beim B. → Goodman-Quartett zum Vibraphon. Anfang der 50er Jahre konzentrierte er sich musikalisch primär auf den Rhythm & Blues.

☐ 1928: Mitgl. der Band von Paul Howard. ☐ 1932-36: Erste eigene Band. ☐ 1936-40: Als Vibraphonist bei B. Goodman. ☐ 1940: Erste eigene Big-Band. ☐ 1942: Erster großer Erfolg mit »Flying Home«. ☐ 1953: Erste Auftritte in Deutschland. ☐ 1965: Gründung des Sextetts »Jazz Inner Circle«; in den 70er und 80er Jahren Tourneen durch Europa.

Hamsun, Knut

(eig. Knut Pedersen)
norw. Schriftsteller
* 4.8.1859 Lom, Oppland
† 19.2.1952 Nørholm bei Grimstad

Knut Hamsun: Der Nobelpreisträger mit seiner Familie in Nørholm.

Hamsun war der bedeutendste Romanschriftsteller Norwegens. Die Ablehnung der modernen Zivilisation und die Rückkehr des Menschen zur Natur sind Hauptthemen seiner Werke, in denen er mit modernen Erzählformen wie dem Inneren Monolog und der erlebten Rede die Gefühlswelt der Protagonisten darstellte. Wiederkehrende Gestalten seiner Romane sind der mit der Natur verbundene Bauer und der sich gegen die Zivilisation auflehnende gesellschaftliche Außenseiter. Höhepunkte im Schaffen H.s waren der mit autobiografischen Zügen versehene Romanerstling »Hunger« (1890, dt. 1891) und die Segelfoss-Romane (1913, 1915). Für »Segen der Erde« (R., 1917, dt. 1918), eine Hymne auf das naturverbundene Leben, erhielt H. 1920 den Literatur-Nobelpreis.
Seine deutschfreundliche Gesinnung während des 2. Weltkriegs rechtfertigte H. in dem Alterswerk »Auf überwachsenen Pfaden« (Aut., 1949, dt. 1950).

Herbie Hancock →

☐ 1873-78: Hausierer, Schusterlehrling, Wanderlehrer und Amtsgehilfe. ☐ 1880-82: Straßenarbeiter. ☐ 1882; 1886-88: Aufenthalt in den USA, dort Fischer, Erntearbeiter und Vortragsredner. ☐ 1892: »Mysterien« (R., dt. 1894). ☐ 1893-96: Parisaufenthalt; Begegnungen mit P. →Gauguin, E. →Munch und A. →Strindberg. ☐ 1894: »Pan« (R., dt. 1895). ☐ 1896: »Spiel des Lebens« (R., dt. 1910). ☐ 1898: Reise durch Finnland, Rußland, Persien und die Türkei. ☐ 1909: 2. Ehe mit der Schauspielerin M. Andersen. ☐ 1913: »Kinder ihrer Zeit« (R., dt. 1915). ☐ 1915: »Die Stadt Segelfoss« (R., dt. 1916). ☐ 1920: Literatur-Nobelpreis; »Die Weiber am Brunnen« (R., dt. 1921). ☐ 1927: Landstreicher« (R., dt. 1928). ☐ 1930: »August Weltumsegler« (R., dt. 1930). ☐ 1936: »Der Ring schließt sich« (R., dt. 1936). ☐ 1945: Verurteilung zu hoher Geldstrafe wegen deutschfreundlicher Gesinnung.

▷ M. Beheim-Schwarzbach: Knut Hamsun, 1959; R. Ferguson: Knut Hamsun. Leben gegen den Strom, 1991.

Hamzah, Amir

indon. Schriftsteller
* 28.2.1911 Tandjungpura Langkat (Nordsumatra)
† 16.3.1949 (ermordet)

Hamzah gehörte zum Schriftstellerkreis um die 1928 gegründete Zeitschrift Neuer Literat, deren Ziel es war, die nationale Kultur und Sprache der niederländischen Kolonie Indonesien zu fördern. Gegen eine kritiklose Übernahme westlicher Kultur trat H. für die Bewahrung traditioneller Werte und die behutsame Integration moderner Einflüsse ein. Mit seiner melancholischen, formvollendeten Lyrik verhalf er der indonesischen Literatur zu Weltgeltung.

Hancock, Herbert Jeffrey »Herbie«

amer. Jazzmusiker
* 12.4.1940 Chicago, Ill.

Hancock wurde in den 70er Jahren der populärste Keyboarder des funkigen Jazzrock. Vor allem seine Mischung aus souveränem und sensiblem Umgang mit der Technik und bluesorientierten Improvisationen machte ihn zu einem der einflußreichsten Musiker seines Genres. Sein musikalischer Weg führte vom avantgardistischen Jazz über den souligen Jazzrock zu dem von ihm seit Mitte der 70er Jahre bevorzugten Jazz-Funk. Mit »Headhunters« präsentierte H. 1973 eine der bestverkauften Jazz-LPs.

☐ 1951: Konzert mit dem Chicago Symphony Orchestra. ☐ 1960: Erstes Engagement bei Donald Byrd. ☐ 1962: Erste LP »Takin' Off«. ☐ 1963-68: Bei M. →Davis. ☐ 1967: Filmmusik zu »Blow up« (Rg. M. →Antonioni). ☐ 1969: Erste eigene Band. ☐ 1971: »Mwandishi« (LP). ☐ 1974: Filmmusik zu »Ein Mann sieht rot« (mit Ch. → Bronson); erste Goldene Schallplatte für »Headhunters« (LP). ☐ 1977: Gründung der Live-Jazzgruppe V.S.O.P. ☐ 1984: »Sound System« (LP). ☐ 1988: »Perfect Machine« (LP).

Handke, Peter

österr. Schriftsteller
* 6.12.1942 Griffen, Kärnten

Seit 1966, als Handke auf einer Tagung der Gruppe 47 mit seiner Kritik an der »Beschreibungsimpotenz« der zeitgenössischen Literatur Aufsehen erregte, hat er sich als einer der schöpferischsten und eigenwilligsten Autoren seiner Generation etabliert. Die Sprechstücke »Publikumsbeschimpfung« (UA 1966) — wurde zu H.s Mar-

kenzeichen — und »Kaspar« (UA 1968) begründeten seinen Ruhm; das zentrale Thema ist die Sprache in ihrer verändernden, auch zerstörenden Funktion zwischen Innen- und Außenwelt. Mit dem ihm vorgeworfenen Mut zur Innerlichkeit sucht H. in Prosa und monologartigen Stücken vorgegebene Sprach- und Gattungsmuster aufzubrechen, um neue Ebenen der Wirklichkeit auszuloten und eine ungebrochene Ich-Erfahrung zu ermöglichen. Die Verfilmungen seiner Werke sind Teil von H.s »Poetik des Sehens«.
Wie die (sprachliche) Zertrümmerung von Konventionen, so erregte H.s Hinwendung zum Positiven, zu einer wieder erzählbaren Welt — den Wandel markiert die Tetralogie »Langsame Heimkehr« (Erz.n, 1979-81) — heftige Kritik. Zugleich zeigt sie jedoch die innere Logik seiner Entwicklung als Autor.

Peter Handke: Auf der Suche nach erzählbarer Erfahrung.

☐ 1965: Abbruch des Jurastudiums. ☐ 1966: »Die Hornissen« (R.). ☐ 1967: »Ich bin ein Bewohner des Elfenbeinturms« (Es.). ☐ 1969: »Die Innenwelt der Außenwelt der Innenwelt« (Ged.e). ☐ 1970: »Die Angst des Tormanns beim Elfmeter« (Erz.; F. 1971, Rg. W. →Wenders). ☐ 1976: »Die linkshändige Frau« (Erz., F. 1977, Rg. P. Handke). ☐ 1977: »Das Gewicht der Welt« (Journal). ☐ 1979: Nach mehrfachem Wohnsitzwechsel (u. a. in der BRD, den USA und Frankreich) Übersiedlung nach Salzburg. ☐ 1983: »Phantasien der Wiederholung« (Notizen). ☐ 1989: »Das Spiel vom Fragen« (Stück). ☐ 1990: »Versuch über die Jukebox« (Erz.). ☐ 1991: »Versuch über den geglückten Tag« (Prosa).

▷ R. G. Renner: Peter Handke, 1985.

Hanser, Carl

dt. Verleger
* 30.12.1901 Rastatt † 10.5.1985 München

Carl Hanser →

Hanser war einer der bedeutenden deutschen Verleger des 20. Jh.s. Zunächst als wissenschaftlicher Fachverlag gegründet, wurde das Haus zum Markenzeichen eines hohen literarischen Standards. Im Mittelpunkt seines Interesses standen die modernen zeitgenössischen Autoren des In- und Auslands; so konnte H. für seinen Verlag Autoren wie E. →Fried, L. →Harig, St. →Hermlin, E. →Canetti und A. →Robbe-Grillet gewinnen. Große Anerkennung fanden auch die sorgfältig editierten Reihen »Hanser Klassik« und »Hanser Bibliothek« sowie die Literaturzeitschrift »Akzente«. Erst mit 75 Jahren zog sich H. von der Verlagsleitung zurück.

☐ 1926: Heirat mit Lieselotte Alberts. ☐ 1928: Nach Philosophiestudium und Verlagslehre Gründung des Carl-Hanser-Verlags in München. ☐ 1949-51: Vors. des Börsenvereins des Dt. Buchhandels. ☐ 1951-68: Eigenständiger Zeitschriftenverlag. ☐ 1969: Umwandlung des Verlags in eine Kommanditgesellschaft. ☐ 1970: Ausbau des Sachbuchsektors. ☐ 1976: Rückzug aus der Verlagsleitung.

Hanson, Duane

amer. Plastiker
* 17.1.1925 Alexandria, Minn.

Hanson ist der profilierteste Vertreter der hyperrealistischen Richtung innerhalb der zeitgenössi-

Duane Hanson (l.): Der Künstler und sein lebensechtes Selbstporträt.

schen figurativen Plastik. Seine aus Polyester und Fiberglas bestehenden Figuren tragen echte Kleidung und sind lebenden Personen täuschend ähnlich. Die »Supermarket Lady« von 1970 (Aachen, Neue Galerie, Sammlung Ludwig) stellt eine amerikanische Hausfrau beim Einkaufen dar, schlampig angezogen und mit Lockenwicklern im Haar: Der Betrachter wird in einem musealen Ambiente überraschend mit Alltagswirklichkeit konfrontiert. Andere Werke, wie die »Obdachlosen der Bowery« (1969/70, Museum Ludwig, Köln), schildern mit ihrer geradezu fotografischen Präzision eine erschreckende Realität, die ansonsten gern übersehen wird. H. widmet sich in jüngerer Zeit auch dem Thema der Leere und Kommunikationsunfähigkeit des modernen Großstadtmenschen.

▷ T. Osterwald: Duane Hanson, 1974.

Hantzsch, Arthur Rudolf

dt. Chemiker
* 7.3.1857 Dresden † 14.3.1935 ebd.

Hantzsch synthetisierte 1881 das Pyridin und dessen für die Arzneimittelherstellung unerläßlichen Derivate sowie andere heterozyklische Verbindungen wie Thiazol, das später für das Vitamin B_2 und das Penicillin wichtig wurde. Mit seinem Schüler A. →Werner untersuchte H. mit physikalischen Methoden (Absorptionsspektren, Brechungsindex und Leitfähigkeit) die Stereochemie der Stickstoffverbindungen sowie Säuren und Pseudosäuren.

□ 1885-93: Prof. an der ETH Zürich. □ 1890: Stereochemische Erklärung der Isomerie bei Aldoximen. □ 1893-1903: Prof. an der Univ. Würzburg. □ 1903-28: Prof. an der Univ. Leipzig.

Happel, Ernst

österr. Fußballspieler und Trainer
* 29.11.1925 Wien

Happel konnte als Aktiver und als Trainer Erfolge verzeichnen. Als Stopper und Verteidiger bestritt er 51 Länderspiele für Österreich (1947-58) und wurde neunmal Meister mit Rapid Wien. Als Trainer (ab 1958) propagierte er u. a. das frühe Pressing, das permanente Attackieren des ballführenden Spielers. Zahlreiche nationale und internationale Erfolge verzeichnete er u. a. mit Feyenoord Rotterdam, FC Brügge, Standard Lüttich und Hamburger SV.

□ 1937-54: Rapid Wien. □ 1954: WM-Teilnehmer (erneut 1958). □ 1954/55: Racing Paris. □ 1955-58: Rapid Wien. □ 1958-62: Trainer bei Rapid Wien. □ 1970: Europapokal- und Weltpokalsieger der Landesmeister mit Feyenoord Rotterdam. □ 1973-75: FC Sevilla. □ 1975-79: FC Brügge (u. a. dreimal belg. Meister). □ 1978: WM-Zweiter mit der niederl. Nationalmannschaft. □ 1982: Dt. Meister mit dem Hamburger SV. □ 1983: Dt. Meister und Europapokalsieger mit dem Hamburger SV. □ ab 1987: Wacker Insbruck.

Ernst Happel: Man nennt ihn auch den »Schweiger«.

Rudolf Harbig →

Arthur Harden →

Maximilian Harden →

Harbig, Rudolf

dt. Leichtathlet
* 8.11.1913 Dresden
† 5.3.1944 Kirowograd, Ukraine (gefallen)

Harbig, siebenmaliger deutscher Meister, war einer der Pioniere des modernen Mittelstreckenlaufs. Sein 1939 aufgestellter Weltrekord über 800 m (1:46,6 min.) hatte 16 Jahre Bestand. Mit dieser Zeit hätte H., der 1938 Europameister über 800 und 4x400 m wurde, sogar noch 1986 den Titel bei den deutschen Meisterschaften gewonnen. Er lief auch Weltrekord über 400 m (46,0 sec., 1939) und 1000 m (2:21,5 min., 1939) sowie über 4x800 m.

Harden, Sir (ab 1936) Arthur

brit. Biochemiker
* 12.10.1865 Manchester, Lancashire
† 17.6.1940 Burne End, Buckinghamshire

Harden erforschte die Funktion der Enzyme bei der alkoholischen Gärung von Kohlehydraten. 1904 erkannte H., daß das von E. →Buchner entdeckte Ferment »Zymase« aus zwei Komponenten zusammengesetzt ist, nämlich einem aus größeren Molekülen bestehenden Proteinanteil und der nichtproteinhaltigen und eigentlich wirksamen »Kozymase«. 1905 entdeckte H., daß beim Gärungsprozeß organischer Phosphor an die Zuckermoleküle gebunden wird (Zucker-Phosphorylierung) und eröffnete damit die Forschung über den Intermediärstoffwechsel.

□ 1897-1930: Mitgl., ab 1907 Leiter der biochemischen Abteilung des Jenner Inst. for Preventive Medicine, London. □ 1911: »Alcoholic fermentation« (Schr.). □ ab 1912: Prof. an der Univ. London. □ 1929: Chemie-Nobelpreis (mit H. v. →Euler-Chelpin, der das Gärungsenzym analysierte).

Harden, Maximilian

(eig. Felix Ernst Witkowski)
dt. Publizist
* 20.10.1861 Berlin
† 30.10.1927 Montana (Schweiz)

Harden gehörte um die Jahrhundertwende zu den einflußreichsten konservativen Publizisten des Deutschen Reichs. Der streitbare Gründer der politischen Wochenschrift Die Zukunft (1892) war ein hartnäckiger Gegenspieler Kaiser → Wilhelms II., in dessen Händen er die deutschen Machtinteressen nicht ausreichend vertreten sah. Unter den Eindrücken des 1. Weltkriegs wandelte sich H. zum Pazifisten und wurde zum Gegner des Nationalsozialismus.

☐ 1889: Mitbegründer des Theatervereins Freie Bühne in Berlin. ☐ 1892: »Apostata« (Es.s); bis 1923 zahlreiche politische und literarische Essays in Die Zukunft. ☐ 1907-09: Verwicklung in Skandalprozesse als Folge polemischer Attacken gegen kaiserliche Berater, denen H. eine homosexuelle Veranlagung nachsagte. ☐ 1922: Schwere körperliche und geistige Schäden nach Attentat von Rechtsradikalen. ☐ 1923: Übersiedlung in die Schweiz.

▷ H.-J. Goebel: Maximilian Harden als politischer Publizist im Ersten Weltkrieg, 1977.

Harding, Warren Gamaliel

amer. Politiker
* 1.11.1865 Blooming Grove, Corsica, Ohio
† 2.8.1923 San Francisco

Mit großer Mehrheit wurde Harding 1921 zum 29. Präsidenten der USA gewählt. Als Gegner des »Internationalismus« seines Vorgängers W. → Wilson verstärkte er die Isolation innerhalb der US-Außenpolitik. So lehnte er den Eintritt der USA in den Völkerbund ab. 1921 rief er die Washingtoner Konferenz zur Begrenzung der Seerüstung ein. Die von ihm eingeleitete Senkung der Steuern und Zölle löste in den folgenden Jahren einen wirtschaftlichen Aufschwung aus.

Harding bei der Phonographaufnahme, 1920.

☐ 1899: Senator der Republikaner in Ohio. ☐ 1902: Stellv. Gouverneur von Ohio. ☐ 1915-21: Senator in Washington. ☐ 1921-23: 29. US-Präsident.

▷ S. H. Adams: Incredible era. The life and times of Warren Gamaliel Harding, NA 1979.

Hardy, Thomas

engl. Schriftsteller
* 2.6.1840 Upper Bockhampton, Dorsetshire
† 11.1.1928 Max Gate, Dorchester, ebd.

Hardys Leistung besteht in der Schaffung eines konsequent tragischen Romans. Mit seiner Erzählkunst, Lyrik und pessimistischen Weltsicht stand er an der Schwelle zwischen spätviktorianischem Zeitalter und Moderne. Den detailreich beschriebenen Schauplatz seiner Werke bildet H.s ländliche Heimat in der Grafschaft Dorsetshire, der er den historischen Namen »Wessex« gab. Im Zentrum der Wessex-Romane stehen der ausweglose Kampf der Figuren gegen die unberechenbaren Mächte des Schicksals und das Spannungsverhältnis zwischen Liebe und Leiden. Den tragischen Konflikt zwischen persönlichen Bedürfnissen und gesellschaftlichen Konventionen beleuchtete H. u. a. in »Tess von den d'Urbervilles« (R., 1891, dt. 1895; 1979 verfilmt von R. →Polanski, mit N. →Kinski). Die meisten seiner zahlreichen, äußerst populären Romane dramatisierte H. selbst.
H.s oft volksliedhafte Lyrik, die über 900 Gedichte umfaßt, erfuhr erst nach seinem Tod eine angemessene Würdigung.

Hardy mit der Schauspieltruppe, die eine Dramatisierung von »Tess« aufgeführt hat.

☐ 1862-67: Architekt in London. ☐ 1874: »Am grünen Rand der Welt« (R., dt. 1984). ☐ 1878: »Die Rückkehr« (R., dt. 1949). ☐ 1886: »Der Bürgermeister von Casterbridge. Leben und Tod eines Mannes von Charakter« (R., dt. 1985). ☐ 1898: »Wessex poems and other verses«. ☐ 1904-08: »The Dynasts. A drama of the napoleonic wars«. ☐ postum 1928: »Winter words in various moods and metres« (Ged.e).

▷ M. Millgate: The Life and Works of Thomas Hardy, engl. 1984.

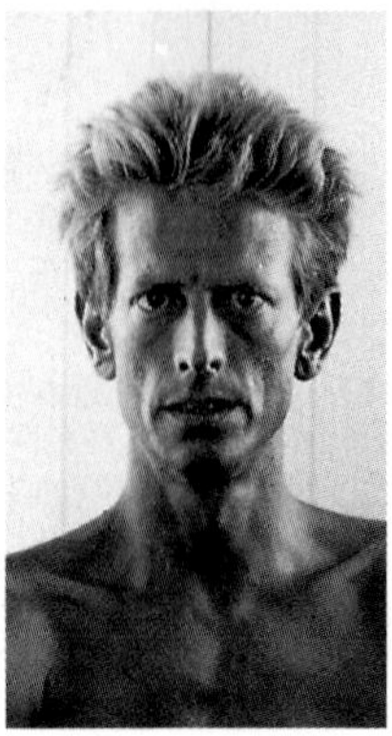

David Hare →

Hare, David

engl. Dramatiker, Drehbuchautor und Regisseur
* 5.6.1947 Bexhill, Sussex

Hares sozialkritische Bühnenstücke haben die Entwicklung des zeitgenössischen politischen Theaters in England in den 70er und 80er Jahren maßgeblich geprägt (H. →Brenton, T. →Griffiths). Das breite thematische Spektrum seiner bühnenwirksamen Dramen reicht von den sozio-ökonomischen Umwälzungen der Nachkriegszeit über die Ideale der revolutionären Generation der 60er Jahre bis zu globalen Problemen der Weltpolitik. So stehen etwa die Machenschaften und Moralvorstellungen der Finanzwelt im Mittelpunkt von H.s Stück »Eine Stadt wird vernommen« (UA 1974, dt. EA 1975). Die Ursachen des Nord-Süd-Konflikts und die

Probleme der Dritten Welt werden in »Eine Weltkarte« beleuchtet (UA 1982, dt. EA 1987).

□ 1968: Gründung des alternativen Portable Theatre. □ 1970: »In Hülle und Fülle« (Dr., dt. 1979). □ 1970/71: Dramatiker am Royal Court Theatre, London. □ 1976: »Teeth 'n' Smiles« (Mus.). □ 1983: »Saigon im Jahr der Katze« (Fernsehfilm, dt. 1985). □ 1985: »Prawda« (Dr., zusammen mit H. Brenton, dt. 1986). □ 1990: »Racing Demon« (Dr.).

Harich, Wolfgang

dt. Philosoph
* 9.12.1923 Königsberg (heute Kaliningrad, UdSSR)

Harich, der als marxistischer Theoretiker die Jean-Paul-Forschung vorangebracht hat, wurde 1957 wegen seiner Kritik an der Kulturpolitik der DDR-Regierung, seinem Konzept eines »menschlichen Sozialismus« (Reformkommunismus) und der Bildung einer Oppositionsgruppe innerhalb der SED als »Konterrevolutionär« zu zehn Jahren Zuchthaus verurteilt (1964 amnestiert). Durch Publikation der Werke von G. →Lukács machte H. dessen marxistische Literaturtheorie in der DDR bekannt.

Wolfgang Harich auf einer Konferenz der Grünen, 1979.

□ 1946-56: Mitgl. der SED. □ 1949-56: Prof. an der Humboldt-Univ., Ost-Berlin. □ 1953: Heinrich-Mann-Preis. □ 1953-56: Chefredakteur der von ihm mitbegründeten Dt. Zeitschrift für Philosophie. □ 1968: »Jean Pauls Kritik des philosophischen Egoismus« (Schr.). □ 1969: »Zur Kritik der revolutionären Ungeduld. Eine Abrechnung mit dem alten und neuen Anarchismus« (Schr.). □ 1974: »Jean Pauls Revolutionsdichtung. Versuch einer neuen Deutung seiner heroischen Romane« (Schr.). □ 1975: »Kommunismus ohne Wachstum? Babeuf und der Club of Rome«. □ 1979-81: Aufenthalt in der BRD.

Harig, Ludwig

dt. Schriftsteller
* 18.7.1927 Sulzbach/Saar

Harig übt mit experimenteller Prosa Kritik an der vorhandenen Sprache, an Klischees und Ideologien. Seine Hörspiele (u. a. »Das Geräusch«, 1965) sind der Versuch einer Erneuerung der Sprache mittels amüsanter Sprachspielereien und Collagetechnik. Der mehrfach ausgezeichnete Schriftsteller erhielt 1986 den Hörspielpreis der Kriegsblinden.

← Ludwig Harig

□ 1949/50: Assistent am Collège moderne in Lyon. □ 1950-70: Volksschullehrer in Dudweiler/Saar. □ 1961: »Haiku Hiroshima« (Hsp.). □ 1966: »Sprechstunden für die deutsch-französische Verständigung« (R.). □ 1986: »Ordnung ist das ganze Leben« (R.). □ 1987: Gastdozent für Poetik in Frankfurt/Main. □ 1990: »Weh dem, der aus der Reihe tanzt« (R.).

▷ L. Harig: Stadtschreiber Ludwig Harig — Stadtdrucker Karlheinz Oswald, 1989.

Hugo Häring →

Häring, Hugo

dt. Architekt
* 22.5.1882 Biberach an der Riß
† 17.5.1958 Göppingen

Härings Bedeutung liegt auf dem Gebiet der Architekturtheorie, auf die er mit seinen Ideen eines »organhaften« Bauens erheblich einwirkte und A. →Aalto, L. →Kahn, H. →Scharoun u. a. beeinflußte. Im Gegensatz zum Rationalismus etwa W. →Gropius' oder L. →Mies van der Rohes ging H. nicht von einer grundsätzlich vorgegebenen Ästhetik aus, in die sich ein Bauwerk einzuordnen habe, sondern er forderte eine Anpassung der äußeren Form an die Funktion bzw. »Wesenheit des Objekts« (das »Haus als ein Organ seiner Bewohner«). Mit dem Gut Garkau in der ungewöhnlichen Verbindung von Stahlbeton, Backstein und Holz, seiner vielgestaltigen asymmetrischen Anlage und der überlegten Trennung der Funktionsbereiche schuf H. einen »Prototyp« für seine Auffassungen, ebenso wie mit den Häusern in Berlin-Siemensstadt.

□ ab 1921: Nach dem Studium in Stuttgart und Dresden eigenes Büro in Berlin; Mitgl. des Zehnerrings und der daraus hervorgegangenen Architektengruppierung Ring, deren Vertreter bei der int. Architektenvereinigung CIAM er war. □ 1924/25: Gut Garkau bei Lübeck. □ 1929-31: Wohnhäuser in Berlin-Siemensstadt. □ 1935-43: Leiter einer privaten Kunstschule in Berlin. □ ab 1943: Wohnsitz in Biberach.

▷ J. Joedicke (Hg.): Das andere Bauen, Gedanken und Zeichnungen von Hugo Häring, 1982.

Haring, Keith

amer. Graffiti-Künstler
* 4.5.1958 Kutztown, Penn. † 17.2.1990 New York

Mit seinen phantasievoll-witzigen Kreide-Graffiti in New Yorker U-Bahnhöfen zog Haring Anfang der 80er Jahre die Aufmerksamkeit der Kunstszene auf sich, die er mit seinen kraftvoll-plakativen Strichmännchen, einfachen Symbolen und Piktogrammen bald eroberte. In seinem dem Comic strip, der Computer- und Werbegrafik nahen Bildvokabular dominierten anfangs

Haring: Eröffnung des Parks Luna Luna, Hamburg 1987.

heitere, vom spontanen Einfall lebende Motive. Später griff er zunehmend auch politische und soziale Themen auf, stellte Symbolen von Freundschaft und Erotik Bilder von Krieg, Ausbeutung und Unmenschlichkeit gegenüber. Nach seiner Aids-Erkrankung nutzte H. seine populäre Bildsprache in einem engagierten Kampf gegen Ursachen und soziale Folgen dieser Krankheit (Installationen, Poster, Ausmalung eines Aids-Selbsthilfezentrums in New York).

□ 1978/79: Studium an der School of Visual Arts, New York. □ 1982: Teilnahme an der documenta 7, Kassel. □ 1986: Einzelausstellung im Stedelijk Museum, Amsterdam. □ 1987: Beteiligung an den Skulptur-Projekten Münster, Westf.

▷ J. Gruen: Keith Haring. Die autorisierte Biografie, 1991.

Harlan, Veit

dt. Regisseur und Schauspieler
* 22.9.1899 Berlin † 13.4.1964 Capri (Italien)

Harlan zählte zu den führenden Filmregisseuren im Dritten Reich. Neben dem antisemitischen Hetzfilm »Jud Süß« (1940), der die Verfolgung der Juden rechtfertigen sollte, drehte er den Film »Der große König« (1942), eine Huldigung an die »Führer«-Figur Friedrich II., und »Kolberg« (1944). Nach Kriegsende wegen Verbrechens gegen die Menschlichkeit angeklagt und freigesprochen, durfte H. ab 1950 wieder als Regisseur arbeiten (er drehte u. a. 1957 den Anti-Homosexuellen-Film »Anders als du und ich«).

← Veit Harlan

□ ab 1919: Theater- und Filmschauspieler. □ 1935: Erste Filmregie. □ ab 1938: Dritte Ehe mit der Schauspielerin K. Söderbaum. □ 1939: »Die Reise nach Tilsit«. □ 1943: »Immensee«. □ 1954: »Verrat an Deutschland«.

▷ V. Harlan: Im Schatten meiner Filme (Aut.), 1966.

Harlow, Harry Frederick

amer. Experimentalpsychologe
* 31.10.1905 Fairfield, Iowa
† 6.12.1981 Tucson, Ariz.

Das Wisconsin Primate Research Laboratory, dessen Gründer (1930) und erster Direktor (bis 1974) Harlow war, wurde durch seine aufsehenerregenden Experimente mit Primaten bekannt. H. forschte auf den Gebieten der Mutter-Kind-Beziehung, der Lernfähigkeit und der Depression infolge sozialer Isolation. Bei jungen Rhesusaffen konnten H. und seine Mitarbeiter feststellen, daß körperliche Berührung und Wärme für die Entwicklung ebenso wichtig sind wie die normale Ernährung.

□ 1951-63: Hg. des Journal of comparative and physiological psychology. □ 1958: Präs. der American Psychological Association. □ ab 1974: Prof. an der Univ. of Wisconsin.

Harlow, Jean

(eig. Harlean Carpenter)
amer. Schauspielerin
* 3.3.1911 Kansas City † 7.6.1937 Los Angeles

Provozierender Sexappeal und emanzipiertes Auftreten waren die Markenzeichen Harlows,

Jean Harlow: Ein Sexidol der 30er Jahre.

die als Busenstar mit platinblondem Haar zu den Sexidolen der 30er Jahre gehörte. Nach diversen Rollen als Gangsterliebchen profilierte sie sich in Komödien als Partnerin von C. →Gable (fünf gemeinsame Filme), J. →Stewart und Sp. →Tracy. H. starb im Alter von 26 Jahren, wahrscheinlich an den Folgen einer Harnvergiftung.

□ 1931: »Platinum Blonde/Vor Blondinen wird gewarnt« (Rg. F. →Capra). □ ab 1932: Engagement bei MGM; »Feuerkopf« (Rg. J. Canway). □ 1933: »Sexbombe« (Rg. V. Fleming). □ 1937: »Saratoga« (Rg. J. Conway).

▷ C. F. Brown: Jean Harlow, 1979.

Adolf v. Harnack →

Harnack, Adolf von

dt. Theologe (ev.)
* 7.5.1851 Dorpat (Estland)
† 10.6.1930 Heidelberg

Mit seinem dreibändigen »Lehrbuch der Dogmengeschichte« (1886-90, NA 1990), in welchem das Dogma als Produkt der Hellenisierung des Christentums ausgewiesen wird, setzte Harnack einen bis heute unübertroffenen theologisch-wissenschaftlichen Maßstab. Seine im Jahr 1900 erschienenen Vorlesungen über »Das Wesen des Christentums« (15. Aufl. 1950 mit einem Geleitwort von R. →Bultmann) brachten ihm jedoch nicht nur Zustimmung ein (L. →Baeck). Anliegen des auch in Hofkreisen verkehrenden Kirchenhistorikers war es, eine synthetische Einheit von Christentum, Kultur und Bildung zu stiften. Bei der aufkommenden dialektischen Theologie (K. →Barth, R. Bultmann) stieß er damit auf Ablehnung.

□ ab 1876: Prof. an den Univ.n in Leipzig, Gießen (1879) und Marburg (1886). □ 1881-1910: Redaktion der Theologischen Literaturzeitung. □ 1888-1921: Prof. an der Univ. Berlin. □ 1893-1904: »Geschichte der altchristlichen Literatur« (3 Bde.). □ 1900: »Geschichte der Preuß. Akademie der Wissenschaften« (3 Bde.); persönliche Kontakte mit Kaiser →Wilhelm II. □ 1902: »Die Mission und Ausbreitung des

Christentums in den ersten drei Jahrhunderten« (Schr.). ☐ 1903-12: Präs. des Evangelisch-sozialen Kongresses. ☐ 1905-21: Generaldir. der Kgl. Bibliothek. ☐ 1911-30: Mitbegründer und Präs. der Kaiser-Wilhelm-Gesellschaft zur Förderung der Wissenschaften.

▷ A. v. Zahn-Harnack: Adolf von Harnack, 1936; K. H. Neufeld: Adolf von Harnack. Theologie als Suche nach der Kirche, 1977.

Harnoncourt, Johann Nicolaus

(eig. de la Fontaine und d'Harnoncourt-Unverzagt)
österr. Dirigent, Cellist und Musikforscher
* 6.12.1929 Berlin

Harnoncourt ist Pionier auf dem Gebiet der Interpretation Alter Musik. Seit den 50er Jahren beschäftigt sich H. mit den spieltechnischen und klanglichen Möglichkeiten alter Instrumente. Mit dem von ihm und seiner Frau Alice gegründeten Concentus Musicus Wien (1952) studierte er zunächst unterschiedliche musikalische Stile, bevor er 1957 erstmals ein Konzertprogramm auf Originalinstrumenten präsentierte. Das größte Projekt war die Einspielung sämtlicher Bach-Kantaten in den 70er und 80er Jahren. Ende der 80er Jahre verlagerte H. sein Interesse auf die Interpretation der Musik von Mozart.

← J. N. Harnoncourt

☐ ab 1948: Studium an der Wiener Musikakademie. ☐ 1952-69: Als Cellist Mitgl. der Wiener Symphoniker. ☐ seit 1962: Weltweite Tourneen mit dem Concentus Musicus Wien. ☐ seit 1972: Prof. an der Salzburger Musikhochschule. ☐ 1982: »Musik als Klangrede. Wege zu einem neuen Musikverständnis« (Schr.). ☐ 1984: »Der musikalische Dialog. Gedanken zu Monteverdi, Bach und Mozart« (Schr.). ☐ 1985: Gründung des Grazer Festival für Alte Musik »styriate«. ☐ 1991: Aufführung von Mozarts »Requiem« bei der Salzburger Mozartwoche.

Harper, Heather

engl. Sängerin
* 8.5.1930 Belfast (Nordirland)

Harpers Erfolg als Sopranistin ist eng verknüpft mit der Musik des englischen Nationalkomponisten B. →Britten. Mit der Uraufführung von dessen »War Requiem« (1962) hatte sie ihr Debüt in Covent Garden. 1971 schrieb Britten für H. die Rolle der Mrs. Coyle in der Fernsehoper »Owen Wingrave«. H.s Repertoire reicht von Monteverdi bis zu L. →Dallapiccola. Sie gilt als eine der überzeugendsten Interpretinnen der Sopran-Partie in Beethovens 9. Symphonie.

← Heather Harper

☐ 1954: Debüt als Opernsängerin an der Oxford Univ. Opera als Lady Macbeth. ☐ 1966: Honory Degree of Doctor of Music von der Queen's Univ. of Belfast. ☐ 1967/68: Elsa in Wagners »Lohengrin« bei den Bayreuther Festspielen. ☐ 1969-72: Engagement am Teatro Colón in Buenos Aires. ☐ 1972: Rolle der Gouvernante in Brittens Oper »The Turn of the Screw« mit der English Opera Group.

Harrer, Heinrich

österr. Naturforscher
* 6.7.1912 Hüttenberg, Kärnten

Harrer wurde mit seinem Buch »Sieben Jahre in Tibet« (1952) auch außerhalb Österreichs bekannt. Er berichtete darin von seinem Aufenthalt am Hof des 14. →Dalai Lama. Den damals elfjährigen Priesterfürsten lernte er 1946 kennen, wurde sein Lehrer und Berater. Beobachtungen und Erlebnisse auf späteren Expeditionen, die ihn durch alle fünf Kontinente führten, schilderte H. fesselnd in zahlreichen TV-Produktionen. Bereits 1938 erregte H. als Bergsteiger Aufsehen, als ihm in einer Vierer-Seilschaft die Erstbesteigung der Eiger-Nordwand glückte.

← Heinrich Harrer

☐ 1936: Als Alpiner Skifahrer Teilnahme an den IV. Olympischen Winterspielen in Garmisch-Partenkirchen. ☐ 1939: Nanga-Parbat-Expedition; auf der Rückreise Internierung in Indien. ☐ 1944: Flucht nach Tibet. ☐ 1951: Im Anschluß an den chin. Einmarsch Rückkehr nach Österreich. ☐ 1958: Österr. Golfmeister. ☐ 1968: Weltreise. ☐ 1972: Nord-Süd-Durchquerung Borneos. ☐ 1976: »Die letzten Fünfhundert. Expedition zu den Zwergvölkern auf den Andamanen« (Reiseb.). ☐ 1978: »Ladakh. Götter und Menschen hinter dem Himalaya« (Ber.). ☐ 1980: »Unterwegs. Handbuch für Reisende«.

Harris, Sir (ab 1942) Baronet (ab 1953) Arthur

brit. Militär
* 13.4.1892 Cheltenham
† 5.4.1984 Goring-on-Thames, Oxfordshire

Schon 1933 war Harris entschiedener Verfechter weiträumiger Flächenbombardements, da er sie im Kriegsfall für die schnellste Möglichkeit hielt, die Moral der feindlichen Zivilbevölkerung zu brechen. Bereits wenige Tage nach seiner Ernennung zum Chef des britischen Bomberkommandos ließ er — mit →Churchills Unterstützung — den ersten Großangriff auf Köln fliegen

Harris: Verantwortlich für die Bombardierung Deutschlands.

(1000 Bomber). Seinem strategischen Konzept fielen ohne militärische Resultate fast alle deutschen Städte zum Opfer. Daher blieb H. selbst in Großbritannien umstritten, so daß er 1945 nach dem Wahlsieg der Labour Party ohne die üblichen hohen Ehrungen in den Ruhestand versetzt wurde.

□ 1933: Im Stab der brit. Luftwaffe. □ 1939: Kommandeur eines Bomber-Geschwaders. □ 1942-45: Chef des brit. Bomberkommandos; Airmarshall. □ 1946-53: Manager in Südafrika.

▷ D. Saward: Bomber Harris, engl. NA 1987.

Harrison, George

engl. Rockmusiker
* 25.2.1943 Liverpool

Chancen, sich während der Zeit als Gitarrist der →Beatles zu profilieren, gab es für Harrison selten — doch er nutzte sie. So stammen die ungewöhnlichsten Titel, wie z. B. »While my guitar gently weeps« oder »Here comes the sun«, von ihm. Er war es, der nach 1966 einen progressiven Kurs steuerte, sich für fernöstliche Mythologie und Religionen interessierte, nach Indien ging, dort Sitar lernte und das Instrument in der Popmusik einsetzte. Nach der Trennung hatte er als erster Ex-Beatle mit »My sweet lord« (1970) einen weltweiten Millionenhit. Als Teilhaber der Produktionsgesellschaft Handmade Films (»Das Leben des Brian«, 1979; »Time Bandits«, 1981; »Mona Lisa«, 1986) ist er auch ein erfolgreicher Filmproduzent.

← George Harrison

□ 1958-70: Gitarrist und Sänger bei den Beatles. □ 1966: In Indien Sitar-Unterricht bei R. →Shankar. □ 1968: »Wonderwall Music« (Erste Solo-LP). □ 1970: »All things must pass« (LP). □ 1971: »Dark Horse« (LP); Organisator des »Concert for Bangla Desh«. □ 1976: »Thirty three and 1/3« (LP). □ 1981: »Somewhere in England« (LP). □ 1986: »Shanghai Surprise« (F. mit → Madonna). □ 1987: »Cloud Nine« (LP). □ 1989: Grammy Award für »Traveling Wilbury's« (LP mit B. →Dylan, Roy Orbison, Jeff Lynn und Tom Petty). □ 1990: »Traveling Wilbury's 3« (LP).

▷ R. Carr/T. Tyler: The Beatles. Eine illustrierte Dokumentation, 1976; G. Harrison: I, Me, Mine, engl. 1980.

Harrison, Sir (seit 1989) Reginald Carey »Rex«

engl. Schauspieler
* 5.3.1908 Huyton bei Liverpool
† 2.6.1990 New York (USA)

Harrisons Paraderolle war der Professor Higgins in dem Musical »My Fair Lady«, den er ab 1956 mehr als 3000mal spielte und für dessen Darstellung in der Filmversion (mit A. →Hepburn, Rg. G. →Cukor) er 1964 den Oscar erhielt. H. war sechsmal verheiratet, u. a. in zweiter Ehe mit der Schauspielerin L. → Palmer.

← Rex Harrison

□ ab 1924: Theaterrollen (überwiegend Komödien). □ 1936: Broadwaydebüt. □ 1960: »Mitternachtsspitzen« (mit D. → Day, Rg. D. Miller). □ 1962: Julius Caesar in »Cleopatra« (mit E. →Taylor, Rg. J. L. Mankiewicz). □ 1966: Titelrolle in »Doctor Dolittle« (Rg. R. Fleischer). □ 1984: Broadwayauftritt in »Haus Herzenstod« (nach G. B. → Shaw).

▷ R. Harrison: Rex, 1974.

Harrison, Wallace Kirkman

amer. Architekt
* 28.9.1895 Worcester, Mass.
† 2.12.1981 New York

Harrison baute die Metropolitan Opera in New York.

Harrison unterhielt eines der erfolgreichsten amerikanischen Architekturbüros nach dem 2. Weltkrieg. Sein wichtigstes Werk ist die Metropolitan Opera (1966) im New Yorker Lincoln Center, an deren Bau und Projektierung er neben Ph. C. →Johnson und E. → Saarinen maßgeblich beteiligt war. Bei anderen Großbauten wie dem Rockefeller Center (1931-40) in New York übernahm er die Koordinierung der verschiedenen Architektenteams (die Projektierung stammte von R. →Hood u. a.). Mit seinem Partner Max Abramowitz (ab 1941) übernahm H. den Bau des New Yorker UN-Gebäudes (1947-52), dessen Vorentwurf →Le Corbusier lieferte. Mit Johnson und Saarinen arbeiteten H. und Abramowitz auch beim New Yorker Lincoln Center for the Performing Arts (1962-68) zusammen.

't Hart, Maarten

(Pseud. Martin Hart)
niederl. Schriftsteller
* 25.11.1944 Maassluis

Der Romancier, Essayist und Biologe 't Hart ist mit seinen Erzählungen und Romanen in realistisch-psychologischer Tradition der wohl populärste Vertreter der sog. anekdotischen, ichorientierten Literatur der 70er Jahre. H.s Werk lebt von der bis ins Groteske überzeichneten Schilderung der Folgen kleinbürgerlicher, streng calvinistischer Erziehung, die seine von Frauen, Tieren, Musik und Literatur faszinierten Romanfiguren in eine zwanghaft genossene Einsamkeit treibt. Sein Roman »Ein Schwarm Regenbrachvögel« (1978, dt. 1988) wurde 1981 verfilmt.

Hartlaub, Gustav Friedrich

dt. Kunsthistoriker
* 12.3.1884 Bremen † 30.4.1963 Heidelberg

Als Direktor der Mannheimer Kunsthalle organisierte Hartlaub epochemachende Ausstellungen zeitgenössischer, seinerzeit noch umstrittener Künstler wie E. →Munch, J. →Ensor, M. → Beckmann und O. →Kokoschka. Wegweisend waren auch seine Themenausstellungen, so 1920 zur Kinderzeichnung (»Der Genius im Kinde«, 1930 in Buchform) und zur Neuen Sachlichkeit, mit der er zugleich einen Stilbegriff prägte. Seine kunst- und kulturgeschichtlichen Schriften, z. B. über die Grafik des Expressionismus, sind von einem starken Interesse an kunstpsychologischen Fragen geprägt.

Härtling, Peter

dt. Schriftsteller
* 13.11.1933 Chemnitz

Peter Härtling: Immer auf der Spur des Lebens.

Härtlings Prosa kreist um das Problem des Sich-Erinnerns. In autobiografischen Werken, fiktiven Biografien und »Romanbiografien« historischer Persönlichkeiten — die erfolgreichste war »Hölderlin« (1976) — versucht H. durch poetisch gelenkte Erinnerung, sich Personen und ihrer Vergangenheit anzunähern. Ständiger Perspektivenwechsel und die Montage von biografischen Fakten, Zitaten, Erinnerungen und Fiktion dokumentieren H.s Skepsis, Vergangenes realistisch nachzeichnen zu können. Mit seinen Kinderbüchern ruft er zu kritischem und verantwortungsbewußtem Handeln auf.

□ 1946: Übersiedlung nach Westdeutschland. □ 1959: »Im Schein der Kometen« (R.). □ 1964: »Niembsch oder Der Stillstand« (R. über den Dichter Nikolaus Lenau, * 1802, † 1850). □ 1967-73: Lektor im S. →Fischer-Verlag. □ 1975: »Oma« (Kdb.). □ 1978: »Hubert oder Die Rückkehr nach Casablanca« (R.). □ 1983: »Vorwarnung« (Ged.e). □ 1987: »Waiblingers Augen« (R. über den Schriftsteller Wilhelm Waiblinger, * 1804, † 1830). □ 1990: »Herzwand« (aut. Erz.).

▷ E. und R. Hackenbracht (Hg.): Peter Härtling. Materialienbuch, 1979; P. Härtling: Der Wanderer (Aut.), 1988; K. Siblewski (Hg.): Peter Härtling im Gespräch, 1990.

K. Amadeus Hartmann →

Nicolai Hartmann →

Hartmann, Karl Amadeus

dt. Komponist
* 2.8.1905 München † 5.12.1963 ebd.

Hartmann zählte nach 1945 zu den führenden Vertretern der Moderne (L. → Dallapiccola, W. →Fortner und O. → Messiaen). In seinen Werken, die oft humanistische Aussagen beinhalten (Sinfonie »Versuch eines Requiems«, 1936), bezog sich H. auf die musikalischen Gattungstraditionen. Er gilt als Erneuerer des deutschen sinfonischen Erbes (acht Sinfonien, 1935-62). Mit der Gründung und Leitung der Musica-Viva-Konzerte in München (ab 1945) bereitete H. der zeitgenössischen Musik ein bedeutendes Forum.

□ 1924-29: Studium an der Staatlichen Akademie der Tonkunst München. □ 1933-45: Selbsterlassenes Spielverbot für seine Kompositionen auf dem Territorium des Dritten Reichs. □ 1934/35: »Simplizius Simplizissimus« (Oper, Szenische UA Köln 1949). □ 1942: Privatunterricht bei A. →Webern in Wien. □ 1945: Verpflichtung als Musikdramaturg an die Bayer. Staatsoper München; Gründung der Musica-Viva-Konzerte. □ 1948-53: Sinfonien Nr. 2-6. □ 1953: Mitgl. der Bayer. Akademie der Schönen Künste. □ ab 1959: Hg. der Neuen Zeitschrift für Musik. □ 1960: »Ghetto« für Alt, Bariton und Kammerorchester (Beitrag zur Gemeinschaftskomposition »Jüdische Chronik«, u. a. mit B. →Blacher, P. →Dessau, H. W. → Henze). □ 1962/63: »Gesangsszene« für Bariton und Orchester (zu Worten aus »Sodom und Gomorrha« von J. Giraudoux).

▷ K. A. Hartmann: Kleine Schriften, 1965.

Hartmann, Maximilian »Max«

dt. Zoologe und Naturphilosoph
* 7.7.1876 Lauterecken bei Kusel † 11.10.1962 Hofgut Buchenbühl/Weiler-Simmerberg, Allgäu

Hartmann, 1933-45 Direktor des Kaiser-Wilhelm-Instituts für Biologie in Berlin, arbeitete über Fortpflanzung, Befruchtung und insbesondere »Die Sexualität« (Schr., 1943). 1925 konnte H. an Braunalgen das 1909 von ihm aufgestellte Gesetz der Relativität der geschlechtlichen Differenzierung experimentell bestätigen, wonach nichtdifferenzierte Geschlechtszellen (Gameten) entsprechend der jeweiligen sexuellen Ausprägung der Nachbarzelle entweder zu weiblichen oder männlichen Gameten werden. Aufgrund seiner Erforschung der biochemischen Steuerung der Vereinigung der Geschlechtszellen entdeckte H. mit den »Termonen« die das Geschlecht bestimmenden Substanzen sowie die für die Verschmelzung der Keimzelle verantwortlichen »Gamone«.

□ 1914-55: Prof. am Kaiser-Wilhelm-Inst. in Berlin (1944 nach Hechingen, 1952 nach Tübingen verlegt). □ 1925-27: »Allgemeine Biologie« (2 Bde.). □ 1948: »Die philosophischen Grundlagen der Naturwissenschaften« (Schr.). □ 1955: Kanzler des Ordens Pour le mérite.

Hartmann, (Paul) Nicolai

dt. Philosoph
* 20.2.1882 Riga (Lettland)
† 9.10.1950 Göttingen

Hartmann entwickelte eine umfassende Erkenntnistheorie, wonach die Welt in einer anor-

ganischen, organischen, seelischen und geistigen Schicht erscheint. Neben der Sphäre des Realen, ihr aber nicht übergeordnet, existiert die des idealen Seins. Aufgabe der Erkenntnis ist das »Erfassen des Ansichseienden«, das unabhängig vom Erkenntnisprozeß existiert. Der vollständigen Erfassung der vier Seins-Kategorien Materie, Leben, Bewußtsein und Geist sind prinzipielle Grenzen gesetzt. Trotz internationaler Anerkennung fanden H.s Ontologie und Ethik, dem Atheismus verpflichtet und von weltoffener Nüchternheit, nur wenige Nachfolger.

□ 1920-31: Prof. an der Univ. in Marburg, ab 1925 in Köln. □ 1921: »Grundzüge einer Metaphysik der Erkenntnis« (Schr.). □ 1926: »Ethik« (Schr.). □ 1931-46: Prof. an der Univ. Berlin. □ 1932: »Das Problem des geistigen Seins« (Schr.). □ 1938: »Möglichkeit und Wirklichkeit« (Schr.). □ 1940: »Der Aufbau der realen Welt« (Schr.). □ ab 1946: Prof. an der Univ. Göttingen. □ 1950: »Die Philosophie der Natur« (Schr.).

▷ A. J. Buch (Hg.): Nicolai Hartmann 1882-1950, 1982.

Hartung, Hans

dt.-frz. Maler und Grafiker
* 21.9.1904 Leipzig † 7.(8.?)12.1989 Antibes

← Hans Hartung

Hartung gehört zu den bedeutendsten Malern des Informel, der europäischen Form nichtgeometrischer Abstraktion, und war mit seinen sog. Tintenklecks-Bildern der 30er Jahre ein Vorläufer des französischen Tachismus. Sein Hauptwerk sind kalligrafisch-zeichenhafte Kompositionen (»Tableaux«) mit schwarzen Liniengerüsten und schattierten Partien vor Hintergründen, die zwischen den dunklen Linien wie Lichtbahnen hindurchleuchten. Die oft monumentalen Werke vermitteln eine außerordentliche lineare Dynamik bei sparsam, aber virtuos eingesetzter Farbe. Ab den 60er Jahren erscheinen in H.s Bildern statt der Liniengerüste gelegentlich auch große dunkle Flecken vor einem aus transparenten Schichten aufgebauten Untergrund.

□ ab 1922: Erste abstrakte, aus verfließenden Farben komponierte Aquarelle. □ ab 1925: Unter dem Eindruck von P. →Klee und W. → Kandinsky tritt ein dynamisches Liniengerüst zur Farbe. □ ab 1926: Beschäftigung mit den Gesetzen von Proportion, Rhythmus und Farbe. □ 1932: Übersiedlung nach Menorca. □ 1935: Niederlassung in Paris. □ 1938: Entzug der dt. Staatsbürgerschaft. □ 1940: Dienst in der Fremdenlegion. □ 1945: Rückkehr nach Paris; frz. Staatsbürgerschaft. □ ab 1955: Beteiligung an der documenta 1 und der Biennale in Venedig (dort 1960 Großer Preis für Malerei); wachsende int. Anerkennung.

▷ P. Descargues: Hartung, frz. 1977.

Hartung, Hugo

(Pseud. N. Dymion)
dt. Schriftsteller
* 17.9.1902 Netzschkau, Vogtland
† 2.5.1972 München

← Hugo Hartung

Hartung verfaßte heiter-ironische Unterhaltungsliteratur, hinter der sich Zeitkritik und -satire verbirgt. In seinen Romanen »Wir Wunderkinder« (1957) und »König Bogumil König« (1961) setzte sich der Autor auf amüsante Weise mit dem bundesdeutschen Spießbürgertum auseinander. Zahlreiche Werke H.s wurden erfolgreich verfilmt (u. a. »Ich denke oft an Piroschka«, R., 1954; verfilmt 1955 von K. →Hoffmann).

□ 1928-31: Dramaturg in München. □ 1931-36: Rundfunktätigkeit. □ 1936: Dramaturg in Oldenburg. □ 1940: Dramaturg in Breslau. □ 1957: »Wir Wunderkinder« (R.). □ 1965: »Ihr Mann ist tot und läßt sie grüßen« (R.). □ 1972: »Wir Meisegeiers« (R.).

▷ H. Hartung: Kindheit ist kein Kinderspiel, Erinnerungen, 1982.

Harvey, Lilian

engl. Schauspielerin
* 19.1.1906 Muswell bei London
† 27.7.1968 Cap d'Antibes (Frankreich)

Lilian Harvey: Einmal ganz verträumt in Hollywood-Pose.

Mit W. →Fritsch bildete Harvey, die den Typ der guten Kameradin verkörperte, das Traumpaar des deutschen Musikfilms der 30er Jahre. Ihre größten Erfolge waren die Operettenparodie »Die Drei von der Tankstelle« (1930, mit W. Fritsch und H. →Rühmann) und »Der Kongreß tanzt« (1931, mit W. Fritsch).

□ 1930: »Liebeswalzer«; »Die Drei von der Tankstelle« (beide Rg. W. Thiele, Musik: W. R. Heymann). □ 1931: »Der Kongreß tanzt« (Rg. E. Charell, Musik: W. R. Heymann). □ ab 1933: Dreijahresvertrag in Hollywood. □ 1936: Rückkehr nach Berlin; »Die Glückskinder« (Rg. K. Ritter). □ 1939: Emigration in die USA. □ 1943-68: Theaterschauspielerin.

▷ H. Borgelt: Das süßeste Mädel der Welt, 1974; Ch. Habich: Lilian Harvey, 1990.

Hary, Armin

dt. Leichtathlet
* 22.3.1937 Quierschied, Saarland

Hary war der erste Sprinter, der die 100 m in 10,0 sec. lief (21.6.1960 in Zürich). In seiner kurzen

Karriere (1958-60) gewann er alles, was möglich war. Er wurde 1958 Europameister über 100 m und 4x100 m und gewann in beiden Disziplinen 1960 in Rom olympisches Gold. Mit der Staffel hielt er mit 39,5 sec. Weltrekord über 4x100 m.

Hašek, Jaroslav

tschech. Schriftsteller
* 30.4.1883 Prag † 3.1.1923 Lipnice, Böhmen

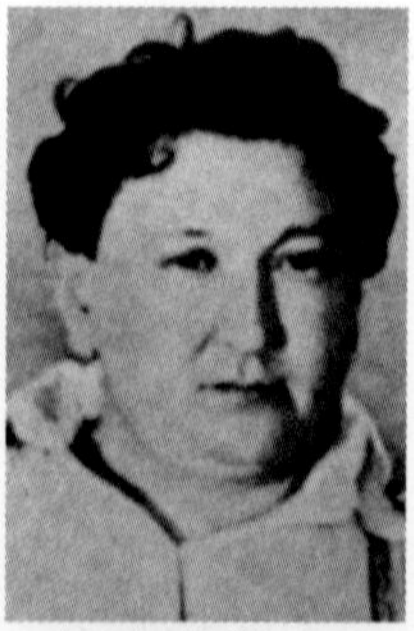

← Jaroslav Hašek

Hašek, der im 1. Weltkrieg auf die russische Seite übergelaufen war, schuf mit dem Soldaten Schwejk eine der bedeutendsten satirischen Figuren der Weltliteratur. Sein unumstrittenes Hauptwerk ist der Roman »Die Abenteuer des braven Soldaten Schwejk« (1921-23, dt. 1926/27); die Titelfigur führt durch buchstäbliches Ausführen jeden Befehls das Militärwesen ad absurdum. Schwejk gilt als Verkörperung des tschechischen Volkscharakters. Der mehrfach verfilmte Roman wurde immer wieder, meist aktualisierend, inszeniert oder adaptiert, u. a. von P. →Kohout (»Josef Schwejk«, Dr., UA 1963) und B. →Brecht (»Schwejk im Zweiten Weltkrieg«, 1941-44).

□ 1899-1903: Studium an der Prager Handelsakademie; danach freier Schriftsteller und Bohemien mit Sympathie für die Anarchistenszene. □ 1912: »Der brave Soldat Schwejk und andere seltsame Histörchen« (Erz.n) bildet mit »Der brave Soldat Schwejk in Gefangenschaft« (Erz., 1917) den »Ur«-Schwejk. □ 1920: Rückkehr nach Prag als Politkommissar, jedoch keine politische Tätigkeit. □ 1923: Tod als Folge seiner Trunksucht.

Hasenclever, Walter

dt. Schriftsteller
* 8.7.1890 Aachen † 21.6.1940 bei Aix-en-Provence (Frankreich; Selbstmord)

Der leidenschaftliche Pazifist Hasenclever war einer der führenden deutschen Expressionisten. Mit dem sozialkritischen Stück »Der Sohn« (1914), einem Sensationserfolg, wurde er zum Sprecher der jungen Generation gegen die wilhelminische Tradition. Nach 1918 wandte sich H. mystisch-buddhistischem Gedankengut zu; in den 20er Jahren und im Exil entstanden erfolgreiche gesellschaftskritische Komödien.

Walter Hasenclever, Mitte der 30er Jahre.

□ 1914: »Der Sohn« (Dr.). □ 1916: Entlassung aus dem Kriegsdienst wegen vorgetäuschter psychischer Krankheit. □ 1917: »Antigone« (Dr.); »Tod und Auferstehung« (Ged.e). □ 1919: »Der politische Dichter« (Ged.). □ 1920: »Jenseits« (Dr.). □ 1926: »Ein besserer Herr« (Kom.). □ 1933: Emigration nach Frankreich. □ 1940: Internierung im Lager »Les Milles«. □ postum 1969: »Irrtum und Leidenschaft« (R.).

▷ K. Pinthus: Der Zeitgenosse, 1971; M. Raggam: Walter Hasenclever. Leben und Werk, 1973.

Hass, Hans

österr. Zoologe und Meeresforscher
* 23.1.1919 Wien

Hans Hass →

Bekannt wurde Hass mit seinem Film »Menschen unter Haien« (1942, UA 1948 in Zürich) und seinem Buch »Wir kommen aus dem Meer« (1957), denen weitere Bestseller und sensationelle Dokumentarfilme folgten. Er leitete mehrere Unterwasserexpeditionen in der Karibik, im Roten Meer und Indischen Ozean sowie Forschungsreisen zu den Galápagos-Inseln und nach Australien.
Mitte der 60er Jahre wandte sich H. in enger Zusammenarbeit mit I. →Eibl-Eibesfeldt der Verhaltensforschung zu (»Der Hai. Legende eines Mörders«, 1977). Auf Grundlage seiner in »Energon« (Schr., 1970) dargelegten Theorie über den biologischen Energiehaushalt des Organismus hält der Unternehmensberater und Honorarprofessor der Universität Wien Schulungskurse für Führungskräfte der Wirtschaft ab.

□ 1950: »Menschen und Haie« (Sachb.). □ 1952: 1. Preis der Biennale Venedig für »Abenteuer im Roten Meer« (F., 1951). □ 1959: Oscar für den Dokumentarfilm »Unternehmen Xarifa« (1954). □ 1961: »Expedition ins Unbekannte« (Bildbd. und gleichnahmige TV-Sendereihe). □ 1968: »Wir Menschen — Das Geheimnis unseres Verhaltens« (Schr. und TV-Produktion). □ 1972: Gründer der Vereinigung zur Bekämpfung der mechanischen Unterwasserwaffen in Berlin. □ 1979: »Wie der Fisch zum Mensch wurde. Die faszinierende Entwicklungsgeschichte unseres Körpers« (Sachb.). □ 1986: »Wie Haie wirklich sind« (Sachb. mit I. Eibl-Eibesfeldt). □ 1987: »Naturphilosophische Schriften« (4 Bde.). □ 1988: »Der Hai im Management — Instinkte steuern und kontrollieren« (Sch.). □ 1991: »Vorstoß in unbekannte Meere« (Sachb.).

▷ H. Hass: Abenteuer unter Wasser. Meine Erlebnisse und Forschungen im Meer, 1986.

Hassan II.

König von Marokko
* 9.7.1929 Rabat

Hassan II., der seinem Vater, König Mohammed V., 1961 auf den marokkanischen Thron folgte, herrscht seitdem als geistliches und weltliches Oberhaupt über die ehemalige französisch-spanische Kolonie. H. sieht sich selbst als Mittler zwischen der europäischen und der arabischen Kultur. 1971/72 überlebte er zwei Attentate und übernahm danach, zunehmend autokratischer, selbst die Regierung. Er annektierte — trotz Verbots der UNO und des Internationalen Gerichtshofs — nach dem Abzug der Spanier 1975/76 das

Hassan II. nach dem Attentatsversuch 1972.

Gebiet West-Sahara. Seitdem kämpfen dort die Guerilleros der Saharaui, die POLISARIO, für die Errichtung einer unabhängigen Republik. Im Januar 1989 traf H. sich erstmals mit Vertretern dieser Befreiungsbewegung. Während der Golfkrise 1990 trat er auf die Seite der anti-irakischen Koalition.

□ 1948-51: Jurastudium. □ 1953-55: Mit seinem Vater auf Korsika und Madagaskar im Exil. □ 1956: Rückkehr im Anschluß an die Unabhängigkeit Marokkos; Oberbefehlshaber der Streitkräfte. □ seit 1961: König.

▷ Hassan II.: The challenge. The memoirs of King Hassan II. of Marocco, 1978.

Hasse, Otto Eduard »O. E.«

dt. Schauspieler
* 11.7.1903 Obersitzko † 12.9.1978 Berlin/West

Nach 20jähriger Tätigkeit im Filmgeschäft gelang Hasse mit der Titelrolle in »Canaris« (1954, Rg. A. Weidenmann) der Aufstieg zum international gefragten Hauptdarsteller. Neben seriösen Herren verkörperte H. auch boshafte Gegenspieler wie den Mörder in A. →Hitchcocks »Ich beichte — I confess« (1952, mit M. →Clift) und Heldenfiguren.

□ 1925/26: Engagement am Dt. Theater in Berlin. □ 1930-39: Münchner Kammerspiele. □ 1931/32: »Peter Voß, der Millionendieb« (Rg. E. A. Dupont). □ 1941: »Illusionen« (Rg. V. Tourjansky). □ 1948: »Berliner Ballade« (Rg. R. A. Stemmle). □ 1949-54: Hebbel- und Schiller-Theater in Berlin. □ 1950: »Epilog« (Rg. H. →Käutner); »Entscheidung vor Morgengrauen« (mit H. →Knef, Rg. A. Litvak). □ 1957: »Spuren in die Vergangenheit« (R. Vadim). □ 1958: »Der Arzt von Stalingrad« (nach H. G. →Konsalik, Rg. G. v. Radvanyi). □ 1965: »Drei Zimmer in Manhattan« (Rg. M. →Carné). 1974: »Eiszeit« (Rg. P. →Zadek).

▷ O. E. Hasse: O. E. Unvollendete Memoiren, 1979.

O. E. Hasse und R. Schneider während einer Drehpause von »Kitty und die große Welt«.

Kai Uwe von Hassel →

Hassel, Kai Uwe von

dt. Politiker
* 21.4.1913 Gare (Dt.-Ostafrika, heute Tansania)

Während der 60er Jahre war von Hassel im CDU-Präsidium der Repräsentant des konservativen protestantischen Flügels. Nach der Spiegel-Affäre 1962 wurde er als Nachfolger von F. J. → Strauß zum Verteidigungsminister berufen. In den 70er Jahren engagierte sich H. zunehmend in der Europapolitik.

□ 1914-18: Internierung zusammen mit seinen Eltern. □ 1919: Ausweisung nach Deutschland. □ 1935-39: Pflanzer in Tanganjika (1891-1919/20 Dt.-Ostafrika). □ seit 1946: Mitgl. der CDU. □ 1954-63: Ministerpräsident von Schl.-H. □ 1955-64: Landesvors. der CDU. □ 1956-69: Stellv. Vors. der CDU. □ 1963-66: Verteidigungsmin. □ 1965-80: MdB. □ 1966-69: Vertriebenenmin. □ 1969-72: Präs. des Bundestages. □ 1972-76: Vizepräs. des Bundestages. □ 1973-83: Präs. der Europ. Union Christlicher Demokraten. □ 1979-84: MdEP.

Odd Hassel →

Hassel, Odd

norw. Physikochemiker
17.5.1897 Oslo † 13.5.1981 ebd.

Hassel, 1934-63 Professor an der Universität Oslo, zeigte 1943 am Beispiel des Zyklohexans, eines sechsgliedrigen Rings von Kohlenstoffatomen, die »Konformation« genannten Formmöglichkeiten solcher aus vielen Atomen verknüpften Ringmoleküle. Konformationsänderungen komplexer Moleküle, aus denen Naturstoffe wie Proteine und Hormone aufgebaut sind, können zur Störung der biochemischen Funktionen führen. Für die Entwicklung des Konformationsbegriffs und seine Anwendung in der Chemie erhielt H. 1969 den Chemie-Nobelpreis (mit D. H. R. →Barton).

Hasselblad, (Fritz) Victor

schwed. Erfinder
* 8.3.1906 Göteborg † 5.8.1978 ebd.

Hasselblad schuf mit der nach ihm benannten 6x6-Spiegelreflexkamera, die er 1941 für die schwedische Luftwaffe entwickelt hatte, das bisher beste und flexibelste Kamerasystem: Sucher, Objektiv und Filmmagazin können mühelos ausgewechselt werden. Der seit 1948 auch für den Handel produzierte Apparat (1600F) wird überwiegend von Profifotografen verwendet. Die NASA machte damit 1962 bei einem Weltraumflug die ersten Aufnahmen vom Mond. H., 1944-66 Präsident der Firma Hasselblad Photography, Inc., verkaufte 1967 seine Anteile an eine schwedische Firmengruppe.

Ulrich von Hassell: Vor dem Volksgerichtshof in Berlin, 1944.

Hassell, Ulrich von

dt. Diplomat
* 12.11.1881 Anklam, Pommern
† 8.9.1944 Berlin-Plötzensee (hingerichtet)

Wegen seiner Kritik am Militärbündnis des NS-Regimes mit Italien wurde von Hassell 1938 aus dem diplomatischen Dienst abberufen. Danach war er in verschiedenen Wirtschaftsorganisationen tätig (u. a. im Mitteleuropäischen Wirtschaftstag). Zur gleichen Zeit schloß H. sich dem Widerstand gegen A. →Hitler um C. F. →Goerdeler und L. →Beck an. Noch nach Kriegsausbruch suchte er über die US-Botschaft Kontakte mit England. Im Falle eines geglückten Staatsstreichs sollte er das Außenministerium übernehmen. Nach dem Scheitern des Attentats vom 20.7.1944 wurde H. vom Volksgerichtshof zum Tode verurteilt.

□ 1908-38: Im diplomatischen Dienst. □ 1926-32: Gesandter in Kopenhagen und Belgrad. □ 1932-38: Botschafter in Rom. □ 1939: »Im Wandel der Außenpolitik« (Schr.).

▷ U. v. Hassell: Vom andern Deutschland (Tagebücher), postum 1946; G. Schöllgen: Ulrich v. Hassell, 1990.

Hatheyer, Heidemarie

österr. Schauspielerin
* 8.4.1919 Villach † 11.5.1990 Zollikon (Schweiz).

Hatheyer verkörperte auf der Bühne und im Film spröde, verschlossene Charaktere, vor allem Frauen, die von heroischem Verzicht und großem Leid geprägt sind. Trotz großer Leinwanderfolge (Filmdebüt in »Der Berg ruft«, 1937, Rg. L. →Trenker; 1940 Titelrolle in »Die Geierwalli«, Rg. Hans Steinhoff) blieb sie dem Theater stets treu. H. war eine ideale Besetzung für die Hauptmannschen Frauengestalten, wurde aber auch als Schiller-Darstellerin (»Maria Stuart«, Luise in »Kabale und Liebe«) gefeiert.

□ 1936/37: Engagement am Theater an der Wien. □ 1937-42: Mitgl. der Münchner Kammerspiele. □ 1941: Rolle der unheilbar Kranken in dem Euthanasie-Film »Ich klage an« (Rg. W. → Liebeneiner). □ 1942-45: Engagement unter G. →Gründgens am Berliner Staatstheater. □ ab 1945: Engagements an verschiedenen dt. Bühnen, u. a. unter G. Gründgens in Düsseldorf, sowie in Zürich. □ 1953: »Sauerbruch — Das war mein Leben« (F., Rg. R. Hansen). □ 1963: Berliner Staatsschauspielerin. □ 1974: Tournee mit »Die Hebamme« (R. →Hochhuth).

▷ C. Ries: Heidemarie Hatheyer, 1991.

Volker Hauff →

← Heidemarie Hatheyer

Hauer, Joseph Matthias

österr. Komponist und Musiktheoretiker
* 19.3.1883 Wiener Neustadt † 22.9.1959 Wien

Hauer entwickelte ab 1919 (zeitlich vor A. →Schönberg) ein Zwölftonsystem, das die früheren Tonarten durch sog. Tropen (44 aus zwei Sechston-Kombinationen gebildete unterschiedliche Wendungen) ersetzte. H., der sich anstatt Komponist »Deuter des Melos« nannte, war in der Entwicklung der Neuen Musik ein Einzelgänger und Außenseiter. Er bezog sein musikalisches Kombinationssystem auf mystische Grundlagen und sah in seinen ca. 1000 »Zwölftonspielen« (für die er eine eigene Zwölftonschrift erfand) eine »Offenbarung der Weltordnung als Religion«. Zu H.s statischer Musik gehören die Kammeroratorien »Wandlungen« (1927) und »Der Menschen Weg« (1934).

□ ab 1919: Entwicklung einer Zwölftontechnik. □ 1920: »Vom Wesen des Musikalischen« (Schr.). □ 1923: »Deutung des Melos« (Schr.). □ 1926: »Zwölftontechnik. Die Lehre von den Tropen« (Schr.). □ 1929: »Salambo« (Oper). □ 1932: »Die Schwarze Spinne« (Singspiel). □ 1953: »Langsamer Walzer« für Orchester; »Chinesisches Streichquartett«.

▷ W. Szmolyan: Joseph Matthias Hauer, 1965.

Hauff, Volker

dt. Politiker
* 9.8.1940 Backnang

Hauff, ein Nachfahre des Märchendichters Wilhelm Hauff, wurde 1978 mit 38 Jahren der bisher jüngste Bundesminister. Nach seiner Ernennung machte H. durch rigorose Energiesparpläne auf sich aufmerksam. Nach seinem Ausscheiden aus der Regierung setzte er sich als stellvertretender Vorsitzender der SPD-Fraktion im Bundestag besonders für den Umweltschutz ein. Als Oberbürgermeister von Frankfurt/Main scheiterte H. schon nach kurzer Zeit an innerparteilichen Auseinandersetzungen.

□ 1959: Mitgl. der SPD. □ 1969: MdB. □ 1972-78: Staatssekr. im Ministerium für Forschung. □ 1978-80: Min. für Forschung und Technologie. □ 1980-82: Verkehrsmin. □ 1985: »Umweltpolitik am Scheideweg« (Schr.). □ 1986: »Energie-Wende. Von der Empörung zur Reform« (Schr.). □ 1987: »Unsere gemeinsame Zukunft« (Schr.). □ 1989-91: Oberbürgermeister von Frankfurt/Main.

Haughey, Charles James

ir. Politiker
* 16.9.1925 Castlebar, Grafschaft Mayo

Haughey ist erfolgreicher Geschäftsmann und machtbewußter Politiker in einer Person. Seine Popularität verdankt der mehrmalige irische

Premierminister dem selbstbewußten Auftreten gegenüber Großbritannien. Bei der Lösung der wirtschaftlichen Probleme des Landes setzt H. auf Eigeninitiative und freies Unternehmertum sowie auf ein drastisches Sparprogramm zur Begrenzung der Staatsverschuldung.

□ 1957-70; seit 1973: Mitgl. des Parlaments für die Fianna Fáil (Partei). □ 1961-64: Justizmin. □ 1964-66: Landwirtschaftsmin. □ ab 1966: Finanzmin. □ 1970: Rücktritt wegen des Verdachts der Waffenbeschaffung für die IRA. □ 1977-79: Gesundheitsmin. □ 1979-81; 1982; seit 1987: Premierminister.

▷ T. R. Dwyer: Charlie. The political biography of Charles J. Haughey, 1987.

← Charles J. Haughey

Hauptman, Herbert Aaron

amer. Biophysiker
* 14.2.1917 New York

Hauptman entwickelte sog. direkte Methoden zur Bestimmung der Kristallstruktur auch kleinerer Moleküle. Aufbauend auf den mit Röntgen- und Elektronenstrahlen ermittelten Daten über Intensität, Richtung und Phase der im Kristallgitter gebrochenen Strahlen stellte H. Gleichungs- und Lösungssysteme auf, die ein verfeinertes dreidimensionales Bild über die Anordnung der Atome in Kristallen liefern.

□ seit 1970: Prof. an der State Univ. of New York in Buffalo. □ seit 1972: Forschungsdir. und Vizepräs. der Medical Foundation ebd. □ 1985: Chemie-Nobelpreis (mit J. →Karle).

← Herbert A. Hauptman

Hauptmann, Gerhart

dt. Schriftsteller
* 15.11.1862 Bad Salzbrunn, Schlesien
† 6.6.1946 Agnetendorf, ebd.

Hauptmann war der bedeutendste Vertreter des deutschen Naturalismus. Sein erster Erfolg war das Drama »Vor Sonnenaufgang« (1889), das dem modernen sozialkritischen Theater in Deutschland zum Durchbruch verhalf. H. gelang

G. Hauptmann: Eine Triebfeder des Naturalismus, 1931.

eine treffende, engagierte Darstellung der gesellschaftlichen Wirklichkeit im Zeitalter der Industrialisierung und Verstädterung. Wiederkehrende Themen in H.s Werk sind soziale Ungerechtigkeit gegenüber dem einzelnen und die wirtschaftliche Not der proletarischen Masse. Protagonist ist oft der sog. passive Held, der an der eigenen Triebhaftigkeit und an der Teilnahmslosigkeit seiner Umwelt scheitert. 1893 verfaßte H. mit seiner Tragödie »Die Weber«, einer dramatischen Bearbeitung des historischen Weberaufstands von 1844, das Hauptwerk des deutschen Naturalismus.
H., zur Zeit der Weimarer Republik als intellektuelle Symbolfigur verehrt, enttäuschte seine Anhänger nach der Machtergreifung der Nationalsozialisten, weil er keine eindeutige Stellung gegen das Hitler-Regime bezog. 1912 erhielt H. den Literatur-Nobelpreis.

□ 1878/79: Landwirtschaftslehre. □ 1882/83: Nach Abschluß der Kunst- und Gewerbeschule Studium der Naturwissenschaften, Philosophie und Geschichte in Jena. □ 1983/84: Bildhauerstudium; Schauspielunterricht. □ 1885: Wirtschaftliche Unabhängigkeit durch Hochzeit mit der Großkaufmannstochter Marie Thienemann. □ 1888: Bekanntschaft mit A. →Holz, J. →Schlaf. □ 1892: »Bahnwärter Thiel« (Nov.) □ 1893: »Der Biberpelz« (Dr.). □ 1899: »Michael Kramer« (Dr.). □ 1900: »Schluck und Jau« (Kom.). □ 1902: »Der arme Heinrich« (Dr.). □ 1904: Zweite Ehe mit Margarete Marschalk. □ 1906: »Und Pippa tanzt« (Dr.). □ 1910: »Der Narr in Christo Emanuel Quint« (R.). □ 1911: »Die Ratten« (Dr.). □ 1932: »Vor Sonnenuntergang« (Dr.). □ 1944: »Iphigenie in Aulis« (Dr.).

▷ G. Hauptmann: Das Abenteuer meiner Jugend, 1937; P. Sprengel: Gerhart Hauptmann, 1984; W. Leppmann: Gerhart Hauptmann, 1986.

Wolf-Dieter Hauschild →

Hauschild, Wolf-Dieter

dt. Dirigent
* 1937 Greiz, Thür.

Hauschild zählt zu jener Dirigentengeneration aus dem ostdeutschen Kulturraum, die in den 70er und 80er Jahren internationale Bedeutung erlangte. Von Leipzig aus führten ihn Gast-Dirigate nach Ost- und Westeuropa sowie nach Japan. Vielbeachtet war H.s Aufführung des »Freischütz« von C. M. v. Weber (* 1786, † 1826) anläßlich der Wiedereröffnung der Semper-Oper in Dresden (1985). Seit seiner Übersiedlung in die Bundesrepublik ist H. vor allem in Stuttgart und Hannover tätig.

□ ab 1959: Korrepetitor am Nationaltheater in Weimar. □ ab 1971: Leiter des Berliner Rundfunkchores. □ ab 1973: Stellv. Chefdirigent des Rundfunk-Sinfonieorchesters Berlin. □ 1978: Chefdirigent des Rundfunk-Sinfonieorchesters Leipzig. □ seit 1985: Ständiger Gastdirigent der Stuttgarter Philharmoniker. □ 1986: Leitung der von V. v. →Bülow (Loriot) inszenierten Oper »Martha« von Friedrich von Flotow (*1812, † 1883) am Stuttgarter Staatstheater.

Hausegger, Siegmund von

österr. Komponist und Dirigent
* 16.8.1872 Graz † 10.10.1948 München

Hausegger, Sohn des Begründers der neuromantischen Musikästhetik Friedrich v. Hausegger

(* 1837, † 1899), hatte großen Anteil an der Entwicklung der um die Jahrhundertwende entstandenen Gattung des Orchestergesangs (»Gesänge für Tenor und Orchester«, 1902-08). Als Dirigent setzte sich H. für die sog. Originalfassungen der Sinfonien Bruckners ein (1932 UA der 9. Sinfonie in München).

□ 1898: UA der Oper »Zinnober« durch R. →Strauss an der Hofoper München. □ 1899: Leitung der Volkssymphoniekonzerte in Graz. □ 1902: »3 Hymnen an die Nacht« (nach Gottfried Keller) für Bariton und Orchester. □ 1903-06: Leitung der Museumskonzerte in Frankfurt/Main. □ 1910: Dirigent der Philharmonischen Konzerte in Hamburg sowie des Blüthner-Orchesters in Berlin. □ 1920-34: Dir. der Akademie der Tonkunst München. □ ab 1920: Leiter des Konzertverein-Orchesters (Münchner Philharmoniker). □ 1921: »Betrachtungen zur Kunst« (Schr.). □ 1938: Beendigung der Dirigenten-Tätigkeit.

Hauser, Erich

dt. Plastiker
* 15.12.1930 Rietheim bei Tuttlingen

Hauser gehört zu den profilierten deutschen Stahlplastikern. Im Mittelpunkt seines Werkes stehen hochpolierte, meist aus Röhrenelementen gebildete Edelstahlkonstruktionen, häufig in großen Dimensionen als Freiplastiken konzipiert. Die Elemente können gereiht, in Knickungen oder Faltungen und auch in strenger geometrischer Gestaltung auftreten, stets aber werden gegensätzliche Elemente bewußt miteinander verbunden. Diese Zusammenfügung bzw. Kontrastierung von verschiedenen Formprinzipien, wie auch der Wechsel zwischen offenen und geschlossenen Formen, zwischen freier und geometrischer Gestalt, ist das Kennzeichen von H.s Gesamtwerk.

Hausmann, Manfred

dt. Schriftsteller
* 10.9.1898 Kassel † 6.8.1986 Bremen

Zunächst von der Naturromantik der Wandervogelbewegung geprägt, fand Hausmann in der Zeit der nationalsozialistischen Machtergreifung unter dem Einfluß Søren Kierkegaards (* 1813, † 1855) und K. →Barths zu einem engagierten Christentum. Gedichte, Dramen, Romane wie »Abel mit der Mundharmonika« (1928), Erzählungen und christliche Legendenspiele des Laienpredigers H. erreichten Millionenauflagen.

Der lyrisch-romantische Manfred Hausmann, 1958.

□ 1926-50: Im Künstlerdorf Worpswede. □ 1928: »Lampioon küßt Mädchen und kleine Birken« (R.). □ 1929: »Salut gen Himmel« (R.). □ 1931: »Abel mit der Mundharmonika« (R.). □ 1937: »Abschied von der Jugend« (R.). □ 1946: »Das Worpsweder Hirtenspiel«. □ 1949: »Martin« (Erz.). □ 1953: »Isabel« (Erz.). □ 1955: »Der Fischbecker Wandteppich« (Legendenspiel). □ 1957: »Andreas« (Erz.). □ 1959: »Die Zauberin von Buxtehude« (Schauspiel). □ ab 1967: Ev. Laienprediger. □ 1975: »Die Nienburger Revolution« (Schauspiel). □ 1979: »Welt aus Licht und Eis« (Bildbd.).

▷ K. Schauder: Manfred Hausmann, 1979.

Raoul Hausmann →

Hausmann, Raoul

österr. Künstler
* 12.7.1886 Wien † 1.2.1971 Limoges (Frankreich)

Hausmann gehörte zu den führenden Berliner Dadaisten und war einer der Begründer der Fotocollage, in der er vor allem die Konfrontation des Menschen mit den neuen Techniken zum Gegenstand macht (z. B. »Tatlin at home«, 1920, Privatsammlung). Daneben schrieb er in der Dada-Zeit Lautgedichte und Manifeste, später u. a. als Mitarbeiter in der von S. →Taeuber-Arp herausgegebenen Zeitschrift Plastique. 1919 schuf H. die typisch dadaistische, Ironie mit Sarkasmus verbindende Assemblage »Der Geist unserer Zeit — Mechanischer Kopf« aus einem Perückenträger, an dem er verschiedene Gegenstände befestigte (1918, Paris, Musée National d'Art Moderne, Centre Georges Pompidou).

□ 1901: Übersiedlung nach Berlin. □ 1914: Teilnahme an der Futuristenausstellung in der Berliner »Sturm«-Galerie. □ 1918: Mitbegründer der Dada-Bewegung in Berlin (mit G. →Grosz, J. →Heartfield, H. →Höch); erste Lautgedichte. □ 1933-38: Emigration nach Spanien; Teilnahme am Span. Bürgerkrieg; Übersiedlung nach Paris. □ ab 1944: Wohnsitz in Limoges. □ 1959: Organisator der Dada-Retrospektive in Amsterdam. □ postum 1974/75: Würdigung seines Lebenswerkes durch eine Einzelausstellung im Musée National d'Art Moderne, Paris.

▷ J.-F. Bory: Raoul Hausmann, frz. 1972.

Rudolf Hausner →

Hausner, Rudolf

österr. Maler und Grafiker
* 4.12.1914 Wien

Hausner ist neben E. →Fuchs der wohl bekannteste Künstler der Wiener Schule des Phantastischen Realismus. Er arbeitet wie dieser in altmeisterlicher Technik und unter dem Eindruck von Hieronymus Bosch (* um 1450, † 1516) und des Surrealismus, jedoch mit anderer Thematik. H. versucht, in psychologisierender Weise die menschliche Innenwelt darzustellen, indem er überpointierte Selbstporträts in einer fast hyperrealistischen Darstellungsweise (als »Adam«, »Laokoon«, »Odysseus«, »Herkules« verschlüsselt und gleichzeitig den Mythen assoziiert) mit vielfältiger Symbolik verbindet (Kindheitserinnerungen, Sexualsymbole). Dabei steht ein der Neuen Sachlichkeit verwandter Verismus in der Darstellung der Hauptfigur einer surrealistischen Perspektive und einer surrealen Symbolwelt gegenüber (z. B. »Arche des Odysseus«, 1948-56, Wien, Historisches Museum der Stadt).

□ 1946: Mitbegründer einer surrealistischen Malergruppe in Wien. □ 1959: Gründung der Wiener Schule des Phantastischen Realismus. □ ab 1966: Prof. an der Hochschule für bildende Künste in Hamburg. □ seit 1968: Prof. an der Wiener Kunstakademie.

▷ H. Holländer: Rudolf Hausner. Werkmonographie, 1985.

Havel, Václav

tschech. Schriftsteller und Politiker
* 5.10.1936 Prag

Václav Havel: Seit 1989 tschechischer Staatspräsident.

Havel, bereits 1968 maßgeblich in der Reformbewegung des Prager Frühlings engagiert, ermöglichte durch seine moralische Integrität als »Gewissen der Tschechoslowakei« den politischen Erfolg des Bürgerforums. Es konnte 1989 mit ihm an der Spitze die kommunistische Vorherrschaft über die CSSR (seit 20.4.1990 CSFR) beenden; H. wurde Staatspräsident.
Der Durchbruch als Dramatiker gelang H. mit seinem Drama »Das Gartenfest« (1963, dt. 1967), das sich mit den Gefahren totalitärer Machtansprüche für Staat und Individuum auseinandersetzt. Diese Thematik verfolgte H. in weiteren, z. T. grotesken, dem absurden Theater nahestehenden Bühnenwerken, z. B. in »Die Benachrichtigung« (1965, dt. 1967) oder »Largo Desolato« (1984, dt. 1984). Mit den während eines seiner Gefängnisaufenthalte geschriebenen »Briefen an Olga« (1983, dt. 1984) und weiteren Essays wie etwa »Versuch, in der Wahrheit zu leben« (1980) oder »Anatomie einer Zurückhaltung« (1985) profilierte sich H. als kluger, auf Ausgleich bedachter Essayist. Autobiografie und Lebensresümee in einem ist der von Karel Hvížďala herausgegebene Interview- und Dokumentations-Band »Fernverhör« (1986).

□ ab 1960: Autor und Dramaturg am »Theater am Geländer« (Prag). □ 1969: Berufs- und Publikationsverbot wegen des Engagements für den Prager Frühling; Österr. Staatspreis für Literatur. □ 1977: Mitbegründer der Bürgerrechtsbewegung »Charta 77«. □ 1977-89: Mehrfach und trotz schwerer Erkrankung im Gefängnis; im Mai 1989 Entlassung. □ 1986: »Die Versicherung« (Es.). □ 1989: Friedenspreis des Dt. Buchhandels; ab 29.12. erster demokratisch gewählter Staatspräsident der CSFR. □ 1991: Verleihung des Int. Karlspreises der Stadt Aachen.

▷ E. Kriseovás: Václav Havel, 1991.

João Havelange →

Havelange, João

(eig. Jean Marie Faustin Godefroid H.)
bras. Sportfunktionär
* 8.5.1916 Rio de Janeiro

Havelange wurde 1974 als Nachfolger von Sir Stanley Rous (* 1895, † 1986) Präsident des internationalen Fußballverbands FIFA. Der weltweit größten Sportorganisation sind über 50 Mio. Spieler in 38 000 Vereinen angeschlossen. H. setzte sich u. a. dafür ein, das WM-Turnier von 16 auf 24 Nationen aufzustocken, um auch »Fußball-Exoten« eine Teilnahmechance zu geben.

□ 1936: Olympiateilnehmer in Berlin (Schwimmer). □ 1952: Olympiateilnehmer in Helsinki (Wasserball). □ 1955-63: Mitgl. des bras. Olympischen Komitees. □ 1958-74: Präs. des bras. Sportverbandes. □ seit 1963: Mitgl. des Int. Olympischen Komitees (IOC).

Robert Havemann →

Havemann, Robert

dt. Physikochemiker und politischer Philosoph
* 11.3.1910 München
† 9.4.1982 Grünheide, Kreis Fürstenwalde

Havemann, engagierter Verfechter reformkommunistischer Ideen und des demokratischen Sozialismus, trat ab 1956 als Wortführer einer Gruppe oppositioneller Intellektueller, darunter W. →Harich und E. →Bloch, gegen den Parteiapparat der SED auf. 1964 wurde H. infolge seiner Schrift »Dialektik ohne Dogma« (1964) und der darin geübten Kritik an der DDR-Regierung, deren diktatorischen Führungsstil er als Verstoß gegen das marxistische Prinzip einer sozialistischen Demokratie anprangerte, aus der Partei ausgeschlossen. Noch im gleichen Jahr wurde der Experte für Magnetochemie auch seiner Professur enthoben.

□ ab 1932: Mitgl. der KPD. □ 1943-45: Wegen Mitgliedschaft in der antifaschistischen Widerstandsgruppe »Europ. Union« vom Volksgerichtshof zum Tode verurteilt; anschließend aufgrund eines Vollstreckungsaufschubs Gefangenschaft im Zuchthaus Brandenburg. □ 1945-47: Dir. des Kaiser-Wilhelm-Inst. für Physikalische Chemie, Berlin-Dahlem. □ 1947-64: Prof. an der Humboldt-Univ. in Ost-Berlin. □ 1950-63: Mitgl. der Volkskammer. □ 1957: »Einführung in die chemische Thermodynamik« (Schr.). □ 1966: Ausschluß aus der Dt. Akademie der Wissenschaften. □ 1977-79: Unter Hausarrest in Grünheide bei Berlin. □ 1978: »Ein deutscher Kommunist. Rückblicke und Perspektiven aus der Isolation« (Schr.). □ 1980: »Morgen. Die Industriegesellschaft am Scheideweg. Kritik und reale Utopie« (Schr.).

▷ R. Havemann: Fragen — Antworten — Fragen. Aus der Biographie eines deutschen Marxisten, 1970; H. Jäckel: Ein Marxist in der DDR — Für R. Havemann, 1980.

Hawke, Robert James Lee

austral. Politiker
* 9.12.1929 Bordertown

Als Präsident der Gewerkschaften stieg Hawke in den 70er Jahren zu einem der einflußreichsten Männer Australiens auf. Drei Jahre nach seinem Wechsel in das Parlament wurde er zum Premierminister gewählt und erreichte mit seiner pragmatischen Politik einen Ausgleich zwischen Unternehmern und Gewerkschaften. H., dessen Trinkfestigkeit sogar im Guinness Book of World Records erwähnt wird, ist der erste australische Premier, der drei aufeinanderfolgende Wahlen gewinnen konnte.

□ vor 1958: Studium in Australien und England (Oxford). □ 1958: Hauptamtlicher Funktionär der Gewerkschaftsföderation; Mitgl. der Australian Labor Party (ALP). □ 1970: Präs. des austral. Gewerkschaftsdachverbandes (ACTU). □ 1973-78: Präs. der ALP. □ 1980: Mitgl. der Parlaments. □ seit 1983: Premierminister (1984 und 1987 wiedergewählt).

▷ R. Pullan: Bob Hawke. A portrait, engl. 1980; B. d'Alpuget: Robert J. Hawke. A biography, engl. NA 1985.

← Robert J. L. Hawke

Hawking, Stephen William

brit. Mathematiker und Astrophysiker
* 8.1.1942 Oxford

Hawking, seit 1977 Professor an der Universität in Cambridge, veröffentlichte 1988 »Eine kurze Geschichte der Zeit. Die Suche nach der Urkraft des Universums« (dt. 1988), einen populärwissenschaftlichen Bestseller über Anfang und Ende des Universums. Darin beschreibt H. die Entstehung des Universums infolge des Urknalls. In diesem als »Singularität« bezeichneten Zustand beginnen Raum und Zeit. Nach den bisherigen Theorien dehnt sich das Universum explosionsartig aus, endet aber als Raum-Zeit-Kontinuum irgendwann in sog. Schwarzen Löchern, in denen die Materie ehemaliger ausgebrannter Sonnen unter dem Druck ihrer eigenen Schwerkraft zu unvorstellbarer Dichte zusammengepreßt ist. Nach den Gesetzen der Relativitätstheorie kann nichts ihr Gravitationsfeld verlassen — auch kein Lichtstrahl, weshalb sie für den Beobachter unsichtbar sind und »Schwarze Löcher« heißen. H., der Relativitäts- und Quantentheorie zu einer einheitlichen »Weltformel« zu verbinden trachtet, berechnete quantenmechanische Strahlungsprozesse beim Entstehen Schwarzer Löcher und prognostizierte, daß sie gleichwohl thermische Strahlung aussenden müßten, die in den Energiekreislauf des Universums zurückkehrt. Mit der Annahme solcher »Hawking-Strahlung« wäre das Universum als ein Prozeß ohne Anfang und Ende zu verstehen.

Stephen W. Hawking im Rollstuhl vor einem Porträt von Sir Isaac Newton.

Hawkins, Coleman Bean »Hawk«

amer. Jazzmusiker
* 21.11.1904 St. Joseph, Missouri
† 19.5.1969 New York

Auf dem Tenor-Saxophon war Hawkins fast zwei Jahrzehnte lang der dominierende Solist des Swing. Zwischen 1925 und 1945 beherrschte kein anderer Musiker seine stark von der Klarinette beeinflußte Spielweise, die sich durch den vollen, vibratoreichen und ausdrucksstarken Ton auszeichnete. Seine Stärke war auch der spontane, nie versiegende Erfindungsreichtum beim Improvisieren, durch den er Phrasen immer weiterentwickelte und aneinanderreihte.

Coleman Hawkins bei seiner Ankunft in Paris, 1948.

Schallplatten unter seinem Namen nahm er ab 1933 auf und war dank seines außerordentlichen solistischen Könnens ein gefragter Studiomusiker bei Aufnahmen zahlreicher anderer Größen des Jazz, wie z. B. L. →Hampton, Ben Webster, B. →Smith und E. →Hines.

□ 1922/23: Tournee mit der Bluessängerin Mamie Smith. □ 1923-34: Bei Fletcher Henderson. □ 1934-39: Arbeit in Großbritannien bei Jack Hylton; anschließend in Schweden, Frankreich, der Schweiz, Dänemark und den Niederlanden, u. a. mit D. →Reinhardt. □ 1939: Erste eigene Band in den USA. □ 1957: »Blues for Jolanthe« (mit Ben Webster). □ 1962: »Swinging Scotch« (mit Tiny Grimes). □ postum 1970: Aufnahmen aus den Jahren 1927-63 auf der LP »Body and soul«.

Hawks, Howard

amer. Regisseur
* 30.5.1896 Goshen, Ind.
† 26.12.1977 Palm Springs, Kalif.

H. Hawks drehte mit C. Grant, J. Wayne und H. Bogart.

Hawks hat als versierter Genreregisseur über 40 Jahre lang das Hollywood-Kino beeinflußt. Mit schnörkellosem Erzählstil und sicherem Gespür für Rhythmus drehte er viele sog. Screwball Comedies, in denen häufig C. →Grant die Hauptrolle spielte. Der Humor dieser Komödien resultierte wie bei »Leoparden küßt man nicht« (1938, mit C. Grant und K. →Hepburn) aus der Verkehrung traditioneller Geschlechterrollen. Männer, deren Freundschaft sich in Extremsituationen bewähren muß, stehen im Mittelpunkt von H.s erfolgreichen Western, Kriegs- und Abenteuerfilmen.

□ 1930: »Start in die Dämmerung«. □ 1932: »Scarface«. □ 1935: »Höhe Null«. □ 1940: »Sein Mädchen für besondere Fälle« (mit C. Grant). □ 1941: »Sergant York« (mit G. →Cooper). □ 1944: »Haben und Nichthaben« (mit H. →Bogart und L. →Bacall). □ 1946: »Tote schlafen fest« (mit H. Bogart). □ 1948: »Ich war eine männliche Kriegsbraut« (mit C. Grant); »Red River« (mit J. →Wayne und M. →Clift). □ 1952: »Liebling, ich werde jünger«. □ 1953: »Blondinen bevorzugt« (mit M. →Monroe). □ 1955: »Land der Pharaonen«. □ 1959: »Rio Bravo« (mit J. Wayne). □ 1961: »Hatari« (mit J. Wayne und H. →Krüger). □ 1963: »Ein Goldfisch an der Leine« (mit R. →Hudson). □ 1965: »El Dorado« (mit J. Wayne und R. →Mitchum). □ 1970: »Rio Lobo« (mit J. Wayne). □ 1974: Ehren-Oscar.

▷ H. C. Blumenberg: Die Kamera in Augenhöhe, 1979; R. Thissen: Howard Hawks, 1987.

Walter N. Haworth →

Haworth, Sir (ab 1947) Walter Norman

brit. Chemiker
* 19.3.1883 White Coppice bei Chorley, Lancashire
† 19.3.1950 Birmingham

Haworth, Pionier der Chemie der Kohlehydrate, gelang 1932 als erstem die Strukturanalyse und 1934 die Synthese des Vitamins C, für das er die Bezeichnung »Ascorbinsäure« fand. H., Nobelpreisträger von 1937, wies die zyklische Molekularstruktur der Kohlehydrate nach, die das chemische Reaktionsverhalten des Zuckers besser erklärte (Haworth-Formel).

□ 1920-25: Prof. am Armstrong College in Newcastle-upon-Tyne. □ 1925-48: Prof. an der Univ. Birmingham. □ 1929: »The Constitution of the sugars« (Schr.). □ 1937: Chemie-Nobelpreis (mit P. →Karrer).

Haydée, Marcia

(eig. Salaverry Pereira da Silva)
bras. Tänzerin und Ballettdirektorin
* 18.4.1937 Niterói

Haydée ist aufgrund ihrer präzisen und ausdrucksstarken Tanzkunst eine der besten Ballerinen der Gegenwart, die ihre Talente insbesondere unter J. →Cranko, später auch mit J. →Neumeier und unter M. →Béjart entfaltete. Als Ballettdirektorin der Stuttgarter Staatstheater ge-

Marcia Haydée: Tänzerin und Ballettdirektorin in Stuttgart.

lang es ihr, die unter Cranko entstandene Truppe zusammenzuhalten und u. a. durch das Engagement bedeutender Gastchoreographen das hohe Niveau des Ensembles zu erhalten.

□ 1957: Solistin am Grand Ballet de Marquis de Cuevas. □ 1961: Wechsel zum Ballett der Staatstheater Stuttgart. □ 1962: Ernennung zur Primaballerina nach ihrem Erfolg in »Romeo und Julia« (M.: S. →Prokofjew, Ch.: J. Cranko). □ 1976: Übernahme der Ballettdirektion in Stuttgart; Arbeit u. a. mit M. Béjart, J. Neumeier und H. →Spoerli. □ 1984: Auftritt als Solistin mit J. Neumeier in »Die Stühle« (Ch. : M. Béjart) in Hamburg und Brüssel. □ 1985: Gastspiel mit dem Stuttgarter Ensemble am Bolschoi-Theater Moskau. □ 1986: »Kameliendame« (F., Ch.: J. Neumeier). □ 1987: Erste eigene Choreographie »Dornröschen«.

Hayek, Friedrich August von

brit. Nationalökonom österr. Herkunft
* 8.5.1899 Wien

Der Nobelpreisträger Hayek zählt zu den bedeutendsten Verfechtern einer liberalen Wirtschafts- und Gesellschaftsordnung (A. →Rustow, W. →Eucken). Seine radikalen ordnungspolitischen Forderungen reichen von der Abschaffung der nationalen Notenbanken bis hin zu einer höheren Elastizität der Löhne, die entsprechend der Nachfrage nach Arbeit steigen bzw. sinken sollen. H., Schüler L. v. →Mises, verfaßte neben zahlreichen Beiträgen zur Geld- und Konjunkturtheorie auch sozialphilosophische Werke.

□ ab 1918: Studium der Rechts- und Wirtschaftswissenschaften. □ 1927-31: Dir. des Österr. Inst. für Konjunkturforschung, Wien. □ 1931: »Preise und Produktion« (Schr., dt. 1931). □ 1931-50: Lehrstuhl an der London School of Economics. □ seit 1938: Brit. Staatsbürgerschaft. □ 1944: »Der Weg zur Knechtschaft« (Schr., dt. 1944). □ 1948: »Individualismus und wirtschaftliche Ordnung« (Schr., dt. 1952). □ 1950-62: Prof. an der Univ. Chicago, USA. □ 1962-68: Prof. an der Univ. Freiburg i. Br. □ 1967: »Studies in philosophy, politics and economics« (Schr.). □ 1973-79: »Law, legislation and liberty« (Schr., 3 Bde., dt. 1981). □ 1974: Nobelpreis für Wirtschaftswissenschaften (mit G. →Myrdal). □ 1980: »Unemployment and the unions« (Schr.).

← Friedrich A. von Hayek

Rita Hayworth in »Gilda«, 1946.

Hayworth, Rita

(eig. Margarita Carmen Cansino)
amer. Schauspielerin
* 17.10.1918 New York † 14.5.1987 ebd.

Hayworth war während des 2. Weltkriegs das beliebteste Pin-up-Girl der amerikanischen Soldaten. Ihren bekanntesten Auftritt hatte die rothaarige Venus des Atomzeitalters in »Gilda« (1946, mit G. →Ford, Rg. Ch. Vidor), als sie in hautengem Kleid auf der Bühne stand und bei einem angedeuteten Striptease ihre langen, schwarzen Handschuhe abstreifte. Der von ihrem Ehemann O. →Welles inszenierte Streifen »Die Lady von Shanghai« (1946) wurde ihr letzter großer Erfolg, obwohl sie noch in den 70er Jahren vor der Kamera stand.

□ ab 1932: Mit ihrem Vater Auftritte als Tänzerin in Nachtclubs. □ ab 1934: Kleine Filmrollen. □ 1939: Erster Erfolg mit »Only Angels Have Wings/SOS — Feuer an Bord« (Rg. H. →Hawks). □ 1941: »Wer wird schon reich beim Militär?« (mit F. →Astaire, Rg. S. Lanfield). □ 1942: »Du warst nie berückender« (Rg. Ch. Seiter). □ 1943-48: Ehe mit O. Welles. □ 1944: »Cover Girl/Es tanzt die Göttin« (Rg. Ch. Vidor). □ 1949-56: Ehe mit Prinz Ali Khan. □ 1958: »Getrennt von Tisch und Bett« (Rg. D. Mann). □ 1976: Letzter Filmauftritt in »Circle« (Rg. A. A. Seidelman).

▷ G. Peary: Rita Hayworth. Ihre Filme — ihr Leben, 1981.

William R. Hearst →

Hearst, William Randolph

amer. Journalist und Verleger
* 29.4.1863 San Francisco † 14.8.1951 Beverly Hills

Hearst, neben J. →Pulitzer der Wegbereiter des amerikanischen Boulevardjournalismus, übernahm 1887 von seinem Vater den San Francisco Examiner und baute in den Folgejahren den größten Pressekonzern der USA auf, zu dem 1991 u. a. 125 Zeitungsunternehmen gehören. H.s Name steht für die Macht der Sensationspresse; so wurde er verdächtigt, im Interesse einer Auflagensteigerung den Spanisch-Amerikanischen Krieg von 1898 mitverursacht zu haben. Der Titelheld von O. →Welles' Film »Citizen Kane« (1941) ist H. nachempfunden.

Heartfield, John
(eig. Helmut Herzfelde)
dt. Künstler
* 19.6.1891 Berlin-Schmargendorf
† 26.4.1968 Ost-Berlin

Heartfield begründete die politische Collage, die er zunächst gegen die Politik des wilhelminischen Deutschland, vor allem gegen den Krieg, aber auch gemäß seiner sozialistischen Überzeugung gegen die Benachteiligung und Unterdrückung der Arbeiter einsetzte. Als eines der führenden Mitglieder der Berliner Dada-Bewegung schuf er in den 20er Jahren Fotomontagen und Umschläge für die Dada-Zeitschriften Die Pleite und Der Dada. In der Folge arbeitete er für linksgerichtete Zeitschriften wie die kommunistische Arbeiter Illustrierten Zeitung, für die er u. a. das bekannte, aus bluttriefenden Beilen gebildete Hakenkreuz (1936) mit der Unterschrift »Der alte Wahlspruch im »neuen« Reich: Blut und Eisen« lieferte. Daneben entstand eine Vielzahl von Plakaten, Buchumschlägen, Flugblättern usw. Diese Aktivitäten entfaltete H. auch in seinem Prager und Londoner Exil, bevor er nach dem 2. Weltkrieg nach Deutschland zurückkehrte und sich als Grafiker niederließ.

J. Heartfield nach seiner Rückkehr nach Deutschland, 1957.

□ 1907-14: Kunststudium in München und Berlin. □ ab 1915: Anschluß an die Künstlergruppe um die »Sturm«-Galerie; Mitgl. der Gruppe Aktion u. a. mit J. R. →Becher und E. →Lasker-Schüler. □ 1916: Anglisierung des Namens aus Protest gegen die offizielle Kriegshetze. □ 1917: Gründung des Malik-Verlages in Berlin mit seinem Bruder W. →Herzfelde. □ 1918: Eintritt in die KPD. □ ab 1919: Mitgl. der Berliner Dada-Gruppe; erste Fotomontagen. □ 1921-23: Tätigkeit als Bühnenbildner für M. →Reinhardt und E. →Piscators Proletarisches Theater. □ 1933: Emigration nach Prag. □ 1938: Emigration nach London. □ 1950: Rückkehr nach Deutschland.

▷ W. Herzfelde: John Heartfield. Leben und Werk, NA 1970.

Edward Heath →

Heath, Edward
brit. Politiker
* 9.7.1916 Broadstairs

Ab 1961 leitete der überzeugte »Europäer« Heath die britischen Beitrittsverhandlungen mit der EG. Obwohl seine Bemühungen 1963 am französischen Veto scheiterten, fand seine Politik in Europa breite Zustimmung. Aber erst nach dem Wahlsieg der Konservativen 1970 konnte H. als Premierminister seine Europapolitik fortsetzen (Beitritt zur EG 1972). Nach der verlorenen Unterhauswahl mußte er sein Amt als Oppositionsführer 1975 an M. →Thatcher abtreten, blieb jedoch Mitglied des Unterhauses.

□ 1940-45: Soldat. □ seit 1950: Mitgl. des Unterhauses für die Konservativen. □ 1959/60: Arbeitsmin. □ 1960-63: Lordsiegelbewahrer. □ 1963: Karls-Preis der Stadt Aachen. □ 1963/64: Min. für Handel und Industrie. □ 1965-75: Führer der Konservativen. □ 1970-74: Premierminister. □ 1971: Mitgewinner des Segelwettbewerbs Admirals Cup.

▷ A. Roth: Edward Heath. Ein Mann für Europa, 1973.

Georg Heberer →

Heberer, Georg
dt. Chirurg
* 9.6.1920 Dietzenbach bei Frankfurt/Main

Heberer, Spezialist für Thoraxchirurgie und den operativen Ersatz von Blutgefäßen, baute in den 60er Jahren die erste deutsche Abteilung für Experimentelle Chirurgie an der Kölner Universitätsklinik auf. Als erstem Chirurgen gelang ihm ein operativer Eingriff an der Aorta bei künstlich herbeigeführtem Herzstillstand des Patienten, wozu H. eine spezielle Medikamentenlösung erfand. Das Münchner Klinikum Großhadern, das H. seit 1978 als Direktor der Chirurgie leitet, wurde zu einem der führenden Transplantationszentren. Neben der Einführung neuer Methoden bei der Magen-Darm-Operation und der Bauchspeicheldrüsen-Chirurgie entwickelte H. ein interdisziplinäres Diagnose- und Therapiesystem zur Behandlung Mehrfachverletzter.

□ 1959-73: Prof. und Dir. der II., später der I. Chirurgischen Klinik der Univ. Köln. □ seit 1968: Mithg. der Zeitschrift Der Chirurg. □ seit 1973: Als Nachfolger von R. →Zenker Prof. der Chirurgie an der Univ. München. □ 1977: »Chirurgie. Lehrbuch für Studierende der Medizin und Ärzte«. □ 1978: »Klinischer Unterricht und Weiterbildung in der Chirurgie« (Schr. mit anderen). □ 1979/80: Präs. der Dt. Gesellschaft für Chirurgie. □ seit 1983: Präs. der Dt. Gesellschaft für Katastrophenmedizin.

Heck, Ludwig
dt. Zoologe
* 11.8.1860 Darmstadt † 7.7.1951 München

Heck, 1888-1931 Direktor des Berliner Zoos, den er seinerzeit zu einem der größten zoologischen Gärten der Welt ausbaute, hat mit seiner Nachzucht vom Aussterben bedrohter Tiere große Erfolge erzielt. Mit K. →Hagenbeck führte H. die Freigehege ein, die unter tiergeographischen und veterinärpathologischen Gesichtspunkten besetzt wurden. Seinen beiden Söhnen gelang durch Rückkreuzung die Züchtung urähnlicher

Ludwig Heck: Langjähriger Direktor des Berliner Zoos.

Rinder- und Pferderassen. Ende des 2. Weltkriegs wurde der Berliner Zoo bei einem Bombenangriff nahezu vollständig zerstört.

□ 1886-88: Dir. des Zoologischen Gartens in Köln. □ 1913: Fertigstellung des von H. eingerichteten Berliner Aquariums. □ 1931: »Schimpanse Boby und neue Freunde« (Schr.). □ 1934: »Tiere, wie sie wirklich sind« (Schr.).

▷ L. Heck: Heiter-ernste Lebensbeichte. Erinnerungen eines alten Tiergärtners (Aut.), 1938.

Heckel, Erich

dt. Maler, Grafiker und Bildhauer
* 13.7.1883 Döbeln, Sachsen
† 27.1.1970 Radolfzell am Bodensee

Heckel, 1905 Mitbegründer der Brücke (E. L. →Kirchner), gilt als der Romantiker der Künstlergruppe. Gemeint sind die Kontraste in H.s Themenwahl: Idyllischen Landschaftsbildern mit Aktfiguren (»Ballspielende«, 1911, Karlsruhe, Kunsthalle) stehen im Frühwerk Figurenbilder gegenüber, die eine düstere Sicht des Menschen zum Ausdruck bringen, etwa »Zwei Männer am Tisch (Dostojewski »Der Idiot«)« (1912,

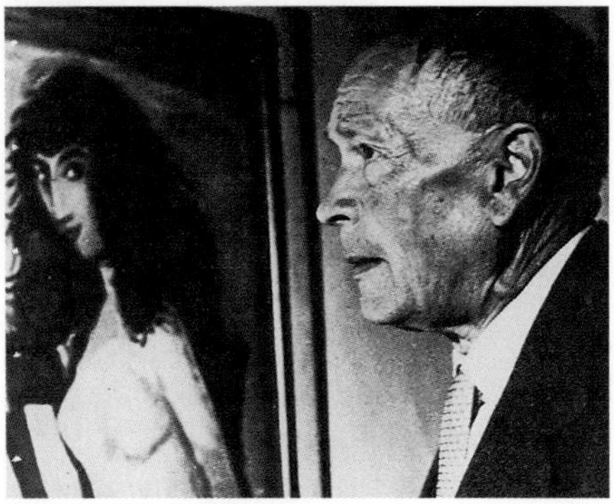

Erich Heckel: Ein »Wilder« aus der Kaiserzeit.

Hamburg, Kunsthalle). H.s Malweise wandelte sich von skizzenhaft-impulsivem Farbauftrag zu einer kubistisch beeinflußten Gliederung der Bildfläche durch kantige Formen (»Gläserner Tag«, 1913, München, Staatsgalerie moderner Kunst). Ein Hauptwerk expressionistischer religiöser Malerei ist H.s Gemälde »Madonna von Ostende« (1915, zerstört, als Holzschnitt 1916). Als philosophische Botschaft entstanden 1922/23 die Wandgemälde »Das Leben der Menschen« im Anger-Museum in Erfurt. Ab Mitte der 20er Jahre überwog die sachliche Wiedergabe von Eindrücken, die H. auf ausgedehnten Reisen durch Europa aufnahm.

□ 1904/05: Architekturstudium in Dresden. □ 1905-13: Mitgl. der Brücke. □ 1914-18: Sanitäter (v. a. in Flandern). □ 1937: Entfernung von 729 »entarteten« Werken aus dt. Museen. □ 1944: Zerstörung des Berliner Ateliers, Übersiedlung nach Hemmenhofen/Bodensee. □ 1949-55: Prof. an der Kunstakademie Karlsruhe.

▷ A. u. W. Dube: Erich Heckel. Das grafische Werk, 3 Bde., 1964-74; P. Vogt: Erich Heckel, 1965; K. Gabler: Erich Heckel und sein Kreis, 1983.

Heckmann, Herbert

dt. Schriftsteller
* 25.9.1930 Frankfurt/Main

Herbert Heckmann →

Bekannt wurde Heckmann 1958 mit seinen parabelhaften Erzählungen »Das Portrait«. Der Humorist und Satiriker schrieb Kinderbücher (»Geschichten vom Löffelchen«, 1970), Aphorismen, kulturgeschichtliche Arbeiten sowie den Bildungs- und Schelmenroman »Benjamin und seine Väter« (1962). 1982 wurde H. Präsident der Deutschen Akademie für Sprache und Dichtung.

□ 1957: Promotion. □ 1958: Dozent am Dt. Seminar der Univ. Münster. □ 1963: Mithg. der »Neuen Rundschau«. □ 1965-67: Gastdozent in Evanston, Ill. (USA). □ 1972: »Der große Knock-out in sieben Runden« (R.). □ 1975: »Gastronomische Fragmente eines Löffeldilettanten, der solcherart seine Freunde traktiert«. (Es.s). □ 1985: »Die Blechbüchse« (Kdb.). □ 1987: »Wenn der Wein niedersitzt, schwimmen die Worte empor. Sieben Weinpredigten«.

Heckmann, Otto

dt. Astronom
* 23.6.1901 Opladen † 13.5.1983 Regensburg

Otto Heckmann →

Heckmann war 1962-73 Direktor der von ihm initiierten Europäischen Südsternwarte (ESO) auf dem Gipfel des La Silla (2440 m) in Chile. H., der sich in den 40er und 50er Jahren um die fotografische Positionsbestimmung des nördlichen Sternhimmels und die Erforschung von Sternhaufen verdient gemacht hatte, vertrat in seinen »Theorien der Kosmologie« (1942) die im Einklang mit der Relativitätstheorie stehende Vorstellung von einem sich unaufhörlich ausdehnenden Universum.

□ 1935-41: Prof. an der Univ. Göttingen. □ 1941-62: Prof. an der Univ. Hamburg; Dir. der Sternwarte in Hamburg-Bergedorf. □ 1965: »Weltmodelle« (Schr.). □ 1967: Präs. der Int. Astronomischen Union.

▷ O. Heckmann: Sterne, Kosmos, Weltmodelle. Erlebte Astronomie (Aut.), 1976.

Hedin, Sven

schwed. Asienforscher
* 19.2.1865 Stockholm † 26.11.1952 ebd.

Hedin war einer der bedeutendsten Forschungsreisenden des 20. Jh.s. In mehreren Expeditionen und Einzelreisen durchzog er die teils unerforschten Gebirgs- und Wüstenregionen zwischen dem Ural und Peking. Er entdeckte u. a. die Quelle des Brahmaputra. H. leitete die archäologisch und geographisch wichtige Sino-Schwedische Expedition (1927-33) in Ostturkestan und der Wüste Gobi, der eine internationale Forschergruppe angehörte. Über das Ende des 2. Weltkriegs hinaus sympathisierte H. mit dem nationalsozialistischen Deutschland.

☐ 1885: Erste Asienreise. ☐ 1890: Dolmetscher beim Schah von Persien. ☐ 1898: »Die geographisch-wissenschaftlichen Ergebnisse meiner Reise in Zentralasien 1894-1897« (dt. 1900). ☐ 1928: »Auf großer Fahrt« (Reiseb., dt. 1929). ☐ 1936: »Seidenstraße« (Reiseb., dt. 1936).

▷ K. F. Kohlenberg: Sven Hedin. Vorstoß nach Innerasien, 1978.

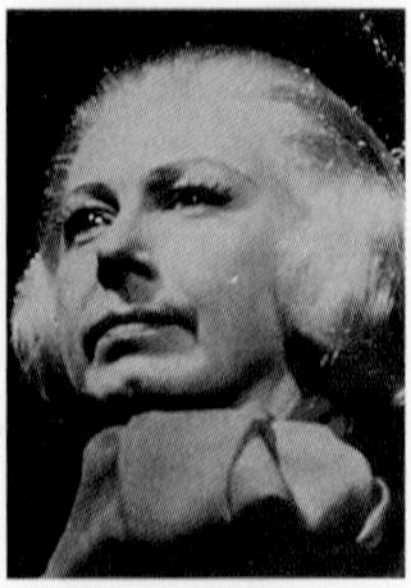
Edith Heerdegen →

Hedin, Erforscher des Transhimalaja, vor der Buddhastatue eines chinesischen Tempels.

Heerdegen, Edith

dt. Schauspielerin
* 2.7.1913 Dresden † 13.7.1982 Dachsberg

Heerdegen beeindruckte als Ensemblemitglied am Württembergischen Staatstheater Stuttgart (u. a. unter E. →Ponto und C. →Peymann) durch ihr differenziertes, präzises Spiel. Große Erfolge verzeichnete sie als Elisabeth in Schillers »Maria Stuart«, in der Titelrolle von Lessings »Minna von Barnhelm« und als Johanna in G. B. →Shaws »Die heilige Johanna«. Ihre Darstellung älterer Frauen, insbesondere in den Peymann-Inszenierungen von Th. →Bernhards Dramen, erregte großes Aufsehen.

☐ 1947: Nach Engagements an Wanderbühnen und am Staatstheater Dresden Wechsel mit E. Ponto zum Württ. Staatstheater Stuttgart. ☐ 1979: Wechsel mit C. Peymann von Stuttgart nach Bochum. ☐ 1980: Große Anerkennung für die Rolle der Gattin in »Der Weltverbesserer« an der Seite von B. → Minetti (Kom. von Th. Bernhard, Rg. C. Peymann).

Heereman, Constantin Freiherr von

dt. Landwirt
* 17.12.1931 Münster

Heereman ist seit 1969 Präsident des deutschen Bauernverbands. Hauptziel seiner Politik ist ein Strukturwandel der Landwirtschaft, der die bäuerlichen Traditionen berücksichtigt. Angesichts der anhaltenden Krise in dem landwirtschaftlichen Sektor fordert H. neben Preisanhebungen Steuer- und Abgabeerleichterungen für die Bauern. In den 80er Jahren rang er jedoch hauptsächlich um die alljährliche Festlegung der EG-Orientierungspreise, wobei er zwischen den oft zu hoch gegriffenen Forderungen der Bauern und vernunftorientierten Kompromißlösungen zu vermitteln hatte.

Constantin Freiherr von Heereman in Aachen, 1988.

☐ 1954: Examen als Agraringenieur in Soest. ☐ seit 1955: Verwalter des Familienbesitzes. ☐ 1968: Präs. des westfälisch-lippischen Bauernverbands. ☐ 1969: Präs. des Dt. Bauernverbands. ☐ 1979-81: Präs. der Dachorganisation der Landwirtschaftsverbände der EG-Mitgliedsländer, COPA (wiedergewählt 1991). ☐ seit 1983: MdB für die CDU.

Heesters, Johannes

österr. Schauspieler und Sänger niederl. Herkunft
*5.12.1903 Amersfoort

Der Schauspieler und Operettentenor Heesters begeisterte mit seinem Charme insbesondere in den 30er Jahren in Berlin und in zahlreichen Musikfilmen ein Millionenpublikum. Nach Kriegsende gelang es H., der seit 1948 in Wien lebt, auf Bühne und Leinwand an seine Vorkriegserfolge anzuknüpfen. Zu seinen Paraderollen gehört Graf Danilo in der Léhar-Operette »Die lustige Witwe«.

☐ 1934: Nach Auftritten an Sprechtheatern in den Niederlanden, Belgien und der Schweiz Engagement im Operettenfach an der Wiener Volksoper. ☐ ab 1935: Auftritte in Berlin, u. a. Komische Oper, Metropoltheater, Admiralspalast; Filmdebüt in »Die Leuchter des Kaisers«. ☐ 1936: Großer Erfolg in »Die Fledermaus« (F. nach der Operette von J. Strauß). ☐ 1952: Hauptrolle im Operettenfilm »Im weißen Rößl«. ☐ 1965: TV-Auftritt in »Die lustige Witwe«. ☐ 1982: Erster Träger des Johannes-Heesters-Rings, gestiftet vom Theater an der Wien.

▷ J. Heesters: Es kommt auf die Sekunde an, 1978.

← Johannes Heesters

Hefner, Hugh Marston

amer. Verleger
* 9.4.1926 Chicago, Ill.

Hefner startete 1953 den »Playboy«, der mit einer Mischung aus erotischen Fotos, derben Witzen und anspruchsvollen Artikeln angesehener Autoren zum weltweit erfolgreichsten Herrenmagazin wurde. Mit den Gewinnen aus der Zeitschrift (USA-Auflage 1972: 6,5 Mio. Exemplare) baute H. die Playboy Enterprises Inc. auf. Der Konzern umfaßte in den 70er Jahren u. a. Clubs, Spielkasinos, Hotels, einen Buchverlag und einen Vertrieb für Brillen, T-Shirts etc. Unrentable Unternehmensteile wie die Bunny-Clubs (mit als Häschen verkleideten Kellnerinnen) wurden im Lauf der 80er Jahre abgestoßen.

▷ F. Brady: Hugh Hefner, engl. 1976.

← Hugh M. Hefner

Hegar, (Ernst Ludwig) Alfred

dt. Gynäkologe
* 6.1.1830 Bessungen bei Darmstadt
† 5.8.1914 Oberried im Schwarzwald

Hegar begründete die operative Frauenheilkunde in Deutschland, führte die auf Keimfreiheit zielende Aseptik bei der Geburtshilfe ein und war erfolgreich im Kampf gegen das Kindbettfieber. Er beschrieb die diagnostischen »Schwangerschaftszeichen« und legte die von ihm entwickelten Geburtshilfemethoden wie z. B. die Erweiterung des Gebärmutterhalses (Hegar-Stifte) im ersten Standardwerk zur »Operativen Gynäkologie« (Schr. mit R. Kaltenbach) nieder.

☐ 1864-1904: Prof. und Dir. der Frauenklinik in Freiburg i. Br. ☐ 1882: »Ignaz Philipp Semmelweis. Sein Leben und seine Lehre« (Biogr.). ☐ 1905: Gründung der Oberrheinischen Gesellschaft für Geburtshilfe und Gynäkologie.

Heidegger, Martin

dt. Philosoph
* 26.9.1889 Meßkirch, Baden
† 26.5.1976 Freiburg i. Br.

Heidegger wurde 1927 mit der ersten Hälfte seines Hauptwerks »Sein und Zeit« (ein 2. Teil ist nicht erschienen) schlagartig bekannt. Mit seiner systematischen Fundamentalontologie gehört H. zu den besonders im Ausland einflußreichen, in Deutschland eher umstrittenen Existenzphilosophen.
Eine Antwort auf die Aristotelische Frage nach dem Sinn des Seins versuchte H. zunächst für das menschliche »Dasein« zu geben, für das die Zeitlichkeit als Einheit von Zukunft, Vergangenheit und Gegenwart charakteristisch sei. Zugang zu seinem eigentlichen Selbst finde das Dasein in der Angst, einer ursprünglichen Befindlichkeit, in welcher Nichtigkeit und Unheimlichkeit der Existenz erfahren werden. Die Gestaltung des Lebens in der Gegenwart gelingt nach H. durch das Betrachten des Lebens aus dem Bewußtsein der eigenen »Verfallenheit«.
Mit seiner späteren Unterscheidung zwischen Sein und Seiendem, dargestellt in einer eigenwilligen, dunklen und dichterischen Sprache, übte H. großen Einfluß auf die Theologie (K. →Rahner, R. →Bultmann) aus, die von Gott als Sein, unterschieden von allem Seienden, spricht. Auch auf Psychologie, Geisteswissenschaften und andere Bereiche des kulturellen Lebens strahlte H.s Denken aus.

Martin Heidegger: Auf der Suche nach dem Sinn des Seins.

☐ 1919-23: Assistent von E. →Husserl. ☐ 1923-28: Prof. an der Univ. Marburg. ☐ 1928-52: Prof. an der Univ. Freiburg i. Br. (mit Unterbrechung). ☐ 1929: »Was ist Metaphysik?« (Antrittsrede). ☐ 1933: Als Rektor der Univ. Freiburg (Rücktritt 1934) stellt H. den »Wissensdienst« in eine Einheit mit dem Wehr- und Arbeitsdienst; »Die Selbstbehauptung der deutschen Universität« (Schr.). ☐ 1946-51: Entzug der Lehrbefugnis durch die frz. Besatzungsmacht; anschließend Rehabilitation. ☐ 1950: »Holzwege« (Schr.). ☐ 1953: »Einführung in die Metaphysik« (Schr.). ☐ 1954: »Was heißt Denken?« (Schr.). ☐ 1957: »Der Satz vom Grund« (Schr.). ☐

1959: »Unterwegs zur Sprache« (Schr.). □ 1961: »Nietzsche« (Schr., 2 Bde.). □ 1967: »Der europäische Nihilismus« (Schr.). □ 1970: »Phänomenologie und Theologie« (Schr.). □ 1971: »Erläuterungen zu Hölderlins Dichtung« (Schr.).

▷ H.-G. Gadamer: Heideggers Weg, 1983; W. Biemel: Martin Heidegger in Selbstzeugnissen und Bilddokumenten, 1985; H. Ott: Martin Heidegger — unterwegs zu seiner Biographie, 1988.

Heiden, Eric

amer. Eisschnelläufer
* 14.6.1958 Madison, Wisc.

Heiden, der im Sprint und Langlauf dominierte, war eine Ausnahmeerscheinung im Eisschnelllauf. 1980 gewann er bei den Olympischen Winterspielen von Lake Placid alle fünf Laufwettbewerbe. Seine Schwester Beth (* 1959) war 1980 Olympiadritte im Eisschnellauf und Straßen-Weltmeisterin im Radfahren.

□ 1977: Weltmeister im Sprint und Vierkampf (erneut 1978 und 1979). □ 1980: Olympiasieger über 500, 1000, 1500, 5000 und 10 000 m; Weltmeister im Sprint.

← Eric Heiden

Heidenstam, Carl Gustav Verner von

schwed. Schriftsteller
* 6.7.1859 Olshammar bei Örebro
† 20.5.1940 Övralid, Östergötland

Heidenstam, 1916 mit dem Literatur-Nobelpreis ausgezeichnet, wurde zum Hauptvertreter der neoromantischen Bewegung in der schwedischen Literatur (S. →Lagerlöf, G. →Fröding, E. A. → Karlfeldt). Sein umfangreiches Werk — Gedichte, Romane und Epen — ist erfüllt von einer ausdrucksstarken Sehnsucht nach vollendeter Schönheit, nationalem Pathos und stimmungsvollen Naturbildern (»Hans Alienus«, R., 1892, dt. 1904; »Gedichte«, 1895, dt. 1910). Mit seinen historisch-patriotischen Romanen (»Der Stamm der Folkunger«, 2 Bde., 1905-07, dt. 1909) wurde der Antipode A. →Strindbergs zum gefeierten schwedischen Nationaldichter.

C. G. V. von Heidenstam: Der verzaubernden Schönheit der Natur verfallen.

□ 1876-87: Wegen eines Lungenleidens Reisen u. a. in den Orient; Aufenthalte in Rom und Paris. □ 1888: »Landschaften und Menschen« (Reiseb., dt. 1901). □ 1897: »Karl XII. und seine Krieger« (Epos, dt. 1898). □ 1908-10: »Die Schweden und ihre Häuptlinge« (R., 2 Bde., dt. 1909-11). □ 1912: Mitgl. der Schwed. Akademie. □ 1916: Verleihung des Literatur-Nobelpreises.

▷ C. G. V. von Heidenstam: Als die Kastanien blühten (Aut.), 1948.

Heifetz, Jascha

(eig. Iossif Robertowitsch Cheifetz)
amer. Geiger russ. Herkunft
* 2.2.1901 Wilna (Litauen) † 10.12.1987 Los Angeles

Heifetz war einer der besten Violinvirtuosen des 20. Jh.s. Erstaunliche Technik, ausgezeichnete Intonation sowie ein singender Geigenton kennzeichneten sein vollendetes Spiel, das Maßstäbe für musikalische Interpretation setzte. Seit seinem Auftritt in der Carnegie Hall New York im Jahr seiner Übersiedlung in die USA (1917) galt er als die Verkörperung des reinen Virtuosentums. H.s Repertoire umfaßte die gesamte Violinliteratur vom Barock bis zur Moderne; besonderes Interesse widmete er der Spätromantik und der französischen Neoklassik. Neben seiner Tätigkeit als Solist wirkte er u. a. in Verbindung mit A. →Rubinstein als Kammermusiker.

Jascha Heifetz: Ein Leben für die Violine.

□ 1906: Ausbildung an der Kaiserlichen Musikschule Wilna. □ 1907: Erster öffentlicher Auftritt mit Mendelssohns Violinkonzert. □ ab 1910: Ausbildung am Konservatorium in St. Petersburg. □ ab 1912: Konzertreisen in Rußland, Deutschland und Österreich. □ 1914: Aufführung von Tschaikowskys Violinkonzert in Berlin mit A. →Nikisch. □ 1925: Amer. Staatsbürgerschaft. □ ab 1935: Erneut Konzerte in der UdSSR. □ ab 1959: Prof. für Violine an der Univ. of California. □ ab 1962: Dozent an der Univ. of Southern California, Los Angeles. □ ab 1973: Rückzug auf den Wohnsitz in Beverly Hills. □ 1975: Einrichtung des Heifetz-Lehrstuhls für Musik in Los Angeles.

▷ J. W. Hartnack: Große Geiger unserer Zeit, 1968; H. R. Axelrod (Hg.): Heifetz, 1976.

Heiliger, Bernhard

dt. Bildhauer
* 11.11.1915 Stettin

Mit seinen abstrakten Plastiken aus Eisen, Aluminium und ähnlichen Materialien, teilweise auch unter Einbeziehung von Abfallteilen und damit der Junk Art nahestehend, ist Heiliger ein bedeutender Vertreter der zeitgenössischen Metallplastik. Bei seinen Werken handelt es sich um vielgestaltige, raumgreifende Gebilde, die Themen wie Ruhe und Bewegung, Schwerelosigkeit, die Verbindung von Natur und Technik aufnehmen und über sich hinaus auf Punkte im Raum zu verweisen scheinen. H. hatte mit figurativer Skulptur, beeinflußt von A. →Maillol, C. →Brancusi, H. →Moore begonnen und gelangte über verschiedene Werkphasen zur Abstraktion.

Bernhard Heiliger: Der Bildhauer in seiner »Werkstatt«.

☐ 1938-41: Studium an der Berliner Kunstakademie. ☐ ab 1947: Figurative Plastik. ☐ 1949-80: Prof. an der Berliner Akademie. ☐ 1951: 28 m lange Reliefwand im Schillertheater, Berlin. ☐ 60er Jahre: Zunehmend abstrakte Großplastiken auf der Grundlage organischer Formen (z. B. »Drei vertikale Motive«, 1967/68, Berlin, Nationalgalerie). ☐ seit 1970: Übergang zur geschweißten Metallplastik (ähnlich Junk Art); große Freiplastiken, u. a. »Echo I« und »Echo II« vor der Berliner Philharmonie, 1986/87.

▷ A. M. Hammacher: Bernhard Heiliger, 1978.

Heim, Albert

schweiz. Geologe
* 12.4.1849 Zürich † 31.8.1937 ebd.

Heim, einer der bedeutendsten Alpengeologen, beschrieb in seinem dreibändigen Hauptwerk »Geologie der Schweiz« (1916-22) die Ursachen der Gebirgsfaltung als eine Kontraktion der Erdkruste (Deckentheorie). Neben wichtigen Beiträgen zur Gletscherkunde verfaßte H. Gutachten über Wasserversorgung, Thermalquellen und Bergstürze und war Mitherausgeber der »Geologischen Karte der Schweiz« (1894).

☐ 1874-1912: Prof. an der Univ. Zürich. ☐ 1878: »Untersuchungen über den Mechanismus der Gebirgsbildungen« (2 Bde.). ☐ 1885: »Handbuch der Gletscherkunde«. ☐ 1894-1926: Präs. der Schweiz. Geologischen Kommission.

▷ M. Brockmann-Jerosch u. a.: Albert Heim. Leben und Forschung (Biogr.), 1952.

Hermann Heimpel →

Heimpel, Hermann

dt. Historiker
* 19.9.1901 München † 23.12.1988 Göttingen

Heimpel war in den 50er Jahren Vorsitzender der Westdeutschen Rektorenkonferenz und baute seit 1955 in Göttingen das Max-Planck-Institut für Geschichte auf. Der Professor für Mittelalterliche und Neuere Geschichte (»Kapitulation vor der Geschichte?«, 1956) hatte großen Anteil am institutionellen Neuaufbau der deutschen Geschichtswissenschaft nach dem 2. Weltkrieg.

☐ 1934-45: Prof. an den Univ.n in Leipzig, ab 1941 in Straßburg. ☐ ab 1937: Hg. der Akten des Dt. Reichstages. ☐ 1941: »Deutsches Mittelalter« (Schr.). ☐ 1947-66: Ordinarius an der Univ. Göttingen. ☐ 1953/54: Rektor der Univ. ebd. und Vors. der Westdt. Rektorenkonferenz. ☐ 1956: »Kapitulation vor der Geschichte?« (Schr.); »Probleme und Problematik der Hochschulreform« (Schr.). ☐ 1969: »Drei Inquisitionsverfahren aus dem Jahre 1425« (Hg.).

Christoph Hein →

Hein, Christoph

dt. Schriftsteller
* 8.4.1944 Heinzendorf, Schlesien

Mit der in der BRD als »Kultbuch« der DDR-Literatur bezeichneten Novelle »Der fremde Freund« (1982; in der BRD u. d. T. »Drachenblut«, 1983) erregte Hein in beiden Staaten des ehemals geteilten Deutschland Aufsehen, nachdem seine Dramen bis dahin nur wenig gespielt worden waren. H. konstatiert die Entfremdung in der sozialistischen Gesellschaft, deren Oppositionelle ausgeschlossen werden bzw. sich resigniert in die Teilnahmslosigkeit zurückziehen. Mit seiner Kritik an der im bloßen Funktionalismus erstarrten DDR-Gesellschaft kreist H.s Werk um die Frage, wie Intellektuelle den revolutionären Prozeß wiederbeleben und die Gesellschaft weiterentwickeln können.

☐ 1967: Wegen »politischer Unzuverlässigkeit« der Eltern verspätete Studienerlaubnis. ☐ 1971-79: Dramaturg und Autor der Ost-Berliner Volksbühne. ☐ 1974: »Schlötel oder Was soll's« (Dr.). ☐ 1981: »Cromwell und andere Stücke« (Dr.n). ☐ 1982: »Der fremde Freund« (Nov., 1983 in der BRD u. d. T. »Drachenblut«). ☐ 1984: »Die wahre Geschichte des Ah Q« (Es.s, Dr.n); »Das Wildpferd unterm Kachelofen« (Kdb.). ☐ 1985: »Horns Ende« (R.). ☐ 1988: »Passage« (Dr.). ☐ 1989: »Der Tangospieler« (R.).

Thomas Theodor Heine →

Heine, Thomas Theodor

dt. Karikaturist und Grafiker
* 28.2.1867 Leipzig
† 26.1.1948 Stockholm (Schweden)

Arbeit und Bedeutung Heines sind untrennbar mit der satirischen Zeitschrift Simplicissimus verbunden, deren Mitbegründer und bis 1933 wichtigster Mitarbeiter er war. Er arbeitete außerdem für die Zeitschriften Jugend und Fliegende Blätter. In seinem knappen, oft harschen, aber stets treffsicheren Stil kritisierte er u. a. die Methoden des Polizeistaats, Beamten- und Philistertum und soziales Elend. Aufgrund seiner Linksorientierung (er war 1918 Mitglied der Novembergruppe und des Arbeiterrates für Kunst) mußte H. Deutschland mit Beginn der nationalsozialistischen Herrschaft verlassen.

☐ 1889: Nach dem Studium in Düsseldorf Übersiedlung nach München. ☐ 1898: Gründung des Simplicissimus mit Albert Langen. ☐ 1933: Emigration nach Prag; Arbeit am dort erscheinenden Tagesblatt. ☐ 1942: Flucht nach Oslo und weiter nach Stockholm.

Heinemann, Gustav Walter

dt. Politiker
* 23.7.1899 Schwelm, Westf. † 7.7.1976 Essen

Heinemann, dessen Wahl zum Bundespräsidenten 1969 die sozial-liberale Koalition unter W. →Brandt vorbereitete, setzte sich besonders für die Aussöhnung der Deutschen mit den Nachbarländern und für den Abbau von Ressentiments gegenüber Minderheiten in der Gesellschaft ein. Aus Protest gegen die Wiederbewaffnungspläne von K. →Adenauer war das Gründungsmitglied der CDU 1950 als Innenminister zurückgetreten. Ab 1957 Mitglied der SPD, verantwortete H. als deren Justizminister die liberale Strafrechtsreform.

G. Heinemann in seiner Funktion als Justizminister, 1968.

☐ ab 1928: Justitiar und Prokurist für die Rheinischen Stahlwerke. ☐ 1930-33: Mitgl. des Christlich-Sozialen Volksdienstes. ☐ 1933-45: Mitgl. der Bekennenden Kirche. ☐ 1945-52: Mitgl. der CDU. ☐ 1945-47: Mitgl. des Rats der EKD. ☐ 1946-49: Oberbürgermeister von Essen. ☐ 1947-55: Präses der Synode der EKD. ☐ 1947-50: MdL in NRW. ☐ 1947/48: Justizmin. in NRW. ☐ 1949/50: Innenmin. ☐ 1951: Gründer der Notgemeinschaft für den Frieden in Europa. ☐ 1952: Mitbegründer der Gesamtdeutschen Volkspartei (GVP), Selbstauflösung 1957. ☐ ab 1957: Mitgl. der SPD. ☐ 1957-69: MdB. ☐ 1966-69: Justizminister. ☐ 1969-74: Bundespräsident.

▷ G. Heinemann: Reden und Schriften, 3 Bde., 1975/76.

Heinkel, Ernst Heinrich

dt. Flugzeugkonstrukteur
* 24.1.1888 Grunbach, Württ. † 30.1.1958 Stuttgart

Der Gründer der Ernst-Heinkel-Flugzeugwerke in Warnemünde (Stammfirma der Heinkel-

Ernst Heinkel mit seinem Enkel und einem von ihm entwickelten Flugzeugmodell.

Gruppe) konstruierte eine Vielzahl neuer Flugzeugtypen. 1932 entwickelte Heinkel das erste europäische Schnellverkehrsflugzeug He-70 (»Heinkel-Blitz«). Auf Anregung W. von →Brauns baute er 1939 das erste Flugzeug mit Turbinenluftstrahl-Triebwerk, die He-178, und das Raketenflugzeug He-176.

☐ 1911: Absturz mit dem ersten selbstgebauten Flugzeug; danach Chefkonstrukteur bei verschiedenen Flugzeugfirmen. ☐ 1922: Gründung der Ernst-Heinkel-Flugzeugwerke in Warnemünde. ☐ 1937: Drei int. Geschwindigkeitsrekorde mit der He-119. ☐ 1939: Jungfernflug des Raketenflugzeugs He-176 und des ersten Flugzeugs mit Turbinenluftstrahl-Triebwerk, He-178.

▷ E. Heinkel: Stürmisches Leben, 1953; H. D. Köhler: Ernst Heinkel. Meilensteine an seinem Lebensweg, 1981.

Heino →

Heino

(eig. Heinz-Georg Kramm)
dt. Sänger
* 13.12.1938 Düsseldorf

Mit Wander- und Seemannsliedern und markig betontem Gesang wurde der blonde Sänger mit der dunklen Bariton-Stimme Mitte der 60er Jahre zum beliebten Schlager-Troubadour. Seine Lieder zum Mitsingen machten Volkslieder in Deutschland wieder populär.

☐ 1967: Erster Hit »Wir lieben die Stürme«. ☐ 1970: Erste Goldene Schallplatte für »Seine großen Erfolge« (LP). ☐ 1973: »Blau blüht der Enzian« (F.). ☐ 1981: Zweimal Platin für »Lieder der Berge« (LP). ☐ 1987: »Casablanca — Träume, die niemals vergehn« (LP).

Heinrich, Willi

dt. Schriftsteller
* 9.8.1920 Heidelberg

Mit seinem ersten Roman, »Das geduldige Fleisch« (1955, 1977 u. d. T. »Steiner — das eiserne Kreuz« verfilmt von S. →Peckinpah), wurde der Unterhaltungsschriftsteller Heinrich bekannt. Als Verfasser spannender, realistischer

Kriegsromane, gesellschaftskritischer Heimkehrerromane (»Die Gezeichneten«, 1958) und erotischer Unterhaltungsliteratur (»Zeit der Nymphen«, R., 1987) erreicht H. in der Bundesrepublik und in den USA Millionenauflagen.

▷ H. Pukhus: Willi Heinrich, der Autor und sein Werk, 1977.

← Willi Heinrich

Heisenberg, Werner Karl

dt. Physiker
* 5.12.1901 Würzburg † 1.2.1976 München

1927 veröffentlichte Heisenberg mit seiner Theorie »Über den anschaulichen Inhalt der quantentheoretischen Kinematik und Mechanik« eine der größten Entdeckungen seit Bestehen der Quantentheorie: Die Unschärferelation.
Die »Heisenbergsche Unbestimmtheitsbeziehung« besagt, daß Ort und Impuls (das Produkt aus Masse und Geschwindigkeit) eines atomaren Teilchens niemals gleichzeitig mit absoluter Genauigkeit bestimmt werden können; je genauer die Messung der Ortskoordinate, um so unschärfer die Bestimmung der Impulskomponente — und umgekehrt. Die von H. aufgestellte Relation zwischen diesen Ungenauigkeiten definiert nun, daß das Produkt der Unschärfen beider Größen mindestens so groß ist wie der Wert des von M. →Planck aus dem Verhältnis von Strahlungsfrequenz und Energiebetrag als Konstante ermittelten »Wirkungsquantums« und daß eine Anwendung der Wörter »Ort« und »Geschwindigkeit« in diesem Zusammenhang jeden Sinn verliert. 1925 verhalf H. mit seinen Gedanken »Über quantentheoretische Umdeutung kinematischer und mechanischer Beziehungen« der Quantenmechanik zum Durchbruch, indem er sich ausschließlich auf beobachtbare Eigenschaften der Atome konzentrierte.
Ab 1953 machte der Nobelpreisträger von 1932 die Suche nach der »Weltformel« zu seinem Ziel, einer einheitlichen Theorie der Materie, die alle Grundgesetze der Natur erfassen sollte. H., der im 2. Weltkrieg mit Kernspaltung und der deutschen Atombombenentwicklung betraut war, setzte sich nach 1945 in der BRD mit den gesellschaftlichen und politischen Problemen der Physik philosophisch und populärwissenschaftlich auseinander.

W. Heisenberg, 1932 mit dem Physik-Nobelpreis geehrt.

□ 1927-41: Prof. an der Univ. Leipzig. □ 1930: »Die physikalischen Prinzipien der Quantentheorie« (Schr.). □ 1932: Physik-Nobelpreis. □ 1935: »Wandlungen in den Grundlagen der Naturwissenschaften« (Schr.). □ 1941-45: Dir. am Kaiser-Wilhelm-Inst. Berlin; Prof. an der Univ. ebd. □ 1946-57: Leiter des Max-Planck-Instituts (MPI) für Physik in Göttingen; Prof. an der Univ. ebd. □ 1949-51: Präs. des Dt. Forschungsrats. □ 1952: Vizepräs. des Europ. Rats für kernphysikalische Forschung. □ 1955: »Das Naturbild der heutigen Physik« (Schr.). □ 1958-70: Prof. an der Univ. München; Leiter des MPI für Physik und Astrophysik ebd. □ 1959: »Physik und Philosophie« (Schr.). □ 1971: »Schritte über Grenzen« (Reden und Aufs.e). □ 1972: »Neue Städte — Utopie und Wirklichkeit« (mit A. →Mitscherlich).

▷ W. Heisenberg: Der Teil und das Ganze — Gespräche im Umkreis der Atomphysik (Aut.), 1969; C. F. von Weizsäcker/B. L. van der Waerden: Werner Heisenberg, 1977; A. Herrmann: Werner Heisenberg in Selbstzeugnissen und Bilddokumenten, 1979.

Heisig, Bernhard

dt. Maler und Grafiker
* 31.3.1925 Breslau

Heisig gehört zu den bedeutendsten Malern der ehemaligen DDR, sein Werk fand aber auch be-

Der Maler Bernhard Heisig in seinem Atelier, 1980.

reits vor der Wiedervereinigung in Westdeutschland viel Anerkennung. In monumentalen Gemälden mit politischer, historischer und gesellschaftlicher Thematik zeigt sich sein realistischer Stil ohne das plakativ-heroisierende Element des Sozialistischen Realismus. So bricht das in etwa 15 Fassungen vorliegende Bild »Der Aufstand der Pariser Kommune« (u. a. Leipzig, Museum der bildenden Künste) mit dem Kanon des heroischen Arbeiterbildes. In Werken wie »Lenin und der ungläubige Timofej« (1968) oder »Christus verweigert den Gehorsam« (1986/87) plädiert H. verschlüsselt für die Notwendigkeit des Zweifels und für die eigene Verantwortung. In seiner expressiven Farbigkeit und Malweise steht er L. →Corinth und O. →Kokoschka nahe, in der chaotisch-dichten Fülle des Bildraums waren für ihn offensichtlich M. →Beckmann und O. →Dix beispielgebend.

▷ K. M. Kober: Bernhard Heisig, 1981.

Heißenbüttel, Helmut

dt. Schriftsteller
* 21.6.1921 Rüstringen (heute zu Wilhelmshaven)

Heißenbüttel, der 1969 den Georg-Büchner-Preis erhielt, ist mit seinem poetischen und theoretischen Werk ein Hauptvertreter der experimentellen Literatur seit 1950. Um die Realität, die H. in menschlichen Redegewohnheiten erfaßt, aus der Sprache selbst zu gestalten, reduziert er Literatur auf ihre sprachlichen Grundelemente und kombiniert Sprachfetzen und Zitate neu, wobei die Gattungsgrenzen zwischen Lyrik und Prosa aufgehoben werden. Mit den konventionellen Redeformen stellt H. auch Lebensmuster in Frage.

← Helmut Heißenbüttel

☐ 1954: »Kombinationen« (Ged.e). ☐ 1955-57: Lektor im Claassen Verlag, Hamburg. ☐ 1956: »Topographien« (Ged.e). ☐ 1959-81: Leiter des literarischen »Radio-Essay« beim Süddeutschen Rundfunk. ☐ 1960-67: »Textbücher« (6 Bde.). ☐ 1966: »Über Literatur« (Es.s). ☐ 1969: Georg-Büchner-Preis. ☐ 1970: »Projekt Nr. 1: D'Alemberts Ende« (R.). ☐ 1972: »Zur Tradition der Moderne« (Es.s, mit H. Vormweg). ☐ 1974: »Das Durchhauen des Kohlhaupts. Projekt Nr. 2« (Prosa). ☐ 1978-80: Projekte 3/1-3/3 (»Eichendorffs Untergang u. a. Märchen«; »Wenn Adolf Hitler den Krieg nicht gewonnen hätte«; »Das Ende der Alternative«). ☐ 1987: »Fünf Kommentare und sechs Gedichte«.

▷ H.-J. Heinrichs (Hg.): Aus Wörtern eine Welt, 1981.

Held, Al

amer. Maler
* 12.10.1928 New York

Held gehört zu den führenden Vertretern der amerikanischen Hard-Edge-Malerei, die in der Nachfolge des Konstruktivismus seit den 60er Jahren das Prinzip der hart gegeneinandergesetzten Farbflächen wieder aufnahm und die geometrische Abstraktion erneuerte. In H.s Bildern und Reliefs dominieren Quadrat, Rechteck, Dreieck oder Kreis, die er in spannungsvolle Beziehungen bringt. Horizontal das Bild durchschneidende Linien markieren dabei gewissermaßen den Übergang in das »Bildinnere«. In jüngerer Zeit hat H. die reine Flächigkeit aufgegeben und sich der Darstellung von räumlichen geometrischen Körpern wie Würfeln und Tetraedern in Schwarzweiß zugewandt.

← Al Held

Held, Martin

dt. Schauspieler
* 11.11.1908 Berlin

Held, seit den 50er Jahren populär, hatte als überaus vielseitiger Darsteller seine größten Erfolge an Berliner Bühnen. Er wurde vom Intendanten B. →Barlog verpflichtet und spielte u. a. unter F. →Kortner den Claudius in Shakespeares »Hamlet« sowie die Titelfigur in Molières »Don Juan«. Einen gleichwertigen Bühnenpartner fand H. in B. →Minetti. Ihre Version des Komikerkleinkrieges »Sonny Boys« (1973) am Berliner Schloßparktheater war so erfolgreich, daß das Gespann mit H. → Pinters Stück »Niemandsland« (1975) seine Zusammenarbeit fortsetzte. Im Kino war H. u. a. als Jurist mit dunkler Vergangenheit in »Rosen für den Staatsanwalt« (1959, Rg. W. →Staudte) zu sehen. Seiner Heimat Berlin blieb er auch als Fernsehdarsteller treu. Er verkörperte den Milieuzeichner H. →Zille (1973) und einen stadtbekannten Ganoven in »Was zu beweisen war« (1985).

Held (r.) mit Beckett 1969 bei Proben zu »Das letzte Band«.

☐ 1931-51: Theaterarbeit in Königsberg, Dresden, Bremerhaven, Darmstadt und Frankfurt/Main. ☐ ab 1951: Mitgl. der Ensembles Schiller- und Schloßparktheater in Berlin. ☐ 1954: »Canaris« (Rg. A. Weidemann). ☐ 1955: »Alibi« (Rg. A. Weidemann). ☐ 1956: »Der Hauptmann von Köpenick« (Rg. H. →Käutner). ☐ 1958: »Nasser Asphalt« (Rg. F. Wysbar). ☐ 1961: »Der Traum von Lieschen Müller« (Rg. H. Käutner). ☐ 1964: »Verdammt zur Sünde« (Rg. A. Weidemann). ☐ 1967: »Fast ein Held« (Rg. R. Erler). ☐ 1973: »Die Schlange« (Rg. H. Verneuil). ☐ 1977: »Unordnung und frühes Leid« (Rg. F. Seitz jr.). ☐ 1979: »Der Pfingstausflug« (mit E. →Bergner, Rg. M. Günther).

Helfferich, Karl

dt. Politiker und Bankier
* 22.7.1872 Neustadt/Haardt
† 23.4.1924 Bellinzona (Unfall)

In den ersten Jahren der Weimarer Republik war Helfferich einer der Wortführer der republikfeindlichen Nationalisten und einer der schärfsten Gegner der sog. Erfüllungspolitik (W. →Rathenau). Allerdings gehen auf seine Vorschläge auch die Stabilisierung der Währung und die Einführung der Rentenmark im Herbst 1923 zurück, die eine politische Beruhigung der ersten deutschen Republik bedeuteten.

□ 1899: Dozent in Berlin. □ 1901: In der Kolonialabteilung des Auswärtigen Amts. □ 1906: Dir. der Anatolischen Eisenbahn. □ 1908: Dir. der Dt. Bank. □ 1915: Staatssekr. des Reichsschatzamtes (Finanzmin.), verantwortlich für die Kriegsanleihen. □ 1916/17: Staatssekr. des Innern und stellv. Reichskanzler. □ 1918: Botschafter in Moskau. □ 1919: Mitgründer und Vors. der DNVP. □ 1920-24: MdR; Kampagne gegen M. →Erzberger.

▷ R. Fischer: Karl Helfferich, 1932.

← Karl Helfferich

Hélion, Jean

frz. Maler
* 21.4.1904 Couterne, Orne † 27.10.1987 Paris

Die bedeutende Phase im Werk Hélions lag in den 30er Jahren, als er unter dem Einfluß P. →Mondrians abstrakt-geometrische Bilder im Sinne des Neoplastizismus schuf. Als Mitherausgeber (neben Th. van →Doesburg) des ersten Manifests der Gruppe Art Concret und Mitglied der Gruppe Abstraction-Création war er auch an der Verbreitung der Ideen beteiligt, die unter dem Begriff der (auf die reine Form und Farbe gerichteten) Konkreten Kunst Schule machten. Ab den 40er Jahren wandte H. sich der figurativen Malerei zu, in den 50er Jahren schuf er Bilder, die der Pop Art nahestehen.

▷ D. Abadie: Hélion ou la force de choses, frz. 1975.

Heller, André

österr. Aktionskünstler
* 22.3.1947 Wien

Heller, Multitalent und Exzentriker des Showgeschäfts, sucht mit seinen Inszenierungen die Phantasie und Faszinationsfähigkeit des Publikums zu wecken. Bekannt wurde er in der BRD durch seine »Trilogie der möglichen Wunder«, zu der die Gründung (1976) des Zirkus Roncalli mit Bernhard Paul, das 1981 verwirklichte poetische Varieté »Flic Flac« sowie das »Theater des Feuers« gehörten. Dieses nach barocken Licht- und Farbspielen gestaltete Feuerwerk erregte nach einem gescheiterten Versuch 1983 in Lissabon unter dem Titel »Sturz durch Träume« 1984 vor dem Berliner Reichstag Aufsehen. Für das in Hamburg 1987 inszenierte Gesamtkunstwerk, den Rummelplatz »Luna Luna«, konnte H. zahlreiche Künstler als Mitgestalter gewinnen (u. a. R. → Lichtenstein, S. →Dalí und Ph. →Glass).

André Heller: Ideenreicher Unterhaltungskünstler.

□ 1968: Erste Langspielplatte. □ 1970: UA seines Theaterstücks »King-Kong-King« bei den Wiener Festwochen. □ 1974: Deutschlandtournee. □ 1975: »Die Ernte der Schlaflosigkeit in Wien«, Bildband. □ 1976: Gründung des »Zirkus Roncalli«, benannt nach dem bürgerlichen Namen Papst Johannes XXIII. □ 1979: »Geschichten aus dem Wienerwald«, LP mit H. →Qualtinger. □ 1984: »Sturz durch Träume«, Feuerspektakel in Berlin. □ 1985/86: Chin. Akrobaten-Schau »Begnadete Körper«.

Heller, Hermann

dt. Staatsrechtswissenschaftler
* 17.7.1891 Teschen † 5.11.1933 Madrid (Spanien)

Schon in den 20er Jahren betonte Heller gegenüber der klassischen Staatslehre die gesellschaftliche Funktion des Staates. In einem vielfältigen »Herrschaftsgefüge von Machthabern und Machtunterworfenen« müsse der Staat mit anderen politisch dominierenden Gruppen der Gesellschaft konkurrieren. H. entwickelte in seiner 1934 postum erschienenen »Staatslehre« die Theorie vom »sozialen Rechtsstaat«, die in Deutschland erst nach dem 2. Weltkrieg wirksam wurde.

□ 1921: »Hegel und der nationale Machtstaatsgedanke« (Schr.). □ 1925: »Sozialismus und Nation« (Schr.). □ 1928-32: Prof. an der Univ. Berlin. □ 1929: »Europa und der Faschismus« (Schr.). □ 1932/33: Prof. an der Univ. Frankfurt/Main. □ 1933: Auf einer Auslandsreise erfährt H. von der nationalsozialistischen Machtergreifung und bemüht sich um Asyl in Spanien.

Heller, Joseph

amer. Schriftsteller
* 1.5.1923 Brooklyn, N. Y.

Der Welterfolg von »Catch-22« (R., 1961, dt. 1964), einer grotesk-komischen Entlarvung der

Joseph Heller: Literarisches Engagement gegen Krieg.

Sinnlosigkeit des Krieges, machte Heller neben seinem Vorbild N. →Mailer zu einem der bekanntesten zeitgenössischen Kriegsromanautoren der USA. Doch auch seine gesellschaftskritischen Romane wie »Was geschah mit Slocum« (1974, dt. 1975) und »Gut wie Gold« (1979, dt. 1980) wurden positiv beurteilt. In seinem jüngsten Roman »Weiß Gott« (1984, dt. 1985) nimmt H. Anleihen aus der postmodernen Erzähltechnik, indem er mit Witz und Ironie die Lebensgeschichte König Davids neu erzählt.

□ Im 2. Weltkrieg Bomberpilot. □ 1946-50: Studium in New York und Oxford. □ 1952-58: Werbetexter. □ seit 1961: Universitätsdozent (creative writing) und freier Schriftsteller. □ 1968: »Wir bombardieren Regensburg« (Dr., dt. 1969). □ 1974: »Clevinger's Trial« (Dr.).

▷ J. Heller: No laughing matter, engl. 1986.

Hellman, Lillian Florence

amer. Dramatikerin
* 20.6.1905 (1907?) New Orleans, Louis.
† 30.6.1984 Boston, Mass.

Hellman machte sich mit umstrittenen Themen in sozialkritischen Dramen (»Die Stunde der Kinder«, 1934) und Drehbüchern (»Der Herbstgarten«, 1951) einen Namen. »Die kleinen Füchse« (1939, dt. 1949), ihr erfolgreichstes Stück, beschreibt den moralischen Niedergang einer wohlhabenden Südstaaten-Familie. Die vielfach ausgezeichnete Autorin wurde zeitweise wegen ihrer politischen Aktivitäten verfolgt.

L. Hellman, Gewinnerin des National Book Award, 1970.

□ 1922-24: Studium (New York Univ., Columbia Univ.). □ ab 1924: Verlagslektorin und Buchrezensentin. □ 1930-61: Liaison mit dem Kriminalschriftsteller D. →Hammett. □ ab 1934: Veröffentlichung von Dramen und Filmdrehbüchern. □ 1936: »Tage, die kommen werden«. □ 1941: »Die Wacht am Rhein«. □ 1952: Aussage vor dem Ausschuß für »unamerikanische Aktivitäten«. □ 1980: »Vielleicht« (Erz.).

▷ L. Hellman: Eine unfertige Frau (Mem.), 1969, dt. 1975; L. Hellman: Pentimento (Mem.), 1973, dt. 1978; L. Hellman: Die Zeit der Schurken (Mem.), 1976, dt. 1978.

Brigitte Helm →

Gottfried Helnwein →

Hellpach, Willy

dt. Psychologe und Politiker
* 26.2.1877 Oels (heute Oleśnica, Polen)
† 6.7.1955 Heidelberg

Der vielseitige Hellpach, der u. a. ein Jahr Staatspräsident von Baden war (1924/25), schrieb wichtige Beiträge zur Völker-, Sozial-, Kultur- und Religionspsychologie. Dabei unterschied er fünf sog. Urgüter: Sprache, Tracht, Werkzeug, Glaube und Gebot. 1911 erschien seine Schrift »Geopsychische Erscheinungen« (6. Aufl. 1950 u. d. T. »Geopsyche«), in der H. die klimatischen und geographischen Einflüsse auf die seelische Verfassung des Menschen beschrieb.

□ 1905: »Prostitution und Prostituierte« (Schr.). □ 1911-26: Prof. für Psychologie an der TH Karlsruhe. □ 1922-25: Kultusminister (ab 1924 zugleich Staatspräsident) von Baden. □ 1926-45: Prof. an der Univ. Heidelberg. □ 1928-30: MdR (DDP). □ 1933: »Sozialpsychologie« (Schr.). □ ab 1945: Prof. in Karlsruhe. □ 1953: »Kulturpsychologie« (Schr.). □ 1954: »Der deutsche Charakter« (Schr.).

Helm, Brigitte

(eig. Eva Gisela Schlittenhelm)
dt. Schauspielerin
* 17.3.1906 Berlin

Schon ihr erstes Engagement, die Hauptrolle in »Metropolis« (1925/26, Rg. F. →Lang), machte Helm bekannt. Seit »Alraune« (1927, Rg. H. Galeen) war H. auf die Rolle des Vamps festgelegt, dem sie durch ihre herbe Ausstrahlung eigene Züge verlieh. Nach Aufkommen des Tonfilms erhielt H. nur noch zweitklassige Rollen und zog sich 1935 vom Filmgeschäft zurück.

□ 1925/26: »Metropolis«; Zehnjahresvertrag mit der UFA. □ 1928: »Abwege« (Rg. G. W. →Pabst). □ 1932: »Die Herrin von Atlantis« (Rg. G. W. Pabst). □ 1968: Dt. Filmpreis.

Helnwein, Gottfried

österr. Maler, Grafiker und Aktionskünstler
* 8.10.1948 Wien

Helnwein wurde in den 70er Jahren mit minutiös gemalten alptraumhaften Schockbildern, häufig auf Titelseiten von Zeitschriften (stern, Spiegel) publiziert, bekannt. Seine zynischen Bilder von malträtierten Menschen entstanden als Provokation saturierter Bürgerlichkeit, entlarven obszöne Phantasien und seelische Abgründe. H.s Selbstbildnis mit bandagiertem Kopf und Wundhaken in den Augen wurde als Plattencover der Rockband →Scorpions zu einem Markenzeichen des Künstlers. 1985 löste sich der ehemalige Meisterschüler R. →Hausners vom hyperrealistischen Stil und wandte sich einem an F. →Bacon orientierten Expressionismus zu. Seine masochistisch anmutenden Selbstinszenierungen hält er in Fotografien fest.

□ 1969-73: Studium an der Wiener Kunstakademie als Meisterschüler bei R. Hausner. □ 1974: Gründung des Zentrums für Kunst und Kommunikation in Wien (mit D. Schwertberger). □ 1977: USA-Aufenthalt.

▷ K. Roschitz: Helnwein, 1981.

Helpmann, Sir (ab 1968) Robert

austral. Tänzer, Schauspieler, Choreograph und Regisseur
* 9.4.1909 Mount Gambier † 28.9.1986 Sydney

Helpmann war ein außerordentlich vielseitiger Künstler, als Tänzer und Choreograph ebenso erfolgreich wie als Film- und Bühnenschauspieler — vor allem in Shakespeare-Dramen —, Regisseur von Sprechtheaterstücken und Opern. Weltweit bekannt wurde er durch seine Solorolle in dem Ballettfilm »Die roten Schuhe« (1944) nach Motiven von H. Ch. Andersen, wozu er auch die Choreographie schuf.

□ 1931-50: Mitgl. des Sadler's Wells Ballet (später Royal Ballet) London, ab 1935 Erster Tänzer des Ensembles. □ 1935: Rake im Ballett »The Rake's Progress«. □ 1944: Titelrolle in »Hamlet« (Dr., W. Shakespeare) am Old Vic in London. □ 1949: Erste Operninszenierung »Madame Butterfly« an der Covent Garden Opera in London. □ ab 1953: Inszenierungen, insbesondere von Shakespeare-Stücken, am Old Vic. □ 1963: Choreographie von Tschaikowskis »Schwanensee«, mit F. →Ashton. □ 1965-76: Künstlerischer Co-Dir. am Australian Ballet Sydney. □ 1973: Choreographie und Regie von »Don Quixote« (F., mit R. →Nurejew und dem Ensemble des Australian Ballet). □ 1976: Letzte Choreographie »The Merry Widow« (mit R. Hynd).

Falscher Mythos Hemingway: Der Boxer und Großwildjäger litt an Depressionen.

Heltau, Michael

österr. Schauspieler und Chansonnier
* 5.7.1933 Ingolstadt

Einem breiten Publikum ist Heltau als Wiener Chansonnier und charmanter Entertainer der TV-Sendung »Liederzirkus« (seit 1976) bekannt. Seine persönliche Ausstrahlung und Wandlungsfähigkeit machen ihn aber auch zu einem gefragten Schauspieler. Seit 1972 ist H. Mitglied des Wiener Burgtheaters.

□ 1953: Erstes Engagement an den Städtischen Bühnen Würzburg. □ 1954-59: Mitgl. am Münchener Residenztheater. □ 1969: Titelrolle in Shakespeares »Hamlet« am Wiener Volkstheater. □ 1972: Hauptmann Bluntschli im Musical »Helden« (G. B. →Shaw). □ 1975: Erste TV-Show »Auf d'Nacht Herr Direktor«. □ 1977: Deutschlandtournee als Chansonsänger. □ 1983: Titelrolle in Schillers »Wallenstein« am Burgtheater. □ 1986: Ernennung zum Kammerschauspieler des Wiener Burgtheaters. □ 1987: Mackie Messer in B. →Brechts »Dreigroschenoper« in Paris. □ 1991: Rolle in der dt. EA »Love Letters« (A. R. Gurney) in Hamburg.

← Michael Heltau

Hemingway, Ernest Miller

amer. Schriftsteller
* 21.7.1899 Oak Park bei Chicago
† 2.7.1961 Ketchum, Idaho (Selbstmord)

Hemingway war der Erneuerer der amerikanischen Kurzgeschichte im 20. Jh. Berühmtestes Beispiel ist die Story »Der alte Mann und das Meer« (1952). Er schrieb in einem vom Journalismus geprägten, lakonischen Stil mit präziser Wortwahl und kurzen Sätzen. Seine Dialoge wirken lebensecht, sein Bemühen um faktische Wiedergabe von Erlebtem verschaffte ihm eine große Leserschaft und bedeutende Literaturpreise (Pulitzer-Preis, Literatur-Nobelpreis). Die männlich-kämpferischen Helden seiner Geschichten und Romane (»In einem anderen Land«, 1926; »Wem die Stunde schlägt«, 1940), vorwiegend Jäger, Angler, Stierkämpfer, Kriegsteilnehmer, werden mit Verlust, Liebe und Tod konfrontiert. H. wurde — nicht zuletzt durch eigenes Zutun — mit ihnen identifiziert und scheiterte schließlich an diesem selbstgenährten Mythos.

□ 1917: Volontariat beim Kansas City Star. □ 1918: Verletzung als Kriegsfreiwilliger in Italien. □ 1920: Erste Ehe mit Hadley Richardson (1928: Pauline Pfeiffer, 1940: Martha Gellhorn, 1946: Mary Welsh). □ ab 1921: Europakorrespondent (Schweiz, Deutschland, Spanien, Italien); Bekanntschaft mit G. → Stein und E. →Pound in Paris. □ 1926: »Fiesta« (R., dt. 1928). □ 1928: Rückkehr in die USA (Key West, Flor.). □ 1929: »In einem anderen Land« (R., dt. 1948). □ 1934: Viermonatige Safari in Kenia. □ 1935: »Die grünen Hügel Afrikas« (R., dt. 1954). □ 1937: Kriegsberichterstatter in Spanien. □ 1939: Übersiedlung nach Kuba (Finca Vigia). □ 1940: »Wem die Stunde schlägt« (R., dt. 1941). □ 1946: »Der Garten Eden« (R., postum 1986, dt. 1987). □ 1952: »Der alte Mann und das Meer« (Erz., dt. 1952). □ 1953: Pulitzer-Preis. □ 1954: Literatur-Nobelpreis. □ 1960: »Paris — ein Fest fürs Leben« (R., postum 1964, dt. 1965).

▷ A. Burgess: Ernest Hemingway, dt. 1980; K. S. Lynn: Hemingway. Eine Biographie, dt. 1989.

Frieda Hempel →

Hempel, Frieda

dt. Sängerin
* 26.6.1885 Leipzig † 7.10.1955 New York (USA)

Hempel gehört zu den profiliertesten Mozart-Interpretinnen der ersten Hälfte des 20. Jh.s. Die Reinheit ihres Soprans und die Leichtigkeit ihrer Koloraturen begründeten ihren Erfolg mit einem umfassenden italienischen Repertoire. Als Opernsängerin wirkte H. hauptsächlich in Berlin (1907-12) und New York (1912-20), wo sie

u. a. unter A. →Toscanini sang. Seit Mitte der 20er Jahre trat sie in den USA und Europa nur noch als Konzertsängerin auf.

□ 1905-07: Engagement in Schwerin. □ 1907: Debüt in der Covent Garden Opera London. □ 1907-12: Engagement an der Berliner Hofoper. □ 1912-20: Engagement an der Metropolitan Opera New York. □ 1914: Triumph in London als Königin der Nacht in Mozarts »Zauberflöte« und als Marschallin in »Der Rosenkavalier« von R. →Strauss. □ 1920/21: Engagement an der Chicago Opera.

▷ F. Hempel: Mein Leben dem Gesang (Aut.), 1955.

Hench, Philip Shoewalter

amer. Arzt
* 28.2.1896 Pittsburgh, Penn.
† 31.3.1965 Ocho Rios (Jamaika)

Hench entdeckte im Rahmen seiner Forschungen über Gelenkrheumatismus die heilende Wirkung des Kortisons. Aufgrund seiner Beschreibung der chemischen Konstitution konnte das seinerzeit mit Nebenwirkungen verbundene Präparat 1949 als erstes Nebennierenhormon in die Therapie rheumatischer und arthritischer Erkrankungen eingeführt werden.

□ 1926-57: Arzt an der Mayo-Klinik in Rochester, Minn. □ ab 1947: Prof. an der Univ. of Minnesota. □ 1949: »The effect of a hormone of the adrenal cortex« (Abh.). □ 1950: Physiologie/Medizin-Nobelpreis (zusammen mit E. C. →Kendall und T. →Reichstein).

← Philip Hench

Hendrix, James Marshall »Jimi«

amer. Rockmusiker
* 27.11.1942 Seattle, Wash.
† 18.9.1970 London (Großbritannien)

Nach den Hits »Hey Joe«, »Purple Haze« und »Are you experienced?« erklärten führende Fachzeitschriften in den USA und Großbritannien 1967 Jimi Hendrix zum besten Rockgitarristen der Welt. Seine sensationellen Auftritte, bei denen er seine Gitarre auch mit den Zähnen und der Zunge spielte, hatten ihn schnell zum gefragten Tournee-Künstler gemacht. Zu seinen spektakulärsten Konzerten gehörten die Auftritte beim Monterey Pop-Festival 1967 und im August 1969 in Woodstock, wo seine elektronisch zerfetzte, respektlose Version der US-amerikanischen Nationalhymne zur Absage an den American way of life geriet. H. beeindruckte vor allem durch seine einmalige Gitarrentechnik und nahm wesentlichen Einfluß auf die weitere Entwicklung der Rockmusik. Im Alter von 27 Jahren starb der Musiker, der den Starruhm nicht verkraftet hatte, nach Alkoholgenuß und der Einnahme von Schlaftabletten in einem Londoner Hotel.

Jimi Hendrix brillierte durch seine Gitarrentechnik.

□ 1958: Als Freiwilliger Fallschirmjäger in der US-Armee. □ 1959-66: Gitarrist in den Bands von B. B. →King, Ike & T. →Turner, Jackie Wilson, Sam Cooke, →Little Richard und Wilson → Pickett. □ 1966: Wohnsitz in London. □ 1967: Gründung der Band Jimi Hendrix Experience; »Are you experienced?« (LP); »Axis: bold as love« (LP). □ 1968: Gründung der Band of Gypsies. □ postum 1991: »Lifelines: The Jimi Hendrix Story« (LP).

▷ J. Sonderhoff: Jimi Hendrix — Zunge und Zähne am Steg, 1985; O. Hüttenrauch: Jimi Hendrix & Co. — die Könige des Griffbretts, 1989; C. S. Murray: Purple Haze. Jimi Hendrix und die Geschichte des Rock, 1990.

Heng Samrin →

Heng Samrin

kambodsch. Politiker
* 25.5.1934 Kak, Prov. Prey Veng

Das ehemalige Mitglied der Roten Khmer, Heng Samrin, befehligte 1978 den Aufstand gegen das blutige Regime von →Pol Pot, den er 1979 mit Hilfe vietnamesischer Truppen aus der Hauptstadt vertrieb. Die Roten Khmer nahmen, von der VR China unterstützt, erneut den Guerilla-Krieg auf. Nur mit Hilfe der Vietnamesen, die erst 1989 das Land verließen, konnte sich H. an der Macht halten. Im Herbst 1991 wurde in Paris ein Abkommen zwischen den verfeindeten Gruppen zur Demokratisierung des Landes unterzeichnet. Kopf der provisorischen Staatsführung (Nationalrat) ist Prinz →Sihanouk.

□ ab 1969: Mitgl. der Roten Khmer. □ 1976: Politkommissar und Kommandeur einer Division. □ 1979-81: Vors. des Volksrevolutionsrats (Regierungschef). □ 1981-91: Vors. des Staatsrats (Staatsoberhaupt), Generalsekretär der Revolutionären Volkspartei und Oberbefehlshaber.

Hengsbach, Franz

dt. Theologe (kath.)
* 10.9.1910 Velmede an der Ruhr † 23.6.1991 Essen

Hengsbach zählt zu den großen deutschen Nachkriegskardinälen wie J. →Frings, J. →Döpfner und J. →Höffner. Als volksnaher Bischof von Essen auch »Ruhrbischof« genannt, gelangte H. während seiner mehr als 30 Jahre währenden Tätigkeit zu großer Popularität. Unermüdlich trat er dafür ein, daß die sozialen Probleme des arbeitenden Menschen vor allen wirtschaftlichen Sachzwängen oder politischen Erwägungen zu bedenken seien. So hat er sich die Achtung der Arbeitnehmerschaft und der Gewerkschaften, aber auch den Respekt der Arbeitgeber erworben. 1988 gründete H. den Initiativkreis Ruhrgebiet, in dem sich 60 Unternehmen zusammengeschlossen haben, um Investitionen zum Strukturwandel der Region zu fördern. Verdienste erwarb H. auch um die Aussöhnung mit Polen, die er engagiert und behutsam verfolgte.

F. Hengsbach nach seiner Ernennung zum Bischof, 1957.

□ 1953: Weihbischof von Paderborn. □ 1957-91: Erster Bischof des neugegründeten Ruhrbistums mit Sitz in Essen. □ 1961: Initiator des Hilfswerks »Adveniat« für Lateinamerika. □ 1961-78: Militärbischof der Bundeswehr. □ 1967: »Das Konzilsdekret »Über das Apostolat der Laien«« (Schr.). □ 1971: Vermittler im Entführungsfall Th. →Albrecht. □ 1977: Mitbegründer der Rhein-Ruhr-Stiftung. □ 1988: Erhebung zum Kardinal. □ 1990: Initiierung des Forums »Kirche und Medien«.

Henkel, Konrad

dt. Industrieller
* 25.10.1915 Düsseldorf

Henkel, bis Mitte 1990 Aufsichtsratsvorsitzender der Henkel KGaA, baute das von Großvater Fritz 1876 gegründete Waschmittel-Unternehmen (»Persil«) zu einem weltumspannenden Chemie-Konzern mit 11,639 Mrd. DM Umsatz (1989) und 38 100 Mitarbeitern aus. Der möglichen Lähmung des Unternehmens durch divergierende Interessen der 66 Familien-Eigentümer begegnete H., getreu seiner Maxime »Die Firma ist mehr als die Familie«, wirkungsvoll durch ein Netz institutioneller, den Familieneinfluß kontrollierender Barrieren. Ein im Zusammenhang mit der sog. Parteispendenaffäre gegen ihn eingeleiteter

Konrad Henkel, langjähriger Geschäftsführer der Henkel GmbH.

Prozeß wurde Anfang 1990 wegen Formfehlern wieder eingestellt.

□ 1939-45: Assistent am Max-Planck- Inst.für Medizinische Forschung in Heidelberg. □ 1948: Eintritt in die Henkel & Cie. GmbH; Forschungsaufgaben. □ 1949-56: Geschäftsführer u. a. der zu Henkel gehörenden Böhme Fettchemie GmbH; Produktentwicklung. □ 1961: Übernahme des Familienunternehmens. □ 1969: Umbenennung der Holding in Henkel GmbH. □ 1975: Rechtsform einer Kommanditgesellschaft auf Aktien (KGaA). □ 1976: Ehrenbürger der Stadt Düsseldorf. □ 1980: Übergabe der Geschäftsführung der Henkel GmbH an Helmuth Sihler.

Konrad Henlein →

Henlein, Konrad

dt. Politiker
* 6.5.1898 Maffersdorf, Böhmen
† 10.5.1945 Pilsen (Selbstmord)

Henlein war Mitbegründer und Führer der Sudetendeutschen Partei, die er — wenn auch zögernd — ideologisch immer stärker an die NSDAP anlehnte. Die Partei wurde 1935 zur zweitstärksten politischen Kraft in der Tschechoslowakei, zugleich aber nach 1936 zunehmend von NS-Funktionären unterwandert. H., der schon vor dem Anschluß 1938 die Autonomie der Deutschen in der Tschechoslowakei gefordert hatte, wurde nach dem Münchner Abkommen Reichsstatthalter des Sudetengaus.

□ 1925: Turnlehrer. □ 1931: Turnwart des dt. Turnverbands in der Tschechoslowakei. □ 1933: Vors. der Sudetendt. Heimatfront. □ 1935: Umbenennung in Sudetendt. Partei. □ 1938-45: Gauleiter der NSDAP; Reichskommissar. □ 1939-45: Reichsstatthalter des Reichsgaus Sudetenland.

O. Henry →

Henry, O.

(eig. William Sydney Porter)
amer. Schriftsteller
* 11.9.1862 Greensboro, N. Car.
† 5.6.1910 New York

Die Schlußpointe in O. Henrys Geschichten, welche die Erwartungen des Lesers in überraschender Weise unterläuft, ist als »O.-Henry-Effekt« in die Literaturgeschichte eingegangen. Mit rund 600 Kurzgeschichten, die er zum Teil auf Bestellung führender Literaturmagazine schrieb (New York Sunday World Magazine), wurde H. zum (finanziell) erfolgreichsten Verfasser dieses Genres um die Jahrhundertwende. Neben seiner Erzähltechnik mögen sein großer Einfallsreichtum und seine sentimentale Heiterkeit zum Erfolg beigetragen haben. H.s Helden sind um ihre Existenz ringende Menschen, deren Lage aber nie ausweglos ist. Das bürgerliche und kleinbürgerliche New York der Jahrhundertwende bildet für viele Geschichten den Hintergrund, so auch für die Sammlung »The Four Million« (1906), die H.s trickreichste Kurzgeschichte »The gift of the magi« enthält.

□ ab 1902: Nach Verbüßung einer Gefängnisstrafe wegen Veruntreuung von Geldern Beginn eines neuen Lebens in New York unter dem Pseudonym O. Henry. □ 1908: »The voice of the city« (Erz.n). □ 1909: »Wege des Schicksals« (Erz.n, dt. 1981). □ 1910: »Streng geschäftlich« (Erz.n, dt. 1981). □ postum 1912: »Rollende Steine setzen kein Moos an« (Erz.n, dt. 1966). □ 1917: »Glück, Geld und Gauner« (Erz.n, dt. 1967).

▷ D. Stuart: O. Henry. A biography of William Sydney Porter, engl. 1987.

Henscheid, Eckhard

dt. Schriftsteller
* 14.9.1941 Amberg

Henscheid, Mitbegründer der »Neuen Frankfurter Schule«, die sich in Cartoons und Parodien mit den Theorien Th. W. →Adornos und M. →Horkheimers auseinandersetzt, wurde durch seine Tätigkeit für satirische Zeitschriften (u. a. für das Satiremagazin »Pardon« und die »Titanic«) bekannt. In Form von Literaturzitaten polemisiert H. gegen zahlreiche zeitgenössische Personen. Großen Erfolg hatte seine »Trilogie des laufenden Schwachsinns« (»Die Vollidioten«, R., 1973; »Geht in Ordnung — sowieso — genau«, R., 1977; »Die Mätresse des Bischofs«, R., 1978).

□ 1979: »Verdi ist der Mozart Wagners« (Opernführer). □ 1982: »Roßmann, Roßmann, ...« (Erz.n). □ 1983: »Wie Max Horkheimer einmal sogar Adorno hereinlegte« (Erz.n). □ 1985: »Helmut Kohl — Biographie einer Jugend« (R.). □ 1987: »Sudelblätter« (Tageb.). □ 1989: »Die drei Müllerssöhne« (Erz.n). □ 1990: »Wie man eine Dame verräumt« (Erz.).

▷ H. L. Arnold (Hg.): Eckhard Henscheid, 1990.

← Eckhard Henscheid

Hensel, Walther

(eig. Julius Janiczek)
dt. Musikpädagoge
* 8.9.1887 Mährisch-Trübau † 5.9.1956 München

Hensels herausragende Leistung besteht in der Sammlung und Förderung von Volkslied und Volkstanz. Mit den von ihm ins Leben gerufenen Finkensteiner Singwochen (1923) wurde er weit über den deutschsprachigen Raum hinaus bekannt. Bis heute wirken H.s musikerzieherische Impulse in der Jugend- und Erwachsenenbildung nach.

□ 1911: Mitbegründer des dt.-böhm. und mähr.-schles. Wandervogels. □ 1912-19: Assistent an der Dt. Univ. in Prag. □ 1923: Gründer des Finkensteiner Bundes.

▷ K. Vötterle: Walther Hensel und die evangelische Kirchenmusik, 1957.

Henson, Jim

amer. Puppenspieler und -hersteller, Film- und Fernsehproduzent
* 24.9.1936 Greenville, Miss. † 16.5.1990 New York

J. Henson: Der »Vater« der Muppets mit Kermit auf einer Pressekonferenz, 1988.

Henson ist der Schöpfer der berühmt gewordenen Handpuppen, die er aufgrund ihrer Mischung aus Puppen und Marionetten »Muppets« nannte. Fasziniert von den Möglichkeiten des Puppenspiels entwarf H. bereits als Student seine erste Figur: Kermit, den Frosch, geformt aus einem Regenmantel und zwei Tennisbällen. Später folgten das Komikerpaar Ernie und Bert; insgesamt wuchs das Muppets-Repertoire auf mehr als 400 Figuren. Bekannt wurden die Muppets, für die H. auch Stücke schrieb, als sie 1969 in die Kinderserie Sesamstraße aufgenommen wurden und ab 1975 in der Muppet Show auch das erwachsene Publikum begeisterten. H., dessen Ein-Mann-Betrieb sich in eine Ideenfabrik (»Henson Association«) verwandelte, die 135 Mitarbeiter (1988) beschäftigte, produzierte Puppen- und Fantasy-Kinofilme, u. a. »Der dunkle Kristall« (1982) und »Die Reise ins Labyrinth« (1986, mit D. →Bowie in der Hauptrolle). 1989 verkaufte H. seine Firma überraschend an den Walt →Disney-Konzern.

Hartmut von Hentig →

Hentig, Hartmut von

dt. Pädagoge
* 23.9.1925 Posen

Der Reformpädagoge von Hentig wurde in den 70er Jahren als Leiter der Projekte »Laborschule« und »Oberstufen-Kolleg« bekannt. Ungerechtigkeiten im Schulsystem sollten korrigiert werden. In den 80er Jahren forderte v. H. eine grundlegende Wandlung der Schule, die sich neben der Betreuung der Lernprobleme auch die Lebensprobleme der Kinder zur Aufgabe machen sollte. Das Individuum müsse gestärkt werden gegen die Übermacht der Institutionen, der anonym wirkenden Verhältnisse und der allgemeinen Denkgewohnheiten.

□ 1968: Prof. für Pädagogik, Univ. Bielefeld. □ 1969: »Systemzwang und Selbstbestimmung« (Schr.). □ 1974: Leitung der Projekte »Laborschule« und »Oberstufen-Kolleg«. □ 1987: »Humanisierung — eine verschmähte Rückkehr zur Pädagogik?« (Schr.). □ 1988: »Bibelarbeit« (Schr.).

▷ H. v. Hentig: Aufgeräumte Erfahrung. Texte zur eigenen Person, 1983.

Henze, Hans Werner

dt. Komponist
* 1.7.1926 Gütersloh

Henze, 1946-48 Schüler von W. →Fortner, wurde neben K. →Stockhausen zu einem der bekanntesten und produktivsten deutschen Komponisten. Mit der Erprobung neuer musikalischer Formen (seit 1976 jährliches Musikfest in Montepulciano, Italien) und dem gesellschaftspolitischen Anspruch seines Schaffens (»Versuch über Schweine«, Oper, UA London 1969) ist H. bedeutender Repräsentant des europäischen Musiklebens seit den 50er Jahren. Er hat in allen überlieferten Gattungen (Kammermusik bis Oper) eine individuelle Auseinandersetzung mit der Tradition und Moderne vollzogen. Im Mittelpunkt seiner Kreativität steht das zeitgenössische Musiktheater (ca. 20 Bühnenwerke; seit 1988 Organisator der Münchner Biennale). H., der zahlreiche Ehrungen erhielt (u. a. Siemens-Musikpreis 1990), ist ein engagierter Pädagoge (»Mürztaler Musikwerkstätte«) und Autor (»Musik und Politik«, 1976; »Neue Aspekte der Musikalischen Ästhetik I-III«, 1986; »Neues Musiktheater«, 1988).

Henze: Der sozialistisch engagierte Komponist schreibt u. a. erfolgreiche Opern.

□ 1950-53: Ballett-Kapellmeister am Hess. Staatstheater Wiesbaden. □ 1953: Übersiedlung nach Italien. □ 1960: UA der Oper »Der Prinz von Homburg« in Hamburg. □ 1966: UA der Opera seria »Die Bassariden« bei den Salzburger Festspielen. □ 1968: Hinwendung zur politischen Linken; Tumulte bei der UA des Oratoriums »Das Floß der Medusa« in Hamburg. □ 1975: Gründung der »Cantiere Internazionale d'Arte« (sommerliche Werkstatt zur Erprobung szenisch-musikalischer Werke) in Montepulciano. □ 1976: UA der Oper »Wir erreichen den Fluß« in London. □ seit 1980: Dozent für Komposition an der Musikhochschule Köln. □ 1983: UA der Oper »Die englische Katze« bei den Schwetzinger Festspielen. □ seit 1987: Gastprof. an der Royal Academy of Music London. □ 1990: UA der Oper »Das verratene Meer« in Berlin.

▷ D. Rexroth (Hg.): Der Komponist Hans Werner Henze, 1986.

Hepburn, Audrey

(eig. Edda Kathleen von Heemstrat Hepburn-Ruston)
amer. Schauspielerin
* 4.5.1929 Brüssel (Belgien)

Audrey Hepburn 1957 in dem Film »Funny Face«.

Hepburn, Tochter einer niederländischen Baronin und eines irischen Bankiers, bekam bereits für ihre erste Hauptrolle in »Ein Herz und eine Krone« (mit G. →Peck, Rg. W. →Wyler) 1953 den Oscar. H. verkörperte im Kontrast zu den Busenstars der 50er und 60er Jahre die zierliche Unschuld mit natürlichem Charme. Internationalen Erfolg hatte sie u. a. als extrovertiertes Playgirl in »Frühstück bei Tiffany« (1960, Rg. B. →Edwards) und als Blumenmädchen Eliza in der Musical-Verfilmung »My fair lady« (1963, mit R. →Harrison, Rg. G. →Cukor).

□ ab 1948: Ballettausbildung in London. □ 1951: Erste Spielfilmrolle in »Wer zuletzt lacht« (Rg. M. Zampi). □ 1954:

»Sabrina« (mit H. →Bogart und W. Holden, Rg. B. →Wilder); Ehe mit dem Schauspieler M. Ferrer. □ 1956: »Krieg und Frieden« (Rg. K. →Vidor); »Ariane — Liebe am Nachmittag« (Rg. B. Wilder). □ 1959: »Geschichte einer Nonne« (Rg. F. →Zinnemann). □ 1963: »Charade« (mit C. →Grant, Rg. St. Donen). □ 1967: »Warte, bis es dunkel ist« (Rg. T. Young). □ 1981: »Sie haben alle gelacht« (Rg. P. →Bogdanovich).

▷ N. Stresau: Audrey Hepburn. Ihre Filme — ihr Leben, 1985.

K. Hepburn bereitet sich 1957 in Stratford auf eine Shakespeare-Inszenierung vor.

Hepburn, Katharine

amer. Schauspielerin
* 8.11.1909 Hartford, Conn.

In ihrer langen Karriere wurde Hepburn zwölfmal für einen Oscar nominiert und konnte ihn viermal in Empfang nehmen — ein bisher einmaliger Rekord in der Geschichte der Oscar-Verleihung. Ihr burschikoses Auftreten gepaart mit herb-sprödem Charme machte sie zum idealen Gegenpart des rauhbeinigen Sp. →Tracy, mit dem sie neun Filme drehte. Auch an der Seite von H. →Bogart in »African Queen« (1951, Rg. J. →Huston) und C. →Grant in »Leoparden küßt man nicht« (1938, Rg. H. →Hawks) bewies sie ihr komödiantisches Talent.

□ 1932: »Eine Scheidung« (Rg. G. → Cukor). □ 1933: Oscar für »Morgenrot des Ruhms« (Rg. L. Sherman). □ 1940: »Die Nacht vor der Hochzeit« (mit C. Grant, Rg. G. Cukor). □ 1942: »Die Frau, von der man spricht« (mit Sp. Tracy, Rg. G. Stevens). □ 1947: »Endlos ist die Prärie« (mit Sp. Tracy, Rg. E. →Kazan). □ 1949: »Ehekrieg« (mit Sp. Tracy, Rg. G. Cukor). □ 1952: »Pat und Mike« (mit Sp. Tracy, Rg. G. Cukor). □ 1957: »Die Frau, die alles weiß« (mit Sp. Tracy, Rg. W. Lang). □ 1967: Oscar für »Rate mal, wer zum Essen kommt« (mit Sp. Tracy, Rg. St. Kramer). □ 1968: Oscar für »Der Löwe im Winter« (mit P. →O'Toole). □ 1969: »Die Irre von Chaillot« (Rg. B. Forbes). □ 1974: »Mit Dynamit und frommen Sprüchen« (mit J. →Wayne). □ 1981: Oscar für »Am Goldenen See« (mit H. →Fonda, Rg. M. Rydell).

▷ A. H. Marill: Katharine Hepburn. Ihre Filme — Ihr Leben, 1989; A. Thain: Katharine Hepburn, 1990; K. Hepburn: Ich. Geschichte meines Lebens, 1991.

Hepworth, Dame (ab 1965) Barbara

engl. Bildhauerin
* 10.1.1903 Wakefield, Yorkshire
† 20.5.1975 Saint Yves, Cornwall

Hepworth war neben H. →Moore in den 20er bis 60er Jahren die bedeutendste englische Bildhauerin und leistete einen wichtigen Beitrag zur abstrakten Skulptur. Bekannt wurde sie mit ihren aufrechtstehenden, weich aus Stein oder Holz modellierten Formen mit schwingenden Konturen. Dabei erzielte sie durch die Gegenüberstellung völlig runder und winkliger, nur leicht abgerundeter Formen Spannung. Gleichzeitig wurde das Volumen mittels Durchbohrungen und Höhlungen dem Raum geöffnet (»Zwei Figuren«, 1948/49, Nachlaß B. Hepworth). Diese Durchbrechungen wurden oft von Drähten überspannt (u. a. »Toledo«, 1957). H. ging es um das Spiel von Licht und Schatten bzw. das Einfangen

Barbara Hepworth mit ihrer Plastik »The Meridian«.

von Licht in weiß bemalten Höhlungen oder auf poliertem Marmor.

□ ab 1920: Studium an der Kunstakademie von Leeds und am Royal College of Art, London. □ 1927: Erste Ausstellung abstrakter Plastiken. □ 1932: Reise nach Paris mit B. → Nicholson; Bekanntschaft mit Avantgarde-Künstlern. □ 1933: Eintritt in die Gruppe Abstraction-Création. □ ab 1934: Ehe mit B. Nicholson. □ 1939: Übersiedlung nach Saint Yves, wo sich um das Ehepaar ein Kreis einflußreicher Künstler bildet. □ 1964: Bronzeplastik »Memorial« vor dem UNO-Gebäude, New York.

▷ A. M. Hammacher: Barbara Hepworth, engl. 1968.

Herberger, Joseph »Sepp«

dt. Fußballtrainer
* 28.3.1897 Mannheim-Waldhof
† 28.4.1977 Weinheim

Herberger war Trainer der deutschen Nationalmannschaft, die am 4.7.1954 Weltmeister gegen Ungarn wurde. Die Ungarn galten als hoher Favorit, zumal sie in der Vorrunde das deutsche Team 8:3 besiegt hatten, mußten sich aber im Endspiel mit 2:3 geschlagen geben. Der Sieg der »Helden von Bern« löste in Deutschland eine gewaltige Begeisterung aus und bewahrheitete einen der vielen markanten Sprüche H.s: »Fußball ist deshalb spannend, weil niemand weiß, wie das Spiel ausgeht.«

S. Herberger: Bis 1964 Trainer der dt. Nationalmannschaft.

□ 1906-29: Spieler bei Waldhof Mannheim, VfR Mannheim und Tennis Borussia Berlin. □ 1921-25: Drei Länderspiele für Deutschland. □ 1930: August-Bier-Plakette als bester Absolvent der dt. Hochschule für Leibesübungen in Berlin. □ 1930-36: Trainer beim Westdt. Spielverband. □ 1936-64: Trainer der dt. Nationalmannschaft. □ 1954: Weltmeister. □ 1958: WM-Vierter.

▷ L. Maibohm: Sepp Herberger. Fußball — Sein Leben, 1973.

Peter Herbolzheimer →

Günter Herburger →

Th. Herder-Dorneich →

Ewald Hering →

Herbolzheimer, Peter

dt. Jazzmusiker
* 31.12.1935 Bukarest (Rumänien)

Der Posaunist, Komponist, Arrangeur und Bandleader wurde als Chef der von ihm 1969 gegründeten Rhythm Combination & Brass, seit den 70er Jahren Europas Big-Band Nr. 1, einer der profiliertesten deutschen Jazzmusiker. Die Symbiose typischer Rock-Instrumente wie E-Piano, E-Baß, Schlagzeug und Synthesizer mit traditionellen Jazz-Instrumenten wie Posaune, Trompete, Saxophon und Flöte wurde sein erfolgreiches musikalische Konzept.

□ 1955-59: Musikstudium in Nürnberg. □ 1967: Posaunist beim Orchester des Sender Freies Berlin. □ 1968: In der Gruppe von H. Koller am Dt. Schauspielhaus in Hamburg. □ 1972: »My kind of sunshine« (LP). □ 1976: »Jazz Gala Concert« (LP). □ 1978: Dt. Schallplattenpreis für »I hear voices« (LP). □ 1988: Übernahme der Leitung des Bundes-Jugendjazzorchesters.

Herburger, Günter

dt. Schriftsteller
* 6.4.1932 Isny, Allgäu

Der mehrfach ausgezeichnete Dramatiker und Erzähler Herburger verfaßt zeitkritische Gegenwartsliteratur. Er skizziert realistische Szenen des modernen »banalen« Alltagslebens (»Eine gleichmäßige Landschaft«, Erz.n, 1964). In seiner »Thuja«-Trilogie beschreibt H. im Rahmen einer Utopie Versuche, aus der provinziellen Alltagswirklichkeit auszubrechen (»Flug ins Herz«, R., 1977; »Die Augen der Kämpfer«, R. 1980-83; »Thuja«, R. 1991). Aufgrund der mitunter grotesk übersteigerten Darstellung der deutschen Gegenwart wurden diese Romane allerdings heftig kritisiert.

Herder-Dorneich, Theophil

dt. Verleger
* 31.12.1898 Freiburg i. Br. † 11.2.1987 ebd.

Herder-Dorneich war 1937-62 Chef des katholischen Verlagshauses Herder. Das 1801 gegründete Familienunternehmen erlangte Weltruf mit einem theologisch und philosophisch ausgerichteten Verlagsprogramm sowie mit umfangreichen Lexika (Der Große Herder, Das große Lexikon der Musik, Staatslexikon). Unter H.s Leitung wurden Firmen in Afrika und Asien gegründet; die von ihm initiierte ökumenische Stiftung Weltgespräche soll den Dialog von Gelehrten unterschiedlicher Konfession und Herkunft über Themen des Christentums fördern.

Hering, (Karl) Ewald Konstantin

dt. Physiologe
* 5.8.1834 Alt-Gersdorf, Sachsen
† 26.1.1918 Leipzig

Hering entdeckte 1868 mit Josef Breuer die reflektorische »Selbststeuerung der Atmung« und beschrieb mit den dafür verantwortlichen Ner-

venfasern des Lungen-Vagus erstmals einen biologischen Reglermechanismus (Hering-Breuer-Reflex). Thematisch verwandte Untersuchungen über die wechselseitige Beeinflussung von Atmung und Kreislauf ebneten der Biokybernetik den Weg.
Im Rahmen nerven- und sinnesphysiologischer Forschungen beschäftigte sich H. mit der Raumwahrnehmung des Auges und seinen optischen Täuschungen (Hering-Sternfigur) sowie mit dem Farbempfinden, wofür er eine Vierfarbtheorie aufstellte. Mit seinen Gedanken »Über das Gedächtnis als eine allgemeine Funktion der organisierten Materie« (Abh., 1870) sowie über die »Selbstregelung« als Prinzip der Erhaltung des Lebens war H. seinen Zeitgenossen weit voraus.

□ 1868: »Die Lehre vom binokularen Sehen« (Schr.). □ 1870-95: Prof. an der Univ. Prag; ab 1882 Rektor der (von der tschech. abgeteilten) Dt. Univ. ebd. □ 1879: »Der Raumsinn und die Bewegung des Auges« (Schr.). □ ab 1895: Prof. an der Univ. Leipzig.

▷ F. Hillebrand: Ewald Hering (Biogr.), 1918.

Herman, Woodrow Charles »Woody«

amer. Jazzmusiker und Bandleader
* 16.5.1913 Milwaukee, Wisc.
† 29.10.1987 Los Angeles, Kalif.

Herman trug als Bandleader mit seinen verschiedenen, zeitgenössische Jazzelemente integrierenden Orchestern wesentlich zur Entwicklung des Big-Band-Jazz bei. Seine Soli vor allem auf der Klarinette fügte er dabei wirkungsvoll in die Arrangements ein. Als Sänger pflegte er den Blues. Mit der Big Band »Second Herd«, deren besonderes Kennzeichen die berühmten »Four Brothers« (u. a. mit St. →Getz) waren, übernahm H. Elemente des Bebop. Von den ab 1936 aufgenommenen Schallplatten gehören »Woodchopper's Ball«, I. →Strawinskis »Ebony Concerto« und der größte Erfolg »Caldonia« zu seinen wichtigsten Aufnahmen.

← Woody Herman

□ 1930: Erstes Engagement bei Tom Gerun. □ 1933: Erste eigene Band. □ 1939: »Woodchopper's Ball« (LP). □ 1943: Gründung der Big Band »First Herd«. □ 1946: »Ebony Concerto« von I. Strawinsky in der New Yorker Carnegie Hall. □ 1947-49: Band »Second Herd«. □ 1949-55: Band »Third Herd«. □ 1954: Europatournee. □ 1963: Band »Fourth Herd«. □ 1977: Schwerer Autounfall. □ 1991: »Live at Chemnitz 1978« (LP).

▷ W. Herman/St. Troup: Woody Herman Woodchopper's Ball, dt. 1991.

Hermans, Willem Frederik

niederl. Schriftsteller
* 1.9.1944 Amsterdam

Hermans ist einer der wichtigsten postmodernen Autoren der niederländischen Literatur. Die dunklen Seiten der Existenz, Identitätskrisen und das Chaos in der nur scheinbar geordneten Wirklichkeit sind seine Themen. Hinweise auf die jüngste politische Vergangenheit und der oft zynisch-satirische, polemische Charakter seiner Werke lösten immer wieder heftige Reaktionen aus. Wegen seiner ausgesprochenen Abneigung gegen den institutionalisierten Literaturbetrieb hat H. bislang erst einen der ihm angebotenen Literaturpreise akzeptiert.

Alfred Herrhausen →

□ 1949: »Die Tränen der Akazien« (R., dt. 1968). □ 1955: Promotion in Physischer Geographie. □ 1958-73: Lektor an der Univ. Groningen. □ 1966: »Nie mehr schlafen« (R., dt. 1982). □ seit 1973: Aufenthalt in Paris. □ 1975: »Unter Professoren« (R., dt. 1986).

Hermlin, Stephan

(eig. Rudolf Leder)
dt. Schriftsteller
* 13.4.1915 Chemnitz

Leben und Werk des mit E. →Honecker befreundeten Hermlin sind geprägt vom Widerstand gegen den Nationalsozialismus und dem Engagement für den sozialistischen Aufbau der ehemaligen DDR. Die DDR-Kritik verurteilte jedoch surrealistische Effekte in H.s Lyrik und Prosa ebenso wie sein Eintreten für die Rechte des einzelnen. H. kritisierte das offizielle Vorgehen gegen die Friedensbewegung in der DDR und trat als Initiator des ersten Ost-West-Schriftstellertreffens 1981 dafür ein, durch den intensiven Dialog der Intellektuellen zum Frieden und zur Entspannung zwischen den Weltmächten beizutragen.

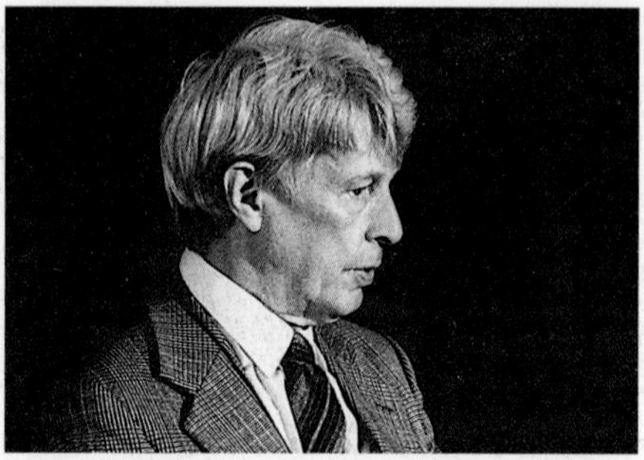

Hermlin: Einsatz für das Recht des einzelnen in der DDR.

□ 1931: Mitgl. des kommunistischen Jugendbundes. □ 1936-45: Im Exil in Frankreich (Résistance) und der Schweiz. □ 1945: »Zwölf Balladen von den großen Städten« (Ged.e). □ 1946: »Der Leutnant York von Wartenburg« (Erz.n). □ 1949: »Die Zeit der Gemeinsamkeit« (Erz.n). □ 1950: Nationalpreis der DDR (erneut 1954, 1972). □ 1954: »Die Kommandeuse« (Erz.). □ 1985: »Bestimmungsorte« (Erz.n).

▷ St. Hermlin: Abendlicht (Aut.), 1979; St. Hermlin: Äußerungen 1944-82, 1983; S. Schlenstedt: Stephan Hermlin — Sein Leben und Werk, 1985.

Herrhausen, Alfred

dt. Bankmanager
* 30.1.1930 Essen
† 30.11.1989 Bad Homburg (ermordet)

Herrhausen war in den 80er Jahren die bestimmende Manager-Figur der deutschen Unternehmer. Als Vorstandssprecher der Deutschen Bank in Frankfurt (ab 1985), deren Bilanzsumme 1988 mit 300 Mrd. DM den Umfang des Bundeshaushalts überstieg, übte H. zahlreiche Aufsichtsratsmandate aus (u. a. Daimler-Benz AG, Deutsche Texaco AG) und war wirtschaftspolitischer Berater von Bundeskanzler H. →Kohl. Sein »Allfinanz«-Konzept (Finanzdienstleistungen aus eigener Hand), mit dem er das größte Kreditunternehmen der BRD zu einem der zwölf größten der Welt machen wollte, diente auch anderen Banken als Vorbild. 1989 fiel er einem der Rote-Armee-Fraktion zugeschriebenen Sprengstoffanschlag zum Opfer.

☐ 1952-55: Direktionsassistent bei der Ruhrgas AG. ☐ 1955-67: Wechsel zu den Vereinigten Elektrizitätswerken Westfalen (VEW), ab 1960 Dir. ☐ 1969: Wechsel zur Dt. Bank AG; seit 1970 Vorstandsmitgl. ☐ 1985: Neben F. W. Christians Vorstandssprecher; Übernahme der Flick-Aktien für ca. 5 Mrd. DM. ☐ 1988: Sanierung der Duisburger Klöckner & Co.; alleiniger Vorstandssprecher. ☐ 1989: Regieführung bei Fusion von Daimler-Benz AG und MBB. ☐ postum 1990: »Denken-Ordnen-Gestalten« (Sachb.).

Herrmann, Karl-Ernst

dt. Bühnenbildner
* 1936

Herrmann, einer der talentiertesten und meistbeschäftigten Bühnenbildner der Bundesrepublik, hat mit allen namhaften deutschen Regisseuren zusammengearbeitet (P. →Stein, K. M. →Grüber, C. →Peymann). Ob illusionistisch, stilisiert, symbolisch oder surrealistisch, seine Bühnenräume sind voller Poesie und Schönheit; kleine Zeichen und Andeutungen haben in seinen Räumen große Aussagekraft. So schuf H. für Peymanns Inszenierung von »Nathan der Weise« (Lessing, 1981) einen leeren, weißen Bühnenraum, der mit Neonröhren umrahmt war und aus dessen weißem, aufbrechendem Boden eine Palme herauswuchs.

☐ 1951-57: Meisterschule für Kunsthandwerk Berlin. ☐ 1957-62: Hochschule für Bildende Künste Berlin. ☐ 1963-69: Bühnenbildner am Theater in Bremen; Beginn der Zusammenarbeit mit P. Stein. ☐ ab 1970: Bühnenbildner an der Schaubühne am Halleschen Ufer in Berlin. ☐ 1971: Bühnenbild für UA »Der Ritt über den Bodensee« (P. →Handke, Rg. P. Stein). ☐ 1978: Bühnenbild für UA »Groß und klein« (B. →Strauß, Rg. P. Stein). ☐ 1980: Bühnenbild für UA »Der Weltverbesserer« (Th. →Bernhard, Rg. C. Peymann). ☐ 1982: Regiedebüt mit der Mozartoper »La Clemenza di Tito« in Brüssel. ☐ 1988: Bühnenbild für UA »Heldenplatz« (Th. Bernhard, Rg. C. Peymann). ☐ 1990: Bühnenbild für UA »Das Spiel vom Fragen« (P. Handke, Rg. C. Peymann).

Herrmann, Wilhelm

dt. Theologe (ev.)
* 6.12.1846 Melkow bei Jerichow
† 3.1.1922 Marburg

Herrmanns Lehre prägte die evangelische Theologie vor dem 1. Weltkrieg. Sein Ideal war die in »Wahrheit« und »Freiheit« sich bildende Persönlichkeit. Der praxisorientierte und der Orthodoxie fernstehende Theologe faßte die Religion als individuelle Erfahrung, die der Mensch in der Begegnung mit dem »inneren Leben« Jesu macht, womit er Angriffspunkte für seinen Schüler K. →Barth setzen sollte, der die souveräne Selbstoffenbarung Gottes in Jesus Christus gegen jede menschliche Annäherung an Gott stellte. Durch seinen Schüler R. →Bultmann ist H.s Anliegen in Form der existentialen Interpretation der Bibel auch in der Gegenwart bedeutend geblieben.

☐ 1879: »Die Religion im Verhältnis zur Welterkenntnis und zur Sittlichkeit« (Abh.); Prof. an der Universität Marburg. ☐ 1886: »Der Verkehr des Christen mit Gott« (Abh). ☐ 1901: »Ethik« (Schr.). ☐ 1914: »Die christliche Religion unserer Zeit« (Schr.).

▷ P. Fischer-Appelt: Metaphysik im Horizont der Theologie Wilhelm Herrmanns, 1965; W. Greife: Der Grund des Glaubens. Die Christologie Wilhelm Herrmanns, 1976.

Robert Hersant →

← Karl-Ernst Herrmann

Hersant, Robert

frz. Verleger
* 31.1.1920 Vertou bei Nantes

Hersant kontrolliert etwa 40 % der überregionalen und 15 % der regionalen Presse in Frankreich. 1950 ins Verlagsgeschäft eingestiegen, legte er 1975 mit dem Kauf der Mehrheitsanteile des Pariser Traditionsblattes Le Figaro den Grundstein für sein Zeitungs-Imperium und wurde nach dem Erwerb eines 50-%-Anteils an der Boulevardzeitung France-Soir (1976) bereits als französischer Axel →Springer tituliert. In den 80er Jahren blieben staatliche Versuche, die Pressemonopolisierung und damit H.s Expansionsdrang zu bremsen, wirkungslos. Die Hersant-Gruppe lag 1989 mit einem Umsatz von 1,176 Mrd. US-$ an achter Stelle unter den großen europäischen Medienkonzernen.

☐ 1945: Nach Kriegsende kurze Haftstrafe und zeitweilige Aberkennung der Ehrenrechte wegen Kollaboration. ☐ 1956-78: Abg. der Radikalsozialistischen Partei in der Nationalversammlung. ☐ 1967: Kauf der ersten großen Provinzzeitung (Nord-Matin in Lille). ☐ seit 1971: Präs. der Fédération française de la presse périodique. ☐ 1987: Einstieg in die belg. Verlagsgesellschaft Rossel (24 %); 25 %-Beteiligung an dem privaten frz. TV-Sender La Cinq.

▷ N. Brimo: Le dossier Hersant, 1977; D. Pons: Dossier H comme Hersant, 1977.

Herschbach, Dudley Robert

amer. Chemiker
* 18.6.1932 San José, Kalif.

Herschbach, seit 1963 Professor an der Harvard University in Cambridge (Mass.), lieferte mit der von ihm entwickelten Methode der gekreuzten Molekülstrahlen eine Grundlage zur Erforschung der Dynamik chemischer Elementarprozesse. Mit diesem Verfahren lassen sich Versuchsbedingungen anordnen, die die zu untersuchenden chemischen Reaktionsprozesse nicht verfälschen. Für seinen Beitrag auf dem neuen Wissenschaftsgebiet der Reaktionsdynamik erhielt H. 1986 den Chemie-Nobelpreis (mit Y. T. →Lee und J. Ch. →Polanyi).

Hershey, Alfred Day

amer. Molekularbiologe
* 4.2.1908 Owosso, Mich.

Hershey wies 1952 aufgrund des gemeinsam mit Martha Chase entwickelten »Blendor Experiments« mit radioaktiven Indikatoren nach, daß der Träger der Erbinformation die Desoxyribonukleinsäure (DNS) ist und nicht das Protein, wie man bis dahin angenommen hatte. Seine Erkenntnisse gewann H. bei der Erforschung der Vermehrungsweise und der Erbstruktur von Viren, die nicht Körperzellen infizieren, sondern Bakterien befallen.

□ 1950-74: Forschungen am Carnegie-Inst. of Washington in Cold Spring Harbor, N. Y.; 1962-74 Dir. ebd. □ 1969: Physiologie/Medizin-Nobelpreis (zusammen mit M. →Delbrück und S. E. →Luria).

Herskovits, Melville Jean

amer. Anthropologe
* 10.9.1895 Bellefontaine, Ohio
† 25.2.1963 Evanston, Ill.

Herskovits untersuchte als erster Ethnologe die sozialen Probleme der amerikanischen Schwarzen sowie deren kulturelle Wurzeln in Afrika. Er beschäftigte sich mit den Schwierigkeiten der Akkulturation und der Veränderung fremder Kulturen unter dem Druck westlicher Zivilisationen. H. setzte sich dafür ein, die Bezeichnung »primitiv« für schriftlose Gesellschaften zu vermeiden, da sie herabsetzend wirke.

□ 1927-63: Lehrtätigkeit an der Northwestern University, Ill.; ab 1961 als Prof. für Afrikanistik. □ 1955: »Cultural Anthropology« (Schr.). □ 1962: »The human factor in changing Africa« (Schr.).

▷ G. E. Simpson: Melville J. Herskovits, engl. 1973.

← Melville J. Herskovits

Hertwig, Oscar Wilhelm August

dt. Anatom und Biologe
* 21.4.1849 Friedberg, Hessen † 25.10.1922 Berlin

Bei Beobachtungen an Seeigeleiern stellte Hertwig 1875 fest, daß die Befruchtung durch eine Verschmelzung von Eizelle und Spermakern zustande kommt. 1890 entdeckte H. bei Spulwürmern die Chromosomenreduktion während der Reifeteilung der Zelle, erkannte ihren Kern als Vererbungsträger und leistete 1909-13 Pionierarbeit über die Wirkung von Radiumstrahlen auf tierische Zellen. 1918 wandte er sich in seiner Schrift »Zur Abwehr des ethischen, des sozialen und des politischen Darwinismus« gegen die Anwendung der Selektionstheorien auf die menschliche Gesellschaft.

□ 1881-88: Prof. an der Univ. Jena. □ 1886-88: »Lehrbuch der Entwicklungsgeschichte des Menschen und der Wirbeltiere« (2 Bde.). □ 1888-1921: Prof. und Dir. des ihm eingerichteten II. Anatomischen (seit 1897 Anatomisch-Biologischen) Inst. der Univ. Berlin. □ 1892: »Die Zelle und die Gewebe« (Schr.). □ 1916: »Das Werden der Organismen. Eine Widerlegung von Darwin's Zufallstheorie« (Schr.). □ 1922: »Der Staat als Organismus« (Schr.).

Hertz, Gustav

dt. Physiker
* 22.7.1887 Hamburg † 30.10.1975 Ost-Berlin

Hertz experimentierte ab 1911 mit diskontinuierlichen Anregungen von Atomen durch Elek-

Gustav Hertz: Physik-Nobelpreisträger von 1925.

tronenstöße, womit die quantisierte Form der Atomstruktur (N. →Bohr) bestätigt wurde. Für den 1913 mit J. →Franck durchgeführten »Franck-Hertz-Versuch« erhielten beide Forscher 1925 den Physik-Nobelpreis. 1928-32 entwickelte H. aus einem Diffusionsverfahren zur Trennung von Gasgemischen ein Trennverfahren für Isotopengemische, das ab 1945 unter seiner Leitung in der UdSSR erfolgreich zur Gewinnung des für Atombomben benötigten Uran 235 eingesetzt wurde.

□ 1925-28: Prof. an der Univ. Halle/Saale. □ 1928-34: Prof. an der TU Berlin; Leiter des Physikalischen Inst. ebd. □ 1934: Verweigerung der von den Nationalsozialisten geforderten Loyalitätserklärung; Rücktritt von seinen Ämtern. □ 1934-45: Leiter des Forschungslaboratoriums II der Berliner Siemens-Werke. □ 1945-54: Forschungen am sowjet. Kernforschungszentrum Suchumi am Schwarzen Meer. □ 1955-61: Prof. an der Univ. Leipzig.

James B. Hertzog →

Hertzog, James Barry Munnick

südafr. (burischer) Politiker
* 3.4.1866 Wellington, Kapland
† 21.11.1942 Pretoria

Nach der Niederlage der Buren 1901 blieb der langjährige Ministerpräsident der Südafrikanischen Union ein erbitterter Gegner der Briten. So arbeitete er nach dem Wahlsieg der Burenpartei 1924 auf eine Loslösung der Union von Großbritannien hin. Auf seine Initiative wurde 1925 Afrikaans (neben Englisch) Amtssprache; in den 30er Jahren setzte er die ersten Apartheidgesetze durch. Als H. 1939 zögerte, gegen Deutschland in den Krieg einzutreten, wurde er von J. Ch. →Smuts abgelöst.

□ 1900/01: Teilnahme am Krieg der Buren gegen Großbritannien. □ 1910-12: Justizmin. □ ab 1912: Mitbegründer und Führer der Burenpartei (ab 1914: Nationalpartei). □ 1924-39: Ministerpräsident.

Hertzsprung, Ejnar
dän. Astronom
* 8.10.1873 Frederiksborg bei Kopenhagen
† 21.10.1967 Tølløse auf Seeland

Hertzsprung schuf die Voraussetzung zur Klassifizierung und zur Untersuchung der Beschaffenheit und Entwicklung von Sternen. 1909 erstellte er aufgrund seiner Untersuchungen über Wellenlängen des Sternlichts und deren Farben sowie des von ihm eingeführten Begriffs der (von der Erdentfernung unabhängigen) »absoluten Helligkeit« ein Temperatur-Leuchtkraft-Diagramm, das 1913 von Henry Norris Russell zum sog. Hertzsprung-Russell-Diagramm verbessert wurde.

□ 1902-09: Tätigkeit an der Sternwarte Kopenhagen. □ 1909-19: Forschungen am Astrophysikalischen Observatorium in Potsdam. □ 1911: Entdeckung der Helligkeitsschwankungen beim Polarstern. □ 1913: Erstmalige Entfernungsschätzungen zu einzelnen Sternen. □ 1919-44: Prof. an der Universitätssternwarte Leiden; ab 1935 Dir. ebd.

← Ejnar Hertzsprung

G. Herzberg schrieb ein Standardwerk zur Spektroskopie.

Herz, Joachim
dt. Opernregisseur
* 15.6.1924 Dresden

Herz, der sich besonders für die zeitgenössische Oper einsetzt, gehört zu den bedeutendsten Regisseuren aus dem Kulturleben der ehemaligen DDR. In Berlin und Leipzig trat er vor allem mit den Opern von B. →Britten, Richard Wagner, H. W. →Henze und S. S. → Prokofjew hervor. Neben seiner Bühnentätigkeit arbeitete H. als Dozent, Lektor, Rundfunkregisseur und Opernübersetzer.

□ 1953-56: Spielleiter und Assistent von W. →Felsenstein an der Komischen Oper Berlin. □ ab 1959: Operndirigent in Leipzig. □ 1961: Dt.spr. EA von »Krieg und Frieden« von S. S. →Prokofjew. □ 1965: DDR-EA der »Katerina Ismailowa« (D. D. →Schostakowitsch). □ 1968: »Der junge Lord« (H. W. Henze). □ ab 1976: Intendant an der Komischen Oper Berlin. □ 1980: DDR-EA der »Lulu« von A. →Berg. □ seit 1981: Chefregisseur der Dresdner Staatsoper. □ 1985: Inszenierung von C. M. v. Webers »Freischütz« anläßlich der Wiedereröffnung der Semper-Oper in Dresden (Dirigent W.-D. →Hauschild).

Herzberg, Gerhard
kanad. Physiker dt. Herkunft
* 25.12.1904 Hamburg

Herzberg, der führende Forscher der exakten Molekularspektroskopie, erhielt 1971 den Chemie-Nobelpreis für seine Untersuchungen zur Struktur und Geometrie zwei- und mehratomiger Moleküle, insbesondere des Wasserstoffmoleküls. Sein mehrbändiges, noch in Deutschland begonnenes Werk »Molekülspektren und Molekülstruktur« (1939, Bd. 1), fortgesetzt in Kanada mit vier Bänden (»Molecular spectra and molecular structure«, 1945-79), ist das Standardwerk der Spektroskopie. Mit ihr erforschte H. das Verhalten sog. freier Radikaler bei chemischen Reaktionen, auf deren Kenntnis die Fortschritte der chemischen Industrie beruhen. Auf die Astrophysik angewandt, führten die in seinem Laboratorium erzeugten Spektren zum Nachweis der Existenz von molekularem Wasserstoff in den Atmosphären von Jupiter und Uranus.

□ 1930-35: Dozent an der TH Darmstadt. □ 1935: Emigration. □ 1935-45: Prof. an der Univ. of Saskatchewan in Saskatoon (Kanada). □ 1936: »Atomspektren und Atomstruktur« (Schr.). □ 1945: Kanad. Staatsbürger. □ 1945-48: Prof. am Yerkes-Observatorium der Univ. Chicago. □ 1948-69: Mitgl. des Nat. Forschungsrats in Ottawa. □ seit 1951: Mitgl. der Royal Society of Canada; 1966/67 deren Präsident. □ 1971: »The spectra and structures of simple free radicals: An introduction to molecular spectroscopy« (Schr.).

Hans Herzfeld →

Herzfeld, Hans
dt. Historiker
* 22.6.1892 Halle/Saale † 16.5.1982 Berlin/West

Der Professor für Neuere Geschichte an der Freien Universität Berlin baute in den 50er Jahren das Friedrich-Meinecke-Institut zu einer bedeutenden Forschungsstätte deutscher Geschichtswissenschaft aus. In seinen Schriften stellte er sich gegen die Thesen F. →Fischers; er vertrat die Auffassung, Europa habe sich vor dem 1. Weltkrieg in einer politischen Zwangslage befunden, von Alleinschuld könne keine Rede sein.

□ 1923: »Die deutsche Rüstungspolitik vor dem Weltkrieg« (Schr.). □ 1929-38: Prof. an der Univ. Halle/Saale. □ 1938/39: »Johannes von Miquel« (Biogr., 2 Bde.). □ 1943: Wegen angeblicher Wehrkraftzersetzung inhaftiert. □ seit 1950: Prof. an der FU Berlin (auf Wunsch F. →Meineckes). □ 1950-52: »Die moderne Welt 1789-1945« (Schr., 2 Bde.). □ 1965: »Die Weimarer Republik« (Schr.). □ 1973: »Berlin in der Weltpolitik. 1945-1970« (Schr.).

Wieland Herzfelde →

Herzfelde, Wieland
(eig. W. Herzfeld)
dt. Schriftsteller und Verleger schweiz. Herkunft
* 11.4.1896 Weggis † 23.11.1988 Ost-Berlin

Herzfelde, ab 1918 Mitglied der KPD und ab 1933 in der Emigration, gründete 1917 den Malik-Verlag in Berlin, der sich zum Sprachrohr der literarischen Linken und des Dadaismus entwickelte. Als erster deutscher Verleger veröffentlichte H. Publikationen junger sowjetischer Autoren (u. a. W. W. →Majakowski, I. G. →Ehrenburg). Sein eigenes literarisches Werk umfaßte Essays, Lyrik und autobiografische Kurzprosa.

□ 1914-16: Freiwilliger Sanitäter im 1. Weltkrieg. □ 1916: Entlassung aus dem Wehrdienst als »wehrunwürdig«; Hg. der pazifistischen Zeitschrift Neue Jugend mit seinem Bruder J. →Heartfield und G. →Grosz. □ 1917: »Sulamith« (Ged.e). □ 1921: »Gesellschaft, Künstler und Kommunismus« (Es.s). □ 1933: Emigration nach Prag; Wiederaufbau des Malik-Verlags. □ 1939: Emigration in die USA. □ 1944: Leiter des Aurora-Verlags in New York. □ 1949: Rückkehr nach Deutschland; Prof. für Soziologie der neueren Literatur in der DDR. □ 1962: »John Heartfield« (Biogr.). □ 1986: »Briefwechsel mit Anna Seghers«.

Herzl, Theodor

österr. Schriftsteller und Politiker
* 2.5.1860 Budapest (heute Ungarn)
† 3.7.1904 Edlach an der Rax, Niederösterreich

Unter dem Eindruck der Dreyfus-Affäre (1894) und den von ihr ausgelösten antisemitischen Ausschreitungen wurde Herzl zum Initiator eines politischen Zionismus: Er forderte die Gründung eines jüdischen Staates in Palästina (»Der Judenstaat«, Schr., 1896) und berief 1897 den ersten Zionistischen Weltkongreß ein. In seinem Roman »Altneuland« (1902) entwarf H. eine Zukunftsvision der möglichen politisch-sozialen Ordnung eines eigenständigen jüdischen Staates. Unter dem Einfluß Ch. →Weizmanns wurde den Juden 1917 in der britischen Balfour-Erklärung (A. J. →Balfour) schließlich eine Heimstätte in Palästina zugesichert. 1949 wurden H.s sterbliche Überreste in den 1948 gegründeten Staat Israel überführt.

Theodor Herzl berief den 1. Zionistischen Weltkongreß ein.

Werner Herzog →

□ ab 1878: Jurastudium in Wien. □ 1891-95: Korrespondent der Neuen Freien Presse in Paris. □ ab 1896: Feuilletonredakteur der Neuen Freien Presse in Wien. □ 1897: »Das neue Ghetto« (Dr.). □ 1900: »Philosophische Erzählungen«. □ postum 1905: »Zionistische Schriften«.

▷ A. Chouraqui: Théodore Herzl, frz. 1960; A. Elon: Morgen in Jerusalem, 1974.

Herzog, Chaim

israel. Politiker
* 17.9.1918 Belfast (Irland)

Überraschend wurde Herzog 1983 als Kandidat der Opposition vom Parlament zum Staatspräsidenten gewählt. Der um Ausgleich zwischen den unterschiedlichen politischen und religiösen Gruppen bemühte H. wird auch im Ausland hochgeschätzt. 1987 besuchte er als erstes israelisches Staatsoberhaupt die BRD — trotz erbitterter Widerstände im eigenen Land.

Ch. Herzog: Der Staatspräsident bei einer Pressekonferenz.

□ 1935: Übersiedlung nach Palästina. □ 1937/38: Auf der brit. Militärakademie in Sandhurst. □ 1939-46: Offizier in der brit. Armee; zuletzt Oberst. □ 1948-62: Offizier in der israel. Armee; zuletzt Brigadegeneral. □ ab 1962: Dir. einer Firma in London. □ 1967: Militärgouverneur von Jerusalem und Samaria. □ 1975-78: Botschafter bei der UNO. □ 1981: Mitgl. der Knesset für die MAPAI (Arbeiterpartei). □ seit 1983: Staatspräsident.

Herzog, Werner

(eig. Werner Stipetič)
dt. Regisseur
* 5.9.1942 München

Herzog, der in den 70er Jahren zu den wichtigsten Vertretern des Jungen Deutschen Films zählte, dreht oft an entlegenen Orten unter großen Strapazen für Schauspieler und Team. In »Fitzcarraldo« (1981) ließ er mitten im Dschungel am Amazonas ein 300 t schweres Schiff mit Seilwinden einen Hang hinaufziehen. K. →Kinski (fünf gemeinsame Filme) erwies sich als ideale Verkörperung von H.s egozentrischen Protagonisten, die nahe am Wahnsinn ihrem Lebenstraum nachjagen und meist daran zugrunde gehen.

□ 1963-67: Mehrere Kurz- und Dokumentarfilme. □ 1967: »Lebenszeichen«. □ 1969/70: »Auch Zwerge haben klein angefangen«. □ 1970/71: »Land des Schweigens und der Dunkelheit«. □ 1972: »Aguirre, der Zorn Gottes«. □ 1974: »Jeder für sich und Gott gegen alle«. □ 1975: »Herz aus Glas«. □ 1976/77: »Stroszek«. □ 1978: »Nosferatu — Phantom der Nacht«. □ 1978/79: »Woyzeck«. □ 1984: »Wo die grünen Ameisen träumen«. □ 1987: »Cobra Verde«. □ 1990: »Echos aus einem düsteren Reich«. □ 1991: »Schrei aus Stein« (nach einer Idee von R. →Messner).

▷ P. W. Jansen/W. Schütte (Hg.): Werner Herzog, 1979.

Heseltine, Michael Ray Dibdin

brit. Politiker
* 21.3.1933 Swansea

1990 leitete Heseltine mit seinem Anspruch auf den Parteivorsitz der Konservativen den Sturz der »Eisernen Lady« M. →Thatcher ein, deren Nachfolger jedoch J. →Major wurde. Der wohlhabende Geschäftsmann und Publizist H. ist ein ausgesprochener Befürworter des freien Unternehmertums. Als Verteidigungsminister vertrat er zunächst konsequent die Linie von M. Thatcher (NATO-Doppelbeschluß, Stationierung amerikanischer Raketen, SDI-Abkommen mit den USA). Nach internen Auseinandersetzungen mit der Premierministerin um die Europapolitik trat H. jedoch 1986 zurück.

Michael Heseltine: Ein konservativer Gegner M. Thatchers.

□ vor 1966: Hg. des Magazins Management Today. □ seit 1966: Mitinhaber eines Verlages. □ 1966-74, seit 1979: Mitgl. des Unterhauses für die Konservativen. □ 1970-72: Staatssekr. im Transportministerium. □ 1972: Min. für Luft- und Schiffahrt. □ 1979-83, seit 1990: Umweltmin. □ 1983-86: Verteidigungsmin.

Hess, Erika

schweiz. Skirennläuferin
* 6.3.1962 Grafenort

Hess gehörte mit 31 Weltpokal-Siegen zu den besten Skifahrerinnen der 80er Jahre. 1982 gewann sie die Gesamtwertung im Weltpokal (erneut 1984) und wurde in Schladming dreifache Weltmeisterin (Slalom, Riesenslalom und Alpine Kombination). H., die 1980 bei den Olympischen Spielen von Lake Placid im Slalom die Bronzemedaille gewann, verabschiedete sich in ihrer letzten Saison 1987 als zweifache Weltmeisterin, und zwar in der Kombination (auch 1985) und im Slalom.

← Erika Hess

Heß, Rudolf

dt. Politiker
* 26.4.1894 Alexandria, Ägypten † 1.1.1988 Berlin

Heß bekleidete im Dritten Reich das hohe Amt eines »Stellvertreters des Führers«, ohne jedoch auf die NS-Politik großen Einfluß zu haben; seine Aufgaben lagen vor allem auf dem Gebiet der Repräsentation. Am 10.5.1941 flog H. nach England, wohl mit der Hoffnung, einen Frieden mit Großbritannien zu erreichen; ob A. →Hitler in den Plan eingeweiht war, ist umstritten. H. wurde interniert und 1946 als Kriegsverbrecher zu lebenslanger Haft verurteilt.

← Rudolf Heß

□ ab 1920: Mitgl. der NSDAP. □ 1925-33: Privatsekretär Hitlers. □ ab 1933: »Stellvertreter des Führers«; Reichsmin. ohne Geschäftsbereich. □ ab 1939: Mitgl. des Ministerrats für Reichsverteidigung. □ ab 1946: Häftling in Berlin-Spandau.

▷ E. Bird: Rudolf Heß, dt. 1975; W. R. Heß: Mein Vater Rudolf Heß, 1984; A. Seidl: Der Fall Rudolf Heß 1941-1984. Dokumentation des Verteidigers, 1984.

Hess, Victor Franz

amer. Physiker österr. Herkunft
* 24.6.1883 Schloß Waldstein bei Deutschfeistritz, Steiermark † 17.12.1964 Mount Vernon, N. Y.

Hess, ab 1911 Professor am Wiener Radium-Institut, entdeckte 1912 mit seinen Freiluftballon-Messungen in Höhen von 10 km die kosmische Strahlung. Eigentlich wollte er beweisen, daß die radioaktive Strahlung der Erde mit zunehmender Höhe abnimmt, fand aber eine aus dem Weltraum kommende Höhenstrahlung. Zur Untersuchung dieser energiereichen Strahlung errichtete H. 1931 auf dem Hafelekar bei Innsbruck ein Observatorium.

Victor Franz Hess erforschte die kosmische Strahlung.

1936 erhielt H. den Physik-Nobelpreis mit C. D. →Anderson, der bei der Erforschung der kosmischen Strahlung das Positron fand. H. emigrierte vor dem Anschluß Österreichs in die USA und wurde nach dem 2. Weltkrieg aufgrund seiner Messungen des radioaktiven »Fallouts« zum Gegner der Atombombentests.

□ 1920-31: Prof. an der Univ. Graz (ebenso 1937/38). □ 1926: »Die elektrische Leitfähigkeit der Atmosphäre und ihre Ursachen« (Schr.). □ 1931-36: Prof. an der Univ. Innsbruck. □ 1938-56: Prof. an der Fordham Univ., New York. □ 1940: »Die Weltraumstrahlung und ihre biologischen Wirkungen« (Schr., mit J. Eugster). □ ab 1944: Amer. Staatsbürger.

Hess, Walter Rudolf

schweiz. Neurophysiologe
* 17.3.1881 Frauenfeld, Kt. Thurgau
† 12.8.1973 Muralto, Kt. Tessin

Hess, der ab 1925 die Funktionen des vegetativen Nervensystems erforschte, entwickelte feinste Reizelektroden, die er zur lokalen Untersuchung in das Gehirn von Versuchstieren einführte. Durch schwache elektrische Impulse löste er z. B. Angriffs- oder Freßlust aus und entdeckte dabei die die vegetativen Funktionen steuernde und koordinierende Rolle des »Zwischenhirns« (Schr., 1949). Seine Erkenntnisse über »Die funktionelle Organisation des vegetativen Nervensystems« (Schr., 1948) haben große Bedeutung für die Verhaltensforschung, Chirurgie und Psychopharmakologie.

□ 1917-51: Prof. an der Univ. Zürich. □ 1932-56: »Beiträge zur Physiologie des Hirnstamms« (Schr., 3 Bde.). □ 1949: Physiologie/Medizin-Nobelpreis (mit A. E. →Moniz). □ 1962: »Psychologie in biologischer Sicht« (Schr.).

← Walter Hess

Hesse, Eva

amer. Künstlerin dt. Herkunft
* 11.1.1936 Hamburg † 29.5.1970 New York

Eva Hesse schuf etwa zeitgleich mit der italienischen Arte Povera, aber völlig unabhängig von ihr, mit einfachen Materialien raumbezogene Objekte und gab damit einem Teil der amerikanischen Avantgarde entscheidende Anstöße. Wie M. →Merz verstand sie es, ihre Konfigurationen in eine zeichenhaft überhöhte Sphäre zu transponieren. Ihre reliefartigen Assemblagen aus Seilen, Textilien und Kunststoffteilen dehnen sich von der Wand in den Raum hinein aus, besetzen ihn geradezu. Bei »Hang up« (1969) hängt eine Art Bilderrahmen mit einem leeren weißen Karton an der Wand, von dessen linker oberer Ecke sich ein Stahldraht in den Raum vorschiebt, um in einem Bogen wieder zur Wand zurückzukehren. Solche Arbeiten haben surrealen Charakter, bergen oft auch sexuelle Anspielungen wie die Gruppe »Sieben Pole« (1970, Paris, Musée National d'Art Moderne, Centre Georges Pompidou), die aus hoch aufragenden, phallusartigen Gebilden besteht.

▷ L. Lippard: Eva Hesse, engl. 1975.

Hesse, Hermann

(Pseud. Emil Sinclair)
dt. Schriftsteller
* 2.7.1877 Calw, Württ.
† 9.8.1962 Montagnola, Tessin (Schweiz)

Hesses unermüdlicher Kampf galt Nationalismus, Rassismus und Krieg. Von persönlichen Krisen geprägt, zeigte er u. a. in »Demian« (R., 1919) die Selbstfindung des seelisch ermüdeten abendländischen Menschen als einzigen Ausweg aus der Krise der Zeit und setzte in »Das Glasperlenspiel« (1943) der aus den Fugen geratenen Welt das Bild einer friedlichen geistigen Gemeinschaft von westlicher und östlicher Weisheit entgegen. H.s Plädoyer für Humanität ermutigte nach beiden Weltkriegen junge Deutsche. Seit den 60er Jahren erlebte der Nobelpreisträger eine von den USA ausgehende Renaissance: Die jugendliche Protestbewegung fand z. B. in dem Roman »Der Steppenwolf« (1927) ihre Flucht vor den Normen der Gesellschaft in Musik, Drogen und in die fernöstliche Philosophie bestätigt.

□ 1892: Flucht aus dem ev.-theologischen Seminar Maulbronn; Selbstmordversuch. □ 1894: Auszug aus dem streng pietistischen Elternhaus. □ 1895-1903: Buchhändler. □ 1904: »Peter Camenzind« (R.). □ 1904-19: Ehe mit der Künstlerin Maria Bernoulli. □ 1911: Indien-Reise. □ 1914-19: Arbeit in der Kriegsgefangenenfürsorge. □ 1916: Psychotherapeutische Behandlung. □ 1919: »Demian« (R.). □ 1921: Psychoanalyse bei einem Schüler C. G. →Jungs. □ 1922: »Siddharta« (Dichtung). □ 1923: Schweiz. Staatsbürger; »Sinclairs Notizbuch« (Aufs.e). □ 1924-27: Ehe mit Ruth Wenger (ab 1931 mit Ninon Dolbin). □ 1927: »Der Steppenwolf« (R.). □ 1930: »Narziß und Goldmund« (Erz.). □ 1932: »Die Morgenlandfahrt« (Erz.n). □ 1943: »Das Glasperlenspiel« (R.). □ 1946: Literatur-Nobelpreis; »Der Europäer« (Aufs.). □ 1960: »Bericht an die Freunde« (Ged.e).

▷ V. Michels (Hg.): Hermann Hesse, 1978; Th. Ziolkowski: Der Schriftsteller Hermann Hesse, 1979; R. Freedman: Hermann Hesse. Autor der Krisis, 1979.

Hermann Hesse verband in seinem Werk westliche und östliche Philosophie.

Heston, Charlton

amer. Schauspieler
* 4.10.1924 Evanston, Ill.

Heston, der bereits in den 40er Jahren ein angesehener Bühnenschauspieler war, wurde durch mehrere Hauptrollen in Hollywood-Monumentalfilmen berühmt (»Die Zehn Gebote«, 1957, Rg. C. B. →DeMille). Seine schlanke, aber kräftige Statur und seine tiefe, volltönende Stimme prädestinierten ihn zum furchtlosen Kämpfer für das Gute. Die Darstellung des Ben Hur in den gleichnamigen Film (1959, Rg. W. →Wyler) brachte ihm einen Oscar ein.

← Charlton Heston

□ 1947: Debüt am Broadway in »Antonius und Cleopatra«. □ 1948: »Jane Eyre« (TV). □ 1957: Moses in »Die Zehn Gebote«. □ 1961: »El Cid« (Rg. A. Mann, mit S. →Loren). □ 1965: General Gordon in »Khartoum« (mit L. →Olivier). □ 1965-71: Präs. der amer. Filmschauspielervereinigung. □ 1980: »Das Erwachen der Sphinx« (Rg. M. Newell). □ 1985: Hauptrolle in »Die Meuterei auf der Caine« im Londoner Queens Theatre.

Heusinger, Ernst Adolf

dt. Militär
* 4.8.1897 Holzminden † 30.11.1982 Köln

Bereits 1950 war der spätere erste Generalinspekteur der Bundeswehr mit den Planungen zum Aufbau einer deutschen Armee beschäftigt. Während des Krieges hatte Heusinger dem militärischen Widerstand nahegestanden und war nach dem Attentat auf →Hitler 1944 zeitweilig in Haft. Vor dem Internationalen Militärtribunal in Nürnberg trat H., der bis 1948 in alliiertem Gewahrsam blieb, wiederholt als Zeuge auf.

Generalinspekteur der Bundeswehr Ernst Adolf Heusinger.

□ 1931-44: Im Generalstab des Heeres. □ 1940-44: Chef der Operationsabteilung. □ 1950: Berater der Bundesregierung in militärischen Fragen. □ 1955: Vors. des militärischen Führungsrates. □ 1957: General; »Befehl im Widerstreit« (Schr.). □ 1957-61: Generalinspekteur der Bundeswehr. □ 1961-64: Vors. des ständigen Militärausschusses der NATO.

Heuß, Alfred

dt. Althistoriker
* 27.6.1909 Gautzsch, Sachsen

Heuß gilt als »Nestor« der deutschen Althistoriker. Neben völkerrechtlichen Studien zur griechischen und römischen Geschichte befaßte er sich auch mit der »Theorie der Geschichte« (1968). 1984 legte H. einen mit Seitenhieben gegen F. →Fischer gespickten wissenschaftsgeschichtlichen Rückblick vor: »Versagen und Verhängnis. Vom Ruin deutscher Geschichte und ihres Verständnisses«. H. war neben G. →Mann Mitherausgeber der monumentalen »Propyläen Weltgeschichte« (10 Bde. 1960-64).

□ 1933: »Die völkerrechtlichen Grundlagen der römischen Außenpolitik« (Schr.). □ 1954-77: Prof. an der Univ. Göttingen. □ 1960: »Römische Geschichte« (Schr.). □ 1968: »Zur Theorie der Weltgeschichte« (Schr.). □ 1975: »Ideologiekritik. Ihre theoretischen und praktischen Aspekte« (Schr.). □ 1983: Erster Historikerpreis, verliehen durch den damaligen Bundespräsidenten K. →Carstens.

Heuss, Theodor

dt. Politiker, Historiker und Publizist
* 31.1.1884 Brackenheim, Württ.
† 12.12.1963 Stuttgart

Heuss gehörte mit K. →Adenauer zu den bestimmenden Politikern der Anfangsjahre der BRD. Mit seinem von F. →Naumann beeinflußten, christlich-sozial geprägten Liberalismus konnte er während seiner Präsidentschaft (1949-59) im Ausland neues Vertrauen für Deutschland ge-

Bundespräsident Theodor Heuss (r.) mit Bundeskanzler Konrad Adenauer, 1953.

winnen. Im Inland bemühte er sich um einen Ausgleich parteipolitischer Gegensätze und knüpfte mit seinem Verständnis von politischer Moral bewußt an die geistigen und demokratischen Traditionen der Weimarer Republik an. Als Mitglied des Parlamentarischen Rates hatte H. großen Einfluß auf die Formulierung des Deutschen Grundgesetzes.

□ 1905-12: Redakteur bei F. Naumanns Zeitschrift Die Hilfe in Berlin. □ 1912-18: Chefredakteur der Neckar-Zeitung in Heilbronn. □ 1920-33: Dozent an der Hochschule für Politik in Berlin. □ 1924-28: MdR der DDP. □ 1927: »Politik. Ein Nachschlagebuch für Theorie und Geschichte« (Schr.). □ 1930-32, 1933: MdR der Dt. Staatspartei. □ 1932: »Hitlers Weg« (Schr.). □ 1933-36: Hg. der Zeitschrift Die Hilfe. □ 1937: »Friedrich Naumann« (Biogr.). □ 1945/46: Kultusmin. in Württ.-Bad.; Mitgründer der DVP. □ 1946-49: MdL der DVP/FDP. □ 1948: Vors. der FDP. □ 1948/49: Mitgl. des Parlamentarischen Rates. □ 1949-59: Bundespräsident. □ 1959: Friedenspreis des Dt. Buchhandels. □ postum 1966: »Aufzeichnungen 1945-1947«. □ 1979: »Tagebuch—Briefe 1955-1963«.

▷ Th. Heuss: Erinnerungen 1905-1933, 1963; K. D. Bracher: Theodor Heuss und die Wiederbegründung der Demokratie in Deutschland, 1965.

Hevesy, Georg Karl von

(eig. György Hevesi)
ung. Physikochemiker
* 1.8.1885 Budapest † 5.7.1966 Freiburg i. Br.

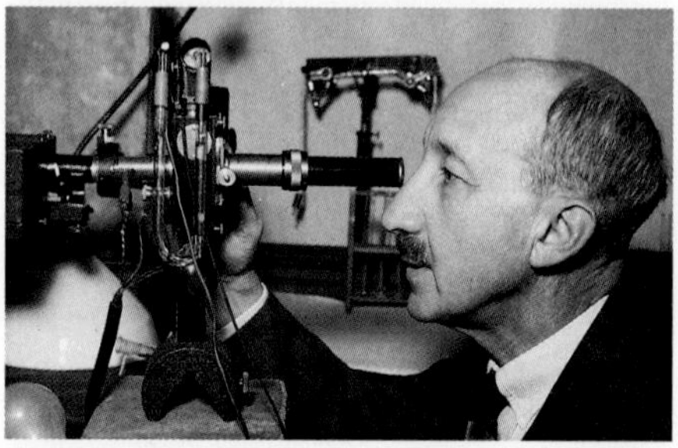

G. v. Hevesy experimentierte mit Isotopengemischen.

Hevesy entwickelte ab 1913 die Indikatormethode zur Untersuchung chemischer Reaktionen. Ausgehend von der Erkenntnis, daß sich radioaktive und nichtstrahlende Isotope eines Elements zwar physikalisch, nicht aber chemisch unterscheiden, verwandte H. entsprechende Isotopengemische für seine Versuche. Einsichten in den Ablauf chemischer Prozesse lieferten anschließend die Strahlendetektoren, mit denen H. und Friedrich Adolph Paneth die strahlenden Reaktionsmoleküle ebenso aufspürten wie 1923 die radioaktiv markierten Nährstoffe (Tracer) in Pflanzen und lebenden Organismen.

□ 1923: Entdeckung des Elements Hafnium (mit D. Coster). □ 1926-34: Prof. an der Univ. Freiburg i. Br.; anschließend Flucht vor den Nationalsozialisten nach Dänemark. □ 1935-43: Prof. an der Univ. Kopenhagen; anschließend Emigration nach Schweden wegen der dt. Besetzung Dänemarks. □ 1944: Chemie-Nobelpreis des Jahres 1943. □ 1943-56: Prof. an der Univ. Stockholm. □ 1962: »Adventures in radioisotope research« (Schr., 2 Bde.).

Antony Hewish →

Reinhard Heydrich →

Hewish, Antony

brit. Astrophysiker
* 11.5.1924 Fowey, Cornwall

1967 entdeckte Hewish am Mullard Radio Observatory in Cambridge die sog. Pulsare, kleine und schnell rotierende Neutronensterne von unvorstellbarer Massendichte, die entsprechend ihrer Rotation in rhythmischen Zeitintervallen im Sekundenbereich Radiosignale ausstrahlen. H., seit 1971 Professor für Radioastronomie an der Universität Cambridge, erklärte die Entstehung der Pulsare durch gigantische Supernova-Implosionen. Wenn ein »ausgebrannter« Stern (etwa von der Größe unserer Sonne) in sich zusammenstürzt, wird die Materie derart komprimiert, daß der dann entstehende Neutronenstern einen Radius von 10 km und eine Dichte von 100 Mio. bis 10 Mrd. t/cm^3 hat. 1974 erhielt H. mit M. →Ryle den Physik-Nobelpreis.

Heydrich, Reinhard

dt. Politiker
* 7.3.1904 Halle/Saale † 4.6.1942 Prag (ermordet)

Heydrich war ein intelligenter, äußerst skrupelloser Machtpolitiker, der bei seinem Aufstieg in der SS H. →Himmler stets in seinem Sinne zu beeinflussen wußte. Er war maßgeblich an den Morden im Zusammenhang mit dem sog. Röhm-Putsch (1934) beteiligt und Mitinitiator des Judenpogroms, der sog. Reichskristallnacht (1938). Mit dem Zusammenschluß von Geheimdienst, Kriminalpolizei und Sicherheitsdienst der SS (SD) zum Reichssicherheitshauptamt (1939) schuf er ein engmaschiges politisches Überwachungssystem. 1941 mit der »Endlösung« beauftragt, leitete er im Januar 1942 auf der Wannsee-Konferenz die planmäßige Vernichtung der Juden ein. Als stellvertretender Reichsprotektor von Böhmen und Mähren konnte er nach anfänglichem Terror mit taktisch geschickter »Versöhnungspolitik« die angespannte Lage zunächst beruhigen. 1942 starb er nach einem Attentat tschechischer Widerstandskämpfer. Der Anschlag löste blutigen Vergeltungsterror aus (u. a. das Massaker von Lidice), was den tschechischen Widerstand neu belebte.

□ 1921-31: Bei der Reichsmarine; Entlassung. □ 1931: Mitgl. der NSDAP; Eintritt in den SS-Sicherheitsdienst (SD). □ 1933: Leiter der politischen Polizei in München. □ 1934: Leiter des Geheimen Staatspolizeiamtes (Gestapo). □ 1936: Leiter der Sicherheitspolizei und des SD. □ 1939: Leiter des Reichssicherheitshauptamtes (RSHA). □ ab 1941: Zugleich stellv. Reichsprotektor von Böhmen und Mähren; SS-Obergruppenführer.

▷ G. Deschner: Reinhard Heydrich, 1977.

Heyerdahl, Thor

norw. Ethnologe und Altertumsforscher
* 6.10.1914 Larvik

Heyerdahl ist Organisator und Leiter berühmter wissenschaftlicher Expeditionen: Die Fahrt auf seinem nach altinkaischen Vorbildern erbauten Balsafloß »Kon-Tiki« (1947) von Callao (Peru)

Thor Heyerdahl erforschte den Ursprung der Polynesier.

über den Pazifik nach Tahiti diente dem Nachweis des Ursprungs der Polynesier in Südamerika; die Reise mit dem nach altägyptischen Vorbildern erbauten Papyrusboot »Ra« (1970) von Safi (Marokko) über den Atlantik nach Barbados (Antillen) sollte vorchristliche Kontakte der Alten Welt zu mittelamerikanischen Kulturen beweisen. Die Expedition »Tigris« (1977) vom Persischen Golf zum Roten Meer folgte den von H. angenommenen Verbreitungswegen der sumerischen Kultur.
H.s diffusionistische Theorien (W. H. →Rivers), die er mit seinen Expeditionen zu untermauern suchte, werden von der Fachwelt überwiegend abgelehnt. Neben Schiffsreisen führte H. archäologische Ausgrabungen auf den Osterinseln (1955/56) und den Malediven (1983) durch.

☐ 1948: »Kon-Tiki« (Sachb., dt. 1949). ☐ 1951: Oscar für gleichnamigen Film. ☐ 1957: »Aku-Aku« (Sachb., dt. 1957). ☐ 1958: Mitgl. der Norw. Akademie der Wissenschaften. ☐ 1970: »Expedition Ra« (Sachb., dt. 1971). ☐ 1986: »Fua Mulaku. Reise zu den vergessenen Kulturen der Malediven« (Sachb., dt. 1986). ☐ 1989: »Easter Island, the mystery solved«. ☐ 1990: »The Kon-Tiki-Man« (mit Ch. Ralling).

▷ W. Blassigame: Thor Heyerdahl, Viking scientist, 1979.

Heym, Georg

dt. Schriftsteller
* 30.10.1887 Hirschberg, Schlesien
† 16.1.1912 Berlin (verunglückt)

Heym war neben G. →Trakl der bedeutendste Lyriker des Frühexpressionismus und nahm großen Einfluß auf die moderne deutsche Lyrik. Die traditionelle Formstrenge seiner Gedichte (vorrangig Sonette) stand im Gegensatz zu den chaotischen, apokalyptischen Visionen, die H. mit Hilfe außergewöhnlicher Metaphern entwarf. Wiederkehrende Themen des jung verstorbenen Schriftstellers waren die Sinnlosigkeit des Daseins, die Vereinsamung des Menschen in anonymen Großstädten und die Prophezeiung von Krieg und Weltuntergang.

☐ 1907: »Der Athener Ausfahrt« (Dr.). ☐ 1907-11: Jurastudium in Würzburg, Jena und Berlin (Promotion). ☐ 1910: »Der Gott der Stadt« (Ged.). ☐ 1911: »Der ewige Tag« (Ged.e). ☐ 1912: »Umbra vitae« (Ged.e).

Stefan Heym →

Hansgünther Heyme →

← Georg Heym

Heym, Stefan

(eig. Hellmuth Flieg)
dt. Schriftsteller
* 10.4.1913 Chemnitz

Der 1952 aus den USA in die DDR zurückgekehrte Romanautor Heym setzt sich in seinem Werk mit den Möglichkeiten der Selbstbestimmung des Individuums im Faschismus, im Sozialismus und im Kapitalismus auseinander. Persönliche Schicksale verband er mit einer kritischen Analyse der politischen Entwicklung innerhalb der DDR. Seine Romane »Fünf Tage im Juni« (1974; Auseinandersetzung mit den Ereignissen vom 17. Juni 1953) und »Collin« (1979) konnten zunächst nur in der Bundesrepublik veröffentlicht werden. Nicht zuletzt wegen seines Protests gegen die Ausbürgerung von W. →Biermann wurde H. 1979 aus dem Schriftstellerverband der DDR ausgeschlossen, 1989 nach der Wende in der ehemaligen DDR jedoch rehabilitiert. H., zunächst Wortführer der friedlichen Revolution im Oktober/November 1989, lehnte die Vereinigung beider deutscher Staaten ab und plädierte für eine sozialistische Alternative zur BRD.

☐ 1933: Emigration in die Tschechoslowakei. ☐ 1937-39: Chefredakteur der Wochenzeitung Deutsches Volksecho in New York (USA). ☐ 1942: »Der Fall Glasenapp« (R., engl., dt. 1952) ☐ 1943: Eintritt in die US-Army. ☐ 1944: Teilnahme an der Besetzung Deutschlands. ☐ 1945: Mitbegr. der amer. Neuen Zeitung in München; Rückversetzung in die USA aufgrund prokommunistischer Haltung. ☐ 1948: »Der bittere Lorbeer« (R., engl., dt. 1950). ☐ 1953: Übersiedlung in die DDR aus Protest gegen den Koreakrieg und die →McCarthy-Politik. ☐ 1963: »Lenz oder die Freiheit« (R.). ☐ 1972: »Der König-David-Bericht« (R.). ☐ 1981: »Ahasver« (R.). ☐ 1984: »Schwarzenberg« (R.). ☐ 1986: »Reden an den Feind«. ☐ 1990: »Einmischung. Gespräche, Reden, Interviews«.

▷ R. Zachau: Stefan Heym, 1982; S. Heym: Nachruf (Aut.), 1988.

Heyme, Hansgünther

dt. Regisseur
* 22.8.1935 Bad Mergentheim

Mit seinen innovativen, pointiert politischen und verfremdeten Klassikerinszenierungen provoziert der Schüler von E. →Piscator immer wieder kontroverse Diskussionen. Sein Wiesbadener »Wilhelm Tell« führte 1965 zum Vorwurf des »Klassikermordes«, da die Aufrührer als nazistische Kleinbürger auftraten und der Rütlischwur nach dem Horst-Wessel-Lied erklang. Trotzdem hielt H. daran fest, den aktuellen Gegenwartsbezug in den Mittelpunkt seiner Inszenierungen zu stellen, unterstützt von politischen Veranstaltungen, Lesungen und Diskussionsforen.
Als Schauspieldirektor und Nachfolger von C. →Peymann beim Württembergischen Staats-

theater in Stuttgart umstritten, gewann er am Theater der Stadt Essen mit vielbeachteten Inszenierungen (»Orestie«, 1988) überregionale Anerkennung.

□ 1963-68: Oberspielleiter am Hess. Staatstheater in Wiesbaden. □ 1964: »Marat/Sade« von P. →Weiss (Berliner Theatertreffen und TV-Aufzeichnung, 1965). □ 1968-79: Bühnen der Stadt Köln (zunächst Oberspielleiter, ab 1972 Schauspieldir., ab 1975 Intendant des Schauspiels). □ 1972: »Maria Magdalena« von F. Hebbel (Berliner Theatertreffen, 1973 und TV-Aufzeichnung, 1974). □ 1979-82: Schauspieldir. beim Württ. Staatstheater in Stuttgart. □ 1985-91: Schauspieldir. am Theater der Stadt Essen. □ seit 1987: Leitung der Schauspielabteilung an der Folkwang-Hochschule ebd.; »Miele ein deutsches Schicksal« (TV-Film). □ 1990/91: Leiter der Ruhrfestspiele in Recklinghausen.

▷ G. Erken: Hansgünther Heyme, 1989.

Heynckes, Josef »Jupp«

dt. Fußballspieler und Trainer
* 9.5.1945 Mönchengladbach

J. Heynckes: Als Trainer wie als Spieler richtungweisend.

Heynckes war als Trainer ebenso erfolgreich wie als Aktiver. Sechsmal wurde er deutscher Meister: Viermal als Stürmer von Borussia Mönchengladbach, zweimal als Trainer von Bayern München. Mit der Nationalmannschaft (39 Länderspiele) gewann er 1972 die Europameisterschaft, konnte aber in vielen Länderspielen nicht an die auf Vereinsebene gezeigten Leistungen (220 Bundesliga-Tore) anknüpfen.

□ 1964-67: Borussia Mönchengladbach. □ 1967-70: Hannover 96. □ 1970-76: Borussia Mönchengladbach (Dt. Meister 1970, 1971, 1975 und 1976; DFB-Pokalsieger 1971; UEFA-Cup-Sieger 1975). □ 1979-87: Trainer in Mönchengladbach. □ 1987-91: Bayern München (Dt. Meister 1989 und 1990).

Heyne, Rolf

dt. Verleger
* 2.5.1928 Berlin

Heyne führte das väterliche Verlagsunternehmen (gegr. 1934 in Dresden) nach dem 2. Weltkrieg in eine Spitzenposition auf dem deutschen Taschenbuchmarkt. Ein früher USA-Aufenthalt hatte H. wichtige Impulse für die Vermarktung von Büchern als Massenware gegeben. Heute bringt sein Verlag, seit 1948 in München angesiedelt, monatlich ca. 50 Neuerscheinungen heraus. Ein besonderes Gewicht haben die Reihen mit den Sparten »Biografie«, »Krimi«, »Fach-« und »Kochbuch«.

← Rolf Heyne

Jaroslav Heyrovský →

Heyrovský, Jaroslav

tschech. Physikochemiker
* 20.12.1890 Prag † 27.3.1967 ebd.

Heyrovský erfand und entwickelte 1922-25 die Polarographie. Das elektrochemische Analyseverfahren dient einerseits zur quantitativen Messung von Metallionenkonzentrationen und andererseits zur qualitativen Bestimmung der Ionenart. Über zwei Quecksilberelektroden, die sich in einer Salzlösung befinden und mit einer Gleichspannungsquelle verbunden sind, werden Zersetzungsspannung und Stromstärke abgelesen, die aufgrund der Reaktion der in der Testlösung befindlichen Ionen mit den Quecksilbertröpfchen entstehen.

□ 1926-54: Prof. der Univ. Prag. □ 1941: »Polarographie« (Schr.). □ 1950-63: Dir. des Polarographischen Inst. der tschech. Akademie der Wissenschaften ebd. □ 1959: Chemie-Nobelpreis. □ 1965: »Grundlagen der Polarographie« (Schr., mit J. Kůta).

Paul von Heyse →

Heyse, Paul von

dt. Schriftsteller
* 15.3.1830 Berlin † 2.4.1914 München

Heyse, wichtigster Vertreter des von König Maximilian II. von Bayern gegründeten Münchner Dichterkreises, erhielt 1910 als erster Deutscher den Literatur-Nobelpreis. Der vor allem mit Novellen (»L'Arrabiata«, 1855) erfolgreiche Autor, der das klassizistische Schönheitsideal pflegte und die sog. Falkentheorie über den stringenten Aufbau der Novelle entwickelte, geriet mit dem Aufkommen des Naturalismus (G. →Hauptmann) in Vergessenheit.

□ 1854: Berufung nach München durch König Maximilian II.; mit Emmanuel Geibel Mittelpunkt des Münchner Dichterkreises. □ 1860: »Italienisches Liederbuch« (Übersetzung). □ 1973: »Kinder der Welt« (R., 3 Bde.). □ 1977: »Skizzenbuch« (Ged.e). □ 1895: »Über allen Gipfeln« (R.). □ 1907: »Gegen den Strom« (R.). □ 1910: Literatur-Nobelpreis.

▷ S. v. Moisy (Hg.): Paul Heyse. Münchner Dichterfürst im bürgerlichen Zeitalter (Ausstellungskatalog), 1981.

Hicks, Sir (ab 1964) John Richard

brit. Nationalökonom
* 8.1.1904 Warwick
† 20.5.1989 Blockley, Gloucestershire

Hicks lieferte in seinen Werken »Value and capital« (1939) und »Einführung in die Volkswirtschaftslehre« (1942, dt. 1962) Beiträge zur Konjunktur-, Gleichgewichts- und Wohlfahrtstheorie. Seine Arbeiten auf den Gebieten der Lohn- und Konsum- sowie der Grenznutzentheorie, die in Anlehnung an L. →Walras entstanden, gaben der Volkswirtschaftslehre wichtige Impulse. 1972 erhielt H. mit K. J. →Arrow den Nobelpreis für Wirtschaftswissenschaften.

□ 1926-35: Dozent an der London School of Economics. □ 1932: »The theory of wages« (Schr.). □ 1935-38: Dozent an der Univ. Cambridge. □ 1939-46: Prof. an der Univ. Manchester. □ 1946-51: Prof. am Nuffield College, Oxford. □ 1952-65: Prof. für politische Ökonomie an der Univ. Oxford.

□ 1961: »Federalism and economic growth in underdeveloped countries« (Schr.). □ 1965: »Capital and growth« (Schr.). □ 1972: Nobelpreis für Wirtschaftswissenschaften. □ 1973: »Carl Menger and the Austrian school of economics« (Schr., mit W. Weber). □ 1985: »Methods of dynamic economics« (Schr.).

▷ J. N. Wolfe: Value, capital and growth: papers in honour of Sir John Hicks, 1968.

Highsmith, Patricia

amer. Schriftstellerin
* 19.1.1921 Fort Worth, Texas

Patricia Highsmith schreibt Kriminalromane, in denen die Täter auch Opfer sind.

Mit psychologisch ausgefeilten, schriftstellerisch anspruchsvollen Kriminalromanen verhalf Highsmith diesem Genre zu literarischer Geltung. In ihren Romanen und Erzählungen, die mit distanzierter, unbestechlicher Beobachtungsgabe den Alltag ausleuchten, führt meist ein, die Hauptperson betreffendes, einschneidendes Erlebnis zu einer allmählichen Veränderung, die in unmerklicher Zwangsläufigkeit zur Gewalttat führt. H.s Täter sind Opfer.

□ 1942: Examen in Literatur und Zoologie an der Columbia Univ. New York. □ 1950: »Zwei Fremde im Zug« (R., dt. 1974, verfilmt 1951 von A. → Hitchcock); freie Schriftstellerin. □ ab 1951: Abwechselnde Aufenthalte in den USA und Europa. □ 1955: »Der talentierte Mr. Ripley« (dt. 1979). □ 1962: »Tiefe Wasser« (dt. 1976); »Der Schrei der Eule« (dt. 1976). □ 1974: »Ripley's Game oder Ein amerikanischer Freund« (dt. 1977, verfilmt 1977 von W. →Wenders mit D. →Hopper und B. →Ganz). □ 1977: »Ediths Tagebuch« (dt. 1980, verfilmt 1983 von H. W. →Geissendörfer). □ seit 1983: Wohnsitz im Tessin. □ 1984: »Carol« (dt. 1990). □ 1986: »Elsies Lebenslust« (dt. 1986). □ 1991: »Ripley under water« (dt. 1991).

▷ F. Cavigelli/F. Senn (Hg.): Über Patricia Highsmith, 1980.

Hikmet, Nazim

türk. Lyriker
* 20.1.1902 Saloniki (heute Thessaloniki)
† 3.6.1963 Moskau (UdSSR)

Hikmet wurde durch die Verwendung von Umgangssprache und freien Versen zum radikalen Erneuerer der seit Jahrhunderten metrischer Reimdichtung verpflichteten türkischen Dichtkunst. Wegen seiner Mitgliedschaft in der illegalen türkischen KP war er mehrfach inhaftiert. Im Moskauer Exil erhob er unter dem Einfluß des Futuristen W. →Majakowski die Versbrechung zum poetischen Prinzip. Sein bedeutendstes Werk ist der 1941-50 im Gefängnis entstandene Epenzyklus »Menschenlandschaften« (dt. 1963, türk. 1966/67), in dem er seine politischen und menschlichen Erfahrungen in 17 000 Verse faßte. »Das Epos von Scheich Bedreddin« (Ged.e, 1936, dt. 1981), die Darstellung einer klassenkämpferische Züge tragenden Aufstandsbewegung im 15. Jh., war H.s letzte Publikation vor einem 28jährigen Verbot in seiner Heimat.

□ 1913: Erste Gedichte. □ ab 1917: Marineschule in Istanbul. □ 1921: Teilnahme am anatolischen Befreiungskampf. □ 1922: »Die Pupillen der Hungernden« (Ged.). □ 1922-28: Aufenthalt in Moskau; Studium an der Univ. der Völker des Orients. □ 1923: Eintritt in die türk. KP. □ 1929: »835 Zeilen« (Ged.e), erste Veröffentlichung im eigenen Land. □ 1929-37: Mehrfache Inhaftierung wegen kommunistischer Agitation. □ 1931: »Die verstummende Stadt« (Ged.e). □ 1934/35: »Von allen vergessen« (Dr., dt. 1960). □ 1937-50: Gefängnis; Freilassung nach allgemeiner Amnestie. □ ab 1951: Exil in verschiedenen europ. Ländern. □ 1952: Lenin-Friedenspreis. □ postum 1968: »Briefe aus dem Gefängnis an Kemal Tahir«.

Hilbert, David

dt. Mathematiker
* 23.1.1862 Königsberg (heute Kaliningrad, UdSSR)
† 14.2.1943 Göttingen

Hilbert, einer der vielseitigsten Mathematiker des 20. Jh.s, veröffentlichte 1897 seine grundlegende »Theorie der algebraischen Zahlkörper«, eine als »Zahlbericht« bekannt gewordene Vereinheitlichung der algebraischen Zahlentheorie. Ebenso einflußreich wurde sein Standardwerk »Grundlagen der Geometrie« (1899), das ein vollständiges Axiomensystem für die euklidische Geometrie bereitstellt. Darin werden die Widerspruchsfreiheit und Unabhängigkeit der einzel-

David Hilbert entwickelte den »Hilbert-Raum«.

nen Axiome, die nur als implizite Definitionen gelten, systematisch nachgewiesen.
Seine Arbeiten über Integralgleichungen führten H. zu der mathematisch fruchtbaren Begriffsbildung des »Hilbert-Raumes«, ein Vektorraum über dem Körper reeller oder komplexer Zahlen. Aufgrund der analytischen Verknüpfungsmöglichkeiten verschiedener geometrischer Vorstellungen wurde dieser Begriff in den 20er Jahren zur Formulierung der Quantenmechanik und später für die Funktionalanalysis wichtig.
Ab 1918 entwickelte H. das nach ihm benannte Programm der Axiomatisierung der gesamten Mathematik — einschließlich der Mengenlehre. Dieses von seinen Gegnern (L. E. J. →Brouwer, H. →Weyl) als Formalismus bezeichnete System wurde 1930 mit dem sog. Unvollständigkeitssatz von Kurt Gödel (* 1906, † 1978) widerlegt, wonach die Widerspruchsfreiheit eines Systems nicht mit den in ihm formalisierten Mitteln bewiesen werden kann.

□ 1893-95: Prof. an der Univ. Königsberg. □ 1895-30: Prof. an der Univ. Göttingen. □ 1900: H. formuliert auf dem Int. Mathematiker-Kongreß in Paris 23 ungelöste mathematische Probleme, von denen weitreichende Anregungen für die Entwicklung der Mathematik des 20. Jh.s ausgehen. □ 1909: Beweis des »Waringschen Problems«, daß sich jede ganze Zahl als Summe einer festen Anzahl n-ter Potenz darstellen läßt. □ 1924: »Methoden der mathematischen Physik« (Schr., mit R. Courant, 2. Bd. 1937). □ 1928: »Grundzüge der theoretischen Logik« (Schr.). □ 1934-39: »Grundlagen der Mathematik« (Schr., 2 Bde. mit P. Bernays).

▷ C. Reid: Hilbert (Biogr.), 1970.

Hild, Helmut

dt. Theologe (ev.)
* 23.3.1921 Weinbach, Hessen

In den 70er und 80er Jahren war Hild einer der bedeutendsten Sprecher des deutschen Protestantismus. Er nahm die Kirche in die gesellschaftlich-diakonische Pflicht. Als Kirchenpräsident von Hessen und Nassau plädierte er 1981 für einen Baustopp der Frankfurter Startbahn West bis zur gerichtlichen Entscheidung über die Zulässigkeit des Volksbegehrens. 1983 stand H., der die eskalierende Aufrüstung für unvereinbar mit dem reformatorischen Glaubensverständnis erklärte, auf der Seite der gewaltlosen Nachrüstungsgegner.

□ 1969-85: Kirchenpräs. der Ev. Kirche in Hessen und Nassau. □ 1973: Stellv. Ratsvors. der Ev. Kirche in Deutschland. □ seit 1985: Vorstandsvors. des Gemeinschaftswerks der Ev. Publizistik, Frankfurt.

Hildebrandt, Dieter

dt. Kabarettist und Schauspieler
* 23.5.1927 Bunzlau, Schlesien

Hildebrandt, einer der populärsten Satiriker der BRD, gründete 1956 mit Sammy Drechsel das erfolgreichste deutsche Nachkriegskabarett, die »Münchner Lach- und Schießgesellschaft«, deren Live-Übertragungen im Fernsehen ihn bundesweit bekannt machten. Seit den 70er Jahren tritt H. vorwiegend im Fernsehen auf (»Nachrichten aus der Provinz«, 1972-79; »Scheibenwischer«, seit 1980). Seine Stärke ist die beiläufig verplauderte assoziative Satire, bei der die Grenze zwischen Improvisation und vorbereitetem Text unmerklich bleibt.

Dieter Hildebrandt →

□ 1950-55: Studium der Literatur, Publizistik und Theaterwissenschaft; als Platzanweiser im Kabarett »Kleine Freiheit« Bekanntschaft mit W. →Finck. □ 1955: Gründung des Studentenkabaretts »Die Namenlosen«. □ 1974: Gründung eines Autoren-Kabaretts mit W. →Schneyder. □ seit 1980: »Scheibenwischer« (TV-Kabarett). □ 1983: »Kehraus« (F. von und mit G. →Polt, Rg. Hanns Christian Müller). □ 1986: »Kir Royal« (TV-Serie).

▷ D. Hildebrandt: Was bleibt mir übrig (Aut.), 1986.

Hildesheimer, Wolfgang

dt. Schriftsteller und Künstler
* 9.12.1916 Hamburg
† 21.8.1991 Poschiavo, Graubünden (Schweiz)

Wolfgang Hildesheimer wandte sich ab 1983 ausschließlich der bildenden Kunst zu.

← Helmut Hild

Hildesheimer, 1966 mit dem Georg-Büchner-Preis ausgezeichnet, ist einer der ersten deutschen Vertreter des absurden Theaters (E. →Ionesco). Seine zunächst eher satirische Betrachtungsweise (»Lieblose Legenden«, Erz.n, 1952) wurde abgelöst durch eine zunehmend pessimistische Darstellung der Absurdität der Welt (»Spiele, in denen es dunkel wird«, Dr.n, 1958). Aufsehen erregte 1977 H.s Biografie »Mozart«, in der er ein neues, entmythologisiertes Bild des Komponisten entwarf. Unter dem Eindruck der drohenden Selbstvernichtung der Menschen zog H. 1983 mit seinen »Mitteilungen an Max über den Stand der Dinge und anderes« (Briefessay) einen Schlußstrich unter seine literarische Tätigkeit und wandte sich verstärkt der bildenden Kunst zu.

□ 1933-37: Tischlerlehre in Palästina. □ 1937-39: Studium für Bühnenbildnerei und Zeichnen in London. □ 1940-42: Englischlehrer am British Council des British Inst. in Tel Aviv. □ 1942-46: Informationsoffizier beim Public Information Office der brit. Regierung in Jerusalem. □ 1946-49: Dolmetscher bei den Nürnberger Prozessen. □ 1953: »Paradies der falschen Vögel« (R.). □ 1955: »Der Drachenthron«

(Kom.). □ 1957: Übersiedlung nach Poschiavo, Graubünden. □ 1960: »Herrn Walsers Raben« (Hsp.) □ 1967: Gastdozent für Poetik in Frankfurt/Main. □ 1981: »Marbot. Eine Biographie« (R.). □ 1987: »Nachlese« (Collagen). □ 1991: »Landschaft mit Phoenix« (Collagen).

▷ D. Rodewald: Über Wolfgang Hildesheimer, 1971; W. Hildesheimer: Zeiten in Cornwall (Aut.), 1981.

Hilferding, Rudolf

österr.-dt. Nationalökonom und Politiker
* 10.8.1877 Wien † 11.2.1941 Paris (Frankreich)

← Rudolf Hilferding

Hilferding, ehemals Reichsfinanzminister und Mitglied der linken Minderheit in der sozialdemokratischen Bewegung (USPD), zählte zu den sog. Neomarxisten, die der Voraussage eines Zusammenbruchs des kapitalistischen Systems widersprachen. In seinem Werk »Das Finanzkapital« (1910) beschrieb H. den Übergang von Einzelunternehmern zu Kapitalisten, die Bildung von Trusts und Kartellen sowie die Entstehung der Monopole. Er verurteilte die Macht der Banken, die seiner Theorie zufolge durch ihr Geldkapital einen wesentlichen Einfluß auf Politik, Industrie und somit auf die wirtschaftliche Entwicklung besitzen. H. starb in Gestapo-Haft.

□ 1901: Promotion zum Dr. med. □ 1901-06: Praktizierender Arzt (erneut 1915-19). □ 1907-16: Redakteur der SPD-Zeitung Vorwärts. □ 1917: Beitritt zur USPD. □ 1918-23: Chefredakteur des Zentralorgans der USPD (Freiheit). □ 1922-33: Mitgl. des SPD-Parteivorstands. □ 1923: Reichsfinanzmin. (erneut 1928/29). □ 1924: »Für die soziale Republik« (Schr.). □ 1924-33: MdR. □ 1932: »Nationalsozialismus und Marxismus« (Schr.). □ 1933: Emigration nach Zürich. □ 1938: Übersiedlung nach Paris. □ 1941: Inhaftierung durch das Vichy-Regime und Auslieferung an die Gestapo.

▷ G. Pietranera: Rudolf Hilferding und die ökonomische Theorie der Sozialdemokraten, 1974.

Hill, Archibald Vivian

brit. Physiologe
* 26.9.1886 Bristol, Gloucestershire
† 3.6.1977 Cambridge

Hill erforschte die wärmefreisetzenden Prozesse bei der Muskelkontraktion und zeigte, daß der Sauerstoffverbrauch erst nach der Muskeltätigkeit und nicht während dieser stattfindet. Zur Messung des äußerst geringfügigen Wärmeverlustes entwickelte H. ein Gerät, das nur hundertstel Sekunden andauernde Temperaturschwankungen von 0,003 °C elektrisch aufzeichnet.

□ 1920-23: Prof. an der Univ. Manchester; anschließend am Univ. College, London. □ 1922: Physiologie/Medizin-Nobelpreis (mit O. → Meyerhofer). □ 1926: »Muscular activity« (Schr.). □ 1926-51: Forschungsprof. der Royal Society, London. □ 1970: »First and last experiments in muscle mechanics« (Schr.).

Hill, Terence

(eig. Mario Girotti)
ital. Schauspieler
* 29.3.1940 Venedig

← Terence Hill

In der Rolle des Raufbolds und Sprücheklopfers wurde Hill mit Filmen wie »Mein Name ist Nobody« (1973; mit H. → Fonda, Rg. T. Valerii) zum beliebten Filmkomiker. Gemeinsam mit Bud Spencer, der den einfältigen Muskelprotz verkörperte, war er nach dem Erfolg von »Vier Fäuste für ein Halleluja« (1971; Rg. E. B. Clucher) in zahlreichen Parodien des Italo-Western bekannt geworden. Die Filme des Duos, in deren Mittelpunkt der Prügelklamauk steht, zählten zu den großen Kassenschlagern der 70er Jahre und lösten eine Welle ähnlicher Genre-Parodien aus. In »Keiner haut wie Don Camillo« (1983) führte H. erstmals auch Regie.

□ 1962: Erste Filmrolle in »Der Leopard« (mit B. → Lancaster und C. → Cardinale, Rg. L. → Visconti). □ 1964: »Winnetou II« (mit P. → Brice, Rg. H. Reinl). □ 1967: »Gott vergibt — Wir beide nie« (Rg. G. Colizzi). □ 1969: »Die rechte und die linke Hand des Teufels« (mit B. Spencer, Rg. E. B. Clucher). □ 1972: »Zwei Himmelhunde auf dem Weg zur Hölle« (mit B. Spencer, Rg. G. Colizzi). □ 1975: »Nobody ist der Größte« (mit K. → Kinski). □ 1979: »Das Krokodil und sein Nilpferd« (mit B. Spencer, Rg. I. Zingarelli). □ 1985: »Die Miami Cops« (mit B. Spencer, Rg. B. Corbucci). □ 1991: »Lucky Luke« (Rg. und Hr.).

Hillary, Sir (ab 1953) Edmund Percival

neuseel. Bergsteiger und Antarktisforscher
* 20.7.1919 Auckland

Edmund Hillary bezwang 1953 mit dem Sherpa Tensing Norgay (r.) den Mount Everest.

Am 29.5.1953 gelang Hillary — von Beruf eigentlich Bienenzüchter — zusammen mit dem Sherpa Tensing Norgay die Erstbesteigung des Mount Everest (8848 m). Seit 1921 hatten sich Bergsteiger erfolglos an dem vielbeschriebenen Gipfel (u. a. von S. → Hedin) und höchsten Berg der Erde versucht.

□ 1951: Expedition zum Himalaja. □ 1953: Erstbesteigung des Mt. Everest. □ 1955: »High Adventure« (Reiseb.). □ 1956-58: Leitung einer Antarktis-Expedition zum Südpol (erreicht am 3.1.1958). □ 1967: Leitung einer antarktischen Bergsteiger-Expedition. □ 1977: Erste Rennboot-Expedition ins Quellgebiet des Ganges.

▷ E. P. Hillary: Wer wagt, gewinnt (Aut.), 1975, dt. 1976.

Hillery, Patrick John

ir. Politiker
* 2.5.1923 Miltown Malbay, Grafschaft Clare

Der als Staatspräsident (1976-90) um Ausgleich bemühte Hillery hat in seiner aktiven Politikerlaufbahn keine Konfrontation gescheut. So griff er vor der UNO-Vollversammlung 1969 die britische Politik in Nordirland an und bezeichnete die Wiedervereinigung des Inselstaats als einzige dauerhafte Lösung. Als Außenminister leitete er die Beitrittsverhandlungen mit der EG. 1990 wurde H. von M. →Robinson abgelöst, dem ersten weiblichen Staatsoberhaupt Irlands.

□ 1951-73: Mitgl. des Parlaments für die Fianna Fáil. □ 1959-65: Erziehungsmin. □ 1965/66: Min. für Industrie und Handel. □ 1966-69: Arbeitsmin. □ 1969-72: Außenmin. □ 1972: Beitritt Irlands zur EG. □ 1972-76: EG-Kommissar für Sozialpolitik. □ 1976-90: Staatspräsident.

← Patrick John Hillery

Hillgruber, Andreas

dt. Historiker
* 18.1.1925 Angerburg, Ostpreußen
† 8.5.1989 Köln

Mit der Untersuchung »Der 2. Weltkrieg. Kriegsziele und Strategien der großen Mächte« war Hillgruber 1982 ein international anerkanntes Standardwerk gelungen. Widerspruch und Kritik erregte der konservative Historiker dagegen mit seinem Essay »Zweierlei Untergang. Die Zerschlagung des Deutschen Reiches und das Ende des europäischen Judentums« (1986). Im sog. Historikerstreit vertrat er die These, daß die Alliierten die Zerschlagung Deutschlands bereits geplant hätten, als sie von den nationalsozialistischen Verbrechen noch nichts wußten.

□ 1965: »Hitlers Strategie« (Habilitation an der Univ. Marburg). □ 1967-70: Hg. der »Staatsmänner und Diplomaten bei Hitler« (2 Bde.). □ 1968-72: Prof. an der Univ. Freiburg i. Br. □ 1972: »Bismarcks Außenpolitik« (Schr.). □ ab 1972: Prof. an der Univ. Köln. □ 1988: »Die Zerstörung Europas. Beiträge zur Weltkriegsepoche 1917-1945« (Schr.).

Hilpert, Heinz

dt. Regisseur und Theaterleiter
* 1.3.1890 Berlin † 25.11.1967 Göttingen

Hilpert prägte ab Mitte der 20er Jahre bis zum Kriegsende als Regisseur und Intendant in Berlin und Wien das deutschsprachige Theater und wirkte danach u. a. in Zürich, Konstanz und Göttingen. Er achtete in seinen Inszenierungen auf Sachlichkeit, Werktreue und ein abgestimmtes Ensemblespiel. Zu seinen großen Regieleistungen gehören neben eindringlichen Klassikerinszenierungen — Shakespeare, Schiller, Kleist — die Uraufführungen mehrerer →Zuckmayer-Dramen, z. B. »Der Hauptmann von Köpenick« 1931 in Berlin (mit W. Krauss) und »Des Teufels General« 1946 in Zürich (mit G. →Knuth).

□ 1926-32: Regisseur am Dt. Theater Berlin. □ 1928: UA von »Verbrecher« (F. Bruckner). □ 1931: UA von »Geschichten aus dem Wiener Wald« (Ö. v. →Horváth). □ 1934-45: Leiter des Dt. Theaters. □ 1938-45: Zusätzlich Dir. des Theaters in der Josefstadt in Wien. □ 1947/48: Intendant in Frankfurt/Main. □ 1949/50: Theaterleiter in Konstanz; UA der Dr.n »Barbara Blomberg« und »Gesang im Feuerofen« (Zuckmayer). □ 1950-56: Intendant in Göttingen.

▷ H. Hilpert: Das Theater — ein Leben, 1961; H. Hilpert: Liebe zum Theater, 1963.

Himmler, Heinrich

dt. Politiker
* 7.10.1900 München
† 23.5.1945 bei Lüneburg (Selbstmord)

Himmler war einer der skrupellosesten Handlanger A. →Hitlers. Zutiefst von der nationalsozialistischen Rassenideologie überzeugt, baute er nicht nur die SS zu einem dem »Führer« willfährigen Herrschaftsinstrument aus — er organisierte mit ihrer Hilfe und nach Hitlers Vorstellungen die »Germanisierung« Osteuropas und die Errichtung der Vernichtungslager (u. a. Auschwitz und Majdanek). Damit wurde H., der

Heinrich Himmler organisierte mit der SS ein Schreckensinstrument des NS-Staats.

blinden Gehorsam praktizierte und verlangte, zum Symbol des menschenverachtenden NS-Regimes.

☐ ab 1923: Mitgl. der NSDAP; Teilnahme am Hitlerputsch. ☐ 1925: Mitgl. der SS. ☐ 1926: Stellv. Propagandaleiter der NSDAP. ☐ ab 1929: Reichsführer SS. ☐ 1930: MdR. ☐ 1933: Polizeikommandeur von Bayern; Chef der politischen Polizei. ☐ 1936: Staatssekr. im Reichsinnenministerium. ☐ 1939: Reichskommissar für die Festigung des dt. Volkstums. ☐ 1943: Reichsinnenmin. ☐ 1944: Chef des Ersatzheeres; Leiter der Heeresrüstung; wegen angeblicher Friedensverhandlungen von Hitler aus der Partei ausgeschlossen (April); brit. Gefangenschaft.

▷ A. Wykes: Reichsführer SS Himmler, 1982.

Hinault, Bernard

frz. Radrennfahrer
* 15.11.1954 Yffiniac, Bretagne

Hinault gehört zu den erfolgreichsten Radfahrern aller Zeiten. Fünfmal siegte er in der Tour de France, was vor ihm nur J. →Anquetil und E. →Merckx geschafft hatten. Der »Kannibale«, wie er wegen seines unersättlichen Siegeswillens genannt wurde, gewann viermal (1979-82) die Super-Prestige-Wertung als bester Straßenfahrer. 1982 und 1985 schaffte er das begehrte Double mit Siegen sowohl in der Tour de France als auch im Giro d'Italia.

☐ 1977: Sieger Lüttich—Bastogne—Lüttich (erneut 1980). ☐ 1978: Tour de France (erneut 1979, 1981, 1982 und 1985); Spanien-Rundfahrt (erneut 1983). ☐ 1980: Giro d'Italia (erneut 1982 und 1983); Straßenweltmeister. ☐ 1981: Paris—Roubaix.

Paul Hindemith: Ein vielseitiger Wegbereiter der Neuen Musik in Deutschland.

← Bernard Hinault

Hindemith, Paul

dt. Komponist
* 16.11.1895 Hanau † 28.12.1963 Frankfurt/Main

Hindemith erwarb in den 20er Jahren als treibende Kraft der Foren für Neue Musik in Donaueschingen und Baden-Baden den Ruf als Bahnbrecher der Moderne. Radikale Frühwerke (Operneinakter »Mörder, Hoffnung der Frauen«, UA Stuttgart 1921 sowie »Sancta Susanna«, UA Frankfurt/Main 1922) führten zu Charakterisierungen wie »Bürgerschreck«. Aufgrund seiner kompositorischen Neuerungen (erweiterte Tonalität) und des ethischen Anspruchs seiner Oper »Mathis, der Maler« (UA Zürich 1938) wurde H. vom NS-Regime als »entartet« verfemt. H., der zahlreiche Gebrauchsmusiken für die Jugendmusikbewegung (F. →Jöde) schrieb (»Plöner Musiktag«, 1932), komponierte in fast allen Gattungen (Ballett, Orchesterwerke, Kammer- und Klaviermusik, Chorwerke, Lieder) und war ein bedeutender Dirigent und Musiktheoretiker.

☐ 1909-15: Studium am Hochschen Konservatorium in Frankfurt/Main. ☐ 1915-23: Konzertmeister am Frankfurter Opernhaus. ☐ 1921-29: Bratschist im Amar-Quartett. ☐ 1921-26: Aktive Teilnahme an den jährlichen »Kammermusikaufführungen zur Förderung Zeitgenössischer Tonkunst« in Donaueschingen. ☐ 1927: UA der Oper »Cardillac« in Dresden. ☐ 1927-37: Kompositionslehrer an der Berliner Musikhochschule. ☐ 1934: Nach NS-Verbot der Sinf. »Mathis, der Maler« Rücktritt W. →Furtwänglers als Dirigent der Berliner Philharmoniker. ☐ 1935-37: Musikorganisator in Ankara (türk. Regierungsauftrag). ☐ 1936/37: »Unterweisung im Tonsatz« (Schr.). ☐ 1938: Emigration in die Schweiz. ☐ 1940-53: Prof. an der Yale Univ. New Haven, Conn. ☐ 1946: Amer. Staatsbürgerschaft. ☐ 1951-57: Prof. an der Univ. Zürich. ☐ 1953: Übersiedlung nach Blonay, Kt. Vaud (Schweiz). ☐ 1957: UA der Oper »Die Welt der Harmonie« in München. ☐ postum 1968: Gründung einer H.-Stiftung in Blonay (Trägerin des Paul-H.-Inst. Frankfurt/Main).

▷ A. Briner: Paul Hindemith, 1971; G. Schubert: Paul Hindemith in Selbstzeugnissen und Bilddokumenten, 1981.

Paul von Hindenburg →

Hindenburg, Paul von Beneckendorff und von

dt. Militär und Politiker
* 2.10.1847 Posen
† 2.8.1934 Neudeck, Ostpreußen

Als »Sieger von Tannenberg« (Sieg über die Russen 1914) und Symbolfigur der politischen Rechten wurde Hindenburg nach dem Tod von F. →Ebert 1925 zum Reichspräsidenten gewählt. Trotz monarchistischer Grundeinstellung fühlte er sich an die republikanische Verfassung gebunden. Erst mit dem Aufkommen der von ihm abhängigen Präsidialkabinette (H. →Brüning) wuchs sein politischer Einfluß, der geschickt von seiner engeren Umgebung ausgenutzt wurde (Entlassung der Reichskanzler Brüning, v. →Papen und v. → Schleicher). Die Ernennung von A. →Hitler zum Reichskanzler, gegen die sich der greise Reichspräsident lange gesträubt hatte, besiegelte das Ende der Weimarer Republik. Seine große Popularität (»Hindenburg-Mythos«) verdankte H. den Siegen von Tannenberg und an den Masurischen Seen (1914), die den Rückzug der Russen aus Ostpreußen erzwangen.

☐ 1859-1911: Militärdienst; zuletzt General. ☐ 1866: Teilnahme am Dt. Krieg. ☐ 1870/71: Teilnahme am Dt.-Frz. Krieg. ☐ 1914: Reaktiviert; Generalfeldmarschall. ☐ 1914-16: Oberbefehlshaber Ost. ☐ 1916-19: Chef des Generalstabs. ☐ 1925-34: Reichspräsident; Wiederwahl 1932 als Kandidat auch der SPD gegen Hitler.

▷ P. v. Hindenburg: Aus meinem Leben (Erinnerungen), 1925; J. W. Wheeler-Bennet: Der hölzerne Titan, dt. 1969; W. Ruge: Porträt eines Militaristen, NA 1981.

Hines, Earl Kenneth »Earl Fatha«

amer. Jazzmusiker und Bandleader
* 28.12.1905 Duquesne, Pa.
† 22.4.1983 Oakland, Kalif.

Hines ging als Pianist durch seinen ganz persönlichen »Trompeten-Stil« in die Jazzgeschichte ein. Die Kennzeichen waren Einzelstimmenspiel, Tremolo-Effekte und die dynamische Auflockerung durch Oktaven. Dieser Stil beeinflußte bis Mitte der 30er Jahre die meisten Jazzpianisten. Als in den 40er Jahren zahlreiche Musiker des Bebop wie Ch. →Parker und D. →Gillespie in seiner Big Band spielten, wurde H. einer der Wegbereiter dieser Jazzrichtung. Ab 1928 nahm er Schallplatten unter seinem Namen auf, wirkte aber auch bei den Plattenaufnahmen von L. → Armstrongs legendären »Hot Five« mit. Seine bekanntesten Kompositionen wurden »Rosetta«, »You can depend on me« und »A Monday date«.

□ 1914: Klavierunterricht. □ 1922: Engagements in Chicagoer Clubs. □ 1928-48: Leitung einer eigenen Big Band, der zeitweise D. Gillespie, Ch. Parker und Shadow Wilson angehören. □ 1948-51: Bei L. Armstrong. □ 1957: Erste Europatournee mit Jack Teagarden. □ 1966: Tournee durch die UdSSR; bis in die 80er Jahre Europatourneen.

← Earl Fatha Hines

Hines, James Ray »Jim«

amer. Leichtathlet
* 10.9.1946 Dumas, Ark.

Hines durchbrach am 20.6.1968 in Sacramento die Schallmauer der 10 sec., als er über 100 m handgestoppte 9,9 sec. lief und A. →Harys Weltrekord von 1960 (10,0 sec.) unterbot. Der farbige Amerikaner erreichte in der Höhenlage von Mexiko Stadt (2260 m) als Olympiasieger elektronisch gestoppte 9,95 sec.; dieser Weltrekord hatte 15 Jahre Bestand. Eine weitere Goldmedaille holte er mit der USA-Staffel über 4x100 m ebenfalls in einer Weltrekordzeit (38,24 sec.).

Hingsen, Jürgen

dt. Leichtathlet
* 25.1.1958 Duisburg

Trotz fehlender internationaler Siege zählt Hingsen, der »ewige« Zweite, zu den besten Zehnkämpfern aller Zeiten. 1982-84 stellte er drei Weltrekorde auf, verlor jedoch sieben Wettkämpfe gegen den Briten D. → Thompson. Schwache Nerven zeigte er 1988 bei den Olympischen Spielen von Seoul, als er nach drei Fehlstarts beim 100-m-Lauf disqualifiziert wurde.

Jürgen Hingsen: Einer der erfolgreichsten Zehnkämpfer.

□ 1982: Dt. Meister; EM-Zweiter (erneut 1986). □ 1983: Vizeweltmeister; Dt. Meister im Weitsprung. □ 1984: Olympiazweiter von Los Angeles.

Hinshelwood, Sir (ab 1948) Cyril N.

brit. Chemiker
* 19.6.1897 London † 9.10.1967 ebd.

Hinshelwood erforschte die Geschwindigkeit chemischer Reaktionsprozesse, insbesondere die Kinetik der Gasreaktionen (1926) und später die Dynamik des Bakterienstoffwechsels. H. erkannte, daß z. B. explosionsartige Verpuffungen durch Bildung instabiler Verbindungen über eine Reihe von Zwischenstufen wie »Kettenreaktionen« ablaufen. Aufgrund seiner Erkenntnisse konnten die Bildung polymerer Makromoleküle und die Explosion von Gemischen bei bestimmten Temperaturen erklärt werden.

□ 1926: »Kinetics of chemical change in gaseous systems« (Schr.). □ 1937-64: Prof. an der Univ. Oxford. □ 1946: »The chemical kinetics of the bacterial cell« (Schr.). □ 1955-60: Präs. der Royal Society. □ 1956: Chemie-Nobelpreis (mit N. N. →Semjonow).

Otto Hintze →

Hintze, Otto

dt. Historiker
* 27.8.1861 Pyritz (heute Polen) † 25.4.1940 Berlin

Von der Geschichtsschreibung des Begründers des Historismus, Leopold von Ranke (* 1795, † 1886), ausgehend, erweiterte Hintze die vergleichende Verfassungs- und Verwaltungsgeschichte zu einer von M. →Weber beeinflußten politischen Sozialgeschichte. H. war ein hervorragender Kenner der preußischen Geschichte.

□ 1902-20: Prof. für Verfassungs-, Verwaltungs-, Wirtschaftsgeschichte und Politik an der Univ. Berlin. □ 1914: Mitgl. der Kgl.-Preuß. Akademie der Wissenschaften. □ 1915: »Die Hohenzollern und ihr Werk« (Sch.). □ 1931: »Wesen und Wandlung des modernen Staats« (Schr.).

Werner Hinz →

Hinz, Werner

dt. Schauspieler
* 18.1.1903 Berlin † 10.2.1985 Hamburg

Hinz war ein bedeutender Charakterdarsteller, der mit einer Vielfalt genauer Ausdrucksmittel insbesondere komplizierte Persönlichkeiten darzustellen vermochte. Seine größten Erfolge hatte H., der auch in vielen Filmen auftrat, unter der Intendanz von G. →Gründgens am Deutschen Schauspielhaus Hamburg (ab 1955). Hier verkörperte er u. a. Graham in der UA des Brecht-Dramas »Die heilige Johanna der Schlachthöfe« (1959, Rg. G. Gründgens).

□ 1922: Bühnendebüt in F. →Wedekinds »Frühlingserwachen« an den M. →Reinhardt-Bühnen Berlin. □ 1932-39: Nach Engagements in Zürich und Darmstadt Tätigkeit am Dt. Schauspielhaus Hamburg. □ 1935: Filmdebüt als junger Preußenkönig in »Der alte und der junge König«. □

1939-44: Engagement an der Berliner Volksbühne. □ 1945-47: Erneut in Hamburg. □ 1949: Mitwirkung in der DEFA-Verfilmung von »Der Biberpelz« (Kom., G. →Hauptmann). □ 1955: Nach Engagements in Berlin, München und Zürich Rückkehr ans Dt. Schauspielhaus Hamburg. □ 1967: Rolle des Lehrers in »Die Zimmerschlacht« von M. →Walser (UA, Rg. F. →Kortner, München). □ ab 1972: Gastauftritte am Wiener Burgtheater. □ 1985: Letzter TV-Auftritt in »Menschen ohne Fahrschein«.

Hippel, Ernst von

dt. Jurist
* 28.9.1895 Straßburg (heute Frankreich)
† 26.9.1984 Perscheid bei Oberwesel

Hippel lehrte Öffentliches Recht und beschäftigte sich mit Rechts- und Staatsphilosophie sowie ihrer Geschichte. In seinem Lebenswerk »Allgemeine Staatslehre« (1963) betonte H. die Verbindung zwischen dem Staatsrecht im engeren Sinn und der Philosophie und Theologie. Prinzipien frühchristlicher Gemeinschaftsbildung, in »Die Krieger Gottes« (1935) beschrieben, erkannte H. schon in den Ordensregeln des Begründers des abendländischen Mönchtums, Benedikt von Nursia (* um 480, † 547?).

□ 1929-40: Prof. an der Univ. Königsberg. □ 1932: »Einführung in die Rechtstheorie« (Schr.). □ 1937: »Der Bolschewismus und seine Überwindung« (Es.). □ 1940-64: Prof. an der Univ. Köln. □ 1941: »Bacon und Goethe als Staatsdenker« (Es.). □ ab 1948: Hg. der »Schriften zur Rechtslehre und Politik«. □ 1955-57: »Geschichte der Staatsphilosophie in Hauptkapiteln« (Schr., 2 Bde.). □ 1959: »Mechanisches und moralisches Rechtsdenken« (Schr.).

▷ E. v. Hippel: Meine Kindheit im kaiserlichen Deutschland (Aut.), 1975.

Hippius, Sinaida Nikolajewna

(auch Gippius)
sowjet. Schriftstellerin
* 20.11.1869 Beljow, Gebiet Tula
† 9.9.1945 Paris (Frankreich)

Mit ihrem Ehemann D. S. →Mereschkowski zählt Hippius zu den führenden Vertretern des frühen Symbolismus in Rußland. Sie reagierte auf die Dekadenz der Jahrhundertwende mit einer von scharfem Intellekt bestimmten Lyrik, die religiöse und philosophische Motive aufweist, und schrieb soziale Romane. H. verurteilte die Oktoberrevolution als Akt gegen Menschenwürde und kulturelle Tradition; sie publizierte auch im Exil kulturkritische Essays.

□ 1889: Heirat mit D. S. →Mereschkowski. □ 1905-17: Eigener Literarischer Salon in St. Petersburg. □ 1908: »Schwarz auf weiß« (Erz.n); »Literarisches Tagebuch«. □ 1911: »Des Teufels Puppe« (R., dt. 1912). □ 1919: Emigration nach Paris. □ 1922: »Gedichte«. □ 1938: »Leuchten« (Ged.e). □ postum 1951: »Dmitrij Merežkovskij« (Biogr.).

▷ S. N. Hippius: Lebendige Gestalten (Erinnerungen), 1925.

Hirohito

Kaiser (Tenno) von Japan
* 29.4.1901 Tokio † 7.1.1989 ebd.

Die Herrschaft von Kaiser Hirohito wurde zur Epoche großer Veränderungen in Japan; sie brachte dem Land den Aufstieg zur Vormacht in Asien, den Zusammenbruch 1945 (Hiroshima) und nach dem 2. Weltkrieg einen radikalen Wandel zur westlich orientierten industriellen Großmacht. Diese Entwicklung war möglich, weil H. auf Drängen der USA auf seinen Göttlichkeitsanspruch verzichtete und der erste »bürgerliche« Kaiser Japans wurde. Privat beschäftigte sich H. mit Meeresbiologie.

Hirohito im 2. Weltkrieg als Oberbefehlshaber der japanischen Truppen.

□ 1916: Ernennung zum Kronprinzen. □ 1921: Regent für seinen erkrankten Vater Yoshihito. □ 1926: Inthronisation zum 124. Tenno, göttlicher »Sohn der Sonne« und oberster Shinto-Priester. □ Febr./Juni 1945: Vergeblicher Versuch, Friedensverhandlungen in die Wege zu leiten. □ 1946: Erzwungene »Entgöttlichung« durch die amer. Besatzungsmacht. □ ab 1947: Auf repräsentative Aufgaben beschränkt.

▷ P. Crome: Japan hinter dem Chrysanthemenvorhang. Leben und Politik des Tenno Hirohito, 1990.

Hirsch, Emanuel

dt. Theologe (ev.)
* 14.6.1888 Bentwisch bei Wittenberge
† 17.7.1972 Göttingen

Hirschs fünfbändige »Geschichte der neueren Theologie« (1949-54) gehört zu den überragenden Leistungen der geistesgeschichtlich orientierten Theologie des 20. Jh.s. H., der Anfang der 20er Jahre in regem Austausch mit K. →Barth stand, war als Dekan der Göttinger theologischen Fakultät (1933-45) kirchen- und wissenschaftspolitisch zusehends unter den Einfluß des NS-Regimes geraten. Der Theologe hat sich auch als Übersetzer und Kommentator der gesamten Schriften Sören Kierkegaards (* 1813, † 1855) einen Namen gemacht.

□ 1921-45: Prof. für Kirchengeschichte, später für systematische Theologie an der Univ. Göttingen. □ 1926: »Die idealistische Philosophie und das Christentum« (Schr.). □ 1929: »Staat und Kirche im 19. und 20. Jh.« (Schr.). □ 1930-35: »Kierkegaard-Studien« (Schr., 3 Bde.). □ 1934: »Deutsches Volkstum und evangelischer Glaube« (Schr.). □ 1963: »Hauptfragen christlicher Religionsphilosophie« (Schr.). □ 1967: »Weltbewußtsein und Glaubensgeheimnis« (Schr.).

Hirsch, Martin

dt. Jurist und Politiker
* 6.1.1913 Breslau (heute Wrocław, Polen)

Hirsch, 1971-81 Richter am Bundesverfassungsgericht in Karlsruhe, trat für eine Liberalisierung des Demonstrationsrechts ein. Als Rechtsexperte der SPD im Bundestag war H. an der Strafrechtsreform, der Reform des Ehescheidungsrechts und an den Notstandsgesetzen beteiligt und befürwortete die Einführung der Vorbeugehaft. Seine abweichende Auslegung des sog. Anti-Terror-Gesetzes im Zusammenhang mit den Hausbesetzungen führte zu einer offenen Kontroverse mit seinen Richterkollegen am BGH. 1981 machte H. mit seinen Vorschlägen zur Eindämmung der Bodenspekulation in den Großstädten erneut von sich reden.

□ 1945-63: Rechtsanwalt in Marktredwitz; dort Stadtrat ab 1948. □ 1954-61: Bayerischer MdL (SPD). □ 1961-71: MdB und Mitgl. des Fraktionsvorstands, 1968-70 des Parteivorstands der SPD. □ seit 1980: Vors. der Arbeitsgemeinschaft sozialdemokratischer Juristen. □ seit 1982: Rechtsanwalt in Karlsruhe.

← Martin Hirsch

Hirschfeld, Magnus

dt. Sexualforscher
* 14.5.1868 Kolberg † 15.5.1935 Nizza (Frankreich)

Hirschfeld, Begründer und Leiter des Instituts für Sexualwissenschaft in Berlin (ab 1918), dem die erste Eheberatungsstelle in Deutschland angeschlossen war, setzte sich mit aufklärerischem Anspruch und einer regen Öffentlichkeitsarbeit für mehr Toleranz gegenüber »abweichenden« Formen sexuellen Verhaltens ein. Verfasser zahlreicher Petitionen zur Aufhebung des § 175, plä-

Magnus Hirschfeld leitete die erste dt. Eheberatungsstelle.

dierte H. für die Straffreiheit der diskriminierten Homosexualität, die er aufgrund seiner »Zwischenstufentheorie« für angeboren und nicht heilbar hielt. Auch als Befürworter der Geburtenkontrolle sowie der Erleichterung der Ehescheidung setzte sich H. zunehmenden Repressionen aus, die 1933 zu einer »Säuberungsaktion« seines Instituts und 1934 zur Beschlagnahme seiner Werke mit anschließender Bücherverbrennung führten.

□ 1899-1925: Hg. des »Jahrbuchs für sexuelle Zwischenstufen«. □ 1908: Mitbegründer der ersten »Zeitschrift für Sexualwissenschaft«. □ 1913: Mitbegründer der »Ärztlichen Gesellschaft für Sexualwissenschaft«. □ 1914: »Die Homosexualität des Mannes und des Weibes«. □ 1914-20: »Sexualpathologie« (3 Bde.). □ 1925-30: »Geschlechtskunde« (5 Bde.). □ 1931: »Geschlecht und Verbrechen« (Schr.). □ 1933: Emigration nach Frankreich.

Hirth, Albert

dt. Erfinder und Unternehmer
* 7.10.1858 Meinsheim (heute zu Brackenheim bei Heilbronn)
† 12.10.1935 Nonnenhorn bei Lindau

Albert Hirth →

Hirth entwickelte 1896 das Spritzgußverfahren, das vorwiegend für die Fertigung von Kunststoffteilen verwendet wird. Granulierter, thermoplastischer Kunststoff (Polyvinylchlorid, Polyäthylen, Polyamide) wird dabei in einem Zylinder erwärmt, unter hohem Druck in eine gekühlte Form gespritzt und nach dem Erkalten als fertiges Teil entnommen; nachträgliches Schleifen oder Bohren ist bei diesem Verfahren nicht erforderlich. 1903 gründete H. in Stuttgart-Bad Cannstatt die Fortuna-Werke Maschinenfabrik AG zur Herstellung von Spezialmaschinen.

Hirth, Wolfram

dt. Segelflieger
* 28.2.1900 Stuttgart
† 25.7.1959 Dettingen (Flugzeugabsturz)

Wolfram Hirth →

Hirth gehörte zu den Pionieren des Segelflugs. Er entdeckte den Thermikflug, den Segelflug in vertikalen Luftströmungen über von der Sonne erwärmten Gebieten, und erzielte Weltrekorde im Distanzflug. Sein Bruder Hellmuth (* 1886, † 1938) stellte 1912 als Motorflieger einen Höhenweltrekord von 4520 m auf.

□ 1931-35: Leiter der Segelschulen Grünau und Hornberg. □ 1931: Segelflug über New York. □ 1932: Gewinner des Hindenburg-Pokals (inoffizielle dt. Meisterschaft). □ 1934: Weltrekord im Langstreckenflug (340 km). □ 1938: »Handbuch des Segelfliegens«.

Hitchcock, Sir (ab 1979) Alfred

engl. Regisseur
* 13.8.1899 London † 29.4.1980 Los Angeles (USA)

Hitchcock war einer der großen Filmregisseure des 20. Jh.s. Sein Lieblingsthema, das er in seinen Thrillern oft unter Verwendung psychoanalytischer Elemente variierte, war der Identitätsverlust durch eine unvermittelt eintretende

Bedrohung. Mit einem für ihn typischen Aufbau von Spannung (engl. suspense) verstand er es, den Zuschauer zu fesseln. Gefeiert als »einer der größten Erfinder von Formen in der ganzen Filmgeschichte« (C. →Chabrol), demonstrierte er seine handwerkliche Virtuosität u. a. mit der Verfolgungsjagd auf freiem Feld in »Der unsichtbare Dritte« (1959, mit C. →Grant) und dem Mord unter der Dusche in »Psycho« (1960).

Hitchcock machte in seinen Filmen verborgene Ängste und Obsessionen sichtbar.

□ 1907-13: Besuch zweier Jesuitenschulen. □ 1922/23: Erster Film »Number Thirteen« (unvollendet). □ 1926: »The Lodger«. □ 1929: »Erpressung«. □ 1935: »39 Stufen«. □ 1939: Wechsel nach Hollywood. □ 1940: »Rebecca« (mit J. Fontaine und L. →Olivier). □ 1945: »Ich kämpfe um dich« (mit Ingrid → Bergman und G. →Peck). □ 1946: »Notorius/Berüchtigt« (mit I. Bergman und C. Grant). □ 1953: »Bei Anruf Mord« (mit Gr. →Kelly). □ 1954: »Das Fenster zum Hof« (mit Gr. Kelly und J. →Stewart). □ 1955-62: TV-Serie »Alfred Hitchcock Presents«. □ 1956: »Der falsche Mann« (mit H. →Fonda); »Der Mann, der zuviel wußte« (mit D. →Day und J. Stewart). □ 1958: »Vertigo/Aus dem Reich der Toten« (mit K. Nowak und J. Stewart). □ 1962: »Die Vögel«. □ 1964: »Marnie« (mit T. Hedren und S. →Connery). □ 1971: »Frenzy«. □ 1975: »Familiengrab«.

▷ F. Truffaut: Mr. Hitchcock, wie haben Sie das gemacht?, 1973; J. R. Taylor: Die Hitchcock-Biographie, 1980; D. Spoto: Alfred Hitchcock. Die dunkle Seite des Genies, 1984.

Hitchings, George Herbert

amer. Pharmakologe und Biochemiker
* 18.4.1905 Hoquiam, Wash.

Hitchings erforschte mit G. B. →Elion die Biochemie der Nukleinsäuren, ihre Erbsubstanz sowie die krebsauslösenden Varianten. Die überaus erfolgreichen Pharmakologen entwickelten zunächst Präparate, die die überschüssige Produktion weißer Blutkörperchen (Leukämie) »hemmen«, gefolgt von Mitteln zur Anwendung bei Organverpflanzungen, die die Antikörperbildung des Immunsystems blockieren. Weitere Arzneimittel fanden sie gegen Gicht, Malaria und den Herpes-Virus. Ihre gezielte Forschung nach Substanzen, deren Wirkung im Prinzip der Hemmung liegt, führte zu ersten Ansätzen in der Entwicklung von Heilmitteln gegen Aids.

□ 1942-67: Mitarbeiter im Pharmaunternehmen Burroughs Wellcome in Tuckahoe, N. Y.; ab 1946 Leiter der biochemischen Abteilung; ab 1963 Dir. der Abteilung für Chemotherapie. □ 1968-80: Prof. an der Brown-Univ. □ 1988: Physiologie/Medizin-Nobelpreis (mit J. W. →Black und G. B. Elion).

Hite, Shere

(eig. Shirley Diana Gregory)
amer. Soziologin
* 1943 St. Joseph, Montana

Shere Hite erforscht die weibliche Sexualität.

Hite ist eine der bekanntesten und umstrittensten Soziologinnen; ihre Veröffentlichungen über die menschliche Sexualität werden weltweit diskutiert. Aufsehen erregte sie 1976 mit ihrer Studie zur weiblichen Sexualität, »Hite-Report — Das sexuelle Erleben der Frau« (dt. 1977). Obwohl ihre Gegner H.s Methode der Datenerhebung in Zweifel zogen, veröffentlichte sie anschließend eine entsprechende Studie über die männliche Sexualität (»Hite-Report II«, 1981, dt. 1982). Tenor ihrer Forschungsergebnisse, nach der 98 % aller Partner einer Beziehung unglücklich sind, ist der Liebesfrust und die Eintönigkeit von Partnerschaften.

□ 1987: »Frauen und Liebe. Der neue Hite-Report« (dt. 1988). □ 1988: »Keinen Mann um jeden Preis« (mit K. Colleran, dt. 1989).

Adolf Hitler: Als Prototyp des völkervernichtenden Diktators und Demagogen trieb er Millionen von Menschen in den Tod.

Hitler, Adolf

»Führer« und Reichskanzler
* 20.4.1889 Braunau/Inn, Oberösterreich
† 30.4.1945 Berlin (Selbstmord)

Ab Mitte der 20er Jahre versuchte Hitler, die schlechte wirtschaftliche Situation und die Ressentiments gegenüber der Weimarer Republik in weiten Teilen der Bevölkerung mit Hilfe von Straßenterror und volksverhetzender Propaganda für seine Zwecke zu benutzen. Im Januar 1933 hatte er es geschafft, er wurde Reichskanzler und vereinigte nach dem Tod von Präsident →Hindenburg 1934 in seiner Person als »Führer und Reichskanzler« die Funktionen von Staatsoberhaupt und Regierungschef. Mit unmittelbaren »Führerbefehlen« beherrschte er bis 1945 als Diktator das gesamte politische Leben in Deutschland. Mit seinem Namen verbunden sind Krieg (über 50 Mio. Opfer) und der Mord an vielen Millionen Menschen.
In den Jahren vor dem 1. Weltkrieg hatte H. sich ein eklektizistisches, aus den Evolutionslehren Charles Darwins (* 1809, † 1882) abgeleitetes Weltbild geschaffen, das durch mißverstandene germanische Mythologien verklärt wurde und durch die »Rassentheorien« von H. S. → Chamberlain zu einem vulgären Antisemitismus verkam. Den Aufstieg zur politischen Macht verdankte der »Führer der NSDAP« vor allem seiner Rednergabe, mit der er Ressentiments weckte und »nationales Unglück« mit einfachen Formeln und Schuldzuweisungen erklärte (»Schandvertrag von Versailles«, »internationales Judentum«). Die Weltwirtschaftskrise 1929 leitete den Durchbruch der NSDAP zur Massenpartei ein (1930: 18,3 %; 1932: 37,4 %).
Nach seiner Ernennung zum Reichskanzler durch Hindenburg am 31.1.1933 schaltete er jede Opposition aus. Mit der totalen Überwachung aller Lebensbereiche, Verhaftungen und propagandistisch herausgestellten Prozessen mit zahlreichen Todesurteilen oder Einlieferung von politisch Andersdenkenden in Konzentrationslager wurde jeder Widerstand im Keim erstickt. Die meisten Terroraktionen wurden von H. selbst angeregt (Konzentrationslager, Euthanasie, »Endlösung« der Judenfrage). Innenpolitisch relativ uninteressiert, delegierte er viele Aufgaben an Mitarbeiter, was gleichzeitig Rivalitäten förderte und mögliche Konkurrenten neutralisierte (J. →Goebbels, H. → Göring, H. →Himmler). Mit dem Einfall in Polen begann er 1939 den 2. Weltkrieg, den er auf ganz Europa

(Norwegen, Frankreich 1940; Balkan, Sowjetunion 1941) und Nordafrika (1941) ausdehnte. Die von ihm ausdrücklich befohlenen brutalen Unterdrückungsmaßnahmen in den besetzten Gebieten sowie die Vernichtung der europäischen Juden führten zu einem immer härteren Widerstand (C. v. →Stauffenberg). In der Isolation des »Führerbunkers« verlor H. zunehmend an Realitätsbezug. Mit immer sinnloseren Durchhalteparolen versuchte er, den nach der Schlacht von Stalingrad 1942/43 sich abzeichnenden Zusammenbruch hinauszuzögern. Doch selbst kurz vor seinem Selbstmord hielt er in seinem Testament am Rassenwahn fest (Verpflichtung des deutschen Volkes auf Einhaltung der Rassengesetze).

□ bis 1905: Besuch der Realschule; Abgang ohne Abschlußexamen. □ 1907/08: Zwei vergebliche Bewerbungen an der Kunstakademie in Wien. □ 1913: Flucht vor österr. Militärdienst; Übersiedlung nach München. □ 1914-18: Bayer. Kriegsfreiwilliger. □ 1915: Gefreiter. □ 1919: Lehrgang bei der Reichswehr zum Politagitator; Mitgl. der Dt. Arbeiter Partei (1920 umbenannt in NSDAP). □ 1921: Vors. der NSDAP; Gründung der SA. □ 8./9. Nov. 1923: Putschversuch in München. □ 1924: Festungshaft in Landsberg/Lech. □ 1925: Neugründung der NSDAP; Gründung der SS; »Mein Kampf« (Bd. 1; 1927 Bd. 2). □ 1932: Durch Ernennung zum Regierungsrat in Braunschweig dt. Staatsbürger; Kandidat der NSDAP bei der Reichspräsidentenwahl. □ 1933-45: Reichskanzler. □ ab 1934: »Führer und Reichskanzler«. □ ab 1938: Oberbefehlshaber der Wehrmacht; Anschluß Österreichs. □ ab 1941: Oberbefehlshaber des Heeres.

▷ A. Bullock: Hitler, 1952; J. Fest: Hitler, 1973.; S. Haffner: Anmerkungen zu Hitler, 1978; W. Carr: Adolf Hitler, 1980; W. Jochmann (Hg.): Hitler. Monologe im Führerhauptquartier 1941-1944, 1980; A. Bullock: Hitler und Stalin. Parallele Leben, 1991.

Hłasko, Marek

poln. Schriftsteller
* 14.1.1934 Warschau † 14.6.1969 Wiesbaden

Das Scheitern von Menschen an der Tristesse des Alltags ist die vorherrschende Thematik der Erzählungen Hłaskos, die den Autor in Polen zum Idol einer desillusionierten Jugend und im Westen zum Vorboten eines »Tauwetters« in der polnischen Literatur machten. Der realistisch geschilderte Alltag spiegelt die sozialistische Wirklichkeit der 50er Jahre; die jungen Helden aus einfachen Verhältnissen hoffen vergeblich auf eine Nische des Glücks, die ihre klägliche Lebenssituation erträglich machen könnte.

□ 1956: »Erster Schritt in den Wolken« (Erz.n, dt. 1958); »Der achte Tag der Woche« (Erz.n, dt. 1958). □ 1957: »Der nächste ins Paradies« (R., dt. 1960). □ ab 1958: Im westlichen Exil. □ 1964: »Alle hatten sich abgewandt« (R., dt. 1965).

Hoboken, Anthony van

niederl. Musiksammler und -forscher
* 23.3.1887 Rotterdam † 2.11.1983 Zürich (Schweiz)

Hoboken schuf auf Anregung seines Lehrers H. Schenker mit dem »Archiv für Photogramme musikalischer Meister-Handschriften« (1925) das erste Dokumentationszentrum auf musikalischem Gebiet. Das Wiener »Meisterarchiv«, in dem unersetzliche Autographe und Quellen für textkritische Studien zugänglich gemacht wurden, diente dem 1953 in Kassel geschaffenen »Deutschen Musikgeschichtlichen Archiv« als Vorbild. Aus H.s eigener Sammlung musikalischer Erstdrucke erarbeitete er das »Thematisch-bibliographische Werkverzeichnis Joseph Haydn« (Abk. »Hob.«, 3 Bde., 1957-78).

□ 1909: Studium am Hochschen Konservatorium in Frankfurt/Main. □ 1925: Schüler von H. Schenker in Wien. □ 1927: Gründung des »Meisterarchivs« an der Musiksammlung der österr. Nationalbibliothek Wien. □ 1938: Übersiedlung in die Schweiz. □ 1954: Ehrenmitgl. der Gesellschaft für Musikforschung. □ 1957: Direktionsmitgl. der Gesellschaft der Musikfreunde in Wien.

▷ J. Schmidt-Görg (Hg.): Anthony van Hoboken. Festschrift zum 75. Geburtstag, 1962.

Höch, Hannah

dt. Künstlerin
* 1.11.1889 Gotha † 31.5.1978 Berlin/West

Hannah Höch gehört zu den frühen Vertretern der dadaistischen Fotocollage bzw. -montage, die sie sowohl politisch und satirisch als auch poetisch-surreal akzentuierte. Durch R. →Hausmann lernte sie die Berliner Dada-Gruppe, K. →Schwitters und H. →Arp kennen. Auf der internationalen Dada-Messe in Berlin zeigte sie ihre ab 1918 entstandenen Dada-Puppen und Fotomontagen. In zeitkritischen Collagen wie »Dada-Rundschau« (1919, Rom, Sammlung Achille Perilli) klagt sie Gesellschaft und Politik des ausgehenden Kaiserreichs an. In den 20er Jahren setzte H. ihre Collagetechnik auch in surrealen Gemälden, Aquarellen und Zeichnungen mit einer vielschichtigen Symbolik aus organischen und technoiden Elementen um.

□ 1912-18: Studium an der Staatlichen Lehranstalt des Kunstgewerbemuseums in Berlin. □ 1918: Anschluß an die Dadaisten; erste Fotocollagen. □ 1920: Teilnahme an der Dada-Messe in Berlin. □ 1920-25: Mitgl. der linksorientier-

Hannah Höch mit dem Fotografen Man Ray bei einer Dada-Ausstellung.

ten Novembergruppe in Berlin. □ 1921: Entwurf von zwei Grotten für K. Schwitters' Merzbau. □ ab 1926: Aufenthalt in den Niederlanden; enger Kontakt zur Gruppe De Stijl. □ 1933: Rückkehr nach Deutschland; Ausstellungsverbot. □ ab 1947: Experimente mit Farbfotografien und Montagen aus verschiedenen Materialien; erste Fotomontagen aus Farbfotos. □ postum 1980: Wanderausstellung mit Fotomontagen, Gemälden und Aquarellen (Tübingen, Hannover, Frankfurt/Main). □ 1989/90: Große Ausstellung zum 100. Geburtstag, Berlinische Galerie, Berlin.

Hochhuth, Rolf

dt. Schriftsteller
* 1.4.1931 Eschwege, Hessen

Mit ebenso erfolgreichen wie umstrittenen Dokumentarstücken, z. B. »Der Stellvertreter« (1963), vermittelte Hochhuth dem Nachkriegstheater der BRD neue Impulse. Vor dem Hintergrund der nationalsozialistischen deutschen Vergangenheit klagt H. von den Mächtigen zur Zeit des Dritten Reichs wie der bundesrepublikanischen Gegenwart unbedingtes moralisches Handeln ein. Er greift mit Dramen und Prosa, aber auch durch offene Briefe und Essays in das politische Geschehen ein; Ergebnisse seiner Recherchen über die NS-Vergangenheit von Juristen trugen 1978 zum Rücktritt des baden-württembergischen Ministerpräsidenten H. →Filbinger bei.

□ 1966: »Berliner Antigone« (Erz.). □ 1967: »Soldaten« (Dr.). □ 1971: »Die Hebamme« (Kom.); »Krieg und Klassenkrieg« (Es.s). □ 1973: »Lysistrate und die NATO« (Kom.). □ 1978: »Eine Liebe in Deutschland« (Erz.). □ 1979: »Juristen« (Dr.). □ 1982: »Nur die Spitze des Eisbergs« (Schr.). □ 1984: »Judith« (Dr.). □ 1985: »Atlantik-Novelle« (Erz.n). □ 1987: »Täter und Denker« (Es.s). □ 1989: »Unbefleckte Empfängnis« (Dr.).

▷ W. Hinck (Hg.): Rolf Hochhuth — Eingriff in die Zeitgeschichte, 1981.

← Rolf Hochhuth

Hô Chi Minh

(eig. Nguyen Sinh Cung, später Nguyen Van Than oder Nguyen Ai Quoc)
vietn. Politiker
* 19.5.1890 Kim Liên, Prov. Nghe An, Nordvietnam
† 3.9.1969 Hanoi

Der strenge und asketische Hô Chi Minh (»der nach Erkenntnis Strebende«) war der unbestrittene Führer des Widerstands gegen die französische Kolonialherrschaft und Gründer der heutigen Republik Vietnam. Obwohl mehr Aktivist als Theoretiker, gelang es ihm, den Marxismus-Leninismus in eine für Vietnamesen verständliche Form umzugestalten. Der Verlauf seines Lebens, das er unter mindestens 15 verschiedenen Namen führte, ist nicht vollständig geklärt.

Der Sohn eines kaiserlich-vietnamesischen Mandarins schloß sich während seines Aufenthalts in Paris den französischen Kommunisten an. Nach einem Parteistudium in Moskau war H. lange für die Komintern tätig, bevor er sich der Befreiung seines Landes verschrieb. Nach dem entscheidenden Sieg der Vietminh bei Diên Biên Phu (1954) über die Franzosen und dem folgenden Genfer Indochina-Abkommen wurde H. zum Präsidenten der VR Vietnam gewählt. In den nächsten Jahren setzte er eine große Landreform und die sozialistische Planwirtschaft durch. Mit Beginn des erneuten Guerilla-Kriegs 1960 unterstützte er den Kampf der FLN (Vietcong) in Südvietnam.

Hô Chi Minh war die Symbolfigur des vietnamesischen Widerstands gegen die Franzosen.

□ 1911: Ankunft (wahrscheinlich als Schiffsjunge) in Europa. □ 1913/14: In Großbritannien. □ ab 1915: Journalist und Fotograf in Paris. □ 1917: Mitgl. der frz. Sozialistischen Partei. □ 1920: Mitgl. der KPF. □ 1923-25: In Moskau. □ 1925: Gründung der Vereinigung revolutionärer Jugend Vietnams. □ 1925-39: Im Auftrag der Komintern in China, Thailand und Europa. □ 1930: Begründer der Kommunistischen Partei Indochinas in Hongkong. □ 1934-38: In der Sowjetunion. □ ab 1941: Führer der Guerilla (Vietminh) gegen die Japaner. □ 1942: In chin. Haft. □ 1945: Ausrufung der Demokratischen Republik Vietnam. □ ab 1946: Kampf gegen die Franzosen. □ ab 1951: Begründer und Führer der Lao-Dông(Arbeiter)-Partei. □ ab 1954: Staatspräsident von Nord-Vietnam.

▷ R. Neumann-Hoditz: Ho Tschi Minh, 1971.

Hockney, David

engl. Maler und Grafiker
* 9.7.1937 Bradford, Yorkshire

Hockney gehörte zunächst zu den frühen und einflußreichen Vertretern der englischen Pop Art, bevor er seinen Stil zu sehr persönlichen Formen weiterentwickelte, die nicht mehr einer bestimmten Richtung zuzuordnen sind. Er verarbeitete zunächst u. a. Einflüsse von F. →Bacon und R. B. →Kitaij zu einer die Formen verwischenden Malweise. Die Figuren sind schemenhaft und häufig gesichtslos, in steifer Haltung und merkwürdig abwesend dargestellt, inmitten stereotyper Dinge selbst verdinglicht, z. B. »Die erste Ehe (Eine Ehe der Stile I)« von 1962 (London, Tate Gallery). In den USA (ab 1964) begannen sich H.s Sujets und Malweise zu verändern. Swimming-Pools mit duschenden, badenden oder sonnenden Männergestalten rückten in den Mittelpunkt. Auch jetzt nahm das Dingliche einen mindestens ebenso großen, häufig größeren Platz als die Figuren ein, so die Ornamentierung des Swimming-Pools gegenüber der liegenden Gestalt in dem Bild »Sonnenbadender« (1966, Köln, Museum Ludwig). Seit den 80er Jahren beschäftigt sich H. auch mit großen Fotocollagen aus Polaroids, in denen sich kubistische Bildauffassungen manifestieren.

David Hockney: Retrospektive seines Werks in London.

□ 1953-57: Besuch der School of Art, Bradford. □ ab 1959: Studium am Royal College of Art, London. □ 1961: Biennale in Paris. □ 1964: Übersiedlung nach Los Angeles; Bekanntschaft mit A. →Warhol; erste Swimming-Pool-Bilder. □ 1965-67: Lehraufträge, u. a. an der Univ. of Berkeley, Los Angeles. □ 1968: Rückkehr nach London. □ 1970: Große Retrospektive in Hannover. □ 1973-75: Wohnsitz in Paris. □ ab 1975: Bühnenentwürfe und Illustrationen. □ 1976: Rückkehr nach London. □ ab 1982: Beschäftigung mit der Polaroid-Collage. □ 1986/87: Bühnenentwurf für »Tristan und Isolde« am Los Angeles Music Center.

Hodkin, Sir (seit 1972) Alan Lloyd

brit. Physiologe
* 5.2.1914 Banbury, Oxfordshire

Hodkin erforschte die Reizübertragung im Nervensystem und entdeckte 1952 mit A. F. →Huxley, daß ein Reiz durch ständigen Austausch von Natrium- und Kaliumionen an den Zellwänden der Nerven durch die Nervenbahnen vorangetrieben wird. Ihre Ionentheorie demonstrierten sie an einem 1 mm starken Achsenzylinder des Nervs eines Tintenfischs.

□ 1952-69: Prof. der Royal Society an der Univ. Cambridge. □ 1963: Physiologie/Medizin-Nobelpreis (mit J. C. →Eccles und A. F. Huxley). □ 1964: »Conduction of the nerve impulse« (Schr.). □ 1970: Präs. der Royal Society. □ 1971-84: Kanzler der Univ. Leicester. □ ab 1978: Master des Trinity College, Cambridge.

Dorothy C. Hodkin →

← Alan Hodkin

Hodkin, Dorothy Crowfoot

brit. Chemikerin
* 12.5.1910 Kairo (Ägypten)

Hodkin überprüfte mittels Röntgenstrahlen die von E. B. →Chain aufgestellten Penicillin-Strukturformeln und fand 1949, zur Auswertung erstmals Computer einsetzend, die endgültige Form dieses Moleküls. Über sieben Jahre lang (1948-56) analysierte H. die Kristallstruktur des Cobalamins (Vitamin B_{12}), dessen ungewöhnlich komplexes Molekül, bestehend aus mehr als 90 Atomen, viermal größer als das des Penicillins ist. 1972 beschrieb H. die Molekülstruktur des aus etwa 800 Atomen bestehenden Insulins.

□ 1960-77: Prof. an der Univ. Oxford. □ 1964: Chemie-Nobelpreis. □ 1965: Als zweite Frau Mitgl. des Ordens Pour le mérite. □ 1970-88: Kanzler der Bristol Univ. □ 1976: Präs. der Pugwash Conference on Science and World Affairs. □ 1977-82: Fellow am Wolfson College, Oxford. □ 1982: Lomonossow-Medaille der Akademie der Wissenschaften der UdSSR. □ 1987: Lenin-Friedenspreis.

Hodler, Ferdinand

schweiz. Maler
* 14.3.1853 Bern † 19.5.1918 Genf

Hodlers Werk, das sich zunächst zwischen Realismus, Symbolismus und Jugendstil bewegte, hat seine Bedeutung für das 20. Jh. in ausdrucksstarken Figurengestaltungen, die auf den Expressionismus vorauswiesen und ihm Anregungen gaben (»Der Holzfäller«, 1910, Bern, Kunstmuseum). H.s freizügige symbolistische

Ferdinand Hodler vor der Wiener Secession, 1904.

Bilder wie »Die Nacht« (1908, ebd.) führten z. T. zu Skandalen. Unter impressionistischem Einfluß stehen äußerst stimmungsvolle, gelegentlich kühle bis melancholische Landschaften (z. B. »Ufer am Aechi-See«, um 1905, Basel, Kunstmuseum). Eine Verbindung von psychologisierenden und realistischen Elementen zeigen die Zeichnungen, in denen H. 1915 das Sterben seiner Lebensgefährtin Valentine Godé-Darel dokumentierte. In seinen Historienbildern überwand er das Steife des Historismus (z. B. »Auszug der Jenenser Studenten in den Freiheitskrieg 1813«, 1908/09, Jena, Friedrich-Schiller-Universität). Die Alpenlandschaften lassen in ihrer Formreduktion alles Idyllische hinter sich.

□ 1867: Lehre beim Landschaftsmaler F. Sommer-Collier in Thun. □ 1871: Übersiedlung nach Genf. □ 1896: Entwurf für das Wandbild »Rückkehr von Marignano« für den Waffensaal des Züricher Landesmuseums, das in der Schweiz einen jahrelangen Kunststreit auslöst. □ ab 1900: Hinwendung zu realistisch-expressiven Tendenzen.

▷ H. Mühlestein/G. Schmidt: Ferdinand Hodler. Sein Leben und sein Werk, 1983.

Bernhard Hoetger →

Hodscha, Enver → Hoxha, Enver

Hoehme, Gerhard
dt. Maler
* 5.2.1920 Greppin bei Dessau † 29.6.1989 Neuss

Hoehme gehört zu den wichtigsten Vertretern des deutschen Informel, der gestisch-expressiven, nichtgeometrischen Richtung abstrakter Malerei, die er u. a. mit den sog. »Borkenbildern« aus dick aufgetragenem Malmaterial in die Dreidimensionalität erweiterte. In den meisten der späteren Bilder dominieren helle, das Licht reflektierende Farben. Dabei stellen aus der Malfläche hängende Schnüre oder Plastikschläuche die Verbindung zum Raum her oder wurden nach H.s Verständnis als »Energieströme« direkt mit dem Raum verspannt.

▷ G. C. Argan/H. P. Thurn: Gerhard Hoehme. Werk und Zeit 1948-1983, 1984.

Hoelzel, Adolf → Hölzel, Adolf

Hoepner, Erich
dt. Militär und Widerstandskämpfer
* 14.9.1886 Frankfurt/Oder
† 8.8.1944 Berlin-Plötzensee (hingerichtet)

← Erich Hoepner

Hoepner war einer der wenigen Militärs, die frühzeitig gegen →Hitler opponierten; schon 1938 beteiligte er sich an Vorbereitungen zu einem Staatsstreich. Nach seiner unehrenhaften Entlassung aus der Armee (er hatte im Winter 1941/42 seine Truppen an der Ostfront auf geschützte Positionen zurückgezogen) schloß er sich dem Widerstandskreis um L. →Beck und C. F. →Goerdeler an. Bei Gelingen des Putsches war H. als »Oberbefehlshaber im Heimatkriegsgebiet« vorgesehen. Nach dem mißlungenen Attentat vom 20.7.1944 wurde er vom Volksgerichtshof (R. →Freisler) zum Tode verurteilt.

□ ab 1905: Soldat. □ 1938: Divisionskommandeur; Kommandierender General eines Armeekorps. □ 1940: Generaloberst. □ 1941/42: Befehlshaber einer Panzerarmee. □ 1942: Ausschluß aus der Wehrmacht. □ 1944: Beteiligung am Putschversuch.

▷ H. Bücheler: Hoepner, ein deutsches Soldatenschicksal des Zwanzigsten Jahrhunderts, 1980.

Hoetger, Bernhard
dt. Bildhauer und Architekt
* 4.5.1874 Hörde (heute zu Dortmund)
† 18.7.1949 Interlaken (Schweiz)

Hoetger übernahm in der Gestaltung von Bronzestatuetten als einer der ersten deutschen Bildhauer die in Frankreich entwickelten Stilprinzipien impressionistischer Skulptur. Später orientierte er sich an außereuropäischer Kunst und dem deutschen Expressionismus (Bronzefiguren für das ehemalige Bremer Gewerkschaftshaus, 1927). Als Architekt schuf H. aus einer Synthese von Jugendstil, Expressionismus und früher nordischer Baukunst u. a. das Café in der Worpsweder Künstlerkolonie. Mit dem Paula-Modersohn-Becker-Haus (1927) und dem Atlantishaus (1931; Verwendung von Stahl und Glasbausteinen), beide in Bremen, gehört H. zu den wichtigen Vertretern der Neuen Sachlichkeit.

□ 1897-1900: Studium an der Düsseldorfer Akademie; danach Übersiedlung nach Paris. □ 1911: Berufung an die Darmstädter Künstlerkolonie auf der Mathildenhöhe (Ausgestaltung des Platanenhains mit Plastiken und Reliefs). □ 1924-29: Wohnsitz in Worpswede. □ 1929-31: Wohnsitz in Bremen. □ 1934-43: Tätigkeit überwiegend in Berlin. □ ab 1948: Ständiger Aufenthalt in der Schweiz.

▷ D. Golücke: Bernhard Hoetger, 1984.

Hofer, Karl
dt. Maler
* 11.10.1878 Karlsruhe † 3.4.1955 Berlin/West

Hofer nimmt eine Sonderstellung in der deutschen Malerei ein. Er mischte klassizistische und

Karl Hofers Stil wurde von Paul Cézanne beeinflußt.

romantisch-phantastische Elemente (H. Thoma, Arnold Böcklin) mit Formen des Expressionismus und Primitivismus; sein tektonischer Bildaufbau und die Farbrhythmik erinnern an P. →Cézanne. Im Mittelpunkt seines Werks stehen die aus erdhaften Farben gestalteten Tessiner Landschaften (z. B. »Ansicht von Caslano«, 1925, Köln, Museum Ludwig) sowie die Mädchenbilder (z. B. »Weiblicher Halbakt«, 1928, Köln, Museum Ludwig). Mit dem Aufkommen des Nationalsozialismus trat ein bedrohlicher, düsterer Zug in H.s Figurendarstellung (»Die Gefangenen«, 1933; Masken- und Clownbilder). Nach dem Krieg konzentrierte sich H. noch mehr auf die Darstellung der existentiellen Verlorenheit des Menschen.

□ 1896-1901: Studium an der Karlsruher Kunstakademie u. a. bei H. Thoma. □ 1909-13: Parisaufenthalt und Begegnung mit dem Werk Cézannes; Indienreise. □ 1917: Wohnsitz in der Schweiz. □ ab 1919: Lehrer an den Vereinigten Staatsschulen für freie und angewandte Kunst, Berlin. □ 1936: Entzug des Lehramts. □ 1943: Vernichtung beinahe des gesamten Werks bei einem Bombenangriff. □ ab 1947: Leiter der Berliner Kunstakademie.

▷ E. Furler (Hg.): Karl Hofer, Leben und Werk in Daten und Bildern, 1978; Karl Hofer: Malerei hat eine Zukunft, 1991.

Werner Höfers Internationaler Frühschoppen war 35 Jahre lang eine Institution.

Hofer, Walther

schweiz. Historiker
* 10.11.1920 Kappelen bei Aarberg

Hofers Dokumentation »Der Nationalsozialismus. Dokumente 1933-1945« (1957, Auflage über 1 Mio. Expemplare bis 1990) bietet als eine Standardedition zur Geschichte des Nationalsozialismus Einblick in Planung, Arbeit und Funktion des totalitären Herrschaftsapparates. H., der sich zunächst mit der Kriegsschuldfrage beschäftigte, sorgte mit einer Dokumentation zum Reichstagsbrand in den 70er Jahren für wissenschaftliche Kontroversen.

□ 1954: »Die Entfesselung des 2. Weltkrieges« (Schr.). □ seit 1960: Prof. an der Univ. Bern. □ 1963-79: Mitgl. des Schweiz. Nationalrats und (ab 1967) des Europarats in Straßburg. □ 1972-78: »Der Reichstagsbrand. Eine wissenschaftliche Dokumentation« (Schr., 2 Bde.). □ 1985: »Mächte und Kräfte im 20. Jahrhundert« (Schr.).

← Walther Hofer

Höfer, Werner

dt. Journalist
* 21.3.1913 Kaisersesch bei Cochem

Der Name Höfer ist untrennbar mit dem Internationalen Frühschoppen verbunden. Über 35 Jahre leitete H. die sonntägliche Diskussionsrunde (1952 Start im Hörfunk, ab 1953 im Fernsehen/ARD) mit meist sechs Journalisten aus fünf Ländern. Sein flexibler und feinfühliger Moderationsstil trug entscheidend dazu bei, daß der oft brandaktuelle »Frühschoppen« eine der erfolgreichsten Sendungen der Welt wurde. 1987 legte H., der als langjähriger Fernsehdirektor des WDR stets liberale Positionen vertreten hatte, wegen neuerlicher Angriffe im Zusammenhang mit seiner nationalsozialistischen Vergangenheit die Leitung der Sendung nieder. Wiederholt hatte er zuvor darauf hingewiesen, daß man seine damaligen Artikel umgeschrieben habe.

□ ab 1933: Mitgl. der NSDAP; während des 2. Weltkriegs Journalist. □ ab 1946: Leiter der Aktuellen Abteilung des NWDR (später WDR) in Köln. □ 1961: Eintritt in die Chefredaktion der Neuen Illustrierten. □ 1964: Dir. des 3. Fernsehprogramms des WDR. □ 1970: »Blick ins nächste Jahrtausend« (Schr.). □ 1971: »Was ich noch fragen wollte — Themen und Thesen des Internationalen Frühschoppens 1969/70«. □ 1972: Als Programmdir. verantwortlich für 25 % des ARD-TV-Programms. □ 1975: Vergebliche Bewerbung um das Amt des WDR-Intendanten. □ 1977: Auflösung des Vertrags mit dem WDR. □ 1983: »Spätlese. Echo der Jahre« (Schr.).

Jacobus van't Hoff →

Hoff, Ferdinand

dt. Internist
* 19.4.1896 Kiel † 23.3.1988 Neukirchen

Hoffs Forschungen betrafen »Klinische Probleme der vegetativen Regulation und der Neuralpathologie« (Schr., 1952). Bekannt wurde H. mit seinen eindringlichen Warnungen vor Medikamentenmißbrauch und ihren Folgeschäden. In seinen Schriften über »Unspezifische Therapie und natürliche Abwehrvorgänge« (1931) sowie über »Moderne Medizin und gesunde Lebensführung« (1967) forderte H. eine stärkere Orientierung der Therapie an den natürlichen Abwehrkräften des Organismus.

□ 1936-51: Prof. an der Univ. Würzburg. □ 1940: »Die Behandlung innerer Krankheiten« (Schr.). □ ab 1941: Prof. an der Univ. Graz. □ ab 1951: Prof. an der Univ. Frankfurt/Main. □ 1957: »Fieber, unspezifische Abwehrvorgänge, unspezifische Therapie« (Schr.).

't Hoff, Jacobus Henricus van

niederl. Physikochemiker
* 30.8.1852 Rotterdam † 1.3.1911 Berlin

1874 erregte 't Hoff mit seiner Schrift über »Die Lagerung der Atome im Raum« (dt. 1876) Aufsehen in der Fachwelt. H. löste das Rätsel der optischen Aktivität einiger asymmetrischer organischer Verbindungen, indem er die Molekülstruktur des vierwertigen Kohlenstoffs nicht wie bis dahin in einer Ebene, sondern dreidimensional darstellte. Mit der Entdeckung der beiden einander spiegelverkehrten Verbindungen wurde H. (neben Achille Le Bel) zum Begründer der »Stereochemie«. Für die Entdeckung der Gesetze der chemischen Dynamik und des osmotischen Drucks wurde H. 1901 der erste Chemie-Nobelpreis verliehen.

□ 1878-1895: Prof. an der Univ. Amsterdam. □ 1878: »Studien zur chemischen Dynamik« (Schr., dt. 1898). □ 1885: »Über die Theorie der Lösungen« (Schr., dt. 1900). □ 1887: Gründer der Zeitschrift für physikalische Chemie (mit W. →Ostwald). □ ab 1896: Prof. an der Preuß. Akademie der Wissenschaften in Berlin. □ 1898-1901: »Vorlesungen über theoretische und physikalische Chemie« (4 Bde.). □ 1901: Chemie-Nobelpreis.

▷ E. Cohen: Jacobus Henricus van't Hoff. Sein Leben und Wirken (Biogr.), 1912.

Hoffman, Dustin

amer. Schauspieler
* 8.8.1937 Los Angeles

Seit seiner ersten Hauptrolle in »Die Reifeprüfung« (1967, Rg. M. Nichols, M.: Simon & Garfunkel; P. →Simon) ist Hoffman einer der bekanntesten Charakterdarsteller Hollywoods. Der besessene Perfektionist bewies seine Wandlungsfähigkeit in so unterschiedlichen Genres wie Western (»Little Big Man«), Thriller (»Der Marathon-Mann«), Melodram (»Kramer gegen Kramer«) oder Komödie (»Tootsie«). Für seine Darstellung eines autistisch Behinderten in »Rain Man« (Rg. B. Levison) wurde H. 1989 zum zweiten Mal mit dem Oscar ausgezeichnet.

□ ab 1956: Schauspielstudium, u. a. am »Actors Studio«. □ ab 1958: Kleine Theater- und Fernsehrollen. □ 1968: »Asphalt Cowboy« (Rg. J. →Schlesinger). □ 1969: »Little Big Man« (Rg. A. Penn). □ 1973: »Papillon« (Rg. F. J. Schaffner). □ 1974: »Lenny« (Rg. B. Fosse). □ 1975: »Die Unbestechlichen« (mit R. →Redford, Rg. A. J. →Pakula). □ 1976: »Der Marathon-Mann« (mit L. →Olivier, Rg. J. Schlesinger). □ 1980: Oscar für »Kramer gegen Kramer« (mit M. →Streep, Rg. R. Benton). □ 1982: »Tootsie« (Rg. S. →Pollack). □ 1985: »Tod eines Handlungsreisenden« (Rg. V. →Schlöndorff). □ 1988: »Rain Man« (mit Tom Cruise).

▷ A. Heinzemeier: Dustin Hoffman, 1989; P. Strotmann: Dustin Hoffman, 1990.

Hoffmann, Erich

dt. Dermatologe
* 25.4.1868 Witzmitz, Pommern † 8.5.1959 Bonn

Hoffmann war 1905 an der Entdeckung des Syphilis-Erregers durch F. R. →Schaudinn beteiligt und machte sich um die »Fortschritte in der Erkennung und Behandlung der Syphilis« (Schr., 1913) verdient. Eng verknüpft damit waren H.s Arbeiten zur Histologie der Haut. 1917 erschien sein Standardwerk über »Die Behandlung der Haut- und Geschlechtskrankheiten«.

□ 1918-34: Prof. und Dir. der Hautklinik in Bonn. □ 1927: »Morphologie und Biologie der Spirochaeta pallida« (Schr.).

Hilmar Hoffmann →

← Dustin Hoffman

← Erich Hoffmann

□ 1936: Zwangsemeritierung durch die Nationalsozialisten; »Die angeborene Syphilis« (Schr.).

▷ E. Hoffmann: Lebenserinnerungen 2 Bde., 1948/49.

Hoffmann, Hilmar

dt. Kulturpolitiker
* 25.8.1925 Bremen

Während der 70er und 80er Jahre verhalf Hoffmann als Frankfurter Kulturdezernent der Stadt in diesem Bereich zu überregionalem Ansehen. Unter seiner Ägide wurden acht Museen gegründet und die Alte Oper wiederaufgebaut. Mit großem Engagement setzte sich H. auch für eine alternative Kultur ein (Straßentheater, Literaturzirkus, Kommunales Kino).

□ 1947-50: Studium der Musik- und Theaterwissenschaften in Essen. □ 1951-65: Leiter des »studios für zeitgenössisches schauspiel« in Oberhausen. □ 1965-70: Kulturdezernent in Oberhausen (SPD). □ 1967: Lehrbeauftragter an der Univ. Bochum. □ 1970-90: Kulturdezernent in Frankfurt/Main (SPD). □ 1971-81: Lehrbeauftragter an der Univ. Frankfurt/Main. □ 1976: Dt. Filmband in Gold. □ 1982: Gastprof. an der Univ. Tel Aviv. □ seit 1983: Honorarprof. an der Hochschule für Musik und Darstellende Künste in Frankfurt/Main. □ 1983: »Kultur-Zerstörung« (Schr.). □ 1985: »Kultur von Morgen« (Schr.). □ 1987: Helmut-Käutner-Preis. □ 1988: »Jugendwahn und Altersangst« (Schr.). □ 1989: »Die Barbaren kommen« (Schr.).

Hoffmann, Johannes

dt. Politiker
* 23.12.1890 Landsweiler, Kr. Ottweiler
† 21.9.1967 Völklingen

Hoffmann war der einzige Ministerpräsident des Saargebiets. Während seiner Amtszeit verfolgte H., der sich bereits in den 30er Jahren gegen eine Rückgliederung in das Deutsche Reich gewandt hatte, eine separatistische Politik. Nachdem sein Plan eines autonomen Saargebiets mit enger wirtschaftlicher Bindung an Frankreich in der Volksabstimmung von 1955 gescheitert war, trat er von seinem Amt zurück.

□ vor 1933: Mitgl. des Zentrums. □ 1935-45: Im Exil in Luxemburg und Brasilien. □ 1946-56: Mitbegründer und Vors. der Christlichen Volkspartei des Saargebiets. □ 1947-55: MdL; Ministerpräsident des Saargebiets.

Hoffmann, Josef

österr. Architekt und Designer
* 15.12.1870 Pirnitz, Mähren † 7.5.1956 Wien

Hoffmann gehört zu den bedeutendsten Architekten des Jugendstils sowie den Wegbereitern des architektonischen Rationalismus. Er war mit seinen funktional-strengen, dennoch dekorativen und einfallsreichen Entwürfen (Möbel, Besteck, Tafelservice) auch einer der prägenden Gestalter des modernen Kunsthandwerks, dessen Einfluß bis in die 30er Jahre hinein reichte. H. selbst war hierin vor allem von Ch. R. → Mackintosh und der englischen Art-and-Crafts-Bewegung beeinflußt.
In seinen Bauten verstand es H., Jugendstilelemente in sparsamer Form auf der Basis eines be-

reits funktionalen Architekturverständnisses anzuwenden, so in seinem bedeutendsten Bau, dem Palais Stoclet in Brüssel (1905-11), dessen wertvolle Inneneinrichtung G. →Klimt entwarf. Mit seiner weißen Marmorverkleidung und den vergoldeten Metallbändern, die die Fassade umziehen, ist das Palais einer der letzten Höhepunkte des ausgehenden Jugendstils. Das zuvor entstandene Sanatorium in Purkersdorf weist in der stilistischen Reduktion noch stärker auf die funktionalistischen Architekturbewegungen der 20er Jahre voraus, denen H. sich dann mit seinen späten Wohnbauten und Reihenhäusern für die Stadt Wien auch anschloß.

☐ ab 1892: Architekturstudium an der Wiener TH (u. a. bei O. →Wagner). ☐ 1897: Gründungsmitgl. der Wiener Sezession. ☐ ab 1899: Lehrer an der Wiener Kunstgewerbeschule. ☐ 1903: Mitbegründer der für das Kunsthandwerk bedeutenden Wiener Werkstätten (mit J. M. →Olbrich u. a.). ☐ 1904: Sanatorium Purkersdorf. ☐ 1912: Mitbegründer des Dt. Werkbunds. ☐ 1914: Österr. Pavillon auf der Kölner Werkbundausstellung. ☐ ab 1924: Wohnbauten und Reihenhäuser für die Stadt Wien. ☐ 1933: Ausstellungsgebäude für die Biennale in Venedig in Anlehnung an klassizistische Vorbilder. ☐ 1949-54: Entwürfe und Ausführung von Wohnhausanlagen der Gemeinde Wien.

▷ G. Gresleri: Hans Hoffmann, engl. 1985.

← Josef Hoffmann

Hoffmann, Jutta
dt. Schauspielerin
* 3.3.1941 Halle/Saale

← Jutta Hoffmann

Hoffmann ist eine der wandlungsfähigsten deutschen Bühnen- und Filmschauspielerinnen. Nach Erfolgen in der ehemaligen DDR in zahlreichen TV- und Filmproduktionen, vor allem mit dem Regisseur E. →Günther, tritt sie seit Anfang der 80er Jahre auf renommierten westdeutschen Bühnen auf (Berlin, München). In der Kritikerumfrage der Zeitschrift »theater heute« wurde sie 1984 für ihre Darstellung der »Yerma« (nach F. → García Lorca, Rg. P. →Zadek) an den Münchner Kammerspielen zur Schauspielerin des Jahres gewählt.

☐ 1959-62: Studium an der Filmhochschule in Babelsberg. ☐ 1960: Filmdebüt in »Das Rabaukenkabarett«, Bühnendebüt am Maxim-Gorki-Theater Ost-Berlin. ☐ 1960-65, 1967-73: Ensemblemitgl. des Maxim-Gorki-Theaters. ☐ 1972: Kritikerpreis der Filmfestspiele Venedig für ihre Rolle in »Der Dritte« (Rg. E. Günther). ☐ 1973: Wechsel zum Berliner Ensemble in Ost-Berlin. ☐ 1975: Rolle der Adele Schopenhauer in »Lotte in Weimar« (F., Rg. E. Günther). ☐ 1980: Erste Zusammenarbeit mit dem Regisseur Th. →Langhoff bei der TV-Verfilmung von »Hedda Gabler« (H. → Ibsen). ☐ 1983-85: Engagement an den Münchner Kammerspielen unter D. →Dorn.

Hoffmann, Kurt
dt. Regisseur
* 12.11.1910 Freiburg i. Br.

← Kurt Hoffmann

Der Sohn des von F. →Lang und F. W. →Murnau geschätzten Kameramanns Carl Hoffmann (* 1881, † 1947) gehörte in den 50er und 60er Jahren zu den beliebtesten Regisseuren des deutschen Unterhaltungsfilms. Er drehte sieben Filme mit H. →Rühmann (u. a. »Quax, der Bruchpilot«, 1941) und zehn Filme mit L. →Pulver (u. a. »Das Wirtshaus im Spessart«, 1957).

☐ 1932-37: Regieassistent bei R. Schünzel. ☐ 1942: »Kohlhiesels Töchter«. ☐ 1954: »Das fliegende Klassenzimmer«. ☐ 1955: »Drei Männer im Schnee«; »Ich denke oft an Piroschka«. ☐ 1956/57: »Bekenntnisse des Hochstaplers Felix Krull« (nach dem Roman von Th. →Mann). ☐ 1958: »Wir Wunderkinder«. ☐ 1963: »Schloß Gripsholm« (nach dem Roman von K. →Tucholsky). ☐ 1964: »Dr. med. Hiob Praetorius«; »Das Haus in der Karpfengasse«. ☐ 1971: Letzter Kinofilm »Der Kapitän« (mit H. Rühmann).

Hoffmann, Paul
dt. Schauspieler
* 25.3.1902 Düsseldorf
† 2.12.1990 Wien (Österreich)

Hoffmann, 1968-71 Direktor des Wiener Burgtheaters, war einer der herausragenden deutschsprachigen Schauspieler des 20. Jh.s, der alle großen klassischen Rollen verkörpert hat. Sein Ausdrucksreichtum zeigte sich vor allem in der Darstellung leidender, verwundbarer Herrscher. Dabei blieb seine Rollengestaltung grundsätzlich humorvoll und pointensicher.

☐ 1924: Erstes Engagement am Stadttheater Würzburg. ☐ 1927-46: Mitgl. am Dresdner Schauspielhaus. ☐ 1947: Erzbischof Becket in T. S. →Eliots »Mord im Dom« in Zürich. ☐ 1948-52: Mitgl. am Württ. Staatstheater in Stuttgart. ☐ 1952-58: Schauspieldir. in Stuttgart. ☐ 1952: Titelrolle in »Heinrich IV.« (L. →Pirandello). ☐ 1955: Titelrolle in dt. EA von J.-P. →Sartres »Kean«; Regie bei Shakespeares »Hamlet« für die Hersfelder Festspiele. ☐ ab 1959: Mitgl. am Burgtheater Wien. ☐ 1962: General in UA »Der Hund des Generals« (H. →Kipphardt). ☐ 1968-71: Dir. des Wiener Burgtheaters. ☐ 1975: Striese in »Raub der Sabinerinnen« (P. Schönthan). ☐ 1982: General in C. →Sternheims »Das Fossil«. ☐ 1989: Letzte Rolle als Attinghausen in Schillers »Wilhelm Tell« (Rg. C. →Peymann).

Hoffmann, Reinhild
dt. Choreographin und Ballettdirektorin
* 1.11.1943 Sorau

Hoffmann, die ihre Ausbildung an der Folkwang-Schule in Essen bei K. →Jooss erhielt, ist eine der großen deutschen Choreographinnen der Gegenwart. Ähnlich wie P. →Bausch in Wuppertal schuf sie als Direktorin in Bremen und Bochum abendfüllende Choreographien, die zwar sowohl vom klassischen Ballett als auch vom Modern Dance inspiriert sind, jedoch als von oft moderner Musik (u. a. G. →Ligeti) begleitete assoziative Körper-Bild-Folgen eine eigene theatralische Sprache entwickeln.

☐ 1965-70: Tanzstudium an der Folkwang-Schule in Essen. ☐ 1969-71: Auftritte als Tänzerin bei den Schwetzinger und Salzburger Festspielen. ☐ 1971-73: Engagement als Tänzerin in Bremen. ☐ 1975: Erste Choreographie »Trio« (M.: G. →Ligeti). ☐ 1975-77: Leiterin des Folkwang-Tanzstudios (mit Susanne Linke). ☐ 1978: Choreographie von »Chimära« (M.: B. Pheloung) in Köln. ☐ 1978-81: Mit G. Bohner Leiterin des Bremer Tanztheaters. ☐ 1979: Erste abendfüllende Choreographie, »Fünf Tage — fünf Nächte« (M.: G. Ligeti) in Bremen. ☐ 1981-86: Alleinige Leiterin des Bremer Tanztheaters. ☐ 1986: Wechsel mit eigener Truppe ans Bochumer Schauspielhaus; zahlreiche Gastspiele. ☐ 1987: Tanzabend »Machandel« in Bochum.

Hoffmann, Roald

amer. Chemiker poln. Herkunft
* 18.7.1937 Złoczew bei Łodź

Hoffmann entdeckte 1965 einen Zusammenhang zwischen Molekülsymmetrie und bestimmten organisch-chemischen Reaktionsabläufen. Mit R. B. →Woodward entwickelte H. eine auf der Quantenmechanik basierende Theorie der chemischen Reaktionen und formulierte die Regel von der »Erhaltung der Orbitalsymmetrie« (K. Fukui). Die in den Elektronenhüllen (Orbitale) der Atome kreisenden Elektronen bewirken die Bindungsenergie der Moleküle sowie das geometrische Arrangement ihrer bei Reaktionsprozessen entstehenden Struktur.

☐ 1949: Emigration in die USA. ☐ 1955: Amer. Staatsbürger. ☐ seit 1965: Prof. an der Cornell Univ. in Ithaca, N. Y. ☐ 1970: »Conservation of orbital symmetry« (Schr., mit R. B. Woodward). ☐ 1981: Chemie-Nobelpreis (mit K. Fukui).

← Roald Hoffmann

Höffner, Joseph

dt. Theologe (kath.)
* 24.12.1906 Horhausen, Westerwald
† 16.10.1987 Köln

Höffner, ab 1969 Erzbischof von Köln und 1976-87 als Vorsitzender der Deutschen Bischofskonferenz einflußreicher Wortführer der deutschen Katholiken, vertrat in gesellschaftspolitischen wie in ethischen Fragen einen klaren, an der Tradition katholischer Überzeugungen orientierten Kurs. Er hielt beharrlich an einem unbedingten Nein gegenüber Notlagenindikation, künstlicher Befruchtung sowie Zulassung wiederverheirateter Katholiken zu den Sakramenten fest. Ebenso beständig verurteilte er die Hochrüstung und nach dem Reaktorunfall von Tschernobyl (1986) die Kerntechnologie; auch warnte er stets vor Fremdenhaß und Ausländerfeindlichkeit.

Höffner stand für die Wahrung katholischer Traditionen.

☐ 1936: »Soziale Gerechtigkeit und soziale Liebe« (Schr.). ☐ 1945: Prof. am Priesterseminar Trier. ☐ 1947: »Christentum und Menschenwürde« (Schr.). ☐ 1951-62: Prof. an der Univ. Münster; Gründer des Inst. für christliche Sozialwissenschaften ebd. ☐ 1953: »Soziale Sicherheit und Eigenverantwortung« (Schr.). ☐ 1959: »Ehe und Familie« (Schr.). ☐ 1962-69: Bischof von Münster. ☐ ab 1969: Erzbischof von Köln und Kardinal. ☐ 1970: »Über den Zölibat der Priester« (Schr.). ☐ 1971: »Unbehagen an der Kirche?« (Schr.). ☐ 1972: »Sexualmoral im Lichte des Glaubens« (Schr.). ☐ 1978: »Um die Zukunft Europas« (Schr.). ☐ 1983: »Ängste überwinden — zur Nachbarschaft finden« (Schr.).

▷ Wissenschaft, Ethos, Politik im Dienste gesellschaftlicher Ordnung (Festschrift), 1966.

Hofmann, Gert

dt. Schriftsteller
* 29.1.1931 Limbach, Sachsen

Hofmann wurde in den 60er Jahren zunächst mit Dramen, Hör- und Fernsehspielen (u. a. »Der Bürgermeister«, Dr., 1963) bekannt, die in der Nähe zum epischen und absurden Theater standen. Sein Prosawerk (u. a. »Die Denunziation«, Nov., 1979) beschäftigt sich mit verschiedenen Formen der Wahrnehmung und Erkenntnis. Im Roman »Blindensturz« (1985) orientierte sich H. an dem gleichnamigen Bild von Pieter Bruegel d. Ä. (* ca. 1525, † ca. 1569) und beschrieb aus der Sicht der Blinden die Geschehnisse des Tages, an dem sie gemalt wurden.

Gert Hofmann →

☐ 1950-57: Studium der Romanistik, Slawistik, Anglistik, Germanistik, Soziologie und Politikwissenschaften. ☐ 1960: »Die beiden aus Verona« (Hsp.). ☐ ab 1961: Germanistikdozent an ausländischen Universitäten, u. a. in Toulouse, Paris, Bristol, Edinburgh, Yale und Austin. ☐ 1967: »Hochzeitsnacht« (F.). ☐ 1971-80: Dozent an der Univ. Ljubljana. ☐ 1979: Ingeborg-Bachmann-Preis. ☐ 1981: »Gespräch über Balzacs Pferd« (Nov.n) ☐ 1986: »Veilchenfeld« (Erz.). ☐ 1988: »Vor der Regenzeit« (R.). ☐ 1991: »Tolstois Kopf« (Erz.n).

Hofmann, Hans

amer. Maler dt. Herkunft
* 21.3.1880 Weißenburg, Bayern
† 18.2.1966 New York

Hans Hofmann →

Hofmann entwickelte einen eigenständigen gestisch-abstrakten Stil, der für eine ganze Generation jüngerer amerikanischer Maler des Abstrakten Expressionismus, besonders der sogenannten New York School, richtungweisend war. In seinen Pariser Jahren (1904-14) war er von der auf prismatisch reinen Farben und dynamischer Komposition beruhenden Abstraktion R. →Delaunays und von den Kubisten beeinflußt worden. Seinen spezifischen Stil fand H. in den USA mit einer Kombination aus breiten dynamischen Farbbändern und kalligrafischen Formgerüsten, zu denen später die mosaikartig aus farbigen Quadraten und Rechtecken gefügten Kompositionen hinzutraten (»Das Tor«,

1959, New York, Solomon R. Guggenheim Museum). Häufig kombinierte er beide Gestaltungsformen und erreichte so einen spannungsvollen Bildaufbau. Die Farbe setzte er im Gegeneinander von Komplementärfarben, aber auch in feiner Abstufung ein. H.s späteres Werk hatte Auswirkungen auf die Pop Art.

□ ab 1898: Studium in München. □ bis 1904: Arbeiten im pointillistischen Stil des Neoimpressionismus. □ 1904-14: Studienaufenthalt in Paris (Studium u. a. an der Académie de la Grande Chaumière); Bekanntschaft mit H. →Matisse, R. Delaunay, G. →Braque und P. →Picasso. □ 1915: Gründung einer eigenen Kunstschule in München. □ 1932: Übersiedlung nach New York; Lehrer an der Art Students' League. □ 1934: Eröffnung einer Kunstschule in New York. □ ab 1940: Entwicklung zum Abstrakten Expressionismus.

Hofmann, Peter

dt. Sänger
* 22.8.1944 Marienbad

Hofmann ist der populärste Sänger unter den jüngeren deutschen Tenören im Wagner-Fach. Seit seinem Auftritt in der Bayreuther Jahrhundert-»Ring«-Inszenierung von P. →Chereau (1976) ist H. Gast an allen bedeutenden Opernbühnen der Welt. Anfang der 80er Jahre begann er eine erfolgreiche Karriere als Rocksänger und TV-Star. In der Hamburger Inszenierung des Musicals »Phantom der Oper« (1990) von A. L. →Webber sang H. die Titelpartie.

Peter Hofmann als Phantom der Oper mit Anna Kaufmann.

□ ab 1969: Gesangsstudium an der Musikhochschule Karlsruhe. □ ab 1974: Engagement in Wuppertal. □ 1979: Einspielung von Beethovens Oper »Fidelio« unter G. →Solti in Chicago. □ 1982: TV-Show »Hofmanns Träumereien«; »Rock-Classics« (LP).

▷ P. Hofmann: Singen ist wie Fliegen, 1984.

Hofmannsthal, Hugo von

(Pseud. Theophil Morren)
österr. Schriftsteller
* 1.2.1874 Wien † 15.7.1929 Rodaun bei Wien

Hugo von Hofmannsthal schrieb neben Dramen auch Erzählungen und Opernlibretti.

Hofmannsthal, einer der bedeutendsten deutschsprachigen Schriftsteller, gehörte zu den Mitbegründern der Salzburger Festspiele. Mit seinem Drama »Jedermann. Das Spiel vom Sterben des reichen Mannes« (1903-11), einer Bearbeitung eines mittelenglischen Textes aus dem 15. Jh., werden seit 1920 alljährlich die Salzburger Festspiele eröffnet.
Großen Erfolg hatte H. 1903 mit seinem Drama »Elektra«, das eine enge Zusammenarbeit mit dem Theaterleiter M. →Reinhardt und dem Komponisten R. →Strauss zur Folge hatte. H. schrieb zahlreiche Opernlibretti, belebte das Mysterienspiel wieder und setzte die Tradition des spanisch-österreichischen Barocktheaters fort. Er erwies sich auch als Meister der Novelle und Erzählung, in denen er oft märchenhafte Motive verarbeitete.
Bereits als Jugendlicher hatte H. einfühlsame Lyrik geschrieben. Natur als kunstvolle Zauberwelt, Schicksal, Dauer und Vergehen, Traum und Tod fließen in Gedichte voll Stimmung und Musikalität ein.
H. wurde zum Symbol des Glanzes und der Dekadenz der untergehenden k.u.k. Monarchie, in deren geistigem Boden sein Leben und Werk wurzeln.

□ 1892: »Der Tod des Tizian« (Versdr.). □ 1897: »Die Hochzeit der Sobeide« (Versdr.). □ 1903: »Elektra« (Versdr., UA Berlin). □ 1911: »Der Rosenkavalier« (Opernlibr., UA Dresden). □ 1913: »Die Frau ohne Schatten« (Erz.). □ ab 1915: Hg. der Österreichischen Bibliothek. □ 1922: »Das Salzburger Große Welttheater« (Versdr., UA Salzburg). □ 1924: »Der Turm« (Versdr.). □ 1929: »Arabella« (Versdr.).

Robert Hofstadter →

Hofstadter, Robert

amer. Physiker
* 5.2.1915 New York † 17.11.1990 Stanford, Kalif.

Hofstadter, 1950-85 Professor an der Stanford University in Kalifornien, bewies mit den ab 1953 unternommenen Hofstadter-Versuchen, daß die atomaren Elementarteilchen nicht »elementar«, sondern aus den seit den 60er Jahren vermuteten Urbausteinchen, den sog. Quarks, aufgebaut sind (M. →Gell-Mann). Mit dem 3 km langen Linearbeschleuniger der Stanford-Universität brachte H. Elektronen auf eine Energie von 1 Mrd. Volt und gewann anhand des Aufpralls der hochenergetischen Teilchen auf die Protonen und Neutronen Erkenntnisse über die Struktur der Atomkerne, ihre Massen- und Ladungsverteilungen. 1961 erhielt H. den Physik-Nobelpreis (mit R. L. →Mößbauer).

Hoger, Hannelore

dt. Schauspielerin
* 20.8.1942 Hamburg

Die Bühnen- und Filmschauspielerin Hoger vermag mit ihrer spontanen Spielkunst auch den kleinsten Nebenrollen Kontur zu verleihen. Besonders prägend war für sie die Zusammenarbeit mit dem Regisseur A. Fernandes, der ihren eigenwilligen Darstellungsstil unterstützte. Die feministisch-engagierte und experimentierfreudige Schauspielerin hat in den 80er Jahren auch eigene Regieversuche unternommen, z. B. »Stallerhof« (F. X. →Kroetz) und »Warten auf Godot« (S. →Beckett), wobei sie die Rollen nur mit Frauen besetzte.

☐ 1960-63: Erstes Engagement im Stadttheater Ulm. ☐ 1961: Isabella in »Maß für Maß« (Shakespeare, Rg. P. →Zadek). ☐ 1963/64: Mitgl. am Bremer Theater. ☐ 1964-72: Mitgl. am Württ. Staatstheater in Stuttgart. ☐ 1972: Titelrolle in B. →Brechts »Mutter Courage« (Rg. J. →Savary). ☐ 1973-80: Mitgl. am Schauspielhaus Bochum. ☐ 1974: Titelrolle in »Doña Rosita« (F. →García Lorca, Rg. A. Fernandes). ☐ 1975: Wahl zur Schauspielerin des Jahres. ☐ 1978: Mitarbeit im Gruppenprojekt »Der Admiral von der traurigen Gestalt« (Rg. A. Fernandes); Seminar bei L. →Strasberg. ☐ 1981-85: Mitgl. am Dt. Schauspielhaus in Hamburg. ☐ 1986: Monica in dt. EA »Die Nachtwache« (L. →Norén, Rg. A. →Kirchner). ☐ 1987: Regie von »Maria Magdalena« (Hebbel) in Darmstadt. ☐ 1989: Regie von »Am Ziel« (Th. →Bernhard) und von F. →Wedekinds »Frühlings Erwachen« in Wien.

← Hannelore Hoger

Hohmann, Walter

dt. Ingenieur und Raumfahrtwissenschaftler
* 18.3.1880 Hardheim † 11.3.1945 Essen

Hohmann schuf wichtige theoretische Grundlagen für die Entwicklung der Raumfahrt. In seinem Werk »Die Erreichbarkeit der Himmelskörper« (1925) beschrieb er die ökonomischste Übergangsbahn für den Weg eines Raumflugkörpers zu einem anderen Planeten (Hohmann-Flugbahn). Er schlug als Flugbahn eine beide Planeten berührende Halbellipse vor, die die Anziehungskräfte der Himmelskörper ausnutzt. Es werden dabei nur zwei Triebwerkszündungen benötigt: Die erste löst den Flugkörper aus der Ausgangsbahn, die zweite führt ihn in die Zielbahn. Die elliptische Hohmann-Übergangskurve wird im freien Flug absolviert.

Holan, Vladimír

tschech. Dichter
* 16.9.1905 Prag † 31.3.1980 ebd.

Holan, beeinflußt von dem Russen W. →Chlebnikow, bereicherte am Ende des 20. Jh.s als — wenngleich eigenwilliger — Klassiker der Moderne die tschechische Literatur. Absichtlich verstellte der ehemalige Beamte (1927-33) den Zugang zu seiner Lyrik durch Sprach- und Formexperimente und die Vieldeutigkeit seiner apokalyptischen Phantasien und Visionen. Zahlreiche zeitbezogene Gedichte reflektieren unmittelbar historische Ereignisse wie den 2. Weltkrieg, andere die Bedeutung der Kunst im Leben des Menschen (»Nacht mit Hamlet«, 1964, dt. 1969). Darüber hinaus schuf H. auch Nachdichtungen (Michail J. Lermontow, B. →Pasternak, R. M. →Rilke u. a.).

☐ ab 1927: Beamtentätigkeit in Prag. ☐ ab 1933: Freiwillige Pensionierung. ☐ 1937: »Stein, du kommst.« (Ged.e). ☐ 1938: »September 1938« (Ged.e). ☐ 1948-63: Publikationsverbot. ☐ 1968: Auszeichnung als Nationalkünstler der CSSR. ☐ postum 1985: »Poesiealben« (Ged.e).

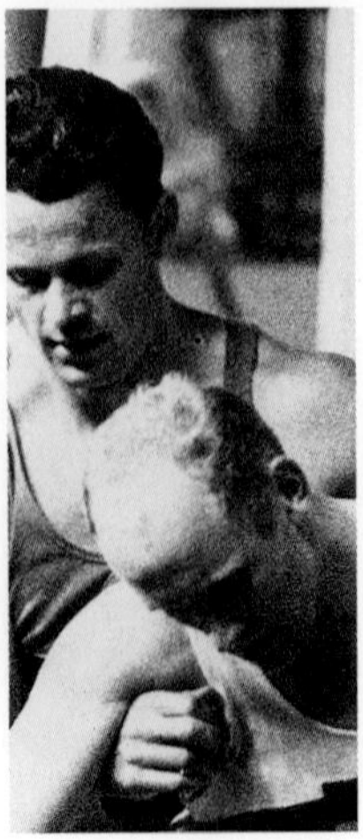

Willi Holdorf →

Holdorf, Willi

dt. Leichtathlet
* 17.2.1940 Blomische Wildnis, Schleswig-Holstein

Holdorf entwickelte dank seiner enormen Wettkampfhärte vor allem im Zehnkampf große Siegerqualitäten, so bei seinem Olympischen Goldmedaillengewinn 1964 in Tokio. Er kam in sieben Wettkampfjahren auf 14 deutsche Meisterschaften in verschiedenen Übungen der Leichtathletik (Halle und Freiluft).

Holiday, Billie

(eig. Eleanora Gough MacKay)
amer. Jazzsängerin
* 7.4.1915 Baltimore † 17.7.1959 New York

Holiday zählt zu den größten und zugleich tragischsten Sängerinnen des Jazz. Mit ihrer zerbrechlichen, kindlich und dennoch herb klingenden Stimme improvisierte sie wie eine Instrumentalistin, während sie den Melodien durch rhythmische Verzögerungen und unsauber wirkende Schleifer Blues und Swing verlieh. Nach Tourneen u. a. mit Count →Basie hatte die sog. Lady Day mit den Songs »Fine and mellow« (1939) und »Lover Man« (1944) als Solistin kommerzielle Erfolge. Nach privaten Enttäuschungen und beruflichen Rückschlägen (1948 Auf-

Billie Holiday sang als erste Jazzsängerin in der Met.

trittsverbot in New York) gelang es ihr nicht mehr, an ihre früheren Erfolge anzuknüpfen.

□ 1929: Sängerin in Nachtlokalen in New York. □ 1933: Erste Plattenaufnahme mit B. →Goodman. □ 1935: Nebenrolle in der Filmbiografie Duke → Ellingtons. □ ab 1936: Schallplatten mit B. Clayton, R. Eldridge und L. → Young. □ 1937-39: Tournee mit C. Basie und A. →Shaw. □ 1944: Als erste Jazzsängerin Auftritt im Metropolitan Opera House New York. □ 1946: Neben L. →Armstrong Filmrolle in »New Orleans«. □ 1954: Europatournee (erneut 1958). □ 1957: Teilnahme am Newport Jazz Festival. □ Juni 1959: Letzter Auftritt in New York.

▷ F. Witzel: Schwarze Lady, 1983.

Höll, Hartmut

dt. Kammermusiker
* 1952 Heilbronn

Höll erlangte als einfühlsamer Klavierbegleiter internationales Renommee. Bereits 1977 war er offizieller Begleiter beim Münchener ARD-Wettbewerb und in den folgenden Jahren bei Lied-Meisterklassen von E. →Schwarzkopf. Seit 1982 ist H. ständiger Partner von D. →Fischer-Dieskau. Liederabende bei den Salzburger Festspielen, den Festivals in Edinburgh, Florenz, München und Berlin, in der New Yorker Carnegie Hall, Konzerte in Japan, Israel und Skandinavien bezeugen die langjährige erfolgreiche Zusammenarbeit.

□ 1979-86: Prof. an der Frankfurter Musikhochschule. □ seit 1985: Vors. der Int. Hugo-Wolf-Gesellschaft Stuttgart. □ seit 1987: Leiter einer Liedklasse an der Musikhochschule Köln. □ 1988: Einspielung des Lieder-Zyklus »Das stille Leuchten« von Othmar Schoeck (* 1886, † 1957) mit D. Fischer-Dieskau.

Hollaender, Friedrich

dt. Musiker, Komponist und Texter
* 18.10.1896 London (Großbritannien)
† 18.1.1976 München

Bekannt wurde Hollaender als Texter und Komponist im Berlin der 20er Jahre mit Liedern wie

Friedrich Hollaender: Der musikalische Chronist der 20er.

»Johnny, wenn du Geburtstag hast«. Wegen seiner atmosphärisch dichten Texte nannten ihn Zeitgenossen »Chronist und Augenzeuge der 20er Jahre«.
H. komponierte die Musik zu Texten von K. →Tucholsky (»Rote Melodie«), textete und komponierte eigene Revuen wie »Die Zwanziger« oder für das von M. →Reinhardt inszenierte »Phäa«. Seine größten Erfolge aber wurden Film-Songs wie »Ich bin von Kopf bis Fuß auf Liebe eingestellt«, »Nimm dich in acht vor blonden Frauen«, »Ich bin die fesche Lola« und »Falling in love again« (1930 für M. →Dietrich in »Der blaue Engel«). Als Emigrant in den USA komponierte er die Musik zu über 30 Filmen. Mitte der 50er Jahre wieder nach Deutschland zurückgekehrt, arbeitete er u. a. für U. →Jürgens.

□ 1919: Erste Auftritte in M. Reinhardts Berliner Kabarett »Schall und Rauch« mit Richard Heymann und Mischa Spoliansky. □ 1933: Film »Ich und die Kaiserin« (Rg., mit H. →Rühmann); Emigration in die USA. □ 1938: Filmmusik zu »Der große Bluff« (mit J. →Stewart und M. Dietrich). □ 1956: Rückkehr nach Deutschland.

Hans Hollein →

Hollein, Hans

österr. Architekt
* 30.3.1934 Wien

Die Besonderheit von Holleins Arbeiten liegt in der engen Verbindung von Architektur, Kunst und Design sowie funktionalen mit spielerischen Elementen. Dies wird sichtbar etwa an seinen Ladenumbauten wie dem Wiener Juweliersgeschäft Schullin (1972-74), dessen Marmorfassade durch einen sich von oben nach unten öffnenden Riß auf eine phantasievoll-witzige Weise akzentuiert wird. Zu seinen bedeutendsten Bauten gehört das Museum Abteiberg in Mönchengladbach (1972-82), das H. harmonisch in einen Hang einfügte. Das 1991 fertiggestellte Museum für Moderne Kunst in Frankfurt/Main erhebt sich auf dreieckigem Grundriß und weist markante Fenstereinschnitte auf. H. steht mit solchen Bauten zwischen funktionalen und postmodernen Prinzipien. Er beschäftigt sich auch mit der Gestaltung von Ausstellungen (u. a. »Traum und Wirklichkeit«, 1985, Wiener Künstlerhaus). H.s neuestes Projekt ist ein gigantischer, von oben belichteter Museumsbau für Salzburg, der im Felsmassiv des Mönchsbergs versenkt werden soll.

□ 1967-76: Nach dem Studium bei C. Holzmeister an der Wiener TH sowie am Illinois Inst. of Technology in Chicago und der Univ. of California in Berkeley Leiter einer Architekturklasse an der Düsseldorfer Kunstakademie. □ seit 1976: Prof. an der Hochschule für angewandte Kunst, Wien. □ 1976-78: Wiener Verkehrsbüro. □ 1990: Haas-Haus, Wien (Kaufhauskomplex). □ 1991: Museum für Moderne Kunst, Frankfurt/Main.

Höllerer, Walter

dt. Germanist und Schriftsteller
* 19.12.1922 Sulzbach-Rosenberg, Oberpfalz

Höllerer, gleichermaßen bekannt als ambitionierter Förderer avantgardistischer Literatur und

Schriftsteller, gründete 1954 mit H. Bender die Zeitschrift Akzente, in der Texte junger Autoren veröffentlicht wurden. H. verfaßte experimentelle Lyrik, mit der er sich auch theoretisch auseinandersetzte (»Gedichte/Wie entsteht ein Gedicht«, 1964). In seinem ersten Roman (»Die Elephantenuhr«, 1973) analysierte er die Funktion sprachlicher Zeichen vor dem Hintergrund menschlicher Kommunikation. Neben zahlreichen anderen Auszeichnungen erhielt H. 1966 den Fontane-Preis.

☐ 1956: »Transit, Lyrikbuch der Jahrhundertmitte« (Anth.). ☐ 1958: »Zwischen Klassik und Moderne« (Schr.). ☐ seit 1959: Ordinarius für Literaturwissenschaft an der TU Berlin. ☐ 1963: Gründung des Literarischen Colloqiums (Verlag). ☐ seit 1965: Leitung des von ihm gegründeten Inst.s für Sprache im technischen Zeitalter. ☐ 1978: »Alle Vögel alle« (Kom.). ☐ 1982: »Gedichte. 1942-82«; Mithg. von »Autoren im Haus. Zwanzig Jahre Literarisches Colloqium« (Schr.).

Hollerith, Hermann

amer. Ingenieur und Unternehmer dt. Herkunft
* 29.2.1860 Buffalo, N. Y.
† 17.11.1929 Washington D. C.

Hollerith erfand 1886 das Lochkartenverfahren zur Datenerfassung und legte damit einen Grundstein für die moderne elektronische Informationsverarbeitung. Bei dieser Methode werden die Daten mit einem Locher in Karten gestanzt, durch Abtastfedern in einer Maschine sortiert und über einen angeschlossenen elektrischen Kontaktapparat gezählt. Das System kam 1890 bei der 11. amerikanischen Volkszählung erstmals in größerem Umfang zum Einsatz und verkürzte die bisher notwendige Bearbeitungszeit von sieben Jahren auf vier Wochen.

← Hermann Hollerith

☐ 1886: Entwicklung des Hollerith-Lochkartenverfahrens. ☐ 1896: Gründung der Tabulating Machine Company in New York. ☐ 1910: Einsatz des Hollerith-Lochkartenverfahrens bei der dt. Volkszählung.

Holley, Robert William

amer. Biochemiker
* 28.1.1922 Urbana, Ill.

Holley entzifferte 1965 den genetischen Code einer Nukleinsäureeinheit (»transfer«-RNS), von der er 1962 drei Varianten isoliert hatte. Zur Erforschung der Informationsübertragung von Nukleinsäuren auf Proteine analysierte H. zuvor ihre Molekularstruktur und Biosynthese. H. erklärte auch den molekularbiologischen Prozeß der Zellteilung und der Neubildung der Proteine.

Robert Holley, Physiologie/Medizin-Nobelpreisträger 1968.

☐ 1964-69: Prof. an der Cornell Univ. in Ithaca, N. Y. ☐ 1968: Physiologie/Medizin-Nobelpreis (mit H. G. →Khorana und M. W. →Nirenberg). ☐ seit 1968: Prof. am Salk Inst. for Biological Studies in San Diego, Kalif.

Holliger, Heinz

schweiz. Oboist und Komponist
* 21.5.1939 Langenthal, Kt. Bern

Holliger begann nach Auszeichnungen bei internationalen Wettbewerben (Genf 1959; München 1961) eine Konzertkarriere als Oboist (Repertoire vom 17. Jh. bis zur Moderne). Er entwickelte blastechnische Neuerungen (Akkordspiel, Flatterzungeneffekte, Doppeltriller) und erreichte mit seinen Tourneen (jährlich über 100 Konzerte) eine Popularisierung der Oboen-Musik. Der Schüler von P. →Boulez ist in seinem kompositorischen Œuvre (meist kammermusikalisch bzw. experimentell besetzte Instrumental-, Vokal- und Bühnenwerke) von A. → Webern und A. →Schönberg beeinflußt. Als literarische Vorlagen bevorzugt er Texte von Hölderlin (* 1770, † 1843) S. →Beckett, N. →Sachs und G. →Trakl.

H. Holliger entwickelte neue Techniken des Oboenspiels.

☐ 1959-63: Solo-Oboist im Orchester der Basler Orchester-Gesellschaft. ☐ 1967: »Siebengesang« für Oboe, sieben Singstimmen, Orchester und Lautsprecher. ☐ 1970: UA von »Der magische Tänzer« (zwei Szenen für zwei Sänger, zwei Tänzer, zwei Schauspieler, Chor, Orchester und Tonband) in Basel; »Pneuma« (für 30 Blasinstrumente, Schlagwerk, elektronische Orgel und vier Transistorradios). ☐ 1971/72: »Kreis« für 4-7 Spieler. ☐ seit 1974: Prof. an der Musikhochschule in Freiburg i. Br. ☐ 1975: »Atembogen« für Orchester; »Streichquartett«. ☐ 1980: »NOT I« für Frauenstimme und Live-Elektronik. ☐ 1981: »Trema« für Viola solo. ☐ 1988: Frankfurter Musikpreis. ☐ 1989: UA von »What where« (Bühnenwerk nach S. Beckett für Baritonstimmen, vier Posaunen und Schlagzeuginstrumentarium) in Frankfurt/Main.

▷ H. Lück: War die Oboe 100 Jahre tot? Werkstattgespräche mit Interpreten Neuer Musik, 1971.

Holly, Buddy

(eig. Charles Hardin Holley)
amer. Rocksänger
* 7.9.1938 Lubbock, Tex.
† 3.2.1959 bei Mason City, Iowa (Flugzeugabsturz)

Holly, dessen Gesangstil Rock-Größen wie B. →Dylan, die →Beatles und die Byrds inspirier-

Buddy Holly →

te, benutzte als einer der ersten das Playback-Verfahren. Er experimentierte mit Streicherarrangements und führte mit der Besetzung Schlagzeug, Lead-, Rhythmus- und Baßgitarre die Standardformation einer Rockband ein. Seine 1957-59 entstandenen Hits »Peggy Sue«, »Rave on«, »Words of love« und »That'll be the day« wurden Klassiker der Rockmusik.

□ 1958: »Buddy Holly«; »That'll be the day«; »Buddy Holly Story« (LPs). □ postum 1963: »Reminiscing« (LP). □ 1964: »Buddy Holly Showcase« (LP). □ 1965: »Holly in the Hills« (LP). □ 1969: »Giant« (LP). □ 1973: »The complete Buddy Holly Story« (9 LPs).

Hans Holt →

Holst, Erich von

dt. Verhaltensforscher
* 28.11.1908 Riga (Lettland)
† 26.5.1962 Herrsching am Ammersee

E. v. Holst entdeckte neben Reflexen auch »Automatismen« im Verhalten von Tieren.

Holst machte bei Untersuchungen von Ringelwürmern und Gliederfüßlern die für die Verhaltensforschung wichtige Entdeckung, daß das Verhalten nicht nur von Reflexen ausgelöst, sondern auch durch »Automatismen«, d. h. selbsttätige Impulse des Zentralnervensystems gesteuert wird. »Das Reafferenzprinzip« (Abh., 1950 mit H. Mittelstaedt) beschreibt das tierische Orientierungsverhalten, wonach durch einen regelkreisförmigen Kontrollmechanismus jede Abweichung zwischen beabsichtigter und tatsächlich erreichter Körperbewegung nach Rückmeldung an das Zentralnervensystem korrigiert und zu einer zielstrebigen Aktion bzw. Reaktion koordiniert wird. Ende der 50er Jahre führte H. mit der von W. R. →Hess entwickelten Methode zur lokalen Hirnreizung mittels elektrischer Impulse neurophysiologische Experimente an Haushühnern durch, bei denen beobachtete Verhaltensweisen reproduziert werden konnten.

□ 1946-48: Prof. an der Univ. Heidelberg. □ 1949-54: Abteilungsleiter des von ihm mitbegründeten Max-Planck-Inst. (MPI) für Meeresbiologie in Wilhelmshaven. □ ab 1954: Dir. des MPI für Verhaltensphysiologie (1957 von Wilhelmshaven nach Seewiesen bei Starnberg verlegt).

Holt, Hans

österr. Schauspieler und Regisseur
* 22.11.1909 Wien

Seit 1940 ständiges Mitglied des Wiener Theaters in der Josefstadt, gehört Holt zu den prägenden Schauspielern des österreichischen Theaterlebens. Seine größten Erfolge hatte er in Konversationsstücken von A. →Tschechow, A. → Schnitzler, L. →Pirandello und H. v. → Hofmannsthal. Seit 1948 führt H. gelegentlich am Josefstädter Theater Regie und verfaßt selbst Lustspiele.

□ 1935: Filmdebüt in »Katharina die Letzte« (Rg. H. Koster); bis Kriegsende etwa 40 weitere Filmrollen. □ 1940: Nach Auftritten u. a. in Wien, Berlin, Zürich und Göttingen festes Engagement am Wiener Theater in der Josefstadt. □ 1946: Oderbruch in UA von »Des Teufels General« (C. →Zuckmayer) in Zürich. □ 1948: Lustspiel »Es war einmal«. □ 1956: »Die Trappfamilie« (F., Rg. W. →Liebeneiner). □ 1966: Joseph-Kainz-Medaille für Darstellung des George in »Wer hat Angst vor Virginia Woolf?« (E. →Albee). □ 1973: »Der Traumtänzer« (Dr.). □ 1978: Oberst Zindler in »Leutnant Gustl« nach A. →Schnitzler bei Bregenzer Festspielen.

Holtzbrinck, Georg von

dt. Verleger
* 11.5.1909 Haus Schöplenberg bei Hagen
† 27.4.1983 Stuttgart

G. v. Holtzbrinck: Gründer des Deutschen Bücherbunds.

Holtzbrinck gründete 1948 die »Stuttgarter Hausbücherei«, die — 1959 in »Deutscher Bücherbund« umbenannt — zur Keimzelle des Holtzbrinck-Konzerns wurde, eine der größten europäischen Verlagsgruppen. Sie erzielte 1987/88 einen Weltumsatz von über 1,6 Mrd. DM, ihr gehören u. a. die Verlage S. Fischer, Droemer und Knaur, Kindler, Rowohlt und Schroedel. Der »Deutsche Bücherbund« wurde 1989 an den millionenschweren Medienunternehmer L. →Kirch verkauft.

Holtzmann, Thomas

dt. Schauspieler
* 1.4.1927 München

Holtzmann ist ein vielseitiger Schauspieler; die Bandbreite seiner Darstellungen reicht von den großen antiken Gestalten über klassische Rollen bis hin zu den tragikomischen Figuren des modernen Theaters. Regisseure akzeptieren H. als Schauspieler, der seine Rolle in großer Eigeninitiative individuell gestaltet. Einer seiner größten Erfolge war die Rolle des Malvolio in Shakespeares »Was ihr wollt«(1980).

☐ 1947-49: Privater Schauspielunterricht. ☐ 1949. Debüt als Jason in »Medea« (J. →Anouilh) in München. ☐ 1955: Filmdebüt in »Geliebte Feindin«. ☐ 1961: Titelrolle in H. v. Kleists »Prinz von Homburg« (Rg. B. →Barlog). ☐ 1962: Titelrolle in »Ödipus« (Sophokles, Rg. R. →Noelte). ☐ 1963: Ernennung zum Bayrischen Staatsschauspieler. ☐ 1964: Titelrolle in Goethes »Faust« bei den Salzburger Festspielen. ☐ 1969: Antonius in Shakespeares »Antonius und Cleopatra« (Rg. F. →Kortner). ☐ 1970: Titelrolle in Goethes »Clavigo« (Rg. F. Kortner). ☐ 1980: Operndebüt als Bassa Selim in Mozarts »Entführung aus dem Serail« (Rg. A. →Everding). ☐ 1983: Holofernes in Hebbels »Judith« in München. ☐ 1987: Der Kunde in dt. EA von »In der Einsamkeit der Baumwollfelder« (B.-M. Koltes, Rg. A. →Lang).

← Thomas Holtzmann

Holz, Arno

(Pseud. Bjarne Peter Holmsen)
dt. Schriftsteller
* 26.4.1863 Rastenburg, Ostpreußen
† 26.10.1929 Berlin

Holz war mit J. →Schlaf, mit dem er zeitweise eng zusammenarbeitete, der Begründer eines konsequenten Naturalismus. Unter Einbeziehung der Umgangssprache charakterisierte er in Prosastücken und Dramen — exemplarisch dafür war »Die Familie Selicke« (1890) — in naturgetreuer Nachahmung Menschen der Großstadt als Opfer ihres sozialen Milieus. Nachdem H. in den 1890er Jahren als Naturalist in den Schatten des bekannteren und erfolgreicheren G. →Hauptmann gerückt war, wandte er sich sprachlich virtuoser experimenteller Lyrik von eigenwilliger grafischer Gestaltung zu.

Arno Holz, einer der Begründer des Naturalismus, mit seiner Ehefrau.

☐ 1886: »Das Buch der Zeit« (Ged.e). ☐ 1888-93: Zusammenarbeit mit J. Schlaf. ☐ 1889: »Papa Hamlet« (Nov.n). ☐ 1890: »Die Familie Selicke« (Dr.). ☐ 1891/92: »Die Kunst. Ihr Wesen und ihre Gesetze« (Schr., 2 Bde.). ☐ 1899: »Revolution der Lyrik« (Schr.); »Phantasus« (Ged.e). ☐ 1902: Mit R. →Dehmel Gründung der ersten Schriftstellerorganisation, des Kartells lyrischer Autoren. ☐ 1903: »Lieder auf einer alten Laute« (Ged.e).

▷ A. Holz: Kindheitsparadies (Aut.), 1924; H. Scheuer: Arno Holz im literarischen Leben des ausgehenden 19. Jahrhunderts (1883-96), 1971; G. Schulz: Arno Holz. Dilemma eines bürgerlichen Dichterlebens, 1974.

Holzamer, Karl

dt. Pädagoge und Philosoph
* 13.10.1906 Frankfurt/Main

Holzamer gelang es, das 1962 gegründete ZDF als dessen erster Intendant binnen 15 Jahren zur größten Sendeanstalt Europas zu machen. In seine Amtszeit fiel die Eröffnung des neuen Sendezentrums in Mainz-Lerchenfeld 1974. Besonders am Herzen lagen H. die Fernsehratespiele (u. a. für die Aktion Sorgenkind). Als Philosoph und Pädagoge stand er dem Neothomismus nahe, der philosophisches Denken mit christlicher Offenbarungslehre verbindet.

☐ 1931: Assistent der pädagogischen Abteilung beim WDR (später Reichssender Köln). ☐ 1931-33: Mitgl. im Reichsjugendausschuß der Zentrumspartei. ☐ 1933-39: Sachbearbeiter beim Reichssender Köln. ☐ 1946: Prof. für Philosophie und Pädagogik, Univ. Mainz. ☐ 1949-60: Vors. des SWF-Rundfunkrates. ☐ 1951: »Grundriß einer praktischen Philosophie« (Schr.). ☐ 1962-77: Intendant des ZDF, Mainz. ☐ 1966: »Die Verantwortung des Menschen für sich und seinesgleichen« (Aufs.e).

▷ K. Holzamer: Das Wagnis (Erinnerungen), 1979; ders.: Anders, als ich dachte (Erinnerungen), 1983.

Hölzel, Adolf

dt. Maler und Kunstpädagoge
* 13.5.1853 Olmütz, Mähren † 17.10.1934 Stuttgart

Hölzel war ein bedeutender Theoretiker der gegenstandslosen Kunst, an deren Entwicklung seine Schüler Max Ackermann (* 1887, † 1975), W. →Baumeister und O. →Schlemmer wesentlichen Anteil hatten. In seinem eigenen Schaffen gelangte H., ausgehend von impressionistischen Landschaften, zu stilisierten figürlichen Kompositionen (»Abstraktion II«, um 1913/14, Stuttgart, Staatsgalerie), für die ihm dekorative Auftragsarbeiten (Glas- und Wandmalerei) monumentale Formate boten.

☐ 1874-82: Kunststudium (Wien, München). ☐ 1891: Gründung einer Malerschule in Dachau bei München. ☐ 1894:

Mitgl. der Künstlergruppe Neu-Dachau-Schule. □ 1906-18: Prof. an der Kunstakademie Stuttgart (ab 1916 Dir.). □ postum 1937: Entfernung von 10 »entarteten« Werken aus dt. Museen.

▷ A. Hölzel: Gedanken und Lehre, 1933; W. Venzmer: Adolf Hölzel. Leben und Werk, 1982.

Holzer, Jenny

amer. Künstlerin
* 29.7.1950 Gallipolis, Ohio

← Jenny Holzer

Holzer ist eine der profiliertesten amerikanischen Künstlerinnen der jüngeren Generation. Mit ihren Ausdrucksmitteln Schrift und Sprache steht sie in der Tradition der Konzeptkunst. 1977 formulierte H. ihre künstlerische Absicht erstmals mit einer öffentlichen Plakatierung in Form von Statements bzw. von ihr als »Binsenwahrheiten« bezeichneten Sätzen (»Truisms«, 1977-79). Diese gedruckten, offiziell wirkenden Botschaften sollen zum Nachdenken über die Mediengläubigkeit der angeblich informierten Gesellschaft anregen. Ähnliche Ziele verfolgte sie mit den »Inflammatory Essays« (1979-82), widersprüchlichen Aufforderungen auf Plakaten und Handzetteln. Für ihre irritierenden Kommentare nutzt H. alle Mittel der modernen Medien, u. a. elektronische Laufschriften (»Survival Series«, 1983-87, z. B. »Protect me from what I want«, Installation in San Francisco, 1987).

□ 1968-70: Studium an der Duke Univ., Ohio, und der Univ. of Chicago. □ 1971-75: Kunststudium an der Ohio Univ. und der Rhode Island School of Design. □ 1989: Große Einzelausstellung im Solomon R. Guggenheim Museum, New York. □ 1990: Teilnahme an der Biennale in Venedig.

Holzknecht, Guido

österr. Röntgenologe
* 3.12.1872 Wien † 30.10.1931 ebd.

← Guido Holzknecht

Holzknecht, Pionier der Röntgenologie, hat sich um die Erforschung der 1895 von W. C. →Röntgen entdeckten X-Strahlen und ihre Anwendung in der klinischen Praxis verdient gemacht. Der Gründer der Wiener Gesellschaft für Röntgenkunde (1926) legte 1901 aufgrund der von ihm entwickelten Durchleuchtungsmethoden das Standardwerk über »Die röntgenologische Diagnostik der Brusteingeweide« vor. Neben der Entwicklung der Röntgenuntersuchung von Knochenbrüchen im 1. Weltkrieg ebnete H. der an der Speiseröhre erstmals von ihm erprobten »Kontrastuntersuchung« von Körperhohlräumen den Weg.

□ 1902: Entwicklung des Strahlendosismeters (Chromoradiometer). □ 1914: Prof. des Zentral-Röntgeninst. am Allg. Krankenhaus in Wien. □ 1918-24: Hg. der »Röntgenologie« (3 Bde.). □ ab 1928: Leiter der Röntgentechnischen Versuchsanstalt in Wien. □ 1929-31: Hg. des »Handbuchs der theoretischen und klinischen Röntgenkunde«.

Holzmeister, Clemens

österr. Architekt
* 27.3.1886 Fulpmes, Tirol † 12.6.1983 Hallein

← Clemens Holzmeister

Holzmeister überwand mit seinen Bauten den Historismus. Bedeutende Gebäude sind das Krematorium in Wien (1927) und das Salzburger Festspielhaus (1926 erster Bau, 1957/58 Erweiterungsbau, 1959/60 Neues Festspielhaus), mit dem er zu einer überzeugenden Synthese sachlicher und repräsentativer Elemente gelangte. 1938 emigrierte H. in die Türkei, wo er an der TH in Istanbul lehrte (1940-49) und Staatsbauten schuf. Mit seiner erfolgreichen Lehrtätigkeit u. a. an der Wiener Kunstakademie (1924-38, 1954-57) übte H. eine starke Wirkung auf die jüngere österreichische Architektengeneration aus. Zu seinen Schülern gehörte H. →Hollein.

▷ C. Holzmeister: Architekt in der Zeitenwende (hg. v. H. Muck), 2 Bde., 1976.

Holzner-Gawenus, Monika

dt. Eisschnelläuferin
* 1.3.1954 München

Holzner-Gawenus hat als erste Athletin der Welt an fünf olympischen Winterspielen (1972-88) teilgenommen. Ihre größten Erfolge waren 1972 die Goldmedaille in Sapporo über 1000 m und die Sprint-Weltmeisterschaft. Die 16fache deutsche Meisterin stellte 64 nationale Rekorde auf; den letzten im Alter von 33 Jahren.

Honecker, Erich

dt. Politiker
* 25.8.1912 Wiebelskirchen bei Neunkirchen, Saarland

Honecker (r.) und Breschnew beim Bruderkuß.

Honecker war der letzte der allmächtig herrschenden Generalsekretäre der SED (1971-89). In seine Amtszeit fiel die internationale Anerkennung der DDR (Aufnahme in die UNO 1973) und eine gewisse Normalisierung der Beziehungen zur BRD (Grundlagenvertrag 1972); sein größter Triumph war 1987 der Besuch des Nachbarlandes, als er mit allen diplomatischen Ehren empfangen wurde.

Seit dem Aufkommen von Bürgerrechtsbewegungen Mitte der 70er Jahre (Ausbürgerung W. →Biermanns 1976) verschärfte sich jedoch das innenpolitische Klima. H. hielt entgegen den Reformbestrebungen M. →Gorbatschows starr am Stalinismus fest. Die Ausreisewelle von DDR-Bürgern über Ungarn und die ČSSR (heute ČSFR) in die BRD führte kurz nach der 40-Jahr-Feier der DDR im Oktober 1989 zu seiner Ablösung durch E. →Krenz. Im Dezember folgte der Ausschluß aus der SED. Nach dem Zusammenbruch des Regimes wurde H. 1990 wegen »Amtsmißbrauchs und Korruption« verhaftet, aufgrund seines Gesundheitszustandes wurde ihm jedoch wenig später Haftverschonung gewährt. 1991 entzog er sich mit seiner Flucht nach Moskau weiterer Strafverfolgung.

□ 1926: Mitgl. im Kommunistischen Jugendverband. □ 1929: Mitgl. der KPD. □ 1929/30: Schulung in Moskau. □ ab 1930: Hauptamtlicher Funktionär. □ nach 1933: Im Untergrund. □ 1935-45: Inhaftierung (1937 Verurteilung wegen »Hochverrats« zu zehn Jahren Zuchthaus). □ 1946-55: Vors. der Freien Dt. Jugend (FDJ). □ 1946: Mitgl. des ZK. □ 1956-58: Parteihochschule in Moskau. □ 1958: Mitgl. des Politbüros. □ 1958-71: Sekr. des ZK der SED. □ 1971-89: Generalsekretär der SED (bis 1976 1. Sekr.) und Vors. des Nationalen Verteidigungsrates. □ 1976-89: Zugleich Vors. des Staatsrats (Staatsoberhaupt).

▷ E. Honecker: Aus meinem Leben, 1981; A. Herzberg: Der Sturz. Honecker im Kreuzverhör, 1990.

Honegger, Arthur

frz.-schweiz. Komponist
* 10.3.1892 Le Havre † 27.11.1955 Paris

Honegger war mit seinem an Stilmitteln reichen Werk (Einflüsse von R. →Strauss) bedeutender Vertreter der 1920 in Paris etablierten Group de Six (u. a. D. →Milhaud, F. →Poulenc, G. →Auric). Die Mitglieder dieser Komponistengruppe verband die Tendenz, sich mit neoklassizistischen Werken (I. →Strawinsky) der Unterhaltungs- bzw. Jazzmusik zu nähern und den Bereich der Filmmusik als Experimentierfeld zu nutzen. Seinen Weltruf begründete H. mit dem sinfonischen Satz »Pacific 231« (1923), der im vitalen Lebensgefühl des technischen Zeitalters musikalisch eine Schnellzuglokomotive charakterisiert. Seine szenischen Oratorien (»Le Roi David«, UA Mézière 1921; »Johanna auf dem Scheiterhaufen«, UA Basel 1938; »Der Totentanz«, UA Basel 1940) sind herausragende Werke des modernen Musiktheaters.

Arthur Honegger beschrieb musikalisch das Lebensgefühl im Industriezeitalter.

□ 1909-13: Studium am Konservatorium Zürich und am Conservatoire Paris. □ ab 1913: Freischaffender Musiker (Komponist, Violinist, Korrepetitor, Kapellmeister) in Paris. □ 1920: Mitbegründer der Group de Six. □ 1947: Vortrags- und Konzertreise nach Amerika. □ postum 1971: Stiftung des Arthur-H.-Preises für Komposition durch seine Witwe (Verleihung zweijährig).

▷ A. Honegger: Ich bin Komponist, 1951, dt. 1952; W. Reich (Hg.): Arthur Honegger. Nachklang. Schriften, Fotos, Dokumente, 1957; K. v. Fischer: Arthur Honegger, 1978.

Raymond Hood →

John Lee Hooker →

Hood, Raymond

amer. Architekt
* 29.3.1881 Pawtucket, Rhode Isl.
† 15.8.1934 Stamford, Conn.

Hood war einer der Vorläufer der modernen Architektur in den USA. Nach dem noch neugotischen Bau des Chicago Tribune Tower (1925 fertiggestellt) wandelte er seinen Stil zu klareren, rationaleren Formen im Sinne des Funktionalismus etwa →Le Corbusiers. Die Gestaltung seiner Hochhausfassaden, Vorformen der späteren Vorhangfassade, ist durch den Wechsel von vertikalen Bändern aus Glas und Terrakottaplatten gekennzeichnet. H.s wichtigste Bauten wie das Daily News Building (1929/30), das McGraw Hill Building (1930) und das Rockefeller Center (1931-40, mit zwei weiteren Architektenteams) entstanden in New York.

▷ W. H. Kilham: Raymond Hood, engl. 1973.

Hooker, John Lee

amer. Bluesmusiker
* 22.8.1917 (?) Clarksdale, Miss.

Hooker besticht durch seinen ursprünglichen, in der afrikanischen Musik wurzelnden Folkblues. Ab Mitte der 60er Jahre inspirierte sein Stil anglo-amerikanische Gruppen und Musiker, wie z. B. The Animals, Canned Heat (»Hooker'n Heat«, 1971) und St. →Miller (»Endless Boogie«, 1971). Unter Pseudonymen wie Texas Slim, Johnny Williams, John Lee Booker und seinem eigenen Namen nahm H. so viele Schallplatten wie kaum ein anderer Musiker seines Genres auf. 1948 hatte er sich mit dem Millionenhit »Boogie Chillun« etabliert, weitere Hits gelangen ihm mit »Dimples« (1964) und »The Healer« (1990).

□ 1948: Erster Plattenvertrag. □ 1959: »House of the blues« (LP). □ 1962: »The Big Soul« (LP). □ 1974: »Best of John Lee Hooker« (LP). □ 1975: »King of Folk Blues« (LP). □ 1980: Gastrolle in dem Film »The Blues Brothers« (Rg. John Landis). □ 1991: »The hot spot« (LP mit M. →Davis).

Hoover, Herbert Clark

amer. Politiker
* 10.8.1874 West Branch, Iowa
† 20.10.1964 New York

Die Präsidentschaft des Republikaners Hoover (1929-33) fiel in die Zeit der Weltwirtschaftskrise, die er aufgrund des Verzichts auf weiterreichende staatliche Eingriffe nicht zu bewältigen vermochte. 1931 erreichte er mit dem Hoover-Moratorium den Aufschub der deutschen Reparationszahlungen und verhinderte damit den drohenden wirtschaftlichen Zusammenbruch des Deutschen Reiches. 1932 leitete er in den USA die ersten Arbeitsbeschaffungsmaßnahmen ein. Während und nach den beiden Weltkriegen organisierte und leitete H. Hilfswerke zur Lebensmittelversorgung der notleidenden Bevölkerung in Europa und Asien (Quäker- bzw. Hoover-Speisung).

□ ab 1895: Bergbauingenieur; während des Boxer-Aufstands Aufenthalt in Peking. □ 1921-28: Handelsmin. □ 1929-33: 31. US-Präsident. □ 1947; 1953: Leiter von Kommissionen zur Reform der amer. Verwaltung.

▷ H. Hoover: The memoirs of Herbert Hoover, 1979.

← Herbert C. Hoover

Hoover, J(ohn) Edgar

amer. Kriminalist
* 1.1.1885 Washington † 2.5.1972 ebd.

J. Edgar Hoover blieb 48 Jahre, bis zu seinem Tod 1972, Direktor des FBI.

Hoover, der ab 1924 Direktor des Federal Bureau of Investigation (FBI) war, führte 1925 die zentral verwaltete Fingerabdruckskartei ein. Unter H.s Leitung entwickelte sich die Organisation zu einer der schlagkräftigsten und effizientesten ihrer Art. Große Erfolge bei der Identifizierung gesuchter Personen mit Hilfe der Zentralkartei, die Mitte der 70er Jahre über 200 Mio. Fingerabdrücke umfaßte, erzielte das FBI in der Spionageabwehr während des 2. Weltkriegs.

Hope, Bob

(eig. Leslie Townes Hope)
amer. Komiker engl. Herkunft
* 29.5.1904 Eltham

Hope machte sich als Entertainer im Fernsehen wie auch als komische Figur in vielen Spielfilmen einen Namen. Seine Paraderolle war die des einfältigen Feiglings, dem es nicht gelingt, ein romantischer Held zu sein (z. B. in »Bleichgesicht Junior«, 1952, oder in »Ich heirate meine Frau«, 1956). Trockenen Humor, mit dem er politische Themen und Alltagsprobleme aufgriff, bewies er in der Serie der »Road«-Filme mit B. →Crosby (»Straße nach Singapur«, 1940; »Straße nach Marokko«, 1942).

□ 1907: Übersiedlung der Familie nach Cleveland (Ohio). □ 1932: Erster Erfolg am Broadway in »Ballihoi«. □ 1935: Erste Radiosendung. □ 1948: »Sein Engel mit den zwei Pistolen« (Rg. N. Z. McLeod). □ 1952: »Bleichgesicht Junior« (Rg. F. Tashlin). □ 1962: »Straße nach Hong Kong«.

▷ B. Hope: Road to Hollywood/Straße nach Hollywood, 1977.

Bob Hope →

Hopkins, Sir (ab 1925) Frederick Gowland

engl. Biochemiker
* 20.6.1861 Eastbourne, Sussex
† 16.5.1947 Cambridge

Hopkins untersuchte ab 1906 den Zusammenhang zwischen Wachstum und Ernährung und entdeckte bei Tierversuchen, daß künstliche Proteine, Fette und Kohlehydrate allein nicht lebenserhaltend sind. H. erkannte, daß es dafür gewisse »accessory food factors« geben müsse, die vom Körper nicht gebildet werden. Der Begründer der Biochemie in England, der auch über die Chemie der Muskelkontraktion forschte, vermutete, daß ein Mangel solcher Ernährungsfaktoren (später Vitamine genannt) Ursache von Rachitis und Skorbut sein könne.

Frederick G. Hopkins mit seiner Familie in Leicester, 1933.

□ 1900: Entdeckung der am Proteinaufbau beteiligten Aminosäure Tryptophan. □ 1914-43: Erster Prof. für Biochemie an der Univ. Cambridge. □ 1921: Isolierung des Glutathions aus Muskelgewebe. □ 1929: Physiologie/Medizin-Nobelpreis (mit Chr. →Eijkman). □ 1930-35: Präs. der Royal Society; Mitgl. ab 1905.

Hopkins, Harry Lloyd

amer. Politiker
* 7.8.1890 Sioux City, Iowa † 29.1.1946 New York

Hopkins war ein enger Freund und Berater des US-Präsidenten F. D. →Roosevelt. Nach 1933 war er maßgeblich an der Ausarbeitung des Arbeitsbeschaffungsprogramms im Rahmen des »New Deals« beteiligt. Während des 2. Weltkriegs reiste er mehrfach in Sonderkommissionen nach Europa und war Teilnehmer an allen Interalliierten Konferenzen (u. a. Casablanca 1943, Jalta 1945).

☐ 1913-28: Sozialarbeiter. ☐ 1928-45: Persönlicher Berater Roosevelts. ☐ 1933: Gründer und Leiter eines Arbeitsbeschaffungsprojekts. ☐ 1935-38: Leiter der Behörde für Arbeitsbeschaffung. ☐ 1939/40: Handelsmin.

▷ H. H. Adams: Harry Hopkins. A biography, 1977.

← Harry Lloyd Hopkins

Hoppe, Marianne

dt. Schauspielerin
* 26.4.1911 Rostock

Seit ihrem Engagement unter G. →Gründgens am Staatstheater Berlin (1935-45) gehört Hoppe zu den souveränen und stilsicheren Charakterdarstellerinnen des deutschen Sprachraums. Vor dem Krieg spielte sie vor allem in zahlreichen Klassikern, u. a. die Titelrollen in »Emilia Galotti«, »Maria Stuart« und »Die Jungfrau von Orléans«; nach 1945 trat sie auch in zeitgenössischen Stücken auf, u. a. von J.-P. →Sartre, C. →Zuckmayer, T. →Williams und Th. →Bernhard. Seit den 60er Jahren arbeitet H. verstärkt für TV-Produktionen.

☐ 1928-30: Ensemblemitgl. am Dt. Theater Berlin, danach in Frankfurt und München. ☐ 1934: »Der Schimmelreiter« (F. nach der Novelle von Th. Storm). ☐ 1935-45: Festes Ensemblemitgl. am Staatstheater Berlin. ☐ 1936-46: Ehe mit G. Gründgens. ☐ 1942: Hauptrolle in »Romanze in Moll« (F., Rg. H. → Käutner). ☐ 1947-55: Engagement in Düsseldorf unter Gründgens; Gastspiele. ☐ 1961: TV-Debüt in »Fast ein Poet« (Dr. von E. →O'Neill). ☐ 1975: UA der Kom. »Chimborazo« (von T. →Dorst) am Schloßparktheater Berlin. ☐ 1981: Rolle der Mutter in UA der Kom. »Am Ziel« (von Th. Bernhard) in Salzburg.

← Marianne Hoppe

Hoppe, Wolfgang

dt. Bobfahrer
* 14.11.1957 Apolda

Hoppe war der erfolgreichste Bobfahrer der DDR. Er holte acht Goldmedaillen bei Olympischen Spielen, Welt- und Europameisterschaften. 1984 siegte er bei den Olympischen Spielen von Sarajevo im Zweier- und Viererbob.

☐ 1976: DDR-Juniorenmeister im Zehnkampf. ☐ 1985: Weltmeister im Zweierbob. ☐ 1986: Welt- und Europameister im Zweierbob. ☐ 1987: Europameister im Zweier- und Viererbob. ☐ 1988: Olympiazweiter von Calgary im Zweier- und Viererbob. ☐ 1989: Weltmeister im Zweierbob.

← Wolfgang Hoppe

Hopper, Dennis

amer. Schauspieler und Regisseur
* 17.5.1936 Dodge City, Kans.

Hoppers Regiedebüt »Easy Rider« (1969, mit P. Fonda und J. →Nicholson) wurde zum Kultfilm

Dennis Hopper in »Der amerikanische Freund« 1977.

einer ganzen Generation und begründete seinen Ruf als Rebell Hollywoods, den er als Regisseur und eigenwilliger Schauspieler bis heute behielt. In exaltierter Darstellungsform verkörperte H. u. a. den dem Wahnsinn nahestehenden Fotografen in »Apocalypse now« (1976-79, Rg. F. F. →Coppola), den trunksüchtigen Vater in »Rumble fish« (1983, Rg. F. F. Coppola) und den gewalttätigen Psychopathen in »Blue Velvet« (1985, Rg. D. →Lynch).

☐ 1954: »Johnny Guitar — Wenn Frauen hassen« (Rg. N. →Ray). ☐ 1955: »... denn sie wissen nicht, was sie tun« (mit J. →Dean, Rg. N. Ray); »Giganten« (mit E. →Taylor, R. →Hudson, Rg. G. Stevens). ☐ 1965: »Die vier Söhne der Katie Elder« (mit J. →Wayne, Rg. H. Hathaway). ☐ 1971: Goldener Löwe von Venedig für »The last movie« (Rg. und Hr.). ☐ 1977: »Der amerikanische Freund« (nach P. →Highsmith, mit B. → Ganz, Rg. W. →Wenders). ☐ 1979: »Out of the Blue« (Rg. und Hr.). ☐ 1986: »Das Messer am Ufer« (Rg. T. Hunter). ☐ 1988: »Colors — Farben der Gewalt« (Rg.). ☐ 1990: »Hot spot — Spiel mit dem Feuer« (Rg.). ☐ 1991: »Flashback« (Rg. F. Amurri).

▷ E. Rodriguez: Dennis Hopper. A madness to his method, 1988.

Hopper, Edward

amer. Maler
* 22.7.1882 Nyack, N. Y. † 15.5.1967 New York

Hopper wurde mit seinen kühlen, in überpointiert realistischem Stil gemalten Landschaftsbildern, Klein- und Großstadtmotiven zu einem Vorläufer z. T. sehr viel späterer Kunstrichtungen wie des Hyperrealismus und der Pop Art. Dabei wirken die Ansichten der weiten Landschaften, der einsamen Gebäude, verschlafenen Kleinstadtbahnhöfe, städtischen Architekturen und nächtlichen Restaurants, als sei die Zeit stehengeblieben. Die Menschen erscheinen einsam wie in dem Bild »Mitternachtsvögel« (1941/42, Chicago, Art Institute), in dem H. die Besucher einer Bar ganz auf sich bezogen und unfähig, Kontakt zu ihrer Umgebung aufzunehmen, darstellt. H. setzt so seine Überzeugung von der Isolation und Einsamkeit des einzelnen, der Anonymität in der Großstadt und den Ängsten und Beklemmungen der Menschen um. Durch starke Hell-Dunkel-Kontraste, ein hartes, künst-

Edward Hopper war ein Vorläufer der Kunst der 60er Jahre.

lich wirkendes Licht und die statuarische Komposition erhalten H.s Werke oft einen unwirklichen Charakter.

□ 1900-06: Studium an der New York School of Art. □ 1906-10: Aufenthalt in Spanien und Portugal. □ 1910-20: Rückkehr nach New York; Radierungen. □ ab 1923: Ölbilder mit Stadtansichten und Landschaften New Englands. □ ab 1930: Zunehmend Großstadtmotive.

▷ L. Goodrich: Edward Hopper, engl. 1983.

Hörbiger, Attila

österr. Schauspieler
* 21.4.1896 Budapest (Ungarn) † 27.4.1987 Wien

Hörbiger beeindruckte mit seiner Darstellung aufbrausender, volksnaher Naturburschen, aber erst in differenzierten Charakterrollen, die eine sorgfältig nuancierte Darstellung der Empfindungen erforderten, gelang es ihm, aus dem Schatten seines älteren Bruders P. →Hörbiger zu treten (u. a. 1938 als Petruchio in Shakespeares »Der Widerspenstigen Zähmung«).

□ 1919: Debüt als Kurt von Stranz in »Der fidele Geiger« (L. Taufenstein/E. Elysler). □ 1923-25: Mitgl. an den Jarno-Bühnen in Wien. □ 1926-28: Mitgl. am Neuen Dt. Theater in Prag. □ 1928-49: Mitgl. am Wiener Theater in der Josefstadt. □ 1935: Heirat mit P. →Wessely. □ 1935-37: Titelrolle in »Jedermann« (H. v. →Hofmannsthal, Rg. M. →Reinhardt)

Attila Hörbiger und P. Wessely in »Candida« von G. B. Shaw.

bei den Salzburger Festspielen. □ 1947-51: Titelrolle in »Jedermann« (Rg. H. →Thimig) ebd. □ ab 1950: Mitgl. am Wiener Burgtheater; Ernennung zum Kammerschauspieler. □ 1952: Titelrolle »Peer Gynt« (H. →Ibsen). □ 1961: Titelrolle in Goethes »Faust«. □ 1974: Titelrolle in »Nathan der Weise« (Lessing). □ 1984: Letzte Rolle als der Winter in »Der Diamant des Geisterkönigs« (F. Raimund).

▷ H. Weigel: Der Schauspieler Attila Hörbiger, 1963; E. Fuhrich/G. Prossnitz (Hg.): Paula Wessely — Attila Hörbiger, 1985.

Paul Hörbiger →

Hörbiger, Paul

österr. Schauspieler
* 29.4.1894 Budapest (Ungarn) † 5.3.1981 Wien

Der Wiener Volksschauspieler Hörbiger war ein Meister in der Darstellung klassisch-volkstümlicher Rollen (Raimund, Nestroy, Goldoni). Weit über die Grenzen seiner Heimat hinaus wurde er zum Symbol wienerischer Gemütlichkeit und zur Verkörperung des »alten grantigen Wieners mit dem goldenen Herzen«. Popularität erlangte H., der oft mit H. →Moser vor der Kamera stand, durch seine Rollen in über 200 Filmen, darunter »Fiakerlied« (1934), »Schrammeln« (1944) und »Hallo Dienstmann« (1952).

□ 1920-26: Mitgl. des Neuen Dt. Theaters in Prag. □ 1926-31: Mitgl. am Dt. Theater in Berlin. □ 1930: Hechinger in »Der Schwierige« (H. v. →Hofmannsthal, Rg. M. →Reinhardt). □ 1931-40: Mitgl. am Lessingtheater Berlin. □ ab 1940: Mitgl. des Wiener Burgtheaters. □ 1966: Hohes Alter in »Der Bauer als Millionär« (F. Raimund). □ 1969: Ernennung zum Kammerschauspieler des Burgtheaters. □ 1979: Letzte Bühnenrolle als Dienstmann in »Komödie der Eitelkeit« (E. →Canetti).

▷ P. Hörbiger: Ich hab für Euch gespielt (Aut.), 1979.

August Horch →

Horch, August

dt. Automobilkonstrukteur und Industrieller
* 12.10.1868 Winningen, Mosel
† 3.2.1951 Münchberg, Oberfranken

Der ehemalige Mitarbeiter von C. →Benz gründete 1899 in Köln-Ehrenfeld die Motorenwagenfirma August Horch & Cie. AG und 1910 die Audi-Automobilwerke AG Zwickau, die 1932 in der Auto-Union AG aufgingen. Bei der Entwicklung des ersten Motorenwagens (1901) führte H. den sich weltweit durchsetzenden Kardanantrieb und die Reibungskupplung in die Automobilherstellung ein; 1923 ging er bei der Konzeption von Kraftwagen zur Linkssteuerung über.

□ 1901: Herstellung des ersten eigenen Motorenwagens. □ 1903: Entwicklung eines Vierzylindermotors. □ 1904: Verlegung der Firma nach Zwickau. □ 1907: Entwicklung eines Sechszylindermotors. □ 1909: Austritt aus der Firma. □ 1910: Gründung der Audi-Automobilwerke AG.

▷ A. Horch; Ich baute Autos, 1937.

Horkheimer, Max

dt. Philosoph und Soziologe
* 14.2.1895 Zuffenhausen/Stuttgart
† 7.7.1973 Nürnberg

Horkheimer entwickelte in den 30er Jahren die »Kritische Theorie« (2 Bde., hg. 1969) und zählt

mit Th. W. →Adorno zu den Gründern der »Frankfurter Schule«. Stätte der Entwicklung seines Programms der dialektischen Vermittlung soziologischer Forschung und Philosophie war das »Institut für Sozialforschung«, das ebenso wie die »Zeitschrift für Sozialforschung« zeitweise im amerikanischen Exil von den Emigranten fortgeführt wurde.
Ihren Niederschlag fand die kritische Theorie in der mit Adorno 1942-44 niedergeschriebenen »Dialektik der Aufklärung« (1947, dt. 1969) und H.s im gleichen Jahr erschienenen »Kritik der instrumentellen Vernunft« (dt. 1967). Darin wird die Stellung des Menschen, verlustig seiner Individualität, als Objekt einer wissenschaftlich-technischen und bürokratisch verwalteten Welt beschrieben.
Mit seinen »Studien über Autorität und Familie« (1936) verband H. die Analyse sozioökonomischer Verhältnisse mit der empirischen Untersuchung von Charakterstrukturen und zeigte in der von ihm herausgegebenen interdisziplinären Antisemitismusforschung »Studies in prejudice« (1949/50) die Bedingungen, die zur Schwächung des Individuums und damit zur psychischen Verfügbarkeit der Massen für die Ziele totalitärer Herrschaft (wie unter dem Faschismus) führen. Seine Kritik an den Machtstrukturen des Spätkapitalismus beeinflußte die Studentenbewegung der 60er Jahre.

Gyula Horn →

Max Horkheimer begründete mit Theodor Adorno die »Frankfurter Schule«.

□ 1930-33: Prof. für Sozialphilosophie an der Univ. Frankfurt/Main; Dir. des Inst. für Sozialforschung ebd. (1933 von den Nationalsozialisten geschlossen). □ 1933/34: Emigration über die Schweiz in die USA; Fortführung des Inst. of Social Research an der Columbia-Univ., New York. □ 1932-42: Hg. der Zeitschrift für Sozialforschung, ab 1940 u. d. T. Studies in Philosophy and Social Science. □ 1940: Amer. Staatsbürger. □ 1943/44: Dir. beim Amer. Jewish Committee, New York. □ 1949-59: Prof. der Univ. Frankfurt/Main; 1951/52 Rektor ebd. □ 1954-59: Prof. an der Univ. Chicago. □ 1962: »Sociologica II« (Reden und Vorträge). □ 1970: »Traditionelle und kritische Theorie« (Aufs. von 1937).

▷ H. Gumnior/R. Ringguth: Max Horkheimer, 1983; A. Schmidt (Hg.): Max Horkheimer heute: Werk und Wirkung, 1986.

Horn, Gyula

ung. Politiker
* 5.7.1932 Budapest

Horn, ab 1974 stellvertretender Abteilungsleiter der außenpolitischen Abteilung des Zentralkomitees der USAP und 1989 Außenminister, prägte die Beziehungen Ungarns zu den kommunistischen Staaten und in zunehmendem Maße auch zu den westlichen Ländern. Am 11.9.1989 öffnete er die Westgrenze Ungarns, über die zahlreiche DDR-Bürger nach Österreich ausreisten — der Beginn der »Wende«. 1990 wurde H. für seine Reformbemühungen mit dem Karlspreis der Stadt Aachen ausgezeichnet.

□ 1959: Mitarbeiter des Außenministeriums. □ 1963-69: Diplomat in Belgrad. □ 1989: Außenmin. □ seit 1990: Parteichef der Ung. Sozialistischen Partei (USP).

▷ G. Horn: Freiheit, die ich meine (Erinnerungen), 1991.

Horn, Rebecca

dt. Künstlerin
* 24.3.1944 Michelstadt, Hessen

Horn arbeitet im Umfeld von Body Art, Performance und Videokunst. 1968 begann sie mit Aktionen, in denen sie selbst im Zentrum stand. Ihr mit Masken, Schminke, Federn u. ä. zu einer Art »lebenden Plastik« verfremdeter Körper wurde zum Träger mythischer Rituale, die sie seit 1972 auf Videobändern aufzeichnet. Zentrale Themen sind Wahrnehmungsprozesse und Identitätssuche. In den 80er Jahren wandte sich H. komplexen Installationen in einem weitreichenden kulturgeschichtlichen Assoziationsfeld zu, etwa mit dem computergesteuerten, radschlagenden »Pfau« auf der documenta 7 (1982) in Kassel. In jüngster Zeit treten sparsame Installationen aus Alltagsgegenständen, Metallteilen und anderen Dingen hinzu (z. B. »Lola«, 1987, New York, Marian Goodman Gallery). H., seit 1990 Professorin an der Berliner Hochschule der Künste, arbeitet auch als Filmemacherin, wobei sie ihre Sujets surreal verfremdet (»Buster's Bedroom«, eine Hommage an B. →Keaton, 1991).

Hornbostel, Erich Moritz von

österr. Musikforscher
* 25.2.1877 Wien
† 28.11.1935 Cambridge, Mass. (USA)

Hornbostel leitete 1906-33 das Berliner Phonogrammarchiv, das zum Ausgangspunkt der von ihm begründeten modernen Musikethnologie (»vergleichende Musikwissenschaft«) wurde. Er konservierte auf Edisonwalzen außereuropäische Melodien, übertrug sie in Notenschrift und analysierte Prinzipien von Tonsystemen der Musikkulturen (»Musikalische Tonsysteme«, Schr., 1927). In seinen Arbeiten widmete sich H. auch den psychologischen und physikalischen Grundlagen des Hörens (»Psychologie der Hörerscheinungen«, Schr., 1926).

□ 1895-99: Studium der Chemie, Physik und Philosophie in Wien und Heidelberg. □ 1901: Tonpsychologische Studien mit dem Psychologen und Musikforscher Carl Stumpf (* 1848, † 1936) in Berlin. □ 1906-33: Leiter des Berliner Phonogrammarchivs (ab 1917 als Prof.). □ 1914: »Systematik der Musikinstrumente« (Schr.). □ 1922/23: Hg. der »Sammelbände für vergleichende Musikwissenschaft« (3 Bde.) □ 1933: Emigration nach New York; Prof. an der New School of Social Research.

Horney, Brigitte

dt. Schauspielerin
* 29.3.1911 Berlin † 27.7.1988 Hamburg

← Brigitte Horney

Als resolute alte Dame in der TV-Serie »Jakob und Adele« (mit C. H. → Schroth) hatte Horney einen ihrer letzten großen Erfolge. Ihre Karriere begann in den 20er Jahren am Deutschen Theater in Berlin. Nach ihrem Filmdebüt in »Abschied« (1930, Rg. R. →Siodmak) wurde sie durch Rollen an der Seite von H. →Albers berühmt. Zuletzt verkörperte H., deren Markenzeichen die rauchige Stimme war, u. a. das Familienoberhaupt in der TV-Serie »Das Erbe der Guldenburgs«.

□ 1935: »Liebe, Tod und Teufel« (Rg. H. →Hilpert, R. Steinbicker). □ 1936: »Savoy-Hotel 217« (mit H. Albers, Rg. G. Ucicky). □ 1939: »Der Gouverneur« (Rg. V. Tourjansky). □ 1941: »Illusion« (mit J. →Heesters, Rg. V. Tourjansky). □ 1943: »Münchhausen« (mit H. Albers, Rg. J. v. Baky). □ 1950: »Melodie des Schicksals« (Rg. H. Schweikart). □ 1952: Übersiedlung nach Boston, Mass. □ 1959: »Nacht fiel über Gotenhafen« (Rg. F. Wisbar). □ 1961: »Ruf der Wildgänse« (Rg. H. Heinrich). □ 1983: Dt. Filmpreis. □ 1985-87: »Teufels Großmutter« (TV-Serie).

Horney, Karen

amer. Psychoanalytikerin dt. Herkunft
* 16.9.1885 Blankenese bei Hamburg
† 4.12.1952 New York

← Karen Horney

Horney stellte in den 30er Jahren die klassische Bedeutung von Libidotheorie, Todestrieb und Ödipuskomplex in Frage und rückte die soziokulturellen Bedürfnisse und Lebensbedingungen des Menschen stärker in den Vordergrund. Die Neurose definierte sie als eine »Milieukrankheit«, die — entgegen der Annahme S. →Freuds — die Sexualität determinieren könne. Da H. die Widersprüche, unter denen der Neurotiker leidet, im soziokulturellen Umfeld bereits vorliegen sah, forderte sie von der Therapie, die aktuellen Lebensumstände des Patienten stärker zu gewichten als dessen frühe Kindheitsgeschichte.

□ 1920-32: Therapeutin und Lehranalytikerin am Psychoanalytischen Inst., Berlin; anschließend Emigration in die USA. □ 1934-41: Lehrtätigkeit an der New School for Social Research. □ 1937: »Der neurotische Mensch unserer Zeit« (Schr., dt. 1951). □ 1939: »Neue Wege in der Psychoanalyse« (Schr., dt. 1951). □ 1941: Austritt aus der New Yorker Psychoanalytischen Gesellschaft und Bildung der Association for the Advencement of Psychoanalysis. □ 1945: »Unsere inneren Konflikte« (Schr., dt. 1954). □ 1950: »Neurose und menschliches Wachstum« (Schr., dt. 1975). □ postum 1967: »Die Psychologie der Frau« (Schr., dt. 1977).

▷ J. K. Rubins: Karen Horney, dt. 1980.

Horowitz, Wladimir Samojlowitsch

amer. Pianist russ. Herkunft
* 18.9.(1.10.?)1904 Berditschew, Ukraine
† 5.11.1989 New York

Wladimir Horowitz: Der »Pyrotechniker des Klaviers«, 1976.

Horowitz war einer der bedeutendsten Musiker des 20. Jh.s. Bereits beim ersten Auftritt in der New Yorker Carnegie Hall (1929) faszinierte seine ungeheure Virtuosität, die ihn zu einem der aufregendsten und meistbewunderten Pianisten machte. Ein Kritiker nannte ihn den Pyrotechniker des Klaviers.
H. trat vor allem mit Kompositionen von Schumann, Liszt, Tschaikowsky, Chopin, S. →Rachmaninow, A. →Skrjabin und S. →Prokofjew hervor. Erst spät wandte sich H. dem Werk Mozarts zu. Eine seiner bekanntesten Platten, das Klavierkonzert b-Moll von Tschaikowsky, spielte er 1941 mit seinem Schwiegervater A. →Toscanini ein. Seine wegweisenden Interpretationen beschränkten sich nie auf den Nachvollzug der kompositorischen Idee, sondern beanspruchten ihre individuelle Eigenständigkeit gegenüber dem Werk. Da H. eine Abneigung gegen technische Medien hatte, belegen nur wenige Aufnahmen seine außergewöhnliche Kunst.

□ 1910-21: Klavierstudium am Konservatorium Kiew. □ 1925: Sowjet. Ausreiseerlaubnis »zu Studienzwecken«; erster int. Erfolg in Hamburg. □ 1928: USA-Debüt mit den New Yorker Philharmonikern unter Th. →Beecham. □ 1933: Heirat mit Wanda Toscanini. □ 1936-39: Konzertpause. □ 1944: Amer. Staatsbürgerschaft. □ 1953-65: Konzertpause. □ 1965: Auftritt in der New Yorker Carnegie Hall. □ 1969-74: Konzertpause. □ 1978: Konzert im Weißen Haus. □ 1982: Wohltätigkeitskonzert in der London Royal Festival Hall. □ 1982-84: Konzertpause. □ 1985: Konzerte in Paris und an der Mailänder Scala. □ 1987: Konzerte im Musikvereinssaal Wien und in der Hamburger Musikhalle.

▷ O. Downes: Vladimir Horowitz, 1941; G. Plaskin: Horowitz. Eine Biographie, 1983, dt. 1990.

Horst, Horst P(eter)

dt. Fotograf
* 27.12.1906 Hamburg

Horst, der seit Mitte der 30er Jahre in den USA lebt, gehört zu den wenigen Fotografen, die dem neoklassizistischen Zeitgeschmack der 30er und 40er Jahre künstlerischen Ausdruck verliehen haben. Vor allem auf dem Gebiet der Modefotografie entwarf H. eine eigene Bildsprache, indem er den Charakter des Fotomodells in direkte Beziehung zur Bildinszenierung setzte, die er mit dramatischen Lichtkontrasten und antiken Requisiten stilisierte.

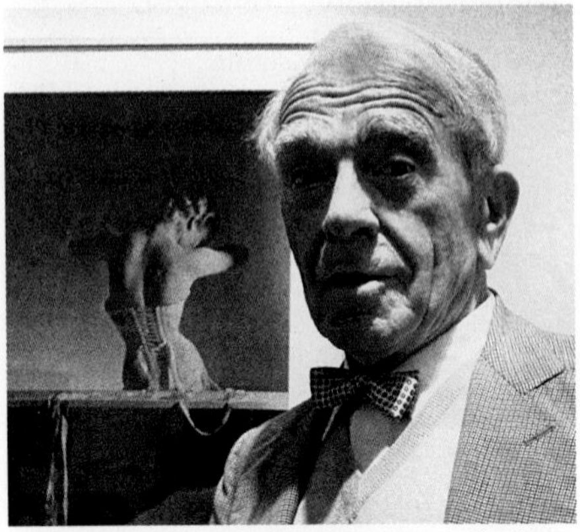

H. P. Horst bei einer Ausstellung seiner Fotos in Hamburg.

□ 1925-27: Architekturstudium in Hamburg. □ 1927: Studium bei →Le Corbusier. □ 1928: Bekanntschaft mit M. →Ray. □ 1932: Assistent bei George Hoyningen-Huene im Atelier der Zeitschrift Vogue. □ seit 1935: Mode-, Architektur- und Porträtfotografie in den USA.

Horta, Victor

belg. Architekt
* 6.1.1861 Gent
† 8.9.1947 Etterbeek bei Brüssel

Victor Horta →

Mit seinen städtischen Wohn- und Kaufhausbauten, die u. a. durch freie Grundrißgestaltung, die Aufgabe einheitlicher Geschoßflächen sowie die Freilegung von Konstruktionselementen gekennzeichnet sind, war Horta ein Pionier moderner Bauweisen. Seine florale Ornamentik in Verbindung mit der »Peitschenschlag-« oder »Horta-Linie«, die sich über Geländer, Wände, Decken usw. zog, ließen ihn gleichzeitig zum führenden Jugendstilarchitekten werden. Schon der Bau des Hôtel Tassel in Brüssel (1892/93) mit oktogonal angelegter Eingangshalle zeigt diese Elemente, ebenso das Gesamtkunstwerk des Hôtel Solvay (1895-1900, Brüssel), in dem H. jedes Detail bis zu den Deckenleuchten und Türgriffen selbst entwarf. Revolutionierend waren auch seine Fassaden aus Eisen und Glas (z. B. beim Kaufhaus A l'Innovation, 1901), die als Vorläufer der sehr viel späteren Vorhangfassaden gelten können. Nach einem Aufenthalt in den USA wurde H.s Stil strenger und rechtwinkliger, das geschwungene Ornament durch das lineare Element ersetzt. Mit dem Stahlbetonbau des Palais des Beaux-Arts (1922-28, Brüssel), das er im Sinne eines Begegnungszentrums gestaltete, schuf er wiederum einen richtungweisenden Bau.

□ ab 1876: Studium u. a. an der Académie des Beaux-Arts in Brüssel. □ ab 1912: Prof. an der Académie des Beaux-Arts. □ 1916-19: Aufenthalt in den USA. □ ab 1927: Dir. der Académie des Beaux-Arts, Brüssel.

▷ F. Borsi/P. Portoghesi: Victor Horta, dt. 1991.

Horten, Helmut

dt. Unternehmer
* 8.1.1909 Bonn
† 30.11.1987 Madonna del Piano, Tessin (Schweiz)

Helmut Horten →

Horten, dem bereits vor 1939 acht Kaufhäuser gehörten, machte die Helmut Horten GmbH nach dem 2. Weltkrieg zum viertgrößten Warenhauskonzern der Bundesrepublik (nach Karstadt, Hertie und Kaufhof). Ende der 60er Jahre zog sich der Kaufhausgründer aus der Unternehmensleitung zurück. Für Schlagzeilen sorgte er 1971, als es ihm gelang, den Erlös aus dem Verkauf des Konzerns (ca. 1,5 Mrd. DM) dank einer Gesetzeslücke steuerfrei in die Schweiz zu transferieren.

□ 1936: Nach Ausbildung zum Textilkaufmann Erwerb des ersten Kaufhauses. □ 1947/48: Als ehemaliger Reichsverteiler für Textilien 17 Monate von Alliierten interniert. □ 1952: Erwerb der Warenhauskette Merkur AG. □ 1954: Erwerbung der Defaka-Kaufhäuser. □ 1962: Umsatz erstmals über 1 Mrd. DM; 21 000 Mitarbeiter. □ 1967: Rückzug auf den Aufsichtsratsvorsitz. □ 1969: Umwandlung der Horten GmbH in eine AG; schrittweiser Verkauf der Konzernanteile, u. a. an die Dt. Bank und die Commerzbank. □ 1984: Spende in Höhe von 6 Mio. DM an die FDP.

Horthy von Nagybánya, Miklós

ung. Politiker und Militär
* 18.6.1868 Kenderes † 9.2.1957 Estoril (Portugal)

Miklós Horthy →

Mehr als 24 Jahre war Horthy »Reichsverweser« des offiziell 1920 wiedererrichteten Königreichs Ungarn. Als Führer einer gegenrevolutionären »Nationalarmee« beseitigte er 1919 die Ungarische Räterepublik und begründete ein konservatives Regime mit ständischer Verfassung. Außenpolitisch drängte er stets auf Revision des mit großen Gebietsabtretungen verbundenen Friedens von Trianon (1920) nach dem 1. Weltkrieg. Nach dem Münchner Abkommen 1938 beteiligte er sich an der Aufteilung der Tschechoslowakei;

1941 zog er Ungarn auf deutscher Seite in den Krieg gegen die Sowjetunion. Als er 1944 einen Sonderfrieden mit den Alliierten anstrebte, wurde er auf Befehl →Hitlers verhaftet und in Deutschland interniert.

□ 1918: Konteradmiral; Oberbefehlshaber der österr.-ung. Flotte. □ 1919: Kriegsminister. □ 1920-44: Reichsverweser. □ 1945/46: In amer. Gefangenschaft. □ ab 1949: Exil in Portugal.

▷ P. Gosztony: Miklós Horthy. Admiral und Reichsverweser, 1973.

Horváth, Ödön von

(eig. Edmund v. H.)
österr. Schriftsteller
* 9.12.1901 Rijeka (seit 1947 Jugoslawien)
† 1.6.1938 in Paris (Frankreich; Unfall)

Horváth, Autor der »Geschichten aus dem Wiener Wald«.

Mit sozialkritischen Dialektstücken belebt Horváth in den 30er Jahren die Tradition des Wiener Volkstheaters (J. N. Nestroy, * 1801, † 1862). Unter dem Eindruck des heraufziehenden Nationalsozialismus zeichnete er auf derb-komische, oftmals zynische Weise dumpfes Volksempfinden und jene Sprachlosigkeit, die sich in Haß und Gewalt entlädt. Dabei sah H. Täter und Opfer gleichermaßen als Betroffene gesellschaftlicher Mißstände. Seine Technik, die Personen durch ihren Gebrauch der Sprache sich selbst entlarven zu lassen, beeinflußte Autoren wie M. →Sperr und F. X. →Kroetz.

□ 1931: Kleist-Preis für das Volksstück »Geschichten aus dem Wiener Wald« (UA Dt. Theater Berlin). □ 1932: »Glaube Liebe Hoffnung« (UA 1936 Wien u. d. T. »Liebe, Pflicht und Hoffnung«). □ 1933: »Die Unbekannte aus der Seine« (Volksstück, UA 1953 in Wien). □ 1934-38: Aufenthalt in Berlin. □ 1937: »Jugend ohne Gott« (R.). □ 1938: Emigration nach Frankreich; »Ein Kind unserer Zeit« (R.); in Paris während eines Gewitters von einem herabstürzenden Ast erschlagen.

▷ T. Krischke: Horváth auf der Bühne (1926-1938), 1990.

Hans Hotter →

F. Houphouët-Boigny →

Hotter, Hans

dt. Sänger
* 19.1.1909 Offenbach/Main

Der stimmgewaltige Baßbariton Hotter war nach dem 2. Weltkrieg Gast der bedeutenden Opernhäuser der Welt. Als Wotan-Darsteller in Wagners »Ring des Nibelungen« begeisterte er das Publikum. Weitere große Rollen waren neben dem »Fliegenden Holländer« und dem Hans Sachs aus den »Meistersingern von Nürnberg« der Jupiter in »Die Liebe der Danae« (R. →Strauss) sowie der Pizarro in »Fidelio« (Beethoven). H. führte ab 1960 auch erfolgreich Regie in London, München, Zürich und Wien.

□ 1928-30: Studium in München. □ 1930: Debüt als Opernsänger in Troppau. □ 1936: Kammersänger. □ 1937: Erstmals an der Münchner Oper. □ 1939: Debüt an der Wiener Staatsoper. □ 1950: Dreimonatiges Gastspiel an der Metropolitan Opera in New York. □ 1951: Mitautor von »Vox humana — Eine Studie über das Singen«. □ 1961: Inszenierung des »Rings« am Opernhaus Covent Garden in London. □ 1968: Spielleiter des »Rings« in Bayreuth. □ 1970: Moses in A. → Schönbergs »Moses und Aron«. □ 1974: Abschied als aktiver Sänger; danach Gesangspädagoge und Berater.

Hounsfield, Godfrey Newbold

brit. Elektroingenieur
* 28.8.1919 Newark, Nottingham

Hounsfield entwickelte die Basis für Computertomografie.

1979 erhielt Hounsfield, Mitarbeiter des Elektronikkonzerns EMI (Electrical and Musical Industries), den Nobelpreis für Physiologie oder Medizin (mit A. M. Cormack). Er hatte 1973 einen Röntgenscanner entwickelt, der mit Hilfe von Röntgenstrahlen Körperpartien zeilenweise abbilden kann. Dieser Apparat, der die Grundlagen für die Computertomografie schuf, war flexibler im Einsatz und erlaubte durch ein höheres Auflösungsvermögen seiner Aufnahmen eine genauere Diagnose als ein herkömmliches Röntgengerät. H. hatte bereits 1957/58 die erste britische Transistor-Großrechenanlage konstruiert (EMIDEC 1100).

Houphouët-Boigny, Félix

westafr. Politiker
* 18.10.1905 Yamoussoukro

Seit 1959 ist Houphouët-Boigny unumschränkter Herrscher der ehemaligen französischen Kolonie Côte d'Ivoire (Elfenbeinküste). Der von der französischen Kolonialverwaltung 1940 zum

Häuptling ernannte Politiker arbeitet noch immer eng mit der einstigen Kolonialmacht zusammen. Aufsehen erregte der gigantische Ausbau seiner Geburtsstadt zur neuen Hauptstadt (ab 1983), vor allem die dem Petersdom nachempfundene Basilika Nôtre-Dame de la Paix.

☐ 1925-40: Arzt. ☐ 1945: Mitgl. der frz. Nationalversammlung. ☐ 1946: Mitbegründer und Führer der Afr. Demokratischen Sammlungsbewegung (RDA). ☐ 1951: Präs. der Territorial-Versammlung. ☐ 1956-59: Min. in frz. Regierungen. ☐ 1959: Ministerpräsident der autonomen Elfenbeinküste (seit 1986 Côte d'Ivoire). ☐ seit 1960: Staatspräsident.

▷ M. Amondji: Félix Houphouët et la Côte d'Ivoire, 1984.

Houssay, Bernardo Alberto

argentin. Physiologe
* 10.4.1887 Buenos Aires † 21.9.1971 ebd.

Houssay führte 1924-37 Experimente zur Erforschung der Zuckerkrankheit und der den Blutzucker senkenden Wirkung des Insulins durch. Bei Versuchstieren, die keine Bauchspeicheldrüse haben, entfernte H. die Hypophyse im Gehirn mit dem Effekt, daß die Diabetes-Symptome bei ihnen verschwanden und sie prinzipiell ohne Insulin lebensfähig waren. Auf diese Weise entdeckte H. die Bedeutung des Hypophysenvorderlappens für den Zuckerstoffwechsel im Blut. 1944 gründete H. das Institut für Biologie und experimentelle Medizin in Buenos Aires, das sich unter seiner Leitung zu einem führenden physiologischen Forschungszentrum entwickelte.

☐ 1910-65: Prof. an der Univ. Buenos Aires; 1943-55 Amtsenthebung unter der Regierung J. D. →Peróns. ☐ 1936: »Relations between the Parathyroids, the Hypophysis, and the Pancrea« (Schr.). ☐ 1947: Physiologie/Medizin-Nobelpreis (mit C. F. und G. Th. →Cori).

← Bernardo Houssay

Hoxha, Enver

(auch Hodscha)
alban. Politiker
* 16.10.1908 Gjirokastër † 11.4.1985 Tirana

Mit der Vertreibung der Italiener 1944 übernahm Hoxha die Macht in Albanien, die er bis zu seinem Tod unumschränkt behielt; durch mehrfache »Säuberungsaktionen« schaltete er jeden Konkurrenten aus. Sein stalinistischer Kurs führte zum Bruch mit der Sowjetunion (1961) und China (1978). H. hielt Albanien, das jahrhundertelang unter Fremdherrschaft gelitten hatte, in völliger Isolation. Erst unter seinem Nachfolger R. →Alia kommt es seit Ende der 80er Jahre zu einer vorsichtigen Öffnung.

Enver Hoxha: Unter dem »Vater Albaniens« war das Land jahrelang isoliert.

☐ 1930-32: Studium in Montpellier und Brüssel (Naturwissenschaft und Jura). ☐ 1936-39: Gymnasiallehrer in Tirana. ☐ 1939: Verlust des Lehramts nach ital. Annexion. ☐ 1941: Neubegründer und Führer der alban. Kommunistischen Partei. ☐ 1943: Führer der »Befreiungsarmee«. ☐ 1944-53: Ministerpräsident sowie Außen- und Verteidigungsmin. ☐ 1953/54-85: Nach zweimaliger Umgestaltung der Führungsstruktur Generalsekretär des ZK der KP.

▷ E. Hoxha: Laying the foundations of the new Albania. Memoirs and historical notes, 1984.

Hrabal, Bohumil

tschech. Erzähler
* 28.3.1914 Brno-Židenice (Brünn)

Hrabal, der satirische, pessimistische Chronist der Entwicklung seines Heimatlandes, ist einer der bedeutendsten tschechischen Prosaisten der Gegenwart. Zentrale Figuren seiner anekdotischen Erzählungen, die von einem abgründigen, z. T. surrealen Humor getragen werden, sind u. a. die Gestalt seines Freundes, des Malers Vladimir Boudnik (* 1924, † 1968), und die entfernt mit den Schildbürgern verwandten, naiv-redseligen »Bafler« (Erz.n, 1964, dt. 1966). Sein Hauptwerk ist jedoch der Roman »Ich habe den englischen König bedient« (1982, dt. 1988). H.s Tätigkeit als Literat wurde zeitweise überschattet von schmerzlichen Zugeständnissen an die Zensur.

Bohumil Hrabal →

☐ 1934: Beginn des Jurastudiums; während der dt. Besetzung im 2. Weltkrieg unterbrochen; danach u. a. Notariatsgehilfe. ☐ 1946: Promotion zum Dr. jur. ☐ 1949-53: Gelegenheitsarbeiten. ☐ 1963: »Die Perle auf dem Grund« (Erz.n). ☐ 1964: »Tanzstunden für Erwachsene und Fortgeschrittene« (Erz.n). ☐ 1968-76: Berufsverbot; nach der vorgeblichen Selbstkritik aufgehoben

▷ B. Hrabal: Baulücken (Aut.), 1986.

Hrdlicka, Alfred

österr. Bildhauer und Grafiker
* 27.2.1928 Wien

Unter den figurativen zeitgenössischen Bildhauern nimmt Hrdlicka mit seinen expressiven Skulpturen einen wesentlichen Platz ein. Seine radikal-bloßlegende, keine Tabus scheuende Darstellungsweise wie auch sein politisches Engagement ließen ihn zu einem der umstrittensten wie interessantesten Künstler Österreichs werden. Thema seiner oft monumentalen Werke ist der leidende, vom Tod bedrohte, Schmerz, Gewalt und sexuellen Obsessionen ausgesetzte Mensch. Die Beispiele reichen vom Torso »Gekreuzigter« (1959, Wien, Museum des 20. Jh.s) bis zum mehrteiligen Mahnmal auf dem Wiener Heldenplatz (1988), das an die dort während des Krieges umgekommenen Juden erinnert. Es ist nicht nur eine Anklage gegen die Judenverfolgung, sondern auch eine Darstellung des Phäno-

Alfred Hrdlicka stellt in seinen Skulpturen den leidenden Menschen dar.

mens »Faschismus«. Darüber hinaus werden in der bewußt fragmentarischen Gestaltung des Denkmals H.s Grundthemen variiert, die auch seine virtuosen Radierzyklen aufnehmen (»Plötzenseer Totentanz«, 1970-72; »Das schaurige Ende des Pier Paolo Pasolini«, 1976).

□ 1952-57: Nach Zahntechnikerlehre Studium an der Wiener Kunstakademie bei F. →Wotruba. □ 1967: Renner-Denkmal am Ring in Wien. □ 1977-81: Denkmal Friedrich Engels', Wuppertal-Barmen. □ 1988: Mahnmal auf dem Wiener Heldenplatz.

▷ B. Buderath: Alfred Hrdlicka. Anatomie des Leids, 1984; W. Schurian: Alfred Hrdlicka: Von Robespierre zu Hitler, 1988.

Hua Guofeng

(eig. Su Tshu)
chin. Politiker
* 1921 (1920?) bei Jiaocheng, Prov. Shanxi

Anfang der 70er Jahre rückte Hua Guofeng, dessen Name »China lieben und verteidigen« bedeutet, in Peking in die Führungsspitze der KPCh auf. Er soll bei der Aufdeckung des (angeblichen) Komplotts von Marschall Lin Biao gegen →Mao Zedong eine wesentliche Rolle gespielt haben. 1976 wurde H. Ministerpräsident und nach dem Tod Maos — wie es heißt, auf dessen Wunsch — zum Parteichef gewählt. Mit der Zerschlagung der sog. Viererbande um die Mao-Witwe →Jiang Qing schaltete er zunächst seine wichtigsten Konkurrenten aus; doch es war →Deng Xiaoping, der im Hintergrund alle Fäden der Macht in der Hand hielt. 1980 wurde im Prozeß gegen die Viererbande auch Mao selbst kritisiert. Das war ein Zeichen dafür, daß der Einfluß seiner Anhänger — zu denen H. zählte — geschwunden war. Ab 1980 verlor er unter dem Vorwurf des Personenkults und ideologischer Fehler nach und nach alle hohen Ämter und 1981 schließlich auch das des Parteivorsitzenden.

← Hua Guofeng

□ 1937: Mitgl. der kommunistischen Guerilla. □ 1940-44: Politkommissar. □ 1951: Parteikreissekr. □ 1961: Stellv. Gouverneur der Prov. Hunan. □ 1968: Vors. des revolutionären Komitees von Hunan. □ 1969: Mitgl. des ZK. □ 1970-74: 1. Sekr. der KP von Hunan; Politkommissar des Militärbezirks Hunan. □ 1973: Mitgl. des Politbüros der KPCh. □ 1975: Stellv. Ministerpräsident und Min. für Innere Sicherheit. □ 1976-80: Ministerpräsident. □ 1976-81: Vors. des ZK und des Militärausschusses.

▷ Ting Wang: Chairman Hua. Leader of the Chinese communists, 1980.

Huang Chunming

taiwan. Schriftsteller
* 1939 Yilan

Als einer der führenden Repräsentanten der taiwanischen Heimatliteratur fördert Huang Chunming am Ende des 20. Jh.s das Entstehen eines eigenen, vom chinesischen Festland unabhängigen Nationalbewußtseins. H. schildert in seinen realistischen, humorvoll-satirischen Romanen (u. a. »Krätze«, 1977, dt. 1982) das Schicksal sozial Benachteiligter. Er verbindet Gesellschaftskritik mit der Ablehnung von kulturellen Einflüssen aus dem Ausland.

Hubbard, L(afayette) Ron

amer. Schriftsteller und Sektengründer
* 13.3.1911 Tilden, Nebr.
† 24.1.1986 San Luis Obispo, Kalif.

L. Ron Hubbard ist der Gründer der Scientology Church.

Der ehemalige Science-fiction-Autor Hubbard gründete 1954 die als Scientology Church bekanntgewordene Sekte. Zur »Bibel« der Wissenschaftskirche erkor R. sein 1950 verfaßtes Buch »Dianetics«, in dem er seine Lehre zur »geistigen Gesundheit«, eine Art Psychotherapie, predigte. Zu den umstrittenen Praktiken der Sekte gehört eine Form des Lügendetektors, »E Meter« genannt, der zur Linderung emotionaler Spannungen beitragen soll. Durch die Verfolgung abtrünniger Mitglieder, persönliche Bereicherung H.s sowie durch den Vorwurf, ihre Anhänger abhängig zu machen, geriet die Sekte ab Ende der 70er Jahre zunehmend in Verruf.

Edwin P. Hubble vor dem Schmidt-Teleskop auf dem Mount Palomar in Kalifornien.

Hubble, Edwin Powell

amer. Astronom
* 20.11.1889 Marshfield, Missouri
† 28.9.1953 San Marion, Kalif.

Hubble erforschte mit dem Andromedanebel erstmals eine Galaxie außerhalb unserer Milchstraße und wurde damit zum Begründer der extragalaktischen Astronomie. 1929 entdeckte H., daß die Spektrallinien weit entfernter Galaxien um einen ihrer Entfernung proportionalen Betrag nach Rot hin verschoben sind (W. →Huggins). Der Hubble-Effekt wird als Beweis für die Urknall-Theorie gedeutet, wonach alle Galaxien in einer radialen Fluchtbewegung auseinanderstreben, und zwar um so schneller, je weiter sich die Galaxien von ihrem gemeinsamen Ursprung entfernen. Wenn ihre Fluchtgeschwindigkeit die Lichtgeschwindigkeit erreicht, erhalten wir keinerlei Signale mehr von diesen jenseits des »Hubble-Radius« existierenden Galaxien; sie sind dann hinter dem sog. Ereignishorizont verschwunden.

□ 1919-53: Observator am Carnegie-Inst. der Mount-Wilson-Sternwarte in Pasadena. □ 1922: Unterscheidung zwischen galaktischen Reflexionsnebeln und selbstleuchtenden Emissionsnebeln. □ 1923/24: Entfernungsbestimmung zum Andromedanebel (800 000 Lichtjahre) anhand des Nachweises einzelner Randsterne im Spiralnebel. □ 1936: »Das Reich der Nebel« (Schr., dt. 1938).

Robert Huber →

Hubel, David Hunter

amer. Neurophysiologe kanad. Herkunft
* 27.2.1926 Windsor, Prov. Ontario

Hubel, seit 1965 Professor an der Harvard Medical School in Boston, Mass., erforschte die im Gehirn stattfindende Informationsverarbeitung der im Auge empfangenen optischen Reize. Mit T. N. →Wiesel erkannte H., daß die Fähigkeit der Sehrindenzellen im Gehirn, die Augennetzhautimpulse zu deuten, schon kurz nach der Geburt vollkommen entwickelt werden. Sie entdeckten, daß die Fülle der Seh-Erlebnisse in den ersten Lebensmonaten — bei intakter Sehkraft — die Analysefähigkeit des Gehirns zur Wahrnehmung der Außenwelt entscheidend determiniert. Dafür erhielten sie 1981 den Physiologie/Medizin-Nobelpreis (mit R. W. →Sperry).

Huber, Nicolaus A.

dt. Komponist
* 15.12.1939 Passau

Huber war Schüler von G. →Bialas (1964-67) und L. →Nono (1967/68) und zählt zu den profiliertesten Komponisten der Generation nach K. →Stockhausen. Als engagierter Sozialist (»Banlieue«, 1973/74; »3 Politrevuen«, 1976-79) verzichtete er bereits in seinen Frühwerken auf serielle Kompositionstechniken. Außermusikalische Elemente wie Texte, Filme oder Gerüche (»AION« für Tonband und Gerüche, 1968-72) sollen die musikalische Aussage verdeutlichen.

□ 1958-62: Studium der Schulmusik in München. □ 1965/66: Mitarbeit im Elektronischen Studio München; »Informationen über die Töne e-f« für Streichquartett. □ seit 1967: Dozent für Musiktheorie an der Folkwang-Musikhochschule in Essen. □ 1971: »Anerkennung und Aufhebung« (nach G. →Lukács) für vier Filme und Klangquellen. □ 1974: Prof. für Komposition an der Folkwang-Schule. □ 1976: »Gespenster« für großes Orchester, Sprecher und Tonband. □ 1982: »Sechs Bagatellen« für Kammerensemble und Tonband. □ 1983: »Turmgewächse« für Harfe solo. □ 1984: »Der Ausrufer steigt ins Innere« für Violoncello.

Huber, Robert

dt. Biochemiker
* 20.2.1937 München

Huber, seit 1987 Direktor am Max-Planck-Institut für Biochemie in Planegg-Martinsried, klärte 1985 durch Röntgenstrukturanalyse die dreidimensionale Feinstruktur des Reaktionszentrums eines Bakteriums auf, das bei der Photosynthese Lichtenergie in chemische Energie umwandelt. Für das erstmals gelungene Bild eines im Zellmembran gelagerten Eiweißmoleküls bis in den atomaren Bereich erhielten H. und seine Mitarbeiter J. →Deisenhofer und H. →Michel 1988 den Chemie-Nobelpreis.

Huber, Wolfgang

dt. Theologe (ev.)
* 12.8.1942 Straßburg (heute zu Frankreich)

Als Leiter des Evangelischen Kirchentages trat Huber in den 80er Jahren wiederholt mit »unbequemen« Meinungen an die Öffentlichkeit und setzte für Kirche und Politik gleichermaßen neue Akzente. Er macht geltend, die verfaßte Kirche habe auch in politischen Fragen Stellung zu beziehen. H.s wissenschaftliche Interessen gelten der Kirchengeschichte, dem Verhältnis von Staat und Kirche bis in die Gegenwart, der Ökologie sowie der Friedensforschung.

□ 1873: »Kirche und Öffentlichkeit«; »Staat und Kirche im 19. und 20. Jh.« (mit E. R. Huber). □ 1980-84: Prof. für Sozialethik an der Univ. Marburg. □ 1980: »Der Streit um die Wahrheit und die Fähigkeit zum Frieden. Vier Kapitel ökumenische Theologie« (Abh.). □ 1983: »Folgen christlicher Freiheit« (Es.). □ 1983-85: Präs. des Dt. Ev. Kirchentages. □ seit 1984: Prof. an der Univ. Heidelberg. □ 1985: »Auf Gottes Erde leben« (Es.). □ 1987: »Protestantismus und Protest. Zum Verhältnis von Ethik und Politik« (Es.).

Hübner, Kurt

dt. Regisseur und Intendant
* 30.10.1916 Hamburg

Hübner gab dem deutschen Theater als Intendant in Ulm, Bremen und Berlin durch aggressiv-politische Inszenierungen, vor allem jedoch durch die Förderung junger Schauspieler und Regisseure in den 60er und 70er Jahren neue Impulse. Zu seinen Schülern gehörten P. →Stein und der Kern des späteren Schaubühnen-Ensembles, R. W. →Fassbinder und seine Schauspieltruppe, P. →Zadek und P. →Palitzsch. In Ulm erregte H. 1961 durch die bundesdeutsche EA des — nach dem Mauerbau von anderen Bühnen boykottierten — Brecht-Dramas »Der Prozeß der Jeanne d'Arc zu Rouen 1431« Aufsehen, in Bremen war er vor allem mit Klassiker-Inszenierungen, in Berlin u. a. mit →Hochhuth- und →Bernhard-Stücken erfolgreich.

← Kurt Hübner

□ 1948: Regiedebüt mit »Woyzeck« (G. Büchner) in Hannover. □ 1959-62: Intendant der Städtischen Bühnen Ulm. □ 1962-73: Intendant der Städtischen Bühnen Bremen. □ 1964: Inszenierung von »Romeo und Julia« mit J. →Lampe und H. P. Hallwachs. □ 1973-86: Intendant der Freien Volksbühne Berlin.

Huch, Ricarda

(Pseud. Richard Hugo)
dt. Schriftstellerin
* 18.7.1864 Braunschweig
† 17.11.1947 Schönberg, Taunus

Huch beeinflußte mit ihrem vielschichtigen Werk die Literatur- und Geschichtswissenschaft ihrer Zeit. Anfangs einem gefühlsstarken neuromantischen Subjektivismus verbunden (»Vita somnium breve«, R., 1903), gelangte sie später zu einer objektiveren Darstellung historischer Persönlichkeiten und Ereignisse (»Wallenstein. Eine Charakterstudie«, 1915). Ihre literarhistorische Untersuchung »Die Romantik« (1899-1902) bewirkte deren Wiederentdeckung und leitete die Überwindung des Naturalismus ein.

Huch war als Biografin und Literaturtheoretikerin einflußreich.

□ 1891: Promotion im Studienfach Geschichte. □ bis 1897: Nach Tätigkeit an der Stadtbibliothek in Zürich Lehrerin in Bremen. □ 1902: »Aus der Triumphgasse« (R.). □ 1912-14: »Der große Krieg in Deutschland« (1937 u. d. T. »Der Dreißigjährige Krieg«). □ 1916: »Luthers Glaube« (Schr.). □ 1921: »Entpersönlichung« (Schr.). □ 1933: Austritt aus der Preußischen Akademie der Künste als Protest gegen die Nationalsozialisten. □ postum 1953: »Der lautlose Aufstand« (Schr.).

▷ St. Viereck: So weit wie die Welt geht. Ricarda Huch — Geschichte eines Lebens, 1990.

Huchel, Peter

dt. Schriftsteller
* 3.4.1903 Berlin † 30.4.1981 Staufen i. Br.

Huchel, der auch Hörspiele schrieb, gestaltete als Lyriker in vom Naturerlebnis der märkischen Heimat geprägten Bildern die Erfahrung von Krieg, Unfreiheit und Einsamkeit. Wegen seines Engagements für eine deutsch-deutsche Kulturdiskussion und einen freiheitlichen Sozialismus in der ehemaligen DDR erhielt H. 1962 Publikationsverbot. Skepsis in bezug auf die Beseitigung gesellschaftlicher Widersprüche bewirkte eine zunehmend mythische Dimension seiner anspruchsvollen Lyrik.

Peter Huchel: Einer der bedeutendsten deutschen Lyriker.

□ ab 1930: Redakteur der Zeitschrift Literarische Welt. □ 1933: »Dr. Faustens Teufelspakt und Höllenfahrt« (Hsp.). □ 1946-48: Leiter des Rundfunks in Ost-Berlin. □ 1951: Nationalpreis der DDR. □ 1948-62: Chefredakteur der Zeitschrift Sinn und Form (Rücktritt). □ 1963: »Chausseen, Chausseen« (Ged.e). □ 1967: »Die Sternenreuse« (Ged.e). □ 1971: Übersiedlung in die BRD; Österr. Staatspreis für Europ. Literatur. □ 1977: »Die neunte Stunde« (Ged.e).

▷ H. Mayer (Hg.): Über Peter Huchel, 1973.

Hudson, Rock

(eig. Roy Scherer)
amer. Schauspieler
* 17.11.1925 Winnetka † 2.10.1985 Los Angeles

Hudson wurde als Partner von D. →Day in Komödien der 60er Jahre zum Weltstar. Seine ersten Erfolge hatte er mit ernsten Rollen, u. a. in den Melodramen von D. →Sirk und in »Giganten« (1955; mit J. →Dean, Rg. G. Stevens). H.s Tod erregte Aufsehen, da er als erster Hollywoodstar infolge einer Aids-Erkrankung starb.

□ 1951: »Meuterei am Schlangenfluß« (Rg. A. Mann). □ 1954: »Die wunderbare Macht« (Rg. D. Sirk). □ 1956: »Der Engel mit den blutigen Flügeln« (Rg. D. Sirk). □ 1959: »Bettgeflüster« (mit D. Day, Rg. M. Gordon). □ 1961: »Ein Pyjama für zwei« (mit D. Day, Rg. D. Mann). □ 1963: »Ein Goldfisch an der Leine« (Rg. H. Hawks). □ 1964: »Fremde Bettgesellen« (Rg. M. Frank); »Schick mir keine Blumen« (mit D. Day, Rg. N. →Jewison).

▷ M. Althen: R. Hudson. Seine Filme — sein Leben, 1986.

← Rock Hudson

Hugenberg, Alfred

dt. Politiker, Bankier und Unternehmer
* 19.6.1865 Hannover
† 12.3.1951 Kükenbruch bei Rinteln

Als Monarchist war Hugenberg stets Gegner der Weimarer Republik. Mit Hilfe seines rechtsstehenden Medienkonzerns (Ufa, Scherl-Verlag, Telegraphen-Union) bekämpfte er deren Außenpolitik und die Reparationszahlungen. 1931 versuchte er mit der »Harzburger Front« eine Nationale Opposition zu organisieren, der sich →Hitler jedoch verweigerte. Obwohl er sich für Hitlers Berufung zum Reichskanzler einsetzte, blieb er nach 1933 ohne Einfluß; sein Konzern wurde teilweise durch die Nazis verstaatlicht.

□ 1891: Gründer des Alldt. Verbandes. □ 1894-1903: Mitgl. der staatlichen Ansiedlungskommission in Posen. □ 1909-18: Vors. des Direktoriums der Krupp-Werke. □ nach 1916: Aufbau eines Zeitungskonzerns. □ 1919: Mitgl. der Nationalversammlung. □ 1920-45: MdR der DNVP. □ 1927: Kauf der Ufa; Ausbau zum größten Filmunternehmen Europas. □ 1928: Vors. der DNVP; preuß. Finanzmin. □ 1933: Reichsmin. für Landwirtschaft und Ernährung. □ 1946-49: Haft.

▷ G. Honigmann: Kapitalverbrechen oder Der Fall des Geheimrats Hugenberg, 1976.

← Alfred Hugenberg

Huggins, Charles Brenton

kanad.-amer. Arzt
* 22.9.1901 Halifax, Prov. Nova Scotia

Huggins, Pionier der Chemotherapie von Krebserkrankungen, erkannte 1939, daß der Prostatakrebs beim Mann durch neutralisierende weibliche Geschlechtshormone unter Kontrolle gehalten werden kann. Ab 1941 behandelte H. seine Patienten erfolgreich mit dem hormonähnlich wirkenden Synthese-Präparat Stilboestrol und ermöglichte damit, bestimmte Krebserkrankungen ohne giftige oder gefährliche radioaktive Mittel zu therapieren.

□ seit 1936: Prof. an der Univ. of Chicago. □ 1951-69: Dir. des Ben-May-Laboratoriums für Krebsforschung ebd. □ 1966: Physiologie/Medizin-Nobelpreis (mit F. P. →Rous).

← Charles Huggins

Huggins, Sir (ab 1897) William

brit. Astrophysiker
* 7.2.1824 London † 12.5.1910 Tulse Hill bei London

Huggins gründete 1855 seine private Sternwarte in Tulse Hill. 1863 führte der Autodidakt die Sternspektroskopie in die Astronomie ein und erkannte 1868 bei Beobachtung der Spektren des Sirius in einer Wasserstofflinie den Doppler-Effekt, wonach sich die Spektrallinien des Sterns bei seiner relativen Bewegung weg vom Beobachter nach Rot verschieben. Aufgrund der Größe der Verschiebung bestimmte H. die Radialgeschwindigkeit des Sirius und anderer Sterne.

□ 1864: Spektroskopischer Nachweis der Existenz von Gasnebeln. □ 1865: Mitgl. der Royal Society. □ 1866: Untersuchungen zum chemischen Aufbau einer Nova zeigen die aus Wasserstoff bestehende äußere Hülle. □ 1882: Erste Fotografien von Sternnebel-Spektren. □ 1899-1909: Mit Lady Huggins Hg. der »Publications of Sir Huggins's Observatory« (2 Bde.). □ 1900-05: Präs. der Royal Society.

Hughes, Howard Robard

amer. Industrieller
* 24.12.1905 Houston, Tex. † 5.4.1976 auf dem Flug von Acapulco (Mexiko) nach Houston

Der Milliardär Hughes war eine der schillerndsten Persönlichkeiten der amerikanischen High Society. Der Erbe großer Ölfelder in Texas hatte in den 30er und 40er Jahren als Filmproduzent (u. a. »Scarface«, 1932) und Pilot selbstkonstruierter Hochleistungsflugzeuge ebenso viel Erfolg wie bei den schönsten Frauen Hollywoods. 1941 sorgte er mit einem speziell für das Sexsymbol Jane Russell konstruierten BH für Schlagzeilen. In den 50er Jahren verschwand H., zu dessen Firmenimperium die Luftfahrtgesellschaft TWA, Hotelketten und Casinos gehörten, aus der Öffentlichkeit. Zum Mythos geworden, geriet H. 1972 im Zusammenhang mit einem Skandal um die Fälschung seiner Memoiren unfreiwillig noch einmal in die Schlagzeilen.

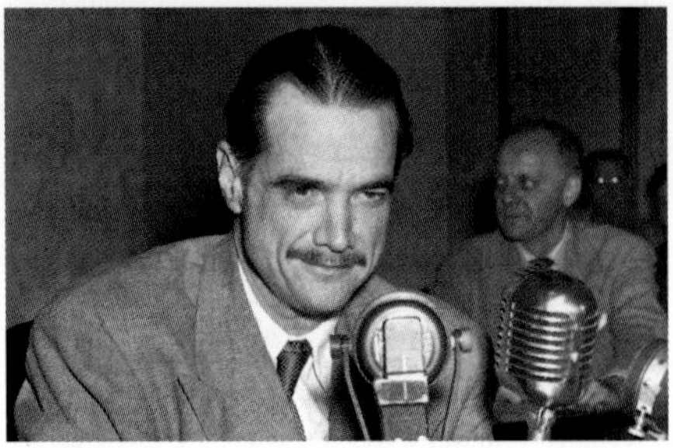

Howard Hughes wurde noch zu Lebzeiten zum Mythos.

□ 1923: Erbe der Ölgesellschaft Hughes Tool Company. □ 1935: Verbesserung des Schnelligkeitsweltrekords für Landflugzeuge. □ 1937: Weltrekord bei Transkontinentalflug. □ 1938: Weltrekordflug um die Erde in 19 Stunden 29 Minuten. □ 1946: Schwerer Unfall bei Testflug. □ 1966: Erwerb zahlreicher Hotels in Las Vegas. □ 1970: Wohnsitz auf den Bahama-Inseln. □ 1972: Größter Buchskandal Amerikas wegen gefälschter Memoiren.

Hughes, James Langston

afro-amer. Schriftsteller
* 1.2.1902 Joplin, Missouri † 22.5.1967 New York

Als Lyriker, Dramatiker und Erzähler avancierte Hughes zum Symbol der sog. Harlem Renaissance, wurde zum Vertreter eines neuen schwarzen Realismus in der Literatur. Sein Anliegen war die Identitätsfindung der Schwarzen in den Vereinigten Staaten. Mit den Kurzgeschichten »Lachen um nicht zu weinen« (dt. 1958) beschrieb H. im »Blues-Stil« Lebenssituationen und Probleme der Schwarzen von Boston bis Paris. Charakteristisch für ihn ist die trotzig-positive, wenn auch ausgesprochen sarkastische Einstellung.

☐ 1921/22: Besuch der Columbia Univ. ☐ 1940: »Ich werfe meine Netze aus« (Aut., dt. 1963). ☐ 1952: »Lachen um nicht zu weinen« (Erz.n, dt. 1958). ☐ 1958: »Trommeln zur Seligkeit«, (R., dt. 1959).

▷ F. Berry: Langston Hughes. Before and beyond Harlem, 1983; L. Hughes: The big sea (Aut.), engl. 1986.

← J. Langston Hughes

Hughes, »Ted« Edward James

engl. Lyriker
* 17.8.1930 Mytholmroyd, Yorkshire

Der wegen des angeblich sadistischen Grundtenors in seiner Lyrik nicht unumstrittene Hofdichter Hughes (Poet laureate, seit 1985) ist seit W. B. → Yeats und William Woodsworth (* 1770, † 1850) einer der größten Lyriker Englands. Zentralthema seiner Gedichte ist die Natur, ihre zeitlose, ungebändigte Kraft und »Gewalttätigkeit«; durch sie wird die menschliche Existenz in einen universalen Kontext eingeordnet. Lebenskampf und Tod stehen dabei im Mittelpunkt. H.s Lyrik bewegt sich zwischen desillusionierter Zivilisationsfeindlichkeit und einem auf die Spitze getriebenen Zynismus.

☐ 1957: »Der Habicht im Regen« (Ged.e). ☐ 1972: »Krähe« (Ged.e, dt. 1986). ☐ 1979: »Überreste von Elmet« (Ged.e).

▷ W. Mitgutsch: Zur Lyrik Ted Hughes, 1974; E. Faas: Ted Hughes. The unaccomodated universe, engl. 1980.

Huidobro, Vicente

(eig. V. García Huidobro Fernández)
chil. Lyriker
* 10.1.1893 Santiago de Chile † 2.1.1948 ebd.

Huidobro war der Begründer des Creacionismo (nach span. creación = Schöpfung), einer lyrischen Strömung um 1920, die eine »Befreiung« der Dichtung von der Wirklichkeit anstrebte. H. begriff Lyrik als eigenständige, von der äußeren Welt unabhängige Schöpfung. Die thematisch vielfältigen Werke des Avantgardisten, der seine Theorien in zahlreichen Manifesten darlegte, zeichnen sich durch eindringliche Metaphern und phantasievolle Wortwahl aus.

☐ 1902: Übersiedlung der Familie nach Paris. ☐ 1917: Mit Pierre Reverdy (* 1889, † 1960) und G. →Apollinaire Hg. der Zeitschrift Nord-Sud. ☐ 1918: Sammelband »Arktische Gedichte«, starke optische Wirkung durch außergewöhnliche Typografie. ☐ ab 1918: Mehrjähriger Aufenthalt in Madrid. ☐ 1921: Gründer der Zeitschrift Ultra in Madrid. ☐ 1929: »Mein Cid, der tapfere Krieger« (R.). ☐ 1931: »Altazor oder die Reise mit dem Fallschirm« (Ged.e). ☐ 1945: Rückkehr von Frankreich nach Chile.

▷ R. d. Costa: Vicente Huidobro. The careers of a poet, 1984.

Huizinga, Johan

niederl. Kulturhistoriker
* 7.12.1872 Groningen
† 1.2.1945 De Steeg bei Arnheim

Bekannt wurde Huizinga, ein glänzender Stilist, mit seiner Essaysammlung »Herbst des Mittelalters« (1919, dt. 1924). H. beschäftigte sich hauptsächlich mit der Kultur- und Geistesgeschichte des Spätmittelalters, aber auch mit der kulturellen Bedeutung des Spiels und dem Kulturverfall der modernen Welt. Seine wissenschaftliche Methode ist heute umstritten.

☐ 1905-15: Prof. an der Univ. Groningen. ☐ 1915-41: Prof. an der Univ. Leiden; anschließend als Geisel der Nationalsozialisten in Arrest gehalten. ☐ 1924: »Erasmus« (Schr., dt. 1928). ☐ 1938: »Homo ludens« (Schr., dt. 1939).

▷ K. Köster: Johan Huizinga 1872-1945, 1947; H. R. Weber: Geschichtsauffassung und Weltanschauung Johan Huizingas, 1954.

Johan Huizinga →

Hull, Clark Leonard

amer. Psychologe
* 24.5.1884 Akron, N. Y.
† 10.5.1952 New Haven, Conn.

Hull entwickelte in »A mathematico-deductive theory of rote learning« (1940) eine ebenso wegweisende wie komplexe Lerntheorie für die moderne Psychologie. Dabei war für H. Lernen nicht allein das Einprägen von Inhalten, sondern das Einüben von Verhaltensweisen. Insofern ist seine Lerntheorie auch eine Theorie über das menschliche Verhalten. Der führende Neobehaviorist versuchte seinen Ansatz des »konditionierten Lernens« mit naturwissenschaftlich exakten Methoden experimentell zu erhärten (sowohl mit Versuchstieren als auch mit Versuchspersonen).

☐ 1929-52: Prof. an der Yale Univ., New Haven. ☐ 1933: »Hypnosis and suggestibility« (Schr.). ☐ 1936: Präs. der American Psychological Association. ☐ 1943: »Principles of behavior« (Schr.). ☐ 1950: »Essentials of behavior« (Schr.). ☐ 1952: »A behavioral system« (Schr.).

Humperdinck, Engelbert

dt. Komponist
* 1.9.1854 Siegburg † 27.9.1921 Neustrelitz

Humperdinck war als Assistent Richard Wagners (* 1813, † 1883) an den Vorbereitungen der UA des »Parsifal« (Bayreuth 1882) beteiligt und wurde mit dem noch viel gespielten Märchen »Hänsel und Gretel« (UA Weimar 1893 unter Leitung von R. →Strauss) international bekannt. Darin verarbeitete H. einfache Volksliedmelodien und eröffnete durch den Rückgriff auf das deutsche Volksmärchen Kindern und Jugendlichen den Zugang zur Oper. Er entwickelte in der Zeit der aufkommenden veristischen Oper Ita-

Engelbert Humperdinck →

liens (P. →Mascagni) sowie der Stagnation nach Wagners Tod eine spezifisch deutsche Operngattung. Mit seinen weiteren Kompositionen (Opern, Schauspielmusiken, Instrumentalwerke, Lieder) konnte H. nicht an seinen früheren Welterfolg anknüpfen.

□ 1872-76: Studium am Konservatorium Köln. □ 1876-79: Stipendium an der Kgl. Musikschule München. □ 1879: Italien-Aufenthalt. □ 1881/82: Assistent Wagners in Bayreuth. □ 1885-87: Dozent an den Konservatorien Barcelona und Köln. □ 1890-97: Dozent am Hochschen Konservatorium Frankfurt/Main; Opernreferent der Frankfurter Zeitung. □ 1900-20: Prof. für Komposition an der Akademie der Künste Berlin. □ 1911: Dir. der Kompositionsklassen der Musikhochschule Berlin; Vizepräs. der Akademie der Künste.

▷ W. Humperdinck: Engelbert Humperdinck. Das Leben meines Vaters, 1965; H.-J. Irmen (Hg.): Engelbert Humperdinck. Briefe und Tagebücher (2 Bde.), 1975/76; H.-J. Irmen: Die Odysee des Engelbert Humperdinck. Eine biographische Dokumentation, 1975.

Hundertwasser, Friedensreich

(eig. Friedrich Stowasser)
österr. Maler und Grafiker
* 15.12.1928 Wien

Fr. Hundertwasser mit einem von ihm entworfenen Modell eines Gemeindezentrums.

Hundertwasser nahm ornamental-dekorative Formen des österreichischen Jugendstils (G. →Klimt) auf und transponierte sie in eine freiere, poetischere Bildsprache. Daraus entstand ein regelrechter »Hundertwasser-Stil«, der durch Originalgrafik und Offsetdruck vor allem in den späten 60er und den 70er Jahren eine fast inflationäre Verbreitung fand. Neben den Hauptmotiven von Spirale und Labyrinth (»Sonne und Spiraloide über dem Roten Meer«, 1960, Hamburg, Sammlung S. Poppe) kennzeichnen eine mosaikartige Flächenaufteilung, starke Farbigkeit (auch Gold und Silber) und ein gewisser naivmärchenhafter Zug H.s Kunst. Zu den bekanntesten grafischen Werken gehört die Mappe »Regentag«. Seit den 70er Jahren engagiert sich H. in der ökologischen Bewegung. Mit Vorschlägen zur Dachbegrünung und phantasievollen Fassadengestaltung wie bei dem »Hundertwasserhaus« in der Wiener Löwengasse (1986) bemüht er sich um eine umweltbewußte Architektur. 1991 wurde das Kunst-Haus-Wien mit einem Hundertwasser-Museum eröffnet.
Seit 1981 ist H. Professor an der Wiener Kunstakademie.

▷ H. Rand: Hundertwasser. Der Maler, 1986.

Huppert, Isabelle

frz. Schauspielerin
* 16.3.1953 Paris

Isabelle Huppert in dem Film »Eine Frauensache«, 1987.

Huppert wurde wegen ihrer kühlen distanzierten Darstellung von Frauen häufig mit G. →Garbo verglichen, auch wenn sie nach Meinung der Kritiker im Remake von »Die Kameliendame« (1980, Rg. M. Bolognini) hinter deren Leistung zurückblieb. H.s darstellerisches Spektrum reicht vom passiven Opfer bis zur selbstbewußten Frau: In »Die Spitzenklöpplerin« (1977, Rg. C. Goretta) wird sie nach einer unglücklichen Liebe in eine Nervenheilanstalt eingewiesen, in »Eine Frauensache« (1987, C. →Chabrol) bleibt ihr Stolz auch angesichts der bevorstehenden Todesstrafe ungebrochen.

□ 1972: »Cesar und Rosalie« (mit R. → Schneider und Y. →Montand; Rg. C. Sautet). □ 1975: »Aloise« (L. de Kermadec). □ 1978: Schauspielerpreis in Cannes für »Violette Nozière« (Rg. C. Chabrol). □ 1980: »Rette sich wer kann (das Leben)« (Rg. J.-L. →Godard); »Heaven's Gate« (Rg. M. →Cimino). □ 1982: »Passion« (mit H. →Schygulla; Rg. J.-L. Godard). □ 1989: »Die Rache einer Frau« (mit B. Dalle; Rg. J. Doillon). □ 1990: »Malina« (nach I. →Bachmann; Rg. W. →Schroeter). □ 1991: »Madame Bovary« (Rg. C. Chabrol).

Hurd, Douglas Richard

brit. Politiker
* 8.3.1930 London(?)

Erst relativ spät, über seine Tätigkeit als Sekretär des damaligen Oppositionsführers E. →Heath, kam Hurd in die Politik. Seit damals gilt er als überzeugter Anhänger einer britischen Mitgliedschaft in der EG. Nach einem heftigen innerparteilichen Streit über den Beitritt zum Europäischen Währungssystem wurde H. 1989 als Nachfolger von Geoffrey Howe zum Außenminister ernannt. 1990 vertrat er Großbritannien bei den »2 + 4«-Gesprächen zur Wiederherstellung der deutschen Einheit. Neben seiner Tätigkeit als Politiker schrieb H. mehrere Kriminalromane.

☐ 1952-66: Im diplomatischen Dienst. ☐ 1968: Privatsekr. von E. Heath. ☐ 1969: In der außenpolitischen Abteilung der Konservativen Parteiführung. ☐ 1974: Mitgl. des Unterhauses. ☐ 1979: Staatsmin. im Außenministerium. ☐ 1984: Nordirlandmin. ☐ 1985: Innenmin. ☐ seit 1989: Außenmin.

← Douglas Hurd

Hürlimann, Thomas

schweiz. Schriftsteller
* 21.12.1950 Zug

Hürlimanns Prosa und seine effektvollen Dramen kreisen thematisch um das Fremdsein in der Gesellschaft, um Sterben und Tod. Seine ersten Erfolge waren 1981 »Die Tessinerin« (Erz.n) und das Drama »Großvater und Halbbruder« über einen jüdischen Flüchtling, der während des 2. Weltkriegs in der Schweiz Verständnis und Ablehnung zugleich erfährt.

☐ 1977-80: Nach Abbruch des Philosophiestudiums Regieassistent am Berliner Schillertheater. ☐ 1984: »Der Stichtag« (Dr.). ☐ 1986: »Der Ball« (Prosa). ☐ seit 1988: Autor des Züricher Schauspielhauses. ☐ 1989: »Das Gartenhaus« (Prosa). ☐ 1990: »Der Berg« (Prosa und F.); »Der letzte Gast« (Kom.). ☐ 1991: »Innerschweizer Trilogie« (Dr.).

← Thomas Hürlimann

Hurt, John

engl. Schauspieler
* 22.1.1940 Chesterfield

Hurts Stärken liegen in der Darstellung von Randexistenzen, denen er mit ausdrucksstarker Körpersprache Gestalt verleiht. In »Der Elefantenmensch« (1980, Rg. D. →Lynch) spielt er einen mißgestalteten Menschen, der sein deformiertes Gesicht unter einer Maske verbirgt. Obwohl er ohne Mimik auskommen mußte, gelang es H., Mitgefühl für diese Figur zu wecken. Für die Rolle eines Drogensüchtigen in »Midnight Express — 12 Uhr nachts« (1977, Rg. A. →Parker) erhielt der gelernte Theaterschauspieler (u. a. Royal Shakespeare Company) einen Golden Globe.

☐ 1961-65: Theaterarbeit. ☐ 1966: »Ein Mann zu jeder Jahreszeit« (Rg. F. → Zinnemann). ☐ 1966/67: Arbeit in der Royal Shakespeare Company. ☐ 1968-74: Kleinere Theater- und Fernsehrollen. ☐ 1975: »Wie man sein Leben lebt« (Rg. J. Gold). ☐ 1978: »Alien« (Rg. R. Scott). ☐ 1980: »Heaven's Gate« (Rg. M. →Cimino). ☐ 1983: »Der Hit« (Rg. St. →Frears). ☐ 1984: »1984« (nach G. →Orwell, Rg. M. Radford). ☐ 1988: »Scandal« (Rg. M. Carlton-Jones). ☐ 1991: »Das Feld« (Rg. J. Sheridan).

Hurt, William

amer. Schauspieler
* 20.3.1950 Washington, D. C.

Für seine Darstellung des homosexuellen Häftlings in »Der Kuß der Spinnenfrau« (Rg. H. Babenco) wurde Hurt 1986 mit dem Oscar ausgezeichnet. Mit seiner sensiblen und zurückhaltenden Spielweise verkörperte er u. a. den Taubstummenlehrer in »Gottes vergessene Kinder« (1986, Rg. R. Haines) und bewies komödiantisches Talent in »Ich liebe dich zu Tode« (1990, Rg. L. Kasdan).

William Hurt erhielt für »Kuß der Spinnenfrau« einen Oscar.

☐ 1975-78: Theaterarbeit. ☐ 1980: »Der Höllentrip« (Rg. K. →Russell); »Der Augenzeuge« (Rg. P. Yates). ☐ 1981: »Body Heat — Eine heißkalte Frau« (Rg. L. Kasdan); »Gorki Park« (Rg. M. Apted). ☐ 1987: »Nachrichtenfieber — Broadcast News« (Rg. J. L. Brooks). ☐ 1988: »Die Reisen des Mr. Leary« (Rg. L. Kasdan). ☐ 1991: »Alice« (mit M. Farrow, Rg. W. →Allen); »Bis ans Ende der Welt« (Rg. W. →Wenders).

Gustav Husák →

Husák, Gustav

tschech. Politiker
* 10.1.1913 Dúbravka, Slowakei
† 18.11.1991 Preßburg

Zwar war Husak während des »Prager Frühlings« an der Reformregierung beteiligt, er distanzierte sich jedoch gleich nach dem Einmarsch der Truppen des Warschauer Pakts (Aug. 1968) von Parteichef A. →Dubček; ein Jahr später übernahm er dessen Amt. Danach ließ er kompromißlos alle Anhänger der Reformbewegung ausschalten. Als Staatspräsident war H. bis 1989 Garant für eine unnachgiebige Haltung allen Reformbestrebungen gegenüber.

☐ 1933: Mitgl. der KP. ☐ 1944: Beteiligung am slowakischen Aufstand; Mitgl. des Slowakischen Nationalrats. ☐ ab 1945: Funktionär in verschiedenen Partei- und Staatsämtern. ☐ 1951-60: Als »bürgerlicher, slowakischer Nationalist« verhaftet; Verurteilung zu lebenslanger Haft. ☐ 1963: Rehabilitierung. ☐ 1968: Stellv. Ministerpräsident. ☐ 1969-87: 1. Sekretär der KPC. ☐ 1975-89: Staatspräsident.

Hanns Dieter Hüsch →

Hüsch, Hanns Dieter

dt. Kabarettist und Schriftsteller
* 6.5.1925 Moers

Als skeptisch-poetischer Realist wurde Hüsch Anfang der 70er Jahre mit Kabarettprogrammen sowie Film- und Hörfunksendungen zu einem der wichtigsten Vertreter des literarischen Kabaretts. Mit sprachlicher Prägnanz und einem

Witz, der z. T. absurde Züge trägt, konterkariert H. als Kabarettist (»Und sie bewegt mich doch«, 1985 auch als LP), als Autor (u. a. »Frieda auf Erden«, 1959; »Cabaretüden«, 1963) und als Verfasser von Drehbüchern (»Deutsche Denkmalspflege«, 1981) das ewig Kleinbürgerliche der Deutschen. In poetisch-ironischer, nur selten direkt politischer Weise gibt H. — nur unterstützt von seinem Harmonium — Auskunft über Schwächen und Eigenheiten seiner Landsleute und über das (nicht immer) trügerische Idyll seiner Heimat am Niederrhein. Eindringlich beschwört er dabei Mut zur Toleranz und zum ver-rückt sein.

☐ 1949: Erstes Soloprogramm »Das literarische Klavier«. ☐ 1953: »Kritisches Oratorium für Soli, Chor und Reißnagelklavier« im Mainzer Zimmertheater. ☐ 1956: Gründung des Kabaretts »arche nova«. ☐ 1963: Sendung der 1959 im Auftrag des WDR geschriebenen »Carmina urana — Vier Gesänge gegen die Bombe«. ☐ 1968: »Da habt ihr es — Stücke und Lieder für ein deutsches Quartett« (mit Dieter Süverkrüp, W. → Neuss und F. J. → Degenhardt). ☐ 1971: »Enthauptungen« (LP). ☐ seit 1976: Mitautor und Dialogpartner von H. → Ruge in der satirischen Hörfunksendung »Hammer und Stichel«. ☐ 1978: »Den möcht' ich seh'n ...« (Schr.); »Das schwarze Schaf vom Niederrhein« (LP). ☐ 1979: »Hagenbuch hat jetzt zugegeben & andere Rede- und Schreibweisen« (Schr.). ☐ 1980: »Neues Programm« (LP). ☐ 1991: »Nachschlag«, Satireprogramm in der ARD.

▷ E. Frühling: Hanns Dieter Hüsch — Ein Mainzer Kabarettist, 1983; H. D. Hüsch: Du kommst auch drin vor, (Aut.), 1990.

Hussein II. ibn Talal

König von Jordanien
* 14.11.1935 Amman

Hussein wurde 1952 zum König von Jordanien proklamiert. Wie bereits sein Großvater, der vor seinen Augen ermordet worden war, stützt er seine Herrschaft hauptsächlich auf die Beduinen, die aber inzwischen in Jordanien in die Minderheit geraten sind. Trotz seiner Jugend gewann er schnell an politischem Format.
Seine Politik ist — aufgrund der Abhängigkeit des armen Landes von den Nachbarn — um Ausgleich bemüht. Dennoch kam es nach dem Verlust von Jerusalem und dem Westjordanland nach dem 6-Tage-Krieg mit Israel zu Spannungen mit den ins Land strömenden Palästinensern. Sie eskalierten 1970 in einem Bürgerkrieg (»Schwarzer September«). Erst 1974 erkannte H.

Hussein II. versuchte im 2. Golfkrieg zu vermitteln.

das Alleinvertretungsrecht der PLO an. 1988 verzichtete er schließlich zugunsten der Palästinenser auf das Westjordanland.
Im 2. Golfkrieg (1991) versuchte H. bis zuletzt zwischen dem befreundeten Irak und den USA zu vermitteln.

☐ vor 1951: Schule in Alexandria und England. ☐ 1951-53: Auf der brit. Militärakademie in Sandhurst. ☐ 1953: Krönung zum König von Jordanien. ☐ 1958: Abschluß der Arabischen Föderation mit seinem Bruder, König Faisal II. von Irak; nach Faisals Ermordung Beendigung der Föderation. ☐ 1967: 6-Tage-Krieg mit Israel. ☐ 1969-71: Zerschlagung der radikalen Palästinenserlager in Jordanien.

▷ J. P. Hayes/G. Matusky: King Hussein, engl. 1987.

Hussein, Saddam

irak. Politiker
* 28.4.1937 Takrit

Saddam Hussein löste mit seiner Annexion Kuwaits 1991 den 2. Golfkrieg aus.

Mit dem Rücktritt von Hasan al Bakr 1979 gewann Hussein die uneingeschränkte Macht im Irak, die er schon seit dem Sieg des »linken« Flügels der Bath-Partei 1970 faktisch ausübte. Er errichtete ein diktatorisches Regime, das jede Opposition mit Gewalt unterdrückt und auch vor Massakern an der eigenen Bevölkerung nicht zurückschreckt (Giftgaseinsatz gegen die Kurden 1988 und 1991). H.s Streben nach politischer und wirtschaftlicher Vorherrschaft in der Golfregion mündete, verstärkt durch die religiösen Gegensätze zwischen Schiiten (Iran) und Sunniten (Irak), im 1. Golfkrieg (1980-88). Mit Hilfe des Westens konnte H. während dieser Zeit seine Armee zur (zahlenmäßig) viertstärksten der Welt hochrüsten und mit modernen Waffen ausstatten. Während dieses Krieges wandte er sich (vermutlich aus taktischen Gründen) dem Islam zu. Zwei Jahre später, im August 1990, befahl H. die Annexion von Kuwait. Nach seiner Weigerung, den Beschlüssen mehrerer UNO-Resolutionen nachzukommen und seine Truppen zurückzuziehen, wurde der Irak 1991 durch eine multinationale Streitmacht unter amerikanischer Führung angegriffen. Nach schweren Bombardierungen des gesamten Iraks wurden seine Truppen aus Kuwait vertrieben (2. Golfkrieg).

□ 1957: Mitgl. der Bath-Partei. □ 1959: Mitglied eines Kommandos, das (den Diktator) General Kassem ermorden soll; der Anschlag mißlingt; H. wird in Abwesenheit zum Tode verurteilt. □ 1959-63: Im Exil in Kairo; Jurastudium. □ 1963: Beteiligung am Sturz von Kassem. □ 1963-69: Jurastudium in Bagdad. □ 1966: Stellv. Sekr. der Bath-Partei des Irak. □ 1968: Beteiligung am Putsch durch die Bath-Partei; stellv. Generalsekr. der Partei. □ 1969: Vize-Präs. des Revolutionären Kommandorats. □ 1972: Freundschaftsvertrag mit der Sowjetunion. □ 1975: Grenzvertrag mit dem Iran. □ seit 1979: Staatspräsident, Regierungschef, Generalsekretär der Bath-Partei und Oberbefehlshaber der Streitkräfte.

▷ U. Encke: Saddam Hussein, 1990; J. Miller/L. Mylroie: Saddam Hussein. Biographie eines Diktators und die Geschichte seines Landes, 1991.

Husserl, Edmund

dt. Philosoph
* 8.4.1859 Proßnitz (heute zu Olmütz)
† 27.4.1938 Freiburg i. Br.

Edmund Husserl: Der Begründer der Phänomenologie.

Husserl begründete mit seinen »Logischen Untersuchungen« (2 Bde., 1900/01) die Phänomenologie in der programmatischen Absicht, die »Philosophie als strenge Wissenschaft« (Aufs., 1911) und nicht weiterhin als eine Art Weltanschauung zu betreiben. H. forderte das Aufgeben aller bis dahin herrschenden Meinungen und verbindlichen Ansichten, um »zu den Sachen selbst« vorzustoßen; nur über ein »reines Bewußtsein«, das die reale Welt, bildhafte Vorstellungen und das Übersinnliche ausklammert, ließe sich die objektive Welt ableiten, gelange man zu gültigen Aussagen.
Umfang und Bedeutung von H.s philosophischem Lebenswerk, etwa 45 000 in Stenographie beschriebene Seiten, wurden erst mit der seit 1950 einsetzenden Veröffentlichung seines Nachlasses durch das 1938 in Löwen gegründete Husserl-Archiv abschätzbar. H. beeinflußte besonders M. →Heidegger und M. →Scheler.

□ 1901-16: Prof. an der Univ. Göttingen. □ 1913: »Ideen zu einer reinen Phänomenologie und phänomenologischen Philosophie« (Schr.). □ 1916-28: Prof. an der Univ. Freiburg i. Br. □ 1928: »Vorlesungen zur Phänomenologie des inneren Zeitbewußtseins«. □ 1929: »Formale und transzendentale Logik« (Schr.). □ 1936: Nach vorangegangener Aberkennung (1933) endgültiger Entzug seines Professorentitels durch die Nationalsozialisten; »Die Krisis der europäischen Wissenschaften« (Es.). □ postum 1939: »Erfahrung und Urteil« (Schr.). □ 1991: »Gesammelte Werke, Bd. 4«.

▷ H. Noack: Husserl, 1973; H. R. Sepp (Hg.): Edmund Husserl und die phänomenologische Bewegung. Zeugnisse in Text und Bild, 1988.

Huston, John

amer. Regisseur, Autor und Schauspieler
* 5.8.1906 Nevada, Missouri
† 28.8.1987 Newport, Rhode Isl.

Huston, ein vielseitiger Regisseur und Schauspieler, debütierte mit »Die Spur des Falken« (1941; nach D. →Hammett), der ihn und Hauptdarsteller H. → Bogart berühmt machte. Neben weiteren Klassikern der sog. Schwarzen Serie wie »Asphalt-Dschungel« (1950) bewies er mit »Moby Dick« (1956; nach H. Melville, mit G. →Peck) oder »Unter dem Vulkan« (1984; nach M. →Lowry, mit A. →Finney) sein Talent für die filmische Umsetzung literarischer Stoffe. Mit dem Epos »Die Bibel« (1965) zeigte er sich als großer Erzähler, aber er beherrschte, wie in »African Queen« (1951; mit H. Bogart und K. →Hepburn), ebenso die leisen Zwischentöne. Als Darsteller war H. u. a. in »Chinatown« (1974, Rg. R. →Polanski, mit J. →Nicholson) zu sehen.

John Huston: Als Regisseur (und Darsteller) bei den Dreharbeiten zu »Die Bibel«.

□ 1947: Oscar für »Der Schatz der Sierra Madre« (mit H. Bogart). □ 1948: »Key Largo — Hafen des Lasters« (mit H. Bogart). □ 1952: »Moulin Rouge«; Umzug nach Irland. □ 1953: »Schach dem Teufel«. □ 1957: »Der Seemann und die Nonne« (mit R. →Mitchum). □ 1960: »Misfits — Nicht gesellschaftsfähig (mit M. →Monroe, C. →Gable). □ 1961: »Freud«. □ 1963: »Die Nacht des Leguan« (mit R. →Burton). □ 1972: »Fat City«. □ 1973: »Der Mackintosh-Mann« (mit P. →Newman). □ 1975: »Der Mann, der König sein wollte« (mit S. →Connery, M. →Caine). □ 1982: »Annie«. □ 1985: »Die Ehre der Prizzis« (mit J. Nicholson). □ 1987: »The dead — die Toten« (nach J. →Joyce).

▷ St. Kaminsky: John Huston, Seine Filme — sein Leben, 1986.

Hutter, Wolfgang

österr. Maler
* 13.12.1928 Wien

Hutter gehört mit R. →Hausner und E. →Fuchs seit 1947 zur sog. Wiener Schule des Phantastischen Realismus und kam als Sohn und Schüler von A. P. →Gütersloh zu einer surrealen Malerei, in deren Mittelpunkt die Darstellung märchenhaft gestalteter Wesen in paradiesischen Phantasiewelten steht. In einem bewegten Stil überzieht H. die Bildfläche mit organischen, an Federn, Haare, Quallen und Blüten erinnernden, aber stark verfremdeten Motiven, die ineinander und meist auch mit den jeweiligen Figuren (»Vogeldiener«, »Schmetterlingsmädchen«, »Wetterhexen«, »Himmelsgärtnerinnen«) in fließenden Kompositionen verflochten sind. Sie sollen die Einheit von Natur und Mensch beschwören. Hutters Werk umfaßt auch Entwürfe für Mosaiken und Bildteppiche sowie große Wandgemälde (»Von der Nacht zum Tag« im Salzburger Festspielhaus).

← Wolfgang Hutter

Huxley, Aldous Leonard

engl. Schriftsteller
* 26.7.1894 Godalming, Surrey
† 29.11.1963 Hollywood (USA)

Huxley ist einer der großen zivilisationskritischen Mahner des 20. Jh.s und Chronist der Krise des modernen Bewußtseins. Nach H. droht der modernen technokratischen Gesellschaft ein Rückfall in die Barbarei, wenn sie nicht Technik und Tradition, Spezialisierung und ganzheitliche Lebensformen miteinander verbinden lernt. Diese These illustrieren sein Essayband »Literatur und Wissenschaft« (1963, dt. 1964) und zwei Anti-Utopien: »Schöne neue Welt« (R., 1932, dt. 1952) warnt vor einer sterilen konfliktlosen Gesellschaft ohne Kreativität und Vergangenheitsbewußtsein; in »Affe und Wesen« (R., 1948, dt. 1951) wirft der blinde Fortschrittsglaube die eine atomare Katastrophe überlebenden Menschen in ein tierisches Stadium zurück. H., der 1953 mit psychedelischen Drogen experimentierte (»Die Pforten der Wahrnehmung«, Es., 1954, dt. 1954), wandte sich schließlich der buddhistischen Mystik zu.

Aldous Huxley warnte vor kritiklosem Fortschrittsglauben.

□ 1917: Lehrer in Eton. □ 1920: Kritiker für die Westminster Gazette. □ 1923: »Narrenreigen (R., dt. 1983). □ 1925: Weltreise; »Parallelen der Liebe« (R., dt. 1929). □ 1928: »Kontrapunkt des Lebens« (R., dt. 1930). □ 1935: Engagement für dt. Juden; pazifistische Vorträge. □ 1936: »Geblendet in Gaza« (R., dt. 1953). □ 1944: »Zeit muß enden« (R., dt. 1950). □ 1952: »Die Teufel von Loudun« (R., dt. 1955). □ 1955: »Das Genie und die Göttin« (R., dt. 1956).

▷ Th. Schumacher: Aldous Huxley, 1987.

Huxley, Sir (seit 1974) Andrew Fielding

brit. Physiologe
* 22.11.1917 London

Huxley wies 1939 in Zusammenarbeit mit A. L. →Hodgkin anhand des Nerv-Achsenzylinders des Tintenfischs die elektrischen Impulse (Aktionspotentiale) der Nervenfasern nach. In den 50er Jahren zeigten sie mit den von ihnen entwickelten biophysikalischen Meßgeräten, daß diese Impulse durch Austausch bestimmter Ionen, für die die Nervenzellmembrane durchlässig sind, verursacht und weitergeleitet werden.

□ 1960-69: Prof. am Univ. College, London. □ 1963: Physiologie/Medizin-Nobelpreis (mit J. C. →Eccles und A. L. Hodgkin). □ 1969-83: Forschungsprof. der Royal Society. □ 1980-85: Präs. der Royal Society.

Sir Julian Huxley auf dem »Weltkongreß der Intellektuellen für den Frieden«.

Huxley, Sir (ab 1958) Julian Sorell

brit. Biologe und Schriftsteller
* 22.6.1887 London † 14.2.1975 ebd.

Huxley, Bruder von A. →Huxley, befaßte sich mit Problemen der Überbevölkerung und der Welternährung. Im Auftrag der UNESCO, deren erster Generaldirektor er 1946-48 war, arbeitete H. ab 1960 in den Entwicklungsländern Ostafrikas. In seinen populärwissenschaftlichen Schriften bewertete er die biologische Evolution vom soziologischen Standpunkt aus. Alles, was die Entwicklung der Menschheit fördere, sei moralisch gutzuheißen, auch eine auf Geniezüchtung abzielende Geburtenregelung.

☐ 1925-27: Prof. am King's College in London. ☐ 1935-42: Generalsekretär der Zoologischen Gesellschaft und Dir. des Zoologischen Gartens in London. ☐ 1947: »Der Mensch in der modernen Welt« (Schr., dt. 1950). ☐ 1954: »Die Wüste und die alten Götter« (Schr., dt. 1956). ☐ 1958: »The story of evolution« (Schr.). ☐ 1961: »Der evolutionäre Humanismus« (Schr., dt. 1964). ☐ 1965: »Darwin and his world« (Schr.).

Huysmans, Joris-Karl

(eig. Georges Charles H.)
frz. Schriftsteller
* 5.2.1848 Paris † 12.5.1907 ebd.

Joris-Karl Huysmans ging als 51jähriger ins Kloster.

Huysmans' Romane hatten erheblichen Einfluß auf die Weiterentwicklung des Genres in Frankreich. Der aus einer niederländischen Malerfamilie stammende Autor, dessen Arbeiten autobiografische Züge aufweisen, entwickelte sich vom Naturalismus (É. →Zola) über die pessimistische Dekadenzdichtung des ausgehenden 19. Jh.s und den Okkultismus hin zu einem ästhetisierenden Katholizismus. H., der drei Jahre im Kloster verbrachte, repräsentiert somit zentrale Phasen der Romangeschichte. H.s Stil ist durch exakte Detailschilderungen gekennzeichnet.

☐ 1866-98: Angestellter des Innenministeriums. ☐ 1876: »Marthe. Die Geschichte einer Dirne« (R., dt. 1987). ☐ 1880: »Pariser Skizzen« (Prosaged.e, dt. 1989). ☐ 1884: »Gegen den Strich« (R., dt. 1897). ☐ 1891: »Tief unten« (R., dt. 1903). ☐ 1892: Konversion zum Katholizismus. ☐ 1895: »Durchs Kloster in die Welt zurück« (R., dt. 1910). ☐ 1899-1901: Laie in einem Kloster bei Poitiers. ☐ 1903: »Der Laienbruder« (R.).

▷ Ph. Audoin: J. K. Huysmans, frz. 1985.

Hyry, Antti Kalevi

finn. Schriftsteller
* 20.10.1931 Kuivaniemi

Hyry ist der konsequenteste Vertreter eines neuen Realismus in der finnischen Literatur. Durch extreme sprachliche Vereinfachung und Beschränkung auf das Konkrete, optisch Wahrnehmbare versucht er die Wirklichkeitsillusion herkömmlicher Romane zu überwinden. Im Zentrum seiner autobiografisch geprägten Prosa steht die Romantetralogie »Daheim« (1960, dt. 1980), »Die Volksschule« (1965), »Ein Vater und sein Sohn« (1971, dt. 1978) und »Die Brücke bewegt sich« (1975). Sie schildert die Entwicklung eines Kindes in dem vom Wechsel der Jahreszeiten bestimmten Alltag eines nordfinnischen Dorfes.

☐ 1958: »Von der Landstraße aus« (Nov.n); »Frühling und Herbst« (R.). ☐ 1962: »Erzählungen« (dt. 1965). ☐ 1966: »Erzählungen« (dt. 1983). ☐ 1980: »Der Landwind« (R.).

I

Lee Iacocca →

Iacocca, Lido Anthony »Lee«

amer. Industriemanager
* 15.10.1924 Allentown, Penn.

Iacocca wurde in den 80er Jahren mit der Sanierung des bereits bankrott geglaubten amerikanischen Chrysler-Autokonzerns zu einem Symbol amerikanischen Unternehmertums. Nach einer radikalen Rationalisierungskur (u. a. Entlassung von ca. 100 000 Mitarbeitern) verbuchte Chrysler 1986 wieder 2,3 Mrd. US-$ Gewinn, nachdem zehn Jahre zuvor mit 259 Mio. US-$ der größte Verlust der amerikanischen Autogeschichte produziert worden war. Eine Präsidentschaftskandidatur lehnte der in den USA außerordentlich populäre I., mit 20,5 Mio. US-$ Jahresgehalt (1986) Topverdiener unter den internationalen Managern, jedoch ab.

☐ 1946: Eintritt in die Ford-Werke. ☐ 1956: Distrikt-Verkaufsmanager in Washington D. C. ☐ 1957: Marketing-Manager für den Ford-Lkw-Bereich. ☐ 1960: Generalmanager der Ford-Division. ☐ 1967: Geschäftsführender Vizepräs. des Ford-Nordamerika-Bereichs. ☐ 1970: Alleiniger Ford-Präs. ☐ 1977: Entmachtung I.s durch Neuordnung der Führungsspitze. ☐ 1978: Entlassung; Wechsel zur Chrysler

Corp. □ 1979: Durchsetzung einer Bundesbürgschaft von 1,5 Mrd. US-$. □ 1984: Int. Bestseller »Iacocca. Eine amerikanische Karriere« (dt. 1986). □ 1985: Übernahme der Bank »Finance America« für 405 Mio. US-$. □ 1990: Vertragsverlängerung (bis Ende 1992) bei Chrysler.

Ibárruri Gómez, Dolores

span. Politikerin
* 9.12.1895 Gallarte, Vizcaya † 12.11.1989 Madrid

Unter ihrem Decknamen »La Pasionaria« wurde die mitreißende Rednerin Ibárruri während des Spanischen Bürgerkriegs (1936-39) zum Symbol des republikanischen Widerstands. Ihr Ruf »No pasarán!« (Sie werden nicht durchkommen!) mobilisierte im Herbst 1936 alle republikanischen Kräfte zur Verteidigung Madrids. Zwei Jahre nach →Francos Tod kehrte sie aus dem Moskauer Exil nach Spanien zurück.

Ibárruri, ehemalige Vorsitzende der span. Exil-KP, auf einer Kundgebung in Madrid.

□ 1917: Mitgl. der Sozialistischen Partei (PSOE). □ 1921: Mitbegr. der span. Kommunistischen Partei. □ 1930: Mitgl. des ZK. □ 1932: Mitgl. des Politbüros. □ 1936-39: Mitgl. der Cortes (Parlament). □ 1937-39: Präsidentin der Cortes. □ 1939-77: Im Exil in der Sowjetunion. □ 1942-67: Generalsekretärin der span. Exil-KP, ab 1960 deren Vorsitzende. □ 1977: Rückkehr nach Spanien; Mitgl. der Cortes (bis 1979).

Ibert, Jacques

frz. Komponist
* 15.8.1890 Paris † 5.2.1962 ebd.

Ibert war trotz der Einflüsse seiner Studienkollegen C. Franck und D. →Milhaud keiner Kompositionsschule verpflichtet. Er verband in seinem Œuvre Merkmale des Impressionismus (C. →Debussy) und des Neoklassizismus (I. →Strawinsky) und erwarb Verdienste um die Flötenmusik (»Pièce pour flûte seule«, 1935). Sein »Concerto« (1932-34) ist eines der wichtigsten und schwierigsten Konzerte für Flöte und Orchester des 20. Jh.s. In den 20er Jahren arbeitete I. als freischaffender Komponist in Paris (»Ballade de la Geôle de Reading«, Orchesterwerk, 1924). Zu seinen populärsten Kompositionen zählen die Klavierstücke »Les Rencontres« (1921-24) und »Histoires« (1922) sowie das Orchesterwerk »Les Escales« (1924).

← Jacques Ibert

□ 1910-14: Studium am Conservatoire Paris. □ 1919: Rom-Preis mit der Kantate »Le poète et la fée«. □ 1920-23: Rom-Aufenthalt als Stipendiat in der Villa Medici. □ 1927: UA der Buffo-Oper »Angélique« in Paris. □ 1929: UA der Oper »Persée et Andromède« in Paris. □ 1930: »3 Pièce brèves« für Bläserquintett. □ ab 1937: Direktoriumsmitgl. der Académie de France (Villa Medici) in Rom. □ 1950: UA des Balletts »Le Chevalier errant« in Paris. □ 1955: Dir. der Union des Théâtre Lyriques Nationaux Paris. □ 1956: Mitgl. des Inst. de France.

▷ G. Michel: Jacques Ibert. L'Homme et son œuvre, frz. 1968.

Ibn Saud, Abd al Aziz III.

(eig. Abd al Aziz Ibn Abd ar Rahman As Sa'ud)
König von Saudi-Arabien
* 24.11.1880 Riad † 9.11.1953 Taif

Ibn Saud begründete 1932 das Saudische Königreich auf der Arabischen Halbinsel. Bereits zu jenem Zeitpunkt wurde das Bild des streng konservativen Oberhaupts der puritanischen Sekte der Wahhabiten zur Legende verklärt.
1902 war er aus dem Exil zurückgekehrt und hatte in den folgenden Jahren von Riad aus den gesamten Nordosten der Halbinsel von den Osmanen zurückerobert. Nach dem 1. Weltkrieg, in

Ibn Saud, der legendäre König von Saudi-Arabien, 1911.

dem er gute Kontakte zu Großbritannien pflegte (T. E. →Lawrence), folgten alle Gebiete der Halbinsel, die nicht unter britischer Oberhoheit standen (Jemen besiegte er 1934, begnügte sich aber dann mit Grenzkorrekturen). Nach Eroberung von Mekka (1925) nahm er den Königstitel an. Durch die Entdeckung von Erdöl, das US-Firmen 1938 erstmals in seinem Land fanden, gelangte I. außenpolitisch zunehmend unter amerikanischen Einfluß.

☐ 1892-1902: Mit seinen Eltern im Exil am Hof des Emirs von Kuwait. ☐ ab 1902: Emir von Nedschd (Nordostteil der arab. Halbinsel; um Riad). ☐ ab 1923: Zusätzlich Emir von Asir (nördlich des Jemen). ☐ 1926: Zusätzlich König von Hedschas (Nordwestteil der Arab. Halbinsel; Mekka). ☐ ab 1932: König von Saudi-Arabien.

▷ M. Almana: Arabia unified. A portrait of Ibn Saud, 1982.

Ibsen, Henrik

(Pseud. Brynjolt Bjarme)
norw. Schriftsteller
* 20.3.1828 Skien, Ostnorwegen
† 23.5.1906 Christiania (heute Oslo)

Henrik Ibsen: Autor der Dramen »Peer Gynt« (1867) und »Hedda Gabler« (1890).

Ibsen ist einer der Väter des modernen Dramas und Wegbereiter des Naturalismus in Skandinavien und Deutschland. Nach nationalromantischen Anfängen (»Kronprätendenten«, Dr., 1862, dt. 1872) und philosophisch-symbolistischen Ideendramen (»Peer Gynt«, 1867, dt. 1881) wandte er sich mit dem gesellschaftskritischen Stück »Stützen der Gesellschaft« (1877, dt. 1878) den Themen der Gegenwart zu. Mit »Nora oder ein Puppenheim« (Dr., 1879, dt. 1879) schuf er eine Symbolfigur der Frauenemanzipation; »Gespenster« (Dr., 1881, dt. 1884) deckt die Scheinmoral in der bürgerlichen Ehe auf. Die Brüchigkeit menschlicher Beziehungen ist Thema in »Ein Volksfeind« (Dr., 1882, dt. 1883) und »Die Wildente« (Dr., 1884, dt. 1887). Die dramatische Verwicklung in I.s Dramen beruht auf einer Auseinandersetzung mit der Vergangenheit, die das Handeln der Protagonisten bestimmt hat und deren schrittweise Enthüllung sie nun mit ihrer eigenen »Lebenslüge« konfrontiert. Diese Form des analytischen Dramas wurde weltweit (u. a. von A. →Miller) aufgegriffen. Im Alter beschäftigt sich I. hauptsächlich mit scharf beobachteten schwierigen Charakteren, denen er besonders in dem Frauenporträt »Hedda Gabler« (Dr., 1890, dt. 1891) und in »Baumeister Solnes« (Dr., 1892, dt. 1893) nachspürte.

☐ 1844-50: Apothekerlehre in Grimstad. ☐ 1850: Hochschulreife; erstes Schauspiel »Catilina« (dt. 1896); Übersiedlung nach Christiania. ☐ 1851: Freundschaft mit B. →Bjørnson. ☐ 1851-56: Dramaturg am Nationaltheater in Bergen. ☐ 1853: »Die Johannisnacht« (Dr., dt. 1909). ☐ 1857-62: Dir. des »Norske Teatret« in Christiania. ☐ 1858: »Nordische Heerfahrt« (Dr., dt. 1876). ☐ 1862: »Komödie der Liebe« (dt. 1889). ☐ 1864: Übersiedlung nach Rom. ☐ 1866: »Brand« (Dr., dt. 1892). ☐ 1869: »Bund der Jugend« (Kom., dt. 1872); Vertreter Norwegens bei der Eröffnung des Sueskanals. ☐ 1873: »Kaiser und Galiläer« (Dr., dt. 1888). ☐ 1886: »Rosmersholm« (Dr., dt. 1887). ☐ 1888: »Die Frau am Meer« (Dr., dt. 1889). ☐ 1891: Rückkehr nach Norwegen. ☐ 1894: »Klein Eyolf« (Dr., dt. 1895). ☐ 1896: »Johan Gabriel Borkman« (Dr., dt. 1897).

▷ H. G. Meyer: Ibsen, 1977.

Ibuse, Masuji

jap. Schriftsteller
* 15.2.1898 Kamo, Hiroshima

Ibuse zählt zu den Pionieren der modernen japanischen Literatur. Sein Erzählstil zeichnet sich durch eine melancholisch-humoristische Grundhaltung aus, die auch seinen ersten großen Erfolg, die Parabel »Der Salamander« (1929, dt. 1981), bestimmt. Als Chronist eines schon Vergangenheit gewordenen Japan wandte I. sich bereits vor dem Krieg dem historischen Roman zu. Sein im Westen bekanntestes Werk ist der in Tagebuchform verfaßte, auch verfilmte Hiroshima-Roman »Schwarzer Regen« (1965, dt. 1974), der sich aus der Sicht eines jungen Mädchens mit den Folgen der Katastrophe des Atombombenabwurfs auseinandersetzt.

☐ 1923: Abbruch des Literatur- und Kunststudiums. ☐ 1937: »Das Abenteuerleben des John Manjiro« (R.). ☐ 1960: Wahl in die Akademie der Künste. ☐ 1981: »Ogikubo-Topographie« (R.). ☐ 1986: »Aufzeichnungen über die Teegesellschaft in Tomonotsu« (R.).

Idris I.

(eig. Mohammad Idris al Mahdi as Senussi)
König von Libyen
* 12.3.1890 (1888 ?) Oase Al Dschaghbûb
† 25.5.1983 Kairo

Idris, ein Enkel des Begründers des islamischen Ordens der Senussi, der seit 1843 in der Cyrenaika an der Macht ist, wurde nach der Unabhängigkeit Libyens (auf Beschluß der UNO) 1951 zum König ausgerufen. Der Herrscher bemühte sich in der Folgezeit um eine vorsichtige Reformpolitik, schwankte dabei jedoch zwischen einer Zusammenarbeit mit anderen konservativen arabischen Ländern und dem Westen, insbesondere den USA. Soziale Unruhen und Korruption der Monarchie führten 1969 zu einem Militärputsch unter M. →Gaddafi.

□ 1917: Geistliches Oberhaupt der Senussi-Bruderschaft. □ ab 1917: Von den Italienern als Emir der Cyrenaika anerkannt. □ 1923-43: Im Exil in Ägypten nach der Machtübernahme der Faschisten in Italien. □ 1934: Italien vereinigt Cyrenaika, Tripolitanien und Fezzan zur Kolonie Libia (ab 1939 ital. Provinz). □ 1943: Rückkehr. □ 1949: Von Großbritannien erneut als Emir der Cyrenaika anerkannt. □ 1951-69: König. □ ab 1969: Im Exil in Ägypten.

Iliescu, Ion

rumän. Politiker
* 3.3.1930 Oltenița bei Bukarest

Seit 1990 ist Iliescu Staatspräsident von Rumänien. Der politische Ziehsohn des 1989 hingerichteten N. → Ceaușescu beließ nach seinem hohen, in der Korrektheit bezweifelten Wahlsieg (85 %) Führungspositionen in der Hand alter Weggefährten des Diktators. Seine Glaubwürdigkeit als reformwilliger Politiker sank darüber hinaus erheblich, als I., der in den 70er Jahren wegen vorsichtiger Kritik am Regime in Ungnade gefallen war, im Juni 1990 Sicherheitskräfte und regierungstreue Bergarbeiter mit brutaler Härte gegen Oppositionelle vorgehen ließ (sechs Tote, mehrere hundert Verletzte). Im Dezember 1990 und im Herbst 1991 forderten Studenten und Arbeiter auf Großdemonstrationen in Temesvar und Bukarest angesichts der desolaten Wirtschaftslage seinen Rücktritt.

□ 1944: Mitgl. des kommunistischen Jugendverbands. □ 1950-53: Studium am Moskauer Inst. für Energetik. □ seit 1953: Mitgl. der rumän. KP. □ 1965: Mitarbeit in der Propaganda-Abteilung des ZK. □ 1967: 1. Sekr. der kommunistischen Jugendorganisation. □ 1968: Vollmitgl. des ZK. □ 1971: ZK-Sekr. für Propaganda und Erziehung. □ 1971-79: Parteisekr. in der Provinz. □ 1979: Degradierung zum Vors. des Nat. Wasserrats. □ 1980: Ausschluß aus dem Staatsrat. □ 1984: Dir. eines Buchverlags in Bukarest. □ Dez. 1989: Provisorischer Staatschef und Ratspräs. der Front der Nat. Rettung. □ seit 1990: Staatspräsident.

Ion Iliescu: Auf einer Wahlveranstaltung im Mai 1990.

Iljuschin, Sergej Wladimirowitsch

sowjet. Flugzeugkonstrukteur
* 30.3.1894 Diljalewo, Gouv. Wologda
† 9.2.1977 Moskau

Iljuschin entwickelte eine Vielzahl weltweit bekannter Flugzeugtypen. Seine 1936 konstruierte Il 4 wurde im 2. Weltkrieg als Fernbomber eingesetzt. Nach 1945 entwarf I. für die zivile Luftfahrt u. a. das Turbopropflugzeug Il 18 und das vierstrahlige Langstreckenflugzeug Il 62.

Sergej Iljuschin: Der Pilot und Flugzeugtechniker vor dem Moskauer Kreml, 1961.

□ 1917: Pilotenprüfung. □ ab 1921: Studium am Moskauer Ingenieurinst. der sowjet. Luftflotte. □ ab 1931: Leitung eines Flugzeugkonstruktionsbüros. □ ab 1948: Professor an der Luftfahrt-Militärakademie in Moskau.

Iłłakowiczówna, Kazimiera

poln. Lyrikerin
* 19.8.1892 Wilna † 16.2.1983 Posen

Iłłakowiczówna, eine der führenden Dichterpersönlichkeiten der Zwischenkriegszeit, entwickelte einen eigenständigen lyrischen Ausdruck, indem sie tradierte Formen mit Umgangssprache, Anekdoten und konkreten psychologischen Beobachtungen verband. Einen interessanten Aspekt ihres Werkes stellt die stilisierte Verarbeitung von litauischen Mythen und Volksmärchen dar. I. trat auch als Übersetzerin hervor (Goethe, Schiller, Büchner, H. →Böll).

□ 1910-14: Polonistik- und Anglistikstudium in Krakau. □ 1911: »Ikarusflüge« (Ged.e). □ 1915-17: Sanitäterin bei der russ. Armee. □ 1917: »Weihnachtslieder der polnischen Not« (Ged.e). □ 1918-39: Beamtin im Außen- und Kriegsministerium in Warschau (u. a. Sekretärin J. K. →Piłsudskis). □ 1927: »Der weinende Vogel« (Ged.e). □ 1930: »Asche und Perlen« (Ged.e). □ 1939-47: Exil in Siebenbürgen. □ ab 1947: Aufenthalt in Posen. □ 1966: »Im Flüsterton« (Ged.e).

Ivan Illich →

Illich, Ivan

amer. Gesellschaftskritiker und Sozialreformer österr. Herkunft
* 4.9.1926 Wien

Illich gehört mit C. →Torres und »Dom« H. → Câmara zu den bekanntesten und umstrittensten Priestern Lateinamerikas. Sein Kampf für soziale Gerechtigkeit setzt bei der Entwicklungspolitik der Industrienationen ein. Das Ergebnis 20jähriger internationaler Entwicklungshilfe sei chronisch gewordene Unterentwicklung. Importiertes Bildungs- und Gesundheitswesen sowie westliche Technik und Wirtschaftssysteme gingen an den Problemen des weiterhin in Armut lebenden größten Teils der Bevölkerung vorbei. I. wirft dem katholischen Klerus in Lateinamerika mangelnde Flexibilität gegenüber ethnografischen Besonderheiten vor.

□ 1951: Erlangung der Priesterweihe; Versetzung in die Erzdiözese New York; als Pfarrassistent in den Slums tätig. □ 1962: Gründung des Centro intercultural de documentación (CIDOC) in Cuernavaca, Mexiko. □ 1969: Verzicht auf priesterliche Funktionen und kirchliche Titel. □ 1970: »Schulen helfen nicht. Über das mythenbildende Ritual der Industriegesellschaft« (Aufs.e, dt. 1984). □ 1973: »Selbstbegrenzung. Eine politische Kritik der Technik« (Schr., dt. 1975). □ 1975: »Die Nemesis der Medizin. Von den Grenzen des Gesundheitswesens« (Schr., dt. 1977). □ 1979-83: Gastprof. an verschiedenen dt. und amer. Univ.n. □ seit 1986: Prof. an der Penn. State Univ.

Immendorff, Jörg

dt. Maler und Plastiker
* 14.6.1945 Bleckede bei Lüneburg

Im Mittelpunkt von Immendorffs Werk steht eine neue Form des Historienbildes, die u. a. durch Plakativität und Stilpluralismus gekennzeichnet ist. Vor allem in seiner Bilderserie »Café Deutschland« beschäftigte I. sich ab 1976 mit der deutschen Teilung. Die 16 Werke sind bewußte Paraphrasen des »Café Greco« von R. →Guttuso, von dem I. auch das verschiedene Realitätsebenen verknüpfende Kompositionsprinzip übernahm, es allerdings in seiner nervösen, scheinbar improvisierten Malweise und einem höheren Abstraktionsgrad zu anderen Wirkungen führt. In I.s Werk verschmelzen politische Agitation mit humoristisch-sarkastischen Elementen, so in den Lidl-Aktivitäten (»Lidl« war anfangs I.s Pseudonym) mit Aktionen und Publikationen (»Lidl-Raum. Für alle Lieben dieser Welt«, 1986). I.s jüngeres Werk ähnelt in der Verwendung einer verschlüsselten, sehr individuellen Symbolsprache der italienischen Arte Cifra (z. B. »Topf«, 1985, Köln, Galerie M. Werner), ohne daß die kritische Komponente aufgegeben wäre.

□ 1964-68: Studium bei J. →Beuys an der Düsseldorfer Kunstakademie. □ seit 1976: Freundschaft mit A. R. →Penck, der I. zur Serie der Deutschlandbilder anregte; intensive Beschäftigung mit der Plastik in Anlehnung an die Brücke-Künstler.

▷ Kunst Heute (Nr. 8): Jörg Immendorff.

← Jörg Immendorff

Ismet Inönü →

Indiana, Robert

(eig. Robert Clark)
amer. Maler und Grafiker
* 13.9.1928 New Castle, Ind.

Indiana gehört zu den profilierten Künstlern der Pop-art, innerhalb derer er jedoch durch die geometrisch-abstrakte Komposition seiner Werke, in denen Wörter und Zahlen die Bildmotive sind, eine Sonderstellung einnimmt. I. läßt sich von Plakaten, Verkehrsschildern, alten Firmennamen und bestimmten Wörtern inspirieren, die in auffälligen Großbuchstaben und Signalfarben zu Inhalten der in Acrylfarben oder als Drucke ausgeführten Arbeiten werden, wie »THE AMERICAN GAS WORKS« (1962, Köln, Museum Ludwig). EAT, DIE oder LOVE empfindet I. als abgenutzte Wörter der amerikanischen Alltagssprache und macht sie zur Grundlage vor allem von Grafikserien. Durch oft nur kleine Eingriffe wie das Kippen des »O« in »LOVE« (Serigrafie von 1968) erhalten diese Wortbilder ihre Ambivalenz. Außerdem sind die Buchstaben in dem genannten Druck so gestaltet, daß Binnenzeichnungen wie ein Pfeil (»Liebespfeil«) oder ein Telefonhörer (Assoziation zu »Liebesgeflüster«) entstehen. Neben diesen eher witzigen Arbeiten beschäftigt sich I. auch mit sozialkritischen Wortbildern.

Ingold, Sir (ab 1958) Christopher

brit. Chemiker
* 28.10.1893 Ilford/London † 8.12.1970 ebd.

Ingold untersuchte die Reaktionsmechanismen organischer und die Struktur aromatischer Verbindungen, für die er 1926 den Begriff »Mesomerie« einführte. Diese sog. Strukturresonanz zeichnet sich durch chemische Bindungen von hoher Stabilität aus, die nur durch mehrere Strukturformeln umschrieben werden können. Mit seinen »Principles of an electronic theory of organic reactions« (1934) gehört I. zu den Pionieren der physikalischen organischen Chemie.

□ 1924-30: Prof. an der Univ. of Leeds. □ 1930-61: Prof. am Univ. College, London. □ 1953: »Structure and mechanism in organic chemistry« (Schr.).

Inönü, Ismet

(eig. Mustafa Ismet Pascha)
türk. Politiker und Militär
* 24.9.1884 Izmir † 25.12.1973 Ankara

Inönü war ein langjähriger Kampfgefährte von →Kemal Atatürk, zu dessen Nachfolger als Staatspräsident er 1938 gewählt wurde. Als Außenminister und als Ministerpräsident hatte I. 1922/23 die Verhandlungen mit der Entente geleitet, die zum Frieden von Lausanne führten. Während des 2. Weltkriegs bewahrte er (bis Febr. 1945) die Neutralität seines Landes. 1950 wurde I., der sich vom Nationalisten zum Liberalen gewandelt hatte, abgewählt, nachdem er 1945 auf Druck der USA erstmals andere Parteien hatte zulassen müssen.
Seinen Nachnamen erhielt I. 1934 nach dem Ort Inönü, wo er 1921 während der Vertreibung der Griechen aus Kleinasien im türkisch-griechischen Krieg zwei wichtige Siege erfochten hatte.

□ ab 1902: Soldat. □ 1908: Beteiligung am Aufstand der Jungtürken. □ 1916: Befehlshaber einer Armee. □ 1920: Generalstabschef von Mustafa Kemal Pascha (später K. Atatürk) im türk.-griech. Krieg. □ 1922: Außenmin. □ 1923/24, 1925-37: Ministerpräsident. □ 1938-50, 1960/61: Staatspräsident. □ 1950-72: Vors. der Republikanischen Volkspartei. □ 1961-65: Erneut Ministerpräsident.

Inoue, Yasushi

jap. Schriftsteller
* 6.5.1907 Asahikawa, Hokkaido † 29.1.1991 Tokio

Inoue war einer der meistgelesenen Schriftsteller Japans. Seine wichtigsten Arbeiten sind historische und biografische Erzählungen, deren Fiktionsgehalt häufig gering ist. I.s historische Romane beschreiben Menschen, die ihr Leben einer Idee verschrieben haben. Das in Japan sehr erfolgreiche Werk »Das Tempeldach« (1957, dt. 1981) schildert die Mühen der Mönche, die die buddhistische Lehre von China nach Japan bringen. Als ehemaliger Journalist beherrschte I. einen präzisen, fesselnden Stil, der auch seine Essays und Reiseberichte prägte. Er verfaßte zudem zahlreiche Gedichte.

□ 1949: »Das Jagdgewehr« (R., dt. 1964). □ 1957: »Die Eiswand« (R., dt. 1968). □ ab 1964: Mitgl. der jap. Akademie der Künste. □ 1981-85: Präs. des jap. PEN-Zentrums. □ 1986: »Die Höhlen von Dunhuang« (R., dt. 1989). □ 1989: »Konfuzius« (R.).

← Yasushi Inoue

Ionesco, Eugène

rumän.-frz. Schriftsteller
* 26.11.1912 Slatina

Eugène Ionesco: Exponent des Absurden Theaters.

Ionesco ist neben S. →Beckett einer der wichtigsten Vertreter des Absurden Theaters. Das Grundthema seiner Dramen, das I. vielfältig variiert, ist der einsame Mensch in einer chaotischen, ihn bedrängenden Welt. In seinem bekanntesten Stück »Die kahle Sängerin« (UA 1950, dt. 1959), mittlerweile zum Klassiker des Absurden Theaters avanciert, parodiert I. das traditionelle Dialogtheater, indem er seine Figuren zu Marionetten stilisiert, die sich einer automatisierten Sprache bedienen, die keine Verständigung mehr zuläßt. Ein Welterfolg wurde sein Drama »Die Nashörner«, in dem I. in Form einer Metapher den Verlust der Individualität in der Massengesellschaft darstellt.
Obwohl I. in seinen späteren Dramen (u. a. »Der Mann mit den Koffern«, 1975) seine Figuren mit Innenleben ausstattet, lehnt er das klassische psychologische Drama in der Tradition von H. →Ibsen und A. →Strindberg ab, ebenso das politisch engagierte Theater von B. →Brecht. I. geht es nicht um das Erzählen einer Geschichte, sondern um die Darstellung der Klischees, die von der Massengesellschaft produziert werden und unser Denken, Handeln und Sprechen, also unsere gesamte Existenz bestimmen.

□ 1912-25: Kindheit in Paris. □ 1925: Rückkehr nach Rumänien. □ 1929: Abschluß des Französisch- und Literaturstudiums. □ 1938: Promotionsstipendium für Paris. □ 1941: Endgültige Niederlassung in Paris. □ 1951: UA »Die Unterrichtsstunde« (dt. 1954). □ 1952: »Die Stühle« (dt. 1959). □ 1955: UA »Jakob oder Der Gehorsame« (dt. 1959). □ 1963: UA »Der König stirbt« (dt. 1964). □ 1970: Aufnahme in die Académie française. □ 1973: UA »Welch ein gigantischer Schwindel« (dt. 1974). □ 1975: UA »Der Mann mit den Koffern« (dt. 1976). □ 1982: UA »Reise zu den Toten« (dt. 1983).

▷ E. Ionesco: Tagebuch, 1967, dt. 1969; E. Bondy: Eugène Ionesco, 1975.

Sir Muhammad Iqbal →

Iqbal, Sir (seit 1922) Muhammad

ind. Schriftsteller und Politiker
* 22.2.1873 Sialkot (heute Pakistan)
† 21.4.1938 Lahore (ebd.)

Iqbal, der geistige Vater Pakistans, trat bereits 1930 für die Bildung eines unabhängigen Moslem-Staates im Nordwesten Indiens ein. In seinem urdusprachigen Werk propagiert I., der in Großbritannien und Deutschland Jura und Philosophie studierte, den Wiederaufstieg des Islam zu einstiger Größe durch die Verbindung alten persischen Gedankenguts mit modernen europäischen Denkansätzen.

□ 1908: Rechtsanwalt in Lahore. □ 1915: »Geheimnisse des Selbst« (Ged.e). □ 1917: »Geheimnisse der Selbstlosigkeit« (Ged.e). □ 1923: »Botschaft des Ostens« (Ged.e). □ 1929: »Ruf der Glocke« (Ged.e). □ 1937: »Der Hieb des Mose« (Ged.e).

▷ W. Koelher (Hg.): Muhammad Iqbal und die drei Reiche des Geistes, 1977.

David Irving →

Irving, David

engl. Historiker und Schriftsteller
* 24.3.1938 Hutton, Essex

1963 legte Irving, der zeitgeschichtliche Themen populär aufbereitet, seinen ersten Bestseller, »Der Untergang Dresdens« (dt. 1964), vor. Ihm folgten ebenso erfolgreiche, von Fachhistorikern freilich als einseitig kritisierte Biografien, u. a. über →Hitler, →Göring und →Rommel.

□ 1977: »Hitlers Weg zum Krieg« (Schr., dt. 1979). □ 1983: »Hitlers Krieg. Die Siege 1939-1942« (Schr.). □ 1984: Engagement für J. M. →Le Pen und die Volksunion im Europawahlkampf. □ 1987: »Rudolf Hess — ein gescheiterter Friedensbote?« (Schr.). □ 1989: »Führer und Reichskanzler. Adolf Hitler 1933-1945« (Schr.). □ 1991: »Churchill« (Biogr.).

Christopher Isherwood im Alter von 80 Jahren, 1984.

Isherwood, Christopher
engl. Schriftsteller
* 26.8.1904 Disley, Cheshire
† 4.1.(5.1.?)1986 Santa Monica, Kalif. (USA)

Isherwoods Roman »Leb' wohl, Berlin« war die Vorlage für das 1966 entstandene Musical »Cabaret«, das 1972 in der gleichnamigen Filmversion mit L. → Minelli in der Hauptrolle ein Welterfolg wurde. Er schildert darin das Leben in Berlin während der letzten drei Jahre vor der Machtergreifung A. →Hitlers. Wie in seinen übrigen Werken, die z. T. autobiografisch gefärbt sind, bemüht er sich um ein objektives, fast fotografisch genaues Abbild der Gesellschaft. I., der in den 20er Jahren mit seinem Freund W. H. →Auden zur linksradikalen Oxforder Literatengruppe gehörte, konvertierte in Amerika zur hinduistischen Religion des Vedanta und übersetzte zahlreiche religiöse Texte aus dem Sanskrit.

□ 1924/25: Geschichtsstudium in Cambridge. □ 1927/28: Privatlehrer in London. □ 1930-33: Sprachlehrer in Berlin; journalistische Arbeit. □ 1935: »Mr. Norris steigt um« (R., dt. 1983). □ 1939: Übersiedlung in die USA; »Leb' wohl, Berlin« (R., dt. 1949); »Journey to a war« (Reiseb., mit Auden über eine gemeinsame Chinareise). □ ab 1940: Drehbuchautor u. a. bei Metro-Goldwyn-Mayer. □ 1943: Mithg. der Zeitschrift Vedanta and the West. □ 1945: »Praterveilchen« (R., dt. 1953). □ 1946: Amer. Staatsbürger. □ 1949: Mitgl. des U.S. Nat. Inst. of Arts and Letters. □ 1962: »Tage ohne Morgen« (Erz.n, dt. 1964). □ 1964: »Der Einzelgänger« (R., dt. 1965). □ 1967: »Treffen am Fluß« (R., dt. 1980). □ 1982: »Bekannte Gesichter« (Es.s, dt. 1983).

Arata Isozaki →

Isozaki, Arata
jap. Architekt
* 23.7.1931 Oita

Isozaki gehört zu den bedeutendsten japanischen Architekten der Gegenwart. Anfangs vom rationalistischen Stil K. →Tanges beeinflußt, dessen Mitarbeiter er war (u. a. gemeinsamer Plan für Tokio, 1959/60, und Festival Plaza auf der Expo 1970 in Osaka), schuf er streng geometrische, durch ihre Monumentalität und Betonung des horizontalen Elements gekennzeichnete Bauten. Um 1970 löste er sich von den rationalistischen Prinzipien und gelangte über eine kurze Phase mit kubischen Bauten zur Neudeutung und Verschmelzung verschiedener historischer Architekturstile. Damit gehört I. zur Postmoderne, bereits erkennbar in dem Fujimi Country Clubhouse in Oita (1972-74) mit seiner halbzylindrischen Komposition und dem pfeilergetragenen Vorbau. Als Repräsentant dieser Stilrichtung erweist sich I. z. B. mit der Wohn- und Freizeitanlage am Tegeler Hafen in Berlin (1980).

□ 1980: Teilnahme an der Biennale in Venedig. □ 1980/81: Klinik Eto in Oita. □ 1985: Inneneinrichtung der Palladium Discothek, New York. □ 1986: Los Angeles Museum of Contemporary Art (MOCA).

▷ P. Drew: The architecture of Arata Isozaki, engl. 1982; A. Isozaki: Architektur 1960-90, 1991.

Rolf Italiaander →

Italiaander, Rolf
niederl. Schriftsteller und Völkerkundler
* 20.2.1913 Leipzig † 3.9.1991 Hamburg

Ab 1945 widmete sich Italiaander der Verständigung der Völker, Rassen und Religionen. Er forschte und lehrte in vielen Ländern der Erde und beriet kulturelle und politische Persönlichkeiten der Dritten Welt. Seit der Revitalisierung des Islam und des Buddhismus forderte I. den kreativen Dialog aller Religionen.

□ ab 1945: Gastprof. u. a. in den USA, Brasilien, Indien (Moslem-Hochschule), Japan; als Kunsterzieher in Haïti, Papua-Neuguinea, Afrika. □ 1948-68: Generalsekretär der Freien Akademie der Künste, Hamburg. □ 1960: »Die neuen Männer Afrikas« (Schr.). □ 1965: »Die Herausforderung des Islam« (Hg.; erweiterte NA 1987). □ 1983: »Schwarze Magie« (Es.).

Johannes Itten →

Itten, Johannes
schweiz. Maler und Kunstpädagoge
* 11.11.1888 Südern-Linden bei Thun
† 25.3.1967 Zürich

Itten entwickelte am Bauhaus (W. →Gropius) mit dem »Vorkurs« eine Material- und Gestaltungslehre, die grundlegende methodische Bedeutung für die moderne Ausbildung in Kunst und Design hatte. Als Maler verband er die Abstraktion mit mystischem Gehalt. So verwandte er die Spirale als Symbol für das Prinzip des Lebens, des Zeitablaufs, der unendlichen Bewegung. Spiralförmig ist auch das Monument »Turm des Feuers«, an dessen Entwurf I. 1919-22 arbeitete (Rekonstruktion des Modells 1971, Berlin, Bauhaus-Archiv). Dem Interesse an fernöstlicher Philosophie entsprach seine Mitwirkung am Aufbau des Rietberg-Museums für außereuropäische Kunst in Zürich.

□ 1913-16: Kunststudium in Stuttgart (Schüler von A. →Hölzel). □ 1916: Gründung einer Kunstschule in Wien. □ 1919-23: Meister am Bauhaus. □ 1926-34: Itten-Schule für Malerei, Grafik, Fotografie, Architektur in Berlin. □ 1938: Emigration nach Amsterdam; Leiter der Kunstgewerbeschule und des Museums in Zürich, ab 1943 zugleich der Textilfachschule. □ 1952-55: Dir. des Rietberg-Museums.

▷ W. Rotzler (Hg.): Johannes Itten. Werke und Schaffen, 1972.

Ivens, Joris

niederl. Regisseur
* 18.11.1898 Nijmegen
† 29.6.1989 Paris (Frankreich)

Ivens zählt zu den Pionieren des Dokumentarfilms. Als engagierter Chronist des 20. Jh.s dokumentierte er während längerer Auslandsaufenthalte u. a. den Spanischen Bürgerkrieg (»Spanische Erde«, 1937) und die politischen Veränderungen in China (»Die 400 Millionen«, 1938). I. lehnte einen puren Dokumentarismus ab und verwandte auch nachgestellte Szenen. Seiner Vorliebe, Naturelemente wie Wasser und Wind darzustellen, blieb er auch in seinem Alterswerk treu. »Eine Geschichte über den Wind« (1989) verbindet Bilder aus dem China der Gegenwart mit poetischen Reflexionen über den Wind.

J. Ivens: Einer der großen Dokumentarfilmer des 20. Jh.s.

□ 1911: Erster Kurzfilm. □ 1916-22: Volkswirtschaftsstudium in Rotterdam. □ 1923/24: Fotochemiestudium in Berlin und Jena. □ 1926-32: Dokumentarische Kurzfilme. □ 1933: »Borinage«. □ 1934: »Neue Erde«. □ 1938: Erster Chinaaufenthalt. □ 1947-49: »Die ersten Jahre«. □ 1948: Entzug der Staatsbürgerschaft (bis 1957) wegen Kritik an der niederl. Kolonialpolitik (»Indonesia Calling«, 1947). □ 1953/54: »Lied der Ströme«. □ 1955/56: »Die Windrose«. □ 1957: Goldene Palme von Cannes (Dokumentarfilm) für »Die Seine trifft sich mit Paris«. □ 1957/58: Zweiter Chinaaufenthalt. □ 1960/61: »Kuba — Ein Reisetagebuch«. □ 1964: »Mistral«. □ 1967: »Der 17. Breitengrad«. □ 1973-76: Dritter Chinaaufenthalt; »Wie Yu-Kong Berge versetzt«. □ 1985: Großer Kulturpreis der Niederlande.

▷ Joris Ivens: Die Kamera und ich, 1974.

Ives, Charles Edward

amer. Komponist
* 20.10.1874 Danbury, Conn. † 19.5.1954 New York

Charles Ives →

Ives, der nach seinem Musikstudium als Versicherungsunternehmer erfolgreich tätig war, erforschte systematisch neue Kompositionsmethoden und gilt als »Vater der modernen amerikanischen Musik«. Ohne Kenntnis der musikalischen Entwicklung in Europa nahm I. in seinem alle Gattungen umfassenden Werk (u. a. Sinfonien, Kammer-, Orgel- und Klaviermusik, Chöre, Lieder) kompositorische Errungenschaften der Moderne (Atonalität, serielles Denken, Collage-Technik) vorweg. Beeinflußt von Vertretern der amerikanischen Transzendentalphilosophie (»Concord«-Sonate, 1909-15, mit den Sätzen »Emerson«, »Hawthorne«, »The Alcotts«, »Thoreau«) zielte er auf die Einheit von Musik und täglichem Leben. I. wurde in Europa erst nach 1945 bekannt und beeinflußte J. →Cage.

□ 1889-1902: Inhaber mehrerer Organistenstellen in den Neu-England-Staaten. □ 1891: »Variations on a National Hymn (America)«. □ 1894-98: Studium (Komposition, Orgel) an der Yale Univ., New Haven, Conn. □ 1896-1904: Sinfonien 1-3. □ 1907: Gründung eines Versicherungsunternehmens in New York; Rückzug aus dem öffentlichen Musikleben. □ 1909-13: »Festtagssinfonie. Washingtons Geburtstag«. □ 1921: Beendigung seiner Tätigkeit als Komponist wegen Krankheit. □ postum 1965: UA seiner 4. Sinfonie (1910-16) durch L. →Stokowski.

▷ H. und S. Cowell: Charles Ives, 1955; Fr. R. Rossiter: Charles Ives and his America, 1975.

Ivory, James

amer. Regisseur
* 7.6.1928 Berkeley, Kalif.

Ivory ist seit »Zimmer mit Aussicht« (1986, nach dem Roman von E. M. →Forster) für stimmungsvoll inszenierte Literaturverfilmungen bekannt. Bei der Umsetzung seiner Themen, die meist im gehobenen Bürgermilieu des 19. Jh.s angesiedelt sind, steht die psychologische Entwicklung der Charaktere im Mittelpunkt.

□ 1957: »Venice — Theme and Variations« (Dokumentarfilm). □ 1962: Gründung einer Filmproduktionsfirma. □ 1977: »Der Tanzpalast« (mit G. Chaplin). □ 1979: »Die Europäer« (nach H. →James). □ 1984: »Die Damen aus Boston« (nach H. James, mit V. →Redgrave). □ 1986/87: »Maurice« (nach E. M. Forster). □ 1987: Drei Oscars für »Zimmer mit Aussicht« (mit H. Bonham Carter und D. Day Lewis). □ 1988: »Großstadtsklaven«. □ 1990: »Mr. und Mrs. Bridge«. □ 1991: »Howard's End« (nach E. M. Forster).

Iwanow, Wjatscheslaw Iwanowitsch

sowjet. Schriftsteller
* 28.2.1866 Moskau † 16.7.1949 Rom (Italien)

Wjatscheslaw Iwanow →

Iwanow entwickelte als klassisch-humanistisch gebildeter Theoretiker den russischen Symbolismus konsequent weiter. In seiner Lyrik — wie im Hauptwerk »Cor ardens« (Ged.e, 2 Bde., 1909-11) — vereinte I. christliche Überlieferung mit griechischer und slawischer Mythologie und erhob in künstlichen poetischen Bildern das Symbol selbst zum Mythos.

□ 1884-88: Philologiestudium in Moskau und Berlin. □ 1903: »Tantalus« (Trag., dt. 1940). □ 1909: »Zwei Elemente im zeitgenössischen Symbolismus« (Es.). □ 1919: »Prometheus« (Trag.). □ 1920: »Briefwechsel zwischen zwei Zimmerwinkeln« (Es.s, dt. 1948). □ 1924/25: Emigration nach Italien; Konversion zum Katholizismus; »Römische Sonette«. □ 1944: »Römisches Tagebuch«.

▷ J. Holthusen: Vjačeslav Ivanov als symbolistischer Dichter und russischer Kulturphilosoph, 1982.

Jarosław Iwaszkiewicz war ab 1959 Vorsitzender des polnischen Schriftstellerverbandes.

Iwaszkiewicz, Jarosław

(Pseud. Eleuter)
poln. Schriftsteller
* 20.2.1894 Kalnik, Ukraine † 2.3.1980 Warschau

Das Scheitern des Künstlers an einer verständnislosen Umwelt, die tragische Spannung zwischen menschlichem Schicksal und dem unerbittlichen Fortgang der Geschichte — diese Themen dominieren die Prosa Iwaszkiewiczs', die sich durch stilistische Klarheit und tiefgehende psychologische Analyse auszeichnet. Reflexion und Formbewußtsein kennzeichnen auch seine Lyrik. Als Literaturfunktionär wegen seiner Kompromißbereitschaft wiederholt angegriffen, erfüllte I. jedoch eine wichtige Vermittlerrolle zwischen Schriftstellern und der Partei.

□ 1918: Mitbegründer der Dichtergruppe Skamander. □ 1932: »Die Fräulein von Wilko« (Erz., dt. 1956). □ 1932-36: Botschaftsrat in Kopenhagen und Brüssel; Abg. des Sejm. □ 1936: »Sommer in Nohant« (Dr., dt. 1946). □ 1950: Stellv. Vors. (ab 1959 Vors.) des poln. Schriftstellerverbandes; Mitarbeiter und Redakteur verschiedener literarischer Blätter. □ 1956-62: »Ruhm und Ehre« (R., dt. 1960).

Izumi, Kyoka

(eig. Kyotaro Izumi)
jap. Schriftsteller
* 4.11.1873 Kanazawa † 7.9.1939 Tokio

Izumi ist einer der Wegbereiter der modernen japanischen Prosaliteratur. Feudalen Traditionen verbunden, abergläubisch und exzentrisch, schrieb er phantastische Erzählungen, wobei er sich die romantischen Themen und skurrilen Motive der Edo-Literatur (1600-1868) zu eigen machte. Beispielhaft für die Mischung aus Groteskem und Übernatürlichem in seinen über 300 Werken ist die Geschichte »Der Wanderpriester« (1900, dt. 1960), in der auch sein mystisches Frauenbild zum Ausdruck kommt. I.s originelle Prosa beeinflußte die Ästhetizisten J. →Tanizaki und K. →Nagai.

□ 1886: »Die Herbstlaubkomödianten« (R.). □ 1895: »Nächtlicher Streifengang« (Erz.). □ 1907: »Frauengenealogie« (R.). □ 1910: »Die Gedichtlampe« (R.). □ 1917: »Die Geschichte vom Schloßturm« (Dr.). □ 1939: »Die junge Rotfiederwinde« (Erz.).

J

Jackson, Glenda

engl. Schauspielerin
* 9.5.1936 Hoylake, Cheshire

Jackson zählt zu den bedeutendsten Film- und Theaterschauspielerinnen Großbritanniens (Charlotte Corday in dem »Marat/Sade«-Stück von P. →Weiss, 1964; Mascha in »Drei Schwestern« von A. P. → Tschechow, 1967). Für die dynamisch-kraftvolle Darstellung der Gudrun

G. Jackson bei der Premiere von »The Triple Echo«, 1972.

Brangwen in »Liebende Frauen« (1969, Rg. K. →Russell nach D. H. →Lawrence) wurde sie mit dem Oscar ausgezeichnet. Wie in diesem Film spielte sie häufig tragische Rollen, doch konnte sie auch in ironisch-satirischen Filmen überzeugen (»Tschaikowski — Genie und Wahnsinn«, 1970, Rg. K. Russell; »Ozeanische Gefühle«, 1985, mit B. →Kingsley). Großen Erfolg hatte sie als temperamentvolle »Königin Elizabeth I.« in einer Serie des BBC-Fernsehens.

□ 1957-63: Mitgl. der Kgl. Shakespeare-Gesellschaft. □ 1964: Kurtisane Bellamin in dem Film »Juden von Malta«. □ 1970: »Sunday, bloody sunday« (Rg. J. →Schlesinger, mit P. →Finch). □ 1971: Elizabeth I. in »Maria Stuart, Königin von Schottland« (mit V. →Redgrave). □ 1975: »Die romantische Engländerin« (Rg. J. →Losey). □ 1978: »Antonius und Cleopatra« (Theater). □ 1984: »Der Fall Sacharow« (TV). □ 1987: »Salomes letzter Tanz« (Rg. K. Russell).

Jackson, Jesse Louis

amer. Politiker
* 8.10.1941 Greenville, S. Car.

In den 60er Jahren engagierte Jackson sich als Bürgerrechtler in der Gruppe um M. L. →King. Nach dessen Ermordung gründete er eine eigene Bewegung. Seitdem macht der glänzende Redner durch spektakuläre Aktionen (z.B. Boykott-Aufrufe gegen Coca-Cola) immer wieder auf sich aufmerksam, wobei er geschickt den Protest der meisten Minderheiten zu kanalisieren weiß. 1984 organisierte J. eine »Regenbogen«-Koalition verschiedener Minoritäten, um der erste farbige Präsidentschaftskandidat der Demokraten zu werden. Damit scheiterte er allerdings ebenso wie 1988.

□ vor 1964: Studium der Soziologie. □ 1964-68: Studium der Theologie. □ ab 1968: Pfarrer der baptistischen Kirche in Chicago. □ 1971: Begründer einer eigenen Bürgerrechtsbewegung (PUSH). □ 1984 und 1988: Bewerbung um die Präsidentschaftskandidatur der Demokraten.

▷ A. Kosof: Jesse Jackson, engl. 1987.

← Jesse Jackson

Jackson, Mahalia

amer. Gospel-Sängerin
* 26.10.1911 New Orleans, Louis.
† 27.1.1972 Chicago, Ill.

Jackson galt als die beste Gospelsängerin der Welt, widmete dieser Musik ihr ganzes Leben und lehnte Angebote für Plattenaufnahmen anderer Musikrichtungen konsequent ab. Dennoch arbeitete die Tochter eines Friseurs und Sonntagspredigers gelegentlich mit Jazzmusikern wie E. K. »Duke« →Ellington (»Black, brown & beige«) zusammen oder trat beim Newport Jazz-Festival auf.

□ 1927: Als Mitgl. des Greater Salem Baptist Church Choir von Chicago erste US-Tournee durch Kirchen. □ 1935: Erste Plattenaufnahmen. □ 1947: »Move on up a little higher« wird ihr erster Millionenhit. □ 1950: Erste Auftritte in der New Yorker Carnegie Hall. □ 1952: Erste Europatournee. □ 1960: »Jazz on a summer's day« (F.). □ 1961: Grammy Award für »Everytime I feel the spirit« (Single). □ 1962: Grammy Award für »Great songs of love and faith« (LP). □ 1968: Nach Herzerkrankung Teilnahme am Jazz-Festival in Antibes.

← Mahalia Jackson

Jackson, Michael

amer. Rockmusiker
* 29.8.1958 Gary, Ind.

Michael Jackson: Selbstdarstellung als Lebenselixier.

Jackson wurde der weltweit erfolgreichste und populärste Musiker der 80er Jahre mit einem geschätzten Jahreseinkommen von durchschnittlich 35 Mio. US-$ (einschließlich Werbeverträge, 1989). Allein die LP »Thriller« (1982) wurde über 40 Mio. Mal verkauft. J. präsentierte sich damit als der talentierteste Musiker der Familiengruppe »The Jackson Five«, aus der er 1972 mit seinem ersten Solo-Album »Ben« hervorging und mit der er bis 1988 Konzerte gab und Platten aufnahm. Bereits beim Schreiben und Komponieren der Songs ist für J. deren optische Umsetzung entscheidend, sowohl tänzerisch als auch auf Video. In der Zusammenarbeit mit Produzent Q. →Jones setzte er Maßstäbe für Qualität und Perfektion.

□ 1970: Erste Auftritte mit den Jackson Five; erster Hit »I want you back«. □ 1971: Erster Hit als Solist »Got to be there«. □ 1979: Beginn der Zusammenarbeit mit Q. Jones; »Off the wall« (LP), bis dahin das meistverkaufte Album eines farbigen Künstlers; Grammy Award für »Don't stop till you get enough«. □ 1982: »The girl is mine« (Duett mit P. →McCartney). □ 1983: Grammy Award für die Singles »Beat it« und »Thriller« (aus der LP »Thriller«). □ 1987: »Bad« (LP). □ 1988: Letzte Tournee mit den Jackson Five. □ 1989: Deutschlandtournee; »Moonwalker« (F.).

▷ M. Jackson: Moon walk — Mein Leben, 1988.

R. Jackson: Aufmerksamer Zuhörer bei den Nürnberger Kriegsverbrecherprozessen, 1946.

Jackson, Robert Houghwout

amer. Richter
* 13.2.1892 Spring Creek, Penn.
† 9.10.1954 Washington D. C.

Jackson war 1945/46 Hauptankläger der USA beim Internationalen Militärgerichtshof in Nürnberg. Im Hauptprozeß gegen 22 Kriegsverbrecher ergingen zwölf Todesstrafen. Lebenslange Haft erhielt u. a. R. →Heß. Als Oberster Bundesrichter am Supreme Court (1941-54) trat J. für die Bürgerrechte ein und führte die Antitrust-Gesetze im Sinne des sog. New Deal mit der Entflechtung der großen Energiekonzerne durch.

□ 1936-39: Stellv. Justizmin. □ 1940/41: Justizmin. □ 1947: »The Nuremberg case« (Schr.). □ postum 1955: »The Supreme Court in the American system of government« (Schr.).

Arne Jacobsen →

Jacob, François

frz. Physiologe und Genetiker
* 17.6.1920 Nancy

Jacob entdeckte in Zusammenarbeit mit A. Lwoff und J. →Monod in Bakterienzellen ein unbekanntes Gen mit Erbsubstanz, das die Aktivitäten anderer Gene bei ihrer Produktion von Enzymen kontrolliert. Für die Beschreibung, wie sich Organismen über solche Regulator-Gene an veränderte Lebensbedingungen anpassen können, erhielt das Forscherteam 1965 den Physiologie/Medizin-Nobelpreis.

□ seit 1960: Dir. der Abteilung für Mikrobengenetik am Inst. Pasteur, Paris. □ seit 1964: Prof. am Collège de France ebd. □ 1973: Mitgl. der Royal Society, London. □ 1977: Mitgl. der Akademie der Wissenschaften, Paris. □ 1982-88: Präs. des Inst. Pasteur.

← François Jacob

Jacobi, Lotte

amer. Fotografin dt. Herkunft
* 17.8.1896 Thorn, Westpreußen

Lotte Jacobi trug nach ihrer Emigration in die USA (1935) entscheidend zur Fotografie im experimentellen Bereich mit Materialstilleben, extremen Detailaufnahmen und Fotogrammen bei. Zuvor hatte sie sich erfolgreich mit dem Porträt beschäftigt (M. →Chagall, K. →Kraus, L. →Moholy-Nagy u. a.), und auch in den USA entstanden Aufnahmen prominenter Persönlichkeiten, die sich durch die hohe Konzentration auf das jeweils Charakteristische auszeichnen. J. erhielt zahlreiche Preise und begründete 1970 die Fotoabteilung der Currier Gallery of Art in Manchester, New Hampshire. 1979 veröffentlichte sie zum 100. Geburtstag von A. →Einstein eine Mappe mit ihren Aufnahmen des Physikers von 1927 bis 1938.

← Lotte Jacobi

Jacobsen, Arne

dän. Architekt
* 11.2.1902 Kopenhagen † 24.3.1971 ebd.

Jacobsen hat mit der Durchsetzung rationalistischer und funktionaler Prinzipien die dänische Architektur erneuert und aufgrund seiner Fähigkeit, Funktion und Technik mit ästhetischen Ansprüchen zu verbinden, auch Aufträge außerhalb Dänemarks erhalten. Seine erste große Bauaufgabe war die Freizeit- und Wohnanlage im Kopenhagener Strandviertel Bellevue (1930-35), u. a. mit dreistöckigen Wohnhäusern, deren großzügig durchfensterte Fassaden (mit Balkons und Loggien) gegeneinander versetzt sind. In seinen Rathausbauten, u. a. in Sollerod (1940), vervollkommnete er neben der Einheit von Funktion und Gestaltung die Ausarbeitung der baulichen Details. Im Kopenhagener Bürohaus Jespersen (1955) und dem SAS-Gebäude (1958-60) wandte er das Prinzip der dem Bau vorgeblendeten (also nicht tragenden) Fassade (Curtain Wall) unter großzügiger Verwendung von Glas und quadratischer Strukturierung mit fast fragil wirkenden rippenartigen Betonelementen an. Eher kubische Blöcke stellen die letzten Bauten dar, so das Rathaus in Mainz (1970-73).

Jacobsohn, Siegfried

dt. Journalist
* 28.1.1881 Berlin † 3.12.1926 ebd.

Jacobsohn gründete 1905 die Theaterzeitschrift Die Schaubühne, für deren erste Ausgaben er bereits namhafte Autoren wie H. von →Hofmannsthal, L. → Feuchtwanger und später K. →Tucholsky gewinnen konnte. Die Revue, die sich ab 1913 auch politischen Themen zuwandte, wurde 1918 umbenannt in Die Weltbühne. Als Wochenschrift für Politik, Kultur und Wirtschaft vertrat sie einen pazifistischen und antinationalistischen Kurs. Nach einem Artikel über Beziehungen der Reichswehr zur illegalen Schwarzen Reichswehr 1926 wurde J. kurz vor seinem Tod des Landesverrats angeklagt. Sein Nachfolger als Leiter der Weltbühne war, nach einem Zwischenspiel von Tucholsky, C. von →Ossietzky.

□ ab 1901: Theaterkritiker bei der Wochenzeitschrift Welt am Montag. □ 1904: »Das Theater der Reichshauptstadt« (Schr.). □ 1911-21: »Das Jahr der Bühne« (Schr.).

▷ W. Steinke: Der Publizist Siegfried Jacobsohn als Theaterkritiker, 1960.

Jaeggi, Urs

schweiz. Schriftsteller und Soziologe
* 23.6.1931 Solothurn

Jaeggi, Professor für Soziologie in Berlin, publiziert Studien über die Sozialstruktur der modernen Industriegesellschaft. Die Grenze zwischen Realität und Fiktion verwischend, beschreibt der Romanautor J. Befreiungsversuche aus etablierten Positionen und kritisiert konservative Tendenzen in der BRD. J. erfaßt – z. B. in »Brandeis« (1978) – exakt die Stimmungen unterschiedlicher sozialer Schichten.

☐ bis 1954: Studium der Nationalökonomie und Soziologie. ☐ 1960: »Die gesellschaftliche Elite« (Abh.). ☐ 1963: »Die Wohltaten des Mondes« (Erz.n). ☐ 1964: »Die Komplizen« (R.). ☐ 1968: »Der Vietnamkrieg und die Presse« (Abh.); »Ein Mann geht vorbei« (R.). ☐ 1973: »Kapital und Arbeit in der Bundesrepublik« (Abh.); »Geschichten über uns« (Prosa). ☐ 1974: »Revolution und Theorie« (Abh.). ☐ 1976: »Sozialstruktur und politische Systeme« (Abh.). ☐ 1981: »Grundrisse« (R.). ☐ 1984: »Versuch über den Verrat« (Aphorismen). ☐ 1987: »Rimpler« (R.).

← Urs Jaeggi

Jägersberg, Otto

dt. Schriftsteller
* 19.5.1942 Hiltrup, Westfalen

Jägersberg, Verfasser milieugetreuer satirisch-kritischer Romane und Theaterstücke über den bundesdeutschen Alltag (»Nette Leute«, R., 1967), wurde 1979 mit der 13teiligen Fernsehserie »Die Pawlaks« (Rg. W. → Staudte) einem größeren Publikum bekannt. Darin werden die Lebensumstände masurischer Tagelöhner im Ruhrgebiet Ende des 19. Jh.s. dargestellt.

☐ 1957-59: Buchhändlerlehre in Münster. ☐ 1959-65: Buchhändler. ☐ 1964: »Weihrauch und Pumpernickel. Ein westfälisches Sittenbild« (R.). ☐ 1965-68: Rundfunkredakteur in Köln. ☐ 1967: »Nette Leute« (R.). ☐ 1971: »Cosa Nostra. Drei Stücke aus dem bürgerlichen Heldenleben« (Dr.n). ☐ 1985: »Wein, Liebe, Vaterland« (Ged.e).

Helmut Jahn →

Jahn, Friedrich

österr.-schweiz. Unternehmer
* 29.12.1923 Linz

Mit der Umbenennung der Münchener Gaststätte »Linzer Stüberl« in »Wienerwald« begann 1955 der Aufstieg Jahns zum ungekrönten Brathendl-König. 1982 umfaßte allein der Gastronomiebereich des zum internationalen Konzern gewachsenen Unternehmens 1600 Betriebe mit 27 000 Mitarbeitern. Ende 1982 mußte J. jedoch Vergleich anmelden, mit dem Kauf zweier defizitärer Restaurant-Ketten in den USA hatte er sich übernommen. 1986 konnte er die deutsche »Wienerwald«-Gruppe überraschend zurückerwerben, mußte sie jedoch 1988 wieder veräußern. Ein möglicher Rückkauf steht noch aus.

Hans Henny Jahnn →

Jahn, Helmut

dt. Architekt
* 4.1.1940 Zirndorf bei Nürnberg

Vom Assistenten im angesehenen Chicagoer Architekturbüro Murphy & Associates entwickelte sich Jahn in kürzester Zeit zu einem der gefragtesten Architekten in den USA. Aufbauend auf den Ideen der klassischen Moderne, insbesondere dem Funktionalismus, entwirft er seit 1975 fast ausschließlich Monumentalbauten, denen er neue, variantenreiche Ausdrucksformen gibt. Der 1979-84 entstandene Komplex des State of Illinois Center in Chicago mit einer Fläche von über 100 000 qm ist ein Stahl- und Glasbau auf dem Grundriß eines Kreissegments mit einer die Konstruktion offenlegenden Bauweise. Ein in schrägem Schnitt aus dem Dach ragender Glaszylinder bildet die Innenhalle, in die umlaufende Galerien einmünden und die Verbindung zu den Büros herstellen. Der Wechsel von reflektierender und klarer Verglasung, die farbigen Stahlelemente und die gestuft vor die Innenhofwand gehängten Treppen geben dieser Gestaltung ihre Lebendigkeit. 1990 wurde in Frankfurt/Main J.s jüngster Großbau, der Messeturm, fertiggestellt, der mit 254 m Höhe weit über die Stadtsilhouette hinausragt.

☐ 1960-67: Studium an der TH München und am Ill. Inst. of Technology in Chicago. ☐ 1967: Eintritt in das Büro C. F. Murphy & Associates in Chicago als Assistent von G. Summers. ☐ 1973: Vizepräs. und Dir. für Planung und Design ebd. ☐ 1981: Umbenennung des Büros in Murphy/Jahn; Prof. an der Harvard Univ. in Cambridge, Mass. ☐ seit 1982: Präs. von Murphy/Jahn.

← Friedrich Jahn

Jahnn, Hans Henny

dt. Schriftsteller und Orgelbauer
* 17.12.1894 Stellingen (heute zu Hamburg)
† 29.11.1959 Hamburg

Der engagierte Orgelbauer Jahnn zeigt in seinem literarischen Hauptwerk »Fluß ohne Ufer« (R., 1949-62) die Identitätssuche des Menschen nach dem Verlust aller gesellschaftlich-moralischen Konventionen. Angesichts des sinnlosen Schöpfungskreislaufs von Geburt und Tod, der lebens- und lustfeindlichen Zivilisation trat J. in den 20er Jahren mit seiner Glaubensgemeinschaft Ugrino für ein archaisches heidnisches Reich ein. In den 50er Jahren kämpfte J. gegen die Wiederbewaffnung der BRD und warnte vor der atomaren Bedrohung.

☐ 1915-18: Im Exil in Norwegen. ☐ 1919: Führender Vertreter der dt. Orgelbewegung; Restaurierung der Arp-Schnitger-Orgel in der Hamburger Jacobi-Kirche; »Pastor Ephraim Magnus« (Dr.). ☐ 1920: Stifter der Glaubensgemeinde Ugrino. ☐ 1926: »Medea« (Dr.). ☐ 1929: »Perrudja« (R.). ☐ 1934-50: Im Bornholmer Exil. ☐ 1948: »Armut, Reichtum, Mensch und Tier« (Dr.). ☐ 1949-62: »Fluß ohne Ufer« (R., 3 Teile). ☐ postum 1961: »Die Trümmer des Gewissens« (Dr.). ☐ 1968: »Jeden ereilt es« (R.).

▷ B. Goldmann: Hans Henny Jahnn, 1974; H. L. Arnold (Hg.): Hans Henny Jahnn, 1980; E. Wolffheim: Hans Henny Jahnn, 1989.

John Jahr →

Jahr, John

dt. Verleger
* 20.4.1900 Hamburg † 8.11.1991 ebd.

Der Großverleger Jahr gründete 1965 zusammen mit G. → Bucerius und Richard Gruner (* 1926) die Gruner + Jahr GmbH & Co. Dadurch entstand der zweitgrößte Pressekonzern der BRD. J. war bis zu seinem Tod stellvertretender Aufsichtsratsvorsitzender des seit 1972 als AG geführten Unternehmens. Er hatte sich nach 1945 besonders im Bereich der Frauen- und Familienzeitschriften verlegerisch betätigt (»Constanze«, »Brigitte«, »Petra«) und war 1950-62 Gesellschafter und neben R. → Augstein Geschäftsführer des Nachrichtenmagazins Der Spiegel.

□ 1920-24: Sportredakteur bei den Hamburger Nachrichten. □ 1924: Einstieg ins Verlagsgeschäft mit einem Sportmagazin (Sport-Chronik). □ ab 1933: Repressionen wegen Tätigkeit für Zeitschriften des sog. Münzenberg-Konzerns (KPD); Umzug nach Berlin; verschiedene verlegerische Projekte. □ 1947: Mit A. →Springer Lizenz für die Frauenzeitschrift »Constanze«. □ 1965: Gründung der Gruner + Jahr GmbH & Co. □ 1969: Aufnahme der Bertelsmann-Gruppe in den Konzern. □ 1970: Rückzug aus dem Verlagsmanagement. □ 1971: Gründung des John-Jahr-Verlags.

Jakeš, Miloš

tschech. Politiker
* 12.8.1922 Ceské Chalupy

Seit den 50er Jahren besaß Jakeš den Ruf eines Dogmatikers; nach dem Ende des »Prager Frühlings« von 1968 leitete er die Säuberung der Partei. Als G. → Husák 1987 aus Altersgründen als Generalsekretär der KPC zurücktrat, wurde J. zu seinem Nachfolger gewählt. Schon bei seiner Antrittsrede machte er deutlich, daß es mit ihm keine Änderung der Parteipolitik geben werde. In der folgenden Zeit sperrte er sich gegen notwendige Reformen. Nach der Wende in der DDR kam es auch in der CSSR zu Massendemonstrationen und zu einem Generalstreik. Am 27.11.1989 traten J. und das gesamte Parteipräsidium von ihren Ämtern zurück.

□ 1938-44: Ingenieur-Ausbildung. □ 1944-50: Designer in einer Schuhfabrik. □ 1945: Mitgl. der KP. □ 1949-56: Im ZK der Kommunistischen Jugendorganisation. □ ab 1950: Hauptamtlicher Funktionär. □ 1956-58: Auf der Parteihochschule in Moskau. □ 1959: Sekr. des ZK. □ 1966-68: Stellv. Innenmin. □ 1968-77: Leiter der Revisions- und Kontrollkommission. □ 1977: Mitgl. des ZK. □ 1981: Mitgl. des Politbüros. □ 1987-89: Generalsekretär der KPC.

Jakobson, Roman O.

russ. Sprach- und Literaturwissenschaftler
* 11.10.1896 Moskau † 18.7.1982 Boston (USA)

Jakobson gehörte zu den Mitbegründern der sog. Prager Schule und war ein bedeutender Vertreter der strukturalistischen Sprach- und Literaturwissenschaft; seine Arbeiten beeinflußten C. →Levi-Strauss und den französischen Strukturalismus. Sein besonderes Interesse galt der wechselseitigen Bedingtheit von Form und Sinn, die er anhand von Gedichtinterpretationen aufzeigte. »Mehrdeutigkeit« und »funktionale Komplexität« begründeten für ihn die Autonomie des Ästhetischen.

□ 1926: Mitbegründung der Prager Phonologischen Schule. □ 1933-39: Prof. in Brünn. □ 1941: Prof. an der Columbia Univ., New York; »Kindersprache, Aphasie und allgemeine Lautgesetze« (Schr.). □ 1949: Prof. an der Harvard Univ., Cambridge, Mass. □ 1956: »Grundlagen der Sprache« (Schr., dt. 1960). □ ab 1957: Prof. am Massachusetts Inst. of Technology, Boston. □ 1963-73: »Essais de linguistique générale« (Schr.). □ 1974: »Form und Sinn« (Schr.).

Alexander Jakowlew →

← Miloš Jakeš (r.)

Ahmed Saki al Jamani →

Jakowlew, Alexander Sergejewitsch

sowjet. Flugzeugingenieur
* 1.4.1906 Moskau † 22.8.1989 ebd.

Jakowlew konstruierte die wichtigsten Waffensysteme der sowjetischen Luftstreitkräfte im 2. Weltkrieg, die Kampfflugzeuge Jak-1, Jak-3 und Jak-9. Nach 1945 leitete er den Bau des ersten sowjetischen Raketenjagdflugzeugs Jak-15, der ersten Strahljagdflugzeuge Jak-17 und Jak-23 sowie des Überschallflugzeugs Jak-28. Berühmt wurde sein Tandem-Riesenhubschrauber, die Jak-24 (Fliegender Waggon).

□ 1923-25: Wehrdienst als Flugzeugmechaniker auf dem Moskauer Militärflughafen. □ 1925-27: Ingenieursausbildung an der Schukowski-Akademie für Luftfahrttechnik. □ 1927: Bau des ersten Flugzeugs. □ 1931: Lehrer an der Moskauer Kriegsakademie. □ 1934: Berufung zum Chefkonstrukteur der Luftstreitkräfte durch J. →Stalin. □ 1938: Generaloberst des Ingenieurdienstes der Luftstreitkräfte. □ 1948: Min. für Luftfahrtindustrie der UdSSR.

Jamani, Ahmed Saki al

saudi-arab. Politiker
* 1930 Mekka

Jamani gilt als der »Vater« des arabischen Ölboykotts nach dem israelisch-arabischen Oktoberkrieg 1973, in dessen Folge die westlichen Industriestaaten ihren Ölverbrauch radikal einzuschränken suchten (u. a. autofreier Sonntag). Er wird als kulturell traditionsbewußt geschildert, sei jedoch der Technik des Westens gegenüber aufgeschlossen. Seit seiner Ernennung zum Erdölminister (1962) begann er systematisch, die saudischen Ölfelder der amerikanischen Kontrolle zu entziehen. Als während des irakisch-iranischen Golfkriegs (1980-88) die Ölpreise immer tiefer fielen, wurde er von König →Fahd abgesetzt.

□ vor 1954: Studium in Kairo und USA. □ ab 1954: Rechtsanwalt. □ 1958: Rechtsberater der Regierung. □ 1960-62: Staatsmin. □ 1962-86: Min. für Erdöl und Bergbau; Vors. der Allgemeinen Erdöl- und Bergbauorganisation; Dir. der Arab. American Oil Company (ARAMCO).

James, Harry Haag

amer. Trompeter und Bandleader
* 15.3.1916 Albany, Georgia † 5.7.1983 Las Vegas

James war mit seinem reinen, beinahe ansatzlosen Ton einer der wenigen Weißen, die mit den schwarzen Jazz-Trompetern konkurrieren konnten. Mit seiner 1939 gegründeten Big-Band spielte er tanzbaren Jazz und hatte mit Titeln wie »Tuxedo Junction«, »Sing, sing, sing« und »Trumpet Blues« großen kommerziellen Erfolg.

□ 1930: Trompeter in Tanzorchestern in Beaumont, Tex. □ 1935/36: Mitgl. im Orchester Ben Pollacks. □ 1936-39: So-

Harry James: Als weißer Jazz-Trompeter außerordentlich anziehend.

list bei B. →Goodman. □ 1938: Aufnahmen mit L. →Hampton. □ 1955: Filmrolle in »The Benny Goodman Story« (Rg. V. Davis). □ 1957: Erste Europatournee. □ 1960: Lateinamerikatournee. □ 1964: Auftritt beim Monterey Jazz Festival (erneut 1965). □ ab Ende der 60er Jahre: Regelmäßige Auftritte in Las Vegas.

James, Henry

engl. Schriftsteller amer. Herkunft
* 15.4.1843 New York † 28.2.1916 London

James' subtile psychologische Erzählkunst war wegweisend für die Entwicklung des modernen

Henry James brachte neue Perspektiven in den Roman.

Romans (J. →Conrad, E. M. →Forster, J. →Joyce, M. →Proust, V. →Woolf). J.s Erlebnisse als Amerikaner in Europa fanden Ausdruck in seinen erfolgreichen Werken, zuerst in »Roderick Hudson« (R., 1875/76, dt. 1876). Der Kontrast von amerikanischer und europäischer Wesensart steht auch im Zentrum des frühen Meisterwerks »Bildnis einer Dame« (R., 1880/81, dt. 1950), das Konflikte zwischen Selbstlosigkeit und Egoismus sowie zwischen Konventionen und Selbstbestimmung behandelt. In den Romanen von J. treten die äußere Handlung und der allwissende Erzähler zugunsten einer perspektivischen Bewußtseinsdarstellung und dem Dialog zurück. Die Romanwelt wird meist aus der Perspektive einer am Geschehen beteiligten Figur wahrgenommen. Aufgrund dieser innovativen Perspektivtechnik erwecken vor allem die späten Romane den Eindruck von Unmittelbarkeit, so z. B. »Die Gesandten« (R., 1903, dt. 1956), der Höhepunkt von J.s letzter Schaffensperiode. In seinen Essays, die die amerikanische Literatur nachhaltig beeinflußten, analysierte J. anhand seines eigenen literarischen Schaffens erzähltechnische Aspekte der Romankunst.

□ ab 1855: Schulbesuch in New York, Genf, London und Paris. □ 1862/63: Jura-Studium an der Harvard Univ. □ ab 1865: Rezensionstätigkeit für amer. Zeitungen. □ 1869: Europareise. □ 1874: Freier Redakteur der Zeitschrift Nation. □ 1875/76: Korrespondent in Paris; Freundschaft mit G. Flaubert und I. Turgenjew. □ ab 1876: Wohnsitz in London. □ 1877: »Der Amerikaner« (R., dt. 1877). □ 1878: »Die Europäer« (R., dt. 1894); »Daisy Miller« (Nov., dt. 1958). □ 1880: »Die Erbin vom Washington Square« (R., dt. 1956). □ 1884: »The Art of Fiction« (Abh.). □ 1885/86: »Prinzessin Casamassima« (R., dt. 1954). □ 1898: Umzug nach Rye; »Die Drehung der Schraube« (Erz., dt. 1953, 1972 u. d. T. »Die Tortur«). □ 1904: »Die goldene Schale« (R., dt. 1963). □ 1904/05: Vortragsreise in die USA. □ 1907: »The American Scene« (Reiseb.). □ 1914: Organisator des freiwilligen amer. Sanitätscorps. □ 1915: Brit. Staatsbürgerschaft. □ postum 1934: »Die Kunst des Romans« (Abh.n, dt. 1984).

▷ L. Edel: Henry James, 1985; T. Tanner: Henry James, 1985.

Janáček, Leoš

tschech. Komponist
* 3.7.1854 Hochwald (tschech. Hukvaldy) bei Příbor † 12.8.1928 Ostrau

Leoš Janáček →

Janáček ist der bedeutendste Vertreter der neueren Musik seines Heimatlandes. Beeinflußt von dem Begründer eines eigenständigen tschechischen Nationalstils, Friedrich Smetana (* 1824, † 1884), unternahm J. intensive Folklorestudien (»Die Musik der mährischen Volkslieder«, Schr., 1901). Mährische Volksmusik und seine Theorie einer »Sprachmelodie«, die aus der Umgangssprache Melodie und Rhythmus ableitet, waren Ausgangspunkte seines Bühnenschaffens (»Šárka«, UA Brünn 1925; »Jenufa«, UA Brünn 1904). Zu J.s Hauptwerken zählen die Opern »Katja Kabanova« (1921), »Das schlaue Füchslein« (1924), »Aus einem Totenhaus« (1928) sowie die »Glagolitische Messe« (1926). J., der nach 1918 Weltruhm erlangte, war auch mit seinen Instrumentalwerken erfolgreich (»Sinfonietta«, 1926) und entwickelte einen neuen avantgardistischen Kammerstil (Streichquartett »Intime Briefe«, 1928; Bläsersextett »Jugend«, 1924).

□ 1865: Stipendiat in der Klosterschule Brünn. □ 1872: Tätigkeit als Hilfs- und Musiklehrer. □ 1874/75: Studien an der Orgelschule Prag. □ 1878-80: Studium an den Konservatorien in St. Petersburg und Wien. □ 1880-1904: Musiklehrer des Lehrerseminars in Brünn. □ 1881-1919: Leiter der von ihm gegründeten Orgelschule Brünn. □ 1912: »Vollständige Harmonielehre« (Schr.). □ ab 1919: Kompositionslehrer an der Meisterschule des Prager Konservatoriums. □ 1921: UA der Oper »Katja Kabanova« in Brünn.

▷ K. Honolka: Leoš Janáček. Sein Leben, sein Werk, seine Zeit, 1982; L. Janáček: Intime Briefe (1879/80), 1985.

Janco, Marcel

israel. Maler, Grafiker und Objektkünstler
rumän. Herkunft
* 24.5.1895 Bukarest † 21.4.1984 Tel Aviv

Janco war mit H. →Arp, T. →Tzara und H. →Ball Mitinitiator der Züricher Dada-Bewegung. Für die Veranstaltungen der Dadaisten im dortigen Café Voltaire entwarf er Dekorationen, Kostüme, Masken und Plakate. Daneben war er maßgeblich an der Gestaltung der Dada-Zeitschrift beteiligt. Er schuf völlig abstrakte bemalte Gipsreliefs (z. B. »Helle Morgensonne«, 1918, Paris, Musée National d'Art Moderne, Centre Georges Pompidou), geometrische und gestisch-abstrakte Kompositionen auf Sackleinen sowie Objektmontagen aus Holz, Gips und Draht.

□ 1916: Mitbegründer der Züricher Dada-Gruppe. □ 1922: Rückkehr nach Rumänien. □ 1941: Emigration nach Israel; Gemälde mit geometrisch abstrahierten Motiven. □ 1948: Gründung der Gruppe Neue Horizonte. □ 1953: Initiator der Künstlerkolonie Ein Hod am Berg Karmel.

▷ A. B. Yoffe: Marcel Janco, engl. 1982.

Jandl, Ernst

österr. Schriftsteller
* 1.8.1925 Wien

Jandl, 1984 mit dem Georg-Büchner-Preis ausgezeichnet, ist einer der populärsten Autoren experimenteller Gegenwartsliteratur. Sprachkritische Ansätze der sog. Konkreten Poesie (H. →Heißenbüttel) und der Wiener Gruppe (u. a. H. C. →Artmann) verbindet er mit heiter-ironischem Sprachwitz. Die Zerlegung der Sprache und ihre Zusammensetzung zu einer »neuen Kenntlichkeit« ohne Beachtung grammatikalischer Regeln soll alltägliche Sprachkonventionen bewußt machen. Ihre Wirkung entfalten J.s Gedichte allerdings erst beim Vortrag (»Laut und Luise«, 1966; 1968 auf Schallplatte gesprochen).

Ernst Jandl: Gedichte — »wie man spricht«.

Pierre Janet →

← Marcel Janco

□ 1956: »Andere Augen« (Ged.e). □ 1966: »Sprechblasen« (Ged.e). □ 1971: »Fünf Mann Mensch« (Hsp.). □ 1978: »Die bearbeitung der mütze« (Ged.e). □ 1985: »Das Öffnen und Schließen des Mundes. Frankfurter Poetik-Vorlesungen«.

▷ K. Siblewski: Ernst Jandl, 1990.

Janet, Pierre

frz. Psychologe und Mediziner
* 29.5.1859 Paris † 24.2.1947 ebd.

Janet beschrieb 1903 erstmals die zwanghaften und depressiven Neurosen infolge nervöser Erschöpfung (»Die Zwangsvorstellungen und die Psychasthenie«, Schr.). J. lieferte zudem bedeutende Beiträge zur Hysterie-, Intelligenz-, Gedächtnis- und Persönlichkeitsforschung.

□ 1904-37: Mitbegründer und Hg. des Journal de la Psychologie. □ 1920-36: Prof. für experimentelle und vergleichende Psychologie am Collège de France, Paris. □ 1929: »Die psychologische Entwicklung der Persönlichkeit« (Schr.). □ 1935: »Anfänge der Intelligenz« (Schr.). □ 1936: »Die Intelligenz, die vor der Sprache kommt« (Schr.).

▷ L. Schwartz: Die Neurosen und die dynamische Psychologie von Pierre Janet, 1951.

Jannings, Emil

(eig. Theodor Friedrich Emil Janenz)
dt. Schauspieler
* 23.7.1884 Rorschach (Schweiz) † 2.1.1950 Strobl am St.-Wolfgang-See (Österreich)

Jannings, einer der großen Stars des Stummfilms, wurde 1928 mit dem erstmals verliehenen Oscar ausgezeichnet. Äußerlich grobschlächtige

Emil Jannings mit seinen Hunden im Strobler Anwesen.

Gestalten mit sensiblem Innenleben und Figuren mit Fallhöhe waren seine Paraderollen. So verkörperte er neben zahlreichen Herrschern auch den zum Toilettenwart degradierten Hotelportier in F. W. →Murnaus »Der letzte Mann« (1924). Mit Aufkommen des Tonfilms endete J.s Hollywoodkarriere wegen seiner schlechten Englischkenntnisse. Nach Berlin zurückgekehrt, spielte er in »Der blaue Engel« (1929; Rg. J. v. →Sternberg, nach H. →Mann) den Professor Unrat, der an der Liebe zur Tänzerin Lola-Lola (M. →Dietrich) zugrunde geht. Während der NS-Zeit übernahm J., ab 1940 Leiter der UFA, Rollen in deutschen Propagandafilmen.

□ ab 1900: Theaterschauspieler. □ ab 1914: Dt. Theater in Berlin unter M. → Reinhardt. □ 1918: »Die Augen der Mumie Ma« (mit P. →Negri, Rg. E. → Lubitsch). □ 1920: »Die Brüder Karamasow« (Rg. C. Froelich). □ 1922: »Peter der Große« (Rg. D. Buchowetzki). □ 1923: »Das Wachsfigurenkabinett« (Rg. P. Leni). □ 1925: »Varieté« (Rg. E. A. Dupont). □ 1925/26: »Faust« (Rg. F. W. Murnau). □ 1926-29: Aufenthalt in Hollywood. □ 1928: Oscar für »Sein letzter Befehl« (Rg. J. v. Sternberg) und »Der Weg allen Fleisches« (Rg. V. Fleming). □ 1936/37: »Der Herrscher« (Rg. V. →Harlan). □ 1939: »Robert Koch, der Bekämpfer des Todes« (Rg. H. Steinhoff). □ ab 1940: Leitung der UFA. □ 1940/41: »Ohm Krüger« (Rg. H. Steinhoff). □ 1942: »Die Entlassung« (Rg. W. → Liebeneiner). □ ab 1947: Österr. Staatsbürger.

▷ H. Holba: Emil Jannings, 1979.

Horst Janssen auf seiner Ausstellung »Retrospektive auf Verdacht« in Hamburg, 1982.

Janov, Arthur

amer. Psychologe
* 21.8.1924 unbek.

Janov, Begründer der sog. Primär-Therapie, führte bestimmte Neurosen und seelische Spannungen auf die mangelnde Befriedigung von Primär-Bedürfnissen (u. a. Nahrung, Wärme, Zuneigung) zurück. J.s Therapie, die die sozialen Ursachen psychischer Konflikte nicht berücksichtigt, versucht u. a. die Spannungen im sog. Urschrei zu lösen.

□ 1950-67: Leitung einer psychoanalytischen Praxis. □ 1970: Gründung des Primal Inst. in Los Angeles. □ 1975: »Der Urschrei« (Schr.). □ 1976: »Anatomie der Neurose« (Schr.). □ 1977: »Das befreite Kind« (Schr.).

← Arthur Janov

Janssen, Horst

dt. Zeichner und Grafiker
* 14.11.1929 Hamburg

Janssen ist ein bedeutender Zeichner und Radierer der Gegenwart. Seine feine Strichtechnik ist u. a. an Rembrandt (* 1606, † 1669), Francisco de Goya (* 1746, † 1828) und J. →Ensor geschult. J. überzieht seine Blätter mit einem Gerüst aus ebenso sensiblen wie präzisen Linien und Schraffuren sowie schattigen Partien, so daß in Hell-Dunkel-Manier eine hohe Plastizität entsteht. Seine vielen Porträts und immer wieder variierten Selbstporträts gestaltet er als deformierte »Gesichtslandschaften«, die Ausdruck der Auseinandersetzung mit der eigenen Psyche und allgemein mit psychischen Extremzuständen wie Angst und Depression sind. Häufig verbindet der Bohemien und Egomane dabei eigene Gesichtszüge mit denen von Künstlern, die seiner Auffassung nahestehen (z. B. »Paraphrase nach Francisco de Goyas' Selbstbildnis mit seinem Arzt Arreta«, 1971). Neben den Bildern, die ganz von J.s sarkastischer und kritischer Sicht der menschlichen Existenz geprägt sind, entstehen Landschaftsdarstellungen und Illustrationen zu literarischen Texten, viele davon in einer sparsamen Technik, die am japanischen Holzschnitt orientiert ist. 1988 erschien sein Bildband »Frauenbildnisse 1947-1988«, 1990 sein Film »Janssen — Ego«.

▷ St. Blessing: Horst Janssen. Eine Biographie, 1984.

Victor Jara →

Jara, Victor

chil. Liedermacher
* 28.9.1938 Chillán, Prov. Nuble
† 15.9.1973 Santiago de Chile (ermordet)

Jara, wenige Tage nach dem Putsch A. →Pinochets ermordet, wurde mit seinen politischen, gleichwohl poetischen Liedern unter der sozialistischen Regierung S. →Allendes äußerst populär. Nach einer Ausbildung als Schauspieler wandte er sich als Leiter der Akademie für Folklore der Volksmusik zu, die ihm vor allem von seiner Mutter, einer Volkssängerin, überliefert worden war.
J., der 1969 der kommunistischen Jugendorganisation beigetreten war, wurde nach seinem Tod über sein Land hinaus zu einer Symbolfigur im Kampf gegen den Faschismus. Seine Lieder gehören zum festen Bestandteil im Repertoire chilenischer Sänger wie M. →Sosa.

▷ J. Jara: Victor Jara. Chile, mein Land, offen und wild, 1985.

Jim Jarmusch →

Jarmusch, Jim

amer. Regisseur und Schauspieler
* 1953 Akron, Ohio

Jarmusch zählt zur kleinen Gruppe der Independents, unabhängige Regisseure, die eigenständig und abseits von den Hollywood-Studios eine engagierte Filmkunst schaffen. J.s melancholische Komödie »Stranger than Paradise« (1984) wurde in Cannes und Locarno (Goldener Leopard) ausgezeichnet. Das in Schwarzweiß gedrehte Roadmovie fasziniert durch seine einfache Erzählweise und seine eigenwillige Ästhetik, die aus pragmatischen Gründen resultieren: Um Geld zu sparen, drehte J. ungeschnitten zwei- bis dreiminütige starre Einstellungen und fügte sie, durch Schwarzfilm getrennt, aneinander.

□ 1980: »Permanent Vacation«. □ 1986: »Down by Law« (mit T. →Waits). □ 1989: »Mystery Train«. □ 1991: »Night on Earth«.

Jaroff, Serge

(russ. Sergei Alexejewitsch Jarow)
amer. Leiter des Donkosaken-Chors russ. Herkunft
* 20.3.1896 Kostroma
† 5.10.1985 Lakewood, N. J.

Jaroff war Leiter des Donkosaken-Chors, den er nach dem russischen Bürgerkrieg aus geflüchteten Soldaten der Weißen Armee in einem türkischen Internierungslager gegründet hatte. Der Chor (22 Sänger und 22 Tänzer) trat mit großem Erfolg in allen Ländern der nichtkommunistischen Welt auf. Das Programm beschwört mit russischen Volksweisen, altrussischer Kirchenmusik und Chorwerken das Klischee vom »alten Mütterchen Rußland«.

□ 1918: Flucht in die Türkei. □ 1920: Gründung des Donkosaken-Chors. □ 1939: Emigration mit dem Ensemble in die USA. □ 1940-45: Tourneen durch Nord- und Südamerika; mehrere Hollywood-Filme. □ seit 1945: Regelmäßige Konzertreisen in Europa. □ 1956: Während einer Japantournee Auftritt im kaiserlichen Palast.

▷ E. Klinsky: Vierzig Donkosaken erobern die Welt. Serge Jaroff und sein Donkosakenchor, 1933.

Jarre, Jean-Michel

frz. Rockmusiker
* 24.8.1948 Lyon

Der Sohn des renommierten Filmmusik-Komponisten Maurice Jarre (»Dr. Schiwago«, »Lawrence von Arabien«) ist vor allem durch seine Elektronik-Sound-Kompositionen weltweit bekannt geworden. Er schreibt auch Musiken für Filme und Ballette. Sein erster internationaler Erfolg war die LP »Oxygene« (1976), von der über 8 Mio. Exemplare verkauft wurden.

□ 1972: Erstes eigenes Elektronik-Studio. □ 1976: »Oxygene« (LP). □ 14.7.1979: Erstes Live-Konzert in Paris (TV-Übertragung vor etwa 100 Mio. Zuschauern). □ 1982: Konzerte in China. □ 1986: Ca. 1,3 Mio. Zuschauer beim Auftritt in Houston. □ 1988: Laser- und Sound-Show im Londoner Hafen in Gegenwart des engl. Königshauses.

Jarreau, Al

amer. Jazz- und Popsänger
* 12.3.1940 Milwaukee, Wisc.

Der Stimmartist Jarreau war in den 70er und frühen 80er Jahren der weltweit führende Jazzsänger und ist auch in der Pop- und Soulmusik erfolgreich. Seine Stimme vermag so gut wie jede Klangfarbe anzunehmen und eine Vielzahl von Instrumenten zu imitieren.

Al Jarreau →

← Serge Jaroff

← Jean-Michel Jarre

Alfred Jarry →

□ 1964: Examen in Psychologie an der Univ. von Iowa. □ 1966: Rehabilitationshelfer in San Francisco; Jazzsänger in Nachtclubs. □ 1968: Zusammenarbeit mit dem Gitarristen J. Martinez. □ 1975: Plattendebüt mit »We got by« (LP); Europatournee. □ 1977: »Look to the rainbow« (LP). □ 1980: »This Time« (LP). □ 1985: »In London« (LP). □ 1988: »Heart Horizon« (LP).

Jarrett, Keith

amer. Jazzmusiker
* 8.5.1945 Allentown, Penn.

Jarrett wurde Anfang der 70er Jahre als Pianist durch seinen virtuosen Stil, der geprägt war von einfühlsamem »timing« und melodischem Erfindungsreichtum, zum Kultstar des Modern Jazz. Dabei zeichnet sich sein Spiel durch romantische Schönheit und überzeugende Leichtigkeit aus. Erster kommerzieller Erfolg stellte sich Mitte der 70er Jahre ein, als er mit seiner eigenen Band das gesamte Spektrum vom Blues, Gospel, Swing, Rock, Funk bis zum Free Jazz in seiner Musik verarbeitete und dabei neue, unkonventionelle Wege ging.

Keith Jarrett: Gefühlvolle Experimente am Klavier.

□ 1952: Erstes Konzert mit sieben Jahren. □ 1965: Umsiedlung nach New York. □ 1966-69: Engagement bei Charles Lloyd. □ 1968: Erste Plattenaufnahme »Life between the exit signs« (LP). □ 1970/71: Pianist bei M. →Davis. □ 1975: »The Köln Concert« (LP). □ 1976: »Hymns/Spheres« (LP). □ 1980: »Nude Ants« (mit J. →Garbarek). □ 1985: »Standards Live« (LP). □ 1990: »Changeless« (LP). □ 1991: »Tribute« (LP); »Das Wohltemperierte Klavier, Bd. 2« (J. S. Bach).

Jarry, Alfred

frz. Schriftsteller
* 8.9.1873 Laval † 1.11.1907 Paris

Jarry ist einer der frühen Avantgardisten des 20. Jh.s. Ein einziges Theaterstück, das als Skandal in die Geschichte einging, machte ihn weltberühmt und bereitete zugleich eine neue Theaterform vor: »König Ubu« (UA 1896, dt. 1959). Mit Ubu, einem Monstrum, ausgestattet mit niedersten Instinkten und vulgärer Sprache, karikiert J. den Kleinbürger, führt ihn als Ungeheuer vor und reduziert ihn auf seine Instinkte. Diese Ubu-

Szenen, die J. später vielfach variierte, übten großen Einfluß auf A. →Artaud, T. →Tzara, E. →Ionesco und S. →Beckett aus. Seine Romane dagegen sind kaum bekannt. 1991 schrieb K. →Penderecki die Oper »Ubu Rex« nach dem Stoff von J. (UA München, Rg. A. →Everding).

☐ 1894: »Die Augenblicke der Sanduhr« (Prosa). ☐ 1897: »Tage und Nächte« (R., dt. 1984). ☐ 1899: »Die absolute Liebe« (R., dt. 1985). ☐ 1901: »Messalina« (R., dt. 1971). ☐ 1902: »Der Supermann« (R., dt. 1969). ☐ postum 1911: »Heldentaten und Lehren des Dr. Faustroll, Pataphysiker« (Prosa, dt. 1968).

▷ C. Giedion-Welcker: Alfred Jarry, 1960.

Jaruzelski, Wojciech Adalbert Witold

poln. Politiker
* 6.7.1923 Kurów bei Lublin

Nach den Streiks und Unruhen in Polen 1980 wurde Jaruzelski, der sich zuvor geweigert haben soll, die Armee einzusetzen, 1981 zum Ministerpräsidenten gewählt. Mit der sofortigen Ausrufung des Kriegsrechts (bis 1983) verhinderte er vermutlich einen sowjetischen Einmarsch. Durch geschicktes Taktieren gelang es ihm zunächst, den Einfluß der Gewerkschaft Solidarność zurückzudrängen. Er zeigte sich der katholischen Kirche gegenüber gesprächsbereit und erreichte durch kleinere Reformen eine gewisse Konsolidierung der Wirtschaft. Nach erneuter Verschärfung der wirtschaftlichen Lage mußte J. 1989 Solidarność wieder zulassen. Ein Jahr später folgte ihm L. →Walesa als Staatspräsident nach.

☐ 1939: Verschleppung in die Sowjetunion. ☐ ab 1943: Freiwilliger Soldat bei den kommunistischen poln. Truppen in der UdSSR. ☐ nach 1945: In der poln. Armee. ☐ 1947: Mitgl. der Poln. Vereinigten Arbeiterpartei (PVAP). ☐ 1956: General. ☐ 1962: Stellv. Verteidigungsmin. ☐ 1964: Mitgl. des ZK. ☐ 1965: Zugleich Generalstabschef. ☐ 1968-83: Verteidigungsmin. ☐ 1971-89: Mitgl. des Politbüros. ☐ 1981-85: Ministerpräsident. ☐ 1981-89: Zugleich 1. Sekretär der PVAP. ☐ 1983-90: Oberbefehlshaber der Streitkräfte. ☐ 1985-90: Staatspräsident. ☐ 1989: Niederlage der PVAP bei den ersten freien Parlamentswahlen. ☐ 1990: Auflösung der PVAP; Rückzug aus der Politik.

▷ M. E. Berger: Jaruzelski, 1990.

Jaschin, Lew

sowjet. Fußballspieler
* 22.10.1929 Tutschino † 20.3.1990 Moskau

Jaschin, einer der populärsten Spieler seiner Zeit, wurde 1963 als erster Torwart zum Fußballer Europas gewählt. Der »schwarze Panther«, wie der sprunggewaltige Keeper mit dem altmodischen, schwarzen Trikot genannt wurde, gehörte noch als 40jähriger zum sowjetischen WM-Aufgebot.

☐ 1949-71: Dynamo Moskau (sechsmal Meister und zweimal Pokalsieger). ☐ 1950-69: 78 Länderspiele. ☐ 1956: Olympiasieger in Melbourne mit der Nationalmannschaft. ☐ 1958: WM-Teilnehmer (erneut 1962 und 1966). ☐ 1960: Europapokalsieger mit der Nationalmannschaft (Vorläufer der Europameisterschaft). ☐ 1963: Mitgl. der Weltauswahl (erneut 1968).

Karl Jaspers wollte mit seiner Philosophie dem Menschen Halt und Lebenshilfe vermitteln.

← Wojciech Jaruzelski

← Lew Jaschin

Jaspers, Karl

dt. Philosoph und Schriftsteller
* 23.2.1883 Oldenburg † 26.2.1969 Basel

Jaspers, der mit seiner an W. →Dilthey orientierten »Allgemeinen Psychopathologie« (Schr., 1913) eine auf einfühlendes Verstehen und Kommunikation bauende hermeneutische Psychopathologie schuf, wandte sich in seiner »Psychologie der Weltanschauungen« (Schr., 1919) der Existenzphilosophie zu.

Als ihr wichtigster Vertreter formulierte J. deren Zentralbegriff der »Grenzsituation« und ihre terminologische Grundlage in seiner »Philosophie« (3 Bde., 1932) in drei Schritten: Die »Philosophische Weltorientierung« (Bd. 1) zeigt die Unmöglichkeit einer gesicherten, wissenschaftlichen Erkenntnis der menschlichen Existenz. Auf dieser Ergänzungsbedürftigkeit folgt in der »Existenzerhellung« (Bd. 2) die Erfahrung von Grenzsituationen wie Leiden, Kampf, Tod und Schuld, in denen sich der Mensch des »Umgreifenden« (Transzendenten) bewußt wird. Schließlich thematisierte der Bewunderer von M. →Weber in der »Metaphysik« (Bd. 3) die »Chiffren« der Transzendenz, den Aufruf an den Menschen zum »eigentlichen Sein«, zum Fragen nach dem »Absoluten«. Im folgenden Werk »Von der Wahrheit« (1947) vertiefte J. seine Philosophie der möglichen Existenz zu seiner Lehre von der wechselseitigen Bedingtheit von Existenz und Vernunft.

Gegner der als pseudowissenschaftlich abgelehnten Weltanschauungen des Marxismus und der Psychoanalyse, engagierte sich J. aufgrund seiner zutiefst ethisch argumentierenden Philosophie nach dem 2. Weltkrieg als politischer Schriftsteller und kritisierte die atomare Abschreckungs- und Blockpolitik der Weltmächte. Enttäuscht über die Entwicklung Deutschlands stellte J. »Die Schuldfrage« (Schr., 1949), indem er die These von der Kollektivschuld mit dem Argument der politischen Haftung zurückwies. J. hinterfragte stets diejenigen Regierungsstrukturen, die die existentielle und politische Freiheit des Bürgers einzuschränken drohten.

□ 1916-48: Prof. für Psychologie, ab 1922 für Philosophie an der Univ. Heidelberg; 1937-45 Lehrverbot durch die Nationalsozialisten; ab 1943 Publikationsverbot. □ 1931: »Die geistige Situation der Zeit« (Schr.). □ 1932: »Max Weber« (Biogr.). □ 1936: »Nietzsche« (Biogr.). □ 1938: »Existenzphilosophie« (Schr.). □ 1948-61: Prof. an der Univ. Basel. □ 1949: »Vom Ursprung und Ziel der Geschichte« (Schr.). □ 1950: »Einführung in die Philosophie« (Schr.). □ 1957-64: »Die großen Philosophen« (Schr., 3 Bde.). □ 1958: Friedenspreis des Dt. Buchhandels; »Die Atombombe und die Zukunft des Menschen« (Schr.). □ 1960: »Freiheit und Wiedervereinigung« (Schr.). □ 1965: Int. Friedenspreis; »Hoffnung und Sorge. Schr.n zur dt. Politik 1945-65«. □ postum 1970: »Chiffren der Transzendenz«.

▷ F. P. Burkard: Karl Jaspers, 1985; H. Saner: Karl Jaspers in Selbstzeugnissen und Bilddokumenten, 1987.

Jastrun, Mieczysław

poln. Schriftsteller
* 29.10.1903 Korolówka bei Tarnopol
† 23.2.1983 Warschau

Die existentiellen Grundprobleme des Menschen, das Vergehen der Zeit und die Grenzen der Erkenntnis sind Hauptthemen der schwierigen und eigenständigen Lyrik Jastruns. Vor allem in den 40er und 50er Jahren nahm J. dabei Bezug auf die konkrete historische Erfahrung der deutschen Besatzung und der gesellschaftlichen Umgestaltung im Nachkriegspolen. Als Biograf und Essayist befaßt J. sich hauptsächlich mit den Dichtern der polnischen Romantik sowie mit kulturgeschichtlichen Themen. Er übersetzte Lyrik aus dem Russischen, Französischen und Deutschen (Hölderlin, Rilke).

← Mieczysław Jastrun

□ 1923-29: Studium der Polonistik, Germanistik und Philosophie in Krakau. □ 1929: »Begegnung in der Zeit« (Ged.e). □ 1931-39: Lehrer in Łódź. □ 1937: »Strom und Schweigen« (Ged.e). □ 1941-44: Mitarbeit bei der Untergrundpresse in Warschau. □ 1944: »Die bewachte Stunde« (Ged.e). □ 1945-49: Redakteur der Zeitschrift Die Schmiede in Łódź, die sich um einen neuen Realismus bemühte. □ 1949: »Mickiewicz« (biogr. R.). 1956: »Heiße Asche« (Ged.e). □ 1969: »Symbole der Erinnerung« (Ged.e).

Jaurès, Jean

frz. Politiker und Publizist
* 3.9.1859 Castres, Dep. Tarn
† 31.7.1914 Paris (ermordet)

Jaurès genoß im französischen Parlament, wo er einen gemäßigten Reformsozialismus auf humanistisch-pazifistischer Grundlage vertrat, großes Ansehen. Er forderte eine Revision des Dreyfus-Prozesses und war einer deutsch-französischen Verständigung nicht abgeneigt. J. war eine wichtige Integrationsfigur der französischen Linken; 1905 setzte er die Vereinigung der verschiedenen sozialistischen Gruppierungen durch. 1914 wurde er von einem fanatischen Nationalisten ermordet.

← Jean Jaurès

□ 1883: Prof. der Philosophie in Toulouse. □ 1885-89: Deputierter der radikalen Linken. □ ab 1893: Deputierter der Sozialisten. □ 1904: Begr. der Zeitung L'Humanité. □ ab 1905: Präs. der Vereinigten Sozialistischen Partei.

▷ U. Brand: Jean Jaurès. Internationalist und Patriot, 1973.

Javorow, Pejo

bulg. Schriftsteller
* 1.1.1878 Tschirpan
† 29.10.1914 Sofia (Selbstmord)

Javorow, zunächst einer realistischen, sozialkritischen Literaturtradition verpflichtet, wandte sich nach einem Aufenthalt in Frankreich (1906/07) unter dem Einfluß des französischen Symbolismus einer metaphysischen Dichtung zu. Seine autobiografischen und gesellschaftskritischen Dramen orientieren sich an H. →Ibsen und A. →Strindberg. Bekannt wurde J.s Prosawerk »Gotze Deltschew« (1904, dt. 1925), in dem J. seine Erlebnisse während des makedonischen Aufstands gegen die Türken (1902) schilderte.

□ 1896-1900: Teilnahme an der sozialistischen Bewegung in Bulgarien. □ 1906: »Heiduckenlieder«. □ 1908-13: Dramaturg am Nationaltheater in Sofia. □ 1911: »Am Fuße des Witoscha« (Dr.).

Jawlensky, Alexej von

russ. Maler und Grafiker
* 13.3.1864 Torschok, Gouv. Twer
† 15.3.1941 Wiesbaden

Die »Gesichte« im Spätwerk Jawlenskys, gestaltet als ikonenhafte Zeichen, gehören zu den bedeutendsten Werken religiöser Kunst der Moderne. In der Zeit seiner engen Verbindung mit W. → Kandinsky in München (bis 1914) komponierte J. aus leuchtenden, dunkel umgrenzten Farbflächen abstrahierte Landschaften und Bildnisse (»Sommerabend in Murnau«, 1908,

A. v. Jawlensky: Meister des abstrahierten Gesichts.

München, Städtische Galerie im Lenbachhaus; »Turandot II«, 1912, Hannover, Sprengel-Museum). Danach entwickelte sich das menschliche Gesicht in zunehmend stilisierter Form zu J.s zentralem Thema. Eine erste Serie bildeten die »Mystischen Köpfe« (1917-21) mit metaphorischen Einzeltiteln wie »Blüte« (1921, Rostock, Kunsthistorisches Museum). Es folgten die »Heiligenköpfe« und ab 1934 die »Meditationen«; sie reduzieren das Antlitz auf ein Formgefüge aus senkrechten und waagerechten Linien.

□ ab 1882: Offizierslaufbahn in Moskau und St. Petersburg. □ ab 1889: Kunststudium. □ 1986: Übersiedlung nach München; Fortsetzung des Kunststudiums. □ 1909: Mitbegründer der Neuen Künstlervereinigung München. □ 1912: Mitgl. des Blauen Reiter. □ 1914: Emigration in die Schweiz. □ 1921: Übersiedlung nach Wiesbaden. □ 1924: Ausstellungsgemeinschaft Die Blauen Vier mit L. →Feininger, W. Kandinsky und P. →Klee. □ 1929: Erste Lähmungserscheinungen. □ 1937: Entfernung von 72 »entarteten« Werken aus dt. Museen.

▷ C. Weiler: Alexej Jawlensky, 1959; D. Rosenbach: Alexej von Jawlensky. Das grafische Werk, 1985; M. Jawlensky (u. a.): Alexej Jawlensky, Bd. 1: 1890-1914, engl. 1991.

Jean

Großherzog von Luxemburg
* 5.1.1921 Schloß Berg in Luxemburg

Jean: Einflußreicher Großherzog von Luxemburg.

Seit dem Thronverzicht seiner Mutter (1964) ist Jean Großherzog und damit das repräsentative Oberhaupt von Luxemburg. Seine verfassungsrechtliche Stellung ist — im Vergleich zu anderen konstitutionellen Monarchien Westeuropas — relativ stark. Er hat das Recht zur Parlamentsauflösung, kann Gesetzesinitiativen einbringen und Verordnungen erlassen.

□ 1921: Geburt als Sohn von Großherzogin Charlotte und Prinz Felix von Bourbon-Parma. □ bis 1939: Schulbesuch in England. □ 1940: Im Exil in Kanada; Jurastudium. □ 1944/45: Brit. Offizier. □ 1951: Mitgl. des Staatsrats. □ 1953: Heirat mit Josephine Charlotte von Belgien. □ ab 1961: Statthalter. □ seit 1964: Großherzog.

Hubert Jedin →

Jedin, Hubert

dt. Theologe (kath.)
* 17.6.1900 Groß Briesen, Oberschlesien
† 16.7.1980 Bonn

Jedin verfaßte bedeutende kirchengeschichtliche Arbeiten über das Reformationszeitalter und die katholische Reform. Er gilt als der beste Kenner der Geschichte des Konzils von Trient (1545-63) und war selbst Berater des 2. Vatikanischen Konzils (1962-65).

□ 1949-65: Prof. an der Univ. Bonn. □ 1949-75: »Geschichte des Konzils von Trient« (4 Bde.). □ 1954-66: Leiter der Gesellschaft zur Herausgabe des »Corpus Catholicorum«. □ 1959: »Kleine Konziliengeschichte« (Schr.). □ 1960: »Katholische Reform und Gegenreformation« (Schr.). □ 1962-79: Hg. des »Handbuchs für Kirchengeschichte« (9 Teile). □ 1966: »Kirche des Glaubens, Kirche der Geschichte« (ges. Aufs.e, 2 Bde.). □ 1970: Mithg. des »Atlas zur Kirchengeschichte«. □ 1979: Präs. des von ihm mitbegründeten Instituto storico italo-germanico, Trient.

▷ K. Repgen (Hg.): Lebensbericht (Aut. mit Dokumentenanhang), 1984.

Elfriede Jelinek →

Jelinek, Elfriede

österr. Schriftstellerin
* 20.10.1946 Mürzzuschlag, Steiermark

Jelinek, als marxistisch orientierte Autorin umstritten, versucht in der Tradition B. →Brechts die aufklärerische und bewußtseinsverändernde Funktion von Kunst mit neuen literarischen Mitteln weiterzuentwickeln (u. a. analytischer Sprachstil, Textmontagen). Ihr Werk richtet sich gegen klassenspezifische Benachteiligung und verdeutlicht die Auswirkungen kapitalistischer Bedingungen auf das menschliche Bewußtsein und Verhalten. In ihrem Roman »Die Liebhaberinnen« (1975) kritisiert J. die gesellschaftliche Unterdrückung der Frau, die an den sozialen Status ihres jeweiligen männlichen Partners gebunden ist.

□ 1970: »wir sind lockvögel, baby!« (R.). □ 1983: »Die Klavierspielerin« (R.). □ 1984: »Burgtheater« (Dr.). □ 1986: »Oh Wildnis, oh Schutz vor ihr« (R.); Heinrich-Böll-Preis. □ 1987: »Krankheit« (Dr.). □ 1989: »Lust« (R.).

Hanns Jelinek →

Jelinek, Hanns

österr. Komponist
* 5.12.1901 Wien † 27.1.1969 ebd.

Jelinek war Vertreter der Zwölftonmusik (A. →Schönberg) und schrieb systematische Lehrwerke dieser Kompositionstechnik (»Anleitung zur Zwölftonkomposition«, 1952-58). Mit den Zyklen »Das Zwölftonwerk« für verschiedene Instrumente (1947-52) und »Zwölftonfibel« für Klavier (1953/54) komponierte J. didaktische Werke, die satztechnische Probleme der Dodekaphonie illustrieren und in die neue Klangwelt einführen. J. schrieb auch Schlager, Jazzmusik sowie die satirische Operette »Bubi Caligula« (1947-53).

□ 1918-20: Unterricht bei A. →Schönberg und A. →Berg in Wien. □ 1920-22: Studium an der Wiener Musikakademie

(Klavier, Harmonielehre, Kontrapunkt). □ 1929: »Rather Fast« für Jazzband und Orchester. □ 1934/35: Erstes Zwölftonwerk (Streichquartett). □ 1956-59: »The dances around the steel blue rose« (Ballett). □ ab 1958: Kompositionslehrer an der Wiener Musikakademie. □ ab 1965: Prof. ebd.

Jellinek, Georg

dt. Staats- und Völkerrechtler
* 16.6.1851 Leipzig † 12.1.1911 Heidelberg

← Georg Jellinek

1900 erschien Jellineks epochale »Allgemeine Staatslehre«, die — übersetzt in viele Sprachen — dem großen Staatsrechtler der Wilhelminischen Zeit weltweite Anerkennung eintrug. Von bleibendem Einfluß waren viele seiner staatsrechtlichen Definitionen, u. a. die »Selbstbindung des Staates«, die das Individuum, aber auch den Staat auf das Gesetz verpflichtet, sowie die »normative Kraft des Faktischen«, die den sozialen und politischen Gegebenheiten eine rechtswandelnde Wirkung beimißt.

Jelzin, Boris N.

sowjet. Politiker
* 1.2.1931 Butka bei Swerdlowsk

Jelzins entschlossener Widerstand gegen die orthodox-kommunistischen Putschisten ließ deren Umsturzversuch im August 1991 scheitern und machte ihn in der Sowjetunion zum Helden. Der Radikalreformer, einst wichtigster innenpolitischer Gegenspieler M. →Gorbatschows, ist seither neben dem Staatschef der einflußreichste Mann im neugegründeten Staatsrat. Den Machtzuwachs nutzte J., der erste frei gewählte Präsident Rußlands, ohne zu zögern — er verbot die Russische Kommunistische Partei und deren Zeitungen, unterstellte Armee, KGB und Polizei dem eigenen Befehl und zementierte die Souveränität der größten Unionsrepublik. J. war durch sein Eintreten für ein Mehrparteiensystem, Marktwirtschaft und Föderalismus schnell zur Integrationsfigur einer sich formierenden sozialdemokratischen Opposition geworden. Schon als kommunistischer Parteichef Moskaus (1985-87) hatte er sich vehement gegen die Privilegien der alten Funktionärselite gewandt. Im Juli 1990 verließ J., nach seiner Wahl zum russischen Parlamentspräsidenten, die KPdSU.

Boris Jelzin: Der erste gewählte Präsident Rußlands.

□ bis 1955: Ausbildung zum Bauingenieur. □ 1961-90: Mitgl. der KPdSU. □ 1968: Beginn einer Karriere als Parteifunktionär. □ 1981-90: Mitgl. des ZK der KPdSU. □ 1986-88: Kandidatsmitgl. des Politbüros. □ 1987/88: Verlust der meisten seiner Ämter. □ 1989: 89% der Stimmen im Wahlkreis Nr. 1 (Moskau) bei der Wahl zum Kongreß der Volksdeputierten; USA-Reise. □ seit 1991: Präs. der Russ. Föderation.

▷ B. Jelzin: Aufzeichnungen eines Unbequemen (Aut.), 1990.

Jenkins, Roy

brit. Politiker
* 11.11.1920 Abersychan, Südwales

Roy Jenkins →

Seit den 60er Jahren setzte Jenkins sich für einen Beitritt Großbritanniens zur EG ein. Wegen ideologischer Differenzen verließ er 1981 die Labour Party und war einer der Begründer der Sozialdemokratischen Partei (SDP). Mit der Liberalen Partei gründete er 1982 die »Sozialliberale Allianz«, mit dem Ziel, die Macht der beiden großen Parteien zu begrenzen. 1990 löste sich die »Allianz« wieder auf.

□ 1948-76: Mitgl. des Unterhauses für die Labour Party. □ 1964/65: Luftfahrtmin. □ 1965-67, 1974-77: Innenmin. □ 1967-70: Schatzkanzler. □ 1972: Karlspreis der Stadt Aachen. □ 1977-81: Präs. der EG-Kommission. □ 1981: Mitbegründer der SDP; bis 1983 deren Parteiführer. □ 1983: Mitgl. des Unterhauses für die »Allianz«.

▷ J. Campbell: Roy Jenkins, a biography, engl. 1983.

Jens, Walter

dt. Schriftsteller und Literaturwissenschaftler
* 8.3.1923 Hamburg

Der brillante Rhetoriker Jens, einflußreiche Autorität des deutschen Geisteslebens, wendet sich in Erzählungen, Romanen, Hör- und Fernsehspielen gegen restaurative Tendenzen in Deutschland, engagiert sich, beeinflußt von E. →Bloch, für einen demokratisch-sozialistischen Staat und fordert eine kritische Reflexion der Ge-

Walter Jens: In allen Medien gefragter Zeitzeuge.

genwart. Kennzeichnend für sein literarisches Werk ist der Versuch, unter Rückgriff auf antike Stoffe aktuelle Probleme zu skizzieren (u. a. »Der tödliche Schlag«, F., 1974). Einen Beitrag zur Friedensbewegung leistete J. mit dem Drama »Der Untergang« (1983), einer freien Nachdichtung von Euripides' »Troerinnen«. Unter dem Pseudonym Momos verfaßt J. seit Mitte der 60er Jahre Fernsehkritiken für Die Zeit.

□ 1941-44: Studium der Germanistik und Klassischen Philologie in Hamburg und Freiburg i. Br. □ 1950: »Nein. Die Welt der Angeklagten« (R.); Habilitation. □ 1956: Prof. für Klassische Philologie in Tübingen. □ 1957: »Das Testament des Odysseus« (Erz.). □ 1963: Prof. für Rhetorik in Tübingen. □ 1966: »Die rote Rosa« (F.). □ 1969: »Die Verschwörung« (F.). □ 1972: »Am Anfang war der Stall — am Ende der Galgen« (Übersetzung des Matthäus-Evangeliums). □ 1973: »Fernsehen, Themen und Tabus. Momos 1963-73« (Fernsehkritiken). □ 1974: »Der Ausbruch« (Libretto). □ 1976: »Republikanische Reden«. □ 1976-82: Präs. des bundesdeutschen PEN-Zentrums. □ 1977: »Eine deutsche Universität. 500 Jahre Tübinger Gelehrtenrepublik.« □ 1986: »Die Friedensfrau« (Dr.). □ 1988: Georg-Büchner-Preis. □ 1991: »Und ein Gebot ging aus« (Übersetzung des Lukas-Evangeliums).

▷ M. Lauff: Walter Jens, 1980.

Jensen, Johannes Vilhelm

dän. Schriftsteller
* 20.1.1873 Farsø, Himmerland
† 25.11.1950 Kopenhagen

Mit seinem Prosawerk, das der Dekadenz des Fin de siècle Fortschrittsglauben und Lebensbejahung entgegensetzte, wurde Jensen zum Begründer der modernen dänischen Literatur. Der historische Roman »Des Königs Fall« (1900/01, dt. 1912) beschreibt am Beispiel des entscheidungsunfähigen Königs Christian II. die innere Schwäche und politische Ohnmacht Dänemarks und skizziert Möglichkeiten zu ihrer Überwindung. In der Essaysammlung »Die gotische Renaissance« (1901) bekannte sich J. zur Überlegenheit der nordischen Rasse, deren Entwicklungsgeschichte er in dem Romanzyklus »Die lange Reise« (1908-22, dt. 1911-26) als ethische Evolution im Sinne Charles Darwins (* 1809, † 1882) beschrieb. 1944 erhielt J. den Nobelpreis für Literatur.

← Johannes V. Jensen

□ 1895: Abbruch des Medizinstudiums in Kopenhagen. □ 1896: Erste von fünf Amerikareisen; später als Zeitungskorrespondent in Frankreich, Spanien und Ostasien. □ 1904: »Madame D'Ora« (R., dt. 1907). □ 1905: »Das Rad« (R., dt. 1908). □ 1908-22: Romanzyklus »Die lange Reise« (dt. 1911-26): »Das verlorene Land«, 1919; »Der Gletscher«, 1908; »Norne-Gæst«, 1919; »Der Zug der Kimbern«, 1922; »Das Schiff«, 1912; »Kolumbus«, 1922. □ 1925: »Evolution und Moral« (Es.s, dt. 1925). □ 1928: »Die Stadien des Geistes« (Es.s, dt. 1929). □ 1944: Literatur-Nobelpreis.

Jerne, Nils Kaj

engl.-dän. Immunologe
* 23.12.1911 London

Jerne erforschte Aufbau und Steuerung des Immunsystems und legte 1974 in seiner »Netzwerktheorie« eine zusammenfassende Erklärung über die Regulationsmechanismen vor. Aufgrund seiner theoretischen Analyse, auf welche Weise sich Antikörper bei der Abwehrreaktion bilden, gelang durch Verbindung von Tumor- und Immunzellen erstmals die Synthese sog. monoklonaler Antikörper durch G. →Köhler und C. Milstein. Mit ihnen erhielt J. 1984 den Physiologie/Medizin-Nobelpreis.

← Nils Kaj Jerne

□ 1956-62: Leitender Mitarbeiter der WHO in Genf, in deren Auftrag J. an biologischen Standardisierungen arbeitet; seit 1960 Prof. an der Univ. ebd. □ 1966-69: Dir. des Paul-Ehrlich-Inst., Frankfurt/Main. □ 1970-80: Dir. des von ihm aufgebauten Inst. für Immunologie in Basel.

Jerome, Jerome Klapka

engl. Schriftsteller, Schauspieler und Journalist
* 2.5.1859 Walshall † 14.6.1927 Northampton

Die Erzählung »Drei Männer in einem Boot, vom Hunde ganz zu schweigen« brachte dem humorvollen, ironischen Beobachter der englischen Gesellschaft Weltruhm ein. Nach dem Vorbild →Mark Twains schuf Jerome eine Reisehumoreske, in der sich klischeehafte Charakterzüge facettenreich spiegeln. Mit »Drei Männer auf einem Bummel«, der Beschreibung einer Reise dreier junger Männer durch Deutschland, konnte J. an seinen Welterfolg nicht mehr anknüpfen.

□ 1886: »Die müßigen Gedanken eines Müßigen« (dt. 1893). □ 1900: »Drei Männer auf einem Bummel« (dt. 1905). □ 1919: »Alle Wege führen nach Golgata« (R., dt. 1922); »Anthony John« (R., dt. 1924).

▷ M. A. Wolfensberger: J. K. Jerome (Biogr.), 1953.

Jessenin, Sergej Alexandrowitsch

sowjet. Schriftsteller
* 3.10.1895 Konstantinowo, Gouv. Rjasan
† 28.12.1925 Leningrad (Selbstmord)

Jessenin zählt — obwohl bis 1955 in der UdSSR weitgehend tabuisiert — zu den populärsten Dichtern der russischen Moderne. Seine Lyrik vermittelt in ausdrucksstarken Bildern Themen aus dem religiös geprägten bäuerlichen Leben seiner Herkunft. J. hatte die Revolution 1917 in der Hoffnung auf Aufwertung der dörflichen Lebenssituation begrüßt und, wie A. →Blok, Chri-

Sergej Jessenin: Dichter der Bauern, 1924.

stus an der Seite der Arbeiter gesehen; vor der stadtorientierten kommunistischen Realität, die das Bauerntum zerstörte, floh er in den Freitod.

□ 1916: »Totengedenken« (Ged.e). □ 1918: »Andersland« (Verserz.). □ 1922/23: Ehe mit der amer. Tänzerin I. →Duncan; Weltreise; Flucht vor der kommunistischen Realität in den Alkohol. □ 1924: »Das Moskau der Kneipen« (Ged.e). □ postum 1958: »Liebstes Land, das Herz träumt leise« (Ged.e, dt.). □ 1961: »Gedichte« (dt.).

▷ Ch. Auras: S. Esenin. Bilder- und Symbolwelt, 1965. F. Mierau: Sergej Jessenin, 1991.

Jethro Tull

engl. Rockgruppe

Jethro Tull war in den 70er Jahren eine der führenden englischen Rockgruppen. Ihren Ruhm verdankte sie vor allem Sänger, Gitarrist, Songschreiber und Flötist Ian Anderson (* 1947), der gekonnt Elemente des Jazz (z. B. von Ronald Kirk in »Serenade to a cuckoo«), des Blues, der Klassik (z. B. von J. S. Bach in »Bourée«) und des Rock vermischte. Vor allem der Einsatz der Querflöte als Solo-Instrument war bis dahin einmalig und beeinflußte zeitweilig Musik und Stil anderer Gruppen. Die dominante Persönlichkeit A.s prägte die Gruppe so stark, daß andere Musiker selten lange in der Band blieben. 1988 spielte außer A. kein anderer Musiker aus den Anfangstagen in der Band.

Jewgeni Jewtuschenko →

Jethro Tull: Ian Anderson (2. v. r.) ist seit 1967 der Kopf der Rockformation.

□ 1967: Gründung der Gruppe durch I. Anderson in London. □ 1968: Erster Auftritt beim Sunbury Jazz- und Blues-Festival; erste LP »This was«. □ 1969: »Stand up« (LP). □ 1970: Erste Goldene Schallplatte für »Benefit« (LP). □ 1971: »Aqualung« (LP). □ 1972: »Thick as a brick« (LP). □ 1973: »Passion Play« (LP). □ 1976: »Too old for Rock 'n' Roll, too young to die« (LP). □ 1978: »Heavy Horses« (LP). □ 1982: »The broadsword and the beast« (LP). □ 1985: »The classic case« (LP mit dem Londoner Symphonieorchester). □ 1988: »20 Years of Jethro Tull« (LP). □ 1989: »Rock Island« (LP).

Jewison, Norman

kanad. Regisseur
* 21.7.1926 Toronto

Jewison ist ein solider Handwerker, der sich auf kein Genre festlegt. Sein Gesamtwerk, das sich auf vielfältige Weise kritisch mit den amerikanischen Lebensbedingungen auseinandersetzt, umfaßt leichte Gesellschaftskomödien wie »Schick' mir keine Blumen« (1964, mit D. →Day, R. →Hudson), sozialkritische Thriller wie »In der Hitze der Nacht« (1966, mit S. →Poitier und R. →Steiger) und Musicals (u. a. »Jesus Christ Superstar«, 1972).

← Norman Jewison

□ 1953-58: Dir. der TV-Gesellschaft CBC. □ 1958-61: Dir. der TV-Gesellschaft CBS. □ 1962: Regiedebüt »Ein Rucksack voller Ärger«. □ 1965: »Cincinnati Kid« (mit St. →McQueen). □ 1967: »Thomas Crown ist nicht zu fassen«. □ 1971: »Anatevka«. □ 1974: »Rollerball«. □ 1977: »F.I.S.T. — Ein Mann geht seinen Weg« (mit S. →Stallone). □ 1979: »... und Gerechtigkeit für alle« (mit A. Pacino). □ 1984: »Sergeant Waters — Eine Soldatengeschichte«. □ 1985: »Agnes — Engel im Feuer« (mit J. →Fonda). □ 1987: »Moonstruck — Mondsüchtig« (mit Cher). □ 1991: »Das Geld anderer Leute«.

Jewtuschenko, Jewgeni Alexandrowitsch

(eig. J. A. Gangnus)
sowjet. Lyriker, Schauspieler und Regisseur
* 18.7.1932 Sima, Gebiet Irkutsk, Sibirien

Der selbstbewußte Jewtuschenko ist eine der widersprüchlichsten Gestalten des sowjetischen Literaturbetriebs. Einerseits wurde er mit Gedichten wie »Die Erben Stalins« (1962) zum literarischen Repräsentanten der Entstalinisierung und engagierte sich als Vorreiter der Perestroika, andererseits ging er z. T. weitgehende Kompromisse mit dem Sowjetsystem ein, als er — wie etwa 1971 — öffentliche Selbstkritik übte. Seine z. T. empfindsame, lautmalerische, aber auch wortverliebte Lyrik, die er in den 60er Jahren im In- und Ausland vor Tausenden von Zuhörern vortrug, fällt oft ins Showhaft-Oberflächliche ab. »Wo die Beeren reifen« (R., 1981, dt. 1982) ist der ehrgeizige Versuch, aus kosmischer Perspektive alle wesentlichen Aspekte der sowjetischen Geschichte und Gesellschaft in einem Panoptikum einzufangen. J. debütierte 1978 als Schauspieler im Film »Der Start« in der Rolle des sowjetischen Raketenpioniers K. → Ziolkowski, den er auch in seinem Romanerstling auftreten ließ.

□ 1944: Nach Scheidung der Eltern Annahme des Namens der Mutter; auf dem Formular wurde irrtümlich 1933 als Geburtsdatum eingetragen. □ 1956: »Bahnstation Sima« (Ged.). □ seit 1960: Auslandsreisen nach Westeuropa, Kuba, USA. □ 1962-69: Redakteur bei der Zeitschrift Junost. □ 1964: »Autobiographie«. □ 1967: Mitgl. im Präsidium des Schriftstellerverbandes der UdSSR. □ 1969: Poetik-Lehrstuhl in Oxford. □ 1985: »Fuku. Poem« (dt. 1987). □ 1991: »Stalins Beerdigung« (F.).

Jiang Qing

(eig. Luang Shumeng)
chin. Politikerin
* März 1913 Jiucheng, Prov. Shandong
† 14.5.1991 Peking (Selbstmord)

Erst 1966 während der Kulturrevolution trat Jiang, die Frau →Mao Zedongs, an die Öffentlichkeit. In scharfer Form griff sie die meisten der führenden Parteifunktionäre an, die daraufhin in der Regel verhaftet wurden. Ihre »Kultur-Gruppe« wurde dem Staatsrat (Regierung) als ausführendes Organ angegliedert, J. und ihre Anhänger gewannen an Einfluß. Bereits vor Maos Tod begannen 1976 die Auseinandersetzungen um seine Nachfolge, in denen die Grup-

Jiang Qing: Die Mao-Witwe während ihres Prozesses 1980.

pierung um seine Frau sich zunächst durchsetzen konnte. Doch schon wenige Wochen nach seinem Tod wurden J. und ihre Gruppe (Viererbande) überraschend verhaftet. 1980 wurde sie in einem Prozeß für alle Exzesse während der Kulturrevolution verantwortlich gemacht (Maos Mitverantwortung sollte damit kaschiert werden) und zum Tode verurteilt, drei Jahre später zu lebenslänglicher Haft begnadigt.

□ 1929/30: Besuch einer Schauspielschule. □ ab 1931: Mitgl. der KPCh. □ bis 1937: Schauspielerin in Tsingtao und Shanghai. □ 1938: Heirat mit Mao; Name seitdem Jiang Qing. □ ab 1962: Reform der Peking-Oper. □ 1965: Abg. im Nat. Volkskongreß. □ 1969: Mitgl. im Politbüro. □ 1974: Trennung von Mao. □ 1976: Verhaftung.

▷ R. Terril: The white-boned demon, 1984.

Jiang Zemin

chin. Politiker
* Juli 1926 Yangzhou, Prov. Jiangsu

Generalsekretär Jiang Zemin gilt als Anhänger der Wirtschaftsreformen von → Deng Xiaoping. Bei den Demonstrationen und Unruhen, die 1989 in Shanghai wie in zahlreichen anderen Städten Chinas ausbrachen, hielt er Polizei und Militär zurück. Statt dessen begegnete er ihnen nur — wie bereits 1986 — durch Arbeitermilizen und »Aktivisten« aus der Stadtverwaltung. Diese Tatsache war vermutlich ein wesentlicher Grund dafür, daß er 1989 auf Vorschlag von Deng zum Nachfolger von Zhao Ziyang gewählt wurde. Später verteidigte J. allerdings die blutige Niederschlagung der Demokratiebewegung im Juni 1989 in Peking.

□ 1946: Mitgl. der KPCh. □ 1947-54, 1957-79: Tätigkeit in der Wirtschaft. □ 1954, 1971-80: Im Maschinenbaumin. □ 1955/56: Praktikant in der UdSSR. □ 1980/81: Vizemin. für Im- und Export. □ 1982: Mitgl. des ZK; Vizemin. □ 1983-85: Min. für Elektronikindustrie. □ 1985: Bürgermeister und stellv. Parteisekretär (1988 1. Sekretär) von Shanghai. □ seit 1987: Mitgl. des Politbüros. □ seit 1989: Generalsekretär der KPCh; Vors. der Militärkommission des ZK.

← Jiang Zemin

Jiménez, Juan Ramón

span. Lyriker
* 24.12.1881 Moguer
† 29.5.1958 San Juan (Puerto Rico, USA)

Der Literatur-Nobelpreisträger Jiménez ist einer der wichtigsten Vertreter des spanischen Modernismus. Mit seinen frühen schwermütigen Stimmungsbildern, in denen er volkstümliche und landschaftliche Motive verarbeitete, beschrieb der Autor seine eigene Empfindsamkeit und Einsamkeit. Erst mit der Elegie »Platero und ich« (1914, dt. 1953), in der er einen kleinen Esel zum Gefährten des einsamen Dichters machte, trat J. aus der reinen Innerlichkeit heraus und wandte sich der Welt des Gegenständlichen zu. »Platero und ich«, heute im spanischen Sprachraum als Lese- und Bilderbuch weit verbreitet, ist ein Meisterwerk spanischer Prosa. Mit seinem Werk hatte J. großen Einfluß auf P. Salinas, J. Ginillén und F. →García Lorca.

← Juan Ramón Jiménez

□ 1896-1900: Jurastudium und erste literarische Versuche in Sevilla. □ 1900: Bekanntschaft mit R. →Darío, R. →Gomez de la Serna u. a. in Madrid. □ 1901: Sanatoriumsaufenthalte. □ 1903: Erster Erfolg mit »Traurige Gesänge« (Ged.e). □ 1911: Endgültige Übersiedlung nach Madrid. □ 1916: Reise nach New York, Heirat mit Zenobia Camprubi. □ 1917: »Tagebuch eines frisch verheirateten Poeten«. □ 1936: Während des Span. Bürgerkriegs Aufenthalt in Kuba, Florida und Puerto Rico. □ 1942: »Spanier aus drei Welten« (Prosa). □ 1951: Endgültige Niederlassung in Puerto Rico; Prof. an der Univ. □ 1956: Literatur-Nobelpreis.

▷ D. F. Fogelquist: Juan Ramón Jiménez, 1976.

Jinnah, Mohammed Ali

pakistan. Politiker und Jurist
* 25.12.1876 Karachi † 11.9.1948 ebd.

Jinnah, Präsident der indischen Moslem-Liga, war Gründer und erster Generalgouverneur von Pakistan (»Land der Reinen«). Als Mitglied einer Delegation indischer Spitzenpolitiker hatte er 1930/31 in London über die Unabhängigkeit In-

M. A. Jinnah: 1947/48 erster Generalgouverneur Pakistans.

diens verhandelt. Ursprünglich für eine Gleichberechtigung von Hindus und Moslems, forderte er nach dem überwältigenden Wahlsieg der hinduistischen Kongreßpartei bei den Provinzwahlen 1937 eine Teilung Indiens und einen eigenständigen islamischen Staat.

□ vor 1896: Studium in London. □ ab 1896: Rechtsanwalt in Bombay. □ 1913-48: Mitgl. der indischen Moslem-Liga. □ 1920; ab 1934: Deren Präsident. □ 1947/48: Generalgouverneur von Pakistan.

▷ A. Hamid: Mohammed Ali Jinnah, Grundlagen des pakistanischen Nationalismus und die Teilung Indiens im Jahre 1947, 1976.

Joachim, Joseph

dt. Komponist, Dirigent und Geiger
* 28.6.1831 Kittsee, Burgenland † 15.8.1907 Berlin

Joseph Joachim: Einer der großen deutschen Geiger.

Joachim zählte zu den bedeutendsten Violinisten seiner Generation. Als Achtjähriger gab J. seine ersten Konzerte in Pest und Wien. Felix Mendelssohn (* 1809, † 1847), Robert Schumann (* 1810, † 1856) und Johannes Brahms (* 1833, † 1897) wurden seine Lehrer, Freunde und Förderer. Seit dem Vortrag des Violinkonzerts von Beethoven in London (1844) galt J. als der klassische Interpret dieses Werks. Im Violinspiel verband er einen faszinierenden Reichtum der Klangregister mit technischer Perfektion. Als Solist und Primarius seines berühmten Quartetts blieb J. bis ins hohe Alter tätig. Neben Kompositionen im Stil Robert Schumanns und Franz Liszts (* 1811, † 1886) verfaßte J. mit Andreas Moser (* 1859, † 1925) eine dreibändige Violinschule (1902-05).

□ 1840-43: Geigenunterricht bei G. Hellmesberger (* 1800, † 1873). □ 1843: Erstes Konzert im Leipziger Gewandhaus. □ ab 1849: Konzertmeisterstelle in Weimar. □ 1853: Wechsel zur Königlichen Kapelle nach Hannover. □ ab 1866: Leiter der Lehranstalt für ausübende Tonkunst.

▷ A. Moser: Joseph Joachim, ein Lebensbild, 1898.

Jobs, Steven Paul

amer. Unternehmer
* 1955 San Francisco

Jobs, »Apple«-Mitbegründer, bei der Präsentation seines Computersystems NeXT, 1988.

Mit seinen Freunden Steve Wozniak und Mike Mirkula entwickelte Jobs 1976 in der Garage seines Vaters in Silicon Valley den Prototypen des Tischcomputers »Apple«. Mit dem Siegeszug des Personal-Computers, der für Laien konzipiert war, wuchs J.s Unternehmen, das das größte Wachstum in der Geschichte der Wall Street aufwies, bis 1985 zu einem Imperium, das 5000 Angestellte sowie Fabriken in Texas, Singapur und Irland unterhielt. J., als Twen Anhänger der Hippie-Bewegung und des Zen-Buddhismus, wurde mit 25 Jahren als jüngstes Mitglied in die Forbes-Liste der reichsten Männer Amerikas aufgenommen (100 Mio. US-Dollar Vermögen). 1985 wurde der als herrschsüchtig und größenwahnsinnig geltende J. nach ersten Verlusten zum Verlassen der Firma genötigt. 1988 brachte J. ein neues Rechnersystem, den NeXT Computer, in einer eigenen Firma heraus.

▷ J. S. Young: Steven Jobs — Der Henry Ford der Computerindustrie, 1989.

Jochum, Eugen

dt. Dirigent
* 1.11.1902 Babenhausen, Allgäu
† 26.3.1987 München

Jochum gehörte neben W. →Furtwängler zu den herausragenden Interpreten Bruckners, dessen neun Sinfonien er als erster auf Schallplatte einspielte. Bis ins hohe Alter dirigierte er die großen

Eugen Jochum: Ein Zauberer mit dem Taktstock.

Orchester Europas, der USA und Japans. Seine Interpretationen zeugen von einem ausgeprägten Naturgefühl und einer tiefen Religiosität. J.s Repertoire umfaßte neben der klassischen Moderne vor allem Werke Mozarts und Beethovens sowie geistliche Musik der Romantik. Unter dem Nazi-Regime führte er trotz politischer Repressalien Kompositionen von B. →Bartók, P. →Hindemith und I. →Strawinski auf. Verdienste erwarb J. in den 50er Jahren beim Aufbau des Sinfonieorchesters des Bayerischen Rundfunks.

□ 1922-25: Studium an der Münchner Akademie bei S. v. →Hausegger. □ ab 1932: Generalmusikdir. der Berliner Funkstunde. □ 1934-49: Generalmusikdir. der Staatsoper und Leiter des Philharmonischen Staatsorchesters Hamburg. □ 1938: »Zur Phänomenologie des Dirigierens« (Schr.). □ 1949-60: Chefdirigent beim BR. □ ab 1950: Präs. der Bruckner-Gesellschaft. □ 1953: Bayreuth-Debüt mit Wagners »Tristan und Isolde«. □ 1961-64: Ständiger Dirigent des Concertgebouw Orkest Amsterdam. □ ab 1969: Leiter der Bamberger Symphoniker.

▷ F. Herzfeld: Magie des Taktstocks, 1953.

Jöde, (Wilhelm August Ferdinand) Fritz

dt. Musikpädagoge
* 2.8.1887 Hamburg † 19.10.1970 ebd.

Nach dem 1. Weltkrieg wurde Jöde neben W. →Hensel zur führenden Persönlichkeit der Singbewegung innerhalb der sog. Jugendbewegung, die sich gegen die bürgerliche Lebensform wandte und das Zusammenleben gleichgesinnter Wander-, Tanz-, Musik- und Theaterliebhaber in freien (Laien-)Bünden anstrebte. J. entwickelte die »Offene Singstunde« (1926) und die »Singfahrt« als Möglichkeiten einer neuen Musikerziehung und forderte eine Reform des Schul- und Privatmusikunterrichts.

□ 1919-23: Hg. der Zeitschrift Die Laute. □ 1921-23: Fortbildungskurse für Schulmusik in Hamburg. □ 1923: Prof. für Chorleitung und Volksmusikerziehung in Berlin. □ 1924: »Musikschulen für Jugend und Volk« (Schr.). □ 1930: »Kind und Musik« (Schr.). □ 1939-43: Lehrer am Mozarteum in Salzburg. □ 1947-52: Leiter des Jugendmusikamts an der Hamburger Musikhochschule. □ 1952-63: Leiter des Int. Inst. für Jugend- und Volksmusik in Trossingen.

▷ R. Stapelberg (Hg.): Fritz Jöde. Leben und Werk, 1957; G. Trautner: Die Musikerziehung bei Fritz Jöde. Quellen und Grundlagen, 1968.

Jodl, Alfred

dt. Militär
* 10.5.1890 Würzburg
† 16.10.1946 Nürnberg (hingerichtet)

Jodl war während des Krieges für die operative Planung verantwortlich und diente als Berater A. →Hitlers im militärischen Arbeitsstab. Er unterzeichnete am 7.5.1945 die Kapitulation der deutschen Wehrmacht in Reims.

Alfred Jodl bei der Unterzeichnung der deutschen Kapitulation in Reims, 1945.

□ 1935: Im Reichswehrministerium, Abt. Landesverteidigung. □ 1938/39: Truppenkommando in Wien. □ März 1938; 1939-45: Chef des Wehrmachtsführungsamts (ab 1940: -stab). □ 1939: Generalmajor. □ 1944: Generaloberst. □ 1946: Vom Int. Militärtribunal in Nürnberg zum Tode verurteilt.

▷ B. Scheurig: Alfred Jodl. Gehorsam und Verhängnis (Biogr.), 1991.

Joseph Joffre →

Joffre, Joseph Jacques Césaire

frz. Militär
* 12.1.1852 Rives-Altes, Pyrenäen † 3.1.1931 Paris

Joffres größter Erfolg war die Abwehr des deutschen Angriffs an der Marne im September 1914. Als Oberbefehlshaber der französischen Truppen konnte er danach keine entscheidenden Siege mehr erringen. Seine Versuche, den Einfluß der Politik auf die Kriegsführung auszuschalten, führten im Dezember 1916 zu seiner Ablösung.

□ ab 1870: Soldat. □ 1911: Chef des Generalstabs. □ 1914/15: Oberbefehlshaber der 5. Armee. □ 1915/16: Oberbefehlshaber aller frz. Truppen. □ 1916: Marschall von Frankreich. □ 1918: Mitgl. der Académie française.

Johannes Paul I.: Papst für 33 Tage.

Johannes Paul I.

(eig. Albino Luciani)
Papst (1978)
* 17.10.1912 Forno di Canale † 28.9.1978 Rom

Johannes Paul I., dessen Wahl zum Papst am 26.8.1978 in der Öffentlichkeit als große Überraschung empfunden wurde, gehörte zu den Traditionalisten, die absolute Glaubenstreue und strengste kirchliche Disziplin verlangten. Mit seiner seelsorgerischen Arbeit in Venedig hatte er sich die Sympathie der Armen und Ärmsten erworben. J.s Pontifikat dauerte nur einen Monat, sein Tod war Anlaß zahlreicher Spekulationen (bis zur Mordtheorie).

□ 1937-47: Prof. und Vizerektor am Priesterseminar, Belluno. □ 1958: Bischof von Vittorio Veneto. □ 1969: Patriarch von Venedig. □ 1973: Erhebung zum Kardinal.

▷ G. Huber: Johannes Paul I., 1979.

Johannes Paul II.

(eig. Karol Wojtyla)
Papst (seit 1978)
* 18.5.1920 Wadowice bei Krakau, Polen

Johannes Paul II. ist der erste nichtitalienische Papst seit Hadrian VI. (1522/23). Unter seinem Pontifikat ist die Idee einer universalen Bedeutung des Heiligen Stuhls mit absoluter Leitungsbefugnis und höchster Lehrautorität wieder in den Vordergrund getreten. Mit seinem Bemühen um Stärkung der hierarchisch-zentralistischen Kirchenstrukturen ging eine theologisch restaurative Richtung einher, die aus dem Volkskatholizismus überkommene Frömmigkeitsformen wie die Marienverehrung empfahl. Trotz seiner Popularität und Kontaktfreudigkeit ist es dem Bischof von Rom dabei nicht gelungen, die stärker werdende Entfremdung der Katholiken von der Kirche zu verhindern. Seine rigorose Ablehnung, Frauen zum Priesteramt zuzulassen, sein kompromißloses Nein zur Empfängnisverhütung sowie sein Beharren auf der Zölibatsverpflichtung stoßen zunehmend auf Unverständnis. Von großer politischer Bedeutung waren seine Reisen in sein Heimatland Polen (1979, 1983, 1987), mit welchen er den Klerus in der Auseinandersetzung mit der damaligen kommunistischen Führung stärkte.

Symbolische Geste bei jedem Auslandsbesuch: J. Paul II. küßt den Boden des Gastlandes.

□ bis 1942: Studium der poln. Philologie und Philosophie. □ ab 1942: Teilnahme an einem Untergrund-Priesterseminar. □ 1953: Prof. für Ethik an der Univ. Lublin. □ 1964: Erzbischof von Krakau. □ 1967: Kardinal. □ 1978: Übernahme des Papstamts als Johannes Paul II. □ 1980: Deutschlandbesuch (erster Papstbesuch seit 198 Jahren). □ 1981: Sozialenzyklika »Laborem exercens« mit dem Aufruf nach einer gerechten Verteilung der irdischen Güter; bei einem Attentat am 13.5. auf dem Petersplatz schwer verletzt. □ 1987: Enzyklika »Redemptoris mater« zum Marianischen Jahr. □ 1991: Als erster Papst in Ungarn.

▷ A. Krims: Karol Wojtyla — Papst und Politiker, 1986; L. A. Dorn/A. Slominski: Der Papst und seine Botschaft, 1988.

Johannes XXIII.

(eig. Angelo Giuseppe Roncalli)
Papst (ab 1958)
* 22.11.1881 Sotto il Monte bei Bergamo
† 3.6.1963 Rom

Papst Johannes XXIII. war der Wegbereiter des 2. Vatikanischen Konzils, das 1962 zusammen-

Johannes XXIII.: Das 266. Oberhaupt der kath. Kirche erteilt — noch als Kardinal und Patriarch von Venedig (1953-58) — der Lagunenstadt einen Segen.

trat und zu einer Öffnung der Kirche zur Welt führte. Die bekanntesten seiner acht Enzykliken sind die mit der Forderung nach sozialer Gerechtigkeit und wirtschaftlichem Ausgleich unter den Nationen, »Mater et Magistra« (1961), und die über die Grundlagen eines friedlichen Zusammenlebens der Völker, »Pacem in terris« (1963). Unter seinem Pontifikat wurden die Bischöfe in ihrer Unabhängigkeit gestärkt. Um die Kirche für den Dialog mit nichtkatholischen Kirchen zu öffnen, ließ er unter A. →Beas Leitung das Sekretariat für die Einheit der Christen gründen; auch verstand er es, Kontakte mit führenden Persönlichkeiten sozialistischer Staaten zu knüpfen.

□ 1944-53: Nuntius von Paris. □ 1953-58: Kardinal und Patriarch von Venedig. □ ab 1958: Papst. □ postum 1964: »Geistliches Tagebuch und andere Schriften« (dt. 1968). □ 1968: »Briefe an die Familie 1901-62« (dt. 1971).

▷ L. Elliott: Johannes XXIII., 1974; H. Nürnberger: Johannes XXIII. mit Selbstzeugnissen und Bilddokumenten, 1985; P. Hebblethwaite: Johannes XXIII. Das Leben des Angelo Roncalli, 1986.

John, Elton

(eig. Reginald Kenneth Dwight)
engl. Rockmusiker und Komponist
* 25.3.1947 Pinner, Middlesex

Elton John, der mit seinem Texter Bernie Taupin gleich hinter dem erfolgreichsten Songschreiber-Duo →Lennon/→ McCartney rangiert, zählt seit den 70er Jahren zu den Superstars der Rockmusik. 1970/71 gelang dem Mann mit der Brille mit gleich fünf LPs in den US-Hitparaden ein bemerkenswerter Karrierestart. Zu den größten Erfolgen des extravaganten Sängers und Pianisten zählen »Rocket Man«, »Goodbye yellow brick road« und »That's why they call it the blues«. Anfang der 80er Jahre war J. Mäzen und Präsident des englischen Fußball-Erstligisten FC Watford.

Jasper Johns →

← Elton John

□ 1958-63: Schüler der Royal Academy of Music in London. □ 1963: Unterhaltungspianist in Londoner Hotels. □ 1964: Tourbegleiter u. a. von Long John Baldry. □ ab 1967: Zusammenarbeit mit B. Taupin. □ 1969: Erste LP »Empty Sky«. □ 1970: Erster großer Erfolg im »Troubadour« in Los Angeles. □ 1970: »Tumbleweed Connection« (LP). □ 1971: »Madman across the water« (LP). □ 1972: »Don't shoot me, I'm only the pianoplayer« (LP). □ 1974: Vertrag über 8 Mio. US-$ mit einer Plattengesellschaft. □ 1975: »Rock of the westies« (LP). □ 1982: »Jump up« (LP). □ 1983: »Too low for zero« (LP). □ 1986: »Leather Jackets« (LP). □ 1989: »Sleeping with the past« (LP). □ 1991: »To be Continued« (4 CDs).

Johns, Jasper

amer. Künstler
* 15.5.1930 Augusta, Georgia

Johns ist mit R. →Rauschenberg der Begründer des Neuen Realismus und Vorläufer der Pop-art, zu deren bedeutendsten Repräsentanten er gerechnet wird, obgleich die konzeptuelle Anlage seiner Kunst über Pop-art-Prinzipien hinausreicht. Bei der Bilderserie mit dem Motiv der amerikanischen Flagge interessiert ihn vor allem die Gleichsetzung von realem Gegenstand mit dem Bildgegenstand, die Identität von Bild und Abbild (J: ». . . das ist kein Gemälde, das ist eine Flagge«). Die eigenen Eingriffe in das vorgegebene Motiv sind minimal (z. B. »Flagge über Weiß mit Collage«, 1955, Basel, Kunstmuseum). Auch in den späteren, nach realen Vorlagen gegossenen und bemalten Farb- und Bierdosen ging es ihm um derartige Fragestellungen. In den sog. Zielscheibenbildern erweiterte J. diesen Aspekt um die Zusammenführung von Malerei und Objekt, indem er am oberen Bildrand von »Zielscheibe mit Gipsabgüssen« aus Gips gegossene menschliche Körperteile montierte. Dies bedeutete zunehmend auch die Verbindung von Kunst und Realität, wie in dem 1964 entstandenen »Field Painting« (Privatsammlung), bei dem er Pinsel, Farbdosen, Buchstaben, Lichtschalter u. a. in die Bildfläche integrierte.

□ 1952: Nach dem Studium an der Univ. of Carolina Übersiedlung nach New York; Freundschaft mit R. Rauschenberg und J. →Cage. □ 1954-58: Serien der Fahnen- und Zielscheibenbilder. □ 1959: Bilder mit Zahlen, Farbnamen und Begriffen. □ ab 1960: Bronzegüsse nach Alltagsgegenständen. □ ab etwa 1965: Kartenbilder. □ seit etwa 1970: Experimente mit verschiedenen Formen und Techniken. □ seit 1972: Bilder mit Schrägschraffuren. □ 1977: Retrospektive im Whitney Museum of American Art, New York. □ 1990: Ausstellung der Zeichnungen u. a. in der National Gallery of Art, Washington D. C., und im Kunstmuseum Basel.

▷ R. Francis: Jasper Johns, 1985.

Johnson, Ben

kanad. Leichtathlet
* 30.12.1961 Falmouth, Jamaica

Johnson sorgte 1988 bei den Olympischen Spielen von Seoul für einen der größten Skandale in der Geschichte des Sports. Drei Tage nach dem Sieg über 100 m (vor C. →Lewis) mußte er wegen Doping seine Goldmedaille zurückgeben, der bei dem Lauf erzielte Weltrekord (9,79 sec.) wurde für ungültig erklärt. Da J. zugab, er habe seit 1981 verbotene leistungssteigernde Mittel genommen, wurden auch Weltmeistertitel und Weltrekord (9,83 sec.) von 1987 annulliert. Nach zweijähriger Sperre startete er 1991 ein Comeback, das ohne Erfolg blieb.

Johnson, Earvin »Magic«

amer. Basketballspieler
* 14.8.1959 Lansing, Mich.

Der 2,03 m große Johnson ist der Star im US-Profi-Basketball. »Magic« wird er wegen seines überraschenden Zuspiels und seiner glänzenden Ballbehandlung genannt. Viermal »zauberte« der Spielmacher die Los Angeles Lakers zum Meistertitel. 1981 erhielt er einen Vertrag, der ihm 25 Jahre lang ein jährliches Einkommen von 1 Mio. US-$ garantiert. Wegen Aids-Erkrankung gab er 1991 seine Karriere auf.

Earvin »Magic« Johnson: Basketball in Perfektion.

Eyvind Johnson →

← Ben Johnson

Johnson, Eyvind

schwed. Schriftsteller
* 29.7.1900 Svartbjörnsbyn, Norrbotten
† 25.8.1976 Stockholm

1974 wurde Johnson für seine »Erzählkunst im Dienste der Freiheit« mit dem Nobelpreis für Literatur ausgezeichnet (mit H. →Martinson). Unter Verwendung moderner Stilmittel (Innerer Monolog, Ironie) wandte J. sich in seinem von J. →Joyce und A. →Gide beeinflußten Werk gegen den in Schweden herrschenden Zustand der Resignation und die totalitären Bestrebungen in Europa. In »Rückkehr des Soldaten« (R., 1940) formulierte er, der sich aktiv für politisch Verfolgte einsetzte, die Losung seines späteren Werks: »Nichts ist höher als Freiheit.« Die politisch-allegorische Romantrilogie »Krilon« (1941-43) ist eines der bedeutendsten Beispiele skandinavischer Widerstandsliteratur. Nach dem 2. Weltkrieg schrieb er historische, auf die Gegenwart bezogene Romane wie »Die Heimkehr des Odysseus« (1946, dt. 1948) und »Wolken über Metapont« (1957, dt. 1964).

□ 1919: Gelegenheitsarbeiter in Stockholm. □ 1920: Hg. der Zeitung Unsere Gegenwart. □ 1921-29: Aufenthalt in Deutschland und (ab 1923) in Frankreich. 1927: »Stadt im Dunkel« (R.). □ 1928: »Stadt im Licht« (R.). □ 1934-37: »Hier hast du dein Leben« (R., dt. 1951). □ 1938: »Nachtübung« (R.). □ 1947-49: Aufenthalt in der Schweiz. □ 1949: »Träume von Rosen und Feuer« (R., dt. 1952). □ 1957: Aufnahme in die Schwed. Akademie. □ 1960: »Eine große Zeit« (R., dt. 1966). □ 1973: »Reise ins Schweigen« (R., dt. 1975). □ 1974: Literatur-Nobelpreis.

Johnson, Lyndon Baines

amer. Politiker
* 27.8.1908 Stonewall, Johnson City, Tex.
† 23.1.1973 San Antonio, Tex.

Lyndon B. Johnson: 36. US-Präsident (1963-69).

Nach der Ermordung von J. F. →Kennedy am 22.11.1963 wurde Vizepräsident Johnson entsprechend der Verfassung Präsident der USA. Innenpolitisch versuchte er zunächst die liberale Sozial- und Bürgerrechtspolitik seines Vorgängers fortzusetzen; 1964 setzte J. Steuersenkungen und das Gesetz zur (endgültigen) Aufhebung der Rassentrennung durch. 1965 weitete er den

Vietnamkrieg mit dem Befehl aus, Nordvietnam zu bombardieren. Trotz massiven Truppeneinsatzes konnten die USA die Nordvietnamesen nicht besiegen. Politisch deshalb angeschlagen, verzichtete J. 1968 auf eine erneute Präsidentschaftskandidatur. Zuvor leitete er jedoch noch die Pariser Friedensgespräche ein, die sein Nachfolger R. →Nixon 1973 erfolgreich beendete.

□ 1937-49: Mitgl. des Repräsentantenhauses für die Demokraten. □ 1949-61: Senator von Texas. □ 1953: Fraktionsvors. der Demokraten. □ 1960: Vizepräsident. □ 1963-69: 36. US-Präsident.

▷ R. A. Caro: The years of Lyndon Johnson, NA 1983.

Johnson, Philip Cortelyou

amer. Architekt
* 8.7.1906 Cleveland, Ohio

Johnson trug, beeinflußt vor allem von L. →Mies van der Rohe, zunächst erheblich zur Verbreitung des rationalistisch-funktionalistischen Architekturstils in den USA bei. In den 70er Jahren war er einer der Begründer der postmodernen Architektur. Die ersten Bauten, so das eigene Haus (»Glass House«, 1946-49) in New Canaan, Connecticut, stehen in ihrer klaren Geometrisierung noch ganz unter dem Eindruck des Rationalismus. In die folgenden Bauten ab den 50er Jahren finden bereits historisierende Elemente Eingang. Bei dem Gebäudekomplex der Pennzoil in Houston (1970-76) verbindet sich die geometrische Grundkonzeption mit einer dekorativeren Auffassung. In Bauten wie dem A.T. & T. Building in New York (1978-80) verknüpfte J. vor allem klassizistische Stilelemente mit einer funktionalistischen aber auch von Art-deco-Elementen geprägten Fassadengestaltung, womit er endgültig zu einem der führenden Architekten der Postmoderne wurde.

□ 1930-36: Nach einem Philologiestudium Dir. der neugegründeten Architekturabteilung am Museum of Modern Art, New York (erneut 1946-54). □ 1940-43: Architekturstudium an der Harvard Univ., Cambridge, Mass., bei W. →Gropius und M. →Breuer. □ ab 1954: Eigenes Büro in New York. □ 1956: Kneses Tifereth Israel Synagogue, Port Chester, N. Y. □ 1961: Amon Carter Museum of Western Art, Fort Worth, Tex. □ 1962-68: New York State Theater, Lincoln Center for the Performing Arts, New York. □ 1970-76: Pennzoil Place, Houston, Tex. (mit J. Burgee). □ 1978-82: A. T. & T. Building, New York (mit J. Burgee).

▷ N. Miller: The buildings of Philip Johnson and John Burgee, engl. 1979.

Johnson, Uwe

dt. Schriftsteller
* 20.7.1934 Cammin (heute Polen)
† 23.2.1984 Sheerness-on-Sea (Großbritannien)

In der ehemaligen DDR totgeschwiegen, erregte Johnson in der BRD mit dem kurz vor seiner Übersiedlung erschienenen Roman »Mutmaßungen über Jakob« (1959) Aufsehen. J.s Hauptthemen, der wie G. →Grass zur 2. Generation der Nachkriegsautoren zählt, sind menschliche und sprachliche Entfremdung als Folge der deutschen Teilung sowie der mißglückte Neuanfang von 1945 in beiden deutschen Staaten. In seinem Hauptwerk, dem Roman »Jahrestage« (1970-83), zeichnet J. collageartig ein perspektivenreiches Bild erlebter Geschichte von der Weimarer Republik über den Nationalsozialismus und die stalinistischen Anfänge der DDR bis zur amerikanischen Gegenwart der 60er Jahre.

Uwe Johnson: Beobachter des geteilten Deutschlands.

← Philip Johnson

□ 1959: Übersiedlung nach West-Berlin. □ 1961: »Das dritte Buch über Achim« (R.). □ 1965: »Zwei Ansichten« (R.). □ 1966-68: Arbeit in einem New Yorker Verlag. □ 1970-83: »Jahrestage. Aus dem Leben von Gesine Cresspahl« (R., 4 Bde.). □ 1971: Georg-Büchner-Preis. □ 1974: Übersiedlung nach England. □ 1975: »Berliner Sachen« (Es.s). □ 1980: »Begleitumstände. Frankfurter Vorlesungen«. □ 1982: »Skizze eines Verunglückten« (Erz.). □ postum 1985: »Ingrid Babendererde« (R., entst. 1953/54).

▷ R. Baumgart (Hg.): Über Uwe Johnson, 1970; W. Schmitz: Uwe Johnson, 1984.

Joliot-Curie, Frédéric und Irène

frz. Physiker
Irène Curie: * 12.9.1897 Paris † 17.3.1956 ebd.
Frédéric Joliot: * 19.3.1900 Paris † 14.8.1958 ebd.

Die Eheleute Joliot-Curie entdeckten 1934 die künstlich angeregte Radioaktivität und neue radioaktive Elemente. Durch Beschuß von Aluminiumatomen mit Alphateilchen gelang ihnen die Vergrößerung eines Atomkerns und seine Umwandlung in ein in der Natur nicht vorkommendes radioaktives Element.
Schon 1932 hatten sie die von W. →Bothe beim Beschuß von Beryllium mit Alphateilchen bemerkte Strahlung als eine elektrisch neutrale Sekundärstrahlung erkannt, was zur Entdeckung des Neutrons durch J. →Chadwick führte. Beide schufen mit ihren fundamentalen Experimenten zur Kernphysik die Grundlagen zur Anwendung radioaktiver Isotope in der Medizin und Biochemie, wofür sie 1935 den Chemie-Nobelpreis er-

hielten. Aufgrund der ersten Kernspaltung von O. →Hahn erkannten die J.s 1939 die Möglichkeit einer nuklearen Kettenreaktion und gehörten beide, kommunistischen Idealen und der Résistance verbunden, ab Mitte der 40er Jahre der französischen Atomenergiekommission an. Ab 1946 leitete erst Irène, nach ihrem Tod 1956 ihr Mann Frédéric das einst von I.s Mutter geführte Institut du radium in Paris.

Frédéric und Irène Joliot-Curie: 1935 gemeinsam mit dem Chemie-Nobelpreis geehrt.

☐ ab 1918: Irène C. Mitarbeiterin an dem von ihrer Mutter M. →Curie geleiteten Inst. du radium in Paris. ☐ ab 1925: Frédéric J. Mitarbeiter ebd. ☐ 1926: Eheschließung. ☐ ab 1937: Irène J. Prof. an der Sorbonne; Frédéric J. Prof. am Collège de France, Paris. ☐ 1946-51: Irène J. Mitgl. der frz. Atomenergiekommission (wegen ihrer kommunistischen Aktivitäten entlassen); Frédéric J. Hoher Kommissar bis 1950 ebd.; Präs. des Weltfriedensrates im gleichen Jahr. ☐ 1946-56: Irène J. Dir. des Inst. du radium. ☐1956-58: Frédéric J. Dir. des Inst. du radium.

Jonas, Franz

österr. Politiker
* 4.10.1899 Wien † 24.4.1974 ebd.

Bereits in jungen Jahren kam Jonas zur sozialistischen Bewegung. Über Gewerkschafts- und Abendschulen erarbeitete sich der gelernte Schriftsetzer seinen Weg in die Politik. Wegen seiner Beteiligung an den »Februar-Kämpfen« 1934 saß er über ein Jahr im Gefängnis, wurde dann aber freigesprochen. 1965 wurde der weithin geachtete Wiener Bürgermeister zum Bundespräsidenten gewählt.

F. Jonas: Kurz vor der Wahl zum Wiener Bürgermeister.

☐ 1932: Vors. der SPÖ in Wien-Floridsdorf. ☐ 1934/35: In politischer Haft. ☐ 1945: Stadtrat in Wien. ☐ 1949: Obmann der SPÖ in Wien. ☐ 1950: Stellv. Obmann der SPÖ. ☐ 1951-65: Bürgermeister und Landeshauptmann von Wien. ☐ 1952/53: Mitgl. des Bundesrats. ☐ 1953-65: Mitgl. des Nationalrats. ☐ ab 1965: Bundespräsident.

Jonas, Hans

dt. Philosoph
* 10.5.1903 Mönchengladbach

Als Religionswissenschaftler befaßte sich Jonas mit der Entstehung der antiken Gnosis und ihrer apokryphen Wirkungsgeschichte (»Gnosis und spätantiker Geist«, 2 Bde. 1934, 1954). Gegenstand seiner aktuellen philosophischen Ethik ist ebenfalls der Dualismus von Mensch und Welt, der durch die technologischen Möglichkeiten der hochspezialisierten Naturwissenschaften sowie der Hochrüstung an Brisanz zunimmt. Mit seinem auf E. →Bloch anspielenden »Prinzip Verantwortung. Versuch einer Ethik für die technologische Zivilisation« (1979) fordert J. im Sinne eines kategorischen Imperativs Verantwortung für Wirkung und Spätfolgen jeder Handlung im Hinblick auf die »Permanenz echten menschlichen Lebens auf Erden«, sowohl für künftige Generationen wie für den Fortbestand der Natur. Anläßlich der Verleihung des Friedenspreises des Deutschen Buchhandels (1987) forderte J. eine Erweiterung der Grundrechte durch »Grundpflichten«.

☐ 1933-35: Emigration über England nach Palästina. ☐ 1938: Dozent an der Hebräischen Univ., Jerusalem. ☐ 1949: Prof. an der McGill Univ. in Montreal, Kanada. ☐ 1950-54: Prof. an der Carleton Univ., Ottawa. ☐ 1955-76:

Hans Jonas: »Jeder trägt die Verantwortung für sein Tun«.

Prof. an der New School for Social Research, New York. □ 1958: »The gnostic religion« (Schr.). □ 1966: »Organismus und Freiheit. Ansätze zu einer philosophischen Biologie« (Schr., dt. 1973). □ 1978: »Macht oder Ohnmacht der Subjektivität?« (Schr., dt. 1981). □ 1985: »Technik, Medizin und Ethik. Zur Praxis des Prinzips Verantwortung« (Schr.). □ 1987: »Der Gottesbegriff nach Auschwitz« (Schr.). □ 1991: »Erkenntnis und Verantwortung« (Schr.).

Jones, Gwyneth

walis. Sängerin
* 7.11.1936 Pontnewynydd

Die Sopranistin Jones wurde mit dramatischen Partien im deutschen wie im italienischen Fach zum Weltstar. Zu ihren Lieblingsrollen gehören die Heldinnen Wagners und die Frauengestalten

Gwyneth Jones: Opern-Weltstar aus Wales.

bei R. →Strauss. Als Brünhilde erhielt sie 1976 bei dem Jahrhundert-»Ring des Nibelungen« (Rg. P. →Chérau) in Bayreuth frenetischen Applaus.

□ 1962: Nach Studium am Royal College of Music in London und der Accadèmia Chigiana in Siena Engagement in Zürich. □ seit 1963: Mitgl. der Covent Garden Opera in London. □ 1966: Wiener Staatsoper. □ 1972: Elisabeth und Venus in Wagners »Tannhäuser« bei den Bayreuther Festspielen. □ 1976: Feldmarschallin im »Rosenkavalier« (R. Strauss). □ 1987: Shakespeare-Preis der Stadt Hamburg.

▷ I. Fabian/G. Persché (Hg.): Oper 1990. Gespräche mit Gwyneth Jones, 1990; T. Haberfeld: Gwyneth Jones. Bilder ihres Lebens und ihrer Rollen, 1991.

Ernest Jones →

Jones, (Alfred) Ernest

walis. Psychoanalytiker
* 1.1.1879 Gowerton † 11.2.1958 London

Jones, ein früher Schüler S. →Freuds, schrieb die erste umfassende Biografie des Meisters, »Das Leben und Werk von Sigmund Freud« (3 Bde., 1953-57, dt. 1960-62). J. führte die Psychoanalyse in England ein, verteidigte die junge Bewegung in ihren Anfängen gegen Angriffe und bewahrte sie vor Zersplitterung.

□ 1907: Erster Kontakt mit Freud. □ 1908-13: Prof. für Psychiatrie an der Univ. of Toronto. □ 1913: Präs. der Int. psychoanalytischen Gesellschaft. □ 1920: Gründer des International Journal of Psychoanalysis (Hg. bis 1939) und der London Psychoanalytic Association. □ ab 1926: Dir. der London Clinic of Psychoanalysis.

Jones, Quincy Delight

amer. Musiker und Produzent
* 14.3.1933 Chicago, Ill.

Quincy Jones: Beladen mit sechs Grammy Awards, 1991.

Als Musiker spielte Jones Trompete bei L. →Hampton, als Arrangeur arbeitete er mit nahezu allen amerikanischen Superstars (u. a. F. →Sinatra, A. →Franklin, B. →Holiday, S. →Davis jr.). Er komponierte die Musik zu TV-Serien wie »Ironside« (dt. »Der Chef«) oder Filmen wie »In der Hitze der Nacht« (mit S. →Poitier), während er als Produzent u. a. verantwortlich ist für »Thriller« (1982) von M. →Jackson, die meistverkaufte LP aller Zeiten. Für den Grammy Award und den Oscar wurde er mehr als 40mal nominiert, bekommen hat er den Grammy u. a. als Jazzmusiker, Arrangeur und Komponist (Filmmusik). J. wurde als erster Farbiger Vizepräsident einer Plattenfirma (1962, Mercury-Records), gründete 1980 seine eigene und wurde 1985 auch Filmproduzent (»Die Farbe Lila«, mit Whoopi Goldberg) — unter den Musikern der Gegenwart ist J. einmalig vielseitig und gleichermaßen erfolgreich.

☐ 1947: Eigene Band mit R. →Charles. ☐ 1952-55: Studium an der Berkeley School of Music in zehn Fächern. ☐ 1956-61: Wohnsitz in Paris, Musikstudium bei N. →Boulanger; Arrangeur, Komponist und Dirigent. ☐ 1963: Erste eigene LP »Big Band Bossa Nova«. ☐ 1970: Grammy Award für »Walking in space« (LP). ☐ 1972: Grammy Award für die Filmmusik zu »Der Anderson Clan« (Rg. S. →Lumet). ☐ 1973: Grammy Award für »Summer in the city« . ☐ 1974: Erste eigene Goldene LP für »Body Heat«. ☐ 1991: Fünf Grammy Awards für »Back on the block« (LP), einer als »Produzent des Jahres«; »Listen up — the lives of Quincy Jones« (F.).

▷ N. George: Listen up — the lives of Quincy Jones, 1991.

Jones, Tom

(eig. Thomas John Woodward)
walis. Sänger
* 7.6.1940 Pontypridd, Wales

Tom Jones wurde Mitte der 60er Jahre mit Hits wie »It's not unusual« und der Titelmelodie des James-Bond-Films »Thunderball« zum weltweit populären Unterhaltungs-Star. Ab Mitte der 70er Jahre trat er vorwiegend in den Hotels des amerikanischen Spielerparadieses Las Vegas auf, wo er zum bestbezahlten Entertainer nach E. →Presley wurde. 1987 gelang ihm mit seiner Cover-Version des von → Prince komponierten Klassikers »Kiss« ein vielbeachtetes Comeback in den internationalen Hitparaden.

☐ 1965: Erster Hit »It's not unusual«; »What's new, pussycat«. ☐ 1967: Hit »Green, green grass of home«; »Thirteen Smash Hits« (LP). ☐ 1968: »Delilah«. ☐ 1969: »This is Tom Jones« (LP); erste Auftritte in Las Vegas. ☐ 1970: »I (Who have nothing)« (LP). ☐ 1971: »She's a lady«. ☐ 1976: »Say you'll stay until tomorrow« (LP). ☐ 1977: »What a night« (LP). ☐ 1980: »Rescue me« (LP). ☐ 1989: »At this moment« (LP).

← Tom Jones

Joop, Wolfgang

dt. Modedesigner
* 18.11.1944 Potsdam

Joop kreiert exklusives Prêt-à-porter. Sein ideenreicher Stil ist unaufdringlich, die Farben zurückhaltend. Seine Tageskleidung ist sportlich-feminin, die Abendmode figurbetont und opulent. Häufig fließen historische Kunststile in seine Mode ein, wie 1987/88 Elemente der italienischen Frührenaissance.

☐ bis 1977: Studium der Werbepsychologie, Kunst und Pädagogik in Braunschweig; Moderedakteur bei Neue Mode; freier Designer für int. Modefirmen. ☐ 1978: Erfolg mit erster Pelzkollektion. ☐ 1981: Erste Prêt-à-porter-Kollektion unter dem Markenzeichen »Joop!«. ☐ seit 1985: Herrenmode, Accessoires und Porzellan-Design; Prof. an der Hochschule für Künste, Berlin. ☐ 1987: Parfum »Joop!«.

← Wolfgang Joop

Jooss, Kurt

dt. Tänzer, Choreograph und Ballettdirektor
* 12.1.1901 Wasseralfingen, Württ.
† 22.5.1979 Heilbronn (Unfall)

Aus der Schule R. v. →Labans kommend, bemühte sich Jooss als Tänzer und Choreograph um eine Verbindung von klassischem Ballett und Ausdruckstanz und wurde so zu einem der Väter des Modern Dance (»Der grüne Tisch«, 1932). Als Mitbegründer und Leiter der Tanzabteilung an der Folkwang-Schule in Essen hatte er nach Kriegsende großen Einfluß auf die deutsche Tanzszene; zu seinen Schülerinnen gehören R. → Hoffmann und P. →Bausch.

☐ 1920-24: Arbeit als Tänzer mit R. v. Laban in Mannheim und Hamburg. ☐ 1924: Gründung der Neuen Tanzbühne in Münster. ☐ 1928: Gründung des Folkwang-Tanztheaters in Essen. ☐ 1934-49: Aufenthalte u. a. in Großbritannien und den USA, ausgedehnte Tourneen mit der eigenen Truppe. ☐ 1934-40: Leiter einer Tanzschule in Dartington Hall (Großbritannien). ☐ 1949-68: Leiter der Tanzabteilung der Folkwang-Schule (später: Hochschule) in Essen. ☐ 1954-56: Zugleich Ballettmeister der Düsseldorfer Oper. ☐ 1968-73: Produktionen für die Salzburger Festspiele.

Joplin, Janis Lyn

amer. Rocksängerin
* 19.1.1943 Port Arthur, Tex.
† 4.10.1970 Los Angeles, Kalif.

Joplin, die in den nur drei Jahren ihrer Karriere neben J. →Hendrix zum Synonym einer ganzen Rock-Epoche wurde, verkörperte die Beatnik-Philosophie »live fast, love hard, die young«. Mit ihren emotionsgeladenen Auftritten und ihrem hemmungslos-ekstatischen Gesangsstil etablier-

Janis Joplin: Rock-»Königin« der späten 60er.

te sich die Sängerin der Gruppe Big Brother and the Holding Company im August 1967 auf dem Monterey Pop Festival als unumstrittene Königin des Rock und Blues. Nach der Einspielung der LP »Pearl« starb sie an einer Überdosis Heroin. Ihr Leben wurde 1979 mit B. →Midler in der Hauptrolle u. d. T. »The Rose« verfilmt.

□ ab 1960: Nachtklubsängerin in Austin und Houston. □ 1965: Besuch des Lamar College of Technology in Beaumont, Tex. □ 1966-68: In San Francisco Sängerin der Gruppe Big Brother and the Holding Company. □ 1968: »Big Brother and the Holding Company featuring Janis Joplin«; »Cheap Thrills« (LPs); Sängerin der Gruppe Full Tilt Boogie; Europatournee. □ 1969: »Kozmic Blues« (LP). □ postum 1971: »Pearl« (LP). □ 1972: »In concert« (LP). □ 1973: »Greatest Hits«.

▷ T. Dittrich: Janis Joplin — Asche ins Meer, 1984.

Joplin, Scott

amer. Ragtime-Komponist
* 24.11.1868 Texarkana, Tex. † 1.4.1917 New York

Joplin war der King of Ragtime. Von einem deutschen Lehrer im Klavierspiel unterwiesen, vollendete er die Entwicklung dieser im Süden der USA wurzelnden Musik, indem er die romantische Pianotradition Europas mit der Folklore der Schwarzen verband. Von den über 600 Rags J.s, den L. →Armstrong zu seinen Vorbildern zählte, sind nur wenige erhalten. Zu den bekanntesten Stücken zählen »Maple Leaf Rag« und »The Entertainer«, das 1973 als Titelmusik des Films »Der Clou« (Rg. G. R. Hill) weltberühmt wurde.

Jordan, (Ernst) Pascual

dt. Physiker
* 18.10.1902 Hannover † 31.7.1980 Hamburg

Jordan, Mitbegründer der Quantenmechanik, verfaßte mit M. →Born die »Elementare Quantenmechanik« (1930) und formulierte mit ihm sowie W. →Heisenberg 1925 die Grundlagen der Matrizenmechanik. Unabhängig von P. A. M. →Dirac entwickelte J. 1926 eine die Quantenmechanik verallgemeinernde Transformationstheorie, die den Übergang von einer quantenmechanischen Darstellung zu einer anderen beschreibt und die Wahrscheinlichkeit angibt, mit welcher den gemessenen Objekten bestimmte Werte zugeordnet werden können. Später weitete J. die Quantenmechanik auf die Elektrodynamik sowie Biologie aus und erforschte die Wirkungen radioaktiver Strahlung auf Zellen und Organismen.

Pascual Jordan: Konrad-Adenauer-Preisträger von 1970.

□ 1933: »Statistische Mechanik auf quantentheoretischer Grundlage« (Schr.). □ 1935-44: Prof. an der Univ. Rostock. □ 1936: »Die Physik des 20. Jahrhunderts« (Schr.). □ 1944-47: Prof. an der Univ. Berlin. □ 1947-70: Prof. an der Univ. Hamburg. □ 1952: »Schwerkraft und Weltall« (Schr.). □ 1957-61: MdB (CDU). □ 1963-67: Präs. der Akademie der Wissenschaften und Literatur, Mainz. □ 1966: »Die Expansion der Erde« (Schr.). □ 1969: »Albert Einstein. Sein Lebenswerk und die Zukunft der Physik« (Biogr.). □ 1971: »Wie frei sind wir? Naturgesetz und Zufall« (Schr.). □ 1979: »Aufbruch zur Vernunft« (Schr.).

Anker Jørgensen →

Asger Jorn →

Jørgensen, Anker

dän. Politiker
* 13.7.1922 Kopenhagen

Jørgensen, der sich aus einfachsten Verhältnissen zu einem der führenden Politiker seines Landes emporgearbeitet hat, wird dem sozialistischen Flügel seiner Partei zugerechnet. Im Gegensatz zu den meisten seiner Kollegen in den Gewerkschaften engagierte er sich seit den frühen 60er Jahren für einen Beitritt Dänemarks zur EG, deren Mitglied es 1973 wurde. Erst nach zähen Verhandlungen trat er 1975 an die Spitze eines Minderheitskabinetts, das 1979 Grönland die volle Selbstverwaltung zugestand.

□ 1964: Mitgl. des Folketings (Reichstag) für die Sozialdemokratische Partei. □ 1968-72: Vors. der Gewerkschaft für ungelernte Arbeiter. □ 1972, 1975-82: Ministerpräsident.

Jorn, Asger Oluf

(eig. Asger Oluf Jørgensen)
dän. Maler
* 3.3.1914 Vejrun, Jütland † 1.5.1973 Århus

Als einer der Hauptinitiatoren der neoexpressionistischen Gruppe Cobra und mit seinem abstrakt-figurativen Werk übte Jorn großen Einfluß auf die Entstehung und Ausbreitung des Abstrakten Expressionismus nach dem 2. Weltkrieg aus. Seine Bilder, die in starker Verzerrung und Deformation mit einem expressiven, gestischen Farbauftrag u. a. dämonische Gestalten wiedergeben, waren nicht zuletzt vom Erlebnis des Krieges geprägt. Sie stellten bewußte Antithesen zum sich gleichzeitig entwickelnden rein abstrakten und an außerkünstlerischen Bezügen desinteressierten Informel (→ Wols u. a.) dar. Die frei zwischen Abstraktion und Gegenstandsbezug fluktuierende, dick und in starken Farben aufgetragene Malerei J.s verwandelt die Dingwelt chiffrenhaft in den Ausdruck psychischer Prozesse (»Le monde perdu«, 1960, Eindhoven, Stedelijk van Abbe-Museum) und hat ihren Einfluß bis in die jüngste Zeit nicht verloren (z. B. auf die sog. Neuen Wilden).

□ 1930-35: Nachexpressionistische Landschaften und Porträts. □ 1936/37: Parisaufenthalt; Einfluß durch W. →Kandinsky und Zusammenarbeit mit F. → Léger. □ ab 1937: Annäherung an den Surrealismus. □ 1948-51: Mitgl. der Gruppe Cobra. □ 1952: »Heil und Zufall« (Es.s). □ seit 1956: Monumentale Wandbilder, Keramikdekorationen. □ ab 1970: Beschäftigung mit dem Holzschnitt.

▷ W. Schmied: Asger Jorn, 1973.

Josephson, Brian David

brit. Physiker
* 4.1.1940 Cardiff, Wales

Brian Josephson: Physik-Nobelpreisträger von 1973.

1962 stellte Josephson, seit 1974 Professor an der Cambridge University, zwei neue Prognosen zum sog. Tunneleffekt auf, wonach der Strom in Supraleitern auch dann noch fließt, wenn der Stromkreis durch dünne Isolationsschichten unterbrochen ist. Die 1963 experimentell bestätigten »Josephson-Effekte« bezeichnen das nach den Gesetzen der klassischen Physik unmögliche Phänomen, daß Elektronen unter bestimmten Bedingungen (L. N. →Cooper) isolierende Grenzschichten widerstandslos »durchtunneln« können, wobei bei Gleichstrom kein Spannungsabfall und bei Wechselstrom Infrarot- und Mikrowellenstrahlung auftritt.
Bedeutend wurden J.s Erkenntnisse für die Entwicklung von mikrophysikalischen Präzisionsmessungen und von schnellen Schalt- und Speicherelementen für die elektronische Datenverarbeitung. 1973 erhielten J., L. →Esaki und I. → Giaever den Physik-Nobelpreis.

Jouhandeau, Marcel

frz. Schriftsteller
* 26.7.1888 Guéret, Dep. Creuse
† 7.4.1979 Rueil-Malmaison bei Paris

← Marcel Jouhandeau

Jouhandeau war einer der radikalsten Schriftsteller der katholischen Erneuerungsbewegung Renouveau catholique (G. →Bernanos) in Frankreich. Seine Texte sind scharfe Angriffe gegen die moralische Verderbtheit des (Provinz-)Bürgertums. Er machte seine nächste Umgebung, seine Familie und sich selbst zum Gegenstand seiner Romane, die teilweise einer totalen Selbstentblößung nahekommen.

□ 1908: Umzug nach Paris. □ 1912-49: Mathematiklehrer. □ 1921: »Der junge Theophil« (R., dt. 1957). □ 1924: »Die Pincengrains« (R.). □ 1929: Vermählung mit einer Tänzerin. □ 1937: »Die jüdische Gefahr« (Schr.). □ 1938: »Das anmutige Ungeheuer« (R., dt. 1956). □ 1941: Prodeutscher Artikel in der Zeitschrift Nouvelle Revue Française. □ 1955: »Bausteine. Elemente einer Ethik« (Es., dt. 1958).

Jowkow, Jordan

bulg. Schriftsteller
* 9.11.1880 Zeravna † 15.10.1937 Sofia

Jowkow, bedeutender Vertreter der Gattung der Kurzgeschichte in Bulgarien und ehemaliger Kriegsberichterstatter, entwarf in realistischem, z. T. romantischem Stil psychologisch einfühlsame Porträts von Landbewohnern in der Dobrudscha. Bekannt wurden auch seine Tiergeschichten (u. a. »Wenn sie sprechen könnten«, 1936) und Dramen (u. a. »Die Prinzessin von Alfatar«, 1932, dt. 1943).

□ 1912/13: Berichterstatter während der beiden Balkankriege. □ 1914-18: Kriegsberichterstatter im 1. Weltkrieg. □ 1920: »Der Schnitter« (Erz., dt. 1941). □ 1920-27: Presseattaché an der bulg. Botschaft in Bukarest. □ ab 1927: Beamter im Außenministerium in Sofia. □ 1927: »Balkanlegenden« (dt. 1959). □ 1933/34: »Das Gut an der Grenze« (R., dt. 1939).

Joyce, James

anglo-ir. Schriftsteller
* 2.2.1882 Dublin † 13.1.1941 Zürich (Schweiz)

Mit dem epochemachenden Roman »Ulysses« (1922, dt. 1927) begründete Joyce seinen Ruf als literarisches Genie. »Ulysses« ist die radikalste Übertragung des homerischen »Odysseus« in die Sprache und Zeit des 20. Jh.s. Der labyrinthisch konstruierte Roman enthält unterschiedliche Beziehungssysteme, die mehrere Prinzipien erkennen lassen: Den verschiedenen Episoden ist jeweils ein Körperorgan, eine Wissenschaft und ein Symbol zugeordnet. Vordergründig ist der Roman das Epos einer Stadt (J.s Geburtsstadt Dublin) an einem einzigen Tag, dem 16. Juni 1904, dem Tag, an dem J. seine Lebensgefährtin kennengelernt hatte und den Joyce-Anhänger heute als Bloomsday feiern.
Die Handlung des Romans umfaßt den Tagesablauf von Leopold Bloom, seiner Frau Molly und des jungen Stephen Dedalus. J. schildert den scheinbar so vertrauten Alltag, der durch die unkonventionelle Erzählweise, die in jedem der 18 Kapitel wechselt, an Selbstverständlichkeit verliert. Dabei experimentiert er mit Wortschöpfungen und -verkürzungen, mit Syntax und Interpunktion. Neben formaler Kühnheit und unvermittelten Standortwechseln arbeitet J. mit Stilmischungen; am bekanntesten ist der Schlußmonolog der Molly Bloom, der sich als Ineinanderströmen von Gedanken (stream of consciousness) zu einem einzigen seitenlangen Satz ausdehnt und auch im Theater aufgeführt wird. Schon vor Erscheinen wurde sein Werk in England, Irland und den USA wegen angeblicher Obszönitäten verboten; Sylvia Beach, Inhaberin der Pariser Buchhandlung Shakespeare & Co., brachte 1922 eine zensierte Ausgabe heraus, die erste vollständige Ausgabe des »Ulysses« konnte erst postum 1958 erscheinen.

James Joyce: Mit Adrienne Monnier und Sylvia Beach, den Herausgeberinnen seines »Ulysses«, in der Buchhandlung Shakespeare & Co., Paris 1938.

Der Ire wurde zum Revolutionär der Roman-Welt.

In seinem zweiten großen Roman »Finnegans Wake« (1939, dt. Auszüge 1971, erste Gesamtübersetzung 1991 von Dieter Stündel fertiggestellt), dem Monolog einer geträumten Weltgeschichte in einer Nacht, betreibt J. Sprachexperimente bis hin zur Auflösung der Sprache selbst. Beide Werke stießen zunächst auf großes Unverständnis, beide galten lange als unübersetzbar, heute jedoch ist aus dem umstrittenen Avantgardisten ein anerkannter Klassiker der Moderne geworden.

□ 1888-98: Besuch von Jesuitenschulen in Clongowes Wood/Kildare und Dublin. □ 1898-1902: Literatur- und Sprachstudium an der Univ. in Dublin. □ 1902/03: Medizinstudium in Paris. □ 1904: Bekanntschaft mit Nora Barnacle, seiner langjährigen Lebensgefährtin und späteren Ehefrau (ab 1931); Englischlehrer in Pola, Istrien. □ 1905: Übersiedlung nach Triest; Tätigkeit als Englischlehrer und Journalist; »Dubliner« (Erz.n, dt. 1928). □ 1913: Bekanntschaft mit E. →Pound. □ 1915: Übersiedlung nach Zürich. □ 1916: »Ein Porträt des Künstlers als junger Mann« (R., dt. 1926). □ ab 1916: Förderung durch H. S. Weaver. □ 1918: »Verbannte« (Dr., dt. 1918). □ 1920: Übersiedlung nach Paris, Bekanntschaft mit T. S. → Eliot. □ 1922: »Ulysses« (zensierte Ausgabe, dt. 1927). □ 1928: Bekanntschaft mit S. →Beckett. □ 1930: Erste Augenoperation. □ 1939: »Finnegans Wake« (R., dt. 1958). □ postum 1944: »Stephen Daedalus« (R., dt. 1958). □ 1958: Erste vollständige Ausgabe von »Ulysses« (dt. 1975).

▷ U. Multhaupt: James Joyce, 1980; St. Gébler Davies: James Joyce, 1987; J. Joyce: Briefe an Sylvia Beach, 1991.

Joyner-Kersee, Jackie

amer. Leichtathletin
* 3.3.1962 East St. Louis

Joyner-Kersee gehörte zu den besten Mehrkämpferinnen der Leichtathletik. Bei den Olympischen Spielen von Seoul (1988) gewann sie im Siebenkampf und im Weitsprung (7,40 m) die Goldmedaille. Mit ihrem Trainer und Ehemann Bob Kersee, dem Bruder Al Joyner (Olympiasieger im Dreisprung 1984) und dessen Ehefrau F. →Griffith-Joyner bildet sie eine erfolgreiche Sportlerfamilie. 1991 schied sie bei der WM in Tokio im Siebenkampf verletzt aus.

□ 1984: Olympiazweite von Los Angeles im Siebenkampf. □ 1986: Als erste Athletin im Siebenkampf über 7000 Punkte. □ 1987: Weltmeisterin im Weitsprung und Siebenkampf. □ 1988: Zweimal Weltrekord im Siebenkampf (7215 und 7291 Punkte).

← Jackie Joyner-Kersee

Juan Carlos I.: Seit 1975 König von Spanien.

Juan Carlos I.

(eig. Juan Carlos Victor Maria de Borbón y Borbón)
König von Spanien
* 5.1.1938 Rom

Nach fast 40 Jahren Diktatur ist Juan Carlos I. seit 1975 Garant der demokratischen Entwicklung Spaniens. Nach dem Tod von F. →Franco (1975) wurde J. zum König proklamiert. Er begann unverzüglich mit der Auflösung franquistischer Einrichtungen und der Durchsetzung demokratischer Reformen. Mit der Zulassung von Parteien und einem Referendum über die Reformgesetze schuf er die Voraussetzungen für die ersten freien Parlamentswahlen (1977) seit 1936. Der konsequenten Haltung des Königs war es zu verdanken, daß der Putsch 1981 scheiterte. Mit seinem Eintreten für die EG und den Bemühungen um eine friedliche Lösung des Gibraltar-Konflikts durch persönliche Gespräche in Großbritannien fand der Monarch auch im Ausland Anerkennung.

□ 1947: Nach Wiedereinführung der Monarchie durch General Franco zu dessen Nachfolger bestimmt (unter Übergehung des gleichnamigen Vaters); danach breitgefächerte militärische und wissenschaftliche Ausbildung. □ 1962: Heirat mit Sophia von Griechenland. □ 1969: Offizielle Berufung als »Prinz von Spanien« zum künftigen König. □ seit 1975: König. □ 1981: Putschversuch rechtsextremer Kräfte.

▷ Ph. Nourry: Juan Carlos, un roi pour les républicains, 1986.

Donald Judd →

Judd, Donald

amer. Künstler
* 3.6.1928 Excelsior Springs, Missouri

Judd ist mit seinen aus kubistischen Elementen gebildeten, raumbezogenen und raumverändernden Wand- und Bodenobjekten einer der wichtigsten Vertreter der Minimal Art. Für seine Arbeiten nach einfachem Bausteinprinzip verwendet er Materialien wie Blech, Aluminium und Plexiglas, die häufig in Primärfarben bemalt werden (z. B. bei dem unbetitelten Bodenobjekt von 1966 im Whitney Museum of American Art, New York). Mit seinen Plastiken in serieller Anordnung oder Reihung proklamiert J. eine dritte Kunstform neben Malerei und Skulptur: die Plazierung »spezifischer« Objekte im Raum. Die aus konstruktivistisch-konkreten Ansätzen abgeleiteten Darstellungsmittel sind im Sinne einer »demokratischen Kunst« (J.) bewußt formalisiert und entindividualisiert. Raum-, Material- und Lichtwirkung stehen im Mittelpunkt.

□ 1947-62: Studium der Malerei (Art Students' League, New York), Philosophie und Kunstgeschichte (Columbia Univ., New York). □ 1953-60: Gemälde in abstrakt-expressionistischem Stil; Tätigkeit als Kunstkritiker. □ 1960-62: Übergang zur Plastik. □ 1963: Erste Gruppenausstellung mit E. →Kelly, D. → Flavin, R. →Morris und F. →Stella. □ 1965: In »Specific Objects« (Es.s) theoretische Fundierung der Minimal Art. □ seit 1968: Einzelausstellungen in bedeutenden Museen, u. a. der National Gallery of Canada, Ottawa (1971). □ 1976: Prof. am Oberlin College, Ohio. □ 1982: Teilnahme an der documenta 7 in Kassel. □ 1987: Ausstellungen (Stedelijk van Abbe-Museum, Eindhoven; Musée d'Art Moderne de la Ville de Paris; Städtische Kunsthalle, Düsseldorf).

Harald Juhnke →

Juhnke, Harald

(eig. Harry Heinz Herbert)
dt. Schauspieler und Entertainer
* 10.6.1929 Berlin

Juhnke zählt zu den beliebtesten Entertainern und Show-Moderatoren des deutschen Fernsehens, das ihm in zahlreichen Serien zu großer Popularität verholfen hat. In Boulevardkomödien und Unterhaltungsfilmen spielt J. meist galante Liebhaber und spitzbübische Gauner; mit seinem Berliner Witz und Charme erringt er immer wieder die Gunst des Publikums. In den 80er Jahren war seine Karriere aufgrund von Alkoholproblemen kurzzeitig gefährdet.

□ 1950: Erstes Theaterengagement in Neustrelitz/Schwerin. □ 1953: Filmdebüt in »Drei Mädchen spinnen« (Rg. C. Fröhlich). □ 1977: Titelrolle in der TV-Serie »Ein Mann für alle Fälle«. □ 1978: Titelrolle in der TV-Serie »Ein Mann will nach oben«. □ 1979: Hauptrolle in der TV-Serie »Ein verrücktes Paar«. □ 1979-81: Moderator der Fernsehshow »Musik ist Trumpf«. □ 1985: »Plaza Suite« (N. Simon). □ 1986: TV-Serie »Harald und Eddi« (mit E. Arent). □ 1991: TV-Serie »Juhnke und Co.«.

▷ H. Juhnke: Die Kunst ein Mensch zu sein (Aut.), 1980; ders.: Alkohol ist keine Lösung (Aut.), 1982.

Jukawa, Hideki

jap. Physiker
* 23.1.1907 Tokio † 8.9.1981 Kioto

Jukawa erforschte die atomaren Elementarteilchen und die zwischen den Nukleonen vermittelnden Kernkräfte. Vor der Entdeckung der dafür verantwortlichen Mesonen sagte J. 1935 aufgrund seiner Feldtheorie die Existenz eines mittelschweren Elementarteilchens voraus, das eine etwa 250fache Elektronenmasse besitzen sollte. 1947 konnte das äußerst kurzlebige »Pion« (Pi-Meson) in der Höhenstrahlung nachgewiesen werden (C. F. →Powell).

□ ab 1939: Prof. an der Univ. Kioto. □ 1949: Physik-Nobelpreis. □ 1953-70: Leiter des Research Inst. for Fundamental Physics, Kioto.

Juliana

Königin der Niederlande
* 30.4.1909 's Gravenhage

Die sozial engagierte Königin Juliana genießt in den Niederlanden großen Respekt. In ihre Regierungszeit fielen die Dekolonisation Indonesiens (1949), die Anerkennung der Teilautonomie der Niederländischen Antillen (1954) und die Unabhängigkeit von Surinam (1975). Überschattet wurde die Amtszeit von J., die eine der reichsten Frauen der Welt ist, Mitte der 70er Jahre von der Lockheed-Affäre, in die ihr Ehemann, Prinz →Bernhard, verwickelt war.

□ 1927: Mitgl. des niederl. Staatsrates. □ 1937: Eheschließung mit Prinz Bernhard. □ 1940-45: Exil in Kanada. □ 1947/48: Mit einer kurzen Unterbrechung Regentin. □ 1948-80: Königin der Niederlande.

Jung, Carl Gustav

schweiz. Psychiater und Psychologe
* 26.7.1875 Kesswil, Kt. Thurgau
† 6.6.1961 Küsnacht, Kt. Zürich

Jung ist der Begründer der sog. analytischen Psychologie. Er erweiterte (ab 1912) den Libidobegriff Freuds im Sinne einer generellen psychischen Triebdynamik. Seine Auffassung, daß die Sexualität nicht die einzige und zentrale Trieb-

Juliana: 32 Jahre Königin der Niederlande.

Carl Gustav Jung: »Kopf« der analytischen Psychologie.

quelle der menschlichen Psyche sei, führte ihn zu der Erkenntnis, daß der »Individuationsprozeß«, wie er den Entwicklungsprozeß des Menschen zur Persönlichkeit bezeichnete, nicht nur vom individuellen Unbewußten geprägt sei; es seien darüber hinaus allgemeinmenschliche sog. Archetypen als das »kollektive Unbewußte« wirksam. In seiner Monografie »Psychologische Typen« (1921) beschrieb J. zwei in ihrer Bewußtseinseinstellung ebenso grundlegende wie grundverschiedene Persönlichkeiten: Den »extrovertierten« und den »introvertierten« Typus. J., der 1957 in Zürich die International Association for Analytical Psychology gründete, beschäftigte sich auch mit Phänomenen des Okkulten. Er entwickelte die sog. Synchronizitätstheorie, wonach es zwischen Natur und Psyche Sinnzusammenhänge gibt, die die physikalischen Raum-Zeit-Schranken überwinden. Großen Einfluß hatten J.s Theorien auf die Mythenforschung und Ethnologie.

□ 1900: Psychiater in Zürich. □ 1902: »Zur Psychologie und Pathologie sog. okkulter Phänomene« (Schr.). □ 1905-13: Nach Assistentenjahren bei E. →Bleuler und einer Ausbildung bei P. →Janet Oberarzt der Heilanstalt Burghölzli bei Zürich. □ 1911-13: Präs. der Int. psychoanalytischen Gesellschaft. □ 1912: »Wandlungen und Symbole der Libido« (Schr.). □ ab 1913: Psychotherapeut in Küssnacht. □ 1931: »Seelenprobleme der Gegenwart« (Schr.). □ 1933-41: Prof. an der ETH Zürich. □ 1934-61: Präs. der Schweizer Gesellschaft für praktische Psychologie. □ 1940: »Psychologie und Religion« (Schr.). □ ab 1944: Prof. für medizinische Psychologie an der Univ. Basel. □ 1946: »Psychologie und Erziehung« (Schr.). □ 1948: Gründung des C.-G.-Jung-Inst., Zürich. □ 1950: »Gestaltungen des Unbewußten« (Schr.). □ 1954: »Von den Wurzeln des Bewußtseins« (Schr.).

▷ J. Jacobi: Die Psychologie von C. G. Jung, 1945 (NA 1987); C. G. Jung: Erinnerungen, Träume, Gedanken (Aut., hg. von A. Jaffé), 1962; T. Evers: Mythos und Emanzipation. Eine kritische Annäherung an C. G. Jung, 1987; G. Wehr: C. G. Jung, 1989.

Jünger, Ernst

dt. Schriftsteller
* 29.3.1895 Heidelberg

Das umfangreiche Werk des 1982 trotz zahlreicher Proteste mit dem Frankfurter Goethe-Preis ausgezeichneten Schriftstellers spiegelt die geistige und politische Entwicklung Deutschlands seit dem 1. Weltkrieg. Jünger entwickelte im Rahmen seiner Bemühungen um eine philosophische Analyse der Gegenwart bis heute seinen Standpunkt und konnte als herausragender deutschsprachiger Autor von keiner geistigen oder politischen Richtung vereinnahmt werden. Während frühe Werke wie »In Stahlgewittern« (Tageb., 1920) J. als Konservativen und Befürworter nationalistischer Ideen auswiesen, wurde der symbolistisch verschlüsselte Roman »Auf den Marmorklippen« (1939) als eine Form des Widerstands gegen den Nationalsozialismus gewertet. Dennoch muß sich J. noch immer mit dem Vorwurf auseinandersetzen, daß sein Werk aufgrund eines ästhetischen Heroismus mitunter inhumane und demokratiefeindliche Tendenzen aufweist. In der Aphorismensammlung »Autor

Der deutsche Schriftsteller Ernst Jünger im Alter von über 90 Jahren.

und Autorenschaft« setzte sich J. 1984 mit seinem Selbstverständnis als Schriftsteller auseinander.

□ 1913: Eintritt in die frz. Fremdenlegion. □ 1914: Kriegsfreiwilliger. □ 1919-23: Mitgl. der Reichswehr. □ 1922: »Der Kampf als inneres Erlebnis« (Es.). □ bis 1925: Studium der Naturwissenschaften und der Philosophie. □ 1929: »Das abenteuerliche Herz« (Es.s). □ 1931: »Die totale Mobilmachung« (Es.). □ 1932: »Der Arbeiter. Herrschaft und Gestalt« (Abh.). □ 1944: Entlassung aus dem Wehrdienst aufgrund von Kontakten zu den am Attentat vom 22. Juli beteiligten Gruppen. □ 1945: »Der Friede« (Schr.). □ 1945-49: Publikationsverbot. □ 1949: »Heliopolis« (R.). □ 1950: »Über die Linie« (Schr.). □ 1957: »Gläserne Bienen« (R.). □ 1959-71: Mithg. der Zeitschrift Antaois. □ 1970: »Annäherungen. Drogen und Rausch« (Schr.). □ 1977: »Eumeswil« (R.). □ 1979: »Strahlungen I/II« (Tageb.). □ 1990: »Die Schere«.

▷ K. H. Bohrer: Die Ästhetik des Schreckens, 1978; M. Meyer: Ernst Jünger (Biogr.), 1990.

Jungk, Robert

(eig. Robert Baum)
österr. Wissenschaftspublizist und Futurologe
dt. Herkunft
* 11.5.1913 Berlin

Robert Jungk erhielt 1986 den Alternativen Nobelpreis.

Jungks Thema ist die Verflechtung von Wirtschaft, Staat und Wissenschaft und deren Auswirkung auf die Gesellschaft. In der Dokumentation »Heller als tausend Sonnen. Das Schicksal der Atomforscher« (1956) beschreibt er die Entstehung der Hiroshima-Bombe und die Verstrickung der Atomforscher in wirtschaftliche und politische Machenschaften. Dem Welt-Bestseller (Gesamtaufl. über 2,3 Mio.), der auf Gesprächen mit Kernphysikern beruht, folgte J.s Tatsachenbericht über das Leben in Hiroshima nach dem Krieg, »Strahlen aus der Asche. Geschichte einer Wiedergeburt« (1959). Ohne Rücksicht auf seine berufliche Stellung trat J. für die Ächtung der Atomwaffen ein. »Der Atomstaat« (Schr., 1977) zeigt nach J. zunehmend demokratiefeindliche Tendenzen.

□ 1933-35: Emigration nach Paris; Studium an der Sorbonne; 1934 Ausbürgerung aus Deutschland. □ 1950: Amer. Staatsbürger. □ 1952: »Die Zukunft hat schon begonnen« (Schr.). □ 1964: Mithg. der Buchreihe »Modelle für eine neue Welt«. □ 1966: »Die große Maschine« (Schr.). □ 1967: Österr. Staatsbürger. □ seit 1970: Prof. an der TU Berlin; Mitgl. des von ihm mitbegründeten Inst. für Zukunftsforschung ebd. □ 1972: Mitgl. des PEN-Zentrums der BRD und Österreichs. □ 1973: »Der Jahrtausend-Mensch« (Schr.). □ 1980: Mithg. von »Alternatives Leben«. □ 1983: »Menschenbeben. Der Aufstand gegen das Unerträgliche« (Schr.). □ 1986: Alternativer Nobelpreis; Anklage wegen Landfriedensbruchs aufgrund einer Anti-Atom-Demonstration in Hanau. □ 1987: »Sternenhimmel statt Giftwolke oder Den Frieden erfinden« (Schr.). □ 1990: »Zukunft zwischen Angst und Hoffnung« (Schr.).

Junkers, Hugo

dt. Flugzeugkonstrukteur
* 3.2.1859 Rheydt † 3.2.1935 Gauting

Hugo Junkers entwickelte u. a. den »Stuka«-Bomber.

Mit der J 1 baute Junkers 1915 das erste Ganzmetallflugzeug der Welt mit freitragenden Flügeln. 1919 gründete er die Junkers-Flugzeugwerk-AG und konstruierte im selben Jahr das erste Verkehrsflugzeug mit geschlossener Passagierkabine, die Junkers F 13. Ab 1931 produzierte er die wegen ihrer Wellblechbeplankung leicht zu bauende Ju 52/3m. Sie war die im internationalen Luftverkehr meistbenutzte Verkehrsmaschine und wurde von der Deutschen Lufthansa bis zum Ende des 2. Weltkriegs eingesetzt. In den Junkers-Werken wurden bis 1945 auch Militärflugzeuge entwickelt, z. B. der Sturzkampfbomber Ju 87, der berüchtigte »Stuka«.

□ 1892: Bau der ersten Gegenkolbengasmaschine mit W. v. Oechelhäuser. □ 1895: Gründung der Firma Junkers & Co. für Gasapparate zur Warmwasserversorgung und Raumheizung. □ 1897-1912: Prof. für Wärmetechnik an der TH Aachen. □ 1907: Patent für eine Doppelkolbenmotor (Junkers-Motor). □ 1910: Patent für ein Nurflügelflugzeug. □ 1924: Gründung der Junkers-Motorenbau GmbH (ab 1936 im Besitz des Deutschen Reichs). □ 1929: Konstruktion des ersten Dieselflugmotors in Doppelkolbenbauart. □ 1930: Bau des viermotorigen Großflugzeugs G 38 mit zweistöckigem Rumpf und Fahrgastkabinen in den Tragflächen.

Curd Jürgens →

Jürgens, Curd

dt. Schauspieler
* 13.12.1915 München
† 18.7.1982 Wien (Österreich)

Jürgens wurde zum Star in der Titelrolle von H. →Käutners »Des Teufels General« (1954/55, nach C. →Zuckmayer). Der normannische Kleiderschrank, wie J. wegen seiner stattlichen Erscheinung oft genannt wurde, verkörperte meist Haudegen und graumelierte Frauenhelden.

□ 1935: »Königswalzer« (Rg. H. Maisch). □ 1937: »Zu neuen Ufern« (mit Z. →Leander, Rg. D. →Sirk). □ 1955: »Die Ratten« (Rg. R. →Siodmak, nach G. →Hauptmann); Darstellerpreis von Venedig für »Die Helden sind müde« (Rg. Y. Ciampi) und »Des Teufels General«. □ 1958: »Jakobowsky und der Oberst« (Rg. P. Glenville). □ 1975: »Die verrückten Reichen« (mit C. →Chabrol). □ 1977: »Der Spion, der mich liebte« (mit R. →Moore, Rg. L. Gilbert). □ 1981: »Collin« (TV-Film, nach St. →Heym, Rg. P. Schulze-Rohr).

▷ C. Jürgens: ...und kein bißchen weise, 1976; M. Jürgens: Curd Jürgens. Wie wir ihn sahen, 1985.

Jürgens, Udo

(eig. U. Bockelmann)
österr. Musiker
* 30.9.1934 Schloß Ottmanach bei Klagenfurt

Udo Jürgens →

Seit den frühen 60er Jahren ist Jürgens einer der profiliertesten, auch international erfolgreichen Interpreten deutscher Sprache. Als Vertreter einer neuen Generation brachte er Elemente des anglo-amerikanischen Rock in den deutschen Schlager ein und verstand es vor allem durch seine zwischen Schlager und Chanson angesiedelten Texte, die junge Generation wieder für deutschsprachige Musik zu interessieren. Dabei sicherte er sich die Mitarbeit von Schriftstellern und Kabarettisten wie z. B. Eckart Hachfeld.

□ 1950: 1. Preis beim Komponistenwettbewerb des ORF mit »Je t'aime«. □ 1951: Gründung der »Udo Bolan Band«. □ 1956: Als Pianist mit M. →Greger auf UdSSR-Tournee; erste Platte »Es waren weiße Chrysanthemen«. □ 1960: 1. Preis beim Song-Wettbewerb in Knokke (Belgien) mit »Jenny«. □ 1961-77: Zusammenarbeit mit Manager Hans R. Beierlein. □ 1966: Sieg beim Grand Prix d'Eurovision mit »Merci, Cherie«. □ 1967: Erste Deutschlandtournee. □ 1972: UA des Musicals »Helden« in Wien. □ 1975: Auszeichnung mit dem Goldenen Schallplattenpreis als Sänger des Jahres. □ 1980: Dt. Schallplattenpreis. □ 1981: Golden Concert Ticket als erfolgreichster Tourneekünstler des Jahres. □ 1986: »Deinetwegen« (LP). □ 1990: »Ohne Maske« (LP).

K

Kabel, Heidi

dt. Schauspielerin
* 27.8.1914 Hamburg

Die Volksschauspielerin Heidi Kabel wurde über den norddeutschen Raum hinaus durch mehr als 80 Fernsehübertragungen aus dem Hamburger Ohnsorg-Theater populär. Mit hanseatischem, leicht unterkühltem Charme spielt sie meist Hausfrauen, Mütter, gute Seelen oder Hausdrachen, die sich mit Ehrlichkeit, Naivität und Witz durchs Leben schlagen. Der plattdeutsche Dialekt ist K.s Markenzeichen.

□ 1932-84: Mitgl. der Niederdt. Bühne in Hamburg (seit 1946 Ohnsorg-Theater). □ 1937: Heirat mit dem Schauspieler und Regisseur Hans Mahler. □ ab 1954: Regelmäßige Fernsehübertragungen aus dem Ohnsorg-Theater. □ 1971: Rolle in der TV-Serie »Hei-wi-Tip-Top« (neben W. →Millowitsch) □ 1974: Hauptrolle im Musical »De schönste Mann von de Reeperbahn«. □ 1983/84: Hauptrolle in der TV-Serie »Rummelplatzgeschichten« (zusammen mit Tochter Heidi Mahler). □ 1987: Titelrolle in der TV-Serie »Tante Tilly«. □ 1990: Rolle in der TV-Serie »Campingpark«.

▷ H. Kabel: Manchmal war es nicht zum Lachen (Aut.), 1979; H. Kabel: Wo sind nur die Jahre geblieben? Stationen meines Lebens, 1991.

← Heidi Kabel

Kádár, János

(eig. J. Csermanek)
ung. Politiker
* 22.5.1912 Fiume † 6.7.1989 Budapest

Kádár prägte als Innenminister (1948-51), Ministerpräsident (1961-68) und Parteichef der Ungarischen Sozialistischen Arbeiterpartei (UASP; bis 1988) über Jahrzehnte die ungarische Politik. Er bemühte sich um vorsichtige politische und wirtschaftliche Reformen, orientierte sich in der Außenpolitik jedoch an der UdSSR. K. wurde in den letzten Jahren seiner Amtszeit von Radikalreformern in der eigenen Partei überholt und schrittweise entmachtet. Kritik wurde vor allem an seiner Rolle beim Sturz und bei der Hinrichtung I. →Nagys geübt.

□ ab 1931: Mitgl. der Kommunistischen Partei. □ 1951-54: Inhaftierung unter dem Vorwurf des »Titoismus«. □ ab 1956: Mitgl. der Regierung I. Nagys. □ 1972: »Für ein sozialistisches Ungarn« (Reden, dt. 1976).

▷ L. Gyurkó: János Kádár, 1988.

← János Kádár

Kadare, Ismail

alban. Schriftsteller
* 27.1.1936 Gijrokastra

Kadare — mehrfach für den Literatur-Nobelpreis vorgeschlagen — ist der bedeutendste und erfolgreichste zeitgenössische Schriftsteller Albaniens. Sein Roman »Der General der toten Armee« (1963, dt. 1973) wurde in mehr als 20 Sprachen übersetzt. Von offizieller Seite wurde ihm immer wieder vorgeworfen, daß er in seinem erzählerischen Werk (»Der große Winter«, R., 1961, dt. 1987; »Die Festung«, R., 1969, dt. 1988) zu sehr die Geschichte des (isolierten) Staates verarbeite und sich zu wenig dem sozialistischen Alltag der Gegenwart widme. Seine Gedichte bezeugen eine außergewöhnlich große Ausdruckskraft und -vielfalt. K., dessen Rolle in dem kommunistischen Staat durchaus umstritten ist (er war 1970-82 Parlamentsabgeordneter), lebt seit 1990 in Frankreich.

□ 1946: Mitgl. der kommunistischen Partei der Arbeit. □ 1971: »Chronik in Stein« (R., dt. 1988). □ 1978: »Der Schandkasten« (R., dt. 1990). □ 1990: »Albanischer Frühling« (Ber., dt. 1991).

Kaempfert, Bert

dt. Komponist und Orchesterchef
* 16.10.1923 Hamburg
† 21.6.1980 Palma de Mallorca (Spanien)

Kaempfert war Anfang der 60er Jahre als Chef eines Orchesters mit einem Sound, der bestimmt wurde durch Solo-Trompete und Chor, einer der stilprägenden Musiker. Millionenhits wurden »A swinging safari« und »Dankeschön«; seine LPs waren vor allem in den USA erfolgreich. Er komponierte Welthits wie »L-o-v-e« für Nat King →Cole, »Spanish Eyes« für Al Martino und »Strangers in the night« für F. →Sinatra.

□ 40er Jahre: Als Saxophonist und Pianist in Danzig tätig. □ 1959: Arbeit als Arrangeur. □ 1960: Goldene Schallplatte für »Wunderland bei Nacht«. □ 1965: »The Best of Bert Kaempfert« (LP). □ 1980: »Wonderland by night« (LP).

Bert Kaempfert →

Kafka, Franz

österr. Schriftsteller
* 3.7.1883 Prag (heute CSFR)
† 3.6.1924 Sanatorium Kierling bei Wien

Kafka, dessen größtenteils postum erschienenes Werk zu den faszinierendsten und meistgedeuteten des 20. Jh.s zählt, ist der Prophet einer Welt des Absurden und Bedrohlichen: »Kafkaesk« gilt seit den 50er Jahren als Synonym für dieses Erlebnis des Undurchschaubaren.
Das multikulturelle Prag zu Beginn des 20. Jh.s prägte K.: Der Sohn eines tschechisch-jüdischen Vaters und einer deutsch-jüdischen Mutter schwankte zwischen assimiliertem Judentum und Zionismus. Versuche, vor der K. einengenden Familie — besonders dem Vater — in die Ehe zu fliehen, scheiterten an der Furcht, am Schreiben gehindert zu werden. Im ungeliebten Beruf des Versicherungsangestellten erlebte K. das Ausgeliefertsein von Menschen an die als anonym empfundenen Mächte von Betrieb und Staat.
Trotz realistisch erzählter Details verknüpft K. Außen- und Innenwelt zu einem irrealen Ganzen. Seine Themen sind Isolation und Scheitern sowie die existentielle Verunsicherung des Men-

Franz Kafka mit seiner Freundin und zeitweise Verlobten Felice Bauer 1917.

schen angesichts der unlösbaren Abhängigkeit von anonymen Autoritäten, wie sie »Das Schloß« (R., postum 1926) darstellt. Als Personifikation absoluter Macht wird letztlich auch der Vater empfunden, z. B. in der Erzählung »Das Urteil« (1916). Der Freund M. →Brod ignorierte K.s Verfügung, das Werk zu verbrennen, und begründete mit der Veröffentlichung des Nachlasses postum K.s Weltruhm.

□ 1901-06: Jurastudium, Promotion. □ 1905: Erste Zusammenkünfte von K., M. Brod, F. Weltsch und O. Baum im sog. Prager Schriftstellerkreis; Sanatoriumsaufenthalt (erneut 1911, 1920, 1924). □ 1908-22: Versicherungsangestellter (Frühpensionierung). □ 1914: Erste Verlobung mit Felice Bauer (2. Verlobung 1917; Verlobung mit Julie Wohryzek 1919). □ 1915: »Die Verwandlung« (Erz.). □ 1916: »Das Urteil« (Erz.). □ 1917: »Bericht für eine Akademie« (Erz.); Ausbruch der Tuberkulose. □ 1919: »In der Strafkolonie« (Erz.); »Ein Landarzt« (Erz.n). □ 1920-22: Beziehung zu der tschech. Journalistin Milena Jesenská. □ 1924: »Ein Hungerkünstler« (Erz.n). □ postum 1925: »Der Prozeß« (R.). □ 1926: »Das Schloß« (R.-Fragment). □ 1927: »Amerika« (R.-Fragment; eig. »Der Verschollene«). □ 1931: »Beim Bau der chinesischen Mauer« (Erz.n). □ 1936: »Beschreibung eines Kampfes« (Erz.). □ 1952: »Brief an den Vater« (entst. 1919); »Briefe an Milena«. □ 1953: »Hochzeitsvorbereitungen auf dem Lande« (Erz.). □ 1967: »Briefe an Felice«. □ 1974: »Briefe an Otla«.

▷ K. Wagenbach: Franz Kafka. Bilder aus seinem Leben, 1983; H. Müller: Franz Kafka. Leben, Werk, Wirkung, 1985; P. Citati: Kafka. Verwandlungen eines Dichters, 1990.

Kagel, Mauricio Raúl

dt. Komponist argentin. Herkunft
* 24.12.1931 Buenos Aires

Kagel ist einer der experimentierfreudigsten Komponisten der heutigen Avantgarde. Seine Ausdrucksformen (Instrumental-, Vokal- und Bühnenwerke, Hörspiele, Filme) sprengen überlieferte Gattungsgrenzen und zielen bewußt auf eine Provokation der Rezipienten. Mit der sog.

Kagel bricht mit überkommenen Formen des Musiktheaters.

totalen Komposition des »Instrumentalen Theaters« (»Sur scéne«, 1960) begründete K. eine künstlerische Mischform des Neuen Musiktheaters (kompositorische Fixierung von Musik, Mimik, Bewegung, Raum, Licht), die ritualisierte Formen des Konzertbetriebs aufbrach. Er entdeckte mit elektronischen Apparaturen, fremdartigen Schallerzeugern (»Der Schall«, 1968; »Unter Strom«, 1969) und Phantasiekonstruktionen (»Zwei-Mann-Orchester«, Film, 1973) neue Klangbereiche. Seit »Ludwig van« (Film, 1969) zielt K. auch auf eine Umgestaltung bzw. Verfremdung älterer Musik durch die Technik der Collage (»Bach-Passion«, 1985).

□ 1950: Mitbegründer der Cinémathèque Argentine. □ 1955: Studienleiter an der Kammeroper und Dir. am Teatro

Colón in Buenos Aires. □ 1957: Übersiedlung nach Köln. □ seit 1960: Dozent bei den Darmstädter Ferienkursen für Neue Musik. □ 1965: »Komposition, Notation, Interpretation« (Schr.). □ 1969-75: Leiter der Kölner Kurse für Neue Musik. □ 1973/74: Konzertreisen mit dem Kölner Ensemble für Neue Musik (Asien, Amerika, Kanada). □ 1974: Prof. für Neues Musiktheater an der Hochschule für Musik Köln. □ 1979: Hörspielpreis der Kriegsblinden für »Der Tribun« (für eine politische Stimme, Lautsprecher und Militärkapelle). □ 1989: UA von »Fragende Ode« für Doppelchor, Bläser und Schlagzeug. □ 1991: »Worte über Musik« (Schr.).

▷ D. Schnebel: Mauricio Kagel. Musik, Theater, Film, 1970; W. Klüppelholz: Mauricio Kagel, 1970-1980, 1981.

Kähler, Martin

dt. Theologe (ev.)
* 6.1.1835 Neuhausen, Ostpreußen
† 7.9.1912 Freudenstadt

Kähler überwand die theologische Suche des 19. Jh.s nach dem »historischen Jesus«, indem er den im Neuen Testament verkündigten »biblischen Christus« in den Vordergrund stellte und somit den Zeugnischarakter biblischer Aussagen betonte. Seine Auffassung, daß die Evangelien kerygmatisch (zur Verkündigung gehörend) zu verstehen seien, wurde für die Leben-Jesu-Forschung wegweisend.

□ ab 1860: Prof. an der Univ. Halle/Saale; seit 1867 in Bonn. □ 1883: »Die Wissenschaft der christlichen Lehre« (Nachdruck 1966). □ 1892: »Der sogenannte historische Jesus und der geschichtlich biblische Christus« (Schr.).

▷ A. Kähler (Hg.): Martin Kähler, Theologe und Christ. Erinnerungen und Bekenntnisse, 1926; Chr. Seiler: Die theologische Entwicklung Martin Kählers bis 1869, 1966.

Kahlo, Frida

mex. Malerin
* 6.7.1907 Coyoacán (heute zu Mexiko-Stadt)
† Juli 1954 ebd.

In Frida Kahlos Werk dominieren mexikanische Motive.

Frida Kahlo gehört zu den herausragenden Malerinnen einer naiv-volkstümlichen Richtung des Surrealismus, wobei ihr Stil gelegentlich Elemente der Neuen Sachlichkeit aufweist. Diese Verbindung und stark autobiografische Bezüge heben ihr Werk weit über die meisten Produkte der Naiven Kunst heraus. Das Leben der Malerin, die mit D. →Rivera verheiratet war (1929-39, erneut ab 1940), wurde durch einen schweren Unfall überschattet, an dessen Folgen sie zeit ihres Lebens litt. So sind der eigene Schmerz und ihre Kinderlosigkeit Hauptthemen ihrer zahlreichen Selbstbildnisse, die in Stil und Motivik die tiefe Verbundenheit mit dem mexikanischen Volk und seiner Kunst dokumentieren (»Die beiden Fridas«, 1939, Mexiko-Stadt, Frida-Kahlo-Museum). Daneben entstanden vor allem zahlreiche Stilleben.

▷ R. Tibol: Frida Kahlo. Über ihr Leben und Werk, 1980; H. Herrera: Frida Kahlo. Malerin der Schmerzen, Rebellin gegen das Unabänderliche, engl. 1983, dt. 1987.

Herman Kahn →

Kahn, Herman

amer. Kybernetiker und Futurologe
* 15.2.1922 Bayonne, N. J.
† 7.7.1983 Chappaqua, N. Y.

1967 wurde Kahn mit dem Buch »Ihr werdet es erleben« (mit Anthony J. Wiener, dt. 1968) als Futurologe international bekannt. K. beschäftigte sich mit militärstrategischen Untersuchungen, baute auf die Abschreckung mit Atomwaffen und beschrieb als Befürworter einer militärischen Eskalation mit seinem »Nachdenken über das Undenkbare« (1962) das Szenario eines atomaren Krieges. Seine optimistische Prognose eines über unerschöpfliche Ressourcen verfügenden wirtschaftlichen Fortschritts wurde von den Problemen der Umweltzerstörung überholt. 1961 gründete H. das Hudson-Institut in White Plains (N. Y.), das sich, als »Denkfabrik« apostrophiert, mit politischen, technologischen und militärischen Zukunftsproblemen befaßt.

□ 1948-61: Militärexperte der RAND-Corporation in Santa Monica, einer der größten Forschungsgesellschaften. □ 1965: »Eskalation. Die Politik mit der Vernichtungsspirale« (Schr. mit A. J. Wiener, dt. 1966). □ 1972: »Angriff auf die Zukunft« (Schr.). □ 1977: »Vor uns die guten Jahre« (Schr.). □ 1982: »Die Zukunft Deutschlands« (mit M. Redepenning).

Kahn, Louis Israel Isidore

amer. Architekt
* 20.2.1901 Ösel (heute Saaremaa, Estland)
† 17.3.1974 New York

Die Besonderheit des Werkes von Kahn ist in seinen theoretischen Überlegungen und detailliert ausgeführten Entwürfen begründet. Zudem boten seine Bauten mit der Reihung von Elementen oder der spannungsvollen Zuordnung äußerlich

Louis Israel Kahn: Wegbereiter des sog. Brutalismus.

selbständiger Bauteile eine interessante Alternative zum eher blockhaften Stil des International Style der 20er bis 40er Jahre. Im Medical Research Building der Universität von Pennsylvania (1957-60) ging K. von den Funktionen der Innenräume aus und gelangte zu einem vielfältig gegliederten Bau, der durch rechteckige Treppentürme in einem unregelmäßigen Rhythmus akzentuiert wird. Mit der Gestaltung aus grob verschaltem Sichtbeton und der offenliegenden Rahmenkonstruktion bereitete K. auch den Weg zum sog. Brutalismus, den er schon mit dem Bau der Yale University Art Gallery (1952-54) beschritten hatte. Dem Prinzip der additiven Reihung von Gebäudeteilen folgen die Laborgebäude in La Jolla (1959/60).
Kennzeichnend für viele seiner Bauten ist die Kontrastierung unterschiedlicher Materialien wie Beton und Ziegel. Dabei arbeitet K. auch in einer fast mystifizierenden Weise mit Effekten von Licht und Schatten.

□ 1920-24: Studium an der Penn. Univ., Philadelphia. □ ab 1937: Bürogemeinschaft mit G. Howe und O. Stonorov. □ 1947-57: Prof. an der Yale Univ. in New Haven, Conn. □ 1959-62: First Unitarian Church in Rochester, N. Y. □ 1962-74: Planungen für Dacca, Bangladesh. □ 1963: Inst. of Management, Ahmedabad (Indien). □ 1967-72: Kimbell Art Museum, Fort Worth, Tex.

▷ H. Ronner: L. I. Kahn. The complete works 1935-74, 1977; R. Giurgola/J. Metha (Hg.): Louis I. Kahn, NA 1989.

Josef Kainz →

Kahnweiler, Daniel-Henry

dt.-frz. Galerist und Schriftsteller
* 25.6.1884 Mannheim † 12.1.1979 Paris

D.-H. Kahnweiler auf einer Picasso-Ausstellung in Wien.

Kahnweiler wurde mit der Eröffnung seiner ersten Galerie in Paris (1907) zum Entdecker und Wegbegleiter vieler avantgardistischer Künstler wie G. →Braque, A. →Derain, J. →Gris, F. →Léger und P. →Picasso und hatte Anteil an der Durchsetzung von Fauvismus und Kubismus. Daneben veröffentlichte er eine Reihe von Untersuchungen zur modernen Kunst: »Wege zum Kubismus« (1920), »Les sculptures de Picasso« (1949), »Mes galeries et mes peintres« (1961), »Confessions esthétiques« (1963). Diese Publikationen sind z. T. wichtige Quellenwerke, so auch die Studie zur Entwicklung von Picassos bildhauerischem Werk.

▷ D.-H. Kahnweiler, Kunsthändler, Verleger, Schriftsteller, 1986.

Kainz, Josef

österr. Schauspieler
* 2.1.1858 Wieselburg (Ungarn) † 20.9.1910 Wien

Kainz, einer der größten deutschsprachigen Schauspieler seiner Zeit, war ein Darsteller von hoher Sensibilität und künstlerischer Rhetorik. Sein eigenwilliger Stil ließ sich weder der damals gängigen naturalistischen noch der konventionell-pathetischen Darstellungsweise zuordnen. Mit Helden- und Liebhaberrollen wie Ferdinand in Schillers »Kabale und Liebe« oder Romeo in Shakespeares »Romeo und Julia« eroberte K. die Bühnen; erst in den letzten Lebensjahren spielte er Charakterrollen wie den Mephisto in Goethes »Faust« und den Shylock in Shakespeares »Kaufmann von Venedig«. Eine Unterbrechung seiner Karriere verursachte 1890 ein Vertragsbruch mit dem Berliner Theater. K. wurde mit einem Auftrittsverbot an allen dem deutschen Bühnenverein angeschlossenen Theatern belegt und mußte sein Geld mit Lesungen und Auftritten an kleineren Bühnen verdienen.

□ 1875: Erstes Engagement im österr. Marburg. □ 1877-80: Mitgl. der Theatertruppe des Herzogs von Meiningen. □ 1880-83: Ensemblemitgl. am Hof- und Nationaltheater München; Freundschaft mit König Ludwig II. □ 1883-89: Engagement am Dt. Theater in Berlin. □ 1889/90: Engagement am Berliner Theater; vorzeitige Vertragsauflösung durch Kainz. □ 1891: Gastspielreise in die USA. □ ab 1899: Mitgl. des Wiener Burgtheaters.

▷ H. Bahr (Hg.): Briefe von Josef Kainz, 1921; J. Bab: Kränze dem Mimen, 1954.

Georg Kaiser →

Kaiser, Georg

dt. Schriftsteller
* 25.11.1878 Magdeburg
† 4.6.1945 Ascona (Schweiz)

Kaiser war der produktivste Dramatiker des deutschen Expressionismus. Kennzeichnend für seine Dramen sind die abstrahierte Handlung, die typisierende Figurengestaltung und eine stark verkürzte Sprache. Mit diesen Stilmitteln versuchte der 1933 von den Nationalsozialisten mit einem Publikationsverbot belegte Schriftsteller aktuelle Zeitprobleme und die von den Expressionisten geforderte Erneuerung des Menschen (u. a. in »Die Bürger von Calais«, Dr., 1914) zu veranschaulichen.
Grundthema des 1938 in die Schweiz emigrierten Autors ist die drohende Entpersönlichung des Menschen aufgrund der fortschreitenden Technisierung der Umwelt. K.s fast mathematisch konstruierte Dramen hatten großen Einfluß auf die Lehrstücke B. →Brechts. Die Lyrik des Schriftstellers und seine Prosawerke blieben auch nach 1945 weitgehend unerforscht.

□ ab 1898: Kaufmann in Buenos Aires. □ 1901: Nach einer Malariaerkrankung Rückkehr nach Deutschland. □ 1911: »Die jüdische Witwe« (Kom.). □ 1917: »Die Koralle« (Dr.). □ 1918: »Gas« (Dr., 2. Teil 1920). □ 1920: »Der gerettete Alkibiades« (Dr.). □ 1921: Verurteilung zu einer Haftstrafe wegen Betrugs. □ 1938: Emigration über die Niederlande in die Schweiz. □ 1940: »Der Soldat Tanaka« (Dr.).

▷ A. Arnold (Hg.): Georg Kaiser, 1980.

Kaiser, Jakob

dt. Politiker und Widerstandskämpfer
* 8.2.1888 Hammelburg, Unterfranken
† 7.5.1961 Berlin

Als erster Minister für Gesamtdeutsche Fragen und Vorsitzender der CDU-Sozialausschüsse zählt Kaiser zu den bedeutenden christlichen Politikern der frühen Bundesrepublik. K. setzte sich für eine verstärkte Wiedervereinigungspolitik ein, wobei er sich vergeblich gegen die allein an der westlichen Integration orientierte Außenpolitik K. →Adenauers wandte. Die Rückgliederung des Saarlands gilt als sein Verdienst. Während des Dritten Reichs gehörte K. der Widerstandsbewegung um W. →Leuschner an und mußte sich nach dem Attentat auf Hitler 1944 bis Kriegsende versteckt halten.

J. Kaiser 1953 auf einer Veranstaltung der CDU in Berlin.

☐ ab 1912: Mitgl. der Christlichen Gewerkschaften. ☐ 1919-24: Geschäftsführer der Christlichen Gewerkschaften. ☐ 1933: MdR (Zentrum). ☐ 1938: Verhaftet. ☐ 1945-47: Mitbegründer und Vors. der CDU in der SBZ. ☐ 1948/49: Mitgl. des Parlamentarischen Rats. ☐ 1949-57: MdB; stellv. Vors. der CDU; Min. für Gesamtdt. Fragen.

Kaiser, Joachim

dt. Theater-, Literatur- und Musikkritiker
* 18.12.1928 Milken, Ostpreußen

Kaiser, seit 1959 Leitender Redakteur der Süddeutschen Zeitung in München, gehört zu den einflußreichsten Kunstkritikern Deutschlands. Seine unverwechselbaren Artikel bestechen durch treffsichere Wortwahl; im negativen Urteil zerschmettert er nicht, sondern zerlegt in einer Fülle von Argumenten. K., der 1951 als Journalist bei der Frankfurter Allgemeinen Zeitung begann, übernahm 1977 eine Professur an der Staatlichen Hochschule für Musik und Darstellende Kunst in Stuttgart; im gleichen Jahr wurde er zudem Mitglied der Deutschen Akademie für Sprache und Dichtung.

☐ 1954-58: Redakteur beim HR. ☐ 1958: Promotion zum Dr. phil. mit der Dissertation »Grillparzers dramatischer Stil«. ☐ 1965: »Kleines Theatertagebuch« (Schr.); »Hamlet heute. Essays und Analysen«; Auszeichnung mit dem Theodor-Wolff-Preis. ☐ 1977: »Erlebte Musik« (Sammlung von Kritiken). ☐ 1988: »Leonard Bernsteins Ruhm« (Schr.). ☐ 1990: »Leben mit Wagner« (Schr.).

← Joachim Kaiser

Kaldor, Nicholas

engl. Nationalökonom
* 12.5.1908 Budapest (Ungarn)
† 30.9.1986 Cambridge

Kaldor lieferte wichtige Beiträge auf den Gebieten der Gleichgewichtsanalyse, der Kapital-, Verteilungs- und Wachstumstheorie. Sein bekanntes Wachstumsmodell knüpfte an die Theorien von Roy F. Harrod und E. D. →Domar an. Seiner Ansicht nach ist ein stabiles Wirtschaftswachstum bei langfristiger Betrachtung allein durch technischen Fortschritt und Investitionstätigkeit möglich.

☐ 1932-47: Dozent an der London School of Economics. ☐ 1934: »The equilibrium of the firm« (Schr.). ☐ 1947-49: Dir. für Forschung und Planung bei der UN-Wirtschaftskommission für Europa (ECE). ☐ 1947-65: Dozent am King's College der Univ. Cambridge; Wirtschaftsberater für verschiedene Staaten (u. a. Chile, Ghana, Türkei, Iran, Venezuela). ☐ 1955/56: »Alternative theories of distribution« (Schr.). ☐ 1962: »A new model of economic growth« (Schr.). ☐ 1966-75: Prof. an der Univ. Cambridge. ☐ 1983: »Limitations of ›The general theory‹« (Schr.).

Kalinin, Michail Iwanowitsch

sowjet. Politiker
* 19.11.1875 Werchnjaja Troiza, Gouv. Twer (heute Kalinin) † 3.6.1946 Moskau

Der Bauernsohn Kalinin trat bereits als 18jähriger in St. Petersburg in die Sozialistische Partei ein (1893). Als Mitglied des Bolschewistischen Flügels beteiligte er sich aktiv an der revolutionären Bewegung, wobei er mehrfach verhaftet und nach Sibirien verbannt wurde. Ab 1919 war K., Vertrauter →Lenins und →Stalins, erstes nominelles Staatsoberhaupt der Sowjetunion.

☐ 1903: Mitgl. der Bolschewiki. ☐ 1905: Teilnahme an der Revolution. ☐ 1912: Kandidat des ZK; Redakteur des Partei-

Michail I. Kalinin: Erstes Staatsoberhaupt der UdSSR.

organs Prawda. □ 1917: Teilnahme an der Oktoberrevolution. □ 1919-46: Mitgl. des ZK der KPdSU; Vors. des Zentralexekutivkomitees bzw. (ab 1938) Vors. des Präsidiums des Obersten Sowjets (Staatspräsident). □ 1926-46: Mitgl. des Politbüros.

Kálmán, Emmerich

ung. Komponist
* 24.10.1882 Siófok † 30.10.1953 Paris (Frankreich)

Kálmán war der bedeutendste Operettenkomponist seiner Zeit. Nach seinem ersten Bühnenerfolg »Ein Herbstmanöver« (1908) schuf K. mit »Der Zigeunerprimas« (UA Wien 1912) einen eigenen, folkloristischen Typus der Ungarn-Operette, der sich in der Folgezeit neben der Wiener und Berliner Operette behaupten konnte. Seine »Csárdásfürstin« (UA Wien 1915) gehört zu den meistgespielten Kompositionen des Genres. Publikumserfolge waren auch »Gräfin Mariza« (1924) und »Die Zirkusprinzessin« (1926).

Der Operettenkönig Emmerich Kálmán (r.) komponierte u. a. die »Csárdásfürstin«.

□ 1904-08: Musikkritiker der Zeitung Pesti Napló in Budapest. □ 1908: Übersiedlung nach Wien. □ 1930: UA von »Das Veilchen vom Montmartre« (Operette) in Wien. □ 1938: Emigration über Zürich, Paris nach New York. □ 1949: Rückkehr nach Europa.

▷ R. Oesterreicher: Emmerich Kálmán, 1954; V. Kálmán: Grüß'mir die süßen, die reizenden Frauen. Mein Leben mit Emmerich Kálmán, 1966.

Kaltenbrunner, Ernst

österr.-dt. Politiker
* 4.10.1903 Ried, Innkreis
† 16.10.1946 Nürnberg (hingerichtet)

Kaltenbrunner wurde 1943 als Nachfolger →Heydrichs Leiter des Reichssicherheitshauptamts und war damit auch zuständig für die Gestapo. Er baute die auf Terror gestützte NS-Herrschaft weiter aus und war an der Verfolgung der Juden und des deutschen Widerstands maßgeblich beteiligt. Das internationale Militärtribunal in Nürnberg verurteilte ihn zum Tode.

E. Kaltenbrunner: Für viele NS-Greueltaten verantwortlich.

□ 1932: Mitgl. der NSDAP; SS-Führer in Österreich. □ ab 1938: MdR. □ 1938-41: Führer des SS-Oberabschnitts Donau; Staatssekr. für das Sicherheitswesen der Ostmark (Österreich). □ 1941-43: Höherer SS- und Polizeiführer für Ober- und Niederdonau (Ober- und Niederösterreich). □ 1943: SS-Obergruppenführer. □ 1943-45: Leiter des Reichssicherheitshauptamts.

▷ P. R. Black: Ernst Kaltenbrunner. Ideological soldier of the Third Reich, 1984.

Kamenew, Lew Borissowitsch

(eig. Leo B. Rosenfeld)
sowjet. Politiker
* 22.7.1883 Moskau † 25.8.1936 ebd. (hingerichtet)

Kamenew war das erste, aus dem engsten Führungskreis um W. →Lenin stammende Opfer der Stalinistischen »Säuberungen«. Nach Lenins Tod

Lew Kamenew wurde 1936 als Trotzkist hingerichtet.

1923 bildete er Koalitionen zunächst mit J. →Stalin und G. J. →Sinowjew, später mit Sinowjew und L. →Trotzki (Troika) im Kampf um die Macht in der UdSSR. Nach Trotzkis Parteiausschluß (1927) verlor auch K. bis 1932 alle seine Parteiämter. Er wurde 1936 im ersten Moskauer Schau-Prozeß zum Tode verurteilt.

□ 1901: Mitgl. der Sozialdemokratischen Arbeiterpartei; später der Bolschewiki (bis 1932). □ 1915: In Sibirien in Verbannung. □ 1917-26: Mitgl. des ZK. □ 1919-26: Mitgl. des Politbüros. □ 1923: Im Präsidium des Obersten Sowjets. □ ab 1934: In Haft wegen angeblicher Komplizenschaft beim Mord an S. Kirov.

Kamerlingh Onnes, Heike

niederl. Physiker
* 21.9.1853 Groningen † 21.2.1926 Leiden

1908 gelang Kamerlingh Onnes, 1882-1923 Professor an der Universität Leiden, die erstmalige Verflüssigung von Helium bei -268 °C. In seinem 1894 gegründeten Kältelabor (Kamerlingh-Onnes-Laboratorien) untersuchte K. die Materialeigenschaften von Metallen bei extrem niedrigen Temperaturen und entdeckte 1911 bei Quecksilber das Phänomen der Supraleitfähigkeit. Metalle verlieren bei Temperaturen nahe dem absoluten Nullpunkt den elektrischen Widerstand. Für seine Tieftemperaturforschungen, deren theoretische Erklärung J. →Bardeen und L. N. →Cooper fanden, wurde K. 1913 mit dem Physik-Nobelpreis ausgezeichnet.

← H. Kamerlingh Onnes

Kamlah, Wilhelm

dt. Philosoph
* 3.9.1905 Hohendorf an der Bode
† 24.9.1976 Erlangen

Kamlah beschrieb, ausgehend von seinen Studien über die mittelalterliche christliche Geschichtsphilosophie sowie die »Apokalypse und Geschichtstheologie« (Schr., 1935), die Entstehung des neuzeitlichen Denkens als Profanisierungsprozeß. Der Schüler von M. →Heidegger und R. →Bultmann entwickelte eine »Philosophische Anthropologie« (Schr., 1972) und arbeitete über Logik, Sprach- und Wissenschaftskritik: »Von der Sprache zur Vernunft. Philosophie und Wissenschaft in der neuzeitlichen Profanität« (Schr., 1975).

□ 1940: »Christentum und Selbstbehauptung« (Schr.). □ 1949: »Der Mensch in der Profanität« (Schr.). □ 1951-54: Prof. an der Universität Hannover. □ 1951: »Christentum und Geschichtlichkeit« (Schr.). □ ab 1954: Prof. an der Universität Erlangen. □ 1960: »Wissenschaft, Wahrheit und Existenz« (Schr.). □ 1967: »Logische Propädeutik« (Schr., mit P. Lorenzen).

Kandinsky, Wassily

frz. Maler und Grafiker russ. Herkunft
* 4.12.1866 Moskau
† 13.12.1944 Neuilly-sur-Seine bei Paris

Kandinskys »Erstes abstraktes Aquarell« (1910, Paris, Musée d'Art Moderne) gilt als ein Ausgangspunkt der gegenstandslosen Kunst. Jedoch vermied K. eine abrupte Beseitigung aller identifizierbaren Bildelemente: Je nach Abstraktionsgrad unterschied er zwischen naturnahen »Impressionen«, freien »Improvisationen« und seinen insgesamt zehn, durch zahlreiche Studien vorbereiteten »Kompositionen« (1910-39). Zu ihnen gehört auch die aus dem Themenbereich des Jüngsten Gerichts hervorgegangene »Komposition VII« (1913, Moskau, Tretjakow-Galerie). Seine Überzeugung von der kulturgeschichtlichen Notwendigkeit einer grundlegend neuen Kunstauffassung vertrat K. u. a. in seinen Beiträgen zum Almanach »Der Blaue Reiter« (1912) sowie im Essay »Über das Geistige in der Kunst« (1912).

Während seiner Lehrtätigkeit am Bauhaus (W. →Gropius) verarbeitete K. Ideen des Konstruktivismus. Vorherrschend wurde die Disziplin geometrischer Formen, die K. als bildhaften Ausdruck elementarer Kräfte interpretierte (»Einige Kreise«, 1926, New York, Solomon R. Guggenheim Museum). Zugleich entwarf K. seine Abhandlung »Punkt und Linie zu Fläche: Beitrag zur Analyse der malerischen Elemente« (1926). Im Pariser Spätwerk entwickelte er eine Bildsprache aus geometrischen Strukturen und tierartigen Phantasiegebilden, die eine Rückkehr zur gegenständlichen Assoziation andeuten (»Verschiedene Teile«, 1940, München, Städtische Galerie im Lenbachhaus).

□ 1886-92: Studium in Moskau (Jura und Nationalökonomie). □ 1896: Ablehnung eines Rufes an die Univ. Dorpat und Beginn des Kunststudiums in München. □ ab 1909: Lebensgemeinschaft mit G. →Münter in Murnau (Oberbay-

Wassily Kandinsky arbeitete 1922-33 am Bauhaus in Weimar, Dessau und Berlin.

ern). □ 1911/12: Mit F. →Marc Hg. des Almanachs »Der Blaue Reiter«, Ausstellungen der gleichnamigen Künstlergruppe. □ 1912: »Der gelbe Klang« (Bühnenkomposition). □ 1914: Rückkehr nach Moskau. □ 1917: Heirat mit Nina von Andreewsky (* um 1900, † 1981). □ ab 1918: Mitgl. des Volkskommissariats für Aufklärung und Erziehung, kulturpolitische und kunstpädagogische Tätigkeit. □ 1921: Übersiedlung nach Berlin. □ 1922-33: Meister (Wandmalerei) am Bauhaus in Weimar, Dessau und Berlin. □ 1924: Ausstellungsgemeinschaft Die Blauen Vier mit L. →Feininger, A. v. →Jawlensky und P. →Klee. □ 1927: Erwerb der dt. Staatsbürgerschaft. □ 1933: Emigration nach Frankreich, ab 1934 Wohnsitz in Neuilly. □ 1937: Entfernung von 57 »entarteten« Werken aus dt. Museen durch die Nationalsozialisten. □ 1939: Erwerb der frz. Staatsbürgerschaft.

▷ N. Kandinsky: Kandinsky und ich, 1976; W. Grohmann: Wassily Kandinsky. Leben und Werk (mit Werkverzeichnis), 1981.

Kania, Stanislaw

poln. Politiker
* 8.3.1927 Wrocanka bei Jaslo

Stanislaw Kania 1981 auf einem außerordentlichen Kongreß der PVAP in Warschau.

Wirtschaftliche Schwierigkeiten führten 1980 in Polen zu einer Streik- und Protestwelle und zur Wahl von Kania als Nachfolger von E. →Gierek zum Ersten Sekretär der PVAP. Auf den wachsenden Erfolg der Gewerkschaft »Solidarność« um L. →Walesa reagierte er mit zögernden innerparteilichen Reformen (u. a. Maßregelung korrupter Parteifunktionäre). Doch angesichts drängender Mahnungen aus Moskau wegen der fortlaufenden Unruhen wurde K. im Herbst 1981 durch W. →Jaruzelski abgelöst.

□ ab 1942: Schmiedelehre. □ 1945: Mitgl. der Poln. Vereinigten Arbeiterpartei (PVAP) und der Poln. Jugendunion (ZMP). □ ab 1948: Funktionär der ZMP; zuletzt im Präsidium. □ 1950-52: Studium an der Parteihochschule. □ 1968: Mitgl. des ZK der PVAP. □ 1971: Sekr. des ZK für Sicherheit. □ 1972: Mitgl. des Sejm (Parlament). □ 1975-81: Mitgl. des Politbüros. □ 1980/81: 1. Sekr. der PVAP.

Kano, Jigoro

jap. Pädagoge
* 28.10.1860 Tokio † 4.5.1938 Tokio

Kano machte Judo, die sog. sanfte Kunst des Siegens durch Nachgeben, zum Wettkampfsport. 1882 gründete er das Unterrichtszentrum Kodokan (»Schule zum Studium des Weges«), in dem er aus dem Jiu-Jitsu die heutige Form des Judo entwickelte. K. war ab 1909 Mitglied des Internationalen Olympischen Komitees (IOC).

Hermann Kant →

Kant, Hermann

dt. Schriftsteller
* 14.6.1926 Hamburg

Seit seiner Rückkehr aus polnischer Kriegsgefangenschaft 1949 engagierte sich Kant für den Aufbau der sozialistischen DDR und setzte Literatur als Mittel der politischen Bildung ein. K.s Thema ist die Entwicklung der DDR als notwendige Folge von Nationalsozialismus und Krieg; der autobiografisch geprägte Roman »Die Aula« (1965) war in beiden deutschen Staaten erfolgreich. Der Vorsitzende des DDR-Schriftstellerverbandes (seit 1978) wurde nach dem Sturz des SED-Regimes 1989 als Vertreter der offiziellen kulturpolitischen Linie heftig angegriffen.

□ 1945-49: In poln. Kriegsgefangenschaft. □ ab 1949: SED-Mitgl. □ 1952-56: Nach dem Abitur der Arbeiter-und-Bauern-Fakultät Greifswald Germanistikstudium. □ 1972: »Das Impressum« (R.). □ 1977: »Der Aufenthalt« (R.; F. 1983). □ 1978-90: Präs. des DDR-Schriftstellerverbands. □ 1981: »Zu den Unterlagen« (Reden, Aufs.e). □ 1982: Mit B. →Engelmann Organisation des Int. Schriftstellertreffens für den Frieden. □ 1983: Im ZK der SED (bis 1989); Nationalpreis der DDR. □ 1986: »Bronzezeit« (Erz.n). □ 1988: »Die Summe« (Erz.).

▷ L. Krenzlin: Hermann Kant, 1980; H. Kant: Abspann — Erinnerungen, 1991.

Kantor, Tadeusz

poln. Regisseur, Theaterleiter und Autor
* 6.(16.?)4.1915 Wielopole † 8.12.1990 Krakau

Kantor begründete das avantgardistische Theater Cricot 2.

Mit seinem Autonomen Theater, das ohne Handlung allein durch Bilder, Schock und Assoziationen wirkt, war Kantor ein Pionier des spracharmen Bildertheaters. Todesvisionen bildeten den Grundtenor seiner Inszenierungen und seiner eigenen Stücke, die alle an Orten des Grauens und Schreckens spielen: Kriegsschauplatz in »Tote Klasse« (1975), Folterkammer in »Die Künstler sollen krepieren« (1985) und Truppenübungsplatz in »Wielopole, Wielopole« (1980). Ausgangspunkt seiner Aufführungen waren neben eigenen Texten vor allem Texte seines Landsmannes S. J. Witkiewicz, mit denen er und sein Laienensemble Cricot 2 auf Gastspielreisen in ganz Europa große Aufmerksamkeit erregten.

□ 1937: Erste Inszenierung mit »Der Tod des Tintagiles« (M. →Maeterlinck). □ 1943: Gründung eines Untergrundtheaters in Krakau. □ 1945-56: Bühnenbildner am Krakauer Teatr Stary. □ 1963: Inszenierung von »Der Narr und die Nonne« (S. J. Witkiewicz). □ 1980: UA von »Wielopole, Wielopole« in Florenz. □ 1985: UA von »Die Künstler sollen krepieren« in Nürnberg. □ 1986: Werkschau bei den Berliner Festwochen. □ 1988: UA von »Ich kehre hierher nicht mehr zurück« in Krakau. □ postum 1991: UA des letzten Stücks »Heute ist mein Geburtstag« in Paris.

▷ Inst. für moderne Kunst Nürnberg (Hg.): Tadeusz Kantor, 1984; Inst. für moderne Kunst Nürnberg (Hg.): Tadeusz Kantor, ein Reisender, 1988.

Kantorowitsch, Leonid Witaljewitsch

sowjet. Ökonom und Mathematiker
* 19.1.1912 St. Petersburg † 7.4.1986 Moskau

Kantorowitsch, führender Vertreter der mathematischen Schule in der UdSSR, hat sich vor allem mit der Optimierung des Material- und Produktionsmitteleinsatzes in einer Volkswirtschaft beschäftigt. Im Rahmen seiner Untersuchungen entwickelte er eine neue Richtung in der praktischen Mathematik, die als lineare Optimierung bezeichnet wird. Der Nobelpreisträger (1975, mit T. C. →Koopmans) wurde für seine Leistungen mehrfach in der UdSSR ausgezeichnet.

← L. W. Kantorowitsch

□ 1935-60: Prof. an der Univ. Leningrad. □ 1951: »Berechnung des rationellen Materialzuschnitts« (Schr. mit W. A. Salgaller). □ 1959: »Ökonomische Berechnung der bestmöglichen Ausnutzung der Ressourcen« (Schr.). □ 1960-71: Stellv. Dir. am Inst. für Mathematik der Akademie der Wissenschaften der UdSSR. □ 1975: Nobelpreis für Wirtschaftswissenschaften. □ ab 1976: Abteilungsleiter im Wissenschaftlichen Inst. für Systemforschung.

Kapitsa, Pjotr Leonidowitsch

sowjet. Physiker
* 8.7.1894 Kronstadt † 8.4.1984 Moskau

Kapitsa entdeckte 1938 die sog. Suprafluidität des verflüssigten Heliums, das eine viel höhere Wärmeleitfähigkeit als Kupfer besitzt. Zu seinen 1941 publizierten Resultaten lieferte L. D. →Landau die Theorie. Aufbauend auf der von H. →Kamerlingh Onnes gefundenen Supraleitfähigkeit von (in flüssigem Helium) extrem abgekühlten Metallen und seinen eigenen Erkenntnissen

P. L. Kapitsa: Vater der sowjetischen Wasserstoffbombe.

über elektrische und magnetische Eigenschaften entwickelte K. ab 1932 große Verflüssigungsanlagen für Helium, die der Tieftemperaturphysik zum Durchbruch verhalfen. K., der sich im 2. Weltkrieg weigerte, am sowjetischen Atombombenbau mitzuwirken, war später an der Entwicklung der Wasserstoffbombe beteiligt. In den 50er Jahren wandte sich K. vor allem dem Phänomen der Kugelblitze zu.

□ 1921-34: Mitarbeiter von E. →Rutherford in Cambridge, England. □ 1934: Verweigerung der Ausreise aus der UdSSR durch sowjet. Behörden. □ ab 1935: Dir. des neugegründeten Inst. für Physikalische Probleme in Moskau. □ 1978: Auszeichnung mit dem Physik-Nobelpreis (mit A. A. →Penzias und R. W. →Wilson).

▷ A. M. Biew: Kapitsa. Der Atom-Zar, 1954.

Kapp, Wolfgang

dt. Politiker
* 24.7.1858 New York (USA) † 12.6.1922 Leipzig

Der konservative Monarchist Kapp arbeitete seit der Revolution 1918 auf eine Gegenrevolution hin. Im März 1920 löste er mit W. v. Lüttwitz einen Putsch aus, der nach Ausruf des Generalstreiks kläglich scheiterte.

Wolfgang Kapp (M.) vor seiner Flucht nach Schweden.

□ 1891: Landrat in Guben. □ 1900: Rat im preuß. Landwirtschaftsministerium □ 1906-16: Generallandschaftsdir. in Ostpreußen (Dir. einer staatlichen Landwirtschafts-Kreditbank). □ 1917: Mit A. v. →Tirpitz Begründer der Dt. Vaterlandspartei. □ Febr.-Nov. 1918: MdR der Konservativen. □ 1920: Kapp-Putsch; Flucht nach Schweden. □ 1922: Rückkehr nach Deutschland; Tod in Untersuchungshaft.

▷ W. Hinners: Exil und Rückkehr. Friedrich Kapp in Amerika und Deutschland 1824-1884, 1987.

Allan Kaprow →

Kaprow, Allan

amer. Künstler
* 23.8.1927 Atlantic City, N. J.

Kaprow begründete die künstlerische Mischform des Happenings, das spontane Aktion oder arrangierte Ereignisse u. a. mit der Form der Objektassemblage verbindet und dabei die umgebende Räumlichkeit und das Publikum nach Möglichkeit einbezieht. 1959 veranstaltete K. die ersten dieser Aktionen (»18 Happenings in 6 parts«, New York, Reuben Gallery). Angeregt waren sie von J. →Cage, bei dem K. studiert hatte. Mit der Schrift »Assemblage, Environments and Happenings« (1967) legte er auch die theoretische Grundlage dieser Form der Aktionskunst.

▷ J. Diederichs: Allan Kaprow, 1975.

Karajan, Herbert von

(eig. Herbert Karajan)
österr. Dirigent
* 5.4.1908 Salzburg † 16.7.1989 Anif bei Salzburg

Karajan, einer der besten Dirigenten des 20. Jh.s, prägte über drei Jahrzehnte mit seiner Kunst die Berliner Philharmoniker, die unter seiner Leitung zum bedeutendsten Wagner-Orchester avancierten. Er galt als einer der kompetentesten Verdi-Interpreten und beherrschte die große sinfonische Tradition von Beethoven bis Bruckner. Klangsinn und hohe Präzision zeichneten K.s Dirigat aus, das wegen seines Temperaments und seiner suggestiven Ausstrahlung gerühmt wurde. Ein ungewöhnliches organisatorisches Talent ermöglichte ihm zudem die Übernahme mehrerer leitender Stellungen (u. a. Gesellschaft der Musikfreunde Wien 1949, Salzburger Festspiele 1956, Wiener Staatsoper 1957, Salzburger Osterfestspiele 1967). Damit besaß K. außerordentlich viel Macht und künstlerische Verantwortung. Er verstand es wie kaum ein anderer, die Medien für seine Kunst einzusetzen. Mit Unterstützung eigener Produktionsfirmen und Verwertungsgesellschaften organisierte er gigantische Verbundunternehmungen von Live-Aufführungen, Tonträgern und Bildkonserven. Großen Anteil hatte der Dirigent auch an der Entdeckung junger Künstler wie z. B. der Geigerin A.-S. →Mutter.

Konstantin Karamanlis →

Herbert von Karajan: Charismatischer Dirigent und Förderer junger Talente.

☐ 1927: Debüt als Operndirigent mit Beethovens »Fidelio« in Salzburg. ☐ 1930-34: Dozent am Mozarteum Salzburg. ☐ 1934: Erstes Gastdirigat bei den Wiener Philharmonikern. ☐ ab 1935: Generalmusikdir. in Aachen. ☐ 1938: Gastvertrag an der Berliner Staatsoper. ☐ 1941-44: Leiter der Berliner Staatskapelle. ☐ 1948-55: Inszenierungen an der Mailänder Scala. ☐ ab 1954: Nachfolger W. →Furtwänglers als Chefdirigent der Berliner Philharmoniker. ☐ 1957-64: Nachfolger von K. → Böhm als musikalischer Leiter der Wiener Staatsoper. ☐ 1964-88: Mitgl. des Direktoriums der Salzburger Festspiele. ☐ 1969: Gründung der H.-v.-K.-Stiftung zur Förderung junger Dirigenten in Berlin. ☐ 1969/70: Künstlerischer Berater des Orchestre de Paris. ☐ 1971: Gründung der Orchester-Akademie des Berliner Philharmonischen Orchesters. ☐ 1973: Ehrenbürger von Berlin. ☐ 1977: Ernst-von-Siemens-Musikpreis. ☐ 1982-84: Vertrauenskrise zwischen K. und den Berliner Philharmonikern. ☐ 1984: Goldmedaille der Royal Philharmonic Society London. ☐ 1987: Rücktritt als Leiter der Salzburger Osterfestspiele. ☐ 1989: Endgültiger Abschied von den Berliner Philharmonikern.

▷ K. Löbl: Das Wunder Karajan, 1965; H. Haeussermann: Herbert von Karajan. Eine Biographie, 1968; P. Csobádi (Hg.): Karajan oder Die kontrollierte Ekstase, 1988; R. Osborne: Herbert von Karajan. Dirigieren — das ist vollkommenes Glück, 1990; W. Stresemann: Ein seltsamer Mann. Erinnerungen an Herbert von Karajan, 1991.

Karamanlis, Konstantin

griech. Politiker
* 8.3.(23.2.?)1907 Proti, Ostmakedonien

Die lange politische Karriere des konservativen, aber pragmatisch nüchternen Karamanlis zerfällt in zwei Abschnitte. Als führender Politiker der 50er Jahre versuchte er, Griechenland näher an Europa heranzuführen. Wegen Auseinandersetzungen mit König Konstantin II. über die Regierungspolitik und die Rechte des Königs trat er 1963 zurück und ging ins Exil. 1974, nach dem Sturz der Militärdiktatur, wurde er erneut zum Ministerpräsidenten gewählt. Mit großem persönlichem Einsatz führte er Griechenland in die EG. Die ungelösten wirtschaftlichen Probleme forderten jedoch wachsende Kritik an ihm heraus. Mit der Wahl zum Staatspräsidenten zog K. sich 1980 aus der aktiven Politik zurück.

☐ bis 1932: Jurastudium. ☐ 1935: Mitgl. des Parlaments (Volkspartei). ☐ 1946-54: Minister. ☐ 1950: Mitgl. der konservativen Sammlungsbewegung, die er 1956 in die Nationalradikale Union (ERE) überführt. ☐ 1955-63, 1974-80: Ministerpräsident. ☐ 1963-74: Exil in der Schweiz und Paris. ☐ 1974: Begründer und Führer der konservativen Nea Demokratia. ☐ 1978: Karls-Preis der Stadt Aachen. ☐ 1980-85, seit 1990: Staatspräsident.

▷ C. M. Woodhouse: Karamanlis. The restorer of Greek democracy, NA 1983.

Karasek, Hellmuth

dt. Theaterkritiker und Schriftsteller
* 4.1.1934 Brünn

Karasek, der seit 1974 als verantwortlicher Redakteur beim Wochenmagazin Der Spiegel das Ressort Kultur leitet, hat sich neben seiner Tätigkeit als Kritiker auch als Bühnenautor unter dem

Pseudonym Daniel Doppler profiliert. In seinen Stücken (»Die Wachtel«, UA Osnabrück 1985; »Hitchcock, Eine Komödie«, UA Konstanz 1988) persifliert er mit den Mitteln der Boulevardkomödie die Welt der Kultur-Schickeria.

□ 1958: Nach dem Studium der Geschichte, Germanistik und Anglistik Promotion zum Dr. phil. □ 1960: Redakteur bei der Stuttgarter Zeitung (1966: Feuilletonchef). □ 1965/66: Chefdramaturg des Württ. Staatstheaters. □ 1966: »Carl Sternheim« (Schr.). □ 1967: »Max Frisch« (Schr.). □ 1968-74: Redakteur der Wochenzeitung »Die Zeit«. □ 1974: »Dramatik der Bundesrepublik« (Schr.). □ 1974-91: Verantwortlicher Redakteur im Kulturressort des Spiegel. □ 1988: »Karaseks Kulturkritik« (Schr.). □ seit 1989: Teilnehmer der TV-Sendung »Das Literarische Quartett« mit M. →Reich-Ranicki.

Kardiner, Abram

amer. Psychoanalytiker und Ethnologe
* 17.8.1891 New York City
† 20.7.1981 Easton, Conn.

Kardiner gehört mit R. →Linton zu den Begründern der Sozialisationsforschung in der Ethnologie. Er schuf den Begriff der Basispersönlichkeit. Damit ist der Grundpersönlichkeitstypus einer Gesellschaft gemeint, den alle Mitglieder teilen. Diese zeigen ähnliche, durch die gemeinsamen frühkindlichen Erfahrungen (Sauberkeitstraining, Still-/Entwöhnungserfahrung, Bestrafungstechniken etc.) entstandenen Verhaltensweisen. K. sah z. B. in der frühkindlichen Sozialisation der Aloresen (Indonesien) — häufige Nahrungs- und Mutterentbehrung — die Hauptursache für deren »labile« Basispersönlichkeit.

□ 1923-55: Mitgl. des Psychologischen Inst., Univ. Cornell und Columbia. □ 1939: »The individual and his society« (Schr.). □ 1955-61: Dir. der Psychoanalytischen Klinik, Columbia. □ 1961: Prof. für Psychiatrie, Emory Univ., Georgia; »Wegbereiter der modernen Anthropologie« (Schr., dt. 1974).

Karl I. Franz Joseph

Kaiser von Österreich und König Karl IV. von Ungarn
* 17.8.1887 Persenbeug, Niederösterreich
† 1.4.1922 Quinto do Monte, Funchal (Madeira)

Nach der Ermordung seines Onkels, Erzherzog Franz Ferdinand, rückte Karl 1914 unerwartet zum Thronfolger von Österreich und Ungarn auf. Vorwiegend militärisch ausgebildet, war er auf diese Aufgabe wenig vorbereitet. Mit einer Amnestie und dem Abbau der Ausnahmegesetze versuchte er die innenpolitische Lage zu stabilisieren. Seine Bemühungen, über seine Schwäger Sixtus und Xavier, Herzöge von Bourbon-Parma, Kontakte zur Entente zu knüpfen, um für Österreich einen Sonderfrieden abzuschließen, scheiterten an der Veröffentlichung dieses Briefwechsels im April 1918 durch G. →Clemenceau. Im November 1918 verzichtete K. — ohne abzudanken — auf die Ausübung der Regierung.

□ 1911: Hochzeit mit →Zita von Bourbon-Parma. □ 1914-16: An der Front in verschiedenen militärischen Stäben tätig. □ 1916-18: Kaiser und König. □ ab 1919: Im Exil. □ 1921: Versuche zur Restaurierung der Monarchie in Ungarn. □ 1921/22: Internierung auf Madeira.

▷ H. Rieder: Kaiser Karl. Der letzte Monarch Österreich-Ungarns 1887-1922, 1981.

← Hellmuth Karasek

Erik Axel Karlfeldt →

← Kaiser Karl I.

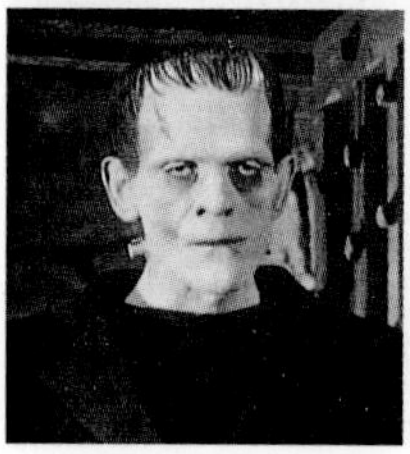

Boris Karloff →

Karl I., König von Rumänien →Carol I.

Karl II., König von Rumänien →Carol II.

Karle, Jerome

amer. Physikochemiker
* 18.6.1918 New York

Karle entwickelte in den 50er Jahren sog. direkte Methoden zur Kristallstrukturanalyse von Molekülen. Der erreichte Entwicklungsstand der Röntgenstrukturanalyse (H. A. →Hauptman) macht nun die räumliche Anordnung der Atome im Kristallgitter kleinerer organischer Moleküle möglich, die — meist aus Wasserstoff und Kohlenstoff zusammengesetzt — am intrazellulären Leben beteiligt sind.

□ seit 1946: Tätigkeit am Naval Research Laboratory, Washington D. C. □ seit 1967: Forschungsdir. am Laboratory for the Structure of Matter ebd. □ 1981-84: Präs. der Int. Union for Crystallography. □ 1985: Chemie-Nobelpreis (zusammen mit H. A. Hauptman).

Karlfeldt, Erik Axel

schwed. Schriftsteller
* 20.7.1864 Karlbo, Dalarna † 8.4.1931 Stockholm

Karlfeldt war der letzte große Lyriker der schwedischen Neuromantik (V. von Heidenstam, O. Levertin, G. →Fröding). Innerhalb fester Versformen verschmolz er eine reiche Vielfalt gegensätzlicher Gefühle und Stimmungen zu gelungenen Synthesen. Höhepunkte seines Schaffens waren die beiden Gedichtsammlungen »Fridolins Lieder« (1898, dt. 1944) und »Dalekarlische Bauernmalereien in Reimen« (1901), in denen er kraftvoll-volkstümlich Natur und Liebe besang. Nachdem er den Nobelpreis für Literatur bereits 1919 abgelehnt hatte (aus Angst, Schweden könne in den Verdacht der Parteilichkeit geraten), erhielt er ihn postum 1931.

□ 1893-95: Lehrer in Djursholm. □ 1895: »Wildmark- und Liebeslieder« (Ged.e). □ 1895/96: Lehrer an der Volkshochschule Molkom, Värmland. □ 1903-12: Bibliothekar an der Kgl. Bibliothek. □ 1904: Mitgl. der Schwed. Akademie. □ 1906: »Flora und Pomona« (Ged.e). □ 1912: »Der Skalde Lucidor« (Abh.). □ 1918: »Flora und Bellona« (Ged.e). □ 1923: »C. F. Dahlgren« (Abh.). □ 1927: »Herbsthorn« (Ged.e).

Karloff, Boris

(eig. William Henry Pratt)
amer. Schauspieler engl. Herkunft
* 23.11.1887 London
† 3.2.1969 Midhurst bei Portsmouth

Als künstliches Wesen in James Whales Horrorfilm-Klassiker »Frankenstein« (1931) machte Karloff eine so überzeugende Figur, daß ihn das Monster-Image seine ganze Karriere über begleitete. Neben der Verbreitung von Angst und Schrecken gelang es K., immer auch Mitgefühl für die von ihm verkörperten Kreaturen zu wecken.

□ 1909: Auswanderung nach Kanada. □ bis 1916: Mehrere Theaterengagements. □ 1933: »Die Mumie« (Rg. K. Freund). □ 1934: »Die vermißte Patrouille« (Rg. J. →Ford).

☐ 1935: »Frankensteins Braut« (Rg. J. Whale). ☐ 1939: »Frankensteins Sohn« (Rg. J. Whale). ☐ 1945: »Der Leichendieb« (Rg. R. Wise). ☐ 1947: »Die Unbesiegbaren« (mit G. →Cooper, Rg. C. B. →DeMille); »Das Doppelleben des Herrn Mitty« (mit D. →Kaye, Rg. N. McLeod). ☐ 1951: »Hinter der Mauer des Grauens« (mit Ch. →Laughton, Rg. J. Pevney). ☐ 1958: »Die Hexenküche des Dr. Rambow« (Rg. H. W. Koch). ☐ 1963: »Der Rabe — Duell der Zauberer« (Rg. R. Corman); »Ruhe-Sanft GmbH« (Rg. J. Tourneur). ☐ 1967: »Im Banne des Dr. Monserrat« (Rg. M. Reeves). ☐ 1968: »Bewegliche Ziele« (Rg. P. →Bogdanovich).

Kármán, Tódor (Theodore von)

amer. Physiker ungar. Herkunft
* 11.5.1881 Budapest † 7.5.1963 Aachen (BRD)

Kármán, der führende Wissenschaftler der Aerodynamik, hat die Strömungsvorgänge, Luftwirbel, Widerstände und Turbulenzen in bezug auf die Elastizität und Festigkeit von Flugkörpern und Tragflügelprofilen erforscht. Sein Name ist wie der von L. →Prandtl mit der Entwicklung der Flugtechnik, dem Überschallflug und der Raumfahrt eng verbunden.
1911 stellte K. mit der »Kármánschen Wirbelstraße« einen theoretischen (bis heute noch nicht umfassend erklärten) Ansatz über die Ausbildung von Luftwirbeln hinter einem angeströmten zylindrischen Hindernis auf, wonach sich die durch Resonanzfrequenzen entwicklenden Schwingungskräfte (z. B. das Singen der Telegrafendrähte bei Wind) berechnen lassen, die zur Zerstörung des Hindernisses führen können.

T. Kármán: Entdecker der »Kármánschen Wirbelstraße«.

☐ 1913-29: Prof. an der TH Aachen; Dir. des Aerodynamischen Inst. ebd. ☐ 1924: »General aerodynamic theory« (Schr., 2 Bde.). ☐ 1930-49: Dir. des Guggenheim Aeronautical Laboratory am Calif. Inst. of Technology in Pasadena. ☐ 1954: »Aerodynamik« (Schr., dt. 1956).

▷ T. Kármán: Die Wirbelstraße. Mein Leben für die Luftfahrt (Aut.), postum 1967, dt. 1968.

Karpow, Anatoli

sowjet. Schachspieler
* 5.5.1951 Slatust, Ural

Anatoli Karpow →

Karpow war 1975-85 Schachweltmeister. Er gewann den Titel als Herausforderer von B. →Fischer, der nicht antrat, und verlor ihn an G. →Kasparow. Wie die Titelkämpfe gegen den Exilrussen V. Kortschnoi (* 1931), der für die Schweiz startete, waren auch die Partien gegen Kasparow von einem psychologischen Nervenkrieg gekennzeichnet. 1987 verpaßte K. nur knapp die Rückeroberung des Titels, da lt. Regel bei Punktegleichstand (12:12) der bisherige Weltmeister im Amt bleibt.

☐ 1969: Jugendweltmeister. ☐ 1975: Als Sieger des Kandidatenturniers (vor L. Polugajewski, B. Spasski und V. Kortschnoi) kampflos Weltmeister. ☐ 1978: Titelverteidigung gegen V. Kortschnoi (erneut 1981). ☐ 1984: Titelverteidigung gegen G. Kasparow. ☐ 1985: Titelverlust gegen Kasparow. ☐ 1986: Niederlage als WM-Herausforderer gegen Kasparow (erneut 1987 und 1990).

Karppinen, Pertti

finn. Ruderer
* 17.2.1953 Vehmaa

Karppinen war 1976-86 einer der besten Skuller der Welt und gewann im Einer drei Goldmedaillen bei Olympischen Spielen. Zahlreiche spannende Zweikämpfe lieferte er sich mit dem Hamburger M. →Kolbe, der den Finnen bei Olympischen Spielen nie besiegen konnte.

☐ 1976: Olympiasieger in Montreal. ☐ 1979: Weltmeister (erneut 1985). ☐ 1980: Olympiasieger in Moskau. ☐ 1984: Olympiasieger in Los Angeles.

Karrer, Paul

schweiz. Biochemiker
* 21.4.1889 Moskau (Rußland) † 18.6.1971 Zürich

Paul Karrer →

Karrer synthetisierte 1930 das Karotin, dessen Strukturähnlichkeit mit dem Vitamin A er 1931 feststellte. Anschließend erklärte K. die Struktur der in Karotten, Tomaten und Eidottern vorkommenden gelbroten Farbstoffe und erbrachte mit der Synthese des Vitamins A den Nachweis, daß das Provitamin Karotin biologisch (durch intermediäre Spaltung) in das für das Sehen wirksame Vitamin A umgewandelt wird. 1928 erschien K.s »Lehrbuch der organischen Chemie«, ein in viele Sprachen übersetztes internationales Standardwerk (14. Aufl. 1963).

☐ 1912-18: Mitarbeiter von P. →Ehrlich im Georg-Speyer-Haus, Frankfurt/Main; ab 1915 Leiter der biochemischen Abteilung ebd. ☐ 1918-59: Prof. an der Univ. Zürich. ☐ 1935: Synthese des Vitamins B_2. ☐ 1937: Chemie-Nobelpreis (zusammen mit W. N. →Haworth). ☐ 1938: Synthese des Vitamins E.

Karsawina, Tamara Platonowa

russ. Tänzerin
* 9.3.1885 St. Petersburg
† 26.5.1978 Beaconsfield (Großbritannien)

Tamara P. Karsawina →

Karsawina gehörte wegen ihrer Technik, ihrer darstellerischen Intelligenz und hohen Ausdruckskraft auf dem Höhepunkt ihrer Kreativität (1910-30) zu den außergewöhnlichen Tänzerinnen ihrer Zeit. Sie unternahm mit der →Diaghilew-Truppe weltweite Tourneen, u. a. als Partnerin von V. →Nijinksi, arbeitete später jedoch hauptsächlich in London. Ihre Tanzrollen waren in der Regel der klassischen russischen Tradition verpflichtet.

☐ 1902: Debüt am Marientheater in St. Petersburg. ☐ 1907: Großer Erfolg als Medora in »Der Korsar« in St. Petersburg.

☐ 1909: Erster Auftritt als Primaballerina der Ballets Russes von S. P. Diaghilew in Paris; weitere Gastpiele. ☐ 1910: Ernennung zur Primaballerina des Marientheaters. ☐ 1918: Ausscheiden in St. Petersburg; anschließend Gastauftritte bei verschiedenen Truppen in England. ☐ 1925: Amerikatournee als Partnerin von P. Wladimiroff.

▷ T. Karsawina: Theatre Street. The Reminiscences of Tamara Karsawina, 1930.

Karyotakis, Kostas

griech. Schriftsteller
* 30.10.1896 Tripolis
† 21.7.1928 Prevesa (Selbstmord)

Karyotakis vermittelt in seiner Lyrik das Lebensgefühl der »Generation von 1920«: Sehnsucht nach dem Leben, aber zugleich das Wissen um die Vergeblichkeit allen Bemühens. Einsamkeit und Verbitterung bringt bereits der erste Gedichtband »Der Schmerz des Menschen und der Dinge« (1919) zum Ausdruck. Trauer und Resignation verdichten sich in »Elegien und Satiren« (Ged.e, 1927) zum bitteren Sarkasmus. Der Jurist K., der als Beamter in verschiedenen Kleinstädten arbeitete, verzweifelte an der Enge und Stagnation des bürgerlichen Lebens. Nach seinem Freitod wurde der sog. Karyotakismus für einige Jahre literarische Mode in Griechenland.

Kasantzakis, Nikos

griech. Schriftsteller
* 18.2.1883 Iraklion, Kreta
† 26.10.1957 Freiburg i. Br. (BRD)

Nikos Kasantzakis (l.): Herold der menschlichen Tatkraft.

Der weitgereiste, vielseitige Autor Kasantzakis wurde erst nach 1946 mit seinen Romanen im Ausland bekannt; vor allem »Alexis Sorbas« (R., 1946, dt. 1952; F.: 1964, M.: M. →Theodorakis) fand international ein begeistertes Publikum. K. schildert darin den Sieg des vitalen, lebensfrohen Tatmenschen über den Intellektuellen. Dieser pointierte Dualismus ist auch Ausdruck der existentiellen Frage nach Lebenssinn und menschlicher Freiheit im Angesicht des Todes, die K. zeitlebens umtrieb. Er griff sie in philosophischen Schriften, in Dramen und Romanen auf, insbesondere aber in der von ihm als Hauptwerk bezeichneten Dichtung »Odyssee« (1938, dt. 1973). Diese Weiterführung der Homerischen Odyssee, die jedoch kaum Beachtung fand, spiegelt, welche Einflüsse K. begleiteten: F. →Nietzsche, →Lenin, das Christentum und der Buddhismus bestärkten K. im Glauben an den Erfolg menschlicher Tatkraft.

☐ 1907-09: Nach dem Jurastudium Studium der Philosophie und Staatswissenschaften in Paris; Einfluß von H. →Bergsons Vitalismus. ☐ 1918/19: Als Staatsbeauftragter zuständig für die Repatriierung von Griechen aus dem Kaukasus. ☐ 1922: Aufenthalt in Wien und Berlin; Hinwendung zum Kommunismus. ☐ 1925-29: Drei Reisen in die UdSSR. ☐ 1927: »Askese« (Schr., dt. 1953). ☐ 1932-35: Reisen nach Frankreich, Spanien, Japan und China. ☐ 1945: Nach der Befreiung Griechenlands Min. ohne Geschäftsbereich. ☐ ab 1946: Im Ausland, ab 1948 in Antibes (Südfrankreich). ☐ 1954: »Griechische Passion« (R., dt. 1951). ☐ 1955: »Die letzte Versuchung« (R., dt. 1952). ☐ 1957: Nach der Rückkehr aus China Tod in der Freiburger Universitätsklinik.

Marie Luise Kaschnitz →

Kaschnitz, Marie Luise

dt. Schriftstellerin
* 31.1.1901 Karlsruhe † 10.10.1974 Rom (Italien)

Kaschnitz, 1955 mit dem Georg-Büchner-Preis ausgezeichnet, verfaßte autobiografisch geprägte Lyrik und Prosa. Christliche Humanität verband sie mit einer sensiblen Kenntnisnahme aktueller Entwicklungen wie z. B. der drohenden Umweltzerstörung. Mythische Elemente und zeitkritische Themen durchdringen sich gegenseitig. Während K. zunächst traditionellen, klassischen Formen verpflichtet war, entwickelte sie in ihrem Spätwerk persönliche Stilformen.

☐ 1922-24: Buchhändlerlehre in Weimar und München. ☐ ab 1924: Buchhändlerin in einem Antiquariat in Rom. ☐ 1933: »Liebe beginnt« (R.). ☐ 1937: »Elissa« (R.). ☐ 1947: »Totentanz und Gedichte zur Zeit«. ☐ 1952: »Das dicke Kind« (Erz.n). ☐ 1948/49: Mithg. der Zeitschrift Die Wandlung. ☐ 1960: Gastdozentin für Poetik in Frankfurt/Main; »Lange Schatten« (Erz.n). ☐ 1963: »Wohin denn ich« (Aufz.). ☐ 1968: »Tage, Tage, Jahre« (Tageb.). ☐ 1972: »Kein Zauberspruch« (Ged.e). ☐ 1973: »Orte« (Aufz.). ☐ postum 1975: »Der alte Garten« (Märchen).

▷ E. Pulver: Marie Luise Kaschnitz, 1984; U. Schweikert (Hg.): Marie Luise Kaschnitz, 1984.

Adnan Kashoggi →

Kashoggi, Adnan

saudiarab. Geschäftsmann
* 1935 Mekka

Der milliardenschwere Waffenhändler Kashoggi beherrschte in den 80er Jahren wegen seines aufwendigen Lebensstils die Schlagzeilen der Regenbogenpresse. Der »Onassis von Mekka« (geschätzter Tagesetat: 300 000 US-$) erwarb sein Vermögen mit der Vermittlung von Waffenlieferungen amerikanischer und europäischer Rüstungsmultis an die arabischen Länder.

Garri Kasparow →

Kasparow, Garri

sowjet. Schachspieler
* 13.4.1963 Baku

Kasparow, der seit dem fünften Lebensjahr Schach spielt, wurde 1985 gegen A. →Karpow jüngster Weltmeister in der Geschichte des Schachs. Sein Vorgänger und Intimfeind versuchte mehrmals ihm den Titel wieder streitig zu machen, K. behielt aber stets (zuletzt 1990) die

Oberhand. 1989 erreichte er mit 2795 Punkten eine höhere ELO-Zahl als der legendäre B. →Fischer (2785). Die ELO-Zahl wird u. a. aus der Summe gespielter Turniere und der dabei erreichten Siege errechnet, wonach K. der beste Spieler aller Zeiten ist.

□ 1977/78: Landesmeister der Junioren. □ 1979: Int. Großmeister-Norm. □ 1980: Junioren-Weltmeister. □ 1984. Niederlage als Herausforderer im WM-Kampf gegen A. Karpow. □ seit 1985: Weltmeister.

▷ G. Kasparow: Politische Partie, 1987; ders.: Der große Kasparow, 1990; ders.: Ich gewinne immer, 1991.

Kasprowicz, Jan

poln. Lyriker

* 12.12.1860 Szymbork † 2.8.1926 Poronin

Düsterer Ernst und metaphysisches Pathos kennzeichnen die bildreichen Hymnen Kasprowiczs, des wichtigsten Dichters der polnischen Moderne (u. a. »Mein Abendlied«, 1902). Anknüpfend an die Tradition der mittelalterlichen Hymnik nimmt K. Stilelemente des Expressionismus vorweg. K. war auch ein vielseitiger Übersetzer (Aischylos, Euripides, Shakespeare, Goethe, Shelley, O. →Wilde, H. →Ibsen).

□ 1884-88: Studium in Leipzig und Breslau. □ 1888: Halbjährige Gefängnisstrafe wegen sozialistischer Neigungen; Übersiedlung nach Lemberg; Mitarbeiter bei der Tageszeitung Kurier Lwowski. □ 1890: »Christus« (Poem). □ 1902: »Salve Regina« (Ged.e). □ ab 1908: Prof. für Vergleichende Literaturwissenschaft in Lemberg. □ 1916: »Das Armenbuch« (Ged.e). □ 1921/22: Rektor an der Univ. Lemberg.

Kässbohrer, Otto

dt. Unternehmer

*26.1.1904 Ulm † 20.6.1989 ebd.

Kässbohrer, der mit seinem Bruder Karl bereits 1922 die väterliche Wagenfabrik Kässbohrer übernehmen mußte, leitete 1950 mit der Entwicklung des ersten selbsttragenden Busaufbaus (Setra) eine neue Phase in der Omnibusproduktion ein. 1988 verbuchte die weltweit expandierende Kässbohrer Fahrzeugwerke GmbH, die auch Anhänger, Containerfahrzeuge und Schneeraupen produziert, einen Jahresumsatz von 1,29 Mrd. DM.

□ 1922: Gesellenbrief nach Wagner-Lehre im väterlichen Betrieb in Ulm. □ 1928: Spezialisierung auf Omnibusse und Lastwagenaufbauten. □ 1953: Eröffnung eines Werks in Dortmund. □ 1959: Einführung des Baukastenprinzips in der Herstellung. □ 1969: Herstellung des 10 000. Setra. □ 1982: Rücktritt als Vors. der Geschäftsführung.

Kastler, Alfred Henri Frédéric

frz. Physiker

* 3.5.1902 Gebweiler, Elsaß

† 7.1.1984 Bandol, Dep. Var

Kastler entwickelte ab 1950 die Methode des »optischen Pumpens«, bei dem Atome mit bestimmten Lichtfrequenzen bestrahlt werden, die den Elektronen kurzfristig eine höhere Energie verleihen. Dieses Verfahren ermöglichte ungeahnte Präzisionsmessungen über die magnetischen Wechselwirkungen zwischen Elektronen und Atomkern und führte zur Entwicklung von Maser (Ch. H. →Townes) und Laser.

Alfred Kastler: 1966 mit dem Physik-Nobelpreis ausgezeichnet.

□ 1938-41: Prof. an der Univ. Bordeaux. □ ab 1941: Prof. an der École normale supérieure, Paris. □ 1949-52: Entwicklung der Doppelresonanzmethode (mit J. Brossel) zur gleichzeitigen Untersuchung der elektromagnetischen Strahlungen unterschiedlicher Frequenz. □ 1966: Physik-Nobelpreis. □ 1968-72: Forschungsdir. des Centre nat. de la recherche scientifique.

← Otto Kässbohrer

Kästner, Erich

(Pseud. Melchior Kurtz)

dt. Schriftsteller

* 23.2.1899 Dresden † 29.7.1974 München

Der Büchner-Preisträger Kästner griff in Romanen wie »Fabian« (1931) sowie in Kabarettexten, Drehbüchern und Gedichten spießbürgerliches Denken, Militarismus und Faschismus satirisch auf; er trat für Humanität und einen konsequenten Liberalismus ein. Wie die humorvollen Kinderbücher — z. B. »Emil und die Detektive« (1929) — hatte die Lyrik mit ihrer sachlichen Alltagssprache bei einem breiten Publikum Erfolg. Die Bücher des Pazifisten und liberal eingestellten Aufklärers K. wurden 1933 von den Nationalsozialisten verbrannt; dem Beispiel folgte im Oktober 1965 eine Gruppe »Entschiedener Christen«. K., der 1933-45, um Zeuge zu sein, in Deutschland blieb, kritisierte in den 50er Jahren die atomare Bewaffnung der BRD.

□ 1928: »Herz auf Taille« (Ged.e). □ 1931: »Fabian« (R.); »Pünktchen und Anton« (Kdb.). □ 1932: »Gesang zwischen den Stühlen« (Ged.e). □ 1933: »Das fliegende Klassenzimmer« (Kdb.); Verbrennung von K.s Büchern durch die Nationalsozialisten. □ 1934: »Drei Männer im Schnee« (R.). □ 1936: »Dr. E. K.s lyrische Hausapotheke« (Ged.e). □ 1938: »Georg und die Zwischenfälle« (R., 1949 u. d. T. »Der kleine Grenzverkehr«). □ 1942: Schreibverbot. □ 1945: Gründung des Münchner Kabaretts Schaubude. □ 1948: »Der tägliche Kram« (Chansons, Prosa). □ 1949: »Das doppelte Lottchen« (Kdb.). □ 1950: »Die Konferenz der Tiere« (Kdb.). □ 1956: »Die Schule der Diktatoren« (Kom.). □ 1957:

E. Kästner: Engagement für Humanität und Liberalismus.

Georg-Büchner-Preis. □ 1961: »Notabene« (Tageb.). □ 1974: »Der Zauberlehrling« (R.fragment).

▷ E. Kästner: Als ich ein kleiner Junge war, 1957; R. Wolff (Hg.): Erich Kästner, 1983; H. Bennmann: Humor auf Taille. Erich Kästner, 1985.

Katajew, Valentin Petrowitsch

sowjet. Schriftsteller
* 28.1.1897 Odessa † 12.4.1986 Moskau

Katajew, ein Meister der humoristischen Satire, 1944.

Katajew war einer der widersprüchlichsten Vertreter des sowjetischen Literaturbetriebs: Trotz offizieller Anerkennung aufgrund parteikonformer, sozialistisch-realistischer Haltung wurde er als origineller, humoristisch-satirischer Erzähler bekannt und beliebt. So weist z. B. der Produktionsroman »Im Sturmschritt vorwärts« (1932, dt. 1947) alle Eigenschaften eines Thrillers auf. Sein Hauptwerk bildete jedoch das z. T. autobiografische »Es blinkt ein einsam Segel« (1936, dt. 1946), der erste Teil eines vierteiligen Romanzyklus, dessen Handlung um den Jungen Petja 1905 einsetzt und 1946 mit der Geschichte von dessen gleichnamigem Sohn endet (»In den Katakomben von Odessa«, 1951, dt. 1966). Seit den 60er Jahren knüpfte K.s Spätschaffen an die Formexperimente der Frühzeit an; dennoch zeugen Auftritte gegen Dissidenten von K.s Bemühen um Systemkonformität.

□ 1926: »Die Defraudanten« (R., dt. 1928). □ ab 1934: Mitgl. im Präsidium des Schriftstellerverbandes. □ 1945: Stalinpreis 3. Klasse für »Der Sohn des Regiments« (R., 1945, dt. 1953). □ 1946-53: Redakteur bei der Zeitung Nowy Mir. □ 1955-62: Chefredakteur von Junost (Jugend). □ 1973: Unterschrift unter einem offenen Brief gegen den Schriftsteller A. →Solschenizyn.

▷ V. P. Katajew: Kraut des Vergessens (Erinnerungen), 1967, dt. 1968.

David Katz →

Katz, David

dt. Psychologe und Pädagoge
* 1.10.1884 Kassel
† 2.2.1953 Stockholm (Schweden)

Katz, von der Phänomenologie E. →Husserls und der Sinnesphysiologie E. →Herings beeinflußt, war der erste Psychologe, der zur Erforschung subjektiven Erlebens von Sinneseindrücken phänomenologische und experimentelle Verfahren anwandte. K. entwickelte neue gestaltpsychologische Arbeitsmethoden und betrieb außerdem grundlegende Studien über die Tast- und Farbenwelt sowie zur Tier- und Kinderpsychologie.

□ 1919-33: Prof. des neu gegründeten Lehrstuhls für Psychologie und Pädagogik an der Univ. Rostock; unter seiner Leitung eine bedeutende dt. Forschungsstätte. □ 1925: »Der Aufbau der Tastwelt« (Schr.). □ 1927: »Gespräche mit Kindern« (Schr., mit Rose Katz). □ 1930. »Der Aufbau der Farbenwelt« (Schr.). □ 1933-35: Forschungsmitgl. der Univ. Manchester. □ 1935-37: Mitarbeiter von C. →Burt in dessen Londoner Laboratorium. □ ab 1937: Prof. an der Univ. Stockholm. □ 1944: »Gestaltpsychologie« (Schr.). □ 1951: Präs. des 13. Int. Psychologenkongresses, Stockholm.

Hans Katzer →

Katzer, Hans

dt. Politiker
* 31.1.1919 Köln

Der langjährige Vorsitzende der Sozialausschüsse der CDA, Katzer, zählt zum linken Flügel seiner Partei und hat u. a. die Gesetze für Volksaktien, für die Vermögensbildung der Arbeitnehmer und zur Lohnfortzahlung entscheidend mitgestaltet.

□ 1929: Im kathol. Jugendbund. □ seit 1945: Mitgl. der CDU. □ 1957-80: MdB der CDU. □ 1963-77: Vors. der Sozialausschüsse der CDA. □ 1965-69: Arbeitsmin. □ 1969-77: Stellv. Fraktionsvors. □ 1979-82: Einer der Vizepräs. des Europ. Parlaments.

▷ H. Klein: Hans Katzer, 1976.

Buchizya Kaunda →

Kaunda, Kenneth David »Buchizya«

afr. Politiker
* 28.4.1924 Lubwe bei Chinsali

Kaunda war einer der letzten afrikanischen Staatsführer aus der Zeit der Entkolonialisierung der 60er Jahre und der einzige, der nach freien Wahlen (1991) freiwillig aus dem Amt schied. Nach seiner Machtübernahme als Staatspräsident von Sambia (1964) galt K. zunächst als gemäßigt prowestlich. Seit den 70er Jahren trat er jedoch für eine sozialistische Wirtschaftsordnung ein und wurde mit seinem von ihm als »Humanismus« bezeichneten Programm zu einem Kritiker des Westens.

□ 1949: Mitgl. des African National Congress (ANC). □ 1953: Generalsekr. des ANC. □ 1958: Vors. des Zambia National Congress. □ 1960: Begründer der United Nation Independence Party (UNIP); seit 1972 Einheitspartei in Sambia. □ 1964: Ministerpräsident von Nord-Rhodesien, ab Okt. Staatspräsident der Repubik Sambia. □ 1972: Umwandlung in einen Einparteienstaat. □ 1991 Rücktritt.

▷ R. Trudgian: Kenneth Kaunda, engl. 1974.

Kaurismäki, Aki

finn. Regisseur
* 1957

Kaurismäki, der zunächst an den Filmen seines Bruders Mika (* 1955) mitgearbeitet hatte, verhalf dem finnischen Kino in den 80er Jahren zu internationaler Anerkennung. Neben der skurrilen Komödie »Leningrad Cowboys go America« (1989), in der die Tournee einer dilettantischen finnischen Band geschildert wird, drehte er pessimistische Balladen, die im Arbeitermilieu angesiedelt sind. Wie »Das Mädchen aus der Streichholzfabrik« (1989, mit K. Outinen) kennzeichnen diese Filme, die weitgehend ohne Dialoge auskommen, eine bedrückende Grundstimmung und die Unfähigkeit der Figuren, ihre Gefühle zu artikulieren.

Aki Kaurismäki: Star des finnischen Films.

□ seit 1983: Eigenständige Filmarbeit. □ 1986: »Schatten im Paradies« (mit M. Pellonpää). □ 1987: »Hamlet macht Geschäfte« (mit K. Outinen). □ 1988: »Ariel« (mit T. Pajala). □ 1991: »I hired a contract killer« (mit J. P. →Léaud).

Käutner, Helmut

dt. Regisseur und Schauspieler
* 25.3.1908 Düsseldorf
† 20.4.1980 Castellina (Italien)

Käutner, der in den 50er und 60er Jahren zu den erfolgreichsten deutschen Regisseuren gehörte, schuf bereits in der NS-Zeit anspruchsvolle Unterhaltungsfilme. »Große Freiheit Nr. 7« (1943/44, mit H. →Albers) stand wegen seiner resignativen Grundstimmung im Widerspruch zu den üblichen Durchhaltedramen und wurde im Reichsgebiet verboten; die Maupassant-Verfilmung »Romanze in Moll« (1942) galt wegen ihrer Dreiecksgeschichte als »ehe- und sittenzerstörend«. Nach der melancholischen Binnenschiffer-Ballade »Unter den Brücken« (1944/45) konnte K. mit seiner Version des →Zuckmayer-Klassikers »Der Hauptmann von Köpenick« (1956, mit H. →Rühmann) noch einmal an seine alten Erfolge anschließen.

Karl Kautsky →

Helmut Käutner: Mehrfach ausgezeichneter Regisseur.

□ 1933-35: Mitgl. des Münchener Kabaretts Die vier Nachrichter. □ 1939: »Kitty und die Weltkonferenz«. □ 1940: »Frau nach Maß«; »Kleider machen Leute«. □ 1941: »Auf Wiedersehen Franziska«. □ 1947: »In jenen Tagen«. □ 1949: »Königskinder«. □ 1952: »Käpt'n Bay-Bay«. □ 1953: »Die letzte Brücke«. □ 1954: »Des Teufels General«. □ 1956/57: »Die Zürcher Verlobung«. □ 1959: »Der Rest ist Schweigen«. □ 1960: »Das Glas Wasser«. □ 1963: »Das Haus in Montevideo« (mit H. Rühmann). □ 1964: »Lausbubengeschichten«. □ 1970: »Die Feuerzangenbowle« (Remake). □ 1970-77: Mehrfach TV-Regie und Kurzauftritte. □ 1974: Titelrolle in »Karl May« (Rg. H. J. →Syberberg).

▷ W. Eser: Helmut Käutner — Abblenden, 1981.

Kautsky, Karl

österr.-dt. Sozialist und Publizist
* 16.10.1854 Prag (Tschechoslowakei)
† 17.10.1938 Amsterdam (Niederlande)

Kautsky war der führende Theoretiker der SPD und der II. Internationale. Nach dem Tod von Friedrich Engels (* 1820, † 1895) war er der anerkannte Interpret der marxistischen Lehren, die er im Sinne des Sozialdarwinismus auslegte. Er bekämpfte sowohl den »Revisionismus« von E. →Bernstein als auch den »Radikalismus« von R. →Luxemburg.

□ 1875: Mitgl. der SPÖ; Journalist. □ 1883-1917: Begründer und Hg. der sozialdemokratischen Zeitschrift Die neue

Zeit. □ 1885-90: Privatsekr. von F. Engels in London. □ 1887: »Karl Marx' ökonomische Lehren« (Schr.). □ 1890: Mitgl. der SPD. □ 1891: Mitverfasser des Erfurter Programms der SPD. □ 1905-10: Hg. von K. Marx »Kapital«. □ 1917-22: Mitbegründer und Mitgl. der USPD. □ 1918: »Die Diktatur des Proletariats« (Schr.). □ 1918/19: Unterstaatssekr. im Reichsaußenministerium. □ 1919: Hg. der »Deutschen Dokumente zum Kriegsausbruch 1914«. □ 1922: Rückkehr zur SPD. □ 1925: Mitverfasser des Heidelberger Programms der SPD. □ 1927: »Die materialistische Geschichtsauffassung« (Schr.). □ 1938: Emigration vor den Nationalsozialisten nach Amsterdam.

▷ M. L. Salvadori: Sozialismus und Demokratie. Karl Kautsky 1880-1938, dt. 1982.

Kawabata, Yasunari

jap. Schriftsteller
* 11.6.1899 Osaka † 16.4.1972 Zushi (Selbstmord)

Kawabata, der traditionellen Kultur und Erzählkunst verbunden, zählte zu den Sensualisten, die als Realismus- und Naturalismusgegner eine Wiederherstellung japanischer literarästhetischer Werte fordern. K.s Romane sind episodenhafte Gefüge ohne straffe Erzählstruktur, so auch sein berühmtester Roman »Schneeland« (1935-47, dt. 1957), für den er 1968 den Literatur-Nobelpreis erhielt. In ihm schilderte K. in lyrischen, stimmungsvollen Bildern die Begegnung zwischen einem modernen Städter und einer Geisha. Der melancholische Grundtenor basiert hier wie auch in seinen anderen Werken vor allem auf der Flüchtigkeit des Seins und der Verlorenheit in einer von modernen Werten beherrschten schnellebigen Welt.

Yasunari Kawabata erhielt 1968 den Literatur-Nobelpreis.

□ 1920-24: Anglistik-, später Japanologiestudium in Tokio. □ 1925: »Tagebuch eines Sechzehnjährigen« (R., dt. 1969). □ 1926: »Die Tänzerin von Izu« (R., dt. 1942). □ 1948-65: Vorsitzender des jap. PEN-Zentrums. □ 1951: »Tausend Kraniche« (R., dt. 1956). □ 1954: »Ein Kirschbaum im Winter« (R., dt. 1969). □ 1961: »Schönheit und Trauer« (R., 1988). □ 1968: Literatur-Nobelpreis.

Danny Kaye →

Kaye, Danny

(eig. Daniel David Sominski)
amer. Schauspieler
* 18.1.1913 New York † 3.3.1987 Los Angeles

Kaye war in den 40er und 50er Jahren einer der beliebtesten Komiker in den USA. Seine bekanntesten Auftritte hatte er in der grotesken Komödie »Das Doppelleben des Herrn Mitty« (1947, Rg. N. Z. McLeod) und in der Ritterfilm-Parodie »Der Hofnarr« (1955, Rg. N. Panama und M. Frank). Bis zu seinem Tod engagierte sich der Schauspieler für die UNICEF.

□ ab 1926: Clown und Artist in Varietés. □ 1940: Auftritte in dem Broadway-Musical »Lady in the Dark«. □ 1943: Vertrag mit MGM. □ 1952: »Hans Christian Andersen und die Tänzerin« (Rg. Ch. Vidor). □ 1954: »Weiße Weihnachten« (Rg. M. →Curtiz). □ 1958: »Jakobowsky und der Oberst« (mit C. →Jürgens, Rg. P. Glenville). □ 1963: Auszeichnung mit dem Emmy Award für die »Danny-Kaye-Show« (TV). □ 1983: Ehrendelegierter der UNICEF.

Kazan, Elia

(eig. Elia Kasanioglus)
amer. Regisseur und Schriftsteller
* 7.9.1909 Konstantinopel (heute Istanbul, Türkei)

Kazan (r.) prägte mit seinen Bühnen- und Film-Inszenierungen das amer. Theater.

Kazans Schaffen als Theater- und Filmregisseur ist eng mit den Werken bedeutender amerikanischer Autoren verbunden (u. a. Th. →Wilder, A. →Miller, T. →Williams, J. →Steinbeck). K. beeinflußte mit seinen Inszenierungen nachhaltig das amerikanische Theater und gilt seit »Endstation

Sehnsucht« (1951, mit V. →Leigh und M. →Brando) als Spezialist für die filmische Umsetzung zeitgenössischer amerikanischer Literatur. Als Mitbegründer der von der Psychoanalyse beeinflußten Schauspielschule »Actor's Studio« (1948) prägte K. eine ganze Generation von Schauspielern (u. a. M. Brando, J. →Dean, R. →Steiger, M. →Clift, P. →Newman). Wie im 1954 mit acht Oscars ausgezeichneten Film »Die Faust im Nakken« (mit M. Brando und J. L. Cobb) bevorzugt er Themen, die sich kritisch mit der amerikanischen Gesellschaft auseinandersetzen.

☐ 1913: Emigration mit der Familie in die USA. ☐ ab 1932: Mitgl. des »Group Theatre« von L. →Strasberg. ☐ 1934-36: Mitgl. der kommunistischen Partei. ☐ 1944: »Ein Baum wächst in Brooklyn«. ☐ 1947: »Endlos ist die Prärie« (mit K. →Hepburn und Sp. →Tracy). ☐ 1948: Oscar für »Tabu der Gerechten« (mit G. →Peck). ☐ 1951: »Viva Zapata« (mit M. Brando und A. → Quinn). ☐ 1955: »Jenseits von Eden« (mit J. Dean). ☐ 1960: »Wilder Strom« (mit M. Clift). ☐ 1962: »America, America« (R., dt. 1963). ☐ 1963: »Die Unbezwingbaren« (Buch und Rg.). ☐ 1975: »Der letzte Tycoon« (nach F. S. →Fitzgerald).

▷ Pauly, Th. H.: An american odyssey. Elia Kazan and the american culture, engl. 1983 .

Keaton, Joseph Francis »Buster«

amer. Schauspieler und Regisseur
* 4.10.1895 Pickway, Kansas
† 1.3.1966 Hollywood, Kalif.

»Stoneface« Buster Keaton, einer der berühmtesten Stummfilm-Stars, 1964.

Als Mann, der niemals lacht, ging Keaton in die Filmgeschichte ein. Auch in heiklen Situationen und im Kampf mit der Tücke des Objekts bewahrte er seine stoische Ruhe und verzog keine Miene, was seinen Filmen einen grotesk-surrealen Charakter verlieh. In »Der Navigator« (1924) kämpfte er mit einem Ozeanriesen, in »Der General« (1926) mit einer Lokomotive, doch mit Intelligenz und Glück meisterte er — oft unbeabsichtigt — alle Widrigkeiten. Obwohl »Der General« von der Filmkritik unter die zehn besten Filme aller Zeiten gewählt wurde, stand K. immer im Schatten von Ch. →Chaplin.

☐ 1897-1915: Varietéauftritte mit der Familie. ☐ 1917-23: Rund 50 Kurzfilme. ☐ 1923: »Drei Zeitalter«; »Verflixte Gastfreundschaft«. ☐ 1924: »Sherlock junior«. ☐ 1925: »Buster Keaton — Der Cowboy«; »Sieben Chancen«. ☐ 1926: »Buster Keaton — Der Killer von Alabama« (Rg. alle B. Keaton). ☐ 1928: »Steamboat Bill jr.« (Rg. Ch. F. Reisner); »Der Kameramann« (Rg. E. Sedgwick). ☐ 1929: »Trotzheirat« (Rg. E. Sedgwick): ☐ 1949: Kurzauftritt in »Boulevard der Dämmerung« (mit G. →Swanson, Rg. B. →Wilder). ☐ 1952: »Rampenlicht« (Rg. Ch. Chaplin). ☐ 1966: Letzter Auftritt in »Toll trieben es die alten Römer« (Rg. R. Lester).

▷ P. W. Jansen/W. Schütte (Hg.): Buster Keaton, 1980; B. Keaton/Ch. Samuels: Schallendes Gelächter, 1986.

Birgit Keil →

Keil, Birgit

dt. Tänzerin
* 22.9.1944 Kowarschen (CSFR)

Keil, die ihre Begabung unter J. → Cranko in Stuttgart entfaltete, zählt zu den großen Ballettpersönlichkeiten der Gegenwart. Ihr Repertoire umfaßt »Giselle«, »Schwanensee«, »Dornröschen« und »Nußknacker«, zu ihren Partnern gehören R. →Nurejew und J. →Neumeier, zu ihren Choreographen neben J. Cranko G. →Tetley und G. →Balanchine.

☐ seit 1961: Mitgl. des Balletts des Stuttgarter Staatstheaters. ☐ 1965: Solopart in »Opus 1« (Ch.: J. Cranko); »La Valse« (Ch.: G. Balanchine). ☐ 1970: »Brouillards« (Ch.: J. Cranko). ☐ 1974: »Mythical Hunters« (Ch.: G. Tetley). ☐ 1975/76: Gastauftritte in den USA; u. a. »Schwanensee« an der Metropolitan Opera New York. ☐ 1979: »Schwanensee« mit R. Nurejew an der Wiener Staatsoper. ☐ 1985: »Verdi Requiem« mit C. Atanasoff in Palermo, eigens für K. choreographiert von V. Biagi.

▷ L. E. Spalt/C. Barnes (u. a.): Birgit Keil, 1980.

Wilhelm Keitel →

Keitel, Wilhelm

dt. Militär
* 22.9.1882 Helmscherode, Harz
† 16.10.1946 Nürnberg (hingerichtet)

Keitel war als Oberbefehlshaber der Wehrmacht, ohne direkte Befehlsgewalt, engster militärischer Mitarbeiter von A. →Hitler, den er meist durch kritiklosen Gehorsam in seinen Plänen und Absichten bestärkte. Er unterzeichnete am 8.5.1945 die Kapitulation der deutschen Wehrmacht in Berlin.

☐ 1935-38: Chef des Wehrmachtsamts im Reichskriegsministerium. ☐ 1938-45: Chef des Oberkommandos der Wehrmacht. ☐ 1940: Generalfeldmarschall; Leiter der dt.-frz. Waffenstillstands-Verhandlungen im Wald von Compiègne. ☐ 1946: Vom Int. Militärtribunal in Nürnberg zum Tode verurteilt und hingerichtet.

▷ W. Görlitz (Hg.): In the service of the Reich, 1979; G. Mueller: The forgotten Field Marshal, Wilhelm Keitel, 1979.

Kekkonen, Urho Kaleva

finn. Politiker
* 3.9.1900 Pielavesi † 31.8.1986 Helsinki

Kekkonen vertrat als finnischer Staatspräsident (1956-81) nach außen eine konsequente Neutra-

Kekkonen: Langjähriger Staatspräsident Finnlands.

litätspolitik in Balance zwischen Ost und West und suchte zugleich gutnachbarliche Beziehungen zur Sowjetunion. Damit schuf der äußerst populäre Politiker die Voraussetzung für die auch wirtschaftlich positive Entwicklung Finnlands nach dem 2. Weltkrieg.

□ 1936: Mitgl. des finn. Reichstags (Bauernpartei, später Zentrum). □ 1936; 1944-46: Justizmin. □ 1937-39: Innenmin. □ 1943-46: Leiter des Amts für Rationalisierung. □ 1947-50: Reichstagspräs. (mit Unterbrechungen). □ 1950-56: Fünfmal Ministerpräsident (mit Unterbrechungen) und zeitweilig zugleich Außenmin. □ 1956-81: Staatspräsident □ 1981: Lenin-Friedenspreis.

Keller, Erhard

dt. Eisschnelläufer
* 24.12.1944 Günzburg

Keller, zweimaliger Olympiasieger über 500 m (1968 und 1972) und Sprinterweltmeister (1971), war der erfolgreichste deutsche Eisschnelläufer. Er lief neun Weltrekorde über 500 m, 1000 m und im Sprinter-Vierkampf. 1973/74 startete er in einer holländisch-norwegischen Professionalgruppe. Nach seiner Reamateurisierung wurde K. 1977 zum vierten Mal deutscher Sprintermeister. K. war danach zeitweilig TV-Moderator.

← Erhard Keller

Kellogg, Frank Billings

amer. Politiker
* 22.12.1856 Potsdam, N. Y.
† 21.12.1937 St. Paul, Minn.

Kellogg war mit dem französischen Außenminister A. →Briand Initiator des Briand-Kellogg-Pakts (1928), wofür er 1929 mit dem Friedens-Nobelpreis ausgezeichnet wurde. In diesem Vertrag verurteilten die Teilnehmerstaaten »den Krieg als Mittel zur Lösung internationaler Streitfälle«, wobei ausdrücklich der »Verteidigungskrieg« ausgeklammert blieb. Da im Vertrag keine Sanktionen gegen einen »Aggressor« vorgesehen waren und nicht einmal der Begriff »Angriffskrieg« definiert wurde, blieb der Pakt ohne große Wirkung. Er diente jedoch 1946 als Grundlage für die Anklageerhebung des Internationalen Militärtribunals in Nürnberg.

□ 1917-23: Senator für Minn. (Republikaner). □ 1924/25: Botschafter in London. □ 1925-29: Außenmin. □ 1929: Friedens-Nobelpreis. □ 1930-35: Mitgl. des Int. Gerichtshofs in Den Haag.

← Frank B. Kellogg

Ellsworth Kelly →

Kelly, Ellsworth

amer. Maler und Plastiker
* 31.5.1923 Newburgh, N. Y.

Kelly ist mit seinen Kompositionen aus verschiedenfarbigen, hart gegeneinander gesetzten geometrischen Flächen ein Mitbegründer der Minimal Art und zugleich einer der führenden Vertreter der Hard-Edge-Malerei. Die großen Bilder auf Leinwand oder Holz sind häufig aus mehreren Teilen zusammengesetzt, so daß die aneinanderstoßenden Primärfarben noch verstärkt, teilweise farbräumlich wirken oder sogar der Eindruck von Bewegung entsteht. Seit etwa 1965 erweitert K. dieses Prinzip auf den Realraum, indem er streng geometrisch aus der Fläche entwickelte Körper aus Stahl oder Holz in der Art seiner Bilder bemalte, wobei die Kanten der Plastiken die Abgrenzungen der Farbflächen markieren (z. B. »Black White«, 1968, Detroit, Mich., The Detroit Institute of Arts).

□ 1946-48: Studium an der Boston Museum of Fine Arts School. □ 1948: Studium an der École des Beaux-Arts, Paris; Einflüsse von H. →Arp, G. → Vantongerloo und V. →Vasarely. □ 1951: Erste Einzelausstellung in der Galerie Arnaud, Paris. □ 1954: Übersiedlung nach New York. □ 1978: Retrospektive im Museum of Modern Art, New York. □ 1984-87: Ausstattung eines Raumes (sieben Gemälde) in der National Gallery of Art, Washington. □ 1986: Ausstattung eines Raumes (acht Gemälde) zur Eröffnung des Museum of Contemporary Art, Los Angeles.

Kelly, Gene

(eig. Eugene Curran Kelly)
amer. Tänzer, Schauspieler, Choreograph und Regisseur
* 23.8.1912 Pittsburgh, Penn.

Gene Kelly: Er prägte das amerikanische Musical.

Kelly zählte in den 50er Jahren zu den bedeutendsten Tänzern und Choreographen des amerikanischen Filmmusicals. Seine Tanzszenen zeichnen sich durch Perfektion und Originalität aus, wie die berühmte Sequenz aus dem Film »Singin' in the rain/Du sollst mein Glücksstern sein« (1952), in der er virtuos mit einem Schirm durch den Regen tanzt und stept. In vielen seiner Filme war er Choreograph, Regisseur und z. T. auch Drehbuchautor. »Ein Amerikaner in Paris«, in dem K. Hauptrolle und Choreographie übernahm, erhielt 1951 acht Oscars.

☐ 1938: Erste Rolle am Broadway in »Leave it to me«. ☐ 1942: Erste Filmrolle in »For me and my Gal« (mit J. →Garland). ☐ 1948: »Die drei Musketiere«. ☐ 1949: »Heut gehn wir bummeln (Musik L. →Bernstein, mit F. →Sinatra). ☐ 1956: »Einladung zum Tanz«. ☐ 1969: »Hello Dolly!« (Rg. und P. mit B. → Streisand). ☐ 1980: »Xanadu« (mit O. Newton-John). ☐ 1981: Inszenierung des Broadway-Musicals »Satchmo«.

Petra Kelly →

Kelly, Grace Patricia

amer. Schauspielerin und Fürstin von Monaco
* 12.11.1929 Philadelphia, Penn.
† 14.9.1982 Monaco (Autounfall)

Grace Kelly: Vom umschwärmten Hollywoodstar zur Fürstin Gracia Patricia.

Auf dem Höhepunkt ihrer Filmkarriere spielte Kelly drei Hauptrollen unter A. →Hitchcock, für den sie den Idealtypus der scheinbar unnahbaren Blondine verkörperte. Nach ihrem letzten Film, »High Society/Die oberen Zehntausend« (Rg. Ch. Walters), heiratete K. 1956 Fürst →Rainier III. von Monaco und nannte sich fortan Gracia Patricia. Kinder dieser Ehe sind Caroline (* 1957), Albert (* 1958) und Stephanie (* 1965).

☐ 1952: »Zwölf Uhr mittags« (mit G. → Cooper, Rg. F. →Zinnemann). ☐ 1953: »Bei Anruf Mord« (mit R. Milland, Rg. A. Hitchcock. ☐ 1954: »Das Fenster zum Hof« (mit J. →Stewart, Rg. A. Hitchcock); Oscar für die Rolle als »Das Mädchen vom Lande« (mit B. →Crosby, Rg. G. Seaton). ☐ 1955: »Über den Dächern von Nizza« (mit C. →Grant, Rg. A. Hitchcock).

▷ G. Ball: Grace Kelly. Ihre Filme, ihr Leben, 1983.

Sir William T. Kelvin →

Kelly, Petra Karin

dt. Politikerin
* 29.11.1947 Günzburg

Kelly war zu Beginn der 80er Jahre Symbolfigur der Umwelt- und Friedensbewegung. Durch Teilnahme an zahlreichen Protestaktionen machte sie auf aktuelle Umwelt- und Sozialprobleme aufmerksam (Sitzblockade Mutlangen 1983; Besetzung der Botschaft in Pretoria 1985). Als sie sich 1985 als einzige Bundestagsabgeordnete dem Rotationsprinzip (Wechsel der Amtsträger alle zwei Jahre) der Grünen nicht unterwarf, wurde sie parteiintern heftig angegriffen. Seitdem verlor die auch international bekannte Politikerin allmählich ihre führende Rolle in der Ökologiebewegung.

☐ 1960: Adoption durch ihren Stiefvater Kelly; wohnhaft in den USA. ☐ 1966-72: Politologiestudium in Washington und Amsterdam. ☐ 1972-82: Bei der EG-Kommission in Brüssel; zuletzt Verwaltungsrätin. ☐ 1972: Mitgl. des Bundesverbands Bürgerinitiative Umweltschutz. ☐ 1973: Gründung der »G.-P.-Kelly-Vereinigung zur Unterstützung der Krebsforschung für Kinder«. ☐ bis 1979: Mitgl. der SPD. ☐ 1979: Mitbegründerin der Partei Die Grünen. ☐ 1983-90: MdB. ☐ 1983: Im Sprecherrat der Grünen-Fraktion im Bundestag; »Um Hoffnung kämpfen. Gewaltfrei in eine grüne Zukunft« (Schr.). ☐ 1986: »Liebe gegen Schmerzen« (Schr., Hg.).

▷ M. Sperr: Petra K. Kelly. Politikerin aus Betroffenheit, 1983.

Kelsen, Hans

amer. Rechtsphilosoph österr. Herkunft
* 11.10.1881 Prag (heute CSFR)
† 19.4.1973 Berkeley, Kalif.

Kelsen entwickelte die sog. Theorie des positiven Rechts, einer von allen ideologischen, psychologischen und soziologischen Einflüssen befreiten »Reinen Rechtslehre« (1934), deren Wirkung auf die Rechtswissenschaft des 20. Jh.s unübertroffen ist. 1918-20 arbeitete der führende Vertreter des Rechtspositivismus mit M. Mayr die demokratische Bundesverfassung Österreichs aus. Mit seiner Schrift »The law of the United Nations« wandte sich K. 1950 dem Völkerrecht zu.

☐ 1919-29: Prof. an der Univ. Wien. ☐ ab 1920: Mitgl. des Obersten Verfassungsgerichtshofs Österreichs und Rechtsberater der Regierung. ☐ 1920: »Vom Wesen und Wert der Demokratie« (Schr.). ☐ 1922: »Der soziologische und der juristische Staatsbegriff« (Schr.). ☐ 1930-33: Prof. an der Univ. Köln; anschließend Emigration in die Schweiz. ☐ ab 1942: Prof. an der Univ. of California, Berkeley (USA). ☐ 1946: »General theory of law and state« (Schr.). ☐ 1964: »Aufsätze zur Ideologiekritik« (Schr.).

▷ R. A. Métall: Hans Kelsen. Leben und Werk, 1969.

Kelvin, Sir (ab 1866) William Thomson, Lord K. of Largs (ab 1892)

brit. Physiker
* 26.6.1824 Belfast
† 17.12.1907 Nethergall bei Largs, Ayrshire

Kelvin stellte 1848 die nach ihm benannte Temperaturskala auf (0 K entspricht dem absoluten Nullpunkt von −273,15 °C und 0 °C der »absoluten Temperatur« von 273,15 K). 1870 entwickelte

K. aufgrund des mit der Tiefe zunehmenden Wasserdrucks neue Meßtechniken zur Bestimmung von Meerestiefen. Für seine Verbesserungsvorschläge zur Verlegung der ersten transatlantischen Telefonkabel wurde K. geadelt.

□ 1846-99: Prof. an der Univ. Glasgow. □ 1851: Formulierung des 2. Hauptsatzes der Thermodynamik (jede Energie verwandele sich tendenziell in Wärmeenergie). □ 1852: Erfindung der Wärmepumpe. □ 1853: Die Zusammenarbeit mit J. P. Joule führt zu der für die Erzeugung von Tieftemperaturen grundlegenden Entdeckung des nach beiden benannten Effekts, daß sich die Temperatur der Gase bei ihrer Ausdehnung ändert. □ 1885: Erfindung der »Thomson-Doppelbrücke« zur Messung sehr kleiner elektrischer Widerstände. □ 1890-94: Präs. der Royal Society.

Kemal Atatürk

(eig. Kemal Mustafa Pascha)
türk. Politiker und Militär
* 19.5.1881 Saloniki (Thessaloniki) (offiziell festgelegtes Geburtsdatum) † 10.11.1938 Istanbul

Kemal Atatürk: Vater der modernen Türkei.

Kemal Atatürk (Vater der Türkei) ist der Gründer der modernen, an Europa orientierten Türkei. Er beseitigte nach seiner Machtübernahme nach dem griechisch-türkischen Krieg neben Sultanat und Kalifat auch die Scharia (Islamisches Recht). In seiner Zeit als Staatspräsident (ab 1923) setzte er eine große Anzahl — für ein islamisches Land revolutionärer — Reformen durch (u. a. ein an der Schweiz orientiertes Rechtssystem, die Einehe, gleiches Recht für Frauen, Einführung von Familiennamen, der Lateinschrift, des Gregorianischen Kalenders und der westlichen Kleidung sowie das Verschleierungsverbot). Die Grundsätze seiner Politik haben unter dem Schlagwort »Kemalismus« bis in die Gegenwart ihren Einfluß behalten.

□ 1899-1905: Besuch der Kriegsakademie in Monastir und Istanbul. □ 1908: Teilnahme am Putsch der »Jungtürken« gegen Sultan Abdül Hamid II. □ 1909: Lösung von den »Jungtürken«, die keinen großtürk. Nationalstaat anstreben. □ 1911/12: Teilnahme am ital.-türk. Krieg. □ 1913: Teilnahme am Balkan-Krieg. □ 1915: Divisionskommandeur; Armeeführer; Abwehr einer brit. Invasion auf der Halbinsel Gallipoli. □ 1916-17: General; Oberbefehlshaber an der Kaukasusfront. □ 1918: Befehlshaber in Palästina. □ 1919: Armee-Inspekteur; Führer der nationalen Aufstandsbewegung in Ostanatolien. □ 1920: Präs. der Nationalversammlung in Ankara; vom Sultan in Istanbul in Abwesenheit zum Tode verurteilt. □ 1921/22: Oberbefehlshaber der türk. Armee gegen die Griechen. □ ab 1923: Staatspräsident.

▷ B. Rill: Kemal Atatürk, 1985.

Wilhelm Kempff →

Kempff, Wilhelm

dt. Pianist und Komponist
* 25.11.1895 Jüterbog bei Berlin
† 23.5.1991 Positano (Italien)

Kempff erlangte vor allem mit seinen Interpretationen deutscher Klassik und Romantik Weltruhm. Sein lyrisch nuancenreiches Spiel zeichnete sich durch klare Strukturen aus. Zahlreiche Tourneen führten K., der bis ins hohe Alter konzertierte, durch ganz Europa, Nord- und Südamerika, Afrika und Japan. Sein Schallplattenrepertoire umfaßt u. a. sämtliche Sonaten von Beethoven und Schubert, Klaviertrios mit Y. → Menuhin sowie Klavierkonzerte von Mozart und Beethoven.

□ ab 1906: Studium in Berlin. □ 1918: Debüt als Solist bei den Berliner Philharmonikern. □ 1924-29: Leitung der Stuttgarter Musikhochschule. □ 1931: UA der Oper »König Midas« in Königsberg; neben W. → Gieseking und E. → Fischer Gründungsmitgl. der Potsdamer Sommerkurse. □ 1942: Zwei Streichquartette op. 45. □ ab 1948: Konzertreisen. □ 1950: Liederzyklus »Fränkisches Bilderbuch«. □ 1958: »Epitaph« für Streicher. □ 1964: USA-Debüt in New York. □ 1975: Auftritt mit L. → Bernstein in New York. □ 1980: Letztes Konzert in Paris. □ 1981: »Was ich hörte, was ich sah. Reisebilder eines Pianisten« (Schr.).

▷ W. Kempff: Unter dem Zimbelstern. Das Werden eines Musikers, (Mem.) 1951; B. Gavoty/R. Hauert: W. Kempff, 1954.

Walter Kempowski →

Kempowski, Walter

dt. Schriftsteller
* 29.4.1929 Rostock

Kempowski wurde mit seiner teilweise verfilmten, mehrbändigen »Chronik des deutschen Bürgertums« (u. a. »Tadellöser und Wolff«, R., 1971) bekannt. Anhand eigener Erlebnisse und mit Hilfe von Zeitungsdokumenten rekonstruierte K. in aphoristischer Manier und minutiöser Beobachtungsweise das Leben einer bürgerlichen Familie unter dem Nationalsozialismus und in der Nachkriegszeit. 1981 verfaßte er mit »Schöne Aussicht« die im Wilhelminischen Kaiserreich angesiedelte Vorgeschichte seiner Familiensaga.

□ 1948-56: Inhaftierung im Zuchthaus Bautzen wegen angeblicher Spionage. □ ab 1956: Studium der Pädagogik in Göttingen. □ 1969: »Im Block. Ein Haftbericht«. □ 1972: »Uns geht's ja noch gold« (R.). □ 1975: »Ein Kapitel für sich« (R.). □ 1980: Gastdozent im Fachbereich Kommunikation/Ästhetik an der Univ. Oldenburg. □ 1984: »Herzlich Willkommen« (R.). □ 1988: »Hundstage« (R.). □ 1990: »Sinus. Eine Art Tagebuch«.

▷ M. Dierks: Walter Kempowski, 1984.

Kendall, Edward Calvin

amer. Biochemiker
* 8.3.1886 South Norwalk, Conn.
† 4.5.1972 Princeton, N. J.

Kendall isolierte 1916 das Schilddrüsenhormon, das er Thyroxin nannte und im Hinblick auf seine physiologische sowie therapeutische Bedeutung analysierte. In den 30er Jahren entdeckte K. 28 verschiedene Hormone der Nebennierenrinde, von denen vier bei Tierversuchen heilende Wirkungen zeigten. Die 1935 von K. isolierte Substanz »E« (Kortison) wurde später zur Therapie rheumatischer Erkrankungen verwandt.

□ 1914-51: Leiter der biochemischen Abteilung der Mayo Foundation in Rochester, Minn.; ab 1921 Prof. an der Univ. ebd. □ 1950: Physiologie/Medizin-Nobelpreis (mit Ph. S. →Hench und T. →Reichstein). □ ab 1952: Prof. an der Princeton Univ.

Kendrew, Sir (ab 1974) John Cowdery

brit. Molekularbiologe
* 24.3.1917 Oxford

Kendrew fand 1960 die aus etwa 1200 Atomen bestehende Molekülstruktur des in Muskelzellen gebildeten Myoglobins aufgrund der Methode der Röntgenstrahlbeugung. Die Beugungsbilder der Röntgenstrahlen, die zur Vorlage des rekonstruierten dreidimensionalen Molekülmodells dienten, konnten nur mit Hilfe von Computern analysiert werden.

□ 1946-74: Leitender Mitarbeiter im Laboratorium für Molekularbiologie in Cambridge. □ 1959-87: Chefredakteur des Journal of Molecular Biology. □ 1962: Chemie-Nobelpreis (mit M. F. →Perutz). □ 1966: »The tread of life« (Schr.). □ 1974-82: Leiter des Europ. Laboratoriums für Molekularbiologie in Heidelberg. □ 1981-87: Präs. des St. John's College, Oxford.

Kennan, George Frost

amer. Politiker und Diplomat
* 16.4.1904 Milwaukee, Wisc.

Kennan entwarf nach dem 2. Weltkrieg im Planungsstab des Außenministeriums die amerika-

George F. Kennan: Der »Erfinder« der Eindämmung.

← Edward C. Kendall

Edward Kennedy →

← Sir John Kendrew

nische Politik »der Eindämmung« (Containment) der Sowjetunion. Militärische Paktsysteme (Europa: NATO; Mittlerer Osten: CENTO; Südostasien: SEATO) sollten eine weitere Ausbreitung des Kommunismus verhindern. Seit Mitte der 60er Jahre setzte er sich für eine Entspannung zwischen den Machtblöcken ein.

□ 1926-49: Im diplomatischen Dienst. □ 1947-50: Im Planungsstab des Außenministeriums. □ 1950: Politischer Berater der Regierung. □ 1950-52; 1953-61; ab 1964: Dozent in Princeton. □ 1952: Botschafter in Moskau. □ 1961-63: Botschafter in Belgrad.

▷ G. F. Kennan: Memoirs, engl. NA 1983.

Kennedy, Edward Moore

amer. Politiker
* 22.2.1932 Brookline bei Boston, Mass.

Ähnlich wie sein Bruder J. F. →Kennedy vertritt Edward Kennedy eine engagierte, sozialreformerische Politik. Als Wahlhelfer seines Bruders wurde er 1960 rasch bekannt und bereits 1962 in den Senat gewählt. Seine Karriere erlitt jedoch einen schweren Schlag, als bei einem Autounfall 1969 auf der Insel Chappaquiddick (Mass.) seine Begleiterin ertrank. Dieser Vorfall wurde jedesmal aufgegriffen, wenn er sich um die Präsidentschaftskandidatur der Demokratischen Partei bewerben wollte (zuletzt 1980).

□ bis 1959: Jurastudium. □ 1962: Senator von Mass. □ 1969-71: Im Senat stellv. Fraktionsvors. der Demokraten. □ 1979: Vors. des Rechtsausschusses des Senats. □ 1982: »Stoppt die Atomrüstung« (Schr., dt.).

▷ St. Aschburner: Ted Kennedy, the politician and the man, 1980.

Kennedy, John F(itzgerald)

amer. Politiker
* 29.5.1917 Brookline bei Boston, Mass.
† 22.11.1963 Dallas, Texas (ermordet)

Während seiner kurzen Amtszeit wurde US-Präsident Kennedy zur Symbolfigur für den Aufbruch in eine bessere Zukunft. Wiederholt rief er zum »Krieg« gegen Tyrannei, Armut, Krankheiten und gegen den Krieg selbst auf und forderte, im Rückgriff auf amerikanische Traditionen, den Kampf an der »Neuen Grenze«, der gesellschaftlichen Grenze. Damit fand er bei Intellektuellen und Jugendlichen große Zustimmung.
Bereits als junger Abgeordneter hatte K. sich für die Sanierung von Slums und für soziale Gerechtigkeit engagiert. Als Präsident verstand er es, seinen Enthusiasmus auf das ganze Land zu übertragen. Seine innenpolitischen Ziele waren die gesetzliche Gleichstellung aller Minderheiten, neue Gesetze für eine Sozial- und Krankenversicherung und eine Bildungsreform.
Er gewährte großzügige Entwicklungshilfe und entsandte junge Menschen in einem — auf seine Initiative hin gegründeten — »Friedenskorps« in Entwicklungsländer. Aber er schickte auch Spezialeinheiten nach Vietnam und unterstützte die exilkubanischen Rebellen (1961 Landung in der Schweinebucht). Nach der Stationierung sowje-

John F. Kennedy: Der jüngste Präsident der USA als Senator in Massachusetts, 1953.

tischer Raketen auf Kuba 1962 forderte er kategorisch deren Abzug. Die Kuba-Krise, die die Welt tagelang in Atem hielt, wurde zum Ausgangspunkt für eine erste Zusammenarbeit der beiden Großmächte und brachte 1963 ein begrenztes Verbot von Atomwaffentests. K.s Ermordung (vermutlich durch einen politischen Einzelgänger) ist bis heute nicht aufgeklärt.

□ 1935-41: Studium in London, Harvard und Stanford. □ 1941-45: Offizier bei der Marine (1943 Kommandant eines Torpedoboots). □ 1945: Journalist. □ 1946-53: Mitgl. des Repräsentantenhauses für die Demokraten. □ 1953-61: Senator. □ 1957: Pulitzer-Preis. □ 1961-63: 35. US-Präsident.

▷ A. M. Schlesinger: Die tausend Tage Kennedys (2 Bde.), 1966.

Kennedy, Robert Francis

amer. Politiker und Jurist
* 20.11.1925 Brookline bei Boston, Mass.
† 6.6.1968 Los Angeles, Kalif. (ermordet)

← Robert F. Kennedy

Robert Kennedy war ein jüngerer Bruder von US-Präsident J. F. →Kennedy, der ihn im Alter von 35 Jahren zum Justizminister ernannte. Der liberale Politiker hatte sich in der Bürgerrechtsbewegung einen Namen gemacht. 1964 setzte er die Beendigung der Rassentrennung in öffentlichen Verkehrsmitteln durch; später wurde er im Senat ein entschiedener Gegner der Vietnam-Politik von Präsident L. B. →Johnson. Als Präsidentschaftskandidat wurde er auf einer Wahlveranstaltung ermordet.

□ 1944/45: Freiwilliger Kriegsdienst bei der Marine. □ 1951/52: Im Justizministerium. □ 1953-60: Untersuchungsrichter in Ausschüssen des Kongresses und des Senats. □ 1961-64: Justizmin. □ ab 1964: Senator.

▷ A. M. Schlesinger, Jr.: Robert Kennedy and his times, 1978.

Kennedy, William Joseph

amer. Schriftsteller
* 16.1.1928 Albany, N. Y.

In der Tradition von J. →Joyce entwirft Kennedy in seinen Werken ein surreales Bild vom Kampf der Underdogs gegen eine allmächtige Gesellschaftsordnung, die mit Normen und Restriktionsmaßnahmen jeglichen Individualismus bestraft. Die fiktive Biografie »Der Lange« schildert das Schicksal des Alkoholschmugglers Jack Diamond, der, selbst Verbrecher, den Regeln der »modernen Kriminalität« zum Opfer fällt.

William Kennedy erhielt für »Wolfsmilch« den Pulitzerpreis.

□ 1950-52: Nach Wehrdienst Journalist bei der Albany Times-Union. □ 1955: Stellv. Chefredakteur und Kolumnist des Puerto Rico World Journal. □ 1959: Chefredakteur des San Juan Star. □ 1975: »Der Lange« (R., dt. 1985). □ 1978: »Billy Phelans höchster Einsatz« (R., dt. 1985). □ 1983: »Wolfsmilch« (R., dt. 1986, 1988/89 verfilmt).

Kenyatta, Jomo

(eig. Kamau wa Ngengi)
kenian. Politiker
* 20.10.1891 Ichaweri, Kikuyu-Distr. (offizieller Geburtstag; geb. wahrscheinlich um 1899)
† 22.8.1978 Mombasa

Kenyatta war nach dem 2. Weltkrieg einer der einflußreichsten Vorkämpfer für die Befreiung der afrikanischen Völker. Seit der Unabhängigkeit Kenias 1963 regierte er das Land bis zu seinem Tod autokratisch. Er verbot linksgerichtete Oppositionsparteien und lehnte sich außenpolitisch an die westlichen Staaten an. In Verwaltung und Wirtschaft betrieb er eine entschiedene

J. Kenyattas Politik strebte eine »Afrikanisierung« Kenias an.

Afrikanisierungspolitik, unter der vor allem die zahlreichen, während der Kolonialzeit eingewanderten Inder zu leiden hatten.

□ etwa 1922-28: In der Stadtverwaltung von Nairobi. □ 1928: Generalsekretär des Kikuyu-Zentralverbands. □ 1931-46: Aufenthalt in Europa; Studium in England und Moskau. □ ab 1947: Politischer Führer der Kikuyu (größter Stamm des Landes). □ 1953-59: Als (mutmaßlicher) Führer des Mau-Mau-Aufstands zu Gefängnishaft verurteilt. □ 1960: Begründer der Kenya African National Union (KANU; bis heute Einheitspartei des Landes). □ 1963: Ministerpräsident. □ ab 1964: Staatspräsident; Ehrentitel »Mzee« (Kisuaheli: Ehrwürdiger Herr).

▷ J. Friedmann: Jomo Kenyatta, engl. 1975.

Kenzo

(eig. Kenzo Takada)
jap. Modedesigner
* 28.2.1940 Himejii

Kenzo, seit 1970 in Paris tätig, verbindet japanische Tradition mit westlicher Avantgarde. Er gestaltet ausschließlich Prêt-à- porter, für das er besonders in den 70er Jahren als »Ideenmann« galt. K. versteht es geschickt, in seiner farbenfrohen jugendlichen Mode weite und enge Formen miteinander zu kombinieren.

□ bis 1969: Kunststudium und Besuch der Bunka-Modeakademie in Tokio. □ 1960: Jap. Modepreis; freier Modedesigner. □ 1970: Eröffnung der Boutique Jungel Jap in Paris. □ seit 1976: Firmenbezeichnung Kenzo mit weltweitem Vertrieb von Damen- und Herren-Prêt-à-porter, Sportkleidung und Accessoires.

▷ G. Sainderichin: Kenzo, 1990.

Kerenski, Alexander Fjodorowitsch

russ. Politiker
* 4.5.1881 Simbirsk (heute Uljanowsk), Gouv. Samara † 11.6.1970 New York (USA)

Der sozialistische Politiker Kerenski war der letzte kaiserliche Ministerpräsident und der erste republikanische Staatspräsident Rußlands. Auf Druck der Westmächte befahl er zur Entlastung der Westfront, die nach Meutereien im französischen Heer kurz vor dem Kollaps stand, im Sommer 1917 eine Offensive gegen die deutsche Armee (sog. Kerenski-Offensive). Ihr Scheitern führte zum Zusammenbruch des russischen Heeres. Im Spätsommer wehrte er einen Militärputsch unter General Kornilow ab und rief daraufhin am 15. September die »Russische Republik« aus, konnte damit jedoch die Oktoberrevolution (7.11.1917 Sturm auf das Winterpalais) nicht mehr verhindern.

□ 1912: Mitgl. der Duma (Parlament) für die Trudowiki (Sozialrevolutionäre). □ März 1917: Teilnahme an der Februarrevolution; stellv. Vors. des Soldaten- und Arbeiterrats von Petrograd (St. Petersburg); Justizmin. □ Mai 1917: Kriegsmin. □ Juli-Sept. 1917: Ministerpräsident. □ Sept.-Nov. 1917: Staatspräsident; Vors. einer provisorischen Regierung. □ ab Nov. 1918: Exil in Westeuropa; ab 1940 in den USA.

▷ A. F. Kerenski: Die Kerenski-Memoiren, dt. 1966.

Ida Kerkovius →

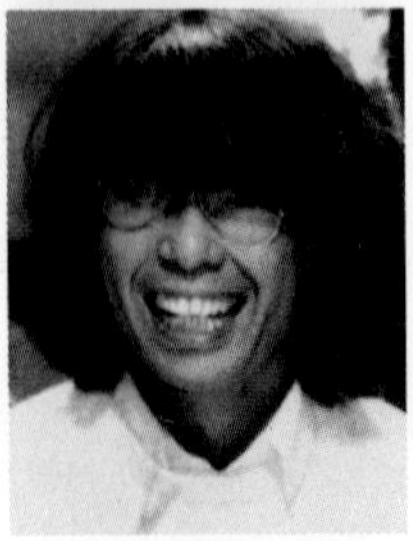

← Kenzo

← Alexander Kerenski

Kerkovius, Ida

dt. Malerin
* 31.8.1879 Riga (Lettland) † 7.6.1970 Stuttgart

Ida Kerkovius wandte sich als eine der ersten deutschen Malerinnen einem abstrahierenden, die Autonomie der Farbe betonenden Stil und in Teilen ihres Werkes konstruktivistischen Prinzipien zu. Sie hatte bei A. →Hölzel studiert und arbeitete ab 1911 freischaffend, bevor sie 1920-23 am Bauhaus in Weimar u. a. bei J. →Itten, P. →Klee und W. →Kandinsky ein weiteres Studium absolvierte. K. schuf Akte, Interieurs, Landschaften und Stilleben in einem großflächigen, farbenkräftigen und expressiven Stil unter Vernachlässigung von Details; daneben entstanden abstrakte Kompositionen, beeinflußt von der geometrischen Abstraktion (z. B. »Abstraktes Stilleben«, 1935, Stuttgart, Staatsgalerie).

▷ K. Leonhard: Ida Kerkovius, 1967.

Kern, Jerome David

amer. Komponist
* 27.1.1885 New York † 11.11.1945 ebd.

Kern zählt mit seinen zahlreichen Shows, Revuen und Bühnenwerken zu den Begründern des amerikanischen Musicals (bis in die 20er Jahre Import bzw. Imitation europäischer Operetten). K.

J. D. Kern: Einer der bedeutendsten Musicalkomponisten.

erlangte mit weltweit erfolgreichen Produktionen (»Show Boat«, UA New York 1927) einen Spitzenplatz unter den Unterhaltungskomponisten. Der Song »Ol' Man River« (aus »Show Boat«) wurde in den USA zu einem Volkslied.

☐ 1903-05: Studien-Aufenthalt in Europa (Berlin und London); erste Kompositionen von Revue-Nummern in London. ☐ 1905: Rückkehr nach New York als »Songplugger« (Gutachter, Verkäufer) bei einem Verleger für Unterhaltungsmusik; Komposition von Lied-Einlagen für Broadway-Shows. ☐ 1912: UA seines ersten Musicals »The Red Pettycoat« in New York. ☐ 1914: UA der Show »The Girl from Utah« in New York (mit erfolgreichen Liedschlagern wie »They didn't believe me«). ☐ 1925: UA von »Sunny« (Mus.) in New York. ☐ 1928: Verkauf seiner Liebhaber-Bibliothek (Handschriften und Erstausgaben literarischer Werke) für 2 Mio. US-$. ☐ 1934: Übersiedlung nach Hollywood; Filmmusiken.

▷ D. Ewen: The Story of Jerome Kern, engl. 1954.

Kerouac, Jack

(eig. Jean Louis Lebris de K.)
amer. Schriftsteller
* 13.3.1922 Lowell, Mass.
† 21.10.1969 St. Petersburg, Flor.

← Jack Kerouac

Kerouac wurde in den 60er Jahren zur Kultfigur der Beat-Generation. »Beat« impliziert geschlagen, todmüde, gleichzeitig aber auch Rhythmus. K.s halbautobiografischer Roman »Unterwegs« (1957, dt. 1959), zugleich sein bedeutendster, ist ein exemplarisches Beispiel für dieses Lebensgefühl. K. schildert darin die pikaresken Abenteuer eines vagabundierenden Menschen, der, erfüllt vom Protest gegen die kommerziellen und konservativen Werte der bürgerlichen Gesellschaft, durch Drogen, Sex, Jazz und schnelle Autos eine neue geheimnisvolle Wirklichkeit erschließen möchte. K.s improvisierende Erzählweise (spontaneous prose), die, ähnlich dem Jazz, eine komplizierte Rhythmik zu erzeugen sucht, erinnert an die rhapsodischen Langzeilen Walt Whitmans (* 1819, † 1892).

☐ 1942-46: Bei der Kriegs- und Handelsmarine. ☐ 1947-57: Vagabund. ☐ 1958: »Be-Bop, Bars und weißes Pulver« (R., dt. 1979); »Gammler, Zen und hohe Berge« (R., dt. 1963). ☐ 1959: »Mexiko City Blues« (Ged.e). ☐ 1963: »Big Sur« (R., dt. 1984). ☐ 1965: »Engel, Kiff und neue Länder« (R., dt. 1967). ☐ 1966: »Satori in Paris« (R., dt. 1968).

▷ F. Hetman: Bis ans Ende aller Straßen. Die Lebensgeschichte des Jack Kerouac, 1989.

Kerr, Alfred

(eig. A. Kempner)
dt. Schriftsteller und Theaterkritiker
* 25.12.1867 Breslau (heute Wrocław, Polen)
† 12.10.1948 Hamburg

← Alfred Kerr

Kerr beeinflußte als einer der maßgebenden Theaterkritiker Berlins das literarische Leben um die Jahrhundertwende. Er förderte H. →Ibsen und G. →Hauptmann, distanzierte sich von B. →Brecht und H. →Sudermann und entdeckte →Klabund für die Zeitschrift Pan. Der sozialistisch engagierte Schriftsteller verfaßte Gedichte und impressionistisch geprägte Reiseerzählungen. Sein wichtigstes Anliegen bestand jedoch darin, die Kritik zu einer eigenen literarischen Gattung zu erheben.

☐ ab 1890: Theaterkritiken und Essays in Zeitungen und Zeitschriften. ☐ 1912-15: Mitarbeiter und Hg. der Zeitschrift Pan. ☐ 1925: »O Spanien!« (Reiseb.). ☐ 1926: »Caprichos« (Ged.e). ☐ 1933: Emigration nach Paris; Mitarbeit an mehreren Emigrantenzeitschriften. ☐ 1938: »Melodien« (Ged.e). ☐ ab 1945: Mitarbeit bei den dt. Tageszeitungen Die Welt und Die Neue Zeitung. ☐ postum 1971: »Theaterkritiken« (Auswahl).

▷ T. Schöllmann: Ein Weg zur literarischen Selbstverwirklichung, Alfred Kerr. Zur Eigenart und Wirkung seiner kritischen Schriften, 1977.

Kerschensteiner, Georg

dt. Pädagoge
* 29.7.1854 München † 15.1.1932 ebd.

G. Kerschensteiner →

Kerschensteiner war Anhänger der reformpädagogischen Bewegung des frühen 20. Jh.s. Im Zentrum seiner theoretischen und praktischen Bildungsarbeit stand die »Arbeitsschule«, in der er die Schule der Zukunft im Geiste Pestalozzis sah. Entwicklungsgemäße Erziehung war sein pädagogischer Leitsatz. Die Arbeitsschule sollte die sozialen und technischen Interessen, die im Kindesalter absolut vorherrschen, fördern und damit das Kind aus der Spielhaltung in die Arbeitshaltung hinüberführen. Mit seiner Forderung eines Unterrichtsfachs mit praktischem Arbeitsplatz wurde K. zum Begründer der modernen Berufsschule.

☐ 1883: Gymnasiallehrer. ☐ 1912: »Begriff der Arbeitsschule« (Abh.). ☐ 1917: »Das Grundaxiom des Bildungsprozesses« (Schr.). ☐ 1918: Prof. für Pädagogik, Univ. München. ☐ 1924: »Autorität und Freiheit als Bildungsgrundsätze« (Schr.). ☐ 1926: »Theorie der Bildung« (Schr.).

Kertész, Andor »André«

amer. Fotograf ung. Herkunft
* 2.7.1894 Budapest † 27.9.1985 New York

Kertész gehörte zu den frühen Fotografen eines neusachlichen Stils, der sich bei ihm mit surrealistischen und gelegentlich symbolistischen Ak-

A. Kertész: Begehrter Fotograf für Modezeitschriften.

zenten mischte. Er arbeitete für große Zeitschriften wie Du, Harper's Bazaar und Life. Einflußreich waren seine fast in einem konstruktivistisch-klaren Stil komponierten Stilleben und durch Hell-Dunkel-Kontraste hervorstechenden Figurenbilder. Mit experimentellen Aktaufnahmen erzielte er durch Spiegelverzerrungen ungewöhnliche Effekte.

□ 1914-18: Aufnahmen von der Front und aus der Etappe im 1. Weltkrieg. □ 1925: Übersiedlung nach Paris; Bekanntschaft mit M. →Ray und A. →Breton. □ 1936: Übersiedlung nach New York; Tätigkeit für große Modezeitschriften. □ 1945: Erste große Ausstellung im Solomon-R.-Guggenheim Museum in New York. □ ab 1965: Zahlreiche Ausstellungen und Ehrungen. □ 1983: Aufnahme in die frz. Ehrenlegion. □ 1984: Stiftung seiner gesamten Negative an den frz. Staat. □ postum 1985: Retrospektive im Metropolitan Museum of Art, New York.

▷ A. Gaillard: André Kertész, 1980.

Kesey, Ken

amer. Schriftsteller
* 17.9.1935 La Junta, Colo.

Kesey war in den 60er Jahren eine stürmisch gefeierte Persönlichkeit zwischen Beat-Generation (A. →Ginsberg) und Hippiebewegung. Sein durch die Verfilmung (1975 mit J. →Nicholson, der damit zum Star wurde) zu Weltruhm gelangter Roman »Einer flog über das Kuckucksnest« (1962, dt. 1972), der die Unterdrückungsmechanismen einer psychiatrischen Anstalt schildert, ist eine Parabel auf die Anpassungszwänge der modernen Industriegesellschaft, in der Befreiung nur durch Humor und Vitalität möglich ist. K.s spezifisch amerikanische Naturverbundenheit steht in der Tradition Henry David Thoreaus (* 1817, † 1862).

□ 1960: Erste Erfahrung mit Drogen als Testperson in einem staatl. Versuchsprogramm. □ 1964: »Manchmal ein großes Verlangen« (R., dt. 1966). □ 1966: Verhaftung wegen Drogenbesitzes; Flucht nach Mexiko. □ 1974: Ägyptenreise. □ ab 1974: Hg. der Zeitschrift Spit in the Ocean. □ 1986: »Die Kiste der Pandora« (Erz.n, dt. 1989).

▷ T. Wolfe: Unter Strom, 1987.

Kessel, Joseph

frz. Schriftsteller russ. Herkunft
* 10.2.1898 Clara (Argentinien)
† 23.7.1979 Avernes

Kessel, der als Sohn russischer Juden seine Kindheit in Südamerika verbrachte, wurde über Frankreich hinaus bekannt, als L. →Buñuel 1966/67 seinen Roman »Die Schöne des Tages« (1929, dt. 1968) mit C. →Deneuve und M. →Piccoli in den Hauptrollen verfilmte. Wie die Geschichte der scheinbar glücklich verheirateten Ehefrau, die nur in einem Edelbordell sexuelle Erfüllung findet, kreisen auch die anderen Romane K.s um Personen, die schicksalhaft zu Randfiguren der Gesellschaft werden. Dazu gehören u. a. Rebellen und Widerstandskämpfer. 1982 wurde ein weiterer Roman K.s zu einem Kinoerfolg: »Die Spaziergängerin von Sanssouci« (1936, dt. 1968), verkörpert von R. →Schneider (Rg. Jacques Rouffio).

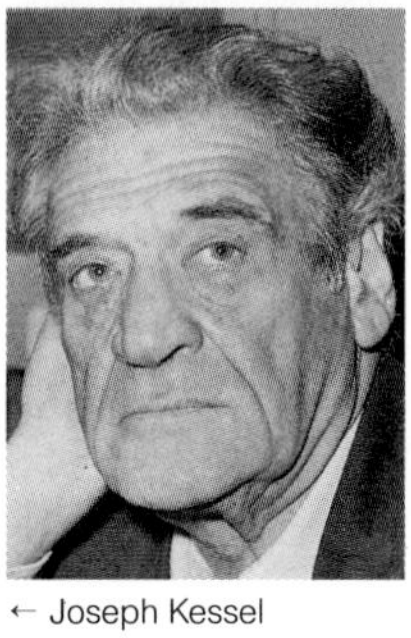

← Joseph Kessel

□ 1914: Pilot im 1. Weltkrieg. □ 1923: »Die Flugzeugbesatzung« (R.), erster frz. Fliegerroman. □ 1927: »Ab Mitternacht« (R., dt. 1929). □ 1936-39: Auf republikanischer Seite Teilnahme am span. Bürgerkrieg. □ 1946: »Die Armee der Schatten« (Es.s), Verarbeitung der Erlebnisse aus der Zeit der Résistance. □ 1954: »Die Liebenden vom Tajo« (R., dt. 1970). □ 1958: »Patricia und der Löwe« (R., dt. 1959). □ 1962: Aufnahme in die Académie française. □ 1967: »Die Steppenreiter« (R., dt. 1971).

▷ Y. Courrière: Joseph Kessel, ou, Sur la piste du lion, 1985.

Kessler, Alice und Ellen

dt. Tänzerinnen und Sängerinnen
* 20.8.1936 Nerchau, Sachsen

Alice und Ellen Kessler bei einem Fernsehauftritt 1986.

Mit ihren zum Markenzeichen für Präzision und Professionalität gewordenen Tanzauftritten eroberten die Kessler-Zwillinge das Revue- und Fernsehpublikum der 50er und 60er Jahre. Sie gehören, nach einem erfolgreichen Engagement im Pariser »Lido« (1955-60), zu den wenigen deutschen Stars, die internationale Anerkennung gefunden haben. Neben zahlreichen Kinofilmen, u. a. »Der Bettelstudent« (1956, Rg. Werner Jacobs), »Vier Mädels aus der Wachau« (1957, Rg. Franz Antel), traten die Zwillinge in einer Vielzahl von TV-Shows auf.

Kesten, Hermann

dt. Schriftsteller
* 28.1.1900 Nürnberg

Der Humanist Kesten förderte seit den 20er Jahren junge Autoren und engagierte sich im Exil in den Niederlanden und den USA für von den Nationalsozialisten verfolgte Schriftsteller wie J. →Roth. Weniger anerkannt als der Literaturkritiker und Essayist K. ist der Romanautor: In

Kesten analysierte in seinen Essays die Weimarer Republik.

kritisch-satirischen Zeitdiagnosen der Weimarer Republik wie der BRD nach 1945 gestaltete K. sein Bekenntnis zur Freiheit des Individuums von gesellschaftlich-moralischen Konventionen. In historischen Romanen (z. B. »Ferdinand und Isabella«, 1936) zeigte K. vor dem Hintergrund des Nationalsozialismus die Entstehung eines totalitären Systems.

□ 1927: Lektor im Kiepenheuer-Verlag (Berlin); »Josef sucht die Freiheit« (R.). □ 1929: Hg. von »24 deutsche Erzähler« (Anth.). □ 1931: »Glückliche Menschen« (R.). □ 1933-40: Exil in Amsterdam (ab 1940 in den USA). □ 1938: »König Philip II.« (R.). □ 1939: »Die Kinder von Gernika« (R.). □ 1948: »Copernikus und seine Welt« (Biogr.). □ 1949: Amer. Staatsbürger. □ 1952: »Casanova« (Biogr.). □ 1959: »Dichter im Café« (Porträts). □ 1961: »Filialen des Parnaß« (Es.s). □ 1966: »Zeit der Narren« (R.). □ 1973: »Revolutionäre mit Geduld« (Es.s). □ 1974: Georg-Büchner-Preis. □ 1977: Übersiedlung nach Basel.

▷ A. Winkler: Hermann Kesten im Exil (1933-40), 1977; H. Bienek (Hg.): Hommage à Hermann Kesten, 1980.

Ketteler, Clemens Freiherr von

dt. Diplomat
* 22.11.1853 Potsdam
† 20.(19.?)6.1900 Peking (China; ermordet)

Ketteler wurde in der Zeit des »Boxer«-Aufstands (1900) zum Sprecher der ausländischen Botschaften in Peking gewählt und verhandelte mehrfach in ihrem Namen mit der chinesischen Regierung. K. wies mehrfach auf die Gefährdung der Europäer in China durch Aufständische hin. Seine Ermordung durch einen chinesischen Nationalisten (Boxer) führte zur militärischen Intervention der europäischen Mächte in China.

□ ab 1882: Im diplomatischen Dienst; tätig in Kanton, Washington, Peking. □ 1896: Gesandter in Mexiko. □ 1899: Gesandter in Peking.

Keun, Irmgard

dt. Schriftstellerin
* 6.2.1910 Berlin † 5.5.1982 Köln

Keun schrieb in den 30er Jahren erfolgreiche Unterhaltungsromane, in denen sie witzig-aggressiv die politischen und beruflichen Selbstbehauptungsversuche von Frauen schilderte und zugleich pointenreich das politisch-soziale Umfeld zur Zeit des Nationalsozialismus entwarf (u. a. in »Das kunstseidene Mädchen« R., 1932; verfilmt 1956). Während K. von den Nationalsozialisten als »Asphaltliteratin« unterdrückt wurde und sich 1940-45 nur versteckt in Deutschland aufhalten konnte, erkannte die Frauenbewegung in ihr eine Vorkämpferin. Durch eine Neuauflage ihrer Werke ab 1979 wurde K. wiederentdeckt und erhielt 1981 den Marieluise-Fleißer-Preis von Ingolstadt.

Irmgard Keun: Eine Vorreiterin der Frauenbewegung.

□ 1931: »Gilgi — eine von uns« (R.). □ 1935: Emigration in die Niederlande. □ 1936: »Das Mädchen, mit dem die Kinder nicht verkehren durften« (R.). □ 1937: »Nach Mitternacht« (R.). □ 1938: »Kind aller Länder« (R.). □ 1940-45: Illegaler Aufenthalt in Deutschland. □ 1950: »Ferdinand, der Mann mit dem freundlichen Herzen« (R.). □ 1962: »Blühende Neurosen« (Satire).

▷ G. Kreis: »Was man glaubt, gibt es«. Das Leben der Irmgard Keun, 1991.

Ellen Key →

Key, Ellen

schwed. Reformpädagogin und Schriftstellerin
* 11.12.1849 Sundsholm, Småland
† 25.4.1926 Strand, Vättersee

Key leitete mit ihrem unter dem programmatischen Titel »Das Jahrhundert des Kindes« erschienenen Hauptwerk (1900, dt. 1905) eine neue Epoche der Pädagogik ein. Basierend auf den Ideen des französischen Philosophen J. J. Rousseau (* 1712, † 1778), vertrat sie die Auffassung, man solle Kinder in ihrer Natürlichkeit ohne Zwänge aufwachsen lassen.

Keynes, John Maynard, Baron K. of Tilton (ab 1942)

brit. Nationalökonom
* 5.6.1883 Cambridge
† 21.1.1946 Tilton Firle, Sussex

Keynes, berühmtester Ökonom des 20. Jh.s, prägte die Wirtschaftspolitik der westlichen Industrieländer nachhaltig. Mit seinem Hauptwerk, »General theory of employment, interest and money« (1936), das unter dem Eindruck der Weltwirtschaftskrise entstand, begründete er

eine neue Richtung in der Nationalökonomie, (Keynesianismus). Er verwarf die Ansicht der klassischen Nationalökonomie (Adam Smith, A. →Marshall), nach der sich Angebot und Nachfrage automatisch über den Preis ausgleichen. K. beschäftigte sich mit dem Problem der Arbeitslosigkeit und analysierte dabei gesamtwirtschaftliche Größen (Gesamtproduktion, -nachfrage, -einkommen, -investitionen). Er bezeichnete den Zustand der Vollbeschäftigung als Ausnahme und erbrachte den nahezu revolutionären Nachweis, daß Unterbeschäftigung auch bei gesamtwirtschaftlichem Gleichgewicht möglich ist.
K. beendete die Politik des Laissez-faire und forderte wirtschaftspolitische Maßnahmen des Staates, um die Vollbeschäftigung wiederherzustellen. Die fehlende Nachfrage am Gütermarkt soll durch zusätzliche Staatsausgaben ausgeglichen werden (deficit spending). Das auf diese Weise wachsende Einkommen induziert steigenden Konsum und neue Investitionen. Die Nachfragebelebung durch den Staat als »Globalsteuerer« soll auch über die Beeinflussung von Geldangebot und Zinsniveau erfolgen.
K.s Lehre verlor Mitte der 70er Jahre an Einfluß und wurde in einigen Staaten von anderen Wirtschaftstheorien, vor allem dem Monetarismus (M. →Friedman), abgelöst.

J. M. Keynes forderte staatliche Eingriffe in die Wirtschaft.

□ 1906-08: Verwaltungsangestellter im Indien-Ministerium, London. □ 1909-14: Dozent in Cambridge. □ 1911-46: Redakteur des Economic Journal. □ 1913: Sekr. der Royal Economic Society. □ 1915-19: Sachverständiger im Finanzministerium. □ 1919: Finanzbeauftragter Großbritanniens bei der Pariser Friedenskonferenz; »Die wirtschaftlichen Folgen des Friedensvertrages« (Schr., dt. 1920). □ ab 1920: Prof. an der Univ. Cambridge. □ 1926: »Das Ende des Laissez-faire« (Schr., dt. 1926). □ 1930: »Vom Gelde« (2 Bde., dt. 1931). □ 1936: »Allgemeine Theorie der Beschäftigung, des Zinses und des Geldes« (Schr., dt. 1936). □ ab 1942: Direktoriumsmitgl. der Bank von England; Mitgl. im Oberhaus; Erhebung in den Adelsstand. □ 1944: Vertreter Großbritanniens auf der Bretton-Woods-Konferenz.

▷ R. Lakamann: John Maynard Keynes — Revolutionär des Kapitalismus, 1970.

Jahangir Khan →

Khan, Jahangir

pakistan. Squashspieler
* 10.12.1963 Karatschi

Khan war 1980 und 1981-85 sechsmal Weltmeister im Squash, dem Nationalsport seiner Heimat Pakistan. Achtmal gewann der Profi mit einem Jahreseinkommen von ca. 1 Mio. DM das »Wimbledon des Squash«, die British Open. K. stammt aus einer Familie, die seit 1950 in dieser Sportart dominiert. 1981-86 unbesiegt, mußte er ab 1987 Niederlagen gegen den Neuseeländer Norman Ross und seinen (nicht mit ihm verwandten) Landsmann Jansher Khan hinnehmen.

Khomeini, Ruhollah Mussawi

(eig. Ruhollah Mussawi Hendi)
iran. Politiker und Geistlicher (Ajatollah)
* 24.9.1902 (17.5.1900?) Khomein bei Isfahan
† 4.6.1989 Teheran

Mit dem Sturz von Schah Mohammed Resa →Pahlavi 1979 wurde Khomeini die alle Lebensbereiche beherrschende geistige und politische Kraft des Iran. Nach islamischem Recht lehnte er jede Trennung von Religion und Staat ab, im Gegensatz zu anderen islamischen Geistlichen verband er jedoch seine religiös-politischen Vorstellungen mit sozialem Engagement. Sein religiöser Fanatismus wurde zur Initialzündung eines den gesamten arabischen Raum beeinflussenden islamischen Fundamentalismus. K., der schon unmittelbar nach dem 2. Weltkrieg als Gegner

Khomeini machte nach dem Sturz des Schahs Iran zu einem islamischen Staat.

des Herrscherhauses Pahlawi hervorgetreten war, lehnte vor allem die vom Schah ausgerufene sog. Weiße Revolution ab. Deren europäisch ausgerichtete Reformen, angereichert mit Rückgriffen auf persische (und damit vorislamische) Traditionen, riefen seinen erbitterten Protest hervor. 1963 wurde K. nach Unruhen, die etwa 9000 Menschenleben kosteten, in die Türkei abgeschoben.
Nach seiner triumphalen Rückkehr 1979 erzwang er durch den Terror von Revolutionsgerichten, die Tausende von Todesurteilen verhängten, die »schiitische Revolution«. Voll religiösem Eifer richtete er seinen Haß gegen Amerika, das den Schah unterstützt hatte (70 US-Bürger als Geiseln in Teheran 1979). Nach dem irakischen Angriff auf Khusistan 1980 rief er zum Heiligen Krieg gegen S. →Hussein auf. Seit K.s Tod entwickelt sich unter seinem (politischen) Nachfolger →Rafsandschani eine gemäßigtere Innen- und Außenpolitik.

□ 1914-27: Theologisches und juristisches Studium in Isfahan, Arak und Qom (Ghom); Mullah. □ 1927-63: Religions- und Rechtsgelehrter (Itjtihad); hoher schiitischer Geistlicher (Ajatollah) in Qom. □ 1963-79: Im Exil in der Türkei, in Irak und Frankreich. □ 1979: »Meine Worte — Warnungen — Weisungen« (dt. Ausgabe). □ ab 1979: Faghih (Führer der Nation).

▷ H. Nussbauer: Khomeini — Revolutionär in Allahs Namen, 1979.

Khorana, Har Gobind

amer. Biochemiker ind. Herkunft
* 9.1.1922 Raipur

Khorana erforschte die Informationsübertragung bei der Eiweißsynthese von DNS (Desoxyribonukleinsäure) auf Proteine und entzifferte 1965 den genetischen Code. Anhand künstlich synthetisierter DNS, deren Nukleotiden-Kette also bekannt war, wurde ein Vergleich mit der RNS (Ribonukleinsäure) möglich, da deren Synthese wiederum von der DNS gesteuert wird. K. konnte die gleichsam als »Buchstaben« fungierenden Codons, die aus drei Nukleinbasen bestehen und daher auch »Tripletts« genannt werden, den entsprechenden Aminosäuren zuordnen und dadurch den Code weitgehend enträtseln. 1976 kopierte K. das Gen einer Kolibakterie, das dann in der entsprechenden Zelle wie ein natürliches Gen bei der Informationsübertragung arbeitete.

□ 1960-70: Prof. am Inst. for Enzyme Research der Univ. von Wisconsin in Madison. □ 1968: Physiologie/Medizin-Nobelpreis (mit R. W. →Holley und M. W. →Nirenberg). □ seit 1970: Prof. am Mass. Inst. of Technology in Cambridge.

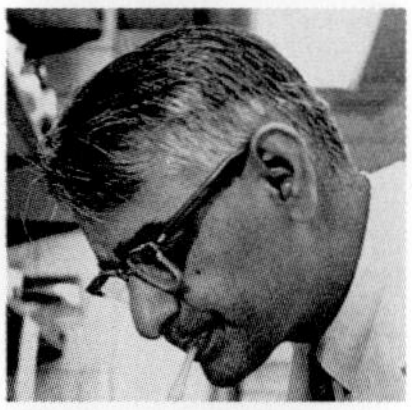

← Har Gobind Khorana

Kiechle, Ignaz

dt. Politiker
* 23.2.1930 Reinharts, St. Mang (heute Kempten)

Seit der Bonner Wende 1982 vertritt Kiechle die Interessen der deutschen Landwirtschaft in Brüssel. Trotz vieler Anfeindungen gewann K. im Verlauf seiner Amtszeit durch seine Geradlinigkeit und Zähigkeit zunehmend an Ansehen. Sein erklärtes Ziel ist der Abbau der landwirtschaftlichen Überschußproduktion bei gleichzeitiger Erhaltung möglichst vieler Bauernhöfe.

□ 1949-52: Landwirtschaftliche Fachschule; halbjähriges Praktikum in den USA (1949). □ seit 1953: Mitgl. der CSU. □ 1958-70: Selbständiger Landwirt; Gründung des AVA Agrar-Verlags Allgäu in Kempten. □ seit 1969: MdB. □ 1977-83: Vors. der Landesvereinigung Bayer. Milchwirtschaft. □ seit 1982: Landwirtschaftsmin.

← Ignaz Kiechle

Kiefer, Anselm

dt. Maler und Objektkünstler
* 8.3.1945 Donaueschingen

Anselm Kiefer greift in seinem Werk Themen aus Geschichte und Mythologie auf.

Kiefer gehört mit seinem vielschichtigen Werk zu den erfolgreichsten und bekanntesten deutschen Künstlern der jüngeren Generation. Seine gestisch-expressiven, häufig Landschaftsformationen aufgreifenden monumentalen Bilder entstehen meist in der Kombination von Ölfarbe, Sand, Kohle, Bleifolie und anderen Materialien unter Einfügung von Assemblageelementen (z. B. »Märkischer Sand«, 1980-82, Amsterdam, Stedelijk Museum). In den 80er Jahren verstärkte sich die Integration von Gegenständen, u. a. in dem Bild »Die Frauen der Revolution« (1986, Privatsammlung), bei dem der Leinwand verglaste Kästen mit bleigefaßten Rahmen aufgesetzt sind, die gepreßte Lilien- und Rosenblüten enthalten. Wie alle Bilder K.s thematisieren sie geheimnisvolle Lebenszusammenhänge jenseits aller vordergründigen Kausalität. K. nahm auch die deutsche Mythologie und Geschichte, daneben aber besonders die Mythologie Vorderasiens, zum Anlaß für große Objekte wie »Die Hohepriesterin/Zweistromland« (1985-89), ein monumentales Metallgestell mit über 200 »Folianten« aus Bleifolie. K. knüpft hier an die Künstlerbücher seines Frühwerks an.

□ 1966-72: Studium u. a. bei H. → Antes an der Karlsruher und bei J. → Beuys an der Düsseldorfer Akademie. □ ab 1970: Arbeit an Künstlerbüchern. □ um 1972: Großformatige Bilder u. a. mit geschichtlichen Themen. □ ab ca. 1980: Neben der Malerei Objekte und Environments. □ 1984: Wanderausstellung (u. a. Städtische Kunsthalle, Düsseldorf; Musée d'Art Moderne de la Ville de Paris). □ 1987: Ausstellung im Art Inst. of Chicago. □ 1989: »Engel der Geschichte« (Environment). □ 1990: Große Ausstellung im Münchener Kunstverein (Bilder und Objekte). □ 1991: Retrospektive in der Neuen Staatsgalerie, Berlin.

▷ M. Rosenthal: Anselm Kiefer, 1987.

Kielland, Alexander Lange

norw. Schriftsteller
* 18.2.1849 Stavanger † 6.4.1906 Bergen

Kiellands Gesellschaftssatiren hatten das Ziel, bestehende Verhältnisse zu ändern. In »Garman & Worse« (R., 1881, dt. 1881), der Geschichte eines reichen Handelshauses, attackierte er den Fortschritt hemmenden, scheinheiligen Klerus. »Arbeiter« (R., 1881, dt. 1881) und »Else« (Nov., 1881, dt. 1882), seine aggressivsten Texte, setzen sich mit der Tragik begabter, an ihrer geistigen Entwicklung jedoch durch Kirche und Beamtenschaft gehinderter Menschen auseinander. 1888 war K., der einer reichen Kaufmannsfamilie entstammte, zwei Jahre lang Bürgermeister seiner Heimatstadt Stavanger. 1891 stellte er das Schreiben zugunsten der Politik ein.

□ 1871: Abschluß des Jurastudiums in Christiania. □ 1879: »Noveletten« (dt. 1884). □ 1882: »Schiffer Worse« (R., dt. 1882). □ 1883: »Gift« (R., dt. 1883). □ 1886: »Johannisfest« (R., dt. 1887). □ 1902-06: Bezirksamtmann in Molde.

Kienholz, Edward

amer. Objektkünstler
* 23.10.1927 Fairfield, Wash.

Kienholz hat als Objekt- und Konzeptkünstler innerhalb der amerikanischen Szene den größten und eigenständigsten Schritt zum dadaistisch inspirierten Environment und zur Objektmontage vollzogen. Er setzt seine Werke aus Fundstücken, Gipsfiguren und Alltagsgegenständen von der amerikanischen Flagge bis zum Coca-Cola-Automaten zusammen. Dabei verfolgt er einerseits einen sozialkritischen Ansatz (»Das tragbare Kriegerdenkmal«, 1968, Köln, Museum Ludwig), andererseits eine surrealistisch-poetische Linie wie in »Nacht der Nächte« (1961, ebd.) oder »Endlos durch ein Glashaus schauen« (1980/81, Zürich, Galerie Maeght-Lelong). Eine dritte Werkgruppe erscheint eher bizarr, bisweilen auch makaber und schockierend (»Tag der Geburt«, 1964, Stuttgart, Staatsgalerie). K.s Werk ist zwischen Neodadaismus, Neosurrealismus, Pop Art und Funk Art angesiedelt.

□ 1956: Eröffnung einer Galerie in Los Angeles. □ ab 1961: Environments. □ 1968, 1972: Teilnahme an der documenta 4 und 5 in Kassel. □ seit 1973: Wohnsitz abwechselnd in Berlin und Hope, Id. (USA). □ 1977: Eröffnung der »Faith And Charity In Hope Gallery«. □ seit den 70er Jahren: Sog. Concept Tableaux (Ausführung nur nach Auftrag). □ 1989: »Kienholz 1980's«, Ausstellung in der Städtischen Kunsthalle, Düsseldorf.

Edward Kienholz nahm mit seinen Objekten an der documenta 5 in Kassel teil.

← Alexander Kielland

Kienzl, Wilhelm

österr. Komponist
* 17.1.1857 Waizenkirchen, Oberösterreich
† 3.10.1941 Wien

Kienzl war Vertreter der spätromantischen Volksoper. In seinen Bühnenwerken (»Der Evangelimann«, UA Berlin 1895; »Der Kuhreigen«, UA Wien 1911) nahm er Elemente des italienischen Verismo (P. → Mascagni) auf.

Wilhelm Kienzl, der österr. Komponist und Schriftsteller.

K., 1879 Assistent R. Wagners, war nicht nur ein erfolgreicher Musikschriftsteller (»Richard Wagner. Die Gesamtkunst des 19. Jahrhunderts«, 1904), er schrieb auch Orchester-, Kammer- und Klaviermusik sowie Lieder und Chöre.

□ 1878: Promotion (»Die musikalische Deklamation«). □ 1879: Assistent von R. Wagner in Bayreuth. □ 1883/84: Opernkapellmeister in Amsterdam. □ 1886: Dirigent des Steiermärkischen Musikvereins in Graz. □ 1917: Übersiedlung nach Wien. □ 1925: UA von »Sanctissimum« (Melodramatische Allegorie) in Wien.

▷ W. Kienzl: Meine Lebenswanderung (Mem.), 1926.

Kiepenheuer, Karl-Otto

dt. Astrophysiker
* 10.11.1910 Weimar
† 23.5.1975 Ensenada (Mexiko)

Kiepenheuer ließ sonnenphysikalische Bergstationen auf dem Wendelstein, der Kanzelhöhe in Kärnten, dem Schauinsland im Schwarzwald und auf Sizilien errichten und entdeckte 1948 die langsame Korpuskularstrahlung der Sonne. 1936 entwickelte K. die Vorstellung, daß die von G. →Hale entdeckten Magnetfelder der Sonnenoberfläche — durch den Sonnenwind in ihren magnetischen Konturen gleichsam »eingefroren« — als interplanetare Magnetfelder mitgeführt werden.

□ ab 1941: Dir. des von ihm gegründeten Fraunhofer-Inst. für Sonnenforschung in Freiburg i. Br. □ ab 1949: Prof. an der Univ. ebd. □ 1950: Konstruktion des ersten Sonnen-Magnetographen.

← K.-O. Kiepenheuer

Kiesinger, Kurt Georg

dt. Politiker
* 6.4.1904 Ebingen, Württ. † 9.3.1988 Tübingen

Der gewandte Rhetoriker (»König Silberzunge«) ging als der einzige Kanzler einer Großen Koalition (CDU/CSU und SPD) in die Geschichte der Bundesrepublik ein. In Kiesingers Amtszeit fallen die Überwindung der wirtschaftlichen Rezession (1964-66), die Stabilisierung der Bundesfinanzen durch eine mittelfristige Finanzplanung, die Strafrechtsreform von 1969 sowie die Verabschiedung der Notstandsgesetzgebung. Mit seinem Außenminister W. →Brandt unternahm er erste vorsichtige Schritte zur Verbesserung der Kontakte zu den Staaten Osteuropas (diplomatische Beziehungen mit Rumänien 1967) sowie zur DDR (Briefwechsel mit W. →Stoph). Als Ministerpräsident von Baden-Württemberg hatte K. sich zuvor besonders durch sein kulturelles Engagement und mehrere Universitäts-Neugründungen einen Namen gemacht.

Kurt Georg Kiesinger: Kanzler der Großen Koalition.

□ 1933: Mitgl. der NSDAP. □ bis 1934: Jurastudium. □ ab 1935: Rechtsanwalt. □ 1940-45: Dienstverpflichtet als wissenschaftliche Hilfskraft im Außenministerium; ab 1943: Stellv. Leiter in der rundfunkpolitischen Abteilung. □ 1945/46: Haft im Internierungslager. □ ab 1948: Rechtsanwalt; Mitgl. der CDU; Landesgeschäftsführer in Südwürtt.-Hohenzollern. □ 1949-58; 1969-80: MdB. □ 1950: Mitgl. des Parteivorstands. □ 1958-66: Ministerpräsident von Bad.-Württ. □ 1964: »Ideen vom Ganzen — Reden und Betrachtungen«. □ 1966-69: Bundeskanzler. □ 1967-71: Vors. der CDU.

▷ D. Oberndörfer: Begegnungen mit Kurt Georg Kiesinger, 1984.

Frederick Kiesler →

Kiesler, Frederick

amer. Architekt und Bildhauer rumän. Herkunft
* 22.9.1890 Czernowitz † 27.12.1965 New York

Kiesler verband seine Begabungen für Architektur und Bildhauerei in kühnen Gestaltungen für bedeutende, z. T. epochale Ausstellungen. Für »Art of This Century« (1942, New York) entwarf er einen surrealistischen Raum mit gekrümmten Wänden, neuartigen Präsentationsmöglichkeiten für Bilder und futuristischem Mobiliar. Nach der Übersiedlung nach New York verfolgte er seine Projekte eines »Endlosen Hauses« und eines »Endlosen Theaters« weiter (die seit 1924 entstandenen Entwürfe zum »Endlosen Theater« beeinflußten das Totaltheater von W. →Gropius). K. schuf auch surrealistisch geprägte Objekte (z. B. »Galaxy«, 1951, New York, Sammlung Nelson A. Rockefeller). Kurz vor seinem Tod wurde K.s erstes Großprojekt realisiert (»The Shrine of the Book«), das neben →Le Corbusiers Wallfahrtskirche in Ronchamp zu den beachtlichsten religiösen Bauten dieses Jahrhunderts gehört.

□ 1925: Nach dem Studium u. a. an der TH Wien Zusammenarbeit mit A. →Loos. □ 1925: Leiter der österr. Abteilung der »Exposition internationale des arts décoratifs et industriels modernes« in Paris. □ 1926: Übersiedlung in die USA. □ 1933-57: Dir. für szenische Gestaltung an der Juilliard School of Music, New York. □ 1947: Organisation und Gestaltung der Int. Surrealisten-Ausstellung in New York. □ 1961: Entwurf eines Universaltheaters für die Ford Foundation.

▷ F. Kiesler: Inside the endless house, engl. 1966.

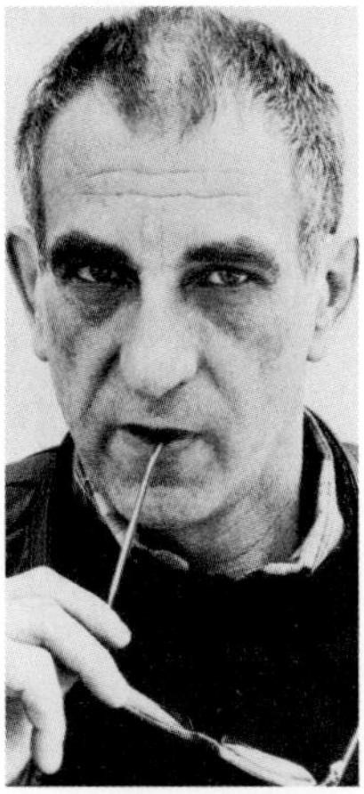
Krzysztof Kieslowski →

Kieslowski, Krzysztof

poln. Regisseur
* 27.6.1941 Warschau

Für »Ein kurzer Film über das Töten«, einem Appell gegen die Todesstrafe, wurde Kieslowski

1988 mit dem Europäischen Filmpreis ausgezeichnet. Der Film entstammt dem Fernseh-Zyklus »Dekalog«, dessen zehn Episoden jeweils eines der zehn Gebote thematisieren. In halbdokumentarischem Stil inszeniert, spiegeln K.s Filme den Alltag im zeitgenössischen Polen wider.

□ 1969: Diplom an der Filmhochschule Lodz. □ 1974: »Das Personal«. □ 1976: »Die Narbe«. □ 1979: »Der Filmamateur« (mit J. Stuhr). □ 1981: »Der Zufall, möglicherweise«. □ 1985: »Ohne Ende«. □ 1988: »Ein kurzer Film über die Liebe«. □ 1991: »La double vie de Veronique«.

Kikuchi, Kan

(eig. Hiroshi Kikuchi)
jap. Schriftsteller
* 26.12.1888 Takamatsu † 6.3.1948 Tokio

Durch sein Melodram »Die Perlendame« (1920) wurde Kikuchi zum Modeschriftsteller der 20er Jahre. Sein flüssiger Stil und seine Fähigkeit zu populärer psychologischer Darstellung kamen ihm dabei zugute. Zuvor hatte er als Repräsentant des sog. Neorealismus in Erzählungen wie »Die Lebenschronik des Herrn von Tadano« (1918, dt. 1965) Kritik an der konfuzianisch-feudalistischen Moral geübt und einen kompromißlosen Individualismus propagiert. K. war einer der Förderer des späteren Literatur-Nobelpreisträgers Y. →Kawabata.

□ 1913-16: Anglistikstudium in Tokio. □ 1917: »Der Vater kehrt zurück« (Dr., dt. 1935). □ 1918: »Tagebuch eines unbekannten Schriftstellers«. □ 1923: Gründung der erfolgreichen Zeitschrift Literarische Chronik. □ 1935: Stiftung des Akutagawa-Preises. □ 1949: Verbot seiner Bücher wegen Eintretens für die jap. Expansion während des 2. Weltkriegs.

Kilian, Gustav

dt. Radrennfahrer
* 3.11.1907 Luxemburg

Unter Kilians Leitung als Bahntrainer des Bundes Deutscher Radfahrer (1964-77) errangen deutsche Amateure vier Olympiasiege und 13 Weltmeisterschaften. In seiner aktiven Laufbahn gewann K. 34 Sechstagerennen, davon 30 in den USA (1934-41).

Kilius, Marika

dt. Eiskunst- und Rollkunstläuferin
* 24.3.1943 Frankfurt/Main

Kilius, die 17 Medaillen bei Olympischen Spielen und internationalen Meisterschaften gewann, bildete mit ihrem Partner Hans-Jürgen Bäumler (* 1942) das erfolgreichste deutsche Paar im Eiskunstlauf. Die beiden waren 1959-64 Europameister und 1963/64 Weltmeister. Bei Olympischen Spielen mußten sie sich ihren langjährigen Konkurrenten L. und O. →Protopopow geschlagen geben. Bäumler wurde nach Beendigung seiner aktiven Laufbahn Schauspieler.

□ 1955-1957: EM-Dritte (mit F. Ningel). □ 1956: Olympiavierte in Cortina d'Ampezzo; WM-Dritte (mit F. Ningel). □ 1957: WM-Zweite (mit F. Ningel). □ 1958: Weltmeisterin und Dt. Meisterin im Rollkunstlauf. □ 1959: Als Sechzehnjährige dt. Sportlerin des Jahres. □ 1960: Olympiazweite in Squaw Valley; WM-Dritte (mit H.-J. Bäumler). □ 1964: Olympiazweite in Innsbruck (mit H.-J. Bäumler).

Michael Killanin →

← Kan Kikuchi

← Gustav Kilian

← Marika Kilius

Killanin, Lord Michael

ir. Sportfunktionär
* 30.7.1914 London (England)

Killanin, der vor dem 2. Weltkrieg als Journalist (u. a. Korrespondent im chinesisch-japanischen Krieg 1937) und später im Filmgeschäft arbeitete (u. a. mit J. →Ford), war ab 1952 Mitglied und 1972-80 Präsident des Internationalen Olympischen Komitees (IOC). In sein letztes Amtsjahr fiel der Teilboykott der Olympischen Spiele in Moskau.

Killy, Jean-Claude

frz. Skirennläufer
* 30.8.1943 St. Cloud

Killy, u. a. 1968 dreifacher Goldmedaillengewinner von Grenoble im alpinen Skiwettbewerb, gehörte zu den ersten Sportlern, die sich werbewirksam vermarkten ließen. Der erfolgreiche Geschäftsmann ist Mitglied im Organisationskomitee der Olympischen Spiele von Albertville (1992).

□ 1966: Weltmeister Abfahrt und Kombination. □ 1968: Olympiasieger Abfahrt, Slalom und Riesenslalom; Weltmeister Kombination; Gesamtsieger im Weltpokal.

Kim Dae Jung

südkorean. Politiker
* 1925 Haei-do, Prov. Cholla-namdo

Kim Dae Jung auf einer Demonstration, 1991.

Der liberale Abgeordnete Kim Dae Jung übernahm nach dem Militärputsch 1961 in Südkorea eine führende Rolle in der Opposition. 1971 unterlag er bei den Präsidentschaftswahlen, trotz stark eingeschränkter Möglichkeiten, nur knapp General Park Chung Hee. Nach der Ermordung des Präsidenten 1979 wurde er von der Regierung für die Unruhen in seiner Heimatprovinz verantwortlich gemacht und als Aufrührer zum Tode verurteilt. Weltweite Proteste führten zu seiner Begnadigung.
Rivalitäten innerhalb der Opposition verhindern seit seiner Rückkehr aus dem Exil einen Er-

folg gegen die Regierung. Die Präsidentschaftswahlen 1987 gewann überraschend der Kandidat der Regierung, Roh Tae Woo.

□ 1967: Mitbegründer der Neuen Demokratischen Partei (NDP). □ 1971: Präsidentschaftskandidat. □ 1980: Zum Tode verurteilt; 1981 zu lebenslanger Haft begnadigt. □ 1982-85: Im Exil in den USA. □ 1985: Nach Rückkehr verhaftet; Hausarrest. □ 1986: Mitgl. der Neuen Koreanischen Demokratischen Partei (NKDP).

Kim Il Sung

(eig. Kim Song Chu)
nordkorean. Politiker
* 15.4.1912 Mangyongdae, Pyongyang (Nam Ri ?)

Kim Il Sung (r.) mit Zhou Enlai bei einem Freundschaftsbesuch in Peking, 1958.

Seit über vierzig Jahren ist Kim Il Sung der unumschränkte Herrscher von Nordkorea. 1950 versuchte er, seine Macht über ganz Korea auszudehnen (Korea-Krieg 1950-53, danach endgültige Festlegung der Grenze auf den 38. Breitengrad). Bei den späteren Auseinandersetzungen zwischen China und der UdSSR blieb er neutral und bemühte sich, zwischen beiden Großmächten eine eigenständige Position zu erlangen. K. und seine weitverzweigte Familie stehen in der VR Korea im Mittelpunkt eines fast mystischen Personenkults, der auch dazu dient, seinen Sohn Kim Jong Il zu seinem Nachfolger aufzubauen. Seit 1971 unterstrich K. mehrfach seinen Wunsch nach einer Wiedervereinigung mit Südkorea. Erste Gespräche zwischen Regierungsvertretern beider Staaten brachten noch keine Annäherung.

□ 1925: Flucht mit den Eltern in die Mandschurei und nach China. □ 1930: Mitgl. der KP. □ ab 1931: Von China aus im Guerilla-Kampf gegen die Japaner in Korea. □ ab 1941-45: Aufenthalt in der UdSSR; Eintritt in die Rote Armee; zuletzt Major. □ 1945: 1. Sekr. des Organisationskomitees der korean. KP. □ seit 1946: Vors. der (nordkorean.) Arbeiterpartei (seit 1966 Generalsekretär). □ 1948-72: Ministerpräs.; Oberbefehlshaber. □ seit 1972: Staatspräsident.

Kim Young Sam →

Kim Young Sam

südkorean. Politiker
* 20.12.1927 bei Koje, Prov. Kyongsang-namdo

Nach der Aufhebung des Betätigungsverbots für Parteien 1984 stieg Kim Young Sam rasch zum führenden Oppositionspolitiker in Südkorea auf. Doch interne Streitigkeiten schwächten die Regierungsgegner. Insbesondere seine Rivalität mit →Kim Dae Jung verhinderte bei den Präsidentschaftswahlen 1987 ein geschlossenes Auftreten. 1989/90 initiierte er den Zusammenschluß verschiedener Oppositionsgruppen mit der geschwächten Regierungspartei zu einer neuen Organisation, die am Vorbild der japanischen Regierungspartei LDP orientiert ist.

□ 1951: Sekr. des Ministerpräsidenten. □ 1954-79: Mitgl. des Parlaments für die Liberalen. □ 1967: Mitbegründer der Neuen Demokratischen Partei (NDP). □ 1973-76; 1979: Vors. der NDP. □ 1985: Mitbegründer der Neuen Koreanischen Demokratischen Partei (NKDP). □ seit 1985: Mitgl. des Parlaments. □ 1987: Begründer der Demokratischen Wiedervereinigungspartei (RDP). □ 1990: Mitbegründer der Demokratisch-Liberalen Partei.

Kinck, Hans Ernst

norw. Schriftsteller
* 11.10.1865 Øksfjord, Finnmark † 13.10.1926 Oslo

Durchgängiges Thema im Werk des Nationalromantikers Kinck ist die Beschreibung des norwegischen »Volkscharakters«. In den »Herman Ek«-Romanen (1896, 1898, dt. 1927) sowie in dem dreibändigen Werk »Die Schneedecke brach« (1918/19) versuchte K. eine Analyse des vorgeblich rein emotionalen bäuerlichen Gefühlslebens, das er als Urform der norwegischen Volksseele ansah.

□ 1884-90: Studium der Geschichte und Nordistik in Christiania. □ 1892: »Die Elfe« (R.). □ 1893/94: Parisaufenthalt. □ 1895: »Fledermausflügel« (Nov.n). □ 1896: »Rauschen« (R.). »Die Kreuzotter« (1898: dt. 1927 u. d. T. »Herman Ek«). □ 1903: »Wenn die Liebe stirbt« (R., dt. 1913). □ 1904: »Auswanderer« (R., dt. 1906). □ 1908: »Der Viehtreiber« (Dr.). □ 1916: »Machiavelli« (Es., dt. 1938).

Helmut Kindler →

Kindler, Helmut

dt. Verleger
* 3.12.1912 Berlin

Kindler, einer der innovativen Verlegerpersönlichkeiten der Bundesrepublik, war vor allem mit der Konzentration seines Verlagsprogramms auf enzyklopädische Reihen erfolgreich. Große Beachtung fanden das siebenbändige »Kindlers Literatur-Lexikon«, das sechsbändige »Kindlers Malerei-Lexikon« und die dreizehnbändige Enzyklopädie »Grzimeks Tierleben«.

□ 1928: Schauspielunterricht bei E. →Piscator. □ 1930-35: Regieassistent am Agnes-Straub-Theater. □ 1936-38: Redakteur beim Deutschen Verlag. □ 1938-44: Redakteur beim Ullstein-Verlag. □ 1945: Frontsoldat und Fahnenflucht; mit H. Ullstein Hg. der Zeitschrift »sie«. □ 1948: Gründung eines Zeitschriftenverlages mit Sitz in München und Zürich (mit G. Schiermeyer); erste wissenschaftliche und belletristische Titel. □ 1960: Eröffnung der Verlagszentrale in Zürich. □ 1965: Trennung vom Zeitschriftenverlag. □ 1977:

Verkauf von 49% der Verlagsanteile an die Stuttgarter Holtzbrinck-Gruppe. □ 1981: Vollständige Übernahme durch die Holtzbrinck-Gruppe.

▷ H. Kindler: Zum Abschied ein Fest (Aut.), 1991.

King, Martin Luther

amer. Politiker und Geistlicher
* 15.1.1929 Atlanta, Georgia
† 4.4.1968 Memphis, Tenn. (ermordet)

Martin Luther King bei einer Ansprache vor Bürgerrechtlern in Chicago, 1964.

King, Friedens-Nobelpreisträger von 1964, war einer der charismatischsten Führer der schwarzen Bürgerrechtsbewegung und ist noch heute Symbolfigur des Widerstands gegen jede Art von Rassendiskriminierung. Der tiefgläubige Christ entwickelte bereits auf dem Theologischen Seminar in Boston unter dem Einfluß von M. →Gandhi seine grundlegenden Vorstellungen, mit denen er den noch bestehenden Rassismus in den USA beseitigen wollte. Seinen ersten großen Erfolg zur Gleichstellung der farbigen Amerikaner errang er mit der Aufhebung der Rassenschranken in den öffentlichen Verkehrsmitteln von Montgomery, die er 1955/56 mit Hilfe eines Boykotts erzwang. Nach der Gründung verschiedener Bürgerrechtsgruppen organisierte er in den Südstaaten der USA zahlreiche Protestdemonstrationen und Aufrufe zum passiven Widerstand. Dabei wurde er mehrfach verhaftet. Den Höhepunkt seiner Bewegung erreichte er 1963 mit dem Marsch nach Washington, wo er vor 250 000 Menschen seine Vision einer freien und gleichen Gesellschaft vortrug (»I have a dream«). In den folgenden Jahren schwand sein Einfluß unter dem Eindruck des Vietnamkriegs und dem Auftreten extrem militanter Gruppen (»black power«) zunehmend. 1968 wurde K. von einem Fanatiker erschossen.

□ 1954: Pfarrer der Baptisten in Montgomery, Alab. □ ab 1957: Gründer und Vors. der Bürgerrechtsorganisation Southern Christian Leadership Conference (SCLC). □ 1963: »Kraft zum Lieben« (Schr., dt.). □ 1964: »Warum wir nicht warten können« (Schr., dt.). □ 1964: Friedens-Nobelpreis. □ 1968: »Aufruf zum zivilen Ungehorsam« (Schr., dt.).

▷ F. Hetmann: Martin Luther King, 1979; C. S. King: Mein Leben mit Martin Luther King, dt. 1982.

Stephen King →

King, Riley »B. B.«

amer. Bluesmusiker
* 16.9.1925 Itta Bena, Miss.

1966 wurde er von der amerikanischen Discjockey-Vereinigung als »King of Blues« geehrt — für Fans und Kritiker war B. B. (Blues Boy) King dies schon seit Anfang der 50er Jahre, vor allem wegen seines varianten- und nuancenreichen Spiels auf der Sologitarre. Als Texter überzeugte er durch seine ehrlich und persönlich wirkenden Geschichten. Er ist der erste Bluesmusiker, der vor einem großen Publikum auftrat und die Weißen für diese Musik interessieren konnte.

B. B. Kings Blues begeisterte auch das weiße Publikum.

□ 1949: Erste Plattenaufnahme »Miss Martha King«. □ 1950: »Three o'clock blues« mit Ike Turner am Piano. □ 1955: »Every day I have the blues« in den Hitparaden. □ 1969: Erstmals in der BRD. □ 1970: Grammy Award für »The thrill has gone«. □ 1981: Grammy Award für »There must be a better world somewhere« (Album und Single des Jahres).

▷ Ch. Swayer: B. B. King — The authorized biography, engl. 1981.

King, Stephen

amer. Schriftsteller
* 21.9.1947 Portland, Maine

King, der ungekrönte König der Horrorliteratur, kombiniert in seinen Romanen psychologische Präzision mit bizarrer Phantasie. Obsessionen und übernatürliche Kräfte, vor allem aber ganz reale Ängste nutzt der Vielschreiber für seine subtilen Schilderungen in realistischem Umfeld.

□ 1966-70: Studium der engl. Literatur in Maine. □ 1971-73: Lehrertätigkeit. □ 1972: »Carrie« (R., F. 1975 mit S. →Spacek, dt. 1983). □ 1976: »Shining« (R., F. 1979 mit J. →Nicholson, dt. 1985). □ 1981: »Cujo« (R., F. 1982, dt. 1983). □ 1983: »Christine« (R., F. 1983, dt. 1984); »Friedhof der Kuscheltiere« (R., F. 1989, dt. 1985). □ 1986: »Es« (R., dt. 1986). □ 1987: »Sie« (R., dt. 1987, F. u. d. T. »Misery« 1991); »Das Monstrum, Tommyknockers« (R., dt. 1988). □ 1990: »Langoliers« (R., dt. 1990). □ 1991: »In einer kleinen Stadt« (R., dt. 1991).

King-Moffitt, Billie Jean

amer. Tennisspielerin
* 22.11.1943 Long Beach, Kalif.

King-Moffitt, die 1966-72 fünfmal Erste der Weltrangliste im Tennis war, gewann 20 Titel in Wimbledon. Sechsmal war sie im Einzel, zehnmal im Doppel und viermal im Mixed erfolgreich. 1973 sorgte sie für Aufsehen, als sie Bobby Riggs (* 1918), den Wimbledon-Sieger von 1939 und strikten Gegner des Damentennis, glatt in drei Sätzen schlug.

← Billie Jean King

□ 1966-69: Einzelsiegerin von Wimbledon (erneut 1972, 1973 und 1975). □ 1967: Siegerin der US Open (erneut 1971, 1972 und 1974). □ 1968: Siegerin der Australian Open. □ 1972: Siegerin der French Open. □ 1979: Letzter Wimbledon-Titel im Doppel (mit M. →Navratilova).

Kingsley, Ben

(eig. Krishna Banji)
engl. Schauspieler
* 31.12.1943 Manchester

Für seine sensible Darstellung der Titelrolle in »Ghandi« (1981/82, Rg. R. →Attenborough) wurde Kingsley mit dem Oscar ausgezeichnet. Auch als Lenin in »Der Zug« (1987, Rg. D. Damiani) und als Simon Wiesenthal in dem TV-Zweiteiler »Recht, nicht Rache« (1989) gelangen K. überzeugende Porträts zeitgeschichtlicher Persönlichkeiten. Stets blieb K. auch dem Theater verbunden, wo er u. a. 1985/86 als Shakespeares »Othello« erfolgreich war.

← Ben Kingsley

□ 1970-80: Mitgl. der Royal Shakespeare Company. □ 1982: »Betrug« (Rg. D. Jones). □ 1985: »Ozeanische Gefühle« (Rg. J. Irvin). □ 1988: »Die vergessene Insel« (Rg. J. Dearden). □ 1990: »Genie und Schnauze« (mit M. →Caine, Rg. T. Eberhardt).

The Kinks

engl. Rockgruppe

The Kinks: Seit über 20 Jahren an der Spitze der internationalen Popmusik.

Durch den von den Brüdern Ray (* 1944, l.) und Dave Davies (* 1947, 2. v. l.) gepflegten schwarzen Humor und die brillanten Wortspielereien wurden die Kinks zu einer der einfallsreichsten und progressivsten englischen Rockbands. Mit Schlagzeuger Mick Avory (* 1944), Bassist Jim Rodford (* 1945) und Keyboarder Ian Gibbons (* 1955) nahmen die Davies-Brüder die erste Rock-Oper auf (»Arthur«, 1969) und brachten mit »Lola«, einem Angriff auf das korrupte Musikgeschäft, das erste Konzept-Album auf den Markt (1970).

□ 1964: Gründung der Kinks in London; erster Hit »You really got me«; »Kinks« (LP). □ 1966: »A well-respected man«; Hits »Dedicated follower of fashion«; »Dandy«. □ 1967: »Death of a clown«; »Something else« (LP). □ 1969: »Arthur or the decline and fall of the British empire« (LP). □ 1970: »Lola versus powerman and the money-go-round« (LP). □ 1972: »Somebody's in show biz — everybody's a star« (LP). □ 1978: »Low Budget« (LP). □ 1981: »Give the people what the people want« (LP). □ 1987: »The Road« (LP). □ 1989: »The best of The Kinks« (LP).

▷ H. R. Kunze: Ray Davis und die Kinks — Das Empire fällt, 1987.

Kinnock, Gordon Neil

brit. Politiker
* 28.3.1942 Tredegar, Südwales

Kinnock, in den 80er Jahren der politische Gegenspieler der »Eisernen Lady« M. →Thatcher, gehört zum linken Flügel der Labour Party. Er forderte mehrfach einen britischen Atomwaffenverzicht und den Austritt aus der EG und trat für umfangreiche Sozialprogramme ein. Nach schweren Wahlniederlagen zog der Parteivorsitzende 1986 einen Trennungsstrich zwischen der Parteiführung und den radikalen Sozialisten und versucht seitdem mit Erfolg, die Partei zur politischen Mitte hin zu orientieren.

□ seit 1957: Mitgl. der Labour Party. □ 1962-66: Vors. der Sozialistischen Gesellschaft und der Studentenunion. □ seit 1970: Mitgl. des Unterhauses; Sprecher für Erziehungsfragen. □ 1978: Mitgl. des Parteivorstands. □ seit 1983: Vors. der Labour Party; Oppositionsführer im Unterhaus.

▷ G. M. F. Drower: Neil Kinnock, engl. 1984.

Kinsey, Alfred Charles

amer. Sexualforscher
* 23.6.1894 Hoboken, N. J.
† 25.8.1956 Bloomington, Ind.

Kinsey, ab 1929 Professor und 1942-56 Direktor des Instituts für Sexualforschung an der Indiana University in Indianapolis, erforschte über eine breit angelegte repräsentative Befragung von etwa 18500 amerikanischen Bürgern das geschlechtliche Verhalten von Frauen und Männern. Die ab 1938 gesammelten Informationen über intimste Präferenzen, statistisch nach Geschlecht, Alter, Religion, sozialem Status usw.

A. Kinsey: Seine Studien empörten die amer. Öffentlichkeit.

ausgewertet, erschienen im »Kinsey-Report« in zwei Teilen: 1948 »Das sexuelle Verhalten des Mannes« (Schr., dt. 1955) und 1953 »Das sexuelle Verhalten der Frau« (Schr., dt. 1954). Sie lösten einen Sturm moralischer Entrüstung aus.

Kinski, Klaus

(eig. Nikolausz G. Nakszynski)
dt. Schauspieler
* 18.10.1926 Zoppot (heute Polen)
† 23.11.1991 San Francisco (USA)

Kinski trat in den 50er Jahren als Rezitator auf (u. a. Rimbaud, Villon), ehe er als Schurke und Psychopath zahlreichen Edgar-Wallace-Verfilmungen und Italo-Western ein wenig Farbe verlieh. Unter W. →Herzog verkörperte er exzentrische, pathologische Charaktere wie den spanischen Konquistador in »Aguirre, der Zorn Gottes« (1972) oder den opernbesessenen »Fitzcarraldo« (1981). K., dessen Töchter Pola (* 1952) und → Nastassja Schauspielerinnen sind, unterstrich sein Image als Bürgerschreck mit aggressiven Auftritten in der Öffentlichkeit.

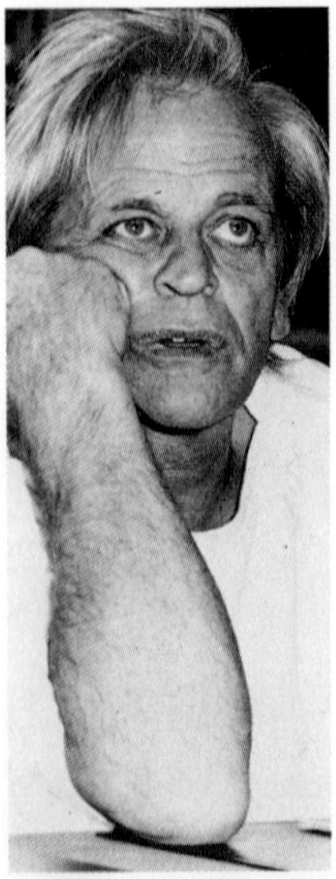

← Klaus Kinski

☐ 1951: Erster Erfolg in der Frauenrolle von J. →Cocteaus Einakter »Die menschliche Stimme«. ☐ 1960: »Die toten Augen von London« (Rg. A. Vohrer). ☐ 1968: »Leichen pflastern seinen Weg« (Rg. S. Corbucci). ☐ 1978: »Nosferatu — Phantom der Nacht«; »Woyzek« (beide Rg. W. Herzog). ☐ 1982: »Der Android« (Rg. A. Lipstadt). ☐ 1984: »Geheimcode Wildgänse« (Rg. A. M. Dawson). ☐ 1987: »Cobra Verde« (Rg. W. Herzog).

▷ K. Kinski: Ich bin so wild nach deinem Erdbeermund, 1975.

Kinski, Nastassja

(eig. Nastassia Nakszynski)
dt. Schauspielerin
* 24.1.1961 Berlin

Mit ihrer Rolle als verführerische Schülerin in dem Tatort-Krimi »Reifeprüfung« (TV; 1977, Rg. W. →Petersen) legte die Tochter von K. →Kinski den Grundstein für ihre Filmkarriere. Immer wieder verkörperte K. seitdem die lasziv-erotische Kindfrau mit naiver Unschuld. Für ihre Titelrolle in »Tess« (1979, Rg. R. →Polanski) wurde sie mit dem Golden Globe und dem César ausgezeichnet. Erst in den 80er Jahren konnte K. sich langsam von diesem Rollenklischee lösen.

Nastassja Kinski wurde international mit »Tess« bekannt.

☐ 1974: Nebenrolle in »Falsche Bewegung« (Rg. W. →Wenders). ☐ 1981: »Einer mit Herz« (Rg. F. →Coppola); »Katzenmenschen« (Rg. P. Schrader) ☐ 1982: »Frühlingssinfonie« (mit H. →Grönemeyer, Rg. P. Schamoni). ☐ 1983: »Der Mond in der Gosse« (mit G. →Dépardieu, Rg. J. J. Beineix). ☐ 1984: »Paris, Texas« (Rg. W. Wenders); »Maria's Lovers« (Rg. A. Kontschalowsky). ☐ 1985: »Revolution« (mit A. Pacino). ☐ 1990: »Nachtsonne« (Rg. V. und P. →Taviani).

Kipling, (Joseph) Rudyard

engl. Schriftsteller
* 30.12.1865 Bombay (Indien) † 18.1.1936 London

Kipling, der 1907 als erster Engländer den Literatur-Nobelpreis erhielt, war ein Meister der Kurzgeschichte und der Volksballade, zugleich aber auch das literarische Sprachrohr des britischen Imperialismus. Seine Erzählungen und Balladen idealisieren das British Empire und das Sendungsbewußtsein des englischen Volkes. Große Popularität gewann K. durch seine als »Das Dschungelbuch« bekannten Tiergeschichten für Kinder (Erz.n, 1894/95, dt. 1898) und durch den Abenteuerroman »Kim« (1901, dt. 1908), der die Geschichte eines in den Slums von

Rudyard Kipling beschrieb in seinen Büchern das Indien der Kolonialzeit.

Lahore (Indien) aufgewachsenen Sohnes eines irischen Unteroffiziers erzählt. K.s literarischer Rang beruht eher auf seinen volkstümlichen Gedichten, vor allem den »Balladen aus dem Biwak« (Ged.e, 1892, dt. 1911).

□ bis 1871: Aufenthalt in Indien. □ 1878-82: Schulbesuch in einem Internat (Kadettenschule) in Devonshire. □ 1882: Rückkehr nach Indien, dort als Journalist tätig. □ 1882-89: Reisen in alle Welt als Journalist. □ 1888: »Schlichte Geschichten aus Indien« (Erz.n, dt. 1895); »Drei Soldaten« (Erz.n, dt. 1891). □ 1889: Rückkehr nach England. □ 1895: Ablehnung der Ernennung zum Poet Laureate. □ 1897: »Brave Seeleute« (R., dt. 1902). □ 1902: »Nur so Geschichten für Kinder« (dt. 1911). □ 1906: »Puck vom Buchsberg« (Erz.n/Kb., dt. 1912). □ 1919: »The Years Between« (Ged.e).

▷ Lord Birkenhead: Rudyard Kipling, 1978.

Kippenberg, Anton

dt. Verleger und Verlagsbuchhändler
* 22.5.1874 Bremen † 21.9.1950 Luzern (Schweiz)

Kippenberg, ab 1905 Leiter des 1899 gegründeten Insel-Verlags und Förderer zahlreicher zeitgenössischer Autoren, schuf die größte private Goethe-Sammlung (seit 1953 Goethe-Museum der Anton-und-Katharina-Kippenberg-Stiftung in Düsseldorf), die Werke, Schriftstücke, Musik und Bilder umfaßt. 1912 initiierte K. die bibliophile sog. Insel-Bücherei, die Weltliteratur in qualitativ hochwertigen Ausgaben preiswert auf den Markt brachte. Unter dem Pseudonym Benno Papentrigk schrieb K. Schüttelreime und übersetzte flämische Dichter.

← Anton Kippenberg

□ 1913: »Katalog der Sammlung Kippenberg«. □ 1921-35: »Jahrbuch der Sammlung Kippenberg«. □ 1933: »Geschichten aus einer alten Hansestadt«. □ 1938-50: Präs. der Goethe-Gesellschaft.

Kipphardt, Heinar

dt. Schriftsteller
* 8.3.1922 Heidersdorf, Schlesien
† 18.11.1982 München

Kipphardt war einer der wichtigsten deutschsprachigen Vertreter des dokumentarischen Theaters. Seine Dramen greifen authentische Begebenheiten auf, die durch eine subjektive Erzählperspektive allgemeingültige Bedeutung erhalten (u. a. »In der Sache J. Robert Oppenheimer«, Dr., 1964; »Bruder Eichmann«, Dr., postum 1983). Zentrales Thema ist die Frage nach Pflichterfüllung und -verweigerung in der Kriegs- und Nachkriegszeit.

← Heinar Kipphardt

□ bis 1950: Arzt (Psychiatrie) in Krefeld, Düsseldorf, Ost-Berlin. □ 1950: Dramaturg am Dt. Theater in Ost-Berlin. □ 1959: Übersiedlung in die BRD. □ 1964: »Die Ganovenfresse« (Erz.n). □ 1970/71: Chefdramaturg der Münchner Kammerspiele. □ 1976: »März« (R.; dramatisiert u. d. T. »März, ein Künstlerleben«, 1981). □ 1981: »Traumprotokolle«.

Kirch, Leo

dt. Medienunternehmer
* 21.10.1926 Würzburg

Kirch, der 1956 mit dem Erwerb von Filmlizenzen eine Unternehmerkarriere im Medienbereich begann, ist Eigentümer einer international operierenden Firmengruppe, die auf Produktion und Verkauf von Filmen und Fernsehserien spezialisiert ist (Programm von ca. 15 000 Filmen, 1991). Seit Beginn der 80er Jahre engagiert sich K. auch im Privatfernsehen. Aufsehen erregte K.s Versuch, eine seit 1985 bestehende Beteiligung am Axel Springer Verlag auszuweiten.

Leo Kirch: Einflußreich in der dt. Medienlandschaft.

□ 1959: Erwerb von 400 Filmen der Gesellschaft United Artists/Warner Brothers. □ seit 1985: Beteiligung am Axel Springer Verlag (10%). □ 1987: Joint Venture mit dem amer. Medienkonzern Tribune Company. □ 1988: Mehrheitsanteil an der Programmgesellschaft für Kabel- und Satellitenrundfunk, Frankfurt (PKS). □ 1989: Erwerb des Dt. Bücherbundes (J. →Jahr). □ 1990: PKS erwirbt 43% Anteil bei SAT 1.

Kirchner, Alfred

dt. Regisseur
* 22.5.1937 Göppingen

Kirchner setzt sich als Regisseur vor allem mit den Werken moderner Theaterautoren auseinander. Seine Inszenierungen, meist genaue, zugleich phantasievolle Lesarten der Texte, verzichten auf billige Effekte. K.s Regiekonzept fordert gesellschaftspolitische Auseinandersetzung, meidet aber das Politisieren; es geht K. vor allem um eine Analyse gesellschaftlicher Zustände, ohne jede Polemik. So gestaltete K. in seiner »Mutter Courage«-Inszenierung (B. →Brecht, 1982) die Figur des Todes als Clown, der durch das Geschehen führt. In seiner Inszenierung von Brechts »Johanna der Schlachthöfe« (1986) stirbt Johanna nicht aus Schuldbewußtsein, sondern durch die Schüsse von Staatsterroristen.

□ 1963-70: Regieassistent bei P. →Zadek in Bremen. □ 1972-75: Oberspielleiter in Stuttgart, ab 1974 mit C. →Peymann. □ 1974: Mit »Die kahle Sängerin« (E. →Ionesco) beim Berliner Theatertreffen. □ 1976: UA »Sonntagskinder« (G. →Reinshagen). □ 1979-86: Oberspielleiter am Bochumer Schauspielhaus. □ 1982: UA »Johann Georg Elser« (P. P. Zahl); UA »Über allen Gipfeln ist Ruh« (Th. →Bernhard). □ 1986-89: Regisseur und Direktionsmitgl. am Wiener Burgtheater. □ seit 1990: Neben Volkmar Clauß, A. →Lang und Vera Sturm Generalintendant der Staatlichen Schaubühnen Berlin.

Kirchner, Ernst Ludwig

dt. Maler, Grafiker und Bildhauer
* 6.5.1880 Aschaffenburg
† 15.6.1938 Davos-Frauenkirch, Schweiz (Selbstmord)

Kirchner gewann als Gründungsmitglied der Dresdner Künstlergruppe Die Brücke (1905) entscheidenden Einfluß auf die Entstehung und Entwicklung des dt. Expressionismus. In dieser engen Lebens- und Arbeitsgemeinschaft vollzog K. den radikalen Bruch mit sozialen und künstlerischen Konventionen: Im Akt- und Landschaftsbild wurden Komposition, Farbe und Linie Ausdruck unbedingter Lebensfreiheit, die K. im Brücke-Programm als Voraussetzung eines umfassenden Neubeginns forderte. Dieser vitale Brücke-Stil wandelte sich in den Berliner Jahren (ab 1911) zur bedrängenden Darstellung von Hektik und Anonymität (»Straßenszene«, 1913, Berlin, Brücke-Museum). K.s im Militärdienst erlittener Persönlichkeitsverlust führte 1915 zum physischen Zusammenbruch (Selbstbildnis »Der Trinker«, 1915, Nürnberg, Germanisches Nationalmuseum). In den zwei Jahrzehnten seines zurückgezogenen Schaffens in Davos entstand aus der engen Wechselbeziehung zwischen Grafik, Malerei und Plastik ein vielgestaltiges Gesamtwerk (Landschaften, Stilleben, figürliche Komposition, Bildnisse), das K. trotz der stets gewahrten Beziehung zu gegenständlichen Motiven als Ausdruck der sog. Phantasiekunst verstand. In Selbstinterpretationen, die er 1920-25 in verschiedenen Zeitschriften unter dem Pseudonym Louis de Marsalle veröffentlichte, bezeichnete er als Ziel die Formung von »Hieroglyphen«, in denen die sichtbare Welt ihr inneres Wesen neu zu erkennen gibt. K.s fortschreitende Abstraktion in flächigen Kompositionen, die bislang auf das Vorbild →Picassos zurückgeführt wurden, erfahren seit Ende der 80er Jahre eine Neubewertung als eigenständige Leistung.

Kirchner (l.), dem die Malerei Ausdruck von Lebensfreiheit war, bei einem Atelierfest.

☐ 1901-05: Architekturstudium in Dresden. ☐ 1905-13: Mitgl. der Brücke in Dresden und Berlin. ☐ 1915: Militärdienst in Halle/Saale, Freistellung. ☐ 1915/16: Sanatoriumsaufenthalt in Königstein/Taunus. ☐ 1917/18: Übersiedlung nach Davos. ☐ 1925: Schüler K.s gründen in Basel die Künstlergruppe Rot-Blau; Deutschlandreisen. ☐ 1933: Große Retrospektive in Bern. ☐ 1937: Entfernung von 639 »entarteten« Werken aus dt. Museen. ☐ postum 1991: Kirchner-Museum in Davos (Eröffnung 1992).

▷ A. und W.-D. Dube: E. L. Kirchner. Das grafische Werk, 1967 (NA 1980); D. E. Gordon: E. L. Kirchner. Mit einem kritischen Katalog sämtlicher Gemälde, 1968; E. W. Kornfeld: E. L. Kirchner, 1979.

Rudolf Kirchschläger →

Per Kirkeby →

Kirchschläger, Rudolf

österr. Politiker und Jurist
* 20.3.1915 Obermühl im Mühlviertel, Oberösterr.

Kirchschläger wurde als parteiloser Kandidat der SPÖ 1974 zum österreichischen Bundespräsidenten gewählt. Der namhafte Staatsrechtler war Mitautor verschiedener internationaler Verträge (u. a. Südtirolabkommen, österreichisches Neutralitätsgesetz) und hatte als Rechtsberater 1955 an den Abschlußverhandlungen über den Staatsvertrag in Moskau teilgenommen. Zum Nachfolger wurde 1986 K. →Waldheim gewählt.

☐ 1945-47: Mitgl. der ÖVP. ☐ 1947-54: Richter. ☐ 1954: Stellv. Rechtsberater im Bundeskanzleramt. ☐ 1963-67: Stellv. Generalsekr. für Auswärtige Angelegenheiten. ☐ 1967-70: Gesandter in der CSSR. ☐ 1970-74: Außenmin. ☐ 1974-86: Bundespräsident.

▷ B. Jaminskyj: Der Weg in die Hofburg — Dr. Rudolf Kirchschläger, 1975.

Kirkeby, Per

dän. Maler und Bildhauer
* 1.9.1938 Kopenhagen

Kirkeby ist einer der vielseitigen Künstler der jüngeren Generation. Im Mittelpunkt seines Werks stehen expressiv-gestische Gemälde in gemäßigten Farben, in denen Landschaftseindrücke assoziativ verarbeitet werden. Daneben entstehen quadratische Tafelbilder mit feinen Liniengeflechten, gelegentlich an Graffiti erinnernd. Bekannt wurde K. auch durch seine monumentalen, aus Backsteinen gefügten und stets architektonisch aufgefaßten Skulpturen, so eine hohe, klassizistisch anmutende Arbeit mit aus Pfeilern gebildeter Front in Stuttgart, unweit der Staatsgalerie (1987). Außerdem entstehen Zeichnungen, Gedichte, Essays über Kunst und Filme.

☐ seit 1960: Nach einer Ausbildung als Geologe Hinwendung zur Kunst; Beteiligung an künstlerischen Aktionen; erste Radierungen und Landschaftszeichnungen. ☐ seit 1966: Neben der Malerei Arbeit an Backsteinskulpturen. ☐ seit 1978: Prof. an der Karlsruher Kunstakademie. ☐ 1984: Teilnahme an der Ausstellung »Skulptur im 20. Jh.«, Merian-Park, Basel. ☐ 1986: Ausstellung »Skulptur und Druckgrafik«, Städtisches Museum Abteiberg, Mönchengladbach. ☐ 1987: Große Retrospektive im Museum Ludwig in Köln; Teilnahme an »Skulptur Projekte Münster«, Westf. Landesmuseum, Münster.

Kirsch, Sarah

dt. Schriftstellerin
* 16.4.1935 Limlingerode, Harz

Kirsch, die nach ihrem Protest gegen die Ausbürgerung W. →Biermanns 1977 von der DDR in die BRD übersiedelte, ist insbesondere mit ihrer Liebes- und Naturlyrik in allen deutschsprachigen Ländern erfolgreich. In schlichter Sprache und dichter Bilderfolge beschreibt sie subjektiv Beziehungen zwischen Menschen. Ohne direkte politische Aussagen zu treffen, sind persönliche Erfahrungen in die gesellschaftliche Realität eingebettet. K. schreibt auch Hörspiele und Erzählungen (u. a. »Die Pantherfrau«, 1973).

☐ 1958-68: Ehe mit dem Schriftsteller Rainer Kirsch (* 1934). ☐ 1963-65: Nach Forstwirtschaftslehre und Biologiestudium Literaturstudentin. ☐ 1973: »Zaubersprüche« (Ged.e); »Die Pantherfrau« (Erz.n). ☐ 1976: Protest gegen die Ausbürgerung W. →Biermanns; »Rückenwind« (Ged.e). ☐ 1977: Übersiedlung in die BRD. ☐ 1978: »Katzenkopfpflaster« (Ged.e). ☐ 1980: »La Pagerie« (Prosa). ☐ 1984: »Katzenleben« (Ged.e). ☐ 1986: »Irrstern« (Prosa). ☐ 1988: »Allerlei-Rauh« (Erz.). ☐ 1989: »Schneewärme« (Ged.e). ☐ 1991: »Schwingrasen« (Prosa).

▷ S. Volckmann: Zeit der Kirschen?, 1982.

← Sarah Kirsch

Kisch, Egon Erwin

tschech. Journalist und Schriftsteller
* 29.4.1885 Prag † 31.3.1948 ebd.

Kisch, der mit seinem Sammelband »Der rasende Reporter« (1925) berühmt wurde, machte die Reportage zur Kunst- und Kampfform. In den 20er Jahren wurde der sozial engagierte und unbestechliche Journalist mit glänzend geschriebenen Reportagen über die Lebens- und Arbeitsbedingungen der Industriearbeiter zum Starreporter Berliner Tageszeitungen. Seine zahlreichen Reisen fanden ihren Niederschlag in international anerkannten Reportagebüchern (u. a. »Zaren, Popen, Bolschewiken«, 1927; »China geheim«, 1933).

Egon E. Kisch erhob die Reportage zu literarischem Rang.

☐ 1918: Beteiligung als Führer der Roten Garden an der Revolution in Wien; Mitgl. der KPÖ. ☐ 1921: Übersiedlung nach Berlin; Mitbegründer des Bundes proletarisch-revolutionärer Schriftsteller. ☐ 1922-33: Reisen durch Europa, Nordafrika, in die USA, nach China und in die UdSSR. ☐ 1930: »Paradies Amerika« (Reiseb.). ☐ 1936: Reportagen über die Int. Brigaden im Span. Bürgerkrieg. ☐ 1937: »Landung in Australien« (Reiseb.). ☐ 1940-46: Aufenthalt in Mexiko; Mitarbeit an der Exilzeitung Freies Deutschland. ☐ 1946: Rückkehr nach Prag.

Kishon, Ephraim

(eig. Ferenc Hoffmann)
israel. Schriftsteller
* 23.8.1924 Budapest (Ungarn)

E. Kishons Satiren sind weit über Israel hinaus bekannt.

Kishon, dessen Bücher in 28 Sprachen übersetzt wurden und einen festen Platz in den Bestsellerlisten behaupten, ist seit den 60er Jahren der erfolgreichste Satiriker Israels. Mit großem Einfallsreichtum nimmt er Bürokratie, Alltag, Modeerscheinungen und besonders die menschlichen Schwächen seiner Landsleute aufs Korn. Zu seinen bekanntesten Büchern zählen »Drehn Sie sich um, Frau Lot« (1961), »Der seekranke Walfisch« (Erz.n, 1965), »Kein Öl, Moses?« (1974) und »Abraham kann nichts dafür. 66 Satiren« (1984). Auch seine Boulevardstücke »Der Blaumilchkanal« (1971) und »Es war die Lerche« (1975), ein heiteres Trauerspiel um Romeo und Julia, waren Publikumserfolge.

☐ 1949: Nach Leidensweg durch dt. und russ. Lager Emigration nach Israel. ☐ seit 1952: Politisch-satirische Glossen für israel. Tageszeitungen; Leiter der Kleinkunstbühne Die grüne Zwiebel. ☐ 1961: »Drehn Sie sich um, Frau Lot« (Erz.). ☐ 1963: »Arche Noah, Touristenklasse« (Satire). ☐ 1965: »Zieh den Stecker raus, das Wasser kocht« (Erz.n). ☐ 1970: »Salomos Urteil, zweite Instanz« (Erz.n). ☐ 1972: »Der Hund, der Knöpfe fraß« (Erz.n). ☐ 1976: »Goldenes dtv-Taschenbuch« für 1 Mio. verkaufte Exemplare von »Drehn Sie sich um, Frau Lot«. ☐ 1978: »Kishons schönste Geschichten für Kinder« (Erz.n). ☐ 1987: »Auch die Waschmaschine ist nur ein Mensch« (Satire).

Kissinger, Heinz Alfred »Henry«

amer. Politiker dt. Herkunft
* 27.5.1923 Fürth

Seit seiner Ernennung zum Direktor des Instituts für Internationale Beziehungen (1957) wurde der brillante Politologe Kissinger immer wieder als außen- und militärpolitischer Berater ins Weiße Haus gerufen. Während des Vietnamkriegs bestellte US-Präsident R. →Nixon ihn zu seinem regulären Sicherheits- und Außenpolitischen Berater. Seine rastlose »Reisediplomatie« prägte während der nächsten Jahre die Außenpolitik der USA (1971 überraschend Verhandlungen in Peking zur Aufnahme von diplomatischen Beziehungen; 1972 Abkommen zur Begrenzung der strategischen Waffen mit der UdSSR). In mehrjährigen geheimen Verhandlungen in Paris erreichte er 1973 einen Waffenstillstand mit Nordvietnam, wofür er mit →Le Duc Tho den Friedens-Nobelpreis erhielt. Als erster nicht in den USA geborener amerikanischer Außenminister gelang ihm u. a. die Vermittlung eines Abkommens zwischen Syrien und Israel (1975) und, mit einer diskreten »Pendeldiplomatie«, die Vorbereitung des späteren Friedensvertrags von Camp David zwischen Israel und Ägypten (A. as →Sadat, M. →Begin).

Henry Kissinger mit seiner Ehefrau bei einem Empfang im Weißen Haus, 1975.

☐ 1938: Emigration in die USA. ☐ 1943-46: Amer. Soldat. ☐ 1946-52: Politologiestudium. ☐ 1954-71: Prof. an der Harvard Univ. ☐ 1957-60: Dir. des Harvard Inst. für Int. Beziehungen. ☐ 1962: »Großmachtdiplomatie« (dt. NA 1986 u. d. T. »Das Gleichgewicht der Großmächte«). ☐ 1969-73: Sicherheitsberater des Präsidenten. ☐ 1973: Friedens-Nobelpreis. ☐ 1973-77: Außenmin. ☐ ab 1977: Lehrauftrag in Washington; Beratertätigkeit in der Industrie. ☐ 1982: Gründung einer Beratungsagentur. ☐ 1987: Karlspreis der Stadt Aachen.

▷ H. Kissinger: Memoiren (2 Bde.), dt. 1979, 1982.

R. Kitaj übt in seiner Kunst Kritik an modernen Medien.

Kitaj, Ronald B.

amer. Maler
* 29.10.1932 Cleveland, Ohio

Der Pop-art-Künstler Kitaj arbeitet seit 1958 in London und wirkte mit seinen collageartig komponierten Figurenbildern vor allem auf die frühe englische Pop Art ein. In grellen Farben und häufig fragmentarischer Form zitiert er u. a. historische Ereignisse und Personen und assoziiert mit ihnen zeitgenössische Bezüge (z. B. »Good News for Incunabulists«, 1962, London, Waddington Galleries Ltd.). Damit weist er darauf hin, daß der Mensch in der modernen Gesellschaft mit ihrer totalen Kommunikation und hohen Geschwindigkeit keine wirklichen zeitlichen und räumlichen Erfahrungen mehr machen könne. Daneben kritisiert er den Zugriff der Medien auch auf intime Bereiche. In jüngerer Zeit macht K. auch autobiografische Erfahrungen, z. B. seine jüdische Herkunft, zum Thema.

▷ M. Livingstone: Ronald B. Kitaj, engl. 1985.

Kitasato, Baron (ab 1923) Shibasaburo

jap. Bakteriologe
* 20.12.1856 (1852?) Oguni, Kiushu
† 13.6.1931 Nakanojo, Honshu

Kitasato gelang 1889 die Züchtung des Tetanusbazillus in Reinkultur; 1890 fand er mit E. v. →Behring die Antitoxine gegen Tetanus und Diphtherie. Damit waren die Grundlagen der Serumtherapie geschaffen. K. identifizierte während der Pest in Hongkong (1894) auch den Erreger dieser Epidemie sowie 1898 den der Ruhr.

□ 1885-92: Mitarbeiter von R. →Koch in Berlin. □ 1889: »Über den Tetanusbazillus« (Abh.). □ 1890: »Über das Zustandekommen der Diphtherie-Immunität und Tetanus-Immunität bei Tieren« (Abh. mit E. v. Behring). □ ab 1914: Dir. des von ihm gegründeten Kitasato-Inst. für Infektionskrankheiten in Tokio; Dekan der medizinischen Fakultät der Keio-Univ. ebd.

← Shibasaburo Kitasato

Kitchener (of Khartoum), Horatio Herbert Earl (seit 1914)

brit. Militär und Politiker
* 24.6.1850 Listowel County Kerry (Irland)
† 5.6.1916 bei den Orkney-Inseln (ertrunken)

Im Herbst 1914 organisierte Kitchener als britischer Kriegsminister gegen den Widerstand konservativer Militärs in kurzer Zeit ein großes Freiwilligenheer (»Kitchener-Armee«) und setzte 1916 die Einführung der allgemeinen Wehrpflicht durch. Zuvor hatte er als Oberbefehlshaber der ägyptischen Armee den Mahdi-Aufstand niedergeschlagen und am Krieg gegen den Sudan teilgenommen.

□ 1871: Kriegsfreiwilliger in der frz. Armee. □ 1882: Kolonialoffiz. in der ägypt. Armee. □ ab 1892: Oberbefehlshaber der ägypt. Armee; Niederwerfung des Mahdi-Aufstands. □ 1896-98: Oberbefehlshaber im anglo-ägypt. Krieg gegen den Sudan (u. a. Einnahme von Khartum). □ 1899-1902: Brit. Generalstabschef im Burenkrieg. □ 1902-09: Brit. Oberbefehlshaber in Indien; Feldmarschall (ab 1909). □ 1911: Generalkonsul in Ägypten. □ 1914-16: Kriegsmin.

▷ Ph. Warner: Kitchener. The man behind the legend, NA 1986.

← Lord Kitchener

Kitt, Eartha

amer. Sängerin und Schauspielerin
* 26.1.1928 North, S. Car.

Als »Königin der Nachtklubs« wurde Kitt Ende der 40er Jahre in Paris gefeiert; nach ihrer Rückkehr in die USA stieg die von ihren Verehrern auch »cat woman« genannte Künstlerin zum umjubelten Broadway-Star auf. Nebenbei wirkte sie in Filmen mit und spielte auch ernste Rollen (u. a. die Helena in der »Faust«-Inszenierung von O. →Welles). Ihre größten Hits waren »C'est si bon«, »Johnny, wenn du Geburtstag hast« und »Santa Baby«. Nachdem sie während eines offiziellen Empfangs in Washington 1968 heftige Kritik am Vietnam-Engagement der USA geübt hatte, wurde sie in den folgenden Jahren als vermeintliche Kommunistin vom CIA bespitzelt. 1983 feierte K. mit »Where is my man« ein triumphales Comeback.

Eartha Kitt: »cat woman« bei einer Rundfunkaufnahme.

□ 1935: Übersiedlung nach New York; Arbeit in Kleiderfabrik. □ 1943: Studium an der High School of Performing Arts. □ 1943: Europatournee mit den Katherine Dunham Dancers. □ 1948: Sängerin im Pariser Nachtklub Carrols; dort von O. →Welles entdeckt. □ 1952: Erster Auftritt am Broadway in »New Faces«. □ 1953: Erster Hit »C'est si bon«. □ 1954: »New Faces« (F.). □ 1958: »St. Louis Blues« (F.). □ 1965: »Onkel Toms Hütte« (F.). □ 1978: »Songs« (LP). □ 1979: »The last resort« (F.). □ 1984: Filmporträt »All by myself« von Ch. Blackwood.

Klabund

(eig. Alfred Henschke)
dt. Schriftsteller
* 4.11.1890 Crossen/Oder
† 14.8.1928 Davos (Schweiz)

Das vielseitige Werk des von F. → Wedekind und F. Villon beeinflußten Schriftstellers Klabund pendelt zwischen Impressionismus und Expressionismus. Die provokanten, von der Justiz 1913

Klabund, Schriftsteller und Übersetzer, mit seiner Frau.

als »unzüchtig« verurteilten Gedichte greifen erotische und pazifistische Themen auf. Anerkennung fand K. als einfühlsamer Nachdichter fernöstlicher Lyrik (u. a. Nachgestaltung des chinesischen Dramas »Der Kreidekreis«, 1925).

☐ 1906: Erkrankung an Tuberkulose. ☐ 1913: »Morgenrot! Klabund! Die Tage dämmern« (Ged.e). ☐ 1917: »Offener Brief an Kaiser →Wilhelm II.«. ☐ 1918: »Bracke. Ein Eulenspiegel-Roman«. ☐ 1919: Schutzhaft wegen angeblicher Spartakus-Kontakte; »Der himmlische Vagant« (Ged.e). ☐ 1921: »Laotse, Sprüche« (Übersetzung). ☐ 1928: »Borgia« (R.). ☐ postum 1930: »Novellen von der Liebe«.

▷ G. v. Kaulla: Brennendes Herz Klabund, 1971; P. Raabe: Klabund in Davos, 1990.

Klafki, Wolfgang

dt. Erziehungswissenschaftler
* 1.9.1927 Angerburg in Ostpreußen

Klafki arbeitet auf verschiedenen Gebieten der erziehungswissenschaftlichen Forschung, vor allem beschäftigt er sich mit der Theorie- und Konzeptbildung im Hinblick auf eine zielgerichtete Lehre. Für eine zeitgemäße Allgemeinbildung ist K. zufolge Kritik-, Urteils-, Kommunikations- und Kompromißfähigkeit Voraussetzung. Nur in einer demokratischen Schule sieht er ein pädagogisch vertretbares Leistungsprinzip gewährleistet.

☐ 1963: Prof. für Erziehungswissenschaften, Marburg. ☐ 1982: »Die Pädagogik Theodor Litts« (Abh.). ☐ 1985: »Neue Studien zur Bildungstheorie und Didaktik« (Schr.). ☐ 1987: »Geisteswissenschaftliche Pädagogik« (Schr.).

▷ W. Klafki: Verführung, Distanzierung, Ernüchterung. Kindheit und Jugend im Nationalsozialismus (Aut.), 1988.

Klages, Ludwig

dt. Philosoph und Psychologe
* 10.12.1872 Hannover
† 29.7.1956 Kilchberg bei Zürich (Schweiz)

Klages schuf eine allgemeine Ausdrucks- und Charakterlehre und begründete mit seinem Standardwerk »Handschrift und Charakter« (1917, 26. Aufl. 1968) die Graphologie als Wissenschaft.
In seinem philosophischen Werk »Der Geist als Widersacher der Seele« (3 Bde., 1929-33) vertrat K., die Dominanz des begrifflichen Denkens ablehnend, die These von einer ursprünglichen Einheit von Leib und Seele sowie von der lebensbedrohenden Macht des dazwischengetretenen Geistes. Irrationale Tendenzen der Philosophie K.s vereinnahmten die Nationalsozialisten zur Untermauerung ihrer Ideologie.

☐ 1900-08: Nach Promotion in Chemie Hg. der Graphologischen Monatshefte. ☐ 1905: Gründung eines privaten »Psychodiagnostischen Seminars« in München; 1919/20 als »Seminar für Ausdruckskunde« in Kilchberg. ☐ 1920: »Die Grundlagen der Charakterkunde« (Schr.). ☐ 1936: »Grundlegung der Wissenschaft vom Ausdruck« (Schr.). ☐ 1930: »Graphologisches Lesebuch« (Schr.). ☐ 1948: »Die Sprache als Quell der Seelenkunde« (Schr.).

▷ H. E. Schröder: Ludwig Klages. Die Geschichte seines Lebens, 2 Bde., 1972; W. Kuckartz: Ludwig Klages als Erzieher, 1978.

Franz Klammer →

Klammer, Franz

österr. Skirennläufer
* 3.12.1953 Mooswald

Klammer, der dreimal Österreichs Sportler des Jahres war, beherrschte mit 25 Weltpokal-Siegen fast zehn Jahre die alpine Abfahrt. In seiner Spezialdisziplin siegte er auch 1976 bei den Olympischen Spielen von Innsbruck. Nach einem Formtief gewann er 1983 zum fünften Mal den Abfahrt-Weltpokal.

☐ 1974: Weltmeister in der Kombination; WM-Zweiter in der Abfahrt. ☐ 1975-78: Gewinner des Abfahrt-Weltpokals (erneut 1983). ☐ 1984: Vierter Platz im Weltpokal.

Klapheck, Konrad

dt. Maler
* 10.2.1935 Düsseldorf

K. Klapheck: Gebrauchsgegenstände werden zu Symbolen menschlicher Eigenschaften.

← Ludwig Klages

Klapheck gehört zu den wenigen Künstlern seiner Generation, die sich mit rein gegenständlichen Bildern profilieren konnten. In einem hyperrealistischen Stil, der sich an Kühle und Präzision der Neuen Sachlichkeit orientiert, malt K. in immer neuen Variationen Alltagsgegenstände wie technische Geräte, Armaturen und Büro- oder Nähmaschinen als Verkörperung menschlicher Grundtypen und psychischer Grundstimmungen. Zu den zentralen Motiven gehört die Schreibmaschine als Sinnbild der männlichen, rationalen Psyche und die Nähmaschine für das weibliche, emotionale Element. Daneben erscheinen Telefone z. B. als »Stimme des Gewissens«, Duschköpfe und Wasserhähne als erotische Symbole, Zündkerzen als Phallussymbole (»Die Welt des Mannes«, 1984, Paris, Galerie Maeght Lelong), Fahrradklingeln für Kindheitserinnerungen usw. Der Mensch wird in seinen Gebrauchsgegenständen gespiegelt, die K. zu überdimensionalen Fetischen mit häufig bedrohlichem Ausdruck stilisiert.

Klarsfeld, Beate

dt.-frz. Journalistin
* 13.2.1939 Berlin

Klarsfeld erregte 1968 Aufsehen, als sie den damaligen Bundeskanzler K. G. →Kiesinger auf dem CDU-Parteitag in Berlin ohrfeigte, um auf seine NS-Vergangenheit aufmerksam zu machen. Mit weiteren spektakulären Aktionen protestierte sie gegen die Verletzung der Menschenrechte und jegliche Form des Antisemitismus in aller Welt. Ihren Nachforschungen ist die Auslieferung und Verurteilung mehrerer NS-Verbrecher zu verdanken, u. a. K. →Barbie und Kurt Lischka, ehemals Gestapo-Chef von Paris.

□ 1969: »K. oder der subtile Faschismus« (über K. G. Kiesinger). □ 1970: Selbstfesselung an einen Baum in Warschau aus Protest gegen die Verfolgung poln. Juden. □ 1975: Einsatz für die Verbesserung der Lebensbedingungen der jüd. Minderheit in Syrien. □ 1977: Protestaktion in Buenos Aires gegen die Verletzung der Menschenrechte in Südamerika. □ 1984: Ernennung zum Ritter der Ehrenlegion durch die frz. Regierung; Preis der Stiftung des frz. Judentums.

Giselher Klebe →

Beate Klarsfeld: 1968 forderte sie den Rücktritt von Bundeskanzler Kiesinger.

Klebe, Giselher

dt. Komponist
* 28.6.1925 Mannheim

Klebe, führender Komponist im Nachkriegsdeutschland, erlangte durch das Orchesterwerk »Zwitschermaschine. Metamorphosen über das Bild von P. → Klee« (UA Donaueschingen 1950) internationales Ansehen. Beeinflußt von B. →Blacher und W. →Fortner wandte sich K. in seinen frühen Kompositionen zunächst der Zwölftontechnik A. → Weberns zu (Streichquartett, 1951). Nach Experimenten mit elektronischer Musik in Köln (»Interferenzen« für vier Lautsprecher, 1955) bilden seit 1956 Bühnenwerke den Mittelpunkt seines Schaffens (»Die Räuber«, UA Düsseldorf 1957). Durch ein neues harmonisches Denken (Verbindung von Tonalität und Atonalität) erreichte K. in seinen Werken eine »absolute akkordische Dichte«. Sein »Weihnachtsoratorium« (UA Bonn 1989) war ein großer Publikumserfolg.

□ 1942/43: Studium am Städtischen Konservatorium Berlin. □ 1946-49: Programmgestalter beim Berliner Rundfunk. □ 1946-51: Privatschüler von B. Blacher in Berlin. □ 1949: »Divertissements joyeux« für Kammerorchester. □ 1951: UA von »Pas de trois« (Ballett) in Wiesbaden. □ seit 1957: Prof. für Komposition an der Nordwestdeutschen Musikakademie in Detmold. □ 1980: UA von »Der jüngste Tag« (Oper, nach einem Drama von Ö. v. →Horváth) in Mannheim. □ 1986: Als Nachfolger von G. →Grass Präs. der Berliner Akademie der Wissenschaften.

Klee, Paul

dt. Maler und Grafiker schweiz. Herkunft
* 18.12.1879 Münchenbuchsee bei Bern
† 29.6.1940 Muralto bei Locarno

Klee verband auf einzigartige Weise die Errungenschaften der Abstraktion (W. →Kandinsky) mit Elementen einer traumhaft-skurrilen Zeichensprache, die auf Gemeinsamkeiten mit Surrealisten wie M. →Ernst hindeuten. Nach Anfängen als satirischer Grafiker (»Zwei Männer, einander in höherer Stellung vermutend, begegnen sich«, 1903) entdeckte K. unter dem Eindruck des mediterranen Lichts (Tunisreise 1914) den Eigenwert der Farbe (»Motiv aus Hamammet«, 1914, Basel, Kunstmuseum). Die hieraus entwickelten, zumeist geometrischen Farbkompositionen enthalten in der Regel Verweise auf Gegenständliches (»Rote und weiße Kuppeln«, 1914, Düsseldorf, Kunstsammlung Nordrhein-Westfalen). Auch Richtungspfeile und Buchstaben verwandte K. als Bildelemente (»Villa R«, 1919, Basel, Kunstmuseum).
Im Spätwerk lassen sich verschlüsselte Bezüge zur politischen Gegenwart erkennen (»Aufstand der Viadukte«, 1937, Hamburg, Kunsthalle). Ein bedeutendes Zeugnis seiner langjährigen Lehr-

Paul Klee, der am Bauhaus lehrte, gehörte ab 1912 zur Gruppe Blauer Reiter.

tätigkeit am Bauhaus (W. →Gropius) ist K.s »Pädagogisches Skizzenbuch« (1925).

☐ 1898-1901: Kunststudium in München. ☐ 1912: Beteiligung am Blauen Reiter. ☐ 1914: Tunisreise mit A. →Macke und Louis Moilliet. ☐ 1916-18: Kriegsdienst. ☐ 1920-31: Meister am Bauhaus in Weimar und Dessau. ☐ 1924: Ausstellungsgemeinschaft Die Blauen Vier mit L. →Feininger, A. v. →Jawlensky und Kandinsky. ☐ 1931-33: Prof. an der Kunstakademie in Düsseldorf, Entlassung. ☐ 1933: Übersiedlung nach Bern. ☐ 1937: Entfernung von 102 »entarteten« Werken aus dt. Museen.

▷ W. Grohmann: Paul Klee, 1954; E. W. Kornfeld: Paul Klee. Verzeichnis des graphischen Werkes, 1963; F. Klee (Hg.): Paul Klee. Tagebücher 1898-1918, 1957; J. Glaesemer: Paul Klee. Leben und Werk, 1987.

Felix Klein →

Kleiber, Carlos

österr. Dirigent argentin. Herkunft
* 3.7.1930 Berlin

Kleiber ist der Sohn des ehemaligen Generalmusikdirektors der Berliner Staatsoper (1923-34) und Dirigenten der Uraufführung der Oper »Wozzek« von A. →Berg (1925), Erich K. (* 1890, † 1956). Als Kapellmeister an der Württembergischen Staatsoper Stuttgart (1966-75) sowie als Gastdirigent (seit 1975 u. a. Wiener Staatsoper, Bayerische Staatsoper) avancierte K. zur Autorität unter den international bedeutenden Dirigentenpersönlichkeiten der Gegenwart. K., der nach äußerster Präzision und Werktreue strebt, beschränkt sich auf ein schmales Repertoire (Brahms, Beethoven, Schubert, Verdi, Wagner), das er intensiv ausdeutet.

Carlos Kleiber interpretiert das klassische Repertoire neu.

☐ 1956-64: Engagement an der Dt. Oper am Rhein, Düsseldorf. ☐ seit 1975: Int. Gastdirigent (u. a. Wien, Prag, München, Bayreuth). ☐ 1977: USA-Debüt in San Francisco mit »Othello« von G. →Verdi. ☐ 1986: Konzertreise nach Japan mit dem Bayer. Staatsorchester. ☐ 1989: Dirigat des Neujahrskonzerts der Wiener Philharmoniker.

Klein, (Christian) Felix

dt. Mathematiker
* 25.4.1849 Düsseldorf † 22.6.1925 Göttingen

In seiner Antrittsvorlesung als Professor der Universität Erlangen (1872-75) formulierte Klein seine bahnbrechenden, die verschiedenen Zweige der Geometrie zusammenfassenden gruppentheoretischen Betrachtungen, auf denen aufbauend er 1884 die allgemeine Lösung der Gleichung 5. Grades diskutierte. Der vielseitige und zudem produktivste Forscher der reinen und angewandten Mathematik sowie der theoretischen Physik entwickelte im Wettbewerb mit J.-H. →Poincaré die »Theorie der automorphen Funktionen«.
Der Förderer der Modernisierung des Mathematikunterrichts an Schulen und Hochschulen veröffentlichte 1921-23 die »Elementarmathematik vom höheren Standpunkt aus« (3 Bde.). In den 1926/27 postum erschienenen »Vorlesungen über die Entwicklung der Mathematik im 19. Jh.« (2 Bde.) faßte K. die wichtigsten mathematischen und physikalischen Theorien zusammen.

☐ 1875-80: Prof. an der TH München. ☐ 1879: »Über die Theorie des Kreisels« (Schr., mit A. Sommerfeld). ☐ 1880-86: Prof. an der Univ. Leipzig. ☐ ab 1886: Prof. an der Univ. Göttingen. ☐ ab 1895: Hg. der von ihm mitbegründeten »Enzyklopädie der Mathematischen Wissenschaften«. ☐ ab 1908: Vors. der Int. Mathematischen Unterrichtskommission (IMUK).

Klein, Melanie

österr. Psychoanalytikerin
* 30.3.1882 Wien † 22.9.1960 London (England)

Klein, die Begründerin der »englischen Schule« der Kinderpsychoanalyse (A. → Freud), erkannte, daß Kinder ihre Konflikte und Wünsche im Spiel verschlüsseln, und leitete daraus Techniken für eine Spieltherapie ab, die heute weltweite Anwendung finden. K. forderte, daß die »Kinderanalyse« zu jeder vernünftigen Erziehung gehören müsse.

□ 1921-26: Kindertherapeutin am Psychoanalytischen Inst., Berlin. □ 1926: Übersiedlung nach London auf Einladung von E. →Jones; seitdem Mitgl. der Brit. Psychoanalytischen Gesellschaft. □ 1932: »Die Psychoanalyse des Kindes« (Schr., dt. 1971).

← Melanie Klein

Klein, Yves

frz. Künstler
* 28.4.1928 Nizza † 6.6.1962 Paris

Yves Klein und seine Bilder in einer Mailänder Galerie, 1957.

Klein wurde mit seinen monochromen blauen Bildern und verschiedenen Aktionen zu einem der bekanntesten Avantgarde-Künstler der 50er und 60er Jahre. Er war Repräsentant der sog. Schule von Nizza und einer der profiliertesten Mitbegründer der folgenreichen Gruppe Nouveaux Réalistes. Aufsehen erregte er u. a. mit Aktionen wie einer sog. »Ausstellung der Leere« (1958), in der die Besucher mit leeren Galeriewänden konfrontiert wurden, oder den »Anthropometrien« (1960), Abdrücke von nackten, mit blauer Farbe bestrichenen Frauenkörpern auf weißer Leinwand. In den »Feuerbildern« (ab 1961) experimentierte K. mit Flammenwerfern, mit denen er Konfigurationen in Karton einbrannte. Seine »Kosmogonien« genannten Bilder setzte er Wind und Regen aus. An der monochromen Farbe interessierte ihn vor allem auch deren Qualität als Materie, in die der Künstler beim Malen gewissermaßen eintauche, als »Suggestion eines Badens in einem Raume, der weiter als das Unendliche ist«. K. beeinflußte die Concept-art ebenso wie die Aktionskunst und war Vorläufer der Body-art.

▷ P. Restany: Yves Klein, 1982.

Klemm, Hanns

dt. Flugzeugkonstrukteur
* 4.4.1885 Stuttgart
† 30.4.1961 Fischbachau, Oberbayern

Als Chefkonstrukteur der Daimler-Flugzeugbau in Sindelfingen konstruierte Klemm 1918/19 das erste Leichtflugzeug der Welt, die mit einem 7,5-PS-Motor ausgestattete L-15. Die Leichtbauweise sollte die Entwicklung von Flugzeugen ermöglichen, die aufgrund eines geringeren Eigengewichts mehr Nutzlasten mitführen konnten. Prototyp für alle nachfolgenden von K. konstruierten Modelle wurde der zweisitzige Tiefdecker L-20 (1924). Er erreichte mit seinem 20-PS-Motor eine Reisegeschwindigkeit von 95 km/h. 1926 gründete K. in Böblingen die Leichtflugzeugbau Klemm GmbH, die bis 1945 bestand.

▷ P. Supf: Hanns Klemm. Der Schöpfer des Leichtflugzeugs, 1955.

Klemperer, Otto

dt. Dirigent
* 14.5.1885 Breslau (heute Wroclaw, Polen)
† 6.7.1973 Zürich (Schweiz)

Klemperer gehörte zur legendären Dirigenten-Generation um A. →Toscanini, B. →Walter und

Otto Klemperer wurde durch progressive Interpretationen klassischer Werke bekannt.

W. →Furtwängler. Als Chef der Kroll-Oper Berlin (1927-31) hatte er durch Aufführungen zeitgenössischer Opernwerke (u. a. von P. → Hindemith, E. →Křenek, A. →Schönberg, I. →Strawinski) großes internationales Ansehen erworben, das ihm 1933 die Leitung des Philharmonic Orchestra Los Angeles einbrachte. Seine progressiven Interpretationen des klassischen Repertoires zielten auf eine Entromantisierung der Musik. Im Sinne seines Förderers G. →Mahler verlangte er absolute Aufrichtigkeit gegenüber dem Werk und dem Publikum; dieser Anspruch prägte auch seinen unprätentiösen, auf jegliche Showelemente verzichtenden Dirigierstil. Noch kurz vor seinem Tod leitet er — von schwerer Krankheit gezeichnet — eine Aufführung der 9. Sinfonie von Beethoven. K., der Komposition bei A. →Schönberg studiert hatte, schuf u. a. neun Sinfonien in einem post-Mahlerischen Stil.

□ 1915: »Das Ziel« (Oper). □ 1917-24: Kapellmeister am Kölner Opernhaus. □ 1924-27: Generalmusikdir. am Staatstheater Wiesbaden. □ 1924-36: Regelmäßige Konzertreisen in die UdSSR. □ 1927-33: Dirigent an der Staatsoper Berlin. □ ab 1933: Gastkonzerte mit den Philharmonischen Orchestern von Chicago, San Francisco, Philadelphia und New York in Nord- und Südamerika. □ 1933-39: Leitung des Philharmonic Orchestra Los Angeles. □ 1946: Rückkehr nach Europa. □ 1947-50: Dirigent an der Budapester Oper. □ 1959: Chefdirigent des New Philharmonia Orchestra London. □ 1960: »Erinnerungen an Gustav Mahler« (Schr.). □ 1961: UA seiner 1. Sinfonie mit dem Concertgebouw Orkest Amsterdam. □ 1970: Israel. Staatsbürgerschaft.

▷ H. C. Schonberg: Die großen Dirigenten, 1968, dt. 1970; P. Heyworth: Otto Klemperer. Dirigent der Republik. 1885-1933, 1988.

Klerk, Frederik Willem de

südafr. Politiker
* 18.3.1936 Johannesburg

Nach seiner Wahl zum Staatspräsidenten überraschte Klerk mit der Ankündigung, er strebe »ein Südafrika an, das frei von Unterdrückung« sei, denn er galt bis zu diesem Zeitpunkt eher als ein Befürworter der Apartheid-Politik. Damit leitete er erste Schritte zum Abbau der Rassendiskriminierung in Südafrika ein (1990 Wiederzulassung des ANC, Entlassung von N. →Mandela aus der Haft). Durch Gespräche mit Führern der politischen Parteien und Stämme strebt er einen friedlichen Weg zur Lösung der Spannungen an. Erschwert wird dies durch blutige Auseinandersetzungen zwischen den rivalisierenden Schwarzen-Organisationen ANC und Inkatha (G. →Buthelezi). 1994 sollen erstmals alle Südafrikaner eine gemeinsame Volksvertretung wählen.

□ 1961-72: Rechtsanwalt. □ 1972: Mitgl. des Abgeordnetenhauses für die National Partei (NP). □ ab 1978: Mitgl. der Regierung; mehrfach Minister; Vors. des »Weißen Ministerrats«. □ 1982: Vors. der NP für Transvaal. □ 1988: Vors. der NP. □ seit 1989: Staatspräsident. □ 1991: Aufhebung des Erfassungsgesetzes (Population Registration Act), das seit 1950 die Einordnung der Bevölkerung in rassisch definierte Gruppen geregelt hat.

▷ W. de Klerk: The man in his time. F. W. de Klerk, engl. 1991.

Ernst Klett →

Reiner Klimke →

← Frederik de Klerk

Elem Klimow →

Klett, Ernst

dt. Verleger
* 7.7.1911 Stuttgart

Klett, Sohn des Verlagsgründers Ernst Klett sen., baute den auf Musikalien spezialisierten väterlichen Betrieb zu einem der größten deutschen Schulbuchverlage aus. Zu einem Schwerpunkt des daneben bestehenden allgemeinen Verlags (seit 1977 Klett-Cotta) entwickelten sich die Geistes- und Sozialwissenschaften. Außerdem widmete sich K. zunehmend der Belletristik (u. a. E. →Jünger, R. →Borchardt, J. →Améry) und publizierte eine historisch-kritische Gesamtausgabe der Werke Eduard Mörikes. 1976 übertrug er die Leitung des Verlags seinen Söhnen Michael und Thomas, den Druckbereich übergab er seinem Neffen Roland Klett.

□ 1936: Nach Jurastudium und Tätigkeiten bei Banken, Druckereien und Verlagen Übernahme des ab 1897 vom Vater geleiteten Verlags. □ 1944: Schließung des Verlags. □ 1946: Nach Erhalt einer Lizenz Wiederaufnahme der publizistischen Tätigkeit. □ 1972-74: Vorsteher des Börsenvereins des Dt. Buchhandels e. V. □ bis 1981: Stellv. Vors. des Verbands der dt. Schulbuchverlage.

Klimke, Reiner

dt. Reiter
* 14.1.1936 Münster

Klimke ist der erfolgreichste deutsche Olympiateilnehmer und hält zwei olympische Rekorde für deutsche Sportler. Er nahm 1960-88 an sieben Olympischen Spielen teil und gewann sechs Gold- und zwei Bronzemedaillen in der Dressur. In der Military, die er zeitweilig ebenfalls ritt, war er 1959 Europameister mit der Mannschaft. Seine bekanntesten Pferde waren Yorck, Mehmed und Ahlerich.

□ 1964: Olympiasieger mit der Mannschaft in Tokio (erneut 1968 Mexiko, 1976 Montreal, 1984 Los Angeles und 1988 Seoul). □ 1965: Europameister mit der Mannschaft (erneut 1967, 1969, 1971 und 1973). □ 1966: Weltmeister mit der Mannschaft (erneut 1974 und 1982). □ 1967: Europameister im Einzel (erneut 1973). □ 1974: Weltmeister im Einzel (erneut 1982). □ 1984: Olympiasieger (Einzel und Mannschaft) in Los Angeles.

Klimow, Elem

sowjet. Regisseur
* 9.7.1933 Stalingrad (heute Wolgograd)

Klimows Wahl zum Vorsitzenden des sowjetischen Filmverbands im Mai 1986 war ein Zeichen für die Umgestaltung und Liberalisierung in der sowjetischen Kulturpolitik. Im Westen wurde K. durch den Film »Agonie« (1974-82) bekannt, der den Untergang des Zarenreichs schildert. »Komm und siehe« (1985) zeigt aus der Perspektive eines 14jährigen Jungen die Greuel des 2. Weltkriegs. »Abschied von Matjora« (1983, nach V. →Rasputin) ist eine vielschichtige Parabel um ein Dorf, das einem Stausee weichen muß.

□ seit 1962: Mitgl. der KPdSU. □ 1964: »Herzlich willkommen und Zutritt verboten«. □ 1980: »Larissa« (Filmnekrolog über seine Ehefrau, die 1979 tödlich verunglückte Regisseurin L. Shepitko).

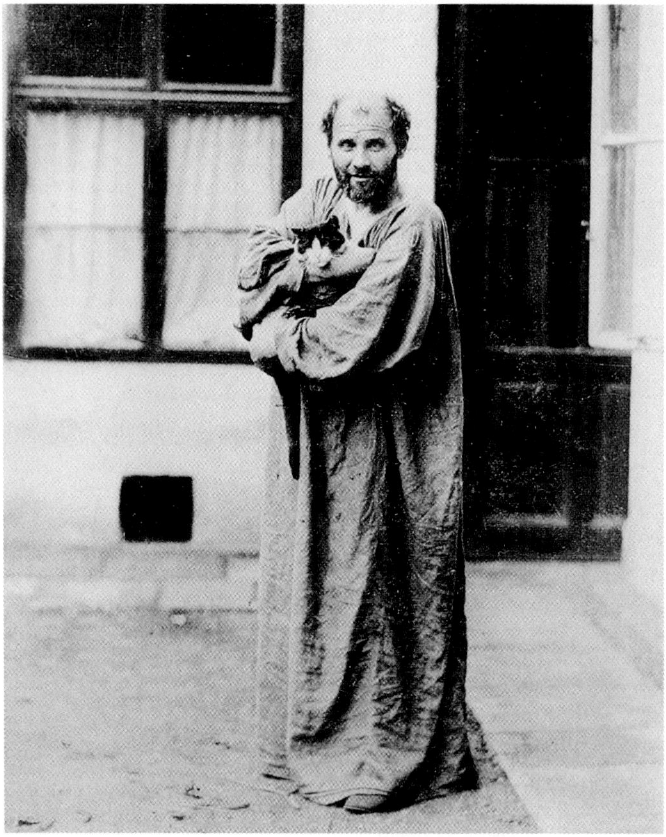

Gustav Klimt: Der Meister des Jugendstils vor seinem Atelier in Wien, 1912.

Klimt, Gustav

österr. Maler

* 14.7.1862 Baumgarten bei Wien † 6.2.1918 Wien

Klimt, einer der wichtigsten Repräsentanten der Jugendstil-Malerei, schuf ein Werk, das aus der Spannung zwischen Figur und dekorativem Ornament lebt. Häufig gehen beide eine fast unauflösliche Verbindung ein wie in »Der Kuß« (1908, Wien, Österreichische Galerie) oder »Salome (Judith II)« (1909, Venedig, Gallerie Internazionale d'Arte Moderna). Dennoch bleibt das Spannungsmoment erhalten, das auch aus der Kombination von Elementen des Symbolismus und Jugendstils mit surrealen Komponenten erwächst. K.s Kompositionen tendieren zu starker Flächigkeit; ornamentale und figurale Motive sind im wesentlichen auf einer Bildebene vereint. Für K.s Frauenfiguren ist eine dekadent-morbide Erotik charakteristisch. Die Betonung des oft mosaikartig gesetzten Ornaments und die genaue Charakterisierung des Gegenstands vor allem in Porträts (Einfluß S. →Freuds) heben sein Werk über das der meisten Jugendstil-Maler hinaus (z. B. »Margarete Stonborough-Wittgenstein«, 1905, München, Neue Pinakothek). K. beeinflußte Künstler wie E. →Schiele, O. →Kokoschka und später F. →Hundertwasser sowie die Wiener Schule des Phantastischen Realismus (E. →Fuchs). Neben den Figuren und Porträts schuf K. Landschaftsdarstellungen, in denen er impressionistische und symbolistische Prinzipien unter Einsatz von Lichteffekten zusammenführte (z. B. »Mohnwiese«, 1907, Wien, Österreichische Galerie).

□ 1876-82: Besuch der Kunstgewerbeschule in Wien. □ 1879: Tätigkeit bei dem Maler H. Makart (* 1840, † 1884). □ 1883: Eröffnung eines Ateliers für Wanddekorationen; Wandgestaltungen für Theaterbauten. □ 1886-88: Treppenhausbemalung des Wiener Burgtheaters. □ 1897: Begründer der Wiener Sezession mit J. M. →Olbrich und Josef →Hoffmann. □ 1900-03: Wandgestaltungen für die Neue Wiener Univ. □ 1905-10: Reisen durch Europa. □ 1910: Teilnahme an der Biennale in Venedig. □ 1911: Innendekorationen für J. Hoffmanns Palais Stoclet in Brüssel.

▷ C. M. Nebehay: Gustav Klimt, 1976.

Kline, Franz

amer. Maler

* 23.5.1910 Wilkes-Barre, Penn.

† 13.5.1962 New York

Kline ist ein bedeutender Maler des Abstrakten Expressionismus und bildete u. a. mit J. →Pollock und M. → Rothko die sog. New York School. Seine Bilder sind geprägt von gestischen, große Formate überziehenden breiten Balkenelementen in Schwarz, zunächst auf leicht gebrochenem Weiß (»Ohne Titel«, 1957, Düsseldorf, Kunstsammlung Nordrhein-Westfalen), später auf farbigem Untergrund (ab 1957). Dieser monumentale kalligrafische Stil, der Eindrücke des Großstadtlebens in eine abstrakte Sprache umzusetzen sucht, macht K.s Bilder unverwechselbar. Wie J. Pollock empfand auch er die Leinwand als Aktionsfeld, auf dem der Maler mit großem körperlichem Einsatz psychische Empfindungen ausleben kann.

□ 1931-35: Studium an der School of Fine and Applied Arts, Boston. □ 1937/38: Studium an der Heartherley's School, London. □ 1939: Rückkehr nach New York. □ 1945: Über-

Franz Kline hält Großstadtimpressionen in monumentalen abstrakten Bildern fest.

gang zur Abstraktion. □ 1952-54: Lehrtätigkeit u. a. am Black Mountain College, N. Car., und am Pratt Inst., Brooklyn; Bekanntschaft mit J. → Cage, W. d. →Kooning und R. →Motherwell.

▷ H. F. Gaugh: The vital gesture, Franz Kline, engl. 1985.

Klingenberg, Gerhard

österr. Regisseur und Theaterleiter
* 11.5.1929 Wien

Klingenberg, der während seiner Zeit am Berliner Ensemble noch B. →Brecht kennengelernt hat, ist als Regisseur vor allem durch werktreue und genaue Inszenierungen von Klassikern (Shakespeare, Molière) und Autoren der Moderne (B. Brecht, E. →O'Neill, E. → Ionesco) hervorgetreten. Seine Direktion des Wiener Burgtheaters war von einer vorsichtigen Modernisierung des Spielplans geprägt.

□ 1948: Oberspielleiter in St. Pölten, ab 1953 in Innsbruck. □ 1956-58: Regisseur am Berliner Ensemble in Ost-Berlin. □ 1958-61: Tätigkeit für das DDR-Fernsehen. □ 1961: Übersiedlung in die BRD, Inszenierungen u. a. in Köln, Frankfurt/Main, Zürich, Hamburg, München. □ 1964: Zahlreiche Preise für die Fernsehinszenierung »Der Fall Oppenheimer« (H. →Kipphardt). □ 1971-76: Dir. des Wiener Burgtheaters. □ 1977-82: Dir. des Züricher Schauspielhauses. □ 1985: Intendant des Berliner Renaissance-Theaters.

← Gerhard Klingenberg

Klinger, Max

dt. Maler, Grafiker und Bildhauer
* 18.2.1857 Leipzig
† 5.7.1920 Großjena bei Naumburg

Klinger, der vielseitigste und bedeutendste Künstler des deutschen Symbolismus, wurde für

M. Klinger: Bedeutendster Grafiker des dt. Symbolismus.

seine meisterhafte Beherrschung aller Drucktechniken bekannt. Mit seinen Radierfolgen (»Vom Tode I«, 1887; »Brahmsphantasie«, 1894; »Vom Tode II«, 1899; »Zelt«, 1915) beeinflußte er die deutsche Grafik bis hin zu K. →Kollwitz. In den Ölbildern griff er häufig religiöse Motive auf, wobei er symbolistische mit realistischen Elementen verband (»Kreuzigung Christi«, 1888-91, Leipzig, Museum der bildenden Künste). Ganz dem Symbolismus verhaftet ist das Ölbild »Die blaue Stunde« (Leipzig, ebd.), das in seiner rätselvollen Stimmung und der Kombination der Themen Eros und Tod sowie dem Ausdruck des Unbewußten zu einem Erfolg wurde. Später wandte sich K. auch der Bildhauerei zu. Mit dem Beethovendenkmal (Leipzig, Gewandhaus) wollte K. im Sinne einer ganzheitlichen Raumkunst Plastik, Malerei und Architektur innerhalb eines Bildwerks zusammenführen. Ebenso wie bei einem Teil der Bilder geht von ihm eine surreale Wirkung aus, die auf den Surrealismus der 20er Jahre vorausweist.

□ 1874: Lehre bei dem Genremaler K. Gussow in Karlsruhe (mit M. →Slevogt und F. →Hodler). □ 1878: Erste Radierfolge. □ 1879: »Cäsars Tod« (Leipzig, Museum der bildenden Künste), ein Hauptwerk der symbolistischen Historienmalerei. □ 1884/85: Vier Wandgemälde (»Allegorien der vier Weltalter«) als Innendekoration der Villa Albers in Berlin. □ 1888-93: Romaufenthalt. □ 1886-1902: Arbeit am Beethovendenkmal.

▷ G. Winkler: Max Klinger, 1984.

Karl Klingspor →

Klingspor, Karl

dt. Schriftgießer
* 25.6.1868 Gießen † 1.1.1950 Kronberg, Taunus

Klingspor bemühte sich um die Wiederbelebung der deutschen Buchdruckkunst. Er beschäftigte in seiner Schriftgießerei Künstler wie Otto Eckmann (* 1865, † 1902) und Rudolf Koch (* 1876, † 1934), die neue Schriften schufen. Die von K. gesammelten Bücher, Grafiken und Schriftproben bildeten die Basis des 1953 in Offenbach/Main gegründeten Klingspor-Museums für internationale Buch- und Schriftkunst.

□ 1892: Übernahme der Rudhard'schen Schriftgießerei, Offenbach, von seinem Vater. □ 1895: Eintritt des Bruders Wilhelm (* 1871, † 1925) in die Firma. □ 1906: Umbenennung des Unternehmens in »Gebrüder Klingspor«. □ 1949: »Über Schönheit von Schrift und Druck« (Schr.). □ 1956: Erwerb der Schriftgießerei durch die D. Stempel AG.

Klitzing, Klaus von

dt. Physiker
* 28.6.1943 Schroda (Środa), Posen (heute Polen)

1980 entdeckte Klitzing mit dem sog. quantisierten Hall-Effekt eine neue Naturkonstante. Im Hochmagnetfeld-Labor des Max-Planck-Instituts (MPI) für Festkörperphysik in Grenoble stellte K. bei fast auf den absoluten Nullpunkt abgekühlten Halbleiter-Kristallen in hohen Magnetfeldern fest, daß die stufenförmigen Quantensprünge im elektrischen Widerstand nur von dem Wirkungsquantum (M. →Planck) und der elektrischen Elementarladung (beides ebenfalls

Klaus von Klitzing: Der Physik-Nobelpreisträger von 1985 in seinem Labor.

physikalische Grundkonstanten) abhängen. Der »Plateauwiderstand« beträgt 25 812,8 Ohm (oder ganzzahlige Bruchteile davon).

☐ 1980-84: Prof. an der TU München. ☐ 1985: Physik-Nobelpreis; Prof. an der Univ. Stuttgart; Dir. des MPI für Festkörperforschung ebd.

Klönne, Arno

dt. Soziologe
* 4.5.1931 Bochum

Nach Klönne, seit 1978 Professor in Paderborn, besteht in der BRD eine starke Hierarchie in Bezug auf die materiellen Chancen. Mit dem Begriff der »nivellierten Mittelstandsgesellschaft« würden die sozialen Konflikte lediglich überdeckt. Unser demokratisches System könne nur überleben, wenn es sich auf Veränderungen der gesellschaftlichen Strukturen einrichtet. K. äußerte sich besorgt über das Aufleben nationalistischer Ideen im deutschen Bürgertum der 80er Jahre.

← Arno Klönne

☐ 1968: Mitgl. der SPD und der GEW; Beteiligung an der Gründung des Offenbacher Sozialistischen Büros. ☐ 1975: Aufsehen mit der Schrift: »Machte Wehner die SPD kaputt?«. ☐ 1978: Prof. für Soziologie an der Univ.-GHS Paderborn. ☐ 1982: »Jugend im Dritten Reich« (Schr.). ☐ 1984: »Zurück zur Nation?« (Schr.). ☐ 1989: »Es gilt, die Arbeit zu befreien« (Schr., Mit-Hg.).

Klose, Hans-Ulrich

dt. Politiker
* 14.6.1937 Breslau (heute Wrocław, Polen)

Im November 1991 wurde Klose überraschend als Nachfolger von J. →Vogel zum Fraktionsvorsitzenden der SPD im Bundestag gewählt. K., der mit 37 Jahren Erster Bürgermeister von Hamburg wurde und in dieser Funktion 1980 eine Neuregelung des NDR-Straatsvertrags erreichte, scheiterte an seiner Anti-Kernkraftpolitik, der Landesvorstand und Fraktionsführung nicht folgten; Nachfolger wurde K. v. →Dohnanyi.

☐ seit 1964: Mitgl. der SPD. ☐ bis 1965: Jurastudium. ☐ 1970: Mitgl. der Hamburger Bürgerschaft. ☐ 1972: Fraktionsvors. der Hamburger Bürgerschaft. ☐ 1974-81: Erster Bürgermeister der Freien und Hansestadt Hamburg. ☐ seit 1983: MdB (Wahlkreis von H. →Wehner); Mitgl. des Ausschusses für wirtschaftliche Zusammenarbeit. ☐ seit 1984: Im Parteivorstand. ☐ 1987-91: Schatzmeister der SPD. ☐ seit 1991: Fraktionsvorsitzender.

Klug, Sir (seit 1988) Aaron

engl. Biochemiker
* 11.8.1926 Johannesburg (Südafrika)

Klug, Nobelpreisträger von 1982, entwickelte auf der Basis der Elektronenmikroskopie, die zweidimensionale Bilder liefert, ein kristallografisches Verfahren zur dreidimensionalen Strukturanalyse von Molekülen durch Überlagerung mehrerer Objektbilder verschiedener Projektionsrichtungen. Für die biochemische Erbforschung bedeutend sind K.s Strukturanalysen von Molekülkomplexen, die bei der genetischen Informationsübertragung zwischen Nukleinsäuren und Proteinen gebildet werden, sowie seine Untersuchungen der Zellkern-Chromosome, von denen er ein genaues Modell ihrer Molekülstruktur gewann.

Aaron Klug revolutionierte die Elektronenmikroskopie.

☐ seit 1962: Tätigkeit am Medical Research Council Laboratory of Molecular Biology, Cambridge. ☐ 1978-86: Leiter der Divison of Structural Studies ebd. (seit 1986 Dir. ebd.). ☐ 1982: Chemie-Nobelpreis.

Alexander Kluge: Einer der Ziehväter des Neuen deutschen Films.

Kluge, Alexander

dt. Schriftsteller und Filmregisseur
* 14.2.1932 Halberstadt

Als Autor, Regisseur und Medientheoretiker wirkte Kluge seit den 60er Jahren maßgeblich an der Etablierung des Neuen deutschen Films mit, der um die Vermittlung authentischer Erfahrungen bemüht ist. In Filmen, Romanen und Erzählungen verknüpft K. Fakten und Fiktion zu einer als solche kenntlich gemachten Collage, die den Zuschauer bzw. Leser zur eigenen Interpretation der Realität — vergangener (2. Weltkrieg) wie gegenwärtiger — provozieren soll. Gegen die Kommerzialisierung des Films richtet sich K.s privates TV-Kulturprogramm (seit 1988) und die Gründung der Programmgesellschaft dctp.

□ 1958: Rechtsanwalt; Volontariat bei F. →Lang. □ 1960: »Brutalität in Stein« (F.). □ 1962: Initiator der dt. Filmförderung (1974 gesetzlich verankert). □ 1964: »Schlachtbeschreibung« (R.). □ 1965: Dozent am Inst. für Filmgestaltung, Ulm. □ 1966: »Abschied von gestern« (F.). □ 1967: »Die Artisten in der Zirkuskuppel: ratlos« (F.). □ 1973: »Lernprozesse mit tödlichem Ausgang« (Erz.n). □ 1978: »Deutschland im Herbst« (F. mit E. →Reitz, R. W. →Fassbinder, V. →Schlöndorff). □ 1981: »Geschichte und Eigensinn« (Schr., mit O. →Negt). □ 1982: »Krieg und Frieden« (F., mit H. →Böll). □ 1983: »Die Macht der Gefühle« (F.). □ 1985: »Der Angriff der Gegenwart auf die übrige Zeit« (F.); Mitbegründer der TV-Programmgesellschaft dctp. □ 1986: »Vermischte Nachrichten« (F.).

▷ H. Müller: Geschichte zwischen Kairos und Katastrophe, 1988.

Kluncker, Heinz

dt. Gewerkschafter
* 20.2.1925 Wuppertal

← Heinz Kluncker

Während seiner Zeit als Vorsitzender der Gewerkschaft ÖTV führte Kluncker, der als hartnäckiger und zäher Verhandlungspartner gefürchtet war, zahlreiche und überwiegend erfolgreiche Tarifkämpfe. 1974 erreichte er nach den bislang längsten und heftigsten Streiks im öffentlichen Dienst eine Tariferhöhung von 11%. K. setzte sich auch für verstärkte Kontakte zu den sozialistischen Gewerkschaften Osteuropas ein.

□ 1946: Mitgl. der SPD und der Gewerkschaft ÖTV. □ ab 1946: Hauptamtlicher Funktionär. □ 1949-51: Besuch der Sozialakademie. □ ab 1952: Sachbearbeiter bei der ÖTV in Stuttgart. □ 1964-82: Vors. der ÖTV. □ 1978-82: Vizepräs. der Int. Transportarbeiter-Gewerkschaft.

Knaus, Hermann Hubert

österr. Gynäkologe
* 19.10.1892 St. Veit an der Glan, Kärnten
† 22.8.1970 Graz

Knaus erläutert seine Methode der Empfängnisverhütung.

Knaus entwickelte und beschrieb in dem wiederholt aufgelegten und in zehn Sprachen erschienenen Standardwerk »Die fruchtbaren und unfruchtbaren Tage der Frau und deren richtige Berechnung« (1937) eine weitverbreitete Methode der Empfängnisverhütung. Die nach ihm und K. →Ogino benannte Methode der natürlichen Geburtenregelung, die allerdings keine absolute Sicherheit verbürgt, fand die Zustimmung der katholischen Kirche.

Knef, Hildegard

dt. Schauspielerin
* 28.12.1925 Ulm

Knef war der erste Star des deutschen Nachkriegsfilms. Als Prostituierte in der Titelrolle von »Die Sünderin« (1950; Rg. W. →Forst) sorgte sie mit einer kurzen Nacktszene für einen Skandal. Der Film prägte ihr Image vom »Trümmermädchen«, das verzweifelt versucht, Liebe zu finden. Auch als Chansonsängerin und Autorin hatte K. Erfolg. Die Autobiografie »Der geschenkte Gaul«

Hildegard Knef: Versunken in die Arbeit an ihrem Roman »Das Urteil«, 1975.

(1970) und »Das Urteil« (1975), die Geschichte ihrer Krebsoperation, wurden Bestseller.

☐ 1946: »Die Mörder sind unter uns« (W. →Staudte). ☐ 1947: »Film ohne Titel« (R. Jugert). ☐ 1950: »Entscheidung vor Morgengrauen« (A. Litvak). ☐ 1952: »Schnee am Kilimandscharo« (mit G. →Peck, nach E. →Hemingway; Rg. H. King). ☐ 1953: »Gefährlicher Urlaub« (mit J. →Mason; Rg. C. Reed). ☐ 1954-56: 675 Vorstellungen am Broadway als Ninotschka in dem Musical »Seidenstrümpfe«. ☐ 1962: »Der Frauenmörder von Paris« (Rg. C. →Chabrol). ☐ 1975: »Ich bin den weiten Weg gegangen« (LP). ☐ 1977/78: »Fedora« (mit W. Holden; Rg. B. →Wilder). ☐ 1982: Übersiedlung nach Hollywood. ☐ 1984: »Flügel und Fesseln« (Rg. H. Sanders-Brahms).

▷ H. Knef: Der geschenkte Gaul. Berichte aus meinem Leben, 1970.

Mark Knopfler →

Kneissl, Franz

österr. Skifabrikant
* 29.6.1921 Kufstein

Kneissl revolutionierte den Skisport mit der Entwicklung des Schichtenskis und der Herstellung von Skiern aus Kunststoff. Bereits 1950 fuhren Kneissl-Ski die ersten alpinen Weltmeisterschaftserfolge ein; bei den Olympischen Winterspielen von Innsbruck 1976 holten Sportler auf Skiern seiner Produktion achtmal Gold, siebenmal Silber und achtmal Bronze. Nachdem die Kneissl-KG im Geschäftsjahr 1980 einen Umsatz von ca. 85 Mio. erzielte, mußte K. zum Ende des Jahres wegen hoher Schulden Vergleich anmelden und die Führung seines Unternehmens einer eigens gegründeten Gesellschaft überlassen.

Knittel, John

(eig. Hermann Knittel)
schweiz. Schriftsteller
* 24.3.1891 Dharwar (Indien)
† 26.4.1970 Maienfeld, Graubünden

Knittel schrieb international erfolgreiche Liebes-, Gesellschafts- und Abenteuerromane, die z. T. verfilmt wurden (»Via mala«, R., 1934; »El Hakim«, R., 1936). Eine spannende Handlung verbindet sich in K.s Werk mit präzisen Charakterdarstellungen und einem mitunter sentimental-pathetischen Stil.

▷ E. Knöll: John Knittel, 1950.

Knopfler, Mark

schott. Rockmusiker
* 12.8.1949 Glasgow

Knopfler, einer der maßgeblichen Rockmusiker der 80er Jahre, wurde 1978 als Chef der Gruppe Dire Straits bekannt. Sein Markenzeichen ist der nahezu perfekte, harte Dialog zwischen Gesang und Gitarrenspiel. Der klare, durchsichtige Sound, die selbst bei Soli introvertierte und sparsame Spielweise mit akzentuierter Betonung der Einzelnote ergibt ein aufregend-swingendes Spektrum, das nahezu sämtliche Musikrichtungen umfaßt.

☐ 1977: Gründung der Dire Straits durch M. Knopfler. ☐ 1978: »Dire Straits« (LP) mit dem Hit »Sultans of Swing«. ☐ 1979: »Communiqué« (LP). ☐ 1980: Ausscheiden des Gitarristen David Knopfler; »Making Movies« (LP). ☐ 1982: »Love over gold« (LP). ☐ 1982/83: Soundtrack zu »Local Hero« (LP; Rg. B. →Forsyth). ☐ 1984: »Alchemy« (LP). ☐ 1985: »Brothers in arms« (LP). ☐ 1988: »Money for nothing« (LP). ☐ 1989: Soundtrack zu »Letzte Ausfahrt Brooklyn« (LP; F. nach dem R. von H. →Selby). ☐ 1990: »Neck + Neck« (LP mit Chet Atkins). ☐ 1991: Europatournee mit Dire Straits.

▷ P. Zeitz: Dire Straits, 1991.

Knuth, Gustav

dt. Schauspieler
* 7.7.1901 Braunschweig
† 1.2.1987 Küsnacht (Schweiz)

Knuth war einer der beliebtesten deutschsprachigen Volksschauspieler. Er war prädestiniert

Gustav Knuth: Seine Filmkarriere begann 1935.

für kauzige, gemütliche Typen wie den Bahnwärter in »Ich denke oft an Piroschka« (1955, Rg. K. →Hoffmann), den Tierarzt in »Alle meine Tiere« (ab 1965, TV-Serie) und den Kutscher in »Der eiserne Gustav« (1979, Rg. W. →Staudte; TV-Serie). Im Theater spielte der wandlungsfähige Charakterdarsteller u. a. in zahlreichen Uraufführungen von M. →Frisch und F. →Dürrenmatt. Einen seiner bekanntesten Filmauftritte hatte K. in »Unter den Brücken« (1944/45, Rg. H. →Käutner).

☐ 1933-36: Dt. Schauspielhaus in Hamburg. ☐ 1935: Filmdebüt. ☐ 1937-44: Berliner Staatstheater (G. →Gründgens). ☐ seit 1949: Züricher Schauspielhaus. ☐ 1955: »Sissi« (mit R. →Schneider, Rg. E. Marischka). ☐ 1969-71: TV-Serie »Salto mortale«. ☐ ab 1974: »Die Powenzbande« (TV-Serie).

▷ G. Knuth: Mit einem Lächeln im Knopfloch (Erinnerungen), 1974.

Koch, Edward I.

amer. Politiker
* 12.12.1924 New York

Zwölf Jahre stand Koch als Bürgermeister von New York City der schier unlösbaren Aufgabe gegenüber, die Weltmetropole, die in Schulden und sozialem Elend zu versinken droht, lebensfähig zu erhalten. Obwohl seine ablesbaren Erfolge begrenzt blieben, gelang es ihm, der Stadt, in der Umsätze erwirtschaftet werden, die das Bruttosozialprodukt von Staaten wie Brasilien übertreffen, wieder ein positives Image zu geben. 1990 wurde K. vom ersten farbigen Bürgermeister New Yorks abgelöst (D. →Dinkins).

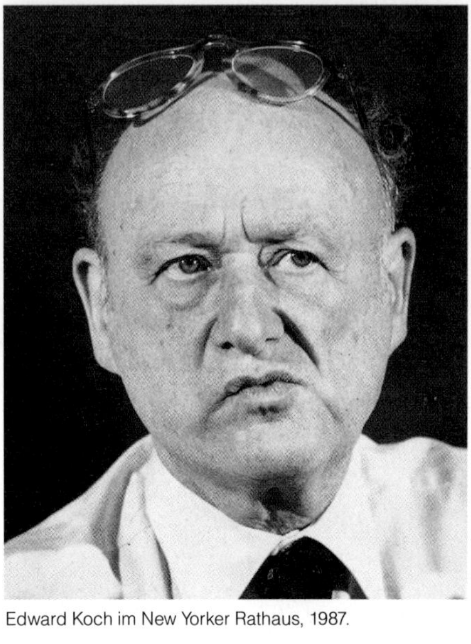

Edward Koch im New Yorker Rathaus, 1987.

☐ 1948: Mitgl. der Demokratischen Partei. ☐ 1956: Rechtsanwalt. ☐ 1966: Mitgl. des Stadtrats von New York. ☐ 1978-90: Bürgermeister von New York.

▷ E. I. Koch/W. Rauch: Mayor (Aut.), engl. 1984.

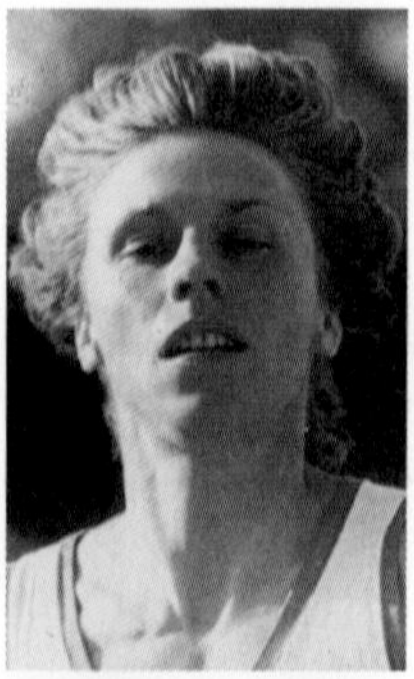

Marita Koch →

Robert Koch →

Theodor Kocher →

Koch, Marita

dt. Leichtathletin
* 18.2.1957 Wismar

Koch war als Sprinterin (100 und 200 m) sowie als 400-m-Läuferin eine Ausnahmeerscheinung. 1978-86 blieb die für Rostock startende Olympiasiegerin, Welt- und Europameisterin in wichtigen Wettkämpfen ungeschlagen. Über 200 m lief sie als erste Frau der Welt unter 22 sec. (21,71 sec.) und dreimal Weltrekord. Über 400 m stellte sie sieben Weltrekorde auf, zuletzt 1985 mit 47,60 sec.

☐ 1978: Europameisterin über 400 und 4x400 m (erneut 1982 und 1986). ☐ 1980: Olympiasiegerin in Moskau über 400 und 4x400 m. ☐ 1983: Weltmeisterin über 200 m; Weltmeisterin über 4x100 und 4x400 m.

Koch, Robert

dt. Bakteriologe
* 11.12.1843 Clausthal-Zellerfeld, Harz
† 27.5.1910 Baden-Baden

Koch begründete mit zwei wichtigen Methoden die moderne bakteriologische Forschung. Ausgehend von seiner Entdeckung des Erregers des Milzbrands und der Erklärung seiner Ursachen (1876) entwickelte K. eine Technik, homogene Bakterienkulturen außerhalb des Organismus auf einem aus Meerespflanzen gewonnenen, gelartigen Nährboden anzulegen. Seine Methode, die glasklaren Bakterien mit synthetisierbaren Anilinfarbstoffen einzufärben, erleichterte die bakteriologische Analyse. Sie führte zur Entdeckung des Tuberkelbazillus (1882) und des Cholera-Erregers (1883/84).
Zur Erforschung der Malaria und Pest unternahm K. Expeditionen nach Italien, Asien und Afrika. Er fand in der Tsetse-Fliege die Überträgerin der Schlafkrankheit und wirkte bahnbrechend bei der Bekämpfung und Verhütung von Epidemien. Als Direktor des 1912 nach ihm benannten Instituts für Infektionskrankheiten zog K. viele Forscher nach Berlin, u. a. E. v. →Behring, P. →Ehrlich, G. →Gaffky und S. →Kitasato.

☐ 1884: Mitgl. des Preuß. Staatsrats. ☐ 1885-91: Prof. an der Univ. Berlin; Mithg. der Zeitschrift für Hygiene. ☐ 1891-1904: Dir. des Inst. für Infektionskrankheiten, Berlin. ☐ 1892/93: Leiter der Bekämpfung der Cholera in Hamburg. ☐ 1896: Erforschung der Rinderpest in Südafrika. ☐ 1905: Physiologie/Medizin-Nobelpreis. ☐ 1906: »Über den derzeitigen Stand der Tuberkulosebekämpfung« (Nobel-Vorlesung).

▷ R. Bochalli: Robert Koch. Der Schöpfer der modernen Bakteriologie, 1954; J. Kathe: Robert Koch und sein Werk, 1961.

Kocher, (Emil) Theodor

schweiz. Chirurg
* 25.8.1841 Bern † 27.7.1917 ebd.

Kocher gelang 1878 die erste Kropfbehandlung durch Entfernung der Schilddrüse. Neben neuen Operationstechniken trug er zur besseren Kenntnis der Schilddrüsenerkrankungen (Kachexia) bei. K. führte die vollkommene Keimfreiheit in den Operationssaal ein und entwickelte mit der Arterienklemme das heute gebräuchlichste Instrument zur Blutstillung.

□ 1872-1911: Prof. an der Univ.-Klinik Bern; Dir. des Inselspitals ebd. □ 1892: »Chirurgische Operationslehre« (Standardwerk). □ 1902: Vorstand der Dt. Gesellschaft für Chirurgie. □ 1909: Physiologie/Medizin-Nobelpreis.

▷ E. Bonjour: Theodor Kocher (Biogr.), 1950.

Koda, Rohan

(eig. Shigeyuki K.)
jap. Schriftsteller
* 23.7.1867 Edo (heute Tokio) † 30.7.1947 Ichikawa

Koda, Kenner der japanischen und chinesischen Klassik, übernahm literarische Ideale der Edo-Zeit (1600-1868) — Gelehrsamkeit und didaktische Zielsetzung — ins 20. Jh. und wurde damit zum Mittler zwischen traditioneller und moderner Literatur. Buddhistische und historische Themen beherrschen sein Frühwerk, u. a. »Die fünfstöckige Pagode« (Erz., 1892, dt. 1960). Sein Stil und die auf klassische Bildungsinhalte zurückgreifende Sprache sind nur schwer zugänglich, daher wird K. heute nur noch wenig gelesen. Schwerpunkte seines Spätwerks sind Gedichte und patriotische, historisch-philosophische Arbeiten.

← Rohan Koda

□ 1889: »Tautropfen« (R.); »Der anmutige Buddha« (Erz.); Redakteur bei der Yomiuri-Zeitung. □ 1893-95: Unvollendeter zeitgeschichtlicher Roman »Ein Schatzhaus imaginärer Porträts«. □ 1919: »Schicksal« (R.). □ 1920: »Sperlingsleben« (Es.).

Kodály, Zoltán

ung. Komponist
* 16.12.1882 Kecskemét † 6.3.1967 Budapest

Kodály sammelte und erforschte mit seinem Freund B. →Bartók das ungarische Volksliedgut (ab 1905) und verband in seinen Kompositionen (3 Singspiele, Orchesterwerke, Kammermusik, Chöre, Lieder) die Traditionen der europäischen Kunstmusik (u. a. Gregorianik, Klassik, Impressionismus) mit der Volksmusik seines Landes. Er erlangte durch den »Psalmus Hungaricus« für Tenor, Chor und Orchester (1923, zur 50-Jahr-Feier der Vereinigung von Buda und Pest) internationales Ansehen. Mit seinen musikpädagogischen Arbeiten (Schulgesangbücher »Bicinia Hungarica«, 1937-42; zahlreiche »Singübungen«, 1954-62) hatte K. maßgeblichen Anteil an der musikalischen Entwicklung und an dem hohen Standard der Musikausbildung in Ungarn.

Kodály: 33 Jahre Prof. an der Musikakademie Budapest.

□ 1900-06: Studium an der Univ. (ung. Literatur) und an der Musikakademie Budapest. □ 1907-40: Prof. für Theorie und Komposition an der Musikakademie Budapest. □ 1913: Dokumentation von ca. 3000 Volksliedmelodien im »Entwurf der neuen allgemeinen Volksliedsammlung« (Schr., mit B. →Bartók). □ 1928: UA von »Háry János« (Singspiel) in Budapest. □ 1937: »Die ungarische Volksmusik« (Schr.). □ 1944: »Missa brevis« für Soli, Chor und Orchester. □ 1946-49: Präs. der ung. Akademie der Wissenschaften. □ ab 1961: Chefredakteur des wissenschaftlichen Periodikums Studia musicologica.

▷ Z. Kodály: Mein Weg zur Musik (Gespräche mit L. Besch), 1969; P. M. Young: Zoltán Kodály, dt. 1964.

Koenigswald, Gustav Heinrich R. von

dt.-niederl. Paläontologe
* 13.11.1902 Berlin † 10.7.1982 Bad Homburg

Koenigswalds Suche nach den primitiven Vorstufen des Menschen waren von spektakulärem Entdeckerglück begleitet: 1937 fand er auf Java ca. 700 000 Jahre alte fossile Reste eines Homo erectus, den er Pithecanthropus II nannte

Koenigswald: Vor einer Vitrine mit eigenen Funden im Frankfurter Senckenberg-Museum.

(Pithecanthropus I: E. →Dubois). Zwei Jahre zuvor erstand er in einer Hongkonger Apotheke drei fossile Zähne, in denen er die Überreste eines riesigen Primaten (Gigantopithecus blacki) erkannte. Als K. 1941 den größten Kiefer menschlichen Ursprungs entdeckte, gelangten er und der Anthropologe Franz Weidenreich (* 1873, † 1948) zu der Überzeugung, daß es vorgeschichtliche Riesen gegeben haben müsse.

□ 1930-41: Mitarbeiter des Niederl. Geologischen Dienstes auf Java; Ausgrabungen am Solo-Fluß, bei Sangiran und Modjokerto. □ 1948-68: Prof. an der Univ. Utrecht. □ 1955: »Begegnung mit den Vormenschen« (Schr.). □ 1960: »Die Geschichte des Menschen« (Schr.). □ ab 1968: Leiter der paläoanthropologischen Forschungsabteilung des Senckenberg-Museums in Frankfurt/Main.

Koeppen, Wolfgang

dt. Schriftsteller
* 23.6.1906 Greifswald

W. Koeppen: Mahner im Nachkriegsdeutschland.

Der sensible Einzelgänger Koeppen schuf mit den Romanen »Tauben im Gras«, »Das Treibhaus« und »Der Tod in Rom« (1951-54) in der Tradition der Moderne (J. →Joyce) eine erste Bestandsaufnahme des Nachkriegsdeutschland. Seine satirische Kritik am Fortbestehen von Gesinnungen, die den Nationalsozialismus ermöglicht hatten, an der Verdrängung der nichtbewältigten Vergangenheit im Land des Wirtschaftswunders ist eine Warnung vor Intoleranz und Gewalt. K.s Suche nach einer humanen Alternative für die Gesellschaft wurde erst Ende der 60er Jahre von Kritik und Publikum als berechtigt gewürdigt. Trotz nur weniger Publikationen wird K. als bedeutender Autor geschätzt.

□ 1934-38: Im Exil in den Niederlanden; »Eine unglückliche Liebe« (R.). □ 1935: »Die Mauer schwankt« (R.). □ 1938-43: Drehbücher, von K. so gestaltet, daß sie für Verfilmungen im Sinne der Nationalsozialisten ungeeignet waren. □ 1951: »Tauben im Gras« (R.). □ 1953: »Das Treibhaus« (R.). □ 1954: »Der Tod in Rom« (R.). □ 1958: »Nach Rußland und anderswohin« (Reiseb.). □ 1962: Georg-Büchner-Preis. □ 1976: »Jugend« (Erz.). □ 1981: »Die elenden Skribenten« (Aufs.e.).

▷ U. Greiner (Hg.): Über Wolfgang Koeppen, 1976; E. Oehlenschläger (Hg.): Wolfgang Koeppen, 1987.

Koestler, Arthur

engl. Schriftsteller ung. Herkunft
* 5.9.1905 Budapest
† 3.3.1983 London (Selbstmord)

Koestlers literarisches Schaffen ist weniger ästhetisch als philosophisch-politisch ausgerichtet. Sein bekanntester Roman, »Sonnenfinsternis« (1940, dt. 1949), wurde während des Kalten Krieges zum Kultbuch des Antikommunismus. Es dramatisiert die politische Verfolgung unter Stalin und basiert auf K.s authentischer Kenntnis dieser Vorgänge. Wie viele Intellektuelle seiner Zeit war K. in den 30er Jahren Kommunist geworden — aus Reaktion gegen den Faschis-

Arthur Koestler: Vom KP-Mitglied zum überzeugten Antikommunisten.

mus. Seine enttäuschten Hoffnungen — in seinem Fall ausgelöst durch die Moskauer Schauprozesse (1937) — schlugen sich auch in den Romanen »Die Gladiatoren« (1939, dt. 1948) und »Ein Mann springt in die Tiefe« (1943, dt. 1943) nieder.
K.s Essayband »Der Yogi und der Kommissar« (1945, dt. 1950) wurde in Deutschland von der US-Militärregierung im Zuge der politischen Umerziehung gefördert. Das Konzept der Demokratie ist nach K. zwischen den Extremen des apolitischen, religiösen Individuums (»Yogi«) und des revolutionären Machtmenschen (»Kommissar«) zu suchen. Später wandte sich K. zunehmend naturwissenschaftlichen Themen zu.

□ 1922-26: Studium der Ingenieurwissenschaften in Berlin. □ ab 1927: Auslandskorrespondent in Palästina, Paris und Berlin. □ 1931-37: Mitgl. der KP. □ 1937: Berichterstatter im Span. Bürgerkrieg; Gefangenschaft, zum Tode verurteilt, dann ausgetauscht; »Ein spanisches Testament« (Ber., dt. 1938). □ ab 1940: Aufenthalt in England. □ 1946: »Diebe in der Nacht« (R., dt. 1953). □ 1948: Brit. Staatsbürger. □ 1964: »Der göttliche Funke« (Es., dt. 1966). □ 1978: »Der Mensch, Irrläufer der Evolution« (Studie, dt. 1978).

▷ A. Koestler: Als Zeuge der Zeit (Aut.), 1982; ders.: Das rote Jahrzehnt (Aut.), 1991.

Kogon, Eugen

dt. Publizist und Politikwissenschaftler
* 2.2.1903 München
† 24.12.1987 Falkenstein bei Frankfurt/Main

Kogon: Ehemaliger Mitherausgeber der Frankfurter Hefte.

Kogon, 1939-45 im KZ Buchenwald, wurde mit der soziologischen Analyse »Der SS-Staat. Das System der deutschen Konzentrationslager« (1946, NA 1978) einem breiten Publikum bekannt. Der »Linkskatholik«, der ab 1946 mit W. →Dirks die renommierten Frankfurter Hefte (Monatsschrift für Politik und Kultur) herausgab, blieb zeitlebens ein aufklärerischer Mahner. Er setzte sich, auch als Politologe (1951-68 Professur in Darmstadt), für eine humane, sozial gerechte und friedliche Gesellschaft ein und warnte vor Restauration und Wettrüsten.

□ 1927-34: Mitarbeiter der katholisch-konservativen Wochenzeitschrift Schönere Zukunft in Wien. □ 1934: Vermögensverwalter des Hauses Sachsen-Coburg-Cohary. □ 1937: Erste Verhaftung wegen antinationalsozialistischer Aktivitäten. □ 1942: Teilnahme an der illegalen Opposition im KZ Buchenwald. □ 1949: Erster Präs. der Europa-Union. □ 1951: Mitgl. des PEN-Zentrums der BRD. □ 1963/64: Moderator des TV-Magazins Panorama. □ 1964: »Die unvollendete Erneuerung. Deutschland im Kräftefeld 1945-1963« (gesammelte Aufsätze). □ 1968: Leiter der TV-Sendung Perspektiven. □ 1984: Hg. der Dokumentation »Nationalsozialistische Massentötungen durch Giftgas«.

Kohl, Helmut Josef Michael

dt. Politiker
* 3.4.1930 Ludwigshafen

Seit der gesamtdeutschen Bundestagswahl 1990 ist Kohl der erste Kanzler des vereinigten Deutschland. Konsequent hatte er (unterstützt von Außenminister H.-D. →Genscher) nach dem Fall der Mauer im Oktober 1989 auf eine schnelle Vereinigung der beiden deutschen Staaten hingearbeitet (Zehn-Punkte-Plan zur Einheit 1989, Währungsunion sowie Zwei-plus-Vier-Gespräche mit den Alliierten 1990).
1982 war K. durch ein konstruktives Mißtrauensvotum gegen H. →Schmidt (mit Hilfe der FDP) Bundeskanzler geworden. Die angekündigte konservative Wende fand hauptsächlich in der Wirtschaftspolitik statt, außenpolitisch setzte K. den Kurs seiner SPD-Vorgänger fort (Verbesserung der Beziehungen zum Ostblock, Forcierung der Entwicklung Europas zur wirtschaftlichen

H. Kohl: Der Bundeskanzler während einer Rede zur Golfkrise am 14.1.1991.

und politischen Einheit). Trotz vieler Regierungskrisen anläßlich verschiedener Gesetzesreformen (z. B. Steuerreform, Gesundheitsreform) und hoher Verluste bei Landtagswahlen blieb K. innerhalb der Regierungskoalition aus CDU/CSU und FDP unumstritten und konnte sich stets auf eine stabile Bundestagsmehrheit stützen.

□ seit 1947: Mitgl. der CDU. □ 1950-58: Studium der Geschichte. □ 1955: Im Landesvorstand der CDU in Rhld.-Pf. □ 1959-76: MdL. □ 1960-66: Stadtrat von Ludwigshafen. □ 1963: Fraktionsvors. im Landtag. □ seit 1964: Im Bundesvorstand der CDU. □ 1966-74: Vors. der CDU in Rhld.-Pf. □ 1969-76: Ministerpräsident. □ seit 1973: Vors. der CDU. □ seit 1982: Bundeskanzler.

▷ W. Filmer/H. Schwan: Helmut Kohl (2.Aufl.), 1990; K. Hofmann: Helmut Kohl. Eine politische Biographie (2. Aufl.), 1991.

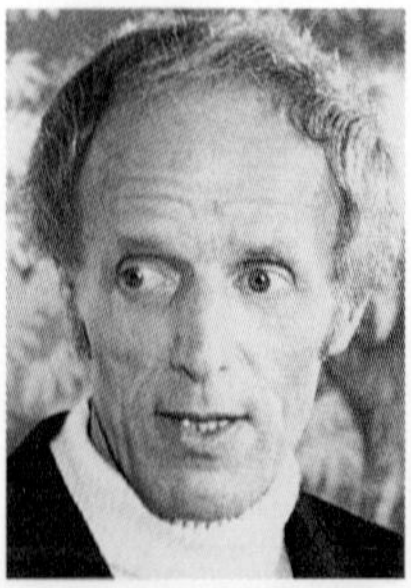

Manfred Köhnlechner →

Köhler, Georges Jean Franz

dt. Molekularbiologe und Immunologe
* 17.4.1946 München

Köhler, Nobelpreisträger für Physiologie/Medizin 1984, befaßte sich mit der Kultivierung von Antikörpern, deren erstmalige Züchtung im Reagenzglas ihm 1974 gelang. Durch Verschmelzung von Mäuse-Lymphozyten (relativ kleine, immunkörperbildende Zellen) mit Krebszellen entstanden Hybridzellen, die nun — beide Eigenschaften in sich vereinigend — wie wuchernde Tumorzellen unbegrenzt »monoklonale Antikörper« bildeten, d. h. mit der Mutterzelle völlig identische Tochterzellen (Klone). Monoklonale Antikörper werden zur medizinischen Diagnose und Therapie einiger Blutkrankheiten bereits eingesetzt und im Hinblick auf die Krebsbekämpfung weiterentwickelt.

□ 1974-76: Forschungstätigkeit am Medical Research Council Laboratory in Cambridge, England. □ 1976-84: Mitarbeiter am Baseler Inst. für Immunologie. □ 1984: Physiologie/Medizin-Nobelpreis (mit N. K. →Jerne und C. Milstein). □ seit 1984: Dir. am Max-Planck-Inst. für Immunbiologie in Freiburg i. Br.; seit 1985 Leiter der Abteilung »Molekulare Immunologie«.

← Georges Köhler

Köhler, Wolfgang

amer. Psychologe und Verhaltensforscher
dt. Herkunft
* 21.1.1887 Reval (heute Tallinn, Estland)
† 11.6.1967 Lebanon, N. H.

Köhler, 1914-20 Leiter der Anthropoidenstation der Preußischen Akademie der Wissenschaften auf Teneriffa (Kanarische Inseln), wurde mit seinen dort durchgeführten »Intelligenzprüfungen an Menschenaffen« (Schr., 1921) bekannt. K. dokumentierte, daß Schimpansen Handlungen »erdenken« können, wenn sie z. B. Stöcke ineinanderstecken, um sich damit Bananen außerhalb ihres Käfigs zu angeln, oder wenn sie Kisten aufeinanderstapeln, um das an der Decke befindliche Futter zu erreichen. Überzeugt, daß eine Handlungsfolge nicht durch Versuch und Irrtum und der Lernvorgang nicht stufenweise, sondern als Ganzheitsprozeß durch Einsicht stattfindet, wurde K. zu einem bedeutenden Vertreter der Berliner Schule der Gestaltpsychologie.

← Wolfgang Köhler

□ 1917: »Intelligenzprüfungen an Anthropoiden« (Schr.). □ 1922-35: Prof. und Dir. des Psychologischen Inst. der Univ. Berlin; anschließend Emigration in die USA. □ 1929: »Gestalt Psychology« (Schr., revidierte dt. Fassung 1933 u. d. T. »Psychologische Probleme«). □ 1935-48: Prof. an der Quäkerschule Swarthmore College. □ 1940: »Dynamische Zusammenhänge in der Psychologie« (Schr., dt. 1958). □ ab 1946: Amer. Staatsbürger. □ ab 1948: Forschungen am Dartmouth College, N. H. □ 1958: Präs. der Amer. Psychological Association.

Köhnlechner, Manfred

dt. Heilpraktiker
* 1.12.1925 Krefeld

Köhnlechner, der 1974 ein nach ihm benanntes Institut für Erfahrungsmedizin in München eröffnete, propagiert und praktiziert alternative Heilmethoden wie Akupunktur sowie biochemisch und physiologisch kaum erforschte Therapieverfahren, die von der Schulmedizin abgelehnt werden. Der ehemalige Manager des Bertelsmann-Konzerns (1957-70) ist als Publizist ebenso erfolgreich wie als Heilpraktiker oder Gründer neuer naturheilkundlicher Gesundheitszentren.

Kohout, Pavel

tschech. Schriftsteller und Regisseur
* 20.6.1928 Prag

Pavel Kohout: Mitbegründer der »Charta 77«.

Kohout gehört zu den führenden tschechischen Exilschriftstellern. Nach Ende des Prager Frühlings 1968 verfemt, zählte er zu den Mitbegründern der Bürgerrechtsbewegung »Charta 77«. K. bearbeitete Werke von Karel Čapek, Leonid Andrejew und Jules Verne für die Bühne und inszenierte »Josef Schwejk« (Prag 1963, nach J. Hašek) und »Der Spieler« (Burgtheater Wien 1983, nach Dostojewski). Auch mit eigenen Stücken und als Erzähler ist K. erfolgreich. Seine Werke schützen oft in satirischer Absicht Naivität vor und zeichnen sich durch einen makabren, teilweise ans Surrealistische grenzenden Humor aus.

□ 1948-56: Arbeit bei Rundfunk, Presse und im diplomatischen Dienst. □ ab 1956: Freier Schriftsteller. □ 1958: »So eine Liebe« (Dr., dt. 1969). □ 1968: »August, August, August« (Dr., dt. 1969); Publikationsverbot. □ 1977: Großer Österr. Staatspreis für europ. Literatur. □ 1979: Ausbürgerung und Übersiedlung nach Wien. □ 1987: »Wo der Hund begraben liegt« (R., dt. 1987). □ 1990: »Ende der großen Ferien« (R., dt. 1990).

▷ J. Serke: Die verbannten Dichter, 1982.

Koivisto, Mauno Henrik

finn. Politiker
* 25.11.1923 Turku

Koivisto ist der erste sozialdemokratische Präsident Finnlands. In der Außenpolitik, die nach der Verfassung eine Domäne des Präsidenten ist, führte er die Neutralitätspolitik seines Vorgängers U. →Kekkonen fort, der diese Politik über Jahrzehnte verfolgt hat. Durch vorzeitige Verlängerung des Freundschaftsvertrages und langfristige Wirtschaftsabkommen mit der Sowjetunion hofft er, für Finnland einen größeren Spielraum für die Beziehungen zu Westeuropa zu gewinnen (1989 Aufnahme in den Europarat).

← Mauno Koivisto

□ 1945-51: Zimmermann und Hafenarbeiter; Abendschule. □ 1947: Mitgl. der Sozialdemokraten. □ bis 1956: Studium. □ 1957: Stadtrat in Turku. □ 1958-67: Dir. (später Generaldir.) der Arbeiter-Sparkasse. □ 1968: Generaldir. der Bank von Finnland. □ 1968-70, 1979-82: Ministerpräsident. □ 1972: Finanzmin. □ seit 1981: Staatspräsident.

Kokoschka, Oskar

österr. Maler, Grafiker und Schriftsteller
* 1.3.1886 Pöchlarn, Niederösterreich
† 22.2.1980 Villeneuve am Genfer See (Schweiz)

Kokoschka, wie E. →Barlach eine künstlerisch-literarische Doppelbegabung, ist der Hauptvertreter einer psychologisch-feinnervigen Ausprägung des Expressionismus. Nach Anfängen im Wiener Sezessionsstil (G. →Klimt) entwickelte K. eine Form der Porträtkunst, deren eindringliche Charakterisierung den Vergleich mit S. →Freuds Tiefenpsychologie nahelegt (»Bildnis Auguste Forel«, 1910, Mannheim, Kunsthalle). In stets gegenständlicher, durch Linienführung und Farbgebung dynamisch gesteigerter Darstellungsweise schuf K. Einzel- und Gruppenbildnisse, Stilleben sowie Landschaftsbilder und Stadtansichten (»Chamonix und der Montblanc«, 1927, Karlsruhe, Kunsthalle; »Prag, Karlsbrücke mit Boot«, 1934, Prag, Narodni Galerie). Zum Spätwerk gehören figürliche Kompositionen mit antiken Themen (Triptychon »Thermophylae«, 1954, Hamburg, Universität). Bedeutende Grafik-Zyklen sind »Bachkantate« (1916), »Hiob« (1917) und »King Lear« (1963). K.s Arbeiten für das Theater reichen von Inszenierungen eigener Dramen (»Mörder, Hoffnung der Frauen«, 1919 in Berlin) bis zur Ausstattung von Mozarts »Zauberflöte«. Als Kunstpädagoge leitete K. 1953-63 im Rahmen der Salzburger Internationalen Sommerakademie für Bildende Kunst seine »Schule des Sehens«.

Oskar Kokoschka: Entschiedener Gegner des Abstrakten.

□ 1905-09: Kunststudium in Wien. □ ab 1907: Mitgl. der Wiener Werkstätte; Freundschaft mit A. →Loos. □ 1910: In Berlin Mitarbeiter von H. →Walden. □ 1911-14: Verbindung mit Alma Mahler. □ 1915/16: Kriegsdienst, schwere Verwundung. □ 1917: Übersiedlung nach Dresden, ab 1919 Prof. an der Kunstakademie. □ 1919: »Vier Dramen: Orpheus und Euridike, Der brennende Dornbusch, Mörder, Hoffnung der Frauen, Hiob«. □ 1925-32: Reisen durch Europa, Ägypten und Kleinasien. □ 1934: Emigration nach Prag. □ 1937: Entfernung von 417 »entarteten« Werken aus dt. Museen. □ 1938: Emigration nach London. □ 1943: Präs. der Free German League of German Culture. □ 1947: Erwerb der brit. Staatsbürgerschaft. □ 1948: Sonderschau auf der Biennale in Venedig. □ 1953: Übersiedlung nach Villeneuve. □ 1972: »Comenius« (Dr.). □ 1975: Wiederannahme der österr. Staatsbürgerschaft.

▷ H. M. Wingler: Oskar Kokoschka. Das Werk des Malers, 1956; O. Kokoschka: Mein Leben, 1971; N. Werner: Oskar Kokoschka — Leben und Werk in Daten und Bildern, 1986.

Kołakowski, Leszek

poln. Philosoph und Schriftsteller
* 23.10.1927 Radom

Kołakowski war 1956 der führende Theoretiker der antistalinistischen Reformbewegung Polnischer Oktober. Als liberaler, antiklerikaler Marxist trat K. für die oppositionellen Studenten ein und kritisierte die Beschränkung der Meinungsfreiheit. Der äußerst vielseitige Publizist, dessen Schriften, Essays, Dramen und Erzählungen fast alle in deutscher Sprache vorliegen, arbeitet über Philosophie- und Religionsgeschichte und vertritt eine schöpferische, marxistische Philosophie ohne Dogmen. Sein bedeutendstes Werk, »Die Hauptströmungen des Marxismus. Entstehung, Entwicklung, Zerfall« (3 Bde., dt. 1977-79), gibt eine engagierte, umfassende Darstel-

Kołakowski bei der Entgegennahme des Friedenspreises des Dt. Buchhandels, 1977.

lung über den Ursprung und die Zukunft des Marxismus.

□ 1953-68: Prof. an der Univ. Warschau; Amtsenthebung. □ 1960: »Der Mensch ohne Alternative. Von der Möglichkeit und Unmöglichkeit, Marxist zu sein« (Abh.). □ 1963: »Gespräch mit dem Teufel. Acht Diskurse über das Böse und zwei Stücke« (dt. 1968). □ 1966: Ausschluß aus der KP. □ 1967: »Traktat über die Sterblichkeit der Vernunft. Philosophische Essays«. □ 1968-70: Prof. an der kanad. McGill-Univ. in Montreal und an der Univ. of Calif. in Berkeley. □ seit 1970: Lehrtätigkeit am All Souls College der Univ. Oxford. □ 1972: »Der revolutionäre Geist« (Es.s). □ 1974: »Marxismus. Utopie und Anti-Utopie«. □ 1977: Friedenspreis des Dt. Buchhandels. □ seit 1981: Prof. an der Univ. Chicago. □ 1982: »Falls es keinen Gott gibt« (Abh.). □ 1985: »Henri Bergson. Ein Dichterphilosoph«.

▷ G. Schwan: Leszek Kołakowski. Eine marxistische Philosophie der Freiheit, 1971.

Kolb, Annette

(eig. Anne Mathilde Kolb)
dt. Schriftstellerin
* 2.2.1870 München † 3.12.1967 ebd.

Die Erzählerin und Essayistin Kolb, Tochter einer französischen Pianistin, bemühte sich als überzeugte Europäerin zeitlebens um eine Verständigung zwischen Deutschland und Frankreich (»Briefe einer Deutsch-Französin«, 1916). Ihr autobiografisch geprägtes Werk umfaßt Romane (u. a. »Das Exemplar«, 1913), zeit- und kulturkritische Essays und Erzählungen sowie Musikerbiografien (»Mozart«, 1937; »König Ludwig II. von Bayern und Richard Wagner«, 1947). 1933 emigrierte K. nach Paris, 1940 in die USA und kehrte 1945 nach Europa zurück.

▷ D. Rauenhorst: Annette Kolb. Ihr Leben und ihr Werk, 1969; R. Lemp: Annette Kolb. Leben und Werk einer Europäerin, 1970.

← Annette Kolb

Kolbe, Georg

dt. Bildhauer
* 15.4.1877 Waldheim, Sachsen † 20.11.1947 Berlin

Kolbe verfolgte als einer der wenigen deutschen Bildhauer über Jahrzehnte eine Stilsynthese aus naturalistischen und impressionistischen Elementen. Seine Aktfiguren, Tänzerinnen und Porträts der 20er Jahre knüpften mit ihrer rauhen

Georg Kolbe: Der Bildhauer in seinem Atelier.

Oberfläche an die impressionistische Periode A. →Rodins an. Die Bronzen der späten 20er Jahre geben darüber hinaus in Anlehnung an expressionistische Vorbilder seelischen Grundstimmungen Ausdruck (z. B. »Der Einsame«, 1927, Berlin, Georg-Kolbe-Museum). Die in den 30er Jahren folgende Aufnahme auch klassischer Prinzipien wurde K. fälschlicherweise als Anpassung an die nazistische Kunsttheorie ausgelegt. Seine Arbeit am Beethovendenkmal in Frankfurt/Main war 1926 begonnen, immer wieder unterbrochen und schließlich 1947 vollendet worden. Nach 1945 kehrte K. zum bewegteren Stil der 20er Jahre zurück.

▷ M. v. Tiesenhausen (Hg.): Georg Kolbe. Briefe und Aufzeichnungen, 1987.

Kolbe, Maximilian

(eig. Rajmund K.)
poln. Franziskaner
* 7.1.1894 Zdunska Wola
† 14.8.1941 Auschwitz (ermordet)

Kolbe, der in der katholischen Kirche als Märtyrer verehrt wird, wurde wegen seiner beispiellosen Nächstenliebe und Opferbereitschaft 1982 von Papst →Johannes Paul II. heiliggesprochen (Tag: 14.8.). 1941 hatte K. im KZ Auschwitz freiwillig den Tod anstelle eines Mitgefangenen auf sich genommen. Das von K. 1927 gegründete Männerkloster war bereits 1939 von den Nazis geschlossen worden.

□ 1920: Gründung der Zeitschrift Rycerz Niepokalanej (Ritter der Unbefleckten). □ 1927: Gründung des Männerklo-

Maximilian Kolbe wurde 1982 heiliggesprochen.

sters Niepokalanów. □ 1930-36: Missionar in Japan und Indien. □ 1938: Rycerz erreicht eine Auflage von 1 Mio. Exemplaren. □ 1939: Auflösung von Niepokalanów durch die dt. Besatzer. □ 1941: Wegen Hilfeleistung für Juden und Polen von der Gestapo verhaftet; durch Phenolinjektion im KZ Auschwitz ermordet. □ 1973: Seligsprechung. □ 1982: Heiligsprechung durch Papst Johannes Paul II.

▷ S. Trasatti/G. Grieco: Pater Maximilian Kolbe. Ein Heiliger unserer Tage, 1982.

Kolbe, Peter-Michael

dt. Ruderer
* 2.8.1953 Hamburg

Obwohl er bei Olympischen Spielen nie die Goldmedaille gewinnen konnte, war Kolbe der erfolgreichste deutsche Ruderer im Einer. 1976 und 1984 unterlag er bei Olympischen Spielen seinem »ewigen« Rivalen P. →Karppinen. 1980 brachte der Boykott der Moskauer Spiele den fünfmaligen Weltmeister um die ersehnte Medaille, 1988, nachdem K. seinen Rivalen Karppinen endlich ausschalten konnte, mußte er sich Thomas Lange (* 1964) aus der damaligen DDR geschlagen geben.

□ 1973: Europameister im Einer. □ 1974: WM-Dritter im Vierer mit Steuermann. □ 1975: Weltmeister (erneut 1978, 1981, 1983 und 1986). □ 1976: Olympiazweiter in Montreal. □ 1984: Olympiazweiter in Los Angeles. □ 1988: Olympiazweiter in Seoul.

← Peter-Michael Kolbe

Robert Koldewey →

Koldewey, Robert

dt. Archäologe und Bauforscher
* 10.9.1855 Blankenburg, Harz † 2.4.1925 Berlin

Koldewey ist als »Ausgräber von Babylon« in die Geschichte der Archäologie eingegangen. Er führte neue Grabungstechniken ein und gehört neben seinem Schüler E. W. →Andrae zu den erfolgreichsten deutschen Archäologen in Mesopotamien. Zusammen mit W. → Dörpfeld schuf er die Grundlagen der modernen Bauforschung.

□ 1885/86: Grabungen auf Lesbos. □ 1895-98: Lehrer an der Baugewerbeschule Görlitz. □ 1899-1917: Leiter der Ausgrabungen von Babylon im Auftrag der Berliner Museen. □ 1899: »Die griechischen Tempel in Unteritalien und Sizilien« (Schr., 2 Bde. mit O. Puchstein). □ 1911: »Die Tempel von Babylon und Borsippa« (Schr.). □ 1913: »Das wiedererstehende Babylon« (Schr.).

▷ E. W. Andrae: Babylon. Die versunkene Weltstadt und ihr Ausgräber Robert Koldewey, 1952.

Kolff, Willem Johan

amer.-niederl. Arzt
* 14.2.1911 Leiden

Kolff, der sich seit 1938 mit der Entwicklung künstlicher Organe beschäftigt, konstruierte 1942 das erste Dialysegerät der Welt: Damit konnte das Blut von Nierenkranken, für die es zuvor keine Hilfe gab, außerhalb des Körpers gereinigt werden. 1950 emigrierte K. in die USA und entwickelte dort ein künstliches Herz, das er 1975 vorstellen konnte. Im Dezember 1982 implantierte er es zum ersten Mal einem Patienten, der vier Monate damit lebte.

Willem J. Kolff zeigt »sein« künstliches Herz.

□ 1938: Arztexamen an der Univ. Leiden. □ 1942: Entwicklung eines Dialyseapparats. □ 1946: Promotion zum Dr. med. an der Univ. Groningen. □ 1950: Emigration in die USA; Aufnahme in den Forschungsstab der Cleveland Clinic Foundation (ab 1958: Leiter der Abteilung für künstliche Organe). □ 1956: Entwicklung einer künstlichen Lunge. □ ab 1967: Prof. für Chirurgie an der School of Medicine und Dir. des Inst. for Biomedical Engineering an der Univ. Utah. □ 1976: »Artificial Organs« (Schr.).

Kolhörster, Werner
dt. Physiker
* 28.12.1887 Schwiebus bei Frankfurt/Oder
† 5.8.1946 München

Kolhörster, Leiter des 1935 von ihm gegründeten Instituts für Höhenstrahlungsforschung in Berlin-Dahlem, bestätigte 1913 die von V. F. →Hess entdeckte Höhenstrahlung und wies 1928/29 mit W. →Bothe die korpuskulare Natur der kosmischen Strahlung nach; die beiden Physiker entwickelten eine Methode zur speziellen Aussonderung der in einer bestimmten Richtung einfallenden kosmischen Strahlung, die sog. Koinzidenzmethode.

□ 1928-35: Observator am Geomagnetischen Observatorium in Potsdam. □ 1930: Gründung eines eigenen Laboratoriums ebd. □ ab 1935: Prof. an der Univ. Berlin.

Kolle, Oswalt
dt. Publizist
* 2.10.1928 Kiel

Kolle war in den 60er Jahren mit seinen populärwissenschaftlichen Schriften über Familie, Partnerschaft und Sexualität ein Verfechter der sog. sexuellen Revolution. Er veröffentlichte zunächst in Illustrierten (u. a. Quick, Neue Revue), später auch in Buchform (»Dein Kind«, 1964; »Das Wunder der Liebe«, 1968) und drehte Aufklärungs- und Familienberatungsfilme. Seine weltweit erfolgreichen Werke wurden sogar von der Kirche anerkannt.

Oswalt Kolle: Der Aufklärer im Swimmingpool, 1969.

□ 1957: Stellv. Chefredakteur der Illustrierten Star-Revue in Hamburg. □ seit 1958: Freier Journalist und Schriftsteller. □ 1967: »Deine Frau, das unbekannte Wesen« (verfilmt 1969); »Dein Mann, das unbekannte Wesen« (verfilmt 1970). □ 1968: »Das Wunder der Liebe — Sexualität in der Ehe« (F.); »Das Wunder der Liebe Teil 2: Sexualität in der Partnerschaft« (F.). □ 1971: »Was ist eigentlich Pornographie?« (F.). □ 1981: »Ich liebe Dich, ich hasse Dich« (R.).

Wilhelm Kolle →

Kolle, Wilhelm
dt. Hygieniker
* 2.11.1868 Lerbach/Harz † 10.5.1935 Wiesbaden

Kolle entwickelte die Schutzimpfungen gegen Cholera und Typhus und führte die Impfstoffe gegen die Rinderpest ein. Mit seinen weniger schädlichen Salvarsanpräparaten (Neosalvarsan) trug K. entscheidend zur Eindämmung der sich infolge des 1. Weltkriegs ausbreitenden Syphilisinfektionen bei.

□ 1893-97: Schüler von R. →Koch am Inst. für Infektionskrankheiten, Berlin. □ 1897-1900: Expeditionen nach Südafrika und in den Sudan zur Erforschung der Rinderpest. □ 1906-14: Prof. an der Univ. Bern. □ ab 1917: Als Nachfolger P. →Ehrlichs Dir. des Inst. für experimentelle Therapie und Leiter des Georg-Speyer-Hauses für Chemotherapie in Frankfurt/Main. □ ab 1918: Prof. an der Univ. ebd.

Kollek, Theodore »Teddy«
israel. Politiker
* 27.5.1911 Nagyvaszony bei Budapest (Ungarn)

Kollek: Der Bürgermeister beim Bad in der Menge, 1989.

Kollek, ein langjähriger Mitarbeiter von D. →Ben Gurion, wurde 1965 erstmals zum Bürgermeister der israelischen Neustadt von Jerusalem gewählt. Zwei Jahre später wurde K., seit seiner Kindheit Zionist, nach dem Sechs-Tage-Krieg Bürgermeister von ganz Jerusalem. Trotz des hohen arabischen Bevölkerungsanteils verstand er es, mit Toleranz und Pragmatismus den inneren Frieden in der Stadt zu wahren, die Einheit Jerusalems ist sein Lebenswerk. Er sprach sich mehrfach für eine Rückgabe der besetzten Gebiete — außer Jerusalem — an die Palästinenser aus.

□ 1934: Emigration nach Haifa in Palästina. □ ab 1937: Arbeit in einem Kibbuz. □ 1940-47: Mitgl. der politischen Abteilung der Jewish Agency. □ 1948: Im Außenministerium. □ 1950: Botschafter in den USA. □ 1952-63: Generaldir. des Büros des Ministerpräsidenten. □ seit 1965: Bürgermeister von Jerusalem. □ 1985: Friedenspreis des Dt. Buchhandels.

▷ Th. Kollek: Ein Leben für Jerusalem, dt. 1980; R. Radke: Teddy Kollek — Bürgermeister von Jerusalem, 1991.

Koller, Karl

amer. Mediziner österr. Herkunft
* 3.12.1857 Schüttenhofen, Böhmen (heute Sušice, CSFR) † 21.3.1944 New York

Karl Koller: Wegbereiter der Lokalanästhesie.

Koller wandte 1884 die auch von S. →Freud erkannte Wirkung des Kokains erstmals zur örtlichen Betäubung bei einer Augenoperation an. Damit begründete er die Lokalanästhesie zur Operation verschiedener Organe ohne Vollnarkose, wie sie z. B. in der Zahnmedizin heute selbstverständlich ist. 1888 wanderte K., als Jude angefeindet, in die USA aus und eröffnete in New York eine augenärztliche Praxis, in der er bis 1942 wirkte.

Kollo, René

(eig. R. Kollodzieyski)
dt. Sänger
* 20.11.1937 Berlin

Seit seinem Auftritt mit Wagners »Lohengrin« in Bayreuth 1971 ist Kollo als bedeutender Wagner-Tenor ständiger Gast bei den Bayreuther Festspielen — u. a. sang er beim Jahrhundert-»Ring« (1976, Rg. P. →Chéreau) die Titelrolle in »Siegfried« und 1981 die schwierige Partie des »Tristan«. Großen Erfolg hatte er 1977 als Kaiser in »Frau ohne Schatten« von R. →Strauss sowie mit dem Tenor-Part in der 9. Sinfonie von G. →Mahler unter H. v. →Karajan (1978). Seine Vielseitigkeit bewies K. in Musicals und Operetten sowie als Moderator von TV-Unterhaltungssendungen und als Regisseur.

René Kollo: Der Tenor in einer TV-Gala, 1988.

□ 1958-65: Gesangsstudium in Berlin. □ 1965: Debüt am Staatstheater Braunschweig. □ 1967-71: Engagement an der Dt. Oper am Rhein, Düsseldorf/Duisburg. □ 1969: Debüt bei den Bayreuther Festspielen als Steuermann in Wagners »Der fliegende Holländer«. □ 1976: Debüt als Lohengrin an der New Yorker Metropolitan Opera. □ 1984: Auszeichnung als Kammersänger. □ 1986: Debüt als Regisseur in Darmstadt mit Wagners »Parsifal«.

▷ R. Kollo: Stachelbeeren (Aut.), 1989.

Alexandra Kollontai →

Kollontai, Alexandra Michailowna

sowjet. Politikerin und Schriftstellerin
* 31.3.1872 St. Petersburg † 9.3.1952 Moskau

Kollontai wurde nach der russischen Revolution von 1905 in der sozialistischen Partei und in der Frauenbewegung aktiv. Nach der Oktoberrevolution bekleidete sie als eine von wenigen Frauen hohe politische Ämter.
In ihren zahlreichen Aufsätzen und Novellen beleuchtete sie zumeist Frauenprobleme aus emanzipatorischer und kommunistischer Sicht.

□ 1908: Exil in verschiedenen westeuropäischen Ländern und in den USA. □ 1915: Mitgl. der Bolschewiki. □ 1917/18: Rückkehr nach Rußland; Volkskommissarin für Wohlfahrt. □ 1918: »Die Neue Moral und die Arbeiterklasse« (Schr.). □ 1923: »Wege der Liebe« (Schr.). □ 1923-45: Im diplomatischen Dienst; Gesandte in Norwegen und Mexiko. □ 1943-45: Botschafterin in Schweden.

▷ A. Kollontai: Autobiographie einer sexuell emanzipierten Kommunistin, 1977.

Kollwitz, Käthe

dt. Grafikerin und Bildhauerin
* 8.7.1867 Königsberg
† 22.4.1945 Moritzburg bei Dresden

Kollwitz nimmt vor allem mit ihren sozialkritischen Radierungen, Lithografien und Holzschnitten einen herausragenden Platz innerhalb der neueren deutschen Grafik ein. Daneben schuf sie ein schmales, aber aussagestarkes bildhauerisches Werk.
Unter dem Eindruck der Radierungen M. →Klingers und der Malerei E. → Munchs trat sie 1894-98 mit der Lithografien- und Radierfolge »Ein Weberaufstand« hervor, in der sie das historische Ereignis zum Anlaß nahm für eine expressive Darstellung der elementaren Empfindungen menschlichen Elends. 1907 erschien die Radierfolge »Bauernkrieg«, in der sie Raum und Landschaft stilisierte und die Figuren reduzierte. Mit diesen kargen Mitteln wie auch der harten, kantigen Zeichnung entsprach sie ihrem Thema, der Not des einzelnen und der Arbeiterklasse insgesamt. Später entstanden Holzschnittfolgen, beeinflußt von E. → Barlach (z. B. »Krieg und Prole-

Käthe Kollwitz: Sozialkritische Grafikerin.

tariat«, 1922-25), ebenso Skulpturen, blockhafte Figuren und Gruppen in der Verbindung von konzentriertem Volumen, innerer Expressivität und sozialkritischer Aussage (»Turm der Mütter«, verschiedene Bronzegüsse). Von hoher Sensibilität und Plastizität sind K.s Kohlezeichnungen, häufig mit dem Motiv Mutter und Kind.

□ ab 1895: Ausbildung an der Künstlerinnenschule bei K. Stauffer-Bern in Berlin. □ 1904: Arbeit in der Bildhauerklasse der Académie Julian in Paris. □ 1907: Studien in Florenz und Rom. □ 1919: Mitgl. der Preuß. Akademie der Künste. □ 1928-33: Leitung des Meisterateliers für Grafik an der Berliner Kunstakademie. □ 1933: Entlassung und Ausstellungsverbot.

▷ K. Kollwitz: Bekenntnisse, NA 1984.

Kolmogorow, Andrej Nikolajewitsch

sowjet. Mathematiker
* 25.4.1903 Tombow † 20.10.1987 Moskau (?)

Kolmogorow, einer der bedeutendsten und vielseitigsten Mathematiker des 20. Jh.s, entwickelte 1933 die axiomatischen Grundlagen der Wahrscheinlichkeitsrechnung; ab 1939 leitete er 20 Jahre lang eine entsprechende Abteilung an der Moskauer Universität. 1941 arbeitete K. eine Theorie der Turbulenzen aus, und 1954 folgte eine Untersuchung über dynamische Systeme, aus der Berechnungen der Planetenbewegungen abgeleitet wurden. Aufgrund seiner Erkenntnisse über Zufall und Wahrscheinlichkeit entwickelte K. u. a. Berechnungsverfahren für den Rückstoß von Düsenflugzeugen.

← Andrej N. Kolmogorow

□ ab 1931: Prof. an der Univ. Moskau. □ 1933: »Grundbegriffe der Wahrscheinlichkeitsrechnung« (Schr.). □ 1939-59: Leiter der Abteilung für Wahrscheinlichkeitsrechnung und mathematische Statistik ebd. □ 1939: Mitgl. der Akademie der Wissenschaften der UdSSR.

Alexander W. Koltschak →

Koltschak, Alexander Wassiljewitsch

russ. Politiker und Militär
* 16.11.1873 St. Petersburg
† 7.2.1920 Irkutsk (hingerichtet)

Admiral Koltschak war fast zwei Jahre lang Regierungschef einer konterrevolutionären Regierung in Omsk (Sibirien). Nach der Ermordung von Zar →Nikolaus II. ernannte er sich im November 1918 selbst zum Reichsverweser von ganz Rußland. Schon kurz nach der Oktoberrevolution organisierte der ehemals kaiserliche Offizier von Sibirien aus eine Armee gegen die Bolschewiki und löste einen äußerst blutigen Bürgerkrieg aus. 1920 trat er zugunsten von General Denikin zurück.

□ 1904/05: Teilnehmer am russ.-jap. Krieg. □ 1916/17: Oberbefehlshaber der Schwarzmeer-Flotte. □ 1917: Kriegsmin. der (antibolschewistischen) Regierung in Omsk (Sibirien). □ 1918-20: Reichsverweser der (antibolschewistischen) Regierung in Sibirien. □ 1920: Verhaftung durch die tschech. Legion; Auslieferung an die Bolschewiki.

König, Franz

dt. Chirurg
* 16.2.1832 Rotenburg an der Fulda
† 12.12.1910 Berlin

Durch strikte Beachtung der Keimfreiheit (Asepsis) und der »Operation ohne direkten Gebrauch der Hände« (Abh., 1903), wodurch das Risiko der Wundinfektion gesenkt wurde, eröffnete König der Chirurgie die Möglichkeit der Durchführung auch schwieriger Operationen. K., dessen Hauptarbeitsgebiet »Tuberkulose der Knochen und Gelenke« (Schr., 1884) war, führte außerdem die manuelle Herzmassage bei Herzstillstand infolge von Operations- und Narkosezwischenfällen in die chirurgische Praxis ein. Sein »Lehrbuch der Speciellen Chirurgie für Ärzte und Studirende« (2 Bde., 1875-77) erreichte als Standardwerk bis 1904 acht Auflagen.

□ 1869-75: Prof. an der Univ. Rostock. □ 1875-95: Dir. der Chirurgie an der Univ. Göttingen. □ 1882: Einführung von Gallenblasenfistel sowie Trachealkanüle. □ 1895-1910: Prof. an der Charité, Berlin.

▷ F. König: Lebenserinnerungen (Aut.), 1912.

König, Franz

österr. Theologe (kath.) und Religionswissenschaftler
* 3.8.1905 Warth bei Rabenstein, Niederösterreich

König, 1956-85 Erzbischof von Wien, sorgte durch seine rege Reisetätigkeit in viele osteuropäische Länder für die Aufrechterhaltung des ökumenischen Dialogs zwischen Vatikan und orthodoxen Kirchen. K., der auch in seiner Heimat in dem gespannten Verhältnis zwischen katholischer Kirche und sozialdemokratischer Arbeiterschaft vermittelte, suchte das Gespräch mit dem Patriarchen von Konstantinopel, →Athenagoras I., sowie mit dem Rektor der islamischen Al-Ahzar-Universität in Kairo und leitete auf dem Eucharistischen Kongreß in Bombay

Kardinal Franz König von Wien auf einer Pressekonferenz im Vatikan.

das Große Religionsgespräch mit den Würdenträgern der Weltreligionen. Der Kenner der Lehre des Zarathustra (zwischen 1000 und 600 v. Chr.) verfaßte das Standardwerk »Christus und die Religionen der Erde« (3 Bde., 1951).

□ seit 1949: Prof. für Moraltheologie an der Univ. Salzburg. □ 1956: »Religionswissenschaftliches Wörterbuch«. □ seit 1958: Kardinal. □ 1964: Gründer der Stiftung Pro Oriente als Begegnungsstätte der West- und Ostkirche. □ 1964: »Zarathustras Jenseitsvorstellungen und das Alte Testament« (Schr.). □ 1965-80: Leiter des neugegr. vatikanischen Sekretariats für die Nichtgläubigen. □ 1980: Reise in die VR China und nach Moskau. □ seit 1985: Präs. der int. kath. Friedensbewegung Pax Christi. □ 1988: »Christen und Juden haben eine Zukunft« (Schr. mit E. L. Ehrlich).

▷ J. Kunz: Kardinal Franz König, 1991.

← René König

König, René

dt. Soziologe
* 5.7.1906 Magdeburg

Die deutsche soziologische Forschung verdankt König wichtige Impulse. Angeregt durch die in den 50er und 60er Jahren hochentwickelte amerikanische Soziologie, die er während zahlreicher Gastprofessuren kennenlernte, förderte K. vor allem die Entwicklung von Verfahrenstechniken in der empirischen Sozialforschung. Schwerpunkt seiner Arbeit bildete die Familien-, Jugend-, Gemeinde- und Industriesoziologie.

□ 1937-47: Freiwillige Emigration in die Schweiz. □ 1946: »Materialien zur Soziologie der Familie« (Schr.). □ 1949-74: Prof. für Soziologie, Univ. Köln; zahlreiche int. Gastvorlesungen. □ 1955-85: Hg. der Kölner Zeitschrift für Soziologie und Sozialpsychologie. □ 1956: »Soziologie der Gemeinde« (Schr.). □ 1962-69: »Handbuch der empirischen Sozialforschung« (Hg., 2 Bde.). □ 1974: »Die Familie in der Gegenwart« (Schr.). □ 1987: »Soziologie in Deutschland« (Abh.n).

▷ R. König: Leben im Widerspruch (Aut.), 1980.

Heinz G. Konsalik →

Konrád, György

ung. Schriftsteller und Soziologe
* 2.4.1933 Debrecen

György Konrád: Seit 1990 Präsident des Int. PEN-Klubs.

Konrád, 1991 mit dem Friedenspreis des Deutschen Buchhandels ausgezeichnet, übt in seinen soziologischen Essays (u. a. »Die Intelligenz auf dem Wege zur Klassenmacht«, 1978, dt. 1978) und Romanen (u. a. »Der Besucher«, 1969, dt. 1973) Kritik an der sozialistischen Gesellschaft. Seine Essays »Antipolitik« (1989, dt. 1985) und »Auf Europas Nabel« (1990) dokumentieren die Auseinandersetzung eines jüdischen Intellektuellen mit der ost- und mitteleuropäischen Realität. In dem Roman »Der Komplize« (1983, dt. 1980) setzt sich K. mit der jüngsten ungarischen Geschichte auseinander.

□ 1965-73: Tätigkeit als Soziologe in der Forschung. □ 1977: »Der Stadtgründer« (R., dt. 1975). □ 1983: Gottfried-von-Herder-Preis der Univ. Wien. □ 1987: »Geisterfest« (R., dt. 1989). □ seit 1990: Präs. des Int. PEN-Klubs. □ 1991: »Melinda und Dragoman« (R., dt. 1991).

Konsalik, Heinz G(ünther)

dt. Schriftsteller
* 28.5.1921 Köln

Der ehemalige Journalist und Dramaturg Konsalik erreichte 1956 mit seinem Roman »Der Arzt von Stalingrad« den Durchbruch zum internationalen Bestsellerautor. Seine von der Literaturkritik als trivial bezeichneten Unterhaltungsromane (»Sie waren Zehn«, 1979; »Der Jadepavillon«, 1991, sein 141. Roman) greifen u. a. persönliche Erlebnisse während des Rußlandfeldzugs im 2. Weltkrieg auf und erzielten bis 1991 eine Gesamtauflage von 75 Mio. Exemplaren.

▷ H. G. Konsalik: Heinz G. Konsalik — Leben und Werk eines Bestseller-Autors, 1981.

Konstantin I.

König von Griechenland
* 2.8.1868 Athen † 11.1.1923 Palermo (Italien)

König Konstantin I. versuchte während des 1. Weltkriegs vergeblich, für sein Land die Neutralität zu bewahren. Doch die westlichen Alliierten, die bereits seit 1915 ohne seine Zustimmung Nordgriechenland als Basis im Kampf gegen die Mittelmächte nutzten, zwangen ihn 1917 zur Abdankung zugunsten seines Sohnes Alexander. Drei Jahre später wurde er durch Volksabstimmung zurückgerufen. Nach der griechischen Niederlage gegen die Türken wurde er durch einen Militärputsch gestürzt.

□ ab 1900: Generalinspekteur des Heeres. □ 1911-13: Oberbefehlshaber der Armee während der Balkankriege. □ 1913-1917; 1920-22: König der Hellenen. □ 1917-20 und ab 1922: Exil in Italien.

Tadeusz Konwicki →

Porträt von Konstantin I., der 1922 durch einen Putsch gestürzt wurde.

Konwicki, Tadeusz

poln. Schriftsteller und Filmregisseur
* 22.6.1926 Nowa Wilejka bei Wilna (Litauen)

Die Helden des Schriftstellers Konwicki beherrscht ein Gefühl der Ohnmacht und Entfremdung in einer absurden, städtischen Welt, deren Totalitarismus Moral und Verantwortungsbewußtsein relativiert hat (so in den Romanen »Modernes Traumbuch«, 1963, dt. 1964; »Die polnische Apokalypse«, 1979, dt. 1982). Die vom Krieg geprägte Vergangenheit und die Sehnsucht nach der litauischen Heimat sind wiederkehrende Themen K.s, die auch in seinem Filmschaffen zum Ausdruck kommen, u. a. in der →Miłosz-Verfilmung »Das Tal der Issa« (1982).

1944/45: Partisan der Heimatarmee; Polonistikstudium in Krakau und Warschau. □ 1953: »Die Macht« (R.). □ 1965: »Salto« (F.). □ 1967: »Auf der Spitze des Kulturpalastes« (R., dt. 1973). □ 1971: »Angst hat große Augen« (R., dt. 1973). □ 1972: »Wie fern, wie nah…« (F.). □ 1974: »Chronik der Liebesunfälle« (R., dt. 1978).

Konzelmann, Gerhard

dt. Journalist
* 26.10.1932 Stuttgart

Der Fernsehjournalist Konzelmann ist als Nahost-Korrespondent der ARD (1968-74 und 1981-85) sowie als Verfasser zahlreicher Bücher über die arabische Welt bekannt geworden. Seit 1985 leitet er die Fernsehredaktion »Kultur und Gesellschaft« des SDR. K. ist auch als Komponist hervorgetreten. Seine Oper »Gauklermärchen« nach dem Theaterstück von M. →Ende wurde 1988 in Köln uraufgeführt.

□ ab 1956: Journalist beim SDR. □ 1968-74: Arabien-Korrespondent der ARD in Beirut. □ 1974: »Die Araber und

Konzelmann: Nahost-Korrespondent, Komponist, Autor.

ihr Traum vom Großarabischen Reich« (Sachb.). □ 1974-81 und seit 1985: Leitung der Fernsehredaktion »Kultur und Gesellschaft« des SDR. □ 1980: »Die islamische Herausforderung« (Sachb.). □ 1981-85: Korrespondent der ARD in Beirut und Kairo. □ 1984: »Jerusalem — 4000 Jahre Kampf um eine heilige Stadt« (Sachb.). □ seit 1986: Lehrbeauftragter für Arab. Politik an der Univ. Konstanz. □ 1990: »Das Schwert des Saladin« (Sachb.). □ 1991: »Der Golf. Von Nebukadnezar bis Saddam Hussein« (Sachb.).

Kooning, Willem de

amer. Maler niederl. Herkunft
* 24.4.1904 Rotterdam

W. de Kooning: Einer der ersten abstrakten Expressionisten.

Koonings einflußreichste Werke sind die großformatigen, Landschaftsassoziationen verarbeitenden abstrakten Kompositionen, mit denen er zu einem der ersten wichtigen Vertreter des Abstrakten Expressionismus wurde. Sein Werk steht zwischen dem Action Painting J. →Pollocks und dem abstrahierenden Symbolismus seines Freundes A. →Gorky. Die vor der gegenstandslosen Phase entstandenen halbabstrakten Bilder (z. B. »Woman VI«, 1953, Pittsburg, Museum of Art, Carnegie Institute) bereiteten die abstrakte Phase mit expressivem Malgestus und starker Farbigkeit vor. Bei der Serie der Frauenbilder handelt es sich um magische Wesen von dämonischem Aussehen, in einer fast rüden Malweise aus der bewegten Farbfläche heraus gestaltet. Auch diese Werke haben auf spätere Maler wie die Neuen Wilden, ebenso auf Vertreter der Arte Cifra (E. →Cucchi) gewirkt.

□ 1916-24: Studium an der Kunstakademie in Rotterdam. □ 1926: Emigration in die USA; Freundschaft mit A. Gorky. □ 1937-39: Wandbildentwurf für den Pharmazie-Pavillon auf der Weltausstellung in New York. □ 1945: Erste abstrakte Bilder. □ 1946-50: Serie der Schwarzweiß-Bilder. □ ab 1950: Halbabstrakte, starkfarbige Serien (u. a. »Women«). □ 1971: Vollendung eines Skulpturenzyklus' mit lebensgroßen Figuren. □ 1982: Teilnahme an der Ausstellung »Amerikanische Malerei, 1930-1980« im Haus der Kunst, München. □ 1984: Ausstellung im Städelschen Kunstinst. und der Städtischen Galerie, Frankfurt/Main. □ seit 1986: Alzheimersche Krankheit.

▷ H. F. Gaugh: Willem de Kooning, 1984.

Tjalling C. Koopmans →

Koopmans, Tjalling C(harles)

amer. Nationalökonom niederl. Herkunft
* 28.8.1910 's-Graveland
† 26.2.1985 New Haven, Conn.

Koopmans beschäftigte sich hauptsächlich mit der Theorie der optimalen Allokation von Ressourcen (Zuteilung von finanziellen Mitteln, Produktivkräften und Material). Er formulierte die sog. Aktivitätsanalyse, die Prozesse innerhalb eines geschlossenen Systems untersucht und optimale Abläufe entwickelt. Die Analyse wird in der Haushalts- und Unternehmenstheorie angewendet, um bestmögliche Verbrauchs- bzw. Produktionspläne aufzustellen. K., Mitglied zahlreicher wissenschaftlicher Gremien, erhielt 1975 mit L. W. →Kantorowitsch den Nobelpreis für Wirtschaftswissenschaften.

□ 1936-38: Lektor an der Niederl. Wirtschaftsuniv., Rotterdam. □ 1938-40: Berater des Völkerbundes in Genf. □ 1940: Übersiedlung in die USA. □ 1946-55: Prof. an der Univ. Chicago. □ 1953: »Studies in econometric method« (Schr., mit W. C. Hood). □ 1955-81: Prof. an der Yale Univ., New Haven. □ 1965: »On the concept of optimal economic growth« (Schr.). □ 1975: Nobelpreis für Wirtschaftswissenschaften.

Karl-Heinz Köpcke →

Köpcke, Karl-Heinz

dt. Nachrichtensprecher
* 29.9.1922 Hamburg † 28.9.1991 ebd.

Am 2.3.1959 begann Köpckes Karriere als »Mr. Tagesschau«. Der Sprecher der damals neugestalteten ARD-Informationssendung (tägliche Ausstrahlung, gesprochener Nachrichtenblock neben Filmberichten) erlangte in den folgenden Jahren große Popularität. Sein Gesicht prägte sich ein: K. war 1968 einer Meinungsumfrage zufolge der zweitbeliebteste TV-Star hinter H. J. →Kulenkampff. 1973 veröffentlichte er »Guten Abend, meine Damen und Herren«, 1974 erschien sein Roman »Bei Einbruch der Dämmerung«.

Kopelew, Lew Sinowjewitsch

sowjet. Schriftsteller und Germanist
* 9.4.1912 Kiew

Kopelews unermüdlicher Einsatz gilt dem Dialog zwischen deutscher und russischer Kultur. Zeitzeuge des Nationalsozialismus wie des Stalinismus, wandelte K. sich vom überzeugten Kommunisten zum humanistischen Mittler zwischen Ost und West. Der Autor von Arbeiten über B. →Brecht, Th. →Mann und seinen Freund H. →Böll wurde 1981 wegen seines Engagements

Lew Kopelew: Vermittler zwischen Ost und West.

für politisch Verfolgte (u. a. A. D. →Sacharow) ausgebürgert. Im gleichen Jahr erhielt er den Friedenspreis des Deutschen Buchhandels. Seit 1982 widmet K. sich in der BRD der Erforschung des Bildes, das die russische bzw. die deutsche Literatur vom jeweils anderen Land vermitteln.

☐ 1933-41: Philosophie- und Literaturstudium. ☐ 1941-45: Russ. Propagandaoffizier im 2. Weltkrieg. ☐ 1945-54: Haft wegen »Mitleid mit dem dt. Feind«. ☐ 1957-68: Übersetzer und Wissenschaftler. ☐ 1968: Entlassung, Parteiausschluß und Publikationsverbot wegen Engagement für Dissidenten (A. I. →Solschenizyn, A. D. Sinjawski). ☐ 1973: »Zwei Epochen dt.-russ. Kulturbeziehungen« (Es.s). ☐ 1977: »Verbietet die Verbote« (Es.s). ☐ 1981: Ausbürgerung aus der UdSSR während eines Forschungsaufenthalts in der BRD. ☐ 1982: Mit H. Böll Gründung der Gesellschaft Orient-Occident zur Förderung unterdrückter Schriftsteller. ☐ 1988: »Der Wind weht, wo er will« (Es.s). ☐ 1991: »Und dennoch hoffen. Texte der deutschen Jahre«.

▷ L. Kopelew: Aufbewahren für alle Zeit (Aut.), 1975, dt. 1976; R. Appel (Hg.): Ein brüderlicher Mensch. Lew Kopelew, 1983; L. Kopelew: Einer von uns (Aut.), 1985; ders., R. Orlowa-Kopelew: Wir lebten in Moskau (Aut.), 1987; L. Kopelew: Zeitgenossen, Meister, Freunde (Aut.), 1989.

Kopff, August

dt. Astronom
* 5.2.1882 Heidelberg † 25.4.1960 ebd.

Kopff bemühte sich um eine Vereinheitlichung der Präzisionsmessungen von Fixsternorten. 1937 gab K. den »Dritten Fundamentalkatalog des Berliner Astronomischen Jahrbuchs« (FK 3) heraus, ein Sternverzeichnis, das einer internationalen Absprache zufolge zur Grundlage aller weiteren Berechnungen von Sternorten und Bewegungen im Milchstraßensystem dient (von W. Fricke zum FK 4 erweitert).

☐ 1921: »Grundzüge der Einsteinschen Relativitätstheorie« (Schr.). ☐ 1924-45: Prof. an der Univ. Berlin und Leiter des Astronomischen Recheninst. ebd. ☐ ab 1939: Hg. der »Astronomischen Nachrichten« und des »Berliner Astronomischen Jahrbuchs«. ☐ ab 1947: Dir. der Heidelberger Sternwarte (Königstuhl).

Wladimir Köppen →

Köppen, Wladimir

dt. Meteorologe russ. Herkunft
* 25.9.1846 St. Petersburg (Leningrad)
† 22.6.1940 Graz

Köppen, Begründer der maritimen Meteorologie, war 1875-1919 an der Deutschen Seewarte in Hamburg tätig und baute dort die Wettertelegrafie und den Sturmwarnungsdienst auf. K. erkannte als einer der ersten die Bedeutung der Höhenschichten und der Sonnenfleckenperioden für das Wettergeschehen. Aufgrund der Pflanzenwelt entwickelte K. eine Klassifikation der Erdklimate sowie eine der internationalen Verständigung dienende Erdklimakarte mit R. Geiger, mit dem er ab 1930 das »Handbuch der Klimatologie« (5 Bde.) herausgab.

☐ 1876: Erste dt. Europawetterkarte; erste Wettervorhersagen. ☐ 1899: »Grundlinien der Maritimen Meteorologie« (Schr.). ☐ 1923: »Grundriß der Klimakunde« (Schr.). ☐ 1924: »Klimate der geologischen Vorzeit« (Schr., mit A. Wegener); Übersiedlung nach Graz.

Koppers, Wilhelm

dt. Völkerkundler
* 8.2.1886 Menzelen (heute Alpen, Kr. Wesel)
† 23.1.1961 Wien (Österreich)

Koppers war Anhänger der Kulturkreislehre und Schüler W. →Schmidts. Beide gehörten der Steyler Missionsgesellschaft an. 18 Jahre lang gaben K. und Schmidt die einflußreiche Zeitschrift Anthropos heraus, ein Forum für die internationalen Missionsberichte. Unter K.s Leitung wurde das von ihm gegründete Völkerkundliche Institut an der Universität Wien zu einem der renommiertesten ethnologischen Forschungszentren in Europa.

☐ 1906: Mitbegründer der Zeitschrift Anthropos. ☐ 1911: Mitgl. der Steyler Missionsgesellschaft in St. Gabriel, Mödling bei Wien. ☐ 1920/21: Forschungsreise nach Feuerland, mit M. →Gusinde. ☐ 1928: Gründung und Leitung (bis 1951) des Völkerkundlichen Inst. der Univ. Wien (1938 abgesetzt, 1945 rehabilitiert). ☐ 1938/39: Forschungsreise nach Zentralindien. ☐ 1949: »Der Mensch und sein Weltbild« (Schr.).

Kurt A. Körber →

Körber, Kurt A.

dt. Industrieller
* 7.9.1909 Berlin

Körber gründete 1946 in Hamburg die Hanseatische Universelle (Hauni-Werke Körber & Co. KG), deren Maschinen 1989 weltweit 90% aller Filterzigaretten herstellten. Die 14 Unternehmen umfassende Körber-Gruppe beschäftigte ca. 6400 Mitarbeiter und verzeichnete einen Gesamtumsatz von 1,1 Mrd. DM. K. machte sich auch als Kunstmäzen (Stiftung Wiederaufbau Thalia-Theater Hamburg) und Initiator sozialer und wissenschaftlicher Forschungsinstitute (Körber-Stiftung) einen Namen. Zur Instandsetzung der historischen Deichtorhallen in Hamburg spendete K. 15 Mio. DM.

☐ 1935: Als Elektrotechniker Eintritt bei der Dresdner Maschinenfabrik Universelle. ☐ 1939-45: Technischer Dir.; Entwicklung von Maschinen zur Zigarettenherstellung. ☐

1954: Als erster Maschinenfabrikant Umstellung auf Filterzigaretten. □ 1956: Gründung eines der Firma angeschlossenen Tabaktechnikums. □ 1961: Initiierung des Bergedorfer Gesprächskreises zur Diskussion von sozialpolitischen Problemen. □ 1974: 200 Mio. DM Umsatz. □ 1987: Zusammenfassung aller Unternehmen zur Körber AG; »Technischer Fortschritt — ethischer Rückstand« (Schr.). □ 1988: Ehrensenator der Stadt Hamburg.

Korbut, Olga

sowjet. Turnerin
* 16.5.1955 Grodno

Die 1,55 m große und nur 38 kg schwere Korbut war 1972 eine der populärsten Athletinnen bei den Olympischen Spielen von München; sie gewann drei Gold- und eine Bronzemedaille. Zu ihren spektakulärsten Übungsteilen gehörte der Salto rückwärts auf dem Schwebebalken.

□ 1972: Dreifache Olympiasiegerin in München (Boden, Schwebebalken und Mannschaft); Olympiazweite Stufenbarren. □ 1974: Weltmeisterin (Mannschaft und Pferdsprung). □ 1976: Olympiasiegerin in Montreal mit der Mannschaft; Olympiazweite Balken.

← Olga Korbut

Korczak, Janusz

(eig. Henryk Goldszmit)
poln. Pädagoge
* 22.7.1878 (1879?) Warschau
† August 1942 KZ Treblinka

Janusz Korczak zeigte, »Wie man ein Kind lieben soll«.

Für Korczak war es selbstverständlich, »seine« Kinder nie im Stich zu lassen. Der Leiter des Waisenhauses im Warschauer Ghetto begleitete freiwillig den Transport der Waisenkinder ins KZ, obwohl er nachweislich hätte untertauchen können, und starb dort in den Todeskammern.

Der Kinderarzt K. wurde zwischen den Kriegen zu einem der großen Reformatoren der Pädagogik. Er versuchte in seinem Waisenhaus, eine »Republik der Kinder«, die zumeist aus Armenvierteln stammten, zu verwirklichen, um ihnen beizeiten tolerantes menschliches Miteinander, Ordnung, Fleiß und Verantwortungsbewußtsein zu vermitteln. 1991 wurde K.s Leben verfilmt.

□ 1901: »Kinder der Straße« (R.). □ 1912-42: Leiter eines Warschauer Waisenhauses. □ 1919-21: »Wie man ein Kind lieben soll« (Es.s, dt. 1967). □ 1923: »König Maciuś der Erste« (Erz., dt. 1957). □ postum 1972: Friedenspreis des Dt. Buchhandels. □ 1979: »Von Kindern und anderen Vorbildern« (Es.s).

▷ B. J. Lifton: Der König der Kinder. Das Leben des Janusz Korczak, 1990.

Willy Korf →

Korf, Willy

dt. Unternehmer
* 13.8.1929 Au an der Sieg † 21.11.1990 Innsbruck (Österreich, Flugzeugabsturz)

Korf war Gründer der Korf Industrie und Handel GmbH, Baden-Baden, die Stahlwerke, Baumaschinenfabriken sowie zahlreiche Industriebeteiligungen unter ihrem Dach vereinte. Risikobereitschaft und ein Gespür für den wirtschaftlichen Einsatz neuer Stahltechnologien waren ausschlaggebend für den Erfolg seiner weitverzweigten Firmengruppe, die 1981 2,7 Mio. t Rohstahl produzierte und einen Weltumsatz von 2,78 Mrd. DM erzielte. Nach dem Konkurs seiner Unternehmen im Zuge der Stahlkrise Anfang der 80er Jahre wandte sich K. mit Erfolg zunächst dem Transportsektor, später erneut dem Stahlgeschäft zu.

□ 1948: Übernahme des väterlichen Baustoffhandels. □ 1954: Errichtung eines Betriebs zur Herstellung punktgeschweißter Baustahlmatten in Kehl. □ 1961: Verkauf an den Klöckner-Konzern für 20 Mio. DM. □ 1965: Bau des Elektrostahlwerks Badische Stahlwerke AG in Kehl. □ 1969: Erstes Stahlwerk in den USA. □ 1974: Kauf aller Rechte an dem neuen Midrex-Verfahren. □ 1983: Konkurs; Rettung der Badische Stahlwerke GmbH durch Landesbürgschaft. □ 1985: Ausdehnung der Korf-Transport GmbH auf Schiffahrt, Bahn und Luftfahrt.

Arthur Kornberg →

Kornberg, Arthur

amer. Biochemiker
* 3.3.1918 New York

Kornberg gelang 1956 die Herstellung funktionsfähiger Gene im Reagenzglas. Mit seinen Mitarbeitern isolierte er dazu ein Enzym aus Kolibakterien, das aus Nukleinsäure-Bestandteilen (Nukleotide mit drei Phosphatgruppen) die entsprechenden komplementären DNS-Moleküle synthetisiert und bei der DNS-Reduplikation zu kompletten Molekülen zusammensetzt (Kornberg-Polymerase). 1959 erhielt K. den Nobelpreis für Physiologie/Medizin.

□ 1953-59: Prof. an der Washington Univ., St. Louis. □ 1959: Physiologie/Medizin-Nobelpreis (mit S. →Ochoa). □ 1960: »Die biologische Synthese von Desoxyribonucleinsäure« (Nobelpreis-Vortrag). □ seit 1959: Prof. an der Stanford Univ. in Palo Alto, Kalif.

Korner, Alexis

engl. Blues- und Jazzmusiker
* 19.4.1928 Paris (Frankreich) † 1.1.1984 London

Korner, der in den 50er Jahren farbige Sänger wie →Muddy Waters und Brownie McGhee auf Tourneen begleitet hatte, war der Vater des weißen Blues und die einflußreichste Persönlichkeit der europäischen Musikszene. Aus seiner 1961 gegründeten Band Blues Incorporated, auch Korners University genannt, gingen zahlreiche spätere Rockgrößen wie M. Jagger (→ Rolling Stones), Charlie Watts, Jack Bruce und E. →Burdon hervor. Kommerziellen Erfolg hatte K., der auch für Zeitungen, Rundfunk und Fernsehen arbeitete, Anfang der 70er Jahre mit seiner Rock-Big Band CCS.

□ 1947/48: Moderation engl. Blues- und Jazzsendungen in Nachkriegsdeutschland. □ 1948-50: Gitarrist bei Chris Barber; später Mitgl. der Ken Coyler Skiffle Group. □ 1954-61: Zusammenarbeit mit Cyril Davies. □ 1957: Erste Schallplatte »London Break«. □ 1962: Debüt von Blues Incorporated. □ 1963: »Blues Incorporated« (LP). □ 1964: »At the Cavern« (LP). □ 1969: Gründung der Gruppe New Church; Zusammenarbeit mit dem Gitarristen Peter Thorup. □ 1970: Gründung der Rock-Big-Band Creative Consciousness Society (CCS). □ 1971: »Alexis« (LP). □ 1972: Gründung der Gruppe Snape; »Snape live in Germany« (LP). □ 1979: »Party Album« (LP). □ 1982: »And Friends« (LP). □ 1983: Letzter großer Auftritt bei einem Folkfestival in Cambridge.

← Alexis Korner

Erich W. Korngold →

Körner, Theodor (1909-19 Edler von Siegringen)

österr. Politiker und Militär
* 24.4.1873 Komorn (Komárom, Ungarn)
† 4.1.1957 Wien

Der Sozialdemokrat Körner war der zweite Bundespräsident Österreichs nach dem 2. Weltkrieg. Nach dem Zusammenbruch der österreichischen Monarchie 1918 war er maßgeblich am Aufbau des republikanischen Heeres beteiligt. Als militärischer Führer des sozialistischen »Republikanischen Schutzbundes« plädierte er im Falle von Auseinandersetzungen für eine Guerilla-Taktik, zog sich jedoch nach dem Erstarken des Austro-Faschismus bis 1945 in das Privatleben zurück.

□ 1914: Generalstabschef der Isonzo-Armee. □ 1919-23: Heeresmin. □ 1923/24: Generalinspekteur. □ 1924: General; Ruhestand; Mitgl. der SPÖ. □ 1924-33: Mitgl. des Bundesrates. □ 1934 und 1944: In politischer Haft. □ 1945-51: Bürgermeister von Wien. □ ab 1951: Bundespräsident.

Theodor Körner kurz nach seiner Wahl zum österreichischen Staatspräsidenten, 1951.

Korngold, Erich Wolfgang

österr. Komponist
* 29.5.1897 Brünn
† 29.11.1957 Los Angeles, Kalif. (USA)

Korngold, Sohn des angesehenen Wiener Musikkritikers Julius Leopold K. (* 1860, † 1945), veröffentlichte mit elf Jahren die Ballettpantomime »Der Schneemann«, deren Aufführung an der Hofoper (1910) Aufsehen erregte. »Die tote Stadt« (Oper, UA Hamburg und Köln 1920) wurde ein Welterfolg. Stilistisch vermitteln seine Kompositionen zwischen Spätromantik und Neoklassizismus. Nach der Emigration in die USA (Staatsbürgerschaft 1943) schrieb K. fast ausschließlich Filmmusiken (für die Warner Bros. Company) und Revuen.

□ 1909: Schüler von A. →Zemlinsky in Wien. □ 1916: UA der Operneinakter »Der Ring des Polykrates« und »Violanta« in München. □ 1920: Debüt als Konzertdirigent in Wien. □ 1920/21: Konzertreisen als Dirigent und Pianist. □ 1923: »Klavierkonzert für die linke Hand«, P. →Wittgenstein gewidmet. □ 1927: Leitung einer Opernklasse an der Wiener Musikakademie. □ 1934: Emigration nach Hollywood auf Einladung von M. →Reinhardt. □ 1942: »Tomorrow« (Sinf. Dichtung) für Alt, Frauenchor und Orchester. □ 1951/52: Sinfonie für großes Orchester. □ 1954: UA von »Die stumme Serenade« (Komödie mit Musik) in Dortmund.

▷ L. Korngold: Erich Wolfgang Korngold, 1967.

Koroljow, Sergej Pawlowitsch

sowjet. Raumfahrtwissenschaftler
* 12.1.1906 Schitomir † 14.1.1966 Moskau

Koroljow war ab 1945 der bedeutendste sowjetische Raketenkonstrukteur. K. leitete den Bau des ersten 1957 gestarteten Erdsatelliten »Sputnik 1«. Auch die leistungsfähigen Trägerraketen »Wostok« und »Woschod« sowie die Satellitentypen »Elektron«, »Molnija 1« und »Sonde« wurden unter K.s Leitung entwickelt.

Koroljow, Chefkonstrukteur sowjet. Raumflugkörper.

Kortner in Arthur Millers »Tod eines Handlungsreisenden«.

Kortner, Fritz

(eig. Fritz Nathan Kohn)
österr. Schauspieler und Regisseur
* 12.5.1892 Wien † 22.7.1970 München

Kortner war einer der bedeutendsten deutschen Regisseure der Nachkriegszeit, obwohl er nach seiner Rückkehr aus der Emigration (1947) nie eine eigene Intendanz erhielt. Mit seinen gesten- und detailreichen Inszenierungen bildete K. ein Gegengewicht zum strengen klassizistischen Stil eines G. →Gründgens. Seine gegenwartsbezogenen Klassikerinterpretationen wurden zum Vorbild für Regisseure wie P. →Stein und P. →Zadek. Seine Glanzrollen als Schauspieler waren Geßler in Schillers »Wilhelm Tell« (1919), Shakespeares »Richard III.« (1920) und Shylock in »Der Kaufmann von Venedig« (1927). Nach dem 2. Weltkrieg war K. nur noch in vier Bühnenrollen zu sehen, u. a. als Willy Lohmann in A. →Millers »Tod eines Handlungsreisenden« und als Krapp in S. →Becketts »Das letzte Band«.

□ 1911-13: Engagement bei M. →Reinhardt am Dt. Theater in Berlin. □ 1919-22: Engagement bei L. Jeßner am Berliner Staatstheater. □ 1919: Hauptrolle in »Die Wandlung« (E. →Toller). □ 1926-30: Berliner Staatstheater. □ 1933-47: Emigration über London in die USA. □ 1954: Buch und Regie des Films »Die Stadt ist voller Geheimnisse«. □ 1961: Fernsehinszenierung der »Lysistrata« (Aristophanes). □ 1969: Mit Goethes »Clavigo« beim Berliner Theatertreffen; Shylock in Fernsehinszenierung von Shakespeares »Der Kaufmann von Venedig« (Rg. O. Schenk).

▷ F. Kortner: Aller Tage Abend (Aut.), 1959; K. Völker (Hg.): Fritz Kortner, Schauspieler und Regisseur, 1987.

Kossel, Albrecht

dt. Biochemiker
* 16.9.1853 Rostock † 5.7.1927 Heidelberg

Kossel entdeckte bei seinen Forschungen über die chemische Zusammensetzung der Zellkerne die Nukleinsäure als die nichtproteinhaltige Komponente in der bekannten Substanz »Nuklein«. Als Bestandteile der Nukleinsäure fand K. die Purine sowie Pyrimidine und isolierte neben Aminosäuren das Histidin. Mit seinen Erkenntnissen legte er das Fundament für Genetik und Molekularbiochemie.

□ 1882: »Zur Chemie des Zellkerns« (Schr.). □ 1887-95: Prof. an der Univ. Berlin. □ 1895-1901: Prof. an der Univ. Marburg. □ 1901-24: Prof. an der Univ. Heidelberg. □ 1908: »Die Probleme der Biochemie« (Schr.). □ 1910: Physiologie/Medizin-Nobelpreis.

Walther Kossel →

Kossel, Walther

dt. Physiker
* 4.1.1888 Berlin † 22.5.1956 Kassel

Kossel erklärte 1914 anhand des Atom-Modells von N. →Bohr die Röntgenspektren und erkannte 1916 die heteropolaren chemischen Bindungen. Mit seinen Arbeiten zum Periodensystem trug K. zur Vorstellung vom schalenförmigen Aufbau des Atomkerns bei. 1934 entdeckte K., daß bei Röntgeneigenstrahlen, die an einem Kristall gebeugt werden, in dem sie auch entstehen, Interferenzen auftreten (Kossel-Effekt). Aus den stark reflektierten Strahlen lassen sich auf fotografischem Weg Aufschlüsse über die Gitterkonstanten des Kristalls gewinnen.

□ 1915: »Über die Molekülbildung als Frage des Atombaus« (Schr.). □ 1921-32: Prof. an der Univ. Kiel; 1929 Rektor ebd. □ 1927: Entwicklung der »Theorie des Kristallwachstums« (Schr.). □ 1932-45: Dir. des Physikalischen Inst. der TH Danzig. □ 1947-53: Prof. an der Univ. Tübingen.

Kossinna, Gustav

dt. Prähistoriker
* 28.9.1858 Tilsit (heute UdSSR) † 20.12.1931 Berlin

Kossinna begründete die von ihm so genannte »Siedlungsarchäologie«. Sie sollte es ermöglichen, die Verbreitung vorgeschichtlicher Völker oder Volksstämme aufgrund archäologisch erkennbarer »Kulturprovinzen« zu erschließen, die K. dann bestimmten Völkern zuwies. In seinen teils polemisch, teils national gefärbten Werken kam die wissenschaftliche Fundierung seiner Methoden aus heutiger Sicht zu kurz.

□ ab 1902: Prof. an der Univ. Berlin. □ 1911: »Die Herkunft der Germanen; zur Methode der Siedlungsarchäologie« (Schr.). □ 1912: »Die deutsche Vorgeschichte, eine hervorragend nationale Wissenschaft« (Schr.). □ 1921: »Die Indogermanen« (Schr.).

Alexej N. Kossygin →

Kossygin, Alexej Nikolajewitsch

sowjet. Politiker
* 21.2.1904 St. Petersburg † 18.12.1980 Moskau

Mehr als 40 Jahre gehörte Kossygin der Führungsspitze der Sowjetunion an; selbst der Tod J. →Stalins und die sog. Tauwetterperiode konnten seine Karriere nur kurzfristig beeinträchtigen. Nach der Amtsenthebung von N. →Chruschtschow folgte er diesem als Vorsitzender des Ministerrats (Ministerpräsident) nach. In den Folgejahren entzog Parteichef L. →Breschnew ihm zunehmend die außenpolitische Kompetenz (A. →Gromyko) und überließ ihm hauptsächlich wirtschaftspolitische Aufgaben. K. galt als einer der Befürworter der Entspannungspolitik mit dem Westen, von der er sich Impulse für die stagnierende sowjetische Industrie versprach.

□ 1919-21: Teilnahme am Bürgerkrieg. □ 1921-24: Studium in Leningrad. □ 1924-34: In der Konsumgenossenschaft in Sibirien. □ 1927: Mitgl. der KPdSU. □ 1934/35: Studium am Textil-Inst. in Leningrad. □ 1936-38: Dir. einer Spinnerei. □ 1938: Bürgermeister von Leningrad. □ 1939: Mitgl. des ZK. □ 1939; 1948-52: Min. für Textilindustrie. □ 1940-52; 1957-64: Stellv. Ministerpräsident. □ 1943-46: Zugleich Ministerpräsident der Russischen Sowjetrepublik (RSFSR). □ 1948: Finanzmin. □ 1948-52; ab 1960: Mitgl. des Politbüros. □ 1953/54: Min. für Konsumgüter. □ 1959/60: Vors. der Planungs-Kommission (GOSPLAN). □ 1964-80: Ministerpräsident.

Kostolany, André

amer. Finanzexperte und Journalist
* 9.2.1906 Budapest (Ungarn)

Vom Kapitalismus geprägt und vorbehaltlos überzeugt, widmete der Börsenfachmann und Finanzberater Kostolany sein Leben dem »Studium« des Geldes. Der »Guru der Spekulanten«, der im 2. Weltkrieg nach einer Börsenmaklerlehre von Paris in die USA übersiedelte, gibt seit den 50er Jahren seine Erfahrungen und Ansichten zu aktuellen Entwicklungen in Seminaren und Kolumnen weiter und ist durch seinen originellen Schreibstil auch als Buchautor geschätzt.

□ 1941-50: Generaldir., Präs. und Hauptaktionär der G. Ballai and Cie Financing Company. □ 1957: »Der Friede, den der Dollar bringt« (Schr.). □ seit 1960: Mitarbeiter der frz. Zeitschrift La vie française. □ seit 1964: Mitarbeiter des Wirtschaftsmagazins Capital. □ 1972: »Geld — Das große Abenteuer« (Schr.). □ 1987: »Kostolanys Börsen-Seminar — für Kapitalanleger und Spekulanten« (Schr.). □ 1991: »Kostolanys Börsenpsychologie« (Schr.).

Köth, Erika

dt. Sängerin und Gesangspädagogin
* 15.9.1927 Darmstadt † 20.2.1989 Speyer

Köth wurde 1953 ständiges Mitglied der Staatsopern in München und Wien und entwickelte sich rasch zur bedeutendsten Sopranistin des Koloraturfachs in der Nachkriegszeit. Erfolge erzielte K., die u. a. in Mailand, London, Rom sowie in den USA und in der UdSSR gastierte, als Mozart-, Strauss- und Rossini-Interpretin. Nach Beendigung ihrer Bühnenlaufbahn (1978) war sie als Liedsängerin und Pädagogin erfolgreich und moderierte beliebte TV-Musiksendungen (ab 1978 »Ihr Musikwunsch«).

□ 1947: 1. Preis beim Gesangswettbewerb des Hess. Rundfunks. □ 1948: Debüt am Pfalztheater Kaiserslautern als Philine in »Mignon« (Oper) von Amboise Thomas (* 1811, † 1896). □ ab 1953: Mitgl. der Staatsopern in München und Wien. □ ab 1955: Auftritte bei den Festspielen in Salzburg. □ 1961: Rußland-Tournee. □ 1965-68: Auftritte in Bayreuth (Partie des Waldvogel in »Siegfried«). □ ab 1973: Tätigkeit als Gesangspädagogin (Köln, München, Mannheim).

▷ K. Adam: Herzlichst! Erika Köth, 1969; G. Werner: Erika Köth. Ihr Herz ist voll Musik, 1984.

Katrin Krabbe →

Siegfried Kracauer →

← André Kostolany

← Erika Köth

Krabbe, Katrin

dt. Leichtathletin
* 22.11.1969 Neubrandenburg

Die Sprinterin Krabbe feierte 1991 als zweifache Weltmeisterin von Tokio den größten Erfolg in ihrer noch jungen Karriere. Sie gewann über 100 m und 200 m; in der 4x100- und 4x400-m-Staffel holte sie zusätzlich jeweils Bronze. Im Jahr zuvor war die »Grace Kelly auf Spikes« bei den Europameisterschaften von Split mit drei Goldmedaillen zum Leichtathletik-Star der letzten DDR-Mannschaft geworden.

□ 1985: Zweite über 100 m und Dritte über 200 m bei der Kinder- und Jugendspartakiade der DDR. □ 1986: Bei der Junioren-Weltmeisterschaft Zweite mit der 4x100-m-Staffel, Dritte über 200 m und Vierte über 100 m. □ 1990: Europameisterin über 100 m, 200 m und mit der 4x100-m-Staffel.

Kracauer, Siegfried

amer. Literat und Soziologe dt. Herkunft
* 8.2.1889 Frankfurt/Main † 26.11.1966 New York

Kracauer war während der Weimarer Republik ein bekannter Essayist und Kulturkritiker. Sein zeitkritischer Blick galt dem öffentlichen Alltagsleben: Dem Straßenpassanten, dem Publikum von Kino, Revue, Operette, Zirkus und Sportveranstaltungen. Sarkastisch analysierte er den durch Reklame und Film gesteuerten Massengeschmack und schuf den Begriff der »Zerstreuungsfabrik« für die populären Vergnügungsstätten, mit deren Hilfe die herrschende Klasse, so K., die Politisierung des Normalbürgers verhindern wolle.

□ 1920-33: Redakteur der Frankfurter Zeitung in Berlin; Veröffentlichung seiner Essays (u. a. »Das Ornament der Masse«), seines Romans »Ginster«, der soziologischen Studie »Die Angestellten« in der FZ. □ 1933: Flucht nach Frankreich. □ 1941: Emigration in die USA; wissenschaftlicher Mitarbeiter der Museum of Modern Art Film Library. □ 1946: Amer. Staatsbürger. □ 1947: »Von Caligari zu Hitler« (Abh., dt. 1979). □ 1960: »Theorie des Films« (Schr., dt. 1964).

Krafft-Ebing, Richard Freiherr von

dt. Psychiater
* 14.8.1840 Mannheim
† 22.12.1902 Mariagrün bei Graz (Österreich)

Krafft-Ebing legte mit dem Buch »Psychopathia sexualis« (1886) das Standardwerk seiner Zeit zur Sexualpathologie vor, in welchem er die unterschiedlichsten Formen des Sexualverhaltens (Perversionen, Sadismus, Masochismus) beschrieb und klassifizierte. Als Vertreter forensischer Psychologie forderte K., daß nicht die Tat, sondern der Täter zum ärztlichen Untersuchungsobjekt gemacht werden müsse.

□ 1864-68: Assistent in der Irrenanstalt Illenau, Baden. □ 1872: Prof. für Psychiatrie an der neueröffneten Univ. Straßburg; »Grundzüge zu einer Kriminalpsychologie« (Schr.). □ 1873-89: Prof. an der Univ. Graz; Leiter der Irrenanstalt Feldhof ebd. □ 1876: »Lehrbuch der gerichtlichen Psychopathologie mit Berücksichtigung der Gesetzgebungen von Österreich, Deutschland und Frankreich« (Schr.). □ 1879: »Lehrbuch der Psychiatrie« (Schr.). □ ab 1889: Leiter der I., ab 1892 der II. Psychiatrischen Klinik in Wien.

Krag, Jens Otto

dän. Politiker und Politologe
* 15.9.1914 Randers
† 22.6.1978 Skiveren bei Skagen

Der sozialdemokratische Ministerpräsident Krag setzte sich während seiner Amtszeit für ein soziales Gleichgewicht und eine umfassende Steuerreform ein. Er war ein energischer Verfechter eines dänischen Beitritts zur EG (1973 verwirklicht), überließ aber die endgültige Entscheidung einer Volksabstimmung. Nach dem positiven Referendum erklärte er überraschend seinen Rücktritt mit der Begründung, 25 Jahre im Parlament seien genug.

□ 1930: Mitgl. der sozialdemokratischen Jugendbewegung. □ 1941-45: Im Versorgungsministerium. □ 1947-72: Mitgl. des Folketings (Parlament). □ 1947: Handelsmin. □ 1950-53: An der Botschaft in Washington. □ 1953-57: Min. ohne Geschäftsbereich. □ 1958: Außenmin. □ 1962-68: Ministerpräsident. □ 1965: Karlspreis der Stadt Aachen. □ 1971/72: Ministerpräsident. □ 1973: Robert-Schuman-Preis.

Krahl, Hilde

(eig. H. Kolacny)
dt.-österr. Schauspielerin
* 10.1.1917 Brod (heute: Slavonski Brod, Kroatien)

Krahl, die während der 50er und 60er Jahre auf fast allen großen deutschsprachigen Bühnen zu Hause war, überzeugte in klassischen und modernen Stücken durch ihre glaubwürdige Darstellung charakterstarker und engagierter Frauengestalten. Sie verkörperte u. a. die Lizzi in »Die ehrbare Dirne« (J.-P. → Sartre) und die »Mutter Courage« (B. →Brecht) bei den Hersfelder Festspielen und am Wiener Burgtheater.

□ 1936: Erstes Engagement am Wiener Theater in der Josefstadt. □ 1938-44: Zugleich Ensemblemitgl. am Dt. Theater Berlin. □ 1940: Dunja in »Der Postmeister« (F., Rg. G. v. Ucicky, mit H. →George) nach der Nov. von A. Puschkin. □ 1944: Heirat mit dem Regisseur W. →Liebeneiner. □ 1945-54: Mitgl. der Hamburger Kammerspiele. □ 1949: »Liebe 47« (F., Rg. W. Liebeneiner, nach dem Drama »Draußen vor der Tür« von W. →Borchert). □ 1960: »Ein Glas Wasser« (F., Rg. G. → Gründgens). □ 1980: Hauptrolle in der TV-Serie »Die liebe Familie«. □ 1984: Tournee mit der Münchner Schauspielbühne als »Mutter Courage« (Rg. W. Liebeneiner).

Kratschmer, Guido

dt. Leichtathlet
* 10.1.1953 Großheubach/Main

Kratschmer gehörte über anderthalb Jahrzehnte zu den besten Zehnkämpfern der Welt. Der Boykott der Olympischen Spiele in Moskau 1980 — wegen der Besetzung Afghanistans durch die Sowjets — brachte den damaligen Weltrekordhalter mit großer Sicherheit um eine Medaille und trug — neben zahlreichen Verletzungen — zu K.s »Ruf« als Pechvogel bei. 1988 trat der beliebte Leichtathlet von Hochleistungssport zurück.

□ 1974: EM-Dritter. □ 1975-80: Dt. Meister. □ 1976: Olympiazweiter. □ 1980: Weltrekord (8649 Punkte); dt. Sportler des Jahres. □ 1981: Europapokalsieger (erneut 1983). □ 1984: Olympiadritter. □ ab 1991: Bobfahrer.

Karl Kraus: Unerbittlicher Verteidiger der »reinen« Sprache.

← Guido Kratschmer

Kraus, Karl

österr. Schriftsteller und Publizist
* 28.4.1874 Gitschin, Böhmen † 12.6.1936 Wien

Der radikale Sprach- und Kulturkritiker Kraus gründete 1899 die literarisch-politische Zeitschrift Die Fackel, in der er ab 1912 nur noch eigene Texte publizierte, die sich scharfzüngig mit der Verwahrlosung der Sprache auseinandersetzten. K. erhob die Reinheit der Sprache zum Maßstab für die Qualität der Kultur, Politik und Ethik einer Nation. In seinem Hauptwerk, dem Drama »Die letzten Tage der Menschheit« (1922), klagte er die Presse als eigentlichen Verursacher des 1. Weltkriegs an. 1937 erschienen postum Aufsätze zur Theorie und Grammatik der deutschen Sprache (»Die Sprache«).

□ 1897: »Die demolierte Literatur« (Satire). □ bis 1899: Journalist für verschiedene Zeitungen in Wien. □ 1908: »Sittlichkeit und Kriminalität« (Es.s). □ 1909: »Sprüche und Widersprüche« (Aphorismen). □ 1910: »Die chinesische Mauer«

(Es.s); »Heine und die Folgen« (Es.). □ 1911: Konversion vom jüd. Glauben zum Katholizismus. □ 1912: »Nestroy und die Nachwelt« (Es.). □ 1919: »Weltgericht« (Es.s). □ 1923: Austritt aus der kath. Kirche aus Protest gegen die Haltung der Amtskirche gegenüber dem Krieg. □ 1929: »Literatur und Lüge« (Es.s). □ postum 1952: »Die dritte Walpurgisnacht« (nicht erschienenes Fackelheft von 1933).

▷ P. Schick: Karl Kraus, 1965; H. Weigel: Karl Kraus, 1968.

Kraus, Peter

(eig. P. Siegfried Krausenecker)
dt. Sänger und Schauspieler
* 18.3.1939 München

Der Sänger und Gitarrist Kraus mit der unverwechselbaren Kicks-Stimme war bei Fans und Medien Ende der 50er Jahre der deutsche König des Rock 'n' Roll. Nach dem Abklingen der Rock-'n'-Roll-Welle arbeitete er als Schauspieler und TV-Regisseur. Seit Mitte der 80er Jahre ist K. mit eigenen Musical-Revuen als Hauptdarsteller und Regisseur erfolgreich.

← Peter Kraus

□ 1952: »Das fliegende Klassenzimmer« (F.). □ 1957: Erster Hit »Susi Rock«. □ 1958: Erster Nr. 1-Hit »Hula-Baby«. □ 1968: Engagement an den Wiener Kammerspielen. □ 1978: Erste Arbeiten als TV-Regisseur. □ 1989: Musical-Revue »Back to the 50's«.

▷ P. Kraus: Wop-baba-lu-ba. Mein ver-rocktes Leben, 1990.

Krauss, Clemens Heinrich

österr. Dirigent
* 31.3.1893 Wien † 16.5.1954 Mexiko-City (Mexiko)

Krauss, der vor allem ein hervorragender Operndirigent war, erwarb internationale Anerkennung als Interpret der Werke von R. →Strauss. Vier Opern von Strauss, mit dem ihn eine enge Freundschaft verband, brachte er zur Uraufführung — u. a. »Capriccio«, zu der er auch das Libretto schrieb (1942). Weitere Schwerpunkte seiner Bühnenarbeit bildeten Werke von Mozart, G. → Verdi und G. →Puccini. Als Konzertdirigent favorisierte K. die großen Oratorien von Händel, die symphonischen Dichtungen von Strauss sowie die Werke von Franz Schubert und Johannes Brahms.

□ 1923: Dirigent der Wiener Tonkünstlerkonzerte als Nachfolger von W. → Furtwängler. □ ab 1924: Intendant der Oper und Leiter der Museumskonzerte Frankfurt. □ 1929-34: Dir. der Wiener Staatsoper. □ 1930: Wiener EA der Oper »Wozzeck« von A. →Berg. □ ab 1934: Leiter der Berliner Oper. □ 1937-44: Generalintendant der Münchener Opernhäuser. □ ab 1939: Leiter der Festspiele und des Mozarteums in Salzburg. □ 1943: Rundfunkkonzerte mit den Wiener Philharmonikern. □ ab 1945: Dirigent der Staatsoper und der Philharmoniker Wien.

▷ J. Gregor: Clemens Krauss, 1953; O. v. Pander: Clemens Krauss in München, 1955.

Krebs, Sir (ab 1958) Hans Adolf

brit. Biochemiker dt. Herkunft
* 25.8.1900 Hildesheim † 22.11.1981 Oxford

← Hans Adolf Krebs

Krebs entdeckte 1937 den Zitronensäurezyklus, eine wichtige Reaktionskette des intermediären Stoffwechsels. Der »Krebs-Zyklus« beschreibt den Umwandlungsprozeß, der beim Abbau der aufgenommenen Nahrungs- und Nährstoffe für Bewegungs- und Wärmeenergie im lebenden Organismus sorgt.

□ 1933: Emigration nach England. □ 1945-54: Prof. an der Univ. Sheffield. □ 1953: Physiologie/Medizin-Nobelpreis (mit F. A. →Lipmann). □ 1954-67: Prof. an der Univ. Oxford. □ ab 1967: Forschungen am Radcliffe Infirmary ebd.

Kreisky, Bruno

österr. Politiker
* 22.1.1911 Wien † 29.7.1990 ebd.

Bruno Kreisky: Österreichischer Bundeskanzler 1970-83.

Der charismatische Kreisky war die überragende Politikerpersönlichkeit Österreichs während der 70er Jahre. Mit seinem Vermögen, auf die Mentalität seiner traditionsverbundenen Landsleute einzugehen, sprach er auch konservative Wähler an und führte so die SPÖ erstmals zur Mehrheit.
Geprägt von der Sozialdemokratie skandinavischer Prägung rückte er Sozialreformen in den Vordergrund. Darüber hinaus konnte er eine weitgehende Straf- und Familienrechtsreform durchsetzen. Gegen Ende seiner Amtszeit geriet das Land allerdings durch die mit immer höheren Staatsschulden erkaufte zeitweilige Vollbeschäftigung in wirtschaftliche Schwierigkeiten.
K. plädierte stets für die Wahrung der österreichischen Neutralität, die er außenpolitisch geschickt einsetzte. Besondere Aufmerksamkeit erweckte sein Einsatz für eine umfassende Nahost-Friedensregelung, wobei er unbekümmert über heftige israelische Reaktionen hinwegsah (1979

Empfang von PLO-Chef J. →Arafat). Mit großer Beharrlichkeit engagierte er sich für einen Ost-West-Dialog und arrangierte zwei amerikanisch-sowjetische Gipfeltreffen in Wien (1961 und 1979). Als die SPÖ bei den Wahlen 1983 erhebliche Stimmenverluste hinnehmen mußte, trat er zurück.

□ ab 1927: Mitgl. der Sozialistischen Arbeiterjugend, danach der SPÖ. □ 1935-37: Inhaftiert. □ März 1938: Promotion. □ März-Aug.1938: Erneut in Haft. □ 1938-46: Exil in Schweden. □ 1946-51: Im diplomatischen Dienst; u. a. an der Gesandtschaft in Stockholm. □ 1951: Berater von Bundespräsident Th. →Körner. □ 1953: Staatssekr. im Bundeskanzleramt. □ 1956-83: Nationalrat. □ 1959: Stellv. Obmann der SPÖ. □ 1959-66: Außenmin. □ 1967-83: Obmann der SPÖ. □ 1970-83: Bundeskanzler. □ 1985: »Das Nahostproblem 1975-1985« (Schr.).

▷ B. Kreisky: Zwischen den Zeiten. Erinnerungen aus fünf Jahrzehnten, 1986; ders.: Im Strom der Politik, 1988.

Kreisler, Georg

österr. Schriftsteller, Kabarettist und Komponist
* 18.7.1922 Wien

Bekannt wurde Kreisler nach seiner Rückkehr aus der Emigration (1955) mit seinen »Liedern zum Fürchten«. Der begabte Pianist und profunde Kenner klassischer Musik, der als Emigrant in den USA u. a. als Barmusiker arbeitete, textete und komponierte parodistische, makabre Chansons (»Geh'n ma Taubn vergiften im Park«), die er selbst am Klavier vortrug. Großen Erfolg hatten seine Liedersammlungen »Zwei alte Tanten tanzen Tango« (1964), »Nichtarische Arien« (1967) und seine Satiren »Worte ohne Lieder« (1986).

← Georg Kreisler

▷ G. Kreisler: Die alten bösen Lieder. Ein Erinnerungsbuch, 1989.

Krelle, Wilhelm Ernst

dt. Nationalökonom
* 24.12.1916 Magdeburg

Krelle, Vertreter der mathematischen Ökonomie, lieferte in den 50er und 60er Jahren grundlegende Beiträge zur Preis-, Verteilungs- und Wachstumstheorie sowie zur Unternehmensforschung und Ökonometrie. Das von ihm entwickelte Bonner Modell, ein Prognosesystem zur Einschätzung der Wirkung wirtschaftspolitischer Maßnahmen (u. a. Steuer-, Zins- und Wechselkursänderungen), wird — erweitert und modifiziert — in der Wirtschaftspolitik noch immer angewendet.

← Wilhelm Ernst Krelle

□ 1947: Promotion in Ökonomie bei W. →Eucken. □ 1948: Abschluß als Diplom-Physiker. □ 1948-51: Dozent für Wirtschaftstheorie an der Univ. Heidelberg. □ 1953: »Theorie wirtschaftlicher Verhaltensweisen« (Schr.). □ 1953/54: Forschungsaufenthalt in den USA. □ 1956-58: Prof. in St. Gallen, Schweiz. □ ab 1958: Prof. an der Univ. Bonn. □ 1960: »Preistheorie« (Schr.). □ 1962: »Verteilungstheorie« (Schr.). □ seit 1963: Mitgl., zeitweise Vors., des Vereins für Sozialpolitik (L. J. →Brentano). □ 1968: »Präferenz- und Entscheidungstheorie« (Schr.). □ 1969: »Einführung in die mathematische Optimierung« (Schr.). □ 1976: »Konsum und Investitionen des Staates bis 1985« (Schr). □ 1985: »Theorie des wirtschaftlichen Wachstums« (Schr.).

Gidon Kremer: 1975 erstmals auf Deutschlandtournee.

Kremer, Gidon Markowitsch

sowjet. Geiger
* 27.2.1947 Riga (heute Lettland)

Kremer, für H. v. →Karajan der »beste Geiger, den wir haben«, konnte bereits auf eine erfolgreiche Karriere in der Sowjetunion zurückblicken, als er Mitte der 70er Jahre auch im Westen bekannt wurde. Den Ruf eines musikalischen Dissidenten erwarb sich K. mit seinem Engagement für zeitgenössische Musik und der Forderung nach individueller Interpretation. Wichtige Uraufführungen galten Werken von H. W. →Henze, K. →Stockhausen und Alfred Schnittke (* 1934). K. ist auch als Veranstalter tätig. Mit dem von ihm 1981 gegründeten Kammermusikfestival in Lockenhaus will er verkrustete Veranstaltungsformen aufbrechen und den Zuhörer am Kommunikationsprozeß mit der Musik beteiligen.

□ 1965-73: Schüler von D. →Oistrach am Moskauer Konservatorium. □ 1970: Erster Preis beim Tschaikowsky-Wettbewerb in Moskau; Debüt in Wien mit den Wiener Sinfonikern. □ 1975: Erste Tournee durch die BRD. □ 1977: UA des »Concerto grosso« für zwei Violinen von A. Schnittke. □ 1978: UA des »Il Vitalino raddoppiato« von H. W. Henze. □ 1985/86: Konzertreisen mit Lockenhaus-Künstlern (u. a. Martha Argerich) in der BRD, Australien und Amerika.

▷ W. E. v. Lewinski: Gidon Kremer, 1982.

Křenek, Ernst

österr.-amer. Komponist
* 23.8.1900 Wien

Křenek, dessen Kompositionen in Deutschland nach 1933 verboten wurden, erzielte mit seiner Oper »Johnny spielt auf« (UA Leipzig 1927) einen Welterfolg. Als Jazzoper in die Musikgeschichte eingegangen, spiegelt das Werk, das die Amerikabegeisterung der 20er Jahre karikiert, den Wandel des expressionistischen Musiktheaters zur gesellschaftskritischen Zeitoper (P. → Hindemith). Das vielseitige Gesamtwerk von K. faßt die Breite der musikalischen Entwicklungen seit 1920 zusammen. Nach einer neoklassizistischen Phase (»Reisebuch aus den österreichischen Alpen«, Liederzyklus, 1929) schrieb er ab 1930 Zwölftonmusik (»Durch die Nacht«, Liederzyklus) und wandte sich mit dem Pfingstoratorium »Spiritus intelligentiae, sanctus« (1956) der elektronischen Musik zu. »Sestina« (für Sopran, Instrumente und Schlagzeug, 1957) gilt als exponiertes Beispiel der seriellen Kompositionstechnik (K. → Stockhausen).

Ernst Křenek: Welterfolg mit »Johnny spielt auf«, 1927.

□ 1920-23: Studium bei Fr. →Schreker in Berlin. □ 1925-27: Künstlerischer Beirat am Staatstheater Kassel. □ 1926: UA von »Orpheus und Eurydike« (Oper, Libr. O. →Kokoschka) in Kassel. □ 1928-37: Komponist in Wien; Kontakte mit A. →Berg, A. →Webern und K. →Kraus. □ 1937: »Über neue Musik« (Schr.). □ 1938: UA von »Karl V.« (Oper) in Prag; Emigration in die USA. □ 1939-42: Dozent für Musiktheorie am Vassar College Poughkeepsie, N. Y.; Forschungen über Musik des Mittelalters. □ 1942-47: Prof. an der Hamline Univ. in St. Paul, Minn. □ 1969: K.-Festival in Graz. □ 1971: »Orga-Nastro« für Orgel und Tonband.

▷ E. Křenek: Selbstdarstellung, 1948; C. Maurer Zenck: Ernst Křenek — ein Komponist im Exil, 1980.

Krenz, Egon

dt. Politiker
* 19.3.1937 Kolberg, Pommern

Krenz wird als SED-Generalsekretär mit der kürzesten Amtszeit in die Geschichte der ehemaligen DDR eingehen. Mit seiner Wahl sollte am 18.10.1989 ein Generationswechsel in der Führungsspitze der SED eingeleitet werden; doch die Ablösung von E. →Honecker kam zu spät. Obwohl K. sich bemühte, durch Versprechungen von Reformen und freien Wahlen Vertrauen zu gewinnen, war die bereits seit September 1989 sich anbahnende friedliche Revolution nicht mehr aufzuhalten. Nach der (auf einem Mißverständnis beruhenden?) Öffnung der Berliner Mauer am 9.11.1989 kam es zur Enthüllung zahlreicher Fälle von Amtsmißbrauch und Korruption durch hohe Funktionäre der SED. Selbst von der Parteibasis wurde der Rücktritt der gesamten Parteiführung gefordert. Im Dezember 1989 trat K. von seinen Partei- und Staatsämtern zurück, sein Nachfolger wurde G. →Gysi.

□ 1953: Mitgl. der FDJ. □ 1953-57: Lehrerausbildung. □ ab 1955: Mitgl. der SED. □ 1961-64; 1967-74: Sekr. des Zentralrats der FDJ. □ 1971-90: Mitgl. der Volkskammer. □ ab 1973: Mitgl. des ZK. □ 1974-83: 1. Sekr. der FDJ. □ ab 1983: Mitgl. des Politbüros. □ 1984: Stellv. Vors. des Ministerrats. □ Okt.-Dez. 1989: Generalsekretär der SED; Vors. des Staatsrats; Vors. des Verteidigungsrats. □ Jan. 1990: Ausschluß aus der SED/PDS.

▷ E. Krenz: Wenn Mauern fallen, 1990.

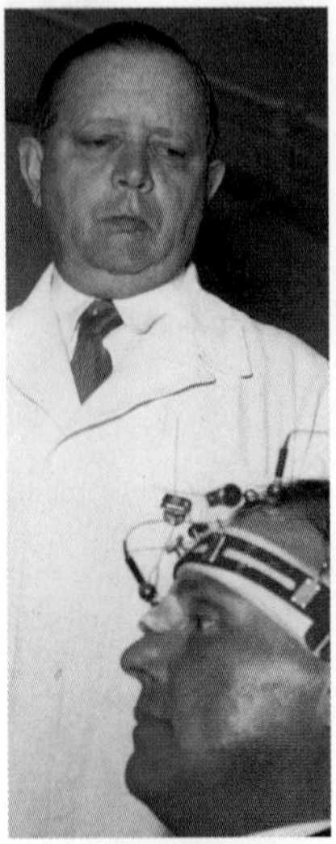
Ernst Kretschmer →

← Egon Krenz

Kresnik, Johannes »Hans«

österr. Tänzer, Choreograph und Ballettmeister
* 12.12.1939 St. Margarethen

Mit seinen explizit politischen, handlungsorientierten Choreographien hat Kresnik als Ballettdirektor in Bremen und Heidelberg seit Ende der 60er Jahre für Aufsehen gesorgt. Nach Ensemble- und Soloengagements als Tänzer u. a. in Graz und Köln trat er erstmals 1967 mit dem abstrakten Ballett »O sela pei« in Köln als Choreograph hervor.
Zu seinen geschmäht-gefeierten Arbeiten gehören u. a. »Paradies?« über das Attentat auf Rudi →Dutschke (1968), »Schwanensee AG« (1975) und »Betriebsverfassungsgesetz« (1983).

□ 1964: Solovertrag als Tänzer an der Kölner Oper. □ 1968: Nach Choreographien in Köln Ballettmeister und Chefchoreograph in Bremen. □ 1969: »Kriegsanleitung für jedermann« in Bremen. □ 1977: »Massada« bei den Wiener Festwochen. □ 1979: Wechsel nach Heidelberg. □ 1981: Choreographie von »Hamletmaschine« nach H. →Müller in Heidelberg. □ 1986: »Herzlich Willkommen« als Gastchoreograph in München. □ 1989: Rückkehr als Leiter des Tanztheaters nach Bremen.

Kretschmer, Ernst

dt. Psychiater
* 8.10.1888 Wüstenrot bei Heilbronn
† 8.2.1964 Tübingen

Kretschmer erforschte die körperlich-seelisch-geistige Konstitution des Menschen und stellte das nach ihm benannte System der »Kretschmerschen Konstitutionstypen« auf. In diesem System ordnete er den drei als »leptosom«, »pyknisch« und »athletisch« bezeichneten Körperbautypen bestimmte geistig-seelische Verhaltensweisen sowie spezifische Erkrankungsneigungen zu.
K. arbeitete auch auf dem Gebiet der Kinder- und Jugendpsychopathologie, entwickelte neue Hypnosetechniken und regte für Straftäter, die unter Zwang handelten, Möglichkeiten zur Rehabilitation an.

□ 1921: »Körperbau und Charakter« (Schr.). □ 1922: »Medizinische Psychologie« (Schr.). □ 1923-26: Prof. an der Univ. Tübingen; später Marburg. □ ab 1946: Erneut Prof. in Tübingen. □ 1963: »Gestalten und Gedanken« (Schr.).

Kreuder, Peter Paul

dt.-österr. Komponist
* 18.8.1905 Aachen † 28.6.1981 Salzburg

Kreuder schrieb 200 Filmmusiken und über 1200 Schlager, darunter viele Evergreens wie »Ich brauche keine Millionen«, »Ich wollt' ich wär' ein Huhn«, »Sag beim Abschied leise Servus« und »Für eine Nacht voller Zärtlichkeit«. Während des Dritten Reichs spielte er als Leiter verschiedener Studio-Orchester auch sog. nichtarische Komponisten wie G. →Gershwin und F. →Hollaender.

□ 1911: Erster Auftritt in Berlin mit Mozarts kleinem A-Dur-Konzert. □ 1924: An der Münchner Akademie der Tonkünste Examen als Komponist, Dirigent und Pianist. □ 1928-30: Musikalischer Leiter der Reinhardt-Bühnen Berlin. □ 1930-33: Musikalischer Leiter des Schauspielhauses München. □ ab 1935: Musik u. a. für »Hallo Janine« (mit M. →Rökk) und »Wasser für Canitoga« (mit H. →Albers). □ 1939: Übersiedlung nach Schweden. □ 1942: Rückkehr nach Deutschland. □ 1945: Annahme der österr. Staatsbürgerschaft. □ 1946: Leiter der Radiostationen São Paulo, Rio de Janeiro und Buenos Aires. □ 1955: Rückkehr nach Europa, zahlreiche Filmmusiken.

▷ P. Kreuder/E. Ebermayer: Schön war die Zeit, 1955; P. Kreuder: Nur Puppen haben keine Tränen, 1972.

Kreutzberg, Harald

dt. Tänzer
* 11.12.1902 Reichenberg (heute Liberec, CSFR)
† 25.4.1968 Muri (Schweiz)

Harald Kreutzberg: Ausdruckstanz in Perfektion.

Kreutzberg beeinflußte über Jahrzehnte mit seinen mimisch-tänzerischen Soloabenden die Entwicklung des Balletts hin zum Tanztheater. Mit kahlgeschorenem Kopf, selbstentworfenem Kostüm und zur Klavierbegleitung von F. Wilckens beeindruckte K., ein Schüler der Ausdruckstänzerin M. → Wigman, durch sinnlich-dynamische, fein nuancierte gestische Tanzbewegungen, in denen er abgeschlossene Szenen (»Tanz des Hofnarren«), einzelne Menschentypen (»Coronar Infarkt« über den modernen Manager) oder Ereignisse der Zeitgeschichte (»Dachauer Wiegenlied« über den Alltag im Konzentrationslager) auf der Bühne darstellte.

□ 1922: Nach Ausbildung u. a. bei M. Wigman Engagement als Tänzer in Hannover. □ 1924: Wechsel an die Berliner Staatsoper. □ 1927: Auftritt in »Turandot« bei den Salzburger Festspielen auf Einladung von M. →Reinhardt. □ 1932-59: Tourneen durch Europa mit Solo-Tanzabenden. □ 1955: Gründung einer Tanzschule in Bern.

▷ H. Kreutzberg: Über mich selbst, 1938.

Kreyssig, Lothar

dt. Jurist und Theologe (ev.)
* 30.10.1898 Flöha bei Chemnitz
† 5.7.1989 Bergisch Gladbach

Kreyssig, der 1949-61 dem Rat der EKD angehörte, gründete 1958 die »Aktion Sühnezeichen«. Diese Vereinigung christlicher Jugendgruppen organisiert freiwillige Arbeit in der Landwirtschaft sowie Hilfe beim Aufbau kirchlicher und sozialer Institutionen in denjenigen Ländern, die unter dem nationalsozialistischen Vernichtungskrieg besonders gelitten haben. Nach der Machtergreifung 1933 hatte K. als Richter vielen Verfolgten helfen können; als Prediger bewies er großen Mut: Er zeigte den mit den Morden an Geisteskranken (Euthanasie) beauftragten Reichsleiter Phillipp Bouhler wegen Mordes an.

□ 1928: Landgerichtsrat in Chemnitz. □ 1931: Gründung der Notgemeinschaft für Arbeitslose in Flöha. □ 1936: Teilnahme an der Reichssynode der Bekennenden Kirche. □ 1949: Präses der Synode der Kirchenprovinz Sachsen. □ 1971: Übersiedlung nach Berlin/West.

Martin Kriele →

Kriele, Martin

dt. Staatsrechtler
* 19.1.1931 Opladen

Kriele, der 1985 Nicaragua bereiste, wurde mit seinem Bericht »Nicaragua — Das blutende Herz Amerikas« (1986) bekannt. Der Sozialdemokrat, der darin die antiamerikanische Stimmung seiner Parteigenossen und ihre positive Einstellung zu den linksgerichteten Sandinisten kritisierte, trat 1986 aus der SPD aus. Anfang der 70er Jahre hatte K. in dem Verfahren um den Grundlagenvertrag mit der DDR vor dem BVG die Ostpolitik der Regierung W. →Brandt vertreten.

□ 1960-86: Mitgl. der SPD. □ 1963: »Kriterien der Gerechtigkeit« (Schr.). □ seit 1967: Prof. an der Univ. Köln; Dir. des Seminars für Staatsphilosophie und Rechtspolitik ebd. □ seit 1968: Mithg. der Zeitschrift für Rechtspolitik. □ 1975: »Einführung in die Staatslehre« (Schr.). □ seit 1976: Richter am Verfassungsgerichtshof NRW. □ 1977: »Die Menschenrechte zwischen Ost und West« (Schr.). □ 1980: »Befreiung und politische Aufklärung. Plädoyer für die Würde des Menschen« (Es.). □ 1988: »Freiheit und Befreiung. Zur Rangordnung der Menschenrechte« (Schr.).

Kris Kristofferson →

Kristofferson, Kris

amer. Sänger, Komponist und Schauspieler
* 22.6.1936 Brownsville, Texas

Kristofferson, ehemaliger Rhodes-Elite-Stipendiat, Armee-Offizier und Hubschrauber-Pilot, war in den 60er und 70er Jahren die Stimme einer am Vietnamkrieg verzweifelnden Generation. Aus seinen zu Rock-Klassikern gewordenen Liedern »Help me make it through the night« und »Sunday morning comin' down« sprechen Traurigkeit und ein gebrochenes Lebensgefühl. Sein Lied »Me and Bobby McGee« wurde in der Interpretation von J. → Joplin weltberühmt. Erfolge als Schauspieler hatte K. mit den unter der Regie von S. →Peckinpah gedrehten Filmen »Pat Garret jagt Billy the Kid« (1973) und »Convoy« (1978)

sowie 1980 mit »Heaven's Gate« (Rg. M. →Cimino).

☐ 1965: Nach Dienst in der US-Army Schlagertexter in Nashville. ☐ 1970: Auftritt beim Rhode Island Folk Festival und Fernsehdebüt in J. →Cashs TV-Show. ☐ 1971: »Kristofferson« (LP). ☐ 1973: »Full Moon« (LP, mit R. Coolidge). ☐ 1975: »Alice lebt hier nicht mehr« (Rg. M. →Scorsese). ☐ 1977: »Songs of Kristofferson» (LP); »A star is born« (F., mit B. →Streisand). ☐ 1980: »Help me make it through the night« (LP). ☐ 1987: »Repossessed«, »Highwayman« (LPs).

Krleža, Miroslav

kroat. Schriftsteller
* 7.7.1899 Zagreb † 29.12.1981 ebd.

Krleža schrieb, geprägt von den Erfahrungen des 1. Weltkriegs, expressionistische Erzählungen mit sozialkritischem Impetus (»Der kroatische Gott Mars«, 1922; dt. 1965). Großen Erfolg hatte die Dramentrilogie »Die Glembays« (1929, dt. 1963), »In Agonie« (1928, dt. 1964) und »Leda« (1931, dt. 1964), in der K. den Verfall eines alten kroatischen Patriziergeschlechts schilderte. In seinem umfangreichsten Werk, dem dreiteiligen Roman »Bankett in Blitvien« (1938, 1939, 1962, dt. 1964), beschwört er die Gefahren des in Mittel- und Osteuropa aufkommenden Totalitarismus. Mit der Entwicklung eines essayistischen Prosastils nahm K. großen Einfluß auf die jugoslawische Gegenwartsliteratur.

☐ 1911: Aufnahme in die Budapester Militärakademie. ☐ 1932: »Die Rückkehr des Filip Latinovicz« (R., dt. 1961). ☐ 1933: »Tausendundein Tod« (Erz.n, dt. 1984). ☐ 1938: »Ohne mich. Eine einsame Revolution« (R., dt. 1984). ☐ 1952: Auf dem Schriftstellerkongreß von Ljubljana in einem Grundsatzreferat Abkehr vom Sozialistischen Realismus. ☐ ab 1955: Hg. jugos. Enzyklopädien. ☐ postum 1987: »Essays. Über Literatur und Kunst« (dt. 1987).

▷ A. Leitner: Die Gestalt des Künstlers bei M. Krleža, 1986.

Krockow, Christian Graf von

dt. Wissenschaftler und Publizist
* 26.5.1927 Stolp (heute Słupsk, Polen)

Krockow, der einer pommerschen Adelsfamilie entstammt, wurde durch die Erfahrung des 2. Weltkriegs und der anschließenden Vertreibung aus der heute polnischen Heimat zu einem kritischen Begleiter der Entwicklung der BRD seit 1945. In seinen Büchern verarbeitet der Politikwissenschaftler im Ausland gewonnene Eindrücke, vor allem jedoch setzt er sich wie in »Die Deutschen in ihrem Jahrhundert. 1890-1990« (1990) mit den historischen Erfahrungen, mit Schwächen und Stärken der Deutschen auseinander. Der Mahner vor einer Wiederholung von Selbstüberschätzung und Gewalt tritt für ein friedliches, geeintes Europa ein, in dem auch die deutsch-polnische Grenze ihren trennenden Charakter verliert.

☐ 1954: Promotion nach dem Studium von Soziologie, Philosophie und Staatsrecht. ☐ 1958: »Die Entscheidung — Eine Untersuchung über Ernst Jünger, Carl Schmitt und Martin Heidegger«. ☐ 1961-68: Prof. für Politikwissenschaft. ☐ 1970: »Nationalismus als deutsches Problem« (Schr.). ☐ 1983: »Scheiterhaufen — Größe und Elend des deutschen Geistes« (Schr.); »Gewalt für den Frieden?« (Schr.). ☐ 1985: »Die Reise nach Pommern« (Ber.). ☐ 1987: »Friedrich der Große« (Biogr.). ☐ 1988: »Die Stunde der Frauen« (Ber.). ☐ 1989: »Heimat — Erfahrungen mit einem deutschen Thema«. ☐ 1991: »Fahrten durch die Mark Brandenburg«.

Franz Xaver Kroetz →

← Miroslav Krleža

Karl Krolow →

← Chr. Graf von Krockow

Kroetz, Franz Xaver

dt. Schriftsteller und Schauspieler
* 25.2.1946 München

Kroetz, Autor von politischen Volksstücken in der Tradition Ö. v. →Horváths und M. →Fleißers, ist der seit den 70er Jahren meistgespielte deutschsprachige Dramatiker. Er zeigt, z. B. in »Wildwechsel« (1971), Isolation und Sprachlosigkeit sozial Schwacher als Folgen der kapitalistischen Gesellschaftsordnung; K. setzt dabei den bayerischen Dialekt als Mittel der realistischen Figurenzeichnung ein. Stücke wie »Bauernsterben« (1985) riefen mit ihren bewußt schockierenden Effekten scharfen Protest hervor. Erfolg hat K. auch als Schauspieler, z. B. in der Rolle des Klatschkolumnisten Baby Schimmerlos in der TV-Serie »Kir Royal« (1986).

☐ 1961-64: Schauspielunterricht. ☐ 1971: »Wildwechsel« (Dr.; F. 1973, Rg. R. W. →Fassbinder). ☐ 1972: DKP-Mitgl. (bis 1980); »Stallerhof« (Dr.); »Oberösterreich« (Dr.; TV 1979). ☐ 1976: »Agnes Bernauer« (Dr., nach Ch. F. Hebbel). ☐ 1978: »Mensch Meier« (Dr.; TV 1982). ☐ 1981: »Nicht Fisch, nicht Fleisch« (Dr.). ☐ 1981-83: »Der Mondscheinknecht« (R., 2 Bde.). ☐ 1984: »Furcht und Hoffnung der BRD« (Dr.).

▷ H. L. Arnold (Hg.): Franz Xaver Kroetz. Text und Kritik, 1978; R.-P. Carl: Franz Xaver Kroetz, 1978.

Krolow, Karl

dt. Schriftsteller
* 11.3.1915 Hannover

Krolow, Georg-Büchner-Preisträger von 1956, verfaßte stimmungshafte Naturlyrik und wandte sich später reimlosen, experimentellen Gedichten zu. Kennzeichnend ist die Synthese von abstrakter Metaphorik und rhythmischer, sinnenhafter, zugleich unpathetischer Sprache (u. a. in »Fremde Körper«, Ged.e, 1959). Auch als Literaturkritiker und Nachdichter spanischer und französischer Lyrik anerkannt, ist K. einer der bedeutendsten Lyriker seiner Generation.

☐ 1935-41: Studium der Germanistik, Romanistik, Philosophie und Kunstgeschichte in Göttingen und Breslau. ☐ 1943: »Hochgelobtes, gutes Leben« (Ged.e). ☐ 1952: »Die Zeichen der Welt« (Ged.e). ☐ 1954: »Wind und Zeit« (Ged.e). ☐ 1956: »Tage und Nächte« (Ged.). ☐ 1960/61: Gastdozent für Poetik an der Univ. Frankfurt/Main. ☐ 1968: »Alltägliche Gedichte«. ☐ 1970: »Bürgerliche Gedichte« (unter dem Pseud. Karol Kröpcke). ☐ seit 1972: Präs. der Dt. Akademie für Sprache und Dichtung. ☐ 1979: »Das andere Leben« (Erz.). ☐ 1988: »Als es soweit war« (Ged.e).

▷ P. Paulus/G. Kolter: Der Lyriker Karl Krolow, 1983.

Kronawitter, Georg

dt. Politiker
* 21.4.1928 Oberthann, Niederbayern

Kronawitter, der in seiner Partei eher zum rechten Flügel gerechnet wird, führt seit 1984 in

München eine rot-grüne Stadtregierung, der zunächst auch noch mehrere Referenten aus der CSU angehörten. Seine erste Amtszeit in den 70er Jahren war vor allem durch heftige innerparteiliche Flügelkämpfe gekennzeichnet und endete bereits nach vier Jahren durch einen spektakulären Wahlsieg der CSU.

□ 1952: Abitur auf dem zweiten Bildungsweg. □ 1952-56: Pädagogik- und Soziologiestudium. □ 1956-66: Lehrer. □ seit 1961: Mitgl. der SPD. □ 1966-72: bayer. MdL. □ 1972-76: Oberbürgermeister der bayer. Landeshauptstadt. □ 1979: »Mit allen Kniffen und Listen. Strategie und Taktik der dogmatischen Linken in der SPD« (aut. Schr.). □ seit 1984: Erneut Oberbürgermeister von München.

← Georg Kronawitter

Kronzucker, Dieter

dt. Fernsehjournalist
* 22.4.1936 München

Kronzucker wurde als langjähriger Leiter des ZDF-»Heute-Journal« einer der beliebtesten deutschen Polit-Moderatoren. Der ehemalige Amerika-Korrespondent (1981-85), der auch als Buchautor Erfolg hat, ist seit 1991 Chefredakteur der Nachrichtensendung »Guten Abend, Deutschland« bei SAT 1. Weltweites Aufsehen erregte 1980 die Entführung seiner beiden Töchter und seines Neffen in Italien. Erst nach Zahlung eines Lösegelds von mehr als 4 Mio. DM wurden die Kinder nach zwei Monaten freigelassen.

□ 1960: Promotion zum Dr. phil. □ 1961: Redakteur bei der DW in Köln. □ 1963-65: Reporter bei »Hier und Heute« (WDR). □ 1965-67: Redakteur der Hauptabteilung Zeitgeschehen/Fernsehen des WDR (»Monitor«). □ 1968/69: ARD-Korrespondent in Vietnam. □ 1969-73: Freier Südamerika-Korrespondent (ARD/WDR). □ 1973-77: Stellv. Chefredakteur Zeitgeschehen beim NDR. □ 1977-80: Leiter des ZDF-»Heute-Journal« (erneut 1986-88). □ 1981: »Kuba in der Klemme« (Hg.). □ 1981-85: Leiter des ZDF-Studios in Washington. □ 1988: Redaktionsleiter der ZDF-Reihe »Abenteuer und Legenden«. □ 1989: Mitautor von »Das amerikanische Jahrhundert« und »Abenteuer und Legenden« (Schr.n). □ 1991: »Der Tag des Kondors« (Schr.).

← Dieter Kronzucker

Kropotkin, Pjotr Alexejewitsch, Fürst

russ. Geograph und Anarchist
* 9.12.1842 Moskau † 8.2.1921 Dimitrow

Kropotkin war der Haupttheoretiker des Anarchokommunismus. Durch die Bekanntschaft mit Michail Bakunin (* 1814, † 1876) angeregt, entwickelte er hauptsächlich im Exil seine Theorie des Anarchismus. Nach seiner Überzeugung sollte sich die menschliche Gemeinschaft in freiwilligen Genossenschaften gegenseitig helfen und über eine vollständige Gütergemeinschaft zu einer staatsfreien Gesellschaft gelangen.

□ 1862: Offizier. □ 1864-67: Teilnahme an einer geographischen Expedition nach Sibirien. □ 1871/72: Geographische Expedition nach Nordskandinavien. □ 1872: Auf einem Kongreß in der Schweiz; Mitgl. der Arbeiterinternationale. □ 1873: »Kartographie von Nordasien« (Schr.). □ 1874-76: In politischer Haft. □ 1876-1917: Exil in Westeuropa. □ 1899: »Memoiren eines Revolutionärs« (Schr.). □ 1902: »Gegenseitige Hilfe in der Entwicklung« (Schr.).

▷ M. A. Miller: Kropotkin, engl. 1976; P. Kropotkin: Memoirs of a revolutionist, NA 1978.

Hardy Krüger →

← Pjotr A. Kropotkin

Krug, Manfred

dt. Schauspieler
* 8.2.1937 Duisburg

Manfred Krug mit Diana Körner in »Liebling Kreuzberg«.

Als unkonventioneller Anwalt mit Vorliebe für schrille Krawatten und Wackelpudding wurde Krug in der TV-Serie »Liebling Kreuzberg« (ab 1987; Rg. H. Schirk) zum beliebten Fernsehstar (Einschaltquoten bis zu 50%). K. hatte bis 1977 in der DDR gelebt, wo er als Multitalent auf Leinwand, Bildschirm und Bühne große Popularität genoß. Im Zusammenhang mit der Ausbürgerung seines Freundes W. →Biermann siedelte er in die BRD über.

□ 1949: Nach Trennung der Eltern Übersiedlung in die DDR. □ ab 1957: Schauspielschüler an B. →Brechts Berliner Ensemble. □ 1959/60: »Fünf Patronenhülsen« (Rg. F. →Beyer). □ 1965/66: »Spur der Steine« (Rg. F. Beyer). □ 1967/68: »Hauptmann Florian von der Mühle« (Rg. W. Wallroth). □ 1969/70: »Meine Stunde Null« (Rg. J. Hasler). □ 1976/77: Letzter DEFA-Film »Das Versteck« (Rg. F. Beyer). □ ab 1977: »Auf Achse« (TV-Serie). □ seit 1984: Hauptkommissar Stoever in der TV-Serie »Tatort«. □ 1990: »Neuner« (Buch J. →Becker, Rg. W. Masten).

▷ M. Haedler: Manfred Krug, 1972.

Krüger, Hardy

(eig. Franz Eberhard August Krüger)
dt. Schauspieler
* 12.4.1928 Berlin

Krüger verkörperte in zahlreichen Abenteuer- und Kriegsfilmen den charmanten Draufgänger. Wie in St. →Kubricks Kostümfilm »Barry Lyndon« (1973-75, nach W. M. Thackeray), in dem er einen preußischen Offizier spielte, war K. wegen seiner blonden Haare und blauen Augen häufig auf einen klischeehaften deutschen Typ festgelegt. Zu seinen größten internationalen Erfolgen zählen die Abenteuerfilme »Hatari« (1961; mit J. →Wayne, Rg. H. →Hawks) und »Der Flug des Phoenix« (1965; mit J. →Stewart, Rg. R. →Aldrich). K., der 1960-73 in Tansania eine Farm bewirtschaftete, ist auch als Schriftsteller tätig.

□ 1944: Filmdebüt in »Junge Adler« (mit W. →Fritsch, Rg. A. Weidenmann). □ seit 1947: Theaterschauspieler. □ 1956: »Liane, das Mädchen aus dem Urwald« (mit M. Michael, Rg. E. v. Borsody). □ 1957: »Einer kam durch« (Rg. R. Baker). □ 1959: »Die Gans von Sedan« (Rg. H. →Käutner). □ 1960:

»Taxi nach Tobruk« (mit Ch. →Aznavour und L. →Ventura, Rg. D. de la Patellière). □ 1962: »Sonntage mit Sybill« (Rg. S. Bourguignon). □ 1969: »Das rote Zelt« (mit S. →Connery, Rg. M. K. Kalatosow). □ 1971: »Das Messer« (TV-Krimi, nach F. →Durbridge). □ 1976: »Die Brücke von Arnheim« (mit M. →Caine, Rg. R. →Attenborough). □ 1977: »Die Wildgänse kommen« (mit R. →Burton). □ 1983: »Junge Unrast« (R.). □ ab 1987: »Weltenbummler« (TV-Serie).

Krüger, Stephanus J. Paulus »Ohm«

burischer Politiker
* 10.10.1825 Vaalbank bei Colesberg, Kapkolonie
† 14.7.1904 Clarens, Schweiz

Krüger, der erste Staatspräsident von Transvaal, erreichte 1884 die Unabhängigkeit seines Landes von den Briten und gründete die »Südafrikanische Republik«. Aufgrund der reichen Goldfunde am Witwatersrand kamen ab 1884 britische Einwanderer ins Land; ihnen verweigerte K. die politische Gleichberechtigung. Dies war der äußere Anlaß, der zum Burenkrieg (1899-1902) und zur britischen Eroberung der beiden Burenrepubliken Transvaal und Oranje Vrijstaat führte. Ein Telegramm (die sog. Krügerdepesche) von Kaiser →Wilhelm II., in dem er K. zur Abwehr eines britischen Einfalls (»Jameson Raid«) gratulierte, löste 1896 eine schwere britisch-deutsche Krise aus. Nach »Ohm« K. ist der Krüger-Nationalpark (18 170 km²), Heimat zahlreicher Großtiere, benannt.

»Ohm« Paul Krüger: 1883-1902 Präsident von Transvaal.

□ 1864: Kommandant der burischen Streitkräfte. □ 1880/81: Während des 1. Burenkriegs Chef einer provisorischen Regierung; Rückgabe des brit. besetzten Transvaal an die Buren. □ 1883-1902: Staatspräsident. □ 1898: Gründer des Krüger-Nationalparks. □ ab 1902: Exil in den Niederlanden; später in der Schweiz.

Krull, Germaine

frz. Fotografin dt. Herkunft
* 29.11.1897 Wilda (Polen) † 30.7.1985 Wetzlar

Germaine Krull verfolgte konsequent den im Bauhaus-Umkreis in den 20er Jahren entstandenen Stil der Neuen Sachlichkeit. Mit ihren Reportagen aus dem Indochina-Krieg gehört sie neben Margaret Bourke-White (* 1904, † 1971) auch zu den ersten Kriegsberichterstatterinnen. Sie schuf außerdem Porträts und Modeaufnahmen und beschäftigte sich mit der Architektur-, Industrie- und Werbefotografie (u. a. für Peugeot und Citroën).

□ 1916-18: Studium an der Bayer. Staatslehranstalt für Lichtbildwesen, München. □ 1924: Übersiedlung nach Paris; Bekanntschaft mit A. →Malraux und J. →Cocteau. □ 1927: »Metall« (Fotoband). □ 1929: »Hundertmal Paris« (Fotoband). □ 1939: Emigration nach Brasilien. □ 1946: Rückkehr nach Paris; Kriegsberichterstattung aus Indochina. □ 1947: Reisen durch Asien; Bekanntschaft mit dem →Dalai Lama. □ ab 1965: In Indien, dann in Bangkok.

Karl Krumbacher →

James Krüss →

Alfred Kubel →

Krumbacher, Karl

dt. Byzantinist
* 23.9.1856 Kürnach bei Kempten
† 12.12.1909 München

Krumbacher ist der Vater der modernen Byzantinistik. 1891 trug der Gymnasiallehrer mit seiner »Geschichte der byzantinischen Literatur« zur Neubelebung dieser Wissenschaft bei.

□ 1879-92: Lehrer am Ludwigsgymnasium in München. □ 1892: Gründung der Byzantinischen Zeitschrift (des ersten Fachblatts dieser Art); Einrichtung eines Extraordinariats für mittel- und neugriech. Philologie an der Univ. München.

Krüss, James

(Pseud. Markus Polder, Felix Ritter)
dt. Schriftsteller
* 31.5.1926 Helgoland

Krüss ist einer der beliebtesten und angesehensten deutschsprachigen Kinder- und Jugendbuchautoren der Gegenwart. Surrealistische Elemente verbinden sich in seinem Werk mit Gesellschaftskritik. Großen Erfolg hatten seine Romane »Mein Urgroßvater und ich« (1959) und »Timm Thaler oder das verkaufte Lachen« (1962), in dem ein Junge sein Lachen, Zeichen der Menschlichkeit, gegen materiellen Reichtum eintauscht.

□ 1948: Lehramtsexamen für Volksschulen. □ 1949: Unter Einfluß von E. → Kästner erste Kinder- und Jugendbücher. □ 1956: »Der Leuchtturm auf den Hummerklippen« (Erz.n). □ 1960: Dt. Jugendbuchpreis (ebenso 1964). □ 1962: Int. Jugendbuchpreis. □ 1963: »3 x 3 an einem Tag« (Bilderbuch). □ 1965: »James' Tierleben« (Ged.e). □ seit 1966: Wohnsitz auf Gran Canaria. □ 1968: Hans-Christian-Andersen-Medaille. □ 1980: »Amaditio oder Der kleine Junge und ich« (Erz.). □ 1988: »Der Harmlos« (R.). □ 1991: »Der kleine und der große Kran« (Kdb.).

▷ B. H. Bull: Bio- und Bibliographisches von und über James Krüss, 1966.

Kubel, Alfred

dt. Politiker
* 25.5.1909 Braunschweig

Seit den ersten Nachkriegsjahren gehörte Kubel als vielfacher Minister zu den profilierten Landespolitikern der Bundesrepublik. Sechs Jahre war er niedersächsischer Ministerpräsident einer sozialliberalen Regierung, die sich vor allem durch eine umfassende Verwaltungsreform und Neugliederung des Landes einen Namen machte. Bereits 1974 kündigte K. seinen baldigen Rücktritt an. Aufsehen erregte 1976, inmitten der Legislaturperiode, die Wahl des CDU-Abgeordneten E. →Albrecht zu seinem Nachfolger.

□ 1924: Mitgl. der Gewerkschaft und der SPD. □ 1924-45: Kaufmann und Prokurist. □ 1937/38: Wegen »Vorbereitung zum Hochverrat« in politischer Haft. □ 1946: Ministerpräsident des Landes Braunschweig. □ 1946-51; 1957-59: Nieders. Min. für Wirtschaft und Verkehr. □ 1951-55; 1965-70: Finanzmin. □ 1959-65: Min. für Ernährung, Landwirtschaft und Forsten. □ 1970-76: Ministerpräsident von Niedersachsen.

▷ W. Renzsch: Alfred Kubel. 30 Jahre Politik für Niedersachsen, 1985.

Kubelík, Jerónym Rafael

tschech. Dirigent und Komponist
* 26.9.1914 Býchory bei Kolín

Kubelík, Sohn des Violinvirtuosen und »tschechischen Paganini« Jan K. (* 1880, † 1940), war als Chef des Sinfonieorchesters des Bayerischen Rundfunks (1961-79) zwei Jahrzehnte das »musikalische Wahrzeichen« Münchens. Er ist ein international bedeutender Interpret klassischer und romantischer Werke und betont bei seinen Ausdeutungen weniger strukturelle als emotionale Aspekte der Musik. K.s Schlüsselwerk ist die Mozart-Oper »Don Giovanni« (1986 Neueinspielung auf Schallplatte). Zu seinen gemäßigt modernen Kompositionen gehören Opern (»Cornelia Faroli«, UA Augsburg 1972), zwei Sinfonien, Konzerte, sechs Streichquartette, Lieder und sakrale Chormusik.

□ 1928-34: Studium am Tschech. Konservatorium Prag. □ 1936-48: Dirigent der Tschech. Philharmonie in Prag. □ 1950-53: Chefdirigent des Chicago Symphony Orchestra. □ 1955-58: Musikalischer Dir. des Royal Opera House Covent Garden in London. □ 1961-79: Chefdirigent des Sinfonieorchesters des Bayer. Rundfunks in München als Nachfolger von E. →Jochum. □ 1966: Schweiz. Staatsbürgerschaft. □ 1973: Musikalischer Dir. der Metropolitan Opera New York. □ 1985: »Peripedie« (Orgel und Orchester) für die neue Orgel der Concert Hall Chicago. □ 1989: UA der Auftragskomposition »Trio concertante« für Klavier, Violine und Cello in Köln.

J. R. Kubelík mit dem Sinfonieorchester des BR auf dem Luzerner Musikfestival 1982.

Kubin, Alfred

österr. Grafiker und Schriftsteller
* 10.4.1877 Leitmeritz, Böhmen † 20.8.1959 Zwickledt bei Wernstein/Inn, Oberösterreich

Alfred Kubin: Grafiker, Schriftsteller und Illustrator.

Kubin charakterisierte sich selbst als »Künstler, Grübler, Seher«. In seinem grafischen Werk — etwa den Lithografien der Folge »Die 7 Todsünden« (1914) — gestaltete er eine Welt spukhafter Erscheinungen, die durch nervöses Linienspiel und dramatisches Helldunkel zu expressiver Wirkung gelangen. K. illustrierte mehrere Erzählungen von Edgar Allan Poe (* 1809, † 1849) und E. T. A. Hoffmann (* 1776, † 1822) sowie den eigenen surrealen Roman »Die andere Seite« (1909). Nach 1945 beriefen sich die Vertreter des Wiener Phantastischen Realismus auf K. als Vorbild.

□ 1892-96: Fotografenlehre in Klagenfurt. □ 1898-1901: Kunststudium in München. □ 1906: Erwerb des Schloßgutes Zwickledt. □ ab 1911: Beteiligung an den Ausstellungen des Blauen Reiters (W. →Kandinsky) und der »Sturm«-Galerie (H. →Walden). □ 1937: Entfernung von 62 »entarteten« Werken aus dt. Museen.

▷ P. Raabe: Alfred Kubin. Leben, Werk, Wirkung, 1957; A. Kubin: Dämonen und Nachtgesichte, 1959; ders.: Aus meinem Leben. Gesammelte Prosa, 1974; H. Bisanz: Alfred Kubin, 1985.

Kübler-Ross, Elisabeth

amer.-schweiz. Psychiaterin
* 8.7.1926 Zürich

Kübler-Ross ist mit ihren Forschungen über das (unter Medizinern lange tabuisierte) Thema

»Sterben und Tod« bekannt geworden. Sie hat die Verhaltensweisen Sterbender im Hinblick auf eine humanere Medizin analysiert und in den USA die Gründung sog. Hospices für Sterbenskranke angeregt. Auch das 1982 ins Leben gerufene Washingtoner Children's Hospital International für todkranke Kinder geht auf ihre Initiative zurück. Die mit über 30 Ehrendoktoraten Geehrte hat sich in den letzten Jahren mit der Aids-Problematik auseinandergesetzt.

□ 1965-70: Assistenz-Prof. am Billings Hospital der Univ. of Chicago. □ 1969: »Interviews mit Sterbenden« (Schr.). □ 1970-73: Medizinische Dir. am Family Service and Mental Health Center of South Cook County, Chicago Heights, Ill. □ 1977: Gründung der Arbeits- und Begegnungsstätte »Shanti Nilayas« in Kalif. □ 1983: »Kinder und Tod« (Schr., dt. 1984). □ 1884: »Über den Tod und das Leben danach« (Schr.). □ 1987: »Aids — Herausforderung zur Menschlichkeit« (Schr., dt. 1988).

← Elisabeth Kübler-Ross

Kubrick, Stanley

amer. Autor und Regisseur
* 26.7.1928 New York

St. Kubrick bei den Dreharbeiten zu »Full Metal Jacket«.

Kubrick ist ein Außenseiter im Filmgeschäft, der sich mit besessenem Perfektionismus seiner Arbeit widmet. Seine Filme, die aufwendig vorbereitet werden, kennzeichnen u. a. eine oft ironisierende Kombination von Bild und Musik sowie hohe technische Qualität: Das teilweise mit Walzermusik unterlegte Science-Fiction-Abenteuer »2001 — Odyssee im Weltraum« (1965-68) beeindruckt durch die Fülle der in dieser Vollendung noch nie zuvor eingesetzten Spezialeffekte. Für den im 18. Jh. spielenden Kostümfilm »Barry Lyndon« (1973-75) benutzte K. eine von der NASA entwickelte, lichtempfindliche Linse, die Innenaufnahmen bei Kerzenlicht ermöglicht. Auf kein Genre festgelegt, zeigt K. eine Vorliebe für vieldeutige Geschichten. So gab sein Filmklassiker »2001« als philosophischer Exkurs über die Herkunft der menschlichen Intelligenz Anlaß zu unterschiedlichen Interpretationen.

□ 1945-50: Fotograf für die Zeitschrift Look. □ 1950-53: Kurz- und Dokumentarfilme. □ 1955: »Der Tiger von New York«. □ 1957: »Wege zum Ruhm« (mit K. → Douglas). □ 1959: »Spartacus« (mit K. Douglas). □ 1960: Umzug nach London. □ 1962: »Lolita« (nach V. → Nabokov, mit P. → Sellers und J. → Mason). □ 1963: »Dr. Seltsam oder wie ich lernte, die Bombe zu lieben« (mit P. Sellers). □ 1970/71: »Uhrwerk Orange« (nach A. → Burgess). □ 1979: »Shining« (nach St. → King, mit J. → Nicholson). □ 1987: »Full Metal Jacket«.

▷ M. Ciment: Stanley Kubrick, 1982; P. W. Jansen/ W. Schütte (Hg.): Stanley Kubrick, 1984; Th. A. Nelson: Stanley Kubrick, 1984.

Erich Kuby →

Kuby, Erich

dt. Journalist und Schriftsteller
* 28.6.1910 Baden-Baden

Kuby machte sich mit seinen Reportagen, Romanen, Essays, Erzählungen, Filmdrehbüchern, Hör- und Fernsehspielen einen Namen als streitbarer und polemischer Kritiker der gesellschaftlichen Verhältnisse in der Bundesrepublik. Schon kurz nach ihrer Gründung meldete er sich als entschiedener Gegner der Wiederbewaffnung und Aufrüstung zu Wort. Der Mitarbeiter renommierter Zeitungen und Zeitschriften erregte 1983 mit seinem Buch »Der Fall »Stern« und die Folgen« Aufsehen, in dem er zu den Hintergründen der Affäre um die gefälschten Hitler-Tagebücher Stellung nahm.

□ 1929-32: Volkswirtschaftsstudium. □ 1939-45: Soldat in Frankreich und Rußland. □ 1947: Kurzzeitig Chefredakteur der Zeitschrift Der Ruf. □ ab 1958: Nach Mitarbeit bei der Süddeutschen Zeitung und der Tageszeitung Die Welt freier Journalist und Schriftsteller. □ 1962: »Rudolf-Augstein-Story« in der Illustrierten stern. □ 1965: »Die Russen in Berlin 1945« (Serie im Magazin Der Spiegel). □ 1969: »Die deutsche Angst. Zur Rechtsdrift in der Bundesrepublik« (Studie). □ 1975: »Mein Krieg. Aufzeichnungen aus 2129 Tagen« (Erinnerungen). □ 1989: »Mein ärgerliches Vaterland« (Sammlung von Reportagen und Kommentaren).

Greta Kuckhoff →

Kuckhoff, Greta

dt. Widerstandskämpferin
* 14.12.1902 Frankfurt/Oder † 11.11.1981 unbek.

Kuckhoff gehörte im 2. Weltkrieg der kommunistischen Widerstands- und Spionageorganisation »Rote Kapelle« an, deren Berliner Gruppen 1942 nach der Enttarnung des Hauptagenten L. → Trepper zerschlagen wurden. Mit zwei anderen Mitgliedern wurde ihr Ehemann Adam K. (* 1887) 1943 in Plötzensee hingerichtet, sie selbst nach der Verurteilung zum Tod zu zehn Jahren Zuchthaus begnadigt.
Nach Kriegsende arbeitete die Volkwirtin zunächst im Berliner Senat und wurde 1950 als SED-Mitglied zur Präsidentin der Deutschen Notenbank, dem Aufsichtsorgan aller Banken in der ehemaligen DDR, berufen.

▷ G. Kuckhoff: Vom Rosenkranz zur Roten Kapelle, 1972.

Kühn, Heinz

dt. Politiker
* 18.2.1912 Köln

Unter der Führung des glänzenden Rhetorikers Kühn wurde die SPD zur stärksten Partei in

Heinz Kühn: 1966-78 Ministerpräsident von NRW.

Nordrhein-Westfalen. 1966 bildete er eine sozialliberale Koalition, die drei Jahre später als Düsseldorfer Modell Vorbild für die Regierungskoalition in Bonn war. K. galt als Vertreter der traditionell gewerkschaftlich geprägten SPD. Außer den notwendigen Verbesserungen in der Sozialpolitik waren die Sanierung und Neustrukturierung des Ruhrgebiets, die Schulreform und eine Verwaltungsreform Hauptziele seiner Politik.

□ 1930: Mitgl. der SPD. □ 1933-46: Emigration; Tätigkeit als Journalist. □ 1946-50: Redakteur der Rheinischen Zeitung. □ ab 1948: MdL in NRW. □ 1960: Stellv. Fraktionsvors. des Landtags. □ 1953-63: MdB. □ 1962-73: Vors. der SPD in NRW. □ 1966-78: Ministerpräsident in NRW. □ 1973-75: Stellv. Vors. der SPD. □ 1978-80: Ausländer-Beauftragter der Bundesregierung. □ 1979: MdEP.

▷ H. Kühn: Aufbau und Bewährung, Die Jahre 1945-1980 (Aut.), 1981; ders.: Widerstand und Emigration, Die Jahre 1928-1945 (Aut.), 1983.

← Paul Kuhn

Kuhn, Paul

dt. Musiker
* 12.3.1928 Wiesbaden

Der Pianist, Komponist und Arrangeur Kuhn wurde ab Mitte der 50er Jahre auch als Sänger bekannt. »Der Mann am Klavier« (1955), »Die Farbe der Liebe« (1958) und »Es gibt kein Bier auf Hawaii« (1963) waren seine erfolgreichsten Schlager. Bis Anfang der 80er Jahre pflegte er als Chef des Orchesters des Senders Freies Berlin die Tradition und den Klang großer amerikanischer Big-Bands der Swing-Ära, stellte jedoch auch kleinere, hochkarätige Swingformationen (u. a. mit Gary Todd, Rolf Ericson und Willy Ketzer) zusammen.

□ 1946: Gründung der ersten eigenen Combo. □ 1953: Plattenvertrag für das Paul-Kuhn-Trio. □ 1955: Erster Hit »Der Mann am Klavier«. □ 1962: »Tanzparty bei Paul« (LP). □ 1968-80: Chefdirigent des SFB-Tanzorchesters. □ 1971: Goldene Kamera für TV-Show »Pauls Party«.

← Richard Johann Kuhn

Kuhn, Richard Johann

dt.-österr. Biochemiker
* 3.12.1900 Wien † 31.7.1967 Heidelberg

Kuhn, der das Heidelberger Max-Planck-Institut für medizinische Forschung zu einer international anerkannten Forschungsstätte entwickelte, knüpfte an die Vitaminforschung von P. →Karrer an. K. entdeckte acht neue Karotinoide, die er rein und in ihrer Molekularstruktur darstellte. Mit dem synthetisierten Vitamin B_2 und dessen Kombination mit einem Proteinanteil gelang K. die erste Teilsynthese eines Enzyms. K. entwickelte auch sog. Anti-Vitamine und konnte mit der Sulfanilsäure nachweisen, daß sie den Bakterien-Wuchsstoff hemmt (kompetitive Hemmung).

□ 1926-29: Prof. an der ETH Zürich. □ ab 1929: Prof. an der Univ. Heidelberg; Dir. des Kaiser-Wilhelm-Inst. (seit 1948 Max-Planck-Inst.) für medizinische Forschung ebd. □ 1938: Chemie-Nobelpreis (aufgrund eines von den Nationalsozialisten erlassenen Annahmeverbots erst 1948 überreicht). □ ab 1948: Hg. der »Annalen der Chemie«.

Erich Kühnhackl →

Kühnhackl, Erich

dt. Eishockeyspieler
* 17.10.1950 Citice (CSFR)

Der 1,95 m große Kühnhackl gilt als erfolgreichster deutscher Eishockeyspieler. Der Träger des Trikots mit der Nr. 14 erzielte in 211 Länderspielen 131 Tore (Rekord). Sein größter Erfolg war die Bronzemedaille bei den Olympischen Spielen 1976 in Innsbruck. 1985 beendete der Kufenstar seine internationale Karriere, die 13 Jahre zuvor begonnen hatte.

□ 1968-89: 724 Tore in 774 Bundesligaspielen. □ 1970: Dt. Meister mit dem EV Landshut (erneut 1983). □ 1972: Olympiateilnehmer (erneut 1976 und 1984). □ 1974: Bundesliga-Torschützenkönig (erneut 1980). □ 1977: Dt. Meister mit dem Kölner EC (erneut 1979). □ 1978: WM-Torschützenkönig. □ 1990/91: Betreuer der dt. Nationalmannschaft als Nachfolger von X. →Unsinn; Trainer des EV Landshut.

Kuhweide, Willi

dt. Segler
* 6.1.1943 Berlin

Kuhweide, von Beruf Pilot bei der Lufthansa, war der erfolgreichste deutsche Segler und wurde als einer der wenigen Betreiber dieser Sportart populär. Der Goldmedaillen-Gewinner von 1964 gewann zehnmal einen Wettbewerb bei der Kieler Woche (Pirat, Finndinghi, Star, Soling).

□ 1961: Europameister im Finndinghi (erneut 1964). □ 1963: Goldcup-Gewinner im Finndinghi. □ 1964: Olympiasieger von Tokio im Finndinghi. □ 1966: Weltmeister im Finndinghi (erneut 1967). □ 1972: Olympiadritter und Weltmeister im Starboot. □ 1974: Europameister im Soling. □ 1984: Dt. Fahnenträger bei der Eröffnungsfeier der Olympischen Spiele von Los Angeles.

Kulenkampff, Hans-Joachim

dt. Schauspieler und Quizmaster
* 27.4.1921 Bremen

Kulenkampff wurde als schlagfertig-charmanter Gastgeber mehrerer Spielshows (u. a. »Einer wird gewinnen«, ab 1964 mit Unterbrechungen bis 1987), zu einem der beliebtesten Showmaster des deutschen Fernsehens. K. arbeitete auch als Bühnenschauspieler, u. a. als Harras in C. →Zuckmayers »Des Teufels General« 1968 in Zü-

Hans-Joachim Kulenkampff mit »Butler« Martin Jente.

rich und in der Titelrolle des »Münchhausen« 1987 im Fritz-Rémond-Theater in Frankfurt.

□ 1939: Abitur. □ 1939-45: Schauspielausbildung; Wehrdienst; Kriegsgefangenschaft. □ 1953: »Wer gegen wen«, TV-Quiz. □ 1964-66: »Einer wird gewinnen«, Ratespiel, (erneut 1967/68 und 1979-87). □ 1971/72: »Guten Abend Nachbarn«, Quizserie. □ 1985: »Ein Mann macht klar Schiff«, TV-Serie. □ 1988-90: »Nachtgedanken«, TV-Sendereihe. □ 1990/91: »Kulis Buchclub«, literarische TV-Talkshow.

Külpe, Oswald

dt. Philosoph und Psychologe
* 3.8.1862 Kandau (heute Kandava, Lettland)
† 30.12.1915 München

Külpe begründete in Würzburg mit dem 1896 von ihm geschaffenen Psychologischen Institut die »Würzburger Schule«, eine Richtung der Psychologie, die sich mit Denk-, Urteils- und Willensprozessen beschäftigte und gegen die vom Sensualismus ausgehende sog. Assoziationspsychologie gerichtet war. K.s Interesse galt der Erkenntnistheorie, in der er, geprägt von seinen psychologischen Positionen, den »kritischen Realismus« vertrat.

□ 1887-94: Assistent an W. →Wundts Leipziger Inst. für Experimentelle Psychologie. □ 1893: »Grundriß der Psychologie« (Schr.). □ 1894-1909: Prof. für Philosophie und Ästhetik an der Univ. Würzburg; anschließend in Bonn. □ 1895: »Einleitung in die Philosophie« (Schr.). □ 1912: »Die Realisierung. Ein Beitrag zur Grundlegung der Realwissenschaften« (Bd. 1). □ ab 1914: Als Nachfolger Th. →Lipps Prof. an der Univ. München.

Béla Kun →

Kun, Béla

ung. Politiker
* 20.2.1886 Szilágycseh (heute: Cehul Silvaniei, Rumänien) † 30.11.1937 (1939?) (UdSSR, hingerichtet)

Nach einer Revolution, die die Regierung unter Mihäli Graf Károlyi (* 1875, † 1955) im März 1919 stürzte, rief Kun die ungarische Räterepublik aus. Mit einer Regierung aus Kommunisten und Sozialdemokraten versuchte K., das Land mit radikalen Reformen umzugestalten. Doch schon nach 133 Tagen wurde sein Regime durch die konterrevolutionäre Nationalarmee unter Admiral M. →Horthy beseitigt. K. floh nach Moskau. 1937 (1939?) fiel er den stalinistischen Säuberungen zum Opfer.

□ 1914-16: Soldat in der österr.-ung. Armee. □ 1916/17: In russ. Kriegsgefangenschaft; Mitgl. der Bolschewiki. □ März-Juli 1919: Nach Anführung der Budapester Revolution Staatspräsident; Flucht nach Wien, später in die Sowjetunion. □ 1928: Rückkehr nach Wien; Ausweisung.

Milan Kundera →

Kundera, Milan

tschech. Exilschriftsteller
* 1.4.1929 Brno (Brünn)

Kunderas antistalinistischer Roman »Der Scherz« (1967, dt. 1968) bewirkte zunächst ein Publikationsverbot und schließlich die Ausbürgerung. Hauptwerk ist jedoch eine Reihe von z. T. erotischen Romanen, zu denen »Die unerträgliche Leichtigkeit des Seins« (1984, dt. 1984) und »Die Unsterblichkeit« (1990, dt. 1990) gehören. Sie zeichnen sich durch ironische Erzählhaltung, bewußte Verletzung sexueller Tabus sowie elegante philosophische Reflexionen, z. B. über den Sinn der Existenz, aus. Formale Gestaltungsprinzipien entlehnt der ausgebildete Pianist oftmals der Musik (Variation eines Themas). K. lehrt in Paris Literatur und wurde mit zahlreichen Kulturpreisen und Ehrungen bedacht.

□ 1958: Absolvierung der Prager Filmhochschule; dort Dozententätigkeit. □ 1962: »Die Schlüsselbesitzer« (Dr., dt. 1964). □ 1963-70: »Das Buch der lächerlichen Liebe« (Erz.n, dt. 1986). □ 1967: Eröffnungsrede des IV. Schriftstellerkongresses im Geiste des Prager Frühlings. □ 1968: Entlassung aus der Prager Filmhochschule; Berufsverbot. □ 1975: Gastprof. in Rennes. □ 1979: Entzug der tschech. Staatsbürgerschaft. □ 1980: Frz. Staatsbürgerschaft. □ 1987: Österr. Staatspreis.

Günter Kunert →

Kunert, Günter

dt. Schriftsteller
* 6.3.1929 Berlin

Kunert, der 1979 aus der DDR in die BRD ausreiste, findet als vielseitiger Autor von Lyrik, Prosa, Hörspielen, Drehbüchern, Liedtexten sowie kulturkritischen Studien in West und Ost große Beachtung. Geprägt von der Erfahrung des Nationalsozialismus und des Krieges, warnt K. vor Gewalt und dem Dogmatismus jeglicher Ideologie. War K. als Mahner, aus der nationalsozialistischen Vergangenheit zu lernen, in der DDR noch anerkannt, so stieß er seit den 60er Jahren mit seiner Kritik an gesellschaftlichen Konflikten und einem unreflektierten Fortschrittsglauben auf Widerstand. Seit Ende der 70er Jahre prägt zunehmende Resignation K.s Werke.

□ 1939: Als Halbjude für »wehrunwürdig« erklärt. □ 1945-47: Grafikstudium. □ 1949: SED-Mitgl. □ 1950: »Wegschilder und Mauerinschriften« (Ged.e). □ ab 1950: Förderung durch J. R. →Becher und B. →Brecht. □ 1967: »Im Namen der Hüte« (R.). □ 1972/73: Als erster DDR-Schriftsteller Gastprof. in den USA. □ 1974: »Der andere Planet« (Reiseb.). □ 1976: Ausschluß aus der SED wegen Protest gegen die Ausbürgerung W. →Biermanns. □ 1979: Ausreise in die BRD. □ 1982: »Diesseits des Erinnerns« (Aufs.e). □ 1987: »Berlin beizeiten« (Ged.e). □ 1990: »Fremd daheim« (Ged.e). □ 1991: Friedrich-Hölderlin-Preis.

▷ D. Jonsson: Widersprüche — Hoffnungen. Literatur und Kulturpolitik der DDR. Die Prosa Günter Kunerts, 1978.

Küng, Hans

schweiz. Theologe (kath.)
* 19.3.1928 Sursee, Kt. Luzern

Küng, der als offizieller theologischer Berater am 2. Vatikanischen Konzil (1962-65) teilnahm, versucht die dort begonnene Erneuerung mit weitreichenden Reformvorschlägen für die katholische Amtskirche fortzuführen (u. a. Abschaffung der Zensur, Überwindung der Gegensätze zur protestantischen Kirche). Einen vorläufigen Höhepunkt seiner Auseinandersetzung mit den »Strukturen der Kirche« (Schr., 1962) bildete 1970 sein Werk »Unfehlbar? Eine Anfrage«, worin nach dem Sinn des 1870 ergangenen Dogmas von der Unfehlbarkeit des Papstes gefragt wird. Wegen K.s Bestseller »Christ sein« (1974), in dem die Göttlichkeit und Heilstat Jesu nach Ansicht der Kurie nur unzureichend dargestellt wird, kam es zu einer Verhärtung der Fronten zwischen K. und dem damaligen Vorsitzenden der Deutschen Bischofskonferenz, Kardinal J. →Höffner. 1979 wurde K. die kirchliche Lehrbefugnis entzogen.

← Hans Küng

□ 1957: »Rechtfertigung — Die Lehre Karl Barths und eine katholische Besinnung« (Schr.). □ 1960-79: Prof. an der Univ. Tübingen; seit 1963 Dir. des Inst. für ökumenische Forschung ebd. □ 1967: »Die Kirche« (Schr.). □ 1978: »Existiert Gott?« (Schr.). □ seit 1980: Prof. für ökumenische Theologie, rechtlich nicht der Kirche, sondern dem Senat der Univ. Tübingen unterstellt. □ 1987: »Freud und die Zukunft der Religion« (Schr.); »Theologie im Aufbruch« (Schr.). □ 1989: »Menschwerdung Gottes« (Schr.); »Unfehlbar? Eine unerledigte Anfrage. Mit einer aktuellen Bilanz«. □ 1990: »Projekt Weltethos« (Schr.). □ 1991: »Das Judentum« (Schr.).

▷ K. Rahner: Zum Problem der Unfehlbarkeit — Antworten auf die Fragen von H. Küng, 1971; N. Greinacher/H. Haag (Hg.): Der Fall Küng. Eine Dokumentation, 1980.

Kunschak, Leopold

österr. Politiker und Gewerkschafter
* 11.11.1871 Wien † 13.3.1953 ebd.

Kunschak war maßgeblich am Aufbau der christlichen Gewerkschaftsbewegung in Österreich beteiligt. Als Vertreter des linken Flügels der Christlichsozialen Partei war er ein Kritiker des autoritären Kurses der Regierung E. → Dollfuß. Er trat daher 1934 als Nationalrat zurück und widmete sich kulturellen Aufgaben. 1945 war er einer der Unterzeichner der Österreichischen Unabhängigkeitserklärung.

□ 1892: Gründer des Christlichsozialen Arbeitervereins. □ 1907: Reichsrat. □ 1919-34: Nationalrat. □ 1920-33: Obmann der Christlichsozialen Partei. □ 1934: »Österreich 1918-1934« (Schr.). □ 1945: Mitbegründer der ÖVP. □ 1945-53: Präs. des Nationalrats.

Harry Kupfer →

Kunze, Reiner

dt. Schriftsteller
* 16.8.1933 Oelsnitz, Erzgebirge

Reiner Kunze: Georg-Büchner-Preisträger von 1977.

Kunze verfaßte volkstümliche und z. T. an B. →Brecht orientierte politische Lyrik, bevor er nach 1962 mit zunehmend ironischen, tiefgründigen Gedichten die Kritik der DDR-Behörden provozierte und vorübergehend Publikationsverbot erhielt. Sein 1976 nur in der BRD veröffentlichter Prosaband »Die wunderbaren Jahre« (1977 von K. verfilmt), eine kritische Auseinandersetzung mit dem real existierenden Sozialismus in der DDR, führte zum Ausschluß aus dem Schriftstellerverband und 1977 zur Emigration in die BRD.
Der auch als Kinderbuchautor erfolgreiche Schriftsteller (»Der Löwe Leopold«, 1970) betont in seinem Werk den Wert des Individuums und der Subjektivität und lehnt jede Form ideologischer Fremdbestimmung ab.

□ 1951-55: Studium der Philosophie und Publizistik in Leipzig. □ 1955-59: Wissenschaftlicher Assistent an der Univ. in Leipzig. □ 1959: »Vögel über dem Tau« (Ged.e). □ 1962: »Aber die Nachtigall jubelt« (Ged.e). □ 1963: »Widmungen« (Ged.e). □ 1969: »Sensible Wege« (Ged.e). □ 1971: »Der Dichter und die Löwenzahnwiese« (Kdb.). □ 1972: »Zimmerlautstärke« (Ged.e). □ 1977: Georg-Büchner-Preis. □ 1986: »eines jeden einziges Leben« (Ged.e).

▷ J. Serke: Das neue Exil, 1984.

Kupfer, Harry

dt. Opernregisseur
* 12.8.1935 Berlin

Kupfer, einer der wichtigsten Repräsentanten der ehemaligen DDR-Kunstszene, erregte Ende der 70er Jahre mit unkonventionellen Operninszenierungen auch in Westeuropa Aufsehen.

Trotz seiner Vorliebe für konfliktträchtige Stücke gilt K. als umsichtiger Theaterpragmatiker mit einem musikbezogenen Regiestil. Als Pädagoge bemüht sich K., der zu einer Vokalisierung des Theaters tendiert, vor allem um die darstellerische Schulung der Sänger.

□ 1958: Regiedebüt in Halle mit »Rusalka« von A. →Dvořák. □ 1966-72: Operndir. des Nationaltheaters Weimar. □ ab 1972: Operndir. und Chefregisseur an der Staatsoper Dresden. □ seit 1977: Prof. für Musiktheater-Regie an der Musikhochschule Dresden. □ 1978: Regiedebüt bei den Bayreuther Festspielen mit Wagners »Der fliegende Holländer«. □ seit 1981: Chefregisseur der Komischen Oper Berlin. □ 1983: UA »Die schwarze Maske« von K. →Penderecki bei den Salzburger Festspielen. □ 1988: Wagners »Ring des Nibelungen« bei den Bayreuther Festspielen. □ seit 1990: Ständiger Gastregisseur an der Hamburger Staatsoper. □ 1991: »Werther« von J. →Massenet an der Hamburger Staatsoper.

▷ R. Lummer: Harry Kupfer, 1989.

Kupka, František

tschech. Maler
* 22.9.1871 Opočno, Böhmen
† 24.6.1957 Puteaux bei Paris (Frankreich)

Kupka gehört mit M. →Larionow, R. → Delaunay und W. →Kandinsky zu den ersten abstrakten Malern. Bei den rein aus Farbe ohne Gegenstandsbezug entwickelten Kompositionen setzte er zunächst ganz eigenständig das Jugendstilornament in freie Farbrhythmen um und versuchte musikalische Prinzipien zu visualisieren (z. B. »Amorpha, fugue à deux couleurs«, 1912, Prag, Národní Galerie). Wegen der farbrhythmischen Bewegtheit dieser Bilder ordnete man K. fälschlicherweise dem Orphismus zu, obgleich er von den Prinzipien Delaunays nur teilweise beeinflußt war. Vielmehr wurde er auch durch die italienischen Futuristen angeregt.
Mit der Visualisierung von Lichtphänomenen hatte sich K. schon seit 1910 beschäftigt. Etwa zeitgleich zum Suprematismus K. → Malewitschs und dem russischen Konstruktivismus schuf K. Bilder mit frei im Raum schwebenden vertikalen Farbbalken und streng architektonischen Kompositionen. K.s avantgardistische Werkperiode faßte im Grunde die meisten Bestrebungen der frühen Abstraktion zusammen bzw. nahm sie in vielem vorweg.

□ 1894: Übersiedlung nach Paris. □ ab 1900: Karikaturen für satirische Zeitschriften sowie vom Jugendstil geprägte Porträts, Landschaften und Akte. □ nach 1905: Auseinandersetzung mit dem Kubismus und den Fauves. □ ab 1909: Erste abstrakte Bilder, teilweise unter dem Eindruck des Orphismus Delaunays. □ ab 1912: Einfluß des russ. Konstruktivismus. □ 1914: Kriegsfreiwilliger in der frz. Armee. □ ab 1920: Prof. an der Prager Kunstakademie. □ 1930: Mitgl. der Gruppe Abstraction-Création.

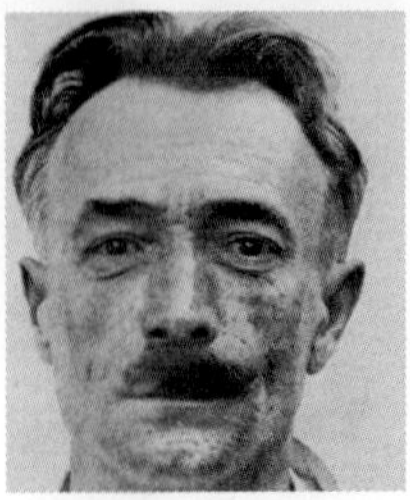

← František Kupka

Kurosawa, Akira

jap. Regisseur
* 23.3.1910 Tokio

Kurosawa ist der bedeutendste und einflußreichste Vertreter des japanischen Kinos. Mit »Rashomon«, der 1951 mit dem Goldenen Löwen von Venedig die erste internationale Auszeichnung für einen japanischen Film erhielt, verhalf K. dem japanischen Kino zu weltweiter Anerkennung. Ein Beispiel für seinen internationalen Einfluß ist der Film »Die sieben Samurai« (1953, mit T. → Mifune), nach dem der Erfolgswestern »Die glorreichen Sieben« (1960, Rg. J. →Sturges) gedreht wurde. Auch der Initialfilm aller Italo-Western, S. →Leones »Für eine Handvoll Dollar« (mit C. → Eastwood), war die Adaption eines K.-Films (1961, »Yojimbo — der Leibwächter«, mit T. Mifune). Neben historischen und aktuellen japanischen Themen greift K. Motive aus der westlichen Literatur auf. So verfilmte er u. a. »Das Nachtasyl« (1957, nach M. → Gorki) und »Das Schloß im Spinnwebwald« (1957, nach »Macbeth« von W. Shakespeare).

Der japanische Regisseur auf einer Pariser Ausstellung über seine Arbeiten, 1985.

□ ab 1928: Studium der westlichen Malerei. □ ab 1936: Arbeit als Regieassistent. □ 1948: »Engel der Verlorenen«. □ 1952: Oscar für den besten ausländischen Film (»Rashomon«); Goldener Bär von Berlin für »Ikiru — Einmal wirklich leben«. □ 1955: Goldener Bär von Berlin für »Die verborgene Festung«. □ 1973-75: »Uzala, der Kirgise«. □ 1980: Goldene Palme von Cannes für »Kagemusha — Der Schatten des Kriegers«. □ 1985: »Ran« (nach »König Lear« von W. Shakespeare). □ 1989: »Träume«. □ 1990: Ehren-Oscar. □ 1991: »Rhapsodie im August«.

▷ A. Kurosawa: So etwas wie eine Autobiographie, 1986; H. P. Jansen/ W. Schütte (Hg.): Akira Kurosawa, 1988.

Kusch, Polykarp

amer. Physiker dt. Herkunft
* 26.1.1911 Blankenburg, Harz

Polykarp Kusch →

Kusch, der als Mitarbeiter von I. I. →Rabi an der Entwicklung der Atom- oder Molekülstrahlresonanzmethode beteiligt war, wies 1947 das magnetische Moment des Elektrons genauestens nach, das sich als etwas stärker als bis dahin angenommen erwies. Für die Präzisionsmessung dieser »Anomalie« von 0,1% zwischen empirischem und theoretischem Wert, die für die Quantenelektrodynamik unerläßlich wurde, erhielt K. 1955 den Physik-Nobelpreis (mit W. E. →Lamb).

□ seit 1912: Ständiger Aufenthalt in den USA; 1923 naturalisiert. □ 1949-72: Prof. an der Columbia Univ. in New York; 1969-72 Vizepräs. ebd. □ 1972-82: Prof. an der Univ. of Texas, Dallas.

Kußmaul, Adolf

dt. Mediziner
* 22.2.1822 Graben bei Karlsruhe
† 27.(28.?)5.1902 Heidelberg

Kußmaul, der 1869 erstmals Speiseröhre und Magen mit einem Endoskop untersuchte, führte die Magenausheberung (mit Schlauch und Pumpe) in die Therapie ein, die später für die Diagnose von Magenkrankheiten wichtig wurde. Nach K., der auch parodistische Gedichte schrieb und die dem Begriff »Biedermeier« zugrunde liegende literarische Figur »Biedermaier« erfand, ist die sog. große Atmung benannt, gekennzeichnet durch geringe Frequenz und hohes Atmungsvolumen, die im Endstadium der Zuckerkrankheit und beim Koma auftritt.

← Adolf Kußmaul

☐ 1850-53: Prakt. Arzt in Kandern; anschließend Dozent an der Univ. Heidelberg. ☐ ab 1855: »Die Gedichte des schwäbischen Schulmeisters Gottlieb Biedermaier und seines Freundes Horatius Treuherz« (in: Fliegende Blätter). ☐ 1859-76: Prof. an den Univ.n Erlangen (bis 1863) und Freiburg i. Br. ☐ 1876-88: Prof. an der Univ. Straßburg.

▷ A. Kußmaul: Jugenderinnerungen eines alten Arztes, 1899.

Kuti, Fela Anikulapo

(eig. Fela Ransome Kuti)
nigerian. Musiker
* 15.10.1938 Abeokuta bei Lagos

Kuti zählt mit M. →Dibango zu den Superstars der Rockmusik in Afrika. Populär machten den mehrfach inhaftierten Regimekritiker seine aufwendigen Bühnenshows (bis zu 30 Musiker, Sänger und Tänzer). Der Begründer des sog. Afro-Beat machte Schlagzeilen mit der Errichtung der »freien Republik Kalakuta«, einer 1977 vom Militär niedergebrannten Künstler-Kommune in Lagos.

☐ 1958-63: Musik- und Jurastudium in London. ☐ 1968/69: Während einer USA-Tournee Begegnung mit schwarzen Bürgerrechtlern. ☐ 1970: Gründung der Polit-Rockband Africa 70; »Buy Africa« (LP). ☐ 1971: »Africa 70 with Ginger Baker live« (LP). ☐ 1974: »Shakara« (LP). ☐ 1977-79: Exil in Ghana. ☐ 1978: »Sorrow, tears and blood« (LP). ☐ 1979: »Unknown Soldier« (LP). ☐ 1981/82: Europatournee. ☐ 1982: Inhaftierung und Folterung in Nigeria. ☐ 1984-86: Wegen angeblicher Devisenvergehen 19 Monate Haftstrafe. ☐ 1986: »Teacher don't teach me nonsense« (LP). ☐ 1989: »Beasts of no nation« (LP).

-ky → Bosetzky, Horst

Kyprianou, Spyros

griech.-zypr. Politiker
* 28.10.1932 Limassol

Nach dem Tod von Erzbischof →Makarios III. wurde K. 1977 vom Parlament zum Interims-Präsidenten bestellt und 1978 zum regulären Staats- und Regierungschef des griechischen Teils von Zypern gewählt. Nach seiner Wahl arbeitete er bis 1984 eng mit der kommunistischen Partei AKEL zusammen. Da sich die Wirtschaft des Landes gut entwickelte, stand die Überwindung der staatlichen Teilung der Insel im Mittelpunkt seiner Politik. Dabei lehnte er jeden Kompromiß ab, der die türkische Herrschaft in Nordzypern festschreiben könnte. Sein Nachfolger wurde 1988 G. →Vassiliou.

← Spyros Kyprianou

☐ ab 1952: Mitarbeiter von Erzbischof Makarios III. ☐ bis 1954: Studium in London. ☐ 1956: Mitgl. des Panhellenischen Komitees für die Unabhängigkeit Zyperns. ☐ 1960: Justizmin. ☐ 1960-72: Außenmin. ☐ 1972: Rechtsanwalt; weiterhin Berater von Makarios. ☐ 1974: Botschafter bei der UNO. ☐ 1976: Begründer der Demokratischen Partei (DIKO). ☐ 1978-88: Staatspräsident.

L

Laban, Rudolf von

(eig. Rudolf Laban von Varalya)
ung. Choreograph und Tanzpädagoge
* 13.(15.?) 12.1879 Preßburg (Bratislava, CSFR)
† 28.6.(1.7.?) 1958 Addlestone (Großbritannien)

Rudolf von Laban: Der Tanzlehrer, umgeben von Schülern und Schülerinnen in Berlin.

Laban ist der Schöpfer des modernen Ausdruckstanzes, den er in seinen theoretischen Schriften auf die Kategorien Kraft, Zeit und Raum mit den jeweiligen tänzerischen Entsprechungen Bewegung, Rhythmus und Richtung zurückführte und gegen andere künstlerische Bereiche wie Musik und Theater abgrenzte. Charakteristisch für seine Choreographien sind vielfach von Laien dargestellte sog. Bewegungschöre sowie expressive, rhythmisch den Raum zergliedernde Schrittfolgen. Die 1928 von L. erfundene Tanzschrift, Labanotation oder Kinetographie genannt, fand internationale Verbreitung. L.s wichtigste Schülerinnen waren G. →Palucca und M. →Wigman.

□ 1907-30: Engagements als Choreograph und Tanzpädagoge in München, Zürich, Ascona, Stuttgart und Hamburg; Arbeit mit eigener Truppe. □ 1925: »Don Juan« (Ch. und Solopartie, M.: W. Gluck). □ 1928: Publikation der eigenen Tanzschrift. □ 1930-34: Ballettdir. der Staatsoper Berlin. □ 1938: Emigration nach Großbritannien. □ 1942: Gründung des Studio Art of Movement in Manchester.

▷ R. Laban: Die Welt des Tänzers, 1920; ders.: Gymnastik und Tanz, 1926; ders.: Ein Leben für den Tanz, 1935.

Lacan, Jacques Marie

frz. Psychiater und Psychoanalytiker
* 13.4.1901 Paris † 9.9.1981 ebd.

← Jacques M. Lacan

Lacan, der bedeutendste Denker der Psychoanalyse in Frankreich, wandte unter der Annahme, daß das Unbewußte strukturiert sei wie die Sprache und von dieser hervorgebracht werde, psychoanalytische Kategorien auf die Literatur an. Mit seiner »Rückkehr zu Freud« forderte L. eine Neuorientierung der Psychoanalyse an der Linguistik.
L.s Konzeption des Unbewußten als Spiegel des sprachlichen Systems ist wichtiger Bestandteil des Strukturalismus und der Literaturwissenschaft geworden.

□ ab 1963: Lehrtätigkeit an der École Pratique des Hautes Études, Paris. □ 1964: Gründung seiner École Freudienne de Paris (1980 von L. aufgelöst und als École de la Cause Freudienne neubegründet). □ 1966: »Schriften« (3 Bde., dt. 1973-79). □ ab 1975: »Das Seminar« (Schr., etwa 20 Bde., dt. ab 1978).

▷ W. Seitter: Jacques Lacan, 1984.

Lachenmann, Helmut

dt. Komponist
* 27.11.1935 Stuttgart

Lachenmann, gesellschaftspolitisch engagierter Vertreter der musikalischen Avantgarde in Deutschland, wurde Ende der 60er Jahre mit experimentellen Kompositionen bekannt. Er entwickelte in seinen Werken, die sich an seriellen Techniken (K. →Stockhausen) orientieren und realistische Klangereignisse aufnehmen, das Konzept einer »instrumentalen konkreten Musik« (»Air« für großes Orchester und Schlagzeugsolo, 1968/69).

□ 1955-58: Ausbildung an der Musikhochschule Stuttgart (Klavier, Musiktheorie). □ 1958-60: Einziger Kompositionsschüler von L. →Nono in Venedig. □ 1961-66 Freischaffender Komponist und Pianist in München. □ 1966-70: Theorielehrer an der Musikhochschule Stuttgart. □ 1972/73: Meisterklassen für Komposition in Basel. □ 1981-83: »Harmonica« für Tuba und Orchester. □ seit 1981: Prof. für Komposition und Theorie in Stuttgart. □ 1986: »Staub« (Orchesterwerk).

▷ H. K. Metzger/R. Riehm: Helmut Lachenmann, 1988.

Lacoste, René

frz. Tennisspieler und Unternehmer
* 2.7.1904 Paris

← René Lacoste

Das von Lacoste 1933 entworfene Polohemd mit dem Zeichen des Krokodils verdrängte die auf Tennisplätzen üblichen Oberhemden mit steifen Kragen; bereits 1939 wurden bis zu 300000 Stück pro Jahr produziert. Den Beinamen »Krokodil« erwarb sich L. als Tennisspieler wegen seines Trainingsfleißes.
Mit seinen Kollegen J. →Borotra, H. →Cochet und J. →Brugnon (»Vier Musketiere«) holte er 1927-32 den Davispokal für Frankreich. 1925-29 gewann er sieben Grand-Slam-Turniere: Zweimal war er in Wimbledon, zweimal bei den US Open und dreimal bei den French Open erfolgreich.

Lacroix, Christian

frz. Modedesigner
* 16.5.1951 Arles

Christian Lacroix erhielt 1986 den »Goldenen Fingerhut« der französischen Haute Couture.

Lacroix belebte durch seinen unkonventionell-ideenreichen Stil die Haute Couture der 80er Jahre. Theatralische Überladenheit mit Borten, Quasten und Stickereien sowie eine unglaubliche Mischung verschiedenster Muster (Karos, Streifen, Punkte) vereint er zu gekonnten Kreationen.
1985 lancierte er Cocktailkleider mit kurzen Tutu- und Ballonröckchen. Seine Mode ist extrovertiert und exaltiert. Inspirationen holt sich L., der Kunstgeschichte studiert hat, aus seiner Heimat Provence und aus Spanien. Der ehemalige Jean-Patou-Mitarbeiter ist seit 1987 selbständig.

□ 1978: Eintritt in das Designer-Team von Hermès; Assistent bei G. Paulin. □ 1981-87: Künstlerischer Dir. des Hauses Jean Patou. □ 1987: Eröffnung seines Modehauses in Paris.

Ladd, Alan

amer. Schauspieler
* 1913 Hot Springs, Ark. † 1964 Palm Springs, Flor.

Als Mörder mit dem Engelsgesicht in »Die Narbenhand« (1941, Rg. F. Tuttle) wurde Ladd einer der bekanntesten Schauspieler der Schwarzen Serie. Mit Veronica Lake (* 1919, † 1973) bildete er das Traumpaar dieses Genres. Sein größter Erfolg war die Titelrolle im Western »Mein großer Freund Shane« (1953, Rg. G. Stevens), in dem L. als geheimnisvoller Fremder den kleinen Farmern im Kampf gegen die mächtigen Viehzüchter beisteht.

□ 1940/41: Nebenrolle in »Citizen Kane« (Rg. O. →Welles). □ 1942: »Der gläserne Schlüssel« (Rg. St. Heisler, nach D. →Hammett). □ 1946: »Die blaue Dahlie« (Rg. G. Marshall). □ 1948: »Der Todesverächter«(Rg. L. Fenton). □ 1949: »Die Todesfalle von Chicago« (Rg. L. Allen). □ 1953: »Schiff der Verurteilten« (mit J. →Mason, Rg. J. Farrow). □ 1954: »Der einsame Adler« (Rg. D. Daves). □ 1963: »Die Unersättlichen« (Rg. E. →Dmytryk).

Laemmle, Carl

amer. Filmproduzent dt. Herkunft
* 17.1.1867 Laupheim † 24.9.1939 Los Angeles

Laemmle, der 1884 in die USA emigrierte, gründete 1909 die Firma Independant Motion Picture Company, aus der später die Universal Pictures hervorgingen. Bekannt wurde er als Produzent der ersten Filme E. →Stroheims (»Blind Husbands«, 1918; »The Devil's Passkey«, 1919, und »Foolish Wives«, 1921) sowie mit der Verfilmung des Romans von E. M. →Remarque »Im Westen nichts Neues«, 1930 (Rg. Lewis Milestone).

Karl Lagerfeld →

Lafontaine, Oskar

dt. Politiker
* 16.9.1943 Saarlouis

In der sog. Enkel-Generation der SPD ist Lafontaine, trotz seiner Niederlage als Kanzlerkandidat bei den ersten gesamtdeutschen Wahlen 1990, eine herausragende Persönlichkeit. Seine rhetorische Begabung, gepaart mit der Eigenschaft, auch unbequeme Meinungen zu vertreten, machten ihn zum »Hoffnungsträger« vor allem der jüngeren Generation. Seit 1985 ist der gebürtige Saarländer Ministerpräsident in Saarbrücken. Im April 1990 wurde er bei einem Wahlkampfauftritt in Köln durch einen Messerstich lebensgefährlich verletzt.

Oskar Lafontaine (M.): Seit 1985 Ministerpräsident des Saarlandes.

□ 1952-62: Im bischöflichen Konvikt in Prüm/Eifel. □ 1962-69: Physikstudium. □ seit 1966: Mitgl. der SPD. □ 1968: Im Landesvorstand der Saar-SPD. □ ab 1969: Mitarbeiter bei der Saarbrücker Verkehrs-Gesellschaft (1971-74 Vorstandsmitgl.) □ 1969/70: Stadtrat in Saarbrücken. □ 1970-75: Saarländ. MdL. □ 1974: Bürgermeister von Saarbrücken. □ 1976: Oberbürgermeister. □ seit 1977: Vors. der SPD des Saarlandes. □ seit 1985: Ministerpräsident. □ seit 1987: Stellv. Vors. der SPD. □ 1988: »Die Gesellschaft der Zukunft« (Schr.). □ 1989: »Das Lied vom Teilen« (Schr.). □ 1990: Kanzlerkandidat der SPD.

▷ W. Filmer/H. Schwan: Oskar Lafontaine, 1990.

Lagerfeld, Karl

dt.-frz. Modedesigner
* 10.9.1938 Hamburg

Lagerfeld fasziniert durch seinen ideenreichen, jugendlich-avantgardistischen Modestil. Er ließ glitzernde Gitarren und sprudelnde Duschen auf seine Kleider sticken, kreierte kleine Rokoko-Möbel und Nähzubehör als Kopfbedeckung. Den Fendi-Pelz-Kollektionen gab er durch Stil und neue Verarbeitungstechniken Impulse; den Chanel-Stil belegte L. durch immer neue Variationen, wie Lederkostüme, Hosenanzüge, kurze Plisseeröckchen oder asymmetrische Kragen wieder. L. ist auch ein hervorragender Modezeichner und Fotograf. 1991 stattete L. die Inszenierung von H. v. → Hofmannsthals »Der Schwierige« im Salzburger Landestheater aus.

□ seit 1952: Aufenthalt in Paris. □ 1954: 1. Preis des Int. Wollsekretariats für ein Mantelmodell. □ 1955-58: Modellist bei P. →Balmain. □ 1958-63: Assistent, später künstlerischer Dir. bei J. Patou. □ seit 1963: Freier Modedesigner. □ 1963-83: Verantwortlicher für die Modefirma Chloë. □ seit 1965: Entwurf aller Fendi-Pelze. □ seit 1974: Dt. Firma Karl Lagerfeld-Impression. □ seit 1983/84: Künstlerischer Leiter des Hauses Chanel. □ seit 1987: Entwurf einer Konfektion-Kollektion für jede Saison im Auftrag der dt. Modefirma Klaus Steilmann.

▷ K. Lagerfeld: Karl Lagerfeld Creationen mit Anna Piaggi. Ein Mode-Tagebuch, 1986; ders.: Karl Lagerfeld. Fotograf, 1990.

Lagerkvist, Pär Fabian

schwed. Schriftsteller
* 23.5.1891 Växjö † 11.7.1974 Stockholm

Lagerkvist, dessen expressionistische Gedichtsammlung »Angst« (1916) den Beginn der modernen Lyrik in Schweden markiert, befaßte sich in seinem Werk mit den Grundfragen der menschlichen Existenz. Sein tiefer Pessimismus resultierte aus der Erkenntnis, Gott habe kein Interesse an den Menschen (»Die schwere Stunde«, Dr., 1918; »Geheimnis des Himmels«, Dr., 1919). Unter dem Eindruck des Nationalsozialismus setzte sich L. für Demokratie und die geistige Würde des Menschen ein (»Der Henker«, Nov., 1933, dt. 1946; »Der Zwerg«, R., 1944, dt. 1946). Die Zerrissenheit zwischen Angst und Sicherheit, bereits in dem autobiografischen Roman

»Gast bei der Wirklichkeit« (1925, dt. 1952) spürbar, wurde zum beherrschenden Thema seines Alterswerks. In dem international erfolgreichen Roman »Barrabas« (1950, dt. 1952) zeichnete L., der sich als »Gläubiger ohne Glauben« bezeichnete, das liebevolle Porträt eines Gott suchenden, aber von Zweifeln erfüllten Menschen. 1951 wurde L. mit dem Literatur-Nobelpreis ausgezeichnet.

□ 1913: »Wortkunst und Bildkunst« (Es.). □ 1915: »Eisen und Menschen« (Nov.n). □ 1917: »Der letzte Mensch« (Dr.). □ 1924: »Schlimme Geschichten« (Nov.n, dt. 1928). □ 1940: Mitgl. der Schwed. Akademie. □ 1950: »Gedichte« (dt. 1962). □ 1956: »Die Sybille« (R., dt. 1957). □ 1960: »Der Tod Ahasvers« (R., dt. 1961). □ 1962: »Pilger auf dem Meer« (R., dt. 1963). □ 1964: »Das heilige Land« (R., dt. 1965). □ 1967: »Marianne« (R., dt. 1968).

← Pär F. Lagerkvist

Lagerlöf, Selma Ottilia Lovisa

schwed. Schriftstellerin
* 20.11.1858 Gut Mårbacka, Värmland
† 16.3.1940 ebd.

Der Roman »Die wunderbare Reise des kleinen Nils Holgersson« (1906, dt. 1907) machte Lagerlöf weltberühmt. Das in über 30 Sprachen übersetzte, als modernes Lesebuch für Volksschulkinder verfaßte Werk verbindet in Märchenform die moralische Entwicklung eines Jungen mit der Schilderung heimatlicher Landschaft und Geschichte. International erfolgreich waren auch L.s Romanerstling »Gösta Berling« (1891, dt. 1896), »Die Wunder des Antichrist« (R., 1897, dt. 1899) und das zweibändige Werk »Jerusalem« (R., 1901/02, dt. 1902). Als erste Frau wurde L., die mit ihrem Werk die Hinwendung der schwedischen Literatur zur Romantik förderte, 1909 mit dem Nobelpreis für Literatur ausgezeichnet.

□ 1882-85: Höheres Lehrerinnenseminar in Stockholm. □ 1885-95: Lehrerin in Landskrona. □ 1895/96: Reise nach Italien. □ 1899: »Die Königinnen in Kungahella« (Nov.n, dt. 1903). □ 1899/1900: Reise nach Palästina. □ 1908: »Ein Stück Lebensgeschichte« (Erz., dt. 1909). □ 1913: »Das Mädchen vom Moorhof« (Nov., dt. 1913). □ 1914: Erstes weibliches Mitgl. der schwed. Akademie. □ 1918: »Das heilige Leben« (R., dt. 1919). □ 1925-28: Die »Löwensköld«-Trilogie (dt. 1925-29): »Der Ring des Generals«, 1925; »Charlotte Löwensköld«, 1925; »Anna, das Mädchen aus Dalarne«, 1928.

▷ S. Lagerlöf: Aus meinen Kindertagen (Aut.), 1930, dt. 1931.

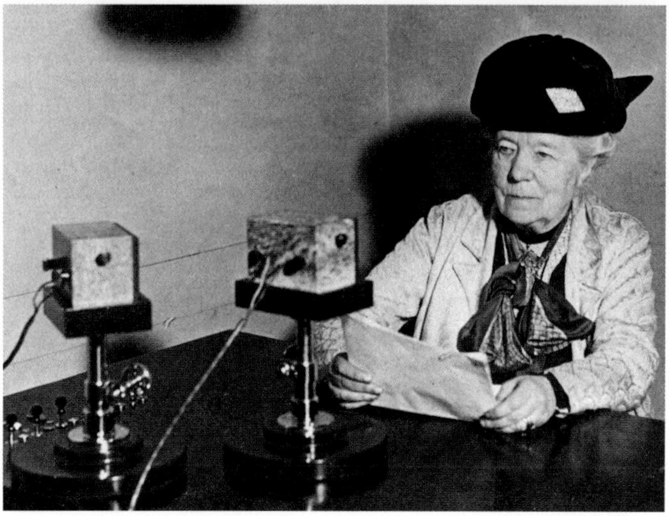

Selma Lagerlöf: Die Nobelpreisträgerin von 1909 während einer Rundfunkansprache.

Fiorello H. La Guardia →

La Guardia, Fiorello Henry

amer. Politiker
* 11.12.1882 New York † 20.9.1947 ebd.

La Guardia machte sich als Bürgermeister von New York City durch sein umfassendes Reformprogramm und seinen Kampf gegen die Korruption einen Namen. 1938 legte er eine neue Stadtverfassung (charter) vor, in der die Struktur der Stadtverwaltung neu geregelt wurde. Durch umfassende Slum-Sanierungen, den Bau von Sozialwohnungen sowie zahlreicher Sozialeinrichtungen gewann er großes Ansehen.

□ 1917; 1923-33: Kongreßabg. für die Republikaner. □ 1917/18: Wehrdienst in Italien. □ 1919-21: Stadtrat von New York. □ 1933-45: Bürgermeister von New York. □ 1946: Dir. der UN-Flüchtlingshilfe (UNRRA).

▷ W. Manners: Patience and fortitude. Fiorello H. La Guardia. A Biography, 1976; A. Heckscher: When La Guardia was Mayor. New York's legendary years, 1978.

Ronald David Laing →

Laing, Ronald David

schott. Psychiater
* 7.10.1927 Glasgow
† 23.8.1989 Saint-Tropez (Frankreich)

Laing, ein ungewöhnlicher Denker der modernen Psychiatrie, war das Idol der antiautoritären Linken der 60er Jahre. In seinem ersten Bestseller, »Das geteilte Selbst« (1960), vertrat L. die Meinung, die Psychose sei eine gesunde Reaktion auf die kranke soziale Wirklichkeit. Der vehemente Gegner des psychiatrischen Establishments wandte sich gegen die therapeutische Anwendung von Drogen und Elektroschocks. L., der zum Abbau vieler Tabus beigetragen hat, war Mitbegründer von Kingsley Hall, einer Herberge für psychisch Kranke in London, und lebte später mit Kollegen und Patienten in einer therapeutischen Wohngemeinschaft.

□ 1957-60: Forschungen an der Tavistock Clinic und am Tavistock Inst. of Human Relations in London. □ 1961: »Das Selbst und die anderen« (dt. 1973). □ 1962-65: Leiter der Londoner Langham Clinic. □ 1967: »Phänomenologie der Erfahrungen« (dt. 1969). □ 1971: »Die Politik der Familie« (dt. 1974). □ 1985: »Wisdom, madness and folly« (dt. 1987).

Lam, Wilfredo

kuban. Maler
* 8.12.1902 Sagua la Grande
† 11.9.1982 Paris (Frankreich)

Lam erweiterte das Spektrum der surrealistischen Malerei um eine naturmystische Variante. Der Sohn eines Chinesen und einer kubanischen Farbigen war Anhänger des Voodoo-Kults. Er entwickelte in seinen Bildern und Zeichnungen ein Motivrepertoire aus der Synthese der magisch-rituellen Vorstellungswelt der Naturvölker mit der europäischen Tradition (Hieronymus Bosch, Francisco de Goya). Der Dschungel als Ort der spirituellen Begegnung mit magisch-dämonischen Kräften wurde eines seiner Hauptmotive (»Dschungel«, 1943, New York, Museum of Modern Art). 1963 erklärte F. →Castro L.s Werk zur Nationalkunst und beauftragte ihn mit einem großen Wandgemälde im Präsidentenpalast von Havanna (»Die Dritte Welt«, 1966).

□ 1920-24: Studium in Havanna. □ 1924: Übersiedlung nach Spanien. □ 1936-38: Teilnahme am span. Bürgerkrieg auf republikanischer Seite. □ 1938: Flucht nach Paris; Freundschaft mit P. →Picasso. □ 1939: Anschluß an die Surrealisten um A. →Breton. □ ab 1942: Abwechselnd auf Kuba, Haiti, in Italien und Frankreich. □ 1959; 1964: Teilnahme an der documenta 1 und 2 in Kassel. □ 1980: Große Retrospektive im Musée d'Art Moderne, Paris.

▷ G. Xuriguéra: Wilfredo Lam, frz. 1974.

Lamb, Willis Eugene

amer. Physiker
* 12.7.1913 Los Angeles

← Willis E. Lamb

Lamb entdeckte 1947 beim Wasserstoffatom die nach ihm benannte, sehr kleine Verschiebung (Lamb-Shift) des Elektrons. Die festgestellte »Zitterbewegung« des Elektrons an seinem Ort ist für die Bestimmung seiner Bindungsenergie an den Atomkern wichtig und führte auch zu einer Revision der Theorie über die Wechselwirkungen zwischen Elektronen und elektromagnetischer Strahlung. Für seine Entdeckung der Feinstruktur des Wasserstoffs erhielt L. 1955 den Physik-Nobelpreis (mit P. →Kusch).

□ 1951-56: Prof. an der Stanford Univ., Kalif. □ 1956-62: Prof. am New College in Oxford; anschließend an der Yale Univ., New Haven. □ 1974: »Laser physics« (Schr.). □ seit 1974: Prof. an der Univ. of Arizona.

Lambsdorff, Otto Graf

(eig. Otto Freiherr von der Wenge Graf L.)
dt. Politiker
* 20.12.1926 Aachen

← Otto Graf Lambsdorff

Lambsdorff ist seit 1987 als Nachfolger von H.-D. →Genscher Vorsitzender der FDP. Im Bundestag zählt er zu den markantesten Befürwortern einer marktwirtschaftlichen Ordnung. Wiederholt setzte er sich für eine weitgehende Privatisierung aller öffentlichen Unternehmen ein und scheute dabei keinerlei Auseinandersetzung mit Politikern des Koalitionspartners CDU/CSU. An der Bonner »Wende« 1982, dem Koalitionswechsel der FDP von der SPD zur CDU, hatte L. neben Genscher wesentlichen Anteil. Kurz danach wurde seine politische Karriere durch die Verwicklung in die sog. Flick-Parteispenden-Affäre überschattet, in deren Verlauf er 1987 wegen Steuerhinterziehung verurteilt wurde.

□ 1944/45: Kriegsdienst; schwer verwundet. □ 1946-50: Jurastudium. □ seit 1951: Mitgl. der FDP. □ 1955-71: Im Bankgewerbe; zuletzt Bevollmächtigter einer Privatbank. □ ab 1960: Zugleich Rechtsanwalt. □ 1968-78: Schatzmeister der FDP in NRW. □ seit 1972: MdB. □ 1977-84: Wirtschaftsmin. □ seit 1987: Vors. der FDP. □ 1987: »Frische Luft für Bonn« (Schr.). □ 1988: »Aktive Industriepolitik? — Ein Streitgespräch« (mit L. →Späth).

▷ H.-R. Schneider: Otto Graf Lambsdorff, 1976.

Jutta Lampe →

Lampe, Jutta

dt. Schauspielerin
* 13.12.1943 Flensburg

Lampe, Protegé des Regisseurs P. →Stein, ist eine Schauspielerin von außergewöhnlichem Format. Wenn sie die Szene betritt, ist Leben auf der Bühne: L. strahlt kraftvolle Energie und Temperament aus und vermittelt gleichermaßen glaubhaft ekstatische Leidenschaften und kühl distanzierte Charaktere. Bei der Gestaltung ihrer Rollen hält L. in unnachahmlicher Weise Ironie und Spott, Trauer und Melancholie in einer ausgewogenen Balance.

□ 1967: Lady Milford in »Kabale und Liebe« (Schiller, Rg. P. Stein). □ 1969: Florence Nightingale in »Early Morning« (E. →Bond, Rg. P. Stein). □ ab 1971: Mitgl. an der Berliner Schaubühne; Elisabeth Bergner in UA »Ritt über den Bodensee« (P. →Handke). □ 1973: Vera in »Die Hypochonder« (B. →Strauß, Rg. W. →Minks). □ 1976: Charlotte Sonntag in »Die Wupper« (E. →Lasker-Schüler, Rg. L. →Bondy). □ 1981: Athene in »Orestie« (Aischylos); Filmrolle in »Die bleierne Zeit« (Rg. M. v. →Trotta). □ 1982: Katrin in »Kalldewey Farce« (B. Strauß, Rg. L. Bondy). □ 1983: Ophelia in Shakespeares »Hamlet« (Rg. K. M. →Grüber). □ 1984: Titania in »Der Park« (B. Strauß). □ 1987: Titelrolle in Racines »Phädra«. □ 1989: Gutsbesitzerin Ranewskaja in »Der Kirschgarten« (A. →Tschechow). □ 1990: Titelrolle in »Orlando« (nach V. →Woolf, Rg. R. →Wilson); Schauspielerin des Jahres. □ 1991: Alkmene in »Amphytrion« (Kleist, Rg. K. M. Grüber).

Lamprecht, Günter

dt. Schauspieler
* 1.1.1930 Berlin

Für seine Darstellung des Franz Biberkopf in dem TV-Mehrteiler »Berlin Alexanderplatz« (1980, nach A. →Döblin, Rg. R. W. →Fassbinder) wurde Lamprecht u. a. auf den Filmfestivals von Berlin und Venedig ausgezeichnet. Mit seiner direkten, kraftvollen Spielweise verkörperte L. häufig den sog. einfachen Mann von der Straße, so einen Bäckermeister in dem halbdokumentarischen Spielfilm »Das Brot des Bäckers« (1976, Rg. E. Keusch) oder einen Alkoholiker in »Rück-

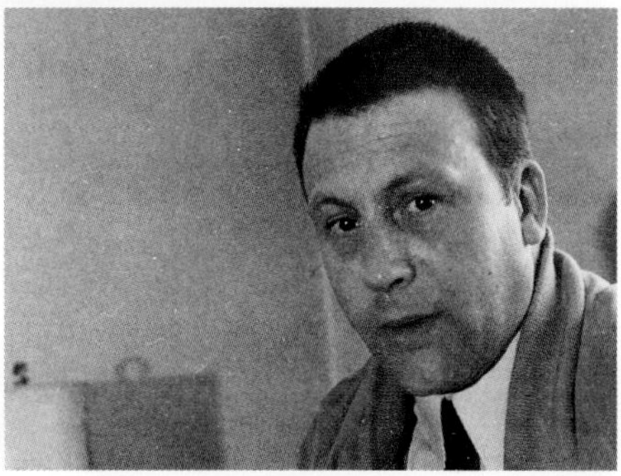
G. Lamprecht verkörpert häufig etwas einfältige Charaktere.

fälle« (1977, TV, Rg. P. Beauvais). Seine bekanntesten Bühnenrollen waren u. a. der John in »Die Ratten« (nach G. →Hauptmann) und der Dorfrichter Adam in Heinrich v. Kleists »Der zerbrochene Krug«.

□ ab 1955: Bühnenengagements u. a. in Bochum, Oberhausen, Wiesbaden, Heidelberg, Essen, Köln, Hamburg, Recklinghausen. □ 1978: »Die Ehe der Maria Braun« (Rg. R. W. Fassbinder). □ 1979-81: »Das Boot« (Rg. W. → Petersen). □ 1982: »Milo Barus, der stärkste Mann der Welt« (Rg. H. Stegmüller); »Der Besuch der alten Dame« (TV, nach F. → Dürrenmatt). □ 1983: »Super« (Rg. A. Winkelmann). □ ab 1991: TV-Rolle des Tatortkommissars Markowitz.

Lamprecht, Karl

dt. Historiker
* 25.2.1856 Jessen bei Wittenberg
† 10.5.1915 Leipzig

In seiner wissenschaftlichen Gesamtdarstellung der deutschen Geschichte abstrahierte Lamprecht erstmals von den »Haupt- und Staatsaktionen« der traditionellen Historiographie. Sein Versuch, Sozialgeschichte als »Kulturgeschichte« zu schreiben, entfachte um die Jahrhundertwende den sog. Lamprecht-Streit, einen langen und die Historikerzunft letztlich lähmenden Methodenstreit.

□ ab 1891: Prof. an der Univ. Leipzig. □ 1891-1909: »Deutsche Geschichte« (12 Bde.). □ 1896: »Alte und neue Richtungen in der Geschichtswissenschaft« (Schr.). □ 1900: »Die kulturhistorische Methode« (Schr.). □ 1905: »Moderne Geschichtswissenschaft« (Schr.). □ 1912: »Einführung in das historische Denken« (Schr.).

▷ H.-J. Steinberg: Karl Lamprecht. In: Dt. Historiker. Hg. v. H.-U. Wehler. Bd. 1, 1971.

← Karl Lamprecht

Lew D. Landau →

Lancaster, Burt

amer. Schauspieler
* 2.11.1913 New York

In Western und Abenteuerfilmen der 50er Jahre wurde der frühere Akrobat und Trapezkünstler Lancaster zur idealen Besetzung für den Typ des ungestümen Draufgängers. Er verkörperte den strahlenden Helden in R. →Siodmaks Piratenfilm »Der rote Korsar« (1952) ebenso überzeugend wie den Schurken in R. →Aldrichs Western »Vera Cruz« (1954, mit G. →Cooper). Seit seiner Oscar-Auszeichnung für »Elmer Gantry« (1959; mit J. Simmons, Rg. R. Brooks) und der Hauptrolle in L. →Viscontis Literaturverfilmung »Der Leopard« (1962, mit C. →Cardinale, nach →Tomasi di Lampedusa) fand L. auch als Darsteller differenzierter Charaktere Anerkennung.

Burt Lancaster in dem Film »Buffalo Bill und die Indianer«.

□ 1946: »The Killers/Rächer der Unterwelt« (mit A. →Gardner, Rg. R. Siodmak). □ 1953: »Verdammt in alle Ewigkeit« (mit M. →Clift und F. → Sinatra, Rg. F. →Zinnemann). □ 1954: »Massai« (Rg. R. Aldrich). □ 1957: »Zwei rechnen ab« (mit K. →Douglas, Rg. J. →Sturges). □ 1960: »Denen man nicht vergibt« (mit A. →Hepburn, Rg. J. →Huston). □ 1966: »Die gefürchteten Vier« (Rg. R. Brooks). □ 1974: »Gewalt und Leidenschaft« (Rg. L. Visconti). □ 1974-76: »1900« (Rg. B. →Bertolucci). □ 1979: »Atlantic City, USA« (Rg. L. →Malle). □ 1983: »Local Hero« (Rg. B. →Forsyth). □ 1986: »Archie und Harry — Sie können's nicht lassen« (mit K. Douglas, Rg. J. Kanew).

▷ T. Thomas: Burt Lancaster. Seine Filme — sein Leben, 1981.

Landau, Lew Dawidowitsch

sowjet. Physiker
* 22.1.1909 Baku † 1.4.1968 Moskau

Landau entwickelte aufgrund der von P. L. →Kapitsa entdeckten Superfluidiät des flüssigen Heliums eine Theorie der »Quantenflüssigkeiten«, wofür er 1962 den Physik-Nobelpreis erhielt. Der auf allen Gebieten der Physik bewanderte Theoretiker verfaßte ein weltweit anerkanntes »Lehrbuch der theoretischen Physik« (8 Bde., ab 1948, dt. 9 Bde., 1962-74).

□ 1930: Arbeiten zum Diamagnetismus der Metalle. □ 1935-37: Prof. an der Gorki-Univ. in Charkow. □ ab 1937: Prof. am Inst. für Physikalische Probleme in Moskau. □ 1946: Mitgl. der Akademie der Wissenschaften der UdSSR. □ 1950: Theorie zur Supraleitung mit W. L. →Ginsburg. □ 1962: Bei einem Verkehrsunfall schwer verletzt.

▷ A. Dorozynski: Der Mann, der nicht sterben durfte (Biogr.), 1966.

Landauer, Gustav

dt. Schriftsteller und Politiker
* 7.4.1870 Karlsruhe
† 2.5.1919 München (ermordet)

Landauer, sozialistischer Erzähler (»Der Todesprediger«, R., 1893) und Verfasser kulturkritischer Essays (»Aufruf zum Sozialismus«, 1911), trat unter dem Einfluß des russischen Revolutio-

G. Landauer: Mitglied der Münchner Räterepublik.

närs A. →Kropotkin für den Sozialismus und einen gewaltlosen Anarchismus ein. L. wurde 1919 bei der Zerschlagung der Münchner Räteregierung, deren Mitglied er war, ermordet.

▷ W. Kalz: Gustav Landauer, 1967.

Landsbergis, Vitautas

lit. Politiker
* Okt. 1932 Kaunas

Durch die Politik M. →Gorbatschows ermutigt, lebten im stark katholisch geprägten Litauen Ende der 80er Jahre Autonomiebestrebungen auf. Landsbergis forderte als einer der Wortführer die vollständige Unabhängigkeit des Landes. Bei den ersten freien Wahlen seit dem Krieg wurde er zum Parlamentspräsidenten gewählt. Kurz darauf erreichte L. die Außerkraftsetzung der kommunistischen Verfassung der Sowjetrepublik und proklamierte die »Republik Litauen« (seit 1991 diplomatisch anerkannt).

← Vitautas Landsbergis

□ bis 1955: Musikstudium; anschließend Musikpädagoge. □ 1969: Studienabschluß in Kunstgeschichte. □ 1970: Dozent (ab 1978 Prof.) am Pädagogischen Inst. in Wilna/Vilnius. □ 1988: Mitbegründer der lit. Sammlungsbewegung Sajudis. □ 1990: Präsident des Obersten Sowjets der Litauischen SSR. □ seit 1990: Präsident des Obersten Rates der Republik Litauen.

Landsteiner, Karl

österr.-amer. Mediziner
* 14.6.1868 Wien † 26.6.1943 New York

Landsteiner, 1922-39 Professor am Rockefeller-Institut für medizinische Forschung in New York, entdeckte 1901 die drei häufigsten menschlichen Blutgruppen (AB0-System), wofür er 1930 den Physiologie/Medizin-Nobelpreis erhielt. 1940 fand er mit Alexander S. Wiener das auf der Entdeckung des Rhesusfaktors beruhende Blutgruppen-System. Aufgrund von L.s Forschungen konnten die Risiken bei Bluttransfusionen entscheidend gesenkt und Vaterschaftsnachweise entwickelt werden.

← Karl Landsteiner

▷ P. Speiser: Karl Landsteiner. Entdecker der Blutgruppen, 1961.

Lang, Alexander

dt. Schauspieler und Regisseur
* 24.9.1941 Erfurt

Lang wurde in der ehemaligen DDR als einer der begabtesten Nachwuchsschauspieler gefeiert, bis er in den 70er Jahren mit seinen eigenen Regiearbeiten gegen die offizielle Kulturpolitik verstieß. In seinen Inszenierungen befaßt sich L. vor allem mit klassischen Dramen, die er in einem neuen, ästhetisch-radikalen Stil auf die Bühne bringt; dabei arbeitet L. vor allem mit überspitzten Metaphern, künstlichen Effekten und spielerischem Witz.

□ 1967-69: Mitgl. im Berliner Ensemble. □ 1969-86: Mitgl. am Dt. Theater in Berlin. □ 1977: Mit Ch. Grashof Inszenierung von »Philoktet« (H. →Müller). □ 1978: Regiedebüt mit »Miß Sara Sampson« (Lessing). □ 1985: Erste Inszenierung in der BRD mit Schillers »Don Carlos« in München. □ 1986: Dt. EA von »In der Einsamkeit der Baumwollfelder« (B.-M. Koltès) in München. □ 1987-89: Oberspielleiter am Hamburger Thalia Theater. □ seit 1990: Mit A. →Kirchner Leitung der Staatlichen Bühnen Westberlins. □ 1990: Inszenierung der »Räuber« (Schiller).

Lang, Fritz

österr.-amer. Regisseur
* 5.12.1890 Wien † 2.8.1976 Los Angeles

Lang gehörte in den 20er Jahren zu den führenden Filmregisseuren und schuf etliche Meisterwerke des expressionistischen Films. Seine Zukunftsvision »Metropolis« (1925/26, mit B. → Helm), bei Produktionskosten von 5 Mio. Reichsmark mit neuartiger Tricktechnik in aufwendigen Kulissen inszeniert, beeindruckt trotz präfaschistischer Tendenzen bis heute. J. →Goebbels Angebot, als Reichs-Filmintendant tätig zu werden, schlug L. aus und verließ 1933 Deutschland. In Hollywood drehte er u. a. in Zusammenarbeit mit B. →Brecht den gegen das Nazi-Regime gerichteten Film »Auch Henker sterben« (1942). In seinem letzten Werk »Die tausend Augen des Dr. Mabuse« (1960) widmete er sich zum viertenmal dem bösartigen Genie, das in verschiedenen Inkarnationen versucht, die Weltherrschaft zu erlangen.

□ ab 1907: Studium der Architektur und Malerei. □ 1919: Regiedebüt »Halbblut«. □ 1921: Erster int. Erfolg mit »Der müde Tod«. □ 1921/22: »Dr. Mabuse, der Spieler«. □ 1922: »Dr. Mabuse — Inferno des Verbrechens«. □ 1922-33: Ehe mit Thea von Harbou. □ 1923/24: »Die Nibelungen« (Teil 1 und 2). □ 1931: »M — eine Stadt sucht einen Mörder« (mit P. →Lorre). □ 1933: Verbot der UA von »Das Testament des Dr. Mabuse«; Emigration über Frankreich in die USA. □ 1934: Vertrag mit MGM. □ 1936: »Fury«; Mitbegründer der »Anti-Nazi-League«. □ 1940: »Rache für Jesse James« (mit H. →Fonda); »Überfall der Ogalalla/Western Union«. □ 1944: »Ministerium der Angst«. □ 1951: »Engel der Gejagten«. □ 1956: Rückkehr nach Deutschland. □ 1958: »Der Tiger von Eschnapur«. □ 1958/59: »Das indische Grabmal«. □ postum 1984: Viragierte Fassung von »Metropolis« mit der Musik G. →Moroders.

▷ Grafe u. a.: Fritz Lang, 1976; P. W. Jansen/W. Schütte (Hg.): Fritz Lang, 1987.

Fritz Lang (M.) bei den Dreharbeiten zu seinem Film »Secret beyond the door«, 1947.

Lang, Jack Mathieu Emile

frz. Politiker
* 2.9.1939 Mirecourt, Lothringen

Mit großem persönlichem Charme und brillanter Rhetorik beherrschte Lang die französische Kulturpolitik der 80er Jahre. Auf seine Initiative gehen nicht nur die markanten neuen Baudenkmäler in Paris zurück (z. B. die gläserne Pyramide und der Défence-Triumphbogen), sondern auch die mit dem Ziel der Dezentralisierung gegründeten zahlreichen Kulturhäuser in der »Provinz«. Mehrfach wandte sich L. gegen die Dominanz der amerikanischen Kultur und setzte sich massiv für eine Stärkung der europäischen Kultur ein. Gleichzeitig kritisierte er die »Glorifizierung des Vergangenen« und propagierte eine neue Europa-Kultur.

← Jack Lang

☐ 1963-72: Leiter eines selbstgegründeten Studententheaters; Leiter der Univ.- Festspiele in Nancy. ☐ bis 1967: Jura- und Politologiestudium in Nancy. ☐ 1972-74: Leiter des Théâtre National Populaire in Paris. ☐ seit 1974: Mitgl. der Sozialistischen Partei. ☐ 1976: Prof. in Nancy. ☐ 1977: Stadtrat in Paris. ☐ 1981-86, seit 1988: Kulturmin.

Langdon, Harry

amer. Schauspieler und Regisseur
* 15.6.1884 Council Bluffs, Iowa
† 22.12.1944 Hollywood, Kalif.

Langdon zählte neben Ch. →Chaplin, B. →Keaton und H. →Lloyd zu den großen Stars des amerikanischen Slapstick-Kinos. Seine aufgerissenen Augen und das runde, weiße Gesicht brachten ihm den Beinamen Babyface ein. Tolpatschig und voller Naivität stolperte L. in seinen Filmen von einer Katastrophe in die nächste.

☐ 1924-26: Etwa 30 Kurzfilme. ☐ 1926: »Tramp, Tramp, Tramp« (Rg. H. Edwards); »Der starke Mann« (Rg. F. → Capra). ☐ 1927: »Die ersten langen Hosen« (Rg. F. Capra); »Der Dritte stört« (Hr. und Rg.). ☐ 1928: »Der Schürzenjäger« (Hr. und Rg.). ☐ 1929-44: Etwa 60 Kurzfilme.

Lange, David Russell

neuseel. Politiker
* 4.8.1942 Auckland

Der methodistische Laienprediger und begabte Redner Lange gewann 1984 überraschend die Parlamentswahlen. Er erregte bald Aufsehen, als er Neuseeland zur atomwaffenfreien Zone erklärte und Schiffen der verbündeten USA, die vermutlich solche Waffen trugen, das Anlaufen neuseeländischer Häfen verweigerte (danach Ausschluß des Staates aus dem ANZUS-Pakt). Innenpolitisch förderte L. die Maori durch neue Bodengesetze und Fischereirechte. 1989 trat er zurück, da er sich in der eigenen Partei mit seinen sozial- und wirtschaftspolitischen Vorstellungen nicht durchsetzen konnte.

☐ 1963: Mitgl. der Labour Party. ☐ bis 1966: Jurastudium. ☐ 1970: Rechtsanwalt. ☐ seit 1977: Mitgl. des Parlaments. ☐ 1983: Vors. der Labour Party. ☐ 1984-89: Premierminister. ☐ seit 1989: Generalstaatsanwalt.

▷ V. Wright: David Lange. Prime minister. A profile, 1984.

D. Lange: Chronistin der sozialen Verelendung, 1934.

Lange, Dorothea

amer. Fotografin
* 26.5.1895 Hoboken, N. J.
† 11.10.1965 San Francisco, Kalif.

Dorothea Lange zählt zu den bedeutenden amerikanischen Bildjournalistinnen. In der Dokumentarfotografie nimmt sie einen wichtigen Platz ein, so mit ihren Fotos von Arbeitslosen während der Zeit der Rezession. 1932 wurde L. Mitglied der Gruppe F/64, die sich um einen neuen, sachlichen Fotostil bemühte. Dieser Stil wird sichtbar in ihren Fotodokumentationen im Rahmen des Projekts der Farm Security Administration, die im Auftrag der US-Regierung die sozialen Lebensbedingungen der Landarbeiter in den Südstaaten untersuchte (1935-42). Nach dem 2. Weltkrieg lieferte L. vor allem sozialdokumentarische Reportagen aus verschiedenen Ländern Asiens. Ab 1953 arbeitete sie mit A. →Adams für das Magazin Life. Den Erfolg ihrer Retrospektive im Museum of Modern Art, die sie selbst 1964 zusammenstellte, erlebte sie nicht mehr.

▷ M. Meltzer: Dorothea Lange. A photographers life, 1978.

Helene Lange →

Lange, Helene

dt. Lehrerin und Frauenrechtlerin
* 9.4.1848 Oldenburg † 13.5.1930 Berlin

Lange kämpfte als Vertreterin der gemäßigten bürgerlichen Frauenbewegung für die Verbesserung der Mädchen- und Lehrerinnenausbildung in Preußen. Aufgrund ihrer Initiative legten 1896 erstmals sechs Frauen in Berlin das Abitur ab. Die Mitbegründerin und Leiterin (ab 1902) des Lehrerinnen-Vereins und des Allgemeinen Deutschen Frauenvereins gab mit ihrer Lebensgefährtin G. →Bäumer ein fünfbändiges Handbuch der deutschen Frauenbewegung und ab 1893 die Monatszeitschrift Die Frau heraus.

☐ 1872: Lehrerinnenprüfung in Berlin. ☐ 1887: »Die höhere Mädchenschule und ihre Bestimmung« (Schr.). ☐ 1889: Gründung von Real- und Gymnasialkursen für Frauen. ☐ 1917-20: Lehrtätigkeit an der Frauenschule in Hamburg.

▷ H. Lange: Lebenserinnerungen, 1921; H. Lange: Kampfzeiten, (2 Bde.), 1928.

Lange, Jessica

amer. Schauspielerin
* 20.4.1949 Cloquet, Minn.

Lange wurde bekannt als die untreue Ehefrau und leidenschaftliche Geliebte von Filmpartner J. →Nicholson in »Wenn der Postmann zweimal klingelt« (1980). Seitdem überzeugt sie dank ihrer Wandlungsfähigkeit in den verschiedensten Rollen. 1982 erhielt sie einen Oscar für die beste weibliche Nebenrolle in »Tootsie« (mit D. →Hoffman), nominiert wurde sie im selben Jahr als beste Hauptdarstellerin in dem Film »Frances«. L. verkörpert darin die Hollywood-Schauspielerin Frances Farmer (*1913, † 1970), die, dem Starruhm nicht gewachsen, schließlich in eine psychiatrische Anstalt eingewiesen wird.

Jessica Lange in dem Film »Ein Leben voller Leidenschaft«.

□ 1976: »King Kong«. □ 1979: »All that Jazz/Hinter dem Rampenlicht« (Rg. B. Fosse). □ 1980: »Cash Machine«; erste Bühnenrolle in »Angel on my shoulder/Engel auf meiner Schulter«. □ 1986: »Verbrecherische Herzen« (mit D. Keaton und S. →Spacek). □ 1988: »Ein Leben voller Leidenschaft«.

Langer, Bernhard

dt. Golfspieler
* 27.8.1957 Anhausen bei Augsburg

Langer ist der einzige deutsche Golfspieler von internationaler Bedeutung. 1985 gewann er das Masters von Augusta, eines der berühmtesten Golfturniere der Welt. Ende 1986 war er Zweiter in der Weltrangliste der Profigolfer, fiel danach aber zurück.

□ 1980: Sieger des Dunlop Masters. □ 1981: Sieger der German Open (erneut 1982, 1985, 1986 und 1991); Zweiter British Open (erneut 1984). □ 1983: Italian Open; Glasgow Classics. □ 1984: Spanish Open (erneut 1989). □ 1985: Australian Open. □ 1987: Int. Brit. Meisterschaft.

Langevin, Paul

frz. Physiker
* 23.1.1872 Paris † 19.12.1946 ebd.

Langevin, ab 1909 Professor an der Sorbonne in Paris, machte die Theorien A. →Einsteins in Frankreich bekannt. 1905 gab L. die erste theoretische Interpretation für die Erscheinungen des Para- und Diamagnetismus, dessen Temperaturunabhängigkeit er feststellte. Bekannt wurde L. vor allem mit seinen Untersuchungen zur Anwendung des Ultraschalls. Während des 1. Weltkriegs entwickelte L. zur Ortung der deutschen Unterseeboote das Echolot.

Elisabeth Langgässer →

Langgässer, Elisabeth

dt. Schriftstellerin
* 23.2.1899 Alzey, Rheinhessen
† 25.7.1950 Rheinzabern

Beeinflußt von der katholischen Erneuerungsbewegung »Renouveau catholique« (G. →Bernanos), gestaltete Langgässer in Romanen und ihrer Naturlyrik die erlösende Wirkung des christlichen Heilsgeschehens auf die als magisch erlebte Natur. Unter Verzicht auf eine rational oder psychologisch motivierte Handlung zeigt sie in »Das unauslöschliche Siegel« (R., 1946) die Erlösung des schuldigen Menschen durch die in der Taufe zugesagte göttliche Gnade. 1950 erhielt L. postum den Georg-Büchner-Preis.

□ 1929/30: Pädagogikdozentin. □ 1932: »Proserpina« (Erz.). □ 1935: »Die Tierkreisgedichte«. □ 1936: »Der Gang durch das Ried« (R.); als Halbjüdin Schreibverbot; Diagnose der multiplen Sklerose. □ 1947: »Der Laubmann und die Rose« (Ged.e); »Der Torso« (Erz.n). □ 1949: »Das Labyrinth« (Erz.n). □ postum 1950: Georg-Büchner-Preis; »Märkische Argonautenfahrt« (R.). □ 1991: »Briefe 1924-1950«.

▷ F. Hetmann: Schlafe, meine Rose... Die Lebensgeschichte der Elisabeth Langgässer, 1986.

← Bernhard Langer

Langhoff, Matthias

dt. Regisseur
* 5.3.1941 Zürich (Schweiz)

Langhoff hat sich, zunächst in Zusammenarbeit mit M. Karge, vor allem durch ungewöhnliche Klassiker-Inszenierungen, die vielfach einer Neubearbeitung gleichkamen, einen Namen gemacht. Auch bei der Aufführung zeitgenössischer Stücke neigt der Sohn des Regisseurs W. →Langhoff und Bruder von Th. →Langhoff zu einer effektvollen Dramaturgie mit Show-, Tanz- und Musikeinlagen. Seit 1978 arbeitet L., bis dahin ein anerkannter Regisseur des DDR-Theaters, im Westen, in den letzten Jahren vorrangig in der Schweiz.

□ 1961: Regieassistent am Berliner Ensemble in Ost-Berlin. □ ab 1963: Eigenständige Regie, mit M. Karge. □ ab 1969: Inszenierungen für die Volksbühne in Ost-Berlin. □ 1971: »Die Räuber« (Schiller) mit Karge. □ 1972: »Othello« (Shakespeare) mit Karge. □ 1975: »Die Schlacht« (H. →Müller) mit Karge. □ ab 1978: Tätigkeit im Westen. □ 1980: »Woyzeck« (Büchner) in Bochum. □ 1986: »Prawda« in Hamburg. □ 1988: »Fräulein Julie« (A. →Strindberg) in Genf. □ 1989: Leiter des Centre dramatique in Lausanne.

Thomas Langhoff →

Langhoff, Thomas

dt. Regisseur und Schauspieler
* 8.4.1938 Zürich (Schweiz)

Thomas Langhoff, Sohn des Schauspielers und Regisseurs W. →Langhoff, ist einer der anerkanntesten deutschen Regisseure der Gegenwart. Er begann seine Karriere nach dem Studium an der Theaterhochschule Leipzig als Schauspieler in der damaligen DDR und führte bald —

mit wachsendem Erfolg — Regie, ab 1980 auch an westdeutschen Bühnen. Seine Theater-Inszenierungen und TV-Filme, darunter viele Klassiker-Adaptionen, zeichnen sich durch eine exzellente Schauspielerführung aus.

☐ 1945: Übersiedlung aus dem Schweizer Exil nach Ost-Berlin. ☐ 1964-71: Schauspieler am Hans-Otto-Theater Potsdam, gelegentlich eigene Inszenierungen. ☐ 1971-79: Schauspieler beim DDR-Fernsehen. ☐ 1975: Debüt als TV-Regisseur (mit J. Gosch) mit dem Fernsehfilm »Mit dem Feuer spielen«. ☐ 1978: Erste Inszenierung am Maxim-Gorki-Theater Berlin mit »Einsame Menschen« (G. →Hauptmann). ☐ 1980: »Drei Schwestern« (A. →Tschechow) an den Städtischen Bühnen Frankfurt/Main. ☐ 1982: Rg. des Fernsehfilms »Stella« (nach Goethe) im DDR-Fernsehen. ☐ 1986: Rg. von »Der Marquis von Keith« (F. →Wedekind) am Thalia-Theater Hamburg; im gleichen Jahr als Fernsehfilm. ☐ seit 1991: Intendant des Dt. Theaters in Berlin.

Langhoff, Wolfgang

dt. Schauspieler, Regisseur und Theaterleiter
* 6.10.1901 Berlin † 25.8.1966 Ost-Berlin

Wolfgang Langhoff, Vater von Th. und M. →Langhoff, prägte als Regisseur und Theaterleiter die Kulturlandschaft in der ehemaligen DDR. Nach Kriegsende kehrte er aus dem Schweizer Exil nach Berlin zurück und wurde 1946 Intendant des Deutschen Theaters in Ost-Berlin, das er bis zu seinem krankheitsbedingten Ausscheiden 1963 leitete. Seine Inszenierungen von Klassikern und zeitgenössischen Dramen der DDR entsprachen der DDR-Kunstdoktrin.

← Wolfgang Langhoff

☐ 1929-33: Engagement am Düsseldorfer Schauspielhaus. ☐ 1934: Nach KZ-Aufenthalt (KP-Mitgl.) Emigration nach Zürich. ☐ 1934-45: Schauspieler und Regisseur am Schauspielhaus Zürich. ☐ 1935: Literarische Verarbeitung des KZ-Aufenthalts in »Die Moorsoldaten«. ☐ 1946-63: Intendant des Dt. Theaters Ost-Berlin. ☐ 1948: Inszenierung von »Furcht und Elend des Dritten Reiches« (B. →Brecht, M.: B. →Blacher). ☐ 1949: Rolle des Mephisto in eigener Inszenierung von Goethes »Faust«. ☐ 1956: UA von »Die Schlacht bei Lobositz« (P. →Hacks). ☐ 1962: UA der Neufassung von »Die Sorgen und die Macht« (P. Hacks). ☐ 1965: Letzte, aus Krankheitsgründen unvollendete Inszenierung von Shakespeares »Heinrich IV.« (Bearbeitung P. Hacks).

Langmuir, Irving

amer. Chemiker und Physiker
* 31.1.1881 New York † 16.8.1957 Falmouth, Mass.

Langmuir, Begründer der Oberflächenchemie, erforschte die atomare und molekulare Natur chemischer und physikalischer Phänomene an heißen Metalloberflächen im Vakuum. Der äußerst vielseitig begabte Erfinder entwickelte 1926 (Langmuir-Verfahren) einen Schweißbrenner mit Wasserstoffflamme, der Temperaturen von 6000 °C erreicht. Außerdem erfand er eine mit Quecksilber arbeitende Hochvakuumpumpe zur Herstellung evakuierter Radioröhren. Bekannt wurde L. 1913 aufgrund seiner mit Schutzgas (Stickstoff, Argon) gefüllten Glühbirne mit gewendeltem Wolframdraht als langlebigem Glühkörper (C. v. →Auer von Welsbach).

← Irving Langmuir

☐ 1909-50: Wissenschaftler der General Electric Company in Schenectady, N. Y. ☐ 1912: Erfindung des Systems der elektronischen positiven Rückkoppelung. ☐ 1919-21: Entwicklung der sog. Oktettheorie der Valenz. ☐ 1932: Auszeichnung mit dem Chemie-Nobelpreis für seine Arbeiten zur Absorption an Oberflächen. ☐ 1950: »Phenomena, atoms and molecules« (Schr.).

Lanza, Mario

(eig. Alfredo Cocozza)
amer. Sänger ital. Herkunft
* 31.1.1921 Philadelphia † 7.10.1959 Rom

Der Tenor Lanza wurde Ende der 40er Jahre als Sänger in amerikanischen Tonfilmen bekannt. Einen Welterfolg hatte er in dem Hollywood-Film »The great Caruso« (1951). Seither trat L. vor allem in Europa auf Opernbühnen und in Konzerten auf. Zu seinem Repertoire gehörte auch Unterhaltungsmusik.

Mario Lanza begeisterte auch mit Unterhaltungsmusik.

☐ ab 1940: Klavier- und Gesangsstudium in Philadelphia. ☐ ab 1942: Stipendiat am New England Conservatory Boston. ☐ ab 1947: Konzertreisen mit dem »Belcanto-Trio«. ☐ ab 1956: Wohnsitz in Rom.

▷ H. M. Hausner: Mario Lanza. Tragödie einer Stimme, 1962; M. Bernard: Mario Lanza, 1971.

Lao She

(eig. Shu Qingchun)
chin. Schriftsteller
* 3.2.1899 Peking † 24.8.1966 ebd. (Selbstmord)

Lao She, dessen Weltanschauung in erster Linie in einem konfuzianisch gefärbten, sozialkritischen Humanismus bestand, schrieb mit »Rikschakuli« (1939, dt. 1987) einen der erfolgreichsten Romane der modernen chinesischen Literatur. Lao She schildert darin den vergeblichen Versuch eines Bauernjungen, sich in Peking eine Existenzgrundlage zu schaffen. Die z. T. drastische Sprache und pessimistische Weltsicht brachte ihm in China viel Kritik ein.

☐ ab 1917: Lehrer in Peking und Tianjin. ☐ 1924-29: Lektor für Chinesisch in London. ☐ 1932: »Die Stadt der Katzen« (R., dt. 1985). ☐ 1933: »Die Blütenträume des Lao Li« (R., dt. 1984). ☐ 1934-39: »Zwischen Traum und Wirklichkeit« (Erz.n, dt. 1981). ☐ 1946-49: USA-Aufenthalt. ☐ 1955: »Blick westwärts nach Changan« (Dr., dt. 1983). ☐ 1958: »Das Teehaus« (Dr., dt. 1980). ☐ 1966: Selbstmord während der Kulturrevolution. ☐ postum 1978: Rehabilitierung.

Lapide, Pinchas

israel. Religionsphilosoph und Schriftsteller
* 28.11.1922 Wien (Österreich)

Lapide engagiert sich in der Auseinandersetzung mit christlichen Glaubensinhalten (»Mit einem Juden die Bibel lesen«, 3. Aufl. 1987) für einen christlich-jüdischen und vor allem deutsch-jüdischen Dialog. L. lebt als freier Schriftsteller in Frankfurt/Main.

□ 1940: Emigration nach Palästina. □ 1956-58: Israel. Konsul in Mailand. □ 1981: »Israel und Kirche: ein gemeinsamer Weg? Ein Gespräch« (mit J. →Moltmann). □ 1985: »Die Seligpreisung. Ein Glaubensgespräch« (mit C. F. v. →Weizsäker). □ 1986: »Ist die Bibel richtig übersetzt?«; »Ein Prophet für San Nicandro. Eine ungewöhnliche Glaubensgeschichte«. □ 1988: »Am Scheitern hoffen lernen. Erfahrungen jüdischen Glaubens für heutige Christen« (2. Aufl.).

← Pinchas Lapide

Lapierre, Dominique

frz. Journalist und Schriftsteller
* 30.7.1931 Châtelaillon, Charente

Lapierre, Sohn eines Diplomaten, gehört zur ersten Garde der französischen Journalisten. Als Reporter der Zeitschrift Paris-Match lieferte er exakt recherchierte Berichte aus vielen Krisengebieten der Welt. Gemeinsam mit dem langjährigen Nahost-Korrespondenten von Newsweek, Larry Collins, verfaßte L. mehrere Bestseller, darunter »Ghandi. Um Mitternacht die Freiheit« (Rep., 1976, dt. 1976). Für die spannend erzählte Geschichte von der Unabhängigkeit Indiens (1947) wurden ca. 600 Interviews ausgewertet, darunter ein 36stündiges Tonbandinterview mit dem letzten britischen Generalgouverneur von Indien, L. →Mountbatten.

□ 1953: Abschluß des Politikstudiums in den USA; »Hochzeitsreise um die Erde« (Reiseb., dt. 1955). □ 1954-67: Reporter bei der Zeitschrift Paris-Match. □ 1964: »Brennt Paris?« (mit L. Collins, Rep.). □ 1971: »O Jerusalem« (mit L. Collins, Rep., dt. Neuaufl. 1985). □ 1980: »Der fünfte Reiter« (mit L. Collins, R., dt. 1986). □ 1985: »Stadt der Freude« (dt. 1985), Rep. über das Leben in den Armenvierteln Kalkuttas. □ 1990: »Ihr seid die Hoffnung« (Rep., dt. 1991). □ 1991: »Jesus, das Geld und der Weltfrieden« (Schr.).

← Dominique Lapierre

Michail F. Larionow →

Larbaud, Valéry

frz. Schriftsteller
* 29.8.1881 Vichy † 2.2.1957 ebd.

Der Essayist, Lyriker und Erzähler Larbaud wurde durch seine Übersetzung des »Ulysses« (R., 1922, dt. 1927) von J. →Joyce und als Kritiker der Nouvelle Revue Française zu einem bedeutenden Vermittler spanischer und englischsprachiger Literatur in Frankreich. L., reicher Erbe der Heilquellen von Vichy, verbrachte fast sein gesamtes Leben auf Reisen. In seinem wichtigsten Werk, dem z. T. autobiografischen »Tagebuch eines Milliardärs« (1913, dt. 1921), beschreibt er einen amerikanischen Globetrotter, der in der ganzen Welt nach dem Sinn des Daseins sucht, innere Ruhe aber erst nach der Rückkehr in die Heimat findet.

← Valéry Larbaud

□ 1911: Romantische Darstellung der Jugend in »Fermina Márquez« (R., dt. 1957); Bekanntschaft mit A. →Gide. □ 1923: »Glückliche Liebende« (Nov.n, dt. 1931), Verwendung des Inneren Monologs nach Vorbild von Joyce. □ 1924-32: Mit L.-P. →Fargue und P. → Valéry Hg. der Zeitschrift Commerce. □ 1936: Durch Hirnschlag sprech- und bewegungsunfähig. □ 1946: »Sankt Hieronymus« (Es.s, dt. 1956).

▷ J. d'Eudeville: Valéry Larbaud. Européen, 1975.

Largo Caballero, Francisco

span. Politiker und Gewerkschafter
* 15.10.1869 Madrid † 25.3.1946 Paris (Frankreich)

Der asketische Gewerkschaftssekretär Largo Caballero zählte zum linken Flügel der sozialistischen Partei. Er genoß große Popularität unter den Arbeitern, war aber bei den Intellektuellen umstritten. Nach dem Militärputsch wurde er im September 1936 zum Ministerpräsidenten einer Volksfrontregierung (Sozialisten, Kommunisten, republikanische Linke; später auch Anarchosyndikalisten) ernannt. Wegen seiner zögernden Haltung bei der Einführung radikaler Reformen mußte er im Mai 1937 auf Druck der Kommunisten zurücktreten.

□ 1905: Stadtrat von Madrid. □ ab 1917: Mitgl. der Cortes (Parlament) für die Sozialisten. □ 1918-37: Generalsekretär des sozialistischen Gewerkschaftsbundes Unión General de Trabajadores (UGT). □ 1931-33: Arbeitsmin. □ 1936/37: Ministerpräsident der Span. Republik. □ 1939-42: Exil in Frankreich. □ 1942-45: Von den Nazis inhaftiert, u. a. im KZ Sachsenhausen.

Larionow, Michail Fjodorowitsch

russ. Maler
* 3.6.1881 Tiraspol bei Odessa † 10.5.1964 Fontenay-aux-Roses bei Paris (Frankreich)

Larionow begründete mit seiner Frau N. →Gontscharowa den Rayonismus (von frz. rayon, Strahl) als eine der ersten rein abstrakten Kunstrichtungen. In der Synthese von kubistischen und futuristischen Prinzipien wurde die Bildfläche in sog. Kraftlinien oder Strahlenbündel zerlegt. Es entstanden gegenstandslose Kompositionen von einer außerordentlichen Dynamik, wie sie vor allem die Futuristen gefordert hatten. L. durchsetzte die gezielt verwendeten kontrastreichen Farben mit weißen Elementen, um in den das Bild überziehenden diagonalen Strahlendiagrammen die Durchdringung von Farb- und Lichtwirkungen zum Ausdruck zu bringen (z. B. »Rayonistische Landschaft«, 1912, Leningrad, Russisches Museum). Mit der Übersiedlung nach Paris endete die rayonistische Phase L.s und Gontscharowas. Sie wandten sich gemeinsam der Umsetzung ihrer Ideen in Bühnenkonstruktionen mit bewegtem Licht zu.

□ 1898-1908: Studium an der Moskauer Kunstakademie; Beginn mit impressionistischen, später Übergang zu primitivistischen Werken. □ 1906: Teilnahme am Pariser Herbstsalon; Reise nach London, Einfluß durch die Lichtbehandlung in den Werken W. Turners. □ 1909-11: Futuristisch-kubistische Bilder. □ 1910: Mitbegründer der Gruppe Karo-Bube; erste rayonistische Kompositionen. □ 1912: Rayonistisches Manifest. □ ab 1914: Wohnsitz in Paris; u. a. Bühnenbildner für S. →Diaghilews Ballets Russes. □ 1936: Teilnahme an der Ausstellung Cubism and Abstract Art im Museum of Modern Art, New York.

▷ T. Loguine: Gontcharowa et Larionow, frz. 1971.

Larkin, Philip Arthur

engl. Schriftsteller
* 9.8.1922 Coventry † 2.12.1985 Hull

Larkin war vor allem Lyriker. Auch seine Romane »Jill« (1946) und »Ein Mädchen im Winter« (1947, dt. 1948) nannte er »überdimensionale Gedichte«. Seine Poesie steht in der Tradition T. →Hardys und begreift Natur und Zeit in deterministischem Sinn als unerbittliche Feinde des Menschen. L.s formal wie sprachlich traditionelle Lyrik entlarvt menschliches Trachten als Illusion und Selbstbetrug (»The Less Deceived«, Ged.e, 1955). Krankheit und Tod sind für L. die einzigen irdischen Gewißheiten.

← Philip Larkin

□ 1940-43: Englisch-Studium am St. John's College, Oxford. □ ab 1943: Bibliothekar. □ 1945: »The North Ship« (Ged.e). □ 1964: »The Whitsun Weddings« (Ged.e). □ 1970: Gastdozent in Oxford. □ 1974: »High Windows« (Ged.e); »Ph. Larkin... Gedichte«. □ 1983: »Required Writing« (Es.s).

▷ A. Motion: Philip Larkin, 1982; J. Rückert: The touch of sympathy. Philipp Larkin und Thom Gunn. Zwei Beiträge zur englischen Gegenwartsdichtung, 1982.

Lasker, Emanuel

dt.-amer. Schachspieler und Schriftsteller
* 24.12.1868 Berlinchen, Brandenburg
† 13.(11.?)1.1941 New York

Als Meister der psychologischen Spielführung ging Lasker in die Schachgeschichte ein. Er war Weltmeister von 1894 bis 1921 und gehörte noch bis 1935, als er 66jährig in Moskau hinter Michail Botwinnik und Salomon M. Flohr (beide UdSSR) den dritten Platz belegte, der Weltelite an. 1933 mußte der Jude L. Deutschland verlassen und ging über Moskau 1937 nach New York.

Emanuel Lasker: Langjähriger Meister im Schachspiel.

Der promovierte Mathematiker und Philosoph verfaßte das »Lehrbuch des Schachspiels« (1926) und eine Reihe philosophischer sowie spieltheoretischer Schriften.

□ 1896: »Gesunder Menschenverstand im Schach« (Schr., dt. 1925). □ 1902: Promotion in Mathematik »Über Reihen auf der Konvergenzgrenze«. □ 1913: »Das Begreifen der Welt« (Schr.). □ 1921: Niederlage gegen J. R. →Capablanca bei der Schachweltmeisterschaft in Havanna. □ 1931: »Brettspiele der Völker« (Schr.). □ 1933-37: Emigration über England und Moskau in die USA. □ 1940: »The community of the future« (Schr.).

▷ J. Hannak: Emanuel Lasker. Biografie eines Schachweltmeisters, 1953.

Lasker-Schüler, Else

dt. Schriftstellerin
* 11.2.1869 Elberfeld (heute zu Wuppertal)
† 22.1.1945 Jerusalem (Palästina, heute zu Israel)

Else Lasker-Schüler erhielt 1932 den Kleist-Preis.

Lasker-Schüler war eine der bedeutendsten expressionistischen Lyrikerinnen. Bis 1933 verbrachte sie, mit führenden Schriftstellern und Malern der Zeit befreundet (u. a. mit P. Hille, G. →Benn, K. →Kraus und F. →Marc), ein bohemienhaftes Leben in Berlin. Kennzeichnend für ihr Werk sind eine schwärmerisch-visionäre Metaphorik, die assoziativ Grundstimmungen der Liebe oder der Trauer spiegelt, und die Verbindung exotisch-orientalischer Märchenmotive mit tiefer jüdisch-mystischer Religiosität (»Styx«, Ged.e, 1902; »Der Malik«, Erz., 1919; »Hebräische Balladen«, 1919). Die begabte Zeichnerin illustrierte ihre Werkausgaben z. T. selbst.

□ 1895/96: Studium der Malerei bei Simon Goldberg in Berlin. □ 1906: »Das Peter Hille-Buch«. □ 1909: »Die Wupper« (Dr.). □ 1912: »Mein Herz« (R.). □ 1923: »Theben« (Ged.e). □ 1932: »Arthur Aronymus und seine Väter« (Dr.). □ 1933: Emigration in die Schweiz. □ ab 1937: Aufenthalt in Palästina; zunehmende geistige Verwirrung. □ 1943: »Mein blaues Klavier« (Ged.e). □ postum 1980: »Ichundich« (Dr.).

▷ S. Bauschinger: Else Lasker-Schüler, 1980; J. Hessing: Else Lasker-Schüler, 1985.

Laski, Harold Joseph

brit. Politiker und Politologe
* 30.9.1893 Manchester † 24.3.1950 London

Laski war einer der Begründer der modernen Politologie. Auf ihn geht die Definition des Begriffs »Pluralismus« zurück, die er aus den Theorien der (englischen) Arbeiterbewegung und des Liberalismus entwickelt hatte. Später vertrat er zunehmend einen strikt marxistischen Sozialismus. 1946 stand er wegen Aufrufs zur gewaltsamen Revolution vor Gericht. Politisch war L. sowohl in der Fabian Society als auch in der Labour Party aktiv, schlug jedoch mehrfach einen Sitz im Unterhaus aus.

□ 1912: Mitgl. der Fabian Society; später deren Vors. □ 1914-26: Dozent in Kanada, USA (u. a. Harvard) und England. □ 1926: Prof. an der London School of Economics (LSE). □ 1936-49: Im Exekutivausschuß der Labour Party. □ 1945/46: Vors. der Labour Party.

▷ G. Eastwood: Harold Laski, engl. 1977.

Lasky, Jesse Louis

amer. Filmproduzent
* 13.9.1880 San Francisco † 13.1.1958 Beverly Hills

Lasky, ursprünglich als Impresario im Varieté tätig, gründete 1913 mit seinem Schwager S. Goldfish (später →Goldwyn) die »Jesse Lasky Feature Play Company«, die 1913 mit »The Squaw Man« (Rg. C. B. →DeMille) den ersten Langfilm in der Geschichte Hollywoods produzierte. Nach dem Zusammenschluß mit A. Zukors »Famous Players« 1916 wurde L. Produktionschef (bis 1932) der Gesellschaft, aus der 1927 durch eine weitere Fusion die »Paramount Pictures« hervorgingen.

Last, James

(eig. Hans Last)
dt. Komponist, Arrangeur und Orchesterleiter
* 17.4.1929 Bremen

Populär wurde Last ab Mitte der 60er Jahre durch den sog. Party-Sound. Mit seinem Orchester nimmt er populäre Hits als stimmungsvolle Tanzmusik auf und erhielt dafür bisher über 180 Goldene Schallplatten. Erfolgreich ist er auch als Komponist — so übernahm 1972 E. →Presley L.s Titel »Fool«.

□ 1939: Klavierunterricht. □ 1946: Mitgl. des Orchesters von Radio Bremen. □ 1948: Gründung des Last-Becker-Ensembles. □ 1950: Wahl zum besten Jazz-Bassisten in Deutschland (erneut 1951, 1952). □ 1956: Mitgl. des NWDR-Tanzorchesters. □ 1964: Erster Schallplattenvertrag. □ 1969: Dt. Schallplattenpreis als Arrangeur des Jahres. □ 1971: Country Music Award der American Society of Composers, Authors and Publishers (ASCAP). □ 1977: Auszeichnung mit dem Robert-Stolz-Preis.

Lattek, Udo

dt. Fußballtrainer
* 16.1.1935 Bosemb, Ostpreußen

Lattek, der als aktiver Spieler nur Mittelmaß war, gehörte zu den erfolgreichsten deutschen Fußballtrainern. Mit Bayern München und Borussia Mönchengladbach wurde er u. a. achtmal deutscher Fußballmeister und dreimal DFB-Pokalsieger. L. führte das Bayern-Team mit der legendären Achse S. →Maier, F. →Beckenbauer und G. →Müller 1974 zum Gewinn des Europapokals der Landesmeister.

□ 1965-70: Trainer beim DFB. □ 1970-75: Bayern München (Dt. Meister 1972-74; Dt. Pokalsieger 1971). □ 1975-79: Borussia Mönchengladbach (Dt. Meister 1976 und 1977; Gewinn des UEFA-Cups 1979). □ 1979-81: Borussia Dortmund. □ 1981-83: FC Barcelona (Gewinn des Europacups der Pokalsieger 1982). □ 1983-87: FC Bayern München (Dt. Meister 1985-87; Dt. Pokalsieger 1984 und 1986). □ seit 1987: Mit Unterbrechung Sporttechnischer Direktor beim 1. FC Köln.

← Harold J. Laski

Larissa Latynina →

← Jesse Louis Lasky

← James Last

← Udo Lattek

Latynina, Larissa

sowjet. Turnerin
* 27.12.1934 Tscherson, Ukraine

In ihrer zwölfjährigen Karriere, unterbrochen durch die Geburt zweier Kinder, errang Latynina bei Olympischen Spielen, Welt- und Europameisterschaften 24 Gold-, 15 Silber- und fünf Bronzemedaillen. Mit tänzerischer Leichtigkeit reihte sie die schwierigsten Übungsteile aneinander und gewann — einmalig in der Geschichte der Olympischen Spiele — dreimal das Bodenturnen.

□ 1956: Olympiasiegerin von Melbourne im Achtkampf (Einzel und Mannschaft), Pferdsprung und Boden in Melbourne. □ 1957: Europameisterin Vierkampf, Pferdsprung, Schwebebalken, Boden und Stufenbarren. □ 1958: Weltmeisterin Achtkampf (Einzel und Mannschaft), Pferdsprung, Schwebebalken und Stufenbarren. □ 1960: Olympiasiegerin von Rom im Achtkampf (Einzel und Mannschaft) und Boden. □ 1961: Europameisterin Vierkampf und Boden. □ 1962: Weltmeisterin Achtkampf (Einzel und Mannschaft) und Boden. □ 1964: Olympiasiegerin von Tokio im Achtkampf (Mannschaft) und Boden.

Laub, Gabriel

poln.-dt. Schriftsteller und Publizist
* 24.10.1928 Bochnia

Laub ist ein bekannter Publizist, der in Deutschland als freier Mitarbeiter großer Zeitungen wie

Gabriel Laub: Seit 1968 Satiriker in Deutschland.

»Die Weltwoche«, »Die Zeit« und »Deutsches Allgemeines Sonntagsblatt« politische und gesellschaftliche Themen satirisch kommentiert. Ausgestattet mit beißendem Witz und kritischem Verstand ist L. ein scharfsinniger Beobachter des deutschen Alltags.

□ 1939-46: Exil in der Sowjetunion. □ ab 1946: Wirtschaftsstudium in Prag. □ 1948-52: Redakteur bei verschiedenen Zeitschriften. □ seit 1953: Freier Journalist und Schriftsteller. □ 1968: Nach dem Prager Frühling Umzug nach Deutschland. □ 1969: »Verärgerte Logik« (Aphorismen). □ 1972: »Urlaub zum Denken« (Satiren). □ 1975: »Erlaubte Freiheiten« (Aphorismen). □ 1983: »Der Aufstand der Dicken« (Satiren). □ 1987: »Mein lieber Mensch« (Satiren).

Lauda, Nikolaus »Niki«

österr. Automobilrennfahrer
* 22.2.1949 Wien

Lauda war einer der erfolgreichsten Formel-1-Rennfahrer und eine schillernde Figur dieses Sports. Er wurde 1975, 1977 und 1984 Weltmeister. Insgesamt errang er 1971-84 bei 171 Grand-Prix-Starts 25 Siege. Bei einem schweren Unfall auf dem Nürburgring 1976 erlitt er schwere Brandverletzungen, saß aber schon 42 Tage später wieder im Cockpit. 1979 erklärte er seine Karriere für beendet, er habe »keine Lust mehr, im Kreis herumzufahren«. Ab 1982 wieder aktiv, genügte ihm 1984 im letzten Wertungsrennen ein zweiter Platz, um knapp vor A. →Prost zum dritten Mal Weltmeister zu werden. Seit seinem endgültigen Rücktritt betreibt L. eine eigene Fluggesellschaft, die Air Lauda.

← Niki Lauda

Laue, Max von

dt. Physiker
* 9.10.1879 Pfaffendorf bei Koblenz
† 24.4.1960 Berlin

Nobelpreisträger Laue bestätigte 1912 experimentell die Beugung und damit die Welleneigenschaft der Röntgenstrahlen an Kristallen, deren Gitterstruktur der Schüler von M. →Planck durch die Beugungsmuster (Laue-Diagramme) auf Fotoplatten sichtbar machte (Röntgenstrukturanalyse). Der Kristall wirkt wie ein dreidimensionales Beugungsgitter.
Neben seiner »Theorie der Supraleitung« (Schr., 1947) entwickelte er »Die Relativitätstheorie« (1911, 2. Bd. 1921) von A. →Einstein weiter, dessen verfemte »jüdische Physik« er gegen die Nationalsozialisten verteidigte. Nach dem 2. Weltkrieg wirkte L. als Mitglied der Deutschen Forschungsgemeinschaft am Wiederaufbau der Wissenschaften mit.

□ 1903-06: Promotion, anschließend Habilitation bei M. Planck in Berlin. □ 1907: Experimenteller Beweis der Einsteinschen Theorie über die Lichtgeschwindigkeit. □ 1912-14: Prof. an der Univ. Zürich. □ 1914: Physik-Nobelpreis. □ 1914-19: Prof. an der Univ. Frankfurt/Main. □ 1919-43: Prof. an der Univ. Berlin. □ 1932: Max-Planck-Medaille. □ 1933: »Korpuskular- und Wellentheorie« (Schr.). □ 1941: »Die Röntgenstrahl-Interferenzen« (Schr.). □ 1946: »Geschichte der Physik« (Schr.). □ 1947-51: Prof. an der Univ. Göttingen. □ ab 1951: Dir. des Fritz-Haber-Inst. der Max-Planck-Gesellschaft in Berlin-Dahlem.

← Max von Laue

Lauer, Martin

dt. Leichtathlet
* 2.1.1935 Köln

Der Hürdenspezialist Lauer gehörte zu den größten Allround-Begabungen der deutschen Leichtathletik. Gegen die Amerikaner blieb ihm über 110 m Hürden jedoch der große Erfolg versagt. L. wurde 1956 und 1960 in dieser Disziplin nur Olympiavierter, obwohl er mit 13,2 sec. (1959) den Weltrekord hielt. Der Weltrekordmann über 200 m Hürden (22,5 sec.) war Schlußläufer der deutschen 4x100-m-Staffel von Rom, die 1960 Olympiasieger wurde. L. brillierte auch als deutscher Zehnkampfmeister (1956 und 1957) und gewann insgesamt 16 deutsche Leichtathletik-Meisterschaften.

□ 1956-60: Dt. Meister über 110 m Hürden. □ 1956: Olympiavierter 110 m Hürden in Melbourne; Olympiafünfter im Zehnkampf. □ 1958: Europameister 110 m Hürden. □ 1960: Olympiasieger 4x100-m-Staffel in Rom; Olympiavierter 110 m Hürden.

Laughton, Charles

amer. Schauspieler und Regisseur engl. Herkunft
* 1.7.1899 Scarborough, Yorkshire
† 15.12.1962 Hollywood

Charles Laughton in »Zeugin der Anklage«, 1957.

Laughton, der am Theater als Shakespeare- und Tschechow-Darsteller erfolgreich war, wurde als erster englischer Schauspieler 1933 mit dem Oscar ausgezeichnet (»Das Privatleben Heinrichs VIII.«, Rg. A. Korda). Er spielte u. a. die Titelrolle in »Der Glöckner von Notre-Dame« (1939, Rg. W. Dieterle) und den tyrannischen Kapitän Bligh in »Die Meuterei auf der Bounty« (1935; mit C. →Gable, Rg. F. Lloyd). L.s einzige Regiearbeit, »Die Nacht des Jägers« (1955, mit R. →Mitchum), beeindruckte vor allem durch poetisch-düstere Bilder.

□ ab 1926: Verschiedene Theaterrollen. □ 1928: Filmdebüt. □ 1933/34: Am Londoner Old Vic Theatre. □ 1935: »Die Elenden« (Rg. R. Boleslawski). □ 1936: »Rembrandt« (Rg. A. Korda). □ 1939: »Riffpiraten« (Rg. A. →Hitchcock). □

1944: »Unter Verdacht« (Rg. R. →Siodmak). □ 1947: Titelrolle in der UA von B. →Brechts revidierter Fassung des »Galileo Galilei«; »Der Fall Paradin« (Rg. A. Hitchcock.). □ 1948: »Spiel mit dem Tode« (Rg. J. Farrow). □ 1953: »Herr im Haus bin ich« (Rg. D. →Lean). □ 1961: »Sturm über Washington« (Rg. O. →Preminger).

▷ A. Missler: Charles Laughton. Seine Filme — sein Leben, 1990.

Laurel, Stan

(eig. Arthur Stanley Jefferson)
amer. Schauspieler engl. Herkunft
* 16.6.1890 Ulverston, Lancashire
† 23.2.1965 Santa Monica, Kalif.

Hardy, Oliver

amer. Schauspieler
* 18.1.1892 Atlanta, Georgia
† 7.8.1957 Los Angeles, Kalif.

Das Komikerduo Stan Laurel (l.) und Oliver Hardy in dem Film »The finishing touch«.

Als gutmütige Pechvögel »Stan und Ollie« (auch »Dick und Doof«) wurden Stan Laurel und sein Filmpartner Oliver Hardy zum erfolgreichsten Komikerpaar der Filmgeschichte. Ihre 1926-52 entstandenen Slapstick-Komödien erfreuen sich, ob Kinofilme oder gekürzte Fernsehfassungen, zeitloser Beliebtheit. Beide sorgten regelmäßig für Chaos und Verwüstung: Der kindliche Trottel L. mit seiner naiven Neugier, der beleibte Tolpatsch H. mit seinem nur scheinbar souveränen Habitus. L., der 1910 mit einer Komödiantentruppe an der Seite von Ch. →Chaplin in die USA übergesiedelt war, trug als künstlerischer Kopf den wesentlichen Anteil am Erfolg des Duos. Mehrere Filme von L. und H. wurden mit dem Oscar ausgezeichnet.

□ ab 1926: Ständige Zusammenarbeit von L. und H. □ 1932: »Die Teufelsbrüder« (Rg. G. Marshall). □ 1933: »Die Wüstensöhne« (Rg. W. A. Seiter). □ 1937: »Zwei ritten nach Texas« (Rg. J. W. Horne). □ 1938: »Die Doppelgänger von Sacramento« (Rg. H. Lachmann); »Die Klotzköpfe« (Rg. J. G. Blystone). □ 1952: »Atoll K« (Rg. J. Berry). □ 1960: Auszeichnung mit einem Ehren-Oscar.

▷ J. McCabe: The Comedy World of Stan Laurel, 1975.

Laurencin, Marie

frz. Malerin
* 31.10.1885 Paris † 8.6.1956 ebd.

Laurencin ist eine frühe Vertreterin kubistischer Stilprinzipien, zu denen sie nach Anlehnung an die primitivistische Periode P. →Picassos gelangte. Doch entwickelte sie bald einen eigenen Stil und malte in lyrischen Farben vor allem romantische Mädchenbildnisse (»Zwei Mädchen«, 1915, London, Tate Gallery). Sie schuf auch Bühnendekorationen und Illustrationen (u. a. zu A. →Gides Erzählung »La Tentative Amoureuse«).

□ 1906: Nach dem Studium an der Académie Humbert Bekanntschaft mit G. →Braque, der sie in den Künstlerkreis um das Atelier Bateau Lavoir (Picasso, J. →Gris u. a.) einführt. □ 1924: Bühnenbild für S. →Diaghilews Ballett »Les riches«. □ 1928: Bühnenbild für die Comédie Française.

▷ D. Marchessau: Marie Laurencin, frz. 1981.

Laurens, Henri

frz. Bildhauer
* 18.2.1885 Paris † 5.5.1954 ebd.

Laurens gehört als einer der ersten kubistischen Bildhauer zu den Wegbereitern der modernen Skulptur. Ab 1915 schuf er reliefartige Konstruktionen aus farbig bemalten Metallteilen und Holz (z. B. »Kopf«, 1915, Basel, Kunstmuseum) sowie Figuren aus bemalten stereometrischen Holzteilen (z. B. »Der Clown«, 1915, Duisburg, Wilhelm-Lehmbruck-Museum) und erzielte durch den Wechsel von Konkav und Konvex eine hohe Bewegtheit der Form. Wesentlich war auch seine radikale Übertragung der kubistischen Collagetechnik auf fast abstrakte Montagen aus bemaltem Blech und Holz (z. B. »Die Traubenschale«, Paris, Sammlung Claude Laurens). Ab Mitte der 20er Jahre suchte L. den Weg zu organisch-figürlichen Formen, inhaltlich wandte er sich der griechischen Mythologie zu.

□ 1915-18: Kubistische Materialmontagen. □ ab 1919: Übergang zu Rundplastiken aus Stein und Terrakotta. □ ab

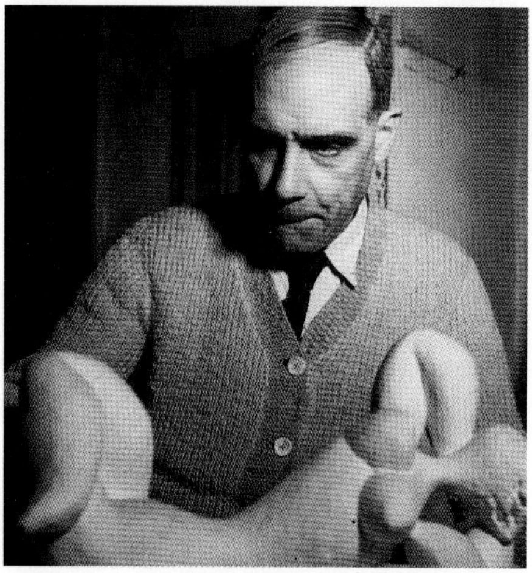

Henri Laurens: Der französische Bildhauer bei der Arbeit.

ca. 1925: Übergang zu einem klassisch-archaischen Stil; u. a. auch Bühnendekorationen (für S. →Diaghilews Baletts Russes) und Buchillustrationen. □ 1932/33: Entwicklung eines weichen, linearen Stils unter dem Einfluß A. Maillols. □ 1949, 1951: Große Einzelausstellungen (Palais des Beaux-Arts, Brüssel; Musée National d'Art Moderne, Paris). □ postum 1985: Ausstellung im Sprengel-Museum, Hannover.

▷ S. Kuthy: Henri Laurens 1885-1954, 1985.

Laurentiis, Dino de

ital. Filmproduzent
* 8.8.1919 Torre Annunziata, Prov. Neapel

← Dino de Laurentiis

Laurentiis' Karriere als einer der größten Produzenten Hollywoods begann in Italien mit seinem Welterfolg »Bitterer Reis« (1948, Rg. Giuseppe de Santis). Er war damit einer der ersten Produzenten, die dem neorealistischen Film in Italien nach dem 2. Weltkrieg zum Durchbruch verhalfen. L. produzierte u. a. die mit dem Oscar ausgezeichneten Filme »La Strada« (1957) und »Nächte der Cabiria« (1958; beide Rg. F. →Fellini), bevor er sich mit üppigen Ausstattungsfilmen (»Attila«, 1958; »Die Bibel«, 1965, Rg. J. →Huston) einem Massenpublikum empfahl. In Hollywood (seit 1971) war er mit Filmen wie »Ein Mann sieht rot« (1974) und »Flash Gordon« (1980) erfolgreich.

□ 1937: Schauspielausbildung in Rom. □ 1942: Geschäftsführender Produzent der Lux-Filmgesellschaft. □ 1949: Heirat mit der von ihm entdeckten Schauspielerin S. →Mangano. □ 1950: Gründung einer Filmgesellschaft mit C. Ponti. □ 1956: »Krieg und Frieden« (Rg. K. →Vidor). □ 1957: Tätigkeit als selbständiger Produzent. □ 1971: Verkauf der Dinocittà-Studios an die ital. Regierung. □ 1981: »Ragtime« (Rg. M. →Forman).

Laval, Gustaf de

schwed. Ingenieur frz. Herkunft
* 9.5.1845 Orsa, Län Kopparberg
† 2.2.1913 Stockholm

1883 entwickelte Laval die nach ihm benannte Gleichdruckdampfturbine, die erste Kraftwerksturbine der Welt. Sie war erheblich schneller als die Kolbendampfmaschine und daher weitaus effektiver. 1889 erfand L. die Lavaldüse, in der durchströmende Medien (Gas, Dampf, Flüssigkeit) durch anfängliche Verengung und nachfolgende Erweiterung der Düse auf Überschallgeschwindigkeit beschleunigt werden können.

Laval, Pierre Étienne

frz. Politiker
* 28.6.1883 Châteldon, Dep. Puy-de-Dôme
† 15.10.1945 Fresnes (hingerichtet)

← Pierre Laval

Nach der französischen Niederlage wurde Laval von Marschall Ph. → Pétain im Juli 1940 ins Kabinett berufen, jedoch wegen seiner Bereitschaft, mit den deutschen Behörden zusammenzuarbeiten, bereits im November wieder entlassen. 1942 ernannte ihn Pétain auf Druck von A. →Hitler zum Ministerpräsidenten. In den folgenden zwei Jahren versuchte der Antisemit und Antikommunist L., Frankreich zunehmend an Deutschland anzulehnen. Wegen der von ihm angeordneten Judendeportationen und der Zwangsaushebung von französischen Arbeitskräften wurde er 1945 in Frankreich als Kollaborateur zum Tode verurteilt.

□ 1914-19: Deputierter der Sozialisten. □ 1924-26: Deputierter der Unabhängigen. □ ab 1926: Senator. □ 1931/32, 1935/36: Ministerpräsident. □ 1940: Vize-Ministerpräsident und Außenmin. □ 1942-44: Ministerpräsident der Vichy-Regierung. □ 1944/45: Aufenthalt in Deutschland. □ 1945: Flucht nach Spanien; Abschiebung nach Frankreich.

▷ P. Laval: The diary of Pierre Laval, 1978; R. d. Chambrun: Pierre Laval devant l'histoire, 1983.

Laver, Rod

austral. Tennisspieler
* 9.8.1938 Rockhampton, Queensland

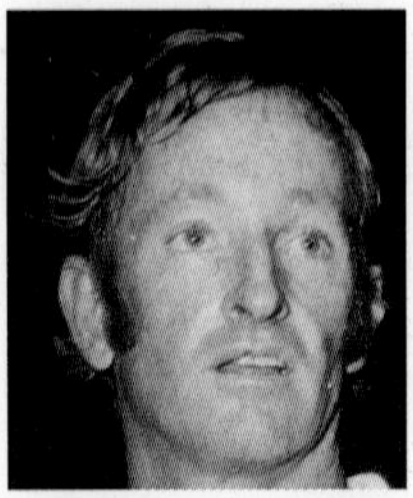

Rod Laver →

Laver schrieb Tennisgeschichte als zweimaliger (1962 und 1969) Grand-Slam-Sieger (Gewinn der internationalen Turniere von Wimbledon, USA, Frankreich und Australien innerhalb eines Jahres). Fünfmal holte er den Daviscup mit der australischen Mannschaft und gewann zweimal das Wimbledonturnier (1961 und 1968).

Laveran, Charles Louis Alphonse

frz. Bakteriologe
* 18.6.1845 Paris † 18.5.1922 ebd.

C. L. A. Laveran →

Laveran gelang 1880 mit der Identifizierung der Malaria-Parasiten eine der bedeutendsten Entdeckungen des 19. Jh.s. Für den Nachweis, daß es sich bei dem Erreger nicht um eine Bakterie, sondern um ein einzelliges, im Blut schmarotzendes Urtierchen (Protozoon) handelt, erhielt L. 1907 den Physiologie/Medizin-Nobelpreis. Mit dem Geld dieser Auszeichnung gründete er 1908 am Institut Pasteur in Paris das Laboratorium für Tropenmedizin.

□ 1878-83: Militärarzt in Constantine, Algerien. □ 1884-94: Prof. an der Militärhochschule in Val-de-Grâce. □ ab 1896: Forschungen am Inst. Pasteur, Paris. □ 1901: Mitgl. der Akademie der Wissenschaften, Paris.

Lawrence, D(avid) H(erbert)

engl. Schriftsteller
* 11.9.1885 Eastwood, Nottingham
† 2.3.1930 Vence (Frankreich)

Lawrence gab der europäischen Literatur des 20. Jh.s durch sein autobiografisch geprägtes Gesamtwerk, das H. →Miller als »ein einziges überlebensgroßes Selbstportrait« bezeichnete, und durch seine von S. →Freud beeinflußte prophetische Sexualutopie wichtige Impulse. Im Mittelpunkt seines Schaffens standen das Verhältnis der Geschlechter zueinander und der Konflikt zwischen natürlicher Sinnlichkeit und lebensfeindlicher Zivilisation. Sein Bemühen galt der Wiedergewinnung der verlorenen Einheit von Körper und Geist, Sinnen und Seele, Instinkt und Intellekt. Die Zurückerlangung dieser Lebensganzheit erforderte L.s Ansicht nach eine offene Auseinandersetzung mit dem Unbewußten und vor allem mit der menschlichen Sexualität, in der er die einzige noch gebliebene Urkraft des

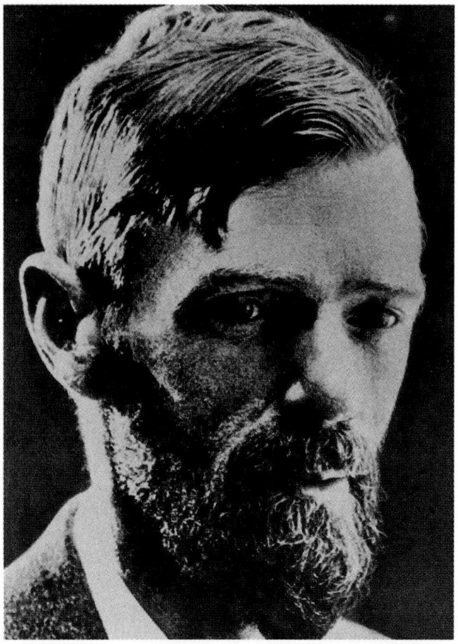

D. H. Lawrence: Auseinandersetzung mit der Sexualität.

Lebens sah. Diese Themen beherrschen L.s Romane von dem frühen Entwicklungsroman »Söhne und Liebhaber« (1913, dt. 1925), in dem er seine Jugenderlebnisse in einer ärmlichen Bergbauregion verarbeitete, bis zu den wegen Obszönität verbotenen Romanen »Der Regenbogen« (1915, dt. 1922) und »Lady Chatterley und ihr Liebhaber« (1928, dt. 1930).

□ 1906-08: Lehrerausbildung. □ ab 1908: Lehrer im Bergbaubezirk Croyden und in London. □ 1911: Erkrankung an Tuberkulose. □ 1912/13: Aufenthalte in Deutschland, der Schweiz, Italien, Australien und Neu-Mexiko (USA). □ 1914: Nach einer skandalträchtigen Affäre Heirat mit der geschiedenen Frieda Weekley; »Der preußische Offizier« (Erz.n, dt. 1975). □ 1920: »Liebende Frauen« (R., dt. 1927). □ 1921: »Das Meer und Sardinien« (Reiseb., dt. 1963). □ 1922: Reise nach Australien und Neu-Mexiko. □ 1923: »Birds, Beasts and Flowers« (Ged.e); »Spiel mit dem Unbewußten« (Abh., dt. 1929). □ 1925: Rückkehr nach Europa. □ 1926: »Die gefiederte Schlange« (R., dt. 1932). □ 1928: »Die Frau, die davonritt« (Nov.n, dt. 1928); Abkehr von England nach der Zensur von »Lady Chatterley«; Aufenthalt in Italien und Neu-Mexiko; Verschlimmerung der Tuberkuloseerkrankung. □ 1929: »Pornographie und Obszönität« (Es., dt. 1931). □ postum 1932: »Der Mann, der gestorben war« (Kurzr., dt. 1975). □ 1984: »Mr. Noon« (R.).

▷ R. Aldington: D. H. Lawrence in Selbstzeugnissen und Bilddokumenten, 1961; J. Meyers: D. H. Lawrence: A Biography, engl. 1990.

Lawrence, Ernest Orlando

amer. Physiker
* 8.8.1901 Canton, S. Dak.
† 27.8.1958 Palo Alto, Kalif.

Lawrence, ab 1936 Direktor des Radiation Laboratory an der University of California in Palo Alto, entwickelte 1929/30 das Zyklotron. Im Gegensatz zu den von J. D. →Cockcroft und E. T. S. →Walton konstruierten Teilchenbeschleunigern mit Spannungsvervielfachung werden die Protonen im Zyklotron durch Umlaufen in einem Magnetfeld schubweise beschleunigt, so daß sich ihre Bahn spiralfömig ausdehnt, bis sie diese mit hoher Energie verlassen. Der Physik-Nobelpreisträger von 1939 gehörte zu den wenigen Wissenschaftlern, die den Einsatz der Atombomben gegen Japan befürworteten.

← Ernest O. Lawrence

Lawrence, T(homas) E(dward)

(Pseud. T. E. Shaw)
engl. Schriftsteller
* 15.8.1888 Tremadoc, Wales
† 19.5.1935 Clands Nill, Dorset (Unfall)

Der als Archäologe mit dem Nahen Osten vertraut gewordene Lawrence organisierte und leitete im Auftrag des britischen Geheimdienstes den Aufstand der Araber gegen ihre türkischen Kolonialherren, indem er gegen diese die von L. selbst entworfene flexible Guerillataktik anwandte. Auf diese Weise eroberte er mit den Arabern 1917 Akaba und 1918 Damaskus. An der Pariser Friedenskonferenz (1919) nahm er teil, ohne jedoch die Kolonialisierung der soeben befreiten Araber durch England verhindern zu können. Sein autobiografischer Bericht über den spektakulären Feldzug, »Die sieben Säulen der Weisheit« (1926, dt. 1936), war Grundlage des Films »Lawrence von Arabien« von D. →Lean (mit P. →O'Toole, 1962).

T. E. Lawrence als der legendäre Lawrence von Arabien.

□ 1910-14: Assistent des British Museum bei Ausgrabungen am Euphrat. □ 1914: Anstellung in der geographischen Abteilung des brit. Generalstabs, Kairo. □ 1918: Rückkehr nach England. □ ab 1922: Mitgl. der Royal Air Force. □ 1935: Prosaübersetzung von Homers »Odyssee«; »Aufstand in der Wüste« (Ber., dt. 1988). □ postum 1938: »Selbstbildnis in Briefen« (dt. 1948).

▷ D. Stuart: Lawrence von Arabien, 1982; St. Tabachnick/Ch. Matheson: T. E. Lawrence. Wahrheit und Legende, 1988.

Lawrentjew, Michail Alexejewitsch

sowjet. Wissenschaftler
* 6. (19.?) 11.1900 Kasan † 15.10.1980 Moskau

Lawrentjew hat die sibirische Abteilung der sowjetischen Akademie der Wissenschaften bei Nowosibirsk zu einem Wissenschaftszentrum ausgebaut und die technologische Entwicklung in der UdSSR maßgeblich geprägt. Unter L.s Leitung wurde in den 50er Jahren der erste Elektronenrechner in Rußland gebaut.

□ 1939-48: Dir. des Inst. für Mathematik der Akademie der Wissenschaften der Ukrainischen SSR in Kiew. □ 1946: Mitgl. der Akademie der Wissenschaften der UdSSR. □ 1949-57: Dir. des von ihm gegründeten Inst. für Präzisionsmechanik und Rechentechnik, Moskau. □ ab 1957: Prof. an der Univ. Nowosibirsk; Dir. des von ihm begründeten Inst. für Hydrodynamik ebd.

Laxness, Halldór

(eig. Kiljan Gudjónsson)
isländ. Schriftsteller
* 23.4.1902 Reykjavík

Halldór Laxness: 1955 mit dem Nobelpreis ausgezeichnet.

György Lázár →

Laxness ist der bekannteste isländische Schriftsteller der Gegenwart. Seine frühe Prosa zeigt expressionistische und surrealistische Einflüsse, knüpft aber auch an die Stiltradition der isländischen Sagas an.
Während eines USA-Aufenthalts (1926-29) lernte der Katholik L. den Schriftsteller U. →Sinclair kennen und wandelte sich zum atheistischen Sozialisten und Verfasser sozialkritischer Romane (»Islandglocke«, 1943-46, dt. 1951; »Atomstation«, 1948, dt. 1955). In den 50er Jahren vollzog er die Abkehr von allen Ideologien zugunsten einer realitätsbezogenen, praktischen Nächstenliebe (»Das Fischkonzert«, R., 1957, dt. 1961; »Seelsorge am Gletscher«, R., 1968, dt. 1974). 1955 erhielt L. für seine »Verdienste um die Erneuerung der isländischen Sprache« den Literatur-Nobelpreis.

□ 1919-30: Reisen in Europa. □ 1927: »Der große Weber von Kaschmir« (R., dt. 1988). □ 1929: »Das Volksbuch« (Es.). □ 1931/32: »Salka Valka« (R., dt. 1951). □ 1932/33: Aufenthalt in der Sowjetunion. □ 1934/35: »Der Freisasse« (R., 2 Bde., dt. 1936). □ 1952: »Gerpla. Eine Heldensage« (R., dt. 1977). □ 1960: »Das wiedergefundene Paradies« (R., dt. 1971). □ 1972: »Die Litanei von den Gottesgaben« (R., dt. 1982). □ 1974: »Auf der Hauswiese« (R., dt. 1978). □ 1978: »Siebenmeistergeschichten« (R., dt. 1980).

Louis Leakey →

Lay, (Wilhelm) August

dt. Pädagoge
* 30.7.1862 Bötzingen i. Br.
† 9.5.1926 Karlsruhe

Aus der reformpädagogischen Bewegung zu Beginn des 20. Jh.s ragt Lay als Vorkämpfer für die »Experimentelle Pädagogik« (Abh., 1908) heraus. Der Dozent am Karlsruher Lehrerseminar erforschte in Versuchsschulen die Voraussetzungen für Lehren und Lernen und erprobte effektive Lehrmethoden; Ergebnisse seiner Studien beeinflußten die Volksschulerziehung.

□ 1903: »Experimentelle Didaktik« (Abh.). □ 1911: »Die Tatschule« (Abh.). □ 1913/14: »Lehrbuch der Pädagogik«. □ postum 1927: »Die Lebensgemeinschaftsschule« (Abh.).

Lázár, György

ung. Politiker
* 15.9.1924 Isaszeg

Lázár, 1975-87 Ministerpräsident, versuchte die ungarische Wirtschaftsmisere durch die Einbeziehung marktwirtschaftlicher Elemente in die Planwirtschaft zu beheben. Die unter dem Namen »Gulasch-Kommunismus« auch im Westen aufmerksam beobachtete Wirtschaftsreform konnte zunächst größere Erfolge verzeichnen, scheiterte jedoch zu Beginn der 80er Jahre, als Ungarn aufgrund veralteter Staatsbetriebe und hoher Inflation zum höchstverschuldeten Land Osteuropas wurde.

□ 1942-48: Beschäftigung als Technischer Zeichner. □ seit 1945: Mitgl. der Kommunistischen Partei. □ 1948: Stellv. Abteilungsleiter des Nat. Planungsamts. □ 1958: Stellv. Vors. des Nat. Planungsamtes. □ 1970: Min. für Arbeit; Vors. des Landesrates für Jugendpolitik und Bildung. □ 1973: Vizepräs. des Ministerrates. □ 1975-87: Ministerpräsident. □ 1987: Stellv. Generalsekretär der Ungarischen Sozialistischen Arbeiterpartei (UASP).

Lazarsfeld, Paul Felix

amer. Soziologe österr. Herkunft
* 13.2.1901 Wien † 31.8.1976 New York

Lazarsfeld entwickelte 1940 die sog. Zweistufenhypothese der Kommunikation, nach der die über Massenmedien verbreiteten Informationen oftmals zunächst von »Meinungsführern« aufgenommen werden. Diese Personen geben die Informationen gefiltert, interpretiert oder verstärkt weiter und beeinflussen das Verhalten (z. B. Wählerverhalten) und die Einstellung ihrer weniger informierten Mitmenschen.

□ 1940: Prof. für Soziologie, Columbia Univ., New York. □ 1944: »Wahlen und Wähler« (Schr., dt. 1969). □ 1955: »Persönlicher Einfluß und Meinungsbildung« (Schr., dt. 1962). □ 1967: Prof. an der Sorbonne, Paris. □ 1972: »Qualitative Analysis« (Schr.).

Leakey, Louis Seymour Bazett

brit. Archäologe und Anthropologe
* 7.8.1903 Kabete (Kenia) † 1.10.1972 London

Leakey ist einer der Väter der menschlichen Stammesforschung in Afrika (wie G. von →Koenigswald in Asien). 1931 begann er mit Ausgrabungen in der Olduvai-Schlucht (Tansania), Fundort seiner berühmtesten Entdeckungen. 1959 stieß seine Frau Mary, selbst angesehene Archäologin, auf einen fossilen Hominiden, der heute als Australopithecus robustus bezeichnet wird (Mindestalter 2 Mio. Jahre). Zwei Jahre später entdeckte L. fossile Reste des Homo habilis, eines Vorfahren des heutigen Menschen.

□ 1924: Erste Ausgrabungen in Ostafrika. □ 1936: »Steinzeit-Afrika« (Schr., dt. 1938). □ 1945-61: Kurator am Coryndon Memorial Museum in Nairobi. □ 1952: »Olduvai-Gorge« (Schr.). □ 1969: »Unveiling man's origins« (Schr.).

▷ S. Cole: Leakey's luck. The life of Louis Seymour Bazett Leakey 1903-1972, 1975; L. S. B. Leakey: By the evidence. Memoirs 1932-1951, NA 1976.

David Lean →

Leakey, Richard Erskine Frere

kenian. Anthropologe
* 19.12.1944 Nairobi

Leakey, Sohn des Anthropologen L. →Leakey, entdeckte 1967 den menschheitsgeschichtlich wichtigen Fundplatz Koobi-Fora an den Ufern des Turkana-Sees in Kenia. In der Folgezeit legte L. die fossilen Reste von etwa 230 Individuen frei. Sein wichtigster Fund war der vollständige Schädel eines Homo habilis, der unter der Fundnummer »1470« berühmt wurde. Dieser erste gewissermaßen echte Mensch hat ein Alter von etwa 2 Mio. Jahren.

□ 1967: Grabungen im Omo-Tal (Äthiopien) und am Turkana-See (Kenia). □ 1974: Dir. des kenian. Nationalmuseums in Nairobi. □ 1977: »Wie der Mensch zum Menschen wurde« (Schr., mit R. Lewin, dt. 1978). □ 1981: »The making of mankind« (Schr.). □ 1982: »Human origins« (Schr.).

▷ R. E. Leakey: One life. An autobiography, NA 1984.

Richard Leaky mit dem von ihm gefundenen Schädel eines Homo habilis.

Lean, Sir (ab 1984) David

engl. Regisseur
* 25.3.1908 Croydon bei London
† 16.4.1991 London

Mit aufwendigen Großproduktionen wie »Die Brücke am Kwai« (7 Oscars, 1957), »Lawrence von Arabien« (7 Oscars, 1962) und »Doktor Schiwago« (5 Oscars, 1965) begründete Lean seinen Ruf als Meister des monumentalen Erzählkinos. Viele seiner Filme, in denen er häufig mit A. →Guinness zusammenarbeitete, beschreiben die Kluft zwischen verschiedenen Kulturen sowie den Konflikt des Individuums mit herrschenden Konventionen.

□ ab 1930: Arbeit als Cutter. □ 1942: Co-Regie mit N. →Coward bei »In Which We Serve«. □ 1944: »Geisterkomödie«. □ 1945: »Begegnung«. □ 1948: »Oliver Twist«. □ 1957: Regieoscar für »Die Brücke am Kwai« (mit A. Guinness). □ 1962: Regieoscar für »Lawrence von Arabien« (mit P. →O'Toole). □ 1969/70: »Ryans Tochter«. □ 1984: »Reise nach Indien« (nach dem R. von E. M. →Forster).

Z. Leander in dem 1937 entstandenen Film »La Habanera«.

Leander, Zarah

schwed. Schauspielerin und Sängerin
* 15.3.1907 Karlstad † 23.6.1981 Stockholm

Mit ihrer dunklen, rauchigen Stimme und Liedern wie »Kann denn Liebe Sünde sein« und »Ich weiß, es wird einmal ein Wunder geschehn« wurde Zarah Leander zum gefeierten Ufa-Star des deutschen Musikfilms. In den 40er Jahren gehörte sie zu den bestbezahlten Filmdivas im Dritten Reich. 1943 kehrte L. nach Schweden zurück, woraufhin die Aufführung ihrer Filme verboten wurde.

□ 1929: Bühnendebüt in Schweden. □ 1937: »Zu neuen Ufern« (mit W. →Birgel, Rg. D. →Sirk); »La Habanera« (Rg. D. Sirk). □ 1938: »Der Blaufuchs« (mit W. Birgel, Rg. V. Tourjansky); »Heimat« (mit H. →George, Rg. C. Froelich). □ 1939: »Es war eine rauschende Ballnacht« (mit M. →Rökk, Rg. C. Froelich). □ 1942: »Die große Liebe« (Rg. R. Hansen). □ 1943: »Damals« (Rg. R. Hansen). □ 1958: Erfolg als Sängerin in dem Musical »Madame Scandaleuse«. □ 1973: Abschiedstournee.

▷ Z. Leander: Es war so wunderbar (Aut.), 1973; P. Seiler: Zarah Leander, 1985.

Leary, Timothy

amer. Psychologe
* 22.10.1920 Springfield, Mass.

Leary, in den 60er Jahren als »Drogenpapst« in der amerikanischen Öffentlichkeit scharf verurteilt, empfahl zur Bewußtseinserweiterung die Einnahme von LSD, Haschisch und Peyote. Er befürwortete die Droge LSD als Mittel zur Untersuchung von Alkoholikern und Schizophrenen. Der wegen Verstoßes gegen das Marihuana-Gesetz mehrfach inhaftierte Psychologe distanzierte sich 1977 von diesen Drogengeschäften. In den 80er Jahren propagierte er das sog. SMILE, ein interdisziplinäres Programm mit dem Ziel einer Auswanderung ins All (space migration), der Intelligenzsteigerung (intelligence increase) und Lebensverlängerung (life extension).

□ 1939: Aufnahme in die Militärakademie West Point. □ ab 1941: Studium der Psychologie an der Univ. von Alabama. □ 1943-45: Tätigkeit als Psychologe in einem Armee-Hospital. □ 1955-58: Dir. der psychologischen Forschungsabteilung am Kaiser Foundation Hospital in Oakland. □ 1959-63: Dozent für klinische Psychologie an der Harvard Univ. (Entlassung). □ 1965: Konversion zum Hinduismus. □ 1968: »Politik der Ekstase« (Schr., dt. 1968). □ 1969: Gestaltung der LP »Give Peace a Chance« mit J. →Lennon. □ 1973-77: Inhaftierung (Verstoß gegen Marihuana-Gesetz).

▷ T. Leary: Flashback. An autobiography, 1983.

Georg Leber →

← Timothy Leary

Léaud, Jean-Pierre

frz. Schauspieler
* 1944

Léaud war einer der führenden Schauspieler der Nouvelle Vague. In F. → Truffauts Doinell-Zyklus verkörperte er in insgesamt fünf Filmen den Protagonisten Antoine Doinel, zuerst als 13jährigen Jugendlichen in »Sie küßten und sie schlugen ihn« (1958/59), zuletzt 20 Jahre später in »Die Liebe auf der Flucht« (1978). Die filmische Biografie dieser fiktiven Person weist zahlreiche Parallelen (u. a. Aufenthalt im Erziehungsheim) zum Leben sowohl des Regisseurs als auch seines Hauptdarstellers auf. Bei einigen Filmen seines Mentors Truffaut und J. L. →Godards war L. auch als Regieassistent tätig.

□ 1965/66: »Masculin-Feminin oder: die Kinder von Marx und Coca-Cola« (Rg. J. L. Godard). □ 1967: »Weekend« (Rg. J. L. Godard). □ 1970: »Tisch und Bett« (Rg. F. Truffaut). □ 1971: »Zwei Mädchen aus Wales und die Liebe zum Kontinent« (Rg. F. Truffaut). □ 1972/73: »Die amerikanische Nacht« (Rg. F. Truffaut). □ 1991: »I hired a contract killer« (Rg. A. →Kaurismäki).

← Jean-Pierre Léaud

Leber, Georg

dt. Politiker
* 7.10.1920 Obertiefenbach bei Limburg/Lahn

Während der gesamten Regierungszeit der SPD repräsentierte Leber den Gewerkschaftsflügel der Partei. Als Verteidigungsminister wurde er häufig wegen seines uneingeschränkten Bekenntnisses zur NATO und zur Abschreckungsstrategie vom linken Flügel seiner Partei kritisiert. Nach seinem Ausscheiden aus der Regierung (1978) beklagte er mehrfach den sinkenden Anteil der Arbeitnehmer in der Parteiführung.

□ 1940-45: Kriegsdienst. □ seit 1947: Mitgl. der SPD und der Gewerkschaft. □ 1949: Hauptamtlicher Funktionär. □ 1952: Redakteur der Gewerkschaftszeitung Der Grundstein. □ 1955: Stellv. Vors. (ab 1957 Vors.) der Gewerkschaft Bau-Steine-Erden. □ 1957-83: MdB. □ 1964-66: »Vermögensbildung in Arbeiternehmerhand« (Schr., 4 Bde.). □ 1966-69: Verkehrsmin. □ 1968-73: Mitgl. des Präsidiums der SPD. □ 1969-72: Verkehrs- und Postmin. □ 1972-78: Verteidigungsmin. □ 1979-83: Vizepräs. des Bundestages. □ 1979: »Vom Frieden« (Schr.).

Leber, Julius

dt. Politiker und Widerstandskämpfer
* 16.11.1891 Bließheim, Elsaß
† 5.1.1945 Berlin-Plötzensee (hingerichtet)

Julius Leber vor dem Freislerschen Volksgerichtshof, 1944.

Leber war nach Beginn des 2. Weltkriegs im konservativen Kreisauer Kreis um H. J. Graf →Moltke im Widerstand engagiert, wo er sozialdemokratische Ideen einbrachte. Nach der Verhaftung Moltkes im Jan. 1944 näherte er sich dem Kreis um K. Graf →Stauffenberg. Im Falle eines geglückten Attentats auf A. →Hitler war L. als Innenminister vorgesehen. Am 5.7.1944 wurde er verhaftet, am 20.10.1944 zum Tode verurteilt und drei Monate später hingerichtet.

□ ab 1913: Mitgl. der SPD. □ 1921: Chefredakteur des Lübecker Volksboten. □ 1924-33: MdR. □ 1933-37: Politischer Häftling in den KZs Sachsenhausen und Oranienburg. □ nach 1940: Im Kreisauer Kreis aktiv.

▷ D. Beck: Julius Leber. Sozialdemokrat zwischen Reform und Widerstand, 1983.

Le Bon, Gustave

frz. Soziologe und Sozialwissenschaftler
* 7.5.1841 Nogent-le-Rotrou, Dep. Eure-et-Loire
† 13.(15.?)12.1931 Marne-la-Coquette bei Paris

Le Bon, Vorläufer der modernen Massenpsychologie, beschrieb in seinem Buch »Psychologie der Massen« (1895, dt. 1908) die Phänomene der Emotionalisierung und der Reaktion des einzelnen in der Masse. In seinem 1894 vorausgegangenen Buch »Psychologische Gesetzmäßigkeiten der Entwicklung der Völker« betrachtete er die Geschichte als Produkt rassischer oder nationaler Besonderheiten und die Emotion als die treibende Kraft der gesellschaftlichen Entwicklung. Seine wissenschaftlich nicht haltbaren Positionen, z. B. die angeblich rassische Überlegenheit nordeuropäischer Völker, verband L. mit der Ablehnung von Demokratie und Sozialismus.

Le Carré, John

(eig. David John Moore Cornwell)
engl. Schriftsteller
* 19.10.1931 Poole, Dorset

← John Le Carré

Le Carré wurde durch seinen Roman »Der Spion, der aus der Kälte kam« (F., 1966, mit R. →Burton, Rg. M. Ritt) und die in mehreren Romanen auftauchende Figur des Agenten George Smiley weltbekannt. Sein Erfolg gründet sich nicht nur auf die spannend erzählten Geschichten und den hervorragenden Stil; er nutzt das Genre des Spionageromans für einen realistischen Blick auf die von privaten und politischen Machtinteressen korrumpierte Gesellschaft, die sich in der Zerrissenheit seiner Hauptfiguren spiegelt. So auch in seinem politisch sehr engagierten Roman »Die Libelle«, der den israelisch-palästinensischen Konflikt zum Thema hat.

□ 1959: Angestellter im britischen Auswärtigen Amt. □ 1960-63: 2. Sekretär an der britischen Botschaft in Bonn. □ 1961: »Schatten von gestern« (R., dt. 1963). □ 1963: »Der Spion, der aus der Kälte kam« (R., dt. 1963). □ 1974: »Dame, König, As, Spion« (R., dt. 1974). □ 1983: »Die Libelle« (R., dt. 1983). □ 1986: »Ein blendender Spion« (R., dt. 1986). □ 1989: »Das Rußlandhaus« (R., dt. 1990, verfilmt 1991 von Fred Schepisi mit S. →Connery). □ 1990: »Der heimliche Gefährte« (R., dt. 1991).

▷ E. Homberger: John Le Carré (Biogr.), 1986.

Le Clézio, Jean-Marie Gustave

frz. Schriftsteller
* 13.4.1940 Nizza

← J.-M. G. Le Clézio

Le Clézio, der als 23jähriger für sein Erstlingswerk »Das Protokoll« (R., 1963, dt. 1965) mit dem Prix Renaudot ausgezeichnet wurde, ist einer der markantesten jüngeren Autoren Frankreichs. Seine frühen, handlungsarmen Romane beschreiben die Auseinandersetzung des einzelnen mit einer hochtechnisierten, anonymen Umwelt. Diesen modernen Großstadthelden gelingt es nicht, sich dem Chaos aus unablässig auf sie einstürzenden audiovisuellen Reizen zu entziehen und zwischenmenschliche Kontakte zu knüpfen. Diesem Thema angemessen, benutzt L. eine bilderreiche, sinnverwirrende Sprache. Viele der späteren Arbeiten des weitgereisten, vor allem von den Indianern Mittelamerikas beeindruckten Franzosen sind in außereuropäischen Kulturräumen angesiedelt.

□ 1963: Nach Abschluß des Literaturstudiums Lehrtätigkeit in Bristol und London. □ 1965: »Das Fieber« (Erz.n, dt. 1971). □ 1966: »Die Sintflut« (R., dt. 1968); Reisen nach Ostasien und Mexiko. □ 1969: Erste Begegnung mit indianischen Volksgruppen in Panama. □ 1970: »Der Krieg« (R., dt. 1972). □ 1980: »Wüste« (R.), Auszeichnung mit dem Prix Paul Morand (höchstdotierter frz. Literaturpreis). □ 1985: »Der Goldsucher« (R., dt. 1987).

Le Corbusier

(eig. Charles-Édouard Jeanneret)
frz.-schweiz. Architekt, Stadtplaner und Maler
* 6.10.1887 La Chaux-de-Fonds
† 27.8.1965 Roquebrune-Cap Martin

Le Corbusier war einer der prägenden Architekten des 20. Jh.s. Er trug erheblich zur Durchsetzung des funktionalen, auf kubischen Grundformen aufbauenden International Style der 20er und 30er Jahre und allgemein zur rationalisti-

Der Architekt Le Corbusier in seinem Studio in Paris.

schen Architektur bei. Innerhalb dieser ersten Werkphase ragen neben der Ausarbeitung grundsätzlicher städtebaulicher Prinzipien vor allem die zukunftweisenden Villenbauten heraus. In deren Entwürfen verwirklichte L. die fünf Prinzipien seines Bauens: Kubische Grundform, Dachgarten, umlaufende Fensterbänder, freier Grundriß und freie Fassadengestaltung (z. B. »Villa Savoye«, Poissy, 1929-34).
Ab 1935 löste sich L. allmählich vom Purismus seiner Anfänge. In dem Stadtplanungsprojekt »La Ville Radieuse« (1935) berücksichtigte er stärker topografische Gegebenheiten, die Baulichkeit wurde mehr gegliedert, und die Betonstützen (Pilotis) erhielten plastische Formen. Hauptwerk dieser Werkphase ist die gewaltige, von L. so genannte »Wohnmaschine« der »Unité d'Habitation« (1945-52) in Marseille, ein vielgeschossiger Komplex mit Wohnungen in jeweils zwei Ebenen, einer Ladenstraße und Freizeiteinrichtungen sowie einem Dachgarten. Hier wandte L. bereits sein »Modulor« genanntes Maßsystem an, das auch für innere Abmessungen und Einbaumöbel zur Grundlage wurde. Mit verschiedenen Bauten seines Spätwerks, so vor allem der bekannten Wallfahrtskapelle Notre-Dame-du-Haut in Ronchamp (1950-54), überwand er die kubische Strenge in einem kühnen skulpturalen Entwurf. Bei dem Justizpalast im indischen Chandigarh (1951) sowie dem Dominikanerkloster in Eveux bei Lyon (1957-60) fand er zu Synthesen beider Prinzipien.
Neben seinen vielfältigen Projekten veröffentlichte L. bahnbrechende theoretische Schriften; außerdem gestaltete er verschiedene Möbel und Inneneinrichtungen und hinterließ ein umfangreiches malerisches Werk.

□ 1905: Entwurf des ersten Hauses (Villa Fallet). □ 1907-11: Reisen u. a. nach Italien, Frankreich, Deutschland, Österreich und in den Orient; Kontakt zu P. →Behrens und J. →Hoffmann; Mitarbeiter A. →Perrets. □ 1914: Entwurf des Fertigbausystems »dom-ino« für den Wiederaufbau kriegszerstörter Häuser. □ 1917: Übersiedlung nach Paris. □ 1918: Manifest »Après le cubisme« (mit A. Ozenfant). □ 1922: Eröffnung eines Architekturbüros in Paris (mit seinem Vetter P. Jeanneret). □ 1925: »Plan Voisin« (Stadtplanungsmodell für Paris). □ 1927: Entwurf für den Völkerbundpalast in Genf. □ 1928: Mitbegründer der int. Architektenvereinigung CIAM. □ 1933: Hauptinitiator der sog. Charta von Athen (Postulat der innerstädtischen Trennung von Arbeits-, Wohn- und Verkehrsbereich). □ 1956/57: Wohnbauten im Berliner Hansa-Viertel. □ 1958: Pavillon Philips, Brüssel.

▷ Le Corbusier: Synthèse des Arts. Aspekte des Spätwerks 1945-1965, 1986; P. Turner: Le Corbusier, Architect of the Century, engl. 1987; A. Wogenscky: Die Hände von Le Corbusier. Eine Hommage, 1989; W. Bolsiger: Le Corbusier, NA 1990.

Lederberg, Joshua

amer. Mikrobiologe und Genetiker
* 23.5.1925 Montclair, N. J.

Joshua Lederberg →

Lederberg wies 1946/47 die geschlechtliche Fortpflanzung der Bakterien aufgrund mit E. L. →Tatum vorgenommener Kreuzungen verschiedener Bakterienstämme nach. Durch Vermischung der Gene entwickelte sich ähnlich wie bei höheren Organismen eine neue Bakterienart mit den charakteristischen Eigenschaften der beiden vorausgegangenen. 1952 gelang es L. und Norton Zinder, durch Einführung fremder Gene in Salmonellenkörper mittels Viren, die Bakterien befallen (Bakteriophagen), das genetische Material der zu den Bakterien zählenden Salmonellen wesentlich zu verändern. Das Phänomen der Übertragbarkeit von Erbmerkmalen über die Bakteriophagen wurde »Transduktion« genannt.

□ 1954-59: Prof. an der Univ. of Wisconsin in Madison. □ 1958: Physiologie/Medizin-Nobelpreis (mit G. W. →Beadle und E. L. Tatum). □ 1959-78: Prof. an der Stanford Univ. in Palo Alto. □ seit 1978: Präs. der Rockefeller Univ., New York. □ 1979: Mitgl. der brit. Royal Society.

Leon Ledermann →

Lederman, Leon Max

amer. Physiker
* 15.7.1922 New York

Bei Experimenten mit dem Elementarteilchen Neutrino im Brookhaven Laboratory auf Long Island (N. Y.) entdeckte Lederman 1962 das bis dahin unbekannte Myon-Neutrino, das zu der Familie der elementaren Grundbausteine der Materie gehört. L. und seine Mitarbeiter beschleunigten in einem Synchrotron Protonen auf hohe Energien, mit denen sie Beryllium beschossen. Die dabei entstehenden Pionen zerfallen in Neutrinos, die eine Möglichkeit bieten, die »schwache Wechselwirkung« der Kernkraft zu untersuchen. Für ihre Methode, Neutrinostrahlen durch eine dreizehn Meter starke Stahlwand zu schießen, und für die dabei gewonnenen Erkenntnisse über subatomare Partikelchen erhielten L., M. →Schwartz und J. →Steinberger 1988 den Physik-Nobelpreis.

□ seit 1958: Prof. an der Columbia Univ. in New York. □ 1962-79: Dir. der Nevis Laboratories in Irvington, N. Y. □ seit 1979: Dir. des Fermi Nat. Accelerator Laboratory in Batavia, Ill. □ 1988: Physik-Nobelpreis.

Ledig-Rowohlt, Heinrich Maria

dt. Verleger
*12.3.1908 Leipzig

Ledig-Rowohlt, Sohn des Verlegers Ernst R. (* 1887, †1960), begann nach dem 2. Weltkrieg

Ledig-Rowohlt: Gründer der Rowohlt-Rotations-Romane (»rororo«-Taschenbücher).

mit seinem Vater, Romane im Rotationsdruckverfahren auf Zeitungspapier herzustellen. Rowohlts Rotations-Romane (»rororo«) waren ein großer Verkaufserfolg und Vorläufer der späteren Taschenbuchpublikationen des Verlags. L. konnte bedeutende Romanciers, aber auch Bestsellerautoren wie C. W. →Ceram und E. Malpass für den Verlag gewinnen. Zu Beginn der 90er Jahre gehört Rowohlt zu den 20 größten Verlagen Deutschlands mit einem Gesamtumsatz von ca. 93 Mio. DM.

☐ 1930: Eintritt in das väterliche Verlagsunternehmen mit Sitz in Berlin. ☐ 1938: Nach Emigration des Vaters Übernahme der Verlagsleitung. ☐ 1943: Schließung des nach Stuttgart verlegten Verlags durch die Nationalsozialisten. ☐ 1945-50: Neugründung; Übersiedlung nach Hamburg; Rowohlts Rotations-Romane. ☐ 1953: Gründung des Rowohlt Taschenbuchverlags. ☐ 1960: Verlegung des Verlags nach Reinbek. ☐ 1982: Rückzug aus dem Verlagsgeschäft. ☐ 1983: Veräußerung des Verlags an den Holtzbrinck-Konzern (Minderheitseigner seit 1971).

Le Duc Tho

(eig. Phan Din Khai)
vietn. Politiker
* 14.10.1911 Dich Le, Prov. Nam Ha
† 13.10.1990 Hanoi

Le Duc Tho gehört mit →Ho Chi Minh zu den legendären Führern des Kampfes um ein unabhängiges Vietnam. Ab Sommer 1968 verhandelte er mit dem amerikanischen Sonderbotschafter H. →Kissinger in Paris über einen Frieden. Nach langen, immer wieder unterbrochenen Sitzungen erreichte er schließlich 1973 ein Waffenstillstandsabkommen. L. erhielt dafür (mit Kissinger) den Friedens-Nobelpreis, den er allerdings mit der Begründung ablehnte, es gebe noch keinen Frieden in Südvietnam. Erst 1975 verließen die letzten Amerikaner Saigon.

Le Duc Tho bei seiner Ankunft in Paris im Oktober 1972.

☐ 1930: Mitgründer der KP Indochinas. ☐ 1932-36: Verurteilung zur Zwangsarbeit auf der Insel Poulo Condor; 1936 von der frz. Volksfrontregierung begnadigt. ☐ 1939/40: Erneut in Haft; Flucht nach China. ☐ 1941: Mitorganisator der Vietminh. ☐ 1945: Mitgl. des ZK. ☐ ab 1948: Guerillakampf in Südvietnam. ☐ 1955: Mitgl. des Politbüros. ☐ ab 1968: Delegationsleiter bei der Pariser Vietnam-Konferenz. ☐ 1973: Friedens-Nobelpreis.

Bruce Lee →

Led Zeppelin

brit. Rockgruppe

Mit ihrer explosiven, rhythmusbetonten Musik wurden die Mitglieder der Gruppe Led Zeppelin Ende der 60er Jahre Pioniere des Hardrock, der in seinen verschiedenen Spielarten bis in die 90er Jahre bestimmend war. Gitarrist James Patrick (»Jimmy«) Page (* 1944), Sänger Robert Anthony Plant (* 1948), Bassist John Paul Jones (* 1946, eig. John Baldwin) und Schlagzeuger John Henry Bonham (* 1948, † 1980) entwickelten dank ihres exzellenten instrumentalen Könnens ihren eigenen Stil und Sound, mit dem sie zu ihrer Zeit nahezu jeden Rockmusiker beeinflußten.

Led Zeppelin: Plant, Bonham, Jones, Page (v. l.).

☐ 1968: Gründung der Gruppe in London; erste Auftritte der Band noch als »New Yardbirds«; erste US-Tournee. ☐ 1969: »Led Zeppelin« (LP); »Led Zeppelin II« (LP). ☐ 1970: »Led Zeppelin III« (LP). ☐ 1971: »Led Zeppelin IV« (LP). ☐ 1973: »House of the holy« (LP). ☐ 1975: »Physical graffiti« (LP). ☐ 1976: »Presence« (LP). ☐ 1979: »In through the out door« (LP). ☐ 1982: »Pictures at eleven« (Solo-LP von R. Plant). ☐ 1988: »Now and zen« (Solo-LP von R. Plant); »Outrider« (Solo-LP von J. Page).

▷ R. Yorke: The Led Zeppelin Biography, engl. 1976; St. Davis: Hammer of the Gods. The Led Zeppelin Saga, engl. 1985.

Lee, Bruce

amer. Schauspieler
* 27.10.1940 San Francisco † 20.7.1973 Hongkong

Lee war der Erfinder des Kung-Fu-Films. Seine handlungsarmen Filme bestachen vor allem durch akrobatische Kampfszenen, die choreographisch brillant inszeniert waren. L.s schneller Erfolg führte zu zahlreichen Nachahmern, deren

Filme jedoch nicht an die Klasse des »Meisters« heranreichten.

☐ 1965: »Die Pranke des gelben Leoparden« (Rg. J. Kong). ☐ 1966: »Der gelbe Taifun« (Rg. N. Foster). ☐ 1966/67: »Das Geheimnis der gelben Hornisse« (Rg. N. Foster). ☐ 1968: »Der reißende Puma« (Rg. Y. Kuen); »Das Spiel des Todes« (Rg. T. Velasco). ☐ 1971: »Todesgrüße aus Shanghai« (Rg. L. Wei). ☐ 1972: »Die Todesfaust des Cheng-Li« (Rg. L. Wei). ☐ 1973: »Der Mann mit der Todeskralle« (Rg. R. Clouse); »Die Todeskralle schlägt wieder zu« (Rg.). ☐ 1973-77: »Bruce Lee — Mein letzter Kampf« (Rg. R. Clouse).

Tsung Dao Lee →

Lee, Christopher

engl. Schauspieler
* 27.5.1922 London

Mit der Rolle des blutrünstigen Vampirs »Dracula« (1958, nach B. →Stoker; Rg. T. Fisher) etablierte sich Lee zum gefragten Darsteller lichtscheuer Bösewichte in Horror-Filmen. Seine dämonische Ausstrahlung brachte er auch als Gegenspieler des Superagenten James Bond in »Der Mann mit dem goldenen Colt« (1974; mit R. →Moore; Rg. G. Hamilton) zur Geltung.

☐ ab 1947: Verschiedene Nebenrollen. ☐ 1957: »Frankensteins Fluch« (Rg. T. Fisher). ☐ 1958: »Der Hund von Baskerville« (nach A. C. →Doyle, Rg. T. Fisher). ☐ 1965: »Blut für Dracula« (T. Fisher). ☐ 1973: »Die drei Musketiere« (mit M. York; Rg. R. Lester). ☐ 1976: »Die Herren Dracula« (Rg. E. Molinaro). ☐ 1982: »Das Haus der langen Schatten« (mit V. →Price, Rg. P. Walker).

← Christopher Lee

Lee, Peggy

(eig. Norma Deloris Engstrom)
amer. Sängerin und Schauspielerin
* 26.5.1922 Jamestown, N. Dak.

Die vielseitige Künstlerin machte sich ab 1941 zunächst einen Namen als Sängerin bei B. →Goodman, bevor sie sich mit eigenen Kompositionen durchsetzte. Ihre größten Hits waren »Fever«, »Manana«, »It's a good day« und »Mr. Wonderful«. Ihre Stärke waren sparsame Arrangements und der rhythmisch betonte Gesang. In den 50er Jahren drehte sie vornehmlich Filme und komponierte Filmmusiken.

☐ 1938: Erste Auftritte in kleinen Clubs des Mittelwestens und in Kalifornien. ☐ 1942: Erster Hit »Why don't you do right?«. ☐ 1950: »Mr. Music« (F.). ☐ 1953: »The Jazz Singer« (F.). ☐ 1955: »Pete Kelly's blues« (F.). ☐ 1958: Größter Hit »Fever« mit Schlagzeuger Shelley Manne und Bassist Joe Mondragon. ☐ 1961: Erste Europatournee. ☐ 1974: Anläßlich des Todes von E. K. »Duke« →Ellington gemeinsamer Auftritt mit Roberta Flack, A. →Franklin und S. →Vaughan.

← Peggy Lee

Lee, Spike

(eig. Shelton Jackson Lee)
amer. Regisseur, Schauspieler und Produzent
* 20.3.1957 Atlanta, Georgia

Lee gehört neben J. →Jarmusch zu den auch in Europa bekannten »American Independents«, den unabhängigen Filmemachern in den USA. Die Themen seiner Filme, die sich mit dem Leben der schwarzen US-Bevölkerung beschäftigen, reichen von der humorvoll unterhaltenden Liebesgeschichte (»She's gotta have it«, 1986) bis zur politischen Provokation (»Do the right thing«, 1989).

☐ 1982: Oscar für »Joe's Bed-Stuy Barbershop: We Cut Heads« als bester Studentenfilm. ☐ 1988: »School Daze«. ☐ 1990: »Mo' better blues«. ☐ 1991: »Jungle Fever«.

Yuan Tseh Lee →

Lee, Tsung Dao

amer. Physiker chin. Herkunft
* 24.11.1926 Shanghai

Lee erforschte das eigenartige Verhalten der von M. →Gell-Mann entdeckten »seltsamen Teilchen«, den subatomaren K-Mesonen, die auf zwei Weisen zerfallen. Nach dem Gesetz der Parität (E. P. →Wigner), wonach die Symmetriegesetze der Natur auch im atomaren Bereich und bei radioaktiven Zerfallsprozessen gelten, hätte es sich also um zwei unterscheidbare K-Mesonen handeln müssen; aber L. und sein Landsmann Ch. N. →Yang gingen von einem K-Meson aus und sagten 1956 die Nichteinhaltung der Parität bei bestimmten schwachen Wechselwirkungen voraus. Für diese wichtige Entdeckung, die von der Physikerin Chien Shiung Wu experimentell bestätigt wurde, erhielten L. und Yang 1957 den Physik-Nobelpreis.

☐ 1946: Emigration. ☐ seit 1953: Prof. an der Columbia Univ., New York. ☐ 1960-63: Forschungen am Inst. for Advanced Study in Princeton, N. J.

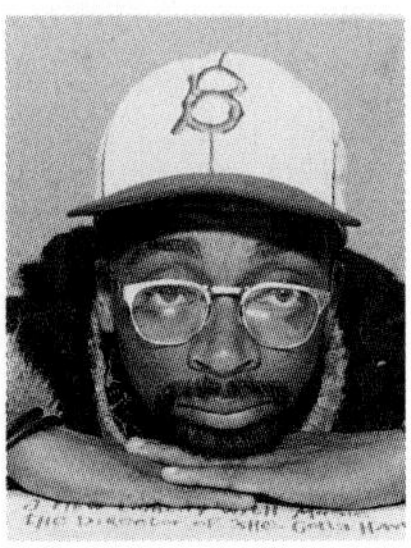
← Spike Lee

Lee, Yuan Tseh

amer. Chemiker chin. Herkunft
* 29.11.1936 Hsinchu (Taiwan)

Lee, seit 1974 Professor an der University of California in Berkeley, entwickelte mit D. R. →Herschbach die Methode der gekreuzten Molekülstrahlen weiter, um die Reaktionskinetik chemischer Prozesse zu bestimmen. Dazu werden zwei Molekülstrahlen im rechten Winkel zueinander in einen Vakuumbehälter eingeschossen. Die Richtung, die die Moleküle nach ihrer Kollision einschlagen, läßt sich berechnen. Aus der Richtungsabweichung, die sich aufgrund ihrer äußerst kurzfristigen Paarbildung (und Drehung um die eigene Achse) während der chemischen Reaktion ergibt, läßt sich die Geschwindigkeit des Umwandlungsprozesses (10^{-12} sek.) ablesen. 1986 erhielten L. und D. R. Herschbach den Chemie-Nobelpreis (mit J. Ch. →Polanyi).

Lefêbvre, Henri

frz. Philosoph und Soziologe
* 16.6.1905 Hagetmau, Dep. Landes
† 29.6.1991 Pau

Lefêbvre trug wesentlich dazu bei, die für gegenwärtige Gesellschaften obsoleten Anschauungen des orthodoxen dialektischen Materialismus zu überwinden. Mit seiner philosophischen Interpretation des Marxismus hat L., der als »Vater« der Pariser Studentenbewegung im Mai 1968 gilt, eine zeitgemäße politische Handlungsorientierung auf marxistischer Grundlage entwickelt. Von seinen umfangreichen Schriften erschienen in deutscher Übersetzung u. a. »Soziologie nach Marx« (1972) und »Die Zukunft des Kapitalismus« (1974).

☐ 1930-40: Lehrer; Entlassung wegen Mitgliedschaft in der KPF (seit 1928). ☐ 1958: »Probleme des Marxismus, heute« (dt. 1965); Ausschluß aus der KPF aufgrund seiner in dieser Schr. geübten Kritik an N. →Chruschtschow anläßlich des ung. Aufstands. ☐ 1961-65: Prof. an der Univ. Straßburg. ☐ 1965-73: Prof. an der Univ. Nanterre.

Lefèbvre, Marcel François

frz. Geistlicher und Erzbischof
* 29.11.1905 Tourcoing
† 25.3.1991 Martigny, Kanton Wallis (Schweiz)

Bereits als junger Priester erwarb Lefèbvre den Ruf, die »Stein gewordene reine, katholische Lehre« zu verkörpern. Aus Protest gegen die Beschlüsse des II. Vatikanischen Konzils, die er als »Teufelswerk« ablehnte, verließ er seinen Orden. Dabei stritt er zunächst nur für die Beibehaltung der tridentinischen Form der Messe und der Liturgie in lateinischer Sprache. Doch es ging ihm hauptsächlich um die Konzilsdekrete über die Glaubensfreiheit und Ökumene, die er als »Häresie« scharf verurteilte. Als er 1988 vier Priester aus der von ihm gegründeten Bruderschaft zu Bischöfen weihte, wurde er von Papst →Johannes Paul II. exkommuniziert.

☐ 1923-29: Theologiestudium in Rom. ☐ ab 1929: Mitgl. des Spiritanerordens (»Väter vom hl. Geist«); Missionar in Gabun. ☐ 1955-62: Erzbischof von Dakar (Senegal). ☐ 1962: Rückkehr nach Frankreich; Bischof von Tulle. ☐ 1962-68: Generaloberer der Spiritaner. ☐ 1962-65: Teilnehmer am II. Vatikanischen Konzil. ☐ 1969: Gründung eines Priesterseminars bei Fribourg (Schweiz). ☐ 1970: Gründer der Priesterbruderschaft des hl. Pius X. ☐ 1976: Suspension von allen bischöflichen und priesterlichen Funktionen durch Papst → Paul VI.

▷ Geppert, Walter: Marcel Lefèbvre. Ankläger und Angeklagter Roms, 1980.

Le Fort, Gertrud Freiin von

(Pseud. G. von Stark)
dt. Schriftstellerin
* 11.10.1876 Minden † 1.11.1971 Oberstdorf

Das Werk der Lyrikerin und Essayistin Le Fort wird von einer streng katholischen Glaubenshaltung geprägt. Anhand historischer Ereignisse, wie z. B. der Tötung der Karmeliterinnen während der Französischen Revolution (»Die letzte am Schafott«, Nov., 1931.) oder der Zerstörung Magdeburgs durch den Generalissimus Tilly (»Die magdeburgische Hochzeit«, R., 1938), beschwor L. die christlichen Tugenden Nächstenliebe, Leidensbereitschaft und Aufopferung des einzelnen für die Gemeinschaft.

☐ 1924: »Hymnen an die Kirche« (Ged.e). ☐ 1926: Nach dem Studium der ev. Theologie, Geschichte und Philosophie Übertritt der Hugenottin zum röm.-kath. Glauben. ☐ 1928: »Das Schweißtuch der Veronika« (R., 2. Bd.: »Der Kranz der Engel«). ☐ 1930: »Der Papst aus dem Ghetto« (R.). ☐ 1931: »Die letzte am Schafott« (Nov.). ☐ 1934: »Die ewige Frau« (Es.). ☐ 1954: »Am Tor des Himmels« (Erz.). ☐ 1959: »Die Frau und die Technik« (Es.s). ☐ 1961: »Das fremde Kind« (Erz.n). ☐ 1968: »Woran ich glaube« (Es.s).

▷ E. Biser: Überredung zur Liebe, 1980.

← Marcel Lefèbvre

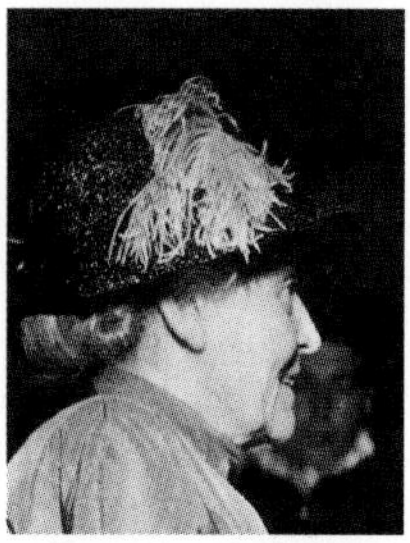
← Gertrud von Le Fort

Léger, Fernand

frz. Maler
* 4.2.1881 Argentan, Normandie
† 17.8.1955 Gif-sur-Yvette bei Paris

Léger, einer der bedeutendsten Maler der Moderne, entwickelte aus impressionistischen Anfängen in der Synthese von Kubismus, Futurismus und Konstruktivismus eine spezifische Bildsprache, deren Ziel vorrangig in der Verbindung technoider mit amorphen und organischen Elementen bestand. Damit gab er der Utopie von einer Welt Ausdruck, in der Mensch, Natur und Technik völlig versöhnt wären. Mit »Akte im Wald« (1910/11, Otterlo, Rijksmuseum Kröller-Müller) schuf L. ein erstes Schlüsselbild, bei dem er das Motiv in Kugeln, Kegel und Zylinder übersetzte. In »Kartenspielende Soldaten« (1917) verwandte er noch stärker technische Elemente (Pleuelstangen, Zylinder usw.) in stereometrischer Ausformung zur Bildung von Figuren und formulierte die Analogie von Mensch und Maschine und gleichzeitig eine eindringliche Anklage gegen den Krieg.
Nach dieser sog. mechanischen Periode (etwa bis 1923), in der auch viele Stilleben entstanden, gelangte L. zu freieren, fließenderen Kompositionen, in denen sich die Farbe vom Gegenstand löst und als eigengesetzliche Kraft im Bild wirkt, bis hin zu Werken, in denen Figuren und Farbformen in poetisch-spielerischer Weise frei im Raum schweben (»Die große Parade«, 1954, New York, Solomon R. Guggenheim Museum).

Der französische Maler, Bühnenbildner und Bildhauer Fernand Léger 1941 in New York.

L. schuf auch Filme (»Mechanisches Ballett«, 1924) sowie bemalte Skulpturen und entwarf Bühnenbilder, Kostüme, Glasfenster (für Kirchen in Audincourt und Courfaivre, 1951-54) und Wandgemälde, u. a. für den großen Saal des UNO-Gebäudes in New York (1952).

□ 1897-99: Lehre in einem Architekturbüro in Caen. □ 1900-03: Tätigkeit als Bauzeichner in Paris. □ ab 1903: Kunststudium an der École des Arts Décoratifs und der Académie Julian in Paris. □ ab 1914: Kriegsteilnahme. □ um 1926: Kontakte zu P. →Mondrian, Malern des russ. Konstruktivismus und dem Bauhaus. □ nach 1945: Realistischere Malerei; Glasfenster.

▷ G. Diehl: Fernand Léger, 1985.

Legien, Karl

dt. Politiker
* 1.12.1861 Marienburg, Westpreußen
† 26.12.1920 Berlin

Zu Beginn des 20. Jh.s war Legien einer der wichtigsten Gewerkschaftsführer in Deutschland. Als Vorsitzender der Generalkommission versuchte er die Sonderinteressen der einzelnen Gewerkschaften zu koordinieren. Seit der von ihm initiierten Gründung der »Zentralarbeitsgemeinschaft« (1918) sind die Gewerkschaften anerkannte Partner der Arbeitgeber bei Tarifverhandlungen. L. setzte 1920 das Betriebsrätegesetz durch und leitete den erfolgreichen Generalstreik während des →Kapp-Putsches.

□ ab 1885: Mitgl. der SPD. □ ab 1886: Mitgl. der Gewerkschaft. □ 1890-1919: Vors. der Generalkommission der Gewerkschaften Deutschlands. □ 1893-98, 1903-18: MdR für die SPD. □ 1903-19: Vors. der Internationale der Gewerkschaften. □ 1919/20: Vors. des ADGB.

▷ Th. Leipart: Carl Legien, 1981.

← Karl Legien

Lehár, Franz

österr. Operettenkomponist
* 30.4.1870 Komorn (Ungarn)
† 24.10.1948 Bad Ischl

Lehár war neben E. →Kálmán Schöpfer der reformierten Wiener Operette zu Beginn des 20. Jh.s. »Die lustige Witwe« (UA Wien, 1905) markierte den Beginn seiner erfolgreichen Karriere. Mit eingängigen, gefühlvollen Melodien und schwingenden Walzern voll wienerischer Grazie verschaffte sich L. große Popularität. Seinen Operetten verlieh er u. a. mit slawischen Folklore-Instrumenten ein spätromantisch impressionistisches Kolorit. Viele seiner Lieder und Konzertwalzer wurden zu Evergreens.

□ 1882-88: Musikstudium am Konservatorium Prag. □ ab 1890: Militär-Kapellmeister u. a. in Triest und Budapest. □ 1896: UA der Oper »Kukuschka«, Leipzig. □ 1899-1902: Militär-Kapellmeister in Wien. □ 1902: UA der Operetten »Wiener Frauen« und »Der Rastelbinder«, Wien. □ 1925: UA der Operette »Paganini«, Wien. □ 1927: UA der Operette »Der Zarewitsch«, Berlin. □ 1929: UA der Operette »Das Land des Lächelns«, Berlin.

▷ B. Grun: Gold und Silber. Franz Lehár und seine Welt, 1970; O. Schneidereit: Franz Lehár. Eine Biografie in Zitaten, 1984.

Der Operettenkomponist Franz Lehár ein Jahr vor seinem Tod in seinem Haus.

Karl Lehmann →

Lehmann, Karl

dt. Theologe (kath.)
* 16.5.1936 Sigmaringen

Lehmann, seit 1983 Bischof von Mainz, ist als Vermittler in strittigen Fragen zwischen Rom und der Gemeinsamen Synode der Deutschen Bistümer bekannt geworden. So riet er als Mitglied verschiedener katholischer Gremien zum umsichtigen Vorgehen im Falle des Theologen H. →Küng und brachte 1973 die Gespräche zum Thema Laienpredigt in Gang. L. förderte den Dialog zwischen dem lutherischen Weltbund und dem Sekretariat für die Einheit der Christen in Rom und wurde 1987 als Nachfolger von Kardinal →Höffner zum Vorsitzenden der Deutschen Bischofskonferenz gewählt.

□ 1968-71: Prof. an der Univ. Mainz. □ 1971-83: Prof. an der Univ. Freiburg i. Br. □ seit 1972: Mithg. der Internationalen Katholischen Zeitschrift; seit 1982 der Zeitschrift Dialog der Kirchen. □ 1975: »Jesus Christus ist auferstanden« (Schr.). □ seit 1987: Mitglied der Gemeinsamen Röm.-kath./Ev.-luth. Kommission.

Lehmann, Lotte

dt. Sängerin
* 27.2.1888 Perleberg, Mark Brandenburg
† 26.8.1976 Santa Barbara, Kalif. (USA)

Lehmann, Spezialistin für Opernpartien von Wagner und R. →Strauss, zählt zu den bedeutendsten Sopranistinnen des 20. Jh.s. L. war Primadonna der Wiener Hof- bzw. Staatsoper (1914-38) sowie der Metropolitan Opera in New York (1934-45). Bei den Salzburger Festspielen gestaltete sie 1927-37 alljährlich die Titelpartie in Beethovens Oper »Fidelio« (unter Cl. →Krauss und A. → Toscanini). Ihre Glanzrolle war die Partie der Marschallin in der Strauss-Oper »Der Rosenkavalier«. Nach Beendigung der aktiven Bühnenlaufbahn unterrichtete L. Meisterklassen in London (1957-59) und führte Regie an der Metropolitan Opera New York (1962/63).

□ 1910: Debüt am Hamburger Staatstheater. □ 1916: Partie der Komponistin in der Wiener UA der endgültigen Fassung

Lotte Lehmann als Färberin in »Frau ohne Schatten«, 1919.

von »Ariadne auf Naxos« von R. →Strauss. □ 1919: Partie der Färberin in der Wiener UA der Strauss-Oper »Frau ohne Schatten«. □ 1924-35: Gastspiele an der Covent Garden Opera London (u. a. unter B. →Walter). □ 1934: Debüt an der Metropolitan Opera New York als Sieglinde in Wagners Oper »Walküre«. □ 1938: Auflösung ihres Vertrags in Wien nach dem Anschluß Österreichs an Nazi-Deutschland. □ 1951: Letzte Auftritte als Konzertsängerin. □ 1955: Triumphaler Empfang der Sängerin in Wien zur Eröffnung der neuerbauten Staatsoper.

▷ L. Lehmann: Anfang und Aufstieg (Aut.), 1937; B. W. Wessling: Lotte Lehmann, mehr als eine Sängerin, 1969; A. Jefferson: Lotte Lehmann. Eine Biografie, 1991.

Lehmbruck, Wilhelm

dt. Bildhauer, Grafiker und Maler
* 4.1.1881 Duisburg-Meiderich
† 25.3.1919 Berlin (Selbstmord)

← Wilhelm Lehmbruck

Lehmbruck gilt als der »Gotiker« unter den Bildhauern des Expressionismus. Gemeint sind damit sowohl die religiös anmutende Verinnerlichung seiner Figuren als auch ihre überschlanke Gestaltung. Beides kennzeichnet die 1911 in Paris entstandene demutsvolle Aktfigur »Große Kniende« (mehrere Fassungen, u. a. New York, Museum of Modern Art). 1913/14 gelangte L. mit der Skulptur »Aufsteigender Jüngling« zu einer gerüstartig ausgezehrten Körper-Architektur. Als Mahnmal entstand die zur Bogenform verdichtete Figur des »Gestürzten« (1915/16) und der »Sitzende Jüngling« (1916/17), in dem das mittelalterliche Motiv des Schmerzensmannes nachklingt. In seiner Malerei und Grafik stellt L. Aktfiguren in angedeuteten szenischen Zusammenhang.

□ 1895-99: Besuch der Kunstgewerbeschule in Düsseldorf. □ 1900-07: Studium an der Düsseldorfer Kunstakademie als Meisterschüler von K. Janssen. □ 1905-08: Reisen u. a. nach Italien und Paris. □ 1910: Übersiedlung nach Paris. □ 1913: Beteiligung an der Kölner Werkbund-Ausstellung. □ 1914: Ausweisung aus Frankreich und Rückkehr nach Deutschland . □ 1915/16: Kriegsdienst als Sanitäter in Berlin. □ 1917/18: Aufenthalt in Zürich. □ postum 1937: Als »entartet« verfemt. □ 1964: Eröffnung des Wilhelm-Lehmbruck-Museums in Duisburg.

▷ D. Schubert: Die Kunst Lehmbrucks, 1981.

Lehn, Jean-Marie Pierre

frz. Chemiker
* 30.9.1936 Rosheim, Elsaß

Lehn, Pionier auf dem Grenzgebiet zwischen supramolekularer Chemie und Biologie, erforscht die intrazellulären Mechanismen, wie Moleküle einander erkennen, auswählen und sich verbinden. Auf der Grundlage der »Wirt-Gast-Chemie« (Ch. J. →Pedersen) synthetisierte L. dreidimensionale Molekülkomplexe (Polyäther, Ionophoren), die z. B. Metallionen auswählen, binden und transportieren können. Mit der Synthese dieser die Natur imitierenden Moleküle hat L. zum Verständnis des natürlichen Informationstransports durch biologische Zellmembranen hindurch beigetragen.

□ 1970-79: Prof. an der Univ. Louis Pasteur in Straßburg. □ seit 1979: Prof. am Collège de France, Paris. □ 1987: Chemie-Nobelpreis (mit D. J. →Cram und Ch. J. Perdersen).

Lehtonen, Joel

finn. Schriftsteller
* 27.11.1881 Sääminki, Prov. Savo
† 20.11.1934 Helsinki (Selbstmord)

Lehtonen gehörte neben F. E. →Sillanpää zu den bedeutendsten Autoren der finnischen Zwischenkriegsgeneration. In seinem Hauptwerk »Putkinotko« (1919/20) beschreibt er urwüchsig-kraftvoll einen Tag im Leben des Schnapsbrenners Käkriäinen. Zum Hauptthema in den späteren kritischen Werken des anfangs von F. W. →Nietzsche und M. →Gorki beeinflußten L. entwickelt sich mit zunehmendem Pessimismus das Unvermögen des Menschen, mit der Wahrheit zu leben (»Der verliebte Krüppel«, R., 1922; »Kampf der Geister«, R., 1933).

Leigh, Vivien

(eig. Vivian Mary Hartley)
engl. Schauspielerin
* 5.11.1913 Darjeeling (Indien), † 8.7.1967 London

Vivien Leigh →

Leighs bekannteste Rollen, für die sie jeweils einen Oscar erhielt, waren Scarlett in »Vom Winde verweht« (1939, mit C. →Gable, Rg. V. Fleming) und Blanche in »Endstation Sehnsucht« (1951; nach T. →Williams, mit M. →Brando, Rg. E. →Kazan). Neben ihrer regen Filmtätigkeit blieb sie als Mitglied des »Old Vic« stets dem englischen Theater verbunden. Mit ihrem Ehemann Sir L. →Olivier spielte sie u. a. in Shakespeares »Hamlet« und »Romeo und Julia«.

□ ab 1935: Engagements an engl. Bühnen. □ 1939: »Lord Nelsons letzte Liebe« (mit L. Olivier, Rg. A. Korda). □ 1940-60: Ehe mit L. Olivier. □ 1946: »Caesar und Cleopatra« (Rg. G. Pascal). □ 1947: »Anna Karenina« (Rg. J. →Duvivier). □ 1964: »Das Narrenschiff« (Rg. St. Kramer).

▷ A. Edwards: Das Leben von Vivian Leigh, 1979.

Leino, Eino

(eig. Armas Eino Leopold Lönnebohm)
finn. Schriftsteller
* 6.7.1878 Paltamo 10.1.1926 Tuusula

Leino verband in seinem Werk Impulse aus dem finnischen Volkstum mit Elementen der skandinavischen und deutschen Literatur. Seine zweiteilige Gedichtsammlung »Finnische Balladen« (1903, dt. 1942) lehnt sich in Versmaß und Stil an das Nationalepos »Kalevala« an und ist Höhepunkt der finnischen Nationalromantik. L., der auch als Journalist und Übersetzer (Goethe, Schiller) tätig war, plädierte im Sprachenstreit (finnisch oder schwedisch als Literatursprache) für Freizügigkeit.

Leip, Hans

dt. Schriftsteller und Grafiker
* 22.9.1893 Hamburg
† 6.6.1983 Fruthwilen (Schweiz)

Leip schuf mit »Lili Marleen« (1915) das populärste Lied des 2. Weltkriegs und der Nachkriegszeit: Gesungen von L. →Andersen und vom Sender Radio Belgrad ausgestrahlt, verband das »unmilitärische Soldatenlied« Kämpfer über die Schützengräben hinweg und schützte L. vor der nationalsozialistischen Verfolgung. In seinen Werken (u. a. »Godekes Knecht«, R., 1925), die er z. T. selbst illustrierte, gestaltete L. Gefahren und Abenteuer der Seefahrt.

← Hans Leip

□ 1914: Lehrer; Soldat im 1. Weltkrieg. □ 1915: »Lili Marleen« (Lied, 1938 vertont von N. Schultze). □ 1934: »Jan Himp und die kleine Brise« (R.). □ 1943: »Lied vom Schutt«. □ 1954: »Der große Fluß im Meer« (Ber.). □ 1959: »Bordbuch des Satans« (Chronik).

▷ E. Sander: Hans Leip. Maler und Schriftsteller, 1973; H. Leip: Das Tanzrad oder die Lust und Mühe eines Daseins (Aut.), 1979.

Leiris, Michel

frz. Schriftsteller und Ethnologe
* 20.4.1901 Paris † 30.9.1990 ebd.

Eines der »heiligsten« Ziele, die der Mensch sich vornehmen kann, ist für Leiris die intensive Kenntnis des eigenen Ich. Den Kern seines literarischen Schaffens bilden autobiografische Schriften und poetisch-akribische Selbstanalysen. Ethnographie war für L. gleichbedeutend mit politischem Engagement. Er kritisierte kolonialistische Ausbeutung und glaubte an die Emanzipation aller Völker auf dem Wege friedlicher Revolution.

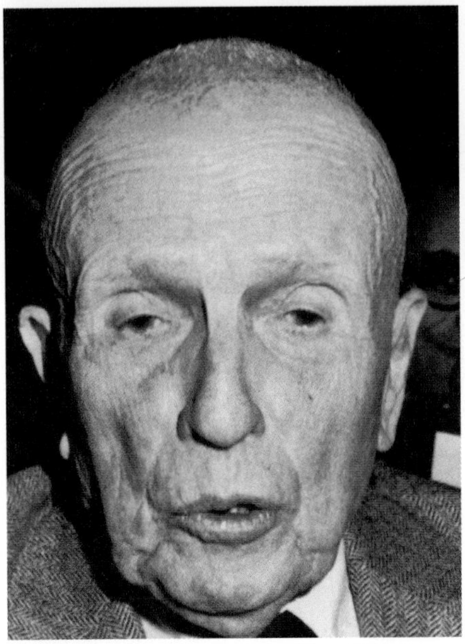
Michel Leiris: Politisch engagierter Autor und Ethnologe.

□ 1924-29: Als Lyriker Mitgl. der surrealistischen Bewegung. □ 1930-85: Zahlreiche soziologische, ethnologische und literarische Es.s. □ 1931-33: Afrika-Expedition; wissenschaftlicher Mitarbeiter am Musée de l'homme, Paris (bis 1970). □ 1939: »Mannesalter« (Aut., dt. 1963). □ 1948-76: »La Règle du jeu« (Aut., 4 Bde.). □ 1977: »Die eigene und die fremde Kultur« (dt. Auswahl verschiedener ethnologischer Schr.n 1938-68).

▷ H. J. Heinrichs: Ein Leben als Künstler und Ethnologe. Über Michel Leiris, 1981.

Leishman, Sir (ab 1909) William Boog

brit. Tropenmediziner schott. Herkunft
* 6.11.1865 Glasgow † 2.6.1926 ebd.

Leishman, ab 1903 Professor an der Army Medical School in London, entdeckte 1900 den Erreger der Kala-Azar-Seuche, des »schwarzen Fiebers«. Dabei handelt es sich um intrazelluläre Blutparasiten einer nach L. benannten Flagellatengattung (Leishmania), die von Sandfliegen oder Schmetterlingsmücken übertragen werden. L., der 1890-97 als britischer Militärarzt in Indien tropische Infektionskrankheiten erforschte, entwickelte einen im 1. Weltkrieg erfolgreich gegen Typhus eingesetzen Impfstoff.

Leloir, Luis Frederico

argentin. Biochemiker frz. Herkunft
* 6.9.1906 Paris † 3.12.1987 Buenos Aires

Luis F. Leloir →

Leloir klärte die Biosynthese von Polysacchariden (Kohlehydrate) auf, die als eine Aneinanderbindung einfacher Zuckermoleküle (wie Traubenzucker) zu langen Ketten zu verstehen ist. Die entsprechenden Enzyme (Biokatalysatoren) entdeckte L. in den Zucker-Nukleotiden, den »aktivierten Zuckern«. Diese sorgen in der stets nach gleichem Prinzip ablaufenden Biosynthese sowohl für den Aufbau der Polysaccharide wie für die lebensnotwendige Energie durch den Abbau der Kohlehydrate.

□ 1941-44: Prof. an der Univ. Buenos Aires. □ 1944-47: Im Exil in den USA. □ ab 1947: Leiter des biochemischen Forschungsinst. der Fundación Campomar, Buenos Aires; Prof. an der Univ. ebd. □ 1961: Mitgl. der Argentin. Akademie der Wissenschaften. □ 1970: Chemie-Nobelpreis.

Lem, Stanisław

poln. Schriftsteller
* 12.9.1921 Lemberg

Die Wissenschaftler, die den von einem intelligenten, gallertartigen Ozean bedeckten Planet »Solaris« erforschen wollen, werden im gleichnamigen Roman Lems (1961, dt. 1972; verfilmt von A. →Tarkowskij 1972) selber zu Versuchsobjekten des ihnen überlegenen, fremdartigen Bewußtseins. Die Konfrontation des Menschen mit unbekannten Welten und neuartigen Erfahrungen im Science-fiction-Roman dient L. zum Ausloten der menschlichen Erkenntnisfähigkeit, zur Untersuchung der Grenzen ethischen Verhaltens und zugleich zur kritischen Auseinandersetzung mit den Folgen des technischen Fortschritts, wobei er den wissenschaftlichen Diskurs geschickt in den Erzählfluß einzubauen versteht. L. eröffnet der Science-fiction-Gattung damit eine neue, philosophische Dimension.

Stanisław Lem: Science-fiction-Meister aus Polen.

☐ 1940-48: Medizinstudium in Lemberg und Krakau; während des Krieges Automechaniker. ☐ 1951: »Der Planet des Todes« (R., dt. 1954). ☐ 1957: »Sterntagebücher« (Erz.n, dt. 1961). ☐ 1959: »Eden« (R., dt. 1960). ☐ 1961: »Transfer« (R., dt. 1974). ☐ 1964: »Robotermärchen« (Erz.n, dt. 1969); »Summa technologiae« (Es.s, dt. 1976). ☐ 1982: Aufenthalt in Berlin/West mit einem Stipendium des Inst. for Advanced Studies. ☐ 1982-88: Aufenthalt in Wien. ☐ 1983: »Vom Nutzen des Drachen« (Erz., dt. 1990).

Jack Lemmon: Der Komiker des Absurden in »Das Appartement«, 1960.

Lembke, Robert

dt. Journalist
* 17.9.1913 München † 14.1.1989 ebd.

Lembke, dessen journalistische Karriere bereits zur Zeit der Weimarer Republik begann, gehörte nach dem 2. Weltkrieg zu den Pionieren des damals neuen Mediums Fernsehen. Populär wurde er mit seiner Quizsendung »Was bin ich?«, die er von 1955 bis zu seinem Tod 337mal moderierte. Obwohl das Berufsratespiel ohne spektakuläre Gewinne und Showeffekte auskam, war es eine der beliebtesten Sendungen des deutschen Fernsehens. Als Geschäftsführer des Deutschen Olympia-Zentrums war L. 1972 verantwortlich für die weltweite Übertragung der Spiele von München.

☐ 1949-60: Chefredakteur und Fernsehdir. beim BR. ☐ 1961: Sport-Koordinator der ARD. ☐ 1971: »Großes Handbuch der Olympischen Sommerspiele« (Hg.). ☐ 1972: »Bissiges ABC. Sprache beim Wort genommen« (Schr.).

Lemmon, Jack

amer. Schauspieler
* 8.2.1925 Boston, Mass.

Lemmon etablierte sich als erfolgreicher Komiker mit der B. →Wilder-Komödie »Manche mögen's heiß« (1959; mit T. → Curtis und M. →Monroe), in der er verkleidet bei einer Damenkapelle Unterschlupf sucht. Bevor er in Komödien wie »Ein seltsames Paar« (1968; Rg. G. Saks) und »Extrablatt« (1974; Rg. B. Wilder) als Partner von W. →Matthau den hektischen Pedanten darstellte, war der zweifache Oscar-Preisträger als verliebter Tolpatsch in »Das Mädchen Irma La Douce« (1963, mit Sh. →MacLaine; Rg. B. Wilder) zu sehen. Von der frühen Festlegung auf leichte Unterhaltung hat L. sich mit zunehmendem Alter lösen können. In »Vermißt« (1981; Rg. C. →Costa-Gavras) spielte er einen US-Bürger, der nach seinem während des Militärputsches in Chile verschollenen Sohn sucht.

← Robert Lembke

☐ 1954: »Eine glückliche Scheidung« (Rg. M. Robson). ☐ 1956: Oscar für den Film »Keine Zeit für Heldentum« (Rg. J. → Ford/M. LeRoy). ☐ 1957: »Cowboy« (mit Glenn Ford, Rg. D. Daves). ☐ 1960: »Das Appartement« (mit Sh. MacLaine, Rg. B. Wilder). ☐ 1966: »Der Glückspilz« (mit W. Matthau, Rg. B. Wilder). ☐ 1972: »Avanti, Avanti!« (Rg. B. Wilder). ☐ 1973: Oscar für »Save the Tiger« (Rg. J. G. Avildsen). ☐ 1979: »Das China-Syndrom« (mit J. →Fonda, Rg. J. Bridges). ☐ 1981: »Buddy Buddy« (mit W. Matthau, Rg. B. Wilder). ☐ 1985: »Macaroni« (mit M. →Mastroianni, Rg. E. →Scola). ☐ 1989: »Dad« (Rg. G. D. Goldberg).

▷ M. Freedland: Jack Lemmon. Seine Filme — sein Leben, 1986.

Lemond, Greg

amer. Radrennfahrer
* 26.6.1961 Lakewood, Kalif.

Lemond, der sich als Werbeträger des französischen Sponsors Zannier auch »LeMond« schreibt, erwies sich als Spezialist für die Tour de France, die er dreimal gewann (1989 mit 8 sec. Vorsprung vor L. →Fignon). Gestützt auf eine gute Mannschaft, entwickelte er regelrechte Rundfahrt-Strategien, die auf den Gesamtsieg, aber nicht auf Etappenerfolge abzielten. Bei einem Jagdunfall wurde L. 1987 schwer verletzt (Schrotkugeln im Rücken), erholte sich aber wieder völlig.

□ 1983: Straßenweltmeister der Professionals (erneut 1989). □ 1986: Gewinner der Tour de France (erneut 1989 und 1990).

Lemper, Ute

dt. Schauspielerin und Sängerin
* 4.7.1963 Münster

Im Showbusiness war Lemper die Entdeckung der 80er Jahre; schon nach kurzer Zeit gelang es ihr, mit internationalen Shows die großen Bühnen der Welt zu erobern. Als Sängerin beeindruckt sie vor allem mit Interpretation von Kurt-Weill-Musik, in Bühnenshows und Musicals mit ihrem ausdrucksvollen tänzerischen Talent und Temperament.

□ 1982/83: Schauspielunterricht am Max-Reinhardt-Seminar in Wien. □ 1983: Katze Bombalurina im Musical »Cats« (A. L. →Webber, Rg. P. →Weck) in Wien. □ 1984: Titelrolle im Musical »Peter Pan« (nach J. M. Barrie) im Berliner Theater des Westens. □ 1986: Sally Bowles im Musical »Cabaret« (Rg. J. Savary) in Lyon; erste Kurt-Weill-Revue in Stuttgart. □ 1987: Filmdebüt in »Der Prophet« (Rg. I. →Szabo); »One-Woman-Show« in Monaco. □ 1991: Bühnenshow »Der plötzliche Tod« (Rg. M. →Béjart) in Paris.

Lempicka, Tamara de

poln. Malerin
* 16.5.1898 Warschau
† 18.3.1980 Cuernavaca bei Mexiko-Stadt

Lempicka wurde im Paris der 20er und 30er Jahre zu einer gefragten Porträtistin der gehobenen Gesellschaft, der sie selbst angehörte. Es entstanden Porträts und Bilder mondäner junger Frauen vor Großstadtkulissen oder in luxuriösem Ambiente, die von der Neuen Sachlichkeit bzw. kubistischen Prinzipien angeregt waren. Ihre Plakativität und kühle Erotik entsprachen dem Zeitgeschmack, so wie L.s Selbstporträt im Sportcabriolet, das 1925 als Titelblatt der Zeitschrift Die Dame erschien. In dem Bild »Junges Mädchen in Grün« (1927, Paris, Musée National d'Art Moderne, Centre Georges Pompidou) verband sie klassische Vorbilder mit der dekorativ-ornamentalen Künstlichkeit des Art deco. Hinter dem mondän-erotischen Ausdruck verbargen sich Melancholie, Morbidität, Unnahbarkeit und Distanz mit surrealen Akzenten.

Tamara de Lempicka malt ihren Ehemann (um 1930).

← Greg Lemond

← Ute Lemper

Philipp Lenard →

Ivan Lendl →

▷ K. de Lempicka-Foxhall/C. Philipps: Tamara de Lempicka. Malerin aus Leidenschaft, Femme fatale der 20er Jahre, 1987.

Lenard, Philipp Eduard Anton

dt. Physiker
* 7.6.1862 Preßburg (heute Bratislava, CSFR)
† 20.5.1947 Messelhausen bei Königshofen

Lenard entwickelte 1903, acht Jahre vor dem Atommodell von E. →Rutherford, das »Dynamidenmodell«, das erstmals von einer »löchrigen« Struktur der Materie sprach — im Gegensatz zu der traditionellen Vorstellung eines massiven Atomkerns.
1898 erkannte L., daß die von ihm unabhängig vom Vakuum untersuchte Kathodenstrahlung negative elektrische Ladungen sind. 1900 entdeckte er die wesentlichen Gesetze des lichtelektrischen Effekts, wonach mit wachsender Lichtintensität sich die Zahl der ausgelösten Elektronen, aber nicht deren Geschwindigkeit erhöht. Eine Erklärung dieses Photoeffekts lieferte A. →Einstein 1905 mit der Lichtquantenhypothese. L., der Experimentalphysiker, konnte der abstrakten und mathematisch komplexen theoretischen Physik nicht mehr folgen, insbesondere der Einsteinschen Relativitätstheorie nicht, die L. in seiner als rassisches und nationalistisches Gegenmodell gedachten »Deutschen Physik« (4 Bde., 1936/37) in einer vom Antisemitismus fanatisierten Weise als »Jahrmarktslärm« und »Judenbetrug« herabwürdigte.

□ 1892: »Über die Elektrizität der Wasserfälle« (Habil.-Schr.), eine als Lenard-Effekt bekannte Untersuchung über die Ionisierung der Luft durch Wasserzerstäubung. □ 1905: Physik-Nobelpreis. □ 1907-31: Prof. an der Univ. Heidelberg. □ 1913: Gründung und Leitung des Physikalischen Inst. ebd. □ 1929: »Große Naturforscher. Eine Geschichte der Naturforschung in Lebensbeschreibungen«.

Lendl, Ivan

tschech. Tennisspieler
* 7.3.1960 Ostrava

Lendl war 1985-90 (insgesamt 57 Monate) bis auf eine kurze Unterbrechung (1988, M. →Wilander) Erster der Weltrangliste. Er gewann acht Grand-Slam-Turniere, allerdings nie das Turnier von Wimbledon. Allein achtmal (1982-89) bestritt L., der mit tschechoslowakischer Staatsbürgerschaft in den USA lebt, das Grand-Slam-Finale von New York.

□ 1980: Daviscup-Gewinner mit der CSSR. □ 1984: Sieger bei den French Open (erneut 1986 und 1987). □ 1985: US Open (erneut 1986 und 1987). □ 1986: Finalist von Wimbledon (erneut 1987). □ 1989: Australian Open (erneut 1990).

Lenglen, Suzanne

frz. Tennisspielerin
* 24.5.1899 Compiègne † 4.7.1938 Paris

Lenglen wurde in den 20er Jahren der erste weibliche Weltstar im Sport. Die »Göttliche«, wie der Schriftsteller Claude Anet die legendäre Tennisspielerin nannte, gewann im Einzel sechsmal Wimbledon und sechsmal die French Open.

□ 1919-23: Siegerin von Wimbledon (erneut 1925). □ 1920: Olympiasiegerin von Antwerpen (Einzel und Doppel). □ 1920-23: French Open (erneut 1925 und 1926).

← Suzanne Lenglen

Lenin, Wladimir Iljitsch

(eig. Wladímir Iljítsch Uljánowsk)
sowjet. Politiker
* 22.4.1870 Simbirsk (heute Uljanowsk)
† 21.1.1924 Gorki bei Moskau

Lenin war sowohl der Haupttheoretiker des Marxismis-Leninismus als auch der Gründer der Sowjetunion. Als Revolutionär erwies er sich als genialer Taktiker. Der glänzende Rhetoriker entwickelte als Theoretiker die Lehre des Marximus weiter und paßte sie den besonderen russischen Verhältnissen an. Neu war vor allem seine Darstellung des Zusammenhangs von Kapitalismus und Imperialismus.
Zur prägenden Erfahrung wurde für L. die Hinrichtung seines älteren Bruders (Alexander) wegen dessen Beteiligung an der Planung eines Attentats auf Zar Alexander III. Von G. W. →Plechanow beeinflußt, wandte er sich dem Marxismus zu und entwickelte seine Vorstellung von einer scharfen Trennung zwischen Partei und Arbeiterklasse, die eigentlich der marxistischen Grundauffassung widersprach. In seinem Werk »Was tun?« (1902) schrieb L. das Ziel vor, mit Hilfe einer straff organisierten und streng disziplinierten Kaderpartei die »Diktatur des Proletariats« zu errichten. Bereits damals befürchtete L. → Trotzki, daß dies zu einer »Diktatur über das Volk« führen müsse. Solche unterschiedlichen Auffassungen über den Weg zur Verwirklichung des Sozialismus führten auf dem II. Kongreß der Russischen Sozialdemokratischen Arbeiterpartei (1903) zur Spaltung der Bewegung. L. wurde der Führer der Fraktion der »Bolschewiki« (Mehrheitler), die er 1912 in eine eigenständige Kaderpartei umwandelte. Während des 1. Weltkriegs forderte er von seinem Schweizer Exil aus, den »imperialistischen Krieg« in einen »Bürger-

Wladimir I. Lenin hält eine Rede auf dem Roten Platz zum ersten Jahrestag der Revolution, am 7. November 1918; noch ist die Zukunft offen.

krieg gegen die Ausbeuter im eigenen Land« umzuwandeln.
Nach der Februarrevolution 1917 kam L. mit Hilfe der deutschen Regierung, die sich von ihm eine Destabilisierung der Ostfront erhoffte, nach Petrograd. Hier schrieb er seine berühmten »Aprilthesen«, in denen er »Frieden, Land und Brot« und »alle Macht den Räten« forderte. Nach einem mißglückten Putschversuch im Juli 1917 mußte L. nach Finnland fliehen. Hier bereitete er den bewaffneten Aufstand vor, der zur Oktoberrevolution führte.
Nach der Revolution wurde er vom Allrussischen Sowjetkongreß zum Vorsitzenden der Volkskommissare und damit zum Regierungs- und Staatschef gewählt. Um den Bestand der Revolution zu sichern, drängte er im März 1918 auf die Unterzeichnung des Friedensvertrags mit dem Deutschen Reich. Einen Attentatsversuch einer Sozialrevolutionärin im August 1918 nutzte er, um die Parteien der Linken auszuschalten. Mit der Errichtung des Politbüros und des dazugehörigen Sekretariats 1919 wurde die Macht in wenigen Händen konzentriert. Nach dem Bürgerkrieg versuchte L. mit Hilfe einer »Neuen ökonomischen Politik« (NEP), die wirtschaftlichen Probleme, insbesondere die schlechte Versorgungslage der Bevölkerung, in den Griff zu bekommen (1921). Zugleich leitete er mit seinem »Verbot der Fraktionsbildung« das Ende offener Diskussionen und theoretischer Auseinandersetzungen in der Partei ein. Auf seine Initiative hin erfolgte 1922 die Gründung der »Union der Sozialistischen Sowjetrepubliken« (UdSSR). L. starb Anfang 1924 und wurde im Mausoleum auf dem Roten Platz in Moskau beigesetzt.

☐ 1887-91: Jurastudium. ☐ 1893: Rechtsanwalt in St. Petersburg. ☐ 1895: Gründer des »Kampfbundes zur Befreiung der Arbeiterklasse«. ☐ 1897-1900: Verbannung nach Sibirien. ☐ 1900: Emigration nach Westeuropa. ☐ ab 1903: Nach Spaltung der Sozialdemokratischen Arbeiterpartei auf dem II. Kongreß in Brüssel und London Führer der Bolschewiki (Mehrheitler). ☐ 1905: Rückkehr nach Rußland; Teilnahme an der Revolution; erneut Emigration nach Westeuropa. ☐ 1909: »Materialismus und Empiriokritizismus« (Schr.). ☐ 1912: Endgültige Trennung von den Menschewiki (Minderheitlern); Gründung des Bolschewistischen Zentralkomitees. ☐ 1916: »Der Imperialismus als höchstes Stadium des Kapitalismus« (Schr.). ☐ April 1917: Mit deutscher Hilfe Rückkehr über Schweden nach Rußland. ☐ Nov. 1917: Vors. des Rates der Volkskommissare. ☐ 1920: »Der Radikalismus, die Kinderkrankheit des Kommunismus« (Schr.).

▷ L. Fischer: Das Leben Lenins, 2 Bde., 1970; H. und G. Weber: Lenin-Chronik, 1974; G. v. Rauch: Lenin, 1980.

Lennon, John

engl. Rockmusiker
* 9.10.1940 Liverpool
† 8.12.1980 New York (ermordet)

John Lennon →

Mit P. →McCartney wurde Lennon zum wichtigsten Rockmusiker und Songschreiber der 60er Jahre. Vor allem als Texter engagierter Songs (z. B. »Give peace a chance«, 1970) fiel er immer wieder auf. Nach der Trennung der → Beatles führte seine Haltung unter dem Einfluß von Ehefrau Yoko Ono zu Aktionen und Happenings für den Frieden und die Rechte der Minderheiten, die den populären Star bei Behörden unbeliebt machten. So war sein politisches Engagement, allerdings auch Drogenbesitz, für die US-Regierung jahrelang ein Grund, ihm die beantragte amerikanische Staatsbürgerschaft zu verweigern und ihn vom Geheimdienst überwachen zu lassen.

☐ 1955-60: Gitarrist und Sänger bei den »Quarrymen«. ☐ 1960-70: Mitgl. der Beatles. ☐ 1964: »In his own write« (Erz.n). ☐ 1965: »A Spaniard in the works« (Erz.n). ☐ 1967: »How I won the war« (F., Rg. Richard Lester). ☐ 1969: Aktion »Bed In« in Amsterdam für den Frieden; »Life with the lions« (LP mit Y. Ono). ☐ 1970: »Plastic Ono Band« (LP). ☐ 1971: Übersiedlung nach New York; »Imagine« (LP). ☐ 1972: »Sometime in New York City« (LP mit Y. Ono). ☐ 1973: »Mind games« (LP). ☐ 1974: »Walls and bridges« (LP). ☐ 1975: »Shaved Fish« (LP). ☐ postum 1981: Grammy Award für das Album »Double Fantasy« (mit Y. Ono). ☐ 1991: Grammy Award für sein gesamtes Lebenswerk.

▷ A. Fawcett: John Lennon — Beatle, Künstler, Provokateur, 1976; R. Coleman: John Lennon. Eine Biographie, 1985.

Lenya, Lotte

(eig. Karoline Blamauer)
österr.-amer. Sängerin und Schauspielerin
* 18.10.1898 Wien † 27.11.1981 New York

Lenya wurde aufgrund ihres expressiven Spiels und ihrer eindringlich-rauhen Stimme zu einer idealen Interpretin von Brecht/Weill-Liedern. Das Lied der Seeräuber-Jenny aus der »Dreigroschenoper« und der Song vom »Surabaya-Johnny« aus »Happy End« sind untrennbar mit ihrem Namen verbunden. Zu ihren großen Theaterrollen gehörte die Ismene in »Oedipus« von Sophokles in der Inszenierung von Leopold Jessner (*1878, † 1945) in Berlin 1929. Nach der Emigration in die USA 1935 trat sie in einigen Filmen auf, darunter 1964 im James-Bond-Streifen »Liebesgrüße aus Moskau«, und stand u. a. in Brecht/Weill-Stücken auf der Bühne.

☐ 1916-20: Ensemblemitgl. des Züricher Stadttheaters. ☐ 1925: Hochzeit mit dem Komponisten K. →Weill. ☐ 1928: Seeräuber-Jenny in der UA der »Dreigroschenoper« (Brecht/Weill) in Berlin, ebenso 1931 in der Verfilmung (Rg. G. W. →Pabst). ☐ 1930: »Aufstieg und Fall der Stadt Maha-

Lotte Lenya: Die große Brecht-Interpretin zu dessen 75. Geburtstag, 1973.

gonny« (Brecht/Weill) in Berlin. □ 1933: Exil in Paris, ab 1935 in den USA. □ 1954-56: Auftritte als Jenny in den USA. □ 1955: Schallplattenaufnahmen in Berlin. □ 1966: Auftritt im Musical »Cabaret« in New York.

Lenz, Hermann Karl

dt. Schriftsteller
* 26.2.1913 Stuttgart

Hermann Lenz: Chronist einer subjektiven Erlebniswelt.

Lenz, 1978 mit dem Georg-Büchner-Preis ausgezeichnet, greift in lyrisch-impressionistischer Sprache Bilder aus der Vergangenheit auf und reflektiert die eigene subjektive Erlebniswelt (u. a. »Der russische Regenbogen«, R., 1959). Die Betonung der Vergangenheit in L.s Lyrik und Erzählungen (sie spielen meist um die Jahrhundertwende, u. a. »Schwarze Kutschen«, 1990) wurde mitunter als Rückzug vor der Realität interpretiert und kritisiert. Autobiografisch geprägt ist ein Romanzyklus, der den Werdegang des Schriftstellers Eugen Rapp (Pseud. für L.) beschreibt: »Verlassene Zimmer« (1966), »Andere Tage« (1968), »Neue Zeit« (1975), »Tagebuch vom Überleben und Leben« (1978), »Ein Fremdling« (1983) und »Der Wanderer« (1986).

Lenz, Siegfried

dt. Schriftsteller
* 17.3.1926 Lyck, Ostpreußen

Lenz, einer der meistgelesenen deutschen Autoren der Nachkriegszeit, wurde 1968 mit dem Roman »Deutschstunde« international bekannt. Darin setzt sich L. mit der Problematik von Pflichterfüllung, Gehorsamsverweigerung und Freiheit der Kunst in der Kriegs- und Nachkriegszeit auseinander. Das Werk, im doppelten Sinn eine literarische Vergangenheitsbewältigung (die Hauptperson, ein Schüler, schreibt einen Aufsatz über seine Erfahrungen im Dritten Reich), überzeugt durch spannenden Handlungsverlauf und atmosphärische Dichte.
Großen Erfolg hatte L. auch mit seinen Erzählungen »So zärtlich war Suleyken« (1955) und »Der Geist der Mirabelle« (1975), humorvollen Märchen und Anekdoten aus Masuren und der norddeutschen Küstenlandschaft. Der parteipolitisch für die SPD engagierte Autor erhielt 1988 den Friedenspreis des Deutschen Buchhandels und

Siegfried Lenz: Der Moralist mit der Pfeife.

1989 den erstmals vergebenen Preis der Heinz-Galinski-Stiftung.

□ 1945: Studium der Philosophie, Anglistik und Literaturgeschichte in Hamburg. □ 1950/51: Feuilletonredakteur für Die Welt. □ ab 1951: Funkredakteur und freier Schriftsteller in Hamburg; »Es waren Habichte in der Luft« (R.). □ 1960: »Das Feuerschiff« (Erz.n). □ 1962: »Zeit der Schuldlosen« (Dr.). □ 1963: »Stadtgespräch« (R.). □ 1965: »Der Spielverderber« (Erz.n). □ 1967: »Haussuchung« (Hsp.e). □ 1973: »Das Vorbild« (R.). □ 1975: »Einstein überquert die Elbe bei Hamburg« (Erz.n). □ 1976: »Elfenbeinturm und Barrikade« (Es.s). □ 1978: »Heimatmuseum« (R.). □ 1981: »Der Verlust« (R.). □ 1984: »Ein Kriegsende« (Erz.). □ 1985: »Exerzierplatz« (R.). □ 1987: »Das serbische Mädchen« (Erz.n). □ 1990: »Die Klangprobe« (R.).

▷ W. Baßmann: Siegfried Lenz, 1976; R. Wolff (Hg.): Siegfried Lenz — Werk und Wirkung, 1985.

Papst Leo XIII. →

Leo XIII.

(eig. Vincenzo Gioacchino Pecci)
Papst (ab 1878)
* 2.3.1810 Carpineto bei Anagni
† 20.7.1903 Rom

Unter dem Pontifikat von Leo XIII. gewann der Vatikan seine moralische Autorität zurück und fand aus seiner Selbstabschließung heraus. Überzeugt, daß sich die katholische Kirche nicht länger den sozialen Problemen, dem kulturellen Fortschritt und politischen Wandel verschließen dürfe, vermehrte der Papst die diplomatischen Vertretungen beim Vatikan, verpflichtete die katholische Theologie auf die Lehren des heiligen Thomas (* 1225, † 1274) und schuf mit der ersten Sozialenzyklika »Rerum novarum« (1891) die Grundlagen für die katholische Soziallehre, die eine am Gemeinwohl orientierte Marktwirtschaft propagiert.

□ 1846-78: Bischof von Perugia. □ 1853: Kardinal. □ 1878: Zum Papst gewählt. □ 1881: Öffnung der Vatikanischen Archive zu Forschungszwecken. □ 1902: Einrichtung der »Päpstlichen Kommission für die biblischen Studien« zur Überwachung katholischer Exegeten.

Leoncavallo, Rugg(i)ero

ital. Komponist
* 23.4.1857 Neapel
† 9.8.1919 Montecatini, Toskana

Leoncavallo, der seinen Lebensunterhalt nach dem Studium als Privatlehrer und Klavierspieler in Kaffeehäusern verdiente, wurde mit der Oper »Der Bajazzo« (UA Mailand 1892) schlagartig berühmt. Das veristische Werk, dessen Arien (»Schaut her, ich bin's«; »Hüll dich in Tand«) zu Paradenummern des Belcanto wurden, blieb jedoch seine einzige Komposition von operngeschichtlicher Bedeutung. Auf die Anregungen von L. gehen die Libretti der Opern »La Bohème« und »Manon Lescaut« von G. →Puccini zurück.

Sergio Leone →

Leoncavallo (M.) mit Interpreten der UA seiner Oper »Zazà« am 10. 11. 1900.

□ 1866-74: Studium am Conservatorio San Pietro a Majella in Neapel. □ 1893: UA von »I Medici« (Oper) in Mailand. □ 1904: UA der Oper »Der Roland von Berlin« (Auftragskomposition des dt. Kaisers Wilhelm II.) in Berlin. □ 1916: UA von »Goffredo Mameli« (Oper) in Genua.

▷ R. Leoncavallo: La Réforme (Aut.), 1892.

Leone, Giovanni

ital. Politiker
* 3.11.1908 Neapel

Sowohl in seiner Partei als auch im Parlament galt der brillante Professor für Staatsrecht stets als ein Mann, der unparteiisch über den verschiedenen Gruppierungen stand. Zweimal wurde Leone für kurze Zeit zum Ministerpräsidenten gewählt, um lang andauernde Regierungskrisen zu beenden. 1978 trat er als Staatspräsident zurück, nachdem in einer Pressekampagne der Lebensstil seiner Familie, insbesondere seiner Söhne, heftig kritisiert worden war.

□ ab 1936: Prof. in Messina, Bari, Neapel und Rom. □ 1944: Mitgl. der Democrazia Cristiana (DC). □ 1946: Mitgl. der Verfassunggebenden Versammlung. □ 1948-67: Mitgl. der Abgeordnetenkammer (1955-63 deren Präs.). □ 1963, 1968: Ministerpräsident. □ seit 1967: Senator auf Lebenszeit. □ 1971-78: Staatspräsident.

Wolfgang Leonhard →

← Giovanni Leone

Leone, Sergio

ital. Regisseur
* 3.1.1929 Rom † 30.4.1989 ebd.

Mit dem Kassenerfolg »Für eine Handvoll Dollar« (1964, mit C. →Eastwood) löste Leone einen Boom von Italo-Western aus. Den Höhepunkt dieses Genres, das die Grundmuster des Western auf übersteigerte Archetypen reduzierte, bildete »Spiel mir das Lied vom Tod« (1968, mit H. →Fonda, Ch. → Bronson, C. →Cardinale). Die knapp zehnminütige Eingangssequenz dieses Westerns, unterlegt mit der Musik E. → Morricones, ist bekanntestes Beispiel für L.s Aufbau von Spannung durch das Dehnen von Zeit. Sein letzter Film, das Gangsterepos »Es war einmal in Amerika« (1982-84, mit R. de →Niro), ist ein Abgesang auf die Ideale des American dream.

□ 1948: Regieassistent bei V. de →Sicas »Fahrraddiebe«. □ ab 1950: Regieassistent in Cinecitta (ca. 60 Filme, u. a. bei W. →Wyler, F. →Zinnemann, R. Wise). □ 1960: »Der Koloß von Rhodos«. □ 1965: »Für ein paar Dollar mehr«. □ 1966: »Zwei glorreiche Halunken«. □ 1970: »Todesmelodie«.

Leonhard, Wolfgang

dt. Sachbuchautor und Publizist
* 16.4.1921 Wien

Leonhard, der 1935-45 in der Sowjetunion lebte, veröffentlichte 1955 mit »Die Revolution entläßt ihre Kinder« einen der kenntnisreichsten Berichte aus der Frühzeit des Stalinismus. L. war 1935 mit seiner Mutter in die Sowjetunion emigriert. Nach einer politischen Karriere, die ihn in die bedeutendste Kominternschule für ausländische Kommunisten nach Kuschnarenkowo (Baschkirien) führte, wurde er 1945 mit neun anderen Funktionären, unter ihnen W. →Ulbricht, nach Deutschland entsandt . Nach seiner Flucht aus Ost-Berlin (1949) schrieb L. zahlreiche Bücher zur Entwicklung und Geschichte der Sowjetunion und des internationalen Kommunismus.

□ 1935: Emigration mit der Mutter nach Moskau. □ 1936: Im Rahmen der stalinistischen Säuberungen Verbannung der Mutter. □ 1939-41: Fremdsprachenstudium in Moskau. □ 1941/42: Nach Zwangsumsiedlung nach Karaganda (Nord-Kasachstan) Studium an der Fakultät für Geschichte. □ 1942/43: Kominternschule. □ 1943-45: Mitarbeiter im »Nationalkomitee Freies Deutschland« in Moskau. □ 1945: Mitarbeiter der Abteilung Agitation und Propaganda des ZK der KPD in Berlin. □ 1946: Redakteur der »Sozialistischen Bildungshefte« der SED. □ 1947-49: Dozent an der SED-Parteihochschule Karl-Marx. □ 1949: Aus Protest gegen den Stalinismus Flucht nach Jugoslawien. □ 1949/50: Redakteur der deutschsprachigen Sendungen des Belgrader Rundfunks. □ 1959: »Kreml ohne Stalin« (Schr.). □ 1966-87: Prof. für Geschichte an der Yale-Univ., New Haven (USA). □ 1981: »Völker hört die Signale/Die Anfänge des Weltkommunismus (1919-24)«, (Schr.). □ 1984: »Dämmerung im Kreml/Wie eine neue Ostpolitik aussehen müßte« (Schr.). □ 1987: Erste UdSSR-Reise nach 42 Jahren. □ 1990: »Das kurze Leben der DDR« (Ber.e); »Sowjetreformen. Ergebnisse, Probleme, Perspektiven« (Schr.).

Leonow, Leonid Maximowitsch

sowjet. Schriftsteller
* 31.5.1899 Poluchino bei Moskau

Leonow, der zeitweilig auch politisch tätig war, wurde mit dem Roman »Der Dieb« (1927, dt. 1928) bekannt. Sowjetkritische Töne wie in »Der rasende Kalafat«, einer Episode aus »Die Dachse« (R., 1924, dt. 1924), wichen bald dem Bemühen um Systemkonformität, auch in zahlreichen Bühnenwerken. Nach einer Reihe von Produktionsromanen entstand das umfangreiche Hauptwerk »Der russische Wald« (1953, dt. 1960): Der Roman ist mit seiner Kritik am stalinistischen Terror ein erster Vorbote des politischen Tauwetters, das 1956 einsetzte.

□ seit 1934: Mitgl. im Präsidium des sowjet. Schriftstellerverbands; seit 1958 auch als Sekr. □ 1936: »Der Weg zum Ozean« (R., dt. 1936). □ 1943: Stalinorden 1. Klasse für »Feindlicher Angriff« und »Ljonuschka« (patriotische Dramen). □ 1946-58: Abg. des Obersten Sowjet. □ 1953: Erster Träger des neugeschaffenen Leninpreises (für »Der russische Wald«, R., dt. 1960).

← Leonid Leonow

Leontief, Wassily

amer. Nationalökonom russ. Herkunft
* 5.8.1906 St. Petersburg (Leningrad)

Leontief erhielt für die Entwicklung der sog. Input-Output-Analyse 1973 den Nobelpreis für Wirtschaftswissenschaften. Damit gelang es erstmals, eine Relation zwischen Faktoreinsatz (u. a. Vorleistungen »Input«) und Ausstoß (»Output«) innerhalb von Wirtschaftszweigen darzustellen. Moderne Input-Output-Tabellen liefern detaillierte Aufzeichnungen der Güter- und Dienstleistungsströme zwischen mehreren hundert Wirtschaftszweigen. Im Rahmen seiner Untersuchungen der US-Handelsstruktur stellte L. fest, daß die USA als kapitalreiches Land paradoxerweise arbeitsintensive Güter exportiert und kapitalintensive Produkte einführt (Leontief-Paradoxon).

□ 1931-75: Forschungsassistent, ab 1946 Prof. an der Harvard Univ., Mass. □ 1941: »The structure of American economy, 1919-1939« (Schr.). □ 1966: »Input-output-economics« (Schr.); »Essays in economics« (Schr.). □ 1973: Nobelpreis für Wirtschaftswissenschaften. □ seit 1975: Dir. des Inst.s für Ökonomische Analysen, New York. □ 1977: »Die Zukunft der Weltwirtschaft« (Schr., dt. 1979). □ seit 1980: UNO-Berater. □ 1985: »Collected essays« (Schr.).

← Wassily Leontief

Leontjew, Alexej Nikolajewitsch

sowjet. Psychologe
* 2.5.1903 Moskau † 22.1.1979 ebd.

Leontjew, einer der bedeutenden sowjetischen Psychologen, lieferte wichtige Beiträge auf dem Gebiet der Entwicklungspsychologie. Nach L., der sich gegen eine individuelle Psychologie aussprach, beeinflussen kulturelle und historische Prozesse die menschliche Entwicklung weitaus mehr als die Vererbung.

□ 1959: »Probleme der Entwicklung des Psychischen« (Schr., dt. 1973). □ 1963: Lenin-Preis. □ 1966: Präs. des 18. Int. Psychologenkongresses, Moskau. □ 1967-79: Dekan der Psychologischen Fakultät der Univ. Moskau.

← Alexej Leontjew

J.-M. Le Pen →

Le Pen, Jean-Marie

frz. Politiker
* 20.6.1928 La Trinité-sur-Mer, Dep. Morbihan

Le Pen ist der auffälligste Propagandist der nationalen Rechten in Frankreich. Mit seiner bis dahin bedeutungslosen Front National erhielt er nach dem Wahlsieg der Sozialisten 1980 Zulauf. Es waren gerade seine einfachen Parolen, die ihm eine zunehmende Schar von Anhängern bescherte. Dabei konzentrierte er seine Propaganda auf die »Überfremdung Frankreichs« und die »wachsende Kriminalität« im Land. Bei der Präsidentschaftswahl 1988 erhielt er 14,5 %, in einzelnen Bezirken bis zu 25 % der Stimmen.

□ 1953/54, 1956/57: Freiwilliger Soldat in Indochina, Suez und Algerien. □ 1955: Redakteur. □ 1956, 1958-62, 1986-88: Deputierter in der Nationalversammlung. □ 1964/65: Generalsekretär des Nationalen Komitees. □ 1972: Gründer der Front National.

Lepenies, Wolf

dt. Soziologe
* 11.1.1941 Deuthen bei Allenstein, Ostpreußen

Lepenies gehört mit J. →Habermas und R. →Dahrendorf zu den bekanntesten Soziologen der BRD. Er beschäftigt sich vorrangig mit der Wissenschaftsgeschichte der Soziologie. Sein Interesse gilt nicht dem chronologischen Aspekt, sondern der Geschichte ihrer Institutionalisierung. Er untersucht die Abhängigkeit soziologischer Theorienproduktion vom jeweiligen gesellschaftlichen Milieu; so hatte z. B. auch der Nationalsozialismus seine eigene soziologische Theorie (H. →Freyer). In Verbindung mit den politischen Wandlungsprozessen seit den 60er Jahren muß nach L. auch die Soziologie ihren Standort überprüfen.

□ 1976: »Das Ende der Naturgeschichte« (Schr.). □ 1979/80, 1981-83: Mitgl. des Inst. for Advanced Study, Princeton Univ., N. J. (USA). □ 1984: Ständiges Mitgl. des Wissenschaftskollegs, Berlin. □ 1985: »Die drei Kulturen: Soziologie zwischen Wissenschaft und Literatur« (Schr.).

Leppich, Johannes

dt. Theologe (kath.)
*16.4.1915 Ratibor (Racibórz), Oberschlesien

Als Volks- und Straßenprediger in Gefängnissen, Großstadtvierteln und Flüchtlingslagern erreichte Jesuitenpater Leppich in Westeuropa

Pater Leppich: Der Vater der Arbeiterseelsorge.

mehr als 15 Millionen Menschen. Seit 1971 widmet sich L. aus gesundheitlichen Gründen der Leitung der von ihm 1958 gegründeten »action 365«, die — »an 365 Tagen im Jahr hilfsbereit« — ein weltweites Netz von Sozialstationen (u. a. Lepra-Heime) unterhält. Nicht nur bei Auftritten und in Büchern erreicht seine Botschaft die Öffentlichkeit, sondern auch auf LPs und Kassetten, auf denen u. a. die »Bergpredigt« und »Die Zehn Gebote« in einer um Verständlichkeit bemühten Sprache kommentiert sind.

☐ seit 1935: Jesuit. ☐ 1946: Lagerpfarrer in Friedland; Tätigkeit in der Arbeiterseelsorge und Gründung der Christlichen Arbeiterjugend. ☐ 1948: Erste große Predigt im Zirkus Bügler in Essen vor 5000 Menschen. ☐ 1952: »Pater Leppich spricht« (ges. Predigten). ☐ 1956: »Christus auf der Reeperbahn« (Schr.). ☐ 1958: »Gott zwischen Götzen und Genossen« (Schr.). ☐ 1964: »Atheistenbrevier« (Schr.).

Lessing, Doris May

brit. Schriftstellerin
* 22.10.1919 Kermanshah, Persien (heute Iran)

Doris Lessing: Eine visionäre Schriftstellerin.

Theodor Lessing →

Lessing zählt zu den bedeutendsten Romanautorinnen der Gegenwart und hat vor allem von feministischer Seite starke Beachtung erhalten. Ihr Werk zeichnet sich durch thematische und formale Vielfalt aus, die von realistischen bis zu experimentellen Erzählweisen reicht. Wie viele ihrer frühen Werke sind auch die ersten vier Bände ihres Romanzyklus »Kinder der Gewalt« (1952-69, 5 Bde., dt. 1981-84) von L.s Jugenderfahrungen in Südafrika geprägt. L.s bevorzugte Themen sind der Kampf der Frau um Selbständigkeit und Freiheit in einer vom Mann dominierten Gesellschaft sowie die konfliktreiche Zugehörigkeit zu rassischen Minderheiten und politischen Gruppierungen. L.s spätere Werke, etwa der Roman »Die Memoiren einer Überlebenden« (1974, dt. 1979), sind von tiefenpsychologischen Theorien (C. G. →Jung, R. D. →Laing) und von der Mystik des islamischen Sufismus beeinflußt. Auch in einigen ihrer letzten Romane, so etwa in dem fünfbändigen Romanzyklus »Canopus im Argos: Archive« (1979-83, dt. 1982-85), bedient sich L. der Gestaltungsmittel des Zukunftsromans, um z. B. der Frage nach der möglichen Entwicklung der Menschheit nach einer weltweiten Atomkatastrophe nachzugehen.

Reinhard Lettau →

☐ 1924-49: Aufenthalt im damaligen Südrhodesien. ☐ 1945: Zweite Ehe mit Gottfried Lessing (Scheidung 1949). ☐ 1949: Emigration nach England. ☐ 1950: »Afrikanische Tragödie« (R., dt. 1953). ☐ 1952-69: »Kinder der Gewalt« (Romanzyklus: Bd. I »Martha Quest«, 1952, dt. 1981; Bd. II »Eine richtige Ehe«, 1954, dt. 1982; Bd. III »Sturmzeichen«, 1958, dt. 1983; Bd. IV »Landumschlossen«, 1965, dt. 1983; Bd. V »Die viertorige Stadt«, 1969, dt. 1984). ☐ 1962: »Das goldene Notizbuch« (R., dt. 1978). ☐ 1971: »Anweisung für einen Abstieg zur Hölle« (R., dt. 1981). ☐ 1983/84: »The Diaries of Jane Somers« (R., dt. »Das Tagebuch der Jane Somers«, 1984, und »Die Liebesgeschichte der Jane Somers«, 1985). ☐ 1985: »Die Terroristin« (R., dt. 1986). ☐ 1988: »Das fünfte Kind« (R., dt. 1988).

▷ R. Spiegel: Doris Lessing, 1980.

Lessing, Theodor

dt. Kulturphilosoph und Schriftsteller
* 8.2.1872 Hannover
† 30.(31.?)8.1933 Marienbad (ermordet)

Lessing, der sich um den Aufbau der Volkshochschulen in Dresden und Hannover verdient gemacht hat, wurde mit kultur- und gesellschaftskritischen Schriften wie »Europa und Asien« (1916; 1924 u. d. T. »Untergang der Erde am Geist«) bekannt. Darin unterzog er die europäische Zivilisation und Technik, ihre kolonialistischen und die Umwelt zerstörenden Tendenzen einer radikalen Kritik. Ausgehend von den pessimistischen Philosophien A. Schopenhauers, F. →Nietzsches und O. →Spenglers propagierte L. in seiner »Philosophie als Tat« (2 Bde., 1914) den Aktionismus und trat als Wortführer eines pragmatischen Sozialismus für die Bildung der Allgemeinheit, die Gleichstellung der Frau und die Verständigung der Völker ein.

☐ 1894: »Komödie« (R.). ☐ 1899: »Einsame Gesänge« (Ged.). ☐ 1900: Rückkehr vom christlichen Glauben zum Zionismus. ☐ 1916: »Geschichte als Sinngebung des Sinnlosen« (Schr.). ☐ 1921: »Die verfluchte Kultur. Gedanken über den Gegensatz von Geist und Kultur« (Schr.). ☐ 1922-26: Prof. an der TH Hannover; Einstellung seiner Vorlesungen aufgrund nationalistischer Studentenproteste. ☐ 1925: »Haarmann. Die Geschichte eines Werwolfs« (Schr.); »Hindenburg« (Kritik). ☐ 1926: »Prinzipien der Charakterologie« (Schr.). ☐ 1930: »Der jüdische Selbsthaß« (Schr.). ☐ 1933: Emigration und Exekution durch ein nationalsozialistisches Mordkommando im tschechischen Marienbad.

▷ Th. Lessing: Einmal und nie wieder. Lebenserinnerungen, 1935.

Lesur, Daniel →Daniel-Lesure

Lettau, Reinhard

dt. Schriftsteller
* 10.9.1929 Erfurt

Mit kritischen Dokumentationen und skurrilen Erzählungen gehört Lettau zu den Autoren, die seit den 60er Jahren in die politische Diskussion eingreifen und das Schreiben selbst zum Thema machen. L. deckt u. a. in »Auftritt Manigs« (Erz.n, 1963) die Absurdität menschlicher Verhaltensmuster auf. Seine Kritik an der Presseberichterstattung in der BRD und den USA (»Täglicher Faschismus«, 1971) führte in der BRD zu heftigen Kontroversen.

☐ seit 1955: Dozent für Literatur an amer. Univ.n. ☐ 1962: »Schwierigkeiten beim Häuserbauen« (Erz.n). ☐ 1965-67: Enger Kontakt zur APO während eines BRD-Aufenthalts. ☐ 1968: »Feinde« (Erz.n). ☐ 1971: »Täglicher Faschismus« (Dokumentation). ☐ 1977: »Frühstücksgespräche in Miami« (Szenen). ☐ 1980: »Zerstreutes Hinausschauen« (Es.s). ☐ 1988: »Zur Frage der Himmelsrichtungen« (Erz.n).

Lettow-Vorbeck, Paul von

dt. Militär
* 20.3.1870 Saarlouis † 9.3.1964 Hamburg

← P. v. Lettow-Vorbeck

Als Kommandeur der deutschen Schutztruppe in Ostafrika gelang es Lettow-Vorbeck während des 1. Weltkriegs, die deutsche Kolonie gegen die Truppen der Entente zu verteidigen. Dabei mußte er sich allerdings ab 1915 auf eine reine Guerillataktik beschränken. Nach dem Waffenstillstand in Europa übergab er seine Truppe an die Alliierten. Wegen seiner Teilnahme am →Kapp-Putsch wurde er 1920 aus der Reichswehr entlassen.

☐ 1900/01: Teilnahme am Krieg in Peking gegen die »Boxer«, eine Organisation chin. Nationalisten. ☐ 1913-18: Kommandeur der dt. Schutztruppe in Dt.-Ostafrika. ☐ 1917: Generalmajor. ☐ 1919/20: Brigadekommandeur. ☐ 1921: »Heia Safari« (Schr.). ☐ 1928-30: MdR der DNVP.

▷ P. v. Lettow-Vorbeck: Meine Erinnerungen aus Ostafrika, 1920.

Leuschner, Wilhelm

dt. Gewerkschafter und Widerstandskämpfer
* 15.6.1890 Bayreuth
† 29.9.1944 Berlin-Plötzensee (hingerichtet)

Wilhelm Leuschner vor dem sog. Volksgerichtshof, 1944.

Leuschner trat früh für eine Einheitsgewerkschaft ein, wobei er auch Kontakt zu nichtsozialistischen Gewerkschaften suchte. 1933 wurde er verhaftet und gezwungen, mit R. Ley zur internationalen Arbeitskonferenz nach Genf zu fahren, um als anerkannter Gewerkschafter den Anspruch der NS-Gewerkschaft Deutsche Arbeitsfront auf einen Sitz in diesem Gremium durchzusetzen. Während des Krieges schloß L. sich der Widerstandsgruppe um C. →Goerdeler an. Mit L. →Beck plante er den Umsturz und eine Übergangsregierung, in der er als Vizekanzler vorgesehen war. Nach dem Attentat vom 20. 7. 1944 wurde er vom Volksgerichtshof zum Tode verurteilt.

☐ 1905: Mitgl. der Gewerkschaft und der SPD. ☐ 1919-28: Stadtverordneter in Darmstadt. ☐ 1924-33: Hess. MdL der SPD. ☐ 1926-28: Gewerkschaftssekr. ☐ 1929: Hess. Innenmin. ☐ 1932/33: Stellv. Vors. des ADGB. ☐ 1933/34: Inhaftiert. ☐ ab 1935: Leiter einer kleinen Fabrik.

Leuwerik, Ruth

(eig. Ruth Leeuwerik)
dt. Schauspielerin
* 23.4.1924 Essen

An der Seite von D. →Borsche und O. W. →Fischer war Leuwerik der weibliche Star des deutschen Nachkriegskinos. Ihr Repertoire umfaßte elegante Damen, herzensgute Mütter und verführerische Geliebte.

Ruth Leuwerik: Eine wandlungsfähige Schauspielerin.

☐ 1947: Theaterengagement in Bremen. ☐ 1948/49: Engagement in Lübeck. ☐ 1949: Filmdebüt in »13 unter einem Hut« (Rg. J. Meyer). ☐ 1952: »Vater braucht eine Frau« (Rg. H. Braun). ☐ 1953: »Ein Herz spielt falsch« (Rg. R. Jugert); Engagement am dt. Schauspielhaus Hamburg. ☐ 1954: »Bildnis einer Unbekannten« (Rg. H. →Käutner). ☐ 1955: »Rosen im Herbst« (Rg. R. Jugert); Engagement am Schauspielhaus Düsseldorf. ☐ 1956: »Die Trapp-Familie« (Rg. W. →Liebeneiner). ☐ 1960: »Liebling der Götter« (Rg. G. Reinhardt). ☐ 1962: »Die Rote« (Rg. H. Käutner, nach A. →Andersch). ☐ 1965-67: Ehe mit dem Opernsänger D. →Fischer-Dieskau. ☐ 1970: »Und Jimmy ging zum Regenbogen« (Rg. A. Vohrer, nach J. M. →Simmel). ☐ 1976: »Unordnung und frühes Leid« (Rg. F. Seitz jr.). ☐ 1983: »Die Buddenbrooks« (TV; nach Th. →Mann, Rg. F. P. Wirth).

Levi, Carlo

ital. Schriftsteller
* 29.11.1902 Turin † 4.1.1975 Rom

Carlo Levi →

Levi gelang mit seinem Erstlingsroman »Christus kam nur bis Eboli« (1945, dt. 1947) ein Welterfolg. Im Stil des Neorealismus machte der engagierte Antifaschist darin auf die Misere der Landbevölkerung im rückständigen Süditalien aufmerksam. Die eindringliche Schilderung des von ihm selbst erlebten, entmutigenden Alltags in einer von jedem Fortschritt ausgeschlossenen Region wurde 1978 von F. →Rosi verfilmt (D.: Gian Maria Volonté).

□ ab 1935: Aufgrund antifaschistischer Einstellung mehrjähriger Zwangsaufenthalt in Lukanien (Süditalien). □ 1946: »Angst vor der Freiheit« (Es.). □ 1950: »Die Uhr« (R.). □ 1959: Negative Deutschlandkritik in »Die doppelte Nacht der Linden« (Reiseb.). □ 1964: »Aller Honig geht zu Ende« (Reiseb., dt. 1965).

Levi, Primo

ital. Schriftsteller
* 31.7.1919 Turin † 11.4.1987 ebd. (Selbstmord)

Levis Werk ist eines der eindrucksvollsten Zeugnisse von Überlebenden der Konzentrationslager des Dritten Reichs. Der »Schriftsteller wider Willen«, wie sich der ausgebildete Chemiker selbst bezeichnete, verarbeitete in seinen Büchern die grauenhaften Erfahrungen als Gefangener im Lager Auschwitz, die ihn zeitlebens belasteten. L., der bis zu seinem Freitod vor dem Vergessen warnte, wurde 1979 mit dem angesehenen Premio Strega ausgezeichnet.

□ 1941: Abschluß des Chemiestudiums. □ 1943: Widerstandskämpfer in der Gruppe Gerechtigkeit und Freiheit. □ 1944: Als jüd. Partisanenführer Deportation nach Auschwitz. □ 1945: Befreiung. □ 1947: »Ist das ein Mensch?« (dt. 1961), Dokumentarbericht über das Vernichtungslager. □ ab 1961: Geschäftsführender Dir. einer Turiner Chemiefirma. □ 1963: »Atempause« (Ber., dt. 1964). □ 1966: Phantastisch-utopische Erzählungen in »Die Verdoppelung einer schönen Dame« (dt. 1969). □ 1974: Pensionierung. □ 1975: »Das periodische System« (dt. 1987), aut. Geschichten in nach chemischen Elementen benannten Kapiteln. □ 1982: »Wann, wenn nicht jetzt?« (R., dt. 1986). □ 1986: »Die Untergegangenen und die Geretteten« (Es., dt. 1990).

Levi-Montalcini, Rita

ital.-amer. Neurobiologin
* 22.4.1909 Turin

Levi-Montalcini entdeckte 1952 die für das Wachstum der Nervenzellen verantwortliche Substanz. Bei Experimenten mit Hühnerembryonen, denen Krebszellen eingepflanzt waren, isolierte L. aus dem entstandenen Tumor den »Nerve Growth Factor« (NGF). Für die Aufklärung der Wachstumsmechanismen von Zellen und Organen erhielt sie 1986 den Physiologie/Medizin-Nobelpreis mit St. →Cohen, der die Struktur des NGF aufklärte und eine weitere biologisch aktive Substanz fand (EGF).

□ 1958-77: Prof. an der Washington-Univ. in St. Louis, Mont. □ seit 1968: Leiterin des Inst. für Zellbiologie (CNR), Rom.

Levine, James

amer. Dirigent und Pianist
* 23.6.1943 Cincinnati, Ohio

Levine zählt seit den 70er Jahren zu den bedeutendsten Dirigenten; bereits als 29jähriger wurde er Chefdirigent der Metropolitan Opera New York. Als Musikdirektor des berühmten Opernhauses (1976) erregte er mit seiner engagierten Programmgestaltung (EA der Oper »Lulu« von A. →Berg, 1977) Aufsehen. Schwerpunkte seines breitgefächerten Repertoires bilden Mozart, G. →Verdi und G. →Mahler. Der Pianist L. wird als kompetenter Kammermusikpartner von Sängern und Instrumentalisten geschätzt.

James Levine: Seit 1990 Chef des Chicago Symphony Orchestra.

← Primo Levi

← R. Levi-Montalcini

□ 1953: Debüt als Solopianist mit dem Cincinnati Symphony Orchestra. □ 1961: Debüt als Dirigent beim Aspen Music Festival. □ ab 1962: Studium an der Juilliard School of Music New York. □ 1964-70: Assistent von G. →Szell beim Cleveland Orchestra. □ 1971: Debüt an der Metropolitan Opera New York mit der Oper »Tosca« von G. →Puccini. □ seit 1973: Künstlerischer Leiter des Ravinia-Festivals (bei Chicago). □ seit 1975: Dirigent bei den Salzburger Festspielen. □ 1982: Debüt bei den Bayreuther Festspielen mit Wagners »Parsifal«. □ ab 1983: Künstlerischer Leiter der Metropolitan Opera New York. □ seit 1990: Chefdirigent des Chicago Symphony Orchestra.

▷ G. Haas-Regnemer: James Levine. Vom Wunderkind zum Top-Maestro, 1988.

Levinson, Barry

amer. Autor und Regisseur
* 1932 Baltimore, Maryl.

Levinson gehört zu den führenden Hollywood-Regisseuren. Für »Rain Man« wurde er 1989 mit dem Oscar und dem Goldenen Bären von Berlin ausgezeichnet. Die Geschichte von Charlie (T. →Cruise) und seinem an Autismus leidenden Bruder Raymond (D. →Hoffman) zeigte L.s Fähigkeit, ernste Themen humorvoll zu bearbeiten. Auch mit »Good Morning Vietnam« (1987, mit R. →Williams) bewies L. sein Gespür für die Komödie mit leisen Zwischentönen.

□ 1982: »Diner« (mit M. →Rourke). □ 1983: »Der Unbeugsame« (mit R. → Redford). □ 1985: »Das Geheimnis des verborgenen Tempels«. □ 1987: »Tin men« (mit R. →Dreyfuss und D. de Vito). □ 1991: »Avalon« (mit A. →Mueller-Stahl). □ 1992: »Bugsy« (F.).

Lévi-Strauss: Die Logik der Mythen interessiert ihn.

Lévi-Strauss, Claude

frz. Ethnologe
* 28.11.1908 Brüssel

Lévi-Strauss war in den 60er Jahren an der Entwicklung des Strukturalismus zur vorherrschenden geisteswissenschaftlichen Strömung in Frankreich beteiligt. Er führte die in der Naturwissenschaft übliche Methode zum Erkennen und Systematisieren von Ordnungen in die Ethnologie ein und wandte sie u. a. auf die Erforschung von Verwandtschaftssystemen an. Die umfassendste strukturale Untersuchung nahm L. auf dem Gebiet der Mythenforschung vor. Mit ihr wollte er die Gesetzmäßigkeiten menschlichen Geistes, die unbewußte Logik kollektiven Denkens ergründen. Er analysierte die Mythen von Naturvölkern (u. a. der brasilianischen Bororo), in denen sich ihmzufolge die dem westlichen Denken verlorengegangene Einheit von Geist und Materie manifestiert.

□ 1935-38: Dozent für Soziologie, Univ. São Paulo (Brasilien); Expeditionen ins Innere Brasiliens. □ 1949: »Les structures élémentaires de la parenté« (Schr.). □ 1955: »Traurige Tropen« (R., dt. 1970). □ 1958: »Strukturale Anthropologie« (Schr., dt. 1967). □ 1959-82: Prof. für Sozialanthropologie am Collège de France, Paris. □ 1962: »Das wilde Denken« (Schr., dt. 1968). □ ab 1964: »Mythologica« (Schr., 4 Bde.; dt. ab 1971). □ 1973: Mitgl. der Académie française. □ 1985: »La Potière jalouse«.

▷ E. Leach: Claude Lévi-Strauss, dt. 1971.

Lévy-Bruhl, Lucien

frz. Soziologe und Ethnologe
* 10.4.1857 Paris † 13.3.1939 ebd.

Bekannt wurde Lévy-Bruhl mit seiner Studie »Das Denken der Naturvölker«, die eine neue Dimension in die ethnologische Forschung brachte: Denksysteme sind nach L. keine individuellen, sondern kulturelle Produkte. Der Theoretiker unterschied den »primitiven« und den »zivilisatorischen« Gesellschaftstypus. Dem primitiven Menschen ordnete er prälogisches (magisch-religiöses), dem zivilisatorischen logisches Denken zu. Die geistigen Vorstellungen der Naturvölker könnten deshalb vom Ethnologen nicht verstanden werden, wenn er die logischen Maßstäbe seiner eigenen Kultur anlegt.

□ 1895: Dozent für Philosophie an der Sorbonne, Paris; ab 1908 als Prof. □ 1910: »Das Denken der Naturvölker« (dt. 1926). □ 1922: »Die geistige Welt der Primitiven« (dt. 1927).

Kurt Lewin →

Lewin, Kurt

amer. Psychologe dt. Herkunft
* 9.9.1890 Mogilno (heute Polen)
† 12.2.1947 Newtonville, Mass.

Lewin, ein Vertreter der Gestaltpsychologie der Berliner Schule, entwickelte in seiner »topologischen Psychologie« eine mathematische Feldtheorie des sozialen Handelns, wonach das Verhalten durch die sich verändernden physikalischen Gegebenheiten des Lebensraumes (Feldes) mitbestimmt sei. L. ist mit dem von ihm geprägten Begriff »Gruppendynamik« über die Grenzen seines Fachgebiets bekannt geworden.

□ 1929: »Die Entwicklung der experimentellen Willenspsychologie und die Psychotherapie« (Schr.). □ 1933: Emigration in die USA. □ ab 1935: Prof. für Kinderpsychologie an der State Univ. of Iowa's Child Welfare Research Station. □ 1935: »A dynamic theory of personality« (Schr.). □ 1936: »Grundzüge der topologischen Psychologie« (dt. 1969). □ ab 1945: Leiter des von ihm begründeten Research Center for Group Dynamics am Mass. Inst. of Technology. □ postum 1951: »Feldtheorie in den Sozialwissenschaften« (dt. 1963).

Carl Lewis →

Lewis, Carl

amer. Leichtathlet
* 1.7.1961 Birmingham, Alab.

Lewis zählt zu den erfolgreichsten Sportlern der Leichtathletik. Obwohl er (wie J. →Owens 1936 in Berlin) bei den Olympischen Spielen von Los Angeles 1984 Gold über 100 m, 200 m und 4x100 m sowie im Weitsprung holte, erreichte er nie eine vergleichbare Popularität. 1988 wurde dem farbigen Sportler im nachhinein die Goldmedaille über 100 m und der Weltrekord (9,92 sec.) zugesprochen, da der Sieger B. →Johnson wegen Doping disqualifiziert wurde.

□ 1983: Weltmeister über 100 m, 4x100 m und im Weitsprung (erneut 1987). □ 1984: Olympiasieger von Los Angeles über 100 m, 200 m, 4x100 m und im Weitsprung. □ 1988: Olympiasieger von Seoul über 100 m und im Weitsprung; Olympiazweiter über 200 m. □ 1991: Weltrekord über 100 m (9,86 sec.) und 4x100 m (37,50 sec.).

Lewis, (Harry) Sinclair

amer. Schriftsteller
* 7.2.1885 Sauk Centre, Minn.
† 10.1.1951 Rom (Italien)

Wegen seiner satirischen Romane und der Kritik am Spießerbürgertum vor allem in »Babbitt« (R.,

Sinclair Lewis Anfang der 30er Jahre.

1922, dt. 1925) war Lewis heftig umstritten. Für J. L. Parrington war er der »amerikanische Diogenes«, für P. E. More »ein lärmender Wilder«. In dem Roman »Die Hauptstraße« (1920, dt. 1922) attackierte L. die konformistische amerikanische Kleinstadt; in anderen Werken verurteilte er religiöse Scharlatanerie, beklagte Mißstände im Strafvollzug und warnte vor Rassismus sowie vor einer faschistischen Machtergreifung nach europäischem Muster. 1930 erhielt L. als erster Amerikaner den Literatur-Nobelpreis. Fortschreitender Alkoholismus beeinträchtigte jedoch seine literarische Produktion in den folgenden zwei Jahrzehnten erheblich.

☐ 1903-07: Studium am Yale College. ☐ ab 1907: Journalist und Lektor u. a. in New York. ☐ ab 1915: Freier Schriftsteller. ☐ 1926: Pulitzer-Preis für »Dr. med. Arrowsmith« (R., 1925, dt. 1925), von Lewis abgelehnt. ☐ 1927: »Elmer Gantry« (R., dt. 1928). ☐ 1930: Literatur-Nobelpreis. ☐ 1933: »Ann Vickers« (R., dt. 1933). ☐ 1935: »Das ist bei uns nicht möglich« (R., dt. 1936). ☐ 1947: »Der königliche Kingsblood« (R., dt. 1951).

▷ M. Schorer: Sinclair Lewis — ein amerikanisches Leben, 1961, dt. 1964.

Lewis, Jerry

(eig. Joseph Levitch)
amer. Komiker
* 16.3.1926 Newark, N. J.

Als kindischer Tolpatsch alberte Lewis grimassenschneidend und kalauernd durch zahlreiche Klamauk- und Slapstickfilme. Mit Filmpartner D. →Martin (16 gemeinsame Filme) bildete L. auch auf der Bühne und im Fernsehen ein erfolgreiches Komikerduo. Seit »Hallo Page« (1960) führt L. auch Regie. Er hat eine Professur (für Film) an der University of Southern California und ist Begründer und Vorsitzender einer Wohltätigkeitsorganisation, die an Muskelschwund erkrankten Kindern hilft.

☐ ab 1947: Bühnenauftritte mit D. Martin. ☐ 1950: »Krach mit der Kompanie« (mit D. Martin, Rg. H. Walker). ☐ 1953: »Der Tolpatsch« (mit D. Martin, Rg. N. Taurog). ☐ 1961: »Der Bürotrottel« (Rg. und Hr.). ☐ 1962: »Der verrückte Professor« (Rg. und Hr.). ☐ 1964: »Die Heulboje« (Rg. und Hr., mit P. →Lorre). ☐ 1969: »Die Pechvögel« (Rg., mit S. →Davis jr.). ☐ 1970: »Wo bitte geht's zur Front?« (Rg. und Hr.). ☐ 1979: »Alles in Handarbeit« (Rg. und Hr.). ☐ 1987: »The King of Comedy« (mit R. de →Niro, Rg. M. →Scorsese).

▷ Jerry Lewis: Wie ich Filme mache, 1974.

Jerry Lee Lewis →

← Jerry Lewis

Lewis, Jerry Lee

amer. Rockmusiker
* 29.9.1935 Ferriday, Louis.

Mehr noch als E. →Presley verkörperte Lewis, der mit ekstatischem Rock 'n' Roll und anzüglichen Texten regelmäßig Saalschlachten entfesselte, die rebellische amerikanische Jugend. Sein Klavier traktierte er mit dem ganzen Körper und übergoß es zuweilen mit Benzin, was ihm den Spitznamen Killer eintrug. 1957 hatte er mit »Whole lotta shakin' going on« und »Great balls of fire« seine größten Erfolge. 1958 beendete der Skandal um seine Ehe mit einer 13jährigen seine Karriere. Ende der 60er Jahre konnte er mit Country & Western-Songs an seine alten Erfolge anknüpfen; mehr als seine musikalischen Darbietungen halten ihn jedoch seitdem seine privaten Eskapaden im Gespräch.

☐ 1959: »Jerry Lee Lewis« (LP). ☐ 1963: »The golden hits of Jerry Lee Lewis« (LP). ☐ 1964: »Live im Star Club Hamburg« (LP). ☐ 1969: »She still comes around« (LP). ☐ 1972: »The killer rocks on« (LP). ☐ 1973: »Southern Roots« (LP). ☐ 1975: »I'm a rocker« (LP). ☐ 1980: »When two worlds collide« (LP). ☐ 1984: »I am what I am« (LP). ☐ 1986: »Class of 55« (LP, mit Roy Orbison, J. →Cash und Carl Perkins). ☐ 1989: »Great balls of fire — motion picture soundtrack« (LP).

Le Witt, Sol

amer. Künstler
* 9.9.1928 Hartford, Conn.

Le Witt ist ein Hauptvertreter der Minimal Art, steht aber auch der Konzeptkunst nahe. L.s zentrales Werk besteht aus streng geometrischen Objekten, häufig mit dem Charakter von Architekturmodellen (z. B. »B-258«, 1966, New York, Museum of Modern Art), die aus einem modularen System entwickelt werden. Er reiht dabei Kuben, Pyramiden usw. in genau berechneten Maß- und Proportionsverhältnissen aneinander und verbindet sie häufig mit gitterartig strukturierten Grundplatten. Große Gitterstrukturen aus Holz- und Metallteilen verbinden sich zu Raumobjekten (»Three-Part Variations on three different kinds of cubes«, 1967, New York, Dwan Gallery) oder reliefartigen Wandstücken. Während Bodenobjekte auf eine Veränderung des Raumeindrucks zielen, bewirken die beleuchteten Wandobjekte eine Konfrontation von realem Gitter und dessen Schattenbild an der Wand. Im jüngeren Werk treten Wandmalereien (»Walldrawings«) zu den Objekten, die Anliegen des italienischen Renaissancefreskos wie Raum und Fläche, Proportion und Maß, Linie und Farbe sowie Licht und Schatten in eine geometrisch-abstrakte Sprache übertragen. Mit solchen nur für die Dauer der jeweiligen Ausstellung nach präzisen Skizzen von Mitarbeitern des Künstlers ausgeführten Wandmalereien hat L. dem Fresko eine neue Dimension eröffnet.

□ 1945-53: Studium an der Syracuse Univ., N. Y., und der Cartoonist und Illustrators School. □ 1955-60: Tätigkeit als Grafiker im Architekturbüro von I. M. →Pei. □ 1960-65: Designer im Museum of Modern Art, New York. □ 1969: »Paragraphs on Conceptual Art« (Schr.). □ 1984: Walldrawings 1968-84 im Stedelijk Museum, Amsterdam. □ 1988: Walldrawings in der Kestner-Gesellschaft, Hannover. □ 1989: Walldrawings 1984-88 in der Kunsthalle Bern.

← Sol Le Witt

Libby, Willard Frank

amer. Physiker und Chemiker
* 17.12.1908 Grand Valley, Colo.
† 8.(9.?) 9.1980 Los Angeles

Libby entdeckte und entwickelte 1947 die Radiocarbonmethode (C-14-Methode) zur Altersbestimmung organischer Stoffe. Er erkannte, daß das durch kosmische Strahlung in der Atmosphäre ständig erzeugte radioaktive Kohlenstoffisotop C 14 von Pflanzen aufgenommen wird und mit ihnen auch in tierisches Leben gelangt. In lebenden Organismen befindet sich der radioaktive Kohlenstoff durch Zerfall und Neuanreicherung in einem steten Konzentrationsgleichgewicht. In abgestorbenen organischen Substanzen zerfällt in 5730 Jahren die Hälfte des C 14, woraus sich für Archäologie und Geologie eine sichere Datierung mit der sog. Atom-Uhr ergibt.

□ 1945-54: Prof. an der Univ. Chicago. □ 1954-59: Mitgl. der amer. Atomenergiekommission. □ ab 1959: Prof. an der Univ. of Calif., Los Angeles. □ 1960: Chemie-Nobelpreis.

Lichtenstein, Alfred

dt. Schriftsteller
* 23.8.1889 Berlin † 25.9.1914 Vermandevillers bei Reims (Frankreich, gefallen)

Der expressionistische Lyriker und Erzähler Lichtenstein entwarf pessimistische, depressive Bilder einer als sinnlos empfundenen Welt. Seine Prosaskizzen und Gedichte (u. a. »Die Dämmerung«, Ged.e, 1913) erschienen zunächst in der Zeitschrift Sturm, später vorrangig in Die Aktion und enthielten groteske, z. T. boshafte Darstellungen zeitgenössischer Schriftsteller (u. a. Kurt Hiller, Jacob van Hoddis und G. →Heym.)

Lichtenstein, Roy

amer. Maler, Grafiker und Bildhauer
* 27.10.1923 New York

Lichtenstein wurde vor allem durch seine auf Comic-strip-Vorlagen basierenden großen Bilder als ein Künstler bekannt, der im Kontext der Pop Art, zu deren profiliertesten Vertretern er gehört, auch Elemente der Werbung und der Konsumgesellschaft aufnimmt. Durch Aufrasterung, Veränderungen des Ausschnitts und der zugehörigen Texte modifizierte er die Vorlagen zur kritischen Betrachtung des durch die Medien vermittelten Bildes der Gesellschaft. Seine standardisierte Methodik der Bildproduktion steht dabei in bewußtem Gegensatz etwa zum Abstrakten Expressionismus, den er als individualistische Kunstform bereits in seinen Werken der 50er Jahre kritisierte. Einer seiner Hauptangriffspunkte war auch die Banalisierung des Krieges insbesondere in den Comic-strip-Serien (»As I opened Fire«, 1964, Amsterdam, Stedelijk Museum) und die Trivialisierung der Wirklichkeit in den Medien. Neben szenischen Motiven stehen stillebenartige Sujets wie ein überdimensional vergrößerter Golfball. Dies sind Chiffren für die Fetische einer als oberflächlich empfundenen Gesellschaft.

□ 1939-43: Studium an der Art Students' League, New York, und der Ohio State Univ., Columbus. □ 1949-51: Dozent an der Ohio State Univ. □ 1951: Erste Einzelausstellung in der Carlebach Gallery, New York. □ 1960: Bekanntschaft mit A. →Kaprow und C. →Oldenburg. □ 1963: Übersiedlung nach New York. □ 1969: Große Retrospektive im Solomon R. Guggenheim Museum, New York. □ 1979: Erster öffentlicher Auftrag für eine Skulptur (Theater of the Performing Arts, Miami Beach, Flor.). □ 1981: Retrospektive im St. Louis Art Museum. □ 1987: Retrospektive auf das zeichnerische Werk im Museum of Modern Art, New York, und der Schirn-Kunsthalle, Frankfurt/Main.

▷ L. Alloway: Roy Lichtenstein, 1984.

Roy Lichtenstein (1964): Vergnügen an überdimensionalen Comicstrips.

Li Dazhao

chin. Politiker
* 6.10.1889 Leting, Hebei
† 28.4.1927 Peking (hingerichtet)

Li Dazhao, 1921 maßgeblich an der Gründung der KP Chinas beteiligt, war einer der ersten Marxisten in China. Er organisierte bereits 1918 Zirkel zum Studium marxistischer Schriften und war einer der Hauptorganisatoren der Bewegung des 4. Mai, die sich gegen die Unterzeichnung des Versailler Vertrages wandte, der die Übergabe der deutschen Kolonie Qingdao an Japan festlegte. Aufgrund seiner Proteste gegen den wachsenden Einfluß Japans in China wurde L. 1927 verhaftet und hingerichtet.

□ 1907-16: Studium der Politologie in Tianjin und Tokio. □ 1918: Bibliothekar an der Peking-Univ. □ 1920: Prof. an der Peking-Univ. □ 1922: Parteisekr. für Nordchina. □ 1924: Delegierter der KPCh beim 5. Kongreß der Komintern in Moskau. □ 1927: Hinrichtung (konnte durch den Protest von 300 prominenten Persönlichkeiten nicht verhindert werden).

Lieben, Robert von

österr. Physiker
* 5.9.1878 Wien † 20.2.1913 ebd.

Lieben, der in Wien ein privates Laboratorium zur elektrischen Sprachwiedergabe betrieb, entwickelte 1906 ein Telefonrelais mit einer Glühkathodenröhre. Die »Lieben-Röhre« konnte kleine Stromschwankungen unverzerrt verstärken und ermöglichte den Fernsprechverkehr über beliebig weite Distanzen.

Liebeneiner, Wolfgang

dt. Regisseur
* 6.10.1905 Liebau, Niederschlesien
† 28.11.1987 Wien (Österreich)

Liebeneiner, zunächst Schauspieler, später Film- und Theaterregisseur, konnte sich nach Kriegsende trotz seiner umstrittenen Tätigkeit in der NS-Filmindustrie und seines Films »Ich klage an« (1941) mit der Inszenierung der Uraufführung des Anti-Kriegs-Dramas »Draußen vor der Tür« von W. →Borchert 1947 in Hamburg etablieren. Bekannt wurde L. als Regisseur von Unterhaltungs- und Musikfilmen.

□ 1928: Entdeckung als Schauspieler durch O. →Falckenberg. □ 1931-44: Arbeit als Schauspieler und Regisseur an Berliner Bühnen, u. a. unter G. →Gründgens. □ 1942-45: Produktionschef der Ufa. □ 1942: Ernennung zum Staatsschauspieler. □ 1944: Heirat mit der Schauspielerin H. →Krahl. □ 1945-54: Arbeit an den Hamburger Kammerspielen. □ 1949: Filmregie von »Liebe 47« nach dem Drama »Draußen vor der Tür«. □ 1954-58: Ensemblemitgl. am Wiener Theater in der Josefstadt. □ 1966: Rg. des TV-Vierteilers »Die Schatzinsel« (nach R. L. Stevenson).

Liebermann, Max

dt. Maler und Grafiker
* 20.7.1847 Berlin † 8.2.1935 ebd.

Max Liebermann →

Liebermann besaß entscheidenden Anteil an der Überwindung des kulturellen Chauvinismus im deutschen Kaiserreich, vor allem durch seine Aneignung des als »undeutsch« diffamierten Impressionismus (C. →Monet). Vorausgegangen war L.s Auseinandersetzung mit dem französischen Naturalismus, dessen Einfluß Szenen aus dem Arbeiterleben wie »Die Gänserupferinnen« (1872) und die »Konservenmacherinnen« (1880) zeigen. L. verband die proletarische, meist in den Niederlanden angesiedelte Milieuschilderung um 1880 mit der impressionistischen Wiedergabe von Licht- und Farbeindrücken; sie beherrschten seine Landschafts- und Gartenbilder. Sportszenen wie »Polospiel« (1902/03) gestalten die flüchtige Wahrnehmung rascher Bewegung. Ähnliche Spontaneität kennzeichnet L.s Bildnisse bis hin zum Porträt von F. →Sauerbruch aus dem Jahr 1932.

□ 1868-78: Kunststudium (Weimar, Düsseldorf, Paris). □ ab 1872: Regelmäßige Aufenthalte in den Niederlanden. □ ab 1878: Freier Künstler in München. □ 1884: Übersiedlung nach Berlin. □ 1897: Sonderschau im Rahmen der Großen Berliner Kunstausstellung, Verleihung des Professorentitels. □ 1899-1910: Präs. der Berliner Sezession, dann Ehrenpräs. □ ab 1920: Präs. der Preuß. Akademie der Künste. □ 1927: Berliner Ehrenbürger. □ 1933: Entlassung aus allen Ämtern und Berufsverbot.

▷ F. Stuttmann: Max Liebermann, 1961.

← Wolfgang Liebeneiner

Liebermann, Rolf

schweiz. Opernintendant und Komponist
* 14.9.1910 Zürich

Liebermann, Großneffe des Berliner Malers M. →Liebermann, absolvierte neben seiner musikalischen Ausbildung ein Jurastudium und komponierte in den 50er Jahren zunächst erfolg-

Liebermann: Abschied als Chef der Hamburger Oper.

reiche Opern wie »Leonore 40/45« (UA Basel 1952), »Penelope« (UA Salzburg 1954) und »Die Schule der Frauen« (UA Louisville, Ky., 1955) sowie experimentelle Werke (»Concerto für Jazz-Band und Sinfonieorchester«, 1954). 1959 wurde L. Intendant des Hamburger Staatstheaters, das er mit 23 Uraufführungen (u. a. Opern von E. →Křenek, G. →Klebe, G. v. →Einem, G. →Schuller, K. → Penderecki, B. →Blacher) zu einer internationalen Institution für zeitgenössisches Musiktheater machte. Uraufführungen der sog. Anti-Oper »Staatstheater« von H. W. →Henze (1971) und der Oper »Sintflut« (1963) von I. →Strawinsky waren herausragende Ereignisse dieser Intendanz. Weltstars wie P. →Domingo wuchsen unter ihm heran. Als Leiter der Pariser Opernhäuser brachte L. 1979 erstmalig A. →Bergs Oper »Lulu« in ihrer vervollständigten Fassung (F. → Cerha) auf die Bühne. Seit Anfang der 80er Jahre widmet er sich wieder intensiver seiner kompositorischen Arbeit (»Wald«, Oper, UA Genf 1987).

□ 1945-50: Mitgl. der Musikabteilung der schweiz. Rundfunkgesellschaft. □ 1950-57: Leiter der Orchesterabteilung beim schweiz. Landessender Beromünster. □ 1957-59: Leiter der Musikabteilung beim NDR Hamburg. □ 1959-73: Leiter der Hamburger Staatsoper (erneut 1985-88). □ 1973-80: Generalintendant der Vereinigten Pariser Opernhäuser. □ seit 1981: Rolf-L.-Preis für Opernkomponisten (Körber-Stiftung, Hamburg). □ 1989: Jury-Vors. bei der Berlinale. □ 1990: UA von »Freispruch für Medea« (Oper) bei den Hamburger Feierlichkeiten zum 80. Geburtstag.

▷ R. Liebermann: Opernjahre. Erlebnisse und Erfahrungen vor, auf und hinter der Bühne großer Musiktheater (Aut.), 1977; C. Riess: Rolf Liebermann. Nennen sie mich einfach Musiker, 1978; R. Liebermann: Und jedermann erwartet ein Fest (Aut.), 1981.

Liebknecht, Karl

dt. Politiker
* 13.8.1871 Leipzig † 15.1.1919 Berlin (ermordet)

Der Sohn von W. →Liebknecht war neben R. →Luxemburg Führer des äußersten linken, antimilitaristischen Flügels der SPD, der Massenstreik als politisches Kampfmittel betrachtete. Bereits in seinen frühen Schriften betonte Liebknecht den engen Zusammenhang zwischen Kapitalismus und Militarismus. Im Dezember 1914 lehnte er als erster Abgeordneter die Bewilligung von Kriegskrediten ab; seine Kritik an der Fraktionsmehrheit führte während des Krieges zum Parteiausschluß. Nach dem Januar-Aufstand wurde er am 15. 1. 1919 zusammen mit R. Luxemburg von Freikorpssoldaten ermordet.

Karl Liebknecht: Von Freischärlern ermordet.

□ 1899: Rechtsanwalt in Berlin. □ 1900: Mitgl. der SPD. □ 1906: »Militarismus und Antimilitarismus« (Schr.). □ 1907: Mitbegründer der Sozialistischen Jugendinternationale; Festungshaft. □ 1908: Mitgl. des preuß. Abgeordnetenhauses. □ 1912-15: MdR. □ 1914/15: Mitbegründer der Gruppe Internationale, später Spartakusbund. □ 1916: Nach einer Antikriegskundgebung am 1. Mai Verurteilung zu vier Jahren Zuchthaus. □ Okt. 1918: Vorzeitige Entlassung aus der Haft; Führung des Spartakusbundes. □ 9. 11. 1918: Proklamation einer »freien sozialistischen Republik«. □ 30. 12. 1918: Mitbegründer der KPD. □ 1919: »Klassenkampf gegen den Krieg« (Schr.).

▷ H. Wohlgemut: Karl Liebknecht, 1973; H. Trotnow: Karl Liebknecht, 1980.

Wilhelm Liebknecht →

Liebknecht, Wilhelm

dt. Politiker
* 29.3.1826 Gießen
† 7.8.1900 Charlottenburg (Berlin)

Neben A. →Bebel war Liebknecht einer der bedeutendsten Führer der Sozialdemokratie. Der überzeugte Marxist war ein glänzender Redner und Journalist, weniger ein eigenständiger Theoretiker. Nach 1868 war L. Redakteur und Herausgeber verschiedener sozialdemokratischer Zeitschriften und wurde so zu einem der herausragenden Vermittler der Marxschen Ideen in Deutschland.

□ 1848/49: Beteiligung am Aufstand der bad. Republikaner. □ 1849: Emigration in die Schweiz. □ 1850-62: London; Freundschaft mit K. Marx. □ 1863: Mitbegründer des Dt. Allg. Arbeitervereins. □ 1867-70; 1874-1900: MdR. □ 1869: Mitbegründer der Sozialdemokratischen Arbeiter-Partei. □ 1874: »Robert Blum und seine Zeit« (Biogr.). □ 1875: Mitbegründer der Sozialistischen Arbeiter-Partei, später SPD. □ 1879-86: Mitgl. des sächs. Landtags. □ 1888: »Die Emser Depesche« (Schr.). □ 1891: Chefredakteur des SPD-Organs Vorwärts; »Karl Marx zum Gedächtnis« (Schr.).

▷ W. Liebknecht: Erinnerungen eines Soldaten der Revolution, 1976; F. W. Weitershaus: Wilhelm Liebknecht. Das unruhige Leben eines Sozialdemokraten. Eine Biographie, 1976.

Lietz, Hermann

dt. Pädagoge
* 28.4.1868 Dumgenevitz, Rügen
† 12.6.1919 Haubinda, Thür.

Lietz, führender Vertreter der deutschen Reformpädagogik, gründete nach dem Vorbild fortschrittlicher englischer Privatschulen 1898 das erste deutsche Landerziehungsheim in Ilsenburg im Harz. Wesentliche Merkmale seiner pädagogischen Konzeption waren die Erziehung auf dem Land (kulturkritische Stadtfeindlichkeit) wie auch das Zusammenleben, -spielen und -arbeiten von Schülern und Erziehern. Sport, Kunst (u. a. Schulkonzerte), religiöse Andachten wurden ebenso wie der wissenschaftliche Unterricht gemeinsam praktiziert. Die Reformpädagogik bildete die Grundlage antiautoritärer und alternativer Erziehungsmodelle.

□ 1896-97: Gastdozent an der New School Abbotsholme in England. □ 1897: »Emlohstobba. Roman oder Wirklichkeit?« (Schr.). □ 1911: »Die deutsche Nationalschule« (Schr.).

▷ E. Meissner: Asketische Erziehung — Hermann Lietz und seine Pädagogik, 1965.

Lifar, Serge

russ.-frz. Tänzer und Choreograph
* 2.4.1905 Kiew † 16.12.1986 Lausanne (Schweiz)

Lifar, noch mit 50 Jahren aktiver Tänzer, war als Tänzer und Choreograph jahrzehntelang eine der prägenden Gestalten des französischen Balletts, dem er sowohl im klassischen als auch im modernen Tanz entscheidende Impulse verlieh. Seine etwa 100 Choreographien, von denen er 61 selbst getanzt hat, sind dem Neoklassizismus verpflichtet und verbinden strenge Technik mit freiem, unsentimentalem Ausdruck. Seinen ersten Erfolg hatte er 1929 mit der Choreographie und tänzerischen Darstellung von »Die Geschöpfe des Prometheus« (M.: L. v. Beethoven), die seine Ernennung zum Ballettmeister und zum Ersten Tänzer der Pariser Oper zur Folge hatten. Als Tänzer faszinierte L. durch hinreißende Schönheit und intensive Ausstrahlung.

Der Tänzer Serge Lifar: Auch am Strand ein schöner Anblick.

□ 1923: Engagement bei den Ballets Russes von S. →Diaghilew. □ 1929: Titelrolle in »Der verlorene Sohn« (M.: S. →Prokofjew). □ 1930-44: Ballettmeister und Erster Tänzer der Pariser Oper. □ 1935: »Salade«. □ 1944-47: Wechsel zum Ballett von Monte Carlo. □ 1947-63 (mit Unterbrechungen): Ballettmeister der Pariser Oper. □ 1947: Gründung des Inst. Choréographique in Paris (seit 1957: Université de la Danse). □ 1956: Letzter Auftritt als Tänzer.

▷ S. Lifar: Ma vie, frz. 1965.

Ligatschow, Jegor Kusmitsch

sowjet. Politiker
* 29.11.1920 Dubinkina

Ligatschow, der während der kurzen Amtszeit von Parteichef K. →Tschernenko Säuberungsaktionen unter korrupten Parteifunktionären durchführte, galt nach der Wahl von M. →Gorbatschow zunächst als »zweiter Mann« im Politbüro. Doch schon nach kurzer Zeit wurde der ideologische Unterschied zum neuen Generalsekretär deutlich, was sich in einem von ihm verfaßten orthodoxen Ideologie-Edikt niederschlug. 1987 mahnte L. mehrfach, man solle doch »über der Kritik nicht die Errungenschaften vergessen«. Seit dem Umbau der Führungsspitze, den Gorbatschow 1988 vornahm, verlor er zunehmend an Einfluß.

← Jegor Ligatschow

□ 1938-44: Studium des Flugzeugbaus; Mitgl. des Komsomol. □ seit 1944: Mitgl. der KPdSU. □ 1959-61: 1. Sekretär des Gebiets Nowosibirsk. □ 1961: Propagandaleiter des ZK der Russischen Republik (RSFSR). □ 1965-83: 1. Sekretär des Gebiets Tomsk. □ 1968: Mitgl. des Obersten Sowjets. □ 1976: Mitgl. des ZK. □ 1983: Leiter der Kaderabteilung des ZK der KPdSU. □ 1985: Mitgl. des Politbüros. □ 1985-88: Leiter der Ideologie-Kommission des ZK. □ 1989: Leiter der Landwirtschafts-Kommission des ZK.

Ligeti, György

österr. Komponist ung. Herkunft
* 28.5.1923 Diciosânmartin, Siebenbürgen (heute Tîrnaveni)

György Ligeti, der vielseitige Avantgardist, 1989.

Ligeti gehört seit den 60er Jahren zu den führenden Komponisten der europäischen Avantgarde. Nach elektronischen Kompositionen (»Glissandi«, 1957; »Artikulation«, 1958) hatte er mit »Atmosphères« (UA Donaueschingen 1961) den ersten großen Erfolg. Das neunminütige Orchesterstück, das gegen die serielle Kompositionstechnik (K. → Stockhausen) der 50er Jahre gerichtet ist, gilt als Musterbeispiel für »Cluster«-Komposition (engl. Büschel, Traube; Tonkomplex aus gleichzeitig erklingenden, chromatischen Tönen). Als Komponist von Klangfarben und -flächen (K. →Penderecki) verfolgt L. in seinen Werken (»Volumina«, Orgelstück, 1961/62; »Lux aeterna«, Chor a cappella, 1966) den jeweils individuellen Aufbau statischer Klangräume, während eine »Mikropolyphonie« (Stimmverflechtungen im Detail) zu Dynamik und stetem Wechsel von klanglichen Charakteren führt. L., der auch einen neuen Melodietypus entwickelte (»Melodien«, Orchesterwerke,

1971), übertrug seine Kompositionstechnik auf das Musiktheater (»Le Grand Macabre«, UA Stockholm 1978).

□ 1950-55: Dozent für Musiktheorie in Budapest. □ 1953/54: Erste Entwicklungen einer »statischen« Musik mit »Streichquartett Nr. 1«. □ 1956: »Die klassische Harmonik« (Schr.); Emigration über Wien nach Köln. □ 1959: Mitarbeiter im Studio für elektronische Musik des WDR Köln. □ seit 1959: Dozent bei den Darmstädter Ferienkursen für Neue Musik. □ 1961-70: Gastprof. an der Stockholmer Musikhochschule. □ seit 1973: Prof. für Komposition an der Musikhochschule Hamburg. □ 1991: Balzan-Preis.

▷ E. Salmenhaara: György Ligeti, 1969; P. Nordwall: György Ligeti, 1971.

Liliencron, Detlev von

(eig. Friedrich Adolf Axel Freiherr von L.)
dt. Schriftsteller
* 3.6.1844 Kiel † 22.7.1909 Hamburg

Liliencron beeinflußte mit seinem impressionistischen, z. T. den Naturalismus vorweg nehmenden Werk die Lyrik um die Jahrhundertwende. Mit C. Bleibtreu befürwortete L. die Realitätsnähe und sprachliche Unmittelbarkeit der Literatur und wandte sich gegen das klassisch-romantische Epigonentum seiner Zeit. L.s Lyrik bleibt zwar traditionellen Formen verhaftet, setzt sich jedoch in schlichter, unpathetischer Sprache mit realistischen Szenen des Alltagslebens oder des Krieges auseinander (u. a. »Der Haidegänger und andere Gedichte«, 1890; »Mit Trommeln und Pfeifen«, 1886).

← D. v. Liliencron

□ 1864: Als preuß. Offizier Teilnahme am Feldzug gegen Polen. □ 1875: Abschied vom Wehrdienst wegen Schulden; Auswanderung in die USA. □ 1877: Rückkehr nach Deutschland. □ bis 1885: Verwaltungsbeamter in Schl.-H. □ 1883: »Adjutantenritte« (Ged.e). □ ab 1887: Freier Schriftsteller in München und Berlin. □ 1888: »Unter flatternden Fahnen« (Erz.n). □ 1896: »Poggfred« (Epos). □ 1909: »Letzte Ernte« (Nov.n).

▷ D. v. Liliencron: Leben und Lüge (Aut.), 1908.

Lilje, Johannes »Hanns«

dt. Theologe (ev.)
* 20.8.1899 Hannover † 6.1.1977 ebd.

Lilje, langjähriger Bischof der ev.-luth. Landeskirche von Hannover (1947-71), war eine der bekanntesten Gestalten der deutschen Kirche und des internationalen Luthertums. Als Mitglied des Zentral- (ab 1948) und des Exekutivkomitees

Hanns Lilje: Mut zum ehrlichen Bekenntnis.

(ab 1961) des Weltrats der Kirchen förderte er die weltweite kirchliche Zusammenarbeit. Nach dem 2. Weltkrieg war er als begabter Organisator am Wiederaufbau der kirchlichen Institutionen beteiligt. Durch seine Mitwirkung beim Deutschen Evangelischen Kirchentag vermittelte L. der Öffentlichkeit die christliche Botschaft als glaubhafte Antwort auf die drängenden Fragen der modernen Welt.

□ 1933: Mit M. → Niemöller Gründung der Jungreformatorischen Bewegung, einem Vorläufer der Bekennenden Kirche. □ 1940: »Das letzte Buch der Bibel« (Schr.). □ 1944: Als Mitarbeiter der Bekennenden Kirche von der Gestapo verhaftet. □ 1948: Gründer des Sonntagsblatts (später Dt. Allgemeines Sonntagsblatt). □ 1948-69: Leitender Bischof der VELKD. □ ab 1950: Abt im Kloster Loccum (Niedersachsen). □ 1952: Gründer der Ev. Akademie Loccum. □ 1952-57: Präsident des von ihm 1947 mitbegründeten Lutherischen Weltbundes. □ 1965: »Martin Luther. Eine Bildmonographie«; »Atheismus, Humanismus, Christentum« (Schr.). □ 1968-75: Präsident des ökumenischen Rats der Kirchen. □ 1972: »Martin Luther« (Biogr.).

▷ H. Lilje: Im finstern Tal (aut. Bericht über seine Gefangenschaft in Nürnberg), 1947; ders.: Memorabilia. Schwerpunkte eines Lebens (Aut.), 1973.

Paul Lincke →

Lincke, Carl Emil Paul

dt. Komponist
* 7.11.1866 Berlin † 3.9.1946 Clausthal-Zellerfeld

Lincke begründete um die Jahrhundertwende die neue Berliner Operettenkunst. Nach großen Erfolgen mit »Frau Luna« (UA Berlin, 1899) im In- und Ausland gelang ihm 1902 mit »Lysistrata« in Berlin ein Welterfolg. Mit sicherem Instinkt für den Publikumsgeschmack verstand es L., das Berliner Lokalkolorit in einprägsamen Melodien einzufangen. Viele seiner Schlager, u. a. der Marsch »Das ist die Berliner Luft«, sind bis heute populär geblieben.

□ 1893: Erster Kapellmeister und Hauskomponist am Apollo-Theater Berlin. □ 1897-99: Engagement am Varieté Folies-Bergère in Paris. □ 1899: Operette »Im Reich des Indra« (UA Berlin). □ 1902: Operette »Nakiris Hochzeit« (UA Berlin). □ 1904: Burleske »Berliner Luft« (UA Berlin). □ 1908: Revue »Donnerwetter — Tadellos« (UA Berlin). □ 1909: Revue »Halloh, die große Revue« (UA Berlin). □ 1920: Gründung und Leitung des Apollo-Musikverlags. □ 1940: Filmoperette »Ein Liebestraum« (UA Hamburg).

▷ E. Nick: Paul Lincke, 1953; F. Born: Berliner Luft, 1966; O. Schneidereit: Paul Lincke und die Entstehung der Berliner Operette, 1974.

Lindbergh, Charles August

amer. Pilot
* 4.2.1902 Detroit † 26.8.1974 Manui, Hawaii

Nur mit Kompaß und Karte navigierend gelang Lindbergh am 20./21. 5. 1927 der erste Nonstop-Alleinflug über den Atlantik. Er legte die Strecke von New York nach Paris in 33,5 Stunden zurück. Die in den USA und Europa gefeierte Pionierleistung machte den ehemaligen Postflieger zum amerikanischen Nationalhelden. Die Öffentlichkeit nahm daher 1932 großen Anteil an der Entführung und Ermordung seines 20 Monate alten Sohnes. Das Verbrechen wie auch die Geschichte

Lindbergh verläßt am 21. 5. 1927 sein Flugzeug in Paris.

des spektakulären Fluges boten Stoff für Verfilmungen (u. a. »Lindbergh: Mein Flug über den Ozean«, 1957: »Die Entführung des Lindbergh-Babys«, 1979).

□ 1927: Erster Nonstop-Alleinflug über den Atlantik; »Wir zwei. Im Flugzeug über den Atlantik« (Reiseb., dt. 1927). □ 1940: Gründung der Partei der Amerikaner. □ 1941: Rücktritt als Offizier aus Protest gegen die Beteiligung der USA am 2. Weltkrieg. □ 1954: Pulitzer-Preis. □ 1970: »Kriegstagebuch« (dt. 1972).

▷ W. S. Ross: The last hero: Ch. A. Lindbergh, engl. 1968; Ch. Lindbergh: Mein Flug über den Ozean, 1953, dt. 1954.

Linde, Carl Paul Gottfried von (ab 1897)

dt. Ingenieur und Industrieller
* 11.6.1842 Berndorf, Oberfranken
† 16.11.1934 München

Linde konstruierte 1876 den Vorläufer des Eisschranks: Der Kühlapparat mit Ammoniak als Kältemittel wurde von einem Dampfkompressor angetrieben. 1879 gründete L. die Gesellschaft für Linde's Eismaschinen (heute Linde AG) und belieferte Schlachthäuser, Brauereien und bald auch Privathaushalte mit einem weiterentwickelten Gerät.

← Carl v. Linde

□ 1868-78, 1892-1910: Prof. für Maschinenlehre am Polytechnikum in München. □ 1873: Konstruktion einer Methyläther-Eismaschine. □ 1876: Bau eines Ammoniak-Kühlapparates. □ 1895: Entwicklung eines Verfahrens zur Verflüssigung von Luft. □ ab 1901: Produktion von flüssigem Sauerstoff und Stickstoff.

▷ C. Linde: Aus meinem Leben und von meiner Arbeit, 1916.

Lindenberg, Udo

dt. Rockmusiker
* 17.5.1946 Gronau, Westf.

Udo Lindenberg →

Lindenberg wurde 1972 mit der LP »Udo Lindenberg & Das Panikorchester« zum Star der deutschsprachigen Rockmusik. Seitdem ist L., der seine Lieder über Ausreißer, alkoholsüchtige Groupies und extragalaktische Wesen in unverwechselbar »nöligem« Sprechgesang vorträgt, trotz der Kritik an seiner »szenedeutschen Vokabel-Soße« unvermindert populär. Seine Tourneen tragen Titel wie »Dröhnland Symphonie« (1978) oder »Feuerland« (1987) und sind aufwendig inszenierte Spektakel. L.s Auftritt 1980 in Hamburg unter dem Motto »Rock gegen rechts« markierte den Beginn seines politischen Engagements. Für Schlagzeilen sorgte L. im Juni 1987, als er E. →Honecker eine Lederjacke und eine Gitarre mit der Aufschrift »Gitarren statt Knarren« schenkte.

□ ab 1961: Kellner in Düsseldorfer Kneipen; Schlagzeuger u. a. bei K. →Doldingers »Passport« und »Atlantis«. □ 1969: Gründung der Gruppe Orbit. □ 1972: Gründung der Gruppe Panik-Orchester. □ 1973: »Alles klar auf der Andrea Doria« (LP). □ 1974: »Ball pompös» (LP). □ 1975: »Votan Wahnwitz« (LP). □ 1977: »Panische Nächte« (LP). □ 1983: »Odyssee« mit dem Hit »Sonderzug nach Pankow« (LP). □ 1985: »Sündenknall« (LP). □ 1988: »Hermine« (LP). 1989: »Casa Nova« (LP).

Lindgren, Astrid Anna Emilie

schwed. Schriftstellerin
* 14.11.1907 Vimmerby, Småland

Lindgren wurde mit den abenteuerlichen Geschichten um das eigenwillige Mädchen Pippi

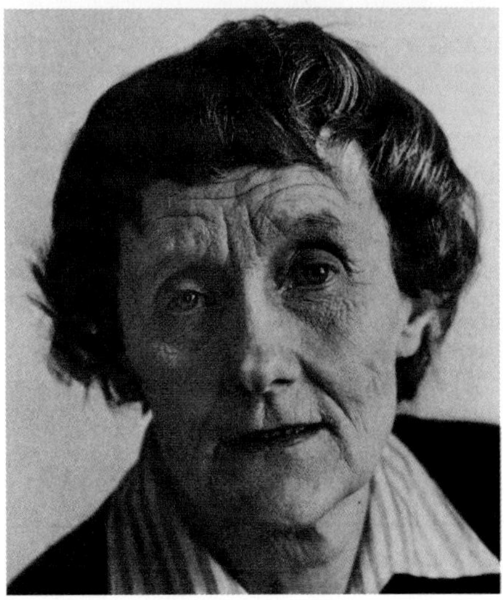

Astrid Lindgren: Erfinderin von Pippi Langstrumpf.

Langstrumpf (Kdb., 1945-48, dt. 1949-51) zur bekanntesten Kinderbuchautorin der Welt. Ähnlich erfolgreich waren auch die Bücher um Kalle Blomquist, den Meisterdetektiv (1946-53, dt. 1950-57), und den Lausbuben Michel aus Lönneberga (1963-70, 1985, dt. 1964-70, 1986). In den Bullerbü-Erzählungen (1947-52, dt. 1955/56) warb L. für ein von Liebe und Solidarität mit den Kindern geprägtes Erziehungsideal. 1978 erhielt L. den Friedenspreis des Deutschen Buchhandels.

□ 1946: »Meisterdetektiv Blomquist« (Kdb., dt. 1950); »Wir Kinder aus Bullerbü« (dt. 1960). □ 1946-70: Verlagslektorin. □ 1949: »Mehr von uns Kindern aus Bullerbü« (dt. 1960). □ 1952: »Immer lustig in Bullerbü« (dt. 1960). □ 1955: »Karlsson vom Dach« (dt. 1956). □ 1960: »Madita« (dt. 1961). □ 1963: »Michel in der Suppenschüssel« (dt. 1964). □ 1964: »Ferien auf Saltkråkan« (dt. 1965). □ 1973: »Die Brüder Löwenherz« (dt. 1974). □ 1981: »Ronja Räubertochter« (dt. 1982). □ 1987: »Rupp Rüpel, das grausigste Gespenst aus Småland« (dt. 1987).

Lindlau, Dagobert

dt. Journalist und Schriftsteller
* 11.10.1930 München

Lindlau, der an der Entstehung des ersten deutschen Fernsehmagazins anno beteiligt war, wurde durch zahlreiche Fernsehreportagen und Kommentare sowie als Moderator der Bremer Talkshow III nach neun bekannt. Für sein Feature Sonderkommission Zitrone (1983), in dem er sich mit dem organisierten Verbrechen in der Bundesrepublik auseinandersetzte, erhielt L. die Knatterton-Ehrenmütze des Bundes Deutscher Kriminalbeamter. Der für seine kritischen Kommentare mehrfach mit dem Adolf-Grimme-Preis ausgezeichnete Journalist entlarvte in seinem Buch »Rakket — Ein Hit von Charlie Fulcher« (1990) die Methoden von Fernsehsendern, sich unliebsamer Mitarbeiter zu entledigen.

← Dagobert Lindlau

□ seit 1954: Fernsehreporter (seit 1965 Chefreporter) beim BR. □ 1967-69: Leiter des TV-Magazins Report. □ 1973: Moderator der TV-Magazine Kompaß und Weltspiegel. □ 1987: »Der Mob — Recherchen zum organisierten Verbrechen« (Sachb.). □ 1987-89: ARD-Korrespondent in Wien. □ 1990: »Rakket. Ein Mafia-Roman«. □ seit 1991: Talkshow »Veranda—Gäste bei Dagobert Lindlau«.

Lindner, Richard

amer. Maler und Grafiker dt. Herkunft
* 11.11.1901 Hamburg † 16.4.1978 New York

← Richard Lindner

Lindner war bereits mit seinen Bildern der späten 30er Jahre, z. B. »Mann in Phantasieuniform (Ludwig II. von Bayern)« von 1938 (Nürnberg, Kunsthalle), ein Vorläufer der Pop Art. Im Mittelpunkt stehen Gestalten von Mann und Frau vor dem Hintergrund einer deutlichen Sexualsymbolik, z. B. in dem Bild »Leoparden-Lily« (1966, Köln, Museum Ludwig), hier in Verbindung mit Elementen aus der Technik. Die Deformation der Figur und die willkürliche Anordnung der verschiedenen Symbolformen gibt diesem Bild eine fast surreale Qualität. Gleichzeitig kritisiert L. mit seinen monumentalen, puppenartigen Figuren und der plakativen Anlage der Komposition die Trivialisierung aller menschlichen Bereiche durch die Massenmedien.

□ 1924-27: Besuch der Kunstgewerbeschule in Nürnberg, ab 1925 auch der Kunstakademie. □ 1933: Flucht nach Paris. □ 1939: Internierung; Eintritt in die frz. Armee. □ 1941: Emigration in die USA; Illustrator für Buchverlage und Zeitschriften, u. a. Harper's Bazaar. □ 1952-64: Dozent am Pratt Inst. in Brooklyn, N. Y. □ 1965: Gastprof. an der Akademie für Bildende Künste, Hamburg; endgültige Hinwendung zur Malerei. □ 1977: Einzelausstellungen (Museum of Contemporary Art, Chicago; Galerie Maeght, Paris). □ 1986/87: Ausstellung in der Kunsthalle, Nürnberg.

▷ W. Spies: Lindner, 1980.

Lingen, Theo

(eig. Franz Theodor Schmitz)
österr. Schauspieler dt. Herkunft
* 10.6.1903 Hannover † 10.11.1978 Wien

Lingens Markenzeichen waren seine näselnde Stimme sowie die um Korrektheit und Eleganz bemühte Gestik. Trotz seiner Filmerfolge, besonders an der Seite von H. →Moser (u. a. »Sieben Jahre Pech«; 1940, Rg. E. Marischka), blieb L. als Schauspieler, Regisseur und Autor stets dem Theater verbunden. Ab den 70er Jahren widmete er sich intensiver dem Fernsehen.

Theo Lingen: Seine Komik machte viele Filme erträglich.

□ 1930: »Dolly macht Karriere« (Rg. A. Litvak). □ 1933: »Walzerkrieg« (mit W. →Fritsch; Rg. L. Berger). □ 1935/36: »Ungeküßt soll man nicht schlafen gehn'« (mit H. Moser und H. →Rühmann; Rg. E. W. Emo). □ 1937: »Der Tiger von Eschnapur« (mit La Jana; Rg. R. Eichberg). □ 1941: »Frau Luna« (Rg. und Hr.). □ 1942: »Johann« (Hr. und Buch; Rg. R. A. Stemmle). □ 1944: »Schuß um Mitternacht« (Rg. H. H. Zerlett). □ 1947: »Hin und Her« (Rg. und Hr.; mit O. W. →Fischer). □ ab 1948: Wiener Burgtheater. □ 1950: »Der Theodor im Fußballtor« (mit H. Moser; Rg. E. W. Emo). □ 1960: »Pension Schöller« (Rg. G. Jacoby). □ 1967/68: »Die Lümmel von der ersten Bank« (Rg. W. Jacobs).

▷ W. Eser: Theo Lingen, 1986.

Väinö Linna nach der Probe einer seiner dramatisierten Romane.

Linna, Väinö Valtteri
finn. Schriftsteller
* 20.12.1920 Urjala

Der Autodidakt Linna errang mit seinem vieldiskutierten Roman »Kreuze in Karelien« (1954, dt. 1955, 1971 u. d. T. »Der unbekannte Soldat«) einen bis dahin in Finnland einmaligen Verkaufserfolg. Die realistische Schilderung des 2. Weltkriegs in Karelien und die Entlarvung patriotischer Phrasen erzwangen eine Revision liebgewordener nationaler Mythen.

Linsenhoff, Liselott
dt. Dressurreiterin
* 27.8.1927 Frankfurt/Main

Linsenhoff zählte zu den besten Dressurreiterinnen. Sie holte fünf Medaillen bei Olympischen Spielen und erlebte 1972 in München ihren größten Triumph, als sie auf Piaff den Einzeltitel gewann. Ihre Tochter Ann Kathrin (* 1960) wurde mit der Mannschaft in der Dressur Olympiasiegerin (1988 in Seoul), Europameisterin (1987 und 1989) und Weltmeisterin (1990).

☐ 1956: Olympiadritte in Stockholm (Einzel); Olympiazweite (Mannschaft). ☐ 1968: Olympiasiegerin in Mexiko (Mannschaft). ☐ 1969: Europameisterin im Einzel (erneut 1971). ☐ 1972: Olympiasiegerin in München (Einzel); Olympiazweite (Mannschaft). ☐ 1973: Europameisterin (Mannschaft). ☐ 1974: Weltmeisterin (Mannschaft).

← Liselott Linsenhoff

Linton, Ralph
amer. Anthropologe
* 27.2.1893 Philadelphia
† 24.12.1953 New Haven, Conn.

Die soziologisch wichtigen Begriffe »Status« und »Rolle« gehen auf das Werk Lintons zurück. Dem Konstrukt der »Basispersönlichkeit« A. →Kardiners stellte L. das der »«Statuspersönlichkeit« entgegen. Jedes Individuum nimmt innerhalb seiner Gesellschaft einen bestimmten Status ein, der aus verschiedenen Stellungen besteht (z. B. als Mann, Frau, Lehrer, Vereinsmitglied etc.). Mit jeder Stellung sind Rechte und Pflichten verbunden, über die das Individuum seine Rolle als soziales Wesen ausübt. Die Verhaltensregeln liegen für jedes Rollenspiel fest und müssen vom Individuum erlernt werden, will es von der Gesellschaft akzeptiert werden.

☐ 1920/21: Feldforschungen auf den Marquesas-Inseln (Polynesien). ☐ 1925-27: Expeditionen nach Madagaskar und Ostafrika. ☐ 1928-53: Prof. für Anthropologie an den Univ. Wisconsin, Columbia und Yale. ☐ 1936: »Mensch, Kultur, Gesellschaft« (dt. 1979). ☐ 1945: »Gesellschaft, Kultur und Individuum« (dt. 1974).

▷ A. Linton/Ch. Wagley: Ralph Linton, engl. 1971.

Lin Yutang
chin. Schriftsteller
* 10.10.1895 Longqi, Fujian † 26.3.1976 Hongkong

Der Kritiker und Essayist Lin Yutang verfaßte in den USA eine Reihe englischsprachiger Bestseller, darunter »Mein Land und mein Volk« (1935, dt. 1936) und »Weisheit des lächelnden Lebens« (1937, dt. 1938). Darin versuchte er einem westlichen Lesepublikum chinesische Lebensart und Geisteshaltung zu vermitteln. Er war ein Meister des Humors, wurde aber in China wegen seiner bürgerlich-liberalen Weltanschauung kritisiert.

☐ 1911-16: Studium an einer christlichen Hochschule in Shanghai. ☐ 1919-21: Philologiestudium in den USA. ☐ 1923-26: Prof. für engl. Philologie in Peking. ☐ 1936: Emigration in die USA. ☐ 1939: »Peking — Augenblick und Ewigkeit« (R., dt. 1952). ☐ 1949: »Chinesenstadt« (R., dt. 1967). ☐ 1950: »Die Kurtisane« (R., dt. 1951).

Lipchitz, Jacques
amer.-frz. Bildhauer lit. Herkunft
* 22.8.1891 Druskieniki † 26.5.1973 auf Capri

Lipchitz gehört wie H. →Laurens zur Avantgarde der Bildhauer, die Prinzipien der kubistischen Malerei auf die Skulptur und Plastik übertrugen. Gegenüber dem anfänglich eher spielerischen Vorgehen Laurens' verlieh L. seinen Werken eine sich schon dem Konstruktivismus nähernde Strenge, gelegentlich sogar eine gewisse Monumentalität. Der tektonische Aufbau seiner frühen Werke nach 1913 erreichte mit »Mann mit Gitarre« (1917, New Haven, Conn., Yale University Art Gallery) und »Sitzender Mann mit Gitarre« (1918, Duisburg, Wilhelm-Lehmbruck-Museum) einen ersten Höhepunkt. Sehr früh ging L. zu völlig abstrakten Formen über. Daneben entstanden spielerisch-experimentelle Figuren aus Einzelteilen (z. B. »Zerlegbare Figur: Tänzerin«, 1915, Paris, Nachlaß des Künstlers). Diese Experimente mündeten in den 20er Jahren in die sog. Transparents, halbabstrakte Kompositionen mit Öffnungen, die L. mit einer Art dicker Schnüre verspannte. Parallel entstanden wuchtige Figuren, wie das offensichtlich Motive aus der Malerei P. →Picassos verarbeitende Werk »Die große Badende« (1923-25, St. Louis, City Art Museum).

Jacques Lipchitz →

☐ 1909: Übersiedlung nach Paris; Studium u. a. an der École des Beaux-Arts. ☐ 1910-20: Kubistische Phase. ☐ 1925: Übersiedlung nach Boulogne-sur-Seine. ☐ 1941: Emigration nach New York. ☐ ab 1953: Neben der Skulptur Assemblagen aus Fundgegenständen.

▷ D. A. Scott: Jacques Lipchitz and the cubism, engl. 1978.

Li Peng

chin. Politiker
* 1928 Shanghai (Chengdu?, Prov. Sichuan)

Li Peng gilt als konservativer Technokrat ohne Neigungen zu gesellschaftlichen Reformen. Vor seinem Eintritt in die Regierung besaß er nur wenig Erfahrungen in der Verwaltung, da er als Minister für Elektrizitätswirtschaft hauptsächlich mit dem Bau von Kraftwerken beschäftigt war. 1989 wies er die Schuld an den politischen Unruhen und den wirtschaftlichen Fehlentwicklungen dem »unüberlegten Reformeifer« der Liberalen zu. Nach dem Massaker in Peking im Juni 1989 ließ er eine »Säuberung« der Partei von politisch Andersdenkenden durchführen.

☐ 1939: Adoption durch →Zhou Enlai. ☐ 1945: Mitgl. der KPCh. ☐ 1948-55: Studium der Energiewirtschaft in Moskau. ☐ ab 1956: Ingenieur in der Energieversorgung in Nordchina. ☐ 1966: Während der Kulturrevolution kurzzeitig als »Spion Moskaus« verhaftet. ☐ ab 1979: Vizemin. für Elektrizitätswirtschaft (ab 1981 Min.). ☐ 1982: Mitgl. des ZK. ☐ ab 1983: Stellv. Ministerpräsident. ☐ 1985: Mitgl. des Politbüros; Erziehungsmin. ☐ seit 1987: Ministerpräsident.

▷ J.-K. Liu: Chinas zweite Führungsgeneration. Biographien und Daten zu Leben und Werk von Li Peng u. a., 1989.

← Li Peng

Lipmann, Fritz Albert

amer. Biochemiker dt. Herkunft
* 12.6.1899 Königsberg (heute Kaliningrad, UdSSR)
† 24.7.1986 Poughkeepsie, N. Y.

Lipmann: Der Nobelpreisträger im Laboratorium.

Lipmann entdeckte 1947 das für den intrazellulären Stoffwechsel wichtige Koenzym A und stellte damit die Lehre vom Stoffwechsel auf eine völlig neue Grundlage. 1951 demonstrierte er an dem von H. A. →Krebs aufgestellten »Zitronensäurezyklus«, daß Kohlehydrate, Fette und Proteine über die Vermittlung von Acetylen-Koenzym A zur Energiegewinnung in den Zellen umgewandelt werden.

☐ 1939: Emigration in die USA. ☐ 1949-57: Prof. an der Harvard Medical School und am Massachusetts General Hospital in Boston. ☐ 1953: Physiologie/Medizin-Nobelpreis (mit H. A. Krebs). ☐ 1957-69: Prof. an der Rockefeller-Univ., New York.

Gabriel Lippmann →

Theodor Lipps →

Lippisch, Alexander Martin

amer. Flugzeugkonstrukteur dt. Herkunft
* 2.11.1894 München
† 11.2.1976 Cedar Rapids, Iowa

Lippisch entwickelte Gleiter, Segel- und Nurflügelflugzeuge (das erste Deltaflügelflugzeug der Welt). 1943 konstruierte er bei der Messerschmitt AG die Me 163, das erste deutsche Raketenflugzeug. Nach dem 2. Weltkrieg arbeitete L. in den USA. Hier baute er das Aerofoil-Fluggerät und den flügellosen Senkrechtstarter Aerodyne.

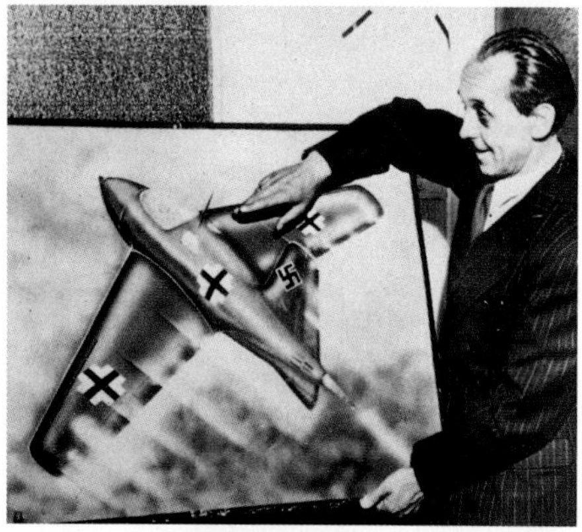

Lippisch stellt in den USA seine Me 163 vor.

☐ ab 1925: Technischer Dir. der RhönRositten-Gesellschaft (ab 1933 Dt. Forschungsgesellschaft für Segelflug). ☐ 1943: Konstruktion des Raketenflugzeugs Me 163. ☐ 1965: Gründung der L. Research Corporation in Cedar Rapids (USA). ☐ 1976: »Ein Dreieck fliegt« (Schr.).

Lippmann, Gabriel

frz. Physiker
* 16.8.1845 Hollerich, Luxemburg
† 12.7.1921 auf See

Lippmann, ab 1883 Professor an der Sorbonne in Paris, entwickelte 1891 die erste Farbfotografie. Für das Lippmann-Verfahren, das sich die Interferenz stehender Lichtwellen zunutze macht, erhielt L. 1908 den Physik-Nobelpreis.

Lipps, Theodor

dt. Philosoph und Psychologe
* 28.7.1851 Wallhalben, Pfalz
† 17.10.1914 München

Lipps ist in die moderne Geistesgeschichte als Grenzgänger zweier Disziplinen eingegangen, der Philosophie und der Psychologie. Er betrachtete die Psychologie als die neue erkenntnistheoretische Grundwissenschaft, die als Lehre von den »Bewußtseinserlebnissen« die Philosophie ersetze. Mit seinem Konzept der Einfühlung (Empathie), die für L. eine wesentliche Quelle der Erkenntnis war, beeinflußte er nachhaltig die Ästhetik.

☐ ab 1884: Prof. an den Univ. Bonn und Breslau. ☐ 1893: »Grundzüge der Logik« (Schr.). ☐ 1894-1912: Prof. an der

Univ. München; Gründer des Psychologischen Inst. ebd. □ 1897: »Raumästhetik und geometrisch-optische Täuschungen« (Schr.). □ 1902: »Vom Fühlen, Wollen und Denken« (Schr.). □ 1903: »Leitfaden der Psychologie«. □ 1903-06: »Ästhetik« (Schr., 2 Bde.). □ 1908: »Philosophie und Wirklichkeit« (Schr.).

Lipscomb, William Nunn Jr.

amer. Chemiker
* 9.12.1919 Cleveland, Ohio

Lipscomb erklärte den stereochemischen Aufbau der Borane und erbrachte den Beweis für die sog. Dreizentrenbindungen. Die »Elektronenmangelbindung« ist dadurch gekennzeichnet, daß die beiden zwischen den Boratomen liegenden Wasserstoffatome ihre Elektronen mit ersteren teilen. Mit seinen Forschungen über die Härteeigenschaften und Hitzebeständigkeit der Borverbindungen legte L. das Fundament zur Borchemie.

Lipscomb mit seinem dreidimensionalen Boran-Modell.

□ 1954-59: Prof. an der Univ. of Minnesota. □ seit 1959: Prof. an der Harvard Univ., Cambridge. □ 1969: »Nuclear magnetic resonance studies of boron and related compounds« (Schr.). □ 1976: Chemie-Nobelpreis.

Lissitzky, El(ieser)

(eig. Lasar Morduchowitsch bzw. Markowitsch)
russ. Maler, Grafiker, Fotograf und Architekt
* 23.11.1890 Potschinok bei Smolensk
† 30.12.1941 Moskau

Lissitzky ist einer der wichtigsten Repräsentanten der russischen Avantgarde, die vor dem 1. Weltkrieg die konstruktiv-konkrete Kunst auf der Basis geometrischer Abstraktion beeinflußte. Dabei standen seine sog. Proun-Bilder (Abk. für Pro + Unovis, sinngemäß »Begründung neuer Kunstformen«) im Mittelpunkt, gebildet aus Balkenformen, Kreisen, Diagonalen, Vertikalen usw. In diesen ab etwa 1920 geschaffenen Werken ging L. über den Suprematismus L. →Malewitschs insofern hinaus, als er den rein flächigen Bildelementen räumliche, architektonische Formen zuordnete und auch in den Kompositionen

El Lissitzky (1932), einer der vielseitigsten Künstler Rußlands.

selbst auf räumliche Wirkungen zielte. Damit entwickelte er den Konstruktivismus weiter.
L. war zudem ein Pionier der Fotomontage. Die Typografie begriff er als inhaltlichen Leitfaden der Bücher, Zeitschriften oder Plakate. Er wirkte auch auf dem Gebiet der Fotografie (u. a. Entwicklung des Fotogramms). Als Architekt trat er mit dem Projekt »Wolkenbügel«, einem futuristischen Wohnhaus, hervor.

□ 1909-14: Studium der Architektur an der TH Darmstadt. □ ab 1915: Assistent in verschiedenen Architekturbüros in Moskau. □ 1919: Prof. an der Witebsker Kunstschule; Zusammenarbeit mit K. →Malewitsch und M. →Chagall. □ 1920/21: Leiter der Architekturklasse des staatlichen Kunstinst. WChUTEMAS in Moskau. □ 1923: Erste Mappenwerke mit Proun-Bildern. □ 1924: Zusammenarbeit mit H. →Arp an der Zeitschrift Kunstismen in der Schweiz. □ 1925: Prof. für Möbelgestaltung und Innenausstattung an den WChUTEMAS. □ 1928: Gestaltung des sowjet. Pavillons auf der Int. Presseausstellung in Köln. □ ab 1931: Leitender Architekt der Bauausstellung im Moskauer Kulturpark Gorki.

▷ S. D. Mansbach: Visions of totality. Laszló Moholy-Nagy, Theo van Doesburg and El Lissitzky, engl. 1980; K.-U. Hemken: El Lissitzky, Revolution und Avantgarde, 1991.

Franz v. Liszt →

Liszt, Franz von

dt. Jurist
* 2.3.1851 Wien
† 21.6.1919 Seeheim an der Bergstraße

Liszt begründete mit seinem »Lehrbuch des deutschen Strafrechts« (1881; 26. Aufl. 1932) die soziologische Strafrechtsschule, die das Verbrechen als soziales Phänomen betrachtet und seine Ursachen und Erscheinungsformen zum Gegenstand empirischer Untersuchungen macht. Im Gegensatz zu der von K. →Binding vertretenen generellen Vergeltungsstrafe forderte L., daß ein spezielles Strafmaß im Hinblick auf Erziehung und Sicherung sowie die psychologische Eigenart des Täters festgesetzt werden müsse (E. →Ferri)

□ ab 1880: Mithg. der Zeitschrift für die gesamte Strafrechtswissenschaft. □ 1882: »Der Zweckgedanke im Strafrecht« (Schr.). □ 1899-1916: Prof. an der Univ. Berlin. □ 1905: »Strafrechtliche Aufsätze und Vorträge« (2 Bde.). □ ab 1912: MdR (Fortschrittliche Volkspartei).

Litt, Theodor

dt. Pädagoge
* 27.12.1880 Düsseldorf † 16.7.1962 Bonn

Litt gehört zu den Begründern der Pädagogik als eigenständiger Geisteswissenschaft. Erziehung zu Mündigkeit war für ihn die Basis aller pädagogischen Maßnahmen. Führungsansprüche in der Erziehung kritisierte er als falsch und zukunftsfeindlich. Aufgrund seines Festhaltens an der Begabungstheorie — nach der Begabung vor allem anlagebedingt ist — wird L. heute von engagierten Reformern als konservativ kritisiert.

□ 1920: Prof. für Philosophie und Pädagogik, Univ. Leipzig. □ 1927: »Führen oder Wachsenlassen« (Schr.). □ 1937: Freiwillige Emeritierung aus Gegnerschaft zum Nationalsozialismus. □ 1938: »Die Selbsterkenntnis des Menschen« (Schr.). □ 1947: Prof. an der Univ. Bonn. □ 1958: »Die Philosophie und die Geisteswissenschaft« (Schr.).

← Theodor Litt

Little Richard

(eig. Richard Penniman)
amer. Rockmusiker
* 25.12.1932 Macon, Georgia

Little Richard beeinflußte mit seinen Kompositionen und seinem Vortragsstil Musiker wie E. →Presley, J. →Brown, P. →McCartney und M. Jagger (→Rolling Stones). Sein stakkato-ähnliches Klavierspiel, seine Falsettschreie und seine aus sinnlosen Wortspielen bestehende Texte machten 1956-58 Lieder wie »Long Tall Sally« und »Good Golly Miss Molly« zu Klassikern der Rock-'n'-Roll-Musik. Nachdem ein Comebackversuch 1967 mißlungen war, wurde der »King of Rock«, der zuvor bereits als Prediger tätig gewesen war, Handelsvertreter für einen Bibelverlag. Zuletzt sorgte er 1986 mit einer Rolle in dem Film »Zoff in Beverly Hills« für Aufsehen.

□ 1951: Gewinn eines Plattenvertrags bei einem Nachwuchswettbewerb in Atlanta. □ 1951-55: Zusammenarbeit u. a. mit den Deuces of Rhythm und dem Johnny Otis Orchestra. □ 1957: Über 30 Mio. verkaufte Schallplatten. □ 1958: »Here's Little Richard« (LP). □ 1963: »Biggest Hits« (LP). □ 1964: »King of the Gospel Singers« (LP). □ 1967: »Explosive Little Richard« (LP). □ 1972: »The second coming« (LP). □ 1975: »Dollars, Dollars and more Dollars« (LP). □ 1980: »Georgia Preach« (LP). □ 1986: »Lifetime Friends« (LP).

Little Richard (l.): Mit seinem Falsett war er der Mick Jagger der 50er Jahre.

Li Xiannian →

Li Xiannian

chin. Politiker
* 23.6.1909 im Kr. Huangan, Prov. Hubei

Li Xiannian war als einer der wenigen chinesischen Spitzenpolitiker zu keinem Zeitpunkt seiner langen Karriere inhaftiert. Der wendige und pragmatische Staatspräsident (1983-88) setzte sich wie →Deng Xiaoping für eine Modernisierung der Wirtschaft ein, allerdings ohne gravierende Änderungen der sozialistischen Gesellschaft anzustreben.

□ 1926: Mitgl. der Guomindang. □ seit 1927: Mitgl. der KPCh. □ 1934/35: Als Politkommissar Teilnehmer am Langen Marsch. □ 1937-44: Während des jap.-chin. Krieges Kommandeur in der Volksarmee. □ ab 1944: Vors. der Provinzregierung von Hubei. □ 1945: Mitgl. des ZK. □ ab 1954: Stellv. Ministerpräsident. □ 1956-87: Mitgl. des Politbüros. □ ab 1957: Finanzmin.; bis 1980 Leiter der Finanzen, wenngleich er das Ministeramt schon vorher abgab. □ 1977-87: Mitgl. des ständigen Ausschusses des Politbüros. □ 1983-88: Staatspräsident.

Ljubimow, Juri Petrowitsch

russ. Regisseur und Schauspieler
* 17.9.1917 Jaroslawl

Ljubimow ist einer der bedeutendsten zeitgenössischen Regisseure des russischen Theaters. Nach politischen Schwierigkeiten in seiner Heimat fand er in den 80er Jahren durch zahlreiche Inszenierungen an europäischen Bühnen internationale Anerkennung. In der Tradition W. E. →Meyerholds ist L. einem Theater verpflichtet, das sein Repertoire aus der revolutionären Agitation der russischen Avantgarde schöpft. Seine Inszenierungen sind üppig, überschwenglich, spielerisch-theatralisch, metaphernreich und phantasievoll; seinen Stoff schafft sich L. häufig selbst durch Bearbeitungen anderer Genres (1978: »Schuld und Sühne« nach Dostojewski). L., der maßgeblich an der Brecht-Rezeption im russischen Theater beteiligt war, konnte Ende der 80er Jahre wieder in seine Heimat zurückkehren.

□ bis 1940: Schauspielausbildung am Wachtangow-Theater, Moskau. □ 1940-47: Kriegsdienst. □ 1953-63: Dozent an der Schauspielschule des Wachtangow-Theaters. □ 1964: Gründung des Theaters an der Taganka; Eröffnung mit B. →Brechts »Der gute Mensch von Sezuan«. □ 1965: »Zehn Tage, die die Welt erschüttern« (Inszenierung nach J. Reed). □ 1977: Mit »Der Meister und Margarita« (nach M. A. →Bulgakow) Gastspiel in Paris. □ 1978: Abbruch einer geplanten Operninszenierung in Paris wegen politischer Schwierigkeiten in Moskau. □ 1983: Wedekinds »Lulu« in Turin. □ 1984: Entlassung aus dem Taganka-Theater; Ausschluß aus der KPdSU; Verdis »Rigoletto« in Florenz; Ausbürgerung. □ 1984-86: Dir. des Teatro Arena del Sole in Bologna, Italien. □ 1985: Beethovens »Fidelio« in Stuttgart. □ 1987: A. →Bergs »Lulu« in Chicago; Übersiedlung nach Jerusalem. □ 1989: Wiederanerkennug der sowjetischen Staatsbürgerschaft; Ernennung zum Dir. des Taganka-Theaters. □ 1990: D. →Schostakowitschs »Lady Macbeth von Mzensk« in Hamburg.

Lloyd, Harold Clayton

amer. Schauspieler
* 20.4.1893 Burchard, Nebr.
† 8.3.1971 Los Angeles, Kalif.

Hornbrille, Strohhut und akrobatische Slapstickeinlagen wie in »Ausgerechnet Wolkenkratzer« (1923, Rg. F. Newmeyer) waren Lloyds Markenzeichen. In zahlreichen Filmen mimte er den schüchternen Jüngling, der stets an das Gute im Menschen glaubt und die »amerikanischen« Tugenden Ehrlichkeit und Fleiß verkörpert.

Harold Lloyd: Er war der »Stuntman« unter den Stummfilmstars der 20er Jahre.

□ 1913-20: Etwa 160 Kurzfilme. □ 1921: »Matrose wider Willen«; »Vaterfreuden«. □ 1922. »Dr. Jack«; »Großmutters Liebling«. □ 1924: »Mädchenscheu«. □ 1925: »Der Sportstudent«; »Spaß muß sein« (Rg. aller Filme: F. Newmeyer). □ 1926: »Um Himmels Willen« (Rg. S. Taylor). □ 1927: »Der kleine Bruder« (Rg. L. Milestone). □ 1928: »Straßenjagd mit Speedy« (Rg. F. Wilde). □ 1930: »Der Traumtänzer« (Rg. C. Bruckman). □ 1932: »Filmverrückt« (Rg. C. Bruckman). □ 1938: »Der gejagte Professor« (Rg. E. Nugent). □ 1947: »Verrückter Mittwoch« (Rg. P. Sturges).

▷ W. Tichy: Harold Lloyd, 1979.

Lloyd George, David, Earl of Dwyfor (ab 1945)

brit. Politiker
* 17.1.1863 Manchester
† 26.3.1945 Llanystumdwy, Caernavonshire

Der linksliberale Lloyd George war vom Regierungsantritt der Liberalen 1905 bis zu seinem Rücktritt als Premier 1922 die dominierende Per-

Eugen Loderer →

Lloyd George: Beim 116. Jahrestreffen der Friedensgesellschaft (1932) vor der Statue König Georges III.

sönlichkeit der britischen Politik. Er war der Initiator der liberalen Reformbestrebungen vor dem 1. Weltkrieg (Rentenversicherung, irische Autonomie). Im Dezember 1916 erzwang er durch Rücktrittsdrohungen die Ablösung von Premierminister H. →Asquith. Durch die Besetzung zahlreicher Ämter mit persönlichen Bekannten ohne Sitz im Parlament erlangte er als Premierminister eine nahezu diktatorische Stellung, die er zur konsequenten Durchsetzung seiner Kriegsziele nutzte, der völligen Unterwerfung des Deutschen Reichs. Auf der Friedenskonferenz von Versailles vertrat er jedoch, im Gegensatz zu G. →Clemenceau, eine gemäßigte Politik gegenüber den ehemaligen Kriegsgegnern.
1921 gewährte L., der 1890 als radikaler walisischer Nationalist ins britische Unterhaus gewählt worden war, Irland die volle Autonomie. Darüber zerbrach die Kriegskoalition mit den Konservativen; die Liberalen verloren danach ihre Bedeutung in der britischen Politik.

□ 1890-1945: Mitgl. des Unterhauses. □ 1905-08: Handelsmin. □ 1908-15: Schatzkanzler. □ 1915/16: Munitionsmin. □ 1916: Kriegsmin. □ 1916-22: Premierminister.

Lloyd Webber, Andrew →Webber, Andrew

Loderer, Eugen

dt. Gewerkschaftsführer
* 28.5.1920 Heidenheim

Loderer war 1972-83 Vorsitzender der IG Metall. Neben der Forderung nach staatlicher Investitionslenkung und gesamtwirtschaftlicher Mitbestimmung setzte sich der gelernte Schlosser für die paritätische Unternehmensmitbestimmung ein. Angesichts der wachsenden wirtschaftlichen Probleme zum Ende seiner Amtszeit war seine Gewerkschaftsarbeit vom Ziel der Wahrung des Besitzstandes geprägt.

□ 1947: Hauptamtlicher Funktionär der örtlichen IG Metall in Heidenheim. □ 1951: Eintritt in die SPD. □ 1963-68: Landesbezirksvors. des DGB von Bad.- Württ. ☐ 1972-83: Vors. der IG Metall. ☐ 1979: Mitgl. des Europa-Parlaments. ☐ 1984: Herzoperation. ☐ seit 1986: Mitarbeit im Seniorenrat der SPD.

Lodge, David

brit. Schriftsteller und Literaturkritiker
* 28.1.1935 London

Lodge hat mit seinen unterhaltsamen, realistisch erzählten Romanen neben Malcolm Bradbury (*1932) maßgeblich dazu beigetragen, dem anglo-amerikanischen Universitätsroman (Campus Novel) zu literarischem Ansehen zu verhelfen. Sein bekanntester Roman, »Ortswechsel« (1975, dt. 1986), schildert die Erlebnisse von zwei Universitätsdozenten im Rahmen eines Austauschprogramms und kontrastiert humorvoll englische und amerikanische Sitte.

☐ seit 1960: Dozent an der Univ. Birmingham. ☐ 1960: »The Picturegoers« (R.). ☐ 1965: »The British Museum is falling down« (R.). ☐ 1969: Gastprof. an der Univ. Berkeley, Kalif. ☐ 1971: »The novelist at the crossroads« (Studie). ☐ 1977: »Modernism, Antimodernism and Postmodernism« (Abh.); »Modes of modern writing« (Abh.). ☐ 1984: »Schnitzeljagd« (R., dt. 1985). ☐ 1988: »Nice Work« (R.).

Loerke, Oskar

dt. Schriftsteller
* 13.3.1884 Jungen bei Marienwerder
† 24.2.1941 Berlin

Oskar Loerke: Zur inneren Emigration gedrängt.

Der anerkannte Essayist und Kritiker Loerke war als Lektor des S. →Fischer Verlags ein wichtiger Förderer junger Schriftsteller, bis ihn die Nationalsozialisten 1933 durch die Behinderung der Verlagsarbeit in die innere Emigration zwangen. L.s als Ganzes konzipiertes lyrisches Werk, dessen Abschluß die Bände »Silberdistelwald« (1934) und »Der Wald der Erde« (1936) bilden, sieht die Natur nicht als Spiegel menschlicher Empfindungen, sondern als eigenständigen, für sich selbst sprechenden Bereich. In disziplinierter Sprache und Bildlichkeit gestaltete L. eine überpersönliche, mythische Weltordnung. Er beeinflußte neben G. →Eich auch P. →Huchel und J. →Bobrowski.

☐ 1907: »Vineta« (Erz.); ☐ 1911: »Wanderschaft« (Ged.e). ☐ 1914-17: Theaterdramaturg. ☐ 1916: »Pansmusik« (Ged.e). ☐ ab 1917: Lektor im S. Fischer Verlag. ☐ 1921: »Der Oger« (R.). ☐ 1926: »Der längste Tag« (Ged.e); Senator und Sekr. der Preuß. Akademie der Künste (1933 entlassen). ☐ 1930: »Atem der Erde« (Ged.e). ☐ 1939: »Hausfreunde« (Es.s). ☐ postum 1955: »Tagebücher 1903-39«.

▷ R. Tgahrt (Hg.): Oskar Loerke. Marbacher Kolloquium 1984, 1984.

Erich Loest →

Loest, Erich

(Pseud. Hans Walldorf)
dt. Schriftsteller
* 24.2.1926 Mittweida, Sachsen

Loest, sieben Jahre aufgrund sog. konterrevolutionärer Umtriebe in der DDR inhaftiert und bis zu seiner Übersiedlung in die BRD (1981) von der Stasi überwacht, publiziert Romane, Essays, Hör- und Fernsehspiele, die sich kritisch mit den eigenen Hafterfahrungen und dem real existierenden Sozialismus in der ehemaligen DDR auseinandersetzen (u. a. »Schattenboxen«, R., 1973, »Völkerschlachtdenkmal«, R., 1984). Unter seinem Pseudonym Hans Walldorf verfaßte L. Ende der 60er Jahre zahlreiche Kriminalromane (»Der grüne Zettel«, 1967).

☐ 1947: SED-Beitritt; Redakteur der Leipziger Volkszeitung. ☐ 1950: »Jungen, die übrig bleiben« (R.). ☐ 1957-64: Inhaftierung im Zuchthaus Bautzen nach Kritik an der SED-Führung. ☐ 1965: »Sliwowitz und Angst« (Erz.). ☐ 1967: »Der Mörder saß im Wembleystadion« (R., Pseud. H. Walldorf). ☐ 1978: »Es geht seinen Gang oder Mühen in unserer Ebene« (R.). ☐ 1979: »Pistole mit sechzehn« (Erz.n). ☐ 1980: »Swallow, mein wackerer Mustang« (Karl-May-R.). ☐ 1981: Übersiedlung in die BRD. ☐ 1985: »Zwiebelmuster« (R.). ☐ 1987: »Froschkonzert« (R.). ☐ 1991: »Die Stasi war mein Eckermann oder: mein Leben mit der Wanze«.

▷ E. Loest: Durch die Erde ein Riß (Aut.), 1981.

Hugo Loetscher →

Loetscher, Hugo

schweiz. Schriftsteller
* 22.12.1929 Zürich

Bekannt wurde der zeitkritische Autor Loetscher mit dem allegorisch-satirischen Roman »Abwässer« (1963), der in Form eines Gutachtens über ein städtisches Abwassersystem sinnbildliche Wirklichkeit und oberflächlichen Schein einander gegenüberstellt: Die eigentlichen Strukturen der Stadt werden erst im unterirdischen Abwassersystem kenntlich.

☐ 1960: »Schichtwechsel« (Dr.). ☐ 1964: »Die Kranzflechterin« (R.). ☐ bis 1969: Literaturkritiker und Redakteur der Zeitschrift Du. ☐ 1975: »Der Immune« (R.). ☐ 1979: »Wunderwelt, eine brasilianische Begegnung« (Ber.). ☐ 1986: »Die Papiere des Immunen« (R.).

Loew, (Carl Benedict) Oskar

dt. Chemiker und Ernährungsphysiologe
* 2.4.1844 Marktredwitz, Bayern † 26.1.1941 Berlin

Loew entdeckte die toxische Wirkung des Formaldehyds auf Bakterien und führte es durch neue Syntheseverfahren (1886) als Desinfektionsmittel ein. In seiner Lehre vom »Kalkfaktor« beschrieb L. die Bedeutung des Calciums für den lebenden Organismus. Mit Rudolf Emmerich entwickelte L. 1899 das erste Antibiotikum (Pyocyanase) zur Behandlung von Rachendiphtherie und Meningokokkeninfektionen sowie das Kalkpräparat Kalzan zur Prophylaxe und Therapie von Stoffwechselstörungen.

□ 1892-96: Prof. an der Univ. Tokio (erneut 1901-07). □ 1897-1900: Experte für Pflanzenphysiologie im amer. Landwirtschaftsministerium in Washington, D. C. □ 1901: Entdeckung der Katalase, eines wirksamen Enzyms, das in organischen Zellen das giftige Wasserstoffperoxid in Sauerstoff und Wasserstoff spaltet. □ ab 1914: Prof. an der Univ. München. □ 1916: »Der Kalkbedarf des Menschen« (Schr.). □ 1927-41: Forschungen in der Berliner Firma Wülfing. □ 1930: »Das Calcium im Leben der Haustiere« (Schr.).

Raymond Loewy: Der »Erfinder« des Produktdesigns vor seinen Kreationen.

Loewe, Frederick

(eig. Friedrich Löwe)
amer. Komponist österr. Herkunft
* 10.6.1901 (1904?) Wien
† 14.2.1988 Palm Springs, Kalif.

Nach der Vorlage von G. B. →Shaws »Pygmalion« komponierte Loewe 1956 das bislang erfolgreichste Musical aller Zeiten, »My fair Lady«. Aus der Feder L.s, der nach seiner Auswanderung in die USA 1924 u. a. als Barpianist, Preisboxer und Reitlehrer gearbeitet hatte, stammt auch die Musik zu den Publikumserfolgen »Brigadoon« (1947), »Paint your wagon« (1951; verfilmt 1969) sowie zu dem Musicalfilm »Gigi« (1958).

□ 1914 (1917?): Debüt als Konzertpianist bei den Berliner Philharmonikern. □ 1919: Veröffentlichung des Schlagers »Katrin, du hast die schönsten Beene von Berlin«. □ 1924: Auswanderung in die USA. □ 1935: Erster Erfolg mit »Love tiptoed through my heart«. □ 1937: Erstes Musical »Salute to Spring« (UA in St. Louis). □ ab 1942: Zusammenarbeit mit dem Librettisten Alan J. Lerner. □ 1943: Erste Broadway-Aufführung mit »What's up« (Mus.). □ 1945: »The day before spring« (Mus.). □ 1958: Nach Herzattacke Übersiedlung nach Palm Springs; Oscar für Titelsong aus »Gigi«. □ 1960: »Camelot« (Mus.); Rückzug aus dem Showgeschäft.

← Frederick Loewe

Loewy, Raymond

amer. Industriedesigner frz. Herkunft
* 5.11.1893 Paris † 14.7.1986 Monaco

Loewy, der seine Karriere als Schaufensterdekorateur begann, war einer der Wegbereiter des modernen Industriedesigns. Er entwarf über 5000 Objekte, darunter das Firmenlogo des Ölkonzerns Shell, Porzellan der Firma →Rosenthal, die Inneneinrichtungen für Raumkapseln der NASA, die Zigarettenmarke Lucky Strike sowie die zu ihrer Zeit revolutionären Autokarosserien des Studebakers (Jahrgang 1947 und 1953). Als Gegner des strengen Funktionalismus (»Form folgt der Funktion«, L. H. →Sullivan) suchte er dem Massengeschmack entgegenzukommen. Marketingüberlegungen standen für ihn stets am Anfang seiner Produktkreationen. Unter dem Titel »Häßlichkeit verkauft sich schlecht« (1951, dt. 1953) veröffentlichte er die Quintessenz seiner außergewöhnlichen Design-Philosophie und schuf ein neues Motto.

□ 1905-10: Ingenieurstudium in Paris. □ 1919: Übersiedlung in die USA. □ 1929: Künstlerischer Dir. eines Elekronikkonzerns. □ 1945: Gründung eines Unternehmens für industrielle Formgebung, »Raymond Loewy Associates«, in New York und Chicago. □ 1961: Rückzug aus der Firma.

Friedrich Löffler →

Löffler, Friedrich August Johannes

dt. Bakteriologe und Hygieniker
* 24.6.1852 Frankfurt/Oder † 9.4.1915 Berlin

Löffler entdeckte die Erreger verschiedener Infektionskrankheiten (u. a. den verursachenden Virus der Maul- und Klauenseuche). 1884 legte er eine Reinkultur des von ihm isolierten Diphtheriebakteriums an und schuf aufgrund seiner Erkenntnis, daß bestimmte Tiere eine natürliche Immunität gegen Diphtherie besitzen, die Voraussetzungen zur Herstellung eines entsprechenden Antitoxins durch E. v. →Behring.

□ 1880-84: Assistent von R. →Koch in Berlin. □ 1887: »Vorlesungen über die geschichtliche Entwicklung der Lehre von den Bacterien«. □ 1888-1913: Prof. an der Univ. Greifswald. □ ab 1913: Als Nachfolger G. →Gaffkys Dir. des Inst. für Infektionskrankheiten, Berlin.

Helmut Lohner →

Lohner, Helmut

österr. Schauspieler
* 24.4.1933 Wien

Lohner ist ein außerordentlich vielseitiger Schauspieler von großer Sensibilität, mimischer und gestischer Differenziertheit und ausgefeilter Sprechkultur. Unter der Regie von K. Stroux beeindruckte er in den 70er Jahren in Düsseldorf in großen Rollen des klassischen Repertoires (u. a. Hamlet, Mephisto, Richard III.), in Österreich, u. a. bei den Salzburger Festspielen, in Stücken von J. N. Nestroy (* 1801, † 1862), A. →Schnitzler und H. v. →Hofmannsthal. Populär wurde er durch Film- (»Das Wirtshaus im Spessart«, 1957, Rg. K. Hoffmann) und ausgewählte Fernsehrollen (ZDF-Serie »Barabas«, 1983).

□ 1954: Engagement am Wiener Theater in der Josefstadt, danach u. a. am Berliner Theater am Kurfürstendamm, am Münchener Residenztheater, am Hamburger Thalia-Theater und in Basel. □ 1955: Filmdebüt in »Hotel Adlon« (Rg. J. v. Baky). □ 1961: »Das letzte Kapitel« (F., Rg. W. →Liebeneiner) nach dem Roman von K. →Hamsun. □ 1971-74: Unter K. Stroux am Düsseldorfer Schauspielhaus, danach Engagements an großen dt. Bühnen, in Zürich und am Wiener Burgtheater. □ 1975: UA von »Der Rattenfänger« (C. →Zuckmayer) in Zürich. □ 1976: Titus Feuerfuchs in »Talisman« (J. N. Nestroy, Rg. O. →Schenk) bei den Salzburger Festspielen. □ 1979: TV-Film »Der lebende Leichnam« (nach L. → Tolstoi, Rg. O. Schenk). □ 1984: TV-Film »Flucht ohne Ende«.

Lohse, Eduard

dt. Theologe (ev.)
* 19.2.1924 Hamburg

Lohse war als Bischof der ev.-luth. Landeskirche von Hannover (1971-88) Nachfolger von J. →Lilje. Der Vorsitzende des Rats der Konföderation evangelischer Kirchen in Niedersachsen (1971-75) führte die größte deutsche Landeskirchengemeinde enger zusammen und festigte als Ratsvorsitzender der EKD (1979-85) die ev. Kirchengemeinschaft. Im Luther-Jahr 1983 wurde unter L., der Vorsitzender der Deutschen Bibelgesellschaft (bis 1987) und des Ev. Bibelwerks war, die Ende des 1. Weltkriegs begonnene Revision der Luther-Bibel abgeschlossen.

Eduard Lohse: Mit K. Carstens (l.) und H. Kohl (r.) bei Luthers 500. Geburtstag, 1983.

□ 1960: »Die Offenbarung des Johannes« (Schr.). □ 1962-64: Prof. an der Univ. Kiel. □ 1964: »Die Texte aus Qumran« (Schr.). □ 1964: Prof. an der Univ. Göttingen. □ 1970/71: Rektor ebd. □ 1971: »Umwelt des Neuen Testaments« (Schr.). □ ab 1973: Ratsmitgl. der EKD. □ 1974: »Grundriß der neutestamentlichen Theologie« (Schr.). □ 1975-78: Leitender Bischof der VELKD. □ 1981: »Vom Friedensauftrag des Christen« (Schr.). □ 1988: »Theologische Ethik des N.T.« (Schr.).

Loisy, Alfred

frz. Religionshistoriker
* 28.2.1857 Ambrières, Dep. Marne
† 1.6.1940 Ceffonds, Dep. Haute-Marne

Aufgrund seiner textkritischen Arbeiten als Hebräist und Bibelwissenschaftler am Institute Catholique in Paris (ab 1881) bestritt Loisy, »Vater des Modernismus«, die Irrtumslosigkeit der Heiligen Schrift und wurde 1893 amtsenthoben. Seine Kritik am Dogma und seine 1903 indizierte Programmschrift »Evangelium und Kirche« (1902) führten 1908 zur Exkommunikation. L.s textkritische Thesen setzten sich nach dem 2. Vatikanischen Konzil (1962-65) in der katholischen Theologie zunehmend durch.

← Alfred Loisy

□ 1907/08: »Die synoptischen Evangelien« (Schr., 2 Bde.). □ 1909-26: Prof. für Religionsgeschichte am Collège de France. □ 1926: »Religion und Humanität« (Schr.).

▷ F. Heiler: Der Vater des katholischen Modernismus, Alfred Loisy, 1947.

Ivar Lo-Johansson →

Lo-Johansson, Ivar

schwed. Schriftsteller
* 23.9.1901 Øsmo bei Stockholm

Lo-Johansson, Autodidakt und einer der profiliertesten schwedischen Arbeiterschriftsteller, schildert in Romanen und Novellen das Schicksal der proletarisierten Landarbeiter seiner Heimat. Dokumentarischer Realismus und schonungslose Offenheit prägen sein umfangreiches Werk. Am bekanntesten sind »Der Mann ohne Namen« (1951, dt. 1964), Teil einer achtteiligen Autobiografie, und »Kungsgatan. Roman einer Straße« (1935, dt. 1946).

□ 1927: Reisen durch Europa, »Vagabundenleben in Frankreich« (Reiseb.). □ 1932: »Monna« (R., dt. 1949). □ 1933: »Gute Nacht, Erde!« (R., dt. 1966). □ 1938: »Die Landarbeiterschule in der Literatur« (Es.). □ 1939: »Nur eine Mutter« (R., dt. 1946). □ 1946: »Streitschriften« (Es.s). □ 1953: »Von Hof zu Hof« (R., dt. 1959). □ 1968: »Leidenschaften« (Nov.n, dt. 1968). □ 1971: »Die Lügenbolde« (Nov.n).

Lollobrigida, Gina

ital. Schauspielerin
* 4.7.1927 Subiaco bei Rom

Lollobrigida war in den 50er Jahren die beliebteste Schauspielerin Italiens. Attraktivität und warmherzige Ausstrahlung brachten ihr den Namen »Gina Nationale« ein. Internationale Aner-

Gina Lollobrigida in »Der Glöckner von Notre-Dame«, 1956.

kennung errang sie in Filmen wie »Die Schönen der Nacht« (1952, Rg. R. →Clair, mit G. →Philipe) und »Der Glöckner von Notre-Dame« (1956, mit A. →Quinn). Seit 1972 arbeitet sie hauptsächlich als Fotografin.

□ 1947: Filmdebüt in »Opernrausch« mit B. →Gigli. □ 1951: »Achtung, Banditen« (Rg. C. Lizzani); »Fanfan, der Husar« (mit G. Philip). □ 1953: »Schach dem Teufel« (Rg. J. →Huston, mit H. →Bogart). □ 1961: Auszeichnung mit dem Golden Globe. □ 1963: »Strohpuppe« (mit S. →Connery). □ 1965: »Hotel Paradiso« (mit A. →Guinness). □ 1971: »Matalo« (mit J. →Mason). □ 1974: »Italia mia« (Fotobildband). □ 1984: »Him, her, male and female/Er, sie, männlich und weiblich« (Rg. S. Corbucci).

London, Jack

(eig. John Griffith)
* 12.1.1876 San Francisco
† 22.11.1916 Glenn Ellen (Selbstmord)

London gehörte zu den schillernden Personen der amerikanischen Literaturgeschichte. So wie sein eigenes Leben — Abenteurer, Landstreicher, Alkoholiker — vom Existenzkampf gezeichnet war, führen auch seine Romanhelden ein abenteuerliches Leben. Die Goldgräber in Alaska und der brutale, menschenverachtende Kapitän Wolf Larsen in »Der Seewolf« werden zum Sinnbild des Konflikts, in dem L. sich befand: Dem Erwachen einer modernen Gesellschaftsform stehen archaische Strukturen des Überlebenskampfes in der Natur gegenüber. L.s sozialistische Grundüberzeugung steht im Widerspruch zu seinen »Übermenschen« im Sinne der Philosophie F. →Nietzsches, denen er trotz ihrer negativen Eigenschaften die Bewunderung nicht versagte.

Jack London: Der Abenteurer in seinem Haus in Glenn Ellen, wahrscheinlich 1916.

□ 1891: Tätigkeit in einer Konservenfabrik. □ 1894: Verhaftung wegen Landstreicherei. □ 1895: Univ. von Kalif. in Berkeley; erste Publikationen. □ 1898: Erfolglose Goldsucherexpedition nach Alaska. □ 1900: »Der Sohn des Wolfs« (Erz.n, dt. 1927). □ 1904: »Der Seewolf« (R., dt. 1926). □ 1910: »Der Lockruf des Goldes« (R., dt. 1926).

▷ A. Sinclair: Jack (Biogr.), engl. 1977; R. Barltrop: Jack London. Eine Biografie, 1988.

Long, Richard

engl. Künstler
* 2.6.1945 Bristol

Long gehört zu den profilierten Vertretern der Land Art und wurde mit seinen aus Steinen frei in der Landschaft ausgelegten, archaisch wirkenden Kreisen und Linien bekannt (z. B. »Eine Linie im Himalaja«, 1976). Mit solchen Arbeiten, die u. a. auch in Irland, Schottland, Lappland, Alaska, Mexiko und Marokko entstanden, trug L. zur Erweiterung des Skulpturbegriffs bei. Erkennbar ist in seinem Werk ein entschieden konzeptueller Ansatz, der sich z. B. in einfachen Aktionen wie Landschaftsbegehungen ausdrückt, die er in Fotografien dokumentiert (»Skulpturen des Begehens«). Für Innenräume formierte L. Steinanordnungen und schuf in den 80er Jahren sog. Schlammskulpturen. Wichtiger Bestandteil seines Werkes sind Fotografien und eigene Texte. Thema ist stets das Verhältnis Mensch—Natur, dem er in Anlehnung an kultisch-magische Formen der Frühzeit oder Naturvölker Ausdruck verleiht.

Richard Long: Zauberer des Archaischen.

□ 1966-68: Studium an der St. Martins School of Art, London. □ 1968: Erste Einzelausstellung in der Galerie Konrad Fischer, Düsseldorf. □ 1976: Vertreter Englands auf der Biennale in Venedig. □ 1986: Ausstellung im Solomon R. Guggenheim Museum, New York. □ 1990: Ausstellung in der Tate Gallery, London.

Lon Nol

kambodsch. Politiker und Militär
* 13.11.1913 im Gebiet Prey Veng

Der konservative General Lon Nol war 1970 maßgeblich am Sturz von Staatspräsident Prinz →Sihanouk beteiligt. 1972 löste er das Parlament auf und übernahm als Präsident die unumschränkte Macht in Kambodscha. Bereits ein Jahr später mußte er unter dem Druck der kommunistischen Guerilla der Roten Khmer (→Pol Pot) die Herrschaft mit einem Nationalrat teilen. Kurz bevor die Roten Khmer die Hauptstadt Phnom Penh besetzten, floh er ins Ausland.

□ 1955-66: Verteidigungsmin. und Generalstabschef. □ 1966/67: Ministerpräsident. □ 1967-69: 1. Vizepräsident. □ 1969-72: Ministerpräsident und Verteidigungsmin. (bis 1971). □ 1972-75 Staatspräsident und Oberbefehlshaber der Streitkräfte. □ 1975: Flucht ins Ausland.

← Lon Nol

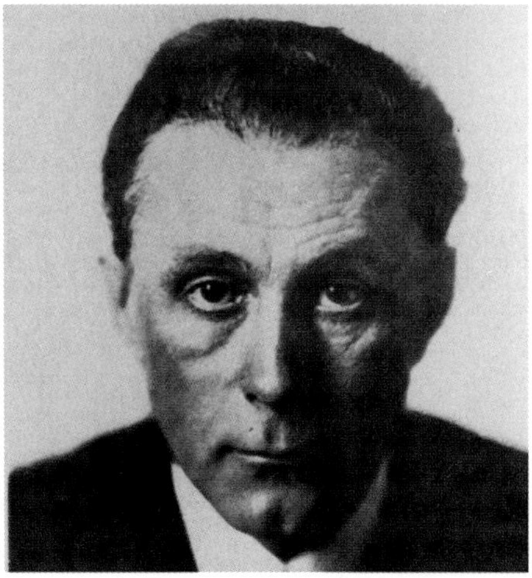

Adolf Loos: Er baute das Haus Steiner in Wien.

Löns, Hermann

dt. Schriftsteller
* 29.8.1866 Culm bei Bromberg (heute Polen)
† 26.9.1914 Reims (Frankreich, gefallen)

Die anhaltende Beliebtheit des Heimatdichters Löns gründet auf seine Natur- und Liebeslyrik, Schilderungen der Heidelandschaft und Tiererzählungen wie »Mümmelmann« (1909). In seinem Roman »Der Wehrwolf« (1910) zeigt L. die Verteidigung von Ehre und Tradition germanischen Bauerntums gegen fremde Einflüsse. Die Nationalsozialisten nutzten den erfolgreichen Roman mit seinen nationalistischen Zügen zur Rechtfertigung ihres Rassismus.

□ 1901: »Mein goldenes Buch« (Ged.e). □ 1909: »Der letzte Hansbur« (R.); »Was da kreucht und fleucht« (Skizzen). □ 1911: »Der kleine Rosengarten« (Ged.e). □ postum 1917: »Die Häuser von Ohlendorf« (R.).

▷ M. Anger: Hermann Löns. Schicksal und Werk aus heutiger Sicht, 1986.

← Hermann Löns

Loos, Adolf

österr. Architekt
* 10.12.1870 Brünn † 23.8.1933 Kalksburg bei Wien

Loos war mit seinen funktionalen Bauten einer der Pioniere der modernen Architektur, vor allem des Rationalismus und des sog. International Style, der sich in den 20er Jahren in klaren, streng geometrisch orientierten und funktionsbestimmten Bauformen akzentuierte. Nach seinem Aufenthalt in den USA und dem Einfluß durch die Chicago School trat L. ab 1896 in Europa in zahlreichen Aufsätzen und Vorträgen für eine funktionsgerechte, sozialen Erfordernissen angemessene Architektur ein und wandte sich gegen die ornamentale Bestimmtheit der Jugendstilbauten (»Ornament und Verbrechen«, Es., 1908). Dabei wirkte er vor allem im Wohnbau revolutionierend. Kubische, klare Formen, Flachdach, glatt eingeschnittene Fensteröffnungen, Verzicht auf jedes ornamentale Beiwerk oder historische Zitat, vom Innern des Hauses bestimmte Grund- und Aufrißbildungen waren L.s Hauptprinzipien. Wesentliche Werke sind das Haus Steiner in Wien (1910), wegweisend auch in der frühen Anwendung der Stahlbetonkonstruktion im Wohnbau, weiterhin das Terrassenhaus Scheu in Wien (1912) und die mit verschiedenen Aufrißlösungen experimentierenden Häuser Rufer in Wien (1922) und Tristan Tzara in Paris (1926).

□ 1890-93: Studium an der TH Dresden. □ 1893-96: Aufenthalt in den USA. □ ab 1896: Eigenes Büro in Wien. □ 1923-28: Tätigkeit in Paris. □ 1930: Haus Müller in Prag.

▷ B. Rukschio, R. Schachel: Adolf Loos. Leben und Werk, 1982.

Lorca, Federico García →García Lorca, F.

Loren, Sophia

(eig. Sofia Scicolone)
ital. Schauspielerin
* 20.9.1934 Rom

Unterstützt von V. de →Sica und ihrem Entdecker und späteren Ehemann Carlo Ponti

Sophia Loren: Die temperamentvolle Italienerin im Alter von 22 Jahren.

(* 1913) entwickelte sich Loren zu einer wandlungsfähigen, ausdrucksstarken Filmschauspielerin und verdrängte Ende der 50er Jahre G. →Lollobrigida von ihrem Platz als beliebteste Darstellerin Italiens. Weltberühmt wurde sie neben Partnern wie C. →Grant und G. →Peck in zahlreichen Hollywood-Filmen (»Hausboot«, 1958; »Arabeske«, 1966), die von ihrem italienischen Temperament und ihrem tragikomischen Talent lebten.

☐ 1953: Erste Hauptrolle in »Weiße Frau in Afrika« (Rg. G. Rocardi). ☐ 1954: »Die Frau vom Fluß« (Rg. M. Soldati). ☐ 1956: Erster Hollywood-Film »Stolz und Leidenschaft« (mit C. →Grant und F. →Sinatra). ☐ 1959: »Es begann in Neapel« (mit C. →Gable und V. De Sica). ☐ 1961: Oscar für »Und dennoch leben sie« (Rg. V. De Sica, mit J.-P. →Belmondo). ☐ 1964: »Hochzeit auf italienisch« (Rg. V. De Sica). ☐ 1969: Golden Globe als populärste Schauspielerin der Welt. ☐ 1972: »Der Mann von La Mancha«. ☐ 1974: »Begegnung« (mit R. →Burton). ☐ 1977: »Cassandra Crossing« (mit B. →Lancaster). ☐ 1980: 30 Tage Haft wegen Steuerhinterziehung. ☐ 1988: »Mamma Lucia« (Opernfilm mit L. →Pavarotti). ☐ 1991: Ehrenoscar.

▷ E. A. Hotchener: Sophia Loren — Leben und Lieben, 1979.

Lorentz, Hendrik Antoon

niederl. Physiker
* 18.7.1853 Arnheim † 4.2.1928 Haarlem

Lorentz entwickelte ab 1892 die klassische Elektronentheorie, wonach die Materie aus geladenen Teilchen aufgebaut ist. Von der Maxwellschen Theorie der Elektrodynamik ausgehend, fand L. 1875 eine Erklärung für die Brechung und Reflexion elektromagnetischer Wellen. L.s Vorstellung, daß ein Magnetfeld auch die Wellenlänge des Lichts beeinflusse, wurde 1896 von seinem Schüler P. →Zeeman bestätigt. Der Vertreter der Relativitäts- und Quantentheorie war später für die Planung der Trockenlegung der Zuidersee verantwortlich.

☐ 1878-1912: Prof. an der Univ. Leiden. ☐ 1895: »Versuch einer Theorie der elektrischen und optischen Erscheinungen in bewegten Körpern« (Schr.). ☐ 1902: Physik-Nobelpreis mit P. Zeeman. ☐ ab 1912: Kurator des Naturwissenschaftlichen Kabinetts in Haarlem. ☐ 1914: »Das Relativitätsprinzip« (Schr.).

▷ A. Einstein: Hendrik Antoon Lorentz (Biogr.), 1953.

← Hendrik A. Lorentz

Lorentz, Lore

dt. Kabarettistin
* 12.9.1920 Mährisch-Ostrau (Ostrava, CSFR)

Lorentz, die Grande Dame des deutschen Kabaretts, gründete 1947 mit ihrem Ehemann Kay (* 1920) in Düsseldorf das politische Kabarett »Kom(m)ödchen«. Mit ihr als Star, der im Ensemble und in Soloprogrammen (u. a. »Eine schöne Geschichte«, 1984) alle Nuancen der deutschen Sprache pointiert und politisch scharfzüngig zu nutzen weiß, wurde das »Kom(m)ödchen« zu einem der Spitzenensembles der BRD. L. ist seit 1978 Professorin für Chanson und Musical an der Folkwang-Hochschule für Musik, Theater und Tanz in Essen.

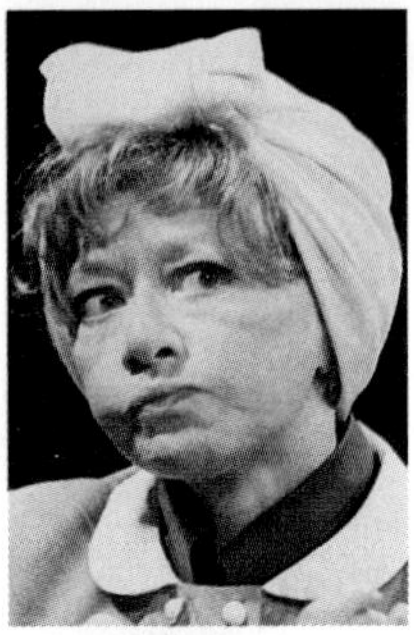

← Lore Lorentz

K. Lorenz (1975) erforschte auch das menschliche Verhalten.

Lorenz, Konrad

österr. Verhaltensforscher
* 7.11.1903 Wien † 27.2.1989 Altenberg

Ausgehend von Studien an frei fliegenden Dohlen und Kolkraben begründete Lorenz die moderne Verhaltensforschung. Bekannt wurde er mit seinen Untersuchungen über das Liebes- und Familienleben der Graugänse. L. erforschte das instinktive Verhalten, den auf sog. Schlüsselreize der Umwelt ansprechenden »Auslösermechanismus«, der die den Reizen entsprechenden Reaktionen in Gang setzt, sowie die individual- und stammesgeschichtliche Entwicklung des den Tieren angeborenen Verhaltens. Große Publizität erreichte der Nobelpreisträger von 1973 mit seinen Analysen auf dem Gebiet der vergleichenden Verhaltensforschung über das instinktuell und intellektuell programmierte Verhalten des Menschen.

☐ ab 1937: Mithg. der Zeitschrift für Tierpsychologie. ☐ 1949: »Er redete mit dem Vieh, den Vögeln und den Fischen« (Sachb.). ☐ 1950: »So kam der Mensch auf den Hund« (Sachb.). ☐ 1951-54: Leiter der Forschungsstelle für Verhaltensphysiologie des Max-Planck-Inst. (MPI) für Meeresbiologie, Schloß Buldern/Westf. ☐ 1955-73: (bis 1961 stellv.) Dir. am MPI für Verhaltensphysiologie in Seewiesen bei Starnberg. ☐ 1963: »Das sogenannte Böse. Zur Naturgeschichte der Aggression« (Abh.). ☐ 1965/66: »Über tierisches und menschliches Verhalten. Aus dem Werdegang der Verhaltensforschung« (2 Bde.). ☐ 1973: Physiologie/Medizin-Nobelpreis (mit K. v. →Frisch und N. →Tinbergen); »Die acht Todsünden der zivilisierten Menschheit« (Es.). ☐ ab 1973: Leiter der Abteilung für Tiersoziologie am Inst. für vergleichende Verhaltensforschung der Österr. Akademie der Wissenschaften in Wien. ☐ 1978: »Vergleichende Verhaltensforschung« (Schr.). ☐ 1979: »Das Jahr der Graugans« (Sachb.). ☐ 1983: »Der Abbau des Menschlichen« (Sachb.). ☐ 1988: »Hier bin ich — wo bist du? Ethologie der Graugans« (Es.).

▷ M. Amberg: Konrad Lorenz. Verhaltensforscher, Philosoph, Naturschützer, 1977; A. Festetics: Konrad Lorenz. Aus der Welt des großen Naturforschers, 1983; N. Bischof: Gescheiter als alle Laffen. Ein Psychogramm von Konrad Lorenz, 1991.

Lorenz, Max
(eig. Max Sülzenfuß)
dt. Sänger
* 17.5.1901 Düsseldorf
† 11.1.1975 Salzburg (Österreich)

Lorenz war einer der angesehensten deutschen Heldentenöre seiner Zeit. Er debütierte 1927 an der Dresdner Staatsoper als Walther von der Vogelweide in Wagners »Tannhäuser« und wurde Mitglied der Opernhäuser in Berlin und Wien. L., der als Wagner-Interpret Weltruhm erlangte (Gastspiele u. a. in Buenos Aires, London, Paris und Rom), sang bei den Bayreuther Festspielen 1933-39 die Partien des Tristan und Siegfried. Zu seinen Glanzrollen zählte auch die Titelpartie des »Othello« von G. →Verdi. In Salzburg wirkte er in den 50er Jahren bei Uraufführungen zeitgenössischer Opern mit (Kaufmann in »Irische Legende« von W. → Egk; Josef K. in »Der Prozeß« von G. v. →Einem.

□ 1926-31: Engagement an der Dresdner Staatsoper. □ 1931: Mitgl. der Berliner Staatsoper. □ 1931-34: Auftritte an der Metropolitan Opera New York. □ 1941-62: Mitgl. der Staatsoper Wien. □ 1955: Bei den Salzburger Festspielen Partie des Titelhelden in der Oper »Palestrina« von H. →Pfitzner.

▷ W. Hermann: Max Lorenz, 1976.

← Max Lorenz

Loriot →Bülow, Vicco von

Lorre, Peter
(eig. Ladislaw Loewenstein)
dt. Schauspieler ung. Herkunft
* 26.6.1904 Rosenberg (heute Rózahegy, CSFR)
† 23.3.1964 Hollywood, Kalif. (USA)

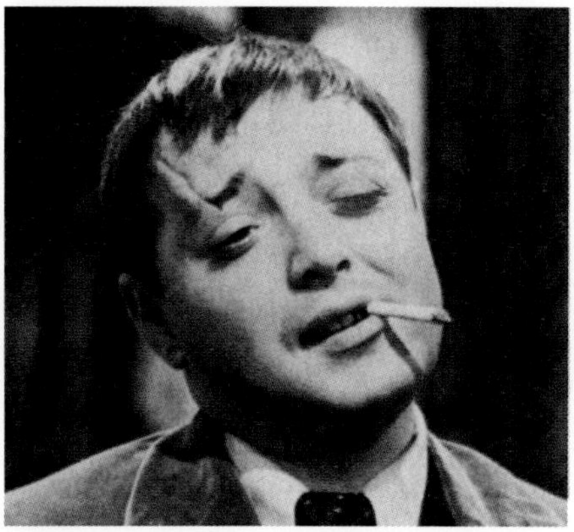

Peter Lorre in »Der Mann, der zuviel wußte«, 1934.

Seine gedrungene Gestalt und das runde Gesicht mit den hervorstehenden Augen machten Lorre zur Idealbesetzung für zwielichtige Bösewichte. Bereits seine erste Hauptrolle als psychopathischer Kindermörder in »M — Eine Stadt sucht einen Mörder« (1930, Rg. F. →Lang) legte ihn auf dieses Rollenklischee fest. Auch kleine Nebenrollen wie den Ganoven Ugarte in »Casablanca« (1942, mit H. →Bogart, I. →Bergman, Rg. M. →Curtiz) oder den Arzt in »Arsen und Spitzenhäubchen« (1944, mit C. →Grant, Rg. F. →Capra) meisterte er mit Bravour. Sein Versuch, sich 1951 mit »Der Verlorene« (Rg. und Hr.) auch als Regisseur zu etablieren, schlug jedoch fehl.

□ 1932: »Bomben auf Monte Carlo« (mit H. →Albers, Rg. K. Hartl). □ 1933: Emigration nach Hollywood. □ 1934: »Der Mann, der zuviel wußte« (Rg. A. →Hitchcock). □ 1936: »Geheimagent« (Rg. A. Hitchcock). □ 1937-39: Sieben Filme als Detektiv Mr. Moto. □ 1941: »Die Spur des Falken« (Rg. J. →Huston). □ 1947: »Detektiv mit kleinen Fehlern« (mit B. →Hope, Rg. E. Nugent). □ 1953: »Schach dem Teufel« (Rg. J. Huston). □ 1954: »20 000 Meilen unter dem Meer« (Rg. R. Fleischer). □ 1956: »In 80 Tagen um die Welt« (Rg. M. Anderson). □ 1957: »Der Mann, der niemals lachte« (mit B. →Keaton, Rg. S. Sheldon). □ 1963: »Der Rabe — Duell der Zauberer« (mit B. →Karloff, Rg. R. Corman). □ 1964: »Die Heulboje« (Rg. und Hr. J. → Lewis).

▷ F. Beyer: Peter Lorre. Seine Filme — sein Leben, 1988.

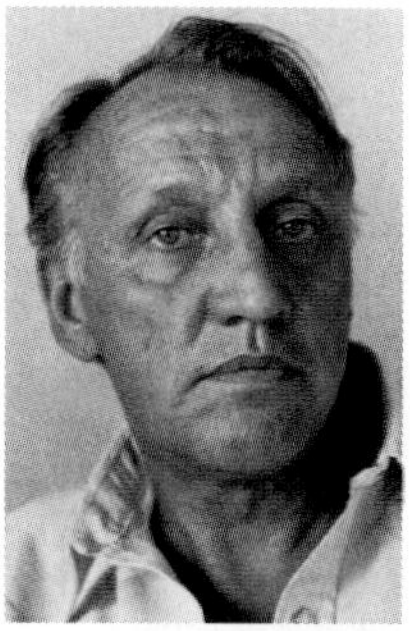

Joseph Losey →

Losey, Joseph Walton
amer. Regisseur
* 14.1.1909 La Crosse, Wisc.
† 22.6.1984 London (Großbritannien)

Losey war bereits als Theaterregisseur erfolgreich — er hatte u. a. 1947 in Los Angeles die Uraufführung von B. →Brechts revidierter Fassung des »Galileo Galilei« (mit Ch. →Laughton) inszeniert —, als er 1948 sein Spielfilmdebüt gab. In den 50er Jahren kam er auf die sog. Schwarze Liste des →McCarthy-Ausschusses und arbeitete fortan in Europa. Seine Filme, deren Drehbücher häufig H. →Pinter schrieb, sind Parabeln vom Kampf des Individuums um Identität.

□ ab 1925: Medizinstudium. □ ab 1932: Theaterregisseur. □ 1948: »Der Junge mit den grünen Haaren« (F.). □ 1959/60: »Die Spur führt ins Nichts«. □ 1963: »Der Diener« (mit D. →Bogarde). □ 1966: »Accident — Zwischenfall in Oxford«. □ 1971: Goldene Palme von Cannes für »Der Mittler«. □ 1972: »Nora« (nach H. →Ibsen mit J. →Fonda). □ 1976: »Mr. Klein« (mit A. →Delon). □ 1979: Filmadaption von Mozarts »Don Giovanni«. □ 1980: Inszenierung von »Boris Godunow« an der Pariser Oper.

▷ Peter W. Jansen/W. Schütte (Hg.): J. Losey, 1977.

Joe Louis →

Louis, Joe
(eig. Joseph Louis Barrow)
amer. Boxer
* 15.3.1914 Lexington, Alab. † 12.4.1981 Las Vegas

Louis war 1937 bis zu seinem Rücktritt 1949 Boxweltmeister im Schwergewicht. 25mal verteidigte der Rekordhalter seinen Titel (davon 22mal durch k. o.) und verlor als Profi nur drei von 71 Kämpfen. Nach seiner sensationellen Niederlage gegen M. →Schmeling 1936 in einem Nicht-Titelkampf blieb der »Braune Bomber« 13 Jahre ungeschlagen. 1938 glückte ihm gegen Schmeling in einem WM-Kampf die Revanche (K.-o.-Sieg in der ersten Runde). Wegen finanzieller Nöte stieg L. nach seinem Rücktritt wieder in den Ring, scheiterte aber 1950 im Titelkampf gegen Ezzard Charles (* 1921). 1951 kam das endgültige Aus für die Boxlegende, als er vom neun

Jahre jüngeren R. →Marciano in der achten Runde ausgeknockt wurde.

□ 1937: WM-Sieg gegen J. Braddock (k. o.); T. Farr (Punktsieg). □ 1938: N. Mann (k. o.); H. Thomas (k. o.); M. Schmeling (k. o.). □ 1939: John Lewis (k. o.); Jack Roper (k. o.); Tony Galento (k. o.); Bob Pastor (k. o.). □ 1940: Arturo Godoy (Punktsieg); Johnny Paychek (k. o.); Arturo Godoy, zweiter WM-Kampf (k. o.); Al McCoy (k. o.). □ 1941: Red Burman (k. o.); Gus Dorazio (k. o.); Abe Simon (k. o.); Tony Musto (k. o.); Buddy Baer (Disqualifikation); Billy Conn (k. o.); Lou Nova (k. o.). □ 1942: Buddy Baer (k. o.); Abe Simon (k. o.). □ 1946: Billy Conn (k. o.); Tami Mauriello (k. o.). □ 1947: Joe Walcott (Punktsieg). □ 1948: Joe Walcott (k. o.), danach Verzicht auf den Titel. □ 1950: Comeback-Versuch gegen Titelhalter E. Charles (Punktniederlage).

Louis, Morris

(eig. Morris Louis Bernstein)
amer. Maler
* 28.11.1912 Baltimore, Maryl.
† 7.9.1962 Washington, D. C.

Louis gehört zu den Mitbegründern der Farbfeldmalerei (Color Field Painting). In seinen Bildern ab 1954 ließ er Acrylfarbe wie Schleier lasierend über ungrundierte, monumentale Leinwände fließen und erzielte den Eindruck transparenter, vibrierender Farbräume. Ende der 50er Jahre folgten Arbeiten mit diagonalen komplementären Farbstreifen an den Bildecken, die rhythmische Bewegung suggerieren und die leere Zone in der Mitte als unbegrenzten Raum akzentuieren (z. B. »Alpha-Pi«, 1960, New York, Metropolitan Museum of Art). Seine letzten Werke sind hochformatig und enthalten Reihungen vertikaler Streifen und Bänder, die teilweise aneinanderstoßen, oben bewußt das Ansetzen des Pinsels erkennen lassen und unten an den Bildrand stoßen, über den hinaus sie sich auszudehnen scheinen. Charakteristisch für alle seine Experimente ist der zufällig wirkende Bildausschnitt. Die Farbelemente suchen die Verbindung zum umgebenden Raum.

□ 1929-33: Studium am Maryland Inst. of Fine and Applied Art, Baltimore. □ 1936: Übersiedlung nach New York. □ 1937-49: Tätigkeit für das Federal Art Project; Freundschaft mit A. →Gorky und J. D. A. →Siqueiros. □ 1940: Atelier in Baltimore. □ ab 1952: Wohnsitz in Washington, D. C.; Freundschaft mit K. Noland. □ 1954-58: Bildserie »Schleier«. □ 1960/61: Bildserie »Entfaltungen«.

▷ M. Fried: Morris Louis, engl. NA 1971.

Sir A. C. Bernard Lovell →

← Morris Louis

Lovell, Sir (seit 1961) Alfred Charles Bernard

brit. Physiker und Astronom
* 31.8.1913 Oldland Common, Gloucestershire

Lovell, 1946-81 Direktor der von ihm in Jodrell Bank (Cheshire) gegründeten Nuffield Radio Laboratories, vermaß erstmals die Geschwindigkeit von Meteoren und ihre Entfernungen mit Radar. 1951-57 ließ L. das erste voll bewegliche Radioteleskop mit einem Parabolspiegeldurchmesser von 76,2 m in Jodrell Bank errichten, mit dem Radio-Signale aus der Milchstraße empfangen wurden. Mit dem Teleskop »Mark II« verfolgte L. Bahnen und Ziele von Raketen und Satelliten und gab wichtige Beobachtungen an die amerikanischen und sowjetischen Bodenstationen weiter.

Richard Löwenthal →

□ 1951: »Radio astronomy« (Schr.). □ 1951-80: Prof. für Radioastronomie an der Univ. Manchester. □ 1955: Mitgl. der Royal Society. □ 1963: »Discovering the universe« (Schr.). □ 1966: Empfang von Signalen, die von der Krim ausgestrahlt und der Venus reflektiert wurden. □ 1967: »Our present knowledge of the universe« (Schr.). □ 1987: »Voice of the universe« (Schr.).

Löwenthal, Gerhard

dt. Journalist und Fernsehmoderator
* 8.12.1922 Berlin

Löwenthal wurde als umstrittener Moderator des ZDF-Magazins (1969-87) einem breiten Publikum bekannt. Seine scharfe Kritik an der 1969 von W. → Brandt und E. →Bahr initiierten Ostpolitik sowie seine ausgeprägt konservative politische Grundhaltung, die in Kommentaren und Beiträgen zum Ausdruck kam, verursachten zahlreiche Proteste, stießen jedoch in Kreisen der CDU/CSU auch auf Zustimmung. 1987 wurde L. nach eigenem Bekunden zwangspensioniert.

Gerhard Löwenthal mit seiner Ehefrau.

□ 1951: Stellv. Programmdir. beim SFB. □ 1959: Leiter der Abteilung für wissenschaftliche Information der OECD in Paris. □ ab 1963: Leiter der Benelux-Redaktion des ZDF. □ 1969-87: Moderator des ZDF-Magazins. □ 1970: Lehrauftrag an der Univ. in Mainz scheitert am Protest der Studenten.

▷ G. Löwenthal: Ich bin geblieben (Aut.), 1987.

Löwenthal, Richard

(Pseud. Paul Sering)
brit. Politologe und Soziologe dt. Herkunft
* 15.4.1908 Berlin † 9.8.1991 ebd.

Der brillante Politologe Löwenthal machte in den 60er Jahren durch zahlreiche Veröffentlichungen zur Struktur der modernen Gesellschaft und zur aktuellen politischen Situation auf sich aufmerksam. Seit seiner Emeritierung beteiligte er sich an der Theorie-Diskussion innerhalb der SPD, zu deren rechtem Flügel er gerechnet wurde. Während der 80er Jahre war er Mitglied der Grundwerte-Kommission der SPD.

□ 1926-29: Mitgl. der Kommunistischen Studentenbewegung. □ ab 1931: Freier Schriftsteller in Berlin. □ 1935: Emigration nach England. □ 1942: Bei der Nachrichtenagentur Reuter. □ seit 1947: Brit. Staatsbürger. □ 1947: »Jenseits des Kapitalismus« (Schr.). □ 1948-58: Redakteur beim Observer; bis 1954 Korrespondent in Deutschland. □ 1957: »Ernst Reuter« (Biogr., mit W. →Brandt). □ 1961-74: Prof. in Berlin. □ 1963: »Chruschtschow und der Weltkommunismus« (Schr.). □ 1967: »Ist der Osten noch ein Block?« (Schr.). □ 1970: Mitbegründer des Bundes Freiheit der Wissenschaft (bis 1978). □ 1981: »6 Thesen zur Identität der Sozialdemokratie« (Schr.). □ 1983: »Weltpolitische Betrachtungen«. □ 1987: »Die Zukunft der Sozialdemokratie« (Schr.).

Löwith, Karl

dt. Philosoph
* 9.1.1897 München † 24.5.1973 Heidelberg

Löwith untersuchte die Entwicklung der Philosophie im 18. und 19. Jh. unter dem Gesichtspunkt des Einflusses christlicher Theologie und Heilsgewißheit auf das abendländische Denken. Ein internationales Standardwerk über das Entstehen des deutschen Nihilismus wurde L.s Studie »Von Hegel zu Nietzsche. Der revolutionäre Bruch im Denken des 19. Jahrhunderts« (1941, NA 1949).
L.s anthropologische These, daß dem Menschen als einem Naturwesen jede transzendentale Erkenntnis versagt sei, widersprach der Geschichte der Metaphysik und Geschichtsphilosophie. In seinem Hauptwerk »Weltgeschichte und Heilsgeschehen. Die theologischen Voraussetzungen der Geschichtsphilosophie« (1948, dt. 1953) thematisiert L. die Lösung des Denkens von christlicher Heilsgewißheit und fordert eine an der Vernunft orientierte Selbständigkeit des Menschen.

Karl Löwith: Glaubte an die Vernunft des Menschen.

□ 1933: »Kierkegaard und Nietzsche« (Schr.). □ 1934: Emigration nach Rom. □ 1936: »J. Burckardt, der Mensch inmitten der Geschichte« (Schr.). □ 1936-41: Prof. an der Kaiserlichen Univ. in Sendai, Japan. □ 1941: Prof. am theologischen Seminar der Univ. Hartford, Conn. □ 1949: Prof. der New School for Social Research, New York. □ 1952-64: Prof. an der Univ. Heidelberg. □ 1953: »Heidegger — Denker in dürftiger Zeit« (Schr.). □ 1962: »Die Hegelsche Linke« (Schr.). □ 1967: »Gott, Mensch und Welt in der Metaphysik von Descartes bis zu Nietzsche« (Schr.). □ 1971: »Paul Valéry. Grundzüge seines philosophischen Denkens«.

▷ K. Löwith: Mein Leben in Deutschland vor und nach 1933 (aut. Bericht), 1986.

Malcolm Lowry →

Lowry, (Clarence) Malcolm

brit. Schriftsteller
* 28.7.1909 New Brighton, Cheshire
† 27.6.1957 Ripe, Sussex (verunglückt)

Lowry, eines der unbekanntesten literarischen Genies des 20. Jh.s, führte in seinen Romanen die erzähltechnischen Experimente von J. → Joyce und W. →Faulkner weiter. Sein autobiografisch geprägtes Hauptwerk, der 1984 von J. →Huston verfilmte Roman »Unter dem Vulkan« (1947, dt. 1951), schildert den letzten Tag im Leben eines ehemaligen britischen Konsuls, der dem Alkohol verfallen ist. Die Existenz des Protagonisten, der sein Leben nur im selbstzerstörerischen Rausch erträgt, symbolisiert Identitätsverlust, Einsamkeit und Hoffnungslosigkeit des modernen Menschen vor dem Hintergrund des Wertverfalls im 20. Jh.

□ 1929-32: Studium der Philosophie in Cambridge. □ ab 1932: Aufenthalte in China, Frankreich, USA, Rußland und Mexiko. □ 1933: »Ultramarin« (R., dt. 1982). □ 1940: Heirat mit der Schriftstellerin Margerie Bonner. □ 1940-54: Aufenthalt in Kanada. □ postum 1961: »Hör uns, o Herr, der Du im Himmel wohnst« (Erz.n, dt. 1965). □ 1968: »Dunkel wie die Gruft, in der mein Freund begraben liegt« (R., dt. 1985). □ 1970: »Oktoberfähre nach Gabriola« (R., dt. 1981).

▷ D. Day: Malcolm Lowry, 1973; H. Hoven: Malcolm Lowry mit Selbstzeugnissen und Bilddokumenten, 1988.

Henri de Lubac →

Lubac, Henri de

frz. Theologe (kath.)
* 20.2.1896 Cambrai † Sept. 1991 Paris

Lubac gehörte zu den einflußreichsten französischen Theologen des 2. Vatikanischen Konzils (1962-65), das er ab 1960 vorbereiten half. Er beschwor den Gemeinschaftscharakter des Christentums und die Notwendigkeit des Dialogs mit anderen Religionen, wandte sich jedoch entschieden gegen Bestrebungen, das christliche Mysterium auf Logik zu reduzieren.

□ 1929-61: Prof. an der Faculté de théologie catholique in Lyon. □ 1938: »Katholizismus als Gemeinschaft« (Schr., dt. 1943). □ 1944: »Die Tragödie des Humanismus ohne Gott« (Schr., dt. 1950). □ 1946: »Die Freiheit der Gnade« (Schr., 2 Bde., dt. 1971). □ 1967: »Geheimnis aus dem wir leben« (Schr., dt. 1967). □ ab 1983: Kardinal.

»Ruud« Lubbers →

Lubbers, Rudolphus Frans Marie

niederl. Politiker
* 7.5.1939 Rotterdam

Der pragmatische Realist »Ruud« Lubbers wurde 1982 zum jüngsten Ministerpräsidenten der Niederlande berufen. Seit Beginn seiner Amtszeit setzte der angesehene und populäre Politiker ein heftig umstrittenes, rigoroses Sparprogramm, die Stationierung der NATO-Marschflugkörper, ein ehrgeiziges Umweltschutzprogramm und den Abbruch der Planung neuer Kernreaktoren durch.

□ bis 1962: Studium der Ökonomie. □ 1963-73: Direktionssekr. □ ab 1965: Dir. der Lubbers Konstruktionsstätte und Maschinenfabrik Hollandia BV. □ 1973: Wirtschaftsmin. □ 1977-82: Parlamentsabg. □ seit 1982: Ministerpräsident.

Ernst Lubitsch: Der Komödienspezialist dreht »Blaubarts achte Frau«, 1938.

Lubitsch, Ernst

dt.-amer. Regisseur
* 29.2.1892 Berlin † 30.11.1947 Los Angeles

Lubitsch begründete mit historischen Ausstattungsfilmen wie »Madame Dubarry« (1919) und »Anna Boleyn« (1920) den internationalen Erfolg der UFA. 1922 ging er nach Hollywood, wo er zum Meister der ironischen Gesellschaftskomödie wurde. Charakteristisch für seine Dreiecksgeschichten ist der sog. Lubitsch-Touch, die elegante Art, Frivoles mit Andeutungen, dezenten Symbolen und Auslassungen zu erzählen.

□ ab 1911: Schauspieler bei M. →Reinhardt in Berlin. □ 1914: Erste Filmregie. □ 1918: »Die Augen der Mumie Ma« (mit P. →Negri und E. →Jannings). □ 1919: »Die Austernprinzessin«. □ 1920: »Kohlhiesels Töchter«. □ 1922: Übersiedlung in die USA. □ 1932: »Ärger im Paradies«. □ 1933: »Serenade zu dritt«. □ 1937: »Engel«. □ 1938: »Blaubarts achte Frau«. □ 1939: »Ninotschka«; »Rendezvous nach Ladenschluß«. □ 1942: »Sein oder Nichtsein«. □ 1943: »Ein himmlischer Sünder«.

▷ H. H. Prinzler/E. Patalas: Lubitsch, 1984.

Lübke, Heinrich

dt. Politiker
* 14.10.1894 Enkhausen, Sauerland
† 6.4.1972 Bonn

Lübke wurde 1959 zum zweiten Bundespräsidenten der BRD gewählt, nachdem K. →Adenauer seine Kandidatur auf das höchste Staatsamt wieder zurückgezogen hatte. Mit Unterstützung der SPD wurde er 1964 wiedergewählt. Er befürwortete seit 1961 eine Große Koalition und unterstützte 1966 deren Zustandekommen durch seine Vermittlertätigkeit. Stets betonte er die politische Kompetenz des Bundespräsidenten und suchte den Einfluß dieses Amtes auszuweiten. Sein besonderes Interesse galt den Entwicklungsländern.

← Heinrich Lübke

□ 1926-33: Mitbegründer und Dir. der Dt. Bauernschaft. □ 1931-33: Mitgl. des preuß. Abgeordnetenhauses für das Zentrum. □ 1934/35: Untersuchungshaft. □ 1939-45: Mitarbeiter eines Architekturbüros, das für rüstungsrelevante Bauten dienstverpflichtet wurde. □ ab 1945: Mitgl. der CDU. □ 1946-49: MdL (NRW). □ 1947-52: Landwirtschaftsmin. in NRW. □ 1953-59: MdB; Landwirtschaftmin. □ 1959-69: Bundespräsident.

▷ H. G. Quarta: Heinrich Lübke. Zeugnisse eines Lebens, 1978.

Lucas, George

amer. Regisseur, Autor und Produzent
* 14.5.1944 Modesto, Kalif.

Als Assistent im Team F. F. →Coppolas entwickelte sich Lucas seit 1970 zu einem der erfolgreichsten Regisseure Amerikas. Sein Gespür für effektvolle Mittel, z. B. geschickter Einsatz von Musik oder aufwendige Tricktechniken, sicherten seinen Filmen Erfolg beim Publikum und bei der Kritik. Bereits seine zweite eigene Produktion, »American Graffiti« (1973), die ein Bild der amerikanischen Jugend zu Beginn der 60er Jahre zeichnet, brachte sehr hohen Gewinn. Das Science-fiction-Märchen »Star Wars/Krieg der Sterne« (1977) übertraf mit 193,5 Mio. US-$ alle bisher eingespielten Summen.

George Lucas mit seinem Roboter aus »Star Wars«.

□ 1967: 1. Preis beim Nat. Studenten-Filmfestival mit dem Kurzfilm »THX 1138« (Studienarbeit der Univ. of Southern California). □ 1967: Mitarbeit an »Der goldene Regenbogen« (Rg. F. F. Coppola). □ 1969: Neubearbeitung von »THX 1138« als erste eigene Regiearbeit im Coppola-Team. □ 1979: »Das Imperium schlägt zurück« (1. Fortsetzung von »Krieg der Sterne«). □ 1980: »Jäger des verlorenen Schatzes« (P.; Rg. St. →Spielberg). □ 1982: »Die Rückkehr der Jedi-Ritter« (2. Fortsetzung von »Krieg der Sterne«).

Lucebert

(eig. Lubertus Jacobus Swaanswijk)
niederl. Schriftsteller und Maler
* 15.9.1924 Amsterdam

Lucebert war der »Kaiser« der sog. Fünfziger, einer Gruppe experimenteller Dichter und Maler, die sich nach 1945 in den Niederlanden um die Zeitschrift Reflex und die Gruppe Cobra versammelte. Sowohl in seiner Poesie (»Ernten im Irrgarten«, 1981) als auch in seinen Bildern nähert er sich auf mal sarkastische, mal humoristische oder beherrscht-mysteriöse Weise der als bedroht erfahrenen Welt und versucht dem Menschen einen Ausweg aus seiner Passivität zu zeigen. 1967 erhielt L. den P.-C.-Hooft-Preis.

Lucía, Paco de

(eig. Francisco Sánchez Gómez)
span. Gitarrist
* 21.12.1947 Algeciras

Paco de Lucía bei einem Konzert in Sofia, 1988.

Die Virtuosität und intuitive Improvisationskunst Paco de Lucías, der Gefühle — ohne Noten lesen zu können — in Gitarrenklänge umsetzt, macht ihn bereits zu Lebzeiten zu einer Legende. Aus der Mischung von Flamenco- und Jazz-Elementen entwickelte L. eine neue Musiksprache, die diese archaische Zigeunermusik wiederbelebt und für die Moderne öffnet. 1976 wurde der Sologitarrist mit dem Rumba »Entre dos aguas« international bekannt. Mit den Jazzmusikern A. →DiMeola und J. →McLaughlin bildete er Anfang der 80er Jahre ein Supertrio auf der akustischen Gitarre, dessen meisterhaftes Zusammenspiel auf den beiden Plattenerfolgen »Friday Night in San Francisco« (1981) und »Passion, grace and fire« (1983) festgehalten ist.

□ 1962: 1. Preis als Begleitung seines Bruders Pepe beim Concurso de Cante Jerez de la Frontera. □ 1962-64: Welttournee mit der Tanzgruppe José Grecos. □ 1967: Erstes Solo-Album »La Fabulosa Guitarra de Paco de Lucía«. □ 1967-74: Gitarrist in der Truppe Festival Flamenco Gitano. □ 1968: Amer. Debüt in der Carnegie Hall, New York. □ 1969: »Fantasía Flamenca« (Solo-LP). □ 1970: Solokonzert bei dem bisher nur dem klassischen Repertoire vorbehaltenen int. Musikfestival von Barcelona. □ 1973: »Fuente y Caudal« (Solo-LP). □ 1975: Triumphaler Auftritt im Teatro Real in Madrid. □ 1981: »Sólo quiero caminar« (Solo-LP). □ 1983: Schauspieler und Gitarrist im Ballettfilm »Carmen« (Rg. A. →Saura, mit A. →Gades). □ 1986: »Los Tarantos« (Ballettmusik); Tournee durch die UdSSR. □ 1987: »Siroco« (LP).

▷ G. Klingenstein: Paco de Lucía. Grenzgänger im Flamenco, 1988.

Ludendorff, Erich

Erich Ludendorff →

dt. Militär und Politiker
* 9.4.1865 Kruszewnia, Prov. Posen
† 20.12.1937 Tutzing am Starnberger See

Nachdem Ludendorff mit →Hindenburg 1916 die Oberste Heeresleitung übernommen hatte, leitete er faktisch die gesamte deutsche Kriegsführung. Er wirkte weit über den militärischen Bereich hinaus und setzte seine Forderungen zur vollständigen Mobilisierung aller Kräfte durch (»Hindenburgprogramm«). 1917 erzwang er den Rücktritt des zögernden →Bethmann Hollweg. Damit nahm er der politischen Führung jeden Spielraum. Er gilt als einer der Erfinder der Dolchstoß-Legende (die Politik sei der siegreichen Wehrmacht in den Rücken gefallen). L. wandte sich nach dem Krieg zunehmend obskuren rassistischen und antichristlichen Ideen zu.

□ 1908-12: Chef der Aufmarsch-Abteilung des Großen Generalstabs. □ 1914: Generalstabschef unter Hindenburg. □ 1916: Erster Generalquartiermeister. □ Okt. 1918: Aus dem Militärdienst entlassen. □ 1919: »Meine Kriegserinnerungen«. □ 1922: »Kriegsführung und Politik« (Schr.). □ 1923: Teilnahme am Hitlerputsch. □ 1926: Gründung des Tannenbergbunds. □ 1935: »Der totale Krieg« (Schr.).

▷ E. Ludendorff: Vom Feldherrn zum Weltrevolutionär. Meine Lebenserinnerungen, 3 Bde. 1955, 1987.

Lüders, Günther

Günther Lüders →

dt. Schauspieler und Regisseur
* 5.3.1905 Lübeck † 1.3.1975 Düsseldorf

Lüders war ein subtiler Komiker von Rang. Er verkörperte häufig schrullige Typen aus dem Seefahrermilieu, denen er insbesondere im Alter eine tragische Dimension verlieh. Glanzlicht seiner Lesungen waren die Kuddel-daddel-du-Texte von J. →Ringelnatz, die er mit vergnügtlistiger Hintergründigkeit vortrug. Als Regisseur und Intendant (1959-63 am Württ. Staatstheater Stuttgart) war er mit anspruchsvolleren Boulevardstücken erfolgreich.

□ 1923: Bühnendebüt in Lübeck. □ 1934: Filmdebüt in »Die Insel« (Rg. H. Steinhoff). □ 1934-36: Arbeit an Berliner Bühnen und in Kabaretts. □ 1944: Matrose Jens in »Große Freiheit Nr. 7« (F., Rg. H. →Käutner, in NS-Deutschland verboten). □ 1947-54: Engagement als Schauspieler am Düsseldorfer Schauspielhaus unter G. →Gründgens, dort auch eigene Inszenierungen, u. a. »Pygmalion« von G. B. →Shaw. □ 1957: Rolle in »Das Wirtshaus im Spessart« (F., Rg. K. Hoffmann). □ 1956: Erste Filmregie mit »Wenn wir alle Engel wären«. □ 1973: Rolle des Antonius in »Der Kaufmann von Venedig« (Rg. P. →Zadek).

Ludwig, Christa

dt. Sängerin
* 16.3.1928 Berlin

Ludwig gehört im Alt- wie im Sopranfach zu den führenden Sängerpersönlichkeiten ihrer Generation. Neben ihrem vielseitigen Bühnenrepertoire (u. a. Cherubino, Dorabella in den Mozart-Opern »Die Hochzeit des Figaro« bzw. »Così fan tutte« sowie die Wagner-Rollen Venus in »Tannhäuser«, Brangäne in »Tristan und Isolde«, Kundry in »Parsifal«) ist L. auch eine der bedeutendsten Liedinterpretinnen (Werke von Schubert bis I. →Strawinsky). Gastspiele führten sie zu den großen Opernhäusern und Festspielorten in Europa, USA und Südamerika. An der Wiener Staatsoper, an der L. über 30 Jahre wirkte, sang sie 1971 die Rolle der Claire bei der Uraufführung der Oper »Der Besuch der alten Dame« (nach F. →Dürrenmatt) von G. v. →Einem.

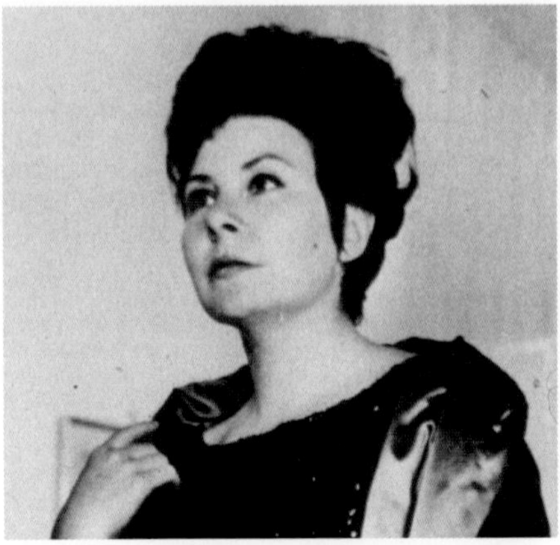

Christa Ludwig: Eine bedeutende Liedinterpretin.

☐ 1946-52: Engagement am Opernhaus in Frankfurt/Main. ☐ 1951-54: Engagement am Staatstheater Darmstadt. ☐ seit 1954: Auftritte bei den Salzburger Festspielen. ☐ 1955: Ruf an die Wiener Staatsoper. ☐ 1959: Debüt an der Metropolitan Opera New York. ☐ 1963: Ernennung zur österr. Kammersängerin. ☐ 1976: Gastspiel an der Covent Garden Opera London. ☐ 1980: Goldener Ehrenring der Wiener Staatsoper für 25jährige Mitgliedschaft.

▷ P. Lorenz: Christa Ludwig, Walter Berry, 1968.

Ludwig, Peter

dt. Unternehmer und Mäzen
* 9.7.1925 Koblenz

Ludwig, Besitzer der Ludwig Schokoladen AG Aachen und einer der reichsten Kunstsammler der Welt, erwarb als Mäzen internationale Reputation. Stiftungen von Werken verband der promovierte Kunsthistoriker meist mit Auflagen. So verpflichtete sich die Stadt Köln, der er (1976) 340 Bilder schenkte, zum Bau des »Wallraf-Richartz-Museums und Museums Ludwig« (Eröffnung 1986). L. sammelt seit den 60er Jahren vor allem Pop-art, Neue Wilde, Werke des sozialistischen Realismus und Kunsthandwerk fast aller Epochen sowie Werke aus der Südsee und dem präkolumbischen Südamerika.

☐ 1950: Nach Jura- und Kunstgeschichtsstudium Promotion mit einer Arbeit über »Das Menschenbild Picassos«. ☐ 1951: Heirat mit Irene Monheim, Tochter der Schokoladen-Dynastie Monheim. ☐ ab 1953: Mitinhaber und Leiter der Schokoladenfabrik (umfaßt u. a. Lindt-Sprüngli, Mauxion und Trumpf). ☐ 1977: Stiftung von 144 Werken des Mittelalters an das Suermondt-Museum in Aachen; Dauerleihgabe von 24 Werken der europ. und amer. Moderne an die Nationalgalerie Berlin. ☐ 1979: Umwandlung des Familienunternehmens in eine Kapitalgesellschaft (Weltumsatz 1982 1,656 Mrd. DM). ☐ 1983: Mit dem Erlös (rd. 100 Mio. DM) aus dem Verkauf einer Sammlung von 144 mittelalterlichen Handschriften an das kalifornische Getty-Museum Gründung der »L.-Stiftung für Kunst und int. Verständigung«.

Peter Ludwig: Der kunstbegeisterte Schokoladenfabrikant und Mäzen in seinem Büro.

Lueger, Karl

österr. Politiker
* 24.10.1844 Wien † 10.3.1910 ebd.

Karl Lueger →

Um das Jahr 1890 faßte Lueger die zerstrittenen christlich-sozialen Gruppierungen in Österreich zu einer antiliberalen Massenpartei zusammen. Die ursprünglich sozialreformerischen Ansätze dieser Partei verloren sich bald, und im erbitterten Streit mit den Sozialdemokraten gewannen zunehmend antisemitische Überzeugungen die Oberhand. Als Oberbürgermeister von Wien erwarb L. jedoch große Verdienste (Errichtung von Gas- und Elektrizitätswerken, moderne Kanalisation, Schnellbahnen).

☐ 1875: Wiener Stadtrat für die Liberalen. ☐ ab 1885: Mitgl. des Reichsrats. ☐ 1887: Mitgl. des Christlich-sozialen Vereins. ☐ ab 1890: Niederösterr. MdL. ☐ 1893: Begründer der Christlich-sozialen Partei. ☐ ab 1897: Oberbürgermeister von Wien.

Luginbühl, Bernhard

schweiz. Plastiker
* 16.2.1929 Bern

Luginbühl ist ein profilierter europäischer Metallplastiker der Gegenwart. Er schweißt, montiert und verschraubt sowohl eigens gefertigte Elemente als auch industrielle Abfallstücke zu

Bernhard Luginbühl mit einer Schraube, seinem wichtigsten Handwerkszeug.

meist monumentalen abstrakten Eisenplastiken. Sie weisen mit kraftvoll-aggressiver Gebärde in den Raum, wie z. B. »Stengel (mit Welle)« (1968, Basel, Galerie Beyeler). Seit 1970 entstehen auch kinetische Werke, so »Scarabäus« (1979), bei dem eine gewaltige Eisenkugel auf einer beweglichen Laufschiene in balancierender Bewegung gehalten wird. Aktionscharakter haben L.s sog. Verbrennungsplastiken, Holzformen, häufig mit Feuerwerkskörpern gefüllt, die der Künstler im Rahmen von Veranstaltungen entzündet (»Zorn-Aktionen«). Außerdem arbeitet L. an Zeichnungen und Kupferstichserien.

▷ E. Billeter: Luginbühls Zorn — Eine Dokumentation aller Verbrennungen, 1984.

Peter Lühr →

Luhmann, Niklas

dt. Soziologe
* 8.12.1927 Lüneburg

Luhmann arbeitet auf dem Gebiet der Wissenssoziologie, das die Beziehung zwischen Wissen und sozialer Wirklichkeit erforscht. Die Strukturen der Gesellschaften verändern sich und mit ihnen, in gegenseitiger Durchdringung, alles Denken und jegliche Weltanschauung. L. untersuchte u. a. die sich wandelnde Funktion von Religion. Das moderne Phänomen der Säkularisierung ist nicht mit einem Bedeutungsverlust der Religion gleichzusetzen, sondern als »Privatisierung« zu begreifen. War einst der Unglaube Privatsache, so ist mittlerweile der Gang zur Kirche, ebenso wie der Glaube, eine Angelegenheit individueller Entscheidung geworden. Eine sozialwissenschaftliche Studie widmete L. dem »Verhaltensmodell Liebe« und ihren sich wandelnden Spielregeln. Durch die Freigabe der Intimbeziehungen kommt die moderne Gesellschaft der individuellen Selbstverwirklichung verstärkt entgegen, andererseits beginnen wir zu erfahren wie problematisch es ist, aus eigener Kraft ein stabiles Verhaltensmodell in der Liebe zu schaffen.

← Niklas Luhmann

□ 1954-62: Tätigkeit in der öffentlichen Verwaltung. □ 1960/61: Beurlaubung; Studien an der Harvard Univ. bei T. →Parsons, in dessen geistiger Tradition L. steht. □ 1968: Prof. für Soziologie, Univ. Bielefeld. □ 1972: »Rechtssoziologie« (Schr.). □ 1977: »Funktion der Religion« (Schr.). □ 1982: »Liebe als Passion. Zur Codierung von Intimität« (Schr.). □ 1984: »Soziale Systeme: Grundriß einer allgemeinen Theorie« (Schr.). □ 1988: »Die Wirtschaft der Gesellschaft« (Schr.).

Lühr, Peter

dt. Schauspieler und Regisseur
* 3.5.1906 Hamburg † 15.3.1988 München

Wegen der großen Bandbreite seines Repertoires an klassischen und modernen Rollen und seines ebenso subtilen wie ausdrucksstarken Spiels gehörte Lühr, der auch im Kino und im Fernsehen zu sehen war, zu den großen deutschen Theaterschauspielern der Nachkriegszeit. Von 1947 bis zu seinem Tod gehörte L. zum Ensemble der Münchner Kammerspiele.

□ 1934-38: Nach Auftritten auf Provinzbühnen Engagement in Düsseldorf. □ 1939: Wechsel nach Leipzig. □ 1945-47: Oberspielleiter in Leipzig, Auftritt u. a. als Tempelherr in Lessings »Nathan der Weise«. □ 1947-88: Schauspieler und Rg. an den Münchner Kammerspielen. □ 1959: Rolle in »Sturm im Wasserglas« (F., Rg. J. v. Baky). □ 1966: TV-Auftritt in »Baumeister Solness« nach H. →Ibsen. □ 1975: Rolle des Vaters in E. →Rohmers Kleist-Verfilmung »Die Marquise von O. . .«. □ 1981: Ehrenpreis der Stadt München.

Lukács, Georg (György)

ung. Philosoph und Literaturtheoretiker
* 13.4.1885 Budapest † 4.6.1971 ebd.

Bekannt wurde Lukács mit seiner »Theorie des Romans« (Schr., 1916, dt. 1920) sowie der Schrift »Geschichte und Klassenbewußtsein« (1923, dt. 1923), die zur Linksorientierung europäischer

Georg Lukács: Der marxistische Ästhetiker, 1970.

Intellektueller beitrug. 1933-44, während seiner Moskauer Emigration, erarbeitete L. seine marxistische Ästhetik, die Theorie der Spiegelung gesellschaftlicher Verhältnisse in der Literatur. In seinen Schriften »Goethe und seine Zeit« (1947) und »Balzac und der französische Realismus« (1952) verteidigte L. die vorbildliche literarische Darstellung gesellschaftlicher Wirklichkeit in den Werken des kritischen bürgerlichen Realismus gegenüber der offiziellen sozialistischen Kunstproduktion. Seine literaturtheoretische Behandlung von Kunst und Literatur als Produkte gesellschaftlicher Prozesse, deren Wirklichkeit künstlerisch objektiv und aufklärerisch wiederzugeben sei, trugen entscheidend zur Anerkennung der Literatursoziologie als wissenschaftlicher Disziplin bei.

□ 1910: »Die Seele und die Formen« (Es.s, dt. 1911). □ 1918: Mitgl. der KPU. □ 1919: Stellv. Volkskommissar für Erziehung der ung. Räterepublik. □ 1945-58: Prof. an der Univ. Budapest. □ 1947: »Der historische Roman« ((Schr., dt. 1955). □ 1948: »Franz Kafka oder Thomas Mann« (Schr., dt. 1957). □ 1953: »Beiträge zur Geschichte der Ästhetik« (Schr., dt. 1954). □ 1956: Min. für Volksbildung. □ 1963: »Ästhetik« (Schr.). □ 1970: Goethe-Preis. □ 1971-73: »Ontologie des gesellschaftlichen Seins« (Schr.).

▷ É. Fekete/É. Karádi (Hg.): Georg Lukács. Sein Leben in Bildern, Selbstzeugnissen und Dokumenten, 1981.

Lumet, Sidney

amer. Regisseur
* 25.6.1924 Philadelphia, Penn.

Sidney Lumet ist einer der meistbeschäftigten Hollywood-Regisseure. Wie in seinem vielbeachteten Debütfilm »Die zwölf Geschworenen« (1957, mit H. →Fonda) steht in seinen Thrillern und Justizfilmen häufig die Frage nach Schuld im Mittelpunkt. L. begann als Theater- und Fernsehregisseur und verfilmte zahlreiche Theaterstücke. Sein Film »Network« (1976, mit F. →Dunaway und P. →Finch), eine Satire auf die Machenschaften des kommerziellen US-Fernsehens, wurde mit vier Oscars ausgezeichnet.

□ ab 1936: Kinderstar am Broadway. □ ab 1947: Theaterregisseur. □ ab 1951: Fernsehregisseur bei CBS. □ 1956-63: Ehe mit der Modeschöpferin G. Vanderbilt. □ 1960: »Der Mann in der Schlangenhaut« (mit M. →Brando). □ 1963: »Angriffsziel Moskau« (mit H. →Fonda und W. →Matthau). □ 1964: »Der Pfandleiher« (mit R. →Steiger). □ 1970: »Der Anderson Clan« (mit S. → Connery). □ 1974: »Mord im Orientexpress«. □ 1977: »Equus — Blinde Pferde« (nach P. →Shaffer). □ 1981: »Prince of the City«. □ 1982: »The Verdict — Die Wahrheit und nichts als die Wahrheit« (mit P. →Newman). □ 1989: »Family Business« (mit S. Connery und D. → Hoffman). □ 1990: »Tödliche Fragen« (mit N. Nolte).

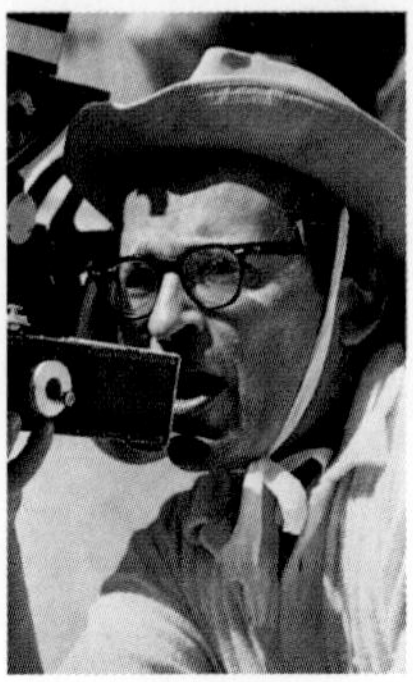

← Sidney Lumet

Lumière, Auguste und Louis

frz. Chemiker und Fabrikanten
Auguste Marie Louis Nicolas
* 19.10.1862 Besançon † 10.4.1954 Lyon
Louis Jean
* 5.10.1864 Besançon † 6.6.1948 Bandol

← Auguste Lumière

Die Brüder Lumière gründeten 1883 in Lyon-Monplaisir eine Fabrik für fotografische Platten, Papiere und Laborchemikalien. Am 28.12.1895 präsentierten sie in Paris den von ihnen konstruierten ersten Filmprojektor und zeigten im Grand Café auf dem Boulevard des Capucines, dem ersten »Kino« der Welt, ihren Film »La Sortie des ouvriers de l'usine Lumière«. 1903 erfanden die L.s ein praktikables Verfahren zur Entwicklung von Farbfilmen (Autochromplatte).

Lumumba, Patrice Emergy

afr. Politiker
* 7.7.1925 Tatako-Kombé, Kasai (Belg.-Kongo)
† 17.1.1961 in der Prov. Katanga (ermordet)

Lumumba bei den Verhandlungen über Kongos Unabhängigkeit in Brüssel, 1960.

Der eloquente und charismatische Lumumba war der erste Ministerpräsident der unabhängigen Republik Kongo (seit 1971 Zaïre). Kurz nach der Unabhängigkeit im Juni 1960 kam es zu Aufständen in der Armee und zur Abspaltung mehrerer Landesteile, insbesondere der reichen Provinz Katanga unter M. →Tschombé. L. rief die UNO zu Hilfe und wandte sich an die UdSSR. Im September wurde er von Staatspräsident Joseph Kasawubu abgesetzt, später verhaftet und nach Katanga ausgeliefert. Dort wurde er unter ungeklärten Umständen ermordet. Sein Tod machte ihn zum Nationalhelden.

□ 1944-57: Nach Besuch einer Missionsschule Postangestellter. □ 1957-59: Dir. einer Brauerei. □ 1958: Mitbegründer und Präs. des Mouvement National Congolais (MNC). □ Nov. 1959-Jan. 1960: Inhaftierung wegen »Aufwiegelung zu Unruhen«. □ Jan. 1960: Mitgl. der Verhandlungsdelegation in Brüssel über die Unabhängigkeit des Landes. □ 1960: Ministerpräsident.

Lunatscharski, Anatoli Wassiljewitsch

sowjet. Politiker und Literaturwissenschaftler
* 6.12.1875 (nach russ. Kalender 24.11.) Poltawa
† 26.12.1933 Menton, Dep. Alpes-Maritime (Frankreich)

Lunatscharski war einer der hervorragendsten marxistischen Kunst- und Kulturkritiker. Als Literaturtheoretiker entwickelte er die wesentli-

Lunatscharski, »Vater« des sozialistischen Realismus, 1924.

chen Elemente des »sozialistischen Realismus«. Er versuchte marxistische Ideen mit dem Bildungsgut der russischen Klassik zu verbinden. Sein Einfluß wurde deswegen nach 1929 auf die Aufsicht über wissenschaftliche Institute beschränkt. Nach seiner Ernennung zum Botschafter starb er auf dem Weg nach Spanien.

□ 1895: Mitgl. der Sozialdemokratischen Arbeiterpartei; nach 1904 bei den Bolschewiki. □ 1898-1904: Verbannung. □ 1906-17: Exil in Westeuropa; Kontakt mit W. I. →Lenin. □ 1917-29: Volkskommissar für Volksbildung. □ 1933: Ernennung zum Botschafter in Spanien. □ postum 1962: »Die Revolution und die Kunst« (Schr., dt.).

▷ A. Lunatscharski: Philosophie — Kunst—Literatur. Ausgewählte Schriften 1904-1933, 1987.

Luns, Joseph Marie Antoine

niederl. Politiker und Diplomat
* 28.8.1911 Rotterdam

Luns, der seinen politischen Standort selbst als »pragmatisch konservativ« beschrieb, bemühte sich als NATO-Generalsekretär in einer Zeit der Entspannung zwischen Ost und West, die unterschiedlichen Interessen der einzelnen NATO-Länder auszugleichen und die europäische Integration voranzutreiben.

□ 1938-52: Diplomat. □ 1952-56: Min. ohne Geschäftsbereich (Katholische Volkspartei). □ 1956-71: Außenmin. □ 1958/59: Zugleich Präs. des NATO-Rats. □ 1967: Karlspreis der Stadt Aachen. □ 1971-84: Generalsekretär der NATO.

← Joseph Luns

Lüpertz, Markus

dt. Maler
* 25.4.1941 Reichenberg (heute Liberec, CSFR)

Lüpertz, seit 1986 Professor an der Kunstakademie in Düsseldorf, gehört zu den deutschen Malern, die seit den 60er Jahren expressionistische Traditionen in eine neue Bildsprache transponieren und damit international erfolgreich wurden. Sein auch von M. →Beckmann beeinflußter Stil, ebenso wie seine teilweise die

Salvador E. Luria →

Markus Lüpertz: Maler einer spukhaften Welt.

deutsche Geschichte reflektierenden Inhalte haben auf die jüngere Malergeneration der 80er Jahre (Die Neuen Wilden) initiierend gewirkt. L.s »dithyrambische« (trunkene) Bilder der 60er und 70er Jahre enthalten stilisierte Gegenstände wie Krüge, Helme, Mäntel, Weintrauben, Melonen und Baumstämme, die er zu symbolhaltigen Kompositionen fügt. Bilder wie »Wiener Himmel« (1988, Köln, Galerie Michael Werner) verweben menschliche Körperteile mit verfremdeten Gegenständen zu einer spukhaften Welt, die immer stärker surreale Züge trägt. Erhalten blieben der expressive, pastose Farbauftrag, die starke Konturierung und extreme Nahsicht.

□ 1956-61: Studium an der Werkkunstschule Krefeld und der Kunstakademie in Düsseldorf. □ ab 1976: Prof. an der Kunstakademie in Karlsruhe. □ seit 1986: Prof. an der Kunstakademie in Düsseldorf.

▷ H. P. Schwerfel: Lüpertz, 1989.

Luria, Salvador Edward

amer. Mikrobiologe ital. Herkunft
* 13.8.1912 Turin † 6.2.1991 Lexington, Mass.

Luria erforschte seit den 40er Jahren den Mechanismus der Vermehrung und die genetische Struktur von sog. Bakteriophagen, den Viren, die nicht Körperzellen, sondern Bakterien befallen. Seine mikrobiologischen Erkenntnisse über Mutationen und Resistenz der Bakteriophagen trugen wesentlich zum Verständnis ihrer genetischen Natur und der von ihnen verursachten Krankheiten bei.

□ 1940: Emigration in die USA. □ 1953: »General Virology« (Schr.). □ 1959-64: Prof. am Massachusetts Inst. of Technology in Boston; seit 1972 Leiter des Zentrums für Krebsforschung ebd. ☐ 1969: Physiologie/Medizin-Nobelpreis (mit M. →Delbrück und A. →Hershey). ☐ 1973: »Leben — das unvollendete Experiment« (Schr., dt. 1974).

Lüst, Reimar

dt. Physiker
* 25.3.1923 Barmen (heute zu Wuppertal)

Bekannt wurde Lüst 1963 mit seinem Experiment, bei dem das Magnetfeld der Erde durch eine Barium-Wolke im Weltall sichtbar gemacht wurde. L., der sich mit Astrophysik und Weltraumforschung beschäftigt, war 1984-90 Generaldirektor der Europäischen Weltraumorganisation (ESA) in Paris. Das unter seiner Amtszeit beschlossene europäische Raumfahrtprogramm mit der Trägerrakete »Ariane 5«, der Raumfähre »Hermes« und der Raumstation »Columbus« sowie die Beteiligung an der bemannten Raumfahrt verteidigte L. trotz der hohen Kosten, um die Bedeutung der europäischen Technologie zu unterstreichen.

Albert J. Luthuli →

Reimar Lüst: Sechs Jahre war er Chef der Europäischen Weltraumorganisation.

☐ 1963-72: Dir. des Inst. für extraterrestrische Physik am MPI für Physik und Astrophysik in Garching. ☐ 1965: »Die Erforschung des Planetensystems und die Mondlandung« (Schr.). ☐ 1971-84: Präs. der Max-Planck-Gesellschaft. ☐ 1972: »Space experiments with barium clouds« (Schr.). ☐ 1982: »Dürfen wir alles, was wir können?« (Schr.). ☐ seit 1989: Präs. der Alexander-von-Humboldt-Stiftung.

Luther, Hans

dt. Politiker
* 10.3.1879 Berlin † 11.5.1962 Düsseldorf

Luther, der als Parteiloser der bürgerlich-liberalen DVP nahestand, bildete 1925 die erste Mitte-Rechts-Regierung der Weimarer Republik. Er bemühte sich, den Einfluß der Parteien auf die Regierung zurückzudrängen. Mit G. →Stresemann drängte er auf einen Ausgleich mit den Westmächten und schloß 1925 die Locarno-Verträge. Sie bildeten ein Sicherheitssystem für Westeuropa, wobei Deutschland u. a. auf die Revision seiner Westgrenzen verzichtete. Als Reichsbankpräsident beeinflußte L. maßgeblich die deflatorische Finanzpolitik der Regierung H. →Brüning. Im März 1933 wurde er von A. →Hitler zum Rücktritt gezwungen.

Witold Lutosławski →

☐ 1918-22: Oberbürgermeister von Essen. ☐ 1922/23: Reichsernährungsmin. ☐ 1923-25: Reichsfinanzmin. ☐ 1925/26: Reichskanzler. ☐ 1927: Mitgl. der DVP. ☐ 1930-33: Präs. der Reichsbank. ☐ 1933-37: Botschafter in den USA. ☐ 1953: Vors. der Kommission zur Neugliederung des Bundesgebietes.

Luthuli, Albert John

südafr. Politiker
* 1898 Groutville, Prov. Natal † 21.7.1967 Stanger

Der Christ und Friedens-Nobelpreisträger (1960) Luthuli wurde nach dem 2. Weltkrieg einer der profiliertesten geistigen Führer Afrikas. Sein Eintreten für einen gewaltfreien Kampf zur Überwindung der Apartheid und zur Gleichstellung der Rassen in Südafrika brachte dem Zulu-Führer den Ehrentitel »Gandhi Afrikas« ein. L. erklärte jedoch mehrfach, kein Pazifist zu sein, sondern den passiven Widerstand nur soweit wie möglich zu benutzen.

☐ bis 1935: Nach Ausbildung an amerikanischen Missionsschulen Lehrer. ☐ ab 1935: Häuptling im Zulu-Gebiet; 1952 von der Regierung abgesetzt. ☐ 1946: Mitgl. des African National Congress (ANC); ab 1952 dessen Präs. ☐ 1956: Wegen »Hochverrats« in Haft. ☐ 1959: Zu Zwangsaufenthalt in Stanger verurteilt. ☐ 1960: Friedens-Nobelpreis.

▷ A. J. Luthuli: Mein Land, mein Leben, dt. 1963.

Lutosławski, Witold

poln. Komponist und Dirigent
* 25.1.1913 Warschau

Lutosławski, Senior der musikalischen Avantgarde Polens, ist neben K. →Penderecki der bedeutendste zeitgenössische Komponist seines Landes. Zunächst von neoklassizistischen Tendenzen (I. → Strawinski) und Elementen der Folklore im Sinne B. →Bartóks beeinflußt (»12 Volksmelodien«, 1945), wandte sich L. ab 1956 neuen Kompositionstechniken zu. Er verband die Aleatorik (J. →Cage, P. →Boulez), die er als erster polnischer Komponist aufgriff (»Jeux vénitiens« für Orchester, 1961), mit Techniken der Zwölftonmusik (A. →Schönberg). Dieser stilistische Wandel markiert L.s Anschluß an die internationale zeitgenössische Musik. In seinem »Streichquartett« (1964) führte er seine musikalischen Neuerungen zusammen (u. a. Verfremdung des Klangs durch Kratzgeräusche auf den Saiten und Klopfeffekte am Instrumentalkorpus) und bezog sich damit auf die traditionelle Rolle dieser Gattung (seit Haydn) als Domäne der musikalischen Reflexion.

☐ 1929-31: Mathematikstudium an der Univ. Warschau. ☐ 1941-47: Erste Sinfonie. ☐ 1951: »Schlesisches Triptychon« für Sopran und Orchester. ☐ 1953: »10 polnische Tänze für Kammerorchester«. ☐ 1956: Initiator des Musikfestivals »Warschauer Herbst«. ☐ 1958: »Trauermusik« für Streichorchester. ☐ 1969: »Über das Element des Zufalls in der Musik« (Schr.). ☐ 1970: Konzert für Violoncello und Orchester

(M. → Rostropowitsch gewidmet). □ 1978: »Les espaces du sommeil« für Bariton und Orchester. □ 1983: UA der »Symphonie Nr. 3« in Chicago.

▷ T. Kaczyinski: Gespräche mit Witold Lutosławski, 1972, dt. 1976; S. Stukky: Lutosławski and his music, 1981.

Lutzenberger, José

bras. Agrarökonom dt. Abstammung
* 17.12.1926 Porto Alegre, Rio Grande do Sul

Lutzenberger gehört zu den engagierten Umweltschützern Brasiliens. Aus Protest gegen den wachsenden Einsatz von chemischen Mitteln in der Landwirtschaft gab er seine Stellung in der Chemieindustrie auf und gründete die Agpan, die einflußreichste brasilianische Umweltschutzorganisation. Seitdem setzt er sich unermüdlich für chemiefreie Anbaumethoden ein. Der Kritiker der Siedlungspolitik im Amazonasgebiet hatte großen Anteil an der Einrichtung eines Sondersekretariats für Umweltfragen (1990).

□ bis 1956: Studium der Agrarwissenschaft und der Agrikulturchemie in Brasilien und in den USA. □ 1957-71: Bei der BASF in Ludwigshafen und in Venezuela. □ seit 1972: In Brasilien im Umweltschutz aktiv. □ 1981: Naturschutz-Preis des BUND. □ 1988: Alternativer Nobelpreis für seinen Einsatz zur Rettung der Tropenwälder. □ 1988: »Giftige Ernte: Tödlicher Irrweg der Agrarchemie« (Schr., mit M. Schwartzkopf). □ seit 1990: Leiter des Sondersekretariats für Umweltfragen.

← José Lutzenberger

Luxemburg, Rosa

poln.-dt. Politikerin und Publizistin
* 5.3.1870 (5.5.1871?) Zamoşç bei Lublin
† 15.1.1919 Berlin (ermordet)

Luxemburg war neben K. →Liebknecht die führende Persönlichkeit des linken, antimilitaristischen Flügels der SPD. In theoretischen Schriften vertrat sie einen »demokratischen Kommunismus« und verurteilte »Revisionismus« und »Reformismus«. Bereits zu Beginn des Krieges bekämpfte sie die Politik der Parteimehrheit und lehnte 1918/19 endgültig jede Zusammenarbeit mit der SPD ab. 15. 1. 1919 wurde sie nach dem Januar-Aufstand mit K. Liebknecht von Freikorpssoldaten erschossen.

Rosa Luxemburg: Die demokratische Kommunistin.

□ 1894: Mitbegründerin der Sozialdemokratischen Partei Polens und Litauens. □ 1897: Übersiedlung nach Deutschland. □ 1899: »Sozialreform oder Revolution« (Schr.). □ 1905: Teilnahme an der russ. Revolution in Warschau. □ 1906: »Massenstreik, Partei und Gewerkschaften« (Schr.). □ 1907: Doz. an der Parteischule der SPD in Berlin. □ 1913: »Die Akkumulation des Kapitals« (Schr.). □ 1914/15; 1916-18: Gefängnis. □ 1917: Gründung des Spartakusbundes (mit K. Liebknecht). □ Dez. 1918: Mitbegründerin der KPD.

▷ E. Ettinger: Rosa Luxemburg. Ein Leben, 1990.

Lu Xun

(eig. Zhou Shuren)
chin. Schriftsteller
* 25.9.1881 Shaoxing, Zhejiang
† 19.10.1936 Shanghai

Lu Xun ist Begründer und wichtigster Vertreter der modernen chinesischen Literatur. Sein Werk, das Einflüsse der russischen Literatur — vor allem Nikolai Gogols (* 1809, † 1852) — aufweist, steht im Zeichen von Aufklärung und Humanismus und wurde in pädagogischer Absicht verfaßt. Sein bekanntester Text, die satirische Erzählung »Die wahre Geschichte des Ah Q« (1921, dt. 1982), beschreibt den Tagelöhner Ah Q, einen gesellschaftlichen Außenseiter, dessen Schicksal im Zuge der Revolution von 1911 zunächst eine positive Wende erfährt, schließlich jedoch scheitert und auf tragische Weise besiegelt wird. Diese Erzählung kritisiert den seinerzeit verbreiteten

Lu Xun: Schriftsteller der Revolution, 1931.

Fatalismus und die Sklavenmentalität der chinesischen Bevölkerung. In China wurde Lu Xun als literarische Gallionsfigur der Revolution gefeiert.

□ 1902-09: Medizin- und Sprachstudium in Japan, danach Biologielehrer und Literaturprof. □ 1918: »Tagebuch eines Verrückten« (Erz., dt. 1955). □ 1924: »Das Neujahrsopfer« (Erz.). □ 1924-26: »Wilde Gräser« (Ged.e, dt. 1978). □ 1926: »Alte Geschichten — neu erzählt« (Es.s, dt. 1958).

Lydon, John

engl. Rockmusiker
* 31.1.1956 London

Als Sänger der englischen Band Sex Pistols wurde Lydon unter dem Namen Johnny Rotten Mitte der 70er Jahre die zentrale Figur der Punkbewegung. Aggressive, auf Provokation zielende Texte und der hohe Unterhaltungs- und Schockwert garantierten ihm und Gitarrist Steve Jones (* 1955), Schlagzeuger Paul Cook (* 1956) und Bassist Sid Vicious (eig. John Ritchie, * 1957, † 1979) zeitweise die täglichen Schlagzeilen der Titelseiten der Londoner Boulevardblätter. Nach 1979 bewies L. mit seiner überwiegend als Ein-Mann-Unternehmen geführten Band »Public Image Ltd.« auch Qualitäten als Musiker. Atonale Klangexperimente und das Aufgreifen von Elementen islamischer Gesänge und afrikanischer Trommeln führten zu neuartigen musikalischen Ausdrucksmöglichkeiten.

□ 1975: Erster Auftritt der Sex Pistols, wegen Erregung öffentlichen Ärgernisses abgebrochen. □ 1976: Erster Hit »Anarchy in the U. K.«. □ 1977: Nummer-1-Hit »God save the Queen«; »Never mind the bollocks — here's the Sex Pistols« (LP). □ 1978: Gründung der Band »Public Image Ltd.«; »Public Image Ltd.« (LP). □ 1979: »Metal Box« (LP). □ 1981: »Flowers of romance« (LP). □ 1989: »9« (LP).

▷ F. und J. Vermorel: The Sex Pistols, engl. 1978.

Lynch, David

amer. Regisseur
* 20.1.1946 Missoula, Wash.

Lynchs Filme schockieren mit ihrer übersteigerten, teilweise ironisierenden Darstellung von Gewalt und Sex und provozieren Ekel. Mit Vorliebe dringt L. hinter die idyllischen Fassaden einer heilen Welt, um die unter scheinbarer Normalität verborgenen Obsessionen zu entlarven. Seine Figuren sind häufig monströse Außenseiter wie »Der Elefantenmensch« (1980, mit J. →Hurt), ein Mann mit deformiertem Gesicht und verkrüppeltem Körper, oder der Psychopath Frank (D. →Hopper) in »Blue Velvet« (1985).

□ 1965-69: Studium der Malerei in Philadelphia. □ 1977: »Eraserhead«. □ 1983: »Dune — Der Wüstenplanet«. □ 1990: Goldene Palme von Cannes für »Wild at Heart«. □ 1990: TV-Serie »Twin Peaks«.

Lynen, Feodor Felix Konrad

dt. Biochemiker
* 6.4.1911 München † 6.8.1979 ebd.

Lynen, der 1951 aus Hefezellen das Koenzym A, die »aktivierte Essigsäure«, isolierte, erforschte

F. Lynen: Der Nobelpreisträger in seinem Labor im Max-Planck-Institut, München.

← John Lydon

← David Lynch

den Cholesterin- und Fettsäurestoffwechsel. Mit seiner Strukturaufklärung des den intrazellulären Stoffwechsel regulierenden Koenzyms A (F. A. →Lipmann) gab L. Einsichten in die Funktionen und Störungen des Fettstoffwechsels, die zur Therapie von Diabetes, Arteriosklerose und Kreislauferkrankungen grundlegend sind.

□ 1947-79: Prof. an der Univ. München. □ 1954-72: Dir. des Max-Planck-Instituts (MPI) für Zellchemie ebd. □ 1962: Mitgl. der amer. Akademie der Wissenschaften. □ 1964: Physiologie/Medizin-Nobelpreis (mit K. →Bloch). □ ab 1972: Dir. des MPI für Biochemie in Martinsried.

Lyons, Sir John

engl. Linguist
* 23.5.1932 Manchester

Lyons, der seit 1984 in Cambridge lehrt, ist der einflußreichste strukturelle Linguist seines Landes. Sein Hauptwerk über die Semantik (1977) ist die bislang umfassendste Darstellung der modernen Bedeutungslehre, der es um Wortbedeutungen im System der Einzelsprachen und um die Struktur des Wortschatzes geht.

□ 1964: »Structural semantics«. □ 1964-76: Prof. für Allgemeine Linguistik an der Univ. von Edinburgh. □ 1970: »Chomsky« (NA 1977). □ seit 1973: Fellow of the British Academy. □ 1976-84: Prof. für Linguistik an der Univ. von Sussex. □ 1977: »Semantik« (2 Bde., dt. 1980-83). □ seit 1984: Prof. am Trinity College in Cambridge.

Lyotard, Jean-François

frz. Philosoph
* 10.8.1924 Versailles

Bekannt wurde Lyotard, als er den in der Architektur geprägten Begriff »Postmoderne« als Schlagwort unter den zeitgenössischen Philosophen einführte. Von L. →Wittgensteins Theorie der Sprachspiele ausgehend, versuchte L. in sei-

Jean-François Lyotard vor dem Marx-Denkmal der Humboldt-Univ. Berlin, 1989.

nem Bericht »Das postmoderne Wissen« (1979, dt. 1982) einen Ansatz zum Verständnis des Umbruchs der Jahrhundertwende zu formulieren. Mit seinem intendierten Postmoderne-Begriff falsch verstanden ließ L. 1986 die Briefsammlung »Postmoderne für Kinder« (dt. 1987) folgen. Seine dem Dissens verpflichtete Philosophie entwickelte L. in der Schrift »Der Widerstreit« (1983, dt. 1987), in der er das Gegeneinander heterogener Wissensarten und Lebensformen in der von Undurchschaubarkeit und von Spezialistentum beherrschten modernen Welt begreiflich macht. Trotz Mißtrauen gegenüber den modernen Fortschritts-Ideologien, die L. »große Erzählungen« nennt, will er mit seiner Konzeption die Moderne nicht verabschieden, sondern diese durch kritisches Durcharbeiten ihrer »großen Erzählungen« radikalisieren, ohne den Widerstreit durch eine konsensorientierte Theorie versöhnen zu wollen.

□ seit 1972: Prof. an der Univ. Paris. □ 1984: »Grabmal des Intellektuellen« (Schr., dt. 1985). □ 1984-86: Dir. des interdisziplinären Collège International de Philosophie, Paris. □ 1985: »Die Immaterialien«, eine von L. gestaltete Ausstellung im Pariser Centre Georges Pompidou über die Auswirkung der modernen Technologie und Kunst auf die Wahrnehmung des Menschen.

▷ B. H. Taureck/W. Reese-Schäfer (Hg.): Lyotard (Biogr.), 1989.

Lyssenko, Trofim Denissowitsch

sowjet. Agrarbiologe und Botaniker
* 29.9.1898 Karlowka bei Poltawa, Ukraine
† 20.11.1976 Moskau

Bekannt wurde Lyssenko mit seinen Plänen, durch radikale Umgestaltung der gesellschaftlichen Verhältnisse Einfluß auf die Erbanlagen des Menschen im Sinne einer Förderung seiner sozialen (kommunistischen) Eigenschaften zu nehmen. L. dominierte mit dieser dialektisch-materialistischen Vererbungslehre, nach der erworbene Fähigkeiten vererbt werden, in fast diktatorischer Weise die biologische Forschung in der UdSSR während der →Stalin-Ära. L. erfand die Methode, durch Kältebehandlung von Pflanzenkeimlingen (Vernalisation) deren Wachstum zu beschleunigen.

← Trofim D. Lyssenko

□ 1934-39: Leiter des Allunion-Inst. für Genetik und Saatzucht in Odessa. □ 1940-65: Dir. des Inst. für Gentechnik der sowjet. Akademie der Wissenschaften in Moskau (Ablösung aufgrund des Protests sowjet. Biologen). □ 1943: »Agrarbiologie« (Schr., dt. 1948). □ 1945: »Held der sozialistischen Arbeit« (höchste zivile Auszeichnung der UdSSR). □ 1949: (dritter) Stalin-Preis.

▷ F. D. Skaskin/ R. I. Lerman: Trofim D. Lyssenko. Leben und Werk, 1952.

M

Maazel, Lorin Varencove

amer. Dirigent
* 6.3.1930 Neuilly-sur-Seine bei Paris (Frankreich)

Maazel, der als musikalisches »Wunderkind« bereits mit 8 Jahren dirigierte, gehört zur Weltklasse der Orchesterdirigenten. 1941 leitete er auf Einladung A. →Toscaninis zwei Konzerte des Broadcasting Symphony Orchestra New York. Als erster Amerikaner und als einer der jüngsten dirigierte M. 1960 Wagners »Lohengrin« in Bayreuth. Als Operndirigent profilierte er sich zudem 1975 mit einer vielbeachteten Othello-Aufführung (G. →Verdi) im römischen Amphitheater Orange. Für seine Schallplatteneinspielungen erhielt M., der sämtliche Sinfonien von Sibelius und Tschaikowsky mit den Wiener Phil-

Lorin Maazel: Schon mit 30 dirigierte er den »Lohengrin«.

harmonikern aufgenommen hat, den »Grand Prix du Disque«.

☐ 1940: Debüt mit den New Yorker Philharmonikern. ☐ 1946-50: Primgeiger des von ihm gegründeten Fine Arts String Quartet Pittsburgh. ☐ 1955: Konzerte an der Mailänder Scala; Debüt mit den Wiener Symphonikern. ☐ 1965-71: Generalmusikdir. der Dt. Oper Berlin als Nachfolger von F. →Fricsay. ☐ 1965-75: Chefdirigent des Radio-Symphonie-Orchesters Berlin. ☐ 1970-72: Neben O. →Klemperer assoziierter Chefdirigent des New Philharmonia Orchestra London. ☐ ab 1972: Chefdirigent des Cleveland Orchestra als Nachfolger von G. →Szell. ☐ ab 1976: Chefdirigent des Orchestre National de France. ☐ 1982-84: Dir. der Wiener Staatsoper. ☐ seit 1988: Musikdir. des Symphony Orchestra Pittsburgh.

▷ I. Geleng: Lorin Maazel. Monographie eines Musikers, 1971.

Mach, Ernst

österr. Physiker und Philosoph
* 18.2.1838 Turas (Tuřany), Südmähren
† 19.2.1916 Haar bei München

Mach, dem zu Ehren die Maßeinheit der Schallgeschwindigkeit »Mach« genannt wird, fotografierte 1887 erstmals die Verdünnung bzw. Verdichtung von Luft an fliegenden Projektilen und entdeckte dabei die später nach ihm benannten Wellen und den »Machschen Kegel«. 1860 wies M. die Abhängigkeit der Schallwellenfrequenz von der Bewegung der Schallquelle experimentell nach (Doppler-Effekt) und führte ab 1876 Messungen zur Geschwindigkeit verschiedener Schall- und Explosionswellen durch. In seinem Werk »Die Mechanik in ihrer Entwicklung historisch-kritisch dargestellt« (1883) stellte M. die Lehre von der Denkökonomie auf, durch die nutzlose Wiederholungen bereits geleisteter Kopfarbeit vermieden werde. Standardwerk des Empiriokritizismus wurde M.s »Analyse der Empfindungen« (1886); es provozierte W. I. →Lenin 1909 zu seiner Streitschrift »Materialismus und Empiriokritizismus«.

☐ 1867-95: Prof. an der Univ. Prag. ☐ 1872: Sichtbarmachung von Schallwellen (Stroboskopie). ☐ 1873: »Optisch-akustische Versuche« (Schr.). ☐ 1895-1901: Prof. an der Univ. Wien. ☐ 1905: »Erkenntnis und Irrtum« (Schr.). ☐ 1915: »Kultur und Mechanik« (Schr.). ☐ postum 1919: »Der Leitgedanke meiner naturwissenschaftlichen Erkenntnislehre«.

Antonio Machado y Ruiz: Der Lyriker eines republikanischen Spaniens.

← Ernst Mach

Machado y Ruiz, Antonio

span. Lyriker
* 26.7.1875 Sevilla
† 22.2.1939 Collioure (Frankreich)

Machado ist einer der populärsten und zugleich eigenwilligsten spanischen Lyriker des 20. Jh.s, der der sog. Generation '98, die der spanischen Tradition verpflichtet war, zugerechnet wird. Der Tod seiner Frau bildete den biografischen Hintergrund seiner berühmtesten Gedichtsammlung »Landschaft Kastiliens« (1912), in der er in kurzen Versen den kastilischen Landstrich und die darin lebenden Menschen beschrieb. Eines seiner ergreifendsten Gedichte ist die Totenklage über den ermordeten Freund F. →García Lorca in der Sammlung »Krieg« (1937) aus der Zeit des Spanischen Bürgerkriegs.

☐ 1903: »Einsamkeiten« (Ged.e). ☐ 1907: Nach Philosophiestudium Französischlehrer in Soria. ☐ 1909: Heirat mit Leonor Izquierdo Cuevo. ☐ 1912: Tod seiner Frau. ☐ 1912-19: Lehrer in Baeza und Segovia. ☐ 1927: Aufnahme in die span. Akademie. ☐ 1936: »Juan de Mairena« (Prosa, dt. 1956); Übersiedlung nach Valencia. ☐ 1939: Flucht nach Südfrankreich.

Machel, Samora Moises

moçambik. Politiker
* 29.9.1933 Belém, Prov. Gaza † 10.10.1986 bei Komatipoort (Südafrika, verunglückt)

Nach Erlangung der Unabhängigkeit in Moçambique begann Machel als überzeugter Marxist und erster Staatspräsident des Landes mit dem Aufbau einer rigorosen sozialistischen Gesellschafts- und Wirtschaftsordnung. Doch das Agrarland geriet bald in eine schwere Versorgungskrise. In den 80er Jahren lockerte M. seine Bindungen an die sozialistischen Länder. Dennoch war es eine Sensation, als er 1984 den Beginn von Friedensverhandlungen mit Südafrika

Machel: Erster Staatspräsident Moçambiques.

bekanntgab. 1986 stürzte er auf dem Rückweg von einer Konferenz mit dem Flugzeug ab.

□ bis 1962: Krankenpfleger in Laurenço Marques (Maputo). □ ab 1964: Führer von Guerilla-Aktionen in Moçambique. □ 1966: Mitgl. des ZK der leninistischen Frente Libertaçao de Moçambique (FRELIMO). □ 1968: Oberbefehlshaber aller FRELIMO-Truppen. □ ab 1970: Präs. der FRELIMO. □ ab 1975: Staatspräsident. □ ab 1980: Feldmarschall und Führer des Militärrats.

Mack, Heinz

dt. Künstler
* 8.3.1931 Lollar, Hessen

Mack zählt als Mitbegründer der für die europäische Kunst folgenreichen Gruppe Zero (mit O. Piene) zu den wichtigen und profiliertesten Künstlern der jüngeren Generation im Umkreis von Lichtkunst, Kinetischer Kunst und Op Art. Eine seiner zentralen Werkgruppen sind die sog. Lichtstelen, meist aus eloxiertem Aluminium gearbeitet, bei denen die Oberfläche nach Op-Art-Prinzipien gegliedert ist, so daß visuelle Licht-Schatten-Wirkungen und Bewegungseffekte entstehen. Solche Lichtstelen stellte M. 1968 bei seinem vielbeachteten Sahara-Projekt in einer Dünenlandschaft östlich der Oase Kebili auf. M.s vielfältiges Werk umfaßt auch Reliefs aus Aluminiumfolie und eindrucksvolle Platzgestaltungen mit abstrakten Steinskulpturen wie den »Keilen« (1978) vor dem Hochhaus der Landesversicherungsanstalt in Düsseldorf.

□ 1950-53: Studium an der Düsseldorfer Kunstakademie. □ 1958: Gründung der Gruppe Zero; erste Lichtreliefs und -kuben. □ ab 1962: Wasser-, Licht- und Windskulpturen. □ 1964-66: Amerika-Aufenthalt. □ 1966: Beteiligung an der letzten Zero-Ausstellung in Bonn. □ 1970: Mitarbeit an der Gestaltung des Dt. Pavillons auf der Weltausstellung in Osaka. □ 1970-72: Große Retrospektive in Berlin, Düsseldorf, Paris und Eindhoven. □ 1972: Wasserskulptur (»Wasserwolke«) für die Olympischen Spiele in München. □ 1978: 1. Preis des Wettbewerbs Licht 79 der Stadt Eindhoven. □ 1984: »Granit-Monolith« vor dem Kölner Dom. □ 1985: 1. Preis für eine Platzgestaltung auf dem Kurfürstendamm in Berlin. □ 1986: Fertigstellung einer Natursteinskulptur für Mönchengladbach.

Heinz Mack experimentiert mit Licht und Bewegung.

▷ D. Honisch: Mack Skulpturen 1953-1986, 1986.

Macke, August

dt. Maler
* 3.1.1887 Meschede, Sauerland
† 26.9.1914 Perthes-les-Hurlus (Frankreich, gefallen)

Anders als seine Zeitgenossen erstrebte Macke nicht die Abstraktion in der Malerei. Er komponierte seine Figurenbilder aus stilisierten Formen und leuchtenden Farbflächen, deren Gegenstand jedoch immer erkennbar blieb. Ein Ausdruck von Beschaulichkeit kennzeichnet M.s Gestalten, die sich in sonnigen Parklandschaften gruppieren (Triptychon »Großer Zoologischer Garten«, 1912, Dortmund, Museum am Ostwall) oder vor einem Schaufenster verweilen (»Frau vor dem Hutladen«, 1914, Essen, Museum Folkwang). M.s Auseinandersetzung mit

August Macke: Der Maler starb mit 27 Jahren zu Beginn des 1. Weltkriegs.

der Licht- und Raumwirkung der Farben wurde durch den »Orphismus« R. →Delaunays angeregt. Der Betonung metaphysischer Werte, wie sie W. →Kandinsky vertrat, stand M. trotz der Mitarbeit am Almanach »Der Blaue Reiter« (1912) und seiner Beteiligung an der Ausstellung der gleichnamigen Gruppe kritisch gegenüber. Einen Höhepunkt der rein malerischen Gestaltungsweise M.s bilden die Aquarelle der 1914 mit P. →Klee und Louis Moilliet (* 1880, † 1962) unternommenen Tunisreise.

□ 1904-08: Kunststudium in Düsseldorf und Berlin. □ ab 1910: Freundschaft mit F. →Marc. □ 1913: Initiator der Ausstellung »Rheinische Expressionisten« in Bonn, Übersiedlung von Bonn nach Hilterfingen am Thuner See. □ 1914: Tunisreise. □ postum 1937: Entfernung von 57 »entarteten« Werken aus dt. Museen.

▷ G. Vriesen: August Macke, 1957; E.-G. Güse (Hg.): August Macke. Gemälde, Aquarelle, Zeichnungen, 1986; M. M. Moeller: August Macke (2 Bde.), 1988.

Mackeben, Theo

dt. Komponist und Kapellmeister
* 5.1.1897 Stargard, Pommern † 10.1.1953 Berlin

Mackeben, einer der bedeutendsten Tonfilmkomponisten der 30er Jahre, hatte den ersten großen Erfolg in Berlin 1931 mit seiner Bearbeitung der Operette »Gräfin Dubarry« von Karl Millöcker (* 1842, † 1899). Als Filmkomponist reichte M.s Ausdrucksskala von eingängigen Schlagern über stilsichere Orchestermusik bis zu Liedern und Chansons mit aparter Harmonik. Viele seiner Filmmelodien wurden Evergreens, u. a. »So oder so ist das Leben« und »Komm auf die Schaukel, Luise«.

□ 1917/18: Nach Ausbildung am Kölner Konservatorium Militärmusiker in Warschau. □ ab 1925: Dirigent an der Volksbühne Berlin. □ 1928: Dirigent der UA der »Dreigroschenoper« von K. →Weill/B. →Brecht in Berlin. □ 1934: Operette »Lady Fanny« (UA Berlin). □ 1938: Filmmusiken »Der Tanz auf dem Vulkan« und »Heimat«. □ 1939: Filmmusiken »Es war eine rauschende Ballnacht« und »Bel ami«. □ 1943: Operette »Der goldene Käfig« (UA Berlin). □ 1951: Bühnenmusik »Die Geduld der Armen« bei den Berliner Festwochen. □ 1953: Filmmusik »Bei Dir war es immer so schön«.

Mackensen, Lutz

dt. Philologe
* 15.6.1901 Bad Harzburg

Mackensen bemühte sich um die volkskundlichen Überlieferungen Deutschlands. Bekannt wurde er als Herausgeber von Märchen- und Sagensammlungen, er veröffentlichte zahlreiche Arbeiten zur Sprachgeschichte und Fachsprachenforschung (Technik, Politik, Dichtung, Sport). Darüber hinaus gab M. Wörterbücher heraus über Rechtschreibung, Grammatik, Zitate, Sprichwörter und zum Wortschatz (z. B. Jargon der Großstadtjugend).

□ 1931: »Deutscher Kulturatlas« (Abh., Hg.). □ 1942: Prof. für Philologie, Univ. Posen. □ 1952: »Pommersche Volkskunde« (Abh.). □ 1956: »Die deutsche Sprache unserer Zeit« (Abh.). □ 1957: Leiter der »Dt. Presseforschung«. □ 1973: »Verführung durch Sprache« (Abh.).

Charles R. Mackintosh →

← Theo Mackeben

Bruno Maderna →

Mackintosh, Charles Rennie

schott. Architekt und Formgestalter
* 7.5.1868 Glasgow † 10.12.1928 London

Mackintoshs Verdienst als Architekt liegt in der Überwindung historistischer Auffassungen. Bauten, die einen gemäßigten Jugendstil und z. T. rein funktionalistische Gesichtspunkte verbinden, ließen ihn zu einem wichtigen Vorläufer des architektonischen Rationalismus der 20er und 30er Jahre werden. Sein Hauptwerk ist die Glasgow School of Art, in ihrer klaren, fast strengen Gestaltung in Quaderform einer der ersten europäischen Bauten der Moderne. Der später errichtete Westflügel ist mit hohen schmalen Fenstern noch schlichter gegliedert, die Innenräume, u. a. die Bibliothek, nicht mehr in geschwungenen Formen, sondern in Vertikalen und Horizontalen gestaltet. Folgenreicher als M.s Architektur waren seine Innendekorationen und Möbel. Auch hier verließ er die Jugendstilprinzipien und wandte sich der Geraden und dem Rechteck zu. Es entstanden die bekannten schmalen und hochrechteckigen Sitzmöbel.

□ 1884: Lehre bei dem Architekten John Hutchinson in Glasgow. □ ab 1889: Mitarbeiter, später Teilhaber des renommierten Glasgower Architekturbüros Honeyman & Keppie. □ 1890: Mitbegründer der Gruppe The Four (mit H. McNair und den Schwestern MacDonald). □ 1897-99, 1907-09: Glasgow School of Art. □ 1897-1911: Innengestaltung von Filialen der Cranston's Tea Rooms in Glasgow. □ 1898: Queen's Cross Church ebd. □ 1899-1901: Haus Windyhill in Kilmacolm. □ 1902/03: Hill House in Helensburgh. □ 1904: Innenraumgestaltung und Ausstattung des Sauchierhall Street Tea Room. □ ab 1915: Wohnsitz in London; ausschließlich Möbel- und Textilentwürfe.

▷ R. MacLoed: Charles Rennie Mackintosh. Architect and artist, engl. 1983.

Maderna, Bruno

ital. Komponist und Dirigent
* 21.4.1920 Venedig † 13.11.1973 Darmstadt

Maderna, Schüler von G. Fr. →Malipiero, war als Vermittler der Zwölftonmusik (A. →Schönberg) und der Serialität (K. →Stockhausen) für die Nachkriegsgeneration italienischer Komponisten von Bedeutung. Mit L. →Berio gründete er 1955 das erste Studio für elektronische Musik in Europa (»Studio di Fonologia Mailand«) und verband in seiner Komposition »Musica su due dimensioni I« (für Flöte, Schlagzeug und Tonband, 1958) erstmals elektronisch erzeugte Klänge mit solchen natürlicher Instrumente. M. übertrug die serielle Kompositionstechnik auch auf andere Bereiche als die Tonhöhe (»Studi per il ›Processo‹ di Kafka«, 1950).

□ 1954-67: Dozent und Leiter des Kammerensembles bei den Int. Ferienkursen für Neue Musik Darmstadt. □ 1955: »Streichquartett«. □ ab 1967: Dozent am Konservatorium Rotterdam. □ 1969/70: Dirigenten-Kurse am Mozarteum Salzburg. □ ab 1971: Chefdirigent des Sinfonieorchesters der RAI in Mailand. □ 1972: Prix Italia mit »Agnes. Invenzione radiofonica« für Stimmen, Chor und Orchester. □ 1973: UA der Oper »Satyricon«.

▷ M. Mila: Bruno Maderna musicista europeo, ital. 1976.

Madonna zieht geschickt alle Register des Show-Business.

Madonna

(eig. Madonna Louise Ciccone)
amer. Sängerin und Schauspielerin
* 16.8.1959 Bay City, Mich.

Als Fotomodell und Pin-up-Girl schlug sich Madonna in New York und Paris durch, bis sie 1983 mit »Holiday« ihren ersten Hit landete. Seitdem wurde sie zur erfolgreichsten US-Sängerin. Allein für 1989 wurde ihr Einkommen auf 23 Mio. US-$ geschätzt. Geschickt zieht sie sämtliche Show-Register, wechselt häufig ihr Aussehen, inszeniert als Entertainerin ihre Bühnen-Auftritte abwechslungsreich zwischen Provokation und Koketterie und nutzt sämtliche Möglichkeiten der modernen Unterhaltungs-Industrie wie Film und Videoclip.

□ 1983: Erster Hit »Holiday«. □ 1984: Erste Goldene Schallplatte für »Like a virgin« (LP). □ 1985: »Susan — Verzweifelt gesucht« (F.). □ 1986: »True Blue« (LP); »Shanghai Surprise« (F.). □ 1987: »Who's that girl« (F.). □ 1989: »Like a prayer« (LP). □ 1990: »Dick Tracey« (F., von und mit W. → Beatty); »I'm breathless« (LP); »The immaculate collection« (LP). □ 1991: »Im Bett mit Madonna« (F.).

▷ J. Edenhofer: Madonna, 1987.

Maeterlinck, Maurice

belg. Schriftsteller
* 29.8.1862 Gent
† 6.5.1949 Orlamonde bei Nizza (Frankreich)

Der aus einer wohlhabenden flämischen Bürgerfamilie stammende Maeterlinck erhielt 1911 den Literatur-Nobelpreis. Schon sein Erstling, »Prinzeß Maleine« (1889, dt. 1892), zeichnete ihn als Dramatiker des Symbolismus aus. Wiederkehrende Themen seiner Stücke sind der Tod und jenseitige Mächte, von denen eine unausweichliche Bedrohung ausgeht. M. zeigte in seinen frühen, handlungsarmen Dramen schicksalsergebene, ihren Seelenqualen hilflos ausgelieferte Menschen. Erst um 1900 wandte er sich von diesem tiefen Pessimismus ab. 1909 brachte ihm »Der blaue Vogel« (UA 1908 in Moskau, dt. 1910) Weltruhm ein.

Maurice Maeterlinck: Der Literatur-Nobelpreisträger mit seiner Frau in Ostende.

□ 1886: Nach Rechtsstudium Übersiedlung nach Paris. □ 1890: »Der Eindringling« (Dr., dt. 1892); »Die Blinden« (Dr., dt. 1897). □ 1892: »Pelleas und Melisande« (Dr., dt. 1897; vertont von C. → Debussy, UA 1902). □ 1898: Abwendung vom Symbolismus mit »Weisheit und Schicksal« (Es.). □ 1901: »Das Leben der Bienen« (Schr., dt. 1901), philosophische Naturbetrachtung. □ 1902: Historisches Trauerspiel »Monna Vanna« (dt. 1903). □ 1909: »Der blaue Vogel« (Dr., dt. 1910), mystischer Pantheismus. □ 1911: Literatur-Nobelpreis. □ 1913: »Vom Tode« (Es., dt. 1913). □ 1940-46: Exil in den USA. □ 1947-49: Präs. des int. PEN-Clubs.

▷ B. Vedder: Das symbolistische Theater Maurice Maeterlincks, 1978; S. Gross: Maurice Maeterlinck oder der symbolische Sadismus des Humors, 1985.

Peter Maffay →

Maffay, Peter

(eig. P. Alexander Makkay)
dt. Rockmusiker
* 30.8.1949 Kronstadt (Rumänien)

Maffay hatte seine ersten Erfolge als Schlagersänger Ende der 60er Jahre (»Du«, 1969). Seit Mitte der 70er Jahre ist er einer der erfolgreichsten deutschsprachigen Rockmusiker.

□ 1963: Einreise nach Deutschland. □ 1970: Erste LP »Für das Mädchen, das ich liebe«. □ 1976: Dt. Schallplattenpreis für »Und es war Sommer« (LP). □ 1976: Erste Deutschlandtournee. □ 1979: Für »Steppenwolf« (LP) vier Dt. Schallplattenpreise, drei Goldene Singles, neun Goldene und sechs Platin-LPs. □ 1980: »Revanche« (LP). □ 1983: »Tabaluga oder die Reise zur Vernunft« (LP). □ 1987: Hr. in »Der Joker« (F.). □ 1989: »Kein Weg zu weit« (LP). □ 1990: »Leipzig« (LP).

▷ F. Eyssen: Peter Maffay — Ein Buch, 1986; J. Seibold: Peter Maffay, 1990.

Maginot, André

frz. Politiker
* 17.2.1877 Paris (Revigny-sur-Ornaine?, Dep. Meuse) † 7.1.1932 Paris

Maginot war als Kriegsminister nach Ende des 1. Weltkriegs Initiator einer gewaltigen Befestigungslinie entlang der gesamten deutsch-französischen Grenze. Die sog. Maginot-Linie reichte von der Schweiz bis Belgien, wurde jedoch 1940 von den deutschen Truppen umgangen (E. v. →Manstein).

□ 1910: Deputierter der Demokratischen Linken. □ 1913/14: Unterstaatssekr. im Kriegsministerium. □ 1914: Soldat. □ nach 1917: Mehrfach Kolonialmin. □ 1922-24; 1929-32: Kriegsmin.

← André Maginot

Magnani, Anna

ital. Schauspielerin
* 7.3.1908 Rom † 26.9.1973 ebd.

Magnani verkörperte in vielen Rollen die herb-temperamentvolle, aber sinnliche italienische Frau. Sie spielte sowohl die leidenschaftliche Geliebte als auch die kämpferische Mutter. Unter Beweis stellen konnte sie ihre außergewöhnlichen schauspielerischen Fähigkeiten zum ersten Mal Mitte der 40er Jahre in Zusammenarbeit mit dem Regisseur R. →Rossellini (»Rom, offene Stadt«, 1945). Auch in Filmen anderer bedeutender Regisseure, wie L. →Visconti (»Bellissima«, 1951) und P. P. →Pasolini (»Mamma Roma«, 1962) stellte sie ihr Können und ihr italienisches Temperament unter Beweis. Mit Ausnahme der Hauptrolle in »Die tätowierte Rose« (Rg. D. Mann) hatte M., jedem Glamour abhold, mit Hollywood-Filmen weniger Glück.

□ 1948: »Amore« (Rg. R. Rossellini). □ 1953: »Die goldene Karosse« (J. →Renoir). □ 1959: »Hölle in der Stadt« (R. Castellani). □ 1973: »1870«.

Anna Magnani 1962 in »Mamma Roma«.

Magritte, René François Ghislain

belg. Maler
* 21.11.1898 Lessines, Hainaut † 15.8.1967 Brüssel

Magritte gehört zu den bedeutendsten Malern des Surrealismus. Stärker als viele seiner Freunde legte er seinem Werk eine Kunsttheorie zugrunde, in der es um die Ambivalenz von Gegenstand und Abbild, von Sein und Schein geht, wie um das Verhältnis von Wort und Bild. Von diesem Ausgangspunkt her hat M. die Kunst bis in die jüngere Vergangenheit hinein beeinflußt (z. B. Pop Art und Concept Art). In den späten

René Magritte: Surrealistischer Maler und Schöpfer poetischer Bildwelten, 1965.

20er Jahren begann er, in einem Spiel von Realität und Irrealität seine Bildgegenstände aus einem kausalen Raum-Zeit-Zusammenhang zu lösen. Poetische Bildwelten entstanden, und die Sujets wurden geheimnisvoller: Zwitterwesen aus Vogel und Fisch, in der Luft schwebende Bleiformen, abgeschnittene Hände, aus Köpfen wachsende Gitarren, leere Bilderrahmen in kahlen Räumen, ein riesiges Ei in einem Vogelbauer usw. Die Irritation wird verstärkt, da die den Bildern eingefügten Bezeichnungen oder die Titel den Bildinhalt verneinen. Prägnantes Beispiel ist die realistische Abbildung einer Tabakspfeife mit dem Zusatz »Dies ist keine Pfeife«. Für die Überlagerung der verschiedenen Realitätsebenen ist die Serie der »Erinnerungen« (z. B. »Erinnerung II«, 1948, Brüssel, Ministère de la Communauteé Française de Belgique) mit dem blutenden Statuenkopf typisch.

☐ 1916: Studium an der Académie des Beaux-Arts in Brüssel. ☐ ab 1922: Tapetenentwürfe. ☐ 1925: Übergang zur Malerei. ☐ 1927: Übersiedlung nach Paris; Anschluß an den Surrealistenkreis um A. →Breton. ☐ 1930: »Les Mots et les Images« (Es.); Rückkehr nach Brüssel. ☐ ab 1931: Zahlreiche Ausstellungen (u. a. New York). ☐ 1943-48: Kurze Phasen eines Stilwechsels unter impressionistischem, dann fauvistischem Einfluß. ☐ ab 1948: Rückkehr zur altmeisterlichen, veristischen Malweise. ☐ 1951: Deckenbild im Théâtre Royal in Brüssel. ☐ 1954: Große Retrospektive im Palais des Beaux-Arts, Brüssel. ☐ 1967: Modelle und Gußformen für Bronzeskulpturen.

▷ P. Gimpferrer: Magritte, 1987.

Maharishi Mahesh Yogi

ind. Guru
* 1911? unbek.

Maharishi, der Mathematik, Physik und Philosophie studierte und bei einem Guru im »Tal der Heiligen« die transzendentale Meditation kennenlernte, gründete 1957 in Madras eine geistige Erneuerungsbewegung. M. deutet die Ursache aller Konflikte und Kriege als kollektive Konfusion, die in individuellen Spannungen wurzelt; transzendentale Meditation soll von Spannungen befreien, zu einem Leben im Einklang mit den Naturgesetzen verhelfen und dazu beitragen, das Potential des Menschen vollkommen zu erschließen. M., der 1959 in die USA ging und später per Gericht seine Lehre verteidigen mußte, wurde international bekannt, als sich die →Beatles 1967-70 seiner Lehre anschlossen.

← Maharishi M. Yogi

☐ 1960: Welttournee zur Verbreitung der Bewegung zur geistigen Erneuerung. ☐ 1968: »Meditations of Maharishi Mahesh Yogi« (Schr.); Übersetzung der »Bhagavad-Gita« ins Englische. ☐ 1985: Gerichtsentscheid untersagt den Vorwurf, die transzendentale Meditation verursache psychische Schäden.

al Mahdi, Sayed Saddik Abd er Rahman

sudan. Religionsführer und Politiker
* 25.12.1935 Omdurman

Bei seiner zweiten Wahl zum Ministerpräsidenten 1986 (er war es bereits 1966/67 gewesen) galt der westlich gebildete al Mahdi als toleranter und liberaler Moslem und Garant gegen den Fundamentalismus. Während seiner Amtszeit schaffte er aber nicht — wie zuvor versprochen — die Scharia ab, sondern näherte sich selbst immer mehr den Fundamentalisten an. Da er durch diese Maßnahme der erhofften Beendigung des blutigen Bürgerkriegs mit den christlichen Bantu im Südsudan nicht näherkam, wurde er 1989 durch das Militär gestürzt.

☐ vor 1957: Studium in England. ☐ 1961: Führer der Umma (politische Organisation der Mahdisten). ☐ 1965: Mitgl. des Parlaments. ☐ 1966/67: Ministerpräsident. ☐ seit 1970: Geistliches und weltliches Oberhaupt der Mahdisten. ☐ 1970-77: Im Exil, u. a. in Ägypten. ☐ 1977-79: Im Exekutivkomitee. ☐ 1983: Dozent in Oxford. ☐ 1984: Wegen oppositioneller Haltung gegen die Einführung des islamischen Rechts (Scharia) zeitweilig in Haft. ☐ 1986-89: Ministerpräsident.

Mahfus, Nağib

ägypt. Schriftsteller
* 11.12.1911 Kairo

Nağib Mahfus: Vom Nobelpreiskomitee überrascht.

Mahfus erhielt 1988 als erster arabischer Schriftsteller den Literatur-Nobelpreis. Sein Gesamtwerk umfaßt über 40 Romane, Novellen und Theaterstücke. M.s internationales Ansehen begründete der realistische Gesellschaftsroman »Die Midaq-Gasse« (1947, dt. 1985), das Porträt einer Straße in Kairo. Die Roman-Trilogie »ath-Thulathiya« (»Zwischen den zwei Palästen«, 1956-77) wurde als Darstellung des ägyptischen Bürgertums von europäischen Kritikern mit Th. →Manns »Buddenbrooks« verglichen. Mit »Die Kinder unseres Viertels« (R., 1959) begann die symbolistische Phase im Schaffen M.s, die von der Suche nach Antworten auf allgemeine menschliche Probleme wie Tod und Schuld gekennzeichnet ist.

☐ 1930-34: Literatur- und Philosophiestudium in Kairo; Sekretär in der Universitätsverwaltung. ☐ 1939: Literaturdebüt mit Novellensammlung. ☐ 1939-71: Beamter im Staatsdienst. ☐ 1953: Filmzensor im Verband der Künste. ☐ 1957: Ägypt. Staatspreis für Literatur. ☐ 1959: »Die Kinder unseres Viertels« (R., dt. 1990). ☐ 1961: »Der Dieb und die Hunde« (R., dt. 1980). ☐ 1966: »Das Hausboot am Nil« (R., dt. 1982). ☐ seit 1971: Freier Mitarbeiter der Tageszeitung al-Ahram. ☐ 1988: Ehrendoktor der Univ. Kairo.

Mahler, Gustav

österr. Komponist und Dirigent
* 7.7.1860 Kalischt, Mähren † 18.5.1911 Wien

Mahler war zu Lebzeiten einer der bedeutendsten Dirigenten und ein sehr umstrittener Komponist. Sein Ruhm als Dirigent gründet sich auf wegweisende Interpretationen der Werke von Mozart, Weber, Wagner und Gluck, auf seinen Einsatz für zeitgenössische Musik und auf seine stringente künstlerische Auffassung. Am damals größten Theater, der Wiener Hofoper, wo M. als Direktor mit einzigartigen Kompetenzen tätig war (1897-1907), trat er kompromißlos für eine Reform der Opernbühne ein. Er propagierte die Idee der Oper als Gesamtkunstwerk und nahm auch Retuschen der Werke vor.
Kompositorisch konzentrierte er sich auf die Gattung Sinfonie und Lied. Als Vollender der sinfonischen Tradition des 19. Jh.s ist M. ein Erbe Bruckners. Er knüpft aber mit der Verwendung von Singstimmen und Chören auch unmittelbar an Beethovens 9. Sinfonie an. Die unkonventionelle Verwendung traditioneller und trivialmusikalischer Mittel zeichnen ihn zugleich als einen Wegbereiter der Neuen Musik aus. Sein Einfluß auf A. →Schönberg, A. →Berg, A. →Webern, S. →Prokofjew und D. →Schostakowitsch war groß. Vielen zeitgenössischen Komponisten (z. B. D. →Schnebel) gilt M. als Vorbild.

Gustav Mahler: Wegbereiter der Neuen Musik.

□ 1875-78: Studium am Wiener Konservatorium. □ 1878-80: »Das klagende Lied« für Solisten, Chor und Orchester. □ 1883-85: »Lieder eines fahrenden Gesellen«. □ 1884-88: 1. Sinf. D-Dur. □ ab 1885: Opernkapellmeister in Prag. □ 1887-94: 2. Sinf. c-Moll mit Sopran-, Altsolo und Chor. □ ab 1888: Operndir. in Budapest. □ 1891-97: Kapellmeister am Stadttheater Hamburg. □ 1892-95: 12 Lieder aus »Des Knaben Wunderhorn«. □ 1895/96: 3. Sinf. d-Moll mit Altsolo, Frauen- und Knabenchor. □ 1897-1907: Opernkapellmeister, dann Dir. der Hofoper Wien. □ 1898-1901: Leiter der Wiener Philharmoniker. □ 1899-1901: 4. Sinf. G-Dur mit Sopransolo. □ 1901/02: 5. Sinf. cis-Moll. □ 1901-04: »Kindertotenlieder«. □ ab 1902: Ehe mit Alma (ab 1929 Mahler-Werfel). □ 1903/04: 6. Sinf. a-Moll. □ 1904/05: 7. Sinf. e-Moll. □ 1906/07: 8. Sinf. Es-Dur mit 8 Solisten, Knabenchor und 2 gemischten Chören. □ 1907: Tod seiner Tochter. □ 1907/08: »Das Lied von der Erde« mit Tenor- und Altsolo. □ 1907-09: Gastdirigent an der Metropolitan Opera und des Philharmonic Orchestra New York. □ 1908/09: 9. Sinf. D-Dur. □ ab 1909: Leiter der New York Philharmonic Society. □ 1910: 10. Sinf. Fis-Dur (unvollendet).

▷ A. Mahler-Werfel: Gustav Mahler: Erinnerungen und Briefe, 1940; Th. W. Adorno: Mahler, 1960; O. Klemperer: Meine Erinnerungen an Gustav Mahler, 1960; H. H. Eggebrecht: Die Musik Gustav Mahlers, 1982; K.-J. Müller: Mahler. Leben—Werke—Dokumente, 1988.

Horst Mahler →

Mahler, Horst

dt. Jurist
* 23.1.1936 Haynau, Schlesien

Bekannt wurde Mahler 1969/70, als er für die Osterunruhen vor dem Berliner Springer-Verlag anläßlich des Attentats auf R. →Dutschke (1968) gerichtlich verantwortlich gemacht wurde. Die Verbindungen des APO-Anwalts zu der sog. Baader-Meinhof-Gruppe (A. →Baader, U. →Meinhof) sowie seine Beteiligung an einem Banküberfall führten 1974 zu seiner Verurteilung zu 14 Jahren Haft. Nachdem M. sich von seiner terroristischen Vergangenheit distanziert hatte, wurde er 1980 entlassen. Seit 1988 praktiziert er wieder als Anwalt.

Hans Maier →

Maier, Hans

dt. Politiker und Politologe
* 18.6.1931 Freiburg i. Br.

Mehr als 16 Jahre betrieb Maier in Bayern gegen erhebliche konservative Widerstände eine christlich-liberale Schulpolitik. Dabei erwies er sich als eigenwilliger und standfester Minister. Als die CSU-Landtagsfraktion 1986, um seinen Einfluß zu schmälern, das Kultusministerium in die beiden Ministerien Unterricht und Wissenschaft aufteilen wollte, trat M. zurück.

□ 1962: Prof. in München. □ 1970: Mitbegründer und Mitgl. des Bundes Freiheit der Wissenschaft. □ 1970-86: Kultusmin. in Bayern. □ 1973: Mitgl. der CSU. □ seit 1974: MdL. □ 1976: Präs. des Zentralkomitees der dt. Katholiken. □ seit 1978: Mithg. des Rheinischen Merkur. □ 1983: »Katholizismus und Demokratie« (Schr.). □ 1985: »Religion und moderne Gesellschaft« (Schr.). □ 1986: »Nachruf auf die Tinte und andere Streiflichter zur Zeit« (Schr.). □ seit 1987: Prof. in München, Lehrstuhl für Christliche Weltanschauung. □ 1991: »Verteidigung der Politik. Recht—Moral—Verantwortung« (Schr.).

Maier, Josef »Sepp«

dt. Fußballspieler
* 28.2.1944 München-Haar

Maier, langjähriger Torwart von Bayern München (1958-79) und der Nationalmannschaft (1966-79), war mit sicherem Stellungsspiel Rückhalt der Elf, die 1972 Europameister und 1974 Weltmeister wurde. Wegen seiner komischen Einlagen galt M. als »Clown der Bundesliga« (473 Spiele). Eine bei einem Autounfall erlittene Verletzung zwang ihn 1979 zum Rücktritt.

□ 1958-79: FC Bayern München. □ 1966-79: 95 Länderspiele. □ 1966: DFB-Pokalsieger (erneut 1967, 1969 und 1971). □ 1969: Dt. Meister (erneut 1972, 1973 und 1974). □ 1974: Gewinn des Europapokals der Landesmeister (erneut

Sepp Maier trainiert seit 1987 die dt. Nationaltorhüter.

1975 und 1976). □ 1975: Dt. Fußballer des Jahres (erneut 1977 und 1978). □ ab 1987: Torwarttrainer der dt. Nationalmannschaft.

▷ S. Maier: Ich bin doch kein Tor, 1980.

Maier, Reinhold

dt. Politiker
* 16.10.1889 Schorndorf, Württ.
† 19.8.1971 Stuttgart

Maier verfolgte nach 1949 die Schaffung eines starken »Südweststaates«; 1952 führte die von ihm initiierte Volksabstimmung zur Gründung von Baden-Württemberg. Als Kritiker der Politik von K. →Adenauer gelang es ihm nach langen Verhandlungen, eine Koalition aus FDP/DVP, BHE und SPD gegen die stärkste Fraktion, die CDU, zu bilden und besonders in der Schulpolitik liberale Akzente zu setzen.

□ 1924-33: Württ. MdL (der liberalen DDP, später Dt. Staatspartei). □ vor 1930: Rechtsanwalt. □ 1930-32: Wirtschaftsmin. in Württ. □ 1932/33: MdR. □ 1945: Mitbegründer der Deutschen Volkspartei (DVP, ab 1952 FDP/DVP). □ 1945-52: Ministerpräsident in Württ.-Bad. □ 1951/52: Zugleich Justizmin. □ 1952/53: Ministerpräsident in Bad.-Württ. □ 1953-59: MdB. □ 1957-60: Im Bundesvorstand der FDP. □ 1960: Ehrenvors. der FDP.

▷ R. Maier: Ein Grundstein wird gelegt (2 Bde., Erinnerungen), 1964-66.

Maier-Leibnitz, Heinz Hermann Heinrich

dt. Physiker
* 28.3.1911 Esslingen am Neckar

Maier-Leibnitz, von 1974 bis 1979 Präsident der Deutschen Forschungsgemeinschaft, projektierte 1955 den ersten deutschen Forschungsreaktor, der 1957 in Garching bei München in Betrieb genommen wurde. Dort erkannte M. die Möglichkeit der rückstoßfreien Kernresonanzabsorption von Gammastrahlen, einen für Präzisionsmessungen wichtigen Effekt, den sein Schüler R. →Mößbauer experimentell durchführte. Pionierarbeit in der deutschen Kernphysik leistete M. mit der für Deutschland erstmals 1941 gelungenen Herstellung radioaktiver Isotope in dem Teilchenbeschleuniger (Zyklotron) des Heidelberger Kaiser-Wilhelm-Instituts.

← Reinhold Maier

Werner Maihofer →

Heinz H. Maier-Leibnitz vor dem Garchinger Atommeiler.

□ 1949-52: Prof. an der Univ. Heidelberg. □ seit 1952: Prof. an der TU München. □ 1967-71: Dir. des von ihm angeregten dt.-frz. Gemeinschaftsinst. Max von Laue — Paul Langevin, Grenoble. □ 1977: »An der Grenze zum Neuen. Rollenverteilung zwischen Forschern und Politikern in der Gesellschaft« (Schr.). □ 1980: »Zwischen Wissenschaft und Politik« (Reden und Aufs.e); Heirat mit E. →Noelle-Neumann. □ 1986: »Lernschock Tschernobyl« (Es.).

Maihofer, Werner

dt. Politiker und Jurist
* 20.10.1918 Konstanz

Unter der maßgeblichen Mitwirkung des linksliberalen Maihofer erhielt die FDP erstmals ein gesellschaftspolitisches Programm (Freiburger Thesen 1971). Als Innenminister konnte der brillante Jurist sich allerdings nicht durchsetzen und scheiterte u. a. 1976 mit seiner Dienstrechtsreform am erbitterten Widerstand des DGB und des Beamtenbundes. Nach einigen Pannen bei der Terroristen-Fahndung trat er 1978 zurück. 1979 trat er für die Unverjährbarkeit von NS-Verbrechen ein.

□ 1939-45: Militärdienst. □ 1946-50: Jurastudium. □ 1955-72: Prof. in Saarbrücken und Bielefeld. □ seit 1969: Mitgl. der FDP. □ ab 1972: MdB. □ 1972-74: Min. ohne Geschäftsbereich. □ 1974-78: Innenmin. □ 1978: Erneut Prof. in Bielefeld. □ 1981: Prof. des europ. Hochschulinst. in Florenz.

Mailer, Norman K.

amer. Schriftsteller
* 31.1.1923 Long Branch, N. J.

Mailer, 1944/45 als Soldat an der Pazifik-Front, wurde durch den Antikriegsroman »Die Nackten und die Toten« (1948, dt. 1950), einer realistischen Schilderung menschlicher Gewaltbereitschaft, bekannt. Der zweifache Pulitzer-Preisträger wurde unter dem Einfluß der »Beat«-Generation (A. →Ginsburg, J. →Kerouac, W. →Burroughs) ein entschiedener Kritiker der amerikanischen Gesellschaft und ihrer Mythen (»Der Alptraum«, R., 1965, dt. 1965). Provozierende öffentliche Auftritte machten ihn zum Enfant terrible der amerikanischen Literaturszene.

Norman Mailer, zweifacher Pulitzer-Preisträger, 1987.

□ 1948: »Die Nackten und die Toten (R., dt. 1950, verfilmt 1958 von Raoul Welsh). □ 1959: »Reklame für mich selber« (dt. 1963). □ 1968: »Heere aus der Nacht« (Reportage über die Anti-Vietnam-Bewegung, Pulitzer-Preis 1969). □ 1971: »Gefangen im Sexus« (Es.s, dt. 1972). □ 1973: »Marilyn Monroe. Eine Biografie« (dt. 1976). □ 1979: »Gnadenlos. Das Lied vom Henker« (R., Pulitzer-Preis 1980). □ 1983: »Frühe Nächte« (R.). □ 1991: »Harlot's Ghost« (R., dt. 1991).

▷ H. Miles: Mailer. A Biography, engl. NA 1985.

Maillart, Robert

schweiz. Bauingenieur
* 6.2.1872 Bern † 5.4.1940 Genf

Mit seinen Brücken- und Hallenbauten, die neuartige Konstruktionsformen und hohe Ästhetik verbinden, gehört Maillard zu den Pionieren des Stahlbetonbaus. Seine Erfindung des Kastentragwerks mit statisch effektivem rechteckigem Querschnitt und der sog. Pilzdecke erlaubte elegant schwingende Brückenformen (z. B. Tavanasa-Brücke). Bei der Pilzdecke gehen die Betonstützen pilzförmig in die unterzugslose (Fahrbahn-)Decke über und bilden mit ihr eine Einheit. Aus versteiften Stabbögen konstruierte M. die Landquart-Brücke, bei der Funktion und Ästhetik eine beispielhafte Verbindung eingehen. M. übertrug seine Konstruktionsprinzipien auch auf Hochbauten wie die Lagerhalle auf der Schweizer Landesausstellung von 1939, eine Tonnenschale, die sich in Parabelform aufwärts schwingt.

□ 1902: Nach dem Studium an der TH Zürich Eröffnung eines eigenen Büros. □ 1905: Rheinbrücke in Tavanasa, Graubünden (zerstört 1927). □ 1910: Lagerhaus der Züricher Lagerhausgesellschaft. □ 1912-19: Tätigkeit in Rußland. □ ab 1919: Eigene Firma in Genf mit Filialen in Zürich und Bern. □ 1930: Landquart-Eisenbahnbrücke in Klosters, Graubünden. □ 1936: Arve-Brücke bei Genf. □ 1938: Projekt der Aire-Brücke in Genf (errichtet postum 1952-54). □ 1939: Zementhalle auf der Landesausstellung in Zürich. □ 1940: Brücke zwischen Altendorf und Lachen.

▷ D. P. Billington: Robert Maillart's bridges, engl. 1979.

Maillol, Aristide

frz. Bildhauer, Maler und Grafiker
* 8.12.1861 Banyuls-sur-Mer, Pyrénées-Orientales
† 27.9.1944 ebd.

Maillol hatte mit seinen schlichten, tektonisch gebauten Figuren, die auf der Wiederbelebung und teilweisen Neuformung der frühen Skulptur des Mittelmeerraums, vor allem der griechischen Archaik, basierten, großen Erfolg und beeinflußte zahlreiche Bildhauer. Die Skulpturen, überwiegend weibliche Akte, haben eine glatte Oberfläche, sind fast klassisch in der Harmonie der Proportionen und der Verteilung von Masse und Volumen. Gelegentlich griff M. den Torso auf wie in »L'Île-de-France« (1920-25, Paris,

Der Bildhauer Aristide Maillol an seinem 75. Geburtstag, 1936.

Musée National d'Art Moderne, Centre Georges Pompidou); im übrigen folgt das Werk — obschon eine weibliche Figur — den Jünglingsfiguren der griechischen Frühzeit. Personifikationen, und zwar vorwiegend von Flüssen oder Landschaften, aber auch von Tages- und Jahreszeiten waren häufig M.s Themen (z. B. »Die Nacht«, 1902-09, Bronzeabguß in New York, Metropolitan Museum of Art).

▷ W. George/D. Vierny: Aristide Maillol, 1964.

Maizière, Lothar de

dt. Politiker
* 2.3.1940 Nordhausen

De Maizière, ab Ende 1989 Vorsitzender der damaligen Ost-CDU, verhalf der ehemaligen Blockpartei nach dem Zusammenbruch des SED-Regimes zu programmatischer Erneuerung und zur Vereinigung mit der Bundes-CDU. Nach dem Wahlsieg der »Allianz für Deutschland« aus CDU, DA und DSU wurde er im Frühjahr 1990 Ministerpräsident einer Koalitionsregierung in Ost-Berlin. In Abstimmung mit Bundeskanzler H. →Kohl versuchte er, den Prozeß der deutschen Vereinigung politisch und wirtschaftlich zu gestalten. Dabei sah er sich in der Rolle des Anwalts seiner ostdeutschen Landsleute. Der Vorwurf, M. sei ein wichtiger Mitarbeiter der Staatssicherheit gewesen, führte 1991 zum Ende seiner politischen Laufbahn.

□ 1969-75: Nach Studium an der Musikhochschule in Ost-Berlin juristisches Fernstudium. □ 1976: Aufnahme in das Kollegium der Rechtsanwälte in Ost-Berlin, ab 1987 Stellv. Vors. □ Nov. 1989: Wahl zum Parteivors. der Ost-CDU. □ 1990: Ministerpräsident einer Koalitionsregierung unter Einschluß der SPD; nach der Vereinigung im Kabinett Kohl Min. ohne Geschäftsbereich; MdB. □ 1991: Rücktritt von allen Staats- u. Parteiämtern; Vors. der Grundwertekommission der CDU.

← Lothar de Maizière

Majakowski, Wladimir Wladimirowitsch

sowjet. Lyriker, Dramatiker und Grafiker
* 19.7.1893 Bagdadi, Georgien
† 14.4.1930 Moskau (Selbstmord)

Majakowski ist neben M. →Gorki der wichtigste Autor der russischen Revolution, in deren Dienst er konsequent, aggressiv und selbstbewußt die von ihm und W. →Chlebnikow mitbegründete futuristische Dichtung stellte. Mit Blick auf eine sozial gerechtere Zukunft schuf er eine neue Art agitatorischer Vortragslyrik sowie phantastisch-allegorische Bühnendichtungen, die den Sieg des Kommunismus über den Kapitalismus feiern, z. B. »150000000« (Dr., 1921, dt. 1924). Trauer über die verlorenen Ideale der Revolution und Kritik an der Bürokratie wie in »Die Wanze« (Dr., 1928, dt. 1963) brachten ihn in Gegensatz zur offiziellen Literaturpolitik; nach einem vergeblichen demonstrativen Anpassungsversuch beging M. Selbstmord.

□ 1912: Futuristisches Manifest »Eine Ohrfeige dem öffentlichen Geschmack« (dt. 1972). □ 1914-29: Vortrags- und Rezitationsreisen im In- und Ausland. □ 1915: »Wolke in Hosen« (Verserz., dt. 1949). □ 1918: »Mysterium buffo« (Dr., dt. 1960). □ 1919-21: Texter und Zeichner für die Presseagentur ROSTA. □ 1923-28: Hg. der linken Zeitschrift LEF. □ 1929: »Das Schwitzbad« (Dr., dt. 1960). □ 1930: Beitritt zum antifuturistischen, zentralen kommunistischen Schriftstellerverband RAPP. □ postum 1935: Rehabilitierung durch Stalin.

W. Majakowski: Lyriker der russ. Revolution, 1927.

▷ W. Storch: Majakovskij, 1977; Lilja Brik: Schreib Verse für mich. Erinnerungen an Majakowski und Briefe (Hg. W. Katanjau), 1991.

John Major →

Major, John

brit. Politiker
* 29.3.1943 Merton

Der ehrgeizige Major machte in der Konservativen Partei ungewöhnlich rasch Karriere. Er gehörte erst seit vier Jahren zum engeren Führungsgremium seiner Partei, wo er als eifriger Verfechter des rigorosen Monetarismus von M. →Thatcher auftrat, als er 1990 zu ihrem Nachfolger gewählt wurde. Der bei der Parteibasis wegen seiner Rednergabe und seiner einfachen Herkunft sehr beliebte M. versprach, die Politik wieder menschlicher zu gestalten und Großbritannien näher an Europa heranzuführen.

□ 1965-79: Bankangestellter. □ 1968-71: Im Gemeinderat von Lambeth (London). □ seit 1979: Mitgl. des Unterhauses für die Konservativen. □ 1981-83: Parlamentarischer Sekr. im Innenministerium. □ 1984: Fraktionsführer. □ 1986: Staatsmin. für Soziales. □ 1987: Schatzamtsmin. (stellv. Finanzmin). □ Mai-Okt. 1989: Außenmin. □ 1989/90: Schatzkanzler. □ seit Nov. 1990: Premierminister.

Wladimir Makanin →

Makanin, Wladimir Semjonowitsch

sowjet. Schriftsteller
* 13.3.1937 Orsk, Uralgebirge

Makanin ist einer der bekanntesten Vertreter derjenigen Autoren, die — im Gegensatz zu den sog. Dorfschriftstellern (V. →Rasputin) — die Stadt zum Schauplatz ihrer Werke machen. Sein Thema ist das Alltagsleben in Moskau; eigenwillig beschränkt er sich auf die Psychologie von Durchschnitts-Ehepaaren, Kleinkriminellen und Sonderlingen, ohne diese in einen historischen oder politischen Rahmen zu stellen. Die Struktur seiner Texte ist vom Film, seine Ästhetik von dem sowjetischen Literaturtheoretiker M. →Bachtin inspiriert; seine pessimistische Weltsicht fußt nicht im Marxismus und wurde gelegentlich mit der von F. →Kafka verglichen. Einen Schlüssel zum Verständnis seines Werkes liefert die programmatische Prosacollage »Stimmen« (1980, dt. 1983).

□ ab 1954: Studium und Arbeit als Mathematiklehrer. □ 1965-67: Besuch der Filmhochschule (VGIK). □ seit 1969: Freier Schriftsteller. □ 1978: »Der Mann mit den zwei Gesichtern« (R., dt. 1986). □ 1980: »Stimmen« (Prosa. dt. 1983). □ 1983: »Der Wunderheiler« (R., dt. 1984).

Makarios III.: Der erste Staatspräsident Zyperns inspiziert türkische Truppen, 1960.

Makarenko, Anton S.

sowjet. Pädagoge und Schriftsteller
* 13.3.1888 Belopolje, Ukraine † 1.4.1939 Moskau

Makarenko, der ab den 20er Jahren Arbeitskolonien für verwahrloste und straffällig gewordene Jugendliche leitete, entwickelte eine Pädagogik des Kollektivs und galt als der bedeutendste Erziehungstheoretiker der Sowjetunion. Sein dokumentarischer Roman »Der Weg ins Leben. Ein pädagogisches Poem« (1933-36) wurde zur Pflichtlektüre in der Lehrerausbildung. Letztlich ging es M. nicht nur um die Erziehung, sondern um die Heranbildung eines neuen Menschentyps, den er mit großem Pathos verkündete.

□ ab 1905: Lehrer. □ 1920-28: Leiter der von ihm gegründeten Gorki-Kolonie in Poltava. □ 1927-35: Leiter der Dzeržinski-Kolonie in Charkov. □ 1933-36: »Der Weg ins Leben. Ein pädagogisches Poem« (R., dt. 1950). □ 1938: »Flaggen auf den Türmen« (R., dt. 1952).

← Anton S. Makarenko

Makarios III.

(eig. Michail Christodoulos Mouskos)
griech.-zypr. Geistlicher und Politiker
* 13.8.1913 Ano Panagia bei Pafós
† 3.8.1977 Nikosia

Makarios III. war der erste Staatspräsident Zyperns und blieb es bis zu seinem Tod. Nach seiner Wahl zum Prälaten der zyprischen orthodoxen Kirche hatte er die Enosis-Bewegung für die Wiedervereinigung Zyperns mit Griechenland ins Leben gerufen. Persönlich mit Charme und Humor ausgestattet, warb er auf der ganzen Welt für sein Ziel und organisierte ab 1955 einen passiven Widerstand gegen die britischen Behörden. Da der türkische Teil der Bevölkerung (damals etwa 25 %) sich hartnäckig gegen einen Anschluß an Griechenland wehrte, wurde 1960 unter seiner Führung die Republik Zypern gegründet.

□ 1923: Eintritt als Novize in ein Kloster. □ 1938: Diakon. □ 1938-44: Theologie- und Jurastudium in Athen. □ 1946: Priester. □ 1946-48: Studium der Soziologie in Boston, USA. □ 1948: Bischof von Kition. □ 1950: Erzbischof von Zypern. □ 1956/57: Deportation auf die Seychellen. □ ab 1957: Exil in Athen. □ 1959: Griech. Verhandlungsführer auf der Zypern-Konferenz. □ 1960-74, 1974-77: Staatspräsident. □ 1974: Kurzzeitig durch die von Athen beeinflußte griechische Nationalgarde gestürzt.

▷ P. N. Vanezis: Makarios. Faith and power, 1971; St. Mayes: Makarios. A biography, 1981.

Miriam Z. Makeba →

Makeba, Miriam Zenzi

südafr. Sängerin
* 4.3.1932 Johannesburg

Bekannt wurde Makeba 1967 durch den von ihr bereits 1956 komponierten weltweiten Millionenhit »Pata Pata«. Typisch für sie war der Titel allerdings nicht. Im Stil von Worksongs und afrikanischer Folklore schrieb sie meist engagierte Lieder über die Rassendiskriminierung in ihrer südafrikanischen Heimat, aber auch Liebeslieder. 1959 mußte sie nach ihrem Mitwirken in dem Film »Come Back Africa« (Rg. Lionel Rogosin) Südafrika verlassen und lebte in den USA im Exil. Anfang der 70er Jahre war sie Sonderbotschafterin von Guinea bei der UNO in New York. Erst seit Mitte der 80er Jahre widmet sie sich wieder verstärkt der Musik.

□ 1954-57: Mitgl. des Ensembles Black Manhattan Brothers. □ 1960-69: Exil in den USA. □ 1964: »The voice of Africa« (LP). □ 1968: »The best of Miriam Makeba« (LP). □ 1983: »Forbidden Games« (LP). □ 1987: »Graceland«-Tournee mit P. →Simon und H. → Masekela. □ 1989: »Weleda« (LP). □ 1990: Rückkehr nach Südafrika.

▷ M. Makeba/J. Hall: Makeba — My Story, engl. 1988.

Bernard Malamud →

Malamud, Bernard

amer. Schriftsteller
* 26.4.1914 Brooklyn, N. Y. † 18.3.1986 New York

Malamuds Romane und Kurzgeschichten betonen die Notwendigkeit eines ethischen Standpunkts im Leben ebenso wie in der Kunst. Die jüdischen Elemente in seinem Werk sind Prinzipien einer humanen Identität. Zu einer solchen gelangt der Held in »Der Gehilfe« (R., 1957, dt. 1961) durch die Übernahme von Verantwortung für die Gesellschaft. Sie manifestiert sich auch im Roman »Der Fixer« (1966, dt. 1968) in der durch persönliches Leiden ausgelösten Entwicklung des naiven, ichbezogenen Juden Jakov Bok zum verantwortungsbewußten, opferbereiten, politischen Menschen. M.s letzter Roman, »God's Grace« (1982), ist eine apokalyptische Vision vom Untergang der Menschheit, die moralische und humanistische Werte aufgegeben hat. Bedeutend sind auch M.s Kurzgeschichtenbände »Das Zauberfaß« (1958, dt. 1962), »Schwarz ist meine Lieblingsfarbe« (1963, dt. 1971), »Rembrandts Hut« (1973, dt. 1977) und »Bilder einer Ausstellung« (1969, dt. 1975).

□ ab 1949: Prof. für Engl. Literatur an der Oregon State Univ., ab 1961 am Bennington College, Verm. □ 1952: »Der Unbeugsame« (R., dt. 1984). □ 1961: »Ein neues Leben« (R., dt. 1964). □ 1967: Pulitzer-Preis. □ 1969: »Bilder einer Ausstellung« (Erz.n, dt. 1975). □ 1971: »Die Mieter« (R., dt. 1973). □ 1979: »Die Leben des William Dubin« (R., dt. 1980).

▷ S. Richman: Bernard Malamud, 1966.

Malaparte, Curzio

(eig. Kurt Erich Suckert)
ital. Schriftsteller und Journalist
* 9.6.1898 Prato † 19.7.1957 Rom

Curzio Malaparte: Erfolg mit Antikriegsromanen.

Malaparte, Gründer mehrerer Zeitschriften, ist einer der umstrittensten italienischen Schriftsteller des 20. Jh.s. International bekannt wurde er vor allem durch seine Nachkriegsromane »Kaputt« (1944, dt. 1951) und »Die Haut« (1950, dt. 1950), in denen er mit bitterer Ironie den Krieg als Wiederkehr des Bösen darstellte. Trotz der oft grausamen und obszönen Schilderungen, die ihm den Vorwurf der Effekthascherei einbrachten, sind M.s Werke vor dem Hintergrund seiner journalistischen Tätigkeit im 2. Weltkrieg von großem dokumentarischem Wert.

□ ab 1918: Journalist. □ 1924: Gründer der Zeitschrift La Conquista dello stato. □ ab 1925: Verwendung des Pseudonyms Malaparte. □ 1928-31: Leiter der Zeitschrift Fiera Letteraria und der Stampa. □ 1931: »Technik des Staatsstreichs« (Es., dt. 1932). □ 1933-35: Verbannung auf die Liparischen Inseln. □ 1937: Gründung der Literaturzeitschrift Prospettive. □ 1940-45: Korrespondent an der Ostfront. □ postum 1961: »Verflixte Italiener« (Es., dt. 1962).

Georgi M. Malenkow →

Malcolm X: In den 50er Jahren »Black-Muslim«-Führer.

Malcolm X

(eig. Malcolm Little)
amer. Politiker und Religionsführer
* 19.5.1925 Omaha, Nebr.
† 21.2.1965 New York (ermordet)

Während eines Gefängnisaufenthaltes wurde Malcolm X zu den Black Muslim bekehrt, einer um 1930 in den USA gegründeten islamischen Sekte (»Die natürliche Religion des schwarzen Mannes«), die eine extrem antieuropäische (antiweiße) Ideologie vertritt. Die bis dahin bedeutungslose Sekte erhielt in den 50er Jahren durch M.s Predigten großen Zulauf aus den Schwarzen-Ghettos. Als er 1963 eine eigene Organisation gründete, schlossen ihn die Black Muslim aus. 1965 wurde er auf einer Versammlung von schwarzen Fanatikern ermordet.

□ 1946-52: Im Gefängnis. □ 1950: Mitgl. der Black Muslim. □ 1952-63: Aufstieg zum Führer der Black Muslim. □ 1963: Gründer der Organisation für Afro-Amerikanische Einheit.

▷ A. Haley/Malcolm X: The autobiography of Malcolm X, 1968.

Malenkow, Georgi Maximilianowitsch

sowjet. Politiker
* 8.1.1902 Orenburg (heute Tschkalow)
† 14.1.1988 Moskau

Nach dem Tod von J. →Stalin (1953) folgte ihm sein Sekretär und langjähriger Weggefährte Malenkow im Amt nach. Da ihm dessen Durchsetzungsvermögen fehlte, wurde er in den nächsten Jahren von N. → Chruschtschow schrittweise entmachtet. Aufgrund seiner Nähe zu Stalin und als Leiter der Personalabteilung der KPdSU während der »großen Säuberung« nach 1934 wird M. ein großer persönlicher Schuldanteil an der Liquidierung von über einer Million Kommunisten zugeschrieben.

□ 1920: Mitgl. der KPdSU. □ 1934-39: Leiter der Kaderabteilung des ZK. □ ab 1938: Persönlicher Sekr. von Stalin. □ 1939: Mitgl. des ZK. □ 1946: Mitgl. des Politbüros. □ 1946-53: Stellv. Ministerpräsident. □ 1947: Sekr. des ZK der KPdSU. □ März-Sept. 1953: 1. Sekretär der KPdSU. □ 1953-55: Ministerpräsident. □ 1955-57: Min. für Energiewirtschaft. □ 1957: Verlust aller Ämter. □ 1961: Parteiausschluß.

Malerba, Luigi

ital. Schriftsteller
* 11.11.1927 Berceto, Parma

Malerba, Mitbegründer der Gruppe 63, bemüht sich auf der Basis eines neoavantgardistischen experimentellen Literaturkonzepts um eine kritische Auseinandersetzung mit konventionellen Darstellungsformen und stellt die Sprache als Kommunikationsmittel radikal in Frage. Populär wurde M. als Autor zahlreicher Kinderbücher (u. a. »Der gestiefelte Pinocchio«, 1978) und als Drehbuchautor neorealistischer Filme.

□ 1949-51: Hg. der Filmzeitschrift Sequenze. □ 1950: Übersiedlung nach Rom. □ 1953: »Donne e soldati« (Drehbuch). □ 1966: »Die Schlange« (R., dt. 1969). □ 1973: Mitbegr. der ital. Schriftstellervereinigung Cooperative Scrittori. □ 1977: »Der gestiefelte Pinocchio« (Kdb., dt. 1986). □ 1978: »Pataffio« (R., dt. 1988). □ 1981: »Tagebuch eines Träumers« (dt. 1984). □ 1990: »Das griechische Feuer« (R., dt. 1991).

▷ E. Rizakowitz: Der Mensch zwischen Widerstand und Anpassung im Werk Luigi Malerbas, 1976.

Malewitsch, Kasimir Sewerinowitsch

russ. Maler
* 23.2.1878 in oder bei Kiew
† 15.5.1935 Leningrad (St. Petersburg)

Malewitsch war neben W. →Tatlin Mitbegründer und bedeutender Theoretiker des Konstruktivismus, der für die Kunst des 20. Jh.s so folgenreichen geometrischen Abstraktion. Von Tatlins Materialkunst und Funktionalismus unterschied M. eine stärker künstlerische und philosophisch orientierte Ausrichtung, die er als Suprematismus auch theoretisch begründete.
1913 entwarf M. für die futuristische Oper »Sieg über die Sonne« ein Bühnenbild, das nur aus einem schwarzen Quadrat bestand. Diese Komposition übertrug er auf das Leinwandbild »Schwarzes Quadrat auf weißem Grund« (Leningrad, Russisches Museum) und nannte es die »nackte, ungerahmte Ikone meiner Zeit«. Nie zuvor hatte ein Maler eine so weitgehende Reduktion der Bildmittel und damit eine neue konzeptuelle Auffassung von Kunst vollzogen. Diese Erfahrung mit einer »zweckfreien Gegenstandslosigkeit« setzte M. in den folgenden, im wesentlichen aus schwebenden Balkenelementen in dynamischer Anordnung bestehenden Kompositionen fort (z. B. »Suprematistisches Bild«, 1915, Amsterdam, Stedelijk Museum). Um 1929

Kasimir S. Malewitsch (M.): Pionier des »gegenstandslosen« Suprematismus.

← Luigi Malerba

wandte er sich unter veränderten kulturpolitischen Bedingungen wieder Porträts, Figurendarstellungen und Landschaften zu.

□ 1900-05: Studium an der Moskauer Kunsthochschule. □ 1906-10: Einfluß durch den Rayonismus M. →Larionows und N. →Gontscharowas. □ 1910-12: Stark abstrahierte Figurendarstellungen unter dem Einfluß F. →Légers. □ 1915: »Vom Kubismus und Futurismus zum Suprematismus« (Schr., ersch. 1920). □ ab 1917: Leiter der Moskauer Museen. □ ab 1918: Prof. an der Moskauer Kunsthochschule WChUCHTEMAS. □ 1919-22: Zugleich Lehrer an der Kunsthochschule in Witebsk. □ 1922: »Suprematismus — die gegenstandslose Welt« (Schr., ersch. 1927). □ nach 1922: Hinwendung auch zu architektonischen Fragestellungen. □ 1927: Kontakt zum Bauhaus (W. →Gropius) in Berlin; Werkschau in der Berliner Großen Kunstausstellung.

▷ L. A. Shadowa: Malewitsch und sein Kreis, 1982; R. Crone/D. Moos: Kasimir Malewitsch. The Climax of Disclosure, 1991.

Bronislaw K. Malinowski →

Malinowski, Bronislaw Kaspar

engl. Sozialanthropologe poln. Herkunft
* 7.4.1884 Krakau
† 16.5.1942 New Haven, Conn. (USA)

Am Beginn der britischen Sozialanthropologie stehen die Funktionalisten Malinowski und A. R. →Radcliffe-Brown. Vertraut mit den Theorien der französischen soziologischen Schule (E. →Durkheim, M. →Mauss), entwickelte M. sein Kulturmodell in den 20er Jahren. Der Begründer der modernen Feldforschung war der Auffassung, der Mensch brauche Kultur, um zu leben, um seine biopsychologischen Bedürfnisse befriedigen zu können. Ernährung, Kleidung, Fortpflanzung, Sicherheit etc. bilden die Erfordernisse, aus denen sich die Notwendigkeiten der Institutionen einer Kultur (Herrschafts- und Versorgungssysteme, Heiratssitten, Anordnung von Siedlungen etc.) ergeben. Nach M. hat jedes Element — Bräuche, Ideen, Gegenstände — seine bestimmte Funktion und hält die Kultur als Ganzes im Gleichgewicht.

□ 1915-18: Feldforschung auf den Trobriand-Inseln (Papua-Neuguinea). □ 1922: »Argonauts of the western pacific« (Schr.), darin methodische Grundlagen des Funktionalismus. □ 1926: »Sitte und Verbrechen bei den Naturvölkern« (Schr., dt. 1949). □ 1927: Prof. für Anthropologie, Univ. London. □ 1939: Prof. für Anthropologie, Yale Univ., Conn.; »The group and the individual in functional analyses« (Schr.).

Malipiero, Gian Francesco

ital. Komponist
* 18.3.1882 Venedig † 1.8.1973 Treviso

Malipiero galt zunächst als Avantgardist (faschistischer Protest bei der UA der Oper »Favola del figlio cambiato« 1933 in Rom). Nach autodidaktischen Studien der italienischen Renaissance- und Barockmusik entwickelte er einen Stil, der sich gegen die thematischen Verarbeitungstechniken des 18.-20. Jh.s wandte und sich an historische, freie Formen (Madrigalstil, venezianisches Konzert) orientierte (»Cantari alla madrigalesca«, Streichquartett, 1931). Sein umfangreiches Werk besteht u. a. aus 20 Opern (»I cappricci di Callot«, UA Rom 1942), sieben Oratorien und zehn Sinfonien. Als Herausgeber der Werke von Claudio Monteverdi (* 1567, † 1643) und Antonio Vivaldi (* 1678, † 1741) schrieb M. auch zahlreiche musiktheoretische Schriften.

□ 1898-1904: Musikstudien in Wien, Venedig und Bologna. □ 1908: Kompositionsunterricht bei M. →Bruch in Berlin. □ 1921-24: Dozent für Komposition am Konservatorium in Parma. □ 1926-42: Editionsleiter der Gesamtausgabe von Claudio Monteverdi (16 Bde.). □ 1939-53: Dir. am Liceo musicale Marcello in Venedig. □ 1947-72: Künstlerischer Leiter und Editor (100 Konzerte) am Instituto Italiano Antonio Vivaldi.

Gian Francesco Malipiero

Malle, Louis

frz. Regisseur
* 30.10.1932 Thuméries

Malle, der aus einer der reichsten Familien Frankreichs stammt, gelang mit dem Kriminalfilm »Fahrstuhl zum Schafott« (1957, mit J. →Moreau) ein vielbeachtetes Regiedebüt. Bei wechselnden Erzählstilen und Genres (u. a. Dokumentarfilme) provozierte er durch die Wahl brisanter Themen wie Inzest (»Herzflimmern«, 1971), Kollaboration im Vichy-Frankreich (»Lacombe, Lucien«, 1973) oder Kinderprostitution (»Pretty Baby«, 1977). Die Eindrücke eines USA-Aufenthalts verarbeitete M. in »Atlantic City, USA« (1979, mit B. →Lancaster). Sein autobiografisch geprägter Film »Auf Wiedersehen Kinder« (1987) wurde mit neun Césars und dem Goldenen Löwen von Venedig ausgezeichnet. Der Film schildert das Leben in einem Internat während der Besatzungszeit, in dem jüdische Kinder versteckt wurden.

Louis Malle: Einer der großen französischen Regisseure.

□ 1955: Co-Regie bei Y.-J. →Cousteau für »Die schweigende Welt«. □ 1956: Regieassistenz bei R. →Bresson. □ 1958: »Die Liebenden« (mit J. Moreau). □ 1960: »Zazie« (mit Ph. →Noiret). □ 1961: »Privatleben« (mit B. →Bardot und M. →Mastroianni). □ 1965: »Viva Maria!« (mit J. Moreau und B. Bardot). □ 1966: »Der Dieb von Paris« (mit J. P. →Belmondo). □ 1969: »Kalkutta« (Dokumentarfilm). □ 1980: Goldener Löwe von Venedig für »Atlantic City, USA«. □ seit 1980: Ehe mit der Schauspielerin C. Bergen. □ 1981: »Mein Essen mit André«. □ 1989: »Eine Komödie im Mai« (mit M. →Piccoli und Miou-Miou).

▷ P. W. Jansen/W. Schütte (Hg.): Louis Malle, 1985.

Malraux, André

frz. Schriftsteller und Politiker
* 3.11.1901 Paris † 23.11.1976 Créteil

Malraux war einer der einflußreichsten Intellektuellen Frankreichs im 20. Jh. Er war ein Mann der Tat, der im Engagement für eine Sache den wahren Sinn des Lebens sah. Diese Maxime war auch Hauptthema seines literarischen Schaffens, das die sog. littérature engagée (J.-P. →Sartre, A. →Camus) beeinflußte. Sein berühmtester Roman, »So lebt der Mensch« (R., dt. 1934), für den M. den Prix Goncourt erhielt, ist eine Dokumentation der Eroberung Shanghais durch die Kommunisten. Vor dem historischen Hintergrund schilderte M. eindringlich einzelne Schicksale, individuelle politische Einstellungen, die in der Massentragödie untergehen.
M., von F. →Nietzsche und F. M. Dostojewski (* 1821, † 1881) beeinflußt, sah im Abenteuer

André Malraux: Unter de Gaulle zunächst Informations-, dann Kulturminister.

und im politischen Engagement einen Ersatz für die Werte, die der moderne Mensch verloren hat. Als Kulturminister verglich er die Rolle der Kultur mit jener, die der Religion einmal innegewohnt habe. Erstmals bezog er die Kommunen in die staatliche Kulturpolitik mit ein, indem er sich für die Dezentralisierung engagierte.

□ 1918: Abbruch der Schule; Bekanntschaft mit P. →Picasso, G. →Braque und F. →Léger. □ 1922/23: Reisen nach Deutschland, Italien und Indochina. □ 1925: Teilnahme am Aufstand der Kommunisten in Vietnam und Propagandakommissar der kommunistischen Südregierung. □ 1926: »Die Lockung des Westens« (R., dt. 1950). □ 1928: »Die Eroberer« (R., dt. 1929). □ 1930: »Der Königsweg« (R., dt. 1963). □ 1935: »Die Zeit der Verachtung« (R., dt. 1936). □ 1936: Teilnahme am Span. Bürgerkrieg. □ 1937: »Die Hoffnung« (R., dt. 1954). □ 1940: Teilnahme am 2. Weltkrieg. □ 1944: Anschluß an die frz. Widerstandsbewegung. □ 1945: Informationsmin. unter Ch. de →Gaulle. □ 1947: Gründung der gaullistischen Bewegung RPF. □ 1951: »Stimmen der Stille« (Es.s, dt. 1956). □ 1959-69: Kulturmin.

▷ A. Malraux: Antimemoiren, 1967, dt. 1968.

Mamet, David

amer. Dramatiker
* 30.11.1947 Chicago

Mamet gehört zu den jungen amerikanischen Dramatikern, die sich von der Tradition des gesellschaftskritischen Konversationsdramas eines T. →Williams oder E. →Albee gelöst haben. Beinhaltete das Scheitern ihrer Helden immer auch eine Hoffnung auf Veränderung, so zeigen M.s Stücke eine Welt ohne ethische Normen, die verstümmelte Alltagssprache verweist (in der Tradition S. →Becketts) auf die Daseinsleere menschlicher Existenz. Für sein Drama »Hanglage Meerblick« (1983, dt. 1986), einem handlungsarmen Kriminalstück aus dem Geschäftsmilieu, erhielt M. 1984 den Pulitzer-Preis.

Mancini, Henry

amer. Komponist und Arrangeur
* 16.4.1924 Cleveland, Ohio

Mancini, in den 40er Jahren Mitarbeiter von G. →Miller, war vor allem in den 50er und 60er Jahren der wohl populärste und erfolgreichste Filmkomponist der Welt. Seine ersten Erfolge waren »The Glenn Miller Story« (1954) und »The Benny Goodman Story« (1956). Weltberühmt wurde er mit dem Thema zu B. → Edwards Film »The Pink Panther« (mit P. →Sellers als Inspektor Clouseau). Insgesamt schrieb er zu mehr als 100 Filmen die Musik und wurde mehrfach mit dem Oscar und dem Grammy ausgezeichnet. Sein harmonischer, vom Swing beeinflußter Stil prägte die Filmmusik bis in die 80er Jahre.

□ 40er Jahre: Arrangeur und Komponist bei G. Miller. □ 1958: Grammy Award für »The music from Peter Gunn« (LP; ebenso 1961 für »Moon River« und 1963 »Days of wine and roses«). □ 1961: Oscar für »Moon River« aus dem Film »Frühstück bei Tiffany« (ebenso 1963 für den Titelsong des Films »Days of wine and roses«). □ 1969: Nr.-1-Hit mit »Love theme from Romeo & Juliet«. □ 1971: »Love Story« (F.musik). □ 1974: »That's Entertainment« (F.musik). □ 1979: »Nightwing« (F.musik). □ 1983: »Die Dornenvögel« (F.musik).

Nelson Mandela: Der ANC-Führer nach seiner Freilassung im Frühjahr 1990.

← David Mamet

← Henry Mancini

Mandela, Nelson Rolihlahla

südafr. Politiker
* 18.7.1918 Umtata, Transkei

Der Xhosa-Häuptlingssohn Mandela ist ein unerbittlicher Gegner der Rassentrennung. Er war in den 50er Jahren einer der aktivsten Führer des African National Congress (ANC). Durch die Organisation zahlreicher Massenproteste und Kampagnen des zivilen Ungehorsams versuchte er, die Apartheid in Südafrika zu überwinden. 1961 ging er in den Untergrund, um die Entwicklung mit Sabotageanschlägen zu beschleunigen. 1962 verhaftet, wurde er 1964 wegen der Organisation von Terroranschlägen zu lebenslanger Haft verurteilt. Die Gefangenschaft machte ihn zum Mythos der Schwarzen Südafrikas. Auf internationalen Druck wurde M. 1990 von Staatspräsident F. W. de →Klerk in der Hoffnung freigelassen, die Versöhnung zwischen den Rassen voranzutreiben. Seitdem bemüht er sich, die Feindschaft zwischen den konkurrierenden Schwarzen-Organisationen ANC und Inkatha (M. G. →Buthelezi) aufzubrechen.

□ bis 1934: Besuch einer Missionsschule. □ bis 1940: Jurastudium in Fort Hare. □ 1940: Übersiedlung nach Johannesburg. □ 1942: Abschluß als Rechtsanwalt in Pretoria; anschließend Referendar. □ 1944: Mitgl. des ANC. □ 1952: Selbständiger Rechtsanwalt; Führer des ANC in Transvaal. □ 1961: Gründer der Bewegung Umkhonto we Sizwe (»Speer der Nation«). □ 1962: Zeitweiliger Aufenthalt in Großbritannien. □ 1962-90: Inhaftiert. □ 1990: Vizepräsident des ANC. □ seit 1991: Präsident des ANC.

▷ R. Falks: Nelson Mandela. Biographisches Porträt, 1986; F. Meer: Nelson Mandela. Stimme der Hoffnung (autorisierte Biogr.), 1990.

Mandelstam, Ossip E.

russ.-sowjet. Schriftsteller
* 15.1.1891 Warschau
† 27.12.1938 Wladiwostok (in Lagerhaft)

Mandelstam, in der Sowjetunion lange Zeit als »Dekadenter« verfemt, war neben A. →Achmatowa und N. →Gumiljow Vertreter der akmeisti-

Ossip E. Mandelstam als Gefangener in Sibirien, 1938.

schen Schule, die gegen die Tradition des Symbolismus für eine klare, dinghafte Sprache eintrat. M.s Lyrik ist jedoch schwer zugänglich. Er nutzte die historisch-etymologischen Möglichkeiten des Sprachmaterials und gilt als Wortmagier. M., der nur ein schmales Werk hinterließ, schrieb mit »Die ägyptische Briefmarke« (1928) eine autobiografisch gefärbte surrealistische Erzählung über die Revolutionswirren.

□ 1913: »Kamen« (Ged.e). □ 1922/23: »Tristia« (Ged.e, erweitert 1928, dt. 1959). □ 1928: »Die ägyptische Briefmarke« (Erz.). □ 1934: Verhaftung wegen eines Spottgedichts auf Stalin und Verbannung, zuletzt nach Sibirien.

▷ O. Mandelstam: Das Rauschen der Zeit (Aut.), 1925, dt. 1985; R. Dutli: Ein Fest für Mandelstam. Über Kavier, Brot und Poesie (Es.), 1991.

Manen, Hans van

niederl. Choreograph
* 11.7.1932 Nieuwer Amster

Manen gab als Choreograph des Nederlands Dans Theater Den Haag und des Niederländischen Nationalballetts Amsterdam dem europäischen Tanz seit den 60er Jahren neue Impulse. In Abkehr vom Handlungsballett schuf M. abstrakte, gelegentlich um ein einziges Formproblem zentrierte Tanzfolgen zu sinfonischer Musik vergangener Jahrhunderte ebenso wie zu zeitgenössischer E-Musik (J. →Cage) und zu Jazz (Duke →Ellington). Eher von moderner Kunst und vom Film als vom klassischen Ballett beeinflußt, zeichnen sich M.s Werke durch Klarheit, Nüchternheit, Sinn für Proportion und hohe Bewußtheit aus.

□ 1957: Erste Choreographie »Feestgericht« beim Opera Ballet Amsterdam. □ 1959: Tänzer in der Compagnie von R. →Petit. □ 1960-70: Choreograph und künstlerischer Codir. des Nederlands Dans Theater Den Haag. □ 1960: »Klaar af« (M.: Duke Ellington). □ 1964: »Essay in de stilte« (M.: O. → Messiaen). □ 1970-72: Freier Choreograph. □ 1973-87: Choreograph und Ballettmeister am Niederl. Nationalballett Amsterdam. □ 1973: »Adagio Hammerklavier« (M.: L. v. Beethoven). □ 1980-84: »Klaviervariationen« (M.: J. Cage). □ 1984: »Bits and Pieces«.

Alfred Manessier →

Manessier, Alfred

frz. Maler
* 5.12.1911 Saint-Ouen, Somme

Mit seinen im Stil der Lyrischen Abstraktion gestalteten Kirchenfenstern wurde Manessier zu einem der profiliertesten Kirchenkünstler der Moderne (u. a. Allerheiligenkirche in Basel, 1952; Krypta des Münsters in Essen, 1959; Liebfrauenkirche in Bremen, 1966-77). Ihre Farbgebung (bevorzugt die Symbolfarben Blau und Rot) und ihre Expressivität erinnern an die Glasfenster des Hochmittelalters. Daneben entstanden große Gemälde mit religiösen Themen (»Die Dornenkrone«, 1950, Paris, Musée National d'Art Moderne) und lichte, farbkräftige Landschaften.

□ 1929: Studium an der École des Beaux-Arts, Paris. □ 1935: Studium an der Académie Ranson; Schüler von R. →Bissiere. □ 1943: Aufenthalt im Trappistenkloster La Grande Trappe; große religiöse Kompositionen. □ ab 1948: Entwürfe für Kirchenfenster und Wandbehänge. □ 1970: Große Ausstellung in der Kunsthalle Bremen.

▷ J. P. Hodin: Manessier, engl. 1972.

Mang, Anton »Toni«

dt. Motorradrennfahrer
* 29.9.1949 Inning

Mit fünf Weltmeistertiteln und 42 Grand-Prix-Siegen zählt Mang zu den erfolgreichsten Motorradrennfahrern. Den Höhepunkt seiner Karriere bildete 1981 die Weltmeisterschaft in der 250-ccm- und in der 350-ccm-Klasse.

□ 1980: Weltmeister 250 ccm. □ 1981: Weltmeister 250 und 350 ccm; 15 GP-Siege; Dt. Sportler des Jahres. □ 1982: Weltmeister 350 ccm. □ 1987: Weltmeister 250 ccm; 8 GP-Siege. □ 1988: Letzter GP-Sieg in Suzuka.

Silvana Mangano →

Mangano, Silvana

ital. Schauspielerin
* 21.(23.?)4.1930 Rom
† 16.12.1989 Madrid (Spanien)

Ihre vitale erotische Ausstrahlung als Wanderarbeiterin in »Bitterer Reis« (1949, Rg. G. De Santis) machte Mangano international bekannt. Nach zahlreichen Rollen in diversen Komödien gelang ihr der Sprung zur gefragten Charakterdarstellerin. M. spielte u. a. die Jokaste in »Edipo Re« (1967, Rg. P. P. →Pasolini) und die Cosima Wagner in »Ludwig II.« (1972, Rg. L. → Visconti).

□ 1946: Schönheitskönigin von Rom. □ 1949: Ehe mit D. de →Laurentiis. □ 1954: »Mambo« (Rg. R. Rossen). □ 1959: »Jovanka und die anderen« (Rg. M. →Ritt) □ 1966: »Hexen von heute« (Episodenfilm). □ 1968: »Teorema« (Rg. P. P. Pasolini). □ 1970: »Tod in Venedig« (Rg. L. Visconti). □ 1974: »Gewalt und Leidenschaft« (Rg. L. Visconti). □ 1987: »Schwarze Augen« (Rg. N. Michalkow).

Mangelsdorff, Albert

dt. Jazzmusiker
* 5.9.1928 Frankfurt/Main

Vom Cool Jazz über den Hardbob bis zum mehrstimmigen Solo beherrscht der Posaunist Mangelsdorff nahezu alle Spielarten des Modern Jazz. Mit seinem stark persönlich geprägten Spiel und dem technisch virtuosen Stil gilt er als einer der besten seines Instruments. Er verkörpert und repräsentiert wie kaum ein anderer die Geschichte und Entwicklung des europäischen Jazz. Von mehr als 50 Schallplatten unter seinem Namen entstanden viele mit seinem 1957 gegründeten Quintett.

Albert Mangelsdorff: Einer der herausragenden Posaunisten des Modern Jazz.

□ 1942-44: Geigenunterricht. □ seit 1948: Posaune. □ 1950: Engagement bei Joe Klimm. □ 1953/54: Gründung des ersten eigenen Ensembles (mit Dave Amram). □ 1955: Mitgl. des Tanzorchesters des Hessischen Rundfunks unter Willy Berking. □ 1957: Gründung des Jazz-Ensembles des Hessischen Rundfunks. □ 1969: Als Solist beim Newport Jazz-Festival. □ 1976: Dt. Schallplattenpreis (erneut 1977).

Manger, Jürgen von

dt. Kabarettist
* 6.3.1923 Koblenz

Als Verkörperung der Kunstfigur Adolf Tegtmeier wurde Manger in den 60er Jahren bekannt. Der von ihm 1962 kreierte redselige »Kohlenpott«-Kumpel, der in schnoddrigem Ton, mit den Tücken der Sprache kämpfend, Alltagsgrotesken erzählt, entwickelte sich zur Kabarettfigur, deren Popularität ungebrochen ist. M., der seine Schöpfung in Einzelprogrammen auf der Bühne, im Rundfunk und in TV-Reihen (u. a. »Tegtmeier klärt auf«, 1981-83) vorstellte, veröffentlichte insgesamt zwölf Langspielplatten.

Jürgen v. Manger in seiner Paraderolle als Adolf Tegtmeier.

▷ J. v. Manger: Bleiben se Mensch! — Träume, Reden und Gerede des Adolf Tegtmeier, 1966.

Mann, Gottfried »Golo«

dt. Historiker und Schriftsteller
* 27.3.1909 München

Der Sohn von Th. →Mann ist dank seiner hervorragend geschriebenen Geschichtswerke einer der bekanntesten Historiker Deutschlands. Mann versteht die Vermittlung von Geschichte als Erzählung und verzichtet bewußt auf eine Wissenschaftssprache. Bedeutend sind die frühe Studie über den konservativen Revolutionskritiker Friedrich Gentz (1947), die »Deutsche Geschichte des 19. und 20. Jahrhunderts« (1958) sowie die Wallenstein-Biografie (1971). M. beteiligt sich auch an öffentlichen Diskussionen über politische Weichenstellungen in der BRD. Er befürwortete die neue Ostpolitik W. →Brandts, war jedoch ein Gegner der sozialdemokratischen Bildungsreformen.

Golo Mann: Geschichtsschreibung als Leseerlebnis.

□ 1933-35: Nach Emigration Lektor in Frankreich. □ ab 1942: Geschichtsprof. an verschiedenen Universitäten in den USA. □ 1958: »Deutsche Geschichte des 19. und 20. Jahrhunderts«. □ 1960-64: Prof. für Politikwissenschaft an der TH Stuttgart. □ 1960-65: Hg. und Mitarbeiter der Propyläen-Weltgeschichte. □ 1971: »Wallenstein« (Biogr.). □ 1989: »Wir alle sind, was wir gelesen« (Reden, Aufs.e).

▷ G. Mann: Erinnerungen und Gedanken. Eine Jugend in Deutschland (Aut.), 1987.

Mann, Heinrich

dt. Schriftsteller
* 27.3.1871 Lübeck
† 12.3.1950 Santa Monica, Kalif. (USA)

Heinrich Mann: Der Gesellschaftskritiker bei einer Rede vor preuß. Polizeibeamten in Berlin.

In seinen Romanen, engagierten Essays und öffentlichen Aufrufen trat der politische Moralist Mann für Liberalismus und Demokratie ein. Als humanistischer Sozialist verurteilte er den Wilhelminischen Obrigkeitsstaat (im Gegensatz zu seinem Bruder Th. →Mann) wie das menschenverachtende Dritte Reich. Er demaskierte im Roman »Professor Unrat« (1905) bürgerliche Scheinmoral und stellte — auf reale Vorgänge anspielend — in »Der Untertan« (1918) die verhängnisvollen Folgen deutschen Untertanengeistes bei der Verquickung von Macht und Politik dar. Im Exil suchte M. die Emigranten im Kampf gegen den Nationalsozialismus zu einen. Der Einladung der ehemaligen DDR zur Rückkehr, die er als Demokrat nur zögernd annahm, konnte M. 1950 nicht mehr folgen.

□ 1889: Buchhändlerlehre. □ 1890-92: Volontär im S. →Fischer Verlag. □ 1902: »Die Göttinnen« (R.-Trilogie). □ 1905: »Prof. Unrat oder Das Ende eines Tyrannen« (R.; F. 1930 »Der blaue Engel«, Rg. J. von →Sternberg, mit E. →Jannings und M. →Dietrich; F. 1981 »Lola«, Rg. R. W. →Fassbinder). □ 1909: »Die kleine Stadt« (R.). □ 1918-25: »Das Kaiserreich« (R.-Trilogie): »Der Untertan«, 1918; »Die Armen«, 1917; »Der Kopf«, 1925. □ 1919: »Macht und Mensch« (Es.). □ 1930-33: Präs. der Sektion für Dichtkunst der Preuß. Akademie der Künste. □ 1933: Emigration nach Frankreich; »Der Haß« (Es.s). □ 1935: »Die Jugend des Königs Henri Quatre« (R.). □ 1936: »Die Vollendung des Königs Henri Quatre« (R.). □ 1940: Flucht in die USA. □ 1946: »Ein Zeitalter wird besichtigt« (Es.s). □ 1949: Erster Nationalpreisträger der DDR.

▷ K. Schröter: Heinrich Mann, 1986.

Mann, Klaus

(eig. Klaus Heinrich Thomas Mann)
dt.- amer. Schriftsteller
* 18.11.1906 München
† 21.5.1949 Cannes (Frankreich, Selbstmord)

Mann, Sohn des großen deutschen Literaten Th. →Mann, wurde nach seiner Emigration (1933) als Mitherausgeber der Emigranten-Zeitschriften Die Sammlung (1933-35) und Decision (1941/42) zu einem Repräsentanten der internationalen, antifaschistischen Literatur. Im Exil entstanden seine wichtigsten Romane: »Symphonie pathétique« (1935), ein Porträt des Komponisten Tschaikowsky, »Der Vulkan« (1939), eine beispielhafte Schilderung verschiedener Exilanten-Schicksale, und »Mephisto« (1936), die Darstellung der Karriere eines brillanten, aber zugleich rücksichtslosen Schauspielers und Intendanten während des Nationalsozialismus. Aufgrund eindeutiger Parallelen zum Leben G. →Gründgens, den M. als Ehemann seiner Schwester Erika kennengelernt hatte, wurde der Roman »Mephisto« 1966 in der BRD verboten und erst 1981 wieder veröffentlicht.

□ 1925: Theaterkritiker in Berlin; mit Pamela Wedekind, seiner Schwester Erika und deren damaligem Ehemann G. Gründgens Bildung eines Theaterensembles. □ 1926: »Kindernovelle«. □ 1927: »Heute und Morgen« (Es.). □ 1933: Emigration (Amsterdam, Zürich, Prag, Paris, ab 1936 USA). □ 1934: »Flucht in den Norden« (R.). □ 1938: Amer. Berichterstatter im Span. Bürgerkrieg. □ 1942-45: Teilnahme am 2. Weltkrieg als Soldat der US-Army. □ postum 1979: »Die Heimsuchung des europäischen Geistes« (Aufs., Hg. M. Gregor-Dellin).

▷ K. Mann: Kind dieser Zeit (Aut.), 1932; ders.: Der Wendepunkt (Aut.), engl. 1942, dt. 1952; U. Naumann: Klaus Mann, 1984; H. L. Arnold (Hg.): Klaus Mann, 1987; J. Heimannsberg u. a. (Hg.): K. Mann: Tagebücher 1936 bis 1937, 1990; dies. (Hg.): K. Mann: Tagebücher 1938 bis 1939, 1990; dies. (Hg.): K. Mann: Tagebücher 1940-1943, 1991.

Erika Mann (* 1905, † 1969): Die Schauspielerin, Tochter von Thomas M., 1927.

← Klaus Mann

Mann, Thomas

dt. Schriftsteller
* 6.6.1875 Lübeck † 12.8.1955 Zürich (Schweiz)

Als psychologisch einfühlsamer Analytiker des dekadenten deutschen Großbürgertums entwickelte sich Mann in der ersten Hälfte des 20. Jh.s zu einem der bedeutendsten deutschsprachigen Erzähler. Beeinflußt von den Realisten des 19. Jh.s (Fontane, Flaubert, →Tolstoi, Dostojewski) sowie von der Philosophie F. →Nietzsches und Arthur Schopenhauers erweiterte M. die Aussagemöglichkeiten des deutschen Bildungsromans und des realistischen Romans durch ironische Brechung, die brillante Verwendung symbolischer Leitmotive und neue Formen der Zeitbehandlung. Die inhaltliche Spannweite von M.s Werken reicht von der differenzierten Darstellung überfeinerter, krankhafter Charaktere voll romantischer Todessehnsucht über die humanistische, z. T. parodistische Neuinterpretation mythologischer Stoffe bis zur intellektuellen Auseinandersetzung mit dem Gegensatz zwischen Kunst und Welt.
Bereits sein erster autobiografisch geprägter Roman »Buddenbrooks. Verfall einer Familie« (1901) machte M. weltberühmt. 1929 erhielt der Schriftsteller nicht zuletzt als Reaktion auf seinen Zeitroman »Der Zauberberg« (1924) den Literatur-Nobelpreis. Großen Erfolg hatten auch die impressionistisch beeinflußten psychologischen Novellen »Tonio Kröger« (1903) und »Tod in Venedig« (1912). 1947 transponierte M. in sei-

Der Nobelpreisträger Thomas Mann im Arbeitszimmer seines Schweizer Domizils in Kilchberg bei Zürich kurz vor seinem 80. Geburtstag,1955.

nem Künstlerroman »Doktor Faustus. Das Leben des deutschen Tonsetzers Adrian Leverkühn erzählt von einem Freunde« den Faust-Stoff auf moderne Verhältnisse. Einen amüsanten Gegenpol zum pessimistischen Teufelspakt bildete der bereits 1910 begonnene ironische Schelmenroman »Bekenntnisse des Hochstaplers Felix Krull. Der Memoiren erster Teil« (1954).
M., der 1933 in die Schweiz emigrierte, bezeichnete sich Ende des 1. Weltkriegs in den »Betrachtungen eines Unpolitischen« (Es., ersch. 1918) als einen konservativen Befürworter des Kaiserreichs und geriet zunächst in offenen Gegensatz zu seinem Bruder H. →Mann. Zu Beginn der 20er Jahre näherte er sich jedoch liberaldemokratischen Positionen und bekämpfte den Aufstieg der NSDAP. Im Exil bemühte sich M. in politischen Reden und Aufsätzen um eine Rehabilitierung und Anerkennung der Leistungen der deutschen Kultur. Er selbst kehrte, abgesehen von verschiedenen Besuchen, nicht mehr nach Deutschland zurück, sondern ließ sich in der Schweiz nieder.

Katja Mann (* 1883, † 1980), geb. Pringsheim: Seit 1905 Ehefrau des Schriftstellers.

□ 1893: Mithg. des Frühlingssturm, Monatsschrift für Kunst, Literatur und Philosophie; Volontär einer Versicherungsgesellschaft. □ 1894: »Gefallen« (Nov.). □ 1895: Studium an der TH in München; Mitarbeiter am Satiremagazin Simplicissimus; »Der kleine Herr Friedemann« (Nov.n). □ 1896-98: Italienaufenthalt mit H. →Mann. □ 1899: Redakteur des Simplicissimus. □ 1900: Militärdienst. □ 1903: »Tristan« (Nov.n). □ 1905: Heirat mit Katja Pringsheim. □ 1909: »Königliche Hoheit« (R.). □ 1929: Literatur-Nobelpreis. □ 1930: »Mario und der Zauberer« (Nov.); Reisen nach Ägypten und Palästina. □ 1933: Emigration über Belgien und Frankreich in die Schweiz; »Joseph und seine Brüder« (R., 4 Bde. bis 1942). □ 1937-39: Mithg. der Zeitschrift Maß und Wert. □ 1939: Übersiedlung in die USA; »Lotte in Weimar« (R.). □ 1942: »Deutsche Hörer! 25 Radiosendungen nach Deutschland«. □ 1944: Amer. Staatsbürgerschaft. □ 1949: »Die Entstehung des Doktor Faustus, Roman eines Romans«. □ 1951: »Der Erwählte« (R.). □ 1952: Übersiedlung in die Schweiz. □ 1955: »Versuch über Schiller« (Schr.).

▷ H. Bürgin/H. O. Mayer (Hg.): Thomas Mann. Eine Chronik seines Lebens, 1974; P. de Mendelssohn: Der Zauberer, Erster Teil 1875-1918, 1975; Zweiter Teil 1919 und 1933. Nachgelassene Kapitel, 1991; H. Kurzke: Thomas Mann, 1985.

Mannerheim, Carl Gustav Baron von

finn. Militär und Politiker
* 4.6.1867 Gut Louhisaari bei Askainen
† 27.1.1951 Lausanne (Schweiz)

Mannerheim führte mit Hilfe konterrevolutionärer »Weißer Garden« und deutscher Truppen Finnland, das seit 1809 zu Rußland gehörte, nach der russischen Oktoberrevolution 1917 in die Unabhängigkeit. Im »Winterkrieg« 1940 verteidigte er — ohne Hilfe von den Westmächten — seine Heimat gegen J. →Stalins Annexionsversuche. Daher schloß er sich 1941 Deutschland an. 1944 mußte er Südostfinnland und Nordkarelien an die Sowjetunion abtreten.

☐ 1889: Offizier der russ. Armee. ☐ 1917/18: Führer des finn. Unabhängigkeitskampfes. ☐ 1918/19: Reichsverweser. ☐ ab 1933: Vors. des Verteidigungsrats. ☐ 1939-44: Oberbefehlshaber der finn. Streitkräfte. ☐ 1942: Marschall von Finnland. ☐ 1944-46: Staatspräsident.

▷ M. Lappalainen: The Marshal of Finland Mannerheim (Bildbd.), 1989.

← C. G. von Mannerheim

Mannesmann, Reinhard

dt. Techniker und Industrieller
* 13.5.1856 Remscheid † 20.2.1922 ebd.

Mannesmann entwickelte 1884 mit seinem Bruder Max das nach ihnen benannte Walzverfahren zur Herstellung nahtloser Stahlrohre. 1890 gründete M. mit seinen vier Brüdern in Berlin durch Zusammenschluß mehrerer Unternehmen die Deutsch-Österreichische Mannesmannröhren-Werke AG. Sie wurde 1893 nach Düsseldorf verlegt und entwickelte sich als Mannesmann AG zu einem der weltweit größten Konzerne für die Produktion von Röhren sowie für Maschinen- und Anlagenbau (1989: 22,33 Mrd. DM Umsatz; 125 800 Beschäftigte).

Reinhard Mannesmann, deutscher Großindustrieller.

Karl Mannheim →

Mannheim, Karl

engl. Soziologe dt. Herkunft
* 27.3.1893 Budapest (Ungarn) † 9.1.1947 London

Mannheim entwickelte als Wissenssoziologe das Konzept des »totalen Ideologiebegriffs«. Die Wissenssoziologie sieht Wissen und Denken als soziale Prozesse an. M. geht — in Anlehnung an Marx — davon aus, daß das menschliche Bewußtsein abhängig ist vom jeweiligen sozialen Standort. Das bedeutet, daß Denken grundsätzlich ideologisch, d. h. von außerlogischen Faktoren bestimmt ist. M. wendet sich damit gegen idealistisches, utopisches Denken, das sich nicht an den Gegebenheiten orientiert, sondern im Erkennen einen rein theoretischen Akt sieht. Es gibt für M. keine »reine« Wissenschaft, sie ist immer auch Weltanschauung. Die enge Verflechtung von Politik und Wissenschaft muß transparent gemacht werden zur Klärung des eigenen geschichtlichen Standorts. Das »Wissen des Wißbaren« ist eine Frage der Ethik und der Politik. M. prägte den Begriff der »Fundamentaldemokratisierung«. Sie bezeichnet den Prozeß zunehmender politischer Aktivierung der breiten Masse durch Aufklärung und Wissensvermittlung. Von entscheidender Bedeutung für die Freiheit des einzelnen sei es, die ihn bestimmenden sozialen Faktoren zu erkennen. Jede Bewußtwerdung vermindert die Zwangsläufigkeiten und gibt die Chance, sich durch Wahl und Entscheidung mit den Kräften zu verbinden, mit denen der einzelne sich identifizieren kann.

☐ 1926-30: Privatdozent an der Univ. Heidelberg. ☐ 1929: »Ideologie und Utopie« (Schr.). ☐ ab 1930: Prof. für Soziologie, Univ. Frankfurt/M. ☐ 1931: »Wissenssoziologie« (Schr). ☐ 1932: »Die Gegenwartsaufgaben der Soziologie« (Schr.). ☐ 1933: Emigration nach England; Dozent für Soziologie an der London School of Economics and Political Science. ☐ 1935: »Mensch und Gesellschaft im Zeitalter des Umbaus« (Schr.). ☐ 1941: Dozent am Inst. of Education, London (ab 1946 Prof. für Pädagogik). ☐ 1943: »Diagnose unserer Zeit« (Schr., dt. 1951).

Mansfield, Jayne

(eig. Vera Jayne Palmer)
amer. Schauspielerin
* 19.4.1932 Bryn Mawr, Penn.
† 29.6.1967 New Orleans (Unfall)

Mit zwei Kassenerfolgen unter der Regie von Frank Tashlin (»The girl cant't help it«, 1956; »Sirene in Blond«, 1957) konnte sich Mansfield drei Jahre nach ihrer Ankunft in Hollywood als Filmstar neben M. →Monroe etablieren. Mit ihren insgesamt 27 Filmen wurde sie zum Sexsymbol der 50er und frühen 60er Jahre.

Jayne Mansfield: Sexsymbol der prüden 50er Jahre.

▷ M. Mann: Jayne Mansfield. A biography, 1973; R. Strait: The tragic secret life of Jayne Mansfield, 1974; M. Saxton: Jayne Mansfield and the American fifties, 1975; M. Feeney Callan: Jayne Mansfield. Ihre Filme — ihre Leben, dt. 1989.

Mansfield, Katherine

(eig. Kathleen Mansfield Beauchamp)
engl. Schriftstellerin
* 14.10.1888 Wellington (Neuseeland)
† 9.1.1923 Fontainebleau (Frankreich)

Mansfield war mit ihrer impressionistischen Erzählkunst eine Wegbereiterin der modernen englischen Kurzgeschichte. Zahlreiche persönliche Schicksalsschläge sowie M.s Depressionen fanden subtilen Ausdruck in ihren literarischen Werken. Anhand scheinbar unbedeutender Episoden werden in den detailreichen, aber handlungsarmen Geschichten psychische Vorgänge und Empfindungen mit großem Einfühlungsvermögen aufgezeigt, so z. B. in der erfolgreichen Kurzgeschichtensammlung »Das Gartenfest und andere Geschichten« (1922, dt. 1938). M.s Experimente mit Perspektiventechnik, neuen Darstellungsformen des Bewußtseinsstroms und einer betont schlichten Prosa heben sie auf eine Stufe neben J. →Joyce und V. →Woolf.

☐ 1903-06: Nach Schulbesuch in Neuseeland Ausbildung am Queen's College in London. ☐ 1906-08: Aufenthalt in Neuseeland. ☐ 1909: Rückkehr nach England; Heirat mit G. Bowden, den M. am Tag der Hochzeit verläßt. ☐ ab 1911: Freundschaft mit dem Literaturkritiker J. M. Murry, mit dem M. ab 1912 zusammenlebte (Heirat 1918). ☐ 1911: »In einer deutschen Pension« (Erz.n, dt. 1982). ☐ 1918: »Seligkeit« (Erz., dt. 1937; 1974 u. d. T. »Glück«). ☐ 1920: »Für 6 Pence Erziehung« (Erz.n, dt. 1937). ☐ 1923: »Das Taubennest« (Erz.n, dt. 1982). ☐ postum 1924: »Etwas Kindliches, aber sehr Natürliches« (Erz.n, dt. 1983).

Erich von Manstein →

▷ P. Citati: Katherine Mansfield. Beschreibung eines Lebens, 1982; C. Tomalin: Katherine Mansfield. Eine Lebensgeschichte, 1990.

Manstein, Erich von

(eig. Fritz-Erich von Lewinsky)
dt. Militär
* 24.11.1887 Berlin † 10.6.1973 Irschenhausen/Isar

Der von Manstein 1940 entworfene Operationsplan (Umgehung der →Maginot-Linie) führte zum schnellen deutschen Sieg gegen Frankreich. 1944 wurde M. von A. →Hitler wegen Kritik an dessen Strategie entlassen. 1949 von einem britischen Militärgericht zu 18 Jahren Haft verurteilt, wurde er 1953 vorzeitig entlassen.

☐ 1940: Entwurf des Operationsplans gegen Frankreich. ☐ 1941-44: Oberbefehlshaber verschied. Armeen bzw. Heeresgruppen an der Ostfront. ☐ 1942: Generalfeldmarschall. ☐ 1945-53: Haft.

▷ E. v. Manstein: Aus einem Soldatenleben (Erinnerungen), 1958.

Manzoni, Piero

ital. Maler und Konzeptkünstler
* 12.7.1933 Soncino † 6.2.1963 Mailand

Manzoni war einer der ersten Maler, die mit monochrom weißen Bildern hervortraten und damit erheblichen Einfluß u. a. auf die Künstler der Gruppe Zero gewannen. Er selbst war von Y. →Klein und L. →Fontana angeregt. Seine Bilder, die von ihm so genannten »Achromes«, basieren vor allem auf Tüchern, die er in Gips tauchte. Ab 1961 fügte er Wattebäusche u. a. zu einer Art Bildrelief zusammen. Bald ging er zu konzeptuellen Kunstformen über, indem er meterlange dunkle Kartons mit einer durchgehenden weißen Linie versah und den Karton dann zu einem Zylinder zusammenrollte und verklebte; er

Piero Manzoni beim »Signieren« von Eiern mit seinem Daumenabdruck.

schuf so eine Zwischenstufe von Zeichnung und Objekt. Diesen Ansatz verfolgte er mit seinen Fingerabdrücken auf Eierschalen weiter, die er in kleinen verglasten Holzkästen zu Assemblagen arrangierte. Mit seinen sog. lebenden Skulpturen (er »signierte« lebende Personen) wurde M. ein Wegbereiter der Konzeptkunst.

Mao Dun

(eig. Shen Dehong, auch Shen Yanbing)
chin. Schriftsteller
* 4.7.1896 Qingzhen, Zhejiang † 27.3.1981 Peking

Mao Dun verhalf dem Realismus und Naturalismus in der chinesischen Literatur zum Durchbruch. Sein unter dem Einfluß von L. →Tolstoi und É. →Zola entstandenes Werk zeichnet ein Panorama der chinesischen Gesellschaft ab Ende der 20er Jahre. Mao Dun vernachlässigte die ästhetische Funktion der Literatur zugunsten einer strikten Objektivität und verwandte moderne Erzähltechniken, u. a. den inneren Monolog. »Shanghai im Zwielicht« (1933, dt. 1983) markiert den Höhepunkt seines Werks und gilt als der erste moderne chinesische Roman. Mao Dun beschreibt darin den Kampf eines chinesischen Industriellen gegen die neureiche Bourgeoisie und internationale Hochfinanz.

← Mao Dun

□ ab 1921: Mitgl. der KPCh. □ 1928: Emigration nach Japan. □ 1930: Mitbegründer der chinesischen Liga linksgerichteter Schriftsteller; »Finsternis« (R.-Trilogie); »Regenbogen« (R., dt. 1963). □ 1932: »Seidenraupen im Frühling« (Erz.n, dt. 1986); »Der Laden der Familie Lin« (Erz., dt. 1953). □ 1949: Kulturmin. der VR China.

Mao Zedong

chin. Politiker
* 26.12.1893 Shaoshan, Prov. Hunan
† 9.9.1976 Peking

Mao Zedong, 1943-76 Vorsitzender des Zentralkomitees der KPCh, errichtete nach dem Bürgerkrieg zwischen Kommunisten und Guomindang 1949 die Volksrepublik China, die sich neben den USA und der UdSSR als dritte Weltmacht etablieren konnte. Aufgrund seiner militärischen Leistungen während des Langen Marsches 1934/35 zum uneingeschränkten Führer der KPCh aufgestiegen, sah M. im ländlichen Proletariat die Keimzelle für eine sozialistische Revolution und leitete nach 1949 gemäß seiner Interpretation der kommunistischen Gesellschaftslehre (Maoismus) eine radikale Umgestaltung Chinas ein. Da M. den Führungsanspruch der sowjetischen KP ablehnte und die Gleichberechtigung mit der KPCh betonte, traten zunehmend Spannungen zwischen beiden

Mao Zedong und sein Stellvertreter Lin Piao (r.) in Peking am 1. 10. 1969, dem 20. Jahrestag der Gründung der Volksrepublik China.

kommunistisch regierten Staaten auf. Der Fehlschlag des »Großen Sprungs nach vorn«, der durch die Errichtung von Volkskommunen eine Steigerung der wirtschaftlichen Produktion erzielen sollte, führte zu seiner innenpolitischen Schwächung. Im Rahmen der 1966 von ihm eingeleiteten Kulturrevolution, durch die der gesamte etablierte Parteiapparat entmachtet wurde, versuchte M. seine alte Position wiederherzustellen, mußte jedoch auf Geheiß →Zhou Enlais zahlreiche Opfer der Kulturrevolution später rehabilitieren.
M., der in den 60er Jahren einen Führerkult um seine Person aufbaute und seine Gedanken und Aussprüche in der lange Zeit als heilig verehrten »Mao-Bibel« (1966) veröffentlichte, überließ in den 70er Jahren zunehmend seiner Frau →Jiang Qing die politische Führung. Nach M.s Tod setzte in China eine vorsichtige »Entmaoisierung« ein.

□ 1913-18: Studium an einer Lehrerbildungsanstalt in Changsha. □ 1918: Bibliotheksgehilfe an der Peking-Univ. □ 1919: Grundschullehrer in Changsha. □ 1921: Mitbegründer der KPCh. □ 1925: Beteiligung an Bauernaufständen. □ 1927: Errichtung einer kommunistischen Guerillabasis im Jinggang-Gebirge. □ 1928: Ernennung zum Politkommissar der Roten Armee. □ 1934/35: Führung des Langen Marsches von Jiangxi nach Yan'an. □ 1940: »Über die neue Demokratie« (Schr.). □ 1949: Wahl zum Vors. des Zentralen Volksregierungsrats und des Revolutionären Militärrats. □ 1954: Wahl zum Abg. des Nationalen Volkskongresses für Peking und zum Ehrenvors. der Politischen Konsultativ-Konferenz des Chin. Volkes. □ 1956: Wahl zum Mitgl. des Ständigen Komitees des Politbüros des ZK der KPCh. □ 1957: »Über die richtige Behandlung der Widersprüche im Volk« (Schr.); Initiator der Hundert-Blumen-Bewegung, die Intellektuellen mehr geistige Freiheit einräumen soll. □ 1958: Entlassung aus dem Amt des Staatspräsidenten. □ 1966: Initiator der Kulturrevolution.

▷ E. Snow: Roter Stern über China. Mao Zedong und die chinesische Revolution, NA 1986.

Mapplethorpe, Robert

amer. Fotograf
* 4.11.1946 New York † 9.3.1989 Boston, Mass.

Mapplethorpe wurde vor allem durch seine Aufnahmen männlicher Akte mit homoerotischen Zügen bekannt, die dennoch mit der Kühle der Neuen Sachlichkeit und in fast stillebenhafter Manier gestaltet sind. Daneben entstanden weibliche Akte und Kinderbilder sowie 1983 die häufig veröffentlichte Fotoserie über die Bodybuilding-Weltmeisterin Lady Lisa Lyon.

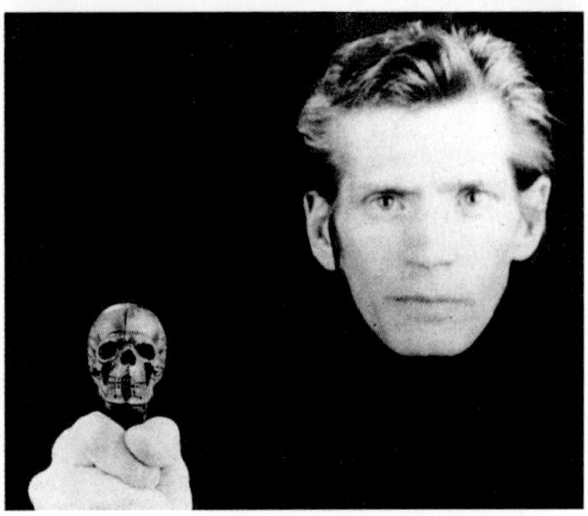
Selbstporträt des exzentrischen Robert Mapplethorpe.

□ 1963-70: Studium der Malerei am Pratt Inst., New York. □ 1965-70: Mitarbeit an Underground-Filmen. □ ab 1970: Serie von »Material-Collagen«. □ ab 1972: Freier Fotograf. □ 1973: Erste Einzelausstellung in New York. □ ab 1975: Porträtserien, u. a. von D. → Hockney und B. Marden. □ ab 1976: Pflanzenstudien. □ ab 1980: Beschäftigung vor allem mit der Aktfotografie.

▷ P. Weitermeier: Robert Mapplethorpe. The black book, 1986.

Diego A. Maradona →

Maradona, Diego Armando

argent. Fußballspieler
* 30.10.1960 Lanus

Der nur 1,66 m große, leicht untersetzte Maradona gehörte zu den besten, aber auch exzentrischsten Spielern der Fußballgeschichte. Bereits mit 18 Jahren zählte der dribbelstarke und ballgewandte Freistoßspezialist zur Weltklasse, 1986 wurde er mit seiner Mannschaft Weltmeister. 1982 wechselte er für 19 Mio. DM von Buenos Aires zum FC Barcelona und von dort für 21,8 Mio. DM (Transfer-Rekord) zum SSC Neapel. Außerhalb des Spielfelds sorgte er mit seinen Eskapaden häufig für Negativ-Schlagzeilen; zuletzt 1991, als seine Karriere wegen Drogenmißbrauchs ein vorläufiges Ende fand.

□ 1981/82: Boca Juniors. □ 1979: Junioren-Weltmeister mit Argentinien. □ 1979: Südamerikas Fußballer des Jahres (erneut 1980 und 1986). □ 1982-84: FC Barcelona (Span. Pokalsieger 1983). □ 1984-91: SSC Neapel (Ital. Meister und Pokalsieger 1987; UEFA-Cup-Sieger 1989). □ 1986: Weltmeister mit Argentinien. □ 1990: Vize-Weltmeister mit Argentinien.

Jean Marais →

Marais, Jean

(eig. Jean Alfred Villain-Marais)
frz. Schauspieler
* 11.12.1913 Cherbourg

Marais' lange und glanzvolle Schauspielerlaufbahn wurde entscheidend durch seinen Entdecker und Förderer J. → Cocteau geprägt, unter dessen Regie er zu Beginn seiner Karriere viele Erfolge hatte. In Frankreich zählt M. auch zu den bedeutendsten Theaterschauspielern (»Die Schreibmaschine«, 1941; »Der Cid«, 1986), während er dem internationalen Publikum aus zahlreichen Filmen als romantischer Liebhaber oder Abenteurer bekannt ist (»Orphée«, 1950, Rg. J. Cocteau; »Der Graf von Monte Christo», 1953; »Fantomas«, 1964, mit L. de →Funès).

□ 1933: »Der Falschspieler« (Rg. M. L'Herbier). □ 1946: Doppelrolle in »Die Schöne und die Bestie« (J. Cocteau). □ 1948: »Die schrecklichen Eltern« (J. Cocteau). □ 1953: »Der Graf von Monte Christo« (Rg. R. Vernay). □ 1957: »Weiße Nächte« (Rg. L. →Visconti, mit M. →Schell und M. →Mastroianni).; »Meine vier Wahrheiten« (Schr.) □ 1960: »Das Testament des Orpheus« (Rg. J. Cocteau). □ seit 1974: Präs. der frz. Künstlerunion. □ 1976: »Les Misérables« (Theater). □ 1986: »Der Cid« (Theater).

▷ J. Marais: Histoire de ma vie, frz. 1975.

Franz Marc wurde mit seinen expressionistischen Tierdarstellungen bekannt.

Marc, Franz

dt. Maler, Grafiker und Bildhauer
* 8.2.1880 München
† 4.3.1916 bei Verdun, Frankreich (gefallen)

Marc, Mitbegründer der expressionistischen Künstlergruppe Der Blaue Reiter (W. →Kandinsky), gab der Tierdarstellung neuen weltanschaulichen Gehalt. Er gestaltete Pferd, Reh und Rind, Katze und Tiger als Ausdruck elementarer Lebenskraft mit kosmischen Bezügen. Dies verdeutlichen Sterne, Mond und Regenbogen auf M.s Hauptwerk, dem »Turm der blauen Pferde« (1913, ehemals Berlin, seit 1945 verschollen). Als Gestaltungsmittel diente M. die expressionistische Verselbständigung von Form und Farbe, wobei die Grundfarben symbolische Bedeutung erhielten: Blau repräsentiert das männliche, Gelb das weibliche Prinzip, Rot die Materie. Wesentlichen Anteil an der Entwicklung freier Formen gewann M.s Tätigkeit als Bildhauer (um 1909). Unter Kandinskys Einfluß schuf er 1914 einige gegenstandslose Kompositionen.

□ 1900-02: Kunststudium in München. □ 1907: Reise nach Paris. □ 1909: Übersiedlung nach Sindelsdorf (Oberbayern). □ 1911/12: Mithg. des Almanachs »Der Blaue Reiter«. □ ab 1914: Kriegsdienst. □ postum 1937: Entfernung von 87 »entarteten« Werken aus dt. Museen.

▷ K. Pese: Franz Marc, Leben und Werk, 1989.

Marceau, Marcel

(eig. Marcel Mangel)
frz. Pantomine
* 22.3.1923 Straßburg

Marceau ist der bedeutendste Pantomime des 20. Jh.s. Mit seiner selbstgeschaffenen, tragikomischen Figur »Bip«, einem Nachfolger des italienischen Pierrots, trat M. mit geweißtem Gesicht, weißer Hose und Ringelhemd als Solist auf allen großen Bühnen der Welt auf. In seinen Pantomimen (Mimodramen), darunter »Der Mantel«, »Der Flötenspieler«, »Pierrot von Montmartre« und »Die Abendgesellschaft«, entwickelte M. eine lyrische Gebärdensprache und präzise komponierte Abfolge von Gesten, die in aller Welt verstanden wird.

Marcel Marceau gründete 1978 eine Pantomimen-Schule.

□ 1944: Besuch der Pariser Schauspielschule des Sarah-Bernhardt-Theaters unter Ch. Dullin und E. Decroux. □ 1945: Harlekin im Film »Kinder des Olymp« (J. L. →Barrault). □ 1947: Erster Auftritt als »Bip«. □ 1948: Gründung einer eigenen Pantomimen-Gruppe. □ 1964: Beginn der internationalen Solo-Karriere. □ 1971: Inszenierung des Mimodramas »Candide« (nach Voltaire) an der Hamburger Staatsoper. □ 1978: Gründung einer internationalen Pantomimen-Schule in Paris. □ 1988: Beendigung der Solo-Karriere.

▷ H. Ihring: Marcel Marceau — Weltkunst der Pantomime, 1955.

Gabriel Marcel →

Marcel, Gabriel

frz. Philosoph und Dramatiker
* 7.12.1889 Paris † 8.10.1973 ebd.

Marcel, der sich selbst als Neo-Sokratiker bezeichnete, vertrat angesichts der an Besitz- und Machtstreben »zerbrochenen Welt« die christlich geprägte Existenzphilosophie in Frankreich. Seine bewußt unsystematische, dialogische Philosophie richtet sich gegen die Verabsolutierung autonomer Subjektivität, den Verlust des mitmenschlichen Du und des Sinns für das Sakrale. Die Bühnenstücke des auch als Kritiker bekannten Dramatikers behandeln religiöse und moralische Konflikte, in denen die Kraft des Glaubens zur Darstellung kommt.

□ 1925: »Ein Mann Gottes« (Dr., dt. 1951). □ 1929: Konversion zum kath. Glauben. □ 1933: »Die zerbrochene Welt«

(Dr., dt. 1953). □ 1935: »Sein und Haben« (Es., dt. 1954). □ 1945: »Philosophie der Hoffnung« (Es., dt. 1949). □ 1951: »Das Geheimnis des Seins« (Es., dt. 1952, 2 Bde.). □ 1952: Mitgl. der Académie des Sciences Morales et Politiques. □ 1955: »Der Mensch als Problem« (Es., dt. 1956). □ 1963: »Die Menschenwürde als existentieller Grund« (Es., dt. 1965). □ 1964: Friedenspreis des Dt. Buchhandels.

Marchais, Georges

frz. Politiker
* 7.6.1920 La Hoguette, Dep. Calvados

Während seiner ersten Zeit an der Spitze der KPF propagierte Marchais den »Eurokommunismus« und bemühte sich um eine Wahlplattform zusammen mit den Sozialisten (»Union de la Gauche«). Jedoch seit der Wahl des Sozialisten F. →Mitterrand zum Staatspräsidenten (1981) ging M. zunehmend auf einen strikt orthodoxen Kurs und sprach sich mehrfach gegen jede Annäherung an sozialdemokratische Ideen aus. Die Rolle, die er während des Krieges in Deutschland gespielt hatte, konnte 1977 auch vor Gericht nicht geklärt werden.

Georges Marchais, seit 1972 Generalsekretär der KPF.

□ 1941-43: Arbeit als Flugzeugmechaniker auf einem dt. Luftwaffenstützpunkt und bei Messerschmitt in München. □ 1943-45: Im Untergrund. □ seit 1947: Mitgl. der Kommunistischen Partei Frankreichs (KPF). □ ab 1951: Gewerkschaftsfunktionär (CGT). □ 1956: Mitgl. des ZK der KPF. □ seit 1972: Generalsekretär der KPF. □ 1979-89: MdEP. □ 1981: Präsidentschaftskandidat.

Marciano, Rocky

(eig. Rocco Francis Marchegiano)
amer. Boxer
* 1.9.1923 Brockton, Mass.
† 31.8.1969 Des Moines (Flugzeugabsturz)

Marciano wurde 1952 durch einen K.-o.-Sieg über Jersey Joe Walcott (* 1914) Box-Weltmeister aller Klassen. M. boxte ohne überragende Technik und pflegte seine Gegner mit einem unaufhörlichen Schlaghagel einzudecken. Er verteidigte sechsmal den Titel und trat 1956 unbesiegt zurück. Sein Nachfolger wurde F. →Patterson.

□ 1953: Titelverteidigung gegen J. J. Walcott (k. o.); R. La Starza (k. o.). □ 1954: E. Charles (Punktsieg); E. Charles (k. o.). □ 1955: D. Cockwell (k. o.). □ 1956: A. Moore (k. o.).

← Rocky Marciano

Marcinkus, Paul Casimir

amer. Geistlicher (kath.)
* 15.1.1922 Cicero bei Chicago, Ill.

Im Zusammenhang mit dem Bankrott der Mailänder Banco Ambrosiano (1982) geriet Marcinkus, seit 1971 Präsident der Vatikanbank (IOR), in den Verdacht, die Spekulationen des Mailänder Bankpräsidenten Roberto Calvi durch sog. Patronatsbriefe gedeckt zu haben. Obwohl der Vatikan eine Mithaftung für die 1,2 Mrd. Dollar ungedeckter Verbindlichkeiten nicht anerkannte, zahlte die IOR 1984 in einem außergerichtlichen Vergleich 243 Mio. Dollar Abfindung an die 113 internationalen Gläubigerbanken. Der Haftbefehl gegen M. wegen Beihilfe zu betrügerischem Bankrott (1987) wurde durch den Obersten Gerichtshof Italiens aufgehoben.

Erzbischof Paul Marcinkus: Präsident der Vatikanbank.

□ 1952-55: Ausbildung zum Diplomaten des Vatikans an der päpstlichen Univ. Gregoriana und der Pontifica Accademia Ecclesiastica. □ 1968-71: Leitender Sekr. der IOR. □ 1969: Titularbischof von Orta. □ 1970: Als Reisebegleiter von Papst →Paul VI. schützt M. diesen vor einem Anschlag. □ seit 1971: Präs. der IOR. □ seit 1981: Pro-Präs. der Kardinalskommission zur Verwaltung der Vatikanstadt. □ 1987: Haftbefehl der Mailänder Staatsanwaltschaft gegen M. wegen Beihilfe zu betrügerischem Bankrott (Feb.).

Marcks, Gerhard

dt. Bildhauer, Zeichner und Grafiker
* 18.2.1889 Berlin † 12.11.1981 Burgbrohl, Eifel

Im Mittelpunkt des bildhauerischen Werks von Marcks stehen Einzelfiguren und Gruppen in einer freien Umdeutung von Vorbildern der frühen griechischen Plastik, mit denen er auf dem Gebiet der archaisch-klassischen Figuration in Deutschland führend wurde (z. B. »Stehendes Mädchen«, 1963, Bremen, Gerhard-Marcks-Stiftung). Daneben entstanden zahlreiche Tierdarstellungen (z. B. »Büffelkuh«, 1953, Duisburg,

Wilhelm-Lehmbruck-Museum). M.s Plastik zeichnet sich trotz aller Klassizität durch Naturnähe und Frische aus. Auch seine Holzschnitte behandeln klassische Themen (z. B. der »Orpheus-Zyklus«, 1947) und sind ebenso wie die Zeichnungen in einer sparsamen linearen Bildsprache gehalten.

Gerhard Marcks vor einer seiner Plastiken.

☐ 1914-18: Kriegsdienst. ☐ ab 1918: Nach dem Studium u. a. bei G. →Kolbe Lehrer an der Berliner Kunstgewerbeschule. ☐ ab 1919: Leiter der Töpferei am Bauhaus in Weimar. ☐ 1925-33: Leiter der Kunstgewerbeschule in Halle/Saale. ☐ 1937: Entfernung von 24 »entarteten« Werken aus dt. Museen. ☐ ab 1945: Prof. an der Landeskunstschule in Hamburg. ☐ 1946-48: Sechs Figuren für die Fassade der Katharinenkirche, Lübeck (E. →Barlach). ☐ ab 1950: Lehrer an den Werkkunstschulen in Köln. ☐ 1955: »Albertus Magnus«, Univ. Köln. ☐ 1971: Gerhard-Marcks-Stiftung, Bremen (im Alten Torhaus).

▷ G. Busch (Hg.): Gerhard Marcks. Das plastische Werk, 1977.

Marconi, Guglielmo Marchese (ab 1929)

ital. Physiker und Ingenieur
* 25.4.1874 Bologna † 20.7.1937 Rom

Marconi gelang am 12. 12. 1901 die drahtlose Übertragung von Morsezeichen von England nach Neufundland (3600 km), womit das Zeitalter der Rundfunkübertragung begann. Ab 1894 arbeitete M. an der Nutzung der von Heinrich Hertz (* 1857, † 1894) acht Jahre zuvor entdeckten elektromagnetischen Wellen zur Signalübertragung. Die wichtigsten seiner zahlreichen Erfindungen zur drahtlosen Telegrafie waren die geerdete Senderantenne, der geschlossene abgestimmte Schwingungskreis, die gekoppelte abgestimmte Sender- und Empfangsantenne und die Hohlspiegel-Richtantenne.

☐ 1896: Wegen anfänglichen Desinteresses seitens der ital. Regierung für seine Erfindungen Übersiedlung nach England. ☐ 1897: Drahtlose Signalübertragung über 15 km; Gründung der ab 1900 als Marconi's Wireless Telegraph Company, Ltd. firmierenden Firma. ☐ 1899: Signale über den Ärmelkanal. ☐ 1904: Erfindung des rotierenden Oszillators. ☐ 1909: Physik-Nobelpreis (mit K. F. →Braun). ☐ 1931: Entdeckung der Möglichkeit des Empfangs von Dezimeterwellen jenseits des sichtbaren Horizonts.

Marconi beim Versuch der ersten atlantischen Nachrichtenübertragung 1901.

▷ R. Gerwin: Marconi. Ein Erfinderleben unserer Zeit, 1957.

Marcos, Ferdinand Edralin

philip. Politiker
* 11.9.1917 Sarrat, Luzon
† 28.9.1989 Honolulu, Hawaii (USA)

Präsident Marcos errichtete in den über 20 Jahren seiner Regierung eine Diktatur auf den Philippinen. 1964 war er angetreten, das Land von der Korruption zu befreien. Doch bald nach seiner Wahl zeigte sich, daß die Oligarchie der Großgrundbesitzer unangetastet blieb und selbst zaghafte Reformansätze scheiterten. Wegen der Entsendung philippinischer Truppen nach Vietnam von den USA großzügig unterstützt, begann er ab 1973 mit mehreren manipulierten »Volksbefragungen«, seine Herrschaft zu legitimieren. Nach der Ermordung von B. →Aquino wuchs der bis dahin latente Widerstand im Land rasch an; 1986 wurde M. nach erneuten Wahlfälschungen durch einen Putsch gestürzt (C. →Aquino).

Ferdinand E. Marcos →

☐ 1934-39: Jurastudium. ☐ 1938/39: Freispruch von der Anklage, einen politischen Gegner ermordet zu haben. ☐ ab 1940: Rechtsanwalt. ☐ 1949: Mitgl. der Abgeordnetenkammer für die Liberalen. ☐ 1959: Mitgl. des Senats. ☐ 1960-64: Vors. der Liberalen. ☐ 1964: Übertritt zur Nationalen Partei. ☐ 1965-86: Staatspräsident. ☐ ab 1967: Militärische Unterstützung der USA in Vietnam. ☐ 1973-81: Regierungschef. ☐ ab 1986: Exil in den USA.

Marcuse, Herbert

amer. Sozialphilosoph dt. Herkunft
* 19.7.1898 Berlin † 29.7.1979 Starnberg

Marcuse entwickelte mit M. →Horkheimer die kritische Theorie der Gesellschaft und gehört neben Th. W. →Adorno zu den bedeutendsten Ver-

tretern der Frankfurter Schule. In seinen beiden einflußreichsten Werken, »Triebstruktur und Gesellschaft« (1956, dt. 1965) und »Der eindimensionale Mensch« (1964, dt. 1967), analysiert M. unter der neomarxistischen Perspektive einer praktisch-revolutionären Verwirklichung der Philosophie die Stellung des Menschen in der industriellen Gesellschaft.
Ohne die ökonomischen Einflüsse überzubewerten, sieht M. im technischen und wissenschaftlichen Fortschritt einer sich stabilisierenden, ihre eigenen Krisen überwindenden kapitalistischen Gesellschaft die Gefahr der völligen Unterwerfung des Menschen unter die Sachzwänge von Produktion und Profit. M. versuchte die in Konsumzwang und scheinbarer Bedürfnisbefriedigung verschleierte »repressive Toleranz« durch psychoanalytische Aufklärung bewußt zu machen. Mit seinem Aufruf zur »großen Verweigerung« wurde M. zum Mentor der Studentenbewegung der 60er Jahre und beeinflußte die Neue Linke, in der er eine gesellschaftlich revolutionäre Kraft sah.

Herbert Marcuse im August 1968 auf der Fahrt durch den Canal Grande in Venedig.

□ 1932: »Hegels Ontologie und die Theorie der Geschichtlichkeit« (Schr.). □ 1932-34: Emigration über die Schweiz und Frankreich in die USA. □ 1941: »Vernunft und Revolution« (Schr., dt. 1962). □ 1954-65: Prof. an der Brandeis-Univ. in Waltham, Mass. □ 1958: »Die Gesellschaftslehre des sowjetischen Marxismus« (Schr., dt. 1965). □ 1965: »Kultur und Gesellschaft« (Schr., 2 Bde., dt.1965). □ 1965-69: Prof. an der Univ. of Calif., San Diego. □ 1966: »Kritik der reinen Toleranz« (Schr.). □ 1968: »Psychoanalyse und Politik« (Schr.). □ 1969: »Ideen zu einer kritischen Theorie der Gesellschaft«; »Versuch über die Befreiung« (Schr.n). □ 1973: »Konterrevolution und Revolte« (Schr.). □ 1977: »Die Permanenz der Kunst« (Schr.).

Marcuse, Ludwig

(Pseud. Heinz Raabe)
dt. Philosoph und Schriftsteller
* 8.2.1894 Berlin † 2.8.1971 München

Marcuse beurteilte abgeschlossene philosophische Systeme skeptisch und vertrat als Aufklärer gegenüber den Verkündern der »Philosophie des Glücks« (Schr., 1949) seinen »Pessimismus« (Es., NA 1981 u. d. T. »Philosophie des Un-Glücks«). Neben seinen subjektiv gehaltenen philosophisch-literarischen Essays verfaßte M. eine Reihe Biografien und wurde besonders mit seinem provokanten Buch »Obszön. Geschichte einer Entrüstung« (1962) bekannt.

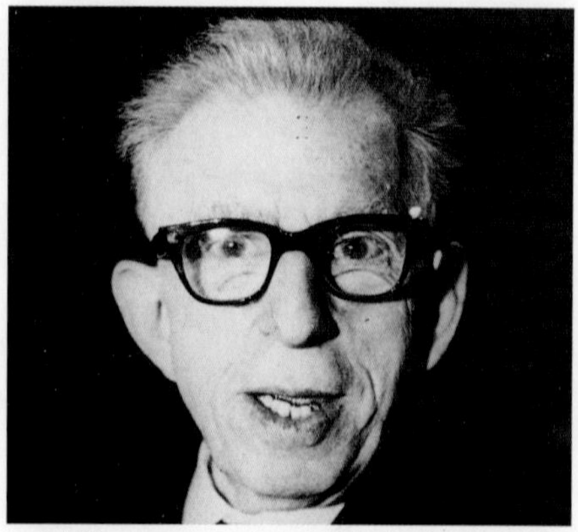

Ludwig Marcuse vertrat eine »Philosophie des Un-Glücks«.

□ 1922: »Georg Büchner« (Biogr.). □ 1929: »Das Leben Ludwig Börnes« (Biogr.). □ 1932: »Heinrich Heine« (Biogr.). □ 1933-38: Emigration über Frankreich in die USA. □ 1946-61: Prof. an der Univ. of Southern Calif., Los Angeles. □ 1947: »Der Philosoph und der Diktator« (dt. 1950). □ 1956: »Sigmund Freud« (Biogr.). □ 1962: Rückkehr in die BRD.

▷ L. Marcuse: Mein 20. Jahrhundert (Aut.); L. Marcuse: Nachruf auf Ludwig Marcuse (Aut.), 1969; D. Lamping (Hg.): Ludwig Marcuse (Biogr.), 1987.

Marey, Étienne Jules

frz. Physiologe
* 5.3.1830 Beaune † 13.5.1904 Paris

Marey entwickelte 1861 den Kardiographen, der mittels auf dem Körper angebrachter Elektroden Herzströme messen und mögliche Organschäden feststellen kann. Für die Erforschung menschlicher und tierischer Bewegungsabläufe konstruierte M. Geräte, mit denen er zugleich Pionierarbeit auf dem Gebiet der Film- und Fototechnik leistete. Sein »fotografisches Gewehr« bildete auf Rollfilmen Bewegungsphasen in rascher Folge ab (zwölf Bilder pro Sekunde). 1890 baute M. nach diesem Prinzip die erste Filmkamera der Welt.

□ 1864: Gründung eines Laboratoriums für Physiologie in Paris. □ 1867: Prof. am Collège de France. □ 1878: Mitgl. der Académie des sciences. □ 1893: Patent auf einen Filmprojektor.

Margaret (Rose) Countess Snowdon

Prinzessin von England
* 21.8.1930 Glamis, Schottland

Prinzessin Margaret, zweite Tochter des Herzogs Albert von York und späteren Königs →George VI. und seiner Ehefrau Elizabeth Bowes-Lyon,

Margaret (r.) erregte 1960 Aufsehen mit ihrer nicht standesgemäßen Heirat.

heiratete 1960 den bürgerlichen ehemaligen Hoffotografen Anthony Armstrong-Jones. Fast der gesamte europäische Hochadel blieb aus Protest gegen die nicht standesgemäße Ehe der Hochzeit fern. M., die 1978 geschieden wurde, ist als Kunstkennerin bekannt.

Königin Margrethe II. auf einem offiziellen Porträt.

Margrethe II.

Königin von Dänemark
* 16.4.1940 Kopenhagen

Königin Margrethe II. folgte 1972 ihrem Vater, Frederik IX., auf den Thron, nachdem sie 1953 durch eine Verfassungsänderung zur Nachfolgerin bestimmt wurde. Als formelle Vorsitzende des Staatsrats müssen ihr alle Minister Bericht erstatten. Unter dem Künstlernamen Ingahild Grathmer illustrierte sie mehrere Bücher.

□ 1958: Nach Volljährigkeit Kronprinzessin von Dänemark. □ 1960-64: Studium der Archäologie in Paris, Kopenhagen, Cambridge und London. □ 1967: Heirat mit Graf Henri de Laborde de Monpezat (jetzt Prinz Henrik von Dänemark). □ 1968: Geburt von Kronprinz Frederik.

Filippo T. Marinetti →

Marino Marini →

Marinetti, Filippo Tommaso

ital. Schriftsteller
* 22.12.1876 Alexandria (Ägypten)
† 2.12.1944 Bellagio

Marinetti wurde zum Begründer des Futurismus, als er 1909 im Pariser Le Figaro seine Vorstellungen von einer neuen, den technischen Errungenschaften des Maschinenzeitalters angemessenen Dichtung darlegte. Literatur sollte in Stil und Thema der von ihm verherrlichten industriellen Dynamik entsprechen und mit jeder Tradition brechen. M. forderte die absolute Freiheit des Wortes und versuchte in seinem Werk, den konventionellen Satzbau zu überwinden und ein eigenes Vokabular zu entwickeln. Er verherrlichte den Krieg als Möglichkeit zur Befreiung von einer als krank und überholt begriffenen Kultur; dieser Radikalismus machte ihn zu einem überzeugten Faschisten.

□ 1902: »Die Eroberung der Sterne« (Ged.e). □ 1905: Nach Studienzeit in Paris, Pavia und Genua Gründer der Zeitschrift Poesia in Mailand. □ 1910: »Mafarka, der Futurist« (R.). □ 1924: »Futurismus und Faschismus« (Schr.).

▷ Ch. Baumgarth: Geschichte des Futurismus, 1966.

Marini, Marino

ital. Bildhauer, Maler und Grafiker
* 27.2.1901 Pistoia † 6.8.1980 Viareggio

Marini, der antike und etruskische Vorbilder mit zeitgemäßer Formreduzierung verband, gehört zu den bedeutendsten Vertretern der modernen figurativen Bildhauerei. Seine Hauptthemen waren Frauenakte sowie das immer wieder variierte Motiv von Reiter und Pferd. In der bemalten Holzskulptur von 1951-53 (Otterlo, Rijksmuseum Kröller-Müller) sind Mensch und Tier beinahe miteinander verschmolzen, wobei die Formreduktion bis zur überindividuell-zeitlosen Geste gesteigert ist. Archaische Einfachheit, Geometrisierung und Tektonik, vor allem die Spannung zwischen der Horizontalen und Vertikalen, visualisieren den Widerspruch zwischen Anspannung und Schicksalsergebenheit, setzen die Skala menschlicher Emotion in eine archaische Zeichensprache um. M. gestaltete auch Figuren von Tänzerinnen und Artisten sowie eindringlich psychologisierte Porträtköpfe (z. B. »Igor Strawinsky«, 1951, Minneapolis, Institute of Arts).

□ 1917: Studium der Malerei, ab 1922 der Bildhauerei an der Kunstakademie in Florenz. □ 1929-40: Lehrer an der Kunstschule Villa Reale in Monza. □ ab 1940: Prof. an der Accademia di Brera, Mailand. □ 1973: Eröffnung eines Marini-Museums in Mailand. □ postum 1986: Eröffnung eines Marini-Museums in Florenz.

▷ P. Waldberg/G. di San Lazzaro: Marino Marini. Leben und Werk, 1971.

Marisol

(eig. Marisol Escobar)
amer. Künstlerin venezolan. Herkunft
* 22.5.1930 Paris (Frankreich)

Mit ihren lebensgroßen, aus Holz und Gips gefertigten, stark bemalten und mit echten Kleidungsstücken sowie verschiedensten Accessoires versehenen Personengruppen setzte Marisol innerhalb der Pop-art einen besonderen Akzent. Sie karikiert in diesen Werken vor allem das spießige Bürgertum, den Umgang mit Massenidolen sowie die Verhaltensweisen in Politik und öffentlichen Medien. Manche ihrer steifen, kastenförmigen Figuren tragen surreale Züge.

□ 1951-54: Nach der Übersiedlung von Paris nach New York Studium an der Schule von H. →Hofmann und der Art Students' League. □ 1958: Erste Einzelausstellung in der Leo Castelli Gallery, New York. □ 1968: Teilnahme an der Biennale in Venedig (erneut 1988).

Marković, Ante

jugos. Politiker
* 1.1.1924 Konjic, Bosnien

Der kroatische Wirtschaftsfachmann Marković wurde 1989 überraschend vom Staatspräsidium zum Ministerpräsidenten gewählt. Der erklärte Marktwirtschaftler gilt als liberaler Reformer, der die Einführung eines Mehrparteiensystems in Jugoslawien für unausweichlich hält. Bei der Vergabe der Ministerämter setzte er sich erstmals seit Kriegsende über den Republiken-Proporz hinweg. M. konnte die blutige Eskalation des Nationalitätenkonflikts zwischen den jugoslawischen Teilrepubliken Kroatien und Serbien Mitte 1991 nicht verhindern.

□ ab 1941: Teilnahme am Partisanenkampf. □ 1943: Mitgl. des Bundes der Kommunisten Jugoslawiens (BdKJ). □ bis 1954: Studium an der TH in Zagreb. □ 1954-82: Tätigkeit in der Industrie; zuletzt Generaldir. des Elektrokombinats Rade Končar. □ 1982-86: Ministerpräsident von Kroatien. □ 1986: Mitgl. des ZK des BdKJ. □ 1987/88: Vors. des Präsidiums von Kroatien. □ seit 1989: Ministerpräsident.

← Ante Marković

Markow, Georgi

bulg. Schriftsteller
* 1.3.1929 Sofia
† 7.9.1978 London (Großbritannien, ermordet)

Markow, Vertreter der sog. April-Generation der bulgarischen Intellektuellen, setzte sich in seinen dem Realismus verpflichteten Erzählungen und Dramen mit den Bedingungen der Existenz unter einem totalitären Regime auseinander. 1969 emigrierte M. nach London und übte als Reporter der BBC in »Reportagen in Abwesenheit« scharfe Kritik am kommunistischen Regime in Bulgarien. 1978 wurde er — vermutlich vom bulgarischen Geheimdienst — ermordet.

Mark Twain

(eig. Samuel Langhorne Clemens)
amer. Schriftsteller
* 30.11.1835 Florida, Missouri
† 21.4.1910 Redding, Conn.

Mark Twain ist der Begründer der modernen amerikanischen Erzählliteratur und ein bedeutender Vertreter des amerikanischen Realismus. In »Huckleberry Finns Abenteuer« (R., 1884, dt. 1890) brach er durch eine geschmeidige, um-

Bob Marley →

Mark Twain: Humorvoller, zugleich sozialkritischer Autor.

gangssprachliche Diktion mit den bisherigen stilistischen Konventionen des Landes und setzte das Zeichen für den Beginn einer eigenständigen amerikanischen Tradition.
M.s Kurzgeschichten und Romane, aber auch seine Reiseberichte sind reich an komischen, satirischen und ironischen Einfällen. In »Der berühmte Frosch der Grafschaft Calaveras« (Erz.n, 1865, dt. 1874) und »Durch Dick und Dünn« (Reiseb., 1872, dt. 1872) greift er den amerikanischen Humor der »tall tales«, Lügenmärchen à la Münchhausen, auf.
M.s spätere Werke zeigen seine Verbitterung über die »damned human race«. So verspottete er in »Ein Yankee aus Connecticut an König Artus Hof« (R., 1889, dt. 1923) die mittelalterliche Romantik und attackierte soziale Ungerechtigkeiten und religiösen Fanatismus.

□ 1857-60: Schiffslotse auf dem Mississippi (daher sein Pseudonym mark twain = zwei Faden Wassertiefe). □ 1861: Goldschürfer in Nevada. □ ab 1862: Journalist. □ 1876: »Tom Sawyers Abenteuer« (R., dt. 1876). □ 1880: »Bummel durch Europa« (Reiseb., dt. 1967). □ 1883: »Leben auf dem Mississippi« (aut. Erz.n, dt. 1890). □ 1884: Gründung eines eigenen Verlags (Bankrott 1894). □ 1891-95, 1903/04: Europaaufenthalte. □ 1900: »Der Mann, der Headlyburg korrumpierte« (Erz.n, dt. 1900). □ postum 1916: »Der geheimnisvolle Fremde« (Erz., dt. 1921).

▷ H. Breinig: Mark Twain, 1985.

Márquez, Gabriel García →García Márquez

Marley, Robert Nesta »Bob«

jamaikan. Reggaemusiker
* 5.2.1945 St. Ann † 11.5.1981 Miami (USA)

Marley machte die Musik seiner Heimat, den Reggae, in der ganzen Welt populär und beeinflußte auch zahlreiche Rockmusiker wie z. B. E. → Clapton. »I shot the sheriff«, »No woman no cry«, »I can see clearly now« oder »Stir it up« wurden seine bekanntesten Kompositionen, die auch andere Interpreten aufgenommen haben. Für M. verkörperte der Reggae mehr als nur eine Musikrichtung. Der politisch engagierte Musiker interpretierte den Reggae als eine Philosophie, die zugleich Religion und Musik der unterdrückten Völker Afrikas ist.

□ 1961: Erste Platte. □ 1964: Gründung der Wailin' Wailers. □ 1967: Hit »Stir it up«. □ 1973: »Catch a fire« (LP); »Burnin'« (LP) mit dem Hit »I shot the sheriff«. □ 1976: Nach einem Mordanschlag von Anhängern der Regierungspartei 18 Monate im Exil in Miami. □ 1980: Letzte LP »Uprising«. □ postum 1989: »Legend« (LP). □ 1991: »Talking blues« (LP mit Aufnahmen von 1973).

▷ H. Dalrymple: Bob Marley — Rasta, Reggae, Rebellion, 1977; M. Evert: Bob Marley, 1981; T. Schwaner: Bob Marley — Tod in Babylon, 1984.

Marriner, Sir (seit 1985) Neville

engl. Dirigent
* 15.4.1924 Lincoln

Marriner, renommierter Geiger und — seit den 60er Jahren — Dirigent, gründete 1959 das Kammerorchester Academy of St. Martin in the Fields, das unter seiner Leitung zu einem der erfolgreichsten Orchester der Welt avancierte. 1983 gestaltete M. mit der Academy of St. Martin in the Fields den Soundtrack zu dem Mozartfilm »Amadeus« (Rg. M. →Forman). Schwerpunkte im Repertoire des Dirigenten, das über 500 Schallplatteneinspielungen umfaßt, bilden die großen Wiener Meister sowie die Vorklassiker. Von Bedeutung sind zudem seine Rossini-Interpretationen.

← Sir Neville Marriner

□ 1948-50: Dozent für Musik am Eton College. □ ab 1956: Stimmführer der 2. Violinen im London Symphony Orchestra. □ 1968: Gründung des Los Angeles Chamber Orchestra. □ 1979-86: Musikalischer Dir. des Minnesota Orchestra. □ 1983-89: Chefdirigent des Stuttgarter Radio-Sinfonieorchesters.

Marshall, Alfred

engl. Nationalökonom
* 26.7.1842 London † 18.7.1924 Cambridge

Marshall, Begründer der sog. Neoklassik, formulierte 1890 in seinem Werk »Principles of economics« die Verbindung der Klassischen Theorie des 19. Jh.s (u. a. Adam Smith, David Hume) mit der Grenznutzenschule (C. →Menger, M. E. L. →Walras). Seine Beiträge zur Kosten-, Wert- und Preistheorie beeinflußten die Entwicklung der Volkswirtschaftslehre wesentlich. M. integrierte den Zeitfaktor in seine Theorien, unterschied konsequent zwischen kurz- und langfristigen Betrachtungsweisen und prägte Begriffe wie Elastizität und Konsumentenrente.

← Alfred Marshall

□ bis 1867: Studium der Mathematik. □ 1868-76: Dozentur für Moralwissenschaften am St. John's College, Cambridge. □ 1877-83: Dir. des Univ. College in Bristol. □ 1879: »The economics of industry« (Schr., mit seiner Ehefrau M. P. Marshall). □ 1883-85: Dozent am Balliol College, Oxford. □ 1885: »The present position of economics« (Schr.). □ 1885-1908: Prof. an der Univ. Cambridge. □ 1890: »Principles of economics« (dt. 1905 u. d. T. »Handbuch der Volkswirtschaftslehre«). □ 1903: »Die zollpolitische Regelung des Außenhandels« (Schr., dt. 1925). □ 1919: »Industry and trade« (Schr.). □ 1923: »Money, credit and commerce« (Schr.).

▷ A. C. Pigou: Memorials of Alfred Marshall, 1925; H. Davenport: The Economics of Alfred Marshall, 1935.

Marshall, George Catlett

amer. Militär und Politiker
* 31.12.1880 Uniontown, Penn.
† 16.10.1959 Washington, D. C.

General Marshall erhielt 1953 den Friedens-Nobelpreis.

General Marshall bemühte sich während seiner Amtszeit als Außenminister (1947-50), »den Kommunismus einzudämmen«. Anfang 1947 verfaßte er die »Truman-Doktrin«, die eine weltweite amerikanische Hilfe für nichtkommunistische Länder vorsah. Der anschließende Marshall-Plan (1947) sah wirtschaftliche Hilfen für das nichtkommunistische Europa vor. Die ausgegebenen Mittel beliefen sich bis 1952 auf 12,5 Mrd. US-$ (Waren, Sachleistungen, Kredite), die auf 16 europäische Länder verteilt worden waren. Ab 1949 wurden auch die drei westlichen Besatzungszonen von Deutschland in den Empfängerkreis dieses Hilfsfonds einbezogen. Für den nach ihm benannten Plan erhielt M. 1953 den Friedens-Nobelpreis.

□ 1901: Offizier. □ 1917/18: Militärdienst in Europa. □ 1936: Brigadegeneral. □ 1939-45: Generalstabschef. □ 1944: Armeegeneral. □ 1945-47: Sonderbotschafter in China; Vermittlungsversuch zwischen →Mao Zedong und → Chiang Kai-shek. □ 1947-50: Außenmin. □ 1950/51: Verteidigungsmin. □ 1953: Friedens-Nobelpreis.

▷ S. R. Ritenour: The papers of George Catlett Marshall, 2 Bde., 1981/86.

Martens, Wilfried

belg. Politiker
* 19.4.1936 Sleidinge bei Gent

Seit seiner Studentenzeit beteiligte sich Martens am belgischen Sprachenstreit, wobei er energisch für eine Gleichberechtigung des Flämischen neben der — bis dahin dominierenden — französischen Sprache eintrat (u. a. 1961/62 mehrere »Märsche auf Brüssel«). Die Umgestaltung Belgiens von einem zentralistischen Einheitsstaat in einen Bundesstaat geht hauptsächlich auf seine Vorschläge zurück. Als Ministerpräsident versucht M. seit 1981, vor allem das labile Gleichgewicht zwischen den beiden Bevölkerungsgruppen zu bewahren.

← Wilfried Martens

□ 1958-60: Präs. des Vereins Flämischer Studenten. □ ab 1960: Rechtsanwalt. □ 1962: Mitgl. der flämischen Christlichen Volkspartei (CVP). □ 1972-79: Vors. der CVP. □ seit 1974: Mitgl. des Parlaments. □ 1978: Vors. der Kommission zur Staatsreform. □ 1979-81, seit Dez. 1981: Ministerpräsident. □ 1991: Große Verluste bei Parlamentswahlen.

Marti, Kurt

schweiz. Schriftsteller und Theologe (ev.-ref.).
* 31.1.1921 Bern

Marti erneuerte die religiöse Lyrik und verschaffte ihr ein breiteres Publikum, indem er sprachspielerisch und z. T. aggressiv in mundartlichen Gedichten Aspekte christlichen Lebens in der modernen schweizerischen Gesellschaft aufgriff. Der Pfarrer, der sich u. a. für die Anti-Atomkraftbewegung einsetzt, verbindet das christliche mit dem gesellschaftspolitischen Engagement: Er fordert, im Namen der biblischen Botschaft Umweltzerstörung und politische Unterdrückung zu beenden.

← Kurt Marti

□ 1959: »republikanische gedichte«. □ 1961-83: Ev. Pfarrer in Bern. □ 1967: »rosa loui, vierzg gedichte ir bärner umgangsschprach«. □ 1969: »leichenreden« (Ged.e). □ 1973: »Zum Beispiel: Bern 1972« (politisches Tageb.). □ 1977: »Der Mensch ist nicht für das Christentum da« (Es.). □ 1983: »Bürgerliche Geschichten«.

Martin, Archer John Porter

brit. Chemiker
* 1.3.1910 London

Martin entwickelte ab 1939 mit R. L. M. →Synge chemische Analyseverfahren (Chromatographie) zur Trennung von Gemischen chemischer Verbindungen. Mit der sog. Papierchromatographie erfand M. 1944 ein mit Filterpapier arbeitendes Trennverfahren, das später erfolgreich zur Isolierung und Analyse gesuchter Substanzen angewandt wurde. Eine auf dem Filterstreifen eingetrocknete Aminosäuremischung kann mittels einer das Papier durchdringenden Lösung in ihre einzelnen Komponenten zerlegt werden, weil diese wegen ihrer unterschiedlichen Löslichkeit auch verschieden schnell in dem Lösungsmittel mitwandern.

← Archer John P. Martin

□ 1952-59: Mitgl. des Nat. Inst. for Medical Research in London. □ 1952: Chemie-Nobelpreis (mit R. L. M. Synge). □ 1953: Konstruktion eines Gaschromatographen. □ 1959-70: Dir. der Abbotsbury Laboratories Ltd. □ 1974-79: Prof. an der Univ. von Houston, Tex.

Martin, Dean

(eig. Dino Crocetti)
amer. Schauspieler und Sänger
* 17.6.1917 Steubenville, Ohio

In den 50er Jahren bildete Martin mit J. →Lewis ein beliebtes Komikerpaar (16 gemeinsame Filme). Auch nach der Trennung des Duos spielte M., der zudem als Showsänger und Entertainer erfolgreich war, in Komödien wie »Küß mich Dummkopf« (1964; Rg. B. →Wilder) vor allem den eitlen Playboy. Eine seiner bekanntesten Rollen war der Sheriff im Western-Klassiker »Rio Bravo« (1959; mit J. →Wayne, Rg. H. →Hawks), in dem M. auch den Titelsong sang.

Dean Martin als Sheriff in dem Film »Rio Bravo«, 1959.

□ ab 1946: Auftritte in Nachtclubs mit J. Lewis. □ 1950: »Krach mit der Kompanie« (mit J. Lewis, Rg. H. Walker). □ 1956: »Alles um Anita« (mit J. Lewis, Rg. F. Tashlin). □ 1961: »Die siegreichen Drei« (mit F. →Sinatra und S. →Davis jr., Rg. J. →Sturges). □ 1965: »Die vier Söhne der Katie Elder« (mit J. Wayne, Rg. H. Hathaway). □ 1968: »Todfeinde« (mit R. →Mitchum, Rg. T. Hathaway). □ 1969: »Airport« (mit B. → Lancaster und J. Seberg, Rg. G. Seaton). □ 1980: »Auf dem Highway ist die Hölle los« (Rg. H. Needham). □ 1983: »Highway 2 — Auf dem Highway ist wieder die Hölle los« (H. Needham).

Martin, Ian

engl. Sozialmanager und Publizist
* 10.8.1946 Chelmsford, Essex

Martin wurde 1986 Generalsekretär der Gefangenenhilfsorganisation Amnesty international (ai), die in der Verwirklichung der Menschenrechte das wichtigste politische Ziel erkennt und seit 1961 weltweit gegen Folter, Verschleppung und Exekution kämpft. Der Cambridge- und

Harvard-Absolvent M., 1982-85 Generalsekretär der Fabian Society (wissenschaftlich-politische, von Labour-Politikern getragene Gesellschaft), ist Autor zahlreicher Arbeiten zum Problem der Rassendiskriminierung und der britischen Einwanderungsgesetzgebung.

☐ 1969-72: Mitarbeit bei Entwicklungshilfeprogrammen der Ford Foundation in Indien, Pakistan und Bangladesch. ☐ ab 1973: Beauftragter für Rassenbeziehungen in Großbritannien. ☐ 1977-82: Generalsekr. des Joint Council for the Welfare of Immigrants (JCWI). ☐ 1982: »Immigration law and practice« (Schr.).

Martin, Steve

amer. Schauspieler
* 1945 Waco, Tex.

Martin ist ein Komiker, der vom Slapstick bis zur stillen Parodie alle Sparten dieses Genres beherrscht. Seine bekanntesten Filme entstanden in Zusammenarbeit mit dem Regisseur Carl Reiner: Die Schwarze-Serie-Persiflage »Tote tragen keine Karos« (1981) und »Solo für Zwei« (1984), in denen M. alle Register seines Könnens zieht. Mit nuancenreicher Mimik und akrobatischer Gestik spielt er einen Anwalt, dessen rechte Körperhälfte nach fehlgeschlagener Seelenwanderung von einer Frau kontrolliert wird.

Der Komödiant Steve Martin 1977 in Pittsburgh.

☐ 1979: »Reichtum ist keine Schande« (Rg. C. Reiner). ☐ 1982: »Der Mann mit den zwei Gehirnen« (Rg. C. Reiner). ☐ 1986: »Der kleine Horrorladen« (Rg. F. Oz); »Roxanne« (Rg. F. Schepisi). ☐ 1987: »Ein Ticket für zwei« (Rg. J. Hughes). ☐ 1988: »Zwei hinreißend verdorbene Schurken« (Rg. F. Oz). ☐ 1990: »Eine Wahnsinnsfamilie« (Rg. R. Howard). ☐ 1991: »L. A. Story« (Rg. M. Jackson).

Martin du Gard, Roger

frz. Schriftsteller
* 23.3.1881 Neuilly-sur-Seine † 23.8.1958 Belleme

Der Literatur-Nobelpreisträger (1937) Martin du Gard wurde mit einem einzigen Werk berühmt: »Die Thibaults« (1922-40, dt. 1951). Zu dem Romanzyklus inspiriert wurde er durch L. →Tolstois »Krieg und Frieden«. Mit wissenschaftlicher und psychologischer Genauigkeit schildert der Autor in seinem Werk das Auseinanderbrechen der katholischen Familie Thibault. Den historischen Hintergrund bildet das Paris der Vorkriegszeit bis zum Ausbruch des 1. Weltkriegs. Besonders gelobt wurde der Romanzyklus wegen der präzisen Schilderung der Ereignisse, die zum Kriegsausbruch führten. M. führte die Bedeutungslosigkeit der menschlichen Existenz vor, der nur der Glaube an den Fortschritt und die Zukunft entgegensteht.

Giovanni Martinelli →

Martinelli, Giovanni

ital. Sänger
* 22.10.1885 Montagnana, Venetien
† 2.2.1969 New York (USA)

Martinelli galt nach dem Tod von E. → Caruso als einer der größten Tenöre seiner Epoche. 1914 wurde er an die Metropolitan Opera New York berufen, wo er über 30 Jahre lang der erste Tenor war. M., der mit voluminöser Stimme und leidenschaftlichem Vortrag im heldischen Fach seine größten Erfolge erzielte, unternahm von New York aus Gastspielreisen in die europäischen Musikzentren und war Mittelpunkt vieler Ur- und Erstaufführungen. Seine Interpretationen (Partien von G. →Verdi und Wagner) sind auf zahlreichen Schallplatten dokumentiert. An der Metropolitan Opera New York sang M. noch mit 82 Jahren die Rolle des Kaisers in der Oper »Turandot« von G. →Puccini.

☐ 1910: Debüt am Teatro dal Verme Mailand als Titelheld in »Ernani« von G. →Verdi. ☐ 1912: Erfolge an der Covent Garden Opera London. ☐ 1916-46: Mitgl. der Metropolitan Opera New York. ☐ 1937: Während der Coronation Saison Titelrolle in der Verdi-Oper »Othello« am Covent Garden. ☐ 1939: Titelheld in Wagners »Tristan« mit K. →Flagstad als Isolde an der Oper Chicago. ☐ ab 1946: Gesangspädagoge in New York.

Martínez Ruiz, José →Azorín

Harry E. Martinson →

Martinson, Harry Edmund

schwed. Schriftsteller
* 6.5.1904 Jämshög † 11.2.1978 Stockholm

1974 erhielt der Autodidakt Martinson den Nobelpreis für Literatur (mit E. →Johnson) für »ein Werk, das den Tautropfen einfängt und das Weltall spiegelt«. Gemeint war damit M.s Naturlyrik und sein Meisterwerk »Aniara« (Ged.e, 1956, dt. 1961), ein Science-fiction-Elemente verarbeitender Verszyklus, in dem die moralische Unreife des Menschen, den technischen Fortschritt verantwortlich zu nutzen, allegorisch als ein vom Kurs abgekommenes Raumschiff dargestellt wird. Die Themenkreise der unberührten Natur und des ewigen Wanderns, des Tao, ziehen sich durch M.s gesamtes literarisches Schaffen, wobei autobiografische Züge unverkennbar sind, so in den Romanen »Die Nesseln blühen« (1935, dt. 1967) und »Der Weg hinaus« (1936, dt. 1970).

☐ 1920-27: Als Schiffsjunge und Heizer zur See; Heimkehr nach Lungenerkrankung. ☐ 1927-29: Arbeitslosigkeit, Leben als Landstreicher; Anschluß an die literarische Gruppe »Fünf Junge«. ☐ 1929: »Gespensterschiff« (Ged.e). ☐ 1931: »Nomade« (Ged.e). ☐ 1932: »Reise ohne Ziel« (Erz.n, dt. 1949). ☐ 1933: »Kap Farväl« (Erz.n). ☐ 1934: »Natur«

(Ged.e). □ 1937: »Schwärmer und Schnake« (Es.s). □ 1939: »Das Einfache und das Schwere« (Es.s). □ 1941: »Der verlorene Jaguar« (R.). □ 1945: »Passat« (Ged.e). □ 1948: »Der Weg nach Glockenreich« (R., dt. 1953). □ 1953: »Zikade« (Ged.e). □ 1958: »Die Gräser in Thule« (Ged.e).

▷ S. Erfurth: Harry Martinson, 2 Bde., 1980/81.

Marvin, Lee

amer. Schauspieler
* 19.2.1924 New York † 29.8.1987 Tucson, Ariz.

Marvin trat als hartgesottener Schurke in zahlreichen Filmen auf, zeigte aber auch komödiantisches Talent wie in »Cat Ballou« (mit J. →Fonda, Rg. E. Silverstein). Für diese Doppelrolle als brutaler Killer und gealterter Revolvermann erhielt er 1965 einen Oscar.

□ 1951: Broadway-Debüt als »Billy Budd«. □ 1953: »Heißes Eisen/The Big Heat« (Rg. F. →Lang). □ 1961: »Der Mann, der Liberty Valance erschoß« (Rg. J. →Ford). □ 1964: »Tod eines Killers« (Rg. D. →Siegel). □ 1966: »Das dreckige Dutzend« (Rg. R. →Aldrich). □ 1967: »Point Blank« (Rg. J. Boorman). □ 1983: »Gorky Park« (Rg. M. Apted).

Die Marx Brothers (v. l.: Chico, Groucho, Harpo und Zeppo) 1932 in »Animal Crackers«.

Marx, Wilhelm

dt. Politiker
* 15.1.1863 Köln † 5.8.1946 Bonn

Marx war der führende Politiker des Zentrums während der Weimarer Republik. Als Reichskanzler verfolgte er mit seinen vier verschiedenen Kabinetten eine Politik der Befriedung zwischen den Positionen der Parteien. Wie sein Außenminister G. →Stresemann strebte er einen Ausgleich mit den Westmächten an. 1924 erreichte M. im Reichstag eine breite Zustimmung für die Annahme des Dawes-Plans zur Begrenzung der deutschen Reparationsleistungen und damit u. a. zur Stabilisierung der Währung. Im zweiten Wahlgang zur Reichspräsidentenwahl erhielt er 1925 als Kandidat der »Weimarer Koalition« (Zentrum, DDP, SPD) 45,3 % der Stimmen, nur 3 % weniger als P. v. →Hindenburg.

□ 1899: Mitgl. des preußischen Abgeordnetenhauses. □ 1910-18, 1920-33: MdR. □ 1921: Senatspräsident am Kammergericht in Berlin. □ 1921-28: Vors. der Zentrumspartei. □ 1923-25; 1926-28: Reichskanzler. □ 1925: Preuß. Ministerpräsident. □ 1926: Reichsjustizmin. und Min. für die Besetzten Gebiete.

▷ U. v. Hehl: Wilhelm Marx 1863-1946. Eine politische Biographie, 1987.

← Wilhelm Marx

Marx Brothers

amer. Komikertruppe

Die Marx Brothers, die in den 20er Jahren nach Broadway-Erfolgen zum Film kamen, wurden zum Inbegriff für absurde Komödien mit anarchistischer Komik. Groucho Marx (* 1895, † 1977) war der Kopf der Gruppe, der seine Brüder Chico (eig. Leonard; *1891, † 1961) und Harpo (eig. Adolph; * 1893, † 1964) sowie zeitweise Zeppo (eig. Herbert; * 1901, † 1979) und Gummo (eig. Milton; * 1897, † 1977) angehörten. Jeder verkörperte mit gleichbleibenden Accessoires und Eigenschaften einen bestimmten Typ: Groucho (Zigarre und Schnurrbart) spielte den schwatzhaften Intellektuellen, Chico (Klavier) den Straßengauner italienischer Herkunft, Harpo (Harfe und Lockenperücke) einen stummen Kindskopf und Zeppo den romantischen Liebhaber. Groucho war auch Autor philosophisch-humoristischer Bücher (u. a. »Schule des Lächelns«, dt. 1981).

□ 1929: »Die Marx Brothers: Coconuts«. □ 1933: »Die Marx Brothers im Krieg«. □ 1935: »Die Marx Brothers in der Oper«. □ 1937: »Die Marx Brothers: Ein Tag beim Rennen«. □ 1946: »Die Marx Brothers: Eine Nacht in Casablanca«. □ 1949: »Die Marx Brothers: Love Happy«.

▷ J. Adamson: Groucho, Harpo, Chico and sometimes Zeppo, 1973; U. Hoppe: Die Marx Brothers, 1985.

Jan Masaryk →

Masaryk, Jan

tschech. Politiker und Diplomat
* 14.9.1886 Prag † 10.3.1948 ebd. (Selbstmord?)

Der Sohn von T. →Masaryk half seinem Vater nach Gründung der Tschechoslowakischen Republik (1918) beim Aufbau der diplomatischen Vertretungen in Washington und London. Während des 2. Weltkriegs war er Außenminister der tschechischen Exilregierung unter E. →Beneš in London. Anschließend blieb er für die tschechoslowakische Regierung in diesem Amt. Zwei Wochen nach der kommunistischen Machtübernahme wurde offiziell mitgeteilt, M. sei nach einem Sprung aus einem Fenster des Außenministeriums in Prag gestorben.

□ 1914-18: Militärdienst in der k.u.k. Armee. □ ab 1919: Im diplomatischen Dienst. □ 1925-39: Botschafter in London. □ 1940-45: Außenmin. der tschech. Exilregierung in London. □ 1945-48: Außenmin.

▷ A. Dagan: Gespräche mit Jan Masaryk, 1985.

Masaryk, Tomáš Garrigue

tschech. Politiker und Philosoph
* 7.3.1850 Göding, Mähren
† 14.9.1937 Schloß Lány bei Prag

Masaryk war der erste Staatspräsident der Tschechoslowakischen Republik. In zahlreichen Schriften vertrat er eine Philosophie, die sich aus einer Verbindung von deutschem Idealismus, französischem Rationalismus und einem von Karl Marx (* 1818, † 1883) geprägten Sozialismus entwickelt hatte.
In den Jahren vor dem 1. Weltkrieg bekämpfte M. sowohl die romantische panslawistische Bewegung als auch die Vorherrschaft der Deutschen in Böhmen. Während des 1. Weltkriegs stellte er in Paris eine tschechische Exilregierung zusammen. In Rußland organisierte er 1917 aus böhmischen und slowakischen Kriegsgefangenen die »Tschechische Legion«, die anschließend an der Westfront eingesetzt wurde. Mit Unterstützung der Entente rief er im Oktober 1918 in Prag die Tschechoslowakische Republik aus, die er bis 1935 führte.

Masaryk rief 1918 die Tschechoslowakische Republik aus.

☐ 1882-1914: Prof. an der neugegründeten Tschech. Univ. in Prag. ☐ 1891: Mitgl. der (liberalen) »Jungtschechen«. ☐ 1891-93, 1907-14: Mitgl. des Reichsrats in Wien. ☐ 1898: »Die philosophischen und soziologischen Grundlagen des Marxismus« (Schr.). ☐ 1907-14: Führer der tschech. Volkspartei. ☐ 1913: »Zur russischen Geschichts- und Religionsphilosophie« (Schr.). ☐ 1914-18: Im Exil. ☐ 1918-35: Erster tschech. Staatspräsident.

▷ E. Ludwig: Gespräche mit Masaryk, 1936.

Mascagni, Pietro

ital. Komponist
* 7.12.1863 Livorno † 2.8.1945 Rom

Mascagni, den G. →Verdi als begabtesten unter den jüngeren Komponisten schätzte, leitete mit seinem einzigen Erfolg, der Oper »Cavalleria rusticana« (Libr. G. →Verga, UA Rom 1890), neben Georges Bizets Oper »Carmen« (1875) den musikalischen Verismo ein. Er übertrug mit seinem Einakter naturalistische Tendenzen aus Literatur und bildender Kunst (seit ca. 1880) auf die Oper. Modellhaft für den neuen Bühnenstil stellte M. den historischen Mythen und idealisierten Gestalten der romantischen Oper Alltagsschicksale gegenüber und behandelte zeitnahe Probleme sozial niederer Schichten. Während M. neue Ausdrucksformen (natürliches Lachen und Weinen) in die Gattung einführte, orientierte er sich bei der musikalischen Gestaltung an Richard Wagner (* 1813, † 1883) und G. →Verdi, die der Verismo gerade überwinden wollte.

Pietro Mascagni →

☐ 1890: UA des Operneinakters »Cavalleria rusticana« in Rom. ☐ 1895-1902: Dir. des Liceo Musicale in Pesaro. ☐ 1898: UA der Oper »Iris« in Rom. ☐ 1911: Während Südamerika-Tournee Komposition der Oper »Isabeau« (UA Buenos Aires). ☐ 1921: UA des Revolutionsdramas »Il piccolo Marat« in Rom. ☐ 1929: Als Nachfolger von A. → Toscanini Dir. der Mailänder Scala.

▷ D. Cellamare: Pietro Mascagni, 1965.

Masekela, Hugh Ramapolo

südafr. Jazzmusiker
* 4.4.1939 Witbank

Masekela, der 1959 mit seiner späteren Frau M. →Makeba ins Exil nach England ging, ist einer der prominentesten afrikanischen Jazzmusiker (Trompete). Im Hardbop und Free Jazz ebenso zu Hause wie im Funk, Rap und Afro-Pop, arbeitete der politisch engagierte Musiker u. a. mit H. →Belafonte, F. → Kuti und P. →Simon (»Graceland«, LP, 1987) zusammen. Seit 1971 wieder in Afrika, betreibt er in Botswana ein modernes Aufnahmestudio; 1986 gründete er dort die Botswana International School of Music zur Förderung junger Talente.

Der populäre Jazzmusiker Masekela kehrte 1971 aus dem Exil nach Afrika zurück.

☐ 1953: Wechsel vom Klavier zur Trompete. ☐ 1955: Gründung der afr. Jazzband Jazz-Epistles. ☐ 1962: Erste LP »Trumpet Africa«. ☐ 1966: Goldene LP für »Live at the village gate«. ☐ 1967: »Grazing in the grass« (Single). ☐ 1971: Rückkehr nach Afrika; Tourneen mit Ensembles Kalahari und Hedzoleh Soundz. ☐ 1976: »Colonial Man« (LP). ☐ 1980: Wohnsitz in Botswana. ☐ 1984: »Technobush« (LP). ☐ 1988: Musik zu dem südafr. Musical »Sarafina!«.

Maser, Werner

dt. Historiker und Schriftsteller
* 12.7.1922 Paradeningken, Ostpreußen

Der Zeithistoriker Maser, der die Dokumente des ehemaligen Hauptarchivs der NSDAP in den USA entdeckte und wissenschaftlich auswertete, klärte gewisse Legendenbildungen um A. →Hitler auf, wobei er auch als verschollen geltende Schriftstücke zu dessen Biografie auffand. Der Experte für die Geschichte des Dritten Reichs publizierte 1970 das Buch »Adolf Hitler. Legende — Mythos — Wirklichkeit«, das — in 21 Sprachen übersetzt — weltbekannt wurde. 1983 bezeichnete M. die im Wochenmagazin Der Stern veröffentlichten »Hitler-Tagebücher« als Fälschungen. Mit »Friedrich Ebert. Der erste deutsche Reichspräsident« (Schr., 1987) gelang M. ebenfalls eine Korrektur der Überlieferung.

← Werner Maser

☐ 1954: »Die Organisierung der Führer-Legende« (Diss.). ☐ 1955-57: Lexikon-Chefredakteur in Frankfurt/Main. ☐ 1957-60: Schriftleiter von Industrie-Fachzeitschriften in Bochum und Leverkusen. ☐ 1960-64: Gutachtertätigkeit für die Bundesregierung in Fragen der politischen Jugendbildung; Lehrtätigkeit an der Hochschule für Politik der Univ. München (bis 1975). ☐ 1965: »Die Frühgeschichte der NSDAP. Hitlers Weg bis 1924« (Schr.). ☐ 1966: »Hitlers Mein Kampf« (Schr.). ☐ 1970: »Kulturgeschichte der Industrie«. ☐ 1975: Hg. von »Mein Schüler Hitler. Das Tagebuch seines Lehrers Paul Devrient«. ☐ 1977: »Nürnberg. Tribunal der Sieger« (Schr.). ☐ 1980: »Adolf Hitler. Das Ende der Führerlegende« (Schr.). ☐ 1983: »Das Regime. Alltag in Deutschland 1933-1945« (Schr.). ☐ 1984: »Deutschland, Traum oder Trauma. Kein Requiem« (Schr.).

Masereel, Frans

belg. Grafiker und Maler
* 30.7.1889 Blankenberge, Westflandern
† 3.1.1972 Avignon (Frankreich)

Masereel wurde vor allem durch seine zwischen Spätexpressionismus und einem oft derben Realismus angesiedelten Holzschnitte bekannt. Diese flächig angelegten Werke mit Betonung der Schwarz-Weiß-Kontraste haben pazifistische und sozialkritische Themen zum Inhalt, nehmen aber auch Motive aus dem Leben der einfachen Menschen in einer poetischen Form auf. M.s Stil, in dem er Tausende von Blättern schuf und viele Nachahmer fand, hatte große Auswirkungen vor allem auf die Grafik des Sozialistischen Realismus. In M.s Malerei dominieren Hafenszenen und Großstadtmotive (z. B. »Die Fischer am Strand«, 1929, Mannheim, Städtische Kunsthalle).

Frans Masereel: Ausstellung in Paris, 1958.

☐ 1916-20: Nach dem Studium an der Kunstakademie in Gent und einem mehrjährigen Aufenthalt in Paris Übersiedlung nach Genf und Mitarbeit an der pazifistischen Zeitschrift La Feuille; erste Holzschnittfolgen (»Die Toten erwachen«; »Geschichte ohne Worte«). ☐ 1921-42: Erneut in Paris. ☐ 1925: »Die Stadt« (Holzschnittfolge). ☐ 1936: Reise in die Sowjetunion. ☐ 1940: »Totentanz« (Holzschnittfolge); Flucht vor den nationalsozialistischen Truppen nach Avignon. ☐ 1958: Reise nach China. ☐ 1964: »Weg der Menschen« (letzte Holzschnittfolge).

▷ R. Avermaete: Frans Masereel, 1976.

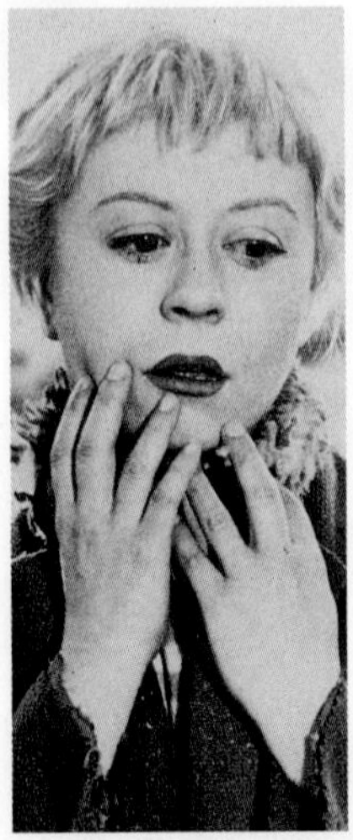

Giulietta A. Masina →

Masina, Giulia Anna »Giulietta«

ital. Schauspielerin
* 22.2.1921 Bologna

Die tragikomische Rolle der Gelsomina in dem von ihrem Ehemann F. →Fellini gedrehten Film »La Strada« (1954, mit A. →Quinn) brachte Masina den Ruf eines weiblichen Chaplin ein. Ihre großen clownesken Kulleraugen und die kindliche Spielweise blieben auch in späteren Filmen ihr Markenzeichen. Nach fast 20jähriger Leinwandabstinenz spielte sie 1985 mit M. →Mastroianni in »Ginger und Fred« (Rg. F. Fellini) ein gealtertes Tanzpaar. M., Doktorin der Philologie und Soziologie, war u. a. UNICEF-Botschafterin und Kolumnistin der Turiner Zeitung La Stampa.

☐ seit 1943: Ehe mit F. Fellini. ☐ 1950: »Lichter des Varieté« (Rg. A. Lattuada). ☐ 1954: Oscar für »La Strada« (Rg. F. Fellini). ☐ 1956: Oscar für »Die Nächte der Cabiria« (Rg. F. Fellini). ☐ 1957: »Fortunella« (Rg. E. de Filipo). ☐ 1958: »Hölle in der Stadt« (Rg. R. Castellani). ☐ 1965: »Julia und die Geister« (mit M. Mastroianni, Rg. F. Fellini). ☐ 1984: »Frau Holle« (Rg. J. Jakubisko).

James Mason →

Mason, James

engl. Schauspieler
* 15.5.1909 Huddersfield
† 27.7.1984 Lausanne (Schweiz)

In der Darstellung innerlich gebrochener Charaktere lag die Stärke Masons. Er verkörperte den Brutus in »Julius Caesar« (1953, mit M. →Brando, Rg. J. L. Mankiewicz) und sanfte Bösewichte wie den eleganten Gegenspieler von C. →Grant in »Der unsichtbare Dritte« (1959, Rg. A. →Hitchcock). Ein weiterer Höhepunkt seiner Karriere war die Rolle des verführten Literaturprofessors Humbert in St. →Kubricks »Lolita« (1962, nach V. →Nabokov, mit P. →Sellers).

☐ 1931: Abschluß eines Architekturstudiums. ☐ 1933/34: Engagement am Old Vic Theatre in London. ☐ 1934-41: Nebenrollen beim Film. ☐ 1941: »Der Hutmacher und sein

Schloß« (Rg. L. Comfort). ☐ 1944: »Gaslicht und Schatten« (Rg. A. Asqith). ☐ 1946: »Ausgestoßen« (Rg. C. Reed). ☐ 1948: »Gefangen«; »Schweigegeld für Liebesbriefe« (beide Rg. M. →Ophüls). ☐ 1951: »Rommel, der Wüstenfuchs« (Rg. H. Hathaway); »Pandora und der fliegende Holländer« (Rg. A. Levin). ☐ 1954: »Ein neuer Stern am Himmel« (mit J. →Garland, Rg. G. →Cukor); »20 000 Meilen unter dem Meer« (Rg. R. Fleischer). ☐ 1959: »Die Reise zum Mittelpunkt der Erde« (Rg. H. Levin). ☐ 1963: »Der Untergang des römischen Reiches« (mit S. →Loren, Rg. A. Mann). ☐ 1968: »Mayerling« (Rg. T. Young). ☐ 1973: »Der Mackintosh-Mann« (Rg. J. →Huston). ☐ 1976: »Steiner — das Eiserne Kreuz« (Rg. S. →Peckinpah); »Reise der Verdammten« (Rg. St. Rosenberg). ☐ 1983: »The Verdict — Die Wahrheit und nichts als die Wahrheit« (mit P. →Newman, Rg. S. → Lumet).

Massenet, Jules Émile Frédéric

frz. Komponist
* 12.5.1842 Montaud, Dep. Loire † 13.8.1912 Paris

Massenet war bedeutender Vertreter der von Charles Gounod (* 1818, † 1893) begründeten lyrisch-sentimentalen Oper und erzielte mit seinen Bühnenwerken »Manon« (UA Paris 1884), »Werther« (UA Wien 1892) und »Thaïs« (UA Paris 1994) Welterfolge. M., dessen Werke seit den 70er Jahren eine Wiederbelebung erfahren (Schallplattenaufnahmen, Aufführungen), beeinflußte mit seiner eindringlichen Melodik G. →Puccini und Cl. →Debussy. Die Partie des »Werther« ist zu einer traditionellen Paraderolle für Tenöre geworden.

Der Komponist Jules Massenet beeinflußte mit seinen Opern u. a. auch G. Puccini.

☐ 1851: Studium am Konservatorium Paris. ☐ 1867: Operndebüt in Paris mit der UA der komischen Oper »La grand'tante«. ☐ 1878-96: Prof. für Komposition und Kontrapunkt am Konservatorium Paris. ☐ 1907: UA der Oper »Thérèse« in Monte Carlo. ☐ 1910: UA der Oper »Don Quichotte« in Monte Carlo.

▷ X. Leroux (Hg.): Jules Massenet. Mes souveniers, frz. 1912, NA engl. 1970; J. Harding: Massenet, engl. 1970.

Massine, Léonide Fedorowitsch

amer. Tänzer und Choreograph russ. Herkunft
* 26.3.1896 (8.8.1895?) Moskau
† 15.3.1979 Borken, Westfalen (BRD)

Massine beeinflußte als Tänzer und Choreograph des Ballets Russes von S. →Diaghilew und des Ballets Russes de Monte Carlo in den 20er und 30er Jahren das europäische Tanzleben. Selbst ein hervorragender Charaktertänzer, orientierte er sich in seinen Choreographien zunehmend am freien Tanz und schuf sinfonische Ballette, die in das Repertoire zahlreicher Compagnien eingegangen sind, z. B. die »Symphonie fantastique« (1936).

☐ 1914-20: Solotänzer und Choreograph des Ballets Russes. ☐ 1914: Titelrolle in »Josephslegende« (M.: R. →Strauss). ☐ 1915: Erste Choreographie »Le Soleil de Nuit«. ☐ 1920-24: Auftritte auf verschiedenen europ. Bühnen. ☐ 1924-27: Erneut Engagement beim Ballets Russes. ☐ 1927-

Massine als Gaststar des Marquis de Cuevas Ballett, 1958.

30: Engagement am Roxy-Theater New York. □ 1932: Tänzer, ab 1933 auch Ballettmeister beim Ballets Russes de Monte Carlo. □ 1938: Künstlerischer Dir. des Ballets Russes de Monte Carlo. □ 1939: Übersiedlung in die USA. □ 1941: Leiter des Ballet Theatre New York. □ 1946: Rückkehr nach Europa, Arbeit als Choreograph und Tänzer in verschiedenen Compagnien.

▷ L. Massine: My life in ballet, 1960.

Masson, André

frz. Maler und Grafiker
* 4.1.1896 Balagny-sur-Thérain, Oise
† 28.10.1987 Paris

André Masson: Der französische Künstler in Paris, 1959.

Massons Werk gipfelte nach verschiedenen Phasen in einem komplexen surrealistischen Vokabular, mit dem er in Ölbildern monströse Phantasiewelten mit geheimnisvollen Gestalten und Symbolen schuf und Einflüsse auch von Hieronymus Bosch (* um 1450, † 1516) in eine moderne Bildsprache umsetzte. Werke wie »Das Labyrinth« (1938, Paris, Musée National d'Art Moderne, Centre Georges Pompidou) erscheinen in der alogischen Verknüpfung abstrakter, figuraler und gegenständlicher Motive wie Bilder aus dem Unbewußten oder aus der Welt der Träume. In diesen Minotaurus-Bildern sind die Anspielungen vielfältig und reichen von erotischen Bezügen bis zu antiken Mythologien und mittelalterlicher Alchimie. Bedeutend war auch M.s Werkphase während seines Amerika-Aufenthalts, als er Indianer- und Negermythen umsetzte. In den arabeskenhaften Zeichnungen ging er zu abstrakten Konzeptionen über und führte den spontanen Malgestus seines frühen Automatismus fort. Vor allem mit den Zeichnungen hatte er großen Einfluß auf J. →Pollock und den Abstrakten Expressionismus.

□ ab 1912: Studium an der École des Beaux-Arts in Paris. □ 1922: Bekanntschaft mit D.-H. →Kahnweiler. □ 1924: Erste Einzelausstellung. □ 1934: Illustrator von G. →Batailles Zeitschrift Acéphale. □ 1934-36: Spanien-Aufenthalt. □ 1941-45: USA-Aufenthalt. □ 1947: Rückkehr nach Frankreich. □ ab 1950: Zahlreiche Bühnenbilder und Illustrationen. □ 1964: Deckengestaltung des Théâtre de l'Odéon. □ 1977: Große Retrospektive im Grand Palais in Paris.

▷ R. Passeron: André Masson, 1974.

Mastroianni, Marcello

ital. Schauspieler
* 28.9.1924 Fontana Liri

Mastroianni, einer der meistbeschäftigten und höchstbezahlten europäischen Filmschauspieler, verkörpert bevorzugt den kultivierten Müßiggänger. Die Rolle des Skandalreporters Marcello in »La dolce vita/Das süße Leben« (1959, mit A. Ekberg) begründete die intensive Zusammenarbeit mit dem Regisseur F. →Fellini. 1987 erhielt M. für seine Darstellung des Kellners Romano in »Schwarze Augen« (mit S. →Mangano, nach A. →Tschechow; Rg. N. Michalkow) den Schauspielerpreis von Cannes.

Marcello Mastroianni in Fellinis Filmklassiker »Stadt der Frauen«, 1979.

□ ab 1938: Kleine Filmrollen. □ 1954: »Tage der Liebe« (Rg. G. de Santis). □ 1960: »Die Nacht« (mit J. →Moreau; Rg. M. →Antonioni). □ 1961: »Scheidung auf italienisch« (Rg. P. Germi). □ 1962: »Achteinhalb« (mit C. →Cardinale; Rg. F. Fellini). □ 1967: »Der Fremde« (nach A. →Camus; Rg. L. → Visconti). □ 1973: »Das große Fressen« (mit M. →Piccoli; Rg. M. Ferreri). □ 1974: »Allonsanfan« (Rg. P. und V. →Taviani). □ 1979: »Die Stadt der Frauen« (Rg. F. Fellini). □ 1985: »Macaroni« (mit J. →Lemmon; Rg. E. →Scola); »Ginger und Fred« (Rg. F. Fellini). □ 1986: »Der Bienenzüchter« (Rg. Th. →Angelopoulos). □ 1989: »Wie spät ist es?« (Rg. E. Scola). □ 1990: »Allen geht's gut« (Rg. G. Tornatore).

▷ C. Fara/M. Hochkofler: Marcello Mastroianni. Seine Filme — sein Leben, 1988.

Masur, Kurt

dt. Dirigent
* 18.7.1927 Brieg, Schlesien

Masur, der langjährige Gewandhauskapellmeister in Leipzig, ist eine der prominentesten Persönlichkeiten aus dem Musikleben der ehemaligen DDR. Mit zahlreichen Gastkonzerten und vielbeachteten Schallplatten wurde er seit den 70er Jahren international bekannt. Vor allem seine Interpretationen der Sinfonien von Beethoven, Bruckner und Schumann sowie der Klavierkonzerte von S. →Prokofjew fanden Anerkennung. Im Herbst 1989 unterstützte M. die Aktionen der Opposition, indem er u. a. das Leipziger Gewandhaus für politische Diskussionen zur Verfügung stellte. 1990 nahm er den Ruf zum neuen und damit ersten deutschen Musikdirektor der New Yorker Philharmoniker (ab 1991) an.

Kurt Masur in der Alten Oper in Frankfurt/Main, 1990.

☐ 1942-48: Studium in Breslau und Leipzig. ☐ 1953-55: Erster Dirigent am Leipziger Stadttheater. ☐ 1955-58: Dirigent an der Dresdner Philharmonie. ☐ 1958-60: Generalmusikdir. am Staatstheater Schwerin. ☐ 1960-67: Chefdirigent der Komischen Oper Berlin. ☐ 1967-72: Chefdirigent der Dresdner Philharmonie. ☐ 1970: Mitgl. der Akademie der Künste der DDR. ☐ ab 1970: Gewandhauskapellmeister in Leipzig. ☐ 1975: Prof. an der Musikhochschule Leipzig. ☐ 1976-80: Erster Gastdirigent des Dallas Symphony Orchestra. ☐ seit 1991: Chefdirigent der New Yorker Philharmoniker.

▷ D. Härtwig: Kurt Masur für Sie porträtiert, 1976.

Mata Hari

(eig. Margaretha Geertruida Zelle)
niederl. Tänzerin
* 7.8.1876 Leeuwarden
† 15.10.1917 Vincennes (Frankreich; hingerichtet)

Unter dem Künstlernamen Mata Hari (Auge des Morgens) wurde M. als Nackttänzerin, Kurtisane und Spionin des deutschen und französischen Geheimdienstes im 1. Weltkrieg gleichermaßen berühmt. M., die nach ihrer Scheidung von einem niederländischen Kolonialoffizier 1903 nach Paris kam, wurde dort mit vielen einflußreichen Persönlichkeiten aus Politik und Gesellschaft bekannt. Aus Geldnot nahm sie Spionageangebote, sowohl vom deutschen als auch französischen Geheimdienst, an. Im Juli 1917 wurde sie von den französischen Behörden zum Tode verurteilt, nachdem ein Besuch beim deutschen Militärattaché in Madrid sie verraten hatte.

Georges Mathieu →

← Mata Hari

Mathieu, Georges

frz. Maler
* 27.1.1921 Boulogne-sur-Mer

Mathieu ist ein Hauptvertreter der sog. Lyrischen Abstraktion, einer Variante des Informel, der gestisch-expressiven, ungegenständlichen Malerei, sowie einer der Wegbereiter von deren französischer Form, dem Tachismus. In der Verbindung von ostasiatischer Kalligrafie, ekstatischen Zeichensetzungen, die für kosmische und philosophische Zusammenhänge stehen, sowie dem hin und wieder in mehreren Schichten aufgetragenen und damit dem Bild Tiefe vermittelnden Farbgrund fand er zu seinem charakteristischen Stil, für den er selbst den Begriff der »abstraction lyrique« prägte. Besonders die Werke mit balkenähnlichen, das ganze Bild überziehenden schwarzen Zeichen, denen meist gestische Farbspritzer eingefügt sind, haben u. a. auf den amerikanischen Abstrakten Expressionismus große Wirkung ausgeübt. Die Zeichen entstehen in einem der japanischen Kalligrafie verwandten, Rationalität ausschaltenden Prozeß in einem einzigen, schnellen Pinselstrich. Je nach den Assoziationen, die das fertige Bild auslöst, wählt M. den Bildtitel, häufig auf die mittelalterliche Geschichte bezogen. Der Malprozeß selbst soll ein irrationaler, von aller Theorie befreiter Vorgang sein. Die Farbpalette basiert auf Weiß, Schwarz und Blau, gelegentlich akzentuiert auch durch Rot, in einigen Kompositionen stehen weiße Zeichensetzungen auf blauem Fond.

☐ 1942: Nach Jurastudium Hinwendung zur Malerei. ☐ 1947: Übersiedlung nach Paris. ☐ 1956: Beginn einer aktionistischen öffentlichen Malerei, als M. im Théâtre Sara Bernhardt in 20 Minuten eine 4 x 12 m große Leinwand bemalt; »D'Aristote à l'abstraction lyrique« (Es.). ☐ 1963: »Au delà du Tachisme« (Es.). ☐ 1973: »De la révolte á la renaissance« (Es.s). ☐ 1975: »La résponse de l'abstraction lyrique« (Es.).

▷ D. Quignon-Fleuret: Georges Mathieu, frz. 1973.

Mathis, Edith

schweiz. Opernsängerin
* 11.2.1938 Luzern

Mathis, die auf der Bühne vor allem im lyrischen Fach sang, gehört zu den profiliertesten Mozart-Interpretinnen der Nachkriegszeit. Die Natürlichkeit ihres Soprans sowie ihr schauspielerisches Talent begründeten eine glanzvolle Karriere in den Musikmetropolen der Welt. Zu ihren besten Rollen zählen die Pamina in Mozarts »Zauberflöte« und die Sophie im »Rosenkavalier« von R. →Strauss. Im Konzertsaal wurde M. auch als Oratorien- und Liedsängerin gefeiert.

☐ 1956: Bühnendebüt am Stadttheater Luzern. ☐ 1959-63: Verpflichtungen am Kölner Opernhaus. ☐ ab 1960: Gast bei den Salzburger Festspielen. ☐ 1960-72: Mitgl. der Hamburger Staatsoper. ☐ ab 1962: Gast beim Glyndebourne Festival. ☐ ab 1963: Gastverträge mit der Dt. Oper Berlin, der Oper Frankfurt/Main und der Bayer. Staatsoper München.

☐ 1965: Rolle bei der UA der Oper »Der Zerrissene« von G. v. →Einem in Hamburg. ☐ 1970: Debüt an der Metropolitan Opera New York als Pamina in Mozarts »Zauberflöte«. ☐ 1972: Partie der Despina in Mozarts »Così fan tutte« an der Covent Garden Oper London. ☐ 1985: Rolle in der Oper »Le roi Béranger« von H. Sutermeister (* 1910) in München.

← Edith Mathis

Matisse, Henri Émile Benoit

frz. Maler und Zeichner
* 31.12.1869 Le Cateau
† 3.11.1954 Cimiez bei Nizza

Matisse ist einer der bedeutendsten modernen Künstler. Der Begründer des Fauvismus wirkte mit seinem innovativen Werk u. a. auf den deutschen Expressionismus ein. Im Mittelpunkt standen zunächst großflächige, die Perspektive negierende Figurenkompositionen und Stilleben von dekorativer Wirkung (»Der Tanz«, 1911, Leningrad, Eremitage). Die scharf gegeneinander gesetzte Farbe wird nicht zur Gegenstandsbezeichnung, sondern aus emotionalen und kompositorischen Gründen eingesetzt (»Der Berber«, 1913, ebd.).

Nach einer Ausstellung im Salon d'Automne (1905) bezeichnete der Kritiker Louis Vauxcelles M. und gleichgesinnte Künstler wie A. →Derain, die gänzlich aus der europäischen Tradition herausfielen, als »Fauves« (Wilde), womit er der Bewegung ihren Namen (Fauvismus) gab. In immer neuen Anstrengungen vertiefte und modifizierte M. seine Ansätze (»Das rote Atelier«, 1911, New York, Museum of Modern Art) und intensivierte vor allem eine arabeske Komponente, mit der er bewußt das Ornamental-Dekorative suchte (»Dekorative Figur vor ornamentalem Hintergrund«, 1925/26, Paris, Musée National d'Art Moderne, Centre Georges Pompidou). In der Bildserie »Die rumänische Bluse« (1940, Paris, ebd.) kam die Arabeske noch stärker zum Ausdruck.

Ab den 30er Jahren schuf M. seine teilweise monumentalen, fast abstrakten Collagen aus monochromen Transparentpapieren, deren Thema die Wirkung der reinen Farben und das Zusammenspiel der Flächen ist. Bereits um die Jahrhundertwende hatte M. mit seinem bildhauerischen Werk begonnen. Zwei programmatische Werke (»Der Sklave«, Baltimore, Museum of Art; »Madeleine II«, Nizza, Musée Matisse) entstanden bereits 1903; es folgten »Das Leben. Torso« (1906, New York, Metropolitan Museum of Art) und »La Serpentine (Schlangenmädchen)« (1909, Nizza, Musée Matisse), später die zahlrei-

Der französische Maler Henri Matisse überwand den Impressionismus und stellte in seinem Werk starke Farbflächen gegeneinander.

chen Studien von Köpfen und Büsten (»Jeanette I-V«). M. schuf außerdem ein umfangreiches grafisches Werk (Radierungen, Holzschnitte, Zeichnungen).

□ 1887-89: Jurastudium in Paris. □ ab 1893: Schüler von G. Moreau. □ 1899: Schüler von E. Carriére; erste Skulpturen. □ ab 1900: Pariser Ansichten in impressionistischem Stil; Akte. □ 1905: Ausstellung mit M. de →Vlaminck, A. Marquet und A. Derain im Pariser Salon d'Automne. □ 1914: Aufenthalt in Colliure (mit Marquet und J. →Gris). □ ab 1916: Häufige Aufenthalte in Nizza; Kontakte zu P. →Bonnard und A. →Renoir. □ 1919-27: Serie der Odalisken. □ 1930: Reisen nach Tahiti und in die USA. □ ab 1932: Gestaltung von Bühnendekorationen für das Ballets Russes in Monte Carlo. □ bis 1950: Innenausstattung der Kapelle Notre-Dame du Rosaire, Vence. □ postum 1963: Eröffnung des Musée Matisse, Nizza.

▷ J. Jacobus: Henri Matisse, 1989.

Matsushita, Konosuke

japan. Unternehmer
* 27.11.1894 Wasa † 27.4.1989 Osaka

Matsushita: Gründer eines der größten Konzerne der Welt.

Matsushita gehört zu den Vordenkern der modernen japanischen Unternehmenskultur. Seine 1918 gegründete Firma baute er in wenigen Jahrzehnten zu einem multinationalen Elektronikkonzern aus, dessen Produktpalette u. a. die Marken »Technics« und »Panasonic« umfaßt. M., dessen Konzern 1988 weltweit ca. 170 000 Beschäftigte zählte und einen Umsatz von rd. 38,5 Mrd. US-$ erwirtschaftete, führte das morgendliche Singen einer sog. Firmen-Hymne ein. In mehreren Büchern zum unternehmerischen Denken betonte er die Verantwortung des Unternehmens für seine Mitarbeiter und gegenüber der Gesellschaft.

Matta, Roberto Sebastián Antonio

(eig. R. S. A. M. Echaurren)
chil. Maler
* 11.11.1911 Santiago de Chile

In Mattas Werk werden surrealistische und abstrakt-expressive Züge miteinander verbunden. Sie verschmelzen in seinen Bildern zu visionären, phantastischen Räumen, die von magisch-mythischen Wesen und Zeichen bevölkert sind. Teilweise unter dem Eindruck der Bilderwelt Mexikos, zum anderen von astronomischen Theorien beeindruckt, führte er seine Malerei zu einer Art kosmischem Surrealismus mit sozial- und zeitkritischen Akzenten. Seine sog. Inscapes der 40er Jahre zeigen amorphe, augenscheinlich im Wandel begriffene Formen in unbestimmten, labyrinthischen Räumen (z. B. »Here Sir Fire, Eat«, 1942, New York, Museum of Modern Art). Die Werke der 50er Jahre gehen gänzlich in kosmische Landschaften über, angefüllt mit einer Vielfalt von Formen auch des Mikrokosmos und Ausdruck einer ständigen Zerstörung mit gleichzeitig fortwährendem Gebären von Leben in zellularen Strukturen. Im Spätwerk werden M.s Bilder zunehmend realistisch und vor allem zeitkritisch (»Homo flux«, 1971, Privatbesitz).

□ 1936: Nach einem Architekturstudium und Tätigkeit bei →Le Corbusier in Paris Anschluß an die Surrealisten. □ 1939: Übersiedlung in die USA. □ 1941: Mexiko-Reise. □ 1948: Rückkehr nach Europa. □ 1950-54: Wohnsitz in Rom. □ 1956: »Die Zweifel der drei Welten«, Wandbild für das UNESCO-Gebäude, Paris. □ 1985: Retrospektive im Centre G. Pompidou, Paris.

▷ J. Schuster: Dévelopments sur l'infra-réalisme de Matta, frz. 1970.

Eva Mattes →

← Roberto S. A. Matta

Mattes, Eva

dt. Schauspielerin
* 14.12.1954 Tegernsee

Dank ihrer ungewöhnlichen Darstellungskraft und Wandlungsfähigkeit wurde Mattes eine der erfolgreichsten Darstellerinnen des jungen deutschen Films (R. W. →Fassbinder, R. Hauff, W. →Herzog). Seit den 70er Jahren profilierte sie sich in über 40 Kino- und Fernsehfilmen, aber auch auf der Bühne zählt sie zu den talentiertesten Schauspielerinnen Deutschlands. Der Regisseur P. →Zadek setzte sie in vielen Inszenierungen als Protagonistin ein. 1972 machte sie als Beppi in F. X. →Kroetz »Stallerhof« deutsche Theatergeschichte, als sie sich in einer langen Szene in gewollter Häßlichkeit nackt auf der Bühne präsentierte. Für diese Rolle wurde sie mit dem Hamburger Inselpreis ausgezeichnet. Als Kind synchronisierte M. den jungen Timmy in der TV-Serie »Lassie« und Pippi Langstrumpf (A. →Lindgren) in der Fernsehfassung.

□ 1966: Filmdebüt in »Dr. med Hiob Prätorius«. □ 1970: Bundesfilmpreis für erste große Filmrolle in »o.k.« (Rg. M. Verhoeven). □ 1971: Filmrolle in »Matthias Kneiß« (Rg. R. Hauff). □ 1972: Filmrolle in »Wildwechsel« (Rg. R. W. Fassbinder). □ 1972-79: Mitgl. am Dt. Schauspielhaus in Hamburg. □ 1973: Titelrolle in »Die Jungfrau von Orleans« (Schiller, Rg. W. →Minks). □ 1976: Desdemona in »Othello« (Shakespeare, Rg. P. Zadek). □ 1977: Filmrolle in »Stroszek« (Rg. W. Herzog). □ 1978: Goldene Palme für die beste Nebenrolle in »Woyzeck« (Rg. W. Herzog). □ 1983: Dt. Darstellerpreis. □ 1985: mit P. Zadek Rückkehr ans Dt. Schauspielhaus in Hamburg. □ 1988: Portia in Shakespeares »Kaufmann von Venedig« (Rg. P. Zadek) in Wien. □ 1990: Titelrolle in Schillers »Maria Stuart« (Rg. M. →Bogdanov).

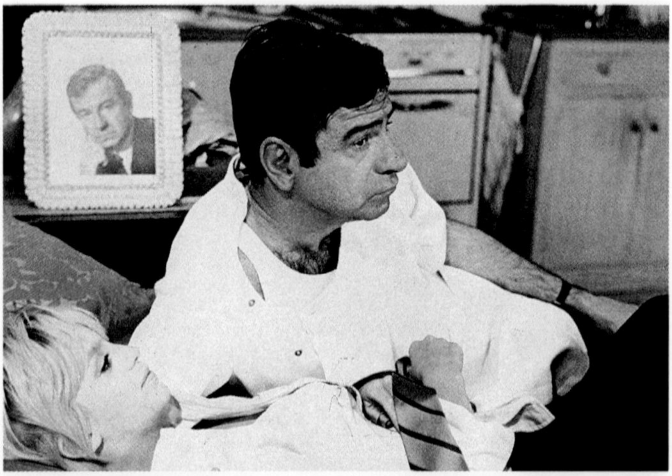

Walter Matthau und Goldie Hawn in der Komödie »Die Kaktusblüte«, 1969.

Matthau, Walter

(eig. W. Matuschanskayasky)
amer. Schauspieler
* 1.10.1920 New York

Mit einem Gesicht, das aussehe, als ob jemand darin geschlafen habe (so ein Kritiker), verkörperte Matthau häufig den mürrischen, aber gutmütigen Griesgram. In zahlreichen Filmen wie »Ein seltsames Paar« (1967, Rg. G. Saks) war J. →Lemmon sein Partner, der als hektischer Pedant zum Antipoden des betulichen M. wurde. Seine größten Erfolge hatte der Charakterkomiker in Filmen von B. →Wilder.

□ ab 1945: Schauspielstudium bei E. →Piscator. □ ab 1948: Schauspieler am Broadway. □ 1963: »Charade« (mit A. → Hepburn, Rg. St. Donen). □ 1964: Broadway-Erfolg in »Ein seltsames Paar«. □ 1965: Oscar für »Der Glückspilz« (mit J. Lemmon, Rg. B. Wilder). □ 1969: »Die Kaktusblüte« (mit I. →Bergman, Rg. G. Saks). □ 1973: »Der große Coup« (Rg. D. →Siegel). □ 1974: »Extra-Blatt« (mit J. Lemmon, Rg. B. Wilder). □ 1975: »Die Bären sind los« (mit T. O'Neal, Rg. M. Ritchie). □ 1978: »Hausbesuche« (Rg. H. Zieff). □ 1981: »Buddy Buddy« (mit J. Lemmon, Rg. B. Wilder). □ 1985/86: »Piraten« (Rg. R. →Polanski).

▷ A. Hunter: Walter Matthau. Seine Filme — sein Leben, 1986.

Roland Matthes →

Wolfgang Mattheuer →

Matthäus, Lothar

dt. Fußballspieler
* 21.3.1961 Erlangen

Als Spielführer der Weltmeisterelf von 1990 erreichte Matthäus den Höhepunkt seiner Karriere. Spezialität des zweikampfstarken Mittelfeldspielers sind Schüsse aus der zweiten Reihe und wuchtige Freistöße. 1988 wechselte er für 7,45 Mio. DM von Bayern München zum italienischen Verein Inter Mailand.

□ 1970-79: FC Herzogenaurach. □ 1979-84: Borussia Mönchengladbach. □ 1985-87: Dt. Meister mit Bayern München. □ 1987: DFB-Pokalsieger mit Bayern München. □ seit 1988: Inter Mailand (Ital. Meister 1989). □ 1990: Europas Fußballer des Jahres; als erster Deutscher Weltsportler des Jahres. □ 1991: UEFA-Cup-Sieger.

← Lothar Matthäus

Matthäus-Maier, Ingrid

dt. Politikerin
* 9.9.1945 Werlte, Westf.

Matthäus-Maier gehörte zu den wenigen liberalen Abgeordneten, die sich 1982 weigerten, die konservative Wende ihrer Partei mitzutragen. Konsequent verließ sie nach dem Sturz von H. →Schmidt die FDP und verzichtete auf ihr Bundestagsmandat. Seit ihrer Wiederwahl in den Bundestag 1983 ist sie die Finanzexpertin der SPD-Fraktion.

□ 1969: Mitgl. der FDP. □ 1972/73: Vors. der Jungdemokraten. □ bis 1975: Jurastudium. □ 1976: Richterin. □ 1976-82, seit 1983: MdB. □ 1977-82, seit 1983: Mitgl. des Finanzausschusses des Bundestages. □ 1978: Im Parteivorstand der FDP. □ seit 1983: Mitgl. der SPD. □ seit 1988: Im Parteivorstand der SPD.

Matthes, Roland

dt. Schwimmer
* 17.11.1950 Pößneck, Thüringen

Matthes war 1966-75 der beste Rückenschwimmer der Welt. In der DDR, die er 1989 zu Beginn der Revolution verließ, wurde er siebenmal zum Sportler des Jahres gewählt. Bei drei Olympischen Spielen, zwei Weltmeisterschaften und zwei Europameisterschaften gewann M. insgesamt 15 Medaillen (zwölf goldene, zwei silberne, eine bronzene); er stellte 19 Welt- und 29 Europarekorde auf. Seit 1990 arbeitet M. als Arzt in Tauberbischofsheim.

□ 1968: Olympiasieger über 100 und 200 m Rücken. □ 1970: Europameister 100 und 200 m Rücken sowie 4x100 m Lagen. □ 1972: Olympiasieger 100 und 200 m Rücken. □ 1973: Weltmeister 100 und 200 m Rücken. □ 1974: Europameister 100 und 200 m Rücken. □ 1975: Weltmeister 100 m Rücken.

Mattheuer, Wolfgang

dt. Maler
* 7.4.1927 Reichenbach, Vogtland

Mit seinem zwischen Neuer Sachlichkeit und Surrealismus angesiedelten Malstil gehört Mattheuer zu den eigenständigen Künstlern der ehemaligen DDR. In seiner an Metaphern und Allegorien reichen Bildsprache kritisiert er die Entfremdung des Menschen von der Natur (z. B. »Hinter den sieben Bergen«, 1973, Leipzig, Museum der bildenden Künste), seine Vereinzelung und das fehlende Bewußtsein für soziale und ökologische Gefahren. In »Der übermütige Sisyphos und die Seinen« (1975) rennt eine chaotische Menschenmenge schreiend und gestikulierend hinter einem überdimensionierten, offensichtlich von einer Statue abgebrochenen, auf einen Abgrund zurollenden Kopf aus Stein her.

▷ H. Schönemann: Wolfgang Mattheuer, 1988.

Matthews, Sir (seit 1965) Stanley

engl. Fußballspieler
* 1.2.1915 Henley bei Stoke

Matthews, ein dribbelstarker Rechtsaußen, bestritt in seiner 32jährigen Profi-Karriere 886 Liga-

Matthews (r.) wird vom Herzog von Edinburgh begrüßt.

spiele. Als 50jähriger gab er — kurz zuvor geadelt — am 28. 4. 1965 sein Abschiedsspiel gegen eine FIFA-Auswahl.

□ 1930-47: Stoke City. □ 1935-57: 54 Länderspiele (24 Tore). □ 1947-61: Blackpool (Cupsieger 1953). □ 1948: Engl. Fußballer des Jahres (erneut 1953). □ 1950: WM-Teilnehmer (erneut 1954). □ 1956: Europas Fußballer des Jahres. □ 1961-65: Stoke City.

Matthöfer, Hans

dt. Politiker
* 25.9.1925 Bochum

Matthöfer gehörte — anfangs als Forschungs-, dann als Finanzminister — allen Kabinetten H. →Schmidts an. Er warnte die SPD wiederholt vor beschäftigungspolitischen Illusionen. Der zum linken Flügel der Partei zählende M. engagierte sich für die afrikanischen Befreiungsbewegungen und löste 1975 eine heftige Kontroverse mit der Opposition aus, als er die chilenische Militärjunta unter A. →Pinochet eine »Mörderbande« nannte.

□ 1943-45: Soldat. □ seit 1951: Mitgl. der SPD. □ bis 1953: Studium der Volkswirtschaft in Frankfurt/Main und USA; Mitgl. des Sozialistischen Dt. Studentenbundes (SDS). □ 1953-57: In der Abteilung Wirtschaft der IG Metall. □ 1957: Bei der OEEC-Mission in Washington. □ ab 1961: Abteilungsleiter bei der IG Metall. □ 1961-87: MdB. □ 1972: Staatssekr. im Ministerium für wirtschaftliche Zusammenarbeit. □ 1973- 84: Im Parteivorstand der SPD. □ 1974-78: Min. für Forschung und Technologie. □ 1978-82: Finanzmin. □ 1982: Postmin. □ 1985: Beauftragter der Friedrich-Ebert-Stiftung. □ 1986: Vors. der Gewerkschaftsholding BGAG. □ 1988: Vors. der Volksfürsorge.

Maugham, William Somerset

engl. Schriftsteller
* 25.1.1874 Paris (Frankreich)
† 16.12.1965 Nizza (Frankreich)

Exotische Schauplätze (Südostasien, Südsee), eine starke Fixierung auf das Stoffliche und eine Vorliebe für brillante Schlußpointen kennzeichnen Maughams zahlreiche Kurzgeschichten, Romane und (an O. →Wilde geschulten) Komödien, die meist den Vorwurf, sie seien allzu seichte Unterhaltungsliteratur, widerlegen. Der psychologische Entwicklungsroman »Der Menschen Hörigkeit« (1915, dt. 1938) wurde von S. →Lewis und Th. →Dreiser ausdrücklich gelobt. Hier werden M.s wichtigste Themen und Motive (Einzelgängermotiv, ethische Konfliktsituationen, Auflehnung des Individuums gegen soziale Normen) meisterhaft verarbeitet. M.s bleibendes Verdienst ist jedoch vor allem die Handhabung der kurzen, stark pointierten Erzählung.

William Somerset Maugham (l.) und der Schauspieler Laurence Harvey, 1963.

← Hans Matthöfer

□ 1885-89: Besuch der Kathedralschule von Canterbury. □ 1892-97: Medizin- und Philosophiestudium in London und Heidelberg. □ 1902: »Triumph der Liebe« (R., dt. 1957). □ 1909: »Silbermond und Kupfermünze« (R., dt. 1954; 1927 u. d. T. »Der Besessene«). □ 1926: »Die Macht der Umstände« (Erz.n, dt. 1959). □ 1927: »Finden Sie, daß Constanze sich richtig verhält?« (Kom., dt. 1927). □ 1932: »Ein Stück Weges« (R., dt. 1934). □ 1944: »Auf Messers Schneide« (R., dt. 1946). □ 1947: »Schein und Wirklichkeit« (Erz.n, dt. 1959). □ postum 1969: »Der eigenartige Ehrbegriff des Herrn Sebastian« (Erz.n, dt. 1970).

▷ W. S. Maugham: Rückblick auf mein Leben, 1938, dt. 1948; ders.: Strictly Personal, engl. 1941; ders.: Aus meinem Notizbuch, 1949, dt. 1954; ders.: Looking Back (Aut.), 1962; T. Morgan: Maugham, engl. 1980.

Mauriac, François

frz. Schriftsteller
* 11.10.1885 Bordeaux † 1.9.1970 Paris

Mauriac war einer der Hauptvertreter der literarischen Strömung des Renouveau catholique (G. →Bernanos, P. →Claudel), die sich Ende des 19. Jh.s als religiöse Gegenbewegung zum Naturalismus bildete. Die Autoren des Renouveau catholique setzten den Problemen und Ängsten des modernen Menschen religiöse Werte entgegen. In seinem bekanntesten Werk »Die Tat der Thérèse Desqueyroux« (1927, dt. 1929) zeigte M. an seiner Protagonistin die Einsamkeit des Menschen, der nicht an Gott glaubt. Die Heldin, die ihren Mann langsam vergiften wollte, kehrt nach Einstellung des Prozesses zu ihm zurück, doch er eröffnet ihr, künftig ohne sie leben zu wollen. Seine Heldin bezeichnete der Autor selbst als eines der verwerflichsten Geschöpfe, die er je geschaffen hat. Seine meist negativen Romanhelden stammen aus dem bürgerlichen Milieu und leben ein unglückliches, da nur nach Instinkten ausgerichtetes Leben. In seinen journalistischen Arbeiten ergriff M., der ein Anhänger von Ch. de →Gaulle war, die Partei der Konservativen. 1952 wurde der renommierte Schriftsteller für sein Werk mit dem Literatur-Nobelpreis ausgezeichnet.

François Mauriac erhielt 1952 den Literatur-Nobelpreis.

□ 1909: »Die gefalteten Hände« (Ged.e). □ 1912: Gründung der Zeitschrift Cahiers. □ 1913: »Das Kind in Ketten« (R.). □ 1922: »Die Aussätzige und die Heilige« (R., dt. 1928). □ 1925: »Die Einöde der Liebe« (R., dt. 1927). □ 1926: Großer Romanpreis der Académie française. □ 1932: »Natterngezücht« (R., dt. 1936). □ 1933: Aufnahme in die Académie française. □ 1936: »Leben Jesu« (Es., dt. 1936). □ 1944-54: Mitarbeit und Direktionsmitgl. beim Figaro. □ ab 1954: Mitarbeit bei der Zeitschrift Express.

Maurois, André

(eig. Emile Salomon Wilhelm Herzog)
frz. Schriftsteller und Historiker
* 26.7.1885 Elbeu, Normandie
† 9.10.1967 Paris

Mit feinfühligen Darstellungen des bürgerlichen Milieus erreichte der Fabrikantensohn Maurois, der sich nach dem 1. Weltkrieg zum Schriftstellerberuf entschloß, ein internationales Publikum. Der Rationalist M. plädierte in seinen Werken für die Eigenverantwortlichkeit des Individuums. Deutlich wird dies in seinem Roman »Im Kreis der Familie« (1932, dt. 1932), in dem M. den Lebensweg seiner Protagonistin Denise ver-

Pierre Mauroy →

Charles Maurras →

André Maurois vor dem Gebäude der Académie française.

folgt, die nach über 20 Jahren Abwesenheit ihre Mutter besucht und erkennt, daß diese nicht für ihr eigenes Unglück zur Verantwortung gezogen werden kann.

□ 1914: Teilnahme am 1. Weltkrieg. □ 1918: »Das Schweigen des Obersten Bramble« (R., dt. 1923). □ 1922: »Das Gespräch des Doktor O'Grady« (R., dt. 1930). □ 1926: »Bernard Quesnay« (R., dt. 1928). □ 1928: »Wandlungen« (R., dt. 1929). □ 1930: »Byron« (Es.s, dt. 1930). □ 1939: Aufnahme in die Académie française. □ 1940-46: Exil in den USA.

Mauroy, Pierre

frz. Politiker
* 5.7.1928 Cartignies, Dep. Nord

Mauroy war Premierminister der einzigen französischen Volksfront-Regierung nach dem 2. Weltkrieg (Koalition aus Sozialisten und Kommunisten). Sie nahm 1981 mit einer wahren Reform-Euphorie ihre Arbeit auf (u. a. Erhöhung der Einkommen und der Zuschüsse, Verstaatlichung von Großunternehmen, Steuererhöhungen, Dezentralisierung der Verwaltung, Abschaffung zahlreicher Sicherheitsgesetze). Doch bereits 1982 mußte M. zu ersten Sparmaßnahmen greifen, die die Popularität der Linksregierung erheblich minderten. Ab 1983 kam es zwischen den Koalitionspartnern zunehmend zu Auseinandersetzungen; M. trat nach landesweiten Streiks 1984 zurück.

□ 1944: Mitgl. der sozialistischen Section Française de l'International Ouvrière (SFIO). □ 1949-58: Generalsekretär der Sozialistischen Jugendorganisation. □ ab 1952: Berufsschullehrer. □ seit 1971: Mitgl. der Parti Socialiste (PS). □ 1973-81: Oberbürgermeister von Lille. □ 1981-84: Premierminister. □ seit 1988: 1. Sekretär der PS.

Maurras, Charles Marie

frz. Politiker und Publizist
* 20.4.1868 Martigues, Dep. Bouche-de-Rhône
† 16.11.1952 Saint-Symphorien bei Tours

Ab 1890 kämpfte der Monarchist Maurras publizistisch erbittert gegen alle Vertreter demokratischer Ideen in Frankreich. Er war der Überzeugung, daß nur die Rückkehr zur Monarchie Frankreich und Europa zu einer politischen Stabilität verhelfen könne. Nach der Jahrhundertwende war er lange der führende Ideologe der chauvinistischen Rechten, wobei im Laufe der Zeit seine Schriften zunehmend antiklerikaler und vor allem antisemitischer wurden.

□ ab 1891: Hg. der École romain. □ ab 1908: Mit-Hg. der Tageszeitung Action française. □ 1926: Indizierung eines Teils seiner Bücher durch den Vatikan. □ 1936/37: Während der Zeit der Volksfront-Regierung mehrfach kurzzeitig in Haft. □ 1941-44: Unterstützung der Regierung Ph. →Pétain in Vichy. □ 1945: Wegen Kollaboration zu lebenslanger Haft verurteilt. □ 1952: Begnadigung.

▷ J. McCearney: Maurras et son temps, 1977.

Mauser, Paul von (ab 1912)

dt. Konstrukteur
* 27.6.1838 Oberndorf, Neckar † 29.5.1914 ebd.

Mauser, der 1871 mit seinem Bruder Wilhelm (* 1834, † 1882) das Mauser-Gewehr (M 1871) entwickelt hatte, konstruierte 1896 die C 96, die erste funktionstüchtige Selbstladepistole, mit der zehn Schüsse in Folge abgegeben werden konnten. 1872 gründeten die Brüder in Oberndorf die Waffenfirma Gebr. Mauser OHG (nach mehreren Umbenennungen seit 1979 Tochtergesellschaft der Diehl GmbH & Co. Nürnberg) für die Produktion von Werkzeugmaschinen, Wehrtechnik und Jagdwaffen.

← Paul von Mauser

Mauss, Marcel

frz. Sozialanthropologe
* 10.5.1872 Épinal † 10.2.1950 Paris

Mauss war nach dem Tod seines Lehrers und Onkels E. →Durkheim die führende Gestalt in der französischen Soziologie. Dem Gedanken der »Gegenseitigkeit« widmete M. eine umfassende Studie — »Die Gabe«, sein zentrales Werk und noch heute ein Klassiker. Im Querschnitt durch Zeiten und Räume erforschte M. das soziale Phänomen des Geschenks und Gegengeschenks. Erst die gegenseitige Verpflichtung, so M., mache eine Gesellschaft funktionsfähig. M. versank unter den Erfahrungen des 2. Weltkriegs in geistiger Umnachtung.

□ 1899: Gründung der Zeitschrift Année Sociologique mit E. Durkheim. □ 1902: Prof. für Naturreligion an der École Pratique des Hautes Etudes, Paris. □ 1925: »Die Gabe« (dt. 1968). □ 1931-39: Prof. am Collège de France, Paris.

Max, Prinz von Baden

(eig. Prinz Maximilian Alexander Friedrich Wilhelm)
dt. Politiker
* 10.7.1867 Baden-Baden † 6.11.1929 Salem, Bad.

Der als liberal eingestufte Prinz Max von Baden war der letzte kaiserliche Reichskanzler in Deutschland. Nach dem Vorschlag der Obersten Heeresleitung im Herbst 1918 für einen sofortigen Waffenstillstand wurde er am 3. 10. 1918 in dieses Amt berufen. Er bildete ein Kabinett aus den Parteien der linken Mitte (SPD, Zentrum, Fortschrittliche Volkspartei). Schon am 5. 10. übersandte er dem amerikanischen Präsidenten W. →Wilson das deutsche Friedensangebot. Anschließend ließ er Pläne für eine parlamentarische Reichsverfassung ausarbeiten. Am 9. 11. veröffentlichte er — ohne Rücksprache mit dem Kaiser — die Abdankung von →Wilhelm II. Danach übergab M. die Regierung förmlich an F. →Ebert, den Vorsitzenden der SPD.

← Prinz Max von Baden

□ 1887: Offizier. □ ab 1907: Bad. Thronfolger wegen Kinderlosigkeit des regierenden Großherzogs Friedrich II.; Präs. der bad. 1. Kammer. □ 1911: Generalmajor; Abschied aus der Armee. □ Okt.-Nov. 1918: Reichskanzler.

▷ Max, Prinz von Baden: Erinnerungen und Dokumente, 1928; E. Matthias/R. Morsey: Die Regierung des Prinzen Max von Baden, 1962.

Maxim, Sir (ab 1901) Hiram Stevens

engl. Ingenieur amer. Herkunft
* 5.2.1840 bei Sangerville, Maine
† 24.11.1916 Streatham (heute zu London)

Maxim, der ab 1883 in Großbritannien lebte, konstruierte 1883/84 das erste funktionstüchtige Maschinengewehr. Als wesentliche Neuerung im Waffenbereich gewann es im 1. Weltkrieg große Bedeutung. Das von M. 1894 entwickelte Dampfflugzeug hatte keinen Erfolg.

Sir Hiram Stevens Maxim: Erster Präsident des Internationalen Radiokongresses.

□ ab 1878: Leitender Ingenieur der US Electric Lighting Company. □ 1883/84: Entwicklung des Maschinengewehrs. □ 1884: Dir. der Vockers Sons and Maxim.

▷ H. Maxim: My Life, engl. 1915; H. P. Maxim: Mein Vater, das Genie, 1948.

Maxwell, Ian Robert

(eig. Jan Ludvik Hoch)
engl. Verleger tschech. Herkunft
* 10.6.1923 Selo Slatina † 5.11.1991 (ertrunken)

Maxwell besaß mit dem international renommierten Wissenschaftsverlag Pergamon Press und zahlreichen Zeitungen den größten Verlagskonzern Großbritanniens. 1988 verzeichnete die Maxwell-Gruppe einen Umsatz von 3,7 Mrd. DM, mußte jedoch zwei Jahre später zum Abbau von Schulden aus dem Fernsehgeschäft aussteigen. Seit Mitte der 80er Jahre lieferte sich der gebürtige Tscheche, der als einer der aggressivsten Unternehmer der Kommunikationsbranche galt, mit dem australischen Verleger R. →Murdoch einen heftigen Kampf um die Vorherrschaft auf dem britischen Tageszeitungsmarkt.

R. Maxwell bei einer Pressekonferenz in seinem Büro, 1988.

☐ 1939: Flucht nach Frankreich; bis 1945 Widerstandskämpfer. ☐ 1945-47: Presseoffizier bei der brit. Kontrollkommission in Berlin. ☐ 1949: Gründung der Pergamon Press in Oxford. ☐ 1951: Kauf der brit. Tochterfirma des dt. Verlegers F. Springer. ☐ 1964-70: Unterhausabg. der Labour Party. ☐ 1980: Kauf der British Printing and Communication Corporation (BPCC). ☐ 1984: Erwerb der Mirror Group Newspapers Ltd. ☐ 1985: 25 Mio. £ Verlust nach Einstellung der Abendzeitung London Daily News. ☐ seit 1989: Verlagsbeteiligungen in osteurop. Ländern. ☐ 1991: Schuldenlast durch Verlagsverkäufe gesenkt.

May, Ernst

dt. Architekt und Stadtplaner
* 27.7.1886 Frankfurt/Main † 11.9.1970 Hamburg

May wurde vor allem mit seinen Stadtplanungen für Trabantenstädte bekannt. Ausgehend von seinem Verständnis von Architektur als einer politisch-sozialen Aufgabe, fand M. seine z. T. bahnbrechenden Lösungen in der Verknüpfung von Prinzipien und Formenvokabular des rationalistischen Bauens mit den urbanistischen Ideen der Gartenstadtbewegung. M.s Frankfurter Siedlungen mit Sozialwohnungen in Zeilenbauweise, die in Grüngürtel eingebettet sind (Niddatal, Praunheim, Römerstadt), waren in Gesamtanlage und Detailplanung seinerzeit vorbildlich (funktionale Grundrißplanung, Einbau von sinnvoll konzipierten Küchen, Anlage von Balkons und Dachterrassen). Technisch fand M. zu neuen ökonomischen Lösungen in der Montagebauweise (sog. Frankfurter Plattenbau). In seinen afrikanischen Bauten verband M. traditionelle heimische Formen mit industriellen Fertigungsmethoden.

← Ernst May

☐ 1908-12: Studium bei R. Unwin in London sowie an der TH München. ☐ ab 1913: Eigenes Büro in Frankfurt/Main. ☐ 1919-25: Dir. der schlesischen Landesgesellschaft in Breslau; technischer Leiter der Siedlungsgesellschaft Schlesisches Heim, ebd. ☐ 1925-30: Stadtbaurat in Frankfurt/Main. ☐ ab 1930: Tätigkeit in der Sowjetunion. ☐ 1934: Emigration nach Tansania. ☐ 1953: Rückkehr nach Deutschland; Tätigkeit für die Siedlungsgesellschaft Neue Heimat. ☐ ab 1957: Prof. an der TH Darmstadt. ☐ ab 1961: Planungsbeauftragter der Stadt Wiesbaden.

▷ R. Diehl: Die Tätigkeit Ernst Mays in Frankfurt, 1976.

May, Gisela

dt. Schauspielerin und Chansonsängerin
* 31.5.1924 Wetzlar/Lahn

Gisela May →

May, eine der bekanntesten Bühnenschauspielerinnen der ehemaligen DDR, die seit 1962 dem (Ost-)Berliner Ensemble angehört, ist — auch im Westen — vor allem als eindringliche Interpretin politischer Lieder (Texte von B. →Brecht, K. →Tucholsky, E. →Kästner) und Chansons (u. a. J. →Brel) bekannt geworden. Ihre Auftritte in DEFA- und Fernsehfilmen fanden über die Grenzen der DDR hinaus Beachtung.

☐ 1942: Bühnendebüt in Leipzig, danach Engagements u. a. in Dresden, Danzig und Görlitz. ☐ 1951-62: Engagement am Dt. Theater Ost-Berlin. ☐ seit 1962: Mitgl. des Berliner Ensembles/Theater am Schiffbauerdamm. ☐ 1962: Mutter Wolfen in »Der Biberpelz« (G. →Hauptmann). ☐ 1977: Fernsehfilm »Die Verführbaren« nach dem Roman »Ein erstes Leben« von H. → Mann. ☐ 1978: Titelrolle in »Mutter Courage« (B. →Brecht). ☐ 1981: »Gisela May singt Jacques Brel« (LP). ☐ 1984: »Just a Movie« (F., Rg. P. Sandor). ☐ 1991: Lieder-Tournee in Westdeutschland.

▷ G. May: Mit meinen Augen, 1977.

May, Karl

dt. Schriftsteller
* 25.2.1842 Ernstthal, Sachsen
† 30.3.1912 Radebeul

May wurde in den 1890er Jahren mit seinen Reiseerzählungen zu einem der populärsten und auflagenstärksten Autoren der deutschen Literaturgeschichte. In seinen überwiegend im Vorderen Orient und im »Wilden Westen« Nordamerikas angesiedelten Abenteuerromanen, deren vermeintlich autobiografischen Wahrheitsgehalt M. betonte, verbinden sich christlich-pazifistische und antizivilisatorisch-naturromantische Ideale. Mit Old Shatterhand, Winnetou und Kara Ben Nemsi schuf M. moralisch unfehlbare Helden, die ihren Gegnern in spannend geschilderten Auseinandersetzungen geistig und körperlich grundsätzlich überlegen sind. Exotische Schauplätze, fesselnde Handlungen, sentimentale Heldenmoral und die Parteinahme für unterdrückte Völker (u. a. für die Indianer) si-

Karl May: Als Volksschriftsteller seit 100 Jahren populär.

Wilhelm Maybach →

cherten den Romanen, insbesondere den Zyklen »Durch die Wüste« (1892) und »Winnetou«, (1893-1910) großen Publikumserfolg.

☐ 1862: Verurteilung zu sieben Jahren Haft aufgrund von Eigentumsdelikten. ☐ 1875-77: Redakteur in Dresden. ☐ 1882: »Das Waldröschen« (Kolportage-R.). ☐ ab 1892: Hg. der »Gesammelten Reiseerzählungen« mit dem Romanzyklus »Durch die Wüste« (5 Bde.). ☐ 1893-1910: »Winnetou«-Zyklus (4 Bde.). ☐ 1894: »Der Schatz im Silbersee« (R.). ☐ 1894-96: »Old Shurehand« (3 Bde.). ☐ 1895: »Das Vermächtnis des Inka« (R.). ☐ 1897: »Satan und Ischariot« (R.). ☐ 1899/1900: Orientreise. ☐ 1904: »Und Friede auf Erden!« (R.). ☐ 1907-09: »Ardistan und Dschinnistan« (R.). ☐ 1908: Reise nach Nordamerika.

▷ K. May: Mein Leben und Streben, 1910; H. Wollschläger: Karl May, 1965; E. Loest: Swallow, mein wackerer Mustang (Romanbiogr.), 1980; G. Ueding (Hg): Karl-May-Handbuch, 1987.

Mayall, John

engl. Bluesmusiker
* 29.11.1933 Macclesfield

Mayall popularisierte in den 60er Jahren als »weißer König des Blues« wie kaum ein anderer diese Musikrichtung und beeinflußte dadurch auch die Entwicklung der Rockmusik. In den verschiedenen Formationen seiner 1963 gegründeten Bluesbreakers spielten spätere Stars wie E. →Clapton, Jack Bruce, Peter Green, Mick Fleetwood, Mick Taylor oder Keef Hartley. Am erfolgreichsten war M., der Gitarre und Mundharmonika spielt, bis Mitte der 70er Jahre. Aufnahmen wie »Room to move« wurden Klassiker. Anfang der 70er Jahre wandte sich M. verstärkt dem Jazz zu, ging in die USA und arbeitete dort mit Musikern wie dem Geiger Sugar Cane Harris oder dem Trompeter Blue Mitchell.

☐ 1948: Erste Auftritte in Manchester. ☐ 1950: Gründung des ersten Blues-Trios. ☐ 1963: Erste Bluesbreakers-Formation. ☐ 1965: »Live« (LP). ☐ 1966: »Bluesbreakers with Eric Clapton« (LP). ☐ 1968: »Bare Wires« (LP), »Blues from Laurel Canyon« (LP). ☐ 1969: »Blues Giant« (LP); »Empty Rooms« (LP). ☐ 1972: »Jazz Blues Fusion« (LP). ☐ 1973: »Ten years are gone« (LP). ☐ 1977: »Lots of people« (LP). ☐ 1979: »Bottom Line« (LP). ☐ 1985: »Behind the iron curtain« (LP). ☐ 1988: »Chicago Line« (LP); Deutschlandtournee mit P. →Maffay. ☐ 1990: »A sense of place« (LP).

Maybach, Wilhelm

dt. Ingenieur und Autopionier
* 9.2.1846 Heilbronn † 29.12.1929 Stuttgart

Maybach zählt mit G. →Daimler und C. →Benz zu den Vätern des Automobils. Ausgehend von Nikolaus August Ottos Viertakt-Gasmotor (1876), konstruierte M. mit Daimler den ersten schnellaufenden Benzinmotor mit neuartigem Schwimmervergaser und Glührohrzündung. M.s Wechselgetriebe, Spritzdüsenvergaser und der »Bienenwaben«-Wasserkühler (1900) erlaubten eine Motorleistung von 10 PS.

☐ 1883: Entwicklung des schnellaufenden Viertakt-Benzinmotors mit Schwimmervergaser (0,5 PS, später 1,1 PS). ☐ 1887: Ersatz des Luftkühlers durch einen Wasserkühler. ☐ 1892: Entwicklung des Spritzdüsenvergasers. ☐ 1895-1907: Technischer Dir. der Daimler-Motorengesellschaft (gegr. 1890). ☐ 1900: Bienenwabenkühler. ☐ 1909: Mit F. Graf von →Zeppelin Gründung einer Fabrik für Luftschiffmotoren (später M.-Motorenbau, Friedrichshafen).

Mayer, Hans

dt. Literaturwissenschaftler
* 19.3.1907 Köln

Mayer verfaßte zahlreiche, durch den Marxismus beeinflußte, literatursoziologische Studien

H. Mayer: Renommierter Literaturhistoriker und -kritiker.

zur klassischen und modernen Literatur sowie verschiedene musikwissenschaftliche Essays. Geprägt von G. →Lukács, setzte sich M. in seinem Essay »Außenseiter« (1975) kritisch mit den Traditionen der bürgerlichen Aufklärung auseinander. Breite Beachtung fanden seine 1982 und 1984 veröffentlichten Erinnerungen »Ein Deutscher auf Widerruf«.

□ 1933-45: Exil in Frankreich und in der Schweiz. □ 1946/47: Chefredakteur von Radio Frankfurt/Main. □ 1947: »Georg Büchner und seine Zeit« (Abh.). □ 1948-63: Prof. für Deutsche und Vergleichende Literaturgeschichte in Leipzig. □ 1959: »Von Lessing bis Thomas Mann« (Abh.). □ 1963: Übersiedlung in die BRD. □ 1965: Prof. an der TH in Hannover. □ seit 1976: Honorarprof. an der Univ. in Tübingen. □ 1978: »Nach Jahr und Tag. Reden 1945-77«. □ 1987: »Gelebte Literatur. Frankfurter Vorlesungen«. □ 1990: »Abend der Vernunft. Reden und Vorträge 1985-1990«. □ 1991: »Der Turm von Babel. Erinnerung an eine Deutsche Demokratische Republik«.

Rupert Mayer →

Mayer, Louis Burt
amer. Filmproduzent russ. Herkunft
* 4.7.1885 Minsk † 29.10.1957 Los Angeles

Mayer, der seine Karriere als Filmvorführer und -verleiher begann, leitete nahezu 30 Jahre lang (1924-51) autokratisch und mit einer Vorliebe für opulente Ausstattungsfilme die Produktionsfirma Metro-Goldwyn-Mayer (MGM), eines der mächtigsten Unternehmen der Branche. Unter seiner Ägide entstanden zahlreiche weltberühmte Filme, darunter die Verfilmung des M.-→Mitchell-Romans »Vom Winde verweht« (1939, Rg. Victor Fleming). Zu den vielen Leinwandentdeckungen des engagierten Republikaners gehören u. a. G. →Garbo, C. →Gable, J. →Garland und S. →Tracy.

Der amerikanische Filmproduzent Louis Burt Mayer an seinem Schreibtisch, 1943.

Mayer, Rupert
dt. Seelsorger (kath.)
* 23.1.1876 Stuttgart † 1.11.1945 München

Der Jesuit Mayer war während des 1. Weltkriegs als Feldgeistlicher an der Front und danach Volksprediger und Seelsorger in München. Zu den Neuerungen seiner missionarischen und karitativen Einrichtungen gehören die »Marianische Männerkongregation« und die »Schwestern der Heiligen Familie« als Hilfsorganisationen sowie Ferienkolonien für Kinder und Bahnhofsgottesdienste. Ab 1933 predigte er öffentlich gegen den Nationalsozialismus und wurde nach mehrmaliger Haft 1939 in das KZ Sachsenhausen deportiert. 1987 wurde M. von Papst →Johannes Paul II. in München seliggesprochen.

□ 1900: Eintritt in den Jesuitenorden. □ 1916: Als Schwerverwundeter von dem Militärarzt H. →Carossa medizinisch versorgt. □ 1937: Erste Verhaftung wegen regimefeindlicher Predigten; Prozeßaussage Carossas zu M.s Gunsten. □ 1940-45: Im Kloster Ettal interniert.

Mayo, (George) Elton
amer. Soziologe und Psychologe austral. Herkunft
* 26.12.1880 Adelaide
† 7.9.1949 Polesden Lacey, Surrey (Großbritannien)

Mayo leitete 1927-32 die erste arbeitswissenschaftliche und betriebssoziologische Untersuchung in den Western Electronic Company's Hawthrone Works, Chicago. Das 1939 als »Hawthrone-Effekt« bekannt gewordene und heute umstrittene Ergebnis der Untersuchung »Management and the worker« besagt, daß die zwischenmenschlichen und informellen Beziehungen (Wertschätzung) im Betrieb von größerer Bedeutung für das Arbeitsverhalten sind als z. B. äußere Arbeitsplatzbedingungen.

□ 1919-26: Prof. an der Univ. of Queensland, Brisbane (Australien); ab 1923 an der Univ. of Penn., Philadelphia (USA). □ 1926-47: Prof. an der Harvard Graduate School of Business Administration, Cambridge. □ 1933: »Probleme industrieller Arbeitsbedingungen« (dt. 1949). □ 1945: »The social problems of an industrial civilization« (Schr.). □ 1947: »The political problems of industrial civilization« (Schr.).

Mayröcker, Friederike
österr. Schriftstellerin
* 20.12.1924 Wien

Anfangs beeinflußt von Dadaismus und Surrealismus, ist Mayröckers Werk keinem literarischen Programm zuzuordnen. In eigenwilliger experimenteller Lyrik und Prosa — die Gattungsgrenzen sind fließend — bildet M. in mehrdimensionalen sprachlichen Assoziationen ihre Sicht der zerrissenen, chaotischen Welt ab. M. vermittelt gleichzeitig ablaufende Bewußtseinsvorgänge und Träume; sie löst Widersprüche nicht auf. Das Strukturelement des fiktiven Dialogs, den M. seit den 80er Jahren in eine einzige Person verlegt, ermöglichen dieser, sich ihrer Vergangenheit und Zukunft zu vergewissern.

□ 1946-69: Englischlehrerin. □ seit 1954: Freundschaft und häufige Zusammenarbeit mit E. →Jandl. □ 1956: »Larifari« (Prosa). □ 1966: »Tod durch Museen« (Prosa). □ 1972: »Arie auf tönernen Füßen« (Ged.e). □ 1974: »meine träume ein flügelkleid« (Kdb.). □ 1980: »Die Abschiede« (R.). □ 1982: Großer Österr. Staatspreis für Literatur. □ 1983: »Magische Blätter« (Prosa). □ 1988: »mein herz mein zimmer mein name« (Prosa).

▷ S. J. Schmidt (Hg.): Friederike Mayröcker, 1984.

← Friederike Mayröcker

Mazowiecki, Tadeusz

poln. Politiker und Journalist
* 18.4.1927 Plock

Der Christ Mazowiecki war der erste nichtkommunistische Ministerpräsident in Polen nach dem 2. Weltkrieg. Ab 1980 war M. der politische Berater von Gewerkschaftsführer L. →Walesa. Nach dem Zusammenbruch der kommunistischen Herrschaft wurde er 1989 vom Sejm zum Ministerpräsidenten gewählt. Er leitete erste Schritte zur Einführung der Marktwirtschaft und zur Umwandlung der Volksrepublik in eine demokratische Republik ein. Nachdem M. bei der Präsidentschaftswahl 1990 schon nach dem 1. Wahlgang weit abgeschlagen war (im 2. Wahlgang wurde Walesa gewählt), trat er als Ministerpräsident zurück.

□ ab 1952: Redakteur bei verschiedenen katholischen Zeitungen. □ 1957: Gründer des Katholischen Klubs der Intelligenz (KIK). □ 1957-81: Chefredakteur der Monatsschrift Wiez des KIK. □ 1961-71: Mitgl. des Sejm (Parlament) für die Katholische Partei (ZNAK). □ 1981 und 1989: Chefredakteur der Zeitung der freien Gewerkschaft Solidarność □ 1981/82: In politischer Haft. □ ab 1982: Nach seiner Entlassung Hg. einer hektographierten Untergrundzeitung. □ 1989/90: Ministerpräsident. □ seit 1991: Vors. der Demokratischen Union (UD); seit Nov. stärkste Partei.

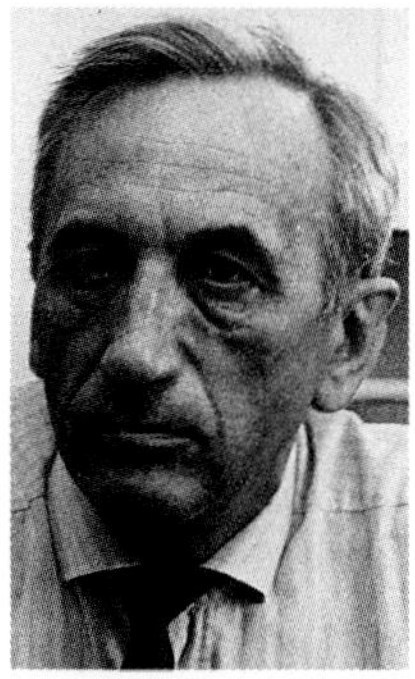

← Tadeusz Mazowiecki

MacArthur*, Douglas

amer. Militär und Politiker
* 26.1.1880 Little Rock, Ark.
† 5.4.1964 Washington D. C.

MacArthur gilt als einer der größten, aber auch umstrittensten Armeeführer der amerikanischen Geschichte. Nach dem japanischen Angriff auf Pearl Harbour 1941 wurde er zum Oberbefehlshaber der US-Streitkräfte im Pazifikbereich ernannt. Am 2. 9. 1945 nahm er auf einem US-Kriegsschiff vor Tokio die japanische Kapitulation entgegen und leitete als Oberbefehlshaber der Besatzungstruppen in Japan die Kriegsverbrecherprozesse gegen die japanische Führungsspitze, einschließlich Kaiser → Hirohito. Im Koreakrieg begann M. 1950 mit großen amphibischen Operationen die rasche Rückeroberung der ganzen Halbinsel. Nach dem Eingreifen chinesischer Truppen drängte er auf den Einsatz von Atomwaffen und/oder auf einen Angriff national-chinesischer Truppen unter →Chiang Kai-shek. Dabei kritisierte er offen den zögernden US-Präsidenten H. →Truman, der ihn daraufhin pensionierte.

← Douglas MacArthur

□ 1903: Offizier. □ 1917-19: Militärdienst in Europa. □ 1930-35: Chef des Generalstabs. □ 1935-41: Militärberater der philipp. Regierung. □ 1937: Philipp. Feldmarschall. □ 1941: Oberbefehlshaber der US-Streitkräfte in Fernost. □ 1944: Armeegeneral. □ 1945: Oberbefehlshaber der US-Besatzungsstreitkräfte in Japan. □ 1950/51: Oberbefehlshaber der UN-Streitkräfte in Korea.

▷ W. Manchester: American Caesar. Douglas MacArthur. 1880-1964, 1979; S. L. Mayer: The biography of General of the Army, Douglas MacArthur, 1981.

* Mac- und Mc-Einträge gemeinsam einsortiert

MacBride, Sean

ir. Jurist und Politiker
* 26.1.1904 Paris (Frankreich) † 15.1.1988 Dublin

Für seinen »Kampf gegen das Unrecht in der Welt« erhielt MacBride, 1961-74 Präsident von Amnesty international, den Friedens-Nobelpreis 1974 (mit E. Sato). 1973-76 unterstützte er als UN-Kommissar für Namibia den Befreiungskampf der SWAPO gegen Südafrika. 1980 legte die MacBride-Kommission im Auftrag der UNESCO ihren Bericht über die Abhängigkeit der ärmsten Länder von der Medienpolitik der westlichen Welt vor, der wegen seiner Angriffe gegen die USA Proteste hervorrief.

MacBride, Unterhausabg., bei der Stimmabgabe, 1948.

□ 1928-37: Mitgl. und zeitweise Stabschef der IRA. □ 1946: Gründungsmitgl. der Republikanischen Partei. □ 1947-58: Abg. des Unterhauses. □ 1948-51: Außenmin. □ 1963-70: Generalsekretär der Int. Juristenkommission. □ ab 1977: Vors. der UNESCO-Studiengruppe zu Kommunikationsproblemen. □ 1985: »A message to the Irish people« (Schr.).

McCarthy, Joseph Raymond

amer. Politiker
* 14.11.1909 Grand Chute, Wisc.
† 2.5.1957 Washington, D. C.

Als Vorsitzender des Senatsausschusses zur Untersuchung »unamerikanischer Umtriebe« (bzw. »disloyal Americans«) gelangte McCarthy zu zweifelhafter Berühmtheit. Vor dem Hintergrund des Koreakriegs und des »Kalten Kriegs«, verbunden mit einem hysterischen Antikommunismus, durchleuchtete dieser Ausschuß die amerikanische Verwaltung — und im Anschluß daran auch das gesamte öffentliche Leben — nach »antiamerikanischen Elementen«. Diese Untersuchungen und die damit verknüpften zahlreichen Denunzierungen lösten eine nationalistische und antisemitische Hysterie aus, die das Ansehen der USA im Ausland schädigte. Als M. jeden, einschließlich Präsident D. →Eisenhower, beschuldigte, ein »Verräter« zu sein, wurde er schließlich 1954 abgelöst.

□ 1939/40, ab 1946: Richter. □ 1941-45: Militärdienst. □ 1947-54: Senator. □ 1950-54: Vors. eines ständigen Untersuchungsausschusses.

▷ Th. C. Reeves: The life and times of Joe McCarthy. A biography, 1982; D. M. Oshinsky: A conspiracy so immense. The world of Joe McCarthy, 1983.

McCarthy mit seinem Buch »McCarthyism«, 1952.

Mary McCarthy: Schriftstellerin, Kritikerin und Dozentin.

McCarthy, Mary

amer. Schriftstellerin
* 21.6.1912 Seattle, Wash. † 25.10.1989 New York

McCarthy hat überwiegend gesellschaftskritische Romane und Kurzgeschichten geschrieben. Mit einem unbestechlichen Blick für menschliche Schwächen ausgestattet, fiktionalisiert sie — manchmal sehr zynisch — entweder eigene Erfahrungen, wie in »The groves of academe« (R., 1952), oder setzt sich kritisch mit typischen Zeiterscheinungen der amerikanischen Kultur auseinander, wie in »Ein Sohn der neuen Welt« (R., 1971, dt. 1972) und in »Kannibalen und Missionare« (R., 1979, dt. 1981). Bekannt wurde M. mit dem Roman »Die Clique« (1963, dt. 1964, verfilmt 1966).

□ 1933: Studienabschluß am New Yorker Vassar College. □ 1942: »Sie und die anderen« (Erz.n, dt. 1965). □ 1945/46, 1948: Literaturdozentin am Bard College und Sarah Lawrence College. □ bis 1948: Literarische Rezensionstätigkeit für The New Republic und Partisan Review. □ 1967: »Vietnam-Report« (Es.s, dt. 1967). □ 1970: »Ein Blitz aus heiterem Himmel« (Es.s, dt. 1970).

▷ M. McCarthy: Eine katholische Kindheit (Aut.), 1957, dt. 1966; dies.: How I grew (Aut.), engl. 1987.

Paul McCartney →

McCartney, Paul

engl. Rockmusiker
* 18.6.1942 Liverpool

McCartney und J. →Lennon, die kreativen Köpfe der →Beatles, waren das erfolgreichste Songschreiberteam der Rockgeschichte. M.s Verdienst war der souveräne und virtuose Umgang mit vorhandenen Stilmitteln. Dabei bewies er sein überragendes Talent für Balladen wie z. B. »Michelle« und »Yesterday«, die innerhalb von fünf Jahren von mehr als 2000 Interpreten nachgesungen wurden. Nach der Trennung der Beatles (1970) entwickelte sich M. zum Songschreiber mit den meisten Millionenhits und Goldenen Schallplatten. So wurde sein »Mull of Kintyre« 1977 in Großbritannien die bestverkaufte Single aller Zeiten. Mit einem geschätzten Vermögen von 500 Mio. US-$ gilt der Ex-Beatle als der reichste Popstar der Welt.

□ 1956-60: Gitarrist bei den Quarrymen. □ 1960-70: Bassist und Sänger der Beatles. □ 1966: Grammy Award für »Michelle« (mit J. Lennon) und »Eleanor Rigby«. □ 1970: »McCartney« (Erste Solo-LP); »Let it be« (letzte Beatles-LP) und Grammy Award; Auflösung der Beatles. □ 1971: Auszeichnung mit dem Grammy Award für den Song »Uncle Albert/Admiral Halsey« (mit Linda McCartney); »Ram« (LP); Gründung der Band Wings (bis 1982); »Wild Life« (LP mit Wings). □ 1974: Grammy Award für »Band on the run« (LP mit Wings, 1973). □ 1975: »Venus and Mars« (LP). □ 1978: »London Town« (LP). □ 1980: »McCartney II« (LP). □ 1982: »Tug of war« (LP) mit dem Hit »Ebony and ivory« (mit St. →Wonder); »This girl is mine« (Duett mit M. →Jackson). □ 1983: »Pipes of peace« (LP); »Press to play« (LP). □ 1989: »Flowers in the dirt« (LP). □ 1990: »Tripping the life fantastic« (LP). □ 1991: UA des »Liverpool Oratorium« mit dem Symphonie Orchester Liverpool; »Get Back« (F.).

▷ K. Dewes/R. Oertel: Paul McCartney und die Wings, 1980; Ch. Salewicz: McCartney — The Biography, engl. 1986.

Barbara McClintock →

McClintock, Barbara

amer. Botanikerin
* 16.6.1902 Hartford, Conn.

McClintock entdeckte bereits in den 40er Jahren sog. jumping genes als die beweglichen Strukturen in der Erbmasse von Mais-Zellen. Die fundamentale Bedeutung ihrer Entdeckung, daß in der bis dahin für starr gehaltenen Struktur der Chromosomen »Springgene« als Kontrollelemente fungieren (J. → Monod), wurde über Jahre von der Genforschung nicht erkannt. 1983 erhielt die Forscherin, die über 40 Jahre am Cold Spring Harbor Laboratory (N. Y.) wirkte, den Physiologie/Medizin-Nobelpreis für ihre wissenschaftliche Leistung, die in der Begründung des Nobelpreis-Komitees gleichgesetzt wurde mit den ebenfalls lange Zeit in Vergessenheit geratenen Mendelschen Vererbungsregeln.

McCloy, John Jay

amer. Politiker und Jurist
* 31.3.1895 Philadelphia, Penn.
† 11.3.1989 Stamford, Conn.

McCloy löste nach der Gründung der Bundesrepublik Deutschland als Hoher Kommissar den amerikanischen Militärgouverneur ab, der bis dahin die Interessen der USA in Deutschland vertreten hatte. Während seiner Amtszeit spielte er mit K. →Adenauer eine wichtige Rolle bei der Eingliederung der Bundesrepublik in das westliche Lager (Petersberger Abkommen 1949, Deutschland-Vertrag 1952).

□ bis 1916: Jurastudium in Harvard. □ 1917-21: Militärdienst. □ 1921-41: Rechtsanwalt in New York. □ 1941-45: Unterstaatssekr. im Kriegsministerium. □ 1945/46: Leiter der juristischen Vorbereitungen für die Kriegsverbrecherprozesse in Nürnberg. □ 1947-49: Präs. der Weltbank. □ 1949-52: Hoher Kommissar für Deutschland. □ 1953-60: Vors. der Chase Manhattan Bank und Dir. bei zahlreichen weiteren Unternehmen. □ 1960/61: Sonderbeauftragter für Abrüstungsfragen.

▷ J. J. McCloy: John J. McCloys Reden zu Deutschland- und Berlinfragen, 1986.

← John Jay McCloy

McCullers, Carson

amer. Schriftstellerin
* 19.2.1917 Columbus, Georgia
† 29.9.1967 Nyack, N. Y.

Mit ihrer Vorliebe für groteske Außenseitergestalten und eine melancholische Grundstimmung trug McCullers zum Entstehen eines authentischen Genres der Südstaatenliteratur, der Southern Gothic, bei. Ihr erfolgreichster Roman, »Das Herz ist ein einsamer Jäger« (1940, dt. 1950), greift das Thema der Einsamkeit in einer Kleinstadt der Südstaaten auf und weitet es zur universellen Problematik von Illusion, Kommunikationslosigkeit und Isolation.

□ ab 1935: Musikstudium in New York. □ ab 1940: Erkrankung an Gelenkrheumatismus. □ 1946: »Das Mädchen Frankie« (R., dt. 1947, Dr. 1950). □ 1951: »Die Ballade vom traurigen Café« (Erz.n, dt. 1954, dramatisiert von E. →Albee 1963, dt. 1964). □ 1961: »Uhr ohne Zeiger« (R., dt. 1962). □ postum 1971: »The mortgaged heart« (Erz.n und Es.s).

▷ O. Evans: Carson McCullers, 1966, dt. 1970.

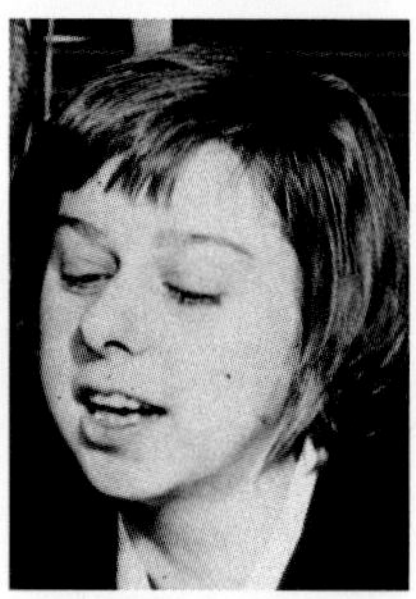
← Carson McCullers

MacDonald, James Ramsey

brit. Politiker
* 12.10.1866 Lossiemouth, Schottland
† 9.11.1937 auf einem Schiff im Südatlantik

MacDonald war der erste britische Premierminister der Labour Party. Während seiner kurzen ersten Amtszeit wurde er im Parlament von den Liberalen unterstützt. Seine zweite Amtszeit (1929-35) fiel in die große Weltwirtschaftskrise. Vergeblich versuchte er, die hohe Arbeitslosigkeit durch eine Deflationspolitik in den Griff zu bekommen (z. B. 1931 Kürzung der Gehälter im öffentlichen Dienst um 10 %). Nach 1931 stand er als Premierminister an der Spitze einer großen Koalition aus Labour und Konservativen.

Der englische Premierminister (1924, 1929-35) Ramsay MacDonald in seinem Büro.

□ 1885: Mitgl. der Fabian Society. □ 1894: Mitgl. der Independent Labour Party (1906 British Labour Party). □ 1906-14, 1922-37: Mitgl. des Unterhauses. □ Jan.-Nov. 1924, 1929-35: Premierminister. □ 1935-37: Lordpräsident.

▷ A. Morgan: J. Ramsey MacDonald, engl. 1987.

McDougall, William

amer. Psychologe engl. Herkunft
* 22.6.1871 Chadderton, Lancashire
† 28.11.1938 Durham, N. Car.

McDougall, Professor an den Universitäten in Cambridge und Durham, arbeitete über die Instinkte und begründete die sog. hormische Psychologie. Er erkannte vor J. →Watson die Bedeutung des Verhaltens (behavior) für die psychologische Forschung und vermochte der Verhaltensforschung (N. →Tinbergen, K. →Lorenz) wesentliche Impulse zu geben. M. katalogisierte und systematisierte die bestimmenden Antriebe des Menschen und nahm 17 Grundinstinkte an sowie die sich aus diesen ergebenden Motivationen, Emotionen und Affekte.

□ 1908: »Einführung in die Sozialpsychologie« (Schr., dt. 1928). □ 1920-29: Prof. an der Harvard Univ., Cambridge. □ ab 1929: Prof. an der Duke Univ., Durham. □ 1932: »Aufbaukräfte der Seele« (Schr., dt. 1937). □ 1936: »Psychoanalyse und Sozialpsychologie« (Schr.). □ 1937: Gründung eines parapsychologischen Laboratoriums mit J. B. →Rhine.

MacEachen, Allan Joseph

kanad. Politiker
* 6.6.1921 Inverness, Nova Scotia

Seit den 60er Jahren gehört MacEachen zu den maßgeblichen Politikern Kanadas. Aufgrund seines unermüdlichen Einsatzes in der UNO und der UNESCO erlangte er auch außerhalb seines Landes große Reputation. Der von der Gewerkschaftsbewegung geprägte M. setzte als Arbeitsminister verbesserte arbeitsrechtliche Gesetze durch; als Gesundheitsminister führte er die gesetzliche Krankenversicherung ein.

□ 1946-51: Prof. in Toronto, Chicago und Antigonish. □ ab 1953: Mitgl. des Unterhauses für die Liberalen. □ 1965: Gesundheitsmin. □ 1968-70: Einwanderungs- und Arbeitsmin. □ 1970, 1976/77: Präs. des Staatsrats (Privy Council). □ 1970-74: Fraktionsführer der Liberalen. □ 1974-76, 1982-84: Außenmin. □ 1974-76: Co-Präs. der Konferenz für Internationale wirtschaftliche Zusammenarbeit (Nord-Süd-Konferenz). □ 1977/78, 1980-84: Vize-Premierminister. □ 1979: Stellv. Oppositionsführer. □ 1980-82: Finanzmin.

McEnroe, John

amer. Tennisspieler
* 16.2.1959 Wiesbaden

Der dreimalige Wimbledonsieger McEnroe, Sohn eines in Wiesbaden stationierten US-Offiziers, ist einer der erfolgreichsten Spieler der Tennisgeschichte. Trotz seines unbeherrschten Auftretens gegenüber Schiedsrichtern und Gegnern bezeichnen ihn Experten als den schöpferischsten Spieler der 70er und 80er Jahre. Zu seinen vielen Rekorden zählen u. a. zwölf Siege im Doppel (Wimbledon 4, Masters 7 und WCT 1) mit seinem Partner Peter Fleming (* 1955).

□ 1978: Masters. □ 1979: US Open und WCT. □ 1980: US Open. □ 1981: Wimbledon, US Open, WCT und Davis-Pokal. □ 1982: Davis-Pokal. □ 1983: Wimbledon, Masters und WCT. □ 1984: Wimbledon, US Open, Masters und WCT.

McEwan, Ian

engl. Schriftsteller
* 21.6.1948 Aldershot, Hampshire

McEwan prägt die englische Gegenwartsliteratur durch seine schonungslose Durchbrechung von Tabuzonen wie Inzest und durch die nüchterne Darstellung grotesker Erlebnisse. In seinen Kurzgeschichten und seinem ersten Roman, »Der Zementgarten« (1978, dt. 1980), werden Probleme des Erwachsenwerdens und die Suche nach geschlechtlicher Identität aus der Sicht von pubertierenden Jugendlichen geschildert. M.s neuere Werke treiben die Reflexion über furchtbare und absurde Ereignisse noch weiter voran. Der Roman »Der Trost von Fremden« (1981, dt. 1983) enthüllt anhand einer sadomasochistischen Beziehung bizarre Sexualphantasien. Gestörte Beziehungen sind auch Thema seines Spionageromans »Unschuldige. Eine Berliner Liebesgeschichte« (1989, dt. 1990).

□ 1975: »Erste Liebe, letzte Riten« (Erz.n, dt. 1980). □ 1978: »Zwischen den Laken« (Erz.n, dt. 1982). □ 1983: »Oder müssen wir sterben?« (Oratorium, dt. 1984). □ 1987: »Ein Kind zur Zeit« (R., dt. 1988).

Bobby McFerrin →

← John McEnroe

← Ian McEwan

McFerrin, Bobby

amer. Jazzmusiker
* 11.3.1950 New York

McFerrin ist einer der bedeutendsten Sänger des zeitgenössischen Jazz. Neben der Arbeit als Solist trat er u. a. mit den Ensembles von H. →Hancock und Grover Washington auf. Beim breiten Publikum wurde M. 1988 mit seinem Millionenhit »Don't worry, be happy« populär. Platten nahm er u. a. mit Chico Freeman, Pharoah Sanders und Joe Zawinul auf.

□ 1968: Pianist. □ 1978-82: Sänger bei Don Hendricks. □ 1982: Erste Soloaufnahmen; »Bobby McFerrin« (LP); Auftritt mit Wynton Marsalis beim Cool Jazz Festival in New York. □ 1983: Tournee mit Chico Freeman, Auftritte auch in Europa. □ 1984: »The Voice« (LP). □ 1988: »Simple Pleasures« (LP). □ 1991: »Medicine Music« (LP).

MacLaine, Shirley

(eig. Shirley MacLaine Beaty)
amer. Schauspielerin
* 24.4.1934 Richmond, Virg.

Mit dem Oscar für ihre Mutterrolle in dem Familienfilm »Zeit der Zärtlichkeit« (1983; mit J. →Nicholson, Rg. J. L. Brooks) erfuhr MacLaine die überfällige Würdigung für ihre Leistung als vielseitige Charakterdarstellerin. Große Beliebtheit erlangte sie als lebenslustiger, unbekümmerter Typ in »Das Mädchen Irma La Douce« (1962, mit J. →Lemmon) und weiteren Komödien B. →Wilders. Seit den 70er Jahren macht die Tänzerin und Schwester des Schauspielers W. →Beatty auch als Bestseller-Autorin und durch ihr politisches Engagement, u. a. in der Frauenbewegung, auf sich aufmerksam.

Shirley MacLaine als Irma La Douce, 1962.

□ 1954: Broadway-Tänzerin. □ 1955: »Immer Ärger mit Harry« (Rg. A. → Hitchcock). □ 1958: »Immer die verflixten Frauen« (mit D. →Niven; Rg. Ch. Walters). □ 1959: »Das Appartement« (mit J. Lemmon; Rg. B. Wilder). □ 1969: »Ein Fressen für die Geier« (mit C. →Eastwood; Rg. D. →Siegel). □ 1979: »Willkommen, Mr. Chance« (mit P. →Sellers; Rg. H. →Ashby). □ 1987: »Zauberspiel« (R., dt. 1987). □ 1988: »Madame Sousatzka« (Rg. J. → Schlesinger). □ 1989: »Zwischenleben« (R., dt. 1989). □ 1990: »Grüße aus Hollywood« (mit M. →Streep; Rg. M. Nichols).

▷ Sh. MacLaine: Raupe mit Schmetterlingsflügeln. Eine Autobiografie, 1974; F. Hanck/L. Just: Shirley MacLaine, 1986.

McLaren, Malcolm

engl. Rockmusiker
* 22.1.1947 London

McLaren machte sich Mitte der 70er Jahre einen Namen als Manager und »Imagegestalter« der englischen Punkgruppe Sex Pistols. Seine Einfälle machten die Gruppe zur zentralen und treibenden Kraft der Punkbewegung. Als Manager von Interpreten wie Adam Ant und Gruppen wie Bow Wow Wow steuerte er in den 80er Jahren die Karriere weiterer Stars, bevor er selbst als Interpret in Erscheinung trat.

☐ 1982: Erster Hit »Buffalo Gals«. ☐ 1983: »Duck Rock« (LP). ☐ 1984: »Would ya like more scratching« (LP). ☐ 1985: »Fans« (LP). ☐ 1989: »Waltz Darling« (LP). ☐ 1990: »The world famous supreme team show!!« (LP).

← Malcolm McLaren

McLuhan unterschied auditive und visuelle Wahrnehmung.

McLaughlin, John

engl. Jazzmusiker
* 4.1.1942 Kirk's Sandall

McLaughlin wurde in den 70er Jahren zu einem der profiliertesten Gitarristen des Jazz, der durch seine Arbeit mit Rockmusikern wie C. →Santana auch die Entwicklung dieses Genres stark beeinflußte. Das 1969 veröffentlichte Album »Extrapolation« zeigte zum ersten Mal sein virtuoses Können und seinen Ideenreichtum. Dabei begreift er sein Spiel auf der Gitarre weniger als eine handwerkliche Kunst, sondern als eine Sache des Geistes. Seine meditative Spielweise verbindet Elemente des Blues, Jazz, Flamenco und der indischen Raga-Musik. M. spielte u. a. mit M. →Davis, Ch. →Corea und A. →DiMeola.

☐ 1953: Gitarrenunterricht. ☐ 1958: Erste Auftritte als Profimusiker. ☐ 1963-66: Mitgl. der Graham Bond Organisation. ☐ 1968: Bei Georgie Fame. ☐ 1972-76: Mahavishnu Orchestra. ☐ 1973: »Birds of fire« (LP); »Love devotion surrender« (LP mit C. Santana). ☐ 1983: »Passion, grace & fire« (LP mit A. DiMeola und P. de →Lucia). ☐ 1985: »You're under arrest« (LP mit M. Davis).

Macleod, John James Rickard

brit. Physiologe kanad. Herkunft
* 6.9.1876 Cluny, Pertshire † 16.3.1935 Aberdeen

Macleod forschte ab 1905 über die Zuckerkrankheit. Für seine Beteiligung an dem von Ch. H. →Best und F. G. →Banting geführten Nachweis, daß Insulin den Blutzuckerspiegel senkt, erhielt M. 1923 den Physiologie/Medizin-Nobelpreis (gemeinsam mit F. G. Banting).

☐ 1903-18: Prof. an der Western Reserve Univ. in Cleveland, Ohio. ☐ 1918: »Physiology and Biochemistry in Modern Medicine« (Schr.). ☐ 1918-28: Prof. an der Univ. Toronto. ☐ 1923: Physiologie/Medizin-Nobelpreis. ☐ 1925: »Insulin« (Schr.). ☐ ab 1928: Prof. an der Univ. Aberdeen.

McLuhan, Herbert Marshall

kanad. Kommunikationswissenschaftler
* 21.7.1911 Edmonton, Alberta
† 31.12.1980 Toronto

Nach McLuhans Theorie prallen im 20. Jh. zwei Kulturfronten — die alphabetische und die elektronische — aufeinander. Ihm zufolge löste einst der Alphabetismus die »magische Welt des Ohres« (mündliche Überlieferung) ab und formte den rationalen, visuellen Menschen. Durch den Einbruch der Elektrotechnik wird die voralphabetische, auditive Wahrnehmungsweise (vor allem durch das gesprochene Wort in den Medien) wiederbelebt. Tiefgreifende kulturelle Umbildungen werden, so M., die Folge sein.

☐ 1962: »Die Gutenberg-Galaxis« (Abh., dt. 1968). ☐ 1963: Gründung des Kultur- und Technikzentrums, Univ. Toronto. ☐ 1964: »Die magischen Kanäle« (Abh., dt. 1968). ☐ 1967: Prof. für Geisteswissenschaft, Fordham-Univ., N. Y.

▷ J. Miller: McLuhan, engl. 1971.

Harold Macmillan →

Macmillan, Harold, Earl of Stockton (ab 1984)

brit. Politiker
* 10.2.1894 London
† 29.12.1986 Chelwood Gate, West Sussex

Nach der Sues-Krise (1956, G. A. el → Nasser), die in Großbritannien als Desaster empfunden wurde, führte Macmillan als Premierminister die Konservativen zu neuem Selbstvertrauen. Am linken Flügel seiner Partei angesiedelt, sah er seine Hauptaufgabe darin, den Lebensstandard für alle anzuheben. Durch verstärkte staatliche Wirtschaftskontrollen versuchte er, die Arbeitslosenzahlen zu senken. Außenpolitisch setzte er auf die Freundschaft mit den USA, bemühte sich aber zugleich — wegen des französischen Vetos allerdings vergeblich — um die Aufnahme Großbritanniens in die EWG. Da M. einsah, daß die Auflösung des Britischen Empire unabwendbar war, entließ er um 1960 die meisten britischen Kolonien in die Unabhängigkeit. Wegen politischer und privater Skandale, in die mehrere seiner Kabinettsmitglieder verwickelt waren, trat er 1963 zurück.

□ 1924-29, 1931-64: Mitgl. des Unterhauses für die Konservativen. □ 1951-54: Wohnungsbaumin. □ 1954/55: Verteidigungsmin. □ 1955: Außenmin. □ 1955-57: Schatzkanzler. □ 1957-63: Premierminister.

▷ N. Fisher: Harold Macmillan. A biography, 1982.

MacMillan, Sir (seit 1984) Kenneth

schott. Tänzer, Choreograph und Ballettdirektor
* 11.12.1929 Dunfermline

MacMillans Choreographien verlassen kaum die klassischen Techniken, sind aber außergewöhnlich ausdrucksstark und leicht, ob im abstrakten oder im handlungsorientierten Bereich. Großen Erfolg hatte er mit Choreographien für L. →Seymour, die u. a. während seiner Zeit als Ballettdirektor an der Deutschen Oper Berlin als Primaballerina tanzte.

Der Ballettänzer Sir Kenneth MacMillan als Detektiv Sherlock Holmes, 1953.

□ 1946: Ensemblemitgl. des Sadler's Wells Theatre Ballets in London; danach weitere Engagements ebd. □ 1954: Erste Choreographie »Danses Concertantes«. □ 1965: Choreograph des Royal Ballet London. □ 1966-69: Ballettdir. der Dt. Oper Berlin. □ 1970-77: Ballettdir. des Royal Ballet London. □ ab 1977: Principal Choreographer ebd. □ 1978: »Mein Bruder, Meine Schwestern« (Musik von A. →Schönberg) in Stuttgart. □ 1982: »The wild boy« (Amer. Ballet Theatre). □ seit 1989: Artistic Associate des Amer. Ballet Theatre, New York.

Steve McQueen →

McNamara, Robert Strange

amer. Politiker
* 9.6.1916 San Francisco, Kalif.

Obwohl Mitglied der Republikaner, ernannte der Demokrat J. F. →Kennedy den hochbegabten Systemanalytiker McNamara zum Verteidigungsminister. Auch in seinem politischen Amt bewies M. — wie schon zuvor beim Autokonzern

Robert McNamara auf einer Pressekonferenz, 1966.

Ford — seine außerordentlichen Management-Fähigkeiten. Er reorganisierte die amerikanischen Streitkräfte (Straffung der ministeriellen Bürokratie, größere zivile Kontrolle des Pentagon) und entwickelte die NATO-Strategie der flexiblen Antwort als Ersatz für die Strategie der massiven Vergeltung. Sein Name war aber auch mit der Eskalation des Vietnamkriegs ab 1964 verbunden.

□ 1942-46: Als Statistiker und Systemanalytiker im Kriegsministerium dienstverpflichtet. □ 1946-60: Als Statistiker Engagement bei Ford; Aufstieg bis zum Präsidenten (1960) der Ford Motor Co. □ 1961-68: Verteidigungsmin. □ 1968: »Die Sicherheit des Westens« (dt.). □ 1968-81: Präs. der Weltbank. □ 1974: »Die Jahrhundertaufgabe — Entwicklung der Dritten Welt« (dt.). □ ab 1982: Im Direktorium verschiedener Unternehmen.

▷ H. L. Trewhitt: McNamara, engl. 1971.

McQueen, Steve

amer. Schauspieler
* 24.3.1930 Indianapolis
† 7.11.1980 Juarez (Mexiko)

Seit dem Western »Die glorreichen Sieben« (1960, Rg. J. →Sturges) stellte McQueen in zahlreichen Actionfilmen den Typ des zwielichtigen und zielstrebigen Einzelgängers dar. Zur Perfektion brachte M. diese Figur in »Papillon« (1973; mit D. →Hoffman, Rg. F. J. Schaffner).

□ 1953: Schüler in L. →Strasbergs Actors Studio. □ 1956: »Die Hölle ist in mir« (Rg. R. Wise). □ 1959: »Wenn das Blut kocht« (mit F. →Sinatra; Rg. J. Sturges). □ 1965: »Cincinnati Kid« (mit E. G. →Robinson; Rg. N. →Jewison). □ 1966: »Nevada Smith« (Rg. H. Hathaway). □ 1968: »Thomas Crown ist nicht zu fassen« (Rg. N. Jewison); »Bullit« (Rg. P. Yares). □ 1971: »Junior Bonner« (Rg. S. →Peckinpah). □ 1972: »Getaway« (Rg. S. Peckinpah). □ 1974: »Flammendes Inferno« (Rg. J. Guillermin). □ 1980: »Jeder Kopf hat seinen Preis« (Rg. B. Kulik).

▷ R. J. Kirberg: Steve McQueen. Seine Filme — sein Leben, 1985.

Mead, George Herbert

amer. Philosoph und Sozialpsychologe
* 27.2.1863 South Hadley, Mass.
† 26.4.1931 Chicago

Mead, ab 1894 Professor an der Universität Chicago, erklärte individuelles Handeln, das Entstehen von Bewußtsein und Identität der Persönlichkeit allein aus den sozial gebundenen Prozessen der Kommunikation heraus. Mit seinen erst postum und spät auf deutsch erschienenen Schriften wie z. B. »Geist, Identität und Gesellschaft aus der Sicht des Sozialbehaviorismus« (1934, dt. 1968) wurde M. zum Begründer des »Symbolischen Interaktionismus«, der besonders die Bedeutung von Zeichen und Symbolen der Sprache sowie der Übernahme der Erwartungen der anderen (Rollen) bei der Identitätsbildung und Sozialisation betont.

Mead, Margaret

amer. Anthropologin
* 16.12.1901 Philadelphia † 15.11.1978 New York

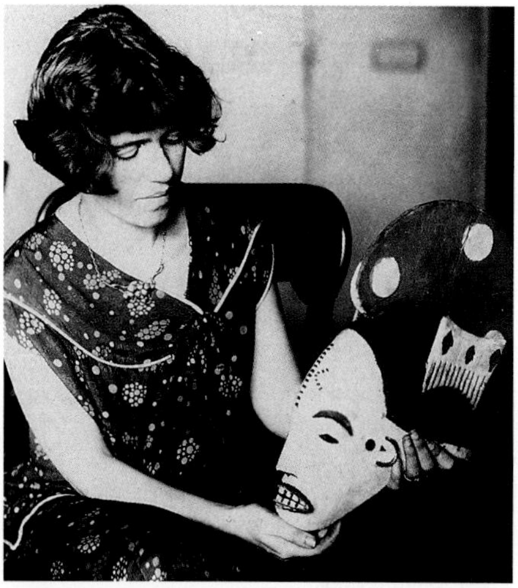

M. Mead mit der Maske einer Volksgruppe aus der Südsee.

Die Schülerin des Anthropologen F. →Boas gehörte zu den maßgeblichen Gestaltern der Kultur- und Persönlichkeitsforschung. Meads Hauptthese: Jeder Kulturtypus bringt einen bestimmten Persönlichkeitstypus signifikant häufig hervor. Sie untersuchte bei ausgedehnten Feldforschungen in der Südsee (Samoa, Admiralitätsinseln, Neuguinea) die Sozialisation der vorpubertären und pubertären Mädchen sowie das sexuelle Verhalten der Jugendlichen und Erwachsenen. M. zeichnete ein Bild partnerschaftlichen Zusammenlebens der Geschlechter in der Südsee und beeinflußte mit ihrer Kritik an der sozialisationsbedingt minderen Rolle der Frau in der amerikanischen Gesellschaft die Frauenbewegung der 70er Jahre.

□ 1925: Feldforschung auf Samoa. □ 1935: »Geschlecht und Temperament in primitiven Gesellschaften« (Schr., dt. 1959). □ 1949: »Mann und Weib« (Schr., dt. 1958). □ 1950: Präsidentin der American Association for the Advancement of Science. □ 1954: Prof. für Anthropologie an der Columbia-Univ., N. Y.

▷ M. Mead: Brombeerblüten im Winter (Aut., dt. 1972).

Peter Brian Medawar →

Medawar, Sir (ab 1965) Peter Brian

brit. Biologe und Immunologe
* 28.2.1915 Rio de Janeiro (Brasilien)
† 3.10.1987 London

Medawar erforschte die körpereigene Abwehrreaktion der Lebewesen bei der Übertragung fremder Gewebe (heterogene Gewebstransplantation). Der Physiologie/Medizin-Nobelpreisträger von 1960 pflanzte Mäuse-Embryonen die Hautzellen eines anderen Mäusestamms ein und entdeckte, daß die inokulierten Embryonen keine Antikörper gegen die fremden Eiweißsubstanzen bildeten (erworbene Immuntoleranz), sondern vielmehr eine Haut wie die der anderen Mäusegattung entwickelten.

□ 1947-51: Prof. an der Univ. Birmingham. □ 1951-62: Prof. am Univ. College, London. □ 1960: Physiologie/Medizin-Nobelpreis (mit F. M. →Burnet). □ 1962: »Die Zukunft des Menschen« (Schr., dt. 1962). □ 1962-71: Dir. des Nat. Inst. for Medical Research in Mill Hill, London. □ 1971-83: Prof. für Experimentelle Medizin an der Royal Institution.

Wadim A. Medwedjew →

Medwedjew, Wadim Andrejewitsch

sowjet. Politiker
* 29.3.1929 Mochonkowo, Gebiet Jaroslawl

Medwedjew gehört seit Jahren zu den engsten Vertrauten von Präsident M. →Gorbatschow, der ihn 1989 ohne die übliche Kandidatenzeit direkt ins Politbüro beförderte. Hier verdrängte er den orthodoxen Reformgegner J. →Ligatschow vom einflußreichen Posten des Leiters der Ideologie-Kommission. Nach der 1990 verfügten Trennung von Partei und Staat verzichtete M. auf seine Parteiämter.

□ 1952: Eintritt in die KPdSU. □ 1956-68: Prof. der Nationalökonomie in Leningrad. □ ab 1968: Hauptamtlicher Parteifunktionär. □ 1968-70: Ideologie-Sekr. in Leningrad. □ 1970: Leiter der Propaganda-Abteilung des Zentralkomitees der KPdSU. □ 1976-86: Mitgl. der Zentralen Revisionskommission. □ 1978: Leiter der Akademie für Sozialwissenschaften. □ 1984: Mitgl. des Obersten Sowjets. □ 1986: Mitgl. und Sekr. des ZK. □ 1989: Mitgl. des Politbüros. □ seit 1990: Präsidialrat.

Simon van der Meer →

Meer, Simon van der

niederl. Physiker
* 24.11.1925 Den Haag

Van der Meer, seit 1956 am Europäischen Kernforschungszentrum (CERN) in Genf, sorgte mit seinen Ideen zur Perfektionierung von Beschleunigeranlagen für die Entdeckung der elementaren »Vermittler schwacher Wechselwirkungen« bei atomaren Zerfallsprozessen. Der Ingenieur entwickelte ein Verfahren zur Erzeugung, Sammlung und Bündelung von Antiprotonen, die sein Kollege C. →Rubbia zur Beschießung der Protonen benötigte, um bei dieser Kollision weitere Urbausteinchen der Materie freizusetzen. Für die Entdeckung der Feldpartikel »W« und »Z« erhielten die beiden Naturwissenschaftler 1984 den Physik-Nobelpreis.

Mehnert, Klaus

dt. Publizist und Politologe
* 10.10.1906 Moskau (UdSSR)
† 2.1.1984 Freudenstadt

Mehnert, bis zum 1. Weltkrieg in der deutschen Kolonie Moskaus aufgewachsen, gehörte jahrzehntelang zu den besten westlichen Kennern der Sowjetunion und Chinas. Weltbekannt machte ihn sein auf dem Höhepunkt des Kalten Kriegs erschienenes Buch »Der Sowjetmensch« (1958), eine Analyse des kommunistischen Gesellschaftssystems.

☐ 1925-32: Geschichtsstudium in Berlin, München und Berkeley, Kalif. (USA). ☐ 1928/29: Zahlreiche Reisen nach Japan, China und in die UdSSR. ☐ 1931-34: Generalsekr. des Dt. Akademischen Austauschdienstes (DAAD), Berlin. ☐ 1934-36: Korrespondent in Moskau. ☐ 1936-45: Prof. für Geschichte und Politik in den USA und China. ☐ 1946: Rückkehr in die BRD; ab 1948 Osteuropa-Referent am Dt. Büro für Friedensfragen. ☐ ab 1950: Rundfunkkommentator, Fernsehjournalist. ☐ 1961-72: Prof. für Politik an der TH Aachen. ☐ 1969: »Peking und die neue Linke — in China und im Ausland. Analyse und Dokumente« (Abh.). ☐ 1973: Gastprof. an der Columbia-Univ., New York. ☐ 1976: »Jugend im Zeitbruch« (Abh.).

▷ K. Mehnert: Ein Deutscher in der Welt (Aut.), 1981.

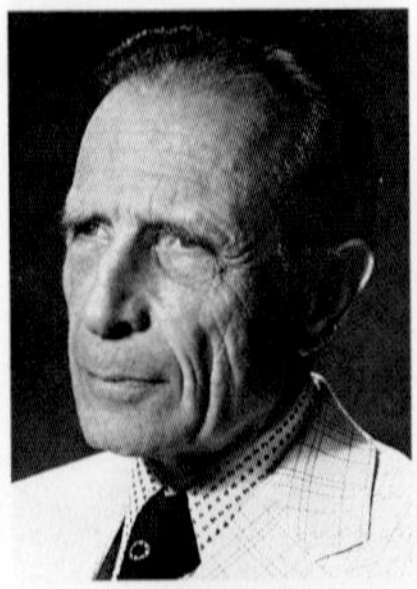
← Klaus Mehnert

Mehring, Walter

(Pseud. Walt Merin)
dt. Schriftsteller
* 29.4.1896 Berlin † 3.10.1981 Zürich (Schweiz)

Mehring gründete 1920 das vom Dadaismus beeinflußte Politische Cabaret in Berlin. In satirisch-aggressiven Liedern warnte er früh vor der Gefahr des Nationalsozialismus und mußte 1933 emigrieren (Paris, Wien, USA). Als sog. Bänkelsänger von Berlin prägte M. einen ganz eigenen Chansonstil, den B. →Brecht in seiner »Dreigroschenoper« aufgriff. Im Anschluß an den 2. Weltkrieg schrieb M. sein Hauptprosawerk, den autobiografischen Roman »Die verlorene Bibliothek« (1951, dt. 1952).

Walter Mehring nach seiner Rückkehr in die BRD, 1953.

☐ 1914: Studium der Kunstgeschichte in Berlin und München. ☐ 1916-18: Teilnahme am 1. Weltkrieg als Soldat. ☐ 1921: »Das Ketzerbrevier« (Kabarettexte). ☐ 1931: »Arche Noah S.O.S.« (Lieder). ☐ 1933: Emigration nach Paris. ☐ 1934-38: Aufenthalt in Wien. ☐ 1939/40: Inhaftierung in Frankreich. ☐ 1941: Flucht über Martinique in die USA. ☐ 1953: Rückkehr in die BRD. ☐ 1958: »Verrufene Malerei« (Es.s). ☐ 1979: »Wir müssen weiter. Fragmente aus dem Exil«. ☐ postum 1985: »Kurt Tucholsky« (Radio-Es.).

▷ H. L. Arnold (Hg.): Walter Mehring, 1983.

Meidner, Ludwig

dt. Maler, Grafiker und Schriftsteller
* 18.4.1884 Bernstadt, Schlesien
† 14.5.1966 Darmstadt

Ludwig Meidner →

Meidner, Initiator der Künstlergruppe Die Pathetiker und bedeutender Vertreter des sog. Sturm-Expressionismus (H. →Walden), gestaltete in Bildern brennender Städte und verwüsteter Landschaften die Vorahnung des 1. Weltkriegs (»Apokalyptische Stadt«, 1913, Münster, Westfälisches Landesmuseum). Als Grafiker schuf er neben zahlreichen Porträts Illustrationen zu eigenen Dichtungen, so zur Prosasammlung »Im Nacken das Sternenmeer« (1918). Ab Mitte der 20er Jahre setzte sich M. künstlerisch mit jüdischen Themen auseinander.

☐ 1903-07: Kunststudium in Breslau, Berlin und Paris. ☐ 1911: Mitarbeiter der Zeitschrift Die Aktion in Berlin. ☐ 1916-18: Kriegsdienst. ☐ 1935: Zeichenlehrer am Jüd. Gymnasium in Köln. ☐ 1937: Entfernung von 84 »entarteten« Werken aus dt. Museen. ☐ 1939: Emigration nach London. ☐ 1953: Rückkehr nach Deutschland.

▷ T. Grochowiak: Ludwig Meidner, 1966.

Meier, Richard Alan

amer. Architekt
* 12.10.1934 Newark, N. J.

Meier ist ein international renommierter Architekt, der zunächst vor allem in leichten, weißen Villenbauten an die Bauformen →Le Corbusiers und des klaren, geometrisch bestimmten sog. International Style der 20er und 30er Jahre anknüpfte. Dabei stellt M. besondere Spannungselemente durch den Wechsel offener und geschlossener Formen, also von Raum und Licht, her. Die durchdachte Verwendung gerader, geschwungener oder schräger Wände, ebenso der spezifische Einsatz von Rampen, Geländern und Stützen macht seine Bauten unverwechselbar. Neben den Villen (Saltzman House in East Hampton, N. Y., 1967-69; Douglas House in Harbor Springs, Mich., 1971-73, u. v. a.) entstanden bedeutende Museumsbauten, in denen er historische und kulturelle Bezüge herstellte. Das Museum für Kunsthandwerk in Frankfurt/Main (1979-84) stimmte er in den Proportionen ganz auf den klassizistischen Vorgängerbau ab. 1984 wurde ihm die Gestaltung des J. Paul Getty Art Centers in Los Angeles übertragen, das 1993 fertiggestellt werden soll.

□ 1953-57: Studium an der Cornell Univ. in Ithaca, N. Y. □ 1959/60: Mitarbeiter im Büro →Skidmore, Owings & Merrill, Chicago. □ 1960-63: Mitarbeiter M. →Breuers. □ ab 1963: Eigenes Architekturbüro in New York. □ 1969: Mitgl. der Architektengruppe The New York Five mit P. Eisenman, M. →Graves, Ch. Gwathmey und J. Hejduk. □ seit 1983: Prof. der Amer. Academy und des Inst. of Arts and Letters.

R. A. Meier wurde 1984 im Guggenheim Museum der Pritzker-Architektur-Preis verliehen.

▷ K. Frampton/C. Rowe: Five Architects: Eisenmann, Graves, Gwathmey, Hejduk, Meier, engl. 1972; K. Frampton/C. Jencks (Hg.): Richard Meier — Bauten und Projekte 1979-1989, 1991.

Meillet, Antoine

frz. Sprachwissenschaftler
* 11.11.1866 Moulins, Dep. Alliers
† 12.9.1936 Châteaumeillant, Dep. Cher

Meillet war eine Koryphäe auf dem Gebiet der historisch-vergleichenden Sprachwissenschaft. Zu den grundlegenden Werken des Spezialisten, der 1891 Professor in Paris und 1906 auch am Collège de France wurde, gehört die Abhandlung »Einführung in die vergleichende Grammatik der indogermanischen Sprachen« (1903, dt. 1909). Der Herausgeber der Schriften »Die Sprachen der Welt« (1924) und »Etymologisches Wörterbuch der lateinischen Sprache« (1932) wandte soziologische Erkenntnisse auf die historische Sprachbetrachtung an.

Friedrich Meinecke →

Meinecke, Friedrich

dt. Historiker
* 30.10.1862 Salzwedel, Preußen † 6.2.1954 Berlin

Meinecke ist der überragende deutsche Historiker der ersten Hälfte des 20. Jh.s. Mit seiner ideengeschichtlichen Deutung der Entstehung des Bismarck-Staates sowie damit einhergehend des geistigen Umschwungs der Deutschen vom »Weltbürgertum« zum »Nationalstaat« prägte Meinecke die deutsche Historiographie nachhaltig. Von der Geschichte der Geschichtsschreibung wird er heute neben W. →Dilthey als Begründer der »geistesgeschichtlichen Richtung« gesehen. Im sog. Historismus sah M. den spezifisch deutschen Beitrag zum abendländischen Denken nach der Reformation. Mit der Historismus-Kritik deutscher Historiker nahm der methodische Einfluß M.s allerdings nach dem 2. Weltkrieg ab.

□ 1896-1935: Hg. der Historischen Zeitschrift. □ 1908: »Weltbürgertum und Nationalstaat« (Schr.). □ 1914-29: Prof. an der Univ. Berlin. □ 1924: »Idee der Staatsraison in der neueren Geschichte« (Schr.). □ 1928-34: Vors. der Historischen Reichskommission. □ 1936: »Die Entstehung des Historismus« (Schr.). □ 1946: »Die deutsche Katastrophe« (Schr.). □ 1948: Rektor der von ihm mitbegründeten Freien Universität in Berlin-Dahlem.

Ulrike Meinhof →

Meinhof, Ulrike

dt. Journalistin (Terroristin)
* 17.10.1934 Oldenburg in Oldenburg
† 9.5.1976 Stuttgart (Selbstmord)

Meinhof war zu Beginn der 70er Jahre die ideologische Leitfigur der sogenannten Baader-Meinhof-Gruppe. Seit ihrer Kindheit mit pazifistischen Ideen vertraut, nahm M. an vielen Friedensdemonstrationen teil. In zahlreichen Artikeln kämpfte sie zunehmend verbittert gegen soziale und politische Mißstände. 1970 vollzog sie den endgültigen Bruch mit der Gesellschaft und beteiligte sich an mehreren terroristischen Aktionen. Während des Prozesses gegen sie und andere führende Mitglieder der Gruppe (G. →Ensslin) beging sie in ihrer Zelle in Stuttgart-Stammheim Selbstmord.

□ bis 1960: Studium. □ 1960-68: Chefredakteurin und Kolumnistin der linksgerichteten Zeitschrift Konkret. □ 1961-68: Ehe mit dem Hg. von Konkret, K. R. Röhl. □ 1968-70: Filmproduzentin und Drehbuchautorin. □ 1970: Teilnahme an der gewaltsamen Befreiung von A. →Baader. □ 1970-72: Im Untergrund. □ ab 1972: In Untersuchungshaft.

▷ St. Aust: Der Baader-Meinhof-Komplex, 1985.

Meinrad, Josef

österr. Schauspieler
* 21.4.1913 Wien

Meinrad steht in der Tradition der großen österreichischen Volksschauspieler, ohne jedoch auf bestimmte Rollenklischees festgelegt zu sein. Außer in klassischen Komödien (u. a. von Molière, Shakespeare) ist er auch in Musicals (Professor Higgins in »My Fair Lady«) und tragischen Stücken (Teiresias in Sophokles' »Antigone«) sowie in zahlreichen populären Unterhaltungsfilmen und im Fernsehen zu sehen.

□ 1936: Bühnendebüt an der Wiener Komödie. □ seit 1947: Mitgl. des Wiener Burgtheaters. □ 1951: Johann in »Zu ebener Erde und im ersten Stock« (J. N. Nestroy). □ 1953: Holzapfel in »Viel Lärm um nichts« (Shakespeare). □ 1956: »Die Trapp-Familie« (F., Rg. W. →Liebeneiner). □ 1957: »Sissi — Schicksalsjahre einer Kaiserin« (F., mit R. →Schneider). □ 1959: Titelrolle in »Der Schwierige« (H. v. →Hofmannsthal) am Wiener Burgtheater; Iffland-Ring. □ 1963: Regiedebüt am Wiener Burgtheater mit »Das Konzert« (H. Bahr); »Der Kardinal« (F., Rg. O. →Preminger). □ 1973: Ehrenmitgl. des Wiener Burgtheaters. □ 1983: Titelrolle des »Unsterblichen« (H. v. Hofmannsthal) am Wiener Burgtheater; Rolle des späteren Papstes Johannes Paul I. in dem Fernsehspiel »Ihr ergebener Luciani«.

← Josef Meinrad

Golda Meir: Israelische Ministerpräsidentin 1969-74.

Meir, Golda

(eig. Meyersohn, geb. Mabowitsch)
israel. Politikerin
* 3.5.1898 Kiew (Rußland) † 8.12.1978 Jerusalem

Mit einer eigentümlichen Mischung aus »biblischer Unerbittlichkeit« und konziliantter Gesprächsbereitschaft führte Meir fünf Jahre lang die israelische Regierung. Gegen heftigen Widerstand in den eigenen Reihen setzte sie 1970 einen Waffenstillstand am Sueskanal durch. Nach dem überraschenden ägyptischen Angriff im Oktober 1973 geriet sie trotz des israelischen Sieges nach Ende des Krieges unter heftige innenpolitische Kritik und trat Anfang 1974 zurück.

□ 1906: Emigration in die USA. □ bis 1921: Studium am Lehrerinnenseminar in Milwaukee; anschließend Bibliothekarin in Chicago und New York; Mitgl. der sozialistisch-zionistischen Bewegung. □ ab 1921: Übersiedlung nach Palästina; Arbeit in einem Kibbuz. □ ab 1923: Mitgl. der Arbeiterpartei (Mapai) und hauptamtliche Funktionärin der Histadrut (Gewerkschaftsbewegung). □ 1929: Mitgl. des Zionistischen Weltkongresses und Mitgl. des Exekutivrats der Jewish Agency. □ 1946: Leitung der politischen Abteilung der Jewish Agency. □ 1948/49: Botschafterin in der UdSSR. □ 1948-74: Mitgl. des Parlaments. □ 1949-56: Arbeitsmin. □ 1956-66: Außenmin. □ 1966-68: Generalsekretärin der Mapai. □ 1969-74: Ministerpräsidentin.

▷ G. Isolani: Golda Meir. Israels Mutter Courage, 1972; G. Meir: Mein Leben, dt. 1975.

Kurt Meisel →

Meisel, Kurt

österr. Schauspieler, Regisseur und Theaterleiter
* 18.8.1912 Wien

Meisel war in den 60er und 70er Jahren als Intendant in München sowie stellvertretender Direktor und Oberregisseur in Wien eine prägende, gelegentlich allerdings nicht unumstrittene Gestalt des deutschsprachigen Theaterlebens. Als Bühnenschauspieler profilierte er sich unter G. →Gründgens und J. →Fehling am Berliner Staatstheater (1937-44) bereits früh in großen Charakterrollen, aber auch in Lustspielen; als Filmdarsteller ist M. auf zwielichtige Gestalten festgelegt. Seine Leistung als Theaterregisseur liegt in der sensiblen Schauspielerführung.

□ 1934-36: Engagement in Leipzig. □ 1935: Debüt als Filmschauspieler in »Der Ehestreik«. □ ab 1945: Engagements als Schauspieler in Berlin, München und Wien. □ 1949: Rg. von »Verspieltes Leben« (F.). □ 1954: Rolle in »Emil und die Detektive« nach E. →Kästner (F., Rg. R. A. Stemmle). □ 1959: Rg. des Antikriegsfilms »Kriegsgericht«. □ 1960: Oberspielleiter und Schauspieler des Bayerischen Staatsschauspiels München. □ 1964: Vorzeitiges Ausscheiden aufgrund negativer Theaterkritiken. □ 1966-70: Oberregisseur und stellv. Dir. des Wiener Burgtheaters. □ 1972-83: Intendant des Bayerischen Staatsschauspiels. □ 1978: Titelrolle in »Der Präsident« (Th. →Bernhard). □ 1980: Rg. von »Richard III.« (Shakespeare). □ 1985: Rolle in »Der seidene Schuh« (P. →Claudel, Rg. H. Lietzau) in Salzburg.

Joachim Meisner →

Meisner, Joachim

dt. Theologe (kath.)
* 25.12.1933 Lissa bei Breslau (heute Polen)

Die Amtseinführung Meisners als Erzbischof von Köln (1988/89) weitete sich zu einer Machtprobe zwischen Papst →Johannes Paul II. und dem Kölner Domkapitel aus, da der Wunschkandidat Roms anfangs nicht die im Preußenkonkordat (1929) geforderte absolute Mehrheit der Kölner fand. Während seiner Zeit als Bischof von Berlin hatte M. wiederholt Auseinandersetzungen mit der DDR-Regierung provoziert. So weigerte er sich 1982, mit dem damaligen Staatsratsvorsitzenden E. →Honecker zusammentreffen.

□ 1980-88: Bischof von Berlin. □ 1982: Vors. der Berliner Bischofskonferenz. □ 1983: Kardinal. □ seit 1989: Erzbischof von Köln als Nachfolger von Kardinal J. →Höffner.

Meissner, Boris

dt. Ostwissenschaftler dt.-balt. Herkunft
* 10.8.1915 Pleskau (Pskow), UdSSR

Meissner ist einer der herausragenden Ostforscher und Kenner der Sowjetunion. Seit den 40er Jahren kommentiert er in Fachzeitschriften (ca. 400 Abhandlungen und Aufsätze) die innersowjetischen Vorgänge, die auswärtigen Beziehungen der Sowjetunion und die Verflechtung politischer, staatsrechtlicher und völkerrechtlicher Entwicklungen in Osteuropa. M. widmete sich in vielen Beiträgen der Deutschlandfrage und den Ost-West-Beziehungen.

□ 1956: Botschaftssekr. an der dt. Botschaft in Moskau. □ 1961: Gründungsvors. des Bundesinst. für ostwissenschaftliche und int. Studien, Köln. □ 1964-84: Prof. für Ostrecht und Dir. des Inst. für Ostrecht, Univ. Köln. □ 1977: Mitgl. des Bundesfachausschusses Außenpolitik der CDU. □ 1988: »Die Sowjetunion im Umbruch. Historische Hintergründe, Ziele und Grenzen der Reformpolitik Gorbatschows« (Abh.).

← Boris Meissner

Meitner, Lise

österr.-schwed. Physikerin
* 7.11.1878 Wien
† 27.10.1968 Cambridge (Großbritannien)

Meitner, die ab 1907 mit O. →Hahn in Berlin zusammenarbeitete und mit ihm 1917 das Element Protactinium entdeckte, erkannte mehr als dieser die Tragweite der Experimente mit Uran, deren Resultate sie als eine Spaltung der Atomkerne interpretierte. 1925 erkannte M., daß Gammastrahlen erst nach dem Zerfallsprozeß abgestrahlt werden und daß bei der Paarbildung Positronen entstehen. 1939 entwickelte M. mit O. R. →Frisch am Beispiel des von N. →Bohr vorgestellten »Tröpfchen-Modells« des Atomkerns die erste Theorie über die »Kernspaltung«, deren Begriff sie in die Atomphysik einführte.

L. Meitner lieferte erste Erkenntnisse über die Kernspaltung.

□ ab 1918: Leiterin der Physikabteilung des Kaiser-Wilhelm-Inst. für Chemie, Berlin. □ 1923-33: Prof. an der Univ. ebd. □ 1935: »Der Aufbau der Atomkerne« (mit M. →Delbrück). □ 1938: Nach dem Anschluß Österreichs Emigration über die Niederlande und Dänemark nach Schweden. □ ab 1946: Schwed. Staatsbürgerin. □ ab 1947: Prof. am Nobel-Inst. für Physik, Stockholm. □ 1961: Übersiedlung nach Großbritannien. □ 1966: Auszeichnung mit dem Enrico-Fermi-Preis (erste weibliche Preisträgerin).

▷ P. Rife: Lise Meitner. Ein Leben für die Wissenschaft, 1990.

Georges Méliès →

Méliès, Georges

frz. Regisseur
* 8.12.1861 Paris † 21.1.1938 ebd.

Méliès gehört zu den Filmpionieren der Jahrhundertwende. Von Beruf Zauberkünstler, erkannte er schon früh die technischen Möglichkeiten des neuen Mediums. Er nutzte u. a. den Stoptrick und die Doppelbelichtung, um seinem Publikum Illusionen zu vermitteln. 1896-1914 drehte M. rund 500 Kurzfilme, u. a. »Das Teufelsschloß« (1896), »Die Reise zum Mond« (1902) und »Die Eroberung des Pols« (1912).

Melles, Sunnyi

schweiz. Schauspielerin
* 7.10.1958 Luxemburg (Luxemburg)

Melles wurde 1984 vom Bundesverband Deutscher TV- und Filmregisseure zur besten Nachwuchsdarstellerin gewählt. Seitdem ist sie auch einem größeren Publikum bekannt geworden. Die Kritik verglich sie mit M. →Streep. Auf der Bühne wirkt sie zurückhaltend, gleichwohl selbstbewußt und emotional.

S. Melles: Vielversprechende Nachwuchsschauspielerin.

□ seit 1982: Mitgl. der Münchner Kammerspiele. □ 1983: Filmrolle in »Die wilden Fünfziger« (Rg. P. →Zadek); Desdemona in Shakespeares »Othello« am Wiener Burgtheater; Filmrolle in der TV-Serie »Rote Erde« (Rg. K. Emmerich). □ 1984: Titelrolle in Lessings »Emilia Galotti«. □ 1985: Filmrolle in »Drei gegen Drei« (Rg. D. Graf). □ 1986: Cressida in Shakespeares »Troilus und Cressida«; Filmrolle in »Paradies« (Rg. D. →Dörrie). □ 1987: Gretchen in Goethes »Faust«. □ 1988: Filmrolle neben A. →Delon in der frz. Produktion »Cinema«. □ 1991: Delia in UA »Schlußchor« (B. →Strauß, Rg. D. →Dorn).

Melville, Jean-Pierre

(eig. J.-P. Grumbach)
frz. Regisseur
* 20.10.1917 Paris † 2.8.1973 ebd.

Melville wurde mit seinem individuellen Filmstil und seinen Produktionsmethoden — er gründete 1946 eine eigene Filmgesellschaft und drehte unabhängig von den kommerziellen Verleihsystemen im eigenen Studio — zur Leitfigur der Nouvelle Vague (Neue Welle). Meist verfilmte er literarische Vorlagen (»Die Millionen eines Gehetzten«, 1963, nach dem Roman von G. →Simenon, mit J.-P. →Belmondo). Beeinflußt von seinem Schriftstellervorbild Herman Melville (* 1819, † 1891) und dem amerikanischen Gangsterroman, drehte er ab Mitte der 50er Jahre kühle, mit perfektionistischer Präzision inszenierte Kriminalfilme (»Der zweite Atem«, 1966, mit L. →Ventura; »Der eiskalte Engel«, 1967, mit A. →Delon). In ihnen schuf er häufig eine von der Realität unabhängige eigene Welt schicksalhafter Verflechtungen.

□ 1946: »Vingt-quatre heures de la vie d'un clown/Vierundzwanzig Stunden aus dem Leben eines Clowns« (F.). □ 1948: »Le silence de la mer/Die Stille des Meeres«. □ 1949: »Die schrecklichen Kinder« (nach J. →Cocteau). □ 1953: »Und keine blieb verschont« (mit J. → Greco). □ 1956: »Drei Uhr nachts«. □ 1961: »Eva und der Priester«. □ 1962: »Der Teufel mit der weißen Weste« (mit J.-P. Belmondo und M. →Piccoli). □ 1969: »Armee im Schatten« (mit L. Ventura und S. →Signoret). □ 1970: »Vier im roten Kreis« (mit Y. →Montand). □ 1972: »Der Chef« (mit A. Delon und C. →Deneuve).

Jean-Pierre Melville, einer der großen Krimi-Regisseure.

Albert Memmi →

Memmi, Albert

tunes. Schriftsteller und Soziologe
* 15.12.1920 Tunis

Memmi, Sohn eines Juden und einer Berberin, beschäftigt sich mit den in seiner Jugend selbst erfahrenen Problemen Rassismus und Abhängigkeit. Mit dem Essay »Der Kolonisator und der Kolonisierte« (1957, dt. 1980) wurde er neben F. Fanon zum Haupttheoretiker des Kolonialismus. Die Zerrissenheit des Ich und die Suche nach einer kulturellen Identität stehen im Mittelpunkt seiner zunächst in nüchterner, später in orientalisch-bildreicher Prosa verfaßten Romane (u. a. »Agar«, 1955; »Der Pharao«, 1988).

Mencken, Henry Louis

amer. Publizist
* 12.9.1880 Baltimore, Maryl. † 29.1.1956 ebd.

H. L. Mencken und seine Frau Sara nach ihrer Hochzeit 1930 in Baltimore, Maryland.

Mencken war einer der herausragenden Kritiker der amerikanischen Gesellschaft nach dem 1. Weltkrieg. Der Herausgeber der einflußreichen Zeitschriften American Mercury und The Smart Set nutzte diese Publikationen, um seine Vorstellungen vom modernen Amerika einer breiten Öffentlichkeit zu vermitteln. In der rasanten wirtschaftlichen und technischen Entwicklung der USA sah M. die große Chance zu einer neuen Gesellschaftsordnung. M.s Angriffe richteten sich gegen die kleinbürgerlichen Klischees der Arbeiterklasse, deren Diskussionen sich häufig in der Erörterung belangloser Probleme erschöpften. Charakteristisch ist sein Zynismus, mit dem er bestimmte Verhaltensweisen von Staat, Volk und Kirche kritisierte.

□ 1914-23: Mithg. von The Smart Set. □ 1918: »Die Verteidigung der Frau« (Es., dt. 1923). □ 1919: »Die amerikanische Sprache« (Abh., dt. 1927). □ 1920: »Das amerikanische Credo« (Es., dt. 1922). □ 1924-30: Mithg. von American Mercury.

▷ W. Manchester: Disturber of the peace. The life of H. L. Mencken, engl. 1986.

Mendelejew, Dmitri Iwanowitsch

russ. Chemiker
* 7.(8.?)2.1834 Tobolsk, Sibirien
† 2.2.1907 St. Petersburg

Mendelejew stellte 1868/69 das Periodensystem der chemischen Elemente auf, von denen damals 63 bekannt waren. Aufgrund der sich aus der periodischen Gesetzmäßigkeit der Wertigkeiten ergebenden Lücken in seiner Tabelle sagte M. 1871 die Existenz noch unbekannter Elemente voraus. Drei Elemente, deren chemische Eigenschaften M. bereits angegeben hatte, wurden 1875, 1879 und 1885 entdeckt. Das 1955 gefundene Element 101 (Md) wurde zu Ehren des großen russischen Chemikers »Mendelevium« benannt (G. Th. →Seaborg).

□ 1866-90: Prof. an der Univ. St. Petersburg. □ 1868-70: »Prinzipien der Chemie« (russ. Standardwerk). □ 1890: Rücktritt von seiner Professur aus Protest gegen die Unterdrückung der Studenten.

← Dmitri I. Mendelejew

Mendelsohn, Erich

dt. Architekt
* 21.3.1887 Allenstein, Ostpreußen
† 15.9.1953 San Francisco (USA)

Mendelsohn begann in einem durch zahlreiche phantastische Architekturskizzen vorbereiteten expressionistischen Stil mit dem sog. Einsteinturm in Berlin, einem Backsteinbau der, dick mit Beton verputzt, seine unverwechselbare, in skulpturaler Unregelmäßigkeit konzipierte Form erhielt. Danach wandte sich M. bald einer funktionalen Bauweise zu und wurde einer der ersten deutschen Architekten des International Style. Nach verschiedenen Wohn- und Industriebauten, in denen er die Möglichkeiten von Stahl und Beton erprobte, errichtete er zwei seiner wichtigsten Bauten, die Kaufhäuser Schocken in Stuttgart (1926-28) und Chemnitz (1928-30). Besonders der Chemnitzer Entwurf besticht durch klare Formen. Das letzte Großprojekt in Deutschland entstand 1927-31 mit dem Wohn-, Laden- und Freizeitkomplex am Kurfürstendamm, dessen baulich wie technisch ausgefeiltes Universum-Kino vielfach nachgeahmt wurde.

Erich Mendelsohn bei einer Planungsarbeit, 1940.

□ 1908-12: Studium an der TH in Berlin-Charlottenburg, dann bei Th. Fischer an der TH in München. □ 1918: Eigenes Büro in Berlin; Gründungsmitgl. der Novembergruppe und Mitgl. des Arbeitsrates für Kunst. □ 1921-23: Umbau des Verlagshauses R. Mosse (u. a. mit R. →Neutra). □ 1924: Mitbegründer der avantgardistischen Architektenvereinigung »Der Ring«. □ 1925: »Amerika. Bilderbuch eines Architekten« (NA 1990). □ 1931/32: Columbus-Haus in Berlin. □ 1933: Emigration nach England. □ 1937-39: Hebräische Univ. in Jerusalem. □ 1941: Übersiedlung in die USA.

▷ B. Zevi: Ernst Mendelsohn, 1983.

Mendes, Chico

(eig. Francisco Mendes Filho)
bras. Umweltschützer und Gewerkschafter
* 1944 † 22.12.1988 Xapuri (ermordet)

Mendes opferte sein Leben für den Regenwald.

Mendes, von der UNO 1987 für seine Verdienste um die Erhaltung der Umwelt mit dem Öko-Preis Global 500 ausgezeichnet, organisierte als Chef der regionalen Kautschukzapfer-Gewerkschaft Waldbesetzungen, um Brandrodungen zu verhindern. Er wurde zu einer international anerkannten Symbolfigur im Kampf gegen die Abholzung des Regenwaldes. 1988 fiel er einem Anschlag der da-Silva-Familie zum Opfer, nachdem er ein Stück Urwald, das die Familie in Weideland umwandeln wollte, enteignet und unter Naturschutz gestellt hatte.

▷ A. Shoumatoff: Chico Mendes. Der Regenwald brennt, 1990.

Sergio Mendes →

Mendes, Sergio

bras. Jazzmusiker
* 11.2.1941 Niteroi

Mendes wurde als Pianist und Orchesterchef mit seinen Kompositionen zum Inbegriff des sog. Latin Jazz. Schon früh realisierte er die Fusion zwischen Jazz und Rock und brachte gleichzeitig

Elemente der südamerikanischen Musik mit ein. Damit beeinflußte er zahlreiche Musiker des Popbereichs, aber auch aus dem Jazz und Rock. M. wurde zu einem der Pioniere des Bossa Nova und arbeitete u. a. mit F. →Sinatra, Buddy Rich und F. →Astaire.

□ 1950: Musikstudium am Konservatorium in Niteroi. □ 1960: Gründung der eigenen Band »Bossa Rio«; erste Südamerikatournee. □ 1962: Erste USA-Tournee. □ 1963: Auftritte in Europa. □ 1964: Konzerte in Japan. □ 1965: Neue Band »Brasil '65«; erste Plattenaufnahmen. □ 1968: Hits: »The look of love« (aus dem Film »Casino Royale«) und »The fool on the hill«. □ 1977: »Sergio Mendes & The New Brasil '77« (LP). □ 1980: »Alegria« (LP). □ 1984: »Confetti« (LP). □ 1986: »Brazil '86« (LP).

Mendès-France, Pierre

frz. Politiker
* 11.1.1907 Paris † 18.10.1982 ebd.

Der Wirtschaftspolitiker Mendès-France war einer der führenden Politiker der IV. französischen Republik. Als Premierminister schloß er auf der Indochina-Konferenz (1954) in Genf Frieden mit Vietnam. Gegen große Widerstände erreichte er im Parlament die Annahme der »Pariser Verträge« (Aufnahme der BRD in die NATO). Wegen seiner umstrittenen Tunesien-Politik (Gewährung der inneren Autonomie) wurde er 1955 zum Rücktritt gezwungen. Inzwischen zum Gegner von Ch. de →Gaulle geworden, dem er Streben nach einer Präsidialdiktatur vorwarf, stimmte M. gegen dessen neue Verfassung zur V. Republik und wurde aus diesem Grund 1958 aus der Radikalsozialistischen Partei ausgeschlossen.

□ 1932-40, 1946-58: Deputierter der Radikalsozialisten. □ 1938-40: Unterstaatssekr. des Unterschatzamts. □ 1940-42: Flucht über Marokko nach Großbritannien. □ 1942-44: Mitgl. von de Gaulles »France libre« (Freies Frankreich); zeitweilig Bomberpilot. □ 1944/45: Wirtschaftsmin. □ 1947: Vertreter Frankreichs im Wirtschafts- und Sozialrat der UNO. □ 1954/55: Premierminister und Außenmin. □ 1956: Min. ohne Geschäftsbereich. □ 1960-68: Mitgl. der Parti Socialiste Unifié (PSU).

▷ Jean Lacouture: Pierre Mendès-France, frz. 1981.

Menem, Carlos Saul

argentin. Politiker
* 2.7.1935 Anillaco, Prov. La Rioja

Mit einem populistischen Wahlprogramm (Versprechen auf Lohnerhöhungen und sichere Arbeitsplätze), das mit starken nationalistischen Tönen vermischt war, sicherte sich der Peronist Menem 1989 die Wahl zum Staatspräsidenten. Seitdem gelang es ihm jedoch nicht, die großen wirtschaftlichen Probleme des Landes in den Griff zu bekommen. Zu Beginn der 90er Jahre geriet M., ein Sohn syrischer Einwanderer, unter politischen Druck, da er zahlreiche staatliche Posten an politische Freunde syrisch-arabischer Herkunft vergab.

□ bis 1956: Jurastudium; Mitgl. der peronistischen Bewegung (Partido Justicialista). □ 1956: Tätigkeit als Rechtsanwalt. □ 1973-76: Gouverneur von La Rioja. □ 1976-81: In Haft. □ 1983: Erneut Gouverneur von La Rioja. □ seit 1989: Staatspräsident.

Wolfgang Menge →

← Pierre Mendès-France

Carl Menger →

← Carlos Saul Menem

Menge, Wolfgang

dt. Schriftsteller
* 10.4.1924 Berlin

Menge entwickelte zahlreiche Talkshows, die er meist auch selbst moderierte (u. a. »III nach neun«, 1974-82; »Leute«, 1983-87), und verfaßte Drehbücher für Fernsehspiele und Krimis (»Stahlnetz«-Serie; »Polizeirevier Davidswache«; »Unternehmen Köpenick«, 1986). Sein größter Erfolg war die TV-Serie »Ein Herz und eine Seele« (1973-76), eine Polit-Satire, in deren Mittelpunkt das »Ekel« Alfred Tetzlaff (gespielt von Heinz Schubert) stand.

Menger, Anton

österr. Jurist
* 12.9.1841 Maniowy bei Krakau (heute Polen)
† 6.2.1906 Rom (Italien)

Mit seinen sozialpolitischen und sozialistischen, aber gegen Marxismus und die Sozialdemokratie gerichteten Schriften zum Recht übte Menger großen Einfluß auf die zeitgenössische europäische Gesetzgebung aus. Bekannt wurde der »Rechtssozialist« mit seiner sozialkritischen Studie über den deutschen BGB-Entwurf, »Das bürgerliche Recht und die besitzlosen Volksklassen« (1890, Nachdruck 1965), dessen Kritikpunkte die endgültige Fassung des deutschen BGB von 1895 stark beeinflußte.

□ 1877-99: Prof. an der Univ. Wien. □ 1886: »Das Recht auf den vollen Arbeitsertrag« (Schr.). □ 1895: »Über die sozialen Aufgaben der Rechtswissenschaft« (Schr.). □ 1903: »Neue Staatslehre« (Schr.). □ 1905: »Volkspolitik« (Schr.).

▷ K.-H. Kästner: Anton Menger (1841-1906). Leben und Werk, 1974; E. Müller: Anton Mengers Rechts- und Gesellschaftssystem, 1975.

Menger, Carl

österr. Nationalökonom
* 23.2.1840 Neusandez (heute Nowy Sącz, Polen)
† 26.2.1921 Wien

Mit dem Ziel, eine einheitliche Preistheorie zu schaffen, entwickelte Menger — zeitgleich mit L. →Walras und William Stanley Jevons (*1835, † 1882) — die sog. Grenznutzentheorie. Diese Konzeption einer neuen Richtung in der Ökonomie stellte die subjektive Wertbestimmung in den Mittelpunkt. Mit seinen Schülern E. v. →Böhm-Bawerk und Friedrich von Wieser begründete M. die Österreichische Grenznutzenschule (auch Wiener Schule). Er ging davon aus, daß Menschen tauschen, um einen Nutzenzuwachs zu erzielen und daß sich der Preis eines Gutes durch die Wertschätzung seitens des Käufers bildet. In der modernen Theorie entspricht »Grenznutzen« dem Zuwachs des Gesamtnutzens, den ein Wirtschaftssubjekt erfährt, wenn bei einer gegebenen Güterkombination der Verbrauch eines Gutes um eine geringfügige Menge erhöht wird. Die sich an theoretischen Modellen orientierenden Ansätze der Wiener Schule standen in diametralem Gegensatz zu der in Deutschland vorherrschenden jüngeren historischen Schule. Mit deren geistigem Führer G. v. →Schmollers setzte sich M. im »Methodenstreit« viele Jahre lang auseinander. M.s Beiträge zur Preis- und Einkommensverteilungstheorie zählen zu den Grundlagen der heutigen Wirtschaftstheorie. Weitere Richtungen der Grenznutzentheorie sind die Lausanner Schule (L. Walras, V. →Pareto) und die angloamerikanische Schule.

□ 1867-72: Tätigkeit als Journalist bei verschiedenen Zeitungen, Mitarbeiter im österr. Ministerratspräsidium. □ 1871: »Grundsätze der Volkswirtschaftslehre« (Schr.). □ ab 1873: Prof. an der Univ. Wien. □ 1884: »Die Irrtümer des Historismus in der deutschen Nationalökonomie« (Schr.). □ 1887: »Zur Krise der politischen Ökonomie« (Schr.). □ 1892: »Der Übergang zur Goldwährung« (Schr.). □ ab 1900: Mitgl. im österr. Herrenhaus.

Mengistu Haile Mariam

äthiop. Politiker und Militär
* 1937 (?) Soddo, Südwest-Äthiopien

Nach seiner Machtübernahme 1977 und der Unterdrückung aller oppositioneller Kräfte begann Mengistu, Äthiopien nach dem Vorbild osteuropäischer Länder in einen marxistisch-leninistischen Staat umzuformen. Verschiedene Aufstände im Land (Eritrea, Tigre, Ogaden) konnte er zunächst mit massiver Hilfe kubanischer Truppen zurückdrängen. Jahrelange Dürre und Bürgerkrieg — aber auch starrer Doktrinismus — verursachten eine wachsende Hungersnot im ganzen Land. Militärische Erfolge der nach Unabhängigkeit strebenden eritreischen und tigrischen Rebellengruppen zwangen M. im Mai 1991 zur Flucht aus Äthiopien.

□ 1957: Soldat. □ 1959: Offizier; anschließend Lehrgang in den USA. □ 1974: Teilnahme an der Revolution gegen Kaiser →Haile Selassie; stellv. Vors. des Provisorischen Militärverwaltungsrats. □ 1977: Vors. des Militärrats und des Ministerrats (Staatsoberhaupt). □ 1983/84: Turnusgemäß Vors. der Organisation für Afr. Einheit (OAU). □ seit 1984: Gründer und Vors. der Einheitspartei »Marxistische Arbeiterpartei Äthiopiens« (WPE). □ 1991: Rücktritt als Staatsoberhaupt und Flucht nach Zimbabwe.

Menotti, Cesar Luis

argent. Fußballspieler und Nationaltrainer
* 5.11.1938 Buenos Aires

Menotti, Entdecker und Förderer von D. →Maradona, führte 1978 Argentinien zum Gewinn der Weltmeisterschaft (3:1 gegen die Niederlande). Als Aktiver spielte El Flaco (»der Dünne«) in den 60er Jahren viermal in der Nationalmannschaft.

□ 1959-70: Spieler u. a. bei Rosario, Boca Juniors, FC Santos. □ 1971-74: Trainer bei Huracans Buenos Aires. □ 1974-82: Trainer der argent. Nationalmannschaft. □ 1983/84: FC Barcelona. □ 1986/87: Boca Juniors. □ 1987/88: Atletico Madrid.

Menotti, Gian Carlo

ital.-amer. Komponist und Regisseur
* 7.7.1911 Cadegliano, Varese

Die Oper »Amelia geht zum Ball« (UA Philadelphia 1937) war Menottis erster Erfolg; mit der

Gian Carlo Menotti →

← Mengistu Haile Mariam

← Cesar Luis Menotti

politischen Musiktragödie »Der Konsul« (UA Philadelphia 1950), die (in 18 Sprachen übersetzt) weltweit aufgeführt wurde, begründete er seinen Weltruhm. M. orientiert sich in seinen zahlreichen effektvollen Bühnenwerken, zu denen er die Libretti selbst verfaßt, an dem italienischen Verismo (P. →Mascagni) und vereint eklektisch Stilmittel von G. →Puccini, M. →Ravel und I. →Strawinski. Die Fernsehoper »Amahl and the Night-Visitors« (1951) gehörte jahrzehntelang zum Standard amerikanischer Weihnachtsprogramme. M., ein Allroundtalent, trat auch als Regisseur eigener und fremder Werke hervor und erwarb Verdienste als Initiator und Leiter internationaler Festivals. Sein »Festspiel zweier Welten« in Spoleto (Umbrien) führt seit 1958 Musiker aus Europa und Amerika zu Konzerten und Aufführungen zusammen.

□ 1923-27: Studium am Konservatorium in Mailand. □ 1928: Emigration in die USA. □ 1933-37: Mitarbeiter an der Academy of Music in New York. □ 1941-55: Dozent am Curtis Inst. Philadelphia. □ 1950: Pulitzer-Preis für die Oper »Der Konsul«. □ 1958-67: Gründer und Dir. der »Festspiele zweier Welten« in Spoleto (Umbrien). □ 1964: UA der Oper »Martins Lüge« in Bath. □ 1968: UA der Kinderoper »Hilfe, Hilfe, die Globolinks« (Auftragswerk der Staatsoper) in Hamburg. □ 1977: Gründung der Festspiele »Spoleto II« in Charleston, S. Car. (USA). □ 1978: UA der Oper »The Trial of the Gypsy« am Lincoln Center New York. □ 1985: Gründung der Festspiele »Spoleto III« in Melbourne. □ 1986: UA der Oper »Goya« in Washington, D. C.

▷ R. Tricoire: Gian Carlo Menotti, frz. 1966; J. Gruen: Menotti. A biography, engl. 1978.

Mensching, Gustav

dt. Religionswissenschaftler
* 6.5.1901 Hannover † 30.9.1978 Düren

Mensching vertrat eine von der christlichen Theologie unabhängige Religionswissenschaft. Aufgrund vergleichender soziologischer Studien wies er innerhalb der großen Weltreligionen die ihnen gemeinsamen Erlebnisqualitäten, Gottesvorstellungen und religiösen Kulte nach.

□ 1927-36: Prof. an der Univ. Riga. □ 1938: »Vergleichende Religionswissenschaft« (Schr.). □ 1941: »Gut und Böse im Glauben der Völker« (Schr.). □ 1942-69: Prof. an der Univ. Bonn. □ 1955: »Toleranz und Wahrheit in der Religion« (Schr.). □ 1972: »Die Weltreligionen« (Schr.). □ 1974: »Der offene Tempel. Die Weltreligionen im Gespräch untereinander« (Schr.).

Menuhin, Sir (seit 1985) Yehudi

amer. Violinist
* 22.4.1916 New York

Menuhin war ein musikalisches Wunderkind. Bereits als Elfjähriger gelangte er mit Beethovens Violinkonzert in der New Yorker Carnegie Hall zu Weltruhm. Schon damals erreichte er technische Vollendung und einen persönlichen Ausdruck der Interpretation. Sein späteres Spiel zeichnet sich durch energische, großzügige Gestaltung aus. M. ist ein engagierter Pädagoge. Er gründete 1959 in Gstaad (Berner Oberland) ein Musikfestival für seine Schüler und 1963 in London die Yehudi Menuhin School. Der Philanthrop M. rief

Yehudi Menuhin wurde schon im Alter von elf Jahren als Geigen-Virtuose gefeiert.

1977 die Initiative »Live Music Now« ins Leben, um Musik aus dem Konzertsaal an Arbeitsplätze, in Krankenhäuser und Gefängnisse zu bringen. Seit den 60er Jahren tritt M. auch häufiger als Dirigent auf.

□ ab 1927: Schüler von G. →Enescu. □ 1929: Erster großer Erfolg in Europa mit dem »Konzert der drei B« (Bach, Beethoven, Brahms) in der Berliner Philharmonie unter B. →Walter. □ 1935: Welttournee mit 110 Konzerten. □ 1938-40: Tournee durch England, Australien und Europa. □ 1952, 1954: Konzerte in Indien. □ 1959-68: Künstlerischer Dir. des Bath-Festival England. □ 1969: Präs. des Int. Musikrates der UNESCO; Jawaharlal-Nehru-Preis für int. Verständigung. □ 1969-72: Künstlerischer Dir. der Festspiele Windsor. □ 1970: Schweiz. Staatsbürgerschaft. □ 1971: »The Violin — Six Lessons with Yehudi Menuhin« (Lehrbuch). □ 1972: »Theme and Variations« (Schr.). □ ab 1982: Chefdirigent des Royal Philharmonic Orchestra London; »Ich bin fasziniert von allem Menschlichen« (Schr.). □ 1985: Brit. Staatsbürgerschaft. □ 1986: »Kunst als Hoffnung für die Menschheit« (Schr.). □ seit 1986: Gast des Schl.-H. Musik Festivals.

▷ R. Magidoff: Yehudi Menuhin, 1955; Y. Menuhin: Unvollendete Reise (Mem.), 1976; D. Menuhin: Durch Dur und Moll — Mein Leben mit Yehudi Menuhin, 1985; J. Schall-Emden (Hg.): Weder Pauken noch Trompeten, 1991.

Merbold, Ulf

dt. Physiker und Astronaut
* 20.6.1941 Greiz

Merbold, der erste Wissenschaftsastronaut der BRD (R. →Furrer), führte 1983 (28. 11.-9. 12.) im europäischen Weltraumlabor »Spacelab« an Bord der amerikanischen Raumfähre »Columbia« zahlreiche Experimente durch. Unter den Untersuchungen zur Plasmaphysik, Biologie und Medizin sind von besonderem Interesse die Experimente gewesen, die zur Herstellung von Legierungen im Zustand der Schwerelosigkeit und zu Erkenntnissen über den menschlichen Gleichgewichtssinn führten.

▷ U. Merbold: Flug ins All, 1986.

Eddy Merckx →

Melina Mercouri →

← Ulf Merbold

Merckx, Eddy

belg. Radrennfahrer
* 17.6.1945 Meensel-Kizegem, Flandern

Merckx, der nach dem Gewinn der Straßenweltmeisterschaft der Amateure 1964 ins Profilager wechselte, gehört zu den größten Radrennfahrern der Sportgeschichte. Er beherrschte Rundfahrten wie die Tour de France (fünf Siege) oder den Giro d'Italia (fünf Siege) genauso wie die klassischen Tageswettbewerbe. Die Fernfahrt Mailand—San Remo gewann er siebenmal, den Klassiker Lüttich—Bastogne—Lüttich fünfmal. Als weltbester Straßenfahrer holte er sich 1973-75 dreimal den Super Prestige Cup. 1972 kam er bei seinem Stundenweltrekord mit 49,431 km in die Nähe der 50-km-Marke.

□ 1964: Amateur-Weltmeister. □ 1966: Mailand—San Remo (erneut 1967, 1969, 1971, 1972, 1975, 1976). □ 1967: Profiweltmeister (erneut 1971 und 1974). □ 1968: Giro d'Italia (erneut 1970, 1972, 1973, 1974); Paris—Roubaix (erneut 1970 und 1973). □ 1969: Tour de France (erneut 1970, 1971, 1972, 1974); Giro d'Italia (Disqualifikation wegen Doping); Flandern-Rundfahrt (erneut 1975); Lüttich—Bastogne—Lüttich (erneut 1971, 1972, 1973, 1975). □ 1971: Henninger-Turm. □ 1974: Tour de Suisse.

Mercouri, Melina

(eig. Maria Amalia Mersuris)
griech. Schauspielerin und Politikerin
* 18.10.1925 Athen

Mercouri, die sich in Filmen wie »Sonntags. . .nie« (1959) und »Topkapi« (1963, mit P. →Ustinov und Maximilian →Schell) international einen Namen machte und auch als Chanson-Sängerin großen Erfolg hatte, wurde als engagierte Gegnerin der griechischen Militärdiktatur (1967-74) bei einer sog. Kultursäuberung 1967 ausgebürgert. Im Ausland setzte sie ihren Protest gegen die Militärherrschaft fort. 1981-89 war M. griechische Kultusministerin in der sozialistischen Regierung unter A. →Papandreou.

□ 1958: »Wo der heiße Wind weht« (mit G. →Lollobrigida und Y. →Montand). □ 1961: »Phaedra« (mit A. →Perkins). □ 1974: Rückkehr nach Griechenland. □ 1974-81: Abgeordnete der Panhellenistischen Sozialistischen Bewegung (PASOK) im griech. Parlament.

▷ M. Mercouri: Ich bin als Griechin geboren (Aut.), 1971.

Meredith, George

brit. Schriftsteller
* 12.2.1828 Portsmouth
† 18.5.1909 Flint Cottage bei Dorking, Surrey

Meredith, dessen erzählerisches und lyrisches Werk an der Schwelle zwischen viktorianischem Zeitalter und Moderne steht, beeinflußte mit seiner psychologischen Figurendarstellung und seinem metaphernreichen Stil die Entwicklung des modernen Romans (J. →Conrad, E. M. →Forster, J. →Joyce). In M.s realistischen Romanen tritt die äußere Handlung zugunsten der subtilen Analyse der Hauptfiguren zurück. M.s Meisterwerke, etwa »Der Egoist« (R., 1879, 3 Bde., dt. 1905) und »Diana vom Kreuzweg« (R., 1885, 3

Bde., dt. 1905), schildern einen damals provokanten, selbständigen Frauentyp, der Unabhängigkeit und gleiche Rechte fordert. M.s individualistische Gedankenlyrik, die vor allem um die Bedingungen von Selbst- und Naturerfahrung kreist, ist Ausdruck einer spiritualisierten Evolutionstheorie.

☐ 1859: »Richard Feverel« (R., 3 Bde., dt. 1904). ☐ 1862: »Modern love and poems of the English roadside, with poems and ballads«. ☐ 1865: »Rhoda Fleming« (R., dt. 1905). ☐ 1871: »The adventures of Harry Richmond« (R.). ☐ 1877: »Über die Idee der Komödie und den Nutzen des komischen Geistes« (Es., dt. 1910). ☐ 1888: »A reading of earth« (Ged.e). ☐ 1909: »Last poems«.

▷ J. Lindsay: George Meredith, 1956.

Mereschkowski, Dimitri Sergejewitsch

russ. Schriftsteller und Religionsphilosoph
* 14.8.1865 St. Petersburg
† 9.12.1941 Paris (Frankreich)

Mereschkowski, ein Wegbereiter des Symbolismus, prägte bis zum 1. Weltkrieg das literarische Leben in Rußland. Sein duales, antithetisches Weltbild entstand unter dem Einfluß von F. →Nietzsche. Das Werk M.s, der 1941 in der Hoffnung auf eine Zerschlagung des Kommunismus Hitlers Überfall auf die Sowjetunion begrüßte, ist der Frage nach der Verwirklichung des Christentums gewidmet: Seine Vision einer Theokratie vereinte Orthodoxie und Hellenismus. Hauptwerke sind die Romantrilogie »Christus und der Antichrist«, zu der u. a. »Leonardo da Vinci« (1901, dt. 1903) gehört, und »Jesus, der Unbekannte« (1932, dt. 1932).

☐ 1884-89: Geschichtsstudium in Moskau und St. Petersburg. ☐ ab 1889: Ehe mit S. →Hippius. ☐ 1896-1905: »Christus und Antichrist« (Roman-Trilogie). ☐ 1905-12: Aufenthalt in Paris. ☐ 1913: »Alexander I.« (R., dt. 1913). ☐ 1919: Flucht aus Rußland nach Paris. ☐ 1939: »Dante« (Es.).

← Dimitri Mereschkowski

Meri, Veijo Väinö Valvo

finn. Schriftsteller
* 31.12.1928 Viipuri

Meri gehört zu den bekanntesten finnischen Autoren der Gegenwart. Thema seines Werks ist der Krieg, dessen Sinnlosigkeit durch hilflose Anti-Helden in makaber-grotesken Episoden entlarvt wird. Der Soldat Joose Keppilä, Hauptfigur seines erfolgreichen Romans »Das Manilaseil« (1957, dt. 1964), ist die finnische Version des braven Soldaten Schwejk von J. →Hašek.

Merkle, Hans Lutz

dt. Industriemanager
* 1.1.1913 Pforzheim

Merkle war über 20 Jahre Vorsitzender der Geschäftsleitung (1963-84) des Bosch-Konzerns. Unter seiner Führung erweiterte das einseitig auf Auto-Elektrik ausgerichtete Unternehmen seine Produktion auf zukunftsträchtige Gebiete des gesamten Elektrobereichs. Er etablierte ein international tätiges Unternehmen, das er u. a. durch

Merkle: Über 20 Jahre an der Spitze des Bosch-Konzerns.

die Übernahme der Sparte Kommunikationstechnik des 1982 in Schwierigkeiten geratenen AEG-Konzerns aus der Abhängigkeit von nur wenigen Produktionsbereichen löste.

☐ 1949: Nach Jura- und Volkswirtschaftsstudium Vorstandsmitgl. einer Textilfirma in Reutlingen. ☐ 1958: Eintritt in die Geschäftsführung des Bosch-Konzerns (1963-84 Vors.). ☐ 1975: »Inflation und öffentliche Finanzen« (Schr.). ☐ 1982: Steigerung des Welt-Umsatzes auf 13,8 Mrd. DM (1963: ca. 2 Mrd. DM). ☐ 1984: »Bruchszenen der Gegenwart. Gedanken über Politik und Wirtschaft« (Schr.). ☐ 1984-88: Vors. des Aufsichtsrats.

Merleau-Ponty, Maurice Jean-Jacques

frz. Philosoph
* 14.3.1908 Rochefort-sur-Mer † 3.5.1961 Paris

Merleau-Ponty gehört neben J.-P. →Sartre, mit dem er 1945-52 die Zeitschrift Les Temps Modernes herausgab, zu den bedeutenden Vertretern des Existentialismus in Frankreich. Ausgehend von der Phänomenologie E. →Husserls versuchte M. in seinem eigene Wege einschlagenden Hauptwerk »Phänomenologie der Wahrnehmungen« (1945, dt. 1966) eine existentialistische Bewußtseinsphilosophie zu begründen.

☐ 1947: »Humanismus und Terror« (Es.s, dt. 1966). ☐ 1949-52: Prof. an der Sorbonne, Paris. ☐ ab 1952: Prof. am Collège de France, Paris. ☐ 1955: »Das Abenteuer der Dialektik« (Es.s, dt. 1968 mit einer heftigen Attacke gegen Sartre).

Merrifield, Robert Bruce

amer. Chemiker
* 15.7.1921 Fort Worth, Tex.

Merrifield entwickelte in den 60er Jahren eine Methode zur chemischen Synthese von Eiweiß-

Robert Bruce Merrifield →

stoffen (Polypeptiden) und Proteinen. Bei der Merrifield-Technik wird das eine reaktionsfähige Ende einer Aminosäure mit einem kleinen Kunststoffkügelchen gesättigt (feste Matrix) und am anderen eine lange Kette in der gewünschten Reihenfolge der Aminosäuren gebildet. Für diese Methode, mit der 1969 die Vollsynthese eines Enzyms gelang, erhielt M. 1984 den Chemie-Nobelpreis.

Merseburger, Peter

dt. Fernsehjournalist
* 9.5.1928 Zeitz bei Gera

Merseburger leitete acht Jahre das politische TV-Magazin »Panorama« (NDR), eine der profiliertesten, aber auch umstrittensten zeitkritischen Sendungen der öffentlich-rechtlichen Anstalten. Seine »Berichte, Meinungen, Analysen« — so der Untertitel der Reihe — stießen wegen angeblicher Linkslastigkeit auf Kritik. Die CDU-Verwaltungsratsmitglieder des NDR kämpften 1974 vergeblich gegen eine Vertragsverlängerung M.s als Chefredakteur, der nach seinem freiwilligen Ausscheiden aus »Panorama« ab 1977 Auslandskorrespondent der ARD war.

← Peter Merseburger

□ seit 1950: SPD-Mitgl. □ 1956-60: Nach Tätigkeit bei der Neuen Ruhr-Zeitung Redakteur der Hannoverschen Presse. □ 1960-65: Redakteur beim Nachrichtenmagazin Der Spiegel (Berlin, Brüssel). □ 1965-67: Redakteur der Sendereihe »Forum« (NDR). □ 1967-75: Leiter und Moderator von »Panorama«. □ 1977-82: ARD-Korrespondent in Washington. □ 1982-87: Leiter des ARD-Studios in Ost-Berlin. □ 1983: »Die unberechenbare Vormacht — Wohin steuern die USA?« (Schr.). □ 1987-91: ARD-Korrespondent in London. □ 1988: »Grenzgänger — Innenansichten der anderen deutschen Republik« (Schr.).

Merton, Robert King

amer. Soziologe
* 5.7.1910 Philadelphia, Penn.

In der Analyse sozialen Rollenverhaltens prägte Merton den Begriff der »Bezugsgruppe«: Das Individuum (z. B. ein Lehrer) orientiert sein Verhalten an der Zustimmung oder Ablehnung von bestimmten Gruppen (z. B. Kollegen, Schüler, Eltern). Mit seinem Begriff der »Disfunktion« versuchte M., die Gegebenheit sozialer Konflikte und sozialen Wandels theoretisch zu erklären. Die Disfunktion z. B. des Kriminellen würde gesellschaftliche Normen bestätigen, diejenige des »Rebellen« sie verändern.

□ 1947: Prof. für Soziologie, Columbia Univ., N. Y. □ 1957: »Der Rollen-Set« (Schr., dt. 1967). □ 1963: Prof. für Soziologie, Univ. Giddings; Mitdir. der Behörde für angewandte Sozialforschung. □ 1973: »The sociology of science« (Schr.).

▷ P. Sztompka: Robert K. Merton. An intellectual profile, 1986.

Merz, Mario

ital. Künstler
* 1.1.1925 Mailand

Merz ist der Hauptvertreter der in Italien entstandenen Arte povera (»arme Kunst«), die ihre Objekt- und Materialmontagen, Environments und Installationen auf wenige Elemente und meist einfache Materialien beschränkt. Mit seinen aus Ton, Erde, Steinen, Reisig, Glas, Aluminium, Bienenwachs, Neonröhren usw. bestehenden Arbeiten wandte sich auch M. gegen eine Ästhetisierung der Kunstrezeption und Verbürgerlichung des Begriffes Kunst. Indem er auf archetypische Metaphern wie Iglus als Ausdruck für das elementare Streben nach Behausung zurückgreift und seine Iglu-Bauten aus natürlichen wie auch synthetischen Materialien errichtet, gibt er seiner Überzeugung von der (notwendigen) Einheit von Natur und Zivilisation Ausdruck (z. B. »Von Honig zur Asche«, 1984, Amsterdam, Stedelijk Museum). Auf der Eröffnungsausstellung der Hamburger Deichtorhallen 1989/90 zeigte M. den Iglu in einer technisierten Ausführung aus Stahl und Glas mit Neonröhren (»Labyrinth«, 1989).

Mario Merz auf der documenta 7 in Kassel, 1982.

□ um 1965: Abwendung von der Malerei und Hinwendung zu Materialmontagen, Environments und Installationen. □ 1977: Teilnahme an der documenta 6 in Kassel. □ 1985: Große Retrospektive im Kunsthaus Zürich.

Hannes Messemer →

Messemer, Hannes

dt. Schauspieler
* 17.5.1924 Dillingen † 2.11.1991 Aachen

Messemer, gleichermaßen bekannt als Bühnen-, Film- und Fernsehschauspieler, beeindruckte durch sein großes, vielseitiges Rollenrepertoire und sein differenziertes Spiel, mit dem er insbesondere komplizierte, widersprüchliche Charaktere glaubhaft verkörpert. Zu seinen großen Bühnenrollen gehörten u. a. Franz Moor in »Die Räuber« (Schiller) und Mackie Messer in »Die Dreigroschenoper«. International bekannt wurde M., der keine Schauspielschule besuchte, mit den beiden Filmen »Babette zieht in den Krieg« (1959, mit B. →Bardot) und »Lautlose Waffen« (1966, Rg. R. Levy, mit M. →Clift).

□ 1947: Bühnendebüt bei einer Freilichtaufführung in Tübingen, danach Engagements u. a. in Hannover, Bochum, München, Stuttgart und Berlin. □ 1953: »König Lear« (Shakespeare) bei den Ruhrfestspielen. □ 1957: Filmdebüt in »Rose Bernd« (Rg. W. →Staudte, nach G. →Hauptmann, mit Maria →Schell). □ 1966: »Grieche sucht Griechin« (F., Rg. R. Thiele, nach F. →Dürrenmatt). □ 1973: TV-Serie »Sergeant Berry«. □ 1975: »Der tödliche Schlag« von W. →Jens (TV). □ 1982: »Flüchtige Bekanntschaften« (F.).

Messerschmitt, Willy

dt. Flugzeugkonstrukteur
* 26.6.1898 Frankfurt/Main † 15.9.1978 München

Messerschmitt gründete 1923 in Bamberg die Messerschmitt-Flugzeugbau-Gesellschaft, aus der nach mehreren Fusionen 1969 die Messerschmitt-Bölkow-Blohm GmbH hervorging. Ab 1934 konstruierte er das im 2. Weltkrieg am häufigsten eingesetzte Flugzeug der Luftwaffe, den Jäger Me-109. Die daraus entwickelte Me-209 hielt von 1939 bis 1969 den Geschwindigkeitsweltrekord von 755,138 km/h für Flugzeuge mit Kolbenmotor. M. startete ab 1943/44 die erste Serienherstellung von Raketen- und Düsenflugzeugen (Me 163, Me 262).

□ 1925: Konstruktion des ersten Motorflugzeugs M-17. □ 1926: Erfolgreicher Bau des Ganzmetallflugzeugs M-18. □ 1927: Chefkonstrukteur der Bayer. Flugzeugwerke. □ ab 1934: Entwicklung der Me-109. □ ab 1937: Prof. an der TH München. □ ab 1945: Produktion von Nähmaschinen, Kabinenrollern und Fertighäusern. □ ab 1955: Wiederaufnahme der Flugzeugherstellung.

▷ A. Van Ishoven: Messerschmitt, Aircraft Designer, engl. 1975.

Willy Messerschmitt (r.) mit dem Jagdflieger Major Hermann Graf vor der Me-109, 1942.

Messiaen, Olivier

frz. Komponist, Organist und Musikpädagoge
* 10.12.1908 Avignon, Dep. Vaucluse

Messiaen, 1936 Mitbegründer der Komponistengruppe Jeune France (→Daniel-Lesure), zählt zu den bedeutenden Musikerpersönlichkeiten des 20. Jh.s.
Durch eine Weiterentwicklung der Zwölftontechnik von A. →Schönberg und A. →Webern initiierte er mit seinem Klavierstück »Mode de Valeurs et d'intensités« (1949), in dem erstmals Tonhöhen, Dauern, Anschlagsarten und dynamische Werte reihenmäßig durchorganisiert waren, die sog. serielle Musik. Diese Kompositionstechnik wurde durch M.s Schüler (K. →Stockhausen, P. →Boulez, I. →Xenakis) zum wich-

Olivier Messiaen: Wegbereiter der »Seriellen Musik«.

tigsten Stil innerhalb der Neuen Musik der 50er Jahre.
M., über drei Jahrzehnte Organist in Paris, gilt auch als Orgelneuerer, der mit erfindungsreichen Kompositionen (»Livre d'Orgue«, 1951) das Instrument für die Neue Musik entdeckt hat. Tief im Katholizismus verwurzelt, kreist ein großer Teil seines Œuvres um christliche Glaubenswahrheiten (»20 regards sur l'Enfant Jésus« für Klavier, 1944). Als wichtigste Inspirationsquelle dienen M. natürliche Vogelgesänge, von denen er Tausende aufgezeichnet hat, um sie in zahlreichen Werken zu verarbeiten.

□ 1919-30: Studien am Konservatorium Paris (u. a. bei M. → Dupré). □ 1928: »La Banquèt céleste« für Orgel. □ 1931-64: Organist an Ste.-Trinité Paris. □ 1935: »La Nativité du Seigneur« für Orgel. □ 1940: Kriegsgefangener in einem Lager bei Görlitz. □ 1942-78: Prof. für Analyse, Ästhetik und Rhythmik sowie für Komposition am Konservatorium Paris. □ 1944: »Technik meiner musikalischen Sprache« (Schr., dt. 1966). □ 1946-48: »Turangalîla-Sinfonie«. □ 1956-58: »Catalogue d'Oiseaux« für Klavier. □ 1983: UA der nach achtjähriger Schaffenszeit vollendeten Franziskus-Oper »Saint François d'Asise« an der Opéra Paris.

▷ O. Messiaen: Musikalisches Glaubensbekenntnis. Vortrag auf der Brüsseler Weltausstellung, 1958, dt. 1960; H. Halbreich: Olivier Messiaen, 1980.

Messmer, Pierre Auguste Joseph

frz. Politiker
* 20.3.1916 Vincenne, Dep. Seine

Während seiner Amtszeit als französischer Verteidigungsminister (1960-69) setzte Messmer sich nachdrücklich für den Aufbau einer französischen Atomstreitmacht ein (Force de frappe) und befürwortete den Austritt aus dem militärischen Verband der NATO. Dieses Beharren auf der eigenständigen Position Frankreichs behielt er auch als Premierminister bei und betrieb, unter Betonung der Formel vom »Europa der Vaterländer« (Ch. de → Gaulle), u. a. Sonderabsprachen mit arabischen Ländern.

□ 1939-46: Soldat der Fremdenlegion, später des »Freien Frankreich« unter General de Gaulle. □ 1946: Verwaltungsbeamter in Indochina. □ 1950: Kabinettschef beim Hochkommissar für Indochina. □ 1951: Im Ministerium für die Überseegebiete. □ 1952-56: Gouverneur von Mauretanien und der Elfenbeinküste (ab 1954). □ 1956/57: Hochkommissar von Kamerun. □ 1958/59: Hochkommissar für Frz.-Westafrika. □ 1960-69: Verteidigungsmin. □ 1961: Beteiligung an der Niederschlagung des Putschversuchs der OAS in Algerien. □ 1968-71, ab 1973: Deputierter in der Nationalversammlung. □ 1971: Min. für die Überseegebiete. □ 1972-74: Premierminister und Vors. der gaullistischen UDR. □ 1979/80: MdEP.

← Pierre A. J. Messmer

Messner, Reinhold

ital. Bergsteiger
* 17.9.1944 Brixen, Südtirol

Messner bezwang 1970-86 als erster Mensch alle 14 Achttausender des Himalaja, die er wie 1978 den Mount Everest (8848 m) sämtlich auch ohne Sauerstoffgerät bestieg. Ihm gelangen mehrere Erstbesteigungen und Alleingänge. Er konnte die Erlebniswelt des Bergsteigens durch zahlreiche Vorträge und Fernsehfilme (u. a. »Everest — 78«) einem breiten Publikum nahebringen. M., der 1989/90 mit Arved Fuchs als erster Mensch zu Fuß die Antarktis (2400 km) durchquerte, ist auch Verfasser verschiedener Bücher (u. a. »Alle meine Gipfel«, 1983; »Antarktis — Himmel und Hölle zugleich«, 1990).

Reinhold Messner: Eine Bergsteigerlegende.

□ 1970: Besteigung des Nanga Parbat. □ 1972: Manaslu. □ 1975: Hidden Peak. □ 1978: Mount Everest. □ 1979: K 2. □ 1981: Shisha Pangma. □ 1982: Kangchenzönga; Gasherbrum II; Broad Peak. □ 1983: Cho Oyu. □ 1985: Annapurna; Dhaulagiri. □ 1986: Makalu; Lhotse.

▷ R. Messner: Die Freiheit, aufzubrechen, wohin ich will, 1991.

Metz, Johann Baptist

dt. Theologe (kath.)
* 5.8.1928 Welluck, Oberpfalz

Metz ist Wortführer der sog. neueren politischen Theologie, die als Auftrag des Staates die Wahrung sozialer Gerechtigkeit für den einzelnen begreift. M., der mit seinem theologischen Entwurf auch der Befreiungstheologie in Lateinamerika vorarbeitete, versteht Glauben als gesellschaftli-

Johann B. Metz: Seit 1963 Prof. an der Universität Münster.

ches Element zur Entwicklung einer grundlegend neuen Sozialordnung.

□ 1962: »Armut im Geiste« (Schr.). □ seit 1963: Professor an der Universität Münster. □ 1969: »Politische Theologie in der Diskussion« (Schr.). □ 1975: »Unsere Hoffnung« (Schr.). □ 1977: »Glaube in Geschichte und Gesellschaft« (Schr.). □ 1980: »Jenseits bürgerlicher Religion« (Schr.). □ 1986: Hg. von »Theologie der Befreiung. Hoffnung oder Gefahr für die Kirche?«.

Meves, Christa

dt. Psychotherapeutin und Schriftstellerin
* 4.3.1925 Neumünster

Meves ist mit zahlreichen, in viele Sprachen übersetzten Publikationen zur Kindererziehung und praktischen Lebenshilfe in der Familie bekannt geworden. Die Psychagogin ist seit 1978 Mitherausgeberin des Rheinischen Merkur sowie der Zeitschrift Christ und Welt.

□ 1969: »Die Schulnöte unserer Kinder« (Schr.). □ 1970: »Mut zum Erziehen« (Schr.). □ 1971: »Erziehen lernen in tiefenpsychologischer Sicht« (Schr.); »Verhaltensstörungen bei Kindern« (Schr.); »Manipulierte Maßlosigkeit« (Schr.). □ 1974: »Kinderschicksal in unserer Hand« (Schr.). □ 1977: »Werden wir ein Volk von Neurotikern?« (Schr.); »Chancen und Krisen der modernen Ehe« (Schr.). □ 1982: »Problemkinder brauchen Hilfe« (Schr.). □ 1985: »Aus Vorgeschichten lernen« (Schr.). □ 1989: »Ein neues Vaterbild« (Schr.).

Mey, Reinhard

dt. Liedermacher
* 21.12.1942 Berlin

Seit Anfang der 70er Jahre ist Mey mit ungebrochener Popularität das »Aushängeschild« der deutschen Liedermacher. Seine häufig gesellschaftskritischen Lieder trägt er mit einem satirisch-humorvollen Unterton vor. M. studierte zunächst Betriebswirtschaft in Berlin, ging nach Frankreich und setzte dort sein Studium an der Sorbonne im Fach Rechtswissenschaften fort. In Pariser Clubs und Kneipen trat er mit seinen selbstkomponierten Chansons auf und wurde unter dem Namen Fréderic Mey bekannt. Er nahm dort vier Schallplatten auf, bevor 1970 mit »Ich wollte wie Orpheus singen« seine erste deutschsprachige LP veröffentlicht wurde.

□ 1968: Prix international de la chanson française als erster Ausländer. □ 1971: Erste Goldene Schallplatte für »Reinhard Mey Live«. □ 1972: Goldene Schallplatte für »Ich bin aus jenem Holze geschnitzt« (erneut 1975 für »Wie vor Jahr und Tag« und 1988 für »Starportrait«). □ 1989: »Mein Apfelbäumchen« (LP). □ 1990: »Farben« (LP).

Meyer, Hannes

schweiz. Architekt
* 18.11.1889 Basel
† 19.7.1954 Crocifisso di Savosa, Tessin

Als Nachfolger von W. →Gropius bemühte sich Meyer, das »Bauhaus« auf einen materialistisch fundierten Funktionalismus zu verpflichten, demzufolge »alle dinge dieser welt ein produkt der formel (funktion und ökonomie)« sind. Sein Hauptwerk ist die in Pavillons gegliederte Bundesschule des Allgemeinen Deutschen Gewerkschaftsbundes in Bernau bei Berlin (1928-30). 1927 beteiligte sich M. am Wettbewerb zur Errichtung des Völkerbundpalasts in Genf, für den er »offene Glasräume für die öffentliche Unterhaltung offener Menschen« vorsah.

← Christa Meves

Klaus M. Meyer-Abich →

← Reinhard Mey

Curt Meyer-Clason →

Otto Meyerhof →

□ 1905-12: Ausbildung in Basel und Berlin. □ 1912/13: Studienaufenthalt in England. □ 1927-30: Leiter der Architekturabteilung am Bauhaus in Dessau, ab 1928 zugleich Bauhaus-Dir. □ 1930-36: Lehrtätigkeit in der UdSSR. □ 1931/32: Bebauungsplan für Groß-Moskau. □ 1936-39: Architekt in Genf. □ 1939-49: Aufenthalt in Mexiko.

▷ Hannes Meyer. Architekt, Lehrer, Urbanist, 1989.

Meyer-Abich, Klaus Michael

dt. Naturphilosoph und Politiker
* 8.4.1936 Hamburg

Meyer-Abich, 1979-82 Mitglied der Enquete-Kommission »Zukünftige Kernenergiepolitik« des Deutschen Bundestages, beschäftigt sich mit umwelt- und energiepolitischen Fragestellungen, zusammenfassend dargestellt in seiner Schrift »Wege zum Frieden mit der Natur. Praktische Naturphilosophie für die Umweltpolitik« (1984). Unter dem Begriff »Sozialverträglichkeit« geht es M. um die Beurteilung des Verhältnisses von Energiewirtschaft und Gesellschaft in bezug auf die Natur. 1986 erschien sein Buch »Die Grenzen der Atomwirtschaft. Die Zukunft von Energie, Wirtschaft und Gesellschaft« (mit B. Schefold) in vierter erweiterter Auflage.

□ 1965: »Korrespondenz, Individualität und Komplementarität« (Schr.). □ seit 1972: Prof. an der Univ. Essen. □ 1984-87: Wissenschaftssenator in Hamburg. □ 1988: »Wissenschaft für die Zukunft. Holistisches Denken in ökologischer und gesellschaftlicher Verantwortung« (Schr.).

Meyer-Clason, Curt

dt. Schriftsteller und Übersetzer
* 19.9.1910 Ludwigsburg

Meyer-Clason, der engagierte Vermittler lateinamerikanischer Literatur in Deutschland, wurde mit seinen Übersetzungen — u. a. von J. →Amado und G. →García Márquez — zum Inbegriff der literarischen, originalgetreuen und zugleich schöpferischen Textübertragung. Als leidenschaftlicher Verfechter des lebendigen kulturellen Austauschs steuerte M. das Lissaboner Goethe-Institut durch die Jahre der Diktatur und der Revolution in Portugal (1969-76).

□ 1927-36: Kaufmännische Ausbildung. □ 1937-54: Kaufmann in Frankreich, Brasilien und Argentinien. □ 1978: »Erstens die Freiheit. . .« (Reisetageb.). □ 1986: »Äquator« (R.). □ 1989: »Unterwegs« (Erz.n). □ 1990: »Die Menschen sterben nicht, sie werden verzaubert« (Porträts).

▷ C. Meyer-Clason: Portugiesische Tagebücher, 1979.

Meyerhof, Otto

dt.-amer. Biochemiker
* 12.4.1884 Hannover
† 6.10.1951 Philadelphia, Penn.

Meyerhof entdeckte Gesetzmäßigkeiten zwischen Glykogenabbau, Sauerstoffverbrauch und

Milchsäureumsatz bei der Energieumwandlung im arbeitenden Muskel. M., Physiologie/Medizin-Nobelpreisträger von 1922, lieferte bedeutende Erkenntnisse über enzymatische Prozesse in den Muskelzellen und entwickelte 1933 ein neues Schema zur Glykolyse.

□ 1913: »Zur Energetik der Zellvorgänge« (Schr.). □ 1921-29: Prof. an der Univ. Kiel; ab 1924 am Kaiser-Wilhelm-Inst. in Berlin. □ 1922: Physiologie- und Medizin-Nobelpreis (mit A. V. →Hill). □ 1929-38: Prof. an der Univ. Heidelberg. □ 1930: »Die chemischen Vorgänge im Muskel und ihr Zusammenhang mit Arbeitsleistung und Wärmebildung« (Schr.). □ 1938: Emigration nach Paris. □ ab 1940: Gastprof. an der Univ. of Penn., Philadelphia.

Meyerhold, Wsewolod Emiljewitsch

(eig. Karl Theodor Kasimir Meiergold)
russ. Regisseur und Theatertheoretiker dt. Herkunft
* 28.1.1874 Pensa
† 2.2.1940 Moskau (hingerichtet?)

W. E. Meyerhold: Avantgardist des russ. Theaters.

Meyerhold, einer der bedeutendsten Regisseure des russischen Theaters des 20. Jh.s, stand an der Spitze der revolutionären Avantgarde. Im Gegensatz zu seinem Lehrer K. S. →Stanislawski lehnte M. den illusionistischen Naturalismus ab. Sein Vorbild war das traditionelle japanische Theater, in dem die ästhetische Zeichenfunktion des Theaters und seine die Wirklichkeit vortäuschenden Elemente bewußt sichtbar gemacht werden. In der Schauspieltheorie setzte M. folgerichtig auf Pantomime, auf Masken und stilisierte Gesten. Der Zuschauer sollte direkt angesprochen und zum Mitmachen, nicht nur zum Nachempfinden, bewegt werden; dies wurde durch die Aufhebung der Rampe erleichtert.
M.s Einfluß auf die moderne Regie ist unbestritten, seine Schauspieltheorie konnte sich allerdings nicht gegen die seines Lehrers Stanislawski durchsetzen.

▷ W. E. Meyerhold: Theateroktober, 1967; R. Tietze (Hg.): Theaterarbeit 1917-1930, 1974; C. Mailand-Hansen: Wsewolod E. Meyerholds Theaterästhetik in den 1920er Jahren, 1980.

Ulrike Meyfarth →

Meyfarth, Ulrike

dt. Leichtathletin
* 4.5.1956 Frankfurt/Main

Meyfarth gewann im Abstand von zwölf Jahren Gold bei Olympischen Spielen im Hochsprung. 1972 überraschte die 16jährige als Außenseiterin in München (1,92 m), 1984 siegte sie, nach zwischenzeitlichem Formtief, erneut in Los Angeles (2,02 m). M. sprang dreimal Weltrekord.

□ 1972: Weltrekord (1,92 m). □ 1973: Dt. Meisterin (erneut 1975 und 1979-83). □ 1982: Europameisterin; Hallen-Europameisterin (erneut 1983); Weltrekord 2,02 m; Sportlerin des Jahres (erneut 1983). □ 1983: WM-Zweite.

Gustav Meyrink →

Meyrink, Gustav

(eig. Gustav Meyer)
österr. Schriftsteller
* 19.1.1868 Wien † 4.12.1932 Starnberg

Meyrink, Mitarbeiter der satirischen Zeitschrift Simplicissimus, verfaßte in der Nachfolge E. T. A. Hoffmanns (* 1776, † 1822) und Edgar Allan Poes (* 1809, † 1849) phantastische Romane, in denen sich Sagen, religiös-messianische Ideen und grausige Visionen miteinander verbanden. Bekanntestes Beispiel ist »Der Golem« (R., 1915). In seinen satirisch-parodistischen Novellen »Des deutschen Spießers Wunderhorn« (1913) übte M. Kritik am philisterhaften Bürgertum der Jahrhundertwende.

□ 1889-1902: Bankier in Prag. □ 1902: Inhaftierung wegen Betrugverdachts. □ 1903: Redakteur der humoristischen Zeitschrift Lieber Augustin in Wien. □ 1908: »Das Wachsfigurenkabinett« (Erz.n). □ 1916: »Das grüne Gesicht« (R.). □ 1921: »Der weiße Dominikaner« (R.). □ 1922: »Der violette Tod« (Nov.n). □ 1927: Übertritt vom Protestantismus zum Mahajana-Buddhismus.

▷ M. Qasim: Gustav Meyrink, 1981.

Inge Meysel →

Meysel, Inge

dt. Schauspielerin
* 30.5.1910 Berlin

Als Fernsehmutter der Nation wurde Meysel populär. Unzählige Male verkörperte sie als guter Geist der Familie die einfache Frau von der Straße, die sich gegen die Großen der Welt zur Wehr zu setzen weiß. Zu ihren bekanntesten Rollen zählen die Portiersfrau in dem Theaterstück »Fenster zum Flur« (1959, C. Flatow, H. Pillau) und die Putzfrau Ada Harris, die sie in mehreren Fernsehspielen verkörperte.

□ 1931-33: Engagement am Schauspielhaus Leipzig. □ 1933: Auftrittsverbot wegen jüdischer Abstammung. □ 1945-49: Verschiedene Theaterrollen. □ 1949: »Liebe 47« (Rg. W. →Liebeneiner). □ 1950: »Meine Nichte Susanne« (Rg. W. Liebeneiner). □ 1954: »Des Teufels General« (Rg. H. →Käutner). □ 1959: »Rosen für den Staatsanwalt« (Rg. W. →Staudte). □ 1962: »Der Biberpelz« (TV). □ 1965-71: »Die Unverbesserlichen« (TV-Serie). □ 1967: »Die Ratten« (TV). □ 1973: »Die geschiedene Frau« (TV). □ 1977: »Die Hebamme« (TV). □ 1980: »Der rote Strumpf« (Rg. H. Tumler). □ 1984: »Ada Harris will ins Parlament« (TV). □ 1986: »Der geschmuggelte Henry« (TV). □ 1987: »Mrs. Harris fährt nach Moskau« (TV). □ 1989: »Die Staatskanzlei« (TV).

▷ I. Meysel: Frei heraus — mein Leben, 1991.

Michael I. am zweiten Jahrestag der dt. Kapitulation, 1947.

Michael I.

König von Rumänien
* 25.10.1921 Sinaia

Michael I. war der letzte König von Rumänien (ab 1940). Im Sommer 1944 ließ er Marschall I. →Antonescu verhaften, der 1941 mit A. →Hitler ein Bündnis abgeschlossen hatte, und nahm Friedensverhandlungen mit den Alliierten auf. Nach der Besetzung des Landes durch sowjetische Truppen stand der König in ständigen Auseinandersetzungen mit der kommunistischen Regierung Petru Groza. Im Dezember 1947 unterschrieb er seine Abdankungsurkunde, die er jedoch kurze Zeit später in seinem Londoner Exil widerrief, da sie durch Drohungen erzwungen gewesen sei. Seit 1956 lebt M. mit britischem Paß als Geschäftsmann in der Schweiz.

□ 1927-30: Bis zur Rückkehr seines Vaters, →Carol II., aus dem Exil nominell König unter der Vormundschaft eines Regentschaftsrates. □ 1940-47: König. □ 1990: Vergeblicher Versuch, nach dem Sturz von N. →Ceaușescu (1989) in seine Heimat zurückzukehren.

Henri Michaux, Maler und Schriftsteller, Mitte der 40er Jahre in seinem Arbeitszimmer.

Michaux, Henri

frz. Schriftsteller und Maler belg. Herkunft
* 24.5.1899 Namur † 19.10.1984 Paris

Michaux vertrat in seinen Gouachen und Tuschzeichnungen eine kalligrafische Abstraktion. In seinem späteren Werk überzog er die Blätter auch mit Tuschflecken, so daß sein Stil eine eigenständige, interessante Variante des Informel bzw. des französischen Tachismus ist, verbunden mit surrealistischen und abstrakt-expressionistischen Zügen. Als Ergebnis einer automatistischen Malweise sind seine Arbeiten sehr bewegt und Ausdruck innerer Spannungen und Emotionen. In seinen Büchern, die oft Prosatexte, Lyrik und Zeichnungen nebeneinanderstellen (z. B. »Vents et poussières«, 1955-62), hat sich M. vor allem mit eigenen Drogenexperimenten auseinandergesetzt. Eine Reihe der Tuschen und Gouachen entstand unter dem Einfluß u. a. von Meskalin. Ab 1966 schuf M. auch Acrylbilder, wiederum visionäre Abstraktionen, in denen sich feine Linienstrukturen mit leicht aufgetupften, auslaufenden Flecken verbinden.

▷ F. Jahn/M. Krüger: Henri Michaux. Bilder, Aquarelle, Zeichnungen, Gedichte, Aphorismen 1942-1984, 1988.

Hartmut Michel →

Michel, Hartmut

dt. Biochemiker
* 18.7.1948 Ludwigsburg

Michel, seit 1987 Direktor der Abteilung für molekulare Membranbiologie am Max-Planck-Institut für Biophysik in Frankfurt/Main, fand 1978-82 einen Weg, das Photosynthesezentrum von Bakterien zu isolieren und in einer kristallinen Form anzuordnen. Mittels Röntgenstrukturanalyse gelang es 1982-85, die »Atom-für-Atom-Struktur« des membrangebundenen Proteins darzustellen, das bei der Photosynthese die Energie des Sonnenlichts in chemische Energie umwandelt. Für die damit eröffnete Möglichkeit, auch die kompliziertere pflanzliche Photosynthese aufzuklären, erhielten M. und seine Mitarbeiter, J. →Deisenhofer und R. →Huber, 1988 den Chemie-Nobelpreis.

Michels, Robert

dt. Soziologe
* 9.1.1876 Köln † 3.5.1936 Rom (Italien)

Michels' Grundthema ist der Widerspruch zwischen der demokratischen Wertordnung und der Realität der politischen Parteien. Er befaßte sich mit dem Problem der »Oligarchisierung«, der Vorherrschaft kleiner Führungsgruppen in einem Staatsverband oder einer Organisation. Sie sei die »Mutter der Herrschaft der Gewählten über die Wähler« — das Demokratie-Ideal demnach unerreichbar.

□ ab 1903: Prof. an verschiedenen Univ.n in den USA, der Schweiz, Frankreich, Italien. □ 1911: »Zur Soziologie des Parteiwesens in der modernen Demokratie« (Schr., dt. 1925). □ 1914: »Beitrag zur Lehre von der Klassenbildung« (Schr., dt. 1920). □ 1934: »Der Boykott« (Schr.).

James A. Michener →

Michelson, Albert Abraham

amer. Physiker poln. Herkunft
* 19.12.1852 Strelno (Strzelno), Posen
† 9.5.1931 Pasadena, Kalif.

Michelson, Physik-Nobelpreisträger von 1907, spricht über Lichtgeschwindigkeit, 1926.

1925-27 maß Michelson, 1907 mit dem Nobelpreis geehrt, die Lichtgeschwindigkeit mit dem lange Zeit an Genauigkeit unübertroffenen Wert von 299 798 km/sec. (heutiger Wert der Vakuumlichtgeschwindigkeit: 299 792,458 km/sec.). In dem erstmals 1881 in Berlin durchgeführten sog. Michelson-Versuch konnte M. beweisen, daß die Ausbreitungsgeschwindigkeit des Lichts immer gleich und unabhängig von der Erdbewegung ist. Dieser Versuch, der eigentlich die »absolute« Bewegung der Erde in bezug auf einen angenommenen »Äther« bestimmen sollte, wurde mit seinem negativen Ergebnis zur Grundlage der von A. →Einstein 1905 aufgestellten speziellen Relativitätstheorie. 1920/21 entwickelte M. ein Interferenzverfahren zur Bestimmung des absoluten Durchmessers von Fixsternen.

Bette Midler →

□ 1880/81: Konstruktion des Interferometers, der einen Lichtstrahl in zwei getrennte Strahlen zerlegt und über unterschiedlich lange Wegstrecken zur Messung der Differenz schickt. □ 1882-89: Prof. an der Univ. Cleveland, Ohio; anschließend in Worcester, Mass. □ ab 1892: Prof. an der Univ. Chicago. □ 1903: »Lichtwellen und ihre Anwendungen« (Schr., dt. 1911). □ 1907: Physik-Nobelpreis.

Michener, James A(lbert)

amer. Schriftsteller
* 3.2.1907 New York

Michener gehört zu den letzten großen Epikern der amerikanischen Unterhaltungsliteratur. Französisch-Ozeanien, Australien, der Pazifik, die Südsee und die Karibik sind bevorzugte Schauplätze seiner Romane. Die Vorliebe für den Südseeraum basiert auf seiner Arbeit als Offizier für Geschichte in diesem Gebiet. Akribisch recherchiert, erzählt M. u. a. in »Karibik« die spannende historische Entwicklung dieser politisch hochexplosiven Region. Er spannt den Bogen von der Ankunft des genuesischen Seefahrers Columbus (1492) über Francis Drake, den »Piraten« im Dienste der englischen Königin Elizabeth I. (16./17. Jh.), bis zum 2. Weltkrieg.

□ 1936-41: Prof. am Colorado State College; Gastprof. in Harvard. □ 1942: Freiwilliger Kriegsdienst im Pazfik. □ 1948: Pulitzer-Preis für »Im Korallenmeer« (R. 1947, dt. 1951). □ 1954: »Sayonara« (R., dt. 1954). □ 1965: »Die Quelle« (R., dt. 1966). □ 1978: »Die Bucht« (R., dt. 1979). □ 1984: »Mazurka« (R., dt. 1984). □ 1990: »Karibik« (R., dt. 1990). □ 1991: »Klondike« (R., dt. 1991).

▷ J. A. Michener: Collectors, forgers — and a writer (Aut.), engl. 1983; J. P. Hayes: James A. Michener, engl. 1984.

Midler, Bette

amer. Schauspielerin und Sängerin
* 1.12.1945 Pearl Harbour, Hawaii

Zu Beginn der 70er Jahre etablierte sich Midler als exzentrisch-witzige Entertainerin und Sängerin von Liedern der 40er Jahre (1973 Grammy als beste neue Sängerin). Mit der einfühlsamen Interpretation der Hauptrolle in dem Film »Die Rose« (1979), der von der skrupellosen Vermarktung und dem frühen Drogentod der Rock- und Blues-Sängerin J. →Joplin handelt, machte sie sich auch als Schauspielerin einen Namen. In Filmen wie »Zoff in Beverly Hills« (1986, mit R. →Dreyfuss) und »Die unglaubliche Entführung der verrückten Mrs. Stone« (1986) bewies M. ihr großes komödiantisches Talent.

□ 1965: Erste Rolle in dem Film »Hawaii« (mit J. →Andrews). □ 1966-69: Tseitel in dem Broadway-Musical »Anatevka«. □ 1970: Sängerin in einem New Yorker Nachtclub. □ 1971: Doppelrolle in der Rockoper »Tommy« in Seattle, Wash. □ 1972: Debüt in der Carnegie Hall. □ 1973: »The divine Miss M./Die göttliche Miss M.« (LP); »Bette Midler« (LP). □ 1977: »Broken Blossom« (LP). □ 1982: »Verhext« (Rg. D. →Siegel). □ 1983: »Divine Madness« (LP, Konzertmitschnitt); »No frills« (LP). □ 1988: »Freundinnen« (F., mit B. Hershey). □ 1991: »Ein ganz normaler Hochzeitstag« (mit W. →Allen, Rg. P. Mazurski).

Miegel, Agnes

dt. Schriftstellerin
* 9.3.1879 Königsberg † 26.10.1964 Bad Salzuflen

Miegel schrieb volksliednahe Gedichte und Novellen, die mitunter eine Blut-und-Boden-Romantik vermitteln. Darin schilderte die ehemalige Sympathisantin der Nationalsozialisten rational nicht faßbare Schicksale (u. a. »Balladen und Lieder«, 1907). Den Hintergrund ihrer z. T. unheimlich-hintergründigen Balladen bilden häufig die Sagen und Mythen ihrer ostpreußischen Heimat.

□ 1894-96: Pensionat in Weimar. □ 1901: »Gedichte«. □ 1902: Internat der Clifton High School in Bristol. □ ab 1917: Freie Schriftstellerin in Königsberg. □ 1920-26: Engagement als Schriftleiterin der »Ostpreußischen Zeitung« in Königsberg. □ 1926: »Geschichten aus Alt- Preußen«. □ 1931: »Dorothee. Heimgekehrt« (Erz.n). □ 1933: Beitritt in die Dt. Akademie der Dichtung. □ 1945/46: Aufenthalt in dän. Flüchtlingslager. □ 1949: »Gesammelte Gedichte«. □ 1962: »Heimkehr« (Erz.n).

▷ R. M. Wagner (Hg.): Leben, was war ich dir gut: Agnes Miegel zum Gedächtnis, 1979.

E. Mielke (vorn l.) mit K. Hager (M.) und H. Axen (r.) kurz vor seinem Sturz, 10. 9. 1989.

Miele, Carl

dt. Konstrukteur und Industrieller
* 25.7.1869 Herzebrock bei Gütersloh
† 24.12.1938 Gütersloh

Miele gründete 1899 mit R. Zinkann (* 1869, † 1939) in Herzebrock die Firma Miele & Cie. zur Fertigung von Milchzentrifugen. Sie entwickelte sich zu einem der größten europäischen Hersteller für Haushaltsgeräte (1990: 20 Verkaufsstellen im Ausland; 2,856 Mrd. DM Umsatz; 14 400 Mitarbeiter). M. stattete seine Apparate jeweils mit den bedeutendsten technischen Neuerungen aus und garantierte so für den Erfolg des Unternehmens: Ab 1901 baute er Waschmaschinen (1914 erstmals mit Elektromotor), 1929 brachte er den ersten elektrischen Geschirrspüler Europas auf den Markt, und 1978 fertigte die Firma weltweit die ersten computergesteuerten Waschmaschinen und Geschirrspüler. Darüber hinaus produzierte das Werk zeitweilig auch Autos, Fahr- und Motorräder.

← Carl Miele

□ 1897: Mit A. Steinker Gründung der Firma »Miele & Steinker« zur Fertigung von Milchzentrifugen. □ 1899: Gründung des Unternehmens »Miele & Cie.«. □ 1907: Verlegung des Werks nach Gütersloh. □ 1908: Erfindung der Feuerverzinkung und -verzinnung nach dem Schleuderverfahren. □ 1911: Autoproduktion. □ 1924: Herstellung von Fahrrädern in Bielefeld; Fertigung der ersten Waschmaschinen für Wäschereibetriebe. □ 1927: Erste Staubsaugermodelle. □ 1931: Produktion von Motorfahrrädern. □ postum 1939: Übernahme der Geschäftsleitung durch die Söhne C. Miele und K. C. Zinkann.

Mielke, Erich

dt. Politiker
* 28.12.1907 Berlin

Mielke, der über 30 Jahre das DDR-Ministerium für Staatssicherheit (Stasi) leitete, wurde kurz nach Öffnung der Mauer 1989 verhaftet. Die im April 1991 gegen ihn erhobene Anklage lautete auf Amtsanmaßung, Vertrauensmißbrauch und Untreue. An der Spitze des Organs zur »Aufrechterhaltung der sozialistischen Ordnung« soll M. illegale Telefonüberwachungen angeordnet und sich unberechtigte Vermögensvorteile verschafft haben. Darüber hinaus wurde ihm Mitverantwortung für die Gewalttaten an der innerdeutschen Grenze sowie die Unterstützung der terroristischen RAF vorgeworfen. M. stand weiter im Verdacht, 1931 in Berlin zwei Polizisten ermordet zu haben. Im August 1991 wurde ihm aufgrund seines schlechten Gesundheitszustands Verhandlungsunfähigkeit bescheinigt.

□ 1925: Mitgl. der KPD. □ 1934/35: Int. Lenin-Schule in Moskau. □ 1936-39: Teilnahme am Span. Bürgerkrieg auf republikanischer Seite. □ 1940-45: Aufenthalt in der Sowjetunion. □ 1946: Vizepräs. der Zentralverwaltung für Inneres (Berlin-Wilhelmsruh). □ 1950: Mitgl. des ZK der SED. □ 1950-57: Staatssekr. im Ministerium für Staatssicherheit (1953-55 aufgelöst und als Staatssekretariat dem Innenministerium unterstellt). □ 1957-89: Leiter des Staatssicherheitsdienstes. □ 1976: Vollmitgl. des Politbüros. □ 1980: Armeegeneral. □ seit Dez. 1989: In Untersuchungshaft (mit Unterbrechung von März bis Juli 1990).

▷ J. v. Lang: Erich Mielke. Eine deutsche Karriere, 1990.

Mies van der Rohe, Ludwig

dt.-amer. Architekt
* 27.3.1886 Aachen † 17.8.1969 Chicago, Ill.

Ludwig Mies v. d. Rohe →

Mies van der Rohe verband das Ideal der Zweckmäßigkeit mit hohen Anforderungen an den ästhetischen »Mehrwert« eines Bauwerks. Als Ausgangspunkt diente ihm die Architekturauffassung des Expressionismus; sie prägte seinen Entwurf eines spitzwinklig aufragenden, verglasten Büroturms (1921). Drei Jahrzente später entstanden mit den »Lake Shore Drive Apartments« in Chicago zwei kubisch geschlossene Turmquader, deren Stahlskelett die vertikale Gliederung der Fassaden bestimmt. Zwischen der frühen Bauvision und der streng rationalistischen Lösung des Hochhausbaus lag M.s Auseinandersetzung mit dem Hallen- und Wohnbau. Er entwickelte freie Grundrißformen mit fließenden Übergängen zwischen den Raumeinheiten (Deutscher Pavillon der Weltausstellung in Barcelona, 1929, heute rekonstruiert; »Haus Tugendhat« in Brünn, 1930). Den Einklang zwischen konstruktiver Klarheit und harmonischen Proportionen verwirklichte M. zuletzt durch die Neue Nationalgalerie in Berlin (1962-68) in Form eines verglasten Flachbaus mit offenliegendem rechtwinkligem Stahlskelett.

□ 1905-07: Schüler von B. Paul in München. □ 1908-11: Mitarbeiter von P. →Behrens in Berlin. □ 1919-25: Mitgl. der Novembergruppe in Berlin. □ 1926/27: Leiter der int. »Werkbund«-Ausstellung Das Wohnen in Stuttgart (Musterhäuser der Weißenhofsiedlung). □ 1930-33: Als Nachfolger von W. →Gropius und H. →Meyer Bauhaus-Dir. in Dessau und Berlin. □ 1937: Emigration in die USA. □ 1938-58: Leiter der Architekturabteilung des Illinois Inst. of Technology in Chicago. □ 1952-56: Bau der Crown Hall. □ 1956-59: Seagram Building in New York mit Ph. →Johnson.

▷ Bauhaus-Archiv (Hg.): Der vorbildliche Architekt. Mies van der Rohes Architekturunterricht 1930-58 am Bauhaus und in Chicago, 1986; W. Blaser (Hg.): Ludwig Mies van der Rohe, 1991.

Mifune, Toshiro

jap. Schauspieler
* 1.4.1920 Tsingtau (China)

Mifune wurde vor allem in der Rolle des würdevollen Samurai zum bekanntesten japanischen Schauspieler. Als bevorzugter Darsteller des Regisseurs A. →Kurosawa (15 gemeinsame Filme) fand er 1950 als Räuber in »Rashomon« (nach J. →Akutagawa) erstmals internationale Anerkennung. M.s Spiel fasziniert durch seine stolze Körperhaltung, Ausdruck einer strengen Selbstdisziplin. Seit den 60er Jahren ist M. auch als Filmproduzent tätig.

□ 1948: »Engel der Verlorenen« (Rg. A. Kurosawa). □ 1953: »Die sieben Samurai« (Rg. A. Kurosawa). □ 1957: »Das Schloß im Spinnwebwald« (nach Shakespeares »Macbeth«; Rg. A. Kurosawa). □ 1958: »Der Rikschamann« (Rg. H. Inagaki). □ 1960: »Yojimbo — Der Leibwächter« (A. Kurosawa). □ 1962: »Sanjuro« (Rg. A. Kurosawa). □ 1971: »Rivalen unter roter Sonne« (mit Ch. →Bronson und A. →Delon, Rg. T. Young). □ 1980: »Shogun« (nach J. →Clavell, mit R. →Chamberlain; Rg. J. London). □ 1981: »Wenn er in die Hölle will, laß ihn gehen« (Rg. J. Frankenheimer).

Migenes, Julia

amer. Sängerin
* 13.3.1949 New York

Migenes machte sich als vielseitige und ausdrucksstarke Sopranistin ab Ende der 60er Jahre einen Namen. Musical, Swing, Latin Rock und Pop beherrscht sie ebenso überzeugend wie das klassische Fach. Als Interpretin populärer Kompositionen und als Schauspielerin mit erotischer Ausstrahlung (u. a. 1983 in F. →Rosis Opernfilm »Carmen«) wurde sie zum Publikumsliebling auch im deutschsprachigen Raum.

□ 1966: Sängerin bei Fred Warren. □ 1968: Am New Yorker Broadway in der »West Side Story« (L. →Bernstein). □ 1969: Auftritte in den Musicals »Fiddler on the roof«, »Hair«. □ 1970: Engagement an der Wiener Volksoper. □ 1979: »So in love« (LP); Engagement an der New Yorker Metropolitan Opera; Titelrolle in »Lulu« (A. →Berg). □ 1980: »Latin Lady« (LP); »Gershwin Love Songs« (LP). □ 1981: »Wie es euch gefällt« (LP). □ 1982: Deutschlandtournee.

Julia Migenes: Sopranistin mit großer Ausstrahlung.

Takeo Miki →

Miki, Takeo

jap. Politiker
* 17.3.1907 Präfektur Tokushima, Shikoku
† 7.11.1988 Tokio

Miki war einer der Pioniere der LDP und gehörte einer Fraktion an, die sich von der konservativen Meinungsmajorität der Partei abhob. 1974, nach dem Rücktritt T. →Tanakas, wurde er für zwei Jahre Ministerpräsident. Sein Ruf als integrer Politiker und sein Aufklärungseifer im Rahmen der Lockheed-Affäre trugen ihm den Spitznamen »Herr Saubermann« ein.

□ 1965-66: Min. für Int. Handel und Industrie. □ 1966-68: Außenmin. □ 1976: Rücktritt als Ministerpräs. wegen schlechter Wahlergebnisse.

← Toshiro Mifune

Mildenberger, Karl

dt. Boxer
* 23.11.1937 Kaiserslautern

Mildenberger, der 1958 Deutscher Halbschwergewichtsmeister der Amateure wurde und drei Länderkämpfe bestritt, boxte 1964-68 als Profes-

Karl Mildenberger: Im Weltmeisterschaftskampf gegen Muhammad Ali unterlegen, 1966.

sional. Er gewann 1964 die Europameisterschaft und verlor am 10. September 1966 in Frankfurt/Main einen Weltmeisterschaftskampf gegen Cassius Clay (M. →Ali; Abbruch 13. Runde). Nach einer EM-Niederlage gegen den Briten Henry Cooper gab M. 1968 das Boxen auf.

Milhaud, Darius

frz. Komponist
* 4.9.1892 Aix-en-Provence
† 22.6.1974 Genf (Schweiz)

Milhaud gehörte zu den führenden Vertretern der neuen französischen Musik. 1918 gründete er mit J. →Cocteau und E. →Satie in Paris die »Nouveaux Jeunes« und schloß sich u. a. mit A. →Honegger und F. →Poulenc der »Groupe des Six« an. Seine polytonale Musik entsteht aus akkordischen oder melodischen Überlagerungen und ist voller Klangsinn. Jazzeinflüsse zeigen sich bei überraschenden rhythmischen Effekten und einer Instrumentation, die dem Schlagzeug eine wichtige Rolle zuweist. M.s Ausdrucksskala reicht von Herbheit über Meditation und Zärtlichkeit bis zu unbeschwerter Fröhlichkeit. Das Primat der Melodie, Klarheit und Durchsichtigkeit sind Hauptmerkmale seines Schaffens. M. schrieb Opern, Ballette, Orchester- und Kammermusik.

Darius Milhaud (l.) mit J. Cocteau (M.) und F. Poulenc (r.).

□ 1913/14: Bühnenmusik »Agamemnon«. □ 1916-18: Botschaftssekr. in Rio de Janeiro. □ 1923: Ballett »La création du monde«. □ 1925: Oper »Les malheurs d'Orphée« (UA Brüssel). □ 1926: Oper »Le pauvre matelot« (UA Paris). □ 1928: Oper »Christophe Colombe« (UA Berlin, 1930). □ 1932: 8. Streichquartett »Chant du monde«. □ 1938: Oper »Medée« (UA Anvers, 1939). □ ab 1940: Prof. am Mills College in Oakland, Kalif. □ 1947-62: Kompositionslehrer am Pariser Konservatorium. □ 1952: Oper »David« (UA Jerusalem, 1954). □ 1956: Präs. der Académie du Disque Français. □ 1961: 12. Sinf. □ 1964: »Pacem in terris« (Sinf. mit Chor). □ 1968: Mitgl. der Akademie der Künste Berlin. □ 1972: Konzertstück »Ode pour Jérusalem«.

▷ D. Milhaud: Noten ohne Musik (Mem.), frz. 1949, dt. 1962; ders.: Ma vie heureuse (Mem.), 1973; C. Palmer: Milhaud, 1976 (frz.).

Miller, Alice

schweiz. Schriftstellerin
* 12.1.1923 (?), keine Angaben zum Geburtsort

Alice Miller bezieht in populären Publikationen eine kritische Position zur Psychoanalyse und zu traditionellen Erziehungsmustern. Die Schriftstellerin, die 20 Jahre als Psychoanalytikerin im Sinne S. →Freuds tätig war, bemüht sich seit Ende der 70er Jahre um eine Widerlegung der Freudschen Trieblehre und die Aufdeckung zerstörerischer Muster in der Kindererziehung, die dem Postulat von Dressur und Gehorsam folgen.

□ 1979: »Das Drama des begabten Kindes« (Sachb.). □ 1980: »Am Anfang war Erziehung«; Janusz-Korczak-Preis (J. →Korczak); Aufgabe der Lehrtätigkeit. □ 1981: »Du sollst nicht merken«; »Bilder einer Kindheit« (Es., 66 Aquarelle). □ 1988: »Der gemiedene Schlüssel«; »Das verbannte Wissen«; Austritt aus der Psychoanalytiker-Vereinigung. □ 1990: »Abbruch der Schweigemauer«.

Arthur Miller: Autor des modernen Klassikers »Der Tod des Handlungsreisenden«.

Miller, Arthur

amer. Schriftsteller
* 17.10.1915 New York

Seine sozialkritische Auseinandersetzung mit Zeitgeschichte, sein politisches wie gesellschaftliches Engagement hat Miller in packende Bühnenstücke umgesetzt, die ein internationales Publikum fanden. »Der Tod des Handlungsreisenden« und »Hexenjagd« sind zu Klassikern des modernen amerikanischen Theaters geworden. Themen wie Desillusionierung des kleinen Mannes angesichts des Profitstrebens in der amerikanischen Gesellschaft oder politische Verfolgungen während der →McCarthy-Ära greifen aktuelle Probleme auf. Schuld und individuelle Verantwortung werden von den Betroffenen offen mit dem Gewissen, das einem Mitte des 20. Jh.s noch funktionierenden puritanischen Moralkodex gehorcht, ausgetragen. Auch M.s eigene Erfahrungen fließen ein (Antisemitismus, Weltwirtschaftskrise). In »Nach dem Sündenfall« arbeitete M. seine Ehe mit M. →Monroe auf. Sein Bestseller »Zeitkurven« ist mehr als eine Autobiografie — ein zeitgeschichtliches Dokument.

□ 1934-38: Journalismusstudium in Ann Arbor, Mich.; Nachtredakteur beim Michigan Daily. □ 1945: »Brennpunkt« (R., dt. 1955). □ 1947: »Alle meine Söhne« (Dr., dt. 1948). □ 1949: »Der Tod des Handlungsreisenden« (dt. 1950; u. a. 1985 verfilmt von V. →Schlöndorff mit D. →Hoffman); Pulitzer-Preis. □ 1953: »Hexenjagd« (dt. 1954). □ 1954: Als Kommunist im McCarthy-Ausschuß angeklagt (1956: Aussageverweigerung; 1957: Verurteilung wegen Mißachtung des Kongresses; 1958: Rehabilitierung). □ 1956-61: Zweite Ehe mit M. →Monroe. □ 1961: »Misfits — Nicht gesellschaftsfähig« (Drehbuch, dt. 1961). □ 1962: Selbstmord von M. Monroe; dritte Ehe mit der Fotografin I. Morath. □ 1964: »Nach dem Sündenfall« (Dr., dt. 1964); »Zwischenfall in Vichy« (Dr., dt. 1965). □ 1965-69: Präs. des int. PEN-Clubs. □ 1980: »Die große Depression« (Dr., dt. 1981); »Spiel um Zeit« (Fernsehdrehbuch, dt. 1981). □ 1983: Regie von »Der Tod des Handlungsreisenden« in Peking. □ 1985: »Clara« (Einakter).

▷ L. Moss: Arthur Miller, 1967, dt. 1980; A. Miller: Zeitkurven (Aut.), 1987, dt. 1987.

Miller, Glenn

amer. Jazzmusiker
* 1.3.1904 Clarinda, Iowa † 15.12.1944 (Flugzeugabsturz über dem Ärmelkanal)

Miller wurde als Bandleader, Arrangeur und Posaunist einer der stilprägenden Musiker des Swing. Typisch für diesen Jazzstil wurde der »Glenn-Miller-Sound« mit vier Saxophonen und der Klarinette als führendem Soloinstrument. Er »erfand« ihn in den 30er Jahren als Mitglied der Band von Ray Noble. Damit wurde er so populär, daß viele bei dem Begriff Jazz an den Swing, an M. und an seine Titel »In the mood«, »Tuxedo Junction« und »Pennsylvania 6-5000« denken.

Glenn Miller: Der »Miller-Sound« wurde ein neuer Jazzstil.

□ 1926-27: Mitgl. der Band von Ben Pollack. □ 1928: Bei Paul Ash. □ 1929-30: Bei Red Nichols. □ 1934: Bei den Dorsey Brothers. □ 1938: Gründung des Glenn Miller Orchesters. □ 1942: Mitgl. der US-Armee; Leitung des »Army Air Force Orchestra«. □ postum 1953: »Die Glenn Miller Story« (F., Rg. Joseph Gershenson, Hr. J. →Stewart).

▷ G. T. Simon: Glenn Miller — Sein Leben. Seine Musik, 1987.

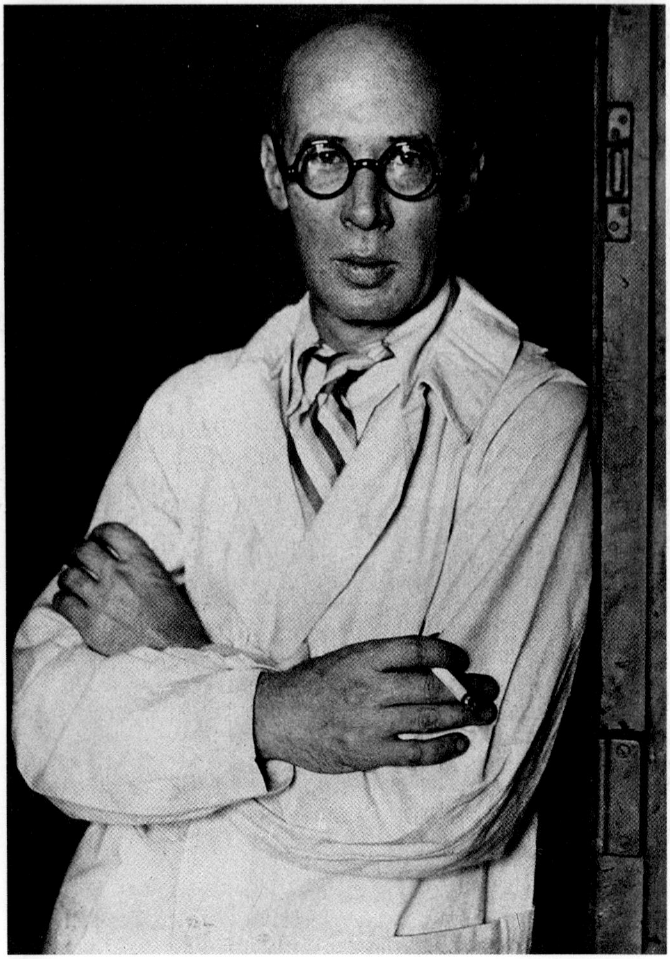
Henry Miller: Mit dem Roman »Wendekreis des Krebses« gelang ihm ein Skandalerfolg.

Miller, Henry (Valentine)

amer. Schriftsteller
* 26.12.1891 New York † 8.6.1980 Los Angeles

Henry Miller, einer der umstrittensten amerikanischen Schriftsteller des 20. Jh.s, lebte jahrelang als Bohemien im freiwilligen Exil in Paris, wo er in literarischen Emigrantenzirkeln verkehrte. Seine Romane und Erzählungen sind stark autobiografisch und haben die Erlebnisse der Pariser Jahre zum Inhalt; in orgiastischem

Überschwang feiern sie ihren Autor und seine Männlichkeit, brechen sexuelle Tabus, rebellieren gegen die moralische und soziale Intoleranz der amerikanischen Gesellschaft (besonders in »Der klimatisierte Alptraum«, Reiseb., 1945, dt. 1977) und setzen der puritanischen Bürgerlichkeit New Yorks eine ichbezogene, anarchistische Grundhaltung entgegen. Wegen Obszönität waren seine Werke in den USA bis nach 1960 verboten. Dies gilt auch für seine reifsten Romane »Wendekreis des Krebses« (1934, dt. 1953) und »Wendekreis des Steinbocks« (1939, dt. 1953). M.s Wirkung auf die Autoren der Beat-Generation (A. →Ginsberg) war beträchtlich.

□ 1930-40: Aufenthalt in Paris. □ 1936: »Schwarzer Frühling« (dt. 1960). □ 1947: »Land der Erinnerung« (Reiseb., dt. 1957); Wohnsitz in Kalif. □ 1948: »Das Lächeln am Fuß der Leiter« (Erz., dt. 1955). □ 1949: »Sexus« (dt. 1970). □ 1953: »Plexus« (dt. 1962). □ 1957: »Big Sur und die Orangen des Hieronymus Bosch« (dt. 1958). □ 1960: »Nexus« (dt. 1965). □ 1966: »Stille Tage in Clichy« (R., dt. 1968)

▷ J. Martin: Henry Miller, 1982; M. Dearborn: Henry Miller. Eine Biografie, 1991; R. Ferguson: Henry Miller, 1991.

Miller, Oskar von

dt. Techniker
* 7.5.1855 München † 9.4.1934 ebd.

Oskar von Miller: Gründer der Dt. Museums, München.

Miller, der 1882 in München die erste Elektrizitätsausstellung organisierte, gründete mit E. →Rathenau die »Deutsche Edison-Gesellschaft für angewandte Electricität«, die spätere AEG, und war 1884-90 deren Leiter. In seinem 1890 eingerichteten technischen Büro wurde erstmals Drehstrom über eine Distanz von 180 km von Lauffen /Neckar bis Frankfurt/Main übertragen. M. war auch der Initiator des Deutschen Museums für Naturwissenschaft und Technik (1903) in München.

□ 1884-90: Gründung und Leitung der »Deutschen Edison-Gesellschaft für angewandte Electricität« (später AEG). □ 1918-24: Bau des Walchenseekraftwerks. □ 1921: Gründung des »Bayernwerks« (heute Bayernwerk AG — Bayer. Landeselektrizitätsversorgung).

▷ L. Nockher: Oskar von Miller, 1953; W. L. Kristl: Oskar von Miller, 1978.

Steve Miller →

Miller, Steve

amer. Rockmusiker
* 5.10.1943 Milwaukee, Wisc.

Miller wurde Anfang der 70er Jahre einer der einflußreichsten amerikanischen Songschreiber, Gitarristen und Bandleader, der für Plattenaufnahmen Musiker wie P. →McCartney, Lee Michaels, Nicky Hopkins, William Boz Scaggs oder Buddy Spicher engagierte. Hits wie »Space Cowboy«, »The Joker«, »Fly like an eagle« oder »Jet Airliner« wurden Klassiker des Rock. Basis seiner Musik ist der Blues, den er in den frühen 60er Jahren durch die Zusammenarbeit mit →Muddy Waters und T-Bone Walker in Chicago zu spielen gelernt hat. Seine Titel zeichnen sich durch eingängige Melodien, thematische Originalität in den Texten und perfekte Mischtechnik aus und prägten den sog. Westcoast-Sound der 70er Jahre.

□ 1955: Erste Band »Marksmen Combo«. □ 1966: Gründung der Steve Miller Blues Band. □ 1967: Konzert in Fillmore, erste Aufnahmen als Begleitband von Ch. →Berry. □ 1968: »Children of the future« (LP). □ 1969: »Brave new world« (LP). □ 1971: »Rock Love« (LP). □ 1973: »Living in the USA« (LP). □ 1977: »Book of dreams« (LP). □ 1981: »Circle of love« (LP). □ 1982: »Abracadabra« (LP). □ 1983: »Steve Miller Band Live« (LP). »1986: »Living in the 20th century« (LP). □ 1988: »Born 2 B Blue« (LP).

Robert A. Millikan →

Millikan, Robert Andrews

amer. Physiker
* 22.3.1868 Morrison, Ill.
† 19.12.1953 Pasadena, Kalif.

Millikan wurde 1909-13 mit seiner spektakulären wie einfachen »Öltröpfchenmethode« zur experimentellen Bestimmung der elektrischen Elementarladung bekannt. M. ionisierte kleinste Öltröpfchen (geringere Verdunstung als Wasser) mit Röntgenstrahlen, bis die aufwärts gerichtete elektrische Kraft die abwärts gerichtete Schwerkraft kompensierte und die Tröpfchen sich in der Schwebe hielten. Seine Berechnungen der elektrischen Ladungen ergaben immer ein ganzzahliges Vielfaches einer kleinsten, nämlich der Elementarladung. 1912-15 gelang M. die Bestätigung der von A. →Einstein aufgestellten Gleichung zum Photoeffekt und die genaue Wertbestimmung des von M. →Planck definierten Wirkungsquantums.

□ 1907-21: Prof. an der Univ. Chicago. □ 1917: »Das Elektron« (Schr., dt. 1922). □ 1921-46: Dir. des Norman Bridge Laboratory am Calif. Inst. of Technology in Pasadena; Forschungen über die von ihm bezeichneten »kosmischen Strahlungen«. □ 1923: Physik-Nobelpreis.

Willy Millowitsch →

Millowitsch, Willy

dt. Schauspieler
* 8.1.1909 Köln

Millowitsch ist einer der beliebtesten deutschen Volksschauspieler und Komödianten, der vor allem durch das Fernsehen große Popularität gewann. In Boulevardkomödien und Unterhaltungsfilmen bringt M. mit seinem rheinischen

Humor, seinem Kölner Dialekt und seiner derbkomischen Art das Publikum gern zum Lachen. Schon als Kind stand M. auf der Millowitsch-Bühne, die seit dem 19. Jh. in Familienbesitz ist und aus der er eine der beliebtesten Volksbühnen in Deutschland machte.

□ ab 1940: Leiter der Millowitsch-Bühne in Köln. □ 1949: Filmdebüt in »Gesucht wird Majora«. □ ab 1953: Mit »Etappenhasen« Beginn der regelmäßigen Fernsehübertragungen von der Millowitsch-Bühne in Köln. □ 1960: Titelrolle im Film »Der wahre Jakob«. □ 1971: Hauptrolle in der Serie »Hei-Wi-Tip-Top« (neben H. →Kabel). □ 1978: Hauptrolle in der TV-Inszenierung »Das Geld liegt auf der Bank« (C. Flatow). □ 1979: Staatsanwalt von Treskow in der TV-Inszenierung »Der Maulkorb« (G. →Hauptmann). □ 1982: Rolle in Shakespeares »Hamlet« (Rg. R. →Noelte). □ 1986: Rolle in der amer. Filmkomödie »Hilfe, die Amis kommen«.

▷ W. Millowitsch: Meine besten Freunde, 1971.

Nathan Milstein →

← Czesław Miłosz

Miłosz, Czesław

poln. Schriftsteller
* 30.6.1911 Šeteiniai, Litauen

Geistige Unabhängigkeit und intellektuelle Nüchternheit sind für den skeptischen Moralisten und Nobelpreisträger (1980) Miłosz in allen Schaffensperioden charakteristisch. Als hervorragendster Vertreter der Dichtergruppe der Katastrophisten gab M. in den 30er Jahren seiner pessimistischen Einschätzung der geschichtlichen Entwicklung in einem dunklen Symbolismus und klassisch-klaren Formen Ausdruck (»Drei Winter«, Ged.e, 1936). Nach seiner Emigration wurde M. im Westen durch die Essaybände »Verführtes Denken« (1953, dt. 1958) und »West- und Östliches Gelände« (1959, dt. 1961) bekannt, in denen er die Situation des Intellektuellen im Osteuropa der 50er Jahre auf einfühlsame Art kritisch reflektiert.

□ 1945-50: Nach Jurastudium Kulturattaché in Washington und Paris. □ 1951: Emigration nach Frankreich (1956 in die USA). □ 1953: »Das Gesicht der Zeit« (R., dt. 1953). □ 1955: »Das Tal der Issa« (aut. R., dt. 1957). □ ab 1960: Prof. für poln. Literatur an der Univ. Berkeley, Kalif. □ 1966: »Lied vom Weltende« (Ged.e, dt.). □ 1969: »Geschichte der poln. Literatur« (dt. 1981). □ 1979: »Zeichen im Dunkel« (Ged.e, dt.). □ 1980: Literatur-Nobelpreis. □ 1982: »Gedichte« (dt.).

Milser, Rolf

dt. Gewichtheber
* 28.6.1951 Bernburg/Saale

Milser machte 1972-84 mit 114 deutschen Rekorden, darunter zwei Weltrekorden, auf das Gewichtheben in der BRD aufmerksam. 1984 krönte er seine Karriere in Los Angeles mit dem Olympiasieg (Klasse bis 100 kg). Bei den Spielen von Montreal 1976 war er als Favorit im Zweikampf gescheitert: Er gewann zwar das Stoßen, hatte aber im Reißen keinen gültigen Versuch.

□ 1972-84: 12 dt. Meisterschaften; 3 Olympiateilnahmen. □ 1973-80: 8 Gold-, 7 Silber- und 1 Bronzemedaille bei Welt- und Europameisterschaften. □ 1976: Weltrekord (207,5 kg) im Stoßen (Leichtschwergewicht). □ 1978: Weltmeister im Zweikampf (Mittelschwergewicht). □ 1979: Europameister im Zweikampf (Mittelschwergewicht); Weltrekord (222,5 kg) im Stoßen (Mittelschwergewicht).

← Rolf Milser

Milstein, Nathan

(eig. Natan Mironovič)
amer. Geiger russ. Herkunft
* 31.12.1904 Odessa

Milstein, einer der bedeutendsten Geiger des 20. Jh.s, konzertierte bis ins hohe Alter mit großem Erfolg in aller Welt. Seit seinen ersten Auftritten mit dem Pianisten W. →Horowitz Mitte der 20er Jahre in der UdSSR wird die vollendete Technik, der brillante Ton und die melodische Kraft seines Spiels gerühmt. Schwerpunkte in M.s Konzertprogrammen, die ein großes Repertoire umfaßten, bildeten Werke von Bach und Paganini.

□ 1914: Nach Studien in Odessa und Petrograd erster öffentlicher Auftritt mit dem Violinkonzert a-Moll von A. →Glasunow. □ 1922: Auftritt beim Galakonzert des Moskauer Konservatoriums. □ 1923-25: Konzerttournee mit W. Horowitz. □ 1926: Emigration nach Westeuropa. □ 1929/30: USA-Tournee mit W. Horowitz. □ ab 1933: Keine Konzerte in Deutschland. □ 1942: Amer. Staatsbürgerschaft. □ 1966: Comeback in der BRD mit Brahms' Violinkonzert.

▷ B. Gavoty: Nathan Milstein, 1956.

Milva

(eig. Maria Ilva Biolcati)
ital. Sängerin
* 17.7.1939 Goro bei Ferrara

Seit ihrem ersten Auftritt mit 16 Jahren hat »La Pantera« — wie Milva auch von ihren Landsleuten genannt wird — immer wieder ihre Vielseitigkeit bewiesen. M., die über eine ungemein wandlungsfähige Stimme verfügt, überzeugte anfangs mit italienischen Kanzone, später mit französischen Chansons von E. →Piaf und wandte sich in neuester Zeit dem Rock zu. Sie trat in Operninszenierungen und Musicals auf, wirkte in Spielfilmen mit und gastierte als Schauspielerin auf der Theaterbühne. In Deutschland wurde M. in den 70er Jahren als Interpretin der Lieder von B. →Brecht bekannt.

Milva: Die Sängerin 1978 bei einem Aufenthalt in Köln.

□ 1962: Sängerin des Jahres in Italien. □ 1972: Rolle der Seeräuber-Jenny in der »Dreigroschenoper«. □ 1976: »Milva canta Brecht« (LP). □ 1977: Erste deutschsprachige LP »Auf Flügeln bunter Träume«. □ 1978: Goldene Schallplatte für »Von Tag zu Tag« (LP); erste Deutschlandtournee. □ 1982: »Die Straße der Spiegel« (F.). □ 1983: Goldene Rose von Montreux für TV-Show »Al Paradise«. □ 1986: Auftritt mit Tangoliedern von A. →Piazolla in Monte Carlo. □ 1990: »Ein Kommen und Gehen« (LP).

Kardinal Mindszenty: Symbol des ung. Freiheitswillens.

Mindszenty, József

(eig. Joseph Pehm)
ung. Kardinal
* 29.3.1892 Csehimindszent † 6.5.1975 Wien

Als Gegner des Kommunismus wurde Mindszenty 1949 wegen Hochverrats zu lebenslanger Haft verurteilt. Im Rahmen des ungarischen Volksaufstands 1956 konnte M. aus seiner Haft befreit werden und blieb bis 1971 im Asyl in der US-amerikanischen Botschaft. Der Kardinal, Symbol für den Widerstand gegen das totalitäre ungarische Regime, mußte 1971 auf Geheiß des Papstes emigrieren und wurde 1974 gegen seinen Willen seiner Ämter enthoben. M. starb in Wien, seine sterblichen Überreste wurden gemäß seinem Wunsch 1991 in ein demokratisch legitimiertes Ungarn überführt.

☐ 1919: Pfarrer in Zalaergerszeg. ☐ 1944: Bischof von Vezprém. ☐ 1945-74: Erzbischof von Esztergom und Primas von Ungarn. ☐ ab 1946: Kardinal. ☐ ab 1971: Aufenthalt in Wien.

▷ J. Mindszenty: Erinnerungen, dt. 1974.

Minetti, Bernhard

dt. Schauspieler
* 26.1.1905 Kiel

Der Charakterschauspieler Minetti gehört zu den bedeutendsten Schauspielerpersönlichkeiten des deutschsprachigen Theaters. In seiner Laufbahn hat M. alle bedeutenden klassischen Helden-, Liebhaber- und Charakterrollen gespielt; seit den 50er Jahren tritt er bevorzugt in Werken zeitgenössischer Autoren auf (Th. →Bernhard, B. →Strauß) und beeindruckt vor allem als Darsteller kalter, zynischer und gebrochener Gestalten (S. →Beckett, J. →Genet, F. →Dürrenmatt).

Minetti: Der große alte Mann des deutschen Theaters.

M. ist ein Mime von scheinbar unerschöpflichem Ausdrucksreichtum, großer Artistik und professioneller Perfektion. Der Dramatiker Th. Bernhard, in dessen Stücken M. oft unter der Regie von C. →Peymann die Titelrollen spielte, hat ihm mehrere Stücke gewidmet, u. a. »Minetti« (UA 1976) und »Der Weltverbesserer« (UA 1980).

☐ 1925-27: Staatliche Schauspielschule Berlin unter L. Jeßner. ☐ 1927/28: Erstes Engagement in Gera. ☐ 1928-30: Hess. Landestheater in Darmstadt. ☐ 1930-45: Mitgl. des Berliner Staatstheaters. ☐ 1939: Robespierre in »Dantons Tod« (Büchner, Rg. G. →Gründgens). ☐ 1946/47: Schauspieldir. in Kiel. ☐ 1947-49: Mitgl. des Dt. Schauspielhauses in Hamburg. ☐ 1952-56: Mitgl. des Frankfurter Schauspielhauses. ☐ 1956-58: Mitgl. des Düsseldorfer Schauspielhauses. ☐ 1958: Cotrone in »Die Riesen vom Berge« (L. →Pirandello, Rg. G. →Strehler). ☐ 1961: Krapp in »Das letzte Band« (S. Beckett, Rg. K. M. →Grüber). ☐ 1965: Pozzo in »Warten auf Godot« (S. Beckett). ☐ 1974: General in UA »Die Jagdgesellschaft« (Th. Bernhard, Rg. C. Peymann). ☐ 1976: Schauspieler des Jahres. ☐ 1982: Titelrolle in Goethes »Faust« (Rg. K. M. Grüber) ☐ 1985: Titelrolle in Shakespeares »König Lear« (Rg. K. M. Grüber). ☐ 1988: Karl Joseph in UA »Besucher« (B. Strauß, Rg. D. →Dorn). ☐ 1991: Märchenerzähler in »Grimms Märchen in Deutschland«.

▷ B. Minetti: Minetti — Erinnerungen eines Schauspielers, 1985.

Charles Mingus →

Mingus, Charles »Charlie«

amer. Jazzmusiker
* 22.4.1922 Nogales, Ariz.
† 5.1.1979 Cuernavaca (Mexiko)

Mingus war als Bassist, Bandleader und Komponist einer der wichtigen Impulsgeber für den Jazz der 60er Jahre und wirkte als Bindeglied zwischen den älteren Stilen des Jazz und dem Free Jazz. Er spielte u. a. bei L. →Armstrong, Kid Ory, L. →Hampton, Ch. →Parker, St. →Getz und E. K. »Duke« →Ellington. Anfang der 60er Jahre übten seine »Jazz Workshops« starken Einfluß auf die jüngeren Musiker aus.

☐ 1935-40: Studium von Posaune, Baß und klassischer Musik (Gesang und Violoncello). ☐ 1940: Erstes Engagement bei Lee Young. ☐ 1947: Erste Plattenaufnahme »Mingus Fingers«. ☐ 1952: Gründung der Plattenfirma »Debut«. ☐ 1959: »Mingus Ah Um« (LP). ☐ 1972: »Charles Mingus and friends in concert« (LP). ☐ postum 1990: »Epitaph« (LP mit G. Schuller).

Minks, Wilfried

dt. Bühnenbildner und Regisseur
* 21.2.1931 Binai (Tschechoslowakei)

Als Bühnenbildner hat Minks, der mit allen großen zeitgenössischen Regisseuren zusammengearbeitet hat, Akzente gesetzt und Aufmerksamkeit erregt, da er gegen die Konventionen des Theaters und die Sehgewohnheiten des Publikums verstößt. Bei der Ausstattung eines Stücks setzt er auf demonstrative Wirkung (z. B. große Signalflächen und Zitate aus der bildenden Kunst) und ästhetische Reize; bekannt geworden und oft imitiert sind seine hell erleuchteten, direkt an den Zuschauerraum angrenzenden Bühnenräume. Als Regisseur orientiert sich M. am realistischen, traditionsbewußten Theater.

□ 1959-62: Bühnenbildner am Ulmer Theater. □ 1961: Erste Zusammenarbeit mit P. →Zadek für »Die Geisel« (B. Behan). □ 1962-72: Bühnenbildner am Bremer Theater. □ 1972: Regiedebüt mit »Yvonne« (W. →Gombrowicz). □ 1980/81: Gemeinsam mit J. Schaaf im Direktorium des Frankfurter Schauspiels. □ 1982: Erste Filmregie mit »Die Geburt der Hexe«. □ seit 1983: Chefbühnenbildner und Regisseur am Dt. Schauspielhaus in Hamburg. □ 1988: UA der eigenen Produktion »Auge, Auge, Komma, Strich«; UA »Korbes« (T. →Dorst). □ 1991: »Tod und Teufel« (P. Turrini).

← Wilfried Minks

Minne, George (Baron, ab 1930)

belg. Bildhauer
* 30.8.1866 Gent
† 20.2.1941 Sint-Martens-Latem, Ostflandern

Minne ist Hauptvertreter der Jugendstil-Plastik. Die Bedeutung seines verhältnismäßig schmalen bildhauerischen Werks liegt vorrangig in der Wirkung auf die Plastik des 20. Jh.s. M. suchte eine Verbindung seiner symbolistischen Anschauung zu traditionellen Kunststilen wie der Gotik. In seinem »Brunnen mit fünf Knaben« (1906, Essen, Museum Folkwang) plazierte er in einer symbolistisch-mystischen Inszenierung fünf gleiche kniende Jünglingsgestalten auf einen kreisförmigen Sockel. Die überschlanken Aktfiguren beeinflußten u. a. W. →Lehmbruck.

Minnelli, Liza

amer. Schauspielerin und Sängerin
* 12.3.1946 Hollywood

Minnelli, die schon als Kind mit ihrer Mutter J. →Garland auftrat, wurde bekannt durch die Rolle der Sally Bowles in dem Film »Cabaret« (1971, mit H. →Griem), für die sie 1972 den Oscar erhielt. Während weitere Filme mit Ausnahme von »New York, New York« (1977, Rg. M. →Scorsese, mit R. de →Niro) weniger erfolgreich waren, konnte M. sich als internationaler Star in Musicals und eigenen Shows etablieren.

□ 1949: Erste Filmrolle in »In the good old summertime«. □ 1964: Gemeinsamer Auftritt mit der Mutter im Londoner Palladium. □ 1969: »Pookie« (Rg. A. J. →Pakula). □ 1974: »Das gibt's nie wieder — That's Entertainment« (mit F. →Astaire, B. →Crosby, G. →Kelly). □ 1975: »Abenteurer auf der Lucky Lady« (mit B. →Reynolds und G. →Hackman). □ 1980: Golden Globe Award (erneut 1985). □ 1984: Starrolle in dem Broadway-Musical »The Rink«. □ 1984/85: Entziehungskur. □ 1987: Comeback mit dreiwöchigem Gastspiel an der New Yorker Carnegie Hall. □ 1991: Europatournee.

Liza Minnelli in ihrer Paraderolle in Cabaret, 1971.

George R. Minot →

Minot, George Richards

amer. Mediziner
* 2.12.1885 Boston † 25.2.1950 Brookline, Mass.

Minot, 1928-48 Professor an der Harvard University Medical School in Boston, erhielt mit W. P. →Murphy und G. H. →Whipple 1934 den Physiologie/Medizin-Nobelpreis für die von ihnen gemeinsam entwickelte Leberdiät bei der Behandlung von perniziöser Anämie. Diese Blutkrankheit, die bei ständiger Abnahme der roten Blutkörperchen zum Tod führt, läßt sich durch Verabreichung von vitaminreicher Leber relativ leicht behandeln.

»Dom« Mintoff →

Mintoff, Dominic »Dom«

malt. Politiker
* 6.8.1916 Cospicua

Insgesamt 16 Jahre bestimmte »Dom« Mintoff als Ministerpräsident die Politik seines Landes. Er führte Malta auf einen neutralistischen Kurs, forderte die Briten zum Verlassen der Inseln auf und erklärte den Besuch von US-Kriegsschiffen für unerwünscht. Nach Abzug der letzten Briten gewährte er allerdings den Sowjets Stützpunktrechte und spielte gleichzeitig mehrfach Libyen und Italien gegeneinander aus. Innenpolitisch stand der gläubige Katholik bis zu seinem Rücktritt 1984 in einem Dauerkonflikt mit der katholischen Kirche und dem Vatikan.

□ 1936/37: Generalsekr. der malt. Labour Party. □ bis 1941: Architekturstudium in Malta und England. □ 1941-44: Als Bauingenieur in Großbritannien dienstverpflichtet. □ ab 1944: Selbständiger Architekt in Malta. □ 1947-49: Stellv. Ministerpräsident und Min. für öffentliche Arbeiten und Wiederaufbau. □ 1949: Vors. der Labour Party. □ 1955-58; 1971-84: Ministerpräsident. □ ab 1971: Zugleich Außen- und Commonwealthmin. □ ab 1977: Zudem Innenmin.

Shlomo Mintz →

Mintz, Shlomo

israel. Geiger russ. Herkunft
* 30.10.1957 Moskau

Mintz gehört zur jüngsten Generation der Weltklassegeiger. Sein außerordentliches Talent hatte sein Landsmann I. →Stern erkannt, der ihm zu einem Studium an der Juilliard School New York verhalf. Den ersten Erfolg errang M. als

16jähriger in der Carnegie Hall New York. Seit Ende der 70er Jahre begeistert er das internationale Konzertpublikum mit technischer Souveränität, sensiblem Geigenton und ausgeprägter Gestaltung.

□ 1976: Debüt in München. □ ab 1977: Int. Konzertreisen. □ ab 1981: Schallplatteneinspielungen. □ 1982: Auftritt in Tel Aviv anläßlich der 100-Jahr-Feier des Geigers B. Huberman (* 1882, † 1947). □ 1984: Einspielung sämtlicher Solosonaten Bachs. □ 1989: Gast beim Schl.-H. Musik Festival.

Mira, Brigitte

dt. Schauspielerin
* 20.4.1915 (1916?) Hamburg

Mit 58 Jahren wurde Mira von R. W. →Fassbinder 1973 für »Angst essen Seele auf« entdeckt. Ihre Darstellung einer 50jährigen Witwe, die gegen die Ratschläge der Familie einen jüngeren Marokkaner heiratet, wurde mit dem Bundesfilmpreis ausgezeichnet. Davor hatte M. überwiegend in Operettenfilmen und Komödien mitgewirkt. Seit Fassbinders Tod 1982 tritt sie vornehmlich im Fernsehen auf.

□ 1958: »So ein Millionär hat's schwer« (Rg. G. v. →Cziffra). □ 1975: »Mutter Küsters Fahrt in den Himmel« (Rg. R. W. Fassbinder). □ 1976: »Chinesisches Roulette« (Rg. R. W. Fassbinder). □ 1977: »Die Frau gegenüber« (Rg. H. Noever). □ 1980: »Berlin Alexanderplatz« (TV-Mehrteiler, Rg. R. W. Fassbinder). □ 1981/82: »Kamikaze 1989« (Rg. W. Gremm). □ 1982: »Die wilden Fünfziger« (Rg. P. →Zadek). □ 1985: »Drei Damen vom Grill« (TV-Serie).

▷ B. Mira: Kleine Frau — was nun?, 1988.

Miró, Joan

span. Maler, Grafiker und Bildhauer
* 20.4.1893 Montroig (heute zu Barcelona)
† 25.12.1983 Palma de Mallorca

Miró gehört zu den bedeutendsten Malern im Umkreis des Surrealismus, wobei seine Besonderheit in der Übernahme von Elementen der Volkskunst sowie in dem stark abstrahierten, teilweise emblematischen Charakter seiner Werke besteht. Nach Experimenten mit zeitgenössischen Kunstströmungen ging M. früh zu verschlüsselten Zeichen über, die er zunächst noch in poetisch-naive Landschaften und Ansichten integrierte — allerdings schon einer surrealen Auffassung zugeneigt (»Der Bauernhof«, 1921/22, Washington, National Gallery). Diese mündete in vielgestaltige Kompositionen aus scheinbar zusammenhanglosen Zeichen. So stehen hier Kürzel für Tag und Nacht, Bauernhof und Fluß, Feld und Flur, Mensch und Tier; dämonische Zwitterwesen verkörpern Ängste oder Bedrohungen (»Gepflügte Erde«, 1922-24, New York, Solomon R. Guggenheim Museum). Diese Ausgangsbasis hat M. nie mehr verlassen, auch wenn später der Bildaufbau insgesamt flächiger, die Motive abstrakter wurden und die Zeichen häufig für kosmische Dimensionen oder archetypische Zusammenhänge des Lebens stehen (z. B. »Frauen und Vogel im Mondschein«, 1949, London, Tate Gallery).

Joan Miró: Der spanische Maler vor einem seiner geheimnisvollen Bilder.

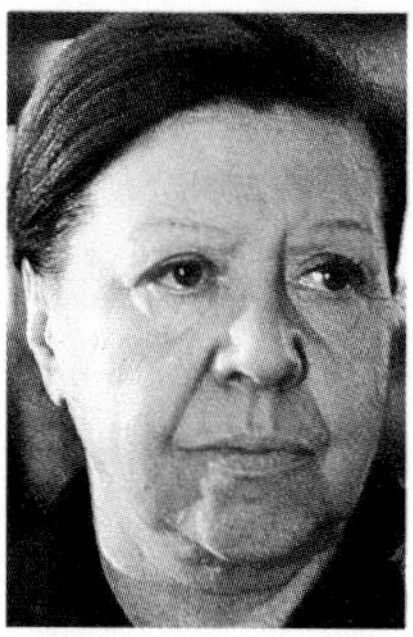

← Brigitte Mira

Ab den 60er Jahren schuf M. in der Fortführung und Modifizierung seiner surrealistischen Objektassemblagen der 30er Jahre ein umfangreiches plastisches Werk, vor allem Bronzen, in denen er Alltagsgegenstände mit seinen Grundmotiven verband.

□ 1912-15: Studium an der Akademie Galí in Barcelona. □ ab 1915: Auseinandersetzung mit dem Kubismus. □ 1919: Begegnung mit P. →Picasso; kubistisch beeinflußte Akte, Stilleben und Landschaften. □ 1921: Mitunterzeichner des »Ersten surrealistischen Manifests«. □ 1930: Ausstellungen in Paris und New York; Lithografie-Serien. □ 1935: Wegen des bevorstehenden Span. Bürgerkriegs Übersiedlung nach Paris; Beginn der sog. Schreckensbilder. □ um 1940: Malerei auf Keramik; Keramikobjekte. □ ab 1947: Wandmalereien in den USA. □ 1958: Großes Wandbild für das Pariser UNESCO-Gebäude. □ ab 1960: Wandkeramiken; Fortführung der Arbeit an Objektassemblagen; große Freiplastiken. □ ab 1967: Bronzeplastiken auf der Basis von Objektmontagen. □ 70er Jahre: Großplastiken aus Marmor; Kunststoffplastiken für die Fondation Maeght; Tapisserieobjekte.

▷ G. Weelen: Joan Miró, 1984.

Wolfgang Mischnick

Mischnick, Wolfgang

dt. Politiker
* 29.9.1921 Dresden

In über 20 Jahren sorgte Mischnick als Fraktionsvorsitzender für den Zusammenhalt der FDP, wobei er selbst meist unauffällig im Hintergrund blieb. Er galt als ausgleichender Stabilisierungsfaktor zwischen den Parteiflügeln der Bundestagsfraktion. Dies war besonders wichtig, nachdem der Parteivorsitzende H.-D. →Genscher 1982 den Koalitionswechsel zur CDU durchgesetzt hatte und die Partei auseinanderzufallen drohte.

□ 1939-45: Kriegsdienst. □ 1945: Mitgl. der LDP. □ 1946-48: Stadtverordneter von Dresden. □ 1947: Stellv. Landesvors. von Sachsen. □ 1948: Übersiedlung nach Frankfurt/Main. □ ab 1950: Hauptamtlicher Funktionär der FDP. □ seit 1954: Im Vorstand der FDP. □ 1954-57: Vors. der

Jungdemokraten; MdL von Hessen. □ 1957-90: MdB. □ 1961-63: Min. für Vertriebene, Flüchtlinge und Kriegsgeschädigte. □ ab 1963: Stellv. Vors. der FDP-Fraktion. □ 1967-77: Vors. der hessischen FDP. □ 1968-90: Fraktionsvors. der FDP im Bundestag.

▷ W. Mischnick: Von Dresden nach Bonn. Erlebnisse — jetzt aufgeschrieben, 1991.

Mises, Ludwig Edler von

amer. Nationalökonom österr. Herkunft
* 29.9.1881 Lemberg (heute Lwow, UdSSR)
† 10.10.1973 New York

Mises, Schüler von E. →Böhm-Bawerk, wird im Unterschied zu neoliberalen Ökonomen (W. →Eucken) oftmals als orthodoxer Liberaler bezeichnet (F. v. → Hayek). Der Vertreter der Österreichischen Grenznutzenschule (auch Wiener Schule, C. →Menger) erbrachte neben seinen Beiträgen zur liberalen Staats- und Wirtschaftstheorie (u. a. keine staatlichen Eingriffe, Privateigentum an Produktionsmitteln) bedeutende Leistungen auf den Gebieten der Finanzwissenschaften, der Geld- und Konjunkturtheorie.

□ bis 1906: Studium der Rechts-, Wirtschafts- und Sozialgeschichte. □ 1909-38: Referent der Wiener Kammer für Handel, Gewerbe und Industrie. □ ab 1918: Prof. an der Univ. Wien. □ 1919: »Nation, Staat und Wirtschaft« (Schr.). □ 1926: Gründung des Österr. Inst. für Konjunkturforschung, Wien. □ 1927: »Liberalismus« (Schr.). □ 1934-40: Lehrstuhl am Inst. Universitaire des Hautes Études Int. in Genf. □ 1940: Übersiedlung in die USA; »Nationalökonomie« (Schr.). □ 1945-69: Prof. an der Univ. New York. □ 1956: »Die Wurzeln des Antikapitalismus« (Schr., dt. 1958).

Mishima, Yukio

(eig. Kimitake Hiraoka)
jap. Schriftsteller
* 14.1.1925 Tokio † 25.11.1975 ebd. (Selbstmord)

Mishima gehörte zu den bekanntesten zeitgenössischen Autoren Japans. Er verfolgte ein spezifisch japanisches ästhetisches Konzept: Das verband ihn mit Y. →Kawabata, der ihn auch protegierte. Charakteristisch ist der Roman »Der Tempelbrand« (1954, dt. 1961), Psychogramm eines Mönchs, der den Inbegriff des Schönen, den goldenen Tempel von Kioto, in Brand setzt. Die kompositorisch ausgefeilte, stilistisch fast manierierte Erzählkunst M.s erreichte ihren Höhepunkt in der Tetralogie »Meer der Fruchtbarkeit« (1965-71, dt. 1985-88), einem umfassenden Bild zeitgeschichtlicher Entwicklungen aus der Sicht des Autors.
M. verurteilte die Auflösung traditioneller japanischer Werte in der Nachkriegszeit und propagierte auch in seinen Essays (u. a. »Zu einer Ethik der Tat«, 1967, dt. 1987) alte Samurai-Tugenden. Als Person ist M. in Japan sehr umstritten, da er seinen Vorstellungen auf martialische Art Ausdruck verlieh. 1970 inszenierte M. mit seiner »Schildgesellschaft« einen Putsch und beging danach Seppuku (rituellen Selbstmord)

Yukio Mishima verteidigte die alten Samurai-Tugenden.

□ 1944-47: Jurastudium, danach kurze Tätigkeit im Finanzministerium. □ 1949: »Geständnis einer Maske« (R., dt. 1964). □ 1954: »Die Brandung« (R., dt. 1959). □ 1960: »Nach dem Bankett« (R., dt. 1967). □ 1965: »Madame de Sade« (Dr.).

Mistinguett(e) →

Mistinguett(e)

(eig. Jeanne-Marie Bourgeois)
frz. Varietékünstlerin
* 5.4.1873 Enghien bei Paris † 5.1.1956 Bougival

Mistinguett war in den 20er Jahren die Königin der Revuetheater von Paris. Das Erfolgsrezept der Sängerin und Tänzerin, die sich völlig mit ihren Rollen identifizierte, beruhte auf ihrer Persönlichkeit, einer spannungsreichen Mischung aus Straßenmädchen und luxuriöser Dame von Welt. Unter ihren prachtvollen Kostümen ließ sie das Publikum den ganz normalen Menschen ahnen. Höhepunkte ihrer über 50jährigen Karriere waren die Auftritte im legendären Moulin Rouge in Paris, das sie zeitweise leitete.

Joni Mitchell: Seit 20 Jahren im Musikgeschäft.

Mitchell, Joni

(eig. Roberta Joan Anderson)
kanad. Rockmusikerin
* 7.11.1943 Fort McLeod, Prov. Alberta

Ende der 60er Jahre wurde Mitchell als phantasievolle Songschreiberin bekannt. Titel wie »Both sides now«, »Chelsea Morning«, »Big yellow taxi« oder »Woodstock« wurden in der Version von Stars wie F. →Sinatra, Judy Collins oder Crosby, Stills, Nash & Young Millionenhits, bevor sie sich 1974 mit dem Hit »Help Me« und nach einer ausgedehnten US-Tournee ebenfalls als Interpretin mit vier Oktaven umspannender Stimme etablieren konnte. Zunächst begann M. als Folksängerin, wandte sich in den 70er Jahren dem Jazz zu (LP »Mingus« mit J. →McLaughlin, Jan Hammer und Stanley Clarke) und wurde musikalisch progressiver und experimenteller. In den 80er Jahren wurde die Basis ihrer Musik der Rock, u. a. arbeitete sie mit P. →Gabriel (auf der LP »Chalk mark in a rain storm«).

□ 1968: Erste LP »Joni Mitchell«. □ 1969: »Clouds« (LP). □ 1970: »Ladies of the canyon« (LP). □ 1971: »Blue« (LP). □ 1972: »For the roses« (LP). □ 1974: »Miles of aisles« (LP). □ 1975: »The hissing of the summer lawns« (LP). □ 1977: »Don Juan's reckless daughter« (LP). □ 1980: »Shadows and light« (LP). □ 1982: »Wild things run fast« (LP). □ 1985: »Dog eat dogs« (LP). □ 1988: »Chalk mark in a rain storm« (LP mit P. →Gabriel, Don Henley, Billy Idol). □ 1991: »Night ride home« (LP).

Mitchell, Margaret

amer. Schriftstellerin
* 8.11.1900 Atlanta, Georgia
† 16.8.1949 ebd. (Unfall)

Margaret Mitchell (1939): Mit einem Buch zum Superstar.

Mitchell schrieb mit ihrem Roman »Vom Winde verweht« (1936, dt. 1937) den größten Bestseller der Literaturgeschichte. Über zehn Jahre arbeitete sie an diesem Roman. Einsetzend mit dem Beginn des amerikanischen Bürgerkriegs 1861 wird die Geschichte Scarlett O'Haras bis 1871 erzählt. Die überhebliche Südstaatenschönheit, die vergeblich um die Liebe zweier Männer ringt, wird zur zentralen Figur. An ihr macht M. deutlich, welche historische Veränderungen der Bürgerkrieg einleitete: Den Umsturz der sozialen Ordnung und den Abschied von alten Wertvorstellungen. Trotz aller Klischees gelang es M., mit ihrem Roman ein Stück amerikanischer Geschichte lebendig werden zu lassen.

□ 1922-26: Reporterin beim Atlanta Journal. □ 1926-36: Arbeit an »Vom Winde verweht«. □ 1937: Pulitzer-Preis. □ 1949: Tod durch Verkehrsunfall.

▷ M. Mitchell: Stolz und unbeugsam wie Scarlett, 1987.

Peter D. Mitchell →

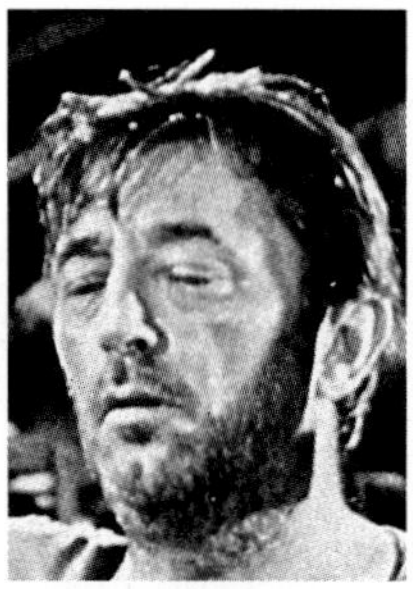

Robert Mitchum →

Mitchell, Peter Dennis

brit. Biochemiker
* 29.9.1920 Mitcham, Surrey

Mitchell stellte 1961 mit seiner »chemiosmotischen Theorie der Phosphorylierung« ein Grundprinzip der Bioenergetik auf. Die chemischen Prozesse, die für die biologische Energieversorgung in lebenden Zellen sowie für die Energieübertragung von Zelle zu Zelle sorgen, werden von Enzymen vermittelt. Bei der Photosynthese und Zellatmung wird Energie in ATP (Adenosintriphosphat) gespeichert und durch Spaltung in ADP (Adenosindiphosphat) und Phosphat wieder freigesetzt (Phosphorylierung) bei gleichzeitigem Durchgang von Wasserstoffionen durch die Zellmembranen.

□ 1955-63: Dir. am Inst. für Zoologie der Univ. Edinburgh. □ seit 1964: Leiter des von ihm gegründeten Glynn Research Inst. in Bodmin, Cornwall. □ 1966: »Chemiosmotic coupling in oxidative and photosynthetic phosphorylation« (Schr.). □ 1978: Chemie-Nobelpreis.

Mitchum, Robert Charles Duran

amer. Schauspieler
* 6.8.1917 Bridgeport, Conn.

Mitchums Markenzeichen sind der laszive Gang und die halbgeöffneten, müde wirkenden Augen. Mit starker Präsenz verkörperte der über 1,90 m große Hüne häufig den tough guy, den harten Typen, der am Ende mit leeren Händen dasteht. Er spielte in Klassikern der Schwarzen Serie wie »Out of the Past/Goldenes Gift« (1947, Rg. J. Tourneur) und verkörperte den Privatdetektiv Phillip Marlowe in »Fahr zur Hölle, Liebling« (1975, Rg. D. Richards). Weitere unvergessene Auftritte hatte er als versoffener Sheriff J. P. Harrah in »El Dorado« (1965, mit J. →Wayne) und als dämonischer Prediger in »Die Nacht des Jägers« (1955, Rg. Ch. →Laughton).

□ 1943-45: Zahlreiche Nebenrollen. □ 1945: »Schlachtgewitter am Monte Cassino« (Rg. W. Wellman). □ 1948: »Nacht in der Prärie« (Rg. R. Wise). □ 1949: »Gabilan mein bester Freund« (Rg. L. Milestone). □ 1952: »Macao« (Rg. J. v. →Sternberg); »Angelface — Engelsgesicht« (Rg. O. →Preminger); »The Lusty Men — Arena der Cowboys« (Rg. N. →Ray). □ 1954: »Fluß ohne Wiederkehr« (mit M. →Monroe, Rg. O. Preminger). □ 1957: »Der Seemann und die Nonne« (Rg. J. → Huston). □ 1960: »Vor Hausfreunden wird gewarnt« (mit C. →Grant, Rg. St. Donen). □ 1961: »Ein Köder für die Bestie« (mit G. →Peck; Rg. J. L. Thompson). □ 1969/70: »Ryans Tochter« (Rg. D. →Lean). □ 1974: »Yakuza« (Rg. S. →Pollack). □ 1975: »Der letzte Tycoon« (mit R. de →Niro, Rg. E. → Kazan). □ 1978: »Tote schlafen besser« (Rg. M. Winner). □ 1984: »Marias Lovers« (mit N. →Kinski, Rg. A. Kontschalowsky). □ 1988: »Der Geheimbund der Rose« (Rg. M. Chomsky). □ 1991: »Ein Mann weiß zuviel« (Rg. G. Lantner).

▷ M. Althen: Robert Mitchum. Seine Filme — Sein Leben, 1987.

Mitropoulos, Dimitri

amer. Dirigent griech. Herkunft
* 18.2.1896 Athen † 2.11.1960 Mailand (Italien)

Mitropoulos gehört zu den bedeutendsten Interpreten der Musik des 20. Jh.s. Nach seiner Übersiedlung in die USA (1937) konfrontierte er das amerikanische Publikum mit Werken der Wiener Schule (A. →Schönberg, A. →Berg). Seine Interpretationen des klassischen Repertoires zeichnen sich durch emotionalen Schwung, formale Klarheit und rhythmische Präzision aus. Seit 1961 findet alljährlich in New York ein internationaler Mitropoulos-Musikwettbewerb für Dirigenten statt.

Mitropoulos brachte die europ. Avantgarde in die USA.

☐ ab 1921: Studium bei F. →Busoni in Berlin. ☐ 1926: Dirigent des Athener Konservatoriumsorchesters. ☐ 1930: Berlin-Debüt als Dirigent und Pianist mit den Berliner Philharmonikern. ☐ 1937-49: Ständiger Gastdirigent des Minneapolis Symphony Orchestra. ☐ 1949-58: Als Nachfolger von L. →Stokowski Dirigent der New Yorker Philharmoniker. ☐ ab 1954: Dirigent an der Metropolitan Opera. ☐ 1958: Gast bei den Salzburger Festspielen mit der Oper »Vanessa« von S. →Barber.

▷ S. Prokopiou: Dimitri Mitropoulos, 1967.

Mitscherlich, Alexander

dt. Arzt und Psychologe
* 20.9.1908 München † 26.6.1982 Frankfurt/Main

Mitscherlich begriff die Psychoanalyse immer auch als Sozialwissenschaft und wurde in den 60er Jahren zu einem der einflußreichsten Aufklärer der bundesrepublikanischen Gesellschaft. Mit seiner Frau M. →Mitscherlich-Nielsen schrieb er »Die Unfähigkeit zu trauern« (1967), eine der bedeutendsten deutschsprachigen Publikationen der Nachkriegsepoche. In ihr zeigt das Ehepaar auf, warum ein Großteil der Nachkriegsgesellschaft Trauer und Scham nicht zuließ, sondern kollektiv verdrängte.
M., Gründer und Direktor des Frankfurter Sigmund-Freud-Instituts (ab 1960), war ein engagierter Kritiker gesellschaftlicher Mißstände und ein wissenschaftlicher Publizist von hohem Rang, der es wie kein zweiter verstand, seine zentralen Thesen einprägsam zu formulieren. Ausgehend von Psychoanalyse und Sozialpsychologie unterzog er die sozialen, wirtschaftlichen und politischen Erscheinungen seiner Zeit einer kritischen Analyse und konnte zum Umdenken anregen: Architekten und Stadtplanern hielt er »Die Unwirtlichkeit unserer Städte« (1965) vor, und der rein naturwissenschaftlich orientierten Medizin machte er den Krankheitsverlauf als ein komplexes, von sozialen Faktoren beeinflußtes Geschehen begreiflich (»Krankheit als Konflikt«, 2 Bde., 1974/75).

Alexander Mitscherlich: Er analysierte die westdeutsche Nachkriegsgesellschaft.

☐ 1946: »Freiheit und Unfreiheit in der Krankheit« (Schr.). ☐ ab 1947: Hg. der Zeitschrift Psyche. ☐ 1949: Gründer und (ab 1952) Prof. der Abteilung für psychosomatische Medizin an der Univ. Heidelberg. ☐ 1960: »Das Diktat der Menschenverachtung« (Schr.). ☐ 1960-76: Leiter des Sigmund-Freud-Inst., Frankfurt/Main. ☐ 1963: »Auf dem Weg zur vaterlosen Gesellschaft. Ideen zur Sozialpsychologie« (Schr.). ☐ 1966-73: Prof. für Psychologie an der Univ. Frankfurt/Main. ☐ 1969: Friedenspreis des Dt. Buchhandels. ☐ 1970: »Sigmund Freud. Versuch, die Welt besser zu verstehen« (Schr.). ☐ 1972: »Massenpsychologie ohne Ressentiment« (Schr.). ☐ 1975: »Der Kampf um die Erinnerung« (Schr.). ☐ 1978: »Das Ich und die Vielen. Parteinahmen eines Psychoanalytikers« (Schr.).

▷ A. Mitscherlich: Ein Leben für die Psychoanalyse. Anmerkungen zu meiner Zeit (Aut.), 1980.

M. Mitscherlich-Nielsen →

Mitscherlich-Nielsen, Margarete

dt. Ärztin und Psychoanalytikerin dän. Herkunft
* 17.7.1917 Graasten

Mitscherlich-Nielsen legte mit ihrem Ehemann A. →Mitscherlich 1967 eine aufklärerische Analyse über »Die Unfähigkeit zu trauern« vor, in welcher die kollektiven Verdrängungsmechanismen in der Zeit des Wirtschaftswunders und des

Kalten Krieges beschrieben werden. M. befaßte sich in ihren Schriften vor allem mit dem Phänomen der Idealisierung und dem Rollenverhalten der Frau in der Politik.

□ 1972: »Müssen wir hassen? Über den Konflikt zwischen innerer und äußerer Realität« (Schr.). □ 1978: »Das Ende der Vorbilder« (Schr.). □ 1980: »Männer« (mit H. Dierichs). □ 1985: »Die friedfertige Frau« (Schr.). □ 1987: »Die Zukunft ist weiblich« (Schr.).

Mittag, Günter

dt. Politiker
* 8.10.1926 Stettin

Mittag war unter W. →Ulbricht und E. →Honecker der maßgebende Wirtschaftsfunktionär und verantwortlich für das »Neue ökonomische System« (ab 1963), in dem die Wirtschaft entbürokratisiert und den Volkseigenen Betrieben (VEB) ein begrenzter Spielraum eingeräumt werden sollte. Auf seine Initiative erfolgte auch die Gliederung der VEB in große Kombinate, die 1980 abgeschlossen war. M. wurde 1989 nach der Öffnung der Berliner Mauer und dem Zusammenbruch der SED-Herrschaft aus der Partei ausgeschlossen und kurz danach wegen Veruntreuung von Volksvermögen verhaftet.

← Günter Mittag

□ 1943-45: Luftwaffenhelfer. □ 1946: Mitgl. der SED. □ ab 1951: Hauptamtlicher Funktionär. □ 1953: Leiter der Abteilung Verkehr beim ZK. □ bis 1958: Zugleich Fernstudium an der Hochschule für Verkehrswissenschaften. □ 1958-73; 1976-89: Sekr. für Wirtschaft beim ZK. □ 1962: Mitgl. des ZK. □ ab 1963: Mitgl. der Volkskammer. □ 1963-71; 1979-89: Mitgl. des Staatsrats. □ 1966-89: Mitgl. des Politbüros. □ 1973-76: Stellv. Vors. des Ministerrats. □ 1984-89: Stellv. Vors. des Staatsrats. □ 1991: »Um jeden Preis« (Schr.).

Mittermaier, Rosi

dt. Skirennläuferin
* 5.8.1950 Reit im Winkel

Mittermaier (»Gold-Rosi«) gewann 1976 bei den Olympischen Spielen zwei Gold- und eine Silbermedaille. Im selben Jahr wurde sie auch Weltmeisterin in der Alpinen Kombination und deutsche Sportlerin des Jahres. M. ist mit dem Slalomfahrer Christian Neureuther (* 1949) verheiratet, der neunmal Deutscher Meister im Slalom und Riesentorlauf war.

← Rosi Mittermaier

□ 1968-76: 16 Dt. Meisterschaften in alpinen Wettbewerben. □ 1970: WM-Fünfte in der Kombination. □ 1972: Olympiasechste von Sapporo in der Abfahrt. □ 1976: Olympiasiegerin in der Abfahrt und im Slalom; Olympiazweite im Riesenslalom; Gewinnerin des Gesamt-Weltpokals.

▷ L. Frei: Rosi Mittermaier, 1976.

Mitterrand, François

frz. Politiker
* 26.10.1916 Jarnac, Dep. Charente

Seit der Gründung der Sozialistischen Partei 1971 zählt Mitterrand zum gemäßigten linksdemokratischen Flügel der Partei. Auch seit seiner Wahl zum Staatspräsidenten ist für ihn soziale Politik und Betonung des nationalen Großmachtanspruchs und der kulturellen Unabhängigkeit kein Widerspruch. Zum Ärger des kommunistischen Koalitionspartners plädierte er nach seinem Amtsantritt für die Beibehaltung der französischen Atomstreitmacht und lehnte kategorisch ihre Einbeziehung in Abrüstungsverhandlungen ab. Als die von Premierminister P. →Mauroy 1981 eingeleiteten Reformmaßnahmen zu großen wirtschaftlichen Schwierigkeiten führten, drängte er 1984 auf eine Kurskorrektur. Seither steuert M. ohne Rücksicht auf die Kommunisten einen pragmatischen Kurs. Nach dem Wahlsieg der Konservativen bei den Parlamentswahlen 1986 trat er wider Erwarten nicht zurück, sondern vertrat eine Politik der »cohabitation« (Zusammenleben). Die verfassungsrechtlich schwierige Situation zwischen konservativer Regierung und sozialistischem Präsidenten stabilisierte er 1987, indem er bis zum erneuten Wahlsieg der Sozialisten 1988 die Rolle eines »obersten Schiedsrichters der Nation« akzeptierte. 1990 befahl Präsident M. während der Golfkrise die Entsendung von Truppen nach Saudi-Arabien.

François Mitterrand: Die »Sphinx« von Paris.

□ 1939/40: Kriegsdienst. □ 1943: Im Widerstand. □ 1944: Generalsekretär für Angelegenheiten der Kriegsgefangenen. □ 1946: Mitbegründer der links-demokratischen Union Démocratique et Socialiste de la Résistance (UDSR). □ 1946-58, 1962: Deputierter. □ 1947: Min. für Frontkämpfer. □ 1950/51: Überseemin. □ 1952: Staatsmin. □ ab 1953: Vors. der UDSR. □ 1954/55: Innenmin. □ 1956/57: Finanzmin. □ 1959-62: Senator. □ seit 1959: Bürgermeister von Château-Chinon. □ 1965: Präsidentschaftskandidat. □ 1965-68: Mitbegründer und Vors. der Fédération de la Gauche Démocrate et Socialiste (FGDS). □ 1971-80: 1. Sekretär der (neugegründeten) Sozialistischen Partei (PS). □ ab 1972: Wahlbündnis mit den Kommunisten (»Union de la Gauche«). □ 1974: Präsidentschaftskandidat. □ seit 1981: Staatspräsident. □ 1988: Karls-Preis der Stadt Aachen.

▷ H. Engelkes: Mitterrand — aus der Nähe gesehen, 1981.

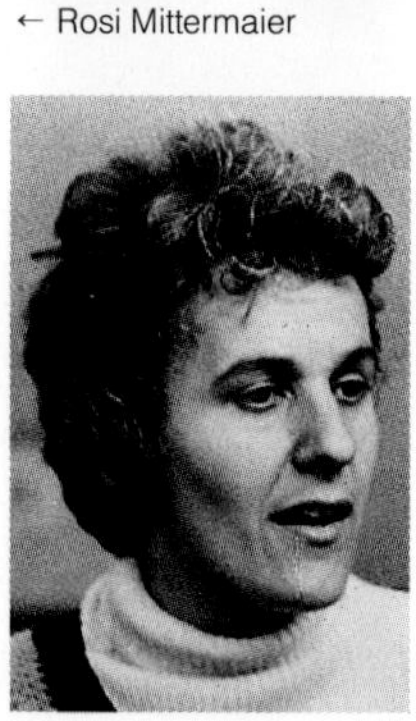
Ariane Mnouchkine →

Mnouchkine, Ariane

frz. Regisseurin
* 3.1.1939 Boulogne-sur-Seine

Von der französischen Volkstheatertradition ausgehend hat Mnouchkine mit ihrem Théâtre du Soleil zu einem Inszenierungsstil gefunden, der sich durch elementaren Spielwitz sowie farbenprächtige und demonstrative Sinnlichkeit auszeichnet. Ihr Anliegen ist die Vermittlung sinnlicher Freude am Spiel, die Entfesselung der Phantasie der Zuschauer verbunden mit der Auseinandersetzung mit Geschichte und Gegenwart. In ihren Inszenierungen, die aus der Improvisation heraus entstehen, greift M. auf Elemente der commedia dell'arte, auf Brechts episches Theater und auf das japanische No-Theater zurück.

□ 1964: Gründung der Kooperative Théâtre du Soleil; M. →Gorkis »Kleinbürgerhochzeit« (Bearbeitung von A. →Adamov). □ 1969: Einzug in die Hallen der Cartoucherie (Munitionsfabrik) in Vincennes. □ 1970: Mit den Revolutionsstücken »1789« und »1793« auf In- und Ausland-Tournee. □ 1975: »Das goldene Zeitalter«. □ 1976: Film »Molière« (nach dem Roman von M. →Bulgakow). □ 1978: Film »Mephisto« (nach dem Roman von K. →Mann). □ 1981-84: Shakespeare-Zyklus mit »Richard II.«, »Was Ihr wollt« und »Heinrich IV.«. □ 1985: »Die schreckliche und unvollendete Geschichte des Norodom Sihanouk, König von Kambodscha« (H. Cixous). □ 1990: »Iphigenie in Aulis« (Euripides). □ 1991: »Orestie« (Aischylos).

← Vilhelm Moberg

Moberg, (Carl Artur) Vilhelm

schwed. Schriftsteller
* 20.8.1898 Algutsboda, Småland
† 8.8.1973 Grisslehamn, Väddö

Moberg machte sich in den 30er Jahren als Schilderer kleinbäuerlichen Lebens sowie sozialer Probleme wie Landflucht und Entwurzelung einen Namen. So erlangt der Titelheld der Knut-Toring-Trilogie (R., 1935-39, dt. 2 Bde., 1935-38), ein in die Stadt gezogener Bauernsohn, erst nach der Rückkehr zu seinen ländlichen Ursprüngen die persönliche Freiheit. In M.s späteren Werken nimmt das Recht auf freie Entfaltung der Persönlichkeit einen zentralen Platz ein (»Reit heute Nacht!«, R., 1941, dt. 1946; »Soldat mit gebrochenem Gewehr«, R., 1944). Mit der Auswanderer-Tetralogie (R., 1949-59, dt. 2 Bde., 1954/55) wurde M. einer der populärsten Autoren Schwedens.

□ ab 1920: Journalist bei Provinzzeitungen. □ ab 1927: Freier Schriftsteller; »Kamerad Wacker« (R., dt. 1935). □ 1930: »Die harten Hände« (R., dt. 1935). □ 1933: »Weib eines Mannes« (R., dt. 1943). □ 1935-39: Knut-Toring-Trilogie (»Knut Torings Verwandlung«, dt. 1936; »Schlaflos«, dt. 1938; »Gib uns die Erde«, 1939). □ 1946: »Die Brautquelle« (R., dt. 1948). □ 1949-59: Die Auswanderer-Tetralogie (»Bauern ziehen übers Meer«, dt. 1954; »Neue Heimat in fernem Land«, dt. 1955; »Die Siedler«, 1956; »Letzter Brief nach Schweden«, 1959).

▷ V. Moberg: Bericht meines Lebens, schwed. 1968; P. Holmes: Vilhelm Moberg, 1980.

Alois Mock →

Mobutu, Sésé Séko Kuku Ngbendu Wa Za Banga

(eig. Joseph Désiré)
afr. Politiker
* 14.10.1930 Lisala (Belgisch-Kongo, heute Zaïre)

Seit seinem zweiten Militärputsch 1965 ist Mobutu autokratischer Präsident von Zaïre. In den folgenden Jahren schaltete er jede innenpolitische Opposition aus und trat 1968 an die Spitze einer allein herrschenden Einheitspartei, in deren Spitzenpositionen er vorwiegend Verwandte oder Angehörige seines Stammes, der Ngbandi, berief. Seine Herrschaft, die zunehmend Mißwirtschaft und Personenkult auszeichnet, beruht vor allem auf Patronage und Vergabe von Pfründen. M., der als »Bollwerk gegen den Kommunismus« ausgedient hat und kaum noch Unterstützung im Westen erhält, ist seit 1991 zunehmend in Bedrängnis geraten.

← Sésé Séko Mobutu

□ 1949-56: Nach Besuch einer Missionsschule Mitgl. der Force Publique (belg. Kolonialarmee). □ ab 1956: Journalist; Mitgl. der Mouvement National Congolais (MNC). □ 1960: Staatssekr. in der Regierung von P. →Lumumba; Oberbefehlshaber der Streitkräfte; im Sept. Staatsstreich gegen Präsident Kasawubu. □ seit 1965: Staatspräsident. □ seit 1968: Begründer und Vors. der Einheitspartei Mouvement Populaire de la Révolution (MPR). □ 1983: Marschall von Zaïre. □ 1991: Mehrere Volksaufstände.

Mock, Alois

österr. Politiker
* 10.6.1934 Euratsfeld, Niederösterreich

Mock, der mehrere Jahre Vorsitzender der christlichen Gewerkschaften war, wird zum linken Flügel der ÖVP gerechnet. Als Außenminister einer großen Koalition bemüht er sich um eine verstärkte Annäherung an die Nachbarländer. M. strebt einen raschen Beitritt Österreichs zur EG an, was er auch durch regelmäßigen Besuch bei der EG-Kommission diplomatisch zu untermauern sucht.

□ 1961: Referent im Bundeskanzleramt. □ 1966: Zunächst Sekr., kurz darauf Kabinettschef von Bundeskanzler J. Klaus. □ 1969/70: Unterrichtsmin. □ seit 1970: Nationalrat der ÖVP. □ ab 1971: Vors. der Gewerkschaft »Österr. Arbeiter- und Angestelltenbund«. □ 1978: Klubobmann (Fraktionsvors.) der ÖVP im Nationalrat. □ 1979-89: Bundesobmann der ÖVP. □ 1983: Vors. der Europ. Demokratischen Union (Dachorganisation der christlich-demokratischen Parteien). □ seit 1987: Außenmin.

▷ H. Vytiska: Der logische Nachfolger. Alois Mock. Eine politische Biographie, 1983.

Modersohn-Becker, Paula

dt. Malerin
* 8.2.1876 Dresden † 10.11.1907 Worpswede

Modersohn-Becker war Vorläuferin des deutschen Expressionismus, von dem sie jedoch die persönliche, stärker gefühlsbetonte und teilweise symbolhafte Auffassung unterscheidet. Als eine der ersten deutschen Malerinnen verarbeitete M. die Errungenschaften der französischen Avantgarde von P. →Cézanne über P. →Gauguin bis H. →Matisse, aber auch die van Goghs zu einem eigenständigen Ausdruck. Stilistisch geprägt sind ihre Figurenbilder (Bauern, Mutter und Kind) und Porträts (»Rainer Maria Rilke«, 1906, Bremen) durch einfache Formen, Großflächigkeit, Verzicht auf Tiefenraum, kräftige, teils erdhafte Farben und starke Kontur (»Armenhäuslerin im Blumengarten«, 1906, Bremen). Ihrer Zeit voraus waren auch die Selbstbildnisse, wie das unter dem Einfluß von P. →Picassos Primitivismus entstandene »Selbstbildnis mit Bernsteinkette« (1906, Basel, Kunstmuseum). M. schuf über 400 Gemälde, von denen zahlreiche als »entartet« verbrannt wurden.

□ 1888: Übersiedlung nach Bremen. □ 1892: London; erster Zeichenunterricht. □ 1896/97: Studium in Berlin auf einer privaten Kunstschule. □ 1898: Übersiedlung in die Künstlerkolonie Worpswede. □ 1900: Parisaufenthalt (erneut 1903, 1905, 1906/07). □ ab 1901: Ehe mit dem Worpsweder Maler Otto Modersohn.

▷ B. Uhde-Stahl: Paula Modersohn-Becker, 1989.

Modigliani, Amedeo

ital. Maler, Grafiker und Bildhauer
* 12.7.1884 Livorno † 25.1.1920 Paris (Frankreich)

A. Modigliani: Beeinflußt vom Fauvismus und Kubismus.

Im malerischen Werk Modiglianis ragen die unter dem Einfluß afrikanischer Plastik entstandenen weiblichen Akte als eine Besonderheit in der Kunst des 20. Jh.s heraus. Es sind merkwürdig gelängte, teilweise in den Proportionen fast deformierte Figuren und trotz ihrer häufig melancholischen Ausstrahlung von einer außergewöhnlichen Präsenz (z. B. »Liegender Akt«, 1917, Zürich, Sammlung Emil G. Bührle). Die Zusammenführung idealistischer und naturalistischer Ansatzpunkte, die trotz flächiger Gesamtanlage der Kompositionen gelungene Trennung von Figur und Hintergrund und das vom Kubismus übernommene Spiel mit konkaven und konvexen Formen heben M.s Porträts über viele moderne Zeugnisse dieses Genres hinaus. So sind die Bildnisse von M.s Lebensgefährtin Jeanne Hébuterne beklemmende Darstellungen einer morbid-depressiven Lebenshaltung.
M.s Akte und Porträts sind Abbilder innerer Vorgänge, Spiegelungen auch der Seelenlage des tuberkulosekranken Malers. Noch konzentrierter erscheinen die etwa 25 Skulpturen, die M. unter dem Einfluß C. →Brancusis schuf. Es sind von der Spiritualität außereuropäischer und früher europäischer Vorbilder geprägte, äußerst reduzierte Köpfe und Karyatidenfiguren von hoher kontemplativer und meditativer Wirkung.

□ 1902/03: Studium an den Kunstakademien in Florenz und Venedig. □ 1906: Übersiedlung nach Paris. □ bis 1909: Verarbeitung von Einflüssen u. a. der Fauvisten, P. →Cézannes, P. →Picassos und auch E. →Munchs. □ 1909: Bekanntschaft mit C. Brancusi; Arbeit an Steinskulpturen. □ ab 1914: Bekanntschaft und Lebensgemeinschaft mit der engl. Schriftstellerin Beatrice Hastings. □ um 1915: Verstärkter kubistischer Einfluß. □ ab 1917: Lebensgemeinschaft mit J. Hébuterne.

▷ C. Mann: Modigliani, engl. 1980; J. Rose: Amedeo Modigliani. Sein Leben, sein Werk, seine Zeit, 1991.

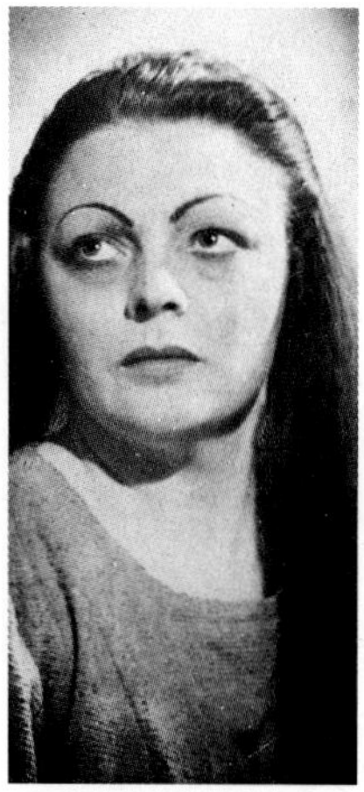

Martha Mödl →

Mödl, Martha

dt. Sängerin
* 22.3.1912 Nürnberg

Mödl begann ihre Karriere zunächst als Altistin und Mezzosopranistin und entwickelte sich (ab 1949 an der Hamburger Staatsoper) zur Wagner-Sopranistin. Bei den ersten Bayreuther Festspielen seit dem 2. Weltkrieg (1951) sang sie die Kundry im »Parsifal« und war bis 1968 dank ihres dramatischen Vortrags und ihrer schauspielerischen Ausstrahlung eine der bedeutendsten Wagner-Heroinen. M., die auch als Charakterdarstellerin auf der Sprechbühne hervortrat, wirkte noch in den 70er Jahren bei Uraufführungen mit (Frau Miller in G. v. →Einems Oper »Kabale und Liebe«, Wien 1976). Mit 72 Jahren gestaltete sie in der Berliner Uraufführung der Oper »Gespenstersonate« von A. →Reimann die ihr gewidmete Partie der Mumie.

□ 1943: Debüt am Stadttheater Remscheid. □ 1945-49: Engagement als Altistin am Opernhaus Düsseldorf. □ 1951-68: Regelmäßige Auftritte bei den Bayreuther Festspielen. □ 1952: Ruf an die Wiener Staatsoper. □ seit 1953: Mitgl. der Staatsoper Stuttgart. □ 1956-60: Auftritte an der Metropolitan Opera New York. □ 1963: Partie der Amme in der Oper »Die Frau ohne Schatten« von R. →Strauss bei der Eröffnungsvorstellung des neu errichteten Münchener Opernhauses. □ 1971: Partie der Pythia in der UA der Oper »Melusine« von A. →Reimann bei den Schwetzinger Festspielen. □ 1978: Theaterrolle in »Das Haus der Bernarda Alba« von F. →García Lorca bei den Festspielen in Gandersheim.

▷ W. Schäfer: Martha Mödl, 1967.

Hans Modrow →

Modrow, Hans

dt. Politiker
* 27.1.1928 Jasenitz, Kr. Ueckermünde

Nach Öffnung der Mauer im November 1989 wurde Modrow von der Volkskammer zum Ministerpräsidenten der DDR gewählt. Der integre und bescheidene Politiker gehörte bis zu diesem Zeitpunkt zu den wenigen Bezirkssekretären, die nicht Mitglied des Politbüros waren. Bereits kurz darauf schlug M. eine Vertragsgemeinschaft mit der Bundesrepublik vor, die auf eine Konföderation aus beiden Staaten zielte. Suchte er zunächst noch, die alten Machtstrukturen der SED zu retten, so sprach er sich im Februar 1990, unter dem Druck der Bevölkerung, für eine vollständige Vereinigung mit der BRD aus.

□ April 1945: Zum Volkssturm eingezogen. □ 1945-49: In sowjet. Kriegsgefangenschaft. □ ab 1949: Mitgl. der SED und der FDJ; hauptamtlicher Funktionär. □ 1953-61: 1. Sekr. der FDJ in Berlin. □ 1954-57: Fernstudium der Gesellschafts- und Wirtschaftswissenschaften. □ 1957-90: Mitgl. der Volkskammer. □ 1961-67: Sekr. der SED in Berlin-Köpenick. □ ab 1967: Mitgl. des ZK. □ 1971: Sekr. der Abteilung Agitation beim ZK. □ 1973-89: 1. Sekretär der Bezirksleitung Dresden. □ Nov./Dez. 1989: Mitgl. des Politbüros. □ seit Dez. 1989: Stellv. Vors. der SED bzw. der PDS. □ Nov. 1989-April 1990: Vors. des Ministerrats (Ministerpräsident). □ seit Dez. 1990: MdB der PDS.

Moffo, Anna

amer. Sängerin ital. Herkunft
* 27.6.1930 Wayne, Penn.

Die Sopranistin Moffo wurde an allen renommierten Opernhäusern gefeiert. Nach ersten Erfolgen in Frankreich und Italien (1956) trat sie 1959 in New York, Chicago und San Francisco auf. In dem folgenden, langjährigen Engagement an der Metropolitan Opera New York sang sie insgesamt 21 Rollen in 225 Vorstellungen. Berühmt wurde ihr Koloratursopran vor allem mit der Partitur der Violetta in »La Traviata« von G. →Verdi und Arien der Lucia di Lammermoor in Donizettis gleichnamiger Oper. M. wirkte auch in zahlreichen Fernsehshows, Musik- und Spielfilmen mit.

Dietmar Mögenburg →

Anna Moffo: Erfolgreiche Sopranistin an der Metropolitan Opera in New York.

□ ab 1953: Gesangsausbildung in Rom. □ 1955: Debüt als Norina in Donizettis »Don Pasquale« bei den Festspielen von Spoleto. □ ab 1957: Verpflichtungen an der Mailänder Scala. □ 1959-76: Mitgl. der Metropolitan Opera New York. □ 1962: Rolle der Mélisande in »Pelléas und Mélisande« von C. →Debussy an der Met. □ 1974/75: Konzertpause.

Mögenburg, Dietmar

dt. Leichtathlet
* 15.8.1961 Leverkusen

Mögenburg gehörte zu den erfolgreichsten Hochspringern der 80er Jahre. Seine größten sportlichen Erfolge errang er 1982 (Europameister) und 1984 (Olympiasieger). In der Halle (2,39 m, fünfmal Europameister) war er erfolgreicher als im Freien (2,38 m).

□ 1980-90: Außer 1986 (C. →Thränhardt) zehnmal Dt. Meister. □ 1980: Weltrekord (2,35 m); Hallen-Europameister (erneut 1982, 1984, 1986 und 1989). □ 1982: Europameister im Freien. □ 1983: WM-Vierter; Europarekord (2,36 m). □ 1984: Olympiasieger. □ 1990: EM-Vierter.

Mohn, Reinhard

dt. Verleger
* 29.6.1921 Gütersloh

Mohn, der 1947 den Bertelsmann Verlag von seinem Vater übernahm und ihn bis 1981 leitete, baute das Unternehmen zu einem der größten Medienkonzerne der Welt aus. Entscheidend für den raschen Erfolg des Verlags war 1950 die Gründung des »Bertelsmann Leserings«, der 1987 weltweit 22,2 Mio. Mitglieder zählte. Der Konzern, der 1990 einen Umsatz von 13,3 Mrd. DM erzielte, umfaßt nach einer durch Ankäufe und Beteiligungen schnell vorangetriebenen Expansion neben Verlagen und Buchclubs im In- und Ausland (u.a. Bantam Books, USA) auch drucktechnische Betriebe, Musik- und Videounternehmen (u. a. RCA/Ariola, weltweit drittgrößtes Musikunternehmen), elektronische Medien und eine Beteiligung (ca. 75 %) am Gruner + Jahr Zeitschriftenverlag.

R. Mohn: Seit 1991 Ehrenvorsitzender der Bertelmann AG.

□ 1943-45: Ausbildung zum Ingenieur während amer. Kriegsgefangenschaft in Kans., USA. □ 1947-81: Leitung des Bertelsmann Verlags. □ 1970: Scheitern der Kooperation mit dem Verlagshaus A. C. Springer durch Einspruch des Bundeskartellamts. □ 1971: Umwandlung des Bertelsmann-Konzerns in eine Aktiengesellschaft. □ 1974: Übernahme der W. Goldmann Verlag GmbH. □ 1977: Gründung der Bertelsmann-Stiftung. □ 1980: Erwerb von Bantam Books, New York, des größten Taschenbuchverlags der Welt. □ 1981-91: Vors. des Bertelsmann-Aufsichtsrats. □ 1986: Erwerb des US-Buchverlags Doubleday; Übernahme von RCA/Ariola International, des drittgrößten Musikunternehmens der Welt; »Erfolg durch Partnerschaft. Eine Unternehmensstrategie für den Menschen« (Schr.). □ ab 1991: Ehrenvors. des Bertelsmann-Aufsichtsrats.

Moholy-Nagy, László

ung. Maler, Grafiker, Bildhauer und Designer
* 20.7.1895 Bácsborsod
† 24.11.1946 Chicago (USA)

Moholy-Nagy überwand in den 20er Jahren den Gegensatz zwischen Technik und Kunst. Mit seinem motorgetriebenen »Licht-Raum-Modulator« (1922-30, Rekonstruktion im Besitz des Berliner Bauhaus-Archivs), einer Art Licht-Maschine aus perforierten, beweglichen Metallplatten, schuf er das erste großplastische Objekt der Kinetischen Kunst. Als Maler verfolgte er die Ziele des Konstruktivismus (El →Lissitzky). Am Bauhaus (W. →Gropius) widmete sich M. typografischen Arbeiten (Buchgestaltung, Plakat) und der Formgebung. Abstrakten »Photogrammen« folgten Kurzfilme wie »Lichtspiel schwarz-weiß-grau« (1930) und »Großstadt-Zigeuner« (1931); als Bühnenbildner arbeitete M. in Berlin u. a. für das Theater E. →Piscators.

□ 1913-18: Jurastudium in Budapest. □ 1914-17: Kriegsdienst. □ 1922: Erste Einzelausstellung in der »Sturm«-Gallerie (H. →Walden). □ 1923-28: Meister am Bauhaus in Weimar und Dessau. □ 1934-37: Emigration über Amsterdam und London in die USA. □ 1937: Gründung des New Bauhaus in Chicago (ab 1938: School of Design).

▷ L. Moholy-Nagy: László Moholy-Nagy, ein Totalexperiment, 1972.

Moholy-Nagy gründete 1937 das New Bauhaus, Chicago.

Daniel Arap Moi →

Moi, Daniel Arap

kenian. Politiker
* 1924 Sacho, Distrikt Baringo

Moi rückte gemäß der Verfassung nach dem Tod von J. →Kenyatta (1978) automatisch zum Staatspräsidenten von Kenia auf. Er setzte den prowestlichen Kurs seines Vorgängers fort und bemühte sich in den folgenden Jahren um einen Ausgleich zwischen den kleineren Stämmen und dem bis dahin mächtigsten Volk in Kenia, den Kikuju. 1982 verankerte er die Herrschaft der Einheitspartei Kenya African National Union (KANU) in der Verfassung. Jede Opposition gegen das autoritäre Regime M.s wird unterdrückt.

□ 1942-45: Nach Besuch einer Missionsschule Lehrerausbildung. □ 1945-57: Lehrer. □ 1955: Mitgl. des kenian. gesetzgebenden Rats; Mitgl. der Kenya African Democratic Union (KADU). □ 1961: Staatssekr. im Erziehungsministerium. □ 1962: Erziehungsmin. □ 1963: Landwirtschaftsmin. □ 1964: Nach Unterdrückung der KADU Anschluß an die KANU von Kenyatta. □ 1964-67: Innenmin. □ 1967: Vize-Präsident. □ seit 1978: Staatspräsident und Oberbefehlshaber der Streitkräfte. □ 1979: Verteidigungspakt mit Äthiopien. □ 1982: Putschversuch von Teilen der Luftwaffe.

F. F. Henri Moissan →

Moissan, Ferdinand Frédéric Henri

frz. Chemiker
* 28.9.1852 Paris † 20.2.1907 ebd.

Moissan, Pionier der Hochtemperaturchemie, isolierte 1886 aus Flußspat das Element Fluor in Reinform und untersuchte die chemischen Eigenschaften dieses gelbgrünen, sehr giftigen und aktiven Gases. 1893 konstruierte M. einen »Elektroofen« (Schr., 1897), in welchem ihm bei Temperaturen von 3500 °C die Verbindungen vieler mit hoher Reinheit dargestellter Elemente mit Bor, Kohlenstoff und Silizium gelang. Umstritten ist die Behauptung, daß M. auch die Herstellung künstlicher Diamanten gelang (P. W. →Bridgman).

□ 1886-1900: Prof. an der École de pharmacie in Paris. □ 1891: Mitgl. der Akademie der Wissenschaften. □ ab 1900: Prof. an der Sorbonne; »Das Fluor und seine Zusammensetzungen« (Schr.). □ 1906: Chemie-Nobelpreis.

Michail A. Moissejew →

Moissejew, Michail Alexejewitsch

sowjet. Militär
* 1939 unbek.

Im Zuge der Umgestaltung der sowjetischen Führungsspitze ernannte M. →Gorbatschow 1988 den bis dahin im Ausland unbekannten Generaloberst Moissejew zum neuen Generalstabschef und überging dabei eine Reihe ranghöherer Marschälle. M. war der erste Generalstabschef der sowjetischen Armee, der nicht am 2. Weltkrieg teilgenommen hat.

□ seit 1958: Soldat. □ 1972: Abschluß an der Frunse-Militär-Akademie. □ 1982: Abschluß an der Generalstabs-Akademie in Moskau. □ 1987: Befehlshaber des Militärbezirks Fernost (Wladiwostok). □ 1988-91: Generalstabschef und stellv. Verteidigungsmin. □ 1991: Kurz nach dem gescheiterten Putschversuch von Gorbatschow zum Verteidigungsmin. ernannt (22.-26. 8. 1991).

Möllemann, Jürgen W.

dt. Politiker
* 15.7.1945 Augsburg

Möllemann, seit 1970 FDP-Mitglied, wurde im Kabinett von Bundeskanzler H. →Kohl 1987 zunächst Bundesminister für Bildung und Wissenschaft und 1991 Bundeswirtschaftsminister. Er gilt als aussichtsreicher Kandidat für das Amt des FDP-Vorsitzenden. Mit publicityträchtigen Erklärungen sorgte M. immer wieder für Aufsehen: Mit einer Rücktrittsdrohung verlieh er im Juli 1991 seiner Forderung nach Subventionsabbau zur Stärkung des Bundeshaushalts Nachdruck. Als Bildungsminister konnte er die Bafög-Novelle durchsetzen (Studienförderung wird zur Hälfte als Zuschuß gewährt), mußte aber seine Vorschläge zur Änderung des Hochschulrahmengesetzes zurückziehen.

← Jürgen W. Möllemann

□ 1966-69: Studium der Germanistik, Geschichte und Sport an der Pädagogischen Hochschule in Münster. □ 1972-75: Bildungspolitischer Sprecher der FDP-Fraktion. □ 1975-82: Sicherheitspolitischer Sprecher der FDP-Fraktion. □ 1978-82: Vors. des Arbeitskreises I für Außen-, Deutschland-, Entwicklungs- und Sicherheitspolitik. □ 1982: Staatsmin. im Auswärtigen Amt. □ seit 1983: Landesvors. der FDP in NRW. □ seit 1991: Bundeswirtschaftsmin.

Möller, Alexander Johann »Alex«

dt. Politiker
* 26.4.1903 Dortmund † 2.10.1985 Karlsruhe

Als erster sozialdemokratischer Finanzminister nach dem 2. Weltkrieg versuchte sich Möller am schwierigen Balanceakt zwischen Preisstabilität einerseits und den von überschwenglichen Reformwünschen getragenen Forderungen einzelner Ressorts andererseits. Doch schon bald sah er sich gezwungen, die Ausgabenwünsche einzelner Minister durch Rücktrittsdrohungen zu dämpfen. Als M. damit die Ausgabenflut nicht aufhalten konnte, trat er bereits nach eineinhalb Jahren zurück, um nicht als »Inflationsminister« in die Geschichte einzugehen.

← Alex Möller

□ 1922: Mitgl. der SPD. □ 1923: Sekr. bei der Gewerkschaft Deutscher Eisenbahnbeamter. □ 1928-33: Mitgl. des preuß. Abgeordnetenhauses. □ 1933: Kurzzeitig in politischer Haft. □ 1933-44: Aufstieg vom Versicherungs-Vertreter zum stellv. Vorstands-Mitgl. □ 1945-69: Generaldir. der Karlsruher Lebensversicherung. □ 1946-61: MdL von Bad. (später Bad.-Württ.). □ 1961-76: MdB. □ 1962-66: Vors. der SPD in Bad.-Württ. □ 1969-71: Finanzmin. □ 1977: Kurzzeitig Schatzmeister der SPD. □ 1981: »Schuld durch Schulden? Nutzen und Grenzen der Staatsverschuldung« (Schr.). □ 1982: »Tatort Politik« (Schr.).

▷ A. Möller: Ein Arbeitsleben für die Assekuranz (Erinnerungen), 1973; ders.: Genosse Generaldirektor (Erinnerungen), 1978.

Molotow, Wjatscheslaw Michailowitsch

(eig. W. M. Skrjabin)
sowjet. Politiker
* 9.3.1890 Kukarka (heute Sowjetsk), Gouv. Wjatka
† 8.11.1986 Moskau

Molotow war lange Jahre einer der engsten Mitarbeiter von J. →Stalin. Nach dessen Tod nahm er im Führungskollektiv eine herausragende Rolle ein und versuchte in den folgenden Machtkämpfen, seine Politik fortzuführen. Als Gegner der Entstalinisierungs-Politik wurde er jedoch ab 1956 durch N. →Chruschtschow schrittweise aus seinen Ämtern verdrängt.
Im Sommer 1939 hatte M. als Außenminister maßgeblichen Anteil an der Ausarbeitung des deutsch-sowjetischen Nichtangriffspakts, mit dem A. →Hitler und Stalin sich das östliche Europa in zwei Einflußsphären aufteilten (»Hitler-Stalin-Pakt«). Während des Krieges vertrat er die Sowjetunion auf den Konferenzen der Alliierten.

Molotow: Während des 2. Weltkriegs sowjet. Außenminister.

□ 1906: Mitgl. der Bolschewiki. □ 1908-11: Verbannung nach Nordrußland. □ ab 1911: Student in St. Petersburg. □ 1912: Mit Stalin Gründer der Parteizeitung Prawda. □ 1914-16: Verbannung nach Sibirien. □ 1921-30: Sekr. des ZK. □ 1926-57: Mitgl. des Politbüros. □ 1930-41: Vors. des Rats der Volkskommissare. □ 1939-49; 1953-56: Außenmin. □ 1941-56: Stellv. Vors. des Rats der Volkskommissare (ab 1946: des Ministerrats). □ 1956/57: Min. für Staatskontrolle. □ 1957-60: Botschafter in der Mongolei. □ 1962: Ausschluß aus der KPdSU (1984: Wiederaufnahme).

Moltke, Helmuth Graf von

dt. Militär
* 25.5.1848 Gersdorf, Mecklenburg
† 18.6.1916 Berlin

Moltke, ein Neffe des preußischen Generalfeldmarschalls Helmuth Graf v. M. (* 1800, † 1891), wurde 1906 gegen seinen Willen, aber auf ausdrücklichen Wunsch von Kaiser →Wilhelm II., zum Chef des Generalstabs ernannt. M. versuchte, die deutschen Operationspläne, die er von seinem Vorgänger A. →Schlieffen übernommen hatte, den sich allmählich verändernden Verhältnissen anzupassen. Von Kriegsbeginn an ohne Glauben an einen Sieg, brach er im September 1914 frühzeitig die Schlacht an der Marne ab. Daraufhin mußte er sein Amt an Kriegsminister E. v. →Falkenhayn abgeben.

Helmuth Graf von Moltke →

□ ab 1870: Offizier. □ 1891: Flügeladjutant von Kaiser Wilhelm II. □ 1902: Divisionskommandeur. □ 1904: Generalquartiermeister. □ 1906-14: Generalstabschef; Generaloberst. □ ab 1914: Chef des stellv. Generalstabs, Berlin.

▷ H. v. Moltke: Erinnerungen, Briefe und Dokumente 1877-1916, 1922.

H. J. Graf von Moltke vor dem Volksgerichtshof, 1944.

Moltke, Helmuth James Graf von

dt. Jurist und Widerstandskämpfer
* 11.3.1907 Kreisau, Schlesien
† 23.1.1945 Berlin-Plötzensee (hingerichtet)

Der Rittergutsbesitzer Moltke war ein führendes Mitglied des deutschen Widerstands. Sein Gut Kreisau wurde ab 1940 zum Treffpunkt von Menschen verschiedenster politischer und geistiger Herkunft, darunter Adlige, Geistliche und Gewerkschafter. M. bildete mit P. Graf →Yorck von Wartenburg den Kern des christlich und sozial orientierten »Kreisauer Kreises«, der sich nach seiner Verhaftung im Frühjahr 1944 auflöste. Bedeutsam für den Widerstand war dessen Bemühen, die Gegensätze zwischen Konservativen und Sozialisten zu überwinden.

□ vor 1933: Leiter eines freiwilligen Arbeitsdienstes für Jugendliche. □ 1940-44: Sachverständiger für Kriegs- und Völkerrecht in der Militärverwaltung in Berlin. □ Febr. 1944: Verhaftung.

▷ F. v. Moltke u. a.: Helmuth James von Moltke, 1975.

Moltmann, Jürgen

dt. Theologe (ev.)
* 8.4.1926 Hamburg

Für seine »Theologie der Hoffnung — Begründung und Konsequenzen christlicher Eschatologie« (1964) erhielt Moltmann 1971 den Literaturpreis d'Isola d'Elba. In dieser Schrift weist M. Glaube und Theologie programmatisch als Hoffnung aus, die in Auseinandersetzung mit sozialpolitischen und ökologischen Gegenwartsproblemen Zukunftsperspektiven eröffnen und zu engagiertem Handeln anleiten soll (J. B. →Metz).

□ 1963-67: Prof. an der Univ. Bonn. □ seit 1967: Prof. an der Univ. Tübingen. □ seit 1971: Hg. der »Evangelischen Kommentare«. □ 1975: »Kirche in der Kraft des Geistes« (Schr.). □ 1984: »Politische Theologie — politische Ethik« (Aufs.). □ 1989: »Gerechtigkeit schafft Zukunft. Friedenspolitik und Schöpfungsethik in einer bedrohten Welt« (Aufs.).

← Jürgen Moltmann

Mommsen, Hans

dt. Historiker
* 5.11.1930 Marburg

← Hans Mommsen

Mommsen, der sich mit der Geschichte der Weimarer Republik, des Nationalsozialismus und der Arbeiterbewegung befaßt, hat seit den 60er Jahren mit seinen Meinungen mehrfach Aufsehen erregt. Als er 1964 behauptete, der Reichstagsbrand sei allein von dem Brandstifter Lubbe geplant und gelegt worden, kam es unter Historikern zu scharfen Auseinandersetzungen. 1981 wandte er sich in der Debatte um die Einheit der deutschen Nation gegen die Propagierung gesamtdeutscher Ziele.

□ 1963: »Die Sozialdemokratie und die Nationalitätenfrage im Habsburgischen Vielvölkerstaat« (Schr.). □ 1966: »Der deutsche Widerstand gegen Hitler« (Schr.). □ seit 1968: Prof. an der Ruhruniv. Bochum. □ 1979: »Nationale Frage und Arbeiterbewegung« (Schr.). □ 1987: »Auf der Suche nach historischer Normalität. Beiträge zum Geschichtsbildstreit in der Bundesrepublik« (Schr.).

Mommsen, Theodor

dt. Historiker
* 30.11.1817 Garding, Schleswig
† 1.11.1903 Berlin-Charlottenburg

Th. Mommsen erhielt 1902 den Literatur-Nobelpreis.

Mommsen erhielt für seine 1854 begonnene »Römische Geschichte« (5. Bd. 1885) im Jahr 1902 den Literatur-Nobelpreis. Das Werk gilt seither als Meisterleistung der Historiographie; es läßt die politischen Überzeugungen des Bismarck-Gegners durchscheinen, seine liberalen, demokratischen und nationalen Ideale, für die er sich im Vormärz (die Zeit bis zur Revolution 1848) auch ohne Rücksicht auf seine Karriere engagierte. M., der sich durch eine Arbeitsleistung ohnegleichen auszeichnete, integrierte in die moderne Altertumswissenschaft erstmals u. a. die separaten Erkenntnisse von Jurisprudenz, Sprach- und Literaturwissenschaft sowie Archäologie. Dafür schuf er mit der Sammlung »Corpus Inscriptionum Latinarum« eine enzyklopädische und philologische Quellenbasis.

□ ab 1848: Prof. für römisches Recht an der Univ. Leipzig. □ 1851: Amtsenthebung aus politischen Gründen. □ 1854-56: »Römische Geschichte« (3 Bde.). □ ab 1861: Prof. an der Univ. Berlin. □ 1863-66: Mitgl. des Preuß. Abgeordnetenhauses (Dt. Fortschrittspartei). □ 1871-88: »Römisches Staatsrecht« (3 Bde.). □ 1881-84: MdR. □ 1899: »Römisches Strafrecht«.

▷ L. Wickert: Theodor Mommsen, 4 Bde., 1959-80.

Momper, Walter

dt. Politiker
* 21.2.1945 Sulingen, Niedersachsen

Nach einem überraschenden Wahlsieg wurde der bis dahin außerhalb Berlins kaum bekannte Momper 1989 zum Regierenden Bürgermeister einer rot-grünen Koalition gewählt. In seine knapp zweijährige Regierungszeit fiel die Öffnung der Berliner Mauer (Nov. 1989) und die Wiedervereinigung der geteilten Stadt (Okt. 1990). Damit verbundene Unruhen im ehemaligen Ostteil und in Kreuzberg sowie der Streit um die Betriebsgenehmigung eines Forschungsreaktors belasteten zunehmend das Verhältnis der Koalitionspartner zueinander. 1991 wurde die Zusammenarbeit von der Alternativen Liste aufgekündigt. Die folgenden Wahlen gewann E. →Diepgen (CDU); seitdem regiert eine große Koalition aus CDU und SPD.

← Walter Momper

□ seit 1967: Mitgl. der SPD. □ bis 1969: Politologiestudium. □ 1970-77; 1984-86: Wissenschaftlicher Angestellter im Staatsarchiv bzw. bei der Historischen Kommission in Berlin. □ seit 1975: Mitgl. des Berliner Abgeordnetenhauses. □ 1985-89: Vors. der SPD-Fraktion im Abgeordnetenhaus. □ seit 1986: Vors. der Berliner SPD. □ 1989-91: Regierender Bürgermeister von Berlin. □ 1991: »Grenzfall. Berlin im Brennpunkt deutscher Geschichte« (Schr.).

Monaco, Mario del

ital. Sänger
* 27.7.1915 Florenz
† 16.10.1982 Mestre bei Venedig

Monaco war einer der größten Heldentenöre Italiens im 20. Jh. Er bildete seine Stimme überwiegend im Selbststudium aus und wurde dank seiner Ausdruckskraft in hohen Lagen als Verdi- (»Othello«) und Puccini-Interpret berühmt. Ein

Mario del Monaco: International gefeierter Heldentenor.

Gastspiel mit dem Ensemble des Teatro San Carlo von Neapel 1946 in der Covent Garden Opera London machte seinen Namen international bekannt. 1951-59 war M. Mitglied der Metropolitan Opera New York und bereiste 1960 mit großem Erfolg die Sowjetunion. M., der oft mit M. →Callas auftrat, zog sich 1975 wegen Krankheit von der Bühne zurück. Sein Sohn ist der Opernregisseur und Verfechter eines provokanten Regietheaters Giancarlo del M. (ab 1992 Intendant der Oper Bonn).

□ 1946: Sensationeller Auftritt als Radames in der Verdi-Oper »Aida« bei den Festspielen in der Arena von Verona. □ 1950: Gastspiele in Buenos Aires und San Francisco. □ 1961/62: Auftritte in Deutschland. □ 1966: Partie des Siegmund in Wagners »Walküre« an der Stuttgarter Staatsoper. □ 1975: Letzter Auftritt im Opernhaus von Palermo (Titelpartie im »Bajazzo« von R. →Leoncavallo). □ ab 1975: Tätigkeit als Gesangspädagoge in Treviso.

Mondrian, Piet

(eig. Pieter Cornelis Mondriaan)
niederl. Maler
* 7.3.1872 Amersfoort † 1.2.1944 New York (USA)

Der niederl. Maler Piet Mondrian entwickelte die Theorie des Neoplastizismus.

Mondrian, einer der wichtigsten Künstler des niederländischen Konstruktivismus, war für die Entwicklung der geometrischen Abstraktion von entscheidender Bedeutung. Sein Werk und seine Theorie des Neoplastizismus beeinflußten die sich in der Nachfolge des Konstruktivismus entwickelnde Konkrete Kunst bis in die Gegenwart. Unter Neoplastizismus (auch »neue Gestaltung«) verstand M. ein universales Gestaltungsprinzip für Architektur, Design und bildende Kunst, das in der Reduktion der Naturform auf einfache vertikal-horizontale Strukturen bestehen sollte. In Bildern wie »Komposition mit Blau« (1917, Otterlo, Rijksmuseum Kröller-Müller) oder »Komposition I mit Rot, Gelb und Blau« (1921, Den Haag, Gemeentemuseum) baute er ein streng rechtwinkliges Liniengerüst auf, in das er farbige und helle Flächen einbettete. In der Folge wurden die Linien stärker und innerhalb der Komposition dominanter, die Farbfelder an den Bildrand verschoben, der sich dem umgebenden Raum öffnete. Im Spätwerk knüpfte M. an die aufgelockerten Kompositionen vor 1918 an und schuf fast rhythmisch-musikalische, aus der Farbe aufgebaute Gitterstrukturen (z. B. »Broadway Boogie-Woogie«, 1942/43, New York, Museum of Modern Art).

□ 1892-97: Studium an der Amsterdamer Kunstakademie; Landschaftsgemälde. □ ab 1904: Schrittweise Loslösung vom Naturvorbild und stärkere Rhythmisierung. □ 1908/09: Symbolistischer Einfluß; pointillistische Bilder. □ 1912: Übersiedlung nach Paris. □ 1914: Rückkehr in die Niederlande. □ 1916: Bekanntschaft mit Th. v. →Doesburg. □ 1917: Mitbegründer der Gruppe De Stijl; erste Veröffentlichungen in der gleichnamigen Zeitschrift. □ 1919: Rückkehr nach Paris. □ 1920: Veröffentlichung der grundlegenden Schrift »Der Neoplastizismus« (dt. 1925). □ 1922: Große Ausstellung im Stedelijk Museum Amsterdam. □ 1929: Mitbegründer der Gruppe Cercle et Carré. □ 1938: Übersiedlung nach London. □ 1940: Umzug nach New York.

▷ K. S. Champa: Mondrian's Studies, engl. 1985.

Monet, Claude

frz. Maler
* 14.2.1840 Paris † 6.12.1926 Giverny bei Paris

Als Monet sich 1874 in Paris an einer Gruppenausstellung beteiligte, wurden er und seine Freunde (spöttisch) »Impressionisten« genannt. Anlaß war M.s Gemälde »Impression, aufgehende Sonne«: Die diffuse Wiedergabe einer Landschaft in Blau- und Rottönen provozierte durch die konsequente Beschränkung auf eine vom Licht hervorgerufene Farbstimmung. Dieses neue Seh-Erlebnis des Impressionismus bildete M.s zentrales Thema. Er realisierte es in der Darstellung von Küsten-, Fluß- und Wiesenlandschaften sowie in Architekturbildern, die u. a. lichterfüllte Ingenieurbauten wie den Pariser Bahnhof St.-Lazare (1877) zeigen. Ab etwa 1890 analysierte M. die Abhängigkeit der Formen und Farben von Licht- und Luftverhältnissen der Tages- und Jahreszeiten in Bildfolgen, z. B. »Heuschober« (1891) und »Die Kathedrale von Rouen« (1894). Am Ende seines fast 70jährigen Schaffens gelangte er mit der Serie seiner Seerosen-Bilder an die Grenze zur Abstraktion.

Porträt des Impressionisten Claude Monet um die Jahrhundertwende.

□ 1845: Übersiedlung der Familie nach Le Havre. □ 1857: Nach Zeichenunterricht Anregung zur Freilichtmalerei durch E. Boudin (* 1824, † 1898). □ 1860-62: Militärdienst in Algerien. □ ab 1862: Autodidaktische Ausbildung als Maler in Paris und auf Studienreisen. □ 1865/66: Beteiligung am Pariser Salon. □ 1870: Bei Ausbruch des Dt.-Frz. Krieges Übersiedlung nach London; Beginn der Geschäftsbeziehung zu dem Kunsthändler P. Durand-Ruel. □ 1871-78: Wohnsitz in Argenteuil; Freundschaft mit E. Manet (* 1832, † 1883). □ 1874: Beteiligung an den ersten Pariser Gruppenausstellungen der Impressionisten, mit P. →Cézanne, E. →Degas, C. →Pissarro, A. →Renoir und A. Sisley (* 1839, † 1899). □ ab 1883: Wohnsitz in Giverny bei Paris. □ 1908/09: Reisen nach Venedig.

▷ D. Wildenstein: Claude Monet, 1974.

Moniz, António Caetano de Abreu Freire Egas

portug. Neurologe und Politiker
* 29.11.1874 Avanca, Aveiro † 13.12.1955 Lissabon

Moniz führte 1935 die erste Leukotomie an Patienten mit unheilbaren Hirnschäden durch. Mit der operativen Durchtrennung der Nervenbahnen in der vorderen, »stillen« Gehirnregion (ein heftig umstrittenes Verfahren) konnten die Kranken zumindest von ihren Wahnvorstellungen befreit werden. Der Begründer der Psychochirurgie entwickelte 1927 die Arteriographie der Hirngefäße am lebenden Menschen, indem er radioaktive Kontrastmittel in das Blut der Patienten injizierte und dann deren Hirn zur Lokalisierung von Tumoren fotografierte.

□ 1911-44: Prof. an der Univ. Lissabon. □ 1917: Botschafter in Spanien. □ 1918/19: Außenmin. und Leiter der portug. Delegation bei der Friedenskonferenz in Paris. □ 1940: »Die cerebrale Arteriographie und Phlebographie« (Schr.). □ 1949: Physiologie/Medizin-Nobelpreis (mit W. R. →Hess).

Monod, Jacques Lucien

frz. Biochemiker
* 9.2.1910 Paris † 31.5.1976 Cannes

Monod entdeckte die von Genen gesteuerten Enzymsynthese in Viren. In Zusammenarbeit mit F. →Jacob und André Lwoff fand M. sog. Regulator-Gene (B. →McClintock), die mittels Aktivierung oder Blockierung anderer Genfunktionen die Zellen lebender Organismen in die Lage versetzen, auf Änderungen der Umweltbedingungen zu reagieren. Für ihre grundlegenden Erkenntnisse über Phänomene wie Anpassung, Fortpflanzung und Evolution erhielten die drei Forscher 1965 den Physiologie/Medizin-Nobelpreis. In seinem 1970 erschienenen Bestseller »Zufall und Notwendigkeit« (dt. 1971) setzte sich M. mit philosophischen Fragen der modernen Mikrobiologie auseinander und vertrat die Theorie, daß die Entstehung der organischen Welt auf keinem Schöpfungsplan, sondern auf dem Zufalls- und dem von Darwin formulierten Selektionsprinzip beruht.

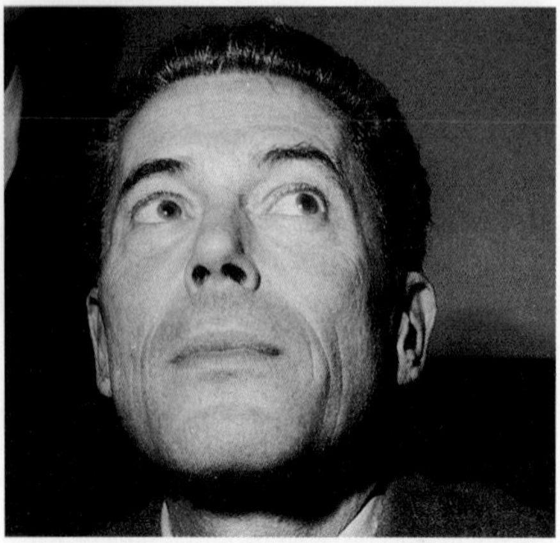

J. Monod: Physiologie/Medizin-Nobelpreisträger von 1965.

Marilyn Monroe verkörperte in vielen Filmen einen naiv-sinnlichen Frauentyp.

□ ab 1945: Leiter des Inst. Pasteur in Paris; ab 1971 Dir. ebd. □ ab 1959: Prof. an der Sorbonne. □ ab 1967: Prof. am Collège de France.

Monroe, Marilyn

(eig. Norma Jean Baker)
amer. Schauspielerin
* 1.6.1926 Los Angeles
† 4.8.1962 ebd. (Selbstmord)

Von der Filmgesellschaft Twentieth Century Fox zum blonden Sexidol aufgebaut, ist Monroe über ihren Tod hinaus Symbolfigur weiblicher Sinnlichkeit geblieben. Obwohl sie sich gegen die Vermarktung ihres Körpers wehrte (»Ein Sexsymbol ist ein Ding, und ich hasse es, ein Ding zu sein«), konnte sie sich trotz komödiantischen Talents und ernsthafter Rollen nie vom Stigma des erotischen Dummchens lösen.

□ ab 1943: Arbeit als Fotomodell. □ 1948: Vertrag bei Twentieth Century Fox. □ 1953: »Niagara« (Rg. H. Hathaway); »Blondinen bevorzugt« (Rg. H. →Hawks); »Wie angelt man sich einen Millionär?« (Rg. J. Negulesco). □ 1954: Ehe mit dem Baseballspieler J. DiMaggio; »Fluß ohne Wiederkehr« (Rg. O. →Preminger). □ 1955: »Das verflixte siebte Jahr« (Rg. B. →Wilder). □ 1956-61: Ehe mit A. →Miller. □ 1957: »Der Prinz und die Tänzerin« (Rg. L. →Olivier). □ 1959: »Manche mögen's heiß« (Rg. B. Wilder). □ 1961: »Misfits — nicht gesellschaftsfähig« (mit C. →Gable, Rg. J. →Huston).

▷ N. Mailer: Marilyn Monroe, 1976; M. Monroe: Meine Story, 1980; G. Luÿtres: Marilyn Monroe, 1991.

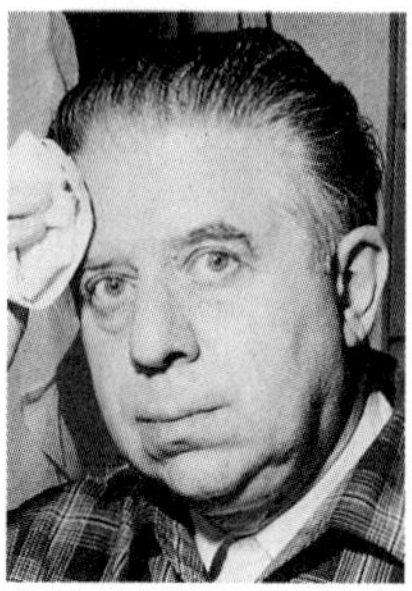

Eugenio Montale →

Montale, Eugenio

ital. Lyriker
* 12.10.1896 Genua † 12.9.1981 Mailand

Der Literatur-Nobelpreisträger Montale ist einer der Wegbereiter der modernen italienischen Lyrik. Seine Gedichte sind schwer zugänglich, von rätselhafter Symbolik und doch voll von Anspielungen auf den Alltag und die Umwelt. Ein durchgängiges Motiv in seinen Werken ist das Meer und die Küste Liguriens; die Grundstimmung ist melancholisch und pessimistisch. Erst in seinen Alterswerken wird M.s Ton humorvoll und gelassener. M.s Werke werden mit denen T. S. →Eliots verglichen, den er neben Shakespeare ins Italienische übersetzt hat.

□ 1914: Teilnahme am 1. Weltkrieg. □ 1921: Mitarbeiter der Zeitschrift Primo Tempo. □ 1925: »Die Knochen des Tintenfischs« (Ged.e). □ 1928: Umzug nach Florenz. □ 1929: Bibliotheksdir. □ 1939: »Gelegenheiten« (Ged.e). □ 1939-45: Schweizer Exil. □ 1943: »Nach Finisterre« (dt. 1965). □ ab 1948: Mitarbeiter der »Corriere della Sera« in Mailand. □ 1956: »Der Sturmwind und anderes« (Ged.e). □ 1967: Ernennung zum Senator auf Lebenszeit. □ 1971: »Satura« (dt. 1976). □ 1975: Literatur-Nobelpreis.

Montana, Claude

frz. Modedesigner
* 1949 Paris

Aufsehen erregte 1973 Montanas avantgardistische Damenlederkleidung, bei der er einen harten militärischen Stil mit weiblichem Aufputz verband. Neben Leder verwendet M. meist einfarbige Stoffe. 1987 wandte er sich einem dekorlosen Purismus zu, Einfluß auf die Mode hatten auch seine kurzen Swinger-Mäntel. Bekannt ist sein Parfum »Montana«.

□ ab 1971: Designer von Modeschmuck und Lederkleidung in London. □ 1979: Selbständiger Prêt-à-porter-Designer in Paris; Gründung eines Modeunternehmens. □ seit 1990: Künstlerische Leitung des Hauses Lanvin.

← Claude Montana

Montand, Yves

(eig. Ivo Livi)
frz. Schauspieler und Sänger ital. Herkunft
* 13.10.1921 Monsummano Terme, Toskana
† 9.11.1991 Paris

Yves Montand während eines Konzerts in Paris, 1981.

Entdeckt und gefördert von E. →Piaf war Montand einer der beliebtesten Chansonniers Frankreichs. Als Schauspieler wurde er international bekannt durch seine Rolle in »Lohn der Angst« (1952, Rg. H.-G. →Clouzot). M. engagierte sich über Jahre für die Kommunistische Partei Frankreichs (KPF), mit der er aber 1982 nach dem Aufkommen der freien Gewerkschaft Solidarność in Polen brach.

□ ab 1939: Auftritte als Sänger in Paris. □ 1945: Eigene Show im Théâtre de l'Etoile. □ 1946: »Pforten der Nacht« (Rg. M. →Carné). □ 1951-85: Ehe mit S. →Signoret. □ 1960: »Machen wir's in Liebe« (mit M. →Monroe, Rg. G. →Cukor). □ 1966: »Der Krieg ist vorbei« (Rg. A. →Resnais). □ 1968: »Z« (Rg. C. →Costa-Gavras). □ 1970: »Vier im roten Kreis« (Rg. J. P. →Melville). □ 1975: Nach Protestaktion Ausweisung aus Spanien. □ 1981: »Wahl der Waffen« (mit C. → Deneuve, Rg. A. Corneau). □ 1984: Mit E. →Ionesco Eintreten für die Freilassung A. →Sacharows.

▷ A. Rémond: Yves Montand. Seine Filme — sein Leben, 1982; J. Semprun: Yves Montand. Das Leben geht weiter, 1984; H. Hamon/Y. Montand/P. Rotman: Du siehst, ich habe nicht vergessen, 1991.

Montessori, Maria

ital. Pädagogin und Ärztin
* 31.8.1870 Chiaravalle, Prov. Ancona
† 6.5.1952 Noordwijk (Niederlande)

Maria Montessori entwickelte ein Erziehungsmodell.

Montessori erkannte als erste Pädagogin die besondere Art der Aufnahme- und Lernfähigkeit des Kleinkindes. Dessen Intelligenz wird, so M., vom »sensorischen Motor« bestimmt. Durch Schulung der Sinneswahrnehmungen wollte sie die Intelligenzentwicklung und kindliche Kreativität fördern. In experimenteller Arbeit mit Drei- bis Sechsjährigen entwickelte M. altersgemäße Spiel- und Lernmaterialien (u. a. die noch heute verbreiteten Einsatzzylinderblöcke), die Selbstkontrolle ermöglichen und den Prozeß der Entscheidungsfindung trainieren. In der Erziehung zu Selbständigkeit und Entschlußfähigkeit sah sie einen wichtigen Weg zur Friedenssicherung. M. lieferte Impulse für die Entwicklungstheorie der frühen Kindheit (J. →Piaget). Ihr Erziehungsmodell ist seit den 70er Jahren wieder aktuell; weltweit wurden Montessori-Kindergärten und -Schulen eingerichtet.

□ 1896: Promotion zur ersten Doktorin der Medizin in Italien. □ 1904: Lehrstuhl für Anthropologie an der Univ. Rom. □ 1907: Leitung der neugegr. Erziehungsstätte Casa dei Bambini im Elendsviertel San Lorenzo, Rom. □ 1916: »Selbsterziehung in den Grundschulen« (Schr., dt. 1926; NA 1962 u. d. T. »Schule des Kindes«). □ 1936: Flucht nach England. □ 1936-47: Ausbildungskurse in Indien. □ 1947: Rückkehr nach Italien. □ 1949: »Frieden und Erziehung« (Schr., dt. 1973).

▷ R. Kramer: Maria Montessori. Leben und Werke einer großen Frau, dt. 1977.

Montgomery, Sir (ab 1942) Bernard Law, Viscount M. of Alamein (ab 1946)

brit. Militär
* 17.11.1887 London
† 24.3.1976 Isington Mill bei Alton, Hampshire

Als Oberbefehlshaber der britischen Armee in Ägypten besiegte Montgomery nach harten Kämpfen die italienischen und deutschen Truppen unter E. →Rommel bei El Alamein (1942). Damit leitete er die Wende im Krieg in Nordafrika ein. In der Folge führte er britische Truppen bei den alliierten Landungen in Sizilien und Italien (1943) sowie in der Normandie (1944).

□ 1937-41: Divisions- und Korpskommandeur. □ 1942-44: Befehlshaber der brit. Truppen in Nordafrika, später in Italien. □ 1944: Feldmarschall. □ 1944/45: Befehlshaber der brit. Truppen in Frankreich und Norddeutschland. □ 1945/46: Befehlshaber der brit. Besatzungstruppen; brit. Vertreter im alliierten Kontrollrat in Berlin. □ 1946: Generalstabschef. □ 1948: Oberbefehlshaber der alliierten Truppen des Atlantikpakts. □ 1951-58: Stellv. Oberbefehlshaber der NATO-Streitkräfte. □ 1972: »Kriegsgeschichte« (dt.).

▷ B. L. Montgomery: Memoiren, engl. 1958.

← B. Law Montgomery

← H. M.-J. de Montherlant

Montherlant, Henry Marie-Joseph Millon de

frz. Schriftsteller
* 21.4.1896 Neuilly-sur-Seine
† 21.9.1972 Paris (Selbstmord)

Montherlants vielseitiges, oft widersprüchliches Werk basiert auf einem während des 1. Weltkriegs und der Ausbildung zum Stierkämpfer entwickelten, heroischen Männlichkeitsideal und einem elitären, egozentrischen Selbstverständnis. M. wendet sich gegen jede Form von kleinbürgerlichem Mittelmaß und schildert in seinen Romanen, Dramen und Essays verschiedene Möglichkeiten, sich, ob als Hedonist oder als Asket, radikal selbst zu verwirklichen. Die Betonung männlicher Tugenden veranlaßte M. in seinem Romanzyklus »Erbarmen mit den Frauen« (1936-39) zu einer abwertenden Darstellung der Frau.

□ 1918: Schwere Verwundung als Kriegsfreiwilliger im 1. Weltkrieg . □ 1925-35: Aufenthalt in Spanien und Nordafrika. □ 1926: »Die Tiermenschen« (R., dt. 1929). □ 1934: Großer Literaturpreis der Académie française. □ 1939-45: Kriegskorrespondent in Paris. □ 1942: »Die tote Königin« (Dr., dt. 1947). □ 1947: »Der Ordensmeister« (Dr., dt. 1949). □ 1960: Mitgl. der Académie française; »Der Kardinal von Spanien« (Dr., dt. 1961). □ 1971: »Ein Mörder ist mein Herr und Meister« (R., dt. 1973).

▷ B. O. Simon-Schaefer: Die Romane Henry de Montherlants, 1975.

Moore, George Edward

engl. Philosoph
* 4.11.1873 London † 24.10.1958 Cambridge

Moore, 14 Jahre Professor in Cambridge und Mitbegründer der sprachanalytischen Philosophie, bemühte sich mit seiner »Verteidigung des common sense« (Abh., 1925, dt. 1969) um eine Reduktion der schwer verständlichen Sprache der Philosophie auf die Alltags- oder Umgangssprache. Anlaß seines Philosophierens war meist die unverständliche oder paradoxe Denkweise anderer. 1903 mit seiner »Reputation of Idealism« (Abh.) bekannt geworden, formulierte M. im gleichen Jahr in den »Principia Ethica« die Methoden philosophischen Fragens, um Irrtümern und Zweideutigkeiten vorzubeugen.

□ 1912: »Ethics« (Schr.). □ 1921-47: Hg. der philosophischen Zeitschrift Mind. □ 1922: »Ethical Studies« (Schr.). □ 1925-39: Prof. an der Univ. Cambridge. □ 1940-44: Gastprof. in den USA.

Moore, Henry

engl. Bildhauer und Grafiker
* 30.7.1898 Castleford, Yorkshire
† 31.8.1986 Much Hadham, Hertfordshire

Moore gehört mit seinem zwischen Figuration und Abstraktion angesiedelten Werk zu den bedeutendsten, aber auch eigenwilligsten Bildhauern der Moderne. Seine noch figurenbezogenen, bereits formreduzierten Skulpturen der 20er Jahre tragen unabhängig von ihrer Größe schon Züge der Monumentalität, die sein späteres Werk bestimmte. Formal war M. von der altmexikanischen Skulptur beeinflußt. Er stellte den

Henry Moore: Der englische Bildhauer vor seiner Plastik »Familiengruppe«.

Menschen als Teil eines organischen Ganzen im Spannungsfeld der vitalen Kräfte der Natur dar, teilweise mit postkubistischen Mitteln, teilweise beeindruckt von surrealistischen Sehweisen (»König und Königin«, 1953, Antwerpen, Middelheim Freilichtmuseum).
M. begann mit liegenden Figuren (»Reclining Figure«) und steinernen Masken in relativ geschlossener Form, die in der Folge durch Aushöhlungen, Vertiefungen, Teilung usw. mehr und mehr aufgelöst wurde. Er deutete auch Vorbilder griechischer Plastik neu wie in dem bekannten Torso »Krieger mit Schild« (1951, Bronzeabguß u. a. in Mannheim, Kunsthalle); weiterhin verschmolz er ozeanische Formen mit Anregungen der konstruktivistischen Plastik N. →Gabos, z. B. in dem aus Holz und straff gespannten Bindfäden bestehenden Werk »Vogelbauer« (1939, Privatsammlung). In seinem Spätwerk gelangte M. zu jenen Knochen oder Wurzeln ähnelnden Elementarformen, die er monumental in die Landschaft stellte (z. B. »Drei Teile Nr. 3: Wirbel«, 1964, Toronto, Art Gallery of Ontario).

□ 1919-32: Student, ab 1924 Dozent am Royal College of Art in London. □ 1932-39: Leiter der Skulpturabteilung an der Chelsea School of Art in London. □ 1940-42: Zeichnungen und Aquarelle (»Shelter-Drawings«). □ 1957: »Liegende« für den Vorhof des UNESCO-Sekretariats, Paris. □ ab 1970: Monumentale Freiplastiken. □ 1988: Retrospektive in der Royal Academy of Arts, London.

▷ A. Bowness (Hg.): Henry Moore. Sculptures and drawings, 5 Bde., engl. 1957-83.

Moore, Robert »Bobby«

engl. Fußballspieler
* 12.4.1941 London

Als langjähriger Kapitän der englischen Fußballnationalmannschaft hatte Moore (108 Länderspiele, 1962-74) seinen größten Erfolg mit dem Gewinn der WM 1966. Er war ein versierter Abwehrspieler, der fehlende Grundschnelligkeit mit technischer Eleganz wettmachte.

□ 1958-74: 544 Meisterschaftsspiele für West Ham United. □ 1962: WM-Teilnahme in Chile. □ 1965: Gewinner des Europapokal der Pokalsieger mit West Ham United. □ 1974: WM-Teilnahme in Deutschland.

Moore, Roger

engl. Schauspieler
* 14.10.1927 London

1973 übernahm Moore von S. →Connery die Rolle des James Bond, in der er siebenmal zu sehen war. Im Unterschied zu seinem Vorgänger verlieh M. dem Geheimagenten 007 vornehmere und humorvollere Züge. Eine ähnliche Figur verkörperte er an der Seite von T. →Curtis als Lord Sinclair in der TV-Serie »Die Zwei« (1971). 1967-69 spielte M. in 120 TV-Folgen den Privatdetektiv Simon Templar.

□ 1953: »Polizei greift ein« (Rg. S. →Fuller). □ 1954: »Damals in Paris« (mit E. →Tayler, Rg. R. Brooks). □ 1969: »Tödlicher Salut« (Rg. A. Raffkoff). □ 1973: »James Bond — Leben und sterben lassen« (Rg. G. Hamilton). □ 1974: »James Bond — Der Mann mit dem goldenen Colt« (mit Ch. →Lee, Rg. G. Hamilton). □ 1977: »James Bond — der Spion, der mich liebte« (mit C. →Jürgens, Rg. L. Gilbert). □ 1978: James Bond — Moonraker — Streng geheim« (Rg. L. Gilbert). □ 1980: »James Bond — In tödlicher Mission« (Rg. J. Glen). □ 1983: »James Bond — Octopussy« (Rg. J. Glen). □ 1984: »James Bond — Im Angesicht des Todes« (Rg. J. Glen). □ 1991: Sonderbotschafter der UNESCO.

▷ P. Donovan: Roger Moore, engl., 1983.

Roger Moore →

Moore, Stanford

amer. Biochemiker
* 4.9.1913 Chicago, Ill. † 23.8.1982 New York

Moore erforschte in den 50er Jahren Struktur und katalytische Wirkung des Enzyms Ribonuklease, durch das überschüssige Erbsubstanz in der Zelle abgebaut wird. Mit W. H. →Stein fand M. 1958 eine Analysemethode, mit der die genaue Reihenfolge und räumliche Anordnung der 124 Aminosäuren ermittelt wurde, aus der das Enzym besteht.

□ ab 1952: Prof. am Rockefeller Inst. of Medical Research in New York (Mitarbeiter ab 1939). □ 1966: Präs. der amer. Society of Biological Chemists. □ 1972: Chemie-Nobelpreis (mit Chr. B. →Anfinsen und W. H. Stein).

Morand, Paul

frz. Schriftsteller
* 13.3.1888 Paris † 23.7.1976 ebd.

Paul Morand: Der Schriftsteller war ab 1968 Mitglied der Académie française.

Morand war in den bewegten 20er Jahren einer der wichtigsten Romanschriftsteller der französischen Avantgarde. Schon in »Nachtbetrieb« (Erz.n, 1922/23, dt. 1926) und »Lewis und Irene« (R., 1924, dt. 1924) erwies er sich als genauer Beobachter. Die späteren Reiseberichte des Kosmopoliten, der durch seine diplomatische Tätigkeit für die Kollaborationsregierung Ph. →Pétains ins Zwielicht geriet und 1945 kurzzeitig ins Exil ging, fangen in prägnanten Bildern das Charakteristische einer Region oder Großstadt ein.

□ 1913-19: Beginn der diplomatischen Karriere als Gesandtschaftssekr. in London, Rom und Madrid. □ 1926:

»Weite, wilde Welt« (Reiseb., dt. 1926). □ 1927: »Der lebende Buddha« (R., dt. 1928). □ 1930: »New York« (Schr., dt. 1930). □ 1943/44: Gesandter der Vichy-Regierung in Bukarest und Bern. □ 1951: »Flagellant von Sevilla« (R., dt. 1954). □ 1968: »Sophie-Dorothea von Celle« (R., dt. 1970); Aufnahme in die Académie française.

▷ J.-F. Fogel: Morand-Express, frz. 1980; G. Guitard-Auviste: Paul Morand 1888-1976. Légende et vérités, frz. 1981.

Morandi, Giorgio

ital. Maler und Grafiker
* 20.7.1890 Bologna † 18.6.1964 ebd.

Giorgio Morandi: Porträt des Malers in seinem Atelier.

Morandi ist der bedeutendste moderne Stillebenmaler. Nach einer kurzen, aber wichtigen Schaffensphase im Stil der Pittura Metafisica fand M. zu seiner Form des lyrisch-meditativen Stillebens mit unprätentiösen Alltagsgegenständen (meist Flaschen) in feiner Tonmalerei, die sich jeder stilistischen Einordnung entziehen und ihn als einen der großen Einzelgänger des 20. Jh.s ausweisen. M., der durch das Werk P. →Cézannes geprägt wurde, vernichtete einen großen Teil seiner frühen Arbeiten. Mit seinen metaphysischen Bildern stellte er sich in der charakteristischen Isolierung der streng umrissenen und hart beleuchteten Gegenstände in unbestimmtem Raum an die Seite von G. de →Chirico und C. →Carrá. Seine Bilder ab 1920 erreichen in ihrer ruhigen Ausstrahlung eine hohe meditative Qualität.

□ 1907-13: Studium an der Akademie in Bologna. □ 1910: Reise nach Florenz. □ 1914-30: Zeichenlehrer in Bologna. □ 1918-20: Kontakt zur Gruppe Valori Plastici. □ 1930-56: Prof. für Grafik an der Akademie in Bologna. □ postum 1989: Retrospektive in der Kunsthalle in Tübingen.

▷ A. Burger: Die Stilleben des Giorgio Morandi, 1984.

Elsa Morante →

Morante, Elsa

ital. Schriftstellerin
* 18.8.1918 Rom † 25.11.1985 ebd.

Das mehrfach preisgekrönte erzählerische Werk Morantes zeichnet sich durch phantastisch-mythische Romane aus, die Realität und Traumwelt auf ungewöhnliche Art miteinander verbinden. Die Hauptfiguren — häufig Kinder — entziehen sich ihrem harten, z. T. grauenvollen Alltag durch Flucht in die Illusion (u. a. »Lüge und Zauberei«, R., 1948, dt. 1968). M. setzte ihre fatalistische Geschichtsauffassung am gelungensten in »La Storia« (R., 1974, dt. 1976) um: Als Chronik der Jahre 1941-47 schilderte sie das Leben einer hilflos dem als unabänderlich empfundenen Schicksal (Krieg, Armut, Tod) ausgelieferten römischen Familie.

□ 1941: Erste Novellensammlung »Das heimliche Spiel« (dt. 1966); Vermählung mit A. →Moravia. □ 1948: Premio Viareggio für »Lüge und Zauberei« (R., dt. 1968). □ 1957: »Arturos Insel« (R., dt. 1959). □ 1959: »Die merkwürdigen Abenteuer der Katherina« (Kdb.). □ 1961: Scheidung von Moravia. □ 1968: »Die Welt, gerettet von kleinen Kindern und andere Gedichte« (Ged.e). □ 1974: »La Storia« (R., dt. 1976 unter dem Originaltitel). □ 1983: Selbstmordversuch. □ 1984: Französischer Prix Medicis.

▷ E. Morante: Traumtagebuch 1938, 1990.

Moravia, Alberto

(eig. Alberto Pincherle)
ital. Schriftsteller
* 28.11.1907 Rom † 26.9.1990 ebd.

Moravia war einer der produktivsten und populärsten italienischen Schriftsteller des 20. Jh.s, obwohl seine Bücher auf dem Index der katholischen Kirche stehen. Schon in seinem ersten Roman »Die Gleichgültigen« (1929, dt. 1956), der ihn berühmt gemacht hat, greift M. das zentrale

Alberto Moravia: Der Nobelpreis-Dauerkandidat in Rom, 1959.

Thema seiner folgenden Werke auf: Die Identitäts- und Bewußtseinskrise des modernen Menschen, die ihren Ursprung im Verfall der Werte hat. Sein bekanntestes Werk ist der Roman »Ein römisches Mädchen« (1947, dt. 1950, 1959 u. d. T. »Die Römerin«), in dem M. eine Frau zur Hauptfigur machte, ein von der Mutter zur Prostitution getriebenes Mädchen. M.s Geschichten zeigen die kalte und brutale Wirklichkeit. Kaum ein anderer Schriftsteller schildert sie so offen wie M., dessen Beliebtheit zum größten Teil eben darauf beruht. 1959-62 war M. Präsident des internationalen PEN-Klubs.

□ 1916-25: Aufenthalte in Sanatorien wegen Knochentuberkulose. □ 1935: »Gefährliches Spiel« (R., dt. 1951). □ 1941: »Die Maskerade«; Heirat mit E. →Morante; Schreibverbot durch die Faschisten. □ 1944: »Die Hoffnung«. □ 1948: »Der Ungehorsam« (dt. 1964). □ 1953: Gründung der Zeitschrift Nuovi Argomenti. □ 1954: »Römische Erzählungen« (dt. 1957). □ 1959-62: Vors. des int. PEN-Klubs. □ 1960: »La Noia« (R., dt. 1961). □ 1963: Heirat mit Dacia Maraini. □ 1965: »Inzest« (R., dt. 1966). □ 1982: »Ich und Er« (R., dt. 1988). □ 1985: »Der Zuschauer« (R., dt. 1987).

▷ D. Maraini: Der junge Alberto, 1986, dt. 1987; A. Moravia/A. Elkann: Vita di Moravia — Ein Leben im Gespräch, 1990, dt. 1991.

Moreau, Jeanne

frz. Schauspielerin und Regisseurin
* 23.1.1928 Paris

Moreau war bereits ein gefeierter Theaterstar, ehe sie L. →Malle mit »Die Liebenden« (1958) einer breiten Öffentlichkeit als Filmschauspielerin bekannt machte. Unter den führenden Regisseuren ihrer Zeit (u. a. F. →Truffaut) verkörperte sie häufig melancholisch-erotische Frauenfiguren. M. ist auch als Chansonsängerin und Filmregisseurin erfolgreich.

Jeanne Moreau in dem Film »Jules und Jim«, 1961.

□ 1948-52: Jüngstes Mitgl. der Comédie française. □ ab 1952: Engagement am Théâtre National Populaire in Paris. □ 1957: »Fahrstuhl zum Schafott« (Rg. L. Malle). □ 1960: »Die Nacht« (Rg. M. →Antonioni). □ 1961: »Jules und Jim« (Rg. F. →Truffaut); □ 1962: »Der Prozeß« (Rg. O. →Welles). □ 1963/64: »Tagebuch einer Kammerzofe« (Rg. L. →Buñuel). □ 1965: »Viva Maria« (mit B. →Bardot, Rg. L. Malle). □ 1967: »Die Braut trug schwarz« (Rg. F. Truffaut). □ 1976: »Monsieur Klein« (Rg. J. →Losey). □ 1977-79: Ehe mit dem amer. Regisseur W. Friedkin. □ 1982: »Querelle« (Rg. R. W. →Fassbinder). □ 1986: Hauptrolle in K. M. Grübers Broch-Adaption »Die Erzählung der Magd Zerline«.

▷ G. Lauermann: Jeanne Moreau. Ihre Filme — ihr Leben, 1989; J.-C. Moireau: Jeanne Moreau. Ein Künstlerportrait, 1990.

Michèle Morgan →

Morgan, Michèle

(eig. Simone Roussel)
frz. Schauspielerin
* 29.2.1920 Neuilly-sur-Seine

Morgan, die 1975 zum zehnten Mal zur beliebtesten französischen Filmschauspielerin gewählt wurde, begann ihre Karriere als 15jährige. Ihren bekanntesten Auftritt hatte die vielseitige Charakterdarstellerin in »Hafen im Nebel« (1938, mit J. →Gabin, Rg. M. →Carné).

□ 1944: »Fahrkarte nach Marseille« (mit H. →Bogart, Rg. M. →Curtiz). □ 1946: »Pastoralsinfonie/Und es ward Licht« (Rg. J. Delannoy). □ 1953: »Die Hochmütigen« (Rg. Y. Allégret). □ 1955: »Das große Manöver« (Rg. R. →Clair). □ 1959: »Menschen im Hotel« (Rg. G. Reinhardt). □ 1975: »Eine Katze jagt die Maus« (Rg. Cl. Lelouch).

Thomas Hunt Morgan →

Morgan, Thomas Hunt

amer. Genetiker
* 25.9.1866 Lexington, Ky.
† 4.12.1945 Pasadena, Kalif.

Morgan entwickelte die Grundlagen der Molekularbiologie. Er bestätigte an den in seinem Labor gezüchteten Taufliegen die Mutationstheorie, die H. de →Vries für die Pflanzenwelt ausgearbeitet hatte. An den Fliegengenerationen, deren Zellen nur vier Chromosomenpaare beinhalten, erkannte er, daß bestimmte Erbmerkmale entweder gekoppelt oder einzeln vererbt und manche Chromosomenpaare durch ein »Crossing-over« von Generation zu Generation vertauscht werden (H. J. →Muller). M. beschrieb diesen »Faktorentausch«, die lineare Anordnung der auch Gene genannten Erbfaktoren in den Chromosomen sowie die geschlechtsgebundene Vererbung. 1911 brachte M. die erste, an der Taufliege erarbeitete Chromosomen-Karte heraus, die mit seiner »Theory of the Gene« (Schr., 1926) die wissenschaftliche Grundlage der Molekularbiologie bildet.

□ 1904-28: Prof. an der Columbia-Univ. in New York. □ 1920: »Die stoffliche Grundlage der Vererbung« (Schr., dt. 1921). □ ab 1928: Leiter der biologischen Laboratorien des Calif. Inst. of Technology in Pasadena. □ 1933: Physiologie/Medizin-Nobelpreis.

Christian Morgenstern →

Morgenstern, Christian

dt. Schriftsteller
* 6.5.1871 München † 31.3.1914 Meran (Italien)

Morgenstern wurde bekannt durch die skurril-witzigen, z. T. auch grotesk-phantastischen Gedichtsammlungen »Galgenlieder« (1905), »Palmström« (1910) und »Der Gingganz« (postum 1919). Mit seinen Wortspielen wurde M. zu einem frühen Vertreter der visuellen und konkreten Poesie. Zudem verfaßte er, beeinflußt von F. →Nietzsche, dem Buddhismus und dem Anthroposophen R. →Steiner, ernste Gedankenlyrik. Für M. →Reinhardts Theater »Überbrettl« schrieb M. Kurzdramen und Kabarettexte.

□ 1893: Abbruch des Jurastudiums wegen Erkrankung an Tuberkulose; zahlreiche Sanatoriumsaufenthalte bis zum

Tod. □ ab 1894: Redakteur und Schriftsteller in Berlin. □ 1895: »In Phantas Schloß« (Ged.e). □ 1902: »Und aber ründet sich ein Kranz« (Ged.e). □ 1911: »Ich und Du« (Ged.e). □ 1914: »Wir fanden einen Pfad« (Ged.e).

▷ M. Beheim-Schwarzbach: Christian Morgenstern, 1970; M. Bauer: Christian Morgensterns Leben und Werk, 1985.

Morgenthau, Henry jr.

amer. Politiker
* 11.5.1891 New York
† 6.2.1967 Poughkeepsie, N. Y.

Morgenthau verfaßte 1941 das Leih-Pacht-Gesetz, das dem Präsidenten erlaubte, trotz Neutralität kriegführenden Ländern Güter und Leistungen zu gewähren. Im Herbst 1944 legte M. als Finanzminister (1934-45) ein Programm für einen »harten Frieden« mit Deutschland vor. Dieser nach ihm benannte Morgenthau-Plan sah die Aufteilung Deutschlands in Teilgebiete und deren Umwandlung in Agrarland vor; zudem sollten hohe Reparationszahlungen verlangt und Deutsche als Zwangsarbeiter ins Ausland verpflichtet werden. Das Programm wurde von US-Präsident F. D. →Roosevelt gebilligt, später auf Druck der Minister C. →Hull und Henry Stimson aber wieder fallen gelassen.

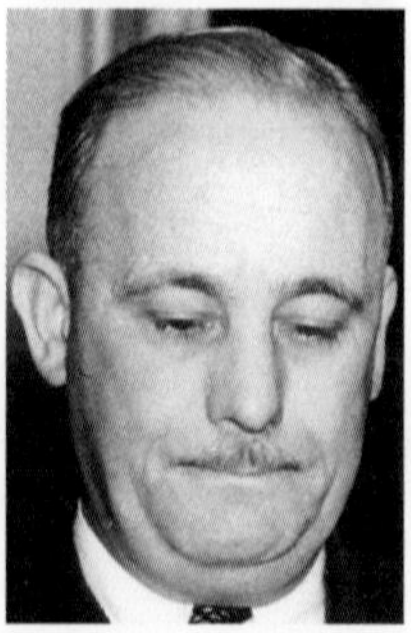

← Henry jr. Morgenthau

Morgner, Irmtraud

(eig. Irmtraud Elfriede Schreck)
dt. Schriftstellerin
* 22.8.1933 Chemnitz † 6.5.1990 Ost-Berlin

Morgner setzte sich in ihrem Werk mit zentralen Fragen der Frauenemanzipation auseinander und postulierte 1972 den Eintritt der Frauen in die Geschichte als ihr eigentliches Thema. In dem ersten Roman einer geplanten Trilogie, »Leben und Abenteuer der Trobadora Beatriz nach Zeugnissen ihrer Spielfrau Laura« (R., 1974), schilderte sie die Situation der Frau im real existierenden Sozialismus aus der Sicht einer wiedererweckten mittelalterlichen Minnesängerin. 1983 erschien der zweite Roman der Trilogie, »Amanda. Ein Hexenroman«.

I. Morgner: Engagement für die Frauenemanzipation.

□ 1952-56: Germanistikstudium in Leipzig. □ ab 1958: Freie Schriftstellerin. □ 1959: »Das Signal steht auf Fahrt« (Erz.). □ 1968: »Hochzeit in Konstantinopel« (R.). □ 1972: »Die wundersamen Reisen Gustavs des Weltfahrers« (R.). □ postum 1991: »Der Schöne und das Tier« (Erz.).

▷ K. v. Soden: Irmtraud Morgners Hexische Weltfahrt, 1991.

Mori, Ogai

(eig. Rintaro Mori)
jap. Schriftsteller
* 17.2.1862 Tsuwano, Shimane † 9.7.1922 Tokio

Mori gehörte zu den Begründern einer modernen japanischen Literatur mit antinaturalistischer Tendenz. Ein Deutschlandaufenthalt (1884-88) und die Beschäftigung mit Goethe, Rilke und Kleist regten ihn zu der romantischen Erzählung »Die Tänzerin« (1890, dt. 1889) an. Im Vordergrund steht der Zwiespalt zwischen der Entfaltung der eigenen Individualität und den Ansprüchen einer feudalistisch geprägten Gesellschaft. Diese Problematik bestimmt auch den zunächst verbotenen Roman »Vita Sexualis« (1909, dt. 1983). M. schilderte hier das sexuelle Erwachen eines jungen Mannes. Sein Spätwerk besteht im wesentlichen aus historischen Romanen und Novellen.

□ 1874-81: Medizinstudium in Tokio. □ 1907: Generalmajor des jap. Sanitätskorps. □ 1911-13: »Die Wildgans« (R., dt. 1962). □ ab 1917: Dir. des kaiserlichen Hofmuseums, Präs. der Reichsakademie der Künste. □ 1922: Erste vollständige Faust-Übersetzung ins Japanische.

Morita, Akio

jap. Industriemanager
* 26.1.1921 Nagoya, Hondo

Akio Morita →

Der Physiker Morita baute das Elektronikunternehmen Sony zu einem erfolgreichen, international operierenden Konzern aus. Mit seinem Freund Masaru Ibuka hatte M. 1946 eine Firma für Radiogeräte gegründet, die sie ab 1958 Sony nannten. Durch den Aufbau von Auslandsfirmen und als Initiator vieler Neuentwicklungen, zu denen Ende der 70er Jahre der außerordentlich erfolgreiche »Walkman« gehörte, hat M. die Firma an die Weltspitze der Unterhaltungselektronik geführt.

□ 1944: Physikexamen. □ 1946: Gründung der Firma Tokyo Tsushin Kogyo Kabushiki Kaisha. □ 1950: Produktion des ersten Magnetbandes und Tonbandgerätes für den japanischen Markt. □ 1955: Erstes Volltransistorradio. □ 1958: Umbenennung der Firma in Sony. □ 1959-71: Geschäftsführender Vizepräs. □ 1960: Gründung der ersten Tochtergesellschaft in den USA. □ 1961: Erstes Transistorvideogerät. □ 1971-76: Präs. und Hauptgeschäftsführer. □ 1975: Erwerb des schwäbischen Familienunternehmens Wega. □ seit 1976: Aufsichtsratsvors.

Moro, Aldo

ital. Politiker
* 23.9.1916 Maglie, Prov. Lecce
† 9.5.1978 (ermordet)

Aldo Moro →

Der liberale Katholik Moro gehörte zur Iniziativa Democràtica, dem sozialen Parteiflügel der christdemokratischen DC. Er verfocht seit den 50er Jahren eine Öffnung nach links und führte zweimal als Ministerpräsident eine Mitte-Links-Regierung unter Beteiligung der marxistischen Sozialisten. In seiner eigenen Partei wurde M. zwar häufig als Alliierter der Kommunisten bezeichnet, im Prinzip lehnte er aber den »historischen Kompromiß«, die direkte Regierungsbeteiligung der Kommunisten, ab. Im März 1978 wurde er von den »Roten Brigaden« entführt und nach langen Verhandlungen schließlich in Rom erschossen aufgefunden. Über die Umstände seines Todes (Opfer der Staatsräson?) gab es viele Spekulationen.

□ 1939-42: Präs. der Kath. Universitätsgesellschaft. □ ab 1945: Mitgl. der Democrazia Cristiana (DC). □ ab 1946: Mitgl. der Abgeordnetenkammer. □ 1955: Justizmin. □ 1957-59: Erziehungsmin. □ 1959-64: Generalsekr. der DC. □ 1963-68; 1974-76: Ministerpräsident (1965/66 zugleich Außenmin.). □ 1969-72: Außenmin. □ ab 1976: Präs. des Nationalrats der DC.

Moroder, Giorgio

ital. Komponist, Sänger und Produzent
* 26.4.1940 St. Ulrich, Südtirol

Moroder wurde Mitte der 70er Jahre durch seine ausgeklügelten Arrangements zum Erfinder des Disco-Sounds. Dabei übernahmen elektronische Instrumente wie Synthesizer die Solofunktion, und der Baß stimmte im Rhythmus genau mit dem erhöhten Pulsschlag eines Tänzers überein. Sein Erfolg als Produzent der Sängerin Donna Summer machte damals sein Studio »Music-Land« in München zum Mekka der internationalen Rockmusik. Gruppen wie →Led Zeppelin, →Rolling Stones und Queen nahmen hier ihre Platten auf. Nach Los Angeles umgesiedelt, komponierte er primär Filmmusiken und wurde dreimal mit dem Oscar ausgezeichnet.

Giorgio Moroder: Komponist der offiziellen WM-Hymne.

□ 60er Jahre: Bassist in frz. Bands, u. a. bei Michel Polnareff. □ 1967: Wohnsitz in Berlin; u. a. Komposition von »Ich sprenge alle Ketten« für Ricky Shayne. □ 1968: Erste LP »That's bubble gum that's Giorgio«. □ 1975-79: Produzent von Donna Summer (»Love to love you baby«, »I feel love«). □ 1978: Oscar für Filmmusik »Midnight Express« (Rg. A. →Parker). □ 1983: Oscar für Filmmusik »Flashdance« (Rg. Adrian Lyne). □ 1984: »Reach out for the medal« für die Olympischen Spiele in Los Angeles. □ 1986: Oscar für Filmmusik »Top Gun« (mit T. →Cruise). □ 1988: Komposition der offiziellen Hymne für die Olympischen Spiele in Seoul. □ 1990: Komposition des offiziellen FIFA-Songs für die Fußball-WM in Italien (»Un'estate Italiana«).

Ennio Morricone →

Morricone, Ennio

ital. Musiker und Komponist
* 10.11.1928 Rom

Die Titelmelodie des Western »Spiel mir das Lied vom Tod« (Rg. S. →Leone) mit ihrer psychologisch präzisen Instrumentation war es, die Morricone berühmt und zum gefragten, international erfolgreichen Filmkomponisten machte. Seine Arbeiten zeichnen sich durch ungewöhnliche Schlagzeug- und Gitarren-Arrangements und den in diesem Genre unüblichen Einsatz von Instrumenten wie z. B. der Mundharmonika aus. M., der ohne Klavier zu komponieren pflegt, arbeitete auch mit den Regisseuren des italienischen Autorenkinos (u. a. E. →Scola, P. P. →Pasolini, L. →Wertmüller) zusammen.

□ 1964: Titelmelodie zu »Für eine Handvoll Dollar« (Rg. S. →Leone). □ 1970: Titelmelodie von »Spiel mir das Lied vom Tod«; Hit in Deutschland. □ 1973: Filmmusik zu »Mein Name ist Nobody« (mit H. →Fonda, T. →Hill). □ 1975/76: Filmmusik zu »1900« (Rg. B. →Bertolucci, mit B. →Lancaster, G. →Dépardieu). 1982: Goldene Schallplatte in Frankreich für »Der Profi«. □ 1984: Filmmusik zu »Es war einmal in Amerika« (Rg. S. Leone, mit R. de →Niro, J. Wood). □ 1987: Brit. Filmpreis für beste Filmmusik zu »Mission« (Rg. R. Joffre, mit R. de Niro). □ 1988: BAFTA-Award von der brit. Film- und Fernseh-Akademie für »Die Unbestechlichen« (Rg. B. de Palma, mit S. →Connery, K. →Costner).

Robert Morris →

Morris, Robert

amer. Künstler
* 9.2.1931 Kansas City, Missouri

Morris ist ein wichtiger Künstler der Minimal Art und Land Art und leistete außerdem einen entscheidenden Beitrag zur Konzeptkunst. Frühe strenge Minimal-Skulpturen aus Sperrholz, Stahl, Aluminium und Draht wurden bald von offeneren Arbeiten abgelöst, für die Morris 1968 den Begriff der »Anti-Form« prägte. Er meinte damit die Offenheit für die Verwendung von Materialien jenseits der klassischen Werkstoffe ebenso wie deren lockere Anordnung in losen, vielseitig zueinander in Beziehung zu setzenden Formgefügen. Charakteristisch ist dabei die Darstellung des Herstellungsprozesses. In den 80er Jahren entstanden große Skulpturen und Installationen im Freien, die der Land Art zuzurechnen sind und häufig auf archaische Kulturen und Mythen Bezug nehmen (»Observatorium«, 1971-77, Flevopolder, Niederlande).

□ 1948-55: Studium am Kansas City Art Inst., an der Calif. School of Fine Arts in San Francisco und am Reed College in Portland, Oreg. □ 1955-59: Tätigkeit für Theater und Film. □ seit 1961: Freier Künstler in New York; zahlreiche int. Arbeiten. □ 1987: Teilnahme an der documenta 8.

▷ F. Wagner: Robert Morris, audacious patriot, 1976.

Jim Morrison →

Morrison, James Douglas »Jim«

amer. Rockmusiker
* 8.12.1943 Melbourne, Flor.
† 3.7.1971 Paris (Frankreich)

Als »Prinz der Finsternis« und »düsterer Engel des Rock« feierten Fans und Kritiker den Sänger der US-Gruppe The Doors. Der Liebhaber französischer Literatur (Rimbaud, Baudelaire) begriff sich weniger als Musiker und Songschreiber, sondern vielmehr als Poet. In hautenge schwarze Lederhosen gekleidet, wurde er durch seine spektakulär-aggressive und häufig obszöne Bühnenshow zum Sex-Idol der Hippie-Generation. Seine schwerfällig, mit einer dunklen, rauhen Bluesstimme lasziv gesungenen Songs waren voll offener Kritik und psychischer Wahnvorstellungen. Häufig beschrieb das »begnadete Rockgenie« darin auch quälende und selbstzerstörerische Endzeit-Vorstellungen.

☐ 1964: Studium der Film- und Theaterwissenschaft in Los Angeles. ☐ 1965: Gründung der Doors. ☐ 1967: »The Doors« (LP); »Light my fire« Nr.-1-Hit in den US-Charts. ☐ 1969: Anti-Doors-Demonstration der »Liga für Anstand« mit 3000 Teilnehmern in Miami. ☐ 1971: Letzte gemeinsame LP »L. A. Woman«; danach Trennung von der Gruppe.

▷ J. Hopkins/D. Sugerman: Keiner kommt hier lebend raus, 1981; D. Jones: Jim Morrison, Poet und Rockrebell, 1991.

Mosbacher, Peter

dt. Schauspieler und Regisseur
* 17.4.1914 Mannheim † 9.10.1977 Kempfenhausen

Mosbacher stellte sein vielseitiges, schauspielerisches Talent in den großen Klassikerrollen und in zeitgenössischen internationalen Stücken, u. a. von T. →Williams, G. →García Lorca und M. →Frisch, sowie in Unterhaltungsfilmen und im Fernsehen unter Beweis. Große Beachtung fand seine Darstellung des Marat in der UA von »Die Verfolgung und Ermordung Jean Paul Marats ...« (P. →Weiss) 1964 am Berliner Schillertheater. In seinen letzten Lebensjahren war M. auch als Regisseur tätig.

Peter Mosbacher in einem Stück von P. de Beaumarchais.

☐ 1941-44: Engagement am Dt. Theater Berlin. ☐ 1945-49: Ensemblemitgl. des Thalia Theaters Hamburg. ☐ ab 1949: Engagements vor allem am Schloßpark- und Schillertheater Berlin; Gastspiele. ☐ 1955: »Hotel Adlon« (F., Rg. J. v. Baky); Rolle des Brick in der dt. EA von »Die Katze auf dem heißen Blechdach« (T. →Williams). ☐ 1968: »Mit teuflischen Grüßen« (F., Rg. J. →Duvivier). ☐ 1971: TV-Krimi »Das Messer« (F. →Durbridge).

Francesco Moser →

Hans Moser →

Annemarie Moser-Pröll →

Moseley, Henry Gwyn Jeffreys

brit. Physiker
* 23.11.1887 Weymouth, Dorset † 10.8.1915 auf der Halbinsel Gallipoli, Dardanellen (gefallen)

Moseley stellte 1913 eine Beziehung zwischen den Frequenzen der Spektrallinien der charakteristischen Röntgenstrahlungen und der Ordnungszahl der jeweils ausgestrahlten Elemente her. »Das Moseleysche Gesetz« gibt für alle Elemente die eindeutige Ordnungszahl und die Stelle im Periodensystem an. M. konnte also auch die sieben Stellen bezeichnen, an denen 1914 noch unentdeckte Elemente fehlten.

Moser, Francesco

ital. Radrennfahrer
* 19.6.1951 Palu di Giove, Friaul

Innerhalb von fünf Tagen verbesserte Moser 1984 zweimal den Stundenweltrekord von E. →Merckx (49,432 km). In der Höhenluft von Mexiko Stadt erreichte M. auf einem 80 000 DM teuren Spezialrad 50,809 und 51,151 km. Sponsoren hatten 1,5 Mio. DM für den Rekordversuch aufgebracht, der mit großem wissenschaftlichem und personellem Aufwand vorbereitet wurde.

☐ 1976: Verfolgungsweltmeister (Bahn). ☐ 1977: Straßenweltmeister; Meisterschaft von Zürich. ☐ 1978: Super-Prestige-Wertung. ☐ 1978-80: Paris—Roubaix. ☐ 1984: Giro d'Italia; Mailand—San Remo.

Moser, Hans

(eig. Jean Julier)
österr. Schauspieler
* 6.8.1880 Wien † 18.6.1964 ebd.

Seine nuschelnde Sprechweise (das »Mosern«) und die unverwechselbare Mimik waren die Markenzeichen Mosers, der zu den beliebtesten deutschsprachigen Volksschauspielern gehörte. Der 1924 von M. →Reinhardt engagierte Komiker wurde populär mit Filmkomödien wie »Hallo, Dienstmann« (1951, Rg. F. Antel), in denen er Kellner, Hausmeister und andere Wiener Originale verkörperte.

☐ 1938: »Dreizehn Stühle« (Rg. E. W. Emo). ☐ 1939: »Anton, der Letzte« (Rg. E. W. Emo). ☐ 1945: »Wiener Mädeln« (Rg. W. →Forst). ☐ 1957: »Ober, zahlen!« (Rg. E. W. Emo). ☐ 1961: »Der verkaufte Großvater« (Rg. H. Albin).

▷ Hedi Schulz: Hans Moser. Der große Volksschauspieler wie er lebte und spielte, 1980; G. Markus: Hans Moser. Der Nachlaß, 1989.

Moser-Pröll, Annemarie

österr. Skirennläuferin
* 27.3.1953 Kleinarl

Mit 57 Siegen ist Moser-Pröll die erfolgreichste Skifahrerin in der Geschichte des Alpinen Weltpokals, den sie sechsmal in der Gesamtwertung gewann. Zehn Jahre dominierte sie in dieser Disziplin. Bei Olympischen Spielen holte die viermalige Weltmeisterin drei Medaillen.

☐ 1971-75: Gewinn des Weltpokals (erneut 1979). ☐ 1972: Olympiazweite von Sapporo (Abfahrt und Riesenslalom);

Weltmeisterin (Kombination). □ 1974: Weltmeisterin (Abfahrt). □ 1977: Zweite im Weltpokal (erneut 1978 und 1980). □ 1978: Weltmeisterin (Abfahrt und Kombination). □ 1980: Olympiasiegerin von Lake Placid (Abfahrt).

Grandma Moses

(eig. Ann Mary Robertson)
amer. Malerin
* 7.9.1860 Washington County, N. Y.
† 13.12.1961 Hoosick Falls, ebd.

Mit ihren anfangs gestickten, dann gemalten naiven Landschaftsbildern, die Grandma Moses erst im Alter von 75 Jahren schuf, wurde sie als wohl bekannteste Laienmalerin der USA zu einer Art Kultfigur. Die Bilder der Farmersfrau und Mutter von fünf Kindern zeigen Landschaften mit Bauernhöfen und Menschen bei der ländlichen Arbeit, in verschiedenen Wetterstimmungen und zu unterschiedlichen Jahreszeiten. Einige von ihren Bildern befinden sich im New Yorker Metropolitan Museum of Art.

▷ A. M. Moses: My life's history, engl. 1952.

Moses, Edwin

amer. Leichtathlet
* 31.8.1955 Dayton, Ohio

Moses, eine Ausnahmeerscheinung in der Leichtathletik, dominierte 1976-87 den 400 m Hürdenlauf. Vom 26. 8. 1977 bis zum 4. 8. 1987 blieb er in 122 Rennen ungeschlagen und verbesserte viermal den Weltrekord (zuletzt 1983 auf 47,02 sec.).

□ 1976: Olympiasieger in Montreal. □ 1983: Weltmeister (erneut 1987). □ 1984: Olympiasieger in Los Angeles. □ 1988: Olympiadritter in Seoul. □ 1990/91: Bobfahrer.

← Edwin Moses

Mosley, Sir (Baronet) Oswald

brit. Politiker
* 16.11.1896 London
† 3.12.1980 Orsay, Paris (Frankreich)

Mosley war seit den 30er Jahren der Führer der britischen Faschisten. Bekannt wurde er durch provokative antisemitische Demonstrationen, die er mit seinen Anhängern vor allem in den jüdischen Wohnvierteln im Osten von London durchführte.

□ 1918-31: Mitgl. des Unterhauses zunächst für die Konservativen, dann für die Labour Party. □ 1929/30: Min. im Labour-Kabinett. □ 1931: Gründer einer sozialistischen Partei. □ 1932-40: Gründer und Vors. der Faschistischen Union. □ 1940: Verhaftung und Internierung in einem Lager. □ 1943: Freilassung wegen schwerer Krankheit. □ 1948-80: Gründer und Vors. der Faschistischen Bewegung.

▷ R. Shidelsky: Oswald Mosley, engl. 1975.

← Sir Oswald Mosley

Mößbauer, Rudolf

dt. Physiker
* 31.1.1929 München

Mößbauer entdeckte auf Anregung von H. →Maier-Leibnitz 1957 die Strahlung sehr schmaler, natürlicher Gamma-Spektrallinien (ohne »Doppler«-Effekt) bei Atomen des Iridiumisotops 191. Die rückstoßfreie Kernresonanzabsorption oder -emission von Gammaquanten durch in extrem abgekühlte Kristallgitter eingelagerte Atomkerne zeigt keine Verschiebung zwischen Absorptions- und Emissionslinien wie bei freien Atomen. Der »Mößbauer-Effekt« ermöglicht feinste Energiedifferenz- und Frequenzmessungen mit einer Genauigkeit von über 10^{-15}. So gelangen entsprechend der allgemeinen Relativitätstheorie die Nachweise der durch die Gravitation der Erde bedingten Verschiebung der Spektrallinien der Gammastrahlung, der Konstanz der Lichtgeschwindigkeit auch bei extrem schnellen Lichtquellen sowie der Abhängigkeit der Masse von der Geschwindigkeit.
Auch die als »Uhrenparadoxon« bezeichnete relativistische Zeitdehnung (Dilatation) ist in dem Sinne bestätigt, daß ein mit Lichtgeschwindigkeit reisender Astronaut bei seiner Rückkehr jünger sein muß als ein zur gleichen Zeit mit ihm geborener Mensch.

Rudolf Mößbauer: Physik-Nobelpreisträger von 1961.

□ 1961: Physik-Nobelpreis (mit R. →Hofstadter). □ 1961-64: Prof. am Calif. Inst. of Technology in Pasadena. □ seit 1964: Prof. an der TU München, wo M. nach amer. Vorbild das »Department-System« einführte. □ 1969: »Welt des Atoms — Einführung für jedermann« (mit A. v. Cube). □ 1972-77: Dir. des Inst. Max von Laue — Paul Langevin in Grenoble.

Mota Pinto, Carlos da

portug. Politiker
* 25.6.1936 Pombal † 7.5.1985 Coimbra

Mota Pinto, ehemaliger Parteichef der linksdemokratischen bis liberalen PSD, bildete 1983 mit M. →Soares eine Mitte-Links-Regierung. Wie bereits 1978 als Ministerpräsident forderte er eine Verbesserung des Investitionsklimas sowie eine neue Arbeitsgesetzgebung und warnte vor unnötigen Streiks. Da dies die Aufgabe von wesentlichen Forderungen der Revolution von 1974 bedeutet hätte, scheiterte M. am erbitterten Widerstand der Gewerkschaften (auf die der sozialistische Regierungschef Soares Rücksicht nehmen mußte). Er trat 1985 als Parteichef und Vizeministerpräsident zurück.

□ vor 1970: Studium in München und Tübingen. □ 1970: Prof. für Verfassungsrecht in Coimbra. □ 1974: Mitbegründer der Demokratischen Volkspartei (PPD). □ 1975: Mitgl. der verfassunggebenden Versammlung; aus Protest gegen den Rechtsruck der PPD unter F. Sá Carneiro Rückzug aus der Partei. □ ab 1976: Mitgl. des Parlaments (zunächst als Parteiloser, später für die PSD). □ 1977: Min. für Handel. □ 1978/79: Ministerpräsident. □ 1983-85: Vors. der PSD; Vizeministerpräsident und Verteidigungsmin.

Motherwell, Robert

amer. Maler
* 24.1.1915 Aberdeen, Wash.
† 16.7.1991 Provinztown, Mass.

Motherwell gehörte zu den bedeutendsten Repräsentanten des Abstrakten Expressionismus in Amerika. Seine Malerei war ab der Serie »Elegie für die spanische Republik« durch große schwarze Zeichensetzungen auf zunächst weißem, später farbigem Untergrund gekennzeichnet, überdimensionale kalligrafische Inszenierungen mit dramatischem, bisweilen bedrohlichem Akzent. In dem Bild »Sommer in Italien« (1960, Stuttgart, Staatsgalerie) schiebt sich ein schwarzer Balken wie ein Symbol der Zerstörung vor einen leuchtend blauen Hintergrund.

Robert Motherwell in der Kunsthalle Düsseldorf, 1976.

□ 1940: Nach verschiedenen Studien (u. a. Philosophie, Kunstgeschichte) Begegnung mit R. →Matta, der M. in die Technik automatistischer Malweise einführt; Mithg. der surrealistischen Zeitschrift Dyn in Mexiko (mit W. Paalen). □ ab 1945: Bildserie »Elegie für die spanische Republik«. □ 1948: Atelier mit W. Baziotes, B. →Newman, M. →Rothko, um das sich die Vereinigung The Club als ein Zentrum der amer. Avantgarde-Künstler bildet. □ 1950: Hg. der Anthologie »The Dada Painters and Poets«, die viele amer. Künstler beeinflußt. □ 1981/82: Gastprof. für Kunst an der Brown Univ., Providence, Rhode Isl.

▷ H. H. Arnason: Robert Motherwell, engl. 1982.

Mott, John Raleigh

amer. Methodist
* 25.5.1865 Livingston Manor, N. Y.
† 31.1.1955 Orlando, Flor.

Mott, 1921-42 Präsident des Internationalen Missionsrates, erhielt 1946 den Friedens-Nobelpreis (mit E. G. →Balch) für die Organisation und Institutionalisierung der missionarischen und ökumenischen Bewegungen der Kirchen. M., ab 1895 Generalsekretär und 1920-28 Vorsitzender des von ihm gegründeten Christlichen Studenten-Weltbundes, wurde 1948 Ehrenpräsident des Ökumenischen Rates.

Sir Nevill Francis Mott →

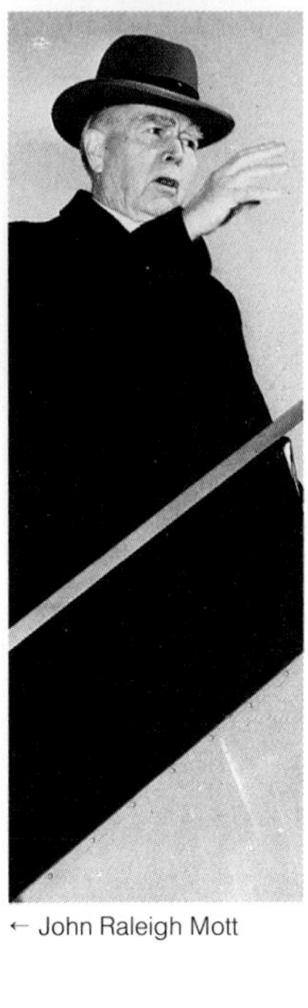

← John Raleigh Mott

□ 1898-1928: Sekr. des int. Komitees der Young Men's Christian Association (YMCA); Generalsekretär des amer. Nat. Council. □ 1910: Vorsitzender der int. Missionskonferenz in Edinburgh. □ 1932: »Laienaufgebot der Christenheit« (Schr., dt. 1951).

▷ B. Mathewa: John R. Mott. Ein Christ auf den Straßen der Welt, dt. 1934; G. S. Wegener: John Mott. Weltbürger und Christ, 1965.

Mott, Sir (seit 1962) Nevill Francis

brit. Physiker
* 30.9.1905 Leeds

Mott forschte über elektrische und magnetische Eigenschaften der Metalle und erklärte u. a. das Isolationsverhalten von Nikeloxid, das nach der klassischen Physik eigentlich metallische, also elektrisch leitende Eigenschaften haben müßte. 1971 entwickelte M. in seinem Werk »Electronic processes in non-cristalline materials« eine Theorie zur Gleichrichterwirkung von Halbleitergrenzschichten und zur Elektronenbewegung in ungeordneten mikrophysikalischen Systemen nichtkristalliner Festkörper.

□ 1933-48: Prof. an der Univ. Bristol; anschließend Dir. der H. H. Wills Physical Laboratories ebd. □ 1951-57: Präs. der Int. Union of Pure and Applied Physics (IUPAP). □ 1954-71: Prof. an der Univ. Cambridge. □ 1974: »Metal-insulator transitions« (Schr.). □ 1977: Physik-Nobelpreis (mit Ph. W. →Anderson und J. H. van →Vleck). □ 1986: »Conduction in noncristalline materials« (Schr.).

▷ N. F. Mott: A life in science (Aut.), 1986.

Mottelson, Benjamin »Ben«

dän. Physiker amer. Herkunft
* 9.7.1926 Chicago, Ill.

Mottelson war an der Entdeckung der Zusammenhänge zwischen Kollektivbewegungen und Partikelbewegungen im Atomkern beteiligt. Aufgrund dieser Erkenntnisse über die Struktur sog. deformierter Atomkerne entwickelte M. mit A. →Bohr 1953 aus dem »Schalenmodell« (dem von H. D. Jensen und M. →Goeppert-Mayer verbesserten Atommodell N. →Bohrs) das weitaus zutreffendere »Kollektivmodell« der Atomkernstruktur.

□ seit 1957: Prof. an der »Nordita« der Univ. Kopenhagen. □ 1969-75: »Struktur der Atomkerne« (2 Bde., mit A. Bohr, dt. 1975). □ seit 1973: Dän. Staatsbürger. □ 1975: Physik-Nobelpreis (mit A. Bohr und J. →Rainwater).

Mouchtar-Samorai, David

israel. Regisseur
* 1942 Bagdad

Mouchtar-Samorai inszeniert ein Theater von üppiger metaphorischer Bildlichkeit. Er ist ein Erzähler, der seine Geschichten mit vielfachen Bezügen, Anspielungen und Zitaten ausschmückt, dabei aber immer die Psychologie der Figuren im Auge behält. In seinen letzten Inszenierungen reduzierte er das Verspielte zugunsten von mehr Direktheit und Klarheit.

□ 1978: »Die Schafe« (L. de Vega) in Heidelberg. □ 1979: Gogols »Revisor« in Heidelberg. □ 1980: Mit »Viel Lärm um nichts« (Shakespeare) zum Berliner Theatertreffen. □ 1982: »Der Eismann kommt« (E. →O'Neill) in Heidelberg. □ 1983: »Josef K.« (nach F. →Kafkas »Der Prozeß«). □ ab 1983: Dir. des Frankfurter Schauspiels. □ 1984: J. →Genets »Die Wände«. □ 1986: Lessings »Miss Sara Sampson« in Bonn. □ 1987: J. →Sobols »Die Palästinenserin« in Hamburg. □ 1989: Shakespeares »Heinrich IV.« in Heidelberg.

Mountbatten, Louis Earl of Burma (ab 1947)

(eig. Prinz Albert Ludwig Franz von Battenberg)
brit. Vizekönig, Militär und Politiker
* 25.6.1900 Windsor
† 27.8.1979 Mullaghmore (Irland; ermordet)

Lord und Lady Mountbatten mit Jawaharlal Nehru (M.).

Als letzter Vizekönig von Indien leitete Mountbatten 1947 die indisch-britischen Unabhängigkeitsverhandlungen, wobei er sich sehr für die Eigenständigkeit der moslemischen Landesteile als »Pakistan« einsetzte. Er fiel 1979 einem Bombenanschlag der IRA zum Opfer.

□ 1943-47: Oberbefehlshaber der alliierten Truppen in Südostasien; Rückeroberung Burmas. □ 1947: Vizekönig von Indien. □ 1947/48: Generalgouverneur in Indien. □ 1952-54: NATO-Oberbefehlshaber im Mittelmeer. □ 1955-59: Erster Seelord. □ 1956: Großadmiral. □ 1959-65: Chef des Verteidigungsstabs.

▷ J. Terraine: The life and times of Lord Mountbatten, 1980.

Nana Mouskouri →

Mouskouri, Johanna »Nana«

griech. Sängerin
* 13.10.1936 (1934?) Athen

Seit den 60er Jahren ist Nana Mouskouri eine der international erfolgreichsten griechischen Sängerinnen. Basis ihrer häufig in vier Sprachen aufgenommenen Schlager ist die griechische Melodik und Rhythmik. 1961 wurde ihr »Weiße Rosen aus Athen« in Deutschland zum Millionenhit.

□ ab 1950: Studium am Conservatoire Héllenique, Athen (Gesang, Klavier). □ 1958: Erster Plattenvertrag. □ 1961: Goldene Schallplatte für »Weiße Rosen aus Athen«. □ 1972: Platin für »Nana International« (LP). □ 1981: »Alles Liebe« (LP). □ 1982: Dt. Schallplattenpreis. □ 1990: »Gospel« (LP).

Georges Moustaki →

Moustaki, Georges

(eig. Joseph Moustacchi)
griech. Sänger und Komponist
* 3.5.1934 Alexandria (Ägypten)

Seit seinem ersten Hit »Le Métèque« (Der lästige Ausländer) gehört Moustaki zu den erfolgreichen Chansonniers. Musikalisch von M. →Ravel, Bach, Mozart und E. K. »Duke« →Ellington beeinflußt, schreibt er in der Tradition eines H. →Miller und Panaït Istrati. 1955 entdeckte E. →Piaf das Talent mit dem griechischen Paß. 1958 ließ sie sich den Text zu einem ihrer bekanntesten Chansons, zu »Milord«, von M. schreiben. Mit dem Namen des »Meisters der leisen Töne« untrennbar verbunden sind seine berühmten Chansons »Ma Solitude«, »Ma Liberté«, »Sacco et Vanzetti« und »Joseph«.

□ 1969: Erste Platte »Le Métèque«. □ 1978: »Troubadour« (LP). □ 1981: »Georges Moustaki« (LP). □ 1982: »Les Musiciens«. □ 1985: »Moustaki« (LP).

Mrożek, Sławomir

poln. Schriftsteller
* 26.6.1930 Borzęcin

Sławomir Mrożek →

In den 70er Jahren war Mrożek einer der im Westen meistgespielten Theaterautoren Polens. Angesichts unvorhergesehener Katastrophen flüchten seine oft rat- und hilflosen Helden vergebens in verbale und ideologische Stereotypen. Die daraus resultierende Absurdität ist bei M. jedoch eher politisch-gesellschaftlich gemeint als metaphysisch wie im westeuropäischen Absurden Theater (E. →Ionesco). So wird der nach einer vernünftigen Wertordnung strebende Idealist Artur in »Tango« (Dr. 1964, dt. 1965) von der physischen Grobheit Edeks überwunden, in »Emigranten« (Dr. 1974, dt. 1975) ist letztendlich weder der Intellektuelle noch der Primitive dem Leben gewachsen. M.s meisterhafte Satiren enthüllen durch unerwartet auftretende Ereignisse eine vielschichtige, den Menschen überfordernde Realität.

□ 1950-54: Journalist. □ 1957: »Der Elefant« (Satiren, dt. 1960). □ 1959: »Hochzeit in Atomweiler« (Satiren, dt. 1961). □ 1960: »Auf hoher See« (Dr., dt. 1963). □ 1961: »Striptease« (Dr., dt. 1963). □ 1963-68: Aufenthalt in Italien. □ seit 1968: Aufenthalt in Frankreich. □ 1975: »Buckel« (Dr., dt. 1977).

Mubarak, Mohammed Hosni

ägypt. Politiker
* 4.5.1928 Kafr Abu Salha, Prov. Menufia

Nach der Ermordung von Präsident A. →Sadat durch Fundamentalisten im Oktober 1981 wurde Mubarak zu seinem Nachfolger bestimmt. Der im Vergleich zum charismatischen Sadat farblos wirkende M. konnte trotz anhaltender wirtschaftlicher Schwierigkeiten und der ständigen Unruhe, die von den radikalen Moslem-Bruderschaften ausgeht, durch seine nüchterne und pragmatische Amtsführung das Vertrauen der Bevölkerung gewinnen. Dennoch beginnt sich zu Anfang der 90er Jahre die Opposition verstärkt zu formieren, vor allem die großbürgerliche Wafd-Partei und die Sozialistische Arbeiterpartei.
Außenpolitisch gelang es ihm nach zähen Bemühungen, das nach dem Frieden mit Israel isolierte Land in die Gemeinschaft der arabischen Staaten zurückzuführen. Dort nimmt es heute eine führende Rolle ein. Nach der Besetzung von Kuwait durch den Irak 1990 entsandte M. Truppen nach Saudi-Arabien.

☐ 1947-49: Militärakademie. ☐ nach 1961: Generalstabsausbildung in der Sowjetunion. ☐ 1969: Stabschef der Luftwaffe. ☐ 1972: Oberbefehlshaber der Luftwaffe. ☐ 1975: Als Luftmarschall Ausscheiden aus dem aktiven Militärdienst; Vizepräsident. ☐ seit 1981: Staatspräsident; Oberbefehlshaber der Streitkräfte. ☐ seit 1982: Vors. der regierenden National-Demokratischen Partei.

← M. Hosni Mubarak

Mucha, Alfons Maria

tschech. Maler und Grafiker dt. Herkunft
* 24.7.1860 Eibenschütz, Mähren (heute Ivančice, CSFR) † 14.7.1939 Prag

Mucha war der bedeutendste Plakatkünstler des Jugendstils und hatte mit seinen Entwürfen (u. a. für »Monaco, Monte-Carlo«, die Prager Versicherungsgesellschaft »Slavia«, die Zigarettenmarke »Job«, für Theateraufführungen mit S. →Bernhardt) einen so großen Erfolg, daß man in Frankreich von einem »Style Mucha« sprach. Die Plakate zeigen eine höchst artifizielle florale, arabeskenhafte, aber auch geometrische Ornamentik sowie esoterische Frauengestalten in verzückten Posen. Figur und Verzierung gehen dabei in den auf Symmetrie angelegten, flächigen Kompositionen mit ihrem linearen Geflecht eine fast unauflösliche Verbindung ein. M. war auch kunsthandwerklich tätig (Entwürfe für Kleider, Schmuck, Vitrinen). Sein Stil beeinflußte die Werbe- und Buchgrafik in den ersten Jahrzehnten nach der Jahrhundertwende erheblich.

▷ J. Mucha: Alfons Mucha. Ein Künstlerleben, 1986.

Alfons Mucha: Meister des Jugendstil-Plakats.

Muche, Georg

dt. Maler und Kunstpädagoge
* 8.5.1895 Querfurt, Sachsen † 26.3.1987 Lindau

Muche, 1931-33 Professor an der Kunstakademie Breslau, gehörte zu den frühen Vertretern der geometrischen Abstraktion. Die Gitterstruktur seiner Bilder übertrug er am Bauhaus (W. →Gropius) auf die Konstruktion von Wohnhäusern (»Musterhaus«, 1923). 1939 gründete er an der Textilingenieurschule in Krefeld die Meisterklasse für Textilkunst, die er bis 1958 leitete.

☐ 1916: Lehrer an der »Sturm«-Kunstschule in Berlin (H. →Walden). ☐ 1917/18: Kriegsdienst. ☐ 1919-27: Meister am Bauhaus in Weimar und Dessau. ☐ 1927-31: Lehrer der Kunstschule von J. →Itten in Berlin. ☐ 1931-33: Prof. an der Kunstakademie Breslau. ☐ 1937: Entfernung von 13 »entarteten« Werken aus dt. Museen. ☐ 1949: Fresken im Landtagsgebäude in Düsseldorf. ☐ 1975: Übergabe der Verwaltung seines Nachlasses an das Bauhaus-Archiv, Berlin. ☐ 1983: Retrospektive im Bauhaus-Archiv.

▷ G. Muche: Blickpunkt — Sturm, Dada, Bauhaus, Gegenwart (Mem.), 1965.

Georg Muche →

Muddy Waters

(eig. McKinley Morganfield)
amer. Bluesmusiker
* 4.4.1915 Rolling Fork, Miss.
† 30.4.1983 Westmark bei Chicago, Ill.

Waters gehörte zu den stilprägenden Persönlichkeiten des Country Blues mit starkem Einfluß auf zahlreiche Rockgruppen und -musiker der 60er Jahre wie z. B. →Rolling Stones und Paul Butterfield. Er machte die elektrische Gitarre in der Bluesmusik populär. Einige seiner mit z. T. anzüglichen Texten versehenen Kompositionen wie »Rolling Stone«, »I've got my mojo working«, »Tiger in your tank« oder »I'm a man« wurden zu häufig gespielten Rock-Klassikern. Mit seinem Schüler J. →Winter bestritt M. in den 70er Jahren zahlreiche Konzerte.

☐ 1946: Erste kommerzielle Plattenaufnahmen. ☐ 1951: Erste Band. ☐ 1960: »At Newport« (LP). ☐ 1969: »Fathers and sons« (LP mit P. Butterfield und Mike Bloomfield). ☐ 1971: Grammy Award für »They call me Muddy Waters« (LP). ☐ 1979: Zusammenarbeit mit J. Winter.

▷ J. Rooney: Bossmen Bill Monroe — Muddy Waters, engl. 1971.

Muddy Waters →

Mueller, Otto

dt. Maler und Grafiker
* 16.10.1874 Liebau im Riesengebirge
† 24.9.1930 Breslau

Mueller, von 1910 bis zur Auflösung der Gruppe 1913 Mitglied der »Brücke« (E. L. →Kirchner), gestaltete in den Jahren vor und nach dem 1. Weltkrieg einen eng begrenzten Themenbereich: Jugendliche Aktfiguren in landschaftlicher Umgebung erwecken den Eindruck vom Einklang zwischen Mensch und Natur. Im Unterschied zu den Farbkontrasten des »Brücke«-Stils sind diese Gemälde durch gedämpfte Farbgebung gekennzeichnet (»Drei Badende am Waldteich«, um 1920, Saarbrücken, Saarland-Museum). Im Spätwerk herrschen zumeist düster gestimmte Szenen aus dem Leben der osteuropäischen Zigeuner vor, denen sich M. durch seine Herkunft mütterlicherseits, aber auch aufgrund seiner Isolation als Künstler verbunden fühlte (Farblithografien der »Zigeunermappe«, 1926/27).

□ 1890-94: Ausbildung als Lithograf in Görlitz. □ 1894-96: Kunststudium in Dresden. □ 1916-18: Kriegsdienst. □ ab 1919: Prof. an der Kunstakademie Dresden. □ ab 1924: Reisen nach Dalmatien, Ungarn und Rumänien. □ postum 1937: Entfernung von 357 »entarteten« Werken aus dt. Museen.

▷ H. Jähner: Otto Mueller, 1974.

Mueller-Stahl, Armin

dt. Schauspieler
* 17.12.1930 Tilsit (heute: Sowjetstk, UdSSR)

Armin Mueller-Stahl in »Der Westen leuchtet«, 1982.

Mueller-Stahls Karriere in der ehemaligen DDR fand mit der Unterzeichnung der Solidaritätserklärung für W. →Biermann 1976 ein plötzliches Ende. Nach seiner Übersiedlung in die BRD 1980 konnte er jedoch nahtlos an seine alten Erfolge anknüpfen. In »Lola« (1981, Rg. R. W. →Fassbinder) verkörperte er mit der für ihn typischen Präsenz einen Baudezernenten, der einer Prostituierten verfällt. In der Rolle eines Nazi-Verbrechers, der sich hinter einer seriösen Fassade verbirgt, gelang M. in »Music-Box« (1990, Rg. C. →Costa-Gavras) der erste Erfolg in der Traumfabrik Hollywood. Es folgte bereits 1991 der Film »Avalon«.

□ 1955: »Heimliche Ehen« (Rg. G. v. Wangenheim). □ 1962: »Nackt unter Wölfen« (Rg. F. →Beyer). □ 1969: »Tödlicher Irrtum« (Rg. K. Petzold). □ 1974: »Jakob der Lügner« (nach J. →Becker, Rg. F. Beyer). □ 1976: »Die Flucht« (Rg. R. Gräf). □ 1982: »Die Sehnsucht der Veronika Voss« (Rg. R. W. Fassbinder). □ 1983: »Eine Liebe in Deutschland« (Rg. A. →Wajda). □ 1984: »Oberst Redl« (mit K. M. →Brandauer, Rg. I. →Szabo). □ 1985: »Der Angriff der Gegenwart auf die übrige Zeit« (Rg. A. →Kluge). □ 1986: »Momo« (Rg. J. Schaaf). □ 1989: »Das Spinnennetz« (Rg. B. →Wicki). □ 1991: »Avalon« (Rg. B. →Levinson).

Robert Gabriel Mugabe →

Mugabe, Robert Gabriel

afr. Politiker
* 21.2.1924 (1925?) Kutama, Nord-Rhodesien

Der intelligente und flexible Mugabe übernahm im März 1980 nach dem Wahlsieg der Zimbabwe African National Union (ZANU) die Regierung in Rhodesien, das im April 1980 als Zimbabwe offiziell in die Unabhängigkeit entlassen wurde. Von Anfang an bezeichnete M. die parlamentarische Demokratie als unbrauchbar und plädierte für einen marxistisch-leninistischen Einparteienstaat, den er bis 1984 faktisch durchsetzte. Seit Ablauf der Verfassungsgarantien für die weißen Siedler 1987 und der gleichzeitigen Zwangsvereinigung von ZANU und ZAPU, der Partei seines einstigen Weggefährten J. →Nkomo, zur ZANU-Patriotic Front, herrscht M. mit kaum beschränkter Handlungsvollmacht. Allerdings ist seit Beginn der 90er Jahre eine Wende hin zum Parteienpluralismus zu beobachten.

□ 1942-49: Nach Ausbildung auf einer Missionsschule Lehrer. □ 1950-52: Studium der Pädagogik und Wirtschaftswissenschaften. □ 1952-60: Lehrer in Salisbury (Harare) und in Accra (Ghana, ab 1956). □ 1960: Mitgl. der Nationaldemokratischen Partei. □ 1963: Mitgl. der ZAPU von J. Nkomo. □ 1964: Verurteilung zu zehn Jahren Gefängnis. □ 1975: Mitbegründer der militanten Zimbabwe People's Army (ZIPA); von Sambia aus Guerilla-Kampf in Rhodesien. □ 1976: Präs. der ZANU. □ 1977: Bildung der Patriotic Front (mit Nkomo). □ seit 1980: Ministerpräsident und Verteidigungsmin. □ seit 1988: Zugleich Staatspräsident.

▷ D. Smith/C. Simpson: Mugabe, engl. 1981.

Mühsam, Erich

dt. Schriftsteller
* 6.4.1878 Berlin
† 10.(11.?)7.1934 KZ Oranienburg (ermordet)

Der Expressionist Mühsam, Autor von politischen Schriften und Kabarett-Chansons (»Der Revoluzzer«, 1910), setzte auch seine satirisch-aggressive Lyrik im pazifistischen, sozialrevolutionären Kampf ein. Sein Arbeiterdrama »Judas« (1921) spiegelt die Erfahrung der gescheiterten Revolution 1918/19. Das Engagement des radikalen Anarchisten in der Tradition G. →Landauers für die Einigung der revolutionären Kräfte und das Recht des einzelnen auf freie Entfaltung ohne gesellschaftliche und politische Unterdrückung beantworteten Kaiserreich, Weimarer

Erich Mühsam: Schriftsteller und radikaler Anarchist.

Republik und Drittes Reich gleichermaßen mit Inhaftierung.

□ bis 1901: Apotheker. □ 1902: Redakteur der anarchistischen Zeitschrift Der arme Teufel. □ 1903: »Die Eigenen« (R.). □ 1904: »Die Wüste« (Ged.e). □ 1911-14: Hg. der Zeitschrift für Menschlichkeit, Kain (erneut 1918/19). □ 1919-25: Inhaftierung als Mitgl. der Münchner Räterepublik. □ 1925: »Revolution« (Ged.e). □ 1926-31: Hg. der Zeitschrift Fanal. □ 1928: »Staatsräson« (Dr.). □ 1933: »Die Befreiung der Gesellschaft vom Staat« (Abh.); Inhaftierung.

▷ E. Mühsam: Namen und Menschen (Aut.), 1927-29; R. Kauffeldt: Erich Mühsam, 1983; E. Mühsam: In meiner Posaune muß ein Sandkorn sein, 1984 (Briefe, 2 Bde.).

Mulisch, Harry

niederl. Schriftsteller
* 29.7.1927 Haarlem

Mit seinem umfangreichen und vielseitigen Werk, in dem eine magisch-mythische Lebensphilosophie im Mittelpunkt steht, ist Mulisch einer der ursprünglichsten niederländischen Erzähler. Für den in den 60er Jahren gesellschaftlich stark engagierten M. bedeutet Schreiben den Versuch, durch das Deuten der Wirklichkeit den Tod zu überwinden. Die Hauptperson in »Archibald Strohalm« (1952) arbeitet an einer abstrakten Sprache, um den Kosmos in einer adäquaten Form zum Ausdruck zu bringen, in »Das steinerne Brautbett« (1959, dt. 1960) wird das Verhältnis von Liebe und Zerstörung untersucht. Kern des verfilmten Romans »Das Attentat« (1982, dt. 1986) bildet die rätselhafte Beziehung zwischen Vergangenheit, Gegenwart und Zukunft.

□ 1962: »Strafsache 40/61« (Rep., dt. 1963). □ 1975: »Zwei Frauen« (R., dt. 1980). □ 1978: P.-C.-Hooft-Preis. □ 1980: »Die Komposition der Welt« (Abh.). □ 1985: »Höchste Zeit« (R., dt. 1987). □ 1987: »Augenstern« (R., dt. 1989). □ 1989: »Die Elemente« (R., dt. 1990).

Gerd Müller →

← Harry Mulisch

Müller, Erwin Wilhelm

dt.-amer. Physiker
* 13.6.1911 Berlin † 17.5.1977 Washington D. C.

Müller machte 1955 erstmals einzelne Atome (zumindest in ihrer geordneten Position zueinander) durch das von ihm ab 1951 entwickelte Feldionenmikroskop sichtbar, das millionenfache Vergrößerungen liefert. Über einer extrem abgekühlten feinen Nadelspitze werden in einem magnetischen Feld Edelgasatome ionisiert, die durch die Richtung ihrer Abstrahlung die atomare Feinstruktur des Objekte auf einen als Kathode wirkenden Bildschirm vergrößert übertragen.

□ 1935-45: Forschungen für verschiedene dt. Firmen. □ 1937: Entwicklung des Feldelektronenmikroskops. □ 1951: Prof. an der FU Berlin. □ 1952-76: Prof an der Pennsylvania State Univ. in Univ. Park, Penn. □ 1962: Amer. Staatsbürger.

Müller, Gerd

dt. Fußballspieler
* 3.11.1945 Nördlingen

Mit 68 Toren in 62 Spielen war Müller der erfolgreichste Torjäger der deutschen Nationalmannschaft. Der »Bomber der Nation«, ein Spezialist für unspektakuläre »Abstaubertore«, schoß Deutschland 1974 mit dem 2:1-Siegtor über die Niederlande zum Weltmeister. M. war sechsmal Bundesliga-Torschützenkönig (u. a. 1972 mit 40 Treffern). Für den FC Bayern, mit dem er zahlreiche nationale und internationale Titel errang, erzielte er in 427 Bundesliga-Spielen 365 Tore.

□ 1964: Wechsel vom TSV Nördlingen zum FC Bayern. □ 1967: Europacup der Pokalsieger; Dt. Fußballer des Jahres (erneut 1969). □ 1970: WM-Torschützenkönig in Mexiko (10 Tore); Europas Fußballer des Jahres. □ 1972: Europameister. □ 1974-76: Europacup der Landesmeister mit dem FC Bayern. □ 1979-81: Fort Lauderdale Strikers.

Müller, Heiner

dt. Dramatiker
* 9.1.1929 Eppendorf, Sachsen

Der sozialistische Dramatiker Müller, der sich in seinem Werk für antifaschistische und humanistische Ideen engagiert und auch Kritik am real existierenden Sozialismus in der ehemaligen DDR übte, schrieb seine Lehrstücke zunächst in der Tradition von B. →Brechts epischem Theater (u. a. »Der Lohndrücker«, 1960; »Die Korrektur«, 1960). Seit Mitte der 60er Jahre bearbeitet M. klassische Stoffe und Shakespeare-Dramen, die als Modelle für aktuelle Themen fungieren (z. B. »Philoktet«, 1965; »Macbeth«, 1972) und leistet einen wichtigen Beitrag zur marxistischen Antikentradition. In seinem innovativen Werk »Die Hamletmaschine« löste M. 1979 Shakespeares fünfaktige Tragödie in einen monologischen Prosatext ohne Handlungsstrang auf, in dem sich in jeweils zwei Textteilen der Intellektuelle Hamlet und die sich gegen ihre Rolle als Sexualobjekt auflehnende Ophelia gegenüberstehen. Der aufgrund der Radikalität seiner Thematik und

Heiner Müller: Dramatiker, Regisseur und Präsident der Ostberliner Akademie der Künste.

seiner schwer zugänglichen literarischen Technik umstrittene Autor erhielt 1985 den Georg-Büchner-Preis.

☐ 1958: Mitarbeiter am Gorki-Theater in Berlin. ☐ seit 1959: Freier Schriftsteller. ☐ 1965: »Der Bau« (Dr.). ☐ 1969: »Prometheus« (Dr.). ☐ 1970-76: Dramaturg am Berliner Ensemble. ☐ 1974: »Zement« (Dr.). ☐ ab 1976: Berater an der Volksbühne Berlin. ☐ 1977: »Germania Tod in Berlin« (Dr.). ☐ 1983: »Verkommenes Ufer/Medeamaterial/Landschaft mit Argonauten« (Dr.). ☐ 1985: »Anatomie Titus Fall of Rome. Ein Shakespeare-Kommentar« (Dr.). ☐ 1986: »Gesammelte Irrtümer« (Interviews). ☐ 1988: »Die Schlacht; Wolokolamsker Chaussee I-V« (Dr.).

▷ G. Schulz: Heiner Müller, 1980; F. Hornigk (Hg.): Heiner Müller Material, 1989.

Muller, Hermann Joseph

amer. Biologe und Genetiker
* 21.12.1890 New York † 5.4.1967 Indianapolis, Ind.

Muller, der ab 1911 Forschungen über die von Th. H. →Morgan beschriebene natürliche Mutation der Taufliegen durchführte, gelang es 1926, durch Röntgenbestrahlung die Veränderungsrate in der Erbsubstanz dieser Insekten künstlich

Muller: Physiologie/Medizin-Nobelpreisträger von 1946.

zu beschleunigen. Dabei erkannte M., daß durch energiereiche Strahlen verursachte Mutationen für das Überleben der Arten schädlich sind und forderte 1955 angesichts des radioaktiven »Fallout« ein Verbot aller Atombombenversuche. Andererseits plädierte M. für Spermienbanken, in denen ausgewähltes menschliches Erbgut konserviert werden solle.

☐ 1920-32: Prof. an der Univ. of Texas, Austin. ☐ 1927: »Artificial transmutation of the gene« (Abh.). ☐ 1933-37: Mitarbeiter am Inst. für Erbforschung in Moskau; anschließend Emigration aufgrund seiner Kritik an T. D. →Lyssenkos materialistisch-dialektischer Vererbungslehre. ☐ 1937-40: Prof. an der Univ. Edinburgh. ☐ ab 1945: Prof. an der Indiana-Univ. in Bloomington. ☐ 1946: Physiologie/Medizin-Nobelpreis.

Müller, Karl Alexander »Alex«

schweiz. Physiker
* 20.4.1927 Basel

Müller, seit 1982 Fellow am IBM-Forschungslaboratorium in Rüschlikon bei Zürich, arbeitete seit 1983 mit J. G. →Bednorz an der Entwicklung von »Hochtemperatur-Supraleitern«. Die für die Aufhebung des elektrischen Widerstands benötigte »Sprungtemperatur« für supraleitende Legierungen lag seit 1973 bei −250 °C. 1986 erfanden M. und Bednorz ein Oxidmaterial, das Supraleitfähigkeit schon bei −238 °C zeigte, aber nicht aus Metall-, sondern aus Keramiklegierungen bestand. Für die damit prinzipiell eröffnete Möglichkeit, daß keramische Substanzen — also gerade die klassischen Nichtleiter von Strom — als Hochtemperatur-Supraleiter Verwendung finden werden, erhielten beide 1987 den Physik-Nobelpreis.

»Alex« Müller: Physik-Nobelpreisträger von 1987.

Müller-Armack, Alfred

dt. Nationalökonom und Soziologe
* 28.6.1901 Essen † 16.3.1978 Köln

Müller-Armack prägte den Begriff der sozialen Marktwirtschaft. Als Vorsitzender verschiedener Wirtschaftsausschüsse und leitender Mitarbeiter im Bundeswirtschaftsministerium verwirklichte er während der 50er Jahre in enger Zusammenarbeit mit L. →Erhard die Idee einer liberalen, mit sozialpolitischen Maßnahmen gepaarten Wirtschaftsstruktur. Darin soll eine Rahmengesetzgebung den Leistungswettbewerb unter gleichen Voraussetzungen fördern und jede Einschränkung durch Monopole ausschließen (Ordnungspolitik). Der Wirtschaftsprozeß selbst wird im wesentlichen von der Privatinitiative der Produzenten und Konsumenten getragen.

M.-Armack schuf den Begriff »Soziale Marktwirtschaft«.

☐ bis 1923: Studium der Wirtschafts- und Sozialwissenschaften. ☐ 1934-38: Prof. an der Univ. Köln. ☐ 1938-50: Prof. an der Univ. Münster. ☐ 1950: Prof. für Staatswissenschaften und Dir. des von ihm gegr. Inst. für Wirtschaftspolitik an der Univ. Köln. ☐ 1952-57: Abteilungsleiter im Bundeswirtschaftsministerium. ☐ 1954: »Stil und Ordnung der sozialen Marktwirtschaft« (Schr.). ☐ 1958-63: Staatssekr. für europ. Angelegenheiten. ☐ 1960: »Studien zur sozialen Marktwirtschaft« (Schr.). ☐ 1966: »Wirtschaftsordnung und Wirtschaftspolitik« (Schr.). ☐ 1966-68: Aufsichtsratsvors. der Rheinischen Stahlwerke in Essen. ☐ 1971: »Auf dem Weg nach Europa« (Schr.). ☐ 1974: »Genealogie der sozialen Marktwirtschaft« (Schr.).

H. Müller(-Franken) →

Müller(-Franken), Hermann

dt. Politiker
* 18.5.1876 Mannheim † 20.3.1931 Berlin

Müller führte 1920 als Reichskanzler das letzte Kabinett der »Weimarer Koalition« (SPD, DDP und Zentrum). Ab 1928 stellte er als der Kanzler einer Großen Koalition die letzte, durch das Parlament kontrollierte Regierung der Weimarer Republik. Sie zerbrach an der von M. verlangten Erhöhung der Arbeitslosenversicherung um 0,25 % und machte den Weg frei für die folgenden Präsidialkabinette (H. →Brüning). Als Reichsaußenminister hatte er 1919 den Versailler Vertrag unterzeichnet. Seit 1920 nannte er sich nach seinem Wahlkreis »Müller-Franken«.

☐ 1899-1906: Redakteur der sozial-demokratischen Görlitzer Volkszeitung. ☐ 1903-06: Stadtverordneter von Görlitz. ☐ 1906: Im Vorstand der SPD. ☐ 1916-18; 1920-31: MdR. ☐ 1918: Im Arbeiter- und Soldatenrat in Berlin. ☐ 1919/20: Reichsaußenmin.; Mitgl. der Nationalversammlung. ☐ 1920-28: Vors. der SPD-Fraktion. ☐ 1920; 1928-30: Reichskanzler. ☐ 1928: »Die Novemberrevolution« (Schr.).

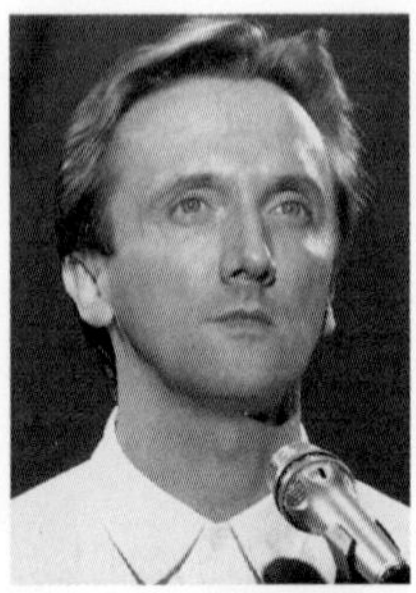

M. Müller-Westernhagen →

Müller-Westernhagen, Marius

dt. Rockmusiker und Schauspieler
* 6.12.1948 Düsseldorf

Müller-Westernhagen wurde mit realistischen, engagierten Texten über Zwischenmenschliches, Politisches und Soziales zum Idol der »Turnschuhgeneration«. Musikalisch bewegt er sich zwischen dem Rhythm & Blues der →Rolling Stones und maschinenartigem, monotonem Techno-Rock (»Die Sonne so rot«) oder nachdenklichen Balladen (»Lausige Zeiten«), die er in ruppig-zärtlicher Sprache vorträgt. In seinen Filmen gelang es M. ebenfalls, sein Image des Durchschnittstyps, mit dem sich das Publikum identifizieren kann, zu verkörpern (u. a. in »Theo gegen den Rest der Welt«, 1980).

☐ 1968-72: Schauspielausbildung; eigene Band »Harakiri«. ☐ 1972: Erste Single »Gebt Bayern zurück an die Bayern«. ☐ 1975: Erste LP »Das erste Mal«. ☐ 1978: »Der Gehilfe« (F.); Platin für »Mit Pfefferminz bin ich dein Prinz« (LP). ☐ 1980: »Sekt oder Selters« (LP). ☐ 1981: »Stinker« (LP). ☐ 1982: »Der Mann auf der Mauer« (F.). ☐ 1985: »Der Schneemann« (F.). ☐ 1987: »Der Madonna-Mann« (F.); »Westernhagen« (LP). ☐ 1990: Goldene Schallplatte für »Live« (LP).

»Gerry« Mulligan →

Mulligan, Gerald Joseph »Gerry«

amer. Jazzmusiker
* 6.4.1927 New York

Mulligan war als erfolgreicher Arrangeur einer der zentralen Musiker des Modern Jazz. Durch seine Arbeit verband er Mainstream und Cool Jazz miteinander. Vielseitigkeit bewies er auch als Klarinettist bei Konzerten mit Dixielandbands und als Bariton-Saxophonist bei Auftritten mit Swing- und Bop-Bands. Neben seinen eigenen Ensembles (seit 1952) spielte und arrangierte er mit und für Gene Krupa, Elliott Lawrence, Claude Thornhill, M. →Davis, Kai Winding, Lee Konitz und D. →Brubeck.

☐ 1944: Erste Arrangements für Johnny Warrington. ☐ 1946: Mitgl. der Band von Gene Krupa. ☐ 1949/50: Als Arrangeur und Bariton-Saxophonist bei M. →Davis. □ 1954: Erste Auftritte in Europa. □ 1958: Filme »Jazz on a summer's day« und »I want to live«. □ 1960: Erster Auftritt mit eigener Big Band. □ 1968: Mit D. Brubeck in London.

Mulliken, Robert Sanderson

amer. Chemiker und Physiker
* 7.6.1896 Newburyport, Mass.
† 31.10.1986 Arlington, Virg.

Mulliken entwickelte 1928-32 die Theorie der Molekülorbitale zur Berechnung der Elektronenstruktur und Bindungsverhältnisse in Mikromolekülen. Ausgehend von der Vorstellung der physikalischen Quantenmechanik, wonach Elektronen nicht in Bahnen um den Kern kreisen, sondern sich in schalenförmigen Wolken (Orbitalen) aufhalten, fand M. eine Erklärung für molekulare Atombindungen, die ein gemeinsames Elektronenpaar besitzen. Diese zeigen sowohl charakteristische als auch diese überlagernde Schwingungen.

□ 1928-61: Prof. an der Univ. Chicago. □ 1941: Erklärung der Hyperkonjugation (engere Bindung). □ 1952: Entwicklung einer Theorie über die Elektronen-Donator-Akzeptor-Komplexe (bei denen der eine Bindungspartner als Elektronengeber, der andere als -nehmer wirkt). □ 1966: Chemie-Nobelpreis.

Mulroney, Martin Brian

kanad. Politiker
* 20.3.1939 Baie Comeau, Quebec

Als glänzender Organisator und erfolgreicher Industriemanager wurde Mulroney ohne die übliche Parteikarriere 1983 zum Vorsitzenden der Progressiv-Konservativen Partei (PCP) gewählt. Kurz darauf gewann er überraschend die Parlamentswahlen. Als Vertreter einer kompromißlosen Marktwirtschaft und Verfechter drastischer Sparmaßnahmen zur Minderung der Staatsverschuldung zählt er zum rechten Flügel seiner Partei. Er erreichte eine Verbesserung der wirtschaftlichen Lage sowie die Neuordnung der kanadischen Beziehungen zu den USA (1988 Freihandelsabkommen).

□ bis 1976: Rechtsanwalt. □ 1976-83: Präs. einer Bergwerksgesellschaft. □ 1983: Vors. der PCP. □ seit 1984: Premierminister.

▷ L. Ian McDonald: Mulroney. The making of the prime minister, 1984.

← Martin Brian Mulroney

Mun, San Myung

korean. Sektenführer
* 6.1.1920 Jeongju, Prov. Pyuangan Buk Do

Mun, der sich seit seinem 16. Lebensjahr berufen fühlt, die christliche Mission der Welt zu vollenden, gründete 1954 in Seoul die Vereinigungskirche (seit 1971 Gesellschaft zur Vereinigung des Weltchristentums). Die auf mehr als eine Million Anhänger geschätzte Religionsgemeinschaft sieht in dem »Herrn des neuen Zeitalters« und seiner 1960 geehelichten »Neuen Eva« das »Wahre Elternpaar« und schließt sich als »deren Kinder« zu Wohn-, Arbeits- und Missionsgemeinschaften zusammen. Neben der erfolgreich organisierten gemeinnützigen Tätigkeit erregte der Sektenführer, der über ein weltweites Wirtschaftsimperium verfügt, durch Großveranstaltungen und Massentrauungen Aufsehen und Kritik. In Deutschland wurde der Sekte 1983 die Gemeinnützigkeit aberkannt.

Mun verheiratete 1982 in New York über 2100 Paare, ausschließlich Sektenmitglieder.

□ 1945: »Die göttlichen Prinzipien« (Schr.). □ 1950: Von UNO-Truppen aus einem korean. Straflager befreit. □ 1954: Gründung der Vereinigungskirche. □ 1983: Aberkennung des Status der Gemeinnützigkeit der Gesellschaft in der BRD. □ 1984: Wegen Steuerbetrugs in Danbury, Conn. (USA) inhaftiert.

Munch, Edvard

norweg. Maler und Grafiker
* 12.12.1863 Løten, Hedmark
† 23.1.1944 auf Gut Ekely bei Oslo

Munch war ein bedeutender Wegbereiter des Expressionismus mit einer kaum zu überschätzenden Wirkung auf die Malerei des 20. Jh.s. Der expressive Ausdruck seiner Gemälde (»Das kranke Kind«, 1885/86, Oslo, Nationalgalerie; »Der Schrei«, 1893, ebd.; »Madonna«, 1894/95, Oslo, Munch-Museet) verband sich mit den Einflüssen von Symbolismus und Jugendstil sowie der Stimmung des Fin-de-siècle. Schon sehr früh schlug M. seine zentralen Themen — Lebensangst, Krankheit, Tod, Verzweiflung, Melancholie, sexuelles Begehren, Kampf der Geschlechter — an. Auch seine Landschaftsbilder sind Ausdruck der Melancholie (z. B. »Sommernacht an der Küste«, 1902, Wien, Österreichische Galerie) oder der Bedrohung und Düsternis (z. B. »Sommernacht«, 1901, Essen, Museum Folkwang). In seinen Bildern nach 1910 traten symbolistische und Jugendstil-Elemente zugunsten einer rein expressionistischen Malweise zurück, während die Grundthemen blieben (z. B. »Der Maler und sein Modell«, 1919/21, Oslo, Munch-Museet).

E. Munch: »Der Schrei« ist eines seiner wichtigsten Bilder.

Meisterhaft in Gehalt und Expressivität sind die zahlreichen Lithografien, Radierungen und Holzschnitte (z. B. »Drei Mädchen auf der Brücke«, 1920).

☐ ab 1881: Zeichenkurse beim Bildhauer J. Middelthun. ☐ 1884: Anschluß an den Kreis der naturalistisch malenden und sozial engagierten sog. Kristiania-Boheme; impressionistischer Einfluß. ☐ 1889: Erste Einzelausstellung; Aufenthalt in Paris; einige Bilder im pointillistischen Stil. ☐ 1892: Aufenthalt in Berlin. ☐ 1892-1902: Bildzyklus »Lebensfries«. ☐ ab 1894: Holzschnitte und Lithografien. ☐ 1908: Klinikaufenthalt; Rückkehr nach Norwegen. ☐ 1909-16: Ausmalung der Aula der Osloer Univ. ☐ 1916: Rückzug auf den Altersitz Ekely. ☐ 1926: Wandbilder in der Osloer Univ.

▷ A. Matthias: Edvard Munch mit Selbstzeugnissen und Bilddokumenten, 1986.

Münch, Werner

dt. Politiker
* 25.9.1940 Kirchhellen, Westfalen

Der CDU-Politiker Münch wurde 1991 nach dem Rücktritt von Gerd Gies Ministerpräsident des neuen Bundeslandes Sachsen-Anhalt. Vergeblich hatte der Hochschullehrer noch 1990 für den Vorsitz der niedersächsischen CDU kandidiert. Anschließend engagierte er sich in der DDR und wurde Leiter des zentralen Wahlkampfbüros der CDU in Magdeburg. Nach der Wiedervereinigung und dem Erfolg der Partei in der Landtagswahl nutzte M. auf dem Posten des Finanzministers seine Erfahrungen als ehemaliger Europaparlamentarier und begann mit dem Neuaufbau einer leistungsfähigen Finanzverwaltung.

☐ 1970: Abschluß des Politikstudiums an der Univ. Freiburg i. Br. ☐ 1974: Promotion zum Dr. phil. ☐ 1976: »Die politische Verantwortung eines Kultusministers — Universitätsgründungen in Oldenburg und Osnabrück« (Schr.). ☐ 1980: Mitautor von »Christliche Verantwortung für eine humane Weltentwicklung — Lateinamerika, Kontinent der Entscheidung« (Schr.). ☐ 1984-90: MdEP. ☐ 1986: Prof. an der FH in Osnabrück/Vechta. ☐ 1990: Finanzmin. von Sachsen-A. ☐ seit 1991: Ministerpräsident.

Karl Münchinger →

Kaj Munk →

← Werner Münch

Gabriele Münter →

Münchinger, Karl

dt. Dirigent und Orchesterleiter
* 29.5.1915 Stuttgart † 13.3.1990 ebd.

Münchinger führte das von ihm 1945 gegründete Stuttgarter Kammerorchester zu internationalem Rang. Er machte sich damit um die Kammerorchesterkultur in Deutschland verdient, die bis dahin von eher beiläufigen Ensembleformierungen geprägt war. Nach dem Krieg galt M. als »Botschafter der deutschen Musik«, der sein Land auf internationalen Konzertreisen (ab 1953) in der Musikwelt zu rehabilitieren versuchte. Frankreich ehrte ihn für diesen Beitrag zur Versöhnung mit der höchsten Stufe des französischen Ordens »Arts et Lettres« (1972). Bereits in den 50er Jahren (vor der Wiederbelebung der Barockmusik durch die historische Spielpraxis von N. →Harnoncourt) widmete er sich den Streicherwerken des 18. Jh.s.

☐ 1941-44: Dirigent und Konservatoriumslehrer in Hannover. ☐ 1945: Gründung des Stuttgarter Kammerorchesters. ☐ 1965: Gründung der Klassischen Philharmonie Stuttgart. ☐ ab 1978: Leiter der Festspiele in Colmar. ☐ 1987: Nach langwierigen Konflikten Trennung vom Stuttgarter Kammerorchester. ☐ 1988: Gründung des »Kammerorchesters Karl Münchinger«.

Munk, Kaj

(eig. K. Harald Leininger Petersen)
dän. Schriftsteller und Pfarrer
* 13.1.1898 Maribo, Lolland † 4.(5.?)1.1944 Horbylunde bei Silkeborg (hingerichtet)

Munk war einer der bedeutendsten dänischen Dramatiker. Sein Hauptwerk, »Das Wort« (Dr., 1932), handelt von der Kraft des Glaubens in einer skeptischen Zeit. Nach der deutschen Besetzung der Tschechoslowakei wandelte er sich vom Verehrer starker Führerpersönlichkeiten (»Ein Idealist«, Dr., 1928; »Cant«, Dr., 1931) zum Kritiker der faschistischen Regimes in Europa. Trotz Schreibverbots verfaßte er während der deutschen Besatzung Dänemarks das Drama »Nils Ebbesen« (1942, dt. 1944), in dem er den aktiven Widerstand im Dienst einer höheren Sache guthieß. 1944 wurde M., der ab 1940 im Widerstand aktiv war, von der Gestapo erschossen.

☐ 1929: »In der Brandung« (Dr.). ☐ 1933: »Die Auserwählten« (Dr.). ☐ 1935: »Liebe« (Dr.). ☐ 1937: »Pilatus« (Dr.). ☐ 1940: »Egelykke« (Dr.). ☐ 1943: »Drei Predigten«; »Jesusgeschichten« (Erz.n).

▷ K. Munk: Fragmente eines Lebens, 1944.

Münter, Gabriele

dt. Malerin
* 19.2.1877 Berlin
† 19.5.1962 Murnau, Oberbayern

Münter entwickelte ihre künstlerische Selbständigkeit als Mitglied der Gruppe Blauer Reiter (W. →Kandinsky). Kraftvolle Farbgebung und impulsive Malweise kennzeichnen ihre vor 1914 entstandenen Stilleben, Landschaften und Figurenbilder. M.s Vorliebe für die als ursprünglichnaiv geschätzte Volkskunst, insbesondere für die Hinterglasmalerei, bezeugen die Gegenstände des »Stillebens mit hl. Georg« (1911, München, Städtische Galerie im Lenbachhaus). Hauptwerke der Stockholmer Jahre sind ausdrucksvolle Frauenbildnisse. Im Murnauer Spätwerk kehrte M. zum malerischen Expressionismus der Vorkriegszeit zurück.

□ 1898-1900: Zweijähriger Aufenthalt in den USA. □ 1902: Bekanntschaft mit Kandinsky als Schülerin der »Phalanx«-Kunstschule in München. □ 1904-07: Gemeinsame Reisen. □ 1908-14: Lebensgemeinschaft mit Kandinsky in München und Murnau. □ 1915-20: Aufenthalt in Skandinavien, vor allem in Stockholm. □ 1931: Rückkehr nach Murnau.

▷ S. Windecker: Gabriele Münter, 1991.

Murdoch, (Jean) Iris

anglo-ir. Schriftstellerin
* 15.7.1919 Dublin

Murdoch ist mit ihren bislang mehr als 20 Romanen eine der erfolgreichsten und produktivsten britischen Schriftstellerinnen der Nachkriegszeit. Ihre in der Tradition des realistischen Gesellschaftsromans stehenden Werke kreisen um philosophische Grundprobleme wie die Suche nach Wahrheit, die Grenzen menschlicher Freiheit und den Gegensatz von »Gut« und »Böse«. M. stellt in ihren spannend erzählten Geschichten, die meist in der oberen englischen Mittelschicht angesiedelt sind, menschliche Verhaltensweisen, Ängste und Gefühle psychologisch überzeugend dar. Magische Elemente, Mythen, bizarre Ereignisse und ein Netzwerk von Symbolen durchziehen leitmotivisch die Handlung in M.s Romanen und verleihen ihnen einen fast mystischen Sinn.

□ 1948-63: Dozentin für Philosophie in Oxford, später in London. □ 1954: »Unter dem Netz« (R., dt. 1957). □ 1956: »Flucht vor dem Zauberer« (R., dt. 1964). □ 1958: »Die Wasser der Sünde« (R., dt. 1962). □ 1970: »The servants and the snow« (Dr.). □ 1973: »Der schwarze Prinz« (R., dt. 1975). □ 1978: »Das Meer, das Meer« (R., dt. 1981). □ 1989: »Message to the planet« (R.).

▷ P. J. Conradi: Iris Murdoch. The saint and the artist, engl. 1985; D. Johnson: Iris Murdoch, 1987.

Murdoch, Rupert

austral.-amer. Zeitungsverleger
* 11.3.1931 Melbourne

Zwei Zeitungen, die Murdoch 1952 von seinem Vater erbte, bildeten den Grundstein zu einem Presseimperium, das zu Beginn der 90er Jahre weltweit mehr als 100 Zeitungen und Magazine umfaßt (u. a. Times, Sun, New York Post). Das Ziel einer weltumspannenden Kommunikationsgesellschaft verfolgt M. seit Anfang der 80er Jahre durch den Erwerb von zahlreichen TV-Stationen. Aufsehen erregte M., als er 1986 gegen den Widerstand der englischen Gewerkschaft seine Zeitungen von der Fleetstreet in das Druckzentrum Wapping vor den Toren Londons verlegte und sich weigerte, gewerkschaftlich organisierte Drucker zu beschäftigten.

▷ J. Tuccille: Rupert Murdoch, der Medienzar, 1991.

Murnau (M.) während der Aufnahmen zu seinem Film »Sonnenaufgang« 1929 in Hollywood.

← Iris Murdoch

← Rupert Murdoch

Murnau, Friedrich Wilhelm

(eig. F. W. Plumpe)
dt. Regisseur
* 28.12.1888 Bielefeld
† 11.3.1931 Santa Barbara, Kalif. (USA, Autounfall)

Murnau, der in zwölf Jahren 21 Filme drehte, zählt zu den bedeutendsten deutschen Filmregisseuren vom Beginn des 20. Jh.s. Als einer der ersten verwendete er in »Der letzte Mann« (1924, mit E. →Jannings) die bewegliche und subjektive Kamera (sog. entfesselte Kamera). Seine Vorliebe für das Übernatürliche zeigte er u. a. in »Nosferatu — eine Symphonie des Grauens« (1922), der wegen seiner ausdrucksstarken Beleuchtung und den bedrohlich wirkenden Naturaufnahmen zum Vorbild für zahlreiche Horrorfilme wurde. Nach seiner tricktechnisch bemerkenswerten Faust-Adaption (1925/26) ging M. nach Hollywood, wo er jedoch zunehmend Eingriffe der Studios erdulden mußte.

□ 1919: Regiedebüt »Der Knabe in Blau« (verschollen). □ 1921: »Schloß Vogelöd«. □ 1922: »Nosferatu — eine Symphonie des Grauens«. □ 1925: »Tartüff«. □ 1925/26: »Faust — Eine deutsche Volkssage«. □ 1927: »Sunrise«. □ 1929/30: »City Girl«. 1931: Co-Regie mit R. →Flaherty bei »Tabu«.

▷ P. W. Jansen/W. Schütte (Hg.): Friedrich Wilhelm Murnau, 1990.

Murphy, Eddie
amer. Schauspieler
* 3.4.1961 New York

Murphy, als Komiker populär geworden durch seine Auftritte in der TV- Show »Saturday Night Live« (ab 1981), avancierte nach seinen beiden ersten Filmen zu einem der bestbezahlten Hollywood-Stars. Sein Sprachwitz, oft nah an der Grenze des guten Geschmacks, und die in Parodien geschulte Wandlungsfähigkeit bilden die Grundlage seines Erfolgs.

☐ 1982: »Nur 48 Stunden« (Rg. W. Hill); »Die Glücksritter« (Rg. J. Landis). ☐ 1984: »Beverly Hills Cop« (Rg. M. Brest). ☐ 1989: »Harlem Nights« (Rg. und Hr.). ☐ 1990: »Nur 48 Stunden Teil 2« (Rg. W. Hill).

← Eddi Murphy

Murphy, William Parry
amer. Mediziner
* 6.2.1892 Stoughton, Wisc.
† 9.10.1987 Brookline, Mass.

Murphy, 1923-58 Arzt am Peter Bent Brigham Hospital in Boston, erforschte neben der Wirkung des Insulins bei der Therapie von Diabetes auch die Möglichkeiten, durch intramuskuläre Injektion von Leberextrakten die meist tödlich verlaufenden Blutkrankheiten zu heilen. 1934 erhielt M. den Physiologie/Medizin-Nobelpreis mit G. R. →Minot und G. H. →Whipple für die Entwicklung der Leberdiät zur Behandlung von perniziöser Anämie. Seither ist die Therapie der durch Vitaminmangel und Abnahme der roten Blutkörperchen verursachten Krankheit wesentlich vereinfacht.

← William P. Murphy

Muschg, Adolf
schweiz. Schriftsteller
* 13.5.1934 Zollikon, Kt. Zürich

Muschg, einer der profiliertesten Schweizer Autoren der Generation nach M. →Frisch und F. →Dürrenmatt, verfaßt sprach- und gesellschaftskritische Erzählungen und Romane, die zunehmend von Resignation und schwarzem Humor geprägt sind (u. a. »Baiyun oder Die Freundschaftsgesellschaft«, R., 1980). Reflexionen über die Verantwortung des Intellektuellen (»Gegenzauber«, R., 1967), die Entfremdung innerhalb der Gesellschaft (»Albissers Grund«, R., 1974) sowie das Selbstverständnis des Künstlers (»Das Licht und der Schlüssel«, R., 1984) bilden zentrale Themen der sprachlich häufig artifiziellen Romane des Autors.

Adolf Muschg: Professor für Literatur in Zürich.

☐ 1962-64: Lektor in Tokio. ☐ 1965: »Im Sommer des Hasen« (R.). ☐ 1968: »Fremdkörper« (Erz.n); »Rumpelstilz« (Dr.). ☐ 1968-70: Dozent an der Cornell Univ. in Ithaca, N. Y. ☐ 1969: »Das Kerbelgericht« (Hsp.). ☐ seit 1970: Prof. für dt. Sprache und Literatur an der ETH Zürich. ☐ 1987: »Der Turmhahn« (Erz.n). ☐ 1991: »Zeichenverschiebung« (Es.).

▷ J. Ricker-Abderhalden (Hg.): Über Adolf Muschg, 1979; M. Dierks (Hg.): Adolf Muschg, 1989.

Musil, Robert (Edler von)
österr. Schriftsteller
* 6.11.1880 Klagenfurt † 15.4.1942 Genf (Schweiz)

R. Musils Werk fand erst nach seinem Tod breite Beachtung.

Musil zählt neben J. →Joyce zu den Schöpfern des modernen Romans. Er konstatierte zu Beginn des 20. Jh.s, beeinflußt u. a. von F. →Nietzsche, das Fehlen eines ganzheitlichen Weltbilds in einer zersplitterten, nicht mehr begreifbaren Realität: Nicht der Mensch mit seinen individuellen Eigenschaften stehe im Zentrum, sondern Technik und Sachzwänge. In seinem Hauptwerk, dem unvollendet gebliebenen Roman »Der Mann ohne Eigenschaften« (1930-43), gestaltete M. vor dem Hintergrund der untergehenden k.u.k. Monarchie in Österreich die Vision eines utopischen »anderen Zustands« zwischen Fortschrittsgläubigkeit und Kulturpessimismus, zwischen Logik und Gefühl. Zu Lebzeiten weitgehend unbeachtet und häufig in finanzieller Not, erfuhr M. erst nach 1945 breite Aufmerksamkeit: Die Analyse der psychischen, sozialen und politischen Bedingungen für den Ausbruch des 1. Weltkriegs galt nach dem 2. Weltkrieg auch als Deutung für das Aufkommen des Nationalsozialismus.

□ 1903-08: Psychologie- und Philosophiestudium. □ 1906: »Die Verwirrungen des Zöglings Törleß« (R., F. 1966 u. d. T. »Der junge Törleß«, Rg. V. →Schlöndorff). □ 1911: »Vereinigungen« (Erz.n); Heirat mit Martha Marcovaldi. □ 1911-13: Bibliothekar an der TH Wien. □ 1914: Redakteur der Kulturzeitschrift Neue Rundschau; Offizier im 1. Weltkrieg. □ 1921: »Die Schwärmer« (Dr.). □ 1923: »Die Portugiesin« (Erz.). □ 1924: »Drei Frauen« (Erz.n). □ 1930-43: »Der Mann ohne Eigenschaften« (R.-Fragment, 2 Bde.). □ 1936: »Nachlaß zu Lebzeiten« (Es.s). □ 1938: Emigration in die Schweiz.

▷ A. Frisé: Plädoyer für Robert Musil, 1987; W. Berghahn: Robert Musil, 1988; K. Corino: Robert Musil, 1988.

Mussolini, Benito

ital. Politiker
* 29.7.1883 Dorìa di Predappio † 28.4.1945 Giulino di Mezzegra bei Como (ermordet)

Mussolini war der Führer (»Il Duce«) der italienischen Faschisten und 1923-43 Ministerpräsident mit diktatorischen Vollmachten. In der Parteisymbolik und mit Anspruch auf »cäsarisches« Führertum griff er bewußt auf altrömische Vorbilder zurück. Seine große Rednergabe führte ihn rasch in eine führende Position in Italien — wozu der individuelle Terror seiner »Schwarzhemden« nicht unerheblich beitrug. Mit dem »Marsch auf Rom« 1922 erreichte er, daß König →Victor Emanuel III. ihn zum Ministerpräsidenten ernannte.
Einige innenpolitische Erfolge, so z. B. Arbeitsbeschaffungsmaßnahmen (u. a. Trockenlegung von Sümpfen), die Unterwerfung Libyens, insbesondere aber die erfolgreiche Aussöhnung Italiens mit dem Vatikan 1929 festigten seine Stellung. Durch die Schaffung eines Kolonialreichs wollte M. gewaltsam die Gleichstellung Italiens mit den europäischen Großmächten erzwingen. Daher ließ er 1935 mit Hilfe moderner Waffen Äthiopien erobern. Die Intervention italienischer Truppen im Spanischen Bürgerkrieg führte 1936 zur »Achse Rom—Berlin« und 1939 zum »Stahlpakt« mit A. →Hitler.
Während des 2. Weltkriegs ließ M. seine Truppen in Albanien und Griechenland und später auch in Ägypten einmarschieren. Als im Gegenzug alliierte Truppen in Italien landeten, wurde er auf Befehl des Königs verhaftet (1943). Wenig später von deutschen Truppen befreit, rief M. die italienische Republik aus. Es gelang ihm aber nicht mehr, seinen absoluten Machtanspruch durchzusetzen. Nach der endgültigen Niederlage wurde er 1945 auf der Flucht in die Schweiz von Partisanen gefangen genommen und einen Tag später erschossen.

□ 1901: Mitgl. der Sozialistischen Partei (PSI). □ 1909-12: Hg. der Zeitschrift Lotta di Classe; Provinz-Sekr. der PSI. □ 1912-15: Chefredakteur der Parteizeitung Avanti!. □ 1915: Ausschluß aus der sozialistischen Partei; Hg. der Zeitung Il Popolo d'Italia. □ 1915-17: Kriegsdienst. □ 1919: Gründer des Kampfbundes Fasci di combattimento; ab 1921 Partito Nazionale Fascista (Faschistische Nationalpartei). □ 1922: Marsch auf Rom. □ 1923-43: Ministerpräsident. □ 1929: Lateranverträge mit dem Vatikan. □ Juli-Sept. 1943: In Haft. □ 1943-45: Staatschef der Ital. Sozialen Republik.

▷ D. M. Smith: Mussolini, 1983.

Mussolini während einer Ansprache in Florenz, 1938.

Mustermann, Erika

dt. Staatsbürgerin
* 12.9.1945 München

Die persönlichen Daten Mustermanns wurden Mitte der 80er Jahre bundesweit bekannt, als sich die fiktive Durchschnittsfrau unter der Nummer 1220000016 auf einer kleinen Plastikkarte vermarkten ließ. Ihr fast dreijähriger Werbeeinsatz für den fälschungssicheren, maschinenlesbaren Personalausweis war nach anfänglichen Schwierigkeiten (Datenschutz) von Erfolg gekrönt, als am 1. 4. 1987 die erste neue Legitimationsurkunde ausgegeben wurde und das Ende des grauen Erkennungsbuchs (* 1949) besiegelte. Am 1. 10. 1991 war M. gezwungen, zwecks Verlängerung ihrer »Identity card« beim Einwohnermeldeamt vorzusprechen.

Ricardo Muti →

Muti, Ricardo

ital. Dirigent
* 28.7.1941 Neapel

Muti, international geschätzter Gastdirigent und seit 1986/87 musikalischer Direktor an der Mailänder Scala, wurde durch seine Interpretationen der Werke von Mozart (»Così fan tutte« bei den Salzburger Festspielen 1982) und G. →Verdi (»Macbeth« an der Münchener Staatsoper 1985) bekannt. Als Konzertdirigent widmet er sich vor allem slawischen Komponisten. M. bevorzugt in der Regel werkgetreue und traditionelle Operninszenierungen.

☐ 1960-65: Studium an den Konservatorien in Neapel und Mailand. ☐ 1967: Debüt als Dirigent des RAI-Orchesters Mailand. ☐ 1969: Erfolgreiche Auftritte mit dem Pianisten S. →Richter; ständiger Dirigent des Teatro Comunale Florenz. ☐ 1972: Gastdirigent des Philadelphia Orchestra. ☐ 1974-83: Als Nachfolger von O. →Klemperer Chef des Philharmonia Orchestra London. ☐ seit 1986: Als Nachfolger von C. →Abbado Dir. der Mailänder Scala.

Mutter Teresa →Teresa

Mutter, Anne-Sophie

dt. Geigerin
* 29.6.1963 Rheinfelden, Baden

Anne-Sophie Mutter: International gefeierte Geigerin.

Mutter, laut H. v. →Karajan eine der besten Geigerinnen der Welt, gewann bereits als 6jährige beim Bundeswettbewerb »Jugend musiziert« die höchste bis dahin vergebene Wertung (Erster Preis mit »besonderer Auszeichnung«). Seit ihrem Debüt bei den Salzburger Pfingstfestspielen (1977) konzertiert sie international mit den berühmtesten Orchestern der Welt. Als Kammermusikerin spielt sie u. a. mit A. →Weissenberg und M. → Rostropowitsch.

☐ 1976: Auftritt bei den Int. Musikfestwochen in Luzern. ☐ 1978: Debüt an der Berliner Philharmonie unter H. v. Karajan. ☐ 1980: Amerika-Debüt unter M. Rostropowitsch. ☐ 1983: Auftritt mit Brahms' Violinkonzert im Münchner Kongreßsaal. ☐ seit 1985: Ehrenmitgl. und Dozentin an der Kgl. Musikakademie London. ☐ 1989: Deutschlandtournee mit dem Württ. Kammerorchester. ☐ 1990: Anne-Sophie-Mutter-Festival in London und Stuttgart.

Muzorewa, Abel Tendekayi

afr. Politiker und Geistlicher
* 14.4.1925 Old Umtali, Rhodesien

← Abel T. Muzorewa

Bischof Muzorewa war der erste schwarze Ministerpräsident von Zimbabwe-Rhodesien (seit 1980 Zimbabwe). Als gemäßigter Politiker hatte er mit dem ANC einen zunächst gewaltfreien Kampf um die Unabhängigkeit von Rhodesien (Zimbabwe) versucht. Später näherte er sich jedoch immer mehr den militanten Kräften, die von Sambia aus durch einen Guerilla-Krieg die Vertreibung der weißen Regierung von I. →Smith erzwingen wollten. Ab 1976 war er maßgeblich an den Verhandlungen zur vollständigen Unabhängigkeit und Gleichstellung der Rassen in Rhodesien beteiligt. Nach den ersten Wahlen 1980 spielte seine Gruppe allerdings politisch keine Rolle mehr.

☐ 1953: Pfarrer. ☐ 1958-63: Theologiestudium in den USA. ☐ seit 1968: Bischof der Vereinigten Methodistenkirche Rhodesiens. ☐ 1971: Begründer des African National Council (ANC, später UANC). ☐ Mai-Dez. 1979: Ministerpräsident von Zimbabwe-Rhodesien.

Mwinyi, Ali Hassan

tansan. Politiker
* 8.5.1925 Kivura, Tanganjika

Ali Hassan Mwinyi →

Als einziger Kandidat der Einheitspartei Chama Cha Mapinduzi (CCM, Partei der Revolution) wurde der Moslem Mwinyi 1985 als Nachfolger des Christen J. →Nyerere zum Staatspräsidenten von Tansania gewählt. Faktisch bestimmte Nyerere als Parteichef weiterhin die Politik des Landes. Allerdings begann M., die orthodoxe sozialistische Wirtschaftspolitik Nyereres ganz allmählich zu lockern. Erst 1990, nach dem endgültigen Rücktritt seines Vorgängers, konnte er die aus ideologischen Gründen unterbliebenen Strukturanpassungen einleiten.

☐ vor 1945: Studium in England. ☐ 1945-63: Lehrer. ☐ 1964: Min. für Volksbildung in Sansibar; nach der dortigen Revolution und dem Zusammenschluß mit Tanganjika Vertreter der Insel in Daressalam. ☐ 1971-74, 1983/84: Staatsmin. im Amt des Präsidenten. ☐ 1975-78: Innenmin. ☐ 1978: Botschafter in Kairo. ☐ 1982: Min. für Bodenschätze und Tourismus. ☐ 1984: Präsident von Sansibar und Vizepräsident von Tansania. ☐ seit 1985: Staatspräsident. ☐ seit 1989: Zugleich Verteidigungsmin.

Myrdal, Alva

schwed. Politikerin und Friedensforscherin
* 31.1.1902 Uppsala † 1.2.1986 Stockholm

Alva Myrdal →

Myrdals Engagement für soziale Gerechtigkeit und weltweite Abrüstung wurde 1982 mit dem Friedens-Nobelpreis honoriert. Die Expertin auf dem Gebiet der nuklearen Kriegsführung, die in zahlreichen Publikationen sowie in ihrer politischen Arbeit den Rüstungswettlauf verurteilte und den Abbau von Atomwaffen forderte, vertrat ihr Land über zehn Jahre als Chefdelegierte und einzige Frau auf den Genfer Abrüstungskonferenzen (1962-73). Als Sozialwissenschaftlerin befaßte sich M. insbesondere mit Fragen der Familienpolitik. 1970 erhielt sie mit ihrem Ehemann, dem Ökonomen G. →Myrdal, den Friedenspreis des Deutschen Buchhandels.

☐ 1934: »Crisis in the population problem« (Schr. mit G. Myrdal). ☐ 1949/50: Dir. der UN-Abteilung für Soziales. ☐ 1951-55: Dir. der UNESCO-Abteilung für Sozialwissenschaften. ☐ 1956-61: Botschafterin in Indien, Burma und Ceylon. ☐ 1966-73: Min. für Abrüstungsfragen. ☐ 1977: »Wars, weapons and everyday violence« (Schr.).

Myrdal, Gunnar

schwed. Nationalökonom und Politiker
* 6.12.1898 Gustafs † 17.5.1987 Stockholm

Myrdal, einflußreicher Wirtschaftsberater der schwedischen Sozialdemokraten, arbeitete vorwiegend auf dem Gebiet der Geld- und Konjunkturtheorie und plädierte für staatliche Planung und Steuerung. Mit dem Österreicher F. A. v. →Hayek wurde ihm 1974 der Nobelpreis für Wirtschaftswissenschaften verliehen.
Internationale Anerkennung erlangte M. durch seine Studien über die Situation der Farbigen in den USA (»An American dilemma«, 1944), seine Publikationen über die weltweite Armut (»Asiatisches Drama: Eine Untersuchung über die Armut in der Welt«, 1968, dt. 1973) sowie durch seinen engagierten Einsatz für Friedenspolitik und Entwicklungshilfe (»Warnung vor Friedensoptimismus«, 1944, dt. 1945). 1970 wurde ihm mit seiner Ehefrau A. →Myrdal der Friedenspreis des Deutschen Buchhandels verliehen.

□ 1933-50: Prof. an der Stockholmer Handelshochschule. □ 1934-36: Senator der Sozialdemokratischen Partei im Parlament. □ 1945-47: Handelsmin. □ 1947-57: Leiter der Europ. Wirtschaftskommission (ECE). □ 1957: »Ökonomische Theorie und unterentwickelte Regionen« (Schr., dt. 1959). □ 1960-67: Prof. an der Univ. Stockholm. □ 1961-87: Präs. und Mitbegründer des Stockholmer Int. Inst. für Friedensforschung. □ 1970: »Politisches Manifest über die Armut in der Welt« (Schr., dt.1970). □ 1973: »Against the stream. Critical essays on economics«.

← Gunnar Myrdal

Myrdal, Jan

schwed. Schriftsteller
* 19.7.1927 Stockholm

Jan Myrdal: Romancier, Essayist und Journalist.

Myrdal ist das Enfant terrible der schwedischen Kulturlandschaft. Der Sohn der Friedensforscherin A. →Myrdal und des Ökonomen G. →Myrdal kritisiert in seinen satirischen Werken (»Karriere«, R., 1975) den schwedischen Wohlfahrtsstaat. Auch M.s Reiseberichte und Reportagen fanden internationale Beachtung (»Bericht aus einem chinesischen Dorf«, 1963, dt. 1966). Der ehemalige Kolumnist führender Tageszeitungen, seit 1971 Herausgeber der Zeitschrift Folket i Bild, betrieb als Essayist literaturtheoretische Studien über Honoré de Balzac (* 1799, † 1850) und A. →Strindberg.

□ 1953: »Volksheim« (Dr.). □ 1954: »Heimkehr« (R.). □ 1957: »Der Badezimmerhahn« (R.). □ 1965: »Sonntagsmorgen« (Es.). □ 1969: »Kreuzweg der Kulturen« (Reiseb., dt. 1964). □ 1975: »Balzac or the triumph of realism« (Abh.). □ 1980: »Indien bricht auf« (Reiseb., dt. 1986). □ 1986: »Wort und Absicht« (Es.s, dt. 1987).

▷ J. Myrdal: Bekenntnisse eines unmutigen Europäers (Aut.), 1964, dt. 1968.

Myricks, Larry

amer. Leichtathlet
* 10.3.1956 Clinton, Miss.

Myricks gehört zu den erstaunlichsten Weitspringern aller Zeiten; ihm gelang über 15 Jahre — von 1976 bis 1990 — alljährlich ein Sprung über 8,00 m. Seine Bestleistung liegt bei 8,66 m (1987). M., der 1990 Schwierigkeiten wegen positiver Dopingproben hatte, lief die 100 m in 10,31 sec. (1983), die 200 m in 20,03 sec. (1983) und die 400 m in 46,74 sec. (1984).

□ 1979: Weltpokalsieger. □ 1984: Olympiavierter. □ 1987: WM-Dritter. □ 1988: Olympiadritter.

Stratis Myrivilis →

Myrivilis, Stratis

(eig. S. Stamatopulos)
griech. Schriftsteller
* 30.6.1892 Sykamia, Lesbos † 9.7.1969 Athen

Als einer der ersten griechischen Autoren veröffentlichte Myrivilis provozierende Antikriegserzählungen; sein Roman »Das Leben im Grab« (1930, dt. 1986), der auch durch eine ausdrucksstarke, farbige Sprache erneuernd wirkte, ließ ihn zum führenden Vertreter der »Generation von 1930« werden. Vor dem Hintergrund eigener Erfahrungen — M. hatte als Freiwilliger in mehreren Kriegen gekämpft — verdichtete er die realistische Schilderung aus der Soldatenperspektive zu einer Anklage gegen den Krieg. Die humanistisch-pazifistische Einstellung verbindet M. u. a. mit E. M. →Remarque.
In den 30er Jahren wandte sich M. — auch unter dem Einfluß der Metaxas-Diktatur in Griechenland (1936-41) — der Idylle, der stimmungsvollen Milieuschilderung zu.

N

Nabokov, Vladimir Vladimirovič

amer. Schriftsteller russ. Herkunft
* 22.4.1899 St. Petersburg † 2.7.1977 Montreux

Mit über 300 veröffentlichten Gedichten, neun russischen und acht englischen Romanen, zahlreichen Erzählungen und Dramen ist Nabokov einer der bekanntesten russischen Schriftsteller des 20. Jh.s. Sein Werk, das er z. T. selbst vom Russischen ins Englische und umgekehrt übersetzte, zeichnet sich durch kunstvoll-komplizierte Strukturen, multilinguale Wortwahl, literarische Anspielungen, skurrile Personen und Liebe zum Detail aus. Weltweit umstritten war sein zunächst als pornographisch verkannter Roman »Lolita«, der inzwischen ein moderner Klassiker ist. Darin wird das begehrende Empfinden eines 37 Jahre alten Mannes für die 12jährige Lolita zum Sinnbild für unerfüllte, sich selbst zerstörende Liebe.

Der Schriftsteller V. Nabokov mit seiner Frau in Rom, 1959.

□ 1919: Enteignung der Familie und Flucht nach Deutschland; Literaturstudium in Cambridge (Großbritannien). □ 1922-37: Berlin; russ. Gedichte, Dramen, Erzählungen und Romane (Pseud. V. Sirin). □ 1937-40: Paris; erster engl. Roman und unter eigenem Namen (»Das wahre Leben des Sebastian Knight«, dt. 1960). □ 1940-59: USA; Lektor und Literaturprof.; Übersetzungen russ. Literatur (u. a. Alexander Puschkin). □ 1955: Skandalerfolg mit »Lolita« (R., dt. 1959). □ ab 1959: Vevey (Schweiz). □ 1962: »Fahles Feuer« (R., dt. 1968). □ 1969: »Ada oder Das Verlangen« (R., dt. 1974).

▷ V. Nabokov: Sprich, Erinnerung, sprich (Mem.), dt. 1984; D. E. Morton: Vladimir Nabokov, engl. 1984.

Nadolny, Sten

dt. Schriftsteller
* 29.7.1942 Zehdenick, Havel

Nadolny wurde 1980 für seinen Roman »Die Entdeckung der Langsamkeit« mit dem Ingeborg-Bachmann-Preis ausgezeichnet. In dem international erfolgreichen Werk, das die Lebensgeschichte des britischen Arktisforschers John Franklin (* 1768, † 1847, verschollen) schildert, gelang ihm die Verbindung von epischer Erzählstruktur und theoretisch-philosophischen Erörterungen. 1989 konnte der Schriftsteller mit seinem Roman »Selim oder Die Gabe der Rede« an diesen Erfolg anknüpfen.

M. Nadschibullah →

← Sten Nadolny

Nadschibullah, Mohammed

afghan. Politiker
* 6.8.1947 Kabul (?)

Bald nach seiner Ernennung zum Staatspräsidenten (1988) rief Nadschibullah zur nationalen Aussöhnung auf, um den seit 1978 andauernden Bürgerkrieg zu beenden. Er gab den offiziellen Staats-Atheismus und das Machtmonopol der Kommunisten auf und lockerte die sozialistische Wirtschaftspolitik. Nach dem Abzug der seit 1979 in Afghanistan stationierten sowjetischen Truppen (1989) verstärkte er die Schlagkraft der Armee. Eine Beendigung der Auseinandersetzungen mit den islamisch-fundamentalistischen Mudschaheddin gelang ihm bis 1991 nicht.

□ 1965: Mitgl. der sozialistischen Demokratischen Volkspartei (DVPA). □ bis 1975: Medizinstudium in Kabul. □ 1977: Mitgl. des ZK. □ 1978: Beteiligung am Sturz von Staatsoberhaupt Daud Khan. □ 1979-85: Chef des Geheimdienstes KHAD. □ seit 1981: Mitgl. des Politbüros. □ 1985: Sekr. für Sicherheitsfragen. □ 1986: Präs. des Revolutionsrats. □ seit 1988: Staatspräsident.

Nagai, Kau

(eig. Sokichi Nagai)
jap. Schriftsteller
* 3.12.1879 Tokio † 30.4.1959 Ichikawa

Nagai ist ein klassischer Autor des modernen japanischen Ästhetizismus. Unzufrieden mit der politischen und sozialen Gegenwart verfaßte er nostalgische Schilderungen des für das frühkapitalistische Edo (heute Tokio) charakteristischen Freudenviertelmilieus. Verhaltene Erotik und Melancholie kennzeichnen seine Geisha-Geschichten. So erzählt »Die Romanze östlich des Sumidagawa« (1937, dt. 1990) von der Liebe eines alternden Schriftstellers zu einem Freudenmädchen. Ablehnung gegenüber einer Verwestlichung und die Sehnsucht nach Vergangenem bestimmen N.s Werk.

□ 1897-99: Chinesischstudium. □ 1903-07: USA-Aufenthalt. □ 1907/08: Frankreich-Aufenthalt. □ 1908: »Geschichten aus Amerika«. □ 1909: »Der Sumida-Fluß« (R.). □ 1910: Gründung der Zeitschrift Mita-Literatur. □ 1910-16: Prof. für Literatur an der Keio-Univ. in Tokio.

Nagel, Ivan

dt. Theaterintendant und -kritiker ung. Herkunft
* 28.6.1931 Budapest

Nagel, der nach Abschluß eines Studiums (u. a. bei M. →Horkheimer und Th. W. →Adorno) als Theaterkritiker arbeitete, bevor er als Dramaturg, später als Intendant tätig war, bemühte sich als Regisseur und Theaterleiter um einen kooperativen Führungsstil, stieß mit seinen vielbeachteten, intellektuell-gesellschaftskritischen Inszenierungen jedoch auch auf Kritik. 1988 übernahm er überraschend eine Professur in Berlin.

□ 1954-58: Studium der Germanistik und Philosophie in Frankfurt/Main. □ 1958-62: Theaterkritiker der Deutschen Zeitung in Stuttgart. □ 1962: Chefdramaturg der Münchner Kammerspiele. □ 1968: Theaterkritiker der Süddeutschen Zeitung. □ 1972-79: Intendant des Dt. Schauspielhauses Hamburg. □ 1980/81: Kulturkorrespondent der Frankfurter Allgemeinen Zeitung in New York. □ 1985-88: Intendant des Württ. Staatstheaters Stuttgart. □ seit 1988: Prof. für Ästhetik und Geschichte der Darstellenden Kunst in Berlin.

← Ivan Nagel

Nägeli, Harald

schweiz. Graffiti-Künstler
* 4.12.1939 Zürich

← Harald Nägeli

Als »Sprayer von Zürich« provozierte Nägeli ab 1977 während der Züricher Jugendproteste die Öffentlichkeit mit nachts auf Häuserfassaden gesprayten schwarzen Strichmännchen und protestierte so gegen die Unwirtlichkeit der »zubetonierten« Städte. Von den Schweizer Behörden wegen Sachbeschädigung verurteilt, setzte sich N. in die Bundesrepublik ab, wo seine Wandbilder an Betonmauern in Frankfurt/Main, Hamburg, Köln und Stuttgart auftauchten und zunehmend die Beachtung auch der Kunstszene fanden. In Köln wurden sie fotografisch dokumentiert und im Kölner Kunstverein ausgestellt. Manche seiner illegalen Graffiti wurden für schützenswert erklärt.

▷ M. Müller (Hg.): Der Sprayer von Zürich, 1984.

Nagy, Imre

ungar. Politiker
* 7.6.1896 Kaposvár † 16.6.1958 (?) wahrscheinlich in Budapest (hingerichtet)

Nach dem Tode J. →Stalins 1953 zum Ministerpräsidenten ernannt, erreichte Nagy durch Maßnahmen zur Liberalisierung der Gesellschaft eine relative Popularität in Ungarn, vor allem

Imre Nagy vor dem ungarischen Parlament, 1954.

unter den Bauern, denen er privaten Landbesitz zugestehen wollte. Zwei Jahre später wurde er von orthodoxen Kommunisten aus dem Amt verdrängt. Während des Aufstands im Okt. 1956 akzeptierte er nach längerem Zögern das Angebot der Aufständischen, die Regierung zu übernehmen und erklärte am 1. 11. 1956 die Neutralität Ungarns. Nach der Niederschlagung des Aufstands wurde er von der sowjetischen Armee aus der jugoslawischen Botschaft verschleppt, in einem geheimen Prozeß als Hochverräter zum Tode verurteilt und 1958 hingerichtet. 1989, nach Ende der kommunistischen Alleinherrschaft in Ungarn, wurde N. rehabilitiert.

□ 1916: In russ. Kriegsgefangenschaft; Mitgl. der Bolschewiki. □ 1919-44: Nach Ende der kommunistischen Regierung Béla Kun im Exil in der UdSSR. □ 1944-49: Mitgl. des ZK der ungarischen KP; verschiedene Ministerämter. □ 1944/45: Landwirtschaftsmin. □ 1945-47: Innenmin. □ 1949-52: Nach Differenzen mit Parteichef M. Rákosi ohne politisches Amt. □ 1953-55; Okt. 1956: Ministerpräsident. □ 1956-58: In Haft. □ Juni 1989: Postume Beisetzung in einer nationalen Gedenkstätte.

Naipaul, Vidiadhar Surajprasad

westind. Schriftsteller
* 17.8.1932 Caguanas, Trinidad

V. S. Naipaul →

Naipaul ist einer der erfolgreichsten Schriftsteller der Dritten Welt. Seine Romane und Reisebeschreibungen zeigen die Probleme von Entwicklungsländern in nachkolonialer Zeit. N. ist indischer Abstammung und arbeitete nach einem Studium in Großbritannien dort zunächst als Journalist. 1957 debütierte N. mit dem Roman »Der mystische Masseur« (dt. 1984), der Eindrücke aus seiner Jugendzeit in Trinidad vermittelt. Seine späteren Arbeiten — besonders »Guerillas« (R., 1975, dt. 1976) sowie der Afrika-Roman »An der Biegung des großen Flußes« (1979, dt. 1980) — lassen eine zunehmend pessimistische Haltung gegenüber der Entwicklung der Dritten Welt erkennen. »Eine islamische Reise« (1981, dt. 1982) beschreibt eindringlich die Inhumanität des religiösen Fundamentalismus.

□ ab 1950: Literaturstudium in Oxford und anschl. Mitarbeiter des Colonial Service der BBC. □ 1958: »Wahlkampf auf Karibisch« (R., dt. 1975). □ 1959: »Blaue Karren im Calypsoland« (R., dt. 1966). □ 1961: »Ein Haus für Mr. Biswas« (R., dt. 1983). □ 1967: »Herr und Sklave« (dt. 1974).

Najibullah, Mohammed →Nadschibullah, Mohammed

Nakajima, Hiroshi

jap. Pharmakologe
* 16.5.1928 Samukawa

Hiroshi Nakajima →

Nakajima, seit 1988 Generaldirektor der WHO in Genf, setzt sich für eine Kooperation unter den 116 Mitgliedstaaten ein, um bis zum Jahr 2000 der gesamten Menschheit eine medizinische Versorgung zu ermöglichen. Ab 1958 als Neuropsychiater in der pharmakologischen Forschung Frankreichs und Japans tätig, wurde N. 1973 zur Bewertung und Kontrolle pharmazeutischer Präparate in die WHO berufen. Als Chef des Regionalbüros in Manila leitete N. ab 1979 mehrere Expertenkommissionen in Afrika, Südostasien und im westpazifischen Raum.

Nakasone, Yasuhiro

jap. Politiker
* 27.5.1918 Takasaki, Gumma

1982 als Protegé von K. →Tanaka zum Ministerpräsidenten gewählt, gewann der Jurist durch den Ausbau der Verteidigungspolitik und der guten Beziehungen zu den USA an Popularität. Wirtschaftspolitisch forderte er Exportbeschränkungen und eine Stärkung des Binnenmarktes. Als erster Ministerpräsident stattete N. 1985 dem Yasukuni-Schrein, der Kultstätte für die Gefallenen des 2. Weltkriegs, einen offiziellen Besuch ab und erwog eine Revision des Kriegsverzichtsartikels der japanischen Verfassung.

□ 1947: Wahl ins Repräsentantenhaus. □ 1972: Min. für Int. Handel und Industrie. □ 1987: Nach deutlicher Wahlniederlage der Liberaldemokraten (LDP) Rücktritt als Ministerpräsident. □ 1989: Aussage vor dem Recruit-Untersuchungsausschuß; Austritt aus der LDP.

← Yasuhiro Nakasone

Nałkowska, Zofia

poln. Schriftstellerin
* 10.11.1884 Warschau † 17.12.1954 ebd.

Nałkowska war Vertreterin eines intellektuell scharfsinnigen und sozial engagierten Realismus in Polen. In »Die Schranke« (R., 1935, dt. 1958) behandelte sie das Problem der sozialen Determiniertheit des Menschen: Für das ethische Handeln gibt es eine Grenze, die durch Faktoren wie Bildung, Herkunft und soziale Stellung bestimmt wird, über die der einzelne sich nicht hinwegsetzen kann.

□ 1907: »Der Prinz« (R., dt. 1908); Engagement für politische Häftlinge. □ 1924: »Die Liebesgeschichte der Teresa Hennert« (R.). □ 1928: »Verhängnisvolle Liebe« (R., dt. 1937). □ ab 1945: Abg. im Sejm und Mitgl. der Int. Kommission zur Erforschung der Naziverbrechen in Polen. □ 1946: »Medaillons« (Erz.n, dt. 1956).

Gianna Nannini →

Nannen, Henri

dt. Journalist
* 25.12.1913 Emden

Nannen prägte als Gründer, Herausgeber und langjähriger Chefredakteur der Illustrierten stern die deutsche Zeitschriftenlandschaft der Nachkriegszeit. 1948 aus der Jugendzeitschrift Zick-zack hervorgegangen, entwickelte sich das politisch engagierte Unterhaltungsblatt unter N.s Regie zum auflagenstärksten Magazin Europas. Angriffslustige Reportagen lösten immer wieder öffentliche Diskussionen aus. Den Rücktritt des passionierten Kunstsammlers 1983 überschattete der Skandal um die gefälschten Hitler-Tagebücher, wobei sich N. öffentlich der Verletzung seiner journalistischen Sorgfaltspflicht bezichtigte.

□ 1934-38: Studium der Kunstgeschichte in München. □ ab 1938: Kulturberichterstatter der Zeitschrift Die Kunst; Arbeitsverbot nach kritischer Buchbesprechung. □ 1939-45: Kriegsdienst. □ 1946/47: Hg. der Hannoverschen Neuesten Nachrichten. □ 1951: Verkauf sämtlicher Anteile am stern (u. a. an die Wochenzeitung Die Zeit); bis 1980 Chefredakteur. □ 1969: Entwurf eines in der BRD als vorbildlich geltenden Redaktionsstatuts. □ 1970: Streit mit G. →Löwenthal wegen Verdächtigung der Beteiligung an Kriegsverbrechen. □ 1973: »stern«-Spendenaktion für Äthiopien erbringt 22 Mio. DM. □ 1975: Rüge des Presserats wegen Veröffentlichung eines Telefonats zwischen H. →Kohl und K. →Biedenkopf. □ 1979: Gründung einer Kunsthandlung in Hamburg. □ 1986: Eröffnung der seiner Heimatstadt Emden gestifteten Kunsthalle.

Fridtjof Nansen →

← Henri Nannen

Nannini, Gianna

ital. Rockmusikerin
* 14.6.1956 Siena

Nannini, die seit Ende der 70er Jahre mit provokanten Songs gegen den mediterranen Machismo für Schlagzeilen sorgt, ist Italiens Rocklady Nr. 1. Die selbstbewußte Sängerin zeichnet sich vor allem durch die Fähigkeit aus, eingängige Melodien erfolgreich mit harten, rhythmisch betonten Rock-Arrangements zu verknüpfen, mit denen ihre rauhe, kraftvolle Stimme perfekt harmoniert.

□ 1975: Musik- und Philosophiestudium in Mailand. □ 1976: Erste LP »Gianna Nannini«. □ 1979: Aufenthalt in Amerika, Hinwendung zur Rockmusik; »California« (LP). □ 1982: »Latin Lover« (LP). □ 1983: Deutschlandtournee mit U. →Lindenberg; »Sommernachtstraum« (F.). □ 1984: Erhalt der ersten Goldenen Schallplatte für »Puzzle« (LP). □ 1986: »Profumo«. □ 1987: Konzert mit Jack Bruce und E. →Schoener im Hamburger Schauspielhaus. □ 1988: »Malafemmina« (LP). □ 1990: Offizieller FIFA-Song für die Fußball-WM in Italien »Un'estate Italiana« (von G. →Moroder, im Duett mit Edoardo Bennato).

Nansen, Fridtjof

norw. Nordpolforscher und Ozeanograph
* 10.10.1861 Gut Store-Frøn bei Oslo
† 13.5.1930 Lysaker bei Oslo

Nansen überquerte als erster auf Hundeschlitten die 3000 m hohe Inlandeisdecke Grönlands (1888). Er startete von der unwirtlichen, gebirgigen Ostküste aus, um sich selbst den Rückweg abzuschneiden. Eine noch gewagtere Expedition wurde die Driftfahrt auf N.s Spezialschiff »Fram« von der Nordsibirischen See zum Nordpolar-Meer (1893-96). 1895 versuchte N. von der »Fram« aus auf Schlitten den Nordpol zu erreichen und gelangte bis 86° 14′ nördlicher Breite. Danach wandte N. sich der Meeresforschung zu. Für seine internationalen Hilfsaktionen nach dem 1. Weltkrieg wurde N. 1922 mit dem Friedens-Nobelpreis ausgezeichnet.

□ 1882: Kurator für Zoologie am Museum Bergen. □ 1888: Durchquerung Grönlands. □ 1895: Vergeblicher Versuch, mit F. H. Johansen den Nordpol zu erreichen. □ 1897: »In Nacht und Eis« (dt. 1897). □ 1908: Prof. für Ozeanographie an der Univ. Oslo. □ 1910-14: Ozeanographische Expeditionen. □ 1920: Mitgl. des Völkerbundes; Hochkommissar für Rückführung von Kriegsgefangenen. □ 1921: Organisation von Wirtschaftshilfe für die hungernde russ. Bevölkerung. □ 1922: Schaffung eines Flüchtlingspasses (Nansenpaß); Friedens-Nobelpreis.

▷ W. Bauer: Fridtjof Nansen. Humanität als Abenteuer, 1979.

Narayan, Rasipuram Krishnaswami

ind. Schriftsteller
* 10.10.1906 Madras

Narayan ist neben Mulk Ráj Anand und Raja Rao Mitbegründer der modernen indo-englischen Literatur. Seine sozialkritischen Romane sind in der fiktiven südindischen Kleinstadt Malgudi angesiedelt. Mit ironischem Humor schildert N. die alltäglichen Konflikte und Probleme der Angehörigen der unteren Mittelschicht. Die von einem hinduistischen Weltbild geprägte Gesellschaft in Malgudi erweist sich trotz aller Schwierigkeiten letztlich als unwandelbar und in ewigem Gleichgewicht befindlich. N.s frühe Werke weisen autobiografische Züge auf.

← R. K. Narayan

□ 1935: »Swami and Friends« (R.). □ 1937: »The Bachelor of Arts« (R.). □ 1943: »Malgudi Days« (Kurzg.n). □ 1952: »Gold vom Himmel« (R., dt. 1955). □ 1956: USA-Reise. □ 1961: »Der Menschenfresser von Malgudi« (R., dt. 1969). □ 1970: »A Horse and Two Goats« (Kurzg.). □ 1976: »Der Schildermaler« (R., dt. 1979).

▷ P. S. Sundaram: R. K. Narayan, 1973; R. K. Narayan: My Days (Aut.), 1974.

Narcejac, Thomas →Boileau, Pierre Louis

Nasser, Gamal Abd an

ägypt. Politiker und Militär
* 15.1.1918 Beni Mor (Bani Murr), Gouv. Asyut
† 28.9.1970 Kairo

Nasser war der unbestrittene Führer der panarabischen Bewegung und einer der Repräsentanten der Organisation der Blockfreien Länder. Als junger Offizier zeichnete er sich 1948 während des 1. arabisch-israelischen Krieges aus; er erhielt daher nach dem Sturz von König →Faruk einen Platz im Revolutionsrat, den er 1954 zur eigenen Machtübernahme nutzte. Zwei Jahre später verstaatlichte N. den bis dahin in britischem Besitz befindlichen Sueskanal und löste dadurch die Sueskrise aus. Sein erfolgreicher Widerstand gegen eine britisch/französisch/israelische Intervention machte ihn zum Vorkämpfer des arabischen Nationalismus.
In den folgenden Jahren forcierte er die Industrialisierung des Landes und baute mit sowjetischer Hilfe den Assuan-Staudamm. Er proklamierte einen eigenen »arabischen Sozialismus« unter der Führung seiner Partei, der Arabischen Sozialistischen Union, und versuchte mehrfach, Ägypten mit anderen arabischen Ländern zu vereinigen (so 1958-61 mit Syrien zu einer Vereinigten Arabischen Republik). Seit dem für die arabische Seite erfolglosen Sechs-Tage-Krieg gegen Israel (1967) war seine Stellung als Staatspräsident merklich geschwächt.

Staatspräsident Gamal Abd an Nasser beim Besuch einer Moschee in Moskau, 1958.

□ 1938: Soldat. □ 1943: Mitbegründer des Bundes Freier Offiziere. □ 1952: Beteiligung am Staatstreich gegen König Faruk; Mitgl. des Revolutionsrates; Oberbefehlshaber der Streitkräfte. □ 1953: Stellv. Ministerpräsident. □ ab 1954: Ministerpräsident und Staatspräsident.

▷ A. Agaryschew: Gamal Abdel Nasser. Leben und Kampf eines Staatsmannes, 1977.

Nathans, Daniel

amer. Mikrobiologe
* 30.10.1928 Wilmington, Del.

Nathans, seit 1962 Professor an der Johns Hopkins University Medical School in Baltimore, experimentierte erfolgreich mit bestimmten von Bakterien gebildeten Enzymen, die die doppelsträngige Desoxyribonukleinsäure (DNS) in spezifische DNS-Stücke aufspalten können. N. zeigte die Anwendbarkeit dieser »Restriktionsenzyme« — mit welchen er 1971 die DNS eines Affen-Virus in elf Fragmente zerlegte — als Hilfsmittel zur Strukturaufklärung der Nukleinsäuren und der präzisen Gen-Lokalisierung. Für diese Methode, die auch bei genchirurgischen Experimenten zur Gen-Neukombination Anwendung findet, erhielt N. 1978 den Physiologie/Medizin-Nobelpreis (mit W. →Arber und H. O. Smith).

Natorp, Paul

dt. Philosoph und Pädagoge
* 24.1.1854 Düsseldorf † 17.8.1924 Marburg

Natorp war Wortführer des Neukantianismus (Marburger Schule), für den er mit seiner Programmschrift »Die Philosophie, ihr Problem und ihre Probleme« (1911) die beste Einführung schrieb. Als Philosoph mit »Platos Ideenlehre« (Schr., 1903) bekannt geworden, berief sich N. in seinen pädagogischen Vorstellungen auf Johann Heinrich Pestalozzi (* 1746, † 1827) und bestimmte, um dem Gemeinschaftsprinzip in der

Bildung zu genügen, die Gemeinschaft, nicht den einzelnen, als das wahrhaft Konkrete im Bereich des Menschlichen.

□ ab 1885: Prof. an der Univ. Marburg. □ 1899: »Sozialpädagogik«. □ 1909: »Philosophie und Pädagogik«. □ 1910: »Die logischen Grundlagen der exakten Wissenschaften«. □ 1912: »Allgemeine Psychologie«. □ 1925: »Vorlesungen über praktische Philosophie«.

Natsume, Soseki

(eig. Kinosuke Natsume)
* 5.1.1867 Edo (heute Tokio) † 9.12.1916 ebd.

Natsume gehörte wie O. →Mori zu den Pionieren der modernen japanischen Literatur. Als einer der ersten gestaltete er in seinen Romanen den Konflikt zwischen den als egoistisch verurteilten Ansprüchen eines neuen Individuums und der Gesellschaft. In »Der Tor aus Tokio« (R., 1906, dt. 1965) schilderte N. auf humoristisch-traurige Weise die Abenteuer eines jungen Lehrers im Kleinstadtmilieu. Den Höhepunkt seines Schaffens bildete der Roman »Kokoro« (1914, dt. 1976): Ein Student wird Zeuge der moralischen Demaskierung und Selbsterkenntnis eines alternden Intellektuellen, der schließlich Selbstmord begeht. N. ist der am meisten verehrte moderne Autor in Japan, seine Werke finden sich in jedem Lehrplan.

□ 1900-02: Stipendiat in London. □ 1903: Dozent für Engl. Literatur an der Univ. Tokio. □ 1905: »Ich bin eine Katze« (Erz.). □ ab 1907: Journalist. □ 1908: »Träume aus zehn Nächten« (Erz., dt. 1969). □ 1909: »Und dann« (R.). □ 1915: »Gras am Wegrand« (Erz.).

← Soseki Natsume

Natta, Giulio

ital. Chemiker
* 26.2.1903 Imperia bei Genua
† 2.5.1979 Bergamo

Natta entwickelte die stereospezifische Polymerisation und verbesserte die von K. W. →Ziegler erfundene Niederdruck-Synthese zur industriellen Herstellung verschiedener Kunststoffe mit physikalisch hervorragenden Eigenschaften. Mit Hilfe der metallorganischen »Ziegler-Natta-Katalysatoren« wurden 1953-56 »isotaktische Polymere« synthetisiert-thermoplastische Stoffe mit regelmäßiger Struktur.

□ 1933-38: Prof. an wiss. Inst.n in Pavia, Rom und Turin. □ 1938: Infolge der kriegsbedingten Ersatzstoffsuche wird N. von der ital. Regierung zum Forschungsdir. für synthetischen Kautschuk ernannt. □ 1938-74: Prof. am Polytechnischen Inst. in Mailand. □ 1963: Chemie-Nobelpreis (zusammen mit K. W. Ziegler).

Friedrich Naumann →

← Giulio Natta

Nauman, Bruce

amer. Künstler
* 6.12.1941 Fort Wayne, Ind.

Nauman ist einer der vielseitigsten amerikanischen Künstler der jüngeren Generation und ein herausragender Vertreter der Concept Art, in deren Zusammenhang seine Neonschrift-Objekte gehören (z. B. »Window or Wall Sign«, 1967, Basel, Öffentliche Sammlung, Museum für Gegenwartskunst). Das gleiche gilt für seine Fotoarbeiten wie die Aufnahme »Eating the words«, die ihn beim Verzehr einer sog. Wortplastik festhält. Der Body Art widmet er sich in Filmen, die ihn bei immer wiederholten gestischen Handlungen zeigen. Der »Floating Room« (1972) wurde von diffusem, flutendem Licht gebildet und erzeugte beim Eintreten plötzliche Orientierungslosigkeit. N.s Rauminstallationen bestehen häufig aus leeren, durch enge Gänge verbundenen Räumen mit Monitoren, auf denen der Betrachter mit Bildern konfrontiert wird, die das Gefühl der Beengung und des Eingesperrtseins steigern. Seit den 60er Jahren entstehen auch skurrile Objekte, seit Mitte der 70er Jahre geometrisch-konstruktive Plastiken aus Fiberglas.

□ 1960-66: Studium der Mathematik, später Kunststudium an der Univ. von Kalif. in Davis. □ 1968: Erste Einzelausstellung in der Leo Castelli Gallery, New York. □ 1972/73: Große Wanderausstellung, u. a. im Whitney Museum of American Art, New York. □ 1990: Auszeichnung mit dem Max-Beckmann-Preis der Stadt Frankfurt/Main.

Martina Navratilova →

Naumann, Friedrich

dt. Politiker und Theologe (ev.)
* 25.3.1860 Störmthal bei Leipzig
† 24.8.1919 Travemünde

Naumann kam über seine Tätigkeit für die Innere Mission zur Politik. Durch seine Rednergabe und sein soziales Engagement übte er um die Jahrhundertwende großen Einfluß auf die liberale Bewegung aus. Zunächst dem konservativ-nationalen A. →Stoecker nahestehend, gründete er 1895 die liberale Zeitschrift Die Hilfe und strebte ein demokratisches und soziales Reich in Form einer konstitutionellen Monarchie an. Dabei war er einer nationalen Machtstellung nicht abgeneigt (Kolonien, Flotte). Während des 1. Weltkriegs trat er nach einigem Zögern für einen Frieden ohne Annexionen ein. 1918 war er Mitgründer der Deutschen Demokratischen Partei.

□ 1895: Gründung der Zeitschrift Die Hilfe. □ 1896: Mitbegründer des Nationalsozialen Vereins. □ 1903: Mitglied der Freisinnigen (Liberale). □ 1906-18: MdR. □ 1917: Gründer der Staatsbürgerschule in Berlin (ab 1920 Hochschule für Politik). □ 1918: Mitbegründer der DDP. □ 1919: Vorsitzender der DDP.

Navratilova, Martina

tschech.-amer. Tennisspielerin
* 18.10.1956 Prag

Navratilova zählt zu den besten Tennisspielerinnen der Sportgeschichte. 1990 wurde die Linkshänderin zum neunten Mal Siegerin von Wimbledon, das sie 1982-87 sechsmal in Serie gewonnen hatte; beide Leistungen sind Rekorde. Den Federations Cup, die Mannschafts-Weltmeisterschaft der Damen, holte sie 1975 für ihr Geburtsland Tschechoslowakei und 1982 für ihre Wahlheimat USA. 1978-87 stand sie siebenmal an der Spitze der Weltrangliste. 1991 scheiterte sie erstmals seit 1977 in Wimbledon schon im Viertelfinale (Niederlage gegen die 19 Jahre jüngere Jennifer Capriati).

□ 1978: Sieg in Wimbledon (erneut 1979, 1982-87 und 1990). □ 1982: French Open (erneut 1984). □ 1983: Australian Open (erneut 1985 und 1986); US Open (erneut 1984, 1986 und 1987).

▷ M. Navratilova: So bin ich, 1991.

Nay, Ernst Wilhelm

dt. Maler
* 11.6.1902 Berlin † 8.4.1968 Köln

Nay: Von der gegenständlichen zur abstrakten Malerei.

Nay war mit seinen großformatigen abstrakten »Scheibenbildern« der 50er und 60er Jahre einer der bedeutendsten Vertreter der lyrischen Abstraktion in Deutschland. Darin wurden Scheibenformen als sphärisch vor dem Bildgrund schwebende Körper in harmonisch-meditativen oder kontrastreich-explosiven Farbkompositionen zum beherrschenden Bildelement.
In den 30er Jahren war N.s Werk noch dem Gegenständlichen verpflichtet (Tierbilder). In den Serien der Dünen- und Wellenbilder (1934-36, nach einer Ostseereise) und der Lofotenbilder (1937/38) nach einem Aufenthalt bei E. →Munch begann das Motivische hinter abstrakten Formprinzipien zurückzutreten. Die »Hekatenbilder« (1945-48) erinnern nur noch entfernt an Figürliches. An das Werk W. →Kandiskys und R. →Delaunays anschließend, gelangte N. Anfang der 50er Jahre mit seinen an musikalischen Kompositionen orientierten, durch Lineament rhythmisch skandierten Malereien zur reinen Abstraktion, wobei die Farbe zum tragenden Gestaltungsmittel wurde.

□ 1925-28: Studium an der Berliner Kunstakademie bei C. →Hofer. □ 1931/32: Stipendiat der Villa Massimo in Rom. □ 1937: Nach der Ausstellung »Entartete Kunst« Arbeitsverbot durch die Nationalsozialisten. □ ab 1940: Kriegsdienst in Frankreich. □ 1948: Teilnahme an der Biennale in Venedig (erneut 1956: Einzelausstellung). □ 1951: Endgültiger Übergang zur Abstraktion. □ 1955: Erste Ausstellung in den USA. □ ab 1964: Serie der »Augenbilder«. □ postum 1990/91: Retrospektive in Köln, Basel, Edinburgh.

▷ E. Nay: Ein strahlendes Weiß, 1984.

Nebel, Rudolf

dt. Raketentechniker
* 21.3.1894 Weißenburg, Bayern
† 18.9.1978 Düsseldorf

Nebel konstruierte 1915 den nach ihm benannten Raketenwerfer, der im 2. Weltkrieg als Pendant zu den sowjetischen »Stalinorgeln« eingesetzt wurde. 1930 gründete er in Berlin-Reinickendorf den Flugplatz Tegel, den ersten Raketenstartplatz der Welt. Bei den 1930-34 durchgeführten Versuchen erreichten seine Flüssigkeitsraketen Flughöhen von 1000 m. Neben W. v. →Braun Mitarbeiter von H. →Oberth, trug N. wesentlich zur Entwicklung der V-Rakete bei.

Rudolf Nebel mit einem 2 m langen Modell der Oberthschen Weltraumrakete, 1930.

□ 1930: Vorstellung des ersten eigenen Raketentriebwerks. □ 1930-34: Testflüge mit Flüssigkeitsraketen. □ 1932: »Raketenflug« (Schr.).

▷ R. Nebel: Die Narren von Tegel (Aut.), 1972.

Neckermann, Josef

dt. Unternehmer, Sportfunktionär und Dressurreiter
* 5.6.1912 Würzburg

Neckermann, Gründer des gleichnamigen Versandhauses, gehörte 1956-74 zu den internatio-

Josef Neckermann: Weltmeister und mehrfacher Olympiasieger im Dressurreiten.

nal führenden Dressurreitern. 1964 und 1968 wurde er Olympiasieger mit der Mannschaft. Als Vorsitzender der Stiftung Deutsche Sporthilfe (1967-88) brachte er mit Spenden der Industrie und zahlreichen Aktionen (u. a. Fernsehlotterie »Glücksspirale«, Sportbriefmarke, Schallplatten) eine Summe von 250 Mio. DM auf, mit der ca. 19 000 Spitzensportler unterstützt wurden.

□ 1960: Olympiadritter in Rom (Einzel-Dressur). □ 1962: Dt. Meister (erneut 1969, 1971 und 1974). □ 1964: Olympiasieger in Tokio (Mannschaft). □ 1965-71: Europameister (Mannschaft). □ 1966: Weltmeister (Einzel und Mannschaft). □ 1968: Olympiasieger in Mexiko (Mannschaft); Olympiazweiter (Einzel). □ 1972: Olympiazweiter (Mannschaft); Olympiadritter (Einzel).

Néel, Louis Eugène Félix

frz. Physiker
* 22.11.1904 Lyon

Néel erforschte den Ferromagnetismus, erklärte 1947 dessen Temperaturverhalten und den 1930 von ihm postulierten Antiferromagnetismus. Auf seinen Erkenntnissen beruht die Herstellung stark magnetisierbarer, zum Teil auch nichtelektrischer keramischer Werkstoffe, wie sie in der Elektrotechnik für den Bau von Informationsspeichern in Computern, Lautsprechermagneten und magnetischen Oxyden unentbehrlich geworden sind.

□ 1928: Assistent von P. →Weiss in Straßburg, dem »Vater des Ferromagnetismus«. □ 1937-45: Prof. an der Univ. ebd. □ 1946-76: Prof. an der Univ. Grenoble. □ 1956-71: Dir. des Centre d'Études Nucléaires ebd. □ 1970: Physik-Nobelpreis (mit H. →Alfvén).

Negri, Pola

(eig. Barbara Apolonia Chalupiec)
poln.-amer. Schauspielerin
* 3.1.1897(?) Lipno † 1.8.1987 San Antonio, Texas

Negri war einer der großen Stars der Stummfilmzeit. 1922 erhielt sie mit dem Regisseur E. →Lubitsch nach Hauptrollen in erfolgreichen Filmen wie »Die Augen der Mumie Ma« (1918) und »Madame Dubarry« (1919) ein Angebot aus Hollywood, wo sie überwiegend auf die Rolle des mondänen Vamp fixiert blieb.

□ ab 1913: Ensemblemitgl. des Warschauer Nationaltheaters. □ 1914: Filmdebüt in »Sklaven der Liebe«. □ 1920: »Sumurun« (Rg. E. Lubitsch). □ 1924: »Das verbotene Paradies« (Rg. E. Lubitsch) □ 1926: »Hotel Stadt Lemberg« (Rg. M. Stiller). □ 1935: »Mazurka« (Rg. W. →Forst). □ 1937: »Madame Bovary« (Rg. G. Lamprecht).

▷ P. Negri: Memories of a Star, 1970.

Negt, Oskar

dt. Sozialwissenschaftler
* 1.8.1934 Kapkeim bei Königsberg, Ostpreußen

Negts politisch motivierte wissenschaftliche Arbeit gilt den Problemen der lohnabhängig Arbeitenden sowie den gesellschaftspolitischen Aufgaben der Gewerkschaften. In der Arbeitszeitverkürzung (35-Stunden-Woche) sieht er Perspektiven für eine sinnvolle, emanzipatorische Ausgestaltung der Freizeit. Zu deren Organisation und zur Verbesserung der Wohnsituation insgesamt seien gewerkschaftliche Interessenvertretungen in Wohngebieten notwendig.

□ 1968: »Soziologische Phantasie und exemplarisches Lernen« (Schr.), eine grundlegende Arbeit für das Bildungskonzept der IG Metall. □ 1971: Prof. für Soziologie, TU Hannover. □ 1972: Mitinitiator des Alternativschulprojekts Glockseeschule, Hannover. □ 1983: »Lebendige Arbeit, enteignete Zeit« (Schr.). □ 1989: »Emanzipationsinteressen und Organisationsphantasie« (Schr.).

Oskar Negt →

← Louis E. F. Néel

← Pola Negri

Nehru (Pandit), Jawaharlal

ind. Politiker
* 14.11.1889 Allahabad † 27.5.1964 Delhi

Nehru gilt neben M. →Gandhi, dessen Mitarbeiter er ab 1919 war, als der Begründer des modernen, unabhängigen Indiens. Seit seiner Rückkehr aus England 1916 strebte er ein säkulares, vereinigtes Indien an. Im Gegensatz zum religiös geprägten Rigorismus von Gandhi vertrat N. eine pragmatische Machtpolitik auf der Basis eines sozialen und demokratischen Rechtssystems.
Als erster Ministerpräsident des unabhängigen Indien (seit 1947) verfolgte N. mit einer Neutralitätspolitik eine Lösung vom Westen, verschaffte Indien dabei zugleich internationales Ansehen. Mit verschiedenen Mehrjahresplänen nach sozialistischem Muster versuchte er, die wirtschaftliche und soziale Entwicklung des Landes zu beschleunigen.

□ 1912-16: Rechtsanwalt in London. □ ab 1923: Generalsekr. der Ind. Kongreß-Partei. □ 1925-27: Europareise. □ 1929; 1936/37; 1946; 1951-54: Präs. der Kongreß-Partei. □ 1942-45: In brit. Haft wegen Forderung nach sofortiger Unabhängigkeit. □ 1946: Stellv. Premierminister und Außenmin. der provisorischen ind. Regierung. □ 1947-64: Premierminister des Dominiums von Indien, später der Ind. Union (zeitweilig zugleich Verteidigungsmin.). □ 1950: Austritt aus dem Commonwealth. □ 1954: Rückgabe der letzten frz. Kolonien. □ 1955: Verbot der Witwenverbrennung. □ 1962: Niederlage im ind.-chin. Krieg.

▷ M. Brecher: Nehru, 1963; T. Ali: Die Nehrus und die Gandhis, dt. 1985.

Jawaharlal Nehru meditiert beim Spinnen, einem beliebten Zeitvertreib Mahatma Gandhis.

Neill, Alexander Sutherland
brit. Pädagoge
* 17.10.1883 Forfar, Schottland
† 23.9.1973 Aldeburgh, Suffolk

Der Reformpädagoge Neill beeinflußte mit seinem Modell der repressionsfreien Erziehung nach den psychoanalytischen Erkenntnissen W. →Reichs die Pädagogik weltweit. Der Gründer der Internatsschule Summerhill (1924) verzichtete auf Zwang und Strafmaßnahmen, auf Beeinflussung und moralisch-religiöse Belehrung und setzte statt dessen auf Freiwilligkeit, um den Schülern eine ungehinderte emotionale Entfaltung zu ermöglichen. N.s Summerhill-Konzept prägte auch das Modell der antiautoritären (Kinderladen-)Erziehung in der BRD seit Ende der 60er Jahre.

☐ 1921: Mitbegründer der Neuen Schule Hellerau bei Dresden. ☐ 1960: »Erziehung in Summerhill« (Schr., dt. 1965, 1969 u. d. T. »Theorie und Praxis der antiautoritären Erziehung«). ☐ 1971: »Das Prinzip Summerhill« (Schr.).

▷ A. S. Neill: N. N.-Birnenstiel (Aut.), 1973.

← Alexander S. Neill

Nekrassow, Viktor Platonowitsch
sowjet. Schriftsteller
* 17.6.1911 Kiew
† 3.9.1987 Gentilly, Val-de-Marne (Frankreich)

Nekrassow, der vor dem 2. Weltkrieg als Architekt, Schauspieler und Filmregisseur gearbeitet hatte, schrieb unter dem Eindruck eigener Erlebnisse den Roman »In den Schützengräben von Stalingrad« (1946). Dieses literarische Zeugnis von den Schrecken des Krieges erschien in weit über 100 Auflagen und wurde in mehr als 30 Sprachen übersetzt. N.s Kritik an der politischen und gesellschaftlichen Wirklichkeit seines Landes — etwa in »Kyra Georgijewna« (R., 1961, dt. 1962) — führte zu Repressalien. Anfang der 70er Jahre weigerte er sich, an der Kampagne gegen A. →Solschenizyn und A. →Sacharow teilzunehmen. In die Emigration gezwungen, arbeitete er in Paris für die Exilzeitschrift Kontinent.

☐ 1942/43: Teilnahme an der Schlacht um Stalingrad. ☐ 1944: Mitgl. der KPdSU. ☐ 1954: »Ein Mann kehrt heim« (R., dt. 1957). ☐ 1973: Parteiausschluß. ☐ 1974: Behördliche Erlaubnis zur Ausreise; Aufenthalt in der Schweiz, dann in Paris. ☐ 1979: Aberkennung der Staatsbürgerschaft. ☐ 1981: »Zu beiden Seiten der Mauer« (Ber.); »Ansichten und etwas mehr — aufrichtige Notizen von literarischem Reiz«.

László Németh →

← Viktor P. Nekrassow

Nell-Breuning, Oswald von
dt. Theologe (kath.) und Soziologe
* 8.3.1890 Trier † 21.8.1991 Frankfurt/Main

Nell-Breuning wurde als führender Vertreter der katholischen Soziallehre über den deutschen Sprachraum hinaus bekannt. Schon die päpstliche Sozial-Enzyklika »Quadragesimo anno« (1931) mit der Forderung nach Sozialbindung des Eigentums trug N.s Handschrift. Er forderte eine an den Bedürfnissen der Arbeiter orientierte Wirtschaftsethik und Sozialpolitik. In eigenen Publikationen, als Herausgeber zahlreicher Nachschlagewerke (u. a. »Wörterbuch der Politik«, 5 Bde., 1947-52) sowie mit Beiträgen zum »Staatslexikon« der Görres-Gesellschaft (6. Aufl. 1957-63) hat er seine Vorstellungen einer katholischen Soziallehre verbreitet. N. starb im Alter von 101 Jahren in der Philosophisch-Theologischen Hochschule St. Georgen in Frankfurt/Main.

← Oswald v. Nell-Breuning

☐ 1911: Jesuit. ☐ 1928: Prof. an der Hochschule St. Georgen, Frankfurt/Main. ☐ 1932: »Die soziale Enzyklika« (Schr.). ☐ 1936-45: Publikationsverbot. ☐ 1948: »Zur christlichen Gesellschaftslehre« (Schr., mit H. Sacher). ☐ 1950: »Einzelmensch und Gesellschaft« (Schr.); »Mitbestimmung« (Schr.). ☐ 1956: Prof. an der Univ. Frankfurt/Main. ☐ 1956-60: »Wirtschaft und Gesellschaft heute« (Schr., 3 Bde.). ☐ 1967: »Staat und Wirtschaft. Beschlüsse des Zweiten Vatikanischen Konzils« (Schr.). ☐ 1979: »Soziale Sicherheit« (Schr.). ☐ 1990: »Unbequeme Grenzziehung« (Schr.)

Németh, László
ung. Schriftsteller
* 18.4.1901 Nagybánya † 3.3.1975 Budapest

Németh bemühte sich in seinem Werk, das Dramen, Essays und Romane umfaßt, modernes westliches Gedankengut mit der archaischen Tradition Ungarns zu verbinden. International erfolgreich waren seine Familien- und Gesellschaftsromane (u. a. »Maske der Trauer«, 1935, dt. 1970) sowie seine historischen Dramen (»Galilei«, 1953, dt. 1965). Sein Engagement für eine den sozialen Gegebenheiten Ungarns angepaßte Bildungspolitik stieß auf den Widerstand der kommunistischen Regierung.

☐ 1926-43: Zahn- und Schularzt. ☐ 1932-37: Hg. der Zeitschrift Tanu (Zeuge). ☐ 1940: »Die Revolution der Qualität« (Es., dt. 1962). ☐ 1945-50: Lehrbeauftragter am Gymnasium von Hódmezövásárhely. ☐ 1947: »Wie der Stein fällt« (R., dt. 1960). ☐ 1948: »Egethö Eszter« (R., dt. 1963). ☐ 1950-56: Übersetzer in Budapest. ☐ ab 1956: Freier Schriftsteller. ☐ 1965: »Kraft des Erbarmens« (R., dt. 1968).

Németh, Miklós
ung. Politiker
* 24.1.1948 Monok

Der reformorientierte Politiker Németh, letzter kommunistischer Ministerpräsident in Ungarn (1988-90), schuf wesentliche Voraussetzungen für die wirtschaftliche und politische Umgestaltung des Landes und leitete den Demokratisierungsprozeß ein. Im Mai 1989 ordnete N. den Abbau der Grenzanlagen nach Österreich an und setzte ein deutliches Zeichen für den Systemwechsel im eigenen Land.

☐ 1971: Abschluß eines volkswirtschaftlichen Studiums. ☐ 1987: Leiter des ZK-Sekretariats für Wirtschaftspolitik. ☐ 1988: Mitgl. des Politbüros. ☐ 1988-90: Ministerpräsident.

Nenning, Günther
österr. Journalist und Autor
* 23.12.1921 Wien

Nenning, seit 1982 Herausgeber und Geschäftsführer der Wiener Kulturzeitschrift Forum (bis dahin 24 Jahre Chefredakteur), ist als streitbarer Reformator der österreichischen Sozialdemokratie über die Landesgrenzen hinaus bekannt geworden. N., der sich in den 80er Jahren immer stärker für die ökologische Bewegung einsetzte, wurde 1985 wegen seines Engagements gegen das Donaukraftwerk Hainburg aus der SPÖ ausgeschlossen. Von dem Vorsitzenden der Gesellschaft für Christlich-Marxistischen Dialog (seit 1960) liegen zahlreiche, vielbeachtete Buchveröffentlichungen vor.

□ 1945: Beitritt zur SPÖ. □ 1948: Journalistischer Start bei der sozialistischen Tageszeitung Neue Zeit in Graz. □ 1949: Dr. phil. im Fach Sprach- und Religionswissenschaft. □ 1958: Mithg. und Redaktionsleiter beim Forum (1965-70 Eigentümer der Zeitschrift). □ 1960-85: Vors. der österr. Journalistengewerkschaft und Vizepräs. der (Mutter-)Gewerkschaft Kunst und Medien. □ 1976: »Realisten oder Verräter? Die Zukunft der Sozialdemokratie« (Schr.). □ 1982: »Vorwärts zum Menschen zurück. Ein rot-grünes Manifest« (Schr.). □ 1985: Ausschluß aus der SPÖ.

← Günther Nenning

Nernst, Walther Hermann

dt. Physiker
* 25.6.1864 Briesen (Wąbrzeźno)
† 18.11.1941 Gut Ober-Zibelle bei Bad Muskau

Nernst, der zu den Begründern der physikalischen Chemie gehört, formulierte 1906 den 3. Hauptsatz der Thermodynamik. Das »Nernstsche Wärmetheorem« besagt, daß die Entropie (das Maß für den Grad der Unordnung bei chemischen Vermischungsprozessen) bei Näherung an den absoluten Nullpunkt ebenfalls dem Wert Null zustrebt. Das heißt, daß der absolute Nullpunkt niemals erreicht werden kann und daß aus der Wärmebilanz bei chemischen Reaktionen deren Gleichgewichtszustände berechnet oder deren Affinitäten bestimmt werden können. 1921 wurde N. für seine thermochemikalischen Arbeiten mit dem Chemie-Nobelpreis des Jahres 1920 ausgezeichnet.

□ 1887: Entdeckung des galvanomagnetischen Effekts (Temperaturabfall in Richtung des Stromflusses in einem Leiter). □ 1889: Erklärung der Funktionsweise chemischer Stromquellen. □ 1891-1905: Prof. an der Univ. Göttingen. □ 1893: »Theoretische Chemie« (Schr.). □ 1895: »Einführung in die mathematische Behandlung der Naturwissenschaften« (Schr.). □ 1905-33: Prof. an der Univ. Berlin. □ 1918: Erklärung der chemischen Kettenreaktion von Chlor und Wasserstoff unter Lichteinwirkung. □ 1922-24: Präs. der Physikalisch-Technischen Reichsanstalt, Berlin.

▷ K. Mendelssohn: Walther Nernst und seine Zeit (Biogr.), 1976.

← Walther H. Nernst

Neruda, Pablo

(eig. Neftalí Ricardo Reyes Basualto)
chil. Lyriker und Diplomat
* 12.7.1904 Parral † 23.9.1973 Santiago de Chile

Neruda erhielt 1971 den Literatur-Nobelpreis für eine »Poesie, die mit der Wirkung einer Naturkraft Schicksal und Träume eines Weltteils lebendig macht«. Sein Hauptwerk, »Der große Gesang« (1950, dt. 1953), zeigt eindrucksvoll die Sprachgewalt des Lyrikers. Das Versepos vermittelt Lateinamerikas Geschichte und Gegenwart in ihrer facettenreichen Gesamtheit. N., in Chile zeitweilig kommunistischer Senator, wurde als Diplomat und als Dichter zum engagierten Botschafter seines Landes. Stilistisch durchlief er verschiedene Phasen — vom Modernismus über den Surrealismus und den sozialistischen Realismus hin zu einer sehr persönlichen Ausdrucksweise. Seine Themen blieben stets dieselben: Liebe, Kultur und Natur, das Leben des einzelnen in der Gesellschaft.

Pablo Neruda erhielt 1971 den Literatur-Nobelpreis.

□ 1921-26: Philosophiestudium in Santiago. □ 1924: Sensationeller Erfolg von »Zwanzig Liebesgedichte und ein Lied der Verzweiflung« (dt. 1958). □ 1934-36: Nach diplomatischem Dienst in Asien und Argentinien Konsul in Spanien; Bekanntschaft mit F. →García Lorca. □ 1935: Surrealistischer Stil in »Aufenthalt auf Erden« (dt. 1960). □ 1937: »Spanien im Herzen« (dt. 1956), Engagement für die Republikaner im Span. Bürgerkrieg. □ 1940-43: Generalkonsul in Mexiko. □ 1945: Mitgl. der Kommunistischen Partei in Chile. □ 1949: Nach Verbot der KP Exil in China und der UdSSR. □ 1952: Rückkehr nach Chile. □ 1958: Selbstkritische Reflexion in »Extravaganzenbrevier« (dt. 1967). □ 1964: »Memorial von Isla Negra« (dt. 1976). □ 1969: »Weltende« (dt. 1986). □ 1970-73: Botschafter der sozialistischen Regierung S. →Allendes in Paris. □ 1971: Literatur-Nobelpreis.

▷ P. Neruda: Ich bekenne, ich habe gelebt, 1974.

Pier Luigi Nervi →

Nervi, Pier Luigi

ital. Bauingenieur und Architekt
* 21.6.1891 Sondrio † 9.1.1979 Rom

Nervi war einer der bedeutendsten Pioniere des Stahlbetonbaus. Seine innovativen Konstruktionsmethoden erlaubten monumentale und zugleich ästhetische Lösungen für Großbauten, mit denen er die Trennung zwischen Ingenieurbau und Architektur aufhob. Dazu gehören ein neuartiges Präfabrikationssystem, neue Materialien (Ferrozement), die hydraulische Vorspannung tragender Stahlbetonelemente und neue Dachkonstruktionen. Schon das Stadion in Florenz

(1929-35) zeigt mit der eleganten freitragenden Tribünenüberdachung, der offenen Konstruktion und den außen an den Bau gehängten, sich in die Höhe schraubenden Treppen eine Architekturauffassung, die in ihrer schnörkellosen Verbindung von Ästhetik und Funktion zu den hervorragenden Beispielen des International Style gehört. Ähnliches gilt für N.s Flugzeughalle in Orvieto (1935-38). Das Dach überspannt hier in Form einer geodätischen Rahmenkonstruktion aus sich überkreuzenden balkenartigen Elementen und Stützbogen 400 qm. Zu den bedeutenden späteren Bauten, in denen N. die architektonische Dynamik der frühen Werke mit Elementen einer fast klassischen Harmonie und Ruhe verknüpfte, gehört das UNESCO-Gebäude in Paris.

□ 1920: Gründung eines Baubüros in Bologna. □ 1939-43: Flugzeughangar in Orbetello. □ 1946-51: Prof. an der Architekturfakultät der Univ. in Rom. □ 1948/49: Ausstellungshalle in Turin. □ 1950-52: Festsaal in Chianciano Terme. □ 1952: Fiatwerke in Turin. □ 1955-58: Pirelli-Hochhaus in Mailand (mit G. Ponti). □ 1961: Palazzo del Lavoro in Turin.

▷ P. Desideri: Pier Luigi Nervi. Pläne, Skizzen und Werkverzeichnis, 1981.

Netzer, Günter

dt. Fußballspieler
* 14.9.1944 Mönchengladbach

Netzer war als einer der weltbesten Mittelfeldspieler maßgeblich am Gewinn der Europameisterschaft 1972 beteiligt. Er bestritt 1967-75 mit längeren Unterbrechungen 37 Länderspiele. Nach Beendigung seiner aktiven Laufbahn war er ab 1978 als Manager beim Hamburger SV und später als Sportmoderator tätig.

□ 1962-73: Borussia Mönchengladbach (Dt. Meister 1970 und 1971; DFB-Pokalsieger 1973). □ 1972: Dt. Fußballer des Jahres. □ 1973-76: Real Madrid (Span. Meister 1975 und 1976; Span. Pokalsieger 1974). □ 1976/77: Grasshoppers Zürich. □ 1978-80: Manager beim Hamburger SV. □ 1991: Strategie-Berater bei Schalke 04.

← Günter Netzer

Neuberger, Hermann

dt. Sportfunktionär
* 12.12.1919 Fenne/Saar

Neuberger, gelernter Volkswirt und Journalist, ist seit 1975 Präsident des Deutschen Fußballbundes (DFB), des mit über 4,7 Mio. Mitgliedern weltweit größten Sportfachverbandes. Als Vizepräsident (seit 1974) des Weltverbandes FIFA organisierte er u. a. die Weltmeisterschaft 1974 in Deutschland und 1990 in Italien.

Hermann Neuberger: Langjähriger FIFA-Vizepräsident.

□ 1951-69: Präs. des Saarländ. Fußballverbandes. □ 1969-75: Vizepräs. des DFB. □ seit 1974: Vizepräs. der FIFA. □ bis 1984: Geschäftsführer der Saarland-Sporttoto GmbH und Dir. der Saarland Spielbank.

Neuenfels, Hans

dt. Regisseur und Theaterleiter
* 31.5.1941 Krefeld

Hans Neuenfels →

Neuenfels ist seit den 70er Jahren einer der umstrittensten Schauspiel- und Opernregisseure des deutschen Theaters. An seinen provokativen, gelegentlich manieristisch-exaltierten Inszenierungen (Schillers »Räuber« 1971 in Mannheim, Kleists »Penthesilea« 1981 in Berlin) scheiden sich die Geister. Seine Operninszenierungen bemühen sich um historische Transparenz und aktuelle Bezüge (»Aida«, 1981).

□ 1965/66: Nach Schauspiel- und Regiestudium u. a. am Wiener Reinhardt-Seminar Regisseur in Trier; vom Intendanten nach provokanten Happenings fristlos entlassen. □ 1967-70: Regisseur in Heidelberg. □ 1972-76: Unter P. → Palitzsch in Frankfurt/Main. □ 1976-86: Gastregisseur an dt. Bühnen. □ 1981: »Aida« (Oper von G. →Verdi) in Frankfurt/Main. □ 1983: »Balkon« (J. → Genet) am Berliner Schillertheater, filmisch verarbeitet in »Reise in ein verborgenes Leben«. □ 1984: »Die Familie oder Schroffenstein« (F. nach »Die Familie Schroffenstein« von H. v. Kleist). □ 1986: Intendant der Freien Volksbühne Berlin. □ 1991: »Isaakaros«.

Neumann, John Johann Baron von

amer. Mathematiker ung. Herkunft
* 28.12.1903 Budapest † 8.2.1957 Washington

Neumann, der als Professor in Berlin, Hamburg und Princeton (N. J., USA) wirkte, begründete die Wirtschaftsmathematik und entwickelte 1928 gemeinsam mit dem amerikanischen Nationalökonomen Oskar Morgenstern (* 1902, † 1977) die sog. Spieltheorie (»Spieltheorie und wirtschaftliches Verhalten«, Schr., 1944). Diese mathematische Forschungsmethode wird in der Ökonomie angewendet, um Aufschlüsse über generelle Verhaltensweisen von Marktteilnehmern zu gewinnen. Ausgangspunkt der Spieltheorie ist das von N. entwickelte Minimax-Theorem: Ein »Spieler«, der seinen Anteil am

Neumann entwickelte die »Spieltheorie« in der Wirtschaft.

Gesamtergebnis maximieren will, erreicht dies nur durch gleichzeitige Minimierung des Anteils seines »Mitspielers«.
Außerdem lieferte N. auf nahezu allen Gebieten der modernen Mathematik grundlegende Beiträge, vor allem mit der Axiomatisierung der Mengenlehre (1923), der Funktionalanalysis (1930) und der Quantentheorie (»Mathematische Grundlagen der Quantenmechanik«, Schr., 1932).

Neumann, Robert

österr. Schriftsteller
* 22.5.1897 Wien † 3.1.1975 München

Neumann wurde als Parodist moderner deutscher Schriftsteller bekannt (u. a. »Mit fremden Federn«, 1927; »Unter falscher Flagge«, 1932). In seinem Roman »Olympia« (1961), der »Autobiografie« von Felix Krulls Schwester, setzte sich N. auf amüsante Weise mit Sprache und Milieu in Th. →Manns Roman »Die Bekenntnisse des Hochstaplers Felix Krull« (1954) auseinander.

John Neumeier →

Neumann, Václav

tschech. Dirigent
* 29.9.1920 Prag

Neumann ist einer der profiliertesten Interpreten tschechischer Musik. Als Leiter der Tschechischen Philharmonie (seit 1968) und anderer Orchester unternahm er zahlreiche Tourneen in Europa, nach Japan und in die USA. Mit einer gelungenen Synthese aus Emotion und Intellekt versteht es N., dramatische Höhepunkte effektvoll zu gestalten. Schwerpunkte seines Repertoires bilden neben der tschechischen Sinfonik die Opern von L. →Janáček, die Werke von G. →Mahler und zeitgenössische Kompositionen.

☐ 1940-45: Violinstudium am Prager Konservatorium. ☐ ab 1945: Mitgl. des Smetana-Quartetts und Bratschist in der Tschech. Philharmonie Prag. ☐ ab 1948: Dirigent der Tschech. Philharmonie. ☐ 1955-60: Chefdirigent der Komischen Oper Berlin. ☐ 1964-68: Generalmusikdir. der Oper und Dirigent des Gewandhausorchesters Leipzig. ☐ seit 1968: Chefdirigent der Tschech. Philharmonie. ☐ 1970-73: Generalmusikdir. des Württ. Staatstheaters Stuttgart. ☐ 1989: Gast des Schl.-H.-Musik-Festivals.

Wolfgang Neuss →

Der Tscheche Václav Neumann dirigiert das Gewandhausorchester in Leipzig, 1965.

Neumeier, John

amer. Choreograph und Ballettdirektor
* 24.2.1942 Milwaukee, Wisc.

Neumeier, ein von Publikum und Kritik gleichermaßen geschätzter Choreograph, beeindruckt durch Handlungsballette (»Sommernachtstraum«, M.: F. Mendelssohn-Bartholdy, G. → Ligeti, 1986), sinfonische Ballette (»Dritte Sinfonie von Gustav Mahler«, 1975), Neuinterpretationen des klassischen Repertoires (»Illusionen — wie Schwanensee«, M.: P. Tschaikowski, 1976) und Musical-Choreographien (»West Side Story«, M.: L. →Bernstein, 1978), in denen er traditionelle Ballett-Technik mit dem Ausdruckstanz verbindet. N. engagiert sich stark in der Nachwuchsausbildung und hat als Ballettdirektor der Hamburg Oper eine Truppe von internationalem Rang geschaffen.

☐ 1963-69: Tänzer am Stuttgarter Ballett unter J. →Cranko. ☐ 1968: Erste Choreographie für das Stuttgarter Repertoire »Separate Journeys« (M.: S. → Barber). ☐ 1969-73: Ballettdir. und Chefchoreograph in Frankfurt/Main. ☐ 1972: »Le Sacre du Printemps« (M.: I. →Strawinsky). ☐ seit 1973: Ballettdir. und Chefchoreograph der Hamburg Oper. ☐ 1981: Choreographie der »Matthäus-Passion«. ☐ 1983: »Endstation Sehnsucht« (nach dem Drama von T. →Williams) in Stuttgart. ☐ 1984: Auftritt als Tänzer in Stuttgart in M. →Béjarts »Die Stühle« (nach E. →Ionesco). ☐ 1987: Verfilmung seines Balletts »Kameliendame« mit M. →Haydée. ☐ 1991: »Fenster zu Mozart« in Hamburg.

Neuss, Wolfgang

dt. Kabarettist und Schauspieler
* 3.12.1923 Breslau (heute Wrocław, Polen)
† 5.5.1989 Berlin/West

Als »Mann mit der Pauke« wurde Neuss Anfang der 60er Jahre berühmt. In seinen Soloprogrammen (u. a. »Das jüngste Gerücht«, 1963; »Neuss Testament«, 1965), die er im Wechsel zwischen Prosa und rhythmischem Sprechgesang vortrug, begegnete er der deutschen Nachkriegsgesellschaft mit Spott und Zynismus. N., der seine Vielseitigkeit u. a. als Drehbuchautor, Produzent und Hauptdarsteller mit den satirischen Filmen »Wir Kellerkinder« (1960) und »Genosse Münchhausen« (1962, Rg. N.) unter Beweis gestellt hat, erlebte nach einer fast zehnjährigen Pause Anfang der 80er Jahre ein Comeback als »Guru« in der alternativen Szene.

☐ 1940-44: Kriegsdienst; nach Selbstverstümmelung Truppenbetreuer als Parodist, Imitator und Pantomime. ☐ 1945: Gründung des Reichs-Kabaretts für Komiker. ☐ 1949-60: Zusammenarbeit mit dem Kabarettisten Wolfgang Müller. ☐ 1950: Debüt als Schauspieler in »Der Mann, der sich selber sucht«, Rg. G. v. →Cziffra; danach Rollen in über 50 weiteren Filmen. ☐ ab 1952: Mitgl. des Berliner Kabaretts »Die Stachelschweine«. ☐ 1954: »Auf der Reeperbahn nachts um halb eins« (Rg. W →Liebeneiner). ☐ 1957: »Das Wirtshaus im Spessart« (Rg. K. →Hoffmann). ☐ 1964-66: Hg. der satirischen Zeitschrift »Neuss' Deutschland«. ☐ 1966: Wegen

Beteiligung an antiamer. Demonstrationen und eines Wahlaufrufs für die Dt. Friedensunion (DFU) Ausschluß aus der SPD. □ 1979: Verurteilung zu 8 Monaten Haft wegen Drogenmißbrauchs. □ 1984: Filmrolle in »Is' was, Kanzler« (Rg. Gerhardt Schmidt).

▷ V. Kühn: Das Wolfgang Neuss Buch, 1982.

Neutra, Richard Josef

österr. Architekt
* 8.4.1892 Wien † 16.4.1970 Wuppertal

← Richard Josef Neutra

Neutra, ein wichtiger Vertreter des funktionalen, die Architektur auf kubische Formen reduzierenden International Style, bereicherte diesen bald mit Elementen wie den in die Landschaft ragenden und damit den Kubus teilweise auflösenden Dächern. Seine Bauten entstanden aus Stahl und Beton, vielfach mit selbstentwickelten vorfabrizierten Elementen. N.s Kennzeichen war die Verglasung ganzer Wände oder Wandabschnitte, mit der er eine besondere Leichtigkeit der Bauten erreichte. Beim Lovell House in Los Angeles (1927) trat eine Gliederung durch Innenhöfe, Treppenaufgänge, Dachaufbauten und Fassadenelemente hinzu, mit denen sich N. von der Geschlossenheit der Bauten des International Style entfernte. Vielfach bezog er Wasser in die Gestaltung ein.

□ 1911-17: Studium an der TH Wien (u. a. bei O. →Wagner) und Besuch der Bauschule von A. →Loos. □ ab 1921: Angestellter am Bauamt Luckenwalde bei Berlin; Zusammenarbeit mit E. → Mendelsohn. □ 1923: Übersiedlung in die USA. □ 1926: Nach verschiedenen Tätigkeiten (u. a. bei F. L. →Wright) eigenes Büro in Los Angeles; Jardinette-Apartmenthaus, ebd. □ 1931-33: Eigenes Haus. □ 1936: Haus J. v. →Sternbergs im San-Fernando-Tal, Kalif. □ 1942: Nesbitt House, Los Angeles. □ 1946/47: Kaufman House in Palm Springs. □ 1947/48: Tremaine House in Santa Barbara. □ 1954: »Wenn wir weiterleben wollen« (Sachb., dt. 1956). □ 1957: Verwaltungsgebäude der Ferro Chemical Company in Cleveland, Ohio.

▷ T. S. Hines: Richard Neutra and the search for modern architecture, engl. 1982.

Nevelson, Louise

(eig. Louise Berliawska)
amer. Bildhauerin und Objektkünstlerin
russ. Herkunft
* 23.9.1899 Kiew † 17.4.1988 New York

← Louise Nevelson

Louise Nevelson war eine der bedeutendsten Assemblagekünstlerinnen ab den 40er Jahren. Im Mittelpunkt ihrer Arbeit standen schreinähnliche Objektkästen, in die sie Holzteile, gedrechselte Stuhlbeine und andere Möbelverzierungen einfügte. Sie bewegte sich damit im Bereich des Neodadaismus unter dem Einfluß von K. →Schwitters, H. →Arp, M. →Ernst (»Schattentafeln«, 1961, New York, Martha Jackson Gallery). Zu eigenständigen Aussagen gelangte sie mit Kästen, die sie zu wandfüllenden und raumprägenden Reliefmontagen zusammenstellte, die schwarz, weiß oder später auch gold lackiert wurden (»Homage to 6000000 I«, 1964, New York, Jewish Museum). Die Gegenstände, losgelöst von ihrem ursprünglichen Verwendungszweck, erlangen fast magische Wirkung, die in spannungsvollem Kontrast zum geometrischen Stilwillen steht. In ihrem Spätwerk schuf N. überwiegend schwarz bemalte Stahlplastiken für Innen- und Außenräume, in denen sich tektonische und dynamische Prinzipien verbinden (»Shadow and Flags«, 1977/78, New York, Louise Nevelson Plaza.)

▷ J. Lipman: Nevelson's world, engl. 1983.

Neven DuMont, Alfred

dt. Verleger
* 29.3.1927 Köln

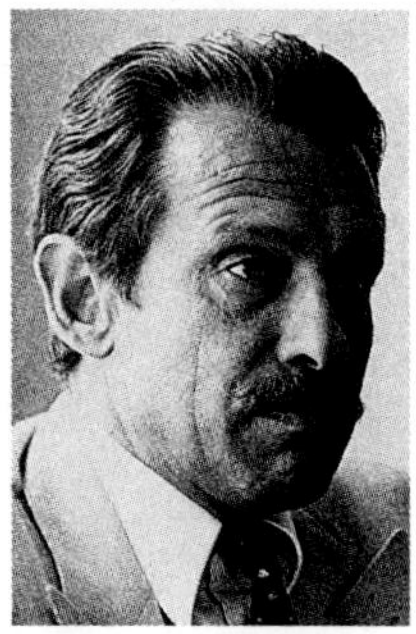
Alfred Neven DuMont →

Neven DuMont gehört zu den einflußreichsten Zeitungsverlegern Deutschlands. Seit 1967 alleiniger Herausgeber des Kölner Stadtanzeigers und des regionalen Bild-Konkurrenten Express, wurde N. im gleichen Jahr Geschäftsführer der Verlagsgruppe M. DuMont Schauberg (einschließlich DuMont Buchverlag). 1990 gab er diese Funktion ab, übernahm aber den Vorsitz im neugeschaffenen Aufsichtsrat des Konzerns (Umsatz 1989: ca. 500 Mio. DM). 1980-84 vertrat N. als Präsident des Bundesverbandes Deutscher Zeitungsverleger BDZV die Interessen der Branche auf zahlreichen medienpolitischen Tagungen und Hearings.

□ 1953: Nach Volontariaten beim Axel Springer Verlag und der Süddeutschen Zeitung Eintritt in das Verlagshaus M. DuMont Schauberg, Köln. □ 1955: Publizistischer Leiter der liberalen Tageszeitung Kölner Stadtanzeiger; ab 1960 Mithg. □ 1964: Gründer des Kölner Boulevardblattes Express. □ 1971: 33,3-%-Beteiligung an der Münchener Abendzeitung. □ seit 1973: Hg. des medienpolitischen Fachorgans Die Zeitung. □ 1980-84: Präs. des BDZV. □ 1982: 20-%-Anteil an der Kölner Rundschau-Zeitungsgruppe (u. a. Kölner Rundschau). □ seit 1984: Ehrenmitgl. des BDZV-Präsidiums.

Newman, Barnett

amer. Maler und Plastiker
* 29.1.1905 New York † 4.7.1970 ebd.

Newman war Mitbegründer der Farbfeldmalerei, wichtiges Mitglied der New York School und Wegbereiter der Minimal Art. In seinem Bild »Who's Afraid of Red, Yellow and Blue III« (1967/68, Amsterdam, Stedelijk Museum) sind die Prinzipien seines abstrakten Werks exemplarisch vereint: Reduktion der großformatigen Bilder auf wenige monochrome Flächen, die von dünnen, vertikalen oder horizontalen Linien in kontrastierenden Farben voneinander abgegrenzt oder auch nur seitlich begrenzt werden. Gelegentlich stoßen die Flächen auch hart aneinander. Ein weiteres Prinzip N.s war die Akzentuierung einer monochromen, die Komposition einnehmenden Fläche durch nur eine das Bild durchschneidende Linie wie in »Queen of The Night II« (1967, Nachlaß des Künstlers). N.s Bilder haben einen meditativen Charakter.
Er schuf auch ein umfangreiches grafisches Werk und eine Reihe von streng geometrischen Plastiken aus Cor-Ten-Stahl, Anordnungen von stelenartigen Elementen auf kubischen oder pyrami-

dalen Sockeln (z. B. »Here II«, Cleveland, Sammlung Philip C. Johnson).

☐ 1931-39: Nach Kursen an der Art Students' League, einem Philosophiestudium und Tätigkeit im elterlichen Fabrikationsbetrieb für Herrenkonfektion Engagement als Dozent für Kunst an verschiedenen Hochschulen. ☐ 1944-49: Organisator von Kunstausstellungen und Diskussionsveranstaltungen. ☐ ab 1947: Abstrakte Bilder. ☐ 1950: Erste Einzelausstellung in der Betty Parsons Gallery, New York. ☐ 1958/59: Teilnahme an der Wanderausstellung »The New American Painting«, u. a. im Museum of Modern Art, New York. ☐ 1965: Teilnahme an der Biennale in Venedig als offizieller Vertreter der USA. ☐ 1966: Ausstellung im Solomon R. Guggenheim Museum, New York. ☐ postum 1979: Ausstellung im Baltimore Museum of Art. ☐ 1983: Ausstellung in der Barnett Newman Foundation, New York.

▷ H. Rosenberg: Barnett Newman, engl. 1978.

R. Newman bei einem Auftritt Ende der 70er Jahre.

Newman, Paul

amer. Schauspieler und Regisseur
* 26.1.1925 Cleveland, Ohio

← Paul Newman

Newman ist einer der bekanntesten und vielseitigsten amerikanischen Schauspieler. Er spielte u. a. den rebellischen Sohn in der T. →Williams-Verfilmung »Die Katze auf dem heißen Blechdach« (1958, mit E. →Taylor, Rg. R. Brooks) und wurde 1987 für seine Darstellung eines Billardspielers in »Die Farbe des Geldes« (Rg. M. →Scorsese) mit dem Oscar ausgezeichnet. Auch als Automobilrennfahrer war er erfolgreich. Der Erlös der Firma »Newman's Own« (u. a. Salatsaucen) kommt karitativen Zwecken zugute.

☐ 1954: Filmdebüt in »Der silberne Kelch« (Rg. V. Saville). ☐ seit 1958: 2. Ehe mit der Schauspielerin J. Woodward. ☐ 1961: »Haie der Großstadt« (Rg. R. Rossen). ☐ 1966: »Der zerrissene Vorhang« (Rg. A. →Hitchcock); »Man nannte ihn Hombre« (Rg. M. → Ritt). ☐ 1968: »Butch Cassidy and the Sundance Kid/Zwei Banditen« (mit R. Redford, Rg. G. R. Hill). ☐ 1973: »Der Clou« (mit R. →Redford, Rg. G. R. Hill). ☐ 1981: »The Bronx« (Rg. D. Petri). ☐ 1982: »The Verdict« (Rg. S. → Lumet). ☐ 1986: »Die Glasmenagerie« (Rg.). ☐ 1989: »Blaze — eine gefährliche Liebe« (Rg. R. Shelton). ☐ 1990: »Mr. und Mrs. Bridge« (Rg. J. →Ivory).

Newman, Randy

amer. Songschreiber und Sänger
* 28.11.1943 Los Angeles, Kalif.

Newman wurde mit zynischen und bisweilen bösartigen Texten über die Schwächen seiner Mitmenschen zur Kultfigur unter den amerikanischen Rockstars, blieb aber dennoch ein Außenseiter, auch nachdem ihm mit »Short People« (1978) und »The Blues« (1983) der Einzug in die Hitparaden gelungen war. Größeren Einfluß auf die Rockmusik hatte er als Hitlieferant mit »You can leave your hat on« (J. → Cocker), »Mama told me not to come« (Three Dog Night), »Love Story« (P. → Lee) oder »I think it's going to rain today« (Judy Collins). N. ist außerdem ein erfolgreicher Filmproduzent.

☐ 1968: »Randy Newman« (LP). ☐ 1970: »12 Songs« (LP). ☐ 1972: »Sail Away« (LP). ☐ 1974: »Little Criminals« (LP). ☐ 1979: »Born Again« (LP). ☐ 1981: »Ragtime« (Soundtrack-LP). ☐ 1983: »Trouble in paradise« (LP). ☐ 1987: »Lonely at the top« (LP). ☐ 1989: »Land of dreams« (LP). ☐ 1991: »Avalon O.S.T.« (LP).

▷ H. R. Kunze: Randy Newman — Ihr Nachbar schreibt Lieder über Sie!, 1984.

Newton, Helmut

dt.-amer. Fotograf
* 31.10.1920 Berlin

Newton gehört mit häufig surreal oder skurril inszenierten Aufnahmen zu den hervorstechendsten Repräsentanten der Modefotografie. Darüber hinaus hat er mit seinen Frauenakten, in denen sich bewußte Kühle mit hintergründiger Erotik verbindet, einen neuen Stil in der Aktfoto-

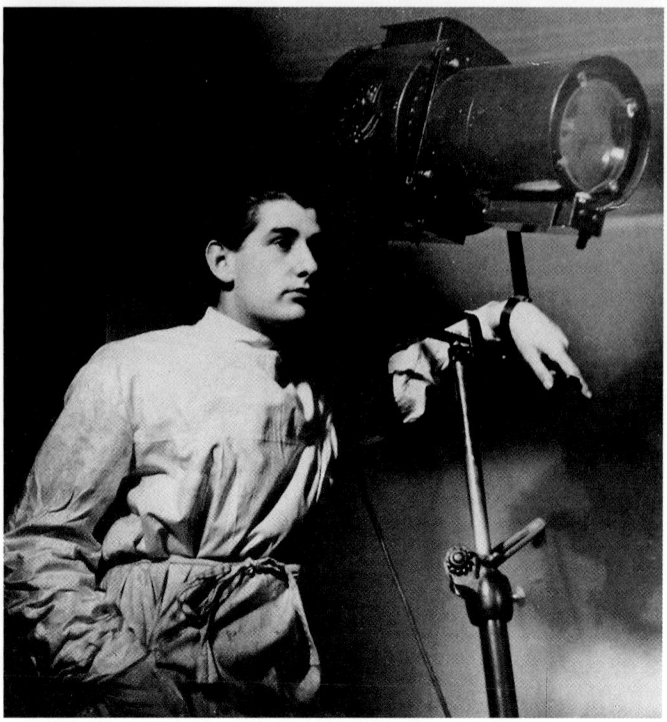

H. Newton: Für seine eindrucksvollen Porträts mehrfach ausgezeichneter Fotograf.

grafie geschaffen. Weiterhin gelang ihm eine Reihe eindrucksvoller Porträtstudien. Sein Werk wurde mit zahlreichen internationalen Auszeichnungen bedacht.

□ 1936-40: Ausbildung bei Else Simon (Pseudonym »Yva«) in Porträt- und Modefotografie. □ 1940: Emigration nach Australien; freier Fotograf. □ ab 1948: Abwechselnde Aufenthalte in London, Paris, Monte Carlo und New York; Tätigkeit für bedeutende Modezeitschriften. □ 1978: Fotografische Ideenskizzen für den Film »Die Augen der Laura Mars« (mit F. → Dunaway). □ 1991: »Pola Woman« (Bildband).

Ngugi wa Thiong'o

(eig. James Thiong'o Ngugi)
kenian. Schriftsteller
* 5.1.1938 Limuru bei Nairobi

Ngugi wa Thiong'o gehört zu den wichtigen schwarzafrikanischen Autoren der Gegenwart. Zentrales Thema seiner Romane, Novellen und Theaterstücke ist die Entwicklung der kenianischen Gesellschaft nach der staatlichen Unabhängigkeit. In seinem bekanntesten Roman »Verbrannte Blüten« (1977, dt. 1981) kritisiert der politisch engagierte, seit 1982 im Londoner Exil lebende N. die korrupte neue Elite, die einer eigenständigen kulturellen und wirtschaftlichen Entwicklung Kenias im Weg steht.

□ 1959-64: Studium am Makere College, Kampala. □ 1964-67: Literaturstudium in Leeds, Großbritannien. □ 1964: »Abschied von der Nacht« (R., dt. 1969). □ 1965: »Der Fluß dazwischen« (R., dt. 1970). □ 1967: »Freiheit mit gesenktem Kopf« (R., dt. 1971). □ 1967-69: Dozent für engl. Literatur am Nairobi Univ. College. □ 1970: Einjährige Gastprof. an der Northwestern Univ. in Evanston, USA. □ 1977: Internierung nach UA von »Ich heirate, wann ich will«. □ 1978: Freilassung im Zuge einer Generalamnestie. □ 1981: »In Haft. Gefängnistagebuch eines Schriftstellers« (dt. 1989). □ 1982: Exil in London nach Verdächtigungen im Zusammenhang mit einem Putschversuch; seitdem Kinderbücher.

Niarchos, Stavros

griech. Reeder
* 3.7.1909 Athen

Niarchos baute wie sein Schwager A. → Onassis Anfang der 50er Jahre ein Tanker- und Frachterimperium auf, das ihn zu einem der reichsten Männer der Welt machte. Den finanziellen Grundstein für seine Flotten legte N. mit der Verpachtung seiner Schiffe an die Alliierten ab 1941 und der Versicherungssumme für die im Krieg zerstörten Schiffe. Vor allem die politischen Krisen der 50er Jahre (Koreakrieg 1950-53, Suezkrise 1956) verschafften N. Aufträge und erbrachten immensen Gewinn. Beträchtliche Einbußen erlitt er Mitte der 70er Jahre durch die Ölkrise und die Rezession im Schiffsbau.

← Stavros Niarchos

□ 1939: Nach Promotion zum Dr. jur. und Tätigkeit in der Firma eines Onkels Gründung der ersten eigenen Firma. □ 1941-45: Seeoffizier auf Geleitzerstörern. □ 1944-48: Marineattaché (ehrenhalber) an der griech. Botschaft in Washington. □ nach 1945: Ankauf von US-Tankern und Trockenfrachtern; Fahrten unter den »Billig-Flaggen« Panama, Honduras, Costa Rica und Liberia. □ 1952: Erster Auftrag für einen Super-Tanker von 45 000 t. □ 1967: Nach der Machtergreifung der Militärs in Griechenland Vergünstigungen zum Ausbau einer Flotte unter griech. Flagge. □ 1975: Stornierung eines in Auftrag gegebenen Groß-Tankers bei der AG Weser in Bremen. □ 1985: Verkauf des größten Trockendocks im Mittelmeer für Schiffe bis zu 500 000 BRT.

Nicholson, Ben

engl. Maler
* 10.4.1894 Denham, Buckinghamshire
† 6.2.1982 London

Nicholson ist einer der einflußreichsten Repräsentanten der konstruktivistisch-konkreten Abstraktion in England. Unter dem Eindruck des Neoplastizismus vor allem P. → Mondrians schuf er weiße Reliefs, bei denen er rechteckige und quadratische Platten in Abstufungen aufeinanderschichtete. Diese zur Kontemplation auffordernden, zwischen Malerei und Objekt stehenden Arbeiten machten N. international bekannt.

□ 1924-33: Kubistisch beeinflußte Stilleben. □ ab 1933: Entwicklung zu einem strengen konstruktivistisch-konkreten Stil; Mitgl. der Gruppe Abstraction-Création. □ 1937: Gründung einer Gruppe abstrakter Künstler mit N. → Gabo. □ 1939: Übersiedlung nach St. Yves, Cornwall, mit seiner Frau B. → Hepworth; Bildung des einflußreichen Kreises »Maler von St. Yves« um das Ehepaar. □ ab 1945: Neben freieren geometrischen Formen vorübergehend auch Andeutungen gegenständlicher Motive.

▷ J. Russell: Ben Nicholson. Zeichnungen, Gemälde, Reliefs, 1969.

Nicholson, Jack

amer. Schauspieler
* 22.4.1937 Neptune, N. Y.

Nicholson gehört seit der Rolle des aufsässigen Klinikinsassen McMurphy in »Einer flog über das Kuckucksnest« (1975; Rg. M. → Forman) zu den höchstbezahlten Stars Hollywoods. Nach Auftritten in Horrorfilmen hatte N. sich durch seine Nebenrolle in »Easy Rider« (1969; Rg. D.

Jack Nicholson in »Einer flog über das Kuckucksnest«, 1975.

→Hopper) als seriöser Schauspieler etabliert. Seitdem ist er auf den Typ des impulsiven, zur Gewalttätigkeit neigenden Anti-Helden mit provozierend erotischer Ausstrahlung festgelegt.

☐ 1960: »Kleiner Laden voller Schrecken« (Rg. R. Corman). ☐ 1973: »Das letzte Kommando« (Rg. H. →Ashby). ☐ 1974: »Chinatown« (mit F. →Dunaway und J. →Huston; Rg. R. →Polanski). ☐ 1976: Oscar für »Einer flog über das Kuckucksnest«. ☐ 1979: »Shining« (Rg. St. →Kubrick). ☐ 1980: »Wenn der Postmann zweimal klingelt« (mit J. → Lange; Rg. B. Rafelson). ☐ 1981: »Reds« (Rg. W. →Beatty). ☐ 1984: Oscar für »Zeit der Zärtlichkeit« (mit Sh. → MacLaine; Rg. J. L. Brooks). ☐ 1985: »Die Ehre der Prizzis« (Rg. J. Huston). ☐ 1986: »Die Hexen von Eastwick« (Rg. G. Miller). ☐ 1989: »Batman« (Rg. T. Burton).

▷ M. Zurhorst/L. Just: Jack Nicholson. Seine Filme — sein Leben, 1983.

Nicklaus, Jack

amer. Golfspieler
* 21.1.1940 Columbus, Ohio

Nicklaus gilt als erfolgreichster Golfer aller Zeiten. 1986 gewann er zum sechsten Mal das Masters in Augusta, wo er bereits 1963 als jüngster Spieler in der Geschichte des Traditionsturniers siegreich war. Der Umsatz seines Geschäftsimperiums Nicklaus Enterprises wird auf ca. 250 Mio. US-$ jährlich, sein Privatvermögen auf über 80 Mio. US-$ geschätzt. Nach Beendigung seiner Profikarriere betätigte sich der Sportler u. a. als Golfplatzarchitekt.

☐ 1959: Sieger bei US-Amateurmeisterschaft (erneut 1961). ☐ 1963: Masters von Augusta (erneut 1965, 1966, 1972, 1975 und 1986); US Open (erneut 1971, 1973, 1975 und 1980). ☐ 1966: British Open (erneut 1970 und 1978). ☐ 1979: Wahl zum Sportler des Jahrzehnts.

Niedecken, Wolfgang

dt. Rockmusiker
* 30.3.1951 Köln

Als Chef, musikalischer Kopf und Gründer der Kölner Mundart-Band BAP wurde der ehemalige Kunststudent Niedecken bekannt. Seine nachdenklichen und engagierten Songs trugen ihm das Attribut »Bob Dylan der Südstadt« ein. Im Windschatten von BAP bekamen Anfang der 80er Jahre zahlreiche andere Kölner Musiker wie z. B. Zeltinger, Ina Deter, Wolf Maahn und Klaus Lage Plattenverträge, und es entstand eine eigenständige Kölner Szene, der z. B. auch H. →Grönemeyer zugerechnet wurde und unter deren Einfluß ein neues Interesse an deutschsprachiger Rockmusik entstand.

☐ bis 1976: Studium der freien Malerei an der FH für Kunst und Design in Köln. ☐ 1977: Gründung von BAP. ☐ 1979: Erste LP »Wolfgang Niedeckens BAP rockt andere kölsche Leeder«. ☐ 1980: »Aff Jetaut« (LP). ☐ 1981: Gold und Platin für »For Usszeschnigge« (LP) mit dem Hit »Verdamp lang her«. ☐ seit 1985: Wieder als bildender Künstler tätig, zahlreiche Ausstellungen; Hit »Kristallnach«. ☐ 1986: »Ahl Männer, aalglatt« (LP). ☐ 1987: Konzerte mit BAP in China; »Wolfgang Niedecken & Komplizen — Schlagzeiten« (Solo-LP). ☐ 1988: »Da Capo« (LP). ☐ 1990: Gold für »X für e U« (LP).

▷ K. Dewes: BAP für metzenemme, 1984; W. Niedecken: Auskunft, 1990; P. Pionke: Jraaduss, 1990.

Ernst Niekisch →

← Jack Nicklaus

Asta Nielsen →

← Wolfgang Niedecken

Niekisch, Ernst

dt. Politiker und Publizist
* 23.5.1889 Trebnitz, Schlesien
† 23.5.1967 Berlin/West

In seiner Zeitschrift »Der Widerstand« (ab 1926) vertrat Niekisch nationalbolschewistische Ideen; er verstand darunter einen Sozialismus auf nationaler Ebene, der besser als »Staatssozialismus« umschrieben wird. 1937 wurde er verhaftet und zwei Jahre später wegen Hochverrats zu lebenslänglichem Zuchthaus verurteilt. Nach Kriegsende 1945 wurde N. Mitglied der KPD (später SED) und ab 1949 der Volkskammer. Nach den Ereignissen des 17. Juni 1953 trat er aus der SED aus und verließ, enttäuscht über die Zustände in der DDR, 1954 das Land.

☐ 1918/19: Vors. des Soldaten- und Arbeiterrats in München. ☐ 1921/22: Bayer. MdL für die USPD. ☐ 1922/23: Bayer. MdL für die SPD. ☐ 1923: Austritt aus der SPD. ☐ 1926-34: Hg. der Zeitschrift Der Widerstand. ☐ 1931: »Hitler, ein deutsches Verhängnis« (Schr.). ☐ 1937-45: In politischer Haft. ☐ 1946-53: Mitglied der SED. ☐ 1948-54: Prof. für Soziologie an der Humboldt-Univ., Ost-Berlin. ☐ 1949-53: Mitglied der Volkskammer.

▷ E. Niekisch: Gewagtes Leben (Aut.), 1966; ders.: Erinnerungen eines deutschen Revolutionärs (2 Bde.), 1974.

Nielsen, Asta

dän. Schauspielerin
* 11.9.1881 Kopenhagen † 25.5.1972 Frederiksberg

Nielsen gehörte in Deutschland zu den beliebtesten Stars des Stummfilms. Sie verkörperte häufig tragische Frauengestalten wie »Fräulein Julie« (1922, Rg. F. Basch, nach dem Drama von A. →Strindberg) und »Hedda Gabler« (1925, Rg. F. Eckstein, nach H. →Ibsen).

☐ 1910: Nach Theaterengagements Filmdebüt in »Afgrunden/Abgründe« (Rg. U. Gad). ☐ 1920: Titelrolle in »Hamlet« (Rg. S. Gade). ☐ 1923: »I.N.R.I.« (Rg. R. Wiene); »Erdgeist« (Rg. L. Jessner). ☐ 1925: »Die freudlose Gasse« (Rg. G. W. →Pabst). ☐ 1927: »Dirnentragödie« (Rg. B. Rahn). ☐ 1932: Einziger Tonfilm »Unmögliche Liebe« (Rg. E. Waschneck).

▷ A. Nielsen: Die schweigende Muse, 1961.

Nielsen, Carl August

dän. Komponist
* 9.6.1865 Nørre-Lyndelse bei Odense auf Fünen
† 2.10.1931 Kopenhagen

Nielsen, 1908-14 Hofkapellmeister in Kopenhagen, war einer der bedeutendsten skandinavischen Komponisten nach E. →Grieg. Sein Interesse galt der Liedform. Seine beiden Sammlungen »En snes danske viser I-II« (1913-17), die sich im schlichten Volkston an dem Repräsentanten der Berliner Liederschule Johann Abraham Peter Schulz (* 1747, † 1800) orientieren, wurden in Dänemark zu klassischen Werken der Schul- und Hausmusik. N. komponierte Opern (»Saul und David«, UA Kopenhagen 1902), sechs Sinfonien, Kammer- und Klaviermusik in nordisch-neuromantischer Tradition.

☐ 1884-86: Studium am Konservatorium in Kopenhagen bei Niels W. Gade; Studienreisen nach Deutschland, Österreich

(Kontakte mit Brahms), Frankreich, Italien. □ 1886-1905: Violinist am Kgl. Theater Kopenhagen. □ 1915-27: Dirigent der »Musikforeningen« in Kopenhagen. □ ab 1916: Prof. am Konservatorium Kopenhagen (ab 1931 Dir.).

▷ C. Nielsen: Meine Kindheit auf Fünen, dän. 1927; T. L. Meyer/F. Schandorf Petersen: Carl Nielsen. Künstler und Mensch (Biogr.), 2 Bde., dän. 1947/48.

← Carl August Nielsen

Niemeyer, Oscar Soares Filho

bras. Architekt
* 15.12.1907 Rio de Janeiro

Niemeyer wurde als Erbauer zahlreicher öffentlicher Gebäude in Brasília Mitbegründer der modernen brasilianischen Architektur. Ausgehend vom funktional-geometrischen International Style und unter dem Einfluß → Le Corbusiers verknüpfte er rationalistische Stilprinzipien im Verlauf seines Werks zunehmend mit plastischen Elementen. Zentrales Beispiel dafür ist der Präsidentenpalast in der Reißbrett-Hauptstadt (seit 1960). Der Baukörper ist streng rechtwinklig angelegt, doch wird das an der Vorder- und Rückseite überhängende Dach von skulptural wirkenden Stützen in der Form eines Rhomboids mit konkav eingeschnittenen Seiten getragen. Die Gestaltung des Platzes der drei Gewalten weist ebenfalls Stilsynthesen auf — sichtbar am Senatsgebäude, einem kubischen Flachbau mit halbkreisförmiger Kuppel, dem Schalenbau der Abgeordnetenkammer und den zwei hohen Verwaltungstürmen des Nationalkongresses. Die Kathedrale in Brasília gestaltete N. kegelförmig, das Nationaltheater als abgeflachte Pyramide. In seinen späteren Bauten, wie dem über einem Arkadengang mit stelzenartigen Trageelementen errichteten Mondadori-Verlagshaus in Mailand, wandte sich N. auch neoklassizistischen Formen zu.

← Oscar S. F. Niemeyer

□ 1929-34: Studium an der Escola Nacional de Belas Artes in Rio de Janeiro. □ 1935: Eintritt in das Büro L. → Costas; Übernahme der Bauleitung des Erziehungsministeriums ebd. (1936-43, mit Le Corbusier). □ 1939-44: Gebäudekomplex in Pampúlha mit Jachtclub, Restaurant und Kapelle. □ 1951: COPAN-Verwaltungsgebäude in São Paulo. □ 1951-54: Ibirapuéra-Ausstellungspark, ebd. □ 1956-60: Entwürfe für Bauten für Brasília (Präsidentenpalast, Platz der drei Gewalten, Senats- und Kongreßgebäude, Nationaltheater, Kathedrale usw.). □ 1969-75: Gebäude des Mondadori-Verlagskonzerns in Mailand. □ 1978: Theater- und Kongreßzentrum, Venedig.

▷ C. Hornig: Oscar Niemeyer, 1981; A. Fils (Hg.): Oscar Niemeyer. Selbstdarstellung, Kritiken, Œuvre, 1982.

Niemöller, Martin

dt. Theologe (ev.)
* 14.1.1892 Lippstadt, Westf. † 6.3.1984 Wiesbaden

Die Friedensbewegung Anfang der 80er Jahre fand in dem überzeugten Pazifisten Niemöller einen prominenten Wortführer. N., dessen Name untrennbar mit der »Bekennenden Kirche« und dem christlichen Widerstand gegen A. →Hitler verbunden ist, wandte sich bereits in den 50er Jahren als Kirchenpräsident der Ev. Landeskirche von Hessen und Nassau (1947-64) gegen die Wiederbewaffnung der BRD und ihre einseitige Integrierung in das westliche Bündnis. Seine konsequent praktizierte Nächstenliebe über alle ideologischen und konfessionellen Abgrenzungen hinweg und sein Bemühen um Verständigung zwischen den Machtblöcken während des Kalten Krieges führten 1955/56 zu N.s Rücktritt aus dem Rat der EKD (ab 1948) sowie zur Entlassung aus dem kirchlichen Außenamt (ab 1945).

Martin Niemöller: 1961-68 Präsident des Weltkirchenrats.

□ 1918: U-Boot-Kommandant im Mittelmeer. □ ab 1919: Theologiestudium. □ ab 1931: Pfarrer in Berlin-Dahlem; Gründung des Pfarrernotbundes. □ 1934: Vom preuß. Landesbischof L. Müller in den Ruhestand versetzt; »Vom U-Boot zur Kanzel« (Schr.). □ 1937-45: Als führendes Mitgl. der Bekennenden Kirche von der Gestapo verhaftet und als »persönlicher Gefangener« Hitlers im KZ Sachsenhausen inhaftiert; ab 1941 in Dachau. □ 1945: Mitwirkung an der Abfassung des Stuttgarter Schuldbekenntnisses der Ev. Kirche. □ 1952: Reise nach Moskau. □ 1961-68: Präs. des Weltkirchenrats (Mitgl. ab 1948). □ 1965: Öffentlicher Aufruf, die Bundestagswahl zu boykottieren (Protest gegen die Große Koalition). □ 1967: Reise nach Nord-Vietnam. □ 1983: Ossietzky-Medaille.

▷ D. Schmidt: Martin Niemöller, 1959; J. Schmidt: Martin Niemöller im Kirchenkampf, 1972.

Nietzsche, Friedrich Wilhelm

dt. Philosoph
* 15.10.1844 Röcken bei Lützen, Sachsen
† 25.8.1900 Weimar

Nietzsche, Vorläufer der Lebens- und Existenzphilosophie des 20. Jh.s, wandte sich gegen alle Ideale, Werte, Moral- und Glaubensvorstellun-

Nietzsche: Suche nach einem neuen Selbstverständis des modernen Menschen.

gen, die das abendländische Denken seit 2000 Jahren tradiert hatte — sei es das Christentum mit seiner »Sklavenmoral« oder das »verlogene« Bürgertum. Themen des menschenscheuen und später schwerkranken Philosophen waren die »Umwertung aller Werte« und der künftige »Übermensch«, eine Idealgestalt, die den orientierungslosen Nihilismus überwinden sollte.

Nach seinem Frühwerk, den »Unzeitgemäßen Betrachtungen« (1873-76), galt N.s Aufmerksamkeit der Rezeption der Werke Arthur Schopenhauers (* 1788, † 1860) und Richard Wagners (* 1813, † 1883). Anschließend wandelte sich N. zu einem radikalen Skeptiker und Aufklärer sowie Wagner-Gegner. »Die fröhliche Wissenschaft« (1882), »Menschliches, Allzumenschliches« (2 Bde., 1878/79) und »Morgenröte« (1881) kündigen N.s Auseinandersetzung mit dem Nihilismus an.

In seinem Spätwerk »Also sprach Zarathustra« (4 Bde., 1883-85), »Jenseits von Gut und Böse« (1886) und »Zur Genealogie der Moral« (Es., 1887) überwandt N. den Nihilismus mit seiner vitalistischen Lebensphilosophie, brillant formuliert und von bestechender Rhetorik. Polemisch überspitzt waren die letzten Niederschriften seiner sich radikalisierenden Gedanken. Die breite Rezeption von N.s Schriften beeinflußte gleichermaßen die Literatur, Anthropologie, Philosophie und Soziologie.

□ 1868-76: Bekanntschaft mit R. Wagner. □ 1869-79: Prof. für Griechisch an der Univ. Basel. □ 1888: »Der Fall Wagner«. □ 1889: Psychischer Zusammenbruch (progressive Paralyse) während eines Turin-Aufenthalts. □ 1891: »Dionysos-Dithyramben«. □ 1895: »Der Antichrist«. □ postum 1908: »Ecce homo«.

▷ I. Frenzel: Friedrich Nietzsche in Selbstzeugnissen und Bilddokumenten, 1975; C. P. Janz: Friedrich Nietzsche. Biographie, 3 Bde., 1978/79; E. Nolte: Nietzsche und der Nietzscheanismus, 1990; W. Ross: Der ängstliche Adler. Friedrich Nitzsches Leben, 1990.

Nightingale, Florence

brit. Krankenpflegerin
* 12.5.1820 Florenz † 13.8.1910 London

Nigthingale organisierte während des Krimkrieges 1853-56 das englische Sanitätswesen auf der Krim und in der Türkei und rettete damit mehreren tausend Soldaten das Leben. Als eine der ersten Frauen der oberen Gesellschaftsschichten erlernte sie in der Diakonissenanstalt Kaiserswerth sowie in Paris die Krankenpflege und wurde zum Inbegriff der aufopfernden Pflegerin. Der Schweizer Philanthrop H. →Dunant regte 1862, von ihrem Beispiel beeindruckt, die Gründung des Internationalen Roten Kreuzes an.

Waslaw Nijinski in dem Ballett-Klassiker »Giselle«.

Nijinski, Waslaw

(eig. Wazlaw Fomitsch Nischinski)
russ. Tänzer und Choreograph
* 12.3.1888 Kiew
† 8.4.1950 London (Großbritannien)

Nijinski wurde als Star der Ballets Russes von S. →Diaghilew zur Legende. Seine technische Perfektion, seine Kraft, die ihm zuvor nicht vorstellbare Sprünge ermöglichte, vor allem jedoch sein außerordentliches Einfühlungsvermögen und seine Wandlungsfähigkeit begeisterten zu Beginn des Jahrhunderts die Zuschauer. N.s unverhohlen erotische Tanzbewegungen verursachten zahlreiche Skandale. Die Bedeutung seiner Choreographien (»L'après-midi d'un faune«, 1912) bleibt in der Fachwelt umstritten.

□ 1898: Aufnahme in die Staatliche Ballettschule St. Petersburg. □ 1908: Mitgl. des Balletts am Marientheater in St. Petersburg. □ 1909: Zugleich Tänzer bei den Ballets Russes; »Les Sylphides« mit A. →Pawlowa. □ 1911: Nach einem Skandal Ausscheiden aus dem Marientheater; Rollenkreation von »Petruschka« bei den Ballets Russes. □ 1912: »Daphnis und Chloé«. □ 1913: Choreographie von »Le sacre du printemps«; nach Heirat einer Tänzerin Bruch mit S. Diaghilew, der mit N. intime Beziehungen unterhalten haben soll. □ 1914: Fiasko mit eigener Truppe in London; Internierung in Österreich bei Ausbruch des 1. Weltkriegs. □ 1916: Rückkehr zu den Ballets Russes. □ 1917: Letzter Auftritt als Tänzer bei einer Südamerikatournee ; danach bis zu seinem Tod psychisch krank.

▷ M. Niehaus: Nijinski — Gast aus einer anderen Welt, 1961.

Nikisch, Arthur

dt. Dirigent
* 12.10.1855 Lébény Szent Miklos (Ungarn)
† 23.1.1922 Leipzig

← Arthur Nikisch

Nikisch war einer der einflußreichsten Dirigenten zu Beginn des 20. Jh.s. Als einer der ersten unternahm er regelmäßig Konzertreisen mit Orchestern (ab 1897) in die Musikzentren Europas und der USA. N., ein der Romantik verpflichteter Opern- und Konzertdirigent, trat vor allem mit wegweisenden Interpretationen der Werke von Schumann, Liszt, Wagner, Tschaikowsky, Bruckner und Brahms hervor. Mit sparsamsten Dirigierbewegungen und bei auffallend breiten Tempi erreichte N. seinen charakteristischen Streicherklang. Unter den zeitgenössischen Komponisten förderte er besonders M. →Reger, G. →Mahler und R. →Strauss. Der nachfolgenden Dirigentengeneration, unter ihnen W. →Furtwängler, war N. ein großes Vorbild.

□ ab 1879: Kapellmeister am Leipziger Stadttheater. □ 1884: Triumphale Erstaufführung der 7. Sinf. von Bruckner. □ ab 1889: Dirigent des Sinfonieorchesters Boston. □ 1893-95: Operndir. in Budapest. □ ab 1895: Gewandhauskapellmeister in Leipzig und Dirigent der Berliner Philharmoniker. □ ab 1897: Konzertreisen mit dem Berliner Philharmonischen Orchester. □ 1902-07: Studiendir. am Konservatorium Leipzig. □ 1904-14: Ständiger Gastdirigent des London Symphony Orchestra. □ 1912-14: USA-Reise mit dem London Symphony Orchestra. □ 1913: Bedeutende Aufführung von Wagners »Ring« an der Covent Garden Opera London. □ 1921: Konzerte in Buenos Aires.

▷ F. Pfohl: Arthur Nikisch als Mensch und als Künstler, 1900; L. N. Raaben (Hg.): Arthur Nikisch, 1975.

Nikitin, Boris P.

sowjet. Pädagoge
* 1916 im Kaukaus

Nikitin erprobte mit seiner Frau Lena N. (* 1930) in den 60er und 70er Jahren in der eigenen Familie ein in der Sowjetunion wie im Ausland vieldiskutiertes Erziehungsmodell. Die »Nikitin-Kinder« lernten von früh auf, selbständig Alltagssituationen zu meistern sowie intellektuelle Herausforderungen anzunehmen. Sie wurden ständig auf meist spielerische Weise mit Aufgaben konfrontiert und zeigten sich bald ihren Altersgenossen in der geistigen und körperlichen Entwicklung weit voraus.

▷ L. Nikitin/B. Nikitin: Die Nikitin-Kinder. Ein Modell frühkindlicher Erziehung (hg. von M. Butenschön), dt. 1978.

Nikolaus II. Alexandrowitsch

Zar von Rußland
* 18.5.1868 Zarskoje Selo (Puschkin) bei St. Petersburg
† 16.7.1918 Jekaterinburg (Swerdlowsk, ermordet)

Zar Nikolaus II. wurde 1918 von den Bolschewiki ermordet.

Nikolaus war der letzte Zar von Rußland. Bei seiner Thronbesteigung 1894 galt er als liberal, später klammerte er sich jedoch an die Prinzipien einer autokratischen Herrschaft. Er nahm 1907 fast alle Gesetze wieder zurück, die Rußland nach 1905 den Weg zu einer konstitutionellen Verfassung geebnet hätten. Wegen der militärischen Niederlagen, für die er verantwortlich gemacht wurde, der wirtschaftlichen Mißstände und des wachsenden Einflusses der Hofkamarilla (→Rasputin) verlor er immer mehr an Ansehen. Im Herbst 1918 wurde er mit seiner Familie von Bolschewiki ermordet.

□ 1894-1917: Zar. □ 1904/05: Niederlage im russ.-jap. Krieg. □ 1905: Einrichtung der Reichs-Duma (Parlament). □ 1915-17: Oberbefehlshaber der Streitkräfte. □ 1917: Nach der Februarrevolution erzwungene Abdankung. □ 1917/18: Verbannung in Sibirien.

▷ M. Ferro: Nikolaus II. Der letzte Zar, 1991.

Nilsson, Birgit

schwed. Sängerin
* 17.5.1918 auf Västra Karup bei Malmö

Nilsson wurde vom Dirigenten F. → Busch gefördert und entwickelte sich in ihrem Fach zur bedeutendsten Wagner-Interpretin ihrer Generation. Die Sopranistin, die eng mit W. →Wagner und K. →Böhm zusammenarbeitete, wurde durch klare Intonation, dramatischen Vortrag und einfühlsames Bühnenspiel bekannt. Zu ihren Glanzrollen zählen die Brünnhilde im Ring-Zyklus und die Isolde im »Tristan« sowie Partien von R. →Strauss (»Elektra«) und G. →Puccini (»Turandot«). Stationen ihrer Karriere waren neben Bayreuth (seit 1953) Wien, London (seit 1957), Mailand und New York (seit 1959). N. trat auch als Liedsängerin hervor und erhielt zahlreiche Ehrungen (u. a. Ehrenmitglied der Wiener Staatsoper, 1968).

□ 1941-46: Studium an der Kgl. Musikakademie in Stockholm. □ 1944: Debüt an der Kgl. Oper Stockholm. □ 1948: Tournee durch Deutschland und Italien. □ seit 1953: Auftritte bei den Bayreuther Festspielen. □ seit 1954: Primadonna an der Staatsoper Wien. □ 1956: Debüts in Hollywood, Chicago und San Francisco. □ seit 1957: Gastspiele an der Covent Garden Opera London. □ 1971: Titelheldin in Verdis Oper »Aida« zur Einweihung der Scandinavian Arena Göteborg (vor 30 000 Besuchern). □ 1978: Europa- und Asien-Tournee als Liedsängerin. □ seit 1985: Gesangspädagogin.

▷ B. Nilsson: Mina minnesbilder (Aut.), schwed. 1977.

Nin, Anaïs

amer. Schriftstellerin
* 21.2.1903 Neuilly-sur-Seine (Frankreich)
† 14.1.1977 Los Angeles

Die Schriftstellerin Anaïs Nin in Los Angeles, 1959.

Nin, ab 1931 mit H. →Miller befreundet, wurde durch ihre Tagebücher (10 Bde., engl. 1966-83; 7 Bde., dt. 1968-82) bekannt, die neben lyrischen Reflexionen intime erotische Erzählungen enthalten. N. und Miller inspirierten sich als Künstler gegenseitig. N.s Romane und Kurzgeschichten, die den Einfluß S. →Freuds und J. →Joyce spiegeln, setzen sich mit der Inzestproblematik (»Das Haus des Inzests«, 1936, dt. 1984) sowie mit der Suche nach dem Vater und der eigenen, weiblichen Identität auseinander.

□ ab 1914: Aufenthalt in New York. □ 1923-40: Aufenthalt in Europa (v. a. in Paris). □ 1966-74: »Städte des Innenlebens« (5 Bde.). □ 1975: »Sanftmut des Zorns. Was es heißt, Frau zu sein« (Abh., dt. 1979). □ 1976: »Die neue Empfindsamkeit« (Abh., dt. 1980). □ postum 1986: »Henry, June und ich. Intimes Tagebuch« (dt. 1987).

▷ B. Franklin/D. Schneider: Anaïs Nin, 1979; N. Scholar: Anaïs Nin, 1984.

Paul G. Nipkow →

Hans Carl Nipperdey →

Nipkow, Paul Gottlieb

dt. Fernsehpionier
* 22.8.1860 Lauenburg, Pommern
† 24.8.1940 Berlin

Der Ingenieur Nipkow erfand 1884 den Vorläufer der modernen Fernsehtechnik, die Nipkow-Scheibe. Mit ihr konnten erstmals Bilder durch elektrische Abtastung, Zerlegung und Zusammensetzung über größere Entfernungen übertragen werden. Bis 1938 wurde die Nipkow-Scheibe beim Fernsehen benutzt, wich dann aber rein elektronischen Techniken.

Nipperdey, Hans Carl

dt. Jurist
* 21.1.1895 Bad Berka † 21.11.1968 Köln

Nipperdey war 1954-63 Präsident des Bundesarbeitsgerichts und Mitbegründer des aktuelle Probleme aufgreifenden Sammelwerks »Arbeitsrechtliche Praxis« (seit 1950). Sein mit A. Hueck 1927-30 verfaßtes und wiederholt überarbeitetes »Lehrbuch des Arbeitsrechts« (7. Aufl. 1963-70) trug entscheidend zur Entwicklung der modernen Arbeitsrechtswissenschaft bei. N. ist auch mit Veröffentlichungen zum Wirtschafts-, Verfassungs- und Zivilrecht hervorgetreten.

□ 1924: »Beiträge zum Tarifrecht« (Schr.). □ ab 1925: Prof. an der Univ. Köln. □ 1948: Mitbegründer der Sammlung »Recht der Arbeit und der Arbeitsgesetze«. □ 1949: »Tarifvertragsgesetz« (4. Aufl. 1964 mit E. Stahlhacke). □ ab 1954: Mithg. von »Die Grundrechte« (4 Bde.). □ 1959/60: »Lehrbuch des bürgerlichen Rechts. Allgemeiner Teil«.

Th. Nipperdey: Historikerpreis der Stadt Münster, 1984.

Nipperdey, Thomas

dt. Historiker
* 27.10.1927 Köln

Nipperdey, der ebenso literarisch fesselnd wie wissenschaftlich exakt zu schreiben vermag, erreicht mit seinen zahlreichen Büchern zur neueren deutschen Geschichte einen weit über die Fachwelt hinausgehenden Leserkreis. Für seine »Deutsche Geschichte 1800-1866. Bürgerwelt und starker Staat« (1983) wurde er 1984 mit dem Historikerpreis der Stadt Münster ausgezeichnet. Mit dem 1990 veröffentlichten zweiten Teilband einer großangelegten Trilogie, »Deutsche Geschichte 1866-1918. Arbeitswelt und Bürgergeist«, entwirft er ein umfassendes Bild der sozialen und geistigen Welt des Deutschen Bundes und des Kaiserreichs.

□ 1961: »Die Organisation der deutschen Parteien vor 1918« (Schr.). □ seit 1971: Prof. an der Univ. München. □ 1973-80: Vors. des Bundes Freiheit der Wissenschaft. □ 1975: »Reformation, Revolution, Utopie« (Schr.). □ 1985: Mitgl. der American Academy of Arts and Sciences. □ 1986: »Nachdenken über die deutsche Geschichte. Essays«.

Nirenberg, Marshall Warren

amer. Biochemiker
* 10.4.1927 New York

Nirenberg, seit 1962 Leiter der Abteilung für biochemische Genetik am National Institute of Health in Bethesda (Maryl.), trug mit seinen 1961 durchgeführten Arbeiten zur Synthese eines Eiweiß-Proteins außerhalb der Zelle, aber in Abhängigkeit von einer künstlich hergestellten Messenger-Ribonukleinsäure, zur Entzifferung des genetischen Codes bei. Mit den beteiligten Wissenschaftlern R. W. →Holley und H. G. →Khorana wurde N. 1968 mit dem Physiologie/Medizin-Nobelpreis ausgezeichnet.

de Niro, Robert

amer. Filmschauspieler
* 17.8.1943 New York

De Niro gehört zu den höchstdotierten und wandlungsfähigsten Schauspielern Hollywoods. Einen ersten großen Erfolg hatte er als junger Vito Corleone in »Der Pate II« (1974; Rg. F. F. →Coppola). Seine Vorbereitung auf die jeweiligen Rollen zeugt von einem fast schon legendären Perfektionismus. Für »Taxi Driver« (1975, Rg. M. →Scorsese) betrieb er umfangreiche Milieustudien als Taxifahrer, für die Rolle eines Musikers in »New York, New York« (1977, Rg. M. Scorsese) nahm er Saxophon-Unterricht. Die bis zur Selbstaufgabe reichende Rollenidentifikation fand ihren Höhepunkt in der Darstellung des gealterten Boxers Jake La Motta (»Wie ein wilder Stier«, 1979, Rg. M. Scorsese), wofür N. 50 Pfund Gewicht zunahm und 1980 den Oscar erhielt.

□ 1949: Schauspielunterricht u. a. bei L. →Strasberg. □ 1964: »The Wedding Party« (Rg. B. de Palma). □ 1973: »Hexenkessel« (Rg. M. Scorsese). □ 1974: Oscar als bester Nebendarsteller für »Der Pate II« (Rg. F. F. Coppola). □ 1978: »Die durch die Hölle gehen« (Rg. M. →Cimino). □ 1982: »The King of Comedy« (Rg. M. Scorsese). □ 1982-84: »Es war einmal in Amerika« (Rg. S. →Leone). □ 1986: »Angel Heart« (Rg. A. →Parker). □ 1990: »Good Fellas — Die Schule der Mafia« (Rg. M. Scorsese). □ 1991: »Schuldig bei Verdacht« (Rg. I. Winkler).

▷ M. Zurhorst: R. de Niro. Seine Filme — sein Leben, 1987.

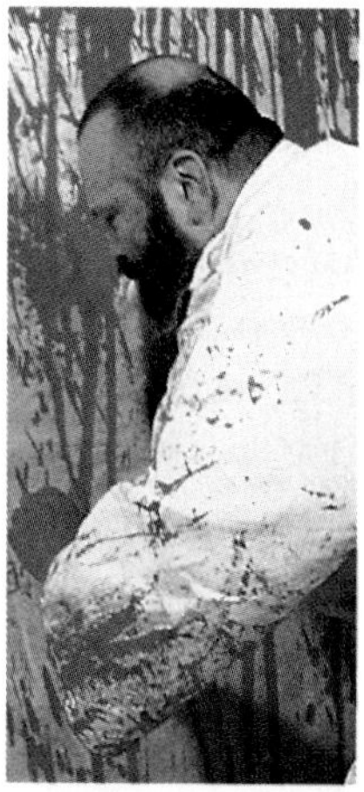
Hermann Nitsch →

Paul Nitze →

← Robert de Niro

Nitsch, Hermann

österr. Aktions- und Objektkünstler
* 29.8.1938 Wien

Nitsch wurde mit seinem sog. Orgien-Mysterien-Theater zu einem der bekanntesten europäischen Aktionskünstler und Hauptvertreter des Wiener Aktionismus. Im Mittelpunkt standen rituell vollzogene Tierschlachtungen, in die das Publikum z. B. durch das Bespritzen mit Blut und Auflegen von Tierorganen einbezogen wurde. Die Quellen sucht N. in der christlichen Glaubenslehre (fiktive Kreuzigungen), in liturgischen und kultischen Bräuchen und im dionysischen Kult der Antike. Ziel ist die Befreiung von »triebhemmenden, christlichen Mythen«, die Lösung »tiefliegender Stauungen« — Anliegen, die im Zusammenhang mit der Tiefenpsychologie S. →Freuds stehen. Aus den Aktionen entwickelte N. eine expressiv-gestische Malerei, oft unter Einbeziehung unterschiedlicher Materialien: Er integrierte die blutigen Tücher und Kleidungsstücke auch in Collagen und Objektassemblagen. 1990 erhielt N. eine Professur an der Frankfurter Städelschule, die neben Zustimmung auch Proteste hervorrief.

Nitze, Paul

amer. Bankier und Diplomat
* 16.1.1907 Amherst, Mass.

Nitze hat in zahlreichen Positionen und Ämtern von der Präsidentschaft F. D. →Roosevelts bis zu seinem Rücktritt unter Präsident G. →Bush 1989 als konservativer Diplomat und Lobbyist die amerikanische Verteidigungspolitik als Politik der Stärke mitkonzipiert. Als Planungschef im State Department entwarf er 1950 das Grundkonzept der militärischen Abschreckung (containment) — theoretischer Unterbau der amerikanischen Hochrüstung der 50er und 60er Jahre. Daß N. dennoch kein kompromißloser »Hardliner« ist, hat er als Unterhändler bei den Genfer Abrüstungsgesprächen bewiesen.

□ 1938/39: Präs. eines eigenen Bankhauses. □ 1941: Abteilungsdir. im »Amt zur Koordination inter-amer. Angelegenheiten«. □ 1946-48: Stellv. Dir. des Amtes für int. Handelspolitik. □ 1948: Sonderberater für alle Fragen des Marshallplanes beim stellv. Außenmin. □ 1950: Dir. für politische Planung im Außenministerium, Mitorganisator der NATO. □ 1963-67: Marinemin. □ 1967-69: Stellv. Verteidigungsmin.; US-Delegationsmitgl. bei den Gesprächen zur Begrenzung der strategischen Rüstung (SALT); Chefunterhändler ebd. (bis 1974). □ 1981-83: Unterhändler der Genfer Abrüstungsgespräche zwischen USA und UdSSR.

Niven, (James) David Graham

brit. Schauspieler
* 1.3.1910 Kirriemuir, Schottland
† 29.7.1983 Château-d'Oex (Schweiz)

Mit seinem elegant-charmanten, »typisch englischen« Äußeren und einer zum Understatement neigenden Komik wurde Niven zu einem der beliebtesten britischen Schauspieler in Hollywood. Das Kinopublikum lernte ihn vorwiegend in der

Rolle des Offiziers (u. a. in »Getrennt von Tisch und Bett«, 1958, mit B. →Lancaster, 1959 Oscar-Nominierung) oder des Gentleman-Gauners kennen (»Der rosarote Panther«, 1963, mit P. →Sellers).

□ 1929: Offizierspatent der Brit. Streitkräfte. □ 1936: »Zeit der Liebe, Zeit des Abschieds« (Rg. W. →Wyler). □ 1938: »Blaubarts achte Frau« (Rg. E. → Lubitsch, mit C. →Colbert und G. → Cooper). □ 1939: »Wuthering Heights« (mit L. →Olivier). □ 1947: »Irrtum im Jenseits« (Rg. M. Powell). □ 1956: Phileas Fogg in dem Film »In 80 Tagen um die Welt« (mit Sh. →MacLaine und Ch. →Boyer). □ 1968: »Bevor der Winter kommt« (mit A. Karina und J. → Hurt). □ 1974: »Vampira« (Rg. C. Donner). □ 1978: »Tod auf dem Nil« (mit P. →Ustinov, B. →Davis, Mia Farrow).

▷ D. Niven: Vielleicht ist der Mond nur ein Luftballon (Aut.), 1971, dt. 1975.

← David Niven

Nixdorf, Heinz

dt. Unternehmer und Computerkonstrukteur
* 9.4.1925 Paderborn † 17.3.1986 Hannover

Nixdorf, der 1952 in einer Essener Kellerwerkstatt begonnen hatte, Abrechnungscomputer zu bauen, entwickelte im Laufe von 35 Jahren ein weltweit tätiges Unternehmen mit einem Milliardenumsatz. Der eigenwillige und ideenreiche Tüftler erkannte früh die Chancen kleiner Kompakt-Computer vor allem für mittelständische Unternehmen. Als Wegbereiter dezentraler Datenverarbeitung setzte er in Großbetrieben den Computer am Arbeitsplatz durch. Mit Innovations- und Risikobereitschaft gelang es N., sich neben den Marktführern IBM und Siemens zu behaupten. N.s Nachfolger als Vorstandsvorsitzender wurde nach seinem Tod 1986 Klaus Luft (*1941).

← Heinz Nixdorf

Nixon, Richard Milhouse

amer. Politiker
* 9.1.1913 Yorba Linda, Kalif.

Nixon war der erste US-Präsident, der sein Amt niederlegen mußte. 1973 geriet er in den Mittelpunkt der sog. Watergate-Affäre, bei der es um einen Einbruch in das Büro der oppositionellen Demokratischen Partei ging. Als deutlich wurde, daß der Stab des Weißen Hauses in die Affäre verwickelt war, drohte N. ein Amtsenthebungsverfahren (Impeachment), dem er 1974 mit seinem Rücktritt zuvorkam.

Die außenpolitischen Erfolge N.s sind unbestritten. Als erster Präsident besuchte er 1972 die VR China und die UdSSR und leitete damit die Normalisierung der Beziehungen der USA zu den beiden kommunistischen Staaten ein. Beraten von H. →Kissinger beendete er den Vietnamkrieg (1969 Friedensplan für Südostasien; 1973 Waffenstillstandsabkommen), führte konsequent die Entspannungspolitik fort und bemühte sich um eine Lösung der Nahostfrage nach dem 4. Israelisch-Arabischen Krieg 1973.

Zu Beginn der 50er Jahre hatte N. sich als junger Senator durch seinen rigorosen Kampf gegen den Kommunismus und für die »Elimierung politisch unzuverlässiger Elemente« aus der Verwaltung einen Namen gemacht, wobei sein demagogischer Eifer fast an den Antikommunismus von J. →McCarthy heranreichte.

□ bis 1937: Jurastudium. □ 1937-42: Rechtsanwalt. □ 1942: Staatsanwalt. □ 1942-46: Bei der Marine; zuletzt Korvettenkapitän. □ seit 1946: Mitgl. der Republikaner. □ 1947-49: Mitgl. des Repräsentantenhauses. □ 1950-53: Senator. □ 1953-60: Vizepräsident. □ 1961-67: Erneut Rechtsanwalt. □ 1969-74: 37. US-Präsident.

▷ R. Nixon: The memoirs of Richard Nixon, 1978; C. P. Ripley: Richard Nixon, engl. 1987.

Richard Nixon scheiterte trotz außenpolitischer Erfolge am Watergate-Skandal.

Josuah M. N. Nkomo →

Nkomo, Josuah Mqabuko Nyongolo

afr. Politiker
* 19.(6.?)6.1917 Semokwe, Matopa-Distrikt, Rhodesien

Obwohl Nkomo im Kampf um die Unabhängigkeit Zimbabwes lange Zeit Leitfigur des Widerstands war, unterlag er bei den ersten freien Wahlen in Zimbabwe-Rhodesien (1980) dem radikaleren R. →Mugabe. Die ideologischen und ethnischen Differenzen der beiden Führer und ihrer Anhänger sorgten jahrelang für Spannungen in dem jungen Staat. Nach der Zwangsvereinigung von N.s ZAPU mit Mugabes ZANU kehrte N. 1988 als Vizepräsident in die Regierung zurück, aus der er 1982 entlassen worden war.

□ vor 1945: Ausbildung auf Missionsschulen in Südafrika. □ 1947: Sekr. der Eisenbahnergewerkschaft in Rhodesien. □ 1957: Präs. des African National Council (ANC; bis zu dessen Verbot 1959). □ 1959-61: Exil in London. □ 1961: Gründer und Präs. der Zimbabwe African People's Union (ZAPU). □ ab 1964: Haft und Verbannung. □ 1974/75: In Rhodesien. □ 1975: Ausschluß aus dem ANC. □ 1976: Gründer eines rhodesischen (zimbabwischen) ANC. □ 1977: Bildung der Patriotic Front (PF) mit R. Mugabe. □ 1980/81: Innenmin. □ 1981/82: Min. ohne Geschäftsbereich. □ 1983: Exil in England. □ seit 1988: Vizepräsident.

▷ J. Nkomo: Nkomo. The story of my life, 1984.

Nobile, Umberto

ital. General und Luftschiffkonstrukteur
* 21.1.1885 Lauro, Prov. Avellino † 30.7.1978 Rom

In seinem Luftschiff »Norge« überflog Nobile zusammen mit R. →Amundsen am 12.5.1926 den Nordpol. Als N. für den Absturz des Luftschiffs

General Umberto Nobile (l.) vor seinem Flug über den Nordpol, 1926.

»Italia« nach einer erneuten Überquerung des Nordpols (1928) verantwortlich gemacht wurde, mußte er 1929 die Armee verlassen.

□ 1926: Überfliegung des Nordpols. □ 1928: Absturz des Luftschiffs »Italia«. □ 1929: Entlassung aus der Armee; Emigration in die Sowjetunion. □ 1930: »Im Luftschiff zum Nordpol. Die Fahrten der Italia« (Schr.). □ 1932-36: Fachberater für Luftschiffbau beim sowjet. Luftfahrtministerium. □ 1946: Rückkehr nach Italien; bis 1953 Abgeordneter der Kommunistischen Partei Italiens.

▷ W. Meyer: Der Kampf um Nobile, 1931.

Nocht, Bernhard

dt. Tropenmediziner
* 4.11.1857 Landeshut, Schlesien (heute Kamienna Góra, Polen) † 5.6.1945 Wiesbaden

Nocht leitete 1900-30 das 1890 von ihm gegründete Institut für Schiffs- und Tropenkrankheiten in Hamburg (1942 nach ihm benannt). Bedeutend sind vor allem N.s Arbeiten über »Die Malaria« (Schr. mit Martin Mayer, 1918) und ihre Therapie mit bemessenen Chinin-Dosierungen sowie seine Beiträge zur Erforschung der »Beriberi« (Chr. →Eijkman).

□ 1883-92: Marinearzt. □ 1887-90: Mitarbeiter R. →Kochs in Berlin. □ ab 1906: Prof. an der Univ. Hamburg; Leiter des Medizinalwesens ebd. □ 1908: »Tropenhygiene« (Schr.).

▷ E. Martini: Bernhard Nocht. Ein Lebensbild, 1957.

E. Noelle-Neumann →

Rudolf Noelte →

← Philip John Noel-Baker

Noel-Baker, Philip John, Baron of the City of Derby (ab 1977)

brit. Politiker und Historiker
* 1.11.1889 London † 8.10.1982 ebd.

Noel-Baker entstammte einer Quäkerfamilie, in der er schon als Kind an den Pazifismus herangeführt wurde. Diese Grundhaltung behielt er sein Leben lang bei. In zahlreichen Artikeln und Büchern sprach er sich leidenschaftlich für Abrüstung und Frieden aus. Ab 1929 war er auch politisch aktiv und vertrat die Labour Party im Unterhaus. Für seine Verdienste um die Gründung und Ausgestaltung der UNO wurde ihm 1959 der Friedens-Nobelpreis zuerkannt.

□ vor 1912: Studium an der Quäker-Univ. in Penn. (USA); kurzzeitig in Paris und München. □ 1912; 1920: Teilnehmer an den Olympischen Spielen (1920 Silbermedaille im 1500-m-Lauf). □ 1914: Prof. in Oxford. □ 1915-18: Sanitäter in Frankreich und Italien. □ 1919/20: Mitgl. der brit. Friedensdelegation in Versailles. □ ab 1922: Im Sekretariat des Völkerbundes. □ 1924-29: Prof. in London. □ 1929-31; 1936-70: Mitgl. des Unterhauses. □ 1932-34: Sekr. der Abrüstungskonferenz in Genf. □ 1945/46: Staatsmin. im Foreign Office. □ 1946: Vors. der Labour Party. □ 1946/47: Min. für Luftfahrt. □ 1947-50: Min. für Commonwealth-Beziehungen. □ 1959: Friedens-Nobelpreis. □ 1960-76: Präs. des UNESCO-Rates für Sport.

Noelle-Neumann, Elisabeth

dt. Meinungsforscherin
* 19.12.1916 Berlin

Noelle-Neumann gründete 1947 mit ihrem Ehemann in Allensbach am Bodensee das erste deutsche Meinungsforschungsinstitut. Ende der 30er Jahre war N. durch einen Studienaufenthalt in den USA mit der Demoskopie in Berührung gekommen. Neben der Durchführung von umfangreichen politischen Meinungsumfragen und Wahlanalysen betreibt ihr Institut heute hauptsächlich Markt-und Medienforschung. In zahlreichen Publikationen äußert sich N. zu gesellschaftspolitischen Fragen aus demoskopischer Sicht. Ihre besondere Aufmerksamkeit gilt dem Thema »Wertewandel«.

□ 1940: Promotion über »Meinungs- und Massenforschung in den USA«. □ ab 1940: Redakteurin bei der Wochenzeitung Das Reich und anschließend bei der Frankfurter Zeitung. □ 1947: Gründung des Meinungsforschungsinst. Allensbach. □ 1965-83: Prof. an der Univ. Mainz. □ seit 1978: Gastprof. an der Univ. von Chicago. □ 1978-80: Präs. der World Association for Public Opinion Research. □ 1980: »Die Schweigespirale. Die öffentliche Meinung — unsere soziale Haut« (Schr.). □ 1983: »Eine demoskopische Deutschstunde« (Schr.). □ 1987: »Arbeitslos. Report aus einer Tabuzone« (Schr.). □1991: Demoskopische Geschichtsstunde« (Schr.).

Noelte, Rudolf

dt. Regisseur
* 20.3.1921 Berlin

Kennzeichen von Noeltes Regiestil ist eine subtile Schauspielerführung und eine präzise Arbeit am Detail (Kammerspielregie), die insbesondere bei Inszenierungen der Dramen C. →Sternheims und A. →Tschechows aufsehenerregende Ergebnisse erzielte. Durch N.s Aufführungen von Sternheims »Die Kassette« (1960) und »Der Snob« (1964) wurde der expressionistische Dramatiker für die Gegenwartsbühne neu entdeckt. N.s Inszenierungen von Tschechows »Drei Schwestern« (1965) und »Der Kirschgarten« (1970) zeichneten sich durch große atmosphärische Dichte aus. N. ist für seine intensiven, z. T. sehr eigenwilligen Probenarbeiten bekannt. Seit einigen Jahren arbeitet er als Gastregisseur ohne feste Bindung an ein Theater.

□ 1945: Regieassistent unter J. →Fehling am Berliner Hebbel-Theater. □ 1948: Erste eigene Inszenierungen. □

1952-58: Regisseur am Schiller-und Schloßparktheater Berlin. □ 1953: »Das Schloß« (M. →Brod, nach F. →Kafka). □ 1959/60: Künstlerischer Leiter der Freien Volksbühne Berlin. □ 1963: »Wölfe und Schafe« (A. Ostrowski) am Münchener Residenztheater. □ 1968: »Das Schloß« (F.). □ 1973: »Der Menschenfeind« (Molière) bei den Salzburger Festspielen. □ 1976: »Ein Puppenheim« (H. →Ibsen) am Berliner Renaissance-Theater. □ 1977: »Die Ratten« (G. →Hauptmann) an der Berliner Volksbühne.

Noether, Amalie »Emmy«

dt. Mathematikerin
* 23.3.1882 Erlangen
† 14.4.1935 Bryn Mawr, Penn. (USA)

Noether, die bedeutendste Mathematikerin des 20. Jh.s, prägte die moderne Algebra mit der von ihr entwickelten »Idealtheorie in Ringbereichen« sowie dem »Abstrakten Aufbau der Idealtheorie in algebraischen Zahl- und Funktionenkörpern« (1925). Neben der Idealtheorie und der Herausarbeitung der abstrakten Auffassung zentraler Begriffe arbeitete N. über Klassenkörper-, Modul- und Darstellungstheorien.

□ 1918: »Noethersches Theorem« (ein von N. bewiesener mathematischer Satz, der die Formulierung physikalischer Erhaltungssätze bei Vorliegen bestimmter Symmetrien ermöglicht). □ 1922-33: »Außerordentliche Prof.« (aufgrund der antiquierten Habilitationsordnung) der Univ. Göttingen. □ 1933: Entzug der Lehrbefugnis durch die Nationalsozialisten; Emigration in die USA. □ ab 1933: Gastprof. an der Frauenhochschule am Bryn Mawr College, Penn.

← Emmy Noether

Noiret, Philippe

frz. Schauspieler
* 1.10.1930 Lille

In über 100 Filmen verkörperte Noiret bislang die unterschiedlichsten Rollen. Ob als schüchterner Transvestit in »Zazie« (1960, Rg. L. →Malle, nach R. → Queneau), homosexueller Richter in Marco Ferreris »Das große Fressen« (1973) oder korrupter Polizist in »Die Bestechlichen« (1984, Rg. C. Zidi) — N. beeindruckte immer wieder durch solides und präzises Spiel.

□ 1967: »Alexander, der Lebenskünstler« (Rg. Y. Robert). □ 1972: »Das Attentat« (Rg. Y. Boisset). □ 1974: »Der Uhrmacher von St. Paul« (Rg. B. → Tavernier). □ 1975: »Der Richter und der Mörder« (Rg. B. Tavernier). □ 1981: »Drei Brüder« (Rg. F. →Rosi); »Der Saustall« (Rg. B. Tavernier). □ 1986: »Die Familie« (Rg. E. →Scola); »Masken« (Rg. C. →Chabrol). □ 1987: »Brille mit Goldrand« (Rg. G. Montaldo). □ 1988: »Cinema Paradiso« (Rg. G. Tornatore). □ 1990: »Das Leben und nichts anderes« (Rg. B. Tavernier).

Nolde, Emil

(eig. Emil Hansen)
dt. Maler und Grafiker
* 7.8.1867 Nolde bei Tondern, Schleswig
† 13.4.1956 Seebüll bei Neukirchen, Nordfriesland

Nolde, der Hauptvertreter des norddeutschen Expressionismus, fand um 1910 seinen Stil ekstatisch anmutender Form- und Farbgebung, der nahezu unverändert das bis ins hohe Alter fortgeführte Schaffen kennzeichnet. N.s zentrale Themen sind die Farbenpracht der Blumengärten und die elementare Erscheinung von Erde, Wasser und Wolkenhimmel im Bild der Küstenlandschaft (»Herbstmeer«, 1911, 21 Versionen, u. a. Dortmund, Museum am Ostwall; Zürich, Kunsthaus). Im Bereich des Figurenbildes herrschten ab 1909 biblische Themen vor. Hierbei schockierte N. sowohl durch die Betonung des Orgiastischen (»Tanz um das Goldene Kalb«, 1910, München, Staatsgalerie moderner Kunst) als auch durch die irdisch-menschliche Hülle des Göttlichen. Die während des Berufsverbots (1941-45) entstandenen »Ungemalten Bilder« (Aquarelle) legte N. seinem Spätwerk zugrunde.

Emil Nolde: Norddeutsche Küstenlandschaft und religiöse Motive prägen sein Werk.

□ 1884-88: Lehre als Holzbildhauer in Flensburg. □ 1892-97: Lehrer am Industrie- und Gewerbemuseum St. Gallen. □ ab 1898: Studienjahre in München, Paris, Kopenhagen. □ 1902: Heirat mit Ada Vilstrup († 1946). □ 1903: Übersiedlung auf die Insel Alsen, regelmäßige Aufenthalte in Berlin. □ 1906/07: Mitgl. der »Brücke« (E. L. →Kirchner). □ 1912: Einspruch der kath. Kirche gegen die Ausstellung des neunteiligen Gemäldes »Das Leben Jesu« in der Int. Ausstellung moderner Kunst in Brüssel. □ 1913/14: Als Mitgl. der

»Deutsch-Guinea-Expedition« Reise über Rußland, China, Japan in die Südsee, nach Kriegsausbruch Rückkehr über Ägypten. □ 1920: Erlangung der dän. Staatsbürgerschaft. □ 1926: Übersiedlung nach Seebüll. □ 1937: Entfernung von 1052 »entarteten« Werken aus dt. Museen. □ 1956: Testamentarische Gründung der »Stiftung Seebüll Ada und Emil Nolde« (Nolde-Museum).

▷ E. Nolde: Mein Leben, 1976.

Noll, Peter

schweiz. Jurist
* 18.5.1926 Basel † 9.10.1982 Zürich

← Peter Noll

Als Ordinarius für Strafrecht an der Johannes-Gutenberg-Universität Mainz (1962-69) beteiligte sich Noll 1966 aktiv an der bundesdeutschen Strafrechtsreform und wurde als Co-Autor des »Alternativ-Entwurfs eines Strafgesetzbuchs« (seit 1965) bekannt. Aufgrund seiner Initiative bildete sich 1968 ein Arbeitskreis Pressefreiheit, an dessen »Entwurf eines Gesetzes zum Schutz freier Meinungsbildung« (1972) N. ebenfalls mitwirkte. Aufsehen erregte sein schonungsloses Protokoll über die letzten Monate seines Lebens.

□ 1962: »Die ethische Begründung der Strafe« (Schr.). □ 1962-69: Leiter des Inst. für Gesetzgebungslehre an der Univ. Mainz. □ ab 1969: Prof. an der Univ. Zürich. □ 1973: »Gesetzgebungslehre« (Schr.). □ 1975: »Pressefreiheit in Gefahr« (Es.). □ 1981: »Schweizerisches Strafrecht« (Schr.).

▷ P. Noll: Diktate über Sterben und Tod — mit einer Totenrede von Max Frisch (Tagebuch), 1984.

Nolte, Ernst

dt. Historiker und Politikwissenschaftler
* 11.1.1923 Witten an der Ruhr

Der Zeithistoriker Nolte errang schon mit seinem Erstlingswerk, »Der Faschismus in seiner Epoche« (1963), internationale Anerkennung. N., 1970 Gründungsmitglied des konservativen Bundes Freiheit der Wissenschaft, hat seither in der Fachwelt und Öffentlichkeit immer wieder für eine Polarisierung der Standpunkte gesorgt, zuletzt im sog. Historikerstreit. N.s Ansatz, daß

Porträt des Politikwissenschaftlers Ernst Nolte, 1986.

der »Klassenmord der Bolschewiki das logische und faktische Prius des Rassenmordes der Nationalsozialisten« sei und daß moralisierende Sichtweisen diese Erkenntnis verstellen würden, interpretierten seine Kritiker als das Bemühen um »Entschuldigung« deutscher Vergangenheit.

□ 1965-73: Prof. an der Universität Marburg. □ seit 1973: Prof. an der FU Berlin; Mitgl. des PEN-Zentrums der BRD (Austritt 1977). □ 1974: »Deutschland und der Kalte Krieg« (Schr.). □ 1987: »Der europäische Bürgerkrieg 1917-1945. Nationalsozialismus und Bolschewismus« (Schr.); »Das Vergehen der Vergangenheit. Antwort an meine Kritiker im sog. Historikerstreit« (Schr.). □ 1991: »Geschichtsdenken im 20. Jh.« (Schr.).

Nono, Luigi

ital. Komponist
* 29.1.1924 Venedig † 8.5.1990 ebd.

Luigi Nono: Aufgrund seines politischen Engagements heftig umstrittener Komponist.

Nono war in den 50er Jahren neben P. →Boulez und K. →Stockhausen führender Repräsentant der Darmstädter Schule, die in der Nachfolge von A. → Webern und A. →Berg die serielle Kompositionstechnik geprägt hat. Als einer der überragenden Komponisten der Nachkriegszeit provozierte er zahlreiche kulturpolitische Kontroversen und Skandale. Umstritten war nie sein hoher kompositorischer Rang, sondern der politische Anspruch und das antifaschistische Engagement, das N. als Mitglied der KPI (ab 1952) mit seinen Werken verband. Seiner expressiven und streng strukturierten Musik lagen stets politische Aussagen (Resistenza, Auschwitz, Hiroshima, Vietnam) zugrunde.

1961 trennte sich N. aus Protest gegen die Entwicklungen seiner Kollegen J. →Cage (kompositorisches Zufallsprinzip der »Aleatorik«) und P. Boulez vom Darmstädter Kreis und wandte sich in den 60er Jahren als Mitarbeiter von Experimentalstudios in Mailand und Freiburg i. Br. der elektronischen Musik zu (»Musica-manifesto

No. 1«, 1968/69). Mit dem Streichquartett »Fragmente — Stille. An Diotima« (nach Hölderlin) begann eine letzte kompositorische Phase, in der N. zunehmend von der politisch-revolutionären Geste seiner Musik Abstand nahm. Durch minimalistische Formgebung, zerbrechliche Klänge und radikale Reduktionen auf einen Ton (»Hay que caminar'sognando« für zwei Violinen, 1989) gelangten seine letzten Werke in Bereiche des fast Unhörbaren.

☐ 1941-45: Jurastudium in Padua und Musikstudien (Komposition, Theorie) bei G. F. →Malipiero am Konservatorium Venedig. ☐ 1950/51: Aufführung serieller Instrumentalwerke in Darmstadt (u. a. »Polifonica-Monodia-Ritmica«). ☐ 1950-60: Dozent bei den Darmstädter Ferienkursen für Neue Musik. ☐ 1952: Eintritt in die Kommunistische Partei Italiens (KPI). ☐ 1954: UA des Balletts »Der rote Mantel« in Frankfurt/Main. ☐ 1955: Heirat mit Nuria Schönberg (Tochter von A. → Schönberg). ☐ 1959-62: Dozent in England, Finnland und der UdSSR. ☐ 1960: Tumulte bei der UA der ersten Oper »Intolleranza« in Venedig. ☐ 1965: Einreiseverweigerung der USA wegen Mitgliedschaft in einer kommunistischen Partei. ☐ 1967-71: Reisen durch Lateinamerika. ☐ 1972-74: Aufenthalte in der UdSSR. ☐ 1975: Christdemokratische Proteste bei der UA des szenischen Werks »A gran sole carico d'amore« in Mailand. ☐ ab 1979: Hg. der Zeitschrift Laboratorio Musica. ☐ 1984: »Prometeo« (Hörtragödie). ☐ 1985: UA von »A Carlo Scarpa architetto ai suoi infiniti possibili« (Orchesterwerk) in Hamburg. ☐ 1987: UA von »Cammi-nantes... Ayacucho« (für Chor und Orchester) in München.

▷ L. Nono: Musik und Revolution, 1969; H. H. Metzger/R. Riehn (Hg.): Luigi Nono, 1981.

Norén, Lars

schwed. Schriftsteller
* 9.4.1944 Stockholm

Norén ist der bedeutendste schwedische Dramatiker der Gegenwart. Nachdem er mit seiner surrealistisch geprägten, Destruktion und Hoffnungslosigkeit aufgreifenden Lyrik (»Sirenen«, 1963; »Absturz«, 1968) in Schweden Aufsehen erregt hatte, fand er internationale Anerkennung mit dem Roman »Die Bienenväter« (1970, dt. 1973). Vom psychologischen Realismus getragen, stehen hier wie auch in den späteren Dramen »Dämonen« (1983, dt. 1983) und »Nachtwache« (1985, dt. 1985) Geschlechterkampf, Generationskonflikt und der in gesellschaftliche Normen eingezwängte Mensch im Mittelpunkt.

← Lars Norén

Noriega Morena, Manuel Antonio

panama. Politiker und Militär
* 1934 Ciudad de Panamá

Spätestens nach der Entmachtung von Präsident N. Barletta 1985 regierte der ehrgeizige Noriega den Kanal-Staat Panama nahezu uneingeschränkt. Bereits seit 1972 stand er in den USA im Verdacht, Rauschgift zu verschieben, doch wegen seiner guten Verbindungen zum US-Außenministerium und zur CIA blieb er unbehelligt. Erst als N. 1989 die Präsidentschaftswahlen annullieren ließ, reagierten die USA auf die Machenschaften des Diktators. US-Präsident G. →Bush ordnete eine militärische Intervention an, bei der N. verhaftet wurde.

← Manuel Antonio Noriega

☐ bis 1964: Militärakademie in Lima (Peru). ☐ ab 1964: Mitgl. der Nationalgarde. ☐ 1970: Zur »Spezialausbildung« in den USA. ☐ ab 1971: Chef des militärischen Nachrichtendienstes. ☐ 1983: Befehlshaber der Nationalgarde, Oberbefehlshaber der Streitkräfte. ☐ 1989: Selbsternannter Máximo líder (Oberster Führer). ☐ seit 1990: In Untersuchungshaft in den USA. ☐ 1991: Prozeßbeginn.

▷ F. Kempe: Aufstieg und Fall Noriegas, 1990.

Norman, Jessye

amer. Sängerin
* 15.9.1945 Augusta, Georgia

Norman entstammt einer baptistischen Kirchensänger-Familie und wurde zu Beginn der 70er Jahre mit ihrer Sopranstimme als »schwarze Callas« berühmt.
N., die über ein umfangreiches Rollenrepertoire und Ausdrucksspektrum (Werke von Haydn, Mozart bis zu modernen Komponisten) verfügt, ist auch eine führende Liedinterpretin (»Gurrelieder« von A. →Schönberg; »Altenberg-Lieder« von A. →Berg). Sie gibt Meisterklassen in Frankreich und den USA.

☐ 1963-68: Studium an der Howard Univ. in Washington, am Peabody Conservatory Baltimore sowie an der Univ. of Mich. in Ann Arbor. ☐ 1968: 1. Preis beim Gesangswettbewerb der dt. Rundfunkanstalten in München; Operndebüt

Jessye Norman 1973 in Berlioz' Oper »Die Troianer«.

an der Dt. Oper Berlin als Elisabeth in Wagners »Tannhäuser«. □ 1972: Debüt an der Mailänder Scala. □ 1975: Dt. Schallplattenpreis. □ 1983: Debüt an der Metropolitan Opera (Met) New York als Didon in der Berlioz-Oper »Die Trojaner« zur Hundertjahrfeier des Hauses. □ 1988: TV-Einspielung von Bizets »Carmen«. □ 1990: Rolle der Kundry in Wagners »Parsifal« an der Met unter J. →Levine.

Norpoth, Harald

dt. Leichtathlet
* 22.8.1942 Münster

Norpoth, der vier Medaillen bei Olympischen Spielen und Europameisterschaften gewann, gehörte zwei Jahrzehnte zu den populärsten deutschen Langstreckenläufern. Er stellte einen Weltrekord sowie drei Europarekorde auf. Achtmal in Serie (1962-73) war er deutscher Meister über 5000 m, dreimal Meister über 1500 m.

□ 1964: Olympiazweiter von Tokio über 5000 m. □ 1966: EM-Zweiter 5000 m; EM Dritter 1500 m; Welt- und Europarekord über 2000 m (4:57,8 min.); Europarekord 5000 m (13:24,8 min.). □ 1967: Europarekord 3000 m (7:45,2 min.). □ 1968: Olympiavierter von Mexiko über 1500 m. □ 1972: Olympiateilnehmer von München.

← Harald Norpoth

Norrish, Ronald George Wreyford

brit. Physikochemiker
* 9.11.1897 Cambridge † 7.6.1978 ebd.

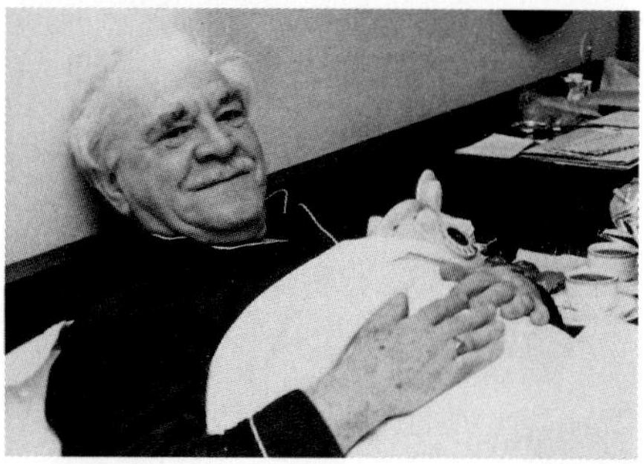

Ronald G. W. Norrish erhielt 1967 den Chemie-Nobelpreis.

Norrish, 1937-65 Professor an der Universität Cambridge, entwickelte mit seinem Schüler G. →Porter spektroskopische Untersuchungsverfahren zur Bestimmung des Zeitablaufs schneller chemischer Reaktionen. 1947 begannen sie mit Versuchsreihen, Gasgemische mit extrem kurzen Lichtblitzen in ihrem chemischen Gleichgewicht zu stören und die Zeit zu messen, die bis zur Wiederherstellung eines stabilen Zustands verstrich. Für ihre Methode, die Reaktionszeiten von einer Milliardstelsekunde erfaßt, wurden sie 1967 mit dem Chemie-Nobelpreis (mit M. →Eigen) ausgezeichnet.

Northrop, John Howard

amer. Biochemiker
* 5.7.1891 Yonkers, N. Y.
† 27.5.1987 Wickenburg, Ariz.

Northrop stellte 1930 das Verdauungsenzym Pepsin in kristalliner Form dar. Es folgten die Enzyme Trypsin (1932) und Chymotrypsin (1935), die N. in reiner Form kristallisierte und — im Gegensatz zu der damals anerkannten Meinung R. →Willstätters — doch zu den Proteinen zählte. Auch das 1938 von N. isolierte Bakterienvirus stellte sich als Protein heraus.

□ 1924-61: Prof. am Rockefeller Inst. of Medical Research, New York. □ 1939: »Crystalline Enzymes« (Schr.). □ 1941: Synthese des ersten Antikörpers (Diphtherieantitoxin). □ 1946: Chemie-Nobelpreis (zusammen mit W. M. →Stanley und J. B. →Sumner). □ 1949-58: Zugleich Prof. an der Univ. of Calif. in Berkeley.

← John Howard Northrop

Noske, Gustav

dt. Politiker
* 9.7.1868 Brandenburg † 30.11.1946 Hannover

Gustav Noske →

Noske gehörte zum rechten Flügel der SPD und leitete 1918/19 die Niederschlagung mehrerer revolutionärer Aufstände (u. a. Matrosenaufstand in Kiel, Spartakus-Aufstand in Berlin). Er hoffte, dadurch die staatliche Ordnung der parlamentarischen Demokratie zu sichern. Als »Bluthund« gescholten, wurde ihm vom linken Flügel der SPD ein weiteres Reichstagsmandat verweigert; als Reichswehrminister trat er nach dem →Kapp-Putsch zurück.

□ 1893: Redakteur. □ 1906-18: MdR der SPD. □ 1914: »Sozialdemokratie und Kolonialpolitik« (Schr.). □ Dez. 1918: Mitgl. im Rat der Volksbeauftragten; Leiter des Militärressorts. □ 1919/20: Reichswehrmin. □ 1920-23: Oberpräs. von Hannover. □ nach 1940: Im Widerstand. □ 1944: Verhaftet.

▷ G. Noske: Erlebtes aus Aufstieg und Niedergang einer Demokratie (Erinnerungen), 1947.

Nossack, Hans Erich

dt. Schriftsteller
* 30.1.1901 Hamburg † 2.11.1977 ebd.

Hans Erich Nossack →

Der Existentialist Nossack, den J.-P. →Sartre in Frankreich propagierte, gehört zu den eigenständigsten Nachkriegsautoren der BRD. Anders als die politisch engagierte Literatur kritisierte er in den 50er und 60er Jahren in Mythen und Parabeln die Funktionalität einer Gesellschaft, in der trotz der Erfahrung von Nationalsozialismus und Krieg Wettrüsten, Wiederbewaffnung und Wirtschaftsaufschwung die wichtigsten Themen waren. Wie im Roman »Der Neugierige« (1955) stellte N. der fragwürdigen alltäglichen Normalität die Möglichkeit individueller Freiheit gegenüber; sprachlich konzentriert und phantasievoll zugleich gestaltete N., der auch Lyrik und Dramen schrieb, die Suche nach der eigenen, existentiellen Grundwahrheit.

□ bis 1922: Jura- und Philologiestudium (abgebrochen). □ 1933: Publikationsverbot durch die Nationalsozialisten; Eintritt in die Kaffeeimportfirma des Vaters (bis 1956). □ 1943: Beim Bombardement Hamburgs Verlust der meisten Manuskripte. □ 1948: »Interview mit dem Tode« (Ber.). □ 1955: »Spätestens im November« (R.). □ 1956: »Spirale« (R.). □ 1958: »Der jüngere Bruder« (R.). □ 1961: Georg-Büchner-Preis. □ 1968: »Der Fall d'Arthez« (R.). □ 1976: »Dieser Andere« (Briefe, Ged.e, Prosa).

▷ Ch. Schmidt (Hg.): Über Hans Erich Nossack, 1970.

Nöstlinger, Christine
österr. Schriftstellerin
* 13.10.1936 Wien

Nöstlinger schuf mit ihren phantasievollen Geschichten wie »Wir pfeifen auf den Gurkenkönig« (1972) und »Ilse Janda, 14« (1974) eine neue Form von Kinder- und Jugendbüchern, indem sie sozialkritische Elemente einfließen ließ. Einige Romane und Erzählungen hat die Autorin selbst illustriert.

□ 1970: Nach dem Studium der Gebrauchsgrafik in Wien und publizistischen Arbeiten Veröffentlichung ihres ersten Kinderbuches: »Die feuerrote Friederike«. □ 1973: »Maikäfer, flieg!« (Kdb.). □ 1974: Österreichischer Staatspreis. □ 1987: »Der Hund kommt« (R.).

← Christine Nöstlinger

Novotný, Antonín
tschech. Politiker
* 10.12.1904 Letňany bei Prag † 28.1.1975 Prag

Fast 15 Jahre lang herrschte Novotný als Diktator stalinistischer Prägung. Seine Amtszeit war durch politische Abhängigkeit von der Sowjetunion und permanente Unterdrückung eines eigenständigen kulturellen Lebens in der CSSR gekennzeichnet. Zu Beginn der kommunistischen Reformbewegung 1968 in der Tschechoslowakei (»Prager Frühling«, A. →Dubček) mußte er seine Parteiämter niederlegen und wurde aus der Partei ausgeschlossen.

□ ab 1921: Mitgl. und Funktionär der KPC. □ 1941-45: Wegen Organisation des Widerstands im Protektorat Böhmen und Mähren Inhaftierung im KZ Mauthausen. □ 1945-51: 1. Sekretär der KP von Prag. □ 1946: Mitgl. des ZK. □ 1948: Mitgl. des Parlaments. □ 1951: Mitgl. des Politbüros; stellv. Ministerpräsident. □ 1953-68: 1. Sekretär der KPC. □ 1957-68: Staatspräsident.

← Antonín Novotný

Nowottny, Friedrich
dt. Fernsehjournalist
* 16.5.1929 Hindenburg, Oberschlesien

Nowottny, seit 1985 Intendant des WDR, wurde durch seine locker-ironische Moderation der Sendereihe »Bericht aus Bonn« (1973-85) zu einer der profiliertesten und beliebtesten TV-Größen Deutschlands. Der Sohn eines Schmiedemeisters, 1973-85 Chefkorrespondent der ARD und Leiter des WDR-Fernsehstudios Bonn, nennt als seine bevorzugten Themenbereiche die Wirtschafts- und Sozialpolitik. Das Hauptziel N.s für seine zweite Amtszeit als Intendant der größten deutschen Sendeanstalt (Wiederwahl 1989) ist die Erhöhung der Wettbewerbsfähigkeit gegenüber der kommerziellen Konkurrenz.

□ 1948: Lokalreporter bei einer Bielefelder Zeitung. □ 1950: Praktikant bei der Dt. Eisenbahn-Versicherungskasse. □ 1953: Volontär der Tageszeitung Freie Presse in Bielefeld. □ 1955: Redakteur, dann Ressortchef für Wirtschafts- und Sozialpolitik der Freien Presse. □ 1962: Hauptabteilungsleiter Wirtschafts- und Sozialpolitik beim SR in Saarbrücken. □ 1963: Mitbegründer der TV-Reihe »Der Markt — Wirtschaft für jedermann«. □ 1967: Stellv. Leiter des WDR-Fernsehstudios Bonn. □ 1973: Start der Sendereihe »Bericht aus Bonn«. □ seit 1985: WDR-Intendant und Aufsichtsratmitgl. der Bavaria-Atelier-Gesellschaft.

← Friedrich Nowottny

Nujoma, Sam
afr. Politiker
* 12.5.1929 Ongandjera (Okahoa?)

Nujoma wurde 1990 der erste Staatspräsident des unabhängigen Namibia, dem früheren Südwestafrika. Bereits vor seiner Wahl durch die verfassunggebende Versammlung wurde er durch UNO und OAU als der legitime Führer der Bevölkerung seines Landes anerkannt. Politisch propagiert er einen sozialistischen Einheitsstaat, wobei er jedoch als Angehöriger der Ovambo häufig die Interessen dieses größten Stammes von Namibia in den Vordergrund stellt.

□ 1944-57: Beschäftigung bei der Eisenbahn. □ 1958: Gründer der Ovamboland People's Organisation (OPO). □ 1960: Umbenennung in South West African People's Organisation (SWAPO); Hauptquartier in Lusaka (Sambia). □ 1960-89: Im Exil. □ seit 1990: Staatspräsident.

Nujoma: Porträt des Präsidenten der SWAPO, 1989.

Nurejew, Rudolf Gametowitsch
österr. Tänzer und Choreograph sowjet. Herkunft
* 17.3.1938 zwischen Baikalsee und Irkutsk (in der Transsibirischen Eisenbahn)

Nurejew, als Partner von M. →Fonteyn einer der erfolgreichsten Tänzer der 60er und 70er Jahre,

Rudolf G. Nurejew wurde 1983 Ballettchef der Pariser Oper.

beherrscht über 100 Ballettrollen. Er faszinierte weniger durch präzise Technik als durch Virtuosität und eine intensiv-kraftvolle, fast animalische Ausstrahlung und Bühnenpräsenz sowohl in klassischen Rollen des 19. Jh.s als auch in modernen Stücken. Als Choreograph erhält er für Uminterpretationen traditioneller Werke mehr Anerkennung als für Neuschöpfungen.

□ 1955: Ausbildung an der Kirow-Ballettschule in Leningrad. □ 1958: Mitgl. des Kirow-Balletts. □ 1961: N. kehrt von einer Europatournee des Ensembles nicht in die Sowjetunion zurück; Solist im Ballett des Marquis de Cuevas. □ 1962: Nach Erfolg mit M. Fonteyn in »Giselle« in London permanenter Gastspielvertrag mit dem Royal Ballet. □ 1965: »Romeo und Julia« (F., mit Fonteyn). □ 1966: »Schwanensee« (F., mit Fonteyn); erste Choreographie eines zeitgenössischen Stückes »Tancredi e cantilena« (M.: H. W. →Henze) an der Wiener Staatsoper. □ 1971: Mit P. → Bortoluzzi in »Lieder eines fahrenden Gesellen« (M.: G. →Mahler, Ch.: M. → Béjart) an der Wiener Staatsoper. □ 1973: »I am a dancer« (Ballett-F.). □ 1983: Ballettchef der Pariser Oper.

▷ K. Geitel: Rudolf Nurejew, 1967; A. Bland: Fonteyn und Nurejew, 1981.

Nurmi, Paavo

finn. Leichtathlet
* 13.6.1897 Turku † 2.10.1973 Helsinki

Nurmi hat als Mittel- und Langstreckenläufer neue Akzente gesetzt und den Hochleistungssport in der heutigen Form bereits in den 20er Jahren praktiziert.

Paavo Nurmi: Seine ersten Olympischen Spiele, 1920.

Auf den Strecken von 1500 m bis 20 km lief er 22 Weltrekorde und damit »Finnland auf die Weltkarte« (US-Reporter 1925 nach einer Amerikareise N.s). N. gewann bei den Olympischen Spielen 1920, 1924 und 1928 neun Gold- und drei Silbermedaillen, wobei er am 10. Juli 1924 in Paris innerhalb von 70 Minuten zwei Goldmedaillen erkämpfte (1500 m in 3:53,6 min.; 5000 m in 14:31,2 min.). Wegen Verstoßes gegen die damals noch gültigen Amateurbestimmungen wurde N. 1932 vom Internationalen Leichtathletik-Verband (IAAF) gesperrt und von den Olympischen Spielen 1932 in Los Angeles ausgeschlossen. Als »Nationaler Amateur« — die Finnen ignorierten den IAAF-Beschluß — wurde der 36jährige 1933 noch finnischer 1500-m-Meister (3:55,6 min.).

□ 1920: Olympiasieger über 10 000 m und im Querfeldeinlauf (8000 m und Staffel). □ 1924: Olympiasieger über 1500 m, 5000 m, 3000 m Bahn (Mannschaft) und im Querfeldeinlauf (10 000 m und Mannschaft). □ 1928: Olympiasieger über 10 000 m.

Julius K. Nyerere →

Nyerere, Julius Kambarage

afr. Politiker
* 1.3.1922 Butiama, Distrikt Musoma

Mit seiner persönlichen Integrität verschaffte Nyerere als erster Staatspräsident Tansanias seinem Land großes internationales Ansehen. Nach der Vereinigung von Tanganjika und Sansibar zu Tansania verkündete N. in der Arusha-Deklaration (1967) den tansanischen Weg zum Sozialismus (»Ujamaa-Sozialismus«). Sein Ziel war es, durch Vergesellschaftung der Produktionsmittel, gerechte Einkommensverteilung und die Umsiedlung der z. T. sehr verstreut lebenden Landbevölkerung in Groß-Kommunen (»Ujamaa-Dörfer«) Abhängigkeit und Ausbeutung zu beenden und den Lebensstandard deutlich zu heben.
Organisatorische Mängel sowie wirtschaftliche Schwierigkeiten (Preisstürze, schlechte Ernten) ließen das Konzept scheitern. Mit dem Appell, den Weg des Sozialismus nicht zu verlassen, zog sich N. 1990 endgültig aus der Politik zurück (Staatspräsident ist seit 1985 A. H. →Mwinyi).

□ 1943-45: Studium in Uganda. □ 1945-49: Lehrer. □ 1949-52: Studium in Schottland. □ 1953-55: Lehrer in Daressalam. □ 1954: Mitgl. der Tanganyika African National Union (TANU). □ 1954-90: Präs. der TANU (seit 1977 Chama Cha Mapinduzi, CCM). □ 1958: Mitgl. der Volksvertretung von Tanganjika. □ 1961/62: Ministerpräsident. □ 1962-64: Staatspräsident von Tanganjika. □ 1964-85: Staatspräsident von Tansania.

Matti Nykänen →

Nykänen, Matti

finn. Skispringer
* 17.7.1963 Jyväskylä

Nykänen dominierte zwischen 1982 und 1989 in seiner Disziplin und gewann mehr Medaillen bei Weltmeisterschaften und Olympischen Spielen als jeder andere. 1984/85 stellte der eigenwillige

Finne vier Weltrekorde im Skispringen auf (182, 185, 187 und 191 m).

☐ 1982: Weltmeister im Skispringen (90 m). ☐ 1984: Olympiasieger (90 m) und Olympiazweiter (70 m). ☐ 1985: Weltmeister im Skifliegen. ☐ 1987: Weltmeister (Mannschaft). ☐ 1988: Olympiasieger in allen Wettbewerben (70 m, 90 m und Mannschaft).

Nyquist, Harry

schwed. Physiker
* 7.2.1889 Nilsby † 4.4.1976 Harlingen, Tex. (USA)

Nyquist entwickelte 1932, aufbauend auf der Technik der Röhrenverstärker, die Theorie stabiler, rückgekoppelter Schwingungsvorgänge und schuf damit die Grundlagen der Kybernetik. Mit dem später als »Feedback« bezeichneten Prinzip werden technische Regelvorgänge ermöglicht. Durch Rückführung eines Teils des Ausgangssignals eines Verstärkers auf dessen Eingang können die Schwingungen durch addierte Mitkopplung verstärkt oder durch subtrahierte Gegenkopplung stabilisiert werden.

O

J. Carol Oates, Autorin realistischer Romane, erhielt 1969 den National Book Award.

Oates, Joyce Carol

amer. Schriftstellerin
* 16.6.1938 Lockport, N. Y.

Oates, eine der vielseitigsten und anerkanntesten Autorinnen der USA, analysiert in ihren Romanen und Erzählungen Anspruch und Wirklichkeit des American dream. Psychologisch einfühlsam schildert sie das Scheitern des amerikanischen Erfolgsmythos aufgrund der sozioökonomischen Verhältnisse, die Gewalt, Elend und Hilflosigkeit verursachen. O., Vertreterin einer realistischen, mitunter kraß naturalistischen Erzählweise, steht mit ihrer Darstellung menschlicher Abgründe und Perversionen in der Tradition W. →Faulkners und J. →Steinbecks. Für ihren Roman »Jene« (1969, dt. 1975) wurde sie 1969 mit dem National Book Award ausgezeichnet.

☐ 1960: B. A. in Englisch und Philosophie an der Syracuse Univ., N. Y. ☐ 1961: M. A. an der Univ. of Wisconsin. ☐ 1961-67: Dozentin für engl. Literatur an der Univ. of Detroit. ☐ 1963: Erste Kurzgeschichtensammlung (»By the North Gate«). ☐ 1966: »Ein Garten irdischer Freuden« (R., dt. 1967). ☐ 1967-78: Dozentin an der Univ. Windsor in Ontario (Kanada). ☐ 1970: »Das Rad der Liebe« (Erz.n, dt. 1988). ☐ 1976: »Im Dickicht der Kindheit« (R., 1983). ☐ 1978-81: Dozentin an der Univ. Princeton, N. J. (seit 1981 Prof.). ☐ 1979: »Unheilige Liebe« (R., dt. 1984). ☐ 1980: »Bellefleur« (R., dt. 1982). ☐ 1986: »Die Schwestern von Bloodsmoor« (R., dt. 1987); »Marya — Ein Leben« (R., dt. 1991). ☐ 1990: »Im Zeichen der Sonnenwende« (R.).

▷ L. W. Wagner (Hg).: Critical Essays on J. C. Oates, engl. 1979.

Obando y Bravo, Miguel

nicarag. Theologe (kath.)
* 2.2.1926 La Libertad

Mit seinem nicht unerheblichen Einfluß setzte sich Obando, Erzbischof von Managua, bei den Parlaments- und Präsidentschaftswahlen 1990 für die Kandidatin der Opposition, V. →Barrios de Chamorro, ein. Ihr gelang die Ablösung der seit 1979 regierenden Sandinisten unter D. →Ortega.
Anfang der 70er Jahre stand O. noch der Sandinistischen Befreiungsfront nahe, die einen verlustreichen Guerilla-Kampf gegen das (1979 gestürzte) →Somoza-Regime führte. Im Verlauf der sich verschärfenden militärischen Auseinandersetzungen zwischen Sandinisten und den von den USA unterstützten oppositionellen »Contras« benutzte O. seine Messen jedoch mehr und

Erzbischof Obando unterstützte 1990 V. Chamorro.

mehr zu antisandinistischen Kundgebungen. Gleichwohl von Präsident Ortega benannt, leitete O. die Nationale Versöhnungskommission und vermittelte in Waffenstillstandsgesprächen zwischen Regierung und Opposition.

☐ 1958: Priesterweihe. ☐ seit 1968: Bischof. ☐ seit 1970: Erzbischof von Managua. ☐ 1985: Von Papst →Johannes Paul II. zum Kardinal ernannt.

Oberth, Hermann

dt. Raumfahrtpionier
* 25.6.1894 Hermannstadt, Siebenbürgen (heute Sibiu, Rumänien) † 28.12.1989 Nürnberg

Oberth, der bereits 1917 eine Flüssigkeitsrakete entworfen hatte, beschrieb in seinem Buch »Wege zur Raumschiffahrt« (1929) die Grundlagen der heutigen Raketentechnik und Raumfahrt. Nur kurzzeitig und nie in einflußreicher Stellung nahm O. an Raketenprojekten in der Heeresversuchsanstalt Peenemünde (1941/42) und anschließend in Reinsdorf bei Wittenberg (1943-45) teil.
1955 ging er in die USA, wo er mit seinem Schüler W. von →Braun bei der Entwicklung lenkbarer Geschosse zusammenarbeitete.

Der Raketenforscher Hermann Oberth 1959 in Wien.

☐ 1923: »Die Rakete zu den Planetenräumen« (Schr.). ☐ 1924-38: Gymnasiallehrer in Siebenbürgen (mit Unterbrechungen). ☐ 1928: Technische Beratung bei den Dreharbeiten zu dem Film »Die Frau im Mond«. ☐ 1938-40: Raketentests an der TH Wien. ☐ 1948-50: Mitarbeit im Schweizer Militärdepartement in Bern. ☐ 1950-53: Forschungstätigkeiten für die ital. Regierung in La Spezia. ☐ 1978: »Drachenkraftwerk« (Schr.).

▷ H. Hartl: Hermann Oberth — Vorkämpfer für die Weltraumfahrt, 1958; H. Barth: Hermann Oberth: Leben, Werk, Wirkung, 1985.

Obote, Apollo Milton

ugand. Politiker
* 1925 Akokovo, Lango-Distrikt

Obote war zweimal Staatspräsident von Uganda, verlor aber beide Male rasch die anfängliche Unterstützung der Bevölkerung. Seine Politik war eine eigentümliche Mischung aus idealistischem Sozialismus und Despotismus. 1979 war er einer der Initiatoren der tansanischen Intervention in Uganda gegen den blutigen Terror von I. →Amin und konnte 1980 durch eine umstrittene Wahl noch einmal an die Macht zurückkehren. 1985 wurde O. vom Militär gestürzt.

☐ vor 1950: Besuch von Missionsschulen und Studium in Kampala. ☐ 1955: Mitbegründer des Uganda National Çongress (UNC). ☐ 1960: Fusion zum Uganda People's Congress (UPC); Vors. der Partei. ☐ 1960-62: Leiter der ugand. Delegation bei den Unabhängigkeitsverhandlungen. ☐ 1962: Ministerpräsident. ☐ 1967-71: Staatspräsident. ☐ 1969: Proklamierung einer sozialistischen Verfassung. ☐ 1971: Sturz durch I. Amin. ☐ 1971-80: Exil in Tansania. ☐ 1980-85: Staatspräsident und Außenmin. ☐ seit 1986: Erneut im Exil in Tansania.

Edna O'Brien →

O'Brien, Edna

anglo-ir. Schriftstellerin
* 15.12.1932 Tuamgraney, Clare

O'Briens autobiografisch geprägte Romane behandeln frauenspezifische Fragen, insbesondere den Reifungsprozeß junger, intelligenter, oft aber unerfahrener Frauen. O. beleuchtet deren konfliktreiches Streben nach Emanzipation aus feministischer Sicht, so z. B. in ihren ersten drei Romanen, die durch Figuren und Themen miteinander verknüpft sind: »Die Fünfzehnjährigen« (1960, dt. 1961), »Das Mädchen mit den grünen Augen« (1962, dt. 1981) und »Mädchen im Eheglück« (1964, dt. 1972).

☐ 1959: Übersiedlung nach England. ☐ 1965: »Der lasterhafte Monat« (R., dt. 1967). ☐ 1966: »Plötzlich im schönsten Frieden« (R., dt. 1974). ☐ 1968: »Das Liebesobjekt« (Erz.n, dt. 1983). ☐ 1970: »A Pagan Place« (R.; Dr. 1972). ☐ 1971: »X, Y & Zee« (Drehbuch, dt. 1972). ☐ 1976: »Mein Irland« (Sachbuch, dt. 1985). ☐ 1978: »Mrs. Reinhardt träumt von No. 10« (Erz.n, dt. 1982). ☐ 1980: »Virginia« (Dr., dt. 1982). ☐ 1989: »On the bone« (R.).

O'Casey, Sean

anglo-ir. Dramatiker
* 30.3.1880 Dublin
† 18.9.1964 Torquay, Devon (England)

O'Casey war neben G. B. →Shaw der bedeutendste irische Dramatiker des 20. Jh.s. Seine prote-

← Apollo M. Obote

Sean O'Casey: Engagement für Freiheit und Menschlichkeit.

stantische Herkunft ließ O. zum Gegner der Repressionen in der vom Katholizismus geprägten irischen Gesellschaft werden. Im Zentrum seiner Dramen steht die Ablehnung aller Formen der Unterdrückung in Staat, Schule, Kirche und Ehe. Über seine persönliche Einstellung sowie sein wechselvolles Leben berichtet O.s sechsbändige Biografie (1939-54, dt. 1980). Sozialistische Vorstellungen verbanden sich bei ihm mit dem Ideal von Menschlichkeit und Freiheit. Für die Intellektuellen wurde O. zum Sprachrohr des um Unabhängigkeit kämpfenden Irland.

□ 1916: Beteiligung am Osteraufstand gegen die Engländer. □ bis 1920: Arbeiter. □ 1924: »Juno und der Pfau« (Dr., dt. 1950). □ 1926: »Der Pflug und die Sterne« (Dr., dt. 1931). □ 1929: Übersiedlung nach London. □ 1933: »Der Park« (Dr., dt. 1973). □ 1942: »Rote Rosen für mich« (Dr., dt. 1948). □ 1955: »Des Bischofs Freudenfeuer« (Dr., dt. 1956). □ 1961: »Der Mond scheint auf Kylenamoe« (Dr., dt. 1965).

▷ H. Kosok: Sean O'Casey. Das dramatische Werk, 1972.

Ochoa, Severo

amer. Biochemiker span. Herkunft
* 24.9.1905 Luarca, Prov. Oviedo

Ochoa isolierte 1955 ein Bakterien-Enzym, mit dem ihm die Synthese der Ribonukleinsäure (RNS) aus einfachen Nukleotiden gelang, worauf A. →Kornberg die Desoxyribonukleinsäure (DNS) synthetisierte. O. analysierte die wichtigen Funktionen von DNS und RNS beim Aufbau der Eiweißmoleküle und entschlüsselte 1961 den genetischen Basis-Code der Nukleinsäuren, die der lebenden Zelle die Fähigkeit zu ihrer identischen Reduplikation geben.

□ 1954-76: Prof. an der Univ. School of Medicine in New York. □ 1956: Amer. Staatsbürger. □ 1959: Physiologie/Medizin-Nobelpreis (mit A. →Kornberg). □ 1961-67: Präs. der Int. Union für Biochemie. □ seit 1976: Mitarbeiter am Roche-Inst. für Molekularbiologie in Nutley, N. J.

← Severo Ochoa

O'Connor, Flannery

amer. Schriftstellerin
* 25.3.1925 Savannah, Georgia
† 3.8.1964 Milledgeville, ebd.

Die strenge katholische Erziehung O'Connors durchzieht ihr Gesamtwerk wie ein roter Faden. Im Mittelpunkt steht die Grundüberzeugung, daß Wahrheit und Offenbarung für den Menschen erst in Grenzsituationen erfahrbar werden. Diese gestaltet O. in der Darstellung roher Gewalt und übertriebener Komik. Ihre überwiegend im Süden Georgias spielenden Werke zeigen den Menschen häufig als hemmungslos selbstbezogenes Wesen. O. macht deutlich, wie diese Selbstbezogenheit zu Isolation und persönlicher Katastrophe führen kann. Lediglich die Erkenntnis einer höheren Realität, die im Schockerlebnis offenbar wird, vermag eine Katharsis herbeizuführen.

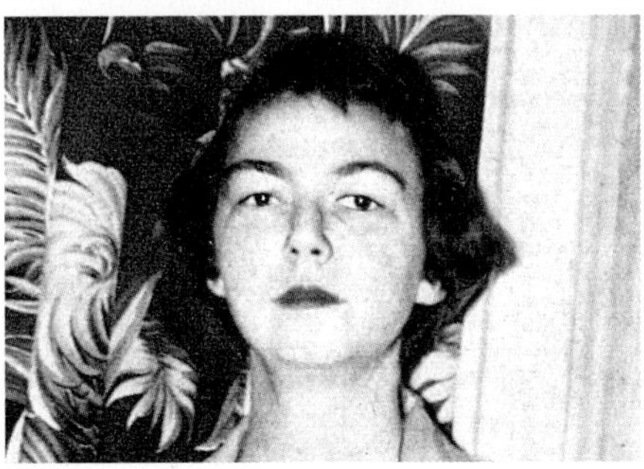

F. O'Connor schilderte in ihren Romanen Grenzsituationen.

□ 1945-47: Studium an der State Univ. in Iowa. □ 1952: »Die berstende Sonne« (R., dt. 1963). □ 1955: »Ein guter Mensch ist schwer zu finden« (Erz.n, dt. 1987). □ 1960: »Das brennende Wort« (R., dt. 1962). □ 1965: »Die Lahmen werden die ersten sein« (Erz.n, dt. 1987).

▷ M. Orvell: Invisible parade. The fiction of Flannery O'Connor, engl. 1972; L. M. Getz: Flannery O'Connor. Her life, library and book reviews, engl. 1980.

O'Connor, Frank

(eig. Michael O'Donovan)
ir. Schriftsteller
* 17.9.1903 Cork † 10.3.1966 Dublin

Frank O'Connor schrieb meisterhafte Kurzgeschichten.

Als Meister der Kurzgeschichte porträtierte O'Connor in einfacher, lebendiger Sprache und mit großer Ausdruckskraft die irische Heimat und Bevölkerung (u. a. »Gäste der Nation«, 1931; »Zankäpfel«, 1936). Der wegen seiner Themenvielfalt mit A. P. →Tschechow verglichene Autor setzte sich in seinem Werk, das auch Romane, Dramen und Gedichte umfaßt, mit durch soziale Konventionen verursachten Konflikten auseinander. Mit der Studie »Die einsame Stimme« (1962) nahm O. Einfluß auf die Theorie der Kurzgeschichte.

□ 1921/22: Mitgl. der Irisch Republikanischen Armee (IRA). □ 1932: »Die Reise nach Dublin« (R., dt. 1961). □ 1935-39:

Beteiligung an der Leitung des Abbey Theatre in Dublin. □ 1951-61: Dozent an amer. Univ.n.

▷ F. O'Connor: Meines Vaters Sohn (Aut.), 1968, dt. 1970; M. Wohlgelernter: Frank O'Connor, 1977.

Ode, Erik

(eig. Erich Odemar)
dt. Schauspieler
* 6.11.1910 Berlin
† 19.7.1983 Weißach bei Rottach-Egern

← Erik Ode

Als »Kommissar« wurde Ode 1968-76 in insgesamt 97 Folgen zu einem der bekanntesten deutschen Fernsehstars und zum ersten deutschen Serienhelden. Darüber hinaus war er in verschiedenen Rollen an großen deutschen Bühnen (1980 in München als Oberst Pickering in »Pygmalion«) und in Filmen wie »Charleys Tante« (1934) zu sehen. Ab den 50er Jahren führte er auch Regie (»Ohne Mutter geht es nicht«, 1958, mit E. →Balser und H. Brühl).

□ 1928: Engagement am Berliner Schiffbauerdamm-Theater. □ 1932: »FP 1 antwortet nicht« (mit H. →Albers und P. →Lorre). □ 1936: »Mädchenjahre einer Königin« (Rg. E. Marischka). □ 1937: »Unter Ausschluß der Öffentlichkeit« (mit O. →Tschechowa). □ 1944: »Meine Herren Söhne« (mit W. →Hinz). □ 1947: »Adam und Eva« (an der Berliner Tribüne, mit V. de Kowa). □ 1958: Regie in dem Film »Was eine Frau im Frühling träumt« (mit R. → Prack). □ 1968-76: »Der Kommissar«. □ 1977: Willy Loman in »Der Tod eines Handlungsreisenden« (nach dem Drama von A. →Miller). □ 1978: Pensionierter Kommissar in »Er kann's nicht lassen« (TV-Krimiserie).

Heinz Oestergaard →

Oelze, Richard

dt. Maler
* 29.6.1900 Magdeburg
† 27.5.1980 Posteholz bei Hameln

Oelze gehört zu den bedeutenden deutschen Malern des Surrealismus. In seinen Bildern sind anthropomorphe und organische Motive ineinander verwoben, wobei O. zwischen einer überscharfen und einer verschwimmenden Darstellungsweise wechselte.
Ausgehend von der Neuen Sachlichkeit hatte O. bald zu seinem Thema der »anthropomorphen Landschaft« mit eigenartigen dämonischen Mischwesen gefunden (»Tägliche Drangsale«, 1934, Düsseldorf, Kunstsammlung Nordrhein-Westfalen). Das überwiegend in gedämpften Tönen gehaltene Werk nach 1945 umfaßt auch figurale Kompositionen mit äußerst bedrohlich wirkenden Monstern, beklemmenden Visualisierungen von Angst- und Depressionsgefühlen (»Die Gehörnten«, 1952, Bremen, Kunsthalle).

□ 1921-25: Studium am Bauhaus in Dresden bei J. →Itten. □ 1933: Übersiedlung nach Paris; Kontakt mit S. →Dalí und M. →Ernst. □ 1936: Teilnahme an der Int. Surrealistenausstellung in London; Übersiedlung in die Schweiz. □ 1939: Niederlassung in Worpswede. □ 1945: Nach der Entlassung aus der Kriegsgefangenschaft Rückkehr nach Worpswede. □ 1962: Übersiedlung nach Posteholz bei Hameln. □ 1964-80: Zahlreiche Auszeichnungen (Max-Beckmann-Preis der Stadt Frankfurt, 1978).

▷ R. Damsch-Wiehager: Richard Oelze, 1989.

Rudolf August Oetker →

← Richard Oelze

Oerter, Alfred

amer. Leichtathlet
* 19.9.1936 Astoria, N. Y.

Oerter gewann viermal bei Olympischen Spielen die Goldmedaille im Diskuswerfen (1956, 1960, 1964 und 1968), wobei er jedesmal Olympischen Rekord warf. In seiner 26jährigen Karriere (1954-80) erzielte er drei Weltrekorde und wurde 1980 im Alter von 43 Jahren Vierter bei der US-Olympiaqualifikation für Moskau.

Oestergaard, Heinz

dt. Modeschöpfer
* 15.8.1916 Berlin

Oestergaard war, nach Kunststudium und Schneiderausbildung, in Berlin als Modeschöpfer tätig und wurde in den 50er Jahren als der »deutsche Dior« bekannt. Er verband eine sehr feminine, figurbetonte Mode mit jugendlicher Ausstrahlung. O. beriet verschiedene Modefirmen und wurde Designer für das Versandhaus Quelle. Er entwarf die Uniformen der bundesdeutschen Polizei, des ADAC sowie der russischen Handelsmarine. Seit 1985 widmet er sich Glasobjekten, Seidenteppichen und der Malerei.

□ 1946: Gründung des Modehauses Schröder-Eggeringhaus & Oestergaard. □ 1952-67: Eigener Mode-Salon in Berlin. □ 1967-79: »Studio für kreatives Design« in München. □ 1979-84: Prof. für Modedesign in Pforzheim. □ bis 1987: Mode-Designer für »Quelle«.

Oetker, Rudolf August

dt. Unternehmer
* 20.9.1916 Bielefeld

Als Enkel des Bielefelder Apothekers August Oetker (* 1862, † 1918), der 1891 mit der Entwicklung und dem Vertrieb von Backpulver das Unternehmen begründete, baute O. die Nährmittelfabrik zu einem Mischkonzern aus. Durch die Angliederung von Brauereien, Reedereien, Banken und Versicherungen sowie den Einstieg in die Bekleidungsindustrie erweiterte er nach dem 2. Weltkrieg die Unternehmensgrundlage. Der von einer fünfköpfigen Gruppe, der O.s ältester Sohn August angehört, geleitete Konzern zählte 1986 im Inland etwa 70 Unternehmen mit 9500 Mitarbeitern. 1984 (letzte Veröffentlichung) erzielte die Firma einen Umsatz von 3,3 Mrd. DM.

O'Faolain, Sean

ir. Schriftsteller
* 22.2.1900 Cork † 20.4.1991 Dublin

O'Faolain gehört zu den politisch engagiertesten und radikalsten Schriftstellern des angloirischen Realismus. Sein Roman »Ein Nest voll kleiner Leute« (dt. 1966) basiert auf seiner Erfahrung als Mitglied der Irischen Republikanischen Armee. Der irische Befreiungskampf wird von O. nicht als grandioses Ereignis gefeiert, sondern realistisch und nicht ohne einen Schuß irischen Humors dargestellt, ein Humor, mit dem er auch

O'Faolain schrieb Romane, Biografien und Kurzgeschichten.

die typisch irischen Gegensätze aufs Korn nimmt: Den Konflikt mit dem Katholizismus, gepaart mit tiefer Frömmigkeit; das Leben in der Vergangenheit in lebensbejahender Fröhlichkeit; ein Nationalismus, der begleitet ist vom Haß auf das eigene Land.

□ 1921: Propagandaoffizier während der Revolution; Dienst in E. de →Valeras republikanischer Armee. □ 1926-29: Studium an der Harvard-Univ. in den USA. □ 1930-33: Dozent für engl. Literatur am Saint Mary's College Strawberry Hill in Middlesex (England). □ 1932: »Sommernachtswahnsinn« (Erz.n., dt. Auswahl 1960).

▷ S. O'Faolain: Mein Leben, engl. 1965.

O'Flaherty, Liam

ir. Schriftsteller
* 28.8.1896 Aran † 7.9.1984 Dublin

O'Flahertys Werk wird geprägt von der literarischen Verarbeitung persönlicher Erlebnisse während der Teilnahme an irischen Aufständen gegen die britischen Besatzer. Hier lernte O. alle Formen der Unterdrückung und des menschlichen Leids kennen, gegen die er in seinen rund 500 Kurzgeschichten und 14 Romanen immer wieder kämpfte, exemplarisch in seinem Roman »Hungersnot« (1937).
Die sozialistische Idee war für O. weniger ein Aufruf zur Veränderung als vielmehr Indiz dafür, wie bedroht die menschliche Existenz in der Komplexität der modernen Welt geworden war. Deshalb zeigte seine Prosa neben dem tristen Alltag immer wieder das Gegenstück geheimnisvoller und urwüchsiger Natur. Seine Helden, die Alkoholsüchtigen, die Armen und Unterdrückten werden realistisch dargestellt und gleichzeitig in den großen Zusammenhang von Werden und Vergehen in der Natur eingeordnet.

← Liam O'Flaherty

□ 1918-20: Zahlreiche Weltreisen; anschließend Kampf auf seiten der ir. Rebellen. □ 1923: Wegen der politischen Unruhen in Irland vorübergehender Aufenthalt in England. □ 1924: Nach Beendigung des Bürgerkriegs Rückkehr in seine Heimat. □ 1925: »Die Nacht nach dem Verrat« (R., dt. 1928). □ 1928: »Die Mörder« (R., dt. 1929). □ 1937: »Hungersnot« (R., dt. 1965). □ 1950: »Aufstand« (R.).

▷ P. F. Sheeran: The novels of Liam O'Flaherty, engl. 1976.

Kiusako Ogino →

Ogino, Kiusako

jap. Gynäkologe
* März 1882 Tojohashi bei Kumagaja
† 1.1.1975 Jorii

Ogino publizierte 1923 eine Studie zur Familienplanung, in der er aufgrund des gleichzeitig mit H. H. →Knaus entdeckten Befruchtungszeitpunkts im weiblichen Zyklus eine Methode der natürlichen Empfängnisverhütung entwickelte. Der Frauenarzt und Direktor des Krankenhauses von Jorii befaßte sich außerdem mit chirurgischen Methoden bei der Behandlung von Unterleibskrebs.

Bertil G. Ohlin →

Ohlin, Bertil Gotthard

schwed. Nationalökonom und Politiker
* 23.4.1899 Gråmanstorp (heute Klippan)
† 3.8.1979 Vålådalen, Jämtland

Ohlin erhielt 1977 für seine Arbeiten über die Theorie des internationalen Handels den Nobelpreis für Wirtschaftswissenschaften (mit James Edward Meade). O.s Beiträge bilden die Grundlage der Außenhandelstheorie. Das sog. Heckscher-Ohlin-Theorem (Eli F. Heckscher) erklärt Richtung und Struktur der weltweiten Güterströme aus den Unterschieden der jeweils länderspezifischen Produktionsstrukturen bzw. Faktorausstattungen; ein kapitalreiches Land wird sich nach diesem Lehrsatz auf die Produktion kapitalintensiver Güter spezialisieren und diese im Tausch gegen arbeitsintensive Produkte exportieren. Das Faktorproportionen-Theorem wurde 1948 von P. A. →Samuelson formalisiert.

□ 1924-29: Prof. an der Univ. Kopenhagen. □ 1929-65: Prof. an der Handelshochschule Stockholm. □ 1933: »Interregional and international trade« (Schr.). □ 1938-45: MdR (Liberale Volkspartei). □ 1944/45: Handelsmin. □ 1944-67: Präs. der liberalen Volkspartei. □ 1949: »The problem of employment stabilization« (Schr.). □ 1949-60: Mitgl. des Europarats. □ 1959-64: Präs. des Nordischen Rats. □ 1969-74: Präs. des Nobelkomitees für Wirtschaftswissenschaften. □ 1977: Nobelpreis für Wirtschaftswissenschaften.

Oistrach (Ojstrah), David Fjodorowitsch

sowjet. Geiger
* 30.9.1908 Odessa
† 24.10.1974 Amsterdam (Niederlande)

Oistrach, Repräsentant der Russischen Schule, zählt zu den größten Violinisten des 20. Jh.s. Monumentaler Stil, technische Brillanz und ein warmer, kraftvoller Geigenton kennzeichnen seine Interpretationen des klassischen Repertoires. Durch zahlreiche Konzertreisen bereits inter-

Der Violin-Virtuose David Oistrach während eines Soloabends 1976 in Berlin.

national bekannt, erregte O. 1945 in Moskau mit der Aufführung des Doppelkonzerts von Bach mit dem Geiger Y. →Menuhin Aufsehen. Seinem Engagement für zeitgenössische Musik sind viele Uraufführungen (meist ihm gewidmeter) Werke sowjetischer Komponisten (u. a. S. →Prokofjew, A. →Chatschaturjan, D. →Schostakowitsch) zu verdanken. In seinen letzten Lebensjahren trat O. auch als Dirigent großer Orchester hervor.

□ 1926: Aufführung des Violinkonzerts von A. →Glasunow unter Leitung des Komponisten in Kiew. □ 1934-74: Lehrer am Moskauer Konservatorium. □ 1937: 1. Preis beim int. Ysaye-Wettbewerb in Brüssel. □ 1940: UA des Violinkonzerts von A. Chatschaturjan. □ 1946/47: Konzertreihe mit einem Programm über die historische Entwicklung des Violinkonzerts. □ 1955: Nationalkünstler der UdSSR; New-York-Debüt mit dem 1., O. gewidmeten Violinkonzert von D. Schostakowitsch. □ 1967: UA des 2. Violinkonzerts von D. Schostakowitsch.

▷ D. Nabering: David und Igor Oistrach, 1968; G. Richter: David Oistrach. Ein Arbeitsportrait, 1973; V.A. Yusefovich (Hg.): David Oistrach. Gespräche mit Igor Oistrach, 1977.

O'Keeffe, Georgia

amer. Malerin
* 15.11.1887 bei Sun Prairie, Wisc.
† 6.3.1986 Santa Fe, N. Mexiko

O'Keeffe gehörte mit ihren an der Grenze zur Gegenstandslosigkeit stehenden Aquarellen und den abstrahierten, auf wenige Details reduzierten, stark vergrößerten Blumen- und Pflanzenbildern bereits ab etwa 1916 zur amerikanischen Avantgarde.
In ihren geheimnisvollen Farbtönen (dunkles Lila, Schwarz gegenüber ganz aufgehellten Partien) und den schwellenden Formen tragen sie leicht surreale Züge (z. B. »Schwarze Iris«, 1926, New York, Metropolitan Museum of Art) und assoziieren nicht selten weibliche Geschlechtsorgane. In den 40er Jahren begann O. mit weiträumigen Landschaftsbildern, vorwiegend aus New Mexiko, in die sie überdimensionierte, meist organische Motive einbezog (z. B. »Beckenknochen mit Mond«, 1943, Palm Beach, National Gallery of Art).

□ ab 1905/06: Studium am Art Inst. of Chicago. □ 1914-16: Studium an der Art Students' League, New York; erste, fast abstrakte Aquarelle. □ ab 1916: Zusammenarbeit mit dem Fotografen Alfred Stieglitz; Blumenbilder. □ 1924: Heirat mit Stieglitz. □ ab den 40er Jahren: Surreale Landschaftsdarstellungen. □ 1959: Dreimonatige Weltreise; erste Wolkenbilder. □ 1960: Große Retrospektive im Worcester Art Museum, Mass. □ 1975: Nach mehrjähriger Pause Wiederaufnahme der Malerei. □ postum 1988: Retrospektive im Metropolitan Museum of Art, New York.

▷ J. G. Kastro: The art and life of Georgia O'Keeffe, engl. 1985; G. O'Keeffe: Die New Yorker Jahre, 1991.

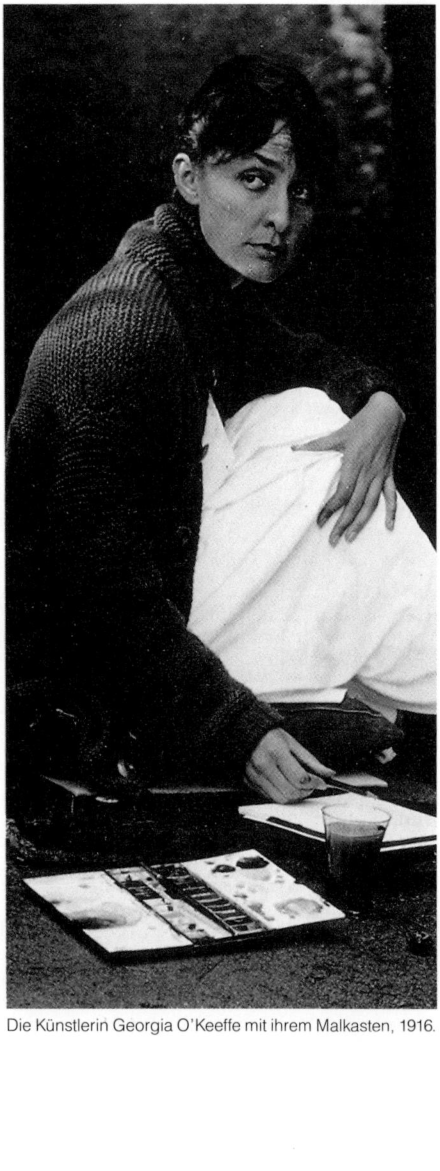

Die Künstlerin Georgia O'Keeffe mit ihrem Malkasten, 1916.

Okudschawa, Bulat S.

sowjet. Schriftsteller und Chansonnier
* 9.5.1924 Moskau

Okudschawa ist der Begründer der russischen Chansonkultur. Seine populären Gedichte und Lieder, die er selbst zur Gitarre vorträgt, sind satirisch gefärbte Alltagspoesie. Häufig beschreibt O. Stadtlandschaften wie den Moskauer Stadtteil Arbat. Außerdem schrieb er Erzählungen und historische Romane. In »Der arme Awrossimow« (R., 1969) erzählt O. die Geschichte eines naiven jungen Mannes, der in den Dekabristenaufstand von 1825 verwickelt wird. Wegen seines Romans über L. →Tolstoi wurde O. 1972 aus der KPdSU ausgeschlossen.

□ 1969: »Der fröhliche Trommler« (dt. Auswahl der Chansons). □ 1971: »Die Erlebnisse des Polizeiagenten Schipow bei der Verfolgung des Schriftstellers Tolstoi« (R., dt. 1974). □ 1976: »Die Reise der Dilettanten« (R., dt. 1982). □ 1985: »Romanze vom Arbat« (Ged.e und Noten, russ.-dt.).

← Bulat S. Okudschawa

Olav V.

(eig. Prinz Alexander von Dänemark)
König von Norwegen
* 2.7.1903 Appleton bei Sandringham (Großbritannien) † 17.1.1991 Oslo

Nach seiner Thronbesteigung (1905, nach der Lösung Norwegens von Schweden) gab der norwegische König →Haakon VII. seinem Sohn Alexander, ab diesem Zeitpunkt Kronprinz von Norwegen, den altnorwegischen Namen Olav. Es waren vor allem die sportlichen Erfolge, die diesem große Popularität in seiner neuen Heimat einbrachten. Olav studierte in Großbritannien an der Militärakademie sowie Volkswirtschaft und Staatsrecht. Als König (ab 1957) akzeptierte er seine Rolle als repräsentativer Monarch, so daß viele ihn als Garanten der norwegischen Demokratie ansahen.

König Olav V. von Norwegen mit seinem Hund »Charm«.

□ 1928: Gold-Medaille im Segeln in Amsterdam. □ ab 1940: Exil in London. □ 1944: Oberbefehlshaber der norweg. Streitkräfte. □ 1955: Regent. □ 1957-91: König von Norwegen. □ 1961: Fridjof-Nansen-Medaille für seine Verdienste um das Flüchtlingswesen der Nachkriegszeit. □ 1991: Abgelöst von Harald V.

Olbrich, Joseph Maria

dt. Architekt und Kunsthandwerker
* 22.12.1867 Troppau (heute Opava, CSFR)
† 8.8.1908 Düsseldorf

Olbrich war ein bedeutender Vertreter des Jugendstils, dessen florale Richtung er mit einer gemäßigt funktionalen Auffassung verband. Im Architekturbüro O. →Wagners wirkte er an den Planungen für die Bauten der Wiener Stadtbahn mit und erhielt wesentliche Impulse durch dessen Synthese aus klarer Konstruktion und Jugendstilornament.
O.s erstes selbständiges Werk war das Wiener Secessionsgebäude (1897/98), ein blockhaft funktionaler Bau, in dem das florale Element zurückhaltend in der Metallkuppel (Lorbeerblattformen) und der Dekoration (stilisierte Bäume) zum Tragen kommt. 1899 wurde O. mit der Gesamtplanung des Ausstellungsgeländes auf der Darmstädter Mathildenhöhe betraut und verwirklichte hier das Jugendstilideal eines umfassenden Gestaltungskonzepts vom architektonischen Entwurf bis zur Inneneinrichtung. Zu den bedeutendsten Bauten gehören das Ernst-Ludwig-Haus (1899-1901), das eigene Haus (1900/01) und das Ausstellungsgebäude mit dem sog. Hochzeitsturm (1905-08). Eine zunehmend sachliche Tendenz kennzeichnet das Spätwerk des Mitbegründers des Deutschen Werkbunds.

□ 1890-93: Architekturstudium an der Wiener Akademie. □ 1893-98: Tätigkeit bei O. Wagner. □ 1897: Mitbegründer der Wiener Secession. □ 1899: Berufung an die Darmstädter Mathildenhöhe. □ 1906-08: Warenhaus Tietz, Düsseldorf. □ 1907: Gründungsmitgl. des Dt. Werkbunds.

▷ I. Latham: Joseph Maria Olbrich, 1981.

Friedrich Olbricht →

Olbricht, Friedrich

dt. Militär und Widerstandskämpfer
* 4.10.1888 Leisning, Sachsen
† 20.7.1944 Berlin (hingerichtet)

Als Divisionskommandeur (ab 1938) und Chef des Allgemeinen Heeresamtes im Oberkommando des Heeres (ab 1940) war Olbricht ab 1938 im Widerstand gegen A. →Hitler aktiv. In den Jahren 1941/42 arbeitete er Pläne zur Mobilisierung des Ersatzheeres im Falle innerer Unruhen aus (Plan »Walküre I«).
Dieses Projekt erweiterte er in Absprache mit H. v. → Tresckow heimlich zu einem Plan für einen Staatsstreich (»Walküre II«). Er unterstützte die Attentatspläne von Graf →Stauffenberg, der damals Chef seines Stabes war. Nach dem Scheitern des Attentats wurde O. am Abend des 20. Juli 1944 erschossen.

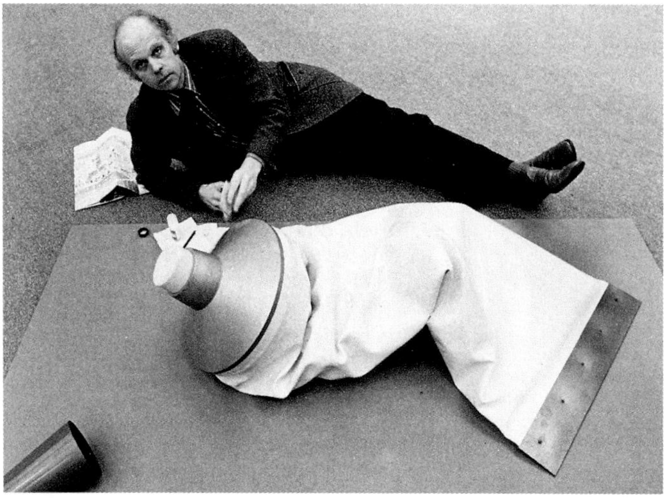

Claes Oldenburg mit einer seiner Großplastiken in der Kunsthalle Düsseldorf, 1970.

Oldenburg, Claes Thure

amer. Künstler schwed. Herkunft
* 28.1.1929 Stockholm

Oldenburg gehörte zu den Wegbereitern der Aktionsformen von Happening und Performance und entwickelte sich zu einem der profilierten Künstler im Umkreis der Pop-art, deren Prinzipien er bald auf seine spektakulären Großplastiken übertrug. Er veranstaltete Aktionen wie »Autobodies« (1963 auf einer Straße in Los Angeles). Nach seiner ersten räumlichen Installation mit banalen Fundgegenständen und Zeitungspapier (»The Street«, 1960) entstand ab 1961 die Objekt-Serie »The Store« (der Laden), vor allem mit der Nachbildung von Eßwaren (»Kuchenvitrine I«, 1961/62, New York, Museum of Modern Art). In den sog. Soft Sculptures entstanden aus weichem, mit Kapok gefülltem Vinyl Nachbildungen von Trivialgegenständen wie Klosetts, Waschbecken, Telefone und Küchengeräte, die O. als Fetische der modernen Gesellschaft versteht (z. B. »Weiche Toilette«, 1966, New York, Whitney Museum of American Art). Ab 1965 bildete O. Alltagsgegenstände wie Lippenstifte, Wäscheklammern, Spitzhacken als Kolossalmonumente nach. In einer Art surrealer Verfremdung hat O. sein Werk über die Pop-art hinaus erweitert, indem er harte Gegenstände fast immer aus weichen Materialien herstellt und umgekehrt, die Farben ins Extreme steigert und kleine Objekte ins Monumentale vergrößert. Seine Motive symbolisieren Konsumgier, sexuelle Wünsche und die Obsessionen einer als morbid empfundenen Zivilisation.

□ 1956: Übersiedlung nach New York. □ 1958: Beteiligung an A. →Kaprows Happenings. □ ab 1960: Eigene Aktionen und absurde Theateraufführungen. □ 1972: Beteiligung an der documenta 5 in Kassel mit dem sog. Mouse Museum (1982: documenta 7 mit einer 12 m hohen Spitzhacke am Fulda-Ufer). □ 1985: Projekt »The Course of the Knife« auf dem Campo dell'Arsenale in Venedig. □ 1986: »Toppling ladder with spilling paint«, Installation im Lohausen Park bei Düsseldorf.

▷ B. Rose: Claes Oldenburg, 1976.

Sir Laurence Olivier →

Erich Ollenhauer →

Olivier, Sir (ab 1947) Laurence Kerr

engl. Schauspieler und Regisseur
* 22.5.1907 Dorking, Surrey
† 11.7.1989 Brighton, Sussex

Olivier, Sohn eines anglikanischen Pfarrers, war einer der bedeutendsten Schauspieler des 20. Jh.s. Er brillierte als Shakespeare-Interpret, bewies seine Wandlungsfähigkeit aber nicht nur in klassischen und tragischen, sondern auch in modernen und komischen Rollen. Im Ausland wurde er durch seine Filme bekannt. Der »Statthalter Shakespeares« führte Regie und spielte den Titelpart in »Heinrich V.« (1944), »Hamlet« (1948, Oscar für Regie und beste Hauptrolle) und »Richard III.« (1955).

□ 1927/28: Birmingham Repertory Theatre Company. □ 1930: Filmdebüt. □ ab 1937: Ensemblemitgl. des Old Vic Theatre in London. □ 1939: »Stürmische Höhen« (Rg. W. →Wyler). □ 1940: »Rebecca« (Rg. A. →Hitchcock). □ 1940-60: Ehe mit V. →Leigh. □ 1947: Erhebung in den Adelsstand. □ 1957: Hauptrolle und Regie in »Der Prinz und die Tänzerin« (mit M. →Monroe). □ 1960: »Der Komödiant« (T. Richardson, nach J. →Osborne). □ 1961: Ehe mit der Schauspielerin J. Plowright. □ 1963-73: Gründer und erster Dir. des engl. Nationaltheaters (ehemals Old Vic Theatre). □ 1970: Ernennung (als erster engl. Schauspieler) zum Lord auf Lebenszeit. □ 1972: »Mord mit kleinen Fehlern« (J. L. Mankiewicz). □ 1976: »Der Marathon-Mann« (mit D. →Hoffman, Rg. J. →Schlesinger). □ 1978: TV-Serie »Wiedersehen mit Brideshead«; Ehren-Oscar.

▷ L. Olivier: Bekenntnisse eines Schauspielers, 1985.

Ollenhauer, Erich

dt. Politiker
* 27.3.1901 Magdeburg † 14.12.1963 Bonn

Nach dem Tod von K. →Schumacher (1952) wurde Ollenhauer dessen Nachfolger als SPD-Vorsitzender und Oppositionsführer im Bundestag. Ab 1951 trieb er die programmatische Entwicklung des »Godesberger Programms« voran, durch das die SPD sich in der Folgezeit zu einer Volkspartei entwickelte.

□ 1916: Mitgl. der Sozialistischen Arbeiterjugend. □ 1918: Mitgl. der SPD. □ 1921-46: Vors. der Sozialistischen Jugendinternationale. □ 1928-33: Vors. des Verbandes der Sozialistischen Arbeiterjugend Deutschlands. □ 1933-45: Im Exil in Prag, Paris, London. □ 1933-46: Im Vorstand der SPD und der Exil-SPD. □ 1946-52: Stellv. Vors. der SPD. □ 1948: Mitgl. des Parlamentarischen Rats. □ 1949-63: MdB der SPD. □ 1952-63: Vors. der SPD und der Bundestagsfraktion. □ 1963: Vors. der Sozialistischen Internationale.

▷ B. Seebacher-Brandt: Ollenhauer, 1984.

Onassis, Aristoteles

griech. Reeder
* 15.1.1906 (?) Smyrna (heute Izmir, Türkei)
† 15.3.1975 Paris (Frankreich)

Onassis, einer der reichsten Männer seiner Zeit, hat vor allem als Reeder, Immobilienunternehmer sowie als Besitzer von Spielbanken und einer Fluggesellschaft ein Vermögen erworben. Während der Weltwirtschaftskrise in den 30er Jahren erstand O. billige Frachtschiffe und Tanker, die er im 2. Weltkrieg gewinnbringend an die alliierten Streitkräfte verpachtete. Nach der Vergrößerung seines Imperiums in den 50er und 60er Jahren überraschte er die Öffentlichkeit 1968 mit der Heirat der Witwe des US-Präsidenten J. F. → Kennedy, Jacqueline →O.

Aristoteles und Jacqueline Onassis heirateten 1968.

Onassis, Jacqueline Lee »Jackie«

amer. Publizistin
* 28.7.1929 Southampton, N. Y.

Onassis, Bankierstochter und ehemalige Fotoreporterin des Washington Times Herald, wurde durch ihre Ehe (ab 1953) mit dem 1963 ermordeten US-Präsidenten (ab 1960) John F. →Kennedy weltweit bekannt. Als First Lady des Landes hatte sie großen Anteil an der Popularität ihres Ehemannes. 1968 heiratete O. überraschend den griechischen Großreeder A. →Onassis. Seit dessen Tod 1975 arbeitete sie als Lektorin, zunächst für das New Yorker Verlagshaus Viking Press, seit 1978 bei Doubleday and Co.

Eugene G. O'Neill →

O'Neill, Eugene Gladstone

amer. Dramatiker
* 16.10.1888 New York † 27.11.1953 Boston

O'Neill ist der bedeutendste amerikanische Dramatiker dieses Jahrhunderts. Indem er kontinental-europäische Bühnenexperimente wirkungsvoll amerikanisierte, wurde der Literatur-Nobelpreisträger von 1936 zum Wegbereiter des modernen Dramas. Zwischenmenschliche Beziehungen interessierten O. nicht, sondern das Verhältnis des Menschen zu Gott. Seine Dramen fragen nach dem Wert des menschlichen Glücksstrebens, sie suchen nach einer Sinngebung des Lebens. Die Menschen seiner Welt kennen keinen Gott, aber sie suchen ihn in »hoffnungsloser Hoffnung«.
In seinem Hauptwerk, der Dramentrilogie in 13 Akten »Trauer muß Elektra tragen« (1931, dt. 1947), gestaltete O. pessimistisch und illusionslos den in seiner Schuld hilflos verstrickten Menschen, dessen Hoffnung sich nur für kurze Zeit verwirklicht. Mit der Übertragung dieses griechischen Tragödienstoffes (Atridensage) auf das puritanische Neuengland wendet sich O. zugleich gegen den amerikanischen Optimismus. Schon »Jenseits vom Horizont« (Dr., 1920, dt. 1952) und »Gier unter Ulmen« (Dr., 1924, dt. 1925) waren tragisch endende Auseinandersetzungen mit der amerikanischen Utopie des »pursuit of happiness« gewesen. »Der Eismann kommt«, ein Spätwerk (1946, dt. 1949), entlarvt schließlich die Vorstellung vom besseren Ich als Lebenslüge.

□ 1907: Abbruch des Studiums, danach Beschäftigungen u. a. bei der Schauspieltruppe seines Vaters. □ 1910-12: Matrose. □ 1912: Tbc-Erkrankung. □ 1914: Dramaturgiekurse in Harvards Workshop 47. □ 1915: Anschluß an die Provincetown Players, die seine Einakter und frühen Stücke aufführen. □ 1919: »Unterm karibischen Mond« (Dr., dt. 1924). □ 1920: »Kaiser Jones« (Dr., dt. 1924). □ 1921: »Anna Christie« (Dr., dt. 1923). □ 1927: »Der große Gott Brown« (Dr., dt. 1928). □ 1928: »Seltsames Zwischenspiel« (Dr., dt. 1929). □ 1936: Literatur-Nobelpreis. □ 1941: »Eines langen Tages Reise in die Nacht« (Dr., UA 1956, dt. 1956). □ 1942: »Ein Mond für die Beladenen« (Dr., UA 1947, dt. 1954).

▷ A. und B. Gelb: O'Neill (Biogr.) engl. 1974; L. Sheaffer: O'Neill. Son and artist, engl. 1974.

Lars Onsager →

Onsager, Lars

amer. Physikochemiker norw. Herkunft
* 27.11.1903 Oslo † 5.10.1976 Coral Gables, Flor.

Onsager stellte 1931 für die Thermodynamik irreversibler Prozesse grundlegende reziproke Beziehungen zwischen Wärme und elektrischem Potential auf. Die Onsager-Relationen beschreiben wichtige Symmetriebeziehungen der Grundgesetze der Natur (I. →Prigogine). Aufgrund dieser entwickelte O. 1939 eine Theorie zur Isotopentrennung, auf der die Gasdiffusionsmethode beruht, die zur Trennung des spaltbaren Urans 235 vom natürlichen Uran 236 führt.

□ 1926: Verbesserung der von P. J. →Debye und E. Hückel 1923 aufgestellten Theorie über Elektrolyte (einschließlich der Transporterscheinungen). □ 1945-72: Prof. an der Yale Univ. □ 1968: Chemie-Nobelpreis.

Max Ophüls →

Ophüls, Max

(eig. Max Oppenheimer)
frz. Regisseur dt. Herkunft
* 6.5.1902 Saarbrücken † 26.3.1957 Hamburg

Ophüls' Filme sind durch eine melancholische Grundstimmung gezeichnet. Wie in seinen Schnitzler-Adaptionen »Liebelei« (1932/33) und »Reigen« (1950) leiden seine Protagonisten unter der Unmöglichkeit, ihre Liebe zu verwirklichen. O. bevorzugte die bewegliche Kameraführung mit langen Einstellungen und einen episodenhaften Erzählstil.

□ 1921-24: Theaterschauspieler und -regisseur. □ 1930: Regieassistent bei A. Litvak. □ 1931: Erste Filmregie »Dann schon lieber Lebertran«. □ 1932: »Die verkaufte Braut« (nach Fr. Smetana). □ 1933: »Lachende Erben« (mit H. → Rühmann); Emigration nach Frankreich. □ 1940: Emigration in die USA. □ 1948: »Brief einer Unbekannten«. □ 1949: Rückkehr nach Europa. □ 1951: »Pläsier«. □ 1953: »Madame de ...«. □ 1955: »Lola Montez«.

▷ P. W. Jansen/J. Schütte (Hg.): Max Ophüls, 1989.

Oppenheim, Meret

dt.-schweiz. Malerin und Objektkünstlerin
* 6.10.1913 Berlin † 15.11.1985 Basel

Meret Oppenheims surrealistische Objektassemblagen gehören zu den bedeutendsten Werken dieser Art. Teils noch unter dem Einfluß der Ready-mades von M. →Duchamp und der frühen Assemblagen M. →Rays kreierte sie 1936 »Das Frühstück im Pelz« (New York, Museum of Modern Art), indem sie eine Tasse, Untertasse und Löffel mit Pelz überzog und damit das Sektfrühstück der damaligen Gesellschaft ironisierte. Mit Ready-mades wie »Das Paar« (1956), das aus einem Paar abgetragener Schuhe besteht, bediente sich O. des Doppelsinns der Sprache und spielte auf den Verschleiß von Beziehungen an. Besonders im Spätwerk schuf O. Zeichnungen, Collagen und eine Reihe von Ölbildern, in denen abstrakte und surreale Elemente eine überraschende Verbindung eingehen.

← Meret Oppenheim

□ 1932-37: Paris-Aufenthalt; Anschluß an die Surrealisten. □ 1933: Teilnahme am Salon des Surindépendants mit fast allen bedeutenden surrealistischen Malern. □ ab 1936: Surrealistische Objekte. □ ab 1946: Wohnsitz in Bern, später in Basel; Arbeit vorrangig an surrealistischen Bildern und Zeichnungen, aber auch Assemblagen und Materialbildern. □ 1967: Retrospektive im Moderna Museet, Stockholm. □ 1970: »Die Schlange Natur« (Objekt).

▷ B. Curiger: Meret Oppenheim. Spuren durchstandener Freiheit (mit Werkverzeichnis), NA 1984.

Oppenheimer, (Julius) Robert

amer. Physiker
* 22.4.1904 New York † 18.2.1967 Princeton, N. J.

Oppenheimer leitete ab 1943 in Los Alamos das »Manhattan Project«, den Bau der ersten amerikanischen Atombombe. Dem Bau der Wasserstoffbombe widersetzte sich der »Vater der Atombombe« aus technischen und moralischen Gründen und wurde deshalb 1953/54 einem Untersuchungsverfahren wegen angeblicher kommunistischer Gesinnung unterworfen. Aufgrund der in die Geschichte eingegangenen Hearings (12. 4. bis 6. 5. 1954) verlor der politisch einflußreiche O. unter Präsident D. D. →Eisenhower den Zugang zu allen Staatsgeheimnissen und seine Position in der amerikanischen Atomenergiebehörde. 1963 wurde O. von US-Präsident J. F. →Kennedy rehabilitiert und nach dessen Tod noch im gleichen Jahr von Präsident L. B. →Johnson mit dem Enrico-Fermi-Preis ausgezeichnet, der höchsten Würdigung der amerikanischen Atomenergiebehörde.

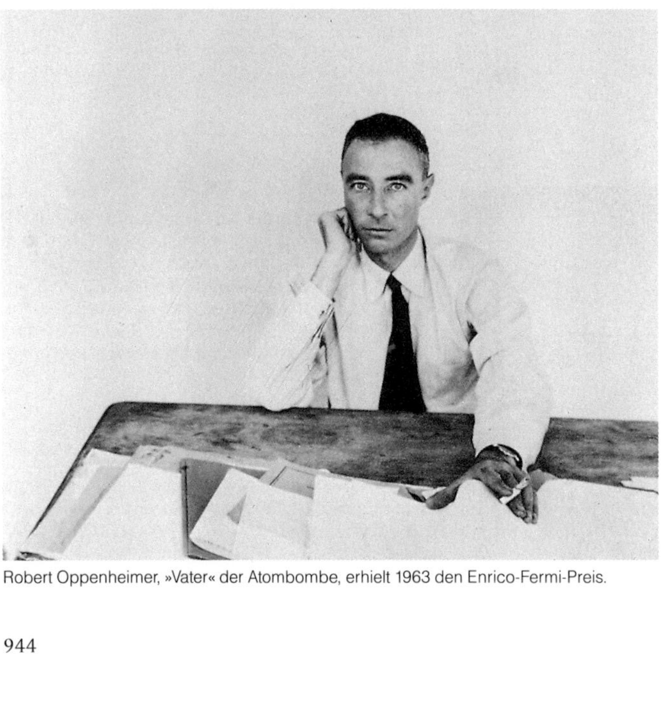

Robert Oppenheimer, »Vater« der Atombombe, erhielt 1963 den Enrico-Fermi-Preis.

□ 1929-47: Prof. an der Univ. of Calif. in Berkeley; gleichzeitig am Calif. Inst. of Technology in Pasadena. □ 1947-66: Leiter des Inst. for Advanced Study in Princeton. □ 1955: »Wissenschaft und allgemeines Denken« (Schr., dt.). □ 1957: »Atomkraft und menschliche Freiheit« (Schr., dt.).

▷ H. Kipphardt: In der Sache J. R. Oppenheimer (Dr.), 1964; H. Kipphardt/F. v. Ingen: In der Sache J. R. Oppenheimer, 1985.

Orff, Carl

dt. Komponist
* 10.7.1895 München † 29.3.1982 ebd.

Dramaturg, Dichter, Regisseur, Pädagoge, Dirigent und Komponist — Orff war eine der vielseitigsten und bedeutendsten Persönlichkeiten in der deutschen Musik des 20. Jh.s. O.s zentrales Ziel, erstmals in seiner berühmten »Carmina Burana« (UA Frankfurt/Main, 1937) verwirklicht, war das totale Theater, in dem sich Musik, Wort und Bewegung zu einem Gesamtkunstwerk vereinigen. Als überzeugter Humanist nahm O. dabei Bezug auf die klassische griechische Tragödie und das italienische Musiktheater des Barock. Kennzeichnend für seine Werke sind eine bizarre Phantasie (z. B. in der Oper »Der Mond«, UA München, 1939) und eine vitale Überschwenglichkeit (»Carmina Burana«). In seinen Bühnenwerken nimmt der Chor (mit harmonischen Blöcken des perkussiven Orchesters unterlegt) durch akzentuierte Rhythmik eine besondere Rolle ein. Die musikalische Struktur ist mit meist einfachen Modellen auf eine effektvolle Klangregie angelegt.
An der schon 1924 mit Dorothee Günther (* 1896, † 1975) gegründeten Schule für Gymnastik, Tanz und Musik erarbeitete O. seine musikerzieherischen Konzeptionen, die er in dem heute weltweit verbreiteten »Schulwerk« (1930-35) darstellte. Zu deren Realisierung entwickelte er das nach ihm benannte »O.-Instrumentarium« (Klangstäbe, Trommeln, Xylophone etc.). Sein pädagogischer Ansatz geht davon aus, daß es kein unmusikalisches Kind gibt und jeder durch einfühlsame Unterweisung an schöpferischer Gruppenimprovisation teilnehmen kann.

□ 1915-18: Kapellmeister an den Münchner Kammerspielen, dem Nationaltheater Mannheim und dem Landestheater Darmstadt. □ 1930-33: Leiter der Münchener Bachgesellschaft. □ 1943: Ludi scaenici »Catulli Carmina«, UA Leipzig; Oper »Die Kluge«, UA Frankfurt/Main. □ 1947: »Die

Carl Orff realisierte in der »Carmina Burana« seine Vorstellung vom totalen Theater.

Bernauerin«, UA Stuttgart. □ 1949: Tragödie »Antigonae«, UA Salzburg. □ 1950-54: Neufassung des O.-Schulwerks als »Musik für Kinder«. □ 1950-60: Leiter einer Meisterklasse an der Musikhochschule München. □ 1953: Concerto scenico »Trionfi di Afrodite«, UA Mailand. □ 1957: Osterspiel »Comoedia de Christi Resurrectione«, UA Stuttgart. □ 1959: Tragödie »Oedipus der Tyrann«, UA Stuttgart. □ 1960: Weihnachtsspiel »Ludus de nato Infante mirificus«, UA Stuttgart. □ 1961: Gründung des Orff-Inst. am Mozarteum Salzburg. □ 1966: »Prometheus«, UA Stuttgart. □ 1972: »Bairisches Welttheater« (Schr.). □ 1975: »Lehrjahre bei den alten Meistern« (Schr.).

▷ A. Liess: Carl Orff — Idee und Werk, 1955 (NA 1977); W. Wagner/W. E. Schäfer: Carl Orff, 1955; H. W. Schmidt: Carl Orff. Sein Leben und sein Werk, 1971; H. Leuchtmann (Hg.): Carl Orff. Ein Gedenkbuch, 1985.

Ormandy, Eugene

(eig. Jenö Blau-Ormandy)
amer. Dirigent ung. Herkunft
* 18.11.1899 Budapest † 12.3.1985 Philadelphia

Ormandy kam als Leiter des Philadelphia Orchestra seit Ende der 30er Jahre zu internationalem Ruhm. Aufsehen erregte er erstmals 1931, als er anstelle des erkrankten A. →Toscanini die große Konzertreihe dieses Orchesters übernahm. Charakteristisch für seine Interpretationen sind ein brillanter Klang, technische Präzision und Virtuosität. O. konzentrierte sich auf die Musik der Spätromantik, des Impressionismus und des frühen 20. Jh.s. Unter seiner Leitung bereiste das Philharmonia Orchestra als erstes amerikanisches Orchester die VR China.

□ 1919-21: Lehrer am Budapester Konservatorium. □ 1921-29: Tätigkeiten als Geiger und Kapellmeister in New York. □ ab 1927: Amer. Staatsbürger. □ 1931-36: Dirigent des Minneapolis Symphony Orchestra; erste Schallplatteneinspielungen. □ ab 1936: neben L. → Stokowski Dirigent des Philadelphia Orchestra. □ 1938-80: Musikdir. des Philadelphia Orchestra. □ 1948: Leiter des ersten Sinfoniekonzerts im amer. Fernsehen. □ 1949: England-Debüt mit dem Philadelphia Orchestra. □ 1950: Debüt an der Metropolitan Opera New York. □ ab 1964: Gastdirigent in Wien.

José Clemente Orozco →

← Eugene Ormandy

Daniel Ortega →

Orozco, José Clemente

mex. Maler
* 23.11.1883 Ciudad Guzmán, Jalisco
† 7.9.1949 Mexiko-Stadt

Orozco, einer der bedeutendsten mexikanischen Maler der Moderne, begründete mit D. →Rivera und J. D. A. → Siqueiros den Muralismo, die sozial und politisch engagierte Wandmalerei, mit der die mexikanische Kunst Weltgeltung erlangte. Die Geburt des Muralismo fand in der Escuela Nacional Preparatoria in Mexiko-Stadt statt, die von den drei Malern mit monumentalen Fresken ausgestattet wurde. Rivera und Siqueiros feierten darin den Sieg der Revolution, während O. die Leiden des Volkes und die Vergeblichkeit des Kampfes in Allegorien und voll Mitgefühl darstellte. In der Synthese des Expressionismus mit aztekischen und mexikanischen Traditionen fand O. zu einem großflächig vorgetragenen Realismus mit surrealen Anklängen. Sein Hauptwerk, der gewaltige Freskenzyklus im Hospicio Cabañas in Guadalajara, schildert in einer geschichtlichen Vision das Aufeinanderprallen der indianischen mit der europäischen Kultur, aus dem sich in einer Art Mutation der neue Mensch herausbildet.

□ 1908-15: Studium an der Kunstakademie in Mexiko-Stadt. □ 1917-19: USA-Aufenthalt. □ 1922: Wandbilder in der Escuela Nacional Preparatoria. □ 1927-34: Verschiedene Fresken in den USA (u. a. im Pomona College in Los Angeles). □ 1936-39: Fresken in Guadalajara (Amphitheater der Univ., Regierungspalast und Hospicio Cabañas). □ postum 1968: Retrospektive im Palacio de Bellas Artes, Mexiko-Stadt.

▷ J. C. Orozco: Autobiografía, span. NA 1970.

Orser, Brian

kanad. Eiskunstläufer
* 19.1.1961 Belleville

Orser zählte Ende der 80er Jahre mit seinem schwierigen Sprungprogramm in der Kür zu den besten Eiskunstläufern. Karrierehöhepunkt war der Gewinn der Weltmeisterschaft 1987.

□ 1983: WM-Dritter. □ 1984: Olympiazweiter (erneut 1988). □ 1986: WM-Zweiter (erneut 1988). □ 1987: Weltmeister.

Ortega Saavedra, Daniel

nicarag. Politiker
* 11.11.1945 La Libertad, Prov. Chontales

Zehn Jahre lang versuchte Ortega, ab 1985 als Staatspräsident, an der Spitze der sandinistischen Regierung das durch die Diktatur von A. →Somoza und den Bürgerkrieg zerrüttete Nicaragua zu sanieren und zu einer sozialistischen Republik nach kubanischem Vorbild umzugestalten. Den Erfolgen im sozialen Bereich, vor allem in der Bildungspolitik, standen wirtschaftliche Mißerfolge gegenüber — auch bedingt durch den Wirtschaftsboykott der USA und den anhaltenden Krieg mit den von den USA unterstützten antisandinistischen »Contra«-Rebellen. Ab 1987 führte O. Friedensgespräche mit der Opposition. Nach der Wiederzulassung anderer Parteien unterlag er bei den Präsidentschaftswahlen 1990 der Kandidatin der konservativen Allianz UNO, V. →Barrios de Chamorro.

□ 1963: Mitgl. der Sandinistischen Front der Nationalen Befreiung (FSLN). □ 1965: Im Nationalen Direktorium der FSLN. □ 1967: Teilnahme an Aktionen der Stadt-Guerilla. □ 1967-74: In Haft. □ 1974-78: Nach Freilassung im Austausch gegen Geiseln im kubanischen Exil. □ 1978/79: Teilnahme am Bürgerkrieg zum Sturz des Diktators A. Somoza. □ 1981: Koordinator der fünfköpfigen Junta des Nationalen Wiederaufbaus (Regierungschef); Oberbefehlshaber der Streitkräfte. □ 1985-90: Staatspräsident. □ seit 1985: Vors. der FSLN.

Ortega y Gasset, José

span. Schriftsteller und Philosoph
* 9.5.1883 Madrid † 18.10.1955 ebd.

In der ersten Hälfte des 20. Jh.s war Ortega einer der einflußreichsten spanischen Intellektuellen und der bedeutendste Essayist der spanischen Literatur. O., der gegenüber allen geistigen Strömungen der Zeit aufgeschlossen war, befaßte sich mit unterschiedlichen Themen und Problemen. In seinem kulturpolitischen Essay »Der Aufstand der Massen« (1929, dt. 1931) unternahm O. eine Analyse der Zeit und kündigte den Untergang des Liberalismus an. Ausgehend von einer elitären Gesellschaftsordnung beklagte er das historische Desinteresse seiner Generation. Seine erkenntnisreichen Essays bestechen durch ihre stilistische Brillanz.

Ortega y Gasset: Der spanische Philosoph, 1950.

□ 1898-1902: Philosophie- und Literaturstudium in Madrid. □ 1906-10: Deutschlandaufenthalt. □ 1910-36: Prof. für Metaphysik an der Madrider Univ. □ 1923: »Die Aufgabe unserer Zeit« (Es., dt. 1931). □ 1925: »Die Vertreibung des Menschen aus der Kunst« (Es., dt. 1964). □ 1926: Gründung der Zeitschrift Revista de Occidente. □ 1936: Exil in Frankreich, später Argentinien. □ 1940: »Der Intellektuelle und der andere« (Es., dt. 1940). □ 1942: »Das Wesen geschichtlicher Krisen« (Es., dt. 1943). □ 1945: Rückkehr nach Spanien. □ postum 1957: »Der Mensch und die Leute« (Es., dt. 1957).

Ortheil, Hanns-Josef

dt. Schriftsteller
* 5.11.1951 Köln

Ortheil, seit 1982 Assistent an der Hochschule Mainz, erhielt für sein Romandebüt »Fermer« (1979), in dem er ein illusionsloses Bild der deutschen Jugendgeneration Ende der 70er Jahre zeichnete, den »Aspekte«-Literaturpreis der gleichnamigen Kultursendung des ZDF. Neben zahlreichen literaturwissenschaftlichen Arbeiten schrieb O. Erzählungen, Essays, Opernlibretti und Drehbücher. In seinem Zeitroman »Agenten« (1989) beschreibt er anhand der steilen Karriere junger, ehrgeiziger Journalisten die Medienlandschaft in der Bundesrepublik.

□ 1979: »Wilhelm Klemm — Ein Lyriker der Menschheitsdämmerung« (Sachb.). □ seit 1982: Hochschulassistent in Mainz; »Mozart. Im Innern seiner Sprachen« (Es.). □ 1983: »Hecke« (Erz.). □ 1987: »Schwerenöter« (R.).

George Orwell, Autor von »Farm der Tiere« und »1984«, war 1941-43 Mitarbeiter der BBC.

← Hanns-Josef Ortheil

Orwell, George

(eig. Eric Arthur Blair)
engl. Schriftsteller
* 25.6.1903 Motihari, Bengalen (Indien)
† 21.1.1950 London

Obgleich hauptsächlich als politischer Publizist tätig, wurde Orwell vorrangig als Verfasser der Anti-Utopie »1984« (R., 1949, dt. 1950) bekannt. In einer düsteren Zukunftsvision entwarf O. das Bild des totalitären Weltstaates, in dem eine perfekte Bewußtseinsmanipulation und Überwachung betrieben und jedes Aufbegehren brutal unterdrückt wird. Nicht als Zukunftsroman beabsichtigt, gilt »1984« heute dennoch vielfach als pessimistisch-prophetischer Entwurf der modernen Informationsgesellschaft. Eine Warnung vor Klassenkampf und stalinistischer Gewaltherrschaft ist O.s satirische Tierfabel »Farm der Tiere« (R., 1945, dt. 1946). Am Beispiel der immer repressiver werdenden Macht der Schweine über die anderen Hoftiere nach einer erfolgreichen Revolution gegen die Menschen führt sie phrasenhafte sozialistische Gleichheitsbekenntnisse ad absurdum und warnt vor jeglicher Zentralisierung politischer Macht.

□ 1922-27: Kolonialpolizist in Burma. □ 1934: »Tage in Burma« (R., dt. 1982). □ 1935: »Eine Pfarrerstochter« (R., dt. 1983). □ 1936: »Die Wonnen der Aspidistra« (R., dt. 1983). □ 1937: Beteiligung am Span. Bürgerkrieg gegen F. →Franco. □ 1938: »Mein Katalonien« (Es., dt. 1964). □ 1939: Kuraufenthalt in Marokko wegen Lungenleiden. □ 1940: »Im Innern des Wals« (Es.s, dt. 1975). □ 1941-43: Mitarbeiter der BBC.

▷ G. Orwell: Erledigt in Paris und London (Aut.), 1933, dt. 1978; ders.: Such, such were the joys (Aut.), 1953; M. Papst (Hg.): Über George Orwell, 1984.

Osborne, John James

engl. Dramatiker
* 12.12.1929 London

Osborne wurde in den 50er Jahren zur Leitfigur der rebellischen Jugend, die dem traditionellen englischen Theater immer weniger Sympathie entgegenbrachte. Geprägt durch die dramaturgische Vorstellungswelt B. →Brechts, versuchte er mit Verfremdungstechniken neue Wege zu beschreiten, blieb jedoch in seinem erfolgreichsten Schauspiel »Blick zurück im Zorn« noch ganz dem Drama des Naturalismus verhaftet. Die im Stück vorgetragenen Anklagen gegen die herrschende Gesellschaftsmoral trafen wegen ihrer Aggressivität und Originalität den Zeitgeist und wirkten inspirierend auf das Theater (H. →Pinter, A. →Wesker). Mit O. hielten das Obszöne, der Slang und die Vulgärsprache Einzug ins Theater.

← John J. Osborne

□ 1956: »Blick zurück im Zorn« (Dr., dt. 1958). □ 1957: »Der Entertainer« (Dr., dt. 1959). □ 1964: »Richter in eigener Sache« (Dr., dt. 1968). □ 1965: »Ein Patriot für mich« (Dr., dt. 1968).

▷ H. Ferrar: John Osborne, engl. 1975; J. Osborne: A better class of person (Aut.), engl. 1981.

Oshima, Nagisa

jap. Regisseur
* 31.3.1932 Kyoto

Oshima sorgte 1977 für Aufsehen, als sein Film »Im Reich der Sinne« bei den Berliner Filmfestspielen wegen Pornographieverdachts beschlagnahmt wurde. Der Film zeigt die zerstörerische Kraft der Sexualität am Beispiel eines Mannes, der sich auf dem Höhepunkt seiner Ekstase von der Geliebten erdrosseln läßt. O. verzichtet jedoch auf voyeuristische Passagen und stellt — wie auch in seinen anderen Filmen — die Kritik an der alten Traditionen verhafteten japanischen Gesellschaft in den Vordergrund.

← Nagisa Oshima

□ 1960: »Nackte Jugend«. □ 1968: »Tod durch Erhängen«. □ 1969: »Der Junge«; »Tagebuch eines Diebes aus Shinjuhu«. □ 1971: »Die Zeremonie«. □ 1972: »Kleine Sommerschwester«. □ 1978: »Im Reich der Leidenschaften«. □ 1980: »Die Ahnung der Freiheit« (Schr., dt. 1982). □ 1982: »Furyo — Merry Christmas, Mr. Lawrence« (mit D. →Bowie). □ 1985: »Max, mon amour«.

Ossietzky, Carl von

dt. Schriftsteller
* 3.10.1889 Hamburg † 4.5.1938 Berlin

Ossietzky ist als bedeutender pazifistischer Schriftsteller und Publizist der Weimarer Republik zu einer Symbolfigur des Widerstands gegen die Nazi-Diktatur geworden. Als Nachfolger von S. →Jacobsohn leitete O. ab 1927 die Zeitschrift Weltbühne, die er zu einem vielgelesenen Organ gegen den Militarismus machte. Wegen der Veröffentlichung geheimer Aufrüstungspläne wurde er 1931 erstmals, 1933 in der Nacht des Reichstagsbrands abermals verhaftet und in mehreren KZs inhaftiert. 1936 wurde O. der Friedens-Nobelpreis für das Jahr 1935 verliehen, den der inhaftierte Publizist nicht entgegennehmen durfte. A. →Hitler verbot darauf allen Deutschen die Annahme des Nobelpreises.

Carl von Ossietzky vor dem Gefängnis in Tegel, 1932.

□ ab 1911: Veröffentlichungen in pazifistischen Zeitschriften. □ 1916-19: Kriegsdienst. □ 1919: Sekr. der Dt. Friedensgesellschaft in Berlin. □ 1920: Redakteur der Berliner Volkszeitung (1924: bei der Wochenschrift Das Tage-Buch; 1926: bei der Zeitschrift Die Weltbühne). □ 1921: Mitgl. im Bund Neues Vaterland (später Dt. Liga für Menschenrechte). □ 1932: »Antisemitismus« (Es.). □ 1933: »Kavaliere und Rundköpfe« (Es.). □ 1933-36: Inhaftierung in den KZs Sonnenburg und Papenburg-Esterwegen; Ablehnen des Angebots von H. →Göring, bei Widerruf eine Begnadigung zu erhalten. □ 1935: Friedens-Nobelpreis. □ 1936-38: Wegen Tuberkulose und Gehirnhautentzündung als Folgen der Inhaftierung Sanatoriumsaufenthalt unter Bewachung durch die Gestapo.

▷ K. R. Grossmann: Ossietzky, 1963; E. Suhr: Carl von Ossietzky, 1988.

Ossowski, Leonie

(eig. Jolanthe Kurtz-Solowjew)
dt. Schriftstellerin
* 15.8.1925 Ober-Röhrsdorf, Niederschlesien

Ossowski wurde mit ihrem Jugendroman »Die große Flatter« (1977; verfilmt 1979 von Claus Peter Witt), einer stilistisch treffenden Schilderung des Obdachlosenmilieus, bekannt. In den Romanen »Weichselkirschen« (1976) und »Wolfsbeeren« (1987) setzte sie sich mit dem Nationalsozialismus, dem Verlust der ehemaligen deutschen Ostgebiete und dem deutsch-polnischen Verhältnis auseinander.

□ 1945: Flucht aus Niederschlesien; Fotolaborantin und Verkäuferin. □ 1959: Übersiedlung aus der DDR nach Mannheim. □ 1967: »Wer fürchtet sich vorm Schwarzen Mann?« (R.). □ 1978: »Blumen für Magritte« (Erz.n). □ 1980: Adolf-Grimme-Preis für das Drehbuch zum Film »Die große Flatter«. □ 1982: Leiterin einer sozialpädagogischen Literaturgruppe in der Vollzugsanstalt Tegel. □ 1984: »Voll auf der Rolle« (Dr. für das Berliner Grips-Theater). □ 1991: »Holunderzeit« (R.).

← Leonie Ossowski

Osterwald, Hazy

(eig. Rolf Osterwalder)
schweiz. Musiker
* 18.2.1922 Bern

Untrennbar mit dem Namen Osterwald bleibt der erste Hitparaden-Erfolg der Schweizer Tanzband, der »Kriminaltango«, verknüpft. In den 60er Jahren war das Hazy-Osterwald-Sextett das beliebteste Tanz- und Showorchester im deutschsprachigen Raum. O. bekam eine eigene TV-Show und wirkte in zahlreichen Filmen mit.

□ 1944: Leiter des Schüler-Orchesters am Konservatorium in Bern. □ 1945-49: Pianist in der Band von Teddy Stauffer. □ 1949: Gründung des Hazy-Osterwald-Sextetts. □ 1957: Dreiwöchiges Gastspiel im Pariser Olympia. □ 1959: Erster Hit »Kriminaltango«. □ 1960: Weitere Hits »Panoptikum« und »Whisky Pure«. □ 1979: Abschiedskonzert des Sextetts in Montreux. □ 1984: TV-Auftritte mit neuer Formation.

← Hazy Osterwald

Ostwald, Wilhelm

dt. Naturwissenschaftler und Philosoph
* 2.9.1853 Riga † 4.4.1932 Großbothen bei Leipzig

Ostwald, Begründer der modernen Physikalischen Chemie in Deutschland, bewies 1894 in seiner Studie über die chemische Katalyse, daß Katalysatoren die Geschwindigkeit einer chemischen Reaktion, aber nicht die Qualität der Reaktionsprodukte beeinflussen können. 1887-1906 hatte O. an der Universität Leipzig den ersten Lehrstuhl für Physikalische Chemie inne und gründete mit J. H. van't →Hoff die weltweit erste Zeitschrift für Physikalische Chemie. Aus dem eigens für ihn eingerichteten Universitätsinstitut, das O. zu einer bedeutenden Forschungsstätte für physikalische Chemie ausbaute, gingen hervorragende Physikochemiker wie S. A. →Arrhenius und W. H. →Nernst hervor. Der Verfasser des einflußreichen »Lehrbuchs der allgemeinen Chemie« (2 Bde., 1885-88) veröffentlichte neben vielen fachlichen, naturwissenschaftlichen, historischen und philosophischen Büchern u. a. das Standardwerk »Die Farbfibel« (1916, 14. Aufl. 1930). Der Vorsitzende des Monistenbundes (ab 1911) versuchte naturwissenschaftliche Methoden auf die Geisteswissenschaften zu übertragen und war bis zum experimentellen Beweis der Existenz von Atomen (1908) Gegner der Atomtheorie.

← Wilhelm Ostwald

□ 1881-87: Prof. am Polytechnikum in Riga. □ 1889: Gründung der historisch-naturwissenschaftlichen Schriftenreihe »Ostwalds Klassiker der exakten Wissenschaften« (fortgesetzt von seinem Sohn Wolfgang; ca. 250 Bde.). □ 1894: »Elektrochemie« (Schr.). □ 1900: »Grundlinien der anorganischen Chemie« (Schr.). □ 1901-14: Hg. der »Annalen der Naturphilosophie« (14 Bde.). □ 1902: Patent für das Ostwald-Verfahren zur Darstellung von Salpetersäure durch katalytische Ammoniakverbrennung. □ 1909: Chemie-Nobelpreis für die Erforschung der Katalyse. □ 1918/19: »Die Farbenlehre« (2 Bde.; 1938 Bd. 3). □ 1923: »Moderne Naturphilosophie« (Schr.). □ 1929: »Die Pyramide der Wissenschaften« (Schr.).

▷ W. Ostwald: Lebenslinien (Aut., 3 Bde.), 1926/27; G. Ostwald: Wilhelm Ostwald, mein Vater (Biogr.), 1953.

Otis, Johnny

(eig. John Veliotes)
amer. Rockmusiker
* 28.12.1921 Valejo, Kalif.

Johnny Otis: Seit den 50ern Rhythm & Blues-König.

Otis war in den 50er Jahren der »Godfather of Rhythm & Blues«. Bereits ab Ende der 40er Jahre war er als Komponist, Arrangeur, Bandleader, Produzent und Manager die wohl einflußreichste und bestimmendste Persönlichkeit dieses Genres. Mit seiner eigenen Band, The Johnny Otis Rhythm & Blues Caravan, tourte der Sänger, Pianist und Schlagzeuger durch die USA und entdeckte spätere Stars wie →Little Richard, Esther Phillips, Jackie Wilson und The Coasters. In den 60er und 70er Jahren engagierte sich O. in der Bürgerrechtsbewegung.

□ 1940-45: Schlagzeuger in den Bands von Harlan Leonard und W. »Count« →Basie. □ 1945: Eigene Big-Band. □ 1946: Erster Hit »Harlem Nocturne«. □ 1948: Eröffnung des »Barrelhouse-Club« in Los Angeles. □ 1950-54: The Johnny Otis Rhythm & Blues Caravan. □ 1957: »The Johnny Otis Show« (LP). □ 1958: Erfolgreichster Hit »Willie and the hand jive«. □ 1981: »The New Johnny Otis Show« (LP).

▷ J. Otis: Listen to the lambs, 1968.

O'Toole, Peter
ir. Schauspieler
* 2.8.1932 (1934?) im Gebiet Connemara

O'Toole, der als »Lawrence von Arabien« (1962, Rg. D. →Lean) bekannt wurde, verkörperte in den nachfolgenden Filmen häufig den kauzigen Exzentriker. Große Erfolge hatte er auch am Theater, wo er sich schon in den 50er Jahren als bedeutender Brecht- und Shakespeare-Darsteller etablieren konnte (u. a. »Hamlet« bei der Eröffnungsvorstellung der National Theatre Company in London 1963). 1987 war er in »Pygmalion« am Broadway zu sehen.

□ 1955-58: Beginn der Theaterkarriere bei der Bristol Old Vic Theatre Company. □ 1960: Shylock in »Der Kaufmann von Venedig« (Theater). □ 1963: »Becket« (F., mit R. →Burton, J. →Gielgud). □ 1964: »Lord Jim« (mit J. →Mason, C. →Jürgens, nach dem R. von J. →Conrad). □ 1965: »Die Bibel« (Rg. J. →Huston). □ 1968: Heinrich II. in »Ein Löwe im Winter« (mit K. →Hepburn). □ 1971: »Warten auf Godot« (Theater). □ 1972: »Der Mann von La Mancha« (mit S. →Loren). □ 1978: »Onkel Wanja« (Theater). 1980: »Macbeth« (Theater). □ 1986: Der brit. Lehrer des chin. Kaisers in »Der letzte Kaiser« (Rg. B. →Bertolucci). □ 1990: »King Ralph« (mit J. →Hurt).

← Peter O'Toole

Otto → Waalkes, Otto

Otto, Frei
dt. Ingenieur und Architekt
* 31.5.1925 Siegmar, Sachsen

Frei Otto: Leiter des Inst. für leichte Flächentragwerke.

Frei Otto wurde mit seinen kühnen Hängedachkonstruktionen, in denen sich Ingenieurkunst und ästhetisches Formgefühl vollendet verbinden, bekannt. Hierzu gehört der mit Rolf Gutbrod entworfene Deutsche Pavillon für die Weltausstellung 1967 in Montreal. Bei dieser Zeltkonstruktion wurde ein durchsichtiges Polyestergewebe an einer von acht unterschiedlich hohen Masten getragenen Stahlkonstruktion befestigt. G. →Behnisch wandte dieses System unter Beratung durch O. für die Überdachung der Sportanlagen des Münchner Olympiageländes an. O.s zahlreiche Zeltdachkonstruktionen fanden vorrangig bei Ausstellungspavillons und Freilichtbühnen, häufig in verstellbarer Form, Verwendung (z. B. Freilichttheater in Bad Hersfeld, 1967/68).

□ 1952: Nach dem Studium an der TH Berlin eigenes Büro ebd. □ 1953: »Das hängende Dach« (Dissertation); starkes Echo in der Fachwelt und viele Bauaufträge. □ 1957: Gründung einer Entwicklungsstätte für Leichtbau in Berlin. □ 1964: Entwicklungsstätte für Leichtbau an der TH Stuttgart. □ 1965-90: Prof. an der TH ebd. □ 1978-82: Hotel und Konferenzzentrum in Mekka und Ministerratsgebäude in Riad, Saudi-Arabien (mit R. Gutbrod).

▷ P. Drew: Frei Otto. Form und Konstruktion, 1976.

Otto, Kristin
dt. Schwimmerin
* 7.2.1966 Leipzig

Kristin Otto →

Otto war eine der vielseitigsten und erfolgreichsten Schwimmerinnen der DDR. Höhepunkt ihrer Karriere und eindrucksvolles Beispiel für die damalige Dominanz der DDR-Schwimmerinnen waren ihre sechs Goldmedaillen 1988 bei den Olympischen Spielen von Seoul. Siebenmal war O. Welt- und achtmal Europameisterin.

□ 1982: Weltmeisterin 100 m Rücken, 4x100 m Lagen, 4x100 m Freistil. □ 1983: Europameisterin 4x100 m Freistil, 4x200 m Freistil. □ 1986: Weltmeisterin 100 m Freistil, 200 m Lagen, 4x100 m Freistil und 4x100 m Lagen. □ 1987: Europameisterin 100 m Freistil, 100 m Rücken, 100 m Schmetterling und 4x100 m Lagen. □ 1988: Olympiasiegerin (in Seoul) 50 m Freistil, 100 m Freistil, 100 m Rücken, 100 m Schmetterling, 4x100 m Freistil und 4x100 m Lagen. □ 1989: Europameisterin 100 m Rücken und 4x100 m Lagen.

Otto, Rudolf
dt. Theologe (ev.)
* 25.9.1869 Peine † 6.3.1937 Marburg

Rudolf Otto →

In seinem Hauptwerk, »Das Heilige« (1917, 30. Aufl. 1958), beschrieb Otto den Begriff »heilig« als das Wesen und Objekt der Religion. Dieser höchste Wert, der rationalen Erkenntnis entzogen, sei in Glaubensdokumenten als das den Menschen faszinierende »Erhabene« überliefert, was O. anhand vergleichender religionswissenschaftlicher Studien belegte. Mit den von ihm mitherausgegebenen »Liturgischen Blättern« (ab 1927) begegnete O. einer Rationalisierung des protestantischen Gottesdienstes und wurde zum Vorkämpfer der sog. Liturgischen Bewegung.

□ 1904-17: Prof. an der Univ. Göttingen; ab 1914 in Breslau. □ 1917-29: Prof. an der Univ. Marburg. □ 1921: Gründer des der Zusammenarbeit der Religionen in ethischen Fragen dienenden Religiösen Menschheitsbundes. □ 1925: »Zur Erneuerung und Ausgestaltung des Christentums« (Schr.). □ 1929: Eröffnung der von O. angeregten »Religionskundlichen Sammlung« in Marburg. □ 1930: »Die Gnadenreligionen Indiens und das Christentum« (Schr.).

▷ E. Benz (Hg.): Rudolf Ottos Bedeutung für die Religionswissenschaft und Theologie heute, 1971.

Otto, Teo
dt. Bühnenbildner
* 4.2.1904 Remscheid † 9.6.1968 Zürich (Schweiz)

Teo Otto →

Mit seinen von der modernen Malerei angeregten Bühnendekorationen wurde Otto zu einem der führenden Bühnenbildner Europas. Damit hatte er u. a. Anteil an der Weltgeltung, die das Züricher Staatsschauspiel vor allem nach dem 2. Weltkrieg gewann. O. arbeitete mit bedeutenden Regisseuren wie G. →Gründgens, F. →Kortner und G. → Strehler zusammen (u. a. Gründgens' Hamburger »Faust«-Aufführung, Stücke von →Brecht, F. →García Lorca, M. → Frisch und T. →Williams) und vertrat das Konzept der Raumbühne, das er vor allem mit abstrakt-konkreten Stilmitteln realisierte.

□ 1923-26: Studium an der Kunstakademie in Kassel. □ 1927: Studienaufenthalt am Bauhaus in Weimar. □ 1927-30: Bühnenbildner an der Kroll-Oper, Berlin. □ 1930-33: Ausstattungsleiter der Berliner Staatstheater. □ 1933-60: Bühnenbildner am Schauspielhaus Zürich.

▷ T. Otto: Meine Szene (mit einem Vorwort von F. Dürrenmatt), 1965.

Otto, Werner

dt. Unternehmer
* 13.8.1909 Prenzlau, Brandenburg

Otto, der vor dem 2. Weltkrieg als Einzelhändler in Stettin tätig war, gründete 1949 den Otto-Versand, der durch Expansion und Firmenzukauf bis Ende der 80er Jahre zum größten Versandhaus der Welt wurde (Umsatz 1989 ca. 13 Mrd. DM). Dem Unternehmer gelang es, auch die Mittelschicht für den Versandhandel zu interessieren und mit einem eigenen Vertriebssystem besseren Service und größere Kundennähe zu bieten. Bereits in den 60er Jahren verkaufte O. 50% des Kapitals der Otto-AG und baute mit dem Erlös weitere Unternehmen auf (u. a. den größten europäischen Organisator für Einkaufszentren sowie ein Immobilienimperium).

□ 1945: Als Flüchtling Ankunft in Hamburg. □ 1945-48: Leitung einer Schuhfabrik. □ 1949: Gründung des Versandunternehmens mit vier Mitarbeitern. □ ab 1960: Aufbau der Sagitta-Grundstücksgruppe (1985 eine der größten privaten Landentwicklungsgesellschaften in Kanada). □ 1966: Rückzug aus dem Vorstandsvorsitz; Berufung des Nachfolgers Günter Nawrath (* 1924). □ 1969: Gründung der W.-Otto-Stiftung zur Förderung medizinischer Forschung. □ 1974: Beteiligung (25%) am zweitgrößten französischen Versender 3 Suisses International; Vermietung der eigenen Warenhäuser an die Horten AG. □ 1975: Beteiligung am Versandhaus Schwab (85%). □ 1981: Übernahme des Vorstandsvorsitzes durch Sohn Michael O. (* 1943).

← Werner Otto

Wolfgang Overath →

Oud, Jacobus Johannes Pieter

niederl. Architekt
* 9.2.1890 Purmerend † 5.4.1963 Wassenaar

Oud, einer der Wegbereiter des auf geometrische Formen reduzierten International Style, übernahm auch Elemente des Konstruktivismus. Zunächst unter dem Einfluß von H. P. →Berlage, näherte er sich durch die Bekanntschaft mit Th. v. →Doesburg konstruktivistischen Ideen und wurde zum Mitbegründer der aus Künstlern und Architekten bestehenden Gruppe De Stijl (1917). Deren grafische und typografische Vorstellungen, die z. T. auch unter dem Eindruck des russischen Konstruktivismus standen, übertrug er auf die Fassadengestaltung des (nicht mehr erhaltenen) Café »De Unie« (1924/25) in Rotterdam, die von farbigen Flächen und dem Einsatz von Schriftbändern geprägt war. Mit seinen Siedlungsbauten, u. a. dem Wohnkomplex in Hoek van Holland (1924-27) und der Rotterdamer Arbeitersiedlung Kiefhoek (1925-27), wandte O. sich schließlich einem klaren funktionalistischen Stil zu. Sein Hauptanliegen wurde der soziale Wohnungsbau, für den er Modulsysteme entwarf. Die Wohnbauten zeichnen sich durch aufgelockerte Fassaden und Qualitätsbewußtsein bei niedrigen Erstellungskosten aus. Beispielhaft verwirklichte er diese Prinzipien auch in den Muster-Reihenhäusern der Weißenhofsiedlung (1927) in Stuttgart. Nach dem 2. Weltkrieg knüpfte O. im Anschluß an eine längere Pause mit Bauten wie der Bio-Erholungsstätte in Arnheim (1952-60) an seine Entwürfe der 20er und 30er Jahre an.

← Jacobus J. P. Oud

□ 1904-11: Besuch der Quellinus-Kunstgewerbeschule in Amsterdam; anschließend Mitarbeiter im Büro von P. J. H. Cuypers, dann Studium an der TH Delft und der TH München. □ 1912: Eigenes Büro in Purmerend; später Übersiedlung nach Leiden. □ 1916: Entwurf des De-Geus-Hauses (mit Th. v. Doesburg), ebd. □ 1917: Reihenhausprojekt für Scheveningen. □ 1918: Stadtbaumeister von Rotterdam. □ 1922: Siedlung Oud-Mathenesse. □ 1938-42: Shell-Verwaltungsgebäude in Den Haag.

▷ G. Stamm: J. J. P. Oud. Bauten und Projekte, 1984.

Overath, Wolfgang

dt. Fußballspieler
* 29.9.1943 Siegburg

Overath, der an drei Weltmeisterschaften teilnahm, gehörte als Mittelfeldspieler mit F. →Beckenbauer und G. →Müller zu den Leistungsträgern der Weltmeisterelf von 1974. Er gab als 19jähriger unter S. →Herberger sein Debüt in der Nationalmannschaft, für die er 81 Spiele (1963-74) bestritt. 1966 wurde er WM-Zweiter und 1970 WM-Dritter. Mit seinem Stammverein 1. FC Köln (1963-74) war er 1964 Deutscher Meister und 1968 DFB-Pokalsieger.

Overbeck, Franz Camille

dt. Theologe (ev.)
* 16.11.1837 St. Petersburg (UdSSR)
† 26.6.1905 Basel (Schweiz)

Overbeck, dem die Theologie des 20. Jh.s wichtige Erkenntnisse über die literarische Form biblischer und urchristlicher Texte verdankt, stand dem institutionalisierten Christentum ablehnend gegenüber. Der Freund F. →Nietzsches, Professor für N. T. und alte Kirchengeschichte, sah im Mönchtum den einzigen fruchtbaren Weg des Christentums.

□ 1870-97: Prof. an der Univ. Basel. □ 1873: »Über die Christlichkeit unserer heutigen Theologie« (Schr., Nachdruck 1963). □ 1880: »Zur Geschichte des Kanons« (Schr.). □ 1882: »Über die Anfänge der patristischen Literatur« (Schr.).

▷ E. Stähelin: Overbeckiana, 1962.

Øverland, Arnulf

norw. Schriftsteller
* 27.4.1889 Kristiansand † 25.3.1968 Oslo

Der Lyrikband »Wir überleben alles« (1945) von Øverland, der 1941-45 im KZ Sachsenhausen verbracht hatte, erzielte die höchste Auflage, die eine Gedichtsammlung in Norwegen jemals erreicht hat. Zunächst der Tradition der Neuromantik (»Das einsame Fest«, Ged.e, 1911) verpflichtet, wandte sich der politisch engagierte Journalist später sozialen Problemen der Arbeiterschaft zu (»Die rote Front«, Ged.e, 1937) und engagierte sich in der kommunistischen Organisation »Mot Dag«; angesichts der Schauprozesse J. →Stalins brach er 1938 mit dem Kommunismus und wandelte sich nach 1945 zum Anhänger des Kalten Krieges.

← Arnulf Øverland

□ 1915: »Advent« (Ged.e). □ 1916: »Der harte Frieden« (Erz.). □ 1929: »Haustafeln« (Ged.e). □ 1930: »Gib mir dein Herz« (Dr.). 1934: »Ich beschwöre dich« (Ged.e). □ 1946: »Zurück zum Leben« (Ged.e). □ 1962: »Auf dem Nebo-Berg« (Ged.e).

Ovett, Steve

brit. Leichtathlet
* 9.10.1955 Brighton

Die auf den Mittelstrecken ausgetragenen Weltrekord-Duelle zwischen Ovett und S. →Coe gehörten zu den packendsten Zweikämpfen in der Sportgeschichte. Die Briten vermieden meist den direkten Vergleich und machten sich bei verschiedenen Wettkämpfen u. a. mehrmals den Meilen-Rekord streitig. O. gewann 1977-80 in Folge 45 Rennen über 1500 m oder eine Meile.

← Steve Ovett

□ 1976: Olympiafünfter von Montreal über 800 m. □ 1978: Europameister 1500 m. □ 1980: Olympiasieger von Moskau über 800 m (Zweiter S. Coe); Olympiadritter 1500 m (Erster S. Coe). □ 1984: Olympiaachter von Los Angeles über 1500 m.

Owen, David Anthony Llewellyn

brit. Politiker
* 2.7.1938 Plympton, Devonshire

Owen gehört zu den Politikern, die seit Beginn der 80er Jahre versuchen, das traditionelle britische Zweiparteiensystem aufzusprengen. Nach dem Rücktritt von J. →Callaghan vollzog sich in der Labour Party unter M. →Foot und T. → Benn ein Linksruck, den eine Reihe Abgeordneter nicht mittragen wollte. Wegen der ihrer Meinung nach fremdenfeindlichen, isolationistischen und neutralistischen Haltung der Parteilinken traten diese Abgeordneten schließlich unter der Führung von O. aus der Partei aus und gründeten die Sozialdemokratische Partei (SDP). Nach anfänglichen Erfolgen in der Allianz mit den Liberalen verloren sie nach den Unterhauswahlen 1987 wieder an Bedeutung. 1988 fusionierte ein Teil der SDP mit den Liberalen zur SLDP, der Rest verfolgt unter O. weiterhin eine sozialdemokratische Alternative zur Labour Party.

← David A. L. Owen

□ 1961: Mitgl. der Fabian Society der Labour Party. □ bis 1964: Medizinstudium. □ 1964-68: Arzt. □ seit 1966: Mitgl. des Unterhauses. □ 1968: Staatssekr. für die Kriegsmarine. □ 1974-76: Staatsmin. für Gesundheitsfragen. □ 1976: Staatsmin. im Außenministerium. □ 1977-79: Außenmin. □ 1981: Mitbegründer der Sozialdemokratischen Partei (SDP). □ seit 1984: Parteiführer der SDP.

Owen, Wilfried Edward Salter

engl. Lyriker
* 18.3.1893 Oswestry, Shropshire
† 4.11.1918 Frankreich (gefallen)

Owen, der zu Lebzeiten nur vier Gedichte veröffentlichte, wurde zum bedeutendsten englischen Kriegsdichter. O.s Gedichte sind wie die von S. L. →Sassoon von seinen Erfahrungen im 1. Weltkrieg geprägt. An die Stelle patriotischer Rechtfertigung des Krieges tritt bei O. Mitleid für das Schicksal der Soldaten. Bildersprache und dissonante Halbreime entlarven den Schrecken, die Sinnlosigkeit und Unmenschlichkeit des modernen Krieges, der den Menschen zum Schlachtvieh degradiert.

□ 1917: Nach einer Verwundung Begegnung mit S. L. Sassoon im Edinburgher Lazarett. □ 1918: Rückkehr an die Westfront. □ postum 1967: »The collected letters« (Hg. H. Owen/J. Bell). □ 1983: Werkausgabe (Ged.e, engl., 2 Bde., Hg. J. Stallworthy). □ 1985: »The war poems«.

▷ J. Stallworthy: Wilfried Owen (Biogr.), engl. 1974.

Owens, Jesse

(eig. James Cleveland)
amer. Leichtathlet
* 12.9.1913 Danville, Alab. † 31.3.1980 Chicago

Owens wurde mit seinen vier Goldmedaillen (100 m, 200 m, 4x100 m, Weitsprung) bei den Olympischen Spielen 1936 in Berlin der zweite absolute Weltstar der Leichtathletik nach P. → Nurmi. In nur zwei Jahren (1935 und 1936) verschaffte sich der Sprinter, Hürdenläufer und Weitspringer legendären Ruhm. O. verband Grazie mit Kraft und Motorik mit Schnelligkeit. Am

Jesse Owens beim Start zum 200-m-Endlauf in Berlin, 1936.

25. 5. 1935, am »Tag der Tage« (US-Slogan »day of the days«), stellte er innerhalb von 45 min. bei Studentenwettkämpfen in Ann Arbor (Mich.) sechs Weltrekorde auf. Sein Weitsprung-Weltrekord von 8,13 m bestand 25 Jahre.

Oyono, Ferdinand

kamerun. Schriftsteller
* 14.9.1929 Ebolowa

Oyono schrieb nur drei Romane, von denen zwei, »Flüchtige Spur Tundi Ondua« (1956, dt. 1958) und »Der alte Neger und die Medaille« (1956, dt. 1957), in mehr als 20 Sprachen übersetzt und Klassiker der afrikanischen Moderne wurden. Unter Verzicht auf revolutionäre Phrasen beschreibt O. darin einfühlsam und mit satirischen Seitenhieben die psychologischen Auswirkungen des Kolonialismus. Anpassungsprobleme und kulturelle Entwurzelung sind die Themen von »Der Weg nach Europa« (1960). Nach der Unabhängigkeit Kameruns 1960 gab O. das Schreiben auf und ist seitdem im diplomatischen Dienst.

Oz, Amos

(eig. Amos Klausner)
israel. Schriftsteller
* 4.5.1939 Jerusalem

Amos Oz: Erzählungen und Romane aus Israel.

Oz ist der erfolgreichste und zugleich umstrittenste zeitgenössische Schriftsteller Israels. Mit einem Gespür für die Mentalität seiner Landsleute berührt er in gesellschaftskritischen, an Metaphern und Allegorien reichen Romanen und Erzählungen nationale Tabuthemen. So handelt sein international bekannter Roman »Mein Michael« (1968, dt. 1979) von der Beziehung einer Jüdin zu einem Araber und ist zugleich eine eindringliche Klage über den Liebesverlust in der israelischen Gesellschaft.

☐ 1961-63: Veröffentlichung erster Kurzgeschichten. ☐ 1967: Nach Teilnahme am 6-Tage-Krieg Mitinitiator der Friedensbewegung Frieden jetzt. ☐ 1971: »Bis zum Tode« (Erz.n). ☐ 1982: »Der perfekte Friede« (R., dt. 1987). ☐ 1989: »Eine Frau erkennen« (R., dt. 1990).

Turgut Özal →

Özal, Turgut

türk. Politiker
* 13.10.1927 Malatya, Ostanatolien

Bereits als Leiter des staatlichen Planungsbüros setzte Özal, seit 1989 Staatspräsident der Türkei, auf marktwirtschaftliche Mechanismen und Privatinitiative. Sein Ziel ist eine rasche Industrialisierung und damit der wirtschaftliche Anschluß an den Westen. Ausdruck dieser Politik sind staatliche Großprojekte wie der 1990 eingeweihte Atatürk-Staudamm im Südosten Anatoliens. Die von Ö. wiederholt geforderte Vollmitgliedschaft in der EG scheiterte bislang an den Menschenrechtsverletzungen in der Türkei. Mit geringen Zugeständnissen an die seit langem für ihre Eigenständigkeit kämpfenden Kurden versuchte Ö. im Anschluß an den Golfkrieg (1991) gegen S. → Hussein, dieses Problem zu lösen.

☐ vor 1950: Studium der Ingenieurwissenschaften. ☐ ab 1951: Im Staatsdienst. ☐ 1952/53: Wirtschaftspraktikum in den USA. ☐ 1958: Leiter der Planungskommission für den Drei-Jahres-Plan. ☐ ab 1965: Wirtschaftsberater des Ministerpräsidenten. ☐ 1967-71; 1979/80: Chef der staatlichen Planungsorganisation. ☐ 1971-73: Projektberater bei der Weltbank. ☐ ab 1973: In der Industrie tätig. ☐ 1980-82: Stellv. Ministerpräsident. ☐ 1982: Gründer der konservativen Anavatan Partisi (ANAP, Mutterlandspartei). ☐ 1983-89: Ministerpräsident. ☐ seit 1989: Staatspräsident. ☐ Okt. 1991: Bombardierung kurdischer Siedlungen im Irak.

Yasujiro Ozu →

Ozu, Yasujiro

jap. Regisseur
* 12.12.1903 Tokio † 12.12.1963 ebd.

Ozu gehörte in den 50er und 60er Jahren zu den bekanntesten japanischen Filmregisseuren. In langen und ruhigen Einstellungen schilderte er Alltagsprobleme bürgerlicher Familien vor dem Hintergrund des Zerfalls japanischer Traditionen.

☐ 1932: »Ich wurde geboren, aber ...«. ☐ 1933: »Eine Laune«. ☐ 1947: »Erzählungen eines Nachbarn«. ☐ 1949: »Später Frühling«. ☐ 1953: »Reise nach Tokio«. ☐ 1956: »Früher Frühling«. ☐ 1959: »Guten Morgen«; »Abschied in der Dämmerung«. ☐ 1960: »Spätherbst«. ☐ 1961: »Der Herbst der Familie Kohayagawa«. ☐ 1962: »Ein Herbstnachmittag«.

▷ H. Tomicek: Ozu, 1988.

P

Hilmar Pabel →

Pabel, Hilmar

dt. Bildjournalist
* 17.9.1910 Rawitsch, Schlesien

Pabels Aufstieg zu einem der gefragtesten Fotojournalisten des Nachkriegsdeutschlands begann mit 2000 Porträts von Kindern, die 1945 ihre Eltern suchten. Die soziale Thematik (damals wurden ca. 160 Familien wieder zusammengeführt) blieb Leitmotiv des ehemaligen Frontberichterstatters. Mit seinen Bildern aus Vietnam oder von der Niederschlagung des Prager Frühlings wollte P. Mitgefühl wecken; sie sollten Mahnmale für den Frieden und gegen Gewalt sein. Die Bildreportagen des mit vier Goldmedaillen der World Press Photo (Niederlande) ausgezeichneten Fotografen erschienen in Zeitschriften wie stern, Life und Paris Match.

□ 1934: Erster Fotoreise-Auftrag (Faröer-Inseln). □ ab 1935: Fester Mitarbeiter bei der Neuen Illustrierten Zeitung und im Deutschen Verlag. □ 1940: Bildreportage über eine Razzia im Getto Lublin in der Berliner Illustrierten Zeitung. □ 1962: Nach Arbeiten für die Zeitschrift Quick Wechsel zum stern; Fotoberichte aus allen Teilen der Welt. □ seit 1970: Freiberufliche Tätigkeit. □ 1983: »Bilder der Menschlichkeit« (Bildband).

Pabst, Georg Wilhelm

österr. Regisseur
* 27.8.1885 Raudnitz (heute Roudnice nad Labem, CSFR) † 29.5.1967 Wien

Pabst zählt zu den Wegbereitern des sog. proletarischen Films. Seine Stummfilme »Die freudlose Gasse« (1925, mit G. →Garbo) und »Tagebuch einer Verlorenen« (1929, mit L. Brooks) markieren den Übergang des deutschen Films vom Expressionismus zu einer realistischen Sachlichkeit. P. verband Themen wie Macht, Geldgier und Sexualität mit der Darstellung des sog. Straßenmilieus. In seinen ersten Tonfilmen »Westfront 1918« (1930) und »Kameradschaft« (1931) propagierte P. eine internationale Solidarität gegen Krieg und Willkür; danach drehte er überwiegend Unterhaltungsfilme.

← Georg Wilhelm Pabst

□ 1926: »Geheimnisse einer Seele«. □ 1927: »Die Liebe der Jeanne Ney«. □ 1929: »Die Büchse der Pandora« (mit L. Brooks). □ 1931: »Dreigroschenoper«. □ 1932-40: Regiearbeit in Frankreich und Hollywood. □ 1933: »Don Quichotte«. □ 1937: »Mademoiselle Docteur«. □ 1941: »Komödianten«. □ 1943: »Paracelsus«. □ 1948: »Der Prozeß«. □ 1949: »Geheimnisvolle Tiefe«. □ 1952: »Männer ohne Tränen«. □ 1955: »Es geschah am 20. Juli«. □ 1956: »Durch die Wälder, durch die Auen«; »Rosen für Bettina«.

Packard, Vance

amer. Publizist
* 22.5.1914 Granville Summit, Penn.

Packard ist Autor des Buches »Die Geheimen Verführer« (1957), eines Weltbestsellers über die manipulativen Strategien der Werbewirtschaft, die nach P.s Auffassung mit Hilfe von Erkenntnissen aus der Tiefenpsychologie Konsumentenentscheidungen zu beeinflussen versucht. P.s Thesen sind umstritten und stoßen heute meist auf Ablehnung. Erfolgreich waren auch seine späteren populärsoziologischen Bücher wie »Die große Verschwendung« (dt. 1960), »Die sexuelle Verirrung« (dt. 1969) und »Die große Versuchung« (dt. 1978).

← Vance Packard

□ ab 1937: Journalistische Karriere. □ 1941-57: Lektor an der Columbia-Univ., dann an der Univ. von N. Y.; Kontakt zum dortigen Inst. for Motivational Research und wachsendes Interesse am Arbeitsgebiet »menschliches Verhalten«. □ 1959: »Die unsichtbaren Schranken« (Schr.). □ 1963: »Die Pyramidenkletterer« (Schr.). □ 1964: »Die wehrlose Gesellschaft« (Schr). □ 1972: »Die ruhelose Gesellschaft« (Schr., dt. 1973). □ 1983: »Der Verlust der Geborgenheit. Unsere kinderkranke Gesellschaft« (Schr., dt. 1984).

Paderewski, Ignacy Jan

poln. Pianist, Komponist und Politiker
* 6.11.1860 Kuryłówka, Podolien
† 29.6.1941 New York (USA)

Als engagierter Verfechter der polnischen Unabhängigkeit reiste der schon damals weltbekannte Pianist Paderewski im Dezember 1918 aus den USA nach Polen. Mit der Bildung eines auf die Mittelparteien gestützten Kabinetts am 16. 1. 1919 erreichte er einen Ausgleich zwischen den politischen Fronten und damit eine erste Phase der Stabilisierung der jungen Republik. Ab 1921 widmete er sich wieder seiner Pianistenlaufbahn in den USA. P., der als Komponist an Chopin, Tschaikowski und Wagner anknüpfte und als erster die Volksmusik der Tatra verarbeitete, stand mit seinem Klavierspiel (freier Umgang mit Tempi, weicher Anschlag) in der Tradition Liszts.

Ignacy J. Paderewski: Der poln. Pianist in England, 1936.

□ 1872-87: Musikstudien in Warschau, Berlin und Wien. □ 1888: Klavierkonzert in a-Moll. □ 1891/92: USA-Tournee. □ 1901: UA von »Manru« (Oper) in Dresden. □ 1908: Sinf. in h-Moll. □ 1909-13: Dir. des Konservatoriums Warschau. □ 1914: Vizepräs. des Poln. Hilfskomitees in der Schweiz. □ ab 1917: Vertreter des Poln. Nationalkomitees in den USA. □ 16. 1.-27. 11. 1919: Poln. Ministerpräsident und Außenmin. □ 1920/21: Vertreter Polens beim Völkerbund. □ 1940/41: Präs. des Poln. Nationalrats im Exil.

Pagnol, Marcel

frz. Schriftsteller und Regisseur
* 28.2.1895 Aubagne † 18.4.1974 Paris

International bekannt wurde Pagnol, ein Freund von A. E. →Cohen, durch die Verfilmung seiner Dramen, die in der Tradition des Boulevard- und Komödientheaters stehen.
Als sein Hauptwerk gilt die im Marseiller Hafen angesiedelte Dramentrilogie »Zum Goldenen Anker« (»Marius«, »Fanny« und »César«, 1929-36, dt. 1932-38), die auch erfolgreich verfilmt

worden ist. Sein Film »Die Frau des Bäckers« (1938), zu dem er das Drehbuch verfaßte und auch selbst Regie führte, ist mit seinen zahlreichen Naturaufnahmen ein visuelles Meisterwerk; es wird als Frühwerk des aufkommenden Neorealismus bezeichnet.

□ 1922: Umzug nach Paris und Tätigkeit als Englischlehrer. □ 1925: »Schieber des Ruhms« (Dr., dt. 1961). □ 1928: »Das große ABC« (Dr., dt. 1932). □ 1934: Gründung einer Filmgesellschaft. □ 1935: Gründung der »Cahiers du Film«. □ 1940: »Die Tochter des Brunnenmachers« (Dr., dt. 1955). □ 1946: Aufnahme in die Académie française.

▷ M. Pagnol: Eine Kindheit in der Provence (Aut.), 1957/58, dt. 1961; M. Pagnol: Marcel und Isabelle (Aut.), 1958, dt. 1963.

← Marcel Pagnol

Pahlawi, Mohammed Resa

Schahinschah (Kaiser) von Iran
* 26.10.1919 Teheran † 27.7.1980 Kairo (Ägypten)

Pahlawi bestieg 1941, nach dem von den Alliierten erzwungenen Thronverzicht seines Vaters, den Pfauenthron. Mit zahlreichen, überstürzten Reformen versuchte der Monarch, den Iran in ein modernes, westlich geprägtes Industrieland umzuwandeln. Sein aufwendiger Lebensstil und seine autoritäre Politik brachten ihn in Gegensatz zu den linken und liberalen Intellektuellen; seine laizistischen Reformen und Rückgriffe auf persische Traditionen trugen ihm den Zorn der schiitischen Geistlichkeit ein. Nach der Abschaffung des islamischen Kalenders 1977 flammten im ganzen Land blutige Unruhen auf, bei denen sich schließlich alle seine politischen Gegner zusammenfanden. Nachdem im Herbst 1978 die Streiks auch die iranische Erdölförderung lahmgelegt hatten, verließ P. auf Anraten der USA im Januar 1979 sein Land.

M. Resa Pahlawi: Märchenhochzeit mit Farah Diba, 1959.

□ 1941-79: Schahinschah. □ 1951-58: Ehe mit →Soraya. □ 1953: Vergeblicher Sturzversuch durch Ministerpräsident Mossadegh. □ ab 1959: Ehe mit Farah Diba. □ 1963/64: Erbitterter Widerstand der Schiiten gegen P.s »Weiße Revolution« (politische Rechte für die Frau, Beschneidung des Großgrundbesitzes u. a.). □ 1965: Attentatsversuch. □ 1975: Grenzabkommen mit dem Irak. □ 1977: Internationale Proteste gegen die Folter politischer Gegner. □ 1979/80: Im Exil in Ägypten.

▷ M. R. Pahlawi: Gott ist mein Zeuge, 1979.

Paik, Nam June

korean. Künstler
* 20.7.1932 Seoul

Paik ist einer der profiliertesten Repräsentanten der Fluxusbewegung und der Videokunst. Begonnen hatte er unter dem Einfluß von J. →Cage mit sog. Aktionsmusik. In den 60er Jahren veranstaltete er mit der Cellistin Charlotte Moorman eine Reihe von Mixed-Media-Aktionen. Darin ließ er die Avantgardemusikerin mit auf den nackten Busen montierten Fernsehschirmen (die u. a. das Publikum zeigten) Cello spielen und in Verbindung mit anderen Klang- und Bildquellen als lebende Skulptur auftreten. Bei einer Reihe von Aktionen und Performances arbeitete P. mit J. →Beuys zusammen, so bei der Eröffnungsveranstaltung zur documenta 6 in Kassel 1977. Zu seinen Closed-Circuit-Videoinstallationen zählen »TV-Buddha« (1974) und »TV-Rodin« (1984), in denen er eine Buddhastatue und die berühmte Figur des »Denkers« von A. →Rodin jeweils mit deren Abbild auf einem Monitor konfrontierte. Zu den jünsten Arbeiten zählen die kolossalen roboterartigen Figuren aus Monitoren, die P. zur 200-Jahr-Feier der französischen Revolution im Musée de la Ville de Paris vor einem Fresko R. →Dufys mit dem Titel »Die elektronische Fee« aufstellte und von denen die Besucher mit einer Bilderflut überschüttet wurden.

□ 1956: Übersiedlung nach Deutschland. □ 1958: Sommerkurse für neue Musik in Darmstadt; Bekanntschaft mit J. Cage. □ 1959: Erste Fluxusaktion »Hommage to John Cage«. □ ab 1963: Videobänder, -environments und -skulpturen. □ ab 1964: Mixed-Media-Performances mit Ch. Moorman. □ seit 1979: Prof. an der Düsseldorfer Kunstakademie. □ 1984: Multi-Monitor-Installation »Tricolor Video» mit 384 flächig angeordneten Bildschirmen. □ 1989: Monumentale Videoskulpturen im Musée de la Ville de Paris.

▷ E. Decker: Paik Video, 1988.

Nam June Paik auf der documenta 6 in Kassel, 1977.

Paisley, Ian Richard Kyle

brit. Politiker und Geistlicher
* 6.4.1926 Ballymena, Nordirland

Paisley ist seit über 20 Jahren der wegen seiner Radikalität nicht unumstrittene Führer der orthodoxen, probritischen Protestanten in Nordirland. Seit seiner Jugend lehnt er jede Zusammenarbeit mit den Katholiken als »einen Pakt mit dem Teufel« ab. Durch seine scharfen antikatholischen und antiirischen Predigten und Zeitschriftenartikel hat er zweifellos die seit 1968/69 andauernden bürgerkriegsähnlichen Verhältnisse in Nordirland mit ausgelöst und seither immer wieder neu entfacht. Seit Ende der 80er Jahre gerät P. zunehmend unter Druck liberalerer Protestanten.

□ seit 1946: Pfarrer der Martyrs Memorial Free Presbyterian Church in Belfast. □ 1951: Gründer und Leiter der Free Presbyterian Church of Ulster (eine puritanische Abspaltung der presbyterianischen Kirche). □ seit 1966: Hg. des Protestant Telegraph. □ seit 1970: Mitgl. des Unterhauses. □ 1970-72: Mitgl. des nordir. Parlaments für die Loyalisten (orthodoxe Protestanten). □ 1971: Gründer der Democratic Unionist Party (DUP), die für eine enge Bindung an Großbritannien eintritt. □ 1979: MdEP. □ 1981: Nach Attentatsversuch Organisator einer »Privatarmee« (Dritte Kraft).

▷ E. Molony/A. Pollack: Paisley, 1986.

← Ian R. K. Paisley

George E. Palade →

Pajetta, Giancarlo

ital. Politiker und Journalist
* 24.6.1911 Turin † 13.9.1990 Rom

Pajetta war Symbol des vom antifaschistischen Kampf geprägten Kommunismus der Nachkriegszeit in Italien. Der Journalist (1969/70 Herausgeber der Parteizeitung L'Unità in Rom) und langjährige Sekretär der KPI verbrachte für seine Überzeugung insgesamt mehr als zwölf Jahre im Zuchthaus.

□ 1927: Mitgl. des Kommunistischen Jugendverbandes. □ 1927-29, 1933-43: In politischer Haft. □ 1930: Mitgl. der KPI. □ 1943-45: General der Partisanen in Piemont und Stabschef der Garibaldi-Brigaden. □ 1945-47: Hg. der Parteizeitung L'Unità für Mailand. □ ab 1946: Mitgl. der Abgeordnetenkammer. □ 1948-66: Sekr. des ZK. □ 1964-66: Hg. der parteitheoretischen Zeitschrift Rinascita. □ 1966-74: Mitgl. des Politbüros. □ 1979: MdEP.

← Giancarlo Pajetta

Pakula, Alan J.

amer. Regisseur und Produzent
* 7.4.1928 New York

Viele seiner Filme spiegeln Pakulas soziales und politisches Engagement, am offensichtlichsten »Die Unbestechlichen« (1976, mit R. →Redford und D. →Hoffman), der auf dem authentischen Bericht über den Watergate-Skandal beruht. Die dichte, teils bedrückende Atmosphäre seiner Filme erreicht er nicht nur durch sein außergewöhnliches psychologisches Einfühlungsvermögen, sondern auch durch die beinahe dokumentarische Darstellung von Milieu und Ort, wie z. B. in »Klute« (1970, mit J. →Fonda), der in der New Yorker Halbwelt spielt. Zu den Filmen, die P. produzierte (alle unter der Regie von R. Mulligan), gehören »Die Nacht kennt keine Schatten« (1957, mit A. →Perkins) und »Wer die Nachtigall stört« (1962, mit G. →Peck).

□ 1945-48: Drama School der Yale Univ. □ 1949: Assistent in der Zeichenfilmproduktion der Warner Bros. Filmgesellschaft. □ ab 1950: Assistent und Schüler des Produzenten und Regisseurs D. Hartmann. □ 1963: Produktion von »Verliebt in einen Fremden« (mit St. →McQueen). □ 1969: Produktion von »Der große Schweiger« (mit G. Peck); Regiedebüt mit »Pookie« (mit L. →Minelli). □ 1973: »Zeuge einer Verschwörung« (mit W. →Beatty). □ 1977: »Eine Farm in Montana« (mit J. Fonda). □ 1982: »Sophies Entscheidung« (mit M. →Streep). □ 1987: »Kellerkinder«. □ 1990: »Aus Mangel an Beweisen« (mit H. →Ford).

Palade, George Emil

amer. Biochemiker rumän. Herkunft
* 12.11.1912 Jassy

Palade entdeckte 1956 bei elektronenmikroskopischen Untersuchungen die als Ribosomen bezeichneten intrazellulären Körperchen innerhalb des aus einem Schlauchsystem bestehenden Retikulums. Aufgrund seiner Entdeckung, daß die Ribosomen Ribonukleinsäure enthalten, konnten sie als die Orte beschrieben werden, in denen die Proteinsynthese (Eiweißbildung) stattfindet.

□ 1935-45: Prof. an der Univ. Bukarest. □ 1946: Emigration in die USA. □ 1956-72: Prof. am Rockefeller-Inst., N. Y. □ 1973-83: Prof. an der Yale Univ. □ 1974: Physiologie/ Medizin-Nobelpreis (mit A. →Claude und Ch. de →Duve).

Palamas, Kostis

griech. Schriftsteller
* 8.1.1859 Patras † 27.1.1943 Athen

Palamas beherrschte in einer unruhigen Zeit des politischen und kulturellen Aufbruchs am Anfang des 20. Jh.s das geistige Leben Griechenlands. Er sah die Stellungnahme zu Fragen der Zeit als Aufgabe der Literatur an. Werte der Vergangenheit, z. B. den großgriechischen Nationalismus, unterzog er der Kritik und entwarf in seinen lyrischen Visionen »Die zwölf Gesänge des Zigeuners« (1912) oder »Die Flöte des Kaisers« (1909) ein realistischeres Weltbild für die Griechen. Als Kritiker wie als Schriftsteller setzte er sich für die Erneuerung von Literatur und Theater ein, verband Anregungen der westeuropäischen Symbolisten mit der griechischen Überlieferung und förderte die Durchsetzung der Volkssprache »Dimotiki« als Literatursprache.

□ 1895: »Heimat« (Ged.e). □ 1897: »Jamben und Anapäste« (Ged.e); nach Abbruch des Jurastudiums Generalsekr. der Athener Univ. (bis 1928). □ 1904: »Das unbewegte Leben« (Ged.e). □ 1912: »Die Stadt und die Einsamkeit« (Ged.e). □ 1930: Präs. der Athener Akademie der Wissenschaften. □ 1935: »Die Nächte des Phemius« (Ged.e).

Peter Palitzsch →

Palitzsch, Peter Hermann Günter

dt. Regisseur
* 11.9.1918 Deutmannsdorf

Unter der Leitung von Palitzsch entwickelte sich das Stuttgarter Schauspiel zu einer wichtigen deutschsprachigen Bühne, die zwischen 1965 und 1971 mit insgesamt zehn Inszenierungen am Berliner Theatertreffen teilnahm. Der Schüler von B. →Brecht engagiert sich für ein zeitkritisches, politisches Theater, das Klassiker zwar nicht ausspart, aber aus der Sicht von heute interpretiert. Seine Inszenierungen zeichnen sich durch präzises Handwerk, realistische Darstellung der Handlung und Antiillusionismus aus. Während seiner Frankfurter Zeit setzte sich P. für das Mitbestimmungsmodell am Theater ein, dessen Scheitern er nie ganz überwunden hat. Er verlangt von den Schauspielern eine eigenständige Auseinandersetzung mit dem Inszenierungsprozeß.

□ 1948-61: Dramaturg am Berliner Ensemble; neben M. Wekwerth und B. →Besson Mitarbeiter von B. Brecht. □ 1949: Regiedebüt mit J. M. Synges »Der Held der westlichen Welt«. □ 1959: Mit Wekwerth Inszenierung von Brechts »Arturo Ui«. □ 1960: »Der Prozeß der Jeanne d'Arc« (B. Brecht). □ 1961: Übersiedlung in die BRD. □ 1963: UA »Überlebensprozeß Herr Krott« (M. →Walser). □ 1964: UA »Der schwarze Schwan« (M. Walser). □ 1967-72: Schauspieldir. des Württ. Staatstheaters in Stuttgart. □ 1968: UA »Toller« (T. →Dorst). □ 1972-79: Mitgl. des Dreierdirektoriums am Frankfurter Schauspiel. □ ab 1979: Freier Regisseur. □ 1980: Dt. EA von »Gertrud« (H. Söderberg) in Hamburg. □ 1983: Dt. EA von »Das wirkliche Leben des Jakob Geherda« (Brecht-Fragment) in Düsseldorf; dt. EA von »Geschichten aus Hollywood« (Ch. Hampton) ebd. □ 1987: Dt. EA von »Wir ganz allein« (A. Derlin). □ 1989: UA von »Tod und Teufel« (P. Turrini) in Wien. □ 1991: »Karlos« (T. Dorst) in Bonn.

Palme, Olof Joachim

schwed. Politiker
* 30.1.1927 Stockholm †28.2.1986 ebd. (ermordet)

Der zweimalige Ministerpräsident Palme war ein nachdrücklicher Verfechter des sozialen Wohlfahrtsstaates, mit dem Schweden zu einer klassenlosen Gesellschaft werden sollte. Trotz dieses hohen Anspruchs erreichte er in seiner Heimat nie die Popularität seines Vorgängers und geistigen Ziehvaters T. →Erlander, der ab 1946 das schwedische Wohlfahrtsmodell entwickelt hatte. International hingegen errang P. großes Ansehen. Als Vorsitzender einer »Unabhängigen Kommission für Abrüstungs- und Sicherheitsfragen« forderte er 1982 nachdrücklich eine atomwaffenfreie Zone in Europa. Mit W. →Brandt setzte er sich für eine die Interessen der Dritten Welt stärker berücksichtigende Wirtschafts-, Finanz- und Entwicklungspolitik und deren weltweite Koordination ein. P. wurde nach einem Kinobesuch unter ungeklärten Umständen auf offener Straße erschossen. Die ebenso chaotische wie erfolglose Fahndung nach dem Täter führte zu einer anhaltenden innenpolitischen Krise.

Olof Palme: 1986 in Stockholm erschossen.

□ 1948-51: Jurastudium in den USA und Stockholm. □ 1951: Vors. des schwed. Studentenverbands. □ ab 1953: Sekr. von Ministerpräsident T. Erlander. □ 1955-61: Obmann des Sozialdemokratischen Jugendverbandes. □ ab 1957: Mitgl. des Reichstags. □ ab 1961: In der Regierungskanzlei. □ 1963: Min. in der Kanzlei des Ministerpräsidenten. □ 1964: Vorstandsmitgl. der Sozialdemokraten. □ 1965: Min. für Post und Verkehr. □ 1967: Unterrichtsmin. □ ab 1969: Vors. der Sozialdemokraten (SAP). □ 1969-76: Ministerpräsident. □ 1976: Vize-Präs. der Sozialistischen Internationale. □ ab 1982: Erneut Ministerpräsident.

Geoffrey W. R. Palmer →

Palmer, Geoffrey Winston Russel

neuseel. Politiker
* 21.4.1942 Nelson

Nach dem überraschenden Wahlsieg der Labour Party 1984 gestaltete der linksliberale Palmer maßgeblich die neuseeländische Politik mit. Er war ein enger Freund von Ministerpräsident D. →Lange, dessen politische Ansichten er weitgehend teilte. Als der impulsive Lange 1989 zurücktrat, folgte P. ihm im Amt nach. Er setzte dessen Politik der wirtschaftlichen Sanierung und außenpolitischen Unabhängigkeit gegenüber den Großmächten fort. 1990 verzichtete er jedoch bereits vor den Parlamentswahlen auf eine erneute Nominierung.

□ bis 1967: Studium in den USA und in Wellington. □ ab 1967: Anwalt und Regierungsberater. □ 1974-78: Prof. für neuseel. Recht. □ 1978: Wahl in den Politischen Rat der Labour Party. □ 1979: Assistent von Oppositionsführer Rowling. □ seit 1979: Mitgl. des Parlaments. □ 1984: Justizmin. und stellv. Ministerpräsident. □ 1989/90: Ministerpräsident und Parteivors.

Lilli Palmer →

Palmer, Lilli

(eig. Lilli Maria Peiser)
dt. Schauspielerin
* 24.5.1914 Posen † 27.1.1986 Los Angeles (USA)

Palmer zählte zu den wenigen auch international bekannten deutschen Bühnen- und Filmschauspielerinnen. Aufgrund ihrer distinguierten, manchmal auch etwas exaltierten Ausstrahlung verkörperte sie häufig die elegante, aber energische Dame. Große Erfolge feierte sie als Partnerin ihres ersten Ehemanns R. →Harrison am Broadway (»Caesar und Cleopatra«, 1949). Neben der Schauspielerei betätigte sich P. als Malerin und Schriftstellerin (»Eine Frau bleibt eine Frau«, 1982).

□ 1932: Theaterdebüt als »Eiserne Jungfrau« in Berlin. □ 1933: Emigration nach Paris. □ 1935: Übersiedlung nach London. □ 1936: Filmdebüt in »Geheimagenten« (Rg. A.

→Hitchcock). □ 1946: »Ungeduld des Herzens« (Rg. M. Elvey). □ 1950: »Geliebte Hexe« (Broadway). □ 1956: »Anastasia — die letzte Zarentochter« (Bundesfilmpreis für die beste Hauptdarstellerin). □ 1958: »Mädchen in Uniform« (mit R. →Schneider und Th. →Giehse). □ 1959: »Frau Warrens Gewerbe« (mit O. E. →Hasse). □ 1962: »Treffpunkt Tanger« (mit J. →Mason). □ 1969: »Der Mann mit der Torpedohaut« (Rg. J. Delannoy mit K. →Kinski). □ 1984/85: »Peter der Große« (TV, mit Maximilian →Schell). □ postum 1986: »Wenn der Nachtvogel schreit« (R.).

▷ L. Palmer: Dicke Lilli — gutes Kind (Erinnerungen), 1974; dies.: Der rote Rabe (Erinnerungen), 1976.

Gret Palucca: Ein Soloabend in Frankfurt, 1949.

Palucca, Gret

dt. Tänzerin und Tanzpädagogin
* 8.1.1902 München

Palucca ist neben M. →Wigman und H. →Kreutzberg eine der großen deutschen Ausdruckstänzerinnen. In ihren zahlreichen Solodarbietungen (1924-50), für die sie selbst die Choreographien schuf, begeisterte sie durch die subtile Vermittlung von Stimmungen und Befindlichkeiten. Einen weiteren Schwerpunkt von P.s Tätigkeit bildet die Tanzpädagogik. Die 1925 in Dresden gegründete Gret-Palucca-Schule führte sie nach dem 2. Weltkrieg fort; hier wurde ein Großteil des Tanznachwuchses der ehemaligen DDR ausgebildet. Zu P.s Schülerinnen zählt u. a. die Regisseurin R. →Berghaus.

□ 1918-23: Ausbildung bei M. Wigman. □ 1924: Erste Soloabende. □ 1933: »Serenata« (Tanzfilm). □ 1946-50: Auftritte in München, Berlin und anderen deutschen Städten. □ ab 1950: Ausschließliche Betätigung als Leiterin der Palucca-Schule. □ 1965: Vizepräs. der Dt. Akademie der Künste in Ost-Berlin.

Paludan, (Stig Henning) Jacob

dän. Schriftsteller
* 7.2.1896 Kopenhagen † 25.9.1975 Brauneck

Hauptthema Paludans, der nach dem 1. Weltkrieg als Kritiker der Amerikanisierung Europas hervortrat, war der Zusammenprall individueller Werte mit der von einer technischen Entwicklung geprägten Gesellschaft. In »Vögel ums Feuer« (R., 1925, dt. 1926), seinem ersten Erfolg, rächt sich ein enteigneter Bauer, indem er einen Beamten niederschießt. P.s Hauptwerk, »Jørgen Stein« (R., 1932/33, dt. 1940), kritisiert Sittenlosigkeit und Materialismus in Dänemark. Oft als Reaktionär bezeichnet, wird P. inzwischen als Vorläufer der Protestbewegungen angesehen.

Vijaya L. Pandit →

Pandit, Vijaya Lakshmi

ind. Politikerin
* 18.8.1900 Allahabad
† 1.12.1990 Dehra Dun, Uttar Pradesh

Pandit gehörte zum einflußreichen Nehru-Clan, der die Politik Indiens bis zur Ermordung von R. →Gandhi bestimmte. Die Schwester von J. →Nehru, mit dem sie zeitlebens eng verbunden blieb, war bereits ab 1919 politisch aktiv und wurde wegen ihres Kampfes für die Unabhängigkeit Indiens mehrfach zu Gefängnisstrafen verurteilt. Nach dem Tod von Nehru, der sie noch 1964 zur stellvertretenden Ministerpräsidentin ernennen wollte, beurteilte sie die Politik ihrer Nichte I. →Gandhi äußerst kritisch und unterstützte im Parlament häufig die Politik der Opposition.

□ 1937-39; 1946/47: Gesundheitsmin. von Uttar Pradesh. □ 1940/41: Präs. der Allind. Frauenkonferenz. □ 1946: Leiterin der ind. Delegation bei der UNO. □ 1948-53: Botschafterin, zuletzt bei der UNO. □ 1953/54: Erste weibliche Präs. der UNO-Vollversammlung. □ 1955-61: Ind. Hochkommissarin und Botschafterin in London. □ 1962-64: Gouverneurin von Bombay. □ ab 1964: Mitgl. des Parlaments.

▷ V. L. Pandit, The scope of happiness. A personal memoir, engl. 1979.

Oskar Panizza →

Panizza, Oskar

dt. Schriftsteller
* 12.11.1853 Bad Kissingen † 30.9.1921 Bayreuth

Panizza, der Verfasser phantastischer Erzählungen in der Nachfolge Edgar Allen Poes (* 1809, † 1849), provozierte mit aggressiven Satiren mehrfach Skandale. Bereits 1894 führte sein Drama »Das Liebeskonzil«, eine Schilderung der sexuellen Ausschweifungen am Hof Papst Alexanders VI., zu einer Haftstrafe wegen Gotteslästerung. 1901 wurde P. der Majestätsbeleidigung in seiner Satire »Psichopatia criminalis« (1898) und der Gedichtsammlung »Parisjana« (1900) angeklagt. 1904 erfolgte die Zwangseinweisung des ehemaligen Arztes in eine psychiatrische Anstalt.

□ 1876: Medizinstudium; Assistentenstelle als Psychiater. □ 1886: »Düstre Lieder« (Ged.e). □ 1890: »Dämmerungsstücke« (Erz.n). □ 1899: »Nero« (Dr.). □ 1914: »Visionen der Dämmerung«.

▷ M. Bauer (Hg.): Oskar Panizza, 1984

Pankhurst, Emmeline

brit. Frauenrechtlerin
* 14.7.1858 Manchester † 14.6.1928 London

Pankhurst kämpfte in der Suffragetten-Bewegung in Großbritannien für das Frauenwahlrecht (eingeführt 1918) und für die Emanzipation der Frau. 1903 gründete sie mit ihrer Tochter die Women's Social and Political Union, einen Kopfverband, der durch spektakuläre Aktionen bis zur Belagerung des Parlaments und Bombenanschlägen auf die Benachteiligung der Frauen aufmerksam machte. P. gewann als eindrucksvolle Rednerin auch die oberen Gesellschaftsschichten für die Ziele der Frauenbewegung.

Pannenberg, Wolfhart

dt. Theologe (ev.)
* 2.10.1928 Stettin

Mit seinem wissenschaftlichen Werk gelingt es Pannenberg, den christlichen Glauben und seine Offenbarung durch Rekonstruktion der Überlieferungsgeschichte rational zu begründen. In kritischer Distanz zur »Dialektischen Theologie« (K. →Barth) schlägt P. Brücken zwischen Theologie, Philosophie und Wissenschaftstheorie.

□ 1961: Hg. von »Offenbarung als Geschichte«. □ 1961-67: Prof. an der Univ. Mainz. □ 1964: »Grundzüge der Christologie« (Schr.). □ seit 1967: Prof. an der Univ. München; Dir. des Ökumenischen Inst. ebd. □ 1973: »Wissenschaftstheorie und Theologie« (Schr.). □ 1988: »Systematische Theologie« (Studienausgabe Bd. 1).

Pantschen Lama

tibet. Kirchenfürst
* 1938 Prov. Qinghai (China) † 28.1.1989 Kloster Taschi Lhun-po, Prov. Schigatse (Tibet)

Der Pantschen Lama, neben dem →Dalai Lama das geistliche Oberhaupt des ehemaligen tibetanischen Mönch-Staates, galt als zehnte Wiederverkörperung des Buddhas Amitabha. Während der chinesischen Kulturrevolution war der Pantschen Lama, der 1949 von der Regierung unter →Chiang Kai-shek als »Hochgeschätzter Weiser« inthronisiert worden war, ab 1967 für zehn Jahre in einem Pekinger Gefängnis inhaftiert. Er hatte sich als angebliche »Marionette Pekings« von dem im indischen Exil lebenden Dalai Lama nicht distanziert.

□ 1941: Als dreijähriger Knabe von tibet. Mönchen als Nachfolger des 1937 in China verstorbenen 9. Pantschen Lama auserwählt. □ 1954-64: Mitgl. im Nationalen Volkskongreß Chinas. □ 1978: Nach seiner Haft Mitgl. im Ständigen Komitee des ZK der KP Chinas. □ 1980: Ehrenpräs. der Buddhistischen Liga.

Sir Eduardo L. Paolozzi →

← Emmeline Pankhurst

Georgios Papadopulos →

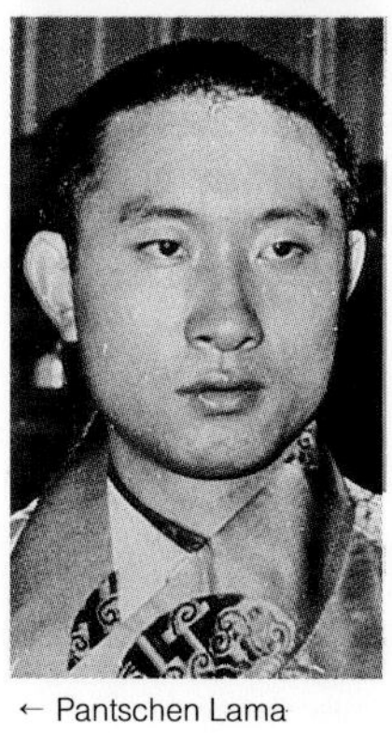
← Pantschen Lama

Paolozzi, Sir (seit 1989) Eduardo Luigi

schott. Bildhauer und Maler ital. Herkunft
* 7.3.1924 Leith bei Edinburgh

Paolozzi, vor allem als bedeutender Plastiker der Nachkriegszeit hervorgetreten, leitete mit den »Bunk!«-Collagen aus Titel- und Werbeseiten amerikanischer Illustrierten neben R. →Hamilton die englische Pop-art ein. Dem Prinzip der Collage blieb P. zunächst auch in seinem plastischen Werk treu. In seinen aus vorfabrizierten, anfänglich farbig bemalten Maschinenteilen und Metallschrott zusammengesetzten Skulpturen, Reliefs und Montagen äußert sich Zivilisationskritik ebenso wie die Faszination des Künstlers für die Metamorphosen des Abfalls. Collagiert sind auch die »Köpfe« aus Gips oder Bronze, die P. aus verschiedenen Physiognomien schichtweise zusammensetzt, darunter ein überdimensionales Denkmal für E. →Piscator in London (1980/81, Euston Square).

□ 1943: Studium am Edinburgh College of Art. □ 1944-47: Studium an der Slade School of Fine Art in London und Oxford. □ 1952/53: Mitbegründer der für die engl. Pop-art bedeutenden Independent Group. □ 1968: Lehrer für Keramik am Royal College of Art in London, seit 1989 dort Gastprof. □ 1977: »Hommage à Anton Bruckner« auf dem Metallforum Linz. □ 1980-86: Gestaltung der U-Bahn-Station Tottenham Court Road, London; Rheingartenprojekt, Köln. □ 1981-89: Prof. an der Kunstakademie in München.

▷ W. Konnertz: Eduardo Paolozzi, 1984.

Papadopulos, Georgios

griech. Politiker und Militär
* 5.5.1919 Eléochorion, Arkadien

Papadopulos war der maßgebende Initiator und Organisator des Militärputsches von 1967. Nachdem König Konstantin II. im Dezember 1967 einen Versuch unternommen hatte, die Militärjunta wieder zu stürzen, übernahm P. die Macht im Staat. Er strebte mit seiner »Revolution«, die einem erwarteten Wahlsieg der linksgerichteten Zentrumsunion von G. →Papandreou zuvorkommen wollte, eine Stärkung der nationalen Kräfte und vor allem der christlichen Kirche in Griechenland an. 1973 wurde er selbst durch einen Militärputsch entmachtet.

□ 1940-67: Soldat. □ 1967: Teilnahme am Militärputsch; Min. im Amt des Ministerpräsidenten. □ 1967-73: Ministerpräsident und Verteidigungsmin. □ 1973: Staatspräsident. □ 1973/74: In Hausarrest. □ seit 1974: In Haft; nach dem Zusammenbruch der Militärregierung zum Tode verurteilt, dann zu lebenslänglicher Haft begnadigt.

Papandreou, Andreas

griech. Politiker
* 5.2.1919 auf Chios

Als Ministerpräsident versuchte Papandreou in den 80er Jahren, Griechenland mit einer eigentümlichen Mischung aus Sozialismus und Nationalismus in einen modernen Staat westeuropäischen Zuschnitts umzubauen. Wenn auch der »große Wandel« ausblieb, so erreichte er doch mit einer Anzahl einschneidender Reformgesetze eine Liberalisierung und Demokratisierung der griechischen Gesellschaft. Die letzten Monate seiner Amtszeit waren von schweren Korruptionsvorwürfen gegen ihn und seine Partei überschattet.

□ 1937-43: Jura- und Ökonomiestudium. □ 1940: Emigration in die USA. □ 1943-64: Amer. Staatsbürgerschaft. □ 1943-45: Dienst in der US-Marine. □ 1946-61: Dozent und Prof. in den USA. □ 1961: Rückkehr nach Griechenland. □ 1961-64: Leiter des Inst. für wirtschaftliche Planung. □ 1964-67: Mitgl. des Parlaments (Zentrumsunion). □ 1964: Kabinettsmin. in der Regierung seines Vaters, G. →Papandreou. □ 1965: Min. für wirtschaftliche Koordination. □ 1967: In Haft. □ 1968-74: Im Exil; Prof. in Stockholm und Toronto. □ seit 1974: Begründer und Führer der Panhellenischen Sozialistischen Bewegung (PASOK); Mitgl. des Parlaments. □ 1981-89: Ministerpräsident und Verteidigungsmin.

Franz von Papen (M.): Der erzkonservative Politiker war 1932 Reichskanzler.

Papandreou, Georgios

griech. Politiker
* 13.2.1888 Kalentzi bei Patras
† 1.11.1968 Kastri bei Athen

Der dreifache Ministerpräsident Papandreou zählte über vier Jahrzehnte zu den markantesten Politikern Griechenlands. Während dieser Zeit bemühte er sich, sein Land näher an die westeuropäischen Demokratien heranzuführen. 1965 versuchte er, die Armee, die bis dahin nur dem König unterstand, der zivilen Kontrolle durch die Regierung zu unterwerfen. Dies bewog den jungen König Konstantin II. zu seiner Entlassung. Die Furcht rechtsgerichteter Kreise vor P.s Wiederwahl löste 1967 den Militärputsch aus (G. →Papadopulos).

□ 1917: Mitgl. der Liberalen Partei. □ ab 1923: Mitgl. des Parlaments. □ 1923-33: Mehrfach Min. □ 1933: Mitbegründer der Demokratischen Partei (ab 1935 Sozialdemokratische Partei). □ 1942-44: Als Widerstandskämpfer in ital. Haft. □ 1944/45; 1963; 1964/65: Ministerpräsident. □ 1946-52: Mehrfach Min. □ 1961: Gründer der reformistischen Zentrumsunion. □ 1967: Unter Hausarrest.

← Georgios Papandreou

Papen, Franz von

dt. Politiker und Diplomat
* 29.10.1879 Werl, Westfalen
† 2.5.1969 Obersasbach, Baden

Der monarchistische, ultrakonservative Papen bildete 1932 ein »Kabinett der nationalen Konzentration«, das nicht vom Vertrauen des Parlaments, sondern nur von dem des Reichspräsidenten getragen war. Auch nach seinem Rücktritt im Nov. 1932 besaß er weiterhin das Vertrauen →Hindenburgs und spielte im Jan. 1933 eine Schlüsselrolle bei der Ernennung von A. →Hitler zum Reichskanzler.

□ 1918: Mitgl. des Zentrums. □ 1920-28; 1930-32: Mitgl. des preuß. Abgeordnetenhauses. □ 1932: Reichskanzler; nach Absetzung der preuß. Regierung Reichskommissar für Preußen. □ 1933/34: Vizekanzler. □ 1934-44: Botschafter in Wien (bis 1938) und Ankara. □ 1946: Vom Int. Militärtribunal freigesprochen. □ 1947: In Spruchkammerverfahren zu acht Jahren Arbeitslager verurteilt. □ 1949: Vorzeitige Freilassung. □ 1952: »Der Wahrheit eine Gasse« (Schr.). □ 1968: »Vom Scheitern einer Demokratie 1930-1933« (Schr.).

▷ J. A. Bach: Franz von Papen in der Weimarer Republik. Aktivitäten in Politik und Presse 1918-1932, 1977; H. Rein: Franz von Papen im Zwielicht der Geschichte. Sein letzter Prozeß, 1979.

Papp, László

ung. Boxer
* 25.3.1926 Budapest

Papp hält bisher mit seinen drei Olympiasiegen 1948, 1952 und 1956 den olympischen Rekord im Boxen. In Melbourne besiegte er 1956 im Finale José Torres (USA), der 1965 Professional-Weltmeister im Halbschwergewicht wurde. 1962 wurde Papp als Berufsboxer Europameister im Mittelgewicht; er trat 1965 ungeschlagen zurück.

Vilfredo Pareto →

Pareto, Vilfredo

ital. Nationalökonom und Soziologe frz. Herkunft
* 15.7.1848 Paris
† 19.8.1923 Céligny bei Genf (Schweiz)

Pareto zählt zu den bedeutendsten Vertretern der mathematischen Richtung der sog. Grenznutzenschule (C. →Menger, L. →Walras). Er verfeinerte die Gleichgewichtstheorie von Walras und schuf die Grundlagen der Wohlfahrtstheorie, die Bedingungen aufzeigen soll, unter denen für die gesamte Volkswirtschaft ein möglichst großer wirtschaftlicher Wohlstand verwirklicht werden kann (A. C. →Pigou, K. J. →Arrow). Mit seiner Theorie der Wahlakte bestimmte er anhand der Indifferenzkurvenanalyse das Pareto-Optimum. Dieses Wohlfahrtskriterium besagt, daß eine

Steigerung der allgemeinen Wohlfahrt nur dann besteht, wenn für mindestens ein Individuum eine Nutzenvermehrung erreicht wird, ohne daß eine andere Person benachteiligt wird.
P. lieferte empirische Untersuchungen über die Einkommensverteilung und formulierte die Theorie vom Kreislauf der Eliten, die Einfluß auf Syndikalismus und den späteren Nationalsozialismus gewann.
Im Gegensatz zu Walras, dessen Lehrstuhl er 1894 in Lausanne übernahm (»Lausanner Schule«, Richtung der Grenznutzenschule), ging P. nicht von rational handelnden Verbrauchern, sondern vom nichtlogischen Handeln der Marktteilnehmer aus.

□ 1859: Übersiedlung nach Italien. □ 1869: Ingenieurexamen. □ 1870-90: Nach Dissertation Tätigkeit als Ingenieur. □ 1893: »Introduction á le Capital de Marx« (Schr.). □ 1893-1916: Prof. für Wirtschaftswissenschaften an der Univ. Lausanne. □ 1896/97: »Cours d'économie politique« (Schr.). □ 1902/03: »Les systèmes socialistes« (Schr.). □ 1906: »Manuale di economia politica« (Schr.). □ 1916: » Grundriß der allgemeinen Soziologie« (2 Bde., dt. 1955). □ 1920: »Fatti e teorie« (Schr.).

▷ G. Eisermann: Vilfredo Pareto als Nationalökonom und Soziologe, 1961.

Parker, Alan

engl. Regisseur
* 14.2.1944 London

Parkers Herkunft aus der Werbebranche (ca. 500 Spots) zeigt sich in der Bildästhetik seiner Filme, die sich durch grelle Farben, effektheischende Tricks und eine geschickt eingesetzte Musik auszeichnet. Sein thematisch breit gefächertes Werk umfaßt u. a. den nur mit Kindern besetzten Gangsterfilm »Bugsy Malone« (1975), die Rockoper »Pink Floyd — The Wall« (1982) und den Okkultthriller »Angel Heart« (1986, mit M. →Rourke und R. de →Niro).

□ 1969-78: Rg. von ca. 500 Werbespots. □ 1977: »12 Uhr nachts — Midnight express«. □ 1979: »Fame — Der Weg zum Ruhm«. □ 1981: »Shoot the moon — Du oder beide«. □ 1984/85: »Birdy«. □ 1988: »Mississippi Burning — Wurzel des Hasses« (mit G. →Hackman). □ 1990: »Komm und sieh das Paradies«. □ 1991: »Die Commitments«.

← Alan Parker

Parker, Charles Christopher »Charlie«

amer. Jazzmusiker
* 29.8.1920 Kansas City, Missouri
† 12.3.1955 New York

Parker, auch »Bird« genannt, wurde auf dem Altsaxophon wegen seiner außerordentlichen Technik, die mit einem überragenden Improvisationstalent verbunden war, zum wichtigsten Pionier des Bebop und des Modern Jazz. Er beeinflußte mit Kompositionen wie »Leap Frog«, »Bloomdido«, »Cool Blues« oder »Perhaps« den gesamten Jazz jener Jahre.
P., der bereits mit 34 Jahren starb, spielte u. a. in den Bands von Noble Sissle, E. →Hines, Billy Eckstine, D. →Gillespie und nahm an den experimentellen Sessions in Minton's Playhouse teil. Ab 1945 zeichnete er u. a. mit M. →Davis, Roy Haynes, Max Roach und D. →Gillespie Schallplatten unter seinem Namen auf.

Charlie Parker auf einem Jazzfestival in Paris, 1949.

□ 1937: Erste Engagements bei Jay McShann und bei Buster Smith. □ 1939: Umsiedlung nach New York. □ 1947: Erste eigene Band. □ 1948: Auftritte mit M. Davis. □ 1949: Konzerte in Europa. □ 1950: Skandinavientournee; danach häufiges Auftreten von durch Rauschgift beeinflußten Krankheiten.

▷ R. Russell: Bird lebt! — Die Geschichte von Charlie »Yardbird« Parker, 1985.

Parkinson, Cyril Northcote

brit. Historiker und Publizist
* 30.6.1909 Barnard Castle

Parkinson, 1950-58 Professor für Geschichte in Singapur, ist durch die von ihm aufgestellten Gesetze über die Eigendynamik bürokratischer Institutionen bekannt geworden. Ein Verwaltungsapparat wachse unabhängig von den zu bewältigenden Aufgaben, sei zunehmend mit sich selbst beschäftigt und werde schließlich zusammenbrechen. P. schrieb zahlreiche Bücher — darunter auch Romane — und war als Unternehmensberater tätig.

□ 1950-58: Prof. für Geschichte in Singapur. □ 1958: »Parkinson's law: The pursuit of progress« (Schr.). □ 1963:

»Asien und Europa in den Gezeiten der Geschichte« (Schr.). □ 1967: »Left luggage« (Schr.). □ 1974: »Big Business« (Schr., dt. 1975). □ 1983: »The Fur-Lined Mousetrap« (R.).

Parnass, (Ruth Sophie) Peggy

schwed. Autorin und Schauspielerin
* 11.10. (?) Hamburg

Parnass, Tochter jüdischer Immigranten, machte sich nach verschiedenen Tätigkeiten als Schauspielerin, als Kolumnistin und Gerichtsreporterin einen Namen. Im Anschluß an das Exil in Schweden und Frankreich, wohin die Familie vor der Verfolgung durch das NS-Regime geflohen war, studierte sie an mehreren Fakultäten, nahm Schauspiel- und Gesangsunterricht und ist seit 1970 bei der Zeitschrift konkret beschäftigt. Die Reportagen der scharf beobachtenden mutigen Moralistin (»Prozesse 1970-1978«, 1978; »Unter die Haut«, 1983) wurden mehrfach ausgezeichnet.

← Peggy Parnass

Talcott Parsons →

Parseval, August Franz Mark von

dt. Ingenieur
* 5.2.1861 Frankenthal, Pfalz
† 22.2.1942 Berlin

August von Parseval mit einem Modell seines ersten lenkbaren »Parseval«-Luftschiffs.

Parseval, langjähriger Professor für Luftschiffbau an der TH Berlin, entwickelte 1897 mit H. Bartsch von Sigsfeld (* 1861, † 1902) den steuerbaren Drachenfesselballon, der eine Person tragen konnte, und verdrängte die bis dahin üblichen kugelförmigen Ballons.
1906 stieg P. zum erstenmal mit einem nach ihm benannten Luftschiff auf, von dem er bis zum Ende des 1. Weltkriegs 26 weitere baute.

□ 1889: »Die Mechanik des Vogelflugs« (Schr.). □ 1906: Erster Aufstieg mit einem Parseval-Luftschiff. □ 1908: »Motorballon und Flugmaschine« (Schr.). □ 1912-36: Prof. für Luftschiffbau an der TH Berlin.

Friedrich Paschen →

Parsons, Allan

engl. Rockmusiker und Produzent
* 20.12.1948 London

Nachdem sich Parsons als Tontechniker bei Aufnahmen vor allem der →Beatles, von P. →McCartney und →Pink Floyd einen Namen gemacht hatte, schrieb und produzierte er mit seinem Partner Eric Woolfson ab 1976 eigene Schallplatten, die er jeweils unter ein Motto stellte (u. a. die Edgar-Allan-Poe-Hommage »Tales of mystery and imagination«). Mit diesen Konzeptalben bestach der Soundbastler durch perfekte Produktion und bis ins feinste Detail ausgearbeitete Arrangements, die weltweit produktionstechnisch Maßstäbe setzten und ihm mit jeder veröffentlichten Platte Gold oder Platin einbrachten, obwohl er weder Konzerte gab noch im Fernsehen auftrat.

□ 1967-75: Toningenieur in den Londoner Abbey-Road-Studios. □ 1977: »I Robot« (LP). □ 1978: »Pyramid« (LP). □ 1979: »Eve« (LP). □ 1980: »The turn of a friendly card« (LP). □ 1982: »Eye in the sky« (LP). □ 1984: »Ammonia Avenue« (LP). □ 1988: »Instrumental Voyages« (LP).

Parsons, Talcott

amer. Soziologe
* 13.12.1902 Colorado Springs
† 8.5.1979 München

Parsons war einer der größten Theoretiker der Soziologie. Aufbauend auf dem von M. →Weber in die empirische Soziologie eingeführten Begriff des »sozialen Handelns« entwarf P. eine strukturell-funktionale Gesellschaftstheorie. Dabei beeinflußten ihn die Schriften V. →Paretos, E. →Durkheims und B. →Malinowskis. Menschliches Verhalten sei auf bestimmte Ziele hin orientiert — motivorientiert oder überindividuell normativ. Alle sozialen Handlungen seien aufeinander bezogen und bilden ein sich selbst regulierendes System der Wechselwirkungen. P. führte das Begriffsbündel Status-Rolle in die soziologische Analyse ein — Zentralbegriffe der Gegenwartssoziologie. Jeder Handelnde, d. h. jedes Individuum habe seinen festen Platz (Status) im Sozialsystem und handele bzw. verhalte sich gemäß den Erwartungen und Ansprüchen der Gruppe (Rolle). P.s Theorie wurde besonders von R. →Dahrendorf als logisches, aber statisches System ohne direkten Ansatz zu konkreter soziologischer Analyse kritisiert.

□ 1944: Prof. für Soziologie, Harvard Univ. (Mass.). □ 1946: Leiter des Department of Social Relations, Harvard Univ. □ 1951: »The social system« (Schr.). □ 1964: »Sozialstruktur und Persönlichkeit« (Schr., dt. 1968). □ 1971: »Das System moderner Gesellschaften« (Schr., dt. 1972).

▷ P. Hamilton: Talcott Parsons, engl. 1983.

Paschen, Friedrich

dt. Physiker
* 22.1.1865 Schwerin † 25.2.1947 Potsdam

Paschen, 1924-33 Präsident der Physikalisch-Technischen Reichsanstalt in Berlin, entdeckte

1908 die ultraroten Spektrallinien des Wasserstoffs (Paschen-Serie) und 1912/13 mit E. Back den nach ihnen benannten Effekt der magnetischen Aufspaltung von Spektrallinien in starken Magnetfeldern. Mit spektroskopischen Untersuchungen und den von ihm konstruierten hochempfindlichen Galvano- und Quadrantelektrometern hat P. wesentlich zur experimentellen Grundlegung der Quantentheorie beigetragen.

Pascoaes, Teixeira de

(eig. Joaquim Pereira Teixeira de Vasconcelos)
portug. Schriftsteller
* 2.11.1877 Gatão bei Amarante † 4.12.1952 ebd.

Pascoaes initiierte 1910, als die Republik ausgerufen wurde, die Bewegung der Portugiesischen Wiedergeburt und wurde damit zu einer Zentralgestalt der landesspezifischen Geistesgeschichte. Der Erzähler, Lyriker, Dramatiker und Biograf, der die moralische Erneuerung des Volkes forderte, deutete als Begründer des »Saudosismo« das portugiesische Wesen als grundsätzlich von Sehnsucht, Erinnerung und Wehmut bestimmt. Sein von der krisengeschüttelten gesellschaftspolitischen Wirklichkeit abgehobenes Gedankengebäude erstrebte die Stärkung des Nationalbewußtseins, bewirkte aber hauptsächlich eine mystisch verklärte Rückbesinnung auf die große Vergangenheit Portugals.

□ 1910: Gründer der Zeitschrift A Àguia (Der Adler; Organ der Erneuerungsbewegung); 1912-17 Hg. □ 1913: Rückzug auf den Familienlandsitz; Leben als meditierender Laienmönch. □ 1914: »Das dunkle Wort« (Aphorismen). □ 1934: »Paulus, der Dichter Gottes« (Biogr., dt. 1938). □ 1936: »Hieronymus, der Dichter der Freundschaft« (Biogr., dt. 1941).

Pascoli, Giovanni

ital. Lyriker
* 31.12.1855 San Mauro di Romagna
† 6.4.1912 Bologna

Pascoli, neben G. →Carducci einer der bedeutendsten italienischen Lyriker des 20. Jh.s, verherrlichte in schlichter, z. T. dialektgefärbter Sprache die Natur und beschrieb den Alltag des einfachen Menschen (u. a. »Myricae«, 1891). P. verfaßte auch Gedichte in lateinischer Sprache (Carmi latina) und übersetzte klassische und zeitgenössische Dichter.

□ 1897-1905: Prof. für lateinische Literatur in Messina und Pisa. □ 1903: »Gesänge aus Castelvecchio«. □ ab 1905: Prof. für ital. Literatur an der Univ. Bologna.

▷ B. Conzen: Dekadenz und idealistische Antidekadenz, 1982.

La Pasionaria →Ibárruri Gómez, Dolores

Pasolini, Pier Paolo

ital. Schriftsteller und Regisseur
* 5.3.1922 Bologna † 2.11.1975 Ostia (ermordet)

Pasolini, der seine Karriere als Autor von Gedichten, Essays und Romanen begann, war einer der umstrittensten europäischen Filmregisseure. Die

Pier Paolo Pasolini: Regisseur des Skandalfilms »Die 120 Tage von Sodom«.

bereits in seinen literarischen Arbeiten angelegte Kritik an den Mißständen der italienischen Gesellschaft setzte er in seinen Filmen fort. Seine vom Katholizismus und Marxismus geprägten Werke sind — teilweise mit dokumentarischer Genauigkeit inszeniert — stark von der christlichen und antiken Mythologie beeinflußt. Anfang der 70er Jahre stellte P., der sich schon früh zu seiner Homosexualität bekannte, das Thema Sex in den Mittelpunkt seiner Arbeiten. Sowohl die in der »Trilogie des Lebens« (1970-74) zusammengefaßten Filme als auch die Faschismus-Parabel »Die 120 Tage von Sodom« (1975) gerieten wegen ihrer provokanten Sexual-Symbolik zum Skandal und wurden in Italien zeitweise verboten.

□ 1937-45: Studium der Literatur und Kunstgeschichte. □ 1942: »Geschichte aus Casarsa«. □ 1947: Eintritt in die kommunistische Partei PCI. □ 1950: Ausschluß aus der PCI wegen obszöner Handlungen. □ 1955: »Vitale Jungen« (R., dt. 1990). □ 1959: »Vita Violanta« (R., dt. 1963). □ 1961: »Accatone — Wer nie sein Brot mit Tränen aß«. □ 1962: »Mamma Roma« (mit A. →Magnani). □ 1963: »Gastmahl der Liebe«. □ 1964: »Das 1. Evangelium nach Matthäus«. □ 1967: »Edipo Re — Bett der Gewalt« (mit S. →Mangano). □ 1968: »Teorema — Geometrie der Liebe« (auch als R., dt. 1969). □ 1969: »Medea« (mit M. →Callas). □ 1970: »Decameron«. □ 1972: Goldener Bär von Berlin für »Pasolinis tolldreiste Geschichten«. □ 1974: »Erotische Geschichten aus 1001 Nacht«. □ 1975: »Freibeuterschriften« (dt. 1978).

▷ P. W. Jansen/W. Schütte (Hg.): Pier Paolo Pasolini, 1985; E. Siciliano: Pasolini. Leben und Werk, 1988; N. Nardini: Pier Paolo Pasolini. Eine Biografie, 1991.

Pasternak, Boris Leonidowitsch

sowjet. Lyriker und Erzähler
* 10.2.1890 Moskau
† 30.5.1960 Peredelkino bei Moskau

Der Sohn des Malers Leonid Pasternak und einer Pianistin wollte ursprünglich Komponist werden. In seinem Prosa-Hauptwerk »Dr. Schiwago« (R., 1957, dt. 1958) sucht die Titelfigur, ein Arzt und Dichter, vor dem allumfassenden Machtanspruch des Kommunismus Zuflucht in einer geistigen Welt. Zugleich ist der Roman ein weitgespanntes Panorama der Wirren während der ersten Jahre in der Sowjetunion.
P. lebte jahrzehntelang in Konflikt mit der Zensur und durfte meist nur Übersetzungen veröffentlichen; zu einem Klassiker wurde seine Übertragung von Goethes »Faust«. Den Literatur-Nobelpreis, dessen Annahme ihm verweigert wurde, erhielt P. für sein lyrisches Schaffen, das wegen der Verbindung von ungekünstelter Einfachheit mit metaphorischem Detailrealismus nach dem Vorbild Alexander Puschkins (* 1799, † 1837) in Rußland sehr beliebt ist.

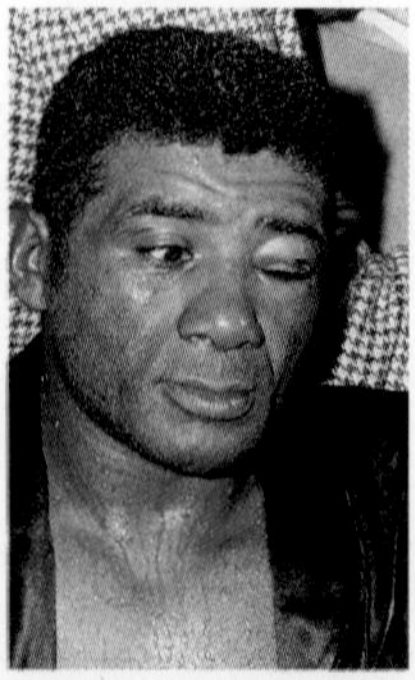

Floyd Patterson →

Boris Pasternak (l.): Der Autor von »Dr. Schiwago« war in erster Linie Lyriker.

□ 1909: Aufgabe des Musikstudiums, da P. das absolute Gehör fehlt. □ 1912: Philosophiestudien in Marburg. □ 1913: Juraexamen in Moskau. □ 1922: Besuch bei den emigrierten Eltern; Rückkehr nach Rußland. □ 1937: Publikationsverbot; Übersetzungen. □ 1954: Zehn Gedichte aus »Dr. Schiwago«. □ 1957: Publikation von »Dr. Schiwago« in Italien. □ 1958: Erzwungene Ablehnung des Literatur-Nobelpreises. □ postum 1961: Formale Rehabilitierung als Lyriker. □ 1966: Verfilmung von »Dr. Schiwago« mit Omar Sharif in der Titelrolle (Regie: D. →Lean). □ 1988: Erstveröffentlichung von »Dr. Schiwago« in der UdSSR.

Paton, Alan Stewart

südafr. Schriftsteller und Politiker
* 11.1.1903 Pietermaritzburg
† 12.4.1988 Hillcrest bei Durban

Paton erlangte 1948 bereits mit seinem ersten Roman »Cry, the beloved country« (dt. 1949 u. d. T. »Denn sie sollen getröstet werden«) Weltruhm. Auch in den nachfolgenden Romanen, Erzählungen und Essays kritisierte der selbst von seinen Gegnern als »Gewissen der Weißen« respektierte P. vom christlichen Standpunkt aus die menschenverachtende Politik der Apartheid. Als Präsident der von ihm mitbegründeten Liberalen Partei (1958-68) setzte er sich auch politisch für die Beseitigung der Rassenschranken in Südafrika ein.

← Alan St. Paton

□ 1924-36: Mathematik- und Physiklehrer am Gymnasium von Ixopo. □ 1936-48: Leiter der Diepkloof-Erziehungsanstalt für straffällige schwarze Kinder. □ 1948: Mitbegründer der gemischtrassigen Liberalen Partei Südafrikas; Schriftsteller und Politiker. □ 1953: »Aber das Wort sage ich nicht« (R., dt. 1954). □ 1955: »Südafrika und seine Völker« (Es.s). □ 1960: »Und deinen Nächsten wie dich selbst« (Erz.n, dt. 1964). □ 1960-70: Entzug des Reisepasses. □ 1981: »Ah, but your land is beautiful« (R.).

Patterson, Floyd

amer. Boxer
* 4.1.1935 Waco

Als erster Boxer brach Ex-Weltmeister Patterson 1960 das ungeschriebene Gesetz des »They never come back« (Sie kommen nie wieder). Kein Weltmeister im Schwergewicht konnte bis dahin den verlorenen Titel zurückerobern. P. holte sich den Weltmeisterschafts-Gürtel vom Schweden Ingemar Johansson (* 1932) zurück, an den er ihn 1959 verloren hatte.

□ 1952: Olympiasieg in Helsinki (Mittelgewicht). □ 1956: Titelgewinn gegen A. Moore (k. o.). □ 1959: Titelverlust gegen I. Johansson (k. o.). □ 1960: Titelgewinn gegen I. Johansson (k. o.). □ 1962: Titelverlust gegen S. Liston (k. o.).

George Smith Patton auf einem Manöver, 1942.

Patton, George Smith

amer. Militär
* 11.11.1885 San Gabriel, Kalif. † 21.12.1945 zwischen Mannheim und Heidelberg (Autounfall)

Der hochdekorierte General Patton galt während des 2. Weltkriegs als fähiger Truppenführer. Der laute und ungestüme »Panzergeneral« war bei den Soldaten der US-Armee außerordentlich populär. Wegen seiner öffentlichen Kritik an der schematischen »Entnazifizierungspolitik«, die auf Weisung der amerikanischen Regierung sofort nach Kriegsende in Deutschland einsetzte, wurde er im Oktober 1945 von seinem Posten als Armeeoberbefehlshaber abgelöst.

□ ab 1903: Soldat. □ 1917/18: Kriegsdienst in Frankreich; zeitweilig Kommandeur einer Panzerbrigade. □ 1940: Brigadegeneral; Divisionskommandeur. □ 1943: Befehlshaber der amer. Truppen in Sizilien. □ 1944/45: Befehlshaber der amer. 3. Armee in Frankreich und Deutschland. □ 1945: General; Militärgouverneur von Bayern.

▷ M. Blumenson: Patton. The man behind the legend 1885-1945, 1985; A. Carpenter: George Smith Patton. The lost romantic, 1987.

Paul VI.

(eig. Giovanni Battista Montini)
Papst (ab 1963)
* 26.9.1897 Concesio bei Brescia
† 6.8.1978 Castel Gandolfo

Papst Paul VI. bemühte sich um einen Ausgleich zwischen reichen und armen Ländern.

Paul VI. war ein Papst des Ausgleichs und der Vermittlung. Als Nachfolger von →Johannes XXIII. führte er das 2. Vatikanische Konzil zu Ende und setzte Reformen in Liturgie und Kurie durch. Als erster Papst besuchte er 1964 das Heilige Land und knüpfte ökumenische Kontakte mit dem Patriarchen der orthodoxen Kirche, →Athenagoras I. von Konstantinopel. Durch seine diplomatischen Beziehungen zu den Regierungen sozialistischer Staaten gelang dem Papst die Einsetzung von Bischöfen im Ostblock und die Gründung neuer Bistümer. Mit seiner Friedenspolitik drang er auf einen wirtschaftlichen Ausgleich zwischen den Industrienationen und den ärmsten Ländern der Welt.
Bei innerkirchlichen Streitfragen zeigte der Vatikan unter seinem Pontifikat jedoch einen eher restriktiven Führungsstil. So dokumentieren die beiden Enzykliken »Sacerdotalis caelibatus« (1967) und »Humanae vitae« (1968) die unveränderte Haltung zum priesterlichen Zölibat, zur Ehe und Geburtenregelung.

□ 1954: Erzbischof von Mailand. □ ab 1958: Kardinal. □ 1963: Am 21. 6. zum Papst gewählt. □ 1965: Einrichtung der Bischofssynode; Rede vor den Vereinten Nationen. □ 1966: Empfang des sowjet. Außenministers A. →Gromyko. □ 1970: Normalisierung der diplomatischen Beziehungen zu Jugoslawien.

▷ J. Guitton: Dialog mit Paul VI., dt. 1969.

Paul, Les

(eig. Lester William Polfuss)
amer. Musiker
* 9.6.1915 Waukesha, Wisc.

Unter den Gitarristen der ganzen Welt genießt er einen legendären Ruf; ohne ihn würde die gegenwärtige Rockmusik vermutlich anders klingen — Paul ist der Erfinder der elektrischen Gitarre. Seitdem ist das Modell »Gibson Les Paul« in der Rockmusik, aber auch im Jazz, Country und Pop, am häufigsten verbreitet. Bereits 1941 entstand der Prototyp dieser Gitarre ohne Resonanzkörper.
Auch das heute übliche Mehr-Spur-Verfahren bei Plattenaufnahmen beruht auf P.s Erfindung. Mit seiner Frau Mary Ford (* 1924, † 1977) nahm P. eine Reihe erfolgreicher Hits wie »How high the moon«, »Vaya con dios« und »Mockin' bird hill« auf.

□ 1932-37: Beim Rundfunk in Chicago und New York. □ 1944: Gründung eines Trios in Kalif. □ 1955: Erster Hit »Hummingbird«. □ 1975: »Les Paul & Mary Ford« (LP). □ 1977: Grammy Award für »Chester and Lester« (LP).

Paul, Wolfgang

dt. Physiker
* 10.8.1913 Lorenzkirch bei Riesa/Elbe

Paul, Nobelpreisträger von 1989, entwickelte seit den 50er Jahren die »Ionenfalle« zur Speicherung subatomarer Partikelchen. Die damit ermöglichten Präzisionsmessungen der Eigenschaften isolierter Teilchen führten schließlich zur Konstruktion einer Caesium-Atomuhr. P., der sich 1957 mit anderen Wissenschaftlern gegen die Ausrüstung der Bundeswehr mit Atomwaffen aussprach, ermöglichte es mit einem su-

Wolfgang Paul konstruierte eine Caesium-Atomuhr.

praleitenden Speicher, daß Mitte der 80er Jahre Neutronen »eingefangen« werden konnten.

□ 1952: »Bremsung, Ionisation und Reichweite von Elektronen in Materie« (Schr.). □ 1952-80: Prof. und Dir. des Physikalischen Inst. an der Univ. Bonn. □ 1964-67: Dir. der Abteilung für Physik am Europ. Kernforschungszentrum (CERN), Genf. □ 1989: Physik-Nobelpreis (mit H. G. →Dehmelt und N. F. →Ramsey).

Pauli, Wolfgang

schweiz.-amer. Physiker österr. Herkunft
* 25.4.1900 Wien † 15.12.1958 Zürich

Pauli, einer der bedeutendsten Theoretiker der Elementarteilchenphysik (Physik-Nobelpreis 1945), verhalf 1925 der Quantenmechanik zum Durchbruch, indem er sie bei der Erklärung des Wasserstoffatoms anwandte. 1924 formulierte P. das grundlegende Ausschließungsprinzip der Atomphysik. Das »Pauli-Prinzip« besagt, daß sich in einem Atom die Elektronen gleicher Energie in ihrer vierten Quantenzahl unterscheiden müssen und daß zur Deutung ihrer Feinstruktur die Existenz eines »Spins« (Drehimpuls der Eigenrotation im Gegensatz zur Rotation um den Atomkern) in die Theorie eingeführt werden muß. Damit war die schalenförmige Anordnung der Elektronen im Atom beschrieben.
Aufgrund der Tatsache, daß abgestrahlte Betateilchen weniger Energie haben, als sie nach dem Gesetz der Energieerhaltung haben müßten, behauptete P. 1930 in seiner Neutrinohypothese, daß bei der Beta-Emission Teilchen ohne Ladung und Masse an der Energiedifferenz beteiligt sein müssen. 1956 wurde das imaginäre Neutrino, das man ein Vierteljahrhundert für einen Rechentrick hielt, experimentell nachgewiesen.

← Wolfgang Pauli

□ 1926-28: Prof. an der Univ. Hamburg. □ ab 1928: Prof. an der ETH Zürich. □ 1929/30: Arbeiten zur Quantenelektrodynamik (mit W. →Heisenberg). □ 1940-45: Mitarbeiter am Inst. for Advanced Study in Princeton, N. J.; Ausarbeitung einer Mesonentheorie der Kernkräfte. □ 1945: Physik-Nobelpreis. □ 1946: Amer. Staatsbürger.

Pauling, Linus Carl

amer. Chemiker
* 28.2.1901 Portland, Oreg.

Pauling, Begründer der Quantenchemie, veröffentlichte 1939 »Die Natur der chemischen Bindung« (dt. 1962), eines der bedeutendsten Standardwerke zur Struktur- und Bindungsanalyse der modernen Chemie. Die Wellenmechanik auf Probleme der chemischen Bindungen anwendend, prägte P. den Begriff der »Elektronegativität« als Maß für das Bestreben eines Molekülatoms, Elektronen anderer Atome desselben Moleküls an sich zu binden. Für seine Strukturanalysen und die Klassifizierung chemischer Bindungen in kovalente, metallische und Ionenverbindungen erhielt P. 1954 den Chemie-Nobelpreis. Den Friedens-Nobelpreis des Jahres 1962 erhielt der Gegner der amerikanischen wie sowjetischen Atombombentests 1963, im Jahr der Unterzeichnung des Moskauer Atomteststoppabkommens, auf dessen Zustandekommen P. seit den 50er Jahren hingearbeitet hatte.

← Linus Carl Pauling

□ 1931-64: Prof. am Calif. Inst. of Technology in Pasadena. □ 1936-58: Dir. der angeschlossenen Gates and Crellin Laboratories. □ 1947: »Chemie« (Schr., dt. 1956). □ 1949: Präs. der amer. Chemical Society. □ 1954: Chemie-Nobelpreis. □ 1958: »No more War!« (Schr.); Übergabe der von P. verfaßten Petition zur Einstellung der Atomversuche an die UNO, unterzeichnet von 11 021 Wissenschaftlern aus 48 Ländern. □ 1962: Friedens-Nobelpreis. □ 1963-67: Leiter des Center for the Study of Democratic Institutions in Santa Barbara, Kalif. □ 1964: »Die Architektur der Moleküle« (Schr., dt. 1969). □ 1967-69: Prof. an der Univ. of Calif. in San Diego. □ 1969-74: Prof. an der Stanford Univ. □ seit 1974: Forschungen am Linus Pauling Inst. for Science and Medicine in Palo Alto, Kalif.

Paulus, Friedrich

dt. Militär
* 23.9.1890 Breitenau, Kr. Melsungen
† 1.2.1957 Dresden

Sowohl als ranghoher Soldat unter A. →Hitler, als auch nach der Schlacht um Stalingrad in sowjetischer Kriegsgefangenschaft diente P. den jeweils Herrschenden ohne erkennbar ausgeprägte eigene Überzeugungen bereitwillig als politisches Instrument.

Friedrich Paulus, Oberbefehlshaber der 6. Armee, 1942.

□ 1940-42: Oberquartiermeister im Generalstab des Heeres; an der operativen Planung des Feldzugs gegen die UdSSR beteiligt. □ 1942: Oberbefehlshaber der 6. Armee. □ 1943: Generalfeldmarschall. □ 1943-53: In Kriegsgefangenschaft; Mitgl. des Nationalkomitees Freies Deutschland. □ 1944: Aufrufe zur Kapitulation. □ 1946: Zeuge der Anklage vor dem Int. Militärtribunal in Nürnberg. □ 1953: Rückkehr nach Dresden. □ postum 1960: »Ich stehe hier auf Befehl!« (Schr.).

Paumgartner, Bernhard

österr. Dirigent, Musikforscher und Komponist
* 14.11.1887 Wien † 27.7.1971 Salzburg

Paumgartner, 1917-38 und 1945-53 Direktor des Mozarteums in Salzburg, war 1920 Mitbegründer der Salzburger Festspiele. Als Präsident gab er den Festspielen durch die Wiederbelebung älterer Musik neue Impulse (1968 Aufführung des sakralen Dramas »Rappresentazione di anima e di corpo« des Florentiner Komponisten Emilio de Cavalieri, UA 1600 Rom). P. widmete sich als

Musikforscher den Werken Mozarts und der Musik des Barock. Die von ihm 1929 gegründete Camerata Academica, mit der P. internationale Konzertreisen unternahm, vereint Schüler und Lehrer des Mozarteums in Salzburg.

□ 1911: Promotion in Wien zum Dr. jur.; Dirigier-Studien bei B. →Walter. □ 1911/12: Solokorrepetitor an der Wiener Hofoper. □ 1914-17: Dirigent des Tonkünstlerorchesters Wien. □ 1929: Gründung der Camerata Academica des Mozarteums Salzburg. □ 1940: »Mozart« (Schr.). □ 1953-59: Präs. des Mozarteums Salzburg. □ ab 1960: Präs. der Salzburger Festspiele. □ 1966: »Das instrumentale Ensemble von der Antike bis zur Gegenwart« (Schr.).

▷ B. Paumgartner: Erinnerungen, 1969; G. Croll (Hg.): Bernhard Paumgartner. Künstler und Forscher, 1971.

Pausewang, Gudrun

dt. Schriftstellerin

* 3.3.1928 Wichstadtl (heute Mladkov, CSFR)

Als Autorin, die sich für soziale Gerechtigkeit und den Frieden engagiert, greift Pausewang Themen auf, die gemeinhin nicht in Kinderbüchern behandelt werden. So erregte sie 1983 Aufsehen mit »Die letzten Kinder von Schewenborn« (Kdb.), einer realistischen Schilderung der Folgen eines Atomkriegs. P.s Engagement resultiert auch aus ihren Erfahrungen als Lehrerin in Südamerika; sie schildert in ihren Romanen Not und Elend, aber auch die Farbigkeit des lateinamerikanischen Alltags und ruft mit ihren gleichwohl fesselnd erzählten Jugendbüchern zur tatkräftigen Hilfe für die Dritte Welt auf.

□ 1956-72: Lehrerin an dt. Schulen in Chile, Venezuela und Kolumbien (mit Unterbrechungen). □ 1959: »Rio Amargo« (R.). □ 1966: »Plaza Fortuna« (R.). □ 1971: »Die Entführung der Doña Agata« (R.). □ 1977: »Die Not der Familie Caldera« (Kdb.). □ 1982: »Frieden kommt nicht von allein« (Kdb.). □ 1987: »Die Wolke« (Kdb.).

← Gudrun Pausewang

Paustowski, Konstantin G.

russ.-sowjet. Schriftsteller

* 31.5.1892 Moskau † 14.7.1968 ebd.

Paustowski, der mit romantischer Prosa (»Die Romantiker«, R., 1935) bekannt geworden war, wandte sich ab Mitte der 30er Jahre dem sowjetischen Alltagsleben zu und behandelte auch das Thema der Industrialisierung. P. war ein Meister des episodischen Erzählens. Auch sein Hauptwerk, der sechsbändige autobiografische Zyklus »Erzählung vom Leben« (1946-63, dt. 1961-67), zerfällt in kleine Erzähleinheiten. P. schrieb außerdem Künstlerromane und Dramen.

Pavarotti, Luciano

ital. Sänger

* 12.10.1935 Modena

Luciano Pavarotti →

Der Tenor Pavarotti gehört, neben dem Spanier P. →Domingo, zu den besten Opernsängern der Welt. 1963 gelang ihm der internationale Durchbruch mit Auftritten in Amsterdam (als Edgardo in Donizettis »Lucia di Lammermoor«) und an der Covent Garden Opera London (als Rodolfo in »La Bohème« von G. →Puccini). Seitdem übernimmt P. als umjubelter Heldentenor ständige Gastverpflichtungen (mit Gagen bis zu 30 000 US-$ pro Abend).

P. verfügt über eine erstaunliche Stimmqualität, die sich durch einen klaren, schneidenden Ton und eine typisch offene italienische Stimmgebung auszeichnet. Mit perfekter technischer Kontrolle erzeugt P. einen vollen vibrierenden Klang über alle Oktavbereiche. Sein Repertoire, umfaßt vor allem Partien von Donizetti, G. →Verdi und Giacomo Puccini.

□ 1961: 1. Preis beim Int. Gesangswettbewerb Reggio Emilia. □ 1964: Rolle des Idamante in Mozarts »Idomeneo« bei den Festspielen von Glyndebourne. □ 1965: USA-Debüt. □ 1966: Debüt an der Mailänder Scala. □ 1968: Debüt an der Metropolitan Opera New York. □ ab 1968: Gastspiele an der Grand Opéra Paris. □ 1971: Partner von M. →Caballé am Teatro Liceo Barcelona. □ 1973: Goldmedaille der Stadt Neapel zum 100. Geburtstag von E. →Caruso. □ 1982: Berlin-Debüt. □ 1990: Nr. 2 in der brit. Hitparade mit der Arie »Nessun Dorma« aus »Turandot« (Oper von G. Puccini).

▷ L. Pavarotti: Ich, Luciano Pavarotti, 1981, dt. 1982; J. Kesting: Pavarotti, 1991.

Pavese, Cesare

ital. Schriftsteller

* 9.9.1908 Santo Stefano Belbo

† 27.8.1950 Turin (Selbstmord)

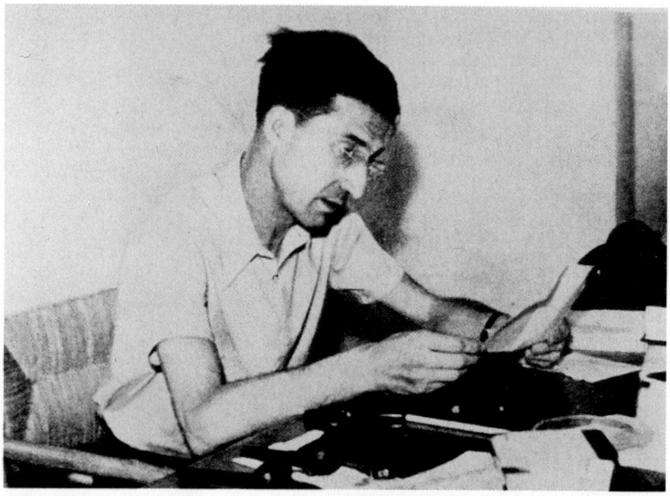

Cesare Pavese beschrieb Bauern und Bürger der Turiner Region in seinen Romanen.

Pavese ist Vertreter des italienischen Neorealismus. Internationale Anerkennung gewann der Schriftsteller, dessen Werk mit dem bedeutenden italienischen Literaturpreis Premio Strega ausgezeichnet wurde, mit seiner 1949 erschienenen Romantrilogie »Der schöne Sommer« (dt. 1964), »Der Teufel auf den Hügeln« (dt. 1963) und »Einsame Frauen« (dt. 1960). Vor dem Hintergrund der Turiner Landschaft kontrastiert P. das Milieu der Arbeiter und Bauern mit dem der Künstler und des Bürgertums. In diesen Kurzromanen ist der Dialog das Hauptmedium der Darstellung. Die pessimistische Grundhaltung P.s, die in dieser Trilogie deutlich wird, durchzieht auch sein lyrisches Werk und seine Tagebücher.

□ bis 1930: Germanistikstudium mit Promotion. □ 1933: Lektor im Verlag Einaudi. □ 1935: Festnahme und Verbannung wegen antifaschistischer Tätigkeit. □ 1936: »Arbeit macht müde« (Ged.e). □ 1941: »Unter Bauern« (R., dt. 1970). □ 1945: Verlagsdir. bei Einaudi; Eintritt in die KPI. □ 1947: »Der Genosse« (R.); »Gespräche mit Leukó« (Prosa, dt. 1958). □ 1949: »Die Verbannung« (R., dt. 1965). □ 1950: »Junger Mond« (R., dt. 1954). □ postum 1952: »Das Handwerk des Lebens. Tagebücher 1935-50« (dt. 1956).

▷ V. Lenzen: Cesare Pavese, 1989.

Pawlow, Iwan Petrowitsch

russ. Physiologe
* 14.9.1849 Rjasan † 27.2.1936 Leningrad

Pawlow erforschte den Verdauungsvorgang und die daran beteiligte, von Nerven gesteuerte innere Sekretion. Aufschluß über die autonomen Ausschüttungsmechanismen der Verdauungssäfte, wie z. B. über den »unbedingten Reflex« der stets gleichzeitigen Speichel- und Magensekretion, gewann P. an Versuchstieren (Hunden) durch operative Abtrennung verschiedener Nervenbahnen oder Organe. P. unterschied zwischen unbedingten und »bedingten« (erlernten) Reflexen der sog. höheren Nerventätigkeit wie Sprechen und Denken. Seine mechanistischen Vorstellungen von der Psyche des Menschen legten besonders in Rußland eine Verquickung von Psychologie und Physiologie nahe, wirkten aber auch in Amerika auf das behavioristische Konzept des konditionierten Lernens.

I. Pawlow auf dem Weg zu einem Physiologenkongreß, 1935.

□ 1890-1924: Prof. an der Medizinischen Akademie in St. Petersburg. □ 1897: »Lectures on the work of the principal digestive gland« (Schr.). □ 1904: Physiologie/Medizin-Nobelpreis. □ 1922: Ablehnung von P.s Ausreisewunsch.

▷ A. Mette: Iwan Pawlowitsch Pawlow. Sein Werk und sein Leben, 1959.

Pawlowa, Anna Pawlowna

(eig. A. P. Matjeweja)
russ. Tänzerin
* 12.2.1881 St. Petersburg
† 23.1.1931 Den Haag (Niederlande)

Die Pawlowa wurde zur Inkarnation der russischen Ballett-Tradition. Ihre von Anmut und

Anna Pawlowa wurde mit dem Pas de seul in »Der sterbende Schwan« berühmt.

Grazie, Eleganz und zartem Ausdruck, Zerbrechlichkeit und tiefem Empfinden geprägten Auftritte begeisterten ein Millionenpublikum und inspirierten viele später ebenfalls berühmte Tänzerinnen und Tänzer. Zu den Glanzrollen, die untrennbar mit ihrem Namen verknüpft sind, gehört der Pas de seul in »Der sterbende Schwan« (M.: C. →Saint-Saëns), den Michail Fokin 1905 für P. choreographierte.

□ 1899: Mitgl. des Marientheaters in St. Petersburg. □ 1905: Erstmals Auftritt als »Sterbender Schwan« im Rahmen eines Wohltätigkeitsbasars. □ 1906: Primaballerina des Marientheaters. □ ab 1907: Tourneen mit den Ballets Russes und mit eigener Truppe durch Europa, Asien, die USA und Lateinamerika. □ 1914: Letzter Auftritt in Rußland. □ 1924/25: D. →Fairbanks filmt einige Szenen mit P. als Tänzerin. □ postum 1936: V. Dandré, P.s Ehemann, produziert einen Film über P., »Der unsterbliche Schwan«.

▷ K. Money: Anna Pawlowa, engl. 1982.

Paz, Octavio

mex. Schriftsteller
* 31.3.1914 Mexiko-Stadt

Paz wurde 1990 als erster Mexikaner mit dem Literatur-Nobelpreis ausgezeichnet — »für eine leidenschaftliche Dichtung mit weiten Horizonten, geprägt von sinnlicher Intelligenz und humanistischer Integrität«. Seine phantasievollen Gedichte, die um Themen wie Liebe, Einsamkeit und Tod kreisen, sind Ausdruck großer Experimentierfreude. Bekannt wurde P., der 25 Jahre im diplomatischen Dienst seines Landes stand, 1950 mit dem Essay »Das Labyrinth der Einsamkeit« (dt. 1970), einer Analyse der psychologischen und historischen Eigenständigkeit Mexikos (»mexicanidad«) in Abgrenzung vor allem zu den USA.

Octavio Paz, der mexikanische Diplomat und Schriftsteller.

V. Paz Estenssoro →

□ 1937: Während des Span. Bürgerkriegs Teilnahme am Kongreß der »Vereinigung von Intellektuellen für die Verteidigung der Kultur« in Valencia; »Die Wurzel des Menschen« (Ged.e). □ 1939: Nach Hitler-Stalin-Pakt Abwendung vom Kommunismus. □ 1943: Eintritt in den diplomatischen Dienst (zunächst in Paris). □ ab 1952: Mit Unterbrechungen in Japan und Indien. □ 1956: »Der Bogen und die Leier« (poetologischer Es., dt. 1983). □ 1957: »Birnen von der Ulme« (Es.). □ 1968: Rücktritt als Botschafter in Neu Delhi aus Protest gegen die blutige Niederschlagung der Studentenbewegung in Mexiko-Stadt. □ 1970: »Nachschrift« (Es.). □ 1971: »Raumgedichte«. □ 1974: »Der sprachgelehrte Affe« (Prosapoem, dt. 1982). □ 1976: Gründer der politisch-literarischen Zeitschrift Vuelta. □ 1979: »Der menschenfreundliche Menschenfresser« (Es., dt. 1981). □ 1981: Cervantes-Preis (Spanien). □ 1982: »Sor Juana oder Die Fallstricke des Glaubens« (biogr. Es., dt. 1991). □ 1984: Friedenspreis des Dt. Buchhandels. □ 1990: Als erster Mexikaner Literatur-Nobelpreis.

Paz Estenssoro, Victor

bolivian. Politiker
* 2.10.1907 Tarija

Nach einer längeren Periode sich ablösender Militärregierungen wurde Paz Estenssoro 1985 zum vierten Mal in seiner politischen Karriere zum Präsidenten gewählt. Bereits in den 50er Jahren hatte der liberale Politiker im Ausland Aufmerksamkeit erregt, als er kurz nach seiner ersten Regierungsübernahme (1952) die Zinnminen des Landes verstaatlichen und eine Landreform durchführen ließ. In seiner vierten (der dritten vollständigen) Amtsperiode versuchte P., die prekäre wirtschaftliche Lage durch Lohnkürzungen, Senkung der öffentlichen Ausgaben und Privatisierung von Staatsbetrieben zu verbessern. Als der Erfolg ausblieb, führten die Sparprogramme zu wachsendem Widerstand in der Bevölkerung.

□ 1917-20: Jurastudium. □ 1932: Im Finanzministerium. □ ab 1938: Mitgl. des Parlaments. □ 1939: Dir. der Zentralbank. □ 1941: Gründer der National-revolutionären Partei (MNR). □ 1943/44: Finanzmin. □ 1946-52: Exil in Argentinien. □ 1952-56: Staatspräsident. □ 1956-59: Botschafter in London. □ 1960-64: Staatspräsident; nach der Wiederwahl 1964 vom Militär gestürzt. □ 1964-70: Im Exil. □ 1985-89: Erneut Staatspräsident.

Pears, Sir (ab 1978) Peter

engl. Sänger
* 22.6.1910 Farnham, Surrey
† 3.4.1986 Aldeburgh, Suffolk

Sir Peter Pears →

Das künstlerische Leben des Tenors Pears war durch die enge Freundschaft mit dem Komponisten B. →Britten bestimmt. Mit ihm gründete der erfolgreiche Opern-, Oratorien- und Liedersänger die Musikfeste in Aldeburgh, Suffolk (1948) und sang in Brittens berühmter English Opera Group die Uraufführungen zahlreicher Bühnenwerke des Komponisten (u. a. »Ein Sommernachtstraum«, Aldeburgh 1960). P., der in allen Musikzentren Europas gastierte und Spezialist für altenglische Vokalmusik war, gab ab 1938 Konzerte mit Britten als Klavierpartner (Werke von Schubert und Schumann). Durch einen Schlaganfall gelähmt, mußte er sich 1980 aus dem Musikleben zurückziehen.

□ 1935-37: Mitgl. der BBC Singers. □ 1936-39: Mitgl. der New English Singers. □ 1939-42: USA-Aufenthalt. □ 1943: Debüt am Sadler's Wells Theater London. □ 1945: Titelpartie bei der UA der Oper »Peter Grimes« von B. Britten in London. □ 1946-76: Mitgl. der English Opera Group. □ 1974: Debüt an der Metropolitan Opera New York als Aschenbach in der Britten-Oper »Tod in Venedig« (nach Th. →Mann).

▷ T. Heinitz: The art of Peter Pears, engl. 1973.

Peary, Robert Edwin

amer. Polarforscher
* 6.5.1856 Cresson, Penn.
† 20.2.1920 Washington, D. C.

Robert E. Peary bei einer Expedition in die Arktis.

Peary unternahm ab 1886 mehrere Expeditionen in die Arktis und machte sich dabei als erster Polarforscher Techniken der Eskimos zunutze (Anfertigung von Pelzkleidung, Reisen mit Hundeschlitten). Am 6. 4. 1909 erreichte er den Nordpol. F. A. Cook (* 1865, † 1940) konnte seine Behauptung, P. bereits 1908 zuvorgekommen zu sein, nicht beweisen.

□ 1886: Erste Grönlandreise. □ 1891/92: Zweite Expedition nach Grönland; als erster Weißer an der Nordküste der Insel. □ 1895: Entdeckung des nach ihm benannten Pearyland, der nördlichsten Halbinsel Grönlands. □ 1901: Nachweis des Inselcharakters von Grönland. □ 1905: Erforschung des Grinell- und Grantlands. □ 1910: »Die Entdeckung des Nordpols« (Reiseb.).

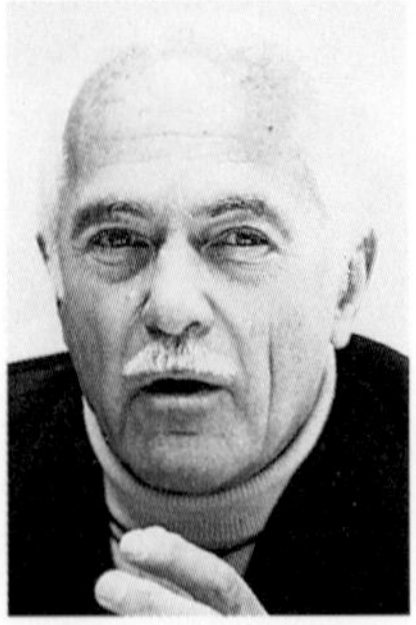

Aurelio Peccei →

Max Pechstein →

Peccei, Aurelio

ital. Manager
* 4.7.1908 Turin † 14.3.1984 Rom

Peccei, 1964-73 Vorstandsmitglied des Computerkonzerns Olivetti, gründete 1968 den Club of Rome. Er lud 30 Wissenschaftler und Politiker in die italienische Hauptstadt ein, um weltweit auftretende Probleme der Zukunft zu erörtern. Die vom Club in Auftrag gegebenen Forschungsberichte sollen die Verantwortlichen aller Länder beratend informieren. Bereits die erste Studie, »Die Grenzen des Wachstums« (1971), zeichnete ein apokalyptisch-pessimistisches Weltbild und erregte großes Aufsehen. Spätere Studien (E. →Pestel) korrigierten die negative Prognose des ersten Berichts und zeigten Ansatzpunkte zur Bewältigung kommender Krisen (»Menschheit am Wendepunkt«, 1974).

□ 1949-69: Manager beim FIAT-Konzern. □ 1964-73: Vorstandsmitgl. beim Computerkonzern Olivetti. □ 1969-76: Aufsichtsratsvors. bei FIAT. □ ab 1968: Präs. des Club of Rome. □ 1973: Friedenspreis des Dt. Buchhandels. □ 1976: »Die Qualität des Menschen — Plädoyer für einen neuen Humanismus« (Schr.). □ 1984: »Noch ist es nicht zu spät« (Schr., in Zusammenarbeit mit dem buddhistischen Philosophen Daisaku Ikeda).

Pechstein, (Hermann) Max

dt. Maler, Grafiker und Bildhauer
* 31.12.1881 Zwickau † 29.6.1955 Berlin/West

Pechstein, der »Proletarier« in der Künstlergruppe Brücke (E. L. →Kirchner), trug wesentlich zur Popularisierung des Expressionismus in den 20er Jahren bei. Erfolgreich waren seine dekorativen Auftragsarbeiten (Wand- und Glasmalerei, Mosaik) und zahlreichen Grafikzyklen wie »Das Vaterunser« (Holzschnitte, 1921) und »Das Leben der Bauern und Fischer in Pommern« (Lithografien, 1922). In seinen Porträts und Stilleben, Landschafts- und Figurenbildern vollzog P. eine Entwicklung von krassen Form- und Farbkontrasten zu differenzierter Farbgebung und plastischer Modellierung der Gegenstände (»Fischerboot«, 1913, Berlin, Brücke-Museum). Bis ins Alter verarbeitete er Eindrücke seines Südseeaufenthalts (»Palau-Triptychon«, 1917, Ludwigshafen, Wilhelm-Hack-Museum).

□ 1896-1900: Malerlehre in Zwickau. □ 1900-06: Kunststudium in Dresden. □ 1906-12: Mitgl. der »Brücke«. □ 1908: Übersiedlung nach Berlin. □ 1910: Mitbegründer und Präs. der Neuen Sezession in Berlin. □ 1913/14: Reise zu den Palauinseln; jap. Kriegsgefangenschaft. □ 1916/17: Kriegsdienst, Freistellung. □ 1923-33: Prof. an der Vereinigten Kunstschule für freie und angewandte Kunst in Berlin. □ 1937: Entfernung von 326 »entarteten« Werken aus dt. Museen. □ ab 1945: Prof. an der Kunstakademie Berlin/West.

▷ M. Pechstein: Erinnerungen, 1960; J. Schilling: Max Pechstein, 1982.

Peck, Gregory Eldred

amer. Schauspieler
* 5.4.1916 La Jolla, Kalif.

Peck verkörpert in Hollywood den ehrlichen und eleganten Amerikaner. Für seine Rolle als aufrechter Rechtsanwalt in »Wer die Nachtigall stört« (1962, Rg. R. Mulligan) erhielt er 1964 einen Oscar; in »Ein Herz und eine Krone« (1954, mit A. →Hepburn, Rg. W. →Wyler) spielte P. einen Reporter, der aus Liebe zu einer Prinzessin auf eine Exklusiv-Story verzichtet. Abseits vom Klischee des Gentleman war er in J. →Hustons »Moby Dick« (1956, nach H. Melville) als von Rache besessener Kapitän Ahab und im Western »Duell in der Sonne« (1946, Rg. K. → Vidor) als schurkischer Revolverheld zu sehen.

□ 1945: »Spellbound — Ich kämpfe um dich« (mit I. →Bergman, Rg. A. →Hitchcock). □ 1947: »Der Fall Paradin« (Rg. A. Hitchcock). □ 1950: »Des Königs Admiral« (Rg. R. Walsh). □ 1952: »Schnee am Kilimandscharo« (Rg. H. King). □ 1954: »Flammen über Fernost« (Rg. R. Parrish). □ 1958. »Weites Land« (Rg. W. →Wyler). □ 1960: »Die Kanonen von Navarone« (mit A. →Quinn, Rg. J. L. Thompson). □ 1966: »Arabeske« (mit S. →Loren, Rg. St. Donen). □ 1969: »Verschollen im Weltraum« (Rg. J. →Sturges). □ 1970: »Shoot out — Abrechnung in Gun Hill« (Rg. H. Hathaway). □ 1975: »Das Omen« (Rg. R. Donner). □ 1977: »Boys from Brazil« (Rg. F. J. Schaffner). □ 1990: »Old Gringo« (Rg. L. Puenzo).

▷ T. Thomas: Gregory Peck. Seine Filme — sein Leben, 1989.

← Gregory Peck

Peckinpah, Sam

amer. Regisseur
* 21.2.1925 Fresno, Kalif.
† 28.12.1984 Inglewood/Los Angeles

Zentrales Thema von Peckinpahs Western und Action-Filmen ist die Darstellung von Gewalt, die er u. a. in »The Wild Bunch — Sie kannten kein Gesetz« (1968, mit W. Holden) mit Hilfe der Zeitlupe verfremdet. P. prägte das Bild des Spätwestern, bei dem die Entmythisierung des »Wilden Westens« und seiner allmächtigen Heldenfiguren im Vordergrund steht. Wie in »Getaway« (1972, mit St. →McQueen) sind auch die Figuren seiner im Amerika der Gegenwart spielenden Action-Filme meist zum Scheitern verurteilt.

← Sam Peckinpah

□ 1956: Regieassistent bei D. →Siegel. □ 1961: »Gefährten des Todes«. □ 1962: »Sacramento« (mit J. McCrea und R. Scott). □ 1964: »Sierra Charriba« (mit Ch. →Heston). □ 1969: »Abgerechnet wird zum Schluß«. □ 1971: »Wer Gewalt sät« (mit D. →Hoffman), »Junior Bonner« (mit St. McQueen). □ 1972: »Pat Garret jagt Billy the Kid« (mit B. →Dylan). □ 1973: »Bring mir den Kopf von Alfredo Garcia«. □ 1976: »Steiner — Das eiserne Kreuz«. □ 1978: »Convoy« (mit K. →Kristofferson). □ 1983: »Das Osterman-Weekend« (mit B. →Lancaster).

▷ F. Arnold/U. von Berg: Sam Peckinpah. Ein Outlaw in Hollywood, 1987.

Pedersen, Charles John

amer. Chemiker
* 3.10.1904 Pusan (Korea)
† 26.10.1989 Salem, N. J.

Pedersen entdeckte 1967 bei seinen Versuchen, Polyäther für die Herstellung von Kunststoffen zu synthetisieren, daß diese Verbindungen von mittlerer Ringgröße, die er »Kronenäther« nannte, Natrium- und Kaliumionen auswählen und binden. Die Sauerstoffatome im Zentrum zyklischer Polyäther bilden einen kronenförmigen Kranz, der je nach seiner Form mit nur ganz bestimmten Metallionen stabile Komplexe bildet. Mit dieser Entdeckung war die Möglichkeit gegeben, sog. Wirts-Moleküle zu synthetisieren, die selektiv mit Gast-Molekülen reagieren und somit die Funktionen von biologischen Enzymen oder natürlichen Hormonen in lebenden Organismen imitieren können. Die damit begründete »Wirt-Gast-Chemie« ist für Medizin und Pharmazie zu einem wichtigen Forschungsgebiet geworden.

□ 1927-69: Wissenschaftler des Unternehmens E. I. du Pont de Nemours & Co. in Wilmington, Del. □ ab 1953: Amer. Staatsbürger. □ 1987: Chemie-Nobelpreis (mit D. J. →Cram und J.-M. →Lehn).

Pei, Ieoh Ming

amer. Architekt chin. Herkunft
* 26.4.1917 Kanton

Erst mit dem 1988 vollendeten Erweiterungsbau des Louvre in Paris, vor allem der Glaspyramide zwischen den beiden historischen Flügeln, wurde Pei auch einer breiten Öffentlichkeit bekannt. Die Pyramide, in den Proportionen dem ägyptischen Vorbild nachempfunden, überspannt ein monumentales, unterirdisch angelegtes Foyer, an das sich verschiedene Räume, Restaurants und Konferenzsäle anschließen.
P. führte ursprünglich den Rationalismus L. →Mies van der Rohes durch Einsatz weitgehend verglaster Fassaden zu größter Leichtigkeit. Bei dem John Hancock Tower (1971) in Boston reflektiert die Vorhangfassade aus verspiegeltem Glas das historische Ambiente. Die Fassade seines ersten Großbaus, des Mile High Center (1956) in Denver, strukturierte er mit aluminiumverkleideten, sich kreuzenden Balken und Stützen. Völlig ohne Dekor und in einem puristischen Geometrismus gehalten ist der monumentale Erweiterungsbau der National Gallery of Art (1971-78) in Washington D. C. 1989 baute P. den ele-

Ieoh Ming Pei vor dem Modell der Pyramide, die er vor dem Louvre baute.

ganten Hochhausturm der Bank of China in Hongkong (mit 315 m der höchste Bau außerhalb der USA) und das aus einer Synthese von skulpturalen und rationalistischen Prinzipien hervorgegangene Symphony Center in Dallas.

□ 1948-55: Nach dem Studium am Mass. Inst. of Technology und an der Harvard Univ. in Cambridge, Mass., Dir. für Architektur bei der Webb & Knapp Inc., New York. □ ab 1955: Eigenes Büro, ebd. □ 1968: Everson Museum of Art, Syracuse, N. Y. □ 1971: Kennedy-Gedenkbibliothek, Boston.

▷ B. Suner: Ieoh Ming Pei, 1989.

Peirce, Charles Sanders

amer. Philosoph
* 10.9.1839 Cambridge, Mass.
† 19.4.1914 Milford, Penn.

Peirce begründete die wissenschaftliche und sprachanalytische Philosophie in Amerika. Der von ihm 1902 in einem Lexikon-Artikel geprägte Begriff »Pragmatismus« bezeichnet eine philosophische Richtung, die das Wesen des Menschen in seinem Handeln sieht und den Wert des Denkens danach bemißt, inwieweit es der Lebenspraxis dient (»Wie unsere Ideen zu klären sind«, 1878, dt. u. d. T. »Über die Klarheit unserer Gedanken«, 1968). Eine Verbindung von theoretischer und praktischer Philosophie strebte P. mit seiner »pragmatischen Maxime« in Form von Verhaltensvorschriften und Handlungsanweisungen an. Auf P.s Kategorienlehre basieren heutige an semiotischen Prozessen orientierte Handlungstheorien. Mit seiner Relationentheorie legte er die Grundlagen der Zeichenlehre (Semiotik).

□ 1861-91: Physiker im amer. Vermessungsdienst. □ 1863: Chemie-Examen an der Harvard-Univ., Cambridge, Mass. □ 1879-84: Dozent für Logik an der Univ. Baltimore. □ 1883: »Studies in Logic« (Schr.).

Pekny, Romuald

österr. Schauspieler
* 1.7.1920 Wien

Pekny, Ensemblemitglied der Münchner Kammerspiele seit 1958, konnte unter so renommierten Regisseuren wie F. →Kortner, A. →Everding, R. →Noelte und D. →Dorn, außerdem in Gastengagements u. a. am Wiener Burgtheater und bei den Salzburger Festspielen die große Bandbreite seines Talents entfalten. Aufgrund seiner brillanten Darstellungsweise überzeugt P. ebenso in großen Shakespeare-Rollen wie in Werken von H. v. →Hofmannsthal oder in Gegenwartsdramen von F. →Dürrenmatt, H. →Kipphardt und B. →Strauß.

□ 1948-52: Engagement am Landestheater Linz. □ 1952/53: Engagement in Basel. □ 1953-57: Ensemblemitgl. der Kölner Bühnen. □ seit 1958: Ensemblemitgl. der Münchner Kammerspiele. □ 1960: Egli in der dt. EA von »Frank V.« (F. →Dürrenmatt). □ 1962: Jago in »Othello« (Shakespeare, Rg. F. Kortner) in München, 1964 in Wien. □ 1973: Alceste in »Der Menschenfeind« (Molière, Rg. R. Noelte) bei den Salzburger Festspielen. □ 1981: Salieri in »Amadeus« (P. Shaffer, Rg. P. Wood) am Burgtheater Wien. □ 1984: »Der Park« (B. Strauß, Rg. D. Dorn) in München.

Pelé →

← Charles S. Peirce

← Romuald Pekny

Pelé

(eig. Edson Arantes do Nascimento)
bras. Fußballspieler
* 21.10.1940 Bauru

Pelé war einer der besten Fußballspieler aller Zeiten. Höhepunkte seiner Karriere waren die gewonnenen Weltmeisterschaften 1958, 1962 und 1970. Vor allem für die armen Schichten Brasiliens verkörperte P. den Traum vom sozialen Aufstieg; er war auch nach Beendigung seiner aktiven Laufbahn als Geschäftsmann erfolgreich. Bereits als 16jähriger in die Nationalmannschaft berufen, bestritt P. 78 (1958-70) Länderspiele für Brasilien. Rund 1300mal trug er das Trikot des FC Santos, 1977/78 spielte er für Cosmos New York. Als er am 19. 11. 1969 sein tausendstes Tor erzielte, wurde die »schwarze Perle« in seiner Heimat mit einer Sonderbriefmarke gewürdigt. In Belo Horizonte wurde ihm zu Ehren ein Denkmal errichtet. Für die Ausrichtung der Fußball-WM 1994 berät P. die amerikanische Hauptstadt Washington.

Penck, A. R.

(eig. Ralf Winkler)
dt. Künstler
* 5.10.1939 Dresden

Für seine großformatigen Bilder entwickelte Penck ein Zeichensystem, dessen Spektrum von Vorbildern prähistorischer Felsmalerei- und Steinritzung, archaischen Symbolen und mathematisch-naturwissenschaftlichen Systemen bis hin zur Kybernetik reicht. In Bildern wie »Totempfahl« (1966, Sammlung Dürckheim) überzieht er die Leinwand mit signalhaft wirkenden Symbolen, Runen und Hieroglyphen, die Emotionen und Intellekt gleichermaßen herausfordern. Zu den Zeichensetzungen treten vereinfachte, nur aus Strichen gebildete Figuren, auch sie archetypische Kürzel für die Situation des Menschen in einer Welt, in der Orientierung und Konzentration auf wesentliche Lebenszusammenhänge schwierig geworden ist (z. B. »Standort«, 1971, Stuttgart, Staatsgalerie). P. ar-

A. R. Penck: Der Künstler mit einer Schweißmaske.

beitet auch an Holz- und Bronzeplastiken, oft aus abgegossenen Fundstücken zusammengesetzt (z. B. »Antidom«, 1986). Außerdem beschäftigt er sich mit Multi-Media-Aktionen.

□ ab ca. 1950: Autodidaktische Beschäftigung mit Malerei. □ 1956: Erste Einzelausstellung. □ 1960/61: Ausstellung in der Akademie der Künste (ehem. Ost-Berlin). □ 1963-65: »Weltbilder«. □ 1965: »Standart«-Bilder (aus »Standard« und »Art«). □ 1969: Erste Ausstellung in der BRD (Galerie Werner, Köln). □ 1975: Große Retrospektive in der Kunsthalle, Bern. □ ab 1977: Holzskulpturen. □ 1980: Übersiedlung in die BRD. □ 1981: Retrospektive in der Kunsthalle Köln. □ 1982: Teilnahme an der documenta 7 in Kassel. □ 1983: Israel-Aufenthalt; Übersiedlung nach London. □ ab 1985: Kleinplastiken in Bronze. □ ab 1986: Marmorskulpturen. □ seit 1989: Prof. für Grafik an der Kunstakademie Düsseldorf.

▷ L. Grisebach (Hg.): A. R. Penck, 1988.

Krzysztof Penderecki: Politik und Religion sind die Basis vieler seiner Kompositionen.

Penderecki, Krzysztof

poln. Komponist und Dirigent
* 23.11.1933 Debica bei Krakau

Penderecki ist einer der führenden zeitgenössischen Komponisten. In den 50er und 60er Jahren zählte er neben L. →Nono, G. →Ligeti, K. →Stockhausen und P. →Boulez zur Avantgarde der Neuen Musik. In dem bahnbrechenden Stück »Threnos. Den Opfern von Hiroshima« (für 52 Streichinstrumente) entwickelte er neuartige Geräuschklänge, die in der Dauer von »8 Minuten und 37 Sekunden« (so der ursprüngliche Titel) die Schrecken des Atombombenangriffs nachzeichnen. Seine experimentellen Orchesterwerke »Emanationen« (1959), »Polymorphia« (1961) und »Fluorescences« (1961/62) waren für die 60er Jahre kompositorisch richtungweisend. P. erreichte mit der Einbeziehung von Alarmklingeln, Schreibmaschinen, Sägen etc. Grenzbereiche zwischen Geräusch und Klang und entwickelte hierfür neue Notationsformen.
Nach der »Lukas-Passion« (1963-65) stellte P. seine Neuerungen verstärkt in den Dienst traditioneller musikalischer Großformen und erzielte vor allem in seinen oratorischen Werken (»Te Deum«, 1980, Papst →Johannes Paul II. gewidmet; »Lux aeterna«, 1983) Erfolge bei der breiten Öffentlichkeit. Neben christlichen und politischen Aussagen sind viele seiner Werke der polnischen Nation verpflichtet (»Polnisches Requiem«, 1984). In den 80er Jahren vollzog P. den Wandel zu einem spätromantischen Stil mit eklektizistischen Tendenzen (»Die schwarze Maske«, Oper, UA Salzburger Festspiele 1986) und trat als Dirigent internationaler Orchester hervor (u. a. Berliner, Moskauer und Leningrader Philharmoniker).

»Arno« Penzias →

Ernst Pepping →

□ seit 1958: Prof. für Komposition an der Musikhochschule in Krakau. □ 1959: Gewinner aller drei Preise des vom poln. Komponistenverband ausgetragenen Kompositionswettbewerbs. □ 1962-66: »Lukas-Passion« im Auftrag des WDR Köln. □ 1966-68: Dozent an der Folkwang-Hochschule in Essen. □ 1969: UA der Oper »Die Teufel von Loudun« in Berlin. □ 1972-87: Dir. der Musikhochschule in Krakau. □ 1973-78: Prof. für Komposition an der Yale Univ. New Haven, Conn. (USA). □ 1974: Ehrenmitgl. der Royal Academy of Music London. □ 1976/77: »Violinkonzert«. □ 1978: UA der Oper »Paradise Lost« in Chicago. □ 1980: UA von »Lacrimosa dies illae« (Auftragswerk der Gewerkschaft Solidarität). □ 1982: »Cellokonzert« zum 100jährigen Bestehen der Berliner Philharmoniker. □ 1988: UA von »Passacaglia und Rondo für Orchester« in Luzern.

▷ P. Schwinger: Penderecki. Begegnungen, Lebensdaten, Werkkommentare, 1979.

Penzias, Arnold Allen »Arno«

amer. Physiker dt. Herkunft
* 26.4.1933 München

Penzias, Astrophysiker an den Bell Telephone Laboratories (N. J.), entdeckte 1964 mit R. W. →Wilson bei Rauschpegelmessungen, die eigentlich dem Eigenrauschen empfindlicher Satellitenantennen galten, die kosmische Mikrowellen-Hintergrundstrahlung. Die Wellenlänge dieser schwachen, aber aus allen Richtungen gleichstark einfallenden Strahlung entspricht derjenigen, die ein auf −270 °C abgekühlter, sog. schwarzer Körper aussendet. Die kosmische Hintergrundstrahlung wird als Rest der von dem Urknall (G. A. →Gamow) bei der Entstehung des Universums freigesetzten Wärmestrahlung angesehen. Für ihre Entdeckung erhielten P. und R. W. →Wilson 1978 den Physik-Nobelpreis (mit P. L. →Kapitsa).

▷ A. Penzias: Phantasie und Information. Verständnis für unsere High-Tech-Welt, 1991.

Pepping, Ernst

dt. Komponist
* 12.9.1901 Duisburg † 1.2.1981 Berlin

Pepping war führender Vertreter der traditionsorientierten evangelischen Kirchenmusik in Deutschland. Sein Werk ist vom protestantischen Choral und Vokalstil des 16./17. Jh.s geprägt (»Missa dona nobis pacem«, 1948; »Passionsbericht des Matthäus«, 1950; »Weihnachtsgeschichte des Lukas«, 1959). Großen Einfluß hatten auch seine Kompositionen für den gottesdienstlichen Gebrauch (»Spandauer Chorbuch«,

1934-38; Orgelwerke). Außer geistlichen Werken komponierte P. drei Sinfonien und Kammermusik und war Autor musikalischer Abhandlungen (»Stilwende der Musik«, 1934) und Lehrwerke (»Der polyphone Satz«, 1943-56).

□ 1922-26: Studium an der Hochschule für Musik in Berlin. □ ab 1926: Komponist in Mülheim/Ruhr und Essen. □ 1934: Dozent für Musiktheorie und Komposition an der Ev. Kirchenmusikschule Berlin-Spandau (ab 1947 Prof.). □ 1951: Buxtehude-Preis der Hansestadt Lübeck. □ 1953: Prof. für Komposition an der Hochschule für Musik, Berlin. □ 1956: Robert-Schumann-Preis der Stadt Düsseldorf.

▷ H. Poos (Hg.): Festschrift Ernst Pepping, 1971.

Percy, Walker

amer. Schriftsteller
* 28.5.1916 Birmingham, Alab.
† 10.5.1990 Covington, Louis.

Percys Erzählwerk und Essayistik verraten Einflüsse des europäischen Existentialismus, doch ist auch eine Nachwirkung der großen russischen Romanciers erkennbar; Alfred Kazin nannte ihn den »satirischen Dostojewski des US-Südens«. P.s immer wiederkehrende Themen sind Entfremdung und Sinnsuche des modernen Menschen und sein Verhältnis zu Gott und dem Universum (»Der Idiot des Südens«, R., 1966, dt. 1985). Sein christlicher Humanismus und die virtuose Handhabung der Romanform weisen ihn als einen der großen amerikanischen Erzähler in der Nachfolge W. →Faulkners aus.

← Walker Percy

□ 1941: Promotion zum Dr. med. (Columbia Univ.). □ 1942: TBC-Erkrankung. □ 1943: Aufgabe des Arztberufs. □ 1946: Konversion zum röm.-kath. Glauben. □ 1961: »Der Kinogeher« (R., dt. 1980). □ 1971: »Liebe in Ruinen« (R., dt. 1974). □ 1977: »Lancelot« (R., dt. 1982). □ 1980: »Die Wiederkehr« (R., dt. 1988). □ 1983: »Lost in the Cosmos« (Abh.).

▷ L. A. Lawson/V. A. Kramer (Hg.): Conversations with Walker Percy, engl. 1985; P. Poteat: Walker Percy and the Old Modern Age, engl. 1985.

Perels, Friedrich Justus

dt. Jurist und Widerstandskämpfer
* 13.11.1910 Berlin
† (22.?)23.4.1945 ebd. (hingerichtet)

Während der nationalsozialistischen Diktatur war Perels Justitiar der Bekennenden Kirche und des Pfarrernotbundes. Er half den Verfolgten und hatte Kontakte zur Widerstandsbewegung. Im Zusammenhang mit dem Bombenattentat auf A. →Hitler (20. 7. 1944) wurde P. am 5. Oktober verhaftet und am 1. 2. 1945 vom Volksgerichtshof zum Tod verurteilt.

Peres, Shimon

(eig. Shimon Persky)
israel. Politiker
* 15.8.1923 Woloschin (Ostpolen, heute UdSSR)

← Shimon Peres

Peres war in den 80er Jahren Ministerpräsident und Außenminister einer großen Koalition aus dem Likud-Block und der Arbeiterpartei Mapai. Im Gegensatz zu seinem Koalitionspartner, dem rechtsgerichteten Y. →Shamir, sprach er sich mehrfach für direkte Verhandlungen mit Jordanien aus. Er ist der Überzeugung, daß das Palästinenserproblem nur politisch gelöst werden kann und plädiert für die Rückgabe der seit 1967 besetzten arabischen Gebiete.

□ 1934: Auswanderung nach Palästina. □ 1940: Mitgl. der Haganah (jüd. Selbstschutzorganisation) und Mitgl. der Arbeiterpartei (Mapai); 1965-68 ausgetreten. □ 1941: Mitbegründer des Kibbuz Alumot in Galiläa. □ 1941-45: Generalsekretär der Histradut (Gewerkschaftsbewegung). □ ab 1948: Im Verteidigungsministerium. □ 1959-65: Stellv. Verteidigungsmin. □ 1965-68: Mitgl. und Generalsekr. der Rafi (Abspaltung der Mapai). □ 1969-74: Verschiedene Ministerämter. □ 1974-77: Verteidigungsmin. □ seit 1977: Vors. der Mapai. □ 1984-86: Ministerpräsident. □ 1986-88: Außenmin. □ 1988-90: Finanzmin.

▷ M. Golan: Shimon Peres. A biography, 1982.

Pérez de Cuéllar, Javier

peruan. Diplomat
* 19.1.1920 Lima

Ende 1981 wurde Pérez de Cuéllar als Nachfolger von K. →Waldheim zum Generalsekretär der Vereinten Nationen gewählt. Der Kompromißkandidat — die VR China bestand auf einen Nichteuropäer — erwarb während seiner zehnjährigen Amtszeit aufgrund seines diplomatischen Geschicks weltweites Ansehen. P.s größte Erfolge waren die durch seine Vermittlung zustande gekommene Beendigung des 1. Golfkriegs zwischen Irak und Iran (1988) sowie die behutsame Lösung des Namibia-Problems (seit 1990 unabhängig).

Javier Pérez de Cuéllar erhielt 1989 den Olof-Palme-Preis.

□ vor 1941: Jurastudium. □ ab 1941: Im diplomatischen Dienst. □ 1946/47: Teilnahme an der ersten UNO-Vollversammlung. □ 1964: Botschafter in der Schweiz. □ 1966: Unterstaatssekr. im Außenministerium. □ 1969: Botschafter in Moskau (zugleich in Warschau). □ 1971-75: Ständiger Vertreter bei der UNO. □ 1974/75: Präs. des UN-Sicherheitsrats. □ 1978: Botschafter in Venezuela. □ 1978-81: Stellv. Generalsekretär der UNO. □ 1982-91: Generalsekretär der UNO (1986 per Akklamation für weitere fünf Jahre bestätigt).

Pérez Esquivel, Adolfo

argentin. Architekt und Bürgerrechtskämpfer
* 26.11.1931 Buenos Aires

Pérez Esquivel wurde 1980 als Mitgründer (1968) der lateinamerikanischen Menschenrechtsorganisation Servicio Paz y Justicia (Dienst für Frieden und Freiheit) mit dem Friedens-Nobelpreis ausgezeichnet. 1974 hatte P. seine Lehrtätigkeit als Professor für Architektur aufgegeben, um sich der Koordination lateinamerikanischer Gruppen zu widmen, die gewaltlos für die Aufrechterhaltung oder Wiedererlangung der Menschen- und Bürgerrechte kämpfen.

Perkins, Anthony

amer. Schauspieler
* 4.4.1932 New York

Perkins war seit der Rolle des Psychopathen Norman Bates im Thriller »Psycho« (1960, Rg. A. →Hitchcock) auf neurotisch gestörte Charaktere festgelegt. Seine verkrampft wirkende Spielweise prädestinierte ihn für die Darstellung des Protagonisten in der Kafka-Verfilmung »Der Prozeß« (1962; mit J. →Moreau, Rg. O. →Welles). Obwohl sein darstellerisches Spektrum auch Komödien wie »Die Verführerin« (1963; mit B. →Bardot, Rg. E. Molinaro) einschloß, konnte er sich nie vom Image des »Duschmörders« lösen, den er 22 Jahre später erneut in »Psycho II« (1982, Rg. R. Franklin) spielte.

□ ab 1946: Fernseh- und Theaterrollen. □ 1956: »Lockende Versuchung« (mit G. →Cooper, Rg. W. →Wyler). □ 1957: »Stern des Gesetzes« (mit H. →Fonda, Rg. A. Mann). □ 1958: »Die Heiratsvermittlerin« (mit Sh. →MacLaine, Rg. J. Anthony). □ 1960: »Lieben Sie Brahms?« (mit I. →Bergman, Rg. A. Litvak). □ 1970: »Catch 22« (Rg. M. Nichols). □ 1978: »Du wirst noch an mich denken« (mit G. Chaplin, Rg. A. Rudolph). □ 1985: »Psycho III« (Rg. und Hr.).

Perlman, Itzhak

israel. Geiger
* 31.8.1945 Tel Aviv

Perlman ist seit Mitte der 60er Jahre einer der erfolgreichsten Violinisten im klassisch-romantischen Repertoire. Unmittelbar nach seinem 1. Preis beim Leventritt-Wettbewerb in der Carnegie Hall (1964) erhielt er Auftrittsangebote von den New Yorker Philharmonikern und anderen amerikanischen Spitzenorchestern. Seit seinem Debüt bei den Wiener Festwochen 1968 führen ihn regelmäßige Konzertreisen auch durch europäische Länder. Internationale Anerkennung errang P. durch Interpretationen, die eine intuitive Direktheit des musikalischen Ausdrucks mit brillanter Technik und äußerster Verfeinerung des Details verbinden.

□ ab 1950: Nach Überwindung der schlimmsten Folgen einer Kinderlähmung erster Geigenunterricht in Tel Aviv. □ 1954: Erstes öffentliches Konzert im israel. Rundfunk. □ ab 1958: Studium an der Juilliard School of Music New York. □ 1963: Debüt an der Carnegie Hall New York mit dem 1. Violinkonzert von Henryk Wieniawsky (* 1835, † 1880). □ 1966/67: Aufführung des Violinkonzerts von I. →Strawinsky

Itzhak Perlman auf einer Konzerttournee durch die USA, 1989.

auf Haïti unter Leitung des Komponisten. □ 1972: Debüt bei den Salzburger Festspielen. □ 1979: Triumphaler Erfolg mit einem Violinabend an der Frankfurter Oper. □ 1982: Gast in der Stuttgarter Liederhalle und im Münchner Herkules-Saal. □ 1987: Auftritt beim 7. Pro-Arte-Konzert in Hamburg.

»Fritz« Perls →

Perls, Frederick S. »Fritz«

dt. Psychotherapeut
* 8.7.1893 Berlin
† 14.3.1970 Vancouver (Kanada)

Perls begründete in den USA mit P. Goodman die Gestalt-Therapie und praktizierte in Workshops sowohl gruppendynamische als auch personenzentrierte Arbeitsmethoden, die auf die Interaktion zwischen Patient und Therapeut zielten. Grundlage der Gestaltarbeit ist die Annahme, daß sich der Mensch in einer untrennbaren Leib-Seele-Geist-Einheit befinde und eine Therapie entsprechend den Prinzipien der Ganzheitlichkeit diese Bereiche nicht isoliert betrachten dürfe. Seit Beginn der 70er Jahre sind P.s Gedanken auch in Europa rezipiert geworden.

□ 1933: Nach Ausbildung zum Psychoanalytiker bei K. →Horney und W. →Reich Flucht in die Niederlande. □ 1942: »Das Ich, der Hunger und die Aggression. Eine Revision der Theorie und Methoden Freuds« (Schr., dt. 1978). □ 1946: Übersiedlung in die USA. □ 1951: »Gestalt-Therapie« (Schr., mit R. F. Hefferline und P. Goodman; dt. 1979). □ 1952: Gründung des New Yorker Inst. für Gestalt-Therapie. □ 1953: Gründung des Cleveland Inst. for Gestalt Therapy (heutiges Zentrum: Esalen-Inst., Big Sur, Kalif.).

Perón, Eva Maria Duarte de »Evita«

argent. Politikerin und Schauspielerin
* 7.5.1919 Los Toldos, Prov. Buenos Aires
† 26.7.1952 Buenos Aires

Zu Lebzeiten von einem großen Teil der Bevölkerung wie eine Heilige verehrt, hatte »Evita« Perón großen Einfluß auf die Politik ihres Landes, ohne ein offizielles Amt auszuüben. Mit ihrem Ehemann J. D. →Perón organisierte sie im Herbst 1945 einen Generalstreik, der ihm den Weg zur Präsidentschaft ebnete. Danach konzentrierte sie sich als »Presidenta« auf sozialpolitische Maßnahmen und wirkte de facto als Ministerin für Gesundheit und Arbeit. Dabei gestand sie den Gewerkschaften großzügige Lohnerhöhungen zu. Mit Hilfe ihrer Stiftung und freiwilligen Helfern gründete sie über 1000 Krankenhäuser, Schulen, Waisenhäuser und Altersheime.

☐ vor 1943: Filmschauspielerin und Rundfunksprecherin. ☐ 1945: Hochzeit mit J. D. →Perón. ☐ 1946: Gründung einer Wohlfahrtsstiftung. ☐ 1947: Durchsetzung des Frauenwahlrechts. ☐ 1949: Gründung der Frauen-Partei. ☐ 1951: Widerruf ihrer Nominierung zur Vizepräs. auf Druck des Militärs.

▷ J. Barnes: Evita, First Lady. A biography of Eva Perón, 1978; M. Taylor: Evita. The myth of a woman, 1979.

Evita Perón wurde schon zu Lebzeiten zum Mythos.

Perón, Juan Domingo

argent. Politiker
* 8.10.1895 Lobos, Prov. Buenos Aires
† 1.7.1974 Buenos Aires

Perón war zweimal Staatspräsident von Argentinien. Die populistische »soziale und nationale« Bewegung, die er unter maßgeblichem Einfluß seiner Frau E. M. »Evita« →Perón als »dritten Weg zwischen Kommunismus und Kapitalismus« entwickelte, ist mit seinem Namen verbunden (»Peronismus«). Diese Bewegung ist durch Sozialprogramme und Zurückdrängung des Großgrundbesitzes gekennzeichnet, aber auch durch Antiparlamentarismus und eine nationalistische Außenpolitik.
Die Verstaatlichung der zahlreichen ausländischen Unternehmen und die Wohlfahrtsprogramme führten Argentinien zu Beginn der 50er Jahre in eine Wirtschaftskrise. Politische Repressionen und Konflikte mit der mächtigen katholischen Kirche schürten innere Unruhen, die 1955 zu einem Militärputsch führten. Durch seine zahlreichen Anhänger behielt P. auch nach seinem Sturz weiterhin Einfluß im Land. 1973 wurde er zurückgerufen und wiederum zum Staatspräsidenten gewählt. Doch gelang es ihm vor seinem Tod nicht mehr, die zerstrittenen Flügel der Peronistischen Bewegung zu einen und die Macht seiner ersten Amtszeit zu erringen.

☐ 1913: Soldat. ☐ 1943: Beteiligung am Staatsstreich gegen General Castillo. ☐ 1943-45: Vizepräs.; zugleich Kriegs- und Arbeitsmin. ☐ 1945: Mitbegründer der Partido Laborista (Arbeiterpartei). ☐ 1946-55; 1973/74: Staatspräsident. ☐ 1955-73: In Nicaragua und Spanien im Exil.

▷ J. A. Page: Perón. A Biography, 1983; J. DeChancie: Juan Perón, 1987.

Isabel Perón mit ihrem Mann Juan D. Perón, dessen Nachfolge sie 1974 antrat.

Perón, María E. Martínez de »Isabel«

argent. Politikerin und Tänzerin
* 4.2.1931 La Rioja, Prov. La Rioja

Nach dem Tode ihres Mannes, J. D. →Perón, wurde Isabel Perón zu seiner Nachfolgerin gewählt. Doch es gelang ihr nicht, die verschiedenen zerstrittenen Flügel der Peronistischen Bewegung zu versöhnen oder die ökonomischen Probleme und sozialen Unruhen des Landes in den Griff zu bekommen. Nach zwei Jahren wurde sie durch einen Militärputsch gestürzt. Sie kehrte nach dem Fall der Militärjunta wieder nach Argentinien zurück.

☐ 1961: Heirat mit J. D. Perón. ☐ 1973/74: Vizepräs. ☐ 1974-76: Staatspräsidentin. ☐ 1976-81: Hausarrest. ☐ 1981-83: In Spanien im Exil.

Perret, Auguste

frz. Architekt belg. Herkunft
* 12.2.1874 Brüssel † 4.3.1954 Paris

Perret gehört zu den Pionieren des Stahlbetonbaus, den er schon kurz nach der Jahrhundertwende für Wohnbauten einsetzte. Seine frühen Entwürfe wie das Wohnhaus in der Pariser Rue Franklin (1903), bei dem erstmals das Trageskelett nicht durch vorgeblendete Elemente verhüllt wurde, zeigen seinen phantasievollen Einsatz neuer Materialien und Methoden. Die mit vorspringenden und zurückweichenden Partien lebhaft gegliederte und mit Jugendstilelementen zurückhaltend verzierte Fassade, die großzügige Durchfensterung und die gelungene Organisation der Innenräume hatten großen Einfluß auf die Architektur noch bis in die 20er Jahre. Interessant ist P.s Garagenbau in der Pariser Rue Ponthieu (1905/06), bei dem eine Art profaner Fensterrose sowie die Fassadengliederung mit Pfeilern und Dachbalken hervorstechen. Durch die Betonung des Eisengerüsts und die Verglasung erzielte P. auch bei späteren Bauten wie der Kirche Notre-Dame du Rancy (1922/23) große Leichtigkeit. Sein umfangreichster Architekturauftrag war der Wiederaufbau von Le Havre nach dem 2. Weltkrieg.

□ 1905: Übernahme des väterlichen Bauunternehmens in Paris mit den Brüdern Gustave und Claude. □ 1910-13: Théâtre des Champs-Élysées (nach einem Entwurf von H. v. d. →Velde). □ 1919: Arbeitsraum der Schneiderei Esters mit 20 m überspannenden Bogen. □ 1937: Musée des Travaux Publics, Paris. □ 1945-54: Wiederaufbau von Le Havre.

Perron, Edgar du

(eig. Charles Edgar)
niederl. Schriftsteller
* 2.11.1899 Gedong Menu (heute Indonesien)
† 14.5.1940 Bergen

Der in Niederländisch-Indien geborene du Perron war einer der wichtigsten Vertreter politisch-engagierter Literatur in den 30er Jahren. In seinen Essays und Kritiken, u. a. in der von ihm mitbegründeten Zeitschrift Forum, wandte er sich gegen Mittelmaß, Epigonentum, rhetorischen Humanismus und politischen Zwang. Kurz nachdem die Niederländer die Kapitulation nach dem deutschen Einmarsch erklärten, starb P. an einem Herzanfall. Sein bekanntestes Werk ist »Das Herkunftsland« (R., 1935), in dem er seine Jugenderinnerungen mit der kolonialen Realität der 30er Jahre konfrontiert.

← Edgar du Perron

Perthes, Georg Clemens

dt. Chirurg
* 17.1.1869 Moers † 2.(3.?)1.1927 Arosa (Schweiz)

Perthes, ab 1910 Professor an der Universitätsklinik Tübingen, wandte die das Zellwachstum hemmende Wirkung der Röntgenstrahlen erstmals bei der Behandlung von Krebsgeschwulsten an und führte die Röntgentherapie in der Chirurgie ein. Nach P. sind der von ihm entwickelte Versuch benannt, bei dem durch Anlegen einer Staubinde die Venenverbindungen bei Krampfadern geprüft werden, sowie die von ihm beschriebene Knochenkrankheit des Oberschenkelkopfes, die ohne Behandlung zu Deformierungen des Hüftgelenks führt.

Pertini, Alessandro »Sandro«

ital. Politiker
* 25.9.1896 Stella bei Savona † 24.2.1990 Rom

Obwohl erst mit 82 Jahren ins Amt berufen, wurde der Sozialist Pertini zum populärsten Staatspräsidenten der Nachkriegszeit. Als absolut integrer Politiker blieb er ein unbequemer Einzelgänger. Dennoch verschaffte sich der Moralist bei allen Parteien bald großen Respekt. Mehrfach weigerte er sich standhaft, aus taktischen Gründen Neuwahlen zuzustimmen und zwang so erstmals nach dem 2. Weltkrieg die verschiedenen Parteien, nach politischen Kompromissen zu suchen. Er scheute auch diplomatische Verwicklungen nicht und sprach offen die vermuteten Verbindungen der Sowjetunion zur italienischen Terrororganisation »Rote Brigaden« an.

← Sandro Pertini

□ 1918: Mitgl. der Sozialistischen Partei. □ 1927-35: Als Gegner der Faschisten in Haft. □ 1935-43: Verbannung. □ 1943: Mitbegründer der (neuen) Sozialistischen Partei. □ 1943/44: Erneut in Haft. □ 1945/46; 1950-52: Chefredakteur der sozialistischen Zeitung Avanti. □ 1946: Mitgl. der verfassunggebenden Versammlung. □ 1948: Senator. □ ab 1953: Mitgl. der Abgeordnetenkammer. □ 1963-76: Stellv. Präs. (ab 1968 Präs.) der Abgeordnetenkammer. □ 1978-85: Staatspräsident.

▷ A. Pertini: Sechsmal verurteilt und nicht zerbrochen. Protokolle eines demokratischen Sozialisten, 1987.

Perutz, Max Ferdinand

brit. Chemiker österr. Herkunft
* 19.5.1914 Wien

Perutz analysierte seit 1937 die Molekülstruktur des roten Blutfarbstoffs. Auch mit der weiterentwickelten Methode der Röntgenstrahlbeugung an Kristallen war die Struktur des Hämoglobins nicht zu ermitteln. Da Röntgenstrahlen um so stärker gebeugt werden, je schwerer die Atome sind, fügte P. 1953 an die Protein-Moleküle Gold- oder Quecksilberatome und konnte so die Lage der 12 000 Atome im Hämoglobin-Molekül genau bestimmen.

Max Ferdinand Perutz (l.) und sein Kollege John Kendrew.

□ 1936: Emigration nach England. □ 1962-79: Leiter des neu eingerichteten Laboratoriums für Molekularbiologie des Medical Research Council in Cambridge; Dir. ab 1947. □ 1962: Chemie-Nobelpreis (mit J. C. →Kendrew); »Proteins and nucleic acids: Structure and function« (Schr.). □ 1973-79: Prof. der Royal Institution, London. □ 1981: »Atlas of haemoglobin and myoglobin«.

F. Pessoa: Zeitlebens ein unbekannter Schriftsteller.

Pessoa, Fernando António Nogueira

portug. Schriftsteller
* 13.6.1888 Lissabon † 30.11.1935 ebd.

Pessoa ist der bedeutendste moderne Schriftsteller Portugals; seit den 80er Jahren wird er als Nationaldichter gefeiert. Sein umfangreiches Werk ist zum größten Teil erst postum erschienen und noch heute nicht vollständig publiziert. So vielgestaltig wie sein Werk, so schillernd ist die Persönlichkeit des Autors: Sein Leben lang arbeitete P. als Angestellter für verschiedene Lissaboner Firmen, die Schriftstellerei betrieb er nur nebenbei. Zunächst verfaßte P., dessen Werke den Einfluß von F. →Nietzsche, A. Schopenhauer und der Symbolisten zeigen, lyrische Sonette in englischer Sprache. 1914 legte er sich mehrere Pseudonyme zu (Alberto Caeiro, Ricardo Reis, Alvaro de Campos), für jeden Namen entwickelte P. einen ausgeprägt eigenen Stil. An seinem bekanntesten Werk, »Das Buch der Unruhe« (postum 1982, dt. 1985), hat P. mehr als 20 Jahre lang gearbeitet: Es ist eine Sammlung von Fragmenten, die in Form eines Tagebuchs Auskunft gibt über das Leben und Denken des Hilfsbuchhalters Bernardo Soares, den allein der Glaube an die Künste am Leben erhält.

← Eduard Pestel

Pestel, Eduard

dt. Wissenschaftler und Ingenieur
* 29.5.1914 Hildesheim † 19.9.1988 Hannover

Pestel, gelernter Maurer, Ingenieur und Mechanikprofessor, gab 1971 als Mitglied des Exekutiv-Komitees des Club of Rome (A. →Peccei) die Studie »Die Grenzen des Wachstums« in Auftrag. Die in pessimistischen Prognosen gipfelnde Analyse der Politik des ungehemmten Wirtschaftswachstums erregte weltweit Aufsehen. Erst die zweite Studie des internationalen Gremiums, an deren Grundlagenforschung P. leitend beteiligt war, verwies auf Ansätze zur möglichen Krisenbewältigung. In seinem letzten Werk, »Jenseits der Grenzen des Wachstums« (1988), appellierte P. an die Politiker, die ungelösten Menschheitsprobleme in einer umfassenden Solidaraktion anzugehen. Den Industriestaaten in Ost und West übertrug er dabei die Hauptverantwortung.

□ 1957: Dir. des Inst. für Mechanik an der TU Hannover. □ 1971-79: Vizepräs. der Dt. Forschungsgemeinschaft. □ 1977-81: Min. für Wissenschaft und Kunst in Niedersachsen. □ 1978: »Das Deutschlandmodell«, eine Studie über die mögliche Entwicklung der BRD bis zum Jahr 2000.

Philippe Henri Pétain →

Pétain, Philippe Henri

frz. Militär und Politiker
* 24.4.1856 Cauchy-à-la-Tour, Dep. Pas-de-Calais
† 23.7.1951 Port Joinville, Ile d'Yeu

Nach dem Zusammenbruch der französischen Republik im Mai 1940 wurde Pétain, der populäre »Verteidiger von Verdun« im 1. Weltkrieg, zum Regierungschef des von den Deutschen abhängigen »État Français« ernannt. Um eine totale Niederlage zu vermeiden, unterzeichnete P. einen Waffenstillstand. Er hoffte mit einer konservativ-autoritären Regierung und partieller Kollaboration das französische Kolonialreich zu bewahren und eine gewisse Unabhängigkeit gegenüber Deutschland behaupten zu können.

□ 1916: Oberbefehlshaber der frz. Armeen um Verdun. □ 1917: Oberbefehlshaber der frz. Streitkräfte. □ 1918: Marschall von Frankreich. □ 1922-31: Generalinspekteur. □ 1934: Kriegsmin. □ 1940: Premierminister. □ 1940-44: Staatschef in Vichy. □ 1944: Flucht nach Deutschland. □ 1945: Wegen Hochverrats zum Tode verurteilt; von de →Gaulle zu lebenslanger Haft begnadigt.

▷ H. R. Lottman: Pétain. Hero or traitor. The untold story, 1985.

Peter I. von Serbien →

Peter I. Karadjordjević

König von Serbien
* 29.6.1844 Belgrad † 16.8.1921 ebd.

Peter I. war von 1903 bis 1921 König von Serbien bzw. der Serben, Kroaten und Slovenen (ab 1918, seit 1929 Jugoslawien). Als Enkel des serbischen Freiheitshelden Karadjordj (von türkisch »Schwarzer Georg«) wurde P. nach der Ermordung von König Alexander I. Obrenovic durch das Parlament zum König gewählt. Aus gesundheitlichen Gründen lebte er sehr zurückgezogen und spielte politisch kaum eine Rolle.

Peter II. Karadjordjević

König von Jugoslawien
* 6.9.1923 Belgrad † 3.11.1970 Los Angeles, Kalif.

Nach der Ermordung seines Vaters, König Alexander I., wurde Peter II. 1934 unter der Regentschaft seines Onkels Paul Karadjordjević zum König ausgerufen. Nach dem Einmarsch deutscher und italienischer Truppen im April 1941 mußte er ins Exil nach Großbritannien und in die USA fliehen. 1945 erklärte man ihn bei gleichzeitiger Gründung der Föderativen Volksrepublik Jugoslawien in Abwesenheit für abgesetzt.

Peters, Carl

dt. Kolonialpolitiker
* 27.9.1856 Neuhaus an der Elbe, Prov. Hannover (heute Mecklenburg)
† 10.9.1918 Woltorf (heute Peine)

Peters war der Begründer der Kolonie Deutsch-Ostafrika. Schon 1884/85 erwarb er im heutigen Tansania einzelne Gebiete für die Gesellschaft für deutsche Kolonisation. Obwohl das Deutsche Reich 1891 die Hoheit über Deutsch-Ostafrika übernahm und P. zum Reichskommissar machte, scheiterten seine weiterreichenden Kolonisationspläne an der Regierung, die einen Konflikt mit Großbritannien scheute (1890 Sansibar-Vertrag über den Tausch der Insel Helgoland mit Sansibar). 1892 wurde P. wegen »unwürdiger Behandlung der Eingeborenen« zurückberufen und 1896 als Reichskommissar entlassen.

← Carl Peters

□ 1884: Gründer der Gesellschaft für dt. Kolonisation; Expedition nach Ostafrika. □ 1889/90: Protektorats-Verträge mit den Königen von Uganda. □ 1891: Mitbegründer des Allgemeinen Dt. Verbands (später Alldt. Verband). □ 1891-96: Reichskommissar von Dt.-Ostafrika (ab 1893 formell von seinen Pflichten entbunden). □ 1896-1914: Als Minenbesitzer in Rhodesien.

Petersen, Peter

dt. Pädagoge
* 26.6.1884 Großenwiehe bei Flensburg
† 21.3.1952 Jena

Petersen entwickelte und erprobte ein schulpädagogisches Reformmodell, den Jena-Plan. Für sein Konzept verwendete er die Reformideen von Paul Geheeb, dem Gründer der Odenwaldschule, und des Kunsthistorikers Alfred Lichtwark. Erziehung war für P. von der Gemeinschaft bestimmt und auf die Gemeinschaft ausgerichtet. Er propagierte ein von politischen und religiösen Unterschieden unabhängiges Schulsystem ohne starren Klassenaufbau. Im mehrere Jahrgänge umfassenden Gruppenunterricht sollten selbständige Mitarbeit, Selbsterziehung und Verantwortungsgefühl trainiert und gefördert werden. Erst nach 1945 wurden Peter-Petersen-Schulen in Deutschland gegründet.

← Peter Petersen

□ 1923: Prof. für Erziehungswissenschaften an der Univ. Jena. □ 1924-27: Leiter der »Erziehungswissenschaftlichen Anstalt« Univ. Jena; Entwicklung des Jena-Plans. □ 1927: »Der kleine Jena-Plan« (Schr.). □ 1931: »Der Ursprung der Pädagogik« (Schr.). □ 1939/40: »Neue Forschungen zur Erziehungswissenschaft« (Schr.).

Petersen, Wolfgang

dt. Regisseur
* 14.3.1941 Emden

Nach vielbeachteten Film- und Fernsehproduktionen (u. a. »Die Konsequenz«, 1977) hatte Petersen mit »Das Boot« (1979-81, nach L. G. →Buchheim) auch international Erfolg. Der technisch aufwendige Film schildert die Feindfahrt eines deutschen Unterseebootes im 2. Weltkrieg. Mit dem Fantasy-Abenteuer »Die unendliche Geschichte« (1983, nach M. →Ende) bewies P. erneut sein Talent für den virtuosen Einsatz von Spezialeffekten.

□ 1966-69: Studium an der Film- und Fernsehakademie Berlin. □ 1972: »Smog« (TV). □ 1973: »Einer von uns beiden«. □ 1976: »Reifezeugnis« (TV-Serie Tatort, mit N. →Kinski). □ 1978: »Schwarz und weiß wie Tage und Nächte« (TV). □ 1985: »Enemy mine — Geliebter Feind«. □ 1991: »Tod im Spiegel«.

Peterson, Oscar Emmanuel

amer. Jazzmusiker
* 15.8.1925 Montreal (Kanada)

Peterson wurde als Solist wie auch als Ensemblemusiker durch seine überragende Technik zum wohl populärsten und vielseitigsten Pianisten des Modern Jazz. Entdeckt wurde er von Jazz-Impresario Norman Granz, der ihn bis in die 70er Jahre bei seinen Plattenproduktionen beschäftigte. Das Resultat ist eine ungewöhnlich große Anzahl von Einspielungen mit allen großen Namen der Ära (B. →Holiday, L. → Armstrong, C. →Hawkins, St. →Getz u. a.). Seit 1951 geht P. mit seinem eigenen Trio auf Tournee, auch als Begleitband von E. →Fitzgerald.

Oscar Peterson: Der bekannteste Pianist des Modern Jazz.

□ 1949: Konzert in der New Yorker Carnegie Hall mit Jazz At The Philharmonic. □ 1950: Erste Schallplattenaufnahmen. □ 1951: Gründung eines Trios. □ 1953: Erste Europatournee. □ 1960: Lehrer an der New Yorker School of Jazz. □ 1990: »Live at the Westwood Playhouse« (LP).

▷ G. Lees: The will to swing. Mr. Oscar Peterson — Ein Leben für die Musik, 1990.

Petipa, Marius

frz. Tänzer und Choreograph
* 11.3.1818 Marseille † 14.7.1910 Gursuf (Rußland)

Petipa ist der Begründer des sog. klassischen Balletts. Seine Choreographien für das Marientheater in St. Petersburg brachen mit überkommenen Konventionen und stellte die Ballerina konsequent in den Mittelpunkt. Große dramatische Szenen choreographierte P. ebenso souverän wie Soli und Pas de deux. Von seinen 54 Balletten und 17 Revisionen älterer Ballette werden einige heute noch getanzt, darunter »Dornröschen«, »Schwanensee«, »Don Quixote« und »Cinderella«.

□ 1831: Debüt als Tänzer am Théâtre de la Monnaie in Brüssel. □ 1838: Erster Tänzer in Nantes. □ 1846: Auftritt in Paris mit F. Elßler. □ 1847: Erster Tänzer und Choreograph am Marientheater in St. Petersburg. □ 1869-1903: Ballettmeister des Marientheaters. □ 1869: Choreographie von »Don Quixote«. □ 1890: »Dornröschen«. □ 1893: »Cinderella«. □ 1895: »Schwanensee«.

▷ E. Rebling: Marius Petipa, Meister des klassischen Balletts — Selbstzeugnisse, Dokumente, Erinnerungen, 1975.

Petit, Roland

frz. Tänzer, Choreograph und Ballettdirektor
* 13.1.1924 Villemomble

Roland Petit verbindet als Choreograph Tanz und Revue.

Petit ist einer der großen französischen Choreographen der Nachkriegszeit. Von der neoklassischen Tradition seines Lehrer S. →Lifar beeinflußt, verbindet er Ballett und Ausdruckstanz, verwendet vielfach eingängige zeitgenössische Musik und öffnet die Tanzbühne mit effektvollen, dramatischen Tableaus der Revue. Als Tänzer beeindruckte P. durch Eleganz und großes schauspielerisches Talent.

□ 1940: Solotänzer an der Pariser Opéra. □ 1943: Gründung einer eigenen Truppe, der Ballets des Champs-Élysées. □ 1945: Erste Choreographie »Les Fourains«. □ 1948: Neugründung als Ballets de Paris, zahlreiche int. Tourneen. □ 1952: Choreographie von »Hans Christian Andersen« (F., Rg. Ch. Vidor). □ 1955: »Daddy Langbein« (F., Rg. J. Negulesco). □ 1957: Inszenierung der Revue »Zizi Jeanmaire«, benannt nach seiner Frau, einer Tänzerin und Chansonsängerin, die die Titelrolle tanzt. □ 1970-72: Dir. des Pariser Casinos. □ 1972: Ballettdir. in Marseille. □ 1974: »L'Arlésienne« in Marseille □ 1976: »Nußknacker«. □ 1980: »Fledermaus«. □ 1985: »Der blaue Engel«.

Petrescu, Camil

rumän. Schriftsteller
* 22.4.1894 Bukarest † 14.5.1957 ebd.

Petrescu wurde zwischen den Weltkriegen zu einem der führenden rumänischen Schriftsteller. Der Kritiker und Begründer verschiedener Literaturzeitschriften veröffentlichte gleichermaßen

Camil Petrescu →

erfolgreich abstrakte Gedichte, bühnenwirksame Dramen (»Danton«, 1931) und psychologische Gesellschaftsromane. In »Thesen und Antithesen« (Es., 1936) wird P.s elitär-intellektualistisches Kunstverständnis deutlich. Der Dichter soll sich unabhängig von äußeren Gegebenheiten frei entfalten.

□ 1930: »Letzte Liebesnacht, erste Kriegsnacht« (R., dt. 1970). □ 1933: »Das Prokrustesbett« (R., dt. 1963). □ 1934-47: Hg. der Zeitschrift Revista Fundaţiilor Regale. □ 1939: Dir. des Nationaltheaters Bukarest; Nationalpreis. □ 1953-55: »Ein Mensch unter Menschen« (R., dt. 1956-58, 4 Bde.).

Petrie, Sir (ab 1923) William Matthew Flinders

engl. Archäologe und Ägyptologe
* 3.6.1853 Charlton bei London
† 28.7.1942 Jerusalem

Petrie gelangen bei seinen in Ägypten und Palästina durchgeführten Grabungen bedeutende Funde, aus denen er eine erste Chronologie der Geschichte Altägyptens rekonstruieren konnte. P. entwickelte neue Grabungsmethoden, die er in seinem Standardwerk »Methods and aims in archaeology« (1904) zusammenfaßte.

Sir William Petrie mit seiner Frau auf dem Weg zu Ausgrabungen in Palästina.

Max von Pettenkofer →

□ 1884: Freilegung des Tempels von Tanis (östliches Nil-Delta); Entdeckung unversehrter Grabstätten ägypt. Könige. □ 1892-1933: Edwards Prof. für Ägyptologie am Univ. College, London. □ 1927-38: Grabungen in Palästina.

▷ C. W. Ceram: Götter, Gräber und Gelehrte. Roman der Archäologie, 1963.

Pettenkofer, Max Josef von (ab 1883)

dt. Hygieniker
* 3.12.1818 Lichtenheim bei Neuburg/Donau
† 10.2.1901 München (Selbstmord)

Mit seinen experimentellen Untersuchungen über den Einfluß der Umgebung des Menschen auf seine Gesundheit (Wasserversorgung, Heizung, Wohnung, Kanalisation, Müllabfuhr,

Kleidung, Ernährung usw.) begründete Pettenkofer die wissenschaftliche Hygiene, die er ab 1865 mit einem Lehrstuhl vertrat. Seiner Lehre von der Verbreitung der Seuchen und seiner Förderung hygienischer Maßnahmen ist das Verschwinden der meisten periodisch wiederkehrenden Epidemien aus Mitteleuropa ebenso zu verdanken wie den bakteriologischen Forschungen R. →Kochs. Überzeugt, daß nicht der Cholerabazillus, sondern die Verseuchung von Boden, Luft und Wasser (insbesondere der Grundwasserstand) der gefährlichere Krankheitserreger sei, schluckte der Hygieneprofessor eine ganze Kultur Cholerabazillen, ohne zu erkranken.

□ ab 1847: Prof. an der Univ. München. □ 1855: »Untersuchungen und Beobachtungen über die Verbreitung der Cholera« (Abh.). □ 1879: Gründung des ersten dt. hygienischen Inst. in München; »Vorträge über Canalisation und Abfuhr« (Schr.n). □ 1882: »Handbuch der Hygiene des Menschen« (mit H. W. v. Ziemssen). □ 1890-99: Präs. der Bayer. Akademie der Wissenschaften.

Petzold, Alfons

österr. Schriftsteller
* 24.9.1882 Wien † 26.1.1923 Kitzbühel

Der in Armut aufgewachsene Petzold wurde mit seinem autobiografischen Roman »Das rauhe Leben« (1920) zum Wegbereiter der sozialistischen Literatur in Österreich. Der u. a. als Metallschleifer, Fensterputzer, Kellner und Geschäftsdiener tätige Schriftsteller beschrieb in schlichter Sprache seinen Kampf für die Rechte der Arbeiter in einem kapitalistischen Wirtschaftssystem. Seine von Heinrich Heine und dem Vormärz geprägte Lyrik griff zunehmend religiöse Themen auf (u. a. »Das Buch von Gott«, Ged.e, 1920).

← Alfons Petzold

Claus Peymann →

Peuckert, Will-Erich

dt. Volkskundler und Kulturhistoriker
* 11.5.1895 Töppendorf (Niederschlesien)
† 25.10.1969 Darmstadt

Peuckerts wissenschaftliches und schriftstellerisches Interesse galt den Pansophen des 16./17. Jh.s. Namen wie Jakob Böhme, Christian Rosenkreuz, Angelus Silesius stehen für diese mystisch-reformatorische Bewegung. B. sammelte und publizierte zudem schlesische Sagen und Märchen.

□ 1924: »Das Leben Jakob Böhmes« (Biogr.). □ 1928: »Schlesische Volkskunde« (Schr.). □ 1933: Privatdozent in Breslau; von den Nationalsozialisten abgesetzt. □ 1941: »Paracelsus« (Biogr.). □ 1946: Prof. für Volkskunde, Univ. Göttingen. □ 1961-69: »Europäische Sagen« (7 Bde., Hg.).

Pevsner, Antoine

(eig. Nathan Borisovič Pevsner)
russ.-frz. Plastiker und Maler
* 18.1.1866 Orel † 12.4.1962 Paris

Pevsner war neben seinem Bruder N. →Gabo der wesentliche Plastiker der russischen Avantgarde und einer der bedeutendsten des Konstruktivismus überhaupt. Er beschäftigte sich anfänglich mit abstrakten Gemälden unter dem Einfluß von W. →Kandinsky, ging aber in den 20er Jahren zur Plastik über. P. war an der Verbindung von Aspekten der Malerei, Skulptur und Architektur unter Einbeziehung von Licht und Bewegung interessiert. Anfänglich schuf er u. a. eine Serie von Kopfplastiken (»Masken«) aus Zelluloid und Metall, moderne Ausdeutungen des Themas Ikone. In seinem späteren Werk konzentrierte er sich auf abstrakte räumliche Konstruktionen aus eng aneinandergereihten dünnen Messing-, Kupfer- oder Bronzestäben. Durch die Öffnung der Plastiken in den Raum und die im Licht sich visuell fast auflösenden Oberflächen wird die Räumlichkeit Teil des Kunstwerks (z. B. »Raumkonstruktion in dritter und vierter Dimension«, 1961, Duisburg, Wilhelm-Lehmbruck-Museum).

□ 1902-11: Studium u. a. an der Kunstakademie in St. Petersburg. □ 1911-15: Aufenthalt in Paris und Oslo. □ 1917: Rückkehr nach Rußland; Prof. am offiziellen sowjetruss. Kunstinst. □ 1920: Mit N. Gabo Veröffentlichung des sog. Realistischen Manifests mit einer Grundlegung ihrer Prinzipien konstruktivistischer Plastik. □ 1921: Endgültige Übersiedlung nach Paris. □ 1946: Mitbegründer der Gruppe Réalités Nouvelles. □ 1957: Große Retrospektive im Pariser Musée National d'Art Moderne.

▷ P. Peissi/C. Giedion-Welcker: Antoine Pevsner, 1961.

Peymann, Claus

dt. Regisseur und Intendant
* 7.6.1937 Bremen

Peymann ist einer der gefragtesten, weil innovativsten und risikofreudigsten Regisseure des deutschsprachigen Theaters. Sein Engagement gilt den zeitgenössischen Autoren, u. a. betreute er die UA fast aller Stücke von Th. →Bernhard. P. inszeniert mit Phantasie und Lust am Fabulieren und orientiert sich dabei doch am Wesentlichen, wobei er sich sehr genau an die Vorlage hält; nicht der Effekt, sondern das Handwerk steht im Vordergrund seiner Aufführungen. Seine Stückauswahl zeugt von Freude an Komödiantik und am Grotesken. P. versteht es, begabte Schauspieler an sein Ensemble zu binden (B. →Minetti, K. →Dene, G. →Voss). Seit 1986 ist P. Direktor des Wiener Burgtheaters.

□ 1962: Regiedebüt mit »Antigone-Modell« (B. →Brecht) an der Studiobühne der Hamburger Univ. □ 1965-69: Oberspielleiter im Theater am Turm in Frankfurt. □ 1966: UA »Publikumsbeschimpfung« (P. →Handke). □ 1969: UA »Das Mündl will Vorbild sein« (P. Handke). □ 1970: UA »Kaspar« (P. Handke); Mitbegründer der Schaubühne am Halleschen Ufer Berlin. □ 1971: UA »Hölderlin« (P. →Weiss). □ 1972: UA »Der Ignorant und der Wahnsinnige« für Salzburger Festspiele (Th. Bernhard). □ 1973: UA »Die Hypochonder« (B. →Strauß). □ 1974-79: Schauspieldir. am Württ. Staatstheater in Stuttgart. □ 1979: UA »Vor dem Ruhestand« (Th. Bernhard). □ 1979-86: Intendant des Bochumer Schauspielhauses. □ 1980: UA »Der Weltverbesserer« (Th. Bernhard). □ 1981: UA »Am Ziel« (Th. Bernhard) für Salzburger Festspiele. □ 1982: Kleists »Hermannsschlacht«. □ 1984: UA »Der Schein trügt« (Th. Bernhard). □ seit 1986: Dir. am Wiener Burgtheater. □ 1988: UA »Heldenplatz« (Th. Bernhard). □ 1990: UA »Das Spiel vom Fragen« (P. Handke).

▷ C. Peymann (Hg.): Das Bochumer Ensemble — ein deutsches Stadttheater 1979-86, 1986; A. Müller: Im Gespräch mit Claus Peymann, Wim Wenders u. a., 1989.

Peyrefitte, Alain Antoine
frz. Politiker und Philosoph
* 26.8.1925 Najac, Dep. Aveyron

Der konservativ-bürgerliche Peyrefitte war 1956/57 maßgeblich an der endgültigen Ausarbeitung der Römischen Verträge zur Gründung der EWG beteiligt. Nachdem General Ch. de →Gaulle 1958 in die Regierung zurückgekehrt war, wechselte P. von der Diplomatie zur Politik und spielte bis 1980 bei den Gaullisten eine einflußreiche Rolle.
Der brillante Redner und Schriftsteller, der 1977 in die Académie française aufgenommen wurde, verfaßte nicht nur politische und wissenschaftliche Essays, sondern schrieb auch Romane.

□ bis 1947: Jura- und Philosophiestudium. □ 1947-58: Im diplomatischen Dienst. □ 1956-58: Stellv. Dir. der Abteilung Europ. Organisationen im Außenministerium. □ seit 1958: Deputierter für die UDR (seit 1976 RPR, Gaullisten). □ 1962-66: Staatssekr. □ seit 1965: Bürgermeister von Provins. □ 1966-68; 1972-74: Mehrfach Min. in verschiedenen Ressorts (u. a. Wissenschaft, Erziehung, Verwaltungsreform, Kultur). □ 1972-76: Generalsekretär der UDR. □ 1977-81: Justizmin. □ seit 1977: Mitgl. der Académie française.

← Alain A. Peyrefitte

Pfeffer, Wilhelm Friedrich Philipp
dt. Botaniker
* 9.3.1845 Grebenstein bei Kassel
† 31.1.1920 Leipzig

Mit seinem in mehrere Sprachen übersetzten »Handbuch der Pflanzenphysiologie« (2 Bde., 1881) wurde Pfeffer für Jahrzehnte die international anerkannte Kapazität auf diesem Gebiet. 1877 machte P. grundlegende Untersuchungen zum osmotischen Druck bei Vermischung von Lösungen und Flüssigkeiten an halbdurchlässigen Membranen. Durch die Messung des bei der Osmose entstehenden Drucks konnte P. erstmals Größe und Molekulargewicht bestimmter Proteine ermitteln.

□ 1878-87: Prof. an der Univ. Tübingen. □ ab 1887: Prof. an der Univ. Leipzig. □ 1897: Mitgl. der brit. Royal Society. □ 1898: Mit einem Zeitraffer macht P. die Bewegung von Blüten und Blättern kinematographisch sichtbar.

▷ E. Bünning: Wilhelm Pfeffer. Apotheker, Chemiker, Botaniker, Physiologe. 1845-1920 (Biogr.), 1975.

Günter Pfitzmann →

Pfemfert, Franz
dt. Schriftsteller und Publizist
* 20.11.1879 Lötzen
† 26.5.1954 Mexiko-Stadt (Mexiko)

Pfemfert nahm als linksradikaler Journalist Einfluß auf die politische Opposition im Wilhelminischen Reich.
Der Exponent des frühen Expressionismus versuchte zunächst in Anthologien (u. a. »Der rote Hahn«, 60 Bde., 1918-25) und in der von ihm herausgegebenen Zeitschrift Die Aktion (1911-32) seine politischen Forderungen mit moderner Kunst zu verbinden, wandte sich jedoch ab 1921 ausschließlich politischen Veröffentlichungen zu. 1933 emigrierte P. in die Tschechoslowakei, ab 1941 lebte er in Mexiko.

← Franz Pfemfert

Pferdmenges, Robert
dt. Politiker und Bankier
* 27.3.1880 München-Gladbach (heute Mönchengladbach) † 28.9.1962 Köln

Der christlich-konservative Bankier Pferdmenges übte in den 50er Jahren als enger Freund und Berater von K. →Adenauer beträchtlichen Einfluß auf dessen Wirtschafts- und Finanzpolitik aus. Der Aufsichtsratsvorsitzende von über 20 Aktiengesellschaften (darunter Thyssen) wurde von der Opposition als unkontrollierbare »graue Eminenz« der deutschen Politik angegriffen.

□ ab 1901: Im Diskonto-Geschäft in Amsterdam und London. □ ab 1919: Vorstandsvors. des Schaffhausen'schen Bankvereins in Köln; im Aufsichtsrat mehrerer Firmen der Textil- und der Schwerindustrie. □ 1929-53: Teilhaber der Bank Salomon Oppenheimer jr. □ 1931/32: Finanzberater von Reichskanzler H. →Brüning. □ 1933: Aufgabe eines Teils seiner Ämter. □ 1944: Vorübergehend in Haft; anschließend Verbot, als Bankier tätig zu sein. □ 1945: Mitbegründer der CDU. □ 1946-49: MdL in NRW. □ 1947-49: Im Wirtschaftsrat der Bi-Zone in Frankfurt/Main. □ 1949-62: MdB.

Pfitzmann, Günter
dt. Schauspieler und Kabarettist
* 8.4.1924 Berlin

Pfitzmann, der zunächst in klassischen Rollen an Berliner Theatern auftrat (Pylades in »Iphigenie auf Tauris«, 1946), gründete 1949 mit Wolfgang Gruner, Achim Striezel und Jo Herbst das Kabarett »Die Stachelschweine«. Beim Fernsehen verkörperte er mit Witz und Schlagfertigkeit in Serien und Boulevardkomödien den »typischen« Berliner (»Berliner Weiße mit Schuß«, ab 1983; »Praxis Bülowbogen«, ab 1987).

□ 1950: Erste Filmrolle in »Nur eine Nacht« (mit M. →Hoppe). □ 1954: »Emil und die Detektive«. □ 1958: »Hunde, wollt ihr ewig leben?«. □ 1964: »Zwei oder drei Ehen (TV, nach W. →Saroyan). □ 1970: »Die Unverbesserlichen« (TV, mit I. →Meysel). □ 1975: »Lieb Vaterland magst ruhig sein« (nach J. M. →Simmel). □ 1978: »Konfusionen« (Theater, von A. →Ayckbourn). □ 1986: »Das Mädchen im Apfelbaum« (TV).

Pfitzner, Hans Erich
dt. Komponist
* 5.5.1869 Moskau (Rußland)
† 22.5.1949 Salzburg (Österreich)

Pfitzner war Kompositionslehrer und förderte als Orchesterleiter u. a. in Berlin, München und Straßburg die Aufführung von Werken romantischer Komponisten. Obwohl sich P. selbst gegen die Charakterisierung, er sei der »letzte Romantiker«, wandte, bildet sein Œuvre, das dem Musikstil des 19. Jh.s verpflichtet ist, einen späten Ausklang dieser Epoche (»Lieder nach Gedichten von J. Eichendorff«, 1888/89). In engagierten Streitschriften (»Futuristengefahr«, 1917, gegen F. →Busoni) verteidigte P. die klassisch-romantische Tradition gegen die Ästhetik der Avantgarde. Zu seinen Hauptwerken zählt die Oper »Palestrina« (UA München 1917).

□ 1886-90: Studium am Hochschen Konservatorium. □ 1892/93: Dozent am Konservatorium Koblenz. □ 1894-96:

Hans Erich Pfitzner: Komponist in der Tradition der Romantik.

Theaterkapellmeister in Mainz. □ 1897-1907: Kompositionslehrer am Stern'schen Konservatorium in Berlin. □ 1903-06: Kapellmeister am Theater des Westens in Berlin. □ 1907/08: Dirigent des Kaim-Orchesters in München. □ 1908-18: Städtischer Musikdir. in Straßburg (1910-16 Operndir.). □ 1918: Gründung des Hans-Pfitzner-Vereins für Dt. Tonkunst. □ 1920-29: Leiter einer Kompositionsklasse an der Berliner Akademie der Künste. □ 1929-34: Leiter einer Kompositionsklasse an der Münchner Akademie für Tonkunst. □ 1936: Ernennung zum Reichskultursenator durch J. →Goebbels.

▷ W. Abendroth (Hg.): Hans Pfitzner. Reden, Schriften, Briefe, 1955; B. Adamy: Hans Pfitzner. Literatur, Philosophie und Zeitgeschehen in seinem Weltbild und Werk, 1980.

Gérard Philipe →

← Pierre Pflimlin

Pflimlin, Pierre Eugène Jean

frz. Politiker
* 5.2.1907 Roubaix

Der christlich-demokratische Pflimlin war einer der führenden Politiker der französischen IV. Republik und bis 1958 in den meisten Nachkriegs-Regierungen vertreten. Seine Ernennung zum Premierminister gilt als Auslöser zum Putschversuch in Algerien 1958. In der darauffolgenden Zeit verlor er unter General Ch. de →Gaulle an Einfluß. Der Elsässer P. bemühte sich seit Kriegsende mit großem Engagement um eine europäische Einigung und trat, besonders während seiner Zeit als Bürgermeister von Straßburg, nachdrücklich für die deutsch-französische Aussöhnung ein.

□ vor 1933: Jurastudium in Paris und Straßburg. □ 1933: Rechtsanwalt. □ 1941/42: Im Jugendministerium. □ 1942: Richter. □ 1945: Mitgl. der christlichen Republikanischen Volkspartei (MRP). □ 1947-58: Mehrfach Min. verschiedener Ressorts. □ 1956-63: Vors. der MRP. □ 1958: Premierminister. □ 1959-67: MdEP. □ 1959-83: Bürgermeister von Straßburg. □ 1963-66: Präs. der Beratenden Versammlung des Europarats. □ 1978: Mitgl. der UDF (Neo-Gaullisten). □ seit 1979: Erneut MdEP. □ 1984-87: Präs. des Europaparlaments.

Philby, Harold Adrian Russel »Kim«

brit. Historiker und Geheimagent
* 1.1.1912 Ambela (Indien)
† 11.5.1988 Moskau (Sowjetunion)

Philby war der »erfolgreichste« Spion des 20. Jh.s. Mehr als 20 Jahre arbeitete er als Doppelagent für den sowjetischen und für den britischen Geheimdienst. Als Chef der antisowjetischen Spionageabwehr verriet er zahlreiche westliche Agenten. Zwar keimte bereits 1949/50 Mißtrauen gegen ihn auf, doch blieb er aufgrund seiner Beziehungen zunächst unbehelligt. Erst ein sowjetischer Überläufer ließ 1963 den Verdacht gegen Ph. zur Gewißheit werden. Er konnte sich rechtzeitig in die UdSSR absetzen.

□ 1929-33: Geschichtsstudium in Cambridge; Mitgl. der linksgerichteten Studentengruppe Apostel; erste Kontakte zum sowjet. Geheimdienst. □ ab 1934: Sowjetagent; offiziell Journalist und Hg. der Anglo-German Review. □ ab 1940: Mitgl. der brit. Geheimdienste Secret Intelligence Service (SIS) und Special Operations Executive (SOE); schließlich Chef der antisowjet. Spionageabwehrabteilung MI 6. □ 1949-51: Verbindungsoffizier zwischen SIS und dem amer. CIA in Washington. □ 1951-63: Korrespondent von Observer und The Economist (hauptsächlich im Nahen Osten). □ ab 1963: In Moskau, General des KGB.

▷ E. H. Cookridge: Kim Philby — Meisterspion für Moskau und London, dt. 1968.

Philipe, Gérard

frz. Schauspieler
* 4.12.1922 Cannes † 25.11.1959 Paris

Philipe wurde in Filmen wie »Stürmische Jugend«, (1946/47, nach dem Roman »Den Teufel im Leib« von R. Radiguet) und »Fanfan, der Husar« (1951) als romantischer jugendlicher Held und Abenteurer weltbekannt. In Frankreich etablierte er sich hauptsächlich als sensibler Darsteller in Verfilmungen von literarischen Klassikern (»Die Kartause von Parma«, 1947; »Rot und Schwarz«, 1954). Ph. war in den 40er und 50er Jahren zudem einer der bedeutendsten französischen Theaterschauspieler und bewies als »Prinz von Homburg« oder »El Cid« das breite Spektrum seiner darstellerischen Fähigkeiten.

□ 1943: Erste Nebenrolle in »Die Kleinen vom Blumenkai«. □ 1945: Titelrolle in einer Theaterinszenierung von A. →Camus' »Caligula«. □ 1946: Titelrolle in dem Film »Der Idiot« nach Dostojewski. □ 1950: »Der Reigen« (Rg. M. →Ophüls). □ 1955: »Das große Manöver« (Rg. R. →Clair). □ 1956: »Die Abenteuer des Till Eulenspiegel« (Rg. Y. Allégret). □ 1958: »Montparnasse 19« (Rg. J. Becker). □ 1959: »Gefährliche Liebschaften« (Rg. R. Vadim); »Für ihn verkauf' ich mich« (Rg. L. →Buñuel).

▷ G. Sadoul: Gérard Philipe, frz. 1967; A. Philipe: Nur einen Seufzer lang, 1971.

Piaf, Edith

(eig. Edith Giovanna Gassion)
frz. Chansonsängerin
* 19.12.1915 Belleville † 11.10.1963 Paris

»Spatz von Paris« nannten sie zärtlich Freunde und Anhänger, tatsächlich war sie die Königin

Edith Piaf: Die Chansoninterpretin wurde als »Spatz von Paris« berühmt.

des französischen Chansons, entdeckte und förderte selbst zahlreiche spätere Stars dieses Genre (u. a. Ch. →Aznavour, G. →Bécaud). P. beherrschte und prägte diese Musik wie kein anderer Künstler vor und nach ihr. »La vie en rose«, »Milord«, »Non, je regrette rien«, »Le ciel est fermé« und »Le petit Monsieur Triste« wurden die auch im Ausland bekanntesten ihrer zahlreichen, mit brüchiger, trauriger Stimme gesungenen Lieder.

☐ 1935: Erstes Engagement in einem Nachtclub am Pigalle. ☐ 1937: Durchbruch im »Théâtre de l'ABC«. ☐ 1946: Erster Hit in Frankreich »La vie en rose«. ☐ 1960: Nr. 1 in Deutschland mit »Milord«. ☐ 1963: »Les plus grands succès« (LP).

Renzo Piano →

Piaget, Jean

schweiz. Psychologe
* 9.8.1896 Neuenburg (Neuchâtel)
† 16.9.1980 Genf

Piagets Studien über die geistigen Entwicklungsstufen des Kindes sind von grundlegender Bedeutung für die Entwicklungspsychologie und Pädagogik geworden. P. und seine Mitarbeiter erforschten die kognitiven Entwicklungsstrukturen beim Kind.
In den 20er Jahren stand zunächst die Frage des Zusammenspiels zwischen Sprache und Denken im Vordergrund, in den 30er und 40er Jahren die der Entwicklung von Raum-, Zeit- und Kausalvorstellungen sowie der moralischen Urteilsbildung von Kindern im Schulalter. P. untermauerte in den 50er Jahren sein Arbeitsgebiet, »genetische Epistemologie« genannt, mit theoretischen und philosophischen Untersuchungen.

☐ 1919: Assistent von A. →Binet in Paris. ☐ 1921: Oberarzt am Inst. J.-J. Rousseau, Genf. ☐ 1929-66: Prof. an der Univ. Genf. ☐ 1939: »Das Erwachen der Intelligenz beim Kinde« (Schr., dt. 1969). ☐ 1941: »Die Entwicklung des Zahlenbegriffs beim Kinde« (Schr., dt. 1965). ☐ 1945: »Nachahmung, Spiel und Traum. Die Entwicklung der Sprechfunktion beim Kinde« (Schr., dt. 1969). ☐ 1948: »Die Entwicklung des räumlichen Denkens beim Kinde« (Schr., dt. 1971); »Die natürliche Geometrie des Kindes« (Schr., dt. 1974). ☐ 1950: »Abriß der genetischen Epistemologie« (Schr., dt. 1974). ☐ 1952-63: Lehrtätigkeit an der Sorbonne. ☐ 1955: Mitbegründer und Leiter der von der Rockefeller Foundation unterstützten interdisziplinären Forschungsstätte Centre international d'épistémologie génétique, Genf. ☐ 1968: »Gedächtnis und Intelligenz« (Schr., dt. 1974).

▷ M. A. Pulaski: Piaget. Eine Einführung in seine Theorie und sein Werk, 1978; H. Schneider: Die Theorie Piagets. Ein Paradigma für die Psychoanalyse?, 1981.

J. Piaget untersuchte die Entwicklungsphasen des Kindes.

Piano, Renzo

ital. Architekt
* 14.9.1937 Genua

Piano verfolgt in Anlehnung an die Ideen A. →Sant'Elias einen Baustil der offenen Konstruktion, in dem auch sein bislang bedeutendster Bau, das Centre Georges Pompidou in Paris (mit Richard Rogers), entstand. Der Eindruck des gewaltigen technoiden Baus, auch als »Kulturmaschine« apostrophiert, wird vom außenliegenden Traggerüst bestimmt, an das in stufenförmiger Anordnung die verglasten Rolltreppenröhren angehängt sind. Die Rückseite des Gebäudes wird durch die freiliegenden Versorgungsleitungen akzentuiert. Durch die Kombination von Stahl, Glas und Farbe sowie die hochtechnisierte Konstruktionsform erhält der Gesamtbau einen futuristischen Anstrich. P.s folgende Bauten setzen diesen architektonischen Ansatz fort und beziehen soziale Anliegen in die Planung mit ein.

☐ 1970: Nach Studium und Lehrtätigkeit am Politecnico in Mailand Projektierung des ital. Industriepavillons auf der Expo in Osaka; Zusammenarbeit mit R. Rogers. ☐ 1971-77: Bau des Centre National d'Art et de Culture Georges Pompidou (mit Rogers). ☐ 1973: B&B-Italia-Bürogebäude in Novedrate bei Como. ☐ ab 1977: Büro in Genua (mit Rogers). ☐ 1978-82: Wohnviertel Il Rigo in Corciano bei Perugia. ☐ 1979: Sog. Quartierslaboratorium für die Stadterneuerung von Otranto. ☐ 1981-83: Museumsbau für die De Menil Collection in Houston, Texas ☐ 1987-90: Stadion in Bari.

A. Piazolla läßt den argentinischen Tango wieder aufleben.

Piazolla, Astor

argent. Musiker
* 9.3.1921 Mar del Plata

Der argentinische Komponist, Arrangeur und Bandleader Piazolla wurde als Pionier des »Tango Nuevo« zum einflußreichsten Musiker Südamerikas. Diese moderne Form des Tango verbindet Elemente des Jazz, Rock, der Klassik und der europäischen populären Musik wie z. B. des französischen Chansons. Geprägt ist der kraftvoll-emotionale Stil P.s durch seine diatonische Technik auf dem Bandoneon, einer kleinen Ziehharmonika, mit der er auch im Baßbereich Einzeltöne spielen kann. Er komponiert für Opern, Filme und das Fernsehen und arbeitete u. a. mit dem Literatur-Nobelpreisträger J. L. →Borges zusammen.

□ 1925: Umzug nach New York. □ 1937: Rückkehr nach Buenos Aires, Musikstudent bei Alberto Ginastera. □ 1946: Gründung eines eigenen Orchesters. □ 1954: Musikstudium in Paris bei N. →Boulanger. □ 1955: Rückkehr nach Buenos Aires; Gründung des »Octeto Buenos Aires«. □ 1975: »Tango Nuevo« (LP mit G. →Mulligan). □ 1980: Gründung des »New Tango Quintet«. □ 1988: »Tango: Zero Hour« (LP). □ 1989: »Live in Vienna« (LP mit Aufnahmen von 1983); »The rough dancer and the cyclical night« (LP); »The sadness of a double a« (LP). □ 1990: »La Camorra« (LP).

Picabia, Francis Martínez de

frz. Maler und Grafiker span. Herkunft
* 22.1.1897 Paris † 30.11.1953 ebd.

Picabia, einer der vielschichtigsten Künstler der Moderne, gehört zu den bedeutenden Anregern der Kunst des 20. Jh.s. Bereits 1909 malte er abstrakte Bilder, bevor er sich dem Dadaismus zuwandte, zu dem er mit seinen Bildern, Zeichnungen, Assemblagen, Collagen und Schriften einen großen Beitrag leistete. Auch die zuvor entstandenen Werke, abstrakt-kubistische Kompositionen (z. B. »Udnie«, 1913, Paris Musée National d'Art Moderne), waren in ihrem Geometrismus folgenreich. Es schlossen sich ironisch eingesetzte Maschinenmotive an (z. B. »Das ohne Mutter geborene Mädchen«, 1916/17, London, Privatsammlung). In den 30er Jahren folgten lyrisch gestimmte Bilder mit realistischen, sich transparent durchdringenden Motiven, darauf in provokativer Weise auf äußerste Banalität hin angelegte Sujets, später abstrakt-expressive Werke.

Francis Picabia: Vom Dadaismus über den Kubismus zum Abstrakten Expressionismus.

□ 1911: Anschluß an die abstrakte Tendenzen vertretende Gruppe Section d'Or; gleichzeitig Beeinflussung durch den analytischen Kubismus und Orphismus. □ ab 1915: Aufenthalt in New York; Freundschaft mit M. →Duchamp. □ 1915-21: Mechanistische Periode. □ 1917: Gründung der dadaistischen Zeitschrift »391«. □ 1918/19: Verbindung zu den Züricher Dadaisten. □ um 1925: Surrealistischer Einfluß. □ 1927: Serie der »Transparents«. □ nach 1930: Tendenz zu bewußt trivialisierten Motiven und Kompositionen. □ nach 1945: Annäherung an den Abstrakten Expressionismus. □ postum 1976: Große Retrospektive im Pariser Grand Palais.

▷ Picabia 1879-1953 (Monografie), 1988.

Picasso, Pablo

(eig. Pablo Ruiz y Picasso)
span. Künstler
* 25.10.1881 Málaga
† 8.4.1973 Mougins bei Cannes (Frankreich)

Picasso ist der bedeutendste Maler der Moderne. Der Schöpfer des Kubismus (mit G. →Braque) gelangte im Verlauf seines vielfältigen Werks u. a. zu Neuformulierungen klassischer Inhalte und übte großen Einfluß auf die moderne Kunst aus. Spiegel der modernen Kunstentwicklung und P.s Innovationsvermögen sind auch die

Pablo Picasso: Das Jahrhundertgenie war Mitbegründer des Kubismus und setzte mit seinem vielseitigen Werk ästhetische Kunstmaßstäbe.

lange Zeit kaum beachteten Plastiken. Sein zeichnerisches und grafisches Œuvre ist in seiner Fülle kaum überschaubar.
P. begann mit so eindringlichen Studien menschlicher Einsamkeit wie »Die Absinthtrinkerin« (1902; Blaue Periode) und melancholischen Bildern von Gauklern (Rosa Periode). Wenig später traten Formprobleme in den Vordergrund, so in dem epochalen Werk »Les Demoiselles d'Avignon» (1906/07, New York, Museum of Modern Art), das, von afrikanischen Masken beeinflußt, in der angestrebten Vermittlung von Gegenstandsvolumen und Bildfläche den sog. analytischen Kubismus mit seiner Formzersplitterung und Vielansichtigkeit, ohne Perspektive und Tiefenräumlichkeit, ankündigt, der sich ab 1909 ganz ausprägte (»Sitzende Frau«, 1909, Paris, Musée National d'Art Moderne, Centre Georges Pompidou). Den Übergang zum synthetischen Kubismus markieren zunächst Collagen (»papiers collés«) aus Zeitungsausschnitten, Tapetenresten und zeichnerischen Elementen (»Bouteille de Viaux Marc«, 1912, Paris, ebd.). Diese mündeten dann in die aus tektonischen Formen zusammengesetzten Bilder (»Violine«, 1912, Stuttgart, Staatsgalerie). Das Verhältnis von Gegenstands- und Bildrealität untersuchte P. auch in Materialmontagen wie der aus Blechteilen zusammengefügten »Gitarre« (1912, New York, Museum of Modern Art). In der Folge trafen in P.s Werk alle erarbeiteten Prinzipien mit immer neuen Ansätzen zusammen. So widmete er sich ab 1920, dem Beginn der sog. neoklassizistischen Periode, bis in das Spätwerk hinein klassischen Motiven neben Themen wie Stierkampf, Maler und Modell sowie Frauenbildnissen.
Einer der vielen Höhepunkte ist das monumentale Gemälde »Guernica« (1937, Madrid, Museo del Prado) — Protest gegen den Krieg am Beispiel des Angriffs der deutschen Luftwaffe auf den baskischen Ort Guernica. P.s politisches Engagement kommt auch in seinem Radierzyklus »Traum und Lüge Francos« (1937, Bremen, Kunsthalle) zum Ausdruck. Zahlreich sind die Meisterwerke in P.s plastischem Werk, wie z. B. der kubistische »Frauenkopf (Fernande)« von 1909, die Serie der bemalten Bronzegüsse zum Thema »Absinthglas« (1914), die Drahtplastiken oder der aus Fahrradsattel und -lenker zusammengefügte »Stierkopf« von 1943 (alle Paris, Musée Picasso).
P. stiftete einen großen Teil seines Werks dem französischen Staat, der das Musée Picasso in Paris mit der heute reichhaltigsten Sammlung seiner Bilder, Grafiken und Skulpturen einrichtete.

□ ab 1897: Studium an der Madrider Kunstakademie. □ ab 1900: Atelier in Paris. □ 1901: Ausstellung bei A. →Vollard ebd. □ 1901-05: Sog. Blaue Periode. □ 1902: Erste Skulptur (»Sitzende Frau«). □ 1904: Atelier im sog. Bateau Lavoir in Paris, das Treffpunkt der künstlerischen Avantgarde wird. □ 1905/06: Sog. Rosa Periode. □ 1906/07: Unter dem Einfluß P. →Cézannes' und der afr. Kunst Hinwendung zu präkubistischen Bildern (période negre). □ ab 1908/09: Analytischer Kubismus. □ 1911-14: Zusammenarbeit mit G. Braque. □ 1912: Übergang vom analytischen zum synthetischen Kubismus; erste »papier collés«. □ ab 1913: Montagen aus Blech, Karton und anderen Materialien. □ 1918: Heirat mit Olga Koklowa. □ ab 1920: Hinwendung zu klassischen Themen. □ 1925: Beteiligung an der ersten surrealistischen Ausstellung in Paris. □ 1928/29: Drahtplastiken; erste Eisenskulpturen (mit J. →González). □ 1930: Kauf von Schloß Boisgeloup (Frankreich); Konzentration auf Skulpturen. □ ab 1931: Beziehung zu Marie-Thérèse Walter. □ ab 1933/34: Serie von Stierkampfbildern und -radierungen. □ 1936: Bei Ausbruch des Span. Bürgerkriegs auf der Seite der Republikaner; Dir. des Museo del Prado in Madrid. □ 1940: Rückkehr nach Paris. □ ab 1943: Beziehung zu Françoise Gilot. □ ab 1945: Beschäftigung mit der Lithografie. □ ab 1946: Keramikarbeiten in Vallauris. □ 1952: Zwei große Wandbilder für die Kapelle in Vallauris. □ ab 1958: Ehe mit Jacqueline Roque. □ 1962-65: Betonskulpturen. □ 1968: Große Radierserien (Themen: Maler und Modell, Die Liebenden). □ 1970: Eröffnung des Picasso-Museums in Barcelona. □ postum 1985: Eröffnung des Musée Picasso in Paris.

▷ A. Baumann: Pablo Picasso, Leben und Werk, 1976; F. Gilot: Leben mit Picasso, 1980; E. Quinn: Picasso, Mensch und Bild, 1987; H. L. C. Jaffe: Pablo Picasso, NA 1988; F. Gilot: Henri Matisse, Pablo Picasso, 1990.

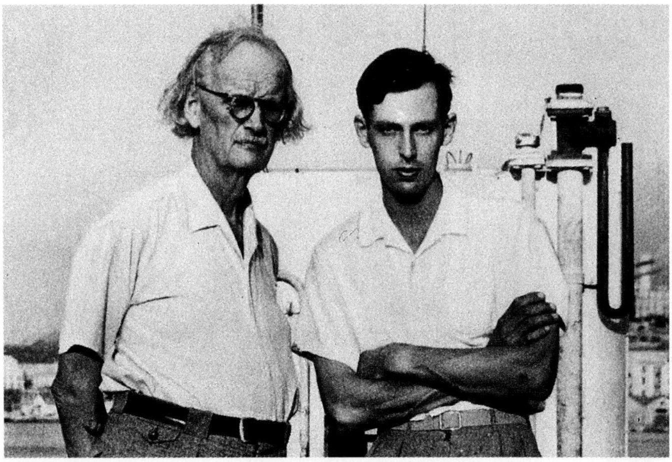
Auguste Piccard und sein Sohn Jacques erforschten mit Tauchbooten die Tiefsee.

Piccard, Auguste

schweiz. Physiker
* 28.1.1884 Lutry, Kt. Waadt † 25.3.1962 Lausanne

Piccard, der sich mit der kosmischen Strahlung und den ionisierten Atmosphärenschichten befaßte, unternahm 1931/32 erste bemannte Stratosphärenflüge in einer Druckkabine, getragen von einem Ballon. Von Augsburg aus erreichte P. mit seinem Assistenten Paul Kipfer 15 781 m, von Zürich eine Höhe von 16 201 m. Ab 1947 wandte sich P. Tiefseetauchversuchen zu und stieß 1953 mit dem »Bathyscaphe« (einer Stahlkugel, getragen von einem zigarrenförmigen Schwimmkörper) im Tyrrhenischen Meer in eine Tiefe von 3150 m vor. Sein Sohn, J. →Piccard, setzte die Tiefseeforschung mit dem zweiten Bathyscaphe »Trieste« fort. P.s Zwillingsbruder Jean († 28.1.1963 Minneapolis) erreichte 1934 mit einem Ballon die Höhe von 17 500 m.

□ 1917-22: Prof. an der ETH Zürich. □ 1922-39: Prof. am Polytechnischen Inst. in Brüssel. □ 1949: »Zwischen Himmel und Erde« (Schr.). □ 1954: »Über den Wolken — unter den Wellen« (Schr.).

Piccard, Jacques

schweiz. Tiefseeforscher und Ozeanograph
* 28.7.1922 Brüssel

Piccard, Sohn von A. →Piccard, erreichte 1960 mit dem Tauchboot »Trieste« die bislang größte Meerestiefe: 10916 m (»Zur tiefsten Tiefe«, 1961, dt. 1962). 1968 unternahm P. mit dem Tiefseetauchboot »Ben Franklin« eine 2500 km lange Unterwasserfahrt im Golfstrom von Florida nach Neu-Schottland (»Tauchfahrt im Golfstrom« Sachb., 1972). P., der in den 60er Jahren Tauchfahrten als Touristenattraktion anbot, leitet die von ihm gegründete Stiftung zum Studium und zum Schutz der Meere und Seen in Cully am Genfer See.

Piccoli, Michel

frz. Schauspieler
* 27.12.1925 Paris

Piccoli, einer der meistbeschäftigten französischen Schauspieler, verkörpert häufig bürgerliche Figuren mit dekadenten Zügen. Nach seiner Hauptrolle in J.-L. →Godards »Die Verachtung« (1963, mit B. →Bardot) wurde P. in »Belle de Jour — Schöne des Tages« (1966/67, mit C. →Deneuve) und weiteren Filmen von L. →Buñuel zum international gefragten Star.

Der vielseitige Schauspieler Michel Piccoli.

□ ab 1948: Schauspieler an Pariser Bühnen. □ 1966-77: Ehe mit der Chansonsängerin J. →Greco. □ 1966/67: »Belle de Jour — Schöne des Tages«. □ 1968: »Topas« (Rg. A. →Hitchcock). □ 1969: »Die Dinge des Lebens« (mit R. →Schneider, Rg. C. Sautet). □ 1970: »Das Mädchen und der Kommissar» (Mit R. Schneider, Rg. C. Sautet). □ 1972: »Der diskrete Charme der Bourgeoisie« (Rg. L. Buñuel). □ 1973: »Blutige Hochzeit« (Rg. C. →Chabrol); »Das große Fressen« (mit M. →Mastroianni, Rg. M. Ferreri). □ 1974: »Trio infernal« (mit R. Schneider, Rg. F. Girod). □ 1976: »Mado« (Rg. C. Sautet). □ 1980: Schauspielerpreis von Cannes. □ 1982: »Passion« (mit I. →Huppert, Rg. J.-L. Godard). □ 1984: Frz. Staatspreis für Kunst und Kultur. □ 1989: »Eine Komödie im Mai« (mit Miou-Miou, Rg. L. →Malle).

Georg Picht →

Picht, Georg

dt. Pädagoge und Religionsphilosoph
* 9.7.1913 Straßburg (heute Frankreich)
† 7.8.1982 Hinterzarten, Schwarzwald

Mit seiner Artikelserie »Die deutsche Bildungskatastrophe« (in der Wochenzeitung »Christ und Welt« 1964) wies Picht auf die Dringlichkeit der Bildungsreform in der BRD hin. P. war 1952-62 Mitglied des Deutschen Ausschusses für das Erziehungs- und Bildungswesen und empfahl aufgrund seiner alarmierenden Befunde sog. Förderstufen für das 5. und 6. Schuljahr. P. engagierte sich in den 70er Jahren im Umweltschutz und in der Friedensforschung.

□ 1945-55: Leiter des Landeserziehungsheims Birklehof, Hinterzarten. □ ab 1958: Leiter der Forschungsstätte der Ev. Studiengemeinschaft, Heidelberg; ab 1965 Prof. an der Univ. ebd. □ 1965: »Die Verantwortung des Geistes. Pädagogische und politische Schriften«; Theodor-Heuss-Preis. □ 1969: Mitgl. des PEN-Zentrums der BRD; »Mut zur Utopie« (Rundfunkvorträge); Mithg. der »Studien zur Friedensforschung«. □ 1970: Kuratoriumsmitgl. der Dt. Gesellschaft für Friedens- und Konfliktforschung. □ 1971: »Was heißt Friedensforschung?« (mit W. Huber). □ 1972: »Theologie und Kirche im 20. Jh.« (Schr.).

Wilson Pickett: Der Soulmusiker begann seine Karriere in Gospelchören.

Pickett, Wilson

amer. Soulmusiker
* 18.3.1941 Prattfield, Alab.

Pickett wurde Mitte der 60er Jahre mit seinem harten, aggressiven Gesang einer der bestimmenden Musiker des Soul. Hits wie »In the midnight hour« oder »Land of a thousand dances« popularisierten den Soul. Angefangen hatte er in Gospelchören, und der Gospel prägte auch den Stil der Gruppe The Falcons, der er sich in Detroit anschloß. 1964 wechselte der geschäftstüchtige P. die Plattenfirma (ebenso 1981), arbeitete mit Booker T. Jones zusammen, und aus dem Gospelsänger wurde ein Soulstar.

□ 1957: Gospelgruppe The Violinaires in Detroit. □ 1959: Sänger der Band The Falcons. □ 1962: Erster gemeinsamer Hit »I found a love«. □ 1965: Erster eigener Soulhit »In the midnight hour«. □ 1967: »The Best of Wilson Pickett« (LP). □ 1974: »Pickett in the pocket« (LP). □ 1987: »American soul man« (LP).

Mary Pickford: Mitgründerin der »United Artists«.

Pickford, Mary

(eig. Gladys Smith)
amer. Schauspielerin
* 8.4.1893 Toronto (Kanada)
† 29.5.1979 Los Angeles, Kalif.

Pickford, einer der ersten Stars der Filmgeschichte, verkörperte in über 200 Stummfilmen die verfolgte Unschuld. 1915 wurde America's Sweatheart, deren Markenzeichen ihre Ringellöckchen waren, zur populärsten Frau des Jahres gewählt. Für ihre Hauptrolle in »Coquette« bekam sie 1928 den erstmals verliehenen Tonfilm-Oscar. Mit 82 Jahren erhielt P., die mit 40 ihren letzten Film drehte, den Ehren-Oscar.

□ 1919: Gründung der Produktionsfirma »United Artists« mit Ch. →Chaplin, D. →Fairbanks sen. und D. W. →Griffith. □ 1925-35: Ehe mit D. Fairbanks sen. □ 1929: »Der Widerspenstigen Zähmung« (mit D. Fairbanks sen., Rg. S. Taylor). □ 1933: Letzter Film: »Secrets«. □ 1975: Ehren-Oscar.

Pieck, Wilhelm

dt. Politiker
* 3.1.1876 Guben/Oder † 7.9.1960 Ost-Berlin

Als Schüler von R. →Luxemburg orientierte sich Pieck ab 1915 zum linken Flügel der SPD. Nach Gründung der KPD (1918) stieg der Berufsfunktionär durch zahlreiche Ämter in seiner Partei und in der Kommunistischen Internationale (Komintern) auf. Ab 1934 im Exil in der Sowjetunion, gehörte P. zu den Mitgründern der DDR. Als Vorsitzender der SED (ab 1946) und Präsident der DDR (ab 1949) besaß er jedoch nur wenig politischen Einfluß.

□ 1895: Mitgl. der SPD. □ 1899: Parteifunktionär. □ 1916: Mitgl. des Spartakusbundes. □ 1917: Mitgl. der USPD. □ Dez.1918: Mitbegründer der KPD; Mitgl. des ZK. □ 1921-28; 1932/33: Mitgl. des preuß. Abgeordnetenhauses. □ 1928-33: MdR. □ 1930-32: Mitgl. des preuß. Staatsrats. □ 1931: Mitgl. des Präsidiums der Komintern. □ 1933: Exil in der Tschechoslowakei. □ 1934-45: In der UdSSR; dort Generalsekretär des Komintern; Mitbegründer des Nationalkomitees Freies Deutschland. □ 1935-46: Vors. der KPD. □ 1946-54: Mitvors. der SED. □ 1949-60: (einziger) Präsident der DDR.

← Wilhelm Pieck

▷ H. Vosske: Wilhelm Pieck — Biographischer Abriss, 1975; H. Vosske: Unser Wilhelm. Erinnerungen an Wilhelm Pieck, 1979.

Josef Pieper →

Pieper, Josef

dt. Philosoph und Schriftsteller
* 4.5.1904 Elte/Rheine

Pieper ist mit seinen philosophisch-theologischen Publikationen über Grundfragen der Ethik bekannt geworden. Sein umfangreiches, meist aus Essays bestehendes Werk umfaßt auch biografisch-einführende Schriften wie »Thomas von Aquin. Leben und Werk« (1958) sowie Problem- und Fragestellungen wie »Was heißt Glauben? Vierundzwanzig Rundfunkansprachen« (1974). Unter Nutzung aller Möglichkeiten der Medien vermittelt P. zudem praktische Lebensweisheit wie »Die Kunst, nicht zu verzweifeln« (Tonkassetten, 1989).

□ 1934: »Vom Sinn der Tapferkeit« (Schr.). □ 1939: »Zucht und Maß« (Schr.). □ 1946-74: Prof. an der Pädagogischen Akademie Essen und an der Univ. Münster. □ 1948: »Wahrheit der Dinge« (Schr.); »Muße und Kult« (Schr.); »Was heißt philosophieren?« (Schr.). □ 1953: »Über die Gerechtigkeit« (Schr.). □ 1957: »Glück und Kontemplation« (Schr.). □ 1963: »Tradition als Herausforderung — Reden und Aufsätze«. □ 1966: »Kümmert euch nicht um Sokrates. Drei Fernsehspiele«. □ 1970: »Mißbrauch der Sprache — Mißbrauch der Macht« (Schr.). □ 1972: »Über die Liebe« (Schr.). □ 1974: »Über die Schwierigkeiten, heute zu glauben« (Schr.). □ 1981: Romano-Guardini-Preis. □ 1989: »Göttlicher Wahnsinn. Eine Platon-Interpretation« (Schr.).

▷ J. Pieper: Noch wußte es niemand. Aut. Aufzeichnungen 1904-45, 1976; ders.: Noch nicht aller Tage Abend. Aut. Aufzeichnungen 1945-64, 1979; ders.: Eine Geschichte wie ein Strahl. Aut. Aufzeichnungen seit 1964, 1988.

Abbé Pierre

(eig. Henri Pierre Grouès)
frz. Theologe (kath.)
* 5.8.1912 Lyon

Abbé Pierre gründete 1949 in Neuilly, am Stadtrand von Paris, die »Brüderschaft vom Emmaus«, um mit ihr die Wohnungsnot in der Hauptstadt zu bekämpfen. Die Emmaus-Bruderschaft, die heute in 50 Ländern tätig ist, öffnete ihr erstes Obdachlosenasyl in dem stren-

Abbé Pierre gründete zahlreiche Obdachlosenheime.

gen Winter 1953/54, als etwa 90 Clochards in der französischen Hauptstadt erfroren.

□ 1930: Eintritt in den Kapuzinerorden. □ 1942: Mitgl. der frz. Widerstandsbewegung unter dem Decknamen Abbé Pierre. □ 1945-51: Abg. des Dep. Meurthe-et-Moselle in der frz. Nationalversammlung. □ 1981: Offizier der Ehrenlegion. □ 1989: Großer Preis der Académie des sciences morales et politiques. □ 1991: Balzan-Preis (mit G. →Ligeti).

Piggott, Lester

engl. Jockey
* 5.11.1935 Vantage

Piggott, der in seiner 25jährigen Karriere (1959-83) mindestens 4347 Siege geritten hat, gewann 29 klassische Rennen, darunter neunmal das Englische und dreimal das Deutsche Derby (1957 mit Orsini, 1963 mit Fanfar und 1967 mit Luciano). Elfmal sicherte er sich das englische Championat. Im Herbst 1990 startete P. ein Comeback nach einer Strafe wegen Steuerhinterziehung.

Pigou, Arthur Cecil

brit. Nationalökonom
* 18.11.1877 Ryde, Isle of Wight
† 7.3.1959 Cambridge

Mit seinem Hauptwerk »The economics of welfare« (1920) trug Pigou wesentlich zur Entwicklung der sog. Wohlfahrtökonomie (V. →Pareto) sowie zur Analyse antizyklischer Konjunkturerscheinungen bei. Er plädierte für eine intensive Staatstätigkeit, die u. a. Besteuerung, Lohnregelungen und Monopolkontrollen umfassen sollte. Im Rahmen der Gleichgewichtsanalyse formulierte er den sog. Pigou-Effekt: Bei einem durch Unterbeschäftigung herbeigeführten sinkenden Preisniveau werden die Haushalte ihre Konsumnachfrage erhöhen und damit eine Belebung der gesamtwirtschaftlichen Nachfrage, der Produktion und Beschäftigung herbeiführen. Somit könne die Wirtschaft — entgegen der Auffassung J. M. →Keynes — aus ihrer Depressionsphase geführt werden.

□ bis 1899: Studium. □ 1901-08: Dozent an der Univ. Cambridge. □ 1908-43: Prof. für politische Ökonomie in Cambridge, Nachfolger von A. →Marshall. □ 1923: »Essays in applied economics« (Es.s). □ 1933: »The theory of unemployment« (Schr.). □ 1950: »Keynes' »General Theory«: A retrospective view«.

▷ D. Collard: A. C. Pigou. Pioneers of modern economics in Britain, 1981.

Pilnjak, Boris A.

(eig. B. A. Wogau)
sowjet. Schriftsteller
* 11.10.1894 Moschaisk † 1937 (in Lagerhaft)

Pilnjak war einer der ersten Schriftsteller, die der Oktoberrevolution literarischen Ausdruck gaben. In seinem Roman »Das nackte Jahr« (1922, dt. 1964) schildert er das Chaos von Revolution und Bürgerkrieg ohne Anspruch auf Erkenntnis geschichtlicher Zusammenhänge. »Maschinen und Wölfe« (1925, dt. 1946), sein bedeutendster Roman, verweist bereits im Titel auf die Situation der russischen Bevölkerung zwischen Industrialisierung und Traditionsgebundenheit. P., dessen Erzählweise von A. →Bely beeinflußt wurde, fand zunächst offizielle Anerkennung, wurde aber später ein Opfer stalinistischer »Säuberungen«.

Boris Pilnjak, Autor von »Maschinen und Wölfe«, in seinem Arbeitszimmer in Moskau.

← A. C. Pigou

Piłsudski, Józef Klemens

poln. Politiker und Militär
* 5.12.1867 Zulowo bei Wilna
† 12.5.1935 Warschau

Piłsudski war der Begründer der Polnischen Republik nach dem 1. Weltkrieg. Seit seiner Jugend in der Polnischen Sozialistischen Partei tätig, stellte er die Erlangung der staatlichen Unabhän-

Piłsudski (M.) umgeben von anderen Führern der Polnischen Sozialistischen Partei.

gigkeit stets über die soziale Revolution. Um sein Ziel — die Verwirklichung »Groß-Polens« — zu erreichen, ging er wechselnde Bündnisse ein.
So kämpfte P. während des 1. Weltkriegs zunächst auf der Seite der Mittelmächte gegen die Russen und wurde 1916 mit deren Hilfe, ohne formale Wahl und Titel, als Mitglied des Staatsrats Führer eines »Königreichs Polen«. Bei Kriegsende nahm er die Hilfe der Entente an und begann, mit französischer Unterstützung, die Grenzen Polens auszudehnen. Sein Jugendtraum, die alte polnisch-litauische Union wiederherzustellen, bewog ihn 1920, polnische Truppen in die Ukraine einmarschieren zu lassen. Den Gegenangriff der Roten Armee überstand Polen nur durch P.s strategisches Geschick und wieder mit französischer Hilfe (»Wunder an der Weichsel«). Nach diesem Krieg zog sich P. zunächst aus dem politischen Leben zurück.
1926 wurde er durch einem Militärputsch erneut Regierungschef. In der Folgezeit veränderte P. das parlamentarische System allmählich zu einem autoritären Regime. Den Schlußpunkt setzte er 1935 mit der »April-Verfassung«, die Polen in einen Staat mit faschistoiden Zügen umwandelte. Außenpolitisch blieb P. pragmatisch und versuchte, Polen gegen seine Nachbarn abzusichern — z. B. durch Nicht-Angriffsverträge mit der Sowjetunion (1932) und Deutschland (1934).

□ 1893: Mitbegründer der Poln. Sozialistischen Partei (PPS). □ 1914-17: Befehlshaber der Poln. Legion. □ 1916: Mitgl. des Staatsrats des Königreichs Polen. □ 1918-22: Staatschef. □ 1920: Marschall von Polen. □ 1926-28; 1930: Premierminister. □ 1926-35: Kriegsmin. und Generalstabschef.

▷ J. Piłsudski: The memories of a Polish revolutionary and soldier (Aut.), 1971; W. Jedrzejewicz: Piłdsudski. A Life for Poland, 1982.

Pimen

(eig. Sergej Michailowitsch Iswekow)
russ.-orthodoxer Patriarch
* 13.7.1910 Bogorodsk (Noginsk) bei Moskau
† 3.5.1990 Moskau

Pimen (griech. »Hirte«) verbesserte als Oberhaupt der russisch-orthodoxen Kirche (ab 1971) die Lage des Klerus und der Gläubigen gegenüber Staat und Partei. Ab 1963 Mitglied des sowjetischen Weltfriedensrates, unterstützte P. die Politik →Gorbatschows, appellierte an die Einheit aller Christen und forderte zum Frieden in Europa auf.

□ 1927: Mönch. □ 1931: Priester. □ 1954: Prior des Sergius-Dreifaltigkeitsklosters von Sagorsk, des Zentrums der russ.-orthodoxen Kirche. □ 1957: Vikarbischof in Odessa. □ 1960: Geschäftsführer und Mitgl. (ab 1961) des Heiligen Synods. □ 1961: Erzbischof von Tula und Beljow (Belew); Metropolit von Leningrad und Ladoga. □ 1963: Metropolit von Krutitzy und Kolomna. □ ab 1971: »Patriarch von Moskau und ganz Rußland«. □ 1988: Empfang bei Parteichef Gorbatschow anläßlich der Tausendjahrfeier der russ.-orthodoxen Kirche.

Der russisch-orthodoxe Patriarch Pimen während eines Gottesdienstes, 1989.

Mitglieder der Rockgruppe Pink Floyd auf dem Roten Platz in Moskau, 1989.

Pink Floyd

engl. Rockgruppe

Mit Soundcollagen, der Verwendung elektronischer Effekte, vielschichtigen Arrangements und experimentellen Klängen schuf Pink Floyd eine Reihe richtungweisender LPs wie »Ummagumma« (1969), »Dark side of the moon« (1973) oder das von Bassist, Songschreiber und Sänger Roger Waters dominierte »The Wall« (1979). Bei Konzerten waren Gitarrist und Sänger David Gilmour (* 1944), Schlagzeuger Nick Mason (* 1945), Organist Rick Wright (* 1945) und Bassist und Sänger Roger Waters (* 1944) die ersten, die auf die Musik abgestimmte Lightshows benutzten. Maßstäbe für Rock-Konzerte setzten P. auch durch das zum großen Teil von ihnen entwickelte Verstärker-System, das eine nahezu perfekte Wiedergabe im Quadrosound bei jedem Konzert erlaubte. Ihr Album »Dark side of the moon« war insgesamt 15 Jahre in den amerikanischen Hitparaden verzeichnet, ein bisher einmaliger Rekord.

Pinochet Ugarte, Augusto

chil. Politiker und Militär
* 25.11.1915 Valparaiso

General Pinochet war 1973 Anführer des mit Hilfe der USA vorbereiteten blutigen Militärputsches gegen S. →Allende. Ziel des neuen Machthabers war die »vollständige Ausrottung des Marxismus« in Chile und die Wiedereinführung der freien Marktwirtschaft. Um einen katholisch geprägten Ständestaat nach dem Vorbild Spaniens unter F. →Franco zu etablieren, schaltete er durch eine äußerst repressive Innenpolitik jede Opposition aus. P. war für schwere Menschenrechtsverletzungen verantwortlich. Erst 1988 mußte der Diktator auf internationalen und kirchlichen Druck Parteien und Wahlen zulassen, behielt aber auch nach dem Amtsantritt des christdemokratischen Präsidenten P. →Aylwin (1990) als Oberbefehlshaber der Streitkräfte großen Einfluß.

General Pinochet: 17 Jahre Chiles Diktator.

□ 1936: Offizier. □ 1955: Im Verteidigungsministerium. □ 1956: Militärattaché in Washington. □ 1959: Brigadegeneral. □ 1971: Oberbefehlshaber des Heeres. □ 1972: Ausbildung bei der US-Armee. □ seit 1973: Oberbefehlshaber der Streitkräfte; nach dem Putsch Vorsitzender der Militärjunta. □ 1980-90: Staatspräsident.

Pinter, Harold

engl. Dramatiker und Regisseur
* 10.10.1930 London

Pinter, der bedeutendste zeitgenössische Dramatiker Englands, zeigt in seinen Stücken das Leben moderner Menschen in Unsicherheit, Bedrohung und Sinnlosigkeit. Bereits in der »Geburtstagsfeier« (1959, dt. 1961) findet P. zur Form der »schwarzen Komödie«. »Der Hausmeister« (1960, dt. 1961), P.s erster internationaler Bühnenerfolg, handelt von den Kommunikationsstörungen eines jungen Mannes, der aus der Nervenklinik entlassen wurde. P., dessen frühe Werke unter dem Einfluß des absurden Theaters von S. →Beckett und E. →Ionesco stehen, wendet sich entschieden gegen die Forderung nach Interpretierbarkeit seiner Stücke und damit gegen Kollegen wie J. →Osborne oder E. →Bond. P. hat auch Kurzgeschichten, Drehbücher sowie Hör- und Fernsehspiele verfaßt und als Schauspieler und Regisseur gearbeitet.

□ 1963: »Der Liebhaber«. □ 1964: »Teegesellschaft«. □ 1969: »Schweigen«. □ 1971: »Alte Zeiten« (dt. 1972). □ 1975:» Niemandsland« (dt. 1976). □ 1976: Drehbuch zu »The last tycoon« (F., Rg. E. →Kazan, nach dem Roman von F. S. →Fitzgerald, mit R. de →Niro). □ 1979: »Betrogen«. □ 1984: »Ein Glas zum Abschied« (dt. UA 1986).

▷ K.-H. Stoll: Harold Pinter, 1977.

Heinz Piontek →

Klaus Piper →

← Harold Pinter

Piontek, Heinz

dt. Schriftsteller
* 15.11.1925 Kreuzburg, Oberschlesien

Als einer der bedeutendsten zeitgenössischen Autoren, Übersetzer und Herausgeber hat Piontek die Literaturszene der BRD entscheidend mitgeprägt.
Eigenständig und radikal subjektiv hält er am Eigenwert einer Lyrik fest, die nicht politisch oder sozial engagiert ist, sondern naturmagische und religiöse Züge trägt und — wie in seinem Gedichtband »Helldunkel« (1987) — auf modernistische Strömungen ganz verzichtet. Auch als mehrfach ausgezeichneter Autor von Romanen, Hörspielen und Essays (Georg-Büchner-Preis 1976) bevorzugt P. eine knappe, pointierte Sprache, die an den literarischen Neubeginn nach 1945 erinnert. Ende der 80er Jahre veröffentlichte P. seine Erinnerungen.

□ 1945: Nach der Entlassung aus amer. Kriegsgefangenschaft Gelegenheitsarbeiten. □ 1952: »Die Furt« (Ged.e). □ 1955: »Vor Augen« (Erz.n). □ 1961: »Weißer Panther« (Hsp.). □ 1967: »Die mittleren Jahre« (R.). □ 1979: »Das Handwerk des Lesens« (Es.s). □ 1981: »Was mich nicht losläßt« (Ged.e). □

▷ H. Piontek: Zeit meines Lebens (Erinnerungen), 1984; ders.: Stunde der Überlebenden (Erinnerungen), 1989.

Piper, Klaus

dt. Verleger
* 27.3.1911 München

Piper, eine der großen Verlegerpersönlichkeiten Deutschlands, übernahm 1956 den 1904 von seinem Vater Reinhard gegründeten Piper-Verlag, dessen musisch orientiertes Programm er um die Bereiche Zeitgeschichte, Gesellschaft, Politik, Soziologie, Psychologie und Naturwissenschaften erweiterte. Innovative Ideen und das Interesse an neuen Tendenzen des Zeitgeistes bildeten bereits nach dem 2. Weltkrieg die Grundlage für P.s erfolgreiche Verlagsarbeit.
Zu den bekanntesten Autoren des Piper-Verlags zählen u. a. K. →Jaspers, H. →Küng, I. →Bachmann, H. →Domin, A. →Huxley, G. →Tomasi de Lampedusa, P. P. →Pasolini, St. →Nadolny und J. →Amann. P. verlegt zudem Bestseller der Unterhaltungsliteratur (u. a. L.-G. →Buchheims »Das Boot«) und gründete die Taschenbuchreihe »Serie Piper«, deren Durchsetzung auf dem Markt ein verlegerisches Meisterstück war.

□ 1932: Eintritt in den väterlichen Verlag. □ 1937: Prokurist. □ 1941: Mitinhaber. □ 1974: »Piper-Almanach 1904-64«. □ 1979: »75 Jahre Piper« (Chronik und Bibliografie).

Piquet, Nelson

(eig. Nelson Soutomajor)
bras. Automobilrennfahrer
* 17.8.1952 Rio de Janeiro

Piquet, der bis 1990 bei 188 Starts 22 Große Preise gewinnen konnte, war dreifacher Weltmeister in der Formel 1: 1981 auf Brabham-Ford, 1983 auf Brabham-BMW und 1987 auf Williams Honda. 1980 belegte er in der WM-Wertung den zweiten Platz, 1986 wurde er Dritter.

Pirandello, Luigi

ital. Schriftsteller
* 26.6.1867 Agrigent † 10.12.1936 Rom

Luigi Pirandello erhielt 1934 den Literatur-Nobelpreis.

Pirandello, Nobelpreisträger von 1934, ist der bedeutendste Dramatiker des modernen italienischen Theaters. In seiner Maskentheorie stellte er die These auf, daß der Mensch viele verschiedene Rollen spielt, die er sich je nach Situation zurechtlegt. Diese These findet Ausdruck in seinen Werken, in denen er Wahrheit und Wahn, Sein und Schein hinterfragte. Einen Welterfolg erzielte P. mit seinem Drama »Sechs Personen suchen einen Autor« (1921, dt. 1925); indem er das Theater zum Gegenstand des Theaters machte, enthüllte er das Leben als Spiel. Dieses Thema wiederholte P. in verschiedenen Variationen. Für die spezifische Stilform seiner Dramen wurde der Begriff »Pirandellismo« geprägt.

☐ 1891: Abschluß des Literaturstudiums mit Promotion. ☐ 1904: »Die Wandlungen des Mattia Pascal« (R., dt. 1905). ☐ 1908: »Der Humor« (Es., dt. 1986). ☐ 1922: »Heinrich IV.« (Dr., dt. 1925). ☐ 1924: Beitritt zur Faschistischen Partei. ☐ 1925: Ernennung zum Dir. des Teatro D'Arte in Rom. ☐ 1926: »Einer, keiner, hunderttausend« (R., dt. 1928). ☐ 1929: Aufnahme in die Accademia d'Italia. ☐ 1930: »Heute abend wird aus dem Stegreif gespielt« (Dr., dt. 1930). ☐ 1934: Literatur-Nobelpreis. ☐ postum 1938: »Die Riesen vom Berge« (Dr., dt. 1949).

▷ S. Moraldo/R. M. Schmidt (Hg.): Pirandello, 1986.

Pater Pire →

Pire, Dominique Georges

belg. Dominikaner
* 10.2.1910 Dinant † 30.1.1969 Löwen

Pater Pire gründete 1950 die »Hilfe für heimatlose Ausländer und deren Europadörfer« mit ihrem Sitz in Huy, Prov. Lüttich. Für die von P. organisierten Patenschaften, Beherbergungswerke und Unterbringungen ausländischer Familien in sog. Europadörfern erhielt der Pater 1958 den Friedens-Nobelpreis. Mit dessen Hilfe gründete er 1960 das Mahatma Gandhi International Peace Centre, das später als »Friedensuniversität« über Huy hinaus bekannt wurde.

☐ 1928: Eintritt in den Dominikanerorden. ☐ ab 1934: Priester. ☐ 1937-47: Prof. für Moraltheologie an der Ordensschule La Sarte in Huy; während des 2. Weltkriegs Widerstandskämpfer. ☐ 1956-62: Gründung von sieben Europadörfern in Belgien, Deutschland und Österreich. ☐ 1959: Gründung des Verbands »Die Welt des offenen Herzens« zur Linderung des Elends und Förderung des Verständnisses unter den Völkern. ☐ 1966: »Baut den Frieden!« (Schr., dt. 1967).

▷ H. Vehenne: Pater D. Pire, dt. 1960.

Henri Pirenne →

Pirenne, Henri

belg. Historiker
* 23.12.1862 Verviers
† 24.10.1935 Uccle bei Brüssel

Pirenne erforschte auf dem Gebiet der Wirtschafts- und Sozialgeschichte des Mittelalters erstmals die Entwicklung der Stadt, ihre institutionelle, demographische und industrielle Entfaltung. Pionierarbeit leistete P. auch mit seinem Hauptwerk, der »Geschichte Belgiens« (7 Bde., 1900-32; dt. 4 Bde. 1899-1913). In seiner Schrift »Mahomet und Karl der Große« (postum 1937, dt. 1963) machte P. für den Niedergang der römisch-antiken Kultur nicht das Eindringen der Germanen in das Römische Reich verantwortlich, sondern den Einbruch des Islam in die Mittelmeerwelt.

☐ 1886-1930: Prof. an der Univ. Gent. ☐ 1916-18: Vorlesungsboykott wegen des dt. Einmarsches; Gefangenschaft und Niederschrift der »Geschichte Europas« (postum 1936, dt. 1956). ☐ 1927: Erster Präs. des Int. Historikerkongresses in Brüssel. ☐ 1933: »Sozial- und Wirtschaftsgeschichte Europas im Mittelalter« (Schr., dt. 1946).

Piscator, Erwin

dt. Theaterregisseur
* 17.12.1893 Ulm bei Wetzlar † 30.3.1966 Starnberg

Piscator gilt als einer der bedeutendsten Neuerer und zugleich als Symbolfigur des Politischen Theaters in Deutschland (B. →Brecht). Im Mittelpunkt seiner Inszenierungen, deren ästhetisches Programm sich aus der Parteinahme für das Proletariat herleitete, stand der Lehrwert und die unmittelbare politische Agitation. P. unternahm den Versuch, die konventionelle Dramenform aufzuheben, indem er die szenische Handlung mit Foto- und Filmprojektionen, Texten und Musik unterbrach und ins Historisch-Dokumentarische erweiterte. Seine zwei großen Revuen, »Revue Roter Rummel« (1924) und

Der Regisseur E. Piscator an seinem 70. Geburtstag, 1963.

»Trotz alledem« (1925), markieren den Höhepunkt der Entwicklung des politischen Massentheaters in der Weimarer Republik.

☐ 1917/18: Leitung eines Fronttheaters. ☐ 1920: Gründung des Proletarischen Theaters in Berlin. ☐ 1927: Eröffnung der ersten Piscatorbühne in Berlin mit der Uraufführung von W. Mehrings »Der Kaufmann von Berlin«; finanzieller Zusammenbruch, auch bei den zwei nachfolgenden Piscator-Bühnen. ☐ 1931: Emigration in die Sowjetunion. ☐ 1934-36: Präs. des Int. Revolutionären Theaterbundes. ☐ 1936-39: Emigration nach Paris. ☐ 1939-51: Emigration in die USA; Gründung des Dramatic Workshop in New York (Schüler u. a. T. →Williams, A. →Miller, M. →Brando, T. →Curtis). ☐ 1951-62: Gastregie in der Bundesrepublik, Schweiz, Italien, Schweden, Niederlande. ☐ 1962: Berufung zum Intendanten der Freien Volksbühne Berlin. ☐ 1963: UA von »Der Stellvertreter« (R. →Hochhut). ☐ 1964: UA von »In der Sache J. Robert Oppenheimer« (H. →Kipphardt). ☐ 1965: UA von »Die Ermittlung« (P. →Weiss). ☐ 1966: Letzte Inszenierung »Aufstand der Offiziere« (H. H. Kirst).

▷ E. Piscator: Das Politische Theater, 1929; ders.: Schriften zum Theater, 2 Bde., 1968; H. Haarmann: Erwin Piscator und die Schicksale der Berliner Dramaturgie, 1991.

Pissarro, Camille

frz. Maler und Grafiker
* 10.7.1830 Saint-Thomas, Antillen
† 12.11.1903 Paris

Pissarro gehört zu den bedeutenden Interpreten des ländlichen und des großstädtischen Lebens gegen Ende des 19. Jh.s. Als Landschaftsmaler widmete er sich zunächst der Szenerie aus baumgesäumten Dorfstraßen, Obst- und Gemüsegärten sowie Häusergruppen vor offenem Hügelland. Sein künstlerisches Thema bildeten hierbei die vom Licht hervorgerufenen Farbstimmungen der Jahreszeiten. Ab 1880 bevorzugte er die Darstellung bäuerlicher Personen inmitten ihres Arbeitsbereichs. Im Spätwerk ab 1890 herrschen Stadtansichten vor. P. erfaßte aus hochgelegenen Atelierfenstern das rege Treiben auf den Pariser Boulevards, nachdem ein Augenleiden ihm die Arbeit im Freien verwehrte. Freundschaft verband den »Patriarchen« des Impressionismus mit C. →Monet und P. →Cézanne. Um 1885 beteiligte er sich an den pointillistischen Experimenten der Neoimpressionisten George Seurat (* 1859, † 1891) und P. →Signac.

☐ 1855: Nach einem Aufenthalt in Venezuela Übersiedlung nach Paris; Kunststudium und Studienaufenthalte auf dem Land. ☐ 1870: Während des Dt.-Frz. Krieges Übersiedlung nach London. ☐ 1872: Niederlassung in Pontoise bei Paris. ☐ 1874: Organisator der ersten Ausstellung der Impressionisten in Paris, bis 1886 Teilnahme an sieben weiteren Gruppenausstellungen. ☐ 1884: Übersiedlung nach Eragny-Sur-Epte, regelmäßige Aufenthalte in Paris und anderen Städten (z. B. Rouen 1896, »Ansichten der Kathedrale«).

▷ L. R. Pissarro/L. Venturi: Camille Pissarro, 1939; J. Rewald (Hg.): Camille Pissarro, Briefe an seinen Sohn Lucien, 1950.

Papst Pius X. →

Pius X.

(eig. Giuseppe Sarto)
Papst (ab 1903)
* 2.6.1835 Riese, Prov. Treviso † 20.8.1914 Rom

Unter dem Pontifikat von Pius X., der sich ausschließlich religiösen und innerkirchlichen Problemen widmete und von der diplomatischen Politik seines Vorgängers Leo XIII. abwandte, verschärfte sich der Gegensatz zwischen Reformkatholizismus und Amtskirche. Wissenschaftliche Theologie, soweit sie einen als Gefahr für die Tradition empfundenen Fortschritt brachte, wurde durch Zensurmaßnahmen behindert oder indiziert. P. löste sich von dem sog. politischen Katholizismus, brandmarkte den Modernismus (A. →Loisy) und schritt gegen christlich-demokratische Bewegungen in Deutschland ein. In Frankreich führten die Spannungen zwischen der Republik und dem Vatikan 1905 zur Trennung von Kirche und Staat. Mit dem »Codex Iuris Canonici«, einer gigantischen Arbeitsleistung, schloß P. die Kodifizierung des kirchlichen Rechts ab. Er wurde 1954 von Papst →Pius XII. heiliggesprochen.

☐ 1884: Bischof von Mantua. ☐ 1893: Patriarch von Venedig; Kardinal. ☐ ab 1903: Papst. ☐ 1910: Einrichtung des sog. Antimodernisteneids für kath. Geistliche vor der höheren Weihe (1964 aufgehoben); Erlaß der reformationsfeindlichen »Borromäus-Enzyklika«, die auf Veranlassung Preußens und Sachsens in Deutschland nicht verlesen wurde.

Papst Pius XI. →

Pius XI.

(eig. Ambrogio Damiano Achille Ratti)
Papst (ab 1922)
* 31.5.1857 Desio, Prov. Mailand † 10.2.1939 Rom

Papst Pius XI. erließ während seines Pontifikats 18 Konkordate, in denen die Stellung der katholischen Kirche innerhalb der weltpolitischen Veränderungen nach dem 1. Weltkrieg geordnet wurde. Am wichtigsten waren die sog. Lateranverträge (1929) mit dem italienischen Staat unter B. →Mussolini, in denen die Souveränität des Heiligen Stuhls in internationalen Beziehungen und der Kirchenstaat garantiert wurden. In der bislang einzigen in deutscher Sprache ergangenen Enzyklika »Mit brennender Sorge« (1937) kritisierte P. die Kirchenfeindlichkeit des nationalsozialistischen Deutschlands.

☐ 1919/20: Nuntius in Polen. ☐ 1921: Erzbischof von Mailand; Kardinal. ☐ 1922: Zum Papst gewählt; Förderung der

Kath. Aktion mit der Enzyklika »Ubi arcano Dei consilio«. □ 1931: Ausgestaltung der kath. Soziallehre mit der Enzyklika »Quadragesimo anno« (O. v. → Nell-Breuning). □ 1933: Abschluß des Reichskonkordats, das vom NS-Staat nicht eingehalten wurde. □ 1937: Verurteilung des Kommunismus in der Enzyklika »Divini Redemptoris«.

Pius XII. verurteilte sowohl den Nationalsozialismus als auch den Kommunismus.

Pius XII.

(eig. Eugenio Pacelli)
Papst (ab 1939)
* 2.3.1876 Rom † 9.10.1958 Castel Gandolfo

Papst Pius XII., der als Nuntius für Bayern (1917-25) und das Deutsche Reich (ab 1929) am Zustandekommen der Konkordate mit Bayern (1924), Preußen (1929) und dem Deutschen Reich (1933) beteiligt war, wahrte im 2. Weltkrieg politische Neutralität. Nach Ausbruch des Krieges, den er zu verhindern suchte, vermittelte er 1939/40 und 1943 zwischen der deutschen Opposition gegen A. →Hitler und der britischen Regierung, sah jedoch im Kommunismus eine größere Gefahr als im Nationalsozialismus, was die Glaubwürdigkeit seiner Verurteilung des NS-Regimes beeinträchtigte. Von kirchlicher Bedeutung sind die unter seinem Pontifikat ergangene Dogmatisierung der Himmelfahrt Marias (1950) und die Heiligsprechung Pius' X. (1954).

□ 1917-25: Titularerzbischof von Sardes. □ 1929: Kardinal. □ 1939: Zum Papst gewählt. □ 1949: Exkommunikationsandrohung für Mitglieder der KP.

▷ S. Friedländer: Pius XII. und das Dritte Reich, dt. 1965.

Piwitt, Hermann Peter

dt. Schriftsteller
* 28.1.1935 Volksdorf bei Hamburg

← Hermann P. Piwitt

Der Essayist und Erzähler Piwitt versteht sich als Kritiker des sog. Zeitgeistes. Groß ist sein Mißtrauen gegenüber der Erkenntnis- und Wahrnehmungsfähigkeit des Individuums. In »Die Gärten im März« (R., 1979) porträtiert er die Bundesrepublik der 70er Jahre aus wechselnden Perspektiven. Ähnlich wie in seinem Roman »Rothschilds« (1972), in dem er die 50er Jahre nachzeichnete, malt er darin ein düsteres Bild der Entwicklung unserer Gesellschaft.

□ 1963/64: Veranstaltung eines Literarischen Colloquiums in Berlin. □ 1965: »Herdenreiche Landschaften« (Prosa). □ 1967: Lektor im Rowohlt Verlag. □ 1971/72: Stipendium in der Villa Massimo in Rom. □ 1971: »Das Bein des Bergmanns Wu« (Es.s). □ 1976: »Bocherini und andere Bürgerpflichten« (Es.s). □ 1981: »Deutschland — Versuch einer Heimkehr« (Es.). □ 1985: »Umsegelung von Cap Horn durch das Vollschiff Susanne 1909 in 52 Tagen« (Es.s). □ 1986: »Der Granatapfel« (R.).

Planck, Max Karl Ernst Ludwig

dt. Physiker
* 23.4.1858 Kiel † 4.10.1947 Göttingen

Planck erhielt für seine Quantentheorie 1918 den Nobelpreis.

Planck, einer der bedeutendsten Physiker des 20. Jh.s (Physik-Nobelpreis 1918), ist der Begründer der Quantentheorie, die 1900 von der klassischen zur modernen Physik überleitete.
Ausgehend von der Thermodynamik befaßte sich P. ab 1894 mit der Wärmestrahlung sowie dem Problem des »schwarzen Körpers«. Ein schwarzer Körper absorbiert elektromagnetische Strahlung aller Frequenzen und strahlt sie bei Erwärmung wieder ab, aber im höheren Frequenzbereich ist die Anzahl der verschiedenen Frequenzen höher als im niederen Bereich. Die bis dahin bekannten Strahlungsgesetze trafen entweder nur auf die niedrigen oder die hohen Frequenzen zu. 1900 entwickelte P. durch eine geniale Interpolation zwischen den Strahlungsgesetzen von W. →Wien sowie denen von J. W. St. →Rayleigh und J. H. Jeans das exakte Ge-

setz der schwarzen Wärmestrahlung, das Plancksche Strahlungsgesetz für den gesamten Frequenzbereich.
Entscheidend war P.s Hypothese, daß die elektromagnetische Strahlung nicht als kontinuierlich, sondern in Form von kleinsten Partikelchen zu betrachten sei, die er »Quanten« nannte. Die Annahme einer Existenz von Energiequanten, die nur proportionale Werte zu ihren Frequenzen annehmen können, führte P. zu der Entdeckung der nach ihm benannten Naturkonstanten, dem Planckschen Wirkungsquantum. 1905 wandte A. →Einstein erstmals die Quantentheorie erfolgreich auf den von der klassischen Physik unerklärten Photoeffekt an.

□ 1885-89: Prof. an der Univ. Kiel. □ 1889-1926: Prof. an der Univ. Berlin. □ 1912-38: Sekr. der Preuß. Akademie der Wissenschaften. □ 1916-30: »Einführung in die theoretische Physik« (5 Bde.). □ 1919: Physik-Nobelpreis des Jahres 1918. □ ab 1930: Präs. der Kaiser-Wilhelm-Gesellschaft zur Förderung der Wissenschaften. □ 1937: Rücktritt von diesem Amt aus Protest gegen die entwürdigende Behandlung jüdischer Wissenschaftler durch die Nationalsozialisten. □ 1945 (1944?): Hinrichtung seines Sohnes Erwin, der an der Verschwörung vom 20. 7. 1944 gegen A. →Hitler beteiligt war. □ 1945/46: Erneut Präs. der Kaiser-Wilhelm-Gesellschaft (nach dem 2. Weltkrieg in Max-Planck-Gesellschaft umbenannt).

▷ A. Hermann: Max Planck (Biogr.), 1973.

Plaskovitis, Spyros

griech. Schriftsteller
* 14.6.1917 Korfu

Der Verfassungsrichter Plaskovitis, der bereits in den 50er Jahren Erzählungen über die Kriegs- und Bürgerkriegszeit publiziert hat, wurde mit dem Roman »Der Staudamm« (1960) zum führenden griechischen Schriftsteller der Nachkriegszeit: Am Beispiel eines Staudamms, dessen drohender Einsturz Panik verbreitet, greift P. die Furcht des modernen Menschen angesichts einer allein durch Technologie und Rationalität geprägten Welt auf. Ähnlich wie bei F. →Kafka wird das Geschehen symbolisch überhöht.
In der Erzählung »Der Stacheldraht« (1974) schildert P. mutig die eigene Erfahrung der Ohnmacht gegenüber der Militärdiktatur (1967-74).

← Spyros Plaskovitis

□ 1951-76: Mitgl. (mit Unterbrechungen) des griech. Obersten Gerichtshofs. □ 1969-72: Inhaftierung wegen aktiven Widerstands gegen die Militärjunta; Entlassung aus Gesundheitsgründen. □ 1980: »Die Stadt« (R.).

Plate, Ludwig

dt. Zoologe
* 16.8.1862 Bremen † 16.11.1937 Jena

Mit seinen stammesgeschichtlichen und genetischen Lehrbüchern zählt Plate zu den einflußreichsten Vertretern der streng Darwinschen Evolutions- und Vererbungslehre im deutschsprachigen Raum. Die Ergebnisse seiner zahlreichen Forschungsreisen vervollständigten das Wissen über den Artenreichtum der Meeresfauna, insbesondere über die Weichtiere (Mollusken) wie Muscheln, Schnecken und Tintenfische sowie die zum Plankton zählenden mikroskopisch kleinen Rädertierchen (Rotatorien).

□ 1893-95: Expedition nach Südamerika. □ 1897-1907: »Fauna chilensis« (Schr., 3 Bde.) □ 1898-1909: Prof. an der Univ. Berlin. □ 1902-04: Forschungsreisen an das Rote Meer und nach Westindien. □ ab 1909: Als Nachfolger E. →Haeckels Dir. des Phyletischen Museums und Prof. der Univ. Jena. □ 1922-31: »Allgemeine Zoologie und Abstammungslehre« (Schr., 4 Bde.). □ 1932-38: »Vererbungslehre« (Schr., 3 Bde.).

Sylvia Plath verarbeitete in ihrem Werk eigene Erlebnisse.

Plath, Sylvia

amer. Schriftstellerin
* 27.10.1932 Boston, Mass.
† 11.2.1963 London (Selbstmord)

Plath, in den 70er Jahren postum als frühe Feministin entdeckt, verfaßte expressive Bekenntnislyrik über Themen wie Faschismus und Judenvernichtung, Krankheit und Tod, Natur und Politik. Auch ihr problematisches Vaterbild verarbeitete sie in einem Gedicht (»Daddy«, 1962). P.s unter dem Pseudonym Victoria Lucas veröffentlichter autobiografisch motivierter Roman »Die Glasglocke« (1963, dt. 1968) schildert in der an J. D. →Salinger erinnernden Tradition des Jugendromans das tragische Schicksal eines hochintelligenten, aber seelisch instabilen College-Mädchens.

□ 1955/56: Fulbright-Stipendiatin in England. □ 1956: Heirat mit dem engl. Dichter T. →Hughes. □ 1957: Rückkehr in die USA; Dozentin am Smith College. □ 1959: Erneuter Englandaufenthalt. □ 1960: »The Colossus« (Ged.e). □ postum 1965: »Ariel« (Ged.e, dt. 1974). □ 1975: »Briefe nach Hause« (dt. 1979). □ 1979: »Die Bibel der Träume« (Erz.n, dt. 1987). □ 1991: »Drei Frauen« (Ged., engl./dt.).

▷ A. Stevenson: Sylvia Plath, 1989.

Platini, Michel

frz. Fußballspieler
* 21.6.1955 Joeuf bei Nancy

Michel Platini →

Als erster Fußballspieler wurde Platini 1983-85 dreimal in Folge Europas Fußballer des Jahres. Der Mittelfeldregisseur bestritt 72 Länderspiele.

Mit dem Gewinn der Europameisterschaft 1984, an dem er als Kapitän und Torjäger (neun Tore in fünf Spielen) großen Anteil hatte, verhalf er Frankreich zum ersten internationalen Titel.

☐ 1972-79: Spieler bei AS Nancy. ☐ 1979-82: AS Saint-Etienne (Frz. Meister 1981). ☐ 1982-86: Juventus Turin. ☐ 1983: Ital. Pokalsieger. ☐ 1984: Ital. Meister (erneut 1986); Europacup der Pokalsieger. ☐ 1985: Europapokal der Landesmeister. ☐ ab 1988: Teamchef der frz. Nationalmannschaft.

▷ M. Platini: Fußball — mein Leben, 1991.

Platonow, Andrej Platonowitsch

(eig. A. P. Klimentow)
sowjet. Erzähler und Dramatiker
* 1.9.1899 Woronesch † 5.1.1951 Moskau

Erst seit den 80er Jahren wird Platonow in der UdSSR als einer der größten Sowjetautoren anerkannt. Hauptwerke sind »Die Baugrube« (R., 1969, dt. 1971) und »Tschewengur« (R., 1972, dt. 1973): Die Groteske über den Aufbau des Kommunismus und die Kollektivierung weist voraus auf die Realität des stalinistischen Terrors. Den philosophischen Hintergrund lieferte Nikolai J. Fjodorows (1828-1903) Idee der sittlichen Umgestaltung von Menschheit und Kosmos. P.s mitunter satirische Werke lassen ideologisch abweichende Deutungen zu, weswegen sie lange Zeit nur illegal kursieren konnten. Dennoch ist ihr Einfluß auf S. →Sokolow, A. →Terz u. a. unverkennbar, auch im Hinblick auf ihre sperrige, ungrammatisch scheinende Sprache.

☐ 1924: Mitgl. der marxistischen Literaturgruppe Perewal. ☐ 1929: Kritik an »Makar im Zweifel« (Erz., dt. 1988). ☐ 1931: Berufsverbot. ☐ ab 1937: Kritiker, z. T. unter Pseud. ☐ ab 1942: Kriegsberichterstatter. ☐ 1951: Tod durch Tuberkulose, mit der ihn sein aus dem Straflager heimkehrender Sohn infizierte. ☐ postum 1979: »Gedanken eines Lesers« (Es.s).

Platte, Rudolf Antonius Heinrich

dt. Schauspieler
* 12.2.1904 Hörde (heute zu Dortmund)
† 18.12.1984 Berlin

Platte, der in über 200 Filmen und zahlreichen Theaterstücken meist kauzige Nebenfiguren verkörpert hatte, löste sich mit seiner einfühlsamen Darstellung des »Hauptmann von Köpenick« (TV, 1960) vom Image des Klamotten-Komikers. Am Berliner Hebbel-Theater wurde er in den 60er Jahren zum beliebten Volksschauspieler. Als Geldschrankknacker in »Das Geld liegt auf der Bank« (C. Flatow) trat P. 500mal auf, was zum Spitznamen »Langspiel-Platte« führte.

☐ 1925: Theaterdebüt in Düsseldorf. ☐ ab 1927: Theaterarbeit in Berlin u. a. bei W. →Finck. ☐ 1933: »Hitlerjunge Quex« (Rg. H. Steinhoff). ☐ 1934: »So ein Flegel« (mit H. →Rühmann, Rg. R. A. Stemmle). ☐ 1940: »Die lustigen Vagabunden« (Rg. J. v. Alten). ☐ 1946/47: Intendant des Theaters am Schiffbauerdamm in Ost-Berlin. ☐ 1952: »Pension Schöller« (Rg. G. Jacoby). ☐ 1959: »Die Buddenbrooks« (Rg. A. Weidemann). ☐ 1962: »Ihr schönster Tag« (mit I. →Meysel, Rg. P. Verhoeven). ☐ 1969: »Die Herren mit der weißen Weste« (Rg. W. →Staudte). ☐ 1983: »Die Kaisers« (TV, mit E. →Bergner).

Georgi W. Plechanow →

← Rudolf Platte

Fritz Pleitgen →

Plauen, E. O.

(eig. Erich Ohser)
dt. Zeichner und Karikaturist
* 18.3.1903 Untergettengrün bei Adorf, Vogtland
† 6.4.1944 Berlin (Selbstmord)

E. O. Plauen gehörte zu den profilierten Zeichnern und Karikaturisten vor dem 2. Weltkrieg. Neben Illustrationen für Zeitungen und Bücher (u. a. von E. → Kästner) schuf er zarte Bleistift- und Federzeichnungen, die Eindrücke von Reisen nach Paris, durch Litauen, Ostpreußen und Rußland festhalten. Aufgrund seines Kontaktes zu Kästner und seiner Zeichnungen für die Zeitung Vorwärts wurde er von den Nationalsozialisten verfolgt. Mit der noch heute populären Cartoonserie »Vater und Sohn«, die 1934-37 wöchentlich in der Berliner Illustrierten Zeitung unter dem Pseudonym e. o. plauen erschien, wich er in die unpolitische Karikatur aus, konnte aber der Inhaftierung nicht entgehen.

☐ 1907: Übersiedlung nach Plauen. ☐ 1917-20: Schlosserlehre. ☐ 1921-24: Studium an der Akademie für Graphische Künste und Buchgewerbe in Leipzig. ☐ 1944: Verhaftung.

Plechanow, Georgi Walentinowisch

russ. Politiker und Philosoph
* 11.2.1856 Gudalowka, Gouv. Tambow
† 30.5.1918 Terijoki (heute Selenogorsk)

Plechanow war der bedeutendste sozialistische Theoretiker in Rußland vor W. I. →Lenin. In seiner Jugend strebte er als Anhänger der »Narodniki« (Volkstümler) einen slawischen Bauernkommunismus an. Erst P.s Übersetzungen von Marx und Feuerbach sowie seine späteren theoretischen Schriften machten den Marxismus in Rußland populär. Auf den jungen Lenin, den er 1895 im Exil kennenlernte, übte P. großen Einfluß aus. Nach der Februar-Revolution 1917 kehrte er nach Rußland zurück und schloß sich der provisorischen Regierung an. Er wandte sich jedoch entschieden gegen den absoluten Machtanspruch der Bolschewiki.

☐ bis 1874: Militärakademie. ☐ 1877: Mitbegründer der Gruppe Land und Freiheit (Mitgl. bis 1878). ☐ 1880-1917: Exil in Westeuropa. ☐ 1883: Gründer der marxistischen Gruppe Befreiung der Arbeit. ☐ 1894: »Anarchismus und Sozialismus« (Schr.). ☐ 1896: »Beiträge zur Geschichte des Materialismus« (Schr.). ☐ 1898: Mitbegründer der Russ. Sozialdemokratischen Arbeiterpartei (RSDAP); »Über die Rolle der Persönlichkeit in der Geschichte« (Schr.). ☐ 1900: Hg. der Zeitschrift Iskra (Funke). ☐ 1903: Anschluß an die Menschewiki.

Pleitgen, Fritz

dt. Fernsehjournalist
* 21.3.1938 Duisburg

Pleitgen, seit 1988 Leiter des Programmbereichs »Politik und Zeitgeschehen« und Chefredakteur beim WDR, ist ein erfahrener Auslandskorrespondent. 1970-77 berichtete P. für die ARD aus Moskau. 1977 ging er nach Ost-Berlin, 1982 nach Washington und 1987 nach New York, wo er auch für die UNO und Kanada zuständig war.

Plenzdorf, Ulrich

dt. Schriftsteller
* 26.10.1934 Berlin

Plenzdorf, 1978 mit dem Ingeborg-Bachmann-Preis ausgezeichnet, wurde mit dem an Goethes Roman anknüpfenden Drama »Die neuen Leiden des jungen W.« (1973; auch als Erzählung) bekannt. Im schnoddrigen Jugendjargon schilderte der sozialistisch engagierte Schriftsteller den Ausbruchsversuch eines Jugendlichen aus seiner spießbürgerlichen Welt des DDR-Alltags. P. schrieb auch Drehbücher (u. a. »Die Legende von Paul und Paula«, 1973).

□ 1954/55: Philosophiestudium in Leipzig. □ 1955-58: Bühnenarbeiter bei der DEFA (Dt. Film AG). □ 1958/59: Wehrdienst. □ 1959-63: Studium an der Filmhochschule. □ seit 1963: Szenarist und Filmdramaturg bei der DEFA. □ 1973: Heinrich-Mann-Preis der DDR. □ 1983: »Gutenachtgeschichte«. □ 1984: »Kein runter, kein fern« (Erz.n). □ 1990: »Zeit der Wölfe/Ein Tag länger als ein Leben« (Dr.).

▷ S. Mews: Ulrich Plenzdorf, 1984.

← Ulrich Plenzdorf

René Pleven →

Plessner, Helmuth

dt. Soziologe und Philosoph
* 4.9.1892 Wiesbaden † 12.6.1985 Göttingen

Plessner vertritt die These von der »exzentrischen Positionalität« des Menschen. Als »gebrochenes« Wesen lebt der Mensch im Bewußtsein der Trennung von Körpersein (Instinkt) und Körperhaben (exzentrische Position). Der Mensch entdeckt seinen Körper als Instrument. Er hat die Macht, mit Hilfe der körperlichen Ausdrucksmöglichkeiten — Gestik, Mimik, Haltung — eine Maske aufzusetzen, d. h. in eine gewünschte Rolle (E. →Goffman) zu schlüpfen.

Helmuth Plessner untersuchte die Funktion des Körpers.

□ 1928: »Die Stufen des Organischen und der Mensch« (Schr.). □ 1933: Als Jude von den Nationalsozialisten verfolgt; Emigration in die Niederlande. □ 1946: Prof. für Philosophie an der Univ. Groningen. □ 1951: Prof. an der Univ. Göttingen. □ 1967: »Diesseits der Utopie« (Schr.).

▷ S. Pietrowicz: Helmuth Plessner, 1991.

Pleven, René

frz. Politiker
* 15.4.1901 Rennes

Pleven war einer der führenden Politiker der französischen IV. Republik. Als Premierminister leitete er erste Schritte zur europäischen Einigung ein (Montanunion). Nach dem sog. Pleven-Plan sollte ein künftiges deutsches Heer nur ein Kontingent in einer gemeinsamen, gesamteuropäischen Streitmacht sein. Als Verteidigungsminister betrieb P. die Ausarbeitung einer (später gescheiterten) Europäischen Verteidigungsgemeinschaft (EVG).

□ 1929-39: Dir. einer brit. Telefongesellschaft. □ 1939/40: Im Auftrag der frz. Regierung Waffenkäufe in den USA. □ 1941: Im Nationalkomitee von General Ch. de →Gaulle. □ ab 1942: Wirtschaftskommissar in der Exilregierung. □ 1944-46: Wirtschaftsmin. □ 1946: Mitbegründer und (bis 1953) Vors. der Union Démocratique et Socialiste de la Résistance (UDSR). □ 1949/50: Verteidigungsmin. □ 1950-52: Premierminister. □ 1952-54: Erneut Verteidigungsmin. □ 1958: Letzter Außenmin. der IV. Republik. □ 1969-73: Justizmin.

Plievier, Theodor

(Pseud. Plivier, bis 1933)
dt. Schriftsteller
* 12.2.1892 Berlin
† 12.3.1955 Avegno bei Locarno (Schweiz)

Theodor Plievier wandte sich gegen jede Form von Autorität.

Plievier, sozialistischer Vertreter der Neuen Sachlichkeit, wurde mit Tatsachenromanen über die beiden Weltkriege bekannt (u. a. »Der Kaiser ging, die Generäle blieben«, R., 1932). Eine fast dokumentarische Bestandsaufnahme von Hitlers Rußlandfeldzug bietet die Romantrilogie »Stalingrad« (1945), »Moskau« (1952) und »Berlin« (1954). Bereits in seinem Frühwerk, »Des Kaisers Kulis« (R., 1929), in dem sich P. mit den Lebensbedingungen der Matrosen der kaiserlichen Marine auseinandersetzte, lehnte der dem Kommunismus nahestehende Schriftsteller jede Form von Autorität ab. Während des 2. Weltkriegs lebte P. im Exil in der UdSSR.

□ 1914-18: Teilnahme am 1. Weltkrieg bei der Marine. □ 1929: »Zwölf Mann und ein Kapitän« (Nov.n). □ 1933-45: Exil u. a. in Moskau. □ 1936: »Das große Abenteuer« (R.). □ 1945: Rückkehr nach Deutschland mit der Roten Armee. □ 1947: Übersiedlung von Weimar an den Bodensee. □ 1948: »Das gefrorene Herz« (Erz.n).

Plissezkaja, Maija

sowjet. Tänzerin
* 20.11.1925 Moskau

Plissezkaja, Solistin am Bolschoi-Ballett ab 1943, war während der 60er und 70er Jahre die Primaballerina assoluta des sowjetischen Tanzes. Einmalig waren ihre bravouröse Technik, gewaltige Sprungkraft, hohe Musikalität und ihr schauspielerisches Talent.
Sie tanzte alle großen lyrischen Partien des klassischen und modernen Repertoires, trat außerdem in zahlreichen Filmen auf und choreographiert seit 1972 auch selbst. In den 80er Jahren war sie als Ballettdirektorin in Rom und Madrid erfolgreich.

□ 1934: Beginn der Ausbildung in der Ballettschule des Bolschoi-Theaters in Moskau. □ 1943: Ballerina am Bolschoi-Theater; »Schwanensee«. □ 1955: Titelrolle der »Laurentia« (M.: A. Krejn). □ 1960: Nach dem Rücktritt von G. →Ulanowa beste sowjet. Tänzerin. □ 1967: Titelrolle in »Carmen-Suite« (M. nach G. Bizet, arrangiert von P.s Ehemann, dem Komponisten R. Schtschedrin; Rolle der Fürstin Bethsy in »Anna Karenina« (F., Rg. A. Sarchi); erster Auftritt in der Bundesrepublik. □ 1984: Ballettdir. der Oper in Rom; Choreographie von »Raymonda« (M.: A. Glasunow), aufgeführt auf der Freilichtbühne der Caracalla-Thermen in Rom. □ 1987: Dir. des Span. Nationalballetts Madrid.

Podgorny, Nikolai Wiktorowitsch

sowjet. Politiker
* 18.2.1903 Karlowka Poltawa, Ukraine
† 11.1.1983 Moskau

Mit L. →Breschnew war der ehemalige Gießer und Nahrungsmittel-Ingenieur Podgorny 1964 am Sturz des Generalsekretärs der KPdSU, N. →Chruschtschow beteiligt, der 1960 seinen ukrainischen Landsmann als künftigen »Kronprinzen« nach Moskau geholt hatte.
Mit Unterstützung des Militärs gelang es Breschnew ein Jahr später, seinen Rivalen aus dem Parteisekretariat zu verdrängen und auf den politisch unbedeutenden Posten des Staatsoberhaupts (Präsidiumsvorsitzender des Obersten Sowjets) abzuschieben.

□ 1920: Gießer; Mitgl. des Komsomol. □ ab 1930: Mitgl. der KPdSU. □ 1931-35: Nahrungsmittel-Ingenieur in der Industrie. □ ab 1935: Hauptamtlicher Funktionär. □ 1939; 1944-46: Volkskommissar für Nahrungsmittel der Ukrain. SSR und 1940-42 der UdSSR. □ 1942-44: Dir. des Inst. für Nahrungsmittel. □ 1946-50: Vertreter der ukrain. Regierung in Moskau. □ 1950-53: 1. Sekretär des Gebiets Charkow und 1957 der ukrain. KP. □ 1956: Mitgl. des ZK. □ 1960: Mitgl. des Politbüros. □ 1965-77: Vors. des Präsidiums des Obersten Sowjets (Staatsoberhaupt).

Hans Poelzig →

← Nikolai W. Podgorny

Ivo Pogorelich →

Poelzig, Hans

dt. Architekt
* 30.4.1869 Berlin † 14.6.1936 ebd.

Poelzig gehört zu den bedeutenden deutschen Architekten der ersten Jahrhunderthälfte. Sein Werk entwickelte sich von den freien, plastischen Formen des architektonischen Expressionismus hin zu den funktionalen Prinzipien des International Style. P.s Hauptwerk ist das Große Schauspielhaus in Berlin (1918/19, zerstört), das er als Umbau des Zirkus Schumann (ehem. Berliner Markthalle) für M. →Reinhardt schuf. Während das Äußere des Baukörpers geradflächig und relativ schmucklos gestaltet war, verwendete er im Innern Stalaktitenelemente als Verkleidung, wodurch er eine höhlenartige Wirkung mit dramatischen architektonischen Effekten erreichte. 1911 baute P. den Wasserturm in Posen (heute Posznań), eine unverkleidete, 16eckige Stahlkonstruktion in Kristallform, 1912/13 die chemische Fabrik in Luban, mit ihrer bewegten Silhouette ein Bau der expressionistischen Industriearchitektur, und 1913 die von Flachkuppeln bestimmten Bauten auf der Jahrhundertausstellung in Breslau. In den 20er Jahren näherte sich P. einer funktionalistischen Auffassung. Es entstanden die Bauten des Messegeländes Berlin (1928-32) und das Berliner Funkhaus (1930) sowie das im Sinne des International Style konzipierte monumentale Verwaltungsgebäude der I. G. Farben in Frankfurt/Main (1928-31). Projekt blieb die visionäre Konzeption für das Salzburger Festspielhaus (1920/21).

□ 1899-1916: Eigenes Büro in Breslau; gleichzeitig Lehrer an der dortigen Akademie für Kunst und Gewerbe (ab 1903: Leiter). □ 1916-20: Stadtbaurat in Dresden und Prof. an der dortigen TH. □ 1919-21: Vors. des Dt. Werkbundes. □ ab 1920: Leiter eines Meisterateliers an der Preuß. Akademie der Künste, Berlin, und Prof. an der dortigen TH.

▷ Th. Heuss: Hans Poelzig, Bauten und Entwürfe. Das Lebensbild eines deutschen Baumeisters, NA 1985.

Pogorelich, Ivo

jugos. Pianist
* 20.10.1958 Belgrad

Pogorelich erregte 1980 internationales Aufsehen, als er in der Finalrunde des Warschauer Chopin-Wettbewerbs mit einer völlig kontroversen Bewertung (viermal die höchste, viermal die niedrigste Note) ausscheiden mußte. Nachfolgende Reaktionen wie die Amtsniederlegung des Jury-Mitglieds M. Argerich und eine externe Preisverleihung der Warschauer Musik-Kritiker lösten die steile Karriere von P. aus. In kürzester Zeit eroberte er mit technischer Souveränität, ausgefeilter Artikulation und überraschenden Deutungen, aber auch mit seiner Extravaganz die Konzertpodien in West-Europa, den USA und Australien. Sein Repertoire ist auf die romantische Klaviermusik begrenzt.

□ ab 1969: Unterricht an der Zentralen Musikschule Moskau. □ ab 1974: Studium am Tschaikowsky-Konservatorium Moskau. □ 1978: 1. Preis des Casagrande-Wettbewerbs in Terni (Italien). □ 1980: 1. Preis beim Int. Musik-Wettbewerb

Montreal. □ 1981: Debüt an der Carnegie Hall New York. □ 1984: Begegnung mit H. v. →Karajan in Wien zu Proben des Tschaikowsky-Klavierkonzerts endet mit einem Eklat. □ seit 1989: Ivo-Pogorelich-Festival in Bad Wörishofen (Allgäu).

Pöhl, Karl Otto

dt. Finanzfachmann
* 1.12.1929 Hannover

Pöhl: Langjähriger Präsident der Deutschen Bundesbank.

Pöhl hatte als Präsident der Deutschen Bundesbank (1980-91) und Verfechter einer konsequenten Stabilitätspolitik wesentlichen Anteil an der anhaltend starken Wirtschaftslage der BRD in den 80er Jahren. Der ehemalige Wirtschaftsjournalist setzte damit den Kurs seines Vorgängers Otmar Emminger fort, mittels einer Politik des »knappen und teuren Geldes« die Währungsstabilität zu sichern und die Inflation zu bekämpfen. Immer wieder hat sich P. während seiner Amtszeit Versuchen widersetzt, die Unabhängigkeit der Bundesbank durch außenpolitische Vereinbarungen einzuschränken. So warnte er 1989 vor einem übereilten Ausbau der Europäischen Währungsunion mit gemeinsamer Zentralbank ohne eine vorausgegangene Abstimmung in der Wirtschafts- und Finanzpolitik der Mitgliedsländer. 1991 trat P. überraschend von seinem Amt zurück. Nachfolger wurde H. Schlesinger.

□ 1948: Eintritt in die SPD. □ 1961-67: Nach dem Studium der Volkswirtschaft Tätigkeit als Wirtschaftsjournalist für mehrere Zeitungen. □ 1967: »Wirtschaftliche und soziale Aspekte des technischen Fortschritts in der USA« (Schr.). □ 1970: Ministerialdir. und Leiter der Abteilung Mittelstandspolitik im Wirtschaftsministerium. □ 1971: Berufung durch Bundeskanzler W. →Brandt zum Berater für Wirtschaftspolitik. □ 1972: Staatssekr. im Bundesfinanzministerium unter Min. H. →Schmidt. □ ab 1977: Vizepräs. der Deutschen Bundesbank (1980-91 Präs.). □ seit 1991: Aufsichtsratsmitgl. der Bertelsmann AG in Gütersloh.

Klaus Pohl →

Robert W. Pohl →

Jules-Henri Poincaré →

Pohl, Klaus

dt. Schauspieler und Dramatiker
* 30.3.1952 Rothenburg ob der Tauber

Der Schauspieler Pohl bevorzugt jugendliche Rollen, in denen er Künstler, Randexistenzen und labil-nervöse Charaktere verkörpert. Als Autor profitiert er von seiner Theaterpraxis: Seine Dramen, die er immer wieder umarbeitet, zeugen von großer Sprachkraft und dramaturgischem Geschick. Sie beschreiben exemplarische Haltungen in zeittypischen Situationen und zielen auf Unterhaltung und Aufklärung (u. a. »Das alte Land«, UA 1984 Wiener Burgtheater).

□ 1973-75: Schauspielausbildung am Berliner Max-Reinhardt-Seminar. □ 1976-83: Mitgl. am Dt. Schauspielhaus Hamburg. □ 1977: Schriftsteller Moritz in UA »Trilogie des Wiedersehens« (B. →Strauß) in Hamburg. □ 1979: UA seines Stücks »Da nahm der Himmel auch die Frau« in München. □ 1985-87: Mitgl. am Hamburger Thalia Theater. □ 1985: Mülheimer Dramatikerpreis. □ 1987: UA seines Stücks »Hunsrück« in Bremen. □ seit 1989: Hausautor und Ensemblemitgl. am Dt. Schauspielhaus in Hamburg. □ 1991: UA »Karate Billi kehrt zurück« (auch Rg.).

Pohl, Robert Wichard

dt. Physiker
* 10.8.1884 Hamburg † 5.6.1976 Göttingen

Pohl, 1916-52 Professor an der Universität Göttingen, wirkte mit seinen Demonstrations- und Versuchstechniken bahnbrechend im Hochschulunterricht. P. arbeitete über Röntgenstrahlen sowie innerhalb der Festkörperphysik, zu deren moderner Grundlegung er beitrug, über fotoelektrische und -chemische Prozesse in Kristallen. Mit seiner dreibändigen »Einführung in die Physik« setzte P. didaktische Maßstäbe für experimentalphysikalische Lehrbücher: Bd. I »Elektrizitätslehre« (1927, 21. Aufl. 1975), Bd. II »Mechanik, Akustik und Wärmelehre« (1930, 17. Aufl. 1969) sowie Bd. III »Optik und Atomphysik« (1940, 13. Aufl. 1976).

Poincaré, Jules-Henri

frz. Mathematiker und Philosoph
* 29.4.1854 Nancy † 17.7.1912 Paris

Poincaré, führender Mathematiker um die Jahrhundertwende, begründete mit der Homologietheorie die moderne Topologie und entwickelte auf dem Gebiet der Funktionentheorie die automorphen Funktionen. Sein Bemühen, die elliptischen Funktionen zu verallgemeinern, gestaltete sich zu einem Wettlauf mit seinem Konkurrenten Ch. F. →Klein.
Für den Lösungsansatz des sog. Dreikörperproblems, worunter man in der Himmelsmechanik die Vorausberechnung der Bahnen sich gegenseitig anziehender Himmelskörper (Sonne, Erde und Mond) versteht, erhielt P. 1889 den Preis für die vom schwedischen König Oskar II. gestellte Aufgabe. Seine glänzend geschriebenen wissenschaftstheoretischen Werke »Wissenschaft und Hypothese« (1902, dt. 1904) und »Wissenschaft und Methode« (1908, dt. 1914) fanden ein internationales Publikum.

Neben grundlegenden Beiträgen zur Theorie der Differentialgleichungen und nichteuklidischen Geometrie fand der Universalmathematiker neue Ergebnisse für die theoretische Physik und stand mit seiner Arbeit über die Dynamik der Elektronen (1906) der von A. →Einstein entwikkelten speziellen Relativitätstheorie nahe.

□ 1877: Ingenieur für Bergbau. □ 1879: Promotion in Mathematik; Prof. in Caen. □ 1881-1912: Prof. an der Sorbonne, Paris. □ 1887: Mitgl. der Akademie der Wissenschaften; 1906 deren Präsident. □ 1892-99: »Die neuen Methoden der Himmelsmechanik« (Schr., 3 Bde.). □ 1905: »Der Wert der Wissenschaft« (Schr., dt. 1906). □ 1909: Mitgl. der Académie française. □ 1910: Generalinspekteur für Bergbau.

Poincaré, Raymond

frz. Politiker
* 20.8.1860 Bar-le-Duc, Dep. Meuse
† 15.10.1934 Paris

Poincaré verfolgte während seiner ganzen Laufbahn das Ziel, die »Schmach von 1870/71« (dt.-frz. Krieg) zu rächen und betrieb eine konsequent antideutsche Politik. Als Ministerpräsident (1912/13) setzte er gegen den Widerstand der Gemäßigten eine Erhöhung der Truppenstärke durch. Als Präsident (1913-20) unterstützte er nachdrücklich den Ausbau des Bündnisses mit Rußland und der »Entente cordiale« mit Großbritannien. Während des 1. Weltkriegs wurde er durch häufige Truppenbesuche zum Symbol des Durchhaltewillens und der nationalen Einheit Frankreichs. Nach 1919 beharrte er konzessionslos auf Zahlung der deutschen Reparationen. Als Deutschland im Herbst 1922 in Zahlungsschwierigkeiten geriet, ließ P. im Januar 1923 zwei Jahre lang das Ruhrgebiet besetzen, mußte jedoch danach einer Neuregelung der Reparationszahlungen zustimmen sowie der Annäherung an das Deutsche Reich (A. →Briand).

Raymond Poincaré: 1913-20 französischer Staatspräsident.

□ 1887-1903: Deputierter der Republikaner. □ 1893; 1895: Unterrichtsmin. □ 1894/95; 1906: Finanzmin. □ 1903-13; 1920: Senator. □ 1912/13: Ministerpräsident und Außenmin. □ 1913-20: Präsident. □ 1920: Vors. der Reparationskommission. □ 1922-24; 1926-29: Ministerpräsident. □ 1922-24: Zugleich Außenmin. □ 1926-28: Zugleich Finanzmin.

▷ R. Poincaré: The memoirs of Raymond Poincaré, 1975.

Paul Poiret →

Poiret, Paul

frz. Modeschöpfer
* 20.4.1879 Paris † 28.4.1944 ebd.

Poiret gilt als Vorläufer der Art-deco-Mode. 1905 gelang ihm eine modische Synthese aus Reformkleid, Expressionismus sowie japanischen und nahöstlichen Einflüssen. P.s Mode war vor dem 1. Weltkrieg tonangebend. Seine Hosenröcke, Overalls und Kurzhaarfrisuren setzten sich jedoch erst in den 20er Jahren durch. Er förderte Modezeichner, allen voran Paul Iribe, Georges Lepape und R. → Dufy, der für ihn Stoffe entwarf, sowie die Modefotografie eines Edward Steichen. P. unterhielt eine eigene Schule für angewandte Kunst. Neben den Modellkreationen wurden seine mondänen Feste, wie »1002 Nächte«, sowie seine Auslandstourneen mit eigenen Mannequins berühmt. In den 20er Jahren erregte sein L'art-pour-l'art-Stil zwar großes Aufsehen, doch war seine Geschäftspraxis nicht mehr zeitgemäß. Er starb verarmt als Clochard.

□ 1896-1900: Ausbildung im Modesalon Doucet. □ 1901-03: Modeassistent im Hause Worth. □ 1904: Eröffnung eines eigenen Salons. □ 1914: Mitbegründer des Syndicat de Défense de la Grande Couture Française. □ 1929: Geschäftskonkurs.

▷ Y. Deslandres: Paul Poiret, 1987 (frz.).

Sidney Poitier →

Poitier, Sidney

amer. Schauspieler
* 20.2.1927 Miami, Flor.

Poitier wurde durch die Rolle des Polizeidetektivs »Virgil Tibbs« bekannt, den er 1966 in »In der Hitze der Nacht« (mit R. →Steiger, Rg. N. →Jewison) erstmals darstellte. Wie in den meisten seiner Filme spielt P. darin einen farbigen US-Bürger, der sich gegen rassistische Vorurteile zur Wehr setzt. Beruflich war P. in diesem Bestreben um Gleichberechtigung erfolgreich: 1964 erhielt er für »Die Lilien auf dem Felde« (Rg. R. Nelson) als erster Farbiger den Oscar als bester männlicher Hauptdarsteller. Nach Regie-Arbeiten in den 70er Jahren gelang P. 1988 in dem Thriller »Mörderischer Vorsprung« (mit T. Berenger, Rg. R. Spottiswoode) ein Comeback als Darsteller.

□ 1946: Debüt am American Negro Theatre. □ 1950: »Haß ist blind« (mit R. →Widmark, Rg. J. L. Mankiewicz). □ 1951: »Denn sie sollen getröstet werden« (Rg. Z. Korda). □ 1955: »Saat der Gewalt« (mit G. Ford, Rg. R. Brooks). □ 1958: »Flucht in Ketten« (mit T. →Curtis, Rg. St. Kramer). □ 1959: »Porgy und Bess« (Rg. O. →Preminger, nach G. →Gershwin). □ 1967: »Rat mal, wer zum Essen kommt« (mit Sp. →Tracy und K. →Hepburn, Rg. St. Kramer). □ 1969: »Zehn Stunden Zeit für Virgil Tibbs« (Rg. G. Douglas). □ 1971: »Weg der Verdammten« (Rg. und Hr., mit H. → Belafonte). □ 1975: »Drehn wir noch'n Ding« (Rg. und Hr., mit B. →Cosby).

▷ S. Poitier: This Life, engl. 1980.

Polanski, Roman

frz. Regisseur und Schauspieler poln. Herkunft
* 18.8.1933 Paris

Polanski bewies als vielseitiger Regisseur sein Talent für routinierte Unterhaltung. Mit einer Vor-

Roman Polanski mit seiner Frau Sharon Tate, die 1969 brutal ermordet wurde.

liebe für groteske, teilweise surreale Stoffe arbeitete er in unterschiedlichsten Genres: Komödie (»Tanz der Vampire«), Horrorfilm (»Rosemaries Baby«), Kriminalfilm (»Chinatown«), Melodram (»Tess«) und Thriller (»Frantic«). Seit 1964 dreht P. seine Filme im Westen. 1977 wegen Verführung einer Minderjährigen angeklagt, verließ P. vor der Urteilsverkündung die USA und lebt seitdem in Frankreich.

☐ 1954-58: Regiestudium an der Filmschule Lodz. ☐ 1961: »Das Messer im Wasser«. ☐ 1964: »Ekel« (mit C. →Deneuve). ☐ 1966: Goldener Bär von Berlin für »Wenn Katelbach kommt . . . «; »Tanz der Vampire« (Rg. und Hr.). ☐ 1967: »Rosemaries Baby« (mit M. Farrow). ☐ 1969: Ermordung der Ehefrau Sh. Tate durch Anhänger einer okkulten Sekte. ☐ 1974: »Chinatown« (mit J. →Nicholson). ☐ seit 1975: Frz. Staatsbürgerschaft. ☐ 1976: »Der Mieter« (Rg. und Hr., nach R. →Topor). ☐ 1979: »Tess« (mit N. →Kinski). ☐ 1985/86: »Piraten« (mit W. →Matthau). ☐ 1987: »Frantic« (mit H. →Ford).

▷ P. Werner: Roman Polanski, 1981; R. Polanski: Roman Polanski von Roman Polanski, 1984.

Polanyi, John Charles

kanad. Chemiker dt. Herkunft
* 23.1.1929 Berlin

Polanyi entwickelte die sog. infrarote Chemie-Luminiszenz zur Erforschung der Dynamik chemischer Elementarreaktionen. Mit dieser Methode kann das sehr schwache Licht registriert und analysiert werden, das die Molekülneubildung bei der Umwandlung von Energie aussendet.

☐ seit 1962: Prof. an der Univ. Toronto. ☐ 1979: »The dangers of nuclear war« (Schr. mit F. G. Griffiths). ☐ seit 1982: Wissenschaftlicher Berater am Max-Planck-Inst. in Garching. ☐ 1986: Chemie-Nobelpreis (mit D. R. →Herschbach und Y. T. →Lee).

← John Charles Polanyi

Polgar, Alfred

(eig. A. Polak)
österr. Schriftsteller und Kritiker
* 17.10.1873 Wien
† 24.4.1955 Zürich (Schweiz)

Der Zeitkritiker und Satiriker Polgar, häufig als Meister der Kleinprosa bezeichnet, zählt zu den herausragenden Schriftstellern der ersten Hälfte des 20. Jh.s. Mit seinen sprachlich pointierten, intellektuell anspruchsvollen Theaterkritiken — u. a. in der Zeitschrift Die Weltbühne in Berlin — etablierte er die Kritik als eigene literarische Gattung. Teils polemisch, teils ironisch-satirisch verurteilte der entschiedene Pazifist und gesellschaftskritische Moralist P. Militarismus und Krieg und entlarvte in Feuilletons, Skizzen und Novellen bürgerliches Untertanendenken.

Alfred Polgar: Brillanter Theaterkritiker und Satiriker.

☐ 1909: »Bewegung ist alles« (Nov.n, Skizzen). ☐ 1925-33: Theaterkritiker in Berlin, u. a. für die Zeitschrift Tagebuch. ☐ 1926/27: »Ja und Nein« (Kritiken). ☐ 1929: »Schwarz auf Weiß« (Es.s). ☐ 1933: Emigration über die Schweiz und Frankreich in die USA. ☐ 1948: »Andererseits« (Erz.n). ☐ 1953: »Standpunkte« (Skizzen).

▷ U. Weinzierl: Alfred Polgar, 1985.

Poliakoff, Serge

frz. Maler russ. Herkunft
* 8.1.1906 Moskau † 12.10.1969 Paris

Poliakoff wandte sich bereits in den 30er Jahren einer nicht geometrischen Abstraktion zu, als noch konstruktiv-konkrete Ausdrucksformen die Malerei dominierten. Er teilte die Bildfläche in unregelmäßige Farbkompartimente auf, hier stark der Vorgehensweise O. →Freundlichs verpflichtet.
Diesen Stil der spannungsvoll zueinander gesetzten, unregelmäßig behandelten farbigen Flächen auf leicht bewegtem Fond behielt er im

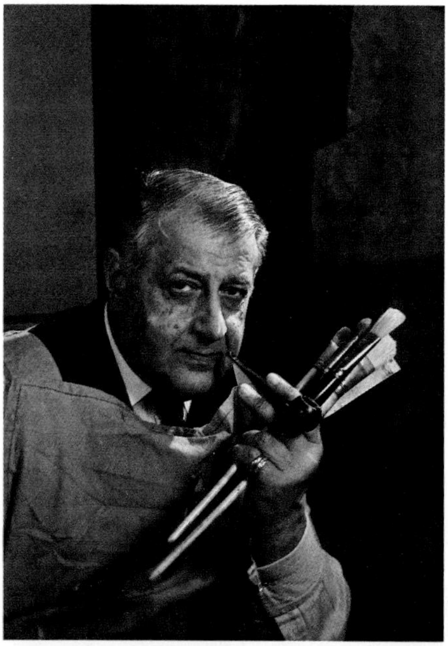
Foto-Porträt des französischen Malers Serge Poliakoff.

wesentlichen bis zu seinem Spätwerk bei, ebenso wie eine mystifizierende Gestaltungskomponente, die ihn ähnlich wie bei K. →Malewitsch seine Bilder als eine Art abstrakter Ikonen sehen ließ (»Rote und blaue Komposition«, 1965, Paris, Musée National d'Art Moderne, Centre Georges Pompidou).

□ ab 1923: Wohnsitz in Paris. □ ab 1929: Studium u. a. an der Académie de la Grande Chaumière in Paris. □ 1935: Studium an der Slade School of Art in London. □ 1937: Rückkehr nach Paris; Bekanntschaft mit W. →Kandinsky, R. →Delaunay und S. → Delaunay-Terk. □ 1962: Teilnahme an der documenta 2 in Kassel und der Biennale in Venedig. □ 1966: Große Retrospektive im Kunstmuseum St. Gallen.

▷ G. Marchieri: Serge Poliakoff, frz. 1976.

Politis, Kosmas

(eig. Paris Tabeludis)
griech. Schriftsteller
* 1888 Athen † 22.2.1974 ebd.

Politis ist mit A. →Tersakis und G. →Theotokas einer der führenden Autoren der Zwischenkriegszeit. Vor dem Hintergrund politischer und sozialer Unruhen seit der griechischen Niederlage gegen die Türken (1922) wandte sich P. dem Thema der Armut in den Städten zu und schilderte — eher suggestiv andeutend als aussprechend — die Suche auch nach innerer Erfüllung: »Zitronenhain« (1930) und insbesondere »Eroika« (1938) über die Probleme Jugendlicher auf dem Weg in ein sinnvolles Erwachsenenleben zählen zu den wichtigsten Romanen der 30er Jahre.

□ 1912-24: Aufenthalte in Paris und London. □ bis 1942: Tätigkeit als Bankbeamter. □ 1946: »Gyri« (R.). □ 1963: »Bei Chatzifrangos« (R.).

Polke, Sigmar

dt. Künstler
* 13.2.1941 Oels, Niederschlesien

Polke erwarb mit seinen Bildern und Objekten, in denen Einflüsse der Pop-art und des Dadaismus eine Verbindung eingehen, internationale Anerkennung. Die seit Mitte der 60er Jahre entstandenen Stoffbilder verbinden Kitschelemente mit archetypischen Symbolen (z. B. »Alice im Wunderland«, 1983, Bonn, Galerie Erhard Klein). Vielfach kombiniert P. die Malerei mit Objekten, wie bei der Installation »Athanor« auf der Biennale in Venedig, als er speziell beschichteten Leinwänden, die u. a. auf Wärme und Feuchtigkeit reagierten, einen großen Bergkristall und einen eigens gegossenen Uranglas-Block entgegenstellte. Triviale Alltagswelt und mystisch-alchemistische Bereiche werden miteinander verbunden, häufig mit einem ironischen Unterton.

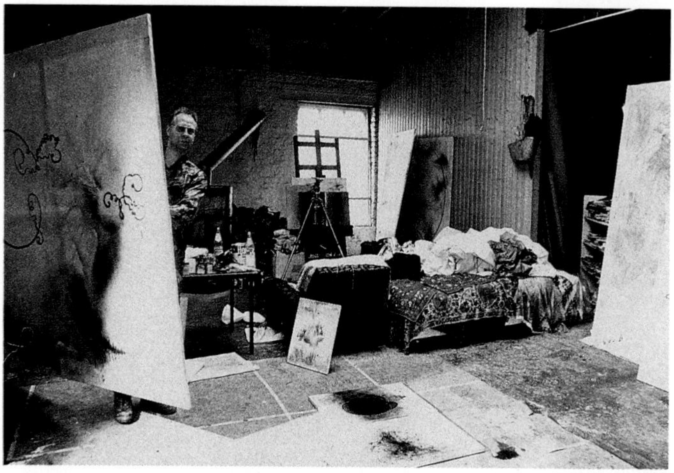
Sigmar Polke, beeinflußt vom Dadaismus und der Pop-art, in seinem Kölner Atelier, 1986.

□ 1961-67: Studium an der Kunstakademie Düsseldorf. □ ab 1963: Rasterbilder; später auch Stoffbilder und Objekte; Begründung der Malform des sog. Kapitalistischen Realismus (mit G. →Richter). □ 1972-82: Teilnahme an der documenta 5 (1972), 6 (1979) und 7 (1982) in Kassel. □ ab 1977: Prof. an der Hochschule für Bildende Künste, Hamburg. □ 1986: Dt. Vertreter auf der Biennale in Venedig.

Sydney Pollack →

Pollack, Sydney

amer. Regisseur
* 1.7.1934 Lafayette, Ind.

Mit Gespür für reizvolle Sujets drehte Pollack zahlreiche erfolgreiche Filme (u. a. »Tootsie«, 1982, mit D. →Hoffman), die häufig sozialkritische Themen aufgreifen. Sein erster großer Film, »Nur Pferden gibt man den Gnadenschuß« (1969, mit J. →Fonda), schildert den makabren Kampf um den 1. Preis bei einem Dauertanzwettbewerb zur Zeit der amerikanischen Depression. 1985 wurde »Jenseits von Afrika«, (mit M. →Streep, R. →Redford, K.-M. →Brandauer) nach dem autobiografischen Roman der dänischen Schriftstellerin T. →Blixen mit sieben Oscars ausgezeichnet.

□ 1954: Broadwaydebüt in »The dark is light enough/Das Dunkel ist licht genug«. □ 1960: Debüt als Fernsehregisseur. □ 1965: Erste Spielfilmregie in »Die Stimme am Telefon« (mit S. →Poitier). □ 1967: Erster Western »Mit eisernen Fäusten« (mit B. →Lancaster). □ 1971: »Jeremiah Johnson« (mit R. Redford). □ 1974: »Die drei Tage des Condors« (mit R. Redford, F. →Dunaway). □ 1978: »Der elektrische Reiter« (mit R. Redford). □ 1981: »Die Sensationsreporterin« (mit P. →Newman). □ 1990: »Havanna« (mit R. Redford).

Pollini, Maurizio

ital. Pianist
* 5.1.1942 Mailand

Pollini, Schüler von A. →Benedetti Michelangeli, wurde durch analytische Spielweise und konzentrierten Vortrag zu einem der besten Pianisten der Welt. Seinen ersten internationalen Erfolg errang er 1960 mit dem 1. Preis des Warschauer Chopin-Wettbewerbs. Seither konzertiert P. in den Musikzentren West-Europas, in der UdSSR, den USA und Israel. Sein Repertoire reicht von Bach über Schubert und Schumann bis zur klassischen Moderne (B. →Bartók, S. →Prokofjew) und zeitgenössischen Musik (P. →Boulez, L. →Nono). Höchste Anerkennung fand 1974 seine Aufführung des gesamten Solo-Klavierwerks von A. →Schönberg. Seit Ende der 70er Jahre ist P. auch als Konzert- und Operndirigent tätig.

□ 1957: Erster Erfolg mit Chopins Etüden in Mailand. □ 1959: 1. Preis beim Pozzolini-Wettbewerb in Seregno. □ 1972-74: Konzerte in den USA, London und der BRD. □ 1978: Dirigenten-Debüt mit dem Radio-Sinfonieorchester Stuttgart. □ 1981: Konzert in der Alten Oper Frankfurt. □ 1984: Großer Erfolg bei den Berliner Festwochen. □ 1986: Konzert im Münchner Herkules-Saal. □ 1989: Gast bei den Salzburger Festspielen.

▷ D. Barenboim/M. Pollini: Daniel Barenboim. Maurizio Pollini. Musiker im Gespräch, 1980.

Das Repertoire des Pianisten Maurizio Pollini umfaßt auch die Moderne (A. Schönberg).

Jackson Pollock: Der impulsive Künstler bedeckt die Leinwand mit Farbspuren.

Pollock, Jackson

amer. Maler
* 28.1.1912 Cody, Wyo.
† 11.8.1956 East Hampton, N. Y. (verunglückt)

Pollock war einer der wichtigsten Vertreter des Abstrakten Expressionismus und der bedeutendste Maler des sog. Action Painting, ein Begriff, den der Kunstkritiker H. Rosenberg um 1950 für ihn prägte. Angeregt vom surrealistischen Automatismus und der Tiefenpsychologie überzog P. die auf dem Boden liegenden monumentalen Leinwände in gestischen Aktionen vollständig mit sich netzartig ausbreitenden Farbspuren (Prinzip des »All-over«), Übertragungen der physischen und psychischen Energien des Malers. Zu P.s Verfahren gehörten der Farbauftrag direkt aus der Tube und vor allem das sog. Dripping (durchlöcherte Farbdosen pendeln an einem Bindfaden über der Leinwand). Dabei behandelte er ungeachtet des Moments der Spontaneität den Bildgrund sorgfältig vor und kontrollierte Bewegungsrhythmus und Farbzusammenstellungen. So entstanden schwarze oder farbige Liniengeflechte, die zwar das ganze Bild überziehen, aber in hoher Transparenz den Blick bis auf den Malgrund erlauben (z. B. »Lavendelblauer Nebel«, 1950, Washington, National Gallery of Art). Dem Malprozeß selbst räumte P. eine ebenso große Bedeutung ein wie dem Produkt, so wie er es u. a. von den Sandmalereien der Navajo-Indianer gelernt hatte. P. war mit vielen abstrakt-expressionistischen

Künstlern wie A. →Gorky, W. de →Kooning und R. →Motherwell befreundet und übte einen außerordentlichen Einfluß auf die amerikanische wie auch die europäische Kunst aus. 1982 veranstaltete das Musée National d'Art Moderne, Centre Georges Pompidou, in Paris eine große Retrospektive.

▷ D. Solomon: Jackson Pollock. A Biography, engl. 1987.

Pol Pot

(vermutlich Saloth Sar)
kambodsch. Politiker
* 19.5.1928 in der Prov. Kompong Thom

Der Name Pol Pot steht für die dreijährige Schreckensherrschaft in Kambodscha (1976-79), die unter der Bezeichnung »Steinzeitkommunismus« bekannt wurde. In blindem Fanatismus unternahm P. nach dem Sieg der Roten Khmer den Versuch, die Wirtschaft des Landes ausschließlich auf die Landwirtschaft zu reduzieren. Er schaffte Geld und Handel ab und verbot sogar das Leben in der Stadt. Durch großangelegte Umsiedlungsaktionen und gezielten Terror gegen alle »städtischen« Berufe verloren schätzungsweise 1 Mio. Menschen ihr Leben. 1979 wurde P. durch vietnamesische Truppen vertrieben und in Abwesenheit wegen Völkermordes zum Tode verurteilt.

□ 1960: Mitgl. des ZK der kambodsch. KP. □ 1963: Sekr. des ZK; Begründer und Oberbefehlshaber der Guerilla-Armee der Roten Khmer. □ 1970-75: Mitgl. der Exil-Regierung; Vors. des Militär-Ausschusses. □ 1975: Mit Anhängern des Prinzen →Sihanouk Sturz der Regierung →Lon Nol. □ 1976-79: Regierungschef. □ seit 1979: Exil. □ 1985: Vermutlich Verlust des Oberbefehls über die Roten Khmer.

← Pol Pot

Polt, Gerhard

dt. Kabarettist
* 7.5.1942 München

Mit bissigen, bayerischen Dialektsatiren, in denen Polt durch knappe Überzeichnung das konservativ enge Denken und Fühlen nicht nur seiner Landsleute entlarvt, wurde der Kabarettist bundesweit bekannt. P., der 1976 mit der Satire

Gerhard Polt in seinem Film: »Man spricht deutsh«, 1987.

»Kleine Nachtrevue« in der Münchener Kleinen Freiheit debütierte, kann seit 1980 seine Sketche in der TV-Serie »Fast wia im richtigen Leben« dem Fernsehpublikum vorstellen. 1986 drehte er seinen ersten Kinofilm, »Kehraus« (Rg. Hanns Christian Müller).

□ 1962-66: Studium der nordischen Sprachen in Schweden. □ 1967-76: Dolmetscher- und Übersetzertätigkeit in München; erste Kabarettversuche. □ seit 1975: Künstlerische Zusammenarbeit mit Hanns Ch. Müller und Gisela Schneeberger. □ 1981-83: Auftritte mit der Musik-Gruppe Biermösl-Blos'n; (gemeinsame Tournee 1986). □ 1987: »Man spricht deutsh« (F.); »Ja, mei« (Texte). □ 1988: »Diridari — Münchner G'schichten vom und ums große Geld« (Kabarettprogramm).

Pompidou, Georges

frz. Politiker
* 5.7.1911 Montboudif, Dep. Cantal †2.4.1974 Paris

Georges Pompidou: 1969-74 französischer Staatspräsident.

Präsident Pompidou war ein langjähriger politischer Vertrauter von General Ch. de →Gaulle. Während seiner Amtszeit führte er dessen Innenpolitik fort und versuchte außenpolitisch, die französischen Sonderinteressen sowohl in der EG als auch in der NATO zu wahren. Neue Akzente setzte er als Initiator einer »Regionalisierung« der traditionell zentralistischen Verwaltungsstrukturen und des Bildungssystems. Er erreichte eine Verbesserung der Beziehungen zu den USA. Nach P. wurde das von ihm geplante Kunst- und Kulturzentrum Centre Georges Pompidou in Paris benannt (1977 fertiggestellt).

□ 1935-44: Gymnasiallehrer. □ 1944-46: Im persönlichen Stab von General de Gaulle. □ 1946-54: In verschiedenen höheren Staatsämtern. □ 1954-58: Im Bankhaus Rothschild (ab 1956 als Generaldir.). □ 1959-62: Mitgl. des Verfassungsrates. □ 1961/62: Delegationsleiter bei den Friedensverhandlungen mit Algerien. □ 1962-68: Premierminister. □ ab 1969: Staatspräsident.

▷ E. Roussel: Georges Pompidou, frz. 1984.

Ponnelle, Jean-Pierre

frz. Bühnenbildner und Regisseur
* 19.2.1932 Paris † 11.8.1988 München (Unfall)

Ponnelle, der seine Karriere als Bühnenausstatter begann, gehörte ab den 60er Jahren aufgrund seiner plastischen und präzisen, von hoher Musikalität zeugenden Inszenierungen zu den bedeutendsten Musiktheater-Regisseuren in Europa. Besonders erfolgreich war seine Zusammenarbeit mit dem Dirigenten N. →Harnoncourt, mit dem er 1977 einen Monteverdi-Zyklus und 1985-87 einen Mozart-Zyklus am Züricher Opernhaus realisierte.
Auch seine Inszenierungen bei den Salzburger Festspielen und in Bayreuth erregten internationales Aufsehen.

□ 1952: Erste Bühnenausstattung von H. W. →Henzes Oper »Boulevard Solitude« (UA Hannover). □ 1957: Heirat mit der Schauspielerin Margit Saad. □ 1961: Erste Sprechtheaterregie in Düsseldorf mit »Caligula« (A. →Camus). □ 1962: Erste Opernregie mit »Tristan und Isolde« (R. Wagner) in Düsseldorf (erneut 1981 in Bayreuth). □ 1968: »Don Carlos« (G. →Verdi) an der Mailänder Scala. □ 1977: Mitgl. der Bayer. Akademie der Künste. □ 1978: »Zauberflöte« (Mozart) in Salzburg. □ 1988: Mozart-Verfilmung »Così fan tutte«; Sturz in den Orchestergraben bei Proben in Tel Aviv; P. erliegt den Verletzungen.

← Jean-Pierre Ponnelle

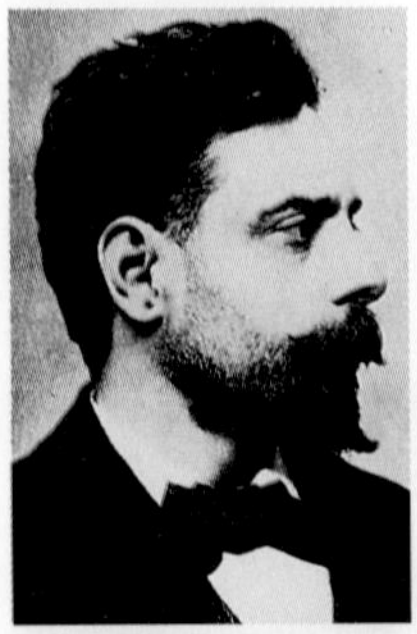
Henrik Pontoppidan →

← P. K. Ponomarenko

← Erich Ponto

Ponomarenko, Pantelejmon Kondratjewitsch

sowjet. Politiker
* 9.8.1902 Afinskaja, Gouv. Krasnodar
† 18.1.1984 Moskau

Nach dem Zusammenbruch des Widerstands der Roten Armee im Sommer 1941 war Ponomarenko der wichtigste Organisator des Partisanenkriegs in Weißrußland. Nachdem die sowjetischen Truppen 1944 dieses Gebiet zurückerobert hatten, baute er als Ministerpräsident unter brutaler Verfolgung aller mutmaßlichen Kollaborateure die dortige Verwaltung wieder auf. Der getreue Anhänger von J. →Stalin wurde nach dessen Tod 1953 auf bedeutungslose Posten abgeschoben.

□ 1918-20: In der Roten Armee. □ 1920-25: Schlosser. □ 1925: Mitgl. der KPdSU; hauptamtlicher Funktionär. □ bis 1932: Parteihochschule; Ingenieurstudium. □ 1939-48: 1. Sekr. von Weißrußland. □ 1941-58: Mitgl. des ZK. □ 1944-48: Ministerpräsident von Weißrußland. □ 1948: Sekr. des ZK. □ 1950-53: Min. für Erfassung. □ 1952/53: Mitgl. des Politbüros. □ 1953/54: Kultusmin. □ 1954: Sekr. des ZK von Kasachstan. □ 1955-61: Botschafter in Warschau, Neu Delhi, Den Haag. □ ab 1961: Im Ruhestand.

Ponto, Erich

dt. Schauspieler
* 14.12.1884 Lübeck † 4.2.1957 Stuttgart

Ponto etablierte sich als Bühnenschauspieler klassischer und moderner Werke und wurde dem komödiantischen und dem ernsten Fach gleichermaßen gerecht (herausragend als Bettlerkönig Peachum bei der UA der »Dreigroschenoper« von Brecht/Weill 1928 in Berlin). Seit den 20er Jahren überzeugte P. im Film in skurrilen Nebenrollen und war später vor allem auf väterliche Figuren festgelegt.

□ 1908: Erstes Engagement am Stadttheater Passau. □ 1914-47: Ensemblemitgl. am Sächsischen Hof, später am Staatstheater Dresden; Gastspiele u. a. unter H. →Hilpert und M. →Reinhardt in Berlin. □ 1938: Ernennung zum Staatsschauspieler. □ 1945/46: Intendant des Dresdener Schauspielhauses. □ ab 1947: Festes Engagement am Württ. Staatstheater Stuttgart; Auftritte u. a. in Göttingen, München und Wuppertal. □ 1949: Rolle des Dr. Winkel in »Der dritte Mann« (F., Rg. C. Reed, mit O. →Welles). □ 1955: Großvater Kaminski in »Himmel ohne Sterne« (F., Rg. H. →Käutner).

Pontoppidan, Henrik

dän. Schriftsteller
* 24.7.1857 Fredericia, Jütland
† 21.8.1943 Kopenhagen

Pontoppidan wurde 1917 für seine »anschaulichen Schilderungen des zeitgenössischen Lebens in Dänemark« mit dem Literatur-Nobelpreis ausgezeichnet (mit K. A. →Gjellerup). Hauptwerk des zu den bedeutendsten Vertretern des dänischen Naturalismus zählenden Autors sind die mehrbändigen, inhaltlich zusammenhängenden Romane »Das Gelobte Land« (3 Bde., 1891-95, dt. 1908), »Hans im Glück« (8 Bde., 1898-1904, dt. 1906) und »Totenreich« (5 Bde., 1912-16, dt. 1920). Das detaillierte Porträt der dänischen Gesellschaft endet mit einer pessimistischen Vision ihres Untergangs aufgrund geistiger und materieller Korruption.

□ 1881: »Gestutzte Schwingen« (Erz.n, dt. Auswahl »Ein Kirchenraub«, 1890). □ 1885: »Junge Liebe« (Erz., dt. 1890, u. d. T. »Aus jungen Tagen«, 1913). □ 1887: »Der Eisbär« (R., dt. 1903). □ 1894: »Der alte Adam« (Erz., dt. 1912). □ 1900: »Rotkäppchen« (Erz., dt. 1904). □ 1905: »Bürgermeister Hoeck und Frau« (Erz., dt. 1907). □ 1908: »Der königliche Gast« (Erz., dt. 1910). □ 1917: Literatur-Nobelpreis. □ 1927: »Des Menschen Himmelreich« (Erz.).

▷ H. Pontoppidan: Unterwegs zu mir selbst (Aut.), 1943.

Popieluszko, Jerzy Aleksander

poln. Priester
* 23.9.1947 Okopy bei Bialystok
† Oktober 1984 bei Włocławek (ermordet)

Nach Ausrufung des Kriegsrechts in Polen (1981) wurde der Sympathisant der damals verbotenen Gewerkschaft Solidarność um L. →Walesa einer der populärsten Seelsorger und Prediger Polens. Ab 1982 hielt Popieluszko regelmäßig am jeweils letzten Sonntag eines Monats in der Warschauer St.-Stanislaus-Kirche »Messen zum Wohle des Vaterlands« ab, in deren Anschluß es zu regierungsfeindlichen Protestdemonstrationen der Gläubigen kam. Es gilt als sicher, daß der polnische Geheimdienst (SB) an der Ermordung des Priesters beteiligt war.

□ 1972: Priesterweihe. □ ab 1980: Seelsorger der streikenden Stahlarbeiter der Huta-Werke. □ 1981: Öffentliches Eintreten für die politischen Häftlinge. □ 1984: Festnahme bei einer Verkehrskontrolle am 19. Okt.; Entdeckung des Leichnams in einem Stausee der Weichsel bei Włocławek am 30. Okt.

Popitz, Johannes

dt. Politiker und Widerstandskämpfer
* 2.12.1884 Leipzig
† 2.2.1945 Berlin-Plötzensee (hingerichtet)

Popitz gehörte zum konservativen Widerstand gegen A. →Hitler. Nach einem Abschiedsgesuch, das ihm als Finanzexperten verweigert wurde, stand er seit 1938 in engem Kontakt zu C. F. →Goerdeler und L. →Beck. Seit Beginn des 2. Weltkriegs rechnete er mit einem Zerfall des NS-Regimes und traf sich sogar mit H. →Himmler, um zu sondieren, wie man Hitler beseitigen und einen Separatfrieden mit den Westmächten schließen könnte. Nach dem Attentat vom 20. 7. 1944 wurde P. verhaftet und vom Volksgerichtshof zum Tode verurteilt.

← Johannes Popitz

□ 1919: Beamter im Reichsfinanzministerium. □ 1925-29: Staatssekr. ebd. □ 1932/33: Reichsmin. ohne Geschäftsbereich. □ 1933-44: Preuß. Finanzmin.

Popow, Leonid

sowjet. Kosmonaut
* 1946 Alexandrija, Ukraine

Leonid Popow (r.) und W. Rjumin blieben 1980 länger als ein halbes Jahr im All.

Popow verbrachte 1980 mit Waleri Rjumin (* 1939) 185 Tage in einer Weltraumstation. Sie waren damit die ersten Menschen, die länger als ein halbes Jahr im Weltraum blieben. Während dieser Zeit führten sie über 250 Experimente durch und empfingen mehrere Besuchermannschaften. Auf ihren Aufenthalt folgten noch längere Testraumfahrten, um in Zukunft die ständige Besetzung einer Orbitalstation zu ermöglichen. So hielten sich 1982 die Kosmonauten A. Beresowoi und V. Lebedew 211 Tage im All auf.

Popow, Oleg

sowjet. Clown
* 31.(3.?)7.1930 Witrubowo

Popow, dessen Karriere als Schlappseiltänzer und Jongleur beim Zirkus von Tiflis (Georgien) begann, ist seit dem Abgang von Ch. →Rivel und →Grock der unbestrittene Meister seines Faches. Von Ch. →Chaplin und der russischen Märchengestalt Iwanuschka, einer Art »Hans im Glück«, beeinflußt, verfolgt P. die Maxime, das Publikum mit ihm, nicht über ihn, zum Lachen zu bringen. Zahlreiche Tourneen machten den Zirkus-Poeten, der seit 1955 Star des Moskauer Staatszirkus ist, berühmt.

□ 1944: Setzerlehre bei der Moskauer Zeitung Prawda; Entdeckung für die staatliche Zirkusschule. □ 1952: Wegen der Erkrankung eines Clowns erster improvisierter Auftritt als Komiker. □ seit 1955: Clown beim Moskauer Staatszirkus. □ 1959: Erster Auftritt in der BRD.

Der Clown Popow trat 1959 erstmals in der BRD auf.

Lucia Popp →

Popp, Lucia

österr. Sängerin
* 12.11.1939 Uhorská Ves, Slowakei (UdSSR)

Popp wurde 1963 von H. v. →Karajan für die Wiener Staatsoper engagiert und debütierte dort als Königin der Nacht in Mozarts Oper »Die Zauberflöte«. Nach Erfolgen als Koloratursopran wandte sich P. dem lyrischen Fach zu und wurde durch ihre versierte Technik zu einer der souveränsten Sängerinnen der Opernszene. Gastverträge verbinden sie mit den großen Opernhäusern (Wien, München, London, Paris, New York). P., der auch eine Karriere als Konzert- und Liedsängerin gelang, ist eine bedeutende Vertreterin der Strauss-Tradition (1985 sensationeller Auftritt an der Staatsoper München als Marschallin im »Rosenkavalier« von R. →Strauss). 1967 debütierte sie an der Metropolitan Opera New York als Königin der Nacht (Ausstattung der legendären Inszenierung: M. →Chagall).

□ 1959-63: Studium an der Musikhochschule Bratislava und Prag. □ 1963: Debüt am Opernhaus Bratislava als Königin der Nacht in Mozarts »Zauberflöte«. □ seit 1963: Auftritte bei den Festspielen von Salzburg. □ seit 1966: Auftritte an der Covent Garden Opera London. □ 1967: Mitgl. des Opernhauses Köln. □ 1977/78: Mozart-Zyklus der Kölner Oper. □ 1989: Partie der Elsa in Wagners »Lohengrin« bei den Münchner Opernfestspielen.

Sir Karl Popper: Gegner der Frankfurter Schule.

Popper, Sir (seit 1964) Karl Raimund

brit. Philosoph österr. Herkunft
* 28.7.1902 Wien

Popper, Begründer und bedeutendster Vertreter des kritischen Rationalismus, entwickelte in Auseinandersetzung mit dem logischen Positivismus des »Wiener Kreises« (M. →Schlick) eine allgemeine wissenschaftstheoretische Methodenlehre. Die induktiven Beweismethoden des Neopositivismus in Frage stellend, behauptete P. in der »Logik der Forschung« (Schr., 1935), daß eine empirisch-wissenschaftliche Theorie nicht durch bestätigende Einzelbeobachtungen Gültigkeit erlange, sondern nur als gültig angenommen werden könne, solange sie nicht widerlegt worden sei.
P.s kritischer Rationalismus versteht sich als eine Philosophie der Wachsamkeit gegenüber Versuchen, endgültige Theorien oder absolute Wahrheiten aufzustellen. In seinem sozialphilosophischen Hauptwerk »Die offene Gesellschaft und ihre Feinde« (2 Bde. 1945, dt. 1957/58) legte P. seine Kritik am Marxismus und den Entwurf einer neuen Sozialordnung dar. Am »Elend des Historizismus« (Schr., 1957, dt. 1965) kritisierte P. insbesondere die als »historizistischer Aberglaube« bezeichnete Aufstellung von Entwicklungsgesetzen, die den Geschichtsverlauf retrospektiv als zwangsläufig und künftig als prognostizierbar darstellen. Da nichts voraussagbar ist, auch nicht die Entwicklung des Wissens, lehnt P. revolutionäre Erneuerungen ab und setzt auf schrittweise soziale Reformen. Im sog. Positivismusstreit (Schr., 1969) geriet P. in scharfen Gegensatz zur Frankfurter Schule (Th. W. →Adorno, M. →Horckheimer).

□ 1937-45: Lehrtätigkeit am Canterbury College in Christchurch (Neuseeland). □ 1946: Begegnung mit L. →Wittgenstein. □ 1949-69: Prof. an der Univ. London. □ 1972: »Objektive Erkenntnis. Ein evolutionärer Entwurf« (dt. 1973). □ 1977: »Das Ich und sein Gehirn« (mit J. C. →Eccles, dt. 1982). □ 1981: »Zwölf Prinzipien einer neuen Berufsethik«. □ 1984: »Auf der Suche nach einer besseren Welt« (Aufs.).

▷ K. R. Popper: Ausgangspunkte. Meine intellektuelle Entwicklung (Aut.), 1979; E. Döring: K. R. Popper. Einführung in sein Leben und Werk, 1987.

Ferdinand Porsche →

Porsche, Ferdinand

dt. Automobilkonstrukteur
* 3.9.1875 Maffersdorf, Böhmen
† 30.1.1951 Stuttgart

Porsche ist »Vater« zweier legendärer Autos. In seinem Stuttgarter Ingenieurbüro konstruierte er ab 1934 im Auftrag des Reichsverbands der deutschen Automobilindustrie den Volkswagen (bis 1945 »Kraft-durch-Freude-Wagen«), der sich 1955 mit dem millionsten Exemplar zum meistproduzierten Auto Europas entwickelte. Mit seinem Sohn »Ferry« P. (* 1909) konstruierte er den P.-Sportwagen, der seit 1950 in der F. Porsche AG, Stuttgart, serienmäßig hergestellt wird.

□ 1897: Konstruktion des Radnabenelektromotors. □ 1900: Bau des Lohner-Porsche-Automobils. □ ab 1917: Generaldir. der Österr. Daimler-Motoren KG Bierenz, Fischer & Co. □ 1923: Wechsel zur Daimler-Motoren-AG in Untertürkheim; Konstruktion der ersten Kompressormotoren. □ 1929-30: Wechsel zur Steyr-Werke AG in Österreich. □ 1931: Gründung eines Ingenieurbüros in Stuttgart. □ ab 1934: Entwicklung des Volkswagens; Geschwindigkeitsrekorde (252 km/h) des P.-Rennwagens der Auto-Union. □ 1938-45: Gesamtplanung und Leitung des Volkswagenwerks.

Porten, Henny

dt. Schauspielerin
* 7.1.1890 Magdeburg † 15.10.1960 Berlin/West

Porten war der erste deutsche Stummfilmstar. Sie begann ihre Karriere als Darstellerin in sog.

Henny Porten war ab 1906 Darstellerin in sog. Tonbildern.

Tonbildern, nachgestellten Opernszenen, zu denen Musik aus dem Grammophon erklang. In etwa 200 Stummfilmen der 10er und 20er Jahre stellte P. vom Bauernmädchen bis zur Kaiserin die unterschiedlichsten Typen dar. Die Doppelrolle in dem Bauernschwank »Kohlhiesels Töchter« verkörperte P. sowohl im Stummfilm (1920, Rg. E. →Lubitsch) als auch im Tonfilm (1930, Rg. H. Behrendt).

□ ab 1906: Darstellerin in Tonbildern. □ ab 1910: Stummfilmrollen. □ 1916: »Das wandernde Licht« (Rg. R. Wiene). □ 1919: »Rose Bernd« (nach G. →Hauptmann; Rg. A. Halm). □ 1920: »Anna Boleyn« (mit E. →Jannings; Rg. E. →Lubitsch). □ 1921: »Hintertreppe« (Rg. L. Jessner). □ 1926/27: »Meine Tante — Deine Tante« (Rg. C. Froelich). □ 1930: »Skandal um Eva« (Rg. G. W. →Pabst). □ 1931: »Luise, Königin von Preußen« (mit G. →Gründgens; Rg. C. Froelich). □ 1935: »Krach im Hinterhaus« (Rg. V. →Harlan). □ 1943: »Familie Buchholz« (Rg. C. Froelich). □ 1954/55: »Das Fräulein von Scuderi« (Rg. E. York).

▷ H. Belach: Henny Porten. Der erste deutsche Filmstar 1890-1960, 1986.

Porter, Cole

amer. Komponist und Texter
* 9.6.1893 Peru, Ind.
† 15.10.1964 Santa Monica, Kalif.

Porter war in den 30er und 40er Jahren der führende Schlager- und Musical-Komponist in den USA, seine Broadway-Bühnenerfolge wurden ausnahmslos verfilmt. P.s Lieder waren musikalisch originell und eingängig zugleich, die Texte witzig, aber sensibel und kunstvoll konstruiert. Das Musical »Kiss Me Kate« (1948) ist sein Meisterwerk. Viele seiner Titel wurden Evergreens wie »Begin the beguine«, »Night and day«, »Let's do it« oder »I get a kick out of you«.

□ 1916: Erste Show »See America first« am Broadway. □ 1934: Verfilmung seiner ersten beiden Musicals, »Wake up and dream« und »The gay divorce«. □ 1936: »Anything Goes« (Mus.) mit dem Lied »I get a kick out of you«; Filmmusik zu »Born to dance«. □ 1944: »Hollywood Canteen« (Mus.) mit »Don't fence me in«. □ 1946: »Night and day« (Mus.). □ 1948: »Kiss me Kate« (Mus., verfilmt 1953).

▷ R. G. Hubler: The Cole Porter Story, engl. 1965.

Porter, Sir (seit 1972) George

brit. Chemiker
* 6.12.1920 Stainforth bei Leeds, Yorkshire

Porter untersuchte die Dynamik ultraschneller chemischer und biochemischer Reaktionsprozesse. Mit R. G. W. →Norrish entwickelte P. seit 1947 spektroskopische Untersuchungsverfahren (Blitzlicht-Photolyse), die das Studium der Eigenschaften »freier Radikaler« und extrem kurzlebiger Reaktionszwischenprodukte ermöglichen. 1950 verfolgten sie Reaktionsabläufe innerhalb einer Mikrosekunde (10^{-6} sec.), also einer millionstel Sekunde, und 1967 im Bereich einer Nanosekunde (10^{-9} sec.). 1975 beobachteten sie Reaktionen, die in einer Pikosekunde (10^{-12} sec.) ablaufen.

□ 1955-66: Prof. an der Univ. Sheffield. □ 1962: »Chemistry for the modern world« (Schr.). □ 1966-88: Prof. und Dir. der Royal Institution of Great Britain, London. □ 1967: Chemie-Nobelpreis (mit M. →Eigen und R. G. W. Norrish). □ 1969-70: »Time Machines« (wissenschaftliche TV-Serie für die BBC). □ 1976-77: »Natural history of a sunbeam« (TV-Serie für die BBC). □ seit 1985: Präs. der Royal Society. □ seit 1986: Kanzler der Leicester Univ. □ seit 1987: Prof. am Imperial College, London.

Die amerikanische Schriftstellerin Katherine A. Porter erhielt 1966 den Pulitzer-Preis.

← Cole Porter

← Sir George Porter

Porter, Katherine Anne

amer. Schriftstellerin
* 15.5.1890 Indian Creek, Texas
† 18.9.1980 Silver Spring, Maryl.

Trotz des relativ geringen Umfangs ihrer literarischen Produktion hat Porter durch formal brillante Geschichten hohes Ansehen in der Kunst der Kurzprosa erlangt. Ihre Technik, mehr anzudeuten als auszusprechen, erinnert an die impressionistischen Kurzgeschichten K. →Mansfields, die Verwendung stilistischer Elemente der Moderne zur Darstellung von Bewußtseinsvorgängen weist Parallelen zu J. →Joyce und V. →Woolf auf. Im Mittelpunkt ihrer Kurzprosa stehen Mädchen- und Frauengestalten; konstante Strukturmerkmale sind die Spannung zwischen Humor und Ernst, das sorgfältige Abwägen rivalisierender Überlegungen und die Weigerung, erzähltechnisch den geraden, den vorgegebenen Weg zu gehen. P.s einziger Roman »Das Narrenschiff« (1962, dt. 1963) wurde 1964 von Stanley Kramer verfilmt (mit H. →Rühmann).

□ ab 1921: Längere Aufenthalte in Mexiko und Europa. □ 1930: »Unter heißem Himmel« (Erz.n, dt. 1951; 1964 u. d. T. »Blühender Judasbaum«). □ 1939: »Das dunkle Lied« (Erz.n, dt. 1950; 1963 u. d. T. »Fahles Pferd und fahler Reiter«). □ 1940-62: Gastdozentin und Writer-in-Residence an verschiedenen amer. Univ.n, u. a. Stanford Univ. □ 1944: »Das letzte Blatt« (Erz.n, dt. 1953). □ 1966: Pulitzer-Preis.

▷ J. Gioner: Katherine Anne Porter, engl. 1982.

Porter, Rodney Robert
brit. Biochemiker
* 8.10.1917 Ashton-under-Lyne
† 7.9.1985 Winchester, Hampshire (verunglückt)

Porter analysierte seit 1959 die Struktur der bei der Immunabwehr wirkenden Antikörper. Indem er das Molekül mit dem Enzym Papain in drei Bruchstücke zerlegte, wies P. nach, daß das Gamma-Globulin (IgG) aus zwei Kettenpaaren zu je einer langen und kurzen Polypeptidkette besteht und die Form eines Ypsilons hat.

□ 1960-67: Prof. an der Saint Mary's Hospital Medical School der Univ. London. □ ab 1967: Prof. an der Univ. Oxford. □ 1972: Physiologie/Medizin-Nobelpreis (zusammen mit G. M. →Edelman).

Portmann, Adolf
schweiz. Biologe
* 27.5.1897 Basel † 28.6.1982 ebd.

Im Rahmen seiner Studien über die Stammesgeschichte und die embryonale Entwicklung der Tiere betonte Portmann in seinen anthropologischen Schriften die biologische Sonderstellung des Menschen. Als besonderes Charakteristikum der menschlichen Phylo- und Ontogenese (stammes- und individualgeschichtliche Entwicklung) wertete P. die als »physiologische Frühgeburt« bezeichnete Tatsache, daß der Mensch die zweite Hälfte seiner eigentlichen Embryonalzeit außerhalb des Mutterleibes verbringt (extrauterines Erstjahr). P. befaßte sich insbesondere mit der »Vergleichenden Morphologie der Wirbeltiere« (Schr., 1948) und förderte als Präsident der Schweizerischen Rektorenkonferenz (1962-69) die interdisziplinäre Zusammenarbeit von Genetik, Verhaltensforschung, Ökologie, Soziologie und Philosophie.

← Adolf Portmann

□ 1931-68: Dir. der Zoologischen Anstalt und Prof. an der Univ. Basel. □ 1944: »Biologische Fragmente zu einer Lehre vom Menschen« (Schr.). □ 1953: »Das Tier als soziales Wesen« (Schr.). □ 1960: »Neue Wege der Biologie« (Schr.). □ 1970: »Entläßt die Natur den Menschen?« (ges. Aufs.e). □ 1974: »An den Grenzen des Wissens« (Schr.).

▷ G. v. Wahlert: Adolf Portmann, 1972; J. Illies: Das Geheimnis des Lebendigen (Biogr.), 1976.

Possart, Ernst von
dt. Schauspieler und Theaterleiter
* 11.5.1841 Berlin † 8.4.1921 ebd.

Possart war aufgrund seiner intensiven und mitreißenden Schauspielkunst einer der großen Charakterdarsteller zu Beginn des 20. Jh.s. Seine Paraderollen waren der Shylock aus Shakespeares »Kaufmann in Venedig«, »Richard III.« im gleichnamigen Shakespeare-Drama und der Mephisto in Goethes »Faust«. Zugleich setzte P. als Regisseur und Intendant des Münchner Hof- und ab 1901 des von ihm gegründeten Münchner Prinzregententheaters Maßstäbe bei der Sprechtheater- und Operninszenierung.

← Ernst von Possart

□ 1864: Nach Auftritten u. a. in Breslau, Bern und Hamburg Engagement als Schauspieler am Münchner Hoftheater. □ 1872: Erste eigene Regie in München. □ ab 1895: Intendant des Münchner Hoftheaters. □ 1901: Gründung und Leitung des Prinzregententheaters. □ 1905: Rücktritt, danach int. Tourneen als Schauspieler.

▷ E. v. Possart: Erstrebtes und Erlebtes, 1916.

Postman, Neil
amer. Schriftsteller
* 1931 New York

Postman verurteilt die amerikanische Mediengesellschaft.

»Das Verschwinden der Kindheit« (Sachbuch, dt. 1988) ist Postmans Anklage gegen die bedingungslose Hingabe an die elektronische Informationsgesellschaft. Sie führe nach P. langfristig zum Verlust der Schreib- und Lesefähigkeit. Damit schwinde auch die Unterscheidung zwischen Erwachsenen- und Kinderwelt. Sie basiere nämlich im wesentlichen auf der Erfindung der Buchdruckkunst und damit auf der Möglichkeit breiter Bevölkerungsschichten, lesen und schreiben zu lernen. Erst zu diesem Zeitpunkt habe sich ein immer breiter werdender Spalt geöffnet zwischen denen, die sich über das Lesen Wissen und Fähigkeiten angeeignet hätten und denen, die erst die Grundvoraussetzungen erwerben müssen, um an der Erwachsenenwelt teilhaben zu können.
Mit seiner scharfen Kritik am amerikanischen Erziehungs- und Mediensystem hat der in den 60er Jahren wegen seiner fortschrittlichen Erziehungsideale gefeierte P. eine krasse Wende vollzogen. Desillusioniert von der amerikanischen Mediengesellschaft, sieht er heute in ihrer

Bindungs- und Traditionslosigkeit sowie im Fortschritt eine Gefährdung geistiger Existenz.

☐ 1959: Prof. an der New York Univ. of communication arts and sciences. ☐ 1983: »Das Verschwinden der Kindheit« (Sachb., dt. 1984). ☐ 1985: »Wir amüsieren uns zu Tode« (Sachb., dt. 1985).

Potter, Philip Alford

westind. Methodist
* 19.8.1921 auf Dominica, Kleine Antillen

Während seiner Amtszeit als Generalsekretär des Ökumenischen Rats der Kirchen (1972-84) vertrat Potter, der im christlichen Glauben den Auftrag zu sozialem Engagement und politischem Handeln begründet sieht, in besonderer Weise die Interessen der Christen in der Dritten Welt. Unter seiner Leitung wurden 1974 das Anti-Rassismusprogramm und 1975 das Anti-Militarismusprojekt des Weltkirchenrats verabschiedet. Die damit verbundene finanzielle Unterstützung für Befreiungsbewegungen, z. B. der Swapo in Namibia, stieß allerdings auf die Kritik christlicher Kirchen.

☐ 1950-54: Methodistischer Pfarrer auf Haïti. ☐ 1960-68: Leiter des Weltbundes christlicher Studenten. ☐ 1967-72: Dir. der Abteilung Mission und Evangelisation des Ökumenischen Rats der Kirchen; Hg. der Zeitschrift International Review of Mission.

Poulenc, Francis

frz. Komponist
* 7.1.1899 Paris † 31.1.1963 ebd.

Poulenc, einer der hervorragenden Vertreter der Musikalischen Moderne in Frankreich, war ab 1920 Mitglied der Komponistengruppe Groupe des Six (D. →Milhaud, G. →Auric, A. →Honegger, J. →Cocteau, E. →Sati).
Sein Œuvre, das verschiedenste Gattungen umfaßt (Film- und Zirkusmusik bis zu »La voix humaine«, Lyrische Tragödie, UA Paris 1959), ist von einem eigenständigen, neoklassizistischen Stil (I. →Strawinski) geprägt. Religiöse Kompositionen (Chorwerke) und unterhaltende Musik (Kabarettchansons) stehen gleichrangig nebeneinander. Eine besondere Stellung nehmen P.s Lieder ein (Vertonung surrealistischer Gedichte), die subtil die rhythmischen und klanglichen Nuancen der französischen Sprache in Musik umsetzen (»Le bal masqué«, Kantate, 1931). Sie gehören zu den bedeutendsten Leistungen innerhalb dieser Gattung im 20. Jh.

☐ 1914: Privater Klavierunterricht. ☐ 1917: UA von »Rhapsodie nègre« (für Bariton mit Klavier, Streichquartett und Instrumente) bei einem avantgardistischen Konzert in Paris. ☐ 1918: Während Kriegsdienst Komposition von »3 Movements perpétuel« für Klavier. ☐ 1922/23: Europa-Reise mit D. →Milhaud; Kontakte mit A. →Berg, A. → Webern und A. →Schönberg in Wien. ☐ 1936: »Litanies à la vierge noire« für Singstimme und Orgel. ☐ 1939: »Sextett« für Blasinstrumente und Klavier. ☐ 1942: UA von »Les Animaux modèles« (Ballett) in Paris. ☐ 1950: »Stabat mater« für Sopran, Chor und Orchester. ☐ 1957: UA von »Les Dialogues des Carmélites« (Oper) in Mailand.

▷ F. Poulenc: Moi et mes amis, 1963, engl. 1978.

Valdemar Poulsen →

Poulsen, Valdemar

dän. Physiker und Ingenieur
* 23.11.1869 Kopenhagen
† 6.8.1942 New York (USA)

Poulsen erregte 1900 auf der Pariser Weltausstellung großes Interesse für seinen 1898 patentierten »sprechenden Draht«, ein Magnetton-Gerät (Telegraphon), bei dem erstmals Töne auf einem magnetisierten Stahldraht fixiert und wiedergegeben werden konnten. Der Mitarbeiter der Kopenhagener Telefongesellschaft entwickelte 1903 einen nach ihm benannten Generator (Lichtbogensender) zur Erzeugung hochfrequenter elektromagnetischer Schwingungen, die bei der drahtlosen Nachrichtenübermittlung Verwendung fanden.

Ezra Pounds »Cantos« wurde häufig mit Dantes »Göttlicher Komödie« verglichen.

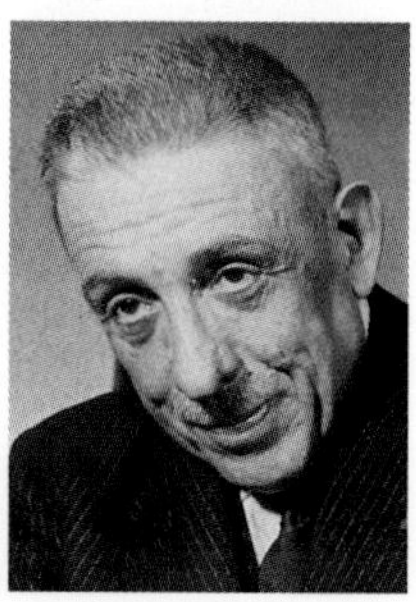

← Francis Poulenc

Pound, Ezra Loomis

amer. Lyriker und Kritiker
* 30.10.1885 Hailey, Idaho
† 1.11.1972 Venedig (Italien)

Pounds Bedeutung als Erneuerer der angloamerikanischen Lyrik läßt sich an der von ihm 1912 begründeten Schule des Imagismus aufzeigen, die er dem zeitgemäßen Wortschwulst und der Anti-Intellektualität entgegensetzte. Der präzise, natürliche, bildhafte Ausdruck sollte zum Destillat der Gedanken werden. Mit »In a station of the metro« (1915) lieferte Pound ein Beispiel: Ursprünglich in 30 Zeilen entworfen, verdichtete der Autor seine Gefühle beim Anblick der schönen Gesichter in einer Pariser U-Bahnstation schließlich auf die beiden Zeilen: »The apparition of these faces in the crowd; / Petals on a wet, black bough.«
Zum Muster intellektueller Dichtung sollte sein Hauptwerk »Cantos« (1970, NA 1987; dt. in Teilübersetzungen zuletzt 1975) werden, an dem P. über vier Jahrzehnte schrieb und das zu den ei-

genwilligsten und schwierigsten Werken der englischsprachigen Literatur gehört. Mit seinen 120 Cantos, strukturell an Dantes »Göttliche Komödie« angelehnt, versuchte P. eine Synopsis der Menschheitsgeschichte. Seine Gesamtvision des Weltablaufs führte ihn formal zu einer Collage räumlich und zeitlich weit auseinanderliegender Geschehnisse und menschlicher Erfahrungen — prinzipiell die der kapitalistisch-kommerziellen Welt auf der einen Seite und die der Kulturtraditionen der Antike, des Abendlandes und des alten China auf der anderen Seite.
In die Cantos fließen auch seine antisemitisch und faschistisch eingefärbten ökonomischen und politischen Gedanken ein, vor allem in Canto XLV (1937) und in den »Pisaner Cantos« (1948, dt. 1969), die die Einweisung für zwölf Jahre in eine psychiatrische Klinik zur Folge hatten. 1958 wurde er aus der Klinik entlassen und emigrierte nach Italien. Auch P.s dichterische Autobiografie »Hugh Selwyn Mauberley« (1920) beleuchtet die Ambivalenz seiner Persönlichkeit. P. übersetzte italienische und chinesische Gedichte und hinterließ ein umfangreiches Prosawerk (u. a. über 1500 Aufsätze).

☐ 1901-06: Literatur- und Sprachstudium. ☐ 1908: Emigration. ☐ 1909-20: Aufenthalt in London. ☐ 1910: »Personae-Masken« (Ged., dt. 1970). ☐ 1912-17: Redakteur und Hg. literarischer Zeitschriften. ☐ 1919: »Quia pauper amavi« (die ersten drei Cantos). ☐ 1920-24: Paris. ☐ 1924-45: Rapallo, Italien. ☐ 1931: »Wie lesen« (Es.s, dt. 1953). ☐ 1940-45: Mitarbeit am Faschistensender »Radio Rom«. ☐ 1945: Anklage wegen Landesverrats. ☐ 1946: Einweisung in eine psychiatrische Klinik (Washington D. C.). ☐ 1958: Entlassung aus der Klinik, Emigration nach Italien.

▷ E. Hesse: Ezra Pound, 1978.

Pousseur, Henri

belg. Komponist
* 23.6.1929 Malmédy, Ardennen

Pousseur, der sich als Komponist autodidaktisch am Werk von A. →Webern schulte (»Quintette à la mémoire de Webern«, 1955), gehört zu den führenden Komponisten elektronischer und serieller Musik (»Votre Faust. Fantaisie variable genre opéra«, UA Mailand 1969). Von P. →Boulez beeinflußt, gründete er 1970 als Dozent an der Universität Lüttich das musikalische Forschungsstudio Centre de Recherche Musicale (Weiterentwicklung eines Brüsseler Studios) und verfaßte wichtige Beiträge zur Musiktheorie (»Calculation and imagination in electronic music«, 1968). P. schrieb auch elektronische Film- und Freilichtmusiken.

☐ 1947-53: Studium am Konservatorium Lüttich und Brüssel (Orgel, Kontrapunkt, Harmonielehre). ☐ 1950-59: Musiklehrer. ☐ 1957: Mitarbeit im Mailänder Studio für Neue Musik (L. → Berio). ☐ seit 1957: Dozent bei den Ferienkursen für Neue Musik in Darmstadt. ☐ 1958: Gründung und Leitung des Studio Musique Électronique Apelac in Brüssel. ☐ 1963/64: Dozent an der Baseler Musikakademie. ☐ 1966-68: Dozent an der Univ. Buffalo, N. Y. ☐ seit 1970: Prof. an Univ. und Konservatorium Lüttich. ☐ 1972: »Musique, sémantique, société« (Schr.). ☐ 1974: UA von »Schönbergs Gegenwart« in Berlin.

▷ H. K. Metzger/R. Riehn: Henri Pousseur, 1990.

Cecil Frank Powell →

← Henri Pousseur

Imre Pozsgay →

Powell, Cecil Frank

brit. Physiker
* 5.12.1903 Tonbridge, Kent
† 9.8.1969 bei Bellano, Comer See (Italien)

Aufgrund empfindlicher Emulsionen auf Fotoplatten, auf denen atomare Teilchen ihre Spuren hinterlassen, entdeckte Powell 1947 die Pi-Mesonen, die zu den bis dahin bekannten Elementarteilchen Elektronen, Protronen und Neutronen gehören. Auf sog. Kernspurplatten, die längere Zeit auf den Höhen der Peruanischen Anden der kosmischen Strahlung ausgesetzt waren, konnte P. das von H. →Jukawa 1935 vorausgesagte Pion nachweisen und dessen Zerfallsprozeß erklären. 1950 erhielt P. für seine Entdeckung den Physik-Nobelpreis.

☐ ab 1948: Prof. an der Univ. Bristol. ☐ 1947: »Nuclear physics in photographs« (Schr., mit G. Occhislini). ☐ 1949: Nachweis des positiven Kaons. ☐ 1950: Physik-Nobelpreis. ☐ 1959: »The study of elementary particles by the photographic method« (Schr., mit anderen).

Powell, John Wesley

amer. Geologe und Völkerkundler
* 24.3.1834 Mount Morris, N. Y.
† 23.9.1902 Haven, Maine

Powell, Gründer des »American Bureau of Ethnology« in Washington (1879), war ein rigoroser Evolutionist. Die Menschheitsentwicklung unterteilte P. in vier Stufen: Wildheit, Barbarei, Monarchie, Demokratie.
Jeder Stufe ordnete P. bestimmte soziale Institutionen, aber auch ästhetische Erscheinungen zu. So entwickelte sich seiner Meinung nach die Musik vom Rhythmus über Melodie und Harmonie schließlich bis zur Sinfonie. P. erstellte als erster eine Verbreitungskarte von 58 indianischen Sprachstämmen.

☐ 1865: Prof. für Geologie, Univ. Ill. ☐ 1867-79: Forschungsreisen im amer. Westen. ☐ 1877: »Introduction to the study of Indian languages« (Schr.). ☐ 1881-92: Dir. des Geological Survey, Washington. ☐ 1899: »Sociology or the Science of Institutions« (Schr.).

Pozsgay, Imre

ung. Politiker
* 26.11.1933 Kóny

Pozsgay wurde zu Beginn der 70er Jahre mit Artikeln und Rundfunkbeiträgen zu ideologischen, wirtschaftlichen und gesellschaftspolitischen Fragen einer breiten Öffentlichkeit bekannt. Er engagierte sich für wirtschaftliche Reformen und formulierte als überzeugter Vertreter der Politik J. →Kádárs liberale Grundprinzipien (»sozialistische Demokratie«).
Unter Ministerpräsident Grosz (1987/88) übernahm P. das neue Amt des Staatsministers und avancierte zum zweiten Mann der Ungarischen Sozialistischen Arbeiterpartei, aus der er sich 1990 zurückzog.

☐ 1976-82: Kultusmin. ☐ 1982-88: Generalsekr. der Patriotischen Volksfront. ☐ 1990: Nach dem Austritt aus der USP unabhängiger Landtagsabg.

Prack, Rudolf
österr. Schauspieler
* 2.8.1905 Wien † 3.12.1981 ebd.

Mit Sonja Ziemann bildete Prack das »Traumpaar der Wirtschaftswunderzeit«. Er spielte u. a. den Förster in dem Heimatfilmklassiker »Grün ist die Heide« (1951, Rg. H. Deppe) und die Titelfigur in »Kronprinz Rudolfs letzte Liebe« (1956, Rg. A. Jugert). Als »Landarzt Dr. Brock« (TV, Rg. R. Lothar) erlebte er 1966 ein kurzes Comeback.

□ 1937: »Florentine« (Rg. C. Lamac). □ 1940: »Krambambuli« (Rg. K. Köstlin). □ 1944/45: »Du bist Musik für mich« (Rg. G. von →Cziffra). □ 1948: »Zyankali« (Rg. H. Röbbeling). □ 1950: »Schwarzwaldmädel« (Rg. H. Deppe). □ 1953: »Kaiserwalzer« (Rg. F. Antel). □ 1955: »Der Kongreß tanzt« (Rg. F. Antel). □ 1957: »Der Page vom Palast-Hotel« (Rg. Th. Engel). □ 1965: »Ruf der Wälder« (Rg. F. Antel). □ 1974: »Karl May« (Rg. H. J. →Syberberg). □ 1981: »Ringstraßenpalais« (TV, Rg. R. Nußgruber).

← Rudolf Prack

Pramudya Ananta Tur
indon. Schriftsteller
* 6.2.1925 Blora, Java

Pramudya Ananta Tur, bedeutendster indonesischer Schriftsteller der Gegenwart, wurde als Autor realistischer, sozialkritischer Prosa international bekannt. P. unterstützte literarisch den Befreiungskampf seines Landes gegen die niederländische Kolonialmacht und erregte nach seiner Entlassung aus 13jähriger politischer Haft (1979) Aufsehen: 1980 erschien mit »Garten der Menschheit« (dt. 1984) der erste Band seiner Romantetralogie, die politische und soziale Aspekte der erwachenden nationalen Bewegung in Holländisch-Indien zu Beginn des 20. Jh.s schildert. Nach Erscheinen des zweiten Bandes »Kind dieser Erde« (1981, dt. 1987) wurde P. mit einem Publikationsverbot belegt.

□ 1945: Teilnahme an den Freiheitskämpfen gegen die niederl. Kolonialmacht. □ ab 1950: »Die Guerillafamilie« (R.). □ 1959: Mitgl. in LEKRA (dt. Inst. für Volkskultur). □ 1965: Nach dem mißglückten kommunistischen Putschversuch als Sympathisant verhaftet (bis 1979). □ seit 1979: Unter Stadtarrest in Jakarta. □ 1985: »Fährten« (R.), 3. Teil der R.-Tetralogie; 4. Teil: »Glashaus« (R., 1988).

Prandtl, Ludwig
dt. Physiker
* 4.2.1875 Freising † 15.8.1953 Göttingen

Prandtl, Begründer der Strömungslehre, baute 1908 den ersten Windkanal in Deutschland, dem die »Wirbelstraße« von T. →Kármán 1911 folgte. 1904 entwickelte P. den Ansatz zu einer Grenzschichttheorie, die das aerodynamische Phänomen zwischen einer Fläche und vorbeiströmender Luft erklärt, und hatte mit seiner 1918/19 veröffentlichten Tragflügeltheorie sowie seinen Untersuchungen zur Überschall- (1907) und Unterschallströmung (1922) Einfluß auf die Entwicklung im Flugzeugbau.

□ 1901-04: Prof. an der Univ. Hannover. □ ab 1904: Prof. an der Univ. Göttingen. □ 1925-46: Dir. des Kaiser-Wilhelm-Inst. für Strömungsforschung ebd. □ 1931: »Abriß der Strömungslehre« (Schr.).

Marcel Prawy →

← Ludwig Prandtl

Praunheim, Rosa von
(eig. Holger Mischwitzky)
dt. Schauspieler und Regisseur
* 25.11.1942 Riga

Praunheim setzt sich in provokanter Form mit der Homosexualität auseinander. Seine Filme sind Plädoyers für eine tabulose Gesellschaft ohne Vorurteile gegenüber Minderheiten. In »Die Aids-Trilogie« (1989/90) befaßte sich P. mit den Problemen in den sog. Schwulenparadiesen Berlin und New York.

Praunheim: Engagement für die Anliegen Homosexueller.

□ 1962-67: Studium der Malerei. □ 1967-70: Kurz- und Dokumentarfilme. □ 1970: »Die Bettwurst«; »Nicht der Homosexuelle ist pervers, sondern die Situation, in der er lebt«. □ 1971/72: »Leidenschaften«. □ 1977/78: »Tally Brown New York«. □ 1979: »Die Arme der Liebenden«. □ 1980-82: »Rote Liebe — Wassilissa«. □ 1984: »Horror Vacui«. □ 1985: »Ein Virus kennt keine Moral«. □ 1987: »Anita—Tänze des Lasters«. □ 1989: »Überleben in New York«.

▷ P. W. Jansen/W. Schütte (Hg.): Rosa von Praunheim, 1984.

Prawy, Marcel
österr. Musikschriftsteller, Dramaturg und Musikpädagoge
* 29.12.1911 Wien

Prawy erwarb mit zahlreichen Einführungsmatineen, Rundfunk-, TV-Sendungen und Seminaren im deutschsprachigen Raum sowie in Japan und den USA den Ruf eines »leibhaftigen Opern-Führers«. Kennzeichnend für seine unterhaltsamen Moderationen ist die geschickte Mischung von Fachwissen und Anekdotischem aus dem sozialen Umfeld der Oper.
P. führte ab 1955 als Produktionsleiter der Wiener Volksoper das Musical in Wien, der sog. Hauptstadt der Operette, ein.

□ 1934: Promotion zum Dr. jur. □ 1939: Emigration in die USA; Kontakte mit L. →Bernstein. □ 1946: Kulturoffizier der amer. Besatzungstruppen in Wien. □ ab 1950: Moderation musikalischer Abende im Wiener Kosmos-Kino. □ 1955: Dramaturg der Wiener Volksoper. □ 1955-75: Chefdramaturg der Staatsoper Wien. □ 1983: »Nun sei bedankt . . . Mein Richard Wagner-Buch«.

▷ P. Dusek/Ch. Wagner-Trenkwitz: Marcel Prawy — Der Opernkavalier, 1991.

Pré, Jacqueline du

engl. Cellistin
* 26.1.1945 Purley, Surrey
† 19.10.1987 London

Pré war eine der brillantesten und technisch perfekten Instrumentalistinnen des 20. Jh.s. Ihre Karriere als virtuose Cellistin (Konzert- und Kammermusik) wurde auf tragische Weise bereits im Alter von 26 Jahren durch den Ausbruch der Krankheit Multiple Sklerose beendet. Berühmt wurde die Schülerin von P. →Casals und M. →Rostropowitsch mit ihrer Interpretation des Cello-Konzerts von E. →Elgar. Sie konzertierte ab 1965 in Europa und den USA; mit ihrem Ehemann, dem Dirigenten und Pianisten D. →Barenboim, sowie mit dem Violinisten P. →Zukerman gab sie vielbeachtete Trio-Konzerte. Bereits im Rollstuhl, unterrichtete sie noch einige Jahre Meisterschüler.

J. du Pré: Multiple Sklerose beendete ihre große Karriere.

□ 1955: Gewinnerin des int. Suggia-Cello-Preises. □ 1955-62: Studium an der Guildhall School of Music and Drama London. □ 1961: Debüt in Wigmore Hall ebd. □ 1965: Debüt in der Carnegie Hall New York. □ ab 1967: Ehe mit D. Barenboim. □ 1976: Officer of the Order of the British Empire.

▷ C. Easton: Jacqueline du Pré. Musik war ihr Leben, 1991.

Pregl, Fritz

österr. Chemiker
* 3.9.1869 Laibach (heute Ljubljana, Jugoslawien)
† 13.12.1930 Graz

Pregl verbesserte die technischen Möglichkeiten der quantitativen Mikroanalyse organischer Substanzen. Durch seine Konstruktionen hochempfindlicher Meßinstrumente, die zur exakten Analyse mit einem Bruchteil (2,5 Milligramm) der bis dahin benötigten Stoffmengen (1 Gramm) auskommen, wurde die Untersuchung sehr seltener organischer Verbindungen möglich wie z. B. der nur in geringsten Spuren nachweisbaren Gallensäure.

□ 1910-13: Prof. an der Univ. Innsbruck. □ 1913: Prof. an der Univ. Graz. □ 1917: »Die quantitative organische Mikroanalyse« (Schr.). □ 1923: Chemie-Nobelpreis.

Fritz Pregl →

Prelog, Vladimir

schweiz. Chemiker jugos. Herkunft
* 23.7.1906 Sarajevo

Prelog erforschte die stereochemischen Zusammenhänge zwischen der räumlichen Struktur einander spiegelbildlicher Moleküle und ihrem Reaktionsverhalten. Dabei handelt es sich um mittelgroße Ringmoleküle mit 8 bis 14 Kohlenstoffatomen und ihre »Chiralen« genannten asymmetrischen Formen. Für die Stereochemie entwickelte P. (mit Chr. K. →Ingold) eine international anwendbare Nomenklatur zur eindeutigen Benennung und Klassifizierung organischer Verbindungen.

□ 1940/41: Prof. an der Univ. Zagreb. □ 1947-76: Prof. an der ETH Zürich. □ 1957-76: Leiter des Laboratoriums für organische Chemie ebd. □ ab 1959: Schweizer Staatsbürger. □ 1975: Chemie-Nobelpreis (mit J. W. →Cornforth).

Vladimir Prelog →

Premchand

(eig. Dhanapati Rai Srivastav)
ind. Schriftsteller
* 31.7.1880 Lamahi (heute Varanasi, Uttar Pradesh)
† 7.10.1936 ebd.

Premchand, einer der bedeutendsten Autoren des indischen Realismus, schrieb — zunächst in Urdu, später in Hindi — sozialkritische Romane über das Leben der notleidenden Landbevölkerung. Selbst in ärmlichen Verhältnissen aufgewachsen, setzte sich P. vor allem mit der fatalistischen Grundhaltung der Bauern gegenüber den Konventionen der Sippengesetze, der Handlungsweise der Priesterkaste und den Geschäften skrupelloser Geldverleiher auseinander (u. a. in »Godan oder Die Opfergabe«, R., 1936, dt. 1979). Kritik äußerte P. zudem an dem negativen Einfluß der britischen Kolonialmacht auf das indische Selbstverständnis. Er schloß sich zunächst der passiven Widerstandsbewegung M. →Gandhis an, wandte sich aber später marxistischem Gedankengut zu.

□ ab 1899: Lehrer in Benares. □ 1908: »Leidenschaft fürs Vaterland« (Kurzg.n). □ 1922: »Lebenszufluchten« (R.). □ 1936: »Das Leichentuch« (Kurzg.).

Preminger, Otto

amer. Regisseur österr. Herkunft
* 5.12.1906 Wien † 23.4.1986 New York

Otto Preminger →

Preminger, ein Perfektionist in der Führung seiner Schauspieler, arbeitete in allen Filmgenres.

Zu seinen bekanntesten Werken gehören der Western »Fluß ohne Wiederkehr« (1954, mit R. →Mitchum und M. →Monroe), der Drogenfilm »Der Mann mit dem goldenen Arm« (1955, mit F. →Sinatra, nach N. →Algren) und die Bestseller-Verfilmung »Bonjour Tristesse« (1957, mit J. Seberg, nach F. →Sagan).

☐ 1928: Promotion zum Dr. jur. ☐ 1933: Als Nachfolger von M. →Reinhardt Leiter des Theaters in der Josefstadt in Wien. ☐ 1934: Emigration in die USA. ☐ 1944: »Laura«. ☐ 1950: »Faustrecht der Großstadt«. ☐ 1952: »Engelsgesicht« (mit R. Mitchum und J. Simmons). ☐ 1954: »Carmen Jones«(mit H. →Belafonte). ☐ 1959: »Anatomie eines Mordes«; »Porgy und Bess« (mit S. →Poitier, Mu.: G. →Gershwin). ☐ 1960: »Exodus«. ☐ 1963: »Der Kardinal«. ☐ 1974: »Unternehmen Rosebud«. ☐ 1979: »The human factor«.

▷ O. Preminger: Preminger (Aut.), 1971.

Elvis Presley, »Mr. Dynamite«, während eines Konzerts in Memphis,1956.

Presley, Elvis Aron

amer. Rocksänger
* 8.1.1935 East Tupelo, Miss.
† 16.8.1977 Memphis, Tenn.

Mit einem TV-Auftritt, einem Hüftkreisen und einem Hit wurde Presley 1956 zum weltweiten Idol, und mit ihm begann der Rock 'n' Roll seinen Siegeszug um die Welt. »Heartbreak Hotel« wurde der erste seiner 107 offiziell aufgeführten Hits. Über 500 Mio. LPs und Singles verkaufte er bis zu seinem frühen Tod, mehr als jeder andere Showstar bislang. 180 Mio. $ brachten allein seine Spielfilme ein.

P. verkörperte den Rock 'n' Roll schlechthin — aggressiv, rebellisch, sinnlich und schwermütig, er provozierte Erwachsene und erfüllte Träume und Sehnsüchte der Jugendlichen. Der Tod P.s, der mit zunehmendem Alter an Depressionen und Tablettenabhängigkeit litt, löste weltweit Betroffenheit aus.

☐1953: Aufnahme von »My Happiness« auf eigene Kosten. ☐ 1954: Erste Plattenaufnahme »That's all right Mama«. ☐ 1956: TV-Auftritt in der »Stage Show« mit dem Nr.-1-Hit »Heartbreak Hotel«; erster Film »Love me tender«. ☐ 1957: »All shook up«; Film »Jailhouse Rock«. ☐ 1958: Erste Goldene Schallplatte für »Hard headed woman«; »King Creole« (F.). ☐ 1958-60: Dienst in der US-Armee, stationiert in Friedberg (Hessen). ☐ 1961: Konzert im Ellis Auditorium, Memphis, letzter offizieller Auftritt bis 1968. ☐ 1963: »Devil in disguise« letzter weltweiter Top-Ten-Hit bis 1969. ☐ 1969: Mit »In the ghetto« wieder in den Top-Ten der Hitparaden . ☐ 1970: Der 32. und letzte Film »Elvis — that's the way it is«. ☐ 1972: Grammy Award für »He touched me«. ☐ 1973: Weltweite Ausstrahlung der TV-Show »Aloha from Hawaii«, weltweit 1 Mrd. Zuschauer. ☐ 1974: Grammy Award für »How great thou art«. ☐ 1976: Letzter Auftritt im Las Vegas Hilton.

▷ M. E. Rodger: Elvis Presley — Eine Biografie, 1976; W. Tilgner: Elvis Presley, 1987; L. Geller/J. Spector/P. Romanowski: I was the one, Elvis Presley, 1991.

Preston, Billy

amer. Rockmusiker
* 9.9.1946 Houston, Texas

Als Sänger und Pianist ist Preston ein virtuoser Solist; sein stilistisches Einfühlungsvermögen machte ihn zum gefragten Ensemblemusiker. Von R. →Charles gefördert, spielte P. während der 60er Jahre mit den Stars des Rock 'n' Roll, Soul und Pop. Die →Beatles holten ihn ebenso wie die →Rolling Stones. 1975 gelang ihm mit dem für J. →Cocker komponierten Song »You are so beautiful« sein größter Erfolg.

☐ 1956: Engagement in der Band von Mahalia →Jackson. ☐ 1958: »St. Louis Blues« (F.). ☐ 1962: Musiker in der Band von →Little Richard. ☐ 1963-66: Engagement bei Sam Cooke. ☐ 1968/69: Arbeit mit den Beatles. ☐ 1972: Erster eigener Hit »Outa Space«. ☐ 1973: Eigene Band »The God's squad«. ☐ 1975: Tournee mit den Rolling Stones. ☐ 1983: Filmmusik zu »Blame it on the night«.

Preuß, Hugo

dt. Politiker und Staatsrechtler
* 28.10.1860 Berlin † 9.10.1925 ebd.

Preuß war einer der geistigen Väter der Weimarer Verfassung, die sich weitgehend an seinen Entwurf anlehnte. Auf Widerspruch stießen vor allem die Vorschläge für einen Einheits-Staat. So wollte er Preußen in mehrere Länder auflösen und durch die Steigerung der Reichskompetenz letztlich eine stärkere Zentralisierung des Deutschen Reichs erreichen.

☐ 1889: Habilitation »Gemeinde, Staat und Reich als Gebietskörperschaften«. ☐ 1906-18: Prof. in Berlin. ☐ 1909: »Stadt und Staat« (Schr.). ☐ 1910-18: Stadtrat in Berlin (Fortschrittliche Volkspartei). □ Nov. 1918: Staatssekr. des Innern (Minister); Mitbegründer der DDP. □ 1919: Reichsinnenmin.; Mitgl. des preuß. Abgeordnetenhauses.

Preußler, Otfried

dt. Schriftsteller
* 20.10.1923 Reichenberg, Böhmen

Preußler wurde mit seinen vielfach ausgezeichneten, phantasievollen Büchern neben E. →Kästner, J. →Krüss und M. →Ende zu einem der bedeutendsten deutschsprachigen Kinder- und Jugendbuchautoren. Bereits in den 50er Jahren waren die Märchendichtungen »Der kleine Wassermann« (1956) und »Die kleine Hexe« (1957) erfolgreich. Großen Bekanntheitsgrad erlangte 1962 das mit dem Deutschen Jugendbuchpreis ausgezeichnete Kinderbuch »Der Räuber Hotzenplotz« (verfilmt 1973 mit G. →Fröbe; Rg. G. Ehmke). 1971 erhielt P. für »Krabat« erneut den Deutschen Jugendbuchpreis.

← Otfried Preußler

André Previn komponierte auch zahlreiche Filmmusiken.

Prévert, Jacques

frz. Schriftsteller
* 4.2.1900 Neuilly-sur-Seine
† 11.4.1977 Omonville-la-Petite

Prévert war einer der populärsten Lyriker Frankreichs. Eine Zeitlang gehörte er den Surrealisten an, doch verwahrte er sich dagegen, einer bestimmten literarischen Richtung zugeordnet zu werden. In seinem bekanntesten Gedichtband »Paroles« (1946) verfremdete P. die Sprache, indem er Worte in ungewohnte Zusammenhänge stellte. P.s Themen waren Krieg, soziale Ungerechtigkeit, Armut, aber auch Freud und Leid des Alltags, den er in einfachen Versen beschrieb. Neben Gedichten verfaßte P. auch Theaterstücke und Filmdrehbücher u. a. für J. →Renoir und M. →Carné (»Kinder des Olymp«).

Porträt des französischen Lyrikers Jacques Prévert, 1975.

□ 1947: »Der kleine Löwe« (Ged.e, dt. 1950). □ 1951: »Wenn es Frühling wird in Paris« (Ged.e, dt. 1958). □ 1955: »Regen und Sonnenschein« (Ged.e). □ 1966: »Kram« (Ged.e). □ 1972: »Von allerlei Dingen« (Ged.e).

Marcel Prévost →

Previn, André

(eig. Andreas Ludwig Priwin)
amer. Dirigent, Komponist und Pianist dt. Herkunft
* 6.4.1930 Berlin

Previn, der 1938 in die USA emigrierte, gehört mit dem weiten Spektrum seiner Begabungen und Tätigkeiten zu den interessantesten Musikerpersönlichkeiten der Nachkriegszeit. Er war zunächst als Arrangeur und Komponist von Filmmusiken (u. a. »Porgy and Bess«, »Irma La Douce« und »My Fair Lady«) tätig und trat als Jazzpianist u. a. mit B. →Goodman auf. Seit 1962 konzentriert sich P. auf klassische Musik. Seine Erfolge als Leiter des London Symphony Orchestra (ab 1969) hatte er mit Interpretationen vor allem nationaler und farbig instrumentierter Orchestermusik, z. B. von Ralph Vaughan Williams (* 1872, † 1958), B. →Britten und L. →Bernstein.

□ ab 1935: Studium an der Berliner Musikhochschule. □ ab 1938: Studium am Pariser Konservatorium. □ 1943: Amer. Staatsbürger. □ 1962: Sinf. für Streicher. □ 1967: »Elegie« für Oboe und Streicher. □ 1969-79: Chefdirigent des London Symphony Orchestra als Nachfolger von C. →Abbado. □ 1969: Musical »Coco«. □ 1971: »Music Face to Face« (Schr.). □ 1972-74: Leiter des London South Bank Summer Music Festival. □ 1975-84: Chefdirigent des Pittsburgh Symphony Orchstra. □ 1977: »Pages from the calendar« für Klavier; »Wie ein Symphonie-Orchester arbeitet« (Schr., dt. 1978). □ seit 1985: Dirigent des Royal Philharmonic Orchestra London. □ seit 1986: Musikdir. des Los Angeles Philharmonic Orchestra.

▷ E. Greenfield: André Previn, 1973.

Prévost, Marcel

(eig. Eugène Marcel)
frz. Schriftsteller
* 1.5.1862 Paris † 8.4.1941 Vianne

Prévost wurde als Verfasser psychologisch-realistischer Romane bekannt, in deren Mittelpunkt das weibliche Geschlecht und sein Seelenleben stehen. Seinen größten Publikumserfolg erzielte er mit dem Roman »Halbe Unschuld« (1894, dt. 1895), in dem er in pikanten und erotischen Schilderungen die Sittenlosigkeit des Pariser Lebens darstellte.

□ 1882: Abschluß eines Ingenieurstudiums. □ 1883-91: Ingenieur in der Tabakindustrie. □ 1887: »Erblich belastet« (R., dt. 1899). □ ab 1891: Freier Schriftsteller. □ 1892-97: »Pariserinnen« (R., 2 Bde., dt. 1895). □ 1900: »Eine Pariser Ehe« (dt. 1900). □ ab 1902: Mitarbeit bei der Pariser Zeitschrift Figaro. □ 1906: »Monsieur und Madame Moloch« (R., dt. 1908). □ 1908: Aufnahme in die Académie française. □ 1922: »Vampir-Weib« (R., dt. 1926).

Prey, Hermann

dt. Sänger
* 11.7.1929 Berlin

Prey, der 1955 mit seiner unübertroffenen Darstellung des Figaro in Rossinis »Barbier von Sevilla« an der Wiener Staatsoper international bekannt wurde, zählt zu den bedeutendsten und populärsten Sängern der Nachkriegszeit. Mit seinem ausdrucksvollen Bariton und seiner Wandlungsfähigkeit wird er auf der Bühne vor allem als Mozart-Interpret geschätzt. Im Liedgesang widmet P. sich speziell den Liedern Schuberts, die er seit 1983 alljährlich in seiner Wiener »Schubertiade« vorstellt. P. ist auch als Oratoriensänger (insbesondere Bach-Passionen) bekannt geworden.

Hermann Prey als Figaro und Lucia Popp als Rosina in »Der Barbier von Sevilla«.

□ ab 1947: Studium an der Berliner Musikhochschule. □ 1952: Erstes Engagement am Staatstheater Wiesbaden. □ ab 1953: Mitgl. der Hamburger Staatsoper. □ seit 1959: Gast der Salzburger Festspiele; Gastvertrag mit der Wiener Staatsoper. □ 1960: Debüt an der Metropolitan Opera New York als Wolfram von Eschenbach in Wagners »Tannhäuser«; Verpflichtung an der Bayer. Staatsoper München. □ 1965: Debüt bei den Bayreuther Festspielen. □ 1971-75: Einspielung einer Sammlung dt. Lieder (vom Minnesang bis zur Gegenwart) auf 24 LPs. □ 1976-81: Leiter der »Schubertiade« Hohenems. □ seit 1982: Prof. an der Hamburger Musikhochschule. □ 1990: Aufführung der drei Schubert-Liederzyklen mit J. →Frantz beim Schl.-H.-Musik-Festival.

▷ H. Prey: Premierenfieber (Aut.), 1981.

Price, Margaret

engl. Sängerin
* 13.4.1941 Blackwood, Wales

Margaret Price in der Titelrolle der Norma, 1987.

Price erregte erstmals 1963 an der Covent Garden Opera London Aufsehen, als sie für T. →Berganza die Rolle des Cherubini in Mozarts »Die Hochzeit des Figaro« übernahm. Seither wird sie an den bedeutenden Opernbühnen Europas und Amerikas gefeiert. In ihren Mozartinterpretationen (u. a. als Donna Anna in »Don Giovanni«, als Fiordiligi in »Così fan tutte« und als Pamina in »Die Zauberflöte«) beeindruckt ihr klarer, lyrischer Sopran mit einem brillanten Ton, souveränen Koloraturen und dramatischer Ausdruckskraft. Als gefragte Konzert- und Liedsängerin tritt sie mit Werken von Händel, G. →Mahler und A. →Berg auf.

□ 1962: Debüt an der Welsh National Opera London. □ 1967: Partie der Titania in »A Midsummer Night's Dream« von B. →Britten und der Galathea in Händels »Acis and Galathea« mit der English Opera Group. □ 1968: Debüt bei den

Festspielen von Glyndebourne als Konstanze in Mozarts »Entführung aus dem Serail«. □ 1971: Triumphaler Erfolg als Donna Anna in Mozarts »Don Giovanni« in Köln. □ 1975: Debüt bei den Salzburger Festspielen. □ 1976: Rolle der Desdemona in Verdis »Othello« in Paris. □ 1979: Titelrolle in Bellinis »Norma« in Zürich. □ 1984: Sopranpartie in Verdis »Requiem« unter Leitung von C. →Abbado in London und bei den Berliner Festspielen. □ 1986: Schubert-Liederabend am Lincoln Center New York.

Price, Vincent

amer. Schauspieler
* 27.5.1911 Saint-Louis, Missouri

Price begann seine Schauspielerkarriere als Verbrecher in verschiedenen Kriminalfilmen (»Die lange Nacht«, 1947, mit H. →Fonda), wurde aber in erster Linie als Darsteller in Horrorfilmen bekannt. Am erfolgreichsten war P. in der Zusammenarbeit mit Regisseur R. Corman, der hauptsächlich Erzählungen von E. A. Poe (* 1809, † 1849) adaptierte. P.s Exzentrik, die in den ersten gemeinsamen Filmen (»House of Usher/Die Verfluchten«, 1960) noch recht theatralisch wirkte, unterstrich in der Horror-Satire »Der Rabe« (1963, mit B. →Karloff und P. →Lorre) meisterhaft die intendierte Ironie.

Vincent Price: Als Darsteller in Horrorfilmen erfolgreich.

□ 1944: »Laura« (Rg. O. →Preminger). □ 1953: Erste Horrorfilm-Hauptrolle in »Das Kabinett des Professor Bondi«. □ 1961: »Das Pendel des Todes« (Rg. R. Corman); »Der grauenvolle Mr. X« (Rg. R. Corman). □ 1964: »Die Maske des roten Todes« (Rg. R. Corman). □ 1968: »Der Hexenjäger« (Rg. M. Reeves). □ 1971: »Das Schreckenshaus des Dr. Phibes« (mit J. →Cotton). □ 1974: »Das Schreckenshaus des Dr. Death« (mit P. Cushing). □ 1991: »Edward mit den Scherenhänden« (Rg. T. Burton).

Priestley, John Boynton

engl. Schriftsteller
* 13.9.1894 Bradford, Yorkshire
† 14.8.1984 Stratford-upon-Avon

Priestley ist als Romancier und Dramatiker gleichermaßen bekannt geworden. In »Engelgasse«, seinem bedeutendsten Roman (1930, dt. 1931), schildert P. einfühlsam im Stil von Charles Dickens (* 1812, † 1870) das Leben der sog. kleinen Leute im Londoner Milieu seiner Zeit. In einem seiner besten Stücke, »Die Zeit und die Conways« (1937, dt. 1949) erzählt P. mit den Mitteln der Vor- und Rückblende vom Verfall einer bürgerlichen Familie im England der Zwischenkriegszeit. P. schrieb auch Gedichte, Essays und literaturwissenschaftliche Werke. Im 2. Weltkrieg war er Rundfunksprecher und galt als die »inoffizielle Stimme des britischen Volkes«. Sein in Deutschland erfolgreichstes Stück war »Ein Inspektor kommt« (1945, dt. 1947).

□ 1930: »Engelgasse« (R., dt. 1931). □ 1936: »Abenteuer in London« (R.). □ 1937: »Hier war ich schon einmal« (Dr., dt. 1949). □ 1947: Leiter der brit. Sektion für Film, Radio und Presse bei der UNESCO; »Familie Professor Linden« (Dr., dt. 1948). □ 1965: »Der Illusionist« (R.). □ 1976: »Eine sehr englische Liebesgeschichte« (R., dt. 1982).

▷ S. Cooper, J.B. Priestley, 1970.

Prigogine, Ilya

belg. Physikochemiker
* 25.1.1917 Moskau (Rußland)

Prigogine untersuchte die Thermodynamik irreversibler Prozesse, ein Forschungsgebiet, das L. →Onsager der Wissenschaft eröffnet hatte. Im Gegensatz zu diesem erforschte P. irreversible Prozesse, die weit ab vom thermodynamischen Gleichgewichtszustand verlaufen, und zeigte, daß unter diesen Bedingungen völlig neuartige und geordnete, sog. dissipative Strukturen entstehen. In seiner Theorie beschreibt P. die Selbstorganisation von Strukturen, die Aufbau und Erhaltung der Ordnung in Systemen der belebten Natur erklären.

Der belgische Physikochemiker Ilya Prigogine erhielt 1977 den Chemie-Nobelpreis.

□ 1947: Dozent an der Univ. Brüssel. □ 1959: Prof. an der Univ. of Texas in Austin. □ 1961-66: Prof. an der Univ. in Chicago. □ seit 1967: Dir. des Ilya Prigogine-Zentrums für statistische Mechanik und Thermodynamik an der Univ. of Texas in Austin. □ 1977: Chemie-Nobelpreis; »Self-Organisation in non-equilibrium systems« (Schr., mit G. Nicolis). □ 1979: »Vom Sein zum Werden. Zeit und Komplexität in den Naturwissenschaften« (Schr., dt. 1979). □ 1987: »Die Erforschung des Komplexen« (dt. Schr. mit G. Nicolis).

Přihoda, Vaša

tschech. Violinist
* 22.8.1900 Vodňany, Böhmen
† 26.7.1960 Wien (Österreich)

Přihoda — sein Förderer A. →Toscanini nannte ihn einen zweiten Paganini — war seit den 20er Jahren einer der bedeutendsten Repräsentanten der tschechischen Violinschule. Neben seiner einzigartigen Technik zeichneten ihn temperamentvoller Vortrag und ausdrucksvolle Phrasierung als romantischen Virtuosen aus. P. trat mit Interpretationen klassischer Repertoirestücke sowie eigener Arrangements auf. Kurz vor seinem Tod verkaufte P. der tschechischen Republik seine berühmte Stradivari-Geige »Camposelice« (gebaut 1710).

Přihoda vor seinem ersten Konzert in München, 1949.

☐ 1913: Debüt als Solist im Prager Mozarteum. ☐ 1915: Debüt mit der Tschech. Philharmonie. ☐ 1920: Entdeckung durch A. Toscanini; Konzertreise durch Italien. ☐ 1921: Nordamerika-Tournee. ☐ 1927: Debüt in Großbritannien. ☐ ab 1936: Dozent am Mozarteum Salzburg. ☐ 1944: Lehrer an der Musikakademie München. ☐ 1946: Emigration wegen Kollaboration mit dem NS-Regime. ☐ 1950: Türk. Staatsbürger. ☐ 1951-60: Prof. an der Musikakademie Wien. ☐ 1956: Rückkehr in die CSSR für Konzerte des Prager Frühlings-Festivals.

▷ J. Vratislavský: Vaša Přihoda, 1970.

Primo de Rivera y Orbaneja, Miguel Marquéz de Estella (ab 1921)

span. Politiker und Militär
* 8.1.1870 Jerez de la Frontera † 16.3.1930 Paris

General Primo de Rivera errichtete 1923 mit Billigung von König →Alfons XIII. eine Militärdiktatur, die auf den Prinzipien Vaterland, Religion und König beruhte. Nach seiner Machtübernahme rief er das Kriegsrecht aus und löste das Parlament auf, das er als korrupt und ineffizient bezeichnete. Obwohl er einige innenpolitische Reformen durchsetzen konnte (hauptsächlich im Steuer- und Finanzwesen), gelang es ihm nicht, eine breite Unterstützung für seine Politik zu gewinnen. Nachdem ihm auch das Militär das Vertrauen entzog, wurde er 1930 auf Druck der Öffentlichkeit entlassen.

Primo de Rivera (M.) scheiterte, als ihm das Militär sein Vertrauen entzog.

☐ 1888: Abschluß der Militärakademie. ☐ 1915-17: Generalkapitän von Cádiz. ☐ 1919: Generalkapitän von Valencia. ☐ 1921: Generalkapitän von Katalonien. ☐ 1923: Chef einer von König Alfons XIII. ernannten Militärregierung; Begründer der Unión Patriótica. ☐ 1924-26: Niederschlagung des Aufstands der Rifkabylen in Marokko mit Hilfe Frankreichs (→Abd el Krim). ☐ 1925-30: Ministerpräsident.

Primo de Rivera y Saenz de Heredia, José Antonio

span. Politiker
* 24.4.1903 Madrid
† 20.11.1936 Alicante (hingerichtet)

J. A. Primo de Rivera →

Primo war Sohn des Militärdiktators von Spanien, M. →Primo de Rivera. Ursprünglich Monarchist, gründete er 1933 eine Partei, die Elemente des italienischen Faschismus aufnahm, jedoch mehr paternalistisch ausgerichtet war. Im März 1936 wurde er verhaftet, jedoch erneut in die Cortes gewählt. Daraufhin erklärte die Volksfrontregierung seine Wahl für nichtig und verbot seine Partei. Nach Ausbruch des Bürgerkriegs wurde P. zum Tode verurteilt. Später wurde er von den Franquisten als »Märtyrer« verklärt und seine »Gesammelten Werke« (Obras completas) 1944 zur »Doktrin« der nationalistischen Bewegung erklärt.

☐ 1933: Gründer und Führer der Falange Española (Spanische Phalanx); Mitgl. der Cortes (Parlament). ☐ 1934: Hg. der Zeitschrift Falange Española. ☐ 1935: Hg. der Zeitung ¡Arriba! ☐ März 1936: Verhaftung.

Prince

(eig. Prince Rogers Nelson)
amer. Rockmusiker
* 7.6.1958 Minneapolis, Minn.

Als »Greta Garbo des Rock« wird Prince von den Kritikern bezeichnet — wegen seiner kalkuliert narzißtischen und spektakulär inszenierten Bühnenshows. Seit er 1977 seinen ersten Plattenvertrag unterschrieb, mischt P. die Musik der frühen 70er Jahre (u. a. J. →Hendrix) mit Funk, Jazz und Hardrock zu einem neuen Stil. Unter maximaler Ausnutzung der modernsten elektronisch-technischen Möglichkeiten seines eigenen Studios spielt P., der 26 Instrumente beherrscht, teilweise seine Platten im Alleingang ein.

☐ 1977: Erster Plattenvertrag. ☐ 1978: Erste LP »For You«. ☐ 1980: Erste Goldene Schallplatte für »Prince« (LP). ☐ 1984: »Purple Rain« (F. und LP). ☐ 1986: Hauptdarsteller und Regisseur des Films »Under the cherry moon«. ☐ 1989: Soundtrack zu »Batman« (F.). ☐ 1990: »Graffiti Bridge« (LP). ☐ 1991: »Diamonds and pearls« (LP).

▷ R. Mischke: Prince — vom Nobody zum Pop-Prinzen, 1989.

← Prince

Prochnow, Jürgen

dt. Schauspieler
* 10.6.1941 Berlin

Mit seinem Erfolg als U-Boot-Kommandant in dem Film »Das Boot« (1979-81, nach dem Roman von L.-G. →Buchheim, Rg. W. →Petersen) begann Prochnows internationale Karriere. Sein kantiges, vernarbtes Gesicht prädestinierte ihn für die Rolle des harten, betont männlichen Typs (»Der Bulle und das Mädchen«, 1984). Bemerkenswert war jedoch auch seine sensible Darstellung des homosexuellen Häftlings in dem umstrittenen Fernsehspiel »Die Konsequenz« (1977, Rg. W. Petersen).

☐ 1966-68: Schauspieler an den Städtischen Bühnen Osnabrück. ☐ 1968-70: Stadttheater Aachen. ☐ 1971: Filmdebüt in »Zoff« (Rg. E. Pieper). ☐ 1972-76: Schauspielhaus Bochum. ☐ 1973: »Die Verrohung des Franz Blum« (F., Rg. R. Hauff). ☐ 1975: »Die verlorene Ehre der Katharina Blum« (nach H. →Böll, Rg. V. →Schlöndorff). ☐ 1977: »Operation Ganymed« (Rg. R. Erler). ☐ 1983: »Der Wüstenplanet« (Rg. D. →Lynch). ☐ 1984: »Versteckt« (mit J. Bisset). ☐ 1985: »Killing Cars« (Rg. M. Verhoeven). ☐ 1989: »Weiße Zeit der Dürre« (mit D. →Sutherland und M. → Brando).

← Jürgen Prochnow

Prochorow, Alexander Michailowitsch

sowjet. Physiker
* 11.7.1916 Atherton, Australien

Grundlegende Forschungen zur Quantenelektrodynamik führten Prochorow und N. G. →Bassow 1955 zur Konstruktion von Oszillatoren und Verstärkern nach dem Maser-Prinzip. 1958 ermöglichten P.s Untersuchungen zur paramagnetischen Resonanz den Bau eines Infrarotlasers.

☐ 1939: Eintritt in das Lebedew-Inst. für Physik der Sowjet. Akademie der Wissenschaften in Moskau. ☐ 1950: Mitgl. der KPdSU. ☐ seit 1958: Prof. an der Univ. in Moskau. ☐ 1964: Physik-Nobelpreis (gemeinsam mit Bassow und Ch. H. →Townes). ☐ 1966: Mitgl. der Akademie der Wissenschaften der UdSSR. ☐ seit 1966: Chefredakteur der Großen Sowjet. Enzyklopädie.

Prokofjew, Sergei Sergejewitsch

sowjet. Komponist und Pianist
* 23.4.1891 Sonzowka (Krasnoje), Gebiet Donezk
† 5.3.1953 Moskau

Prokofjew, der noch im zaristischen Rußland als Komponist ironischer und unkonventioneller Musik bekannt geworden war, erwarb nach 1918 vor allem in den USA und Paris internationale Anerkennung. Nach seiner Rückkehr in die UdSSR (1936) wurde er trotz ideologischer Differenzen neben D. →Schostakowitsch zum führenden Vertreter eines sowjetisch-russischen Nationalstils.
Sein Meisterwerk, die Oper »Die Liebe zu den drei Orangen« (UA Chicago, 1921), ist wegen seines trockenen Witzes, der skurrilen Phantastik und der polytonalen Virtuosität eines der wenigen Zeugnisse des kulturellen Aufbruchs in den Jahren nach der Oktoberrevolution. Mit Rücksicht auf die Vorgaben der stalinistischen Kulturpolitik schloß sich P. in seinen sowjetischen Kompositionen wieder enger an die russische Tradition des 19. Jh.s an. In allen Schaffensperioden beschäftigte sich P. mit Bühnenmusik und bewies darin Sinn für das Dramatische und für Charakterdarstellung. Auch in den Gattungen Sinfonie, Konzert und Klaviersonate ist er einer der wichtigsten Vertreter des 20. Jh.s.
Zu seinen erfolgreichsten Werken gehören die Ballette »Romeo und Julia« (1936; UA Brünn, 1938), »Aschenbrödel« (UA Moskau 1945) und das musikalische Märchen »Peter und der Wolf« für Sprecher und Orchester (1936) sowie die kongenialen Vertonungen der Filme von S. →Eisenstein (u. a. »Alexander Newsky« 1938, »Iwan der Schreckliche« 1942-45).

☐ 1904-14: Studium am Konservatorium St. Petersburg u. a. bei N. →Rimskij-Korsakow und Anna Nikolajewna Jessipowa (* 1851, † 1914). ☐ 1912: 1. Klavierkonzert Des-Dur. ☐ 1917: 1. Sinf. D-Dur »Symphonie Classique«. ☐ 1918: Klavierstücke »Erzählungen einer alten Großmutter«; Flucht vor der Oktoberrevolution. ☐ 1921: 3. Klavierkonzert C-Dur. ☐

Prokofjew komponiert eine Kantate zum 20. Jahrestag der Oktoberrevolution.

1925: 2. Sinf. d-Moll. □ 1927: Erste UdSSR-Tournee. □ 1929: Oper »Der Spieler«, UA Brüssel. □ 1931: 4. Klavierkonzert B-Dur für die linke Hand allein. □ 1935: 2. Violinkonzert g-Moll. □ 1936: 12 Klavierstücke »Musik für Kinder«. □ 1939-41: Stellvertretender Vors. des Moskauer Komponistenverbands. □ 1941: 2. Streichquartett. □ 1944: Oper »Krieg und Frieden«, UA Moskau. □ 1950: Oratorium »Friedenswacht«. □ 1952: 7. Sinf. cis-Moll; Cellokonzert e-Moll.

▷ I. V. Nestyew: Prokofjew — Der Künstler und sein Werk, dt. 1962; H. A. Brockhaus: Sergej Prokofjew, 1964; S. J. Slifstejn: Sergej Prokofjew. Dokumente, Briefe, Erinnerungen, dt. 1965; F. Streller: Sergej Prokofjew, 1960, NA 1978; H. H. Henschen (Hg.): Prokofjew über Prokofjew. Aus der Jugend eines Komponisten (Aut.), dt. 1981.

Pross, Helge

dt. Soziologin
* 14.7.1927 Düsseldorf † 2.10.1984 Gießen

Pross befaßte sich bevorzugt mit den Funktionen und Gegebenheiten sozialer Gruppen: Manager, Professoren, Männer und Hausfrauen. Aufsehen erregte sie mit dem Ergebnis einer Hausfrauenbefragung, wonach sich diese weder unterdrückt noch ausgenützt fühlten. Eine Männerbefragung ergab das später oft zitierte »Pascha-Verhalten« und die Meinung, Gleichberechtigung sei ausschließlich ein Problem der Frau.

□ ab 1965: Prof. für Soziologie, Univ. Gießen (wegen ideologischen Drucks von seiten der Kollegen verläßt sie die Univ. 1976). □ 1975: »Die Wirklichkeit der Hausfrau« (Abh.). □ 1976: Prof. an der Gesamthochschule Siegen. □ 1978: »Die Männer« (Abh.). □ 1983/84: Arbeit am Wissenschaftskolleg in Berlin.

Prost, Alain

frz. Automobilrennfahrer
* 24.2.1955 Lorette/St. Chamond

Prost, dessen Rennsportkarriere 1971 in einem Go-Kart begann, war 1985, 1986 und 1989 Weltmeister in der Formel 1 und ist mit 44 Siegen bei 169 Starts (Stand 1990) der erfolgreichste Fahrer dieser Klasse. P. gewinnt seine Rennen meist mit präziser, unspektakulärer Fahrweise, was ihm den Beinamen »Professor« einbrachte. 1990 wurde er (hinter A. →Senna) zum vierten Mal Vizeweltmeister.

Alain Prost nach seinem Sieg beim GP in Mexiko, 1990.

Ludmilla und Oleg Protopopow gaben dem Eiskunstlauf eine neue Richtung.

Protopopow, Ludmilla und Oleg

sowjet. Eiskunstläufer

Ludmilla Belousowa (* 1935) und ihr späterer Ehemann Oleg Protopopow (* 1932) veränderten in den 60er Jahren den Paarlauf, indem sie die tänzerischen Elemente stärker in den Vordergrund rückten. Die zweifachen Olympiasieger waren die großen Gegenspieler des deutschen Paares →Kilius/Bäumler.

□ 1964: Olympiasieger von Innsbruck. □ 1965-68: Welt- und Europameister. □ 1968: Olympiasieger von Grenoble. □ 1973: Profi-Weltmeister. □ 1979: Emigration der beiden Eiskunstläufer in die Schweiz.

Proust, Marcel

frz. Schriftsteller
* 10.7.1871 Paris † 18.11.1922 ebd.

Proust, der zeitlebens an Asthma litt, schrieb mit seinem siebenteiligen Romanzyklus »Auf der Suche nach der verlorenen Zeit« (1913-27, dt. 1953-57) eines der einflußreichsten Epen des 20. Jh.s und wurde damit ein Wegbereiter der literarischen Moderne.
»Auf der Suche nach der verlorenen Zeit« ist ein Erinnerungsroman, in dem die Zeit als subjektives Erleben der Seele wahrgenommen wird. Das Vergangene lebt in Form von Erinnerung weiter und wirkt hinein in die Gegenwart. Für P. ist nicht die äußere, objektive Zeit von Bedeutung, sondern die subjektive, erlebte und erinnerte Zeit, die die Wirklichkeit des Ichs ausmacht. Mit diesem Zeitbegriff stützte er sich nicht nur auf die erkenntnistheoretischen Lehren des Philosophen H. →Bergson, sondern entwickelte daraus eine neue Form der Darstellung, die die traditionelle geschlossene Erzählform sprengt und nur durch den Ich-Erzähler zusammengehalten wird. Ähnlich wie Honoré de Balzac (* 1799, † 1850) schafft P. in seinem Romanzyklus ein breit angelegtes Abbild der mondänen Pariser

Gesellschaft, doch P. verzichtete auf eine naturalistische Beschreibung und zeigte die Vielschichtigkeit der Bewußtseinszustände von Personen. Diese sind Ergebnis des Zusammenfließens von Gegenwart und Erinnerung. Entsprechend lang und verflochten sind die Sätze, die das Erinnern nachbilden.
Der Roman spielt in den Salons von Paris und in der Normandie. Der Ich-Erzähler, trotz vieler biografischer Übereinstimmungen nicht zu verwechseln mit dem Autor, ist wegen seiner schwachen Konstitution umhegter Mittelpunkt der Familie. Seine Liebe zu Albertine ist durch Eifersucht vergiftet. Als er von ihrem Tod erfährt, entdeckt er seine Berufung und beschließt am Ende des Romans, jenen Roman zu schreiben, den der Autor inzwischen vollendet hat. Indem P. die Welt der Aristokratie als Welt des Verfalls darstellt, breitet er auf bisher unbekannte Weise die hintersten Winkel der Seele aus, die er in subtilsten Einzelheiten beschreibt.
Über 15 Jahre arbeitete P., der sich aufgrund eines schweren Asthmaleidens nach dem Tod seiner Mutter fast völlig aus der Gesellschaft zurückgezogen hatte, an diesem Werk. Der erste Band seines Monumentalwerks (»In Swanns Welt«, 1913, dt. 1953) fand wenig Beachtung, erst mit dem zweiten Band (»Im Schatten junger Mädchenblüten«, 1919, dt. 1927), für den er den Prix Goncourt erhielt, wurde eine breite Öffentlichkeit auf P. aufmerksam. Die letzten Bände des Zyklus erschienen postum.

Marcel Proust lebte in den letzten Jahren in totaler Isolation.

□ 1880: Erster Asthma-Anfall. □ 1882-89: Besuch des Lycée Condorcet. □ 1889: Freiwilliger Infanterist. □ 1890-92: Studium an der École de Science Politique u. a. bei H. Bergson. □ 1893: Erste Artikel in verschiedenen Feuilletons. □ 1896: »Tage der Freuden« (Erz.n, dt. 1926). □ 1896-1906: Arbeit an »Jean Santeuil« (R., ersch. postum 1952, dt. 1965). □ 1905: Tod der Mutter; Beginn der Arbeit an »Auf der Suche nach der verlorenen Zeit«. □ 1913: Veröffentlichung von »In Swanns Welt« im Privatdruck. □ 1919: Prix Goncourt.

▷ C. Mauriac: Marcel Proust, 1958; G. Poulet: Marcel Proust. Zeit und Raum, 1966; E. Köhler: Marcel Proust, 1967.

Kazimiera Prunskiene →

Prunskiene, Kazimiera

lit. Politikerin
* 26.2.1943 in Ostlitauen

Prunskiene war die erste Ministerpräsidentin der »Republik Litauen«. Trotz der Wirtschaftssanktionen des sowjetischen Präsidenten M. →Gorbatschow lehnte sie eine Zurücknahme der von der sowjetischen Regierung nicht anerkannten Unabhängigkeitserklärung ab. Auf ihren Auslandsreisen zeigte sie sich über die mangelnde Unterstützung des Westens enttäuscht. P. betonte immer wieder, daß die Selbständigkeit für das litauische Volk lebensnotwendig sei. Bereits Ende 1990 trat sie von ihrem Amt zurück.

□ bis 1988: Prof. für Wirtschaftswissenschaften der Universität Wilna (Vilnius) sowie am Inst. für Kaderqualifizierung beim Ministerrat von Litauen. □ 1988: Mitbegründerin der Unabhängigkeitsbewegung Sajudis. □ 1989: Stellv. Ministerpräsidentin. □ 1990: Ministerpräsidentin; Austritt aus der KPdSU.

▷ K. Prunskiene: Leben für Litauen. Auf dem Weg zur Unabhängigkeit 1988-1991, 1991.

Prus, Bolesław

(eig. Aleksander Głowacki)
poln. Schriftsteller
* 20.8.1847 Hrubieszów † 19.5.1912 Warschau

Als vorrangige Aufgabe des Schriftstellers verstand Prus das systematische Studium der zeitgenössischen Gesellschaft (É. →Zola); die Literatur hielt er in ihrem Erkenntniswert für vergleichbar mit den Naturwissenschaften. In seinem Hauptwerk »Die Puppe« (R., 1887-89, dt. 1954) wird der Zustand der Warschauer Gesellschaft anhand des Schicksals eines verarmten Adeligen geschildert, der sich als Kaufmann den neuen Verhältnissen anzupassen wußte. Der Roman ist ein Meisterwerk des polnischen Realismus.

□ 1863: Teilnahme am poln. Aufstand, anschließend Haftstrafe. □ 1866/69: Nach der Reifeprüfung in Lublin Studium der Mathematik und Physik in Warschau (abgebrochen). □ 1872-1911: Publizist bei verschiedenen Warschauer Zeitungen. □ 1880: »Michalko« (Nov., dt. 1968). □ 1886: »Der Vorposten« (R., dt. 1947). □ 1890-93: »Die Emanzipierten« (R., dt. 1957). □ 1897: »Der Pharao« (R., dt. 1944).

Przyboś, Julian

poln. Schriftsteller
* 5.3.1901 Gwoźnica Dolna bei Rzeszów
† 6.10.1970 Warschau

Poesie und Kunst faßte Przyboś als historische Erscheinungen auf, die nach immer größerer Vollkommenheit streben und in diesem Sinne der Wissenschaft, aber auch revolutionären Bewegungen in ihrem Streben nach zivilisatorischem Fortschritt verwandt sind. Als Vertreter der Krakauer Avantgarde propagierte er in den Zeitschriften Zwrotnica (Die Weiche) und Linia (Die Linie) eine funktionalistische Poetik, die er in den Lyrikbänden »Schrauben« (1925) und »Beidhändig« (1926) konsequent umsetzte.

□ 1920-23: Polonistikstudium in Krakau, danach Gymnasiallehrer. □ 1930: »Von oberhalb« (Ged.e). □ 1937-39:

Frankreich-Aufenthalt; während des Kriegs Landarbeiter. □ 1945: Vors. des Schriftstellerverbandes. □ 1947-50: Botschafter in Bern. □ 1951-55: Dir. der Krakauer Univ.-Bibliothek. □ 1963: »Linie und Lärm« (Es.s). □ 1967: »Der poetische Sinn« (Es.s).

Przybyszewski, Stanisław

poln. Schriftsteller
* 7.5.1868 Łojewo bei Kruszwica
† 23.11.1927 Jaronty

Als Vordenker und Inspirator der polnischen Moderne wurde Przybyszewski ebenso bekannt wie als skandalumwitterter Bohemien. Um die Zeitschrift »Życie« (»Das Leben«, 1897-1900) sammelte er die Krakauer Avantgarde und propagierte eine künstlerische Haltung, die von der französischen Dekadenz und dem Jungen Skandinavien (A. →Strindberg, H. →Ibsen, E. →Munch) ebenso beeinflußt war, wie von der Philosophie F. →Nietzsches und H. →Bergsons. P. lehnte jede moralisch und didaktisch ausgerichtete Kunst radikal ab und postulierte sie als metaphysische Kraft, als Religion, die erlaube, die »nackte Seele« freizulegen (»Confiteor«, Manifest, 1899, dt. 1979). P. lebte lange in Deutschland und schrieb bis zur Jahrhundertwende vorwiegend in deutscher Sprache.

□ 1893: »Totenmesse« (R., dt.). □ 1895: »De profundis« (R., dt.). □ 1895-98: »Homo sapiens« (R.trilogie, dt.). □ 1897: »Satans Kinder« (R., dt.). □ 1903: »Der Schnee« (Dr., dt. 1903). □ 1917: »Der Schrei« (R., dt. 1918). □ ab 1924: Beamter der Präsidialkanzlei in Warschau.

▷ St. Przybyszewski: Ferne komm ich her . . . (Mem.), 1926-30, dt. 1965.

← St. Przybyszewski

Przywara, Erich

dt. Religionsphilosoph
* 12.10.1889 Kattowitz (heute Katowice, Polen)
† 29.9.1972 Riegsee bei Murnau

Przywara ist mit seiner theologisch-philosophischen Schrift »Analogia entis« (1932) bekannt geworden. Auf dieser von Thomas von Aquin (* 1225, † 1274) stammenden Lehre über die »Ähnlichkeit des Seienden« beruht die von den katholischen Theologen des Neuthomismus (19. Jh.) behauptete »Formeinheit« von Philosophie und Theologie. Um den Wesensgehalt des katholischen Glaubens zu bewahren, die Theologie aber für die Probleme und Fragen der Gegenwart zu öffnen, beschritt P. mit seinem originellen Denken eigenständige Wege, die zu einer Kontroverse mit K. →Barth führten. Dessen Theologie, die eine Erkenntnismöglichkeit des Verhältnisses von Gott und Welt bestritt, betonte gerade nicht die Analogia entis, sondern die »Verhältnismäßigkeit im Glauben« (Analogia fidei).

□ 1908: Eintritt in den Jesuitenorden. □ ab 1921: Mitarbeiter an der Zeitschrift »Stimmen der Zeit«. □ 1929: »Ringen der Zeit. Gesammelte Aufsätze« (2 Bde.). □ 1938-40: »Deus semper major. Theologie der Exerzitien« (3 Bde.). □ 1956: »Alter und Neuer Bund. Theologie der Stunde« (Schr.). □ 1967: »Katholische Krise« (Schr.).

▷ S. Behn (Hg.): Der beständige Aufbruch. Festschrift für Erich Przywara, 1959.

← Erich Przywara

Psycharis, Jannis

griech. Schriftsteller
* 15.5.1854 Odessa † 30.9.1929 Paris (Frankreich)

Der kämpferische Sprachwissenschaftler Psycharis, ab 1900 Professor in Paris, stellte die Weichen für die Durchsetzung der gesprochenen griechischen Volkssprache Dimotiki als Literatursprache: Sein Bericht »Meine Reise« (1888), in Dimotiki geschrieben, löste geradezu eine kulturpolitische Erschütterung aus; Zeitgenossen wie K. →Palamas fanden den Mut, fortan Lyrik ebenso wie Prosa in lebendigem Volksgriechisch zu publizieren. Der kompromißlose Vorstoß P.s, der auch Romane schrieb, befreite das kulturelle Leben Griechenlands von der Beschränkung durch die offizielle Schrift- und Kanzleisprache und führte um die Jahrhundertwende zu einer Blüte der Literatur.

Puccini, Giacomo

ital. Komponist
* 22.12.1858 Lucca † 29.11.1924 Brüssel (Belgien)

Giacomo Puccini →

Puccini ist der letzte große italienische Musikdramatiker des 20. Jh.s. Sein Erfolg und seine Popularität — er gehört neben Mozart, Wagner und Verdi zu den meistaufgeführten Opernkomponisten der Welt — basiert auf einem sicheren dramatischen Instinkt, mit dem er zeitgemäße Stoffe auf die Bühne brachte. Internationalen Durchbruch errang P. 1893 mit der Uraufführung seiner dritten Oper »Manon Lescaut« in Turin. Hier entwickelte er in enger Zusammenarbeit mit den Librettisten erstmals sein erfolgreiches dramaturgisches Konzept: Für realistisch entworfene Handlungsstationen schrieb P. eine szenographisch genaue Musik, die auch die lyrisch-poetische Atmosphäre meisterlich erfaßt.
Den Höhepunkt seines Schaffens bilden »La Bohème« (UA Turin, 1896) und »Tosca« (UA Rom, 1900). In der lyrisch-sentimentalen und bürgerlichen Haltung gilt »La Bohème« als Prototyp der italienischen Oper im ausgehenden 19. Jh., während »Tosca« zu den wenigen bedeutenden Werken des Verismo gehört. Mit der Bevorzugung von Frauengestalten und Liebesthematik sowie der farbigen nuancenreichen Instrumentierung ist P. ein charakteristischer Repräsentant des Fin de siècle. Die Oper »Turandot« wurde nach P.s Tod 1926 von F. →Alfano zu Ende geführt.

□ 1880: Messe As-Dur. □ 1880-83: Studium am Konservatorium Mailand. □ 1884: Oper »Le Villi«, UA Mailand; Vertrag mit dem Verleger Giulio Ricordi (* 1840, † 1912). □ 1889: Oper »Edgar«, UA Mailand. □ 1904: Oper »Madame Butterfly«, UA Mailand. □ 1905: »Requiem«. □ 1910: Oper »La fanciulla del West«, UA New York. □ 1917: Operette »La rondine«, UA Monte Carlo. □ 1918: Drei einaktige Opern (Il trittico): »Il tabarro«, »Suor Angelica«, »Gianni Schicchi«, UA New York. □ postum 1926: Oper »Turandot« (unvollendet), vervollständigt von dem Komponisten F. Alfano (* 1878, † 1954), UA Mailand.

▷ A. Neisser: Giacomo Puccini. Sein Leben und sein Werk, 1928; H. Greenfeld: Puccini. Sein Leben und seine Welt, 1981; C. Höslinger: Giacomo Puccini, 1984; D. Schickling: Giacomo Puccini, 1989.

Puch, Johann
österr. Industrieller
* 27.6.1862 Sakušak (heute St. Lorenzen, Südsteiermark) † 19.7.1914 Agram

Der gelernte Fahrradmechanikermeister und Schlosser baute 1901 das erste Mofa, ein mit einem Kleinmotor angetriebenes Fahrrad. Dieses Fahrzeug und das ab 1903 produzierte Motorrad Type A begründeten den Ruf der noch heute produzierten Puch-Motorräder.

□ ab 1876: Schlosserlehre. □ 1889: Eigene Werkstatt. □ ab 1899: Leitung der Fahrradfabrik Werner & Co (später Johann Puch AG). □ 1906: Bau eines Zweizylinder-Motorrades; Übergang zum Automobilbau. □ ab 1911: Bau von Flugzeugmotoren. □ 1912: Rücktritt vom Amt des Direktors aus gesundheitlichen Gründen. □ 1928: Fusion mit der Austro-Daimler AG. □ 1934: Zusammenschluß mit der Steyr-Werke AG zur Steyr-Daimler-Puch AG.

← Johann Puch

Puig, Manuel
argentin. Schriftsteller
* 1932 General Villegas, Prov. Buenos Aires
† 22.7.1990 Cuernavaca (Mexiko)

Puig, nach Philosophie-, Architektur- und Sprachenstudium Stipendiat am römischen Centro Esperimentale di Cinematografia, wurde 1985 durch die Verfilmung seines Romans »Der Kuß der Spinnenfrau« (1976, dt. 1979) einem breiten Publikum bekannt. Der Kinomane ließ darin einen Homosexuellen und einen politischen Häftling in der Zelle eines südamerikanischen Gefängnisses aufeinandertreffen. Aus der erzwungenen Bekanntschaft und den Gesprächen ziehen am Ende beide Nutzen: Der eine gewinnt an Würde, der andere lernt zu träumen, hoffen und lieben. P. gelang ein feinfühliges Plädoyer gegen Unterdrückung und für soziale Gerechtigkeit. Auch seine anderen Romane sind wie Drehbücher gebaut: Er schreibt in raschen Szenenwechseln, kurzen Sequenzen und bevorzugt die dialogische Erzählweise.

□ 1968: 1. Roman »Verraten von Rita Hayworth« (dt. 1976). □ 1969: »Der schönste Tango der Welt« (R., dt. 1975, 1974 verfilmt von T. Nilsson). □ 1973: Auswanderung nach Wiederwahl J. D. →Peróns zum Präsidenten; später u. a. Aufenthalt in Mexiko, New York und Brasilien. □ 1979: »Die Engel von Hollywood« (R., dt. 1981). □ 1982: »Herzblut erwiderter Liebe« (R., dt. 1985), auch auf portugiesisch verfaßt.

Liselotte Pulver →

Hermann Pünder →

Pulitzer, Joseph
amer. Journalist ungar. Herkunft
* 10.4.1847 Makó † 29.10.1911 Charleston, S. Car.

Pulitzer, der 1864 in die USA einwanderte, gehörte mit W. R. →Hearst zu den Begründern des amerikanischen Boulevardjournalismus. Mit dem Erwerb von zwei Tageszeitungen in St. Louis legte er 1878 den Grundstein für einen der größten amerikanischen Pressekonzerne. P. stiftete einen hohen Geldbetrag für die Gründung einer Journalistenschule an der Columbia University in New York sowie für die Verleihung eines Preises. Der P.-Preis wird seit 1917 für hervorragende Leistungen auf journalistischem, literarischem und musikalischem Gebiet vergeben.

← Joseph Pulitzer

Pulver, Liselotte
schweiz. Schauspielerin
* 11.10.1929 Bern

Pulver wurde in den 50er Jahren populär mit burschikosen, komödiantischen Rollen. Sie spielte in zehn Filmen K. →Hoffmanns, u. a. als lebenslustiges Ungarnmädel in »Ich denke oft an Piroschka« (1955) und als Komtesse Franziska in »Das Wirtshaus im Spessart« (1957). Ungewohnt viel Sex-Appeal zeigte sie als Marilyn-Monroe-Imitat in B. →Wilders Berlin-Komödie »Eins, zwei, drei« (1961, mit J. →Cagney).

□ 1957: »Bekenntnisse des Hochstaplers Felix Krull« (Rg. K. Hoffmann, nach dem R. von Th. →Mann). □ 1960: »Das Glas Wasser« (Rg. H. →Käutner). □ 1961-89: Ehe mit dem Schauspieler H. Schmid. □ 1962: »Kohlhiesels Töchter« (Rg. A. v. →Ambesser). □ 1965: »Die Nonne« (Rg. J. →Rivette). □ 1977-83: Sesamstraße (TV-Serie).

▷ L. Pulver: Wenn man trotzdem lacht (Aut.), 1990.

Pünder, Hermann
dt. Politiker
* 1.4.1888 Trier † 3.10.1976 Fulda

Der christlich orientierte Pünder, ehemals ein enger Mitarbeiter von H. →Brüning, wurde wegen seiner Verbindungen zu C. F. →Goerdeler nach dem 20. 7. 1944 verhaftet. Im Herbst 1945 berief die britische Militärverwaltung den Mitbegründer der CDU zum Oberbürgermeister von Köln. Im Bundestag setzte er sich für einen Zusammenschluß der europäischen Länder ein.

□ 1926-32: Staatssekr. der Reichskanzlei. □ 1932/33: Regierungspräs. von Münster. □ 1944: Verhaftung (KZ). □ 1945: Mitbegründer der CDU. □ 1945-48: Oberbürgermeister von Köln. □ 1948/49: Oberdir. des Verwaltungsrats des Vereinigten Wirtschafsgebiets (Westzonen). □ 1949-57: MdB. □ 1952-56: Vizepräs. der Montanunion.

Pupin, Mihajlo Idvorsky
jugos. Elektrotechniker
* 4.10.1858 Idvor, Banat
† 12.3.1935 New York, (USA)

Pupin verbesserte 1899 mit den nach ihm benannten Selbstinduktionsspulen die Reichweite und Übertragungsqualität des Telefons. Die Pupinisierung der Telefonleitungen (Einfügung von P.-Spulen) verminderte den Energieverlust und die Dämpfung, so daß erstmals Telefonverbindungen über mehr als 100 km möglich waren. 1889-1931 lehrte P. an der Columbia-University in New York. Für seine Autobiografie »Vom Hirten zum Erfinder« (1923, dt. 1929) erhielt er 1924 den Pulitzer-Preis.

□ 1899: Einführung der P.-Spule. □ Ab 1901: Prof. an der Columbia Univ., New York. □ 1924: Pulitzer-Preis für die Autobiografie »Vom Hirten zum Erfinder«.

Pusch, Alexander
dt. Fechter
* 15.5.1955 Tauberbischofsheim

Pusch, der von E. →Beck entdeckt und trainiert wurde, war anderthalb Jahrzehnte einer der weltbesten Degenfechter. Der elegante Techniker gewann 1976 Gold im Einzel bei den Olympischen Spielen von Montreal und 1984 in Los Angeles Gold mit der Mannschaft. Seit Beendigung seiner aktiven Laufbahn ist er Trainer in der Tauberbischofsheimer Fechtschule seines Mentors.

□ 1973-88: Gewinn von acht Dt. Meisterschaften. □ 1974: WM-Zweiter (Mannschaft). □ 1975: Weltmeister (Einzel); WM-Zweiter (Mannschaft). □ 1976: Olympiasieger von Montreal (Einzel); Olympiazweiter (Mannschaft). □ 1978: Weltmeister (Einzel). □ 1979: WM-Zweiter (Mannschaft). □ 1983: Europameister (Einzel); WM-Zweiter (Mannschaft). □ 1984: Olympiasieger in Los Angeles (Mannschaft). □ 1985: Weltmeister (Mannschaft, erneut 1986). □ 1987: WM-Zweiter (Mannschaft). □ 1988: Olympiazweiter in Seoul (Mannschaft).

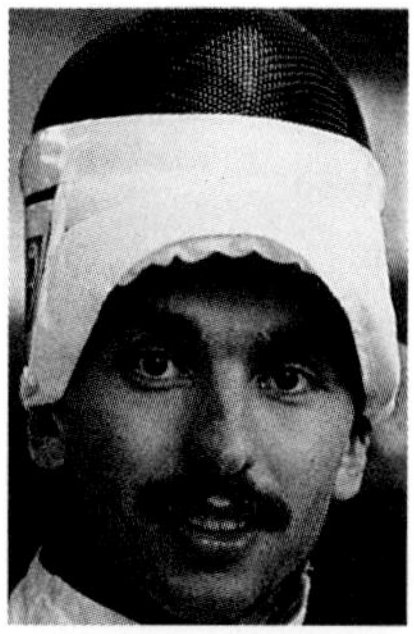

← Alexander Pusch

Puskás, Ferenc

ung. Fußballspieler
* 2.4.1927 Budapest

Puskás war Kapitän der legendären ungarischen Elf, die 1953 die Engländer in Wembley mit 6:3 vorführte: Erstmals mußte das Mutterland des Fußballs auf eigenem Boden eine Niederlage hinnehmen. Bei der Weltmeisterschaft 1954 scheiterten die favorisierten Ungarn nach 2:0 Führung mit 2:3 an Deutschland. P., Offizier der ungarischen Armee, verließ nach dem Aufstand von 1956 seine Heimat und ging zu Real Madrid.

F. Puskás: Siegte mit seiner Mannschaft 1953 in Wembley.

□ 1943-56: Spieler bei Honved Budapest (viermal Ung. Meister). □ 1945-56: 82 Länderspiele für Ungarn. □ 1952: Olympiasieger von Helsinki. □ 1954: WM-Zweiter. □ 1958-65: Real Madrid (fünfmal Span. Meister; Europapokal der Landesmeister 1960). □ 1961-63: Vier Länderspiele für Spanien. □ 1963: Mitgl. der Weltauswahl.

Puyi (Pu Yi)

Kaiser von China, Kaiser von Mandschukuo (chin. Thronname : Xuantong; mandschur. Thronname: Kangte)
* 7.2.1906 Peking † 17.10.1967 ebd.

Mit Puyi endete die über 2000jährige Geschichte des chinesischen Kaiserreichs. Nach dem Tod seines Onkels, Kaiser Guangxu (1875-1908), wurde er im Alter von drei Jahren Kaiser, wobei sein Vater, Prinz Chun, die Regentschaft übernahm. Die republikanische Revolution im Februar 1912 beendete die Herrschaft der Mandschus, doch durfte das Kind noch bis 1924 im Kaiserpalast wohnen.
In dem Glauben, seine Herrschaft wiedererlangen zu können, ließ er sich 1934 von den Japanern zum Kaiser der von ihnen beherrschten Mandschurei erheben. Nach seiner Freilassung aus chinesischer Haft arbeitete er ab 1960 als Gärtner und Historiker in Peking. 1986/87 wurde seine Geschichte von B. →Bertolucci verfilmt.

□ 1908-12: Kaiser von China. □ 1924: Flucht nach Tientsin. □ 1932-34: Präsident von Mandschukuo (Mandschurei). □ 1934-45: Kaiser von Mandschukuo. □ 1945-50: In sowjet. Gefangenschaft. □ 1950-59: In chin. Haft bzw. in »Umerziehungslagern«. □ ab 1960: Arbeiter in Peking.

▷ Puyi: Ich war der Kaiser von China (Aut.), dt. 1973.

Puyi wurde schon mit drei Jahren zum letzten Kaiser von China gekrönt.

Puzo, Mario

amer. Schriftsteller
* 15.10.1920 New York

Der Bestseller-Autor Puzo, Sohn einer italienischen Einwandererfamilie, wurde mit seinem

M. Puzo mit seinem Oscar für das Drehbuch zu »Der Pate«.

Roman »Der Pate« (dt. 1969; 1972/74 und 1990 von F. F. → Coppola in drei Teilen verfilmt) weltbekannt. Darin zeichnet P. am Beispiel der Familie Corleone ein eindrucksvolles Bild der Mafia in den USA. Weitere Themen seiner Bestseller sind die Glücksspielstadt »Las Vegas« (1977, dt. 1980), das Leben italienischer Einwanderer (»Mamma Lucia«, 1964, dt. 1970) sowie die Geschichte des sizilianischen Rebellen Giuseppe Giuliano im 1986/87 von M. →Cimino verfilmten Roman »Der Sizilianer« (1984, dt. 1986).

Pynchon, Thomas

amer. Schriftsteller
* 8.5.1937 Glen Cove, N. Y.

Als experimentierfreudiger Verfasser von Kurzgeschichten und Romanen ist Pynchon ein wichtiger Vertreter der Postmoderne. P., der seit Anfang der 60er Jahre jeden Kontakt zur Öffentlichkeit meidet, ist ein radikaler Kritiker der westlichen Zivilisation mit einer Vorliebe für Metaphern aus der Wissenschaft. In »Entropy« (Erz., 1960) wird der 2. Hauptsatz der Wärmelehre zu einer Widerlegung utopischen Denkens. Der Verfall von Ordnungen ist auch ein Thema der späteren schwer zugänglichen Romane wie »Die Enden der Parabel« (1973).

□ 1963: Faulkner-Preis für den Erstlingsroman »V.« (dt. 1976). □ 1966: »Die Versteigerung von No. 49« (R., dt. 1973). □ 1973: »Die Enden der Parabel« (R., dt. 1983). □ 1984: »Slow Learner« (Erz.n). □ 1990: »Vineland« (R.).

Q

Qian Sanqiang

chin. Physiker
* 1913 Wuxing, Prov. Zhejiang

Qian Sanqiang ist der »Vater« der chinesischen Atombombe, aber auch Initiator der friedlichen Nutzung von Kernenergie. Die unter seiner Leitung entwickelte Bombe (1. Zündung 1964) und die drei Jahre später fertiggestellte Wasserstoffbombe ermöglichten es der VR China, sich zu einer militärischen Großmacht zu entwickeln. Q., der sich lange Zeit in Frankreich aufhielt, bildete die erste Generation chinesischer Atomwissenschaftler aus.

□ bis 1936: Physikstudium an der Qinghua-Univ., Peking. □ 1937-43: Fortsetzung des Studiums in Paris. □ 1943-48: Mitarbeiter von F. →Joliot-Curie an der Frz. Akademie der Wissenschaften. □ 1946: Berater der nationalchin. Delegation bei der UNESCO-Konferenz in Paris. □ 1948: Rückkehr nach Peking; Prof. für Kernphysik an der Qinghua-Univ. □ 1949: Mitgl. der Delegation der KPCh beim Weltfriedens-Kongreß in Prag. □ 1958-78: Leiter des Inst. für Atomenergie, Peking. □ ab 1960: Entwicklung der Atombombe.

Quadflieg, Will

dt. Schauspieler
* 15.9.1914 Oberhausen

Will Quadflieg wurde in klassischen Rollen berühmt.

Quadflieg, einer der bedeutendsten deutschen Schauspieler des 20. Jh.s, ist vor allem in klassischen Rollen zu Hause. Wie wenige Schauspieler des modernen Theaters, fühlt er sich der Sprache besonders verpflichtet. Der Meister der Wortgestaltung mit ausgeprägter Sprechkultur, der sich mit der Sprache und den Rollen moderner Theaterautoren nur wenig anfreunden konnte, geriet in den 70er Jahren eine Zeitlang ins künstlerische Abseits.
Zunächst als Darsteller jugendlicher Helden und Liebhaber, dann als großer Charakterschauspieler, stand Q. in allen großen Rollen auf der Bühne, u. a. als Shakespeares Romeo, Hamlet, Othello und Macbeth, als Goethes Mephisto, Faust und Tasso, als Schillers Don Carlos und Lessings Nathan. Einen Höhepunkt seiner Karriere bildete die Zusammenarbeit mit G. →Gründgens, ne-

ben dem er auch in Goethes Faust auf der Bühne stand. Erfolge feiert er auch auf Gastspielreisen und Lesetourneen.

☐ 1933/34: Nach privatem Schauspielunterricht erstes Engagement in Oberhausen, danach Gießen, Gera und Düsseldorf. ☐ 1937-40: Volksbühne Berlin. ☐ 1940-44: Schillertheater Berlin. ☐ 1947-64: Dt. Schauspielhaus Hamburg. ☐ 1952-59: Titelrolle in »Jedermann« (H. v. →Hofmannsthal) bei den Salzburger Festspielen. ☐ ab 1955: Tourneeproduktionen. ☐ 1956-62: Zusammenarbeit mit G. →Gründgens. ☐ 1958: Titelrolle in Goethes »Faust« (mit Gründgens als Mephisto, F. 1960). ☐ 1962-64: Mephisto in Goethes »Faust« bei den Salzburger Festspielen. ☐ 1966: Erste eigene Regie bei Shakespeares »Othello«. ☐ 1972: Regie und Rolle des Robespierre in »Dantons Tod« (G. Büchner) in Hamburg. ☐ 1981-84: Mitgl. am Hamburger Thalia-Theater. ☐ 1981: Salieri in »Amadeus« (P. Shaffer). ☐ 1989: Alternder Schauspieler Karl Joseph in »Besucher« (B. →Strauß) mit autobiografischen Erweiterungen.

▷ W. Quadflieg: Wir spielen immer (Aut.), 1976.

Qualtinger, Helmut

österr. Kabarettist, Schauspieler und Schriftsteller
* 8.10.1928 Wien † 29.9.1986 ebd.

Das Wiener Original Qualtinger hatte mit seinen Sketchen und Glossen im gesamten deutschsprachigen Raum großen Erfolg. Sein Wiener Dialekt war nicht Stilmittel, sondern diente der pointierten und scharfzüngigen Entlarvung des Wiener Kleinbürgertums, seiner Spießigkeit und Borniertheit. Beim Wiener Publikum provozierte Q. mit seinem »Herrn Karl«, einem opportunistischen Mitläufer, Entrüstungsstürme. 1963 gastierte er mit diesem Monolog erfolgreich am Broadway in New York.

Qualtinger entlarvte als Kabarettist das Wiener Bürgertum.

Mary Quant →

☐ Ab 1950: Zusammenarbeit mit C. Merz; regelmäßige Kabarettprogramme auf Wiener Bühnen. ☐ 1955-61: Wöchentliche Glosse für den Wiener Kurier unter dem Titel »Blatt'l vor'm Mund«. ☐ 1961: Autor und Darsteller des »Herrn Karl«. ☐ Ab 1963: Lesetourneen u. a. mit »Die letzten Tage der Menschheit« (K. →Kraus). ☐ 1965: Scharfrichter in dem eigenen Stück »Die Hinrichtung«. ☐ 1971: Dorfrichter Adam in »Der zerbrochene Krug« (H. v. Kleist). ☐ 1981: Regie im eigenen Stück »Das kleine Wiener Halbwelttheater«. ☐ 1986: Letzte Rolle als Remigio in der Filmfassung von »Der Name der Rose« (U. →Eco).

▷ G. Bronner/C. Merz/H. Qualtinger (Hg.): Qualtingers beste Satiren, 1973; M. Kehlmann u. a. (Hg.): Der Qualtinger, 1987.

Quant, Mary

engl. Modedesignerin
* 11.2.1934 Blackheath

Mary Quant bestimmte durch ihre Minikleider die Mode der 60er Jahre. Bereits 1958/59 entwarf sie minikurze Hängerkleidchen, die jedoch erst nach 1963 Beachtung fanden. Dazu schlug sie geometrisch geschnittene glatte Föhnfrisuren vor und kreierte damit einen neuen, kindlichen Frauentypus. Sie entwarf auch Regenmäntel und flache Stiefel aus PVC, Knickerbocker für Mädchen und Schultertaschen. Ihr Bestreben galt stets einer populären Mode.

☐ 1955: Nach abgeschlossenem Kunststudium Eröffnung der kleinen, bald berühmten Modeboutique Bazaar in der Londoner King's Road. ☐ 1963: Gründung der Versandgruppe Ginger Group. ☐ 1965: Erste Amerikatournee. ☐ 1966: Verleihung des »Order of British Empire«. ☐ 1974: Reduzierung des Angebots auf Kosmetika, Unterwäsche und Strümpfe.

▷ M. Quant: Quant by Quant, engl. 1966.

Quasimodo, Salvatore

ital. Lyriker
* 20.8.1901 Modica, Sizilien † 14.6.1968 Neapel

In seiner bildreichen frühen Lyrik noch formal durch antike Dichter und inhaltlich durch die Mythen seiner Heimat beeinflußt, wandte sich Quasimodo nach 1945 realen gesellschaftlichen Themen zu (»Das Leben ist kein Traum«, 1949,

S. Quasimodo: Als Dichter und Übersetzer berühmt.

dt. 1960). Diese engagierte Lyrik, die er poesia sociale nannte, fand ihren Ausdruck in einer einfachen, klaren Sprache. Bekannt wurde Q. auch durch seine geradezu meisterhaften Übersetzungen lateinischer und griechischer Lyrik. 1959 erhielt er für sein dichterisches Werk den Literatur-Nobelpreis.

☐ 1919: Bauingenieurstudium am Polytechnikum in Rom. ☐ 1930: Veröffentlichung des Gedichtbands »Wasser und Land«. ☐ 1932: »Versunkene Oboe«. ☐ 1936: »Erato und Apollion«. ☐ 1940: Dozent für ital. Literatur an der Musikhochschule in Mailand. ☐ 1942: »Und plötzlich ist es Abend«. ☐ 1945: Eintritt in die Kommunistische Partei; Mitarbeiter der Tageszeitung Milano Sera. ☐ 1947: »Tag um Tag« (dt. 1950). ☐ 1956: »Das falsche und das wahre Grün«. ☐ 1959: Literatur-Nobelpreis. ☐ 1966: »Geben und Haben«.

Queneau, Raymond

frz. Schriftsteller
* 21.2.1903 Le Havre
† 25.10.1976 Neuilly-sur-Seine

R. Queneau verschmilzt Alltags- und Schriftsprache.

Queneau, Avantgardist der französischen Literatur (Romane, Essays, Gedichte, Drehbücher) und einer ihrer vielseitigsten Schriftsteller, machte die Sprache und ihre Konventionen zum Gegenstand seiner Werke. Q.s Hauptanliegen war die Aufhebung der Diskrepanz zwischen Schriftsprache und gesprochener Sprache. Seine Sprachkritik kleidete er u. a. in Verballhornungen und Wortschöpfungen (z. B. Bloudjinnzes statt Bluejeans). Die vielfältigen Möglichkeiten sprachlichen Ausdrucks unterstrich er u. a. in »Stilübungen Autobus S« (1947, dt. 1961), in denen er eine Anekdote in 99 Versionen erzählte. Q.s bekanntester Roman »Zazie in der Metro« (1959, dt. 1960) wurde 1960 von L. →Malle verfilmt.

☐ 1924-29: Anschluß an die Surrealisten. ☐ 1925: Abschluß des Philosophiestudiums. ☐ 1925-27: Wehrdienst in Nordafrika. ☐ 1929: Bruch mit A. →Breton. ☐ 1933: »Der Hundszahn« (R., dt. 1972); »Odile« (R., dt. 1973). ☐ 1933-39: Psychoanalytische Behandlung. ☐ 1938: Lektor bei Gallimard; Gründung der Zeitschrift Volontés (mit H. →Miller). ☐ 1942: »Mein Freund Pierrot« (R., dt. 1950). ☐ 1944: »Die Haut der Träume« (R., dt. 1964). ☐ 1948: Verlagsleiter bei Gallimard; »Heiliger Bimbam« (Prosa, dt. 1961). ☐ 1951: Aufnahme in die Académie Goncourt. ☐ 1962: »Sally Maras gesammelte Werke« (Prosa, dt. 1963/64). ☐ 1965: »Die blauen Blumen« (dt. 1966). ☐ 1968: »Der Flug des Ikarus« (Prosa, dt. 1969).

Ludwig Quidde →

Quidde, Ludwig

dt. Historiker und Pazifist
* 23.3.1858 Bremen † 5.3.1941 Genf (Schweiz)

Friedens-Nobelpreisträger Quidde schloß sich 1892 der bürgerlichen Friedensbewegung an und leitete 1914-29 die Deutsche Friedensgesellschaft. Der pazifistische Politiker, der 1907-18 dem Bayerischen Landtag (Dt. Volkspartei) und 1919/20 der Nationalversammlung (DDP) angehörte, hatte 1889 die Deutsche Zeitschrift für Geschichtswissenschaft gegründet, die er bis 1895 edierte. Als 1894 seine gegen Kaiser →Wilhelm II. gerichtete Kritik »Caligula, eine Studie über römischen Cäsarenwahnsinn« (34. Aufl. 1928) erschien, war die wissenschaftliche Karriere des Organisators der ersten deutschen Historikertage (1893-95) beendet. Nach seiner Emigration in die Schweiz (1933) wirkte Q. im Sinne seines ethisch begründeten Pazifismus weiter und geriet zunehmend in Widerspruch zu der sich radikalisierenden Friedensbewegung.

☐ 1890-92: Dir. des Preuß. Historischen Inst. in Rom. ☐ 1920: »Völkerbund und Demokratie« (Schr.). ☐ 1921-29: Leiter des Dt. Friedenskartells. ☐ 1927: Friedens-Nobelpreis (mit F. →Buisson). ☐ 1930: Gründung der Vereinigung unabhängiger Demokraten.

Anthony Quinn: Seit den 50er Jahren ein Star.

Quinn, Anthony Rudolph Oaxaca

amer. Schauspieler mexik. Herkunft
* 21.4.1916 Chihuahua

Quinns bekannteste Rolle war der urwüchsige, lebensfrohe Grieche »Alexis Sorbas« (1964; Rg. M. Cacoyannis, Musik M. →Theodorakis). Mit vitaler Körperlichkeit und kraftvollem Spiel war er in zahlreichen Western- und Abenteuerfilmen zu sehen und spielte an der Seite von G. →Masina den Schausteller Zampano in »La Strada — Das Lied der Straße« (1954, Rg. F. → Fellini). Für seine Rollen als mexikanischer Freiheitskämpfer in »Viva Zapata« (1951, Rg. E. →Kazan) und als P. →Gauguin in »Vincent van Gogh — Ein Leben in Leidenschaft« (1956; mit K. →Douglas, Rg. V. Minnelli) erhielt er einen Oscar.

□ 1945: »Stahlgewitter« (mit J. →Wayne, Rg. E. →Dmytryk). □ 1947: »Sindbad der Seefahrer« (Rg. R. Wallace). □ 1956: »Der Glöckner von Notre Dame« (Rg. J. Delannoy). □ 1958: »Der letzte Zug von Gun Hill« (Rg. J. → Sturges). □ 1960: »Die Kanonen von Navarone« (mit G. →Peck, Rg. J. L. Thompson). □ 1962: »Lawrence von Arabien« (mit P. →O'Toole, Rg. D. → Lean). □ 1963: »Der Besuch« (nach F. →Dürrenmatt, Rg. B. →Wicki). □ 1965: »Sie fürchten weder Tod noch Teufel« (Rg. M. Robson). □ 1968: »In den Schuhen des Fischers« (Rg. M. Anderson). □ 1970: »Der Indianer« (Rg. C. Reed). □ 1974: »Fluchtpunkt Marseille« (mit M. →Caine, Rg. R. Parrish). □ 1977: »Der große Grieche« (Rg. J. L. Thompson). □ 1979: »Omar Mukhtar — Löwe der Wüste« (Rg. M. Ackad). □ 1990: »Eine gefährliche Affäre« (Rg. T. Scott). □ 1991: »Jungle Fever« (Rg. Sp. →Lee).

▷ G. Ball: Anthony Quinn. Seine Filme — sein Leben, 1985.

Quinn, Freddy

(eig. Manfred Nidl-Petz)
dt. Sänger und Entertainer
* 27.9.1931 Wien (Österreich)

Quinn, der bereits in den 50er und 60er Jahren mit Liedern von Fernweh und Seefahrerromantik bekannt wurde (»Junge, komm bald wieder«), gehört zu den beliebten deutschen Volkssängern. Der vielseitige Künstler bewährte sich als Moderator großer TV-Shows ebenso wie als Operettensänger oder Artist auf dem Hochseil.

Freddy Quinn in dem Film »Die große Chance«, 1957.

□ 1951: Sieger einer Talentschau in New York. □ 1952: 1. Preis bei einem Sängerwettbewerb in Belfast. □ 1956: Erster Hit mit »Heimweh«. □ 1959: Goldene Schallplatte für »Die Gitarre und das Meer« (Single). □ 1962: Erster Musical-Auftritt in »Heimweh nach St. Pauli«. □ 1968: Prinz Orlowski in der Operette »Die Fledermaus«. □ 1970: Publikumserfolg mit dem Volksstück »Der Junge von St. Pauli«. □ seit 1976: Moderator eigener TV-Shows. □ seit 1981: Moderator der TV-Reihe »Zirkus, Zirkus«.

Quisling, Vidkun Abraham Lauritz

norweg. Politiker
* 18.7.1887 Fyresdal
† 24.10.1945 Oslo (hingerichtet)

1933 verließ Quisling Regierung und Bauernpartei und gründete nach Vorbild der NSDAP die Partei Nasjonal Samling mit dem Ziel, Norwegen vom Bolschewismus frei zu halten. Während der deutschen Besatzung (1940-45) wurde Q. ab 1942 Regierungschef unter dem Reichskommissar J. Terboven. Nach der deutschen Niederlage wurde er als Kollaborateur zum Tode verurteilt.

Vidkun Quisling gründete das norwegische Pendant zur NSDAP in Deutschland.

□ 1921-23; 1927-29: Diplomat in der Sowjetunion. □ 1931-33: Kriegsmin. □ 1933: Begründer der Partei Nasjonal Samling. □ 1942-45: Ministerpräsident.

▷ P. M. Hayes: Quisling. The career and political ideas of Vidkun Quisling, 2. Aufl. 1972.

R

Raab, Julius

österr. Politiker
* 29.11.1891 St. Pölten † 8.1.1964 Wien

Der christlich-soziale Raab hatte nach dem 2. Weltkrieg maßgeblichen Anteil am politischen Wiederaufbau Österreichs und war 1953-61 Kanzler einer großen Koalition aus ÖVP und SPÖ. Während seiner Regierungszeit wurden alle wesentlichen Elemente der zukünftigen Wirtschafts- und Sozialpolitik seines Landes festgelegt. Er erreichte 1955 den Abschluß eines Staatsvertrags mit den vier Siegermächten des 2. Weltkriegs, durch den Österreich wieder die volle Souveränität erlangte.

Julius Raab →

□ 1938: Handels- und Verkehrsmin. □ 1945: Mitbegründer der ÖVP sowie des Österr. Wirtschaftsbundes. □ 1945-61: Mitgl. des Nationalrats. □ 1952-60: Parteiobmann der ÖVP. □ 1953-61: Bundeskanzler.

▷ K. H. Ritschel: Julius Raab. Der Staatsvertrags-Kanzler, 1975.

Raabe, Wilhelm

(Pseud. Jakob Corvinus)
dt. Schriftsteller
* 8.9.1831 Eschershausen
† 15.11.1910 Braunschweig

Neben Theodor Fontane (* 1819, † 1898) war Raabe einer der bedeutendsten Vertreter des deutschen Realismus. Kulturkritik und pessimistische Weltsicht verbinden sich in seinem Werk mit versöhnlichem Humor (»Die Chronik der Sperlingsgasse«, R., 1857). Protagonisten seiner Romane und Erzählungen sind Außenseiter der Gesellschaft, Menschen, die an einer inhumanen Wirklichkeit gescheitert sind, jedoch ein gewisses Maß an Idealismus bewahrt haben (»Der Hungerpastor«, R., 1864). Im Spätwerk (u. a. »Stopfkuchen«, R., 1891) dominieren trotz scharfer Kritik am Materialismus der Zeit Heiterkeit und gelassene Selbstüberwindung. Den formal-ästhetischen Mitteln in R.s Werken wird zunehmend große Bedeutung beigemessen.

□ 1849: Buchhandelslehre in Magdeburg. □ 1854: Besuch philosophischer und historischer Vorlesungen in Berlin. □ 1856: Mitarbeiter an Westermanns Monatsheften in Wolfenbüttel. □ 1861: »Die schwarze Galeere« (Nov). □ 1862-70: Freier Schriftsteller in Stuttgart. □ 1867: »Abu Telfan« (R.). □ 1869/70: »Der Schüdderump« (R.). □ 1888: »Das Odfeld« (Erz.). □ 1896: »Die Akten des Vogelsangs« (R.).

▷ H. Helmers: Wilhelm Raabe, 1968; H. Oppermann: Wilhelm Raabe, 1970.

← Wilhelm Raabe

Isidor Isaac Rabi →

Rabi, Isidor Isaac

amer. Physiker österr. Herkunft
* 29.7.1898 Rymanów bei Sanok, Galizien
† 11.1.1988 New York

Rabi, der die Molekularstrahlmethode von O. →Stern entscheidend verbesserte, gelang 1933/34 die präzise Messung des Impulses der Eigenrotation (Kernspin) beim Natrium. 1938 hatte R. dieses Verfahren zur genauesten Bestimmung der magnetischen Momente von unterschiedlichsten Atomkernen weiterentwickelt. Für die Atomstrahlresonanzmethode (N. F. →Ramsey) wurde R. 1944 mit dem Physik-Nobelpreis ausgezeichnet.

□ 1927-29: Zusammenarbeit mit O. Stern in Deutschland. □ 1937-67: Prof. an der Columbia Univ., New York. □ 1940-45: Entwicklung der Radartechnik am Mass. Inst. of Technology in Boston; ab 1943 gleichzeitig Berater des amer. Atombombenprojekts in Los Alamos. □ 1952-56: Vors. des Komitees der wissenschaftlichen Berater des amer. Präsidenten. □ 1968: »Man and science« (Schr.). □ 1970: »Science — the centre of culture« (Schr.).

▷ I. I. Rabi: My life and times as a physicist (Aut.), 1960.

Rabin, Yitzhak

israel. Politiker und Militär
* 1.3.1922 Jerusalem

Während des Fünf-Tage-Kriegs 1967 wurde Rabin, der als Generalstabschef die Operation geplant hatte, weltweit bekannt; nach Ende des

Yitzhak Rabin, der erste israelische Premierminister, der die Bundesrepublik besuchte, vor einer Gedenktafel für die Nazi-Opfer in Berlin.

Krieges wechselte der General in die Politik. Nach dem Rücktritt von G. →Meir (1974) wurde er von der Arbeiterpartei Mapai zu ihrem Nachfolger nominiert. Als Ministerpräsident gelang es ihm jedoch nicht, die erbitterten Flügelkämpfe und Rivalitäten im Regierungslager zu beenden. Die Geiselbefreiung von Entebbe in Uganda (1976) fiel in seine Regierungszeit.

□ vor 1940: Besuch einer Landwirtschaftsschule. □ ab 1940: Mitgl. der Palmach (Eliteeinheit der jüd. Miliz). □ 1941: Im brit. Dienst. □ ab 1944: Kampf gegen die brit. Mandatstruppen (1946 zeitweilig in Haft). □ 1948/49: Brigade-Kommandeur im ersten israelisch-arabischen Krieg; Leitung des Angriffs zur Befreiung des eingeschlossenen Jerusalem. □ 1952/53: Militärische Ausbildung in Großbritannien. □ 1960-64: Stellv. Generalstabschef. □ 1965-67: Generalstabschef. □ 1967-73: Botschafter in den USA. □ 1973: Arbeitsmin. □ 1974-77: Ministerpräsident. □ 1984-90: Verteidigungsmin.

▷ R. Slater: Rabin of Israel. A biography, 1977; Y. Rabin: The Rabin memoirs, 1979.

Rachmaninow, Sergei Wassiljewitsch

russ.-amer. Komponist, Pianist und Dirigent
* 20.3.(1.4.?)1873 Oneg bei Nowgorod
† 28.3.1943 Beverly Hills (Kalif.)

Als Komponist war Rachmaninow einer der letzten Repräsentanten der russischen Spätromantik. Sein individueller lyrischer Stil in seinen frühen Werken (bis 1895) wich bald dem Einfluß von N. →Rimskij-Korsakow und Tschaikowski. Seine Tonsprache ist pathetisch und bleibt trotz aller Chromatik traditionsverbunden und eingängig. R. schrieb überwiegend Werke für oder mit Klavier, und selbst seine Orchesterwerke scheinen für das Klavier konzipiert. Einige seiner Kompositionen erlangten ungewöhnliche Popularität (z. B. das 2. Klavierkonzert und das Prélude cis-Moll)).

Nachdem R. 1917 Rußland verlassen hatte, konzentrierte er sich auf seine Pianisten- und Dirigentenkarriere. Als glänzender Virtuose spielte er neben eigenen Werken vorwiegend Chopin und Liszt, setzte sich aber auch für das umfangreiche Klavierwerk seines Freundes A. →Skrjabin ein. R.s Vortrag wie sein Dirigat waren gekennzeichnet von Präzision, rhythmischem Schwung und deutlicher Darstellung auch komplexer musikalischer Strukturen.

□ ab 1882: Schüler des Konservatoriums St. Petersburg. □ 1885-91: Student am Moskauer Konservatorium. □ 1891: 1. Klavierkonzert fis-Moll. □ 1892: Fünf »Morceaux de fantaisie« für Klavier (darunter das berühmte cis-Moll-Prélude). □ 1893: Oper »Aleko«, UA Moskau; erste Konzertreise durch Rußland. □ 1897: UA seiner 1. Sinf. in Moskau. □ 1901: 2. Klavierkonzert c-Moll. □ 1903-05: Oper »Der geizige Ritter«, UA Moskau, 1906. □ 1904-06: Dirigent am Bolschoi-Theater Moskau. □ 1906: Oper »Francesca da Rimini«, UA Moskau. □ 1907: 1. Klaviersonate d-Moll. □ 1906-09: Aufenthalte in Dresden. □ 1909: 3. Klavierkonzert d-Moll. □ 1909/10: Erste USA-Reise. □ 1911-13: Dirigent der philharmonischen Konzerte in Moskau. □ 1913: 2. Klaviersonate b-Moll. □ ab 1918: Wohnsitz in Paris. □ 1926: 4. Klavierkonzert g-Moll. □ ab 1935: Wohnsitz in den USA. □ 1936: 3. Sinf. a-Moll. □ 1940: Sinfonische Tänze für Orchester.

▷ O. v. Riesemann (Hg.): Rachmaninow's recollections (Mem.), 1934, NA 1970; R. Walker: Rachmaninow, 1980; M. Biesoldt: Rachmaninow — Eine Künstlerbiografie zwischen Moskau und New York, 1991.

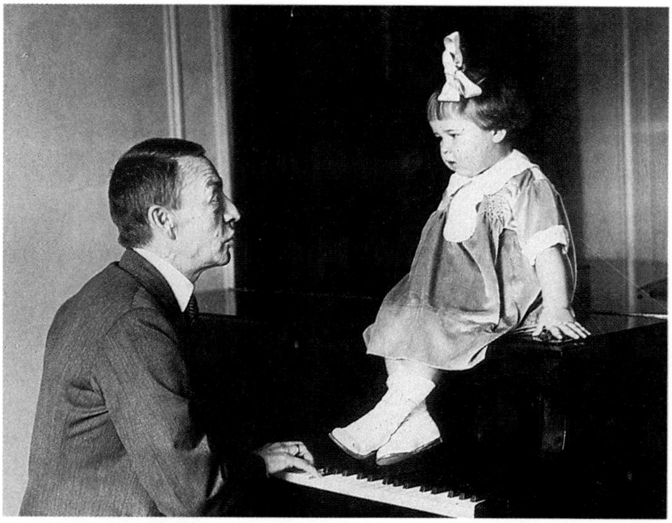

Sergei W. Rachmaninow: Der große Pianist spielt für seine Enkeltochter.

Rachmanowa, Alja Alexandra

russ. Schriftstellerin
* 27.6.1898 in Ufa, Ural

Alja Rachmanowa →

Eine zentrale Rolle in Rachmanowas autobiografisch gefärbten Werken spielen ihre Flucht vor der Oktoberrevolution nach Sibirien 1917, die Ausweisung nach Österreich 1926 und die erneute Flucht vor der Roten Armee 1945 in die Schweiz. Im Mittelpunkt ihrer Romane stehen russische Frauenschicksale und die kritische Auseinandersetzung mit dem frühen Sowjetkommunismus (»Ehen im roten Sturm«, R.e, 1931/32). R. schrieb auch Künstlerbiografien, u. a. von Iwan Turgenjew und Peter I. Tschaikowski (1972).

Rad, Gerhard von

dt. Theologe (ev.)
* 21.10.1901 Nürnberg † 31.10.1971 Heidelberg

Rad erforschte die Form- und Überlieferungsgeschichte alttestamentlicher Texte unter literatursoziologischen Gesichtspunkten und wies deren Ursprung in altorientalischen Kulten nach.

□ 1929: »Das Gottesvolk im Deuteronomium« (Schr.). □ 1934-45: Prof. für A. T. an der Univ. Jena. □ 1945-49: Prof. an der Univ. Göttingen. □ ab 1949: Prof. an der Univ. Heidelberg. □ 1951: »Der heilige Krieg im alten Israel« (Schr.). □ 1958-60: »Theologie des A. T.« (Schr., 2 Bde.). □ 1970: »Weisheit in Israel« (Schr.).

Gustav Radbruch →

Radbruch, Gustav

dt. Jurist und Politiker
* 21.11.1878 Lübeck † 23.11.1949 Heidelberg

Als Reichsjustizminister 1921/22 und 1923 (unter G. →Stresemann) setzte Radbruch die Zulassung von Frauen zum Richterberuf durch (E. →Scheffler). R. trat in Anlehnung an F. v. →Liszt für ein humanes Strafrecht ein und legte 1922 den (nicht Gesetz gewordenen) Entwurf eines neuen Strafgesetzbuchs vor, in welchem Todesstrafe und Zuchthaus nicht mehr vorgesehen waren. Mit den »Schriften zur Zeit« und den »Neuen Blättern für den Sozialismus« sorgte der Sozialdemokrat für eine dauernde Rezeption und gedankliche Erneuerung des Sozialismus.

□ 1910: »Einführung in die Rechtswissenschaft« (12. Aufl. 1969). □ 1914: »Grundzüge der Rechtsphilosophie« (8. Aufl. 1973). □ 1919-26: Prof. an der Univ. Kiel. □ 1920-24: MdR (SPD). □ ab 1926: Prof. an der Univ. Heidelberg. □ 1933: Als erster dt. Prof. von den Nationalsozialisten amtsenthoben. □ 1934: »Paul Johann Anselm Feuerbach, ein Juristenleben« (Biogr.). □ 1945-48: Erneut Prof. an der Univ. Heidelberg; Reorganisation der Juristischen Fakultät. □ ab 1948: Mitgl. der SPD.

▷ G. Radbruch: Der innere Weg. Aufriß meines Lebens, 1951; G. Spendel: G. Radbruch. Lebensbild eines Juristen (Biogr.), 1967; H. de With: Gustav Radbruch. Reichsminister der Justiz, 1979.

Radcliffe-Brown, Alfred Reginald

engl. Sozialanthropologe
* 17.1.1881 Birmingham † 24.10.1955 London

Radcliffe-Brown ist der Vater des strukturalen Funktionalismus, der in der britischen Sozialanthropologie der 30er bis 50er Jahre vorherrschenden Lehre. R. entwickelte, in Auseinandersetzung mit den Theorien E. →Durkheims, das Konzept der »Sozialstruktur«. Die Individuen einer Gesellschaft sind durch vielfältige Beziehungen miteinander verbunden. Die Beziehungen werden kontrolliert durch Verhaltensnormen, die sich in funktional aufeinander bezogenen Institutionen (Heiratsregeln, Tabuvorschriften) etablieren. Die gegenseitige Abhängigkeit und Wechselwirkung von Verhalten, Vorstellungen, Handlungen und Regelungen hält Gesellschaften im Gleichgewicht.

□ 1906-12: Feldforschungen auf den Andamanen-Inseln (Golf von Bengalen) und in Australien. □ 1920-46: Prof. für Sozialanthropologie an den Univ.n Kapstadt, Sydney, Chicago, Oxford. □ 1922: »The Andaman islanders« (Schr.). □ 1952: »Structure and function in primitive society« (Schr.).

Raddatz, Carl Werner

dt. Schauspieler
* 13.3.1912 Mannheim

Mit seiner distinguierten, unaufdringlichen Spielweise zählte Raddatz zu den bedeutendsten Ufa-Schauspielern. Auch allzu romantischen Filmen konnte er Glaubwürdigkeit verleihen (»Heimkehr«, 1941; »Immensee«, 1943, Rg. V. →Harlan). Er verkörperte Verantwortungsgefühl und Ehrlichkeit — Eigenschaften, die am deutlichsten in einer seiner besten Rollen zum Ausdruck kamen, als Schiffer Hendrik in »Unter den Brücken« (1945, Rg. H. →Käutner, mit G. →Knuth). R., der schon in den 30er Jahren an verschiedenen Theatern gespielt hatte, wandte sich Anfang der 50er Jahre wieder mehr der Bühne zu (»Hauptmann von Köpenick«, 1964 bei den Berliner Festwochen; »Warten auf Godot«, 1975). Gelegentlich tritt er auch im Fernsehen auf (der alte Konsul in »Die Buddenbrooks«, 1979).

□ 1930/31: Schauspielunterricht bei W. → Birgel. □ 1931: Debüt als Diener des Octavius in »Julius Cäsar« am Mannheimer Nationaltheater. □ 1933-38: Theaterengagements in Aachen, Darmstadt und Bremen. □ 1937: Filmdebüt in »Urlaub auf Ehrenwort«. □ 1938-45: Filmschauspieler bei der Ufa in Berlin. □ 1944: »Opfergang« (Rg. V. Harlan). □ 1947: »In jenen Tagen« (Rg. H. Käutner). □ 1950: »Epilog« (mit F. → Kortner und P. →Hörbiger). □ 1951-55: Mitgl. des Ensembles am Dt. Theater in Göttingen. □ seit 1958: Mitgl. der Staatlichen Schauspielbühnen Berlins. □ 1974: Preußenkönig in »Zopf und Schwert oder die preußische Heirat« (TV). □ 1975: »Jeder stirbt für sich allein« (F., mit H. →Knef). □ 1981: »Sozialaristokraten« (Berliner Schloßpark-Theater, Rg. B. →Gobert). □ 1984: »Weihnachtsansprache« (TV).

Fritz J. Raddatz →

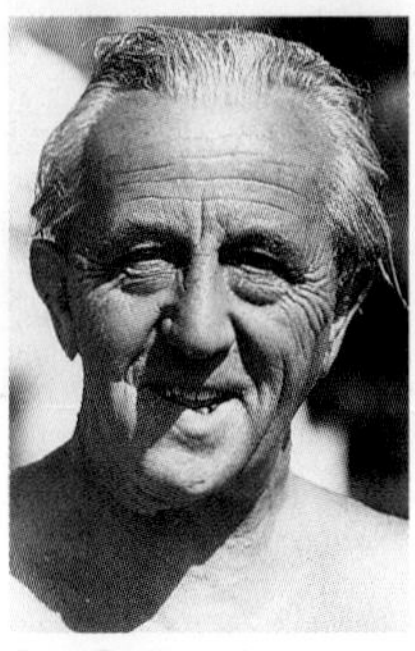
Erich Rademacher →

← Carl W. Raddatz

Raddatz, Fritz J.

dt. Literaturkritiker und Schriftsteller
* 3.9.1931 Berlin

Raddatz war als Feuilletonchef der Wochenzeitung Die Zeit (1977-85) einer der einflußreichsten Literaturkritiker der BRD. Der wegen seiner polemischen Schärfe umstrittene ehemalige Verlagslektor und Hochschullehrer ist exponierter Vertreter einer marxistischen Literaturkritik. Beachtung fanden R.s Biografien über K. → Tucholsky (1961), K. Marx (1975) und H. Heine (1977). Seine literaturtheoretischen Essays erschienen unter dem Titel »Revolte und Melancholie« (1979). R. ist außerdem auch als Schriftsteller — »Kuhauge« (Erz., 1984), »Der Wolkentrinker (R., 1987) — hervorgetreten.

□ 1954: Promotion zum Dr. phil. an der Humboldt-Univ. in Ost-Berlin. □ bis 1958: Stellv. Cheflektor des DDR-Verlags Volk und Wissen; nach Übersiedlung in die BRD Cheflektor beim Kindler-Verlag. □ 1960-69: Stellv. Leiter des Rowohlt-Verlags (H. M. →Ledig-Rowohlt). □ 1971: nach Habilitation zunächst Privatdozent, dann Literatur-Prof. an der TU Hannover. □ 1977-85: Feuilletonchef der Zeit. □ seit 1986: Kulturkorrespondent der Zeit. □ 1989: »Geist und Macht« (Es.s). □ 1991: »Die Abtreibung« (R.).

▷ F. J. Raddatz: Lieber Fritz. Briefe an Fritz J. Raddatz 1959-1990, 1991.

Rademacher, Erich »Ete«

dt. Schwimmer und Wasserballspieler
* 9.6.1901 Magdeburg † 1.4.1979 Stuttgart

Rademacher, ein Pionier des Hochleistungssports im Schwimmen und im Wasserball, siegte zwischen 1916 und 1933 in 998 Rennen für Hellas Magdeburg und die deutsche Nationalmannschaft. Er stellte neun Welt- und 19 Deutsche Rekorde auf und gewann 35 Deutsche Meisterschaften. Nach glanzvollen Siegen bei den Schwedischen Kampfspielen 1923 und auf einer USA-Reise 1926 wurde er als »Nurmi des deutschen Schwimmsports« gefeiert.

□ 1926: Europameister 200 m Brustschwimmen (erneut 1927). □ 1928: Olympiasieger im Wasserball (Torwart); Olympiazweiter 200 m Brustschwimmen. □ 1932: Olympiazweiter im Wasserball.

Franz Radziwill gehört zu den bedeutenden Vertretern des Magischen Realismus.

Radziwill, Franz

dt. Maler
* 6.2.1895 Strohausen, Wesermarsch
† 12.8.1983 Wilhelmshaven

Radziwill vertrat innerhalb der Neuen Sachlichkeit die magisch-realistische Richtung und schuf akribisch ausgeführte, detailreiche Werke, in denen er Symbole der modernen Technik (Flugzeuge, Schiffe, Stahlbrücken) mit surrealen Motiven und einer phantastisch-visionären Bildgestaltung konfrontierte. Zu den bekanntesten Werken gehört »Der Streik« (1931, Münster, Westfälisches Landesmuseum), in dem vor einem bedrohlich zerrissenen Himmel die Zeugnisse der technischen Welt — eine Eisenbahnbrücke, Kräne, Masten — das menschenleere, in kalten Farben gemalte Bild bestimmen; mitten auf der Straße steht ein, offenbar vergessener, Sarg, und vor der Wolkendecke schwebt einsam ein Flugzeug. Solche düsteren, apokalyptischen Visionen sind charakteristisch für R.s Hauptwerk.

□ 1911-13: Architekturstudium. □ 1913/14: Kunstgewerbeschule in Bremen; Bekanntschaft mit H. Vogeler und B. →Hoetger. □ 1920: Beteiligung an der Ausstellung der Freien Sezession in Berlin; Bekanntschaft mit O. →Dix. □ 1927: Tätigkeit im Dresdener Atelier von Dix. □ 1931: Mitgl. der Berliner Novembergruppe. □ 1933-35: Leiter einer Meisterklasse der Düsseldorfer Akademie. □ 1938: Ausstellungsverbot. □ nach 1945: Zahlreiche Ausstellungen und Ehrungen. □ 1972: Aufgabe der Malerei wegen zunehmender Sehschwäche. □ 1981: Retrospektive in Berlin.

▷ R. März: Franz Radziwill, 1975.

Leonhard Ragaz →

Helmut Rahn →

← Ali Rafsandschani

Rafsandschani, Ali Akbar Haschemi

iran. Politiker
* 25.8.1934 Rafsandschan

Nach dem Tod von Ajatollah R. →Khomeini wurde Rafsandschani zum Staats- und Regierungschef gewählt. Im Gegensatz zu den meisten geistlichen Führern der iranischen Revolution besitzt er pragmatisches Gespür für das politisch Machbare. Seit seinem Amtsantritt versucht R., das Land aus der wirtschaftlichen und politischen Isolation zu führen, in die es nach der islamischen Revolution durch den Krieg mit dem Irak (1980-88) geraten war. Während des 2. Golfkriegs im Frühjahr 1991 bemühte er sich als Schlichter um internationale Anerkennung.

□ ab 1948: Religiöse Ausbildung in Ghom; Schüler von Khomeini. □ 1977: Führend an der Planung zum Sturz des Schahs M. R. →Pahlawi beteiligt. □ 1979: Mitgl. des Revolutionsrats; Innenmin. □ 1980-89: Parlamentspräs. □ 1981: Attentatsversuch. □ 1988/89: Oberbefehlshaber der Streitkräfte. □ seit 1989: Staatspräsident und Ministerpräsident.

Ragaz, Leonhard

schweiz. Theologe (ev.)
* 28.7.1868 Tamins, Kt. Graubünden
† 6.12.1945 Zürich

Mit seiner Schrift »Das Evangelium und der soziale Kampf der Gegenwart« (1906) wurde Ragaz neben J. Ch. →Blumhardt zum Führer der Bewegung des religiösen Sozialismus, der die christliche Sozialethik mit gesellschaftspolitischen Zielen des Sozialismus verband. R., der im Aufbau einer genossenschaftlich organisierten Demokratie Anzeichen des erwarteten Reichs Gottes sah, legte 1921 seine Professur für systematische Theologie an der Universität Zürich (ab 1908) nieder, um sich der Arbeiterbildung zu widmen.

□ ab 1913: Mitgl. der SPD. □ 1926: »Sinn und Werden der religiös-sozialen Bewegung« (Schr.). □ 1929: »Von Christus zu Marx — von Marx zu Christus« (Schr.).

▷ M. Mattmüller: Leonhard Ragaz und der religiöse Sozialismus, 1957.

Rahn, Helmut

dt. Fußballspieler
* 16.8.1929 Essen

Rahn gehörte zur deutschen Weltmeisterelf von 1954. Beim 3:2-Finalsieg über Ungarn erzielte er den Ausgleich zum 2:2 und den Siegtreffer. Der »Boß«, wie der schußgewaltige Stürmer genannt wurde, bestritt 40 Länderspiele (1951-60) und schoß 21 Tore. Mit RW Essen wurde er 1953 DFB-Pokalsieger und 1955 Deutscher Meister.

Rahner, Karl

dt. Theologe (kath.)
* 5.3.1904 Freiburg i. Br.
† 30.3.1984 Innsbruck (Österreich)

Rahner gehört zu den großen Theologen und Religionsphilosophen des Katholizismus, dem er einen Weg zur Begegnung mit dem neuzeitlichen Denken, den Naturwissenschaften und den Gegenwartsproblemen geebnet hat. In dem sein umfangreiches Werk zusammenfassenden »Grundkurs des Glaubens. Einführung in den Begriff des Christentums« (1976) werden traditionell verhärtete katholische Dogmen im Rahmen moderner Anthropologie vermittelt. 1963 wurde R. von Papst →Johannes XXIII. zum Konzilstheologen für das 2. Vatikanische Konzil ernannt, an dessen Vorbereitung er ab 1960 mitgewirkt hatte. R.s »Schriften zur Theologie«

(16 Bde., 1954-84) waren Grundlage einer Neuorientierung der katholischen Kirche und der christlichen Weltanschauung.
Der progressive Theologe verteidigte zwar die Zölibatsverpflichtung, setzte sich aber auch für die ökumenische Bewegung ein, zuletzt mit acht Thesen über die »Einigung der Kirche — reale Möglichkeit« (1983, mit Heinrich Fries). 1984 stiftete die Universität Innsbruck, an welcher R. 1949-64 Dogmatik lehrte, anläßlich seines 80. Geburtstags den Karl-Rahner-Preis für theologische Forschung.

Karl Rahner bemühte sich um die ökumenische Bewegung.

□ ab 1922: Jesuit. □ 1950: »Gefahren im heutigen Katholizismus« (Schr.). □ 1957-67: Mithg. des »Lexikons für Theologie und Kirche«. □ 1958: »Das Dynamische in der Kirche« (Schr.); »Zur Theologie des Todes« (Schr.). □ 1964-67: Prof. für Religionsphilosophie an der Univ. München. □ 1967-69: Mithg. von »Sacramentum Mundi«. □ 1967-71: Prof. für Dogmatik an der Univ. Münster. □ 1969-73: Mitgl. der Int. Theologenkommission. □ 1972: »Strukturwandel der Kirche als Aufgabe und Chance« (Schr.). □ 1977: »Toleranz in der Kirche. Freiheit und Manipulation in Gesellschaft und Kirche — Rückblick auf das Konzil«. □ 1982: »Praxis des Glaubens« (Schr.).

▷ H. Vorgrimmler: Karl Rahner. Leben — Denken — Werke, 1963; K. Fischer: Der Mensch als Geheimnis. Die Anthropologie Karl Rahners, 1974.

Rainer, Arnulf

österr. Maler und Zeichner
* 8.12.1929 Baden bei Wien

Rainer gehört zu den wichtigen europäischen Malern und Zeichnern der Gegenwart. In jüngerer Zeit erregt er auch in den USA große Aufmerksamkeit. Seine bekanntesten Werke sind die sog. Übermalungen, Eingriffe in bildnerische Vorlagen, die er mit gestischen Strichen meist in Schwarz, Weiß oder Rot verfremdet. Dabei stehen Porträts und Körperstudien der eigenen Person (Serien der »Face Farces«, »Body Poses«), die

Arnulf Rainer und Gerhard Rühm (l.) in der übermalten Fotografie »Berliner Konzert«.

grotesken Köpfe des Bildhauers Franz Xaver Messerschmidt (* 1736, † 1783), Fotos von Totenmasken (z. B. Beethoven), von klassischen und barocken Skulpturen sowie pornografische Aufnahmen im Vordergrund. R. ist in der schonungslosen Selbstdarstellung und den deformierenden Verfremdungen der Fotovorlagen von E. →Schiele beeinflußt, setzt aber dessen Themen — Leiden, Ängste und eine von beiden überschattete Erotik — in eine neue Bildsprache um. Große Ölbilder, die zweite Werkgruppe, nehmen in äußerst abstrahierter Form das Thema des Kreuzes oder der Kreuzigung auf (»Weinkruzifix«, 1957-78, London, Tate Gallery). Die dritte Werkgruppe besteht in großen, flächig bemalten, rein abstrakten Bildern, wobei die Farbfelder durch oft nur kleine Aussparungen oder Farbverläufe aufgebrochen werden. Seit den 80er Jahren nimmt R. in gestisch-linearen Kompositionen Prinzipien seiner Strichzeichnungen aus den 50er Jahren wieder auf.

□ ab 1953: Übermalungen von Bildern. □ ab 1957: Kreuzmotive. □ ab 1959: Monochrome Arbeiten. □ 1963-65: Beschäftigung mit der Malerei von Geisteskranken; halluzinative Zeichnungen (z. T. unter Drogen). □ seit 1969: Fotoübermalungen. □ seit 1977: Beschäftigung mit der Todesthematik. □ seit 1981: Prof. an der Wiener Kunstakademie. □ 1984: Retrospektive im Centre Georges Pompidou.

▷ F. Mennekes: Arnulf Rainer. Umkreisen und Durchdringen, Christusgesichter, 1986; G. Güse: Arnulf Rainer. Malerei 1980-1990, 1990.

Fürst Rainier III. →

Rainier III.

(eig. Louis Henri Maxena Bertrand Rainier)
Fürst von Monaco
* 31.5.1923 Monaco

Fürst Rainier III. aus der Dynastie der Grimaldis folgte 1949 seinem Großvater, Fürst Louis II., auf dem Thron nach. Von Beginn an war es sein Ziel, die schlechte Finanzlage des Fürstentums zu verbessern. Er förderte die Ansiedlung finanzkräftiger Persönlichkeiten (u. a. A. →Onassis), die Neulandgewinnung, eine »saubere« Industrie sowie den Tourismus. Durch eine Neuformulierung des Protektoratsvertrags mit Frankreich sind die Steuervorteile des »blühenden Unternehmens« Monaco gegenüber dem Nachbarland heute allerdings begrenzt.

☐ vor 1943: Besuch von Schulen in England und in der Schweiz; Studium in Montpellier. ☐ 1944/45: Offizier der frz. Armee. ☐ 1946/47: Politologiestudium in Paris. ☐ seit 1949: Regierender Fürst. ☐ 1956: Heirat mit der amer. Filmschauspielerin G. →Kelly (Fürstin Gracia Patricia). ☐ 1962: Verabschiedung einer konstitutionellen Verfassung.

Rainis, Janis

(eig. J. Pliekšans)
lett. Schriftsteller
* 11.9.1865 Tadenava bei Dünaburg
† 12.9.1929 Riga

← Janis Rainis

Rainis ist der bedeutendste lettische Dichter und Dramatiker des 20. Jh.s. In seinem dramatischen Werk greift er auf Stoffe der lettischen Mythologie und Folklore sowie auf religiöse und religionsphilosophische Motive und Themen zurück. Neben Goethes »Faust« übersetzte er zahlreiche Dramen der Weltliteratur in seine Landessprache. 1905-20 lebte R., der sich als Freiheitskämpfer für sein Land einsetzte, im Schweizer Exil.

☐ 1889-91: Rechtsanwalt in Wilna. ☐ 1891-95: Hg. einer sozialdemokratischen Tageszeitung ebd. ☐ 1897-1903: Verbannung. ☐ 1903: »Ferner Widerhall am blauen Abend« (Ged.e, dt. 1974). ☐ 1905: »Feuer und Nacht« (Dr., dt. 1922). ☐ 1913: »Dünawind« (Dr.). ☐ 1919: »Joseph und seine Brüder« (Dr., dt. 1921). ☐ ab 1920: Hohe Regierungsämter nach Rückkehr aus Schweizer Exil.

Rains, Claude

engl. Schauspieler
* 10.11.1889 London † 30.5.1967 unbekannt

Rains wurde vor allem durch die Rolle des zynischen Polizeichefs in dem Kinoklassiker »Casablanca« (1942, Rg. M. →Curtiz, mit H. →Bogart und Ingrid → Bergman) bekannt. Der vielseitige Schauspieler, der bereits eine lange Theaterkarriere in England hinter sich hatte, bevor er 1933 als »Der Unsichtbare« Aufsehen erregte, wirkte in weiteren berühmten Filmen mit, u. a. in »Mr. Smith geht nach Washington« (1939, mit J. →Stewart), »Caesar und Cleopatra« (1946, mit V. →Leigh), in »Berüchtigt« (1948, mit C. →Grant und Ingrid Bergman) und in »Lawrence von Arabien« (1962). Darüber hinaus trat er immer wieder an britischen und amerikanischen Bühnen auf.

☐ 1900: Bühnendebüt als Kind im Haymarket Theater in London. ☐ 1911/12: Australientournee. ☐ 1914/15: Tournee in den USA. ☐ 1938: »Robin Hood, der König der Vagabunden« (mit E. →Flynn und O. de Havilland). ☐ 1940: »Der Herr der sieben Meere« (mit E. Flynn). ☐ 1942: »Reise aus der Vergangenheit« (mit B. →Davis). ☐ 1943: »Das Phantom der Oper«. ☐ 1950/51: Rubashow in »Darkness at Noon/Dunkelheit am Mittag« am Theater in Philadelphia und am Alvin Theater in New York. ☐ 1962: »Lawrence von Arabien« (mit P. → O'Toole, Rg. D. →Lean). ☐ 1963: »Rufmord« (mit R. →Chamberlain).

← Claude Rains

Rainwater, James

amer. Physiker
* 9.12.1917 Council, Id. † 30.5.1986 New York

Rainwater, Physik-Nobelpreisträger von 1975, erkannte 1950, daß Atomkerne, die man sich bis dahin anhand eines Schalen- oder Tröpfchenmodells vorstellte (M. →Goeppert-Mayer, N. →Bohr), in ihrer kugelähnlichen Struktur stark verformt sein können. Sog. Leuchtnukleonen wirken von außen auf die Nukleonen in den abgeschlossenen Schalen und »deformieren« den Atomkern. R.s theoretische Beiträge führten schließlich zur Entwicklung des »Kollektivmodells«.

☐ 1951-53: Dir. des Nevis Cyclotron Laboratory; erneut 1956-61. ☐ ab 1952: Prof. an der Columbia Univ., New York. ☐ 1975: Physik-Nobelpreis (gemeinsam mit A. N. →Bohr und B. R. →Mottelson).

Bhagwan Shree Rajneesh während seiner morgendlichen Ansprache vor den Schülern.

Rajneesh, Bhagwan Shree

ind. Guru und Sektenführer
* 11.12.1931 Kuchera † 19.1.1990 Poona

Der ehemalige Philosophieprofessor Rajneesh entwickelte aus einer Mischung von Buddhismus, Psychotherapie, Tantrismus und Okkultismus eine ebenso umstrittene wie erfolgreiche Heilslehre, die weltweit etwa eine halbe Mio. Anhänger vereint. R., der glaubte, als 22jähriger eine Erleuchtung gehabt zu haben, gründete 1974 mit seinen engsten Jüngern (Sanyasins) ein Meditationszentrum (Ashram) in Poona, das bald internationalen Zulauf erfuhr. Lehre und Methodik R.s zielt auf das Ausleben aller Emotionen, um »das biologische Gefängnis aufzubrechen« und religiöse Harmonie zu erfahren.

☐ 1967: Aufenthalt in Bombay; Entwicklung einer Meditationstechnik; Sammlung erster Jünger; Annahme des Titels Bhagwan (in der Hindusprache: Gott, der Erleuchtete). ☐ 1969: Gründung der Rajneesh Foundation, einer Treuhandgesellschaft zur Finanzierung der Bewegung. ☐ 1974-81: Ashram in Poona; Entstehung von 325 Meditationszentren in 30 weiteren Ländern. ☐ 1981-85: Aus Steuergründen Übersiedlung in den US-Staat Oregon. ☐ 1987: Rückkehr nach Poona.

Raman, Sir (ab 1929) Chandrasekhara Venkata

ind. Physiker
* 7.11.1888 Trichinopoli (heute: Tiruchirapalli), Madras † 21.11.1970 Bangalore

Raman wies 1928 bei der Streuung von Licht in Flüssigkeiten nach, daß neben den Spektrallinien des einfallenden Lichts durch Energieaustausch mit dem Medium schwache Linien auftreten, hervorgerufen durch die Schwingung und Rotation der streuenden Moleküle. Für die Entdeckung des Raman-Effekts, der zur Strukturanalyse komplizierter organischer Moleküle dient, erhielt der Spezialist für Schwingungstheorien von Saiteninstrumenten 1930 den Physik-Nobelpreis.

☐ 1907-17: Finanzbeamter in Kalkutta. ☐ 1917-33: Prof. an der Hindu-Univ. ebd. ☐ ab 1933: Prof. an der Univ. Bangalore. ☐ 1934: Präs. der ind. Akademie der Wissenschaften. ☐ 1947: Einrichtung des Raman Research Inst. in Bangalore; ab 1948 dessen Dir.

Ramón y Cajal, Santiago

span. Mediziner
* 1.5.1852 Petilla de Aragón, Prov. Navarra
† 17.10.1934 Madrid

Ramón y Cajal gelang 1889 durch Verbesserung der Färbemethoden C. →Golgis die erste genaue Darstellung der überaus komplexen Struktur der Nervenbahnen des Gehirns und des Rückenmarks sowie der Augennetzhaut. In seiner Neuronenlehre ging R. davon aus, daß das Nervensystem aus Ganglienzellen und deren Fortsätzen besteht. 1906 erhielt er den Nobelpreis.

☐ 1884-92: Prof. an der Univ. von Valencia, ab 1887 in Barcelona. ☐ 1892-1922: Prof. an der Univ. Madrid. ☐ 1906: Physiologie/Medizin-Nobelpreis (mit C. Golgi).

Rampal, Jean-Pierre

frz. Flötenvirtuose und Musikforscher
* 7.1.1922 Marseille

Rampal, für seine hervorragenden Schallplatteneinspielungen bisher achtmal mit dem begehrten Grand Prix du Disque ausgezeichnet, hat nach 1945 als Solist und Forscher zur Wiederbelebung des Flötenspiels beigetragen. Er konzertierte mit internationalen Spitzenorchestern und in berühmten Festspielorten (u. a. Salzburg, Edinburgh). Durch sein virtuoses Spiel erweiterte er die Interpretationsmöglichkeiten von barocken Meisterwerken der Flötenkunst. Zeitgenössische Komponisten wie F. →Poulenc widmeten ihm zahlreiche Kompositionen.

J.-P. Rampal gründete 1945 die Kammermusikvereinigung Quintette à vent français.

← Sir Ch. V. Raman

← S. Ramón y Cajal

☐ 1945: Gründung der Kammermusik-Vereinigung Quintette à vent français. ☐ 1947-51: Flötist an der Oper von Vichy. ☐ 1953: Gründung des Ensemble Baroque de Paris. ☐ 1955-64: Soloflötist an der Grand Opéra Paris. ☐ 1958: Dozent an der Académie Internationale d'Été in Nizza; »Alte Musik für Flöte« (Edition). ☐ seit 1968: Prof. am Conservatoire Paris. ☐ seit 1974: Präs. der Gesellschaft Musique et musiciens.

▷ J.-P. Rampal: La Flute, frz. 1978.

Ramsay, Sir (ab 1902) William

brit. Chemiker
* 2.10.1852 Glasgow
† 23.7.1916 High Wycombe, Buckinghamshire

Ramsay erforschte die Atmosphäre und entdeckte eine Reihe Edelgase, die er in das Periodensystem der chemischen Elemente einordnete: Argon (1894 mit J. W. St. →Rayleigh), Helium (1895), Krypton, Neon und Xenon (1898 mit Morris Travers). Das isolierte Helium erkannte R. (mit F. →Soddy) als Zerfallsprodukt des Radiums, dessen Atomgewicht er ermittelte.

☐ 1880-87: Prof. an der Univ. Bristol. ☐ 1887-12: Prof. am Univ. College, London. ☐ 1896: »Gase der Atmosphäre« (Schr., dt. 1907). ☐ 1901: »Moderne Chemie« (2 Bde., dt. 1905/06); Identifizierung des Edelgases Niton (später Radon genannt). ☐ 1904: Chemie-Nobelpreis. ☐ 1908: »Vergangenes und Künftiges aus der Chemie« (Es.s, dt. 1909).

Ramsey, Norman Foster

amer. Physiker
* 27.8.1915 Washington D. C.

Ramsey verbesserte die Atomstrahlresonanzmethode zur Messung der elektrischen und magnetischen Momente der Atomkerne, indem er das von I. I. →Rabi entwickelte Verfahren der Ablenkung eines Atom- oder Molekülstrahls durch starke Magnetfelder um zwei Hochfrequenzhaarnadeln ergänzte. Auf R.s »Methode getrennter oszillierender Felder« basiert die Entwicklung der Caesium-Atomuhr und des hochpräzisen Wasserstoffmasers.

□ 1940-45: Entwicklung des Radarsystems im Mikrowellenbereich am Mass. Inst. of Technology in Boston; ab 1943 Mitarbeit am amer. Atombombenprojekt in Los Alamos. □ 1945-47: Prof. an der Columbia Univ., New York. □ ab 1947: Prof. an der Harvard Univ. in Cambridge, Mass. □ 1953: »Nuclear moments«; »Nuclear two-body problems« (Schr.). □ 1956: »Molecular beams« (Schr.). □ 1989: Physik-Nobelpreis (mit W. →Paul und H. G. →Dehmelt).

Rank, Otto

(eig. O. Rosenfeld)
österr. Psychoanalytiker
* 22.4.1884 Wien † 31.10.1939 New York (USA)

Rank ist mit seiner Theorie über »Das Trauma der Geburt« (1924) in die Geschichte der Psychoanalyse eingegangen. Darin behauptete R., daß die Geburt die stärkste traumatische Lebenserfahrung sei, die jeder unbewußt zu überwinden trachte. Mit der Entwicklung seines Ansatzes entfernte er sich immer weiter von der klassischen Psychoanalyse und entwickelte in den USA eigene therapeutische Methoden. Der frühe Anhänger S. →Freuds, mit dem er sich später überwarf, arbeitete auch über Mythenforschung und Literaturpsychologie. Auf ihn geht die Annahme zurück, daß die Willensstärke eine konstitutive Kraft der Persönlichkeitsentfaltung sei.

□ 1907: »Der Künstler. Ansätze zu einer Sexualpsychologie« (Schr., angeregt durch S. Freuds »Traumdeutung«). □ 1912: »Das Inzest-Motiv in Dichtung und Sage« (Schr.). □ 1912-24: Hg. der Internationalen Zeitschrift für Psychoanalyse und von Imago. □ ab 1919: Leiter des von ihm begründeten Wiener Int. Psychoanalytischen Verlags. □ 1926-31: »Die Technik der Psychoanalyse« (Schr., 3 Bde.).

▷ A. Zottl: Otto Rank, 1982.

Ranke-Heinemann, Uta Johanna Ingrid

dt. Theologin (kath.)
* 2.10.1927 Essen

1970 erhielt Ranke-Heinemann, Tochter des ehemaligen Bundespräsidenten G. →Heinemann, als erste Frau eine Professur für katholische Theologie an der PH Neuss. Bekannt wurde R. mit ihrer 1985 vertretenen Ansicht, daß das Dogma von der Jungfräulichkeit der Muttergottes ein »zeitbedingtes Vorstellungsmodell« sei. Da die unbequeme Professorin auf ihren Zweifeln beharrte, entzog ihr der Bischof von Essen, F. →Hengsbach, 1987 die kirchliche Lehrbefugnis. Mit dem Buch »Eunuchen für das Himmelreich. Katholische Kirche und Sexualität« (1988, 13. Aufl. 1989) führte die auch in der Friedensbewegung engagierte Theologin ihre Angriffe gegen die kirchlichen Sexualvorstellungen fort.

□ 1968: »Die sogenannte Mischehe« (Streitschr.). □ 1980-85: Prof. an der Univ. Duisburg. □ seit 1985: Prof. für Altes Testament und Kirchengeschichte an der Univ. Essen. □ 1985: Spitzenkandidatin der Friedensliste bei den Landtagswahlen in NRW. □ 1989: »Widerworte. Friedensreden und Streitschriften«.

Adam Rapacki →

Knud Rasmussen →

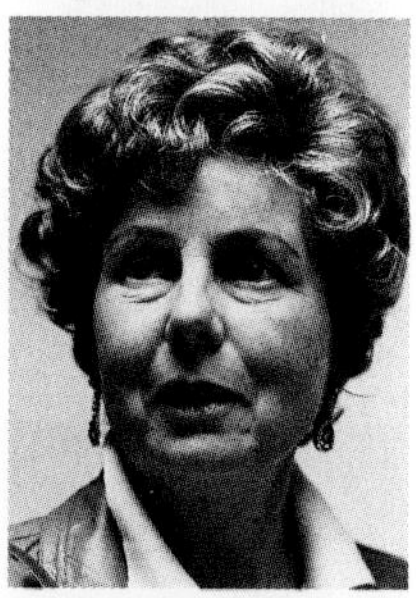
← Uta Ranke-Heinemann

G. J. Rasputin →

Rapacki, Adam

poln. Politiker
* 24.12.1909 Zwierzyniec bei Lemberg
† 10.10.1970 Warschau

Der polnische Außenminister Rapacki entwickelte 1957 vor der UNO-Versammlung einen Plan zum Abbau der Spannungen in Europa. Dieser Rapacki-Plan sah die Schaffung einer atomwaffenfreien Zone zwischen den beiden militärischen Machtblöcken in Mitteleuropa vor; ihr sollten Deutschland, Polen und die Tschechoslowakei (nach einer ersten Version auch Ungarn) angehören. Deren Sicherheit sollte gemeinsam von der UdSSR und den USA garantiert werden. Der Vorschlag wurde von den westlichen Staaten einhellig abgelehnt.

□ 1945: Mitgl. der Poln. Sozialistischen Partei (PPS). □ 1948: Mitgl. der Vereinigten Poln. Arbeiterpartei (PZPR). □ 1948-54; 1956-68: Mitgl. des Politbüros. □ 1950-56: Hochschulmin. □ 1956-68: Außenmin.

Rasmussen, Knud Johan Victor

dän. Polarforscher und Völkerkundler
* 7.6.1879 Jakobshavn, Grönland
† 21.12.1933 Kopenhagen

In Grönland geboren, mütterlicherseits von eskimoischer Abstammung, hatte Rasmussen sein Leben der Erforschung der Arktis und der Kultur der Eskimo gewidmet. Von seinem 23. Lebensjahr bis zu seinem Tode unternahm R. zahlreiche Expeditionen. Auf der längsten je von einem Arktisforscher durchgeführten Hundeschlittenreise (1921-24) zog er von Thule (Grönland) bis nach Point Barrow an der Beringstraße. R. lebte viele Jahre unter Eskimostämmen und wurde bekannt durch seine Mythensammlung der ostgrönländischen Angmagssalik.

□ 1910: Gründung der Thule-Station als Ausgangspunkt für zahlreiche Expeditionen. □ 1912: Überquerung des 3000 m hohen grönländ. Eisschildes von Thule zur Ostküste. □ 1919: »In der Heimat des Polarmenschen« (dt. 1922). □ 1921-24: Thule-Expedition zur Beringstraße. □ 1932: »Die große Schlittenreise« (dt. 1944).

Rasputin, Grigori Jefimowitsch

(eig. G. J. Nowych)
russ. Mönch und Wunderheiler
* 1864 (1865?) Pokrowskoje bei Tjumen
† 30.12.1916 Petrograd (ermordet)

Der sibirische Bauernsohn Rasputin erhielt 1907 als Wunderheiler Zugang zum Zarenhof, nachdem er die Heilung des an der Bluterkrankheit leidenden Thronfolgers in Aussicht gestellt hatte. Sein Einfluß auf die Zarin Alexandra Fjodorowna (* 1872, † 1918, ermordet), einer Tochter des Großherzogs Ludwig von Hessen, und den Zaren →Nikolaus II. war nach der Genesung des Kranken so groß, daß seine Kritiker vom Hof verbannt wurden und ihm die Besetzung von Regierungsämtern zufiel. 1916 wurde er von Mitgliedern der engsten Zarenverwandtschaft zu einem vorgetäuschten Rendezvous mit einer von ihm begehrten Dame eingeladen und erschossen.

Rasputin, Valentin Grigorjewitsch

sowjet. Schriftsteller
* 15.3.1937 Ust-Uda, Gebiet Irkutsk

← Valentin G. Rasputin

Rasputin gehört zu den führenden Vertretern der sog. Dorfprosa, deren Autoren vorzugsweise das erdverbundene, einfache und unverdorbene Leben auf dem Lande, oft in Verbindung mit ökologischen Fragen, thematisieren. Der Denkmal- und Naturschützer R. — er kämpfte als Journalist u. a. für die Erhaltung des Baikalsees — verurteilt die zerstörerische Wirkung urbaner Zivilisation auf das Leben der Menschen und ihre geistig-moralischen Grundlagen. Charakteristisch für R.s Stil und Thematik ist »Abschied von Matjora« (1976, dt. 1977), ein Kurzroman über ein sibirisches Dorf, das dem Bau eines Stausees geopfert wird; daran knüpfen sich Fragen nach dem Sinn des Lebens im Zeichen dieses Fortschritts. Aus R.s journalistischen Stellungnahmen zu tagespolitischen Fragen spricht eine russisch-nationale Grundhaltung.

□ 1954-59: Historisch-philologisches Studium in Irkutsk. □ bis 1966: Journalist. □ 1967: »Geld für Maria« (Erz., dt. 1978). □ 1970: »Die letzte Frist« (R., dt. 1976). □ 1974: »Leb' und vergiß nicht« (R., dt 1977). □ 1977: Staatspreis der UdSSR. □ 1985: »Der Brand« (Erz., dt. 1987).

Rathenau, Emil

dt. Industrieller
* 11.12.1838 Berlin † 20.6.1915 ebd.

← Emil Rathenau

Rathenau, der als einer der ersten Unternehmer seiner Zeit die zukünftige Bedeutung der Elektrizität erkannte, gründete 1883 die Deutsche Edison-Gesellschaft für angewandte Electricität (DEG), aus der 1887 die Allgemeine Elekrizitäts-Gesellschaft (AEG) hervorging. Im Besitz der europäischen Patente des amerikanischen Erfinders Th. A. →Edison produzierte die DEG zunächst Glühlampen, Fassungen, Schalter, Dampfmaschinen und Kleinkraftwerke. Ab 1887 entwickelte sie zusätzlich Haushaltsgeräte, elektrische Stadtbahnen und beteiligte sich an der Aluminium- und Elektrostahlgewinnung. 1903 begann die AEG gemeinsam mit Telefunken den Aufbau eines nationalen Telefonnetzes.

Rathenau, Walter

dt. Politiker und Industrieller
* 29.9.1867 Berlin † 24.6.1922 ebd. (ermordet)

Walter Rathenau unterzeichnete 1922 den Rapallo-Vertrag.

Der national-liberale Rathenau kam als Wirtschaftsberater der Regierung zur Politik und wurde 1922 Außenminister. Seine sozial engagierten, kulturphilosophischen Schriften wurden viel gelesen; bereits vor dem 1. Weltkrieg verfocht er eine kooperative Planwirtschaft auf demokratischer Grundlage. Wegen seiner Forderung nach der Erfüllung der Reparationen zum Beweis ihrer Unerfüllbarkeit und wegen seiner jüdischen Abstammung wurde er Zielscheibe antisemitischer und nationalistischer Angriffe.
R. hatte wesentlichen Einfluß auf die Außenpolitik der jungen Weimarer Republik, mehrfach wurde er als Sonderbotschafter zu internationalen Konferenzen entsandt (u. a. nach Versailles). 1921 erreichte er auf der Konferenz in Cannes eine Herabsetzung der laufenden Reparationszahlungen. Gleichzeitig mit der Konferenz von Genua schloß R. mit der Sowjetunion den Vertrag von Rapallo, ein erster Schritt zu einer eigenständigen deutschen Politik nach dem Krieg. Nach seiner Rückkehr von dieser Konferenz wurde er von Nationalisten auf offener Straße erschossen.

□ 1893-99: Dir. der Elektrotechnischen Werke in Bitterfeld. □ ab 1899: Im Vorstand der AEG. □ 1902-07: Inhaber der Berliner Handels-Gesellschaft (Bank). □ 1908: »Reflexionen« (Schr.). □ 1912: »Zur Kritik der Zeit« (Schr.). □ 1913: »Zur Mechanik des Geistes« (Schr.). □ 1914/15: Leiter der Kriegsrohstoffabteilung im preuß. Kriegsministerium. □ ab 1915: Aufsichtsratsvors. der AEG, deren Ausbau zum größten Elektrokonzern Europas. □ 1919: Mitgl. der DDP; Berater der Reichsregierung in Reparationsfragen; »Der neue Staat« (Schr.). □ 1921: Reichsmin. für Wiederaufbau. □ 1922: Reichsaußenmin.

▷ E. Schulin: Walther Rathenau, 1979; T. Buddensieg u. a.: Ein Mann vieler Eigenschaften, 1990.

Ratzel, Friedrich

dt. Geograph und Kulturanthropologe
* 30.8.1844 Karlsruhe
† 9.8.1904 Ammerland, Starnberger See

Inspiriert von der zoologischen Theorie von der Wanderung der Arten wurde Ratzel, Zeitgenosse Darwins, zum Begründer der Anthropogeographie, auf der L. →Frobenius die Kulturkreislehre aufbaute. R.s Konzept von der Entwicklung menschlicher Kultur wandte sich gegen die Evolutionisten seiner Zeit, vor allem gegen A. →Bastian. Ähnliche Kulturerscheinungen bei Naturvölkern erklärte R. mit Wanderungsbewegungen von Menschengruppen. Aufgrund eines Vergleichs materieller Kulturgüter, die er in Museen studierte, faßte R. Indonesien und Westafrika zu einem Kulturkreis zusammen. Als erster Anthropologe untersuchte R. den Einfluß der natürlichen Umgebung (»Lebensraum«) auf die Entwicklung des Menschen.

□ 1874/75: Als Reiseberichterstatter in den USA, Mexiko, Kuba. □ 1880: Prof. an der TH München. □ 1882-91: »Anthropogeographie« (Schr.). □ 1885-88: »Völkerkunde« (Schr.). □ 1886: Prof. an der TH Leipzig. □ 1896-98: »Die Geschichte der Menschheit« (Schr.).

▷ G. Buttmann: Friedrich Ratzel. Leben und Werk eines deutschen Geographen 1844-1904, 1977.

Ratzinger, Joseph

dt. Theologe (kath.)
* 16.4.1927 Marktl am Inn

Ratzinger erregte 1985 als Präfekt der Kongregation für die Glaubenslehre (seit 1982) mit seinen kirchendisziplinarischen Maßnahmen gegen den brasilianischen Theologen L. →Boff Aufsehen. Die schroffe Haltung R.s gegenüber der sog. Befreiungstheologie führte zu Spannungen zwischen dem Vatikan und den progressiven Theologen Lateinamerikas. R., der 1962-65 während des 2. Vatikanischen Konzils als Berater von Kardinal J. →Frings seine Karriere begann, stieg unter dem Pontifikat von Papst →Johannes Paul II. in höchste kirchliche Instanzen auf.

□ 1969: Prof. für Dogmatik an der Univ. Regensburg. □ 1973: »Dogma und Verkündigung« (Schr.). □ seit 1977: Kardinal. □ 1977-82: Erzbischof von München und Freising. □ 1982: »Theologische Prinzipienlehre« (Schr.). □ seit 1983: Sekretariatsmitgl. der kath. Bischofssynode, Rom. □ seit 1985: Mitgl. der Vatikanischen Kongregation für den Gottesdienst und die Heiligsprechung. □ seit 1986: Vors. der Katechismus-Kommission; »Politik und Erlösung« (Schr.).

▷ Weisheit Gottes — Weisheit der Welt (Festschrift zum 60. Geburtstag J. Ratzingers), 2 Bde., 1987.

Kardinal Joseph Ratzinger zelebriert eine Messe auf dem Münchner Marienplatz.

Johannes Rau →

Rau, Johannes

dt. Politiker
* 16.1.1931 Wuppertal

Rau ist der erfolgreichste SPD-Ministerpräsident und einer der maßgeblichen Politiker seiner Partei. Seit 1978 kann er sich in Nordrhein-Westfalen auf die absolute Mehrheit im Landtag stützen. Der Erfolg des »guten Menschen aus Wuppertal« rührt zweifelsohne daher, daß er nicht mit abstrakten Politikmodellen regiert, sondern mit konkreten Kompromissen mehrheitsfähige Lösungen sucht. R.s Fähigkeit, zu verbinden, anstatt auszugrenzen, gilt als seine besondere Stärke. Nach seiner Nominierung zum Kanzlerkandidaten 1986 (er verlor 1987 gegen H. →Kohl) zeigte sich jedoch bald, daß der linke Flügel der SPD nur bedingt bereit war, ihn zu unterstützen. Dies galt um so mehr, als R. wiederholt seine Distanz zu den Grünen, dem möglichen Koalitionspartner nach einem Wahlsieg, betont hatte.

□ 1952: Mitgl. der Gesamtdeutschen Volkspartei. □ 1954-67: Im Verlag der Ev. Jugend in Wuppertal, zuletzt Dir. □ seit 1957: Mitgl. der SPD. □ seit 1958: MdL in NRW. □ 1967: Fraktionsvors. in NRW. □ 1968: Im Parteivorstand der SPD. □ 1969/70: Oberbürgermeister von Wuppertal. □ 1970: Min. für Wissenschaft und Forschung in NRW. □ seit 1977: Vors. der SPD von NRW. □ seit 1978: Ministerpräsident; im Parteipräsidium der SPD. □ 1982-90: Stellv. Vors. der SPD. □ 1987: Kanzlerkandidat der SPD.

▷ W. Filmer/H. Schwan (Hg.): Johannes Rau, 1986.

Rauschenberg, Robert

amer. Künstler
* 22.10.1925 Port Arthur, Texas

Rauschenberg ist neben J. →Johns der zweite bedeutende Wegbereiter und Anreger der amerikanischen Pop-art. Die Synthese abstrakt-expressionistischer Malprinzipien und dadaistischer Objektkunst, aus der seine spezifische Form des sog. Combine Painting hervorging, macht ihn zudem zu einem wesentlichen Vertreter der zeitgenössischen Kunst überhaupt. R. kombiniert gestisch bemalte Leinwände und Tafelbilder mit banalen Alltagsobjekten, so in dem frühen Werk »Canyon« (1959, New York,

Galerie Ileana Sonnabend), das einen ausgestopften, schon zerrupften Adler (amerikanisches Staatssymbol) vor einer bemalten und collagierten Leinwand zeigt. In die Malerei integrierte Kinderbilder, ein Foto der Freiheitsstatue und ähnliche Motive symbolisieren die amerikanische Gesellschaft, die durch wilde Pinselstriche und Farbspuren ironisiert wird. Solche Gesellschafts- und Zeitkritik, häufig mit politischen Implikationen, haben auch R.s Collagen, Fotoreproduktionen, Lithografien und Siebdrucke zum Inhalt.

□ 1949/50: Studium u. a. am Kansas City Art Inst., der Académie Julian in Paris und der Art Students' League in New York. □ ab 1953: Sog. Combine Paintings. □ 1958: Künstlerischer Leiter einer mit J. →Cage und M. →Cunningham gegründeten Ballettkompanie. □ 1959-61: Zeichnungen zu Dantes »Inferno«. □ 1967: Motorgetriebene Plexiglas-Objekte mit Op-Art-Effekten. □ 1969/70: Lithografieserie »Stoned Moon«. □ seit ca. 1970: Environments und Installationen mit Stoffen und Schirmen. □ 1981: Große Retrospektive u. a. in Berlin, Kopenhagen und London. □ 1989: Welttournee u. a. mit einer Ausstellung in Moskau.

▷ C. Tomkins: Robert Rauschenberg and the world of our time, engl. 1980; B. Rose (Hg.): Rauschenberg, 1989.

← Robert Rauschenberg

Rauschning, Hermann

dt. Politiker
* 7.8.1887 Thorn, Westpreußen
† 8.2.1982 Portland, Oreg. (USA)

← Hermann Rauschning

Rauschning war einer jener frühen Gefolgsleute A. →Hitlers, die nach dessen Machtergreifung schnell in Gegensatz zu ihm gerieten. Als Hitlers Vertrauensmann 1933 zum Senatspräsidenten der Freien Stadt Danzig ernannt, trat er schon nach einem Jahr zurück. In mehreren Büchern legte er die Gründe für seinen Rücktritt dar. Als sein bedeutendstes Werk gilt, obgleich die Authentizität der Aufzeichnungen umstritten ist, die Beschreibung von Gesprächen mit Hitler, in denen jener unverhohlen seine rassenpolitischen Ziele äußert.

□ 1926: Mitgl. der NSDAP. □ 1931: Gauleiter der NSDAP für Danzig. □ 1933/34: Mitgl. des Danziger Volkstags; Senatspräsident der Freien Stadt Danzig. □ 1936: Emigration in die Schweiz. □ 1938: »Die Revolution des Nihilismus« (Schr.). □ 1939: »Gespräche mit Hitler«. □ ab 1941: Wohnsitz in den USA.

Ravel, Maurice

frz. Komponist
* 7.3.1875 Cibourne bei Biarritz † 28.12.1937 Paris

Ravel gehörte neben C. →Debussy und I. →Strawinski zu den führenden Vertretern der neueren Musik Frankreichs. Er war ein Innovator im Klavierstil, genial in der Instrumentierung, ein progressiver Harmoniker und kühn im Experimentieren mit musikalischen Formen. Als Befürworter einer musikalischen Objektivität ebnete R. den Weg für Strawinski und die antiromantische Schule der 20er Jahre.
Zunächst von seinen Zeitgenossen G. →Fauré und N. →Rimski-Korsakow, später von E. → Satie und Debussy beeinflußt, ließ sich R. auch von barocken Komponisten (in der Klaviersuite »Le tombeau de Couperin«), spanischer Folklore (in der Oper »L'heure espagnole«, UA Paris 1911), Blues und Jazz (z. B. in der Violinsonate und im Konzert für die linke Hand) inspirieren. Sympathie für die Welt der Kinder und der Tiere sowie für exotisches und antikes Leben prägen seinen faszinierenden Stil, der ihm bleibende Popularität verschaffte.
Sein bekanntestes Werk ist der »Boléro« für großes Orchester. Hier werden ein rhythmisches Modell und zwei Melodien unverändert wiederholt — eine Gerüsttechnik, die typisch ist für R.s konstruktiven Formwillen. Die rituelle Wirkung erzielt der Komponist durch den Wechsel der Klangfarben und eine ungeheuer langsame Steigerung zum rauschhaften Fortissimo. Neben Opern, Balletten und Orchesterwerken schuf R. Lieder, Klavier- und Kammermusikwerke. Er orchestrierte meisterhaft eigene und fremde Klavierstücke, u. a. »Bilder einer Ausstellung« von Modest Mussorgski (* 1839, † 1881).

□ ab 1889: Studium am Pariser Konservatorium u. a. bei G. Fauré. □ 1905: Sonatine für Klavier; »Miroirs« für Klavier. □ 1907: »Rhapsodie espagnole« für Orchester. □ 1908: »Gaspard de la nuit« für Klavier; »Ma mère l'oye« für Klavier zu vier Händen. □ 1911: »Valses nobles et sentimentales« für Klavier. □ 1912: Ballett »Daphnis und Chloé«, UA Paris. □ 1917: »Le tombeau de Couperin« für Klavier. □ 1920-22: Sonate für Violine und Violoncello. □ 1925: Ballettoper »L'enfant et les sortilèges«, UA Monte Carlo. □ 1928: Dirigenten-Debüt in den USA. □ 1929: Ballett »Boléro«, UA Paris. □ 1931: Klavierkonzert; Konzert für die linke Hand und Orchester. □ ab 1933: Beginn einer Gehirnkrankheit.

▷ H. H. Stuckenschmidt: Maurice Ravel. Variationen über Person und Werk, 1966, NA 1976; A. Orenstein: Maurice Ravel. Leben und Werk, dt. 1978; Th. Hirsbrunner: Maurice Ravel. Sein Leben, sein Werk, 1989.

Maurice Ravel mit seinen beiden Söhnen Edouard (l.) und Maurice (r.).

Man Ray, einer der Väter des Dadaismus, inmitten seiner sog. Objects de art.

Ray, Man

amer. Objektkünstler, Fotograf und Maler
* 27.8.1890 Philadelphia
† 18.11.1976 Paris (Frankreich)

Ray war einer der führenden Künstler der dadaistischen und surrealistischen Objektkunst; er beschäftigte sich auch mit der Collage, drehte Filme und war ein bedeutender Fotograf und Maler. Seine Objektmontagen nahmen einen Großteil der neueren Objektkunst vorweg, so die in eine Decke eingeschnürte Nähmaschine (»Das Rätsel des Isidore Ducasse«, 1920, Rotterdam, Museum Boymans-van-Beuningen) und das auf der Gleitfläche mit langen, spitzen Nägeln versehene Bügeleisen, das R. »Cadeau (Geschenk)« nannte (1921, Rekonstruktion im Nachlaß des Künstlers). Mit solchen Veränderungen führte R. die Funktion des Gegenstands ad absurdum und verband dadaistischen Zynismus mit alogischen, surrealistischen Gestaltungsprinzipien.
Folgenreich war sein sog. Rayogramm. Dabei werden Objekte auf Fotopapier gelegt und in einem bestimmten Winkel angestrahlt und belichtet, so daß sich interessante Kompositionen ergeben. R.s einflußreiche Fotografie reichte von experimentellen Aufnahmen über kühl wirkende Modefotos, Akte und skurril komponierte Stilleben bis zu einer Fülle meist surreal inszenierter Porträts und Selbstportäts.

☐ ab 1913: Kubistische Bilder. ☐ 1914/15: Erste Fotografien. ☐ ab 1915: Zusammenarbeit mit M. → Duchamp in New York. ☐ 1921: Übersiedlung nach Paris; erste Rayogramme. ☐ ab 1922: Porträt- und Modefotos. ☐ 1938: Teilnahme an der Int. Surrealistenausstellung in der Pariser Galerie des Beaux-Arts. ☐ 1940: Flucht in die USA. ☐ 1951: Rückkehr nach Paris; Beteiligung an wichtigen Dada- und Surrealistenausstellungen; Einzelausstellungen. ☐ 1972: Retrospektive im Philadelphia Museum of Art.

▷ S. Alexandrian: Man Ray, 1973; M. Ray: Selbstporträt. Eine illustrierte Autobiographie, 1983.

Nicholas Ray: Er schuf das sog. Autorenkino.

Ray, Nicholas

(eig. Raymond Nicholas Kienzle)
amer. Regisseur
* 7.8.1911 Galesville, Wisc. † 16.6.1979 New York

Da Ray gegen den Widerstand der Studiobosse seinen persönlichen Stil bewahren konnte, wurde er zum klassischen Vertreter des sog. Autorenkinos. Thema seiner Filme ist die Einsamkeit des einzelnen in einer von Haß und Gewalt beherrschten Gesellschaft. R. legte sich auf kein Genre fest. Er drehte den Kriegsfilm »Stählerne Schwingen« (1951, mit J. →Wayne), den Western »Johnny Guitar — Wenn Frauen hassen« (1954, mit J. Crawford) und das Generationsdrama »Denn sie wissen nicht, was sie tun« (1955, mit J. →Dean und N. Wood). W. →Wenders gelang mit »Nick's Film — Lightning over water« (1980) ein beeindruckendes Porträt des 1979 an Lungenkrebs gestorbenen R.

☐ 1947: »Sie lebten bei Nacht«. ☐ 1949: »Bei verschlossenen Türen« (mit H. → Bogart). ☐ 1950: »Ein einsamer Ort« (mit H. Bogart). ☐ 1952: »The lusty men — Arena der Cowboys« (mit R. → Mitchum). ☐ 1954: »Im Schatten des Galgen« (mit J. →Cagney). ☐ 1955: »Feuer im Blut«. ☐ 1956: »Eine Handvoll Hoffnung« (mit J. →Mason). ☐ 1957: »Bitter war der Sieg«. ☐ 1958: »Party Girl — Das Mädchen aus der Unterwelt«. ☐ 1960: »König der Könige«. ☐ 1962: »55 Tage in Peking« (mit Ch. →Heston).

▷ N. Grob/M. Reichart (Hg.): Ray, 1989.

Rayleigh, John William Strutt, 3. Baron of R. (ab 1873)

engl. Physiker
* 12.11.1842 Langford bei Maldon, Essex
† 30.6.1919 Witham, ebd.

Bekannt wurde Rayleigh 1894 mit W. →Ramsey wegen ihrer bei gemeinsamen Gasdichtemessungen gemachten Entdeckung des Argons, des ersten Edelgases, wofür R. 1904 den Physik-Nobelpreis erhielt und Ramsey im gleichen Jahr den für Chemie.
Darüber hinaus erforschte R. sämtliche Wellenerscheinungen im Sinne der klassischen Physik. Die Geschwindigkeit von Schallwellen vermaß R. mittels einer kleinen beweglichen »Rayleigh-Scheibe«, die sich senkrecht zur Richtung des Schalls ausrichtet. Mit der »Rayleigh-Streuung« erklärte R. die Blaufärbung des Himmels und die Rotfärbung der auf- oder untergehenden Sonne aufgrund der Lichtbeugung durch Luftmoleküle. 1900 stellte R. eine Gleichung für die Strahlung eines schwarzen Körpers auf, die J. H. Jeans zum Rayleigh-Jeansschen-Strahlungsgesetz erweiterte, das aber erst durch M. → Planck seine Gültigkeit erlangte.

☐ 1877/78: »Die Theorie des Schalls« (2 Bde., dt. 1880). ☐ 1879-84: Prof. am Cavendish Laboratory, Cambridge. ☐ ab 1887: Prof. an der Royal Institution, London. ☐ 1904: Physik-Nobelpreis. ☐ 1905-08: Präs. der Royal Society.

Reagan, 40. US-Präsident, leitete gegenüber der UdSSR eine Entspannungspolitik ein.

Reagan, Ronald Wilson

amer. Politiker
* 6.2.1911 Tampico, Ill.

In den acht Jahren seiner Amtszeit als US-Präsident gelang es dem sendungsbewußten Konservativen Reagan, das durch den Vietnamkrieg, die Watergate-Affäre und die Geiselnahme in Teheran (Iran) verunsicherte amerikanische Selbstbewußtsein wieder aufzurichten. Dies gelang ihm eher durch wirkungsvolle Fernsehauftritte als mit seinem politischen Programm. Vor allem seine Wirtschaftspolitik mit ihrem rigiden Abbau von Steuern und Staatsausgaben bei gleichzeitiger Senkung der Sozialausgaben (»Reaganomics«) war umstritten. Außenpolitisch setzte R. auf das Demonstrieren von Stärke. Eckpunkte dieser Politik waren eine verstärkte Rüstung gegenüber der Sowjetunion (SDI), konkrete Hilfen an Rebellen in Nicaragua und Afghanistan, der Einsatz von US-Truppen auf Grenada (1983) sowie der Bombenangriff auf Tripolis (Libyen 1986). Nach dem Gipfeltreffen mit M. →Gorbatschow in Reykjavík (Island, 1986) ließ er jedoch die Bereitschaft erkennen, auch mit der Sowjetunion ernsthaft zu verhandeln. R. leitete mit Außenminister G. →Shultz eine Phase der Entspannung ein, die von seinem Nachfolger, dem ehemaligen Vizepräsidenten G. →Bush, vorsichtig fortgeführt wird.

☐ bis 1932: Soziologiestudium. ☐ 1932-37: Sportkommentator beim Rundfunk. ☐ 1937-42: Filmschauspieler (in 29 Filmen). ☐ 1941: Mitgl. der Schauspielergewerkschaft. ☐ 1942-45: Militärdienst. ☐ 1945-57: Erneut Filmschauspieler (53 weitere, weniger erfolgreiche Rollen). ☐ 1947-52: Präs. der Schauspielergewerkschaft. ☐ 1949: Vors. des Rates der Filmindustrie. ☐ 1954-65: Schauspieler, Showmaster, Moderator im Fernsehen. ☐ 1959/60: Präs. der Gewerkschaft der Filmschaffenden. ☐ ab 1962: Mitgl. der Republikanischen Partei. ☐ 1966-73: Gouverneur von Kalif. ☐ 1973-79: Fernsehjournalist. ☐ 1980-88: 40. US-Präsident. ☐ 1981: Attentatsversuch.

▷ R. Reagan: Woher ich komme, dt. 1982; ders.: Erinnerungen, dt. 1990.

Kurt Rebmann →

Rebmann, Kurt

dt. Jurist
* 30.5.1924 Heilbronn

Nach der Ermordung seines Vorgängers S. Buback übernahm Rebmann auf dem Höhepunkt

der Terrorismus-Hysterie im Herbst 1977 das Amt des Generalbundesanwalts. Seinen damaligen Ruf als liberaler Jurist verdankte er seinem Einsatz in der Eherechtskommission, wo er das Zerrüttungsprinzip bei Scheidungen durchgesetzt hatte.
Nach seiner Amtsübernahme sprach er sich jedoch mehrfach für eine Verschärfung der Antiterror-Gesetze aus und forderte eine Bestrafung der öffentlichen Befürwortung von Gewalthandlungen. Später trat er wiederholt für eine verbesserte Kronzeugenregelung ein.

□ 1942/43: Militärdienst; schwer verwundet. □ 1944-47: Jurastudium. □ 1947-56: Justizdienst. □ 1956-59: In der bad.-württ. Landesvertretung in Bonn. □ 1959-62; 1963-77: Im bad.-württ. Justizministerium in Stuttgart. □ 1962/63: Beim ZDF in Mainz. □ ab 1965: Gastprof. in Konstanz. □ 1967: Vors. der Eherechtskommission zur Reform des Scheidungsrechts. □ 1977-90: Generalbundesanwalt.

Reclam, Heinrich

dt. Verleger
* 30.10.1910 Leipzig † 11.8.1984 Stuttgart

← Heinrich Reclam

Reclam war Leiter des Philipp Reclam jun. Verlags, den er nach dem 2. Weltkrieg mit seinem Vater Ernst R. (* 1876, † 1953) in Stuttgart wieder aufbaute. Das 1828 in Leipzig gegründete Familienunternehmen ist durch die »Universal-Bibliothek« bekannt geworden, die seit 1867 einem breiten Leserpublikum Weltliteratur in preiswerten Ausgaben zugänglich macht. Unter der Leitung von R. wurde die »Universal-Bibliothek« unter Einbeziehung moderner Literatur erweitert. 1979/80 übersiedelte das Unternehmen nach Ditzingen.

Otis Redding erhielt 1968 postum den Grammy Award.

Redding, Otis

amer. Soulmusiker
* 9.9.1940 Dawson, Georgia
† 10.12.1967 Madison, Wisc. (verunglückt)

Die Stärke von Redding, der nach seinem Unfalltod postum zum »König aller Soulsänger« ausgerufen wurde, waren gefühlvolle Balladen wie »I've been loving you too long«, aber auch ekstatisch aggressive Titel wie »Fa-Fa-Fa-Fa-Fa«. Auf der Bühne liebte er die ausdrucksstarke, explosive Show seines Vorbilds →Little Richard. Diese Mischung machte ihn Anfang der 60er Jahre zu einem der populärsten farbigen Entertainer. Seinen größten Erfolg mit »(Sittin'on) the dock of the bay« erlebte der Soulmusiker nicht mehr — auf dem Flug zu einem Konzert in Cleveland stürzte seine Maschine ab.

□ 1960: Erste Platte »Shout Bamalama«. □ 1962: Sänger bei Johnny Jenkins & The Pinetoppers. □ 1965: Erster Hit »I've been loving you too long«; »Pain my heart« (LP). □ 1967: Auftritt beim Monterey Pop-Festival; »King and queen« (LP mit Carla Thomas). □ postum 1968: Grammy Award für »(Sittin'on) the dock of the bay«. □ 1972: »The Best of Otis Redding« (LP).

Redford, Robert

amer. Schauspieler
* 18.8.1937 Santa Monica, Kalif.

Robert Redford →

Redford, dessen Schauspielerkarriere am Broadway und im Fernsehen begann, entwickelte sich als Darsteller unterschiedlichster Charaktere sowie als Produzent und Regisseur zum Superstar Hollywoods. Während er in seinen ersten Filmen (z. B. »Dieses Mädchen ist für alle«, 1965; »Cherie Bitter«, mit B. →Streisand, 1973) auf das Image des Schönlings festgelegt schien, brachte er als »Der elektrische Reiter« (1978) kämpferische Unbestechlichkeit ebenso glaubhaft zum Ausdruck wie den hintergründigen Humor in dem Welterfolg »Der Clou« (1973, mit P. →Newman). Seine erste Regiearbeit, »Eine ganz normale Familie« (1979), wurde mit vier Oscars ausgezeichnet. Sein gesellschaftliches Engagement sowie sein Einsatz für junge Talente, die er in eigenen Filmproduktionen fördert, fanden weithin Anerkennung.

□ 1959: »The highest tree/Der höchste Baum« (Broadway). □ 1961: Erste Filmrolle in »War hunt/Hinter feindlichen Linien«. □ 1965: »Lage hoffnungslos — aber nicht ernst« (mit A. →Guinness). □ 1968: »Butch Cassidy and the Sundance Kid/Zwei Banditen« (mit P. Newman). □ 1971: »Jeremiah Johnson« (Rg. S. Pollack). □ 1972: »Bill McKay — der Kandidat«. □ 1973: »Cherie Bitter« (Rg. S. Pollack, mit B. Streisand). □ 1974: »Der große Gatsby« (nach dem R. von F. S. →Fitzgerald, mit M. Farrow); »Die drei Tage des Condor« (Rg. S. Pollack.). □ 1976: »Die Unbestechlichen« (mit D. →Hoffman). □ 1980: »Brubaker«. □ 1985: »Jenseits von Afrika« (nach dem R. von T. →Blixen, mit M. →Streep und K. M. →Brandauer). □ 1987: Regie in »Milagro — der Krieg im Bohnenfeld«. □ 1990: »Havanna« (Rg. S. →Pollack).

▷ J. Spada: The films of Robert Redford, engl. 1977.

Redgrave, Sir (ab 1959) Michael

engl. Schauspieler
* 20.3.1908 Bristol
† 21.3.1985 Denham, Buckinghamshire

Sir Michael Redgrave →

Redgrave zählte zu den bedeutendsten Bühnendarstellern und Shakespeare-Interpreten Großbritanniens. Darüber hinaus spielte er in Filmen von Regisseuren wie A. →Hitchcock (»Eine Dame verschwindet«, 1938) und T. →Richardson (»Die Einsamkeit des Langstreckenläufers«, 1962). Mit distinguierter Haltung verkörperte er häufig den englischen Gentleman. R. galt als intellektueller Schauspieler, der seine Rollen genau durchdachte und über große Ausstrahlungskraft verfügte. Einer berühmten Sequenz aus dem Film »Traum ohne Ende« (1946) verlieh er Spannung allein durch die subtile Weise, in der er unter eleganter Oberfläche die versteckte Brutalität eines Psychopathen durchscheinen ließ.

☐ 1934: Erster Bühnenauftritt in Liverpool. ☐ 1936: Wechsel zum Old Vic Theatre in London. ☐ 1938: Erste Filmrolle in »Eine Dame verschwindet«. ☐ 1947: »Macbeth« (Theater). ☐ 1951: »Konflikt des Herzens« (Rg. A. Asquith). ☐ 1953: »King Lear« (Theater). ☐ 1958: »Hamlet« (Theater). ☐ 1961: »Schloß des Schreckens« (mit D. Kerr); »Die Unschuldigen mit den schmutzigen Händen«. ☐ 1962: »Onkel Wanja« (Theater, nach A. P. →Tschechow). ☐ 1971: »Der Mittler«. ☐ 1979: Rückzug von Theater und Film.

▷ M. Redgrave: In my minds I (Aut.), 1983.

Redgrave, Vanessa

engl. Schauspielerin
* 30.1.1937 London

V. Redgrave: Große Erfolge in Klassiker-Inszenierungen.

Mit dem Film »Blow-Up« (1966, Rg. M. →Antonioni) wurde Redgrave international bekannt, während sie an Großbritanniens Bühnen schon seit Beginn der 60er Jahre wie ihr Vater, M. →Redgrave, hauptsächlich in klassischen Inszenierungen große Erfolge hatte. In mehreren Filmen über Schicksale in Zeiten der Bedrohung durch Krieg oder Faschismus (»Das Mädchenorchester in Auschwitz«, 1980, TV) überzeugte R., die sich auch privat politisch engagiert, durch einfühlsame Frauenporträts. Für ihre Rolle in dem Film »Julia« (1976, mit J. →Fonda), in dem sich eine Schriftstellerin an ihre von Nationalsozialisten ermordete Freundin erinnert, wurde R. mit einem Oscar ausgezeichnet.

☐ 1954: Eintritt in eine Schauspielschule in London. ☐ 1957: Bühnendebüt. ☐ 1959: Helena in »Sommernachtstraum« (Shakespeare) in Stratfort-upon-Avon. ☐ 1961: Großer Erfolg als Rosalind in »Wie es Euch gefällt« mit der Royal Shakespeare Theatre Company. ☐ 1963: »Die Möwe« (nach A. P. → Tschechow). ☐ 1966: Filmdebüt in »Protest« (Rg. K. Reisz). ☐ 1968: »Die Möwe« (Rg. S. →Lumet, mit J. → Mason und S. →Signoret). ☐ 1969: »Isadora« (mit J. →Robards). ☐ 1971: »Maria Stuart, Königin von Schottland« (mit G. →Jackson und Trevor Howard). ☐ 1978: »Das Geheimnis der Agatha Christie« (mit D. →Hoffman). ☐ 1979: »Yanks« (Rg. J. →Schlesinger). ☐ 1984: »Wetherby«. ☐ 1986: »Geschlechtsumwandlung« (Rg. A. Page). ☐ 1987: »Prick up your ears« (Rg. St. →Frears).

Alfred Redl →

Lou Reed →

Redl, Alfred

österr. Militär
* 14.3.1864 Lemberg
† 25.5.1913 Wien (Selbstmord)

Der aus ärmlichen Verhältnissen stammende Oberst Redl war wahrscheinlich ab 1905 als Spion für den russischen Geheimdienst tätig. Als Mitglied der Spionageabwehr im k.u.k. Generalstab in Wien hatte er Zugang zu den geheimsten Akten. Besonders schwerwiegend war die Weitergabe aller österreichisch-ungarischen Aufmarschpläne für den Kriegsfall. Als der Verrat des Oberst im Frühjahr 1913 der österreichischen Abwehr bekannt wurde, zwang man R., Selbstmord zu begehen. Dieser Stoff aus der untergehenden k.u.k. Monarchie wurde mehrfach verfilmt (u. a. 1984 von I. →Szabó mit K. M. →Brandauer).

☐ bis 1883: Besuch der Militärakademie. ☐ 1892-94: Kriegsschule (Generalstabsausbildung). ☐ ab 1895: Im Generalstabsdienst. ☐ 1912: Oberst.

▷ G. Markus: Der Fall Redl, 1984.

Reed, Lou

amer. Rockmusiker
* 2.3.1943 New York

Als Chef der avantgardistischen Gruppe Velvet Underground in der Umgebung von A. →Warhol wurde der Sänger und Gitarrist Reed zum Star der New Yorker Rock-Szene. In den 70er Jahren machte er sich selbständig, arbeitete zeitweise in London mit D. → Bowie zusammen, nahm Platten u. a. mit Jack Bruce, B. →Springsteen, John Cale und Jazz-Trompeter D. →Cherry auf. Dabei verarbeitete R. Erlebnisse und Ereignisse aus seiner engeren Umgebung oder gesellschaftliche Auswüchse New Yorks in musikalisch extremer Weise und nahm damit viele Entwicklungen in der Rockmusik vorweg.

☐ 1965-70: Sänger und Gitarrist bei Velvet Underground. ☐ 1967: »The Velvet Underground and Nico« (LP). ☐ 1969: »The Velvet Underground« (LP). ☐ 1970: »Loaded« (LP). ☐ 1971: In London; Zusammenarbeit mit D. Bowie. ☐ 1972: Erste Solo-LP »Lou Reed«, erfolgreichster Hit »Walk on the wild side«. ☐ 1974: »Sally can't dance« (LP). ☐ 1979: »Vicious« (LP). ☐ 1980: »Rock 'n' Roll Diary« (LP). ☐ 1985: »City lights classic performances by Lou Reed« (LP). ☐ 1989: »New York« (LP). ☐ 1990: »Songs for Drella« (LP mit J. Cale).

Reemtsma, Jan Philipp

dt. Philologe und Mäzen
* 26.11.1952 Hamburg

Reemtsma, Erbe des Gründers der gleichnamigen Zigarettenfabrik, seines Großvaters Bernhard R. (* 1857, † 1925), hat als großzügiger und mutiger Mäzen der deutschen Literatur internationale Anerkennung erworben. Zu den zahlreichen Förderungen des literaturbegeisterten R. gehören u. a. die Unterstützung des Schriftstellers A. →Schmidt, die mit einem Anfangskapital von 5 Mio. DM ausgestattete Arno-Schmidt-Stiftung (1981) und die Stiftung des Hamburger Instituts für Sozialforschung, das mit Studien über Armut, Folter und Aids Aufsehen erregte.

□ 1959: Tod des Vaters Philipp F. R., Sohn des Firmengründers. □ ab 1971: Studium der Literaturwissenschaft in Hamburg. □ 1978: Freie Verfügungsgewalt über das Erbe. □ 1980: Verkauf des Konzernanteils von 53%; Verwaltung des Erlöses von 300 Mio. DM durch eine Vermögensverwaltungsgesellschaft. □ 1984: Hg. der Reprint-Gesamtausgabe Christoph Martin Wielands (* 1733, † 1813).

Reger, Johann Baptist Joseph Maximilian »Max«

dt. Komponist
* 19.3.1873 Brand, Oberpfalz † 11.5.1916 Leipzig

Reger, der ab 1905 als Pianist, Dirigent und Dozent in München, Leipzig und Meiningen wirkte, ist der bedeutendste Komponist von Orgelmusik seit Bach. Seine Kompositionen, die zu einer Auflösung der Harmonik tendieren, stehen am Beginn der Musikalischen Moderne im 20. Jh. Der Schüler von H. →Riemann und F. →Busoni erreichte in seinem Œuvre eine Synthese von moderner Harmonik (Wagner, H. →Wolf) und tradierter Formgebung aus Spätbarock und Klassik (Fuge, Sonate, Variation). R. wies der Orgel zwar die Funktion eines Konzertinstruments zu, doch schuf er geistige Gebrauchsmusik, die oft den Charakter und die Dimension von sinfonischen Dichtungen gewann (Fantasie über protestantische Choräle). An Liszt, den Begründer dieser Gattung, erinnern z. B. die berühmte »Phantasie und Fuge über B-A-C-H« (1900) sowie die »Variationen und Fuge über ein Originalthema fis-Moll« (1903). Meisterwerke in der Geschichte der katholischen Kirchenmusik sind das Chorwerk »Die Nonnen« (1909) und das unvollendete »Requiem« (1914). Die fünf Streichquartette von R. bilden einen Höhepunkt in der Gattungsgeschichte (op. 9, 1909; op. 121, 1911) und zeigen die Entwicklung des Komponisten vom spätromantischen Stil zur Konzentration auf klassische Modelle (»Flötenserenade«, »Suiten für Solobratsche«, 1915). Mit den Klaviervariationen über ein Thema von Bach (1904) führte R. die Tradition der Variationszyklen für Tasteninstrumente (Bach, Beethoven, Brahms) fort. Auch in der Orchestermusik hat R., beeinflußt von R. →Strauss und C. → Debussy, bedeutende Werke geschaffen (»Romantische Suite«, 1912; »Tondichtungen nach Böcklin«, 1913; »Hiller-Variationen«, 1907). In »Variationen und Fuge über ein Thema von Mozart« (1914), die zu den meistaufgeführten Orchesterkompositionen gehören, erreichte R. einen kompositorischen Höhepunkt seines Gesamtwerks.

Reger (l.) mit den Konzertmeistern Teichlein (M.) und Piening bei einer Probe.

□ 1903: »Beiträge zur Modulationslehre« (Schr.). □ 1904: »Variationen und Fuge über ein Thema von Beethoven« op. 86 für zwei Klaviere; zwei Trios op. 77. □ 1904/05: Sinfonietta op. 90. □ 1904-12: 35 Klavierstücke »Aus meinem Tagebuch« op. 82. □ 1905: Vier Sonatinen für Klavier op. 89. □ 1905/06: Serenade für Orchester op. 95. □ 1906: Introduktion, Passacaglia und Fuge für zwei Klaviere op. 96. □ ab 1907: Universitätsmusikdir. und Kompositionslehrer am Konservatorium Leipzig. □ 1908: Violinkonzert A-Dur. □ 1908/09: Der 100. Psalm für Chor und Orchester. □ 1910: Erstes großes Reger-Fest in Dortmund; Klavierkonzert f-Moll; Cellosonate op. 116; Streichsextett F-Dur op. 118. □ 1911-14: Leiter der Meininger Hofkapelle. □ 1912: Konzert im alten Stil op. 123. □ 1915: Violinsonate c-Moll op. 139; zwölf Klavierstücke »Träume am Kamin« op. 143; zwei Gesänge »Der Einsiedler« op. 144.

▷ R. Eucken: Persönliche Erinnerungen an Max Reger, 1916; G. Bagier: Max Reger, 1923; F. Stein: Max Reger, 1939; E. Otto: Max Reger. Sinnbild einer Epoche, 1957; H. Wirth: Max Reger, 1973.

Régine →

Régine

(eig. Régina Zylberberg)
frz. Nachtklub-Unternehmerin und Sängerin
* 26.12.1929 Etterbeck (Belgien)

Régine, Tochter jüdischer Emigranten aus Polen, machte sich als Besitzerin mehrerer Nachtclubs, Restaurants und Diskotheken, die sie zu Treffpunkten des internationalen Jet-set auszubauen verstand, einen Namen. In den Nachkriegsjahren hatte sie in Paris als Tänzerin, Verkäuferin und Sängerin gearbeitet, bevor sie 1958 ihre erste Diskothek, »Chez Régine«, eröffnete. Ihr folgten Clubs u. a. in Marbella (Spanien) und Rio de Janeiro (Brasilien).

□ 1942-45: Serviererin und Köchin im väterlichen Restaurant in Paris; Versteck in einem Kloster vor den deutschen Besatzern. □ 1961: Eröffnung des zweiten Nachtclubs »New Jimmy's« in Paris. □ 1970: Als Sängerin Tournee durch Kanada und Belgien; Debüt in der Carnegie Hall, New York. □ 1976: Eröffnung eines Clubs an der New Yorker Park Avenue.

Charles Regnier →

Regnier, Charles

dt. Schauspieler
* 22.7.1915 Freiburg (Schweiz)

Regnier, der seine Karriere als Bühnendarsteller begann und große Erfolge in zeitgenössischen

Stücken erzielte (u. a. in F. →Dürrenmatts »Physiker«, H. → Kipphardts »Der Fall Oppenheimer«), ist seit Jahrzehnten einer der populärsten deutschsprachigen Schauspieler. Mit seiner intelligenten, vielfach ironisch-distanzierten Darstellungsweise überzeugt er auch in anspruchsloseren Rollen. In eigenen Inszenierungen widmet er sich vor allem Gegenwartsautoren, z. B. J. →Giraudoux, F. → Mauriac und W. S. →Maugham, die er mitunter selbst übersetzt.

□ 1942: Engagement an den Münchner Kammerspielen. □ ab 1945: Arbeit an verschiedenen Bühnen, u. a. in München, Zürich, Düsseldorf, Hamburg, Köln, Wien. □ 1955: »Die Toteninsel« (F., Rg. V. Tourjanski). □ 1959: »Die schöne Lügnerin« (F., Rg. A. v. →Ambesser, mit R. →Schneider). □ 1961: »Die Ehe des Herrn Mississippi« (F., Rg. K. →Hoffmann, Buch F. Dürrenmatt, nach seinem gleichnamigen Bühnenstück). □ 1970: »Unter den Dächern von St. Pauli« (F., Rg. A. Weidenmann).

Rehbein, Max H(eimo)

dt. Filmproduzent, Journalist und Publizist
* 9.12.1918 Köln

Rehbein, 1964-82 Sonderkorrespondent und Serienautor für das NDR-Fernsehen, wurde durch Dokumentarfilmreihen wie »Zentren der Macht«, »Pioniere und Abenteurer« oder »Europäische Oberschicht« einem breiten Publikum bekannt. Der mit zahlreichen Film- und Fernsehpreisen ausgezeichnete R. veröffentlichte u. a. die Berichte »Reporter in Fernost« (1959) und »Reisen rund um unsere Welt« (1973).

□ 1939-45: Soldat im 2. Weltkrieg. □ 1947: Reporter bei Radio Hamburg, später beim NWDR. □ 1952-57: Korrespondent und Redakteur des NDR-Fernsehens. □ 1957-64: Ressortleiter Außen- und Innenpolitik. □ 1969: 1. Preis beim 10. Festival Int. du Film Industriel, Berlin. □ 1974: Goldener Bildschirm. □ 1978: Goldene Kamera; Adolf-Grimme-Preis in Gold. □ seit 1982: Selbständiger Filmproduzent.

Rehhagel, Otto

dt. Fußballspieler und Trainer
* 9.8.1938 Essen

Rehhagel, der als Profi-Fußballspieler 201 Spiele in der Bundesliga bestritten hat, wurde mit 33 Jahren Trainer und hatte seine größten Erfolge mit Fortuna Düsseldorf (Dt. Pokalsieger 1980) und Werder Bremen (Dt. Meister 1988; Dt. Pokalsieger 1991). R. arbeitet zeitweise auch als Fernseh-Kommentator, zuletzt bei der Fußball-WM 1990 in Italien.

□ 1953-72: Fußballspieler bei TuS Helene Essen, RW Essen, Hertha BSC Berlin und 1. FC Kaiserslautern. □ 1972: Trainer beim 1. FC Saarbrücken. □ 1972-75: Offenbacher Kickers. □ 1976: Werder Bremen. □ 1976-78: Borussia Dortmund. □ 1978/79: Arminia Bielefeld. □ 1979/80: Fortuna Düsseldorf. □ seit 1981: Werder Bremen.

Reich, Steve

amer. Komponist
* 3.10.1936 New York

Reich zählt neben Ph. →Glass zu den Hauptvertretern der »Minimal music«, einer in Amerika

Steve Reich →

← Max Rehbein

← Otto Rehhagel

Mitte der 60er Jahre entstandenen Musikrichtung, die auf ständiger Wiederholung und Variation von einfachen, melodischen bzw. rhythmischen Grundmodellen basiert. Beeinflußt vom Prinzip des kompositorischen Zufalls (J. →Cage) und von Entwicklungen des Jazz (der Jahre 1950-1965), studierte R. außereuropäische Musikkulturen (u. a. 1966 afrikanische Trommeltechniken in Ghana; 1973 balinesische »Gamelan«-Musik). Bekannt wurde er mit Kompositionen wie »Come out« (1966) und »Drumming« (für 4 Paar Bongotrommeln, 3 Marimbas, 3 Glockenspiele und Stimmen, 1971). Kennzeichnend für seine relativ langen Stücke ist die Verbindung von Wiederholungstechnik mit dem Prinzip der Phasenverschiebung. In einem konstanten Strom unterschiedlicher rhythmischer Muster (sog. pattern), die gleichzeitig im Originaltempo und verlangsamt erklingen, verändern sich sukzessive auch die melodischen Modelle. Mit »Different trains« (1985) begann R. die Vorarbeiten zu einem Dokumentar-Musik-Video-Theater, das er in den 90er Jahren als neue Kunstform verwirklichen will.

□ 1958-61: Studium an der Juilliard School New York. □ 1963: Schüler von D. →Milhaud und L. →Berio am Mills College in Oakland, Kalif. □ 1965: Gründung eines Tape Studios in New York. □ 1966: »Reed phase« für ein Rohrblatt oder Zungeninstrument, Tonband ad libitum; Gründung des Ensembles Steve R. and Musicians. □ seit 1971: Tourneen durch Amerika und Europa. □ seit 1973: Freischaffender Komponist in New York. □ 1976/77: Studium des traditionellen jüd. Synagogal-Gesangs (Kantillation) in Jerusalem und New York. □ 1981: »Tehillim« (Psalmenkomposition für 4 Frauenstimmen und 17 Musiker). □ 1984: »The desert music« für Chor und Orchester.

▷ St. Reich: Writings about music, engl. 1974.

Reich, Wilhelm

österr. Psychoanalytiker
* 24.3.1897 Dobrzcynica, Galizien
† 3.11.1957 Lewisburg, Penn. (USA)

Reich übte mit seinen Schriften »Die Massenpsychologie des Faschismus« (1933) und »Die se-

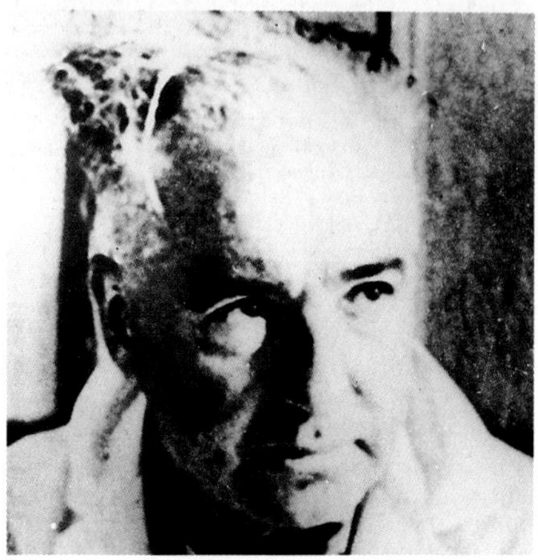

Wilhelm Reich verband Psychoanalyse und Marxismus.

xuelle Revolution« (1945, dt. 1966) großen Einfluß auf die antiautoritäre Bewegung der 60er Jahre aus. Er versuchte die Theorien von S. → Freud und Karl Marx miteinander zu verbinden. Seine Kritik an der »systemerhaltenden Repression« der bürgerlichen Kleinfamilie und Klassengesellschaft mündete in der uneingeschränkten Bejahung libidinöser Bedürfnisse und der Forderung nach Zerschlagung gesellschaftlicher Herrschaftsstrukturen. A. S. →Neill, Gründer der repressions- und autoritätsfreien Summerhill School, gehörte zu seinen Anhängern. R.s umstrittene Bedeutung als Theoretiker im Grenzgebiet zwischen Psychoanalyse und Marxismus trat nach dem 2. Weltkrieg in den Schatten seiner spekulativen Orgon-Theorie und seiner bizarren Experimente mit sog. Orgon-Akkumulatoren, mit denen gespeicherte Lebensenergie therapeutisch eingesetzt werden sollte.

□ ab 1919: Sexualaufklärerische Arbeiten in Wien. □ 1927: »Die Funktion des Orgasmus« (Schr.). □ 1928: Mitgl. der KPÖ. □ 1930: Gründung des Dt. Reichsverbands für proletarische Sexualpolitik (Sexpol) in Berlin. □ 1931: »Der Einbruch der sexuellen Zwangsmoral« (Schr.). □ 1933: »Charakteranalyse« (Schr.). □ 1934: Ausschluß aus der Int. Psychoanalytischen Vereinigung. □ 1939: Lehrtätigkeit an der New School for Social Research, New York. □ 1955/56: Anklage wegen Betrugs; Verurteilung und Inhaftierung wegen Mißachtung des Gerichts.

▷ D. Boadella: Wilhelm Reich, 1980; B. A. Laska: Wilhelm Reich, 1981.

Reichmann, Wolfgang

dt. Schauspieler und Sänger
* 7.1.1932 Beuthen, Oberschlesien † 8.5.1991

Reichmann wurde durch Auftritte in so erfolgreichen Werken wie »Amadeus« (P. Shaffer, 1982, Zürich) und dem Musical »Anatevka« (Musik: J. Bock, 1983, Berlin) sowie durch zahlreiche TV-Rollen in Unterhaltungsserien und Literaturadaptionen populär. In Zusammenarbeit mit renommierten Regisseuren (u. a. W. →Staudte, W. →Herzog, B. →Sinkel) zeigte er sich als ausdrucksstarker, wandlungsfähiger Schauspieler.

□ 1953: Bühnendebüt in Wiesbaden. □ 1960: »Kirmes« (F., Rg. W. Staudte). □ 1962: »Wer einmal aus dem Blechnapf frißt« (Fernsehfilm nach H. →Fallada). □ 1963: Nach Engagements an verschiedenen Bühnen Tätigkeit in Zürich. □ 1966-70: Zusammenarbeit mit K. Stroux in Düsseldorf. □ 1977: Titelrolle in »Oblomows Liebe« (Fernsehfilm, Rg. C. P. Witt, nach einem Roman von M. Gontscharow). □ 1978: »Woyzek« (F., Rg. W. Herzog, nach G. Büchner). □ 1982: »Moses und Aaron« (Oper, A. →Schönberg, Bayer. Staatsoper München). □ 1986: »Mord am Pool« (Fernsehfilm nach F. →Durbridge, Rg. G. → Klingenberg).

Reich-Ranicki, Marcel

dt.-poln. Literaturkritiker
* 2.6.1920 Włocławek

Reich-Ranicki ist einer der einflußreichsten, aber auch umstrittensten Literaturkritiker Deutschlands. Als Redakteur in den Feuilleton-Redaktionen der Wochenzeitung Die Zeit (1960-74) und der Frankfurter Allgemeinen Zeitung (1974-88) sowie als Initiator und Jury-Sprecher des Ingeborg-Bachmann-Preises (1977-86) nahm R. großen Einfluß auf das literarische Leben in der Bundesrepublik. R.s Anspruch, eigene Maßstäbe für die Literatur und die Beurteilung von Literatur zu setzen, stieß sowohl auf scharfe Kritik als auch auf Zustimmung. Seit 1989 veranstaltet er mit H. →Karasek, Sigrid Löffler und verschiedenen Gästen Buchbesprechungen im Fernsehen (»Das literarische Quartett«).

Marcel Reich-Ranicki: Langjähriger Leiter der Literaturredaktion der FAZ.

□ 1929: Übersiedlung nach Berlin. □ 1938: Nach dem Abitur Deportation nach Warschau. □ 1943: Flucht aus dem Warschauer Ghetto. □ ab 1945: Verlagslektor in Warschau. □ 1958: Übersiedlung in die BRD; Kritiker der Gruppe 47. □ 1960-74: Ständiger Literaturkritiker im Wochenblatt Die Zeit. □ 1963: »Deutsche Literatur in Ost und West« (Es.s). □ 1968: »Die Ungeliebten« (Es.s). □ 1968/69: Gastprof. in den USA. □ 1970: »Lauter Verrisse«. □ 1971-75: Gastprof. in Schweden. □ 1973: »Über Ruhestörer« (Es.s). □ 1974-88: Leiter der Literaturredaktion der FAZ. □ 1976-88: »Frankfurter Anthologie«. □ 1985: »Lauter Lobreden«. □ 1987: »Thomas Mann und die Seinen«. □ ab 1988: Freier Schriftsteller und Literaturkritiker in Frankfurt/Main. □ 1991: »Ohne Rabatt. Über Literatur aus der DDR«.

▷ P. Wapnewski (Hg.): Betrifft Literatur. Über Marcel Reich-Ranicki, 1990.

Tadeusz Reichstein →

Reichstein, Tadeusz

schweiz. Biochemiker poln. Herkunft
* 20.7.1897 Włocławek

Reichstein isolierte die Hormone der Nebenniere, klärte u. a. die molekulare Struktur des lebenswichtigen Aldosterons auf und erkannte die therapeutische Wirksamkeit des Kortisons zur Behandlung rheumatischer Krankheiten. 1932 stellte R. das Vitamin C auf dem Wege eines Syntheseverfahrens her, das sich zur industriellen Produktion eignete.

□ 1935: Entwicklung des Präparats »Doca«. □ 1939-67: Prof. an der Univ. Basel. □ 1946-60: Dir. des Inst. für organische Chemie ebd. □ 1950: Physiologie/Medizin-Nobelpreis (mit Ph. S. →Hench und E. C. →Kendall).

Reidy, Affonso Eduardo

bras. Architekt
* 26.10.1909 Paris (Frankreich)
† 11.8.1964 Rio de Janeiro

Reidy prägte mit seiner Zusammenführung von rationalistischen Prinzipien (Einfluß von →Le Corbusier, L. → Costa) und freien, an der Landschaft oder der jeweiligen Bauaufgabe orientierten Ideen die brasilianische Architektur der Moderne mit. Herausragend ist die Wohnsiedlung Pedregulho (1947-52) mit einem 260 m langen Wohnblock, dessen elegante Schwingung die Hügelkonturen der umgebenden Landschaft aufnimmt. Ein weiterer, international beispielhafter Bau ist das Museu de Arte Moderna (1954-59, beide in Rio de Janeiro), das aus verschiedenen, einander harmonisch zugeordneten Baukörpern besteht. In deren Mittelpunkt befindet sich die verglaste, nach unten verjüngte Ausstellungshalle, die den Blick auf die umgebende Landschaft erlaubt. Die Halle ist mit dem angeschlossenen Theater und den übrigen Bauten durch überdachte Wandelgänge verbunden. R. entwarf auch große Verwaltungsbauten. Er war Stadtbaumeister von Rio de Janeiro und Professor für Stadtplanung an der dortigen Universität.

Reimann, Aribert

dt. Pianist und Komponist
* 4.3.1936 Berlin

Reimann trat ab 1958 als einfühlsamer Liedbegleiter prominenter Sänger (u. a. D. →Fischer-Dieskau) hervor und avancierte nach lyrischen Vokal- und Instrumentalwerken (»Hölderlin-fragmente«; »Dialog I« für Orgel, 1963) in den 60er Jahren zu einem der bedeutendsten und meistbeschäftigten Opernkomponisten der Gegenwart. Besonderen Erfolg hatten die Bühnenwerke »Lear« (UA München 1978), das inzwischen zum Repertoirestück internationaler Opernhäuser wurde, sowie »Troades« (Eröffnung der Münchner Opernfestspiele 1986). Der Kompositionsschüler von B. →Blacher und E. →Pepping orientiert sich an den Werken von A. →Webern, A. →Berg und an der indischen Musiktradition. Kennzeichnend für seinen expressiven Stil sind die variierende Entwicklung einer Komposition aus Keimzellen (wie Klang, Intervall, Tonfolge oder rhythmisches Modell) und die Verwendung geräuschartiger Mischklänge (um einen Viertelton verschobene Klangschichtungen). Seit dem »Doppelkonzert für Geige und Cello« (UA Hannover 1989, zum 350jährigen Bestehen des niedersächsischen Staatsorchesters) widmet sich R. verstärkt der Instrumentalmusik.

A. Reimann: Erfolgreicher Opernkomponist der Gegenwart.

☐ 1955-59: Studium an der Musikhochschule Berlin (Klavier, Komposition) und an der Univ. Wien (Musikwissenschaft). ☐ 1963: Stipendium der Villa Massimo, Rom; »Lieder auf der Flucht« (Texte von I. →Bachmann). ☐ 1965: UA der Oper »Ein Traumspiel« (nach A. →Strindberg) in Kiel; Robert-Schumann-Preis der Stadt Düsseldorf. ☐ 1970: UA von »Die Vogelscheuchen« (Ballett, Libr. G. →Grass) in Berlin. ☐ 1971: UA der Oper »Melusine« in Schwetzingen. ☐ 1975-82: Prof. für Interpretation moderner Musik an der Musikhochschule Hamburg. ☐ 1982: »Requiem«. ☐ seit 1982: Dozent an der Kunsthochschule Berlin. ☐ 1984: UA der Kammeroper »Gespenstersonate« in Berlin. ☐ 1991: Frankfurter Musikpreis. ☐ 1992: Geplante UA eines Opernauftrags von G. →Friedrich an der Dt. Oper Berlin.

Reimann, Brigitte

dt. Schriftstellerin
* 21.7.1933 Burg bei Magdeburg
† 20.2.1973 Ost-Berlin

Großen Erfolg hatte der Fragment gebliebene Roman »Franziska Linkerhand« (postum 1974) der früh an Krebs verstorbenen Schriftstellerin Reimann. Sie schilderte darin den Versuch einer Architektin, ihre städtebaulichen Ideen gegen den Widerstand der sozialistischen Bürokratie durchzusetzen. Mit der Rolle des Individuums in der sozialistischen Arbeitswelt setzte sich R. wiederholt auch in Hörspielen und Reportagen auseinander.

▷ E. Eltern (Hg.): Die geliebte, die verfluchte Hoffnung. Tagebücher und Briefe, 1947-1972, 1983.

Heinz Reincke →

Reincke, Heinz

dt.-österr. Schauspieler
* 28.5.1925 Kiel

Als Bühnen-, Film- und Fernsehdarsteller hat sich Reincke aufgrund seines ausdrucksstarken Spiels und seiner differenzierten Sprechkultur einen Namen gemacht. In Werken des traditionellen Bühnenrepertoires — Mephisto in Goethes »Faust«, Konstantin in A. →Tschechows »Möwe«, Keil in G. →Hauptmanns »Rose Bernd« — agiert er ebenso überzeugend wie in zeitgenössischen Dramen, etwa von C. →Zuckmayer, E. →O'Neill oder H. →Pinter, und in populären TV-Serien (»Derrick«, »Schwarzwaldklinik«).

☐ 1950: Nach Engagements an kleineren Bühnen Verpflichtung in Stuttgart. ☐ 1955-65: Ensemblemitgl. am Dt. Schauspielhaus Hamburg. ☐ 1955: Wolters in der UA von »Das kalte Licht« (C. Zuckmayer). ☐ 1957: »Die Bekenntnisse des Hochstaplers Felix Krull« (F., nach Th. →Mann). ☐ 1960: »Die Brücke von Remagen« (F., Rg. der dt. Episode B. →Wicki). ☐ 1968: Mephisto in Goethes »Faust I« in Düsseldorf und im »Urfaust« in Hamburg. ☐ 1968-85: Mitgl. des Wiener Burgtheaters und freier Schauspieler. ☐ 1974: »Der Lord von Barmbek« (F., Rg. O. Runze). ☐ 1977: »Es muß nicht immer Kaviar sein« (TV-Serie nach dem Roman von J. M. →Simmel). ☐ 1987: »Wer ist dran« (Fernsehfilm).

Reinecker, Herbert

dt. Schriftsteller
* 24.12.1914 Hagen, Westfalen

Reinecker ist der erfolgreichste deutsche Kriminalautor und einer der gefragtesten Drehbuchschreiber. Seine außergewöhnliche Begabung, den jeweiligen Zeitgeschmack der deutschen Öffentlichkeit zu treffen, sichert ihm seit den 40er Jahren ein interessiertes Publikum.

☐ 1942: »Das Dorf bei Odessa« (Bühnenstück). ☐ 1944: »Junge Adler« (Filmdrehbuch). ☐ 1953: »Kinder, Mütter und ein General« (R.). ☐ 1955: »Canaris« (Filmdrehbuch). ☐ ab 1969: Verfasser der TV-Serie »Der Kommissar«. ☐ ab 1974: TV-Serie »Derrick«. ☐ 1984: TV-Serie »Mensch Bachmann«.

← Herbert Reinecker

Reinhardt, Adolf J. »Ad«

amer. Maler
* 24.12.1913 Buffalo, N. Y. † 30.8.1967 New York

Reinhardt hat als einer der ersten amerikanischen Maler die Prinzipien des niederländischen und russischen Konstruktivismus nicht nur in seine geometrisch-abstrakten Bilder aufgenommen, sondern auch in zahlreichen Schriften analysiert. Parallel zu nur wenigen anderen Künstlern (J. →Albers) hat er die Farbfeldmalerei und die Minimal Art vorbereitet. In der Serie der sog. Schwarzen Bilder arbeitete R. mit lasierend aufgetragenen Grautönen, auf die er quadratische und rechteckige Farbfelder setzte, die infolge des dunklen Untergrunds in subtil gebrochenen Nuancierungen erscheinen. R.s erklärtes Ziel war es, die Kunst nur auf sich selbst zu beziehen, also Kunst und Leben strikt zu trennen.

☐ 1936/37: Studium an der National Academy of Design in New York. ☐ 1937: Mitgl. der Gruppe American Abstract Artists. ☐ um 1940: Erste geometrisch-abstrakte Bilder unter dem Einfluß P. →Mondrians. ☐ um 1947: Übergang zum Abstrakten Expressionismus. ☐ 1950: Rückkehr zur Geometrischen Abstraktion. ☐ 1966: Große Retrospektive im Jewish Museum in New York.

▷ A. Reinhardt: Schriften und Gespräche, 1984; L. R. Lippard: Ad Reinhardt, engl. 1985.

»Ad« Reinhardt

Reinhardt, Jean Baptiste »Django«

belg.-frz. Jazzmusiker
* 23.1.1910 Liverchies † 16.5.1953 Fontainebleau

Reinhardt war nicht nur für die Entwicklung des europäischen Jazz von großer Bedeutung, sondern beeinflußte durch seinen Gitarrenstil auch zahlreiche amerikanische Musiker. Während in der Melodik seine Herkunft als Zigeuner unverkennbar bleibt, zeigen seine Kompositionen deutlich den Einfluß der zeitgenössischen französischen Musik. Durch ein Brandunglück verlor er 1928 zwei Finger der linken Hand, die auch teilweise gelähmt wurde. Dennoch eignete er sich eine einmalige Grifftechnik vor allem im Einzelstimm- und Akkordspiel an, die dann auch seinen Stil bestimmte.

☐ 1934: Gründung der legendären Band Quintette du hot club de France (mit Stephane Grappelli). ☐ 1935: Schallplattenaufnahmen mit C. →Hawkins. ☐ 1939: Grappelli verläßt während eines Gastspiels in London die Band. ☐ 1946: USA-Tournee mit E. K. »Duke« → Ellington. ☐ 1953: »Memorial Django Reinhardt« (LP). ☐ postum 1969: »Xtra« (LP). ☐ 1976: »Django Reinhardt und das Quintette du hot club de France« (LP).

Django Reinhardt: Der Gitarrist mit den magischen Fingern.

Reinhardt, Max

(eig. Max Goldmann)
österr. Theaterregisseur
* 9.9.1873 Baden bei Wien
† 31.10.1943 New York (USA)

Mit seinen farbenprächtigen, opulenten und phantasievollen Inszenierungen, einer Abkehr vom naturalistischen Theater, wurde Reinhardt zum Begründer des modernen Regietheaters. Das einzigartige Zusammenspiel von Sprache, Tanz und Musik verdeutlichte seine Auffassung vom Theater als einem großen Fest. In Zusammenarbeit mit bildenden Künstlern wie E. →Munch, A. Roller, M. →Slevogt, C. →Neher und L. →Corinth schuf R. faszinierende Bühnenarchitekturen.

Unterstützt von seinem Bruder Edmund, der finanzkräftige Sponsoren für das Reinhardt-Unternehmen gewann, begründete R. in Berlin ein Theaterimperium, auf dessen Bühnen er mit seinem Ensemble vor allem Dramen der Antike (Aischylos, Sophokles), der Weimarer Klassik (Goethe, Lessing, Kleist), Shakespeares und der Moderne (F. →Wedekind, G. B. →Shaw, C. →Sternheim, H. →Ibsen) zeigte und mit denen er weltweit Gastspiele unternahm. R.s Name bleibt untrennbar mit den Salzburger Festspielen verbunden, die er mit R. →Strauss und H. v. →Hofmannsthal 1920 gründete. Schwerpunkt seines Schaffens war die Arbeit mit den Schauspielern

Max Reinhardt, Direktor des Dt. Theaters, gründete mehrere Schauspielschulen.

(Gründung mehrerer Schauspielschulen in Berlin, Wien und Hollywood, aus denen zahlreiche bekannte Schauspieler hervorgingen).

□ 1894-1902: Ensemblemitgl. am Dt. Theater in Berlin unter O. Brahm. □ 1901: Gründung des Kabaretts Schall und Rauch. □ 1905: Dir. des Dt. Theaters. □ 1906: Eröffnung der Kammerbühne. □ 1910: Erste »Arena«-Inszenierung mit »König Ödipus« (Sophokles) in der Münchner Musikfesthalle. □ 1911: UA von Hofmannsthals »Jedermann« in Berlin. □ 1912: Erstes Gastspiel in den USA. □ 1915-18: Leitung der Berliner Volksbühne. □ 1919: Eröffnung des Großen Schauspielhauses. □ 1920: Gründung der Salzburger Festspiele mit R. →Strauss und H.v. →Hofmannsthal. □ 1922: Aufgabe der Direktion der Berliner Bühnen. □ 1923: Dir. des Wiener Theaters in der Josephstadt. □ 1924: Eröffnung der Komödie am Kurfürstendamm; erneut Dir. der Berliner Bühnen. □ 1928: Eröffnung des Berliner Theaters und der Schauspiel- und Regieschule in Wien (Max-Reinhardt-Seminar). □ 1933: Enteignung der Berliner Bühnen durch die Nationalsozialisten; Eröffnung der Felsenreitschule in Salzburg mit »Faust« (Goethe). □ 1937: Emigration in die USA. □ 1943: Letzte Inszenierung »Sons and Soldiers« (I. Shaw) in New York.

▷ F. Hadamowsky (Hg.): Ausgewählte Briefe, Reden und Schriften, 1963; H. Huesmann: Welttheater Reinhardt, 1980; E. Fuhrich/G. Prossnitz (Hg.): Max Reinhardt, 1987. Theater als Luxus.

Gerlind Reinshagen →

Reinig, Christa

dt. Schriftstellerin
* 6.8.1926 Berlin

Reinig, 1964 aus der DDR in die BRD übergesiedelt, wendet sich in ihrer feministischen, provokant sarkastischen Lyrik gegen Inhumanität und Totalitarismus (»Müßiggang ist aller Liebe Anfang«, Ged.e, 1979). Traditionelle Formelemente kontrastieren in ihren Gedichten mit der gleichzeitig geforderten Auflehnung gegen Konformismus und gesellschaftliche Zwänge.

□ 1953-57: Nach unterschiedlichen Tätigkeiten Studium der Kunstgeschichte und Archäologie in Ost-Berlin. □ 1957: Assistentin am Märkischen Museum in Ost-Berlin. □ 1960: »Die Steine von Finisterre« (Ged.e). □ 1961: »Der Traum meiner Verkommenheit« (Erz.). □ 1967: Hörspielpreis der Kriegsblinden. □ 1975: »Die himmlische und die irdische Geometrie« (R.). □ 1976: »Entmannung« (R.). □ 1984: »Die Frau im Brunnen« (R.); □ 1991: »Glück und Glas« (Erz.n).

← Christa Reinig

Reinke, Johannes

dt. Biologe und Naturphilosoph
* 3.2.1849 Ziethen bei Ratzeburg
† 25.2.1931 Preetz, Holstein

Reinke förderte mit seinem »Atlas deutscher Meeresalgen« (2 Bde., 1889-92) die Meeresforschung. Neben der Beschreibung des Wachstums am Wurzelvegetationspunkt der Pflanzen machte sich R. um die Analyse des Pflanzenzellplasmas und der Kohlendioxid-Assimilation verdient. In Gegensatz zu E. →Haeckels Monismus vertrat das engagierte Mitglied des Kepler-Bundes eine dem Vitalismus verbundene, christliche Weltanschauung und wandte sich mit seiner »Kritik der Abstammungslehre« (Schr., 1920) gegen die darwinistische Deszendenztheorie, wonach die höheren Lebewesen aus den niederen hervorgegangen seien.

□ 1879-85: Prof. an der Universität Göttingen. □ 1880: »Lehrbuch der allgemeinen Botanik«. □ 1885-1921: Prof. an der Universität Kiel. □ 1905: »Philosophie der Botanik« (Schr.). □ 1923: »Naturwissenschaft, Weltanschauung, Religion« (Schr.).

▷ J. Reinke: Mein Tagewerk (Aut.), 1925.

Reinshagen, Gerlind

dt. Schriftstellerin
* 4.5.1926 Königsberg

Reinshagen wurde als Hörspielautorin und Dramatikerin bekannt. Ihr Werk, das oft mit Dramen P. →Handkes, Peter Greiners und F. X. →Kroetz' verglichen wird, umfaßt Auseinandersetzungen mit faschistischen Tendenzen im kleinbürgerlichen Alltag (»Sonntagskinder«, Dr., 1976), Darstellungen des Sensationsjournalismus (»Leben und Tod der Marylin Monroe«, Dr., 1971) und einfühlsame Schilderungen über das Leben während des Nationalsozialismus und in der Not der Nachkriegsjahre (»Zwölf Nächte«, Erz.n, 1989). R. schrieb außerdem Gedichte und Romane.

Reitsch, Hanna

dt. Fliegerin
* 29.3.1912 Hirschberg † 24.8.1979 Frankfurt/Main

Reitsch stellte im Segel- und Motorflug zahlreiche Weltrekorde auf. Sie zählte zu den Pionieren des Hubschrauberflugs und wurde 1937 zum ersten weiblichen Flugkapitän ernannt. Wegen ihrer Testflüge für die Luftwaffe während des 2. Weltkriegs wurde sie nach Kriegsende bei internationalen Wettbewerben boykottiert. R., die auch in Indien und Afrika Flugunterricht erteilte, stellte 1970 ihren letzten deutschen Segelflugrekord auf.

▷ H. Reitsch: Fliegen ist mein Leben, 1951.

Reitz, Edgar
dt. Regisseur
* 1.11.1932 Morbach, Hunsrück

Reitz wurde 1984 mit der Familienchronik »Heimat« (1981-84, TV) bekannt. In elf Folgen beschrieb er (überwiegend mit Laiendarstellern) den Alltag des fiktiven Hunsrück-Dorfes Schabbach von 1919 bis in die 80er Jahre. Der 16stündige Film wurde mehrfach ausgezeichnet.

□ 1966: »Mahlzeiten«. □ 1968/69: »Cardillac«. □ 1973: »Die Reise nach Wien«. □ 1976: »Stunde Null«. □ 1978: »Der Schneider von Ulm«.

← Edgar Reitz

Remarque, Erich Maria
(eig. Erich Paul Remark)
dt. Schriftsteller
* 22.6.1898 Osnabrück
† 25.9.1970 Locarno (Italien)

Remarque ist einer der erfolgreichsten deutschen Romanciers. Seine in über 30 Sprachen übersetzten Werke erlebten millionenfache Auflagen, ihre Verfilmungen wurden Welterfolge. Das gilt vor allem für seinen Antikriegsroman »Im Westen nichts Neues« (1929). Realismus, scharfe Beobachtungsgabe sowie eine die eigene Betroffenheit widerspiegelnde, einfache Sprache kennzeichnen R.s Romane, die ausschließlich in der Zeit der beiden Weltkriege und der Nachkriegsjahre spielen. Im Mittelpunkt steht der einfache, zermürbte und irregeleitete Mensch, der sich in bedrohlichen Situationen bewähren muß.
R.s zentrales Thema ist die »verlorene Generation«, die um ihre Hoffnung und Zukunft betrogene Jugend. Ein depressives Element zieht sich durch alle Romane; der Selbstmordgedanke spielt eine große Rolle. Trotz seines Erfolges, der ihm eine luxuriöse Lebensführung erlaubte, litt R. zeitlebens unter der Kränkung der Ausbürgerung (1938) durch die Nationalsozialisten.

□ 1929: »Im Westen nichts Neues« (R., 1930 in Amerika verfilmt — in Deutschland Aufführungsverbot). □ 1933: Emigration in die Schweiz, öffentliche Verbrennung seiner Bücher im Reich. □ 1941: Einwanderung in die USA, ab 1947 amer. Staatsbürger. □ 1946: »Arc de Triomphe« (R.). □ 1954: »Zeit zu leben und Zeit zu sterben« (R.). □ 1963: »Die Nacht von Lissabon« (R.). □ postum 1971: »Schatten im Paradies« (R.).

▷ A. Anthowiak: Erich Maria Remarque. Leben und Werk, 1978.

← Erich Maria Remarque

Renger, Annemarie
dt. Politikerin
* 7.10.1919 Leipzig

Ab den 60er Jahren war die ehemalige Sekretärin K. →Schumachers eine der maßgeblichen Politikerinnen der SPD. Die ehemalige Präsidentin des Bundestages (1972-76) war die erste Sozialdemokratin, die dieses Amt ausübte. In den 80er Jahren galt sie zunehmend als Vertreterin des traditionell gewerkschaftlich geprägten Flügels der SPD. In einer Denkschrift forderte sie 1982, die SPD solle ihre alten Tugenden wie »Disziplin« und »Einheit der Organisation«, die sie stark gemacht hätte, über dem modernen »Individualismus und Egoismus« nicht vergessen.

□ 1946-52: Sekr. von K. Schumacher; Mitgl. der SPD. □ 1953-89: MdB. □ 1959-66: Mitgl. der beratenden Versammlung des Europarats. □ 1961-73: Im SPD-Parteivorstand. □ 1969-72: Parlamentarische Geschäftsführerin der SPD-Fraktion. □ 1970-73: Mitgl. des Parteipräsidiums. □ 1972: Hg. von »Kurt Schuhmacher — Bundestagsreden«. □ 1972-76: Präs. des Bundestags. □ 1976-89: Vizepräs. des Bundestags. □ 1979: Präsidentschaftskandidatin der SPD.

▷ A. Renger: Fasziniert von Politik, 1981.

Annemarie Renger: 1972-76 Präsidentin des Bundestages.

Renoir, Jean
frz. Regisseur
* 15.9.1894 Paris
† 12.2.1979 Beverly Hills, Kalif. (USA)

Zum wichtigsten Vertreter des französischen Realismus wurde Renoir mit Filmsatiren wie »Die Hündin« (1931) und »Die Spielregel« (1939). Sein vielfältiges Gesamtwerk, das bereits in der Stummfilmzeit begann (»Nana«, 1926), schließt

Jean Renoir: Als Regisseur auch in Hollywood erfolgreich.

auch Hollywood-Produktionen (»Tagebuch einer Kammerzofe«, 1946, mit P. →Goddard) und Kostümfilme (»French Can Can«, 1955) ein. R.s Darstellung des Verhältnisses zwischen Mensch und Natur (»Das Frühstück im Grünen«, 1959) zeigen den Einfluß seines Vaters, des impressionistischen Malers A. →Renoir.

□ 1924: Debüt mit »Une vie sans joie/Ein Leben ohne Freude« (mit C. Hessling). □ 1928: »La petite marchande d'allumettes/Die kleine Streichholzverkäuferin« (nach H. C. Andersen). □ 1932: »Boudu — aus den Wassern gerettet«. □ 1935: »Das Verbrechen des Herrn Lange« (Drehbuch J. →Prévert). □ 1938: »Bestie Mensch« (nach É. → Zola, mit J. →Gabin). □ 1943: »Dies ist mein Land« (mit Ch. →Laughton). □ 1951: »Der Strom«. □ 1953: »Die goldene Karosse« (mit A. →Magnani). □ 1959: »Das Testament des Dr. Cordelier« (nach der Geschichte »Dr. Jekyll und Mr. Hyde« von R. L. Stevenson, mit J.-L. →Barrault). □ 1962: »Mein Vater, Auguste Renoir« (Schr.). □ 1969: »Der König von Yvetot«.

▷ U. Gregor: Jean Renoir und seine Filme, 1970.

Renoir, Pierre Auguste

frz. Maler und Bildhauer
* 25.2.1841 Limoges † 3.12.1919 Cagnes-sur-Mer

Renoir, mit etwa 6000 Werken einer der produktivsten Maler der Kunstgeschichte, gehört zu den Hauptvertretern des Impressionismus. Er gelangte in den 1860er Jahren erst zur Freilichtmalerei, dann zum impressionistischen Stil. Zu den Hauptwerken dieser Periode zählen »Der Badeplatz La Grenouillière« (1869, Stockholm, Nationalmuseum) und »Tanz im Moulin de la Galette« (1876, Paris, Musée d'Orsay): Szenen aus dem Pariser Kleinbürgerleben, in warmen Farben und mit zarten Pinselstrichen gemalt; die Konturen erscheinen oft aufgelöst in den Schwingungen von Atmosphäre und Licht. Nach anfänglicher Ablehnung, dann großem Erfolg änderte Renoir um 1883 seine Malweise zugunsten festerer Strukturen und einer Vereinfachung der Komposition. Schon in den 1860er Jahren waren neben die impressionistischen Motive klassische Sujets in der klaren realistischen Malweise nach dem Vorbild Gustave Courbets (* 1819, † 1877) getreten (z. B. »Diana als Jägerin«, 1867, Washington, National Gallery of Art). Ab etwa 1870 wandte sich R. in Bildern wie »Odaliske (Frau aus Algier)« (1879, Washington, ebd.) zudem einem Klassizismus in der Nachfolge Eugène Delacroix' (* 1798, † 1863) zu.
Mit dem Bild »Frühstück der Ruderer« (1881, Washington, Philips Collection) begann die Phase der stilistischen Klärung, die mit den Bildern der konturbetonten sog. trockenen Periode wie »Die großen Badenden« (1884-87, Philadelphia, Museum of Art) ihren Höhepunkt erreichte, bevor R. im Spätwerk (bevorzugt Porträts, Tanzszenen, Stilleben und Akte) wieder zu einem leichteren Stil fand (z. B. »Ruhe nach dem Bad«, 1918/19, Paris, Musée d'Orsay). R. hinterließ auch ein reiches zeichnerisches und druckgrafisches Werk, u. a. zahlreiche Studien zu den Gemälden, bevorzugt in Rötel und Kreide.

□ 1854-58: Lehre als Porzellanmaler. □ 1862-64: Studium im Atelier von Ch. Gleyre; Freundschaft mit Cl. →Monet; Studium an der École des Beaux-Arts in Paris. □ 1870/71: Teilnahme am Dt.-frz. Krieg; Entlassung nach einer Ruhrerkrankung. □ ab 1874: Beteiligung an den Ausstellungen der Impressionisten. □ ab 1907: Trotz schwerer Krankheit (Rheuma) auch Beschäftigung mit der Bildhauerei.

▷ M. Bruckmann: Auguste Renoir, 1987.

Renoir: Der Maler wandte sich in seinen letzten Lebensjahren der Bildhauerei zu.

Repin, Ilja Jefimowitsch

russ. Maler
* 5.8.1844 Tschugujew bei Charkow, Ukraine
† 29.9.1930 Kuokkala (Finnland)

Repin war der Hauptvertreter des Naturalismus in Rußland, Mitglied der Künstlergruppe der Peredwischniki (»Gesellschaft für Wanderausstellungen«), die einen kritischen Realismus vertrat, und einflußreicher Akademielehrer bis weit in das 20. Jh. hinein. Insbesondere mit den Freilichtbildern der 80er und 90er Jahre des 19. Jh.s, in denen er die Erfahrungen seiner Pariser Studienzeit umsetzte, wirkte er auf die Entwicklung der modernen Malerei. R. schuf Historien- und

Ilja Repin: Einer der Hauptvertreter der russischen Historienmalerei.

Genrebilder von betonter sozialer Aussagekraft. Sein farbenfrohes Gemälde »Die Saporoger Kosaken schreiben an den türkischen Sultan« (1891, Charkow, Kunstmuseum) gehört zu den Hauptwerken der russischen Historienmalerei. R. schuf auch eindringliche Porträts russischer Künstler und Literaten (z. B. L. →Tolstoi, 1887).

▷ I. Efimowitsch: Ilja Repin. Malerei, Graphik, 1988.

Resa Pahlawi, Mohammed →Pahlawi, M.

Resnais, Alain

frz. Regisseur
* 3.6.1922 Vannes, Bretagne

Mit »Hiroshima — mon amour« (1959) nach dem Drehbuch von M. →Duras und »Letztes Jahr in Marienbad« (1960/61) verhalf Resnais der Nouvelle Vague (Neue Welle) zum Durchbruch. Eine wesentliche Rolle spielen in diesen Filmen die Themen Zeit, Erinnerung und Vergessen. In einer neuartigen Mischung von Wort, Bild und Musik stellte R. mittels ungewöhnlicher, verwirrender Montagen Vergangenheit und Gegenwart nebeneinander. Im Gegensatz zum konventionellen Film gab er den Reflexionen der Figuren den Vorrang vor dem Handlungsablauf. 1955 hatte sich R. mit dem Dokumentarfilm »Nacht und Nebel« über das Konzentrationslager Auschwitz einen Namen gemacht.

□ ab 1942: Studium am Inst. des Hautes Etudes Cinématographiques. □ 1947/48: Schnitt-, Montage- und Regieassistent bei N. Védrès. □ 1948-50: »Drei Männer — drei Welten« (dokumentarische Kurzfilme über Toulouse-Lautrec, →Picasso und Van Gogh). □ 1958: »Le Chant du Styrène« (Dokumentarfilm über die Entwicklung der Kunststoffe). □ 1963: »Muriel oder Die Zeit der Wiederkehr«. □ 1966: »Der Krieg ist vorbei« (mit Y. →Montand). □ 1974: »Stavisky« (mit J.-P. →Belmondo). □ 1977: »Providence« (mit D. → Bogarde und J. →Gielgud). □ 1980: »Mein Onkel aus Amerika« (mit G. → Dépardieu). □ 1983: »Das Leben ist ein Roman« (mit V. →Gassmann und G. Chaplin). □ 1986: »Mélo« (mit F. Ardant). □ 1989: »I want to go home« (mit G. Dépardieu).

▷ W. Schwarzer (Hg.): Alain Resnais, 1976.

Edzard Reuter →

← Alain Resnais

Respighi, Ottorino

ital. Komponist
* 9.7.1879 Bologna † 18.4.1936 Rom

Respighi, zu Beginn des Jahrhunderts Bratschist in St. Petersburg, war einer der führenden Vertreter der italienischen Instrumentalmusik im frühen 20. Jh. und erlangte mit seinen sinfonischen Dichtungen »Fontane di Roma« (1917), »Pini di Roma« (1924) sowie »Feste romane« (1929) Weltruhm. In seinen farbenreich orchestrierten Werken nahm R. unterschiedliche Mittel der zeitgenössischen Musik auf (Einflüsse von R. →Strauss, N. → Rimski-Korsakow, Cl. →Debussy) und verwandte kirchentonale Melodien. R. bearbeitete auch Kompositionen alter Meister (Monteverdi, Bach) und schrieb Vokalwerke (»Rispetti toscani«, 1914) sowie Opern (u. a. »Re Enzo«, UA Bologna 1905).

□ 1891-99: Studium am Liceo Musicale in Bologna. □ 1900-03: Bratschist an der Kaiserlichen Oper in St. Petersburg; Schüler von N. Rimski-Korsakow. □ ab 1913: Prof. für Komposition am Conservatorio di Musica S. Cecilia in Rom (1924-26 Dir.). □ 1925: »Orpheus, iniziazione musicale« (Schr., Geschichte der Musik). □ 1927: Nord- und Südamerikareisen. □ 1934: UA der Oper »La fiamma« in Rom.

▷ E. Respighi: Ottorino Respighi, 1954, dt. 1962.

Reuter, Edzard

dt. Industriemanager
* 16.2.1928 Berlin

Reuter, Sohn des ersten Regierenden Bürgermeisters von Berlin Ernst →R., ist in der Nachfolge von Werner Breitschwerdt seit 1987 Vorstandsvorsitzender des größten deutschen Industrieunternehmens, der Daimler-Benz AG (Umsatz 1988: 73,5 Mrd. DM). Bereits 1985 hatte R., Mitglied der SPD, wesentlichen Anteil an den Zukäufen der Automobilfirma (u. a. Motoren- und Turbinen-Union München, Mehrheitsbeteiligung bei Dornier und Einstieg bei der AEG). Den damit gelegten Grundstock für den Ausbau der Autofirma zu einem Technologiekonzern mit Weltgeltung trieb R. ab 1987 zielstrebig voran. Er verordnete dem Konzern 1989 eine neue Struktur, in der die einstige Daimler-Benz AG in der Funktion einer geschäftsführenden Holding die drei neuen Gesellschaften (Mercedes-Benz für Fahrzeugbau, AEG für Elektronik, Deutsche Aerospace AG, DASA, für den Bereich der Luft- und Raumfahrttechnik) zu einem Technologiekonzern zusammenfügt.

□ 1933: Nach der Machtergreifung der Nationalsozialisten Emigration mit der Familie in die Türkei. □ 1946: Rückkehr nach Berlin. □ 1947-49: Mathematik- und Physikstudium. □ 1949-52: Jurastudium. □ 1954-56: Assistent an der Juristischen Fakultät der FU Berlin. □ 1957-62: Prokurist bei der Universum Film AG (Ufa) in Berlin. □ 1962: Wechsel zu Bertelsmann nach München. □ 1964: Wechsel zur Daimler-Benz AG Stuttgart. □ 1976: Vorstandsmitgl. □ 1979: Finanzchef. □ 1987: Berufung auf die neu geschaffene Position des stellv. Vorstandsvors. durch Aufsichtsratsvors. A. →Herrhausen. □ 1989: Widerspruch gegen die geplante Fusion mit dem Luft- und Raumfahrtkonzern Messerschmitt-Bölkow-Blohm (MBB) durch das Bundeskartellamt.

▷ H. O. Eglau: Edzard Reuter, 1991.

Reuter, Ernst

dt. Politiker
* 29.7.1889 Apenrade (heute Dänemark)
† 29.9.1953 Berlin

Als erster Oberbürgermeister von Berlin/West wurde Reuter während der Berliner Blockade 1948/49 weltweit bekannt. Seine betont prowestliche Haltung erleichterte es ihm, die Einbeziehung der Stadt in den Marshallplan (G. C. →Marshall) durchzusetzten sowie die Erlaubnis der drei Westalliierten zu erlangen, Bundesgesetze auch für Berlin zu übernehmen.

Ernst Reuter: 1951-53 Oberbürgermeister von Berlin/West.

□ 1912: Mitgl. der SPD. □ 1914-16: Militärdienst. □ 1916/17: In russ. Kriegsgefangenschaft; Mitgl. der Bolschewiki. □ 1918: Bolschewistischer Kommissar bei der Selbstverwaltung der Wolgadeutschen; Mitgl. der KPD; Sekr. der KP in Berlin. □ 1922: Mitgl. der SPD. □ 1926: Mitgl. des Berliner Magistrats. □ 1931: Oberbürgermeister von Magdeburg. □ 1932/33: MdR. □ ab 1933: Im Exil in Großbritannien und der Türkei. □ 1935-39: Prof. für Kommunalwissenschaft an der Universität Ankara. □ 1947: Wahl zum Oberbürgermeister von Berlin, von der sowjet. Besatzungsmacht jedoch nicht anerkannt. □ 1948-51: Oberbürgermeister der drei westlichen Sektoren. □ 1951-53: Regierender Bürgermeister von Berlin/West.

▷ Presse- und Informationsamt des Landes Berlin: Erinnerungen an Ernst Reuter, 1978.

Reutter, Hermann

dt. Komponist, Pianist und Musikpädagoge
* 17.6.1900 Stuttgart † 1.1.1985 ebd.

Reutter gehörte zu den produktivsten deutschen Komponisten seiner Generation. Zunächst von H. →Pfitzner und P. →Hindemith beeinflußt, fanden seine Kompositionen seit 1923 im Donaueschinger Kreis der neuen Musik große Beachtung. Später orientierte sich R. in einem spätromantischen Stil stärker an der Tradition und blieb der Nachkriegsavantgarde fern. Ein sicheres Formgefühl und subtile Klangphantasie kennzeichnen sein überwiegend vokal bestimmtes Werk. Als gefragter Liedbegleiter war der Pianist u. a. Partner von E. → Schwarzkopf und D. →Fischer-Dieskau.

□ 1926: UA seines 1. Klavierkonzerts beim Tonkünstlerfest Chemnitz. □ 1929: Oratorium »Der verlorene Sohn«, UA Stuttgart. □ ab 1932: Kompositionslehrer an der Musikhochschule Stuttgart. □ 1936: Oper »Doktor Johannes Faust«, UA Frankfurt/Main. □ 1936-45: Dir. des Hoch'schen Konservatoriums Frankfurt/Main. □ 1945-66: Prof., später Dir. an der Musikhochschule Stuttgart. □ 1948: Bildfolge »Lübecker Totentanz«, UA Göttingen. □ 1950: Oper »Don Juan und Faust«, UA Stuttgart. □ 1954: Oper »Die Brücke von San Louis Rey«, nach einem R. von Th. → Wilder, UA Essen. □ 1966-74: Leiter einer Klasse für Liedinterpretation an der Musikhochschule München. □ 1973: Vier Liederzyklen. □ 1976: Chorvariationen »Trost der Nacht«. □ 1980: Oper »Hamlet«, UA Stuttgart.

▷ H. Lindlar (Hg.): Hermann Reutter. Werk und Wirken, 1965.

W. S. Reymont →

← Hermann Reutter

Reve, Gerard Kornelis van het

niederl. Schriftsteller
* 14.12.1923 Amsterdam

Das Werk von Reve ist von Anfang an sehr umstritten gewesen. Schon sein erster Roman, »Die Abende« (1947, dt. 1986), wurde als ein Produkt des Nihilismus abgelehnt. Später waren es vor allem die homosexuellen Bekenntnisse und die Beschreibung seiner erotisch-religiösen Beziehung zu Gott und zu der Jungfrau Maria, die die Gemüter bewegten. Nach der Publikation des Briefromans »Näher zu Dir« (1966, dt. 1970) mußte sich der zum Katholizismus übergetretene Autor in einem Prozeß wegen Gotteslästerung verantworten. Dennoch erhielt er 1968 den begehrten P.-C.-Hooft-Preis.

Reymont, Władysław Stanisław

poln. Schriftsteller
* 7.5.1867 Kobiele Wielkie bei Radom
† 5.12.1925 Warschau

Einen Höhepunkt der Prosa des Jungen Polen bildet das Romanepos »Die Bauern« (1902-09, dt. 1912), für das Reymont 1924 den Literatur-Nobelpreis erhielt. Im Mittelpunkt der breit angelegten Tetralogie steht das bäuerliche Leben mit seinen alltäglichen Mühen, Gebräuchen und kirchlichen Festen; die Bewohner des Dorfes sind eins mit der sie umgebenden Natur und der Erde, die sie bearbeiten. Urbanes Gegenstück ist der Reportageroman »Das gelobte Land« (1899, dt. 1917), in dem die Entwicklung der aufstrebenden Industriestadt Łódź geschildert wird.

□ ab 1892: Berufsschriftsteller in Warschau. □ 1896: »Die Komödiantin« (R., dt. 1967). □ 1897: »Die Herrin« (dt. 1969). □ 1914-19: »Das Jahr 1794« (R.trilogie, dt. 1917/1936).

Reynaud, Paul

frz. Politiker
* 15.10.1878 Barcelonette, Dep. Basses-Alpes
† 21.9.1966 Paris

Reynaud, ein überzeugter Europäer, zählte als vielfacher Minister zu den führenden Politikern der französischen IV. Republik. 1958 zum Vorsitzenden des Verfassungskomitees berufen, hatte er auch Einfluß auf die Gestaltung der Konstitution der V. Republik. Mit seiner Kritik an der vorgesehenen Direktwahl des Präsidenten und dem Aufbau der französischen Atomstreitmacht geriet er allerdings in Konflikt mit Ch. de → Gaulle.

Reynaud übte Kritik am Aufbau einer frz. Atomstreitmacht.

Da er seine Vorstellungen nicht durchsetzen konnte, trat er 1962 zurück.

□ 1919-24: Deputierter des Bloc national. □ 1928-40: Deputierter der Demokratischen Allianz. □ 1930; 1938-40: Finanzmin. □ 1931/32: Kolonialmin. □ 1932: Stellv. Premierminister. □ 1932; Sommer 1938: Justizmin. □ März 1940: Außenmin. □ Mai/Juni 1940: Zugleich Kriegsmin.; danach Verhaftung. □ 1942-45: Auslieferung an Deutschland (u. a. im KZ Buchenwald). □ 1946: Deputierter der unabhängigen Republikaner. □ 1948: Finanzmin. □ 1953/54: Stellv. Ministerpräs. □ 1958-62: Vors. des Verfassungskomitees.

Reynolds, Burt

amer. Schauspieler
* 11.2.1936 Waycross, Georgia

← Burt Reynolds

In den 70er Jahren wurde Reynolds als Verkörperung des Macho-Playboys zum männlichen Sex-Symbol Hollywoods. Den Höhepunkt seiner Schauspieler-Karriere bildete die Rolle des Truckers »Bandit« in »Ein ausgekochtes Schlitzohr« (1976, Rg. H. Needham).

□ 1962-65: »Gunsmoke« (TV-Westernserie). □ 1969: »Hai« (Rg. S. →Fuller). □ 1970: »Dan Oakland« (TV-Krimiserie). □ 1973: »Kampfmaschine« (Rg. R. → Aldrich). □ 1975: »Mein Name ist Gator« (Rg. und Hr.). □ 1976: »Nickelodeon« (mit R. →O'Neill; Rg. P. →Bogdanovich). □ 1979: »Auf ein Neues« (mit J. Clayburg; Rg. A. J. →Pakula). □ 1981: »Das schönste Freudenhaus in Texas« (mit D. Parton; Rg. C. Higgins). □ 1986: »Rent-a-Cop« (mit L. → Minelli; Rg. J. London). □ 1987: »Malone« (Rg. H. Cokliss). □ 1991: »Emmy« für seine Rolle in »Evening shade« (TV-Serie).

Rezzori, Gregor von

(eig. G. v. R. d'Arezzo)
dt.-spr. Schriftsteller
* 13.5.1914 Czernowitz
(heute Tschernowzy, Ukraine)

← Gregor von Rezzori

Rezzori, der in Rumänien und Österreich aufwuchs, schrieb die »Maghrebinischen Geschichten« (1953), Anekdoten aus dem fiktiven Land Maghrebinien, das deutlich als seine alte Heimat zu erkennen ist. Seine Geschichten spiegeln das Lebensgefühl in der untergehenden Donaumonarchie. R., der den anekdotischen Stil mit Kulturkritik zu kombinieren versteht, verfaßte auch einen vierbändigen »Idiotenführer durch die deutsche Gesellschaft« (1962-65). Heute lebt R. überwiegend in Italien. 1977 erschienen die »Neuen maghrebinischen Geschichten«.

□ 1954: »Oedipus siegt bei Stalingrad« (R.). □ 1958: »Ein Hermelin in Tschernopol« (R.). □ 1976: »Der Tod meines Bruders Abel« (R.). □ 1977: »Neue maghrebinische Geschichten« (Erz.n). □ 1979: »Memoiren eines Antisemiten« (R.). □ 1986: »Die Marchesa« (R.).

Joseph Banks Rhine →

Rhine, Joseph Banks

amer. Parapsychologe
* 29.9.1895 Waterloo, Penn.
† 20.2.1980 Hillsborough, N. Car.

Rhine, ein Pionier der Parapsychologie in den USA, gründete 1935 mit W. →McDougall das erste »Parapsychological Laboratory« an der Duke University in Durham, North Carolina. Mit R. begann die quantitative und statistische Forschung über außersinnliche Wahrnehmungen und psychokinetische Fähigkeiten (PSI), die in der breiten Öffentlichkeit großes Aufsehen erregte (H. →Bender).

□ 1929-43: Prof. an der Duke University in Durham, N. Car. □ 1937: »Neuland der Seele« (Schr., dt. 1938); Gründung des Journal of Parapsychology. □ 1957: »Parapsychologie« (Schr., dt. 1964).

Cecil Rhodes →

Rhodes, Cecil John

brit. Politiker
* 5.7.1853 Bishop's Stortford, Herford
† 26.3.1902 Muizenberg (Südafrika)

Rhodes ist einer der herausragenden Vertreter des britischen Imperialismus. 1889 gründete R., der in Südafrika im Diamantengeschäft ein Vermögen gemacht hatte, die British South Africa Company. Sie erwarb von dem einheimischen König der Ndebele, Lobengula, das Recht auf vollständige Ausbeutung der reichen Erzvorkommen im Gebiet des späteren Rhodesien (heute: Zimbabwe).
Nach der Ansiedlung von Europäern erklärte die britische Regierung das Gebiet 1891 zum Protektorat, drei Jahre später — nach der Brechung des Widerstandes der Ndebele — wurde das Land nach R. Rhodesien genannt. Von 1890 bis 1896 war R., der großen politischen Einfluß gewann, Premierminister der Kapkolonie.

□ 1880: Gründung der De Beers Mining Company. □ ab 1881: Parlamentsabgeordneter der Kapkolonie. □ 1888: Kontrolle über die gesamte südafrikanische Diamantenproduktion durch die neugegründete De Beers Consolidated Mines. □ 1890-96: Premierminister der Kapkolonie. □ 1902: Testamentarische Verfügung über 3 Mio. £ zur Einrichtung von Stipendien in Oxford.

▷ J. G. Lockhart/C. M. Woodhouse: Cecil Rhodes. The colossus of southern Africa, 1963.

Rhys, Jean

(eig. Ella Gwendolen Rees Williams)
anglo.-karib. Schriftstellerin
* 24.8.1890 Roseau, Dominica
† 14.5.1979 Cheriton Fitzpaine, Devonshire

Rhys' autobiografisch geprägte Romane haben der Frauenliteratur wichtige inhaltliche und erzählerische Impulse gegeben. Ihre Werke kreisen um die Identitätsprobleme sensibler und passiver junger Frauen und um ihre leidvollen Liebesaffären. Der Akzent der Romane, deren Schauplatz meist europäische Großstädte in den 20er und 30er Jahren bilden, liegt weniger auf dem äußeren Handlungsverlauf als auf der psychologisch einfühlsamen Figuren- und Bewußtseinsdarstellung, die eine melancholische Grundstimmung beschwört. Erst mit ihrem Roman »Sargassomeer« (1966, dt. 1980) wurde R. literarisch anerkannt.

□ 1907: Übersiedlung nach England. □ 1909: Beginn eines Schauspielstudium. □ ab 1923: Liebesaffäre mit F. M. Ford. □ 1924: Veröffentlichung der ersten Kurzgeschichte in der Zeitschrift The Transatlantic Review (hg. von F. M. Ford). □ 1927: »Die dicke Fifi: Geschichten aus London und Paris« (dt. 1971). □ 1928: »Quartett« (R., dt. 1977). □ 1931: »Nach der Trennung von Mr. Mackenzie« (R., dt. 1981). □ 1939: »Guten Morgen, Mitternacht« (R., dt. 1969). □ 1976: »Sleep it off, Lady« (Erz.n).

▷ C. Angier: Jean Rhys, 1985; J. Rhys: Lächeln bitte! Unvollendete Erinnerungen, 1979, dt. 1987.

Ribbentrop, Joachim von (ab 1925, durch Adoption)

dt. Politiker
* 30.4.1893 Wesel
† 16.10.1946 Nürnberg (hingerichtet)

Durch seine dilettantische und arrogante Amtsführung unterstützte Ribbentrop in verhängnisvoller Weise die Politik von A. →Hitler. Sein bekanntester Coup war der Abschluß des deutsch-sowjetischen Nichtangriffspakts am 23. 8. 1939, dessen geheimes Zusatzprotokoll es Hitler erlaubte, Polen eine Woche später anzugreifen. Im Winter 1932/33 hatte R. zwischen F. v. →Papen und Hitler vermittelt und war anschließend dessen außenpolitischer Berater mit einer eigenständigen Dienststelle geworden. Als Sonderbotschafter schloß er 1935 das deutsch-britische Flottenabkommen. 1946 wurde er vom Internationalen Militärtribunal zum Tode verurteilt.

Außenminister v. Ribbentrop an seinem 45. Geburtstag.

□ ab 1932: Mitgl. der NSDAP. □ ab 1933: MdR. □ 1933-36: Außenpolitischer Berater Hitlers; Sonderbotschafter. □ 1936-38: Botschafter in London. □ 1938-45: Außenmin.

Cliff Richard →

Richard, Cliff

(eig. Harry Webb)
engl. Rockmusiker
* 14.10.1940 Lucknow (Indien)

Seit seinem ersten Hit »Move It« (1958) wurde Richard in England zu einer Institution und der beständigste und erfolgreichste britische Show-Star mit über 100 plazierten Platten in den englischen Hitparaden. Er drehte zahlreiche Filme, wirkte in Musicals im Londoner Westend mit, hatte seine eigene TV-Serie, zog für B. →Graham und die protestantische Sekte der Crusaders auch als Prediger durchs Land und gab Wohltätigkeitskonzerte. Dabei achtet er immer auf jugendfreie Texte, blieb mit seiner Musik zeitlos, auch wenn gelegentliche modische Zugeständnisse in den Arrangements durchklingen.

□ 1959: Erster Nr.-1-Hit »Living doll«; Film »Expresso Bongo«. □ 1960-68: Auftritte und Tourneen mit Begleitband The Shadows. □ 1961: »The young ones« (F.). □ 1963: »Summer holiday« (F.). □ 1968: Gewinn des zweiten Platzes beim Grand Prix Eurovision mit »Congratulations«. □ 1973: »Power to all our friends« beim Grand Prix Eurovision. □ 1976: Erster US-Top-Ten-Hit »Devil woman«. □ 1984: »The rock connection« (LP). □ 1987: »Always guaranteed« (LP). □ 1991: »From a distance« (LP).

▷ C. Richard: Which one's Cliff?, engl. 1977; ders.: Single minded, engl. 1988.

Richards, Dickinson Woodruff

amer. Internist
* 30.10.1895 Orange, N. J.
† 23.2.1973 Lakeville, Conn.

Richards, 1947-61 Professor an der Columbia University in New York, griff Anfang der 40er Jahre die von W. →Forßmann 1929 demonstrierte Methode der gefahrlosen Katheterisierung des Herzens auf und entwickelte sie mit A. F. →Cournand zur diagnostischen Praxisreife. 1956 erhielt der Spezialist für Herz-Lungen-Krankheiten am Bellevue Hospital (New York) mit den beiden Medizinern den Physiologie/Medizin-Nobelpreis.

Richards, Theodore William

amer. Chemiker
* 31.1.1868 Germantown, Penn.
† 2.4.1928 Cambridge, Mass.

Richards führte exakte Bestimmungen der Atomgewichte (relative Atommasse) einer Reihe chemischer Elemente durch. Ab 1901 Professor an der Harvard University in Cambridge, bestimmten R. und seine Mitarbeiter innerhalb von 30 Jahren die Atomgewichte von mehr als 60 Elementen, von denen R. 25 selbst ermittelte. 1915 wurde R. der Chemie-Nobelpreis des Jahres 1914 verliehen. Bei der Atomgewichtsbestimmung von Blei (1913) erhielt R. verschiedene Werte, ein praktischer Beweis der Isotopen-Theorie von F. →Soddy.

Richardson, Henry Handel

(eig. Ethel Florence Lindesay Robertson)
austral. Schriftstellerin
* 3.1.1870 Melbourne
† 20.3.1946 Fairlight bei Hastings (Großbritannien)

Richardsons Romantrilogie über das Schicksal eines irischen Arztes, die 1930 unter dem Titel »The Fortunes of Richard Mahony« erschien, zählt zu den Meisterwerken der australischen Literatur. Angeregt durch die Biografie ihres Vaters, zeichnete R. ein eindringliches Porträt der Gesellschaft des noch jungen Australiens im 19. Jh.
In »Maurice Guest« (R., 1908) schildert R., die 1888 für ein Musikstudium nach Europa kam und ab 1895 in England lebte, auf bissig-ironische Weise die Wagner- und Nietzsche-Begeisterung Leipziger Musikstudenten jener Zeit.

▷ W. D. Elliot: Henry Handel Richardson, 1975.

Der englische Physiker O. W. Richardson erhielt 1928 den Physik-Nobelpreis.

Richardson, Sir (ab 1939) Owen Williams

engl. Physiker
* 26.4.1879 Dewsbury, Yorkshire
† 15.2.1959 Alton, Hampshire

Richardson ist ein Wegbereiter der Elektronik. Für den nach ihm benannten glühelektrischen Effekt stellte R. 1911 eine Exponentialfunktion (Richardson-Gleichung) der Elektronenemission an der Metalloberfläche glühend erhitzter Drähte auf. Die entdeckte Abhängigkeit der Emission vom Kehrwert der Temperatur führte zur Entwicklung der für die Elektronik und Funktechnik wichtigen Glühkathodenröhre.

□ 1906-13: Prof. an der Princeton Univ., N. J. (USA). □ 1914-44: Prof. am King's College der Univ. London. □ 1916: »The emission of electricity from hot bodies« (Schr.). □ 1928: Physik-Nobelpreis.

Tony Richardson →

Richardson, Tony

engl. Regisseur
* 5.6.1928 Shipley, Yorkshire † 15.11.1991

Richardson leitete als Theater- und Filmregisseur jeweils eine neue Ära ein. 1956 inszenierte er am Royal Court Theatre in London die Uraufführung des Stücks »Blick zurück im Zorn« von J. →Osborne, das der englischen Literatengruppe der »zornigen jungen Männer« ihren Namen gab. Im selben Jahr gehörte sein erster Film »Momma don't allow« zu jenem Londoner Filmprogramm, mit dem das Free Cinema begründet wurde. Darüber hinaus verfilmte R. neben Stücken von J. Osborne auch Werke von W. →Faulkner, E. →Waugh und A. →Sillitoe (»Die Einsamkeit des Langstreckenläufers«, 1962, mit M. → Redgrave).

□ 1957: »The Entertainer« (Theater, mit L. →Olivier, F., 1960). □ 1959: »Blick zurück im Zorn« (F.). □ 1960: »Geständnis einer Sünderin« (nach W. Faulkner, mit Y. →Montand). □ 1961: »Bitterer Honig« (Free Cinema). □ 1962: »Tom Jones — zwischen Bett und Galgen« (mit A. →Finney). □ 1964: »Tod in Hollywood« (nach E. →Waugh). □ 1969: »Hamlet«. □ 1977: »Joseph Andrews«. □ 1984: »Hotel New Hampshire« (nach J. Irving). □ 1988: »A shadow on the sun«.

Richet, Charles

frz. Physiologe
* 26.8.1850 Paris † 4.12.1935 ebd.

Richet entdeckte 1902 das Phänomen der »Anaphylaxie« (Schr., 1911, dt. 1920), eine bei Seruminjektionen eintretende, tödliche Schockreaktion, die auf zu hoch dosierte Antigene zurückgeht. Durch wiederholte Injektionen an Versuchstieren zeigte R., daß die zum Schutz des Organismus übermäßig gebildeten Antikörper diesen schädigen. R.s Erkenntnisse rieten zur Vorsicht auch bei der Verabreichung von Antibiotika und wirkten sich fruchtbar auf die Allergieforschung aus.

□ 1887-1927: Prof. an der Sorbonne, Paris. □ 1888: Entdeckung der Schutzwirkung des Blutes bei infizierten Versuchstieren. □ 1894-1925: Hg. des frz. »Wörterbuchs der Physiologie« (11 Bde.). □ 1913: Physiologie/Medizin-Nobelpreis. □ 1923: »Grundriß der Parapsychologie und Parapsychophysik« (Schr., dt. 1924).

Charles Richet →

Richier, Germaine

frz. Bildhauerin
* 16.9.1904 Grans bei Arles † 31.7.1959 Montpellier

Richier schuf einen Figurenstil, der deformative bis abstrakte Züge mit surrealistischen und expressiven Tendenzen vereint. Ihre abstrahierten, häufig mit Draht verspannten Objekte verbinden Tier- und Pflanzenelemente mit dem Amorphen, z. B. bei der fledermausähnlichen Figur »Der Nachtmensch« (1954/55, Otterlo, Rijksmuseum Kröller-Müller). Ab 1951 gestaltete R. auch Bleiplastiken, flache Figuren mit abstrahierten Köpfen, kleinen schlaffen Brüsten und dünnen Gliedmaßen, jeweils vor Bleiplatten gestellt, die sie sich von H. →Hartung oder M. →Vieira da Silva bemalen ließ. »Der Kreisel« (1953, Duisburg, Wilhelm-Lehmbruck-Museum) wurde z. B. von Hartung bemalt. Diese teils mythisch-surrealen Schöpfungen stellen den Menschen in seiner Bedrohtheit und Vereinzelung dar und geben dem Bewußtsein der Determination menschlichen Seins Ausdruck. Damit dokumentiert R. jenes existentialistische Welt- und Lebensgefühl, das einen großen Teil der Intellektuellen und Künstler im Frankreich der Nachkriegszeit erfaßt hatte.

»BAT«: Eine der mystisch-surrealen Skulpturen der Bildhauerin Germaine Richier.

□ 1925-29: Schülerin von É. A. Bourdelle (* 1861, † 1929). □ ab 1930: Skulpturen mit neoklassizistischen Zügen unter dem Einfluß A. →Rodins. □ ab 1940: Angeregt durch A. →Giacometti Entwicklung zu einem eigenen Stil. □ 1939-45: Aufenthalt in der Schweiz. □ 1945: Rückkehr nach Paris. □ ab 1951: Bleiplastiken mit bemaltem Hintergrund.

▷ J. Cassou u. a.: Germaine Richier, 1961.

Richter, Burton

amer. Physiker
* 22.3.1931 New York

Richter, seit 1967 Professor an der Stanford University (Kalif.), war 1961-73 leitend am Aufbau des Elektron-Positron-Speicherrings (SPAER) in Stanford beteiligt. 1974 entdeckte R. beim Zusammenprall hochenergetischer Elektronen und Positronen ein neues, schweres subatomares Teilchen von relativ langer Lebensdauer, das »Psi«-Teilchen. Damit war die These von S. L. →Glashow experimentell bestätigt, daß die Materie nicht nur aus drei »Quarks« (M. →Gell-Mann), sondern vier Urbausteinchen besteht. Für die Entdeckung dieser auch als »Charm« bezeichneten neuen Fundamentaleigenschaft der Materie erhielt R. 1976 den Physik-Nobelpreis mit S. C. C. →Ting, der gleichzeitig und unabhängig ein identisches »J«-Teilchen gefunden hatte.

Gerhard Richter →

← Burton Richter

Richter, Charles Francis

amer. Seismologe
* 26.4.1900 Hamilton, Ohio
† 30.9.1985 Pasadena, Kalif.

Richter, ab 1952 Professor für Seismologie am California Institute of Technology, stellte 1935 die Richter-Skala auf, die zur objektiven Beurteilung von Erdbebenstärken mit Seismographen dient. Im Unterschied zur zwölfstufigen Mercalli-Skala ist die Richter-Skala nach oben offen; das stärkste bisher gemessene Beben erreichte auf letzterer die Magnitude (M) von 8,6.

Charles Francis Richter entwickelte die sog. Richter-Skala.

Richter, Gerhard

dt. Maler und Grafiker
* 9.2.1932 Dresden

Richter hat sich seit den 60er Jahren mit einem zwischen Fotorealismus und gestischer Abstraktion angesiedelten Werk international profiliert. Im Zentrum seiner jüngeren Arbeiten stehen großformatige, farbintensiv gemalte Kompositionen in der Nachfolge des Abstrakten Expressionismus. Durch die Überlagerung von Farbflächen oder expressiven linearen Strukturen entsteht dabei eine Raumtiefe, die Bezüge zu visionären Landschaften oder kosmischen Räumen herstellt. Daneben beschäftigt sich Richter weiterhin mit der in den 60er Jahren begonnenen Malerei nach Fotovorlagen, gelegentlich mit aktuellen politischen Bezügen wie in dem Zyklus »18. Oktober 1977« (Tag des Selbstmords von J.-C. Raspe, A. →Baader und G. →Ensslin im Stammheimer Gefängnis). R. verfolgt dabei das Ziel, die Authentizität eines Fotos, später auch des gemalten Abbilds in Frage zu stellen bzw. überhaupt den Stellenwert der fotografischen Bildsprache in einer von den Medien überfluteten Gesellschaft zu definieren.

□ 1961: Übersiedlung in die BRD; Studium an der Düsseldorfer Kunstakademie bei K. O. Götz. □ ab 1962: Nach Fotografien gemalte Bilder. □ seit 1971: Prof. an der Kunstakademie in Düsseldorf. □ seit 1975: Beschäftigung mit gestisch-abstrakten Kompositionen. □ 1986: Große Ausstellung in der Städtischen Kunsthalle Düsseldorf sowie in Berlin, Bern und Wien. □ 1989: Retrospektive im Lenbachhaus, München.

▷ U. Loock/D. Zacharopoulos: Gerhard Richter, 1985.

Richter, Hans

dt. Dirigent
* 4.4.1843 Raab (Ungarn) † 5.12.1916 Bayreuth

Richter, einer der großen Dirigenten seiner Zeit, leitete 1876 die erste Gesamtaufführung von Wagners »Ring des Nibelungen« in Bayreuth und gehörte danach zu den Hauptdirigenten der Festspiele. Nach einem Konzerterfolg in Wien (1875) wurde R. Kapellmeister der Hofoper (bis 1900) und bemühte sich gleichzeitig erfolgreich um die Pflege von Wagners Werken in Großbritannien (1877 Leiter der Londoner Wagner-Konzerte, abwechselnd mit dem Komponisten).

□ 1860-65: Studium am Konservatorium Wien. □ 1862-66: Hornist im Orchester des Kärntnertortheaters Wien. □ 1866/67: Kontakte mit Wagner in Luzern; Abschrift der »Meistersinger«-Partitur für den Druck. □ 1867: Chordir. an der Münchener Oper. □ 1870: Leiter der Aufführung von »Lohengrin« in Brüssel. □ 1871-75: Kapellmeister am Nationaltheater Pest. □ 1875-98: Dirigent der Philharmonischen Konzerte Wien. □ 1879-97: Leiter der »Orchestral Festival Concerts« London (später R.-Concerts genannt). □ 1885-1911: Leiter der Musikfeste in Birmingham und der Konzerte des Hallé-Orchesters Manchester.

▷ L. Karpath (Hg.): Richard Wagner. Briefe an Hans Richter, 1924.

Hans Werner Richter →

Richter, Hans

dt. Künstler
* 6.4.1888 Berlin
† 1.2.1976 Muralto bei Locarno (Schweiz)

Richter war einer der ersten experimentellen Künstler, der in seinem Werk Malerei und Zeichnung mit dem Medium Film vereinte. Er wurde damit zum Pionier des abstrakten Films. Auslöser waren seine mit dem Schweden Viking Eggeling entwickelten avantgardistischen Bildrollen, in denen die beiden Künstler ab 1919 versuchten, mit kubistisch-futuristischen Stilmitteln in abstrakten Zeichnungssequenzen visuelle Analogien zu musikalischen Kompositionsprinzipien herzustellen (»Präludium«, 1919, New Haven, Conn., Yale Univ. Art Gallery; »Fuge in Rot und Grün«, 1923, New York, Nachlaß Hans Richter). Dieses Prinzip übertrug R. 1921 auf den Film »Rhythmus 21«, einen der ersten Experimentalfilme, der ausschließlich die rhythmische Entwicklung einer geometrischen Form zum Thema hat. Später wandte sich R. der Darstellung dadaistisch-surrealistischer Objekte im Film zu (»Vormittagsspuk«, 1927). Höhepunkt dieser Periode war der Episodenfilm »Dreams that money can buy« (1944-47, mit A. →Calder, M. →Duchamp u. a.).

□ 1912: Mitgl. des »Sturm«-Kreises (H. →Walden). □ 1916: Übersiedlung nach Zürich; Mitbegründer der Dada-Gruppe. □ ab 1921: Neben der Malerei Hinwendung zum Experimentalfilm. □ 1923-26: Mithg. der konstruktivistischen Zeitschrift »G«. □ 1933: Übersiedlung nach Frankreich. □ 1941: Übersiedlung in die USA; Leiter des Inst. of Film Techniques am New York City College. □ 1956-68: »Dadascope« (Teil 1 und 2), Filmcollage aus Dada-Gedichten.

▷ C. Richter (Hg.): Hans Richter. Pioneer of Dada and experimental film, 1971; H. Richter: Begegnungen von Dada bis heute. Briefe, Dokumente, Erinnerungen, 1973.

← Hans Richter

Richter, Hans Werner

dt. Schriftsteller
* 12.11.1908 Bansin, Pommern

Richter wurde nach seiner Rückkehr aus amerikanischer Kriegsgefangenschaft Herausgeber der sozialistischen Zeitschrift Der Ruf (1946/47) sowie Initiator und Leiter der Gruppe 47. Dieser Kreis junger Autoren bestimmte das Bild der bundesdeutschen Literatur bis in die 60er Jahre hinein. R.s eigenes literarisches Werk setzt sich in traditionellen Erzählformen vorrangig mit der Zeit des Nationalsozialismus auseinander.

□ ab 1927: Buchhändler in Berlin. □ 1932: Ausschluß aus der KPD. □ 1940-43: Soldat in Polen, Frankreich und Italien. □ 1943-45: Kriegsgefangenschaft in den USA. □ seit 1946: Freier Schriftsteller. □ 1949: »Die Geschlagenen« (R.). □ seit 1952: Schriftleiter der Zeitschrift Die Literatur. □ 1956: Gründer des Grünwalder Kreises. □ 1981: »Die Stunde der falschen Triumphe« (R.). □ 1989: »Reisen durch meine Zeit« (Erz.n).

Richter, Horst-Eberhard

dt. Psychoanalytiker und Sozialpsychologe
* 28.4.1923 Berlin

H.-E. Richter entwickelte sozialtherapeutische Ansätze.

Richter, der engagiert für Frieden und Abrüstung eintritt, ist als Wissenschaftler zum führenden Vertreter der deutschen Familienforschung und -therapie geworden. Seine sozialtherapeutischen Ansätze gehen davon aus, daß die Ursachen seelischer Störungen weniger im Individuum als in den zwischenmenschlichen Beziehungen zu suchen sind. Seine Schriften »Die Gruppe« (1972) und »Lernziel Solidarität« (1974) gaben in den 70er Jahren Anstöße zur Entwicklung von alternativen Lebensformen.
R. arbeitete mit psychisch kranken Kindern sowie sozial ausgegrenzten Gruppen, leitete psychosoziale Kooperationsinitiativen und psychoanalytische Forschungsprojekte. Er ist Mitbegründer der Zeitschrift Psychosozial (seit 1978) und der Internationalen Arbeitsgemeinschaft für Familienforschung und Familientherapie (seit 1972).

□ seit 1962: Prof. für Psychosomatik an der Univ. Gießen; Aufbau einer psychosomatischen Klinik ebd. □ 1963: »Eltern, Kind und Neurose« (Schr.). □ 1964-68: Vors. der Dt. Psychoanalytischen Vereinigung. □ 1970: »Patient Familie«

(Schr.). □ 1972: Entwicklung des Gießen-Tests für Individual- und Gruppendiagnostik. □ 1979: »Der Gotteskomplex« (Schr.). □ 1980: »Flüchten oder Standhalten« (Schr.). □ 1981: »Alle redeten vom Frieden« (Es.). □ 1982: Vorstand der dt. Sektion Int. Ärzte für die Verhütung des Atomkriegs. □ 1986: »Die Chance des Gewissens«. (Es.). □ 1989: »Die hohe Kunst der Korruption« (Es.). □ 1990: Herausgabe der Essay-Sammlung »Russen und Deutsche. Für eine Zukunft ohne Feindbilder«.

Richter, Karl

dt. Organist, Dirigent und Chorleiter
* 15.10.1926 Plauen † 15.2.1981 München

Richter, Gründer des Münchener Bach-Chores (1953) und des Münchener Bach-Orchesters (1955), gehört zu den profiliertesten Organisten und Bach-Interpreten der Nachkriegszeit. Höhepunkte seiner ausgedehnten Konzertreisen bildeten 1968 die Aufführungen der Johannes-Passion und h-Moll-Messe von Bach in Moskau und Leningrad. Als Solist (Orgel und Cembalo) strebte R. historische Werktreue an. Sein Spiel wird durch den Gebrauch flexibler Registrierungen und ausgeprägter dynamischer Kontraste geprägt. Sein Repertoire, das neben Bach und Händel auch klassische und romantische Orchesterwerke umfaßt, ist auf zahlreichen Platteneinspielungen dokumentiert.

← Karl Richter

□ ab 1949: Nach Studium am Kirchenmusikalischen Inst. in Leipzig Thomasorganist ebd. □ 1951-77: Prof. für Orgel an der Musikhochschule München. □ 1951-81: Organist und Kantor an der Münchener St.-Markus-Kirche. □ 1955-64: Künstlerischer Leiter der Ansbacher Bach-Wochen. □ 1956: Verzicht auf das Amt des Thomaskantors in Leipzig. □ ab 1958: Konzertreisen mit dem Bach-Chor und -Orchester u. a. nach Japan, in die USA und UdSSR sowie nach Südamerika. □ ab 1965: Leiter des Münchener Bach-Festes.

Richter, Swjatoslaw Teofilowitsch

sowjet. Pianist
* 7.(20.?)3.1915 Schitomir, Ukraine

Richter, einer der herausragenden Pianisten des 20. Jh.s, hatte sich in den 50er Jahren zunächst als Interpret der Werke seines Freundes S. →Prokofjew in der UdSSR einen Namen gemacht. 1960 gelang ihm dank der Vermittlung von E. →Gilels und D. →Oistrach auch im Westen ein triumphaler Erfolg. Der Reichtum seiner Ausdrucksmittel erlaubt ihm eine außerordentliche Freiheit, Plastizität und Poesie der musikalischen Gestaltung, die vor allem seine Schubert- und Schumann-Interpretationen auszeichnen. Innerhalb seines umfangreichen Repertoires sind neben Bach, Beethoven, Liszt und C. →Debussy insbesondere zeitgenössische sowjetische Komponisten hervorzuheben. Als Kammermusiker war R. u. a. Partner von D. Oistrach, M. →Rostropowitsch, E. →Schwarzkopf, D. →Fischer-Dieskau und B. →Britten. Seit den 80er und in den 90er Jahren bevorzugt er Auftritte abseits der großen Musikzentren (1989 Mozart- und Chopin-Abend im Bibliothekssaal zu Polling).

□ 1934-37: Korrepetitor und Kapellmeister an der Philharmonie in Odessa. □ 1937-44: Klavierstudium am Moskauer Konservatorium. □ 1942: UA der 6. Klaviersonate von S. Prokofjew. □ 1945: 1. Preis beim Allunionswettbewerb. □ 1947: UA der ihm gewidmeten 9. Klaviersonate von S. Prokofjew. □ 1952: Leitung der UA des Cellokonzerts von S. Prokofjew mit M. Rostropowitsch. □ 1957: Chinatournee. □ 1960: Konzerte in Finnland; Solo-Konzerttournee durch die USA. □ 1961: »Sergei Prokofjew« (Schr.). □ 1967: Berlin-Debüt. □ 1971: Debüt in der BRD. □ 1974: Initiator der Innsbrucker Musikwoche. □ 1979: Musik-Preis der UNESCO.

S. T. Richter erhielt 1979 den UNESCO-Musikpreis.

▷ M. Jurik: Swatoslaw Richter, 1974.

Richthofen, Manfred Freiherr von

dt. Militär
* 2.5.1892 Schweidnitz, Schlesien † 21.4.1918 bei Vaux-sur-Somme (Frankreich, gefallen)

Richthofen war mit 80 Abschüssen der erfolgreichste Jagdflieger des 1. Weltkriegs. Er ist als »roter Baron« (wegen seines berühmten roten Flugzeugs) noch heute in den USA populär, wo sein Leben mehrfach verfilmt und in zahlreichen Büchern beschrieben wurde.

Manfred von Richthofen →

□ 1912: Soldat bei der Kavallerie. □ ab 1914: Jagdflieger. □ 1916: Orden Pour le mérite. □ ab 1917: Kommandeur des Jagdgeschwaders 1.

▷ W. E. Burrows: Der Rote Baron, dt. 1980.

Rickert, Heinrich

dt. Philosoph
* 25.5.1863 Danzig (heute Polen)
† 30.7.1936 Heidelberg

Heinrich Rickert →

Rickert begründete mit W. →Windelband innerhalb des Neukantianismus die sog. Badische Schule. Bekannt wurde R. mit seiner großangelegten Studie über die »Grenzen der naturwissenschaftlichen Begriffsbildung« (1896-1902). Einflußreich, insbesondere auf M. →Weber, wirkte R. mit seinen methodologischen Untersuchungen der »Kultur- und Naturwissenschaften« (Schr., 1899), wobei er den Unterschied zwischen Natur- und Geisteswissenschaften herausarbeitete.

□ 1892: »Der Gegenstand der Erkenntnis«. □ 1894-1916: Prof. an der Univ. Freiburg i. Br. □ ab 1916: Prof. an der Univ. Heidelberg. □ 1920: »Die Philosophie des Lebens« (Schr.). □ 1924: »Kant als Philosoph der modernen Kultur« (Schr.). □ 1932: »Goethes Faust« (Schr.). □ 1934: »Grundprobleme der Philosophie« (Schr.).

Ricœur, Paul

frz. Philosoph
* 27.2.1913 Valence, Dep. Drôme

Ricœur entwickelte 1950-60 in der dreibändigen »Philosophie des Willens« die Grundzüge seiner Phänomenologie, die nicht nur zwischen Philosophie, Psychologie, Theologie und Linguistik vermittelt, sondern auch über nationale und kulturelle Grenzen hinweg integrierend wirkt. Nach seiner Auseinandersetzung mit der Existenzphilosophie von »G. Marcel und K. Jaspers« (Schr., 1948) beschäftigte sich R. mit Themen, die der Reflexion kaum zugänglich sind, wie der »Symbolik des Bösen« (Schr., dt. 1972), der Schuld und dem Begehren.
R. ordnet der Sprache als Ausdrucksform und Vermittlerin des Symbolischen besondere Bedeutung zu und analysiert in seiner Schrift »Zeit und Erzählung« (1983) die Konstitution des Zeit- und Geschichtsbewußtseins durch das Erzählen. Interpretation ist nach R.s hermeneutischem Denkmodell Sinnschöpfung.

□ 1948-56: Prof. an der Univ. Straßburg. □ 1950-60: »Philosophie des Willens« (3 Bde.). □ 1955: »Geschichte und Wahrheit« (Schr., dt. 1974). □ 1956-70: Prof. an der Univ. Paris. □ 1960: »Phänomenologie der Schuld« (Schr., 2 Bde., dt. 1971). □ 1965: »Die Interpretation« (Schr., über die Psychoanalyse S. →Freuds). □ 1969: »Der Konflikt der Interpretation« (Schr., 2 Bde., dt. 1973/74). □ 1969/70: Prof. an den Univ.n von Nanterre und Chicago. □ 1975: »Die lebendige Metapher« (Schr.). □ 1978: »Die Semantik der Handlung« (Schr.). □ 1984: »Die Gestaltung der Zeit in der fiktiven Erzählung« (Schr.). □ 1986: »Vom Text zur Handlung« (Schr.).

← Paul Ricœur

Riefenstahl, Leni

dt. Regisseurin und Fotografin
* 22.8.1902 Berlin

Riefenstahl, die sich nach wie vor des Vorwurfs erwehren muß, die Nationalsozialisten propagandistisch unterstützt zu haben, trat nach einem Malerei- und Tanzstudium zunächst als Schauspielerin neben L. →Trenker in Bergfilmen auf. Durch ihren ersten eigenen Film (»Das blaue Licht«, 1932), in dem ein naturverbundenes, sportliches Schönheitsideal zum Ausdruck kam, wurde A. →Hitler auf sie aufmerksam. Er übertrug ihr die Film-Dokumentation des Reichsparteitags in Nürnberg 1934 (»Triumph des Willens«) und der Olympischen Spiele 1936 in Berlin (1. Teil: »Fest der Schönheit«, 2. Teil: »Fest der Völker«). Seit den 70er Jahren ist sie als Fotografin und Autorin (»Die Nuba«, 1973) tätig.

□ ab 1923: Tänzerin in München, Prag, Berlin. □ 1926: »Der heilige Berg« (F., mit L. Trenker, Rg. A. Fanck). □ 1927: »Der große Sprung« (F., mit L. Trenker). □ 1929: »Die weiße Hölle von Piz Palü« (Rg. A. Fanck). □ ab 1931: Geschäftsführerin der Leni-Riefenstahl-Produktion. □ 1933: »S.O.S. Eisberg« (F.); »Sieg des Glaubens« (propagandistischer Kurzfilm). □ 1935: »Tag der Freiheit« (F.). □ 1939: Olympische Goldmedaille des IOC für die Olympia-Dokumentation (1936). □ 1940-44: »Tiefland« (Opernfilm). □ 1976: »Die Nuba von Kau« (Bildband). □ 1978: »Korallengärten« (Bildband). □ 1982: »Mein Afrika« (Bilddokumentation).

▷ L. Riefenstahl: Memoiren, 1987.

L. Riefenstahl bei den Dreharbeiten zu dem Film »Triumph des Willens«, 1934.

Riemann, Karl Wilhelm Julius Hugo

dt. Musikforscher
* 18.7.1849 Großmehlra, Thür. † 10.7.1919 Leipzig

Riemann, der Mitte der 1870er Jahre mit seiner Dissertation »Vom musikalischen Hören« Aufsehen erregte, war der größte europäische Musikforscher seiner Generation. Mit der Gründung von Lehr- und Forschungsinstituten trug er wesentlich zur Etablierung der Musikwissenschaft an den deutschen Universitäten bei. Als Theoretiker der Harmonielehre ersetzte R. die alte Generalbaß-Harmonik durch seine Funktionstheorie, die auch der erweiterten Tonalität gerecht wurde. Das von ihm herausgegebene »Musik-Lexikon« (seit 1882) ist heute ein Standardwerk.

Karl W. J. H. Riemann →

□ ab 1868: Studium in Berlin, Tübingen und Leipzig. □ ab 1876: Dirigent und Lehrer in Bielefeld. □ 1881-90: Dozent am Hamburger Konservatorium. □ 1887: »Opern-Handbuch« (Schr.). □ 1890: »Grundlinien der Musikästhetik« (Schr.). □ 1890-95: Dozent am Konservatorium Wiesbaden. □ ab 1895: Dozent, ab 1901 Prof. an der Univ. Leipzig. □ 1898: »Handbuch der Harmonielehre« (Schr.). □ 1900: Ehrenmitgl. der Musical Association London. □ 1904-13: »Handbuch der Musikgeschichte« (Schr., 5 Bde.). □ 1908: »Grundriß der Musikwissenschaft« (Schr.). □ ab 1908: Dir. des von ihm gegründeten musikwissenschaftlichen Inst. an der Univ. Leipzig. □ ab 1911: Prof., ab 1914 Dir. des von ihm gegründeten Staatlichen Sächs. Forschungsinst. für Musikwissenschaft Leipzig. □ 1912/13: »Große Kompositionslehre« (Schr., 3 Bde.). □ postum 1972-75: NA des Riemann Musiklexikons (Hg.: W. Gurlitt, H. H. Eggebrecht, C. Dahlhaus, 5 Bde.).

▷ W. Gurlitt: Hugo Riemann, 1951.

Riemerschmid, Richard

dt. Architekt und Designer
* 20.6.1868 München † 15.4.1957 ebd.

Riemerschmid war 1907 Mitbegründer des Dt. Werkbunds.

Riemerschmids Bedeutung lag in der Aufnahme und Propagierung der Ideen von William Morris (* 1834, † 1896) und der englischen Arts-and-Crafts-Bewegung, die auf eine neue handwerkliche Qualität und Materialgerechtigkeit sowie die Überwindung historistischen Formenguts gerichtet waren. Bereits in frühen Jugendstilbildern vor 1900 setzte R. sich von der in München damals noch vorherrschenden Imitation vorhandener Stilrichtungen ab. Seine Entwürfe für Möbel u. a. überzeugen durch die Verbindung von Funktionalität und sparsamem Jugendstildekor. Wichtig wurde er aber vor allem durch seine Initiativen innerhalb der Vereinigten Werkstätten in München und des Deutschen Werkbunds. Stadtplanerisch war R. für die Gartenstadt Hellerau bei Dresden (1907-13) tätig, wo er auch Fabrikationsgebäude für die Vereinigten Werkstätten errichtete, die dann eher klassizistisch geprägt waren. Diese Tendenz verstärkte sich im Spätwerk.

□ 1895-99: Erste Jugendstilbilder und Entwürfe für Möbel, Stoffe, Tapeten und Glas. □ 1897: Mitbegründer der Münchener Vereinigten Werkstätten für Kunst im Handwerk. □ 1898: Eigenes Haus in München-Pasing (Erweiterung 1907). □ 1900/01: Entwurf für das Münchener Schauspielhaus. □ 1907: Mitbegründer des Dt. Werkbunds (1921-26: Vors.). □ 1913-24: Dir. der Münchener Kunstgewerbeschule. □ 1926-31: Leiter der Werkschulen in Köln.

▷ W. Nerdinger (Hg.): Richard Riemerschmid. Vom Jugendstil zum Werkbund, 1982.

Riesenhuber, Heinz

dt. Politiker
* 1.12.1935 Frankfurt/Main

Heinz Riesenhuber →

Forschungsminister Riesenhuber, der als einziger CDU-Politiker seit der Wende 1982 demselben Ministerium vorsteht, gilt fachlich als einer der brillantesten Köpfe unter den Christdemokraten. Ihm wird allerdings mangelndes Durchsetzungsvermögen im Kabinett nachgesagt. Den Schwerpunkt seiner Aufgaben sieht R., der lange Zeit in der Industrie tätig war, in der Förderung der Grundlagenforschung in Zukunftsbereichen wie Biotechnologie, Materialwissenschaft, Informatik und Weltraumforschung. Bei der Unterstützung der Nukleartechnologie muß er seit Ende der 80er Jahre zurückstecken.

□ bis 1961: Chemiestudium. □ 1961: Mitgl. der Jungen Union. □ 1961-65: Wissenschaftlicher Assistent an der Univ. Frankfurt/Main. □ 1965: Im Landesvorstand der CDU Hessen. □ 1966-82: Tätigkeit in der Industrie. □ seit 1968: Im Parteipräsidium der CDU. □ seit 1976: MdB. □ seit 1982: Min. für Forschung und Technologie.

Riesman, David

amer. Soziologe
* 22.9.1909 Philadelphia, Penn.

David Riesman →

Riesman untersuchte den Zusammenhang zwischen der Herausbildung der modernen Industrie- und Konsumgesellschaft und dem Wandel des Sozialcharakters. In den hochindustrialisierten Gesellschaften breitet sich der angepaßte Menschentypus aus: Der »außengeleitete« Mensch orientiert sich an den Forderungen und Erwartungen seiner Mitmenschen, ohne Spielraum für eigenständiges Verhalten (T. →Parsons). Nach R. gibt es in den hochindustrialisierten Gesellschaften keine Machtelite mehr, sondern nur noch Veto-Gruppen. Macht sei heute situationsgebunden und wechselhaft.

□ 1949: Prof. für Sozialwissenschaften, Univ. Chicago. □ 1950: »Die einsame Masse« (Schr., dt. 1958). □ 1958: Prof. an der Harvard Univ., Mass. □ 1964: »Wohlstand wofür?« (Schr., dt. 1966). □ 1970: »Academic values and mass education« (Schr., mit anderen).

Rietveld, Gerrit Thomas

niederl. Architekt und Möbeldesigner
* 24.6.1888 Utrecht † 26.6.1964 ebd.

Gerrit Th. Rietveld →

Rietvelds Bedeutung liegt in der Übertragung konstruktivistischer Prinzipien auf Architektur und Design. Dabei trafen sich seine Vorstellungen mit denen Th. v. →Doesburgs und der Gruppe De Stijl, deren Mitglied er 1919 wurde. R.s einflußreichster Entwurf ist das Haus Schröder

(1924), das er für seine Mitarbeiterin, die Innenarchitektin Truus Schröder-Schrader, in Utrecht errichtete. Vorgefertigte Betonplatten wurden in farbig akzentuierte Stahlrahmen (unter Verwendung der Primärfarben Rot, Gelb und Blau) eingefügt. Die Innenraumgestaltung, die das Äußere weitgehend bestimmt, ist funktional und gleichzeitig wohngerecht; das obere Stockwerk ist offen gestaltet und hat bewegliche Trennwände. Zukunftweisend waren auch R.s Reihenhausentwürfe mit durchgängig verglasten Fassaden und einer auf Pfeilern ruhenden, über die Fassadenbreite gehenden Balkon- und Loggiagestaltung. Berühmt wurden R.s Möbelentwürfe, so der Rot-Blau-Stuhl (1918) und dessen Nachfolger (mit Gelb und Schwarz), die bis heute nachgebaut werden.

□ 1917: Nach einer Schreinerausbildung und Architekturstudien Eröffnung einer Möbelwerkstätte. □ 1928: Gründungsmitgl. der int. Architektenvereinigung CIAM. □ 1930/31, 1934: Häuser in der Erasmuslaan, Utrecht (mit T. Schröder-Schrader). □ 1934: Pavillon im Skulpturenpark Sonsbeek in Arnheim (Rekonstruktion im Rijksmuseum Kröller-Müller, Otterlo, 1965). □ 1936: Kino Vreeburg, Utrecht. □ 1941: Sommerhaus Verrijn-Stuart in Breukelerveen. □ 1954: Niederl. Pavillon für die Biennale in Venedig. □ ab 1963: Entwurf für das Rijksmuseum Vincent van Gogh, Amsterdam (weitgehend nach seinem Tod errichtet).

Rifbjerg, Klaus Thorvald

dän. Schriftsteller
* 15.12.1931 Kopenhagen

Rifbjerg ist einer der erfolgreichsten zeitgenössischen Schriftsteller Dänemarks. Neben Lyrik (»Konfrontation«, Ged.e, 1960) schreibt er hauptsächlich Romane, Theaterstücke und Hörspiele. Sein Thema ist die Konfrontation des Individuums mit der modernen Gesellschaft, deren Folgen er mit großem Spürsinn beschreibt. Als Literaturkritiker und Direktor des traditionsreichen Verlagshauses Gyldendal Boghandel spielt R. eine wichtige Rolle im dänischen Kulturleben.

□ 1958: »Der schnelle Tag ist hin« (R., dt. 1962; 1971 u. d. T. »Unschuld«). □ 1963: »Porträt« (Ged.e). □ 1966: »Der Opernliebhaber« (R., dt. 1968). □ 1969: »Ich, Anna« (R.). □ 1971: »Adresse: Lena Jørgensen, Kopenhagen« (R., dt. 1974). □ 1977: »Ein abgewandtes Gesicht« (R., dt. 1981). □ 1982: »Männer und Frauen« (R.). □ 1984: »Nichts Neues von der Küchenfront« (Dr.). □ 1987: »Engel« (R.).

← Klaus Th. Rifbjerg

Rihm, Wolfgang Michael

dt. Komponist
* 13.3.1952 Karlsruhe

Rihm gehört zu den führenden Vertretern einer jüngeren Komponistengeneration, deren ästhetische Konzepte sich grundlegend von den Avantgardebewegungen der 50er und 60er Jahre unterscheiden. Bezugnehmend auf den expressionistischen A. →Schönberg fordert R. eine stilistische Freiheit, die sich stets der Verantwortung gegenüber jedem kompositorischen Detail bewußt ist. Als ungewöhnlich produktiver Komponist konfrontiert er die Öffentlichkeit seit Mitte der 70er Jahre regelmäßig mit neuen Werken aus allen Gattungen. Neben Orchester- und Kammermusik schreibt er Bühnenwerke, von denen seine Kammeroper »Jakob Lenz« (UA Hamburg, 1979) zu den erfolgreichsten zählt.

← Wolfgang Michael Rihm

□ 1968-72: Studium an der Musikhochschule Karlsruhe. □ 1971-80: Klavierstücke Nr. 1-7. □ 1973: Schüler von K. →Stockhausen. □ 1974: »Dis-Kontur« für großes Orchester. □ 1976: 3. Streichquartett »Im Innersten«. □ seit 1978: Dozent der Darmstädter Sommerkurse für Neue Musik. □ 1979/80: Stipendiat der Villa Massimo, Rom; »Fünf Abgesangsszenen« für mittlere Stimme und Orchester. □ 1981/82: Gastprof. an der Münchner Musikakademie. □ 1982-89: Kammermusiken »Chiffre« Nr. I-VIII. □ 1984/85: Composer in residence in Berlin. □ 1985: 7. Streichquartett »Veränderungen«. □ 1987: »Die Hamletmaschine«, UA Mannheim. □ 1990: »Frau/Stimme« für zwei Soprane und Orchester, UA Donaueschingen.

▷ D. Rexroth (Hg.): Der Komponist Wolfgang Rihm, 1986.

Rilke, Rainer Maria

(eig. René M. R.)
dt.spr. Schriftsteller
* 4.12.1875 Prag (heute CSFR)
† 29.12.1926 Val-Mont (Schweiz)

Rilke zählt zu den bedeutendsten Lyrikern der Weltliteratur. In den 50er Jahren in der BRD verehrt, zeitweilig jedoch auch als apolitisch kritisiert, ist R.s Werk am Ende des 20. Jh.s unangefochten als klassisch anerkannt. Das Poem »Weise von Liebe und Tod des Cornets Christoph Rilke« (1906) war bereits während des 1. Weltkriegs ein Bestseller; der Roman »Die Aufzeichnungen des Malte Laurids Brigge« (2 Bde., 1910) wurde mit seiner Darstellung der Sinn- und Sprachkrise der Jahrhundertwende zum ersten deutschsprachigen Ausdruck der literarischen Moderne.
Vor dem Erfahrungshintergrund zerfallender Werte, einer sich auflösenden, durch den Krieg weiter zerstörten Welt und des Identitätsverlustes seiner Generation gestaltete R. in den »Neuen Gedichten« (2 Bde., 1907/08) eine poetische Ordnung, in der Reales zum »Kunstding« wird. Weder objektive Beschreibung noch Stimmungslyrik, vereinen die Gedichte die genaue Beobachtung ausgewählter Gegenstände und Situationen mit subjektiven Erfahrungen. Außen- und Innenwelt werden auf eine Weise verknüpft, die dem Ich wie dem anderen Menschen seine Identität und seine Widersprüchlichkeit läßt. R. gestaltete so in der Kunst seine Sicht des »wahren« Lebens: Der rastlos reisende Autor, der im Leben sein Ideal einer besitzlosen Liebe nicht verwirklichen konnte — er trennte sich bereits nach einem Jahr von seiner Frau —, realisierte es in der beschreibenden und abstrahierenden Darstellung menschlicher Erfahrungen.
Angesichts des sich selbst entfremdeten Menschen in einer zerrissenen Welt entwarf R. in den »Duineser Elegien«, endgültig in »Sonette an Orpheus« (beide 1923), eine Gegenwelt: In einem neuen poetischen Mythos sind Schmerz und Tod aufgehoben, die Wirklichkeit kann in Sprache verwandelt und damit bewahrt werden.

Rainer Maria Rilke: 1905/06 Privatsekretär von A. Rodin.

□ 1895/96: Kunstgeschichtsstudium in Prag und München. □ 1897: Verbindung mit L. →Andreas-Salomé. □ 1899/1900: Gemeinsame Reisen nach Rußland. □ 1901: Heirat mit der Bildhauerin Clara Westhoff. □ 1902/03: »Das Buch der Bilder« (Ged.e); in Paris Bekanntschaft mit A. →Rodin; 1905/06 dessen Privatsekretär. □ 1905: »Das Stundenbuch« (Ged.e). □ 1906: »Weise von Liebe und Tod des Cornets Christoph Rilke« (Ged.). □ 1911/12: Reise nach Nordafrika; als Gast der Fürstin Marie von Thurn und Taxis auf Schloß Duino an der Adria. □ 1919: Übersiedlung in die Schweiz; ab 1921 Wohnsitz auf Schloß Muzot im Wallis.

▷ I. Schnack: Rainer Maria Rilke, 2 Bde., 1975; W. Leppmann: Rilke, 1981; H. Nalewski (Hg.): Rainer Maria Rilke, Briefe in zwei Bänden 1896-1926, 1991.

Rilling, Helmuth

dt. Dirigent, Chorleiter und Organist
* 29.5.1933 Stuttgart

Rilling gehört zu den bedeutendsten Bach-Kennern und -Interpreten der Nachkriegszeit. In den 60er Jahren brachte ihm die Einspielung von Bachs gesamtem »Orgelbüchlein« internationale Anerkennung. Mit der von ihm gegründeten Gächinger Kantorei (1954) hatte R. bereits weltweit konzertiert, als er den Chor 1965 durch das Bach-Collegium Stuttgart ergänzte. Beide Ensembles führte er auf erfolgreichen Tourneen u. a. in die USA (seit 1968), zu den Bach-Festivals in Oxford und London (1972) und nach Japan (1974). Kennzeichnend für seine Interpretationen der großen Chorwerke von Bach und Händel sind der beredte Ausdruck, chorische Virtuosität der Phrasierung und Artikulation sowie ein Dirigat, das den expressiven Fluß der Musik in steter Spannung hält. 1978 begann R. in Stuttgart mit dem Aufbau der sog. Gesprächskonzerte (mit Werkeinführungen), die vom HR und dem ZDF ausgestrahlt werden.

← Helmuth Rilling

□ 1952-55: Studium an der Stuttgarter Musikhochschule. □ ab 1955: Orgelstudium am Konservatorium in Rom. □ ab 1957: Kantor und Organist an der Gedächtniskirche Stuttgart. □ 1963: London-Debüt als Organist. □ ab 1963: Generalmusikdir. in Stuttgart. □ 1967: Dirigierkurs bei L. →Bernstein in New York. □ 1969-81: Leiter der Frankfurter Kantorei. □ seit 1969: Prof. an der Frankfurter Musikhochschule. □ 1970-84: Gesamteinspielung der 194 Kirchenkantaten von Bach. □ 1981: Gründung der Internationalen Bachakademie Stuttgart. □ seit 1990: Vors. der Neuen Bachgesellschaft Leipzig.

Rimski-Korsakow, Nikolaj Andrejewitsch

russ. Komponist
* 6.(18.?)3.1844 Tichwin, Gouv. Nowgorod
† 8.(21.?)6.1908 Ljubensk, Gouv. Petersburg

Rimski-Korsakow gehörte ab 1861 dem sog. mächtigen Häuflein an. Dieser Kreis der damals führenden russischen Komponisten hatte sich die Ausbildung einer nationalrussischen Musik zum Ziel gesetzt. Beeinflußt von Michail Glinka (*1804, † 1857) und M. A. →Balakirew, Liszt und Berlioz, prägte R. einen individuellen Stil, der durch instrumentale Farbigkeit sowie klare formale und harmonische Strukturen gekennzeichnet ist. Seine Melodik bereicherte er durch den russischen Volksliedschatz (»Die Mainacht«, UA St. Petersburg, 1880; Oper »Schneeflöckchen«, UA St. Petersburg, 1882; Streichquartett über russische Themen, 1879). Seine vorbildliche Orchestertechnik (»Capriccio über spanische Themen« op. 34, 1887) vermittelte er an zwei Generationen russischer Komponisten weiter (u. a. an seine Schüler A. →Glasunow, I. →Strawinsky und S. →Prokofjew). Sie findet ihren Niederschlag auch in den Werken von C. →Debussy, M. →Ravel und O. → Respighi.
Als Opernkomponist behandelt R. vorwiegend russische Sujets (»Das Märchen vom Zaren Saltan«, UA Moskau 1900; darin der berühmte »Hummelflug«). Sein wohl reifstes Opernwerk, »Die Sage von der unsichtbaren Stadt Kitezh« (UA St. Petersburg, 1907), schrieb R. in den Jahren 1903-05. Die Aufführung der Oper verzögerte sich wegen der politischen Ereignisse: R. hatte sich als Professor des Petersburger Konservatoriums den Maßnahmen gegen Studenten wider-

Rimski-Korsakow beeinflußte I. Strawinsky und M. Ravel.

setzt, woraufhin die Aufführung aller seiner Werke verboten wurde. Auch seine letzte Oper, »Der goldene Hahn« (1906/07; UA Moskau, 1909), nach einem satirischen Stoff von Alexander Puschkin (* 1799, † 1837), fiel der Zensur zum Opfer. Verdienste erwarb R. auch durch die Einrichtung und Neuinstrumentierung von Werken anderer Komponisten. Er gab die Opern »Boris Godunow« (1892-96) und »Chowanschtschina« (1881-83) sowie die sinfonische Dichtung »Nacht auf dem kahlen Berge« (1886) seines Freundes Modest Mussorgski (* 1839, † 1881) heraus.

□ 1862-73: Kaiserlicher Seeoffizier. □ ab 1872: Prof. am Konservatorium St. Petersburg. □ 1873-84: Zivilinspektor der russ. Marinekapellen. □ 1874: Debüt als Dirigent in St. Petersburg mit seiner 3. Sinf. C-Dur op. 32 (1866-73). □ 1874-81: Nachfolger von M. A. →Balakirew als Dir. der St. Petersburger Freischule für Musik. □ ab 1883: Zweiter Dir. der Kaiserlichen Kapelle. □ ab 1886: Dirigent der Symphoniekonzerte in St. Petersburg. □ ab 1887: Vollendung und Instrumentierung der Oper »Fürst Igor« von Alexander Borodin (* 1833, † 1887) mit seinem Schüler A. Glasunow. □ 1888: Sinfonische Suite »Scheherazade« op. 35; Ouvertüre »Osterfest« op. 36. □ 1889: Dirigent russ. Konzerte bei der Pariser Weltausstellung. □ 1890: Konzerte in Brüssel. □ 1897: 60 Lieder op. 39-55. □ 1898: Oper »Mozart und Salieri«, UA Moskau. □ 1899: »Die Zarenbraut«, UA Moskau. □ 1907: Gast beim Fest der russ. Orchestermusik in Paris.

▷ N. N. Rimskaja-Korsakowa (Hg.): Chronik meines musikalischen Lebens (Aut.), 1909, NA dt. 1928; D. Kabalewsky (Hg.): Rimski-Korsakow, 2 Bde., 1953/54; S. L. Ginsburg (Hg.): Nikolaj Rimski-Korsakow, 1959.

Rindt, Jochen

dt. Automobilrennfahrer
* 18.4.1942 Mainz † 5.9.1970 Monza

← Jochen Rindt

Rindt, der 1970 beim Training in Monza verunglückte, wurde postum Weltmeister der Formel 1. Nach Siegen bei den Großen Preisen von Monaco, Holland, Frankreich, England und Deutschland hatte R. uneinholbar geführt. Der Tod des WM-Dritten von 1966, der als Deutscher mit einer österreichischen Lizenz fuhr, löste weltweit Kritik an der Leichtbauweise der Formel-1-Rennwagen aus.

Ringelnatz, Joachim

(eig. Hans Bötticher)
dt. Schriftsteller und Kabarettist
* 7.8.1883 Wurzen † 17.11.1934 Berlin

Joachim Ringelnatz →

Ringelnatz, Kabarettist in der Schwabinger Künstlerkneipe Simplicissimus und im Berliner Kleinkunsttheater Schall und Rauch, wurde mit skurillen Nonsensgedichten bekannt. Zeitsatire, Humor und Unsinn verbinden sich in seinem Werk zu einer antibürgerlichen, mitunter derben, amoralisch wirkenden Lyrik. Autobiografische Elemente enthalten die Gedichte um den betrunkenen Matrosen »Kuttel Daddeldu« (1920). Eine anarchische Welt entwarf R. in seinen Kindergedichtbänden (u. a. »Geheimes Kinderspielbuch«, 1924).

□ 1901: Schiffsjunge. □ 1909: »Hausdichter« in einer Münchner Künstlerkneipe. □ 1912: »Die Schnupftabakdose« (Ged.e). □ 1914-18: Teilnahme am 1. Weltkrieg bei der Marine. □ ab 1920: Autor an der Kleinkunstbühne Schall und Rauch in Berlin. □ 1920: »Turngedichte«. □ 1931: »Kinder-Verwirr-Buch«. □ 1932: »Die Flasche und mit ihr auf Reisen« (Ged.e). □ 1934: »Gedichte, Gedichte von Einstmals und Heute«.

▷ J. Ringelnatz: Als Mariner im Krieg (Aut.), 1928; ders.: Mein Leben bis zum Kriege (Aut.), 1931; H. Günther: Joachim Ringelnatz in Selbstzeugnissen und Bilddokumenten, 1964.

Rinser, Luise

dt. Schriftstellerin
* 30.4.1911 Pitzling (heute Landsberg a. Lech)

Luise Rinser →

Rinser, Anfang der 60er Jahre aufgrund ihrer religiös-moralisierenden Romane als »Erbauungsschriftstellerin« kritisiert (u. a. »Die vollkommene Freude«, 1962), bezieht seit 1967 (»Zölibat und Frau«, Es.) kritisch Stellung zu aktuellen politischen und kirchlichen Themen (u. a. zur Atomrüstung, Frauenbewegung, Stellung der Frau in der Kirche). 1984 wurde sie von der Partei der Grünen als Kandidatin für das Amt des Bundespräsidenten aufgestellt (gegen R. v. →Weizsäcker).

□ 1934-39: Nach Studium der Pädagogik und Psychologie Grundschullehrerin. □ 1941: »Die gläsernen Ringe« (Erz.); Schreibverbot. □ 1944: Anklage wegen »Wehrkraftzersetzung«. □ 1945-53: Freie Mitarbeiterin der Neuen Zeitung in München. □ 1946: »Gefängnistagebuch«. □ 1947: »Jan Lobel aus Warschau« (Erz.). □ 1950: »Mitte des Lebens« (R.). □ 1953-59: 3. Ehe mit C. →Orff. □ 1957: »Abenteuer der Tugend« (R.). □ seit 1963: Freie Schriftstellerin in Italien. □ 1970: »Baustelle. Eine Art Tagebuch. 1967-70«. □ 1976: »Wenn die Wale kämpfen. Porträt eines Landes: Süd-Korea«. □ 1981: »Nordkoreanisches Reisetagebuch«. □ 1988: »Wachsender Mond. 1985-88« (Tageb.). □ 1991: »Abaelards Liebe« (R.).

▷ L. Rinser: Den Wolf umarmen (Aut.), 1981; H. R. Schwab (Hg.): Luise Rinser, 1986.

Ritsos, Jannis

griech. Schriftsteller
* 1.5.1909 Monemvassia, Peloponnes
† 11.11.1990 Athen

← Jannis Ritsos

Ritsos wurde mit formal experimentierenden Gedichten in freien Versen (z. B. »Das Lied meiner Schwester«, 1937) zu einem Erneuerer der griechischen Lyrik. Zu Beginn der 30er Jahre noch dem resignativen »Karyotakismus« (K. →Karyotakis) verhaftet, bringen seine reiferen Werke das gesellschaftspolitische, revolutionäre Engagement des Autors zum Ausdruck: In langzeiligen, monologartigen Dichtungen wie »Die Mondscheinsonate« (1956) ebenso wie in kurzen, prägnanten lyrischen Momentaufnahmen trat R., selbst lange Jahre politisch verfolgt und inhaftiert, gegen Krieg und Unterdrückung und für die Freiheit des Individuums ein.

☐ 1936: »Totenklage« (Ged.e). ☐ 1948-52: Als Befürworter des kommunistischen Widerstands im Bürgerkrieg inhaftiert. ☐ 1957: »Die Nachbarschaften der Welt« (Ged.e, dt. 1984). ☐ 1967: Verhaftung und Verbannung während der Militärdiktatur, Entlassung 1972 aus Gesundheitsgründen. ☐ 1972: »Steine, Wiederholungen, Gitter« (Ged.e, dt. 1980). ☐ 1975: »Tagebuch des Exils« (Ged.e, dt. 1979). ☐ 1984: »Mit einem Stoß des Ellenbogens« (R., dt. 1984).

Ritt, Martin

amer. Regisseur und Schauspieler
* 2.3.1920 New York
† 8.12.1990 Santa Monica, Kalif.

← Martin Ritt

Ritt setzte sich in seinen Filmen häufig mit sozialen Fragen auseinander. Wie der bei den Indianern aufgewachsene Weiße (P. →Newman) in »Man nannte ihn Hombre« (1966) oder der Geheimagent (R. →Burton) in »Der Spion, der aus der Kälte kam« (1965; nach J. le →Carré) stehen seine Protagonisten als Außenseiter zwischen den Fronten. Während der McCarthy-Ära geriet R. 1951 auf die sog. Schwarze Liste, was einem Arbeitsverbot gleichkam. Seine Erfahrungen mit diesem Kapitel amerikanischer Geschichte verarbeitete er auf ironische Weise in »Der Strohmann« (1976, mit W. →Allen).

☐ ab 1946: Rg. am Broadway. ☐ ab 1948: Schauspieler in über 150 Fernsehspielen; Rg. bei über 100 TV-Shows. ☐ 1955: Bühneninszenierung von »Blick von der Brücke« (A. →Miller). ☐ 1956: »Ein Mann besiegt die Angst« (mit J. →Cassavetes und S. →Poitier). ☐ 1958: »Der lange, heiße Sommer« (mit P. Newman und J. Woodward). ☐ 1962: »Der Wildeste unter Tausend« (mit P. Newman). ☐ 1964: »Carrasco, der Schänder« (nach »Rashomon« von A. → Kurosawa). ☐ 1972: »Das Jahr ohne Vater«. ☐ 1974: »Abschied von einer Insel«. ☐ 1978: »Norma Rae — Eine Frau steht ihren Mann« (mit S. Fields). ☐ 1987: »Nuts — Durchgedreht« (mit B. →Streisand). ☐ 1989: »Stanley und Iris« (mit J. →Fonda und R. de →Niro).

Ritter, Gerhard

dt. Historiker
* 6.4.1888 Sooden an der Werra
† 1.7.1967 Freiburg/i. Br.

← Gerhard Ritter

Als profilierter Vertreter der klassischen deutschen Geschichtsschreibung hat Ritter zur Neubelebung der deutschen Geschichtswissenschaft nach 1945 beigetragen. Sein wissenschaftliches Gesamtwerk, das sich durch prägnante Tatsachenschilderung, Materialfülle und profilierte Werturteile preußisch-protestantischer Provenienz auszeichnet, ist zugleich der Schlußpunkt einer politischen, sich an Herrscherfiguren und militärischen Ereignissen orientierenden Geschichtsschreibung.

☐ 1925: »Luther« (Biogr.). ☐ 1926-56: Prof. an der Univ. Freiburg i. Br. ☐ 1931: »Stein« (Biogr., 2 Bde.). ☐ 1936: »Friedrich der Große« (Biogr.). ☐ 1940: »Machtstaat und Utopie« (u. d. T. »Die Dämonie der Macht« 1948). ☐ 1944/45: Wegen seiner Verbindung zum Widerstandskreis um C. F. →Goerdeler inhaftiert. ☐ 1954: »C. Goerdeler und die deutsche Widerstandsbewegung«. ☐ 1954-68: »Staatskunst und Kriegshandwerk« (Schr., 4 Bde.). ☐ 1956: »Der Schlieffenplan« (Schr.). ☐ 1958: »Lebendige Vergangenheit« (Es.).

Ritter, Ilse

dt. Schauspielerin
* 20.6.1944 Schauburg-Rinteln

Ritter ist eine unverwechselbare, vielseitig begabte Schauspielerin und eine der bevorzugten Protagonistinnen in den Inszenierungen großer Regisseure wie P. →Zadek und L. →Bondy. Mit ihrer ausgeprägt künstlichen Art, die oft zum Manierismus neigt, erreicht sie in Rollen, in denen sie zerbrechliche, neurotische und hysterische Frauen darstellt, eine große Intensität. Die Künstlichkeit ihres Spiels läßt sie zugleich unnahbar und kühl erscheinen.

I. Ritter 1987 bei der Premiere von »Die Palästinenserin«.

☐ 1967: Nach Ausbildung an der Hochschule für Musik und Theater in Hannover Debüt in Darmstadt. ☐ 1970: Fräulein in »Gespenstersonate« (A. →Strindberg, Rg. H. →Neuenfels) in Stuttgart. ☐ 1972: Molly in der dt. EA von »Off limits« (A. →Adamov, Rg. K. M. →Grüber). ☐ 1973: Kalerija in »Sommergäste« (M. →Gorki, Rg. P. →Stein) in Berlin. ☐ 1976: Mutter Pins in »Die Wupper« (E. →Lasker-Schüler, Rg. L. Bondy) in Berlin. ☐ 1977: Ophelia in Shakespeares »Hamlet« (Rg. P. Zadek) in Bochum. ☐ 1979: Arsinoé in »Menschenfeind« (Molière/ H. M. →Enzensberger, Rg. P. Zadek) in Berlin. ☐ 1982: Lady Macbeth in Shakespeares »Macbeth« (Rg. L. Bondy) in Köln. ☐ 1985: Schauspielerin des Jahres. ☐ 1986: Celia in »Wie es euch gefällt« (Shakespeare, Rg. P. Zadek). ☐ 1989: Königsmutter in Shakespeares »Hamlet« in Hamburg. ☐ 1990: Elisabeth in »Maria Stuart« (F. Schiller, Rg. M. →Bogdanov).

Ritter, Joachim

dt. Philosoph
* 3.4.1903 Geesthacht † 3.8.1974 Münster

Ritter, der ab 1946 in Münster lehrte, trug zur Erneuerung der praktischen Philosophie in Westdeutschland bei. In seiner vergleichenden Interpretation »Hegel und die Französische Revolution« (1957) arbeitete der Philosophiehistoriker die sozialen und politischen Komponenten der Ideengeschichte heraus und definierte »Die Aufgabe der Geisteswissenschaften in der modernen Welt« (Schr., 1963). Als Erfahrungsschatz begriffsgeschichtlicher Forschung gedacht, gab R. das von ihm 1971 begründete »Historische Wörterbuch der Philosophie« (Bde. 1-4) heraus.

□ ab 1946: Prof. an der Univ. Münster; 1953-55 an der Univ. Istanbul, Türkei. □ 1961: »Naturrecht bei Aristoteles«. □ 1969: »Metaphysik und Politik. Studien zu Aristoteles und Hegel«. □ 1974: »Subjektivität«.

Ritz, César

schweiz. Hotelier
* 23.2.1850 Niederwald, Kt. Wallis
† 20.10.1918 Küsnacht, Kt. Zürich

César Ritz gründete 1898 das Hotel Ritz in Paris.

Ritz, der seine Karriere als Weinkellner begann, begründete den Weltruf der nach ihm benannten Hotelkette. 1898 eröffnete er an der Pariser Place Vendôme sein erstes Haus, das er durch erstklassige Küche und luxuriöse Ausstattung als Treffpunkt der oberen Gesellschaftsschichten etablieren konnte. 1905 folgte nach Gründungen in anderen Städten das Ritz in London, das den Namen in der europäischen Hotelerie endgültig durchsetzte.

Rivel, Charlie

span. Clown
* 28.4.1896 Cubellas † 26.7.1983 bei Barcelona

Mit seiner Nummer »Akrobat schööön!«, die er 1931 spontan kreiert hatte, wurde der katalanische Clown weltberühmt. Als junger Künstler nahm Rivel aus Verehrung für Ch. →Chaplin dessen Vornamen an und schuf seine unverwechselbare Erscheinung — Pappnase, rote und weiße Schminke zu rotem Haar und langem Hemd. Im

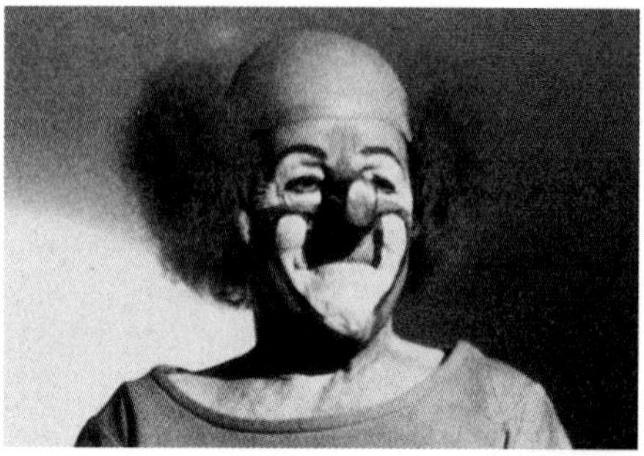

Charlie Rivel stammte aus einer spanischen Artistenfamilie.

Berlin der 20er und 30er Jahre feierte der Star seine größten Erfolge, war aber auch noch nach dem Krieg erfolgreich.

Rivera, Diego Maria

mex. Maler
* 8.12.1886 Guanajuato † 24.11.1957 Mexiko-Stadt

Rivera war Mitbegründer und Hauptvertreter des Muralismo, der mexikanischen Wandmalerei im 20. Jh. Seine erzählenden Bildzyklen sind

Der Künstler Diego Rivera schuf Wandbilder, Leinwandbilder, Mosaiken und Reliefs.

durch einen fast militanten Realismus geprägt, der bei Themen wie dem Kampf der Arbeiterklasse (z. B. »Frida Kahlo verteilt Waffen«, 1927, Erziehungsministerium) pathetische Formen annehmen kann. Im Nationalpalast von Mexiko-Stadt verherrlichte er 1923-29 die indianische Kultur, Arbeiter, Bauern und Soldaten und geißelte Kapitalismus, Priesterschaft und reaktionäre Militärs. Im Cortes-Palast von Cuernavaca gestaltete R. 1929 das Thema der Eroberung Mexikos zu einer Anklage gegen die Unmenschlichkeit. Verschiedene Freskenzyklen entstanden in den USA, so in Detroit, wo er die von ihm als menschenunwürdig empfundene Automatisierung der Produktion umsetzte (1932). Ab 1936 wandte sich R. auch dem Leinwandbild zu und schuf Landschaften, Porträts und Akte. Zu seinem Spätwerk gehören Reliefs (u. a. im Olympiastadion der Universität von Mexiko-Stadt, 1953) und Mosaiken (am Teatro de los Insurgentes, 1952).

□ 1897-1910: Studium u. a. in Mexiko-Stadt und Madrid. □ 1911-21: Wohnsitz in Paris. □ ab 1922: Wandbilder in öffentlichen Gebäuden in Mexiko-Stadt; Eintritt in die mex. KP. □ 1927/28: Besuch der Sowjetunion. □ 1929-39, erneut ab 1940: Ehe mit der Malerin F. →Kahlo. □ 1931-34: Amerika-Aufenthalt. □ 1931: Wandbilder im Luncheon Club von San Francisco. □ 1951: Reliefs im Prado Hotel in Mexiko-Stadt.

▷ F. Arquin: Diego Rivera. The shaping of an artist, 1971.

Rivers, William Halse Rivers

engl. Mediziner, Psychologe und Ethnologe
* 12.3.1864 Luton, Kent † 4.6.1922 Cambridge

Eine Expedition zur Torresstraße (1898) war für den Mediziner Rivers der Anstoß zu seinen ethnologischen Feldforschungen. R. wurde zum prominentesten Vertreter des Diffusionismus, der britischen Variante zur deutschen Kulturkreislehre (F. →Graebner). Bekannt machte ihn sein Buch »The Todas« (1906) — die präzise Dokumentation eines südindischen Volkes. Aufgrund seiner Eindrücke als neurologischer Berater der britischen Armee während des 1. Weltkriegs widmete sich R. danach ausschließlich psychoanalytischen Problemen.

□ 1897: Dir. des ersten Labors für experimentelle Psychologie, Univ. London. □ 1898: Cambridge-Expedition zur Torresstraße (zwischen Neuguinea und Australien). □ ab 1902: Feldforschung bei den Toda (Südindien); Aufenthalte in Melanesien. □ 1906: »The Todas« (Monogr.). □ 1914: »Kinship and social organisation« (Schr.). □ 1920: »Instinct and the unconscious« (Schr.).

▷ R. Slobodin: W. H. R. Rivers, engl. 1978.

Rivette, Jacques

frz. Regisseur
* 1.3.1928 Rouen

← Jacques Rivette

Rivette ist einer der wichtigsten Vertreter der Nouvelle Vague (J.-L. →Godard). Seine Filme sind phantasievolle Träumereien, in denen die Grenze zwischen Realität und Illusion verschwimmt. Eine wichtige Rolle spielt dabei die Scheinwelt des Theaters. »Die Viererbande« (1988) zeigt vier Schauspielerinnen, die während der Probe eines Stückes wiederholt durch Ereignisse in der Außenwelt in ihrer Konzentration gestört werden, so daß sie Kunst und Wirklichkeit schließlich kaum noch voneinander unterscheiden können.

□ ab 1952: Filmkritiker bei Cahièrs du Cinéma mit F. →Truffaut, E. →Rohmer, J.-L. Godard. □ 1958: »Paris gehört uns«. □ 1963-65: Chefredakteur bei Cahièrs du Cinéma. □ 1965: »Die Nonne«. □ 1968: »Amour fou«. □ 1974: »Celine und Julie fahren Boot«. □ 1976: »Unsterbliches Duell«; »Nordwestwind«. □ 1978: »Merry-Go-Round«. □ 1981: »An der Nordbrücke«. □ 1991: »Die schöne Querulantin«.

▷ J. Rivette: Schriften fürs Kino, 1989.

Rjumin, Waleri →Popow Leonid

Robards, Jason

amer. Schauspieler
* 26.7.1922 Chicago, Ill.

Jason Robards: Auf der Bühne und im Kino erfolgreich.

Robards ist einer der größten amerikanischen Theaterschauspieler des 20. Jh.s, der vor allem an New Yorker Bühnen u. a. in Shakespeare-Dramen (Paraderolle: Macbeth) und Stücken von E. → O'Neill mit seinem intensiven Spiel beeindruckt. Seine großen Filmrollen waren u. a. »Eines langen Tages Reise in die Nacht« nach E. O'Neill und der Western »Spiel mir das Lied vom Tod« (Rg. S. →Leone, mit H. →Fonda, 1968).

□ 1947: Nach Studium an der American Academy of Dramatic Arts Bühnendebüt in Rehoboth Beach, Del.; im gleichen Jahr erster Auftritt in New York. □ 1956: Hr. in den O'Neill-Dramen »Der Eismann kommt« und »Eines langen Tages Reise in die Nacht« in New York. □ 1959: Titelrolle in »Macbeth« (Shakespeare) in Cambridge, Mass. □ 1961: »Tender is the Night« (F., Rg. F. S. Fitzgerald). □ 1973: »Ein Mond für die Beladenen« (E. O'Neill) in Los Angeles. □ 1983: Hr. in »The Day after« (Rg. N. Meyer). □ 1984: »Sacharow« (F., Rg. J. Gold).

Robbe-Grillet, Alain

frz. Schriftsteller
* 18.8.1922 Brest

Robbe-Grillet, der Hauptvertreter des Nouveau roman (u. a. mit »Djinn. Ein rotes Loch im

Robbe-Grillet bemüht sich um absolute Objektivität.

lückenhaften Pflaster«, 1981, dt. 1983), versucht in seinem Werk durch die Auflösung der linearen Handlungsstruktur zugunsten einer detailgenauen Schilderung des Augenblicks absolute Objektivität zu erreichen. R.s Romane werden dadurch zu experimentell-phänomenologischen Darstellungen der Wirklichkeit und ihrer verborgenen Bezüge. In seinen Ciné-Romanen (u. a. »Letztes Jahr in Marienbad«, 1961, dt. 1961) beschreibt R. die Beziehungslosigkeit zwischen den Dingen und den Menschen.

☐ 1945-48: Mitarbeiter des staatlichen Inst. für Statistik und Wirtschaftsplanung. ☐ 1953: »Ein Tag zuviel« (R., dt. 1954). ☐ seit 1955: Literarischer Dir. der Éditions de Minuit; »Der Augenzeuge« (R., dt. 1957). ☐ 1957: »Die Jalousie oder Die Eifersucht« (R., dt. 1959). ☐ 1959: »Die Niederlage von Reichenfels« (R., dt. 1960). ☐ 1963: »Argumente für einen neuen Roman« (Es., dt. 1965). ☐ 1968: »Der Lügner« (R., dt. 1968). ☐ 1975: »Das Spiel mit dem Feuer« (R., dt. 1975). ☐ 1988: »Angélique ou l'enchantement« (R.).

▷ A. Robbe-Grillet: Der wiederkehrende Spiegel (Aut.), 1986.

Robbins, Frederick Chapman

amer. Kinderarzt und Virologe
* 25.8.1916 Auburn, Alab.

Robbins schuf mit seinem Verfahren, Kulturen des Poliomyelitis-Virus anzulegen, die Voraussetzungen zur Entwicklung eines wirksamen Impfstoffs gegen Kinderlähmung. 1948 gelang R. und seinen Mitarbeitern die Züchtung des ausschließlich in lebenden Nervenzellen existierenden Virus außerhalb derselben. Neben der Isolierung weiterer Viren arbeitet R. über die Entstehungsmechanismen der von ihnen verursachten Krankheiten.

☐ 1952-80: Prof. an der Western Reserve Univ. in Cleveland, Ohio; Dir. der Kinderklinik ebd. ☐ 1954: Physiologie/Medizin-Nobelpreis (mit J. F. →Enders und Th. H. →Weller). ☐ 1980-85: Präs. des Inst. für Medizin der Nat. Academy of Sciences.

Robbins, Jerome

amer. Tänzer und Choreograph
* 11.10.1918 New York

Die choreographische Leistung von Robbins, der als Tänzer für das Musical begann, liegt in der Entwicklung eines eigenständigen amerikanischen Tanzstils, der klassische Ballett-Technik, Modern Dance, Jazz- und Musicalelemente miteinander verknüpft. Seine Inszenierungen, sowohl für die traditionelle Ballettbühne als auch für den Broadway, zeichnen sich dadurch aus, daß die Tänzer vollkommen natürlich erscheinen. R. s Choreographien zu »Westside Story« (M.: L. →Bernstein) und »Fiddler on the Roof« (dt. »Anatevka«, M.: Jerry Bock) sind ins moderne Tanzrepertoire eingegangen.

J. Robbins (l.) mit R. Nurejew bei den Proben zu »Dances at a gathering«.

S. B. Robinsohn →

← F. Ch. Robbins

☐ 1940-48: Mitgl. des American Ballet Theatre. ☐ 1944: Erste Choreographie »Fancy free« ☐ 1949-63: Codir. des New York City Ballet. ☐ 1953: »Afternoon of a faun«. ☐ 1957: Choreographie des Musicals »Westside Story«. ☐ 1960: Co-Regisseur des Films »Westside Story«. ☐ 1958-61: Leiter einer eigenen Truppe, der Ballets U.S.A. ☐ 1964: Choreographie von »Fiddler on the Roof« (1971 verfilmt). ☐ 1969: Ballettmeister des New York City Ballet. ☐ 1972: »Goldberg Variations«. ☐ 1983: Codir. des New York City Ballet.

Robinsohn, Saul Benjamin

dt. Erziehungswissenschaftler
* 25.11.1916 Berlin † 9.4.1972 Berlin/West

Robinsohn trug ab den 60er Jahren entscheidend zur Reform des Bildungswesens in der BRD bei. Mit der Studie »Bildungsreform als Revision des Curriculum« (1967) führte er den Curriculumbegriff wieder in die deutsche Pädagogik ein: R.s Forderung, daß wissenschaftlich fundierte konkrete Lehrpläne überprüfbare Lernziele, -inhalte und Lehrmethoden enthalten sollten, bestimmte die Diskussion. Sein Eintreten für eine einheitliche Grundausbildung der Lehrer — ein zentrales Problem bei der Neuordnung des Bildungswesens — beeinflußte 1970 den Strukturplan des Deutschen Bildungsrates.

☐ 1933: Emigration. ☐ bis 1940: Pädagogikstudium in Jerusalem. ☐ 1955-58: Pädagogikdozent in Haifa. ☐ 1959: Dir. des UNESCO-Inst. für Pädagogik (Hamburg). ☐ 1968: Dir. des MPI für Bildungsforschung (Berlin/West). ☐ postum 1973: »Erziehung als Wissenschaft« (Schr.).

Edward G. Robinson in einer Szene aus dem Film »Little Caesar«, 1930.

Robinson, Edward G.

(eig. Emmanuel Goldenberg)
amer. Schauspieler rumän. Herkunft
* 12.12.1893 Bukarest
† 26.1.1973 Los Angeles, Kalif.

Mit der Titelrolle in »Der kleine Cäsar« (1930, Rg. M. LeRoy), einem der ersten amerikanischen Gangsterfilme, die als sog. Schwarze Serie bekannt wurden, begann Robinsons Karriere als Gangsterdarsteller. Der kleine Mann mit dem breiten Mund agierte oft an der Seite von H. →Bogart, dem er anfangs im Film noch als der Überlegene gegenüberstand. Mit Bogarts wachsendem Ruhm mußte sich R. bald mit der Rolle des Schwächeren begnügen. In »Frau ohne Gewissen« (1944, B. →Wilder) wurde er als Versicherungsvertreter das Opfer einer Intrige, in O. →Welles' »Die Spur des Fremden« (1946) verkörperte er einen Inspektor.

□ 1932: »Tiger-Hai« (Rg. H. →Hawks). □ 1933: »Der kleine Gangsterkönig« (Rg. R. del Ruth). □ 1935: »San Francisco im Goldfieber« (Rg. H. Hawks). □ 1937: »Kid Galahad« (Rg. M. →Curtiz). □ 1939: »Ich war ein Spion der Nazis« (Rg. A. Litvak). □ 1940: »Orchid der Gangsterbruder« (Rg. L. Bacon). □ 1941: »Der Seewolf« (Rg. M. Curtiz). □ 1945: »Straße der Versuchung« (Rg. F. →Lang). □ 1948: »Gangster in Key Largo« (Rg. J. → Huston). □ 1949: »Blutsfeindschaft« (Rg. J. Mankiewicz). □ 1954: »Das gläserne Netz« (Rg. J. Arnold). □ 1959: »Sieben Diebe« (Rg. H. Hathaway). □ 1963: »Cheyenne« (Rg. J. →Ford). □ 1965: »Cincinnati Kid« (mit St. → McQueen, Rg. N. →Jewison). □ 1973: »Jahr 2022. . . die überleben wollen« (mit Ch. →Heston, Rg. R. Fleischer).

Robinson, Edwin Arlington

amer. Lyriker
* 22.12.1869 Head Tide, Maine
† 6.4.1935 New York

Als erster bedeutender amerikanischer Lyriker des 20. Jh.s steht Robinson zwischen Traditionalismus und Moderne. Seine Poesie ist der klassischen Antike verpflichtet und zeigt in ihrem naturalistischen Pessimismus Einflüsse Th. Hardys. R.s erster Gedichtband, »The torrent and the night before« (1896), wurde kritisiert, weil darin die Welt wie ein Gefängnis erscheine. Tatsächlich sah R. eine tödliche Gefährdung der Zivilisation durch den von Wissenschaft und Technik geprägten Materialismus. Unumstrittene Anerkennung erlangte R. erst nach 1920 durch seinen Artus-Zyklus (die Versepen »Merlin« 1917, »Lancelot« 1920, »Tristram« 1927).

← Edwin A. Robinson

□ 1910: »The town and the river« (Ged.e). □ 1922: Pulitzer-Preis (erneut 1925 und 1928). □ postum 1937: »Collected Poems« (Gesammelte Ged.e).

▷ H. Hagedorn: E. A. Robinson, 1938.

Robinson, Joan Violet

brit. Nationalökonomin
* 31.10.1903 Camberley † 10.8.1983 Cambridge

Robinson, Vertreterin der postkeynesianischen Theorie, war eine der wenigen bekannten Ökonominnen. In ihrer Grundkonzeption folgte sie J. M. →Keynes, kritisierte die neoklassische Preistheorie und stellte hierbei vor allem die Existenz der freien Konkurrenz sowie die optimierende Rolle des Preismechanismus in Frage. In ihrem Werk »Die Akkumulation des Kapitals« (1956, dt. 1958) konzipierte sie eine Weiterentwicklung der keynesianischen Wachstumstheorie. Ebenso wie J. K. →Galbraith unterstellte R. traditionellen Ökonomen, realitätsferne Theorien zu vertreten; sie plädierte für soziale Reformen und setzte sich für eine Beschränkung der Monopolmacht ein.

□ 1927: Studium der Wirtschaftswissenschaften. □ 1931-64: Dozentin an der Univ. Cambridge. □ 1942: »Grundprobleme der Marxschen Ökonomie« (Schr., dt. 1951). □ 1965-71: Prof. für politische Ökonomie in Cambridge. □ 1966: »Die fatale politische Ökonomie« (Schr., dt. 1968). □ 1973: »Einführung in die Volkswirtschaftslehre« (Schr., dt. 1980).

▷ G. C. Harcourt: Joan Robinson, engl. 1968.

Mary Robinson →

Robinson, Mary

ir. Politikerin
* 21.5.1944 Ballina, County Mayo

Robinson wurde 1990 als erste Frau zur irischen Staatspräsidentin gewählt. Die linksliberale, parteilose Verfassungsrechtlerin setzte sich gegen den Kandidaten der konservativen Regierungspartei Fianna Fáil durch, die seit mehr als 50 Jahren den Präsidenten stellte. In ihrem repräsentativen Amt will sich die Katholikin und Frauenrechtlerin vor allem der Familien- und Sozialpolitik widmen. Zu ihren Zielen gehören die Entkriminalisierung der Homosexualität, die Aufhebung des Ehescheidungsverbots sowie die Freigabe von Verhütungsmitteln. R. befürwortet den Verzicht auf die Angliederung Nordirlands an die Republik.

□ 1968: Abschluß des Jurastudiums (Dublin und Cambridge, USA). □ 1969: Jüngste Jura-Prof. am Trinity College in Dublin. □ 1970-90: Mitgl. des Senats der Republik. □ seit 1990: Staatspräsidentin.

Robinson, »Sugar« Ray

(eig. Walker Smith)
amer. Boxer
* 3.5.1920 Detroit † 12.4.1989 New York

Robinson, sechsmaliger Weltmeister im Welter- und Mittelgewicht, war einer der technisch elegantesten Boxer aller Zeiten. Nach 85 Amateurkämpfen ohne Niederlage wurde er 1940 Profi. 1940-65 gewann R. 175 von 202 Profikämpfen (davon 109 durch k. o.). Boxgeschichte machten seine sechs dramatischen Kämpfe gegen Jake La-Motta, von denen R. fünf für sich entschied.

Sugar Ray Robinson (l.) im Kampf gegen R. Turpin, 1951.

Robinson, Sir (ab 1939) Robert

brit. Chemiker
* 13.9.1886 Bufford bei Chesterfield
† 8.2.1975 Great Missenden bei London

Robinson, Nobelpreisträger von 1947, erforschte biologisch wichtige Pflanzenstoffe, insbesondere die stickstoffhaltigen Alkaloide mit ihren komplizierten Molekülen. R. synthetisierte Chemotherapeutika gegen Malaria und klärte die Molekülstruktur des Morphiums (1925) und Strychnins (1946) auf. Für die organische Chemie entwickelte R. eine qualitative Elektronentheorie der Struktur und Reaktion organischer Moleküle.

☐ 1912-15: Prof. an der Univ. Sydney, Australien. ☐ 1915-30: Prof. an den Univ.n von Liverpool, Saint Andrews, Manchester und London. ☐ 1930-55: Prof. an der Univ. Oxford. ☐ 1942: Erforschung der Eigenschaften des Penicillins. ☐ 1945-50: Präs. der Royal Society. ☐ 1947: Chemie-Nobelpreis. ☐ 1957: Gründer der Zeitschrift Tetrahedron.

← Sir Robert Robinson

Robinson, William »Smokey«

amer. Rockmusiker
* 19.2.1940 Detroit, Mich.

Als Songschreiber wurde Robinson in den 60er Jahren der wohl wichtigste Impulsgeber des Philadelphia-Soul, der primär durch die Arbeit der Plattenfirma Tamla-Motown bestimmt wurde. Die Hits von Interpreten wie Mary Wells (»My Guy«, 1964), M. →Gaye (»I'll be doggone«, 1965), The Temptations (u. a. »Get Ready«, 1966) oder The Marvelettes (»Don't mess with Bill«, 1966) stammen von ihm. Als Sänger stand er mit seinem Falsettgesang in der von ihm gegründeten Gruppe »Smokey Robinson and the Miracles« im Vordergrund, u. a. bei »Let me be the time (on the clock of your heart)«. Seit der Trennung von der Gruppe (1972) arbeitet er als Solist (»Quiet Storm«, LP, 1975), komponiert aber auch für Interpreten wie L. →Ronstadt.

Smokey Robinson (l.) mit seiner Gruppe »The Miracles«.

☐ 1957: Gründung der »Miracles«. ☐ 1958: Erste Platte »Get a job«. ☐ 1960: Erster Top-Ten-Hit »Shop Around«. ☐ 1972: Vizepräs. der Plattenfirma Tamla-Motown. ☐ 1979: »Where there's smoke« (LP). ☐ 1982: »Touch the sky« (LP). ☐ 1986: »Smoke Signals« (LP).

Michel Rocard →

Rocard, Michel

frz. Politiker
* 23.8.1930 Courbevoi, Dep. Seine

Als Premierminister vertrat Rocard innerhalb der Sozialistischen Partei eine eher sozialdemokratische Politik und stand damit der von F. →Mitterrand vertretenen Linie nahe, obgleich er sich mit dem Staatspräsidenten nicht sonderlich gut verstand. Im Gegensatz zu anderen französischen Sozialisten sieht er das Hauptproblem der modernen Wirtschaft in einer Sicherung der Produktion und weniger in der Umverteilung der Güter. 1991 wurde R. überraschend von seinem Amt entbunden (E. →Cresson). Er ist als Nachfolger von Mitterrand im Gespräch.

☐ 1957: Mitgl. im Sozialistischen Studentenbund der SFIO. ☐ vor 1958: Studium; anschließend Staatsdienst. ☐ 1958: Mitbegründer der Parti socialiste autonome (PSA). ☐ 1965: Referent für Wirtschaftsplanung im Amt für Planungsrechnung. ☐ 1967-73: Generalsekr. der Vereinigten Sozialistischen Partei (PSU). ☐ 1969-73; 1978-81: Deputierter. ☐ 1973: Anschluß an die Parti socialiste (PS). ☐ 1981-85: Min. für Wirtschaftsplanung. ☐ 1988-91: Premierminister.

▷ K. Evin: Michel Rocard ou l'Art du possible, 1979.

Rocha, Glauber

bras. Regisseur
* 14.3.1938 Vitória da Conquista, Prov. Bahia
† 22.8.1981 Rio de Janeiro

Rocha war der Hauptvertreter des Cinema Novo, einer Bewegung, die Anfang der 60er Jahre mit revolutionären Filmen gegen das Militärregime in Brasilien protestierte. Wie in seinem bekanntesten Film »Gott und Teufel im Land der Sonne« (1964) vermittelte R. seine politischen Forderungen in philosophischen Parabeln und mythischen Allegorien.

□ 1962: »Barravento«. □ 1965: »Land in Trance«. □ 1968: »Antonio das Mortas«. □ ab 1971: Exil in Portugal, Frankreich und Italien wegen Schwierigkeiten mit der bras. Zensur. □ 1976: Nach Aussöhnung mit der Militärregierung Rückkehr nach Brasilien. □ 1979/80: »Das Alter der Erde«.

← Glauber Rocha

Roche, (Eamonn) Kevin

amer. Architekt ir. Herkunft
* 14.6.1922 Dublin

Roche trat mit Bauten hervor, die den Rationalismus etwa L. →Mies van der Rohes in einer phantasievollen, oft ungewöhnlichen Weise weiterentwickelten. R. war Leiter der Entwurfsabteilung im Büro von E. →Saarinen, das er nach dessen Tod 1961 mit John Dinkeloo (* 1918, † 1981) übernahm. Der erste Bau von R. und Dinkeloo war das Oakland Museum (Kalifornien, 1961-68), eine in mehreren Ebenen gestaltete, teilweise in die Erde versenkte und organisch in ihre Umgebung eingebettete Anlage. Das Gebäude der Ford Foundation in New York (1963-68) beeindruckt durch seinen wie ein Gewächshaus gestalteten Innenhof. Eine ungewöhnliche Lösung mit pyramidenartigen, verglasten Baukörpern, die sich an eine schräge Betonwand anlehnen, fanden die beiden Architekten für das Verwaltungsgebäude der College Life Insurance Company (1967-73). Von hoher Ästhetik ist die vor einer künstlich angelegten Wasserfläche errichtete, zweiflügelige Anlage der General Foods Corp. in Rye (1977-82).

□ 1948: Übersiedlung in die USA. □ 1950-61: Zusammenarbeit mit E. Saarinen. □ 1967/68: Erweiterung des Metropolitan Museum of Art, New York. □ 1969-75: Hotel und Verwaltungsgebäude der United Nations Development Corporation.

▷ F. DalCo: Kevin Roche, engl. 1985.

← Kevin Roche

Rochefort, Christiane

frz. Schriftstellerin
* 17.7.1917 Paris

Die feministisch-engagierte Schriftstellerin Rochefort setzt sich in ihren Werken kritisch mit bürgerlichen Konventionen auseinander. International bekannt wurde sie mit ihrem Roman »Ein sanftes Ruhekissen« (1958, dt. 1958), ein Skandalerfolg, der mit B. →Bardot verfilmt wurde. Es ist die Geschichte einer Frau, die einem Alkoholiker sexuell hörig ist, es aber trotz vieler Rückschläge schafft, diesen Mann in ein bürgerliches Leben zurückzuführen. In R.s späteren Werken gewinnt das Thema der Befreiung von bürgerlichen Verhaltensnormen eine immer stärkere Stellung.

□ 1961: »Kinder unserer Zeit« (R., dt. 1967). □ 1963: »Mein Mann hat immer recht« (R., dt. 1965). □ 1966: »Eine Rose für Morrison« (R., dt. 1967). □ 1969: »Frühling für Anfänger« (R., dt. 1970).

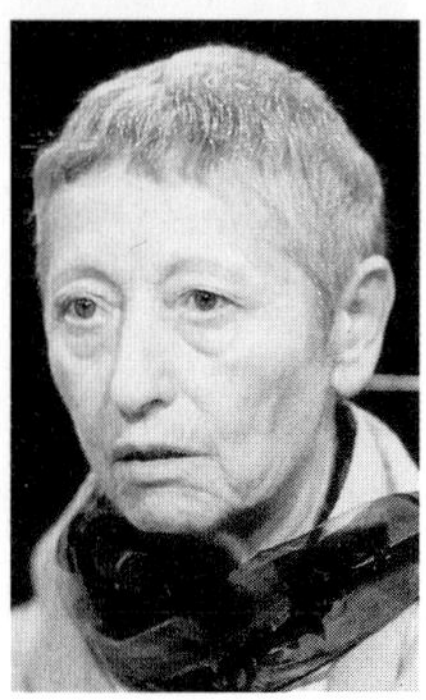

← Christiane Rochefort

Rockefeller, John Davidson

amer. Industrieller
* 8.7.1839 Richford, N. Y. † 23.5.1937 Ormond, Flor.

Rockefeller war einer der letzten legendären Industriellen zur Zeit der Hochblüte des Kapitalismus. Wie kein zweiter verkörperte er den »American dream«. Seine Karriere, die er als 16jähriger in einer Kommissionsfirma in Cleveland in Angriff nahm, führte ihn 1870 im Alter von 31 Jahren an die Spitze der von ihm mitgegründeten Standard Oil Company of Ohio. Durch zweifelhafte Geschäftsmethoden zwang er konkurrierende Firmen zur Aufgabe und baute ein riesiges Imperium auf. Sein Standard Oil Trust beherrschte schließlich den gesamten amerikanischen Erdölmarkt. 1906 löste die US-Regierung unter Th. →Roosevelt mit Hilfe des Anti-Kartell-Gesetzes R.s Trust in mehrere kleinere Unternehmen auf. R. blieben Minderheitsbeteiligungen an zahlreichen Nachfolgefirmen. Als Förderer der Wissenschaften gründete R. 1890 die Universität von Chicago, 1913 die R.-Foundation (jährliche Ausgaben ca. 45 Mio. US-$) sowie das R. Institute for Medical Research.

▷ P. Collier/D. Horowitz: Die Rockefellers. Eine amerikanische Dynastie, dt. 1976.

John D. Rockefeller errichtete ein Firmenimperium.

Rockefeller, Nelson Aldrich

amer. Politiker
* 8.7.1908 Bar Harbor, Maine
† 26.1.1979 New York

Der zweimalige Präsidentschaftskandidat (1964, 1976) und Gouverneur von New York Rockefeller war ein gemäßigt-konservativer Republikaner, der besonders in Wohlfahrts- und Rassenfragen den liberalen Ansichten von J. F. → Kennedy nahestand. Neben seiner politischen Tätigkeit war der Kunstsammler und Enkel von J. D. →Rockefeller stets ein Förderer der Künste (u. a. Begründer und Mäzen der Museen für Moderne Kunst und für Primitive Kunst in New York).

☐ vor 1931: Nach Studium Bankausbildung in London und Paris. ☐ 1931-58: Dir., später Präs. des Rockefeller Centers in New York. ☐ 1944/45: Unterstaatssekr. für lateinamer. Fragen. ☐ 1946-53; 1957/58: Präs. der amer. Gesellschaft für wirtschaftliche und soziale Entwicklung. ☐ 1952-58: Berater von US-Präsident D. →Eisenhower. ☐ 1953: Unterstaatssekr. im Gesundheitsministerium. ☐ 1958-74: Gouverneur von New York.

▷ M. Kramer/S. Roberts: »I never wanted to be vice president of anything«. An investigative biography of Nelson Rokkefeller, 1976; J. E. Persico: The imperial Rockefeller. A biography of Nelson A. Rockefeller, 1982.

← Nelson A. Rockefeller

Rodari, Gianni

ital. Kinderbuchautor und Journalist
* 23.10.1920 Omegna, Piemont † 14.4.1980 Rom

Rodari schrieb phantastische, mitunter surrealistische Märchen in der Tradition Jonathan Swifts (* 1667, † 1745) und Hans Christian Andersens (* 1805, † 1875), die sich mit Problemen des 20. Jh.s beschäftigten. R. setzte sich in seinen Werken für Phantasie und geistige Vorstellungskraft ein, die er aber nicht als Gegensatz zur Wissenschaft interpretierte. 1970 erhielt R. den internationalen Hans-Christian-Andersen-Preis.

☐ 1938: Lehrerdiplom. ☐ 1951: »Zwiebelchen« (Kdb., dt. 1954). ☐ 1958: »Gelsomino im Lande der Lügner« (Kdb., dt. 1961). ☐ 1966: »Das fliegende Riesending« (Kdb., dt. 1968). ☐ 1971: »Der Zaubertrommler« (Kdb., dt. 1976). ☐ 1978: »Zweimal Lamberto oder das Geheimnis der Insel San Giulio« (Kdb., dt. 1982).

Gianni Rodari: Autogramme für sowjetische Kinder, 1979.

Rodin, Auguste

frz. Bildhauer, Grafiker und Maler
* 12.11.1840 Paris † 17.11.1917 Meudon

Rodin war der bedeutendste Mittler zwischen den großen Epochen europäischer Skulptur (von der Gotik über Michelangelo zu Giovanni Lorenzo Bernini) und einem neuen Kunstverständnis, das sich u. a. in impressionistischen und realistischen Stilzügen artikulierte und mit dem er den akademischen Klassizismus seiner Zeit überwand. Damit stand er am Anfang der modernen Bildhauerei.

Drei Arbeiten nehmen einen zentralen Platz in R.s Werk ein: Das »Höllentor« (ab 1880, unvollendet), »Die Bürger von Calais« (1884-86) und das Denkmal für Honoré de Balzac (1891-98). Das »Höllentor« war als monumentale Tür für einen (nie realisierten) Bau des Musée des Arts décoratifs in Paris bestimmt, und R. arbeitete an der Ausführung bis zu seinem Tod. Aus den zeichnerischen und plastischen Vorstudien gin-

Der französische Bildhauer A. Rodin im Garten seines Landhauses in Meudon, 1905.

gen bekannte Einzelfiguren wie »Der Denker« hervor; das Gesamtwerk war als eine außerordentlich expressive Komposition mit Massen ineinander verschlungener, stürzender oder schwebender Körper geplant, wie sie in der Skulptur bislang ohne Beispiel war. Zukunftweisend war auch die unheroische Gruppe der »Bürger von Calais«, eine radikale Abkehr von der überkommenen Repräsentations- und Denkmalplastik. Dies gilt gleichermaßen für die Balzac-Statue, eine völlig antiidealistische Figur, die sehr impressionistisch gestaltet ist.
In den späteren Arbeiten hat sich R. verschiedenen anderen Stilrichtungen geöffnet, so dem Expressionismus E. →Munchs (»Der Schrei«, 1899). Die Studien von Tänzern und Tänzerinnen zeigen E. →Degas' Einfluß. R.s aquarellierte Zeichnungen der späteren Jahre gehören zu den eindrucksvollsten Bildhauerstudien und bewahren trotz ihres skizzenhaften Charakters den Rang eigenständiger Kunstwerke.

□ 1854-57: Studium an der École des Arts décoratifs. □ 1864-71: Zahlreiche Entwürfe für Porzellan. □ 1871-78: Aufenthalt in Brüssel; Entwürfe für Bauplastik. □ 1876: »Das eherne Zeitalter«. □ 1878: »Johannes d. T.«. □ 1879-82: Arbeit für die Porzellanmanufaktur in Sèvres (u. a. Vasenentwürfe). □ ab 1880: Arbeit am »Höllentor«. □ 1886: »Der Kuß« (Marmor). □ 1900: Pavillon auf der Weltausstellung in Paris. □ nach 1900: Wachsende int. Anerkennung; zahlreiche Bronzeabgüsse eigener Arbeiten; Büsten, Köpfe und Bewegungsstudien. □ 1908: »Die Kathedrale« (Marmor). □ 1914: »Die Kathedralen Frankreichs« (Schr., dt. 1917).

▷ M. Laurent: Rodin, 1989.

Rodnina, Irina

sowjet. Eiskunstläuferin
* 12.9.1949 Moskau

Rodnina beherrschte 1969-80 mit ihren Partnern Alexander Ulanow und (ab 1973) Alexander Saizew den internationalen Paarlauf. Die temperamentvolle Läuferin, die seit 1981 als Trainerin in Moskau arbeitet, führte bei hoher künstlerischer Qualität Tempo und Dynamik in den Paarlauf ein, der bis dahin vom Ballettstil L. und O. →Protopopows bestimmt war.

□ 1969-71: Welt- und Europameister. □ 1972: Olympiasieg in Sapporo; Europameister. □ 1973-75: Welt- und Europameister. □ seit 1975: Ehe mit A. Saizew. □ 1976: Olympiasieg in Innsbruck, Europameister. □ 1977/78: Welt- und Europameister. □ 1980: Europameister. □ seit 1981: Trainerin in Moskau.

▷ I. Rodnina: Das Eis ist gar nicht so glatt, 1979.

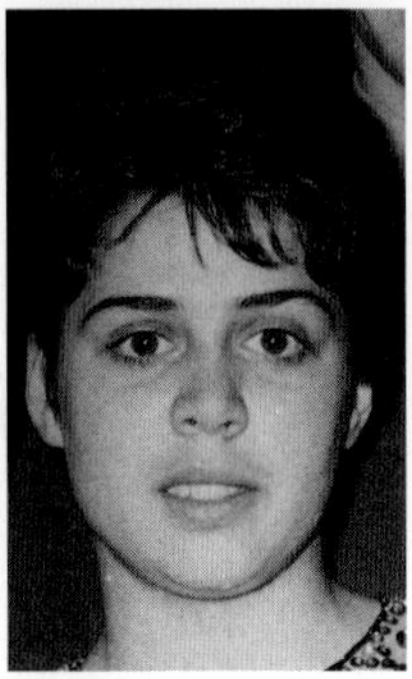

← Irina Rodnina

Rodó, José Enrique

urug. Schriftsteller
* 15.7.1871 Montevideo † 1.5.1917 Palermo (Italien)

Rodó, der zu den bedeutendsten Essayisten Lateinamerikas zählt, war neben R. →Darío Hauptvertreter des Modernismus. Von der europäischen Literatur beeinflußt, entwarf er in seinem Hauptwerk, dem Essay »Ariel« (1900), das Ideal eines von ethisch-religiösen Motiven geleiteten lateinamerikanischen Menschen, das er gegen das utilitaristisch-materialistische Denken des Nordamerikaners abgrenzte.

□ 1895: Mitbegründer der Zeitschrift Revista Nacional de Literatura y Ciencias Sociales. □ 1898: Prof. für Literatur an der Univ. Montevideo. □ 1900: Dir. der Nationalbibliothek in Montevideo. □ 1902-08: Kongreßabg.

Rodtschenko, Alexander Michailowitsch

russ. Maler, Grafiker und Fotograf
* 15.12.1891 St. Petersburg † 3.12.1956 Moskau

Der Maler Alexander M. Rodtschenko (r.) mit S. Kirsanow (l.) und N. Assejew.

Rodtschenko gehörte zu den führenden Vertretern der russischen Avantgarde und zu den Mitbegründern der funktionalen Richtung des Konstruktivismus. Zeitweilig war er vom Suprematismus K. →Malewitschs beeinflußt und arbeitete mit Kreisen und Kreissegmenten sowie freien geometrischen Elementen (z. B. »Komposition«, 1919, Köln, Museum Ludwig). Ab etwa 1920 ging er zu einer strengen Geometrie unter dem Primat der Funktionalität über.
R. war neben W. →Tatlin einer der ersten Künstler, die eine wissenschaftliche Experimentierweise, Materialuntersuchungen sowie technische und konstruktive Gesichtspunkte mit künstlerischen Zielsetzungen verbanden. Aus diesem Ansatz heraus schuf er seine aus Teilen eines selbst entwickelten Modulsystems bestehenden, von ihm als »weiße gegenstandslose Skulpturen« bezeichneten Plastiken. Scheibenformen, Rechtecke, gewinkelte und mit verschiedenförmigen Ausschnitten versehene Teile sowie Vierkantelemente setzte R. zu »architektonischen« Konstruktionen zusammen und schuf damit die ersten freistehenden Skulpturen des Konstruktivismus. Seine kühl bis streng wirkenden Fotografien hatten u. a. Einfluß auf das Bauhaus (W. →Gropius).

□ 1910-14: Studium an der Kasan-Hochschule, St. Petersburg. □ 1914: Übersiedlung nach Moskau; Studium an der

Stroganoff-Schule. □ 1917: Ausgestaltung des Moskauer Cafés »Pittoresque« (mit Tatlin u. a.). □ 1918-22: Kunstbeauftragter der sowjet. Regierung. □ 1918-26: Lehrer an der Moskauer »Proletkult«-Schule. □ 1921-30: Prof. an den Kunsthochschulen WChUTEMAS und WChUTEIN. □ ab 1930: Fotograf für verschiedene Zeitschriften.

▷ W. Rodtschenko/A. Lawrentjew: Alexander Rodtschenko, 1983.

Rogers, Bernard William

amer. Militär
* 16.7.1921 Fairview, Kansas

Nach seiner Ernennung zum Oberbefehlshaber der NATO-Truppen in Europa (1979) drängte General Rogers ständig auf erhöhte europäische Verteidigungsanstrengungen. Dabei setzte er sich besonders für eine Stärkung der konventionellen Truppen ein, damit zur Abwehr einer sowjetischen Aggression nicht zu schnell ein Einsatz von atomaren Waffen notwendig sei. Dennoch sprach er sich ab 1982 nachdrücklich für die Aufstellung atomarer Pershing-II-Raketen in Mitteleuropa aus.

□ ab 1940: Soldat. □ bis 1943: Besuch der Militärakademie in Westpoint. □ 1951-53: Teilnahme am Koreakrieg. □ 1954/55: Besuch der Generalstabsakademie. □ 1956-76: Im Generalstabs- und Truppendienst; u. a. im Pentagon, in Vietnam und Augsburg. □ 1976: Generalstabschef des Heeres. □ 1979-87: Oberbefehlshaber der amer. und der alliierten Streitkräfte in Europa (SACEUR).

← Bernard W. Rogers

Rogers, Carl Ransom

amer. Psychologe und Psychotherapeut
* 8.1.1902 Oak Park, Ill. † 4.2.1987 La Jolla, Kalif.

Rogers gehört mit Ch. →Bühler zu den Wegbereitern der humanistischen Psychologie. Der Schüler O. →Ranks entwickelte sog. nichtdirektive, klientenzentrierte Gesprächspsychotherapien. In sog. Encounter-Gruppen, an denen auch der Therapeut subjektiv handelnd teilnimmt, soll das gemeinsam erfahrbare Erlebnis der Gruppensituation Grundlage für Therapie und Persönlichkeitsentwicklung aller Teilnehmer sein. Mit seiner Theorie vom »schülerzentrierten Lernen« nahm R. auch Einfluß auf die Pädagogik.

□ 1942: »Die nichtdirekte Beratung« (Schr., dt. 1972). □ 1945-57: Prof. an der Univ. of Chicago. □ 1951: »Die klientbezogene Gesprächstherapie« (Schr., dt. 1973). □ 1957-63: Prof. an der Univ. of Wisconsin. □ 1961: »Entwicklung der Persönlichkeit« (Schr., dt. 1973). □ ab 1963: Lehrtätigkeit am Center for the Studies of the Person, La Jolla. □ 1969: »Lernen in Freiheit« (Schr., dt. 1974). □ 1972: »Partnerschule« (Schr., dt. 1975). □ 1977: »Personal power« (Schr.). □ 1980: »A way of being« (Schr.).

C. R. Rogers: Therapie im Rahmen von Encounter-Gruppen.

Rogers, Ginger

(eig. Virginia Katherine McMath)
amer. Tänzerin und Schauspielerin
* 16.7.1911 Independence, Missouri

Den Höhepunkt ihrer Karriere erreichte Rogers als Partnerin von F. →Astaire in amerikanischen Musikfilmen der 30er Jahre. Ihre exakt aufeinander abgestimmten Tanzszenen, in denen sich Attraktivität, Charme und Eleganz verbanden, machten R. und Astaire zum beliebtesten Tanzfilm-Paar. Ihre besten Filme wie »Top Hat/Ich tanz mich in dein Herz hinein« (1935, mit Musik von I. →Berlin) und »Swing Time« (1936) wurden Musical-Klassiker. R. spielte auch ernste Rollen und wurde 1940 für »Kitty Foyle« mit dem Oscar ausgezeichnet.

□ 1929: Refrainsängerin und Solotänzerin in einem Tanzorchester. □ 1929: Debüt in dem Broadway-Musical »Top

Die amerikanische Schauspielerin Ginger Rogers in dem Film »Lady in the dark«, 1944.

Speed«. □ 1930: »Girl Crazy« (Broadway-Musical von G. →Gershwin); »Young man of Manhattan/Der junge Mann von Manhattan« (F.). □ 1933: Erster Auftritt mit F. Astaire in »Flying down to Rio/Flug nach Rio«. □ 1934: Hauptrolle neben F. Astaire in »Tanz mit mir«. □ 1942: »Der Major und das Mädchen« (Rg. B. →Wilder). □ 1949: »Tänzer vom Broadway« (mit F. Astaire). □ 1953: »Liebling, ich werde jünger« (Rg. H. →Hawks, mit C. →Grant). □ 1965: »Hello, Dolly« (Bühne). □ 1969: »Mame« (Bühne). □ 1970: Rückzug von Film und Bühne.

Róheim, Géza

amer. Psychoanalytiker und Ethnologe
ung. Herkunft
* 12.9.1891 Budapest † 7.6.1953 New York

Der überzeugte Freudianer Róheim brachte die Psychoanalyse in die Kultur- und Persönlichkeitsforschung (F. →Boas) ein. Kulturelle Unterschiede zeigten, so R., nur die Oberfläche; das universelle Unbewußte präge die Persönlichkeit. Vehement vertrat R. die These vom universellen Charakter des Ödipus-Komplexes (libidinöse Bindung des Kindes zum gegengeschlechtlichen Elternteil). In dessen neurotischen Erscheinungen sah R. Parallelen zur totemistischen Vorstellungswelt der Naturvölker.

□ 1928: Feldforschung in Australien. □ 1932-38: Lehrer für Psychoanalyse und Anthropologie, Budapest. □ 1938: Auswanderung in die USA. □ 1940: Dozent am Psychoanalytischen Inst., New York; privat praktizierender Psychoanalytiker. □ 1943: »The origin and function of culture« (Schr.). □ postum 1972: »Die Panik der Götter« (Schr., dt. 1975).

Rohlfs, Christian

dt. Maler und Grafiker
* 22.12.1849 Niendorf, Schl.-H. † 8.1.1938 Hagen

In Rohlfs' Werk spiegelt sich die Entwicklung der Malerei im Übergang vom 19. zum 20. Jh. Seine Landschaftsbilder ab 1870 sind vom Realismus geprägt, zeigen in Licht- und Farbbehandlung aber auch Einflüsse der französischen Freilichtmalerei und später des Impressionismus. Ab etwa 1905 folgte eine Phase unter dem Eindruck Vincent van Goghs (* 1853, † 1890), bevor R. um 1910 zu einem expressionistischen Stil überging (Figurenbilder und Landschaften). Die rhythmisch eingesetzten, vibrierenden Farben geben Seelenzustände mit hoher Intensität wieder (z. B. »Kirche in Soest«, 1918, Mannheim, Städtische Kunsthalle). Während des 1. Weltkriegs traten religiöse Themen in zeichenhafter, teilweise abstrahierter Darstellung hinzu. Im Spätwerk sind die Landschaften und Stadtansichten fast in Licht und Farbe aufgelöst. In seinen letzten Bildern wandte sich R. Blüten- und Früchtemotiven von intensivster Farbigkeit zu. Er schuf auch ein eindrucksvolles Holzschnittwerk.

□ ab 1870: Studium an der Kunstakademie, Weimar. □ 1901: Berufung als Lehrer an das Museum Folkwang in Hagen (seit 1921 in Essen); Bekanntschaft mit E. →Munch, P. →Cézanne, V. v. Gogh und E. →Nolde. □ ab 1914: Hinwendung zu religiösen Themen. □ ab 1919: Zahlreiche Reisen; Intensivierung der Farben. □ ab 1927: Lichte, atmosphärische Landschaftsbilder (Aquarell und Wassertempera).

▷ P. Vogt: Christian Rohlfs, 1967.

Ernst Röhm →

← Christian Rohlfs

Röhm, Ernst

dt. Politiker
* 28.11.1887 München
† 1.7.1934 Stadelheim bei München (ermordet)

Röhm zählte wie die Brüder →Strasser zum sog. antikapitalistischen Flügel der NSDAP. Seine vagen Forderungen nach Umwandlung der SA in eine »Volksmiliz« (Vereinigung mit der Reichswehr unter R.s Führung) und einer »zweiten Revolution« führten nach der Machtergreifung 1933 zu einem Interessenkonflikt mit anderen Parteiorganisationen (u. a. der SS) und der Reichswehr. Das durch Falschmeldungen provozierte Gerücht über einen bevorstehenden Putsch der SA unter Röhm diente A. →Hitler am 30. 6./1. 7. 1934 als Vorwand für die Liquidierung der gesamten SA-Führung sowie anderer mißliebiger Personen (u. a. K. v. →Schleicher, G. →Strasser; insgesamt etwa 200 Tote).

□ 1906-23: Soldat. □ 1919: Mitgl. des Freikorps Epp. □ 1921: Generalstabsoffizier in München. □ 1923: Nach Teilnahme am Hitler-Putsch aus der Reichswehr entlassen. □ 1924: MdR. □ 1928-30: Generalstabsoffizier in der bolivian. Armee. □ ab 1930: Mitgl. der NSDAP. □ 1931: Stabschef der SA. □ 1933/34: Reichsmin. ohne Geschäftsbereich.

E. Rohmer erhielt 1985 den Goldenen Löwen von Venedig.

Rohmer, Eric

(eig. Jean-Marie Maurice Scherer)
frz. Regisseur
* 4.4.1920 Nancy

Rohmers im Alltag spielende Filme erzählen mit ironischem Augenzwinkern von der Liebe. In langen, dialogreichen Szenen erklärt R. das Beziehungsgeflecht der Akteure, um dann durch eine kleine Änderung eine neue Konstellation entstehen zu lassen. R. verzichtet auf jedes moralisierende Moment. Thematisch verwandte Filme wurden unter Oberbegriffen wie »Moralische Geschichten« (sechs Filme) oder »Komödien und Sprichwörter« (sieben Filme) zu Zyklen zusammengefaßt.

□ 1958-63: Leiter der Zeitschrift Cahiers du Cinéma. □ 1959: »Im Zeichen des Löwen«. □ 1967: »Die Sammlerin«. □ 1969: »Meine Nacht bei Maud«. □ 1970: »Claires Knie«. □ 1972: »Liebe am Nachmittag«. □ 1975: »Die Marquise von O.« (mit B. →Ganz). □ 1981: »Die Frau des Fliegers«. □

1985: Goldener Löwe von Venedig für »Das grüne Leuchten«. □ 1986: »Vier Abenteuer von Reinette und Mirabelle«. □ 1987: »Der Freund meiner Freundin«. □ 1990: »Frühlingserzählung«. □ 1992: »Wintermärchen«.

Röhrl, Walter

dt. Rallyefahrer
* 7.3.1947 Regensburg

Röhrl, der für Opel, Fiat, Lancia und Audi fuhr, zählte in den 80er Jahren zu den besten Rallyefahrern. Mit seinem Copiloten Christian Geistdörfer gewann er zwei Weltmeisterschaften und als bislang einziger Fahrer viermal die Rallye Monte Carlo mit vier verschiedenen Automarken.

□ 1974: Europameister (mit J. Berger). □ 1980: Sieger von Monte Carlo (erneut 1982-84); Weltmeister (erneut 1982).

Rohrmoser, Günther

dt. Sozialphilosoph
* 29.11.1927 Bochum

Rohrmoser ist durch seine Auseinandersetzung mit der sog. Frankfurter Schule bekannt geworden. In Schriften wie »Das Elend der kritischen Theorie« (1970) übt R. Kritik an Th. W. →Adorno, H. →Marcuse und J. →Habermas und bietet zugleich sozialkritisch-konservative Argumente, wenn es um »Die marxistische Herausforderung und die soziale Marktwirtschaft« (Schr., 1975) geht. Die »Bilanz der marxistischen Epoche« ziehend, tritt R. für einen Bewußtseinswandel ein.

□ 1962-76: Prof. an der Pädagogischen Hochschule Münster. □ 1972: »Herrschaft und Versöhnung. Ästhetik und Kulturrevolution des Westens« (Schr.). □ seit 1976: Prof. an der Univ. Stuttgart-Hohenheim. □ 1979: »Zur geistig-ethischen Erneuerung« (Schr.). □ 1983: »Krise der politischen Kultur« (Schr.). □ 1984: »Geistiger Umbruch. Bilanz der marxistischen Epoche« (Schr.). □ 1989: »Religion und Politik in der Krise der Moderne« (Schr.).

← Günther Rohrmoser

Roh Tae Woo

südkorean. Politiker und Militär
* 4.12.1932 Taegu

Mit der freien Wahl von General Roh Tae Woo zum Staatspräsidenten vollzog sich 1987/88 der erste friedliche Machtwechsel in Südkorea. Bei den Wahlen profitierte R. zwar von der Uneinigkeit der oppositionellen Kräfte um →Kim Dae Jung, doch hatte sein ständig signalisierter Wille zur Kooperation die Auseinandersetzungen erheblich entschärft. Durch den Zusammenschluß der Regierungspartei mit einem Teil der damaligen Opposition (1989/90) und die Bereitschaft zu Gesprächen mit Nordkorea konnte er einen Teil der innenpolitischen Spannungen abbauen, die allerdings im Frühjahr 1991 wieder aufflammten.

Roh Tae Woo: Seit 1988 Präsident der Republik Korea.

□ 1950-81: Soldat. □ bis 1956: Offiziersausbildung in Korea und in den USA. □ nach 1967: Als Bataillonskommandeur in Vietnam. □ 1974: Brigadegeneral. □ 1979/80: Beteiligung am Militärputsch von Chun Doo Hwan. □ 1980: Befehlshaber des militärischen Geheimdienstes. □ 1981: Min. für besondere Aufgaben; Sportmin. □ 1982: Innenmin. □ 1985: Vors. der regierenden Demokratischen Gerechtigkeitspartei (DJP). □ seit 1988: Staatspräsident.

Rohwedder, Detlev Karsten

dt. Industriemanager
* 16.10.1932 Gotha, Thür.
† 1.4.1991 Düsseldorf (ermordet)

Detlev K. Rohwedder →

Rohwedder hatte sich bereits als Sanierer des angeschlagenen Stahlkonzerns Hoesch profiliert, bevor er 1990 in der Nachfolge Reiner Gohlkes als Vorstandsvorsitzender der Berliner Treuhandgesellschaft die größte Herausforderung seiner Karriere annahm. Mit dieser Position war die gigantische Aufgabe verbunden, nach der Vereinigung der beiden deutschen Staaten die etwa 8000 volkseigenen Betriebe der früheren DDR in die gesamtdeutsche Privatwirtschaft zu überführen. Die große Verantwortung dieses Amtes lag darin, im Einzelfall Privatisierung, Sanierung oder Stillegung der Betriebe zu beschließen und mit entsprechenden Mitteln zu ermöglichen, gleichzeitig jedoch Arbeitsplätze zu sichern. Nach siebenmonatiger Amtszeit fiel R. einem Mordanschlag zum Opfer, zu dem sich die »Rote-Armee-Fraktion« (RAF) bekannte.

□ bis 1957: Studium der Rechts- und Wirtschaftswissenschaften. □ 1958/59: Assistent an der Forschungsstelle für Atomenergierecht an der Univ. Mainz. □ 1961: Promotion zum Dr. jur. □ 1962: Eintritt in die Kontinentale Treuhandgesellschaft, Düsseldorf. □ 1963: Leiter der Rechts- und Steuerabteilung ebd. □ 1965: Mitinhaber. □ 1969: Staatssekr. im Wirtschaftsministerium von K. →Schiller. □ 1979: Stellv. Vorstandsvors. der Hoesch Werke AG. □ 1980-90: Vorstandsvors. □ 1980-85: Abbau der Belegschaft um ein Drittel auf ca. 30 000 Arbeitnehmer. □ 1984: Einleitung eines Modernisierungsprogramms mit Investitionen von ca. 1 Mrd. DM. □ 1990: Erst Verwaltungsratsvors. der Treuhandgesellschaft, dann Vorstandsvors.

Rökk, Marika

dt. Schauspielerin ung. Herkunft
* 3.11.1913 Kairo (Ägypten)

Als Tänzerin wurde Rökk in Revue- und Operettenfilmen der 30er und 40er Jahre, meist unter der Regie ihres Ehemannes Georg Jacoby (* 1882, † 1964), zum Star der UFA. Wie in »Frauen sind doch bessere Diplomaten« (1941;

Marika Rökk als Tänzerin in dem Film »Gasparone«, 1937.

mit W. →Fritsch, Rg. G. Jacoby) waren ihr Temperament und die folkloristische Exotik ihrer ungarischen Abstammung ausschlaggebend für ihre Popularität. Nach dem 2. Weltkrieg setzte die bis ins hohe Alter aktive R. ihre Karriere auch auf der Bühne in Musicals und Lustspielen fort.

□ ab 1935: »Leichte Kavallerie« (Rg. W. Hochbaum). □ 1938: »Eine Nacht im Mai« (Rg. G. Jacoby). □ 1939: »Hallo Janine« (mit J. →Heesters; Rg. C. Boese); »Es war eine rauschende Ballnacht« (mit Z. →Leander; Rg. C. Fröhlich). □ 1942: »Hab mich lieb« (Rg. H. Braun). □ 1944: »Die Frau meiner Träume« (mit G. →Weiser; Rg. G. Jacoby). □ 1952/53: »Maske in Blau« (Rg. G. Jacoby). □ 1978-80: Über 200 Aufführungen mit dem Musical »Die Gräfin vom Naschmarkt«. □ 1981: Dt. Filmpreis.

▷ M. Rökk: Herz mit Paprika, 1974.

← A. Roland Holst

Roland Holst, Adriaan

niederl. Schriftsteller
* 24.5.1888 Amsterdam † 5.8.1976 Bergen

Als prophetischer Dichter entwarf der »Prinz der niederländischen Literatur«, Roland Holst, einen durch die keltische Literatur und W. B. → Yeats beeinflußten Mythos von einer Urwelt hinter Raum und Zeit, in der das Meer und der Wind als verbindende Elemente eine große Rolle spielen (»Ein Winter am Meer«, Ged.e, 1937). Während des 2. Weltkriegs mußte R. wegen seines Widerstands gegen die Besatzungsmacht untertauchen. 1955 erhielt er den P.-C.-Hooft-Preis.

Roland Holst-van der Schalk, Henriette Goverdine Anna

niederl. Schriftstellerin
* 24.12.1869 Noordwijk
† 21.11.1952 Amsterdam

Roland Holst-van der Schalk war die wichtigste Vertreterin der Gruppe der Achtziger, die Ende des 19. Jh.s nicht nur die Literatur, sondern auch die Gesellschaft in den Niederlanden revolutionieren wollte. Im Gegensatz zur Hoffnung auf den Marxismus, die ihr Frühwerk prägt, ist die spätere Dichtung von R., die mit L. →Trotzki befreundet war, vor allem von der Enttäuschung über die Spaltung der Arbeiterbewegung und die Resultate der russischen Revolution geprägt.

□ 1896: Ehe mit dem Maler Roland Holst. □ 1897-1911: Mitgl. der SDAP. □ 1902: »Die neue Geburt« (Ged.e). □ 1910: »Die Aufständischen« (Ged.e). □ 1912: »Die Frau im Wald« (Ged.e). □ 1915: Teilnahme an der Konferenz von Zimmerwald. □ 1917-27: Mitgl. der Kommunistischen Partei. □ 1923: »Zwischen zwei Welten« (Ged.e).

Romain Rolland →

Rolland, Romain

frz. Schriftsteller
* 29.1.1866 Clamency † 30.12.1944 Vézelay

Der Literatur-Nobelpreisträger Rolland fühlte sich der französischen Aufklärung verbunden, deren humanistisches Weltbild in seinen Schriften weiterlebt. R. widmete sein Leben der Völkerverständigung und war lange Zeit ein vehementer Verfechter der sozialistischen Idee, bis er sich gegen Ende seines Lebens dem Katholizismus zuwandte. An die Brüderlichkeit und das moralische Gewissen appellierte R. auch in seinem literarischen Hauptwerk, dem zehnbändigen Romanzyklus »Johann Christof« (1905-12, dt. 1914-17) — der im 19. Jh. angesiedelten fiktiven Biographie eines Musikers, in die autobiografische Elemente einflossen. In verschiedenen literarischen Biografien setzte sich R. mit Leben und Werk großer Persönlichkeiten auseinander, z. B. mit »Mahatma Gandhi« (1923, dt. 1924), den R. 1931 auch persönlich kennenlernte.

□ 1886-89: Geschichtsstudium. □ 1889-91: Studienaufenthalt in Rom. □ 1891-1912: Prof. für Musikgeschichte in Paris. □ 1898: »Danton« (Dr., dt. 1910). □ 1902: »Der vierzehnte Juli« (Dr., dt. 1924). □ 1903: »Leben des Beethoven« (Biogr., dt. 1918). □ 1905: »Michelangelo« (Biogr., dt. 1922). □ 1915: Literatur-Nobelpreis; »Über den Schlachten« (Es., dt. 1946). □ 1918: »Meister Breugnon« (R., dt. 1920). □ 1920: »Clérambault« (R., dt. 1922). □ 1922-34: »Die verzauberte Seele« (R., dt. 1924-36). □ 1925: »Ein Spiel von Liebe und Tod« (Dr., dt. 1925). □ 1942: »Die innere Reise« (Prosa, dt. 1949). □ 1944: »Péguy« (Biogr., dt. 1951).

The Rolling Stones

engl. Rockgruppe

Die Rolling Stones waren in den 60er Jahren neben den →Beatles die wichtigste und stilprägende Gruppe der Rockmusik. Vor allem Sänger Michael Philip »Mick« Jagger (* 1943) verkörperte mit seiner extrovertierten, lasziven Show den Bürgerschreck und wurde für Rock-Sänger der folgenden Generationen zum Vorbild. Er und Gitarrist Keith Richards (* 1943), Gitarrist Brian Jones (* 1942, † 1969), Schlagzeuger Charles Robert »Charlie« Watts (* 1941) und Bassist William »Bill« Wyman (* 1936) begannen 1963 als Bluesgruppe, die mit ihrem unkonventionellen Rhythm & Blues einen willkommenen Gegenpol zur Musik der Beatles setzte. Bis zu Beginn der 90er Jahre überstand die Gruppe alle Zeitströmungen und geht nach wie vor mit aufwendigen Shows auf Tournee.

□ 1962: Jagger, Richards, Jones und Watts bei A. →Corners »Blues Incorporated«. □ 1963: Wyman stößt zur Band;

Die legendären Rolling Stones im Februar 1990 bei einem Konzert in Tokio vor 50 000 japanischen Rock-Fans.

Gründung der Rolling Stones; »Come On« erste Single. □ 1964: »It's all over now« erster Nr.-1-Hit; »The Rolling Stones« (LP). □ 1965: »(I can't get no) Satisfaction« (Single). □ 1966: »Aftermath« (LP). □ 1967: »Their satanic majesties requests« (LP). □ 1968: »Beggar's Banquet« (LP). □ 1969: Mick Taylor (* 1948) Nachfolger von Jones; Jagger dreht in Australien den Film »Ned Kelly«; »Let it bleed« (LP); US-Tournee mit berühmt-berüchtigtem Auftritt in Altamont. □ 1971: »Sticky Fingers« (LP). □ 1972: »Exile on main street« (LP). □ 1973: Hit »Angie«. □ 1974: Taylor verläßt die Gruppe; »It's only rock 'n' roll« (LP). □ 1975: R. Wood (* 1947) neuer Gitarrist. □ 1976: »Black and blue« (LP). □ 1978: »Some Girls« (LP). □ 1980: »Emotional Rescue« (LP). □ 1981: »Tattoo You« (LP). □ 1982: »Let's spend the night together« (F.) □ 1983: »Under Cover« (LP). □ 1986: »Dirty Work« (LP). □ 1989: »Steel Wheels« (LP).

▷ T. Sanchez: The Rolling Stones — Ihr Leben, ihre Musik, ihre Affären, 1980; S. Weiner/L. Howard: The Rolling Stones A—Z, 1983; Ph. Norman: Die Rolling Stones — Die Geschichte einer Rock-Legende, 1984.

Rolls, Charles Stewart →Royce, Sir Frederick Henry

Romains, Jules

(eig. Louis Farigoule)
frz. Schriftsteller
* 26.8.1885 St.-Julien-Chapteuil † 14.8.1972 Paris

Romains war einer der bedeutendsten Vertreter des literarischen Unanimismus, einer Lehre, nach der eine Gemeinschaft eine gemeinsame Seele bildet, die das Individuum durchdringt und zum wahren Leben erweckt. R.s Romanzyklus »Die guten Willens sind« (27 Bde., 1932-47, dt. Auswahl 1935-38) ist das Hauptwerk dieser philosophisch-literarischen Bewegung. Darin schildert der Autor verschiedene Schicksale, deren einziger Berührungspunkt in der zeitlichen Parallelität liegt. Der in der ersten Hälfte des 20. Jh.s angesiedelte Zyklus vermittelt einen repräsentativen Querschnitt durch alle sozialen Schichten Frankreichs. In seinen Romanen, Essays und Dramen vertrat R. einen optimistischen Humanismus, der gegen Ende seines Lebens jedoch in Pessimismus umschlug.

← Jules Romains

□ 1904: Annahme des Pseud.; »Die Seele der Menschen« (Ged.e). □ 1909: Promotion in Philosophie. □ 1909-14: Lehrer in Brest, Lyon und Nizza. □ 1914-16: Teilnahme am 1. Weltkrieg. □ ab 1919: Freier Schriftsteller. □ 1920: »Donogoo-Tonka« (Dr., dt. 1920). □ 1923: »Knock oder der Triumph der Medizin« (Dr., dt. 1949). □ 1933: »Europäische Probleme« (Es.). □ 1934: »Das Paar Frankreich-Deutschland« (Es., dt. 1935). □ 1938-40: Präs. des frz. PEN-Klubs. □ 1940-45: Exil in New York und Mexiko. □ 1946: Aufnahme in die Académie française. □ 1957: »Eine geheimnisvolle Dame« (R., dt. 1960). □ 1961: »Ein ehrenwerter Herr« (R., dt. 1961).

Roman, Petre

rumän. Politiker und Ingenieur
* 22.7.1946 Bukarest

Roman war von Dezember 1989 bis zu seinem Rücktritt im September 1991 Ministerpräsident Rumäniens. Der ehemalige Direktor des Hydraulik-Instituts der Universität Bukarest, der zuvor politisch nicht in Erscheinung getreten war, nahm aktiv am Sturz des Diktators N. →Ceauşescu teil. I. →Iliescu, der vom Rat der Front zur Nationalen Rettung (FNR) am 26. 12. 1989 zum provisorischen Staatspräsidenten gewählt wurde, ernannte R. zum Regierungschef.

Nach den ersten freien Wahlen seit 53 Jahren (20. 5. 1990), aus denen die FNR als Siegerin hervorgegangen war, folgte Mitte 1991 ein Generalstreik der Bergarbeiter mit der Forderung um Rücktritt der Regierung.

Rommel, Erwin

dt. Militär
* 15.11.1891 Heidenheim an der Brenz
† 14.10.1944 bei Herrlingen, Ulm (Selbstmord)

Als Führer des Deutschen Afrikakorps (1941-43) errang Rommel durch geschickte und flexible Manöver sowie durch frontnahe Truppenführung selbst beim Feind (B. →Montgomery) große Popularität (»Wüstenfuchs«). Kurz nach der Landung der Alliierten in der Normandie (1944) forderte er A. →Hitler auf, mit den Westmächten Friedensverhandlungen einzuleiten. Bereits im Febr. 1944 hatten Spitzen des Widerstands Kontakte zu R. hergestellt. Am 17. Juli, kurz vor dem geplanten Umsturzversuch, wurde er jedoch schwer verwundet. Im Herbst 1944, noch während des Genesungsurlaubs, wurde R. auf Weisung Hitlers vor die Alternative gestellt, entweder vor den Volksgerichtshof zitiert zu werden oder Selbstmord zu begehen.

E. Rommel als Oberbefehlshaber an der Front vor Tobruk.

□ 1940: Kommandeur einer Panzerdivision; Durchstoß an den Ardennen □ 1941-43: Oberbefehlshaber des Dt. Afrikakorps. □ 1942: Generalfeldmarschall; Juni-Nov. Schlacht bei El Alamain. □ 1943/44: Oberbefehlshaber der Heeresgruppe B an der Kanalküste.

▷ D. Irving: Rommel, dt. 1978.

Rommel, Manfred

dt. Politiker
* 24.12.1928 Stuttgart

Seit mehr als 16 Jahren lenkt Rommel, Sohn von Generalfeldmarschall E. →Rommel, als Oberbürgermeister die Geschicke der baden-württembergischen Landeshauptstadt Stuttgart. Dabei setzt sich der liberale CDU-Politiker, der 1977-83 Präsident des Deutschen Städtetages war, oft souverän über engstirnige Parteigrenzen hinweg. Als Präsident des Städtetages focht er engagiert für die Lösung der langfristigen Probleme der Großstädte (u. a. Finanz- und Wohnungsnot, drohende Überalterung und Abnahme der Einwohnerzahl bei gleichzeitig steigendem Ausländeranteil).

← Manfred Rommel

□ 1947-56: Jurastudium. □ 1953: Mitgl. der CDU. □ 1956-71: Im bad.-württ. Staatsdienst. □ 1960-63, 1966: Persönlicher Referent von Ministerpräsident bzw. Bundeskanzler K. G. →Kiesinger. □ 1972: Staatssekr. im bad.-württ. Finanzministerium. □ seit 1974: Oberbürgermeister von Stuttgart. □ 1977-83: Präs. des Deutschen Städtetages.

▷ W. Puhl: Der Oberbürgermeister — Manfred Rommel, 1990.

Ronstadt, Linda Marie

amer. Rocksängerin
* 15.7.1946 Tucson, Ariz.

Linda Marie Ronstadt →

Nur wenige jüngere US-Sängerinnen zeigen sich so vielseitig wie Ronstadt. Ihre ersten Erfolge hatte sie mit ihrer kräftigen, klaren Stimme mit Countryliedern. In den 70er Jahren produzierte sie als Rocksängerin weltweite Millionenhits wie »You're no good«, »When will I be loved«, »Blue Bayou« (von Roy Orbison) oder »It's so easy« (von B. →Holly). In den 80er Jahren sang sie an New Yorker Theaterbühnen in Operetten und nahm Platten mit Nelson Riddle im Swing-Stil auf. Mit Kompositionen des Punk- und New-Wave-Komponisten Elvis Costello, von Ph. →Glass und lateinamerikanischer Salsa bewies sie ihr Können auf nahezu jedem Gebiet der modernen Unterhaltungsmusik.

□ 1964-69: Sängerin bei den Stone Poneys. □ 1969: Erstes Solo-Album »Hand sown, home grown«. □ 1973: Erstes Gold für »Don't cry now« (LP). □ 1975: Grammy Award für »I can't help it (If I'm still in love with you)«. □ 1976: Grammy Award für »Hasten down the wind«. □ 1978: »Living in the USA« (LP). □ 1981: Rolle der Mabel in »The pirates of Penzance« (W. S. Gilbert & Arthur Sullivan) am New Yorker Broadway. □ 1986: »Songs from liquid days« (LP mit Ph. Glass). □ 1987: »Canciones de mi padre« (LP). □ 1989: »Howl like the wind« (LP mit Aaron Neville); Grammy Award für »Don't know much« (Single).

Röntgen, Wilhelm Conrad

dt. Physiker
* 27.3.1845 Lennep/Remscheid
† 10.2.1923 München

1901 erhielt der langjährige Professor an den Universitäten Straßburg, Gießen, Würzburg und München den ersten Physik-Nobelpreis für die Entdeckung der nach ihm benannten, die Naturwissenschaft revolutionierenden Röntgenstrahlen.
Röntgen beschrieb und klärte das feste Körper durchdringende Verhalten der von ihm 1895 gefundenen »X-Strahlen« so ausführlich, daß erst 1905 von Ch. G. →Barkla weitere Erkenntnisse hinzukamen. Einen ihm angetragenen Adelstitel lehnte R. ebenso ab wie die Patentierung seiner Entdeckung, um die technische und besonders die medizinische Nutzanwendung nicht zu behindern (G. →Holzknecht). 1896 demonstrierte R. bei seiner ersten Vorlesung über die X-Strahlen das Verfahren, eine Hand so zu durch-

leuchten, daß man deren Knochen erkennen konnte. Erst Jahre später wurde die Leukämie erzeugende Gefährlichkeit dieser Strahlen erkannt.

□ 1876-88: Prof. an der Univ. Straßburg; ab 1879 an der Univ. Gießen. □ 1885: Nachweis der elektromagnetischen Wirkung der dielektrischen Polarisation. □ 1888-1900: Prof. an der Univ. Würzburg; anschließend in München. □ 1895: »Über eine neue Art von Strahlen«, Sonderdruck der Physikalisch-Medizinischen Gesellschaft zu Würzburg. □ 1901: Physik-Nobelpreis.

▷ A. Herrmann (Hg.): Wilhelm Röntgen (Biogr.), 1973.

Röntgen demonstrierte 1896 erstmals die Durchleuchtung einer Hand mit »X-Strahlen«.

Roosevelt, Franklin Delano

amer. Politiker
* 30.1.1882 Hyde Park, N. Y.
† 12.4.1945 Warm Springs, Georgia

Roosevelt, ein Verwandter von Th. → Roosevelt, war der einzige US-Präsident, der viermal in dieses Amt gewählt wurde (1933, 1936, 1940 und 1944). Gleich nach seinem Amtsantritt, während der großen Wirtschaftskrise, setzte er in rascher Folge als Notstandsprogramm zahlreiche Gesetze durch, die einen drastischen Einschnitt in die amerikanische Tradition bedeuteten; sie markierten die Abwendung vom unbeschränkten Wirtschaftsliberalismus hin zu einer interventionistischen Sozialstaatspolitik (Aufhebung der Prohibition, Arbeitsbeschaffungsmaßnahmen, Finanzkontrolle, Wohlfahrtsprogramme und Ansätze zu einer Arbeitslosenversicherung sowie Justizreformen). Das Ergebnis des New Deal zeigte sich schon bald in einem Wirtschaftsaufschwung.
R. bemühte sich um ein gutes Verhältnis zu den Staaten in Lateinamerika und nahm diplomatische Beziehungen zur Sowjetunion auf. Seit 1937 war er von einem nahen Krieg überzeugt und unterstützte ab 1939 Großbritannien, so daß die Neutralität der USA nur formeller Natur war (Waffenlieferungen, Geleitschutz, Besetzung von Island, Leih-Pacht-Abkommen). Noch vor dem japanischen Angriff auf Pearl Harbour schloß er im August 1941 mit dem britischen Premier W. →Churchill die Atlantik-Charta. Auf den Konferenzen von Teheran (1943) und Jalta (1945) versuchte er in Einklang mit J. →Stalin zu einer neuen Weltordnung zu gelangen, die eine gegenseitige Garantie der bereits gewonnenen Machtpositionen umfaßte. Er trat bis zuletzt für die Gründung der UNO ein.

□ 1910: Senator für die Demokraten. □ 1913-20: Unterstaatssekr. für die Marine. □ ab 1920: Rückzug aus der Politik für mehrere Jahre wegen Kinderlähmung. □ 1928-32: Gouverneur von N. Y. □ 1933-45: 32. US-Präsident.

▷ D. Junker: Franklin Delano Roosevelt, 1979; A. C. Sutton: Roosevelt und die internationale Hochfinanz, 1990.

Franklin D. Roosevelt: 1933-45 Präsident der USA.

Roosevelt, Theodore

amer. Politiker
* 27.10.1857 New York † 6.1.1919 Oyster Bay, N. Y.

Roosevelt war einer der populärsten Präsidenten der USA. Seine große Beliebtheit rührte aus seiner Zeit als Führer eines Freiwilligenregiments im spanisch-amerikanischen Krieg (1898) her. Nach der Ermordung von William McKinley (* 1843, † 1901) übernahm der Republikaner das Präsidentenamt.
Innenpolitisch kämpfte er gegen Korruption und gegen Trustbildungen in der Wirtschaft. 1903 erreichte er eine Abtrennung Panamas von Kolumbien sowie die Konzessionsrechte zum Bau des Panamakanals. In Asien vertrat er eine imperia-

Theodore Roosevelt, 26. US-Präsident, leitete den Bau des Panama-Kanals ein.

listische Politik »der offenen Tür« und sandte mehrfach die US-Flotte um die ganze Erde, um die amerikanische Macht zu demonstrieren. Während des 1. Weltkriegs begann er (als Privatmann) für einen Kampf gegen die Deutschen erneut Freiwilligenverbände aufzustellen, bis ihm US-Präsident T. W. →Wilson die Genehmigung versagte. R. erhielt für seine Vermittlung beim russisch-japanischen Friedensvertrag (1905) den Friedens-Nobelpreis.

□ 1897/98: Unterstaatssekr. für die Marine. □ 1899/1900: Gouverneur von N. Y. □ 1901: Vizepräsident unter W. McKinley. □ 1901-09: 26. US-Präsident. □ 1906: Friedens-Nobelpreis. □ 1911: Mitbegründer der Progressiven Partei.

▷ Th. Roosevelt: Theodore Roosevelt. An autobiography, 1913, NA 1985; E. Morris: The rise of Theodore Roosevelt, 1979.

Rorschach, Hermann

schweiz. Psychiater und Psychologe
* 8.11.1884 Zürich † 2.4.1922 Herisau

Rorschach entwickelte sog. Formdeutetests zur möglichst objektiven klinischen Diagnose der Gesamtpersönlichkeit. Bekannt wurde R. durch den nach ihm benannten und vielfach abgewandelten Rorschach-Test, bei dem der Versuchsperson zehn symmetrische, sinnfreie »Klecksographien« zur Deutung vorgelegt werden. Aufgrund der Interpretationen und Vorstellungen können Rückschlüsse auf Intelligenz, Begabung, emotionale Einstellungen und Verhaltensweisen gezogen werden.

← Hermann Rorschach

□ ab 1911: Arzt in der Heilanstalt Herisau; Entwicklung projektiver Tests. □ 1912: »Über Reflexhalluzinationen und verwandte Erscheinungen« (Schr.). □ 1919: Vizepräs. der Schweizer Psychoanalytischen Gesellschaft. □ 1921: »Psychodiagnostik« (Schr.).

▷ H. Rorschach: Gesammelte Aufsätze und Biografisches, 1965.

Rosei, Peter

österr. Schriftsteller
* 17.6.1946 Wien

Rosei stellt in seinem literarischen Werk die Entfremdung gesellschaftlicher Außenseiter von sich selbst und ihrer Umgebung dar (u. a. »Landstriche«, Erz.n, 1972; »Das schnelle Glück«, R., 1980). In äußerst präziser Sprache schildert er die Diskrepanz zwischen der subjektiven Erlebniswelt und den alltäglichen objektiven Gegebenheiten im Bewußtsein seiner Figuren (meist Vagabunden, moderne »Taugenichtse«).

Rosenberg, Alfred

dt. Politiker und Publizist
* 12.1.1893 Reval, Estland
† 16.10.1946 Nürnberg (hingerichtet)

Der antidemokratische und antisemitische Rosenberg war einer der führenden Ideologen der NSDAP. In seinem Hauptwerk »Der Mythus des 20. Jahrhunderts« deutete er die Geschichte als einen ständig fortschreitenden Kampf der Rassen bzw. »rassengeprägter« Ideologien und begründete damit den Führungsanspruch der »germanischen Rasse«. Der Einfluß seiner geschraubten antichristlichen Blut-und-Boden-Mystik auf die Partei blieb jedoch neben A. → Hitlers paranoidem Antisemitismus gering. Trotz zahlreicher Ämter und Titel besaß er nach 1933 kaum politischen Einfluß. 1946 wurde R. vom Internationalen Militärtribunal in Nürnberg zum Tode verurteilt.

□ ab 1919: Mitgl. der NSDAP. □ 1923, 1925-45: Chefredakteur, ab 1938 Hg. des Parteiorgans Völkischer Beobachter. □ 1930: »Der Mythus des 20. Jahrhunderts«. □ 1930-45: MdR. □ 1933-45: Leiter des außenpolitischen Amts und Reichsleiter der NSDAP. □ 1941-45: Reichsmin. für die besetzten Ostgebiete.

Rosendahl, Heidemarie

dt. Leichtathletin
* 14.2.1947 Hückeswagen

Rosendahl war zu Beginn der 70er Jahre eine der erfolgreichsten deutschen Leichtathletinnen. Sie gewann 1972 bei den Olympischen Spielen von München zwei Goldmedaillen (Weitsprung und

4x100 m) sowie eine Silbermedaille im Fünfkampf. Die vielseitige Sportlerin holte 15 nationale Meistertitel und stellte drei Weltrekorde auf (Weitsprung, Fünfkampf und 4x100 m). Ihr Vater Heinz (* 1920) war Deutscher Meister im Diskuswerfen (1948, 1951 und 1953).

□ 1966: EM-Zweite im Fünfkampf. □ 1969: Weltrekord im Fünfkampf. □ 1970: Weltrekord im Weitsprung (6,84 m). □ 1971: Europameisterin im Fünfkampf; Hallen-Europameisterin Weitsprung.

Rosenquist, James

amer. Künstler
* 29.11.1933 Grand Forks, N. Dak.

Rosenquist gehört zu den Hauptvertretern der Pop-art. Er begann nach dem Studium an der Art Students' League in New York mit großformatigen, oft aus mehreren Teilen zusammengesetzten grellfarbigen Ölbildern, die alltägliche Versatzstücke in vergrößerten Details provokant nebeneinanderstellen. So zeigt »I love you with my Ford« (1961, Stockholm, Moderna Museet) im oberen Teil die Frontpartie eines Ford-Automobils, in der Mitte ein entrücktes Frauengesicht (den Geschlechtsakt assoziierend) und unten ein wenig appetitliches Gewirr von Spaghetti in Tomatensauce. Mit der von Plakat und Werbung abgeleiteten Montage solcher Fragmente erzählt R. Geschichten, die die amerikanische Alltagswelt ironisieren und banale Gegenstände in ihrer Bedeutung als Fetische der Konsumgesellschaft entlarven. Daneben entstehen Werke in der Kombination von Malerei und Objekt (Combine Paintings) und seit den 70er Jahren großformatige mehrteilige Tafelbilder, die stark abstrahiert und farbintensiv wiederum Themen der Konsumgesellschaft (z. B. moderne Kommunikationsformen) ironisieren.

▷ J. Goldman: James Rosenquist, engl. 1985.

Rosenthal, Hans

dt. Quizmaster und Regisseur
* 2.4.1925 Berlin † 10.2.1987 ebd.

Als langjähriger Moderator (1971-86) der Quizsendung »Dalli Dalli« wurde Rosenthal einer der beliebtesten Showmaster des deutschen Fernsehens. Der Sohn eines jüdischen Bankangestellten, der als einziges Mitglied seiner Familie die NS-Herrschaft in einer Berliner Gartenlaube überlebte, begann seine Karriere beim Rundfunk. Bekannt machte ihn 1954 die Sendereihe »Wer fragt gewinnt«, sein erster großer Erfolg war das ab 1963 ausgestrahlte Hörfunk-Quiz »Allein gegen alle«. R. war bis 1980 Direktoriumsmitglied im Zentralrat der deutschen Juden.

□ 1940-43: Zwangsarbeit. □ 1943-45: Versteck in einer Berliner Gartenlaube. □ 1945: Volontär beim Berliner Rundfunk. □ 1948: Wechsel zum Sender RIAS Berlin. □ 1962-80: Abteilungsleiter für Unterhaltung. □ 1964-69: Vors. des Berliner Fußballvereins Tennis Borussia. □ 1978: Wechsel zur ARD; Hörfunkmoderator der Sendung »Frag mich was«. □ 1981: Rg. bei der Sendereihe »Ein Wort aus Musik«.

▷ H. Rosenthal: Zwei Leben in Deutschland (Aut.), 1980.

Philip Rosenthal →

← James Rosenquist

← Hans Rosenthal

Rosenthal, Philip

dt. Unternehmer und Politiker
* 23.10.1916 Berlin

Rosenthal, der 1958-81 die väterliche Porzellanfabrik (gegr. 1879) leitete, baute sie u. a. durch Erweiterung der Produktpalette um Glas- und Keramikwaren sowie Isolatoren zu einem der renommiertesten Produzenten von Haushalts- und Einrichtungsartikeln aus. Die Kooperation mit namhaften Künstlern als Designer des Porzellans der »Studio-Linie« erwies sich als gelungene Verbindung von Kunst und Kommerz. 1963 führte R. als einer der ersten deutschen Unternehmer ein Beteiligungssystem ein, das den Arbeitnehmern Vermögensbildung und Mitspracherechte ermöglichte. Als SPD-Politiker war R. 1969-83 Mitglied des Bundestags.

□ 1933: Wegen ihrer jüdischen Abstammung Schwierigkeiten der Familie R. mit den Rassengesetzen des NS-Regimes (1934: Verzicht von Ph. R. sen. auf den Vorstandsvorsitz der Rosenthal AG; Entmündigung). □ ab 1934: Besuch des St. Laurence College in Kent; Studium der Volkswirtschaft, Sprachen und Philosophie in Oxford. □ 1939: Freiwillige Meldung zur Fremdenlegion. □ 1942: Flucht nach Gibraltar. □ 1942-48: Gelegenheitsarbeit als Bäcker und Journalist in England; brit. Staatsbürgerschaft; Anstellung im Foreign Office. □ 1948: Als Wiedergutmachung Erhalt von 1 Mio. DM und 11 % der Rosenthal-Aktien. □ 1950: Werbechef im väterlichen Unternehmen. □ 1958-81: Vorstandsvors. □ 1984: Weltumsatz rd. 666 Mio. DM; Beteiligung der Belegschaft mit 14 %, der Familie R. mit 3 % am Kapital. □ 1989: Niederlegung des Aufsichtsratsvorsitz; Beratervertrag.

▷ Ph. Rosenthal: Einmal Legionär sein (Aut.), 1981.

Rosenzweig, Franz

dt. Religionsphilosoph
* 25.12.1886 Kassel † 10.12.1929 Frankfurt/Main

Rosenzweig verband in seinem Hauptwerk »Der Stern der Erlösung« (1921) Philosophie und Theologie zu einer vom Glauben geprägten Existenzphilosophie. R. widmete sich dem Studium und der Pflege der jüdischen Tradition; 1920 wurde auf seine Initiative das Freie Jüdische Lehrhaus in Frankfurt/Main gegründet, ein jüdisches Bildungszentrum, das zum Vorbild gleichartiger Einrichtungen wurde.

□ 1920: »Hegel und der Staat« (Schr., 2 Bde.). □ ab 1924: In Zusammenarbeit mit M. →Buber Übertragung der hebräischen Bibel. □ 1926: »Die Schrift und Luther« (Schr.).

▷ R. Mayer: Franz Rosenzweig — eine Philosophie der dialogischen Erfahrung, 1973.

Rosi, Francesco

ital. Regisseur
* 15.11.1922 Neapel

Rosi setzt sich in engagierten neorealistischen Filmen mit Italiens Gegenwart auseinander. »Der Fall Salvatore Giuliano (Wer erschoß Salvatore G.?)« von 1961 beschreibt den Einfluß des Bandenwesens auf die Gesellschaft und Politik Siziliens, in »Die Macht und ihr Preis« (1975, mit L. →Ventura und M. v. →Sydow) geht es um die Machenschaften der Mafia. Mit »Christus kam

F. Rosi begann seine Karriere als Assistent von L. Visconti.

nur bis Eboli« (1978) gelang R. eine eindrucksvolle Adaption des autobiografischen Romans von C. →Levi.

☐ 1948: Assistent bei »Die Erde bebt« von L. →Visconti. ☐ 1948-57: Mitarbeit bei M. →Antonioni und L. Visconti. ☐ 1958: Erste eigene Regie in »Die Herausforderung«. ☐ 1959: Schilderung der Gastarbeiterproblematik in »Auf St. Pauli ist der Teufel los«. ☐ 1963: »Hände über der Stadt« (mit R. →Steiger). ☐ 1965: »Augenblick der Wahrheit«. ☐ 1966: »Schöne Isabella« (mit S. → Loren). ☐ 1970: »Bataillon der Verlorenen«. ☐ 1971: »Der Fall Mattei«. ☐ 1973: »Lucky Luciano«. ☐ 1980: »Drei Brüder«. ☐ 1983: »Carmen«. ☐ 1987: »Chronik eines angekündigten Todes« (mit O. Muti, nach dem Roman von G. →García Márquez).

Rosow, Viktor Sergejewitsch

sowjet. Dramatiker
* 21.8.1913 Jaroslawl

Rosow, einer der meistgelesenen und -gespielten Dramatiker der Sowjetunion und Verfechter der Perestroika (M. →Gorbatschow), trat zunächst mit Dramen über Jugendprobleme hervor, die eine vollständige Absage an die Doktrin des sozialistischen Realismus bedeuteten. Er setzte sich, z. B. in »Der Kulturleiter« (Dr., 1966, dt. 1977), mit dem Stalinismus auseinander und betonte in seinem erfolgreichsten Stück, »Auf der Suche nach Freude« (1957, dt. 1975), den Vorrang ethischer Orientierungen vor den materiellen und politischen. Dem russischen Film »Wenn die Kraniche ziehen« liegt R.s Schauspiel »Die ewig Lebenden« (1965) zugrunde.

Ross, Diana

amer. Sängerin
* 26.3.1944 Detroit

Ross gehört zu den Superstars der amerikanischen Musikszene. Die ehemalige Lead-Sängerin der Supremes beherrscht vom Blues über den Soul zum Funk das Repertoire der schwarzen Popmusik. Größte Erfolge waren »Ain't no mountain high enough« (1970), die LP »Diana & Marvin« (1973, Duette mit M. →Gaye), »Do you know where you're going to« (1976), und »Upside down« (1980). In den 80er Jahren blieb ihr Marktwert durch wohldosierte Auftritte in der Öffentlichkeit unverändert. Für die Rolle der legendären Sängerin B. →Holiday in dem Film »The lady sings the blues« wurde sie 1972 für einen Oscar nominiert.

☐ 1961-70: Lead-Sängerin der Supremes. ☐ 1970: Erfolgreicher Start einer Solokarriere mit »Ain't no mountain high enough«; Auszeichnung mit dem Grammy Award. ☐ 1975: Hauptrolle im Film »Mahogany«; eigene Fernsehshows. ☐ 1977: »An evening with D. R.« (LP). ☐ 1979: »The Boss« (LP). ☐ 1981: »Dianas Duets« (LP). ☐ 1987: »Red hot rhythm & blues« (LP). ☐ 1989: »Workin' overtime«.

Diana Ross während eines Open-Air-Konzerts im New Yorker Central Park, 1983.

Ross, Sir (ab 1911) Ronald

engl. Bakteriologe und Tropenmediziner
* 13.5.1857 Almora (Indien)
† 16.9.1932 Putney Heath bei London

Ross, Nobelpreisträger von 1902, erbrachte 1897/98 bei seinem Indien-Aufenthalt den Be-

Sir Ronald Ross erhielt 1902 den Nobelpreis für Medizin.

weis, daß Stechmücken (Anopheles) den Erreger der Malaria (Ch. →Laveran) verbreiten und wies den Übertragungskreislauf der Malariaparasiten nach. R. regte daraufhin in betroffenen Ländern die Trockenlegung von Sümpfen und den Gebrauch von Moskitonetzen an.

□ 1881-99: Brit. Militärarzt in Indien. □ 1902: Physiologie/Medizin-Nobelpreis. □ 1902-12: Prof. an der Univ. Liverpool. □ ab 1926: Dir. des nach ihm benannten Inst. für Tropenkrankheiten in London.

Roberto Rossellini, einer der Wegbereiter des Neorealismus im Film.

Rossellini, Roberto

ital. Regisseur
* 8.5.1906 Rom † 3.6.1977 ebd.

Rossellinis erster Film »Rom, offene Stadt« (1945, mit A. →Magnani) machte ihn neben V. →de Sica und L. →Visconti zu einem der Väter des Neorealismus. Kennzeichnend für diese Stilrichtung ist eine dokumentarische Genauigkeit, die durch Arbeit an Originalschauplätzen mit Laiendarstellern erreicht wurde. Zentrales Thema war die kritische Darstellung der sozialen Lebensumstände der italienischen Unterschicht in den 40er Jahren. Auch in seinen späteren Werken legte R. Wert auf präzise Milieuschilderung. Seine Ehe mit I. →Bergman führte zu sechs gemeinsamen Filmen, die jedoch nicht an R.s frühe Erfolge heranreichten.

□ 1946: »Paisa«. □ 1947: »Deutschland im Jahre Null«. □ 1948: »Amore«. □ 1949: »Stromboli«. □ 1950-57: Ehe mit I. Bergman. □ 1950: »Franziskus, der Gaukler Gottes«. □ 1952: »Europa, 51«. □ 1953: »Liebe ist stärker«. □ 1954: »Angst«. □ 1959: Auszeichnung mit dem Goldenen Löwen von Venedig für »Der falsche General«. □ 1960: »Es war Nacht in Rom«. □ 1961: »Der furchtlose Rebell«. □ 1962: »Schwarze Seele«. □ 1966: »Die Machtergreifung Ludwigs XIV.«. □ 1975: »Der Messias«.

▷ P. W. Jansen/W. Schütte (Hg.): Roberto Rossellini, 1987.

Rossi, Alessandro »Aldo«

ital. Architekt und Architekturtheoretiker
* 3.5.1931 Mailand

Rossi wurde durch die Begründung des Begriffs der Rationalen Architektur in seiner Schrift »Die Architektur der Stadt« (1966) zu einem der bekanntesten neueren Architekturtheoretiker. Er führte die Prinzipien des Rationalismus der 20er Jahre weiter, ging jedoch über dessen Bevorzugung der Rechtwinkligkeit und reinen Geometrie insofern hinaus, als er jedes architekturgeschichtliche Prinzip (Achsialität, Symmetrie) oder jede Grundform (auch Säulen und Pfeiler)

Aldo Rossi beim Skifahren auf sechs Rädern in Rom.

einbezog. R.s eigene Bauten verbinden Rationalismus und Klassizismus in einer konsequent auf eine puristische Sprache reduzierten Form, so in dem nur teilweise realisierten Entwurf für den Friedhof San Cataldo in Modena, eine axiale Anlage mit geometrisch gegliedertem Eingangsbereich, monumentalen Treppenaufgängen und gleichmäßig umlaufenden Laubengängen. Äußerste Reduktion kennzeichnet auch R.s bekanntesten Bau, den Wohnkomplex Gallaratese 2 in Mailand, einen viergeschossigen, auf Pfeilern ruhenden, an einem Niveausprung des Geländes durchschnittenen Quader mit Laubenganghäusern.

□ 1965: Plan für den Rathausplatz von Segrate. □ 1969-72: Prof. am Mailänder Politecnico (erneut ab 1974). □ ab 1972: Gastprof. an der ETH in Zürich. □ 1970-73: Wohnkomplex Gallaratese in der Siedlung Monte Amiata in Mailand. □ 1971: Entwurf für den Friedhof S. Cataldo, Modena (1973 und 1976 überarbeitet, in den 80er Jahren realisiert). □ seit 1976: Prof. am Istituto Universitario in Venedig. □ 1979-82: Schule in Broni. □ 1980: Teatro del mondo für die Architekturausstellung auf der Biennale in Venedig. □ 1981: 1. Preis für das Projekt Südliche Friedrichstadt in Berlin. □ 1988-90: Palazzo dello Sport, Mailand. □ 1990: Teatro Carlo Felice, Genua.

▷ G. Braghieri: Aldo Rossi, dt. NA 1989; A. Rossi: Bauten und Projekte 1981-1991, 1991.

M. L. Rostropowitsch: Zahlreiche Komponisten widmeten dem Cellisten ihre Werke.

Rostropowitsch, Mstislav Leopoldowitsch

sowjet. Cellist und Dirigent
* 27.3.1927 Baku

Rostropowitsch, genannt Slawa (russ. Ruhm), gehört, vor allem mit wegweisenden Interpretationen zeitgenössischer Werke, zu den international führenden Cellisten der Nachkriegszeit. In seinem kraftvollen Spiel verbindet R. avantgardistische Techniken mit exakter Intonation und Klangfülle. Bedeutende Komponisten widmeten ihm bislang mehr als 70 Werke (S. →Prokofjew, D. →Schostakowitsch, B. →Britten, P. →Boulez). Im Duo bzw. Trio spielte R. mit E. →Gilels, D. →Oistrach und S. →Richter. Seit Ende der 60er Jahre tritt er auch als Opern- und Konzertdirigent hervor. 1970 verteidigte R. in einem offenen Brief an alle wichtigen Presseorgane der UdSSR den Literatur-Nobelpreisträger A. →Solschenyzin. Als ihm 1974 die Ausreise gestattet wurde, gab R. im Großen Saal des Moskauer Konservatoriums ein dramatisches Abschiedskonzert. 1990 feierte er im gleichen Saal ein triumphales Comeback.

□ 1943-46: Studium am Moskauer Konservatorium u. a. bei D. Schostakowitsch. □ 1945: Erster Preis beim Allunionswettbewerb. □ 1950-78: Mitgl. des Komponistenverbands der UdSSR. □ ab 1953: Dozent am Moskauer Konservatorium (ab 1959 Prof.). □ 1956: Debüts in London und New York. □ 1962: Ehrenmitgl. der Kgl. Musikakademie in London. □ 1974: Auftritt als Dirigent des New Philharmonia Orchestra in der Londoner Festival Hall. □ 1976: Preis der Ernst-von-Siemens-Stiftung. □ seit 1977: Chefdirigent des National Symphony Orchestra Washington. □ 1987: Acht Konzerte in der Londoner Festival Hall. □ 1989: Leitung der UA der Kantate »Rayok« von D. Schostakowitsch.

▷ M. u. G. Rostropowitsch: Die Musik und unser Leben (Mem.), 1989.

Roth, Eugen

dt. Schriftsteller
* 24.1.1895 München † 28.4.1976 ebd.

Roth wurde mit seinen treffsicher formulierten, heiter-philosophischen Versbüchern »Ein Mensch« (1935), »Mensch und Unmensch« (1948) und »Der letzte Mensch« (1964) bekannt. Allzumenschliche Unzulänglichkeiten und kleine alltägliche Erlebnisse skizzierte R. mit trockenem Humor und melancholischem Witz.

Eugen Roth: Amüsante Verse zum Thema »Ein Mensch«.

□ 1922: Nach Studium der Germanistik, Geschichte und Kunstgeschichte in München Promotion zum Dr. phil. □ 1927-33: Redakteur der Münchener Neuesten Nachrichten. □ ab 1933: Freier Schriftsteller in München. □ 1939: »Der Wunderdoktor« (Ged.e). □ 1954: »Gute Reise!« (Ged.e).

▷ E. Roth: Alltag und Abenteuer (Mem.), 1975.

Roth, Gerhard

österr. Schriftsteller
* 24.6.1942 Graz

Roth zählt mit P. →Handke zu den bedeutenden Vertretern der Subjektivität in der deutschsprachigen Literatur des ausgehenden 20. Jh.s. R.s Thema ist die Identitätsproblematik des Individuums und dessen Versuche, die gestörte Beziehung zur Umwelt zu ordnen; charakteristisches Merkmal seiner Prosa ist die detaillierte Schilderung, die häufig auf intensiven Fotorecherchen basiert. In R.s Hauptwerk, dem Roman »Landläufiger Tod« (1984), eröffnet die abseitige Erzählperspektive aus der Sicht eines psychisch Kranken dem Leser einen ungewöhnlichen Blick auf die Realität.

□ 1966-77: Nach dem Medizinstudium Tätigkeit am Rechenzentrum in Graz. □ 1972: »die autobiographie des albert einstein« (R.). □ 1974: »Der große Horizont« (R.). □ 1976: »Ein neuer Morgen« (R.). □ 1980: »Der stille Ozean« (R.), erster Teil des Zyklus »Die Archive des Schweigens«; weitere Teile: »Dorfchronik zum Landläufigen Tod« (Kurzprosa, 1984); »Am Abgrund« (R., 1986); »Der Untersuchungsrichter« (R., 1988); »Die Geschichte der Dunkelheit« (R., 1991). □ 1991: »Eine Reise in das Innere von Wien« (Es.s).

← Gerhard Roth

Roth, Joseph

österr. Schriftsteller und Journalist
* 2.9.1894 Brody, Ostgalizien (heute UdSSR)
† 27.5.1939 Paris (Frankreich)

Roth, einer der bedeutendsten deutschsprachigen Vertreter der Neuen Sachlichkeit und Chronist der untergehenden k.u.k.-Monarchie, engagierte sich in seinen frühen Artikeln und Romanen (u. a. »Das Spinnennetz«, R., 1923) für den Sozialismus, von dem er sich nach einer Reise in die Sowjetunion 1926 abwandte. Kritische Zeitanalysen, in denen R. die Verbrechen der Nationalsozialisten vorwegnahm, sowie eine nostalgische Darstellung des habsburgischen Vielvölkerstaats als Gegenentwurf zum Dritten Reich (»Radetzkymarsch«, R., 1932; »Die Kapuzinergruft«, R., 1938) bestimmen das Spätwerk des resignierenden Schriftstellers, der nach dem Anschluß Österreichs, dem Alkohol verfallen, in einem Pariser Armenhospital starb.

□ 1914-16: Germanistikstudium in Wien. □ 1916-18: Kriegsfreiwilliger. □ ab 1918: Journalist in Wien. □ 1920: Übersiedlung nach Berlin. □ 1923-32: Korrespondent der Frankfurter Zeitung. □ 1924: »Hotel Savoy« (R.). □ 1927: »Flucht ohne Ende« (R.). □ 1930: »Hiob« (R.). □ ab 1933: Emigration nach Wien, Marseille, Nizza, Paris. □ 1939: »Die Legende vom heiligen Trinker« (Erz.). □ postum 1966: »Der stumme Prophet« (R.-Fragment). □ 1991: »Aber das Leben marschiert weiter und nimmt uns mit« (Briefwechsel mit dem Verlag De Geemenschap 1936-39).

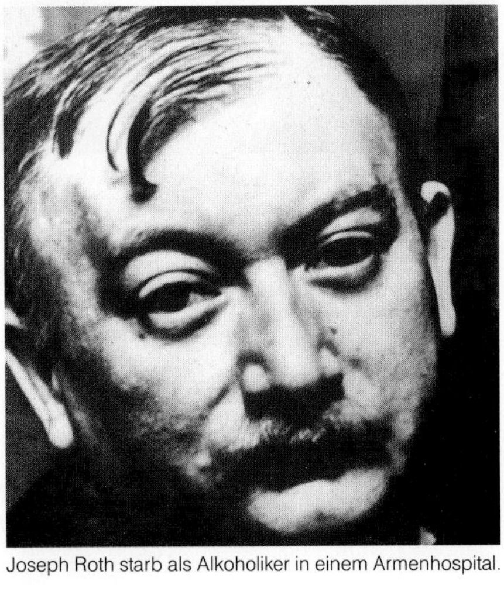

Joseph Roth starb als Alkoholiker in einem Armenhospital.

▷ D. Bronsen: Joseph Roth, 1974; H. Nürnberger: Joseph Roth, 1981; W. Müller-Funk: Joseph Roth, 1989.

Philip Milton Roth →

Roth, Philip Milton

amer. Schriftsteller
* 19.3.1933 Newark, N. J.

Roth ist die avantgardistische Schreckfigur der modernen amerikanischen Literatur. Gegenstand seiner Werke sind die Psychosen und Neurosen der Intellektuellen. Grotesk und skurril in Thema und Stil führen seine Arbeiten den Leser in die Welt wahrheitssuchender und seelisch kranker Menschen. Seinen großen Erfolg hatte R. mit »Portnoys Beschwerden« (R., 1969, dt. 1970), in dem er, selbst Jude, das eigene Volk karikierte. Die vorherrschende distanzierte Haltung gegenüber Juden und ein schonungsloses Aufzeigen ihrer vermeintlichen Schwächen und psychischen Störungen brachten R. den Vorwurf des Antisemitismus ein.

□ 1956-58: Nach dem Studium der engl. Literatur Dozent an der Univ. von Chicago. □ 1959: »Goodbye Columbus« (Anth., dt. 1962). □ 1962: »Anderer Leute Sorgen« (R., dt. 1965). □ 1962-64: Dozent in Princeton. □ 1967: »Lucy Nelson oder die Moral« (R., dt. 1973). □ 1983: »Die Anatomiestunde« (R., dt. 1986).

▷ B. F. Rodgers: Philip Roth, engl. 1978; Ph. Roth: Die Tatsachen. Autobiographie eines Schriftstellers, 1991.

Anneliese Rothenberger →

Rothenberger, Anneliese

dt. Sängerin
* 19.6.1926 Mannheim

Rothenberger wurde in den 50er und 60er Jahren als lyrische Mozart- und Strauss-Sängerin sowie als Koloratursopranistin bekannt. Internationalen Erfolg hatte sie 1957 bei den Salzburger Festspielen in der Rolle der Agnes bei der Premiere der Oper »Schule der Frauen« von R. →Liebermann. 1960 feierte sie als Zdenka in »Arabella« von R. →Strauss ein triumphales Debüt an der Metropolitan Opera New York. R. war Ensemblemitglied der Bühnen von Hamburg, Wien und New York und unternahm auch Liederabendtourneen (u. a. 1964 durch die USA). Anfang der 70er Jahre gelang ihr eine zweite Karriere als Moderatorin in TV-Unterhaltungssendungen (»Anneliese R. gibt sich die Ehre«).

□ 1943: Schauspielerin am Stadttheater Koblenz. □ 1946-59: Ensemblemitgl. der Staatsoper Hamburg. □ 1953: Gastspiel beim Edinburgh Festival. □ seit 1954: Regelmäßige Auftritte bei den Salzburger Festspielen. □ 1956-58: Mitgl. der Dt. Oper am Rhein Düsseldorf-Duisburg. □ 1959/60: Partie der Sophie im »Rosenkavalier« von R. →Strauss bei den Festspielen von Glyndebourne. □ 1960: Gastspiele an der Mailänder Skala. □ 1967: Titelrolle in der UA der Oper »Madame Bovary« von Heinrich Sutermeister (* 1910) in

Zürich. □ 1970: Tournee durch die Sowjetunion. □ 1975: »In mir klingt ein Lied. Die schönsten Geschichten aus der Welt der Musik«. □ seit 1982: Moderatorin und Interpretin in der TV-Sendereihe »Traumland Operette«.

▷ W.-E. v. Lewinski: Anneliese Rothenberger, 1968; A. Rothenberger: Melodie meines Lebens (Mem.), 1972.

Rothfels, Hans

dt. Historiker
* 12.4.1891 Kassel † 22.6.1976 Tübingen

1953 gründete Rothfels die »Vierteljahreshefte für Zeitgeschichte« und regte damit die Forschung zur jüngsten Vergangenheit an. Der Bismarck-Kenner, der auch über Nationalitätenprobleme arbeitete, legte 1948 eine zusammenfassende Darstellung über »Die deutsche Opposition gegen Hitler« (dt. 1949) vor.

□ 1925: »Otto von Bismarck und der Staat« (Schr.). □ 1926-34: Prof. an der Univ. Königsberg bis zur Zwangsemeritierung durch die Nationalsozialisten. □ 1934: »Bismarck und der Osten« (Schr.). □ 1940-45: Prof. an der Brown Univ. in Providence, Rhode Island (USA). □ 1951: »Gesellschaftsform und auswärtige Politik« (Schr.). □ 1951-59: Prof. an der Univ. Tübingen. □ 1959: »Zeitgeschichtliche Betrachtungen« (Schr.). □ 1961: Aufnahme in den Orden Pour le mérite. □ 1970: »Bismarck. Vorträge und Abhandlungen« (Schr.).

Rothko, Mark

amer. Maler lit. Herkunft
* 25.9.1903 Dvinsk † 25.2.1970 New York

Rothko hat die Farbfeldmalerei mit abstrakt-expressionistischen Tendenzen zu einem persönlichen Stil zusammengeführt und damit einen der wichtigsten Beiträge zur neueren abstrakten Kunst geleistet. Nach verschiedenen Werkphasen (expressionistischer und surrealistischer Einfluß) gelangte er um 1950 zu seiner Malerei der dünn aufgetragenen, rechteckigen Farbflächen, die in ihrer Immaterialität bislang unerreicht sind. Die monochromen Flächen scheinen vor weiten, unbegrenzten und von diffusem Licht erfüllten Räumen zu schweben und wirken aufgrund der Modulation der chromatischen Farben wie von Vibrationen erfüllt (z. B. »Rot, Weiß und Braun«, 1957, Basel, Kunstmuseum). R. hat diese Farbfelder bis an den Bildrand geführt, um auf diese Weise auch hier den Eindruck der räumlichen Unbegrenztheit als Symbol für universelle und kosmische Welten hervorzurufen. Die großen Bildformate unterstützen solche Wirkungen.

□ 1913: Mit den Eltern Übersiedlung in die USA. □ 1925: Nach dem Kunststudium an der Yale Univ. in New Haven, Conn., Übersiedlung nach New York. □ ab 1926: Realistische Bilder. □ 1935: Gründung der Künstlergruppe The Ten mit A. Gottlieb und anderen expressionistischen Malern. □ 1942-47: Surrealistische Bilder. □ ab 1947: Abstrakte Farbfeldkompositionen. □ 1958: Serie der Bilder für das Seagram Building in New York (heute z. T. in der Tate Gallery, London). □ 1965-67: »Chapel Paintings«, eine environmentartige Bildserie für die Kapelle des Inst. for Religion and Human Development in Houston, Tex. □ 1969/70: Folge der grau-schwarzen Kompositionen.

▷ D. Ashton: About Rothko, engl. 1983.

Edmond de Rothschild →

Rothschild, Baron Edmond de

frz. Unternehmer
* 30.9.1926

Rothschild ist der reichste lebende Nachkomme der R.s, einer durch Meyer Amschel R. (* 1743, † 1812) begründeten Frankfurter Bankiersdynastie. R. hatte 1957 von seinem Vater, dem Pariser Bankier und Senator Maurice R., ein geschätztes Vermögen von 1 Mrd. DM geerbt, das dieser in der Emigration an der Londoner und New Yorker Börse gemacht hatte. Mit diesem Kapital betätigte sich R. weltweit als Aktionär und Inhaber u. a. von Unternehmen der Öl-, Tourismus- und Immobilienbranche. Nach der Verstaatlichung privater Banken und Industrieunternehmen zu Beginn der sozialistischen Regierung F. →Mitterrands nutzte er die ihm zur Verfügung gestellte Entschädigungssumme für weitere Beteiligungen. Der französische Unternehmer ist einer der größten Mäzene des Staates Israel, für dessen Anleihen er in Europa verantwortlich zeichnet.

Baron Guy de Rothschild und seine Frau mit dem Turnier-Pferd »Crystal Palace«.

← Mark Rothko

Rothschild, Baron Guy de

frz. Bankier
* 21.5.1909 Paris

Als Ururenkel von Meyer Amschel R. (* 1743, † 1812), dem Stammvater der jüdischen Bankiersdynastie aus Frankfurt, dessen fünf Söhne in Wien, Paris, Frankfurt, London und Neapel Bankhäuser gründeten, leitet R. in Paris eines der beiden letzten Geldinstitute der R.s. R., der nach der Verstaatlichung der Aktiva der Familie durch die Vichy-Regierung 1940 ab 1943 als Angehöriger der »Forces Françaises Libres« General de →Gaulles in England im Widerstand tätig war, übernahm 1949 mit der Leitung des Bankhauses in Paris die größte französische Privatbank. Nach deren Verstaatlichung zu Beginn der sozialistischen Regierung F. →Mitterrands kehrte er Frankreich den Rücken und schrieb den autobiografischen Bestseller »Geld ist nicht alles« (1983, dt. 1984). 1984 erhielt R. erneut die Erlaubnis, in Paris eine Bank zu eröffnen.

▷ V. Cowles: Die Rothschilds. Geschichte einer Familie, 1974.

Rothschild, Baron Philippe de

frz. Winzer, Kunstsammler, Schriftsteller und Filmproduzent
* 13.4.1902 Paris † 20.1.1988 ebd.

Multitalent Rothschild, Sproß der legendären Bankiers-Dynastie, widmete sich entgegen der Familientradition der Kunst und dem Weinbau. Auf seinem Weingut in der Bordeaux-Region Médoc machte der promovierte R. aus dem vernachlässigten Mouton-R. einen der nobelsten Weine der Welt. Die Flaschenetiketten ließ der Mäzen, 1924-31 Direktor (und Erbauer) des Théâtre Pigalle in Paris, von Künstlern wie P. →Picasso, S. →Dalí und A. →Warhol gestalten. Der hochdekorierte Widerstandskämpfer, der durch Flucht aus der Haft unter dem Vichy-Regime dem Transport in ein deutsches KZ entging, übersetzte elisabethanische Gedichte und schrieb Theaterstücke, Essays und Kritiken.

← Philippe de Rothschild

Rotten, Elisabeth

schweiz. Pädagogin und Friedenskämpferin dt. Herkunft
* 15.2.1882 Berlin † 2.5.1964 London (England)

Die überzeugte Pazifistin Rotten setzte sich international für humanitäre Erziehung und Völkerverständigung ein. Die wichtigste Voraussetzung für eine Friedenssicherung sah sie in der Erziehung der Kinder zu Kreativität und Selbständigkeit. Während ihrer Emigration war R. Mitbegründerin schweizerischer Kinderdörfer. Nach dem Krieg suchte sie die Situation kriegsgeschädigter Kinder zu verbessern.

□ 1921: Mitgründerin des Weltbundes für Erneuerung der Erziehung (W. f. E. d. E.) in Calais. □ 1922: Mithg. der Zeitschrift Das werdende Zeitalter (Organ des W. f. E. d. E.). □ 1934: Emigration in die Schweiz. □ 1942: »Die Einigung Europas« (Schr.). □ 1948: Mitbegründung der Fédération Internationale des Communautés d'Enfants, einer Unterorganisation der UNESCO, London. □ 1963: »Wahrhaftigkeit, Gerechtigkeit und Frieden« (Schr.).

← Elisabeth Rotten

Rouault, Georges

frz. Maler und Grafiker
* 27.5.1871 Paris † 13.2.1958 ebd.

In der Synthese symbolistischer und expressionistischer Prinzipien und unter dem Eindruck P. →Gauguins entwickelte Rouault einen Stil der vereinfachten, stark konturierten und glühend farbigen Malerei. Die Motive des religiös motivierten Künstlers waren Bibelszenen und Christusbilder (»Ecce Homo«, 1938/39, Stuttgart, Staatsgalerie) sowie die Benachteiligten der Gesellschaft: Arbeiter, Bauern, Dirnen, traurige Pierrots. Bilder wie »Die Flucht nach Ägypten« (1941, Paris, Musée Nationale d'Art Moderne, Centre Georges Pompidou) reduzieren das Geschehen fast auf eine Ebene des Zeichenhaften, die Figuren erscheinen gesichtslos, die Architekturen sind angedeutet, und doch bleibt das Geschehen erkennbar. Das hier angewandte dicke Strichgerüst hatte R. schon um 1900 entwickelt, als seine Bilder in ihrem beinahe gewaltsamen Ausdruck den Expressionismus vorwegnahmen (z. B. »Dirne«, 1906, Grenoble, Musée de Peinture et de Sculpture).

Georges Rouault schuf u. a. Bildteppiche und Glasfenster.

□ ab 1890: Studium an der École Nationale Supérieure des Beaux-Arts bei G. Moreau. □ 1894: Prix Chenavard für »Jesus unter den Schriftgelehrten« (Colmar, Musée d'Unterlinden). □ 1902-10: Gouachen und Aquarelle auf Papier. □ 1913: Verkauf der Gesamtproduktion an den Kunsthändler A. →Vollard. □ 1917-27: Radierfolge »Guerre et Misere«; zahlreiche Lithografien und Illustrationen. □ 1929: Bühnenbilder für S. →Diaghilews Ballets Russes. □ ab 1930: Großformatige Gemälde. □ 1932: Entwürfe für Bildteppiche. □ 1948: Glasfenster für die Kirche von Assy. □ 1952: Große Retrospektive im Musée National d'Art Moderne in Paris.

▷ P. Courthion: Georges Rouault, 1980.

Rourke, Mickey

(eig. Philip Andre)
amer. Schauspieler
* 16.9.1954 (1951?) Schenectady bei New York

Als Darsteller des sadomasochistisch veranlagten Börsenmaklers John in dem Skandalerfolg »9 1/2 Wochen« (1985, mit Kim Basinger) wurde Rourke einer der gefragtesten jungen Schauspieler Hollywoods. In der Rolle des Polizisten White, der in dem Film »Im Jahr des Drachen« (1985, Rg. M. →Cimino) gegen den Willen seiner Vorgesetzten handelt, überzeugte er ebenso wie mit seiner sensiblen Interpretation des christlichen Mystikers Franz von Assisi (»Franziskus«, 1989, mit M. →Adorf). Beeindruckend war auch

Mickey Rourke als Ex-Terrorist (mit Sammi Davis) in »Auf den Schwingen des Todes«, 1987.

seine Darstellung des Henry Chinaski in »Barfly« (1987, nach dem autobiografischen Drehbuch von Ch. → Bukowski).

□ 1979: Filmdebüt in »1941 — Wo, bitte, geht's nach Hollywood«? (Rg. St. → Spielberg). □ 1980: »Verhängnisvolle Leidenschaft« (TV); »Die schönen Morde des Eric Binford« (F.). □ 1981: »Heißblütig — Kaltblütig« (mit W. → Hurt und K. →Turner). □ 1982: »Diner«; »Eureka« (mit G. →Hackman). □ 1983: »Rumble Fish« (Rg. F. →Coppola); »Der Pate von Greenwich Village«. □ 1985: »9 1/2 Wochen«. □ 1986: »Angel Heart« (Rg. A. → Parker, mit R. de →Niro). □ 1987: »Auf den Schwingen des Todes«. □ 1988: »Homeboy«. □ 1989: »Johnny Handsome«; »Wild Orchid«.

▷ B. Schulz: Mickey Rourke, 1990.

Rous, Francis Peyton

amer. Krebsforscher
* 5.10.1879 Baltimore, Maryl. † 16.2.1970 New York

Rous, dem erstmals die Züchtung von Viren außerhalb eines Organismus gelang, bewies 1910, daß bestimmte Virusarten Krebsgeschwülste auslösen. Das zellfreie Filtrat eines Hühnertumors, das nur Viren enthalten konnte, injizierte R. anderen Hühnern, bei denen sich ebenfalls Krebszellen bildeten. Daneben klassifizierte R. auch einige chemische Stoffe als krebserregend.

□ 1909-45: Forschungen am Rockefeller-Inst. in New York. □ 1911: »Transmission of a malignant new growth by means of a cell-free filtrate« (Aufs.). □ 1966: Physiologie/Medizin-Nobelpreis (mit Ch. B. →Huggins).

F. P. Rous erhielt 1966 den Physiologie/Medizin-Nobelpreis.

Rousseau, Henri

(»le douanier«, der Zöllner)
frz. Maler
* 21.5.1844 Laval, Mayenne † 4.9.1910 Paris

Rousseau, der Beamter beim Pariser Steueramt (nicht beim Zollamt) war, begann mit etwa 35 Jahren zu malen und war der einzige »naive« Maler, dessen Werk auch im kunstgeschichtlichen Sinn Weltgeltung gewonnen hat. Vor allem seine Serie der »Dschungelbilder« (1891-1910) brachte ihm internationale Beachtung. In »Die Schlangenbeschwörerin« (1907, Paris, Musée National Moderne) konfrontiert er seine stilisierte Vorstellung der Dschungelvegetation, leuchtende Blattformen vor tiefgrünem Hintergrund, mit einer dunklen Frauengestalt. Solche geheimnisvollen und gleichzeitig friedlichen Motive wurden von R. bevorzugt, wie auch in »Schlafende Zigeunerin« (1897, New York, Museum of Modern Art). Es war diese Vision einer Welt ohne Aggression, von der die Betrachter eingenommen wurden, ebenso die großflächige, die Perspektive leugnende Kompositionsweise, die

H. Rousseau: Seine friedlich-geheimnisvollen Bilder beeinflußten die Surrealisten.

Suche nach dem Ursprünglichen und das rätselvoll-visionär gesehene Leben, das R. auch seinen reinen Pflanzenbildern gab. Alle diese Komponenten haben auf spätere Kunstrichtungen, besonders den Surrealismus, eingewirkt und machten R. zu einem wichtigen Maler an der Wende vom 19. zum 20. Jh. Humoristisch-poetisch waren viele seiner Figurenbilder (z. B. »Der Ballspieler«, 1908, New York, Solomon R. Guggenheim Museum).

□ 1868: Übersiedlung nach Paris. □ 1885: Pensionierung; erste Ausstellungsbeteiligung. □ 1897/98; 1901-10: Beteiligung am jährlichen Salon des Indépendants; Bekanntschaft mit den bedeutenden Malern der Zeit (P. → Cézanne, V. van Gogh, H. de →Toulouse-Lautrec u. a.). □ 1905-07: Beteiligung am Salon d'Automne; Bekanntschaft mit P. →Picasso und R. →Delaunay. □ 1907: Freundschaft mit dem Kunstschriftsteller Wilhelm Uhde, seinem Entdecker. □ 1909: Einzige Einzelausstellung zu Lebzeiten.

▷ D. Vallier: Henri Rousseau, 1981.

F. Henry Royce gründete 1884 seine erste Firma zur Produktion von Elektromaschinen.

Rowohlt, Ernst

dt. Verleger
* 23.6.1887 Bremen † 1.12.1960 Hamburg

Rowohlt förderte als Verleger des mehrfach von ihm neugegründeten Rowohlt-Verlags (1910, 1919 und 1945) die zeitgenössische in- und ausländische Literatur (Autoren u. a. G. →Heym, K. →Tucholsky, R. →Musil, E. →Hemingway, W. →Faulkner, J.-P. →Sartre, S. de →Beauvoir, W. →Borchert, W. → Jens). Großen Erfolg hatten ab 1946 die zeitungsähnlich hergestellten Rowohlt-Rotations-Romane (rororo), Vorläufer des Rowohlt-Taschenbuchs, das R.s Sohn Heinrich Maria Ledig-Rowohlt (* 1908) nach amerikanischem Vorbild in Deutschland einführte (1953 Gründung des Rowohlt-Taschenbuch-Verlags). 1983 übernahm die Holtzbrinck-Verlagsgruppe den Rowohlt-Verlag.

□ 1905: Volontariat in der Druckerei Breitkopf und Härtel in Leipzig auf Vermittlung von A. →Kippenberg. □ 1912: Übernahme des ersten Rowohlt-Verlags durch Teilhaber Kurt Wolff (*1887, † 1963). □ 1913: Prokurist im S. Fischer Verlag. □ 1919: Gründung des zweiten Rowohlt-Verlags in Berlin. □ 1938/39: Emigration über Zürich, Paris, London nach Brasilien. □ 1943: Entlassung aus dem Militärdienst; Schließung des von H. M. Ledig-Rowohlt geleiteten Rowohlt-Verlags. □ 1945: Wiederaufnahme der Verlagstätigkeit durch H. M. Ledig-Rowohlt in Stuttgart. □ 1953: Gründung des Rowohlt-Taschenbuch-Verlags. □ 1955: Neue Taschenbuchreihe »rowohlts deutsche enzyklopädie« (rde). □ seit 1958: Hg. von »rowohlts monographien«. □ 1959: Bau eines Verlagshauses in Reinbek.

← Ernst Rowohlt

Royce, Sir (ab 1930) Frederick Henry

engl. Techniker und Industrieller
* 27.3.1863 Alwalton, Huntingdonshire
† 22.4.1933 West Wittering, Sussex

Royce baute 1904 seine ersten drei Kraftwagen und gewann 1906 den Motorenhändler Charles Stewart Rolls (* 1877, † 1910) als Financier für die Gründung der Rolls-Royce Ltd., die noch heute ein Synonym für prestigeträchtige Luxusautos (Rolls-Royce, Bentley) ist. Verluste im später aufgenommenen Flugzeugmotorenbau erforderten 1971 eine Sanierung der Firma mit staatlicher Unterstützung.

□ 1882: Leitender Elektroingenieur für das erste Liverpooler Straßenbeleuchtungssystem. □ 1884: Gründung einer Werkstätte für die Produktion von Elektromaschinen. □ 1906: Gründung der Rolls-Royce Ltd. □ 1908: Verlegung der Motorenbauabteilung nach Derby.

▷ F. Sabates: Rolls-Royce, 1989; K.-J. Roßfeld: Rolls-Royce und Bentley, 1989.

Tadeusz Różewicz →

Różewicz, Tadeusz

poln. Schriftsteller
* 9.10.1921 Radomsko

Als einen der wichtigsten Dichter der Nachkriegsgeneration wies Różewicz bereits der Gedichtband »Unruhe« (1947) aus: Vor dem Hintergrund seiner Kriegserlebnisse strebt er einen Neuaufbau der ethischen Grundwerte des menschlichen Handelns, der Sprache und der dichterischen Form an. Seine oft als »nackt« bezeichnete Lyrik ist ein schmuckloser, diszipliniertes Monolog in freien Rhythmen, der sich der Alltagssprache annähert. Lyrischer Held ist der desorientierte, gleichsam vergegenständlichte moderne Mensch, der in einer Welt des Chaos und der permanenten Bedrohung lebt.

□ 1943/44: Partisan bei der poln. Heimatarmee; Kunstgeschichtsstudium in Krakau. □ 1954: »Die Ebene« (Ged.e). □ 1960: »Die Kartothek« (Dr., dt. 1962). □ 1970: »Der Tod in der alten Dekoration« (Erz., dt. 1973). □ 1987: »Überblendungen« (dt. Ged.auswahl).

Carlo Rubbia →

Rubbia, Carlo

ital. Physiker
* 31.3.1934 Gorizia, Friaul

Rubbia leitet seit 1973 ein Forschungsprojekt des Europäischen Kernforschungszentrums (CERN) in Genf, an dem mehr als 100 Wissenschaftler beteiligt sind. 1983 entdeckten R. und S. van der →Meer die in den 70er Jahren von A. →Salam und St. →Weinberg vorausgesagten subatomaren Elementarteilchen W-Plus (W+), W-Minus (W–) und Z-Null (Z^0). Sie vermitteln beim radioaktiven Zerfall als massive und kurzlebige Partikelchen zwischen der sog. schwachen Wechselwirkung und der elektromagnetischen Kraft der Atomkerne. Auch die von S. L. →Glashow geforderte Existenz eines ungeladenen »Vektorbosons« konnte mit Z^0 experimentell bestätigt werden. Man vermutet insgesamt sechs Urbausteinchen der Materie, nämlich drei »Quarks«-Pärchen (M. →Gell-Mann).

□ seit 1962: Forschungen am CERN in Genf. □ seit 1970: Gleichzeitig Prof. an der Harvard Univ. in Cambridge, USA. □ 1984: Physik-Nobelpreis (mit S. van der Meer). □ seit 1989: Generaldir. am CERN.

Rubinstein, Arthur

amer. Pianist poln. Herkunft
* 28.1.1887 Łódź † 20.12.1982 Genf (Schweiz)

Rubinstein, einer der profiliertesten und weltweit gefeierten Pianisten, debütierte bereits als 12jähriger in einem von J. →Joachim geleiteten Orchesterkonzert in Berlin. In den 20er Jahren wurde R., der bei H. Barth Klavier und bei Robert Kahn und M. →Bruch Komposition studierte, in Europa vor allem als brillanter Interpret Chopins und neuerer spanischer Komponisten bekannt. Den ersten großen Erfolg in den USA hatte er 1937 mit einer Konzertreise, auf der er nach einer schöpferischen Pause erstmals einen neuen, durch Farbigkeit und Deutlichkeit gekennzeichneten Klavierstil vorstellte. Sein Repertoire erweiterte er um die Werke von Bach, der Wiener Klassik und bedeutender Romantiker. Nach dem 2. Weltkrieg setzte R. seine Karriere mit unerschöpflicher Energie fort. Noch als 80jähriger bewältigte er an einem Vortragsabend z. B. beide Klavierkonzerte von Brahms oder drei Konzerte von Beethoven. Als Kammermusiker spielte R. u. a. mit J. →Heifetz und in den 60er und 70er Jahren mit dem Guarneri-Quartett. Im Juni 1976 nahm R., der ein gigantisches Schallplattenwerk hinterließ, in der Londoner Wigmore Hall nach 77 Jahren Abschied von seinem Konzertpublikum.

□ ab 1897: Schüler u. a. von J. Joachim und M. →Bruch in Berlin. □ 1904: Paris-Debüt. □ 1906: Erste USA-Tournee. □ 1912: London-Debüt in der Queens Hall als Begleiter von P. → Casals und als Solist in der Bechstein Hall. □ 1916/17: Konzertreisen in Spanien und Südamerika. □ 1919: Zweite USA-Tournee. □ 1946: Amer. Staatsbürgerschaft; Gründung des Frédéric-Chopin-Fonds für notleidende Musiker. □ 1953: Erstes »Marathon-Klavierkonzert« in New York (5 Konzerte in 10 Tagen) für karitative Zwecke. □ 1958: Erstes Konzert in Polen nach 20 Jahren. □ 1966: Konzerte in der New Yorker Carnegie Hall zum 60. Jahrestag seines USA-Debüts. □ 1969: Porträtfilm »L'Amour de la vie«, Premiere Paris (dt. »Die Musik — Mein Leben« 1971 im ZDF). □ 1970: Gala-Konzert mit dem London Symphony Orchestra in der Royal Festival Hall London. □ 1975: Auftritt in seiner Geburtsstadt.

▷ B. Gavoty/R. Hauert: Albert Rubinstein, 1955; W. E. v. Lewinski: Arthur Rubinstein, 1967; A. Forsee: Arthur Rubinstein, 1969; A. Rubinstein: Erinnerungen. Die frühen Jahre, 1973; ders.: Mein glückliches Leben, 1980.

Der Pianist Arthur Rubinstein begann seine Karriere mit Chopin-Interpretationen.

Rückriem, Ulrich

dt. Bildhauer
* 30.9.1938 Düsseldorf

Rückriem gehört mit seinen großen abstrakten Steinskulpturen zu den profiliertesten deutschen Bildhauern der jüngeren Generation. 1968 entdeckte er für sich das Prinzip der Teilung großer Steinblöcke und -tafeln. Seitdem beherrscht der Gegensatz zwischen bearbeiteten, oft sogar hochpolierten Partien und unbearbeiteten Bruchkanten die Werke. Auf diese Weise thematisiert R. das Material — u. a. Granit, Dolomit, Schiefer —, andererseits wird durch die Wiederzusammenfügung gespaltener Teile die Dichte, Spannung und das Volumen des Steins erfahrbar. Die Werke sind häufig von einer zwingenden Wucht und einer archaischen Ausstrahlung, als gehörten sie fernen Kulturen an, so z. B. der

Ulrich Rückriem: Seit 1988 Professor in Frankfurt/Main.

»Granit bleu de la Normandie« (1984, im Besitz des Künstlers). Andere Arbeiten, besonders die streng geometrischen Bodenplastiken, tendieren zur Minimal Art etwa C. →Andres. Häufig fügt R. seine Werke zu Ensembles zusammen, so in seiner eigenen Ausstellungshalle in Köln.

□ 1959: Nach einer Steinmetzlehre Arbeit an der Kölner Dombauhütte. □ ab 1961: Freier Bildhauer. □ ab 1974: Prof. an der Düsseldorfer Kunstakademie (erneut ab 1984). □ 1983: Heinrich-Heine-Denkmal im Bonner Stadtpark. □ 1988: Prof. an der Staatlichen Hochschule für Bildende Künste in Frankfurt/Main.

▷ Kunstsammlung Nordrhein-Westfalen u. a. (Hg.): Ulrich Rückriem Skulpturen (Fotobd. und Schr. »Texte über Ulrich Rückriem«), 1987.

Rudolph, Niels-Peter

dt. Regisseur
* 2.5.1940 Wuppertal

Rudolphs Engagement gilt neben der Neubelebung von Klassikern vor allem den zeitgenössischen Autoren. Gerade bei den oft artifiziellen Texten moderner Stücke gelingt ihm die Umsetzung in sehr poetische, zugleich realistische Bilder, in denen die Figuren psychologisch scharf konturiert agieren. So sind seine Inszenierungen sinnlich, doch streng und sparsam in der Gestik.

□ 1963-68: Regieassistent und Regisseur bei H. Schalla an den Städtischen Bühnen in Bochum. □ 1963: Regiedebüt mit Goethes »Stella«. □ 1968: Dt. EA von »Der Architekt und der Kaiser von Assyrien« (F. →Arabal). □ 1968-70: Regisseur am Staatsschauspiel in München. □ 1974: Mit Wedekinds »Frühlings Erwachen« zum Berliner Theatertreffen. □ 1976: Mit »Bekannte Gesichter, gemischte Gefühle« (UA, B. →Strauß) und Tschechows »Onkel Wanja« zum Berliner Theatertreffen. □ 1977: Mit Goldonis »Diener zweier Herren« und H. →Ibsens »Hedda Gabler« zum Berliner Theatertreffen. □ 1978: Mit »Trilogie des Wiedersehens« (B. Strauß) zum Berliner Theatertreffen; UA »Lovely Rita« (Th. →Brasch). □ 1980-85: Intendant des Hamburger Schauspielhauses. □ 1982: UA »Kalldewey Farce« (B. Strauß); mit P. Handkes »Über die Dörfer« zum Berliner Theatertreffen. □ 1987: Debüt als Opernregisseur mit Mozarts »Entführung aus dem Serail«. □ 1989: UA »Elisabeth II.« (Dr. von Th. →Bernhard) in Berlin.

Rudolph, Paul Marvin

amer. Architekt
* 23.10.1918 Elkton, Ky.

In seinen Bauten gelang es Rudolph, Grundprinzipien des Rationalismus, die ihm vor allem W. →Gropius vermittelt hatte, phantasievoll weiterzuentwickeln und innerhalb dieses Architekturstils neue Akzente zu setzen. Zu den beeindruckendsten Beispielen gehört das Art and Architecture Building der Yale Universität, dessen Monumentalität und strenge Geometrie durch ein dynamisches Vor- und Zurückweichen der verschiedenen Bauteile, große Glasflächen im Mittelteil, erkerartig vorspringende Fenster, horizontale und vertikale Riegel usw. gemildert wird. Der skulpturale Bau gehört auch wegen seiner Provokanz gegenüber der eher unscheinbaren Umgebung zu den meistdiskutierten Werken des späten Rationalismus. Ebenso verhält es sich mit R.s State Service Center in Boston, einer terrassenförmig gestaffelten Anlage mit Turm

Rudolph (3. v. l.) vor dem Modell des Massachusetts Technological Institutes (MTI).

und zentralem Platz, dessen Gestaltung vom Rathausplatz in Siena (Italien) inspiriert ist.

□ 1948: Nach dem Studium (u. a. an der Harvard Univ. in Cambridge, Mass., bei M. → Breuer und W. →Gropius) Partnerschaft mit R. Twitchell in Sarasota, Flor. □ 1952: Eigenes Büro ebd. □ 1955-58: Mary Cooper Jewett Art Center des Wellesley College, Mass. □ 1958-65: Leiter der Architekturabteilung der Yale Univ., New Haven, Conn. □ 1958-64: Art and Architecture Building der Yale Univ. □ ab 1965: Büro in New York. □ 1967: Graphic Art Center, New York. □ 1967-72: State Service Center, Boston.

Rudolph, Wilma

amer. Leichtathletin
* 23.6.1940 Clarkesville, Tenn.

Rudolph, 17. Kind einer 19köpfigen Familie, war 1960 der Sprintstar der Olympischen Spiele von Rom, wo sie insgesamt drei Goldmedaillen errang. Die »Schwarze Gazelle«, wie die amerikanische Leichtathletin wegen ihres ästhetischen Laufstils genannt wurde, hatte als Kind eine Kinderlähmung überstanden und erst im Alter von sieben Jahren gehen gelernt. Nach ihrem Abschied vom Leistungssport arbeitete sie in der kommunalen Jugendbetreuung.

□ 1956: Olympiadritte in Melbourne über 4x100 m. □ 1960: Olympiasiegerin von Rom über 100 m, 200 m und 4x100 m. □ 1961: Weltrekord über 100 m (11,2 sec.).

← Wilma Rudolph

Ruge, Helmut

dt. Kabarettist
* 7.2.1940 Stuttgart

Ruge, der bereits als Soziologie-Student 1963 das Kabarett »Die Hammersänger« in Berlin gründete, hat sich seither mit zahlreichen politischen Satiren einen Namen gemacht. Er verzichtet auf komödiantische Mittel und trägt seine Analyse der globalen Gefährdung unserer Zivilisation zuweilen in jovialer Diskretion vor (u. a. »Noch sind wir nicht tot«, 1982).

□ 1963-75: Mitarbeit im Kabarett Die Hammersänger. □ 1975: Soloprogramm »Ein Mann sieht schwarz«. □ seit 1976: Mitautor und Dialogpartner von H. D. →Hüsch in der Hörfunksendung »Hammer und Stichel«. □ 1981: Erstellung der dt. Fassung von J. →Savarys politischer Revue »Weihnachten an der Front« für das Dt. Schauspielhaus, Hamburg. □ 1982: Satire »Noch sind wir nicht tot« für die Ruhrfestspiele in Recklinghausen (ebenso 1984: »Wer bezahlt die Zeche?«). □ 1983/84: »20 Jahre im öffentlich-rechtlichen Dienst« (dreiteiliges Soloprogramm).

← Helmut Ruge

Rühe, Volker

dt. Politiker
* 25.9.1942 Hamburg-Harburg

Rühe wurde 1989 auf dem Bremer CDU-Parteitag von Bundeskanzler H. → Kohl für das Amt des Generalsekretärs vorgeschlagen und trotz heftiger innerparteilicher Kritik durchgesetzt. In den Jahren zuvor hatte R. als sicherheitspolitischer Sprecher der CDU-Fraktion auf sich aufmerksam gemacht.

□ 1963: Mitgl. der CDU. □ 1964: Landesvors. der Jungen Union. □ bis 1968: Philologiestudium. □ 1968-76: Gymnasiallehrer. □ 1970: Mitgl. der Hamburger Bürgerschaft. □ 1973-75: Im Bundesvorstand der Jungen Union. □ seit 1976: MdB. □ 1983-89: Stellv. Fraktionsvors. □ 1988: »Herausforderung Außenpolitik. Die neue Generation der CDU/CSU meldet sich zu Wort« (Schr.). □ seit 1989: Generalsekretär der CDU.

← Volker Rühe

Rühle, Günther

dt. Theaterkritiker
* 3.6.1924 Gießen

Rühle ist ein kritischer Beobachter der internationalen, besonders aber der deutschsprachigen Theaterlandschaft. In zahlreichen Essays, Porträts und als Feuilletonredakteur der Frankfurter Allgemeinen Zeitung sowie als Mitarbeiter der Zeitschrift Theater heute setzt er sich mit den führenden Regisseuren des 20. Jh.s auseinander. Als Intendant des Frankfurter Schauspiels wechselte R. 1985 die Seite und sorgte gleich zu Beginn seiner ersten Spielzeit für einen Theaterskandal, als er versuchte, die Aufführung des umstrittenen Fassbinder-Stücks »Der Müll, die Stadt und der Tod« durchzusetzen.

□ 1946-52: Studium der Germanistik in Frankfurt/Main. □ 1954-60: Feuilletonredakteur der Frankfurter Neuen Presse. □ 1960-74: Feuilletonredakteur der Frankfurter Allgemeinen Zeitung. □ 1963: Theodor-Wolff-Preis. □ 1968: »Theater für die Republik, 1917-33 im Spiegel der Kritik«. □ 1974: »Zeit und Theater« (3 Bde.) □ 1974-85: Leitung der FAZ-Feuilletonredaktion. □ 1976: »Theater in unserer Zeit«. □ 1982: »Anarchie in der Regie« (Es.s). □ 1985-90: Intendant des Frankfurter Schauspiels.

Gerhard Rühm: 1954-64 Mitglied der sog. Wiener Gruppe.

Rühm, Gerhard

österr. Schriftsteller
* 12.2.1930 Wien

Rühm, angeregt durch ein Studium der Musik, reduziert Sprache auf ihre akustische Funktion (»hosn rosn baa«, 1959, mit H. C. → Artmann) und entwickelte visuelle Texte (»Daheim«, 1967), die der Konkreten Poesie zugerechnet werden. R.s sog. Schriftbilder werden nicht nur in Buchform herausgegeben, sondern auch in Ausstellungen präsentiert. Als Mitglied der Wiener Gruppe veröffentlichte R. 1967 die Anthologie »Die Wiener Gruppe«, in der frühe Texte der Schriftsteller zusammengefaßt sind.

Heinz Rühmann und Oliver Grimm in dem Film »Wenn der Vater mit dem Sohne«.

Rühmann, Heinz

dt. Schauspieler
* 7.3.1902 Essen

Rühmann, einer der bekanntesten deutschen Schauspieler, verkörperte in zahlreichen Filmen meist den Idealtyp des Kleinbürgers, dem er mit schüchternem Humor einen besonderen Charme verlieh. Mit der Operettenparodie »Die Drei von der Tankstelle« (1930; mit W. →Fritsch und L. →Harvey; Rg. W. Thiele) begann seine Filmkarriere, deren Höhepunkt die Titelrolle in »Der Hauptmann von Köpenick« (1956, Rg. H. →Käutner) bildet. Als »Der Mustergatte« war der gelernte Theaterschauspieler sowohl auf der Bühne (1922; Schauspielhaus Bremen) als auch auf der Leinwand (1937, Rg. W. →Liebeneiner) zu sehen. Seit den 70er Jahren beschränkt R. sich auf Theater- und Fernsehauftritte.

□ 1920: Erstes Theaterengagement. □ 1925-29: Engagement bei den Münchner Kammerspielen. □ 1931: »Bomben auf Monte Carlo« (mit H. →Albers; Rg. H. Schwarz). □ 1937: »Der Mann, der Sherlock Holmes war« (mit H. Albers; Rg. K. Hartl). □ 1938-45: Mitgl. der Berliner Staatsbühnen unter G. →Gründgens. □ 1939-70: Ehe mit der Filmschauspielerin Hertha Feiler. □ 1941: »Quax, der Bruchpilot« (Rg. K. →Hoffmann). □ 1944: »Die Feuerzangenbowle« (Rg. H. Weiß). □ 1955: »Wenn der Vater mit dem Sohne« (mit O. Grimm; Rg. H. Quest); »Charleys Tante« (Rg. H. Quest). □ 1958: »Es geschah am hellichten Tag« (mit G. →Fröbe; Rg. L. Vajda); »Der Pauker« (Rg. A. v. →Ambesser). □ 1960: »Das schwarze Schaf« (Rg. H. Ashley); »Der brave Soldat Schwejk« (Rg. A. v. Ambesser). □ 1966: »Maigret und sein größter Fall« (nach G. →Simenon; Rg. A. Weidenmann). □ 1971: »Der Kapitän« (Rg. K. Hoffmann). □ 1976: »Gefundenes Fressen« (Rg. M. Verhoeven). □ 1981/82: »Es gibt noch Haselnußsträucher« (TV, nach G. Simenon).

▷ H. Rühmann: Das war's, 1982; M. Barthel: Heinz Rühmann. Ein Leben in Bildern, 1987.

Karl-Heinz Rummenigge →

Rühmkorf, Peter

dt. Schriftsteller
* 25.10.1929 Dortmund

Rühmkorf zählt als eigenwilliger Zeit- und Gesellschaftskritiker zu den wichtigen Literaten der Nachkriegszeit. Der damalige Sympathisant der Studentenbewegung ist engagierter Aufklärer und Künstler zugleich. Seine Gedichte — die er auch zu Jazzimprovisationen vortrug — sind poetische Parodien: R. greift auf das Volkslied, auf die Lyrik Friedrich Gottlieb Klopstocks (* 1724, † 1803) und Joseph von Eichendorffs (* 1788, † 1857) zurück und verfremdet sie sprachlich virtuos, indem er die traditionellen Formen mit aktuellen Themen und dem Bewußtsein der Gegenwart füllt. Wie in »Kunststücke« (Ged.e, 1962) entlarvt R. so Defizite und innere Widersprüche des Individuums in der modernen Massengesellschaft. Ähnlich erfolgreich wie seine Lyrik sind R.s »aufgeklärte Märchen«, z. B. »Der Hüter des Misthaufens« (1983).

P. Rühmkorf schreibt Gedichte und »aufgeklärte Märchen«.

□ 1956: »Heiße Lyrik« (mit Werner Riedel). □ 1958-64: Lektor im →Rowohlt-Verlag. □ 1959: »Irdisches Vergnügen in g« (Ged.e). □ 1972: »Die Jahre die ihr kennt« (Prosa). □ 1975: »Walther von der Vogelweide, Klopstock und ich« (Es.s, Ged.e). □ 1978: »Strömungslehre I« (Prosa). □ 1979: »Haltbar bis Ende 1999« (Ged.e). □ 1987: »Komm raus! Gesänge, Märchen, Kunststücke«.

▷ P. Bekes, M. Bielefeld: Peter Rühmkorf, 1982; P. Rühmkorf: Bleib erschütterbar und widersteh (Reden, Aufsätze, Selbstgespräche), 1984.

Rummenigge, Karl-Heinz

dt. Fußballspieler
* 25.9.1955 Lippstadt

Rummenigge, dessen Stärken im Dribbelspiel lagen, gehörte zu den international besten Stürmern. 1980 und 1981 wurde er zu Europas Fußballer des Jahres gewählt. 1976-86 bestritt er 95 Länderspiele (45 Tore) für die Nationalmannschaft, mit der er 1980 Europameister wurde. Für die damalige deutsche Rekordsumme von 10 Mio. DM wechselte er 1984 von Bayern München zu Inter Mailand.

□ 1963-74: Spieler bei Borussia Lippstadt. □ 1974-84: Bayern München (Dt. Meister 1980 und 1981; DFB-Pokalsieger 1982 und 1984). □ 1980: Torschützenkönig der Bundesliga (erneut 1981 und 1984). □ 1982: WM-Zweiter. □ 1984-87: Inter Mailand. □ 1986: WM-Zweiter. □ 1987-89: Servette Genf. □ 1990: Sportkommentator bei der WM in Italien. □ 1991: Mit F. →Beckenbauer Berater des Bayern München.

Rumpler, Edmund

österr. Konstrukteur
* 4.1.1872 Wien † 7.9.1940 Tollow (heute zu Züsow), Bez. Rostock

In der 1908 von ihm gegründeten Rumpler Luftfahrzeug GmbH baute R. mit I. →Etrich ab 1910 das leistungsfähigste und erfolgreichste Flugzeug vor dem 1. Weltkrieg, die Etrich-Rumpler-Taube. R.s »Tropfenwagen« (1921), das erste stromlinienförmige Auto mit Vorderradantrieb und Schwingachsen, hatte einen cw-Wert (Luftwiderstandsbeiwert) von 0,28, der von anderen Autos erst 60 Jahre später erreicht wurde.

Rumpler entwickelte 1921 den sog. Tropfenwagen.

□ 1902-05: Oberingenieur bei den Adler-Werken in Frankfurt/Main. □ 1908: Gründung der Rumpler Luftfahrzeug GmbH in Berlin, der ersten deutschen Flugzeugfabrik. □ ab 1910: Produktion der Etrich-Rumpler-Taube. □ 1912: Konstruktion des ersten 8-Zylinder-Flugmotors in V-Form. □ 1914-18: Bau der Kampfdoppeldecker Ru C I und Ru D I sowie der Fernaufklärungsflugzeuge Ru C IV und Ru C VII. □ 1921: Bau des »Tropfenwagens«.

Runge, Erika

dt. Schriftstellerin und Regisseurin
* 22.1.1939 Halle/Saale

Runge, Mitglied des Werkkreises Literatur der Arbeitswelt, wurde durch zahlreiche engagierte Sozialreportagen und halbdokumentarische Berichte und Filme bekannt, in denen sie Interviews, Tonbandprotokolle und Diskussionsaufzeichnungen verwendete. Bereits 1968 machte R. in den »Bottroper Protokollen« auf soziale Mißstände, verursacht durch Zechenstillegungen, aufmerksam.

← Erika Runge

□ 1969: »Frauen. Versuche zur Emanzipation« (Schr.). □ 1970: »Ich heiße Erwin und bin 17 Jahre« (F.). □ 1974: »Südafrika — Rassendiktatur zwischen Elend und Widerstand« (Schr). □ 1981: »Lisa und Tshepo« (F.). □ 1987: »Berliner Liebesgeschichten«.

S. Rushdie: Von Moslems der Gotteslästerung beschuldigt.

Rushdie, Salman

engl.-ind. Schriftsteller
* 15.6.1947 Bombay

Rushdie, Sohn eines indischen Moslems und seit 1964 britischer Staatsbürger, löste mit seinem Roman »Die satanischen Verse« (1988, dt. 1989) Massenproteste strenggläubiger Moslems aus, die 1989 in einem Mordaufruf des iranischen Schiitenführers und Staatschefs →Khomeini und den Morden an zwei Rushdie-Übersetzern (1991) gipfelten; R. hält sich seitdem versteckt. In dem vieldeutigen Roman schildert er auch Episoden aus dem Leben des Propheten Mohammed. Trotz der surrealistischen Erzählweise sahen fundamentalistische Moslems das Werk als Gotteslästerung an.
Seinen ersten großen Erfolg errang R. mit dem Roman »Mitternachtskinder« (1981, dt. 1983), einem literarischen Indien-Bild, in dem individuelle Lebensschicksale mit der Geschichte Indiens im 20. Jh. verwoben sind.

▷ P. Prishie: Salman Rushdie — Porträt eines Dichters, 1991.

Ruska, Ernst August Friedrich

dt. Physiker
* 25.12.1906 Heidelberg † 27.5.1988 Berlin

Ruska erkannte die technische Nutzanwendung der von L. V. de →Broglie behaupteten Wellennatur der Elektronen und fand, daß eine Magnetspule wie eine Linse für elektromagnetische Strahlen wirken müsse. 1931 entwickelte R. mit Max Knoll das erste Elektronenmikroskop mit magnetischen Linsen, das eine 400fache Vergrößerung lieferte. Mit B. v. →Borries konstruierte R. ausgereifte Elektronenmikroskope, deren Auflösungsvermögen das von Lichtmikroskopen weit übertraf.
1986 erhielt R. den Physik-Nobelpreis mit G. →Binnig und H. Rohrer, die das Raster-Tunnel-Mikroskop erfanden.

B. Russell während einer Sitzblockade vor dem Verteidigungsministerium in London, 1961.

Russell, Bertrand Arthur William, 3. Earl of (ab 1931)

walis. Mathematiker und Philosoph
* 18.5.1872 Trelleck
† 2.2.1970 Plas Penrhyn bei Penrhyndeudraeth

Russell beeinflußte die britische und amerikanische Philosophie sowie die öffentliche Meinung des 20 Jh.s. Als unerschrockener Pazifist und unorthodoxer Sozialist war R. seit dem 1. Weltkrieg ein Vorkämpfer der internationalen Friedensbewegung. Dem linken Flügel der Labour Party (Mitgl. bis 1965) nahestehend, wandte sich R. gegen jede Form der Unterdrückung im gesellschaftlichen und politischen Leben. Als Organisator vieler Massenproteste, Sitzblockaden sowie Bürger- und Friedensinitiativen rief R. z. B. die »Pugwash-Bewegung« und das »Vietnam-Tribunal« 1967 in Stockholm ins Leben. Mit präziser wissenschaftlicher Prosa, witzig und prägnant formuliert, bekämpfte der sozialkritische Schriftsteller die Institutionen Staat, Kirche (»Warum ich kein Christ bin«, 1957) und Ehe und forderte ein antiautoritäres Erziehungswesen mit mehr individuellen Freiheiten. Für seine Schrift »Ehe und Moral« (1929, dt. 1951) erhielt R. 1950 den Literatur-Nobelpreis.

R.s Erkenntnistheorie entwickelte sich aus einer gegen den Hegelianismus (F. H. →Bradley) gerichteten realistischen Position zu einem »logischen Atomismus«, der das Weltbild der Erfahrung mit dem der Physik zu vereinen trachtet. Sichere Erkenntnis und unbezweifelbare Wahrheit hänge von Erfahrungsdaten ab, die auf Naturwissenschaften und Mathematik gründen.

Für sein nicht bis zur letzten Konsequenz durchgeführtes (später widerlegtes) Vorhaben, die Mathematik vollkommen auf Logik aufzubauen, entwickelte R. zur Vermeidung der durch die Alltagssprache gegebenen Mehrdeutigkeiten eine Kunst- oder Symbolsprache, in der er 1910-13 mit A. N. →Whitehead die »Principia Mathematica« (3 Bde.) abfaßte.

☐ 1910-16: Dozent am Trinity College, Cambridge; Entlassung aufgrund der Verurteilung wegen seines Aufrufs zur Kriegsdienstverweigerung (Inhaftierung 1918). ☐ 1912: »Probleme der Philosophie« (Schr., dt. 1950). ☐ 1918: »Wege zum Frieden« (Sch., dt. 1922). ☐ 1919: »Einführung in die mathematische Philosophie« (Schr.). ☐ 1927: »Skepsis« (Es.s, dt. 1930). ☐ 1935: »Lob des Müßiggangs« (Schr., dt. 1957). ☐ 1938: »Macht« (Schr., dt. 1947). ☐ 1946: »Philosophie des Abendlandes« (Schr., dt. 1952). ☐ 1948: »Das menschliche Wissen« (Schr., dt. 1952). ☐ 1950: »Unpopuläre Betrachtungen« (Es.s, dt. 1951). ☐ 1957: »Warum ich kein Christ bin« (Schr., dt. 1963). ☐ 1961: Inhaftierung wegen regierungsfeindlicher Aktivitäten. ☐ 1963: Gründung des Bertrand-Russell-Friedensinst. in London (Veranstalter der späteren »Russell-Tribunale«).

▷ A. Wood: Bertrand Russell, Skeptiker aus Leidenschaft (Biogr.), 1959; B. Russell: Mein Leben (Aut.), 3 Bde., 1967-69, dt. 1967-71; R. W. Clark: Bertrand Russell. Philosoph — Pazifist — Politiker (Biogr.), 1975.

Charles T. Russell →

Russell, Charles Taze

amer. Sektengründer
* 16.2.1852 Pittsburgh
† 31.10.1916 während einer Bahnfahrt in Texas

Russell, ursprünglich Presbyterianer, gründete 1872 die Sekte der Zeugen Jehovas. Seine Glaubenssätze, die er ab 1878 durch Predigt- und Propagandareisen verbreitete, basieren auf einem chiliastischen Bibelverständnis: R. verkündete die Wiederkunft Christi für 1874 bzw. 1878. Für 1914 sagte er das Ende der heidnischen Zeiten und den Beginn des 1000jährigen Reichs Gottes voraus. Sprachrohr der Glaubensgemeinschaft wurde die Zeitschrift Der Wachturm, die seit 1903 in Deutschland erscheint, und R.s sechsbändiges Werk »Schriftstudien« (dt. 1919-26), das bislang eine Auflage von 16 Mio. erreicht hat.

Russell, Ken

engl. Regisseur
* 3.7.1927 Southampton

Als exzentrischster unter den englischen Regisseuren provoziert Russell mit teils als revolutionär und originell, teils als geschmacklos bezeichneten Persiflagen auf Leben und Werk bedeutender Künstler (»Mahler«, 1974; »Lisztomania«, 1975; »Gothik«, 1986). R. inszeniert seine Angrif-

Ken Russel bei den Dreharbeiten zu »China Blue bei Tag und Nacht«, 1984.

fe gegen konventionelle Kulturvorstellungen mit aufwendiger Film- und Tricktechnik als grellbunte oder düster-schaurige, z. T. orgiastische Szenerien, in denen die Grenzen zwischen dargestellter Realität und alptraumhaften Visionen fließend sind.

□ 1951-57: Freier Fotograf. □ 1958: »Amelia and the angel/Amelia und der Engel« (Amateurfilm). □ ab 1959: Filmreihe über Schriftsteller und Musiker beim brit. BBC-Fernsehen. □ 1961: »Prokofiev«. □ 1962: »Elgar«. □ 1963: Kinofilmdebüt mit »French Dressing«. □ 1965: »Debussy«. □ 1966: »Isadora Duncan« (TV). □ 1969 »Liebende Frauen« (mit G. →Jackson). □ 1970: »Die Teufel« (mit O. Reed und V. →Redgrave); »Tschaikowsky — Genie und Wahnsinn« (mit G. Jackson). □ 1971: »Boyfriend« (mit Twiggy). □ 1974: Die erste Rockoper »Tommy« (mit R. Daltrey, E. →John und E. →Clapton). □ 1976: »Valentino« (mit R. →Nurejew). □ 1984: »China Blue bei Tag und Nacht«. □ 1987: »Salomes letzter Tanz«. □ 1991: »Die Hure«.

Rüstow, Alexander

dt. Nationalökonom und Soziologe
* 8.4.1885 Wiesbaden † 30.6.1963 Heidelberg

Rüstow war Mitbegründer des sog. Neoliberalismus (W. →Eucken, F. A. →Hayek), der eine Wirtschaftsordnung fordert, in der die Steuerung ökonomischer Prozesse über den freien Wettbewerb erfolgt. Er beschäftigte sich hauptsächlich mit den Beziehungen zwischen Wirtschafts-, Kultur- und Gesellschaftssystemen (»Wirtschaft und Kultursystem«, Schr., 1955). In »Ortsbestimmung der Gegenwart« (3 Bde., 1950-57) leistete er eine umfangreiche soziologische Begründung neoliberaler Forderungen. Der Nationalökonom lehrte an den Universitäten Istanbul (1933-49) und Heidelberg (1949-55).

Rutherford, Lord Ernest, Baron of Nelson (ab 1931)

engl. Physiker
* 30.8.1871 Brightwater bei Nelson (Neuseeland)
† 19.10.1937 Cambridge

Rutherford, einer der ersten und bedeutendsten Experimentalphysiker der Atom- und Kernphysik, erkannte 1897, daß die vom Uran ausgehende radioaktive Strahlung aus verschiedenen Anteilen besteht. Die positiv geladenen Strahlen, deren magnetische Ablenkbarkeit er 1903 demonstrierte, nannte R. Alpha-, die negativen Beta-Strahlen und die vom Magnetfeld nicht abgelenkten Anteile Gamma-Strahlen. 1902 erkannte R. in der Radioaktivität die Umwandlung der Elemente und stellte aufgrund ihres spontanen und in Stufen erfolgenden Zerfalls die Hypothese des atomaren Zerfallsgesetzes auf. Die Zeitspanne bis zum Zerfall der Hälfte einer radioaktiven Substanz nannte R. Halbwertzeit. 1908 erhielt er den Chemie-Nobelpreis.
Aufgrund der Streuung von Alphastrahlen beim Durchgang durch dünne Goldfolien schloß R. auf einen aus Protonen bestehenden, positiv geladenen Atomkern und stellte 1911 das nach ihm benannte Atommodell vor (N. →Bohr). 1919 gelang R. die erste künstliche Kernreaktion. Durch Beschuß eines Stickstoffkerns mit Alphateilchen wurde dieser in Wasserstoff- und Sauerstoff-Isotope zertrümmert (F. →Soddy).

□ 1898-1907: Prof. an der McGill-Univ. in Montreal, Kanada. □ 1903: Mitgl. der Royal Society. □ 1904: »Die Radioaktivität« (Schr., dt. 1907). □ 1906: »Radioaktive Umwandlung« (Schr., dt. 1907). □ 1907-19: Prof. an der Univ. Manchester.

Lord Ernest Rutherford (l.) wurde 1908 mit dem Chemie-Nobelpreis ausgezeichnet.

☐ 1908: Chemie-Nobelpreis. ☐ 1912: »Radioaktive Substanzen und ihre Strahlungen« (Schr., dt. 1913). ☐ ab 1919: Prof. an der Univ. Cambridge; Dir. des Cavendish Laboratory ebd. ☐ 1921: »Über die Kernstruktur der Atome« (Schr., dt. 1921). ☐ ab 1931: Mitgl. des Oberhauses.

Rutherford, Dame (ab 1967) Margret

engl. Schauspielerin
* 11.5.1892 London
† 22.5.1972 Chalfont Saint Peter, Buckinghamshire

Miss Marple (nach A. →Christie), die schrullige Seniorin mit der Leidenschaft für Kriminalfälle, war Rutherfords bekannteste Rolle. Daß ihre darstellerischen Fähigkeiten vielfältiger waren, zeigte die ehemalige Musiklehrerin u. a. in »Falstaff« (1965/66, Rg. O. →Welles) und in »Hotel International« (mit E. → Taylor und R. →Burton, Rg. A. Asquith), für den R. 1963 mit dem Oscar ausgezeichnet wurde.

Ružička, Leopold

schweiz. Chemiker kroat. Herkunft
* 13.9.1887 Vukovar
† 26.9.1976 Mammern, Kt. Thurgau

Ružička, der 1939 den Chemie-Nobelpreis erhielt, überraschte 1916 die Fachwelt mit der Aufklärung der Ringstruktur der tierischen Sekrete Moschus und Zibet, die für die Parfümindustrie bedeutend wurden. Bis dahin glaubte man, daß Molekülringe mit mehr als sechs Kohlenstoffatomen zu instabil seien, um bestehen zu können. Die von R. analysierten Riechstoffe hatten 16 und 17 Kohlenstoffatome und waren dennoch stabil. 1934 gelang R. mit der Synthese des Geschlechtshormons Androsteron sein größter wissenschaftlicher Erfolg.

☐ 1925/26: Tätigkeit in der Genfer Riechstoff-Firma Naef & Cie. ☐ 1926-29: Prof. an der Univ. Utrecht. ☐ ab 1929: Prof. an der ETH Zürich. ☐ 1939: Chemie-Nobelpreis (zusammen mit A. →Butenandt).

Ružička gelang die Synthese des Hormons Androsteron.

Anatoli N. Rybakow war 1989 der Gründungspräsident des sowjetischen PEN-Zentrums.

Rybakow, Anatoli Naumowitsch

(eig. A. N. Aronow)
sowjet. Schriftsteller
* 14.11.1911 Tschernigow, Ukraine

Rybakow gehört zu den entschiedensten Befürwortern von →Gorbatschows Reformpolitik der Perestroika. International bekannt wurde er mit »Die Kinder vom Arbat« (1987, dt. 1988) und der Fortsetzung »Jahre des Terrors« (1989, dt. 1990). Um die Veröffentlichung dieser Werke hatte sich R. seit den 60er Jahren mehrfach vergeblich bemüht. Sie spielen, breit angelegt und figurenreich, im Moskau der 30er Jahre (der Arbat ist ein vor allem von Arbeitern bewohntes Moskauer Stadtviertel) und sind eine vehemente Abrechnung mit dem Stalin-Terror. Andere frühe Romane, wie die teilweise autobiografische »Korsch-Trilogie« (1960-70, dt. 1962-75), richteten sich vorwiegend an jugendliche Leser. Charakteristisch für sein Werk ist die Einbettung von erfundenen Figuren in historische Ereignisse; teilweise begegnen diese Figuren realen Persönlichkeiten (z. B. J. →Stalin).

☐ 1948: »Der Marinedolch« (R., dt. 1953). ☐ 1950: Stalinpreis 2. Klasse für »Menschen am Steuer« (R., dt. 1951). ☐ 1973: Staatsprämie der RSFSR für »Minute des Schweigens« (Drehbuch). ☐ 1975-77: »Schwerer Sand« (R., dt. 1980). ☐ 1989: Gründungspräs. des sowjet. PEN-Zentrums.

Ryle, Gilbert

engl. Philosoph
* 19.8.1900 Brighton, Sussex
† 6.10.1976 Whitby, North Yorkshire

Als wichtigste Aufgabe der Philosophie sah Ryle die Beseitigung der Begriffsverwirrung an. Der Vertreter der aus der analytischen Philosophie hervorgegangenen sprachanalytischen Schule von Oxford ging in seinem Hauptwerk, »Der Begriff des Geistes« (1949, dt. 1969), den Kriterien für die Anwendung bestimmter Wörter nach, die im Sprachgebrauch oft mit anderen Kontexten verwechselt werden. Gleichwohl bedürfe es keiner zu konstruierenden Idealsprache, um die begrifflichen »Dilemmas« (Schr. 1954, dt. u. d. T. »Begriffskonflikte«, 1970) zu lösen. Dem Philosophen genüge die Alltagssprache und der gesunde Menschenverstand.

□ ab 1945: Prof. an der Univ. Oxford. □ 1947-71: Als Nachfolger von G. E. →Moore Hg. der Zeitschrift Mind. □ 1966: »Plato's Progress« (philosophiegeschichtliche Schr.). □ 1968: »The thinking of thoughts« (Schr.).

Ryle, Sir (ab 1966) Martin

engl. Astrophysiker
* 27.9.1918 Brighton, Sussex
† 14.10.1984 Cambridge

Sir Martin Ryle sucht Informationen aus dem All.

Ryle, ab 1957 Direktor des Mullard Radio Astronomy Observatory bei Cambridge, entwickelte bahnbrechende Methoden zur exakten Lokalisierung und Untersuchung der kosmischen Radioquellen, der sog. Pulsare (A. →Hewish). Da das Auflösungsvermögen der Radioteleskope von der Größe ihrer Durchmesser abhängig ist, deren Konstruktion aber technische Grenzen gesetzt sind, hat R. durch Zusammenschaltung mehrerer kleiner, lokal verteilter Teleskope die Radiointerferometrie entwickelt. Sie liefert Daten über extrem weit entfernte Quasare, von denen man sich Aufschluß über die Entstehung des Universums erhofft.

□ 1952: Mitgl. der Royal Society. □ 1959-82: Prof. für Radioastronomie an der Univ. Cambridge. □ 1972: Ernennung zum Royal Astronomer. □ 1974: Physik-Nobelpreis (zusammen mit A. Hewish).

Rysanek, Leonie

österr. Sängerin
* 14.11.1926 Wien

Am Wiener Konservatorium ausgebildet, ist die Sopranistin Rysanek seit vier Jahrzehnten auf den großen Opernbühnen der Welt zu Hause. Als Interpretin Wagners, R. →Strauss', G. → Verdis und G. →Puccinis hat sie Verführerinnen, Heilige und Hexen faszinierend dargestellt; zu den Glanzrollen in ihrem 65-Partien-Repertoire gehören die Senta im »Fliegenden Holländer« (Wagner), die Chrysothemis in »Elektra«, Danae in »Die Liebe der Danae« und die Kaiserin in »Die Frau ohne Schatten« (alle Strauss).

□ 1949: Debüt als Agathe im »Freischütz« (C. M. v. Weber). □ 1950: Engagement in Saarbrücken. □ 1951: Als Sieglinde im Bayreuther »Ring des Nibelungen« gefeiert. □ 1952: Mitgl. der Bayer. Staatsoper in München. □ 1954: Engagement an der Wiener Staatsoper. □ 1956: Erster Auftritt in San Francisco. □ 1959: Lady Macbeth in New York; Desdemona in Mailand. □ 1966: Tosca in München. □ 1977: Feldmarschallin in Strauss' »Rosenkavalier«. □ 1982: Kundry in Wagners »Parsifal«. □ 1983: Ortrud im »Lohengrin«. □ 1986: Elisabeth im »Tannhäuser«.

▷ P. Dusek/P. Schmidt: Leonie Rysanek. Vierzig Jahre Operngeschichte, 1990.

Die österreichische Sängerin Leonie Rysanek nach ihrer Rückkehr aus New York, 1959.

Ryschkow, Nikolai Iwanowitsch

sowjet. Politiker
* 28.9.1929 im Donez-Gebiet

Nach seiner Wahl zum Generalsekretär setzte M. →Gorbatschow die Berufung einer Reihe jüngerer Funktionäre ins Politbüro durch. Darunter befand sich auch der Pragmatiker Ryschkow, der sich bereits in den Jahren zuvor für eine radikale Reform der Wirtschaft ausgesprochen hatte. Nach seiner Ernennung zum Ministerpräsidenten hatte er jedoch Schwierigkeiten, seine Vorstellungen in der Planungsbürokratie und den zahlreichen Branchenministerien durchzusetzen. Andererseits ging sein Wirtschaftsprogramm den Radikalreformern nicht weit genug. Nach internen Auseinandersetzungen trat er Ende 1990 von seinem Amt zurück.

□ ab 1950: Grubenvorarbeiter. □ 1956: Mitgl. der KPdSU. □ 1959: Abschluß als Bergbau- und Maschinenbauingenieur. □ 1959-75: Im Schwermaschinenbau in Swerdlowsk; zuletzt Generaldir. von Ural-Masch. □ 1974: Mitgl. des Obersten Sowjet. □ 1975-79: Sekr. der Kommission für Wirtschaftsplanung in Moskau. □ 1979-82: Min. und stellv. Vors. der staatlichen Planungskommission (GosPlan). □ 1981: Mitgl. des ZK. □ 1982-85: ZK-Sekr. und Leiter der Abteilung Wirtschaft. □ 1985: Mitgl. des Politbüros. □ 1985-90: Vors. des Ministerrats (Ministerpräsident). □ 1991: Kandidat der russ. KP bei den ersten Präsidentschaftswahlen in der Russ. Föderation (B. →Jelzin).

Ryschkow (r.) mit Gorbatschow und Jasow während einer Militärparade, 1990.

S

Saarinen, Eero

amer. Architekt finn. Herkunft
* 20.8.1910 Kirkonummi
† 1.9.1961 Ann Arbor, Mich.

Saarinen gehörte zu den interessantesten amerikanischen Architekten der 50er Jahre; er entwickelte einen expressiv-plastischen Stil mit kühnen Dachkonstruktionen, die den kubischen Rationalismus überwanden. Eines seiner bedeutendsten Bauwerke ist das Trans World Airlines Terminal Building (1959-62) auf dem John-F.-Kennedy Airport in New York. Das in Parabelform ausschwingende Dach versinnbildlicht das Fliegen; die beiden parabolischen Schalen durchdringen sich, die Verglasung ist ebenfalls gewölbt und in schrägem Winkel eingesetzt.

Eliel G. Saarinen →

Das Spiel von Konkav und Konvex zeigt auch die Eishockey-Halle (1953-59) der Yale University in New Haven, während beim Dulles International Airport Terminal (1958-62) in Washington D. C., das überstehende, zur Mitte konkav eingewölbte Dach dominiert.

□ 1923: Übersiedlung in die USA mit der Familie. □ ab 1929: Bildhauerstudium an der Académie de la Grande Chaumière in Paris. □ 1930-34: Architekturstudium an der Yale Univ., New Haven, Conn. □ ab 1934: Tätigkeit im Büro des Vaters (Eliel →Saarinen). □ 1948: Gewinn des 1. Preises beim Wettbewerb für das Jefferson National Expansion Memorial bei St. Louis, Missouri. □ 1949-56: General Motors Center in Warren, Mich. □ ab 1950: Eigenes Büro in Birmingham, Mich. (ab 1951 unter Mitarbeit von K. →Roche). □ 1957-63: Entwurf des Verwaltungsgebäudes John Deere and Company, Moline, Ill.

▷ R. A. Kuhner: Eero Saarinen, engl. 1975.

Porträt des Architekten Eero Saarinen, New York, 1948.

Saarinen, Eliel Gottlieb

finn. Architekt
* 20.8.1873 Rantasalmi
† 1.7.1950 Bloomfield Hills, Mich. (USA)

Eliel Saarinen, der Vater Eero →Saarinens, hat mit seinem bedeutendsten Werk, dem Hauptbahnhof von Helsinki, zwar Bauformen des 19. Jh.s noch einmal aufgenommen, sie aber in eine ebenso schlichte wie klare und materialgerechte Architektur umgesetzt, so daß der Entwurf zu einem der Prototypen des modernen Bahnhofsbaus wurde. Auch nach seiner Übersiedlung in die USA (1923) zeigen S.s Bauten einen fortschrittlichen Stilwillen, vor allem die Entwürfe für Bloomfield Hills wie die Cranbrook Academy of Art (1926-41), in der er u. a. zu geometrischen Formen gelangte, ohne seine in der sog. finnischen Nationalromantik liegenden Anfänge zu verleugnen. Als einer der Architekten, die den Neoklassizismus überwanden, wirkte er damit auch auf die amerikanische Architektur ein.

□ 1893-97: Studium der Malerei an der Univ. und der Architektur am Polytechnikum in Helsinki. □ 1896-1923: Eigenes

Büro ebd. □ 1900: Finn. Pavillon auf der Pariser Weltausstellung mit orientalischen Motiven. □ 1922: 2. Preis beim Wettbewerb für den Chicago Tribune Tower. □ 1923: Übersiedlung in die USA. □ ab 1924: Eigenes Architekturbüro in Ann Arbor, Mich.; Prof. an der Univ. of Michigan, ebd. □ 1939: Smithonian Art Gallery, Washington, D. C.; Music Center, Tanglewood. □ 1940: Tabernacle Church of Christ, Columbus, Ohio. □ 1948: Ernennung zum Dir. des Graduate Department of Architecture and City Planning an der Cranbook Academy, Bloomfield Hills.

▷ A. Christ-Janer: Eliel Saarinen, engl. 1979.

Saatchi, Brüder

brit. Werbefachleute
Charles: * 9.6.1943 London
Maurice: * 21.6.1946 ebd.

Maurice (l.) und Charles Saatchi: Gründer des Werbekonzerns Saatchi & Saatchi.

Die Brüder Saatchi bauten innerhalb von knapp zwei Jahrzehnten ihre 1970 gegründete Werbeagentur Saatchi & Saatchi zum größten Werbekonzern der Welt aus. Durch ungewöhnlich witzige und treffsichere Kampagnen, mit denen sie u. a. für die Politik der britischen Konservativen unter Führung M. →Thatchers warben, wurden sie in den 70er Jahren bekannt. Darüber hinaus erwarben sich die in der Werbebranche mit einem nahezu mythischen Erfolgsimage behafteten Brüder als Kunstsammler einen Namen. Untergebracht in einem Privatmuseum bietet »The Saatchi Collection« die umfangreichste private Sammlung von Kunstwerken ab 1970. Mit dem Versuch, einen Unternehmensberatungskonzern aufzubauen, scheiterten die Brüder allerdings 1989.

□ seit 1969: Aufbau der Kunstsammlung. □ 1970: Gründung der Werbeagentur Saatchi & Saatchi in Soho (London). □ 1978: Beginn der Expansion durch Ankauf von Firmen der Werbe- und Kommunikationsbranche. □ 1983: Größter Werbekonzern Europas (1986: der Welt). □ 1985: Eröffnung eines Privatmuseums in London. □ 1989: Scheitern der Bemühungen, einen umfassenden Unternehmensberatungskonzern aufzubauen.

▷ Ph. Kleinman: Saatchi & Saatchi, dt.1989.

Sabahattin, Ali

türk. Schriftsteller
* 25.2.1907 Gümülcine (Bulgarien)
† 2.4.1948 Kirklareli (ermordet)

Beeinflußt vom deutschen Naturalismus entwickelte Sabahattin die realistische türkische Erzählung zur vollendenten Kunstform. Mit lakonischer Knappheit beschrieb er das Landleben Anatoliens, wobei er mit Sozialkritik nicht sparte. Die bekanntesten Erzählungen des wiederholt aus politischen Gründen inhaftierten S., »Der Karren« (1936) und »Die Stimme« (1937), wurden zu Vorbildern für die nachfolgende Schriftstellergeneration.
Bei dem Versuch nach Bulgarien zu fliehen, wurde S. 1948 kurz vor der Grenze ermordet.

Ohne Sabatier gäbe es keine preiswerte Margarine.

Sabatier, Paul

frz. Chemiker
* 5.(4.?)11.1854 Carcassonne † 14.8.1941 Toulouse

Sabatier, 1912 mit dem Nobelpreis ausgezeichnet, entdeckte 1897 bei Versuchen zur Herstellung instabiler Nickelverbindungen, daß Nickel als Katalysator wirkt und Wasserstoff mit Äthylen zu Äthan verbindet. Bis dahin kannte man als Hydrierungskatalysatoren nur teures Platin oder Palladium. Aufgrund der katalytischen Wirkung von Metallpulver entwickelte S. eine Methode zur industriellen Hydrierung (Synthese von Stoffen durch Anlagerung von Wasserstoff) organischer Verbindungen, die später zur Produktion z. B. von Margarine aus an sich ungenießbaren Pflanzenölen angewandt wurde.

□ 1884-1930: Prof. an der Univ. Toulouse. □ 1912: Chemie-Nobelpreis (mit V. →Grignard); »Die Katalyse in der organischen Chemie« (Schr.). □ 1913: Mitgl. der frz. Akademie der Wissenschaften.

Sabatini, Gabriela

argentin. Tennisspielerin
* 10.5.1970 Buenos Aires

Sabatini zählt zu den führenden Tennisspielerinnen der Welt. Die Olympiazweite von Seoul (1988) gewann 1990 in New York ihr erstes Grand-Slam-Turnier, als sie St. →Graf im Finale der US-Open bezwang. S. war bereits mit zwölf Jahren Weltmeisterin der Juniorinnen und nahm als Vierzehnjährige 1984 an den US Open teil. 1991 scheiterte sie in Wimbledon im Endspiel an St. Graf.

← Gabriela Sabatini

Ernesto Sábato: Tauschte die Physik gegen die Literatur.

Sábato, Ernesto

argentin. Schriftsteller
* 23.6.1911 Rojas

Sábato, zehnter von elf Söhnen einer italienischen Einwandererfamilie, gehört mit J. L. →Borges und J. →Cortázar zu den bedeutenden zeitgenössischen Autoren Argentiniens. 1945 beendete er abrupt seine wissenschaftliche Karriere (S. war Inhaber des ersten Lehrstuhls für theoretische Physik in Argentinien) und hatte bereits drei Jahre später mit »Maria oder die Geschichte eines Verbrechens« (R., 1948, dt. 1958) einen Publikumserfolg. Die Isolation des modernen Menschen, aber auch seine perverse Lust an der eigenen Zerstörung, werden in seinem Hauptwerk »Über Helden und Gräber« (R., 1961, dt. 1967) zu einer kritischen Reflexion über die argentinische Gegenwart ausgeweitet. Bereits ein heftiger Kritiker der Regierung J. →Perón, engagierte sich S. in den 80er Jahren für die Wahrung der Menschenrechte und verfaßte 1984 die offizielle Dokumentation über die Verbrechen der Militärdiktatur.

□ 1929-37: Studium der Physik und Mathematik. □ 1933: Generalsekr. der kommunistischen Jugend. □ 1934: Bruch mit dem Kommunismus. □ 1938: Stipendium für Nuklearforschung in Paris; Kontakte zu den frz. Surrealisten (u. a. A. →Breton). □ 1940-45: Lehrstuhl für theoretische Physik, Entlassung durch J. Perón; Kontakte zu J. L. Borges, Gründung der Zeitschrift Teseo. □ 1946-55: Freier Mitarbeiter bei Tageszeitungen. □ 1955: Chefredakteur der Wochenzeitung Mundo Argentino; Rücktritt wegen mangelnder Pressefreiheit. □ seit 1959: Freier Schriftsteller. □ 1974: »Abbadon« (R., dt. 1980). □ 1983: Vors. der nat. Kommission über das Verschwinden von Personen. □ 1984: »Nunca más« (Dokumentation, »Nie wieder«); Ehrenbürger von Buenos Aires. □ 1985: Auszeichnung mit dem span. Cervantes-Preis in Madrid. □ 1991: »Die unbesiegten Furien« (Es.s).

Sacco, Nicola

amer. Anarchist ital. Herkunft
* 1891 ? † 1927 Mass. (hingerichtet)

In einem der umstrittensten Indizienprozesse der amerikanischen Rechtsgeschichte wurden 1921 die beiden italo-amerikanischen Anarchisten N. Sacco und Bartolomeo Vanzetti (* 1888) zum Tode verurteilt. Die beiden des Raubmordes Angeklagten wurden, trotz weltweiter Proteste und der Ausschöpfung aller Rechtsmittel, 1927 auf dem elektrischen Stuhl hingerichtet. Der Prozeß, der in die Zeit der sog. Roten Panik, der

N. Sacco (r.) und Bartolomeo Vanzetti vor der endgültigen Urteilsverkündung, 1927.

Angst vor der Ausbreitung des Sozialismus nach der russischen Oktoberrevolution 1917, fiel, war belastet durch eine problematische Beweisführung sowie durch öffentliche Vorverurteilung und Voreingenommenheit des Gerichts. 1977 wurden S. und Vanzetti postum rehabilitiert. Der amerikanische Schriftsteller U. →Sinclair griff ihren Fall in seinem Roman »Boston« (1928, dt. 1929) auf.

▷ F. Hetmann: Freispruch für Sacco und Vanzetti, 1978.

Andrej Sacharow mit seiner Frau Jelena Bonner in der Verbannung in Gorki.

Sacharow, Andrej Dmitrijewitsch

sowjet. Physiker und Bürgerrechtskämpfer
* 21.5.1921 Moskau † 14.12.1989 ebd.

Friedens-Nobelpreisträger Sacharow wurde 1968 mit seinem im Westen veröffentlichten Essay »Gedanken über Fortschritt, friedliche Koexistenz und geistige Freiheit« bekannt, worin er zur Zusammenarbeit zwischen Ost und West, zur atomaren Abrüstung und Liberalisierung der sozialistischen Gesellschaft aufforderte.
Der Atomphysiker, der I. J. →Tamm die Entwicklung der Wasserstoffbombe ermöglichte, wurde wiederholt (1953, 1956 und 1962) mit der höchsten zivilen Auszeichnung der Sowjetunion, »Held der sozialistischen Arbeit«, geehrt, verlor aber wegen seines Engagements für die Rechte politischer Gefangener seine Ämter und Vertrauensstellungen. 1970 gründete S. das Komitee zur Durchsetzung der Menschenrechte in seinem Land und antwortete auf die Repressalien seitens der sowjetischen Behörden mit Hungerstreiks. 1980 wurde S. als sog. Geheimnisträger wegen angeblicher »subversiver Aktivitäten« in die Verbannung nach Gorki geschickt.
Von Parteichef M. →Gorbatschow 1986 rehabilitiert, forderte S. 1987 auf dem internationalen Friedensforum in Moskau erneut die Freilassung aller politischen Gefangenen, das Recht auf freie Meinungsäußerung und auf ungehinderte Ein- und Ausreise. 1989 kandidierte S. für den Kongreß der Volksdeputierten; er gehörte zur Gruppe radikaler Reformer, die gegen die Ausweitung der Macht in der Hand des Staatsoberhauptes stimmten sowie für ein Mehrparteiensystem und die Zulassung von Privateigentum.

□ 1953: Mitgl. der Akademie der Wissenschaften der UdSSR. □ 1956: Lenin-Preis. □ 1969: Mitgl. der Akademie der Wissenschaften und Künste, Boston (USA). □ 1973: Preis der Menschenrechte der Int. Menschenrechtsliga, New York. □ 1974: »Stellungnahme« (im Westen erschienene Sammlung von Memoranden). □ 1975: Friedens-Nobelpreis; Verweigerung der Ausreise zur Preisvergabe nach Oslo durch die sowjet. Behörden; »Mein Land und die Welt« (Schr.). □ 1979: »Furcht und Hoffnung« (Schr., dt. 1980). □ 1980: Verbannung nach Gorki (1984 auch seine Frau Jelena Bonner). □ 1983: »Den Frieden retten« (Schr.). □ 1986: Rückkehr nach Moskau. □ 1988: Präs. der Akademie der Wissenschaften.

▷ A. Sacharow: Mein Leben, 1991.

Sacher gab weniger bekannten Komponisten eine Chance.

Sacher, Paul

schweiz. Dirigent und Mäzen
* 28.4.1906 Basel

Sacher, eine der bedeutenden Persönlichkeiten des europäischen Musiklebens, engagierte sich als Mäzen und Dirigent für weniger bekannte Musikepochen. Aus der Erkenntnis, daß das Repertoire von Mozart bis C. →Debussy in den Konzertsälen ausreichend repräsentiert ist, setzte er in seinen Konzertprogrammen Schwerpunkte auf vorklassische und zeitgenössische Musik. S. leitete Uraufführungen und vergab Kompositionsaufträge für mehr als 80 Werke, u. a. für die »Musik für Saiteninstrumente, Schlagzeug und Celesta« von B. →Bartók (1936), die »Metamorphosen« von R. →Strauss (1945) und die Sinfonie »Harmonie der Welt« von P. → Hindemith (1951). Zur Förderung des musikalischen Nachwuchses gründete er 1933 die Schola Cantorum Basiliensis als Lehr- und Forschungsinstitut für Alte Musik.

□ 1926; 1928: Gründung des Basler Kammerorchesters und -chors. □ seit 1934: Ehe mit der Bildhauerin und Kunstsammlerin Maja Sacher-Stehlin. □ 1938: Leitung der UA der »Sonate für zwei Klaviere und Schlagzeug« von B. →Bartók. □ ab 1941: Leiter des »Collegium Musicum« Zürich. □ 1946-55: Präs. des Schweiz. Tonkünstlervereins. □ 1947: Auftragskomposition »Concerto in re« von I. →Strawinsky. □ 1953: Schönberg-Medaille. □ 1954-69: Dir. der Musik-Akademie der Stadt Basel. □ 1956: Mozart-Medaille Salzburg. □ 1969: Gründung der Maja-Sacher-Stiftung. □ 1973: Gründung der Paul-Sacher-Stiftung. □ 1980: Leiter der UA des »Doppelkonzert für Oboe und Harfe« von W. →Lutosławski. □ 1981: Béla-Bartók-Gedächtnis-Medaille. □ 1984: Erwerb der Nachlässe u. a. von I. → Strawinsky, A. →Webern und B. →Maderna.

▷ H. Oesch: Die Musik-Akademie der Stadt Basel, 1967; M. Rostropowitsch (Hg.): Dank an Paul Sacher, 1976.

Sachs, Ernst

dt. Erfinder und Industrieller
* 22.11.1867 Konstanz † 2.7.1932 Schweinfurt

← Ernst Sachs

Sachs entwickelte in den frühen 30er Jahren den nach ihm benannten 2-Takt-Motor für die ersten Motorfahrräder, die Vorgänger der heutigen Mofas. Bereits 1900 hatte S., Mitbegründer der Fichtel & Sachs AG in Schweinfurt (1895, mit Karl Fichtel), die erste stabile Freilaufnabe für Fahrräder auf den Markt gebracht, die das problemlose Ausrollen und Wiederanfahren ermöglichte und das Fahrradfahren sicherer und schneller machte. S.s Erfindung — ab 1903 mit einer Bremse versehen und Torpedo-Freilaufnabe genannt — wurde bald weltweit beim Fahrradbau verwendet. In kaum veränderter Form, nur häufig durch Gangschaltung erweitert, findet sie sich noch in den meisten modernen Fahrrädern.

□ 1894: Patentierung der Schweinfurter Sachs-Präzisionsnaben. □ 1895: Mit K. Fichtel Gründung der Präzisions-Kugellager-Werke Fichtel & Sachs zur Produktion von Sachslagern und Freilaufnaben in Schweinfurt. □ 1904: Einführung der Sachslager in den USA. □ 1923: Umwandlung der Firma in eine AG. □ 1929: Übernahme der Kugellager-Abteilung durch die Vereinigten Kugellager-Fabriken AG und Ernennung S.s zum Aufsichtsratsmitgl.

Sachs, (Fritz) Gunter

dt. Fotograf
* 14.11.1932 Schloß Mainberg bei Schweinfurt

← Gunter Sachs

Sachs ist als Enkel des Erfinders der Freilaufnabe für Fahrräder, Ernst →S., Miterbe der 1895 gegründeten Kugellager- und Motorenwerke Fichtel & Sachs. Obwohl er nach dem Tod seines Bruders Ernst Wilhelm 1977 als Besitzer von 12,5% des Grundkapitals der Firma an die Spitze des Unternehmens vorstieß, suggerierte er der Öffentlichkeit eher das Bild eines mondänen Bonvivant des Jet-sets. Doch verstand er es, seinen Bekanntheitsgrad unternehmerisch zu nutzen: So baute er u. a. in den 60er Jahren die Boutiquenkette Micmac auf (Umsatz 1981: 55 Mio. Francs), gab als Fotograf Bildbände heraus und produzierte mehrere Filme.

Sachs, Leonie »Nelly«

dt.-schwed. Schriftstellerin
* 10.12.1891 Berlin † 12.5.1970 Stockholm

Nelly Sachs →

Sachs zählt mit P. →Celan zu den bedeutendsten deutschsprachigen Schriftstellern, die die Judenverfolgung zu ihrem Thema gemacht haben. Ihre herbe, metaphernreiche Lyrik beschwört einerseits den Holocaust, der zum Sinnbild einer globalen Bedrohung der Welt wird »(In den Wohnungen des Todes«, 1947), vermittelt jedoch gleichzeitig auch eine auf dem Chassidismus beruhende mystisch-religiöse Zuversicht. 1966 wurde S. für ihr lyrisches und dramatisches Gesamtwerk mit dem Literatur-Nobelpreis ausgezeichnet (mit S. J. →Agnon).

□ 1940: Flucht vor den Nationalsozialisten nach Schweden. □ 1947: »In den Wohnungen des Todes« (Ged.e). □ 1949: »Sternverdunkelung« (Ged.e). □ 1951: »Eli« (Dr.). □ 1957: »Und niemand weiß weiter« (Ged.e). □ 1959: »Flucht und Verwandlung« (Ged.e). □ 1960: Nach einer Deutschlandreise psychischer Zusammenbruch; lange Klinikaufenthalte. □ 1964: »Glühende Rätsel« (Ged.e). □ 1965: Friedenspreis des Dt. Buchhandels. □ 1966: Literatur-Nobelpreis. □ postum 1971: »Die letzten Gedichte«.

▷ E. Bahr: Nelly Sachs, 1980; H. Falkenstein: Nelly Sachs, 1984.

Sadat, Mohammed Anwar As

ägypt. Politiker
* 25.12.1918 Talah Monufiya, Nildelta
† 6.10.1981 Kairo (ermordet)

Anwar As Sadat →

Als Staatspräsident trug Sadat in den 70er Jahren wesentlich zur politischen Neuorientierung Ägyptens bei. Nach dem erfolgreichen Angriff auf Israel im Oktober 1973 (»Jom-Kippur-Krieg«) setzte sich der Nachfolger G. A. el →Nassers für Verhandlungen mit dem Nachbarn ein. Zudem löste er die von Nasser geknüpfte Bindung an das sozialistische Lager und suchte Kontakt zu den USA.
Mit Hilfe der Vermittlung von US-Präsident J. →Carter schloß er 1979 in Camp David bei Washington mit M. →Begin das Abkommen, auf dem der ägyptisch-israelische Friedensvertrag beruht. Dieser Vertrag wurde von der arabischen Welt einhellig abgelehnt und führte zum Ausschluß Ägyptens aus der Arabischen Liga. S. trat zwar selbst für einen aufgeklärten, liberalen Islam ein, tolerierte jedoch gleichzeitig den aufkommenden religiösen Fundamentalismus. 1981 wurde er während einer Parade in Kairo von religiösen Fanatikern ermordet (Nachfolger wurde M. H. →Mubarak).

□ 1938: Offizier; Beginn der Freundschaft mit Nasser. □ 1942-48: Von den brit. Behörden mehrfach verhaftet und aus der Armee ausgestoßen; Tätigkeit als Zeitungsreporter. □ 1949: Wiederaufnahme in die Armee. □ 1952: Beteiligung am Militärputsch; danach Hg. der offiziösen Zeitung Al Gumhuria. □ 1954-56: Informationsmin. □ 1960-69: Präs. der Nationalversammlung; häufig als Stellv. Nassers tätig. □ 1969: Vizepräsident. □ ab 1970: Staatspräsident. □ 1977: Historischer Besuch in Jerusalem. □ 1978: Friedens-Nobelpreis (zusammen mit M. Begin). □ 1979: Frieden von Camp David.

▷ M. A. As Sadat: Unterwegs zur Gerechtigkeit, 1978.

Sagan, Françoise
(eig. Françoise Qoirez)
frz. Schriftstellerin
* 21.6.1935 Carjac, Dep. Lot

F. Sagan beschrieb das Leben der Jugendlichen der 50er.

Mit ihrem ersten Roman »Bonjour Tristesse« (1954, dt. 1955; F. 1957), den sie als 18jährige in drei Wochen geschrieben hatte, wurde Sagan über Nacht weltberühmt und zur Kultfigur einer Generation. Der Bestseller beschreibt einfühlsam die Verfassung französischer Jugendlicher um 1950, die, zu starken seelischen Affekten wie Enthusiasmus und Verzweiflung nicht fähig, ihr Leben in einer unbestimmten, mit Langeweile vermischten Melancholie verbringen. Beziehungslosigkeit, Liebe als Waffe gegen Einsamkeit und Sinnlosigkeit des Daseins sind die Themen auch ihrer späteren Romane (u. a. »Ein verlorenes Profil« 1974, dt. 1975). Mit ihrem Bekenntnis, gelegentlich Kokain zu nehmen, sorgte die mit Staatspräsident F. →Mitterrand befreundete S. 1990 für Schlagzeilen.

□ 1953: Abbruch eines Literaturstudiums an der Pariser Sorbonne. □ 1956: »Ein gewisses Lächeln« (R., dt. 1956). □ 1959: »Lieben sie Brahms?« (R:, dt. 1959; F. 1960). □ 1960: »Ein Schloß in Schweden« (Kom., dt. 1961). □ 1970: »Ein Klavier im Grünen« (Kom., dt. 1972). □ 1987: »Die Lust zu Leben: Sarah Bernhardt« (Biogr., dt. 1988).

▷ F. Sagan: Das Lächeln der Vergangenheit (Aut.), dt. 1985.

Sahir, Mohammed →Zahir, Mohammed

Sailer, Anton »Toni«
österr. Skirennläufer
* 17.11.1935 Kitzbühel

Sailer war der herausragende Ski-Athlet der Olympischen Winterspiele 1956 in Cortina d'Ampezzo, wo er drei Goldmedaillen (Abfahrt, Slalom, Riesenslalom) gewann. Der viermalige Weltmeister war nach Beendigung seiner aktiven Laufbahn als Hotelier und Schauspieler tätig. 1972-76 trainierte er die österreichische Ski-Nationalmannschaft.

□ 1956: Weltmeister in der Kombination. □ 1958: Weltmeister Abfahrt, Riesenslalom und Kombination; WM-Zweiter im Slalom.

A. de Saint-Exupéry →

← Tony Sailer

Saint-Exupéry, Antoine de
(eig. Antoine-Marie-Roger Graf von S.)
frz. Schriftsteller
* 29.6.1900 Lyon
† 31.7.1944 bei Korsika (verschollen)

Saint-Exupérys Werk ist geprägt von seinen Erfahrungen als Pilot, die er in Lebensweisheiten umsetzte. Ähnlich wie H. de →Montherlant gehörte S. zu den Verfechtern eines heroischen Ideals, dessen Ziel für S. jedoch nicht im Abenteuer, sondern im Dienst an den Menschen (Brüderlichkeit, Pflichtbewußtsein) bestand. Populär wurde seine von ihm selbst illustrierte Erzählung »Der kleine Prinz« (1943, dt. 1959), in der er seine Lebensphilosophie in ein Märchen kleidete. Für sein Hauptwerk »Wind, Sand und Sterne« (R., 1939, dt. 1940) erhielt S. 1939 den Grand Prix du roman de l'Academie française.

□ 1921: Militärdienst bei der Luftwaffe. □ 1927-29: Dir. des Flugplatzes Cap Juby/Rio de Oro. □ 1928: »Südkurier« (R., dt. 1949). □ 1929: Dir. des Aeroposta Argentina in Buenos Aires. □ 1931: »Nachtflug« (R., dt. 1932). □ 1934: Eintritt in die Air France. □ 1935: Notlandung bei Langstreckenflug Paris—Saigon. □ 1939: Pilot in einer Aufklärungsstaffel. □ 1940: Emigration nach New York. □ 1942: »Flug nach Arras« (R., dt. 1942). □ 1943: Wiederaufnahme in die Fliegerstaffel; »Brief an einen Ausgelieferten«. □ 1944: Vermutlich während eines Aufklärungsfluges über Korsika von dt. Jägern abgeschossen. □ postum 1948: »Die Stadt in der Wüste« (Schr., dt. 1951). □ 1956: »Dem Leben einen Sinn geben« (Schr., dt. 1957).

▷ L. Estang: Antoine de Saint-Exupéry, 1958.

Saint-John Perse
(eig. Marie-René-Alexis Saint-Léger)
frz. Lyriker und Politiker
* 31.5.1887 Point-à-Pître † 20.9.1975 Giens

Als Saint-John Perse seine politische Karriere aufgab, verlor Frankreich einen großen Diplomaten, gewann aber gleichzeitig einen seiner größten Dichter, dem 1960 der Literatur-Nobelpreis verliehen wurde. S.s Lyrik folgt der Tradition des Begründers der amerikanischen Dichtung, W. Whitman (* 1819, † 1892), und P. →Claudels. Seine reimlosen Langzeiler sind hymnische Lobpreisungen auf die Welt, auf das Himmelsgestirn und die Naturgewalten. In metaphorisch-gleichnishafter Sprache griff S. auf Bilder der Antike zurück, um die Verbundenheit des zeitgenössischen Menschen mit der Natur darzustellen. Schon sein erstes, zugleich erfolgreichstes Werk, »Anabsis« (1924; Ged.e, dt. 1950), begründete seinen Ruhm. In dem lyrischen Epos, dessen Titel an das Werk des griechischen Historikers Xenophon erinnert, schilderte S. in zehn Bildern die ewige Suche des Menschen nach Fortschritt und Neubeginn.

□ 1914: Eintritt in den diplomatischen Dienst. □ 1916-18: Legationssekr. an der Botschaft in Peking. □ 1925-32: Kabinettschef unter A. →Briand. □ 1932-40: Staatssekr. im Außenministerium. □ 1941-57: Exil in den USA. □ 1941: »Exil« (Ged.e, dt. 1948). □ 1946: »Winde« (Ged.e, dt. 1956). □ 1957: »Seemarken« (Ged.e, dt. 1959). □ 1960: Literatur-Nobelpreis. □ 1962: »Vögel« (Ged.e, dt. 1964). □ 1969: »Gesungen von jener, die da war« (Ged.e, 1978).

← Saint-John Perse

Saint Laurent, Yves

frz. Modeschöpfer
* 1.8.1936 Oran (Algerien)

Saint Laurent ist der angesehenste Couturier seit C. →Dior. Er kreiert gleichermaßen Klassisch-Schlichtes, Extravagant-Aufsehenerregendes und Übertrieben-Verrücktes. Sein Stil- und Farbgeschmack wirken stets innovativ. 1958 gelang ihm als Nachfolger Diors die neue Zeltlinie. Vom Hause Dior »als zu avantgardistisch« entlassen, eröffnete S. sein eigenes Modehaus. Er schloß sich dem Prêt-à-porter der 60er Jahre an: Op-Art-Mode 1963; Mondrian-Kleider 1965; Schiwago-Look und erster Transparent-Look 1966; Oben-Ohne-Mode (durchsichtige schwarze Chiffon-Blusen) 1968; Nostalgie-Look mit Patchwork 1969. In den 70er Jahren gab er der Haute Couture entscheidende Impulse, besonders 1976 mit dem Edel-Bäuerinnen-Look in ungewöhnlichen Farbkombinationen (Rot, Orange, Lila). 1979 lancierte er weiße Pierrot-Kragen auf schwarzen Kleidern, 1981 Bolero- und Liftboyjacken. S. stattete eine Reihe von Theaterstücken, Balletten und Filme (u. a. »Belle de Jours«, 1967) aus. Sein Parfum »Opium« ist weltberühmt.

□ 1954: 1. Preis des Int. Wollsekretariats für ein asymmetrisch drapiertes Cocktailkleid; Verkauf von Modeskizzen für Vogue; Assistent Diors. □ 1957: Nach Diors Tod Übernahme der künstlerischen Leitung des Hauses. □ 1962: Eröffnung des Hauses Yves Saint Laurent mit P. Bergé als Partner. □ 1966: Eröffnung der ersten »Saint Laurent, Rive Gauche Boutique«.

Saint Phalle, Niki de

frz. Plastikerin und Malerin
* 29.10.1930 Neuilly-sur-Seine

Niki de Saint Phalle, die in den 80er Jahren mehrere Brunnen entwarf, nimmt mit ihrem Werk eine Sonderstellung zwischen der Objektkunst der Nouveaux Réalistes und der Pop-art ein. Weltbekannt wurden in den 60er Jahren ihre skurrilen »Nanas«, überdimensionierte und buntbemalte Frauenfiguren aus Polyester. Die Künstlerin versteht die sinnenfrohen Gestalten als »Vorboten eines neuen matriarchalischen Zeitalters«. Seit 1980 arbeitet sie an einem sog. Tarockgarten in Capalbio bei Grosseto, wo sie 20 architektonische Großplastiken nach dem Vorbild der Kartensymbole ausführt. Mit diesem Skulpturengarten sucht S. die Verbindung zwischen Skulptur und Architektur, wobei sie u. a. von A. →Gaudí beeinflußt ist.

□ ab 1955: Bildkompositionen mit mythischen Motiven und Symbolen der modernen Gesellschaft. □ ab 1956: Collagen und sog. Schießbilder (Gipsreliefs mit Farbbeuteln, aus denen bei Beschuß mit einem Gewehr Farbe fließt). □ ab 1960: Einfluß J. →Tinguelys und der Nouveaux Réalistes'; Altäre aus Fundstücken, Totenschädeln, Blumen usw. □ 1961: Heirat mit Tinguely. □ 1964: Erste »Nana«. □ 1967: Erste Einzelausstellung im Stedelijk Museum, Amsterdam. □

Yves Saint Laurent: Für Dior zu avantgardistisch.

Niki de Saint Phalle vor dem Brunnen des Centre Georges Pompidou in Paris, 1990.

seit 1980: »Skinnies« (transparente Figuren). □ 1983: Strawinsky-Brunnen (mit J. Tinguely) in Paris. □ 1987/88: Brunnen in Château-Chinon (Auftragsarbeit für F. →Mitterrand). □ 1988/89: »L'Arbre à têtes de serpent«, Brunnenskulptur, Long Island (USA).

Saint-Saëns, Charles-Camille

frz. Komponist und Pianist
* 9.10.1835 Paris † 16.2.1921 Algier (Algerien)

Saint-Saëns, der schon als Fünfjähriger mit dem Spiel einer Klaviersonate von Beethoven Aufsehen erregt hatte, war einer der profiliertesten französischen Komponisten nach Hector Berlioz (* 1803, † 1869). Als weitgereister Musikkenner beeindruckte er mit scharfsinnigen ästhetischen Reflexionen eine ganze Musikergeneration, vor allem seine Schüler G. →Fauré und M. →Ravel. Kennzeichnend für seine Werke sind kühle Strenge und Eleganz sowie Originalität der Melodik und Form. Mit seinen fünf Klaviersonaten (1858-96) ist S. Vertreter des französischen Neoklassizismus. Das Konzert mit zwei Klavieren »Karneval der Tiere« (1886) zählt zu seinen populärsten Werken. Von Liszt beeinflußt sind die vier großen sinfonischen Dichtungen (1871-77), unter ihnen das erfolgreiche Stück »La danse macabre« op. 40 (»Totentanz«, 1875). Kompositorisches Hauptwerk des Symphonikers ist die 3. Sinfonie in c-Moll mit Orgel (1886, Liszt gewidmet). Als Opernkomponist gelang S. — nach dem Erfolg von »Etienne Marcel« (UA Lyons, 1979) — der Durchbruch an der Pariser Opéra 1883 mit »Henri VIII.«, einem Kompromiß zwischen Wagnerischem Lyrischem Drama und der historischen Oper. S. schuf außerdem Violin- und Cellokonzerte, Bühnenmusiken sowie zahlreiche Vokal- und Kammermusikwerke.

□ 1853-77: Organist an St. Merry und Madeleine in Paris. □ 1855: Sinf. Nr. 1 Es-Dur; »Messe solennelle« für Soli, Chor, Orchester und Orgel. □ 1858: »Oratorio de Noël«. □ 1863: Klaviertrio F-Dur. □ 1867: Preis des Wettbewerbs der Pariser Weltausstellung für die Kantate »Les Noces de Prométhée«. □ 1871-86: Mitbegünder und Präs. der »Société Nationale de Musique«. □ ab 1873: Mitarbeiter der Gluck-Ausgabe. □ 1877: Oper »Le timbre d'argent«, UA Paris; UA der Oper »Samson et Dalila« unter Liszts Leitung im Weimarer Hoftheater. □ 1885: »Harmonie et melodie« (Schr.). □ 1887: Oper »Proserpine«, UA Paris. □ 1888: Reise an den Ind. Ozean. □ 1891: »Africa«, Konzert für Klavier und Orchester. □ 1896: Ballett »Javotte«, UA Lyon. □ 1897: Konzerttournee durch Europa und Südamerika. □ 1898: UA der Bühnenmusik »Déjanire« vor 10 000 Zuschauern in Béziers. □ 1904; 1907: Reisen in Süd- und Nordamerika. □ 1916: »Au courent de la vie« und »Germanophilie« (Schr.).

▷ O. Neitzel: Camille Saint-Saëns, 1899; C. Saint-Saëns: Ecole buissonières. Notes et souvenirs (Mem.), 1913; M. Stegemann: Camille Saint-Saëns und das französische Solokonzert, 1985.

Saint-Saëns probt mit der Sängerin Mme. Kutschera für ein Wagner-Konzert.

Sakmann, Bert

dt. Zellphysiologe
* 12.6.1942 Stuttgart

Für ihre Erkenntnisse über die Verständigung der Körperzellen mittels kleinster elektrischer Ströme wurden Sakmann und sein Kollege Erwin Neher (* 1944) 1991 mit dem Physiologie/Medizin-Nobelpreis ausgezeichnet. Der Nachweis der Existenz einzelner zellulärer Ionenkanäle und die Klärung ihrer Funktionen gelang den Wissenschaftlern am Max-Planck-Institut (MPI) in Göttingen, wo Neher seit 1983 die Abteilung Membranbiophysik leitet. Durch ihr Meßverfahren (Patch-Clamp-Technik) kann der Ionenfluß durch die Zellmembran beobachtet werden, was die Aufklärung von Krankheitsmechanismen und damit die Entwicklung besserer Medikamente ermöglicht.

□ 1969: Forschungsassistent am MPI für Psychiatrie in München. □ 1974: Nach Promotion Tätigkeit am MPI für biophysikalische Chemie in Göttingen. □ 1985-89: Dir. der Abteilung für Zellphysiologie ebd. □ seit 1989: Am MPI für medizinische Forschung in Heidelberg.

Abdus Salam →

Salam, Abdus

pakistan. Physiker
* 29.1.1926 Jhang, Punjab

Salam, Nobelpreisträger von 1979, erforschte von den vier im Mikrokosmos wirkenden Elementarkräften die beim radioaktiven Zerfall in Erscheinung tretende schwache Wechselwirkung und die elektromagnetische Kraft, die sich in den anziehenden oder abstoßenden Ladungen äußert. In der mit St. →Weinberg seit 1962 ausgearbeiteten Theorie werden beide analog wirkenden Kräfte mathematisch einheitlich erfaßt, was zu der 1983 bestätigten Voraussage führte, daß schwache Wechselwirkungen ohne Ladungsänderung stattfinden können (C. →Rubbia).

□ 1951-54: Prof. an der Univ. Lahore. □ seit 1957: Prof. am Imperial College in London. □ seit 1964: Dir. des von ihm mitbegründeten Int. Zentrums für theoretische Physik in Triest, Italien. □ seit 1970: Mitgl. des Inst. für Int. Friedensforschung in Stockholm. □ 1971/72: Präs. des UN-Beraterkomitees für Wissenschaft und Technologie. □ 1979: Physik-Nobelpreis (mit St. Weinberg und S. L. →Glashow).

Salazar, Antonio de Oliveira

portug. Politiker
* 28.4.1889 Santa Comba-Dão, Prov. Beira Alta
† 27.7.1970 Lissabon

Antonio Salazar unterstützte Franco im Span. Bürgerkrieg.

1933 führte der portugiesische Ministerpräsident Salazar mit Hilfe einer neuen Verfassung einen autoritären Ständestaat ein (»Estado novo«), in dem das Parlament weitgehend ausgeschaltet war. Dabei fand sein System, auch Salazarismus genannt, außer in der von ihm begründeten Einheitspartei (União Nacional, 1930) und ihrer Miliz, der »Portugiesischen Legion«, großen Rückhalt in der katholischen Kirche. Während des Spanischen Bürgerkriegs (1936-39) gewährte er den spanischen Nationalisten vielfache Unterstützung. Nach dem 2. Weltkrieg kämpfte er mit allen Mitteln gegen eine Auflösung des portugiesischen Kolonialreichs in Afrika.

□ 1918: Prof. für Ökonomie in Coimbra. □ 1928: Finanzmin. □ 1932-68: Ministerpräsident. □ 1936-44: Kriegsmin. □ 1936-47: Außenmin. □ 1961-68: Verteidigungsmin. □ 1968: Rücktritt von allen Ämtern aus gesundheitlichen Gründen.

▷ H. Kay: Salazar and modern Portugal, 1970.

C. Salinas de Gortari →

J. D. Salinger →

David Salle →

Salinas de Gortari, Carlos

mex. Politiker
* 3.4.1948 Mexiko-Stadt

Während der ersten Jahre seiner politischen Laufbahn hatte Salinas de Gortari den Ruf eines brillanten Wirtschaftspolitikers erworben und wurde rasch Kronprinz des Präsidenten Miguel de la Madrid. Obwohl dies fast zur Spaltung der seit fast 60 Jahren regierenden Partei der Institutionalisierten Revolution (PRI) führte, setzte er sich als nachfolgender Kandidat für das Präsidentenamt durch. Nach seiner Wahl ergriff der ehemalige Finanzminister energische Maßnahmen zur Sanierung der Wirtschaft und gegen die allgegenwärtige Korruption.

□ 1966: Mitgl. der PRI. □ 1970-76: Wissenschaftlicher Assistent in Mexiko-Stadt und in Harvard (USA). □ 1976-78: Prof. □ 1979-81: Generaldir. für Wirtschafts- und Sozialpolitik im Ministerium für Planung und Staatshaushalt. □ 1982-88: Min. für Wirtschaftsplanung und Staatshaushalt; Mitgl. der Nat. Ideologiekommission der PRI. □ 1987: Finanzmin. □ seit 1988: Staatspräsident.

Salinger, J(erome) D(avid)

amer. Schriftsteller
* 1.1.1919 New York

Salinger war mit seinen eigenwilligen Kurzgeschichten der erfolgreichste amerikanische Erzähler der 50er Jahre. Im Mittelpunkt seiner Werke stehen Probleme des Erwachsenwerdens wie die Suche nach geschlechtlicher Identität und das Sichzurechtfinden im Spannungsfeld zwischen persönlichen Wünschen und gesellschaftlichen Normen. S.s bekannter Adoleszenzroman »Der Fänger im Roggen« (1951, dt. 1954) wurde zum Schlüsseltext für eine ganze Generation von Jugendlichen. Auch seine Erzählungen, eine fragmentarische Chronik der irisch-jüdischen Familie Glass, behandeln Konflikte zwischen der Welt der Erwachsenen und den Wertvorstellungen der jugendlichen Protagonisten. In S.s späteren Werken, die von fernöstlicher Mystik geprägt sind, erscheint die kontemplative Haltung des Zen-Buddhismus als eine Möglichkeit zur Überwindung des Leidens an dieser Welt. Seine umgangssprachliche, dialogreiche Erzählkunst war wegweisend für einen Teil der amerikanischen Gegenwartsliteratur (J. →Updike).

□ ab 1941: Veröffentlichung von Erzählungen in Familienmagazinen. □ 1953: »Neun Erzählungen« (dt. 1966). □ 1961: »Franny und Zooey« (Erz.n, dt. 1963). □ 1963: »Hebt den Dachbalken hoch, Zimmerleute und Seymour wird vorgestellt« (Erz.n, dt. 1965). □ 1965: »Hapworth 16, 1924« (Erz.); Rückzug aus der Öffentlichkeit.

▷ W. French: J. D. Salinger, 1963.

Salle, David

amer. Maler und Fotograf
* 28.9.1952 Norman, Okla.

Salle gehört zu den bekanntesten Malern des amerikanischen New Image Painting. Diese postmoderne Richtung lehnt abstrakte Formen ab und sucht nach neuen (oder zumindest erneuerten) figurativen Ausdrucksmöglichkeiten. Sie steht dabei der europäischen Arte Cifra (E. →Cucchi) nahe. S.s individueller Stil kombiniert Malerei, Foto oder Zeichnung mit einer collage- oder montageartigen Kompositionsweise. Seine Bildzitate reichen von historischen Motiven bis zur Pornografie. Die Leinwand wird zur (überdimensionierten) Projektionsfläche psychischer Vorgänge, auch des Vor- und Unterbewußten wie bei »Dual Aspect Picture« (1986, New York, Mary Bone Gallery): Im oberen Bildbereich wird eine Darstellung von Kolumbus' Fregatte Santa Maria von zwei Bildern einer sich entkleidenden Frau überlagert, während der untere Teil ein schachbrettartiges Muster mit verschiedenen stilisierten Symbolen wie Auge, Schlange usw. zeigt. Damit entspricht S. auch der Fülle von Eindrücken, zwischen denen der moderne Zivilisationsmensch kaum noch einen Zusammenhang herstellen kann.

□ 1975: Nach dem Studium am California Inst. of Art, Valencia, Übersiedlung nach New York. □ 1981: Teilnahme an der Westkunst-Ausstellung, Köln. □ 1982: documenta 7. □ 1983: Ausstellung im Museum Boymans-van-Beuningen, Rotterdam. □ 1986: Ausstellung im Whitney Museum of American Art, New York.

Salomon: Selbstporträt »Vater kommt nach Hause«, um 1930.

Salnikow, Wladimir

sowjet. Schwimmer
* 21.5.1960 Leningrad

Salnikow, der als erster die 1500 m Freistil unter 15 Minuten schwamm, war 1977-88 der beste Langstreckenschwimmer der Welt. Er gewann drei Goldmedaillen bei Olympischen Spielen, vier Weltmeisterschaften und vier Europameisterschaften. Über 400 m, 800 m und 1500 m stellte er elf Weltrekorde auf.

□ 1977: Europameister über 1500 m (erneut 1981, 1983). □ 1978: Weltmeister über 400 m und 1500 m (erneut 1982). □ 1980: Olympiasieger von Moskau über 400 m und 1500 m. □ 1983: Europameister über 400 m. □ 1988: Olympiasieger von Seoul über 1500 m.

← Wladimir Salnikow

Salomon, Erich

dt. Fotograf
* 28.4.1886 Berlin † 7.7.1944 Auschwitz

Salomon war neben M. →Ray Mitbegründer des Bildjournalismus. Er kam nach einem mit der Promotion abgeschlossenen Jurastudium zur Fotografie und arbeitete für Zeitungen und Zeitschriften wie Times, Life, New York Times und Daily Telegraph. S.s Bildreportagen, z. B. aus dem Genfer Völkerbundpalast, dem Berliner Reichstag, von den großen politischen Konferenzen der 30er Jahre, zeichnen sich durch eine starke Unmittelbarkeit aus, da sich die Fotografierten unbeobachtet fühlten. Denn S. arbeitete »mit versteckter Kamera« und lichtstarken Objektiven; hinzu kam ein untrügliches Gespür für den richtigen Zeitpunkt. 1931 erschien sein Bildband »Berühmte Zeitgenossen in unbewachten Augenblicken« (NA 1978). Nach seiner Emigration geriet S. in deutsche Kriegsgefangenschaft, wurde nach Auschwitz verschleppt und dort ermordet.

▷ E. Salomon: Aus dem Leben eines Fotografen, 1981.

Ernst von Salomon →

Salomon, Ernst von

dt. Schriftsteller
* 25.9.1902 Kiel † 9.8.1972 Winsen/Luhe

Salomon, Verfechter eines parteilosen Preußentums und in den 20er Jahren an rechtsradikalen Aktionen beteiligt, dokumentiert mit seinen autobiografisch geprägten Romanen deutsche Zeitgeschichte. Aufsehen und internationale Kritik erregte der Autor, der sich während des Hitler-Regimes von der Politik entfernt und die Sympathiebekundungen der Nationalsozialisten ignoriert hatte, mit seinem Roman »Der Fragebogen« (1951): Anhand des Entnazifizierungs-Fragebogens der amerikanischen Militärregierung schildert er das eigene Schicksal und rechnet schließlich Gewalt und Zwangsmaßnahmen der alliierten Siegermächte gegen die Nazi-Verbrechen auf.

□ 1920: Teilnahme am Kapp-Putsch. □ 1922: Wegen Beihilfe zum Mord an W. →Rathenau Verurteilung zu fünfjähriger Zuchthausstrafe. □ 1930: »Die Geächteten« (R.). □ 1956: »Null-Acht-Fünfzehn« (F., nach dem R. von H. H. Kirst). □ 1961: Teilnahme an der Weltkonferenz gegen die Atombombe in Tokio.

▷ E. v. Salomon: Die Kadetten (Aut.), 1933.

Samarakis, Antonis

griech. Schriftsteller
* 16.8.1919 Athen

Samarakis, der lange Jahre als Ministerialbeamter tätig war, zählt zu den international bekanntesten und meistgelesenen griechischen Nachkriegsautoren. Bereits mit seinen ersten Erzählungen über die Verfolgungsängste des Individuums in der modernen, vollständig verplanten und verwalteten Gesellschaft hatte er Erfolg. Sein bekanntester Roman ist »Der Fehler« (1965, dt. 1969; F. 1974). Auf für S. typische Weise verdichten sich in diesem filmisch strukturierten Text banale Realität und Phantasie zu einer eindringlichen Studie der Unterdrückung in einem totalitären Überwachungsstaat; der Autor deutet jedoch auch die Hoffnung auf die tragende, systemsprengende Kraft menschlicher Solidarität an.

□ 1935-63: Beamter im Arbeitsministerium. □ 1954: »Hoffnung gesucht« (Erz.n, dt. 1962). □ 1959: »Die Notbremse« (Erz.n, dt. 1974). □ 1973: »Der Reisepaß« (Erz.n, dt. 1973).

Paul A. Samuelson →

Samaranch, Juan Antonio

span. Sportfunktionär
* 17.7.1920 Barcelona

Samaranch wurde 1980 als Nachfolger von Lord →Killanin Präsident des Internationalen Olympischen Komitees (IOC). In seiner Amtszeit (bis 1993) wurden die Amateurbestimmungen gelockert, und das IOC etablierte sich durch zunehmende Vermarktung der Spiele als Weltwirtschaftsunternehmen. Allein durch Werbe- und Fernseheinnahmen stehen dem IOC 1990-94 insgesamt 1,04 Mrd. US-$ zur Verfügung.

□ seit 1966: Mitgl. des IOC. □ 1967: Vors. des span. Nat. Olympischen Komitees. □ 1968-75: Protokollchef des IOC. □ 1974-80: Vizepräs. des IOC.

← Juan A. Samaranch

J. Samjatin: Sein Roman »Wir« beeinflußte Orwells »1984«.

Samjatin, Jewgeni Iwanowitsch

russ. Schriftsteller
* 1.2.1884 Lebedjan, Gouv. Tambow
† 10.3.1937 Paris (Frankreich)

Samjatins Weltruhm gründet auf der Anti-Utopie »Wir« (R., 1924, dt. 1958): Der totalitäre »Einzige Staat«, eine Karikatur des frühen kommunistischen Rußland, kontrolliert auch intimste Lebensäußerungen der zu Nummern degradierten Menschen. Der geistigen Lähmung (Entropie) dieses Staatswesens steht jedoch die nie erlahmende schöpferische Unruhe (Revolution) des freien Individuums entgegen. »Wir«, dessentwegen S. Rußland verlassen mußte, hatte großen Einfluß auf »1984« von G. →Orwell und durfte erst 1988 in der UdSSR gedruckt werden.

Samuelson, Paul Anthony

amer. Nationalökonom
* 15.5.1915 Gary, Ind.

Samuelson, Neokeynesianer und Schüler von J. A. →Schumpeter, wirkte seit den 40er Jahren als Gutachter und Experte zahlreicher Institutionen und Organisationen und war Wirtschaftsberater der US-Präsidenten D. →Eisenhower und J. F. →Kennedy. 1948 veröffentlichte er mit »Economics« ein weltweit verbreitetes Lehrbuch der Volkswirtschaftslehre, das in 21 Sprachen übersetzt wurde und bis 1987 in 13 Auflagen erschienen ist. S. verfaßte Beiträge zu beinahe allen Gebieten der Ökonomie. Für die Weiterentwicklung der statischen und dynamischen Theorie erhielt er 1970 den Nobelpreis.

□ bis 1936: Studium der Ökonomie. □ 1940-86: Prof. am Mass. Inst. of Technology (MIT) in Cambridge. □ 1945-52: Berater im Finanzministerium (erneut 1961-86). □ 1947: »Foundations of economic analysis« (Schr.). □ 1948: »Volkswirtschaftslehre« (Schr., dt. 1948). □ 1952: »Readings in economics« (Schr., mit R. L. Bishop und J. R. Coleman). □ 1960-68: Experte für den Rat der Wirtschaftsberater des Präsidenten der USA. □ 1961: Präs. der Econometric Society (R. →Frisch). □ 1963: »Stability and growth of the american economy« (Schr.). □ 1965-86: Berater des Federal Reserve Board. □ 1970: Nobelpreis für Wirtschaftswissenschaften.

▷ M. Lindner: Der Anti-Samuelson, 1974.

Samuelsson, Bengt Ingemar

schwed. Biochemiker
* 21.5.1934 Halmstad

Samuelsson gelang in den 50er Jahren die Aufklärung der chemischen Struktur verschiedener, aktiver Gewebshormone sowie ihres biochemischen Auf- und Abbaus, was erstmals ein Gesamtbild über das Funktionssystem der sog. Prostaglandine ergab. Synthetisierte Abkömmlinge dieser insolierten Substanzen werden bei der Geburtshilfe sowie zur Therapie von Kreislaufstörungen und Magengeschwüren eingesetzt.

□ 1967-73: Prof. am Kgl. Veterinär-College in Stockholm. □ seit 1973: Prof. am Karolinska-Inst. ebd; seit 1978 Dekan der med. Fakultät. □ 1982: Physiologie/Medizin-Nobelpreis (mit S. →Bergström und J. R. →Vane).

Jil Sander →

Sander, Jil

(eig. Heidemarie Siline)
dt. Modedesignerin
* 7.11.1943 Wesselburen

Jil Sander entwirft puristische Mode für die berufstätige Frau. Sie bevorzugt Blazer-Kostüme und Hosenanzüge in ungemusterten Stoffen in Beige, Braun, Grau und Schwarz. Ihre Mode läßt vielfältige Kombinationen zu und vermeidet Dekor oder Übertreibungen. S. ist eine der wenigen deutschen Designer mit internationalem Renommee und eigenem Stil.

□ bis 1966: Ausbildung als Textilingenieurin, z. T. in den USA; Moderedakteurin in den USA und Hamburg. □ 1967: Eröffnung einer Modeboutique in Hamburg. □ seit 1967: Modellkollektionen mit Vertrieb in Europa und den USA. □ 1978: Erste Kosmetikserie. □ 1983-85: Prof. an der Hochschule für angewandte Kunst in Wien. □ seit 1985: Kollektionsvorführung für die Presse nur in Mailand.

Sander, Otto

dt. Schauspieler
* 30.6.1941 Hannover

Sander ist ein vielseitiger Schauspieler, dessen Talent am besten in tragikomischen Rollen zum Tragen kommt. Als Protagonist in zahlreichen Inszenierungen von P. →Stein entwickelte S. eine große Spannweite an Ausdrucksmöglichkeiten und wurde mit seiner direkten, arglosen und komödiantischen Spielweise zu einem der gefragtesten Schauspieler der Bundesrepublik. Anfang der 80er Jahre verließ S. die Berliner Schaubühne und ging mit seinem Kollegen P. Fitz als Duo auf Gastspielreise; als Gast blieb S. der Schaubühne jedoch verbunden.

← Otto Sander

□ 1970-81: Nach ersten Engagements in Düsseldorf und Heidelberg Mitgl. der Berliner Schaubühne. □ 1971: Emil Jannings in UA »Ritt über den Bodensee« (P. →Handke, Rg. C. →Peymann). □ 1973: Suslow in M. →Gorkis »Sommergäste« (Rg. P. Stein). □ 1978: Richard in »Trilogie des Wiedersehens« (B. →Strauß, Rg. P. Stein); Hauptrolle in »Death, Destructions and Detroit« (Rg. R. →Wilson); Filmrolle in »Die Blechtrommel« (Rg. V. →Schlöndorff); Schauspieler des Jahres. □ 1980: Dt. Darstellerpreis. □ 1984: Regie in »Der nackte Wahnsinn« (M. Frayn) in Zürich; Werschinin in A. →Tschechows »Drei Schwestern« (Rg. P. Stein). □ 1985: Ernennung zum Mitgl. der Berliner Akademie der Künste. □ 1987: Richard Wagner im Kinofilm »Wahnfried«. □ 1988: Titelrolle in »Jedermann« (H. v. →Hofmannsthal) bei den Salzburger Festspielen. □ 1991: Titelrolle in »Amphitryon« (H. v. Kleist, Rg. K. M. →Grüber).

Sandrock, Adele

dt. Schauspielerin
* 19.8.1863 Rotterdam (Niederlande)
† 30.8.1937 Berlin

Sandrock war nach dem Ende des 1. Weltkriegs bis zu ihrem Tod eine der populärsten deutschen Filmschauspielerinnen, festgelegt auf die Rolle der herrschsüchtig-verschrobenen bösen Schwieger- oder Großmutter. Auch außerhalb des Films pflegte sie mit boshaften Bemerkungen und ihrem dominanten Auftreten dieses Klischee. S. war bereits vor ihrer Filmkarriere als Charakterdarstellerin auf internationalen Bühnen in klassischen und modernen Stücken — u. a. von A. →Schnitzler, mit dem sie zeitweise liiert war — erfolgreich, ihr pathetischer Sprachstil galt jedoch später als veraltet.

← Adele Sandrock

□ 1879: Erstes Engagement am Hoftheater Meiningen, danach in Berlin, Moskau, Wien und Budapest. □ 1895: Burgtheaterdebüt als Maria Stuart. □ 1905-10: Engagement am Dt. Theater Berlin unter M. →Reinhardt. □ 1911: Erste Filmrolle in »Marianne, ein Weib aus dem Volk«. □ 1922: Nebenrolle in »Dr. Mabuse der Spieler« (F., Rg. F. →Lang). □ 1927: Rolle der Gräfin Voss in »Königin Luise« (F., Rg. K. Grune). □ 1929: Nebenrolle in der Schnitzler-Verfilmung »Fräulein Else« (Rg. P. Czinner). □ 1933: Vielbeachtete Darstellung einer Kriegerwitwe in »Morgenrot« (F., Rg. G. Ucicky).

Sänger, Eugen

dt. Raketenforscher und Raumflugtechniker
* 22.9.1905 Preßnitz bei Komotau
† 10.2.1964 Berlin/West

Bereits vor 1935 (erste Überschallrakete von R. H. →Goddard) experimentierte Sänger als Student in Graz und Wien mit Flüssigtreibstoffraketen. Ab 1936 entwickelte er in Deutschland Hochdruckbrennkammern und Staustrahltriebwerke, mit denen eine mehrfache Schallgeschwindigkeit erreicht werden konnte. 1963 übernahm er an der TU Berlin den ersten deutschen Lehrstuhl für Raumfahrttechnik.

Eugen Sänger: Der erste dt. Professor für Raumfahrttechnik.

□ 1941: Erste Versuche mit Strahltriebwerken. □ ab 1942: Forschungen an Instituten für Luftfahrttechnik in Deutschland. □ ab 1945: Forschungsingenieur in Frankreich. □ 1954: Einrichtung des Forschungsinst. für Physik der Strahlantriebe (FPS) in Stuttgart. □ ab 1956: Vors. der Dt. Gesellschaft für Raketentechnik und Raumfahrt in Stuttgart. □ 1963: Prof. an der TU in Berlin; »Raumfahrt — heute — morgen — übermorgen« (Schr.).

Sanger, Frederick

brit. Biochemiker
* 13.8.1918 Rendcomb, Gloucestershire

Für die Strukturaufklärung des Insulins erhielt Sanger 1958 seinen ersten Chemie-Nobelpreis und 1980 seinen zweiten (mit P. →Berg und W. →Gilbert) für die Erhellung der Reihenfolge der Nukleotide in der DNS (Desoxyribonukleinsäure). S., der 1951-83 zum Forschungsstab des Cambridger Medical Research Council gehörte, bestimmte mit dem von ihm 1945 entwickelten »Sanger-Reagenz« in jahrzehntelanger Arbeit die genaue Sequenz der 51 kettenförmig angeordneten Aminosäuren im Insulinmolekül und lieferte

Frederick Sanger mit einem Molekülmodell des Insulins in Cambridge, 1958.

1955 nicht nur die Forschungsgrundlage zur Insulinsynthese (1964), sondern auch ein Modell für die Strukturbestimmung noch komplexerer Eiweißmoleküle wie z. B. das dreidimensional angeordnete Hämoglobin. 1977 legte S. mit seinem Team die Reihenfolge der 5375 Nukleotid-Bausteine der DNS eines Bakterienvirus (Phi X 174) vor und kündigte den kompletten Bauplan für eine DNS-Struktur an, die sich aus mehr als 17 000 Nukleotiden zusammensetzt.

Sankara, Thomas

afr. Politiker
* 21.12.1949 Yako
† 15.10.1987 Ouagadougou (ermordet)

Der charismatische und persönlich integre Sankara versuchte ab 1983, sein Land auf einem eigenen Weg aus Armut und wirtschaftlicher Abhängigkeit zu führen. Hierzu dienten die Umbenennung des Landes von »Obervolta« in »Burkina Faso« (»Land der Würdigen«), aber auch Alphabetisierung, Bau von Schulen, Krankenstationen und Bewässerungsanlagen. Doch eine Reihe radikaler Entscheidungen, wie z. B. die Pflicht zu unbezahlter Gemeinschaftsarbeit an Samstagen, die er selbst Ministern und Stammeshäuptlingen abverlangte, ließ die anfängliche Euphorie schwinden. Wegen seiner offenen Kritik an den sozialistischen Staaten auch außenpolitisch isoliert, kam der Links-Marxist 1987 bei einem Staatsstreich ums Leben.

← Thomas Sankara

□ 1980: Staatssekr. für Information. □ 1981: Hausarrest. □ 1982: Beteiligung an Militärputsch. □ 1983-87: Staatspräsident und Ministerpräsident; Innenmin.; Sicherheitsmin.

San Suu Kyi

birman. Politikerin
* 19.6.1945 Rangun (damals brit. Kolonie Birma)

Wegen ihres »gewaltlosen Kampfes für Demokratie und Menschenrechte« wurde San Suu Kyi, die prominenteste Oppositionspolitikerin Birmas, 1991 als achte Frau mit dem Friedens-Nobelpreis ausgezeichnet. Seit 1988 an der Spitze der Protestbewegung gegen das an China angelehnte Militärregime, wurde S. 1989 unter Hausarrest gestellt und total isoliert. Die Regierung unter General Saw Maung ignorierte den überwältigenden Wahlsieg der von ihr mitbegründeten und geleiteten Nationalen Liga für Demokratie von 1990 und schloß sie weiterhin von jeder politischen Einflußnahme aus. Ihre Weigerung, das Land zu verlassen, machte sie zu einem Symbol des Widerstands.

Santana, Carlos

amer. Rockmusiker
* 20.7.1947 Autlan (Mexiko)

Carlos Santana bei einem Jazz-Festival in New York, 1988.

Santana wurde in den 70er Jahren als Chef der gleichnamigen Rockformation zum stilprägenden Gitarristen vor allem des Latin Rock, den er wie kein anderer mit seinem glasklaren, energiegeladenen Gitarrenspiel formte. Kennzeichen seiner unverwechselbaren Spielweise ist das harmonische Verschmelzen von rasanten Gitarrenläufen bei akzentuiertem Einzelnotenspiel auf dem Boden afrikanischer und kubanischer Rhythmen. Positiv für seine musikalische und persönliche Entwicklung wurde die Zusammenarbeit mit J. →McLaughlin.

□ 1962: Erste Auftritte in Tijuana. □ 1967: Gründung der Band »Santana« in San Francisco. □ 1969: Auftritt beim Woodstock Festival, erste LP »Santana«. □ 1970: »Abraxas« (LP), Hits »Samba Pa Ti«, »Black magic woman«. □ 1972: »Carlos Santana and Buddy Miles live« (LP). □ 1973: »Love devotion surrender« (LP mit J. McLaughlin). □ 1974: »Illumination« (LP mit Alice Coltrane). □ 1978: »Inner Secrets« (LP). □ 1980: »The swing of delight« (LP). □ 1981: »Zebop!« (LP mit H. →Hancock). □ 1983: »Havana Moon« (LP). □ 1987: »Blues for Salvador« (LP). □ 1988: »Viva Santana« (LP).

Santayana, George

(eig. Jorge Agustín Nicolás Ruiz de Santayana y Borrás)
amer. Philosoph und Dichter span. Herkunft
* 16.12.1863 Madrid † 26.9.1952 Rom (Italien)

Santayana verstand sein kulturkritisches Hauptwerk »The life of reason or the phases of human progress« (5 Bde., 1905/06) als eine kulturphilosophische Utopie, in der er materialistische, idealistische und pragmatische Positionen miteinander verband. Erfolgreich war S. mit seinem Roman »Der letzte Puritaner« (1935, dt. 1936), in dem er mit kritischer Ironie die puritanische Pflichtethik am Beispiel neuenglischer Lebensumstände schildert. Von griechischer Philosophie, humanistischem Geist und katholischer Religiosität geprägt, verfaßte der Dichterphilosoph formvollendete Gedichte.

← George Santayana

□ ab 1872: Wohnsitz in den USA. □ 1894: »Sonnets and other Verses«. □ 1896: »The Sense of Beauty« (Abh. über Ästhetik). □ 1907-12: Prof. an der Harvard-Univ. in Cambridge, Mass. □ ab 1912: Freier Schriftsteller in Europa (Paris, Rom). □ 1927-40: »Realms of Being« (4 Bde.). □ 1946: »Die Christusidee in den Evangelien« (Abh., dt. 1951).

▷ G. Santayana: Die Spanne meines Lebens (Aut.), 1945, dt. 1950.

Sant'Elia, Antonio

ital. Architekt
* 30.4.1888 Como
† 10.10.1916 bei Monfalcone (gefallen)

Sant'Elia erlangte mit seinen futuristischen Architekturentwürfen, von denen keiner realisiert wurde (S. fiel im Alter von 28 Jahren im 1. Weltkrieg) einen außerordentlichen Einfluß auf die architektonische Entwicklung des 20. Jh.s. Im Mittelpunkt steht sein Entwurf einer Città nuova (1913/14), in dem er Anregungen des ausgehenden Jugendstils mit funktionalen Aspekten des amerikanischen Hochhausbaus und expressionistischen Elementen verband. Von den Futuristen Italiens beeinflußt, entwarf er Modelle von Großstadtarchitekturen mit terrassierten Hochhäusern und teils freiliegenden Konstruktionselementen. In der Stadt der Zukunft sollten Arbeit und Wohnen mit Kommunikation und Verkehr eng verflochten sein. Kühne Verkehrswege in mehreren Ebenen sollten die Stadtlandschaft durchziehen. In seinen Schriften (»Messagio«, 1914, später als Manifest der »L'architettura futurista« von F. T. →Marinetti überarbeitet und herausgegeben) wandte sich S. programmatisch gegen den repräsentativen Charakter von Bauten und forderte Funktionalität und Materialgerechtigkeit, wobei er Stahl, Beton und Glas favorisierte. Der Dekor sollte sich aus der Materialstruktur und dem Einsatz von Farbe ergeben.

▷ L. Caramel/A. Longatti (Hg.): Antonio Sant'Elia. L'opera completa. The complete works, ital./engl. 1987.

Giuseppe Saragat →

Sapir, Edward

amer. Linguist und Anthropologe dt. Herkunft
* 26.1.1884 Lauenburg, Pommern
† 4.2.1939 New Haven, Conn.

Sapir gehört zusammen mit B. L. →Whorf zu den Begründern der Sprachforschung im Rahmen der Ethnologie. S. untersuchte und verglich die kulturell bedingten, psychologischen Inhalte verschiedener nordamerikanischer Indianersprachen. Worte, so S., sind reine Form, entscheidend sind die Vorstellungen, die der Sprechende mit ihnen verknüpft.

□ 1910-25: Chef der anthropologischen Abteilung am kanad. Nationalmuseum, Ottawa. □ 1921: »Language« (Schr.). □ 1925-31: Prof. für Anthropologie, Univ. Chicago. □ 1931-39: Prof. für Anthropologie und Linguistik, Yale Univ., Conn.

▷ K. Koerner (Hg.): Edward Sapir, appraisels of his life and work, 1984.

Saragat, Giuseppe

ital. Politiker
* 19.9.1898 Turin † 11.6.1988 Rom

Saragat war der herausragende Politiker der italienischen Sozialdemokratie. Die Partei war unter seiner Führung 1947 aus der Abspaltung des rechten Flügels der Sozialisten entstanden und hatte sich gegen eine Aktionseinheit mit den Kommunisten ausgesprochen. In einigen Mitte-Links-Regierungen übernahm S. anschließend bis zu seiner Wahl zum Staatspräsidenten (1964) mehrere einflußreiche Ämter.

□ bis 1920: Studium. □ 1922: Mitgl. der Sozialistischen Partei. □ 1926-43: Exil in Österreich und Frankreich. □ 1944: Min. ohne Geschäftsbereich. □ 1945/46: Botschafter in Paris. □ 1946: Präs. der Nationalversammlung. □ 1947: Mitbegründer der sozialdemokratischen Sozialistischen Arbeiterpartei Italiens (PSLI). □ 1947-49: Stellv. Ministerpräsident und Sozialmin. □ 1949-51: Generalsekr. der PSLI. □ 1951: Mitbegründer der Sozialdemokratischen Partei Italiens (PSDI). □ 1954-57: Stellv. Ministerpräsident. □ 1963: Außenmin. □ 1964-71: Staatspräsident.

Sarasate, Pablo de

(eig. Pablo Martín Melitón de Sarasate y Navascuéz)
span. Violinist
* 10.3.1844 Pamplona
† 20.9.1908 Biarritz (Frankreich)

Sarasate spielte bereits mit zwölf Jahren am Hof von Madrid und begann nach seinem Studium am Conservatoire Paris eine glänzende Solokarriere. Er konzertierte als einer der faszinierendsten Virtuosen seiner Zeit in allen Musikzentren Europas und Amerikas. S., der in eigenen Kompositionen die Folklore seines Landes aufgriff (»Zigeunerweisen«, 1878; »Introduction et Tarantelle«, 1899), wurde durch ausgewogenen Vortragsstil, vollendete Technik und reinste Intonation berühmt. Er inspirierte zahlreiche Komponisten (M. →Bruch, C. → Saint-Saëns), die für ihn Violinwerke schrieben.

□ 1856-59: Schüler des Conservatoire Paris. □ 1861: Konzerte in London, Konstantinopel sowie in den Donauländern. □ 1867-71: Tournee durch Nord- und Südamerika. □ 1876/77: Auftritte in Deutschland und Österreich. □ 1878: »Spanische Tänze«. □ 1890: Zweite Amerika-Tournee. □ 1901: »La chasse« für Violine und Orchester.

▷ C. Flesch: Erinnerungen eines Geigers, 1960; J. J. Mena Mateos: Pablo Sarasate. His Life, 1963.

Saroyan, William

amer. Schriftsteller
* 31.8.1908 Fresno, Kalif. † 18.5.1981 ebd.

Saroyan gehörte wegen des optimistischen Grundtons seiner Werke zu den beliebten Autoren der Nachkriegszeit. In Deutschland war sein poetisch-verspieltes Schauspiel »Einmal im Leben« (1939, dt. 1942) ein großer Bühnenerfolg. S. schrieb über 400 Kurzgeschichten und neun Romane, humorvoll und idealisierend, (»Menschliche Komödie« 1943, dt. 1943). In ihnen schilderte er vorzugsweise den Alltag einfacher Menschen und kauziger Originale. Viele seiner Texte spiegeln eigene Erfahrungen wider.

← William Saroyan

□ 1920: Schulabbruch; Gelegenheitsarbeiten. □ 1934: »Der waghalsige junge Mann auf dem fliegenden Trapez« (Erz.n, dt. 1948). □ 1940: »Ich heiße Aram« (Erz.n, dt. 1946). □ 1943: »Menschliche Komödie« (R., dt. 1943). □ 1946: »Die Abenteuer des Wesley Jackson« (R., dt. 1947). □ 1950: »Unkalifornische Geschichten« (dt. 1965). □ 1951: »Wir Lügner« (R., dt. 1952). □ 1953: »Es endet in Gelächter« (R., dt. 1957). □ 1956: »Ich hab dich lieb, Mama« (R., dt. 1957). □ 1957: ». . .sagte mein Vater« (R., dt. 1959). □ 1970: »Tage des Lebens, Tage des Sterbens. Tagebuchblätter aus Fresno und Paris« (dt. 1980). □ postum 1984: »Ein anderer Tag, ein anderer Traum« (Erz.n, dt. 1985).

▷ W. Saroyan: Ihr wißt schon wer (Aut.), 1961, dt. 1964; ders.: Freunde und andere Leute (Aut.), 1978, dt. 1979.

Sarraute, Nathalie

(eig. Natalja Tscherniak)
frz. Schriftstellerin
* 18.7.1902 Ivanovo-Voznessensk (Rußland)

Sarraute ist die erfolgreichste Autorin des sog. Nouveau Roman (A. →Robbe-Grillet), der die traditionelle Romanform sowohl inhaltlich als auch formal in Frage stellt. Programmatisch legte S. in ihrem ersten Werk »Tropismen« (1938, dt. 1959) das Ziel ihres literarischen Schaffens dar: Die kritische Auseinandersetzung mit der Sprache und Überwindung von Sprachkonventionen, um neue Möglichkeiten von Kreativität, Bewußtsein und Erfahrung aufzuzeigen. Zugleich bilden die Prosaskizzen in den »Tropismen« das Ausgangsmaterial für ihre weiteren Werke, in denen S. auf gängige Erzähltechniken und eine nachvollziehbare Handlung verzichtet. Ihre Protagonisten bleiben anonym, abstrakt und unpersönlich. J.-P. →Sartre bezeichnete S. in seinem Vorwort zu ihrem Roman »Porträt eines Unbekannten« (1948, dt. 1962) als Wegbereiterin des »Anti-Romans«.

N. Sarraute: Anti-Roman als Möglichkeit der Kreativität.

□ 1907: Endgültige Übersiedlung nach Paris. □ 1919: Beginn eines Englisch- und Jurastudiums. □ ab 1925: Strafverteidigerin und Notarin. □ 1953: »Martereau« (R., dt. 1964). □ 1956: »Das Zeitalter des Mißtrauens« (Es., dt. 1975). □ 1959: »Das Planetarium« (R., dt. 1961). □ 1963: »Die goldenen Früchte« (R., dt. 1964). □ 1968: »Zwischen Leben und Tod« (R., dt. 1969). □ 1972: »Hören Sie das?« (R., dt. 1973). □ 1976: »Sagen die Dummköpfe« (R., dt. 1978). □ 1980: »Der Wortgebrauch« (Es., dt. 1985). □ 1982: Grand Prix National des Lettres.

▷ N. Sarraute: Kindheit (Aut.), 1983, dt. 1984.

Sartre, Jean-Paul

frz. Schriftsteller und Philosoph
* 21.6.1905 Paris † 15.4.1980 ebd.

50 000 Menschen folgten bei Sartres Beerdigung dem Sarg — eindrucksvoller Beweis für die Popularität eines Denkers, der nach dem 2. Weltkrieg zum Vorbild vor allem der kritischen Intellektuellen wurde. Die Integrationsfigur des französischen Existentialismus beeinflußte auch privat durch die freie, nur an absolute Aufrichtigkeit gebundene Liebesbeziehung zu S. de →Beauvoir die Lebensgestaltung vieler Menschen.
Seine Philosophie vermittelte der engagierte Literat, der sich unablässig zu aktuellen politischen Ereignissen äußerte, in Dramen, Filmdrehbüchern, Romanen und Essays. »Der Ekel« (R., 1938, dt. 1949) gab erstmals Einblick in S.s Weltsicht. Die Hauptperson Roquetin erlebt das Dasein und alles Existierende als sinnlos und absurd. Aus seinem Ekel, der von Angst und Verzweiflung begleitet wird, entspringt Roquetins Bewußtsein der Freiheit: Um sich von diesem Ekel zu befreien, nimmt er sich vor, über ihn zu schreiben.
S. legte seine grundlegende Position in der brillant formulierten Abhandlung »Das Sein und das Nichts« (1943, dt. 1962, NA 1991) theoretisch dar. Fundamental ist die atheistische Erkenntnis der bloßen Existenz des Menschen, der sich

selbst eine Bestimmung, einen Lebenssinn schaffen muß. Er findet diesen Sinn nur im totalen Engagement. Zur Freiheit »verurteilt«, kann er sie nur durch verantwortungsvolles Handeln erreichen — die Absicht des Handelns allein reicht nicht. Der Freiheit des einzelnen setzen allerdings jeweils die anderen Grenzen. Sie bewerten ihn, versuchen ihn einzuordnen und zum Objekt zu machen. Ausdruck S.s persönlicher Gegenwehr gegen die Beurteilung und Vereinnahmung seiner Person von außen war u. a. die Ablehnung des Literatur-Nobelpreises 1964.
Der Anti-Ideologe mit Sympathien für den Marxismus legte Wert auf eine »lebensnahe« Philosophie und manifestierte dies durch zahlreiche öffentliche Auftritte. Dabei offenbarte er Widersprüchliches und machte sich zahlreiche Feinde. Er kritisierte die sowjetische Intervention in Ungarn (1956) und wandte sich gegen die Isolationshaft der RAF-Mitglieder (1975-77). S. setzte sich wiederholt für revolutionäre Bewegungen in der Dritten Welt ein.

☐ 1929: Abschluß des Philosophiestudiums an der Pariser Eliteschule »École normale supérieure« als Jahresbester (zweite wird seine Freundin S. de Beauvoir). ☐ 1931-45: Gymnasiallehrer in Le Havre, Laon und Paris. ☐ 1939: »Die Mauer« (Erz.n, dt. 1950); Militärdienst als Krankenpfleger. ☐ 1940/41: Kriegsgefangenschaft in Trier. ☐ 1941: Mitgl. der Résistance. ☐ 1943: »Die Fliegen« (Dr., dt. 1949); Bekanntschaft mit A. →Camus. ☐ 1945: Aufgabe des Lehrberufs; »Geschlossene Gesellschaft« (Dr., dt. 1949); Gründung der politisch-literarischen Zeitschrift Les Temps Modernes. ☐ 1946: »Die ehrbare Dirne« (Dr., dt. 1952). ☐ 1947: »Was ist Literatur?« (Es.s, dt. 1950). ☐ 1948: »Die schmutzigen Hände« (Dr., dt. 1949). ☐ 1951: »Der Teufel und der liebe Gott« (Dr., dt. 1951). ☐ 1952-56: Mitgl. der frz. KP. ☐ 1958-62: Engagement gegen den Algerienkrieg; offene Unterstützung frz. Deserteure. ☐ 1960: »Kritik der dialektischen Vernunft« (Schr., dt. 1967). ☐ 1964: Literatur-Nobelpreis (abgelehnt). ☐ 1968: Unterstützung der Mai-Unruhen in Paris. ☐ 1971/72: »Der Idiot der Familie. Gustave Flaubert 1821-1857« (Schr., dt. 1977/78). ☐ 1972: Gründer der Zeitung Libération.

Jean-Paul Sartre: Eine Schlüsselfigur des Existentialismus.

▷ J.-P. Sartre: Die Wörter (Kindheitserinnerungen), dt. 1965; W. Biemel: Jean-Paul Sartre in Selbstzeugnissen und Bilddokumenten, 1964; K. Hartmann: Die Philosophie Jean-Paul Sartres, 1983; A. Cohen-Solal: Sartre 1905-1980, dt. 1988.

Sassoon, Siegfried Lorraine

(Pseud. George Sherston)
brit. Schriftsteller
* 8.9.1886 London
† 1.9.1967 Heytesbury, Wiltshire

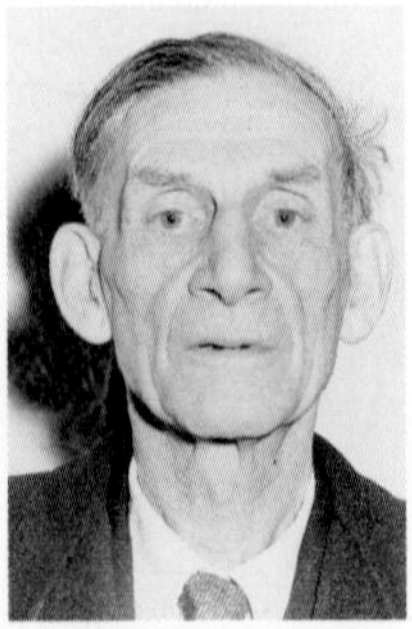
Siegfried L. Sassoon →

Sassoon war neben W. →Owen einer der herausragenden englischen Antikriegslyriker des 1. Weltkriegs. Seine autobiografisch geprägte Lyrik markiert die Abkehr von patriotischer Kriegsbegeisterung und enthüllt mit schonungsloser Detailtreue und großem Zynismus die Schrecken des Krieges. Auch S.s autobiografische Romane entlarven jede Romantisierung des Krieges als verlogene Ideologie.

☐ 1914: Kriegsfreiwilliger. ☐ 1917: Im Lazarett Bekanntschaft mit W. →Owen; »The old huntsman and other poems«. ☐ 1918: »Counter-attack and other poems«. ☐ 1926: »Satirical poems«. ☐ 1928-36: Romantrilogie »The complete memoirs of George Sherston« (dt. Teil 1 »Glück im Sattel«, 1949; Teil 2 »Vom Krieg zum Frieden«, 1947). ☐ 1961: »Collected Poems 1908-56«.

Satie, Erik (Eric)

(eig. Alfred Erik Leslie)
frz. Komponist
* 17.5.1866 Honfleur, Dep. Calvados
† 1.7.1925 Paris

Erik Satie →

Satie — im ersten Viertel des 20. Jh.s einer der einflußreichsten Komponisten in Frankreich — wurde vor allem mit seinen provokanten, bizarr betitelten Werken berühmt. 1917 erregte er in Paris Aufsehen mit der Aufführung seines Balletts »Parade«, das er als kubistisches Manifest mit J. →Cocteau (Entwurf), P. →Picasso (Bühnenbild) und L. →Massine (Choreographie) entworfen hatte. Sein Ruf als Enfant terrible machte ihn ein Jahr später zum Leiter der Gruppe Les Six (u. a. D. → Milhaud, A. →Honegger und F. →Poulenc). S. hatte bereits seit Ende der 1880er Jahre als ideenreicher Pianist in den Cafés von Montmartre harmonisch progressive Klavierstücke komponiert (»Trois Sarabande«, 1887; »Trois Gymnopédies«, 1888), mit denen er Einfluß auf seinen Freund C. →Debussy und auf M. →Ravel nahm. Neben Werken, die durch den Mystizismus der Rosenkreuzer geprägt sind (»Quatre Ogives« für Klavier, 1886; »Trois morceaux en forme de poire« für Klavier zu vier Händen, 1890-1903) oder die Tradition der Music-Hall verfolgen (Pantomime »Jack in the Box« für Klavier, 1899; Ballett »Relâche«, UA Paris 1924), bereitete S. vor allem mit seinem deutlichen und konzentrierten Stil (Drama »Socrate« für Gesang und Orchester,

1918; fünf »Nocturnes« für Klavier, 1919) den Weg für die zeitgenössische Avantgarde vor (E. →Varèse, J. →Cage).

□ 1879-86: Studium am Pariser Konservatorium. □ 1891: Begegnung mit C. Debussy. □ 1892: Bühnenmusik »Le fils des étoiles«, UA Paris. □ 1893: »Vexations (840mal hintereinander zu spielen)« für Klavier (UA New York 1963, unter der Leitung von J. Cage in 18 Stunden mit 10 Pianisten). □ 1895: »Messe des pauvres« für Chor und Orchester. □ ab 1898: Wohnsitz in Arcueil bei Paris. □ 1905-07: Schüler der Schola Cantorum Arcueil. □ 1912: »Trois véritables préludes flasques« (für einen Hund) für Klavier. □ 1917: »Sonatine bureaucratique« für Klavier. □ 1920: »Musique d'ameublement« für Klavier und Bläser (mit D. Milhaud, erste Musik »zum Weghören«). □ 1924: Ballett »Mercure«, UA Paris. □ postum 1926: »Jack in the Box« als Ballett, UA Paris.

▷ J. Cocteaus: Erik Satie, 1957; G. Wehmeyer: Erik Satie, 1974; M. Bredel: Erik Satie, 1982; V. Lajoine: Erik Satie, 1985.

Sauerbruch, (Ernst) Ferdinand

dt. Chirurg
* 3.7.1875 Barmen (heute zu Wuppertal)
† 2.7.1951 Berlin

Sauerbruch, einer der bedeutendsten Chirurgen, führte 1904 das Druckdifferenzverfahren in die Brustkorbchirurgie ein. Zunächst durch die Unterdruckkammer, später durch die Erzeugung von Überdruck in den Lungenflügeln bei ihrer Beatmung verhinderte S. den Lungenkollaps und eröffnete der Thoraxchirurgie neue operative Möglichkeiten. Neben der Methode, das Zwerchfell bei der Behandlung von Lungentuberkulose künstlich zu lähmen, entwickelte S. bewegliche Hand- und Unterarmprothesen, bei denen die Finger über Züge mit den in der Stumpf-Muskulatur eingelassenen Stiften verbunden sind. Bei der nach S. benannten Umkippplastik wird nach Entfernung eines zerstörten Oberschenkelknochens der gesunde Knochen des Unterschenkels in die Hüftgelenkpfanne als prothesengerechter Stumpf eingepflanzt.

Sauerbruch ermöglichte mit neuen Techniken bis dahin unmögliche Operationen.

□ 1911-18: Prof. an der Univ. Zürich. □ 1916: »Die willkürlich bewegbare künstliche Hand 1« (1923 Bd. 2). □ 1918-28: Prof. an der Univ. München. □ 1920: »Chirurgie der Brustorgane« (1925 Bd. 2). □ ab 1928: Prof. an der Univ. Berlin. □ ab 1938: Hg. der Zeitschrift Neue Deutsche Chirurgie.

▷ F. Sauerbruch: Das war mein Leben, 1951 (verfilmt 1954).

Saunders, James

brit. Dramatiker
* 8.1.1925 Islington, London

Der ehemalige Chemielehrer Saunders verfaßt handlungsarme, experimentelle Dramen in der Tradition des absurden Theaters. Sein Frühwerk ist deutlich beeinflußt von E. →Ionescos Werken. »Ein Duft von Blumen« (1965), die in Rückblenden erzählte Geschichte eines Mädchens, das Selbstmord begangen hat, trug S. die Bezeichnung »Romantiker der Avantgarde« ein. »Leib und Seele« (1978) ist ein Konversationsstück über die moralische Verantwortung des einzelnen.

□ 1959: »Wirklich schade um Fred« (Dr., dt. 1965). □ 1961: »Ein unglücklicher Zufall« (Dr.). □ 1963: »Wer war Hilary Maconochie?« (Dr.). □ 1965: »Ein Duft von Blumen« (dt. 1967). □ 1970: »Die Leiden des Sancho Pansa« (Dr.). □ 1978: »Leib und Seele« (Dr., dt. 1978).

Saura, Antonio

span. Maler und Grafiker
* 22.9.1930 Huesca, Prov. Aragon

Saura hatte als Mitglied der Künstlergruppe El Paso Anteil an der Verbreitung der gestisch-abstrahierenden Malerei des Informel in Spanien, entwickelte aber seine Malerei dann zu einem Neuen Realismus mit abstrakten Zügen. Dabei verließ er auch in seinen Kreuzigungsbildern, in denen er an die Grenze der Abstraktion ging, die Ebene des Gegenständlichen nicht. Es sind schwarzweiße, in einem expressiven, dynamischen Automatismus gemalte Bilder voll düsterer Dramatik. In ihnen deutete er die Symbolik des Kreuzesopfers zur Anklage gegen die Folter um. Seine deformierten Porträts versinnbildlichen Einsamkeit und Tragik des Menschen, der seine innere Isolation nicht überwinden kann, ein Thema, das sein Bruder C. → Saura in Filmen aufgreift. S. zitiert häufig Sujets seiner großen Vorbilder Diego Velázquez (* 1599, † 1660), Francisco de Goya (* 1746, † 1828) und P. →Picasso, wobei das Mittel der Übermalung von Reproduktionen der spanischen Malerei (z. B. von Goyas »Die nackte Maja« oder »Das Landhaus des Tauben«) im Werkverlauf einen immer zentraleren Platz einnimmt. Hier steht S. dem Österreicher A. →Rainer nahe.

□ 1947: Während einer langdauernden Krankheit Beginn mit der Malerei unter surrealistischem Einfluß. □ 1951: Erste Ausstellung in der Madrider Buchhandlung Buchholz. □ 1957: Mitbegründer der Gruppe El Paso. □ ab 1958: Zahlreiche Ausstellungen sowie Beteiligung an der Biennale in Venedig und der documenta in Kassel. □ seit 1965: Atelier in Paris. □ 1984/85: Bilderserie mit dem Thema der Berliner Mauer. □ 1989: Große Ausstellung mit Übermalungen in der Wiener Secession. □ 1990: Wanderausstellung u. a. im Musée d'Art et d'Histoire, Genf, und der Städtischen Galerie im Lenbachhaus, München.

← Antonio Saura

Saura, Carlos

span. Regisseur
* 4.1.1932 Huesca, Prov. Aragón

Saura zählt neben L. →Buñuel zu den bedeutendsten spanischen Filmemachern. Seine Adaption von Georges Bizets (* 1838, † 1875) Oper »Carmen« (1983), die wie »Bluthochzeit« (1980/81) in Zusammenarbeit mit dem Tänzer und Choreographen A. →Gades entstand, wurde ein internationaler Erfolg. Während der Franco-Diktatur wurden S.s Filme wegen oppositioneller Aussagen häufig zensiert. Wiederkehrende Themen sind Familie, Kirche und Militär, die S. als bestimmende Faktoren der bürgerlichen spanischen Gesellschaft begreift.

Carlos Saura: Kritische Filme über die span. Gesellschaft.

□ 1952-56: Regiestudium. □ 1957-63: Dozent an der Filmhochschule Madrid. □ 1966: Silberner Bär von Berlin für »Die Jagd«. □ 1967: »Peppermint Frappé«. □ 1974: Sonderpreis der Jury in Cannes für »Cousine Angélica«. □ 1976: Spezialpreis der Jury in Cannes für »Züchte Raben« (mit G. Chaplin). □ 1981: Goldener Bär in Berlin für »Los, Tempo!«. □ 1986: »Liebeszauber« (mit L. Del Sol). □ 1990: »Ay, Carmela« (mit C. Maura).

▷ P. W. Jansen/W. Schütte (Hg.): Carlos Saura, 1981; H. M. Eichenlaub: Carlos Saura — Ein Filmbuch, 1984.

Saussure, Ferdinand de

schweiz. Sprachwissenschaftler und Indogermanist
* 26.11.1857 Genf
† 22.2.1913 Vufflens-le-Château, Kt. Waadt

Saussure entwickelte die strukturale Linguistik und wurde damit zum Begründer der wissenschaftlichen Methode des Strukturalismus im kultur- und geisteswissenschaftlichen Bereich. Er gliederte das Phänomen Sprache in die Bereiche »langue« (Sprache), »langage« (Sprachfähigkeit) und »parole« (individuelles Sprechen). S. unterschied zwei Betrachtungsweisen der Sprache (langue), eine diachronische (historische Entwicklung) und eine synchronische (aktuelles Sprachsystem). Zudem definierte er sprachliche Zeichen als die Verbindung zwischen einem Lautbild und einer Vorstellung (Signifikant und Signifikat). Der Unterschied zwischen den sprachlichen Zeichen wurde für S. zum konstitutiven Prinzip der Sprache.
Die sprachwissenschaftlichen Theorien des Linguisten wurden erst postum durch Mitschriften seiner Vorlesungen veröffentlicht (»Cours de linguistique générale«, 1916).

▷ J. Culler: Ferdinand de Saussure, 1976.

König Savang →

Savang Vatthana, Sri

König von Laos
* 13.11.1907 Luang Prabang
† Dez. 1980 Viengsay bei Vientiane

Savang Vatthana war der letzte König und die höchste religiöse Autorität von Laos, bis er 1975 durch die Partisanen der kommunistischen Pathet Lao zur Abdankung gezwungen wurde. Als Kronprinz und Regierungschef hatte er 1949 nach langen Verhandlungen die innere Autonomie seines Landes erreicht, und zwar im Rahmen der geplanten Französischen Union (Gegenstück zum britischen Commonwealth) als ersten Schritt aus der Kolonialherrschaft in die Unabhängigkeit (1954). Als er 1959, nach dem Tod seines Vaters, den Thron bestieg, befand sich das Land bereits im Bürgerkrieg mit den von Vietnam unterstützten Pathet Lao.

□ vor 1932: Ausbildung und Studium in Paris. □ 1932-41: Generalsekr. des kgl. Hofes. □ 1946-51: Ministerpräsident. □ 1951: Leiter der laotischen Delegation auf der Friedenskonferenz von San Francisco. □ 1959-75: König und religöses Oberhaupt. □ ab 1977: Vermutlich in Haft.

Jérôme Savary →

Savary, Jérôme

frz.-argentin. Regisseur
* 27.6.1942 Buenos Aires

Mit dem Namen Savary ist der Grand Magic Circus, eine Truppe, die vorwiegend aus Laiendarstellern besteht, verbunden. Savary inszenierte für dieses von ihm gegründete Unternehmen revueartige Spektakel, mit denen er die Grenzen des konventionellen Theaterbetriebs überschritt, um ein breites Publikum zu erreichen. Die Mischung aus Show, Musical, Zirkus, Improvisation und Parodie mit rasanten Szenenwechseln, oft mit S. selbst als Conférencier, überträgt er seit Mitte der 70er Jahre auch auf das Theater, etwa in der Inszenierung der Operette »Pariser Leben« (J. Offenbach) 1979 in Frankfurt.

□ 1967: Gründung des Grand Théâtre Panique. □ 1968: Gründung des Grand Magic Circus. □ 1974: Rg. von »Von

Moses bis Mao«. □ 1979: Rg. von »Les Mélodies du Malheur«. □ 1981: »Weihnachten an der Front« mit dem Dt. Schauspielhaus Hamburg; Bühnenbild für »Jeder stirbt für sich allein« (Revue, Rg. P. →Zadek, nach dem Roman von H. →Fallada) am Berliner Schillertheater. □ 1985: Rg. der Oper »Zauberflöte« (Mozart) in Bregenz. □ 1991: Rg. der Oper »Carmen« (G. Bizet) in Bregenz.

Sawallisch, Wolfgang

dt. Dirigent
* 26.4.1923 München

Sawallisch inszenierte Wagners Gesamtwerk in München.

Sawallisch, der 1957 als bislang jüngster Dirigent bei den Bayreuther Festspielen mit Wagners »Tristan und Isolde« debütierte, gehört seit Mitte der 50er Jahre zur internationalen Dirigentenelite. Kennzeichnend für seine Interpretationen des klassisch-romantischen Repertoires sind Stilsicherheit, Konzentration und Vitalität. Ein Höhepunkt seiner Konzertreisen war 1970 die Aufführung von Beethovens »Missa solemnis« im Petersdom in Anwesenheit von Papst Paul VI. Als Chef der Münchner Oper (seit 1971) baute S., der die Tradition des deutschen Ensemble- und Repertoire-Theaters vertritt, den Ruf dieses Musiktheaters als Strauss- und Wagner-Bühne weiter aus. Zur Spielzeit 1993/94 wird S. die Nachfolge von R. →Muti als Chefdirigent des Philadelphia Orchestra antreten.

□ ab 1947: Korrepetitor und Kapellmeister am Stadttheater Augsburg. □ 1951-53: Dirigent in Salzburg. □ 1953-58: Generalmusikdir. in Aachen. □ 1960-64: Generalmusikdir. der Städtischen Bühnen Köln. □ 1960-70: Chefdirigent der Wiener Philharmoniker. □ ab 1961: Prof. an der Kölner Musikhochschule. □ 1961-73: Generalmusikdir. des Philharmonischen Staatsorchesters Hamburg. □ seit 1965: Gastdirigent an der Mailänder Scala. □ 1970-80: Chefdirigent des Orchestre de la Suisse Romande als Nachfolger von E. →Ansermet. □ seit 1971: Generalmusikdir. der Bayer. Staatsoper München. □ 1976: Gründungsmitgl. und Vors. der Richard-Strauss-Gesellschaft München. □ seit 1982: Intendant der Münchener Oper. □ 1982/83: Aufführung des gesamten Opern-Werkes von Wagner in München. □ 1984: Gastspielreise in die VR China. □ 1988: Aufführung aller Opern von R. →Strauss bei den Münchner Festspielen. □ 1990: Neuinszenierung der »Trionfi« von C. →Orff an der Bayer. Staatsoper.

▷ H. Krellmann (Hg.): Stationen eines Dirigenten, 1983; W. Sawallisch: Im Interesse der Deutlichkeit. Mein Leben mit der Musik (Mem.), 1988.

Sayers, Dorothy L(eigh)

engl. Schriftstellerin
* 13.6.1893 Oxford † 17.12.1957 Witham, Essex

Dorothy L. Sayers: Eine Meisterin des psychologischen Kriminalromans.

Sayers schuf mit dem aus dem Hochadel stammenden Lord Peter Wimsey einen der großen Detektive des modernen Kriminalromans. Durch die besondere Bedeutung, die S. der Beschreibung des Handlungsorts, den psychologischen Aspekten des Verbrechens und Fragen von Schuld und Sühne beimaß, grenzte sie sich deutlich gegenüber anderen Vertretern des Kriminalromans ab. Typisch für die Handlung ist das mosaikartige Geflecht von wichtigen und bedeutungslosen Gesprächen, die nach exakter Analyse zu einer logischen Lösung des Falls führen. Darin und in der Beschränkung der Handlungsorte weist das Werk S.s Ähnlichkeiten zu dem A. →Christies auf.

□ 1915: Als erste Frau Examen in mittelalterlicher Literatur in Oxford. □ 1930: »Starkes Gift« (R., dt. 1979). □ 1932: »Zur fraglichen Stunde« (R., dt. 1980). □ 1935: »Aufruhr in Oxford« (R., dt. 1937). □ 1937: »Hochzeit kommt vor dem Fall« (R., dt. 1982).

▷ D. Gailard: Dorothy L. Sayers (Biogr.), 1981; M. Siebald: Dorothy Sayers, 1989.

Carlo Scarpa →

Scarpa, Carlo

ital. Architekt und Designer
* 2.6.1906 Venedig † 28.11.1978 Sendai (Japan)

Scarpa trat durch seine einfühlsamen Um- und Ausbauten von Museumsräumen international hervor. Bekanntestes Beispiel ist der Umbau des Castelvecchio in Verona (1958-64). S. legte die historische Entwicklung des Bauwerks offen und gestaltete die Räume mit wertvollen Materia-

lien, aber in klassischer Reduktion, so daß die Exponate ihre Wirksamkeit entfalten können. Die neugotische Fassade aus den 20er Jahren akzentuierte er durch verschiedene kleine Veränderungen im Sinne einer »Blendmauer« als historische Reminiszenz.
Die Gipsoteca Canoviana in Possagno (1956/57), ein klassizistischer Bau, wurde von ihm mit einem Anbau versehen, dessen Lichtführung durch Fenstergestaltung, Lichtschächte und Mauereinschnitte beispielhaft ist. Auch S.s Materialgefühl hat auf neuere Umbau- und Ausstattungslösungen eingewirkt. Seine eigenen Bauten fanden nicht die gleiche Beachtung.

□ 1928: Nach dem Studium an der Kunstakademie in Venedig Assistent am dortigen Architekturinst. der Univ. □ ab 1941: Ausstellungsberater der Biennale in Venedig (z. B. Einrichtung der Paul-Klee-Ausstellung, 1948). □ 1952: Umgestaltung der Ausstellungsräume der Accademia, Venedig. □ 1953-60: Umgestaltung des Museo Correr, ebd. □ 1955-61: Haus Verriti, Udine. □ 1956: Inneneinrichtung der ersten sechs Säle in den Uffizien, Florenz (mit I. Gardella und G. Michelucci). □ 1961-63: Umgestaltung der Galleria Querini-Stampaglia, Venedig. □ 1970-72: Friedhof Brion-Vega in S. Vito d'Altivole bei Treviso. □ 1972-77: Leiter des Architekturinst. der Univ. in Venedig. □ ab 1973: Banca Populare di Verona (mit A. Rudi; 1980 fertiggestellt).

▷ C. Hoh-Slodczyk: Carlo Scarpa und das Museum, 1987; A. F. Marciano (Hg.): Carlo Scarpa, NA 1989.

Schacht, Hjalmar

dt. Bankier
* 22.1.1877 Tinglev, Nordschleswig
† 3.6.1970 München

Machtinstinkt und Kalkül verschafften Schacht als Reichsbankpräsident (1923-30; 1933-39) und Reichswirtschaftsminister (1935-37) sowohl in der Weimarer Republik als auch im NS-Regime großen politischen Einfluß. Er handelte 1929 den Young-Plan aus, jenes Sachverständigengutachten, das die deutschen Reparationen an die Siegermächte des 1. Weltkriegs auf 112 Mrd. Reichsmark festlegte. 1935-37 finanzierte er u. a. als Generalbevollmächtigter der Kriegswirtschaft und »Zauberer« Hitlers mit kaum durchschaubaren Transaktionen die deutsche Hochrüstung.
Kontakte zum Widerstand, die S. nach seiner Entmachtung im NS-Regime geknüpft hatte, führten nach dem gescheiterten Hitler-Attentat vom 20. 7. 1944 zu seiner Verhaftung. In Nürnberg wurde er 1946 freigesprochen.

□ 1900: Public-Relations-Chef einer industriellen Vereinigung. □ 1903: Eintritt bei der Dresdner Bank. □ 1916: Wechsel zur Nationalbank als leitendes Vorstandsmitgl. □ 1918: Mitgründer der Deutschen Demokratischen Partei (DDP, Austritt 1926). □ 1923: Berufung zum Reichswährungskommissar; Reichsbankpräs. (Rücktritt 1930). □ 1931: Nach Kontakt zu A. →Hitler und H. → Göring Einflußnahme auf Reichskanzler H. →Brüning in bezug auf eine Regierungsbeteiligung der NSDAP. □ 1933-39: Reichsbankpräs. □ 1944: Verhaftung aufgrund von Kontakten zum Widerstand. □ 1946: Vom Internationalen Militärtribunal in Nürnberg mangels Beweisen freigesprochen. □ ab 1950: Finanzberater von Entwicklungsländern. □ 1953: Gründung einer eigenen Bank.

Christian Schad: Seine Malerei bereitete den Fotorealismus der 60er Jahre vor.

← Hjalmar Schacht

Schad, Christian

dt. Maler
* 21.4.1894 Miesbach, Oberbayern
† 25.2.1982 Stuttgart

Schad war einer der Repräsentanten der Neuen Sachlichkeit und konzentrierte sich in den 20er und frühen 30er Jahren vor allem auf Porträts. Sein kühler, überpointierter Verismus wies in manchem schon auf den Hyper- bzw. Fotorealismus der 60er Jahre voraus. Seine Bilder (z. B. »Zwei Freundinnen«, 1930, Mailand, Galleria del Levante) implizieren in der Distanziertheit und Isolation der auf sich selbst konzentrierten Personen Sch.s Überzeugung von der Unüberwindbarkeit menschlicher Isolation sowie der narzistischen und erotischen Selbstbezogenheit.
In seiner Züricher Zeit (1915-20) und erneut ab den 70er Jahren schuf Sch. vor allem Fotogramme (sog. Schadografien), ein von ihm gefundenes Verfahren, Gegenstände auf lichtempfindliche Fotoplatten zu legen und auf diese Weise Konturbilder zu erhalten.
Seit den 40er Jahren wurde seine Malerei expressiver und tendierte zu einem surreal gefärbten Magischen Realismus.

▷ C. László: Christian Schad, 1972.

Schaeffer, Pierre

frz. Klangforscher und Komponist
* 14.8.1910 Nancy

Schaeffer begründete 1948 die sog. Konkrete Musik (musique concrète), die im Gegensatz zur rein elektronisch erzeugten Musik der Kölner Schule um H. →Eimert nur aus bearbeiteten konkreten Geräuschen (wie Straßenlärm, Wassertropfen, Vogelgezwitscher) aufgebaut ist. Bekannt wurde Sch. mit seiner Lautsprechersinfonie (»Symphonie pour un homme seul«, 1949) mit technisch manipulierten Instrumental-, Geräusch- und Stimmaufnahmen. Mit seinen

Experimenten beeinflußte er nach 1950 Komponisten wie O. →Messiaen, P. → Boulez und K. →Stockhausen. Seit Ende der 50er Jahre beschränkt sich Sch. nicht mehr auf ausschließlich konkretes Klangmaterial.

□ 1942: Gründung des akustischen Versuchsstudios Club d'Essai des frz. Rundfunks. □ 1944: Organisation des Rundfunks während des Befreiungskampfes in Paris. □ 1952: »Masquerade« (Filmmusik). □ 1954: Dir. des Radio d'Outre-Mer. □ 1959: »Nocturne aux chemins de fer« (Ballett). □ 1960: Leiter des Service de la Recherche de l'ORTF Paris. □ seit 1968: Prof. am Pariser Konservatorium. □ 1979: »Bilude« für Klavier und Tonband.

▷ P. Schaeffer: Musique concrète. Von den Pariser Anfängen bis zur elektroakustischen Musik heute, 1967, dt. 1974; S. Brunet: Pierre Schaeffer, frz. 1969.

Schaff, Adam

poln. Philosoph und Sozialwissenschaftler
* 10.3.1913 Lwiw (Ukraine)

In den 40er Jahren wurde Schaff, überzeugt vom Humanismus einer kommunistischen Gesellschaftsordnung marxistischer Prägung, der Parteiphilosoph der polnischen KP. 40 Jahre später resümiert er das Scheitern der sozialistischen Bewegung; sie habe ihre einstige Losung »Freiheit« verraten. Davor liegen 20 Jahre kritischer Auseinandersetzung mit dem realen Sozialismus, die er, der Geächtete (ab 1968), vor allem im Westen verbrachte.

A. Schaff: Kritisches Engagement für die polnische Politik.

□ 1948: Prof. für Philosophie, Univ. Warschau. □ 1956: ZK-Mitgl. der poln. Einheitspartei. □ 1957: Dir. des Inst. für Philosophie und Soziologie an der Akademie der Wissenschaften (PAN), Warschau. □ 1968: Ausschluß aus dem ZK. □ 1982: »Die Kommunistische Bewegung am Scheideweg« (Abh.). □ 1988: »Perspektiven des modernen Sozialismus« (Abh.). □ 1989: Rehabilitierung.

Schally, Andrew Victor

amer. Physiologe poln. Herkunft
* 30.11.1926 Wilno

Schally gewann mit der Isolierung, Strukturaufklärung und Synthese der im Gehirn gebildeten Peptidhormone grundlegende Erkenntnisse über deren Produktion und Funktion. Er extrahierte 1955 sog. Releaserfaktoren (RF) aus dem Hirn (Hypothalamus) von Schweinen und isolierte 1971 eine für die Ausscheidung bestimmter Hormone verantwortliche Substanz (LHRH). Die Gewinnung eines Milligramms der nur in geringsten Spuren vorkommenden Peptidhormone (einige Nanogramm pro Schweinegehirn) ist äußerst arbeitsaufwendig.

← Andrew Schally

□ 1957-62: Lehrtätigkeit an der Baylor Univ. Medical School, Houston. □ ab 1962: Prof. an der Tulane Univ., New Orleans. □ 1977: Physiologie/Medizin-Nobelpreis (mit R. Ch. →Guillemin und R. →Yalow).

Schamir, Yitzhak →Shamir, Yitzhak

Scharf, Kurt

dt. Theologe (ev.)
* 21.10.1902 Landsberg an der Warthe
† 28.3.1990 Berlin/West

Scharf: Die Kirche als gesellschaftspolitisches Forum.

Als Bischof der Evangelischen Kirche von Berlin-Brandenburg (1966-76) setzte sich Scharf für eine Verbesserung der Lage der Kirche in der DDR sowie die Aufrechterhaltung der Kontakte unter den beiden deutschen Staaten ein. Schon 1961 wurde Sch. der Zugang zu dem in der DDR liegenden Teil der Evangelischen Kirche von Berlin-Brandenburg verwehrt. Aber auch in der BRD war der Vorsitzende des Rates der EKD (1961-67) Vorwürfen ausgesetzt. Wegen seiner vorurteilslosen Vermittlungsbemühungen während der Studentenbewegung 1967/68 und seiner Gesprächsbereitschaft mit inhaftierten Terroristen machte man den konsequenten Aufrüstungsgegner und Pazifisten für einen Linksruck in der protestantischen Kirche verantwortlich.

□ 1935-45: Präses des Bruderrates der Bekennenden Kirche; Behinderungen und Verfolgungen durch die Nationalsozialisten. □ 1945-66: Präses der Brandenburgischen Bekenntnissynoden. □ 1957-60: Vors. des Rates der Ev. Kirche der Union. □ 1972: »Für ein politisches Gewissen der Kirche« (Schr.). □ ab 1980: Vors. der Aktion Sühnezeichen. □ 1982: Abrüstungsappell vor der UNO-Vollversammlung. □ 1987: »Widerstehen und Versöhnen« (Bekenntnisse).

Scharoun, Hans Bernhard

dt. Architekt
* 20.9.1893 Bremen † 25.11.1972 Berlin

Scharoun ist einer der Hauptvertreter des sog. Organischen Bauens, einer Stilform, die zum Teil als Gegenreaktion auf den funktionalen Rationalismus etwa →Le Corbusiers in den 20er und 30er Jahren entstand und die bei den jeweiligen Bauaufgaben auf eine stärkere Berücksichtigung regionaler, klimatischer und individueller Gegebenheiten zielte. Sch. verband diese Zielsetzungen mit einer expressionistischen Architektur, indem er kurvig modulierte Fassaden, aus gekurvten und linearen Elementen gebildete Vorbauten auf Pfeilern, weit vorragende Geschosse, an den Ecken abgerundete Grundrisse und ungewöhnliche Treppenlösungen wählte, sie allerdings häufig mit kubischen Bauelementen kombinierte (z. B. Wohnheim in der Breslauer Werkbundsiedlung, 1929; Haus Schminke in Löbau, 1933). Ein Teil der Entwürfe nach 1945 folgte wieder einer rationaleren Auffassung, so z. B. die Siedlung Berlin-Charlottenburg (1954-63); teilweise knüpfte Sch. an seine expressionistische Phase an, wie mit der Philharmonie in Berlin (1956-63), seinem berühmtesten Bau, bei dem die bewegte Dachkonstruktion sowie im Innern die terrassenartige Anlage der Besucherebenen hervorstechen.

Hans Scharoun: Architekt der Berliner Philharmonie, 1970.

□ 1912-14: Studium an der TH Berlin. □ 1925-32: Prof. an der Akademie für Kunst und Kunstgewerbe in Breslau. □ 1927: Einfamilienhaus in der Weißenhof-Siedlung, Stuttgart. □ 1928-30: Siedlungsbauten in Berlin (Charlottenburg, Wilmersdorf); Bebauungsplan für Berlin-Siemensstadt. □ ab 1933: Privatbauten. □ 1946-58: Prof. an der TH Berlin; Wiederaufbauplan für Berlin. □ 1954-63: Wohn- und Schulbauten in Stuttgart. □ 1956-62: Geschwister-Scholl-Gymnasium, Lünen, NRW. □ 1970: Dt. Botschaft in Brasília. □ 1967: Staatsbibliothek in Berlin (1978 fertiggestellt).

▷ P. B. Jones: Hans Scharoun, 1980.

Scharping, Rudolf

dt. Politiker
* 2.12.1947 Niederelbert bei Montabaur

← Rudolf Scharping

Scharping ist der erste sozialdemokratische Ministerpräsident von Rheinland-Pfalz. Der aus früheren Zeiten als »antikapitalistischer Strukturreformer« bekannte Politiker entwickelte seit Mitte der 80er Jahre als Oppositionsführer einen Blick für das politisch Machbare. Nach dem Erfolg bei den Landtagswahlen 1991 führte er seine Partei im Gegensatz zu seinem hessischen Kollegen H. →Eichel in eine sozialliberale Koalition mit der FDP.

□ 1966: Mitgl. der SPD. □ 1966-74: Studium der Politologie und Soziologie. □ 1973-75: Stellv. Vors. der Jungsozialisten. □ seit 1975: MdL (Rhld.-Pf.). □ 1976/77: Landesgeschäftsführer der SPD. □ 1979: Parlamentarischer Geschäftsführer. □ seit 1985: Vors. der SPD von Rhld.-Pf. sowie Fraktionsvors. im Mainzer Landtag. □ seit 1991: Ministerpräsident.

Wolfgang Schäuble →

Schäuble, Wolfgang

dt. Politiker
* 18.9.1942 Freiburg i. Br.

Als Innenminister war Schäuble Delegationsleiter der Bundesrepublik bei den Verhandlungen zum Einigungsvertrag 1990. Seit ihm 1984 die Leitung des Kanzleramts übertragen wurde, erwarb er durch Sachlichkeit und seine effiziente Amtsführung in der Öffentlichkeit wie beim politischen Gegner großen Respekt. Im Herbst 1990 wurde Sch. durch ein Attentat lebensgefährlich verletzt und ist seitdem an den Rollstuhl gefesselt. Dennoch gilt er als aussichtsreicher Kandidat für die Nachfolge H. →Kohls als Bundeskanzler.

□ 1961-77: Mitgl. der Jungen Union. □ seit 1965: Mitgl. der CDU. □ bis 1966: Jurastudium. □ 1966-68: Wissenschaftlicher Assistent an der Univ. Freiburg. □ 1971-78: Tätigkeit in der Steuerverwaltung von Bad.-Württ. □ seit 1972: MdB. □ 1973: Im Landesvorstand der CDU. □ 1978-84: Rechtsanwalt. □ 1981: Parlamentarischer Geschäftsführer der CDU-Fraktion. □ 1984: Min. im Bundeskanzleramt. □ 1989-91: Innenmin. □ seit Ende 1991: Vors. der CDU/CSU-Bundestagsfraktion.

▷ W. Schäuble: Der Vertrag. Wie ich über die deutsche Einheit verhandelte, 1991.

Schaudinn, Fritz Richard

dt. Mikrobiologe
* 19.9.1871 Röseningken, Ostpreußen
† 22.6.1906 Hamburg

Schaudinn, ab 1906 Abteilungsleiter am Institut für Schiffs- und Tropenkrankheiten in Hamburg, entdeckte 1905 in Zusammenarbeit mit E. →Hoffmann den Erreger der Syphilis. S. zu Ehren, der in den Amöben auch den Erreger der Ruhr erkannte und den Begriff »Mikrobiologie« prägte, wurde bis 1930 die nach ihm benannte Medaille für herausragende mikrobiologische Forschungen verliehen.

▷ Ch. Kuhn: Aus dem Leben F. R. Schaudinns, 1949.

Arthur L. Schawlow →

Schawlow, Arthur Leonard

amer. Physiker
* 5.5.1921 Mount Vernon, N. Y.

Schawlow entwickelte in den 60er und 70er Jahren aus der Mikrowellen- die Laserspektroskopie zur Sichtbarmachung der Feinstruktur von Molekülen. Für die frequenzveränderlichen Laser, die Untersuchungen der Ladungsverteilung in Atomen sowie der Wechselwirkung zwischen elektromagnetischer Strahlung und Materie erst möglich machten, erhielt Sch. 1981 den Physik-

Nobelpreis (mit N. →Bloembergen und K. M. →Siegbahn).

☐ 1955: »Microwave spectroscopy« (Schr. mit Ch. H. →Townes). ☐ 1958: Mit Townes Entwicklung eines Masers, der statt Mikrowellen optisches Licht gebündelt abstrahlt (Grundlage des Lasers). ☐ seit 1961: Prof. an der Stanford Univ., Kalif. ☐ 1966-70: Leiter des Physik-Departments ebd.

Scheel, Mildred

dt. Ärztin
* 31.12.1932 Köln † 13.5.1985 ebd.

Scheel, ab 1979 Präsidentin der 1974 gegründeten und von ihr initiierten »Deutschen Krebshilfe e. V.«, setzte sich für die Förderung der Krebsforschung und der Krebsvorsorge durch Gründung zahlreicher Stiftungen und eine engagierte Öffentlichkeitsarbeit ein. Die meist in Spendenaktionen aufgebrachten Mittel ermöglichten z. B. der 1976 ins Leben gerufenen »Deutschen Stiftung für Krebsforschung« (seit 1982 »Dr.-Mildred-Scheel-Stiftung«) die Finanzierung langfristiger Forschungsprojekte. Die Gründung eines ersten deutschen Tumorzentrums sowie der Ausbau der Krebsnachsorge gehen auf Sch.s Initiativen zurück.

← Mildred Scheel

☐ 1969: Eheschließung mit W. →Scheel. ☐ 1974-79: Vors. des Müttergenesungswerks. ☐ 1975: Gründung des »Mildred-Scheel-Förderkreises«. ☐ 1979: Lifeline-Preis der amer. Health Foundation.

W. Scheel bei der Abstimmung über die Ostverträge, 1972

Scheel, Walter

dt. Politiker
* 8.7.1919 Höhscheid bei Solingen

Vor seiner Wahl zum Bundespräsidenten 1974 hatte Scheel als Vorsitzender der FDP seine Partei auf einen Reformkurs gebracht. Er führte die FDP 1969 in eine Regierung mit den Sozialdemokraten und hielt trotz erheblicher Stimmenverluste bei Bundes- und Landtagswahlen sowie zahlreicher Parteiaustritte an der Öffnung nach links fest, die ihren Abschluß in den sog. Freiburger Thesen fand (als neues Programm auf dem 22. Parteitag der FDP 1971 in Freiburg i. Br. verabschiedet). Als Außenminister zur Zeit der sozialliberalen Koalition war er einer der Architekten der Ostpolitik W. →Brandts; sie löste die Bundesrepublik Anfang der 70er Jahre aus der einseitigen Fixierung auf den Westen.

☐ 1939-45: Wehrdienst. ☐ 1945-53: Prokurist. ☐ 1946: Mitgl. der FDP; Stadtverordneter von Solingen. ☐ 1953-74: MdB. ☐ ab 1953: Selbständiger Wirtschaftsberater. ☐ 1958-61: Geschäftsführer einer Finanzfirma. ☐ 1961-66: Min. für wirtschaftliche Zusammenarbeit. ☐ 1968-74: Vors. der FDP. ☐ 1969-74: Außenmin. ☐ 1974-79: Bundespräsident. ☐ 1977: Karls-Preis der Stadt Aachen. ☐ seit 1980: Verschiedene Aufsichtsratsposten. ☐ 1986: »Wen schmerzt noch Deutschlands Teilung?« (Es.).

▷ H.-R. Schneider: Präsident des Ausgleichs. Bundespräsident Walter Scheel, 1975; H.-D. Genscher (Hg.): Heiterkeit und Härte. Walter Scheel in seinen Reden und im Urteil von Zeitgenossen, 1984.

Scheffler, Erna

dt. Juristin
* 21.9.1893 Breslau (heute Wrocław, Polen)
† 22.5.1983 London (Großbritannien).

Scheffler wurde 1951 als einzige Frau zur Richterin am Bundesverfassungsgericht gewählt, dem sie bis 1963 angehörte. 1950 hatte Sch. auf dem Deutschen Juristentag über die Gleichberechtigung von Frau und Mann referiert, die sie als Vorsitzende des Bundes Deutscher Akademikerinnen praktisch zu verwirklichen suchte.

☐ 1922: Erstes Juristisches Staatsexamen (G. →Radbruch). ☐ 1933: Als Amtsgerichtsrätin von Berlin-Mitte durch die Nationalsozialisten amtsenthoben. ☐ 1945: Landgerichtsdir. am Landgericht Berlin. ☐ 1948: Verwaltungsgerichtsdir. in Düsseldorf.

Scheidemann, Philipp

dt. Politiker
* 26.7.1865 Kassel
† 29.11.1939 Kopenhagen (Dänemark)

Während des 1. Weltkriegs wurde Scheidemann zum führenden SPD-Politiker neben F. →Ebert.

Ph. Scheidemann ruft die »Deutsche Republik« aus, 1918.

Als Hauptredner der Fraktion forderte er wiederholt einen Verständigungsfrieden ohne Annexionen. Am 9. 11. 1918 rief er ohne Einverständnis Eberts vom Balkon des Reichstags die »Deutsche Republik« aus, um der inzwischen ausgebrochenen Revolution entgegenzuwirken. Nach der Wahl zur Nationalversammlung im Februar 1919 führte Sch. die erste demokratisch gewählte Reichsregierung. Er trat aber im Juni aus Protest gegen den Versailler Vertrag zurück.

□ 1883: Mitgl. der SPD. □ nach 1895: Redakteur bei verschiedenen Parteizeitungen. □ 1903-33: MdR der SPD. □ 1917: Fraktionsvors. der SPD. □ Okt. 1918: Staatssekr. ohne Geschäftsbereich im Kabinett von Prinz →Max von Baden. □ 1918/19: Im Rat der Volksbeauftragten. □ Febr.-Juni 1919: Erster Ministerpräsident der Weimarer Republik. □ 1920-25: Oberbürgermeister von Kassel. □ 1921: »Der Zusammenbruch« (Schr.). □ 1933: Emigration nach Frankreich, USA und Dänemark.

▷ Ph. Scheidemann: Memoiren eines Sozialdemokraten, 1928; H. Schulze: Das Kabinett Scheidemann, 1971.

Scheler, Max

dt. Philosoph
* 22.8.1874 München † 19.5.1928 Frankfurt/Main

Scheler begründete die »materiale Wertethik«, die eine Weiterentwicklung der Ethik in Auseinandersetzung mit dem ethischen Formalismus Kants und dem Wertrelativismus von F. →Nietzsche begünstigte. In seinen sechs Abhandlungen »Der Formalismus in der Ethik und die materiale Wertethik« (1913/16) gelten sittliche Werte als unwandelbare und objektive Wesenheiten, die der Mensch in Freiheit und durch intentionales Fühlen erfasse.
Hauptarbeitsgebiet aber waren eine verstehende Psychologie der Gefühle und »Probleme einer Soziologie des Wissens« (Schr., 1924). Hatte sich Sch. in seinen religionsphilosophischen Aufsätzen »Vom Ewigen im Menschen« (1921) noch für »eine religiöse Erneuerung« im Sinne des Katholizismus eingesetzt, interessierte er sich später für soziologische Fragestellungen, aufgrund derer er eine Kultur- und Wissenssoziologie entwickelte, in der zwischen Herrschafts-, Bildungs- und Heilswissen unterschieden wird. Mit der Abhandlung »Die Stellung des Menschen im Kosmos« (1928) legte Sch. den Abriß einer modernen philosophischen Anthropologie vor.

Max Scheler entwickelte eine eigene Kultursoziologie.

□ 1913: »Zur Phänomenologie und Theorie der Sympathiegefühle und von Liebe und Haß«. □ 1919-28: Prof. an der Univ. Köln; anschließend an der Univ. Frankfurt/Main. □ 1923/24: Öffentliche Distanzierung vom Katholizismus; »Schriften zur Soziologie und Weltanschauung« (4 Bde.). □ 1925: »Die Formen des Wissens und die Bildung« (Schr.). □ postum 1929: »Mensch und Gesellschaft«.

▷ W. Mader: Max Scheler in Selbstzeugnissen und Bilddokumenten, 1980.

Schelju Schelew →

Schelew, Schelju

bulg. Politiker
* 3.3.1935 Vesselinovo

Schelew, seit 1990 bulgarischer Staatspräsident, wurde 1964 aufgrund kritischer Artikel über den Leninismus aus der Kommunistischen Partei ausgeschlossen. International bekannt wurde Sch. durch seine bereits in den 60er Jahren begonnene politikwissenschaftliche Arbeit »Der Faschismus«, in der er sich mit den verschiedenen Formen totalitärer Macht auseinandersetzt. 20 Tage nach Erscheinen des Buches (1982) konfiszierte die Zensur das Werk.
Erst nach M. →Gorbatschows Reformansätzen in der UdSSR wurde Sch. wieder politisch tätig. Als erstes nichtkommunistisches Staatsoberhaupt nach dem 2. Weltkrieg bemüht sich Sch. um eine parlamentarische Demokratie mit Mehrparteiensystem und die Einführung der freien Marktwirtschaft.

□ 1965: Zwangsaussiedlung aus Sofia. □ 1967: Fertigstellung des Manuskripts »Der Faschismus« (Schr.). □ 1989: Mitgl. der Dissidenten-Organisation Klub sa glasnost i preustroistvo. □ seit 1990: Bulg. Staatspräsident.

Schell, Margarethe »Maria«

schweiz. Schauspielerin
* 15.1.1926 Wien

Die Schwester von Maximilian →Schell war in den 50er Jahren einer der beliebtesten deutschen Kinostars. Sie erhielt 1951-58 siebenmal den Bambi und spielte in zahlreichen Filmen mit O. W. →Fischer und D. →Borsche. Für ihre Rolle in »Die letzte Brücke« (Rg. H. →Käutner) wurde sie 1954 mit dem Darstellerpreis von Cannes ausgezeichnet. In der Hollywood-Verfilmung von »Die Brüder Karamasow« (1957, Rg. R. Brooks, mit Y. →Brunner) verkörperte Sch. die Gruschenka. Seit den 60er Jahren konzentriert sie sich auf Theater und Fernsehen.

□ 1950: »Es kommt ein Tag« (mit D. Borsche, Rg. R. Jugert). □ 1951: »Dr. Holl« (mit D. Borsche, Rg. R. Hansen). □ 1952: »Der träumende Mund« (mit O. W. Fischer, Rg. P. Czinner). □

Maria Schell auf dem Titelbild einer Frauenzeitschrift, 1953.

1966-85: 2. Ehe mit V. Relin. □ ab 1975: »Marina — zu den friedlichen Quellen« (40teilige frz. TV-Serie). □ 1982: »Der Besuch der alten Dame« (TV, nach F. →Dürrenmatt). □ 1987-90: TV-Serie »Die glückliche Familie«.

▷ M. Schell: Die Kostbarkeit des Augenblicks, 1985.

Schell, Maximilian

schweiz. Schauspieler und Regisseur
* 8.12.1930 Wien

Maximilian Schell, der Bruder von Maria →Schell, spielte in zahlreichen internationalen Produktionen. Für seine Rolle als Verteidiger in »Das Urteil von Nürnberg« (Rg. St. Kramer) wurde er 1961 mit dem Oscar ausgezeichnet. In dem TV-Mehrteiler »Peter der Große« (1985, Rg. M. Chomsky) war Sch. in der Titelrolle zu sehen. Seine bekanntesten Regiearbeiten sind die →Dürrenmatt-Adaption »Der Richter und sein Henker« (1975) und die Filmbiografie »Marlene« (1983, über M. →Dietrich).

□ 1953: Debüt am Stadttheater Basel. □ 1954-57: Engagements in Essen, Bonn, Lübeck und München. □ 1955: Filmdebüt »Kinder, Mütter und ein General« (Rg. L. Benedek). □ 1959-63: Hamburger Schauspielhaus unter G. →Gründgens. □ 1963: »Topkapi« (Rg. J. Dassin). □ 1974: »Die Akte Odessa« (Rg. R. Neame). □ 1976: »Steiner — Das eiserne Kreuz« (Rg. S. →Peckinpah). □ 1989: »Der Rosengarten« (Rg. F. Rademakers).

← Maximilian Schell

Schelsky, Helmut

dt. Soziologe
* 14.10.1912 Chemnitz
† 24.2.1984 Münster/Westfalen

Schelsky befürchtete als Kritiker der politischen und gesellschaftlichen Entwicklung der BRD die Ablösung der bürgerlichen Kultur durch eine »medienbeherrschte Massenkultur«. Eine der Hauptkräfte der »Entkulturalisierung« sei die Politisierung. Diese sieht Sch. vor allem in Zusammenhang mit der Aufarbeitung der deutschen Nazi-Vergangenheit in den Medien, in Kunst und Wissenschaft, die er als Geschäftemacherei kritisiert. Sch. beschäftigt sich auch mit den Auswirkungen des Sozial- und Wohlfahrtsstaates. Nach Sch. führt die staatliche Betreuung zu einem Anspruchsdenken des entmündigten Bürgers, das an die Stelle eigenverantwortlicher Lebensplanung trete. Die Schule steht, nach Sch., einer weitgehend schichtenunspezifisch gewordenen Gesellschaft gegenüber, in der sozialer Status zu einem bloßen Einkommensunterschied degradiert sei. Sie müsse deshalb ihren früheren Anspruch aufgeben, im Sinne der Fortführung von Familientradition erzieherisch zu wirken.

Helmut Schelsky ist besorgt über die Entwicklung der BRD.

□ 1953: Prof. für Soziologie, Univ. Hamburg. □ 1957: »Schule und Erziehung in der industriellen Gesellschaft« (Schr.). □ 1967: Vors. des Planungsbeirates NRW für die Entwicklung des Hochschulwesens. □ 1973: Prof. für Rechtssoziologie, Univ. Münster. □ 1976: »Der selbständige und der betreute Mensch« (Schr.). □ 1980: »Die Soziologie und das Recht« (Schr.).

Schendel, Arthur van

niederl. Schriftsteller
* 5.3.1874 Batavia (Indonesien)
† 11.9.1946 Amsterdam

Mit »Drogon« (1896), einem Roman über die Zeit der Kreuzfahrer, begründete Schendel Anfang des 20. Jh.s die Schule der Neoromantik in den Niederlanden. Der Glaube an die Macht der Phantasie, die Sehnsucht nach einem verlorenen Paradies und das melancholische Fernweh bestimmen den Roman »Ein Wanderer« (1904/07, dt. 1924). Später wandte sich Sch. dem Naturalismus zu (»Das Vollschiff Johanna Maria«, R., 1930, dt. 1933; »Die Welt ein Tanzfest«, R., 1938).

Schenk, Otto

österr. Regisseur, Schauspieler und Theaterleiter
* 12.6.1930 Wien

Schenk gehört zu den produktivsten und international bekanntesten Opernregisseuren der Gegenwart. Sein Regiestil ist eher konventionell, präzise in der Führung der Sänger und von hoher Musikalität; von 1986 bis 1988 inszenierte er den gesamten »Ring des Nibelungen« (R. Wagner) an der New Yorker Metropolitan Opera.
Sch., der seit 1987 das Wiener Theater in der Josefstadt leitet und dort auch als Schauspielregisseur arbeitet, ist mit seinem an H. →Moser erinnernden hintergründigen Witz auch ein beliebter Schauspieler.

☐ 1955: Nach Engagements als Schauspieler in Wien erste Inszenierungen am Theater in der Josefstadt. ☐ 1962: »Lulu« (Oper von A. →Berg) an der Wiener Staatsoper. ☐ ab 1966: Ständiger Regisseur der Wiener Staatsoper. ☐ 1975: »Viel Lärm um nichts« (Shakespeare) am Dt. Schauspielhaus Hamburg. ☐ 1978: »Tannhäuser« (R. Wagner) an der New Yorker Met. ☐ 1982: »Der Zerrissene« (J. N. Nestroy) bei den Salzburger Festspielen. ☐ 1987: »Professor Bernhardi« (A. →Schnitzler), erste Inszenierung als Dir. des Theaters in der Josefstadt. ☐ 1988: Fortunatus in »Das Märchen aus der Feenwelt oder Der Bauer als Millionär« (F. Raimund, Rg. J. →Flimm) in Salzburg.

← Otto Schenk

Scheuch, Erwin Kurt

dt. Soziologe
* 9.6.1928 Köln

Scheuch ist ein Experte auf dem Gebiet der Marktforschung, einer in Amerika entwickelten Methode empirischer Sozialforschung. In den 70er Jahren führte Sch. Erhebungen zum Freizeitverhalten der Deutschen durch: Als neu aufkommendes Massenphänomen — neben Fernsehen und Sport — konstatiert er den Auslandstourismus mit dem zentralen Motiv der Erholung.

Scheuch untersuchte das Freizeitverhalten der Deutschen.

☐ 1965: Prof. für Soziologie, Univ. Köln. ☐ 1973-81: Zahlreiche Gastprof.en, vor allem in den USA. ☐ 1976: »Wird die Bundesrepublik unregierbar?« (Schr.). ☐ 1977: »Soziologie der Freizeit und des Konsums« (Schr.). ☐ 1980: Vors. des Bundes Freiheit der Wissenschaft. ☐ 1984: »Zwischen Wohlstand und Bankrott« (Aufs.). ☐ 1986: Vizepräsident des Inst. Int. de Sociologie (gegr. 1983).

Schewardnadse, Eduard A.

sowjet. Politiker
* 25.1.1928 Mamati

Schewardnadse wurde 1985 Nachfolger von Außenminister A. →Gromyko. Zuvor Parteichef Georgiens und außenpolitisch unerfahren, gelang es ihm in kurzer Zeit, die neue Politik Präsident →Gorbatschows glaubwürdig darzustellen. Seine größten Erfolge waren die in Genf zwischen Sch. und US-Außenminister →Shultz erzielte Einigung über den Abbau atomarer Mittelstreckenraketen (1987) und die diplomatische Einleitung des Rückzugs sowjetischer Truppen aus Afghanistan (1988). Die zunehmende Anlehnung Gorbatschows an konservative Kräfte in Partei und Militär sowie deren heftiger Widerstand gegen seine Deutschland- und Nahostpolitik vor dem sich abzeichnenden Golfkrieg veranlaßten Sch. Ende 1990 zum überraschenden Rücktritt. In einer aufsehenerregenden Abschiedsrede warnte er vor einer möglichen Diktatur. Im Dezember 1991 kehrte Sch. in sein Amt zurück.

Eduard Schewardnadse: Ein unbeugsamer Anhänger der demokratischen Umgestaltung.

☐ ab 1948: Mitgl. der KPdSU. ☐ 1972-85: 1. Sekr. der KP Georgiens. ☐ 1976: Vollmitgl. des ZK der KPdSU. ☐ 1978: Kandidat des Politbüros. ☐ 1985: Vollmitgl. des Politbüros. ☐ 1985-90: Außenmin. ☐ 1990: »Eine neue Sicht der Welt. Sowjetische Außenpolitik im Zeichen von Glasnost und Perestroika« (Schr.). ☐ seit 1991: Privates Engagement für die demokratische Umgestaltung der sowjetischen Gesellschaft; Gründung der parteiähnlichen »Bewegung für demokratische Reformen«; Außenmin.

▷ E. Schewardnadse: Die Zukunft gehört der Freiheit, 1991.

Schiaparelli, Elsa

frz. Modeschöpferin ital. Herkunft
* 10.9.1890 Rom † 14.11.1973 Paris

Schiaparellis unkonventioneller, ideenreicher Stil wurde in den 30er Jahren, zur Zeit ihres größten Ruhms, oft als »shocking« bezeichnet. 1927 schuf sie schwarze Pullover mit eingestrickter weißer Schleife oder einem Skelett, Tätowierungsmotiven und afrikanischen Mustern, mit denen sie die Op-Art vorwegnahm. 1931 beeinflußte sie die Mode durch Verbreiterung der Schultern. Sch. ließ sich von P. →Picasso zu Stoffen, die mit Zeitungsartikeln bedruckt waren, inspirieren, von S. →Dalí zu ausgefallenen Hüten, wie dem Schuhhut, und dem »Zerissenen Kleid«. Berühmt wurde 1937 ihre Zirkus-Kollektion, ihre von J. →Cocteau inspirierten Stickereien, 1938 ihre mit Sonnen und Sonnengott bestickten Abendcapes. Sie kreierte das asymmetrische Dianadekolleté und nahm den Reißverschluß in Haute-Couture-Modelle auf. Das Flakon ihres ersten Parfums »Shocking« hatte die Form eines weiblichen Torsos; das Flakon von Sch.s »Le Roy Soleil« wurde von Dalí entworfen.

□ 1927: Erfolgreiche Pullover-Kollektion in New York. □ 1929: Übersiedlung nach Paris; Entwürfe für Sportbekleidung. □ 1935: Gründung eines eigenen Modehauses. □ 1940-45: Vortragsreisen durch die USA. □ 1945: Wiedereröffnung ihres Modehauses. □ 1954: Rückzug aus dem Geschäftsleben.

▷ E. Schiaparelli: Shocking Life, engl. 1954; P. White: Elsa Schiaparelli, engl. 1986.

← Elsa Schiaparelli

Schickedanz, Grete

dt. Unternehmerin
* 20.10.1911 Fürth

Schickedanz baute mit ihrem Mann Gustav (* 1895, † 1977), der 1927 die Firma »Quelle« gegründet hatte, das Geschäft zum größten Versandunternehmen Europas aus (Umsatz 1988/89 ca. 10 Mrd. DM). Sch., die den Konzern vor allem auf den Gebieten Marketing, Einkauf und Mode geprägt hat, blieb nach dem Tod ihres Mannes und der Errichtung einer Führungs-Stiftung (1979) die bestimmende Persönlichkeit der Schickedanz-Gruppe. Lange bevor entsprechende gesetzliche Regelungen in Kraft traten, setzte sie die Altersgrenze auf 60 Jahre herab, zudem förderte sie betriebliche Verbesserungen für Mitarbeiterinnen (z. B. Betriebskindergärten).

Schickedanz: Unternehmerin mit Sinn für soziale Belange.

□ 1923: Gründung eines Textilgroßhandels durch Gustav Sch. □ 1927: Eintritt in die Textilgroßhandlung; Gründung des Versandhauses »Quelle«. □ 1942: Heirat mit Gustav Sch. □ seit 1954: Generalbevollmächtigte und Mitgl. des Konzernbeirats. □ 1974: Steigerung des Umsatzes auf 6,4 Mrd. DM (1954: 260 Mio. DM). □ 1975: Persönlich haftende Gesellschafterin der neugebildeten Superholding Gustav und Grete Sch. KG. □ 1987: Rücktritt vom Vorstandsvorsitz; (Nachfolger: Klaus Zumwinkel); Sch. bleibt jedoch Vorsitzende des Verwaltungsrats der Handelsgruppe.

Schickele, René

(Pseud. Sascha)
elsäss. Schriftsteller
* 4.8.1883 Oberehnheim
† 31.1.1949 Vence bei Nizza

René Schickeles Ziel war die europäische Verständigung.

Durch seine binationale Herkunft geprägt — die Mutter war Französin, der Vater Deutscher —, gab Schickele in seinem gesamten literarischen Werk dem Streben nach deutsch-französischer bzw. europäischer Verständigung und Einheit Ausdruck. Sch.s eigene Situation als Mensch zwischen zwei Nationen schilderte er in den zunächst expressionistisch, später von der Neuen Sachlichkeit beeinflußten Werken »Der Fremde« (R., 1909), »Hans im Schnakenloch« (Dr., 1916) und in der Roman-Trilogie »Das Erbe am Rhein« (1925-31). Sch. war Herausgeber der pazifistischen Zeitschrift Weiße Blätter (1915-19).

□ ab 1901: Naturwissenschaftliches und philologisches Studium in Straßburg, München, Paris und Berlin. □ 1902: Mitbegründer der Zeitschrift Der Stürmer (1903: Der Merker); »Sommernächte« (Ged.e). □ 1909: Korrespondent der Straßburger Neuen Zeitung in Paris (später Chefredakteur). □ 1910: »Weiß und rot« (Ged.e). □ 1913: »Schreie auf dem Boulevard« (Es.s) □ 1914: Emigration in die Schweiz. □

1920: Übersiedlung nach Badenweiler. □ 1929: »Symphonie für Jazz« (R.). □ 1932: Emigration in die Provence. □ 1937: »Die Flaschenpost« (R.).

Schieder, Theodor

dt. Historiker
* 11.4.1908 Oettingen, Bayern † 8.10.1984 Köln

In seiner Bedeutung für die deutsche Geschichtswissenschaft steht Schieder, Herausgeber und Mitautor zahlreicher Sammelwerke, neben F. →Meinecke, G. →Ritter und W. →Conze. Politische und Ideengeschichte kombinierend und sozialgeschichtlich vertiefend, befaßte sich S. auch mit geschichtstheoretischen Fragen sowie mit der vergleichenden Erforschung europäischer Nationalbewegungen.

□ 1942-45: Prof. an der Univ. Königsberg. □ 1948-76: Prof. an der Univ. Köln (1962-64 Rektor ebd.). □ 1954-61: Hg. der »Dokumentation der Vertreibung der Deutschen aus Ost-Mitteleuropa« (5 Bde., 3 Beihefte). □ ab 1957: Mithg. der Historischen Zeitschrift. □ 1958: »Staat und Gesellschaft im Wandel unserer Zeit« (Schr.). □ 1965: »Geschichte als Wissenschaft« (Schr.). □ ab 1968: Hg. des »Handbuchs der europäischen Geschichte« (7 Bde.). □ 1971: Hg. von »Sozialstruktur und Organisation europ. Nationalbewegungen«; Aufnahme in den Orden Pour le mérite. □ 1983: »Friedrich der Große. Ein Königtum der Widersprüche« (Schr.).

← Theodor Schieder

Schiele, Egon

österr. Maler und Zeichner
* 12.6.1890 Tulln an der Donau † 31.10.1918 Wien

Schiele war neben O. →Kokoschka der zweite bedeutende Maler, der sich aus dem Einflußbereich der vom Jugendstil, aber auch von symbolistischen Elementen geprägten Wiener Sezession löste und zu einem erregenden Stil mit expressiven und realistischen Komponenten fand. So schuf der anfänglich von G. →Klimt beeinflußte Künstler Aquarelle, Zeichnungen und Ölbilder, in deren Zentrum der männliche und weibliche Akt sowie viele Selbstbildnisse stehen. Die Dargestellten werden in schonungsloser Deformation und mit übersteigerten Emotionen gezeigt (z. B. »Selbstporträt, eine Grimasse schneidend«, 1910, Wien, Sammlung Rudolf Leipold) oder klammern sich in erotischer Ekstase aneinander (z. B. »Umarmung«, 1917, Wien, Österreichische Galerie). In eckigen, mageren Gestalten mit knotigen Muskeln und hervortretenden Knochen, teilweise mit stark abstrahierten Zügen, bricht sich Sch.s Lebenspessimismus Bahn.

Egon Schiele malte expressive Selbstbildnisse und Akte.

Daneben entstanden ornamentalisierte Bildnisse, Stilleben und Landschaften, teilweise bis zur Abstraktion vorstoßend, weiter figurale Darstellungen unter dem Einfluß E. →Munchs sowie stilisierte Stadtansichten. In ihrer Überwindung aller tradierten Stile und der bis dahin wohl nur von H. de →Toulouse-Lautrec und E. →Degas erreichten Unmittelbarkeit des Ausdrucks sowie dem sicheren Strich waren Sch.s Zeichnungen mit Aktstudien und Porträts für die weitere Entwicklung der Malerei folgenreich.

□ 1906-09: Studium an der Kunstakademie in Wien. □ 1907: Bekanntschaft mit G. Klimt. □ ab 1908: Symbolistische Phase; parallel Hinwendung zu expressionistischen Ausdrucksformen. □ 1910: »Selbstporträt, eine Grimasse schneidend«. □ 1915: Militärdienst. □ ab 1916: Verstärkung der realistischen Elemente bis hin zu Häßlichkeit und Deformation (»Umarmung«, 1917). □ 1918: Erfolgreiche Ausstellung in der Wiener Sezession.

▷ K. Berghaus: Egon Schiele, 1989.

Schillebeeckx, Edward

belg. Theologe (kath.)
* 12.11.1914 Antwerpen

Schillebeeckx entwickelte in Auseinandersetzung mit der zeitgenössischen Philosophie und unter ökumenischen Gesichtspunkten eine vom niederländischen Episkopat getragene Theologie, die nicht in allen Glaubensfragen mit der offiziellen kirchlichen Lehre in Einklang steht. 1968/69 kam es vor der Glaubenskongregation des Vatikans zu einem Verfahren wegen des von Sch. gestalteten niederländischen Katechismus, in welchem im Zusammenhang mit der Gegenwart Christi in der Eucharistie nicht mehr von Transsubstantiation (Verwandlung der Substanz von Brot und Wein in Leib und Blut Christi), sondern von Transsignifikation die Rede ist (also eher von einer zeichenhaften Umbenennung). Ebenso wie diese Deutung der Sakramente wurden auch abweichende Darstellungen bezüglich der offiziellen Lehre von der Erbsünde, der Jungfräulichkeit Marias sowie der Natur von Engeln und Dämonen gerügt. 1968 weigerte sich Sch., die Enzyklika »Humanae vitae« (Papst →Paul VI.) im Fernsehen zu verlesen und vertrat 1969

E. Schillebeeckx →

die Ansicht, das Zölibat solle nicht länger verpflichtend, sondern freiwillig sein.

☐ seit 1934: Dominikaner. ☐ 1958: »Christus — Sakrament der Gottbegegnung« (Schr., dt. 1959). ☐ 1958-82: Prof. für Dogmatik an der kath. Univ. Nimwegen. ☐ 1964: »Offenbarung und Theologie« (Schr., dt. 1965). ☐ 1968/69: Verfahren vor der Glaubenskongregation des Vatikans. ☐ 1975: »Jesus. Die Geschichte von einem Lebenden« (dt. 1975); deswegen 1979 erneut Verfahren vor der Kongregation für Glaubensfragen. ☐ 1979: »Die Auferstehung Jesu als Grund der Erlösung« (Schr., dt. 1979); »Menschliche Erfahrung und Glaube an Jesus Christus« (Schr., dt. 1979).

Schiller, Karl August Fritz

dt. Politiker und Nationalökonom
* 24.4.1911 Breslau

Der Wirtschaftsfachmann Schiller stieg während der Großen Koalition (1966-69) und der anschließenden sozialliberalen Koalition zum populärsten und erfolgreichsten Wirtschaftsminister nach L. →Erhard auf. Er »erfand« die konzertierte Aktion zwischen Arbeitgebern und Gewerkschaften, mit der er hoffte, zu einer sozialen Symmetrie der Gesellschaft zu gelangen. Durch eine solide mittelfristige Finanzplanung gelang es ihm, die Wirtschaftskrise von 1965 zu überwinden. Nach dem Rücktritt von A. →Möller wurde er 1971 mit der Übernahme des Finanzministeriums zum »Superminister«. Doch bereits ein Jahr später trat Sch. wegen des Scheiterns seines Sparkonzepts im Kabinett sowie währungspolitischer Differenzen zurück und schied aus der SPD aus.

☐ 1931: Mitgl. des Sozialistischen Studentenbundes. ☐ bis 1935: Studium der Volkswirtschaft und der Soziologie. ☐ 1935-41: Am Inst. für Weltwirtschaft. ☐ 1941-45: Wehrdienst. ☐ 1946-72, seit 1980: Mitgl. der SPD. ☐ ab 1946: Prof. in Kiel und Hamburg. ☐ 1948-53: Senator für Wirtschaft und Verkehr in Hamburg. ☐ 1949-57: Mitgl. der Hamburger Bürgerschaft. ☐ 1961-65: Wirtschafts-Senator in Berlin. ☐ 1965: MdB. ☐ 1966-72: Wirtschaftsmin. ☐ 1971/72: Zugleich Finanzmin. ☐ ab 1972: Berater in der Industrie. ☐ 1984: »Betrachtungen zur Geld- und zur Konjunkturpolitik« (Schr.). ☐ 1991: »Das schwierige Wunder« (Schr.).

Otto Schily →

Karl Schiller (M.) mit Gesprächspartnern der »konzertierten Aktion« 1968 in Bonn.

Schillings, Max von (ab 1912)

dt. Komponist und Dirigent
* 19.4.1868 Düren † 24.7.1933 Berlin

Schillings, Repräsentant der neuromantischen Münchner Schule, war in den ersten Jahrzehnten des 20. Jh.s ein bedeutender Komponist, Dirigent und Kompositionslehrer (u. a. von W. → Furtwängler). Als Leiter des Stuttgarter Opernhauses (ab 1908) bewies er Innovationsfreude (45 Uraufführungen); seine Klavier- und Orchesterlieder sowie Melodramen (»Dem Verklärten«, 1905; »Das Hexenlied«, 1902) machten ihn populär. Da seine von Wagner beeinflußten Bühnenwerke (u. a. »Ingwelde«, UA Karlsruhe 1894) während der NS-Zeit häufig aufgeführt wurden, brach die Rezeption seiner Werke im Nachkriegsdeutschland ab.

☐ 1892: Bühnenassistent und Repetitor bei den Bayreuther Festspielen. ☐ 1903: Ernennung zum kgl. Prof. ☐ 1908-18: Leitung des Stuttgarter Opernhauses als Hofkapellmeister und Generalmusikdir. ☐ 1910-20: Vors. des Allgemeinen Dt. Musikvereins. ☐ 1912: Erhebung in den Adelsstand durch den König von Württemberg. ☐ 1915: UA »Mona Lisa« in Stuttgart. ☐ 1919-25: Intendant der Preuß. Staatsoper in Berlin. ☐ 1932: Präs. der Berliner Akademie der Künste. ☐ 1933: Intendant der Städtischen Bühnen in Berlin.

▷ W. Raupp: Max von Schillings, 1935; J. Geuenich/K. Strahn (Hg.): Gedenkschrift Max von Schillings, 1968.

Schily, Otto

dt. Politiker und Jurist
* 20.7.1932 Bochum

Als Bundestagsabgeordneter und zeitweiliger Fraktionssprecher der Grünen wurde Schily neben J. →Fischer zur Symbolfigur des realpolitischen Flügels der Partei, deren Streben nach Politikfähigkeit er mit großer Eloquenz vertrat. Parteiübergreifenden Respekt erwarb der hartnäckige Anwalt im Flick-Untersuchungsausschuß zur Parteispendenaffäre. Auseinandersetzungen mit den sog. Fundis, dem fundamentalistischen Flügel um J. →Ditfurth, entfremdeten ihn ab 1987 mehr und mehr von den Grünen. 1989 zog Sch. die Konsequenzen und wechselte zur SPD.

☐ bis 1962: Jurastudium. ☐ ab 1963: Rechtsanwalt; zeitweiliger Sozius von H. Mahler. ☐ 1975-77: Verteidiger von G. →Ensslin. ☐ 1980-89: Mitgl. der Partei Die Grünen. ☐ 1983-86, seit 1987: MdB. ☐ 1983/84: Einer der Fraktionssprecher der Grünen. ☐ 1986: »Vom Zustand der Republik« (Schr.). ☐ seit 1989: Mitgl. der SPD.

Schirach, Baldur Benedikt von

dt. Politiker
* 9.5.1907 Berlin † 8.8.1974 Kröv/Mosel

Zehn Jahre lang war Schirach für die ideologische Aufrüstung der Jugend und deren Nutzbarmachung für A. →Hitlers Ziele zuständig. Als Jugendführer des Deutschen Reichs unterstanden ihm nicht nur die Hitlerjugend, sondern sämtliche Jugendorganisationen. Gegen Ende der 30er Jahre wurde er von seinem späteren Nachfolger A. Axmann verdrängt. Sch. wurde vom Internationalen Militärtribunal in Nürnberg wegen Verbrechen gegen die Menschlichkeit zu 20 Jahren Haft verurteilt.

□ ab 1925: Mitgl. der NSDAP. □ 1928-32: Leiter des NS-Studentenbundes. □ 1931-40: Reichsjugendführer der NSDAP. □ 1932-45: MdR. □ 1933-40: Jugendführer des Dt. Reichs. □ 1940-45: Gauleiter und Reichsstatthalter von Wien. □ 1966: Entlassung aus der Haft.

▷ B. B. v. Schirach: Ich glaubte an Hitler, 1967.

← Baldur von Schirach

Schirrmann, Richard

dt. Gründer des Jugendherbergssystems
* 15.5.1874 Grünfelde, Ostpreußen
† 14.12.1961 Grävenwiesbach

Schirrmann, Lehrer an der Volksschule Altena im Sauerland, begründete 1910 das deutsche Jugendherbergswerk. 1907 hatte er in den Sommerferien die Klassenräume seiner Schule mit Strohsäcken hergerichtet, um für wandernde Jugendliche preiswerte Übernachtungsquartiere zu schaffen. Aus dieser ersten provisorischen Herberge entstand das Weltjugendherbergswerk, dem Sch. 1933-37 vorstand.

← Richard Schirrmann

Schiwkow, Todor

bulg. Politiker
* 7.9.1911 Pravetz

Schiwkow, bereits 1944 am Putsch der Vaterländischen Front unter G. →Dimitrow und dem Einmarsch der Roten Armee beteiligt, war 1954-89 Parteichef der Kommunistischen Partei Bulgariens. Sch., der während seiner Amtszeit potentielle Rivalen geschickt entmachtete, setzte die Kollektivierung des Bodens durch und bemühte sich um eine feste Anbindung Bulgariens an die Politik der UdSSR. 1982 leitete er vorsichtige marktwirtschaftliche Reformen ein, wodurch sich Bulgarien zu dem am wenigsten verschuldeten Land unter den Ostblockstaaten entwickelte. Aufgrund der politischen Veränderungen in Polen und Ungarn 1988/89 wurde Sch. aus der KP ausgeschlossen. Seit 1990 befindet er sich wegen des Vorwurfs der persönlichen Bereicherung, des Amtsmißbrauchs und der Völkerhetze gegen die Bulgarientürken in Haft.

□ 1932-89: Mitgl. der KP. □ 1941: Mitgl. der antimonarchistischen Partisanenbewegung. □ ab 1951: Mitgl. des Politbüros des ZK. □ 1962-71: Regierungschef. □ 1971-89: Staatsratsvors. □ 1987: Ankündigung bisher noch nicht realisierter politischer Reformen. □ 1991: Prozeßbeginn.

← Todor Schiwkow

Schklowski, Viktor Borissowitsch

sowjet. Schriftsteller und Literaturwissenschaftler
* 6.2.1893 St. Petersburg † 5.12.1984 ebd.

Schklowski war bereits 1916 Mitbegründer der Formalen Schule, die großen Einfluß auf die moderne Literaturwissenschaft bis hin zur Literatursemiotik ausübte. Der werkimmanent forschende Wissenschaftler analysierte grundlegende künstlerische Verfahren; er förderte später unterschiedliche literarische Gruppierungen wie die Serapionsbrüder oder die linke Vereinigung LEF. 1930 wurde er gezwungen, sich von seinen bisherigen Arbeiten zu distanzieren. Seine zahlreichen, in der UdSSR weitgehend wieder anerkannten Schriften umfassen Kunst-, Sprach- und Filmtheorie, Drehbücher sowie die bedeutenden Biografien über L. N. →Tolstoi (1963, dt. 1981) und S. →Eisenstein (1973, dt. 1977).

□ ab 1916: Mitgl. der formalistischen Gesellschaft zum Studium der poetischen Sprache. □ 1917: Sozialrevolutionär; Kampf gegen »Weiße«, aber auch Bolschewiki. □ 1920: Prof. für Kunstgeschichte in Petrograd. □ 1922/23: Emigration nach Berlin. □ 1925: »Theorie der Prosa« (Abh., dt. 1966).

▷ V. Schklowski: Es war einmal, 1964, dt. 1968.

Schlabrendorff, Fabian von

dt. Jurist und Widerstandskämpfer
* 1.7.1907 Halle, Saale † 4.9.1980 Wiesbaden

Schlabrendorff gehörte zu jenen christlich-konservativen Kreisen, die A. →Hitler bereits vor 1933 grundsätzlich ablehnten. Während des Kriegs kam er als Reserveoffizier in den Stab von H. v. →Tresckow, mit dem er 1943 zwei Anschläge auf Hitlers Flugzeug unternahm. Nach dem mißlungenen Attentat am 20. 7. 1944 wurde Sch. zum Tode verurteilt, jedoch vor der Vollstreckung befreit.

□ 1932: Im preuß. Innenministerium. □ 1939: Reise nach Großbritannien, um die brit. Regierung über den Hitler-Stalin-Pakt zu informieren. □ 1944: Verhaftung. □ 1945: Nach dem Prozeß Einweisung ins KZ Flossenbürg. □ nach 1945: Rechtsanwalt in Frankfurt/Main und Wiesbaden. □ 1967-75: Bundesverfassungsrichter.

▷ F. v. Schlabrendorff: Offiziere gegen Hitler (Erinnerungen), 1946.

Schlack, Paul

dt. Chemiker
* 22.12.1897 Stuttgart
† 19.8.1987 Leinfelden-Echterdingen

Schlack entwickelte 1937/38 die Caprolactam-Polymerisation zur Herstellung der vollsynthetischen Perlonfaser. Nach dem 2. Weltkrieg wurde im I.G.-Farben-Werk bei Augsburg die industrielle Produktion aufgenommen.

□ 1926-45: Leiter der Forschungsabteilung der Aceta GmbH, Berlin-Lichtenberg. □ 1946-55: Betriebsleiter (später technischer Dir.) in der Kunstseidenfabrik der I.G.-Farben-Werke bei Augsburg. □ 1955-62: Leiter der Abteilung Faserforschung bei den Farbwerken Hoechst AG. □ ab 1961: Honorarprof. an der TH Stuttgart. □ 1962-68: Leiter der Abteilung Chemiefaser am Inst. für Textilchemie, Reutlingen.

Johannes Schlaf →

Schlaf, Johannes

dt. Schriftsteller
* 21.6.1862 Querfurt † 2.2.1941 ebd.

Schlaf wurde zum Begründer des konsequenten deutschen Naturalismus, einer analytischen Erzählweise, in der individuelle Sprechweise sowie die exakte Wiedergabe des akustisch Wahrnehmbaren größtmögliche Authentizität vermitteln soll. In enger Zusammenarbeit mit A. →Holz entstand die Sammlung »Neue Gleise« (1892) mit zahlreichen naturalistischen Musterdichtungen (u. a. »Papa Hamlet«, Nov.n, 1889; »Die Familie Selicke«, Dr., 1890). In Sch.s Tragödie »Meister Oelze« (1892) tritt die dem Naturalismus eigene sozialkritische Tendenz bereits in den Hintergrund; 1895 kam es zum offenen Bruch mit A. Holz, als Sch. den Naturalismus zunehmend ablehnte. Sch.s spätere Werke werden von einem lyrischen Impressionismus geprägt, in dem sich Nationalbewußtsein und Naturschwärmerei verbinden.

□ 1888-92: Zusammenarbeit mit A. Holz. □ 1892-96: Schwere Nervenerkrankung. □ 1892: »In Dingsda« (Prosalyrik). □ 1896: »Frühling« (Prosalyrik). □ 1904-37: Freier Schriftsteller in Weimar. □ 1920: »Miele« (Erz.).

▷ J. Schlaf: Aus meinem Leben, 1941.

Schleich, Carl Ludwig

dt. Chirurg und Schriftsteller
* 19.7.1859 Stettin † 7.3.1922 Saarow bei Berlin

Schleich entwickelte die Lokalanästhesie zur Praxisreife. Auf dem Chirurgenkongreß in Berlin 1892 berichtete er über die Erfolge seiner Infiltrationsanästhesie, der ersten anwendbaren Methode der örtlichen Schmerzbetäubung des Operationsgebiets durch Injektion zeitlich wirkender Anästhesielösungen. Der Freund von A. →Strindberg publizierte philosophische Gedichte, biografische Essays und »Novellen« (1922).

□ 1894: »Schmerzlose Operation. Örtliche Betäubung mit indifferenten Flüssigkeiten« (Abh.). □ 1897: »Neue Methoden der Wundheilung« (Schr.). □ ab 1900: Dir. der Chirurgie am Krankenhaus Groß-Lichterfelde, Berlin. □ 1910: »Von der Seele« (Es.s). □ 1916: »Vom Schaltwerk der Gedanken« (Es.s). □ 1917: »Erinnerungen an Strindberg« (Biogr.). □ 1920: »Das Ich und die Dämonie« (Es.s).

▷ C. L. Schleich: Besonnte Vergangenheit (Mem.), 1921.

← Carl L. Schleich

Schleicher, Kurt von

dt. Militär und Politiker
* 7.4.1882 Brandenburg
† 30.6.1934 Potsdam-Babelsberg (ermordet)

Schleicher versuchte im Winter 1932/33 als Reichskanzler über eine breite Aktionseinheit der Gewerkschaften (ADGB/SPD, DGB/Zentrum, Arbeitsfront/NSDAP) und mit einem Arbeitsbeschaffungsprogramm zu einem tragfähigen Konsens auf breiter Grundlage zu gelangen. Doch durch die Gespräche mit allen Seiten war er im Januar 1933 völlig isoliert, zumal ihn seine Intrigen im Einflußbereich des greisen Reichspräsidenten P. v. →Hindenburg für viele Parteien unglaubwürdig gemacht hatten. Von der SPD als »Reaktionär« abgelehnt, ließ ihn Hindenburg als »Agrarbolschewist« fallen. Sch. wurde 1934 während des sog. →Röhm-Putsches ermordet.

□ 1913: Im Großen Generalstab. □ 1914: Mitgl. der Obersten Heeresleitung. □ 1918-29: Politischer Referent im Reichswehrministeriums. □ 1929: Staatssekr. ebd. □ 1930: Beteiligung am Sturz von Reichskanzler H. →Müller. □ 1931: Generalleutnant. □ 1932: Beteiligung am Sturz von Reichskanzler H. →Brüning; Juni: Reichswehrmin. im Kabinett v. →Papen. □ Dez. 1932-Jan. 1933: Reichskanzler.

▷ T. Vogelsang: Kurt v. Schleicher, 1965; H. Nowack: Kurt v. Schleicher, 1969.

← Kurt von Schleicher

Schlemmer, Oscar

dt. Maler, Grafiker, Bildhauer und Bühnenkünstler
* 4.9.1888 Stuttgart † 13.4.1943 Baden-Baden

Schlemmer erneuerte die Idee des Gesamtkunstwerks aus bildender (Malerei, Plastik) und darstellender Kunst (Tanz). Mit seinem 1922 in Stuttgart uraufgeführten »Triadischen Ballett« schuf Sch. eine Art des »Bildertheaters« aus stereometrisch abstrahierten Kostümen (Stuttgart, Staatsgalerie), stilisierter Bewegung, Licht, Farbe und Musik. Diesen Weg setzte er 1925-29 in Dessau als Leiter der Bauhaus-Bühne fort. Auch Sch.s Skulpturen und Gemälde gestalten durch die Darstellung von Figuren, die auf Grundfor-

Schlemmer verband Musik, Tanz und Malerei.

men reduziert sind, den Zusammenhang zwischen Körper, Raum und Bewegung (»Bauhaustreppe«, 1932, New York, Museum of Modern Art). Schon 1929 fielen Sch.s »entartete« Wandgemälde im ehemaligen Weimarer Bauhaus-Gebäude einer »Säuberung« zum Opfer.

☐ 1906-10, 1913: Kunststudium in Stuttgart (A. →Hölzel); Freundschaft mit W. →Baumeister. ☐ 1914-18: Kriegsdienst als Sanitäter. ☐ 1920-29: Meister am Bauhaus in Weimar und Dessau (W. →Gropius). ☐ 1929-33: Prof. an den Kunstakademien Breslau und Berlin. ☐ 1937: Entfernung »entarteter« Werke aus dt. Museen.

▷ K. v. Maur: Oskar Schlemmer, 1979.

Schlesinger, Arthur M. jr.

amer. Historiker
* 15.10.1917 Columbus, Ohio

Schlesinger, 1954-61 Professor für Geschichte an der Harvard University und Verfasser einer dreibändigen Biografie von F. D. →Roosevelt (1957-60), war ein einflußreicher Berater von US-Präsident J. F. →Kennedy. Der zweifache Pulitzer-Preisträger kritisierte später die Vietnam-Politik L. B. → Johnsons und warf R. →Nixon Machtmißbrauch vor.

☐ 1945: Pulitzer-Preis für »Jackson und seine Zeit« (Schr.). ☐ 1946-61: Zunächst Associate Prof., dann Lehrstuhlinhaber an der Harvard Univ. ☐ 1961-63: Berater von US-Präsident Kennedy. ☐ 1965: »Die tausend Tage Kennedys« (Pulitzer-Preis). ☐ 1966: Berufung an die City Univ. von New York. ☐ 1986: »Cycles of American history« (Schr.).

← Arthur Schlesinger

Schlesinger, John Richard

engl. Regisseur
* 16.2.1926 London

Mit Gespür für publikumswirksame Stoffe und schauspielerische Talente drehte Schlesinger kommerziell erfolgreiche Filme. Neben Thrillern wie »Der Marathon-Mann« (1976, mit D. →Hoffman und L. →Olivier), in dem ein amerikanischer Student in die Hände ehemaliger Nazi-Verbrecher gerät, inszenierte Sch. Komödien, die politische oder sozialkritische Themen aufgreifen. In »Asphaltcowboy« (1968, mit D. Hoffman), für den er den Oscar erhielt, verhöhnt er mit grotesker Ironie den in der Massengesellschaft zum Kampf jeder gegen jeden verkommenen »American way of life«.

John Schlesinger bei Dreharbeiten zu »Bloody Sunday«.

☐ 1950: Abschluß des Studiums der Englischen Literatur. ☐ 1958-60: Regisseur des brit. Fernsehens BBC. ☐ 1961: Erster Spielfilm »Nur ein Hauch Glückseligkeit«. ☐ 1962: »Geliebter Spinner« (mit J. Christie). ☐ 1967: »Die Herrin von Thornhill« (mit P. →Finch). ☐ 1970: »Sunday, bloody sunday« (mit P. Finch und G. →Jackson). ☐ 1972: »München 1972«. ☐ 1974: »Der Tag der Heuschrecke« (mit D. →Sutherland). ☐ 1977: Inszenierung von »Julius Caesar« im National Theatre London. ☐ 1984: »Der Falke und der Schneemann«. ☐ 1987: »Das Ritual«. ☐ 1989: »Madame Sousatzka« (mit Sh. →MacLaine); »Maskenball« (Operninszenierung bei den Salzburger Festspielen). ☐ 1990: »Fremde Schatten«.

Schleyer, Hanns-Martin

dt. Manager
* 1.5.1915 Offenburg
† 18.10.1977 (an einem unbekannten Ort ermordet)

Die Entführung des Arbeitgeberpräsidenten Schleyer markierte am 5. 9. 1977 den Höhepunkt des linksextremen Terrors, der in den 70er Jahren das politische Klima in der Bundesrepublik bestimmte. Absicht der Entführung war es, inhaftierte Gesinnungsgenossen freizupressen. Die Bundesregierung weigerte sich, darauf einzugehen — trotz der zusätzlichen Entführung eines Flugzeugs der Lufthansa. Nach der Befreiung von Passagieren und Besatzung in Mogadischu und dem Selbstmord der führenden Terroristen im Gefängnis Stuttgart-Stammheim (G. →Ensslin, A. →Baader) wurde Sch. in Mühlhausen (Elsaß) ermordet aufgefunden.

☐ 1951: Eintritt bei Daimler-Benz. ☐ 1962-68: Vors. des Verbands der Württ.-Bad. Metallindustriellen. ☐ 1963: Vorstandsmitgl. von Daimler-Benz. ☐ 1972: Vors. des Verbands der Bad.-Württ. Metallindustrie. ☐ 1973: »Das soziale Modell« (Schr.). ☐ ab 1973: Präs. der Bundesvereinigung der Dt. Arbeitgeberverbände. ☐ 1977: Präs. des Bundesverbands der Dt. Industrie.

H.-M. Schleyer wurde ein Opfer linksextremer Terroristen.

Schlick, Moritz

dt. Philosoph
* 14.4.1882 Berlin
† 22.6.1936 Wien (Österreich, ermordet)

Schlick, von der Philosophie R. →Carnaps und L. →Wittgensteins beeinflußt, begründete mit dem logischen Empirismus zugleich den Wiener Kreis (1928). In seinem Hauptwerk »Allgemeine Erkenntnislehre« (1918) unterscheidet Sch. die unmittelbar erlebte »Kenntnis« von der reflektierten und artikulierten »Erkenntnis«. Letztere sei nur aufgrund einer in exakten Begriffen ausdrückbaren Erfahrung möglich, und die Philosophie habe die Aufgabe der logischen Begriffsklärung. Als einer der wenigen Logiker des Wiener Kreises beschäftigte sich der Professor der dortigen Universität auch mit »Fragen der Ethik« (Schr., 1930) sowie der Ästhetik und den »Grundzügen der Naturphilosophie« (Schr., hg. 1948). Sch. wurde von einem geistesgestörten Studenten erschossen.

Schlieffen, Alfred Graf von

dt. Militär
* 28.2.1833 Berlin † 4.1.1913 ebd.

Schlieffen war ein unpolitischer Offizier, der taktische Überlegungen allein vom militärischen Standpunkt aus betrachtete. Aus der nüchternen Erkenntnis, daß Deutschland in einem Zweifrontenkrieg mit Frankreich und Rußland militärisch klar unterlegen sei, glaubte er an einen Sieg nur dann, wenn einer der beiden Gegner sehr schnell besiegt werden könnte. Nach seiner Ansicht sollte dies aus zeitlichen Gründen Frankreich sein (»Schlieffen-Plan«). Unter seinem Nachfolger H. v. →Moltke verfestigten sich die operativen Planungen zu einem Dogma, das auch das Denken der Politiker beherrschte und im 1. Weltkrieg in abgeschwächter Form umgesetzt wurde.

☐ ab 1854: Soldat. ☐ 1863: Generalstabsoffizier. ☐ 1884: Im Großen Generalstab. ☐ 1889: Generalquartiermeister. ☐ 1891-1905: Chef des Generalstabs der Armee. ☐ 1911: Generalfeldmarschall (bereits ab 1905 im Ruhestand).

▷ G. Ritter: Der Schlieffen-Plan, 1956.

← A. Graf von Schlieffen

Schlöndorff, Volker

dt. Regisseur
* 31.3.1939 Wiesbaden

Die mit der Goldenen Palme von Cannes und dem Oscar ausgezeichnete Verfilmung »Die Blechtrommel« (1978/79, nach G. →Grass, mit D. Bennent) brachte Schlöndorff und dem deutschen Film internationale Anerkennung. Wie »Die verlorene Ehre der Katharina Blum« (1975, nach H. →Böll) bevorzugt S. zeitkritische Themen und bekannte literarische Vorlagen. Seit den 80er Jahren orientiert sich S., der 1965 Mitinitiator der als »Junger Deutscher Film« bezeichneten Gruppe von Filmemachern war, verstärkt am amerikanischen Filmmarkt.

☐ ab 1965: Regieassistent von L. →Malle während der Dreharbeiten zu »Viva Maria!«; »Der junge Törless« (nach R.

Volker Schlöndorff: Mitbegr. des »Jungen Deutschen Films«.

→Musil). ☐ 1968/69: »Michael Kohlhaas — der Rebell« (mit A. Karina, nach H. v. Kleist). ☐ 1970: »Der plötzliche Reichtum der armen Leute von Kombach«. ☐ seit 1971: Ehe mit M. v. → Trotta. ☐ 1983: »Eine Liebe von Swann« (mit A. →Delon, nach M. → Proust). ☐ 1985: »Tod eines Handlungsreisenden« (mit D. →Hoffman, nach A. →Miller.). ☐ 1987: »Ein Aufstand alter Männer« (mit R. →Widmark). ☐ 1989: »Die Geschichte der Dienerin« (nach M. →Atwood). ☐ 1991: »Homo faber« (nach M. →Frisch).

▷ R. Lewandowski: Die Filme von Volker Schlöndorff, 1981.

Poul H. Schlüter →

Schlüter, Poul Holmskov

dän. Politiker
* 3.4.1929 Tondern

Schlüter ist der erste konservative Ministerpräsident Dänemarks in diesem Jahrhundert. Als er 1974 die Führung der KVP übernahm, war die Partei mit 5,5 % auf dem Tiefpunkt der Wählergunst angelangt. Doch schon nach wenigen Jahren etablierte der eloquente Politiker die Konservativen als zweitstärkste politische Kraft im dänischen Parlament, dem Folketing. Trotz harter Sparpolitik und unpopulärer Steuererhöhungen wurde er seit seiner Amtsübernahme 1982 bei den folgenden Wahlen bestätigt.

☐ 1945: Mitgl. der Jungkonservativen. ☐ bis 1957: Jurastudium. ☐ 1960: Wirtschaftsanwalt. ☐ seit 1964: Mitgl. des Folketing für die Konservative Volkspartei (KVP). ☐ 1974: Fraktions- und Parteivorsitzender der KVP. ☐ seit 1982: Ministerpräsident.

Schmeling, Max

dt. Boxer
* 28.9.1905 Klein-Luckow, Uckermark

Schmeling ist auch Jahrzehnte nach Beendigung seiner Boxlaufbahn ein Idol geblieben. Zum Mythos des deutschen Sports wurde er am 20. 6. 1936, als er in einem Nicht-Titelkampf J. →Louis, den zuvor in 24 Profikämpfen unbesiegten »Braunen Bomber«, in der 12. Runde k. o. schlug. Dahinter trat zurück, daß er vom 12. 6. 1930 (Disqualifikationssieg über J. Sharkey) bis zum 21. 6. 1932 (Punktniederlage gegen J. Sharkey) Weltmeister aller Klassen war. Mit Louis, der 1938 in einem WM-Titelkampf Revanche nahm und Sch. in der ersten Runde ausknockte, verband ihn eine langjährige Freundschaft.

Max Schmeling mit einem Bild seines Freundes Joe Louis.

□ 1924-48: 70 Kämpfe (56 Siege, davon 42 durch k. o.). □ 1926: Dt. Meister im Halbschwergewicht. □ 1927: Europameister im Halbschwergewicht. □ 1928: Dt. Meister im Schwergewicht nach Punktsieg über F. Diener. □ 1930: Weltmeister nach Disqualifikationssieg über J. Sharkey. □ 1931: K.-o.-Sieg über Y. Stribling. □ 1932: Titelverlust nach Punktniederlage gegen J. Sharkey. □ ab 1933: Ehe mit der Schauspielerin A. Ondra. □ 1936: K.-o.-Sieg über J. Louis. □ 1938: K.-o.-Niederlage gegen J. Louis in der 1. Runde. □ 1939: Europameister im Schwergewicht nach K.-o.-Sieg über A. Heuser.

▷ M. Schmeling: Erinnerungen, 1977.

Schmid, Carlo

dt. Politiker
* 3.12.1896 Perpignan (Frankreich)
† 11.12.1979 Bonn

Schmid war nicht nur einer der »Väter« des Grundgesetzes, er war 1959 auch maßgeblich an dem Entwurf des »Godesberger Programms« der SPD beteiligt, das die Partei zur Volkspartei umformte. Sch. gehörte den Politikern an, die Wissenschaft und Kunst mit der Politik zu vereinbaren verstehen; er war Mitglied des bundesdeutschen PEN-Zentrums und Goethe-Preisträger; von hohem Rang sind seine Übersetzungen aus den romanischen Sprachen (Baudelaire, Rostand, Machiavelli).

Carlo Schmid: Als Politiker und Literaturkenner gleichermaßen geschätzt.

□ 1918: Mitgl. eines Soldatenrats. □ 1927-40: Richter. □ 1940-45: Wehrdienst als Kriegsverwaltungsrat. □ ab 1945: Mitgl. der SPD. □ 1945/46: Staatsrat für Justiz. □ 1946/47: Staatspräsident und Landesdir. für Justiz in Südwürtt.-Hohenzollern. □ 1946-53: Prof. für Völkerrecht in Tübingen. □ 1947: Im Parteivorstand der SPD. □ 1947-50: Stellv. Staatspräsident von Württ.-Hohenzollern. □ 1948/49: Mitgl. des Parlamentarischen Rats. □ 1949-72: MdB. □ 1949-66, 1969-72: Vizepräs. des Bundestags. □ 1953-66: Prof. für Politikwissenschaft in Frankfurt/Main. □ 1966-69: Bundesmin. für Angelegenheiten des Bundesrats und der Länder.

▷ C. Schmid: Erinnerungen, 1979.

Harald Schmid →

Schmid, Harald

dt. Leichtathlet
* 29.9.1957 Hanau

Schmid war ein Jahrzehnt über 400 m Europas überragender Hürdenläufer und wurde nur von der Ausnahmeerscheinung E. →Moses übertroffen. Der dreimalige Europameister, der für den SV Gelnhausen startete, gewann 1976-89 sieben internationale Medaillen und 13 Deutsche Meisterschaften (davon eine über 400 m). Seine Bestzeiten waren 44,92 sec. über 400 m und 47,58 sec. über 400 m Hürden.

□ 1976: Olympiadritter über 4x400 m Hürden. □ 1977: Europapokalzweiter 400 m Hürden (erneut 1981). □ 1978: Europameister (erneut 1982 und 1986). □ 1979: Europapokalsieger (erneut 1983 und 1985); Dt. Sportler des Jahres (erneut 1987). □ 1983: WM-Zweiter. □ 1984: Olympiadritter von Los Angeles. □ 1987: WM-Dritter.

Schmidt, Arno

dt. Schriftsteller
* 18.1.1914 Hamburg † 3.6.1979 Celle

Keiner zeitgenössischen literarischen Strömung zuzuordnen und von der Kritik oft als provokativ empfunden, entspricht Schmidts eigenwillige Prosa dem Lebensmotto ihres Autors: »Kein Vaterland, keine Freunde und keine Religion« bestimmten seine Entwicklung. Aufgewachsen in kleinbürgerlichen Verhältnissen und durch den 2. Weltkrieg an einer adäquaten Ausbildung gehindert, schrieb Sch. gegen die als einengend empfundene Realität der Nachkriegsgesellschaft der BRD an. In seinem Hauptwerk, dem monumentalen Roman »Zettels Traum« (1970), erweitert er sein Kompositionsprinzip der Abbildung von Erkenntnisprozessen zum vieldeutigen, anspielungsreichen, auch orthografisch assoziativen Schreiben. Sch. bezieht dabei auch das Unbewußte der Sprache und des Sprechens (sog. Etym) ein. Im Neben- und Ineinander der Stilebenen, Gattungen, Zeiten und Themen — einen Erzählstrang bildet die Analyse von E. A. Poe

(* 1809, † 1849) — ist Sch.s Blick auf innere Vorgänge gerichtet; in ihnen spiegeln sich Natur und Außenwelt.
Der zurückgezogen lebende Autor wurde von J. Ph. →Reemtsma gefördert, einem Enkel des Gründers der gleichnamigen Zigarettenfabrik.

Arno Schmidt: »Kein Vaterland, keine Freunde und keine Religion.«

□ 1945: In brit. Kriegsgefangenschaft. □ 1949: »Leviathan« (Erz.n). □ 1950-55: Leben in Notunterkünften. □ 1951: »Brand's Haide« (R.). □ 1955: Gerichtliche Verfolgung wegen Gotteslästerung und Pornografie. □ 1957: »Das steinerne Herz« (R.; unzensiert ersch. 1986). □ 1957: »Die Gelehrtenrepublik« (R.). □ 1960: »KAFF auch Mare Crisium« (R.). □ 1965: »Die Ritter vom Geist« (Es.s). □ postum 1984: »Deutsches Elend. 13 Erklärungen zur Lage der Nation«.

▷ H.-M. Bock (Hg.): Über Arno Schmidt, 1987; M. Scherdt/H. Vollmer (Hg.): Arno Schmidt, 1990; dies.: Arno Schmidt. Leben — Werk — Wirkung, 1990.

Schmidt, Helmut

dt. Politiker
* 23.12.1918 Hamburg

Im sog. Dreigestirn W. →Brandt, Schmidt und H. →Wehner war Sch. ab Mitte der 70er Jahre bis 1982 die herausragende Gestalt der deutschen Sozialdemokratie. Seit seinem entschiedenen und zugleich umsichtigen Eingreifen als Innensenator während der Hamburger Flutkatastrophe 1962 mit dem Klischee »Macher« belegt, erwarb er während seiner Kanzlerschaft (1974-82) auch international den Ruf eines pragmatischen, durchsetzungsfähigen Politikers mit großem wirtschaftspolitischem Sachverstand. Sein nüchterner Regierungsstil, der auf Stimmungen der SPD-Basis wenig Rücksicht nahm, führte mit der Zeit zu einer Entfremdung innerhalb der Partei. Verstärkt wurde dies, als er sich 1979/80 aus Sorge um ein strategisches Ungleichgewicht zwischen den Machtblöcken für eine Nachrüstung mit Pershing-II-Raketen aussprach. Trotz seines Wahlsiegs 1980 verlor er danach zunehmend das Vertrauen der Parteibasis. Nach dem Rücktritt der vier FDP-Minister im damaligen Kabinett wurde Sch. 1982 durch ein konstruktives Mißtrauensvotum von H. →Kohl abgelöst.

Helmut Schmidt mit seiner Frau auf einem Parteitag, 1977.

□ 1940-45: Soldat. □ 1945-49: Studium der Volkswirtschaft. □ seit 1946: Mitgl. der SPD. □ 1947/48: Vors. des Sozialistischen Deutschen Studentenbunds (SDS). □ 1949-53: Im Hamburger Amt für Wirtschaft und Verkehr; zuletzt dessen Leiter. □ 1953-62; 1965-87: MdB. □ 1961-65: Innensenator von Hamburg. □ 1967-69: Fraktionsvors. der SPD. □ 1969-72: Verteidigungsmin. □ 1972: Wirtschafts- und Finanzmin. □ 1972-74: Finanzmin. □ 1974-82: Bundeskanzler. □ seit 1983: Mit-Hg. der Wochenzeitung Die Zeit. □ 1986: »Eine Strategie für den Westen« (Schr.).

▷ J. Carr: Helmut Schmidt, 1985; M. Graf v. Nayhaus: Helmut Schmidt — Mensch und Macher, 1987; H. Schmidt: Menschen und Mächte (Erinnerungen), 1987; ders.: Die schen und ihre Nachbarn (Erinnerungen), 1990; H. Steffahn: Helmut Schmidt. Mit Selbstzeugnissen und Bilddokumenten, 1990.

Schmidt, Wilhelm

dt. Völkerkundler und Religionswissenschaftler
* 16.2.1868 Hörde (heute zu Dortmund)
† 10.2.1954 Fribourg (Schweiz)

Schmidt war Anhänger der Kulturkreislehre und Schüler F. →Graebners. Er wurde bekannt durch seine Lehre vom Urmonotheismus, mit der er die evolutionistische Idee des religiösen Fortschritts vom anfänglichen Animismus zum späten Monotheismus (E. B. →Tylor) widerlegen wollte. Sch. wies für den kulturell am wenigsten entwickelten »Jäger-und-Sammler-Kreis« der australischen Ureinwohner und afrikanischen Buschmänner monotheistische Glaubensvorstellungen nach. Um die von Sch. begründete Zeitschrift Anthropos sammelte sich ein fester Kreis von Anhängern (u. a. W. →Koppers, M. →Gusinde), die »Wiener Schule«.

☐ 1883: Mitgl. der Steyler Missionsgesellschaft. ☐ 1895: Prof. für Völker- und Sprachenkunde am Missions-Seminar St. Gabriel in Mödling bei Wien. ☐ 1906: Gründung der Zeitschrift Anthropos. ☐ 1912-55: »Der Ursprung der Gottesidee« (Schr., 12 Bde.). ☐ 1921-38: Privatdozent, Univ. Wien. ☐ 1932: Gründung des Anthropos-Inst. ☐ 1938-51: Dozent, Univ. Fribourg (Schweiz). ☐ 1946-49: »Rassen und Völker in Vorgeschichte und Geschichte des Abendlandes« (Schr.).

← Wilhelm Schmidt

Schmidt-Rottluff malte in der Tradition des Expressionismus.

Schmidt-Rottluff, Karl

(eig. Karl Schmidt)
dt. Maler und Grafiker
* 1.12.1884 Rottluff bei Chemnitz
† 10.8.1976 Berlin/West

Radikaler als die Gefährten der Künstlergruppe Die Brücke (E. L. →Kirchner) abstrahierte Schmidt-Rottluff um 1910 die gegenständlichen Motive seiner Figuren- und Landschaftsbilder. In seiner Malerei herrschen reduzierte Zeichnung und großflächige Farbgebung vor (»In der Dämmerung« mit zwei blauen Aktfiguren, 1912, München, Privatbesitz), die Druckgrafik ist durch krasse Schwarzweiß-Kontraste gekennzeichnet.
Die Hoffnung auf eine grundlegende gesellschaftliche Erneuerung kleidete Sch. am Ende des 1. Weltkriegs in die Darstellung biblischer Themen (Holzschnitte der »Christus-Mappe«, 1918). Nach 1933 entstanden menschenleere, gleichsam ausgeglühte Landschaften, die als verschlüsselte Zeitbilder zu betrachten sind. 1941 mit Malverbot belegt, hielt Sch. nach 1945 als Landschaftsmaler die Tradition des deutschen Expressionismus lebendig.

☐ 1905/06: Architekturstudium in Dresden, Mitbegründer der »Brücke«. ☐ 1911: Übersiedlung nach Berlin; Mitarbeit an der Zeitschrift Der Sturm (H. →Walden). ☐ 1915-18: Kriegsdienst. ☐ ab 1918: Mitarbeit an der Zeitschrift Die Aktion; freier Künstler in Berlin. ☐ 1937: Entfernung von 608 »entarteten« Werken aus dt. Museen. ☐ 1947-54: Prof. an der Kunstakademie Berlin/West. ☐ 1966/67: Initiator des Berliner »Brücke«-Museums.

Schmitt, Carl

dt. Staatsrechtler
* 11.7.1888 Plettenberg † 7.4.1985 ebd.

Schmitt war der produktivste, einflußreichste, aber auch umstrittenste deutsche Staatsrechtslehrer zwischen den beiden Weltkriegen. Angesichts der Zersplitterung der Parteienlandschaft während der Weimarer Republik rechtfertigte er in seiner Zeitanalyse »Die geistesgeschichtliche Lage des heutigen Parlamentarismus« (1923) die sich herausbildende totalitäre Herrschaftsform. In der Schrift »Der Begriff des Politischen« (1932) entwickelte Sch. seine problematische Staatslehre, die — von den Nationalsozialisten ideologisch ausgewertet — dem Theoretiker im nachhinein den Vorwurf einbrachte, den »Führerstaat« antizipiert und rechtsphilosophisch legitimiert zu haben. Aus den prekären innenpo-

Carl Schmitt: Der umstrittene Wissenschaftler befürwortete einen starken Staat.

litischen Verhältnissen und der scheinbaren Funktionslosigkeit des liberalen Staats leitete Sch. seine den Ausnahmezustand rechtfertigende »Freund-Feind-Theorie« als grundlegenden Begriff des Politischen ab: Nur ein starker Staat, dessen Führung sich am Ausnahmezustand orientiere und nicht an den geltenden Normen, könne sich nach innen und außen durchsetzen; »Selbstbehauptung oder Untergang« sei die einzige Alternative jeder Gesellschaft. Abgesehen davon, daß Sch. damit die Dimensionen der Politik auf Krieg bzw. Bürgerkrieg verkürzt hat, gehört seine »Verfassungslehre« (1928, 5. Aufl. 1970) zu den Standardwerken der Gegenwart.

□ 1921: »Die Diktatur« (Schr.). □ 1922: »Politische Theologie«, Bd. 1 (Bd. 2: »Die Legende von der Erledigung jeder politischen Theologie«, 1970). □ 1926-32: Prof. an der Handelshochschule Berlin. □ 1932: »Legalität und Legitimität« (Schr.). □ 1933: Mitgl. der NSDAP; Preuß. Staatsrat; Präs. der Vereinigung nationalsozialistischer Juristen; »Staat, Bewegung, Volk« (Schr.). □ 1933-45: Prof. an der Univ. Berlin; 1945 amtsenthoben. □ 1938: »Die Wendung zum diskriminierenden Kriegsbegriff« (Schr.). □ 1939: »Völkerrechtliche Großraumordnung mit Interventionsverbot für raumfremde Mächte« (Schr.). □ 1950: »Die Lage der europäischen Rechtswissenschaft« (Schr.). □ 1954: »Gespräch über die Macht und den Zugang zum Machthaber« (Schr.). □ 1963: »Theorie des Partisanen« (Schr.).

▷ C. Schmitt: Glossarium. Aufzeichnungen der Jahre 1947-1951, 1991; I. Villinger: Verortung des Politischen. Carl Schmitt in Plettenberg, 1991.

Toni Schmücker →

Schmölders, (Franz Hermann) Günter

dt. Nationalökonom
* 29.9.1903 Berlin

Schmölders, einer der großen deutschen Finanzwissenschaftler, arbeitete hauptsächlich auf dem Gebiet der Steuerpolitik (u. a. »Finanzpolitik«, Schr., 1961). Der überzeugte Verfechter der Privatisierung öffentlicher Leistungen forderte eine engere Verknüpfung der Ökonomie mit den Disziplinen Psychologie und Soziologie, um ökonomische Aktivitäten und Prozesse umfassender erklären zu können.

□ 1931: Habilitation. □ 1932: »Steuermoral und Steuerbelastung« (Schr.). □ 1934-38: Prof. an der Univ. in Breslau. □ 1940-71: Prof. in Köln; Gründung der Forschungsstelle für empirische Sozialökonomie. □ 1950-75: Mitglied des Wissenschaftlichen Beirats beim Bundesfinanzministerium. □ 1951: »Allgemeine Steuerlehre« (Schr.). □ 1961: »Geschichte der Volkswirtschaftslehre« (Schr.). □ 1962: »Geldpolitik« (Schr.). □ 1975: »Einführung in die Geld- und Finanzpsychologie« (Schr.). □ 1983: »Der Wohlfahrtsstaat am Ende. Adam Riese schlägt zu« (Schr.).

← Günter Schmölders

Schmoller, Gustav von

dt. Nationalökonom
* 24.6.1838 Heilbronn † 27.6.1917 Bad Harzburg

Schmoller, 1872 Mitbegründer und zeitweise Direktor des Vereins für Socialpolitik (L. →Brentano), war der geistige Führer der jüngeren historischen Schule. Diese Richtung der Nationalökonomie favorisierte die historische Forschung gegenüber theoretischen Modellen. Mit diesem Ansatz traf Sch. vor allem bei den Vertretern der Wiener Schule (C. →Menger) auf Kritik; der folgende Methodenstreit entwickelte sich zu einer langjährigen Auseinandersetzung zwischen historisch und theoretisch orientierten Ökonomen. Sch. war seit 1881 Herausgeber des »Jahrbuch für Gesetzgebung, Verwaltung und Volkswirtschaft« (»Schmollers Jahrbücher«) und außerdem Mitarbeiter am »Handwörterbuch der Staatswissenschaften«.

□ 1860: »Zur Geschichte der national-ökonomischen Ansichten in Deutschland während der Reformations-Periode« (Schr.). □ 1864-72: Prof. für Staatswissenschaften an der Univ. Halle. □ 1872-82: Ordinarius in Straßburg. □ 1882-1913: Prof. in Berlin. □ 1884: Mitgl. des preußischen Staatsrates. □ 1888: »Zur Literaturgeschichte der Staats- und Sozialwissenschaften«. □ ab 1890: Leiter des Vereins für Socialpolitik. □ 1900-04: »Grundriß der allgemeinen Volkswirtschaftslehre« (2 Bde.).

▷ Th. Heuss: Gustav Schmoller. Deutsche Gestalten. Studien zum 19. Jahrhundert, 1947; G. Ritzel: Schmoller versus Menger: Eine Analyse des Methodenstreits, 1950.

Franz Schnabel →

Schmücker, Toni

dt. Industriemanager
* 23.4.1921 Frechen bei Köln

Schmücker, der sich als Sanierer der angeschlagenen Rheinischen Stahlwerke Ende der 60er Jahre profilierte, erreichte ab 1975 mit der Umstrukturierung des in einer immensen Liquiditätskrise steckenden VW-Konzerns den Höhepunkt seiner Karriere. Mit dem Konzept einer »kontrollierten Schrumpfung« gelang es Sch., den Konzern, den er ab 1978 durch Werke in den USA (New Stanton, Pennsylvania und Sterling Heights bei Detroit) vergrößerte, zu konsolidieren. Trotz des Umsatzrekords von 1979 (30,7 Mrd. DM) und des erfolgreichen Vorstoßes auf dem Lastwagenmarkt in Kooperation mit MAN, blieb der weitsichtige Sch. Verfechter einer »kontrollierten Expansion«. Er konnte so die negativen Folgen der rückläufigen Auto-Konjunktur zu Beginn der 80er Jahre begrenzen.

Schnabel, Franz

dt. Historiker
* 18.12.1887 Mannheim † 25.2.1966 München

Schnabel befaßte sich mit dem deutschen Bürgertum von seinem Aufkommen zu Beginn des Mittelalters über seine Entfaltung in Renaissance und Humanismus, seine Stellung im Liberalismus des 19. Jh.s bis hin zu den bildungspolitischen Aufgaben unserer Gesellschaft des 20. Jh.s. Mit der Belebung der humanistischen Tradition und ihrer Vermittlung an die nächste Generation wollte Sch. das geschichtliche und politische Bewußtsein in Deutschland schärfen.

□ 1922-36: Prof. an der TH Karlsruhe; wegen politischer Überzeugungen zwangsentpflichtet. □ 1931: »Deutschlands geschichtliche Quellen und Darstellungen in der Neuzeit« (Schr.). □ 1929-37: »Deutsche Geschichte im 19. Jh.« (Schr., 4 Bde.). □ 1945-47: Bad. Landesdir. für Unterricht und Kultus. □ 1947-62: Prof. an der Univ. München. □ 1951-59: Präs. der Historischen Kommission bei der Bayer. Akademie der Wissenschaften.

Schnebel, Dieter

dt. Komponist und Theologe (ev.)
* 14.3.1930 Lahr

Schnebel, der bis 1976 als Pfarrer und Religionslehrer tätig war, gehört seit den 60er Jahren zu den wichtigsten zeitgenössischen Komponisten in Deutschland. Nach der Beschäftigung mit der Musik der Wiener Schule (A. →Schönberg) begann Sch. unter dem Einfluß von K. →Stockhausen und J. → Cage mit seriellen Kompositionen. Bekannt wurde er durch sein Konzept des »kollektiven Komponierens«, bei dem musikalische Prozesse nur verbal definiert sind, der konkrete Verlauf der Stücke aber von den Interpreten gestaltet wird.

← Dieter Schnebel

□ 1949-55: Studium (Musik, Theologie, Philosophie) in Freiburg i. Br. und Tübingen. □ 1953: »Analysis« für Saiteninstrumente und Schlagzeug. □ 1957-76: Pfarrer und Religionslehrer in Kaiserslautern, Frankfurt/Main und München. □ 1960-62: »Visible music« für einen Dirigenten und einen Instrumentalisten. □ 1972: Gründung eines Arbeitskreises für Neue Musik in München. □ 1976/77: »In motu proprio« (Kanon für 7 ungleichartige Instrumente bzw. Instrumentalgruppen). □ seit 1977: Prof. für Musikerziehung und Musikwissenschaft an der Hochschule für Musik in Berlin. □ 1980: »Wagner-Idyll« für Kammerensemble. □ 1988: UA der »Dahlemer Messe« in Berlin.

▷ H.-K. Metzger/R. Riehn (Hg.): Dieter Schnebel, 1980.

Schneider, Erich

dt. Nationalökonom
* 14.12.1900 Siegen † 5.12.1970 Kiel

Schneider zählte zu den Vertretern der mathematisch orientierten Volkswirtschaftslehre. Der profilierte Ökonom keynesianischer Prägung integrierte als einer der ersten Professoren die mathematischen Methoden in die wirtschaftswissenschaftliche Ausbildung und verstärkte deren Bezug zur Praxis. Sch. bekleidete zahlreiche einflußreiche Ämter; u. a. leitete er acht Jahre das Institut für Weltwirtschaft in Kiel und fungierte als Herausgeber mehrerer Zeitschriften (u. a. Weltwirtschaftliches Archiv).

□ 1925-36: Mathematik- und Physiklehrer. □ 1932: Habilitation bei J. A. →Schumpeter. □ 1934: »Theorie der Produktion« (Schr.). □ 1936-46: Prof. an der Univ. Århus (Dänemark). □ 1946: Lehrstuhl an der Univ. Kiel. □ 1947-62: »Einführung in die Wirtschaftstheorie« (Schr., 4 Bde.). □ 1951: »Wirtschaftlichkeitsrechnung« (Schr.). □ 1961-68: Dir. des Inst. für Weltwirtschaft in Kiel (Nachfolger von F. Baade). □ 1968: »Zahlungsbilanz und Wechselkurs« (Schr.).

▷ G. Bombach/M. Tackel: Erich Schneider: 1900-1970. Gedenkband und Bibliographie, 1980.

Schneider, Reinhold

dt. Schriftsteller
* 13.5.1903 Baden-Baden † 6.4.1958 Freiburg i. Br.

Schneider stand neben W. →Bergengruen im Zentrum einer katholischen, christlich-humanistischen Widerstandsbewegung gegen den Nationalsozialismus. In seinem Werk, das sich mit dem Konflikt zwischen irdischer Macht und göttlicher Gnade beschäftigt, setzte er sich im Rückgriff auf die Geschichte mit den ethischen und politischen Problemen der Gegenwart auseinander. Mit der Erzählung »Las Casas vor Karl V.« (1938), die die Ausbeutung der Indios durch die Spanier schildert, verwies Sch. indirekt auf die Judenverfolgung unter A. →Hitler und wurde 1940 mit einem Schreibverbot belegt. 1956 erhielt Sch. für sein gesamtes literarisches und kulturphilosophisches Werk den Friedenspreis des Deutschen Buchhandels.

□ 1922: Selbstmordversuch nach dem Selbstmord des Vaters. □ 1928/29: Ausgedehnte Reisen nach Spanien und Portugal. □ 1930: »Philipp der Zweite oder Religion und Macht« (Biogr.). □ ab 1932: Freier Schriftsteller in Potsdam. □ 1940: »Macht und Gnade« (Es.s). □ 1940-45: Illegale Publikationen trotz Schreibverbots. □ 1945: Anklage wegen Hochverrats, aufgrund des Kriegsendes aber keine Prozeßeröffnung. □ 1958: »Winter in Wien« (Tageb.). □ postum 1960: »Innozenz der Dritte« (Biogr.).

▷ R. Schneider: Der Balkon (Aut.), 1957; E. Blattmann (Hg.): Reinhold-Schneider-Jahrbuch 1985, 1986.

Schneider, Romy

(eig. Rosemarie Albach)
dt. Schauspielerin
* 23.9.1938 Wien (Österreich)
† 29.5.1982 Paris (Frankreich)

Als junge Kaiserin der drei »Sissi«-Filme (1955-57; mit K.-H. →Böhm; Rg. E. Marischka) wurde Schneider zum Liebling des deutschen Kinopu-

Romy Schneider: Die Schauspielerin in dem Film »Die Dinge des Lebens«, 1970.

blikums der 50er Jahre. Ihre spätere Entwicklung zur wandlungsfähigen Schauspielerin fand zwar internationale Anerkennung; in Deutschland hingegen identifizierte man sie zeitlebens mit der Rolle der braven Prinzessin. Unter der Regie von Claude Sautet spielte sie u. a. mit M. →Piccoli in »Das Mädchen und der Kommissar« (1970) und mit Y. →Montand in »César und Rosalie« (1972). Sch. erhielt dreimal den französischen Filmpreis César.

□ 1953: »Wenn der weiße Flieder wieder blüht« (mit G. →George; Rg. H. Deppe). □ 1956: »Robinson soll nicht sterben« (mit H. →Buchholz; Rg. J. v. Baky). □ 1957: »Monpti« (mit H. Buchholz; Rg. H. →Käutner). □ 1961: »Boccaccio 70« (Rg. L. →Visconti). □ 1962: »Der Prozeß« (mit A. →Perkins; Rg. O. →Welles). □ 1973: »Le Train — Nur ein Hauch von Glück« (mit J.-L. →Trintignant; Rg. P. Granier-Deferre). □ 1977: »Eine einfache Geschichte« (Rg. C. Sautet); Dt. Filmpreis als beste Darstellerin für »Gruppenbild mit Dame« (nach H. →Böll; Rg. A. Petrovic). □ 1981: »Die Spaziergängerin von Sans-Souci« (mit M. Piccoli; Rg. J. Rouffio).

▷ R. Seydel: Romy Schneider. Bilder ihres Lebens, 1987; M. Jürgs: Der Fall Romy Schneider, 1991.

Schneider, Willy

dt. Volkssänger
* 5.9.1905 Köln † 12.1.1989 ebd.

Schneider, dessen Sängerkarriere 1930 als Chor-Bassist begann, sang sich mit Volksliedern (»Wenn das Wasser im Rhein gold'ner Wein wär«, »Schütt' die Sorgen in ein Gläschen Wein«) in die Herzen der Zuhörer. Der bis zu seinem Tod überaus beliebte Künstler besang insgesamt über 800 Schallplatten und trat in zahlreichen TV-Musiksendungen auf.

Schneiderhan, Wolfgang Eduard

österr. Violinist
* 28.5.1915 Wien

Schneiderhan, langjähriger Konzertmeister der Wiener Symphoniker und Philharmoniker, wurde vor allem mit seinen Interpretationen der Werke von Mozart und Beethoven bekannt. Der Schüler des berühmten Violinpädagogen Otakar Ševčík (* 1852, † 1934) steht in der Tradition der Wiener Geigenschule. In den 50er und 60er Jahren spielte Sch. im Trio mit dem Pianisten E. →Fischer und dem Cellisten Enrico Mainardi (* 1897, † 1976). Seit den 70er Jahren arbeitet

W. Schneiderhan: Der Wiener Geigenschule verpflichtet.

M. Schnelldorfer →

← Willy Schneider

Werner Schneyder →

er auch als Dirigent. Sch. ist mit der Sängerin I. →Seefried verheiratet.

□ 1923-28: Violinstudium bei Otakar Ševčík. □ 1929-32: Wohnsitz in England. □ 1933-37: 1. Konzertmeister der Wiener Philharmoniker. □ 1937-51: Primgeiger des Schneiderhan-Quartetts. □ 1937-56: Dozent am Mozarteum in Salzburg. □ 1939-50: Prof. für Violine an der Wiener Musikakademie. □ seit 1949: Durchführung von Meisterkursen in Salzburg und Luzern. □ 1953: Mozart-Medaille der Stadt Wien. □ 1956: Mitbegründer der Festival Strings Lucerne.

▷ Festschrift: Wolfgang Schneiderhan zum 60. Geburtstag, 1975.

Schnelldorfer, Manfred

dt. Eiskunstläufer
* 2.5.1943 München

Schnelldorfer, achtmaliger Deutscher Meister im Eiskunstlauf (1956-64), krönte seine Karriere 1964 mit dem Gewinn der olympischen Goldmedaille in Innsbruck und der Weltmeisterschaft in Dortmund. Als Rollkunstläufer war er bereits 1958 Deutscher Meister und WM-Dritter gewesen. 1967-69 arbeitete er als Bundestrainer der Eiskunstläufer.

Schneyder, Werner

österr. Kabarettist und Schriftsteller
* 25.1.1937 Graz

Schneyder, einer der vielseitigsten deutschsprachigen Kabarettisten, wurde durch seine Auftritte mit D. →Hildebrandt in der »Münchner Lach- und Schießgesellschaft« (u. a. »Talk täglich«, 1974; »Ende der Spielzeit«, 1981) einem breiten Publikum bekannt. Sch., der mit seinen Soloprogrammen (u. a. »Zwischentöne«, 1982) Scheinheiligkeiten des Politik- und Kulturbetriebs aufdeckt, arbeitet auch als Sportmoderator und schrieb Drehbücher für das Fernsehen.

□ 1959: Nach dem Studium der Zeitungswissenschaften Promotion zum Dr. phil. □ 1962-65: Dramaturg an den Landestheatern von Salzburg und Linz. □ 1963: »Till bevor er hing« (Dr.). □ 1973: »Empfehlung der einfachen Schläge« (Schr.). □ 1976: »Die Unternehmungen des Herrn Hans« (R.). □ 1980: »...über Sport. Dabeisein ist gar nichts« (Schr.); »Private Lieder« (LP). □ 1982: Talk-Show-Moderator beim BR in »Meine Gäste und ich«. □ 1991: »Das Gefährliche an der Kunst« (Erz.n).

Schnitzler, Arthur

österr. Schriftsteller
* 15.5.1862 Wien † 21.10.1931 ebd.

Schnitzler, literarisches Pendant zu S. →Freud, porträtierte in seinem Werk meisterhaft die dekadente Gesellschaft des Wiener Fin de siècle um die Jahrhundertwende mit ihrer Mischung aus Todessehnsucht, Lebensüberdruß und Frivolität. Seine zugleich spielerische und psychologische, mitunter psychoanalytische Betrachtungsweise des Trieblebens (u. a. »Reigen«, Dr., 1900) verursachte zahlreiche Skandale. Als einer der meistgespielten Dramatiker in der Zeit vor dem 1. Weltkrieg spiegeln Sch.s Werke die Zersetzung der traditionellen Werte und den Zerfall der

Arthur Schnitzler übertrug Prinzipien der Psychoanalyse auf die Literatur.

bürgerlich-liberalen Ordnung vor Ausbruch des Krieges.
Sch.s Erzähltechnik orientiert sich einerseits am Realismus Gustave Flauberts (* 1821, † 1880), greift andererseits jedoch durch die Einführung des Inneren Monologs in der Offenheit der Formen bereits auf J. →Joyce voraus.

□ 1885: Promotion zum Dr. med. □ 1886-1893: Assistenzarzt in verschiedenen Wiener Krankenhäusern. □ 1890: Freundschaft mit H. v. →Hofmannsthal und H. →Bahr (Literatenkreis »Junges Wien«). □ 1893: »Anatol« (Dr.). □ 1894: »Das Märchen« (Dr.). □ 1896: »Liebelei« (Dr.). □ 1899: »Der grüne Kakadu« (Dr.). □ 1900: »Lieutenant Gustl« (Nov.). 1909: »Komtesse Mizzi oder Der Familientag« (Dr.). □ 1918: »Casanovas Heimfahrt« (Nov.). □ 1924: »Fräulein Else« (Nov.). □ 1927: »Spiel im Morgengrauen« (Nov.); »Buch der Sprüche und Bedenken« (Aphorismen). □ 1928: »Therese« (R.). □ posthum seit 1981: Veröffentlichung von Sch.s Tagebüchern.

▷ H. Scheible: Arthur Schnitzler, 1976; M. L. Perlmann: Arthur Schnitzler, 1987.

Wolfdietrich Schnurre →

Schnitzler, Karl Eduard von

dt. Journalist
* 28.4.1918 Berlin

Schnitzler — 1946/47 Leiter der politischen Abteilung und stellvertretender Intendant des Nordwestdeutschen Rundfunks — stieg nach seiner Entlassung und anschließenden Übersiedlung in die damalige sowjetische Zone (1947) bis 1952 zum Chefkommentator des DDR-Fernsehens auf. Bekannt wurde er durch seine Sendung »Der schwarze Kanal«, ein Polit-Magazin, das polemische Angriffe gegen die westdeutsche Gesellschaft führte. Es wurde nach der Ablösung E. →Honeckers durch E. → Krenz 1989 durch das Magazin »Ak zwo« ersetzt.

□ 1946: Mitbegründer des Nordwestdeutschen Rundfunks in Köln. □ 1947: Politischer Kommentator am Funkhaus in Hamburg □ 1948: Mitarbeiter des Berliner Rundfunks (Ost-Berlin); Eintritt in die SED. □ 1951: Besuch der Parteihochschule. □ 1967: Mitgl. des Zentralvorstands im Verband Dt. Journalisten.

Schnurre, Wolfdietrich

dt. Schriftsteller
* 22.8.1920 Frankfurt/Main † 9.6.1989 Kiel

Schnurre, ein virtuoser Meister der literarischen Kurzform, wird mit W. →Faulkner und E. →Hemingway verglichen. Seine knapp und präzise erzählten Anekdoten, Parabeln und Kurzgeschichten haben den alltäglichen Überlebenskampf zum Thema. Durch die Verbindung realistischen Geschehens mit skurrilen und grotesken Einfällen erhalten seine Erzählungen Gleichnischarakter. Immer bezog Sch. Politik und Zeitgeschehen mit ein, denn er verstand seinen Schriftstellerberuf als Dienst am Menschen, d. h. als politische Aufgabe; er vermied jedoch jede Anbindung an eine Partei.

□ 1939-45: Soldat (die Kriegserlebnisse bestimmen seinen Weg als politischer Schriftsteller). □ 1947: Mitgründer der Gruppe 47. □ 1958: »Als Vaters Bart noch rot war« (R. »in Geschichten«). □ 1960: »Man sollte dagegen sein« (Erz.n). □ 1964: »Schreibtisch unter freiem Himmel. Polemik und Bekenntnis« (Aufs.e).

▷ W. Schnurre: Der Schattenfotograf (Aut.), 1978.

Schober, Johannes

österr. Politiker
* 14.11.1874 Perg, Oberösterreich
† 19.8.1932 Baden bei Wien

Schober gelang es 1921/22 als Bundeskanzler, durch geduldige Verhandlungen mit den Nachbarstaaten den in seinem Bestand gefährdeten

Johannes Schober versuchte mit geschickter Außenpolitik Österreich zu sichern.

österreichischen Reststaat zu konsolidieren. Während seiner zweiten Amtszeit in der Nachfolge von I. →Seipel erreichte er die Aufhebung aller Reparationen. 1930/31 blieben seine Bemühungen, mit Deutschland eine Zollunion zu gründen, wegen des entschiedenen französischen Widerstands ohne Erfolg.

□ 1898: Nach Jurastudium in der Wiener Polizeidirektion. □ 1909: Im Innenministerium. □ 1913: Leiter der Staatspolizei. □ 1918-21: 1922-29: Polizeipräs. von Wien. □ 1921/22: Bundeskanzler. □ 1923: Leiter der Int. Kriminalpolizeilichen Kommission in Wien. □ 1929/30: Erneut Bundeskanzler. □ 1930/31: Vizekanzler und Außenmin. □ 1930-32: Nationalrat für den Nationalen Wirtschaftsblock (Zusammenschluß von Großdeutscher Volkspartei und Landbund).

▷ W. F. Kroupa/Freiheitliches Bildungswerk (Hg.): Festschrift zum 50. Todestag von Dr. h. c. Johannes Schober, Bundeskanzler und Polizeipräsident, 1982.

Schock, Rudolf

dt. Sänger
* 4.9.1915 Duisburg † 13.11.1986 Düren

Rudolf Schock: Ein international erfolgreicher Tenor.

Schock gehörte zu den wenigen deutschen Tenören, die in den Nachkriegsjahren an den großen Opernhäusern der Welt auftraten. Mit seinem ausgeprägt lyrischen Timbre interpretierte er vor allem die großen Partien in den Opern von W. A. Mozart, G. →Verdi, G. →Puccini und P. Tschaikowski.
Nach seinem großen Erfolg in dem Film »Du bist die Welt für mich« (1953), in dem er den unvergessenen R. →Tauber darstellte, wandte sich Sch. dem populären Fach zu. Er sang Operetten- und Volkslieder und war Gast bei zahllosen Wunschkonzerten auf der Bühne, im Fernsehen und Rundfunk.

□ 1937-40: Engagement am Staatstheater Braunschweig. □ 1940-43: Wehrdienst. □ 1946: Mitgl. der Dt. Staatsoper Berlin-Ost. □ 1947-56: Mitgl. der Hamburgischen Staatsoper. □ 1948: Debüt bei den Salzburger Festspielen. □ 1949: Australien-Tournee. □ 1949/50: Erster lyrischer Tenor an der Covent Garden Opera London. □ 1951/52: Gast bei den Ruhrfestspielen und dem Edinburgh Festival. □ ab 1951: Gast an den Staatsopern Wien, München und an der Städtischen Oper Berlin. □ 1954: Titel eines österr. Kammersängers, verliehen von der Wiener Staatsoper; Rolle bei der UA der Oper »Penelope« von R. →Liebermann in Salzburg. □ 1959/60: Rolle des Walther in Wagners »Die Meistersinger von Nürnberg« in Bayreuth. □ 1983: Eigene TV-Show »Ich erinnere mich gern. . .«.

▷ F. Herzfeld: Rudolf Schock, 1962; R. Schock: Ach, ich hab' in meinem Herzen. . . (Mem.), 1985.

Schockemöhle, Alwin

dt. Reiter
* 29.5.1937 Osterbrock, Emsland

Schockemöhle war nach F. →Thiedemann und H. G. →Winkler einer der populärsten deutschen Springreiter der Nachkriegszeit. 17 Jahre gehörte der Olympiasieger von Rom (1960; Mannschaft) und Montreal (1976; Einzel) zur Weltelite. Seine bekanntesten Pferde waren Donald Rex, Ferdl, Winzer und Warwick Rex.

□ 1960: Olympiasieger (Mannschaft) in Rom. □ 1961: Dt. Meister (erneut 1963, 1967 und 1975). □ 1968: Olympiadritter (Mannschaft) in Mexiko. □ 1975: Europameister (Einzel und Mannschaft). □ 1976: Olympiasieger (Einzel) und Olympiazweiter (Mannschaft) in Montreal.

Alwin Schockemöhle bei einem Turnier mit seinem berühmten Pferd Donald Rex.

Othmar Schoeck →

Schockemöhle, Paul

dt. Reiter
* 22.3.1945 Vechta

Der jüngere Bruder von A. →Schockemöhle zählt mit drei Siegen bei Europameisterschaften zu den erfolgreichsten deutschen Springreitern. Sein bekanntestes Pferd war Deister.

□ 1976: Olympiazweiter (Mannschaft) in Montreal. □ 1979: EM-Zweiter (Einzel). □ 1980: Dt. Meister (erneut 1982, 1983, 1986 und 1987). □ 1981: Europameister (Einzel, erneut 1983 und 1985); Europameister (Mannschaft). □ 1984: Olympiadritter (Mannschaft) in Los Angeles.

Schoeck, Othmar

schweiz. Komponist
* 1.9.1886 Brunnen, Kt. Schwyz † 8.3.1957 Zürich

Schoeck ist mit seinem umfangreichen lyrischen Œuvre (über 400 Lieder und Liedzyklen) einer der produktivsten Liedkomponisten des 20. Jh.s. Er orientierte sich in seinen Vertonungen (u. a. Texte von Goethe, Eichendorff, Lenau, Keller) an den romantischen Vorbildern Schubert, Schumann und H. →Wolf. Sch. komponierte auch Bühnenwerke (»Penthesilea«, UA Dresden 1927; »Vom Fischer und syner Fru«, UA Dresden 1930).

□ 1905/06: Studium am Konservatorium in Zürich. □ 1907: Auf Einladung von M. →Reger Fortsetzung der Studien in Leipzig. □ 1909-18: Tätigkeiten als Chorleiter in Aussersihl und Zürich. □ 1918-44: Leiter der Sinfoniekonzerte St. Gallen. □ 1926: »Lebendig begraben« (Orchesterlied). □ 1936: Schoeck-Festwoche in Bern. □ 1959: Gründung der Othmar-Schoeck-Gesellschaft.

▷ W. Vogel: Othmar Schoeck. Leben und Schaffen im Spiegel von Selbstzeugnissen und Zeitgenossenberichten, 1976.

Schoenaich, Paul Freiherr von

(eig. Paul von Hoverbeck)
dt. Militär
* 16.2.1866 Klein-Tromnau, Westpreußen
† 7.1.1954 Reinfeld, Holstein

Schoenaich war ein bedeutender Pazifist zur Zeit der Weimarer Republik. Nach mehr als 30 Jahren Militärdienst verließ er 1920 die Reichswehr und wandte sich nach den Erfahrungen des 1. Weltkriegs der Friedensforschung zu. Trotz heftiger nationalistischer Anfeindungen trat der ehemalige Generalmajor unbeirrbar für das Recht auf Kriegsdienstverweigerung ein.

Freiherr von Schoenaich (l.) mit dem frz. General Verraux.

□ 1907-19: Im preuß. Kriegsministerium; zuletzt Abteilungschef. □ 1920: Generalmajor; Regimentskommandeur. □ 1923: »Abrüstung der Köpfe« (Schr.). □ 1924: »Vom vorigen zum nächsten Krieg« (Schr.). □ 1926: »Mein Damaskus« (Schr.). □ 1929: »Zehn Jahre im Kampf für Frieden und Recht« (Schr.). □ 1929-33: Präs. der dt. Friedensgesellschaft. □ 1946: Neugründung der dt. Friedensgesellschaft; Ehrenvors. □ 1947: »Mein Finale« (Schr.).

Schoener, Eberhard

dt. Komponist und Dirigent
* 13.5.1938 Stuttgart

1969 baute Schoener als künstlerischer Leiter das elektronische Studio der Bavaria-Film-Studios in München auf. Seitdem gilt er als Spezialist auf dem Gebiet der elektronischen Musik. Sch. schrieb Filmmusiken, inszenierte Opern für das Fernsehen und arbeitete mit Rockgruppen wie →Deep Purple zusammen. Nach Ausflügen in die asiatische Musik während der 70er Jahre wurde er in Deutschland zum Pionier der Fusion zwischen Rock und klassischer Musik durch die Anfang der 80er Jahre populären Konzerte unter dem Titel »Rock-Klassik-Nacht«.

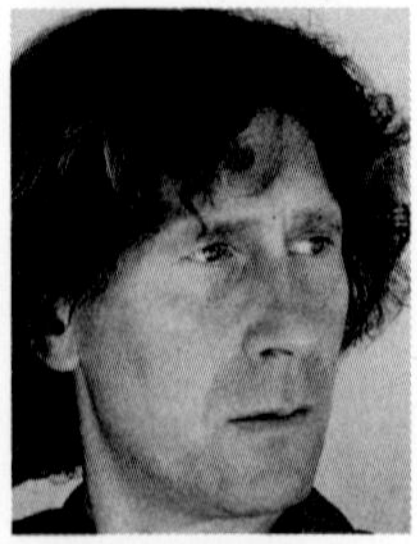

Eberhard Schoener →

□ 1952-59: Studium an der Musikakademie Detmold. □ 1962: Gründung des Münchner Jugend-Symphonie-Orchesters. □ 1964-68: Musikalischer Oberleiter der Bayer. Opernbühne. □ 1969: Aufbau des elektronischen Studios der Bavaria-Film-Studios. □ 1970: Kompositions-Auftrag der Bundesregierung für die EXPO in Osaka. □ 1971: Erste LP »Destruction of harmony«. □ 1974: Konzert »Rock meets Classic« mit Deep Purple in München; »Windows« (LP). □ 1976: »Bali-Agung« (TV-Film über die Begegnung europ. und asiat. Musik). □ 1978: Multi-Media-Show »Laser in Concert« auf Tournee. □ 1980: Erste »Rock-Klassik-Nacht«. □ 1984: »Sky Music — Mountain Music« (LP). □ 1987: »Eberhard Schoener, Sting, Andy Summers« (LP).

Schoeps, Julius H.

dt. Politikwissenschaftler und Historiker
schwed. Herkunft
* 1.6.1942 Djursholm

Seit den 70er Jahren engagiert sich Schoeps für eine Verständigung zwischen Juden und Deutschen. Er ist Autor und Herausgeber zahlreicher Publikationen zur deutsch-jüdischen Geschichte und Mitglied vieler jüdischer sowie deutsch-jüdischer Institutionen.

Julius H. Schoeps →

□ 1973: »Zionismus« (Schr.). □ seit 1974: Prof. an der Univ. Duisburg; Dir. des Salomon-Ludwig-Steinheim-Instituts für dt.-jüd. Geschichte. □ 1979: »Revolution und Demokratie in Geschichte und Literatur« (Schr.); »Moses Mendelssohn« (Biogr.). □ seit 1980: Mithg. der Briefe und Tagebücher Th. →Herzls und der Zeitschrift für Religions- und Geistesgeschichte. □ 1982-85: Mitgl. der dt.-jüd. Schulbuchkommission. □ 1986: »Antisemitismus nach dem Holocaust« (Schr.); »Juden in der Weimarer Republik« (Schr.); »Über Juden und Deutsche« (Schr.).

Scholem, Gershom

israel. Religionshistoriker
* 5.12.1897 Berlin † 20.2.1982 Jerusalem

Mit seinen grundlegenden Arbeiten über die jüdische Mystik (Kabbala) zählt Scholem zu den bedeutenden Religionswissenschaftlern der Gegenwart. Bekannt wurde der Freund W. →Benjamins mit seinen 1938 am New Yorker Jewish Institute of Religion gehaltenen Gastvorlesungen über »Die jüdische Mystik in ihren Hauptströmungen«, die 1941 in den USA als Buch erschienen (dt. 1957) und zum Standardwerk dieser Wissenschaft wurde.

Gershom Scholem →

□ 1923: Auswanderung nach Palästina. □ 1933-65: Prof. an der Hebräischen Univ. Jerusalem. □ 1960: »Zur Kabbala und ihrer Symbolik« (Schr., dt.). □ 1963: »Ursprung und Anfänge der Kabbala« (Schr.). □ 1968-74: Präs. der Israel Academy of Sciences and Humanities. □ 1968-73: »Judaica« (Schr., 3 Bde.).

▷ G. Scholem: Walter Benjamin. Die Geschichte einer Freundschaft, 1975; ders.: Von Berlin nach Jerusalem (Aut.), 1978.

Scholem Alechem

(eig. Schalom Rabinowitsch)
jidd. Schriftsteller
* 2.3.1859 Perejaslaw, Ukraine
† 13.5.1916 New York (USA)

Scholem Alechem war ein großer Humorist der jiddischen Literatur. Im Mittelpunkt seiner an →Mark Twain erinnernden Romane und Erzählungen steht der einfache Jude, der mit Mutterwitz und Überlebensmut die Schwierigkeiten des Lebens in Osteuropa meistert. Zum größten Erfolg Sch.s, der in seinen amerikanischen Reiseskizzen mit scharfem Blick auch die soziale Not jüdischer Einwanderer schilderte, wurde postum die Erzählung »Tewje, der Milchmann« (1894, dt. 1921); als Musical »Anatevka« erlangte sie Weltruhm.

□ 1880-83: Rabbiner in Lubny. □ 1882: »Menachem Mendel, der Spekulant« (R., dt. 1921). □ 1888/89: Hg. des Jahrbuchs »Di jidische folksbibliotek« in Kiew; »Stempanin« (Erz., dt. 1922). □ 1899: »Yossele Solovoy« (Erz.). □ 1906/07: Amerika-Reise. □ 1913: »Der Freilecher Seder — a zamlung humoreskes, lider un funken« (Erz.n). □ 1914: Auswanderung in die USA (New York). □ postum 1918: »In Amerika« (Reiseb.). □ 1923: »Schwer zu sein ein Jud« (Nov.n).

Peter Scholl-Latour →

Scholl, Geschwister

dt. Widerstandskämpfer
Hans: * 22.8.1918 Ingersheim/Jagst
† 22.2.1943 Berlin-Plötzensee (hingerichtet)
Sophie: * 9.5.1921 Forchtenberg/Kocher
† 22.2.1943 Berlin-Plötzensee (hingerichtet)

Die Geschwister Scholl, die während ihrer Gymnasialzeit noch Anhänger der NSDAP gewesen waren, studierten nach Ableistung des Kriegshilfsdienstes zusammen in München Medizin (Hans) bzw. Biologie und Philosophie (Sophie). Kriegseindrücke und der Einfluß katholischer Widerstandskämpfer bewogen Hans Sch. gemeinsam mit Prof. K. Huber (* 1893, † 1943) schließlich zur Gründung der Widerstandsgruppe »Weiße Rose« an der Münchner Universität, der sich auch Sophie Sch. anschloß. Sie verteilten im Winter 1942/43 Flugblätter in München gegen die Herrschaft des NS-Regimes und den Krieg. Nach einer Flugblattaktion am 18. 2. 1943 verhaftet, wurden sie vom sog. Volksgerichtshof (R. →Freisler) zum Tode verurteilt.

Geschwister Scholl mit einem weiteren Mitglied der Weißen Rose, Ch. Probst (r.).

▷ H. Vincke: Das kurze Leben der Sophie Scholl, 1982; I. Scholl: Die weiße Rose, 1958.

Scholl-Latour, Peter

dt. Journalist und Buchautor
* 9.3.1924 Bochum

Scholl-Latour, 1983/84 Chefredakteur und Mitherausgeber des Wochenmagazins stern, wurde in den 60er und 70er Jahren mit seinen Auslandsreportagen und TV-Features bekannt. Die Erfahrungen, die er auf Reisen in Afrika und Asien machte, fanden ihren Niederschlag in zahlreichen Büchern (u. a. »Der Tod im Reisfeld. Dreißig Jahre Krieg in Indochina«, 1979; »Mord am großen Fluß«, 1986). 1983 hatte Sch. in »Allah ist mit den Standhaften. Begegnungen mit der islamischen Revolution« die gesellschaftspolitischen Verhältnisse im Nahen Osten aus seiner Sicht beschrieben. Seitdem hat er zahlreiche Bücher über den Islam veröffentlicht.

□ seit 1950: Rep.n aus allen Teilen der Welt. □ 1954: Promotion zum Dr. phil. in Paris (Lettres). □ 1960-63: Afrika-Korrespondent der ARD. □ 1961: Erste Buchveröffentlichung »Matata am Kongo« zur Kongokrise. □ 1963-69: Leiter des Frankreich-Studios der ARD in Paris; als Sonderkorrespondent regelmäßige Reisen nach Vietnam und in den Nahen Osten. □ 1969-71: Dir. des 1. Fernsehprogramms des WDR. □ 1971: Wechsel zum ZDF. □ 1975: Leiter des ZDF-Studios in Paris. □ 1979: »Der Tod im Reisfeld. Dreißig Jahre Krieg in Indochina« (Sachb.). □ seit 1983: Vorstandsmitgl. des Verlags Gruner + Jahr. □ 1986: Hintergründe der Ermordung des kongol. Ministerpräsidenten P. →Lumumba in »Mord am großen Fluß« (Sachb.). □ 1990: »Der Wahn vom Himmlischen Frieden« (Sachb.). □ 1991: »Das Schwert des Islam« (Sachb.).

Scholochow, Michail Alexandrowitsch

sowjet. Schriftsteller und Literaturfunktionär
* 24.5.1905 Kruschilin, Dongebiet
† 21.2.1982 Staniza Wjoschenksaja

Der Bauernsohn Scholochow ist einer der höchstausgezeichneten Sowjetschriftsteller. 1965 erhielt er den Literatur-Nobelpreis für das Kosakenepos »Der stille Don« (R., 1928-40, dt. 1929-34, vollständig 1962), ein breites Panorama russischen Lebens zwischen 1912 und 1922. Nach Auffassung von A. →Solschenizyn und Roy Medwedjew soll Sch. das Werk jedoch nicht selbst verfaßt, sondern dem 1920 verstorbenen Kosaken Fjodor Krjukin gestohlen haben. Diese These wird gestützt durch das niedrige Niveau anderer Arbeiten wie des linientreuen Kollektivierungsromans »Neuland unter dem Pflug« (1932 und 1959, dt. 1946 und 1960) oder »Sie kämpften für die Heimat« (R., 1959, dt. 1960). In offiziellen Funktionen zeigte Sch. sich als Verfechter stalinistischer Kulturpolitik; so forderte er 1965 härteste Bestrafung der Untergrundautoren Juli Daniel und A. →Terz und schmähte 1969 öffentlich A. Solschenizyn.

□ ab 1934: Mitgl. des Präsidiums des Schriftstellerverbands der UdSSR, ab 1937 dort auch Sekr. des Präsidiums. □ 1937: Vollmitgl. der sowjet. Akademie der Wissenschaften. □ 1955-59: »Ernte am Don« (R., dt. 1960). □ 1961 Mitgl. im ZK der KPdSU.

Scholz, Gustav »Bubi«

dt. Boxer
* 12.4.1930 Berlin

Scholz war nach M. →Schmeling der populärste deutsche Profiboxer. Der zweimalige Europameister (1958 und 1964), dessen Karriere eine offene Tuberkulose unterbrochen hatte (1953-56), unterlag 1962 in einem Weltmeisterschaftskampf Titelträger Harold Johnson knapp nach Punkten. 1984 erschoß er unter Alkoholeinfluß seine Frau und verbüßte eine längere Haftstrafe.

□ 1951-65: 96 Kämpfe (davon insgesamt 88 Siege, 47 durch k. o.). □ 1951: Dt. Meister im Weltergewicht (erneut 1952). □ 1957-62: Dt. Meister im Mittelgewicht. □ 1958: Europameister im Mittelgewicht (Sieg über Ch. Humez, Frankreich). □ 1964: Europameister im Halbschwergewicht (Sieg über G. Rinaldi, Italien).

← Bubi Scholz

Schön, Helmut

dt. Fußballspieler und Bundestrainer
* 15.9.1915 Dresden

Schön war 1964-78 als Nachfolger von S. →Herberger Trainer der deutschen Nationalmannschaft. Zu seinen größten Erfolgen zählen der Gewinn der Weltmeisterschaft 1974 und der Sieg bei der Europameisterschaft 1972. Zweimal verpaßte sein Team nur knapp einen Titel: 1966 unterlagen die Deutschen im WM-Finale nach dem legendären Wembley-Tor 2:4 gegen England, 1976 im EM-Finale gegen die CSSR nach Elfmeterschießen.

□ 1930-46: Spieler beim Dresdener SC (Dt. Meister 1943 und 1944; Pokalsieger 1940 und 1941). □ 1937-41: 16 Länderspiele. □ 1952-56: Trainer des Saarl. Fußballverbandes. □ 1956-64: Assistent von S. Herberger. □ 1964-78: Bundestrainer bei insgesamt 139 Länderspielen (87 Siege, 30 Unentschieden, 22 Niederlagen).

← Helmut Schön

Schönberg, Arnold Franz Walter

amer. Komponist österr. Herkunft
* 13.9.1874 Wien † 13.7.1951 Los Angeles

Schönberg, der seinen kompositorischen Werdegang stets als Fortführung der abendländischen und insbesondere der österreichischen Musiktradition verstand, hat mit seinen Werken und theoretischen Schriften die Kunstmusik des 20. Jh.s entscheidend geprägt. Er ist vor allem als Schöpfer der Zwölftontechnik berühmt geworden, die seit den 50er Jahren zum Ausgangspunkt serieller Kompositionsverfahren wurde. Sch. lebte ab 1903 als Komponist und Kompositionslehrer in Wien. Zur ersten Wiener Schülergeneration gehörten A. →Berg, E. →Wellesz und A. →Webern — an dem späteren »Seminar für Komposition« (1917-20) nahmen auch H. →Eisler und der Pianist Rudolf Serkin (* 1903) teil. Sch. errang in diesen Jahren bereits internationale Erfolge in London (1912 mit »Fünf Orchesterstücke«) und Wien (1913 mit »Gurrelieder«). Doch gründete er wegen der überwiegend ablehnenden Reaktionen auf seine expressiven und frei atonalen Kompositionen 1918 den »Verein für musikalische Privataufführungen« zur Pflege zeitgenössischer Musik.
Anfang der 20er Jahre entwickelte Sch. seine Zwölftontechnik, die — nach der Auflösung der tonalen Harmonik — eine strukturierte Organisation des musikalischen Materials ermöglicht. Im »Quintett für Blasinstrumente« op. 26 (1923/24) formulierte er die Reihe der zwölf Töne und ihre drei Abwandlungen (Umkehrung, Krebs, Umkehrung des Krebses) zu Themen der vier Sätze einer Sonate. Die letzten von Sch. in Europa komponierten Werke repräsentieren strengste Dodekaphonie: das 3. Streichquartett op. 33 (1927), die Variationen für Orchester op. 31 (1928), die Oper »Von Heute auf Morgen« (UA

Arnold Schönberg: Schöpfer der Zwölftonmusik, um 1911.

Frankfurt/Main, 1930) sowie die unvollendete Oper »Moses und Aron« (1930-32), zu der Sch. selbst das Libretto schrieb.
Nach seiner Emigration in die USA (1933) kombinierte er die Zwölftontechnik mit einer stark erweiterten Tonalität — z. B. in »Kol nidre« für Sprecher, Chor und Orchester op. 39 (1938), dem eine jüdische liturgische Melodie zugrunde liegt. In den 40er Jahren schuf Sch. auch politisch-religiöse Bekenntniswerke, u. a. die ironische »Ode an Napoleon« op. 41 (1942) und »Ein Überlebender aus Warschau« für Erzähler, Männerchor und Orchester op. 46 (1947).

☐ 1899: Streichsextett »Verklärte Nacht« op. 4. ☐ 1900-03; 1910/11: »Gurrelieder« für Solostimmen, Chöre und Orchester. ☐ 1901: Kapellmeister am Berliner Kabarett Überbrettl. ☐ 1902: Dozent am Sternschen Konservatorium Berlin (erneut ab 1911). ☐ 1903: Sinf. Dichtung »Pelleas und Melisande« op. 5. ☐ 1906: 1. »Kammersymphonie« für 15 Soloinstrumente op. 9. (UA Wien, 1907). ☐ 1907: Chorwerk »Friede auf Erden« op. 13. ☐ 1908: UA des 2. Streichquartetts fis-Moll op. 10 (mit Sopransolo), Wien. ☐ 1908/09: 15 George-Lieder »Das Buch der hängenden Gärten« op. 15. ☐ 1910-13: Drama mit Musik »Die glückliche Hand« (UA Wien, 1924). ☐ 1911: »Harmonielehre« (Schr., NA 1922); »Herzgewächse« für Sopran und Instrumente op. 20. ☐ 1912: UA des »Pierrot lunaire« für Sprechstimmen und 5 Instrumentalisten op. 21, Berlin. ☐ 1913: Skandal bei einem Konzert in Wien mit Werken von Sch., A. Berg und A. Webern. ☐ 1917: Oratorium »Die Jakobsleiter« (unvollendet). ☐ 1920: Dirigat eigener Werke in Prag, Mannheim und Amsterdam. ☐ 1920/21: Theoriekurse in Amsterdam. ☐ 1925: Als Nachfolger von F. →Busoni Leiter der Meisterklasse für Komposition an der Preuß. Akademie der Künste Berlin. ☐ 1930-33: Reisen nach Südeuropa. ☐ ab 1934: Wohnsitz in Los Angeles. ☐ 1936-44: Prof. an der Univ. of California in Los Angeles. ☐ 1940: Amer. Staatsbürgerschaft. ☐ 1943: »Thema und Variation für Blasorchester« op. 43a. ☐ 1950: »Style and idea« (Schr.). ☐ postum 1954: »Structural functions of harmony«, hg. von H. Searle (Schr.).

▷ J. Rufer: Das Werk Arnold Schönbergs, 1959, NA 1975; W. Reich: Arnold Schönberg oder der konservative Revolutionär, 1968; N. Nono-Schoenberg (Hg.): Arnold Schönberg. Lebensgeschichte in Begegnungen, 1991.

Schönherr, Dietmar

(eig. Edler von Schönleiten)
österr. Schauspieler
* 17.5.1926 Innsbruck

Schönherr wurde als Filmschauspieler durch den Film »Rosenmontag« (1955) sowie in der Folge als Conférencier verschiedener Fernsehshows (u. a. im Familienquiz »Wünsch Dir was«, 1970-72 mit seiner Frau Vivi Bach, und in der Talkshow »Je später der Abend«, 1972-74) bekannt. Anfang der 80er Jahre machte der vielseitige Entertainer durch sein politisches Engagement für die Friedensbewegung und seine verbalen Attacken gegen den US-Präsidenten R. →Reagan auf sich aufmerksam. 1985 rief Sch., Mitglied des Ensembles des Züricher Schauspielhauses, die Stiftung Hilfe zur Selbsthilfe für Projekte in Nicaragua ins Leben.

☐ 1944: Erste Filmrolle im UFA-Film »Junge Adler« (Rg. Alfred Weidenmann). ☐ 1947-52: Sprecher, Schauspieler, Regisseur, Reporter und Autor beim Österr. Rundfunk. ☐ 1958: »Frauensee«, (Rg. Rudolf Jugert). ☐ 1959: »Ingeborg« (Rg. W. →Liebeneiner). ☐ 1966: »Raumpatrouille«, TV-Serie. ☐ 1970: Rg. im TV-Film »Kain«. ☐ 1981: Kündigung als Moderator im Schweizer Fernsehen wegen öffentlicher Äußerungen gegen US-Präs. R. →Reagan. ☐ 1985: »Nicaragua, mi Amor. Tagebuch einer Reise und das Projekt Poslera« (Reiseb.). ☐ 1988/89: »Reporter«, TV-Serie.

← Dietmar Schönherr

Schostakowitsch, Dmitri Dmitrijewitsch

sowjet. Komponist
* 12.(25.?)9.1906 St. Petersburg
† 9.8.1975 Moskau

Im Zentrum des umfangreichen Œuvres von Schostakowitsch, der neben I. →Strawinski und S. →Prokofjew zu den bedeutendsten russischen

Dmitri Schostakowitsch war mit seinen Sinfonien und Operetten erfolgreich.

Komponisten des 20. Jh.s gehört, steht das sinfonische und kammermusikalische Instrumentalwerk. Mit den 15 Sinfonien — angefangen bei dem reifen Frühwerk in f-Moll (1924/25) über den epischen Ton der Kriegsjahre (7. Sinf.) bis hin zu dem persönlichen Ausdruck der Spätwerke (14. Sinf.) — nimmt Sch. unter seinen Zeitgenossen den höchsten Rang in dieser Gattung ein. Schöpferische Vielfalt zeigt er in den rein orchestralen Konzeptionen (5. Sinf.) ebenso wie in den programmatischen (11. Sinf.) oder vokalinstrumentalen (13. Sinf.). Kennzeichnend sind die farbige Orchestrierung, die originelle Melodik und die durchdachten Proportionen.

Ähnliches leistete Sch. mit seinen 15 Streichquartetten in einem intimeren Ausdrucksbereich. Daneben schrieb er aus politischer Überzeugung auch im leichten Genre (Operette »Moskwa«, »Tscherjomuschki«, UA Moskau 1957), propagandistische Werke (Oratorium »Lied von den Wäldern«, 1949) und Filmmusiken für sowjetische Produktionen (»Maxims Jugend«, 1935; »Der Fall Berlins«, 1949; »King Lear«, 1970). Obwohl Sch. ein positives Verhältnis zum Staatsapparat der UdSSR hatte, geriet er 1936 ins Kreuzfeuer der Kritik. Seine Oper »Lady Macbeth«, die 1934 mit triumphalen Erfolgen in Leningrad und Moskau aufgeführt worden war, galt offiziell als bourgeois, dekadent und abstrakt-formalistisch. Sch. zog daraufhin die Oper zurück und legte eine Neufassung als »Katerina Ismajlowa« (UA Moskau 1962) vor.

☐ 1919-25: Studium am Leningrader Konservatorium. ☐ 1927: Ehrendiplom als Pianist beim Int. Chopin-Wettbewerb Warschau. ☐ 1927/28: Oper »Die Nase«, UA 1930. ☐ 1933: Konzert für Klavier, Trompete und Streicher; 24 Präludien für Klavier. ☐ 1934: 1. Streichquartett C-Dur. ☐ 1935/36: 4. Sinf. c-Moll. ☐ 1937: 5. Sinf. d-Moll. ☐ 1937-41; 1945-58: Dozent am Leningrader Konservatorium. ☐ 1939-48: Mitgl. des Präsidiums des Sowjet. Komponistenverbandes. ☐ 1941: 7. Sinf. C-Dur »Leningrader«. ☐ 1943-49: Dozent am Moskauer Konservatorium. ☐ 1944-56: Streichquartette Nr. 2-6. ☐ 1957: 11. Sinf. »Das Jahr 1905« g-Moll. ☐ 1958: Sibelius-Preis Helsinki. ☐ 1962: 13. Sinf. b-Moll für Baß, Chor und Orchester, Lenin gewidmet. ☐ 1964-66: Streichquartette Nr. 9-11. ☐ 1966: Auszeichnung als »Held der sozialistischen Arbeit«. ☐ 1968: »The power of music« (Schr.). ☐ 1969: 14. Sinf. für Soli, Streicher und Schlagzeug. ☐ 1971: 15. Sinf. A-Dur. ☐ 1973/74: Streichquartette Nr. 14-15.

▷ I. Martynow: Dmitri Schostakowitsch, 1946, dt. 1947; H. A. Brockhaus: Dmitri Schostakowitsch, 1962; K. Laux: Dmitri Schostakowitsch. Chronist seines Volkes, 1966; S. Volkow (Hg.): Dmitrij Šostakovič. Zeugenaussage (Mem.), 1979; K. Meyer: Dmitri Schostakowitsch, 1980.

Schott, (Friedrich) Otto

dt. Chemiker und Industrieller

* 17.12.1851 Witten an der Ruhr † 27.8.1935 Jena

Schott gründete 1882 mit E. →Abbé und Carl Zeiss das Jenaer Glaswerk Schott & Gen. und schuf die wissenschaftlichen Grundlagen zur Herstellung widerstandsfähiger, feuerfester und optischer Spezialgläser. Sch. entwickelte insgesamt mehr als 200 verschiedene Gläser (u. a. das »Jenaer Normalglas«). 1919 übertrug er seinen Firmenanteil der Carl-Zeiss-Stiftung und schied 1927 aus der Firmenleitung aus.

☐ 1884: Entwicklung von »Jenaer Normalglas« für Thermometer. ☐ 1886: Fertigung von »Apochromaten« (hochwertige Linsen für Lichtmikroskope). ☐ 1890: Herstellung von temperaturwechselbeständigem Glas für die Zylinder von Gaslampen.

▷ H. Kühnert: Otto Schott (Biogr.), 1940.

Schottky, Walter

dt. Physiker

* 23.7.1886 Zürich (Schweiz) † 4.3.1976 Pretzfeld

Schottky erfand 1915 die für Verstärkerschaltungen vielseitig verwendbare Schirmgitterröhre

Walter Schottky →

Norbert Schramm →

Peter Schreier →

← F. Otto Schott

(Tetrode) und entwickelte 1918 den sog. Superheterodyn-Empfänger. Bei dem Superhet-Prinzip wird die Empfangsfrequenz von einer im Radioempfänger selbst erzeugten Oszillatorfrequenz überlagert.
1914 entdeckte Sch. die durch Einwirkung starker elektrischer Felder eintretende Erhöhung der Glühemission (O. W. →Richardson); 1938/39 beschrieb er in seiner Sperrschichttheorie der Halbleitergleichrichter die wissenschaftlichen Voraussetzungen zur Herstellung von Halbleiterbauelementen.

Schramm, Norbert

dt. Eiskunstläufer

* 7.4.1960 Nürnberg

Schramm wurde 1982 und 1983 Europameister sowie WM-Zweiter hinter dem Amerikaner Scott Hamilton. Der zweifache Deutsche Meister (1981 und 1984) setzte bei seiner Kür, in der er sich u. a. auch durch sein Harlekin-Kostüm von der Konkurrenz absetzte, Musik in eigenwillige Bewegungen um. Seit 1985 ist er bei der Eisrevue »Holiday on Ice« unter Vertrag.

Schreier, Peter

dt. Sänger

* 29.7.1935 Meißen

Schreier ist einer der bedeutendsten lyrischen Tenöre. Seine Mozartinterpretationen werden mit denen von R. →Tauber und F. →Wunderlich verglichen. Berlin und Wien waren seine ersten Erfolgsstationen, bevor er Ende der 60er Jahre Salzburg, Mailand, New York und Buenos Aires eroberte. Schr. steht etwa 100 bis 150 Abende im Jahr auf der Bühne oder dem Konzertpodium. Zu seinem Repertoire zählen neben den Opern Mozarts auch Lieder von Schubert und Schumann sowie die Evangelistenpartien in Bachs Passionen. In den 80er Jahren hat er zunehmend auch als Dirigent Bedeutung gewonnen.

☐ 1945-54: Mitgl. des Dresdner Kreuzchores. ☐ 1954-56: Privates Gesangsstudium in Leipzig. ☐ 1956-59: Studium an der Musikhochschule Dresden. ☐ 1960: Debüt als Tamino in Mozarts »Zauberflöte« an der Staatsoper Dresden. ☐ 1961: Verpflichtung an der Staatsoper Dresden; großer Erfolg als Belmonte in Mozarts »Entführung aus dem Serail«. ☐ seit 1963: Mitgl. der Staatsoper Berlin. ☐ seit 1967: Ständiger Gast der Wiener Staatsoper sowie der Salzburger Festspiele. ☐ seit 1968: Mitgl. der Metropolitan Opera New York. ☐ 1969: Idamantes in Mozarts »Idomeneo« an der Mailänder Scala. ☐ 1973: Rolle bei der UA der Oper »De Temporum fine comoedia« von C. →Orff in Salzburg. ☐ 1974: Rolle bei der UA der Oper »Einstein« von P. →Dessau in Berlin. ☐ 1986: Partie in dem Oratorium »Golgatha« von Frank Martin (*1890, † 1974) in Salzburg.

▷ G. Schmiedel: Peter Schreier. Eine Bildbiographie, 1979.

Schreker, Franz

dt. Komponist

* 23.3.1878 Monaco † 21.3.1934 Berlin

Schreker, der in Wien im Kreis um A. →Schönberg, A. →Berg und A. →Webern wirkte, zählt zu den wichtigsten Opernkomponisten zu Beginn

Franz Schreker: Der große Opernkomponist mit seinen Kindern in Berlin, 1928.

des 20. Jh.s. Nach dem großen UA-Erfolg seiner Oper »Der ferne Klang« in Frankfurt/Main (1912) etablierte er sich als bedeutender Komponist mit den Opern »Die Gezeichneten« (UA Frankfurt/Main, 1918) und »Der Schatzgräber« (UA Frankfurt/Main, 1920). Seither standen seine Werke, die durch eindringliche theatralische Stringenz und souveräne Disposition der Form gekennzeichnet sind, regelmäßig im Spielplan deutscher und europäischer Bühnen. 1932/33 mußte Sch. unter politischem Druck sein Amt als Direktor der Musikhochschule (seit 1920) und seine Professur an der Akademie der Künste (seit 1932) in Berlin aufgeben.

□ 1892-95: Studium am Konservatorium Wien. □ 1897-1900: Schüler von Robert Fuchs (* 1847, † 1927). □ 1906: »Der 116. Psalm« op. 6 für Frauenchor, Orchester und Orgel. □ 1908: Oper »Der Geburtstag der Infantin«, UA bei der Wiener Kunstschau. □ 1908-20: Gründer und Leiter des Philharmonischen Chores Wien. □ 1909: Fünf Gesänge für tiefe Stimme. □ ab 1912: Dozent am Wiener Konservatorium. □ 1913: Oper »Das Spielwerk und die Prinzessin«, UA Wien und Frankfurt/Main; Leiter der UA der »Gurrelieder« von A. →Schönberg in Wien. □ 1916: »Kammersymphonie« für 23 Soloinstrumente. □ 1924: Oper »Irrelohe«, UA Köln. □ 1928: Oper »Der singende Teufel«, UA Berlin. □ 1931: UA der Oper »Christophorus« in Freiburg i. Br. wird unter politischem Druck abgesetzt. □ 1932: Oper »Der Schmied von Gent«, UA Berlin.

▷ P. Bekker: Franz Schreker, 1919; J. Kapp: Franz Schreker, 1921; G. Neuwirth: Franz Schreker, 1959; O. Kolleritsch (Hg.): Franz Schreker am Beginn der neuen Musik, 1978.

Schrieffer, John Robert

amer. Physiker
* 31.3.1931 Oak Park, Ill.

Schrieffer, seit 1962 Professor an der University of Pennsylvania, erhielt 1972 den Physik-Nobelpreis mit J. →Bardeen und L. N. →Cooper für die Aufstellung der nach ihnen benannten BCS-Theorie der Supraleitfähigkeit. Darin gelang es 1957, das von H. →Kamerlingh Onnes erkannte Phänomen zu erklären, daß Metalle bei ihrer Abkühlung bis nahe an den absoluten Nullpunkt plötzlich ihren elektrischen Widerstand verlieren. Die sog. Sprungtemperatur führt durch Kristallgittterschwingungen zu einer Elektronen-Paarbildung, die einen Stromfluß ohne Aufrechterhaltung der elektrischen Spannung ermöglicht.

Ernst Schröder →

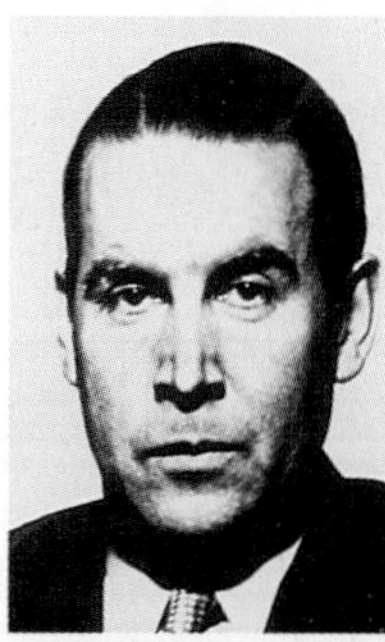

Gerhard Schröder →

← John R. Schrieffer

Schröder, Ernst

dt. Schauspieler und Regisseur
* 27.1.1915 Wanne-Eickel

Schröders präzises, souveränes Spiel, das vor allem in der Darstellung starker, von Unterdrückung und Leid geprägter Persönlichkeiten überzeugt, hat ihn zu einer der beeindruckendsten Gestalten des deutschen Theaterlebens gemacht. Er beherrscht fast alle großen Charakterrollen des klassischen Repertoires, u. a. Franz Moor in Schillers »Räuber«, den Dorfrichter Adam in Kleists »Der zerbrochene Krug« sowie die Shakespeare-Figuren Richard III. und Macbeth. Sch. ist auch als Film- und Fernsehschauspieler bekannt geworden. Zu seinen herausragenden Regieleistungen gehört die Inszenierung von Goethes »Faust II« mit H. Mayer am Berliner Schillertheater (1966).

□ 1938-45: Ensemblemitgl. des Schillertheaters Berlin. □ 1946-51: Lehrtätigkeit. □ ab 1951: Gastengagements an Berliner Bühnen. □ 1956: »Stresemann« (F., Rg. H. Braun). □ 1961: Mitgl. der Staatlichen Bühnen Berlin. □ 1964: Marquis de Sade in der UA von »Die Verfolgung und Ermordung Jean Paul Marats. . .« (P. →Weiss); »Der Besuch« (F., Rg. B. →Wicki), nach dem Drama »Der Besuch der alten Dame« von F. →Dürrenmatt. □ ab 1968: Gastengagements vorrangig in Zürich. □ 1972: Rg. der Oper »Elektra« (R. →Strauss) in München. □ 1983: Hauptrolle in »Über allen Gipfeln ist Ruh'« (Th. →Bernhard). □ 1987: Mitwirkung in der TV-Serie »Lorentz & Söhne«.

▷ E. Schröder: Die Arbeit des Schauspielers, 1966; E. Schröder: Das Leben — verspielt, 1978.

Schröder, Gerhard

dt. Politiker
* 11.10.1910 Saarbrücken
† 31.12.1989 Kampen, Sylt

Der elegante und zurückhaltende Schröder gehörte Anfang der 60er Jahre zu den führenden Politikern der CDU, in der er der Repräsentant des »protestantischen Flügels« war. Als Außenminister setzte er sich für eine politische Erweiterung der EWG ein. 1963 war er Mitunterzeichner des deutsch-französischen Freundschaftsvertrags, den er auch wesentlich mitformuliert hatte. Durch die Eröffnung von Handelsmissionen in den Staaten des Warschauer Pakts leitete Sch. bereits 1963 eine erste, vorsichtige Neuorientierung der Ostpolitik ein. Als Kandidat für das Amt des Bundespräsidenten unterlag Sch. 1969 G. →Heinemann.

□ 1929-32: Jurastudium. □ ab 1933: Wissenschaftlicher Assistent in Bonn. □ 1939: Rechtsanwalt. □ 1941-45: Soldat. □ 1945: Mitbegründer der CDU. □ 1945-47: In der Landesverwaltung von NRW. □ 1949-80: MdB. □ 1953-61: Innenmin. □ 1955-78: Vors. des ev. Arbeitskreises der CDU. □ 1961-66: Außenmin. □ 1964: »Entscheidung für Europa« (Schr.). □ 1966-69: Verteidigungsmin. □ 1969: Als Kandidat der CDU/CSU für das Amt des Bundespräsidenten dem SPD-Politiker G. Heinemann unterlegen.

Schröder, Gerhard

dt. Politiker
* 7.4.1944 Mossenberg, Lippe

Seit den knapp gewonnenen Landtagswahlen 1990 regiert der gemäßigte Reformsozialist Schröder das Land Niedersachsen. Er steht an der Spitze einer rot-grünen Koalition, die sich u. a. den Ausstieg aus der Atomkraft und die Beendigung der Müllverbrennung zum Ziel gesetzt hat. Durch Sch.s überraschenden Wahlsieg bekam die SPD erstmals seit 1956 wieder die Mehrheit im Bundesrat.

□ bis 1961: Kaufmännische Lehre. □ seit 1963: Mitgl. der SPD. □ bis 1966: Kaufmann; Zweiter Bildungsweg. □ 1966-71: Jurastudium. □ 1971: Vors. der Jungsozialisten (Jusos), Bezirk Hannover. □ 1976: Rechtsanwalt. □ 1978-80: Bundesvors. der Jungsozialisten. □ 1980-86: MdB. □ 1983: Vors. des SPD-Bezirks Hannover. □ seit 1986: MdL. □ seit 1989: Mitgl. des Präsidiums der SPD. □ seit 1990: Ministerpräsident von Niedersachsen.

← Gerhard Schröder

Schrödinger, Erwin

österr. Physiker
* 12.8.1887 Wien † 4.1.1961 ebd.

Schrödinger entwickelte 1926 die Wellenmechanik und zeigte die mathematische Gleichwertigkeit seiner nichtrelativistischen Betrachtungsweise mit der wesentlich abstrakteren Matrizenmechanik W. →Heisenbergs. Ausgehend von den Vorstellungen über die Materiewellen (L. V. de →Broglie) führte Sch. die Welleneigenschaft der Elektronen in das Atommodell ein, das nun zu einem besseren Verständnis ihres Verhaltens führte. Mit der Schrödinger-Gleichung fand Sch. eine grundlegende Bewegungsgleichung für atomare Teilchen. Sie gibt das Maß für die Wahrscheinlichkeit an, mit der sich Elektronen in einem bestimmten Beobachtungsausschnitt der Kernhülle aufhalten.

□ 1921-27: Prof. an der Univ. Zürich. □ 1927: »Abhandlungen zur Wellenmechanik«. □ 1928-33: Nachfolger von M. →Planck an der Univ. Berlin. □ 1933: Physik-Nobelpreis (mit P. A. M. →Dirac). □ 1940-56: Prof. an der School for Advanced Studies in Dublin. □ 1956: Rückkehr nach Wien. □ postum 1962: »Was ist ein Naturgesetz?« (Schr.).

← Erwin Schrödinger

Schroeder, Hermann

dt. Komponist
* 26.3.1904 Bernkastel

Schroeder ist einer der wichtigsten Repräsentanten der katholischen Kirchenmusik in Deutschland. Im Zentrum seines Gesamtwerks, das alle instrumentalen und vokalen Gattungen umfaßt, stehen geistliche und liturgisch gebundene Werke (Messen, Passionen u. a.). Sch. orientiert sich an der Gregorianik, einstimmige, lateinische Gesänge, die seit dem 9. Jh. zur Liturgie der römischen Kirche gehören.

□ 1926-30: Studium der Theologie und Musik in Innsbruck und Köln. □ 1938/39: Domorganist in Trier. □ 1946-61: Leiter des Kölner Bachvereins. □ 1946-72: Lektor an den Univ.n Bonn und Köln. □ ab 1948: Prof. für Musiktheorie, Komposition und Chorleitung an der Musikhochschule Köln (1958-61 stellv. Dir.). □ 1950: »Römische Brunnen« (Chorzyklus). □ 1954: »Generalbaßübungen« (Schr.). □ 1959: »Missa Ambrosiana«. □ 1962: »Formenlehre der Musik« (Schr.). □ 1967: »Ordinarium Gregorianum«. □ seit 1981: Dozent an der Kath. Kirchenmusikschule Regensburg.

▷ R. Keusen: Die Orgel- und Choralwerke von Hermann Schroeder, 1974.

Schroeter, Werner

dt. Regisseur
* 7.4.1945 Georgenthal

Schroeter ist eine der eigenwilligsten Erscheinungen des deutschen Film- und Theaterlebens. Nach experimentellen Kurzfilmen, in denen er musikalische Erfahrungen in unzusammenhängenden Bildfolgen mit übertrieben kostümierten Darstellerinnen in Form von Montagen verarbeitete, sind die längeren Filme seit »Neapolitanische Geschwister« (1978) und »Palermo oder Wolfsburg« (1980), obwohl weiterhin von überbordender Emotionalität, stärker handlungsorientiert. In »Malina« (1991, nach I. →Bachmann, Drehbuch E. →Jelinek) überträgt Sch., der seit den 70er Jahren auch als Theater- und Opernregisseur arbeitet, mit intensiven Bildern den exaltierten Zustand seiner Protagonistin (I. →Huppert) auf die Zuschauer.

W. Schroeter drehte 1974 mit Ch. Kaufmann »Die Verlobung«.

□ 1968: »Callas Porträt« und weitere Experimentalfilme. □ 1971: »Der Tod der Maria Malibran« (F., mit M. Montezuma, Ch. Kaufmann). □ 1978: »Das Käthchen von Heilbronn« (H. v. Kleist) am Stadttheater Bochum. □ 1979: »Lohengrin« (R. Wagner) in Kassel. □ 1980: Goldener Bär für »Palermo oder Wolfsburg«. □ 1986: »Der Rosenkönig« (F., mit M. Montezuma). □ 1991: »Les Caprices de Marianne« (A. de Musset) am Thalia-Theater Hamburg.

Schroth, Carl Heinz

dt. Schauspieler
* 29.6.1902 Innsbruck † 19.7.1989 München

Schroth war bis ins hohe Alter als Schauspieler aktiv und erreichte seine größte Popularität als lebenslustiger Rentner in der TV-Serie »Jakob und Adele« (ab 1982; mit B. →Horney). Neben zahlreichen Film- und Fernsehrollen blieb S. stets dem Theater verbunden. Den verschmitzten Charme eines Kavaliers der alten Schule ver-

Carl Heinz Schroth →

sprühte er dabei als idealer Hauptdarsteller in den Boulevardkomödien von C. →Goetz.

□ 1928-1941: Schauspieler an den Hamburger Kammerspielen. □ 1931: »Der Kongreß tanzt« (mit W. →Fritsch und L. →Harvey; Rg. E. Charell). □ 1949: »Die Freunde meiner Frau« (mit S. Ziemann; Rg. H. Deppe). □ 1953: »Männer im gefährlichen Alter« (Rg.; mit H. Söhnker und L. →Pulver). □ 1954: »Die verschwundene Miniatur« (Rg.). □ 1971: »Alle Hunde lieben Theobald« (TV-Serie). □ ab 1978: Zahlreiche Rollen in TV-Serien und Fernsehspielen.

▷ C. H. Schroth: Keine Angst vor schlechten Zeiten, 1984.

Schroth, Hannelore

dt. Schauspielerin
* 10.1.1922 Berlin † 7.7.1987 München

Schroth, Tochter von K. →Haack und Heinrich Schroth, trat als Bühnenschauspielerin u. a. in München, Hamburg, Berlin und Wien auf. Ihr Repertoire reichte von Shakespeare-Komödien über die zeitgenössische internationale Moderne — J. →Anouilh, H. →Pinter, T. →Williams — bis zum Musical und zu →Brecht/→Weill-Singspielen. Zugleich war sie eine gefragte Filmschauspielerin. Herausragend ist ihre Darstellung der Anna in dem Käutner-Film »Unter den Brücken« (1945, mit G. →Knuth, C. →Raddatz).

← Hannelore Schroth

□ 1938: Filmdebüt in »Spiel im Sommerwind« (Rg. R. v. Norman). □ 1945: Engagement am Wiener Theater in der Josefstadt. □ 1949: Gastspiel in München mit der Kom. »Seit Adam und Eva« (J. B. →Priestley). □ 1953: Auftritt am Berliner Schloßparktheater in »Die Lerche« (J. →Anouilh). □ 1956: »Geliebte Corinna« (F., Rg. E. v. Borsody). □ 1958: Gastspiel an der Kleinen Komödie München in »Happy End« (Kom. von Brecht/Weill). □ 1987: Letzter Film »Da capo«.

Wassili M. Schukschin →

Schücking, Walther

dt. Völkerrechtler
* 6.1.1875 Münster, Westf.
† 25.8.1935 Den Haag (Niederlande)

Schücking, 1919/20 Mitglied der Weimarer Nationalversammlung, war 1930-35 einer der vom Völkerbund benannten Richter am Ständigen Internationalen Gerichtshof (1920-46) in Den Haag. Neben der Klärung völkerrechtlicher Streitfragen organisierte Sch. in Zusammenarbeit mit dem Internationalen Friedensbüro in Genf die nationalen Friedensgesellschaften zu einer europäischen Bewegung. Als Professor und Direktor des Instituts für Internationales Recht an der Universität Kiel (ab 1926) wurde S. 1933 von den Nationalsozialisten zwangspensioniert.

Walther Schücking, Richter am Internationalen Gerichtshof in Den Haag.

□ 1903-21: Prof. an der Univ. Marburg. □ 1908: »Das Nationalitätenproblem« (Schr.). □ 1912: »Der Staatenverband der Haager Konferenz« (Schr.). □ 1918: »Die völkerrechtliche Lehre des Weltkriegs« (Schr.). □ 1920-28: MdR (DDP). □ 1920-22: »Kommentar zum Friedensvertrag« (2 Bde.). □ 1921-26: Prof. an der Handelshochschule Berlin. □ 1924: »Das Genfer Protokoll« (Schr.).

Schukschin, Wassili Makarowitsch

sowjet. Erzähler, Schauspieler und Regisseur
* 25.7.1929 Srostki, Altai-Gebirge
† 2.10.1974 Stanitza Kletzkaja, Gebiet Wolgograd

Schukschin wurde 1973 als Hauptdarsteller und Regisseur des Films »Roter Holunder« nach seiner gleichnamigen Erzählung (1973, dt. 1975) weltweit bekannt. Der Vertreter der sog. Dorfprosa (V. G. →Rasputin) bevorzugte als Schauplatz das russische Dorf, als Thema die sozialen Unterschiede zwischen Stadt und Land. Ihren Freiheitsdrang leben seine Helden oft als Kraftfahrer aus. Ihr ausgeprägtes Rechtsempfinden schlägt gelegentlich um ins Anarchistische oder Kriminelle, z. B. in Sch.s umfangreichstem Prosawerk, dem Stenka-Rasin-Roman »Ich kam, euch die Freiheit zu bringen« (1968, dt. 1978).

□ 1964: Goldener Löwe von Venedig für das Drehbuch »Da lebt so ein Bursche«. □ 1971: Staatspreis der UdSSR; »Seltsame Leute« (F.). □ postum 1976: Lenin-Preis.

Schulenburg, Friedrich Dietloff Graf von der

dt. Beamter und Widerstandskämpfer
* 5.9.1902 London (Großbritannien)
† 10.8.1944 Berlin-Plötzensee (hingerichtet)

Schulenburg erhoffte sich wie viele andere (u. a. G. →Strasser) von der NSDAP die Möglichkeit,

Graf von der Schulenburg vor dem Volksgerichtshof, 1944.

seine undogmatischen sozialistischen Vorstellungen mit nationalen Gedanken verbinden zu können. Abgestoßen von der brutalen Behandlung von Polen und Juden wandte er sich zu Beginn des Krieges von der NSDAP ab. Bereits als stellvertretender Polizeipräsident von Berlin hatte er Kontakte zum Widerstand im Kreisauer Kreis aufgenommen. Am 20. 7. 1944 war er in Berlin aktiv am Putschversuch beteiligt.

□ 1932-40: Mitgl. der NSDAP. □ 1937: Stellv. Polizeipräsident von Berlin. □ 1939: Stellv. Oberpräsident von Schlesien. □ ab 1941: Tätigkeit in der Militärverwaltung in Paris.

Schulenburg, Friedrich Werner Graf von der

dt. Diplomat und Widerstandskämpfer
* 20.11.1875 Kemberg, Kr. Wittenberg
† 10.11.1944 Berlin-Plötzensee (hingerichtet)

Der Diplomat und langjährige Kenner der sowjetischen Verhältnisse riet der deutschen politischen Führung immer wieder zur Verständigung mit J. →Stalin; 1939 war Schulenburg an der Formulierung des deutsch-sowjetischen Nichtangriffspakts beteiligt. 1942 bot er dem Widerstand seine guten Kontakte zu sowjetischen Stellen an. Dabei war er bereit, sich zur Aufnahme von Gesprächen von H. v. →Tresckow durch die Front schleusen zu lassen. Im Falle eines geglückten Staatsstreichs war er als Außenminister vorgesehen. Nach dessen Scheitern wurde er vom Volksgerichtshof zum Tode verurteilt.

Friedrich W. Graf v. d. Schulenburg wurde vom Volksgerichtshof zum Tode verurteilt.

□ ab 1901: Im diplomatischen Dienst. □ 1911: Konsul in Tiflis. □ 1914-18: Wehrdienst; zuletzt Hauptmann. □ 1923: Gesandter in Teheran. □ 1931-34: Botschafter in Bukarest. □ 1934-41: Botschafter in Moskau.

Schuller, Gunther

amer. Komponist
* 22.11.1925 New York

Der deutschstämmige Schuller ist einer der am häufigsten aufgeführten US-Komponisten. Er verkörpert neben J. →Gershwin und L. →Bernstein den spezifisch amerikanischen Musikertypus. Sch., der seine Laufbahn als Hornist begann, wurde in den 60er Jahren mit Kompositionen bekannt, die eine Verschmelzung von afroamerikanischem Jazz und europäischer Kunstmusik darstellen (»Conversations« für Jazzquartett und Orchester, 1959). Für diesen eigenständigen amerikanischen Musikstil, der die Trennung von sog. U-Musik und E-Musik überwindet, kreierte er die Bezeichnung Third Stream (dritter Weg).
Zu seinen wichtigsten Werken gehört die Oper »Die Heimsuchung« (UA Hamburg 1966). Seit Mitte der 80er Jahre sind seine Werke von der Spätromantik geprägt (»Chimeric Images«, 1988). Sch. schrieb u. a. die Jazz-Geschichte »Early Jazz« (engl. 1968).

□ 1941-43: Studium (Horn, Musiktheorie) an der Manhattan School of Music in New York. □ 1943-45: Hornist des Cincinnati Symphony Orchestra. □ 1949: Hornpartie bei der den Cool-Jazz begründenden Schallplattenaufnahme »Birth of Cool« von M. →Davis. □ 1945-59: Erster Hornist des Metropolitan Opera Orchestra in New York. □ 1959: Musikalische Auseinandersetzung mit der bildenden Kunst in »Seven Studies on Themes of Paul →Klee«. □ 1967-77: Präs. des New England Conservatory of Music in Boston. □ seit 1972: Künstlerischer Leiter des Berkshire Music Center, Mass. □ 1985: »Farbenspiele« für Orchester. □ 1990: Tournee als Künstlerischer Leiter des Ensemble Modern.

Schultz, Johannes Heinrich

dt. Nervenarzt
* 20.6.1884 Göttingen † 19.9.1970 Berlin

Schultz wurde durch »Das autogene Training« (Schr., 1932) bekannt, das er zur Entspannung des Körpers durch autosuggestive Übungen ent-

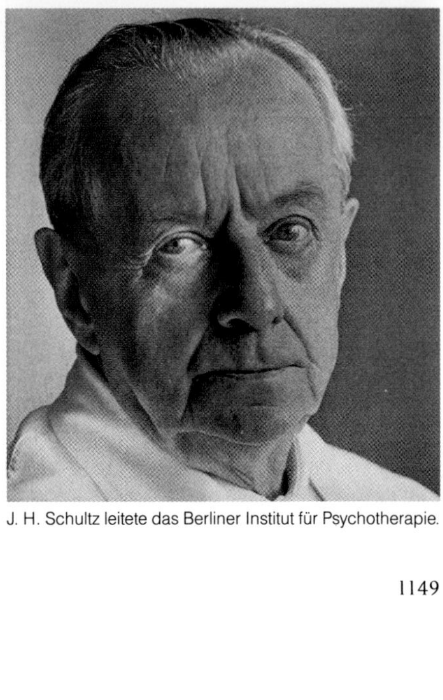

J. H. Schultz leitete das Berliner Institut für Psychotherapie.

wickelte. Der Direktor des Berliner Instituts für Psychotherapie (1936-45) beschäftigte sich u. a. mit »Hypnosetechnik« (Schr., 1952) und »Grundfragen der Neurosenlehre« (Schr., 1955).

□ 1915-24: Prof. an der Univ. Jena. □ 1919: »Die seelische Krankenbehandlung« (Schr.). □ ab 1924: Praktizierender Neurologe in Berlin. □ 1955: »Geschlecht, Liebe, Ehe« (Schr.). □ 1959-61: Mithg. des »Handbuchs der Neurosenlehre und Psychotherapie« (5 Bde.).

Schulz, Charles Monroe

amer. Comiczeichner
* 26.11.1922 Minneapolis, Minn.

Weltweit in etwa 20 Sprachen übersetzt, in 2200 Zeitungen verbreitet und von 200 Mio. Anhängern geliebt, gehören die Peanuts, die Schulz 1950 kreierte, zu den erfolgreichsten Comicfiguren. Ihr ursprünglicher Name, »Li'l Folks« (kleine Leute), wurde von Sch.s Agentur United Feature in »Peanuts«, engl. Kleinkram (eig. Erdnüsse) geändert. Sch. hatte seine ersten Figuren nach Freunden aus der Kunstschule, die er besuchte, benannt, und alle mit feststehenden, markanten Charakterzügen ausgestattet: Den ewigen Pechvogel und erfolglosesten Baseball-Trainer aller Zeiten, Charly Brown, seinen respektlosen Hund Snoopy, die lispelnde Patty, den schmusedeckenliebenden Linus; Ende der 60er Jahre, zur Zeit des Psycho-Booms, erfand Sch. die kecke Lucy, die ihre »Psychiatric help« für fünf Cent weitergibt.

← Charles M. Schulz

▷ Ch. M. Schulz: Charly Brown, Snopy and me, engl. 1981.

Schulze-Boysen, Harro

dt. Jurist und Militär
* 2.9.1909 Kiel † 22.12.1942 Berlin (hingerichtet)

Schulze-Boysen, ein Neffe von Großadmiral →Tirpitz, war zunächst in der völkisch-nationalen Jugendbewegung aktiv (»Jungdeutscher Orden«). Während seines Studiums in Berlin 1930/31 fand er über einen militanten Sozialismus, der den Zielen von G. →Strasser nahestand, zum Kommunismus. Ab 1935 sammelte er Gegner des NS-Regimes um sich und begann 1936 mit Flugblatt- Aktionen sowie mit der Weitergabe von Nachrichten an die Sowjetunion. Mit Adolph v. Harnack war er Mittelpunkt eines Netzes von Informanten für die Berliner Gruppe der sog. Roten Kapelle, die gleichzeitig im Widerstand gegen das NS-Regime stand und Spionage betrieb.

Schulze-Boysen war ein Organisator der »Roten Kapelle«.

□ 1932/33: Hg. der Zeitschrift Der Gegner. □ ab 1933: In der Nachrichtenabteilung des Luftfahrtministeriums; zuletzt Oberleutnant. □ Sept. 1942: Verhaftung zusammen mit über 100 weiteren Personen.

▷ K. Biernat/L. Kraushaar: Die Schulze-Boysen/Harnack-Organisation im antifaschistischen Kampf, 1972.

Schumacher, Emil

dt. Maler
* 29.8.1912 Hagen

Emil Schumacher →

Schumacher gehört zu den Repräsentanten des deutschen Informel, der nichtgeometrischen Abstraktion. Er überzieht seine Bilder mit einem expressiven, oft an geologische Formationen oder Gesteinsstrukturen erinnernden Farbauftrag. Vorbild waren die Arbeiten von Ch. Soutine und →Wols. Kennzeichnend für Sch. ist ein körperhaftes Verständnis für Farbe als pastos aufgetragene Masse mit verkrusteter, rissiger oder aufgebrochener Oberfläche, die häufig durch ein schwarzes Liniengefüge akzentuiert wird. Nordafrikareisen inspirierten Sch. zu solchen Umsetzungen von Landschaftseindrücken in reine Farbmaterie, anfangs in dunklen, braun-schwarzen Tönen, später auch in glühenden und transparent aufgetragenen Farben unter Einbeziehung von Materialien wie Asphalt, Blei oder Textilfasern.

□ 1932-35: Studium an der Kunstgewerbeschule in Dortmund. □ 1947: Gründung der Gruppe junger westen. □ 1951: Parisreise. □ 1958-60: Prof. an der Hochschule für Bildende Künste in Hamburg. □ 1959: Teilnahme an der documenta 2 in Kassel. □ 1966-77: Prof. an der Akademie in Karlsruhe. □ 1977: Teilnahme an der documenta 6 in Kassel. □ 1983: Reise nach Marokko; »Maroc« (36 Blätter). □ 1988/89: Ausstellung in der Nationalgalerie in Berlin und der Kunstsammlung NRW in Düsseldorf.

▷ W. Schmalenbach: Emil Schumacher, 1981; J. C. Jensen: Emil Schumacher. Maroc, 1987.

Schumacher, Harald »Toni«

dt. Fußballspieler
* 6.3.1954 Düren

Toni Schumacher →

Mit seinem autobiografischen Bestseller »Anpfiff« (1987) sorgte Schumacher, Kapitän und Torhüter der Nationalmannschaft (76 Länderspiele), für einen Eklat. Wegen Enthüllungen (u. a. Dopingvorwürfe) und abfälliger Bemerkungen über Mitspieler wurde er nicht mehr in die Nationalelf berufen; sein Stammverein 1. FC Köln, mit dem er einmal die Meisterschaft und dreimal den DFB-Pokal gewonnen hatte, reagierte mit vorzeitiger Vertragslösung. Sch. spielte daraufhin in der Türkei.

□ 1972-86: Spieler beim 1. FC Köln (Dt. Meister 1978; DFB-Pokalsieger 1977, 1978 und 1983). □ 1980: Europameister. □ 1982: WM-Zweiter. □ 1984: Dt. Fußballer des Jahres (erneut 1986). □ 1986: WM-Zweiter. □ 1987: Schalke 04. □ 1988-91: Fenerbahce Istanbul. □ 1991: Ersatztorwart bei 1. FC Bayern München.

Schumacher, Kurt

dt. Politiker
* 13.10.1895 Kulm, Ostpreußen † 28.8.1952 Bonn

Der Sozialdemokrat Schumacher verweigerte nach Kriegsende jede Zusammenarbeit mit der KPD und widersetzte sich 1946 einem Zusammenschluß beider Parteien zur SED. Sch., der bereits während der Weimarer Republik gegen den Partikularismus der Länder polemisiert hatte, erreichte im Parlamentarischen Rat zentralistischere Strukturen im Staatsaufbau als von den Siegermächten vorgesehen. Sein Eintreten für eine auf humanistischem Denken gegründete, sozialistische Gesellschaftsordnung hatte jedoch keinen Erfolg. Als wichtigster Gegenspieler von K. →Adenauer lehnte Sch. dessen angestrebte Westintegration als zu einseitig ab. 1949 verfehlte er nur knapp die Wahl zum Bundespräsidenten. Nach Sch.s Tod wurde E. →Ollenhauer sein Nachfolger als Parteivorsitzender.

K. Schumacher war einer der Gründer der Nachkriegs-SPD.

□ 1914: Kriegsfreiwilliger; Verlust des rechten Armes. □ 1915-19: Studium (Jura, Nat.-Ökonomie). □ ab 1918: Mitgl. der SPD und des Berliner Arbeiter- und Soldatenrats. □ 1920-30: Politischer Redakteur der Schwäbischen Tagwacht, des Zentralorgans der württ. SPD. □ 1924: Mitbegründer des Wehrverbands Reichsbanner Schwarz-Rot-Gold. □ 1924-31: Württ. MdL. □ 1930-33: MdR. □ 1933-43: In politischer Haft, u. a. im KZ Dachau. □ 1944: Erneute Verhaftung, KZ Neuengamme. □ 1945: Neugründung der SPD; das »Büro Dr. Schumacher« in Hannover wird faktisch zur Parteizentrale. □ 1946: Vors. der SPD (der Westzonen). □ 1948/49: Schwere Erkrankung; Beinamputation. □ ab 1949: MdB; bei Bundespräsidentenwahl Th. →Heuss unterlegen; Fraktionsvors. der SPD.

▷ H. G. Ritzel: Kurt Schumacher, 1972; W. Albrecht: Kurt Schumacher, 1985.

Maurice Schumann →

Schumann, Maurice

(Pseud. André Sidobre)
frz. Politiker
* 10.4.1911 Paris

Schumann zählte sowohl während der IV. Republik (1945-58) als auch unter der Präsidentschaft von Ch. de →Gaulle (1958-69), zu dessen engstem Vertrautenkreis er während des Exils in Großbritannien gehörte, zu den einflußreichsten Politikern Frankreichs. Er war 1944 Mitbegründer des Mouvement Républicain Populaire (MRP) und deren langjähriger Generalsekretär (1949-65). Bis in die 70er Jahre hinein bekleidete Sch. verschiedene Ministerämter.

□ 1932-40: Journalist in London. □ 1940-44: Beim frz. Dienst der BBC. □ 1944: Verbindungsoffizier bei den brit. Streitkräften. □ ab 1946: Deputierter. □ 1951-54: Staatssekr. im Außenministerium. □ 1962: Entwicklungsmin. □ 1965: Mitgl. der (neogaullistischen) UDR. □ 1966-68: Forschungs- und Wissenschaftsmin. □ 1968/69: Sozialmin. □ 1969-73: Außenmin. □ 1974: Senator; Mitgl. der Académie française. □ ab 1977: Vizepräs. des Senats.

Robert Schuman →

Schuman, Robert

frz. Politiker
* 29.6.1886 Luxemburg
† 4.9.1963 Scy-Chazelles bei Metz

Schuman war der erste Präsident des Europäischen Parlaments und einer der tonangebenden Politiker der IV. französischen Republik (1945-58). Nach dem 2. Weltkrieg gehörte er zu den engagiertesten Befürwortern einer deutsch-französischen Aussöhnung. Durch den von ihm vorgelegten Schuman-Plan, der eine europäische Gemeinschaft für die Kohle- und Stahlindustrie vorsah, gab er 1950 den Anstoß zur Gründung der Montanunion.

□ 1940: Unterstaatssekr. □ 1941-42: In Deutschland interniert. □ 1944: Mitbegründer des Mouvement Républicain Populaire (MRP). □ ab 1946: Deputierter. □ 1946/47: Finanzmin. □ 1947/48, 1948: Ministerpräsident. □ 1948-53: Außenmin. □ 1955: Präs. der Europäischen Bewegung. □ 1955/56: Justizmin. □ 1958: Karls-Preis der Stadt Aachen. □ 1958-60: Präs. des Europaparlaments.

▷ R. Lejeune: Robert Schuman. Une âme pour l'Europe, 1986.

Joseph A. Schumpeter →

Schumpeter, Joseph Alois

österr.-amer. Nationalökonom
* 8.2.1883 Triesch, Südmähren
† 8.1.1950 Taconic, Conn.

Schumpeter war einer der bedeutendsten Wirtschaftswissenschaftler des 20. Jh.s und ein hervorragender Theoretiker. Der Schüler von E. v. →Böhm-Bawerk entwarf im Gegensatz zu den Modellen der stationären Wirtschaft von L. →Walras und A. →Marshall in seinem Werk »Theorie der wirtschaftlichen Entwicklung« ein

Modell der kapitalistischen Dynamik. Konjunkturelle Schwankungen erklärte er nicht nur als Folge exogener Faktoren (Kriege, Mißernten), sondern u. a. durch technologische Neuerungen und unternehmerische Aktivitäten. Sch., der die Unternehmer als Motoren der wirtschaftlichen Entwicklung sah, prognostizierte durch die zunehmende Monopolisierung, die keinen »innovativen Unternehmer« mehr hervorbringt, das Ende des Kapitalismus (»Kapitalismus, Sozialismus, Demokratie«, 1943, dt. 1946). Die postum erschienene »Geschichte der ökonomischen Analyse« (1952-54, dt. 1965) beschreibt philosophische und ökonomische Ansätze von der Antike bis zur Gegenwart.

□ 1901-06: Studium der Rechts- und Wirtschaftswissenschaften. □ 1909-11: Prof. an der Univ. Czernowitz. □ 1911-19: Prof. in Graz. □ 1914: »Epochen der Dogmen- und Methodengeschichte, Grundriß der Sozialökonomik« (Schr.). □ 1919/20: Finanzmin. der Republik Österreich. □ 1924/25: Gastprof. in Japan und den USA. □ 1925-32: Prof. an der Univ. Bonn. □ 1928: »Das deutsche Finanzproblem« (Schr.). □ 1932: Übersiedlung in die USA. □ ab 1932: Lehrstuhl an der Harvard Univ. □ 1937-41: Präs. der Econometric Society (R. →Frisch). □ 1939: »Konjunkturzyklen« (Schr., dt. 1961). □ 1951: »Ten great economists. From Marx to Keynes« (Schr.).

▷ E. Schneider: Joseph A. Schumpeter — Leben und Werk eines großen Sozialökonomen, 1970.

Schurz, Carl

amer. Politiker dt. Herkunft
* 2.3.1829 Liblar bei Köln † 14.5.1906 New York

Nach seiner Emigration in die USA trat Schurz aus Abneigung gegen die Sklaverei in die Republikanische Partei ein. In seinen verschiedenen politischen Ämtern sprach er sich nach dem amerikanischen Bürgerkrieg für eine Versöhnung mit den besiegten Südstaaten aus und kämpfte gegen die Korruption in der Verwaltung. Er setzte sich nachdrücklich für eine Eingliederung der Indianer in die amerikanische Gesellschaft ein und kritisierte in seinen letzten Jahren zunehmend den amerikanischen Imperialismus, insbesondere den amerikanisch-spanischen Krieg (1898).

□ 1848/49: Als Student Beteiligung an der demokratischen Revolution in Baden. □ 1849: Gefangenschaft in Rastatt und Flucht in die Schweiz. □ 1852: Auswanderung in die USA. □ 1859: Advokat in Milwaukee. □ 1860-62: US-Botschafter in Madrid. □ 1862/63: General der Nordstaaten. □ 1865-69: Journalist. □ 1869-75: Senator. □ 1877-81: Staatssekr. (Min.) des Innern.

▷ C. Schurz: Unter dem Sternenbanner: Lebenserinnerungen 1852-1869, 1977; R. Wessich: Carl Schurz. Revolutionär und Staatsmann. Sein Leben in Selbstzeugnissen, Bildern und Dokumenten, 1979.

← Carl Schurz

Schuschnigg, Kurt (bis 1919 Edler von)

österr. Politiker und Jurist
* 14.12.1897 Riva, Gardasee
† 18.11.1977 Mutters bei Innsbruck, Tirol

Der christlich-soziale Schuschnigg hielt als Bundeskanzler an den Vorstellungen seines Vorgängers E. →Dollfuß für einen konservativ-christlichen Ständestaat fest. Trotz schärfster Ablehnung der NS-Weltanschauung stand er dabei doch einer großdeutschen Reichsidee nahe. Bei einem Treffen mit A. →Hitler im Februar 1938 in Berchtesgaden mußte er A. →Seyß-Inquart als Innenminister hinnehmen. Als er wenig später eine Volksabstimmung über die Anschlußfrage ankündigte, mußte er auf massiven Druck der Nazis am 11. März zurücktreten. Am 13. März marschierte Hitler in Österreich ein.

□ 1915-18: Kriegsdienst. □ 1922: Promotion. □ 1927: Mitgl. des Nationalrats (Christlich Soziale Partei). □ 1931-34: Justizmin. □ 1933-36: Unterrichtsmin. □ 1934-38: Nach der Ermordung von Dollfuß Bundeskanzler; zugleich Verteidigungsmin. □ 1938: Hausarrest. □ 1941-45: Inhaftierung in versch. KZs. □ 1945-48: In Italien. □ 1948-67: Prof. für Staatsrecht in St. Louis (USA).

▷ K. Schuschnigg: Ein Requiem in Rot-Weiß-Rot (Erinnerungen); ders.: Im Kampf gegen Hitler (Erinnerungen), 1969.

← Kurt Schuschnigg

Schütter, Friedrich

dt. Schauspieler und Theaterleiter
* 4.1.1921 Düsseldorf

Schütters Engagement gilt dem von ihm geführten Privattheater. Der Spielplan umfaßt neben Komödien (z. B. »Charleys Tante« von W. B. Thomas), die finanziell notwendige Publikumserfolge garantieren, vor allem zeitkritische Stücke, so 1991 die UA von P. →Kohouts »Eine kleine Blutrache« unter der Regie des Autors. Sch. arbeitet auch als Synchronsprecher (u. a. »Bonanza«).

□ 1951: Mitbegründer des privaten Jungen Theaters in Hamburg. □ 1956: Ernennung zum Dir. des Jungen Theaters. □ 1964: Umzug des Theaters in die Mundsburg in Hamburg. □ 1973: Umbenennung des Jungen Theaters in Ernst-Deutsch-Theater (E. →Deutsch). □ 1980: Große Erfolge in der Rolle des General Harras in »Des Teufels General« (C. →Zuckmayer).

Friedrich Schütter in »Das Totenfloß« von Harald Mueller.

Schütz, Alfred

amer. Soziologe österr. Herkunft
* 13.4.1899 Wien † 20.5.1959 New York

Schütz begründete die Phänomenologische Soziologie unter dem Einfluß E. →Husserls. Er verstand Soziologie als empirische Wissenschaft von den Erscheinungen des Alltags. Die Lebenswelt des Alltags — mit ihren Handlungen, Erfahrungen, Sinnsetzungen und -deutungen — ist die selbstverständliche Wirklichkeit des Menschen. Der Mensch erlebt die Welt intersubjektiv: Er wird in eine Welt des »Wir« hineingeboren. Die Phänomene der Intersubjektivität durchformen das gesamte Erkennen, Denken, Handeln, Erleben des Menschen. So entsteht z. B. alles individuelle Wissen — auch wenn es als selbstverständlicher, subjektiver Besitz empfunden wird — aus dem gesellschaftlichen Wissensvorrat.

□ 1932: »Der sinnhafte Aufbau der sozialen Welt« (Schr.). □ 1939: Emigration in die USA. □ 1940: »Phenomenology and the social sciences« (Aufs.). □ 1952: Prof. für Sozialpsychologie, New School for Social Research, N. Y. □ postum 1975: »Strukturen der Lebenswelt« (Schr., mit Th. Luckmann).

Schwaetzer, Irmgard →Adam-Schwaetzer, I.

Schwaiger, Brigitte

österr. Schriftstellerin
* 6.4.1949 Freistadt, Oberösterreich

Schwaiger errang mit ihrem ersten Roman »Wie kommt das Salz ins Meer« (1977) einen Bestsellererfolg. In ihren Dramen, Hörspielen und Romanen kritisiert sie das geschlechtsspezifische Rollenverhalten in der Ehe und das bürgerliche, an Konventionen gebundene Lebensgefühl. Ihre Werke sind häufig autobiografisch geprägt.

□ ab 1973: Studium an der Pädagogischen Akademie in Linz. □ seit 1975: Freie Schriftstellerin in Wien. □ 1978: »Mein spanisches Dorf« (Prosasammlung). □ 1980: »Lange Abwesenheit« (R.). □ 1984: »Der Himmel ist süß. Eine Beichte« (R.). □ 1987: »Mit einem möcht' ich leben« (Ged.e).

Schwartz, Melvin

amer. Physiker
* 2.11.1932 New York

Schwartz, 1966-83 Professor an der Stanford University in Kalifornien, experimentierte in

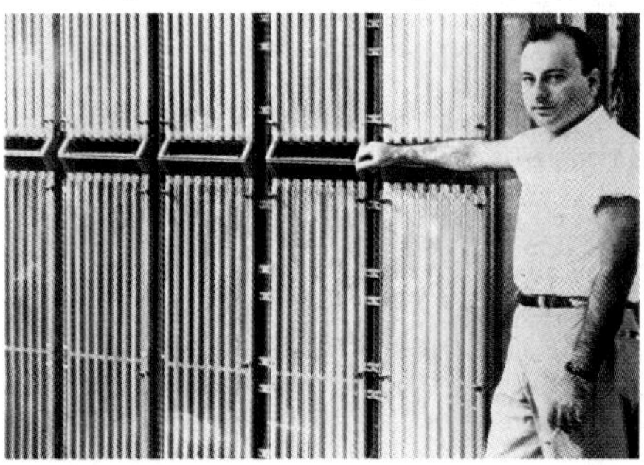

Schwartz untersuchte den Aufbau subatomarer Partikelchen.

den Brookhaven Laboratories in Upton (N. Y.) mit Neutrinostrahlen, um die für den radioaktiven Zerfall verantwortliche »schwache Wechselwirkung« zu untersuchen. 1962/63 gelang Sch., L. M. →Lederman und J. →Steinberger durch die Entdeckung des Myon-Neutrinos der Nachweis, daß diese ungeladenen subatomaren Partikelchen, die alles durchdringen können, eine Paar-Struktur haben. Für diese Entdeckung und die Neutrinostrahlen-Methode erhielten Sch. und seine Kollegen 1988 den Physik-Nobelpreis.

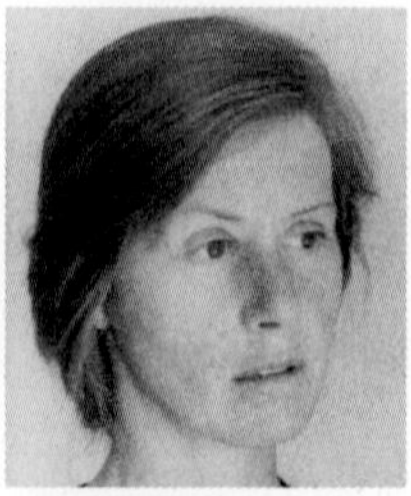

Libgart Schwarz →

← Brigitte Schwaiger

Schwarz, Libgart

dt. Schauspielerin
* 1941 St. Veith, Kärnten (Österreich)

Wegen ihrer Vielseitigkeit ist Schwarz eine der gefragtesten Schauspielerinnen bei allen großen Regisseuren des deutschen Theaters. Ihr Ausdrucksreichtum kommt vor allem in Rollen zur Geltung, in denen sie einsame, nervös-sensible Frauen spielt. Dabei wirkt Sch. in ihrer Künstlichkeit oft manieriert. Eine ihrer Glanzrollen war die Susanne in »Trilogie des Wiedersehens« (1978, B. →Strauß, Rg. P. →Stein), die sie in einer selten erreichten Spannung zwischen Fremdheit und Nähe, Leidenschaftlichkeit und Distanziertheit gestaltete.

□ 1965: Charlotte Cordey in »Marat/Sade« (P. →Weiss) in Graz . □ 1968: Irina in »Drei Schwestern« (A. →Tschechow) in Düsseldorf. □ 1975: Schauspielerin in »Der Präsident« (Th. →Bernhard, Rg. C. →Peymann) in Stuttgart. □ 1976: Berta in »Die Wupper« (E. →Lasker-Schüler, Rg. L. →Bondy) an der Berliner Schaubühne. □ 1977: Text, Regie und Rolle in »Limes«; Andrey in Shakespeares »Wie es euch gefällt« (Rg. P. Stein) an der Berliner Schaubühne. □ 1981: Erste Schauspielerin in »Sechs Personen suchen einen Autor« (L. →Pirandello, Rg. K. M. →Grüber). □ 1982: Merteuil in UA »Quartett« (H. →Müller, Rg. B. K. Tragelehn) in Bochum; Nora in UA »Über die Dörfer« (P. →Handke, Rg. W. →Wenders) in Salzburg. □ 1987: Dienerin in Racines »Phädra« (Rg. P. Stein) an der Berliner Schaubühne. □ 1989: Marie in UA »Die Zeit und das Zimmer« (B. Strauß, Rg. L. Bondy). □ 1991: Pauline in Shakespeares »Wintermärchen« (Rg. L. Bondy) an der Berliner Schaubühne.

Schwarzenegger, Arnold Alois

amer. Schauspieler österr. Herkunft
* 30.7.1947 Graz

Als kraftstrotzender Muskelmann »Conan, der Barbar« (1982, Rg. J. Milius) avancierte Schwarzenegger in kurzer Zeit zum Kinostar. Seitdem »schlägt« sich der Mister Universum von 1967 und 1970 durch die verschiedenen Film-Genres. In Fantasy- und Science-fiction-Abenteuern bewies er ebenso seine Durchschlagskraft wie in Gangsterfilmen. Im Unterschied zu S. →Stallone zeichnen sich Sch.s Filme jedoch manchmal durch selbstironischen Humor aus.

□ 1965-80: Zahlreiche Bodybuilding-Titel. □ 1982: »Herkules in New York« (Rg. A. Seidelman). □ 1984: »Der Terminator« (Rg. J. Cameron). □ 1985: »Phantomkommando« (Rg. M. Lester); »Red Sonja« (Rg. R. Fleischer). □ 1986: »Predator« (Rg. J. McTiernan); Ehe mit Maria Shriver (Nichte von E. →Kennedy). □ 1988: »Red Heat« (Rg. W. Hill). □ 1989: »Zwillinge« (Rg. I. Reitman). □ 1990: »Total Recall — Die totale

Arnold Schwarzenegger: Geschäftstüchtiger Muskelmann.

Erinnerung« (Rg. P. Verhoeven). □ 1991: »Der Kindergarten-cop« (Rg. I. Reitman); »Terminator II« (Rg. J. Cameron).

Schwarzer, Alice

dt. Publizistin
* 3.12.1942 Wuppertal

Schwarzer ist die bekannteste Feministin der bundesdeutschen Frauenbewegung. Sie schrieb den Bestseller »Der kleine Unterschied und seine großen Folgen« (1975) und gibt seit 1977 die Frauenzeitschrift Emma heraus. Aufsehen erregte Anfang der 70er Jahre ihr publizistischer Kampf gegen das Abtreibungsverbot, der mit einem von ihr initiierten Artikel in dem Wochenmagazin stern begann, in dem sich Frauen bezichtigten, abgetrieben zu haben. Außerdem initiierte sie die Kampagne gegen Pornografie.

□ 1969: Reporterin bei der Zeitschrift pardon. □ 1970-74: Freie Korrespondentin in Paris. □ 1971: »Frauen gegen den § 218« (Schr.). □ seit 1977: Hg. der Zeitschrift Emma. □ 1983: Mitbegründerin des Hamburger Inst. für Sozialforschung; »Simone de Beauvoir heute« (Schr.). □ 1985: »Mit Leidenschaft« (Schr.). □ 1989: »Warum gerade sie? Weibliche Rebellen. Begegnungen mit berühmten Frauen« (Schr.).

Norman Schwarzkopf →

Elisabeth Schwarzkopf →

Alice Schwarzer: Mitbegründerin der dt. Frauenbewegung.

Schwarzkopf, H. Norman

amer. Militär
* 1934 Trenton, N. J.

Als Oberkommandierender der alliierten Truppen im Golfkrieg im Januar/Februar 1991 wurde Schwarzkopf weltweit bekannt. Den Absolventen der West-Point-Militärakademie, im Vietnamkrieg mehrfach ausgezeichnet, stattete US-Präsident G. →Bush mit weitgehenden Vollmachten für die Führung des Krieges aus, den Sch. unter Einsatz modernster Waffen nach knapp sieben Wochen für die Alliierten entscheiden konnte. Im August 1991 übergab der in den USA als »Kriegsheld« gefeierte Vier-Sterne-General die Befehlsgewalt des US-Zentralkommandos an Generalleutnant Joseph Hoar. Aufsehen erregte der Verkauf der Rechte an seinen Memoiren für mehr als 5 Mio. US-$ an das Verlagshaus Bantam Doubleday Dell.

Schwarzkopf, Elisabeth Friederike

dt. Sängerin
* 9.12.1915 Jarotschin bei Posen

Schwarzkopf ist neben D. →Fischer-Dieskau, mit dem sie in denkwürdigen Darbietungen des Italienischen und Spanischen Liederbuchs von H. →Wolf auftrat, die prominenteste Liedsängerin der Nachkriegszeit. In ihren wegweisenden Interpretationen der Lieder von Mozart, Schubert, Wolf und R. →Strauss verbindet sie stimmliche Schönheit mit musikalischer Intelligenz und nuancierter Detailarbeit. Als strahlender und kraftvoller lyrischer Sopran gastierte Sch. zwischen 1938 und 1971 an den großen Bühnen der Welt — insbesondere in den Opern von Mozart (als Gräfin in »Die Hochzeit des Figaro«) und Strauss (als Marschallin in »Der Rosenkavalier«). Auf dem Konzertpodium sang sie (bis 1977) in Bachs Passionen, den Oratorien von Händel und Haydn sowie in den Chorwerken von Beethoven, Brahms und G. →Verdi.

□ 1938: Debüt an der Staatsoper Berlin als Blumenmädchen in Wagners »Parsifal«. □ 1942: Verpflichtung an der Wiener Staatsoper. □ ab 1947: Gast der Salzburger Festspiele. □ 1948-63: Gast der Mailänder Scala. □ 1951: Debüt bei den Bayreuther Festspielen als Eva in Wagners »Die Meistersinger von Nürnberg«; Rolle der Anne Trulove bei der UA der Oper »The Rake's Progress« von I. →Strawinski in Venedig. □ 1954: USA-Tournee. □ 1955: Amer. Operndebüt in San Francisco. □ ab 1959: Gast der Londoner Covent Garden Opera. □ 1961: Titel einer dt. Kammersängerin. □ 1962: Debüt an der Metropolitan Opera New York als Marschallin in Strauss »Der Rosenkavalier«. □ 1964: Verpflichtung an der Metropolitan Opera New York. □ seit 1976: weltweit Meisterkurse in Liedinterpretation. □ 1981: Inszenierung des »Rosenkavaliers« von R. Strauss an der Brüsseler Oper. □ 1983: Ehrenmitgl. der Wiener Staatsoper. □ 1991: Mozart-Medaille, verliehen von der UNESCO.

▷ S. Segalini: Elisabeth Schwarzkopf, 1983.

Schwarz-Schilling, Christian

dt. Politiker
* 19.11.1930 Innsbruck (Österreich)

Seit dem Auseinanderbrechen der sozialliberalen Koalition unter H. →Schmidt und der Wahl H. →Kohls zum Bundeskanzler führt Schwarz-Schilling das Ministerium für Post und Telekommunikation. Er setzte — unter betriebswirtschaftlichen Gesichtspunkten — eine Neustrukturierung der Bundespost in drei Einzelunternehmen durch. Gleichzeitig verschaffte er ausländischen Konzernen freien Zugang zum Tätigkeitsbereich der Post. Zu einem früheren Zeitpunkt hatte sich Sch. als Medien-Sprecher der CDU bereits für den Privatfunk ausgesprochen.

□ 1950-56: Sinologiestudium. □ 1957-82: Geschäftsführer in der Firma seines Schwiegervaters. □ seit 1960: Mitgl. der CDU. □ 1964-68: Im Kreistag von Büdingen. □ 1966-76: MdL in Hessen. □ 1967-80: Generalsekr. der CDU Hessen. □ seit 1976: MdB. □ seit 1982: Postmin.

Schweinfurth, Georg

dt. Afrikaforscher
* 29.12.1836 Riga (Lettland)
† 19.9.1925 Berlin

Schweinfurth ist einer der bedeutenden Afrikareisenden des ausgehenden 19. Jh.s. Auf seinen Forschungsexpeditionen entdeckte er die afrikanischen Völkerstämme der Zande und Mangbetu, wies die Existenz des Pygmäenstamms der Aka nach und fand den das Nil-Gebiet nach Südwesten abschließenden Fluß Uelle.

□ 1863-66: Reisen durch Ägypten und den Ost-Sudan. □ 1869-71: Erkundung der Botanik des Nil-Gebietes Bahr-Al-Ghasal. □ 1872: Reisen in den Nordosten Afrikas und nach Arabien. □ 1874: »Im Herzen von Afrika« (Schr., 2 Bde.).

Albert Schweitzer erhielt für seine Arbeit in Afrika 1952 den Friedens-Nobelpreis.

← Ch. Schwarz-Schilling

← Georg Schweinfurth

Schweitzer, Albert

dt. Theologe (ev.) und Missionsarzt
* 14.1.1875 Kaysersberg bei Colmar (heute Frankreich) † 4.9.1965 Lambaréné (Gabun)

Schweitzer gründete 1913 am Fluß Ogooué in Gabun (afrikanische Westküste) das Tropenhospital Lambaréné, das er mit Orgelkonzerten, Vorträgen und als Schriftsteller zu finanzieren suchte. 1927 konnte er es um ein großes Gebäude erweitern. Für seine lebenslange Arbeit im Dienst am Kranken erhielt Sch. 1952 den Friedens-Nobelpreis. Als Theologe wurde Sch. mit seiner »Geschichte der Leben-Jesu-Forschung« (1906) bekannt. Nach seiner Überzeugung habe Jesus die kosmische Apokalypse noch zu seinen Lebzeiten erwartet und daher eine radikale Nächstenliebe gefordert.

□ 1902-05: Dozent für N. T. an der Univ. Straßburg. □ 1905: »J. S. Bach« (Biogr., dt. 1908); Aufnahme des Medizinstudiums. □ 1917: Während des 1. Weltkriegs als Zivilist zuerst in Afrika, später in Frankreich interniert. □ 1924: Rückkehr nach Lambaréné. □ 1951: Friedenspreis des Dt. Buchhandels. □ 1952: Friedens-Nobelpreis.

▷ F. W. Kantzenbach: Albert Schweitzer. Wirklichkeit und Legende, 1969; H. Steffahn: Albert Schweitzer, 1979.

Schwidetzky-Roesing, Ilse

dt. Anthropologin
* 6.9.1907 Lissa, Posen

Zeit ihres Lebens widmete sich Schwidetzky-Roesing der Aufgabe, rassische Merkmale an einzelnen Bevölkerungsgruppen zu untersuchen (Westfalen, Altslawen, Schlesier). Rassen sind, nach Sch., nicht nur durch körperliche Merkmale gekennzeichnet, sondern auch durch unterschiedliche geistig-seelische Veranlagungen. Sinn und Wert der Rassenforschung werden von der modernen Anthropologie in Frage gestellt.

□ ab 1939: Dozentin für Anthropologie, Univ. Breslau; später Univ. Mainz. □ 1961: Prof. für Anthropologie, Univ. Mainz. □ 1962: »Die neue Rassenkunde«. □ 1974: »Grundlagen der Rassensystematik«. □ 1986: »Rassengeschichte der Menschheit« (Hg.).

← I. Schwidetzky-Roesing

Schwinger, Julian Seymour

amer. Physiker
* 12.2.1918 New York

Schwingers Theorie zur Quantenelektrodynamik führte zur Berechnung des anomalen magnetischen Moments und der »Lamb-Shift« genannten Verschiebung des Elektrons (W. E. →Lamb). Für seine Untersuchungen zur Wechselwirkung zwischen elektrisch geladenen Teilchen und elektromagnetischen Feldern sowie für die dabei festgestellte Ladungs- und Masseänderung des Elektrons erhielt Sch. 1965 den Physik-Nobelpreis (mit R. Ph. →Feynman und Sch. →Tomonaga).

□ 1943-45: Mitarbeit an der Entwicklung der amer. Atombombe. □ 1947-72: Prof. an der Harvard Univ. in Cambridge, Mass. □ 1970-73: »Particles, sources and fields« (2 Bde.) □ 1972-80: Prof. an der Univ. of Calif., Los Angeles.

← Julian S. Schwinger

Schwitters, Kurt

dt. Künstler
* 20.6.1887 Hannover
† 8.1.1948 Ambleside (Großbritannien)

Schwitters, einer der deutschen Dadaisten, war vor allem für die Objektkunst bedeutsam, wobei sein Werk weit über die dadaistischen Anfänge hinausweist. Als Maler, Grafiker, Typograf, Aktionskünstler, innovativer Lyriker (z. B. »Ursonate«, 1932) und früher Vertreter der Collage erlangte er Weltgeltung. In einem umfassenden Ansatz hat Sch. die großen Kunstströmungen des 20. Jh.s vom Kubismus über die dadaistische-surrealistische Phase bis zum Konstruktivismus aufgenommen und in eigenständiger Synthese zu einem vielschichtigen Werk verschmolzen. Zwei Grundzüge waren von Anfang an erkennbar: Die spielerisch-witzige Komponente (Collagen aus Zeitungsausschnitten, Eintrittskarten, Aufklebern usw. in Kombination mit Malerei) und eine frühe Tendenz zur Abstraktion und zum konstruktiven Konzept, die auslösend für seine abstrakten Bilder und Materialmontagen war.
Mit seiner Verbindung von abstrakter und gegenständlicher Malerei mit Materialien wie Draht, verschiedenen Gegenständen und Holzteilen gilt Sch. auch als der eigentliche Schöpfer des Materialbildes (z. B. »Konstruktion für edle Frauen«, 1919, Los Angeles County Museum of Art). Das ebenfalls 1919 entstandene sog. Merzbild (verschollen) erhielt seinen Titel vom Buchstabenfragment »Merz« (aus Commerz- und Privatbank), wovon Sch. ironisch auch die Bezeichnung für seine gesamte Kunst als »Merzkunst« und die phantastische Raumplastik »Merzbau« (1943 zerstört, Rekonstruktion im Sprengel-Museum, Hannover) ableitete.

Kurt Schwitters, der dadaistische Maler und Lyriker.

□ 1908-14: Studium an den Kunstakademien in Hannover und Dresden. □ ab 1918: Kontakt zu den Berliner und Züricher Dadaisten (vor allem H. →Arp); erste abstrakte Gemälde und Collagen. □ 1919: Erste Objekt- und Materialmontagen. □ 1922: Kontakte zur De-Stijl-Bewegung (Th. v. →Doesburg) und zu L. →Moholy-Nagy. □ 1927: Mitbegründer der Gruppe »die abstrakten hannover« (u. a. mit F. →Vordemberge-Gildewart). □ 1930: Mitgl. der Pariser Gruppe Cercle et Carré. □ 1932: Mitgl. von Abstraction-Création. □ 1937: Emigration nach Norwegen. □ 1940: Flucht nach England.

▷ J. Elderfield: Kurt Schwitters, 1987.

Schygulla, Hanna

dt. Schauspielerin
* 25.12.1943 Kattowitz (heute Katowice, Polen)

Als Hauptdarstellerin in über 14 Filmen von R. W. →Fassbinder (»Effi Briest«, 1972/74; »Die Ehe der Maria Braun«, 1978) entwickelte sich Schygulla zur bedeutendsten Schauspielerin des Neuen Deutschen Films. Nach ihrem Erfolg in »Lili Marleen« (1980) wurde sie auch im Ausland bekannt und drehte u. a. unter der Regie von J.-L. →Godard in Frankreich (»Passion«, 1982) sowie in den USA, wo sie als neue M. →Dietrich gefeiert wurde. Sch. trat darüber hinaus auch am Thea-

Hanna Schygulla erhielt 1983 den Darstellerpreis in Cannes.

ter und im Fernsehen auf (»Peter der Große«, 1985/86, mit Max. →Schell; Eva in der TV-Serie »Berlin Alexanderplatz, 1980).

☐ 1964-69: Studium der Germanistik und Romanistik in München. ☐ 1969: Erste Filmrolle in »Liebe ist kälter als der Tod« (Rg. R. W. Fassbinder); »Katzelmacher« (Rg. W. Fassbinder). ☐ 1970: »Warnung vor einer heiligen Nutte«. ☐ 1972: »Die bitteren Tränen der Petra von Kant«. ☐ 1972/73: »Acht Stunden sind kein Tag« (TV-Serie). ☐ 1980: Theatertournee mit »Der Idiot«; Eva in »Berlin Alexanderplatz« (TV-Serie). ☐ 1982: »Die Geschichte der Piera« (mit M. →Mastroianni); »Heller Wahn« (Rg. M. von →Trotta). ☐ 1986: »Für immer: Lulu«; »Barnum« (mit B. →Lancaster).

Sciascia, Leonardo

ital. Schriftsteller
* 8.1.1921 Recalmuto, Agrigent

Sciascia analysiert in sozialkritischen Erzählungen und Romanen die Ursachen der politischen und moralischen Krise in Sizilien; er verbindet in seinen Werken Fiktion und historische Begebenheiten. In seinen Kriminalromanen (u. a. »Der Tag der Eule«, 1961, dt. 1964) klagt er gleichermaßen das organisierte Verbrechen und das Versagen der bestehenden Ordnung an. Bekannt wurde S. auch durch seine Untersuchungen zur Volkskunde Siziliens.

☐ 1943: Angestellter der Behörde für Getreidespeicherung. ☐ 1944-57: Volksschullehrer in Recalmuto. ☐ 1953: »Der Abbé als Fälscher« (R., dt. 1967). ☐ seit 1957: Freier Schriftsteller in Palermo. ☐ 1958: »Sizilianische Verwandtschaft« (Erz.n, dt. 1980). ☐ 1966: »Tote auf Bestellung« (R., dt. 1968). ☐ 1971: »Das weinfarbene Meer« (Erz.n, dt. 1975). ☐ 1977: »Candido oder der Traum in Sizilien« (R., dt. 1979). ☐ 1978: »Die Affäre Moro« (Es., dt. 1979). ☐ 1986: »12 + 1« (R.).

Ettore Scola →

← Leonardo Sciascia

Scola, Ettore

ital. Regisseur
* 1931 Trevico, Avellino

Die Darstellung historischer Zusammenhänge durch die Schilderung individueller Schicksale steht im Mittelpunkt von Scolas Filmen. In »Die Familie« (1986) ist ein Wohnzimmer Brennpunkt einer von 1906 bis 1986 spielenden Familienchronik, in »Le Bal« (1983) dokumentiert ein Tanzpalast mit wechselnden Moden und Musikrichtungen den Wandel der Zeit. Unter Beibehaltung des Handlungsortes drehte S. auch »Splendor« (1989, mit M. →Mastroianni), eine Liebeserklärung an das Kino, in dem er die Glanz- und Notzeiten eines italienischen Provinzkinos schildert.

☐ 1964: »Auf eine ganz krumme Tour«; »Frivole Spiele«. ☐ 1970: »Eifersucht auf italienisch«. ☐ 1974: »Wir hatten uns so geliebt«. ☐ 1975: »Die Schmutzigen, die Häßlichen und die Gemeinen«. ☐ 1977: »Ein ganz besonderer Tag«. ☐ 1980: »Die Terrasse«. ☐ 1982: »Flucht nach Varennes« (mit H. →Schygulla). ☐ 1985: »Macaroni« (mit J. →Lemmon, M. Mastroianni). ☐ 1989: »Wie spät ist es« (mit M. Mastroianni). ☐ 1990: »Die Reise des Kapitän Fracasse«.

Scorpions

dt. Rockgruppe

Mitte der 70er Jahre wurden die Scorpions zunächst in Deutschland, seit Anfang der 80er Jahre weltweit eine der führenden Hardrockgruppen. Gitarrist Rudolf Schenker (* 1948), Sänger Klaus Meine (* 1948), Bassist Francis Buchholz (* 1950), Schlagzeuger Herman Rarebell (* 1949) und seit 1979 Gitarrist Matthias Jabs (* 1956) beeinflußten zahlreiche deutsche Hardrockmusiker wie Bonfire, U.D.O. und Doro Pesch. Geprägt wird der Sound der Hannoveraner Gruppe wesentlich von der kraftvollen Stimme Meines und dem akzentuierten Spiel der beiden Gitarristen Schenker und Jabs. 1991 absolvierten sie ihre zweite Welttournee.

☐ 1965: Gründung der Beat-Band Scorpions durch R. Schenker. ☐ 1970: Einstieg von Sänger K. Meine und Gitarrist M. Schenker. ☐ 1972: Erste LP »Lonesome Crow«. ☐

Scorpions: Eine der international erfolgreichsten deutschen Hardrockgruppen.

1974: »Fly to the rainbow« (LP). □ 1975: Erste Englandtournee. □ 1976: »Virgin Killer« (LP). □ 1978: Erste Japantournee. □ 1979: Erste US-Tournee. □ 1982: Erste Platin-Auszeichnung in den USA für »Blackout« (LP). □ 1985: Welttournee mit Auftritt in Rio de Janeiro vor 400 000 Zuschauern. □ 1988: Erste Auftritte in der UdSSR , »Savage Amusement« (LP). □ 1990: »Crazy World« (LP).

▷ R. M. Schröder: Scorpions, 1980.

Scorsese, Martin

amer. Regisseur
* 17.11.1942 Flushing, Long Island

Scorsese zählt zu den führenden Regisseuren des New Hollywood. Der Sohn italienischer Einwanderer, der ursprünglich Priester werden wollte, wuchs im New Yorker »Little Italy« auf, in dem u. a. seine Filme »Hexenkessel« (1973) und »Good Fellas — Die Schule der Mafia« (1990) angesiedelt sind. Seine Protagonisten sind gebrochene Randexistenzen (häufig verkörpert von R. de → Niro), die wie der Vietnamveteran Travis Bickle in »Taxi Driver« (1976) im Kampf um gesellschaftliche Anerkennung auch Gewalt anwenden. S.s Filme mit ihren vom Katholizismus beeinflußten Fragen nach Schuld, Sühne und Erlösung sind häufig umstritten. Seine Darstellung des Lebens Jesu in »Die letzte Versuchung Christi« (1988, nach N. →Kasantzakis) rief wegen angeblicher blasphemischer Passagen den Protest kirchlicher Gruppen hervor.

← Martin Scorsese

□ bis 1966: Studium der Filmwissenschaft. □ 1965-68: »Wer klopft da an meine Tür?«. □ 1968-70: Dozent für Filmwissenschaft an der Univ. New York. □ 1974: »Alice lebt nicht mehr hier«. □ 1976: Goldene Palme in Cannes für »Taxi Driver«. □ 1977: »New York, New York« (mit R. de Niro, L. →Minnelli). □ 1978: »The Band«. □ 1979: »Wie ein wilder Stier« (mit R. de Niro). □ 1979-83: Ehe mit I. →Rossellini. □ 1982: »The King of Comedy« (mit R. de Niro, J. →Lewis). □ 1985: »Die Zeit nach Mitternacht«. □ 1986: »Die Farbe des Geldes« (mit P. →Newman, T. →Cruise). □ 1991: »Ein Köder für die Bestie« (mit R. de Niro).

▷ P. W. Jansen/W. Schütte (Hg.): Martin Scorsese, 1986.

Scott, Robert Falcon

engl. Polarforscher
* 6.6.1868 Devonport bei Plymouth
† Ende März 1912 in der Antarktis

Scott und seine Begleiter blieben der Nachwelt als die tragischen Opfer des Wettlaufs zum Südpol in Erinnerung. Am 24. 10. 1911 brachen er und seine Begleiter von Kap Evans aus zum Südpol auf, den sie nach R. →Amundsen am 18. 1. 1912 erreichten. Die entbehrungsreiche Rückkehr überlebte keiner. Der vergebliche Über-

Robert Scott im Basislager der Südpolexpedition von 1911/12: In seinen Tagebüchern hielt er die tragischen Ereignisse der Reise fest.

lebenskampf der Männer ist in später gefundenen Tagebuchaufzeichnungen protokolliert.

□ 1901-04: Erste Südpolarexpedition mit der »Discovery«. □ 1905: »The voyage of the ›Discovery‹ « (Schr., 2 Bde.). □ Juni 1910: Aufbruch zum Rossmeer. □ 29. 3. 1912: Letzte Tagebucheintragung.

▷ K. Holt: Scott, Amundsen: Wettlauf zum Pol, 1976.

Seaborg, Glenn Theodore

amer. Chemiker
* 19.4.1912 Ishpeming, Mich.

Seaborg entdeckte eine Reihe von Elementen, die im Periodensystem nach dem Uran (Element 92) stehen, die sog. Transurane: 1940 entdeckten S. und seine Mitarbeiter Neptunium (93) und Plutonium (94); 1944/45 Americum (95) und Curium (96); 1949/50 Berkelium (97) und Californium (98). In den folgenden Jahren wurden die Elemente 99 bis 103 entdeckt.

□ 1941: Isolierung des Uranisotops 233 aus dem Thorium. □ 1945-71: Prof. an der Univ. of Calif. in Berkeley. □ 1958-62: Kanzler ebd. □ 1951: Chemie-Nobelpreis (mit E. M. McMillan). □ 1961-71: Leiter der amer. Atomenergiekommission. □ ab 1971: Erneut Prof. in Berkeley.

← Glenn Th. Seaborg

Hans von Seeckt →

← Humphrey Searle

Searle, Humphrey

engl. Komponist und Musikschriftsteller
* 26.8.1915 Oxford † 12.5.1982 London

Searle war einer der bedeutendsten Vertreter der Neuen Musik in England. Der Privatschüler von A. →Webern komponierte ab 1946 in der Zwölftontechnik (A. →Schönberg). Seine expressiven Werke zeigen zudem in der sog. Thementransformation (beständige Überführung der thematischen Substanz in andere Erscheinungsformen) eine Anlehnung an den Kompositionsstil von Franz Liszt (* 1811, † 1886). Zu den Werken von S. gehören Opern (»Das Photo des Generals«, UA Frankfurt/Main 1964), Ballette, Orchester- und Kammermusik.

□ 1937/38: Studium am Royal College of Music in London sowie am Wiener Konservatorium. □ 1946-48: Leiter des Musikprogramms der BBC. □ 1947-49: Generalsekr. der Int. Gesellschaft für Neue Musik (IGNM). □ 1951-57: Musikalischer Berater beim Sadler's Wells Ballet London. □ 1954: »The Music of Liszt« (Schr.). □ 1958: »Ballet Music. An Introduction« (Schr.). □ ab 1965: Prof. für Komposition am Royal College of Music in London. □ 1968-72: Gastprof. an der Staatlichen Hochschule für Musik in Karlsruhe. □ 1972: »Twentieth-Century Composers. Britain, Scandinavia and the Netherlands« (Schr.).

Sedlmayr, Hans

österr. Kunsthistoriker
* 18.1.1896 Hornstein, Burgenland
† 9.7.1984 Salzburg

Sedlmayr leistete einen wichtigen Beitrag zur Neuorientierung der kunsthistorischen Wissenschaft. In seiner zentralen Schrift »Die Entstehung der Kathedrale« (1955) sowie in den Arbeiten zur römischen und österreichischen Architektur zwischen Renaissance und Barock begründete er seine Methode der Strukturanalyse, die der rein stilgeschichtlichen Betrachtung der Form die Untersuchung grundlegender struktureller Prinzipien entgegensetzte. In seinem umstrittenen Buch »Der Verlust der Mitte« (1948) vollzog S. im Sinne seines Lehrer Max Dvorák und der Wiener Schule den Schritt zur übergreifenden Kulturanalyse und interpretierte darin die Kunst des 19. und 20. Jh.s als Symbol und Symptom ihrer Zeit.

Seeckt, Hans von

dt. Militär und Politiker
* 22.4.1866 Schleswig † 27.12.1936 Berlin

Der nationalliberale Seeckt baute als Chef der Heeresleitung mit O. →Gessler die Reichswehr als unpolitische Elitetruppe auf und verhinderte damit ihre Integration in die junge Republik; die meisten der monarchistisch geprägten Offiziere lehnten den westlichen Parlamentarismus ab. Die Haltung von S. beim →Kapp-Putsch im März 1920 war nicht eindeutig, doch lehnte er 1923, nach dem →Hitler-Putsch durch Notverordnung für kurze Zeit mit der Exekutive ausgestattet, einen Staatsstreich ab. S. befürwortete eine Revisionspolitik gegenüber Polen und unterstützte eine Zusammenarbeit mit der UdSSR.

□ 1915: Generalstabschef der 11. Armee. □ 1917: Generalstabschef des türk. Heeres. □ 1919: Militärexperte bei der dt. Delegation in Versailles. □ 1920-26: Chef der Heeresleitung. □ 1926: Generaloberst. □ 1929: »Gedanken eines Soldaten« (Schr.). □ 1930-32: MdR (DVP). □ 1933: »Deutschland zwischen Ost und West« (Schr.). □ 1934/35: Militärberater in China (→Chiang Kai-shek).

▷ H. Meier-Welcker: Seeckt, 1967.

Seefehlner, Egon H.

österr. Theaterleiter
* 3.6.1912 Wien

Seefehlner prägte als langjähriger Intendant der beiden größten Opernhäuser im deutschsprachigen Raum, der Deutschen Oper Berlin und der Wiener Staatsoper, das Musikleben der Nachkriegszeit. S., der 1946-61 als Generalsekretär der Wiener Konzerthausgesellschaft u. a. die Wiener Internationalen Musikfeste organisierte, engagierte sich als Theaterleiter für ein solides Repertoire von gleichbleibend hoher Qualität.

□ 1938: Juristischer Sachbearbeiter bei der AEG in Berlin. □ ab 1945: Chefredakteur der Kulturzeitschrift Der Turm, Mitgl. der Österreichischen Volkspartei (ÖVP). □ 1954-61: Stellv. Dir. der Wiener Staatsoper. □ 1961-72: Stellv. Generalintendant der Dt. Oper Berlin. □ 1972-76: Generalintendant ebd. □ 1976-82 Dir. der Wiener Staatsoper. □ 1984-86: Nach vorzeitigem Ausscheiden von L. →Maazel erneut Interimsleitung der Wiener Staatsoper.

▷ E. Seefehlner: Die Musik meines Lebens, 1983.

Seefried, Irmgard

österr. Sängerin
* 9.10.1919 Königetried, Bayern † 24.11.1988 Wien

Seefried, die 1943 unter K. →Böhm Mitglied der Wiener Staatsoper wurde, eroberte in den Nachkriegsjahren vor allem als Mozart-Sängerin die führenden Opernhäuser der Welt. Ihr lyrischer Sopran wurde wegen seines natürlichen Timbres, seines reichen Ausdrucks und der durchdachten Artikulation geschätzt. Als Liedinterpretin bevorzugte S. die Werke von Schubert, Schumann, Brahms, R. →Strauss und H. →Wolf. Für sie und ihren Mann, den Violinisten W. E. →Schneiderhan, entstanden Kompositionen für Sopran, Violine und Orchester, u. a. die »Ariosi« (1963) von H. W. →Henze.

□ 1936-39: Studium in Augsburg. □ 1938: Erstes Engagement am Stadttheater Aachen unter H. v. →Karajan. □ 1946-64: Gast bei den Salzburger Festspielen. □ 1947: Rolle der Susanna in Mozarts »Hochzeit des Figaro« in London. □ 1950: Liederabende in England. □ 1951: Debüt bei den Edinburgher Festspielen, in den USA und in Kanada. □ 1953: Debüt an der Metropolitan Opera New York. □ 1954: Solopart in Brahms »Deutschem Requiem« unter B. →Walter in New York. □ 1960: Liederabend in Paris. □ 1966: Rolle der Marie in »Wozzek« von A. →Berg beim Edinburgh Festival. □ 1971: Hugo-Wolf-Medaille. □ 1972: Ehrenmitgl. der Wiener Staatsoper.

▷ F. Fassbind: Wolfgang Schneiderhan — Irmgard Seefried, 1960.

← Irmgard Seefried

Seeger, Peter R. »Pete«

amer. Folksänger
* 3.5.1919 New York

Seeger ist die zentrale Persönlichkeit der amerikanische Folkmusik. Seinem gesellschaftspolitischen Engagement während der 40er und 50er Jahre und seiner Arbeit als Songschreiber, Musiker, Sänger und Autor ist es zu verdanken, daß die Volksmusik der verschiedenen Einwanderergruppen in Amerika nicht in Vergessenheit geriet und für die Entwicklung der populären Rockmusik bedeutsam wurde. S.s größte Erfolge waren »If I had a hammer«, »We shall overcome«, »Turn turn turn«, »Kisses sweeter than wine« und »Where have all the flowers gone« (»Sag mir wo die Blumen sind«).

□ 1939/40: Archivierung von Volksliedern in den Südstaaten. □ 1940-42: Gründung der »Almanac Singers« (mit W. →Guthrie, Lee Hays und Millard Lampell). □ 1942-45: Gründung und Vors. der Vereinigung der Volksmusikschaffenden. □ 1946: UA des Folkmusicals »Dark of the moon« in Los Angeles. □ 1949-52: Mitgl. der Gruppe »The Weavers«. □ 1953-65: Boykott durch Rundfunksender wegen des Verdachts »antiamerikanischer Umtriebe«. □ 1965: Auftritt beim Newport Folk Festival. □ 1975: »Arlo Guthrie and Pete Seeger live!« (LP); Auftritte und Tourneen mit A. Guthrie in den 80er Jahren.

← »Pete« Seeger

Seeler, Uwe

dt. Fußballspieler
* 5.11.1936 Hamburg

Der von den Fans als »Uns Uwe« gefeierte Spieler des Hamburger SV zählt zu den populärsten deutschen Sportlern. Er nahm an vier Weltmeisterschaften teil (1958, 1962, 1966 und 1970), spielte 72mal in der Nationalmannschaft (43 Tore) und ist der bei WM-Spielen am häufigsten eingesetzte Teilnehmer. Der kopfball- und schußstarke S. war bekannt für Fairneß und Fleiß. Mit F. →Walter und F. →Beckenbauer ist er Ehrenspielführer der deutschen Nationalmannschaft.

← Uwe Seeler

□ 1954: Debüt als 17jähriger in der Nationalmannschaft. □ 1956: Torschützenkönig der Oberliga (erneut 1959). □ 1960: Dt. Meister mit dem Hamburger SV; Dt. Fußballer des Jahres (erneut 1964 und 1970). □ 1963: DFB-Pokalsieger mit dem HSV; Spieler der Europaauswahl. □ 1964: Torschützenkönig der Bundesliga (30 Tore in 30 Spielen); Spieler der Weltelf. □ 1970: Letztes Spiel in der dt. Nationalmannschaft gegen Ungarn.

Seferis, Giorgos

griech. Schriftsteller
* 19.2.1900 Smyrna † 20.9.1971 Athen

Giorgos Seferis begutachtet seine Nobelpreis-Urkunde.

Seferis wies mit O. →Elytis und A. →Embirikos in den 30er Jahren der griechischen Lyrik neue Wege. In der Abkehr vom Symbolismus, von Narzißmus und Nihilismus der 20er Jahre fand S. — der auch von T. S. →Eliot beeinflußt wurde — im Gedichtband »Mythische Geschichte« (1935) zum freien Vers und einer eigenen, unpathetischen dichterischen Sprache. Vor dem Hintergrund der griechischen Vergangenheit und unter dem Eindruck von Krieg, Besetzung und Bürgerkrieg, die das Land im 20. Jh. heimsuchten, zeigt S.s melancholische Lyrik den Bruch zwischen Vergangenheit und Gegenwart. Die einfachen Dinge und die griechische Mittelmeerlandschaft symbolisieren jedoch auch die lichte Seite des griechischen Schicksals. 1963 erhielt S. den Literatur-Nobelpreis.

□ 1926: Nach dem Jurastudium in Athen und Paris Aufnahme in den diplomatischen Dienst. □ 1931: »Wende« (Ged.e). □ 1932: »Die Zisterne« (Ged.e). □ 1941-44: Mit der griech. Regierung im Exil in Ägypten, Südafrika und Italien; »Logbuch II« (Ged.e, dt. 1981). □ 1957-62: Als Botschafter u. a. in London. □ 1963: Literatur-Nobelpreis. □ 1966: »Drei geheime Gedichte« (dt. 1985). □ postum 1974: »Versuche« (Es.s, dt. 1981); »Sechs Nächte auf der Akropolis« (R., dt. 1984).

▷ Z. Maurina: Die Aufgabe des Dichters in unserer Zeit (Porträt), 1965.

Segal, George

amer. Künstler
* 26.11.1924 New York

Segal, der von der Happening-Bewegung ausging, kombiniert lebensgroße, in der Regel weiße

George Segal in einem seiner Environments mit zwei Gipsfiguren, Darmstadt 1971.

Gipsfiguren mit realen Gegenständen zu Alltagssituationen, die oft wie Momentaufnahmen wirken. Mit diesen Environments ist er einer der Hauptvertreter des Neuen Realismus in Amerika. 1960 entstand die erste typische Arbeit: Eine männliche Gestalt (eigener Gipsabguß des Künstlers) sitzt neben einem Fensterrahmen an einem leeren Tisch (»Man sitting at table«, Mönchengladbach, Städtisches Museum). Spätere Arbeiten wurden meist zu Personengruppen in realem Umfeld erweitert (»Das Restaurantfenster«, 1967, Köln, Museum Ludwig). Das Aufeinandertreffen zweier Realitätsebenen sowie die Vereinzelung des Menschen, seine Sprachlosigkeit, sind S.s Themen.

□ 1941-49: Kunststudium. □ ab 1950: Freundschaft mit A. →Kaprow. □ 1957: Erste Happenings mit Kaprow und C. →Oldenburg. □ 1960: Erste Gipsabdrücke und Environments. □ 1968: Erste Einzelausstellung im Museum of Contemporary Art, Chicago. □ 1972: Gastprof. an der City Univ., New York. □ 1979: Retrospektive im Whitney Museum of American Art, New York. □ 1982: Wanderausstellung in Tokio und anderen jap. Städten.

▷ S. Hunter/D. Hawthorne: George Segal, engl. 1984; D. Teuber: George Segal, Wege zur Körperüberformung, 1987.

Seghers, Anna

(eig. Netty Radványi, geb. Reiling)
dt. Schriftstellerin
* 19.11.1900 Mainz † 1.6.1983 Ost-Berlin

Seghers, wichtigste Repräsentantin der Literatur der ehemaligen DDR, erlangte Weltruhm mit ihrem im Exil geschriebenen Roman »Das siebte Kreuz« (1942), der über die Flucht von sieben KZ-Häftlingen berichtet. Im Stil der Neuen Sachlichkeit, später des sozialistischen Realismus, skizzierte S. in ihrem Werk sozialrevolutionäre Kämpfe und den antifaschistischen Widerstand aus der Sicht unkomplizierter Menschen. Ihre Erzählung »Aufstand der Fischer von St. Barbara« (1928) beschreibt den Streik bretonischer Fischer gegen jede Ausbeutung und wurde zum ersten großen Erfolg der Schriftstellerin. Aufgrund ihres offenen Bekenntnisses zum sozialistischen Gesellschaftssystem stieß S. in der Bundesrepublik lange Zeit auf Ablehnung, erst in den 70er Jahren setzte verstärkt eine Rezeption ihrer im Exil entstandenen Werke ein. S. wurde mehrfach ausgezeichnet; 1947 erhielt sie den Georg-Büchner-Preis.

A. Seghers bekannte sich mit ihrer Literatur zum Sozialismus.

□ 1928: Eintritt in die KPD; Kleist-Preis. □ 1929: Gründungsmitgl. des Bundes proletarisch-revolutionärer Schriftsteller. □ 1930: »Auf dem Weg zur amerikanischen Botschaft« (Erz.). □ 1932: »Die Gefährten« (R.). □ 1933: »Kopflohn« (R.); Emigration nach Frankreich, Spanien, später Mexiko. □ 1944: »Transit« (R., dt. 1948). □ 1946: »Der Ausflug der toten Mädchen« (Erz.). □ 1947: Rückkehr nach Ost-Berlin. □ 1949: »Die Toten bleiben jung« (R.). □ 1952-78: Präs. des Schriftstellerverbandes der DDR. □ 1959: »Die Entscheidung« (R.). □ 1968: »Das Vertrauen« (R.). □ 1977: »Steinzeit. Wiederbegegnung« (Erz.). □ 1980: »Woher sie kommen, wohin sie gehen« (Es.s).

▷ K. Batt: Anna Seghers, 1973; F. Wagner: Anna Seghers, 1980.

Segovia y Torres, Andrés

span. Gitarrist
* 21.2.1893 Linares, Andalusien † 2.6.1987 Madrid

Segovia, der bis ins hohe Alter auftrat, war im 20. Jh. der führende Gitarreninterpret. Mit seiner Virtuosität enthob er das Saiteninstrument der Sphäre der Folklore-Musik. 1924 gelang ihm der internationale Durchbruch, als der Cellist P. →Casals für ihn ein Konzert in Paris organisierte. Seitdem hat S. nicht nur zeitgenössische Komponisten wie H. →Villa-Lobos inspiriert, sondern das bis dahin schmale Repertoire durch Bearbeitungen von Werken Bachs, Mozarts und Haydns erweitert. Seiner Kunst ist es zu verdanken, daß

Segovia y Torres bearbeitete klassische Stücke für Gitarre.

an vielen Musikschulen das Gitarrenspiel zu einem Lehrfach wurde. S., der eine neue Spieltechnik entwickelte, war auch als Dozent tätig (u. a. an der Univ. of Calif. in Berkeley) und gab sein Repertoire im Gitarre-Archiv Mainz heraus.

□ 1909: Debüt in Grenada. □ 1910: 15 Konzerte in Barcelona. □ 1919: Konzertreise durch Lateinamerika. □ ab 1924: Weltweite Tourneen. □ 1936: Emigration über Genua, Montevideo und New York in die Schweiz. □ 1978: Mitgl. der span. Kgl. Akademie der Schönen Künste. □ 1981: Erhebung in den Adelsstand als Marques de Salobrena. □ 1982: Deutschland-Tournee. □ 1985: Auftritt vor dem Papst im Vatikan; Ernst-von-Siemens-Musikpreis.

▷ A. Segovia: An autobiography of the years 1893-1920, 1977; A. Segovia/G. Mendoza: Segovia. Mein Buch über die Gitarre, 1979.

Segrè, Emilio

amer. Physiker ital. Herkunft
* 1.2.1905 Tivoli bei Rom
† 22.4.1989 Lafayette, Kalif.

Segrè wies 1955 mit O. →Chamberlain die Existenz des vorausgesagten Antiprotons durch Beschuß von Kupferatomen mit hochenergetischen Protonen nach. Dafür erhielten sie 1959 den Physik-Nobelpreis. Mit G. Th. Searborg entdeckte S. 1940 bei der Uranspaltung das langlebige Plutonium 239.

□ 1936: Dir. des Physiklabors an der Univ. Palermo. □ 1937: Entdeckung des Technetiums (erstes künstliches Element 43). □ 1938: Amtsenthebung an der Univ. Palermo durch die faschistische Regierung; Emigration nach Berkeley, Kalif. (USA). □ 1940: Synthese des Elements 85 (Astat). □ 1943-46: Mitarbeit am amer. Atombombenprojekt in Los Alamos, N. Mex. □ 1944: Amer. Staatsbürger. □ 1948-72: Prof. an der Univ. of Calif. in Berkeley. □ 1980: »Die großen Physiker und ihre Entdeckungen Bd. 2 — Von den Röntgenstrahlen zu den Quarks« (dt. 1981). □ 1984: »Die großen Physiker und ihre Entdeckungen Bd. 1 — Von den fallenden Körpern zu den elektromagnetischen Wellen« (dt. 1986).

Hanns Seidel →

Seidel, Hanns

dt. Politiker
* 12.10.1901 Schweinheim bei Aschaffenburg
† 5.8.1961 München

Seidel war nach dem 2. Weltkrieg einer der Mitbegründer der CSU und wesentlich am politischen Wiederaufbau in Bayern beteiligt. 1957 gelang ihm mit einem überwältigenden Wahlsieg, die SPD unter Ministerpräsident W. Hoegner zu schlagen und mit einer Koalition aus CSU, FDP und BHE die Landesregierung in München zu übernehmen. Er begründete die Vorherrschaft der CSU in Bayern. Nach ihm ist die Hanns-Seidel-Stiftung der CSU benannt.

□ 1929-40, 1954-57: Rechtsanwalt. □ 1940-45: Wehrdienst. □ 1945: Landrat von Aschaffenburg; Mitbegründer der CSU. □ ab 1946: MdL der CSU. □ 1947-54: Bayer. Wirtschaftsmin. und Verkehrsmin. □ 1955-61: Vors. der CSU. □ 1958-60: Bayer. Ministerpräsident.

Ina Seidel →

Seidel, Ina

dt. Schriftstellerin
* 15.9.1885 Halle an der Saale
† 2.10.1974 Schäftlarn (bei Starnberg)

Seidels Werk — Gedichte, Balladen Hymnen und Prosa — ist stark religiös inspiriert. Vor allem theosophische Ideen (A. →Besant) beeinflußten ihren visionären Romantizismus. Hauptthemen ihrer Erzählungen und Romane sind »das Mütterliche« und das »Geheimnis des Blutes«. In ihren historischen Romanen übermittelt sie ein von Schicksalsgläubigkeit geprägtes Geschichtsbild. Ihre mythisch-mystisch verklärte Hitler-Verehrung bedauerte sie nach 1945 als Irrtum.

□ 1908: Nach Krankheit schwer gehbehindert. □ 1922: »Das Labyrinth« (R.). □ 1926: »Die Fürstin reitet« (Erz.). □ 1930: »Das Wunschkind« (R.). □ 1938: »Lennacker« (R.). □ 1959: »Michaela« (R.)

▷ I. Seidel: Vor Tau und Tag (Aut.), 1962.

← Emilio Segrè

Seifert, Jaroslaw

tschech. Lyriker
* 23.9.1901 Prag † 10.1.1986 ebd.

Seifert ist der populärste, vor allem aber der repräsentativste tschechische Lyriker: Sein Werk spiegelt beispielhaft die Entwicklung der Lyrik im 20. Jh. Im Mittelpunkt seiner melancholisch-nostalgischen Gedichte stehen die Vergänglichkeit des Lebens, die Schönheit der böhmischen Landschaft und das Schicksal des tschechischen Volkes. Darüber war S. ein früher Kritiker des Stalinismus, setzte sich für die Rehabilitierung verfolgter Autoren ein und war einer der prominentesten Befürworter des Prager Frühlings. Ein wichtiges Werk ist »Die Pestsäule« (religiöse Ged.e, 1977, dt. 1985).

□ 1920/21: Mitbegründer des Poetismus in der Vereinigung tschech. Künstler »Devětsil«. □ 1921: Eintritt in die KPC (1929 Austritt unter Protest). □ 1922-49: Journalist, u. a. in der Gewerkschaftspresse. □ 1925: Desillusionierende Reise in die UdSSR. □ 1956: Auf dem II. Schriftstellerkongreß Forderung nach Freiheit der Kunst. □ 1968-70: Vorsitz des

J. Seifert war der erste tschech. Literatur-Nobelpreisträger.

freien Schriftstellerverbands. □ ab 1970: Berufsverbot. □ 1979: »Der Regenschirm von Piccadilly« (Ged.e, dt. 1985). □ 1984: Literatur-Nobelpreis. □ 1985: »Erdlast« (Ged.e).

▷ J. Seifert: Alle Schönheit dieser Welt (Erinnerungen), 1979, dt. 1985.

Seipel, Ignaz

österr. Politiker
* 19.7.1876 Wien
† 2.8.1932 Pernitz, Niederösterreich

Seipel führte in den 20er Jahren zweimal eine bürgerlich-großdeutsche Koalitionsregierung. Durch geschickte Verhandlungen erreichte er 1922 für das kurz vor dem Staatsbankrott stehende Österreich eine Völkerbundanleihe. Damit konnte er die Nachkriegsinflation beenden und eine Sanierung des auf ein Sechstel verkleinerten Landes einleiten. In seiner zweiten Amtsperiode verstärkte S. mit wiederholter Kritik am parlamentarischen Regierungssystem die im Staat latent vorhandenen ständestaatlichen Tendenzen (E. →Dollfuß).

□ vor 1908: Studium der Theologie; Priester in Wien. □ 1909-18: Prof. für Moraltheologie. □ 1917: »Soziale Frage und soziale Arbeit« (Schr.). □ 1918: Min. für öffentliche Arbeiten. □ 1919/20: Mitgl. der Konstituierenden Nationalversammlung. □ 1920-32: Nationalrat. □ 1921-29: Obmann der Christlich Sozialen Partei. □ 1922-24, 1926-29: Bundeskanzler. □ 1930: »Der Kampf um die österreichische Verfassung« (Schr.).

▷ F. Rennhofer: Ignaz Seipel: Mensch und Staatsmann. Eine biographische Dokumentation, 1978.

Ignaz Seipel rettete Österreich 1922 vor dem Staatsbankrott.

Rudolf Seiters →

Seiters, Rudolf

dt. Politiker
* 13.10.1937 Osnabrück

Im Dezember 1991 trat Seiters die Nachfolge W. →Schäubles als Bundesinnenminister an. Der enge Vertraute H. →Kohls, der als Kanzleramtsminister (ab 1989) u. a. die Kontakte zur ehemaligen DDR koordinierte und zu den Architekten der Einheit gehört, genießt den Ruf eines »stillen Machers«. 1977/78 war S. als Wahlkampfchef der Niedersachsen-CDU erfolgreich, die 1978 erstmals die absolute Mehrheit in diesem Bundesland erreichen konnte.

□ 1958: Mitgl. der JU und der CDU. □ 1959-67: Studium der Rechts- und Staatswissenschaften. □ 1968: 1. Vors. des neugegr. JU-Landesverbands Niedersachsen. □ seit 1969: MdB. □ 1971-76; 1982-84: CDU-Fraktionsgeschäftsführer. □ 1972: Stellv. Landesvors. in Niedersachsen. □ 1984-89: 1. Parlamentarischer Geschäftsführer. □ 1989-91: Kanzleramtsmin. □ seit Ende 1991: Innenmin.

▷ A. Jahn: Rudolf Seiters, 1991.

Selassie, Haile →Haile Selassie I.

Hubert Selby →

Selby, Hubert

amer. Schriftsteller
* 23.7.1928 New York

Der radikale Humanist Selby stellt in seinen Romanen die Schattenseiten des amerikanischen Erfolgsmythos dar. Sein erster Roman »Letzte Ausfahrt Brooklyn« (1964, dt. 1968) schildert in drastischer Sprache das brutale Bandenwesen verwahrloster Jugendlicher, das Homosexuellenmilieu, Prostitution und Korruption in diesem New Yorker Elendsviertel. Der krasse Realismus führte zum zeitweiligen Verbot des Buches in Großbritannien und Italien.

□ 1944-46: Kriegsdienst in der US-Handelsmarine. □ 1946-50: Klinikaufenthalte wegen Tbc-Erkrankung. □ 1971: »Mauern« (R., dt. 1972). □ 1976: »Der Dämon« (R., dt. 1980). □ 1978: »Requiem für einen Traum« (R., dt. 1981). □ 1986: »Lied vom stillen Schnee« (Erz.n, dt. 1989).

Monica Seles →

Seles, Monica

jugos. Tennisspielerin
* 2.12.1973 Novisad

Binnen kürzester Zeit eroberte Seles die Spitze der Tennisweltrangliste, von der sie am 11. 3. 1991 St. →Graf ablöste. Als bisher jüngste Spielerin gewann sie 1990 im Alter von 16 Jahren und sieben Monaten die French Open; 1991 siegte sie bei den Australian Open, den French Open und den US Open. In Wimbledon war sie nicht angetreten.

Sellers, Peter

engl. Schauspieler
* 8.9.1925 Southsea, Hampshire
† 24.7.1980 London

Sellers war ein Meister der Verwandlung, der in seinen Filmen oft in mehrere Rollen schlüpfte. Mit variabler Körpersprache und Mimik, unterstützt von aufwendigen Masken und Kostümen, verkörperte er die unterschiedlichsten Figuren. Nach Auftritten in St. →Kubriks »Lolita« (1961, mit J. →Mason) und »Dr. Seltsam oder Wie ich lernte, die Bombe zu lieben« (1963) wurde S. als Inspektor Clouseau in »Der rosarote Panther« (1963; mit D. →Niven, Rg. B. →Edwards) so populär, daß eine Inspektor-Clouseau-Serie folgte. In ihr konnte S. sein Talent für Parodie und präzises Timing unter Beweis stellen. Ein weiterer Höhepunkt in seiner Karriere war die Titelrolle in H. →Ashbys Gesellschaftssatire »Willkommen, Mr. Chance« (1979).

Peter Sellers in »I love you, Alice B. Toklas« von 1968.

□ 1955: »Ladykillers« (mit A. →Guinness, Rg. A. Mackendrick). □ 1964: »Ein Schuß im Dunkeln« (Rg. B. Edwards). □ 1966: »Casino Royale« (Rg. J. →Huston). □ 1967: »Der Partyschreck« (Rg. B. Edwards). □ 1972: »Alice im Wunderland« (Rg. W. Sterling). □ 1974: »Der rosarote Panther kehrt zurück« (Rg. B. Edwards). □ 1975: »Eine Leiche zum Dessert« (Rg. R. Moore). □ 1976: »Inspektor Clouseau — Der beste Mann von Interpol« (Rg. B. Edwards). □ 1978: »Inspektor Clouseau — Der irre Flic mit dem heißen Blick« (Rg. B. Edwards); »Der Gefangene von Zenda« (Rg. R. Quine). □ 1980: »Das boshafte Spiel des Dr. Fu Man Chu« (Rg. P. Haggard). □ postum 1982: »Der rosarote Panther wird gejagt« (Rg. B. Edwards).

Sellner, Gustav Rudolf

dt. Regisseur und Theaterleiter
* 25.5.1905 Traunstein

Seit den 50er Jahren hat Sellner als Regisseur des Musik- und Sprechtheaters sowie als Intendant der Deutschen Oper Berlin Maßstäbe gesetzt. S. beeindruckte durch ausdrucksstarke Inszenierungen zeitgenössischer Autoren des französischen und englischen Sprachraums sowie durch moderne Aufführungen antiker Dramen. Aus seinen Operninszenierungen, die alle Möglichkeiten moderner Bühnentechniken ausnutzen, ragt der »Ring des Nibelungen« (R. Wagner) 1967/68 in Berlin heraus, für den F. →Wotruba die Bühnenbilder schuf.

Gustav R. Sellner →

□ 1924-38: Schauspieler, Regisseur und Intendant u. a. in Oldenburg, Göttingen und Hannover. □ 1951-61: Intendant des Landestheaters Darmstadt. □ 1954: Dt. EA von »Camino Real« (T. →Williams). □ 1960/61, 1963: Sophokles-Dramen »König Oedipus«, »Antigone«, »Elektra« am Burgtheater. □ 1961-72: Generalintendant der Dt. Oper Berlin; Gastregie u. a. am Berliner Schillertheater, am Burgtheater Wien, an der Hamburgischen Staatsoper und bei den Salzburger Festspielen. □ 1968: UA von »Prometheus« (Oper, C. →Orff) in Stuttgart. □ seit 1972: Gastregisseur an verschiedenen Häusern. □ 1985: »Die Frau ohne Schatten« (R. →Strauss) in Berlin.

Selye, Hans

österr.-kanad. Mediziner und Streßforscher
* 26.1.1907 Wien † 16.10.1982 Montreal

Selye entwickelte ab 1936 die Lehre vom Streß und eröffnete damit der modernen Pathologie eine neue Forschungsrichtung. Durch starke Belastungen oder Anstrengungen kommt es nach S.s Erkenntnis zu einer Alarmreaktion des Körpers, begleitet von einer erhöhten Hormonsekretion, die die Widerstandsfähigkeit des Organismus aufrechterhält. Eine zu lange währende Streßsituation führt zu körperlicher Erschöpfung und bisweilen zum Tod.

H. Selye untersuchte Ursachen und Auswirkungen des Streß.

□ 1934-77: Prof. an der McGill-Univ. in Montreal. □ 1952: »Einführung in die Lehre vom Adaptionssyndrom« (Schr., dt. 1953). □ 1958: »Elektrolyte, Streß und Herznekrose« (Schr., dt. 1960). □ 1964: »Vom Traum zur Entdeckung« (Schr., dt. 1965). □ 1976: Gründung des Int. Inst. für Streßforschung. □ 1980: Hg. der Zeitschrift Stress.

▷ H. Selye: The stress of my life (Aut.), 1977.

Selznick, David O(liver)

amer. Produzent
* 10.5.1902 Pittsburgh † 22.6.1965 Los Angeles

In seiner 1936 gegründeten unabhängigen Filmgesellschaft produzierte Selznick mit »Vom Winde verweht« (1939, mit C. →Gable und V. →Leigh) einen der größten kommerziellen Erfolge der Kinogeschichte. Unter seiner Leitung waren bereits bei den RKO-Radio Pictures und bei Metro-Goldwyn-Mayer Kino-Klassiker wie »King Kong und die weiße Frau« (1933) entstanden. S. griff als einer der ersten Produzenten auf literarische Vorlagen zurück (»David Copperfield«, 1935, nach dem Roman von Ch. Dickens) und unterstützte Regisseure wie G. →Cukor und K. →Vidor bei ihren ersten Filmen.

David O. Selznick nutzte als einer der ersten literarische Vorlagen für seine Filme.

☐ 1927-31: Produzent für die Paramount Pictures. ☐ 1931-33: Produzent bei den RKO-Radio Pictures. ☐ 1932: »Bird of Paradise/Paradiesvogel« (Rg. K. Vidor). ☐ 1933-36: Vizepräs. der Metro-Goldwyn-Mayer Inc. ☐ 1933: »Dinner um acht« (Rg. G. Cukor). ☐ 1936: Gründung der Selznick Intercontinental Pictures, Inc. (1940 umbenannt in David O. Selznick Productions). ☐ 1937: »Ein Stern geht auf«. ☐ 1939: »Intermezzo« (mit Ingrid →Bergman). ☐ 1940: »Rebecca« (Rg. A. →Hitchcock, mit L. →Olivier und J. Fontaine). ☐ 1946: »Duell in der Sonne« (mit G. →Peck und J. →Cotten). ☐ 1949: Gründung eines eigenen Filmverleihs. ☐ 1957: »In einem anderen Land« (mit R. →Hudson und V. →De Sica). ☐ 1958: Gründung eines int. Filmvertriebsunternehmens. ☐ 1961: »Zärtlich ist die Nacht« (Rg. H. King).

Sembène Ousmane

senegal. Schriftsteller und Regisseur
* 8.1.1923 Ziguinchor, Casamance

Der Autodidakt Sembène gehört zu den international bekannten afrikanischen Autoren. Seine Romane und Novellen spielen in der Welt der unterprivilegierten Leute, die sich im Spannungsfeld zwischen Tradition und Moderne behaupten müssen (»Der schwarze Hafenarbeiter«, R., 1956; »Meines Volkes schöne Heimat«, R., 1957, dt. 1958). Dabei deckt er auch tragikomische Widersprüche der senegalesischen Gesellschaft auf, z. B. wenn sich in der Novelle »Die Postanweisung« (1966; F. 1969) ein arbeitsloser Analphabet vergeblich um die Einlösung einer Geldsendung aus Paris bemüht. Anfang der 60er Jahre wandte sich S. dem Film zu, um auch die analphabetische Bevölkerungsmehrheit in den afrikanischen Ländern zu erreichen; preisgekrönt wurden die Verfilmungen seiner Novelle »La moire de. . .« (aus »Voltaique«, Nov.n, 1962; F. 1966) und seines Romans »Chala« (1973, dt. 1979; F. 1976).

Sembène: Tragikomische Geschichten über den Senegal.

☐ 1936: Schulentlassung; Mechaniker- und Maurerlehre. ☐ 1942: Eintritt in die frz. Kolonialarmee, Einsatz in Nordafrika. ☐ 1946: Rückkehr nach Senegal; Engagement in der Gewerkschaftsbewegung. ☐ 1948/49: Teilnahme am Eisenbahnerstreik. ☐ 1949-59: Hafenarbeiter in Marseille; Mitgl. der kommunistischen Partei Frankreichs (KPF). ☐ 1960: »Les bouts de bois de Dieu« (R.); Rückkehr nach Senegal; Journalist im Kongo (heute Zaïre). ☐ 1961: Stipendiat der Moskauer Filmhochschule. ☐ 1963: Erster Film »Der Mann mit dem Karren«. ☐ 1964: »Der Harmattan« (R.). ☐ 1965: »Weiße Genesis« (R.). ☐ 1970: »Donnergott« (F.). ☐ 1977: »Ceddo« (F.). ☐ 1979: »Der Mensch ist die Kultur« (Es.s). ☐ 1981: »Der Letzte des Reiches« (R.)

Nikolai Semjonow →

Semjonow, Nikolai Nikolajewitsch

sowjet. Chemiker
* 15.4.1896 Saratow † 25.9.1986 Moskau

Semjonow erforschte in den 30er Jahren die Mechanismen chemischer Reaktionen und klärte Einleitung und Abbruch von Kettenreaktionen auf. S.s Untersuchungen über das Entstehen instabiler Zwischenprodukte bei explosionsartigen Verbrennungen hatten praktische Bedeutung für die Konstruktion von Verbrennungsmotoren und die Sprengtechnik. 1956 erhielt er als erster Sowjetbürger den Nobelpreis für Chemie.

☐ 1928: Prof. am Polytechnischen Inst. Leningrad. ☐ ab 1931: Dir. am Inst. für Physikalische Chemie der Akademie der Wissenschaften der UdSSR ebd. (ab 1943 in Moskau). □ ab 1944: Prof. an der Univ. Moskau. □ 1956: Chemie-Nobelpreis (mit C. N. →Hinshelwood).

Semprún, Jorge

frz. Schriftsteller span. Herkunft
* 10.12.1923 Madrid

Semprún, als französischer Résistance-Kämpfer 1943 ins KZ Buchenwald deportiert, beschreibt in seinen psychologisch einfühlsamen, autobiografisch gefärbten Romanen Ausnahmesituationen menschlicher Existenz (Gefangenschaft, Deportation, Leben im Widerstand). Vom Nouveau Roman beeinflußt setzte sich S. in seiner politischen Autobiografie »Federico Sánchez, eine Autobiografie« (1977, dt. 1978) auch kritisch mit seinen Erfahrungen als Mitglied der Kommunistischen Partei auseinander. International bekannt wurde S. als Drehbuchautor u. a. für C. →Costa Gavras Film »Z« (1968). 1964 hatte er bereits R. →Hochhuths Aufsehen erregendes Drama »Der Stellvertreter« bearbeitet.

Jorge Semprún beschreibt Grenzsituationen des Lebens.

□ 1937: Übersiedlung ins Exil nach Paris. □ 1943: Deportation ins KZ Buchenwald. □ 1946-50: Tätigkeit bei der UNESCO. □ 1963: »Die große Reise« (R., dt. 1964). □ 1964: Ausschluß aus der KP Spaniens. □ seit 1964: Freier Schriftsteller in Paris. □ 1969: »Der zweite Tod des Ramón Mercader« (dt. 1974). □ 1980: »Was für ein schöner Sonntag« (Ber., dt. 1981). □ 1986: »Der weiße Berg« (R., dt. 1987). □ 1988-91: span. Kulturminister.

Senghaas, Dieter

dt. Politologe
* 27.8.1940 Geislingen/Steige

Senghaas ist ein namhafter Friedens- und Konfliktforscher. Seit dem Ende des Ost-West-Konflikts steht seiner Meinung nach eine neue politische Architektur Europas zur Diskussion. Im künftigen Europa, das vom Atlantik bis zum Ural reichen wird, müßten Kooperation und kollektive Sicherheit institutionalisiert werden.

□ 1970: Mitgl. der Dt. Gesellschaft für Friedens- und Konfliktforschung (DGFK). □ 1978: Prof. für Int. Politik und Gesellschaft, Univ. Bremen. □ 1987: Int. Peace Research Award. □ 1988: »Konfliktformationen im internationalen System« (Schr.). □ 1990: »Europa 2000. Ein Friedensplan« (Schr.).

← Dieter Senghaas

Senghor, Léopold Sédar

senegal. Politiker und Schriftsteller
* 9.10.1906 Joal

Der Politiker, Dichter und Philosoph Senghor gehört zu den weltweit bekannten Persönlichkeiten Afrikas. 1945-58 senegalesischer Abgeordneter in der französischen Nationalversammlung, etablierte er als erster Präsident des unabhängigen Senegal (1960-80) ein vergleichsweise liberales Regime und überließ Anfang 1981, bis dahin einmalig in Afrika, das Amt seinem designierten Nachfolger A. →Diouf. Internationales Ansehen genießt auch sein lyrisches Werk. Mit A. →Césaire formierte S. im Paris der 30er Jahre die sog. Négritude. Diese literarische und politische Gruppierung betonte auf dem Höhepunkt des Kolonialismus unter dem Schlagwort »Zurück zu den Ursprüngen« in Gedichten und Gesängen die kulturelle Eigenart und die Würde der Afrikaner (»Schattengesänge«, Ged.e, 1945, dt. 1963; »Äthiopische Gesänge«, Ged.e, 1956).

Léopold Senghor, der Lyriker und Politiker, bei seiner Hochzeit 1946.

□ 1927-35: Philologiestudium in Paris; Staatsexamen als erster Afrikaner. □ 1934: Gründung der Zeitschrift L'Etudiant Noir. □ 1935-40: Griechisch- und Lateinlehrer in Tours und Paris. □ 1940-43: Kriegsdienst in frz. Infanterieeinheit, dt. Kriegsgefangenschaft. □ 1943-46: Lehramt in Paris. □ 1945-58: Senegal. Abgeordneter in der frz. Nationalversammlung. □ 1948: Hg. der »Anthologie de la nouvelle poésie nègre et malgache de langue française«; Gründung des Bloc Démocratique Sénégalais. □ 1953: »Die schöne Geschichte von dem Hasen Leuk« (Kdb.). □ 1958: Generalsekr. der Regierungspartei Union progressiste sénégalèse. □ 1958-60: Mitgl. des Beratenden Verfassungsausschusses der V. Republik in Frankreich. □ 1961: »Nocturnes« (Ged.e); erster Staatsbesuch in der BRD. □ 1962: Putschversuch linker Offiziere in Senegal. □ 1964: »Négritude und Humanismus« (Es.s, dt. 1967). □ 1968: Friedenspreis des Deutschen Buchhandels. □ 1984: Als erster Farbiger Aufnahme in die Académie française.

▷ I. Hanf: Léopold Sédar Senghor, 1972; L. S. Senghor: Mein Bekenntnis, dt. 1991.

Senna, Ayrton

bras. Automobilrennfahrer
* 21.3.1960 São Paulo

Senna war 1988, 1990 und 1991 Weltmeister in der Formel 1, 1989 wurde er Zweiter. Damit ist S. der überragende Fahrer zu Beginn der 90er Jahre. Die WM-Entscheidungen, vor allem gegen A. →Prost, waren von einem erbitterten und nicht selten unfairen Wettkampf geprägt, so 1990 im letzten WM-Lauf, als S. seinen Konkurrenten Prost direkt nach dem Start rammte.

Sercu, Patrick

belg. Radrennfahrer
* 27.6.1944 Roselaere

Sercu ist mit 88 Siegen in 233 Sechstagerennen (1969-83) der erfolgreichste Fahrer in dieser Disziplin. Bevor er sich den kommerziell lukrativen Winterwettbewerben zuwandte, hatte er 1963 als Amateur die Weltmeisterschaft im Sprint und 1964 bei den Olympischen Spielen in Tokio eine Goldmedaille gewonnen.

□ 1964: Olympiasieger von Tokio im Zeitfahren. □ 1967: Profi-Weltmeister im Sprint (erneut 1969). □ 1969-82: Elfmal Europameister im Omniumfahren; sechsmal Europameister im Zweier-Mannschaftsfahren; Europameister im Fahren hinter Derny-Motoren.

Serkin, Rudolf

amer. Pianist
* 28.3.1903 Eger (heute CSFR)
† 8.5.1991 Guildford, Vermont

Rudolf Serkin, ein Schüler Arnold Schönbergs.

Serkin, bereits mit fünfzehn Jahren Schüler von A. →Schönberg, wurde als Interpret klassischer und romantischer Klaviermusik bekannt. Der Pianist, der 1933 in die USA emigrierte, spielte 1938 gemeinsam mit dem deutschen Geiger Adolf Busch alle Beethoven-Sonaten für Klavier und Violine ein und konzertierte erfolgreich mit dem Busch-Serkin-Trio, dem auch der Bruder A. Buschs angehörte. In Vermont begründete S. 1949 das Marlboro-Festival, jährlicher Treffpunkt der internationalen Nachwuchselite.

□ 1932: Schallplattenaufnahme der Brahmsschen Sonaten für Klavier und Violine mit A. Busch. □ ab 1934: Regelmäßige Konzerttourneen durch die USA. □ 1935: Konzerte mit den New Yorker Philhamonikern unter A. →Toscanini. □ ab 1939: Dozent am Curtis Inst. of Music in Philadelphia. □ 1968-76: Dir. des Curtis Inst. of Music.

Walter Serner →

← Patrick Sercu

Serner, Walter

(eig. W. Eduard Seligmann)
österr. Schriftsteller
* 15.1(?).1889 Karlsbad, Böhmen † 1942 (?)

Serner war Mitbegründer des Dadaismus (»Letzte Lockerung manifest dada«, Aphorismen, 1920). Er wurde bekannt durch hintergründige, bösartige Kriminalgrotesken (»Zum blauen Affen«, Erz.n, 1920), in denen er treffsicher das Unterweltmilieu und die Sprache der großen und kleinen Gauner skizzierte. Aufgrund seiner provokanten Thesen und Aktionen war S. bis 1921 einer der radikalsten Vertreter der dadaistischen Kunst- und Weltanschauung und wurde mehrfach observiert und angeklagt.

□ 1913: Promotion zum Dr. jur. □ 1914: Emigration in die Schweiz. □ 1921: Bruch mit dem Dadaismus. □ 1923: »Der elfte Finger« (Erz.n). □ 1925: »Die Tigerin« (Erz.); »Der Pfiff um die Ecke« (Erz.n). □ 1926: »Posada oder Der große Coup im Hotel Riz« (Dr.) □ 1927: »Die tückische Straße« (Erz.n). □ 1942: Deportation aus Prag nach Theresienstadt.

▷ Th. Milch (Hg.): Walter Serner: Der Abreiser. Materialien zu Leben und Werk, 1984.

Serra, Richard

amer. Bildhauer
* 2.11.1939 San Francisco

Serra gehört zu den bedeutendsten zeitgenössischen Metallbildhauern; seine gegenstandslosen Freiplastiken und binnenräumlichen Objek-

R. Serras Plastiken sollen die Raumwahrnehmung ändern.

te im Sinne abstrakter Environments bzw. Installationen sind von monumentalen Ausmaßen. Ausgehend von der Arte povera und der Minimal Art entwickelte er seit Ende der 60er Jahre großdimensionierte Blöcke und Platten aus Stahl, die er in sorgfältig ausbalanciertem Gleichgewicht, oft ohne jede Befestigung aneinanderlehnt. Damit strebt er künstlerisch die Thematisierung des Gleichgewichts an sowie beim Betrachter eine neue Raumwahrnehmung und ein verändertes Körpergefühl. S.s zweites Thema ist der Bezug zur Umgebung, so bei der 1981 auf der Federal Plaza in New York aufgestellten, 36 m langen und 3,6 m hohen, leicht gebogenen Stahlplatte, die er »Tilted Arch« nannte. Dieses Objekt mit dem Charakter einer Mauer änderte durch die Einflüsse der Erosion ständig sein Erscheinungsbild (1989 aufgrund von Protesten entfernt). Oft schaffen mehrteilige Freiplastiken von S. in der freien Natur Verbindungen zur Land Art, so die Stahlquader, die er 1980 im Wenkenpark Riehen in Basel über eine Wiese verteilte.

□ 1957-61: Studium an der Univ. of California in Berkeley und Santa Barbara. □ 1961-64: Studium an der Yale Univ. in New Haven, Conn., bei J. →Albers. □ 1965-69: Arbeiten mit Gummi, Neonröhren und Blei zwischen Arte povera, Aktions- und Prozeßkunst; danach fast ausschließlich Stahlplastiken. □ ab 1971: Neben der Plastik großflächige, schwarze Zeichnungen. □ 1983: Große Ausstellung im Musée National d'Art Moderne, Centre Georges Pompidou, Paris. □ 1986: Ausstellung im Museum of Modern Art, New York. □ 1987: Teilnahme an der documenta 8 in Kassel; Retrospektive im Westfälischen Landesmuseum, Münster, und in der Städtischen Galerie im Lenbachhaus, München. □ 1991: Wilhelm-Lehmbruck-Preis.

Severing, Carl

dt. Politiker
* 1.6.1875 Herford † 23.7.1952 Bielefeld

← Carl Severing

Severing war während der Weimarer Republik einer der führenden Männer der SPD. Er galt als Pragmatiker, der sich sein Handeln nicht durch eine Ideologie vorschreiben ließ. Als Reichskommissar und als preußischer Innenminister scheute der als tatkräftig bekannte Politiker sich nicht, auch unpopuläre Maßnahmen zu ergreifen. So ließ er 1923 den kommunistischen Aufstand an der Ruhr mit Waffengewalt niederschlagen.
Eine wichtige Aufgabe sah S. im Aufbau einer republikanisch gesinnten Beamtenschaft. Mit O. →Braun gelang es ihm, die politische Lage in Preußen bis zum Sommer 1932 stabil zu halten. Nach Absetzung der Landesregierung (durch die Reichsregierung v. →Papen) war er bis 1945 politisch nicht mehr aktiv. Danach war er an der Gründung der SPD in der britischen Besatzungszone beteiligt.

□ ab 1893: Mitgl. der SPD. □ 1901: Gewerkschaftsfunktionär. □ 1907-11, 1920-33: MdR. □ 1919/20: Mitgl. der Nationalversammlung; Reichskommissar für Westf. □ 1920-33: Preuß. MdL. □ 1920-26; 1930-32: Preuß. Innenmin. □ 1928-30: Reichsinnenmin. □ 1945: Mitbegründer der SPD in der britischen Besatzungszone. □ ab 1947: MdL (NRW).

▷ C. Severing: Mein Lebensweg (2 Bde.), 1950.

»Chim« Seymour →

Seymour, David »Chim«

amer. Fotograf poln. Herkunft
* 20.11.1911 Warschau
† 10.12.1956 am Sueskanal (erschossen)

Mit seinen Berichten aus Kriegs- und Krisengebieten gehörte Seymour zu den bedeutenden Bildjournalisten der ersten Jahrhunderthälfte. Eindrucksvolle, expressive Aufnahmen entstanden im Spanischen Bürgerkrieg 1936-38. Nach seiner Übersiedlung in die USA 1939 wurde S. Kriegsberichterstatter in der amerikanischen Armee. Nach dem Krieg berichtete er für UNICEF in unpretentiösen, eindringlichen Bildern über die Not der Kinder in Polen, Italien, Ungarn und Deutschland. 1954-56 war S. Präsident der Fotoagentur Magnum, die er mit R. →Capa und H. →Cartier-Bresson gegründet hatte.

Arthur Seyß-Inquart →

Seyß-Inquart, Arthur

österr.-dt. Politiker
* 22.7.1892 Stannern (Stonarov), Mähren
† 16.10.1946 Nürnberg (hingerichtet)

Als Führer der österreichischen Nationalsozialisten und Bundeskanzler (ab 11. 3. 1938) vollzog Seyß-Inquart den Anschluß Österreichs an das Deutsche Reich (13. 3. 1938). Vor dem Internationalen Militärtribunal in Nürnberg mußte er sich für die Ausbeutung und Unterdrückung der Niederlande und die Judendeportationen aus seinem Befehlsbereich verantworten.

□ 1918: Rechtsanwalt. □ 1925: Mitgl. im Dt.-Österr. Volksbund. □ 1929: Mitgl. der NSAP Österreichs (1933 Teil der NSDAP). □ 1937: Mitgl. des Staatsrats. □ Febr. 1938: Innen- und Sicherheitsmin. □ März 1938: Bundespräsident und -kanzler. □ April 1938: Reichsstatthalter der »Ostmark«. □ 1939-45: Reichsmin. ohne Geschäftsbereich. □ 1940-45: Reichskommissar in den Niederlanden.

Carlo Graf Sforza →

Sforza, Carlo Graf

ital. Politiker und Diplomat
* 23.(25.?)9.1872 Montignoso, Prov. Massa-Carrara
† 4.9.1952 Rom

Der liberale Politiker Sforza war ab 1922 einer der schärfsten Kritiker von B. →Mussolini; er verließ den diplomatischen Dienst aus Protest. Im Exil war er einer der Wortführer des antifaschistischen Widerstands. Nach dem 2. Weltkrieg engagierte er sich als Außenminister für eine europäische Integration.

□ 1911-15: Botschafter in China. □ 1918: Ital. Hochkommissar in Konstantinopel. □ 1919-26, ab 1948: Senator. □ 1920/21: Außenmin. □ 1922: Botschafter in Frankreich. □ 1926-43: Im Exil (zumeist in den USA). □ 1944: Min. ohne Geschäftsbereich in der Regierung von Marschall P. →Badoglio. □ 1946: Mitgl. der Verfassunggebenden Versammlung. □ 1947-51: Erneut Außenmin.

Shaffer, Peter Levin

brit. Dramatiker
* 15.5.1926 Liverpool

Shaffer ist einer der wichtigsten zeitgenössischen englischen Dramatiker. Seine bühnenwirksamen Stücke kreisen um elementare Konfliktsituationen und moralische Grundprobleme. Einige seiner erfolgreichsten Dramen beruhen auf historischen Stoffen. So steht die Eroberung des Inkareiches im Zentrum des Theaterstücks »Die königliche Jagd auf die Sonne« (1965, dt. 1967). In Sh.s Welterfolg »Amadeus« (UA 1981, dt.spr. EA Wien, 1981) wird die Geschichte vom Aufstieg und Fall W. A. Mozarts aus der Perspektive des Hofkapellmeisters Salieri geschildert (F. 1984, Rg. M. →Forman). Oft bedient sich Sh. der Gestaltungsmittel des epischen Theaters (z. B. analytische Struktur, kommentierende Erzählerfiguren, Verfremdungseffekte; B. →Brecht).

□ 1944-47: Zivildienst als Bergarbeiter. □ 1950: Abschluß des Geschichtsstudiums in Cambridge. □ 1956-62: Bibliothekar, Literatur- und Musikkritiker. □ 1958: »Fünffingerübung« (Dr., dt. 1959). □ 1962: »Hören Sie zu!/Geben Sie acht!« (Dr.n, dt. 1963). □ 1965: »Komödie im Dunkeln« (dt. 1967). □ 1973: »Equus« (dt. 1974). □ 1987: »Laura und Lotte« (dt. 1989).

▷ D. A. Klein: Peter Shaffer, 1979.

← Peter Shaffer

Shamir, Yitzhak

israel. Politiker
* 3.11.1914 (15.10.1915?) Ruzinoy (Ostpolen)

Seit dem Rücktritt von M. →Begin führt Shamir die rechts-konservative Wahlallianz in der Knesset, den sog. Likud-Block. Er ist ein Verfechter von Groß-Israel und setzt sich unbeirrbar für die Gründung weiterer Siedlungen in den besetzten Gebieten ein. Ungeachtet der arabischen Aufstandsbewegung im Westjordanland (Intifada) und trotz zunehmenden Drucks der USA weigert er sich hartnäckig (auch auf der Nahost-Konferenz), »Gebiete gegen Frieden« einzutauschen.

Yitzhak Shamir vertritt die »großisraelische« Position.

□ vor 1935: Jurastudium in Warschau; Mitgl. der zionistischen Jugendbewegung BETAR. □ 1935: Emigration nach Palästina. □ 1937: Anschluß an die terroristische Gruppe Irgun Zwa'i Leumi von M. Begin. □ 1941: Anschluß an die radikalere Terrorgruppe Lohamai Cherut Israel (die 1948 angeblich Graf F. Bernadotte tötete). □ 1946: Verhaftung; nach Flucht im Exil in Frankreich. □ 1955-65: Im israel. Geheimdienst Mossad. □ 1970: Geschäftsführer der rechtsgerichteten Cherut-Partei (ChP). □ seit 1973: Mitgl. der Knesset (Parlament). □ 1977-80: Präs. der Knesset. □ 1980-86: Außenmin. □ 1983/84, seit 1986: Ministerpräsident. □ seit 1987: Vors. der ChP. □1991: Beginn der Nahost-Konferenz in Madrid (Spanien).

Ravi Shankar →

Shankar, Ravi

ind. Musiker
* 7.4.1920 Benares

Shankar wurde Mitte der 60er Jahre populär, als G. →Harrison bei ihm Unterricht nahm und das indische Saiten-Instrument Sitar zum ersten Mal für eine Rockproduktion (»Norwegian Wood«, → Beatles) einsetzte. Seinem Beispiel folgten zahlreiche weitere Rockmusiker und experimentierten mit Raga-Klängen als neuem Stilmittel. Von dieser Art der Popularität wenig begeistert, arbeitete der zeitweise als Musikprofessor am New York City College tätige Sh. primär mit Jazzmusikern wie Dennis Budimir oder Violin-Solisten wie Y. →Menuhin zusammen. Seit den 70er Jahren konzentriert sich Sh. auf die klassische Raga, orchestriert sie für große Ensembles und komponiert Ballett- und Filmmusiken.

□ 1958: Konzert mit D. →Oistrach beim UNESCO-Musikfest in Paris. □ 1962: »Improvisations« (Jazz-LP mit Bud Shank, Dennis Budimir, Gary Peacock, Louis Hayes). □ 1966: Konzert mit Y. Menuhin in London. □ 1967: Grammy Award für »West meets east« (mit Y. Menuhin); Auftritt beim Monterey-Pop-Festival. □ 1969: Auftritt beim Woodstock-Festival. □ 1972: Grammy Award für »The Concert for Bangla Desh«. □ 1973: Rückkehr nach Indien. □ 1982: »Raga Mala« (LP). □ 1990: »Passages« (LP mit Ph. →Glass).

▷ Ravi Shankar: My Music, my life, 1969.

Ariel Sharon →

Sharon, Ariel »Arik«

(eig. Ariel Schoenermann)
israel. Politiker und Militär
* 27.2.1928 K'far Malal bei Tel Aviv

Nach seinem Abschied aus der Armee war Sharon einer der Initiatoren des nationalistischen Likud-Blocks. Als scharfer Kritiker der Arbeiterpartei (Mapai) strebt er eine Annexion der seit 1967 besetzten Gebiete an. Er wurde für die 1982 von verbündeten christlichen Milizen verübten Massaker in den Palästinenserlagern Schatila und Sabra verantwortlich gemacht und mußte 1983 als Verteidigungsminister zurücktreten. Dennoch gehörte der kompromißlose Nationalist seither jeder israelischen Regierung an.

□ 1942: Mitgl. der Haganah (jüdische Miliz). □ ab 1948: Beim Nachrichtendienst. □ um 1954: Aufbau der Fallschirmjäger-Einheiten. □ 1958-62: Kommandeur der Infanterieschule. □ 1962: Brigadegeneral. □ 1967-73: Oberbefehlshaber der Südfront (gegen Ägypten). □ Frühjahr 1973: Abschied aus der Armee; Mitgl. der nationalistischen Cherut-Partei. □ Okt. 1973: Reaktivierung als Kommandeur einer Panzerbrigade. □ 1973/74, seit 1977: Mitgl. der Knesset. □ 1976: Gründer der ultrarechten Gruppe Shlomzion. □ 1977-81: Landwirtschaftsmin. □ 1981-83: Verteidigungsmin. □ 1983/84: Min. ohne Geschäftsbereich. □ 1984-90: Wirtschaftsmin. □ seit 1990: Baumin.

▷ U. Benziman: Sharon. An Israeli Caesar, 1987.

Shaw, Artie

(eig. Arthur Arshawsky)
amer. Jazzmusiker
* 23.5.1910 New York

Artie Shaw war mit B. →Goodman der populärste und erfolgreichste Klarinettist und Band-

Artie Shaw spielt für Marinesoldaten im 2. Weltkrieg.

leader des Swing. Sein melodischer Stil zeichnete sich durch sauberen Ton und ausgefeilte Technik aus. Seine erste Big-Band formte Sh. 1935 in der damals noch ungewöhnlichen Besetzung mit Streichern. Berühmt wurde in den 40er Jahren seine Improvisations-Combo »Gramercy Five«. Schallplatten unter seinem Namen nahm Sh. ab 1936 auf. Nach einem vorübergehenden Rückzug von der aktiven Bühnenarbeit und schriftstellerischer Tätigkeit in den 50er und 60er Jahren kehrte er Anfang der 80er Jahre zur Jazzszene zurück, bis er 1985 das Musizieren aus gesundheitlichen Gründen aufgeben mußte.

▷ A. Shaw: The trouble with Cinderella, engl. 1952; A. Shaw: I love you, I hate you, drop dead!, engl. 1965.

George Bernard Shaws Stücke und Essays verbinden Sozialkritik und Witz.

Shaw, George Bernard

ir. Schriftsteller
* 26.7.1856 Dublin † 2.11.1950 Ayot St. Lawrence, Hartford (Großbritannien)

Shaw ist einer der wichtigsten Vertreter des modernen englischen Dramas. Das erste seiner etwa 50 Stücke schrieb er mit 36, das letzte mit 93 Jahren. Er verglich sich gerne mit William Shakespeare, und in der Tat kommt sein Werk, was Themenfülle und internationale Reputation angeht, jenem Shakespeares nahe.
Die entscheidende Neuerung, durch die Sh. das konventionelle englische Theater um die Wende zum 20. Jh. reformierte, war die Einführung des sog. Ideenstücks. Unter dem Einfluß von H. → Ibsen entwickelte er die Form der Diskussion in seinen Gesellschaftsdramen und machte diese zum Instrument der Sozialkritik. Die Gefahr, daß die Figuren zu Sprachrohren seiner eigenen Meinung degradiert werden könnten, kompensierte er mit gewitzten Dialogen, meisterhafter Bühnentechnik und spannender Argumentation. Sein sozialreformatorischer Eifer richtete sich in seinen frühen Stücken gegen die viktorianische Besitzgesellschaft (»Die Häuser des Herrn Satorius«, 1863, dt. 1911), gegen Scheinmoral (»Frau Warrens Gewerbe«, 1894, dt. 1904) und verbrauchte Ideale (»Candida«, 1894, dt. 1903; »Helden«, 1898, dt. 1903). Aber auch ein scheinbar neutraler Stoff wie die Beschäftigung mit der Phonetik wurde unter seinen Händen zur Sozialkritik und zu einem Bühnenerfolg, wie »Pygmalion« (1917, dt. 1913), das ein halbes Jahrhundert später als das Musical »My Fair Lady« (1956) weltbekannt wurde.
In Sh.s späteren Stücken, besonders in »Mensch und Übermensch« (1903, dt. 1907) und »Zurück zu Methusalem« (1921, dt. 1923), tritt das sozialkritische Moment zurück zugunsten der Darlegung seiner eigenen, auf dem Evolutionsgedanken basierenden Lebensphilosophie. »Die heilige Johanna« (1923, dt. 1924) ist sein reifstes und ausgewogenstes Werk. Als spitzzüngiger Essayist setzte er sich mit Witz und Polemik für sozialistische Anliegen und für Reformen auf vielerlei Gebieten (u. a. Orthografie) ein.

☐ bis 1867: Dürftige Schulbildung, danach Autodidakt. ☐ 1876: Umsiedlung nach London. ☐ 1884: Beitritt zur sozialkritischen Fabian Society. ☐ ab 1885: Erfolgreicher Musik- und Theaterkritiker. ☐ 1901: »Caesar und Kleopatra« (Dr., dt. 1904). ☐ 1905: »Major Barbara« (Dr., dt. 1909). ☐ 1919: »Haus Herzenstod« (Dr., dt. 1920). ☐ 1925: Literatur-

Nobelpreis. □ 1928: Reise durch die UdSSR; »Wegweiser für die intelligente Frau zum Sozialismus und Kapitalismus« (Es., dt. 1928). □ 1929: »Der Kaiser von Amerika« (Dr., dt. 1929). □ 1931: USA-Reise. □ 1944: »Politik für jedermann« (Es., dt. 1945).

▷ A. Arnold: George Bernard Shaw, 1965; H. Pearson: Bernard Shaw, 1981.

Shaw, Irwin

amer. Schriftsteller
* 27.2.1913 Brooklyn, N. Y.
† 15.5.1984 Davos (Schweiz)

Shaw begann seine schriftstellerische Laufbahn mit dem sehr erfolgreichen Antikriegsstück »Bury the dead« (UA 1936) und mit aufsehenerregenden Kurzgeschichten. Nach 1948 schrieb er spannende und erfolgreiche Unterhaltungsromane, u. a. »Die jungen Löwen« (1948, dt. 1948), ein Roman über den 2. Weltkrieg aus der Sicht dreier sehr verschiedener Männer.

□ 1934: Nach Studienabschluß am Brooklyn-College Rundfunkautor. □ 1939: »Gangster« (Dr., dt. 1977). □ 1942-45: Kriegsdienst. □ 1947/48: Theaterkritiker für die New Republik. □ 1970: »Aller Reichtum dieser Welt« (R., dt. 1972.) □ 1975: »Den Seinen gibt's der Herr im Schlaf« (R., dt. 1977). □ 1982: »Griff nach den Sternen« (R., dt. 1983).

▷ M. Schnayerson: Irwin Shaw. A Biography, engl. 1989.

← Irwin Shaw

Shawn, Ted

amer. Tänzer, Choreograph und Tanzpädagoge
* 21.10.1891 Kansas City, Missouri
† 9.1.1972 Orlando, Flor.

Shawn, der gemeinsam mit seiner Frau R. Saint-Denis 1915-1933 eine Tanzschule, die Denishawn School, leitete, ist ein Pionier in der amerikanischen Ballettgeschichte. In Verbindung mit überlieferten, teils religiösen Tänzen aus verschiedenen Erdteilen und aus altamerikanischen Kulturen entwickelte er den modernen, freien, der klassischen Ballett-Technik nicht verpflichteten Tanz. Sh., der eine Zeitlang ein Ensemble nur für Männer unterhielt — ein Pendant zur Schule M. →Grahams —, wertete die im traditionellen Ballett eher begleitende Funktion des Mannes auf und choreographierte außerdem zahlreiche Gruppentänze.

Shawn beim Training in der Wigman-Schule in Berlin, 1928.

□ 1911: Debüt als Tänzer in Denver. □ 1915: Gründung der Denishawn Tanzschule in New York mit seiner Frau R. Saint-Denis. □ 1929: Choreographie von »Der gefesselte Prometheus« (M.: A. Skrjabin). □ 1933: Nach Ehescheidung Gründung einer eigenen Schule in Mass. □ 1933-40: Eigene, allein aus Männern bestehende Compagnie; zahlreiche Tourneen. □ 1935: Choreographie von »Kinetic Molpai« für die eigene Truppe. □ bis 1960: Vorbereitung von Festivals, Sommerkurse, Lehrtätigkeit an der eigenen Schule.

Sheldon, William Herbert

amer. Arzt und Psychologe
* 19.11.1899 Warwick, Rhode Isl.
† 16.10.1977 Cambridge, Mass.

Sheldon stellte eine Konstitutionstypologie auf, welcher er drei Körperbautypen zugrunde legte, die E. →Kretschmers Systematik weitgehend entsprachen. Seine Typen nannte er »Endomorphe« (Pykniker), »Mesomorphe« (Athletiker) und »Ektomorphe« (Leptosome). Sh. entwickelte daraufhin eine Typologie der Temperamente, wobei er einen Zusammenhang zwischen psychischen Eigenschaften und konstitutionellen Voraussetzungen herstellte. So fand er heraus, daß der endomorphe Typus realistisch und sozial eingestellt sei und einen gutmütigen Charakter habe.

William H. Sheldon →

□ 1940: »The varieties of human physique« (Schr.). □ 1942: »The varieties of temperament« (Schr.). □ ab 1946: Prof. an der Columbia Univ., N. Y.; Dir. verschiedener Kliniken und Forschungsstätten. □ 1975: »Prometheus revisited« (Schr.).

Shen Congwen

chin. Schriftsteller
* 28.12.1902 Fenghuang, Hunan
† 10.5.1988 Peking

Shen Congwen schuf eine Synthese zwischen chinesischer und westlicher Erzählkunst. Sein Werk vereinigt u. a. naturalistische und symbolistische Stilelemente mit Charakteristika der »seltsamen Geschichten« und »denkwürdigen Ereignisse« der klassischen chinesischen Literatur. Sh. thematisiert vor allem den Gegensatz von Tradition und Moderne in der chinesischen Gesellschaft im Industriezeitalter. Seine Novelle »Grenzstadt« (1934, dt. 1985) bezieht ihren Reiz aus der Gegenüberstellung der strengen Verhaltensnormen der Han-Chinesen mit der Lebensfreude des südchinesischen Miao-Volkes.

□ ab 1923: Studium in Peking und Shanghai. □ 1929: »Die Gemahlin des Gentleman« (Erz.); »Die Liebe eines Zauberers« (R.). □ 1930: »Schwarze Nacht« (Erz.). □ 1943: »Der lange Fluß« (R.). □ 1949: Tätigkeit am Museum für Chin. Geschichte. □ ab 1978: Tätigkeit am Historischen Inst. der Akademie für Gesellschaftswissenschaften in Peking.

Shepard, Sam

(eig. Samuel Shepard Rogers)
amer. Dramatiker
* 5.11.1943 Fort Sheridan, Ill.

← Sam Shepard

In Shepards experimentellen Theaterstücken werden komplexe, traumhafte Bilder von Sexualität, Gewalt, Rivalität und materieller Verelendung mit mythischen Versatzstücken zu irrationalen Konglomeraten verwoben. In ihnen beschwört der Autor die Zerstörung von Liebe, Familie, amerikanischen Werten und Traditionen und inszeniert eine — vergebliche — Suche nach dem Sinn der Existenz in einer absurden Welt. In Deutschland wurde Sh. vor allem durch sein Drehbuch zu W. →Wenders Film »Paris, Texas« bekannt sowie durch die Hauptrolle in V. →Schlöndorffs Verfilmung (1991) des Romans »Homo Faber« (M. →Frisch).

☐ 1971-74: Aufenthalt in London. ☐ 1976: »Vergrabenes Kind« (Dr., UA 1978, dt. 1980); »Fluch der verhungernden Klasse« (Dr., dt. 1980). ☐ 1984: »Paris, Texas. Das farbige Filmbuch« (dt./engl.; mit W. Wenders). ☐ 1987: »Habichtsmond. Prosa und Gedichte« (dt.). ☐ seit 1987: Erneut Aufenthalt in London. ☐ 1988: »Das Rolling-Thunder-Logbuch. Bob Dylan auf Tournee« (dt.).

▷ K. King (Hg.): Sam Shepard. A Casebook, engl. 1988.

Sherman, Cindy

amer. Fotokünstlerin
* 19.1.1954 Glen Ridge, N. J.

Sherman erregte in den 70er Jahren mit »filmisch« inszenierten Schwarzweiß-Fotos Aufsehen, in denen sie sich selbst in unterschiedlichen Rollen, umgeben von zahlreichen Requisiten, darstellte. Vorbild war dabei vor allem der sog. Film noir der 50er und 60er Jahre. Seit 1980 arbeitet Sh. mit der Farbfotografie und entlarvt mit Großaufnahmen Klischees aus Film und Werbung. In einer Serie statischer Porträts zeigt sich die Künstlerin in der Maske verschiedener Frauentypen und agitiert damit gegen weibliche Rollenklischees, leere Ideale und hohle Gesten (»History Portraits«, Bildbd., 1990).

☐ 1976: Erste Einzelausstellung in der Hallwalls Gallery, Buffalo, N. Y. ☐ 1982: Beteiligung an der documenta 7; Einzelausstellung im Stedelijk Museum, Amsterdam. ☐ 1985: Einzelausstellung im Westfälischen Kunstverein, Münster. ☐ 1989: Große Ausstellung in der Wiener Secession. ☐ 1991: Ausstellung »History Portraits« in der Staatsgalerie Moderner Kunst, München.

Sherrington, Sir (ab 1922) Charles Scott

brit. Physiologe
* 27.11.1857 Islington bei London
† 4.3.1952 Eastbourne, Sussex

← Sir Charles Sherrington

Sherrington stellte 1906 in seiner Schrift »The integrative action of the nervous system« eine Theorie über die Ordnungsfunktion des zentralen Nervensystems auf. Er prägte die mechanistische Vorstellung von einer optimalen Bewegungskoordination des gesamten Organismus, die das Gehirn auf dem Weg einer Reflexkoppelung kontrolliert. Mit höchster Genauigkeit verzeichnete Sh. die Bewegungszentren der Großhirnrinde auf einem Kartenwerk und ordnete den einzelnen motorischen Gehirnfeldern die von ihnen abhängenden Körperregionen zu.

☐ 1895-1913: Prof. an der Univ. Liverpool. ☐ 1913-35: Prof. an der Univ. Oxford. ☐ 1920-25: Präs. der Royal Society. ☐ 1932: Physiologie/Medizin-Nobelpreis (mit E. D. →Adrian).

Shiga, Naoya

jap. Schriftsteller
* 20.2.1883 Ishimaki, Miyagi † 21.10.1971 Atami

Shiga bemühte sich darum, westliche Werte wie Individualismus und Humanismus mit der japanischen Tradition zu verbinden. Im Vordergrund seiner Werke steht häufig die Idee der individuellen Selbstverwirklichung gegen gesellschaftliche Zwänge. S. wandte sich gegen die konfuzianische Familienethik. Mit einem von L. →Tolstoi beeinflußten Schriftstellerkreis gründete er 1910 die Zeitschrift Weiße Birke und veröffentlichte zahlreiche Kurzgeschichten und Novellen. Sein einziger Roman, »Der Weg durch dunkle Nacht« (1921-37), behandelt den Antagonismus von Individuum und Welt und ist beispielhaft für den japanischen Ich-Roman.

☐ 1906-08: Anglistikstudium. ☐ 1910: »Das Rasiermesser« (Erz., dt. 1986). ☐ 1913: »Seibee und die Kürbisflaschen« (Erz., dt. 1960); »Das Verbrechen des Han« (Erz., dt. 1960). ☐ 1917: »In Kinosaki« (Erz., dt. 1951). ☐ 1946: »Der aschfahle Mond« (Erz., dt. 1986).

Shi Liang

chin. Politikerin und Juristin
* 1900 Changzhou, Prov. Jiangsu

Shi Liang →

Shi Liang ist die erste Chinesin mit juristischer Universitätsausbildung und eine der wenigen Nicht-Parteimitglieder, die am Aufbau der VR China aktiv teilnahmen und sogar in höchste Staatsämter vorstießen. Als Juristin vertrat Sh. bevorzugt Frauen, die gegen das sie benachteiligende Gesellschaftssystem revoltierten (z. B. Ehescheidung), was ihr den Ruf einbrachte, die erste Frauenrechtlerin Chinas zu sein. Populär wurde sie mit der Gründung der Liga der nationalen Rettung (1936), die zum Kampf gegen die japanischen Invasoren aufrief und sich für die Kommunisten einsetzte. Daraufhin wurden die Führer der Liga (die »Sieben Aufrechten«) von der Guomindang verhaftet. Bis 1983 war Sh. Vorsitzende des Frauenverbandes und der Demokratischen Liga Chinas.

☐ 1923-27: Jurastudium in Shanghai. ☐ 1936/37: Inhaftierung. ☐ 1941: Gründungsmitgl. der Demokratischen Liga Chinas. ☐ 1949-59: Justizmin. ☐ 1953-83: Stellv. Vors. des Frauenverbands und der Demokratischen Liga (ab 1979 deren Vors.).

Shimazaki, Toson

(eig. Haruki Shimazaki)
jap. Schriftsteller
* 25.3.1872 Magome, Nagano † 22.8.1943 Oiso

Shimazaki war der innovativste Autor des japanischen Naturalismus. Sein bahnbrechender Roman »Ausgestoßen« (1906, dt. 1989) schildert die Individuation eines jungen Lehrers, der seine Zugehörigkeit zu den Eta — der durch ihre Berührung mit dem Tod tabuisierten Kaste der Gerber, Abdecker, Leichengräber etc. — verbirgt, sich dann aber doch zu seiner Identität bekennt. Der Autor hat hier formal wie inhaltlich eines der zentralen Werke der modernen japanischen Literatur geschaffen und das Genre des Bekenntnisromans begründet, in dem eine literarische Lebensbeichte größtmögliche Authentizität vermitteln soll.

□ 1887-91: Besuch einer Missionsschule. □ 1893: Mitbegründer der Zeitschrift Literarische Welt. □ 1897: Gedichtband »Junges Grün«. □ 1929-35: »Vor Tagesanbruch« (R.).

Shockley, William Bradford

amer. Physiker brit. Herkunft
* 13.2.1910 London † 12.8.1989 Palo Alto, Kalif.

Shockley erkannte bei seinen Experimenten mit Gleichrichterkristallen und Halbleitern, daß Germaniumkristalle durch Zugabe atomarer Verunreinigungen (Dotierung) eine besonders hohe Gleichrichterwirkung erhalten. 1948 gelang es Sh. und seinen Mitarbeitern, den von ihnen entdeckten Transistoreffekt, der elektrische Ströme gleichrichtet und verstärkt, anstelle einer Elektronenröhre als Verstärker technisch anzuwenden. Die Transistoren erwiesen sich wegen ihrer kleinen Abmessungen, Schnelligkeit und ihres geringeren Energieverbrauchs als die künftigen Bauelemente für Radiogeräte und elektronische Rechenanlagen.

□ 1936-63: Mitarbeiter der Bell Telephone Laboratories in Murray Hill (N. J.); ab 1958 Präs. der Shockley Transistor Corporation. □ 1950: »Electrons and holes in semiconductors« (Schr.). □ 1956: Physik-Nobelpreis mit J. →Bardeen und W. H. →Brattain. □ 1963-75: Prof. an der Stanford Univ., Kalif.

Shoemaker, William »Billy«

amer. Jockey
* 19.8.1931 Fabens, Texas

Billy Shoemaker auf Ferdinand beim Kentucky-Derby, 1986.

Shoemaker, erfolgreichster Jockey aller Zeiten, gewann 8833 Rennen (1949-90) und bescherte seinen Rennstallbesitzern eine Gewinnsumme von 123,4 Mio. US-$. Viermal gewann er das Kentucky-Derby, eines der höchstdotierten Rennen. Bei 263 seiner Siege überstieg das Preisgeld 100 000 US-$.

George Pratt Shultz →

← William B. Shockley

Shultz, George Pratt

amer. Politiker
* 13.12.1920 New York

Fast während der gesamten Regierungszeit von US-Präsident R. →Reagan war der pragmatisch-konservative Shultz für die amerikanische Außenpolitik verantwortlich. Sein Prinzip, die Demonstration von Stärke mit Gesprächsbereitschaft zu verbinden, war sehr erfolgreich. Mit dem damaligen Außenminister der UdSSR, E. →Schewardnadse, war er der Architekt der amerikanisch-sowjetischen Annäherung ab Mitte der 80er Jahre (1987 Einigung über den Abbau atomarer Mittelstreckenraketen).

□ 1936-42, 1945: Studium der Wirtschaftswissenschaften. □ 1942-45: Soldat. □ 1946-57: Dozent (ab 1955 Prof.) am M. I. T. in Cambridge, Mass. □ 1957-68: Prof. in Chicago. □ 1968-70: Arbeitsmin. □ 1970-72: Leiter des Amts für Management und Budget; Chefberater von US-Präsident R. →Nixon. □ 1972-74: Finanzmin. □ 1974-80: Industriemanager. □ 1981: Wirtschaftberater R. Reagans. □ 1982-89: Außenmin. □ seit 1989: Prof. an der Stanford Univ. Kalif.

Sibelius, Jean

finn. Komponist
* 8.12.1865 Hämeenlinna, Tavastehus
† 20.9.1957 Järvenpää bei Helsinki

Sibelius, der sich dem finnischen Nationalismus und der nordischen Mythologie verbunden fühlte, war einer der bedeutendsten Vertreter der skandinavischen Musik. Mit der Aufführung der Chorsinfonie »Kullervo«, inspiriert von dem finnischen Nationalepos »Kalevala«, gelang ihm 1892 der erste große Erfolg in Helsinki. Als Symphoniker erreichte S. internationale Anerkennung mit dem Konzert bei der Pariser Weltausstellung 1900 (1. Sinf. e-Moll, 1899; zwei Tondichtungen aus der »Lemminkäinen-Suite«, 1893-95; sinfonische Dichtung »Finlandia«, 1899). Kennzeichnend für diese ersten Werke

Jean Sibelius setzte das finnische Nationalepos »Kalevala« in eine Sinfonie um.

sind die pathetische Haltung, instrumentale Farbigkeit und eine abwechslungsreiche Melodik. Mit der 3. Sinfonie C-Dur (1907) und dem Violinkonzert d-Moll (1903-05) ging S. zu einem konzentrierten Stil über, der in dem hochentwickelten Formgefühl der 7. Sinfonie C-Dur (1924) seinen Höhepunkt findet. Ein Meisterwerk der thematischen Arbeit ist die Tondichtung »Tapiola«, die er 1925 im Auftrag der New York Symphony Society schrieb. Ab den 30er Jahren hat S. nichts mehr veröffentlicht.

□ 1886-89: Studium am Konservatorium Helsinki; Begegnung mit F. →Busoni. □ 1889-91: Studien in Berlin und Wien. □ 1892: »En saga« für Orchester. □ 1893, 1897: »Der Schwan von Tuonela« für Orchester. □ ab 1893: Dozent am Konservatorium und an der Orchesterschule des Philharmonischen Orchesters in Helsinki. □ ab 1897: Unbefristetes Staatsstipendium. □ 1901/02: 2. Sinf. D-Dur. □ ab 1904: Wohnsitz in Järvenpää. □ 1906: Dirigent seiner 2. Sinf. in Berlin. □ 1909: Streichquartett »Voces intimae« d-Moll; Begegnung mit C. →Debussy. □ 1911: 4. Sinf. a-Moll; Konzertreisen in Schweden und Deutschland. □ 1913/14: Sinfonische Dichtung »Der Barde«. □ 1914: Dirigent eigener Werke beim Norfolk Festival. □ 1915/16: 5. Sinf. Es-Dur. □ 1924: 6. Sinf. d-Moll. □ 1920-24: Konzertreisen nach England, Italien, Skandinavien.

▷ R. Newmarch: Jean Sibelius, 1906; W. Niemann: Jean Sibelius, 1917; N.-E. Ringbom: Jean Sibelius, 1948, dt. 1950; E. Tanzberger: Jean Sibelius. Eine Monographie, 1962; S. Levas: Sibelius, 1972; M. Mäckelmann: Sibelius und die Programmusik, 1983.

Sica, Vittorio de

ital. Regisseur und Schauspieler
* 7.7.1902 Sora † 13.11.1974 Paris (Frankreich)

Sica, bereits in den 30er Jahren als Schauspieler erfolgreich, schuf nach Kriegsende in Zusammenarbeit mit dem Drehbuchautor Cesare Zavattini (* 1902) einige der wichtigsten Filme des italienischen Neorealismus. Seine mit dem Oscar für den besten ausländischen Film ausgezeichneten Werke »Schuschia/Schuhputzer« (1946) und der Welterfolg »Fahrraddiebe« (1948) wurden mit Laiendarstellern gedreht. Wegen der sozialen Brisanz seiner Filme hatte D. häufig Schwierigkeiten, Produzenten zu finden. Zur Finanzierung seiner Projekte war er als Schauspieler und Regisseur auch an künstlerisch weniger wertvollen Filmen beteiligt.

□ 1941: »Verliebte Unschuld«. □ 1950: »Das Wunder von Mailand«. □ 1951: »Umberto D.«. □ 1954: »Das Gold von Neapel«. □ 1956: »Das Dach«. □ 1956: »Und dennoch leben sie« (mit S. →Loren). □ 1964: Oscar als bester ausländischer Film für »Gestern, heute und morgen«; »Hochzeit auf italienisch«. □ 1971: Goldener Bär von Berlin für »Der Garten der Finzi Contini«. □ 1973: »Die Reise nach Palermo«.

Friedrich Sieburg →

Wolf Jobst Siedler →

← Vittorio de Sica

Sieburg, Friedrich

dt. Schriftsteller und Publizist
* 18.5.1893 Altena, Westfalen
† 19.7.1964 Gärtringen, Württ.

Sieburg war nach dem 2. Weltkrieg als Leiter der Literaturbeilage der Frankfurter Allgemeinen Zeitung (1956-64) einer der einflußreichsten und umstrittensten Literaturkritiker der Bundesrepublik. Der konservative Publizist bemühte sich im Rahmen eines politischen Feuilleton dem herausragenden Kunstwerk oder dem außergewöhnlichen geschichtlichen Ereignis Geltung zu verschaffen. Anerkennung fand S. als Verfasser historischer Biografien (u. a. »Robespierre«, 1935; »Chateaubriand«, 1959).

□ ab 1912: Studium der Philosophie, Geschichte und Nationalökonomie in Heidelberg, München, Freiburg i. Br. und Münster. □ ab 1916: Fliegeroffizier im 1. Weltkrieg. □ 1919: Promotion zum Dr. phil. □ ab 1926: Korrespondent für die Frankfurter Zeitung u. a. in Kopenhagen, Paris und London. □ 1929: »Gott in Frankreich?« (Es.s). □ 1939-41: Tätigkeit im Auswärtigen Amt in Paris. □ 1956: »Napoleon« (Biogr.). □ 1964: »Gemischte Gefühle. Notizen zum Lauf der Zeit«.

▷ F. Sieburg: Unsere schönsten Jahre. Ein Leben mit Paris (Aut.), 1950; ders.: Geliebte Ferne. Der schönsten Jahre anderer Teil (Aut.), 2. Aufl. 1952.

Siedler, Wolf Jobst

dt. Publizist und Verleger
* 17.1.1926 Berlin

Siedler ist Leiter und Minderheitseigner des Siedler-Verlags, den er 1980 mitbegründet hat. Mit historischen Publikationen namhafter Autoren und dem Schwerpunkt Deutsche Geschichte gelang es S. innerhalb weniger Jahre, dem Verlag zu großem Ansehen zu verhelfen. Seit 1983 gehört er mehrheitlich zur Bertelsmann AG.

□ 1948-59: Studium der Philosophie, Soziologie und Germanistik in Berlin. □ ab 1954: Journalistische Laufbahn. □ 1963-79: Leiter des Propyläen-Verlags; seit 1967 zugleich Geschäftsführer der in der Ullstein GmbH zusammengeschlossenen Verlage Propyläen, Ullstein, Ullstein-Taschenbuch. □ 1980: Mitbegründer der Verlage Severin und Siedler (seit 1983 Siedler) und Quadriga in Berlin. □ 1983: »Weder Maas noch Memel. Ansichten vom beschädigten Deutschland« (Schr.). □ 1990: »Lob des Baumes« (Schr.).

Siegbahn, Kai Manne Börje

schwed. Physiker
* 20.4.1918 Lund

Siegbahn erhielt 1981 den Physik-Nobelpreis (mit N. →Bloembergen und A. L. →Schawlow) für die Entwicklung der hochauflösenden Photoelektronenspektroskopie, die seit den 70er Jahren unter dem Kürzel ESCA (Electron Spectroscopy for Chemical Analysis) weltweite Anwendung findet. Sie dient aber nicht der chemi-

Siegbahn entwickelte die Photoelektronenspektroskopie.

schen Analyse, sondern der Sichtbarmachung der Feinstruktur von Festkörpern. S. machte sich zur Untersuchung der Oberflächenstrukturen jene Elektronen nutzbar, die beim Photoeffekt durch Bestrahlung des Materials mit elektromagnetischen Strahlen abgestrahlt werden.

□ 1951-54: Prof. am Inst. für Technologie in Stockholm. □ 1954-83: Prof. an der Univ. Uppsala. □ 1981: Physik-Nobelpreis.

Siegbahn, Karl Manne Georg

schwed. Physiker
* 3.12.1886 Örebro † 26.9.1978 Stockholm

Siegbahn, Begründer der Röntgenspektroskopie und Physik-Nobelpreisträger von 1924, hat ab 1913 die Röntgenspektren fast aller chemischen Elemente untersucht und angegeben. 1924 gelang es ihm, Röntgenstrahlen an einem Prisma zu brechen, womit die Ähnlichkeit dieser Strahlen mit dem Licht erwiesen war.

□ 1920-23: Prof. an der Univ. Lund. □ 1924: »Spektroskopie der Röntgenstrahlen« (Schr., dt. 1925). □ 1925: Physik-Nobelpreis des Jahres 1924 für die Röntgenstrahlspektroskopie. □ 1924-37: Prof. an der Univ. Uppsala. □ 1937-64: Dir. des Nobel-Inst. für Physik, Stockholm; Prof. an der Univ. ebd. □ 1947-57: Mitgl. des Nobelpreiskomitees für Physik.

Siegel, Don

amer. Regisseur
* 26.10.1912 Chicago † 20.4.1991 Nipomo, Kalif.

Siegel wurde mit Western und Gangsterfilmen wie »Der Tod eines Killers« (1964, mit L. →Marvin und R. →Reagan) zu einem populären Hollywood-Regisseur. Sein Markenzeichen waren rasant geschnittene Action-Szenen. Darsteller harter Männertypen wie C. →Eastwood in »Dirty Harry« (1971) wurden durch seine Filme zu Stars. Zu S.s frühen, lange Zeit unbeachteten Arbeiten zählt »Invasion of the Body Snatchers/ Die Dämonischen« (1956), der heute ein Klassiker des Science-fiction-Genres ist.

□ 1933: Assistent des Filmbibliothekars bei Warner Brothers. □ 1945: Oscar für zwei Kurzfilme. □ 1946: »Hier irrte Scotland Yard« (mit P. →Lorre). □ 1952: »Schüsse in New Mexico« (mit A. Murphy). □ 1960: »Flammender Stern« (mit E. →Presley). □ 1961: »Die ins Gras beißen« (mit St. →McQueen). □ 1967: »Coogans großer Bluff« (mit C. Eastwood). □ 1969: »Ein Fressen für die Geier« (mit Sh. →MacLaine). □ 1973: »Die schwarze Windmühle« (mit M. →Caine). □ 1976: »Der Shootist — Der Scharfschütze« (mit J. →Wayne). □ 1979: »Flucht von Alcatraz« (mit C. Eastwood).

▷ A. Lovell: Don Siegel — American Cinema, engl. 1975.

← Don Siegel

Sielmann, Heinz

dt. Tierfilmer
* 2.6.1917 Rheydt

Der Tierbeobachter Sielmann, 1947-58 Mitarbeiter des Münchner Instituts für Film und Bild in Wissenschaft und Unterricht, ist durch seine Fernsehserie »Expeditionen ins Tierreich« (bis 1991 über 130 Folgen) und durch zahlreiche Bücher bekannt geworden. Sein Film »Herrscher des Urwalds« (1957) wurde in 27 Sprachen synchronisiert.

← Heinz Sielmann

□ 1938: Erster Tierfilm. □ 1947-58: Mitarbeiter des Inst. für Film und Bild in Wissenschaft und Unterricht. □ seit 1960: Selbständiger Filmproduzent. □ 1970: »Lockende Wildnis« (Sachb.). □ 1980: »Expeditionen ins Tierreich« (Sachb.). □ 1986: »Die stille Jagd mit der Kamera« (Sachb.).

Siemens, (August) Friedrich

dt. Industrieller
* 8.12.1826 Menzendorf † 26.5.1904 Dresden

Siemens, Bruder von Werner von Siemens (* 1816, † 1892), entwickelte 1856 den Flammofen mit Regenerativfeuerung. Darin wird ein Gas-Luft-Gemisch durch die Verbrennung von Abgasen vorgeheizt und dann bei sehr viel höheren Temperaturen als in herkömmlichen Öfen (bis zu 1700 °C) verbrannt. S. wandte dieses Verfahren in der Glasindustrie an, wodurch er das Schmelzen neuer Glassorten ermöglichte, und baute den ersten Wannenofen für die Glaserzeugung mit Gasheizung. In einer Weiterentwicklung des Regenerativflammofens gelang den Franzosen Pierre und Émile Martin die Gewinnung von Stahl u. a. auch aus Schrotteilen (Siemens-Martin-Verfahren).

Fr. Siemens erfand neue Hochöfen für die Glasindustrie.

Siemens, Carl Friedrich von

dt. Industrieller
* 5.9.1872 Charlottenburg
† 9.9.1941 Heinenhof, Potsdam

Siemens, dritter Sohn des Firmengründers, führte die 1847 von seinem Vater, Werner von Siemens (* 1816, † 1892), unter dem Namen »Telegraphen-Bau-Anstalt von Siemens & Halske« gegründete Firma zur heutigen Weltgeltung. Der liberal-demokratische Industrielle verwirklichte 1927 eine von seinem Vater bereits 1892

C. Friedrich von Siemens leitete ab 1919 die Siemens-Werke.

vorgesehene Umsatzbeteiligung für die Mitarbeiter. 1939 übernahm S. die Gesamtleitung der Aktiengesellschaft Siemens & Schuckertwerke, die 1866 für die Starkstromtechnik gegründet worden war. In den Bereichen Kraftwerk, in der Verstärkertechnik für Fernschreiber und Tonfilm, bei der Entwicklung von Breitbandkabelnetzen für Fernseh- und Ferngesprächsübermittlung sowie in der Elektromedizin und der Meß- und Regeltechnik erlangten die Werke eine bis heute gültige Spitzenposition.

☐ 1918: Mitgründer und Vors. (bis 1933) des Zentralverbands der Dt. Elektrotechnischen Industrie (ZVEI). ☐ 1919: Übernahme der Führung des Gesamthauses; Gründung der Osram GmbH durch Zusammenschluß der Glühlampenfabriken von Siemens, Auer und der AEG. ☐ 1920: Gründung der Siemens-Elektrowärme GmbH (SEG) in Dresden zum Bau von elektrischen Heiz- und Hausgeräten. ☐ 1920-24: Abgeordneter der Deutschen Demokratischen Partei (DDP) im Dt. Reichstag. ☐ 1920-26: Anschluß an die von H. →Stinnes gegründete Rhein-Elbe-Union. ☐ 1921: Mitbegründer des Reichskuratoriums für Wirtschaftlichkeit (RKW, heute: Rationalisierungs-Kuratorium der Dt. Wirtschaft). ☐ 1923-33: Präs. des vorläufigen Reichswirtschaftsrats. ☐ 1923: Gründung einer jap. Tochtergesellschaft in Tokio. ☐ 1927: Leiter der dt. Delegation bei der Weltwirtschaftskonferenz in Genf; Übernahme des Turbinenwerks Mülheim an der Ruhr aus der Erbmasse A. →Thyssens. ☐ 1941: Verkauf des 50%-Anteils an der Telefunken Gesellschaft an die Mitinhaberin AEG.

Siemens, Georg von (ab 1900)

dt. Bankier
* 21.10.1839 Torgau † 23.10.1901 Berlin

Siemens, Vetter des Firmengründers Werner von Siemens (* 1816, † 1892), führte die 1870 gegründete Deutsche Bank als erster Direktor des Vorstands (bis 1900) an die Spitze der deutschen Finanzinstitute. Mit der Einführung verzinster Kundeneinlagen nach englischem Vorbild schuf S. die Grundlage für eine enorme Vergrößerung des Bankkapitals. Er ermöglichte seiner Bank damit, die großen finanziellen Mittel aufzubringen, die zur Erfüllung ihres Auftrags, der Finanzierung des deutschen Außenhandels, nötig waren. Der von S. mitgeprägte neue Bankentyp, der alle Bankgeschäfte unter einem Dach zusammenfaßt, begründet u. a. die überragende Stellung der Deutschen Bank bis in die Gegenwart. Zugleich vollzog sich mit ihm der Übergang vom klassischen Privatbankier zum modernen Bankmanager, dessen Prototyp S. verkörperte.

☐ 1868-70: Rechtsberater in der von seinem Vetter gegründeten »Telegraphenbau-Anstalt«; diplomatisch-geschäftliche Mission in Persien. ☐ 1870-1900: Dir. der Dt. Bank. ☐ ab 1874: Wiederholt MdR für die Nationalliberale Partei. ☐ 1884-1900: Int. Großprojekte (u. a. Finanzierung der Northern Pacific Railroad Co., Errichtung von Bankhäusern in Italien und der Schweiz, Bau der Anatolischen Eisenbahn von Istanbul bis Ankara).

Henryk Sienkiewicz →

Sienkiewicz, Henryk

poln. Schriftsteller
* 5.5.1846 Wola Okrzejska, Podlachien
† 15.11.1916 Vevey (Schweiz)

Mit seinen spannenden, sprachlich brillanten historischen Romanen erwarb Sienkiewicz, der die letzten zwei Jahre seiner Lebens in der Schweiz verbrachte, Weltruhm. Seine Popularität begründete die Romantrilogie »Aus Polens alter Zeit«, mit der S. das in Zeiten politischer Unfreiheit niedergedrückte polnische Nationalgefühl stärken wollte. S. wählte zu diesem Zweck das unruhige 17. Jh. mit seinen Kriegen gegen die Kosaken (Bd. 1 »Mit Feuer und Schwert«, 1884, dt. 1887), Schweden (Bd. 2 »Sturmflut«, 1886, dt. 1900) und Türken (Bd. 3 »Pan Wolodyjowski«, 1888, dt. 1902). Die Christenverfolgung im alten Rom behandelt sein größter internationaler Erfolg, »Quo Vadis?« (1896, dt. 1898). 1905 erhielt S. den Literatur-Nobelpreis.

☐ ab 1868: Journalist. ☐ 1876-78: USA-Reise im Auftrag der Gazeta Polska. ☐ 1878/79: Aufenthalt in London und Paris. ☐ 1890: Afrikareise. ☐ 1891: »Ohne Dogma« (R., dt. 1892). ☐ 1895: »Die Familie Polaniecki« (R., dt. 1900). ☐ 1900: »Die Kreuzritter« (R., dt. 1901). ☐ ab 1914: In der Schweiz.

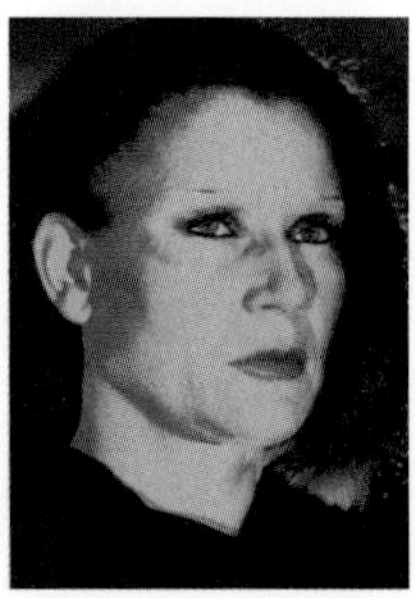

Katharina Sieverding →

Sieverding, Katharina

dt. Künstlerin
* 16.11.1944 Prag (CSSR, heute CSFR)

Sieverding hat mit dem Medium der Fotografie ein international beachtetes Werk geschaffen. Zu Beginn stand, zwischen Identitätssuche und Selbstentfremdung schwankend, das eigene Porträt im Zentrum, das sie durch Schminke, Kleidung usw. veränderte und durch fototechnische Eingriffe (Beleuchtung, Überblendung) manipulierte. Seit Mitte der 70er Jahre treten gesellschaftliche und politische Themen in wandfüllend vergrößerten Fotos in den Vordergrund. So inszenierte S. in der Serie »Kontinentalkern« (1983-87) mittels übereinander projizierter Aufnahmen aus dem Innern eines Brutreaktors und der Atombombenexplosion von Hiroshima ein flammendes Endzeitszenario.

Signac, Paul

frz. Maler
* 11.11.1863 Paris † 15.8.1935 ebd.

Signac war mit seinem Freund Georges Seurat (* 1859, † 1891) Begründer des Pointillismus (bzw. Neoimpressionismus), ein Malstil, der sich nicht aus farbigen Flächen und Lineaturen, sondern aus rasterartig nebeneinander gesetzten Farbpunkten und -strichen konstituiert. Diese werden in Simultan- oder Komplementärkontrasten so kombiniert, daß aus der Entfernung Bildaufbau und Tonabstufungen erkennbar werden. S. hat diese Richtung, die auf wissenschaftlichen Erkenntnissen über Farbwirkungen beruht, in seinem Buch »Von Eugène Delacroix zum Neoimpressionismus« (1899) auch theoretisch begründet und in Bildern wie »Das Frühstück« (1898, Otterlo, Rijksmuseum Kröller-Müller) schon zuvor paradigmatisch verwirklicht. In seinem späteren Werk ging er zu einem großzügigeren Auftrag der Farbtupfen über (z. B. »Der Hafen von Antibes«, 1909, Nantes, Musée des Beaux-Artes). Neben Hafenbildern bevorzugte S. Fluß- und Seelandschaften sowie Interieurs in zarten Tönen, in seiner spätpointillistischen Periode in verschwimmender Komposition. S.s Werk hatte großen Einfluß auf den Fauvismus und Kubismus sowie auf H. →Matisse.

▷ F. Cachin: Paul Signac, ital. 1970.

← Paul Signac

Signoret, Simone

(eig. S. Kaminker)
frz. Schauspielerin
* 25.3.1921 Wiesbaden † 30.9.1985 Paris

Signoret gehörte zu den führenden Schauspielerinnen Frankreichs und engagierte sich mit ihrem Ehemann Y. →Montand bis zu Beginn der 80er Jahre für die Ziele der Kommunistischen Partei (KPF). In ihrer langen Filmkarriere wandelte sie sich von der schönen Verführerin (u. a. »Der Reigen« 1950, Rg. M. →Ophüls) zur gefragten Charakterdarstellerin (u. a. »Die Teuflischen», 1954, Rg. H.-G. →Clouzot); eine ihrer meisterhaft gestalteten Altersrollen war »Madame Rosa« (1977, Rg. M. Mizrahi).

S. Signoret: Die politisch engagierte Schauspielerin 1985.

□ ab 1941: Kleine Filmrollen. □ ab 1950: 2. Ehe mit Y. Montand. □ 1951: »Goldhelm« (Rg. J. Becker). □ 1953: »Thérèse Raquin« (Rg. M. →Carné). □ 1956: »Pesthauch des Dschungels« (Rg. L. →Buñuel). □ 1959: Oscar als erste nicht amer. Schauspielerin für »Der Weg nach oben« (Rg. J. Clayton). □ 1964: »Das Narrenschiff« (Rg. St. Kramer). □ 1969: »Armee im Schatten« (Rg. J.-P. →Melville). □ 1970: »Die Katze« (mit J. →Gabin, Rg. P. Granier-Deferre). □ 1977: »Madame Rosa«. □ 1985: »Adieu Wolodja« (R.).

▷ S. Signoret: Ungeteilte Erinnerungen, frz. 1976, dt. 1986.

Sihanouk, Prinz Samdech Preah Norodom

kambodsch. Politiker (König 1941-55)
* 31.10.1922 Phnom Penh

Prinz Sihanouk →

Norodom Sihanouk ist seit Jahrzehnten die Integrationsfigur der verschiedenen politischen Gruppen Kambodschas. Der tiefgläubige Buddhist gilt als geschickter Taktiker, der zwischen extremen Standpunkten auszugleichen versteht. Mit großem diplomatischem Geschick und der Drohung, sich den Kommunisten anzuschließen, hatte er 1955 ohne Kampf erreicht, daß die Franzosen dem Land die Unabhängigkeit gewährten. Danach trat er überraschend zugunsten seines Vaters zurück. Nach dessen Tod (1960) Staatspräsident, gelang es ihm bis zu seinem Sturz 1970, das Land aus dem Vietnamkrieg herauszuhalten. Als Führer des bewaffneten Widerstands gegen die von Vietnam unterstützte Regierung in Phnom Penh gelang es S. in zähen Verhandlungen (1991), einen Waffenstillstand herbeizuführen und damit den seit 1978 (Einmarsch der Vietnamesen, Sturz des →Pol-Pot-Regimes) andauernden Bürgerkrieg zu beenden. Im Herbst 1991 wurde in Paris ein Abkommen unterzeichnet, das eine Demokratisierung Kambodschas vorsieht.

□ bis 1941: Besuch frz. Schulen. □ 1941-55: König. □ 1955: Gründer der Volkssozialistischen Partei. □ 1955-69: Ministerpräsident. □ 1960-70: Staatspräsident. □ 1970-75: Exil in Peking. □ 1975/76: Staatschef und Vors. der Nationalen Einheitsfront. □ 1976-91: Exil u. a. in Peking. □ 1981: Nach dem Einmarsch vietn. Truppen Mitbegründer der Nationalen Einheitsfront für ein unabhängiges, neutrales und friedliches Kambodscha (MOULINAKA). □ seit 1982: Von der UNO anerkannter Chef einer Exilregierung in Kuala Lumpur (Malaysia). □ 1991: Vors. des Ende 1990 gegründeten Nationalrats, bis zur Abhaltung von freien Wahlen Symbol der Souveränität Kambodschas.

Sikelianos, Angelos

griech. Schriftsteller
* 15.3.1884 Lefkas † 19.6.1951 Athen

Mit N. →Kasantzakis und Konstantin Kavafis zählt Sikelianos zu den einflußreichsten griechischen Literaten der ersten Hälfte des 20. Jh.s. Angesichts einer zunehmend rationalisierten, mechanisierten Welt und des auseinanderbrechenden geistig-kulturellen Zusammenhangs griff S.

bereits in der ersten Gedichtsammlung, »Prolog zum Leben« (4 Bde., 1915-17), in einer ausdrucksstarken lyrischen Sprache sein Hauptthema auf: Die Suche nach Ganzheit der Weltordnung und der inneren Harmonie des Individuums, nach der Einheit von Ich und Welt bzw. Ich und Natur. Die Delphischen Festspiele, die S. unter internationaler Beachtung mit seiner Frau wiederzubeleben suchte, sollten antiken Geist und lebendige Gegenwart Griechenlands miteinander versöhnen; von der geplanten Delphischen Universität aus wollte S. in einem universalen Mythos Urreligionen, griechischen Götterglauben und das Christentum vereinen und eine internationale geistige Gemeinschaft aufbauen.

□ 1906: Heirat mit der Amerikanerin Eva Palmer. □ 1918: »Ostern der Griechen« (Ged.e). □ 1924-32: Im Rahmen der wiederbelebten Delphischen Festspiele Aufführungen, Volkskunst-Ausstellungen und Wettkämpfe; Abbruch wegen finanziellen Mißerfolgs. □ 1926-32: »Der letzte delphische Dithyramb...« (Ged.e). □ 1944: »Sibylle« (Trag.). □ 1946: »Lyrisches Leben« (Ged.e, 3 Bde.).

Sikorski, Władysław Eugeniusz

poln. Politiker und Militär
* 20.5.1881 Tuszów Narodowy bei Sandomir
† 4.7.1943 bei Gibraltar (Flugzeugabsturz)

Als Soldat und Patriot war Sikorski während des 2. Weltkriegs ein führender polnischer Exilpolitiker. Während des 1. Weltkriegs war er in der Frage der zukünftigen Gestaltung Polens wegen seiner heftigen Abneigung gegenüber den Russen ein Verfechter einer »austro-polnischen« Lösung gewesen. Nach Differenzen mit J. →Piłsudski nahm er 1925 seinen Abschied.
Ab 1940 organisierte S. in Frankreich, später in England, polnische Exilstreitkräfte im Rahmen der Heere seiner Gastländer. 1941 verhandelte er mit J. →Stalin über die künftigen Grenzen Polens für die Nachkriegszeit. Als er seine Vorstellungen nicht durchsetzen konnte, ließ er es 1943 auf einen Bruch mit Moskau ankommen. Kurz darauf kam er bei einem Flugzeugabsturz ums Leben, dessen Ursachen bis heute ungeklärt blieben.

□ 1914-17: Chef des Militärdep. des Obersten Nationalkomitees. □ 1920: Armeeführer im poln.-sowjet. Krieg. □ 1921/22: Generalstabschef. □ 1923: Ministerpräs. □ 1923-25: Kriegsmin. □ ab 1928: Aus Opposition zu Piłsudski in Paris im Exil. □ 1939-43: Ministerpräs. der poln. Exilregierung in London; Befehlshaber der poln. Truppen in brit. Diensten.

Sikorsky, Igor Iwanowitsch

amer. Flugzeugkonstrukteur ukrain. Herkunft
* 25.5.1889 Kiew † 26.10.1972 Easton, Conn.

Sikorsky konstruierte 1913 das erste viermotorige Flugzeug für die russische Armee. Nach seiner Emigration in die USA (1919) baute er viermotorige Flugboote und zahlreiche Hubschraubertypen, mit denen er mehrere Rekorde des Konstrukteurs und Piloten H. →Focke brach.

□ 1913: Jungfernflug des viermotorigen Flugzeugs »Russki Witjas«. □ 1919: Emigration in die USA. □ 1923: Gründung der Sikorsky Aero Engineering Corporation (später Sikorski Aircraft). □ ab 1939: Entwicklung von Hubschraubern.

Frans Eemil Sillanpää →

← Władysław E. Sikorski

← Igor I. Sikorsky

Sillanpää, Frans Eemil

finn. Schriftsteller
* 16.9.1888 Hämeenkyrö † 3.6.1964 Helsinki

Sillanpää gehört zu den bekanntesten finnischen Schriftstellern. Geleitet von einer antiintellektuellen, biologischen Weltsicht, schilderte er in phrasenloser, unsentimentaler Prosa Leben und Leiden der Knechte und Mägde seiner bäuerlichen Heimat. Als passive, lediglich ihren Instinkten folgende Menschen sind diese ihrem Schicksal hilflos ausgesetzt. Nach seinem ersten Erfolg mit »Sterben und Auferstehen« (R., 1919, dt. 1956) wurde er mit dem Roman »Silja, die Magd« (1931, dt. 1932), der Geschichte einer an Schwindsucht erkrankten Dienstmagd, auch international bekannt. 1939 erhielt er den Literatur-Nobelpreis.

□ 1916: »Sonne des Lebens« (R., dt. 1951). □ 1932: »Eines Mannes Weg« (R., dt. 1933). □ 1934: »Menschen in der Sommernacht« (R., dt. 1936). □ 1936: Ehrendoktor der Univ. Helsinki. □ 1939: Literatur-Nobelpreis. □ 1945: »Schönheit und Elend des Lebens« (R., dt. 1947).

Sillitoe, Alan

brit. Schriftsteller
* 4.3.1928 Nottingham

Sillitoe: Seine Helden revoltieren gegen das Establishment.

Sillitoe, einer der »zornigen jungen Männer« der Nachkriegsliteratur, ist der bedeutendste zeitgenössische Vertreter der sozialkritischen Arbeiterliteratur in England. Seine umgangssprachlich erzählten Geschichten sind meist in Nordengland angesiedelt. Die realistischen Erzählungen in dem Band »Die Einsamkeit des Langstreckenläufers und andere Erzählungen« (1959, dt. 1967) handeln von der Auflehnung jugendlicher Arbeiter gegen die Monotonie des Arbeitsalltags, die Obrigkeit und die Normen der etablierten Gesellschaft. Diese Themen stehen auch im Zentrum von S.s bekanntestem und erfolgreich von K. Reisz verfilmten Roman »Samstag Nacht und Sonntag Morgen« (1958, dt. 1961).

□ 1942-46: Fabrikarbeiter in Nottingham. □ 1946-49: Militärdienst in Malaysia; Erkrankung an Tbc. □ 1952-58: Aufenthalte in Frankreich, Italien und Spanien. □ 1959: Heirat mit der Dichterin R. Fainlight. □ 1965: »Der Tod des William Posters« (R., dt. 1969). □ 1967: »Der brennende Baum« (R., dt. 1975). □ 1970: »Ein Start ins Leben« (R., dt. 1971). □ 1974: »Die Flamme des Lebens« (R., dt. 1982). □ 1976: »Der

Sohn des Witwers« (R., dt. 1981). □ 1979: »Der Mann, der Geschichten erzählte« (R., dt. 1983). □ 1983: »Verschollen« (R., dt. 1987). □ 1987: »Insel im Nebel« (R., dt. 1987).

▷ S. S. Atherton: Alan Sillitoe, 1979.

Silone, Ignazio

(eig. Secondino Tranquilli)
ital. Schriftsteller
* 1.5.1900 Pescina † 22.8.1978 Genf (Schweiz)

Silones Leben und Werk stehen für den Kampf gegen Faschismus, gegen Unterdrückung und soziale Ungerechtigkeit. Seine bekanntesten Romane, »Fontamara« (1930, dt. 1936) und »Brot und Wein« (1936, dt. 1936), erschienen zuerst in seinem Schweizer Exil. Darin schilderte er das Leben der verarmten Bauern in den Abruzzen und deren aussichtslosen Kampf gegen die faschistischen Machthaber. Eindeutig ergriff S. in diesen spannend geschriebenen Romanen Partei für das Landproletariat, dem er selbst entstammte. Für sein Engagement gegen die Diktatur erhielt S. internationale Anerkennung. Er wurde zur Leitfigur der politisch-engagierten Literatur in Italien.

□ 1921: Gründungsmitgl. der KPI. □ 1930: Abkehr vom Kommunismus. □ 1930-45: Schweizer Exil. □ 1934: »Die Reise nach Paris« (Nov.n, dt. 1934). □ 1942: »Der Samen unterm Schnee« (R.). □ 1944: »Und er verbarg sich« (Dr., dt. 1944). □ 1945: Rückkehr nach Rom; Eintritt in die Sozialistische Partei. □ 1952: »Eine Handvoll Brombeeren« (R., dt. 1952). □ 1956: »Das Geheimnis der Luca« (R., dt. 1957). □ 1960: »Der Fuchs und die Kamelie« (R., dt. 1960). □ 1968: »Das Abenteuer eines armen Christen« (Erz., dt. 1969).

← Ignazio Silone

G. Simenon: Pfeifenraucher wie sein Kommissar Maigret.

Silvia

(geb. S. Renate Sommerlath)
Königin von Schweden
* 23.12.1943 Heidelberg

Durch Eheschließung mit König →Carl XVI. Gustav wurde die Deutsche Silvia Sommerlath 1976 Königin von Schweden. Sie hatte ihn als Chefhosteß bei den Olympischen Sommerspielen 1972 in München kennengelernt. So wurde sie nach Desirée Bernadotte die zweite bürgerliche schwedische Königin. Neben ihren Repräsentationspflichten engagiert sie sich für die Förderung von Behinderten.

□ 1946: Übersiedlung mit den Eltern nach Brasilien. □ 1958-63: Schulbesuch in Heidelberg und Düsseldorf; anschließend Ausbildung zur Dolmetscherin. □ 1971/72: Chefhosteß und Dolmetscherin für die Olympischen Spiele in München. □ seit 1976: Königin von Schweden.

← Königin Silvia

Simenon, Georges

belg. Schriftsteller
* 13.2.1903 Lüttich † 4.9.1989 Lausanne (Schweiz)

Der vom Schreiben besessene Simenon war der wohl produktivste Schriftsteller aller Zeiten. Sein Gesamtwerk wird auf etwa 400 Romane geschätzt, die Hälfte davon erschien unter ca. 20 Pseudonymen. 1931 schuf S. mit dem Kommissar Maigret eine der berühmtesten Detektivfiguren des 20. Jh.s. In 85 veröffentlichten und zum Teil verfilmten Kriminalromanen löst der pfeiferauchende Pariser Kriminalist die kompliziertesten Fälle nicht nur durch Logik, sondern auch durch Einfühlen in die Mentalität der Verdächtigen. Milieurealismus bis ins Detail trägt zum Reiz der Maigret-Romane bei. Daneben schrieb der stets von der Neugier auf den Menschen getriebene S. seit den 30er Jahren ca. 130 sog. Non-Maigrets, die ebenfalls eine große Leserschaft fanden.

□ 1919-22: Lokalreporter bei der Gazette de Liège, Lüttich unter dem Pseudonym Georges Sim. □ 1922: Erster Roman »Au pont des arches«. □ 1923: Übersiedlung nach Paris; nach Tätigkeiten als Redakteur und Sekretär freier Schriftsteller. □ 1931: Erster Maigret-Roman »Pietr der Lette« (dt. 1978). □ 1945-55: Nacheinander Wohnsitz in Kanada, den USA und in Südfrankreich; ab 1957 wohnhaft in der Schweiz. □ ab 1970: Verschiedene autobiografische Romane (u. a. »Als ich alt war«, dt. 1977). □ 1972: Letzter Maigret-Roman »Maigret und Monsieur Charles«. □ 1981: »Intime Memoiren« (dt. 1982).

▷ F. Bressler: Georges Simenon, 1990; St. G. Eskin: Georges Simenon, 1989; A. Marqart: Über Kommissar Maigret, 1983; N. Gaeret: Georges Simenon, 1990.

König Simeon II. →

Simeon II.

König (Zar) von Bulgarien
* 16.6.1937 Sofia

Simeon wurde 1943 nach dem Tod seines Vaters, →Boris III., als Sechsjähriger der letzte König (Zar) von Bulgarien. Für die Zeit seiner Minderjährigkeit übernahmen drei Regenten die Leitung der Regierung, darunter sein Onkel, Prinz Kyrill. Obwohl Bulgarien sich nicht im Krieg mit der Sowjetunion befand, besetzten 1944 Truppen der Roten Armee das Land, das 1946 in eine Republik mit kommunistischer Regierung umgewandelt wurde. S. mußte mit seiner Mutter

das Land verlassen. Er lebt als Geschäftsmann in Spanien.
Seit den demokratischen Veränderungen in Bulgarien 1989/90 fordern Anhänger einer Monarchistischen Partei die Rückkehr des ehemaligen Zaren.

Simmel, Georg

dt. Soziologe und Philosoph
* 1.3.1858 Berlin † 26.9.1918 Straßburg

Simmel ist der Begründer der formalen Soziologie und der Konflikttheorie. Er untersuchte die allgemeinen, im Verlaufe der Geschichte gleichbleibenden Formen der Vergesellschaftung: Vertrag, Wettbewerb, Unterwerfung, Rang, Neid, Eifersucht. Diese gesellschaftlichen Formen entstehen aus den Wechselwirkungen zwischen den Menschen. Nach S. bietet die moderne arbeitsteilige Gesellschaft dem Individuum die Chance, »im Schnittpunkt« verschiedener »sozialer Kreise« zu existieren. Die Möglichkeiten individueller Entfaltung vergrößern sich hierdurch. Andererseits sieht S. die Gefahr, daß die Kluft zwischen der Entwicklung der Gesamtkultur und jener des Einzelmenschen immer größer wird. Der Hauptkonflikt der kapitalistischen Gesellschaft erwächst aus der Allmacht des Geldes. Da das Geld die religiöse Instanz ersetzt, unterliegt der Mensch der Herrschaft seiner eigenen materiellen Schöpfungen.

← Georg Simmel

☐ 1892/93: »Einleitung in die Moralwissenschaft« (Schr.). ☐ 1900: »Philosophie des Geldes« (Schr.). ☐ 1905: »Philosophie der Mode« (Schr.). ☐ 1906: »Die Religion« (Schr.). ☐ 1908: »Soziologie« (Schr.). ☐ 1913: »Goethe« (Schr.). ☐ 1914: Prof. für Philosophie, Univ. Straßburg. ☐ 1918: »Der Konflikt der modernen Kultur« (Schr.).

▷ J. H. Becher: Georg Simmel. Die Grundlagen seiner Soziologie, 1971.

Simmel, Johannes Mario

österr. Schriftsteller
* 7.4.1924 Wien

Mit einer Gesamtauflage seiner Bücher von 65 Mio. ist Simmel Ende der 80er Jahre der erfolgreichste deutschsprachige Romanautor. In Bestsellern wie »Der Stoff, aus dem die Träume sind« (1971) oder »Doch mit den Clowns kamen die Tränen« (1987) greift S. aktuelle, den Leser bewegende Themen auf: Mit aufklärerischer Intention entlarvt er die Traumfabrikation der Illustrierten oder die Gefahren der Gentechnologie. Geschickt verknüpft S. in seinen fesselnd geschriebenen Romanen den im Bereich von Politik oder Spionage spielenden Handlungsstrang mit einer Liebesgeschichte.

J. M. Simmel: Der Aufklärer mit Bestsellerqualitäten.

☐ 1943: Tätigkeit als Heilmittelchemiker. ☐ 1950: Illustrierten- und Drehbuchautor. ☐ 1960: »Es muß nicht immer Kaviar sein« (R.; F. 1961, Hr. O. W. →Fischer). ☐ 1964: »Der Schulfreund« (Dr.; F. 1965, Hr. H. →Rühmann). ☐ 1965: »Lieb Vaterland magst ruhig sein« (R.; F. 1976). ☐ 1970: »Und Jimmy ging zum Regenbogen« (R.; F. 1971). ☐ 1978: »Hurra, wir leben noch« (R.; F. 1983, Rg. P. →Zadek). ☐ 1985: »Die im Dunkeln sieht man nicht« (R.). ☐ 1990: »Im Frühling singt zum letztenmal die Lerche« (R.).

▷ M. Schmiedt-Schomaker (Hg.): Zum Beispiel: Simmel, 1983.

Simon, Claude

frz. Schriftsteller
* 10.10.1913 Tananarivo (Madagaskar)

Der Literatur-Nobelpreisträger Simon ist ein bedeutender Romancier der Gegenwart und einer der Hauptvertreter des Nouveau Roman. Seine frühen Romane verfaßte S. noch im traditionellen Stil, der vor allem den Einfluß von W. →Faulkner zeigt. Mit »Der Wind« (R. 1957, dt. 1959) und »Das Gras« (R. 1958, dt. 1970) wandte er sich dem Nouveau Roman zu, wurden die Sprache und das Experimentieren mit ihr immer wichtiger. In seinen Werken verarbeitet S. seine Erlebnisse im Spanischen Bürgerkrieg und im 2. Weltkrieg; bedeutenden Einfluß auf sein Schaffen hatte auch die bildende Kunst.

Claude Simon →

☐ 1923: Schulausbildung in Paris. ☐ 1936-39: Nach Malereistudium längere Aufenthalte in Spanien. ☐ 1939/40: Teilnahme am 2. Weltkrieg. ☐ 1940: Flucht nach Südfrankreich. ☐ 1945: Ansiedlung als Weinbauer bei Montpellier; »Der Falschspieler« (R.). ☐ 1954: »Frühlingsopfer« (R.). ☐ 1960: »Die Straße nach Flandern« (R., dt. 1961). ☐ 1962: »Der Palast« (R., dt. 1966). ☐ 1969: »Die Schlacht bei Pharsalos« (R., dt. 1972). ☐ 1971: »Die Leitkörper« (R., dt. 1974). ☐ 1973: »Triptychon« (R., dt. 1986). ☐ 1975: »Anschauungsunterricht« (R., dt. 1986). ☐ 1985: Literatur-Nobelpreis.

Simon, Helmut

dt. Jurist
* 1.1.1920 Ruh bei Oberberg

Simon, 1970-1987 Richter am BVG und seit 1987 Präsident des Deutschen Evangelischen Kirchentages, äußerte sich stets kritisch zu aktuellen politischen und sozialethischen Fragen. 1983 vertrat er die aufsehenerregende Meinung, daß das demokratische Mehrheitsprinzip für eine politische Entscheidung über die Nachrüstung den weitreichenden Konsequenzen nicht mehr angemessen sei. Auf dem Evangelischen Kirchentag im gleichen Jahr kritisierte der Sozialdemokrat die Kriminalisierung jener Bürger, die sich nach dem Prinzip des zivilen Ungehorsams an gewaltlosen Demonstrationen beteiligen.

Helmut Simon →

☐ 1952: »Rechtsgedanken in der gegenwärtigen deutschen evangelischen Theologie« (Diss.). ☐ 1953-57: Richter am Landgericht Düsseldorf. □ 1960-65: Richter am Oberlandesgericht ebd. □ 1965-70: Richter am BGH in Karlsruhe. □ seit 1971: Präsidiumsmitgl. des Dt. Ev. Kirchentages. □ 1977: Carl-von-Ossietzky-Medaille. □ 1988: Karl-Barth-Preis.

▷ W. Brandt/H. Gollwitzer u. a. (Hg.): Ein Richter, ein Bürger, ein Christ. Festschrift für Helmut Simon, 1987.

Simon, Paul

amer. Rockmusiker
* 13.10.1942 Queens, N. Y.

Vom erfolgreichen Komponisten unvergessener Millionenhits in den 60er Jahren zum engagierten Musiker in den 80er Jahren reicht der weite Karrierebogen von Simon. Mit seinem Partner Art Garfunkel (* 1942) bildete er als »Simon & Garfunkel« das populärste und erfolgreichste Pop-Duo der Rockgeschichte. Titel wie »Bridge over troubled water« oder »The sounds of silence« sind Legende. In den 80er Jahren wurde die Musik für S. über ihren Unterhaltungszweck hinaus ein geeignetes Kommunikationsmittel, um verschiedene Kulturen miteinander zu verbinden. Das Ergebnis war die in Europa und den USA äußerst erfolgreiche LP »Graceland« (Grammy Award, 1986), ein musikalischer Brückenschlag zur Popmusik im südlichen Afrika.

Simon gab 1991 auf Einladung V. Havels ein Konzert in Prag.

□ 1957: Mit A. Garfunkel als Duo Tom & Jerry erste Platte »Hey Schoolgirl«. □ 1964: Erste LP »Wednesday Morning«. □ 1965: Erster Hit »Sounds of silence«. □ 1968: Grammy Award für die Single »Mrs. Robinson«, ebenso 1970 für Single und Album »Bridge over troubled water«. □ 1970: Trennung von A. Garfunkel. □ 1972: »Mother and child reunion« (Single). □ 1975: Grammy Award für »Still crazy after all these years«. □ 1981: Auftritt mit A. Garfunkel im New Yorker Central Park. □ 1986: Grammy Award für »Graceland«. □ 1990: Platin für »The rhythm of the saints« (LP).

▷ S. Leigh: Paul Simon — now and then, engl. 1973.

Simple Minds: Mel Gaynor, Jim Kerr und Charlie Burchill (v. l.), 1991 auf Europa-Tour.

Simple Minds

schott. Rockgruppe

Seit Mitte der 80er Jahre haben sich die »Simple Minds«, die 1977 als Punkband unter dem Namen »Johnny & the self abusers« begannen, als kreative Vermittler zwischen solider Rockmusik und aktueller New-Wave-Elektronik (»Once upon a time«, 1985) unter den führenden Rockgruppen der Welt etabliert. Sänger Jim Kerr (* 1959), Gitarrist Charlie Burchill (* 1960), Keyboarder Mick McNeill (* 1958), Bassist Malcolm Foster und Schlagzeuger Mel Gaynor (* 1960) überzeugen dabei mit ihrem ekstatischen, betont rhythmischen und kraftvollen Sound.

□ 1978: Umbenennung in »Simple Minds«. □ 1979: Erste LP »Life in a day«. □ 1980: Erste Europatournee; »Empires and dances« (LP). □ 1982: Erster Hit »I promised you a miracle«. □ 1984: »Sparkle in the rain« (LP). □ 1985: Erste weltweite Hits: »Don't you (forget about me)« und »Alive and kicking«; Gold und Platin für »Once upon a time« (LP). □ 1987: »In the city of light« (LP). □ 1989: »Street fighting years« (LP). □ 1991: McNeill steigt aus; »Real Life« (LP).

Sinatra, Frank

(eig. Francis Albert Sinatra)
amer. Sänger, Entertainer und Schauspieler
* 12.12.1915 Hoboken, N. J.

Sinatra, seit 50 Jahren als »The Voice« eine Institution des amerikanischen Showgeschäfts, ist eine der Kultfiguren der amerikanischen Unterhaltungsindustrie und untrennbar mit der kalifornischen Filmmetropole Hollywood verbunden. Als Sänger beeinflußte er zahlreiche Kollegen durch die Verschmelzung von Jazz, Swing und Schlager und wird noch immer von jüngeren Showkünstlern als Vorbild genannt. Berühmt wurde er jedoch hauptsächlich mit Schlageraufnahmen wie z. B. »Strangers in the night« 1966. Als Schauspieler war S., dessen Karriere von Skandalen, Affären und Gerüchten um seine Verbindungen zur Mafia begleitet wurde, vor allem in den 50er Jahren erfolgreich. 1953 erhielt er einen Oscar für seine Rolle in dem Antikriegsfilm »Verdammt in alle Ewigkeit«.

□ 1939: Als Sänger bei H. →James erste Plattenaufnahme »From the bottom of my heart«. □ 1940-42: Mitgl. der Big-

Frank Sinatra als Polizeisergeant Joe Leland in dem Film »Der Detektiv«, 1967.

Band von Tommy Dorsey. □ 1943: Beginn der Solokarriere als Sänger, erster seiner ca. 100 Hits »All or nothing at all«. □ 1955: »Der Mann mit dem goldenen Arm« (F. nach dem R. von N. →Algren). □ 1958: »Come fly with me« (LP). □ 1959: Auszeichnung mit dem Grammy Award für »Come dance with me« (LP), ebenso 1965 für »September of my years« (LP) und »It was a very good year« (Single), 1966 für »Strangers in the night« (Single) und »A man and his music« (LP). □ 1961: Gründung der Plattenfirma Reprise. □ 1962: »Sinatra & Basie« (LP). □ 1965: Auftritt mit W. »Count« →Basie beim Newport-Jazz-Festival. □ 1967: »Somethin' Stupid« (Duett mit Tochter Nancy). □ 1973: »Ol' blue eyes is back« (LP). □ 1981: »She shot me down« (LP). □ 1984: »L.A. is my lady«. □ 1985: »Medal of freedom«, höchste Auszeichnung der USA. □ 1991: Europatournee.

▷ N. Sinatra: Mein Vater Frank Sinatra, 1985; K. Kelley: Frank Sinatra — ein erstaunliches Leben, 1986.

Horst Sindermann →

Sinclair, Upton

amer. Schriftsteller
* 20.9.1878 Baltimore, Maryl.
† 25.11.1968 Bound Brook, N. J.

Sinclair, einer der berühmtesten Chronisten seiner Zeit, war der erfolgreichste Vertreter der sog. Muckrackers, einer Gruppe engagierter Journalisten und Schriftsteller, die durch eine schonungslose Darstellung von Korruption und gesellschaftlichen Mißständen eine Veränderung der Verhältnisse anstrebten. Sein bekanntester Roman, »Der Dschungel« (1906, dt. 1906), beschreibt die menschenunwürdigen Arbeitsbedingungen in den Schlachthöfen Chicagos. Er bewirkte noch im selben Jahr eine Verschärfung der Lebensmittelgesetze. Andere Themen waren die Situation der Bergarbeiter (»König Kohle«, 1917, dt. 1918), die Korruption in der Ölindustrie (»Petroleum«, 1927, dt. 1927) sowie der →Sacco-Vanzetti-Fall (»Boston«, 1928).
S.s Einfluß auf die Sozialgesetzgebung ist unbestritten, seine Romane sind Dokumente des amerikanischen Hochkapitalismus zu Beginn dieses Jahrhunderts.

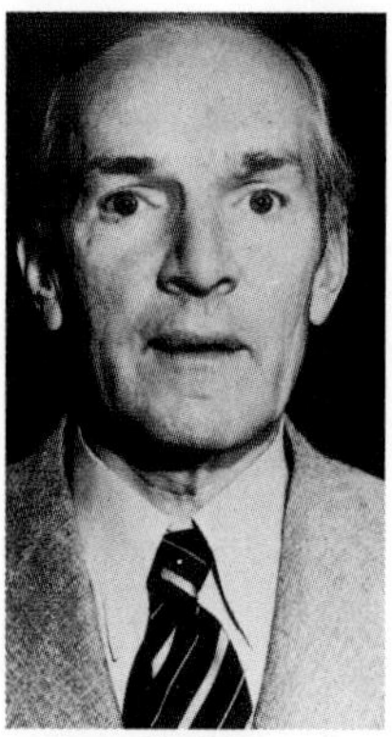

← Upton Sinclair

□ 1906: Sozialistische Kandidatur für die Kongreßwahlen. □ 1919: »Jimmy Higgins« (R., dt. 1919). □ 1922: Kandidatur für den US-Senat. □ 1928: »Boston« (R., dt. 1928). □ 1936: »Co-Op« (R., dt. 1948). □ 1943: Pulitzer-Preis. □ 1953: »Die Rückkehr Lanny Budds« (R., dt. 1953).

▷ D. Herms: Upton Sinclair, amerikanischer Rebell, 1982; ders.: Upton Sinclair zwischen Pop, zweiter Kultur und herrschender Ideologie, 1986; ders. (Hg.): Vergessene Rebellen? Upton Sinclair. Spanischer Bürgerkrieg, 1989.

Sindermann, Horst

dt. Politiker
* 5.9.1915 Dresden † 20.4.1990 Berlin

Sindermann, ein typischer Parteikarrierist der SED, war als langjähriger Leiter der Abteilung Agitation und Propaganda einer der schärfsten Wächter der reinen Parteilehre. Jeder Tendenz zu ideologischer Abweichung trat er unnachgiebig entgegen. Als Präsident der Volkskammer (ab 1976) war S. bis zu seinem Tod ein getreuer Mitstreiter E. →Honeckers.

□ 1929: Mitgl. des Kommunistischen Jugendverbandes. □ 1934-45: Im Zuchthaus und im KZ. □ 1945: Chefredakteur der kommunistischen Sächsischen Volkszeitung. □ ab 1947: Hauptamtlicher Funktionär. □ 1953-63: Mitarbeiter im ZK der SED. □ ab 1957: Leiter der Abteilung Agitation und Propaganda. □ 1963: Mitgl. des ZK und 1. Sekretär der Bezirksleitung Halle. □ ab 1967: Mitgl. des Politbüros. □ 1971-76: Stellv. Vors. (ab 1973 Vors.) des Ministerrats (Ministerpräsident). □ 1976-89: Präs. der Volkskammer. □ 1989: Ausschluß aus der SED. □ 1990: Kurzzeitig in Haft; wegen Haftunfähigkeit entlassen.

Singer, Isaac Bashevis

amer. Schriftsteller
* 14.7.1904 Radzymin (Polen)
† 24.7.1991 Miami, Flor.

Singer schrieb die meisten seiner Werke in jiddischer Sprache. Erst 1950 begann mit der Übersetzung seiner Erzählungen durch S. →Bellow die Übertragung seiner Werke ins Englische und zahlreiche andere Sprachen. Die Bücher des Nobelpreisträgers (1978) beschäftigen sich mit Geschichte und Identität des jüdischen Volkes. In der Saga »Die Familie Moschkat« (R., 1950, dt. 1984) wird die Vernichtung des polnischen Judentums am Beispiel einer Familie beschrieben, die Welt des osteuropäischen Judentums noch einmal heraufbeschworen. Die Geschichte der Juden in Europa weit zurückverfolgend, entwirft S. in »Jakob der Knecht« (R. 1962, dt. 1965) ein Panorama der ziellos durch die Welt wandernden Juden.

□ 1932: Mithg. der jüdischen Literaturzeitschrift Globus. □ 1935: Emigration in die USA. □ 1943: Amer. Staatsbügerschaft. □ 1955: »Satan in Goraj« (R., dt. 1969). □ 1960: »Der Zauberer von Lublin« (R., dt. 1967). □ 1967: »Das Landgut«

Isaac B. Singer war einer der letzten jiddischen Schriftsteller.

(R., dt. 1979). □ 1970: »Das Erbe« (R., dt. 1980). □ 1972: »Feinde, die Geschichte einer Liebe« (R., dt. 1974). □ 1978: »Schoscha« (R., dt. 1980); Literatur-Nobelpreis. □ 1983: »Der Büßer« (R., dt. 1987).

▷ J. B. Singer: Mein Vater der Rabbi (Aut.), 1966, dt. 1971; ders.: B. Singer: Eine Kindheit in Warschau (Aut.), 1974, dt. 1981; E. Alexander: Isaac Bashevis Singer (Biogr.), 1980.

Singh, Charan

ind. Politiker
* 1902 Noorpur, Uttar Pradesh
† 29.5.1987 Neu Delhi

Singh war ab 1970 einer der Hauptorganisatoren der Opposition gegen Ministerpräsidentin I. →Gandhi. Nach dem Wahlsieg der Janata-Partei 1977 zeigte sich, daß dieses Wahlbündnis nur durch die Ablehnung von I. Gandhi geeint wurde und keinerlei Konzepte zur Lösung der drängenden wirtschaftlichen Probleme Indiens besaß. In den wenigen Monaten an der Spitze einer völlig zerstrittenen Minderheitsregierung konnte S. keine neuen Akzente setzen.

□ bis 1925: Jurastudium. □ ab 1927: Rechtsanwalt. □ 1937-70: Mitgl. des Parlaments von Uttar Pradesh (Kongreßpartei). □ 1951-67: Min. verschiedener Ressorts in Uttar Pradesh. □ 1967: Gründer der Bauernpartei SVD (später BKD). □ 1967-70: Chefmin. von Uttar Pradesh. □ nach 1970: Mitbegründer der Janata-Partei (JP). □ 1977-79: Stellv. Vors. der JP. □ 1977/78: Innenmin. □ 1979: Finanzmin. □ 1979/80: Ministerpräsident und Innenmin.

Singh, Zail

ind. Politiker
* 5.5.1916 Sandhwan, Pandschab

Singh, 1982-87 indischer Staatspräsident, war lange Zeit ein enger politischer Vertrauter und Mitarbeiter von Ministerpräsidentin I. →Gandhi. In seinem Heimatstaat trat er für die Rechte der »Unberührbaren« ein und engagierte sich in zahlreichen sozialen Organisationen. Der tief religöse Sikh mußte nach der Ermordung von I. Gandhi durch einen Glaubensgenossen zahlreiche Angriffe hinnehmen.

□ vor 1946: Als Freiheitskämpfer und Mitgl. der Kongreßpartei sowie einer radikalen Bauernbewegung mehrfach in Haft. □ 1946-48: Präs. des Staates Pradscha Mandal. □ 1948-62: Mehrfach Min. im Staat Ost-Pandschab. □ ab 1962: Nach Eingliederung des Staates Mitgl. des Parlaments von Pandschab. □ 1966: Vors. der Kongreßpartei von Pandschab. □ 1972-77: Chefmin. von Pandschab. □ 1980-82: Innenmin. der Union. □ 1982-87: Staatspräsident.

Bernhard Sinkel →

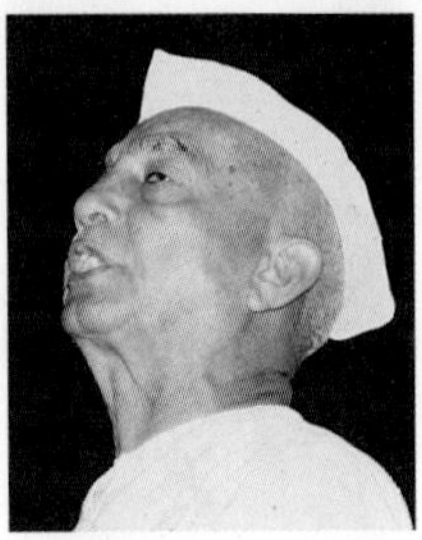

← Charan Singh

← Zail Singh

Sinjawski, Andrej D. →Terz, Abram

Sinkel, Bernhard

dt. Filmregisseur und Drehbuchautor
* 19.1.1940 Frankfurt/Main

Sinkel konzipierte 1972 gemeinsam mit Alf Brustellin (* 1940, † 1981) die deutsche Fassung der Fernseh-Kinderserie »Sesamstraße«. Bereits sein erster Spielfilm, »Lina Braake — Die Interessen der Bank können nicht die Interessen sein, die Lina Braake hat« (1974), wurde 1975 als bester Spielfim des Jahres mit dem Bundesfilmpreis in Silber und 1976 mit dem Ernst-Lubitsch-Preis ausgezeichnet. Mit »Berlinger — ein deutsches Abenteuer« (1976, mit M. →Benrath) konnte S. an seinen ersten Erfolg anknüpfen. 1986 dokumentierte er in seinem vierteiligen Fernsehfilm »Väter und Söhne — Eine deutsche Tragödie« (mit B. →Lancaster, B. →Ganz) die Geschichte der I.G. Farben und ihre Verbindungen zur Politik.

□ 1970-72: Ressortleiter beim Nachrichtenmagazin Der Spiegel. □ 1977: »Mädchenkrieg« (F., nach dem R. von M. →Bieler). □ 1978: »Der Taugenichts« (F., nach der Nov. von Eichendorff). □ 1980: »Die Bekenntnisse des Hochstaplers Felix Krull« (F., nach dem R. von Th. →Mann).

Sinopoli, Giuseppe

ital. Komponist und Dirigent
* 1.12.1946 Venedig

Sinopoli gehört seit Ende der 60er Jahre zu den bedeutenden italienischen Komponisten. Nach Anfängen in serieller Musik, später auch von B. →Maderna beeinflußt, wandelte sich seine Tonsprache seit Mitte der 70er Jahre durch eine intensive Auseinandersetzung mit der Musik von G. →Mahler und A. →Berg. Kennzeichnend für seine expressionistischen Werke sind komplexe orchestrale Klangflächen, die mit prägnanten Melodien eine gebrochene Schönheit beschwören. Zu einem vorläufigen Höhe- und Endpunkt seiner Komponistenlaufbahn wurde 1981 die Münchner Uraufführung seiner Oper »Lou Salomé«.
Als Dirigent hatte S., der seit 1975 zeitgenössische Musik mit dem von ihm gegründeten Bruno-Maderna-Ensemble aufführt, erste Erfolge mit den Opern »Aida« von G. →Verdi (1977) und »Tos-

Giuseppe Sinopoli, der Komponist der Oper »Lou Salomé«.

ca« von G. →Puccini (1978) in Venedig. Ein triumphaler Erfolg war 1980 Verdis »Macbeth« in Berlin. Seither ist S. mit temperamentvollen und intelligenten Interpretationen Gast an allen großen Opernhäusern der Welt. Als Konzertdirigent bevorzugt er vor allem die Musik zwischen Schubert und G. Mahler.

□ 1965-71: Studium am Konservatorium Venedig. □ 1971: Promotion zum Dr. med.; »Opus Daleth« für Orchester. □ 1971/72: Elektronische Kompositionen »Isoritmi« und »Numquid«. □ 1972-75: Prof. für zeitgenössische Komposition am Konservatorium Venedig. □ 1972/73: »Symphonie imaginaire« für Solo-, Kinderstimmen, drei Chöre und drei Orchester. □ 1975: »Tombeau d'amour I« für Orchester. □ 1976: Dozent bei den Darmstädter Kursen für Neue Musik. □ 1978: »Tombeau d'amour II« für großes Orchester und »III« für Cello und Orchester. □ 1983: Debüt an der Covent Garden Opera London. □ 1983-87: Chefdirigent des Orchesters der Accademia Nazionale di Santa Cecilia in Rom. □ seit 1983: Chefdirigent des Philharmonica Orchestra London. □ 1985: Bayreuth-Debüt mit Wagners »Tannhäuser«. □ 1987: Berufung als Chefdirigent der Dt. Oper Berlin für 1990 (Absage). □ seit 1987: Musikdir. des Philharmonia Orchestra London (bis voraussichtlich 1994). □ 1990: Zusage für einen Vertrag mit der Staatskapelle Dresden für 1992/93; Dirigent der Bayreuth-Aufführung von Wagners »Der fliegende Holländer«; Debüt bei den Salzburger Festspielen.

Sinowatz, Fred

österr. Politiker
* 5.2.1929 Neufeld, Burgenland

Nach dem Rücktritt von B. →Kreisky wurde Sinowatz 1983 Bundeskanzler einer SPÖ/FPÖ Koalitionsregierung. Wegen der wachsenden Staatsverschuldung war er gezwungen, die Wirtschaftspolitik der SPÖ zu ändern und die bis dahin geltende absolute Priorität der Arbeitsplatzsicherung zurückzunehmen. Als K. →Waldheim 1986 zum Bundespräsidenten gewählt wurde, trat S. zurück und gab zwei Jahre später auch den Parteivorsitz ab. Nachfolger in beiden Ämtern wurde F. →Vranitzky.

← Fred Sinowatz

□ seit 1948: Mitgl. der SPÖ. □ bis 1953: Studium der Geschichte. □ ab 1954: Im Landesarchiv des Burgenlandes. □ 1961-71: Landesparteisekr. für das Burgenland. □ 1961-66: Abg. des burgenländischen Landtags. □ 1964: Landtagspräs. □ 1966-71: Burgenländischer Kultusmin. □ ab 1971: Nationalrat. □ 1971: Min. für Unterricht und Kunst. □ 1981: Vizekanzler. □ 1983-86: Bundeskanzler. □ 1983-88: Obmann der SPÖ.

Alexander A. Sinowjew →

Sinowjew, Alexander Alexandrowitsch

sowjet. Schriftsteller und Logiker
* 29.10.1922 Pachtino

Sinowjews Debüt-Roman war auch sein bisher größter Erfolg. »Gähnende Höhen« (R., 1976, dt. 1981) ist eine monumentale satirische Analyse des scheinbar fiktiven Landes Ibansk. Dieser unschwer als UdSSR erkennbare Staat, eine »Antizivilisation«, ist nur mit einem antilogischen, paradoxalen Begriffsapparat beschreibbar. Im Gegensatz zu A. →Solschenizyn sieht S. völlige wesensmäßige Übereinstimmung zwischen Herrschern und Beherrschten, für die er später den Namen »Homo sovietikus« (R., 1982, dt. 1984) prägte. Nach Verlust seiner Logik-Professur in Moskau wurde S. 1977 in die BRD ausgewiesen (Ausbürgerung 1990 aufgehoben).

Grigori J. Sinowjew →

Sinowjew, Grigori Jewsejewitsch

(eig. G. J. Radomylski)
sowjet. Politiker
* 11.9.1883 Jelisawetgrad (zeitweilig Kirowgrad)
† 25.8.1936 Moskau (hingerichtet)

Nach dem Tod von W. I. →Lenin bildete Sinowjew, dessen langjähriger enger Mitarbeiter aus den Zeiten des gemeinsamen Exils, mit J. →Stalin und L. →Kamenew ein Triumvirat gegen L. →Trotzki. Bald darauf entzweite er sich mit Stalin und ging mit Kamenew und Trotzki ein Bündnis gegen ihn ein. 1925 wurde er auf dem XIV. Parteitag der KPdSU als Führer der »neuen Opposition« verurteilt und verlor kurz darauf seine Parteiämter. 1936 wurde er im ersten großen Moskauer Schauprozeß als »Verräter« zum Tode verurteilt und hingerichtet.

□ 1903: Mitgl. der Sozialdemokratischen Arbeiterpartei; später der Bolschewiki. □ 1917-26: Vors. des Petrograder Sowjets. □ 1919-26: Vors. des Exekutivkomitees der Kommunistischen Internationale (Komintern). □ 1921-26: Mitgl. des Politbüros. □ 1927: Ausschluß aus der KPdSU. □ 1935: Verurteilung zu zehn Jahren Gefängnis.

Siodmak, Robert

amer. Regisseur
* 8.8.1900 Shelby County, Tenn.
† 10.3.1973 Locarno (Schweiz)

Siodmak bestimmte mit Filmen wie »Die Wendeltreppe « (1945) und »The Killers/Rächer der Unterwelt« (1946; mit B. →Lancaster) den Stil der als Schwarze Serie bekannten Hollywood-Kriminalfilme. Prägendes Element wurde dabei der Einsatz von Licht- und Schatteneffekten, den S. perfektionierte. Der Regisseur zahlreicher Unterhaltungsfilme hatte das Filmhandwerk in Berlin erlernt und nach der Co-Regie bei »Menschen am Sonntag« (1929) einen hochdotierten UFA-Vertrag erhalten. Zu S.s großen Erfolgen zählt die Piratenkomödie »Der rote Korsar« (1952, mit B. Lancaster).

□ 1932: »Quick« (mit H. →Albers). □ 1933: Emigration nach Paris. □ 1939: Emigration nach Hollywood. □ 1943: »Zeuge gesucht«. □ 1944: »Unter Verdacht« (mit Ch. →Laughton). □ 1948: »Gewagtes Alibi« (mit B. Lancaster). □ 1953: Rückkehr nach Europa. □ 1955: »Die Ratten« (mit C. →Jürgens). □ 1958: Zehn Bundesfilmpreise für »Nachts, wenn der Teufel kam« (mit M. →Adorf). □ 1960: »Mein Schulfreund« (mit H. →Rühmann). □ 1968: »Kampf um Rom« (mit O. →Welles).

▷ R. Siodmak: Zwischen Berlin und Hollywood. Erinnerungen eines großen Filmregisseurs, 1980.

← Robert Siodmak

Siqueiros, José David Alfaro

mex. Maler
* 29.12.1896 San Rosalía de Camargo, Chihuahua
† 6.1.1974 Mexiko-Stadt

Siqueiros ist neben D. →Rivera und J. C. →Orozco der dritte bedeutende Repräsentant des Muralismo, der modernen mexikanischen Wandmalerei. Nach seinem Fresko »Allegorie der Elemente« (1922-24) in der Escuela Nacional Preparatoria in Mexiko-Stadt distanzierte er sich bald von der eher epischen Erzählweise Riveras ebenso wie von der allegorisierenden Motivauffassung Orozcos und führte ein sehr dynamisches Element in seine Malerei ein, in deren Mittelpunkt der Kampf gegen die Unterdrückung des Volkes stand. Zu seinen Hauptwerken gehört das Monumentalfresko »Bildnis der Bourgeoisie« (1939) in Mexiko-Stadt, das mit Mitteln der filmischen Perspektive den Klassenkampf darstellt. Cuauhtemoc, der letzte aztekische Führer gegen die Konquistadoren, wurde zur Hauptfigur eines großen Zyklus in Tlatelolco (1944). Im Gegensatz zu den anderen Muralisten wandte sich S. auch anderen Themen wie Medizin, Technik und Raumfahrt zu.
Unter S.s' Anleitung schufen 1965-72 über 50 Maler in der Sala de la Unión de Congresos in Mexiko-Stadt ein raumbildendes Monumentalfresko (4600 qm) mit reliefartigen und plastischen Elementen, das mit seiner rotierend komponierten Figurenanordnung und großflächigen, geometrischen Formen dem Muralismo eine neue Dimension gab und ihn gleichzeitig vollendete.

▷ L. Folgarait: So far from Heaven, David Alfaro Siqueiros, 1987.

J. Siqueiros wurde mit monumentalen Wandbildern berühmt.

Königin Sirikit →

Sirikit

(eig. Mom Rachawong S. Kitiyakara)
Königin von Thailand
* 12.8.1932 Bangkok

Königin Sirikit, die ihren Gatten häufig auf Staatsbesuchen begleitete, konnte durch ihr Auftreten im Ausland sehr viel Sympathie für ihr Land gewinnen. In Thailand übernimmt die populäre Königin, die sich sehr für das Gesundheitswesen engagiert, die wichtige Funktion eines Bindegliedes zwischen den verschiedenen ethnischen Gruppen des Vielvölkerstaates.

□ bis 1949: Besuch frz. Schulen in Bangkok und in Lausanne (1948 Bekanntschaft mit ihrem späteren Ehemann). □ 1950: Hochzeit mit König →Bhumibol Aduljadej (Thronname: König Rama IX.). □ seit 1956: Präs. des thail. Roten Kreuzes. □ 1981: Rundfunkaufruf gegen einen Militärputsch, der daraufhin zusammenbricht.

Sirk, Douglas

(eig. Hans Detlev Sierck)
amer. Regisseur dt. Herkunft
* 26.4.1897 Hamburg
† 15.1.1987 Rugiviala bei Lugano

Sirk, zu dessen Bewunderern u. a. R. W. →Fassbinder gehörte, prägte die Entwicklung des filmischen Melodrams. Typisch für S. waren der Einsatz von Spiegeln und eine differenzierte Lichtregie zur übersteigerten Darstellung von Gefühlen. Neben »In den Wind geschrieben« (1955; mit L. →Bacall und R. →Hudson), in dem die maroden Verhältnisse innerhalb einer amerikanischen Industriellenfamilie geschildert werden, zählt das im Deutschland des 2. Weltkriegs angesiedelte Melodram »Zeit zu lieben und Zeit zu sterben« (1958; mit L. →Pulver, nach E. M. →Remarque) zu seinen Hauptwerken. Nach einer frühen Karriere als Theaterregisseur hatte S. vor der Emigration in die USA mit »Zu neuen Ufern« und »La Habanera« (beide 1937) Z. →Leander zum Star gemacht.

□ ab 1920: Dramaturg am Hamburger Schauspielhaus. □ 1929-39: Intendant am Alten Theater in Leipzig. □ 1935:

Douglas Sirk mit Jane Wyman bei den Dreharbeiten zu »Was der Himmel erlaubt«.

»April, April«. □ 1936: »Das Hofkonzert« (mit J. →Heesters). □ 1937: Emigration über Italien nach Hollywood. □ 1944: »Sommerstürme«. □ 1946: »Angelockt« (mit B. →Karloff). □ 1951: »Hat jemand meine Braut gesehen« (mit R. Hudson). □ 1953: »All meine Sehnsucht« (mit B. →Stanwyck). □ 1954: »Die wunderbare Macht« (mit R. Hudson). □ 1955: »Was der Himmel erlaubt«; »Es gibt immer ein Morgen« (mit B. Stanwyck). □ 1956: »Der Engel mit den blutigen Flügeln« (mit R. Hudson). □ 1957: »Duell in den Wolken« (mit R. Hudson); »Der letzte Akkord«. □ 1959: »Solange es Menschen gibt« (mit L. →Turner). □ ab 1959: Wohnsitz in der Schweiz. □ ab 1969: Inszenierungen am Hamburger Thalia-Theater.

▷ E. Läufer: Skeptiker des Lichts — Douglas Sirk und seine Filme, 1987.

Maj Sjöwall →

Sitte, Willi

dt. Maler
* 28.2.1921 Kratzau (heute Chrastava, CSFR)

Sitte vertrat als einer der prominentesten Maler der ehemaligen DDR einen von R. →Guttuso beeinflußten Stil innerhalb des sog. Sozialistischen Realismus. Seine agitatorischen Szenenmontagen sind in einem expressiven, dynamischen Stil gemalt. Die Themen kreisen um die Bekämpfung des Imperialismus und die Verherrlichung des die Technik beherrschenden Arbeiters (z. B. »Chemiearbeiter am Schaltpult«, 1968, Halle, Staatliche Galerie Moritzburg). In seinem neueren Werk dominieren Einflüsse des Spätexpressionismus, etwa L. →Corinths (»Liebespaar zwischen Minotaurus und Tod«, 1981).

← Willi Sitte

Sjöberg, Birger

schwed. Schriftsteller
* 6.12.1885 Vänersborg † 30.4.1929 Växjö

Sjöberg gehörte zu den frühen Dichtern der schwedischen Moderne. Seine Gedichtsammlung »Krisen und Kränze« (1926), in ihrer Bedeutung für die nordische Lyrik erst postum erkannt, bricht mit allen traditionellen Formen und beschreibt mit unkonventionellen Stilmischungen die innere Zerrissenheit des in seinen letzten Jahren an Schizophrenie erkrankten Autors.

← Birger Sjöberg

Sjöwall, Maj

schwed. Schriftstellerin
* 25.9.1935 Stockholm

Wahlöö, Per

schwed. Schriftsteller
* 5.8.1926 Lund † 23.6.1975 ebd.

Sjöwall und ihr Ehemann Per Wahlöö, der als Spanien-Korrespondent 1956 vom Franco-Regime des Landes verwiesen wurde, waren in den 70er Jahren mit ihrem zehnbändigen Zyklus »Roman über ein Verbrechen« international erfolgreich. Die 1965-75 entstandenen Kriminalgeschichten (»Die Tote im Götakanal«, 1965, dt. 1968; »Die Terroristen«, 1975, dt. 1977), jede für sich ein Querschnitt der schwedischen Gesellschaft, greifen Kapitalverbrechen auf (Sexualmorde, Geiselnahmen, politische Attentate) und reflektieren gesellschaftspolitische Probleme (Drogenhandel, Jugendarbeitslosigkeit). Die Resignation der anfangs engagierten Hauptperson, des Inspektors Martin Beck, angesichts von Bürokratie und Korruption innerhalb des Polizeiapparats spiegelt die zum Ende der Serie immer stärker werdende Systemkritik der Autoren.

Skidmore, Owings & Merrill (SOM)

amer. Architekturbüro

Das 1936 von Louis Skidmore (* 1897, † 1962) und Nathaniel Owings (* 1903, † 1984) in New York gegründete Architekturbüro, in das 1939 John O. Merrill (* 1896, † 1975) als Partner eintrat, wurde sehr bald so erfolgreich, daß Filialen u. a. in Chicago, Los Angeles, Washington und Houston gegründet wurden. Zu den Bauvorhaben gehörten Verwaltungs- und Bürogebäude, aber auch Stadtplanungsaufgaben (Atom City in Oak Ridge, Tenn., 1942-46) und Siedlungsbauten (Lake Meadows in Chicago, 1949-60). Eines der bekanntesten Gebäude der Architektengemeinschaft war das im funktionalistischen Stil konzipierte Lever-Hochhaus in New York (1952), das sich über einem flachen, an der Vorderseite vorgezogenen Sockelbau erhebt. Der aufgrund seiner weitgehenden Verglasung und Verkleidung aus Leichtbauelementen außerordentlich transparent wirkende Bau wurde wegweisend für amerikanische Großbauten. SOM führte auch den Typus des flachen, in eine Parklandschaft eingebetteten Verwaltungsbaus in Amerika ein, erstmals verwirklicht mit dem Gebäude der Bloomfield Insurance Company in Bloomfield, Conn. (1957). Ebenfalls wegweisend waren die Konstruktionsmethoden bei Stahlbauten wie dem 450 m hohen Sears Tower in Chicago (1974). Besondere Konstruktionen entwickelte SOM für Großbauten in islamischen Ländern, so bei dem Haj Terminal Building auf dem International Airport in Dschidda, Saudi-Arabien (1982). Das Büro wird heute von jüngeren Architekten erfolgreich weitergeführt.

▷ Skidmore, Owings & Merrill. Architektur und Städtebau 1974-1983, 1983; A. Bush-Brown: Skidmore, Owings & Merrill, 1963-1983, 1983.

Skinner, Burrhus Frederic

amer. Psychologe und Verhaltensforscher
* 20.3.1904 Susquehanna, Penn.
† 18.8.1990 Cambridge, Mass.

Skinner begründete die behavioristische Lerntheorie, auf der die in Sprachlabors angewandte Form des »programmierten Unterrichts« zurückgeht. Von Tierversuchen ausgehend, die durch externe »Verstärker« (Belohnung/Strafe) zur Ausführung bestimmter Handlungen gebracht wurden (operantes Konditionieren), entwickelte S. lineare Lernprogramme und »Lehrautomaten«, die zu erstaunlichen Leistungssteigerungen führten. Seine diesbezüglichen Theorien sind umstritten, weil er menschliches Verhalten ausschließlich als Reaktion auf Umweltreize (äußere Konditionierung) interpretierte.

□ 1948: »Futurum Zwei« (R., dt. 1970). □ 1948-74: Prof. für Psychologie an der Harvard Univ. □ 1953: »Wissenschaft und menschliches Verhalten« (Schr., dt. 1973). □ 1971: »Jenseits von Freiheit und Würde« (Schr., dt. 1973).

▷ B. F. Skinner: Particulars of my life (Aut.), 1976.

← B. F. Skinner

Skrjabin, Alexander Nikolajewitsch

(frz. Alexandre Scriabine)
russ. Komponist
* 6.1.1872 Moskau † 27.4.1915 ebd.

Skrjabin, der als Pianist zeitlebens mit eigenen Werken in Europa und den USA konzertierte, war nach der Jahrhundertwende mit seinen konstruktiven Kompositionen einer der ersten Repräsentanten der Neuen Musik. Sein Schaffen wurde vor allem von der westlich orientierten Schule des Moskauer Konservatoriums (A. →Rubinstein, S. → Rachmaninow) angeregt. In der Vorliebe für kleinere Formen und dem ausgeprägten pianistischen Sinn erinnert sein umfangreiches Klavierwerk (u. a. 83 Preludes und 10 Sonaten) an das Werk Chopins (*1810, † 1849). S. profilierte sich insbesondere durch den Entwurf eines eigenen harmonischen Systems. Seinen chromatisch reichen Stil entwickelte er ab der 4. Klaviersonate (1903) bis zur Auflösung der Tonalität. In dem Orchesterwerk »Prométhée« (1908-10), das auch die Lichtvisionen eines Farbenklaviers mit einbezieht, sind die melodischen und harmonischen Gestalten erstmals konsequent aus einem sechstönigen Klangsystem abgeleitet. In Verbindung mit theosophischen Gedanken kam S., der schon mit seiner ersten Sinfonie (1900) eine pantheistische Synthese aller Künste anstrebte, zu einem mystisch-ekstatischen Ausdruck.

A. Skrjabins kompositorische Vorliebe galt dem Klavier.

□ 1888-92: Studium am Moskauer Konservatorium. □ 1888-96: 24 Preludes op. 11. □ ab 1891: Konzertreisen als Pianist in Europa. □ 1892: 1. Klaviersonate. □ 1894-96: 17 Preludes op. 15-17. □ 1895/96: Konzertreisen in die Schweiz, nach Paris und Rom. □ 1898-1903: Dozent am Moskauer Konservatorium. □ 1901: 2. Sinf. c-Moll. □ 1902-04: 3. Sinf. »Le divin poème«. □ 1903: »Poème satanique« für Klavier. □ ab 1904: Wohnsitz in der Schweiz. □ 1905: 3. Sinf., UA Paris unter A. →Nikisch. □ 1906: »Le poème de l'extase« (Schr.). □ 1906/07: USA-Reise. □ 1908: Orchesterwerk »Le poème de l'extase«, UA New York; Wohnsitz in Brüssel. □ ab 1910: Wohnsitz in Moskau. □ 1911: 7. Klaviersonate »Messe blanche«. □ 1912/13: 9. Klaviersonate »Messe noire«. □ 1914: Fünf Preludes op. 74.

▷ S. Schibli: Alexander Skrjabin und seine Musik, 1983.

Rudolf Slánský →

Slánský, Rudolf

(eig. R. Salzmann)
tschech. Politiker
* 31.7.1901 Nezvěstice bei Pilsen
† 3.12.1952 Prag (hingerichtet)

Slánský, der beim kommunistischen Umsturz in Prag 1948 eine maßgebliche Rolle gespielt hatte, wurde 1951 völlig überraschend verhaftet. Während der Verhandlung (Slánský-Prozeß, 1951/52) wurde er beschuldigt, ein Spion des Westens und ein Agent des Zionismus zu sein. Da fast alle der 13 zum Tode Verurteilten Juden waren, gilt es als sicher, daß der Prozeß Ausdruck des damaligen Antisemitismus in der CSSR war. 1963 wurde die Haltlosigkeit der Anklagen offen zugegeben und S. postum rehabilitiert.

□ 1921: Mitgl. der KPC. □ ab 1924: Hg. der Parteizeitung Rudé Pravó. □ 1929: Mitgl. des ZK. □ 1935-38: Mitgl. der Nationalversammlung. □ 1938-44: Exil in Moskau. □ 1944/45: Partisan in der Slowakei. □ 1945-51: Stellv. Generalsekretär der KPC. □ 1948-51: Stellv. Ministerpräsident. □ 1949: Verantwortlich für die Neuorganisation der KPC. □ 1951/52: In Haft.

▷ R. Ströbinger: Der Mord am Generalsekretär. Stalins letzter Schauprozeß und das Tribunal mit Rudolf Slánský in Prag, 1983.

Slaweikow, Pentscho

bulg. Schriftsteller
* 27.4.1866 Trjawna
† 28.5.1912 Lago di Como (Italien)

Slaweikow wurde, beeinflußt von Heinrich Heine und dem Philosophen F. →Nietzsche, zum Wegbereiter des Symbolismus in Bulgarien. Entgegen den bulgarischen Bestrebungen einer »Nationalen Wiedergeburt« plädierte S. für eine Öffnung gegenüber der modernen westeuropäischen Kultur. Sein bedeutendstes Werk ist das

Fragment gebliebene epische Poem »Das blutige Lied« (1911-13, 3 Bde.), in dem S. in z. T. antiken Versformen den bulgarischen Freiheitskampf gegen die Türken schilderte.

□ 1892-98: Literaturstudium in Leipzig. □ 1892-1907: Mitarbeiter der Zeitschrift Missal (Gedanke). □ 1908/09: Dir. des Nationaltheaters in Sofia.

Slevogt, Max

dt. Maler und Grafiker
* 8.10.1868 Landshut † 20.9.1932 Landgut Neukastel (heute Landsweiler), Pfalz

Slevogt profilierte sich innerhalb des deutschen Impressionismus (M. →Liebermann) als temperamentvoller »Erzähler« und Interpret des Musiktheaters: Seine Rollenporträts des Sängers Francisco d'Andrade (* 1859, † 1921) als Don Giovanni (z. B. »Das Champagnerlied«, 1902) erfassen prägnante Momente der Rollengestaltung in skizzenhafter Malweise; 1924 verband S. das Faksimile von Mozarts Originalpartitur mit »Randzeichnungen zur ›Zauberflöte‹«. Sein Schaffen als Illustrator umfaßt Homers »Illias«, Goethes »Faust II«, Coopers »Lederstrumpf« und die »Märchen aus 1001 Nacht«. Letztere sind auch Thema der Wandgemälde im Landgut Neukastel, dessen Garten den Maler zu lichterfüllten Naturschilderungen anregte.

Max Slevogt (2. v. l.): Vorstand der Berliner Secession.

□ 1885-89: Kunststudium in München und Paris. □ 1890-97: Freier Künstler in München, danach ausgedehnte Reisen (Italien, Niederlande). □ 1901: Übersiedlung nach Berlin. □ 1914: Reise nach Ägypten. □ 1915: Kriegsmaler in Belgien. □ 1917: Übersiedlung auf das Landgut Neukastel.

▷ H.J. Imiela: Max Slevogt, 1968; B. Roland (Hg.): Max Slevogt — Ägyptenreise 1914, 1990.

Smith, Elizabeth »Bessy«

amer. Sängerin
* 15.4.1894 Chatanooga, Tenn.
† 26.9.1937 Clarksdale, Miss. (Unfall)

Smith war die Empress of the Blues. Mit ihrer harten und rauhen, zugleich traurigen Stimme verzauberte die farbige Sängerin in den 20er Jahren, dem Höhepunkt ihrer Karriere, ein Millionenpublikum zwischen New York und New Orleans. Oft bewegten ihr Bluesgesang und ihre Persönlichkeit die Zuhörer so stark, daß diese jedes ihrer Lieder mit »Amen«-Rufen begleiteten. Von ihrer ersten Schallplattenaufnahme »Down hearted blues« (1923) wurden über 800000 Stück verkauft; legendär wurde ihre Interpretation des »St. Louis Blues«. Mit einem Wechsel zu zeitgemäßeren Songs begann 1930, begleitet von Alkoholproblemen, ihr künstlerischer Abstieg.

□ 1910: Auftritte in der Show von Ma Rainey, in Zirkus- und Zeltshows. □ 1919: Erste eigene Revue, die »Liberty Belles«. □ 1924/25: Erfolgreiche Gastspiele in New Orleans, Memphis, Chicago und Newark. □ 1926-30: Tourneen durch die USA. □ 1933: Letzte Schallplattenaufnahmen.

Ian Douglas Smith →

Smith, Ian Douglas

rhod. Politiker
* 8.4.1919 Selukwe

Smith war ab 1961 Führer der weißen europäischen Siedler in Süd-Rhodesien, deren Vorrechte gegenüber den Schwarzen er als Premierminister 15 Jahre lang unnachgiebig verteidigte. 1965 proklamierte er einseitig die Unabhängigkeit der Kolonie von Großbritannien, die London nur bei voller Gleichberechtigung aller Rassen gewähren wollte. Wirtschaftssanktionen als Antwort blieben erfolglos. Erst nachdem die ehemaligen portugiesischen Kolonien Moçambique und Angola 1975 die Souveränität erreicht hatten, bröckelte die Herrschaft der weißen Minderheit in Rhodesien. Auf Druck der USA nahm S. 1976 Kontakt mit J. →Nkomo auf und mußte 1979 freie Wahlen zugestehen. 1980 wurde Rhodesien als Zimbabwe unabhängig.

□ 1939-41; 1945/46: Studium der Handelswissenschaften. □ 1948: Mitgl. der United Federal Party (UFP); Mitgl. des Parlaments von Süd-Rhodesien. □ 1953-61: Mitgl. und Fraktionsführer im Bundesparlament der Zentralafrikanischen Union. □ 1961: Gründer der Rhodesischen Front. □ 1962: Finanzmin. □ 1964-79: Premierminister von Rhodesien. □ 1979/80: Min. ohne Geschäftsbereich. □ seit 1983: brit. Staatsbürger.

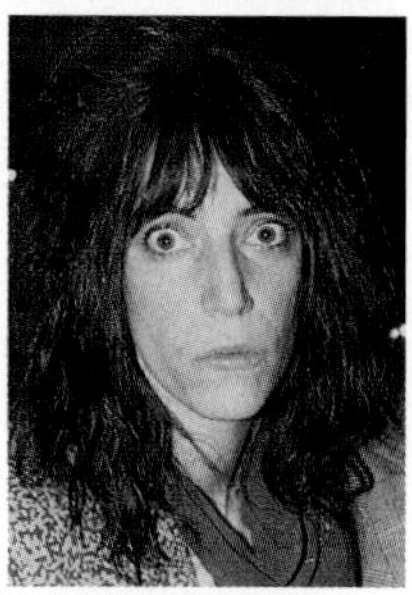

Patti Smith →

Smith, Patti

amer. Rockmusikerin
* 31.12.1946 Chicago, Ill.

Mit ihren Lyrik-Lesungen, Visionen von sexueller Ungebundenheit, Erwachsenwerden und Einsamkeit wurde Smith Ende der 60er Jahre zum Star des New Yorker Künstlerviertels Greenwich Village. Musiker wie John Cale (* 1942) ermutigten sie, ihre Gedichte zu vertonen und als Sängerin aufzutreten. Nach ersten Erfahrungen mit einer eigenen Band nahm sie 1975 ihre Debüt-LP »Horses« auf. Mit ihren surrealistischen Sprachbildern erinnern ihre düsteren, aggressiven Texte an Arthur Rimbaud (* 1854, † 1891) und W. →Burroughs.

□ 1967: Erste Lesungen in New Yorker Clubs. □ ab 1971: Musikerin. □ 1978: »Easter« (LP); Hit »Because the night«. □ 1979: »Waves« (LP). □ 1987: »Never enough« (LP). □ 1988: »Dream of my life« (LP).

← »Bessy« Smith

Smith, Roger Bonham

amer. Industriemanager
* 12.7.1925 Columbus, Ohio

Smith, der ab 1949 für das größte Industrieunternehmen der Welt, General Motors, arbeitete, führte als Vorstandsvorsitzender (1981-90) den Auto-Multi Anfang der 80er Jahre aus der schwersten Krise seit Gründung des Unternehmens 1908. S. organisierte das durch japanische Konkurrenz bedrängte Unternehmen neu, indem er die weitgefächerte Autoproduktion in zwei Abteilungen zusammenfaßte, die miteinander konkurrierten. Bei der Durchsetzung seiner Ziele scheute S. auch vor radikalem Arbeitsplatzabbau nicht zurück. 1989 wurde der Dokumentarfilm »Roger and me« (Rg. Michael Moore), der die Verödung einer Kleinstadt nach den von S. beschlossenen Massenentlassungen beschreibt, ein Publikumserfolg.

□ 1942: Beginn des Studiums der Betriebswirtschaft. □ 1944-46: Wehrdienst bei der US-Navy. □ 1949: Abschluß des Studiums als Master of Business Administration; Eintritt bei General Motors Corp. □ 1967/68: Assistent der New Yorker Finanzabteilung. □ 1968: Stellv. Rechnungsprüfer der Zentrale in Detroit. □ 1968-70: Stellv. Leiter der Abteilung Finanzen (1970/71: Leiter). □ 1971-73: Vizepräs. des Finanzressorts. □ 1974: »Executive vice president« der Konzern-Zentrale. □ 1975-81: Leiter ebd. □ 1985: Mit dem Erwerb der Hughes Aircraft Co. für rd. 5 Mrd. US-$ Ausbau zum bedeutenden Rüstungshersteller. □ 1989: Steigerung des Umsatzes auf rd. 126 Mrd. US-$ (766 000 Mitarbeiter). □ 1990: Gründung der Saab Automobile AB mit dem schwed. Transportmittelkonzern Saab-Scania.

← Roger Bonham Smith

Smithson, Robert

amer. Künstler
* 2.1.1938 Passaic, N. J.
† 20.7.1973 bei Amarillo, Tex. (verunglückt)

Smithson, der sich nach seinem Studium in New York zunächst Gemälden im Stil des Abstrakten Expressionismus zuwandte, gehört zu den wichtigen Vertretern der landschaftsbezogenen Kunst seit den 60er Jahren (Land Art). Am bekanntesten wurden seine aus aufgeschütteter Erde bestehenden Landschaftsmonumente wie »Spiral Jetty« (1970) im Großen Salzsee von Utah, wo er einen künstlichen Damm (5 m breit und 500 m lang) errichtete, den er spiralförmig auslaufen ließ. Zuvor hatte S. bereits mit den »Sites« in Richtung Land Art gearbeitet, indem er natürliche Landschaftsformationen fotografisch dokumentierte und zu Kunstwerken erklärte. In den »Non Sites« hatte er innerhalb musealer Ausstellungsräume oder Galerien Steine und Erde zu künstlichen Landschaftsfragmenten zusammengefügt. S. starb bei einem Flugzeugabsturz während der Arbeit an seinem Projekt »Amarillo Ramp«.

□ ab 1958: Nach dem Studium (u. a. an der Art Students' League in New York) Gemälde im Stil des Abstrakten Expressionismus. □ ab 1965: Annäherung an die Künstler der Minimal Art (C. →Andre, D. →Judd); Plastiken aus Stahl. □ ab 1967: »Sites« und »Non-Sites«; Arbeiten mit Spiegeln in der Natur. □ ab 1970: Monumentale Erdaufschüttungen.

▷ R. Hobbs: Robert Smithson. Sculpture, engl. 1981.

Josef Smrkovský →

Smrkovský, Josef

tschech. Politiker
* 26.2.1911 Velenice bei Böhmisch Brod
† 14.1.1974 Prag

Smrkovský zählte 1967/68 als enger Vertrauter A. →Dubčeks zu den herausragenden Reformpolitikern des Prager Frühlings. Nach dem Einmarsch der Truppen des Warschauer Pakts zeitweilig verhaftet, wurde S. 1970 aller Ämter enthoben und aus der Partei ausgeschlossen. Der idealistische Sozialist, der bereits beim kommunistischen Umsturz 1948 in leitender Stellung mitgewirkt hatte, war schon einmal, nach dem Sturz von R. →Slánský 1951, aus der Partei ausgeschlossen worden.

□ 1933: Mitgl. der KPC. □ 1945: Mitinitiator des Aufstands in Prag. □ 1945-49: Leiter des Nationalen Bodenfonds. □ 1946-51; 1966-69: Mitgl. des ZK. □ 1946-48: Präs. der Nationalversammlung. □ 1948-51: Stellv. Landwirtschaftsmin. □ 1951-55: Wegen »staatsfeindlicher Tätigkeit« in Haft. □ 1955-59: Tätigkeit in einem Forstamt. □ 1959-63: Vors. einer Landwirtschafts-Genossenschaft. □ 1963: Rehabilitation. □ 1964-70: Abg. der Nationalversammlung. □ 1965-67: Min. für Wasserversorgung. □ 1968: Mitgl. des Politbüros. □ 1969: Vors. der Volkskammer.

Jan Christiaan Smuts →

Smuts, Jan Christiaan

burisch-südafr., später brit. Politiker
* 24.5.1870 Gut Bovenplaats, bei Boplaas, Kapkolonie † 11.9.1950 Doornkloof bei Pretoria

Der burisch-südafrikanische Politiker Smuts entwickelte das Konzept vom britischen »Commonwealth of Nations« und war einer der wichtigsten Architekten des Völkerbunds und später der UNO. Nach dem verlorenen Burenkrieg trat er für eine enge Zusammenarbeit mit Großbritannien ein. Er erreichte auf diese Weise für Südafrika die Selbstverwaltung (1907) und 1910 den Status eines Dominiums innerhalb des Britischen Empire. Während der beiden Weltkriege setzte er gegen den Widerstand burischer Nationalisten eine Kriegsteilnahme des Dominion Südafrika an der Seite Großbritanniens durch.

□ 1899-1902: Während des Burenkriegs Befehlshaber der Buren in der Kapkolonie. □ 1904: Gründer der Burenpartei Het Volk (Das Volk), die er 1920 mit der Unions Party fusionierte. □ 1910-20: Kriegsmin. □ 1914-18: Oberbefehlshaber der brit. Streitkräfte im südlichen Afrika. □ 1916: Brit. Generalleutnant. □ 1919-24: Premierminister. □ 1933-39: Justizmin. □ 1939-48: Premierminister; zugleich Außenmin. und Oberbefehlshaber der südafr. Streitkräfte. □ 1941: Brit. Feldmarschall. □ 1945: Mitbegründer der UNO.

▷ J. Joseph: South African statesman. Jan Christiaan Smuts, 1970; K. Ingham: Jan Christiaan Smuts. The conscience of a South African, 1986.

Snell, Bruno

dt. Altphilologe
* 18.6.1896 Hildesheim † 31.10.1986 Hamburg

Snell beschäftigte sich mit der griechischen Sprache, Literatur und Philosophie und schuf als Übersetzer und Herausgeber griechischer Texte die Voraussetzungen philologischer Forschung.

S. war Mitherausgeber des »Lexikons des frühgriechischen Epos« (ab 1955) sowie der Zeitschriften Philologus (ab 1943), Antike und Abendland (ab 1945) sowie Glotta (ab 1953).

☐ ab 1931: Prof. an der Univ. Hamburg; 1951-53 Rektor ebd. ☐ 1946: »Die Entdeckung des Geistes« (Schr.). ☐ 1952: »Der Aufbau der Sprache« (Schr.). ☐ 1955: »Griechische Metrik« (Schr.). ☐ 1961: »Dichtung und Gesellschaft. Studien zum Einfluß der Dichter auf das soziale Denken und Verhalten im alten Griechenland« (Schr., dt. 1965). ☐ 1964: »Szenen aus griechischen Dramen« (dt. 1971). ☐ 1978: »Der Weg zum Denken und zur Wahrheit. Studien zur frühgriechischen Sprache«.

Snell, George Davis

amer. Genetiker und Immunologe
* 19.12.1903 Bradford, Mass.

Snell, 1980 gemeinsam mit B. →Benacerraf und J. →Dausset mit dem Nobelpreis ausgezeichnet, entdeckte den bei Gewebetransplantationen entscheidenden genetischen Faktor, der für den Erfolg einer Organverpflanzung ausschlaggebend ist. Durch systematische Bruder-Schwester-Kreuzung züchtete S. erblich völlig identische Mäusestämme heran, bei denen er 1946 die sog. Histokompatibilitäts-Antigene isolierte, die eine große Rolle im körpereigenen Immunsystem spielen. In den 30er Jahren hatte S. nachgewiesen, daß Röntgenstrahlen bei Säugetieren Mutationen verursachen können.

Snell erforschte die bei Organverpflanzungen wichtigen Gene.

☐ 1935-69: Tätigkeit am Jackson-Laboratorium in Bar Harbor, Maine; ab 1956/57 Prof. und Leiter der Forschungsabteilung. ☐ 1941: Hg. der Schr. »The biology of the laboratory mouse«. ☐ 1976: »Histocompatibility« (Schr., mit anderen). ☐ 1980: Physiologie/Medizin-Nobelpreis (mit B. Benacerraf und J. Dausset).

Mário Soares →

Joschua Sobol →

Anatoli A. Sobtschak →

Soares, Mário Alberto Nobre Lopes

portug. Politiker
* 7.12.1924 Lissabon

Seit der unblutigen »Nelkenrevolution« 1974, die das diktatorische →Salazar-Regime stürzte, ist der Sozialist Soares einer der maßgeblichen Politiker Portugals. 1986 wurde er zum Staatspräsidenten gewählt. Dem Begründer der Sozialistischen Partei (PSP) gelang es während seiner zwei Amtsperioden als Ministerpräsident, ein rechtsstaatliches System zu etablieren und damit das Ansehen der jungen Republik im Ausland zu stärken. Als Folge davon wurde Portugal 1986 in die EG aufgenommen.

☐ 1945: Mitgl. der Demokratischen Jugendbewegung. ☐ 1960: Mitgl. der Sozialdemokratischen Aktion. ☐ 1968: Verbannung auf die Insel São Tomé. ☐ 1970-74: Im Exil. ☐ 1973: Begründer und Generalsekretär der Sozialistischen Partei Portugals (PSP). ☐ 1974/75: Außenmin. ☐ 1975: Min. ohne Geschäftsbereich. ☐ 1976-78; 1983-85: Ministerpräsident. ☐ seit 1986: Staatspräsident.

Sobol, Joschua

israel. Dramatiker
* 24.8.1939 Tel Mond

Sobol ist der profilierteste — und in der jüdischen Welt der umstrittenste — Vertreter des israelischen Gegenwartsdramas. Nach einer kritischen Auseinandersetzung mit den Zielen des Zionismus in dem 1982 uraufgeführten Drama »Weiningers letzte Nacht« (dt. 1985) befaßte er sich in seinem internationalen Erfolg »Ghetto« (1984, dt. 1984) mit dem Holocaust. 1987 mußte S. nach der Aufführung des Stücks »Jerusalem-Syndrom«, worin er Partei für die Palästinenser in den besetzten Gebieten ergreift, von seinem Amt als Theaterleiter in Haifa zurücktreten.

Sobtschak, Anatoli Alexandrowitsch

sowjet. Politiker und Jurist
* 1937 Tschita, Sibirien

Sobtschak, einer der führenden Köpfe der russischen Radikalreformer, verhinderte als Bürgermeister von Leningrad (heute wieder: St. Petersburg) während des Putsches im August 1991 die Machtübernahme durch die Streitkräfte in der ehemaligen russischen Hauptstadt. Der Rechtsanwalt, der den Aufbau des Genossenschaftswesens in der UdSSR unterstützte, erhielt 1989 einen Sitz im ersten halbwegs demokratisch gewählten Sowjetparlament, verließ jedoch 1990 die KPdSU und gründete gemeinsam mit E. →Schewardnadse und Alexander Jakowlew die Bewegung für demokratische Reformen. S. unterstützt die Entwicklung einer freien Marktwirtschaft und fordert Rechtsstaatlichkeit nach westlichem Vorbild.

☐ bis 1959: Jurastudium an der Univ. von Leningrad. ☐ 1962-90: Prof. an der Rechtswissenschaftlichen Fakultät ebd. ☐ 1988-90: Mitgl. der KPdSU. ☐ seit Sept. 1990: Bürgermeister von Leningrad. ☐ 1991: »Für ein neues Rußland! Unser Kampf um Recht und Demokratie« (Schr., dt. 1991).

Soddy, Frederick
engl. Chemiker
* 2.9.1877 Eastbourne † 22.9.1956 Brighton

Soddy, Nobelpreisträger von 1921, entdeckte Atome mit gleichen chemischen Eigenschaften, aber unterschiedlichen Massen, die er 1913 Isotope (griech. »gleicher Platz«) nannte und im Periodensystem entsprechenden chemischen Elementen zuordnete. Schon 1903 hatte S. mit W. →Ramsay beim Zerfall von Radium das Entstehen von Radon und Helium nachgewiesen und dabei die radioaktive Zerfallsreihe entdeckt, an deren Ende Blei stehen mußte (1914).

□ 1901-03: Mitarbeiter von E. →Rutherford in Montreal; Erforschung des spontanen radioaktiven Zerfalls. □ 1904-14: Prof. an der Univ. Glasgow. □ 1912/13: »Verschiebungssatz«, Aufstellung der Gesetzmäßigkeiten beim radioaktiven Zerfall (K. Fajans); »Die Chemie der Radio-Elemente« (2 Bde., dt. 1912-14). □ 1919-36: Prof. an der Univ. Oxford. □ 1922: Chemie-Nobelpreis des Jahres 1921 für die Entdeckung der Isotope.

← Frederick Soddy

Söderblom, Nathan
(eig. Lars Olof Jonathan)
schwed. Theologe (ev.) und Religionshistoriker
* 15.11.1866 Trönö, Gävleborg † 12.7.1931 Uppsala

Mit seinen während des 1. Weltkriegs eingeleiteten Versöhnungsbemühungen unter den christlichen Kirchen stellte sich Söderblom an die Spitze der ökumenischen Bewegung. 1925 organisierte S. die Stockholmer Weltkirchenkonferenz für praktisches Christentum und erhielt 1930 für seine ökumenische Arbeit den Friedens-Nobelpreis. Der Begründer der modernen Religionswissenschaft in Schweden bewahrte die religiöse Tradition der Volkskirche und wirkte für eine liturgische Erneuerung.

□ ab 1901: Prof. an der Univ. Uppsala; 1912-14 gleichzeitig an der Univ. Leipzig. □ 1905: »Die Religionen der Erde« (Schr.). □ 1914: Ernennung zum Erzbischof von Uppsala; »Das Werden des Gottesglaubens« (Schr., dt. 1916). □ 1923: »Einigung der Christenheit« (Schr., dt. 1924). □ postum 1932: »Der lebendige Gott im Zeugnis der Religionsgeschichte« (Schr., dt. 1942).

▷ N. Karlström: Nathan Söderblom. Seine Entwicklung zum ökumenischen Kirchenführer, 1968.

← Nathan Söderblom

Södergran, Edith Irene
finn. Schriftstellerin
* 4.2.1892 St. Petersburg (Rußland)
† 24.6.1923 Raivola, Karelien

Södergran, die zu Lebzeiten nur vier Gedichtsammlungen und ein Aphorismenbändchen veröffentlichte, ist die einflußreichste finnisch-schwedische Dichterin nach Johan Ludvig Runeberg (* 1804, † 1877). 1908 an Tuberkulose erkrankt, überwand sie ihr Siechtum mit einer leidenschaftlichen, die Überlegenheit des Geistigen in freien Rhythmen besingenden Lyrik. Indem sie Gedanken und Bilder in einer nicht der Logik entsprechenden Folge schneller Assoziationen (»Gedichte«, 1916) formulierte, ebnete sie dem Expressionismus in Finnland den Weg. Nach »Schatten der Zukunft« (1920), dem Höhepunkt ihrer von F. W. → Nietzsche geprägten Phase, wurde ihr Tonfall am Ende ihres Lebens ruhiger, wenngleich nicht weniger intensiv (»Das Land, das nicht ist«, postum 1925).

Dorothee Sölle →

Sokolow, Sascha
(eig. Alexander Wsewolodowitsch S.)
russ. Schriftsteller
* 6.11.1943 Ottawa (Kanada)

Sokolow, der 1975 aus der UdSSR emigrierte, zählt zu den wichtigsten Surrealisten der russischen Gegenwartsliteratur. Sein in viele europäische Sprachen übersetzter Erstling, »Die Schule der Dummen« (R., 1976, dt. 1977), wurde in der UdSSR nicht veröffentlicht. In dem Roman erkämpft sich eine ihre Identität ständig wechselnde Hauptfigur durch vorgetäuschte Dummheit einen apolitischen Freiraum, wobei verschiedene Zeit- und Realitätsebenen sowie die Sphären Leben und Tod übergangslos ineinanderfließen. Spätere Romane (»Zwischen Hund und Wolf«, 1980, und »Palisandrien«, 1985) treiben die surrealistischen Gestaltungsmittel noch weiter voran und sprengen zusätzlich herkömmliche Gattungsgrenzen (Prosa, Drama).

Sölle, Dorothee
dt. Theologin (ev.) und Literaturwissenschaftlerin
* 30.9.1929 Köln

Sölle ist eine der Wortführerinnen der politischen Theologie und steht der lateinamerikanischen Befreiungstheologie nahe (L. →Boff). In ihrer kirchenkritischen Schrift »Stellvertretung. Ein Kapitel Theologie nach dem Tode Gottes« (1965) vertritt sie die sog. Gott-ist-tot-Theologie, die ihre Hoffnung weniger auf die wirkende Kraft Gottes setzt als vielmehr auf die mitmenschliche Nächstenliebe.

□ 1967: »Die Wahrheit ist konkret« (Schr.). □ 1968: »Phantasie und Gehorsam. Überlegungen zu einer künftigen christlichen Ethik«. □ 1969: Hg. von »Politisches Nachtgebet« (Band 1 und 2 mit F. Steffensky). □ 1971: »Politische Theologie« (Schr.). □ 1972: Reise nach Nord-Vietnam. □ 1973: »Politische Meditationen zu Glück und Vergeblichkeit« (mit H. →Böll). □ seit 1975: Professorin für systematische Theologie am Union Theological Seminary, New York. □ 1983: »Atheistisch an Gott glauben. Beiträge zur Theologie«. □ 1987: »Das Fenster der Verwundbarkeit. Theologisch-politische Traktate«.

Solow, Robert Merton
amer. Ökonom
* 23.8.1924 New York

Solow begründete mit seiner Schrift »A contribution of the theory of economic growth« (1956) die sog. neoklassische Wachstumstheorie. Mit diesem Modell soll die Möglichkeit eines dauerhaften gleichgewichtigen wirtschaftlichen Wachstums nachgewiesen werden. S. greift hierfür auf Ansätze der Klassiker zurück (David Ricardo, * 1773, † 1823) und kritisiert die postkeynesiani-

Robert Solow (r.) mit seinem Kollegen Franco Modigliani.

sche Wachstumstheorie (E. D. →Domar), die das Wirtschaftswachstum allein vom Investitionsvolumen und nicht von Substitutionen zwischen Arbeit und Kapital sowie produktionstechnischen Änderungen abhängig macht. Die Leistungen S.s, seit 1958 Professor am renommierten Massachusetts Institute of Technology (MIT) in Cambridge, wurden 1987 mit dem Nobelpreis für Wirtschaftswissenschaften honoriert.

Solschenizyn, Alexander I.

sowjet. Schriftsteller
* 11.12.1918 Kislowodsk, Nordkaukasus

Solschenizyn, Literatur-Nobelpreisträger von 1970 und Verfasser des »Archipel Gulag« (1973-75), einer Trilogie über die Verbrechen des Stalinismus, war neben A. →Sacharow der bekannteste Dissident der Sowjetunion und ist einer ihrer bedeutendsten Schriftsteller. Seine Erzählung »Ein Tag im Leben des Iwan Denissowitsch« (1962, dt. 1963) war die erste Abrechnung mit dem Stalinismus in der sowjetischen Literatur. Im Unterschied zum »rationalistischen« Sacharow entwirft S. in seinen Werken eine an Religion und Geschichte orientierte Gegenwelt zum Sowjetsystem. S., der heute in den USA lebt, hat nach seiner Ausbürgerung (1974) auch den Westen wegen der Entspannungspolitik und angeblicher Neigung zur Dekadenz scharf angegriffen. Er arbeitet an einem mit »Das rote Rad« betitelten Romanzyklus über die russische Revolution, den er mit »August vierzehn« (1971, Neufassung dt. 1987) begonnen hat; ursprünglich auf 20 Bände angelegt, verkündete S. 1991 den Abbruch der Arbeit aus Altersgründen. 1984 erschien »November sechzehn« (dt. 1986).
S.s geschichtsphilosophische Konzeption, die einer Glorifizierung des alten Rußland nahekommt, spiegelt sich auch in seinen Gedanken über eine geistige Erneuerung der Sowjetunion, die er in dem Manifest »Rußlands Weg aus der Krise« (dt. 1990) vortrug. Nach der offiziellen Rücknahme der Anklage wegen Hochverrats durch die Sowjets kündigte S. 1991 seine Rückkehr nach Rußland an.

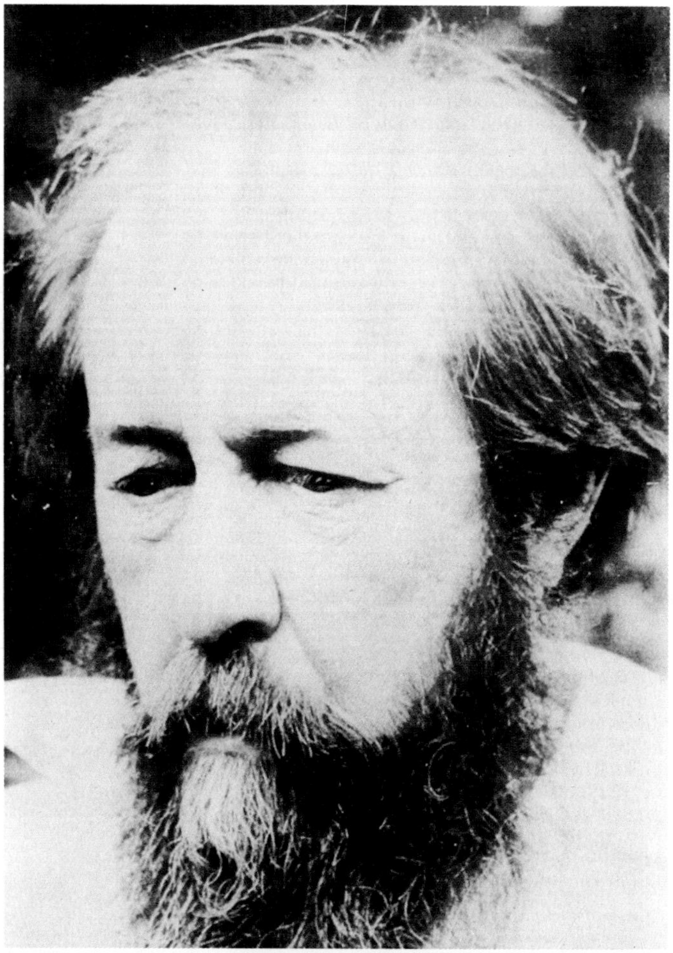

Alexander Solschenizyn: Ein Kritiker des Stalinismus wie der Dekadenz Westeuropas.

□ 1941-45: Militärdienst. □ 1945-53: Straf- und Sonderlager wegen antistalinistischer Äußerungen. □ bis 1956: Verbannung nach Mittelasien. □ 1957: Rehabilitierung; Physiklehrer in Rjasan. □ 1968: Dt. Fassung von »Der erste Kreis der Hölle« (R.) und »Krebsstation« (R.). □ 1969: Ausschluß aus dem sowjet. Schriftstellerverband. □ 1970: Literatur-Nobelpreis. □ 1973-75: »Archipel Gulag« (dt. 1974-76). □ 1974: Ausbürgerung. □ 1976: Übersiedlung in die USA.

▷ M. Falkenstein: Alexander Solschenizyn, 1975.

Solti, Sir (seit 1969) Georg(e) (György)

engl. Dirigent und Pianist ung. Herkunft
* 21.10.1912 Budapest

Solti, Schüler von B. →Bartók, Z. → Kodály und F. v. →Weingartner, ist einer der bedeutendsten Dirigenten der Nachkriegszeit. Seine Karriere begann 1946 zunächst an den Opernhäusern in München und Frankfurt/Main (ab 1952) und fand ihren ersten Höhepunkt 1961 mit der Berufung an die traditionsreiche Covent Garden Opera in London. Als Operndirigent bevorzugte S. neben der Wiener Klassik und dem italienischen Repertoire vor allem Wagner. Kennzeichnend für seine Bühnenarbeit ist die Absicht, das Szenische der Werke gleichsam akustisch sichtbar zu machen. 1970 übernahm S. mit dem Chicago Symphony Orchestra eines der weltweit führenden Ensembles, an dessen Spitze er bis 1991 neue Deutungen der großen Symphonik u. a. von Beethoven, Bruckner, Liszt, R. →Strauss und D. → Schostakowitsch präsentierte. Seine Interpretationen sind auf über 250 Schallplatten dokumentiert. Neben den herausragenden Haydn- und G. →Mahler-Gesamtaufnahmen vollendete S. 1987 als erster Dirigent einen Schallplatten-Zyklus sämtlicher romantischer Opern und Musikdramen von R. Wagner.

□ 1925-30: Studium am Konservatorium Budapest. □ 1930-39: Kapellmeister der Budapester Oper. □ 1936/37: Assistent von A. →Toscanini bei den Salzburger Festspielen. □ 1939: Emigration in die Schweiz. □ 1942: 1. Preis als Pianist beim Concours International in Genf. □ ab 1944: Auf Vermittlung von E. → Ansermet Dirigent beim Schweizer Radio-Orchester. □ 1947: Debüt am Pult des London Philharmonic Orchestra. □ 1952-61: Generalmusikdir., Operndir. und Leiter der Museumskonzerte in Frankfurt/Main. □ ab 1957: Gastdirigent des Philharmonic Orchestra New York. □ 1961-71: Musikdir. der Covent Garden Opera London. □ 1971-75: Chefdirigent des Orchestre de Paris. □ ab 1973: Musikdir. der Pariser Opéra. □ 1979-83: Chefdirigent und künstlerischer Dir. des London Philharmonic Orchestra. □ 1983: Bayreuth-Debüt mit Wagners »Ring«. □ 1987: Schallplatteneinspielung der Opern und Musikdramen von R. Wagner. □ 1989: Fünfte Europa-Tournee mit dem Chicago Symphony Orchestra. □ ab 1992: Leitung der von H. v. →Karajan geschaffenen Osterfestspiele in Salzburg.

▷ P. Robinson: Solti, 1979.

Werner Sombart →

Sir Georg Solti bei einer Europatournee mit dem Chicago Symphony Orchestra, 1978.

Sombart, Werner

dt. Sozialökonom
* 19.1.1863 Ermsleben † 19.5.1941 Berlin

Die Leistungen Sombarts liegen in der historischen Erforschung des Sozialismus sowie der Analyse des modernen Kapitalismus. Im Gegensatz zu seinem Lehrer G. v. →Schmoller strebte S. eine Verbindung der historischen Forschung mit den Erkenntnissen der Wirtschaftstheorie an. Im sog. Methodenstreit (C. →Menger, G. v. →Schmoller) plädierte er für die Werturteilsfreiheit der Wissenschaft. Die drei Nationalökonomien sind für ihn die richtende Ökonomie, die auf den Erkenntnissen des »Richtigen« basiert, die ordnende Ökonomie, die beschreibt und systematisiert, und die verstehende Ökonomie, eine Erfahrungs- und Sozialwissenschaft (»Die drei Nationalökonomien«, 1930).

□ bis 1888: Studium der Rechtswissenschaften, Volkswirtschaftslehre, Geschichte und Philosophie. □ 1888-90: Syndikus der Handelskammer in Bremen. □ 1890-1906: Prof. für Wirtschaftswissenschaften an der Univ. Breslau. □ 1895: »Friedrich Engels« (Biogr.). □ 1896: »Socialismus und sociale Bewegung im 19. Jh.« (Schr.). □ 1900: »Dennoch! Aus Theorie und Geschichte der gewerkschaftlichen Arbeiterbewegung« (Schr.). □ 1902: »Der moderne Kapitalismus« (2 Bde., ab 1928 3 Bde.). □ 1906-18: Prof. an der Handelshochschule Berlin. □ 1909: Vors. der Dt. Gesellschaft für Soziologie. □ 1918-31: Prof. an der Univ. Berlin. □ 1932-36: Vors. des Vereins für Socialpolitik (L. → Brentano); »Die Zukunft des Kapitalismus« (Schr.). □ 1934: »Deutscher Sozialismus« (Schr.). □ 1938: »Vom Menschen« (Schr.). □ postum 1960: »Allgemeine Nationalökonomie« (Schr.).

▷ W. Krause: Werner Sombarts Weg vom Kathedersozialismus zum Faschismus, 1961.

Sommerfeld, Arnold

dt. Physiker
* 5.12.1868 Königsberg (heute Kaliningrad, UdSSR)
† 26.4.1951 München

Sommerfeld wandte die Quantentheorie M. →Plancks und A. →Einsteins Relativitätstheorie auf den Aufbau der Atome an. 1915/16 erweiterte der deutsche Physiker die Atomtheorie von N. →Bohr durch Hinzunahme elliptischer Elektronenbahnen zum sog. Bohr-Sommerfeldschen Atommodell. Der Professor an der Universität München (ab 1906) verfaßte 1919 den ersten Band des zum Standardwerk gewordenen Buchs »Atombau und Spektrallinien« (Bd. 2, 1929).

Somoza Debayle, Anastasio

nicarag. Politiker
* 5.12.1925 Managua
† 17.9.1980 Asunción (Paraguay, ermordet)

Somoza war ein Sohn des Diktators A. Somoza García (* 1896, † 1956), der mehr als 20 Jahre über Nicaragua wie über einen Privatbesitz geherrscht hatte. Nach der Ermordung des Vaters führte zunächst der älteste Sohn Luis das Regime. Nach dessen Ausscheiden übernahm S. die Macht. Während der 70er Jahre formierte sich in Nicaragua zunehmend Widerstand gegen den korrupten Familien-Clan; der Überfall der Sandinisten (D. →Ortega Saavedra) auf den Nationalpalast in Managua löste 1978 einen Bürgerkrieg aus, der S. 1979 ins Exil zwang.

□ bis 1946: Ausbildung an der US-Militärakademie Westpoint. □ 1947: Kommandeur der Präsidenten-Leibgarde. □ 1950: Generalstabschef. □ 1956: Oberbefehlshaber der Nationalgarde. □ 1967-72; 1974-79: Staatspräsident. □ 1979/80: Exil in den USA und Paraguay.

← A. Somoza Debayle

Sonderborg, K. R. H.

(eig. Kurt Rudolf Hoffmann)
dt. Maler
* 5.4.1923 Sonderborg (Dänemark)

Sonderborg ist einer der Hauptvertreter des deutschen Informel, der gestisch-expressiven Abstraktion, innerhalb derer er eine eigenständige Sprache gefunden hat. Seine in einer automatistischen Technik gemalten Bilder strahlen Bewegung und Dynamik aus, Umsetzungen auch der energetischen Prozesse beim Malen. Der Augenblick des Malens erscheint S. so relevant wie das Ergebnis dieses Aktes, so daß seine Bilder als Titel häufig das Datum, manchmal auch Uhrzeit und Ort ihrer Entstehung tragen. Sparsam eingesetztes Rot verstärkt gelegentlich den dynamischen Akzent der in Schwarz gehaltenen Kompositionen (z. B. »18.10.1984«, 1984, Berlin, Galerie Nothhelfer). Häufig wird die Farbe in dicken Schichten aufgetragen und deutlich sichtbar mit Schabern, Spachteln usw. verteilt, so daß neben nervösen Linien und Spuren breite Farbbahnen entstehen, Visualisierungen des Malprozesses selbst.

Sonnenschein, Carl

dt. Theologe (kath.) und Sozialpolitiker
* 15.7.1876 Düsseldorf † 20.2.1929 Berlin

Sonnenschein, Herausgeber der Sozialen Studentenblätter (1906-18) und des Katholischen Kirchenblattes für Berlin (ab 1925), entwickelte wirksame Methoden in der Großstadt-Seelsorge und richtete soziale Institutionen für Akademiker und Künstler ein. Um der Entfremdung von Arbeitern und Akademikern entgegenzuwirken, gründete er 1908 das Sekretariat Sozialer Studentenarbeit und 1919 das Berliner Akademische Arbeitsamt sowie den Kreis katholischer Künstler. Seine Bemühungen, soziale Schranken abzubauen, werden von dem 1953 in Münster gebildeten »Carl-Sonnenschein-Kreis für die akademische Sozialarbeit« fortgesetzt.

□ 1906-18: Referent des Volksvereins für das katholische Deutschland in Mönchengladbach; Hg. der Sozialen Studentenblätter. □ 1908: »Kann der moderne Student sozial arbeiten?« (Schr.). □ ab 1919: Leiter des Akademischen Arbeitsamtes, Berlin. □ ab 1925: Hg. des Katholischen Kirchenblattes für Berlin.

← Carl Sonnenschein

Sontag, Susan

amer. Schriftstellerin und Essayistin
* 28.1.1933 New York

Sontag wurde als Literatur- und Kulturkritikerin bekannt. In zahlreichen Essays setzte sie sich mit nachabstrakter Malerei und Pornografie auseinander. In dem Aufsatz »Kunst und Antikunst« (1966, dt. 1968) wendet sich S. gegen jede Form der Interpretation, die sie als Zerstörung eines Kunstwerks begreift. Ihre eigenen im Stil des Nouveau roman geschriebenen Romane (u. a. »Der Wohltäter«, 1963, dt. 1966; »Todesstation«, 1967, dt. 1985) greifen Traumvisionen auf, in denen traditionelle Erzählmuster (z. B. der Detektivroman) durchbrochen werden.

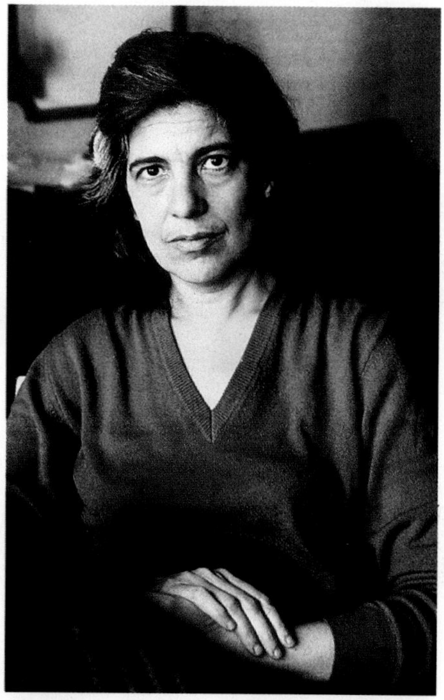

Susan Sontag analysiert in ihren Essays die westliche Kultur.

□ 1954/55: M. A. in Englisch und Philosophie. □ seit 1962: Veröffentlichung von Essays in avantgardistischen Kunst- und Literaturzeitschriften. □ 1969: Regie und Drehbuch für den schwed. Film »Duett für Kannibalen«. □ 1973: »Gelobtes Land« (F.). □ 1976: Krebserkrankung. □ 1978: »Krankheit als Metapher« (Es., dt. 1978). □ 1989: »Aids und seine Metaphern« (Es., dt. 1989). □ 1991: »Alice im Bett« (Dr., UA am Schauspielhaus in Bonn).

Sontheimer, Kurt

dt. Politologe
* 31.7.1928 Gernsbach, Baden

Sontheimer gehört zu den einflußreichsten Politologen in Deutschland. Als einer der »durch 1933 traumatisierten Deutschen« und »überzeugter Verfechter des Pluralismus« verfaßte er zahlreiche Analysen zur Regierungslehre und zur vergleichenden Politikwissenschaft. Ein Standardwerk wurde seine Untersuchung über »Antidemokratisches Denken in der Weimarer Republik« (1961). In seinen Schriften vertritt er eine liberale Position, die sowohl den Konservatismus als auch den linken Utopismus kritisch beleuchtet.

Sontheimer: Für eine liberale Politik ohne Extreme.

□ bis 1953: Studium der Geschichte, Soziologie und Politikwissenschaft in Freiburg i. Br., den USA, Erlangen und Paris. □ 1954-57: Assistent an der Univ. Freiburg i. Br. □ 1957-59: Am Inst. für Zeitgeschichte in München. □ 1960-69: Prof. in Osnabrück und Berlin. □ 1962: »Thomas Mann und die Deutschen« (Es.). □ seit 1969: Prof. in München. □ 1971: »Grundzüge des politischen Systems der Bundesrepublik« (Schr.). □ 1976: »Das Elend unserer Intellektuellen« (Schr.). □ 1979: »Die verunsicherte Republik« (Schr.). □ 1980: »Der unbehagliche Bürger« (Schr.). □ 1983: »Zeitenwende?« (Es.). □ 1989: »Reden über das eigene Land« (Es.s). □ 1991: »Von Deutschlands Republik« (Es.).

Soong Ching Ling

chin. Politikerin
* 1890 Shanghai † 28.5.1981 ebd.

Soong Ching Ling, ab 1951 Ehrenpräsidentin des chin. Frauenverbands, gehörte — mit →Cai Chang und →Shi Liang — zu den wenigen Frauen, die es in der VR China zu großer Popularität brachten und hohe Staatsämter innehatten, obwohl sie kein Parteimitglied war. Die Witwe des Gründers der Guomindang, →Sun Yat-sen, kämpfte gegen die kommunistenfeindliche Politik seines Nachfolgers, ihres Schwagers →Chiang Kai-shek. Nach Gründung der VR China (1949) wurde sie mit hohen Ämtern geehrt.

← Soong Ching Ling

1959-75 war sie als Stellvertretende Staatspräsidentin die bislang ranghöchste Frau Chinas.

□ bis 1913: Studium am Wesleyan-Frauencollege in Macon, Georgia (USA). □ 1915-25: Ehe mit Sun Yat-sen. □ ab 1926: Mitgl. des Zentralen Exekutivrats der Guomindang. □ 1927: Unterstützung des Nanchang-Aufstandes (gegen Chiang Kai-shek); nach dessen Scheitern Reise nach Europa. □ 1927-31: Wechselnde Aufenthalte in Moskau und Berlin. □ 1931: Rückkehr nach China in die frz. Konzession in Shanghai. □ 1937: Flucht vor den Japanern nach Hongkong. □ ab 1941: Aufenthalt in Chongqing, dem Sitz der chin. Nationalregierung; Auseinandersetzungen mit Chiang Kai-shek. □ 1949-54: Stellv. Vors. des Zentralen Volksregierungsrats der VR China. □ ab 1951: Ehrenpräs. des Chin. Frauenverbands. □ 1981: Mitgl. der KPCh auf Beschluß des ZK; Ehrenpräs. der VR China.

Sophia

Königin von Spanien
* 2.11.1938 Psychiko bei Athen (Griechenland)

Sophia, Tochter von Paul von Griechenland und Friederike von Hannover, ist die ältere Schwester des ehemaligen Königs Konstantin II. von Griechenland (* 1940). Durch die Heirat mit dem damaligen Thronprätendenten → Juan Carlos kam sie nach Spanien. Ihr pflichtbewußtes und zurückhaltendes Auftreten trug viel dazu bei, das Ansehen der Monarchie nach dem Ende der →Franco-Diktatur zu festigen.

Königin Sophia mit Königin Elizabeth von Großbritannien.

□ vor 1956: Erziehung im Internat Salem am Bodensee; danach Ausbildung zur Kinderschwester und Krankenpflegerin in Athen. □ 1962: Hochzeit mit Juan Carlos. □ 1969: Prinzessin von Spanien. □ seit 1975: Königin.

Soraya

(geb. S. Esfandiari Bachtiari)
Schahbanu (Kaiserin) von Iran
* 22.6.1932 Isfahan

Soraya, Tochter eines Bachtiarenfürsten, die einen Teil ihrer Kindheit in Berlin verbrachte, war (ab 1951) die zweite Gemahlin von Schah M. R. →Pahlawi. 1958 wurde das Paar wegen Kinderlosigkeit geschieden. Die deutsche Boulevardpresse nahm damals und in den folgenden Jahren so regen Anteil am Privatleben von S., daß

Kaiserin Soraya mit ihrem Mann, Schah Reza Pahlawi.

der Iran mehrfach mit dem Abbruch der diplomatischen Beziehungen zu Bonn drohte.

▷ Soraya: Jetzt spreche ich (Mem.), 1963.

Sorel, Georges

frz. Soziologe
* 2.11.1847 Cherbourg
† 28.8.1922 Boulogne-sur-Seine

Sorel wirkte schriftstellerisch als Agitator für den revolutionären Syndikalismus. Diese Arbeiterbewegung, wirksam in den romanischen Ländern (insbesondere zwischen 1890 und 1914), strebte statt Staatssozialismus einen Gewerkschaftssozialismus an. Der Syndikalismus stellte sich gegen den Parteien-Sozialismus. Bürgerliche Demokratie war für S. »Herrschaft der Mittelmäßigkeit und Inkompetenz von Nichtproduzenten«. Die Bürger sind als bloße Verbraucher und Genießer der Dekadenz verfallen. Im Proletariat sah S. die lebendige Kraft zur Erneuerung der Gesellschaft. Um die Arbeiterschaft zu mobilisieren und zu fanatisieren, bedarf es, nach S., der Schaffung von Mythen (z. B. des Streikmythos). So pries er den Generalstreik als einziges Rettungsmittel einer besseren Zukunft und forderte zu direkter Aktion und Gewalt auf. S.s antiintellektuelle Ideen hatten Einfluß auf B. → Mussolini und die italienischen Faschisten.

□ 1892: Ausscheiden aus dem Staatsdienst als Ingenieur; Beginn der schriftstellerischen Tätigkeit und Mitarbeit bei marxistisch orientierten Zeitschriften. □ 1906: »Über die Gewalt« (Schr., dt. 1928). □ 1908: »Die Auflösung des Marxismus« (Schr., dt. 1930).

▷ M. Freund: Georges Sorel, NA 1972.

Sørensen, Søren Peter Lauritz

dän. Chemiker
* 9.1.1868 Havrebjerg, Seeland
† 13.(12.?) 2.1939 Kopenhagen

Sørensen, ab 1901 Leiter am Carlsberg-Laboratorium, wurde 1909 mit seinem Konzept zur Angabe der Konzentration von Wasserstoffionen bekannt. Als Maßeinheit der Ionen-Konzentration schlug er den pH-Wert vor, der mathematisch und grafisch einfacher anzuwenden war. Anstelle der Angabe 10^{-7} Mol/Liter gilt seither ein pH-Wert von 7.

Villy Sørensen →

Richard Sorge →

← Søren P. L. Sørensen

Sørensen, Villy

dän. Schriftsteller und Kritiker
* 13.1.1929 Kopenhagen

Sørensen war in den 50er Jahren ein Hauptvertreter der dänischen Avantgarde und spielt seitdem eine wichtige Rolle im Kulturleben seines Landes; 1959-63 war er Redakteur einer einflußreichen Literaturzeitschrift. In Erzählungen und Essays vertritt S. ein menschliches Ganzheitsideal, von dem aus er Intellektualismus und andere einseitige Sichtweisen bekämpft. Angelehnt an F. → Kafka und Hans Christian Andersen (* 1805, † 1875) beschreibt er die von ihm postulierte Zweideutigkeit der Wirklichkeit in gewollt naivem Stil (»Sonderbare Geschichten«, 1953), possenhafter Verwechslungsprosa (»Ungefährliche Geschichten«, 1955, dt. u. d. T. »Tiger in der Küche«, 1959) und kulturkritischen Essays (»Dichter und Dämonen«, 1959). 1978 war S. Co-Autor des international beachteten Werks »Aufruhr der Mitte. Modell einer künftigen Gesellschaftsordnung« (Schr., dt. 1979).

□ 1959-63: Redakteur der Literaturzeitschrift Die Windrose. □ 1961: »Entweder-Oder« (Es.s). □ 1963: »Friedrich Nietzsche« (Biogr.). □ 1964: »Vormundserzählungen« (dt. 1968). □ 1969: »Schopenhauer« (Es.s). □ 1973: »Ohne Ziel — und mit. Moralische Gedanken« (Es.).

Sorge, Richard

dt.-russ. Spion
* 4.10.1895 Adschikend bei Baku (Rußland)
† 7.11.(9.7.?)1944 Tokio (Japan, hingerichtet)

Der deutsche Journalist und Geheimagent Sorge, ab 1919 Mitglied der Kommunistischen Partei Deutschlands, spionierte ab 1929 für die Sowjetunion in China und ab 1933 in Japan. Dem Topagenten gelang der Aufbau des ersten größeren Spionagerings in Tokio. Seine hervorragenden Kontakte zu deutschen und japanischen Spitzendiplomaten versetzten ihn in die Lage, hochbrisantes Material nach Moskau zu liefern. 1941 warnte er die UdSSR noch vor seiner Verhaftung u. a. vor dem bevorstehenden deutschen Angriff auf die Sowjetunion und vor dem japanischen Überfall auf Pearl Harbor. Diese Meldungen wurden von J. → Stalin allerdings ignoriert.

□ 1898: Umzug mit den Eltern nach Deutschland. □ 1917: Mitgl. der USPD. □ 1919: Mitgl. und Funktionär der KPD. □ 1923: Führend am kommunistischen Aufstand in Hamburg beteiligt. □ 1925: Mitgl. der KPdSU; bei der Komintern in Moskau tätig. □ ab 1929: Im Auftrag des militärischen Geheimdienstes der Sowjetunion in China. □ ab 1933: In Japan; zur Tarnung Korrespondent verschiedener dt. Zeitungen (u. a. Frankfurter Zeitung). □ 1941: Verhaftung. □ 1943: Verurteilung zum Tode.

▷ H.-O. Meissner: The spy with three faces, 1976.

Sorokin, Pitirim Alexandrowitsch

amer. Soziologe russ. Herkunft
* 21.1.1889 Touria † 10.2.1968 Winchester, Mass.

Nach Sorokin sind Kulturepochen von einem bestimmten »Wirklichkeitswert« geprägt: Dem »sensoriellen«, »ideationellen« oder »idealistischen«. Das durchgängige Prinzip des Mittelalters war Gott; die an das Überrationale gebundene Kultur war ideationeller Natur. Das Prinzip der Neuzeit ist der Empirismus; ihre Kultur wurde zunehmend materialistisch, d. h. sensoriell. Gemäß S. geht in unserem Jahrhundert das sensorielle Kultursystem unter. Soll die Welt nicht im Chaos versinken, muß sich der Mensch von seiner Selbstsucht lösen. S. forderte die wissenschaftliche Beschäftigung mit dem Altruismus-Phänomen. Seine Studien zur Friedensförderung durch altruistische Liebe werden auch »amitology« genannt.

☐ 1922: Verurteilung zum Tode durch die Bolschewisten, dann Begnadigung (Verbannung). ☐ 1923: Emigration in die USA. ☐ 1930: Prof. für Soziologie an der Harvard Univ., Cambridge, Mass. ☐ 1949: Gründung des Forschungszentrums Creative Altruism, Harvard Univ. ☐ 1950: »Kulturkrise und Gesellschaftsphilosophie« (Schr., dt. 1953). ☐ 1964: »Basic trends of our time« (Schr.).

M. Soschtschenko →

Javier Sotomajor →

Mercedes Sosa verbindet in ihren Liedern traditionelle Musik mit sozialen Themen.

Sosa, Mercedes

argentin. Volkssängerin
* 1935 San Miguel de Tucumán

Die als »Stimme Lateinamerikas« gefeierte Sängerin Sosa begründete 1962 gemeinsam mit ihrem Mann Oscar Matus und anderen Künstlern den sog. Nuevo Cancionero Argentino, eine neue Form der Folklore, die auf der Basis traditioneller Rhythmen und Tänze soziale Themen aufgreift. 1979 durch das Militärregime zur Ausreise gezwungen, gelang S. 1982 ein triumphales Comeback in Argentinien. Große Konzerttourneen, u. a. auch in Deutschland 1986, bei denen sie bewußt auf Showelemente verzichtet, bestätigen die außergewöhnliche Popularität der Volkssängerin, die mit dem Nuevo Cancionero Lateinamerika zu einer neuen Identität verhalf.

▷ M. Sosa: Mi Canto Latinoamericano (Aut.), 1988.

Soschtschenko, Michail M.

sowjet. Schriftsteller
* 10.8.1895 Poltawa † 22.7.1958 Leningrad

Soschtschenko, der 1921 der literarischen Vereinigung der Serapionsbrüder beitrat, schrieb satirisch-humoristische Erzählungen über das Alltagsleben in der Sowjetunion. Mit seinen Büchern »Schlaf schneller, Genosse« (1937) und »Bleib Mensch, Genosse« (dt. Auswahl 1970) gehörte S. zu den meistgelesenen Autoren seines Landes. 1946 wurde der Schriftsteller durch die Partei verurteilt, aber zu Beginn der nachstalinistischen Tauwetterperiode unter N. →Chruschtschow rehabilitiert.

☐ 1918/19: Dienst in der Roten Armee. ☐ 1935: »Das Himmelblaubuch« (dt. 1966). ☐ 1957: »Der verborgte Ehemann« (Erz.n, dt. Ausg.). ☐ postum 1961: »Die Stiefel des Zaren« (Erz.n, dt. Ausg.). ☐ 1968: »Werthers Leiden oder die Zukunftsvision eines Radfahrers« (Erz.n, dt. Ausg.).

▷ M. Soschtschenko: Schlüssel des Glücks (Aut.), 1943-72, dt. 1977.

Sotomajor, Javier

kuban. Leichtathlet
* 13.10.1967 Limonar

Sotomajor brach fast alle Jugend- und Junioren-Weltrekorde im Hochsprung und übersprang schon als 14jähriger die 2 m. Als 17jähriger erreichte er 2,33 m; 1988 sprang er Weltrekord mit 2,43 m. Durch den kubanischen Boykott der Olympischen Spiele in Seoul 1988 kam S. möglicherweise um den Olympiasieg.

Soulages, Pierre

frz. Maler
* 24.12.1919 Rodez, Aveyron

Mit seinen Kompositionen aus monumentalen balkenartigen Bildelementen, die schon in den frühen 40er Jahren entstanden, bewegt sich Soulages zwar innerhalb des Abstrakten Expressionismus, läßt sich jedoch keiner spezifischen Richtung oder Schule zuordnen. Als Pionier einer nichtgeometrischen, in asketischer Reduk-

Pierre Soulages: Bilder unter dem Einfluß archaisch-magischer Zeichen.

tion vorgetragenen Abstraktion hat er vor allem auf amerikanische Maler wie F. →Kline und R. →Motherwell gewirkt. Seine Motive sind magisch verstandene Zeichen, Umsetzungen von archaischen Formen keltischer Monumente oder wuchtigen Baugliedern romanischer Architekturen. Die mit breiten Spachteln, Bürsten oder Rollen auf hellem Grund aufgetragenen schwarzen Balken wurden später von (jeweils nur einer) Farbe (Blau, Rot, Gelb) begleitet bzw. von ihr durchsetzt und mit Weiß akzentuiert, so daß auch räumliche Wirkungen erzielt werden.

Soupault, Philippe

frz. Schriftsteller
* 2.8.1897 Versailles † 12.3.1990 Paris

Soupault war Mitinitiator des französischen Surrealismus (A. →Breton), von dem er sich später distanzierte. Dennoch ist in seinen Werken der surrealistische Einfluß wie auch der des Symbolisten G. →Apollinaires unverkennbar. In Gedichten, Romanen und Essays wandte sich S. gegen die Konventionen und Wertvorstellungen des französischen Bürgertums und beschrieb eine Welt, in der die Menschen verloren und vereinsamt leben. Nach dem 2. Weltkrieg arbeitete S. als Kulturkritiker beim Rundfunk und bereiste als Mitarbeiter der UNESCO die ganze Welt.

□ 1919: Mitbegründer der Zeitschrift Litératture. □ 1923: »Der gute Apostel« (R.); »Am Abgrund« (R.). □ 1923-30: Leitung der Revue Européenne. □ 1926: Bruch mit den Surrealisten. □ 1927: »Der Neger« (R., dt. 1928); »Ein großer Mann« (dt. 1983). □ 1938: Gründung einer Rundfunkstation in Tunis. □ 1942: Verhaftung durch die Vichy-Regierung; Flucht nach Algerien. □ 1945: Leitung des Auslandsdienstes des frz. Rundfunks.

▷ S. Nowotnick: Philippe Soupault — der vergessene Surrealist, 1988; Ph. Soupault: Geschichte eines Weißen (aut. Texte), 1990.

Soyinka, Wole

nigerian. Schriftsteller
* 13.7.1934 Abeokuta

Soyinka wurde 1986 als erster afrikanischer Schriftsteller mit dem Nobelpreis für Literatur ausgezeichnet. Das Werk des engagierten, zeitweise inhaftierten Kritikers sozialer und politischer Mißstände umfaßt neben Romanen und Essays auch Filme. Insbesondere sind es jedoch seine den afrikanischen Lebensverhältnissen angepaßten Theaterstücke (ein Pantomime vermittelt den Inhalt denjenigen, die kein Englisch sprechen), deren Mischung aus traditionellen Mythen und zeitaktuellen Problemen ihm ein großes Publikum sichern. Viele seiner Stücke wurden in Nigeria zensiert oder verboten, wie »Tanz der Wälder« (1963, dt. 1974), eine Warnung vor der unreflektierten Verherrlichung der nationalen Unabhängigkeit, oder sein meistgespieltes Werk »Kongi's Ernte« (1967), eine Satire auf diktatorische Regimes. Der Roman »Die Plage der tollwütigen Hunde« (1973, dt. 1979), geschrieben unter dem Eindruck des Biafra-Kriegs, ist eine Adaption der antiken Tragödie »Orpheus

Wole Soyinka nimmt 1986 von König Carl XVI. Gustav den Literatur-Nobelpreis entgegen.

und Euridike« und schildert die Suche der beiden Liebenden nach einer besseren Welt.

□ 1954-60: Studium der Literatur- und Theaterwissenschaften in Leeds (Großbritannien). □ 1958: Engagement als Autor des Royal Court Theatre in London. □ 1959: UA der Komödie »Der Löwe und die Perle« in Ibadan, Nigeria (dt. 1973). □ 1960: Rückkehr nach Nigeria; Prof. für Dramaturgie an der Univ. Ibadan; Gründung der Theatertruppe 1960 Masks. □ 1965: Inhaftierung; »Die Ausleger« (R., dt. 1983). □ 1967: Dir. der Schule für Dramaturgie in Ibadan. □ 1967-69: Inhaftierung wegen probiafranischer Aktivitäten. □ 1971-75: Lehraufträge an den Univ.n Sheffield und Cambridge (Großbritannien). □ 1975-85: Lehrstuhl an der Univ. Ife, Nigeria. □ 1985: Zensierung des Films »Blues für einen verlorenen Sohn«; Aufgabe der Professur, Wohnsitz in Paris. □ 1987: Rückkehr nach Nigeria.

▷ W. Soyinka: Aké — eine Kindheit (Aut.), 1981, dt. 1986.

Paul Henri Spaak →

Spaak, Paul Henri

belg. Politiker
* 25.1.1899 Schaerbeck bei Brüssel
† 31.7.1972 Brüssel

Über 30 Jahre lang war der Sozialist Spaak einer der führenden Politiker Belgiens (mehrfach Ministerpräsident und Außenminister). Nach dem 2. Weltkrieg trat er als entschiedener Verfechter einer europäischen Integration auf. 1948 gehörte S. zu den Initiatoren der Wirtschaftsunion der Benelux-Länder. Er sprach sich 1950 gegen eine Rückkehr von König Leopold III. auf den belgischen Thron aus.

□ 1932-40; 1945-56; 1961-66: Mitgl. des Parlaments für die Sozialisten. □ 1935: Min. für Verkehr und Post. □ 1936-39; 1946-49; 1954-57; 1961-66: Außenmin. □ 1938/39; 1946; 1947-49: Ministerpräsident. □ 1940-44: In Großbritannien; Außenmin. der Exilregierung. □ 1946: Präs. der (ersten) Vollversammlung der UNO. □ 1952-54: Präs. der Montanunion. □ 1957: Karls-Preis der Stadt Aachen. □ 1957-61: Generalsekr. der NATO. □ 1961-65: Stellv. Ministerpräs.

▷ P. H. Spaak: Memoiren eines Europäers, dt. 1969.

← Sissy Spacek

Spacek, Mary Elizabeth »Sissy«

amer. Schauspielerin
* 24.12.1949 Quitman, Tex.

Spacek wurde durch die Titelrolle in dem Horrorfilm »Carrie« nach dem Roman von St. →King bekannt (1976). Ihre kindliche Ausstrahlung prädestinierte sie für die Rolle des pubertierenden Teenagers, der über zerstörerische telepathische Kräfte verfügt. Den Typ der Mädchenhaft-Naiven spielte sie auch in mehreren Filmen von R. →Altman (z. B. »Drei Frauen«, 1976). Die Bandbreite ihrer schauspielerischen Fähigkeiten und zugleich ihre musikalische Begabung bewies sie in »Nashville-Lady« (1980). Darin verkörperte sie die Country-Sängerin L. Lynn vom 13. bis zum 40. Lebensjahr. Für diese Rolle erhielt sie den Oscar als beste Hauptdarstellerin.

□ 1967-70: Auftritte als Country-Rocksängerin in New York. □ 1970: Unterricht in einem New Yorker Schauspielstudio. □ 1971: Debüt als Filmschauspielerin in »Professionals« (mit L. → Marvin und G. →Hackman). □ 1973: »Badlands«. □ 1976: »Willkommen in Los Angeles«. □ 1981: »Raggedy Man«; »Vermißt« (mit J. →Lemmon). □ 1983: »Menschen am Fluß«. □ 1985: »Marie — eine wahre Geschichte«. □ 1986: »Liebe ist nur eine Illusion«.

← Giovanni Spadolini

Spadolini, Giovanni

ital. Politiker
* 21.6.1925 Florenz

Spadolini war der erste Ministerpräsident Italiens nach dem 2. Weltkrieg, der nicht der Democrazia Cristiana (DC) angehörte. 1981 gelang es ihm, nach zähen und hartnäckigen Verhandlungen mit allen Parteien, die Regierungskrise zu lösen und für kurze Zeit eine Fünf-Parteien-Regierung zu bilden. Seitdem spielt der liberale Politiker in der italienischen Politik eine tonangebende Rolle.

□ vor 1949: Jurastudium. □ ab 1950: Prof. für moderne Geschichte. □ 1950-72: Zugleich Journalist (ab 1968 Chefredakteur beim Corriere della Sera). □ seit 1972: Senator für die Republikaner. □ 1974-76: Min. für Umweltschutz und Kultur. □ 1981-88: Vors. der linksdemokratischen Republikanischen Partei (PRI). □ 1981/82: Ministerpräsident. □ 1983-85: Verteidigungsmin. □ seit 1988: Senatspräs.

← Othmar Spann

Spann, Othmar

österr. Ökonom, Philosoph und Soziologe
* 1.10.1878 Altmannsdorf bei Wien
† 8.7.1950 Neustift, Burgenland

Spann begründete in der Ökonomie, Philosophie und Soziologie den sog. Universalismus. Ausgehend von den »Haupttheorien der Volkswirtschaftslehre« (Schr., 1910; 26. Aufl. 1949) entwickelte S. gegenüber den klassischen Vertretern liberaler Wirtschaftslehren, David Ricardo (* 1772, † 1823) und Adam Smith (* 1723, † 1790), seine Ganzheitslehre, mit der er sich gleichzeitig gegen den zeitgenössischen Individualismus, Kollektivismus und Materialismus wandte. In seiner »Kategorienlehre« (Schr., 1924) stellte S. das »Ganze« als zentralen Begriff den Teilen voran. »Der wahre Staat« (Schr., 1921) existiert nach S. als eine ewige, beruflich gegliederte Ständegesellschaft, in der die ranghöheren Berufsstände die niedrigeren führen. Indem S. Demokratie und Revolution als gesellschaftliche Kräfte verwarf, wurde er letztlich zum ideologischen Wegbereiter des faschistoiden Konservatismus in Österreich.

□ 1907: »Wirtschaft und Gesellschaft« (Schr.). □ 1909-19: Professor an der TH Brünn. □ 1918: »Fundament der Volkswirtschaftslehre« (Schr.). □ 1919-38: Professor an der Univ. Wien; Amtsenthebung. □ 1921: »Gesellschaftslehre« (Schr.). □ 1932: »Geschichtsphilosophie« (Schr.). □ 1947: »Religionsphilosophie auf geschichtlicher Grundlage« (Schr.). □ 1950: »Die Ganzheit in Philosophie und Wissenschaft« (Schr.).

Muriel Spark →

Spark, Muriel

schott. Schriftstellerin
* 1.2.1918 Edinburgh

Sparks Kurzromane entwerfen ein katholisches Welt- und Menschenbild. Das breite Spektrum der Themen reicht vom Tod in »Memento Mori« (R., 1959, dt. 1960) bis zur Frage nach der Authentizität des Lebens im Zeitalter der Medien im Roman »In den Augen der Öffentlichkeit« (1968, dt. 1969). Neben dem oft phantastischen Handlungsverlauf gehören Ironie, Satire und grotesker Humor zu den bevorzugten Darstellungsmitteln der Schriftstellerin. S. schrieb auch Biografien, Lyrik und Kurzgeschichten.

□ 1937-44: Aufenthalt in Afrika. □ 1947-49: Nach Tätigkeit im engl. Außenministerium Hg. der Poetry Review. □ 1954: Konversion zum Katholizismus. □ 1957: »Die Tröster« (R., dt. 1963). □ 1961: »Die Blütezeit der Miss Jean Brodie« (R., dt. 1961). □ 1965: »Das Mandelbaumtor« (R., dt. 1967). □ 1970: »Töte mich!« (R., dt. 1990). □ 1981: »Vorsätzliches Herumlungern« (R., dt. 1982). □ 1984: »Das einzige Problem« (R., dt. 1985).

▷ A. Bold: Muriel Spark, 1984; V. R. Richmond: Spark, 1985.

Lothar Späth →

Späth, Lothar

dt. Politiker
* 16.11.1937 Sigmaringen

Späth, den geistige Flexibilität und Integrationsfähigkeit auszeichnen, galt lange Zeit als eigenwilliger Vordenker in der CDU. Zeitweilig wurden ihm Ambitionen auf das Kanzleramt nachgesagt. Durch sein großes kulturpolitisches Engagement und als Förderer der Hochtechnologie gewann er während seiner Amtszeit als Ministerpräsident von Baden-Württemberg hohes Ansehen. 1991 trat er nach gegen ihn erhobenen Vorwürfen der Vorteilsannahme zurück (Nachfolger wurde E. →Teufel).

□ 1953-67: Im Verwaltungsdienst; zuletzt Finanzreferent. □ seit 1967: Mitgl. der CDU. □ 1967-70: Bürgermeister von Bietigheim. □ 1968-91: MdL. in Bad.-Württ. □ 1970: Geschäftsführer bei der Baugesellschaft Neue Heimat. □ 1972: Fraktionsvors. im Bad.-württ. Landtag. □ 1973/74: Im Zentralvorstand der Neuen Heimat. □ 1975-77: Vorstandsmitgl. eines Bauunternehmens. □ 1977/78: Bad.-württ. Innenmin. □ 1978-91: Landesvors. der CDU und Ministerpräsident. □ seit 1991: Vorstandsmitgl. von Zeiss, Jena.

▷ A. Graw/M. Lessenthin: Traumschiffaffäre. Das Ende des Lothar Späth, 1991.

Spearman, Charles Edward

engl. Psychologe
* 10.9.1863 London † 17.9.1945 ebd.

Spearman begründete im Rahmen der Persönlichkeitspsychologie die Faktorenanalysen und Intelligenztests (H. J. →Eysenck) und führte mathematische Methoden zur Intelligenzmessung ein. Seine akademische Ausbildung führte S. wiederholt nach Deutschland, wo er sich mit den Schriften W. →Wundts, E. →Husserls und O. →Külpes auseinandersetzte.

☐ 1911-31: Prof. am Univ. College, London. ☐ 1923-26: Präs. der British Psychological Society. ☐ 1927: »The abilities of man« (Schr.). ☐ 1937: »Psychology down the ages« (Schr., 2 Bde.).

Speer, Albert

dt. Architekt und Politiker
* 19.3.1905 Mannheim
† 1.9.1981 London (Großbritannien)

Speer (r.) mit Generaloberst Dietl am Polarkreis, 1944.

Speer war der führende Architekt im nationalsozialistisch beherrschten Deutschland und avancierte zum »Ersten Baumeister des Führers« sowie zum Generalbauinspektor für die Reichshauptstadt, später zum Minister für Rüstung und Kriegsproduktion. Seine kolossalen neoklassizistischen Bauten (NSDAP-Hauptquartier in Berlin, 1932; Parteitagsgelände auf dem Zeppelinfeld in Nürnberg, 1934-37; Neue Reichskanzlei in Berlin, 1938/39) sollten nur den Auftakt bilden zu gigantomanischen Architekturen, die S. für die Zeit nach dem Krieg plante und die in der Umgestaltung Berlins zu einer Welthauptstadt Germania ihren Höhepunkt finden sollten. Zu den nicht ausgeführten Projekten gehörte eine große Nord-Süd-Achse in Berlin mit einer sog. Großen Halle am Tiergarten sowie einem Führerpalais. Bei der Inszenierung der Parteitage in Nürnberg setzte S. u. a. einen »Lichtdom« zur Erzeugung einer weihevollen Atmosphäre ein. Er wurde in den Nürnberger Kriegsverbrecher-Prozessen 1946 wegen der Beschäftigung von Zwangsarbeitern zu 20 Jahren Haft verurteilt.

▷ A. Speer: Erinnerungen, 1969; ders.: Spandauer Tagebücher, 1975; ders.: Der Sklavenstaat, 1981.

Hans Speidel →

Hans Spemann →

Sir Stephen Spender →

Speidel, Hans

dt. Militär
* 28.10.1897 Metzingen, Württ.
† 28.11.1984 Bad Honnef

Bereits seit 1951 war Speidel an den Vorbereitungen zur Aufstellung der Bundeswehr beteiligt und wurde 1957 der erste deutsche Befehlshaber eines größeren NATO-Befehlsbereichs. Während des Krieges hatte der Vertraute von L. →Beck im Frühjahr 1944 seinen damaligen Chef, Feldmarschall E. →Rommel, für den Widerstand gegen die Nationalsozialisten gewinnen können. Nach dessen Selbstmord wurde S. verhaftet, jedoch bis Kriegsende noch nicht abgeurteilt.

☐ 1914: Soldat. ☐ 1925: Promotion. ☐ 1937-44: Stabsoffizier. ☐ 1943: Generalmajor. ☐ 1944/45: Verhaftung (Wehrmachtshaftanstalt Küstrin). ☐ 1951: Berater der Bundesregierung in militärischen Fragen. ☐ 1955-57: Leiter der Abteilung Gesamtstreitkräfte im Verteidigungsministerium. ☐ 1957: General. ☐ 1957-63: Oberbefehlshaber der NATO-Landstreitkräfte in Mitteleuropa.

▷ H. Speidel: Aus meiner Zeit, 1977.

Spemann, Hans

dt. Zoologe
* 27.6.1869 Stuttgart † 12.9.1941 Freiburg i. Br.

Spemann, der sich mit der Entstehung des Embryos befaßte, entdeckte den sog. Organisator-Effekt, der während der embryonalen Entwicklung den Aufbau des Organismus reguliert. Mittels speziell ersonnener mikrochirurgischer Techniken trennte S. Lurch-Embryonen, deren Differenzierung gerade begonnen hatte, in zwei Hälften. Obwohl sie eigentlich nur Unter- oder Oberkörper hätten werden können, entwickelten sie sich zu zwei vollständigen Embryonen weiter. Durch gezielte Gewebetransplantationen am tierischen Embryo zeigte der Nobelpreisträger von 1935, daß die jeweilige Organbildung auch durch benachbarte Keimbereiche mitbestimmt wird. So bildet sich z. B. das Auge unter dem Einfluß des Gehirnzellenmaterials, während die aus Hornhaut bestehende Linse in Nachbarschaft der Keimzellen der Haut entsteht.

☐ 1908-14: Prof. an der Univ. Rostock. ☐ 1914-19: Dir. am Kaiser-Wilhelm-Inst. für Biologie in Berlin. ☐ 1919-35: Prof. an der Univ. Freiburg i. Br.. ☐ 1935: Physiologie/Medizin-Nobelpreis. ☐ 1936: »Experimentelle Beiträge zu einer Theorie der Entwicklung« (Schr.).

▷ O. Mangold: Hans Spemann. Ein Meister der Entwicklungsphysiologie. Sein Leben und sein Werk, 1953.

Spender, Sir (seit 1983) Stephen

engl. Lyriker
* 28.2.1909 London

Spenders lyrische Vorbilder sind R. M. →Rilke, E. →Pound und T. S. →Eliot. Als einer der ersten Lyriker machte er technische Phänomene zum Gegenstand seiner Gedichte. Dazu zählen u. a. die Gedichte »Hochspannungsmasten« (1933), »Pilot« (1933) und »Vielleicht« (1933). Historische Ereignisse haben in »Über den Reichstagsbrand« (1939) und seinen »Kriegsgedichte(n)« (1944) ihren Niederschlag gefunden. Nach seiner Teilnahme am Spanischen Bürgerkrieg (1936-39) wandte sich S. idealistischen Wertvorstellungen zu. Sein einziger Roman, »Der zurückgebliebene Sohn« (1940), gibt unter anderem den inneren Konflikt des Schriftstellers wieder: Den Kampf zwischen den Anforderungen des Alltags und der eigenen Berufung zum Lyriker.

□ 1936-39: Teilnahme am Span. Bürgerkrieg. □ 1939-41: Hg. des Horizon Magazin. □ 1941-44: Dienst bei der britischen Heimwehr. □ 1953: Gründung der antikommunistischen Zeitschrift Encounter. □ 1970: Prof. für engl. Literatur am Univ. College in London.

▷ St. Spender: Welt zwischen Welten (Anth.), dt. 1952.

Spengler, Oswald

dt. Kultur- und Geschichtsphilosoph
* 29.5.1880 Blankenburg, Harz
† 8.5.1936 München

Oswald Spengler stellte die »Kulturzyklentheorie« auf.

Kein geschichtsphilosophisches Werk beschäftigte das enttäuschte deutsche Bürgertum nach dem verlorenen 1. Weltkrieg derart nachhaltig wie »Der Untergang des Abendlandes« (2 Bde., 1918-22) von Spengler. Die Kernthese, daß die abendländische Kultur gegenwärtig bereits das Stadium ihres Zerfalls erreicht habe (und in das Stadium der Zivilisation eingetreten sei), beruhte auf seiner Annahme, daß es weltgeschichtlich acht unabhängige und unterscheidbare Kulturen gebe, die wie biologische Organismen blühen, reifen und ebenso gesetzmäßig verfallen. Von dieser Kulturzyklentheorie ausgehend, analogisierte der Antidemokrat S. zwischen der römischen Zivilisation der Cäsaren und der des 20. Jh.s und kam zu seiner pessimistischen Prognose, daß vor dem Untergang des Abendlandes die Zeit der »imperialistischen« Diktaturen komme. S.s Thesen wurden schon in den Jahren seines größten Erfolges heftig kritisiert.

□ 1908-11: Gymnasiallehrer in Hamburg. □ ab 1911: Privatgelehrter in München. □ 1920: »Preußentum und Sozialismus« (Schr.). □ 1924: »Neubau des Deutschen Reiches« (Schr.). □ 1931: »Der Mensch und die Technik« (Schr.). □ 1933: Unterredung mit A. →Hitler (Juli), dessen Stellungnahme zu seiner Schrift »Jahre der Entscheidung« (1932) sich S. vergeblich erhoffte.

▷ A. M. Koktanek: Oswald Spengler in seiner Zeit, 1968; M. Schroeter: Metaphysik des Untergangs. Eine kulturkritische Studie über Oswald Spengler, 1969; P. C. Ludz (Hg.): Spengler heute, 1980.

Manès Sperber →

Sperber, Manès

frz. Schriftsteller österr. Herkunft
* 12.12.1905 Zablotów (heute Ukraine)
† 5.2.1984 Paris

Sperber war ein einflußreicher Kritiker des Marxismus und der Individualpsychologie seines Lehrers A. →Adler. Nach 1945 arbeitete er in Paris als Verlagsdirektor. Sein literarisches Hauptwerk ist die autobiografisch geprägte Romantrilogie »Wie eine Träne im Ozean« (dt. 1961), eine breit angelegte Darstellung der kommunistischen Untergrundbewegung von 1931-45 in Ost- und Mitteleuropa. In seinen Essays beschwor er immer wieder die Überwindung von Intoleranz und Haß als einzige Möglichkeit eines menschlichen Zusammenlebens.

□ 1927-33: Nach Psychologiestudium Lehrer der Individualpsychologie in Berlin. □ 1927-37: KP-Mitgl. □ 1933: Emigration nach Frankreich. □ 1938: »Zur Analyse der Tyrannis« (Es.s). □ 1949-52: Romantrilogie »Wie eine Träne im Ozean« (dt. 1961, TV 1970, NA 1975). □ 1970: »Alfred Adler oder das Elend der Psychologie« (Biogr.). □ 1975: Georg-Büchner-Preis. □ 1979: »Churban oder die unfaßbare Gewißheit« (Es.s). □ 1981: »Essays zur täglichen Weltgeschichte«. □ 1983: Friedenspreis des Dt. Buchhandels.

▷ M. Sperber: All das Vergangene (Aut.), 1974-77.

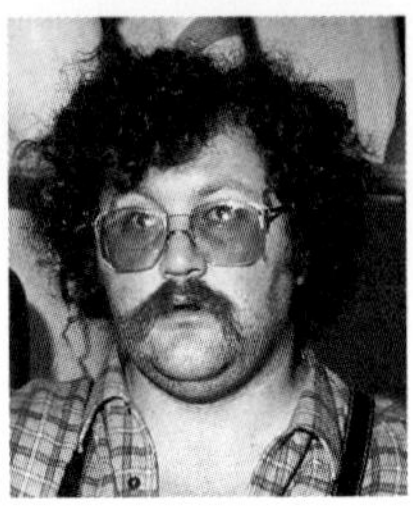

Martin Sperr →

Sperr, Martin

dt. Dramatiker
* 14.9.1944 Steinberg, Niederbayern

Sperr wurde mit seinen realistischen, in stilisiertem Dialekt geschriebenen Dramen (u. a. »Jagdszenen aus Niederbayern«, UA 1966) zum Erneuerer des gesellschaftskritischen Dialekttheaters in der Tradition von Ö. v. →Horváth. In vielen seiner Werke schildert S. typische Verhaltensweisen gegenüber gesellschaftlichen Außenseitern. Das Theaterstück »Koralle Meier« (1970) beschreibt die Entwicklung einer Prostituierten zur engagierten Antifaschistin. S. erhielt 1978 den Dramatikerpreis der Stadt Mülheim.

□ 1961-63: Schauspielausbildung in München und am Max-Reinhardt-Seminar in Wien. □ 1965/66: Engagement in Bremen. □ 1967: Schauspieler und Hausautor der Münchner Kammerspiele. □ 1970: »Der Räuber Matthias Kneißel« (F.) □ 1972: »Adele Spitzeder« (F; als Dr. u. d. T. »Die Spitzeder«, 1977). □ 1979: »Willst du Giraffen ohrfeigen, mußt du ihr Niveau haben« (Drehbuch, Prosa, Ged.e).

Sperry, Roger Wolcott

amer. Neurobiologe
* 20.8.1913 Hartford, Conn.

Sperry, Nobelpreisträger von 1981, entdeckte die weitgehende Unabhängigkeit und Funktionsspezialisierung der beiden Gehirnhälften bezüglich der Lern- und Erinnerungsfähigkeit. Seine Beschreibung führte bei der Therapie schwerer Epilepsie zu der Möglichkeit, durch chirurgische Trennung der beiden Hirnhemisphären eine Schädigung der intakten Seite zu vermeiden.

□ 1954-84: Prof. am Calif. Inst. of Technology in Pasadena. □ 1981: Physiologie/Medizin-Nobelpreis (mit D. H. →Hubel und T. N. → Wiesel). □ 1983: »Naturwissenschaft und Wertentscheidung« (Schr.).

← Roger Sperry

Spethmann, Dieter

dt. Industriemanager
* 27.3.1926 Essen

Spethmann, 1973-91 Vorstandsvorsitzender der August-Thyssen-Hütte AG (Duisburg), gestaltete die Firma von einem reinen Stahlkonzern zu einem Mischkonzern mit den Sparten Stahl, Maschinen und Handel um. Nach der Übernahme der Rheinischen Stahlwerke, der heutigen Thyssen Industrie AG, dem Ausbau des Handels zu einem weltweit tätigen Unternehmensbereich und dem Erwerb der amerikanischen »The Budd Company« erzielte der Konzern, unterstützt von einem überraschend einsetzenden Stahlboom, 1988/89 den Rekordumsatz von 34,25 Mrd. DM. Zu den langfristigen Zielen des Industrie-Konzerns gehört der Ausbau der Thyssen-Gruppe zu einem europäischen Investitionsgüter- und Verarbeitungszentrum.

□ 1952: Nach Studium und Promotion zum Dr. jur. Tätigkeit bei der Gelsenkirchener Bergwerks AG. □ 1955: Wechsel zur August-Thyssen-Hütte AG. □ 1958: Leiter der Abteilung Finanzen und Beteiligungen. □ 1962: Vorstandsmitgl. der Handelsunion AG. □ 1964: Vorstandvors. der Dt. Edelstahlwerke AG. □ 1970: Vorstandsmitgl. der August-Thyssen-Hütte AG. □ 1989: 136 000 Mitarbeiter der Gruppe. □ 1991: Rücktritt als Vorstandsvors. bei Thyssen.

← Dieter Spethmann

Spiegel, Sam

amer. Filmproduzent österr. Herkunft
* 11.11.1904 Jaroslav (heute Polen)
† 31.12.1985 auf der Karibikinsel St. Martin

Spiegel, der 1927 als Tuchhändler in die USA kam, gehört zu den letzten Hollywood-Produzenten, deren Name mit Film-Legenden wie »Die Faust im Nacken« (1954, Rg. E. →Kazan), »Die Brücke am Kwai« (1957) und »Lawrence von Arabien« (1962, Rg. jeweils D. →Lean) verbunden ist. Markenzeichen seiner Produktionen, die insgesamt mit 35 Oscars ausgezeichnet wurden, war die gelungene Synthese aus Professionalität, moralischem Engagement und dem Blick für Sensationen.

□ bis 1923: Studium in Wien. □ 1927: Als Tuchhändler Ankunft in den USA; Berater bei der Metro-Goldwyn-Mayer, danach bei der Universal Filmproduktionsgesellschaft; Gastdozent für europ. Drama an der Univ. von Kalifornien. □ 1930-33: Leiter der europ. Universal-Zentrale in Berlin. □ 1939: Emigration in die USA. □ 1945: »Spur des Fremden« (Rg. O. →Welles). □ 1947: Mit J. →Huston Gründung der Produktionsgesellschaft Horizon Pictures. □ 1951: »African Queen« (Rg. J. Huston). □ 1975: »Der letzte Tycoon« (Rg. E. Kazan).

← Sam Spiegel

Spiel, Hilde Maria

österr. Schriftstellerin
* 19.10.1911 Wien † 30.11.1990 ebd.

Spiel hat als Literatur- und Theaterkritikerin das kulturelle Leben des gesamten deutschsprachigen Raums mitgeprägt. Nach ihrer Rückkehr aus dem langjährigen britischen Exil (1936-63) — S. war als Jüdin vor den Nationalsozialisten dorthin geflohen — engagierte sie sich als Mittlerin zwischen deutscher und britischer Kultur; sie trat jedoch auch — obwohl sie den Untergang des »alten Österreich« der Jahrhundertwende bedauerte — als liberale, humanistisch motivierte Gesellschaftskritikerin hervor.
Im Zentrum der erzählenden Prosa wie z. B. »Lisas Zimmer« (R., engl. 1961, dt. 1965) oder des Schauspiels »Anna und Anna« (UA 1988, Rg. C. →Peymann) steht das Schicksal (jüdischer) Emigranten während der Nazi-Diktatur, das Leben von Menschen, die wie S. selbst zwischen den Ländern und den Zeiten nach einer neuen Heimat suchen.

□ 1933: »Kati auf der Brücke« (R.). □ 1936: Emigration nach London; Journalistin. □ 1939: »Flöte und Trommeln«

Hilde Spiel befaßte sich mit Emigrantenschicksalen.

(R., engl., dt. 1948). □ 1946-48: Theaterkritikerin in Berlin. □ 1962: »Fanny von Arnstein oder Die Emanzipation« (Biogr.). □ 1963: Endgültige Rückkehr nach Österreich. □ 1980: »Mirco und Franca« (Erz.). □ 1981: »In meinem Garten schlendernd« (Es.s). □ 1984: »Englische Ansichten« (Es.s). □ 1985: »Der Mann mit der Pelerine« (Erz.n). □ 1987: »Glanz und Untergang: Wien 1866-1938«. □ 1991: »Die Dämonie der Gemütlichkeit. Glossen zur Zeit und andere Prosa« (Hg. mit H. A. Neunzig).

▷ H. Spiel: Die hellen und die finsteren Zeiten (Aut.), 1989; dies.: Welche Welt ist meine Welt? (Aut.), 1990.

Spielberg, Steven

amer. Regisseur und Produzent
* 18.12.1947 Cincinnati, Ohio

St. Spielberg mit seinem außerirdischen Kino-Helden E.T.

Mit aufwendiger Tricktechnik und großem Einfühlungsvermögen in die Phantasie von Kindern und Erwachsenen wurde Spielberg zum finanziell erfolgreichsten Regisseur der Filmgeschichte. 1990 stammten von ihm fünf der zehn größten Kinohits aller Zeiten: Das Science-fiction-Märchen »E. T.« (1981), die drei Abenteuerfilme um den Serienhelden Indiana Jones (H. →Ford) und der Unterwasserschocker »Der weiße Hai« (1974). Als Produzent betreute S. u. a. kassenträchtige Filme wie »Poltergeist« (1982, Rg. T. Hooper) und »Zurück in die Zukunft« (1984, Rg. R. Zemeckis)

□ 1971: »Duell«. □ 1973: »Sugarland Express«. □ 1977: »Unheimliche Begegnung der dritten Art«. □ 1979: »Jäger des verlorenen Schatzes«. □ 1983: »Indiana Jones und der Tempel des Todes«. □ seit 1985: Ehe mit der Schauspielerin Amy Irving. □ 1986: »Die Farbe Lila«. □ 1987: Ehren-Oscar; »Das Reich der Sonne«. □ 1989: »Indiana Jones und der letzte Kreuzzug« (mit S. →Connery); »Always«.

▷ A. Goldau/H. H. Prinzler: Filme als Spielzeug, 1985; H. Korte/W. Faulstich (Hg.): Action und Erzählkunst. Die Filme von Steven Spielberg, 1987.

António Spínola →

Spínola, António Sebastião Ribeiro de

portug. Politiker und Militär
* 11.4.1910 Estremoz

Spínolas in seinem Buch »Portugal und die Zukunft« veröffentlichte Feststellung, der Kolonialkrieg in Afrika sei nicht mehr zu gewinnen, löste 1974 den Militärputsch jüngerer Offiziere aus. Als prominentester Regimekritiker wurde er danach für kurze Zeit Staatspräsident, mußte jedoch bald unter dem Druck linker Offiziere zurücktreten. 1975 geriet er in den Verdacht, von einem Putschversuch rechtsgerichteter Offiziere gewußt zu haben, wurde aber 1978 rehabilitiert.

□ 1930-33: Besuch der Militärakademie. □ 1937: Freiwillige Teilnahme am Span. Bürgerkrieg. □ ab 1961: In Angola. □ 1964: Brigadegeneral. □ 1968-73: Gouverneur von Portugiesisch-Guinea (heute Guinea-Bissau). □ 1974: Stellv. Generalstabschef; Vors. der Militärjunta und anschließend Staatspräsident. □ 1975/76: Exil in Brasilien.

Mark Spitz →

Spitz, Mark

amer. Schwimmer
* 10.2.1950 Modesto

Spitz ist mit neun Gold- sowie einer Silber- und einer Bronzemedaille der erfolgreichste Schwimmer bei Olympischen Spielen. Nach zwei Olympiasiegen 1968 war er 1972 mit sieben Goldmedaillen der herausragende Teilnehmer von München. S. schwamm 35 Weltrekorde; 1990/91 mißlang ein Comeback.

□ 1968: Olympiasieger von Mexiko über 4x100 m und 4x200 m Freistil; Zweiter über 100 m Schmetterling; Dritter über 100 m Freistil. □ 1972: Olympiasieger von München über 100 m, 200 m, 4x100 m und 4x200 m Freistil, 100 m und 200 m Schmetterling, 4x100 m Lagen.

Heinrich Spoerl →

Spoerl, Heinrich

dt. Schriftsteller
* 8.2.1887 Düsseldorf † 25.8.1955 Rottach-Egern

Spoerl wurde mit humorvollen, mitunter zeit- und gesellschaftskritischen Romanen und Erzählungen bekannt. Zahlreiche seiner Werke, u. a. »Die Feuerzangenbowle« (R., 1933) und »Der Maulkorb« (R., 1936), wurden verfilmt. S. karikierte in seinen heiteren Unterhaltungsromanen das kleinstädtische Spießbürgertum, betonte jedoch auch die Liebenswürdigkeit und das Allzumenschliche im Verhalten seiner Protagonisten.

□ 1919-37: Rechtsanwalt in Düsseldorf. □ 1936: »Wenn wir alle Engel wären« (R.). □ ab 1937: Freier Schriftsteller in Berlin, ab 1941 Rottach-Egern. □ 1937: »Man kann ruhig darüber sprechen« (Erz.n). □ 1940: »Der Gasmann« (R.). □ 1942: »Das andere Ich« (R.). □ 1946: »Die weiße Weste« (Kom.); »Die Hochzeitsreise« (Erz.). □ 1949: »Der eiserne Besen« (R.). □ postum 1956: »Ich vergaß zu sagen« (Erz.n).

Heinz Spoerli →

Spoerli, Heinz

schweiz. Choreograph und Ballettdirektor
* 8.7.1941 Basel

Spoerli hat sich insbesondere durch Inszenierungen von Handlungsballetten einen Namen gemacht, wobei er sowohl auf das klassische Repertoire als auch auf die sinfonische Musik des 19. und 20. Jh.s zurückgreift. Nach dem erfolgreichen Aufbau einer eigenen Truppe am Baseler Stadttheater (seit 1984 mit angeschlossener Ballett-Schule) und zahlreichen Gastchoreographien auf den großen internationalen Tanzbühnen übernahm er für die Spielzeit 1991/92 die Leitung des Balletts der Deutschen Oper am Rhein in Düsseldorf/Duisburg.

☐ 1960-63: Tänzer am Baseler Stadttheater. ☐ 1963-66: Tänzer an der Kölner Oper. ☐ 1966/67: Mitgl. des Royal Winnipeg Ballet, Kanada. ☐ 1967-69: Engagement bei den Grands Ballets Canadiens. ☐ 1971-73: Gastsolist in Genf, erste eigene Choreographie. ☐ ab 1973: Ballettmeister und Choreograph am Baseler Stadttheater. ☐ 1976: »Ein Sommernachtstraum« (M.: F. Mendelssohn Bartholdy). ☐ 1978: Ballettdir. in Basel; zahlreiche Gastchoreographien, u. a. in Düsseldorf, Wien, Zürich, Helsinki, Jerusalem, Stockholm und Lissabon. ☐ 1981: »La fille mal gardée«, »Vier Gesänge für Frauenchor« (M.: J. Brahms). ☐ 1984: Gründung einer Ballettschule in Basel. ☐ 1988: »Orpheus« (M.: H. W. →Henze). ☐ seit 1991: Ballettdir. an der Dt. Oper am Rhein.

▷ Ph. Flury/P. Kaufmann: Heinz Spoerli — Ballett-Faszination, 1983.

Spoerri, Daniel

(eig. Daniel Isaak Feinstein)
schweiz. Künstler rumän. Herkunft
* 27.3.1930 Galatz

Daniel Spoerri hält den Augenblick in Fallenbildern fest.

Spoerri gehört mit seinen neuartigen Formen der Assemblage zu den bedeutendsten Vertretern der neodadaistischen Objektkunst. Um 1960 gelangte er zu seiner spezifischen Form des sog. Fallenbildes, in dem er die Augenblicksrealität festhielt. Er fixierte z. B. Tassen, Teller mit Essensresten, Besteck oder Aschenbecher mit Zigarettenkippen, also die Relikte spontaner oder inszenierter Essensprozeduren, auf einer Tischplatte und hängte sie wie ein »Tafelbild« an die Wand (z. B. »Kichkas Frühstück«, 1960, New York, Museum of Modern Art; »Tafel des Restaurant de la City-Galerie in Zürich«, 1965, Amsterdam, Stedelijk Museum). Diese Ansätze erweiterte er zur sog. Eat Art, als er in Düsseldorf Besucher seiner Galerie und seines »Restaurants Spoerri« bewirtete.
In den 80er Jahren schuf S. aus Bronzeabgüssen von Fundstücken die Serie der »Krieger der Nacht« sowie zahlreiche »ethno-synkretistische« Objekte, in denen er afrikanische Kultmasken mit christlichen Symbolen konfrontiert (z. B. »La Princesse Dani«, 1986, Privatsammlung).

☐ 1942: Übersiedlung in die Schweiz. ☐ 1954-57: Nach Ballettausbildung zunächst Tänzer. ☐ 1957-59: Regieassistent am Landestheater Darmstadt. ☐ 1960: Mitbegründer der Nouveaux Réalistes in Paris; erste Fallenbilder. ☐ 1964: Teilnahme an Fluxusveranstaltungen in New York. ☐ 1968: Gründung der Eat Art Gallerie und des »Restaurants Spoerri« in Düsseldorf. ☐ 1977: Inszenierung eines »Musée Sentimental« im Centre Georges Pompidou, Paris. ☐ ab 1977: Prof. an der FH für Kunst und Design, Köln. ☐ 1983-90: Prof. an der Münchner Kunstakademie.

Eduard Spranger →

Spranger, Eduard

dt. Pädagoge
* 27.6.1882 Großlichterfelde bei Berlin
† 17.9.1963 Tübingen

Sprangers Denken wurzelte in der Welt der großen deutschen Bildungstradition: In der Klassik Goethes, im Neuhumanismus Humboldtscher Prägung und in der Philosophie des Idealismus. In den 20er Jahren begründete er, in Anlehnung an W. →Dilthey, eine geisteswissenschaftliche Psychologie und entwarf die systematischen Grundlagen für eine Kulturpädagogik. Unter Erziehung verstand er neben dem Tradieren von Bildungsinhalten die Übermittlung absoluter ethischer Sinn- und Wertinhalte. Nach 1945 betonte er zunehmend auch die kulturelle Bedeutung politischer Erziehung.

☐ 1920: Prof. für Philosophie, Univ. Berlin. ☐ 1921: »Lebensformen« (Schr.). ☐ 1924: »Psychologie des Jugendalters« (Schr.). ☐ 1933: Rücktrittsgesuch. ☐ 1939: Einberufung als Heerespsychologe. ☐ 1944: Wiederaufnahme der Lehrtätigkeit. ☐ 1958: »Der geborene Erzieher« (Schr.).

▷ R. Klussmann: Die Idee des Erziehers bei Eduard Spranger vor dem Hintergrund seiner Bildungs- und Kulturauffassung, 1984.

Axel Springer: Die Gallionsfigur der konservativen Presse.

Springer, Axel Caesar

dt. Verleger
* 2.5.1912 Altona (Hamburg)
† 22.9.1985 Berlin/West

In den 60er Jahren wurde der Großverleger Springer zur Symbolfigur des konservativen Deutschland. Das Bemühen um eine Aussöh-

nung mit Israel verband er mit einer strikten Ablehnung jeglicher Annäherung an die DDR.
S. gründete 1946 die Rundfunkzeitschrift Hör zu und baute in der Folge einen Pressekonzern auf, zu dem u. a. die Zeitungen Bild und Die Welt, Regionalzeitungen, Programm- und Fachzeitschriften, mehrere Großdruckereien sowie der Ullstein Verlag gehören. In den 60er und 70er Jahren war S. Zielscheibe heftiger Kritik. Anstoß erregte der aggressive Boulevardjournalismus des Massenblatts Bild sowie die beherrschende Stellung des Springer-Verlags auf dem Tageszeitungs-Markt, die als Gefährdung der Presse- und Meinungsfreiheit empfunden wurde.

□ 1952: Gründung der Boulevardzeitung Bild. □ 1953: Erwerb der Tageszeitung Die Welt. □ 1959: Anteilsmehrheit beim Ullstein Verlag. □ 1967: Verlegung des Konzernsitzes von Hamburg nach Berlin/West. □ 1971: »Von Berlin aus gesehen. Zeugnisse eines engagierten Deutschen« (Es.s). □ 1972: Bombenanschlag auf das Springer-Hochhaus in Hamburg. □ 1974-82: Dt. Parallelausgabe der russ. Dissidentenzeitschrift Kontinent (bei Ullstein). □ 1979: »Aus Sorge um Deutschland. Zeugnisse eines engagierten Berliners« (Es.s).

▷ F. Springer (Hg.): Axel Springer. Die Freunde dem Freund, 1986; G. Naeher: Axel Springer. Mensch, Macht, Mythos, 1991.

Springsteen, Bruce

amer. Rockmusiker
* 23.9.1949 Freehold, N. J.

Springsteen wurde mit der LP »The River« zum Idol seiner Generation. Seine Themen sind das Amerika der kleinen Leute, die Einsamkeit in den Großstädten, der Dreck in den Straßen. Auch wenn er als Chronist des amerikanischen Alltags seine Geschichten in gefällige Melodien verpackt oder als Ballade präsentiert, bleibt den Texten die beißende Schärfe, die aggressive Kritik.

□ 1973: »Greetings from Ashbury Park, N. J.« (LP). □ 1974: »The wild, the innocent and the E-street-shuffle« (LP). □ 1975: »Born to run« (LP). □ 1978: »Darkness on the edge of town« (LP). □ 1980: »The River« (LP). □ 1982: »Nebraska« (LP). □ 1984: »Born in the U.S.A.« (LP). □ 1986: »Live 1975 — 1985« (LP). □ 1987: »Tunnel of love« (LP).

▷ T. Schwaner: Bruce Springsteen — Ein amerikanischer Traum, 1984.

Spyri, Johanna

schweiz. Schriftstellerin
* 12.6.1827 Hirzel bei Zürich † 7.7.1901 Zürich

Spyri wurde durch ihre Erzählungen um die Waise »Heidi« weltbekannt. »Heidi's Lehr- und Wanderjahre« (1880) ist noch heute ein Klassiker der Kinder- und Jugendliteratur, der in viele andere Medien übertragen wurde (u. a. Film, Comic, Schallplatte). S. vermittelt in ihren Werken ein überwiegend konservatives Mädchenbild, verbunden mit einer sentimentalen, idyllischen Schilderung der Natur und einer ausgeprägten Zivilisationsfeindlichkeit.

□ 1871: »Ein Blatt auf Vronys Grab« (Erz.). □ 1873: »Ihrer keins vergessen« (Erz.). □ 1881: »Heidi kann brauchen, was es gelernt hat« (Erz.); »Am Sonntag« (Erz.). □ 1887: »Gritli« (Erz.). □ 1901: »Die Stauffer-Mühle« (Erz.).

▷ F. Caspar: Johanna Spyri, 1968.

Fráňa Šrámek →

← Bruce Springsteen

Viktor Staal →

Šrámek, Fráňa

tschech. Schriftsteller
* 19.1.1877 Sobotka † 1.7.1952 Prag

Šrámek, ein entschiedener Antimilitarist, stand der Anarchobohème nahe; er ist einer der Hauptvertreter des Impressionismus. Seine größte Popularität erlebte der Schriftsteller in der Zwischenkriegszeit. Gleichermaßen charakteristisch für Š.s Dramatik, Prosa und die zumeist liedhafte Lyrik sind die Liebe zur Natur Böhmens, ein erotischer Vitalismus sowie die Verherrlichung der Jugend. Die nachhaltigste Wirkung übten die Romane »Der silberne Wind« (1910, umgearbeitet 1921, dt. 1920) und »Der Körper« (1919) sowie das Drama »Sommer« (1915, dt. 1921) aus. Während der nationalsozialistischen Besetzung der Tschechoslowakei weigerte sich Š. sechs Jahre lang (1939-45), seine Wohnung zu verlassen.

Srbik, Heinrich Ritter von

österr. Historiker
* 10.11.1878 Wien † 16.2.1951 Ehrwald, Tirol

Srbik war ein Verfechter der »gesamtdeutschen« Geschichtsauffassung, womit man seinerzeit die aus der Historie gewonnene Vorstellung und Legitimation eines großdeutschen, Mitteleuropa dominierenden Reichs meinte, wie es nach dem Anschluß Österreichs (1938) verwirklicht schien. In seinem Werk »Deutsche Einheit. Idee und Wirklichkeit vom Heiligen Reich bis Königgrätz« (4 Bde., 1935-42) zeigte S., warum Volk und Staat der Deutschen zu keiner harmonischen Nation geworden seien, obwohl sich die Idee von der Einheit immer stärker durch die Geschichte ziehe.

□ 1912-45: Professor an den Univ.n Graz (bis 1922) und Wien. □ 1920: »Wallensteins Ende« (Schr.). □ 1925: »Metternich. Der Staatsmann und der Mensch« (Biogr., 3. Bd. 1954). □ 1938-45: Mitglied der NSDAP; MdR; Präsident der Akademie der Wissenschaften in Wien. □ 1950/51: »Geist und Geschichte. Vom dt. Humanismus bis zur Gegenwart« (Schr., 2 Bde.).

▷ J. M. Pasteiner: Die gesamtdeutsche Geschichtsauffassung H. R. v. Srbiks und ihr Beitrag zur Geschichtstheorie, 1980.

Staal, Viktor

dt. Schauspieler
* 17.2.1909 Frankstadt (heute CSFR)
† 4.6.1982 München

Staal gehörte seit seinem Filmdebüt 1935 in der Komödie »Dogonoo Tonka« als Partner von A. Ondra und Z. →Leander bis 1945 zu den populärsten deutschen Filmdarstellern. Nach Kriegsende beschränkte er sich zunächst auf Bühnenauftritte; bald gelang ihm jedoch ein Comeback beim deutschen Film. Anerkennung fand St. für seine Darstellung in dem ersten nach Kriegsende in der amerikanischen Besatzungszone gedrehten Spielfilm »Zwischen gestern und morgen« (1947, Rg. H. Braun).

□ 1935: Nach erfolgreichem Filmdebüt Dreijahresvertrag bei der UFA. □ 1944: Rollen in der →Ibsen-Verfilmung »Nora« und in der Fontane-Verfilmung »Mathilde Möhring«. □ 1949: »Verführte Hände« (F., Rg. F. Kirchhoff). □ 1953: »Tante Jutta aus Kalkutta« (Rg. K. G. Külb). □ 1959: »Hubertusjagd« (Rg. H. Kugelstadt). □ 1977: Letzte Filmrolle in »Die Standarte« (Rg. O. Runze).

Stadler, Ernst

dt. Schriftsteller
* 11.8.1883 Colmar, Elsaß
† 30.10.1914 Zandvoorde (Belgien, gefallen)

Stadler leitete mit seinem zweiten Gedichtband »Der Aufbruch« (1914) den Frühexpressionismus ein: Die Zeitgenossen verstanden St.s demonstrative Abkehr von der eigenen ästhetizistisch-symbolistischen Vergangenheit als Lyriker und seine rhythmisch-dynamische Sprache als Appell, die alten Formen und Traditionen zu sprengen. Als Elsässer früh mit der deutsch-französischen Problematik konfrontiert, sah sich St. zum Mittler zwischen den Kulturen berufen; als Kritiker förderte er französische (z. B. P. →Claudel) wie deutsche Autoren (G. →Benn).

□ 1902: Hg. der Literaturzeitschrift Der Stürmer (mit O. →Flake und R. →Schickele). □ 1905: »Präludien« (Ged.e). □ bis 1906: Studium der Germanistik, Romanistik und Vergleichenden Literaturwissenschaft in Straßburg, München und Oxford. □ 1910-14: Prof. an der Univ. Brüssel. □ 1914: Beurlaubung für eine Gastprof. in Toronto (Kanada), die St. nicht mehr antreten kann.

← Ernst Stadler

Staeck, Klaus

dt. Grafiker
* 28.2.1938 Pulsnitz bei Dresden

Staeck wurde seit Ende der 60er Jahre durch seine provokanten, witzig-ironischen Plakate, Postkarten und Aufkleber bekannt, die die politischen Verhältnisse wie auch die bundesdeutsche Gesellschaft kritisieren und in Millionenauflage erscheinen. Die Vorbilder vor allem seiner Plakate politischen Inhalts, die er oft nur gering verfremdet und mit satirisch-sarkastischen Titeln versieht, sind u. a. bei J. →Heartfield zu finden. Seine Angriffe gegen gesellschaftliche Mißstände reichen von Themen wie Wohnungsnot bis zur Kritik an der Rechtsprechung in der Abtreibungsfrage (Plakat-Aktion zum Memminger Abtreibungsprozeß, 1989).

← Klaus Staeck

Staël, Nicolas de

frz. Maler russ. Herkunft
* 5.1.1914 St. Petersburg
† 16.3.1955 Antibes, Grasse

Nicolas de Staël wurde durch Werke bekannt, die kubistische Prinzipien in einer eigenen Formsprache in die Abstraktion überführten. Dabei kontrastieren in den Ölbildern pastos aufgetragene, geometrische Farbfelder mit dunklen oder grellfarbigen Hintergründen. Nicht selten sind die Kompositionen auch in zwei oder drei vertikale Bildzonen unterteilt, auf die jeweils die abstrakten Zeichensetzungen mit dem Spachtel aufgebracht wurden. St. setzt hier Natureindrücke um, wie seine wieder zur Gegenständlichkeit tendierenden, aber noch weitgehend abstrakten Bilder ab 1952 erkennen lassen (z. B. »Fußballspieler im Parc des Princes«, 1952). Gleichzeitig entstanden Bilder in Grau-Braun-Tönen (z. B. »Himmel bei Honfleur«, 1952, Zürich, Galerie Gimpel) sowie sizilianische Landschaften in kontrastreicher Farbigkeit und flächenhafter Anlage.

Staff, Leopold

poln. Lyriker
* 14.11.1878 Lemberg
† 31.5.1957 Skarżysko-Kamienna

Schon in seinem ersten Gedichtband »Träume von der Macht« (1901) stellte Staff seine klare, von Lebensbejahung und geistiger Vitalität durchdrungene Lyrik der Dekadenz und dem Pessimismus der Moderne entgegen. Das Streben des Menschen nach Schönheit und Weisheit im Sinne einer »fröhlichen Pilgerschaft« bestimmt die folgenden Gedichtbände. In dem Alterswerk »Reisig« (Ged.e, 1954) erreichte er in abgeklärter Selbstironie und rhythmischer Freiheit eine neue Prägnanz.
St. arbeitete außerdem als Übersetzer, vor allem aus dem Lateinischen und Italienischen.

□ 1897-1901: Studium in Lemberg (Jura, Philosophie und Romanistik). □ 1903: »Der Tag der Seele« (Ged.e). □ 1905: »Den Himmelsvögeln« (Ged.e). □ 1909-14: Hg. einer Philosophen-Reihe in einem Lemberger Verlagshaus. □ 1931: »Hohe Bäume« (Ged.e). □ 1934- 39: Stellv. Vors. der Poln. Akademie für Literatur. □ 1948: Auszeichnung mit dem Übersetzerpreis des PEN-Clubs.

Alexander von Stahl →

Stahl, Alexander von

dt. Jurist
* 10.6.1938 Berlin

Die Wahl des Verwaltungsjuristen Stahl als Nachfolger von K. →Rebmann zum Generalbundesanwalt war politisch umstritten, da St. keine Erfahrungen in der Strafverfolgung vorweisen konnte. Er selbst sieht seine Hauptaufgabe in der Bekämpfung des seit Ende der 80er Jahre zunehmenden organisierten Verbrechens.

□ 1966: Zweites Staatsexamen. □ 1967-71: In der Landesverwaltung von Berlin/West. □ 1969/70: Wissenschaftlicher Assistent bei der FDP-Fraktion. □ 1970-75: Fraktionsgeschäftsführer der FDP in Berlin. □ 1975-89: Senatsdirektor für Justiz. □ 1989: Rechtsanwalt in Berlin. □ seit 1990: Generalbundesanwalt.

Emil Staiger →

Staiger, Emil

schweiz. Literaturhistoriker
* 8.2.1908 Kreuzlingen † 28.4.1987 Horgen

Staiger wurde mit der von ihm vorgenommenen werkimmanenten Literaturbetrachtung, die

Dichtung ohne Berücksichtigung der gesellschaftspolitischen Aspekte aus sich selbst zu beschreiben versucht, zu einem Wegbereiter der Literaturwissenschaft im deutschen Sprachraum nach dem 2. Weltkrieg. 1966 entstand aus seiner Kritik an der modernen Literatur, der St. nihilistische Tendenzen vorwarf, und der scharfen Entgegnung M. →Frischs der Zürcher Literaturstreit, der jahrelang die deutschsprachige Literaturkritik beherrschte.

□ 1934-43: Privatdozent für dt. spr. Literatur und Geistesgeschichte an der Univ. Zürich. □ 1939: »Die Zeit als Einbildung des Dichters« (Schr.). □ 1943: Habilitation mit der Schrift »Der Geist der Liebe und das Schicksal. Schelling, Hegel und Hölderlin«. □ 1946: »Grundbegriffe der Poetik« (Schr.). □ 1955: »Die Kunst der Interpretation« (Schr.). □ 1959: Übersetzung der »Orestie« von Aischylos. □ 1976: Ordinarius am Lehrstuhl für Literaturwissenschaft in Zürich. □ 1983: »Vor drei Bildern« (Schr.).

Stalin, Josef

(eig. Iossif Wissarionowitsch Dschugaschwili)
sowjet. Politiker
* 21.12.1879 Gori, Georgien † 5.3.1953 Moskau

Stalin war über 30 Jahre lang 1. Sekretär der KPdSU und damit faktisch Staatschef der Sowjetunion. Nach dem Tode W. I. →Lenins (1924) schaltete er auf geschickte Weise nacheinander die verschiedenen innerparteilichen Gruppierungen und Gegner aus und stieg zum Diktator über den Vielvölkerstaat auf. Mit größter Härte forcierte er die Kollektivierung der Landwirtschaft, die sich nicht nur gegen Großgrundbesitzer, sondern gegen alle landbesitzenden Bauern richtete. Er beendete Lenins liberale »Neue Ökonomische Politik« (NEP), die ab 1928 von Fünfjahresplänen abgelöst wurde, und betrieb die Industrialisierung des Landes über zahlreiche Großprojekte ohne Rücksicht auf ihre wirtschaftlichen Folgen (u. a. Hungersnot). Dies entsprach seiner These vom »Aufbau des Sozialismus in einem Land« und resultierte aus der Hoffnung, die Sowjetunion autark zu machen.
In den 30er Jahren baute St. seine auf Terror gegründete Herrschaft kontinuierlich aus. Durch die Geheimpolizei erlangte er die totale Kontrolle aller Lebensbereiche. Mit Massenverhaftungen, Schauprozessen und Verbannungen in Straflager konnte er jeden Widerstand bereits im Keim ersticken. Die Ermordung seines Weggefährten Sergej Kirow (1934) war ihm willkommener Anlaß für die »große Säuberung«, bei der nach neueren sowjetischen Angaben mehrere Millionen Menschen ums Leben kamen.
1939 vereinbarte St. mit A. →Hitler einen Nichtangriffs-Pakt, der faktisch Osteuropa aufteilte und es ihm ermöglichte, die baltischen Staaten und Ostpolen zu annektieren. Im Anschluß an den 2. Weltkrieg konnte er seinen Machtbereich wesentlich ausweiten und in den osteuropäischen Ländern kommunistische Regierungen einsetzen.
Nach seinem Tod leiteten seine Nachfolger, in erster Linie N. →Chruschtschow, St.s nachträgliche Verurteilung ein (Entstalinisierung), wobei

Josef Stalins Herrschaft beruhte auf staatlichem Terror und totaler Kontrolle.

hauptsächlich der Personenkult um ihn kritisiert wurde. Selbst diese zaghaften Bemühungen wurden nach dem Sturz von Chruschtschow zunächst wieder eingestellt. Die von St. geschaffenen Herrschaftstrukturen blieben bis zur Ära M. →Gorbatschow unangetastet.

☐ 1898: Mitgl. der Sozialdemokratischen Arbeiterpartei; nach 1904 bei den Bolschewiki. ☐ 1899: Ausschluß aus dem Priesterseminar in Tiflis wegen Verbindungen zu sozialistischen Gruppen. ☐ 1902-04: Verbannung nach Sibirien; Flucht. ☐ 1912: Mitgl. des ZK. ☐ 1913-17: Verbannung nach Sibirien. ☐ 1917: Rückkehr nach Petrograd (St. Petersburg); Mitgl. des Politbüros; Teilnahme an der Oktoberrevolution. ☐ 1917-23: Volkskommissar für Nationalitätenfragen. ☐ 1922: 1. Sekretär des ZK der KPdSU. ☐ 1941: Vors. des Rates der Volkskommissare (ab 1945 Ministerpräsident) und Oberbefehlshaber der Streitkräfte. ☐ 1943: Marschall der Sowjetunion. ☐ 1945: Generalissimus.

▷ D. Wolkogonow: Stalin. Triumph und Tragödie, 1989; W. Laqueur: Stalin. Abrechnung im Zeichen von Glasnost, 1990; R. Conquest: Stalin. Der totale Wille zur Macht, 1991; A. Bullock: Hitler und Stalin. Parallele Leben, 1991.

Konstantin Stanislawski entwickelte neue Methoden des Schauspielunterrichts.

Stallone, Sylvester

amer. Schauspieler und Regisseur
* 6.7.1946 New York

Stallone, Sohn sizilianischer Einwanderer, wurde als Boxer »Rocky« und Einzelkämpfer »Rambo« zum hochdotierten Filmstar. Allein für »Rocky IV« (Hr. und Rg.) erhielt er eine Gage von 12 Mio. US-$. Die ersten drei »Rambo«-Filme gehören zu den erfolgreichsten Produktionen der Filmgeschichte. »Rambo II« spielte weltweit 275 Mio. US-$ ein. Wegen ihrer Brutalität, der Verherrlichung eines kritiklosen Patriotismus und des plakativen Antikommunismus stießen St.s Filme bei den Kritikern auf Ablehnung.

☐ 1976: »Rocky« (Drehbuch St., Rg. J. G. Avildsen; Oscar als bester Film). ☐ 1982: »Rambo« (Rg. T. Kotcheff); »Staying Alive« (Rg., mit J. →Travolta). ☐ 1987: »Rambo III« (Rg. P. MacDonald). ☐ 1990: »Rocky V« (Rg. J. G. Avildsen). ☐ 1991: »Oscar« (Rg. J. Landis).

← Sylvester Stallone

Stanislawski, Konstantin Sergejewitsch

(eig. K. S. Alexejew)
russ. Regisseur und Schauspielpädagoge
* 5.1.1863 Moskau † 7.8.1938 ebd.

Stanislawskis schauspielpädagogische Methode beruht auf dem Prinzip der Einfühlung des Schauspielers in seine Rolle und der daraus resultierenden Wahrhaftigkeit des Erlebens. Er gründete das Moskauer Künstlertheater, das heute noch die renommierteste Schauspielbühne der Sowjetunion ist. Auf den ihr angeschlossenen experimentellen Bühnen bildete St. seine bekanntesten Schüler, J. B. Wachtangow und W. E. →Meyerhold, aus. In den USA wurde das St.-System von L. →Strasberg weiterentwickelt.

☐ 1880: Gründung eines Amateurtheaters. ☐ 1898: Mit W. I. Nemirowitsch-Dantschenkow Gründung des Moskauer Künstlertheaters. ☐ ab 1902: Gastspiele im Ausland. ☐ 1908: »Der blaue Vogel« (M. →Maeterlinck). ☐ 1912: Gründung des ersten Studios am Künstlertheater. ☐ ab 1918: Leitung des Staatlichen Bolschoi-Theaters. ☐ 1928: Umbenennung des Bolschoi-Theaters in Stanislawski-Opern-Theater. ☐ 1932: Shakespeares »Othello«.

▷ K. S. Stanislawski: Die Arbeit des Schauspielers an sich selbst, 2 Bde., 1961/62; E. I. Poljakowa: Stanislawskis Leben und Werk, 1981; P. Simhandl (Hg.): Stanislawski-Lesebuch, 1990.

Sir Henry M. Stanley →

Stanley, Sir (ab 1899) Henry Morton

(eig. John Rowlands)
brit. Forschungsreisender
* 28.1.1841 Denbigh, Wales † 10.5.1904 London

Berühmt wurde Stanley mit seinen Suchexpeditionen nach den in Afrika verschollenen Forschern David Livingstone (1869-71) und Emin Pascha, alias E. Schnitzer (1888). Untrennbar verbunden ist St.s Name mit der Geschichte der heutigen Republik Zaïre. In einer ungeheuren Pionierleistung gründete St. im von ihm erforschten Kongobecken den Freien Handelsstaat Kongo im Auftrag Leopolds II. von Belgien. In der britischen Öffentlichkeit war St. umstritten; seine Methoden galten vielen als suspekt.

☐ 1867-69: Auslandskorrespondent des New York Herald. ☐ 1869-71: Erfolgreiche Suchexpedition nach D. Livingstone im Auftrag des New York Herald. ☐ 1874-77: Expedition von Sansibar bis zur Kongomündung. ☐ 1879-84: Aufbau eines Straßennetzes im Kongobecken. ☐ 1885: Anerkennung des Freistaats Kongo auf der West-Afrika-Konferenz in Berlin als persönlicher Besitz König Leopolds II. (ab 1908 im Besitz des belg. Staates, seit 1960 unabhängig); »Der Kongo und die Gründung des Kongo-Staates« (Schr.). ☐ 1895-1900: Mitgl. im brit. Parlament.

▷ H. M. Stanley: Wie ich Livingstone fand, dt. 1879; P. W. Lange: Henry Morton Stanley, 1991.

Stanley, Wendell Meredith

amer. Biochemiker
* 16.8.1904 Ridgeville, Ind.
† 15.6.1971 Salamanca (Spanien)

Stanley isolierte 1935 erstmals einen Virus (Tabakmosaikvirus). Nach der Kristallisation von

Virus-Protein stellte sich heraus, daß das Protein die infektiösen Eigenschaften des Virus besaß. Im 2. Weltkrieg isolierte S., der 1946 den Chemie-Nobelpreis erhielt, Influenza-Viren und arbeitete an der Entwicklung von vorbeugenden Impfstoffen gegen diesen Grippeerreger.

□ 1932-48: Forschungen am Rockefeller Inst. for Medical Research in Princeton, N. J. □ ab 1948: Prof. an der Univ. of Calif. in Berkeley, Mass.; Dir. des Labors für Virusforschung ebd. □ 1946: Chemie-Nobelpreis (zusammen mit J. H. →Northrop und J. B. →Sumner).

Stanwyck, Barbara

(eig. B. Ruby Stevens)
amer. Schauspielerin
* 16.7.1907 New York
† 20.1.1990 Santa Monica, Kalif.

Stanwyck, zu Beginn der 30er Jahre von dem Regisseur F. →Capra entdeckt, hatte einige ihrer berühmtesten Auftritte in Klassikern der Schwarzen Serie wie »Frau ohne Gewissen« (1944, Rg. B. →Wilder) und »Sorry, wrong number/Du lebst noch 105 Minuten« (1948, Rg. A. Litvak). Dem Fernsehpublikum wurde die vielseitige Darstellerin in den 60er Jahren durch die Western-Serie »Big Valley« bekannt.

Barbara Stanwyck in »Du lebst noch 105 Minuten«, 1948.

□ 1926: Erste Hauptrolle am Broadway. □ 1930: »Ladies of leisure« (Rg. F. Capra). □ 1937: »Stella Dellas« (Rg. K. →Vidor). □ 1939: »Union Pacific (Rg. C. B. de →Mille). □ 1941: »Die merkwürdige Zähmung der Gangsterbraut Sugarpuss« (Rg. H. Hawks). □ 1952: Scheidung von R. →Taylor. □ 1957: »Vierzig Gewehre« (Rg. S. →Fuller). □ 1982: Auszeichnung mit einem Ehren-Oscar. □ 1983: »Die Dornenvögel« (TV-Serie, mit R. → Chamberlain).

▷ J. Vermily: Barbara Stanwyck, engl. 1975.

Stark, Johannes

dt. Physiker
* 15.4.1874 Schickenhof, Bayern
† 21.6.1957 Traunstein

Stark, ursprünglich Befürworter der speziellen Relativitätstheorie A. →Einsteins, entdeckte 1905 den optischen Doppler-Effekt an Kanalstrahlen. 1913 bestätigte St. die Quantentheorie mit der von ihm experimentell erwiesenen Aufspaltung der Spektrallinien im elektrischen Feld (Stark-Effekt). Als Vertreter der »Deutschen Physik« bekämpfte St. später wie Ph. →Lenard die Quanten- und Relativitätstheorie als »jüdische Geistesprodukte«.

← Johannes Stark

□ 1902: »Die Elektrizität in Gasen« (Schr.). □ 1904: Gründer des »Jahrbuchs der Radioaktivität und Elektronik«. □ 1910-15: »Die Prinzipien der Atomdynamik« (Schr., 3 Bde.). □ 1919: Physik-Nobelpreis. □ 1922: »Die gegenwärtige Krise in der dt. Physik« (Schr.); Niederlegung seiner Professur an der Univ. Würzburg. □ 1933-39: Präs. der Physikalisch-Technischen Reichsanstalt, Berlin; ab 1934 Präs. der Notgemeinschaft der Dt. Wissenschaft.

Staudinger, Hermann

dt. Chemiker
* 23.3.1881 Worms † 8.9.1965 Freiburg i. Br.

Staudinger, Begründer der Chemie der Makromoleküle und 1953 mit dem Chemie-Nobelpreis ausgezeichnet, zeigte die polymere Zusammensetzung großer Moleküle aus vielen kleinen Einheiten. Bis dahin hatte man sich »Makromoleküle« (Schr., 1922) als ein ungeordnetes Konglomerat vorgestellt. Mit dem Staudinger-Index stellte St. eine Beziehung zwischen Viskosität und Molekulargewicht gelöster Polymere her und trug mit seinen Forschungen zum Aufschwung der Kunststoffindustrie bei.

Staudinger: Neue Impulse für die Kunststoffentwicklung.

□ 1907-12: Prof. an der TH Karlsruhe. □ 1912-26: Prof. an der ETH Zürich. □ 1922: »Makromoleküle« (Schr.). □ 1926-51: Prof. an der Univ. Freiburg i. Br. □ 1932: »Die hochmolekularen organischen Verbindungen: Kautschuk und Cellulose« (Schr.). □ ab 1940: Leiter des Inst. für Makromolekulare Chemie in Freiburg. □ ab 1947: Hg. der Zeitschrift Die makromolekulare Chemie; »Makromolekulare Chemie und Biologie« (Schr.). □ 1953: Auszeichnung mit dem Chemie-Nobelpreis.

Staudte, Wolfgang Georg Friedrich

dt. Regisseur
* 9.10.1906 Saarbrücken
† 19.1.1984 Zigarski, Jugoslawien

Staudte zählte zu den wichtigsten deutschen Regisseuren der Nachkriegszeit und setzte sich als einer der ersten mit dem Faschismus auseinander. Für die DEFA drehte er u. a. »Die Mörder sind unter uns« (1946, mit H. →Knef) und die H. →Mann-Adaption »Der Untertan« (1951). Seine satirische Version des zeitlosen Spießbürgers, die erst 1957 in der BRD gezeigt wurde, fand auch internationale Anerkennung. Nach seiner Übersiedlung in die BRD 1956 begann St. eine zweite Karriere als TV-Regisseur. Hohe Einschaltquoten verzeichneten u. a. seine J. →London-Verfilmungen »Der Seewolf« (1971) und »Lockruf des Goldes« (1974/75).

W. Staudte bei den Dreharbeiten zu seinem letzten Film.

□ 1925-35: Theaterschauspieler unter M. →Reinhardt und E. →Piscator. □ 1935-40: Über 100 Reklame- und Kurzfilme. □ 1942/43: »Akrobat — schööön!«. □ 1947/48: »Die seltsamen Abenteuer des Fridolin B.« □ 1948: »Rotation«. □ 1949: »Schicksal aus zweiter Hand«. □ 1953: Letzter DEFA-Film »Die Geschichte des kleinen Muck«. □ 1958: »Der Maulkorb« (nach H. →Spoerl). □ 1959: »Rosen für den Staatsanwalt« (mit M. →Held). □ 1962: »Dreigroschenoper«. □ 1963: »Herrenpartie« (mit G. →George). □ 1969/70: »Die Herren mit der weißen Weste«. □ 1976/77: »MS Franziska« (TV-Serie, mit P. →Dahlke). □ 1978/79: »Der eiserne Gustav« (TV). □ 1983: »Der Snob« (TV).

▷ E. Netenjakob/E. Orbanz/H. Prinzler: Staudte, 1991.

Stauffenberg, Berthold Graf Schenk v.

dt. Jurist und Widerstandskämpfer
* 15.3.1905 Stuttgart
† 10.8.1944 Berlin (hingerichtet)

Stauffenberg hatte kurz nach Beginn des Krieges Kontakt zur Widerstandsgruppe »Kreisauer Kreis« um den Grafen H. J. v. →Moltke aufgenommen. An der Planung zum Staatsstreich und den Vorbereitungen zum Attentat auf Hitler im Juli 1944, das durch seinen Bruder C. v. →Stauffenberg ausgeführt wurde, war er unmittelbar beteiligt.

□ 1927-31; 1933: Referent am Inst. für Völkerrecht in Berlin. □ 1931-33: Am Int. Gerichtshof in Den Haag. □ 1939-44: Völkerrechtsberater bei der Obersten Seekriegsleitung.

C. von Stauffenberg →

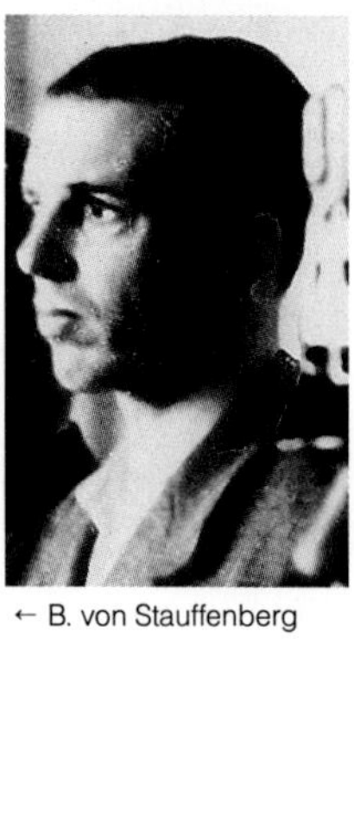

← B. von Stauffenberg

Stauffenberg, Claus Graf Schenk von

dt. Militär- und Widerstandskämpfer
* 15.11.1907 Jettingen, Schwaben
† 20.7.1944 Berlin (hingerichtet)

Stauffenberg, der in seinen jungen Jahren dem konservativ-elitären Stefan → George-Kreis nahe stand, begann sich ab dem Judenpogrom im Herbst 1938, der sog. Reichskristallnacht, von der NS-Staatsführung zu distanzieren. Wegen der brutalen Besatzungspolitik im Osten und der Deportation der Juden wurde er schließlich während des Krieges zum entschlossenen Gegner der Nazis. 1942-44 war er neben H. v. →Tresckow treibende Kraft einer Gruppe jüngerer Offiziere, die in Kontakt mit anderen Widerstandsgruppen einen Staatsstreich planten. Den Bombenanschlag am 20.7.1944, den Hitler überlebte, unternahm St. persönlich, da er als Stabschef des Ersatzheeres Zugang zum Führerhauptquartier in Rastenburg hatte.

□ 1926: Soldat. □ 1940-1943: In der Organisationsabteilung im Oberkommando der Wehrmacht. □ 1943: Stabschef einer Panzerdivision in Afrika; schwer verwundet (er verlor ein Auge, eine Hand und zwei Finger); Stabschef im Allgemeinen Heeresamt. □ 1944: Oberst. □ Juli 1944: Stabschef des Befehlshabers des Ersatzheeres.

▷ C. Müller: Oberst i. G. Stauffenberg, 1971; W. Venohr: Stauffenberg. Symbol der deutschen Einheit, 1986.

Stefano, Alfredo di

argentin.-span. Fußballspieler
* 4.7.1926 Buenos Aires

Di Stefano, herausragender Spieler in der Glanzzeit von Real Madrid, holte mit den »Königlichen« fünfmal hintereinander (1956-60) den Europapokal der Landesmeister. 1953 war er vom kolumbianischen Club Bogota Millonarios zu Barcelona und ein Jahr später zu Real Madrid gewechselt, wo er einen Einstand nach Maß feierte: Im ersten Meisterschaftsspiel schlugen die Madrider den Erzrivalen Barcelona 5:0; St. schoß allein vier Tore.

Alfredo di Stefano, der berühmte Stürmer von Real Madrid.

□ 1942-47: Spieler bei River Plate. □ 1947-49: Sieben Länderspiele für Argentinien. □ 1954-64: Real Madrid (achtmal Span. Meister, einmal Pokalsieger). □ 1956-60: Europapokal der Landesmeister. □ 1957-61: 31 Länderspiele für Spanien. □ 1957: Europas Fußballer des Jahres (erneut 1959). □ 1960: Weltpokalsieger mit Real Madrid.

Giuseppe di Stefano arbeitete häufig mit Maria Callas.

Rod Steiger →

Stefano, Giuseppe di
ital. Sänger
* 24.7.1921 Motta Sant' Anastasia bei Catania

Di Stefano war mit seiner hellen, ausdrucksreichen Stimme einer der beliebtesten italienischen Tenöre seiner Generation. Der Spezialist für große Partien des italienischen Repertoires (Opern von P. →Mascagni, G. →Verdi, G. →Puccini) war auf der Bühne und bei Schallplattenaufnahmen bevorzugter Partner von M. →Callas. Ab 1954 erweiterte St. sein Repertoire um dramatische Partien (Alvaro in Verdis »Die Macht des Schicksals«). Das Ensemblemitglied der Mailänder Scala (seit 1951) hatte auch an der Metropolitan Opera New York großen Erfolg.

□ 1946: Debüt am Teatro Municipale von Reggio Emilia mit »Manon Lescaut« von G. →Puccini. □ 1948-56: An der Metropolitan Opera New York. □ seit 1951: Ensemblemitgl. der Mailänder Scala. □ 1961: Gastspiel an der Covent Garden Opera London. □ 1973: Konzerttournee mit M. → Callas. □ 1991: Erzähler in »Le Villi« von G. Puccini.

▷ H. Eggers: Giuseppe di Stefano, 1967.

Steffen, Joachim »Jochen«
dt. Politiker und Kabarettist
* 19.9.1922 Kiel † 27.9.1987 ebd.

Steffen, der sich selbst als ernsthaften Marxisten bezeichnete, war lange einer der profiliertesten Politiker unter den linken Sozialdemokraten. Der ehemalige SPD-Vorsitzende von Schleswig-Holstein verließ Ende der 70er Jahre die Partei, deren »antireformistische Politik« er heftig kritisierte. Nach zeitweiligen Überlegungen zur Gründung einer neuen »Linken Partei« betätigte er sich als Buchautor und Kabarettist.

□ 1942-45: Wehrdienst. □ 1946-79: Mitgl. der SPD. □ ab 1946: Studium. □ 1954: Landesvors. der Jungsozialisten. □ 1958-77: MdL von Schl.-H. □ 1965-75: Vors. der SPD von Schl.-H. □ 1966-73: Fraktionsvors. und Oppositionsführer in Kiel. □ 1972: »Kuddel Schnööfs achtersinnige Gedankens und Meinungens von die sozeale Revolutschon and annere wichtige Sachens« (Texte). □ 1974: »Strukturelle Revolution« (Schr.). □ 1976: »Wo kommen die kleinen Kinder her?« (Texte). □ 1977: »Auf zum letzten Verhör« (über K. Radek). □ 1978: Dt. Kleinkunstpreis.

← Jochen Steffen

Steiger, Rod(ney) Stephen
amer. Schauspieler
* 14.4.1925 Westhampton bei New York

Steiger wurde hauptsächlich durch seine Rollen als Schurke und Gegenspieler des positiven Helden bekannt (Charley in »Die Faust im Nacken«, 1954, mit M. →Brando; »Doktor Schiwago«, 1965, mit O. →Sharif). Sein rauhbeiniger Typ legte ihn früh auf kämpferische oder brutale Charaktere fest. 1967 erhielt er für die Darstellung des rassistischen Sheriffs in dem Film »In der Hitze der Nacht« (mit S. →Poitier) den Oscar. Beeindruckend war St.s Interpretation der verhärteten, menschenverachtenden Titelfigur in »Der Pfandleiher« (1964, Rg. S. →Lumet). Darüber hinaus verkörperte er auch historische Personen (z. B. Napoleon in »Waterloo«, 1969, Rg. S. →Bondartschuk, mit O. →Welles).

□ 1951: Broadwaydebüt als 25jähriger in der Rolle eines 55jährigen in »Night Music/Nacht«. □ 1955: »Hollywood-Story« (Rg. R. →Aldrich). □ 1956: »Schmutziger Lorbeer« (mit H. → Bogart). □ 1959: »Al Capone«. □ 1962/63: »Hände über der Stadt« (Rg. F. →Rosi). □ 1965: »Doktor Schiwago« (Rg. D. →Lean). □ 1967: »Bizarre Morde«. □ 1970: »Todesmelodie« (Rg. S. →Leone). □ 1973: »Lucky Luciano« (Rg. F. Rosi). □ 1976: »W. C. Fields and me«. □ 1980: »Omar Mukhtar — Der Löwe der Wüste«. □ 1981: Mijnher Peeperkorn in »Der Zauberberg« (nach Th. →Mann). □ 1984: »Das nackte Gesicht«. □ 1989: »White Roses«.

E. Stein wurde von Papst Johannes Paul II. seliggesprochen.

Stein, Edith
(Ordensname Teresia Benedicta a Cruce)
dt. Philosophin
* 12.10.1891 Breslau (Wrocław)
† 9.8.1942 Auschwitz (ermordet)

Stein begründete ihren wissenschaftlichen Ruf mit Arbeiten zur Phänomenologie ihres Lehrers E. →Husserl zur Scholastik und Metaphysik Augustinus'. In ihrer postum erschienenen Schrift »Endliches und ewiges Sein« (1950) versuchte St. die Seinslehre des Thomas von Aquin (* 1225, † 1274) phänomenologisch zu begründen. Aufgrund ihrer praktizierten Nächstenliebe und Aufopferung im KZ Auschwitz wurde St. 1987 von Papst →Johannes Paul II. seliggesprochen.

□ 1917: »Zum Problem der Einfühlung« (Diss.). □ 1922-32: Nach Übertritt zum kath. Glauben Lehrtätigkeit bei den Dominikanerinnen und an der Schule St. Magdalena in Speyer. □ 1924: »Eine Untersuchung über den Staat« (Schr.). □ 1931: »Das Ethos der Frauenberufe« (Schr.); »Thomas von Aquins Untersuchungen über die Wahrheit« (Schr., 2. Bd. 1934). □ 1932: Dozentin am Dt. Inst. für wissenschaftliche Pädagogik, Münster/Westf.; Entlassung wegen jüd. Abstammung. □ 1933-38: Ordensschwester im Karmeliterkloster Köln-Lindenthal, ab 1938 im Karmel zu Echt, Niederlande. □ 1942: Deportation ins KZ Auschwitz. □ postum 1970: »Beiträge zur philosophischen Begründung der Psychologie und Geisteswissenschaften« (Schr.).

▷ W. Herbstrith: E. Stein, 1970; E. Endres: E. Stein, 1987.

Horst Walter Stein →

Stein, Gertrude

amer. Schriftstellerin und Kunstmäzenin
* 3.2.1874 Allegheny, Penn.
† 27.7.1946 Paris (Frankreich)

Gertrude Steins Salon in Paris war in den 20er und 30er Jahren Treffpunkt der literarischen wie der künstlerischen Avantgarde. Sie war es, die amerikanische Exilliteraten wie E. →Hemingway, F. S. →Fitzgerald und S. →Anderson als »lost generation« bezeichnete und sie mit ihrem revolutionären Prosastil (bewußte Monotonie, Wiederholung als Stilmittel, »fortlaufende Gegenwart«) stark beeinflußte. Angeregt durch die wissenschaftliche Psychologie William James' (*1842, †1910) und die Philosophie H. →Bergsons setzte St. die Kunst der Kubisten →Picasso und →Braque literarisch um. Mit ihren Brüdern Leo und Michael und dessen Frau Sarah förderte sie viele moderne Künstler (u. a. H. →Matisse und Picasso).

Gertrude Stein setzte den Kubismus Picassos und Bracques in Literatur um.

□ 1902: Übersiedlung nach Paris mit Alice B. Toklas (* 1877, † 1967), ihrer Sekretärin und Lebensgefährtin. □ 1906: Von Picasso porträtiert. □ 1909: »Drei Leben« (Erz.n, dt. 1960). □ 1914: »Zarte Knöpfe« (Prosaged.e, dt. 1979). □ 1925: »Die Machart von Amerikanern« (R.). □ 1934/35: Vortragsreise durch die USA. □ 1935: »Was ist englische Literatur« (Es.s, dt. 1965). □ postum 1948: »Keine Keiner« (R., dt. 1985).

▷ G. Stein: Die Autobiographie von Alice B. Toklas (Aut.), 1933, dt. 1955; dies: Jedermanns Biographie (Aut.), 1937, dt. 1986; R. Stendhal (Hg.): Gertrude Stein. Ein Leben in Bildern und Texten, 1989.

Stein, Horst Walter

dt. Dirigent
* 2.5.1928 Elberfeld (heute zu Wuppertal)

Stein, der 1961 nach einem Gastspiel in der BRD nicht mehr an die Ost-Berliner Oper zurückkehrte, wurde vor allem als Dirigent von Wagner-Opern bekannt (1973 Dirigat der Parsifal-Inszenierung von A. →Everding in Paris). In den 70er Jahren prägte er als Generalmusikdirektor in Zusammenarbeit mit A. Everding die Hamburgische Staatsoper.

□ 1946-48: Studium an der Hochschule für Musik in Köln. □ 1947-51: Korrepetitor und Kapellmeister an den Städtischen Bühnen in Wuppertal. □ 1951-55: Kapellmeister an der Staatsoper Hamburg. □ 1955: Ruf durch E. → Kleiber an die Ost-Berliner Oper. □ 1961-63: Stellv. Generalmusikdir. in Hamburg. □ 1963-70: Operndir. am Nationaltheater in Mannheim. □ seit 1969: Gastdirigent in Bayreuth. □ 1969-71: Erster Dirigent an der Wiener Staatsoper. □ 1972-77: Generalmusikdir. in Hamburg. □ 1980-85: Als Nachfolger von W. →Sawallisch Chefdirigent des Orchestre de la Suisse Romande in Genf. □ seit 1985: Gastdirigent der Salzburger Festspiele; Chefdirigent der Bamberger Symphoniker. □ 1987/88: Künstlerischer Leiter der Allgemeinen Musikgesellschaft (AMG) in Basel.

Stein, Peter

dt. Regisseur und Theaterleiter
* 1.10.1937 Berlin

Bereits nach seiner ersten Inszenierung wurde Stein als talentierter Regisseur des zeitgenössischen deutschen Theaters gefeiert. Unter seiner künstlerischen Leitung entwickelte sich die Berliner Schaubühne zu einem international führenden Haus. Hier konnte St. seine Vorstellungen von einem politisierten Theater gleich doppelt verwirklichen: In seinen Inszenierungen und im Produktionsprozeß, bei dem alle Bühnenangehörigen Mitbestimmungsrecht besitzen.

Peter Stein stellt sprachliche Perfektion in den Mittelpunkt seiner Inszenierungen.

Seine Regiearbeiten, die von großem klassischem Stilwillen und hoher ästhetischer Vollkommenheit geprägt sind, setzen Maßstäbe. Kennzeichnend für seine Inszenierungen ist sein Streben nach formaler Geschlossenheit und sprachlicher Perfektion. Ein Beispiel dafür ist St.s »Orestie«-Inszenierung (Aischylos, 1980), in der er vollkommen auf die Sprache setzte, die Schauspieler kaum mehr als Sprecher und Deuter waren. St., der großen Wert auf Ensemblearbeit legt, verstand es in seiner Berliner Zeit, hochkarätige Schauspieler für seine Arbeit zu interessieren und an sein Ensemble zu binden (E. →Clever, B. →Ganz, J. →Lampe).

□ 1964/65: Regie- und Dramaturgieassistent u. a. bei F. →Kortner und A. →Everding an den Münchner Kammerspielen. □ 1967: Regiedebüt mit »Gerettet« (E. →Bond). □ 1968: Kündigung nach Inszenierung von »Vietnam-Diskurs« (P. →Weiss) und anschließender Sammlung für die vietnamesische Befreiungsfront. □ 1969: Dt. EA »Trauer zu früh« (E. Bond) in Zürich. □ 1970-85: Künstlerische Leitung der Schaubühne in Berlin. □ 1970: Eröffnung der Schaubühne mit B. →Brechts »Die Mutter«. □ 1976: »Rheingold« (R. Wagner) an der Pariser Oper; Preis der Pariser Theaterkritiker. □ 1978: UA »Groß und Klein« (B. →Strauß). □ 1984: UA »Der Park« (B. Strauß). □ ab 1985: Prof. für Schauspielkunst an der Univ. Rom. □ 1986: »Othello« (Shakespeare) an der Welsh National Opera in Cardiff. □ 1989: Theaterpreis Berlin. □ 1990: UA »Roberto Zucco« (B.-M. Koltès) in Berlin. □ 1991: »Pelleas und Melisande« (Oper von C. →Debussy) an der Welsh National Opera in Cardiff.

▷ P. Iden: Die Schaubühne am Halleschen Ufer 1970-79, 1979.

Stein, William Howard

amer. Biochemiker
* 25.6.1911 New York † 2.2.1980 ebd.

Stein erforschte ab 1950 die molekulare Struktur und Funktion des Enzyms Ribonuklease. Mit St. →Moore gelang es ihm erstmals, die komplette Sequenz der 124 Aminosäuren zu ermitteln, aus denen das knäuelförmige Enzymmolekül besteht. Mit der Aufklärung der komplizierten räumlichen Struktur zeigten die Wissenschaftler Wege zum Verständnis der Funktionen des aktiven Ribonuklease-Zentrums.

← William H. Stein

□ ab 1938: Forschungen am Rockefeller Inst. for Medical Research in New York. □ ab 1950: Erforschung des Enzyms Ribonuklease. □ ab 1954: Prof. ebd. □ 1968-71: Chefredakteur des Journal of Biological Chemistry. □ 1972: Chemie-Nobelpreis (mit Chr. B. →Anfinsen und St. Moore).

Steinbeck, John Ernst

amer. Schriftsteller
* 27.2.1902 Pacific Grove, Kalif.
† 20.12.1968 New York

Steinbeck, einer der meistgelesenen Erzähler Amerikas, war ein Chronist der Schattenseiten des American Dream. Mit vehementer Sozialkritik warb er für eine gerechtere Verteilung des Reichtums im Lande, für Mitmenschlichkeit und Toleranz. In »Von Mäusen und Menschen« (R./Dr., 1937, dt. 1940; F. 1939, Rg. L. Milestone) schilderte St. das Elend kalifornischer Wanderarbeiter. Sein bekanntester Roman ist »Früchte des Zorns« (1939, dt. 1940; F. 1940, Rg. J. →Ford): Eine durch Naturkatastrophen aus Oklahoma vertriebene Farmerfamilie zieht in das vermeintlich Gelobte Land Kalifornien, wo sie Haß und Verfolgung ausgesetzt ist. 1962 erhielt St. den Literatur-Nobelpreis.

John Steinbeck übte Kritik am amerikanischen Traum.

□ 1918-24: Studium der Naturwissenschaften an der Stanford Univ. □ 1925: Reporter in New York. □ 1929: »Eine Handvoll Gold« (R., dt. 1953). □ 1935: »Tortilla Flat« (R., dt. 1943). □ 1936: Reise durch Mexiko; »Stürmische Ernte« (R., dt. 1955). □ 1940: Pulitzer-Preis. □ 1943: Kriegskorrespondent in Europa; Umzug nach New York. □ 1945: »Die Straße der Ölsardinen« (R., dt. 1946). □ 1947: Reise in die UdSSR. □ 1952: »Jenseits von Eden« (R., dt. 1953, 1955 verfilmt von E. → Kazan, mit J. →Dean). □ 1961: »Geld bringt Geld« (R., dt. 1961). □ 1962: Literatur-Nobelpreis. □ 1965: Berichterstatter in Vietnam. □ 1966: »Amerika und die Amerikaner« (Abh., dt. 1966).

▷ C. Petersen: John Steinbeck, 1975.

Steinberger, Emil

schweiz. Kabarettist
* 6.1.1933 Luzern

Steinberger, der unter seinem Vornamen bekannt wurde, gilt seit seinem bundesdeutschen TV-Debüt (1974 mit dem Ein-Mann-Programm »E wie Emil«) als einer der originellsten Kabarettisten im deutschsprachigen Raum. Im Anschluß an eine Beamtenlaufbahn bei der Post absolvierte St. eine Grafikerausbildung und begann 1964 seine Karriere als Kabarettist. In liebevoll genauen, in Schweizerdeutsch vorgetragenen Satiren entlarvt er menschliche Schwächen, Dummheit und Vorurteile. St., der auch als Schauspieler (u. a. in »Der Schweizermacher«, 1978, Rg. Rolf Lyssi) tätig ist, erhielt 1976 den Deutschen Kleinkunstpreis.

← Emil Steinberger

Steinberger, Jack

amer. Physiker dt. Herkunft
* 25.5.1921 Bad Kissingen

Jack Steinberger erhielt 1988 den Physik-Nobelpreis.

Steinberger führte 1962 mit L. M. → Lederman und M. →Schwartz am Protonenbeschleuniger der Brookhaven Laboratories in Upton (N. Y.) die Neutrinostrahlen-Methode zur Erforschung der sog. schwachen Wechselwirkung durch, wobei das Myon-Neutrino entdeckt wurde. Die Neutrinos gehören zu der Elementarteilchengruppe der Leptone, die nach den Erkenntnissen der drei Wissenschaftler beim atomaren Zerfall immer nur in Paaren auftreten, und zwar das eine Neutrino mit einem Elektron, das andere mit einem Myon. Die ebenfalls zu den Grundbausteinchen der Materie zählenden Quarks treten dagegen bei starken Wechselwirkungen in Verbindung mit den Protonen und Neutronen auf.

□ 1934: Emigration in die USA. □ 1950-71: Prof. an der Columbia Univ., New York. □ 1968-86: Versuche zur Elementarteilchenphysik am Europ. Kernforschungszentrum (CERN), Genf. □ 1969-72: Dir. ebd. □ seit 1986: Prof. an der Univ. Pisa, Italien. □ 1988: Physik-Nobelpreis.

Gloria Steinem →

Steinem, Gloria

amer. Journalistin
* 25.3.1934 Toledo, Ohio

Steinem, eine der führenden Vertreterinnen der amerikanischen Frauenbewegung, gründete 1971 die Frauenzeitschrift MS. Das Magazin, dessen Name aus den weiblichen Anredeformen »Mrs.« und »Miss« gebildet wurde und 1985 eine Auflage von ca. 500 000 Exemplaren erreichte, kämpft für eine rechtliche und gesellschaftliche Gleichstellung der Frauen. St. schreibt außerdem für zahlreiche Zeitschriften und ist seit 1968 Mitherausgeberin des von ihr mitbegründeten New York Magazine.

□ 1957/58: Studienaufenthalt in Delhi und Kalkutta (Indien). □ seit 1969: Feminismus-Dozentin. □ 1971: Gründung der Frauenzeitschrift MS. □ 1984: »Unerhört. Reportagen aus MS«. □ seit 1988: Beratende Hg. von MS.

Steiner, Rudolf

österr. Anthroposoph
* 27.2.1861 Kraljevica, Kroatien
† 30.3.1925 Dornach bei Basel (Schweiz)

Rudolf Steiner entwickelte den Begriff der Anthroposophie.

Steiner begründete 1913 die Anthroposophische Gesellschaft und hielt zu diesem Anlaß den Vortrag über »Die Anthroposophie«. Diese Weltanschauungslehre geht von einem stufenweisen Aufbau der Welt aus, die der Mensch einfühlend und erkennend nachvollziehen könne, um entsprechende Fähigkeiten und übersinnliche Erkenntnisse zu erlangen.

St.s Lehre, mit der er sich von der »Theosophie« (Schr., 1904) abwandte, beruft sich auf »Goethes Weltanschauung« (Schr., 1897) sowie christliches, indisches und kabbalistisches Gedankengut. Mit seiner in den Waldorfschulen praktizierten Pädagogik (u. a. Betonung des Kreativen), seinen vielgelesenen Publikationen und nicht zuletzt den von ihm entwickelten heilpädagogischen Therapieformen übte St. großen

Einfluß auf das Kulturleben, die Erziehung und Pädagogik aus.

□ 1883-97: Mitarbeiter an der Weimarer Ausgabe von Goethes naturwissenschaftlichen Schr.n. □ 1894: »Die Philosophie der Freiheit« (Schr.). □ 1902-13: Leiter der Theosophischen Gesellschaft. □ 1909: »Wie erlangt man Erkenntnisse der höheren Welten?« (Schr.). □ 1910: »Die Geheimwissenschaft im Umriß« (Schr.). □ 1913: Gründung des Goetheanums in Dornach.

▷ J. Hemleben: Rudolf Steiner in Selbstzeugnissen und Bilddokumenten, 1965.

Steiner, Sigfrit

(eig. Siegfried Albert St.)
schweiz. Schauspieler
* 31.10.1906 Basel † 21.3.1988 München

Sigfrit Steiner: Als Regisseur und Schauspieler geschätzt.

Steiner, der bereits 1926 in dem Film »Metropolis« von F. →Lang mitwirkte, machte sich bis Mitte der 60er Jahre vor allem als Theaterschauspieler an den bedeutendsten schweizerischen und deutschen Bühnen einen Namen (Schauspielhaus Zürich, 1939-57; Bayerisches Staatsschauspiel in München). Ab Ende der 60er Jahre war er hauptsächlich beim Film und Fernsehen tätig und verkörperte den eigenbrötlerischen, kauzigen Alten. Beeindruckend war seine Darstellung des starrköpfigen Schusters Steiner, der sich weigert, nach dem Tod seiner Frau ins Altenheim zu gehen (»Die plötzliche Einsamkeit des Konrad Steiner«, 1976, Rg. K. Gloor).

□ 1927/28: Besuch der Schauspielschule am Dt. Theater Berlin unter M. →Reinhardt. □ 1930/31: Engagement am Dt. Theater Berlin. □ 1935-37: Stadttheater Luzern. □ 1937/38: Stadttheater Bern. □ 1939: »Wachtmeister Studer« (F., Rg. L. Lindtberg). □ 1948: »Die Gezeichneten« (Rg. F. →Zinnemann, mit M. →Clift). □ 1957-59: Städtische Bühnen in Frankfurt/Main. □ 1959: »Nachtasyl« (TV, von M. →Gorki). □ 1967: »König Ödipus« (TV). □ 1968/69: Auf Welttournee mit »Das Schloß« (nach F. →Kafka). □ 1970: »Vor Sonnenuntergang« (TV, nach G. → Hauptmann). □ 1978: »Die Macht der Finsternis« (nach L. →Tolstoi). □ 1980: »Der Mond ist nur a nackerte Kugel« (F.). □ 1984: »Der Snob« (TV, nach C. →Sternheim).

Steinkühler, Franz

dt. Gewerkschafter
* 20.5.1937 Würzburg

Steinkühler steht seit 1986 der IG Metall, der mitgliederstärksten Einzelgewerkschaft des DGB, vor. St., der sich schon während seiner Zeit in Stuttgart in den 70er Jahren als harter Verhandlungspartner profiliert hat, verfolgt eine Politik, die langfristig die vorbehaltlose Demokratisierung der Wirtschaft, kurzfristig die Durchsetzung der 35-Stunden-Woche anstrebt. Das Fernziel, die »Teilnahme an allen Reichtümern dieser Gesellschaft« für Arbeitnehmer, sucht St. auf dem Weg größerer Mitbestimmung und der Aufhebung der »Vorrangstellung des Kapitals über die Arbeit« zu erreichen.

□ 1951: Eintritt in die IG Metall. □ 1963: Bezirkssekretär der Gewerkschaft in Stuttgart. □ 1973-83: Vors. der Bezirksleitung Bad.-Württ. □ 1983: Wahl zum 2. Vors. der IG Metall (seit 1986 1. Vors.). □ seit 1987: Präs. des Int. Metallgewerkschaftsbundes (IMB).

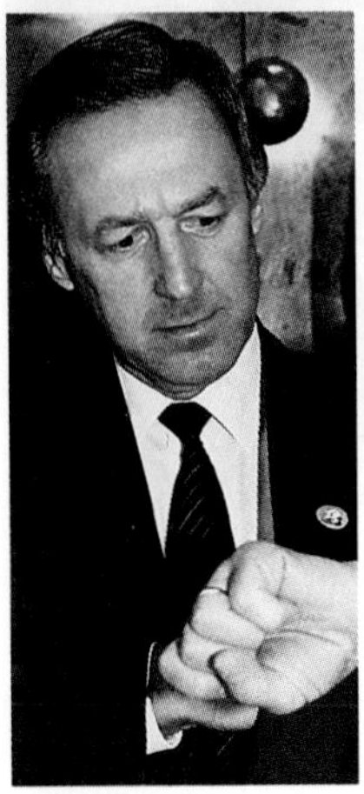

← Franz Steinkühler

Steinschneider, Moritz

dt. Orientalist
* 30.3.1816 Proßnitz (heute Prostejov, CSFR)
† 24.1.1907 Berlin

Steinschneider war der Vater der jüdischen Bibliografie sowie der Wissenschaft vom Judentum. Er katalogisierte (u. a. in der Oxforder Bodleiana) das arabische und jüdische Schrifttum des Mittelalters. Der ungemein belesene Bibliothekar zeigte in über 1400 Einzelstudien die Verbindungslinien zwischen jüdischem, islamischem und christlichem Kulturgut.

□ ab 1869: Dir. der jüdischen Mädchenschule, Berlin; Tätigkeit an der Kgl. Bibliothek ebd. □ 1858-82: Hg. der hebräischen Bibliografie und der Zeitschrift Ham-mazkir (Nachdruck 4 Bde., 1972). □ 1893: »Die hebräischen Übersetzungen des Mittelalters und die Juden als Dolmetscher« (Schr., Nachdruck 1956). □ 1902: »Die arabische Literatur der Juden« (Schr., Nachdruck 1964).

▷ Festschrift zum 80. Geburtstag M. Steinschneiders, 1896 (Nachdr. 1975).

Frank Stella →

Stella, Frank

amer. Maler
* 12.5.1936 Malden, Mass.

Stella gehört zu den bedeutenden Malern des amerikanischen Hard Edge, der streng geometrischen Farbflächenmalerei, die er immer wieder von der rein linearen zu einer kurvilinearen Aussage modifiziert. In den 60er Jahren trat er zunächst mit seiner Serie der »black paintings« hervor, gebildet aus dünnen, parallelen weißen Linien auf schwarzem Grund. Seit den 70er Jahren entstehen Bildreliefs aus starkfarbig bemaltem Material (u. a. Holz, Aluminium) in planer, später auch stereometrischer Form. Diese wandfüllenden Assemblagen sind spielerische Bilderfindungen mit signalhaftem Charakter; gleichzeitig thematisieren sie malerische Probleme wie die Figur-Grund-Beziehung oder das Verhältnis von Malerei zu Dreidimensionalität und Räumlichkeit (»Corpo-senza-l'anima«, 1987, Düsseldorf, Galerie Hans Strelow).

□ 1954-58: Geschichtsstudium an der Princeton Univ., N. J.; Malunterricht. □ 1958: Übersiedlung nach New York. □ ab 1960: Erste geometrisch-abstrakte Bilder ohne kompositionelle Begrenzung (»shaped canvas«). □ 1967: Neben der Malerei erste Lithografie-Serie (»Gemini«). □ 1972: Teilnahme an der Biennale in Venedig. □ ab 1972: Bildreliefs aus bemaltem Holz, Aluminium, Magnesium und ähnlichen Materialien. □ 1977: Teilnahme an der documenta 6 in Kassel. □ 1983: Gastprof. an der Harvard Univ., Cambridge, Mass. □ 1987: Große Retrospektive u. a. im Musée National d'Art Moderne, Centre Georges Pompidou, Paris. □ 1988/89: Große Ausstellung in der Staatsgalerie in Stuttgart.

▷ A. Pacquement: Frank Stella, 1988.

Stenmark, Ingemar

schwed. Skirennläufer
* 18.3.1956 Tarnaby, Polarkreis

Stenmark ist der Skifahrer mit den meisten Weltpokalsiegen (85); obwohl er nur Slalom und Riesenslalom fuhr, gewann er dreimal in Folge den Gesamt-Weltpokal (1976, 1977, 1978). In seiner 15jährigen Karriere beherrschte St. zeitweise die Konkurrenz nach Belieben: Von März 1978 bis Februar 1980 siegte er in 15 Riesenslalom-Weltpokal-Rennen hintereinander, 1981 distanzierte er beim Slalom in Kitzbühel seine Gegner mit drei Sekunden Vorsprung.

□ 1978: Weltmeister Slalom und Riesenslalom. □ 1980: Olympiasieger von Lake Placid im Slalom und Riesenslalom. □ 1982: Weltmeister Slalom.

← Ingemar Stenmark

Steppenwolf

amer. Rockgruppe

Ihren legendären Ruf als Kultband der Hippiebewegung erlangte die 1967 von John Kay gegründete kalifornische Hardrockband durch den Millionenhit »Born to be wild«, der 1969 zum musikalischen Motiv des weltberühmten Aussteigerfilms »Easy Rider« (mit D. →Hopper, Peter Fonda, J. →Nicholson) wurde. Der Song traf das Gefühl und Denken vieler Jugendlicher und nahm in seiner Aggressivität und mit dem harten, energischen Rocksound bereits die für die amerikanische Rockmusik der 70er Jahre typische Richtung vorweg.

Steppenwolf wurden mit »Born to be wild« aus dem Film »Easy Rider« bekannt.

□ 1967: Gründung von Steppenwolf durch John Kay (* 1944). □ 1968: Erste LP »Steppenwolf«; Hits »Born to be wild« und »Magic carpet ride«. □ 1969: Hit »Rock Me«. □ 1970: »Life Steppenwolf« (LP). □ 1972: »Rest in peace« (LP). □ 1973: »16 of their greatest hits«. □ 1975: »Hour of the wolf« (LP). □ 1977: »Reborn to be wild« (LP). □ 1987: »Lone Steppenwolf« (Solo-LP von J. Kay).

Fritz Richard Stern →

Stern, Fritz Richard

amer. Historiker dt. Herkunft
* 2.2.1926 Breslau

Stern gelang 1977 mit seiner politischen und kulturgeschichtlichen Biografie »Gold und Eisen. Bismarck und sein Bankier Bleichröder« (dt. 1978) ein Welterfolg. Der Historiker stellt das verworrene und oft verschwiegene Wechselspiel zwischen politischen, materiellen und privaten Interessen dar: Bleichröder, der das Privatvermögen Bismarcks verwaltete, finanzierte auch die Kriege des Staatsmannes. In seiner am 17.6.1987 gehaltenen Rede im Bundestag mahnte St., die Bundesrepublik möge eingedenk der Opfer der Vergangenheit stets ein Vorbild freiheitlicher Entwicklung sein.

□ seit 1957: Prof. für europ. Geschichte an der Columbia Univ., N. Y. □ 1961: »Kulturpessimismus als politische Gefahr. Eine Analyse nationaler Ideologie in Deutschland« (Schr., dt. 1963). □ 1968: »Bethmann Hollweg und der Krieg. Die Grenzen der Verantwortung« (Schr., dt. 1968). □ 1984: Leopold-Lucas-Preis der Univ. Tübingen.

Horst Stern →

Stern, Horst

dt. Journalist und Schriftsteller
* 24.10.1922 Stettin

Stern machte mit seinem TV-Magazin »Sterns Stunde« (1969-81) erstmals im Fernsehen auf tierquälerische Praktiken in der Massentierhaltung und bei Tierversuchen aufmerksam. Er entwarf eine neue Form der Tiersendung, die Tiere unsentimental in ihren Lebensbereichen darstellte und in mitunter sarkastischem Ton und drastischen Bildern Mißstände aufdeckte. 1972 gründete St. mit den Verhaltensforschern K. →Lorenz, I. →Eibl-Eibesfeldt, Otto Koenig und Paul Leyhausen sowie mit B. →Grzimek und H. →Sielmann die Gruppe Ökologie, die sich für den Umweltschutz engagiert. Aufsehen erregte 1986 St.s fiktive Romanbiografie des Stauferkaisers Friedrich II., »Mann aus Apulien«.

□ 1963: »So verdient man sich die Sporen« (Reiterlehre). □ 1967: »Gesang der Regenwürmer« (Schr.). □ 1972: »Sterns Bemerkungen über Pferde...Hunde...Bienen« (Sachb.). □ 1972-79: Naturschutzbeauftragter im Landkreis Lindau. □ 1975: »Leben am seidenen Faden« (Schr.). □ 1979: »Tierversuche in der Pharmaforschung« (Schr.). □ 1981: Alexander-von-Humboldt-Medaille in Gold für das Buch »Rettet die Vögel« (1978). □ 1981-84: Hg. und Chefredakteur des Umweltmagazins Natur. □ 1989: »Jagdnovelle«.

Stern, Isaac

amer. Violinist ukrain. Herkunft
* 21.7.1920 Kriminiesz, Ukraine

Stern, der bereits als 15jähriger mit dem Sinfonieorchester von San Francisco debütierte, gehörte in den Nachkriegsjahren mit J. →Heifetz, N. → Milstein und Y. →Menuhin zu den größten Violinisten der Welt. Seit seinem Triumph in der New Yorker Carnegie Hall (1939) wird St. auf zahlreichen Konzertreisen in allen Erdteilen wegen seiner lebendigen Beethoven- und Brahms-Interpretationen gerühmt. Seinen ausdrucks-

Isaac Stern mit Benny Goodmans Tochter Rachel G. Edelson in New York, 1988.

starken Ton und sein untrügliches Stilgefühl zeigt er in den Violinkonzerten von Bach bis B. →Bartók sowie in der zeitgenössischen Kammermusik (P. →Hindemith, A. → Berg, S. →Prokofjew). Seit Mitte der 60er Jahre engagiert sich St. besonders für den kulturellen Austausch zwischen den USA und Israel und förderte so berühmte Instrumentalisten wie I. →Perlman, P. →Zukerman und S. →Mintz.

□ 1928-31: Schüler des Konservatoriums San Francisco. □ 1935: Debüt in San Francisco. □ 1937: New-York-Debüt. □ 1948: Europa-Debüt beim Luzerner Festival. □ 1950: Debüt beim Casals-Festival in Prades. □ 1953: Debüt beim Edinburgh-Festival. □ 1956: 1. UdSSR-Reise. □ 1960: Initiator einer Gruppe zur Rettung der New Yorker Carnegie Hall. □ 1961: Gründung seines erfolgreichen Klaviertrios. □ seit 1964: Leiter der American-Israel Cultural Foundation. □ 1973: Gründungsmitgl. des Music Centre in Jerusalem. □ 1979: Welterfolg des Dokumentarfilms »From Mao to Mozart« über St.s Chinareise. □ 1988: 100. Auftritt mit dem New York Philharmonic Orchestra.

Stern, Otto

dt.-amer. Physiker
* 17.2.1888 Sohrau (Żory), Niederlausitz
† 17.8.1969 Berkeley, Kalif.

Stern verbesserte ab 1915 die mit Atom- und Molekülstrahlen arbeitenden Untersuchungsmethoden zur Bestimmung magnetischer und nuklearer Eigenschaften der Atome. 1933 entdeckte und bestimmte St. mit der Molekularstrahlmethode das magnetische Moment des Protons. 1920/21 konnte die Richtungsquantelung von Silberatomen durch St. und W. →Gerlach nachgewiesen werden. Der Stern-Gerlach-Versuch zeigt, daß Elektronen in einem inhomogenen Magnetfeld entsprechend ihren magnetischen Momenten auf mehrere Strahlen aufgeteilt werden. 1943 wurde der deutsch-amerikanische Physiker für seine Untersuchungen mit dem Physik-Nobelpreis ausgezeichnet.

□ 1923-33: Prof. an der Univ. Hamburg. □ 1929: Beugung von Wasserstoff- und Heliummolekülstrahlen an Natriumchloridkristallen. □ 1933: Emigration in die USA. □ 1933-45: Prof. am Carnegie Inst. of Technology in Pittsburgh, Penn. □ 1943: Physik-Nobelpreis.

Sternberg, Josef von

amer. Regisseur österr. Herkunft
* 29.5.1894 Wien † 22.12.1969 Hollywood

Sternberg entdeckte 1929 M. →Dietrich für den Film »Der blaue Engel« (mit E. →Jannings) und stilisierte sie zur klassischen Darstellerin des Vamp. Der Erfolg dieser beiden Filmschaffenden ist stark an die gemeinsame Arbeit geknüpft. St.s Anteil bestand dabei vor allem in der geheimnisvollen Atmosphäre seiner Filme, die er durch den gezielten Einsatz von Licht heraufbeschwor.

□ 1908: Emigration in die USA. □ 1925: »Die Heilsjäger«. □ 1928: »Sein letzter Befehl« (mit E. Jannings). □ 1930: »Marokko« (mit M. Dietrich und G. →Cooper). □ 1932: »Shanghai-Express« (mit M. Dietrich). □ 1934: »Die scharlachrote Kaiserin« (mit M. Dietrich). □ 1935: »Die spanische Tänzerin« (mit M. Dietrich); »Schuld und Sühne« (mit P. →Lorre, nach dem Roman von F. M. Dostojewski). □ 1953: »Die Sage von Anatahan«.

▷ J. v. Sternberg: Ich — Josef von Sternberg, 1967; ders.: Das Blau des Engels (Aut.), 1991.

Josef von Sternberg mit Marlene Dietrich in Berlin, 1928.

Dolf Sternberger befaßte sich u. a. mit Sprachbewußtsein.

Sternberger, Dolf

dt. Publizist und Politikwissenschaftler
* 28.7.1907 Wiesbaden † 27.7.1989 Frankfurt/Main

Sternberger, ein Meister der wissenschaftlichen Prosa, vereinte in seinen Publikationen, die hauptsächlich literarischen und politischen Aspekten des 19. Jh.s und den Grundproblemen parlamentarischer Regierungssysteme gelten, politisches Denken und Sprachbewußtsein. Er widersetzte sich als Redakteur der Frankfurter Zeitung (ab 1934) den Sprachregelungen im Dritten Reich und legte in seinen Essays über die »Figuren der Fabel« (1950) die Strukturen des Nationalsozialismus bloß. 1943 erhielt er Berufsverbot. Aufsehen erregten seine Ausführungen über die Verwahrlosung der Sprache im Dritten Reich, die 1945 in der mit K. →Jaspers, A. → Weber und W. Krauss gegründeten Zeitschrift Die Wandlung (bis 1949) veröffentlicht wurden und 1957 unter dem Titel »Aus dem Wörterbuch des Unmenschen« als Buch erschienen.

□ 1932: Promotion. □ 1938: »Panorama oder Ansichten vom 19. Jahrhundert« (Schr.). □ 1950-58: Mithg. der Zeitschrift Die Gegenwart. □ 1955: Prof. für Politikwissenschaften in Heidelberg. □ 1960: Mitbegründer der Politischen Vierteljahresschriften. □ 1961: »Grund und Abgrund der Macht, Kritik der Rechtmäßigkeit heutiger Regierungen« (Schr.). □ 1964-70: Präs. des PEN-Zentrums der BRD. □ 1971: »Nicht alle Staatsgewalt geht vom Volke aus« (Es.). □ 1974: »Machiavellis ›Principe‹ und der Begriff des Politischen« (Es.s). □ 1981: »Vexierbilder des Menschen« (Schr.). □ 1986: »Die Politik und der Friede« (Es.). □ 1987: »Gang zwischen Meistern« (Es.). □ 1988: »Gut und Böse« (Es.).

Sternheim, Carl

dt. Schriftsteller
* 1.4.1878 Leipzig † 3.11.1942 Brüssel (Belgien)

Im bürgerlichen Milieu aufgewachsen, wurde Sternheim mit Komödien »aus dem bürgerlichen Heldenleben« zu einem der erfolgreichsten politischen Satiriker seiner Zeit; »Die Hose« und »Die Kassette« (beide UA 1911), »Bürger Schippel« (1913) und »Der Snob« (1914) karikieren in knappen, präzisen Dialogen, oft bis ins Groteske überzeichnend, die Maske der Scheinmoral im Bürgertum des wilhelminischen Deutschland. Gegen jede kleinbürgerliche Anpassung, gegen die zerstörerischen Kräfte von Kapitalismus und Massengesellschaft vertrat der Schriftsteller in expressionistischer Form das Selbstverwirklichungsrecht des Individuums.

St., der während des Aufführungsverbots seiner Stücke im 1. Weltkrieg vor allem Romane und Essays schrieb, erlebte — einsam und verarmt wegen des Publikationsverbots seit 1933 — in Brüssel den Einmarsch der Nationalsozialisten.

Carl Sternheim mit seiner Frau Pamela, der Tochter Frank Wedekinds, 1930.

□ 1908-10: Hg. der Zeitschrift Hyperion (mit F. Blei). □ ab 1912: Im Ausland; nach verschiedenen Stationen Wohnsitz in Brüssel. □ 1916: »Tabula rasa« (Dr.). □ 1917: »Kampf der Metapher« (Es.). □ 1920: »Europa« (R., 2 Bde.). □ 1928/29: Geistig-körperlicher Zusammenbruch. □ 1930-34: Dritte Ehe mit Pamela, der Tochter F. →Wedekinds. □ 1933: Verbot des Gesamtwerks durch die Nationalsozialisten.

▷ C. Sternheim: Vorkriegseuropa im Gleichnis meines Lebens (Aut.), 1936; M. Linke: Carl Sternheim, 1979.

Cat Stevens →

Stevens, Cat

(eig. Steven Demetri Georgiou)
engl. Songschreiber und Sänger griech. Herkunft
* 1.7.1948 London

Stevens wurde Ende der 60er Jahre zur Gallionsfigur der englischen Folkszene durch seine ersten beiden Hits »I love my dog« und »Matthew and son« (1967). 1970 gelang ihm der internationale Durchbruch mit lyrischen Liedern wie »Morning has broken«, »Peace Train« und »Moonshadow«. 1977 zog sich der Sänger auf dem Höhepunkt seiner Karriere überraschend zurück, konvertierte zum Islam und nennt sich seitdem Yusef Islam.

□ 1965: Studium am Hammersmith College in London. □ 1970: »Mona bone jakon« (LP). □ 1971: »Tea for the tillerman« (LP). □ 1972: Größter Hit mit »Morning has broken«; »Catch bull at four« (LP). □ 1977: Letzter Hit »The old schoolyard«; »Back to earth« (LP).

Stevens, Wallace

amer. Lyriker
* 2.10.1879 Reading, Penn.
† 2.8.1955 Hartford, Conn.

Stevens' lyrische Arbeiten stellen den Versuch dar, in einer Zeit des Unglaubens — wie er es selbst in seinem Gedicht »Anmerkungen zur höchsten Fiktion« (1947) formulierte — durch Gedichte eine Ersatzbefriedigung des menschlichen Bedürfnisses nach Glauben zu schaffen. Seine Lyrik hat das Spannungsverhältnis zwischen Realität und Phantasie zum Thema. Die Phantasie schafft dabei eine höhere Ordnung, während die Wirklichkeit als chaotisch gedeutet wird. Seine frühen Gedichte »Harmonium« (1915-23) enthalten zahlreiche symbolistische Elemente, die St. in die Nähe von A. Rimbaud rücken.

□ bis 1904: Harvard Univ.; kurze Beschäftigung bei der New York Herald Tribune. □ 1916: Rechtsberater, ab 1934 Vizepräs. einer Versicherungsgesellschaft. □ 1936: »Der Mann mit der blauen Gitarre« (Ged.e). □ 1954: »Gesammelte Gedichte«; Pulitzer-Preis.

▷ P. Brazeau: Parts of a world. Wallace Stevens remembered, engl. 1983.

Stevenson, Teofilo

kuban. Boxer
* 29.3.1952 Las Tunas

Stevenson, der trotz zahlreicher Angebote nie ins Profilager wechselte, zählte mit drei Olympiasiegen (1972, 1976 und 1980) und drei Weltmeistertiteln (1974, 1978 und 1986) zu den erfolgreichsten Amateurboxern. Sein Vorhaben, den Rekord von L. →Papp (Olympiasieger 1948, 1952 und 1956) zu übertreffen, scheiterte am kubanischen Boykott der Olympischen Spiele von Los Angeles (1984). Seit 1988 kümmert sich St., Vertrauter von F. →Castro, als Sportfunktionär um den Breitensport in Kuba.

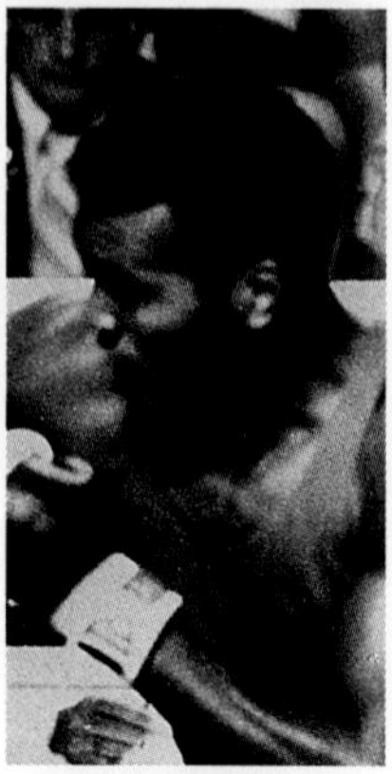

← Teofilo Stevenson

Steward, Julian Haynes

amer. Anthropologe
* 31.1.1902 Washington D. C.
† 6.2.1972 Urbana, Ill.

Stewards und L. →Whites Werke der 40er Jahre bilden den Auftakt zur neoevolutionistischen Bewegung in den USA. Ihr evolutionstheoretischer Ansatz geht von der Vorstellung aus, daß aufgrund einer ständigen Zunahme funktionaler Differenzierung und Komplexität der Gesellschaften ein Aufstieg zu höheren Entwicklungsstufen stattfindet. Nach St. sind ökologische und ökonomische Faktoren die entscheidenden gesellschaftsbildenden Kräfte. Bis 1967 hatte St. einen Lehrstuhl für Social Anthropology an der Universität Illinois inne.

□ 1935: Mitgl. des American Bureau of Ethnology. □ 1943-46: Dir. des Inst. of Social Anthropology. □ 1946-59: »Handbook of South American Indians« (Hg., 7 Bde.). □ 1952-67: Prof. für Social Anthropology, Univ. Ill. □ 1955: »Theory of Culture Change« (Schr.).

Rod Stewart →

James Stewart verkörperte den »aufrichtigen Amerikaner«.

Stewart, James

(eig. James Maintland)
amer. Schauspieler
* 20.5.1908 Indiana, Penn.

Stewart war neben J. →Wayne einer der großen Hollywood-Stars der 40er bis 60er Jahre. Seine schlaksige Gestalt (1,92 m), eine bedächtige Sprechweise und Charme waren die Markenzeichen St.s, der in über 80 Filmen (u. a. 20 Western) sympathische und verletzbare Protagonisten verkörperte. Vor allem F. →Capra legte ihn mit »Mr. Smith geht nach Washington« (1939) auf die Rolle des anständigen Amerikaners fest. Unter A. →Hitchcock (vier gemeinsame Filme) spielte St. den unter Höhenangst leidenden Detektiv in »Vertigo« (1958) und den Fotografen in »Rear Window/Das Fenster zum Hof« (1954).

□ 1928-32: Architekturstudium. □ 1935: Filmdebüt. □ 1940: Auszeichnung mit einem Oscar für »Die Nacht vor der Hochzeit« (Rg. G. → Cukor). □ ab 1941: Bomberpilot bei der Air Force. □ 1947: »Ist das Leben nicht schön?« (Rg. F. Capra). □ 1950: »Winchester 73« (Rg. A. Mann). □ 1955: »Der Mann aus Laramie« (Rg. A. Mann). □ 1956: »Der Mann, der zuviel wußte« (Rg. A. Hitchcock). □ 1959: »Anatomie eines Mordes« (Rg. O. →Preminger). □ 1961: »Mr. Hobbs macht Ferien« (mit M. O'Hara, Rg. H. Koster); »Der Mann, der Liberty Valence erschoß« (Rg. J. →Ford). □ 1968: Beendigung des Reservedienstes als Brigadegeneral. □ 1973/74: »Hawkins« (TV-Serie). □ 1982: Goldener Bär von Berlin für Verdienste um die Filmkunst. □ 1985: Ehrenoscar. □ 1986: »Fackeln im Sturm« (TV-Serie).

▷ H. Thompson: James Stewart. Seine Filme — sein Leben, 1979.

Stewart, Roderick David »Rod«

engl. Rockmusiker
* 10.1.1945 London

Stewart ist seit Ende der 60er Jahre als der Sänger mit der unverwechselbaren Reibeisenstimme und Millionenhits wie »Sailing« (1975), »Da ya think I'm sexy?« (1978) oder »Baby Jane« (1983) der Inbegriff des Rockstars. Atmosphärisch dichte Arrangements und die emotionale Intensität seines stark vom Blues geprägten Gesangs zeichnen die von St. interpretierten Titel aus.

☐ 1961: Profi-Fußballer beim Brentford Football Club. ☐ 1962: Als Straßenmusiker in Frankreich und Spanien. ☐ 1964: Gründung der Band Hoochie Coochie Men mit Long John Baldry; erste Single »Good morning little schoolgirl«. ☐ 1965: Sänger bei Steampacket, Film »Rod the mod«. ☐ 1968: »Truth« (LP der Jeff Beck Group mit St. als Sänger). ☐ 1969: Sänger bei den Faces. ☐ 1970: Erste Solo-LPs »An old raincoat won't ever let you down« und »Gasoline Alley«. ☐ 1971: »Every picture tells a story« (LP). ☐ 1974: »Smiler« (LP). ☐ 1975: »Atlantic Crossing« (LP). ☐ 1978: »Blondes have more fun« (LP). ☐ 1981: »Tonight I'm yours« (LP). ☐ 1984: »Camouflage« (LP). ☐ 1988: »Out of order« (LP). ☐ 1989: »Storyteller« (LP).

▷ G. Röckl/P. Sahner: Rod Stewart, 1979.

Stich, Michael

dt. Tennisspieler
* 18.10.1968 Elmshorn bei Hamburg

1991 gewann Stich als krasser Außenseiter und zweiter deutscher Tennisspieler die All England Lawn Tennis Championships in Wimbledon. Dabei gelang ihm das Kunststück, zweimal die Nr. 1 der Weltrangliste zu besiegen, und zwar im Halbfinale St. →Edberg und im ersten deutsch-deutschen Finale den nach Edbergs Niederlage zur neuen Nr. 1 gewordenen B. →Becker, der bereits zum sechsten Mal im Wimbledonfinale stand und das Turnier dreimal gewinnen konnte. Mit diesem Sieg konnte sich St. als zweiter deutscher Weltklassespieler etablieren.

← Michael Stich

☐ 1985: Dt. Jugendmeister. ☐ 1986: Abitur. ☐ 1988: Beginn der Profilaufbahn; Übersiedlung nach München. ☐ 1989: Nr. 269 der Weltrangliste. ☐ 1990: Unter den besten 100. ☐ 1991: Nach dem Wimbledonsieg Nr. 4 der Weltrangliste; Gewinn des ATP-Turniers in Stuttgart-Weißenhof.

Stielike, Ulrich »Ulli«

dt. Fußballspieler
* 15.11.1954 Ketsch

Stielike kann auf eine erfolgreiche internationale Karriere zurückblicken: Er wurde dreimal Deutscher Meister mit Borussia Mönchengladbach, dreimal Spanischer Meister mit Real Madrid und zweimal Meister mit Xamax Neuchatel (Schweiz). Der Mittelfeldspieler spielte insgesamt 109mal in der Bundesliga, 215mal in der spanischen Liga und 65mal in der höchsten Spielklasse der Schweiz.

← Ulli Stielike

☐ 1973-77: Borussia Mönchengladbach (Dt. Meister 1975-77; 1975 UEFA-Cup-Sieger). ☐ 1975-84: 42 Länderspiele. ☐ 1977-85: Real Madrid (1985 UEFA-Cup-Sieger). ☐ 1980: Europameister mit der dt. Nationalmannschaft. ☐ 1985-88: Xamax Neuchatel. ☐ 1989-92: Trainer der schweiz. Nationalmannschaft. ☐ 1992: Xamax Neuchatel.

Stierlin, Helm

dt. Psychologe
* 12.3.1926 Mannheim

Stierlin ist seit den 70er Jahren neben H.-E. →Richter einer der bedeutendsten deutschen Familientherapeuten. Unter seiner Leitung wurde das »Heidelberger familiendynamische Konzept« entwickelt, das der Familientherapie und -forschung wesentliche Impulse liefert. Seine Untersuchungen berücksichtigen die individuelle Entwicklung und Motivationsdynamik des einzelnen Familienmitgliedes ebenso wie die traditionellen Verhaltensregeln zwischen Großeltern, Eltern und Kindern.

← Helm Stierlin

☐ seit 1974: Ärztlicher Dir. der Abt. für Psychoanalytische Grundlagenforschung und Familientherapie an der Univ. Heidelberg. ☐ 1975: »Adolf Hitler — Familienperspektiven« (Schr.); »Von der Psychoanalyse zur Familientherapie« (Schr.). ☐ 1978: »Delegation und Familie« (Schr.). ☐ 1980: »Eltern und Kinder« (Schr.). ☐ 1982: »Krankheit und Familie« (Schr.). ☐ 1987: »Familiäre Wirklichkeiten« (Schr.). ☐ 1989: »In Liebe entzweit« (Schr.); »Individuation und Familie« (Schr.).

Sting

(eig. Gordon Matthew Sumner)
engl. Rockmusiker
* 2.10.1951 Wallsend

Als virtuoser Sänger der Rockband Police wurde Sting seit den 70er Jahren einer der profiliertesten und vielseitigsten Musiker der Rockszene. Mit unverwechselbarer und klassisch geschulter Stimme mischt er Jazzphrasierungen, Soul, Blues, Reggae und Rock zu einem eigenwilligen, auf das Nötigste reduzierten Stil. Seit seiner Trennung von Police (1985) setzt er noch konsequenter seine musikalischen Vorstellungen in Richtung Jazz um; in seinen Liedtexten weist St., der auch als Schauspieler erfolgreich ist, auf teils recht poetische Weise aktuelle politische und soziale Probleme in aller Welt hin.

Sting: Der Poet mit der Rockgitarre.

☐ 1969-74: Pädagogik-Studium und zweijährige Tätigkeit als Lehrer; Sänger und Bassist in div. Bands. ☐ 1977: Gründung der Gruppe Police in London. ☐ 1978: »Outlandos d'Amour« (LP). ☐ 1979: Erste Hits »Roxanne«, »Message in a bottle« und »Walking on the moon«; Film »Quadrophenia«. ☐ 1980: Grammy Award mit Police für »Regatta de blanc«

(LP); »Zenyatta Mondatta« (LP). □ 1981: Grammy Award mit Police für »Don't stand so close to me« (Single) und »Behind my camel« (Single). □ 1982: »Brimstone and treacle« (Solo-LP). □ 1983: »Synchronicity« (LP). □ 1984: Rolle in »Dune — Der Wüstenplanet« (F., Rg. D. → Lynch). □ 1985: »The dream of the blue turtles« (Solo-LP); Rolle in »Eine demanzipierte Frau« (F., mit M. → Streep). □ 1987: »Nothing like the sun« (Solo-LP). □ 1988: Grammy Award als Sänger des Jahres. □ 1990: »Their Greatest Hits« (LP mit Police). □ 1991: »Soul Cages« (Solo-LP).

▷ M. Copeland: The Police, 1981.

Stinnes, Hugo

dt. Industrieller
* 12.2.1870 Mülheim a. d. Ruhr † 10.4.1924 Berlin

Stinnes baute, begünstigt durch die Inflation, in den Bereichen Bergbau, Reederei und Schwerindustrie den größten deutschen Konzern nach dem 1. Weltkrieg auf, der allerdings nach seinem Tod wieder zerbrach. Sein Großvater Mathias St. (* 1790, † 1845) hatte als erster Unternehmer die Schleppschiffahrt auf dem Rhein betrieben, mehrere Kohlegruben sowie einen Kohlengroßhandel seiner rasch expandierenden Firma einverleibt und damit den Grundstein für den Konzern gelegt. Als Großunternehmer war St., der trotz seines Mandats im Reichstag für die Deutsche Volkspartei (1921-23) den Parlamentarismus ablehnte, maßgeblich an der Bildung des Rheinisch-Westfälischen Kohlesyndikats beteiligt. Fusionen und die Kontrolle über zahlreiche ausländische Firmen (1924 besaß St. insgesamt 1535 Betriebe mit 2888 Betriebsstätten) machten ihn zu einem führenden Vertreter der deutschen Montanindustrie.

← Hugo Stinnes

□ 1890: Nach Abitur, Lehrzeit und Studium Leitung der Bergbaubetriebe des Vaters; Gründung eines Binnenschifffahrtsunternehmens und einer Seereederei. □ 1920: Durch den Anschluß des Siemens-Schuckert-Konzerns an die von St. geführte Rhein-Elbe-Union Entstehung eines Riesentrusts für Kohle, Eisen und Elektroindustrie. □ ab 1920: Als Nutznießer der Inflation Kampf gegen die Währungsstabilisierungsversuche der Regierung. □ 1924/25: Liquiditätsprobleme; Verkauf der Hälfte der Konzern-Anteile. □ ab 1945: Verfall des Konzerns wegen Familienstreitigkeiten; Weiterexistenz der H. Stinnes AG als Nachfolgegesellschaft aus den in den 20er Jahren verkauften Anteilen.

Stirling, James

engl. Architekt
* 22.4.1926 Glasgow

Stirling ist der profilierteste englische Architekt der Gegenwart und einer der führenden Vertreter postmoderner Architektur. Zu seinen international am meisten beachteten Bauten gehört die Neue Staatsgalerie in Stuttgart mit angegliedertem Kammertheater und einer Musikhochschule (1977-84). Der ungewöhnliche Komplex überrascht mit weich modulierten Fassaden, langgezogenen Rampen, halbrunden Glaswänden und offenliegenden Versorgungsleitungen, deren Farbigkeit die Wege für die Besucher markiert. Im Innern ist die Wegführung durch die in Fluchten angelegten Ausstellungsräume und einer Zahlenfolge an den neoklassizistischen Giebeln oberhalb der Durchgänge markiert. Außerhalb der »klassischen« Ausstellungsräume lassen architektonische Lösungen wie das Rund des Eingangsbereichs sowie zahlreiche Durchgänge und -blicke das Gebäude unabhängig von seiner Museumsfunktion zum Erlebnisraum werden. Bei seiner Freude an Experiment und postmodernen Lösungen verleugnet St. jedoch die funktionale Phase seines Frühwerks nicht, als er geschlossene Baukörper im Sinne des International Style gestaltete (z. B. Engineering Department der Universität Leicester, 1959-63).

← James Stirling

□ 1956-63: Bürogemeinschaft mit J. Gowan. □ 1959-63: Dozent an der Yale Univ., New Haven, Conn. □ 1964-67: History Faculty der Univ. of Cambridge. □ 1967-76: Wohnsiedlung in Runcorn New Town mit Fertigelementen. □ 1972-77: Olivetti-Zentrale in Milton Keynes (mit M. Wilford). □ 1979-85: Fogg Art Museum in Cambridge, Mass. □ 1980-85: Erweiterungsbau (Turner Museum) der Tate Gallery, London. □ 1980-88: Wissenschaftszentrum, Berlin.

▷ P. Arnell/T. Bickford: James Stirling, Bauten und Projekte 1950 bis 1983, 1984.

Stöcker, Helene

dt. Frauenrechtlerin und Pazifistin
* 13.11.1869 Elberfeld † 24.2.1943 New York (USA)

Stöcker gründete 1905 den Bund für Mutterschutz und Sexualreform, der 1911 international erweitert wurde, und gab bis 1932 dessen Zeitschrift Die Neue Generation heraus. Für viele sozialpolitische und frauenrechtliche Journale publizistisch tätig, gründete St., die nach dem 1. Weltkrieg in den Vorstand der Deutschen Friedensgesellschaft (DFG) gewählt worden war, 1921 die Internationale der Kriegsgegner in den

H. Stöcker setzte sich als Journalistin für Frauenrechte ein.

Niederlanden. Nach 1945 wurde die Deutsche Friedensgesellschaft — Internationale der Kriegsdienstgegner (DFG-IDK) wiedergegründet.

□ 1905: »Die Liebe und die Frauen« (Schr.). □ 1921: »Das Werden der neuen Moral« (Schr.). □ 1922: »Liebe« (R.). □ 1924: »Erotik und Altruismus« (Schr.). □ 1933: Auflösung der Deutschen Friedensgesellschaft durch die Nationalsozialisten; Emigration in die USA.

▷ C. Wickert: Helene Stöcker 1869-1943. Frauenrechtlerin, Sexualreformerin und Pazifistin, 1991.

Stockhausen, Karlheinz

dt. Komponist
* 22.8.1928 Mödrath bei Köln

Karlheinz Stockhausen: Pionier der elektronischen Musik.

Stockhausen, einer der überragenden Musikerpersönlichkeiten der zweiten Jahrhunderthälfte, ist unter den Komponisten der dritten Generation Neuer Musik (N. →Nono, P. →Boulez) der radikalste Programmatiker. Er leistete Pionierarbeit auf dem Gebiet der elektronischen Musik, der Musik im Raum, der offenen Formen und der Live-Elektronik. In seinen Schriften (seit 1963 als »Texte zur Musik« veröffentlicht) entwickelte St. ein neuartiges, kohärentes System, das er in seinen zahlreichen Kompositionen in die Praxis umsetzt.
Erste öffentliche Konzerte mit reiner Elektronik (nur Lautsprecher) gab er 1953/54 (»Studien I, II«). Seit Anfang der 60er Jahre stellte St. Verbindungen zwischen z. B. einem vorbereiteten Tonband, Spielern, Schlagzeug und Klavier her (»Kontakte«, 1960). Nach Erfindung des Synthesizers wurde erstmals ein direktes elektronisches Spiel auf der Bühne möglich (»Mantra«, 1970). Mit »Musik für ein Haus« (1968) schuf St. auch eine neue Konzertform, bei der — wie im Museum — einem wandernden Publikum in allen Räumen Verschiedenes geboten wird.
Sein Interesse für irrationale Bereiche und kosmische Aspekte (»Trans«, 1971; »Inori«, 1974; »Sirius«, 1977) konzentriert St., der zeitweise auch als Professor an der Musikhochschule Köln tätig war, seit 1977 auf den siebenteiligen Musiktheaterzyklus »Licht — Die sieben Tage der Woche« (UA der Teile I-III Mailand, 1981, 1984, 1988), den er bis zum Jahr 2002 fertigstellen will.

□ 1952/53: Schüler von O. →Messiaen und D. →Milhaud in Paris; Begegnung mit P. Boulez. □ 1952-55; 1961: Klavierstücke I-X. □ seit 1953: Mitarbeiter des Studios für Elektronische Musik des WDR. □ 1955-62: Hg. der Zeitschrift die Reihe; Dozent der Int. Ferienkurse für Neue Musik in Darmstadt. □ 1962-64: »Momente« für Sopran, 4 Chorgruppen, 13 Instrumentalisten. □ 1963: Gründung der Kölner Kurse für Neue Musik. □ seit 1963: Künstlerischer Leiter des Studios für Elektronische Musik des WDR. □ 1965: »Mikrophonie II« für Chor, Hammondorgel, vier Ringmodulatoren. □ 1966/67: Elektronische und konkrete Musik »Hymnen«. □ 1968: »Aus den sieben Tagen« für Ensemble (intuitive Musik). □ 1970: Bei der Weltausstellung in Osaka leitet St. im für ihn gebauten Kugelauditorium des Dt. Pavillons 183 Tage lang mit 20 Solisten aus fünf Ländern täglich über fünf Stunden Live-Aufführungen eigener Werke. □ 1971: »Ein Schlüssel für Momente« (Schr.). □ 1971-77: Prof. an der Musikhochschule Köln. □ 1986: Siemens-Musikpreis. □ 1988: Erste Aufführung von St.s Werken in der DDR. □ 1989: »Texte zur Musik«, Bd. 5.

▷ K. H. Wörner: Karlheinz Stockhausen. Werk und Wollen, 1963; M. Kurtz: Stockhausen. Eine Biographie, 1988.

Adolf Stoecker →

Stoecker, Adolf

dt. Politiker und Theologe
* 11.12.1835 Halberstadt
† 7.2.1909 Gries bei Bozen, Tirol

In Stoecker treffen sich zwei Entwicklungslinien deutscher Politik. Zum einen engagierte sich der Begründer der Christlich-sozialen Bewegung für eine Überwindung der sozialen Not der Arbeiterschaft. Auf der anderen Seite bekämpfte er hemmungslos den »Liberalismus des Judentums«, der Schuld habe an der Abwendung der Massen von Kirche und Staat. Damit trug er zur Begründung des modernen Antisemitismus bei. Wegen seiner antisemitischen Hetze mußte St. auf Druck von Bismarck sein Amt als Hofprediger aufgeben.

□ 1871: Divisionspfarrer. □ 1874: Gründer der Berliner Stadtmission. □ 1874-90: Preuß. Hofprediger. □ 1878: Gründer der Christlich-Sozialen Arbeiter-Partei (1881: Christlichsoziale Partei). □ 1879-98: Mitgl. des preuß. Abgeordnetenhauses. □ 1881-93; 1898-1908: MdR. □ 1890: Mitgründer des Evangelisch-sozialen Kongresses.

▷ G. Brakelmann u. a. : Protestantismus und Politik. Werk und Wirkung Adolf Stoeckers, 1982.

Stoker, Abraham »Bram«

anglo-ir. Schriftsteller
* 8.11.1847 Clontarf bei Dublin † 20.4.1912 London

Von den insgesamt siebzehn Romanen Stokers ist nur einer einem größeren Publikum bekannt geworden, der 1897 erschienene Schauerroman »Dracula« (dt. 1971). Anknüpfend an orientalische Überlieferungen leichenverzehrender Ghoule und die von William Polidori verfaßte Erzählung »Der Vampir« (1819) machte St. den blutsaugenden Vampir Dracula unsterblich. St.s naturalistische Darstellung sowie die Technik, den Leser über Tagebucheintragungen und Notizen zu informieren, hinterließen den Eindruck

druck von Authentizität. Dem Roman folgte eine Flut von Vampirliteratur und -filmen.

☐ ab 1870: Beamtenlaufbahn. ☐ 1878: Manager und Sekr. beim Schauspieler Henry Irving. ☐ 1903: »Die sieben Finger des Todes« (R., dt. 1981). ☐ 1906: »Erinnerungen an den Schauspieler Henry Irving«. ☐ 1911: »Das Schloß der Schlange« (R., dt. 1981).

▷ D. Farson: The man who wrote dracula (Biogr.), engl. 1975.

Stokes, Sir (ab 1889) George Gabriel

brit. Mathematiker und Physiker
* 13.8.1819 Skreen, Sligo (Irland)
† 1.2.1903 Cambridge

Stokes stellte in der Analysis den nach ihm benannten Integralsatz auf, der eine Beziehung zwischen Linien- und Flächenintegralen herstellt. Er erlaubt die Darstellung des Oberflächenintegrals (über ein Flächenstück) durch Verknüpfung mit dem Kurvenintegral (über der Randkurve dieses Flächenstücks). In der Hydrodynamik entwickelte St. 1845-50 ein Reibungsgesetz, wonach die Geschwindigkeit einer sich in zäher Flüssigkeit bewegenden Kugel umgekehrt proportional zur Viskosität dieser Flüssigkeit ist. Die Stokessche Formel ist u. a. zur Berechnung des Reibungswiderstandes von Schiffen im Wasser wichtig und war für R. →Millikans Experiment bedeutsam.
Die Stokessche Regel (1852) besagt, daß bei Fluoreszenz- und Phosphoreszenzstrahlung kein Licht emittiert wird, das kurzwelliger als die erzeugende und absorbierte Strahlung ist. Verletzt wird dieses allgemeingültige Gesetz nur durch den von Ch. V. →Raman entdeckten Effekt.

☐ ab 1849: Prof. an der Univ. Cambridge. ☐ 1854-85: Sekr. der Royal Society; 1885-90 deren Präs. ☐ 1884-87: »Das Licht« (3 Bde., dt. 1888).

Stokowski, Leopold Anthony

(eig. Antoni Stanislaw Boleslawowich)
amer. Dirigent
* 18.4.1882 London
† 13.9.1977 Nether Wallop, Hampshire

Stokowski begann seine Karriere 1912 als Leiter des Philadelphia Orchestra, das er im Verlauf einer 25jährigen Zusammenarbeit zu Weltruhm führte. Der experimentierfreudige Dirigent erreichte durch die Steigerung der Technik und der Klangqualität den berühmt gewordenen »Philadelphia sound«. Auf St. geht auch die inzwischen standardisierte neue Sitzordnung des Orchesters zurück. Mit seiner starken, faszinierenden Persönlichkeit gewann er das Publikum vor allem für die zeitgenössische Musik. Als Dirigent einer Vielzahl von Orchestern leitete er mehr als 2000 Uraufführungen (u. a. E. →Varèse, Ch. →Ives und S. →Rachmaninow) sowie die amerikanischen Erstaufführungen aller Orchesterwerke von A. →Schönberg und der Oper »Wozzek« von A. →Berg (1931).

☐ ab 1905: Wohnsitz in den USA. ☐ 1909-12: Leiter des Cincinnati Symphony Orchestra. ☐ 1940-42: Konzertreisen mit dem All-American Youth Orchestra durch die USA und Südamerika. ☐ 1941: Mitarbeit an dem Film »Fantasia« von W. →Disney. ☐ 1942: Neben A. →Toscanini Dirigent des NBC Symphony Orchestra. ☐ 1943: »Music for all of us« (Schr.). ☐ 1949/50: Mit D. →Mitropoulos Leiter des New York Philharmonic Symphony Orchestra. ☐ ab 1955: Dirigent des Houston Symphony Orchestra. ☐ 1962-73: Gründer und Musikdir. des American Symphony Orchestra. ☐ ab 1970: Ständiger Dirigent des London Symphony Orchestra. ☐ 1975: Letztes Konzert beim frz. Vence-Festival.

▷ K. V. Burian: Leopold Stokowski, 1976; P. Robinson: Stokowski, 1977; A. Chasins: Leopold Stokowski. A profile, 1979.

L. Stokowski: Sein Perfektionsstreben machte das Philadelphia Orchestra berühmt.

Manfred Stolpe →

Stolpe, Manfred

dt. Politiker
* 16.5.1936 Stettin (heute Szczecin, Polen)

Als einzigem Kandidaten der SPD gelang es Stolpe, sich bei den ersten freien Landtagswahlen im Herbst 1990 in Ostdeutschland durchzusetzen. Seitdem führt er in Brandenburg eine Dreier-Koalition aus SPD, FDP und Bündnis 90. Der angesehene Kirchenjurist hatte in den Jahren zuvor als Sprecher der Protestanten unter dem Schirm der Kirche verschiedenen Friedensgruppen und Bürgerrechtlern der DDR den notwendigen Freiraum für ihre Arbeit verschafft. St. setzt sich als Ministerpräsident für eine parteienübergreifende Zusammenarbeit ein.

☐ 1955-59: Jurastudium; anschließend im juristischen Dienst der ev. Kirche. ☐ 1962-69: Oberkonsistorialrat in der Kirche Berlin-Brandenburg. ☐ 1969-82: Leiter des Sekretariats des Ev. Kirchenbundes der DDR. ☐ 1982: Präs. des Konsistoriums der ev. Kirche von Berlin-Brandenburg. ☐ seit 1990: Mitgl. der SPD und Ministerpräsident von Brandenburg. ☐ seit 1991: Präsidiumsmitgl. der SPD.

Stoltenberg, Gerhard

dt. Politiker
* 29.9.1928 Kiel

Der stets distanziert wirkende Stoltenberg ist seit dem Regierungswechsel 1982 eine der zuverlässigsten Stützen der Regierung H. →Kohl. Bis 1989 war der ehemalige Ministerpräsident von Schleswig-Holstein als Finanzminister für eines der Schlüsselressorts des Kabinetts verantwortlich. Nach der Affäre →Barschel und dem glücklosen Agieren bei der Planung der Steuerreform wurde St. im Rahmen einer Kabinettsumbildung zum Verteidigungsminister ernannt.

☐ 1944/45: Flakhelfer. ☐ seit 1947: Mitgl. der CDU. ☐ 1949-53: Studium der Geschichte und der Sozialwissenschaften. ☐ ab 1951: Vors. der Jungen Union (JU) in Schl.-H. ☐ 1954-56: Wissenschaftlicher Assistent in Kiel. ☐ 1954-57: MdL. ☐ 1955-61: Bundesvors. der JU. ☐ 1957-71; seit 1983: MdB. ☐ 1965-69: Forschungsmin. ☐ 1971-82: Ministerpräsident von Schl.-H. ☐ 1971-88: Vors. der CDU von Schl.-H. ☐ 1982-89: Finanzmin. ☐ seit 1989: Verteidigungsmin.

▷ W. Wiedemeyer: Gerhard Stoltenberg, 1975; B. Brügge: Über Gerhard Stoltenberg, 1982.

← Gerhard Stoltenberg

Stolypin, Pjotr Arkadjewitsch

russ. Politiker
* 14.4.1862 Dresden (Baden-Baden?)
† 18.9.1911 Kiew (ermordet)

Der im nationalen Russentum verhaftete Stolypin wurde nach der Revolution von 1905 zum Premierminister ernannt. Nach einem Attentatsversuch auf ihn rief er den Kriegszustand aus und unterdrückte durch eine harte Polizeiherrschaft die Unruhen. Mit Hilfe einer Notverordnung setzte er 1907 ein neues Wahlgesetz durch, das in der Duma (Parlament) eine konservative Mehrheit sicherte. 1906/07 und 1910/11 führte er Agrarreformen durch; mit Auflösung der alten russischen Dorfgemeinschaft (Mir) gestattete er den Bauern, ihre Felder auch mit Hilfe von fremden Arbeitskräften zu bearbeiten. Die Macht der Großgrundbesitzer wurde durch diese Reformen jedoch kaum geschwächt. 1911 fiel St. einem Attentat zum Opfer.

☐ 1885: Im Ministerium für Staatsdomänen. ☐ 1902: Gouverneur von Grodno. ☐ 1903: Gouverneur von Saratow. ☐ 1906: Innenmin. ☐ 1906-11: Ministerpräsident.

← Pjotr A. Stolypin

Stolz, Robert Elisabeth

österr. Operettenkomponist
* 25.8.1880 Graz † 27.6.1975 Berlin (West)

Stolz war der letzte Walzerkönig und einer der erfolgreichsten Vertreter der Wiener Unterhaltungsmusik im 20. Jh. Nach seinem internationalen Erfolg mit dem Lied »Hallo, du süße Klingelfee« (1919 gesungen von J. →Gabin im Casino von Paris) und der Operette »Tanz ins Glück« (UA Wien, 1920) war St. ab 1924 in Berlin tätig, wo er zu einem der begehrtesten Filmmusikkomponisten wurde. Ein Welterfolg gelang ihm 1930 mit der Musik zu »Zwei Herzen im Dreivierteltakt« — eine der ersten europäischen Tonfilmmusiken.

R. Stolz wurde in Hollywood als Filmkomponist bekannt.

Nach seiner Emigration in die USA (1940) wurde St. mit dem Oscar für zwei Hollywood-Filme (»Spring Parade«, 1941; »It happened tomorrow«, 1943) ausgezeichnet. 1946 kehrte der Österreicher nach Wien zurück, komponierte bis ins hohe Alter, dirigierte Konzerte und nahm zahlreiche Schallplatten auf.

☐ ab 1898: Dirigent in Marburg a. d. Drau und Salzburg. ☐ 1899: Begegnung mit Johann Strauß (* 1825, † 1899); erste Operette »Studentenulk«, UA Marburg. ☐ 1903-07: Dirigent am Dt. Theater in Brno. ☐ 1905-12: Kapellmeister am Theater an der Wien. ☐ 1911: Lied »Servus, Du!«. ☐ 1915: Lied »Wien wird bei Nacht erst schön«. ☐ 1919: Chanson »Salomé« (erster europäischer Foxtrott). ☐ 1927: 20 »Blumenlieder« op. 500. ☐ 1930: Lied »Die ganze Welt ist himmelblau«. ☐ 1932: Operetten »Wenn die kleinen Veilchen blühen«, UA Den Haag; »Venus in Seide«, UA Zürich. ☐ 1935: Filmmusik »Ich liebe alle Frauen«. ☐ 1949: Operette »Frühling im Prater«, UA Wien. ☐ 1952-71: Komponist der Musiken für die jährlichen Wiener Eisrevuen. ☐ 1962: Operette »Trauminsel«, UA Bregenz. ☐ 1965: Operette »Wiener Café«, UA Graz. ☐ 1966: Filmmusik »Der Kongreß amüsiert sich«. ☐ 1970: Ehrenbürger von Wien.

▷ O. Herbrich: Robert Stolz. König der Melodie, 1975; R. Stolz: Servus, Du! (Mem.), 1980.

Oliver Stone →

Stone, Oliver

amer. Regisseur und Drehbuchautor
* 15.9.1946 New York

Stone gehört zu den erfolgreichsten, aber auch umstrittensten Hollywoodregisseuren der Gegenwart. Seine Erfahrungen als Soldat in Vietnam verarbeitete er u. a. in »Platoon« (1986, 4 Oscars), der wegen seiner spektakulären Gewaltszenen ein zwiespältiges Echo fand. Einen weiteren Oscar erhielt St. 1990 für »Geboren am 4. Juli« (mit T. →Cruise), der Geschichte eines Elitesoldaten, der als Krüppel aus Vietnam heimkehrt. Die kritische Auseinandersetzung mit der amerikanischen Gesellschaft kennzeichnet auch den an der Börse spielenden Film »Wall Street« (1987, mit M. →Douglas).

☐ 1965-68: Freiwilliger in Vietnam. ☐ 1977: Drehbuch für »12 Uhr nachts — Midnight Express« (Rg. A. →Parker). ☐ 1981: Drehbuch für »Conan der Barbar« (mit A. →Schwarzenegger, Rg. J. Milius). ☐ 1982: Drehbuch für »Al Capone — Scarface« (mit A. Pacino, Rg. B. de Palma). ☐ 1985: Drehbuch für »Im Jahr des Drachen« (mit M. →Rourke, Rg. M. →Cimino); Drehbuch für »Acht Millionen Wege zu sterben« (Rg. H. → Ashby); »Salvador«. ☐ 1988: »Talk Radio«. ☐ 1991: »The Doors«. ☐ 1992: »John F. Kennedy«.

Stoph, Willi

dt. Politiker
* 9.7.1914 Berlin

Stoph, der langjährige Ministerpräsident der DDR, war ein loyaler Stellvertreter sowohl von W. →Ulbricht als auch von E. →Honecker. 1970 trieb er, trotz der zögerlichen Haltung von Ulbricht, den von der sowjetischen Führung gewünschten Entspannungsprozeß mit Westdeutschland voran. So traf er sich zu Gesprächen mit Bundeskanzler W. →Brandt in Erfurt und in Kassel. 1991 wurde er wegen des Verdachts verhaftet, für den Schießbefehl an der innerdeutschen Grenze mitverantwortlich zu sein.

☐ 1928: Mitgl. des Kommunistischen Jugendverbands. ☐ 1928-31: Maurerlehre. ☐ 1931: Mitgl. der KPD. ☐ 1935-37, 1940-42: Wehrdienst; nach schwerer Verwundung wieder in seinem Beruf tätig. ☐ 1948-50: Leiter der Abteilung Wirtschaftspolitik beim SED-Parteivorstand. ☐ 1950-89: Mitgl. der Volkskammer. ☐ 1952-55: Innenmin. ☐ 1953-89: Mitgl. des Politbüros. ☐ 1956-60: Verteidigungsmin. ☐ 1959: Armeegeneral. ☐ 1964-73: Vors. des Ministerrats (Ministerpräsident). ☐ 1973-76: Vors. des Staatsrats (Staatsoberhaupt). ☐ 1976-89: Vors. des Ministerrats und Mitgl. des Staatsrats. ☐ 1989: Parteiausschluß. ☐ 1990/91: Zeitweilig in Haft.

← Willi Stoph

Stoppard, Tom

(eig. Thomas Straussler)
engl. Dramatiker tschech. Herkunft
* 3.7.1937 Zlín (heute Gottwaldov)

Stoppard gilt als der am stärksten intellektuell ausgerichtete Repräsentant des anspruchsvollen englischen Gegenwartstheaters. In seinen surrealistischen Bühnenstücken, die dem absurden Drama (S. →Beckett, E. →Ionesco) nahestehen, verbindet er Elemente des Ideendramas, der Farce, des Boulevardtheaters und der Revue. Bevorzugte Themen sind die Frage nach der Relativität von Wahrheit und die Unzulänglichkeit der Sprache, so z. B. in »Hapgood« (UA 1988). St.s bühnenwirksame Dramen, etwa sein Welterfolg »Rosencrantz und Güldenstern sind tot« (UA 1966, dt. 1967), zeugen von großer Experimentierfreude in Form und Inhalt. Sie zeichnen sich durch eine Vorliebe für Paradoxien und Montagen, absurde Dialoge, literarische Anspielungen und hintergründigen sprachlichen Witz aus.

☐ 1946: Nach längeren Aufenthalten in Singapur und Indien Übersiedlung nach England. ☐ ab 1954: Tätigkeit als Journalist, Film- und Theaterkritiker. ☐ 1966: »Das Fräulein, das die Zeit ansagt« (Hörspiel, dt. 1968); »Lord Malquist and Mr. Moon« (R.). ☐ 1972: »Akrobaten« (Dr., dt. 1973). ☐ 1975: »Travestien« (Dr., dt. 1976). ☐ 1976: »Schmutzige Wäsche und Neu-Fund-Land« (Dr.n, dt. 1977). ☐ 1977: »Gegen die Spielregeln« (Fernsehstück, dt. 1979). ☐ 1982: »The dog it was that died« (Hsp). ☐ 1986: »Dalliance« (Dramatische Bearbeitung von A. →Schnitzlers »Liebelei«).

▷ M. Billington: Stoppard. The Playwright, engl. 1987.

G. Lytton Strachey →

← Tom Stoppard

Straaten, Werenfried van

belg. Prämonstratenser
* 17.1.1913 Mijdrecht, Prov. Utrecht

Nach dem 2. Weltkrieg initiierte Straaten Hilfsaktionen für die deutschen Flüchtlinge und Heimatvertriebenen, später organisierte er die karitative und kirchliche Betreuung Notleidender in Westeuropa. Das auf Selbsthilfe und Spenden begründete Hilfswerk des »Speckpaters« hat seine Zentrale in Rom, von wo aus die Hilfe für die Hungernden in den Notstandsgebieten der Dritten Welt koordiniert wird.

☐ 1949: Gründung der Ostpriesterhilfe zur Unterstützung und Ausbildung der Priester in den Ländern des Ostblocks. ☐ 1953: Gründung des Int. Bauordens zur unentgeltlichen Mitwirkung bei der Errichtung von Gotteshäusern.

▷ W. v. Straaten: Sie nennen mich Speckpater (Aut.), 1961.

Strachey, (Giles) Lytton

engl. Essayist und Biograf
* 1.3.1880 London † 21.1.1932 Inkpen, Berkshire

Strachey, Angehöriger der Bloomsbury Group (1905-30), revolutionierte mit seinen anschaulichen und geistreichen Schilderungen geschichtlicher Persönlichkeiten die Konventionen der traditionellen Biografie. Er ersetzte die nüchterne Aneinanderreihung von Fakten durch eine sorgfältige Auswahl und Interpretation bedeutsamer Situationen, die den Charakter und die Motive der jeweiligen Person beispielhaft verdeutlichen. St.s biografische Essays, etwa »Eminent Victorians« (1918, dt. »Macht und Frömmigkeit«, Auszüge, 1937) und »Elizabeth and Essex« (1928, dt. 1929) zeichnen sich durch kritische Auseinandersetzung, Ironie und stilistische Brillanz aus. Nicht zuletzt ihm ist es zu verdanken, daß Biografien kritisch angelegt und der Literatur zugerechnet werden.

☐ 1899-1905: Studium in Cambridge. ☐ 1921: »Queen Victoria« (Biogr.). ☐ 1922: »Books and characters« (Es.s). ☐ 1925: »Pope« (Biogr.). ☐ 1931: »Portraits in miniature« (Es.s). ☐ 1933: »Characters and commentaries« (Es.s).

▷ M. Holroyd: Lytton Strachey, 2 Bde., engl. 1967/68.

Strasberg, Lee

amer. Schauspielpädagoge und Theaterleiter
* 17.11.1901 Buzdanow (früher Österreich, heute Polen) † 17.2.1982 New York

Strasberg war ein international anerkannter Schauspielpädagoge, dessen auf K. S. →Stanislawski beruhende Schauspieltheorie (»Method«) heute weltweit die Schauspielerausbildung bestimmt. Wichtigste Säule der »Method« ist die

Lee Strasberg: Mitbegründer des New Yorker Actor's Studio.

glaubwürdige Darstellung von Empfindungen; dies wird durch die Aktivierung des »emotionalen Gedächtnisses« erreicht. Mit einem speziellen Training soll der Schauspieler in die Lage versetzt werden, Selbsterlebtes wieder wachzurufen. St.s Arbeit im Actor's Studio war prägend für eine ganze Schauspielergeneration; zu seinen Schülern zählten u. a. M. →Brando, J. →Fonda, P. →Newman, J. →Dean und M. →Monroe.

□ 1930: Mit H. Clurman und Ch. Crawford Gründung des Group Theatre in New York. □ 1933: Pulitzer-Preis für Inszenierung von »Männer in Weiß« (S. Kingsley). □ 1937: Trennung vom Group Theatre. □ 1947: Mit E. →Kazan, R. Lewis und Ch. Crawford Gründung der Schauspielschule Actor's Studio in New York. □ ab 1951: Künstlerische Leitung des Actor's Studio. □ ab 1971: Leitung einer Schauspielschule in Los Angeles. □ 1974: Gangster Hyman Roth in »Der Pate II« (Rg. F. →Coppola).

▷ L. Strasberg: Ein Traum der Leidenschaft, 1987, dt. 1988; W. Wermelskirch (Hg.): Lee Strasberg. Schauspieler und das Training des Schauspielers, 1987.

Strasser, Gregor

dt. Politiker
* 31.5.1892 Geisenfeld, Oberbayern
† 30.6.1934 Berlin (ermordet)

Strasser, Bruder von O. →Strasser, gehörte zum linken, sozialen Flügel der NSDAP. Er versuchte mehrfach die Partei auf einen sozialrevolutionären Kurs zu bringen; ab 1930 stieß er mit seinen antikapitalistischen und sowjetfreundlichen Vorstellungen verstärkt auf den Widerstand A. →Hitlers. Im Herbst 1932 verhandelte er mit →Schleicher über eine Beteiligung an der Reichsregierung. Nach langem Zögern war er bereit, als Vizekanzler in eine »soziale« Regierung unter Beteiligung der Gewerkschaften einzutreten. Als St. sich in der Partei nicht gegen Hitler durchsetzen konnte, trat er von allen Parteifunktionen zurück. Obwohl er sich seitdem nicht mehr politisch betätigt hatte, wurde er während des sog. →Röhm-Putsches erschossen.

□ 1921-32: Mitgl. der NSDAP. □ 1921: Gauleiter in Niederbayern. □ 1923: Teilnehmer am Hitler-Putsch; Festungshaft. □ 1924: Bayer. MdL. □ 1924-33: MdR. □ 1925: Gauleiter in Norddeutschland. □ 1926/27: Reichspropagandaleiter der NSDAP. □ 1928: »Freiheit und Brot« (Schr.). □ 1928-32: Reichsorganisationsleiter der NSDAP.

▷ U. Kissenkoetter: Gregor Strasser und die NSDAP, 1978.

Otto Strasser →

Teresa Stratas →

← Gregor Strasser

Strasser, Otto

dt. Politiker und Publizist
* 10.9.1897 Windsheim, Mittelfranken
† 27.8.1974 München

Strasser vertrat, stärker noch als sein Bruder G. →Strasser, einen nationalen Staats-Sozialismus auf marxistischer Basis. Als er 1930 erkannte, daß er mit diesen Vorstellungen in der NSDAP keine Chance hatte, versuchte er sie ohne großen Erfolg in einer eigenen Gruppe (Die Schwarze Front) zu verwirklichen. 1956 gründete er die Deutsche Soziale Union.

□ 1919: Mitgl. der SPD. □ 1920: Im Reichsernährungsministerium. □ 1925-30: Mitgl. der NSDAP. □ 1930: Gründung der Kampfgemeinschaft Die Schwarze Front. □ 1932: »Der Aufbau des Sozialismus« (Abh.). □ 1933-55: Exil in der Tschechoslowakei, Schweiz, Kanada. □ 1956: Gründung der Deutschen Sozialen Union.

▷ O. Strasser: Hitler und ich (Erinnerungen), 1948.

Stratas, Teresa

(eig. Anastasia Strataki)
kanad. Sängerin griech. Herkunft
* 26.5.1938 Toronto

Ihre Weltkarriere begann Stratas in der Spielzeit 1960/61 mit einem triumphalen Erfolg bei der Aufführung der Oper »Turandot« von G. →Puccini an der Metropolitan Opera New York. Seither ist sie regelmäßiger Gast an den großen Opernhäusern der Welt sowie bei den Salzburger Festspielen. St., die das Libretto stets in der Originalsprache singt, interpretiert mit ihrem ausdrucksreichen Sopran vor allem die lyrisch-dramatischen Partien der italienischen Opernliteratur. 1979 sang sie vor einem exklusiven Publikum an der Pariser Oper unter P. →Boulez die Titelrolle bei der Premiere der vollständigen Version der Oper »Lulu« von A. →Berg. Im Fernsehen trat St. u. a. als Desdemona in »Othello« von G. →Verdi (BBC), in der Tschaikowsky-Oper »Eugen Onegin« (1972) und in der Titelrolle in »Salome« von R. →Strauss (1975) auf. Sie hat sich auch als Operetten- und Liedsängerin einen Namen gemacht.

□ 1955-59: Studium in Toronto. □ 1958: Debüt in Toronto als Mimi in »La Bohème« von G. Puccini. □ 1959: Debüt an der Metropolitan Opera New York als Pousette in »Manon Lescaut« von G. Puccini. □ 1961: Debüt an der Covent Garden Opera London. □ 1962: Debüt an der Mailänder Scala als Isabella in der UA der Oper »Atlántida« von M. de →Falla. □ 1967: Titelrolle in »La Traviata« von G. Verdi; Rolle des Komponisten in »Ariadne auf Naxos« von R. Strauss am Münchner Nationaltheater. □ 1972: Rolle bei der Fernsehfassung der Operette »Paganini« von F. →Lehár. □ 1972/73: Rolle der Susana in Mozarts »Figaros Hochzeit« bei den Salzburger Festspielen. □ 1981: Unterstützung der Arbeit von Mutter →Teresa. □ 1986: Rolle in dem Musical »Rags«; LP mit Liedern von K. → Weill.

Straub: Seine Filme sperren sich gegen Sehgewohnheiten.

Straub, Jean-Marie

frz. Regisseur
* 8.1.1933 Metz

Straub, dessen Filme in enger Zusammenarbeit mit seiner Frau Danièle Huillet (* 1936) entstehen, zählt zu den umstrittensten Regisseuren der Gegenwart. In seinem Bemühen um Aufhebung des gewohnten Illusionscharakters des Kinos provoziert er durch eintönig wirkende Kamera-Einstellungen und durch die bewußt monotone Sprechweise seiner Laienschauspieler. Seine Filme nehmen in eigenwilliger Weise Bezug auf andere Kunstgattungen wie Oper (»Moses und Aron«; 1974, nach A. →Schönberg), Literatur (»Nicht versöhnt«; 1964/65, nach »Billard um halbzehn« von H. →Böll) und Malerei (»Cézanne — Paul Cézanne im Gespräch mit Joachim Gasquet«, 1990). St., der sich 1958 anläßlich des Algerienkrieges dem Dienst in der französischen Armee entzog, arbeitet in Deutschland und Italien.

□ 1956: Regieassistenz bei J. →Rivette. □ 1967: »Chronik der Anna Magdalena Bach«. □ 1970: »Othon«. □ 1972: »Geschichtsunterricht« (nach »Die Geschäfte des Herrn Julius Cäsar« von B. → Brecht). □ 1978/79: »Von der Wolke zum Widerstand«. □ 1981: »Zu früh/Zu spät«. □ 1983: »Klassenverhältnisse« (nach »Der Verschollene« von F. →Kafka). □ 1989: »Tod des Empedokles«.

▷ P. W. Jansen/W. Schütte (Hg.): Herzog/Kluge/Straub, 1976.

Strauß, Botho

dt. Schriftsteller
* 2.12.1944 Naumburg/Saale

Strauß ist seit Mitte der 70er Jahre einer der meistgespielten Bühnenautoren in Deutschland (»Trilogie des Wiedersehens«, Dr., 1976). Hauptthemen seiner Werke sind der Mangel an tatsächlicher Kommunikation innerhalb einer redenden Gesellschaft und die Unfähigkeit des Individuums, sich als solches zu verstehen. St. löst mittels einer der Schnittechnik des Films entlehnten Darstellungsweise den linearen Handlungsverlauf seiner Werke zugunsten bruchstückhafter Handlung auf; Surreales, Absurdes und Alltägliches werden miteinander vermischt, etablierte Wahrnehmungsformen durchbrochen. 1989 wurde St. mit dem Georg-Büchner-Preis ausgezeichnet.

Botho Strauß: Seine Dramen beschwören die menschliche Kommunikationsunfähigkeit.

□ 1967-70: Redakteur bei der Zeitschrift Theater heute. □ 1971-75: Dramaturg an der Schaubühne am Halleschen Ufer in Berlin (P. →Stein). □ 1972: »Die Hypochonder« (Dr.). □ 1974: »Bekannte Gesichter, gemischte Gefühle« (Dr.). □ 1977: »Die Widmung« (Erz.). □ 1981: »Paare, Passanten« (Prosa); »Kalldewey, Farce« (Dr.). □ 1983: »Der Park« (Dr.). □ 1985: »Diese Erinnerung an einen, der nur einen Tag zu Gast war« (Ged.e). □ 1987: »Niemand anderes« (Prosa); »Versuch, ästhetische und politische Ereignisse zusammenzudenken. Texte über Theater 1967-1986«. □ 1991: »Theaterstücke« (2 Bde.); »Angelas Kleider« (Dr., UA Graz).

▷ M. Radix (Hg.): Strauß lesen, 1987.

Strauß, Franz Josef

dt. Politiker
* 6.9.1915 München † 3.10.1988 Regensburg

Als bayerischer Ministerpräsident und Vorsitzender der CSU spaltete Strauß wie kaum ein zweiter Politiker im Nachkriegs-Deutschland über Jahre die öffentliche Meinung. St. war Repräsentant einer strikt konservativen Politik. Der wortgewaltige Generalsekretär (1948-52) und stellv. Vorsitzende (1952-61) der CSU konnte die in diesem Bundesland politisch zunächst vorherrschende Bayernpartei verdrängen und der Landespartei in der Fraktionsgemeinschaft mit der CDU über Bayern hinaus großes Gewicht verleihen. Er war ein entschiedener Gegner der Ostpolitik W. →Brandts und überhöhte die innenpolitischen Auseinandersetzungen der 70er Jahre unter dem Motto »Freiheit oder Sozialismus« zu einer grundsätzlichen Gegnerschaft zwischen den Parteien. Legendär sind seine Rededuelle im Bundestag mit dem damaligen SPD-Fraktionsvorsitzenden H. → Wehner. Der CSU-Politiker überraschte immer wieder mit eigenwilligen

F. J. Strauß: Eine der gewichtigsten Persönlichkeiten der deutschen Nachkriegspolitik.

außenpolitischen Reisen und Initiativen (u. a. 1975 zu → Mao Zedong, 1983 Vermittlung eines Milliarden-Kredits an die DDR-Regierung).

□ bis 1939: Studium. □ 1939-45: Wehrdienst. □ 1946: Landrat von Schongau; Mitgl. der CSU. □ 1948/49: Mitgl. des Wirtschaftsrats der Bi-Zone in Frankfurt/Main. □ 1948-52: Generalsekretär der CSU. □ 1949-78: MdB. □ 1952-61: Stellv. Vors. der CSU. □ 1952/53: Leiter des EVG-Ausschusses (zur Konstituierung der damals geplanten Europäischen Verteidigungsgemeinschaft). □ 1953-55: Min. für besondere Aufgaben (im Bundeskanzleramt). □ 1955: Atommin. □ 1956-62: Verteidigungsmin. (Rücktritt wegen der Spiegel-Affäre, C. →Ahlers). □ ab 1961: Vors. der CSU. □ 1966-69: Finanzmin. □ ab 1978: Ministerpräsident von Bayern. □ 1979/80: Kanzlerkandidat der CDU/CSU. □ 1980: »Gebote der Freiheit« (Schr.). □ 1982: Karlspreis der Stadt Aachen.

▷ B. Engelmann: Das neue Schwarzbuch: F. J. Strauß, 1980; U. Zimmermann: Unvergessen — F. J. Strauß — das war sein Leben, 1988; F. J. Strauß: Memoiren, 1989; R. Schröck: Franz Josef Strauß. Eine Bildbiographie, 1990.

Strauss, Leo

amer. Philosoph dt. Herkunft
* 20.9.1899 Kirchhain, Hessen
† 18.10.1973 Annapolis, Maryl.

Strauss beschäftigte sich mit den klassischen politischen Philosophen, u. a. Hobbes, Machiavelli, Spinoza und Sokrates, und belebte deren Rezeption in den USA durch seine hervorragenden Analysen ihrer politischen Theorien. Er baute seine »Politische Philosophie« auf historischen Interpretationen und Kommentaren sowie der Überzeugung auf, daß, was durch die Geschichte entschieden wurde, philosophisch nicht entschieden ist. Philosophie ist nach St. die skeptische Suche, nicht die subjektive Gewißheit, eine Lösung gefunden zu haben.

□ 1925-32: Mitarbeiter der Akademie für die Wissenschaft des Judentums in Berlin (1932 von den Nationalsozialisten geschlossen). □ 1930: »Die Religionskritik Spinozas« (Schr.). □ 1932-38: Emigration über Frankreich und England in die USA. □ 1935: »Philosophie und Gesetz« (Schr.). □ 1936: »Hobbes' political philosophy« (Schr.). □ 1939-49: Prof. an der New School for Social Research in New York. □ ab 1944: Amer. Staatsbürger. □ 1948: »On tyranny« (Schr.). □ 1949-68: Prof. an der Univ. Chicago. □ 1950: »Natural right and history« (Schr.). □ 1958: »Thoughts on Machiavelli« (Schr.). □ 1959: »What is political philosophy?« (Schr.). □ 1963: Mithg. der »History of political philosophy«. □ 1969-73: Lehrtätigkeit am St. John's College, Annapolis.

Strauss, Richard Georg

dt. Komponist und Dirigent
* 11.6.1864 München
† 8.9.1949 Garmisch-Partenkirchen

Strauss erreichte — anders als seine Zeitgenossen C. →Debussy und G. → Mahler — bereits sehr früh höchste Anerkennung: Schon im Alter von 20 Jahren galt er als Nachfolger von Johannes Brahms und Richard Wagner, und seine sinfonische Programmusik wurde unmittelbar in das internationale Konzertrepertoire aufgenommen. Nach 1900 entwickelte er sich zu einem bedeutenden Musikdramatiker des 20. Jh.s. Die großen sinfonischen Dichtungen, in denen St. literarische oder autobiografische Programme in Musik umsetzte, zeichnen sich durch kraftvolle Themen, brillante Instrumentation und differenzierte Charakterdarstellung aus. Seine kompositorische Meisterschaft zeigt sich in »Don Juan« (1888), »Till Eulenspiegel« (1895) und der Tondichtung »Also sprach Zarathustra« (1896). In den 20 Jahren seiner Berliner Dirigententätigkeit (1898-1918) konzentrierte sich St. zunächst auf die Oper, später auf Konzerte mit den Berliner Orchestern. Zahlreiche Gastspielreisen führten ihn in die USA (1904).
Den Schwerpunkt seines kompositorischen Schaffens verlagerte St. zu Beginn des Jahrhunderts ganz auf die Oper. Ein über Wagner hinausweisender Operntypus gelang ihm mit den Einaktern »Salome« (UA Dresden 1905) und »Elektra« (UA ebd. 1909), mit denen er bis an die Grenzen der Tonalität vorstieß. Aus der hier begonnenen Zusammenarbeit mit H. v. →Hofmannsthal gingen sechs Bühnenwerke hervor.

Das Ideal einer modernen heiteren Oper verwirklichte St. in »Der Rosenkavalier« (UA Dresden 1911) und »Ariadne auf Naxos« (UA Stuttgart 1912; 3. Fassung als »Der Bürger als Edelmann«, UA Berlin 1918). St. komponierte ferner zahlreiche Lieder, seine »Vier letzten Lieder« für Sopran und Orchester (1948) bilden einen Höhepunkt dieser Gattung.

Richard Strauss: Der Musikdramatiker war Mitbegründer der Salzburger Festspiele.

□ 1881: Sinf. d-Moll. □ ab 1881: Öffentliche Aufführungen seiner Kompositionen in München. □ 1884: Sinf. f-Moll. □ bis 1886: Hofmusikdir. in Meiningen. □ 1886: Sinfonische Fantasie »Aus Italien«. □ 1886-89: 3. Kapellmeister an der Münchner Oper. □ ab 1889: Hofkapellmeister in Weimar. □ 1893: Leiter der UA der Oper »Hänsel und Gretel« von E. →Humperdinck. □ 1894: Erste Oper »Guntram«, UA Weimar. □ ab 1894: 2. (ab 1896 1.) Kapellmeister an der Münchner Oper. □ 1898-1918: Hofkapellmeister (später Gastdirigent) an der Berliner Oper. □ 1901: Oper »Feuersnot«, UA Dresden. □ 1905: Hg. der Instrumentationslehre von H. Berlioz (* 1803, † 1869). □ 1908-10: Generalmusikdir. in Berlin. □ 1915: St.s Bemühungen um eine Neuordnung des Urheberrechts auf dem Gebiet der Musik bewirken die Gründung der GEMA. □ 1917: Mitbegründer der Salzburger Festspiele. □ 1917-20: Prof. an der Berliner Akademie der Künste. □ 1919-24: Leiter der Wiener Staatsoper. □ ab 1925: Freischaffender Komponist und Konzertdirigent. □ 1928: Oper »Die ägyptische Helena«, UA Dresden. □ 1933: Oper »Arabella«, UA Dresden. □ 1933-35: Präs. der Reichsmusikkammer. □ 1935: Oper »Die schweigsame Frau«, UA Dresden. □ 1938: Opern »Friedenstag« (UA München) und »Daphne« (UA Dresden). □ 1942: Oper »Capriccio«, UA München. □ 1944: Oper »Die Liebe der Danae« (UA Salzburg 1952). □ ab 1945: Wohnsitz in der Schweiz.

▷ O. Erhardt: Richard Strauss. Leben, Wirken, Schaffen, 1953; W. Panofsky: Richard Strauss. Partitur eines Lebens, 1965; K. Wilhelm: Richard Strauss persönlich, 1984.

Strawinsky, Igor Fjodorowitsch

amer. Komponist russ. Herkunft
* 17.6.1882 Oranienbaum (heute Lomonossow) bei St. Petersburg † 6.4.1971 New York

Strawinsky, einer der bedeutendsten Vertreter der Neuen Musik in der ersten Hälfte des 20. Jh.s, ist als Begründer des Neoklassizismus in die Musikgeschichte eingegangen. Sein Stil wurde für viele Komponisten zum Vorbild (S. →Prokofjew, A. →Honegger, C. →Orff). St. schuf mit Werken wie den Balletten »Le sacre du printemps« (UA Paris 1913) und »Pulcinella« (UA Paris 1920) sowie dem Opern-Oratorium »Oedipus Rex« (UA Paris 1927) Klassiker der Moderne. Sein Œuvre umfaßt alle Bereiche der Komposition.
Das Frühwerk (z. B. die virtuose Orchesterfantasie »Feu d'artifice«, 1908) zeigt noch Einflüsse der russischen Romantik, doch ab 1910 entwickelte St. einen individuellen Stil höchster Expressivität und rhythmisch-klanglicher Vitalität. In Paris begann seine internationale Karriere mit den Aufführungen »Der Feuervogel« (1910), »Petruschka« (1911) und »Le sacre du printemps«. In der Schweiz (1914-20) entstanden Werke, in denen St. volkstümliche Gebrauchsmusik verfremdete, den Jazz integrierte und seine überragende rhythmische Technik weiterentwickelte (Märchenoper »Die Geschichte vom Soldaten« für drei Akteure, Tänzerinnen und kleines Orchester, UA Lausanne 1918; »Les noces« für vier Klaviere und Schlagzeug, 1914-23). Die Pariser Uraufführungen des Balletts »Pulcinella« und der Opera buffa »Mavra« (1922) leiteten seine neoklassizistische Periode ein, die bis zur Oper »The rake's progress« (UA Venedig 1951) reicht. Die Wiederbelebung historischer Modelle und Satztypen aus dem 18. Jh. (aber auch von Komponisten wie Gluck, Tschaikowski, Gounod und Rossini) in analytisch-parodistischen Kompositionsverfahren verstand St. als eine Alternative zu der aus der spätromantischen Tradition entwickelten Zwölftonmusik der Zweiten Wiener Schule (A. →Schönberg). 1957 besuchte St. dennoch die Donaueschinger Musiktage und bekundete damit sein Interesse an der europäischen seriellen Musik und ihren jungen Vertretern P. →Boulez und K. →Stockhausen. Sein eigenes serielles Verfahren zeigen u. a. die biblische Allegorie »The Flood« (TV-UA 1962), die Variationen für Orchester (1964) und das Requiem »Introitus« (1965).

□ ab 1903: Schüler von N. →Rimski-Korsakow. □ 1913: Die UA des Balletts »Le sacre du printemps« in Paris verursacht einen der größten Theaterskandale. □ ab 1914: Wohnsitz in der Schweiz; Dirigent in Montreux. □ 1917: Begegnung mit P. →Picasso. □ 1919: »Piano-Rag-Music«. □ ab 1920: Wohnsitz in Frankreich. □ 1925: USA-Aufenthalt. □ 1928: Ballett »Apollon Musagète«, UA Washington. □ 1931: Psalmensinf. für Chor und Orchester. □ 1934: Frz. Staatsbürger; Melodram »Perséphone«, UA Paris. □ 1937: Ballett »Jeu de Cartes«, UA New York. □ ab 1939: Wohnsitz in Kalifornien. □ 1939/40: Vorlesungen an der Harvard Univ. (»Poétique musicale«, Schr. 1942, dt. 1949). □ 1945: Amer. Staatsbürger. □ 1948: »Mass« für Chor und doppeltes Bläserquintett. □ 1951-67: Jährliche Konzertreisen durch Europa. □ 1955: »Canticum sacrum« für Solisten, Chor und Orchester. □

Igor Strawinsky verband zeitgenössische und traditionelle Musik zum eigenen Stil.

1957: Ballett »Agon«, UA New York. □ 1958: NDR-Auftragskomposition »Threni«. □ 1960: Rehabilitation in der UdSSR. □ 1962: »Expositions and developments« (Schr.). □ 1964: Geistliche Ballade »Abraham and Isaac«. □ 1966: »Themes and episodes« (Schr.). □ 1969: »Retrospectives and conclusions« (Schr.).

▷ H.-K. Metzger/R. Riehn (Hg.): Igor Strawinsky, 1984; M. Karallus: Igor Strawinsky, 1985.

Streep, Mary Louise »Meryl«

amer. Schauspielerin
* 22.6.1949 Summit, N. J.

Ihren ersten internationalen Erfolg erreichte Streep in dem TV-Mehrteiler »Holocaust« (1978), der weltweit großes Aufsehen erregte. Als Theaterschauspielerin war sie zuvor bereits an den bedeutendsten amerikanischen Bühnen aufgetreten (»Heinrich V.« und »Maß für Maß« beim New Yorker Shakespeare-Festival 1976). Drei Filmerfolge — u. a. »Kramer gegen Kramer«, der ihr einen Oscar für die beste Darstellerin in einer Nebenrolle einbrachte, und »Die durch die Hölle gehen« — machten sie 1979 zu einer der begehrtesten Schauspielerinnen Hollywoods. Für die Darstellung der Sophie in »Sophies Entscheidung« (1982, Rg. A. J. →Pakula) wurde sie mit dem Oscar als beste Hauptdarstellerin ausgezeichnet.

← Meryl Streep

□ 1974: Constance Garnett in »The Idiot's Karamazov« am Yale Repertory Theatre. □ 1975: Studiumabschluß an der Yale Drama School. □ 1976: Erste Filmrolle in »Julia« (Rg. F. →Zinnemann, mit J. →Fonda, V. → Redgrave und M. →Schell). □ 1978: »Die durch die Hölle gehen« (Rg. M. →Cimino, mit R. de →Niro). □ 1979: »Manhattan« (Rg. W. →Allen). □ 1980: »Die Geliebte des französischen Leutnants« (Rg. K. Reisz, mit J. Irons). □ 1982: »In der Stille der Nacht«; »Silkwood«. □ 1985: »Jenseits von Afrika« (Rg. S. →Pollack, mit R. →Redford und K. M. →Brandauer); »Eine emanzipierte Frau« (mit J. →Gielgud). □ 1987: »Wolfsmilch« (mit J. →Nicholson und T. →Waits). □ 1988: »Ein Schrei in der Dunkelheit«.

Strehler, Giorgio

ital. Regisseur und Theaterleiter
* 14.8.1921 Barcola bei Triest

Strehler ist einer der bedeutendsten Regisseure des 20. Jh.s in Europa; an allen großen Bühnen hat er Inszenierungen geleitet. Der Mitbegründer und Leiter des Piccolo Teatro hat, der Tradition des politisch-engagierten, aufklärerischen Volkstheaters folgend (Dario →Fo), die in Italien so spezifisch gestische Ausdrucksfähigkeit als lebendige Kunstform weiterentwickelt (Commedia dell'arte). Spontaneität, Improvisation und publikumswirksame Effekte kennzeichnen seine Inszenierungen, die sich keinem bestimmten Stil zuordnen lassen.

Giorgio Strehler entwickelte die Commedia dell'arte weiter.

□ 1947: Mit P. Grassi Gründung des Piccolo Teatro in Mailand; Eröffnung mit M. →Gorkis »Nachtasyl«. □ 1951: Ital. EA »Hoppla, wir leben« (E. →Toller). □ 1956: Von B. →Brecht gelobte Inszenierung der »Dreigroschenoper« in Mailand. □ 1965: »Die Entführung aus dem Serail« (Mozart-Oper) für Salzburger Festspiele. □ 1968: Europatournee mit

»Diener zweier Herren« (Goldoni); Trennung vom Piccolo Teatro. □ 1972: Rückkehr ans Piccolo Teatro als Dir. □ 1973: »Spiel der Mächtigen« (nach Shakespeares »Heinrich IV.«) für Salzburger Festspiele. □ 1983: Ital. EA »Minna von Barnhelm« (Lessing) in Mailand. □ 1983-88: Leitung des Pariser Theatre de l'Europe. □ 1987: »Don Giovanni« (Mozart-Oper) an der Mailänder Scala. □ 1989: Regie und Titelrolle »Faust I« (Goethe). □ 1990: Regie und Titelrolle »Faust II« (Goethe).

▷ E. Fechner: Strehler inszeniert, 1963; S. Kessler (Hg.): Giorgio Strehler: Für ein menschlicheres Theater, 1974, dt. 1975.

Streibl, Max

dt. Politiker
* 6.1.1932 Oberammergau

Nach dem Tod von F. J. →Strauß wurde Streibl von der CSU-Landtagsfraktion zu dessen Nachfolger als bayerischer Ministerpräsident gewählt. Zuvor hatte er als Finanzminister Bayern durch eine solide Finanzpolitik zum Bundesland mit der niedrigsten Verschuldung und der höchsten Investitionsrate gemacht. In jüngeren Jahren wirkte der überzeugte Katholik, seit 1957 Mitglied der CSU, lange bei den Oberammergauer Passionsspielen mit.

□ bis 1955: Jurastudium. □ 1955: Im bayer. Staatsdienst. □ 1957: Mitgl. der Jungen Union (JU); Mitgl. der CSU. □ 1961-67: Landesvors. der JU. □ 1967: Generalsekretär der CSU. □ 1970: Vors. der CSU von Oberbayern. □ 1970-77: Bayer. Min. für Landesentwicklung und Umweltschutz. □ ab 1977: Bayer. Finanzmin. □ 1982-86: »Schlösserland Bayern« (3 Bde.). □ 1985: »Modell Bayern. Ein Weg in die Zukunft« (Schr.). □ seit 1988: Ministerpräsident von Bayern.

← Max Streibl

Streicher, Julius

dt. Politiker
* 12.2.1885 Fleinhausen bei Augsburg
† 16.10.1946 Nürnberg (hingerichtet)

Bei kaum einem anderen NS-Politiker zeigte der Antisemitismus so primitive Züge wie bei Streicher. In seiner Wochenschrift Der Stürmer betrieb er eine hemmungslose Judenhetze, die oft geradezu pornografische Züge aufwies. 1935 war er der Hauptinitiator der Nürnberger Rassengesetze. 1946 wurde er vom Internationalen Militärtribunal zum Tode verurteilt.

Julius Streicher entwarf die »Nürnberger Rassengesetze«.

□ nach 1919: Mitgl. in verschiedenen völkischen Organisationen. □ ab 1922: Mitgl. der NSDAP. □ 1923: Teilnehmer am Hitler-Putsch; aus dem Schuldienst entlassen. □ ab 1923: Hg. der Zeitschrift Der Stürmer. □ 1924-32: Bayer. MdL. der NSDAP. □ 1928-40: Gauleiter der NSDAP von Franken. □ 1933-45: MdR.

▷ W. P. Varga: The number one Nazi Jew-baiter. A political biography of Julius Streicher, Hitler's chief anti-Semitic propagandist, 1981; R. L. Bytewerk: Julius Streicher, 1983.

Streisand, Barbra Joan

amer. Sängerin und Schauspielerin
* 24.4.1942 Brooklyn, N. Y.

Barbra Streisand mit Sohn Jason bei Dreharbeiten, 1968.

Streisand, die Ende der 50er Jahre als Barsängerin begann, ist eine der vielseitigsten Persönlichkeiten des Showbusiness. Als Sängerin berühmt wurde sie durch Hits wie »The way we were« (1973), »You don't bring me flowers« (1978, mit N. →Diamond), »No more tears (Enough is enough)« (mit Donna Summer) und »Guilty« (mit Barry Gibb, →Bee Gees). Mit ihrem unverwechselbaren, immer etwas dramatisch klingenden Gesangsstil ist sie die höchstbezahlte Sängerin Amerikas.
Als Schauspielerin verkörpert sie heitere Rollen ebenso überzeugend wie anspruchsvolle Stoffe. Einen Namen machte sich St. auch als Regisseu-

rin und Produzentin des Kinoerfolgs »Yentl« (1984) sowie als Songschreiberin.

□ 1962: Broadway-Debüt im Musical »I can get it for you wholesale«. □ 1963: Grammy Award für »The Barbra Streisand Album«. □ 1964: »People« (LP). □ 1967: »My name is Barbra« (LP). □ 1968: Oscar für ihre erste Filmrolle in dem Musical »Funny Girl« (Rg. W. →Wyler). □ 1969: Musicalfilm »Hello Dolly« (Rg. G. →Kelly). □ 1970: Tony Award als Schauspielerin des Jahrzehnts am Broadway. □ 1972: Film »Is' was Doc«. □ 1973: »Classical Barbra« (LP). □ 1975: Film »Funny Lady«. □ 1976: Film »A star is born« (mit K. →Kristofferson); Oscar für »Evergreen« als bester Filmsong. □ 1985: »The Broadway Album« (LP). □ 1989: »A Collection: Greatest Hits . . . And more« (LP).

▷ M. Eldreed: Barbra Streisand, 1975; S. Considine: Barbra Streisand — The woman, the myth, the music, 1985.

Strelow, Liselotte

dt. Fotografin
* 11.9.1908 Redel bei Polzin, Pommern (heute Połczyn Zdrój) † 30.9.1981 Hamburg

Liselotte Strelow war eine der herausragenden deutschen Porträt- und Theaterfotografinnen, die ihre Aufgabe nach eigener Aussage darin sah, »in einem sogenannten ›statischen Porträt‹ die ganze ›story‹ des Dargestellten zu erzählen«. Dies gelang ihr bei so eindringlichen Porträts wie etwa dem von J. →Beuys mit Sohn (1967) oder dem Bildnis von S. →Dalí, das durch Schwarzweiß-Kontraste und die dunkle Hügellandschaft im Hintergrund gleichsam surreale Züge trägt. Als Theaterfotografin in Düsseldorf schuf St. beeindruckende Bilddokumente u. a. von Inszenierungen G. →Gründgens'.

□ 1930-36: Studium der Fotografie an der Lette-Schule in Berlin; Ausbildung bei Kodak. □ 1938-43: Eigenes Studio am Berliner Kurfürstendamm (im Krieg völlig zerstört). □ 1945: Eröffnung eines neuen Fotoateliers in Detmold. □ 1947-54: Theaterfotografin am Düsseldorfer Schauspielhaus. □ 1952-61: Offizielle Fotografin der Bayreuther Festspiele. □ 1959-62: Leitende Fotografin der Kölner Theater. □ 1961: »Das manipulierte Menschenbildnis« (Fotoband). □ 1977: Teilnahme an der documenta 6 in Kassel.

▷ L. Strelow: Erinnerungen, 1908-1981, 1989.

← Liselotte Strelow

Stresemann, Gustav

dt. Politiker
* 10.5.1878 Berlin † 3.10.1929 ebd.

Der national-liberale Stresemann war einer der international angesehensten Politiker der Weimarer Republik. Während seiner Kanzlerschaft an der Spitze einer Großen Koalition (1923) erreichte er eine Konsolidierung der Republik, der er als Monarchist zunächst reserviert gegenüber gestanden hatte. Der erste Schritt hierzu war die Aufgabe des passiven Widerstandes gegen die französische Ruhrbesetzung. Das Ende der Inflation erreichte er auf Anregung von Finanzminister H. →Luther durch Gründung der Dt. Rentenbank und die Währungsreform am 15.11.1923. Die erfolgreiche Abwehr separatistischer Bestrebungen in Bayern und im Rheinland sowie kommunistischer Putschversuche in Sachsen und Thüringen stabilisierte endgültig die Situation. Doch das Ausscheiden der SPD aus der Regierung beendete seine Kanzlerschaft.

Gustav Stresemann bemühte sich um eine Annäherung an Frankreich.

Als Außenminister suchte St. die Isolation des Deutschen Reichs durch Annäherung an die Westmächte aufzubrechen. Dabei war ihm ein Ausgleich mit Frankreich besonders wichtig (A. → Briand). Er betrieb daher intensiv die Annahme des Dawes-Plans (1924) und führte 1926 Deutschland durch Abschluß mehrerer Verträge (Locarno 1925; Berlin 1926) in den Völkerbund. Im selben Jahr erhielt er den Friedens-Nobelpreis. 1928 unterzeichnete er den Briand-Kellogg-Pakt (F. B. →Kellogg) zur Ächtung des Krieges.

□ 1902-18: Syndikus des Verbandes sächs. Industrieller. □ 1903: Mitgl. der Nationalliberalen Partei. □ 1907-12; 1914-18: MdR; 1917/18 Fraktionsvors. □ 1918: Mitbegründer und Vors. der DVP. □ 1919: Abg. der Nationalversammlung. □ 1920-29: MdR (DVP). □ 13.8.-23.11.1923: Reichskanzler. □ 1923-29: Reichsaußenmin. □ 1926: Friedens-Nobelpreis (mit A. →Briand).

▷ F. Hirsch: Stresemann, 1978; W. Stresemann: Mein Vater Gustav Stresemann, 1979; W. Michalka (Hg.): Gustav Stresemann, 1982; K. Koszyk: Gustav Stresemann, 1989.

Streuvels, Stijn

(eig. Frank Lateur)
niederl.spr. belg. Schriftsteller
* 3.10.1871 Heule † 15.8.1969 Ingooigem

Streuvels, einer der Autoren, die sich in den 90er Jahren des 19. Jh.s um die Zeitschrift Van Nu en Straks versammelten, ist der wichtigste Heimatautor der niederländischen Literatur. Aus seinem poetisch-realistischen Werk spricht eine fatalistische Weltsicht, die dem Menschen die Fähigkeit abspricht sich zu emanzipieren. Sein Hauptwerk ist der Roman »Der Flachsacker« (1907, dt. 1918).

Strindberg schrieb naturalistische, nicht immer frauenfreundliche Dramen.

Strindberg, (Johan) August

schwed. Schriftsteller
* 22.1.1849 Stockholm † 14.5.1912 ebd.

Strindberg gilt als der geniale Erneuerer des Dramas. So erwächst in den Stücken »Nach Damaskus« (1898-1904, dt. 1912) und »Ein Traumspiel« (1902, dt. 1903) das Geschehen nicht mehr aus der klassischen Szenenfolge einer realistischen Handlung, sondern aus dem (Unter-)Bewußtsein der Hauptgestalt.
Bekannt — und zugleich Wegbereiter des schwedischen Naturalismus — wurde St. mit der Gesellschaftssatire »Das rote Zimmer« (R., 1879, dt. 1889), einer Verhöhnung reformfeindlicher Kräfte in ausdrucksstarker Umgangssprache. Einen Proteststurm der Frauenbewegung bewirkte »Die Verheirateten« (Erz.n, 1884, dt. 1889; dt. mit dem 1886 ersch. 2. Teil u. d. T. »Heiraten«, 1910), ein polemischer Ausfall des ansonsten fortschrittlichen Dramatikers gegen die Frauenemanzipation. Seine Überzeugung, Frauen seien Männern intellektuell und moralisch unterlegen, an taktischer Finesse jedoch weit überlegen, schlug sich literarisch in Dramen um Geschlechterkampf und Haßliebe nieder (u. a. »Der Vater«, 1887, dt. 1888; »Fräulein Julie«, 1888, dt. 1888); zugleich führte sie aber auch zu einer Ehekrise und zu ersten Anzeichen von Verfolgungswahn. Die vierjährige Irrfahrt durch Europa (1892-96) endete mit einer seelischen Krise in Paris, die er in der Autobiografie »Inferno« (1897, dt. 1898) verarbeitete. In seinem Alterswerk griff S. noch einmal die konservative schwedische Gesellschaft an (»Die gotischen Zimmer«, 1904, dt. 1904; »Schwarze Fahnen«, 1907, dt. 1908) und löste damit die bis dahin heftigste Pressedebatte in Schweden aus.

□ 1868: Privat- und Volksschullehrer. □ 1870-72: Philosophiestudium in Uppsala. □ 1872: »Meister Olaf« (Dr., dt. 1895). □ 1873/74: Kunstkritiker der Zeitung Dagens Nyheter. □ 1874-82: Schreiber an der Kgl. Bibliothek; kulturhistorische Studien. □ 1877: Heirat mit der Schauspielerin Siri von Essen. □ 1882: »Das neue Reich« (Nov.). □ 1883-89: Erstes freiwilliges Exil, Aufenthalte u. a. in Frankreich (Begegnung mit B. → Bjørnson) und Deutschland. □ 1884: Freispruch von der Anklage der Gotteslästerung. □ 1887: »Die Leute auf Hemsö« (R., dt. 1889). □ 1888: Korrespondenz mit F. W. → Nietzsche. □ 1890: »An offener See« (R., dt. 1893). □ 1893: Zweite Ehe mit der Österreicherin Frida Uhl. □ 1899: »Die Folkungersaga« (Dr.). □ 1901: Dritte Ehe mit der Schauspielerin Harriet Bosse. □ 1907: Gründung des »Intima Teatret« in Stockholm.

▷ A. Strindberg: Der Sohn der Magd (Aut.), 1886-1906, dt. 1909/1910; ders.: Einsam (Aut.), 1903, dt. 1903; O. Lagercrantz: Strindberg, dt. 1979.

Erwin Strittmatter →

Strittmatter, Erwin

dt. Schriftsteller
* 14.8.1912 Spremberg, Niederlausitz

Strittmatter, einer der bekanntesten deutschsprachigen Vertreter des sozialistischen Realismus, begründete mit seiner Prosa (u. a. »Der Wundertäter«, R., 3 Bde., 1957-80; »Ole Bienkopp«, R., 1963; »Der Schulzenhofer Kramkalender«, Prosa, 1966) den sog. sozialistischen Dorfroman. In volkstümlicher, bildhafter Sprache schildert St. in der Tradition des Schelmen- und Entwicklungsromans die bäuerliche Proletarier- und Kleinbürgerwelt. Der in der ehemaligen DDR äußerst populäre St. war 1969-78 Vizepräsident des Schriftstellerverbands der DDR.

□ 1945: Desertion aus der Armee; Tätigkeit als Bäcker. □ 1947: Eintritt in die SED; Amtsvorsteher von 7 Gemeinden der Sowjetzone. □ 1950: »Ochsenkutscher« (R.). □ 1954: »Katzgraben« (Dr., mit B. → Brecht). □ 1959-69: 1. Sekr. des Schriftstellerverbands der DDR. □ 1966: »Der Schulzenhofer Kramkalender« (Prosa). □ 1971: »Dreiviertelhundert Kleingeschichten«. □ 1973: »Die blaue Nachtigall« (Kurzprosa). 1983: »Der Laden« (R. in 2 Bd.n, 2. Bd. 1987).

▷ E. Strittmatter. Sein Leben und Werk, 1984.

Stroessner, Alfredo

parag. Politiker dt. Abstammung
* 3.11.1912 Encarnación

Durch einen Staatsstreich übernahm General Stroessner, der sich bereits als junger Offizier der konservativen Colorado-Partei angeschlossen hatte, die Macht in Paraguay (1954). Mit einem entfernt an F. →Francos Ständestaat (Spanien) angelehnten System sicherte er dem Land erstmals ein relativ großes Wirtschaftswachstum. Wegen seiner repressiven, antikommunistischen Innenpolitik und der brutalen Unterdrückung oppositioneller Kräfte gelang es ihm aber nie, seinen Ruf als Diktator abzulegen. 1989 wurde er durch einen Militärputsch gestürzt.

□ 1920-32: Kadett und Absolvent der Militärakademie von Asunción. □ 1932-35: Teilnahme am parag.-bolivian. Krieg. □ 1949: Brigadegeneral. □ 1953: Als Divisionsgeneral Oberbefehlshaber der Streitkräfte. □ 1954-89: Staatspräsident. □ seit 1989: Exil in Brasilien.

← Alfredo Stroessner

Erich Stroheim chauffiert W. Holden und G. Swanson in »Boulevard der Dämmerung«.

Stroheim, Erich

(Pseud E. von S., E. S. von Nordenwald)
amer. Schauspieler und Regisseur österr. Herkunft
* 22.9.1885 Wien
† 12.5.1957 Maurepas, Dep. Yvelines (Frankreich)

Mit aufwendigen, kritisch-realistischen Stummfilmen, die wegen ihrer übertriebenen Darstellung gesellschaftlicher Umgangsformen sowie der freizügigen erotischen Szenen schockierten und in Länge und Drehzeit selten das konventionelle Maß einhielten, erwarb Stroheim den Ruf eines unverbesserlichen Exzentrikers, aufgrund seiner hervorragenden Charakter- und Sujetgestaltung aber auch den eines genialen Regisseurs. Der 1923 entstandene Film »Gier« wird zu den besten Filmen der Kinogeschichte gezählt. St. stellte mit seinen Inszenierungen in boshaftparodistischer Weise sowohl die amerikanische Prüderie als auch die Dekadenz der europäischen Gesellschaft bloß. Aufgrund der Kürzungen und Änderungen seiner Filme durch die Produktionsgesellschaften arbeitete St. nach 1933 nur noch als Schauspieler (»Boulevard der Dämmerung«, 1950).

□ 1906: Emigration in die USA. □ ab 1914: Kleine Rollen in Stummfilmen. □ 1916: Pharisäer in »Intoleranz« (Rg. D. W. → Griffith). □ 1918: Regie in »Blinde Ehemänner«. □ 1919: »The Devil's Passkey/Des Teufels Schlüssel«. □ 1921: »Närrische Frauen«. □ 1922: »Karussell/Rummelplatz des Lebens«; »Das goldene Wien«. □ 1925: »Die lustige Witwe«. □ 1926: »Der Hochzeitsmarsch«. □ 1928: »Queen Kelly«. □ 1932: Rolle als verrückter Regisseur in »Die verlorene Schwadron«. □ 1933: Regie in seinem einzigen Tonfilm »Hallo, Schwester«. □ 1937: Dt. Luftwaffenoffizier in »La grande illusion« (J. → Renoir). □ 1943: E. →Rommel in »Fünf Gräber bis Kairo« (Rg. B. →Wilder).

▷ P. Noble: Hollywood Scapegoat (Biogr.), engl. 1954.

Franz von Stuck: Ein bedeutender Künstler des Jugendstils.

Stuck, Franz von (ab 1906)

dt. Maler, Bildhauer und Architekt
* 23.2.1863 Tettenweis, Niederbayern
† 30.8.1928 München

Stuck, Professor an der Kunstakademie in München, war einer der Hauptvertreter des Münchner Jugendstils; er verarbeitete in seinem Werk jedoch auch Elemente des Impressionismus und des Symbolismus. Angeregt von Arnold Böcklin (* 1827, † 1901) schuf St. vor allem mythologische und allegorische Motive, hinter denen er oft erotische Inhalte verbarg (»Sünde«, 1893, München, Neue Pinakothek). Mit seinen dekorativen Gesellschaftsporträts in leuchtender Farbigkeit war er im München der Jahrhundertwende einer der führenden Porträtisten. Als Bildhauer schuf er vor allem kleinformatige Bronzeskulpturen in der ornamentalen Auffassung des Jugendstils. Sein selbst entworfenes, heute Ausstellungen dienendes Wohn- und Atelierhaus in München (1897/98), das in Architektur und Innenausstattung antikisierende Motive mit Jugendstilelementen verbindet, ist ein bedeutendes Gesamtkunstwerk jener Epoche. Zu St.s Schülern gehörten u. a. W. →Kandinsky und P. →Klee.

□ 1878-81: Besuch der Kunstgewerbeschule in München. □ 1881-85: Studium an der Münchner Kunstakademie. □ 1892: Mitbegründer der Münchner Sezession. □ 1895-1928: Prof. an der Kunstakademie in München.

▷ J. Poetter: Franz von Stuck, 1984.

Stuck, Hans

dt. Automobilrennfahrer
* 27.12.1900 Garmisch † 8.2.1978 Grainau

Stuck, 1930 Europameister im Bergfahren, zählte in den 30er Jahren zu den populärsten Rennfahrern. Der »König am Berg« fuhr 1945-62 für BMW. Sein Sohn Hans-Joachim (* 1951), Vize-Europameister 1975 in der Formel 2 und zweimaliger Sieger der »24 Stunden von Le Mans« (1986/87), gewann 1990 die deutsche Tourenwagen-Meisterschaft.

□ 1932: Europameister für Sportwagen. □ 1934: Dt. Rennwagenmeister (erneut 1938); Sieger im GP von Deutschland auf Auto-Union.

Stuckenschmidt, Hans Heinz

dt. Musikkritiker und Musikhistoriker
* 1.11.1901 Straßburg † 15.8.1988 Berlin

Stuckenschmidt war von seiner Wirkungsstätte Berlin aus die Schlüsselfigur der deutschen Musikkritik im 20. Jh. Über fünf Jahrzehnte engagierte er sich in Artikeln für Tageszeitungen und Fachzeitschriften vor allem für die zeitgenössische Musik (u. a. A. →Schönberg). St. hatte im Berlin der 20er Jahre engen Kontakt mit der musikalischen Avantgarde (H. →Eisler) und war nach dem Schreibverbot durch J. →Goebbels (1934) als freier Mitarbeiter für ausländische Zeitungen tätig (bis 1941 in Prag). In Tausenden von Musikkritiken erwarb er nach 1945 internationales Ansehen. Sein Kürzel H.H.S. (in Blättern wie der FAZ und der Neuen Zürcher Zeitung) galt als Synonym für die Kunst der sprachlichen Vermittlung von Musik, die stets auch dem interessierten Laien verständlich blieb.

□ 1923/24: Leiter des Konzertzyklus »Neue Musik« in Hamburg. □ 1924/25: Musikschriftsteller in Wien und Paris. □ 1926-28: Leiter der Novembergruppenkonzerte in Berlin. □ 1928/29: Musikkritiker der Zeitung Bohemia in Prag. □ 1931-33: Studium bei A. Schönberg in Berlin. □ 1932: Heirat mit der Sopranistin Margot Levèbre (* 1901, † 1981). □ 1934-42: Kritiker des Prager Tagblatts. □ 1946: Leiter des Studios für Neue Musik beim RIAS Berlin. □ ab 1947: Musikkritiker der Neuen Zeitung Berlin. □ ab 1953: Mitgl. des PEN-Zentrums der BRD. □ 1955-67: Prof. für Musikgeschichte an der TU Berlin. □ 1958: »Glanz und Elend der Musikkritik« (Schr.). □ 1962: Biogr. über den Komponisten B. →Blacher. □ 1967: Biogr. über den Komponisten F. →Busoni. □ 1971: »Die großen Komponisten unseres Jahrhunderts« (Schr.). □ 1976: »Die Musik eines halben Jahrhunderts. Essays und Kritik«. □ ab 1977: Mitgl. der Dt. Akademie für Sprache und Dichtung in Darmstadt.

▷ H. H. Stuckenschmidt: Zum Hören geboren. Ein Leben in der Musik unserer Zeit (Aut.), 1979.

Richard Stücklen →

Carl Stumpf →

← Hans H. Stuckenschmidt

Stücklen, Richard

dt. Politiker
* 20.8.1916 Heideck, Mittelfranken

Über 40 Jahre gestaltete Stücklen, Mitbegründer der CSU, im Bundestag die Politik der BRD mit. Als Bundestagspräsident bzw. -vizepräsident war er ein Mann des Ausgleichs und unauffälliger Mittler zwischen den Parteien. Auf seine Initiative gingen in den 50er Jahren die Neugestaltung der Handwerksordnung sowie die Einführung der Postleitzahlen zurück.

□ 1931-36: Elektriker. □ 1936-44: Arbeits-, Wehr- und Kriegsdienst. □ 1944/45: Ausbildung zum Elektroingenieur. □ seit 1945: Mitgl. der CSU. □ 1949-90: MdB. □ 1953-57; 1966-76: Stellv. Vors. der CSU-Landesgruppe. □ 1957-66: Postmin. □ 1976-79; 1983-90: Bundestagsvizepräs. □ 1979-83: Bundestagspräs.

▷ P. Fischer: Richard Stücklen, 1976.

Stumpf, Carl

dt. Philosoph und Psychologe
* 21.4.1848 Wiesentheid, Unterfranken
† 25.12.1936 Berlin

Stumpf, der wohl vielseitigste Gelehrte um die Jahrhundertwende, untersuchte in seinem Hauptwerk »Tonpsychologie« (2 Bde., 1883, 1890) die hörpsychologische Erscheinung der Verschmelzung simultan erklingender Intervalle. Der Schüler von F. →Brentano arbeitete auch auf den Gebieten der Kinder- und Sprachpsychologie. Mit seiner Abhandlung »Erscheinungen und psychische Funktionen« (1907) entwickelte St. die sog. Aktpsychologie, bei der den seelischen Funktionen (Empfinden, Wollen, Vorstellen) die Erscheinungen (das Empfundene, Gewollte, Vorgestellte) zugeordnet werden.

□ 1893: Nach Professuren an den Univ.n in Würzburg, Prag, Halle und München Begründer des Psychologischen Inst. und (1900) des Phonogrammarchivs in Berlin. □ 1894-1921: Prof. an der Friedrich-Wilhelm-Univ. ebd. □ 1898-1924: Hg. der »Beiträge zur Akustik und Musikwissenschaft«. □ 1911: »Die Anfänge der Musik« (Schr.). □ 1918: »Empfindung und Vorstellung« (Schr.). □ 1926: »Die Sprachlaute« (Schr.).

Sturges, John

amer. Regisseur
* 3.1.1911 Oak Park, Ill.

Als Spezialist für actionreiche Unterhaltung prägte Sturges vor allem den klassischen Western. Sein nach A. →Kurosawas »Die sieben Samurai« (1953) entstandenes Remake »Die glorreichen Sieben« (1960, mit Y. →Brunner, H. →Buchholz und Ch. →Bronson) zählt zu den erfolgreichsten Filmen dieses Genres. Besonderes Interesse widmete der Regisseur dem Konflikt zwischen dem einzelnen und der Gesellschaft, den er u. a. in »Stadt in Angst« (1954, mit Sp. →Tracy) thematisierte.

□ 1949: »Treibsand« (mit R. Scott). □ 1952: »Sekunden der Angst« (mit B. →Stanwyck). □ 1957: »Zwei rechnen ab« (mit B. →Lancaster und K. →Douglas). □ 1958: »Der alte Mann und das Meer« (mit Sp. Tracy, nach E. → Hemingway); »Der letzte Zug von Gun Hill« (mit K. Douglas und A. →Quinn). □ 1962: »Gesprengte Ketten« (mit St. → McQueen und R. →Attenborough). □ 1964: »Vierzig Wagen westwärts« (mit B. Lancaster). □ 1967: »Die fünf Geächteten«. □ 1976: »Der Adler ist gelandet« (mit M. →Caine).

Stürmer, Michael

dt. Historiker
* 29.9.1938 Kassel

Stürmer hat die erste umfassende Darstellung des Bismarckschen und Wilhelminischen Reichs in einer großangelegten Erzählung geboten: »Das ruhelose Reich. Deutschland 1866-1918« (»Die Deutschen und ihre Nation«, Bd. 3, 1983). Der Professor für Mittlere und Neuere Geschichte ist Mitarbeiter und Herausgeber verschiedener historischer Sammelwerke und Mitglied bedeutender wissenschaftlicher Institutionen und Stiftungen. Im sog. Historikerstreit entwickelte St. die umstrittene These von der Identität stiftenden Funktion der Geschichte.

□ seit 1973: Prof. an der Univ. Erlangen. □ 1974: »Regierung und Reichstag im Bismarckreich. Cäsarismus oder Parlamentarismus«. □ 1976/77: Research Fellow an der Harvard Univ. □ 1982/83: Gastprof. an der Sorbonne (erneut 1985/86). □ seit 1984: Im Vorstand der Konrad-Adenauer-Stiftung. □ seit 1986: Vors. des Forschungsbeirats des Brüsseler Center for European Studies. □ 1987: »Bismarck. Die Grenzen der Politik« (Schr.). □ seit 1988: Dir. der Ebenhausener Stiftung Wissenschaft und Politik; »Deutsche Fragen oder die Suche nach der Staatsräson« (Schr.).

Suárez González, Adolfo

span. Politiker
* 25.9.1932 Cebreros, Prov. Avila

Als König →Juan Carlos I. 1976 den christlich-konservativen Suárez González zum ersten Ministerpräsidenten der Ära nach General F. →Franco ernannte, war die Enttäuschung auf allen Seiten sehr groß. Vom König gestützt, gelang es S., der zeitlang Generaldirektor des spanischen Fernsehens war, jedoch in kurzer Zeit, demokratische Reformen durchzuführen und in zunehmendem Maße das Vertrauen selbst der linken Parteien zu erwerben. Er trat 1981 zurück, weil die ihn tragende Union des Demokratischen Zentrums (UCD) immer mehr zerfiel. 1982 begründete er den christlich-sozialen Centro Democrático y Social (CDS).

□ vor 1956: Jurastudium; Mitgl. der Katholischen Aktion. □ ab 1958: In der Staatsverwaltung. □ 1964: Leitende Position im span. Fernsehen. □ 1969: Gouverneur von Segovia. □ 1970: Generaldir. des span. Fernsehens. □ 1973: Präs. der staatlichen Tourismusorganisation. □ 1975: Untersekr. der falangistischen Bewegung; Staatsrat; Min. und Generalsekr. der Falange. □ 1976-81: Ministerpräsident. □ 1977: Begründer der UCD. □ 1982: Begründer und Vors. des christlich-sozialen Centro Democrático y Social (CDS).

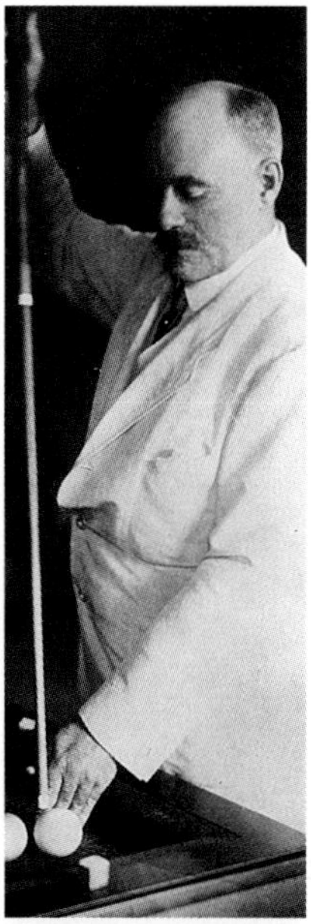

Hermann Sudermann →

← Michael Stürmer

← Adolfo Suárez

Sudermann, Hermann

dt. Schriftsteller
* 30.9.1857 Matziken, Ostpreußen
† 21.11.1928 Berlin

Sudermanns Roman »Frau Sorge« (1887) sowie seine Dramen gehörten bis zum 1. Weltkrieg zu den meistgelesenen bzw. meistgespielten in Deutschland. Die Hauptrollen in seinen Werken waren begehrt (u. a. »Heimat«, 1893, sein erster internationaler Erfolg). Das Publikum verehrte S. als Naturalisten, der detailliert proletarisches wie auch bürgerliches Leben abbildete; Kritiker wie A. →Kerr monierten jedoch die theatralischen Effekte seiner Stücke sowie fehlende Analyse und Kritik sozialen Elends und das sentimentale Festhalten an traditionellen Klischees.

□ 1881/82: Nach dem Geschichts- und Philosophiestudium Schriftleiter am Dt. Reichsblatt in Berlin, anschließend Tätigkeit als Hauslehrer. □ 1886: »Im Zwielicht« (Erz.n). □ 1889: »Die Ehre« (Dr.). □ 1891: »Sodoms Ende« (Dr.). □ 1917: »Litauische Geschichten«.

▷ W. T. Rix (Hg.): Hermann Sudermann. Werk und Wirkung, 1980.

Suharto

indon. Politiker und Militär
* 8.6.1921 Kemusu, Zentral-Java

Seit einem Vierteljahrhundert herrscht Suharto unumschränkt über Indonesien. Der ehemalige Partisanenführer übernahm 1965 nach dem kommunistischen Putschversuch, den er als General blutig niederschlug, schrittweise die absolute Macht. Seitdem verfolgt S. eine antikommunistische, blockfreie Politik und ist seit dem Wiedereintritt in die UNO (1966) um gute Beziehungen zum Westen bemüht. Obwohl er gegen islamisch-fundamentalistische Gruppen scharf vorgeht, lehnt der gläubige Moslem die westliche Mehr-Parteien-Demokratie für Indonesien strikt ab.

Suharto will Indonesiens Annäherung an die Westmächte.

□ 1940: Eintritt in die niederl. Kolonialarmee. □ 1945-49: Partisanenführer auf Java. □ 1949: Kommandeur des Militärdistrikts Jogjakarta. □ 1960: Brigadegeneral. □ 1960-62: Stellv. Stabschef. □ 1962: Generalmajor; Kommandeur der Truppen, die West-Neuguinea annektierten. □ 1965: Verteidigungsmin. □ 1966: Entmachtung von A. →Sukarno; Ministerpräsident. □ seit 1968: Staatspräsident.

Suhr, Otto

dt. Politiker
* 17.8.1894 Oldenburg † 30.8.1957 Berlin

Suhr leistete grundlegende politische Bildungsarbeit für die Gewerkschaftsbewegung und trug dadurch wesentlich zu einer Erziehung zur Demokratie in Deutschland bei. Nach dem 2. Weltkrieg erreichte er, daß die Hochschule für Politik (seit 1959 Otto-Suhr-Institut der FU) in die öffentliche Hand überführt wurde. 1955 übernahm er bis zu seinem Tod das Amt des Regierenden Bürgermeisters von Berlin.

Otto Suhr vor der Wahl zum Regierenden Bürgermeister.

☐ bis 1914; 1919/20: Studium der Volkswirtschaft. ☐ 1921-33: Gewerkschaftssekr. ☐ ab 1925: Hg. der Zeitschrift Wege der Wirtschaft. ☐ 1925-33: Prof. an der Hochschule für Politik. ☐ ab 1935: Journalist bei der Frankfurter Zeitung. ☐ 1945: Mitbegründer des DGB; Generalsekretär der SPD von Groß-Berlin. ☐ 1946-48: Vorsteher der Stadtverordnetenversammlung von Groß-Berlin (1948-50 von Berlin/West). ☐ 1948/49: Mitgl. des Parlamentarischen Rats. ☐ 1949-55: Dir. und Prof. der Hochschule für Politik. ☐ 1949-51: MdB. ☐ 1951-55: Präs. des Abgeordnetenhauses. ☐ ab 1955: Regierender Bürgermeister von Berlin.

Suhrkamp, Peter

dt. Verleger
* 28.3.1891 Kirchhatten bei Oldenburg
† 31.3.1959 Frankfurt/ Main

Suhrkamp trug durch die Veröffentlichung zahlreicher im Dritten Reich verbotener Schriftsteller wie W. →Benjamin und Th. →Adorno viel zur geistigen Entwicklung im Nachkriegsdeutschland bei. Mit sicherem Gespür gelang es ihm immer wieder, wichtigen aktuellen Strömungen mit seinem Verlag ein Forum zu geben. Nach der Vertreibung der jüdischen Verlegerfamilie Fischer 1936 hatte S. die Leitung des renommierten S. →Fischer Verlags in Berlin übernommen und diesen weitgehend von nationalsozialistischen Einflüssen freihalten können. Bereits ab 1933 gab S. die im S. Fischer Verlag erscheinende Kulturzeitschrift Die Neue Rundschau heraus. Nach seiner Rückgabe an die rechtmäßigen Besitzer gründete er 1950 in Frankfurt den Suhrkamp Verlag, der mit den angeschlossenen Verlagen Insel und Deutscher Klassiker-Verlag 1990 einen geschätzten Umsatz von 67 Mio. DM erwirtschaftete. Seit 1959 wird die Verlagsgruppe von S. →Unseld geleitet.

▷ H. Ritzerfeld/S. Unseld (Hg.): P. Suhrkamp. Zur Biographie eines Verlegers in Daten, Dokumenten und Bildern, 1991.

← Peter Suhrkamp

Suits, Gustav

estn. Lyriker
* 30.11.1883 Võnnu
† 23.5.1956 Stockholm (Schweden)

Suits, der 1913 die symbolistische Gedichtsammlung »Tuulemaas« veröffentlichte, hatte als Führer der literarischen Bewegung Noor-Esti (Jung- Estland) großen Einfluß auf die Entwicklung der estnischen Poesie. S. lehrte bis zu seiner Emigration nach Schweden (1944) als Literaturwissenschaftler in Dorpat, schrieb Essays und betätigte sich als Übersetzer vor allem niederländischer und schwedischer Lyrik.

Josef Suk →

Suk, Josef

tschech. Komponist
* 4.1.1874 Křečovice, Böhmen
† 29.5.1935 Benešov bei Prag

Suk, Schüler und Schwiegersohn (1898) von A. →Dvořák, gehört neben L. → Janáček zu den bedeutendsten Vertretern der neuen tschechischen Musik. In der fein nuancierten Harmonik und Instrumentierung seiner monumentalen Orchesterwerke (z. B. in der Sinfonie »Asrael«, 1906, und der sinfonischen Dichtung »Pohádka léta«, 1909) zeigen sich Einflüsse von R. →Strauss, aber auch der französischen Impressionisten. Zu seinen populärsten Kompositionen gehören die Serenade für Streicher (1892) und das »Liebeslied« aus den Klavierstücken op. 7 (1893). S. komponierte ferner eine Fantasie für Violine und Orchester (1903), Kammermusik sowie zahlreiche Chorwerke.

☐ 1885-92: Studium am Prager Konservatorium (ab 1891 bei A. Dvořák). ☐ 1888: Komposition der Messe von Křečovice für Soli, Chor, Streicher und Orgel. ☐ 1891: »Dramatische Ouvertüre« a-Moll. ☐ ab 1892: Mitbegründer und 2. Violinist des Böhmischen Streichquartetts. ☐ 1893: Klavierquintett g-Moll. ☐ 1898: Bühnenmusik »Radúz a Mahalena«. ☐ 1899: Sinf. E-Dur. ☐ 1903: »Phantastisches Scherzo« für Orchester. ☐ 1904: Sinfonische Dichtung »Praga«. ☐ 1909: Sinfonische Dichtung »Ein Sommermärchen«. ☐ 1910-12: »Wiegenlieder« für Klavier. ☐ 1914: »Meditationen« für Streichquartett. ☐ 1920: »Legende von den toten Siegern« für Orchester. ☐ ab 1922: Kompositionslehrer (ab 1930 Rektor) am Prager Konservatorium. ☐ 1929: »Epilog« für Soli und Orchester.

▷ J. Berkovec: Josef Suk, 1956, dt. 1968.

Sukarno, Achmed

indon. Politiker
* 6.6.1901 Surabaya † 20.6.1970 Jakarta

Sukarno, ein ehemaliger malaiischer Widerstandskämpfer, war der erste Staatspräsident Indonesiens. Nach der Kapitulation Japans, das die niederländische Kolonie ab 1942 besetzt hielt, proklamierte er 1945 die Freie Republik Indonesien, die jedoch erst 1949 nach erbitterten Kämpfen und Verhandlungen mit der Kolonialmacht die Unabhängigkeit erlangte. Gegen heftigen regionalen Widerstand (besonders auf den Molukken) setzte S. einen zentralistischen Einheitsstaat unter seiner Führung durch (1959 Auflösung der Verfassunggebenden Versammlung und der Oppositionsparteien). Außenpolitisch lehnte er sich an die Sowjetunion und die VR China an (1965 Austritt aus der UNO). Nach einem Putschversuch der Kommunisten, die ihn ab 1948 gestützt hatten, wurde er ab 1965 schrittweise von der Armee unter Führung von General →Suharto entmachtet.

← Achmed Sukarno

□ 1927: Mitbegründer der Indon. Nationalpartei (PNI). □ 1929-32: In niederl. Haft. □ 1932/33: Vors. der PNI. □ ab 1933: Verbannung. □ 1942: Rückkehr und Kollaboration mit den Japanern. □ 1945 bzw. 1949-67: Staatspräsident. □ 1955: Organisator der Bandung-Konferenz. □ 1959-66: Zugleich Ministerpräsident.

▷ C. L. M. Penders: The life and times of Sukarno, 1974; J. D. Legge: Sukarno. A political biography, 1985.

Sukowa, Barbara

dt. Schauspielerin
* 2.2.1950 Bremen

Sukowa gehört zu den wenigen auch international erfolgreichen Darstellerinnen der deutschen Bühne und des Films. Ihre Ausstrahlungskraft liegt in der melodramatischen Intimität, mit der sie ihre Rollen, meist zerbrechliche und zugleich starke Charaktere, gestaltet. Leidenschaft spielt sie mit Emphase und großer Emotionalität, ohne pathetisch zu werden. In ihrer Rollengestaltung gelingt ihr große Wahrhaftigkeit bei gleichzeitiger Distanz.

□ 1968/69: Schauspielausbildung am Max-Reinhardt-Seminar in Berlin. □ 1971: Debüt in UA von P. →Handkes »Ritt über den Bodensee« (Rg. C. →Peymann) an der Berliner Schaubühne. □ 1976-80: Mitgl. am Dt. Schauspielhaus in Hamburg. □ 1977: Regine in Ibsens »Gespenster«. □ 1979: Mieze im Film »Berlin Alexanderplatz« (Rg. R. W. →Fassbinder). □ 1981: Darstellerpreis. Titelrolle im Film »Lola« (Rg. R. W. Fassbinder); Marianne im Film »Die bleierne Zeit« (M. v. →Trotta). □ 1982: Filmband in Gold (erneut 1986). □ 1983: Hilde Wangel in Ibsens »Baumeister Solness« (Rg. P. →Zadek); Schauspielerin des Jahres. □ 1985: Titelrolle im Film »Rosa Luxemburg« (Rg. M. v. Trotta). □ 1986: Goldene Palme in Cannes. □ 1991: Hanna im Film »Homo faber« (nach M. →Frisch, Rg. V. Schlöndorff); »Europa« (F., Rg. L. v. Trier).

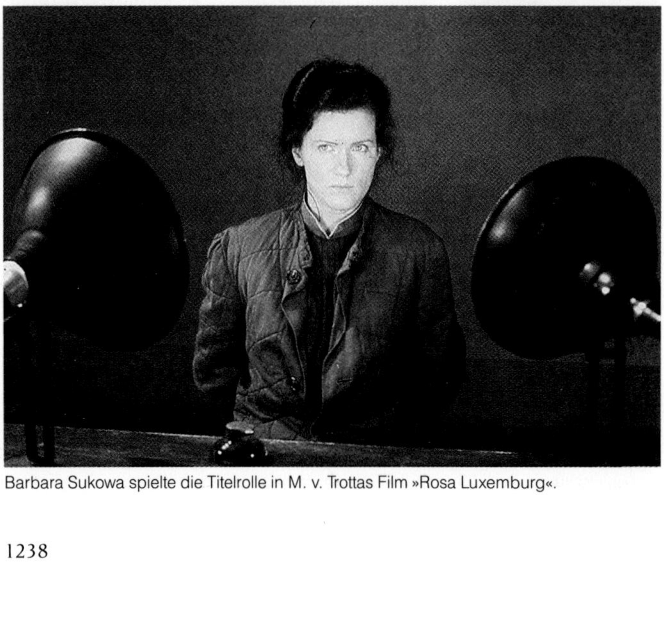

Barbara Sukowa spielte die Titelrolle in M. v. Trottas Film »Rosa Luxemburg«.

Sullivan, Harry Stack

amer. Psychiater
* 21.2.1892 Norwich, N. Y.
† 14.1.1949 Paris (Frankreich)

Sullivan erzielte in den 30er Jahren mit seiner psychotherapeutischen Gruppenbehandlung schizophrener Patienten große Erfolge. Schizophrenie interpretierte er als Folge von gestörten interpersonalen Beziehungen in der frühen Kindheit. S. forderte die Einführung der Psychiatrie in die Sozialwissenschaften.

□ 1936-44: Gründer und Dir. der Washington School of Psychiatry, D. C. □ postum 1953: »Die interpersonale Theorie der Psychiatrie« (Schr., dt. 1980). □ 1954: »Das psychotherapeutische Gespräch« (Schr., dt. 1976). □ 1964: »The fusion of psychiatry and social science« (Schr.).

▷ A. H. Chapman: H. S. Sullivan. His life and his work, 1976.

Louis H. Sullivan →

Sullivan, Louis Henry

amer. Architekt
* 3.9.1856 Boston † 14.4.1924 Chicago

Sullivan, der »Erfinder« des Hochhauses, war der profilierteste Repräsentant der sog. Chicago School und damit einer der ersten Architekten der Moderne. Mit Hilfe neuer Fertigungsmethoden wie der Stahlskelettbauweise entwarf S. seine Bauten nach funktionalen Gesichtspunkten, wobei er ihnen trotz zurückhaltender architektonischer Mittel ein markantes Äußeres verlieh. Mit dem Wainwright Building (1890/91) in St. Louis entwickelte er seinen oft kopierten Gebäudetypus für das Waren-, Büro- und Hotelhochhaus mit einer aufgelockerten Sockelzone für Laden- und Geschäftsräume und einem niedrigen Geschoß als oberem Abschluß, das die technischen Einrichtungen für Aufzüge enthielt und ein überstehendes Dachgesims trug. Der bedeutendste Bau dieser Art war S.s Schlesinger & Meyer Department Store (1899-1904) in Chicago, ein Warenhaus in Stahlskelettbauweise mit einem halbzylindrischen Turmelement, das den Haupteingang enthielt, und ornamentierten Gußeisenverblendungen im Sockelbereich sowie einer geometrischen, die Konstruktion betonenden Gliederung der oberen Geschosse. Sein Einfluß auf die amerikanische Hochhausarchitektur übertrug sich auch über F. L. →Wright, der nach dem Studium in S.s Büro eingetreten war.

□ 1879-95: Nach dem Studium (u. a. in Paris) Mitarbeiter, dann Partner von Dankmar Adler in Chicago. □ 1886-89: Auditorium Building, ebd. □ 1892: Schiller Building, ebd. □ 1894/95: Guaranty Trust Building, Buffalo, N. Y. □ 1919: Farmer's and Merchants' Union Bank in Columbus, Wisc. □ 1924: »The autobiography of an Idea« (Schr.).

▷ S. Paul, Louis Sullivan, engl. 1962.

Sumner, James Batcheller

amer. Biochemiker
* 19.11.1887 Canton, Mass.
† 12.8.1955 Buffalo, N. Y.

Sumner entdeckte 1926 bei der Isolierung eines Enzyms, welches Harnstoff zu Ammoniak und Kohlendioxyd katalysiert und abbaut, dessen Kristallisierbarkeit. An der aus der Jack-Bohne extrahierten Urease zeigte S., daß die Enzymwirkung in den Kristallen liegt und daß Enzyme Proteine sind. 1937 gelang S. die kristalline Darstellung der Katalase. Dieses Enzym spaltet bei der Gewebsatmung das giftige Wasserstoffperoxid in Wasser und Sauerstoff.

□ 1917: »Textbook of biological chemistry« (Schr.). □ 1929-55: Prof. an der Medical School der Cornell-Univ. in Ithaca, N. Y.; ab 1947 Dir. des Labors für Enzymchemie ebd. □ 1946: Chemie-Nobelpreis (mit J. H. →Northrop und W. M. →Stanley). □ 1950-52: Hg. von »The Enzymes«.

← James B. Sumner

Sun Yat-sen

(eig. Sun Wen)
chin. Politiker
* 12.11.1866 Zuiheng, Prov. Guangdong
† 12.3.1925 Peking (Beijing)

Sun Yat-sen war der einflußreichste chinesische Politiker der Übergangszeit vom Kaiserreich zur Republik und Führer der republikanischen Revolution. Seine Politik mit dem Ziel einer Demokratisierung Chinas beruhte auf den »Drei Grundlehren vom Volk«: Nationalismus, Demokratie und Volkswohl. Unter dem Einfluß der russischen Revolution gründete er 1906 in Tokio die Chinesische Revolutionäre Liga, woraus 1912 die Guomindang (Nationale Volkspartei) und 1919 die Guomindang Chinas entstand. Seine Bemühungen führten 1911 zur chinesischen Revolution. 1912 war S. für kurze Zeit Staatspräsident, mußte aber bald dem Militärdiktator →Yuan Shikai weichen. 1921 organisierte er in Kanton (Guangzhou) eine Gegenregierung. Er wandte sich von den westlichen Demokratien ab und suchte nach 1922 eine enge Zusammenarbeit mit der Sowjetunion und den Kommunisten, die er 1924 in die Guomindang aufnahm. Im gleichen Jahr fuhr er nach Peking, um Verhandlungen mit dem nördlichen Warlord (regionaler Militärmachthaber) Zhang Zuolin über eine Wiedervereinigung Chinas aufzunehmen. Er starb jedoch noch vor Beginn der Gespräche.

□ 1879-82: Besuch einer christlichen Schule in Honolulu (Hawaii). □ 1886-92: Studium der Medizin in Kanton (Guangzhou), ab 1897 in Hongkong; Übertritt zum Christentum. □ 1894: Gründer der Gesellschaft zur Wiederbelebung Chinas in Honolulu. □ 1895: Von Hongkong aus Vorbereitung eines Aufstands in Kanton; nach dessen Scheitern Exil in Japan. □ 1896/97: Aufenthalt in London; gescheiterte Entführung von seiten kaisertreuer Chinesen. □ 1907-11: Wechselnde Aufenthalte in Asien, Europa und den USA. □ Jan./Febr. 1912: Ausrufung der Republik China (1. 1.); Staatspräsident in Nanjing (Nanking). □ 1913-16: Erneutes Exil in Japan. □ 1917/18: An der Spitze einer Gegenregierung in Kanton; erneut ab 1921. □ 1924: Ernennung zum Führer der Guomindang auf Lebenszeit; Gründung der Whampoa Militärakademie (Kanton) zwecks Aufbau einer schlagkräftigen Armee (Leitung: → Chiang Kai-shek).

Sun Yat-sen bereitete die chin. Revolution von 1911 vor.

▷ J. C. H. Wu: Sun Yat-sen. The man and his ideas, 1971; R. Rigby: Sun Yat- sen, 1980.

Supertramp

engl. Rockgruppe

Supertramp waren in den 70er Jahren mit den Gruppen Yes und Genesis die wichtigsten Vertreter des orchestralen Rock, der sich durch Anleihen bei Klassik und Jazz und vielschichtige, ausgefeilte Arrangements auszeichnete. Thematisch verarbeitete S. in schwermütigen Songs Visionen von einer düsteren Zukunft, vom Leben auf Müllbergen, von einsamen Schülern und Erziehungsproblemen. Der Sound wurde vor allem von dem hellen, durchdringenden Falsett-Gesang Roger Hodgsons (* 1950) geprägt. 1983 ent-

Supertramp schafften 1974 mit »Crime of the century« den internationalen Durchbruch.

schloß sich Hodgson, der sämtliche Hits für Supertramp geschrieben hatte, zu einer Solokarriere — die Band machte als Quartett weiter (Rick Davies, *1944; John Helliwell, * 1945; Dongie Thompson, *1951; Bob Siebenberg, * 1949).

□ 1969: Gründung durch Davies und Hodgson. □ 1970: Erste LP »Supertramp«. □ 1974: Durchbruch mit »Crime of the century« (LP). □ 1975: »Crisis? What Crisis?« (LP). □ 1977: »Even in the quietest moments« (LP). □ 1979: »Breakfast in America« (LP). □ 1982: »Famous last words« (LP). □ 1983: Abschiedstournee um die Welt für den ausscheidenden Hodgson. □ 1985: »Brother where you bound« (LP). □ 1987: »Free as a bird« (LP); »Hai Hai« (Solo-LP R. Hodgson). □ 1988: »Live 88« (LP).

Süskind, Patrick

dt. Schriftsteller
* 26.3.1949 Ambach, Starnberger See

Süskind schrieb mit »Das Parfum« (1985) den erfolgreichsten deutschsprachigen Roman der 80er Jahre. Die Protagonisten seiner einfallsreichen Werke sind in der Regel egozentrische Sonderlinge, so im Monodrama »Der Kontrabaß« (1984, UA 1981), in dem ein Musiker dem Publikum seine vom Instrument (einem Kontrabaß) verursachte private Isolation erläutert. Dieses Drama zählt zu den meistgespielten auf deutschsprachigen Bühnen. Bekannt wurde S. außerdem als Co-Drehbuchautor der TV-Serien »Monaco Franze« (1983) und »Kir Royal« (1986). 1987 erschien seine Novelle »Die Taube«, 1991 die Novelle »Die Geschichte von Herrn Sommer«.

Suslow, Michail A.

sowjet. Politiker
* 21.11.1902 Schachowskoje, Gouv. Sarratow
† 25.1.1982 Moskau

Suslow war langjähriger Chefideologe der KPdSU und gehörte ab 1964 zum engsten Führungskreis der Partei. Der einstige Protégé J. →Stalins verurteilte 1956 den Stalinkult und unterstützte N. →Chruschtschow gegen W. →Molotow, Gegner der Entstalinisierungspolitik. 1964 führte sein Eintreten für L. →Breschnew das Ende der Ära Chruschtschow herbei. S. setzte sich mit den Positionen des chinesischen Kommunismus auseinander, definierte den »Proletarischen Internationalismus« und war in den 70er Jahren ein entschiedener Gegner der Eurokommunisten (E. →Berlinguer, S. →Carrillo).

□ 1921: Eintritt in die KPdSU. □ 1933/34: Teilnahme an Parteisäuberungen im Ural und in der Nord-Ukraine. □ ab 1941: ZK-Mitgl. □ ab 1947: ZK-Sekr. □ 1949/50: Chefredakteur des Parteiorgans Prawda. □ 1952/53 und ab 1955: Mitgl. des Präsidiums des ZK bzw. des Politbüros.

Süssmuth, Rita

dt. Politikerin
* 17.2.1937 Wuppertal

1985 wurde die bis dahin in der Öffentlichkeit unbekannte Süssmuth zur Ministerin für Jugend, Familie und Gesundheit ernannt. In Bonn avancierte die liberale Christdemokratin, die immer wieder die politische Mündigkeit der Bürger forderte, in kürzester Zeit zu einer äußerst populären Politikerin. Doch bereits 1988 schied sie aus dem Kabinett aus und wurde zur Bundestagspräsidentin gewählt. S. verbindet ihre Forderung nach politischer Moral mit einer parteiübergreifenden Konsensfähigkeit.

□ bis 1964: Studium der Romanistik und Geschichte; nach dem Lehramts-Examen Studium der Soziologie und Psychologie. □ 1964-67: Wissenschaftliche Assistentin. □ ab 1967: Dozentin, später Prof. an der Pädagogischen Hochschule Ruhr und in Bochum. □ seit 1981: Mitgl. der CDU. □ 1982-85: Dir. des Inst. Frau und Gesellschaft in Hannover. □ 1985: »Frauen - der Resignation keine Chance« (Schr.); Min. für Jugend, Familie und Gesundheit (1986/87 auch für Frauenfragen). □ 1987: »Aids: Wege aus der Angst« (Schr.); MdB und CDU-Präsidiumsmitgl. □ seit 1988: Bundestagspräs. □ 1991: »Wenn die Zeit den Rhythmus ändert« (Schr.).

▷ E. Kiderlen: Der Süssmuth-Effekt, 1990.

Rita Süssmuth →

← Patrick Süskind

Donald Sutherland →

← Michail A. Suslow

Graham Sutherland →

Sutherland, Donald

kanad. Schauspieler
* 17.7.1934 St. John, New Brunswick

Die Rolle des Chirurgen Hawkeye Pierce in der Militärsatire »MASH« (1969, Rg. R. →Altman) machte Sutherland bekannt, der dann als Privatdetektiv in »Klute« (1970, mit J. →Fonda, Rg. A. J. →Pakula) seine Wandlungsfähigkeit unter Beweis stellte. S. gelingt es, selbst Nebenrollen ausdrucksstark zu gestalten, so in B. →Bertoluccis Zweiteiler »1900« (1974-76).

□ 1964: Debüt in »Das Schloß der lebenden Toten« (Rg. H. Wise). □ 1966: »Das dreckige Dutzend« (Rg. R. → Aldrich). □ 1971: »Johnny zieht in den Krieg« (Rg. D. Trumbo). □ 1973: »Wenn die Gondeln Trauer tragen« (Rg. N. Roeg). □ 1976: »Fellinis Casanova« (Rg. F. →Fellini). □ 1977: »Kentucky Fried Movie« (Rg. J. Landis). □ 1979: »Eine ganz normale Familie« (Rg. R. →Redford). □ 1980: »Die Nadel« (Rg. R. Marquand). □ 1983: »Crackers« (Rg. L. →Malle). □ 1985: »Revolution« (mit A. Pacino, Rg. H. Hudson). □ 1989: »Die weiße Zeit der Dürre« (mit M. →Brando, Rg. E. Palzy).

Sutherland, Earl Wilbur

amer. Physiologe
* 29.11.1915 Burlingame, Kans.
† 9.3.1974 Miami, Flor.

Sutherland entdeckte 1957 bei seiner Erforschung der Hormone eine neue biologisch aktive Substanz, das zyklische Adenosinmonophosphat (cAMP). S., der diesen Transmitter in den 60er Jahren auch in Bakterien nachwies, erkannte dessen Bedeutung für den Wirkungsmechanismus zahlreicher Hormone.

□ 1953-63: Prof. an der Western Reserve Univ. in Cleveland, Ohio. □ 1963-73: Prof. an der Vanderbilt Univ. in Nashville, Tenn. □ 1971: Physiologie/Medizin-Nobelpreis. □ 1973: Prof. an der Univ. in Miami, Flor.

Sutherland, Graham

engl. Maler
* 24.8.1903 London † 17.2.1980 ebd.

Sutherland erlangte seine Bedeutung nach 1945 vor allem mit Bildern, in denen sich ein surrealabstrahierender Stil mit religiöser Thematik verbindet. Dabei bezog er pflanzliche wie auch landschaftliche Formen in verzerrten, häufig bedrohlich wirkenden Darstellungen, die auch amorphe Züge annehmen können, in die Kompositionen ein (z. B. »Dornenbäume«, 1946, London, British Council). S.s wichtigstes Werk ist die »Kreuzigung« von 1945 für die Kirche St. Mathew in Northampton. Neben den religiösen Bildern entstanden hintergründige Landschaften und scharf beobachtete Porträts (W. S. →Maugham, W. →Churchill, K. →Adenauer).

□ 1921-26: Grafikstudium. □ 1926-35: Buchillustrator und Plakatentwerfer. □ 1935-40: Phantastische Landschaften (beeinflußt vom Surrealismus). □ 1940-45: Im Auftrag der brit. Regierung Dokumentation über die Kriegszerstörungen. □ nach 1945: Vorrangig religiöse Thematik.

▷ R. Thuillier: Graham Sutherland. Inspirations, engl. 1982.

Suttner, Bertha Freifrau von

(Pseud. B. Oulot)
österr. Schriftstellerin
* 9.6.1843 Prag † 21.6.1914 Wien

Bertha von Suttner: Pazifistin und Frauenrechtlerin.

Mit ihrem engagierten Roman »Die Waffen nieder!« (2 Bde., 1889) über die grausamen Folgen des Krieges errang die Pazifistin Suttner Weltruhm; die moderne Friedensbewegung nahm mit S.s großer Anhängerschar ihren Anfang. Die Adlige, die zeitweise als Erzieherin tätig war, prangerte — sozialethisch motiviert — auch den Antisemitismus und die Unterdrückung von Frauen an. Sie erhielt, nachdem sie selbst Alfred Nobel zur Stiftung dieses Preises bewogen hatte, 1905 als erste Frau den Friedens-Nobelpreis.

□ 1887: »Verkettungen« (Nov.n). □ 1889: »Die Waffen nieder!« (R., 2 Bde.). □ 1890: »Das Maschinenzeitalter« (R.). □ 1891: Gründung der Österreichischen Gesellschaft der Friedensfreunde (seit 1964 S.-Gesellschaft). □ 1892-99: Hg. der Monatsschrift Die Waffen nieder! □ 1905: Friedens-Nobelpreis. □ 1907: »Randglossen zur Zeitgeschichte«. □ 1911: »Der Menschheit Hochgedanken« (R.).

▷ B. Hamann: Bertha von Suttner, 1986.

Daisetsu Suzuki machte mit seinen Schriften den Zen-Buddhismus im Westen populär.

Suu Kyi →San Suu Kyi

Suzuki, Daisetsu Teitaro

jap. Gelehrter
* 18.11.1870 Kanasawa † 12.7.1966 Tokio

Suzuki erforschte den Einfluß des Zen-Buddhismus auf die japanische Kultur. Der wohl beste Kenner dieser mit strengen Meditationsübungen verbundenen Schule trug zum Verständnis des Zen-Buddhismus in der westlichen Welt bei. Zu Standardwerken im deutschen Sprachraum wurden »Die große Befreiung. Einführung in den Zen-Buddhismus« (dt. 1939) sowie »Zen und die Kultur Japans« (dt. 1958).

□ 1897-1909: Studienaufenthalt in den USA. □ 1909-21: Prof. für Englisch an der Univ. Tokio. □ 1921-60: Prof. für Religion an der Otani-Univ., Kioto.

Gunde Svan →

Svan, Gunde

schwed. Skiläufer
* 12.1.1962 Vanskro

Svan, der von 10 km bis 50 km alle Distanzen und Stile beherrscht, zählt zu den überragenden Skilangläufern. Bei den Olympischen Spielen 1984 und 1988 gewann er sechs Medaillen, davon vier goldene.

□ 1984: Olympiasieger in Sarajevo über 15 km und 4x10 km; Zweiter über 50 km; Dritter über 30 km. □ 1985: Weltmeister 30 km und 50 km. □ 1987: Weltmeister 4x10 km. □ 1988: Olympiasieger in Calgary über 50 km und 4x10 km. □ 1989: Weltmeister 50 km und 4x10 km. □ 1991: Weltmeister 30 km; Zweiter 15 km, 50 km und 4x10 km.

Svedberg, Theodor »The«

schwed. Chemiker
* 30.8.1884 Fleräng bei Gävle
† 26.2.1971 Kopparberg bei Örebro

Svedberg erforschte die Kolloide, fein verteilte Stoffe in Solen oder Gelen (disperse Systeme), deren Teilchen weder gefiltert noch durch Lichtmikroskope gesehen werden können. 1923/24 konstruierte S. Ultrazentrifugen zur Bestimmung des Molekulargewichts solcher kolloider Verbindungen. Das Gerät, das sich besonders zu einer schonenden Analyse hochmolekularer Substanzen eignet, gibt mit seiner über der Gravitation liegenden Zentrifugalkraft ein Maß für das Gewicht der sich bei einer bestimmten Geschwindigkeit sedimentierenden Moleküle.

□ 1912-49: Prof. an der Univ. Uppsala. □ 1924: »Kolloid-Chemie« (Schr., dt. 1925). □ 1926: Chemie-Nobelpreis. □ 1940: »Die Ultrazentrifuge. Konstruktion und Ergebnisse« (Schr., mit K. O. Pedersen). □ 1949-67: Dir. des Gustav-Werner-Inst. für Nuklearchemie.

← »The« Svedberg

Svevo, Italo

(eig. Hector Aron Schmitz)
ital. Schriftsteller
* 19.12.1861 Triest † 13.9.1928 Motta di Livenza

H. A. Schmitz, der sich aus Liebe zu den Schwaben Italo Svevo nannte, war der erste und bislang bedeutendste italienische Schriftsteller, der einen psychoanalytischen Roman schrieb. J. →Joyce machte den Roman »Zeno Cosini« (1923, dt. 1928), der den Einfluß von S. →Freud zeigt, bekannt. Darin schildert der Protagonist sein Leben in Form einer Selbstanalyse. Hier wie auch in seinen anderen beiden Romanen ist S.s Protagonist dem Leben kaum gewachsen.

□ 1873-78: Besuch einer dt. Schule bei Würzburg. □ 1880: Abbruch der kaufmännischen Schule in Triest. □ 1881-97: Bankangestellter. □ 1892: »Sein Leben« (R., dt. 1962); Annahme des Pseudonyms. □ ab 1897: Selbständiger Unternehmer. □ 1898: »Ein Mann wird älter« (R., dt. 1960). □ 1904: Freundschaft mit J. Joyce.

Svoboda, Ludvík

tschech. Politiker
* 25.11.1895 Hroznatín, Mähren † 20.9.1979 Prag

Svoboda, bei Tschechen und Slowaken Symbol der nationalen Einheit, unterstützte als Staatspräsident 1968 nur zögernd den Reformkurs von A. → Dubček. Nach dem Einmarsch der Truppen des Warschauer Pakts rief er zu Disziplin und Besonnenheit auf und nannte die UdSSR den »größten Freund und Verbündeten der CSSR« — ein letztendlich vergeblicher Vermittlungsversuch. Denn nachdem er sich in Moskau für die gestürzten Reformpolitiker eingesetzt hatte, verlor er jeden politischen Einfluß.

□ ab 1914: Soldat. □ 1916-18: In der Tschechischen Legion in Rußland. □ 1918-39: Offizier des tschechoslowakischen Heeres. □ ab 1939: Offizier der Roten Armee. □ 1944: Kommandeur des tschechoslowakischen Armeekorps der Roten Armee. □ 1945-50: Verteidigungsmin. und Oberbefehlshaber der Streitkräfte. □ 1950: Stellv. Ministerpräsident. □ 1951: Aller Ämter enthoben. □ 1955: Rehabilitierung. □ 1968-75: Staatspräsident.

Swan, Sir (ab 1904) Joseph Wilson

engl. Erfinder
* 31.10.1828 Sunderland
† 27.5.1914 Warlingham, Surrey

Swan brachte mit Edison die Glühbirnen auf den Markt.

Swan leistete Pionierarbeit auf dem Gebiet der Fotografie. 1871 entwickelte er die mit Bromsilbergelatine beschichtete trockene Fotoplatte aus Glas oder Papier. 1883 stellte er die ersten Kunstseidefäden aus durch feine Löcher gepreßter Nitrozellulose her. Er verwendete sie als Glühfäden für seine ab 1860 entwickelten elektrischen Glühbirnen. 1883 schloß sich S.s Firma mit der Gesellschaft von T. A. →Edison zur Edison & Swan Electric Light Company zusammen.

Gloria Swanson →

Swanson, Gloria

(eig. Gloria Josephine May Swenson)
amer. Schauspielerin
* 27.3.1899 Chicago, Ill. † 4.4.1983 New York

Swanson entsprach aufgrund ihres mondänen Lebensstils im Film und eines skandalträchtigen Privatlebens (sieben Ehen) dem Klischee des verführerischen Vamp. Mit dem Niedergang des Stummfilms endete auch ihre Karriere. Ein kurzfristiges Comeback gelang ihr in »Boulevard der Dämmerung« (1950, Rg. B. →Wilder), in dem S. einen gealterten Stummfilmstar verkörperte.

Graham Swift →

Swift, Graham

engl. Schriftsteller
* 4.5.1949 London

Swift gehört neben I. →McEwan zu den wichtigsten Repräsentanten der jüngsten englischen Schriftstellergeneration. Hauptthema seiner Werke, die Mythen, Fakten und Historie miteinander verbinden, ist die Subjektivität der Geschichte. S.s Romane zählen damit zu einem seit

Mitte der 70er Jahre beliebten Genre des postmodernen Romans, das als »historiographische Metafiktion« bezeichnet wird (E. L. →Doctorow). Auch S.s erfolgreichster Roman, »Wasserland« (1983, dt. 1984), setzt sich mit dem Prozeß der historischen Erkenntnis auseinander. Dieses in epischer Breite erzählte Werk ist Ausdruck dafür, daß es Geschichte nur in Form von subjektiven Geschichten geben kann.

□ 1980: »Ein ernstes Leben« (R., dt. 1986). □ 1981: »Alias Federball« (R., dt. 1983). □ 1982: »Learning to swim and other stories«. □ 1988: »Out of this world« (R.).

Syberberg, Hans-Jürgen

dt. Filmregisseur
* 8.12.1935 Nassendorf, Pommern

Syberberg wurde mit seinem Film über Hitler bekannt.

Syberbergs Filmproduktionen, die sich in eigenwilliger Bildsprache mit dem Thema »Deutschland« auseinandersetzen und bewußt irrational sind, stoßen auf unterschiedliche Reaktionen. Während die amerikanische Publizistin S. →Sontag das Sieben-Stunden-Epos »Hitler — Ein Film aus Deutschland« (1977) als »vielleicht größten Film aller Zeiten« bezeichnete, interpretierte die deutsche Presse das Werk als Verharmlosung des Nationalsozialismus. Charakteristisch für S.s Filme sind mythologisierende Bilder, sich häufig dem Verständnis entziehende Textmontagen sowie der exzessive Einsatz von Musik. Seit »Die Nacht« (F., 1985) arbeitet S. bevorzugt mit E. →Clever zusammen.

□ 1965: »Fritz Kortner probt Kabale und Liebe« (TV-Dokumentarfilm). □ 1968: »Scarabea« (F., nach einer Novelle von L. →Tolstoi). □ 1972: »Ludwig – Requiem für einen jungfräulichen König« (F.). □ 1974: »Karl May« (F.). □ 1975: »Winifred Wagner« (Dokumentarfilm). □ 1977: »Hitler – Ein Film aus Deutschland«, bildet mit »Ludwig« und »Karl May« die »Deutsche Trilogie«. □ 1981: »Die freudlose Gesellschaft« (Schr.). □ 1982: »Parsifal« (F., nach einer Oper von R. Wagner, mit E. Clever). □ 1985: »Die Nacht« (F., mit E. Clever als einziger Darstellerin). □ 1987: »Penthesilea« (F., nach H. v. Kleist, mit E. Clever).

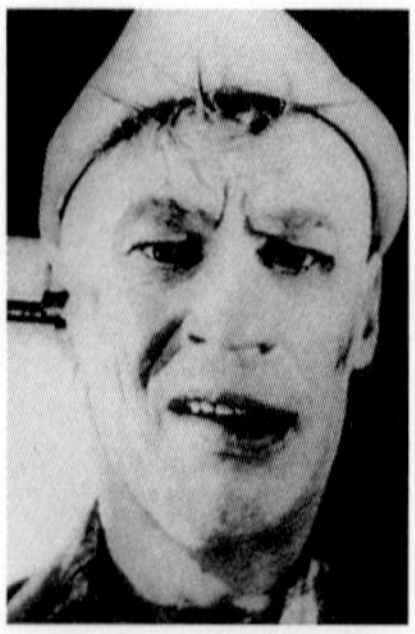

Max von Sydow →

Sydow, Max von

(eig. Carl Adolf von Sydow)
schwed. Schauspieler
* 10.4.1929 Lund

Sydows Filmkarriere begann bei Ingmar →Bergman, in dessen Filmen er sich zum überzeugenden Darsteller psychologisch differenzierter und problematischer Charaktere entwickelte (»Das Gesicht«, 1958; »Die Stunde des Wolfs«, 1966, mit L. →Ullmann). In internationalen Produktionen war S. häufig als religiöse Figur zu sehen, z. B. als Jesus in »Die größte Geschichte aller Zeiten« (1963), oder als Teufelsaustreiber in »Der Exorzist« (1973). S.s beeindruckte als knorriger Vater des neunjährigen Pelle in »Pelle der Eroberer« und trug nicht unwesentlich zum Erfolg dieser Produktion bei, die 1989 den Oscar für den besten ausländischen Film erhielt.

□ 1949: Filmdebüt in »Rya, Rya – nur eine Mutter« (Rg. A. Sjöberg). □ 1951: »Fräulein Julie«. □ 1951-60: Engagements an Theatern in Norrköping-Linköping, Hälsingborg und Malmö. □ 1956: »Das siebte Siegel« (Rg. Ingmar Bergman). □ 1959: »Die Jungfrauenquelle« (Rg. Ingmar Bergman). □ 1961: »Licht im Winter«. □ 1970: »Der unheimliche Besucher« (mit L. → Ullmann). □ 1974: »Die drei Tage des Condor« (mit R. →Redford und F. → Dunaway); »Der Steppenwolf«. □ 1983: »Christopher Columbus« (TV). □ 1985: »Hannah und ihre Schwestern« (Rg. W. →Allen). □ 1991: »Der Kuß vor dem Tode«.

Synge, Richard Laurence Millington

engl. Biochemiker
* 28.10.1914 Liverpool

Synge entwickelte mit A. J. P. →Martin die sog. Verteilungschromatographie zur Ermittlung der

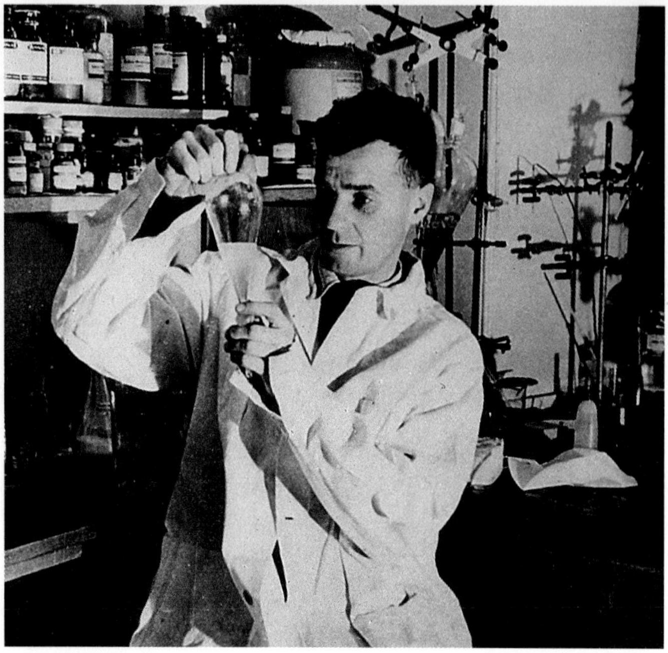

R. Synge erhielt für die Entwicklung der Papierchromatografie den Nobelpreis.

Zusammensetzung von Stoffgemischen wie Proteinen und Aminosäuren. Mit der 1944 vorgestellten Papierchromatographie, einem unkomplizierten und seither erfolgreich angewandten Trennverfahren (Filterpapier und Lösungsmittel), klärte S. die Struktur des einfachen Eiweißmoleküls (Gramicidin S) auf.

□ 1948-67: Forschungen am Rowett Research Inst. in Bucksburn bei Aberdeen und anderen wiss. Inst.n. □ 1952: Chemie-Nobelpreis (mit A. J. P. Martin). □ 1967-76: Am Inst. für Ernährungsforschung in Norwich. □ 1968-84: Honorarprof. an der School of Biological Sciences der Univ. of East Anglia ebd.

Szabó, István

ung. Regisseur
* 18.2.1938 Budapest

Szabó, dessen Film »Mephisto« 1982 mit dem Oscar ausgezeichnet wurde, ist der bekannteste Regisseur Ungarns. Die Adaption des Schlüsselromans von K. → Mann, in dem die an G. →Gründgens erinnernde Karriere eines Schauspielers während der NS-Zeit geschildert wird, machte auch den Hauptdarsteller K. M. →Brandauer zum internationalen Filmstar. Wiederkehrendes Thema der Filme Sz.s ist die psychologische Entwicklung von Menschen unter dem Einfluß eines autoritären Systems.

□ 1964: »Zeit der Träumereien«. □ 1966: »Vater« (mit M. Gabor). □ 1970: »Liebesfilm«. □ 1975: Großer Preis von Locarno für »Feuerwehrgasse 25«. □ 1977: »Budapester Legende«. □ 1979: »Vertrauen«. □ 1984: »Oberst Redl« (mit K. M. Brandauer, A. → Mueller-Stahl); Inszenierung der Wagner-Oper »Tannhäuser« in Paris. □ 1988: »Hanussen« (mit K. M. Brandauer). □ 1991: »Zauber der Venus« (mit G. Close).

← István Szabó

M. Szabó beschreibt in ihren Romanen Familienkonflikte.

Szabó, Magda

ung. Schriftstellerin
* 5.10.1917 Debrecen

Szabó, eine der bekanntesten Autorinnen der Gegenwart in Ungarn, setzt sich in ihren psychologisch motivierten Romanen mit den Wert- und Generationskonflikten innerhalb der Familie auseinander (»Das Schlachtfest«, 1960, dt. 1963) und beschreibt den Zerfall des ungarischen Mittelstands in der Provinz. Sz. greift oft auf mythische Parallelen zurück, die die tragischen Konflikte betonen. Ihren ersten großen Erfolg erzielte sie mit dem Roman »Das Fresko« (1958, dt. 1960).

□ 1940-45: Gymnasiallehrerin. □ 1945-50: Beamtin im Kultusministerium. □ 1950-59: Grundschullehrerin. □ seit 1959: Freie Schriftstellerin. □ 1964: »Die Danaide« (R., dt. 1965). □ 1967: »Lauf der Schlafenden« (Erz.n, dt. 1969). □ 1969: »Katharinenstraße« (R., dt. 1971).

Szczypiorski, Andrzej

poln. Schriftsteller
* 3.2.1924 Warschau

Die Dimension des Menschlichen vor dem Hintergrund politischer Gewalt und Unterdrückung bestimmt die Bücher Szczypiorskis. In »Die schöne Frau Seidenman« (R., 1986, dt. 1988) wird das Schicksal der polnischen Juden während der deutschen Besatzung und des Warschauer Aufstands von 1944 auf neue Weise ins Bewußtsein gerückt. Sanft ironische und psychologisch feinfühlige Porträts der unterschiedlichsten Charaktere sind mit der Geschichte der Rettung Irma Seidenmans verbunden und machen so in unaufdringlicher Weise die persönliche Verantwortung des einzelnen auch in Zeiten des politischen Totalitarismus zum eigentlichen Thema. Der Konflikt zwischen ideologischem Konformismus und persönlicher Moral steht auch im Mittelpunkt von »Eine Messe für die Stadt Arras« (R., 1971, dt. 1988).

A. Szczypiorski, Autor von »Die schöne Frau Seidenman«.

□ 1944: Teilnahme am Warschauer Aufstand; KZ Sachsenhausen. □ 1981/82: Internierung. □ 1983: »Notizen zum Kriegszustand« (dt. 1990). □ 1987: »Amerikanischer Whiskey« (Erz.n, dt. 1989); »Notizen zum Stand der Dinge« (dt. 1990). □ seit 1989: Mitgl. des poln. Senats. □ 1991: »Nacht, Tag und Nacht« (R., dt. 1991).

George Szell →

Szell, George (György)

amer. Dirigent tschech.-ung. Herkunft
* 7.6.1897 Budapest † 29.7.1970 Cleveland, Ohio

Szell, der bereits als 16jähriger sein Dirigenten-Debüt mit den Wiener Symphonikern gab und

1939 in die USA emigrierte, erwarb internationale Anerkennung als musikalischer Direktor des Cleveland Orchestra (1946-70). Maßstäbe setzten seine durch Objektivität gekennzeichneten Interpretationen, die dieses Ensemble mit einem geradezu kammermusikalischen Orchesterklang realisierte. Sz. unternahm zahlreiche Konzertreisen durch die USA, Kanada, Europa, die UdSSR und den Fernen Osten und dirigierte als Gast viele bedeutende Orchester. In seinem umfassenden Repertoire konzentrierte er sich insbesondere auf die österreichisch-deutsche Tradition von Haydn bis R. →Strauss, setzte sich aber auch für B. →Bartók und L. →Janáček ein.

□ 1914: Nach Studium in Wien und Leipzig (bei M. →Reger) Debüt als Dirigent in Berlin. □ ab 1915: Auf Empfehlung von R. Strauss Korrepetitor an der Kgl. Oper in Berlin. □ ab 1917: Dirigententätigkeit in Prag, Darmstadt und Düsseldorf. □ 1924-29: 1. Kapellmeister an der Berliner Staatsoper. □ 1927-30: Prof. an der Musikhochschule Berlin. □ 1929-37: Generalmusikdir. an der Dt. Oper und der Philharmonie in Prag. □ 1933: Debüt in London. □ ab 1939: Wohnsitz in den USA. □ 1941-42: Auf Einladung von A. →Toscanini Dirigent des NBC Symphony Orchestra, New York. □ 1942-46: Dirigent an der Metropolitan Opera ebd. □ 1943-56: Ständiger Gastdirigent des New York Philharmonic Symphony Orchestra. □ ab 1954: Leiter mehrerer Uraufführungen (u. a. der Werke von R. →Liebermann und W. →Egk) bei den Salzburger Festspielen. □ ab 1958: Ständiger Gastdirigent des Concertgebouworkest Amsterdam.

Szent-Györgyi von Nagyrapolt, Albert

amer. Biochemiker ung. Herkunft
* 16.9.1893 Budapest
† 22.10.1986 Woods Hole, Mass.

Szent-Györgyi isolierte 1928 die Ascorbinsäure erstmals in kristallisierter Form. 1932 gewann er die gleiche Substanz aus Orangen sowie ungarischem Paprika und identifizierte sie mit dem Vitamin C (W. N. →Haworth). Mit seinen Forschungen über biologische Oxydation (Verbrennungsvorgänge) und den Sauerstoffverbrauch im Muskelgewebe schuf Sz. die Grundlagen zur Entwicklung des sog. Zitronensäurezyklus (H. A. →Krebs).
1947 gründete Sz. das Institut für Muskelforschung am Biologischen Laboratorium der amerikanischen Marine in Woods Hole (Mass.), dessen Direktor er 28 Jahre lang war. Nach bedeutenden Beiträgen zu Herzmuskelerkrankungen und Muskelschwund wandte sich Sz. in den 70er Jahren der Krebsforschung zu.

Albert Szent-Györgyi: Der Medizin-Nobelpreisträger von 1937 mit Familie.

□ 1930-46: Prof. an der Univ. Szeged; 1932 Präs. ebd. □ 1937: Physiologie/Medizin-Nobelpreis. □ 1947-75: Dir. des Inst. for Muscle Research des Marine Biological Laboratory Woods Hole, Mass. (USA). □ ab 1955: Amer. Staatsbürger. □ 1962-66: Prof. an der Dartmouth Medical School. □ 1966-75: Prof. an der Brandeis-Univ. in Waltham, Mass. □ ab 1975: Dir. der amer. Stiftung für Krebsforschung.

Szondi, Leopold

ung. Psychologe und Psychotherapeut
* 11.3.1893 Neutra (heute Nitra, CSFR) † 1977

L. Szondi fand den Szondi-Test zur Triebstruktur-Diagnostik.

Szondi konzipierte die »Schicksalsanalyse«, in der er Psychoanalyse und Erbforschung miteinander verband. Das sog. Zwangsschicksal sei von einem »familiären Unbewußten«, den gespeicherten Erfahrungen und Forderungen der Ahnen, vorgegeben. Ziel der Therapie sei es, Freiheit in der »Schicksalswahl« zu erlangen. 1937 fand Sz. ein projektives Verfahren zur Diagnostik individueller Triebstruktur, den nach ihm benannten Szondi-Test.

□ 1927-41: Prof. an der Hochschule für Heilpädagogik, Budapest; als Jude entlassen. □ 1944: Inhaftiert im KZ Bergen-Belsen; Emigration in die Schweiz. □ 1944-56: »Schicksalsanalyse« (Schr.). □ ab 1962: Prof. an der Univ. Zürich. □ 1968: »Freiheit und Zwang im Schicksal des einzelnen« (Schr.). □ 1969: »Kain. Gestalten des Bösen« (Schr.).

Szymanowski, Karol

poln. Komponist
* 6.10.1882 Tymoszówka, Ukraine
† 29.3.1937 Lausanne (Schweiz)

Szymanowski, der 1905 die Komponistengruppe Junges Polen zur Förderung der zeitgenössischen polnischen Musik gründete, hatte in den ersten Jahrzehnten des 20. Jh.s für die musika-

K. Szymanowski schuf aus Volksmusikelementen einen polnischen Nationalstil.

lische Entwicklung seines Landes (W. →Lutosławski; K. →Penderecki) entscheidende Bedeutung. In den 20er Jahren entwickelte Sz. nach dem Vorbild von B. →Bartók und I. →Strawinsky in der Auseinandersetzung mit der polnischen Volksmusik einen nationalen Musikstil (»20 Mazurken«, 1924-26).

☐ 1901-04: Studium (Komposition, Musiktheorie) in Warschau. ☐ 1906-14: Aufenthalte in Berlin, Warschau, Wien und Italien. ☐ 1912: UA der Oper »Hagith« in Warschau. ☐ ab 1919: Dozent am Konservatorium in Warschau; 1927-29 Leiter ebd. ☐ 1926: UA der Oper »König Roger« in Warschau. ☐ 1930/31: Rektor der Musikakademie Warschau. ☐ 1935: UA der Ballettpantomime »Harnasie« in Prag.

▷ K. Szymanowski: Gesammelte Schriften, 1947; T. Chylinska: Szymanowski (Bildmonographie), engl. 1973.

T

Tabori, George

engl. Schauspieler, Regisseur und Dramatiker ung. Herkunft
* 24.5.1914 Budapest

Taboris Dramen und Inszenierungen, die viele Tabus brechen, zählen seit den 70er Jahren zu den umstrittensten Theaterereignissen. Er verarbeitet in ihnen seine biografischen Erfahrungen als jüdischer Autor, die sich in sarkastischer Melancholie ausdrücken.Im Mittelpunkt seiner Arbeit steht die experimentelle Weiterentwicklung der »Method« (L. →Strasberg).

☐ 1935: Nach Ausbildung in der Hotelbranche Journalist und Übersetzer in Budapest. ☐ 1936: Emigration nach London. ☐ 1939-41: Auslandskorrespondent in Bulgarien und der Türkei. ☐ 1941: Annahme der brit. Staatsbürgerschaft. ☐ 1941-43: Kriegsberichterstatter bei der BBC. ☐ 1947-50: Drehbuchautor in Hollywood. ☐ 1952: UA seines ersten Bühnenstücks »Flug nach Ägypten« (Rg. E. →Kazan) in New York. ☐ 1958: Erste Rg. mit »Fräulein Julie« (A. →Strindberg). ☐ 1968: UA seines Stücks »Die Kannibalen« (Rg. M. Fried) in New York. ☐ 1971: Übersiedlung nach Deutschland. ☐ 1975: Rg. der UA seines Stücks »Sigmunds Freude« in Bremen. ☐ 1976: Gründung des Bremer Theaterlabors. ☐ ab 1978: Leiter des in »Der Kreis« umbenannten Wiener Schauspielhauses und des neugegründeten Actor's Studio. ☐ 1980: Rg. der UA »Der Untergang der Titanic« (H. M. →Enzensberger) in München. ☐ 1983: Rg. der UA seines Stücks »Jubiläum« in Bochum; Mülheimer Dramatikerpreis (ebenso 1990). ☐ 1984: »Meine Kämpfe« (Erz.n). ☐ 1986: »Die Reise« (R.). ☐ 1987: Rg. der UA seiner Farce »Mein Kampf« in Wien. ☐ 1988: Rg. der UA »Masada« (Bearbeitung nach »Der jüdische Krieg« von F. Josephus). ☐ 1990: Rg. der Uraufführung seines Stücks »Weismann und Rotgesicht« in Wien. ☐ 1991: »Betrachtungen über das Feigenblatt« (Es.s).

▷ J. Gronius/W. Kässens: Tabori, 1989; G. Ohngemach: Tabori, 1989.

← George Tabori

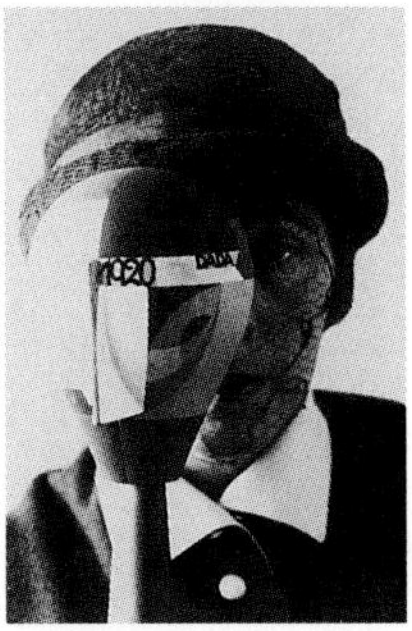

Sophie Taeuber-Arp →

Taeuber-Arp, Sophie (Henriette Gertrud)

schweiz. Künstlerin
* 19.1.1889 Davos † 13.1.1943 Zürich (verunglückt)

Taeuber-Arp leistete zu zwei bedeutenden Kunstrichtungen der Moderne, dem Dadaismus und der geometrischen Abstraktion der 20er und 30er Jahre, entscheidende Beiträge. In ihrer Dada-Zeit schuf sie u. a. Objekte wie »Geschnitzter Kopf« (1918/19, Paris, Musée National d'Art Moderne, Centre Georges Pompidou). In den 20er Jahren wandte sie sich eindrucksvollen abstrakten Horizontal-Vertikal-Kompositionen zu, die in Klarheit und Farbbehandlung den Werken der russischen und niederländischen Konstruktivisten ebenbürtig sind. In den 30er Jahren fand sie zu einem bewegteren Stil. 1943 starb T. an einer Gasvergiftung im Haus von M. →Bill.

☐ 1916-29: Dozentin für Textilentwurf an der Kunstgewerbeschule Zürich. ☐ 1916-20: Nach der Begegnung mit H. →Arp aktiv in der Dada-Bewegung. ☐ ab 1920: Abstrakte Kompositionen. ☐ ab 1921: Ehe mit Arp. ☐ 1926-28: Innendekorationen des Tanzcafés »L' Aubette« in Straßburg mit Arp und Th. v. →Doesburg. ☐ 1929-31: Beteiligung an den Ausstellungen der Gruppe Cercle et Carré. ☐ ab 1930: Größere Dynamisierung in ihren Bildern. ☐ 1931-36: Mitgl. der Gruppe Abstraction-Création.

▷ M. Staber: Sophie Taeuber-Arp, 1970.

Taft, William Howard

amer. Politiker
* 15.9.1857 Cincinnati, Ohio
† 8.3.1930 Washington D. C.

Nach seiner Wahl zum 27. US-Präsidenten 1909 ließ Taft, der zum konservativen Flügel der Republikanischen Partei gehörte, einen Teil der wirtschaftspolitischen Maßnahmen seines Vorgängers Th. →Roosevelt abschwächen (z. B. Zölle, Anti-Trust-Gesetze). Damit begannen die langen innerparteilichen Auseinandersetzungen mit dem ehemaligen Freund, die T.s Amtszeit überschatteten und schließlich 1912 zur Spaltung der Republikanischen Partei führten. Außenpolitisch führte er den imperialistischen Kurs von Roosevelt fort.

□ bis 1878: Jurastudium. □ 1883: Rechtsanwalt. □ 1887: Richter am Obersten Gericht von Ohio. □ 1893-1900: Bundesrichter. □ 1901-04: Gouverneur der Philippinen. □ 1904-08: Kriegsmin. □ 1909-13: 27. US-Präsident (Nachfolger W. →Wilson). □ 1913-21: Prof. an der Yale Univ. □ 1921-30: Chefrichter am Obersten Gericht.

William Taft nach einem Krankenhausaufenthalt, 1930.

Tagore, Rabindranath

(eig. R. Thakur)
ind. Dichter und Philosoph
* 7.5.1861 Kalkutta † 7.8.1941 ebd.

Tagore, Schöpfer der modernen bengalischen Literatur, ist als Vermittler zwischen der indischen Tradition und der europäischen Kultur auch im Westen bekannt geworden. Den Mittelpunkt seines Werks, das in geringem Umfang von ihm selbst ins Englische übertragen wurde, bildet die vom Expressionismus beeinflußte Lyrik. Zahlreiche Gedichte und Tanzdramen sind in T.s eigener Vertonung zum Volksgut geworden und vermitteln einen Einblick in das bengalische Leben um die Jahrhundertwende.
Die von T. in seinen Liedern entworfene Gedankenwelt wurde in Bengalen in der zweiten Hälfte des 20. Jh.s zu einer Art Ersatzreligion. Grundelemente seines poetischen Universums sind die Begriffe »Puja« (Verehrung), »Prem« (Liebe) und »Prakriti« (Natur). 1913 erhielt T. für seine Gedichtsammlung »Gesangsopfer« (1910, dt. 1914) als erster Inder den Literatur-Nobelpreis.

□ 1878-83: Aufenthalt in England; Studium der engl. Literatur. □ 1881-97: Verwaltung des Familienguts Silaidah. □ 1892: »Chitra« (Dr., dt. 1914). □ 1901: Gründung einer Schule in Santiniketan (seit 1951 staatliche Univ.). □ 1902: »Sandkörnchen im Auge« (R., dt. 1968). □ 1916: »Das Heim und die Welt« (R., dt.1920). □ 1921-30: Reisen in verschiedene europ. Staaten. □ 1938: »Candalika« (Tanz-Dr.).

R. Tagores Werke beschreiben das bengalische Leben um die Jahrhundertwende.

▷ R. Tagore: Meine Lebenserinnerungen, 1912, dt. 1923; ders.: Galpasalpa (Mem.), 1941; H. Mode: Rabindranath Tagore – Auf den Spuren des Dichters und Denkers in Indien und Bangladesh, 1976; A. Dasgupta (Hg.): Der andere Tagore, 1987.

Takada, Kenzo →Kenzo

Noboru Takeshita →

Takeshita, Noboru

jap. Politiker
* 26.2.1924 Kakeyamachi, Shimane

Der Wirtschaftswissenschaftler Takeshita, 1984 Aufsichtsratsvorsitzender des Weltwährungsfonds (IWF), ist ein bedächtigter Konsenspolitiker traditionellen japanischen Stils. 1987 schlug →Nakasone ihn als seinen Nachfolger für das Amt des Ministerpräsidenten vor. T. konnte durch die Beilegung von Handelskonflikten mit den USA Erfolge in der Außenpolitik verbuchen. Der Recruit-Skandal, die Einführung der Mehrwertsteuer und die Einfuhrliberalisierung von Agrarprodukten brachten ihn 1989 zu Fall.

Tal, Josef

(eig. J. Gruenthal)
israel. Komponist, Pianist und Dirigent
* 18.9.1910 Pinne bei Posen

Tal, Sohn eines Berliner Rabbiners, gehörte nach seiner Emigration nach Palästina als Komponist, Pianist und Dirigent zu den Wegbereitern des kulturellen Aufbaus seines Landes. 1936 gründete er das Palestine Orchestra (heute Israel Philharmonic Orchestra) und leistete (ab 1937) als Dozent an der Jerusalemer Musikakademie Pionierarbeit. T.s Œuvre ist durch stilistische Wand-

Josef Tal komponiert seine Opern nach biblischen und mythischen Vorlagen.

lungsfähigkeit gekennzeichnet (Zwölfton-Musik, Serialität, Elektronik). In seinen Opern (u. a. »Ashmedai«, UA Hamburg 1971; »Die Versuchung«, UA München 1976) bilden biblische Stoffe, jüdische Mythen und Legenden sowie Ereignisse aus der jüdischen Geschichte den inhaltlichen Hintergrund. Seine für Hamburgs Staatsoperndependance opera stabile geschriebene Kammeroper »Der Garten« wurde 1988 uraufgeführt.

☐ 1934: Fotograf im Mandatsgebiet Palästina. ☐ 1937: Dozent für Klavier und Komposition an der Academy of Music in Jerusalem. ☐ 1948-52: Dir. des Israel Conservatory in Jerusalem. ☐ 1954: Hinwendung zur elektronischen Musik mit dem Tonbandstück »Exodus«. ☐ 1961: Leiter des Israel Centre for Electronic Music in Jerusalem. ☐ 1965-71: Prof. und Leiter der musikwissenschaftlichen Abteilung der Hebräischen Univ. Jerusalem. ☐ 1967: »Moses Tod« (Oratorium). ☐ 1973: UA der Oper »Massada« in Jerusalem. ☐ 1983: Bei einem Aufenthalt im Berliner Wissenschaftskollegium Vollendung der Oper »Der Turm«. ☐ 1988: UA der von R. →Liebermann beauftragten Kammeroper »Der Sturm« in Hamburg. ☐ 1990: Kompositionsauftrag einer Sinfonie (geplante UA 1992) durch die Berliner Philharmoniker anläßlich ihrer ersten Israel-Tournee.

▷ J. Tal: Der Sohn des Rabbiners (Aut.), 1985.

Igor J. Tamm →

Tamayo, Rufino

(eig. R. del Carmen Arellanes)
mex. Maler
* 26.8.1899 Oaxaca † 24.6.1991 Mexiko-Stadt

Tamayo gehörte zu den bedeutenden surrealistischen Malern sowie zu den führenden Vertretern des sog. Muralismo, der modernen mexikanischen Wandmalerei. Stilistisch zeigen seine Werke kubistischen Einfluß, die Thematik ist von europäischen Traditionen, christlichen Vorstellungen und von präkolumbischen Mythen geprägt. In seinen Bildern erscheinen altmexikanische Fruchtbarkeitssymbole ebenso wie das christliche Kreuz, seine Themen umfassen die Dualität von Leben und Sterben, Tag und Nacht, Erde und Sonne wie auch Visionen von Tod und Auferstehung kosmischer Welten. Daneben stehen existentielle Grundsituationen wie Einsamkeit, Schmerz sowie das Aufbegehren gegen Folter und Terror. Die Figurenskala reicht von surrealen Monstern in unbestimmbaren Räumen (z. B. »Die Sänger«, 1950, Paris, Musée National d'Art Moderne) bis zur Suche nach dem gültigen Symbol für den mexikanischen Menschen (z. B. »Mexiko heute«, 1952, und »Geburt unserer Nation«, 1952/53, beide Wandbilder im Palacio de Bellas Artes in Mexiko-Stadt).

Rufino Tamayo prägte die mexikanische Wandmalerei.

☐ 1917-21: Studium an der Akademie S. Carlos, Mexiko-Stadt. ☐ 1921: Leiter der ethnografischen Zeichenabteilung im Anthropologischen Museum, ebd. ☐ 1926-28: Aufenthalt in New York. ☐ ab 1928: Prof. an der Escuela Nacional de Bellas Artes, Mexiko-Stadt. ☐ ab 1933: Neben Leinwandbildern auch monumentale Fresken. ☐ 1950: Teilnahme an der Biennale in Venedig. ☐ 1974: Erste Werke in einer von T. »Mixografie« genannten Technik. ☐ 1990: Retrospektive in Oslo, Moskau, Leningrad, Berlin.

▷ J. Corredor-Matheos: Tamayo, engl. 1987.

Tamm, Igor Jewgenjewitsch

sowjet. Physiker
* 8.7.1895 Wladiwostok † 12.4.1971 Moskau

1937 veröffentlichte Tamm mit I. M. →Frank eine Abhandlung über den von P. A. →Tscherenkow entdeckten Effekt, wofür der Entdecker und die beiden Interpreten 1958 den Physik-Nobelpreis erhielten. Beim sog. Tscherenkow-

Effekt entsteht bläulichweiße elektromagnetische Strahlung, wenn sich energiereiche Teilchen schneller durch durchsichtige Stoffe bewegen, als es der Lichtgeschwindigkeit in diesem Medium entspricht. Nach dem 2. Weltkrieg arbeitete T. an der kontrollierten Kernfusion für die Herstellung der Wasserstoffbombe.

□ Ab 1930: Prof. für Quantentheorie an der Staatsuniv. Moskau. □ 1950: Entwicklung der Theorie, daß heißes Plasma in starken Magnetfeldern zusammengehalten werden kann (mit A. D. →Sacharow). □ 1953: Mitgl. der Akademie der Wissenschaften der UdSSR.

Tamm, Peter

dt. Verlagsmanager
* 12.5.1928 Hamburg

Tamm war 1970-91 Vorstandsvorsitzender der Axel Springer AG, dem größten deutschen Zeitungs- und Zeitschriftenverlag. Als Erbverwalter baute der Verlagsmanager nach dem Tod A. →Springers 1985 das Unternehmen zu einem Pressekonzern (Umsatz 1989: rd. 3 Mrd. DM) mit einer ganzen Palette auflagenstarker Zeitungen und Zeitschriften (u. a. Bild, Welt, Hör zu, Bild der Frau) weiter aus.

□ ab 1948: Mitarbeiter beim Hamburger Abendblatt. □ 1958: Nach Studium und Redakteurstätigkeit Wechsel ins Verlagsgeschäft. □ 1960: Geschäftsführer des von A. →Springer erworbenen Ullstein-Verlags. □ 1962: Verlagsleiter der Bild-Zeitung. □ 1964: Direktoriumsvors. des Verlagshauses in Berlin. □ 1968: Geschäftsführer. □ 1971: Umwandlung der Gruppe in die Axel-Springer-Gesellschaft für Publizistik KG. □ ab 1989: Auseinandersetzung mit dem Springer-Aktionär L. →Kirch (25% Beteiligung) um größere Einflußnahme im Unternehmen.

← Peter Tamm

Yves Tanguy →

Tanaka, Kakuei

jap. Politiker
* 4.5.1918 Nishiyama, Niigata

Durch seinen Erfolg als Unternehmer gewann Tanaka schon früh großen Einfluß innerhalb der LDP, bekleidete zahlreiche wichtige Parteiposten und wurde schließlich Ministerpräsident (1972-74). Sein größter Erfolg während seiner Amtszeit war die Wiederherstellung der diplomatischen Beziehungen zu China. 1976 wurde er im Zusammenhang mit dem Lockheed-Skandal verhaftet. Er hatte für die Vergabe von Rüstungsaufträgen Bestechungsgelder angenommen. Danach wirkte er als sog. graue Eminenz. 1985 beendete ein schwerer Schlaganfall endgültig T.s politische Laufbahn.

□ 1937: Mehrfacher Millionär als Bauunternehmer. □ 1962-65: Finanzmin. □ 1971/72: Min. für Int. Handel und Industrie. □ 1983: Verurteilung zu vier Jahren Gefängnis; Revision. □ 1987: Bestätigung des Urteils.

← Kakuei Tanaka

Tange, Kenzo

jap. Architekt und Stadtplaner
* 4.9.1913 Imabari, Shikoku

Tange, einer der wichtigsten modernen Architekten Japans, zog zunächst mit der konsequenten Verbindung des rationalistischen Stils →Le Corbusiers und japanischen Traditionen die Aufmerksamkeit auf sich (Hiroshima Peace Center, 1949-56). Später erwarb er mit freien Bauten wie den Olympiahallen in Tokio (1964) sowie der Gesamtplanung für die Expo 1970 in Tokio internationale Anerkennung. Die beiden Olympiahallen, eine Schwimm- und eine Mehrzweckhalle, sind plastisch gestaltete Bauten, die T. in eine künstlich angelegte Landschaft bettete. In seinen späteren Bauten dominieren gegenüber solcher plastischen Durchformung und Dynamik postmoderne Stilmittel.

□ 1935-38: Studium an der Univ. in Tokio. □ 1938: Eintritt in das Büro von K. Mayekawa, der bei Le Corbusier gearbeitet hatte. □ ab 1946: Dozent an der Univ. Tokio; eigenes Büro. □ 1951-53: Eigenes Haus in Tokio im funktionalen International Style. □ 1953/54: Bibliothek des Tsuda College, Tokio. □ 1955-58: Rathäuser in Shimzu, Kurayoshi und Tokio; Verwaltungsbau in Kagawa. □ 1960: Stadterweiterungsmodell für Tokio. □ 1961-64: Tokyo National Gymnasium. □ 1964-66: Rundfunk- und Pressezentrum in Kofu.

▷ U. Kultermann (Hg.): Kenzo Tange, Architektur und Städtebau 1946 bis 1969, 1970.

Tanguy, Yves

frz. Maler
* 5.1.1900 Paris
† 15.1.1955 Waterbury, Conn. (USA)

Tanguy war ein bedeutender Maler des Surrealismus, doch spielt in seinen Werken im Gegensatz zu anderen Surrealisten die phantastische, sich im Unendlichen verlierende Landschaft eine ausschlaggebende Rolle. Vor visionären Landschaftshintergründen schweben organische Formen, die T. in einer Art psychischem Automatismus aus den Tiefen des Unterbewußtseins, der Erinnerung und Imagination ans Licht holte. Häufig sind sie von den geheimnisvollen Steinsetzungen in T.s bretonischer Heimat abgeleitet (z. B. »Die Hoffnung«, 1929, Paris, Musée National d'Art Moderne, Centre Georges Pompidou). Die Sujets sind in silbriggraues Licht getaucht, was ihre Unwirklichkeit und den Eindruck vollkommener Stille in einer nicht mehr irdischen Welt erhöht. Später fügte T. seinen illusionären Räumen Gesteinsbrocken ähnelnde Motive ein und erhöhte so den bedrohlichen Gesamteindruck (»Vervielfältigung der Bogen«, 1954, New York, Museum of Modern Art).

□ 1925: Nach autodidaktischen Anfängen unter dem Einfluß G. de →Chiricos Anschluß an die Surrealisten. □ 1939: Übersiedlung nach New York. □ 1942: Übersiedlung nach Waterbury, Conn.

▷ P. Waldberg: Y. Tanguy, frz. 1977.

Jun'ichiro Tanizaki →

Tanizaki, Jun'ichiro

jap. Schriftsteller
* 24.7.1886 Tokio
† 30.7.1965 Yugawara, Kanagawa

Tanizaki war der konsequenteste Autor des japanischen Ästhetizismus. Paradigmatisch ist seine Erzählung »Die Tätowierung« (1910, dt. 1969), die typische Motive wie Sado-Masochismus und die grausame schöne Frau aufgreift. T. wandte sich im Laufe seines Schaffens immer stärker der traditionellen japanischen Kultur zu. Seine Familienchronik »Die Schwestern Makioka« (1943-48, dt. 1964) behandelt den Niedergang einer Kaufmannsfamilie und wurde häufig mit den »Buddenbrooks« von Th. → Mann verglichen. Im Zentrum der späten Romane, »Der Schlüssel« (1956, dt. 1961) und »Tagebuch eines alten Narren« (1962, dt. 1966), steht die voyeuristische Sexualität alternder Männer.

□ 1908-10: Anglistik- und Japanologie-Studium. □ 1923: Umzug in das mit traditioneller Kultur enger verbundene Kansai-Gebiet (Kioto, Osaka etc.). □ 1932-41: Übertragung der »Geschichte vom Prinzen Genji« (11. Jh.) ins moderne Japanisch. □ 1933-34: »Lob des Schattens« (Es., dt. 1987).

Tanner, Alain

schweiz. Regisseur
* 1929 Genf

Tanner, 1957 für »Nice time« mit dem Preis der Filmfestspiele von Venedig ausgezeichnet, zählt zu den wichtigsten Schweizer Regisseuren. Seine Filme greifen in halbdokumentarischem Stil die Lebensumstände in der Alpenrepublik auf, um sie in phantasievoller Weise zu kritisieren und Spießertum zu entlarven. In »Messidor« (1979) reisen zwei Mädchen per Anhalter durch die Schweiz und werden auf fatale Weise mit der Intoleranz ihrer Landsleute konfrontiert.

□ ab 1961: Rund 40 Dokumentarfilme. □ 1969: »Charles – tot oder lebendig«. □ 1971: »Der Salamander«. □ 1973: »Die Rückkehr aus Afrika«. □ 1974: »Die Mitte der Welt«. □ 1976: »Jonas, der im Jahre 2000 25 Jahre alt sein wird«. □ 1981: »Lichtjahre entfernt«. □ 1982/83: »In der weißen Stadt« (mit B. →Ganz). □ 1985: »Niemandsland«. □ 1987: »Eine Flamme in meinem Herzen«; »Das Geistertal«. □ 1989: »La femme de Rose Hill«.

← Alain Tanner

Tapie, Bernard Roger

frz. Unternehmer und Manager
* 26.1.1943 Paris

Tapie, eine der schillerndsten Persönlichkeiten in der französischen Wirtschaft, baute die 1979 gegründete Groupe Bernard Tapie durch den Kauf und die Sanierung bankrotter Unternehmen zu einem Industrieimperium aus, das 1988 einen geschätzten Jahresumsatz von 5 Mrd. Francs erwirtschaftete. T., seit 1986 Präsident des Fußballclubs Olympic Marseille, erregte 1990/91 Aufsehen, als er ein großes Aktienpaket des Sportbekleidungsherstellers Adidas erwarb und 45 % seiner Anteile ein Jahr später gewinnbringend verkaufte. 1989 gelang T. als Abgeordneter der Einzug in die französische Nationalversammlung.

□ 1960-68: Besuch einer Ingenieurschule in Paris. □ 1969-75: Hochdotierter Mitarbeiter in verschiedenen Industrieberatungsfirmen. □ 1977: Erwerb der Papierfabrik Duverger. □ 1986: Rennstall-Sponsor bei der Tour de France. □ 1987: Gründung der BT Finances, einer von T. kontrollierten Finanzgesellschaft.

▷ B. Tapie: Gewinnen auf der ganzen Linie (Aut.), 1986, dt. 1987.

← Bernard R. Tapie

A. Tàpies verarbeitet unterschiedlichste Stoffe zu Bildern.

Tàpies, Antoni(o)

(eig. Antoni T. Puig)
span. Maler und Grafiker
* 23.12.1923 Barcelona

Tàpies war Wegbereiter des Informel, der gestisch-expressiven Abstraktion, in Spanien. Er beeinflußt auch die europäische Kunst, u. a. J. → Beuys und K. R. Dahmen, sowie den Amerikaner C. →Twombly. Kennzeichnend für T.s Werke wurde der schichtenweise Farbauftrag, in den er Linien einkratzte. Er arbeitet auch mit Materialien wie Sand und Zementmehl. Textilien und Fundstücke treten zu der vorwiegend in Schwarz, Ocker und Braun gehaltenen und mit weißem oder braunem Craquelé und geheimnisvollen Zeichen akzentuierten Serie der Mauerbilder (z. B. »Großes Schwarz und braunes Craquelé«, 1966, Köln, Museum Ludwig). T. erhöht die rissige und verwitterte Wirkung seiner Werke häufig noch mit Kerben, Einschnitten oder dem Eindrücken von Objekten in die frische Farbe. Gelegentlich integriert er christliche Symbole, aber auch die fernöstlicher Religionen in seine Kompositionen.

□ ab 1946: Nach drei Jahren Jurastudium Hinwendung zur Malerei. □ 1948: Mitbegründer der Gruppe Dau al Set (»Würfel zu sieben«, Zusammenschluß surrealistischer und abstrakter Maler). □ 1949: Erlangung eines Paris-Stipendiums; Einfluß von J. →Dubuffet und J. →Fautrier. □ 1958: Teilnahme an der Biennale in Venedig. □ 1959-77: Teilnahme an der documenta 2 bis 7, Kassel. □ 1983: Denkmal für →Picasso in Barcelona (Auftragsarbeit). □ 1984: Gründung der Stiftung Antoni Tàpies.

▷ B. Catoir: Gespräche mit Antoni Tapies, 1987.

Tarkowski, Andrej

sowjet. Regisseur
* 4.4.1932 Zawrashje
† 29.12.1986 Paris (Frankreich)

Tarkowski, 1962 mit dem Goldenen Löwen von Venedig ausgezeichnet, ist neben S. →Eisenstein der bedeutendste russische Regisseur. Seine Filme sind düstere Visionen und melancholische

Parabeln über das Verhältnis des Menschen zu seiner Vergangenheit. Beeinflußt vom russischen Symbolismus und der deutschen Romantik standen seine schwer interpretierbaren Arbeiten mit ihrer radikalen Subjektivität im Widerspruch zur offiziellen Kunstdoktrin. In 20jähriger Regietätigkeit konnte T. in der Sowjetunion nur sechs Filme realisieren, die oft mit langer Verzögerung in die Kinos kamen. T. lebte ab 1983 im Westen; die Erfahrungen der Emigration verarbeitete er u. a. in dem in Italien gedrehten Film »Nostalghia« (1983).

Andrej Tarkowski während der Dreharbeiten zu seinem Film »Stalker«, 1979.

☐ 1954-60: Studium an der Filmhochschule Moskau. ☐ 1962: Goldener Löwe von Venedig für »Iwans Kindheit«. ☐ 1966-69: »Andrej Rubljow«. ☐ 1972: »Solaris« (nach St. →Lem). ☐ 1974: »Der Spiegel«; ☐ 1979: »Stalker«. ☐ 1985: »Opfer«; »Die versiegelte Zeit« (Schr.). ☐ postum 1987: »Hoffmanninana - Szenen für einen nicht realisierten Film« (Schr.).

▷ M. Turowskaja: Andrej Tarkowskij. Film als Poesie - Poesie als Film, 1986; P. W. Jansen/W. Schütte (Hg.): Andrej Tarkowskij, 1987.

Tati, Jacques

(eig. J. Tatischeff)
frz. Schauspieler und Regisseur
* 9.10.1908 Le Pecq † 4.11.1982 Paris

Tatis tragikomische Geschichten beschreiben in einer Mischung aus Stumm- und Tonfilm die Schwierigkeiten des Menschen mit der zunehmenden Technisierung des Alltags. Hauptfigur seiner Filme ist seit »Die Ferien des Monsieur Hulot« (1953) der von T. verkörperte naiv-tolpatschige Titelheld, ein liebenswerter Pfeifenraucher mit unverwechselbarem Gang. Mit den Mitteln des Slapsticks, der Pantomime und einer exzellenten Tonmontage entlarvte T. die Schwächen der Erwachsenenwelt.

☐ 1931: Kabarettauftritte in Paris. ☐ 1934: Partner der →Mistinguett und M. →Chevaliers. ☐ 1939: »Kabarett der Komiker« in Berlin. ☐ bis 1945: Mehrere Kurzfilme. ☐ 1947/48: »Tatis Schützenfest«. ☐ 1958: Oscar für den besten ausländischen Film (»Mein Onkel«). ☐ 1965: »Playtime - Tatis herrliche Zeiten«. ☐ 1969-71: »Trafic - Tatis Stoßverkehr«.

▷ B. Maddock. Die Filme von Jacques Tati, 1977.

Jacques Tati: Der gutmütig-tolpatschige Monsieur Hulot.

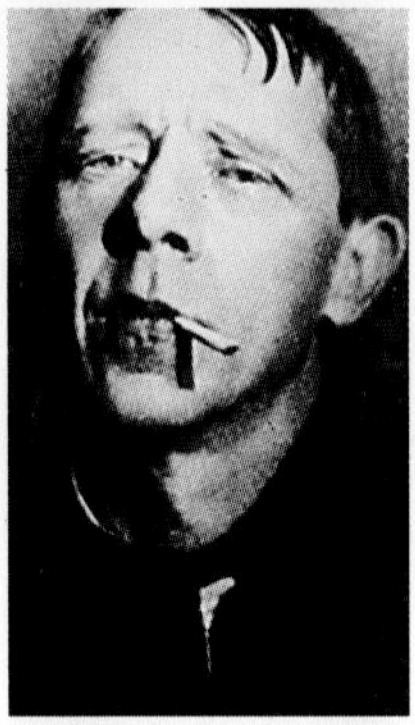

Wladimir J. Tatlin →

Tatlin, Wladimir Jewgrafowitsch

russ. Künstler
* 28.12.1885 Moskau † 31.5.1953 ebd.

Tatlin war der Begründer der funktionalen Richtung des Konstruktivismus und Pionier in der Umsetzung konstruktivistischer Prinzipien in dreidimensionale Formen. Seiner Überzeugung nach sollten die verschiedenen Lebensbereiche, so auch die Kunst, mit den technischen Neuerungen seiner Zeit zusammengeführt werden. So gelangte er zu dem Begriff der »Maschinenkunst«, die vor allem das verwendete Material in seinen strukturellen und funktionellen Eigenschaften thematisierte. In seinen Reliefmontagen verwendete er Holzbretter oder gerollte Bleche, weil er hierin die jeweils dem Material gemäße Form sah. Damit versuchte er Prototypen für seine Lehre von der »Kultur des Materials« herzustellen und schuf als der wohl erste Künstler dreidimensionale Gebilde ohne jeden Gegenstandsbezug. In den folgenden Kontra- sowie den frei im Raum aufgehängten Eck-Reliefs näherte sich T. auch architektonischen Vorstellungen, die er dann in dem Modell für einen gigantischen spiralförmigen Turm als Denkmal zu Ehren der Oktoberrevolution (später »Denkmal der III. Internationale«, 1919/20) konkretisierte.

Tatum, Arthur »Art«

amer. Jazzmusiker
* 13.10.1909 Toledo, Ohio † 5.11.1956 Los Angeles

Tatum war der brillanteste Klaviervirtuose des Jazz. Bemerkenswert war sein Tempo der rechten Hand, wenn er Läufe spielte; hinsichtlich der technischen Perfektion gab es keinen Unterschied zwischen beiden Händen. Konzerte gab T. fast nur als Solist oder mit seinem Trio, Schallplatten nahm er unter seinem Namen ab 1933 auf, u. a. auch mit L. →Hampton, Roy Eldridge, Ben Webster, Mildred Bailey, C. → Hawkins und B. →Holiday.

A. Tatum mit Mildred Bailey in der Metropolitan Opera, 1944.

□ 1932: Tournee mit Adelaide Hall. □ 1933: Erste Schallplatte »Tiger Rag«. □ 1934: Erste eigene Band. □ 1938: England-Tournee. □ 1941: »Masterpieces« (LP). □ 1949: »Piano starts here« (LP). □ 1956: »Art Tatum in person« (LP).

Tatum, Edward Lawrie

amer. Biochemiker und Genetiker
* 14.12.1909 Boulder, Colo. † 5.11.1975 New York

← Edward L. Tatum

Tatum wies bei Experimenten mit Schimmelpilzkulturen nach, daß bestimmte biochemische Prozesse bei der Bildung der Zellen und Enzyme von Genen gesteuert werden. In Zusammenarbeit mit G. W. →Beadle gelang es T., aufgrund der durch Röntgenbestrahlung hervorgerufenen Mutationen in der Erbsubstanz neue Pilzarten zu erzeugen, die Aufschluß über die Funktionsweise der Gene erlaubten. 1947 konnten er und J. →Lederberg geschlechtsspezifische Merkmale bei Bakterien ausmachen und zeigen, daß die Kreuzung von zwei verschiedenen Bakterienstämmen einen neuen dritten mit den Charakteristika der beiden ersten ergeben. T., der 1957 als Professor für Biochemie von Stanford nach New York zur Rockefeller University wechselte, erhielt 1958 mit seinen Kollegen den Physiologie/Medizin-Nobelpreis.

Taube, Henry

amer. Chemiker kanad. Herkunft
* 30.11.1915 Neudorf, Prov. Saskatchewan

Henry Taube →

Taube erforschte die Mechanismen der Elektronenübertragung bei anorganischen chemischen Reaktionen, insbesondere bei der Bildung von Metallkomplexen. 1953 gelang T. der experimentelle Beweis für das Übertreten eines Bindungselektrons von einem Molekül in die Elektronenhülle eines anderen. T.s Erklärung diente später auch als Modell zum Verständnis der Sauerstoffübertragung durch das Hämoglobin im Blut, wo ebenfalls Metallatome in den Enzymen am Transport beteiligt sind.

□ 1942: Amer. Staatsbürger. □ 1952-62: Prof. an der Univ. Chicago. □ ab 1962: Prof. an der Stanford-Univ., Kalif. □ 1983: Chemie-Nobelpreis.

Tauber, Richard

(eig. Richard Denemy)
österr. Sänger
* 16.5.1891 Linz
† 8.1.1948 London (Großbritannien)

Richard Tauber wurde mit den Werken Lehárs berühmt.

Tauber verfügte seinerzeit über eine der schönsten lyrischen Tenorstimmen. 1913 wurde er Mitglied der Dresdner Hofoper und gestaltete in der Folgezeit zahlreiche Partien bei Premieren in Berlin, Wien und München (u. a. 1926 Rolle des Kalaf in der Oper »Turandot« von G. →Puccini in Berlin). Bei den Festspielen in Salzburg und München trat er als Mozart-Sänger hervor. International bekannt wurde T. als Interpret der Werke von F. →Lehár, mit dem er ab 1924 befreundet war. Lehár schrieb für ihn die Tenorpartien in den Operetten »Der Zarewitsch«, »Friederike«, »Schön ist die Welt« und »Das Land des Lächelns« (UA Berliner Metropoltheater 1927-30). 1933 mußte T. Deutschland verlassen und wurde in London Mitglied von Covent Garden (1938).

□ 1913: Debüt am Stadttheater von Chemnitz. □ 1919: Mitgl. der Berliner Staatsoper. □ 1925: Engagement an der Staatsoper Wien. □ 1928: Gastspiel an der Grand Opéra Paris als Florestan in Beethovens »Fidelio« und als Don Ottavio in Mozarts »Don Giovanni«. □ 1938: Nordamerika-Tournee. □ 1947: Dirigat der Operette »Der Vogelhändler« von Carl Zeller (* 1842, † 1898) am Palace Theater London.

▷ W. Korb: Richard Tauber, 1966; O. Schneidereit: Richard Tauber, 1976.

Taut, Bruno

dt. Architekt
* 4.5.1880 Königsberg
† 24.12.1938 Ankara (Türkei)

← Bruno Taut

Taut überwand als einer der ersten deutschen Architekten die Vorstellungen des wilhelminischen Repräsentationsbaus und gelangte bereits mit seinen frühen Bauten wie den Berliner Mietshäusern (1910-12) zu einer funktionalen Gliederung und Einbindung in die vorhandene Architektur. Kühne technische Lösungen verband er mit plastischen, vom architektonischen Expressionismus beeinflußten Formen in seiner Ausstellungsarchitektur, so dem achteckigen, auf einem Stahlskelett basierenden Pavillon des deutschen Stahlverbandes (»Monument des Eisens«, 1909) oder dem Glaspavillon auf der Werkbundausstellung 1914 mit einer hohen Stahlskelettkuppel. Als Stadtbaurat von Magdeburg begann T. seine sozialen Ideen bei der Gestaltung von Stadtsiedlungen zu verwirklichen. Lebhafte Fassadengliederung (farbige Flächen und Loggien) und Prinzipien einer funktionalen, von überflüssigem Dekor befreiten Bauweise verknüpfte er mit der großzügigen Anlage von Grünflächen. Dieses Prinzip setzte er in Berlin fort (z. B. Vorstadtsiedlung »Onkel Toms Hütte«, 1926-31, Berlin-Zehlendorf).

□ 1902-08: Nach dem Studium in Königsberg Tätigkeit u. a. bei Th. Fischer in Stuttgart. □ 1909: Eigenes Büro in Berlin (ab 1914 mit seinem Bruder Max). □ 1913-21: Planung für Gartensiedlungen in Magdeburg. □ 1914: Glaspavillon auf der Kölner Werkbundausstellung. □ nach 1918: Utopische Architekturentwürfe in expressionistischem Stil, Begründer des Arbeitsrates für Kunst. □ 1919: Begründer der Architektenvereinigung Gläserne Kette. □ 1921-23: Stadtbaumeister in Magdeburg. □ 1924-32: Berater einer gemeinnützigen Wohnungsbaugesellschaft in Berlin. □ 1925-30: Hufeisensiedlung Britz, Berlin. □ 1930-32: Prof. an der Univ. in Berlin-Charlottenburg. □ 1933: Übersiedlung nach Moskau, dann Japan. □ ab 1936: Prof. an der Kunstakademie in Istanbul (Türkei).

▷ K. Junghanns: Bruno Taut 1880-1938, 1983.

Tavernier, Bertrand

frz. Regisseur
* 25.4.1941 Lyon

← Bertrand Tavernier

Taverniers heterogenes Werk zeigt häufig Menschen in Zeiten des Wandels. »Der Saustall« (1981, mit Ph. →Noiret) schildert den Niedergang des französischen Kolonialismus in Afrika, »Um Mitternacht« (1986) schwärmt in nostalgischen Bildern von der Bebop-Ära, »Das Leben und nichts anderes« (1989, mit Ph. Noiret) zeigt einen nach dem 1. Weltkrieg orientierungslos gewordenen Offizier. Mit einer scheinbar schwerelosen Kamera, die mitunter die Sehgewohnheiten der Zuschauer verletzt, begleitet T. seine Figuren auf der Suche nach Auswegen.

□ 1974: »Der Uhrmacher von St. Paul« (mit Ph. Noiret). □ 1975: »Der Richter und sein Mörder« (mit Ph. Noiret). □ 1977: »Verwöhnte Kinder«. □ 1979: »Death watch - Der gekaufte Tod« (mit R. →Schneider). □ 1980: »Ferien für eine Woche«. □ 1981: »Der Saustall«. □ 1984: »Ein Sonntag auf dem Lande«. □ 1988: »Die Passion der Béatrice«. □ 1989: »Das Leben und nichts anderes« (mit Ph. Noiret). □ 1991: »Daddy Nostalgie« (mit D. → Bogarde).

Taviani, Brüder

ital. Regisseure
Paolo: * 8.11.1931 San Miniato
Vittorio: * 20.9.1929 San Miniato

Die Brüder Paolo und Vittorio Taviani bilden mit ihrer Team-Regie eine Ausnahme im Filmgeschäft. Mythische Symbole prägen ihre Filme, die, auch wenn sie sich mit der Vergangenheit beschäftigen, einen aktuellen Bezug haben und eng mit italienischen Landschaften verbunden sind. »Padre Padrone – Mein Vater, mein Herr« (1976/77, nach G. Ledda) spielt auf Sardinien, »Die Nacht von San Lorenzo« (1982) in der Toskana und »Kaos« (nach L. →Pirandello) auf Sizilien.

Die Brüder Taviani, Regisseure von »Padre Padrone«.

□ 1961/62: »Gebrandmarkt«. □ 1967: »Die Subversiven«. □ 1973/74: »Allonsanfan« (mit M. →Mastroianni). □ 1977: Goldene Palme von Cannes für »Padre Padrone«. □ 1979: »Die Wiese« (mit I. Rossellini). □ 1986: »Good Morning, Babylon«. □ 1990: »Nachtsonne« (mit N. →Kinski).

▷ M. de Poli: Paolo und Vittorio Taviani, 1978.

K. Tayama stellt Japan zwischen Moderne und Tradition dar.

Tayama, Katai

jap. Schriftsteller
* 22.1.1872 Tatebayashi (heute Präfektur Gumma)
† 13.5.1930 Tokio

Tayama war der bedeutendste Repräsentant des europäisch beeinflußten japanischen Naturalismus. Sein kurzer, autobiografisch angelegter Roman »Futon« (1907), in dem T. die sexuelle Leidenschaft eines alternden Schriftstellers zu seiner Schülerin beschreibt, wurde als skandalös, aber auch als bahnbrechend beurteilt. Der Forderung des japanischen Naturalismus nach Authentizität gehorchend, ist der Roman auch eine literarische Beichte des Autors. In seinen anderen Werken, u. a. »Leben« (1908), »Der Dorfschullehrer« (1909), thematisierte T. ebenfalls den inneren Konflikt des modernen, noch an alte Traditionen geketteten Menschen in Japan.

□ ab 1891: Nach Tätigkeiten als Redakteur bei verschiedenen Verlagen Schriftsteller. □ 1909: »Die Ehefrau« (R.). □ 1910: »Schicksal« (R.). □ 1928: Krebserkrankung.

Taylor, Alan John Percivale

engl. Historiker
* 25.3.1906 Birkdale bei Southport, Lancashire
† 7.9.1990 London

Taylor ist mit stilistisch brillant verfaßten Büchern zur englischen und deutschen Zeitgeschichte bekannt geworden. Seine Studie »The Habsburg Monarchy 1815-1918« (1941) gedieh zu einer regelrechten Abrechnung mit dieser Epoche deutscher Geschichte. Nicht weniger von Animosität geprägt ist »The Course of German History« (1945).
Anfang der 60er Jahre löste T. eine erregte Debatte um die in seiner Schrift »Die Ursprünge des 2. Weltkriegs« (1961, dt. 1962) aufgestellte These zur Kriegsschuldfrage aus, wonach Hitler infolge der verfehlten Politik Frankreichs und Großbritanniens quasi unabsichtlich in den Krieg hineinmanövriert worden sei.

□ 1938-63: Dozent am Magdalen College, Oxford. □ 1950: »From Napoleon to Stalin« (Schr.). □ 1955: »Bismarck« (Biogr., dt. 1962). □ 1965: »English History 1914-1945« (Schr.). □ 1975: »The Second World War« (Schr.). □ ab 1976: Prof. an der Univ. Bristol. □ 1979: »How wars begin« (Schr.). □ 1985: »How wars end« (Schr.).

Taylor, Elizabeth »Liz«

amer. Schauspielerin
* 27.2.1932 London (England)

Liz Taylor machte mit ihren Filmen und ihrem Privatleben in Hollywood Furore.

← A. J. P. Taylor

Taylor, einer der letzten amerikanischen Glamourstars, begann ihre Karriere bereits als Kind in Filmen wie »Heimweh« (1943) und »Vater der Braut« (1950, mit S. →Tracy), bevor sie in »Giganten« (1955, mit J. →Dean) zu Hollywoods Elite aufstieg. Als erste Schauspielerin der Filmgeschichte wurde ihr für die Rolle der »Cleopatra« (1963) eine Gage von 1 Mio. US-$ gezahlt. Das Image der leidenschaftlichen Femme fatale, das sie u. a. in Filmen nach Stücken von T. →Williams erwarb (»Die Katze auf dem heißen Blechdach«, 1958, mit P. →Newman), wurde durch Skandalberichte über ihr Privatleben, insbesondere über ihre zwei Ehen mit R. →Burton, verstärkt. Als seine Partnerin zeigte sie einige ihrer besten Leistungen, u. a. in »Wer hat Angst vor

Virginia Woolf« (1965), für den sie nach »Telefon Butterfield 8« (1960) ihren zweiten Oscar erhielt. 1991 heiratete sie zum achten Mal.

☐ 1951: »Ein Platz an der Sonne« (mit M. →Clift). ☐ 1957: »Das Land des Regenbaums«. ☐ 1959: »Plötzlich im letzten Sommer« (mit K. →Hepburn und M. Clift). ☐ 1963: »Cleopatra« (mit R. →Harrison und R. Burton); »Hotel International« (mit R. Burton und O. →Welles). ☐ 1967: »Der widerspenstigen Zähmung« (Rg. F. →Zeffirelli); »Die Stunde der Komödianten« (mit P. →Ustinov). ☐ 1971: »X, Y und Zee«. ☐ 1979: Theaterdebüt am Broadway in »The little foxes/Die kleinen Füchse«. ☐ 1982/83: »Private lives« (Broadway, mit R. Burton). ☐ 1988: »Der junge Toscanini« (Rg. F. Zeffirelli).

▷ F. Hirsch: Elizabeth Taylor - Ihre Filme, ihr Leben, 1979; E. Taylor: Vom Dicksein, vom Dünnsein, vom Glücklichsein (Aut.), 1988.

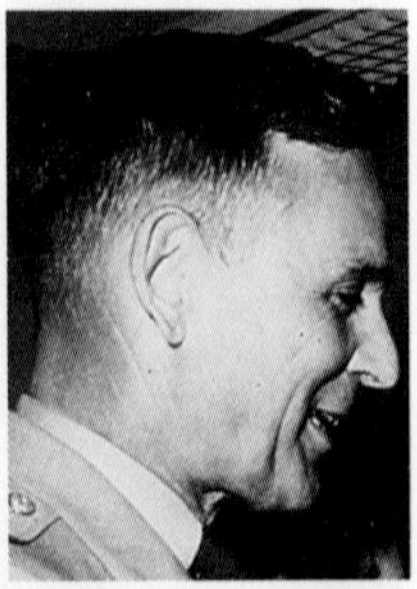

Maxwell D. Taylor →

Taylor, Frederick Winslow

amer. Ingenieur und Betriebswirtschaftler
* 20.3.1856 Germantown (heute zu Philadelphia)
† 21.3.1915 Philadelphia

Taylor begründete die wissenschaftliche Betriebsführung (Taylorismus) zur Steigerung der Arbeitsproduktivität. Anhand von Zeit- und Bewegungsstudien berechnete T. den effektivsten Einsatz eines Arbeiters und schlug vor, den Arbeitsprozeß in kleine Schritte mit festgelegten Handgriffen von kalkulierter Dauer zu zerlegen. Damit schuf er die Voraussetzungen für Rationalisierung und Fließbandarbeit (Henry →Ford). Darüber hinaus beinhaltete T.s Konzept Maßnahmen zur Personalauslese und -ausbildung sowie die Einführung eines Lohnsystems, das Leistungssteigerungen honoriert.

Frederick Taylor berechnete effizientere Arbeitsabläufe.

☐ 1881: Erste Zeit- und Bewegungsstudien im Midvale Stahlwerk in Philadelphia. ☐ 1890: Leitender Manager der Manufacturing Investment Company. ☐ 1900: Entwicklung des Schnelldrehstahls mit M. White (1906 Verbesserung zum Rapidstahl). ☐ 1903-11: Ausarbeitung des Konzepts der wirtschaftlichen Betriebsführung.

Taylor, Maxwell Davenport

amer. Militär und Diplomat
* 26.8.1901 Keytesville, Missouri
† 19.4.1987 Washington D. C.

Taylor entwickelte als Stabschef des Heeres (1955-59) die NATO-Strategie der »flexiblen Antwort«, um den sofortigen massiven Einsatz von Atomwaffen im Falle eines Angriffs gegen die Mitgliedstaaten der Allianz zu vermeiden. Als er damit politisch keinen Erfolg hatte, ließ er sich 1959 vorzeitig in den Ruhestand versetzen. Nach der Kuba-Krise machte ihn US-Präsident J. F. →Kennedy zum Generalstabschef, um seine Strategie bei den NATO-Partnern durchzusetzen.

☐ 1935-40: Militärattaché. ☐ 1942: Brigadegeneral. ☐ 1945-49: Leiter der Militärakademie. ☐ 1949-51: Militärgouverneur von Berlin. ☐ 1953: Armeebefehlshaber in Korea. ☐ 1954/55: Oberbefehlshaber für Fernost. ☐ 1955-59: Stabschef des Heeres. ☐ 1961: Militärberater des US-Präsidenten. ☐ 1962-64: Generalstabschef. ☐ 1964/65: Botschafter in Vietnam.

▷ M. D. Taylor: Und so die Trompete undeutlichen Ton gibt (Darstellung der Strategie der flexiblen Antwort), dt. 1962; ders.: Swords and plowshares, 1972.

Teilhard de Chardin, Marie-Joseph Pierre

frz. Philosoph und Paläontologe
* 1.5.1881 Landsitz Sarcenat bei Clermont-Ferrand
† 10.4.1955 New York (USA)

Teilhard de Chardin, der sich selbst einen »Priester-Forscher« nannte, versuchte eine Synthese zwischen naturwissenschaftlichem und

T. de Chardin: Naturwissenschaft aus christlicher Sicht.

christlichem Weltbild. In seiner 1955 postum erschienenen Schrift »Der Mensch im Kosmos« (dt. 1959) brachte T. die unbestreitbaren Erkenntnisse der modernen Naturwissenschaften — insbesondere die Evolutionstheorie, die kanonisierten Glaubenswahrheiten widerspricht — in Einklang mit der christlichen Heilsgeschichte. T. kam zu der These, daß die Urmaterie beseelt gewesen sei und sich im menschlichen Bewußtsein ihrer selbst bewußt werde. Mit diesem qualitativen Sprung der Evolution werde der Mensch Träger der weiteren Entwicklung, die unter dem Gebot christlicher Nächstenliebe in eine einzige, alle Völker und Rassen vereinende Weltkultur münde (Punkt Omega).
Weil seine Evolutionstheorie mit dem einmaligen Schöpfungsakt Gottes und seine optimistische Vision mit dem Jüngsten Gericht nur schwer verträglich waren, wurden die Schriften des seinem Gelübde treu gebliebenen Jesuiten (ab 1899) erst nach seinem Tode publiziert: »Die Entstehung des Menschen« (1956, dt. 1961), »Die Zukunft des Menschen« (1959, dt. 1963), »Die menschliche Energie« (1962, dt. 1966), »Wissenschaft und Christus« (1965, dt. 1970) und »Mein Glaube« (1969, dt. 1972).

□ 1911: Priesterweihe. □ 1922: Lehrtätigkeit am Inst. Catholique, Paris. □ 1923-39: Forschungsreisen (eig. vom Orden erzwungene Versetzungen) nach China, Afrika und Indien; Mitarbeit bei der Ausgrabung des sog. Pekingmenschen. □ ab 1951: Mitarbeiter der Wenner Gren Foundation for Anthropological Research in New York.

▷ C. Cuénot: P. Teilhard de Chardin. Leben und Werk, 1966; G. Schiwy: Teilhard de Chardin. Sein Leben und seine Zeit, 2 Bde., 1981.

Edward Teller (l.) mit Vizeadmiral Hyman bei einer Fahrt in einem U-Boot.

Teller, Edward

amer. Physiker ung. Herkunft
* 15.1.1908 Budapest

Teller war ab 1949 maßgeblich an der Entwicklung der Wasserstoffbombe beteiligt und wurde — im Gegensatz zu R. →Oppenheimer, der sich aus moralischen Gründen zurückzog — zum exponierten Befürworter dieser Massenvernichtungswaffe. Die erste thermonukleare Bombe, die zur Wasserstoffusion eine »konventionelle« Atombombe als Zünder braucht, wurde unter T.s Leitung am 1. 11. 1952 auf dem ehemaligen Eniwetok-Atoll (Marshall-Inseln) getestet.
Der »Vater der Wasserstoffbombe« sprach sich bei Hearings vor dem amerikanischen Senat gegen den Atomwaffensperrvertrag und das SALT-II-Abkommen aus, befürwortete dagegen das SDI-Programm des US-Präsidenten R. →Reagan. Den Abwurf der Atombomben auf Japan hält T. allerdings für einen Fehler; ihm zufolge hätte es gereicht, sie in der Atmosphäre über der Bucht von Tokio zu zünden.

□ 1926: Emigration nach Deutschland. □ 1930: Promotion bei W. →Heisenberg an der Univ. Leipzig. □ 1933: Emigration über Dänemark, England in die USA. □ 1935-41: Prof. an der George Washington Univ. □ 1941/42: Amer. Staatsbürger; Prof. an der Univ. von New York. □ 1943-46: Mitarbeit an der Entwicklung der amer. Atombombe in Los Alamos, N. Mex. □ 1946-52: Prof. an der Univ. of Chicago. □ 1953-75: Prof. an der Univ. of Calif., Berkeley. □ 1962: »The legacy of Hiroshima« (Schr.). □ 1981: »Energie für ein neues Jahrtausend« (Vortragssammlung).

Howard M. Temin →

Temin, Howard Martin

amer. Krebsforscher
* 10.12.1934 Philadelphia, Penn.

Temin isolierte 1970 aus Tumorviren ein Enzym, das die Erbinformationen der Ribonukleinsäure (RNS) des Virus in die entsprechende Desoxyribonukleinsäure (DNS) der Zelle gewissermaßen »zurückübersetzt«. Diese »Überschreibung« des genetischen Codes von RNS auf DNS war bis dahin für unmöglich gehalten worden; der biochemische Fluß der Erbinformationen von DNS auf RNS galt für unumkehrbar. Schon 1964 behauptete T. aufgrund seiner Untersuchungen über den Stoffwechsel der durch Viren infizierten Krebstumoren, daß bei der identischen Verdopplung der Viren (Replikation) eine Zwischenstufe (reverse Transkriptase) existieren muß, die die »Umschreibung« von Virus-RNS auf Zellen-DNS bewirkt.

□ 1964: Prof. für Onkologie an der Univ. of Wisc. in Madison. □ ab 1966: Mithg. des Journal of Cellular Physiology und der Zeitschrift Cancer Research (ab 1971). □ 1975: Physiologie/Medizin-Nobelpreis (mit D. →Baltimore und R. →Dulbecco).

Shirley Temple →

Temple Black, Shirley

amer. Schauspielerin
* 23.4.1928 Santa Monica, Kalif.

Temple war der erfolgreichste Kinderstar Hollywoods. Sie spielte in den 30er Jahren das aufgeweckte Mädchen, das mit kindlicher Unschuld Situationen meistert, die für Erwachsene ausweglos erscheinen. Später wandte sich T. der Politik zu und war u. a. unter US-Präsident G. →Ford Protokollchefin im Weißen Haus.

□ ab 1932: Filmauftritte. □ 1935: »Der kleinste Rebell« (Rg. D. Butler). □ 1937: »Rekrut Willie Winkie« (Rg. J. →Ford); »Heidi« (nach J. →Spyri, Rg. R. Griffith). □ 1939: »Die kleine Prinzessin« (Rg. W. Lang). □ 1944: »Als Du Abschied nahmst« (mit C. →Colbert und J. →Cotten, Rg. J. Cromwell). □ 1948: »Bis zum letzten Mann« (mit H. →Fonda und J. →Wayne, Rg. J. Ford). □ 1974-76: US-Botschafterin in Ghana. □ 1989: US-Botschafterin in der CSSR (heute CSFR).

▷ Sh. Temple: Child Star, engl. 1988.

Ten Years After: Internationaler Durchbruch beim Woodstock-Festival 1969.

Tendrjakow, Wladimir F.

sowjet. Schriftsteller
* 5.12.1923 Makarowskaja, Gouv. Wolgoda
† 6.8.1984 Moskau

Tendrjakow kritisierte das Ideal der Konfliktlosigkeit, das für die Literatur der Stalinzeit maßgeblich war, und gehörte zu den wichtigsten Erzählern der sog. Tauwetterperiode zu Beginn der →Chruschtschow-Ära. Später setzte er sich in seinen Romanen bevorzugt mit Lehrer-Schüler-Konflikten auseinander — so in »Die Nacht der Entlassung« (1974, dt. 1975) und »Die Abrechnung« (1979, dt. 1980).

Tennstedt, Klaus

dt. Dirigent
* 6.6.1926 Merseburg/Saale

← Klaus Tennstedt

Tennstedt war bis zu seiner Flucht in den Westen (1971) einer der bekanntesten Dirigenten der ehemaligen DDR (Gastspiele in Osteuropa und in der UdSSR). Mit der Verpflichtung für das Toronto Symphony Orchestra begann 1974 seine internationale Karriere. T., der mit seinen Interpretationen der Sinfonien von Bruckner und G. →Mahler bekannt wurde, war vor allem in der angelsächsischen Musikwelt erfolgreich (1987 Ehrendirigent des London Philharmonic Orchestra). Nach langer Zwangspause wegen Krankheit tritt T. seit 1988 (Japantournee) wieder auf.

□ 1942-45: Studium (Klavier, Violine, Musiktheorie) an der Leipziger Musikhochschule. □ 1948-51: Erster Kapellmeister an den Städtischen Bühnen in Halle, 1954-58 an den Städtischen Bühnen in Karl-Marx-Stadt (Chemnitz). □ 1958-62: Generalmusikdir. in Dresden, 1962-71 am Mecklenburgischen Staatstheater in Schwerin. □ 1970: Gastvertrag mit der Komischen Oper Berlin. □ 1972-74: Generalmusikdir. am Kieler Opernhaus. □ 1974: Vertrag mit dem Toronto Symphony Orchestra. □ 1979: Chefdirigent des NDR-Sinfonieorchesters Hamburg. □ 1983-87: Als Nachfolger von G. →Solti Chefdirigent des London Philharmonic Orchestra.

Ten Years After

engl. Rockgruppe

Mit stark vom Blues beeinflußtem Rock wurden Ten Years After Ende der 60er Jahre eine der dominierenden englischen Rockbands. Geprägt wurden Stil und Sound der Gruppe von Sänger und Gitarrist Alvin Lee (* 1944). Seine Neigung zum Jazz und seine brillante Improvisationskunst ließen Ten Years After Elemente des sog. Combo-Swing einbauen. Bassist Leo Lyons (* 1943), Keyboarder Chick Churchill (* 1942) und Schlagzeuger Rick Lee (* 1942) spielten auch zahlreiche Solo-LPs ein.

□ 1967: Gründung von Ten Years After; »Ten Years After« (LP). □ 1969: »Ssssh« (LP); spektakulärer Auftritt beim Woodstock-Festival. □ 1970: »Cricklewood Green« (LP). □ 1972: »Rock 'n' Roll music to the world« (LP). □ 1973: »On the road to freedom« (Solo-LP von A. Lee mit M. Lefevre); »You and me« (Solo-LP Ch. Churchill). □ 1974: »In Flight« (Solo-LP A. Lee). □ 1981: »RX5« (Solo-LP A. Lee). □ 1988: »Portfolio« (LP). □ 1989: »About Time« (LP).

Mutter Teresa

(eig. Agnes Gonxha Bojaxhiu)
ind. Ordensschwester jugos. Herkunft
* 27.8.1910 Skopje

Mutter Teresa eröffnete 1949 die erste Slum-Schule in Kalkutta und gründete den Orden der Missionarinnen der Nächstenliebe, die nach ihrer Ordensregel niemals für Geld oder für Reiche arbeiten. Die Schwestern kümmern sich in den Elendsvierteln der Millionenstadt um die ausgesetzten Säuglinge, die Kranken, Hungernden und Sterbenden. Nach 30 Jahren Arbeit in den Slums wurde der »Engel der Sterbenden«, wie die Ärmsten der Armen die Ordensfrau nennen, mit dem Friedens-Nobelpreis 1979 geehrt. Auf ihre Initiative hin wurden weitere soziale und medizinische Einrichtungen in Kalkutta gegründet: Armenschulen, Leprazentren, eine Tu-

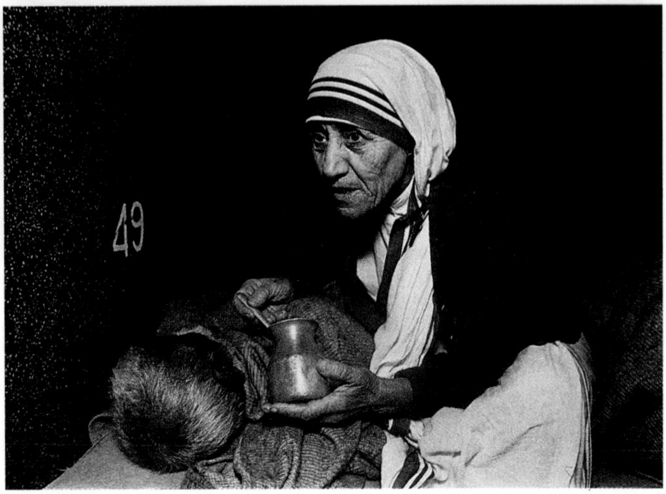

Mutter Teresa im Sterbehaus, das sie mit anderen Schwestern in Kalkutta betreut.

berkuloseklinik, Entbindungsheime, ein Heim für unverheiratete Mütter sowie ein »Sterbehaus«. Der 1963 um die »Missionare der Nächstenliebe« erweiterte Orden betreut mit seinen etwa 10000 Mitgliedern derzeit weltweit 160 Missionsstationen.

☐ 1928-48: Schulleiterin und Lehrerin der St. Mary's High School für höhere Töchter in Kalkutta. ☐ 1948: Umzug in das Elendsviertel Tiljala ebd. ☐ 1971: Friedenspreis des Papstes. ☐ 1972: Nehru-Preis. ☐ 1980: Ind. Staatspreis Bharat Ratna. ☐ 1990: Wiederwahl zur Generaloberin der Missionarinnen der Nächstenliebe.

▷ M. Luggeridge: Mutter Teresa. Leben und Wirken, 1979.

Terragni, Giuseppe

ital. Architekt
* 18.4.1904 Meda bei Mailand † 19.7.1943 Como

Terragni trug erheblich zur Durchsetzung des funktionalen, streng geometrischen International Style in Italien bei. Sein Hauptwerk ist die Casa del Fascio (heute Casa del Popolo, 1932-36), die damalige faschistische Parteizentrale in Como, ein streng kubischer Bau mit gegliederten Fassaden (Loggiengänge, Glasbausteine), überdachtem Innenhof und weißer Marmorverkleidung. Durch die offene Fassade ergeben sich plastische Licht-Schatten-Wirkungen. Von den Einfamilienhäusern L. →Mies van der Rohes beeinflußt ist T.s Villa Bianca in Seveso (1936/37). T. war an der Architektenvereinigung Gruppo 7 beteiligt, die er in die einflußreiche Gruppe MIAR (Movimento Italiano per L'Architettura Razionale) überführte.

☐ 1926: Nach dem Studium u. a. am Mailänder Polytechnikum Mitbegründer der Gruppo 7 (zur Schaffung moderner, funktionaler Architekturformen). ☐ 1927: Eröffnung eines Büros in Como (mit seinem Bruder Attilo); zukunftsweisender Entwurf für ein Gaswerk. ☐ 1927/28: Wohnkomplex Novocomum in Como. ☐ 1933: Künstlerhaus am See für die Mailänder Triennale. ☐ 1936: Kindergarten in Como. ☐ 1936/37: Danteum in Rom (mit P. Lingeri). ☐ 1939/40: Haus Frigerio in Como.

▷ B. Zevi: Giuseppe Terragni, 1989.

Tersakis, Angelos

griech. Schriftsteller
* 16.12.1907 Nauplia † 3.8.1979 Athen

Tersakis, Chefdramaturg und Intendant des Athener Nationaltheaters, Dramatiker, zeitkritischer Essayist und Erzähler, hat seit den 20er Jahren das kulturelle Leben Griechenlands geprägt und neben K. →Politis und G. →Theotokas der Entwicklung des Romans neue Impulse verliehen: Statt der traditionellen Schilderung ländlicher Idylle leistete T. — angesichts einer politisch unsicheren Situation und der sozialen Not nach dem verlorenen griechisch-türkischen Krieg (1922) — im Roman eine Analyse der bürgerlichen Gesellschaft. Wie in »Die Gefangenen« (R., 1932) schildert er Ängste und Leiden von Menschen in der Zwischenkriegszeit. Der brillant erzählte, im 13. Jh. angesiedelte historische Roman »Prinzessin Isabeau« (1945) transportiert in der Konfrontation einer untergehenden mit

Angelos Tersakis →

einer jungen Kultur T.s Gedanken über einen möglichen tiefgreifenden Wandel der Gesellschaft.

☐ 1929: »Herbstsinfonie« (R.). ☐ 1933: »Die veilchenblaue Stadt« (R.). ☐ bis 1937: Anwalt; Hg. der Literaturzeitschriften Epoches und Idea. ☐ 1946: »Reise mit dem Abendstern« (R.). ☐ 1951: »Ohne Gott« (R.). ☐ 1956: »Theofano« (Dr.). ☐ 1957: »Geheimnisvolles Leben« (R.). ☐ 1964: »Hellenische Epopöe 1940/41« (Chronik).

Terz, Abram

(eig. Andrej Donatowitsch Sinjawski)
russ. Literaturwissenschaftler und Schriftsteller
* 8.10.1925 Moskau

Unter seinem eigenen Namen veröffentlichte Sinjawski in der UdSSR literaturwissenschaftliche Arbeiten, als Abram Terz im Ausland sowjetkritische Prosa, in der er, inhaltlich wie stilistisch an E. T. A. Hoffmann und M. →Bulgakow anknüpfend, sich phantastischer Motive wie dem des Doppelgängers bediente, um die sowjetische Wirklichkeit satirisch verfremdend darzustellen. Wegen dieser Werke wurde er schließlich verhaftet und verurteilt. Von der Haftzeit berichten die autobiografischen Lagererinnerungen »Eine Stimme im Chor« (1973, dt. 1974) und »Gute Nacht« (1984, dt. 1985), ein Text, der auch die Biografie des Abram Terz erzählt.

Abram Terz karikiert und kritisiert die Sowjetunion in seinen Romanen.

☐ 1952: Promotion; danach Mitarbeiter am Inst. für Weltliteratur; Beginn des Doppellebens. ☐ 1961/62: »Ljubimow« (R., dt. 1966). ☐ 1965: Prozeß gegen T. und N. Arshak (eig. J. Daniel); Veröffentlichung eines »Weißbuchs« durch A. Ginzburg; weltweite, jedoch vergebliche Proteste gegen T.s Verurteilung. ☐ 1973: Ausreise nach Paris; seither Dozent für Slawistik. ☐ 1975: »Im Schatten Gogols« (Es., 1975, dt. 1979). ☐ 1980: »Klein Zores« (R., dt. 1982). ☐ 1990: »Iwan der Dumme. Über den russischen Volksglauben« (Schr., dt. 1990).

Tesla, Nikola
kroat.-amer. Physiker und Elektrotechniker
* 10.7.1856 Smiljan † 7.1.1943 New York

Tesla, zeitweise Mitarbeiter von Th. A. →Edison, entwickelte ab 1882 einen Motor für dreiphasigen Wechselstrom mit rotierendem Magnetfeld (Drehstrommotor). In dem nach T. benannten Transformator, den er 1891 konstruierte, werden hochfrequente Wechselströme sehr hoher Spannung (T.-Ströme) erzeugt, die wegen ihrer hohen Frequenz ungefährlich für den Menschen sind. Auch die Einheit für magnetische Induktion (Flußdichte) wurde nach ihm (Abk. T) benannt.

□ 1884: Emigration in die USA. □ 1887: Vorstellung der Mehrphasentechnik zur elektrischen Energieübertragung. □ 1888: Patent für den Drehstrommotor.

← Nikola Tesla

Tetley, Glen
amer. Tänzer, Choreograph und Ballettdirektor
* 3.2.1926 Cleveland, Ohio

Tetley, der relativ spät zum Tanz kam und eine Ausbildung im klassischen Ballett wie im Modern Dance erhielt, trat während der 60er und 70er Jahre u. a. am Nederlands Dans Theater und am Stuttgarter Ballett als Choreograph abstrakter Kreationen hervor. Seinen ersten großen Erfolg hatte T. 1962 in New York mit »Pierrot Lunaire« (M.: A. →Schönberg). Als Nachfolger von J. →Cranko als Stuttgarter Ballettdirektor konnte er sich, obwohl zunächst Wunschkandidat des Ensembles, nur zwei Jahre behaupten.

□ ab 1946: Engagements als Tänzer bei verschiedenen amer. Compagnien, u. a. Robert Joffrey Ballet, American Ballet Theatre und Jerome Robbins Ballets USA. □ 1962-70: Choreograph am Nederlands Dans Theater, ab 1969 zusammen mit H. van →Manen künstlerischer Leiter. □ 1964: Choreographie von »The Anatomy Lesson« für das Nederlans Dans Theater. □ 1974-76: Ballettdir. am Württ. Staatstheater Stuttgart; danach freier Choreograph. □ 1974: Choreographie von »Voluntaries« (M.: F. →Poulenc) in Stuttgart.

← Glen Tetley

Teufel, Erwin
dt. Politiker
* 4.9.1939 Rottweil

Teufel wurde 1991 nach dem Rücktritt von L. →Späth Ministerpräsident von Baden-Württemberg. Der Diplom-Verwaltungswirt kündigte nach seiner Wahl schärfere Sparmaßnahmen, eine Liberalisierung in der Asylpolitik sowie den Rückzug aus mehreren von seinem Vorgänger eingeleiteten Kunst-Großprojekten an. Als CDU-Fraktionschef in Stuttgart (ab 1978) engagierte sich T. in der Umwelt- und Sozialpolitik und erwies sich als Vordenker seiner Partei.

□ 1956: Mitgl. der Jungen Union. □ 1961: Regierungsinspektor im Landratsamt Rottweil. □ 1962-64: Stadtoberinspektor in Trossingen. □ 1964-72: Bürgermeister von Spaichingen. □ seit 1972: MdL von Bad.-Württ. □ 1974-76: Staatssekr. im bad.-württ. Ministerium für Ernährung, Landwirtschaft und Umwelt. □ 1976: Staatssekr. für Umweltschutz. □ 1978: Vors. der CDU-Landtagsfraktion. □ 1979: Stellv. Landesvors. der CDU. □ seit 1983: Mitgl. des Zentralkomitees der dt. Katholiken. □ seit 1991: Ministerpräsident und Landesvors. der CDU.

← Erwin Teufel

Thaler, Klaus-Peter
dt. Radsportler
* 14.5.1949 Eckmannshausen

Thaler war einer der vielseitigsten deutschen Radsportler. Viermal wurde er Weltmeister im Querfeldeinfahren: 1973 und 1976 bei den Amateuren, 1985 und 1987 bei den Profis. Zu seinen größten Erfolgen als Straßenfahrer zählte der dritte Platz bei der Spanien-Rundfahrt 1983. Der Gewinner von elf Deutschen Meisterschaften im Querfeldeinfahren (drei Amateur- und neun Profititel) war 1983-85 Bundestrainer der Radamateure.

Thälmann, Ernst
dt. Politiker
* 16.4.1886 Hamburg
† 18.8.1944 KZ Buchenwald (ermordet)

Von J. →Stalin gefördert, wurde Thälmann 1925 Vorsitzender der KPD. In den nächsten Jahren brachte er im Kampf gegen jede ideologische Abweichung von der offiziellen Parteilinie die KPD immer mehr auf einen stalinistischen Kurs. Bei den Reichspräsidentenwahlen 1925 und 1932 war er Kandidat der KPD. Während der elfjährigen Haft im KZ gewann er wegen seiner geradlinigen Haltung hohes Ansehen bei seinen Mitgefangenen.

Ernst Thälmann spricht bei einer Massenkundgebung, 1932.

□ 1903: Mitgl. der SPD. □ 1917: Mitgl. der USPD. □ 1919: Mitgl. der hamburgischen Bürgerschaft. □ 1920: Mitgl. der KPD. □ 1921: Hamburger KPD-Vors. □ 1924: Im Vorstand der KPD; zugl. Führer des Roten Frontkämpferbundes; im Präsidium der Komintern. □ 1924-33: MdR. □ 1925-33: Vors. der KPD. □ ab 1933: In politischer Haft; zuletzt im KZ Buchenwald.

▷ K. Haferkorn u. a. (Hg.): Ernst Thälmann. Bilder, Dokumente, Texte, 1986; H. Hannover: Der Mord an Ernst Thälmann, 1989.

Thant, Sithu U →U Thant, Sithu

Margaret Thatcher: Die Eiserne Lady auf einem Parteitag.

Thatcher, Margaret Hilda

brit. Politikerin
* 13.10.1925 Grantham, Lincolnshire

Thatcher war die erste Premierministerin Großbritanniens und bestimmte zehn Jahre lang die Politik ihres Landes. Bereits als Oppositionsführerin erwarb sie mit ihren harschen »Predigten« zugunsten der Leistungsgesellschaft den Ruf einer »Eisernen Lady«. Nach ihrem Wahlsieg 1979 leitete sie eine harte monetaristische Wirtschaftspolitik ein, mit der sie über Kürzung der Staatsausgaben und Steuersenkungen versuchte, die Wirtschaft zu beleben (Thatcherismus). Außerordentliche Popularität erlangte sie, als sie nach der argentinischen Invasion der Falkland-Inseln 1982 entschlossen die Flotte zur Rückeroberung der Inseln einsetzte. 1987 gelang ihr ein dritter Wahlsieg. Th.s unnachgiebige antieuropäische Einstellung, eine neue Kommunalsteuer (poll tax) und die Gesundheitsreform 1988 ließen ihr Ansehen schwinden. 1990 wurde sie durch eine parteiinterne Revolte (M. →Heseltine) von J. → Major abgelöst.

□ bis 1947: Chemiestudium. □ 1947-51: Chemikerin in der Industrie. □ bis 1954: Jurastudium. □ ab 1954: Rechtsanwältin. □ 1959-92: Mitgl. des Unterhauses. □ 1961-64: Parlamentarische Staatssekr. □ 1964-70: Sprecherin der Konservativen Partei. □ 1970-74: Min. für Erziehung und Wissenschaft. □ 1975-79: Oppositionsführerin. □ 1979-90: Premierministerin. □ 1992: Erhebung in den Adelsstand (Countess of Finchley).

▷ P. Paoli: Die eiserne Lady. Die Biographie der Margaret Thatcher, 1991.

Theiler, Max

amer. Mikrobiologe südafr. Herkunft
* 30.1.1899 Pretoria † 11.8.1972 New Haven, Conn.

Theiler, Nobelpreisträger von 1951, entwickelte 1939 einen Impfstoff zur aktiven Immunisierung gegen das Gelbfieber. Durch Züchtung des Gelbfieber-Virus und dessen mehrfache Übertragung von Versuchstier zu Versuchstier schwächte der amerikanische Wissenschaftler die tödliche Wirkung des Erregers so weit ab, daß er sich schließlich zur Impfung und Immunisierung selbst gegen virulente Infektionen eignete.

← Max Theiler

□ 1930-64: Mitarbeiter der Rockefeller Foundation in New York; ab 1951 Leiter der Abteilung Medizin und öffentliches Gesundheitswesen ebd. □ 1951: Physiologie/Medizin-Nobelpreis. □ ab 1964: Prof. an der Yale Univ., New Haven.

Theodorakis, Michalis »Mikis«

griech. Komponist und Sänger
* 29.7.1925 Chios

M. Theodorakis prangerte die griechische Militärdiktatur an.

Durch seinen Einsatz für Freiheit und Demokratie in Griechenland wurde Theodorakis über die Grenzen seiner Heimat hinaus zur Stimme seines Volkes. Während der Militärdiktatur (1967-73) nahm er Auftrittsverbot und Folterhaft (1968-71) in Kauf. In dieser Zeit schrieb der politisch links orientierte Th. Lieder wie »Im Gefängnis«, »Es war nicht seine Schuld«, »Sie waren jung, sie waren Kinder« oder »Verlier nicht den Mut«. Th.s Werk umfaßt sinfonische Werke, Ballette, Oratorien, Orchesterwerke, Filmmusiken und über 500 Lieder.

□ 1939-42: In Tripolis; erste Konzerte. □ 1943: Musikstudium in Athen; Mitgl. der kommunistischen Jugend-Widerstandsorganisation EPON. □ 1947-49: Folterhaft in mehreren Lagern wegen seiner Zeit bei der EPON. □ 1954-60: Wohnsitz in Paris; Filmmusiken, Ballette und Musikkritiken. □ 1961: Filmmusik »Phaedra« (mit M. →Mercouri); Rückkehr nach Athen. □ 1963: »Sibelius«-Medaille. □ 1964: Parlamentsabg. der KP Griechenlands. □ 1965: Filmmusik »Alexis Sorbas« (mit A. →Quinn). □ 1967: Aufruf an das Volk, »Griechenland von der Schande der Tyrannei zu befreien«. □ 1968: Filmmusik »Z«. □ 1968-71: Internierung auf Jaros. □ 1971-74: Exil in Paris. □ 1977: Filmmusik »Iphigenia«; »Canto General« (LP). □ 1978: »Lieder im Exil« (LP). □ 1980: »Lyrika« (LP). □ 1986: »Ballad of Mauthausen«. □ seit 1991: Minister ohne Geschäftsbereich.

Theotokas, Giorgos

griech. Schriftsteller
* 27.8.1906 Konstantinopel (heute Istanbul, Türkei)
† 30.10.1960 Athen

Theotokas ist einer der wichtigsten Repräsentanten der sog. Generation von 1930: Mit A. →Tersakis u. a. trat er an, um in einer Zeit sozialer Konflikte und nationaler Identitätsprobleme nach mehreren Kriegen den Roman zum Instrument einer engagierten, kritischen Gesellschaftsanalyse zu entwickeln. Sein Motto, »Der freie Geist« (Es.s, 1929), wurde zum Programm der Autoren, die die provinzielle Enge der griechischen Literatur überwinden wollten. In seinen Romanen (z. B. »Und ewig lebt Antigone«, 1964, dt. 1970) plädierte Th. für eine vorurteilslose Suche nach einer sozial gerechteren bürgerlichen Gesellschaft.

□ ab 1922: Jurastudium; Aufenthalte in Paris und London. □ 1933: »Argo« (R.). □ 1938: »Der Genius« (R.). □ 1940: »Leonis« (R.). □ 1945/46: Intendant des Athener Nationaltheaters (erneut 1950-52). □ 1956: »Probleme unserer Zeit« (Es.s). □ postum 1970: »Die Glocken« (Es.).

Thiedemann, Fritz

dt. Reiter
* 3.3.1918 Weddinghausen bei Heide, Schl.-H.

Thiedemann, dessen Pferd Meteor in Holstein sogar mit einem Denkmal geehrt wurde, war in den 50er Jahren weltweit einer der populärsten Springreiter. Auch als Dressurreiter war Th. erfolgreich und gewann auf Chronist 1952 bei der Olympiade in Helsinki mit der Mannschaft die Bronzemedaille.

Fritz Thiedemann: Der beliebte Springreiter auf seinem Pferd Meteor.

□ 1952: Olympiadritter (Einzel) und Olympiasechster (Mannschaft) in Helsinki. □ 1953: WM-Zweiter. □ 1956: WM-Dritter; Olympiasieger (Mannschaft) und Olympiavierter (Einzel) in Stockholm. □ 1958: Dt. Sportler des Jahres. □ 1960: Olympiasieger (Mannschaft) und Olympiasechster (Einzel) in Rom.

Thielicke, Helmut

Helmut Thielicke →

dt. Theologe (ev.)
* 4.12.1908 Barmen † 5.3.1986 Hamburg

Bekannt wurde Thielicke bereits in den 50er Jahren, als dem rhetorisch mitreißenden Prediger und seiner wachsenden Gemeinde die größte Kirche Hamburgs, St. Michaelis, zur Verfügung gestellt werden mußte. Der engagierte Theologe, der 1940 wegen seiner Zugehörigkeit zur Bekennenden Kirche (M. →Niemöller) von den Nationalsozialisten seiner Heidelberger Professur enthoben wurde, hat stets Stellung zu aktuellen Themen bezogen, sowohl in Vorträgen als auch in der Presse und im Rundfunk.

□ 1936-40: Prof. an der Univ. Heidelberg. □ 1942-45: Leiter des theologischen Amtes der Württ. Kirche in Stuttgart. □ 1947: »Der Glaube der Christenheit« (Schr.). □ 1945-54: Prof. an der Univ. Tübingen; 1951 Rektor ebd. und Präs. der Westdeutschen Rektorenkonferenz. □ 1951-64: »Theologische Ethik« (Schr., 3 Bde.). □ 1954-74: Prof. an der Univ. Hamburg; 1960/61 Rektor ebd. □ 1968-78: »Der evangelische Glaube. Grundzüge der Dogmatik« (Schr., 3 Bde.). □ 1976: »Mensch sein — Mensch werden. Entwurf einer christlichen Anthropologie« (Schr.). □ 1983: »Glauben und Denken in der Neuzeit. Die großen Systeme der Theologie und der Religionsphilosophie« (Schr.).

Thieß, Frank

Frank Thieß →

dt. Schriftsteller
* 13.3.1890 Eluisenstein bei Üxküll (Livland)
† 22.12.1977 Darmstadt

Thieß prägte 1933 den Begriff der Inneren Emigration für seine politisch-geistige Haltung dem Nationalsozialismus gegenüber. Seine in das Gewand des historischen Romans gehüllte literarische Opposition (»Tsushima«, 1936; »Das Reich der Dämonen«, 1941) wurde von den Machthabern jedoch kaum als Kritik begriffen. In seiner schriftstellerischen Frühphase hatte Th. Erfolg mit Romanen, die Grenzsituationen des Seelen- und Trieblebens behandelten.

□ 1921: »Die Verdammten« (R.). □ 1924: »Der Leibhaftige« (R.). □ 1933: Emigration nach Wien. □ 1940: Wechselnder Wohnsitz in Wien bzw. Rom. □ 1951: »Die Straßen des Labyrinths« (R.). □ 1952: Rückkehr in die BRD. □ 1961: »Der Sturz nach oben« (R.). □ 1975: »Der Zauberlehrling« (R.).

Thimig, Helene

Helene Thimig →

österr. Schauspielerin
* 5.6.1889 Wien † 7.11.1974 ebd.

Thimig war eine beliebte Volksschauspielerin, die nach der Heirat mit M. →Reinhardt ihr Wirken dem Talent des berühmten Regisseurs unterordnete. Nach Reinhardts Tod — sie spielte in seinen Inszenierungen viele klassische Frauenrollen — verwaltete sie sein Erbe in dogmatischer Weise, was z. B. zur »Musealisierung« der einst beeindruckenden »Jedermann«-Inszenierung führte. Th. entstammte einer berühmten Wiener Schauspielfamilie: Ihre Mutter Hedwig Bleibtreu (* 1868, † 1958) spielte am Wiener Burgtheater, ebenso ihr Vater Hugo Th. (* 1854, † 1944) und ihre Brüder Hermann (* 1890, † 1982) und Hans Th. (* 1900, † 1991).

□ 1908-11: Erstes Engagement am Hoftheater Meiningen. □ 1914-17: Mitgl. am Kgl. Schauspielhaus Berlin. □ 1917-33: Mitgl. am Dt. Theater Berlin. □ 1919: Rosaline in Shakespeares »Wie es euch gefällt«. □ 1920: Gretchen in Goethes »Urfaust«. □ 1921: Gute Werke in »Jedermann« (H. v. →Hofmannsthal, Rg. M. Reinhardt) bei den Salzburger Festspielen. □ 1922: Weisheit in der UA »Das große Salzburger Welttheater« (H. v. Hofmannsthal, Rg. M. Reinhardt) bei den Salzburger Festspielen. □ 1927-37: Glaube in »Jedermann« (Rg. M. Reinhardt) bei den Salzburger Festspielen. □ 1932: Heirat mit M. Reinhardt. □ 1933-38: Mitgl. am Theater in der Josefstadt, Wien. □ 1938-46: Exil in den USA. □ ab 1946: Mitgl. am Wiener Burgtheater. □ 1947-51: Regie und Glaube in »Jedermann« bei den Salzburger Festspielen. □ 1948-59: Leiterin des Wiener Max-Reinhardt-Seminars. □ ab 1954: Mitgl. am Theater in der Josefstadt in Wien. □ 1963-65: Regie (bis 1968) und Glaube in »Jedermann« bei den Salzburger Festspielen. □ 1968: Welttournee als Frau Aja in »Johann Wolfgang« (L. Huismann).

▷ H. Thimig: Wie Max Reinhardt lebte, 1973.

Thoma, Dieter

dt. Skispringer
* 19.10.1969 Hinterzarten

Der Neffe von Olympiasieger G. → Thoma war mit 18 Jahren Olympiateilnehmer 1988 in Calgary. 1990 gelang ihm mit dem Sieg in der Vierschanzentournee der erste bedeutende internationale Erfolg, dem Th. einen Sieg bei der Skiflug-Weltmeisterschaft im norwegischen Vikersund folgen ließ.

□ 1986: Junioren-Weltmeister im Skispringen (Mannschaft). □ 1987: WM-Zweiter (Mannschaft) und WM-Dritter (Einzel) bei den Junioren; Dt. Meister (Großschanze, erneut 1989 und 1990).

← Dieter Thoma

Thoma, Georg

dt. Skiläufer
* 20.8.1937 Neustadt im Schwarzwald

Als erster Mitteleuropäer wurde Thoma 1960 in Squaw Valley Olympiasieger in der Nordischen Kombination und beendete damit die Siegesserie der Skandinavier. Der volkstümliche Athlet gewann dreimal den Holmenkollen-Wettbewerb (1963-65) und machte mit seinen Erfolgen den nordischen Skilauf in Deutschland populär.

□ 1958-67: Dt. Meister in der Nord. Kombination. □ 1960: Olympiasieger Nord. Kombination und Dt. Meister Skispringen (erneut 1961, 1963). □ 1964: Olympiadritter Nord. Kombination. □ 1966: Weltmeister Nord. Kombination.

← Georg Thoma

Thoma, Ludwig

(Pseud. Peter Schlemihl)
dt. Schriftsteller
* 21.1.1867 Oberammergau
† 26.8.1921 Rottach-Egern

Thoma verband in humoristischen Dorf- und Kleinstadtgeschichten (u. a. »Lausbubengeschichten«, 1905; »Tante Frieda«, 1907) seine antistädtische, bajuwarische Grundhaltung mit scharfer Gesellschaftskritik und der Ablehnung von Klerikalismus und Spießbürgertum (»Filserbriefe«, Satiren, 1909; »Moral«, Schr., 1909). Einfluß auf die Entwicklung der Komödiendichtung nahmen seine Lustspiele »Die Medaille« (1901) und »Die Lokalbahn« (1902).
Nach Ausbruch des 1. Weltkriegs wandelte sich Th. zum Rechtskonservativen, der — anonym — im Miesbacher Anzeiger 1920/21 gegen den Versailler Vertrag polemisierte und zur systematischen Judenverfolgung aufrief.

← Ludwig Thoma

□ 1894-99: Rechtsanwalt in Dachau und München. □ 1899: Redakteur des Simplicissimus. □ 1902: »Die Lokalbahn« (Kom.). □ 1906: »Andreas Vöst« (R.). □ ab 1907: Mithg. der Zeitschrift März (mit H. → Hesse). □ 1910: »Erster Klasse« (Kom.). □ 1911: »Der Wittiber« (R.). □ 1912: »Magdalena« (Volksstück). □ 1914/15: Sanitäter im 1. Weltkrieg. □ postum 1922: »Der Ruepp« (R.). □ 1923: »Stadelheimer Tagebuch«.

▷ P. Haage: Ludwig Thoma, 1975; R. Lemp: Ludwig Thoma, 1984.

Thomalla, Georg

dt. Schauspieler
* 14.2.1915 Kattowitz (heute Katowice, Polen)

Thomalla ist einer der populärsten Komiker der deutschen Bühne und des Fernsehens. Erfolge feierte er in Boulevardkomödien und in über 100 Unterhaltungsfilmen, in denen er sein komödiantisches Talent entfalten konnte; er überzeugte aber auch in ernsten Charakterrollen auf der Bühne. Mit seinem hintergründigen Humor vermochte er sich mit jeder seiner Rollen ins Herz des Publikums zu spielen.

Georg Thomalla mit M. Tanaka beim Berliner Filmball, 1953.

□ 1932: Debüt in F. Lehárs Oper »Das Land des Lächelns« in Hamburg. □ 1939: Filmrolle in »Ihr erstes Erlebnis«. □ 1947-52: Mitgl. der Komödie Berlin. □ 1948-56: Mitgl. im Kabarett der Komiker. □ ab 1952: Mitgl. des Schloßparktheaters Berlin. □ 1969: TV-Serie »Komische Geschichten mit Georg Thomalla«. □ 1973: Titelrolle im TV-Film »Der Mann, der sich nicht traut«. □ 1978: Titelrolle im TV-Film »Der Tiefstapler«. □ 1980: TV-Porträt »Ein Komiker — mal ernst, mal heiter«. □ 1985: TV-Film »Der Ring des lieben Jungen«.

▷ P. M. Thonet (Hg.): G. Thomalla — In aller Herzlichkeit, (Mem.), 1988.

Thomas, Dylan Marlais

walis. Schriftsteller
* 27.10.1914 Swansea † 9.11.1953 New York (USA)

Thomas ist der bekannteste walisische Schriftsteller des 20. Jh.s. Geprägt vom Symbolismus des 17. Jh.s war Th. stets auf der Suche nach einer unversehrten Welt. Für ihn lag dieses Paradies in der Kindheit, die vom Unwissen über die Welt gekennzeichnet ist und zum Hort der Unberührbarkeit stilisiert wird. Großen Erfolg hatte er 1953 mit dem Hörspiel »Unter dem Milchwald. Ein Spiel für Stimmen« (dt. 1970). An dem auch als Bühnenfassung am Broadway gefeierten Stück hatte Th. mehr als zehn Jahre gearbeitet. Dargestellt wird der Alltag der Menschen, die in der fiktiven Stadt »Llaregyb« leben. Anonyme Sprecher stellen sich vor und sind Bindeglieder zwischen den Bewohnern der Stadt. Der Tag beginnt mit den Träumen und Wünschen der Menschen, leitet in eine Beschreibung der Stadt über und endet in der Nacht, die den Tag beschließt. Themen sind Liebe, Unschuld und Sünde. Das Stück ist ein modernes Märchen, das im Rhythmus des Lebens eine höhere Ordnung sucht und sie in der Liebe und Musik findet.

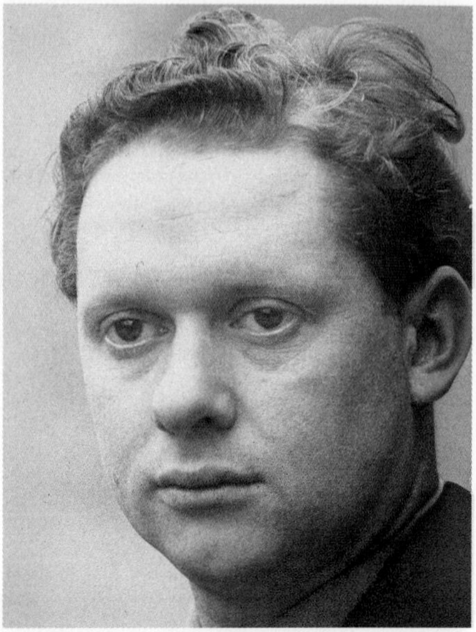

Dylan Thomas: Für ihn lag das Paradies in der Kindheit.

□ 1931: Reporter bei der South Wales Daily Post; kleinere Theaterrollen. □ 1936: »25 Gedichte«. □ 1940: »Porträt des Künstlers als junger Dachs« (Erz.n, dt. 1978). □ postum 1954: »Ganz früh eines Morgens« (Funkskizze, dt. 1973).

▷ P. Ferris: Dylan Thomas (Biogr.), 1977; B. Read: Dylan Thomas (NA), 1989.

Thompson, Francis Morgan »Daley«

engl. Leichtathlet
* 30.7.1958 London

Thompson war einer der erfolgreichsten Zehnkämpfer der Welt. Der Weltmeister von 1983 gewann zweimal Gold bei Olympischen Spielen (1980 in Moskau und 1984 in Los Angeles) sowie zwei Europameisterschaften (1982 und 1986). 1980-87 blieb er in allen wichtigen Wettkämpfen ungeschlagen und stellte fünf Weltrekorde auf. Spannend waren seine Zweikämpfe mit dem ewigen Zweiten, dem Deutschen J. →Hingsen.

Sir George P. Thomson →

Thomson, Sir (ab 1943) George Paget

engl. Physiker
* 3.5.1892 Cambridge † 10.9.1975 ebd.

1927 ließ Thomson Elektronenstrahlen dünne Goldfolien durchdringen und entdeckte auf einer dahinter aufgestellten Fotoplatte anhand der typischen Beugungsmuster die Wellennatur der Elektronen — 30 Jahre nachdem sein Vater J. J. →Thomson die Elektronen entdeckt hatte. Für den damit erbrachten Beweis des von L. V. de →Broglie behaupteten Welle-Teilchen-Dualismus erhielt Th. 1937 den Physik-Nobelpreis mit C. J. Davisson, der den Wellencharakter der Elektronen gleichzeitig und unabhängig fand.

□ 1922-30: Prof. für Naturphilosophie an der Univ. Aberdeen. □ 1930: »Das Atom« (Schr., dt. 1957). □ 1930-52: Prof. für Physik am Imperial College, London. □ 1952-62: Prof. am Master of Corpus Christi College, Cambridge. □ 1955: »Ein Physiker blickt in die Zukunft« (Schr., dt. 1956).

Thomson, Sir (ab 1908) Joseph John

engl. Physiker
* 18.12.1856 Cheetham Hill/Manchester
† 30.8.1940 Cambridge

Thomson, Mitbegründer der modernen Atomphysik, gehört mit seiner Erforschung der Kathodenstrahlung zu den bedeutenden Physikern des 19./20. Jh.s. 1896/97 wies Th. mit seinem Schüler E. →Rutherford die elektrische Leitfähigkeit von Gasen bei Bestrahlung mit Röntgenstrahlen nach und bewies erstmals die Ablenkung der Kathodenstrahlen nicht nur durch magnetische, sondern auch durch elektrische Felder. Th. erkannte, daß bei hohen Temperaturen negativ geladene Elementarteilchen aus der negativen Kathode austreten, und es gelang ihm die Bestimmung des Verhältnisses von Masse zu Ladung der vermuteten Kathodenstrahlteilchen. Die »Atome der Elektrizität«, die man später Elektronen nannte, hielt Th. für Grundbausteine der Materie, da sie nach seiner Erkenntnis viel kleiner als Atome waren.

□ 1881: Berechnung der elektromagnetischen Masse bewegter Ladungen. □ 1884-1919: Prof. und Dir. am Cavendish Laboratory, Cambridge. □ 1903: »Elektrizitätsdurchgang in Gasen« (Schr., dt. 1906). □ 1906: Physik-Nobelpreis. □ 1914: »The atomic theory« (Schr.). □ 1915: Präs. der Royal Society.

▷ J. J. Thomson: Recollections and reflections (Aut.), 1936.

← Daley Thompson

Thöni, Gustav

ital. Skirennläufer
* 28.2.1951 Trafoi

Thöni beherrschte Anfang der 70er Jahre mit überragenden Leistungen im Slalom und Riesenslalom den Skisport. Als erster gewann er viermal den Gesamtpokal im Alpinen Skirennsport (1971-73, 1975), was nach ihm bislang nur P. →Zurbriggen und M. → Girardelli gelang.

□ 1972: Olympiasieger von Sapporo im Riesenslalom; Olympiazweiter im Slalom; Weltmeister Alpine Kombination. □ 1974: Weltmeister im Slalom und Riesenslalom.

Thöny, Eduard
dt.-österr. Zeichner und Karikaturist
* 9.2.1866 Brixen
† 26.7.1950 Holzhausen am Ammersee

Thöny wurde als Mitarbeiter der satirischen Zeitschrift Simplicissimus vor allem in der Zeit zwischen 1896 und 1913 mit seiner humorvoll karikierenden Gesellschaftskritik bekannt. Mit Darstellungen der Repräsentanten von Aristokratie, Militär und Großbürgertum war er der wohl beliebteste Karikaturist der spätwilhelminischen Ära. Bis 1944 zählte er zu den profilierten Mitarbeitern des Simplicissimus.

← Eduard Thöny

Thorn, Gaston
lux. Politiker
* 3.9.1928 Luxemburg

Der liberale Thorn engagierte sich schon früh in der Europapolitik; 1981 wurde der ehemalige luxemburgische Ministerpräsident zum Präsidenten der EG-Kommission gewählt. Während seiner Amtszeit trat er für eine beschleunigte Integration Europas ein und forderte mit Nachdruck u. a. mehr Machtbefugnisse für die zentralen Einrichtungen sowie die Einführung von Mehrheitsbeschlüssen im Ministerrat der EG.

□ bis 1948: Jurastudium in Frankreich. □ 1959: Mitgl. der Abgeordnetenkammer (Demokratische Partei). □ 1959-69: MdEP. □ 1961: Präs. der liberalen Demokratischen Partei. □ 1969: Stadtrat von Luxemburg. □ 1969-79: Außenmin. □ 1974-79: Ministerpräsident. □ 1975: Präs. der UNO-Vollversammlung. □ 1976: Präs. der Föderation der liberalen und demokratischen Parteien der EG. □ 1979: MdEP. □ 1980: Außenmin. □ 1981-84: Präs. der EG-Kommission. □ 1985: Präs. der Europ. Bewegung. □ seit 1985: Generaldir. von Radio Luxemburg (RTL).

← Gaston Thorn

Thorndike, Edward Lee
amer. Psychologe
* 31.8.1874 Williamsburg, Mass.
† 10.8.1949 Montrose, N. Y.

Thorndike beherrschte mit seiner Theorie des »Trial-and-Error« die experimentelle Lernforschung in der ersten Hälfte des 20. Jh.s. Ausgehend von Labortests über das Lernen und Verhalten von Tieren (Reiz/Reaktions-Ansatz) kam er zu dem Ergebnis, daß Lernen mit einem Zufall beginnt und durch Versuch (trial) und Irrtum (error) weitergeführt wird.
Th.s. »Effektgesetz« besagt, daß der erfolgreiche Versuch und die befriedigende Reaktion (Belohnung) das Lernen vergleichsweise stärker fördern, als umgekehrt Mißerfolg und Unzufriedenheit (Bestrafung) es schwächen. Th.s. Konzept des lustbetonten Lernens hatte maßgeblichen Einfluß auf die weitere Entwicklung der Pädagogik.

□ 1904-40: Prof. am Teachers College der Columbia Univ., New York. □ 1912: Präs. der American Psychological Association. □ 1913/14: »Psychologie der Erziehung« (Schr., dt. 1922). □ 1932: »The fundamentals of learning« (Schr.). □ 1940: »Human nature and the social order« (Schr.).

← Edward Thorndike

Thorpe, James
amer. Leichtathlet
* 28.5.1888 Shawnee, Okla.
† 28.3.1953 Carlisle, Penn.

Thorpe, als Olympiasieger 1912 im Fünf- und Zehnkampf schon zur Leichtathletik-Legende verklärt, wurde 1913 im nachhinein wegen Verstoßes gegen die Amateurbestimmungen disqualifiziert. Th., der in Stockholm mit zwei Weltrekorden gewann, hatte zuvor gegen Bezahlung Baseball gespielt (und tat es später dann offiziell). Er wurde von der Amateur Athletic Union (AAU) der USA angeklagt. Der Amerikaner indianischer Abstammung, der 1,96 m hoch sprang und die 110 m Hürden in 15,0 sec. lief, wurde 1982 postum vom Internationalen Olympischen Komitee auf Betreiben von J. A. →Samaranch rehabilitiert.

Thränhardt, Carlo
dt. Leichtathlet
* 5.7.1957 Bad Lauchstädt

Thränhardt zählte 15 Jahre zur Weltelite der Hochspringer. Der Europameisterschaftsdritte von 1986 sprang drei Europarekorde (2,36 m; 2,37 m und 2,42 m), einen Weltrekord (2,42 m; 1988) und zwei Hallenweltrekorde (2,37 m und 2,42 m). 1991 wurde Th. zum zweiten Mal nach 1986 Deutscher Meister.

Thuille, Ludwig
österr. Komponist
* 30.11.1861 Bozen † 5.2.1907 München

Thuille, einer der berühmtesten Musikdozenten seiner Zeit, war von dem sog. neudeutschen Stil Franz Liszts beeinflußt und begründete die gemäßigt moderne Münchner Schule. Diese neuromantische Stilrichtung prägte bis zur Mitte der 20er Jahre die Konzertprogramme und Kompo-

Ludwig Thuille beeinflußte die Komponisten Orff und Strauss.

nisten wie R. →Strauss und C. →Orff. Th.s Schüler waren M. v. →Schillings, E. →Bloch und Walter Courvoisier (* 1875, † 1931). Seine weitverbreitete »Harmonielehre« (1907) leistete einen wichtigen Beitrag zum harmonischen Verständnis der Musik im 20. Jh.

□ 1877-79: Studium in Innsbruck. □ ab 1883: Dozent für Klavier, Komposition und Harmonielehre an der Kgl. Musikschule in München (ab 1888 Prof.). □ 1897: UA der Oper »Theuerdank« in München. □ 1901: UA der Oper »Gugeline« in Bremen.

▷ F. Munter: Ludwig Thuille, 1923; A. Ott (Hg.): Richard Strauss — Ludwig Thuille. Briefe der Freundschaft 1877-1907, 1969.

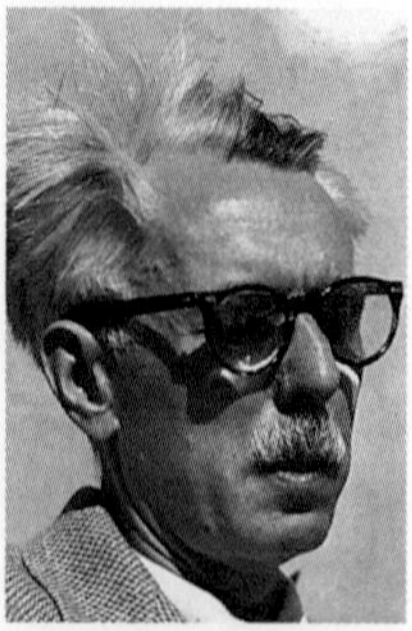
James G. Thurber →

Thunberg, Clas

finn. Eisschnelläufer
* 5.4.1893 Helsinki † 28.4.1973 Turku

Thunberg war der Ästhet unter den Eisschnellläufern seiner Zeit. Er gewann 1924 und 1928 fünf olympische Goldmedaillen. Qualifiziert für die Olympischen Spiele 1932 in Lake Placid, verzichtete er auf die Teilnahme, da die Amerikaner auf dem Massenstart bestanden. Von seinen sechs Weltrekorden stand sein letzter über 1000 m (1:27,4 min.; 1931) über 21 Jahre.

Clas Thunberg (l.) am Start gegen Gorman (M.) und Moore in New York, 1926.

□ 1922: Europameister im Vierkampf (erneut 1928, 1931 und 1932). □ 1923: Weltmeister im Großen Vierkampf (erneut 1925, 1928, 1929 und 1931). □ 1924: Olympiasieger über 1500 m, 5000 m und Kombination. □ 1928: Olympiasieger über 500 m und 1500 m.

Thurau, Dietrich

dt. Radrennfahrer
* 9.11.1954 Frankfurt/Main

Thurau war einer der erfolgreichsten deutschen Straßen- und Bahnfahrer. 1977 war er Star der Tour de France, als er 14 Tage lang das gelbe Trikot des Spitzenreiters trug und am Ende nach fünf Etappensiegen den fünften Platz belegte.

□ 1977: Zweiter der Straßen-WM (erneut 1979); Wahl zum Sportler des Jahres. □ 1979: Sieger des Klassikers Lüttich-Bastogne-Lüttich und der Deutschland-Rundfahrt.

← Dietrich Thurau

Thurber, James Grover

amer. Schriftsteller
* 8.12.1894 Columbus, Ohio † 2.11.1961 New York

Thurber war in erster Linie Verfasser von humoristischen Kurzgeschichten, unter denen »Walter Mittys Geheimleben« (in: »Rette sich, wer kann«, Erz.n, 1945, dt. 1948) die bekannteste ist. Daneben schrieb er Fabeln, Märchen und politische Parabeln, die er zum Teil selbst illustrierte. Th. ist eine Art Synthese aus W. →Saroyan und dem späten →Mark Twain. Wie ersterer schrieb er von den Sorgen und Sonderlichkeiten der kleinen Leute, würzte diese aber mit dem unterschwelligen Zynismus Mark Twains. Das Ergebnis ist Gesellschaftssatire vor dem Hintergrund der psychischen Ängste seiner literarischen Figuren. Auch als Zeichner und Karikaturist war Th. anerkannt.

□ 1919-27: Journalist und Karikaturist in Columbus und New York. □ ab 1927: Freier Schriftsteller und regelmäßiger Mitarbeiter des Magazins The New Yorker. □ 1935: »The middle-aged man on the flying trapeze« (Erz.n). □ 1940: »The male animal« (Dr., mit E. Nugent). □ 1940er Jahre: Erblindet. □ 1943: »Männer, Frauen und Hunde« (Erz.n, dt. 1944). □ 1955: »So spricht der Hund« (Erz.n, dt. 1958). □ 1956: »75 Fabeln für Zeitgenossen« (Erz.n, dt. 1967).

▷ B. Bernstein: Thurber. A biography, engl. 1975.

Thurn und Taxis, Johannes Fürst von

dt. Großgrundbesitzer und Unternehmer
* 5.6.1926 Schloß Höfling bei Regensburg
† 14.12.1990 München

J. Fürst von Thurn und Taxis: Mäzen und Unternehmer.

Thurn und Taxis war der zehnte Fürst der Dynastie, die 1490 das Postwesen im habsburgischen Europa organisierte und dafür mit dem Postmonopol als erblichem Mannslehen beliehen wurde. Als Erbe des seit 500 Jahren im Familienbesitz befindlichen Vermögens, das auf über 3 Mrd.

DM geschätzt wird und dessen Grundlage die Entschädigungssumme für das Abtreten der Postrechte an Preußen 1867 war, ist die Familie Europas größter Forsteigentümer und Inhaber einer Bank, Brauerei sowie einer Industriegruppe, die der einflußreiche Th. zu einem weltweiten Mischkonzern ausbaute.

□ 1952: Tod des Großvaters, des 8. Fürsten von Th.; Einsetzung Th.s zum Vorerben des Firmenvermögens. □ 1971: Tod des Onkels Franz Joseph, des 9. Fürsten von Th.; offizielle Übernahme der Spitzenstellung im Hause Th. □ 1980: Hochzeit mit der 34 Jahre jüngeren Mariae Gloria von Schönburg-Glauchau. □ 1982: Nach dem Tod des Vaters Karl August Th. Übernahme des Fürstentitels. □ 1987-90: Erhöhung der Unternehmens-Beteiligungen von 42% auf 50%.

▷ W. Behringer: Thurn und Taxis. Die Geschichte ihrer Post und ihrer Unternehmen, 1990.

Thurnwald, Richard

österr. Ethnosoziologe
* 18.9.1869 Wien † 19.1.1954 Berlin

Auf der Suche nach den gesellschaftsbildenden Kräften von Völkergemeinschaften erkannte Thurnwald als erster die psychologische Bedeutung der »Reziprozität« für das Rechtsleben schriftloser (und auch anderer) Völker. Dieses Prinzip von Leistung und Gegenleistung funktioniert nach Th. ohne Vermittlung einer staatlichen Instanz, ohne gerichtlich-juristischen Zwangsapparat, da die Transaktionen der jeweiligen Tauschpartner lebensnotwendig sind. Das Phänomen der Gegenseitigkeit war auch Gegenstand der Forschungen von B. →Malinowski und M. →Mauss.

□ 1906-30: Forschungsreisen in Mikronesien, Melanesien, Afrika. □ 1922: »Psychologie des primitiven Menschen« (Abh.). □ 1924: Prof. für Anthropologie und Soziologie, Univ. Berlin. □ 1934: »Werden, Wandel und Gestaltung des Rechts« (Abh.). □ postum 1957: »Grundfragen menschlicher Gesellung — Ausgewählte Schriften«.

Thyssen, August

dt. Industrieller
* 17.5.1842 Eschweiler
† 4.4.1926 Schloß Landsberg, Essen

Thyssen, Prototyp des deutschen Großindustriellen, begründete 1871 die Th. & Co. KG und 1890 die August-Th.-Hütte in Duisburg.
Durch den Erwerb von Maschinenfabriken, Steinkohlefeldern und Eisenhüttenwerken sowie auf französischem Gebiet gelegenen Fabriken entwickelte sich daraus der Th.-Konzern, der neben Krupp zum größten deutschen Montanunternehmen im ersten Viertel des 20. Jh.s wurde. Th., der im 1. Weltkrieg für die Annexion der französischen Erzlager zur Rohstoffsicherung der deutschen Schwerindustrie eintrat, betrieb nach 1918 den Aufbau der Vereinigten Stahlwerke (gegr. 1926), eines Zusammenschlusses führender deutscher Industrieunternehmen, deren Leitung nach seinem Tod sein Sohn Fritz →Th. übernahm.

Fritz Thyssen →

Thyssen-Bornemisza →

Thyssen, Fritz

dt. Industrieller
* 9.11.1873 Styrum (heute zu Mülheim a. d. Ruhr)
† 8.2.1951 Buenos Aires (Argentinien)

Thyssen, Sohn des Konzerngründers August →Th., war einer der bedeutendsten Gönner A. →Hitlers, dessen Aufstieg er ab 1923 förderte. Ab 1926 stand Th. der Vereinigten Stahlwerke AG vor, dem größten europäischen Stahlkonzern. Th., der ab 1931 NSDAP-Mitglied war, brach 1939 nach Judenpogromen und der deutschen Kriegserklärung mit dem NS-Regime und floh in die Schweiz. 1940 von der Gestapo verhaftet, verbrachte er die letzten vier Kriegsjahre in mehreren KZs. Dort schrieb er 1941 seine Erinnerungen: »I paid Hitler«.

Thyssen-Bornemisza, Hans Heinrich

schweiz. Industrieller und Kunstsammler
* 13.5.1921 Den Haag

Thyssen-Bornemisza, Enkel des Gründers des Stahl-Imperiums, A. →Thyssen, Lebemann und Besitzer eines nach ihm benannten Mischkonzerns, hat sich als verständiger Kunstsammler erwiesen. Die von seinem Vater Heinrich Th. (* 1875, † 1947) aufgebaute Gemäldesammlung in der Villa Favorita in Lugano, eine der wertvollsten Privatsammlungen der Welt (Schätzwert ca. 750 Mio. DM), die hauptsächlich die europäische Malerei des 14. bis 18. Jh.s repräsentiert, erweiterte er durch Ankäufe aus dem Bereich der klassischen Moderne. Th., der seine Kunstschätze durch Leihgaben an verschiedene Ausstellungen weltweit bekannt machte, beendete 1988 das internationale Museums-Gerangel um den Verbleib seiner Sammlung durch eine Vereinbarung mit Madrid. 726 seiner Kunstwerke sollen für zehn Jahre dem spanischen Palast »Villa Hermosa« überlassen bleiben.

Tian Han

(eig. T. Shouchang)
chin. Dramatiker
* 19.3.1898 Changsha, Hunan † 10.12.1968 Peking

Tian Han war nicht nur der produktivste chinesische Dramatiker dieses Jahrhunderts, sondern auch einer der Pioniere des modernen chinesischen Sprechtheaters. In seinen frühen lyrischen Stücken, darunter »Die Nacht, als der Tiger erlegt wurde« (1921) und »Rückkehr nach Süden« (1929, dt. 1980), beschreibt er die Emanzipationsbestrebungen und naive Sentimentalität junger Intellektueller in den 20er Jahren. Ab 1930 wandte er sich aktuellen politischen Themen aus marxistischer Sicht zu, mit zunehmend realistischen Beschreibungen anstelle des Sentimentalen. Die literarische Qualität seiner Werke trat hinter ihre aufklärerische Funktion zurück. Während der Kulturrevolution war T. heftiger Kritik und massiver Verfolgung ausgesetzt.

□ 1917-21: Pädagogikstudium in Japan, danach Tätigkeit als Lehrer und Redakteur. □ 1928: »Tragödie am See« (Einakter). □ 1929: »Feuertanz« (Dr.). □ 1931: »Regenzeit« (Einakter). □ 1932: Eintritt in die KPCh. □ ab 1949: Führende Positionen in der Theaterszene der VR China. □ 1968: Tod im Gefängnis während der Kulturrevolution. □ postum 1979: Rehabilitierung.

Tichonow, Viktor Wasiljewitsch

sowjet. Eishockeytrainer
* 4.6.1930

Tichonow ist einer der erfolgreichsten Trainer der Welt. Mit der sowjetischen Eishockey-Nationalmannschaft, die er seit 1977 betreut, wurde er 1978-90 achtmal Weltmeister und zweimal Olympiasieger: 1984 in Sarajevo und 1988 in Calgary. Trotz der Erfolge sind T.s harte Trainingsmethoden umstritten. 1988 kritisierte der Eishockey-Mittelstürmer Igor Larionow in einem offenen Brief T. als »Exponenten eines totalitären, menschenverachtenden und überholten Systems«.

← Viktor W. Tichonow

Tiffany, Louis Comfort

amer. Kunsthandwerker
* 18.2.1848 New York † 17.1.1933 ebd.

Tiffany war der bedeutendste Formgestalter und Innenarchitekt des amerikanischen Jugendstils. Bevor er das von seinem Vater Charles Louis T. (* 1812, † 1902) gegründete Juweliergeschäft in New York übernahm, hatte er Malerei studiert. Seine Entwürfe für Glasgegenstände, vor allem die Lampen aus irisierendem, mehrfarbigem Favrile-Glas mit vegetabil-ornamentalem Dekor standen im Vordergrund.
Daneben entwarf T. langstielige, aus Blütenformen abgeleitete Gläser, außerdem Mosaiken und Glasfenster.

□ 1879: Gründung der Tiffany Glass and Decoration Company in New York. □ 1880: Patent für das von T. entwickelte Favrile-Glas. □ 1882/83: Raumdekorationen für das Weiße Haus in Washington. □ 1892: Gründung einer Glasmanufaktur. □ 1902: Übernahme des väterlichen Juweliergeschäftes.

▷ R. Koch: Louis C. Tiffany und seine Glaskunst, 1976; H. F. McKean: Louis Comfort Tiffany, 2 Bde., 1984.

← Louis C. Tiffany

Tikkanen, Märta Eleonora

finn. Schriftstellerin
* 3.4.1935 Helsinki

Tikkanen, die in ihren Werken zu einer Neugestaltung der Beziehung zwischen den Geschlechtern aufruft, gehört zu den bekanntesten feministischen Autorinnen Skandinaviens.
In dem international erfolgreichen Roman »Wie vergewaltige ich einen Mann« (1975, dt. 1980) schilderte die Finnin die Gefühle einer Frau nach der Vergewaltigung. Seit dem Roman »Die Liebesgeschichte des Jahrhunderts« (1978, dt. 1981), dem autobiografischen Bericht über das Zusammenleben mit einem Alkoholiker, steht das Eltern-Kind-Problem im Mittelpunkt ihres erzählerischen Schaffens (»Aifos heißt Sofia«, 1982, dt. 1983).

← Märta E. Tikkanen

Tilden, William Tatum

amer. Tennisspieler
* 10.2.1893 Germantown, Penn.
† 5.6.1953 Los Angeles

Als »Big Bill« ging Tilden, Sieger von zehn Grand-Slam-Turnieren, in die Tennisgeschichte ein. 1920-25 und 1929 gewann er die US Open; als erster Amerikaner siegte er 1920 in Wimbledon, wo er auch 1921 und 1930 als 37jähriger erfolgreich war. Siebenmal holte er mit der amerikanischen Mannschaft den Davispokal.

William Tatum Tilden →

Tillich, Paul Johannes

amer. Theologe (ev.) dt. Herkunft
* 20.8.1886 Starzeddel, Kr. Guben
† 22.10.1965 Chicago, Ill.

Tillich, der führende protestantische Theologe der USA, hat mit seinem Hauptwerk »Systematische Theologie« (3 Bde., 1951-64, dt. 1955-68) eine umfassende Synthese von Theologie und Philosophie geschaffen, die nach dem Verhältnis von Offenbarung und menschlicher Wirklichkeit fragt. In einer bewußt nicht klerikal klingenden Terminologie spricht T. von Gott als dem, »was uns unbedingt angeht«, und sucht aus der ewigen Wahrheit der christlichen Botschaft für die geschichtliche Situation des Menschen zeitgemäße Antworten zu finden. Dem welthaften Dasein, das als Entfremdung des modernen Menschen von seinem ursprünglichen Sein erkannt wird, stellt T. das in Jesus Christus manifestierte »Neue Sein« gegenüber, das in der christlichen Glaubensgemeinschaft als erneuernde und befreiende Macht fortlebt.

Paul J. Tillich: Zeitgemäße Interpretationen der Bibel.

□ 1920: Eintritt in den Bund religiöser Sozialisten, Berlin. □ 1924: »Kirche und Kultur« (Schr.). □ 1925-29: Prof. für Religionswissenschaft und Sozialphilosophie an der TH Dresden und der Univ. Leipzig. □ 1926: »Die religiöse Lage der Gegenwart« (Schr.). □ 1929-33: Prof. an der Univ. Frankfurt/Main. □ 1933: »Die sozialistische Entscheidung« (Schr.); Emigration in die USA. □ 1937-55: Prof. am Union Theological Seminary, New York. □ 1948: »Der Protestantismus. Prinzip und Wirklichkeit« (Schr., dt. 1950). □ 1954: »Liebe, Macht und Gerechtigkeit« (Schr., dt. 1955). □ 1955-62: Prof. an der Harvard-Univ., Cambridge, Mass. □ 1957: »Wesen und Wandel des Glaubens« (Schr., dt. 1963). □ ab 1962: Prof. an der Univ. Chicago; Friedenspreis des Dt. Buchhandels.

▷ G. Wehr: Paul Tillich, 1979; O. Schnübbe: Paul Tillich und seine Bedeutung für den Protestantismus heute, 1985.

Felix Timmermans beschrieb in lyrischen Romanen das flämische Bauernleben.

Timmermans, Felix

niederl. spr. belg. Schriftsteller
* 5.7.1886 Lier † 24.1.1947 ebd.

Timmermans, dessen folkloristisches und mystisch-religiöses Werk eine einzigartige Stellung innerhalb der niederländischen Literatur einnimmt, ist der bekannteste niederländischsprachige Heimatautor. Der Schriftsteller, der seine Werke mit naiven Zeichnungen schmückte, wurde bekannt mit »Pallieter« (R., 1916, dt. 1921), einer Hymne auf das einfache naturverbundene Leben ohne Sündenbewußtsein und Hemmungen. Seine erfolgreichsten Romane waren »Das Jesuskind in Flandern« (1917, dt. 1919), »Pieter Breugel« (1928, dt. 1928) und das vitalistische Meisterwerk »Bauernpsalm« (1935, dt. 1936).

□ 1914-20: Exil in den Niederlanden wegen aktivistischer Betätigung für die flämische Bewegung. □ 1920: Staatspreis für Literatur. □ 1932: »Franziskus« (R., dt. 1932). □ 1935: Mitgl. der Kgl. Akademie für Sprache und Literatur. □ 1942: Rembrandt-Preis.

Jan Tinbergen →

Timofejew-Ressowski, Nikolai Wladimirowitsch

sowjet. Biologe
* 20.9.1900 Moskau † 28.3.1981 Obninsk

Timofejew-Ressowski, als Gegner von T. D. →Lyssenko und unbotmäßiger Wissenschaftler der ständigen Observation des KGB ausgesetzt, erforschte die Wirkung der Strahlen auf die menschlichen Erbanlagen. Die von dem Strahlengenetiker mitentwickelte Treffertheorie besagt, daß die Mutation des Erbmaterials Produkt einer chemischen Kettenreaktion ist, die von (radioaktiven) »Treffern« ausgelöst wird. Das Ausmaß der Mutation ist der Strahlendosis proportional (Eintreffermechanismus); die tödliche Wirkung tritt durch Inaktivierung des genetischen Materials (Mehrtreffermechanismus) ein.

□ 1925-45: Mitarbeiter am Kaiser-Wilhelm-Inst. für Hirnforschung in Berlin. □ 1955-69: Tätigkeit an biologischen und radiologischen Inst.n (u. a. in Obninsk). □ ab 1969: Berater am Gesundheitsministerium der UdSSR.

Timofejew-R. erforschte die Wirkung radioaktiver Strahlen.

Tinbergen, Jan

niederl. Nationalökonom
* 12.4.1903 Den Haag

Tinbergen, Bruder des Zoologen N. →Tinbergen, arbeitete hauptsächlich in den Bereichen Ökonometrie, Konjunkturtheorie und Außenwirtschaftspolitik. Der Nobelpreisträger (1969) forcierte die Synthese von Theorie und Statistik und lieferte wichtige Analysen über die langfristigen Wachstums- und Planungsprobleme der

Entwicklungsländer. Der vielfach ausgezeichnete Ökonom, 1930 Mitbegründer der Econometric Society (R. →Frisch), wies anhand des Wohnungsbauzyklus das sog. Spinnwebtheorem nach, eine Theorie zur Erklärung von schwankenden Preis- und Mengenbewegungen.

□ 1929: Promotion in Physik. □ 1933: »Die Konjunktur« (Schr.). □ 1933-73: Prof. für Entwicklungsplanung an der Niederl. Ökonomischen Hochschule in Rotterdam. □ 1939: »Business cycles in the USA. 1919-1932« (Schr.). □ 1949: »Einführung in die Ökonometrie« (dt. 1952). □ 1956: »Wirtschaftspolitik« (Schr., dt. 1968). □ 1958: »Grundlagen der Entwicklungsplanung« (Schr., dt. 1964). □ 1965-72: Dir. des Zentralen Planungsbüros der Niederlande in Den Haag. □ 1967: »Modelle zur Wirtschaftsplanung« (Schr., dt. 1967). □ 1969: Nobelpreis für Wirtschaftswissenschaften (mit R. →Frisch). □ 1973-75: Prof. an der Univ. Leiden. □ 1975: »Einkommensverteilung« (Schr., dt. 1978). □ 1977: »Wir haben nur eine Zukunft« (Bericht an den Club of Rome).

Tinbergen, Nikolaas »Niko«

engl.-niederl. Zoologe
* 15.4.1907 Den Haag † 21.12.1988 Oxford

Tinbergen faßte 1950 in seiner »Instinktlehre« (Schr., dt. 1952) erstmals das gesamte ethologische Wissen über das Verhalten der Tiere bezüglich ihrer Lebensumstände zusammen. Mit K. →Lorenz und K. v. →Frisch begründete T. die vergleichende Verhaltensforschung, deren an der Tierwelt beobachtete Ergebnisse grundlegend für Psychiatrie und Psychosomatik wurden. 1973 erhielten die drei Forscher den Physiologie/Medizin-Nobelpreis.
Bekannt wurde T. mit seiner akribischen Pionierarbeit über das komplexe Anpassungsverhalten der Fische, Schmetterlinge und Möwen in ihren Lebensräumen. Er vertrat die These, daß

Niko Tinbergen: Mitbegründer der Verhaltensforschung.

ein besseres Verständnis menschlicher Verhaltensweisen auch über die Erforschung tierischer Aggression möglich sei. Grundlegend für die Analyse des kindlichen Autismus wurden die von T. und seiner Frau Elizabeth verfaßten Werke »Early childhood autism« (1972) und »Autistic children. New hope for a cure« (1983).

□ 1932: Teilnahme an einer Grönlandexpedition. □ 1947-49: Prof. an der Univ. Leiden. □ 1953: »Tiere untereinander« (Schr., dt. 1955); »Die Welt der Silbermöwe« (Schr., dt. 1958). □ ab 1955: Brit. Staatsbürger. □ ab 1962: Mitgl. der Royal Society. □ 1965: »Tiere und ihr Verhalten« (Schr., dt. 1966). □ 1966-74: Prof. an der Univ. Oxford. □ 1973: »Das Tier in seiner Welt« (2 Bde., dt. 1977); Physiologie/Medizin-Nobelpreis (mit K. Lorenz und K. v. Frisch).

Leo Tindemans →

Tindemans, Leo

belg. Politiker
* 16.4.1922 Zwijndrecht

Seit mehr als 30 Jahren zählt der liberale Christ Tindemans zu den profiliertesten belgischen Politikern.
Als Ministerpräsident und als Außenminister bemühte er sich unermüdlich um eine Integration Europas; wiederholt klagte er über den mangelnden europäischen Einigungswillen. In den 70er Jahren gestaltete er die Staatsreform in Belgien mit, durch die das Land eine föderalistische Verfassung erhielt.

□ seit 1961: Mitgl. des Parlaments für die flämische Christlich-Soziale Volkspartei (CVP). □ 1965-76: Bürgermeister von Edegem. □ 1968-71: Min. für Gemeinschaftsangelegenheiten. □ 1972: Landwirtschaftsmin. □ 1973: Handelsmin. und stellv. Ministerpräsident. □ 1974-78: Ministerpräsident. □ 1976: Karlspreis der Stadt Aachen. □ 1978-81: Präs. der CVP. □ 1979-81; seit 1989: MdEP. □ 1981-89: Außenmin.

Samuel Ting →

Ting, Samuel Chao Chung

amer. Physiker
* 27.1.1936 Ann Arbor, Mich.

Ting erforscht die Entstehung der Elementarteilchen (Leptonen und Mesonen) und leitet in Amerika und Europa verschiedene internationale Forschungsprojekte.
1974 entdeckte T. bei Versuchen am großen Synchrotron-Protonenbeschleuniger des Brookhaven National Laboratory bei New York ein neues, besonders langlebiges und massereiches Elementarteilchen, das er »J«-Teilchen nannte. Gleichzeitig fand B. →Richter an dem Linearbeschleuniger in Stanford ein identisches »Psi«-Teilchen. Für ihre Entdeckung eines neuen Grundbausteinchens der Materie wurden beide Forscher 1976 mit dem Physik-Nobelpreis ausgezeichnet.

□ 1963: Forschungen am Europ. Kernforschungszentrum (CERN) in Genf. □ 1966: Gruppenleiter am Dt. Elektronen-Synchrotron (DESY) in Hamburg. □ seit 1969: Prof. am Mass. Inst. of Technology, Cambridge. □ 1974: Entdeckung des langlebigen und massereichen J-Teilchens. □ 1976: Physik-Nobelpreis (mit B. Richter). □ 1977: Forschungsleiter am DESY. □ 1986: Forschungen über die Reaktionen zwischen Elektronen und Positronen am PETRA (Positron-Electron-Tandem-Accelerator) in Hamburg.

Tinguely, Jean

schweiz. Künstler
* 22.5.1925 Fribourg † 30.8.1991 Bern

Als Mitbegründer der neodadaistischen Gruppe der Nouveaux Réalistes sowie in seiner Zusammenführung der dadaistischen Objektmontage mit Elementen der Kinetischen Kunst war Tinguely einer der wichtigen Künstler der Gegenwart. Zu seinen frühen Arbeiten mit eher humoristischer Note gehört die Serie motorgetriebener »Malmaschinen« aus Schrotteilen (z. B. »Baluba Nr. 3«, 1959, Köln, Museum Ludwig) sowie andere bewegte Assemblagen, die sog. Métamatics, Persiflagen auf den Glauben an die technische Perfektion. In teilweise monumentalen Assemblagen mit zahlreichen motorgetriebenen Elementen, Objekten, Metallteilen, Glühbirnen usw. klingen Themen wie Religion, Vergänglichkeit und Tod an, so in »Cenodoxus (Hochaltar)« (1981, Basel, Sammlung der Nationalversicherung). In ihrem Schrottcharakter, der Einbringung von Tierknochen und -schädeln und vielem mehr spiegeln sie den Anarchismus einer Welt außerhalb der glatten, gut funktionierenden Technologie. Fröhliche Töne wiederum schlug T. in seinen Brunnengestaltungen an. Bei ihnen stehen die absurde Bewegung, das Spiel mit dem Wasser im Vordergrund.

Jean Tinguely wurde mit seinen motorgetriebenen Kunstobjekten aus Schrott bekannt.

□ 1941/42: Besuch der Kunstklasse an der Allgemeinen Gewerbeschule in Basel. □ nach 1945: Surrealistische Bilder. □ 1953: Übersiedlung nach Paris. □ ab 1959: »Métamatics«. □ 1960: Mitbegründer der bis in die Gegenwart einflußreichen Gruppe der Nouveaux Réalistes; zahlreiche große Projekte. □ 1961: Heirat mit N. de →Saint-Phalle. □ 1982: Große Retrospektive im Kunsthaus, Basel. □ 1983: »Strawinsky«-Brunnen in Paris (mit N. de Saint-Phalle). □ 1986: Große Ausstellung in der Kunsthalle der Hypo-Kulturstiftung, München.

▷ Pandämonium Jean Tinguely, 1988.

Tippett, Sir (seit 1966) Michael

engl. Komponist
* 2.1.1905 London

Tippett ist seit dem Tod von B. →Britten einer der bedeutendsten Komponisten Englands. Internationalen Ruhm erlangte er 1944 mit dem antifaschistischen Oratorium »Ein Kind in unserer Zeit« (nach Ö. v. →Horváth), nachdem er ein Jahr zuvor wegen Kriegsdienstverweigerung eine Gefängnisstrafe verbüßen mußte. Seine Werke knüpfen an die englische Musiktradition des 17. Jh.s an (Henry Purcell). T. komponierte Opern (u. a. »The midsummer marriage«, UA London 1955), vier Sinfonien, Konzerte, Kammermusik und Chorwerke.
Sein wichtigstes Alterswerk, die Chor-Sinfonie »The mask of time« (UA Boston und London 1984), erinnert an die elisabethanischen Maskenspiele. T. ist auch durch seine Tätigkeit als Musikkommentator in Zeitungen und im Rundfunk hervorgetreten.

Michael Tippett setzt die Musiktradition des 17. Jh.s fort.

□ 1938/39: »Concerto« für zwei Streichorchester. □ 1940-51: Musikdir. des Morley College in London. □ 1962: UA der Oper »King Priam« in Coventry. □ 1964: Ehrendoktorwürde der Univ. Cambridge. □ 1970-74: Künstlerischer Dir. des Bath Festivals. □ 1973: Mitgl. der amer. Akademie für Literatur und Künste. □ 1978: Präs. der Kent Opera. □ 1983: Präs. des London College of Music.

▷ M. Tippett: Moving into Aquarius, 1959; ders.: Music of the Angels, 1980; I. Kemps: Michael Tippett, engl. 1984.

Tirpitz, Alfred von (ab 1900)

dt. Militär und Politiker
* 19.3.1849 Küstrin
† 6.3.1930 Ebenhausen bei München

Unter Einfluß des amerikanischen Flottentheoretikers A. Th. Mahan (* 1840, † 1914; »Der Einfluß der Seemacht auf die Geschichte«, dt. 1896) war Tirpitz überzeugt, daß eine schlagkräftige Flotte unabdingbare Voraussetzung für die Großmachtstellung des Deutschen Reichs sei. Durch geschickte Einflußnahme auf die öffentliche Stimmung und mit lebhafter Unterstützung durch Kaiser →Wilhelm II. setzte er im Parlament 1898-1912 Gesetze zum forcierten Ausbau der Flotte durch. In der Folgezeit kühlten sich die deutsch-britischen Beziehungen rasch ab. Großbritannien überwand daraufhin seine Differenzen mit Frankreich durch bündnisähnliche Absprachen (»Entente cordiale«, 1904), so daß das Deutsche Reich als Ergebnis der Flottenpolitik völlig isoliert war. T. trat während des 1. Weltkriegs zurück, als es ihm nicht gelang, den totalen U-Boot-Krieg gegen T. →Bethmann Hollweg durchzusetzen.

A. von Tirpitz wünschte sich Deutschland als Seemacht.

□ 1892: Stabschef der Marine. □ 1897-1916: Staatssekr. des Reichsmarineamtes (Min.); ab 1898 auch preuß. Marinemin. □ Mitgründer des Dt. Flottenvereins. □ 1908-18: Mitgl. des preuß. Herrenhauses. □ 1911: Großadmiral. □ 1917: Mitbegründer der Dt. Vaterlandspartei. □ 1919: »Erinnerungen«. □ 1924-28: MdR (DNVP).

▷ A. Schulze-Hinrichs: Alfred von Tirpitz, 1958; M. Salewski: Tirpitz. Aufstieg, Macht, Scheitern, 1979.

Tiselius, Arne Wilhelm Kaurin

schwed. Biochemiker
* 10.8.1902 Stockholm † 29.10.1971 Uppsala

Tiselius entwickelte in den 30er und 40er Jahren verschiedene Methoden zur Trennung und Analyse kolloider biochemischer Verbindungen. Die Proteine des auf Filterpapier aufgetragenen Blutserums, das einem elektrischen Feld ausgesetzt wurde, konnte der Hochschullehrer in Uppsala aufgrund ihrer unterschiedlichen Ladungen in Albumin und Alpha-, Beta- sowie Gammaglobulin zerlegen. Bei der »Elektrophorese« wandern die Kolloidpartikelchen entsprechend dem Verhältnis ihrer eigenen Teilladung zur Gesamtladung des Gemisches mit verschiedener Geschwindigkeit entweder zur positiven oder negativen Elektrode.

□ 1929: »Bestimmung der Beweglichkeit und Ladungen kolloider Teilchen« (in: Handbuch der biologischen Arbeitsmethoden, hg. von E. →Abderhalden). □ 1930-68: Prof. an der Univ. Uppsala. □ ab 1946: Dir. des neu gegründeten Inst. für Biochemie ebd. □ 1948: Chemie-Nobelpreis. □ 1960-64: Präs. der Nobelstiftung.

Arne Wilhelm Kaurin Tiselius mit seiner Tochter Eva vor der Abreise in die USA, 1951.

Tito, Josip

(eig. Josip Broz oder Brozović)
jugos. Politiker
* 25.2.1892 Kumrovec, Kroatien
† 4.5.1980 Ljubljana

Tito war ab 1941 der Organisator des jugoslawischen Widerstands gegen die deutschen und italienischen Besatzungstruppen sowie 1945 Staatsgründer der Jugoslawischen Föderativen Republik. T. entwickelte ab 1948 (Bruch mit J. → Stalin) die »Titoismus« genannte nationaljugoslawische Variante des Kommunismus, deren wesentliche Kennzeichen Aufgabe des stalinistischen Zentralismus und Arbeiterselbstverwaltung in den Betrieben waren. 1943 erreichte er die offizielle Anerkennung der jugoslawi-

Josip Tito prägte eine eigene Variante des Sozialismus.

schen Partisanen als Bündnispartner der Alliierten. Nach dem Krieg gelang es ihm, als anerkannte Integrationsfigur die verschiedenen Volksgruppen Jugoslawiens zusammenzubinden. Außenpolitisch orientierte T. sich in der darauffolgenden Zeit an der Bewegung der »Blockfreien«, zu deren Wortführern er gehörte.

□ 1915-17: In russ. Kriegsgefangenschaft; Mitgl. der Bolschewiki. □ 1917-20: Soldat in der Roten Armee. □ 1920: Mitgl. der KPJ. □ 1928: Sekr. der KPJ in Zagreb. □ 1929-34: In politischer Haft. □ 1936-38: In Spanien politisch aktiv. □ 1937: Generalsek. der KPJ. □ 1943: Präs. des Antifaschistischen Rats der Nationalen Befreiung; Marschall. □ 1945: Ministerpräsident. □ ab 1952: Vors. des Bundes der Jugos. Kommunisten. □ ab 1953: Staatspräsident und Präsident des Bundesexekutivrates. □ ab 1963: Staatspräsident auf Lebenszeit.

▷ H. P. Rullmann: Tito. Vom Partisan zum Staatsmann, 1980.

Tobey, Mark

amer. Maler
* 11.12.1890 Centerville, Wisc.
† 24.4.1976 Basel (Schweiz)

Tobey wandte sich bereits in den 30er Jahren einer von fernöstlicher Kalligrafie angeregten abstrakten Malerei zu und wurde damit zum Vorläufer des Abstrakten Expressionismus und des Action Painting (vgl. J. →Pollock). Seine erdfarbenen Untergründe überzog er bevorzugt mit einem dichten Geflecht von weißen Linien, das eine gewisse Transparenz wahrt, so daß T.s Bilder hohe Plastizität besitzen. Neben den sog. weißen Bildern entstanden auch Kompositionen aus schwarzen Linien und sparsam eingesetzten Farbflecken, die auf den Tachismus vorausweisen.

Mark Tobeys Bilder zeigen Einflüsse des Zen-Buddhismus.

□ ab 1908: Studium am Art Inst., Chicago. □ 1918: Übertritt zur Baha'i-Religion, einer synkretistischen, aus Persien stammenden Lehre. □ ab 1922: Dozent an der Cornish School, Seattle, Wash. □ 1925/26: Reisen durch Europa, arab. Länder und Persien. □ 1931: Übersiedlung nach England. □ 1934: Aufenthalt in einem jap. Zen-Kloster. □ 1958: Mit der Teilnahme an der Biennale in Venedig int. Anerkennung. □ ab 1960: Wohnsitz in Basel. □ postum 1989: Ausstellung »Between Worlds, Werke 1935-1975« im Folkwang Museum, Essen. □ 1991: Ausstellung im Kunstmuseum Basel.

▷ A. L. Dahl: Mark Tobey — Art and belief, engl. 1984.

Alexander Todd →

Fritz Todt →

Todd, Sir (seit 1954) Alexander, Baron of Trumpington (seit 1962)

brit. Chemiker
* 2.10.1907 Glasgow

Todd analysierte die Struktur von Nukleotiden und ihren Koenzymen, den Bausteinchen der Nukleinsäuren. 1947-49 synthetisierte T. die für die Energieübertragung im Körper wichtigen ATP und ADP (P. D. →Mitchell) und klärte die Bildung der für die Formvielfalt der belebten Natur verantwortlichen Ketten und Makromoleküle auf. T., der in den 30er Jahren mit R. →Robinson über Pflanzenfarbstoffe forschte und 1936 das Vitamin B_1 synthetisierte, war auch an der ersten Vollsynthese des Vitamins B_{12} (D. →Hodkin) beteiligt.

□ 1938-44: Prof. an der Univ. Manchester. □ 1944-71: Prof. an der Univ. Cambridge. □ 1957: Chemie-Nobelpreis. □ 1963-78: Rektor des Christ's College der Univ. Cambridge. □ 1975-80: Präs. der Royal Society.

Todt, Fritz

dt. Politiker und Bauingenieur
* 4.9.1891 Pforzheim † 8.2.1942 bei Rastenburg, Ostpreußen (Flugzeugabsturz)

Todt wurde von →Hitler zunächst mit dem Bau der Autobahnen sowie ab 1938 mit dem Bau des Westwalls und später auch des Atlantikwalls beauftragt. 1938 bekam T. zur Durchführung dieser Aufgaben eine eigene Sonderorganisation, die außerhalb der Kontrolle der Staatsverwaltung stand. Ab 1941 forderte T. die Beendigung des Krieges.

□ ab 1923: Mitgl. der NSDAP. □ 1933: Generalinspekteur für das dt. Straßenwesen. □ 1938: Leiter der sog. Organisation Todt (OT). □ ab 1941: Reichsmin. für Bewaffnung und Munition.

▷ F. W. Seidler: Fritz Todt. Baumeister des Dritten Reiches, 1986.

Tolkien, J(ohn) R(onald) R(euel)

engl. Schriftsteller und Philologe
* 3.1.1892 Bloemfontein (Südafrika)
† 2.9.1973 Bournemouth

J. R. R. Tolkien: Schöpfer der Märchenwelt Mittelerde.

Tolkien, in der Literaturkritik umstrittener Kultautor, entwarf in seiner preisgekrönten Roman-Trilogie »Der Herr der Ringe« (1954/55, dt. 1969/70) eine phantastische, keltisch-germanisch geprägte Märchenwelt (Mittelerde), die der Fantasy-Literatur neue Impulse gab. T. schuf in seinem Werk ein eigenes mythologisches System und erweckte das fiktive, in sich geschlossene Weltbild durch anschauliche Details und zahlreiche Spannungselemente zum Leben. Zentrales Thema ist der Kampf zwischen Gut und Böse, der Kampf der Hobbits, Menschen, Elben und Zauberer gegen den finsteren Herrscher von Mordor um einen die absolute Vorherrschaft über Mittelerde verheißenden Ring. Der postum herausgegebene Erzählband »Das Silmarillion« (1977, dt. 1978) schildert die mythologische Entstehung von Mittelerde.

□ ab 1896: Aufenthalt in England. □ 1915-18: Teilnahme am 1. Weltkrieg. □ 1920-25: Dozent für engl. Sprache in Leeds. □ 1925-59: Prof. für germanische Philologie in Oxford. □ 1937: »Der kleine Hobbit« (Erz., dt. 1967). □ 1958: »Die Ungeheuer und ihre Kritiker« (Aufs.e, dt. 1987). □ 1962: »Die Abenteuer des Tom Bombadil und andere Gedichte aus dem Roten Buch« (dt. 1984). □ postum 1976: »Die Briefe vom Weihnachtsmann« (dt. 1977). □ 1980: »Nachrichten aus Mittelerde« (Erz.n, dt. 1983). □ 1982: »Herr Glück« (Erz.). □ 1983/84: »Das Buch der Verschollenen Geschichten« (2 Bde., dt. 1987).

▷ D. Petzold: J. R. R. Tolkien, 1980; J. Johnson: J. R. R. Tolkien, 1986; J. R. R. Tolkien: Briefe (Hg. H. Carpenter), 1991.

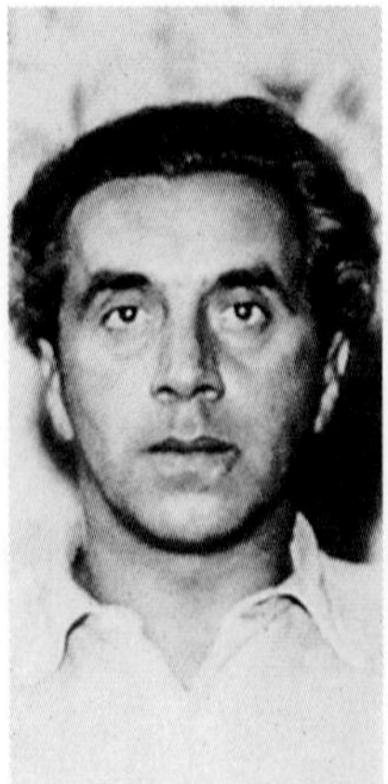

Ernst Toller →

Toller, Ernst

dt. Schriftsteller
* 1.12.1893 Samotschin (heute Szamocin, Polen)
† 22.5.1939 New York (Selbstmord)

Der Dramatiker, Lyriker und Erzähler Toller war vor allem als herausragender Vertreter des politisch engagierten Theaters der Weimarer Republik international erfolgreich. Durch die Erfahrung des 1. Weltkriegs zum Pazifisten und Sozialisten geworden und 1918 führend an der Münchener Novemberrevolution beteiligt, trat T. auch als Theaterautor für die friedliche Errichtung einer sozial gerechten Gesellschaft ein: Im expressionistischen Drama »Masse Mensch« (UA 1920) beschwor er — angesichts des grausamen, blutigen Revolutionsgeschehens — die ursprünglichen proletarischen Ideale des Humanismus und der Gewaltlosigkeit. Sachlich-resigniert dagegen konstatiert T. in der von E. →Piscator 1927 uraufgeführten Polit-Revue »Hoppla, wir leben!« die Restaurationsbestrebungen der Weimarer Republik zwischen gescheiterter Revolution und dem sich drohend ankündigenden Nationalsozialismus.

□ 1914: Unterbrechung des Jurastudiums; freiwillige Teilnahme am 1. Weltkrieg; Verwundung. □ 1919: Als USPD-Mitgl. Führer der Münchener Räterepublik; nach deren Niederschlagung Verurteilung zu fünf Jahren Haft. □ 1922: »Die Maschinenstürmer« (Dr.). □ 1924: »Der deutsche Hinkemann« (Dr.); »Schwalbenbuch« (Ged.e). □ 1933: Emigration in die Schweiz; ab 1936 in den USA. □ 1939: »Pastor Hall« (Dr., von keinem Theater angenommen).

▷ E. Toller: Eine Jugend in Deutschland (Aut.), 1933; J. Hermand (Hg.): Zu Ernst Toller, 1981.

Tolstoi, Leo Lew Nikolajewitsch

russ. Schriftsteller
* 28.8.1828 Jasnaja Poljana † 7.11.1910 Astapowo

Tolstoi stammt aus einer alten, schon unter Peter I. einflußreichen russischen Adelsfamilie. Als Schriftsteller knüpfte er an die Tradition großer französischer Realisten wie G. Flaubert an und führte den Realismus zu einem neuen Höhepunkt; seine Darstellungen von Gutsbesitzern und Bauern haben das Weltbild russischer Revolutionäre, z. B. Lenins, entscheidend mitgeprägt. T.s unumstrittenes Hauptwerk, das zur Zeit der Napoleonischen Kriege spielende Epos »Krieg und Frieden« (R., 1868/69, dt. 1885), übte einen nicht zu überschätzenden Einfluß auf die Entwicklung des historischen Romans in aller Welt aus. Vorbild für spätere Autoren (A. →Solschenizyn, A. →Rybakow) ist die Konfrontation erfundener Figuren mit historischen Persönlichkeiten vor dem Hintergrund einer ausgearbeiteten Theorie der Geschichte. T.s fatalistische Geschichtsphilosophie sieht im Volk, nicht in dessen Führern, die Lenker der Geschichte und steht damit in direktem Gegensatz zum Heldenkult seines Zeitgenossen Th. Carlyle.
Moralphilosophischen Fragestellungen wandte sich T. in den Romanen »Anna Karenina« (1884, dt. 1886), einer Ehetragödie, und »Auferstehung« (1899), einer Kritik des russischen Straf-

Leo Tolstoi bevorzugte ein Leben unter einfachen Bauern.

rechts, zu; sie bilden zusammen mit »Krieg und Frieden« das Kernstück seines Schaffens. Charakteristisch für T.s widersprüchliche Persönlichkeit sind wiederholte geistige Krisen und vergebliche Versuche der Selbstläuterung, u. a. durch ein einfaches, naturnahes Leben unter Bauern, für die er auf seinem Gut Jasnaja eine Schule einrichtete. T.s letzte Lebensjahrzehnte waren überschattet von seiner Entwicklung zum eifernden Moralisten, dessen Volks- und Bauernerzählungen immer ausgeprägter missionarische Züge annahmen und der in religiösen und kulturkritischen Schriften die Autorität von Kirche und Staat, aber auch den künstlerischen Rang z. B. Shakespeares anfocht.

□ 1844-47: Jurastudium in Kasan. □ 1852: Debüt mit »Kindheit«, dem ersten Teil einer stilisierten aut. Trilogie (weitere Teile 1854 und 1857, dt. 1890). □ 1854/55: Teilnahme an der Verteidigung von Sewastopol während des Krim-Krieges. □ 1855/56: »Sewastopol«-Trilogie (dt. 1887). □ 1862: Heirat mit Sophia Behrs. □ 1863: »Die Kosaken« (Erz., dt. 1885). □ 1886: »Die Macht der Finsternis« (Dr., dt. 1887); »Der Tod des Iwan Iljitsch« (Erz., dt. 1887). □ 1891: »Die Kreutzersonate« (Erz., dt. bereits 1890); Verzicht auf das Copyright aller seiner Werke. □ 1901: Exkommunikation. □ 1910: Flucht aus dem Familiengut, um ein Leben als Pilger zu beginnen; Tod durch Lungenentzündung im Haus eines Bahnwärters.

František Tomášek →

Tomášek, František

tschech. Theologe (kath.)
* 30.6.1899 Stauding (Studénka), Mähren

Der ehemalige Erzbischof von Prag und Primas der katholischen Kirche der CSFR, Kardinal Tomášek, wurde seit dem Prager Frühling (1968) zum Symbol des Widerstands der unter staatlichen Repressionen leidenden tschechoslowakischen Katholiken. Entschlossen verbündete er sich mit der Bürgerrechtsbewegung, um gegen die Unterdrückung der Religionsfreiheit zu streiten. 1991 wurde er vom Papst in den Ruhestand entlassen.

□ 1946-50: Prof. an der theologischen Fakultät Olmütz. □ 1950: Auflösung aller Priesterseminare und theologischen Fakultäten durch die tschech. Behörden. □ 1951-54: Ohne Gerichtsurteil im Arbeitslager Zeliv interniert. □ 1965: Apostolischer Administrator der Erzdiözese Prag. □ 1976: Aufnahme in das Kardinalskollegium. □ 1978-91: Erzbischof von Prag. □ 1985: Forderung nach Auflösung der regimetreuen Priestervereinigung Pacem in terris. □ 1989: Treffen mit A. →Dubček und V. →Havel.

Tomasi di Lampedusa, Giuseppe Fürst

ital. Schriftsteller
* 23.12.1896 Palermo † 23.7.1957 Rom

Tomasi di Lampedusa, der erst als Fünfzigjähriger schriftstellerisch tätig wurde, schilderte in seinem einzigen Roman »Der Leopard« (ersch. postum 1958, dt. 1959, verfilmt 1962 von L. →Visconti) den Niedergang eines sizilianischen Fürstengeschlechts zur Zeit Garibaldis. Ebenso wie in seinen Erzählungen verband T. in diesem außergewöhnlich erfolgreichen Werk historische Betrachtungsweise und autobiografische Reflexionen mit einer einfühlsamen Darstellung der sizilianischen Gesellschaft.

□ 1914-18; 1939-45: Nach Jurastudium Offizier in beiden Weltkriegen. □ 1954: Teilnahme am Schriftstellerkongreß in San Pellegrino. □ postum 1959: »Lektionen über Stendhal« (Schr.). □ 1961: »Der Aufstieg eines Pächters« (Erz.).

Sch. Tomonaga →

Tomonaga, Schinitschiro

jap. Physiker
* 31.3.1906 Kioto † 8.7.1979 Tokio

Tomonaga entwickelte nach dem 2. Weltkrieg die theoretische Basis für die relativistische Quantenelektrodynamik, die gegenüber der Quantentheorie und der aus ihr hervorgegangenen Quantenmechanik den Vorteil hat, auch subatomare Partikelchen mit sehr hohen Energien in ihrer Wechselbeziehung zu den elektromagnetischen Feldern zu beschreiben. Ausgehend von der Idee, daß die Wechselwirkung zwischen zwei Partikeln von einem dritten vermittelt wird, fand T. 1941-43 eine Quantenfeldtheorie in Übereinstimmung mit der speziellen Relativitätstheorie und führte den Begriff »Renormierung« (Renormalisierung) von Masse und Ladung zur Lösung der mathematischen Probleme (Divergenzen) der Quantenelektrodynamik ein.

☐ ab 1941: Prof. an der Bunrika-Univ., Tokio; 1956-62 deren Präs. ☐ 1963-69: Präs. des Wissenschaftsrats von Japan. ☐ 1965: Physik-Nobelpreis (mit J. →Schwinger und R. Ph. →Feynman, die unabhängig von T. gleiche Theorien formuliert hatten).

Tonegawa, Susumu

jap. Molekularbiologe
* 5.9.1939 Nagoya

Tonegawa, Nobelpreisträger von 1987, löste 1976 eines der großen Rätsel der Genetik, indem er die Frage beantwortete, wie das menschliche Immunsystem mit einer begrenzten Anzahl von (vermeintlich) unveränderlichen Genen eine schier unbegrenzte Vielfalt von Antikörpern bilden kann, die spezifisch auf jeden einzelnen der vielen Millionen Krankheitserreger ansprechen. Anhand der die Antikörper produzierenden B-Lymphozyten demonstrierte T., daß die Vielzahl sich unterscheidender Abwehrmoleküle, die die jeweilige körperfremde Substanz »erkennen« und durch ihre einmalige und einzigartige Anpassung unschädlich machen, von etwa 1000 variabel kombinierbaren »Gen-Segmenten« bestimmt ist, die etwa eine Billion verschiedenartiger Antikörper zulassen.

☐ 1971-81: Forschungen am Basler Inst. für Immunologie. ☐ ab 1981: Prof. am Krebsforschungszentrum des Mass. Inst. of Technology in Cambridge, USA. ☐ 1986: Robert-Koch-Preis. ☐ 1987: Physiologie/Medizin-Nobelpreis.

← Susumu Tonegawa

Klaus Töpfer →

Tönnies, Ferdinand

dt. Soziologe
* 26.7.1855 Oldenwort auf Eiderstedt
† 11.4.1936 Kiel

Tönnies zählt zu den Begründern der Soziologie als selbständiger Einzelwissenschaft. Gegenstand der Soziologie sind die sozialen Beziehungen oder »sozialen Wesenheiten«. Sie sind das Resultat menschlichen Wollens und »Zusammenwollens« und werden vom einzelnen als Tatsache (E. →Durkheim) empfunden. T. unterscheidet zwischen Gemeinschaft und Gesellschaft.
Die Gemeinschaft — z. B. Familie, Nachbarschaft — wird von gefühlsmäßigen, engen sozialen Beziehungen gekennzeichnet und resultiert aus dem »Wesenwillen« der Beteiligten. Diese Willensart ist stark emotionsgeladen. Die Gesellschaft hingegen — z. B. Aktiengesellschaft, Politik, Großstadt — wird von individuellen Interessen und lockeren Sozialbeziehungen geprägt. Sie resultiert aus dem »Kürwillen«, in dem rationales Zweck-Mittel-Denken zum Ausdruck kommt. Nach T.s Geschichtstheorie ist das Zeitalter der Gemeinschaft vom Zeitalter der Gesellschaft abgelöst worden, das durch Pluralismus und Interessenkämpfe krisenanfälliger ist. Das Ziel der weiteren Entwicklung sah T. in einer Gesellschaft, in der ein genossenschaftlich-gemeinschaftlicher Sozialismus verwirklicht wird.

☐ 1887: »Gemeinschaft und Gesellschaft« (Schr.). ☐ 1897: »Der Nietzsche-Kultus. Eine Kritik« (Aufs.). ☐ 1907: »Die Entwicklung der sozialen Frage« (Schr.). ☐ 1909: Mitbegründer und Präs. der Dt. Gesellschaft für Soziologie; Prof. für Volkswirtschaftslehre, Univ. Kiel. ☐ 1921: Lehrtätigkeit für Soziologie, Univ. Kiel. ☐ 1926: »Fortschritt und soziale Entwicklung« (Schr.). ☐ 1931: »Einführung in die Soziologie« (Schr.). ☐ 1935: »Geist der Neuzeit« (Abh.).

← Ferdinand Tönnies

Töpfer, Klaus

dt. Politiker
* 19.7.1938 Waldenburg, Schlesien

Bundesumweltminister Töpfer, dessen fachliche Kompetenz auch von Parteigegnern nicht bestritten wird, bemüht sich seit 1987, den Belangen von Natur- und Umweltschutz mehr Geltung zu verschaffen.
Dabei steht er vor der schwierigen Aufgabe, zwischen einzelnen Fachressorts, der Wirtschaftslobby sowie den europäischen Nachbarstaaten (Durchsetzung von einheitlichen EG-Normen) einen Ausgleich zu schaffen. 1988 konnte der CDU-Politiker (Mitglied seit 1972) das Bundesamt für Strahlenschutz durchsetzen, dem die staatliche Fachaufsicht über die Atomtechnik obliegt.

☐ bis 1968: Studium der Volkswirtschaft. ☐ 1970/71: Abteilungsleiter im Zentralinst. für Raumplanung in Münster. ☐ 1971-78: Abteilungsleiter in der Staatskanzlei in Saarbrücken. ☐ seit 1972: Mitgl. der CDU. ☐ 1978/79: Prof. in Hannover. ☐ 1978: Staatssekr. im Sozial- und Umweltministerium in Mainz. ☐ 1983: Stellv. Vors. des Ausschuß Umwelt der CDU. ☐ 1985: Min. für Umwelt und Gesundheit in Rhld.-Pf. ☐ seit 1987: Umweltmin.

Topitsch, Ernst

österr. Soziologe und Philosoph
* 20.3.1919 Wien

Topitsch befaßte sich u. a. mit dem Problem der Entstehung und Funktion menschlicher Weltbilder. Unter dem Druck der Realität ersann der Mensch Gegenbilder mythischer Vollkommenheit: Gott als höchste Moralinstanz, die metaphysische Philosophie als reines, von aller Materie unabhängiges Denken und die Ideologien als Bilder einer besseren, diesseitigen Welt.
An die Stelle der verlorengegangenen Weltdeutungen darf jedoch nach T.s Meinung nicht reiner soziologischer Empirismus treten. Eine verantwortliche Sozialphilosophie muß die gefühlsmäßigen menschlichen Grundbedürfnisse mitreflektieren.

☐ 1958: »Vom Ursprung und Ende der Metaphysik« (Schr.). ☐ 1962: Prof. für Soziologie, Univ. Heidelberg. ☐ 1969: Prof. für Philosophie, Univ. Graz. ☐ 1973: »Gottwerdung und Revolution« (Schr.). ☐ 1979: »Erkenntnis und Illusion« (Schr.). ☐ 1985: »Stalins Krieg« (Abh.).

Topor, Roland
frz. Schriftsteller und Zeichner
* 7.1.1938 Paris

Topor ist ein Meister des schwarzen Humors, dessen Texte und Cartoons über Frankreich hinaus breite Anerkennung finden. T., der vom Surrealismus beeinflußt ist, parodiert die Ängste des modernen Menschen in einer hektischen, oberflächlichen Welt. Er illustriert vor allem eigene Texte, aber auch Bilderbücher und arbeitet mit Filmregisseuren zusammen (u. a. F. →Fellini, F. →Arrabal).

□ 1958: Erste Cartoons in der Zeitschrift Bizarre. □ 1960: Erste Ausstellung; »Die Masochisten« (Cartoons, dt. 1970). □ 1964: »Der Mieter« (R., dt. 1976, verfilmt von R. →Polanski). □ 1973: Zeichentrickfilm »Der wilde Planet« (1978 im dt. TV). □ 1975: »Memoiren eines alten Arschlochs« (dt. 1977). □ 1982: »Die Masochisten« (R., dt. 1984).

← Roland Topor

Torberg, Friedrich
(eig. F. Kantor-Berg)
österr. Schriftsteller
* 16.9.1908 Wien † 10.11.1979 ebd.

Als vielseitiger Autor von Romanen, Novellen und Lyrik, als Theaterkritiker, Parodist und Zeitkritiker in der Nachfolge von K. →Kraus beeinflußte Torberg das österreichische Kulturleben der Nachkriegszeit. Aufgrund seiner jüdischen Herkunft von den Nationalsozialisten totgeschwiegen und 1938 zur Emigration getrieben, entwickelte T. seine konsequent antitotalitäre Haltung. Hauptthema seiner Prosa ist das jüdische (Emigranten-)Schicksal im 20. Jh.: Wie im Roman »Hier bin ich, Vater« (1948) beleuchtete T. immer auch den moralisch-politischen Aspekt der individuellen Entscheidung bei Nazi-Tätern wie bei jüdischen Opfern. Der Herausgeber der kulturpolitischen Zeitschrift Forum, →Brecht-Kritiker und Übersetzer von E. →Kishon erhielt 1979 den Großen Österreichischen Staatspreis.

F. Torberg stellte das jüdische Schicksal im 20. Jh. dar.

□ 1930: »Der Schüler Gerber hat absolviert« (R.). □ 1935: »Die Mannschaft« (R.). □ 1938-51: Emigration in die USA. □ 1943: »Mein ist die Rache« (Erz.). □ 1950: »Die zweite Begegnung« (R.). □ 1954-65: Hg. der Zeitschrift Forum. □ 1966/67: »Das fünfte Rad am Thespiskarren« (Theaterkritiken, 2 Bde.). □ 1968: »Golems Wiederkehr« (Anekdoten). □ postum 1985: »Auch Nichtraucher müssen sterben« (Es.s).

▷ H. Emmerling (Hg.): Friedrich Torberg. Festschrift, 1975; F. Tichy: Friedrich Torberg. Ein Leben aus der Welt von einst, 1990.

Jayne Torville →

Torres Restrepo, Camilo
kolumbian. Theologe (kath.)
* 3.2.1929 Bogotá † 15.2.1966 Cúcuta, Dep. Norte de Santander (ermordet)

Der Priester Torres Restrepo entwickelte aus christlichen und kommunistischen Gedanken sein sozialrevolutionäres Konzept. Zunächst in der Agrarreform tätig, wurde er 1965 wegen seiner radikalen Haltung amtsenthoben und schloß sich der kolumbianischen Guerillabewegung Ejército de Liberación Nacional an. T. wurde 1966 bei einem Feuergefecht mit Regierungstruppen erschossen.

□ 1954-65: Priester; Gründer und Dekan der soziologischen Fakultät der Univ. Bogotá. □ 1965: Zurückversetzung in den Laienstand. □ 1966: »Revolution als Auftrag des Christen« (Schr., dt. 2. Aufl. 1970).

▷ H. Lüning: Camilo Torres. Priester, Guerillero, 2. Aufl. 1969.

Torville, Jayne
engl. Eistänzerin
* 7.10.1957 Nottingham

Torville und ihr Partner Christopher Dean, die 1981-84 den internationalen Eistanz beherrschten, gaben dieser Disziplin eine neue Ausdrucksform, indem sie tänzerisch eine Geschichte »erzählten«. Mit ihrer Kür zur Musik von M. →Ravels »Bolero« gewannen sie 1984 in Sarajevo die Goldmedaille. Nach 1985 traten die dreifachen Welt- (1981-83) und Europameister (1981, 1982 und 1984) in Eisrevuen auf, 1991 heiratete Ch. Dean die Eistanzweltmeisterin des Jahres 1991, Isabelle Duchesnay.

Toscanini, Arturo
ital. Dirigent
* 25.3.1867 Parma † 16.1.1957 New York (USA)

Toscanini, eine der großen Musikerpersönlichkeiten seiner Zeit, gehört neben W. →Furtwängler zu den überragenden Dirigenten des 20. Jh.s. Sein außergewöhnliches musikalisches Gedächtnis, seine dominante Persönlichkeit und seine kompromißlose Auffassung von der werkgetreuen Auslegung des Notentextes machten ihn zu einer Autorität, die eine nahezu magische Kraft auf Orchester ausübte.

T. wurde zunächst an den weltweit bedeutendsten Opernhäusern — der Mailänder Scala (ab 1898) und der Metropolitan Opera (1908-15) — als Interpret der Werke von Richard Wagner (*1813, † 1883), G. →Verdi und den italienischen Veristen (R. →Leoncavallo, G. →Puccini) bekannt. Auf dem Höhepunkt seiner Karriere übernahm er die Leitung der New Yorker Philharmoniker, die er 1930 auf einer triumphalen Konzerttournee durch Europa führte. Das sinfonische Repertoire seit der Wiener Klassik erfuhr durch ihn neue Interpretationen voller Klarheit, Präzision und glühender Intensität. Als Gegner des Faschismus und Nationalsozialismus emigierte T. 1937 nach New York. Er leitete dort bis 1954 das eigens für ihn gegründete NBC

Arturo Toscanini lebte seit 1937 als Gegner des Faschismus in New York.

Symphony Orchestra, mit dem er auch die Mehrzahl seiner Schallplatten einspielte.

□ 1886: Operndirigent in Rio de Janeiro. □ 1892: Leiter der UA der Oper »Pagliacci« von R. Leoncavallo in Mailand. □ 1896: Leiter der UA der Oper »La Bohème« von G. Puccini in Turin. □ 1898-1903; 1906-08: Dirigent an der Mailänder Scala. □ 1910: Leiter der UA der Oper »La fanciulla del West« von G. Puccini in New York. □ 1920-29: Künstlerischer Dir. der Mailänder Scala. □ 1926: Leiter der UA der Oper »Turandot« (von G. Puccini, beendet von F. → Alfano) in Mailand. □ 1926-28: Dirigent des New York Philharmonic Orchestra. □ 1928-36: Leiter (ab 1933 Generalmusikdir.) der New York Philharmonic Society. □ 1930/31: Dirigent bei den Bayreuther Festspielen. □ 1931-37: Dirigent bei den Salzburger Festspielen (u. a. mit Wagners »Meistersingern von Nürnberg« und Mozarts »Zauberflöte«). □ ab 1936: Gastdirigent der Israel Philharmonic. □ 1938/39: Dirigent bei den Luzerner Festspielen. □ 1939: Aufführung eines Beethoven-Zyklus mit dem BBC Symphony Orchestra in der Londoner Queen's Hall. □ 1940: Südamerika-Reise mit dem NBC Symphony Orchestra. □ 1946: Dirigent der Vorstellung zur Wiedereröffnung der Mailänder Scala. □ 1950: Legendäre Schallplatteneinspielung der Oper »Falstaff« von G. Verdi. □ 1954: Letztes Konzert mit dem NBC Symphony Orchestra.

▷ P. Stefan: Arturo Toscanini, 1936; R. Ch. Marsh: Toscanini, der Meisterdirigent, 1956, dt. 1958; H. Sachs: Toscanini, 1978, dt. 1980.

Toulouse-Lautrec, Henri de

frz. Maler und Grafiker
* 24.11.1864 Albi
† 9.9.1901 auf Schloß Malromé, Gironde

Toulouse-Lautrec nimmt mit seinem von anderen Kunstströmungen im wesentlichen unbeeindruckten Werk unter den Künstlern um die Jahrhundertwende einen herausragenden Platz ein, wobei seine Grafik und Plakatkunst bis weit in das 20. Jh. gewirkt haben. Sein Lebensschicksal (er brach als Kind beide Beine, die dann unterhalb der Knie nicht mehr wuchsen) und sein Hang zur Pariser Halbwelt erregten schon zu Lebzeiten Aufsehen. In nur 15 Jahren schuf er eine

Henri de Toulouse-Lautrec: Maler mit Hang zur Halbwelt.

Vielzahl bedeutender Gemälde und mehrere hundert Lithografien, Plakate und Zeichnungen. Ein Teil der grafischen Arbeiten, besonders die Plakat- und Buchumschlagentwürfe, nehmen in ihrer Flächigkeit und Stilisierung Jugendstilzüge vorweg (z. B. die Farblithografie »La Grande Loge«, 1896/97, die Plakate für das »Moulin Rouge«, z. B. »La Golue«, 1891, oder für A. →Bruants Kabarett); ein anderer Teil ist von hoher Lebendigkeit, so etwa die Schwarzweiß-Studien (z. B. »Aristide Bruant«, 1893), die neben dem sicheren Strich vor allem T.s Fähigkeit zur psychologischen Charakterisierung verdeutlichen, wie sie auch viele der Gemälde, vor allem die Porträts, auszeichnet (z. B. »Gräfin Adèle de Toulouse-Lautrec«, 1881, Albi, Musée Toulouse-Lautrec). Dabei interessierte den Maler immer auch die Situation des Porträtierten.
Seine Motive fand T. in Ballsälen (»Moulin de la Galette«, 1889, Chicago, Art Institute), Bordellen (»Im Salon der Rue de Moulins«, 1894, Albi, Musée Toulouse-Lautrec) und Waschhäusern sowie nach dem Vorbild E. →Degas' auf Rennplätzen, in Ballettschulen und Garderoben. Gerade in den Ballettmotiven kommen die diversen Komponenten — wenige helle Partien im Kontrast zur dunklen Bildanlage, der auch im Ölbild häufig fast zeichnerische Strich, das Erfassen des Augenblicks — zum Ausdruck (»Ballettänzerin in der Garderobe«, 1885, Chicago, Art Institute). Dabei hat T. nie die Haltung des ironisch-distanzierten, oft demaskierenden Beobachters verlassen.

□ 1882: Übersiedlung nach Paris; Tätigkeit im Atelier von L. Bonnat. □ 1883: Atelier am Boulevard de Clichy (mit Freunden). □ 1887: Bekanntschaft mit V. van Gogh; Zeichnungen u. a. für Courier française und Paris illustré. □ 1889-94: Teilnahme am Salon des Indépendants. □ 1889: Präsentation des Bildes »Zirkus Fernando: Die Kunstreiterin« (1888, Chicago, Art Inst.) im gerade eröffneten Tanzcafé Moulin Rouge. □ 1891: Plakat für das Moulin Rouge. □ ab 1896: Wachsende Gesundheitsschäden durch Alkoholexzesse. □ 1899: Nervenzusammenbruch und Einweisung in die Nervenheilanstalt St. James in Neuilly; nach der Entlassung Reisen u. a. nach Honfleur, Bordeaux und Le Havre. □ postum 1922: Eröffnung des Musée Toulouse-Lautrec in Albi.

▷ A. Henze: Toulouse-Lautrec. Leben und Werk, 1989.

Touré, Sékou

afr. Politiker
* 9.1.1922 Faranah
† 26.3.1984 Cleveland, Ohio (USA)

← Sékou Touré

Ein Vierteljahrhundert regierte Touré Guinea als dessen erster Staatspräsident (ab 1958) an der Spitze einer linksgerichteten Einheitspartei. Seine historische Bedeutung gründet sich darin, daß er 1958 unnachgiebig den Beitritt des Landes zur Communauté Française (Französische Gemeinschaft) ablehnte und damit das Scheitern des Gegenstücks zum britischen Commonwealth einleitete. Unter seiner repressiven Innenpolitik konnte sich Guinea trotz beträchtlicher Bodenschätze kaum entwickeln.

□ vor 1936: Besuch der Koranschule. □ 1936/37: Besuch des Technikums in Conakry. □ ab 1937: Im Post-Fernmeldedienst. □ 1942: Mitgl. der kommunistischen Gewerkschaft CGT. □ 1945: Generalsekr. der Postgewerkschaft. □ 1946: Mitbegründer des Rassemblement Démocratique Africain (RDA) von F. →Houphouët-Boigny. □ ab 1948: Generalsekr. der CGT von Frz.-Guinea (später Frz.-Westafrika). □ 1952: Vors. der Parti Démocratique de Guinée (PDG); zur Gewerkschaftsschulung in Frankreich. □ 1957: Begründer des pan-afrikanischen Gewerkschaftsbundes UGTAN. □ 1958-84: Staatspräsident.

▷ I. Marton: The political thought of president Ahmed Sékou Touré, 1977.

Tournier, Michel

Michel Tournier →

frz. Schriftsteller
* 19.12.1924 Paris

Tournier, Mitglied der Académie Goncourt, ist ein beliebter zeitgenössischer Autor, dessen Werke auch im Ausland, vor allem in Deutschland, großen Erfolg haben. In seinen Romanen greift T. auf mythologische Vorlagen zurück, um Geschichten der Gegenwart zu erzählen. Seine Sprache ist teils humorvoll, teils ironisch, dabei einfach, klar und von großer Ausdruckskraft.

□ 1942-46: Philosophiestudium u. a. bei J.-P. →Sartre. □ 1946-50: Studium in Tübingen. □ 1949-54: Produzent beim frz. Rundfunk. □ 1954-58: Pressesprecher bei Radio Europe I. □ 1958-68: Lektor im Verlag Plon. □ ab 1963: Produzent beim frz. Fernsehen. □ 1967: »Freitag oder Im Schloß des Pazifik« (R., dt. 1968); Auszeichnung mit dem Romanpreis der Académie française. □ ab 1968: Freier Schriftsteller. □ 1970: »Der Erlkönig« (R., dt. 1972); Prix Goncourt. □ seit 1972: Mitgl. der Académie Goncourt. □ 1975: »Zwillingssterne« (R., dt. 1977). □ 1977: »Der Wind Paraklet« (Es.s, dt. 1979). □ 1980: »Kaspar, Melchior und Balthasar« (R., dt. 1983). □ 1985: »Der Goldregen« (R., dt. 1987).

Townes, Charles Hard

amer. Physiker
* 28.7.1915 Greenville, S. Car.

Charles Townes an der Columbia-Universität in New York.

Townes erkannte 1951 das Prinzip der »induzierten Emission«, wobei thermisch angeregte Ammoniakmoleküle durch einen eingestrahlten Mikrowellenimpuls sich gegenseitig zur Abstrahlung von Mikrowellen anregen — wie bei einer Kettenreaktion. Dabei entsteht eine intensive Mikrowelle mit konstanter Frequenz. 1954 entwickelte T. den ersten Mikrowellenverstärker (Maser), der sich zur exakten Zeitmessung und

Signalübermittlung eignet. 1958 formulierten T. und A. L. →Schawlow die Grundlagen des Lasers, indem sie die Bedingungen aufstellten, unter denen ein Maser statt Mikrowellen verstärktes optisches Licht abstrahlt.

□ 1939-47: Entwicklung von Radarsystemen an den Bell Telephone Laboratories. □ 1948-61: Prof. an der Columbia Univ., New York. □ 1955: »Microwave spectroscopy« (Schr., mit Schawlow). □ 1964: Physik-Nobelpreis (mit N. G. →Bassow und A. M. →Prochorow für das Maser-Laser-Prinzip). □ 1967-86: Prof. an der Univ. of Calif., Berkeley.

Toynbee, Arnold Joseph

engl. Kulturtheoretiker und Geschichtsphilosoph
* 14.4.1889 London † 22.10.1975 York

Mit seinem zwölfbändigen Werk »A study of history« (1934-61, dt. »Der Gang der Weltgeschichte«, 2 Bde., 1952 u. 1958) ist Toynbee der Universalhistoriker des 20. Jh.s. In seiner Darstellung der Kulturentwicklung der Menschheit knüpfte er zwar an O. → Spenglers zyklische Morphologie der Weltgeschichte an, bezeichnete aber die für alle großen Zivilisationen typische Entstehung und Auflösung (challenge) als Antwort der Menschen (response) auf situationsbezogene Herausforderungen. Treibende Kraft der geschichtlichen Entwicklung ist demnach der Mensch — und nicht eine deterministische Zwangsläufigkeit zum Untergang.
T. war überzeugt, daß es zu keinem 3. Weltkrieg, sondern zu einer Weltregierung der Menschheit kommen werde.

Arnold Toynbee sah der Entwicklung der Menschheit optimistisch entgegen.

□ 1919: Brit. Delegierter der Friedenskonferenz in Paris. □ 1919-56: Prof. für Byzantinistik, Neugriechisch und ab 1925 für int. Geschichte an der Univ. London ; Dir. des Royal Inst. of Int. Affairs ebd. □ 1934-61: »A study of history« (12 Bde.; dt. »Der Gang der Weltgeschichte«, 1952 u. 1958, 2 Bde.). □ 1961: »Die Zukunft des Westens« (Schr., dt. 1962). □ 1966: »Menschheit — woher? wohin?« (Schr., dt. 1969).

▷ O. Anderle: Das universalhistorische System A. J. Toynbees, 1955; J. Ortega y Gasset: Eine Interpretation der Weltgeschichte. Rund um Toynbee, 1964.

Spencer Tracy mit seiner Lebensgefährtin Katharine Hepburn in »Der beste Mann«.

Tracy, Spencer

amer. Schauspieler
* 5.4.1900 Milwaukee, Wisc.
† 10.6.1967 Hollywood, Kalif.

Bekannt geworden als Darsteller rauhbeiniger Einzelgänger, verkörperte Tracy im weiteren Verlauf seiner Karriere zunehmend sensible Charaktere, die Wärme und Menschlichkeit ausstrahlten. Höhepunkte waren die mit einem Oscar prämierte Rolle des Pater Flanagan in »Teufelskerle« (1938, Rg. N. Taurog) und die Titelrolle in der E.-→Hemingway-Adaption »Der alte Mann und das Meer« (1958, Rg. J. →Sturges). An der Seite von K. →Hepburn drehte T. neun Filme über Geschlechterkampf und Ehekrieg, die beide zu einem der beliebtesten Leinwandpaare Hollywoods machten.

□ 1932: »Teufelsflieger« (Rg. E. Sutherland). □ 1936: »Fury« (Rg. F. →Lang). □ 1937: Oscar für »Manuel« (Rg. V. Fleming). □ 1940: »Der große Edison« (Rg. C. Brown). □ 1941: »Arzt und Dämon« (mit I. →Bergman, Rg. V. Fleming). □ 1942: »Die Frau, von der man spricht« (mit K. Hepburn, Rg. G. Stevens). □ 1943: »Hüter der Flamme« (mit K. Hepburn, Rg. G. →Cukor). □ 1944: »Das siebte Kreuz« (nach A. → Seghers, Rg. F. →Zinnemann). □ 1947: »Endlos ist die Prärie« (mit K. Hepburn, Rg. E. →Kazan). □ 1948: »Der beste Mann« (mit K. Hepburn, Rg. F. →Capra). □ 1949: »Ehekrieg« (mit K. Hepburn, Rg. G. Cukor). □ 1952: »Pat und Mike« (mit K. Hepburn, Rg. G. Cukor). □ 1954: »Die gebrochene Lanze« (Rg. E. →Dmytryk). □ 1956: »Der Berg der Versuchung« (Rg. E. Dmytryk). □ 1961: »Das Urteil von Nürnberg« (Rg. St. Kramer). □ 1967: »Rat mal, wer zum Essen kommt« (mit K. Hepburn, Rg. St. Kramer).

▷ R. Tozzi: Spencer Tracy. Seine Filme — sein Leben, 1979.

Trakl, Georg

österr. Lyriker
* 3.2.1887 Salzburg † 3.11.1914 Krakau (Polen)

Trakl, neben G. →Heym, E. →Stadler und F. →Werfel einer der bedeutendsten Lyriker des Frühexpressionismus, entwarf in seinen nur schwer zu entschlüsselnden Gedichten apokalyptische Bilder, thematisierte Tod, Schrecken, Einsamkeit und Verwesung. Der depressiv veranlagte und drogenabhängige Schriftsteller entwickelte individuelle, hymnische Gedichtformen mit reimlosen freien Rhythmen. Reiche Metaphorik und die Zerstörung konventioneller Sprach- und Ausdrucksmuster kennzeichnen T.s Spätwerk, das großen Einfluß auf die deutsche Lyrik nach dem 2. Weltkrieg hatte.

Georg Trakl: Lyrik als Spiegel seiner Todessehnsucht.

□ 1908-10: Pharmaziestudium in Wien. □ ab 1912: Militärapotheker. □ 1912: Bekanntschaft mit Ludwig von Ficker (Hg. der Halbmonatsschrift Der Brenner). □ 1913: »Gedichte«. □ 1914: Tod der Schwester Grete, zu der T. eine enge Beziehung hatte; Sanitätsleutnant in Galizien; psychischer Zusammenbruch nach entsetzlichen Erlebnissen in der Schlacht von Grodek. □ postum 1915: »Sebastian im Traum« (Ged.e). □ 1920: »Gesang der Abgeschiedenen« (Ged.e). □ 1947: »Offenbarung und Untergang« (Prosa).

▷ Ch. Saas: Georg Trakl, 1974; W. Ritzer: Neue-Trakl-Biografie, 1983.

John Travolta →

B. Traven: Geheimnisumwitterter Autor in Mexiko.

Traven, B.

(eig. Name unbekannt)
mex. Schriftsteller dt. Herkunft
* unbek. † 26.3.1969 Acapulco

Zeitlebens bemühte sich Traven um die Wahrung seiner Anonymität und lieferte damit den Medien jahrzehntelang Stoff für Legenden. Wurden auch manche Geheimnisse gelüftet, so bleiben T.s Herkunft und sein bürgerlicher Name unbekannt. Unter dem Pseudonym Ret Marut gehörte er der politisch-anarchistischen Bewegung an, die sich zwischen 1890 und 1920 unter den europäischen Intellektuellen ausbreitete. Nach dem Scheitern der Novemberrevolution 1919 ging er nach Mexiko. Hier entstanden zwischen 1925 und 1940 seine Romane, mit denen er zu Weltruhm gelangte. Die Befreiungskämpfe der indianischen Bevölkerung, ihr Denken und Fühlen sind die Hauptthemen der exotischen, autobiografisch gefärbten Abenteuerromane.

□ 1917-21: Gründung und Schriftleitung des politischen Kampforgans Der Ziegelbrenner. □ 1919: Mitgl. der bayer. Räterepublik (neben E. →Mühsam, O. M. →Graf und E. →Toller); Verhaftung, Flucht, Leben im Untergrund. □ 1923: Ankunft in Tampico, Mex. □ 1926: »Das Totenschiff« (R.). □ 1927: »Der Schatz der Sierra Madre« (R.). □ 1931-39: Entstehung des Caoba-Zyklus (R.e, 6 Bde.). □ ab 1951: Mex. Staatsbürger.

▷ J. Beck u. a. (Hg.): Das B. Traven-Buch, 1976; F. Hetmann: Der Mann der sich verbarg: Nachforschungen über B. Traven, 1983.

Travolta, John

amer. Schauspieler
* 18.2.1954 Englewood, N. J.

Zum Idol der sog. Discowelle wurde Travolta mit dem Tanzfilm »Saturday Night-Fever/Nur Samstag Nacht« (1977, Rg. J. Badham, Musik →Bee

Gees). Vor allem Teenager identifizierten sich mit dem 19jährigen Tony Manero, der in der Glitzerwelt der Diskotheken dem Alltag entflieht. T.s Tanzeinlagen, die er auch in dem Musical »Grease« (1978, Rg. R. Kleiser) zeigte, machten ihn für kurze Zeit zum Kultstar.

□ 1975: »Nachts, wenn die Leichen schreien« (Rg. R. Fuest). □ 1976: »Carrie — Des Satans jüngste Tochter« (Rg. B. de Palma). □ 1980: »Urban Cowboy« (Rg. J. Bridges). □ 1981: »Blowout — Der Tod löscht alle Spuren« (Rg. B. de Palma). □ 1982: »Staying alive« (Rg. S. →Stallone). □ 1985: »Perfect« (Rg. J. Bridges). □ 1985: »Kuck mal, wer da spricht« (Rg. A. Heckerling). □ 1991: »Kuck mal, wer da spricht II« (Rg. A. Heckerling).

Trebitsch, Gyula

dt. Film- und Fernsehproduzent
* 3.11.1914 Budapest

Trebitsch gründete 1960 gemeinsam mit einer Tochterfirma des NDR die Studio Hamburg Atelierbetriebsgesellschaft, die er als Geschäftsführer zur größten Fernseh- und Filmproduktionsstätte Europas ausbaute. Bereits nach dem 2. Weltkrieg war T. mit der von ihm 1947 mitgegründeten Real Film als Produzent bedeutender Filme (u. a. »Des Teufels General«, 1954; »Der Hauptmann von Köpenick«, 1956, Rg. jeweils H. → Käutner) hervorgetreten.
Als einer der ersten in Europa setzte T. in den 50er Jahren auf die enge technische und wirtschaftliche Zusammenarbeit von Film und Fernsehen. Zu seiner Firmengruppe gehören mehrere technische Dienstleistungsunternehmen, Betriebe für die Produktion sowie für den Handel mit Filmen und Fernsehprogrammen.

□ 1932: Volontär in der Budapester Ufa-Niederlassung. □ 1936: Nach Relegation aufgrund der Nürnberger Rassengesetze Mitinhaber der ung. Produktionsgesellschaft Objekt-Film; erster Spielfilm »Ich vertraue dir meine Frau an«. □ 1944/45: Haft im KZ Wöbbelin bei Ludwigslust. □ 1945: Brit. Lizenz für zwei Lichtspielhäuser in Itzehoe. □ 1947: Gründung der Real Film in Hamburg. □ 1963: Gründung der Polyphon Film- und Fernsehgesellschaft. □ ab 1969: Dir. der Polytel Film Holding in Amsterdam. □ 1971-80: Vors. der Geschäftsführung Studio Hamburg. □ ab 1980: Mit der Trebitsch Produktion International gemeinsam mit Tochter Katharina T. (* 1940) freier Produzent (u. a. 1982/83: »Die Geschwister Oppermann«, TV).

Trendelenburg, Ferdinand

dt. Physiker
* 25.6.1896 Leipzig † 19.11.1973 Erlangen

Trendelenburg, ehemaliger Professor an der TU München, leistete Pionierarbeit auf dem Gebiet der Elektroakustik und verfaßte 1939 das Standardwerk »Einführung in die Akustik« (3. Aufl. 1961). T. entwickelte Verfahren zur Schallaufzeichnung, Klangwiedergabe und -analyse sowie einen Schallstrahler.

□ 1935: »Klänge und Geräusche« (Schr.). □ 1951-62: Dir. des von ihm aufgebauten Forschungslaboratoriums der Siemens-Schuckert-Werke, Erlangen. □ ab 1957: Prof. an der TU München. □ 1959: Mitgl. der Bayer. Akademie der Wissenschaften.

Luis Trenker →

← Gyula Trebitsch

Leopold Trepper →

H. von Tresckow →

Trenker, Luis

Schauspieler, Regisseur und Schriftsteller aus Südtirol
* 4.10.1892 St. Ulrich † 12.4.1990 Bozen

Als Bergführer 1923 von A. Fanck für die Schauspielerei entdeckt (»Der heilige Berg«, 1925, mit L. →Riefenstahl), drehte Trenker ab Ende der 20er Jahre Filme nach selbstverfaßten Büchern, in denen er meist auch Hauptdarsteller war. Inszenierungen wie »Der verlorene Sohn« (1934) und »Der Berg ruft« (1937) spiegeln Heimat- und Naturverbundenheit sowie Liebe zu den Bergen. Neben seinen Spielfilmen drehte T. Dokumentarfilme und schrieb Romane (»Duell in den Bergen«, 1951).

□ 1924: Abschluß des Architekturstudiums; Filmdebüt in »Berg des Schicksals«. □ 1924-27: Tätigkeit als Architekt. □ 1927: »Der große Sprung« (Rg. A. Fanck). □ 1931: »Berge in Flammen« (R. und F.). □ 1936: »Der Kaiser von Kalifornien« (R.). □ 1938: »Der König der Berge« (Dokumentarf.). □ 1949: »Duell in den Bergen« (F.). □ 1950: »Schönes Venedig« (Dokumentarf.). □ 1957: »Wetterleuchten um Maria« (F.). □ ab 1959: »Luis Trenker erzählt« (TV-Serie). □ 1968: »Tageslauf eines Bergpfarrers« (Dokumentarf.). □ 1971-73: »Berge und Geschichten« (TV-Serie). □ 1982: »Südtirol und seine Bergführer« (Dokumentarf.).

▷ L. Trenker: Mein glückliches Leben, 1982.

Trepper, Leopold

poln. Publizist und Agent
* 23.2.1904 Neumarkt (Österreich; heute: Nowy Targ, Polen) † 19.1.1982 Jerusalem (Israel)

Trepper war während des 2. Weltkriegs Chef des von der Gestapo so bezeichneten Spionagerings Rote Kapelle, der zahlreiche Meldungen nach Moskau übermittelte. Dazu gehörten u. a. Berichte, die vor dem bevorstehenden Angriff auf die Sowjetunion warnten. T. kam bereits 1936/37 im Auftrag des sowjetischen militärischen Geheimdienstes nach Westeuropa, um ein Agentennetz aufzubauen. Er konnte während des Krieges auch Kontakte zu der Widerstandsgruppe um H. →Schulze-Boysen und A. v. →Harnack in Berlin herstellen.

□ 1917: Mitgl. der zionistischen Jugendbewegung. □ 1925: Auswanderung nach Palästina; Mitgl. der KP. □ 1928: Parteisekr. der KP in Haifa. □ 1929: Von den brit. Behörden ausgewiesen; Aufenthalt in Frankreich. □ 1932-35: Besuch einer Parteihochschule in Moskau. □ ab 1936: Mitgl. des sowjet. Geheimdienstes; Oberst. □ ab 1938: Leiter des sowjet. Geheimdienstes für Westeuropa in Brüssel und in Paris. □ 1942: Verhaftung durch die Gestapo. □ 1943: Flucht in den frz. Untergrund. □ 1945: Rückkehr in die UdSSR; verhaftet. □ 1954: Rehabilitiert. □ 1957-73: Publizist in Polen. □ 1973: Rückkehr nach Israel.

▷ L. Trepper: Ich war der Chef der Roten Kapelle, 1975; G. Perrault: Auf den Spuren der Roten Kapelle, dt. NA 1990.

Tresckow, Henning von

dt. Militär und Widerstandskämpfer
* 10.1.1901 Magdeburg
† 21.7.1944 bei Bialystok (Selbstmord)

Tresckow war eine der markantesten Persönlichkeiten des militärischen Widerstands gegen A.

→Hitler. Aus seiner Stellung in mehreren hohen Generalstäben an der Ostfront heraus versuchte er — insbesondere seit Bekanntgabe des »Kommissarbefehls« — aus ethischem Verantwortungsgefühl andere Offiziere zum offenen Widerstand zu gewinnen. Er bemühte sich, auch Vorgesetzte zu überzeugen, daß das verbrecherische Regime beseitigt werden müsse. Mehrfach versuchte T. mit F. v. → Schlabrendorff, Hitler durch eine Bombe zu beseitigen. Neben C. Graf v. → Stauffenberg war er einer der Initiatoren des Umsturzversuchs von 1944. Nach dessen Scheitern nahm er sich an der Front das Leben.

□ 1918: Leutnant. □ 1920-26: Bankkaufmann. □ 1926: Wiedereintritt in die Reichswehr. □ 1934-36: An der Kriegsakademie. □ ab 1936: In verschiedenen Generalstabsstellen. □ März 1943: Zwei Attentatsversuche gegen Hitler. □ Sommer 1943: Konzeption der Staatsstreichpläne mit C. Graf v. Stauffenberg; Kurze Zeit Regimentskommandeur; danach Chef des Generalstabs der 2. Armee. □ 1944: Generalmajor.

▷ B. Scheurig: Henning von Tresckow, 1973.

Tretjak, Wladislaw

sowjet. Eishockeyspieler
* 25.2.1954 Borodino

Tretjak zählt zu den erfolgreichsten Eishockeyspielern aller Zeiten. Als schier unüberwindlicher Torhüter bildete er den Rückhalt der sowjetischen Nationalmannschaft, mit der er dreimal Olympiasieger, elfmal Welt- und zehnmal Europameister wurde. 14mal gewann er mit ZSKA Moskau die Landesmeisterschaft. Seit Beendigung seiner aktiven Laufbahn ist er in der Athleten-Kommission des Internationalen Olympischen Komitees (IOC) tätig.

□ 1970-83: Elfmal Weltmeister und zehnmal Europameister. □ 1972: Olympiasieger in Sapporo. □ 1976: Olympiasieger in Innsbruck. □ 1980: Olympiazweiter in Lake Placid. □ 1984: Olympiasieger in Sarajewo.

← Wladislaw Tretjak

Trevor-Roper, Sir (seit 1979) Hugh Redwald

engl. Historiker
* 15.1.1914 Glanton, Northumberland

Großes Aufsehen erregte Trevor-Ropers Buch »Hitlers letzte Tage« (1947, dt. 1965), in dem er die von ihm im Auftrag des Intelligence Service geleiteten Nachforschungen über →Hitlers Tod zusammenfaßte. Sein Werk war Ausgangsmaterial für alle weiterführenden Untersuchungen.

□ 1945: Offizier des brit. Intelligence Service. □ 1957-80: Prof. für Neuere Geschichte am Christ Church College in Oxford. □ 1963: »Der Aufstieg des christlichen Europa« (Schr., dt. 1972). □ 1968: »Religion, Reformation und sozialer Umbruch« (Schr., dt. 1970).

J.-L. Trintignant →

Trifonow, Juri Valentinowitsch

sowjet. Schriftsteller
* 28.8.1925 Moskau † 28.3.1981 ebd.

Trifonow ist der Hauptrepräsentant der Moskauer Schule, die er mit dem Roman »Der Tausch« (1969, dt. 1974) und zwei weiteren »Moskauer Novellen« begründete. Der Autor schilderte voller Skepsis gegenüber politischen Leitbildern aufrichtig und illusionslos den tristen Alltag in Moskau, das von zynischen, bindungsunfähigen Karrieristen bevölkert wird: In »Das Haus an der Moskwa« (1976, dt. 1977) deckte T. die Deformationen der sowjetischen Gesellschaft auf. Dreh- und Angelpunkt von T.s Schaffen ist die Auseinandersetzung mit dem Stalinterror, dem auch seine Eltern zum Opfer fielen; Schlüsselmotive wie zerstörte Häuser und der Fluß Moskwa symbolisieren zerbrechende Gewißheiten und das Verrinnen der Zeit, etwa in »Zeit und Ort« (R., 1981, dt. 1982), dem postum erschienenen Lebensresümee, das wie die meisten der Spätwerke zunächst nur nach starken zensorischen Eingriffen erscheinen durfte. T. arbeitete eng mit dem Regisseur J. →Ljubimow zusammen, der u. a. »Der Tausch« inszenierte.

← Juri V. Trifonow

□ 1950: Stalinpreis 3. Klasse für »Studenten« (R., dt. 1952), die Abschlußarbeit nach dem Literaturstudium am Gorki-Inst. □ 1955-72: Redakteur bei der Zeitschrift Körperkultur und Sport. □ 1965-70: Mitgl. des Präsidiums des Schriftstellerverbandes der RSFSR. □ 1973: »Zeit der Ungeduld« (R., dt. 1975). □ 1975: »Das andere Leben« (R., dt. 1976). □ 1978: »Starik« (R., dt. 1979).

Trintignant, Jean-Louis Xavier

frz. Schauspieler
* 11.12.1930 Piolenc, Dep. Vaucluse

Mit zurückhaltender Gestik und melancholischem Charme gelingt es Trintignant, in seinen Rollen feinste Nuancen geschickt auszuspielen. Nach einer erfolgreichen Theaterkarriere (u. a. »Macbeth«, 1952) hatte T. seinen ersten großen Filmerfolg 1966 mit »Ein Mann und eine Frau« (Rg. C. Lelouch). Seitdem festigte er seinen Ruf als überaus wandlungsfähiger Schauspieler, der sich in seinen Rollen nie auf einen bestimmten Typ festlegen ließ. So spielte er in »Meine Nacht bei Maud« (1969, Rg. E. →Rohmer) einen schüchternen katholischen Ingenieur, in »Brutale Schatten« (1972) einen kaltblütigen Killer.

□ 1951: Bühnendebüt als Mortimer in »Maria Stuart«. □ 1955: Filmdebüt in »Wenn alle Menschen der Welt«. □ 1956: »Und immer lockt das Weib« (mit B. →Bardot). □ 1967: »Die Freundinnen« (Rg. C. →Chabrol). □ 1969: »Der große Irrtum« (Rg. B. →Bertolucci). □ 1974: »Das Netz der tausend Augen«. □ 1977: »Rollenspiele«. □ 1980: »Passion der Liebe«. □ 1981: »Stille Wasser« (mit I. →Huppert). □ 1985: »Der Mann mit dem stahlharten Blick«. □ 1986: »Ein Mann und eine Frau: Zwanzig Jahre später« (Rg. C. Lelouch).

Troeltsch, Ernst

dt. Theologe (ev.) und Geschichtsphilosoph
* 17.2.1865 Haunstetten bei Augsburg
† 1.2.1923 Berlin

In seiner Schrift »Absolutheit des Christentums und die Religionsgeschichte« (1902) lehnte Troeltsch den Anspruch auf Absolutheit des Christentums ab, betonte dessen geschichtlich bedingten Charakter und forderte auch in der Theologie strenges historisches Denken. Dieser den sog. Neuprotestantismus begründende Ansatz führte T. zum Problem des Verstehens der Geschichte und schließlich unter dem Einfuß M. →Webers zur Religionssoziologie. Mit seinem Werk »Der Historismus und seine Probleme« (1922) wurde der Theologe zum bedeutendsten Philosophen dieser geschichtswissenschaftlichen Schule.

□ ab 1892: Prof. für systematische Theologie an der Univ. Bonn; ab 1894 an der Univ. Heidelberg. □ 1902: »Grundprobleme der Ethik« (Aufs.). □ 1905: »Psychologie und Erkenntnistheorie in der Religionswissenschaft« (Schr.). □ 1915-23: Als Nachfolger W. →Diltheys Prof. für Philosophie an der Univ. Berlin. □ 1919-21: Vertrauensmann der DDP und Unterstaatssekr. für ev. Angelegenheiten im Preuß. Ministerium für Erziehung und Unterricht. □ postum 1924: »Der Historismus und seine Überwindung« (Schr.).

▷ K. E. Apfelbacher: Frömmigkeit und Wissenschaft. Ernst Troeltsch und sein theologisches Programm, 1978.

← Ernst Troeltsch

Trojahn, Manfred
dt. Komponist
* 22.10.1949 Cremlingen bei Braunschweig

Trojahn, der in Paris lebt, gehört zu den führenden Vertretern der jungen deutschen Komponistengeneration (H.-J. v. →Bose, W. →Rihm). Er schrieb zahlreiche Werke für Flöte (»Notturni trasognati« für kleines Orchester mit obligater Flöte, 1977; »Konzert« für Flöte und Orchester, 1983). In seiner Orchestermusik (u. a. Zwei Sinfonien, 1976-78), die zu einer Aufhebung der Konsonanz-Dissonanz-Beziehung tendiert, orientiert sich T. an G. →Mahler und A. →Berg. Cluster- und Zitattechniken erinnern an Kompositionen von G. →Ligeti und B. A. →Zimmermann.

□ 1966-70: Studium (Flöte, Orchestermusik) an der Niedersächs. Musikschule Braunschweig. □ 1970-78: Studium (Flöte, Komposition) an der Musikhochschule in Hamburg. □ 1974: Kompositionspreis der Stadt Stuttgart. □ 1978: 1. Preis im UNESCO-Wettbewerb Rostrum of Composers. □ 1978/79: Studienaufenthalt in Paris. □ 1979/80: Stipendiat der Villa Massimo im Rom. □ 1980-82: »Fünf Seebilder« mit Mezzosopran.

▷ C. Kühn: Auf der Suche nach dem Eigenen. Der Komponist Manfred Trojahn, 1978.

← Manfred Trojahn

Troll, Thaddäus
(eig. Hans Bayer)
* 18.3.1914 Stuttgart † 5.7.1980 ebd. (Selbstmord)

Troll, als Theaterkritiker und Sachbuchautor erfolgreich, verfaßte Satiren und Texte für das Düsseldorfer Kabarett Kom(m)ödchen (L. →Lorentz) und erhielt 1970 den bulgarischen Prix Aleko für Humor und Satire. T.s heitere, mitunter gesellschaftskritische Erzählungen und Essays zeichnen ein differenziertes, nicht beschönigendes Bild vom Menschen. Seine satirischen Skizzen »Deutschland, deine Schwaben« (1967) wurden zum Bestseller.

□ 1938: Promotion zum Dr. phil. □ 1955: »Theater von hinten« (Kritiken). □ 1956: »Sehnsucht nach Nebudistan« (R.). □ 1963: Auszeichnung mit dem Theodor-Wolff-Preis für literarische Betrachtungen. □ 1971: »Kapuzinerpredigten« (Prosa). □ 1976: »Der Entaklemmer« (Kom. nach Molières »Der Geizige«). □ 1979: »Der Tafelspitz« (Erz.). □ postum 1985: »Wie Gotthelf Grieshaber die Brezel erfand« (Erz.).

← Thaddäus Troll

Trotta, Margarethe von
dt. Schauspielerin und Regisseurin
* 21.2.1942 Berlin

Während der 60er und 70er Jahre spielte Trotta in Filmen ihres Ehemannes V. →Schlöndorff (»Der Fangschuß«, 1976), R. W. →Fassbinders (»Warnung vor einer heiligen Nutte«, 1970) und H. →Achternbuschs (»Das Andechser Gefühl«, 1974). Sie verkörperte Frauen, die sich in einer Krise befinden und daran zerbrechen. Mit ihren eigenen Regiearbeiten, die meist problematische Beziehungen zwischen Frauen behandeln (»Das zweite Erwachen der Christa Klages«, 1977; »Die bleierne Zeit«, 1981), etablierte sich T. seit Ende der 70er Jahre als eine der wenigen bedeutenden deutschen Regisseurinnen.

Margarethe von Trotta: International bekannte Regisseurin.

□ 1965-70: Engagements in Stuttgart und Frankfurt/Main. □ 1967: Erste Filmrolle in »Tränen trocknet der Wind«. □ 1970: »Der amerikanische Soldat« (Rg. R. W. Fassbinder); »Der plötzliche Reichtum der armen Leute von Kombach« (Rg. V. Schlöndorff). □ 1971: »Die Moral der Ruth Halbfass«. □ 1972: »Strohfeuer«. □ 1974: »Eine Einladung zur Jagd« (Rg. C. → Chabrol). □ 1975: »Die Atlantikschwimmer« (Rg. H. Achternbusch); »Die verlorene Ehre der Katharina Blum« (Co-Regie mit V. Schlöndorff und Drehbuch). □ 1979: »Schwestern oder Die Balance des Glücks« (Rg.). □ 1982: »Heller Wahn« (Rg., mit H. → Schygulla). □ 1985: »Rosa Luxemburg« (Rg.). □ 1990: »Die Rückkehr« (Rg.).

Trotzki, Leo
(eig. Leib Davidowitsch Bronštein)
sowjet. Politiker
* 7.11.1879 Janowka, Ukraine
† 21.8.1940 Coyoacán, Mexiko (ermordet)

Trotzki, ein hervorragender Organisator und der Begründer der Roten Armee, entwickelte eine eigene, weiterführende Theorie (Trotzkismus), deren Kernstück seine Idee von der permanenten Revolution war.
Schon als Schüler wurde er Sozialist und Anhänger von Karl Marx (* 1818, † 1883). Nach seiner Flucht aus der Verbannung (1902) arbeitete er in London mit G. W. →Plechanov zusammen und

Leo Trotzki lebte seit 1929 im mexikanischen Exil.

wurde 1908 Herausgeber des späteren Parteiorgans Prawda. 1917 schloß T. sich den Bolschewiken an und war an →Lenins Seite maßgeblich an der Oktoberrevolution beteiligt. Nach Lenins Tod geriet er bald in Konflikt mit J. →Stalin, dessen Wirtschaftspolitik er entschieden ablehnte. T. vertrat die Ansicht, daß die Revolution untergehen müsse, falls es nicht gelänge, sie auch in andere Länder zu »exportieren«. Da dies eine Kritik an Stalin und dessen Konzeption vom Aufbau des Sozialismus in einem Land bedeutete, wurde er 1927 auf dem XV. Parteitag der KPdSU aus der Partei ausgeschlossen. Die Umstände seiner Ermordung im Jahr 1940 sind nicht geklärt.

□ 1898-1902: Verbannung nach Sibirien; Flucht. □ ab 1903: Mitgl. der Menschewiki. □ 1905: Beteiligung an der Revolution; Vors. des Arbeiterrats von St. Petersburg. □ 1907-17: Im Exil in Westeuropa und den USA. □ 1917: Mitgl. der Bolschewiki; Beteiligung an der Oktoberrevolution. □ 1917-27: Mitgl. des ZK der KPdSU. □ 1917/18: Volkskommissar für Äußeres. □ 1918-25: Volkskommissar für Kriegswesen. □ 1919-26: Mitgl. des Politbüros. □ 1927: Ausschluß aus der Partei. □ 1928: Verbannung nach Kasachstan. □ 1929: Ausweisung aus der UdSSR. □ ab 1929: Im Exil in Frankreich und Mexiko. □ 1930: »Die permanente Revolution« (Schr.). □ 1931-33: »Die Geschichte der russ. Revolution« (Schr.). □ 1937: »Die verratene Revolution« (Schr.). □ 1938: Gründung der IV. Internationale.

▷ I. Deutscher: Trotzki, 3 Bde., 1972; H. Abosch: Trotzki zur Einführung, 1990.

Troyat, Henri

(eig. Lew Tarassow)
frz. Schriftsteller russ. Herkunft
* 1.11.1911 Moskau

← Henri Troyat

Als Emigrant, der 1920 nach Paris kam, schrieb Troyat an Dostojewski orientierte, psychologische, meist auch autobiografische Romane und historische Romanzyklen, deren Rahmenhandlungen das Rußland vor und nach der Revolution oder das Frankreich der ersten Hälfte des 20. Jh.s spiegelt (»Solange die Welt besteht«, 1947-50, dt. 1952/53). T.s vielgelesenes Werk steht in der Tradition des russischen Romans des ausgehenden 19. und beginnenden 20. Jh.s, übernimmt aber auch Formen des französischen Realismus. Er schrieb auch Erzählungen, Dramen (»Die Lebenden«, 1946, dt. 1960) und Biografien (»Dostojewski«, 1940; »Puschkin«, 1946, dt. 1959; »Die große Katharina«, 1978, dt. 1978).

□ 1935: »Falscher Tag« (R.). □ 1938: »Die Giftspinne« (R., dt. 1950). □ 1952: »Der Berg der Versuchung« (R., dt. 1955). □ 1955: »Macumba« (Reiseb., dt. 1958). □ 1959-63: »Das Licht der Gerechten« (Romanzyklus, dt. Teilübersetzung 1960-63). □ 1971: »Gogol« (Biogr.). □ 1979: »Peter der Große« (Biogr., dt. 1981). □ 1984: »Tschechow« (Biogr., dt. 1987).

Pierre Elliot Trudeau →

Trudeau, Pierre Elliot

kanad. Politiker
* 18.10.1919 Montreal

Der redegewandte liberale Trudeau genoß wegen seiner Friedensinitiativen, die ihn mehrfach nach Peking und nach Europa führten, international eine hohe Reputation. Innenpolitisch gelang es T., der durch seine Abstammung (Mutter anglokanadisch, Vater frankokanadisch) für die Rolle des Vermittlers im Nationalitätenkonflikt prädestiniert war, den Sprachenstreit zu entschärfen und die Abspaltung der französischsprachigen Provinz Québec zu verhindern. Seine Bestrebungen, Kanada aus der wirtschaftlichen Abhängigkeit von den USA zu lösen, brachten nur wenig Erfolg. 1982 konnte er im Parlament eine eigenständige kanadische Verfassung durchsetzen, die endlich das britische Dominiongesetz von 1867 ablöste. Die schärfste Rezession seit den 30er Jahren führte 1984 zum Ende der Regierungsära der Liberalen.

□ bis 1943: Jurastudium. □ bis 1949: Wirtschaftsstudium in den USA und in Europa. □ 1950: Gründer und Hg. der frankokanadischen Zeitschrift Cité Libre. □ 1961: Prof. in Montreal. □ seit 1965: Mitgl. der Liberalen Partei. □ 1966: Parlamentarischer Staatssekr. beim Ministerpräsidenten. □ 1967: Generalstaatsanwalt und Justizmin. □ 1968-74; 1974-79; 1980-84: Premierminister (1974 für kurze Zeit durch ein parlamentarisches Mißtrauensvotum gestürzt). □ 1984: Albert-Einstein-Friedenspreis.

▷ Th. Butson: Pierre Elliot Trudeau, 1986.

Truffaut, François

frz. Regisseur und Schauspieler
* 6.2.1932 Paris † 21.10.1984 Neuilly bei Paris

Truffaut — in den 50er Jahren einer der schärfsten Kritiker des französischen Films — zählte als Regisseur zu den Protagonisten der Nouvelle Vague (Neue Welle). Thema seiner Filme sind die Integration des einzelnen in die Gesellschaft und die Probleme des Erwachsenwerdens. In seinem Erstlingswerk, »Sie küßten und sie schlugen ihn« (1959), schilderte er das Schicksal des schwererziehbaren Antoine Doinel, einer Figur, der T.

noch vier weitere Filme widmete (»Liebe mit zwanzig«, 1961; »Geraubte Küsse«,1968; »Tisch und Bett«, 1970; »Liebe auf der Flucht«, 1978; jeweils gespielt von J.-P. →Léaud). Einer seiner berühmtesten Filme, »Der Wolfsjunge« (1969), ist eine Adaption der Kaspar-Hauser-Figur, eines allein im Wald aufgewachsenen Jungen, der bei einem Arzt (dargestellt von T.) Sprechen, Schreiben, Lesen und soziales Verhalten lernt.
T.s Filme enthalten häufig Anspielungen auf seine Vorbilder J. →Renoir und A. →Hitchcock (»Schießen sie auf den Pianisten«, 1960). Sein Meisterwerk, »Jules und Jim« (1961, mit J. →Moreau), zeigt exemplarisch T.s perfekte Beherrschung filmischer Mittel, seine ideale musikalische Untermalung der Szenen und hervorragende Schauspielerführung.

F. Truffaut wurde mit seinen Antoine-Doinel-Filmen bekannt.

☐ 1966: »Fahrenheit 451« (mit O. → Werner und J. Christie). ☐ 1967: »Die Braut trug Schwarz« (mit J. Moreau); »Mr. Hitchcock, wie haben sie das gemacht?« (Interview mit A. Hitchcock, dt. 1973). ☐ 1969: »Das Geheimnis der falschen Braut« (mit J.-P. →Belmondo und C. →Deneuve). ☐ 1971: »Zwei Mädchen aus Wales und die Liebe zum Kontinent«. ☐ 1972/73: »Die amerikanische Nacht«. ☐ 1975: »Die Geschichte der Adele H.« (mit I. →Adjani). ☐ 1977: »Der Mann, der die Frauen liebte« (mit L. →Caron). ☐ 1980: »Die letzte Métro« (mit C. Deneuve und G. →Depardieu). ☐ 1981: »Die Frau von nebenan« (mit F. Ardant und G. Depardieu). ☐ 1982: »Auf Liebe und Tod« (mit J.-L. →Trintignant).

▷ F. Truffaut: Die Filme meines Lebens, 1979.

Truman, Harry Spencer

amer. Politiker
* 8.5.1884 Lamar, Missouri
† 26.12.1972 Kansas City, ebd.

Vizepräsident Truman wurde nach dem Tod von Präsident F. D. →Roosevelt am 12. April 1945 dessen Nachfolger. Wie sein Vorgänger beschloß er, den Krieg bis zur bedingungslosen Kapitulation der Japaner fortzuführen und befahl zu diesem Zweck den Abwurf der Atombomben auf Hiroshima und Nagasaki. Er widersetzte sich ab 1947 den sowjetischen Machtansprüchen in Europa und leitete mit der Truman-Doktrin, die allen nichtkommunistischen Ländern wirtschaftliche und militärische Hilfe versprach, den Kalten Krieg ein. Während des Koreakriegs (1950/51) behauptete er das Primat der Politik gegenüber der militärischen Führung. Durch die Abberufung von General D. →MacArthur verhinderte T. ein Ausweiten des Krieges. 1952 verlor T. bei den Präsidentschaftswahlen gegen General D. D. →Eisenhower.

Harry S. Truman befahl den Abwurf der Atombomben auf Hiroshima und Nagasaki.

☐ 1917/18: Kriegsdienst in Frankreich. ☐ ab 1925: Richter. ☐ 1935: Senator für Missouri (Demokraten). ☐ 1945: Vizepräsident. ☐ 1945-53: 33. US-Präsident.

▷ H. S. Truman: The autobiography of Harry S. Truman, 1980; J. Hargrove: Harry S. Truman, 1987.

Donald J. Trump →

Trump, Donald J(ohn)

amer. Unternehmer
* 1946 New York

Trump entwickelte sich binnen weniger Jahre mit seinem Talent, attraktive Objekte preiswert aufzukaufen, zu einem der größten amerikanischen Immobilienunternehmer. Verbindungen zu wichtigen Regierungsstellen vermittelten dem Spekulanten günstige Konditionen beim Erwerb von Grundstücken und beim Bauen. Zahlreiche Besitztümer des Immobilien-Moguls tragen seinen Namen (u. a. Trump-Tower in New York, 1983).
Zu Beginn der 90er Jahre geriet T. allerdings zunehmend in finanzielle Schwierigkeiten. Auf seinem Immobilien- und Kasino-Imperium lasten Schulden von geschätzten 3 Mrd. US-$. Finanzexperten spekulieren über einen möglichen Konkurs des Unternehmers.

☐ 1968: Abschluß eines Volkswirtschaftsstudiums an der Univ. von Penn. ☐ 1975: Mit dem Erwerb des alten Commodore Hotels in New York Beginn der steilen Karriere. ☐ 1980: Eröffnung des Grand Hyatt Hotels in New York. ☐ 1989: Übernahme der Eastern Airlines (Umwandlung in Trump Shuttle). ☐ 1990: Eröffnung des Hotelkasinos Taj Mahal in Atlantic City.

Tschasow, Jewgenij

sowjet. Arzt und Funktionär
* 10.6.1929 Gorki

Tschasow, weltweit anerkannter Kardiologe, rief 1980 mit seinem amerikanischen Kollegen Bernhard Lown die Internationale Ärztevereinigung gegen den Atomkrieg ins Leben, wofür er 1985 den Friedens-Nobelpreis erhielt. Als ehemaliger Leibarzt L. →Breschnews, J. →Andropows und K. →Tschernenkos sowie als Gesundheitsminister (ab 1987) betonte T. die politisch neutrale Haltung der Ärztevereinigung, deren einziges Ziel es sei, die Menschheit vor den Gefahren und Folgen eines Atomkriegs zu warnen.

← Jewgenij Tschasow

Tschechow, Anton Pawlowitsch

russ. Schriftsteller
* 17.1.1860 Taganrok
† 2.7.1904 Badenweiler (Deutschland)

Tschechow ist sowohl als Erzähler wie als Autor impressionistischer Dramen einer der bedeutendsten Schriftsteller Rußlands und Mitbegründer der modernen russischen Literatur. Zugleich als Arzt tätig, verfaßte er unter dem Pseudonym

Anton Tschechow: Der Arzt und Dramatiker auf Jalta, 1900.

Antoscha Tschechonte zunächst kurze Humoresken; mit Erzählungen aus dem Kleinbürger- und Beamtenleben wurde er unter eigenem Namen bekannt. »Der Mensch im Futteral« (Erz., 1889, dt. 1926) ist charakteristisch für T.s Thematik, seinen gedrängten Stil und den zwischen melancholischer Heiterkeit und Pessimismus wechselnden Humor.
1889 setzte er sich mit dem Stück »Die Möwe« (dt. 1902) als Theaterautor durch, nicht zuletzt durch die Inszenierungskunst von Vladimir Nemirowitsch-Dantschenko, dem Leiter des Moskauer Künstlertheaters MChaT. Revolutionär wirkte T.s Verzicht auf äußere Dramatik und die Konzentration auf den psychologisch präzise geführten Dialog. »Drei Schwestern« (1901, dt. 1902) und »Der Kirschgarten« (1904, dt. 1912) gehören zu den meistgespielten Bühnenwerken der Welt. T.s nachhaltiger Einfluß erstreckt sich auf Zeitgenossen (z. B. Ossip Dymow) ebenso wie auf mehrere herausragende Filmemacher der Gegenwart (z. B. I. →Bergman oder W. →Allen).

□ 1880: Veröffentlichung der ersten Kurzgeschichte. □ 1884: Abschluß des Medizinstudiums; erstmals Lungenblutungen, die 1904 zum Tod führen. □ 1887: »Iwanow« (Dr., dt. 1919). □ 1889: »Die Möwe« (Dr., dt. 1902). □ 1892: »Krankenzimmer Nr. 6« (Erz., dt. 1903). □ 1897: »Onkel Wanja« (Dr., dt. 1902). □ 1899: »Die Dame mit dem Hündchen« (Erz., dt. 1904). □ 1900: Mitgl. der Akademie der Wissenschaften in St. Petersburg. □ 1901: Heirat mit der Schauspielerin Olga Knipper; »Drei Schwestern« (Dr., dt. 1902). □ 1902: Austritt aus der Akademie als Akt der Solidarität mit dem auf Wunsch des Zaren ausgeschlossenen M. →Gorki. □ 1904: »Der Kirschgarten« (Dr., dt. 1912).

▷ H. Troyat: Tschechow — Leben und Werk, 1987; P. Urban (Hg.): Über Čechov, 1988.

Olga Tschechowa →

Tschechowa, Olga

dt. Schauspielerin
* 26.4.1897 Alexandropol (heute Leninakan, Armenien) † 9.3.1980 München

Als mondäne Dame war die Tschechowa in zahlreichen deutschen Unterhaltungsfilmen der 30er und 40er Jahre zu sehen (»Die Drei von der Tankstelle«, 1930, mit W. →Fritsch, L. →Harvey und H. →Rühmann; »Bel ami«, 1939, mit W. →Forst).
Bereits während der Stummfilmära hatte sie mit Regisseuren wie R. →Clair (»Der Florentiner Hut«, 1927) zusammengearbeitet. In ihren späten Filmen (u. a. »Hinter Klostermauern«, 1952) verlagerten sich ihre Rollen auf den Typ der starken Frau und Mutter.

□ 1921: Emigration nach Berlin. □ 1922: Erste Stummfilmrolle in »Schloß Vogelöd« (Rg. F. W. →Murnau). □ 1925: Bühnendebüt am Berliner Renaissance-Theater. □ 1930: »Liebling der Götter« (F.). □ 1934: »Peer Gynt« (mit H. →Albers). □ 1937: »Liebe geht seltsame Wege«. □ 1938: »Rote Orchideen«. □ 1939: »Befreite Hände« (mit E. →Balser und C. →Raddatz). □ 1943: »Reise in die Vergangenheit«. □ 1950: »Aufruhr im Paradies«. □ 1954: »Rittmeister Wronski« (mit W. →Birgel). □ 1971: »Duell zu dritt« (mit Enkelin V. Tschechowa).

▷ O. Tschechowa: Ich verschweige nichts (Aut.), 1952; dies.: Meine Uhren gehen anders (Erinnerungen), 1973.

Tscherenkow, Pawel Alexejewitsch

sowjet. Physiker
* 28.7.1904 Nowaja Tschigla

Tscherenkow entdeckte 1934 beim Durchgang harter Gammastrahlen durch Flüssigkeiten die nach ihm benannte bläulichweiße Strahlung. Der Tscherenkow-Effekt wird von hochenergetischen Teilchen hervorgerufen, die sich durch transparente Medien mit einer größeren Geschwindigkeit bewegen, als sich das Licht in diesem Medium ausbreiten kann. Die von den Teilchen erzeugte Tscherenkow-Strahlung (in Form einer Bugwelle) nutzte T. zur Entwicklung eines nach ihm benannten Teilchen-Zählers, mit dem er subatomare Partikelchen entdeckte und deren Geschwindigkeit berechnete.

□ seit 1936: Prof. am Physik-Inst. der Sowjet. Akademie der Wissenschaften, Moskau. □ 1958: Physik-Nobelpreis (mit I. M. →Frank und I. J. →Tamm, die 1937 den Effekt erklärten). □ 1964: Mitgl. der Akademie der Wissenschaften der UdSSR.

Tschernenko, Konstantin Ustinowitsch

sowjet. Politiker
* 24.9.1911 Bolschaja Tes, Gouv. Krasnojarsk
† 10.3.1985 Moskau

Die Wahl von Tschernenko zum Generalsekretär der KPdSU 1984 bedeutete nach dem Tod von J. →Andropow noch einmal ein konservatives Zwischenspiel. Als langjähriger enger Berater und Stabschef von Generalsekretär L. →Breschnew hatte er im ZK eine politische Schlüsselposition inne. Die knapp einjährige Amtszeit des bereits todkranken T. war der vergebliche Versuch konservativer Kreise, die Wahl M. →Gorbatschows zu verhindern.

← K. U. Tschernenko

□ 1926: Mitgl. des Komsomol. □ ab 1931: Mitgl. der KPdSU; in der Agitations- und Propaganda-Abteilung (AgitProp) der Truppen für innere Sicherheit. □ 1945: Gebietssekr. von Pensa. □ 1948-56: Leiter der AgitProp-Abteilung von Moldawien. □ 1956-60: In der Abteilung AgitProp beim ZK. □ 1960-65: Sekr. des Präsidiums des Obersten Sowjet. □ 1966: Leiter der Allgemeinen Abteilung beim ZK. □ ab 1971: Mitgl. des ZK. □ 1976: Sekr. des ZK. □ ab 1978: Mitgl. des Politbüros. □ 1983: Leiter der AgitProp-Abteilung beim ZK. □ ab 1984: Generalsekretär der KPdSU.

Tschombé, Moïse Kapenda

afr. Politiker
* 10.11.1919 Musumba, Prov. Katanga, Belg.-Kongo (heute Zaïre) † 29.6.1969 Algier (in Haft)

← Moïse K. Tschombé

Tschombé war sowohl Ministerpräsident von Katanga als auch für kurze Zeit Regierungschef der (kongolesischen) Zentralregierung. Wie Staatspräsident Joseph Kasawubu, der ihn einsetzte, war er ein Föderalist, der die regionalen und ethnischen Unterschiede des riesigen Landes gewahrt sehen wollte. Dadurch geriet er rasch in scharfen Gegensatz zum strikt zentralistischen Ministerpräsidenten P. →Lumumba. Nach einem Putschversuch der Gendamerie in Léopoldville (seit 1966 Kinshasa) erklärte er als Ministerpräsident von Katanga seine Provinz 1960 für selbständig. Drei Jahre lang versuchte er, die an Bodenschätzen reiche Provinz als unabhängigen Staat zu etablieren, bis er durch Truppen der Zentralregierung und der UNO vertrieben wurde.

□ 1951-53: Mitgl. des Provinzrates von Katanga. □ 1959: Gründer der Confédération des Associations du Catanga (CONACAT). □ 1960-63: Ministerpräsident von Katanga (heute Zaïre). □ 1963/64: Im Exil. □ 1964/65: Ministerpräsident der Demokratischen Republik Kongo. □ 1967: Entführung aus dem spanischen Exil (ab 1965) nach Algerien.

Tschuikow, Wassili I.

sowjet. Militär
* 12.2.1900 Serebrjanyje Prudy, Moskau
† 18.3.1982 Moskau

Marschall Tschuikow war einer der bedeutendsten Heerführer des 2. Weltkriegs. Als Oberbefehlshaber der 62. Armee trug er 1942 im Kampf um Stalingrad entscheidend zum Sieg der Roten Armee bei. 1949-53 war er Oberbefehlshaber der sowjetischen Streitkräfte in Deutschland und zugleich Chef der sowjetischen Kontrollkommission in der DDR. 1972 wurde er als Chef der Zivilverteidigung verabschiedet, versah jedoch weiterhin das Ehrenamt eines Generalinspekteurs.

W. Tschuikow führte die Rote Armee in Stalingrad zum Sieg.

□ ab 1918: Mitgl. der Roten Armee. □ 1919: Regimentskommandeur. □ 1923-25: Besuch der Militärakademie. □ 1936: Kommandeur einer Panzerbrigade. □ 1939/40: Armeekommandeur im Winterkrieg gegen Finnland. □ 1941/42: Militärattaché in China und militärischer Berater bei →Chiang Kai-shek. □ ab 1955: Marschall. □ 1960-64: Stellv. Verteidigungsmin. und Oberbefehlshaber der Landstreitkräfte. □ ab 1961: Mitgl. des ZK der KPdSU. □ 1964-72: Chef der Zivilverteidigung.

Tsubouchi, Shoyo

(eig. Yuzo T.)
jap. Schriftsteller
* 23.6.1859 Ota (heute Präfektur Gifu)
† 28.1.1935 Atami

Shoyo Tsubouchi →

Tsubouchi ist einer der ersten Literaturtheoretiker Japans und der Begründer einer modernen japanischen Romantheorie. Als Übersetzer von Shakespeare und anderen europäischen Autoren setzte er sich mit literarischen Gestaltungsprinzipien auseinander. Daraus entstand 1885/86 das Werk »Das Wesen der Erzählung«, das Realismus und psychologische Charakterdarstellung sowie eine stärkere Strukturierung für die japanische Erzählprosa fordert.

☐ 1876-83: Anglistikstudium. ☐ ab 1883: Dozent an der Waseda-Univ. in Tokio. ☐ 1885/86: »Der Charakter moderner Studenten« (Erz.). ☐ ab 1891: Hg. der Zeitschrift Waseda-Literatur.

Tsukahara, Mitsuo

jap. Kunstturner
* 22.12.1947 Tokio

Tsukahara, mehrfacher Olympiasieger und Weltmeister, hat als einer der weltweit erfinderischsten Turner aller Zeiten das Kunstturnen nachhaltig geprägt. Die nach ihm benannte Übung beim Pferdsprung ist ein eineinhalbfacher Salto rückwärts; der 1972 bei den Olympischen Spielen in München erstmals vorgeführte »Tsukahara« am Reck ein Schraubensalto mit direkt folgendem Salto; dieser Übungsteil kann auch am Boden geturnt werden.

☐ 1968: Olympiasieger von Mexiko mit der Mannschaft. ☐ 1970: Weltmeister im Pferdsprung. ☐ 1972: Olympiasieger von München am Reck und mit der Mannschaft. ☐ 1974: Weltmeister mit der Mannschaft. ☐ 1976: Olymiasieger von Montreal mit der Mannschaft; Olympiazweiter im Pferdsprung; Olympiadritter im Zwölfkampf und am Barren.

← Mitsuo Tsukahara

Tswett, Michael

(eig. Michail Semjonowitsch Zwet)
russ. Botaniker
* 14.5.1872 Asti (Italien) † 26.6.1919 Woronesch

Tswett, ab 1908 Professor am Warschauer Polytechnischen Institut, arbeitete über Blattfarbstoffe und entwickelte die ersten Methoden der Chromatographie, die, seinerzeit unbeachtet und von R. →Willstätter aufgegriffen, zu einem epochemachenden Laborverfahren wurde. Mit dem von T. begründeten Trennverfahren können flüssige Farbgemische in ihre Komponenten zerlegt werden, wobei sich diese je nach ihrer Haftung säulenförmig als Farbbänder ablagern. 1906 gelang T. mit der sog. Säulenchromatographie die Aufspaltung des Chlorophylls in zwei grüne und zwei gelbe Fraktionen.

Tübke, Werner

dt. Maler
* 30.7.1929 Schönebeck an der Elbe

Tübke schuf als bedeutender Künstler der ehemaligen DDR Historienbilder im Sinne des Sozialistischen Realismus, erweiterte aber wie W. →Sitte und B. → Heisig das starre offizielle Konzept um ein neues formales Vokabular. Im Zentrum seiner monumentalen, vielfigurigen Bilder (z. B. das Bauernkriegs-Panorama in Bad Frankenhausen, ab 1976) steht die Geschichte der Arbeiterbewegung, dargestellt in einem eigenwilligen, manieristischen Malstil mit gelegentlich surrealen Zügen. Sein in mehreren Fassungen vorliegendes Bild »Lebenserinnerungen des Dr. jur. Schulze« ist ein Prototyp von T.s Konzept.

Werner Tübke, ein Maler des sozialistischen Realismus.

☐ 1945-47: Besuch der Meisterschule für dt. Handwerk in Magdeburg. ☐ 1948-50: Studium an der Hochschule für Grafik und Buchkunst in Leipzig. ☐ 1950-53: Studium der Kunsterziehung und Psychologie an der Univ. in Greifswald. ☐ 1989: Große Retrospektive in der Nationalgalerie in Ost-Berlin.

▷ G. Meißner: Werner Tübke, 1989.

Tuchatschewski, Michail Nikolajewitsch

sowjet. Militär
* 16.2.1893 Alexandrowskoje, Gouv. Smolensk
† 11.6.1937 Moskau? (hingerichtet)

Der ehemalige kaiserliche Berufssoldat Tuchatschewski galt als einer der talentiertesten Offiziere der Roten Armee. Während des russischen Bürgerkriegs (1919-21) kämpfte er als Armeeführer erfolgreich in Sibirien gegen A. W. → Koltschak. Als Generalstabschef und später als Kriegskommissar erreichte er eine weitgehende Modernisierung und Motorisierung der Landstreitkräfte. Während der »großen Säuberung« J. → Stalins wurde er im Sommer 1937 völlig überraschend degradiert und wenig später in einem Geheimprozeß wegen Verschwörung gegen den

M. Tuchatschewski modernisierte die sowjet. Streitkräfte.

Sowjetstaat zum Tode verurteilt. 1956 wurde T. von N. →Chruschtschow rehabilitiert.

□ 1918: Mitgl. der Bolschewiki. □ 1919-21: Armeeführer. □ 1921: Leiter der Kriegsakademie der Roten Armee; mit L. →Trotzki Niederschlagung des Kronstädter Aufstands. □ 1925-28: Generalstabschef der Roten Armee. □ ab 1931: Leiter des Rüstungswesens. □ 1934: Kandidat des ZK der KPdSU. □ 1935: Marschall; Einführung des Kaderprinzips in der Roten Armee. □ 1936: 1. Stellvertreter des Volkskommissars für Verteidigung. □ 1937: Zum Oberbefehlshaber des Militärbezirks Wolga degradiert.

Tuchman, Barbara W.

amer. Journalistin
* 30.1.1912 New York † 6.2.1989 Greenwich, Conn.

Tuchman erhielt zwei Pulitzer-Preise für ihre Reportagen.

Mit eigenwilligen und engagierten, äußerst unterhaltsam geschriebenen historischen und zeitgeschichtlichen Publikationen wurde Tuchman zur vielgelesenen Schriftstellerin (»Bibel und Schwert«, 1956, dt. 1983). Für ihren Bericht über den Beginn des 1. Weltkriegs, »August 1914« (1962, dt. 1963), und für »Sand gegen den Wind — Amerika und China 1911-1945« (1971, dt. 1974) erhielt sie jeweils den Pulitzer-Preis. Ein großer Publikumserfolg war auch ihre Studie über das 14. Jh., »Der ferne Spiegel« (1978, dt. 1980).

□ bis 1933: Radcliff College, anschließend Yale Univ. und Columbia Univ., N. Y. □ 1936-38: Berichterstattung über den Span. Bürgerkrieg für The Nation. □ 1942: Mitarbeit im Office of War Information. □ 1958: »The Zimmermann Telegram« (Schr.). □ 1966: »Der stolze Turm« (dt. 1970). □ 1972: »Notes from China«. □ 1984: »Von der Torheit der Regierenden«. □ 1988: »Der erste Salut«.

Tucholsky, Kurt

(Pseud.e Kaspar Hauser, Peter Panter, Theobald Tiger, Ignaz Wrobel)
dt. Schriftsteller
* 9.1.1890 Berlin † 21.12.1935 Hindås bei Göteborg (Schweden; Selbstmord)

Kurt Tucholsky war ein erbitterter Gegner von Nationalismus und Militarismus.

Tucholsky gehört als zeitkritischer Satiriker, Kabarettexter und Essayist in der Tradition Heinrich Heines (* 1797, † 1856), aber auch als erfolgreicher Autor von Romanen wie »Rheinsberg« (1912) und »Schloß Gripsholm« (1931) zu den herausragenden Literaten der Weimarer Republik. Der entschiedene Pazifist und radikale, aufklärerisch motivierte Demokrat trat in Artikeln und Gedichten zur Verteidigung der Weimarer Verfassung an; er geißelte Militarismus und Nationalismus der reaktionären Konservativen, deren Machtzuwachs ihn in die Emigration und schließlich in den Tod trieb.
T., der mit dem Gebrauch von fünf verschiedenen Pseudonymen auch — zeittypisch — die Suche nach der eigenen Identität in der zerrissenen Nachkriegsgesellschaft ausdrückte, zeigt in seinen ironischen Texten ein breites Panorama deutschen Alltagslebens bis zum Jahr 1933. Nach dem 2. Weltkrieg wirkte T.s Einfluß bei nachfolgenden Kabarettisten wie H. D. →Hüsch und D. →Hildebrandt weiter.

□ ab 1913: Mitarbeiter (ab 1926 Hg.) der Zeitschrift Die Schaubühne (später Die Weltbühne), die unter seinem Einfluß zum Organ der linken Intellektuellen wurde. □ 1914: »Der Zeitsparer« (Grotesken). □ 1915: Promotionsabschluß des Jurastudiums. □ 1924: Als Korrespondent für die Vossische Zeitung und die Weltbühne in Paris. □ 1927: »Ein Pyrenäenbuch« (Reiseb.). □ 1928: »Mit 5 PS« (Texte). □ 1929: »Das Lächeln der Mona Lisa« (Texte); »Deutschland, Deutschland über alles!« (Texte, Fotos von J. →Heartfield); Emigration nach Schweden. □ 1931: »Lerne lachen ohne zu weinen« (Texte). □ 1933: Ausbürgerung aus Deutschland, Verbot der Bücher.

▷ K. Tucholsky: Briefe aus dem Schweigen 1932-35, 1977; B. P. Grenville: Kurt Tucholsky, 1983; A. Austermann: Kurt Tucholsky, 1985.

Tudor, David

amer. Pianist und Komponist
* 20.1.1926 Philadelphia, Penn.

Tudor erregte Aufsehen, als er 1950 in New York die 2. Klaviersonate von P. →Boulez auswendig vortrug. Seither ist der Pianist einer der führenden Interpreten avantgardistischer Klaviermusik. T., der Musik von J. →Cage und K. → Stockhausen uraufgeführt hat, beeinflußte zahlreiche Komponisten seines Landes, die für ihn Werke schrieben. In seinen eigenen Kompositionen, die vorwiegend multimedialen Charakter haben, bedient er sich der Laser-Technik und anderer Lichtsysteme.

□ bis 1948: Organist und Lehrer. □ seit 1951: Zusammenarbeit mit J. Cage; Gründung des Project of Music for Magnetic Tape. □ 1953: Zusammenarbeit mit der Merce →Cunningham Dance Company. □ seit 1956: Dozent bei den Int. Ferienkursen in Darmstadt. □ 1968: »Reunion«. □ 1972: »From Piano to Electrics« (Schr.). □ 1973: »Laser Bird«.

▷ M. Nyman: Experimental music. Cage and beyond, 1974.

Tugan-Baranowski, Michail Iwanowitsch

russ. Politiker
* 20.1.1865 im Gouv. Charkow (alte Zeitrechnung: 8.1.1865) † 24.1.1919 im Zug Kiew–Odessa

Tugan-Baranowski war ab 1890 der herausragende Wirtschaftstheoretiker in Rußland. Mit seinen an marxistische Ideen angelehnten Werken, in denen er die Verteilung der volkswirtschaftlichen Güter auf soziale Macht zurückführte, beeinflußte er maßgeblich die russischen Sozialisten, insbesondere den jungen → Lenin. Nach der Jahrhundertwende tendierte T. zunehmend zum westlichen Liberalismus.

□ 1898: »Geschichte der russischen Fabrik« (Schr.). □ 1905: Mitgl. der Konstitutionell-Demokratischen Partei (KD). □ 1913: »Soziale Theorie der Verteilung« (Schr.). □ 1917: Finanzmin. der Ukraine.

Tukur, Ulrich Gerhard

dt. Schauspieler
* 29.7.1957 Vierheim

Tukur ist die Entdeckung der 80er Jahre und wird als Wunderkind des deutschen Theaters gefeiert. Mit sicherem Instinkt spielt er frivolzynische Charaktere; dabei zeigt er in seinen Interpretationen menschliche Abgründe auf. Charakteristisch ist T.s nervös-fiebrige Unruhe auf der Bühne.

□ 1980-83: Staatliche Hochschule für Musik und darstellende Kunst in Stuttgart. □ 1982: Filmdebüt als Willi Graf in »Die weiße Rose« (Rg. M. Verhoeven); Theaterdebüt als Student Freder in »Krankheit der Jugend« (F. Bruckner) in München. □ 1984: SS-Offizier Kittel in »Ghetto« (J. →Sobol, Rg. P. →Zadek) in Berlin. □ 1985: Orlanda in »Wie es Euch gefällt« (Shakespeare, Rg. P. Zadeck) in Hamburg. □ 1985-89: Dt. Schauspielhaus Hamburg. □ 1986: Andreas Baader in dem Film »Stammheim« (Rg. V. →Hauff); Wahl zum Schauspieler des Jahres. □ 1989: Titelrolle in »Hamlet« (Shakespeare, Rg. M. →Bogdanov). □ 1990: Erik in der UA des Musicals »Freudiana« (Rg. P. →Weck) in Wien.

Andrej Tupolew →

»Toni« Turek →

Alan M. Turing →

← Ulrich G. Tukur

Tupolew, Andrej Nikolajewitsch

sowjet. Flugzeugkonstrukteur
* 10.11.1888 Pustomasowo, Kalinin
† 23.12.1972 Moskau

Tupolew baute 1924 das erste sowjetische Ganzmetallflugzeug ANT-2. In den folgenden Jahren konstruierte er über 100 weitere Flugzeuge. Sein Sohn Alexej Andrejewitsch (* 1925) war Chefkonstrukteur des von beiden entwickelten TU-144, das am 31.12.1968 als erstes Überschallverkehrsflugzeug der Welt seinen Jungfernflug absolvierte.

□ 1924: Konstruktion von ANT-2. □ 1934: Bau des größten Landflugzeugs seiner Zeit, ANT-20 »Maxim Gorki«. □ 1937: Erster Transpolarflug mit der ANT-25. □ 1938-43: Inhaftierung im Lager Omsk. □ 1956: Bau der TU-104, eines der ersten Flugzeuge mit Turboluftstrahltriebwerk. □ 1968: Erster Flug eines Überschallverkehrsflugzeugs, der TU-144.

Turek, Anton »Toni«

dt. Fußballspieler
* 19.1.1919 Duisburg † 11.5.1984 Düsseldorf

Turek sicherte 1954 in Bern als Torhüter der deutschen Nationalmannschaft den 3:2-Sieg über Ungarn und damit den Gewinn der Weltmeisterschaft. T. bestritt nur 20 Länderspiele (1950-54), wurde jedoch wegen seiner Glanzparaden emphatisch gefeiert und war das große Vorbild der nachfolgenden Torhütergeneration (H. →Schumacher nannte sich nach ihm »Toni«).

Turing, Alan Mathison

engl. Mathematiker
* 23.6.1912 London
† 7.6.1954 Wilmslow, Cheshire (Selbstmord)

Die Basis der Computerwissenschaft schuf Turing mit seinem 1936 entwickelten Gedankenmodell eines universellen Rechenautomaten, der mittels einfachster Funktionen und ohne Rücksicht auf die daraus erfolgende Vielzahl der schematischen Rechenschritte die Berechenbarkeit einer komplexen mathematischen Funktion exakt definieren konnte. Die sog. Turing-Maschine, bestehend aus einem Schaltwerk, einem Schreib-Lese-Kopf und einem unendlichen Bandspeicher, konnte jede als Algorithmus beschreibbare Lösungsstrategie realisieren. Aufgrund eines von T. im 2. Weltkrieg entwickelten Rechners gelang die Entschlüsselung der von den Deutschen auf der Chiffriermaschine »Enigma« codierten Nachrichten. T., der auch an der Konstruktion der ersten Generation der Digital-Computer mitwirkte, hat seine Theorie zur Morphogenese, mit welcher er das organische Wachstum als mathematisch ableitbare Folge chemischer Prozesse zu erklären versuchte, nicht mehr vollendet.

□ 1935/36: Forschungen am King's College, Cambridge. □ 1936-38: Princeton Univ., USA. □ 1937: »On computable numbers, with an application to the Entscheidungsproblem« (Abh.). □ ab 1948: Stellv. Dir. des Computing Laboratory der Univ. Manchester, wo T. den Bau eines Digital-Computers mit der damals größten Speicherkapazität leitete.

Turner, Kathleen

amer. Schauspielerin
* 19.6.1954 Springfield, Missouri

Mit dem Film »Heißblütig — kaltblütig« (1981), in dem sie als Femme fatale einen Mann für ihre Mordintrigen benutzt, und der Komödie »Der Mann mit zwei Gehirnen« (1982, mit St. → Martin) etablierte sich Turner unter den Stars von Hollywood.
Mit großer erotischer Ausstrahlung und sportlichem Temperament verkörperte die vielseitige Schauspielerin danach die verschiedensten Rollen, u. a. in »Auf der Jagd nach dem grünen Diamanten« (1984, mit M. →Douglas) und »Die Ehre der Prizzis« (1985, mit J. →Nicholson, Rg. J. →Huston).

← Kathleen Turner

□ 1984: »China blue bei Tag und Nacht« (Rg. K. →Russell, mit A. →Perkins). □ 1985: »Auf der Jagd nach dem Juwel vom Nil« (mit M. Douglas). □ 1986: »Peggy Sue hat geheiratet« (Rg. F. →Coppola). □ 1988: »Die Reisen des Mr. Leary« (mit W. →Hurt). □ 1989: »Der Rosenkrieg — bis daß der Tod uns scheidet« (mit M. Douglas). □ 1990: »Die Katze auf dem heißen Blechdach« (von T. →Williams, Broadway).

Turner, Lana

(eig. Julia Jean Mildred Francis Turner)
amer. Schauspielerin
* 8.2.1921 Wallace, Idaho

Als verführerische Blondine wurde Turner seit dem Revuefilm »Mädchen im Rampenlicht« (1940; mit J. →Stewart und J. →Garland, Rg. R. Z. Leonard) zum Inbegriff des Glamour-Girls. Neben Rollen in Melodramen spielte sie auch in Filmen der Schwarzen Serie. Wie in »The postman always rings twice/Im Netz der Leidenschaften« (1946, Rg. T. Garnett) betörte sie als Vamp die Männer und machte sie zu Mördern. T., die siebenmal verheiratet war, sorgte auch durch ihr skandalträchtiges Privatleben für Schlagzeilen in der Boulevardpresse.

Lana Turner in dem Film »Stadt der Illusionen« von Vincente Minelli, 1952.

□ 1937: »Sie werden nicht vergessen« (mit C. →Rains, Rg. M. Le Roy). □ 1941: »Arzt und Dämon« (mit S. → Tracy, Rg. V. Fleming). □ 1948: »Die drei Musketiere« (mit G. →Kelly, Rg. G. Sidney). □ 1952: »Stadt der Illusionen« (mit K. →Douglas, Rg. V. Minelli). □ 1955: »Tempel der Versuchung« (Rg. R. Thorpe). □ 1958: »Herz ohne Hoffnung« (mit S. →Connery, Rg. L. Allen). □ 1959: »Solange es Menschen gibt« (Rg. D. →Sirk). □ 1960: »Das Geheimnis der Dame in Schwarz« (mit A. →Quinn, Rg. M. Gordon). □ 1974: »Verfolgung« (mit T. Howard, Rg. D. Chaffey). □ 1982: »Falcon Crest« (TV-Serie).

▷ L. Turner: Lana. The lady, the legend, the truth, engl. 1983.

Turner III., Robert Edward »Ted«

amer. Unternehmer
* 19.11.1938 Cincinnati, Ohio

Turner, Inbegriff des amerikanischen Selfmademan, gelang es in weniger als sechs Jahren, neben ABC, CBS und NBC das viertgrößte Fernsehunternehmen der USA, TBS (Turner Broadcasting System), aufzubauen. T., der auch als Weltklassesegler bekannt ist, kaufte 1970 einen kleinen kommerziellen Fernsehkanal in Atlanta. Sein »positives«, über Satellit ausgestrahltes Programm mit Familienserien und klassischen Spielfilmen wurde von den expandierenden Kabelfernsehanstalten bereits Mitte der 70er Jahre über den ganzen Kontinent verbreitet. 1980 entdeckte er mit der Einrichtung des reinen Nachrichtensenders Cable Networks News (CNN), der mittlerweile auf allen Kontinenten Büros unterhält, erneut eine Marktlücke. Weltweit bekannt wurde CNN mit ihrer Nachrichtenübertragung während des Golfkriegs im Frühjahr 1991.

□ 1970: Kauf eines Fernsehsenders in Atlanta. □ seit 1976: Präs. der Baseballmannschaft Atlanta Braves. □ 1977: Gewinner der Segel-Trophäe im America's Cup. □ 1985: Empfangsmöglichkeit für CNN in über 30 Mio. Haushalten; Unterzeichnung eines Austauschprogramms für Journalisten, Nachrichten und Unterhaltungsprogramme mit der UdSSR. □ 1986: Nach dem Scheitern der Bemühungen um den Erwerb von CBS Ankauf der Filmbibliothek der Filmproduktionsgesellschaft MGM. □ 1987: Übertragung von TBS-Programmen durch 10000 Kabelsysteme (35,2 Mio. Fernsehhaushalte).

Turner, Tina

(eig. Annie Mae Bullock)
amer. Rocksängerin
* 26.11.1939 (1941?) Nutbush bei Brownsville, Tenn.

Über den Erfolg als Sängerin hinaus wurde Turner in den 80er Jahren zum Symbol der selbstbewußten modernen Frau. Der Anfang der Karriere und deren erster Höhepunkt Ende der 60er Jahre stand ganz unter dem Einfluß ihres Entdeckers und Ehemannes Ike Turner. Er bestimmte die musikalische Richtung — schwarzer, rockig arrangierter Soul in kommerziell erfolgreicher Verpackung. 1976 trennte sich das Paar nach 16 Jahren fast täglicher Auftritte mit der »Ike and Tina Turner Revue«, einer rasanten Bühnenshow voller erotischer Anspielungen.

Für T. folgte eine jahrelange Durststrecke mit Auftritten in drittklassigen Clubs. 1984 erlebte sie ein triumphales Comeback mit »What's love got to do with it«, einem Song im populären Mainstream Sound. Ihre Tourneen brachten Rekord-Einnahmen, in Rio de Janeiro sang sie 1988 vor 180 000 Zuschauern. 1990 verkündete T. ihren Rückzug aus dem Tourneebetrieb, um sich verstärkt der Filmschauspielerei zu widmen.

Tina Turner bei einem ihrer legendären Auftritte, 1973.

□ 1957: Erstes Engagement bei I. Turner. □ 1960: Erster Hit »A fool in love«. □ 1966: Hit »River deep mountain high«. □ 1969: USA-Tournee mit den → Rolling Stones. □ 1971: Grammy Award für »Proud Mary« (mit I. Turner). □ 1974: »Nutbush City Limits« (LP). □ 1975: »Acid Queen« (Solo-LP Tina Turner); Rolle der Acid Queen in der Rockoper »Tommy« (F.) von den »Who«. □ 1976: Scheidung von I. Turner; Tingeltour durch die USA (bis 1983). □ 1984: Grammy Award für »What's love got to do with it« und die LP »Private Dancer«. □ 1985: »Mad Max — Jenseits der Donnerkuppel« (F., mit Mel Gibson). □ 1989: »Foreign Affair« (LP).

▷ B. Mills: Tina Turner — Vom Countrygirl zur Rock-Lady, 1985; T. Turner/K. Loder: Ich, Tina — Mein Leben, 1986.

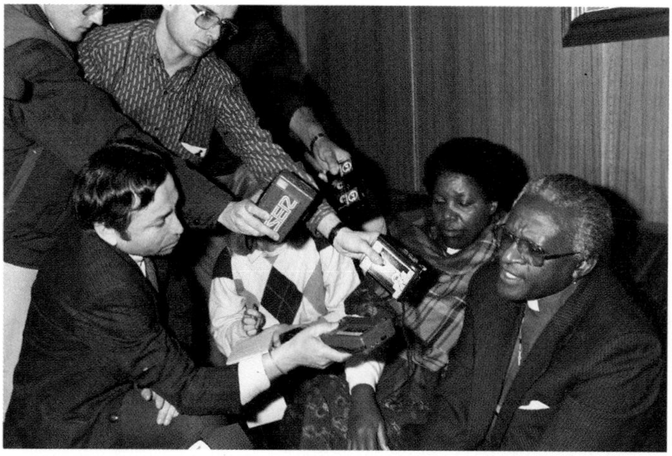

Desmond Tutu: Der Nobelpreisträger und seine Frau von Reportern bedrängt.

Tutu, Desmond Mpilo

südafr. Geistlicher (angl.)
* 7.10.1931 Klerksdorp, Transvaal

Seit seiner Rückkehr aus Großbritannien 1975 machte Tutu, der erste schwarze Bischof in Südafrika, von Soweto aus Front gegen die Apartheidpolitik der Regierung. Durch seine temperamentvollen Aktionen trug er maßgeblich zur Bildung des Südafrikanischen Kirchenrats bei, in dem die meisten Kirchen Südafrikas zusammengeschlossen sind. Im Rahmen dieses Dachverbands machte T. unermüdlich in der ganzen Welt auf die politischen Zustände in Südafrika aufmerksam. Für seinen gewaltlosen Einsatz gegen das Apartheidregime wurde ihm 1984 der Friedens-Nobelpreis zuerkannt.

□ bis 1954: Lehrerausbildung. □ 1958-61: Besuch eines theologischen Kollegs. □ 1961: Priester. □ 1962-66: Theologiestudium in England. □ 1967-71: Dozent an der Univ. von Lesotho. □ 1971-74: Stellv. Dir. beim Weltkirchenrat in Großbritannien. □ 1975: Superintendent der angl. Kirche von Johannesburg. □ 1976: Bischof von Lesotho. □ 1978: Generalsekretär des Südafrikanischen Kirchenrats. □ 1984: Friedens-Nobelpreis; Bischof von Johannesburg. □ seit 1986: Erzbischof von Kapstadt.

▷ C. Greene: Desmond Tutu. Bishop of peace, 1986.

Tutuola, Amos

nigerian. Schriftsteller
* 5.5.1920 Abeokuta bei Lagos

Tutuolas Märchen »Der Palmweintrinker« (1952, dt. 1955) war das erste international erfolgreiche Werk eines afrikanischen Autors und markierte zugleich den Beginn der englischsprachigen westafrikanischen Literatur. Im Gegensatz zu späteren, politisch engagierten Autoren (C. → Achebe, W. → Soyinka) verschmolz T. in afrikanisiertem Englisch Themen der von mündlichen Überlieferungen geprägten Tradition seines Volkes mit den Requisiten der westlichen Welt (Geld, Fernsehen, Telefon). Verdienst des heute als Bauer in seinem Geburtsort lebenden T. ist es, das afrikanische Weltbild dem europäischen Publikum nahegebracht zu haben.

Twain, Mark → Mark Twain

Alexander Twardowski →

Twardowski, Alexander T.

sowjet. Schriftsteller
* 21.6.1910 Sagorje † 18.12.1971 Moskau

Twardowski schrieb folkloristisch gefärbte Verserzählungen und leitete in den 50er und 60er Jahren die Literaturzeitschrift Nowy Mir, ein Forum für kritische Literatur, in der 1962 A. →Solschenizyns Erzählung »Ein Tag im Leben des Iwan Denissowitsch« erschien. T.s Poem »Tjorkin im Jenseits« (1954-63) ist eine satirische Schilderung der Stalinzeit und ein wichtiges literarisches Zeugnis der sog. Tauwetterperiode unter N. →Chruschtschow.

☐ 1936: »Das Wunderland Murawien« (dt. 1954). ☐ 1941-45: »Wassili Tjorkin. Das Buch vom Soldaten« (dt. 1966). ☐ 1950-54; 1959-70: Chefredakteur der Zeitschrift Nowy Mir; erzwungener Rücktritt. ☐ 1967-69: »Po pravu pamjati« (»Vom Recht auf Erinnerung«, erschienen postum 1987).

Twombly, Cy

amer. Maler, Zeichner und Plastiker
* 25.4.1928 Lexington, Virg.

Twombly gehört zu den profilierten Künstlern, die in den späten 50er und in den 60er Jahren den Abstrakten Expressionismus im Sinne einer betont zeichenhaften Sprache weiterentwickelten und so die Grundlage zu einer neuen Malerei und Zeichnung legten. Er fand zu einem Stil der kalligrafischen Chiffrierung, indem er die weißen Leinwände in Graffitimanier mit automatistischen Strichmustern, Zahlen, Worten und Wortfragmenten, Diagrammen und vielfältigen Zeichen überzog (z. B. »Verbrechen aus Leidenschaft«, 1960, Köln, Museum Ludwig). T. begriff die Bildfläche (ähnlich wie vor ihm J. → Pollock) als Ebene künstlerischer Imagination im Sinne eines »Ereignisfeldes« für geistig-emotionale Prozesse. Dieses Verständnis verband sich zunehmend mit mythologischen und literarischen Bezügen, und zu den linearen Strukturen traten malerische Elemente, z. B. in Form tachistischer Flecken (»Wildere Ufer der Liebe«, 1985, im Besitz des Künstlers). Seit den 70er Jahren arbeitet T. auch an assemblageartigen Plastiken aus weiß bemaltem Holz (teilweise als Bronzegüsse).

☐ 1948-51: Studium an der Washington and Lee Univ., Lexington, an der Museum School of Boston und der Art Students' League in New York. ☐ 1951: Freundschaft mit R. →Rauschenberg; Bekanntschaft mit R. →Motherwell und F. →Kline. ☐ 1957: Übersiedlung nach Rom. ☐ 1960/61: Arbeit u. a. auf Mykonos; vorrangig mythologische Themen. ☐ 1961: Arbeitsaufenthalt in München. ☐ 1967-76: Verschiedene Aufenthalte in Amerika, u. a. bei Rauschenberg in Captiva, Flor. ☐ 1977/78: Bildzyklus »50 Days at Iliam«. ☐ 1982: Teilnahme an der Ausstellung »Zeitgeist« in der Nationalgalerie, Berlin, sowie der documenta 7 in Kassel. ☐ 1987: Große Ausstellung in der Kunsthalle Düsseldorf und im Kunsthaus Zürich. ☐ 1988: Ausstellung im Centre Georges Pompidou, Paris.

▷ R. Barthes: Cy Twombly, 1983.

Tylor, Sir Edward Burnett

engl. Anthropologe
* 2.10.1832 London
† 2.1.1917 Wellington, Somerset

Tylor ist Begründer der Kulturanthropologie und einer der einflußreichsten Evolutionisten des 19. Jh.s. Die Frage nach der Entwicklung menschlicher Kultur hatte sich Mitte des 19. Jh.s an Darwins Theorie von der biologischen Evolution und ersten Funden fossiler Menschenreste entzündet. T. entwarf das Konzept einer sich einheitlich entwickelnden, psychisch gleichen Menschheit von der untersten Stufe der Wildheit über die Barbarei zur höchsten Stufe der Zivilisation. Er zeichnete eine entsprechende religiöse Entwicklung vom Glauben an die beseelte Natur (Animismus) zum Glauben an einen einzigen Gott (Monotheismus, W. →Schmidt). T. untersuchte auch archaische Überreste (z. B. Aberglaube) in der heutigen Gesellschaft.

☐ 1848: Angestellter in der elterlichen Firma. ☐ 1855: Reise nach Mexiko; Hinwendung zur Anthropologie. ☐ 1865: »Researches into the early history of mankind and the development of civilization« (Schr.). ☐ 1871: »Primitive culture« (Abh.); Mitgl. der Royal Society. ☐ 1875: Doktor des Zivilen Rechts in Oxford. ☐ 1881: »Anthropology, an introduction to the study of man and civilization« (Schr.). ☐ 1884: Dozent für Anthropologie in Oxford. ☐ 1896: Erster Prof. für Anthropologie in England.

Mike Tyson (r.) beim Kampf gegen seinen Herausforderer James »Buster« Douglas, 1990.

Tyson, Mike

amer. Boxer
* 30.6.1966 New York

Tyson war von 1986 bis zu seiner überraschenden Niederlage 1990 gegen James Douglas (* 1960) Weltmeister aller Klassen. Ohne technische Feinheiten, aber mit gewaltiger Schlagkraft entschied er die meisten seiner Kämpfe durch k. o. in den ersten Runden; so auch 1988, als er seinen Titel gegen Michael Spinks (* 1956) in 97 Sekunden verteidigte und ein Preisgeld von 22 Mio. US-$ erhielt.

Tzara, Tristan

dt.-frz. Schriftsteller
* 4.4.1896 Moinesti (Rumänien) † 25.12.1963 Paris

Neben R. Huelsenbeck und H. →Ball war Tzara einer der Hauptvertreter und Mitbegründer des

Dadaismus, einer Bewegung, die er von Zürich mit nach Paris brachte. Dort wurden zwischen 1920-22 die wichtigsten Stücke des dadaistischen Theaters aufgeführt, u. a. auch T.s »Gasherz« (1922), in dem ein Auge, ein Ohr, eine Nase und ein Hals als Figuren auftreten und das konventionelle Theater parodieren. Sein Gedichtzyklus »Der annähernde Mensch« (1931), in dem er sich in freien Versen mit Themen wie Liebe, Tod und Schicksal auseinandersetzt, zeigt den Einfluß der Surrealisten. T.s Werke sind heute weitgehend in Vergessenheit geraten.

□ 1916: Mitbegründer des Dadaismus in Zürich und Mitarbeit im Cabaret Voltaire; »Das erste wunderbare Abenteuer des Herrn Antipyrine« (Ged.e). □ 1918: »Fünfundzwanzig Gedichte«. □ 1920: Umzug nach Paris. □ 1924: »Sieben Dada-Manifeste« (dt. 1976). □ 1946: »Lebenszeichen« (Ged.e). □ 1947: »Die Flucht« (Dr.). □ 1951: »Das Gewicht der Welt« (Ged.). □ 1956: »Die verbotene Frucht« (Ged.).

← Tristan Tzara

U

U2

ir. Rockgruppe

Mit politischen Texten, die auch vor unbequemen Themen und Inhalten nicht zurückschrecken, wurde U2 mit Songs wie »Pride« und »Sunday bloody sunday« zu einer der wichtigsten und einflußreichsten irischen Rockgruppen. Neben ihrer eigentlichen Arbeit engagieren sich Gitarrist und Sänger Dave Evans »The Edge« (* 1951), Sänger Bono Vox (* 1960), Bassist Adam Clayton (* 1960) und Schlagzeuger Larry Mullen (* 1961) in humanitären Organisationen wie Amnesty international.

□ 1976: Gründung als Schülerband. □ 1981: Erste LP »Boy«. □ 1983: »War« (LP); »Under the blood red sky« (LP). □ 1985: »Wide awake in America« (LP). □ 1987: Grammy Award für »The Joshua tree« (LP). □ 1989: »The unforgettable fire« (LP). □ 1991: »Achtung Baby« (LP).

▷ E. Dumphy: Unforgettable fire — The story of U2, 1987; P. William/S. Turner: U2 - Rattle & Hum, 1988.

U2 wurden mit Sänger Bono Vox (2. v. l.) die erfolgreichste irische Rockband.

Udet, Ernst

dt. Militär
* 26.4.1896 Frankfurt/Main
† 17.11.1941 Berlin (Selbstmord)

Der im 1. Weltkrieg äußerst erfolgreiche Jagdflieger Udet (62 Abschüsse) trat erst nach längerem Zögern und auf persönliches Drängen von →Göring wieder in die Luftwaffe ein. Er war danach für die Neubeschaffung von Flugzeugen verantwortlich. Nach der Luftschlacht um England wurde er von Göring und General Milch, die ihm Fehlplanungen vorwarfen, für deren Mißlingen verantwortlich gemacht. U. beging schließlich Selbstmord, der als Unfall verschleiert wurde. Er war das Vorbild für die Hauptfigur im Schauspiel »Des Teufels General« von C. → Zuckmayer, der U.s Freitod zunächst als Widerstandshandlung gegen das Regime interpretiert hatte.

□ 1915: Jagdflieger. □ 1922-25: Gründer und Geschäftsführer einer Flugzeugfirma. □ ab 1925: Kunstflieger. □ 1935: Im Reichsluftfahrtministerium. □ 1936: Chef des Technischen Amtes der Luftwaffe. □ 1939: General-Luftzeugmeister. □ 1940: Generaloberst.

▷ E. Udet: Ein Fliegerleben, 1981.

Ernst Udet in seinem Flamingo-Doppeldecker beim Volksflugtag in Berlin, 1940.

Uecker, Günther

dt. Künstler
* 13.3.1930 Wendorf, Mecklenburg

Uecker gehört als frühes Mitglied der Gruppe Zero (mit O. →Piene und H. → Mack) zu den profiliertesten und vielseitigsten Vertretern der deutschen Nachkriegskunst. Seit den frühen 60er Jahren arbeitete er in den Bereichen von Lichtkunst und Kinetik, zum anderen war er aktiv in der Begründung neodadaistischer Tendenzen und damit der neuen Objektkunst. Er verwendete u. a. fluoreszierende Lichtstäbe (z. B. »Lichtregen«, 1966) oder ließ von Scheinwerfern angestrahlte Anordnungen von Nägeln auf weißer Leinwand und Holz mittels eines Motors langsam rotieren (»Lichtscheibe«, 1961).
Ein zweiter Ansatz U.s besteht in seinen zum großen Teil environmentartigen Objektinstallationen aus einfachen Materialien und Gegenständen wie etwa bei der in Arizona unter dem

Günther Uecker: Der Objekt- und Lichtkünstler in seinem Atelier mit dem Environment »Bilder von Łódź«.

Eindruck der indianischen Kultur entstandenen Arbeit »Black Mesa« (1985).

☐ 1955-58: Studium an der Kunstakademie Düsseldorf. ☐ ab 1959: Beschäftigung mit Lichtkunst und Kinetik; stößt zur Gruppe Zero. ☐ seit 1960: Arbeit mit bewegten Nagelscheiben. ☐ seit 1962: Benagelungen von Gegenständen. ☐ ab 1967: Aktionen, Filme, Bühnengestaltungen, Skulpturen, Objekte, Environments und Nagelbilder; int. Ausstellungen. ☐ 1977: Großskulptur »Tisch der Austreibung« auf dem Linzer Metallforum. ☐ seit 1984: Messerskulpturen. ☐ 1988: Retrospektive in Moskau.

▷ D. Honisch: Günther Uecker, 1983.

Uexküll, Jakob

schwed.-dt. Journalist und Philanthrop
* 19.8.1944 Uppsala

Uexküll, Enkel des Biologen J. v. →Uexküll, gründete 1980 die Stiftung für verantwortungsbewußte Lebensführung, deren Auszeichnungen als alternative Nobelpreise bekannt wurden. Mit den jährlich verliehenen drei Geldpreisen und einem Ehrenpreis prämiert die Stiftung Personen und Projekte, die »an beispielhaften Lösungen zu den Problemen unserer Zeit« auf den Gebieten Ökologie, Menschenrechte, Friedenssicherung und Entwicklungshilfe arbeiten.

← Jakob Uexküll

Uexküll, Jakob Johann Baron von

balt. Biologe
* 8.9.1864 Gut Keblas, Estland
† 25.7.1944 auf Capri (Italien)

Uexküll, 1926-40 Direktor des von ihm gegründeten Hamburger Instituts für Umweltforschung, wurde mit der Entwicklung seiner neuartigen Umwelttheorie, die er in seiner »Bedeutungslehre« (Schr., 1934) vorstellte, zum Vorläufer der modernen Verhaltensforschung. Ausgehend von der Vorstellung, daß der artspezifische Lebensraum Teil einer sinnvollen biologischen Einheit darstellt, zeigte U. an Einzelbeispielen den Zusammenhang zwischen »Umwelt und Innenwelt der Tiere« (Schr., 1909).

☐ 1892-1909: Forschungstätigkeit am Physiologischen Inst. der Univ. Heidelberg und an der Zoologischen Station in Neapel. ☐ 1910-25: Privatgelehrter und Forschungsreisender. ☐ 1920: »Theoretische Biologie« (Schr.). ☐ 1925-40: Prof. an der Univ. Hamburg. ☐ 1934: »Streifzüge durch die Umwelt von Tieren und Menschen« (Schr., mit G. Kriszat).

▷ J. v. Uexküll: Niegeschaute Welten. Die Umwelt meiner Freunde. Ein Erinnerungsbuch, 1936.

Uhde, Friedrich K. H. »Fritz« von

dt. Maler
* 22.5.1848 Wolkenburg/Mulde, Sachsen
† 25.2.1911 München

Uhde schuf eine zeitgemäße Form religiöser Kunst. Gemälde wie »Komm, Herr Jesus, sei unser Gast« (1885) verbinden die traditionelle Christus-Gestalt mit einer impressionistisch getönten Schilderung des Handwerker- und Bauernmilieus. Als Vertreter des deutschen Impressionismus (M. →Liebermann, M. →Slevogt) erwies sich U. durch seine Vorliebe für lichterfüllte Szenen aus dem Alltag des Familienlebens.

☐ 1866/67: Kunststudium in Dresden. ☐ 1867-75: Militärische Laufbahn. ☐ 1875-80: Kunststudium in Wien, München und Paris. □ 1880: Übersiedlung nach München. □ 1892: Mitbegründer der Münchner Sezession. □ 1908: Ehrendoktor der Theologischen Fakultät der Univ. Leipzig.

▷ G. Keyssner: Uhde, 1922.

Uhlmann, Hans

dt. Bildhauer
* 27.11.1900 Berlin † 28.10.1975 ebd.

Uhlmann wandte sich als einer der ersten deutschen Bildhauer der abstrakten Metallplastik zu. Aus Stahl, Draht und Eisen schuf er aus der Fläche entwickelte Arbeiten wie »Turm allseitiger Ausstrahlung« (1972, Tübingen, Universitätsgelände), aber auch filigrane Drahtgebilde wie »Kopf« (1927, Duisburg, Wilhelm-Lehmbruck-Museum), mit denen er auf jüngere Bildhauer wie Norbert Kricke einwirkte. U. verarbeitete in seinem Werk Anregungen des Konstruktivismus und A. →Calders.

▷ W. Haftmann: Hans Uhlmann, 1975.

Ulanowa, Galina Sergejewna

sowjet. Tänzerin
* 8.1.1910 St. Petersburg

In der Nachfolge A. →Pawlowas verkörperte Ulanowa, die einer Tänzerfamilie entstammt, in den 30er bis 50er Jahren die russische Ballerina in Vollendung. Technische Perfektion sowie die Zartheit und Eleganz ihres Ausdrucks, vor allem in lyrischen Rollen des klassischen Repertoires, bildeten die Grundlage ihres Erfolges. Die sowjetische Filmversion von »Romeo und Julia« (1955, M.: S. →Prokofjew, Rg. L. Arnchtam) hat ihre Kunst für die Nachwelt bewahrt.

□ 1928: Mitgl. des Kirow-Balletts in Leningrad. □ 1935: Wechsel zum Bolschoi-Ballett in Moskau. □ 1944-60: Primaballerina assoluta des Bolschoi-Balletts. □ 1945: Erster Auslandsauftritt mit dem Bolschoi-Ensemble in Wien; weitere Tourneen nach Großbritannien, Frankreich, China, in die USA und die BRD. □ ab 1961: Pädagogische Arbeit am Bolschoi-Ballett.

▷ G. Ulanowa: Die Schule einer Ballettänzerin, 1955; F. Fühmann: Galina Ulanowa, 1961.

Ulbricht, Walter

dt. Politiker
* 30.6.1893 Leipzig † 1.8.1973 Döllnsee bei Berlin

Ulbricht kam 1945 als Stellvertreter von W. →Pieck nach Deutschland zurück und wirkte führend bei der Neugründung der KPD sowie beim Aufbau der SED und der Verwaltung in der Sowjetischen Besatzungszone mit. Als Leiter des Verbindungsbüros zur sowjetischen Besatzungsmacht gewann der von vielen als farbloser Funktionär eingeschätzte U. rasch an Einfluß. Nach seiner Wahl zum Generalsekretär der SED (1950) lenkte er im Geiste eines konservativen Stalinismus 20 Jahre lang die Geschicke der DDR, die sich unter seinem Einfluß immer stärker zum Westen hin abschloß. Mit seinem Namen bleibt der Bau der Mauer (1961) durch Berlin verbunden. Als er die einsetzende sowjetische Entspannungspolitik unter L. → Breschnew nicht mittragen wollte, wurde er durch E. →Honecker abgelöst.

Walter Ulbricht →

Liv Ullmann →

← Galina S. Ulanowa

Timm Ulrichs →

□ 1912: Mitgl. der SPD. □ 1918: Mitgl. des Spartakusbundes. □ 1919: In einem Soldatenrat für die USPD; Mitgl. der KPD. □ ab 1920: Parteifunktionär der KPD. □ 1924/25: Bei der Komintern in Moskau. □ 1926-28: MdL in Sachsen. □ 1928-33: MdR. □ 1932/33: Sekr. des ZK der KPD. □ 1933-45: Exil (Prag, Paris, Moskau). □ 1946-50: Stellv. Vors. der SED. □ ab 1949: Mitgl. des Politbüros. □ 1949-60: Stellv. Vors. des Ministerrats; Mitgl. der Volkskammer. □ 1950-71: Generalsekretär (ab 1953: 1. Sekretär) der SED. □ 1960-73: Vors. des Staatsrats der DDR und Vors. des Nationalen Verteidigungsrats (bis 1971).

▷ C. Stern: Ulbricht. Eine politische Biografie, 1963; H. Weber: Von Rosa Luxemburg zu Walter Ulbricht, 4. Aufl. 1970.

Ullmann, Liv Johanne

norw. Schauspielerin
* 16.12.1938 Tokio (Japan)

Ullmann, die 1957 in dem Bühnenstück »Das Tagebuch der Anne Frank« in Stavanger debütierte, entwickelte sich in der Zusammenarbeit mit Regisseur Ingmar →Bergman (seit 1966) zur bedeutendsten skandinavischen Schauspielerin nach G. →Garbo und Ingrid →Bergman. Sie verkörperte häufig den Typus der nach außen hin psychisch starken Frau, die großen Belastungen (Beziehungsprobleme, Konfrontation mit der Vergangenheit) ausgesetzt ist. International bekannt wurde sie durch den Film »Szenen einer Ehe« (Rg. I. Bergman). U. führte auch selbst Regie (»Love«, 1981; »Look at Liv«, 1982). Die politisch engagierte Schauspielerin ist seit 1980 Sonderbotschafterin der UNICEF.

□ 1959: Erste Filmrolle in »Frühehe«. □ 1966: Erste Zusammenarbeit mit Ingmar Bergman in »Persona«. □ 1968: »Die Stunde des Wolfs« (mit M. von → Sydow). □ 1969: »Eine Passion«. □ 1971: »Das neue Land« (mit M. v. Sydow). □ 1972: »Schreie und Flüstern«; erster Hollywood-Film »Der verlorene Horizont«. □ 1975: Broadwaydebüt in »Nora« von H. →Ibsen. □ 1976: »Das Schlangenei« (Rg. I. Bergman, mit G. →Fröbe und H. →Bennent). □ 1978: »Herbstsonate« (mit Ingrid Bergman). □ 1979: »I remember mama« (Broadway). □ 1987: »Gaby — eine wahre Geschichte«; »Farwell Moskau«.

▷ L. Ullmann: Wandlungen (Aut.), 1975; dies.: Gezeiten (Aut.), 1985.

Ulrichs, Timm

dt. Künstler
* 31.3.1940 Berlin

Ulrichs Werk bezieht seine Einmaligkeit aus der Position zwischen Neodadaismus und Konzeptkunst. Zur Verwirklichung seines Begriffs einer »Totalkunst« bedient er sich der verschiedensten Ausdrucksmittel bis zum gefährlichen Einsatz des eigenen Körpers. Am Anfang seiner Arbeit standen hintersinnige Sprachspiele in Form von Textbildern oder -objekten, in denen er den Betrachter durch paradoxe Wortkonstruktionen oder Befehle in Irritation versetzte. Spektakuläre Aktionen waren seine Selbstausstellung in einem Glaskasten der Frankfurter Galerie Patio als

»Erstes lebendes Kunstwerk« (1965) und sein riskanter Spaziergang im Gewitter als Blitzableiter mit einer am nackten Körper befestigten Kupferstange (1979). Seine komplexen Reflexionen über das Verhältnis von Mensch und Natur veranschaulicht U. auch in sorgfältig gestalteten Environments wie z. B. in einem archaisch anmutenden Totenfeld aus Abgüssen seines Schädels (»Timm Ulrichs Kopfsteinköpfe«, 1979/80).

□ 1959-66: Architekturstudium an der TH in Hannover. □ 1959: Gründung der »Werbezentrale für Totalkunst, Banalismus, Extemporalismus« in Hannover. □ seit 1972: Prof. an der Kunstakademie in Düsseldorf.

Umberto II.

König von Italien
* 15.9.1904 Racconigi, Prov. Cuneo
† 18.3.1983 Genf (Schweiz)

Umberto II. war der letzte König Italiens. Nach dem Thronverzicht seines Vaters →Victor Emanuel III. wurde U. 1944 zum Generalstatthalter des Königreichs ernannt und war nach dem 2. Weltkrieg 1946 für kurze Zeit König von Italien. Als das Land nach einem Referendum in eine Republik umgewandelt wurde, verließ er Italien und lebte danach als Conte (Graf) di Sarre hauptsächlich in Portugal.

□ 1922-24: Militärakademie. □ 1942: Feldmarschall. □ 1943: Übertritt zu den Alliierten. □ 1944-46: Generalstatthalter. □ Mai/Juni 1946: König. □ ab Juni 1946: Exil.

Sigrid Undset →

← Umberto II.

Unamuno (y Jugo), Miguel de

span. Philosoph und Schriftsteller
* 29.9.1864 Bilbao † 31.12.1936 Salamanca

Unamuno, der die Tragik des Lebens in dem unlösbaren Konflikt zwischen Glauben und Gefühl einerseits und Wissen und Vernunft andererseits sah, betonte in seinem philosophischen Hauptwerk »Das tragische Lebensgefühl« (12 Es.s, 1913, dt. 1925), daß des Menschen »Hunger nach Unsterblichkeit«, den nur der Glauben stillen könne, ständig durch seinen Intellekt unterdrückt werde. »Das Leben Don Quijotes und Sancho Pansas« (Es., 1905, dt. 1926) schien ihm diese, für das spanische Wesen typische, tragische Existenz am besten zu repräsentieren.
Zu seinen bedeutendsten Romanen zählt »Abel Sánchez« (1914, dt. 1925), eine moderne Version der biblischen Geschichte von Kain und Abel. Als politischer Gegner der durch Staatsstreich an die Macht gelangten Regierung von M. →Primo de Rivera wurde U. 1924 auf die Insel Fuerteventura verbannt und ging, im gleichen Jahr amnestiert, aus Protest ins selbstgewählte Exil nach Frankreich. 1930 zurückgekehrt und gefeiert, verurteilte U. 1936 die Falange um General F. →Franco, wurde erneut seiner Ämter enthoben und unter Hausarrest gestellt.

□ 1891-1924: Prof. an der Univ. Salamanca; 1901-14 Rektor ebd. □ 1897: »Frieden im Krieg« (R., dt. 1929). □ 1914: »Nebel« (R., dt. 1926). □ 1921: »Tante Tula« (R., dt. 1927). □ 1925: »Die Agonie des Christentums« (Es., dt. 1928). □ 1931-36: Prof. und Rektor an der Univ. Salamanca. □ 1933: »San Manuel der Gute« (R., dt. 1961).

▷ F. Schürr: Miguel de Unamuno, 1962; L. S. Granjel: Miguel de Unamuno. Ein Lebensbild, dt. 1962.

← Miguel de Unamuno

Undset, Sigrid

norw. Schriftstellerin
* 20.5.1882 Kalundborg (Dänemark)
† 10.6.1949 Lillehammer

Undset führte die Figur der berufstätigen Frau in die norwegische Literatur ein. Sie beschrieb dabei die Sehnsucht ihrer Heldinnen nach einem selbstverantwortlichen Dasein, ohne jedoch ihre katholisch-konservative Ansicht von Ehe und Mutterschaft als wesenseigene weibliche Aufgaben aufzugeben (u. a. »Jenny«, R., 1911, dt. 1921; »Harriet Waage«, R., 1917, dt. 1931). Ehe und Familie sind auch zentrale Motive ihres dreiteiligen, im Mittelalter spielenden Hauptwerks »Kristin Lavranstochter« (1920-22, dt. 1926/27), in dem sie den wechselvollen Weg der Titelheldin zu der ihrem christlichen Glauben gemäßen Bestimmung im Kloster beschreibt. 1945 kehrte die engagierte Antifaschistin nach fünfjährigem Exil in den USA in ihre Heimat zurück. Bereits 1928 war sie für ihre »kraftvollen Schilderungen des nordischen Lebens im Mittelalter« mit dem Nobelpreis ausgezeichnet worden.

□ 1898-1908: Kontoristin in Oslo. □ 1907: »Marta Oulie« (R.). □ 1909: Romreise. □ 1914: »Frühling« (R., dt. 1926). □ 1919: »Ein Frauenstandpunkt« (Es.). □ 1924: Konversion zum Katholizismus. □ 1925-27: »Olav Adunssøn« (R., dt. 1928/29). □ 1929: »Gymnadenia« (R., dt. 1930). □ 1930: »Der brennende Busch« (R., dt. 1931). □ 1935: »Fortschritt, Rasse, Religion« (Schr.). □ 1937: »Nordische Heilige« (Erz.n, dt. 1964). □ 1940: Flucht vor den dt. Besatzungstruppen, Exil in den USA. □ 1943: »Schöne Zeiten in Norwegen« (Ber.). □ postum 1952: »Artikel und Erzählungen aus der Kriegszeit« (Erz.n).

Ungaro, Emanuel

frz. Modedesigner
* 13.2.1933 Aix-en-Provence

Ungaros Modeschaffen steht unter dem Prinzip von Einfachheit und Perfektion und ist beeinflußt durch seinen Lehrer C. →Balenciaga. U. ist ein Meister femininer Kostüme, bei denen Zweifarbigkeit oder andersfarbige Applikationen auffallen; bei Kleidern bevorzugt er Blumenmuster — und generell kurze Saumlängen.

□ bis 1954: Schneiderlehre beim Vater. □ 1955-61: Assistent bei C. Balenciaga. □ 1962: Eröffnung eines kleinen Studios. □ seit 1965: Eigenes Haute-couture-Haus in Paris. □ seit 1968: Stoffdessins, Prêt-à-porter-Kollektionen, Accessoires, Modeschmuck. □ seit 1970: Herrenkollektion.

Tomi Ungerer →

Ungerer, Jean Thomas »Tomi«

frz. Zeichner, Karikaturist und Illustrator
* 28.11.1931 Straßburg

Ungerer gehört mit seinen gesellschaftskritischen Karikaturen zu den bedeutenden zeitgenössischen Zeichnern. Nach einer wechselvollen

Jugend zwischen den Kriegsfronten in Straßburg arbeitete er in New York für Zeitschriften wie Esquire, Life, Harper's Magazine und für die New York Times und gehörte bald zu den gefragtesten Zeichnern in den USA. Es folgten eigene Kinderbücher und das »Große Liederbuch« (1975). Seine zynischen, häufig makabren Karikaturen haben bürgerliche Moralvorstellungen, Sexualität und Alltagshorror zum Thema und erscheinen zum großen Teil in Buchform (»America«, 1974; »Babylon«, 1979).

□ 1953/54: Studium an der École Municipale des Arts Décoratifs in Straßburg. □ 1957: Mitarbeiter des Harper-Verlags in New York. □ 1976: Übersiedlung von seiner Farm in Nova Scotia (Kanada) auf eine Farm in Südirland. □ 1981: Große Ausstellung im Musée des Arts Décoratifs, Paris.

▷ D. Keel (Hg.): Tomi Ungerer, 1991.

Ungers, Oswald Mathias

dt. Architekt
* 12.7.1926 Kaisersesch, Eifel

Ungers begründete einen neuen Rationalismus, der aus dem funktionalen International Style der 20er und 30er Jahre abgeleitet ist und mit historischen Bauformen verbunden wird. U.s bedeutendste jüngere Bauten sind das Deutsche Architekturmuseum (1979-84) in Frankfurt/Main sowie die Halle 9 und die Galleria (1980-83) auf dem Frankfurter Messegelände, zudem die Badische Landesbibliothek in Karlsruhe (1980-87). Es sind klar gegliederte Komplexe mit geometrischen Grundformen im Einklang mit klassizistischen Reminiszenzen.

□ 1947-50: Architekturstudium an der TH Karlsruhe (bei E. →Eiermann). □ ab 1950: Architekturbüro in Köln. □ 1963-67: Prof. an der TU Berlin. □ 1975-88: Prof. an der Cornell Univ., Ithaca, N. Y. □ 1975: Wallraf-Richartz-Museum, Köln. □ 1976-80: Museum Schloß Morsbroich, Leverkusen. □ 1986: »Quadratische Häuser« (Sachb.); Museumsinsel, Hamburg; danach Teilnahme an zahlreichen Wettbewerben (1987: MediaPark, Köln; 1988: City West, Frankfurt).

O. Ungers: Architekt des Wallraf-Richartz-Museums, Köln.

▷ O. M. Ungers: Architektur 1951-1990, 1991.

Sosuke Uno →

Uno, Sosuke

jap. Politiker
* 27.8.1911 Moriyama, Shiga

Uno erwarb seinen Ruf als fähiger Politiker und Finanzexperte der LDP im Rahmen zahlreicher Ämter, die er seit den 60er Jahren innehatte. Besonders routiniert erwies er sich in den Verhandlungen mit den USA über freiwillige Exportbeschränkungen Japans. Nach N. →Takeshitas Fall 1989 wurde U. Ministerpräsident, mußte aber schon nach zwei Monaten wegen einer Geisha-Affäre zurücktreten.

□ 1947: Rückkehr aus sowjet. Kriegsgefangenschaft. □ 1960: Wahl ins Repräsentantenhaus. □ ab 1963: Mehrere Besuche in Korea zur Normalisierung der Beziehungen. □ 1966-69: Stellv. Min. für Int. Handel und Industrie. □ 1974: Verteidigungsmin. □ 1983: Min. für Int. Handel und Industrie. □ 1987-89: Außenmin.

Unseld, Siegfried

dt. Verleger
* 28.9.1924 Ulm

Siegfried Unseld: Der Verlagsleiter vor seinem Porträt.

Unseld ist Leiter und Miteigentümer des Suhrkamp Verlages, in den er 1952 eintrat. Er widmete sich zunächst dem Werk von H. →Hesse, der zu einem der wichtigsten Autoren des Verlags wurde. In den 60er und 70er Jahren gelang es U., dem Verlag in den Bereichen moderner Belletristik und Theorie ein einzigartiges Renommee zu verschaffen. Besonders erfolgreich ist die »edition suhrkamp«, in der seit 1963 aktuelle literarische und theoretische Texte erscheinen (Neue Folge seit 1980).

☐ 1951: Promotion zum Dr. phil. mit einer Arbeit über H. Hesse. ☐ 1952: Eintritt in den Suhrkamp Verlag (P. →Suhrkamp.). ☐ seit 1958: Persönlich haftender Gesellschafter. ☐ 1959: Übernahme der Verlagsleitung. ☐ seit 1963: Persönlich haftender Gesellschafter des Insel Verlags und der Nomos Verlagsgesellschaft. ☐ 1978: »Der Autor und sein Verleger« (Schr.). ☐ 1981: Gründung des Dt. Klassiker-Verlags. ☐ 1987: »Hermann Hesse. Werk und Wirkungsgeschichte« (Schr.). ☐1991: »Goethe und seine Verleger« (Schr.).

Unsinn, Xaver

dt. Eishockeytrainer
* 29.11.1929 Füssen

Unsinn, der 72 Länderspiele bestritt, war 1974-77 und 1982-90 Trainer der deutschen Nationalmannschaft. Er nahm an sechs Olympischen Spielen und zwölf Weltmeisterschaften teil. Sein größter Erfolg war 1976 der Gewinn der Bronzemedaille beim Olympiaturnier in Innsbruck.

← Xaver Unsinn

Updike, John Hoyer

amer. Erzähler
* 18.3.1932 Shillington, Penn.

Updike beschreibt Frustrationen des Mittelstandslebens.

Mit scharf beobachteten ironischen Gesellschaftsromanen errang Updike seit Ende der 60er Jahre (»Ehepaare«, R., 1968, dt. 1969) internationales Ansehen. Sein Hauptwerk ist die Romantetralogie um den sozialen Aufsteiger »Rabbit« Angstrom, der sich gesellschaftlichen Zwängen und der Verantwortung in Ehe, Familie und Beruf zu entziehen sucht (»Hasenherz«, 1960, dt. 1962; »Unter dem Astronautenmond«, 1971, dt. 1973; »Bessere Verhältnisse«, 1981, dt. 1983; »Rabbit at Rest«, 1990). U. beschreibt die Einsamkeit des Menschen, die begrenzten Möglichkeiten seiner Selbstverwirklichung, die Langeweile der gehobenen Mittelschicht, die Orientierungslosigkeit der Jugend und die Allgegenwart von Krankheit und Tod.

☐ 1950-54: Anglistikstudium am Harvard-College. ☐ 1955-57: Kolumnist und Rezensent der Zeitschrift New Yorker. ☐ 1959: »Das Fest am Abend« (R., dt. 1961). ☐ 1963: »Der Zentaur« (R., dt. 1966). ☐ 1965: »Auf der Farm« (R., dt. 1969). ☐ 1978: »Der Coup« (R., dt. 1981). ☐ 1982: Pulitzer-Preis (erneut 1991). ☐ 1983: »Amerikaner und andere Menschen« (Es.s, dt. 1987). ☐ 1984: »Die Hexen von Eastwick« (R., dt. 1985). ☐ 1986: »Das Gottesprogramm« (R., dt. 1988). ☐ 1988: »S« (R., dt. 1989).

▷ J. Updike: Selbst-Bewußtsein (Mem.), 1989, dt. 1990.

Urey, Harold Clayton

amer. Chemiker
* 29.4.1893 Walkerton, Ind.
† 6.(5.?)1.1981 La Jolla, Kalif.

Harold C. Urey →

Urey entdeckte 1931 das schwere Wasserstoffisotop Deuterium, das im Unterschied zu dem aus einem Proton bestehenden normalen Wasserstoffatom außerdem noch ein Neutron besitzt. Damit wurde die Herstellung von »schwerem Wasser« möglich, das sich wegen seiner Anreicherung mit Deuterium als Spurenstoff (Tracer) zur Aufklärung der inneren Struktur lebender Organismen eignet.
Aufgrund der Abwürfe der von ihm mitentwikkelten Atombomben über Hiroshima und Nagasaki wandte sich U. nach dem 2. Weltkrieg der Erforschung der Planetenentwicklung und der Bildung der Erdatmosphäre zu. 1952 erregte U. Aufsehen mit einem in seinem Labor durchgeführten Experiment, das die Existenz außerirdischen Lebens demonstrieren sollte. U. setzte ein den Atmosphären der Planeten ähnliches Gemisch aus Wasserstoff, Ammoniak und Methan einer dem Sonnenlicht entsprechenden Bestrahlung aus, wobei sich Aminosäuren bildeten.

☐ 1929-45: Prof. an der Columbia-Univ., New York. ☐ 1934: Chemie-Nobelpreis. ☐ 1945-58: Prof. am Institut für Kernforschung der Univ. Chicago. ☐ 1952: »The planets: Their origin and development« (Schr.). ☐ 1958-70: Prof. an der Univ. of Calif., San Diego.

Ustinov, Sir (seit 1990) Peter

(eig. Petrus Alexandrus von U.)
engl. Schauspieler, Regisseur und Schriftsteller
* 16.4.1921 London

Sir Peter Ustinov →

Ustinov, Sohn einer französischen Bühnenbildnerin und eines russischstämmigen deutschen Korrespondenten, ist ein künstlerisches Multitalent: Er spielte in über 40 Filmen, führte Regie (Theater, Film und Oper), schrieb Drehbücher, Bühnenstücke, Erzählungen sowie Romane, zeichnete Karikaturen und schuf Bühnenbilder; als Entertainer trat er u. a. bei Veranstaltungen des Kinderhilfswerks UNICEF auf. Seine bekanntesten Rollen waren der Kaiser Nero in »Quo Vadis« (1951, Rg. M. Le Roy) und der Detektiv Hercule Poirot in »Tod auf dem Nil« (1977, Rg. J. Guillermi). Wiederkehrendes Element seiner Theaterstücke ist die Zeitsatire, mit der U. u. a. in

»Die Liebe der vier Obersten« (1951, dt. UA 1952) den Ost-West-Konflikt parodiert.

□ 1939: Debüt als Schauspieler. □ 1955: »Lola Montez« (Rg. M. →Ophüls). □ 1956: »Romanoff und Julia« (Dr., 1960 von und mit U. verfilmt). □ 1960: Oscar für beste Nebenrolle in »Spartacus« (Rg. St. →Kubrick). □ 1961: »Die Verdammten der Meere« (Rg. und Hr.; nach H. Melvilles »Billy Budd«). □ 1962: »Endspurt« (Dr., dt. 1963). □ 1964: Oscar für beste Nebenrolle in »Topkapi« (Rg. J. Dassin). □ 1967: UA »Halb auf dem Baum«. □ seit 1971: Sonderbotschafter der UNICEF. □ 1971: Inszenierung von Mozarts »Zauberflöte« in Hamburg. □ 1973: Inszenierung von Mozarts »Don Giovanni« bei den Edinburgher Festspielen. □ 1981: »Abgehört« (Dr., dt. 1982). □ 1983: UA »Beethovens Zehnte« (auch Rg. und Hr.). □ 1988: »Ustinovs Rußland« (TV-Reihe). □ seit 1989: Mitgl. der Pariser Akademie der Schönen Künste. □ 1989: »Der Intrigant« (Erz.n, dt. 1990). □ 1990: »Der Alte Mann und Mr. Smith« (R., dt. 1991).

▷ N. Ustinov: O diese Ustinovs, 1975; P. Ustinov: Ich und ich, 1990.

U Thant, Sithu

birman. Diplomat
* 22.1.1909 Pantanaw † 25.11.1974 New York (USA)

Nach dem Tod von D. →Hammarskjöld wurde U Thant als Kompromißkandidat der beiden großen Machtblöcke zum Generalsekretär der UNO gewählt, konnte sich aber schnell Respekt verschaffen. Der gläubige Buddhist versuchte die Grundprinzipien seiner Religion bei der Lösung internationaler Probleme anzuwenden. Als überzeugter Neutralist kritisierte er sowohl den Westen als auch den Osten für Aktionen und Bestrebungen, die seiner Meinung nach den Weltfrieden gefährdeten.

□ 1931-47: Lehrer. □ 1947: Pressesprecher der Regierung. □ 1949: Staatssekr. im Informationsministerium. □ 1952/53: Mitgl. der UNO-Delegation. □ ab 1957: Repräsentant bei der UNO. □ 1961-71: UNO-Generalsekretär.

← Sithu U Thant

Utrillo, Maurice

(eig. M. Valadon)
frz. Maler
* 25.12.1883 Paris † 5.11.1955 Dax, Landes

Utrillo, der Sohn der Malerin S. Valadon, entwickelte einen zwischen Impressionismus und Expressionismus angesiedelten, eigenständigen und durch seine Stimmungswerte herausragenden Stil, in dem er bevorzugt Pariser Stadtansichten malte. Sein Werk durchlief eine Reihe von Veränderungen vor allem in der Farbgebung und erreichte in der sog. Weißen Periode einen Höhepunkt mit Bildern wie »St-Pierre de Montmartre« (1914, Paris, Privatsammlung), in dem der verlassene Platz sowie die weiße Kirche und der Garten mit den entlaubten Bäumen die melancholische Grundeinstellung des Malers spiegeln, aus der heraus die subtile Stimmung seines gesamten Œuvres erwuchs.

□ 1891: Adoption des unehelich geborenen U. durch den span. Maler und Publizisten Miguel Utrillo y Molins. □ ab 1902: Unter dem Einfluß von C. →Pissarro Gemälde in dunklen Farbtönen. □ ab 1908: Weiße Periode. □ 1913: Erste Einzelausstellung. □ ab 1920: Farbige Periode. □ ab 1925: Ausstellungen auch in Belgien und Deutschland. □ 1926: Kostüme für S. →Diaghilews Ballets Russes. □ ab 1926/27: Starkfarbige oder Postkarten-Periode; zahlreiche Kirchenansichten. □ 1928: Erhebung zum Ritter der frz. Ehrenlegion.

▷ J. Warnod: Maurice Utrillo, 1984; P. Courthion: Utrillo und der Montmartre, 1988.

Maurice Utrillo wurde mit Pariser Stadtansichten bekannt.

Jørn Utzon →

Utzon, Jørn

dän. Architekt
* 9.4.1918 Kopenhagen

Utzon ist der bahnbrechende dänische Architekt des sog. Organischen Bauens mit freien Grundriß- und Außenformen. Zur internationalen Anerkennung dieses Stils hat er durch vielbeachtete Bauten wie das Opernhaus in Sydney beigetragen. Das skulptural gestaltete Gebäude mit einer Dachkonstruktion aus bis zu 60 m hohen paraboloiden, sich in den Raum entwickelnden Betonschalen, darunter Opernbühne, Konzertsaal und Foyer, wurde auf einer Plattform im Hafenbecken errichtet. Der Zugang zur Plattform, die gleichzeitig die Überdachung für Garagen, Betriebsräume und eine Experimentierbühne bildet, wird ebenfalls von paraboloiden Schalen überwölbt. U. hatte schon Anfang der 50er Jahre unter dem Einfluß von A. →Aalto und F. L. →Wright mit offenen Grundrissen, erhöhten Plattformen, freien Raumgestaltungen und der additiven Reihung gleichartiger Bauelemente experimentiert und diese Prinzipien auf den Wohnsiedlungsbau angewandt.

□ 1937-42: Studium an der Kunstakademie in Kopenhagen. □ 1946: Tätigkeit bei A. Aalto in Helsinki. □ 1952: Eigenes Haus in Hellebæk. □ 1956: 1. Preis beim Wettbewerb für das Opernhaus von Sydney, Australien (1956-73). □ 1956-60: Wohnsiedlung in Helsingør. □ 1958-60: Oberschule in Helsinki. □ 1962/63: Wohnsiedlung in Frederiksborg. □ 1963: Projekt für einen weitgehend versenkten Museumsbau in Silkeborg (nicht ausgeführt). □ 1983: Parlamentsgebäude in Kuwait.

Uyl, Johannes Marten den

niederl. Politiker
* 9.8.1919 Hilversum † 24.12.1987 Amsterdam

Nachdem sich der in einer streng reformierten Familie aufgewachsene »Joop« den Uyl von der Kirche und der Antirevolutionären Partei (A.R.) abgewandt hatte, engagierte er sich für die Partei der Arbeit, deren Fraktionsführer er lange Zeit war. Obwohl für seine bedingungslose Opposition bekannt, hat der Pragmatiker U. sowohl als erster sozialdemokratischer Ministerpräsident der Niederlande (nach 1958) als auch als Koalitionspartner in verschiedenen heterogenen Koalitionen seine Fähigkeiten als geschickter Krisenmanager unter Beweis gestellt.

← Johannes M. den Uyl

□ 1942: Abschlußexamen Wirtschaftswissenschaften in Amsterdam. □ 1943-45: Beamter beim Wirtschaftsministerium. □ 1945-48: Redakteur für Het Parool und Vrij Nederland. □ 1949-62: Leiter der Wiardi-Beckmann-Stiftung. □ 1953-65: Gemeinderatsmitgl. von Amsterdam. □ 1962-65: Beigeordneter von Amsterdam. □ 1965/66: Wirtschaftsmin. □ 1973-77: Ministerpräsident. □ 1981/82: Sozialmin. □ 1980-87: Vors. der Föderation der europäischen Sozialisten.

V

Vaculík, Ludvík

tschech. Journalist und Schriftsteller
* 23.7.1926 Brumov, Mähren

Als einer der Wegbereiter des Prager Frühlings formulierte Vaculík das programmatische »Manifest der 2000 Worte«. Später gehörte er zu den Initiatoren der Bürgerrechtsbewegung Charta 77 und gründete den Untergrundverlag Edice Petlice (Hinter Schloß und Riegel), der formal sogar den Gesetzen der CSSR entsprach. Trotz mannigfaltiger Repressalien lehnte er eine Emigration stets ab. Hauptwerke sind »Das Beil« (R., 1966, dt. 1971) und die Familiengroteske »Die Meerschweinchen« (R., 1970, dt. 1971).

← Ludvík Vaculík

Vaihinger, Hans

dt. Philosoph
* 25.9.1852 Nehren bei Tübingen
† 18.12.1933 Halle/Saale

Vaihinger, Kant-Forscher und Gründer der Kant-Gesellschaft (1904), entwickelte ab 1876 eine eigene pragmatische »Philosophie des Als-Ob« (Schr., 1911), nach der alle Werte, Ideale und Erkenntnisse als hypothetische Fiktionen gelten. Der Grad ihrer Wahrheit ergibt sich aus dem praktischen Wert für das Leben. Nach V. fördere der Fiktionalismus die Rationalität des Denkens und biete dadurch sichereres Überleben.

□ 1883-94: Prof. an der Univ. Straßburg. □ 1891/92: »Kommentar zu Kants Kritik der reinen Vernunft« (2 Bde.). □ ab 1894: Prof. an der Univ. Halle/Saale.

← Hans Vaihinger

Valente, Caterina Germaine Maria

dt. Schlagersängerin und Entertainerin ital.-span. Herkunft
* 14.1.1931 Paris (Frankreich)

Seit den 50er Jahren gehört Valente zu den internationalen Topstars des Showbusiness. Außergewöhnliche Musikalität und eine vielseitige, in der Imitation zahlreicher Instrumente perfekte Stimme führten sie zunächst zum Jazz; ab Mitte der 50er Jahre wandte sie sich dem Schlager zu. In ihrer langen Karriere nahm sie (in zwölf verschiedenen Sprachen) mehr als 1500 Titel auf. Aus einer Artistenfamilie stammend, trat V. bereits als Kind mit ihren Eltern im Zirkus auf.

Caterina Valente mit 26 Geburtstagskerzen in Paris, 1957.

□ 1953: Erste Schallplattenaufnahmen mit dem Orchester Kurt Edelhagen; dt. Version von »Malagueña« wird internationaler Hit. □ 1955: Hit mit »Fiesta Cubana«; »Eventuell« erster Nr.-1-Hit. □ 1957-64: Musikshow »Bonsoir Cathrin« im dt. Fernsehen. □ 1960-75: Regelmäßige Auftritte in den USA, der UdSSR und Japan. □ 1964: Goldener Bildschirm. □ 1965: Goldene Kamera. □ 1986/87: Tournee durch die BRD, Österreich und die Schweiz.

Valentin, Karl

(eig. Valentin Ludwig Fey)
dt. Komiker
* 4.6.1882 München † 9.2.1948 Planegg

Valentin war einer der großen deutschen Volkskomiker. In über 400 selbstverfaßten Sketchen, Szenen und Monologen parodierte V. mit beißender Ironie den Alltag der sog. kleinen Leute, der schlitzohrigen und naiven Handwerker und ihre Kämpfe gegen die Tücke des Objekts. Situationskomik und Sprachwitz machten V. und seine Partnerin Liesl Karlstadt über seine Heimatstadt hinaus bekannt; B. →Brecht verglich V. mit Ch. →Chaplin. V.s populärste Szenen, darunter

Karl Valentin und Liesl Karlstadt in ihrem Sketch »Der Scheinwerfer«.

»Der Bittsteller« (1925), »Im Photoatelier«, »Der Firmling« (beide 1927) und »Der Umzug« (1938), wurden in mehr als 50 Filmen festgehalten.

□ 1908: Erster Auftritt mit selbstverfaßten Couplets und Monologen in München. □ 1911: Erster Auftritt mit L. Karlstadt. □ 1919: Auftritt mit B. Brecht in »Auf dem Oktoberfest«. □ ab 1922: Regelmäßige Gastspiele in den Münchner Kammerspielen. □ 1932: Filmrolle als Zirkusdir. in »Die verkaufte Braut« (Rg. M. →Ophüls). □ 1938: Letztes Gastspiel in Berlin. □ 1941-46: Keine Auftritte. □ 1948: Letzter Auftritt.

▷ M. Schulte (Hg.): Das große Karl Valentin Buch, 1973; H. Schwimmer: Karl Valentin, 1977; W. Till: Karl Valentin, 1982.

Valentino

(eig. V. Garavani)
ital. Modeschöpfer
* 1932 Voghera

Valentino transponiert den Hollywood-Glamour der 50er Jahre in die Neuzeit. Er ist bekannt für sehr luxuriöse Haute Couture, seine Farben und Muster sind auffallend, aber nicht ohne Eleganz. Reiche Stickereien mit Perlen und Steinen kennzeichnen seine Abendroben. V. entwirft neben Accessoires auch Dekorstoffe und Inneneinrichtung.

□ bis 1950: Kunststudium und Besuch der Pariser École de la Chambre Syndicale de la Couture. □ 1951-56: Assistent bei J. Dessès. □ 1956-58: Bei G. Laroche. □ 1959: Eröffnung eines Haute-Couture-Salons in Rom. □ seit 1969: Prêt-à-porter und Aufbau eines weltweiten Netzes von Boutiquen. □ seit 1972: Herrenkollektionen. □ seit 1982: Prêt-à-porter-Schauen nur in Paris. □ seit 1990: Haute-Couture-Modeschauen in Paris.

← Valentino

Valentino, Rudolph

(eig. Rudolfo Guglielmi)
amer. Schauspieler
* 6.5.1895 Castellaneta bei Tarent (Italien)
† 23.8.1926 New York

Mit wenigen Filmen wurde Valentino in den 20er Jahren zur Kino-Legende der Stummfilm-Ära. Der unverhohlen erotische Ausdruck seiner Darstellungen machte ihn zum ersten männlichen Sex-Symbol der Filmgeschichte. Neben seinen Auftritten als narzißtischer Verführer trugen auch zahllose Gerüchte über sein ausschweifendes Privatleben zur Mythenbildung bei. Sein früher Tod löste eine Massenhysterie aus.

R. Valentino: Hollywoods erstes männliches Sex-Symbol.

□ ab 1918: Nebenrollen (u. a. als Tanzkomparse). □ 1921: »Die vier Reiter der Apocalypse« (Rg. R. Ingram); »Der Scheich« (Rg. G. Melford). □ 1922: »Blood and Sand — König der Toreros« (Rg. F. Niblo). □ 1925: »Der Adler« (Rg. C. Brown). □ 1926: »Der Sohn des Scheichs« (Rg. G. Fitzmaurice).

▷ R. Valentino: My private diary, engl. 1929; A. Walker: Rudolph Valentino, engl. 1976.

Valera, Eamon de

ir. Politiker
* 14.10.1882 New York (USA) † 29.8.1975 Dublin

Valera, mehrmaliger Ministerpräsident und langjähriger Staatspräsident seines Landes, war der herausragende irische Politiker des 20. Jh.s. Bereits kurz nach dem 1. Weltkrieg forderte er als Präsident einer provisorischen irischen Regierung die sofortige Unabhängigkeit Irlands und die Vertreibung aller Briten von der irischen Insel. Nach dem Scheitern dieser Politik suchte V. einen Kompromiß und gründete eine gemäßigte Partei, die Fianna Fáil, mit der er eine allmähliche Loslösung von Großbritannien anstrebte. 1937 erreichte er die volle Souveränität und 1949 den Austritt Irlands aus dem Commonwealth of Nations.

□ ab 1913: In der ir. Unabhängigkeitsbewegung. □ 1916: Teilnahme am Osteraufstand in Dublin; Verurteilung zum Tode; Begnadigung. □ 1917: Führer der Sinn Féin (Partei). □ 1919: Flucht aus dem Gefängnis; Präs. der aufständischen

Eamon de Valera faßt Ergebnisse einer Irland-Konferenz für die Wochenschau zusammen.

Regierung. □ 1922/23: Teilnahme am ir. Bürgerkrieg. □ 1926: Gründer der Fianna Fáil (Partei). □ ab 1927: Mitgl. des ir. Parlaments. □ 1932-48; 1951-54; 1957-59: Ministerpräsident. □ 1959-73: Staatspräsident.

Valéry, Paul Ambroise

frz. Schriftsteller
* 30.10.1871 Sète † 20.7.1945 Paris

Valéry ist einer der bedeutenden Lyriker Frankreichs im 20. Jh. Als einer der Hauptvertreter des Symbolismus stand er in der Nachfolge Stephane Mallarmés (* 1842, † 1898). Seine

Paul Valéry war einer der bedeutenden frz. Symbolisten.

Dame Ninette de Valois →

Dichtungen, bei denen er sich klassischer Formen wie der Ode und dem Sonett bediente, sind schwer zugängliche Werke in einer symbolisch verschlüsselten Sprache, die verschiedene Deutungen zuläßt. In ihnen reflektierte V. den dichterischen Schaffensprozeß, mit dem er sich auch in seinen Prosawerken auseinandersetzte. Höhepunkt seines literarischen Schaffens bildet die Gedichtsammlung »Zaubersprüche« (1921, dt. 1927). Danach befaßte sich V. vor allem mit kulturpolitischen und literaturtheoretischen Fragen. Auf besonderes Interesse stießen seine täglichen Aufzeichnungen, in denen er sich mit Fragen zur Kultur, Politik, Psychologie und Philosophie befaßte. Die »Cahiers« (1957-62, dt. 1987 ff.) wurden nach seinem Tod veröffentlicht. In Deutschland wurde V.s Lyrik in der Übersetzung seines Verehrers R. M. →Rilke bekannt.

□ 1892: Nach Jurastudium in Montpellier Umzug nach Paris. □ 1896: »Herr Teste« (Prosa, dt. 1927). □ 1897-1900: Beamter im Kriegsministerium. □ 1900: Heirat mit Jeannie Gobillard. □ 1917: »Die junge Parze« (Ged.e, dt. 1960). □ 1923: »Eupalinos oder Der Architekt« (Es., dt. 1927). □ 1925: Aufnahme in die Académie française. □ 1932: »Die fixe Idee oder Zwei Männer am Meer« (Es., dt. 1965). □ ab 1937: Prof. für Poetik. □ 1937: »Erinnerungen an Degas« (Es., dt. 1960).

▷ H. Köhler: Paul Valéry, 1976; J. Schmidt-Radefeldt (Hg.): Paul Valéry, 1979.

Valle-Inclán, Ramón María del

span. Schriftsteller
* 28.(29.?)10.1866 Villanueva de Arosa, Galicien
† 5.1.1936 Santiago de Compostela

Valle-Inclán, um die Jahrhundertwende einer der Exponenten des spanischen Modernismus (R. →Darío), schuf mit seinen »Esperpentos« (etwa: Schauerpossen) eine dramatische Form, die großen Einfluß auf die Avantgarde und das junge spanische Theater der 70er Jahre hatte. Der Gattungsbegriff erschien zum ersten Mal in »Glanz der Boheme« (Dr., 1920, dt. 1983), das einen grotesk verzerrten Blick auf die zeitgenössische Madrider Gesellschaft freigab und sie dadurch demaskierte. V. meinte, das tragische Lebensgefühl Spaniens nur mit sarkastischem Spott vermitteln zu können. Die ästhetische Modernität und generelle Oppositionshaltung des Bürgerschrecks V. verhinderten lange seine Anerkennung als wegweisender Dramatiker.

□ 1896/97: Übersiedlung nach Madrid. □ 1902-05: Vier modernistische Kurzromane u. d. T. »Erinnerungen des Marqués de Bradomín« (dt. ab 1958). □ 1908/09: Romantrilogie »Der Karlistenkrieg« (dt. 1969). □ 1919: »Die Marihuanapfeife« (Ged.e). □ 1921: »Die Hörner von Leutnant Firlefanz« (Esperpento, dt. 1982). □ 1926: »Tyrann Banderas« (R., dt. 1961). □ 1929: Kurze Gefängnishaft wegen Kritik an der Diktatur M. → Primo de Riveras.

Valois, Dame (seit 1951) Ninette de

(eig. Edris Stannus)
ir. Tänzerin, Choreographin und Ballettdirektorin
* 6.6.1898 Baltiboys, Wicklow (Großbritannien)

Valois, die als Tänzerin bei den Ballets Russes S. →Diaghilews in den 20er Jahren die russische

Ballett-Tradition kennenlernte, nahm großen Einfluß auf die Entstehung und Entwicklung des britischen Tanzes. Über drei Jahrzehnte leitete sie das Royal Ballet in London (mit den Vorläufern, dem Vic-Wells- und dem Sadler's Wells Ballet), das sie selbst gegründet hatte. Ihrer Schule entstammen zahlreiche große Tänzer des 20. Jh.s, darunter M. →Fonteyn und R. →Helpmann.

□ 1918: Erste Tänzerin der British National Opera Company. □ 1919: Primaballerina in Covent Garden. □ 1923-25: Tänzerin bei den Ballets Russes. □ 1926: Gründung der Akademie für choreographische Kunst in Kensington; Unterricht für Bewegungslehre und Einstudierung von Balletten an der Old-Vic-Theaterschule in London. □ 1931: Gründung und Leitung des Sadler's Wells Ballet; zahlreiche Gasttourneen mit dem Ensemble. □ 1946: Angliederung des Sadler's Wells Ballet an die Covent Garden Opera London . □ 1957: Umbenennung in Royal Ballet mit V. als Dir. □ 1963: Rücktritt als Dir. □ 1971: Ausscheiden als Pädagogin.

▷ N. de Valois: Come dance with me, 1957.

Van de Graaff, Robert Jemison

amer. Physiker
* 20.12.1901 Tuscaloosa, Alab. † 16.1.1967 Boston

Van de Graaff entwickelte 1929 einen nach ihm benannten elektrostatischen Bandgenerator zur Erzeugung von Hochspannung bis zu einigen Megavolt. Die »Van-de-Graaff-Generatoren«, deren Prototyp 1931 entstand, dienen der Beschleunigung geladener Teilchen auf hohe Energien. V., 1931-60 am Massachusetts Institute of Technology in Cambridge tätig, war ab 1960 wissenschaftlicher Direktor einer von ihm 1946 mitbegründeten Firma zur Verwertung seiner zahlreichen Erfindungen. Der Bandgenerator wurde bald durch das von E. O. →Lawrence konstruierte leistungsfähigere Zyklotron verdrängt.

Vane, Sir (seit 1984) John Robert

engl. Pharmakologe
* 29.3.1927 Tardebigg, Worcestershire

Vane erforscht Prostaglandine, eine Gruppe von Substanzen mit gefäßerweiternder Funktion, die U. S. v. →Euler-Chelpin entdeckt hatte. Zu diesen aus ungesättigten Fettsäuren gebildeten Gewebshormonen gehört das von V. gefundene Prostazyklin, das die Entstehung von Blutgerinseln verhindert. So besteht die entzündungshemmende Wirkung des Aspirins in der Beeinträchtigung der Bildung von Prostaglandinen und ihnen verwandten Substanzen.

□ 1966-73: Prof. am Royal College of Surgeons der Univ. London. □ 1973-85: Forschungsleitung der Wellcome Foundation (Pharmaunternehmen) in Beckenham, Kent. □ 1982: Physiologie/Medizin-Nobelpreis (mit S. K. →Bergström und B. → Samuelsson). □ seit 1986: Prof. am New York Medical College; Dir. des William Harvey Inst.

Vanel, Charles

frz. Schauspieler
* 21.8.1892 Rennes † 15.4.1989 Nizza

Vanel, der nur gelegentlich als Bühnenschauspieler auftrat, beeindruckte durch seine sensible Darstellungsweise in den unterschiedlichsten Rollen. Er arbeitete unter so renommierten Regisseuren wie J. Feyder, L. →Buñuel, A. →Hitchcock, J. Grémillon, E. →Scola und J. P. →Melville. Für seine Darstellung des Lastwagenfahrers Jo in dem Thriller »Lohn der Angst« (Rg. H.-G. →Clouzot) wurde V. 1953 in Cannes als bester Filmschauspieler ausgezeichnet.

□ 1912: Erste größere Filmrolle in »Jim Crowe« (Rg. R. Péguy). □ 1934: »Le grand jeu« (Rg. J. Feyder). □ 1943: Rolle eines Mechanikers in »Sprung in die Wolken« (Rg. J. Grémillon). □ 1955: »Über den Dächern von Nizza« (Rg. A. Hitchcock). □ 1956: »Pesthauch des Dschungels« (Rg. L. Buñuel). □ 1964: Rolle eines Millionärs in »Die Millionen eines Gehetzten« nach G. →Simenon (Rg. J.-P. Melville). □ 1978: Auszeichnung mit dem César. □ 1988: Letzte Filmrolle in »Les saisons de plaisier« (Rg. J.-P. Mocky).

Charles Vanel →

G. Vantongerloo →

← Sir John R. Vane

Vantongerloo, Georges

belg. Plastiker, Maler und Architekt
* 24.11.1886 Antwerpen
† 6.10.1965 Paris (Frankreich)

Vantongerloo war der einzige Künstler innerhalb der konstruktivistischen Gruppe De Stijl, der neben der Malerei auch Plastiken schuf. Auf beiden Gebieten ging er von bestimmten Größenverhältnissen aus, die sich präzise auch mathematisch ausdrücken lassen, so daß er die Bilder und Plastiken oft mit mathematischen Formeln betitelte. V., der 1918 das erste De-Stijl-Manifest mitunterschrieben hatte, trat bereits 1922 aus der Gruppe aus. Von 1931 bis 1937 war er Vizepräsident der Gruppe Abstraction-Création. Seine Malerei stand unter dem Eindruck P. →Mondrians und Th. v. →Doesburgs, konstituierte sich aber neben dem Rechteck in seinem späteren Werk auch aus Kreisformen und Ovalen. Bei auf dem Rechteck basierenden Bildern akzentuieren kleine Flächen in kräftiger Farbgebung die großflächige Komposition aus Grau und Weiß, wobei V. sich nicht auf die Primärfarben beschränkte (z. B. »Komposition mit Orange Nr. 58«, 1929, New York, Solomon R. Guggenheim Museum). Seine Holzplastiken waren meist aus einer stereometrischen Grundform (Kugel, Quadrat, ovale Formen) abgeleitet (z. B. »Konstruktion um eine Kugel«, 1917, Philadelphia, Museum of Modern Art). V. bemalte seine Skulpturen ein- oder mehrfarbig und ging in den späteren Plastiken auch zu Materialien wie Plexiglas über. Als Architekt entwarf er Flughäfen und Brücken.

□ 1918: Unterzeichnung des ersten De-Stijl-Manifests nach der Begegnung mit P. Mondrian und Th. v. Doesburg. □ ab 1919: Rechtwinklig konstruierte Gemälde. □ 1919-27: Rückzug nach Menton; mathematische Studien. □ 1922: Austritt aus der De-Stijl-Gruppe. □ 1927: Rückkehr nach Paris. □ 1931-37: Vizepräs. der Gruppe Abstraction-Création. □ ab 1935: In der Malerei Übergang zu Kurven und Kreisformen. □ 50er Jahre: Plastiken aus Plexiglas.

▷ A. Thomas: Denkbilder. Materialien zur Entwicklung von Georges Vantongerloo bis 1921, 1987.

Vanzetti, Bartolomeo →Sacco, Nicola

Varda, Agnès

frz. Regisseurin
* 30.5.1928 Ixelles (Belgien)

Für »Vogelfrei«, die Geschichte einer jungen Vagabundin, erhielt Varda 1985 als erste Frau den Goldenen Löwen von Venedig. Die innovative Filmemacherin erregte 1961 Aufsehen mit »Mittwoch zwischen fünf und sieben«, einer Studie über Zeitwahrnehmung. Ihre Abneigung gegen eingängige Erzählstrukturen demonstrierte V. in der Porträtcollage »Jane B.« (1987), die der Schauspielerin Jane Birkin (*1947) gewidmet ist.

☐ 1951-61: Theaterfotografin. ☐ 1954: »La pointe courte«. ☐ seit 1962: Ehe mit dem Regisseur J. Demy. ☐ 1965: »Le Bonheur«. ☐ 1969: »Lion's Love«. ☐ 1975: »Daguerreotypen — Leute aus meiner Straße«. ☐ 1977: »Die eine singt, die andere nicht«. ☐ 1987: »Die Zeit mit Julien«.

← Agnès Varda

Varèse, Edgar(d)

amer. Komponist frz.-ital. Herkunft
* 22.12.1883 Paris † 6.11.1965 New York

Varèse ist einer der wichtigsten Inspiratoren der musikalischen Moderne. In den 20er Jahren schuf er Werke, die mit ihrer komplexen Rhythmik, der konsequenten Chromatik und der Dominanz geräuschhafter Strukturen Innovationen brachten. V. zielte auf die Erschließung neuen musikalischen Materials für sein Konzept des »organisierten Klangs«. Dieses realisierte er zunächst mit dem traditionellen Instrumentarium (»Octandre« für 7 Bläser und Kontrabaß, 1923; »Intégrales« für 11 Bläser und Schlagzeug, 1924). Mit Klängen unbestimmter Tonhöhe arbeitete V. in seinem Hauptwerk »Ionisation« (1930/31) für 41 (von 13 Spielern bediente) Schlaginstrumente und 2 Sirenen. Elektronische Instrumente verwendete er erstmals in »Ecuatorial« (1933/34). In den 50er Jahren schuf V. zwei große Kompositionen mit Tonband (u. a. das »Poème électronique« für 3 Tonbandgeräte, 425 Lautsprecher und 20 Verstärkerkombinationen für die Brüsseler Weltausstellung 1950). Seine Errungenschaften wurden in den Klangfarbenkompositionen seit Anfang der 60er Jahre aufgegriffen und erregten das Interesse von P. →Boulez, J. →Cage und K. →Stockhausen.

Edgar Varèse hört eine Aufnahme des »Poème électronique«.

☐ ab 1904: Studium in Paris. ☐ ab 1907: Wohnsitz in Berlin, Verbindung mit F. →Busoni. ☐ ab 1913: Erforschung der Möglichkeiten elektronischer Instrumente. ☐ 1914: Gastdirigent in Prag. ☐ ab 1915: Wohnsitz in New York. ☐ 1919: Gründer des New Symphony Orchestra. ☐ 1920/21: »Amériques« für Orchester. ☐ 1921: Gründer der Int. Composer's Guild (erste Komponistenvereinigung Amerikas zur Pflege zeitgenössischer Musik). ☐ 1925-27: »Arcana« für Orchester. ☐ 1927: Amer. Staatsbürger. ☐ 1928: Mitbegründer der Pan American Association of Composers. ☐ ab 1930: Lehrer und Schriftsteller in den USA und Europa. ☐ 1943-47: Gründer und Leiter des Greater New York Chorus für Aufführungen von Renaissance- und Barockmusik. ☐ 1949-54: »Déserts« für 14 Bläser, Klavier, 5 Schlagzeuger und Tonband-Interpolationen. ☐ 1950: Dozent bei den int. Ferienkursen für Neue Musik in Darmstadt.

▷ G. Vehmeyer: Edgar Varèse, 1977; H.-K. Metzger/R. Riehn (Hg.): Edgar Varèse, Rückblick auf die Zukunft, 1978; M. Bredel: Edgar Varèse, 1984.

Varga, Eugen (Jeno)

sowjet. Nationalökonom ung. Herkunft
* 6.11.1879 Nagytétény (heute zu Budapest)
† 7.10.1964 Moskau

Varga, der nach dem Zusammenbruch der Ungarischen Räterepublik emigriert war, gehörte in den 30er und 40er Jahren zu den bedeutendsten Wirtschaftstheoretikern der Sowjetunion. V. entwickelte Methoden der marxistischen Konjunkturanalyse und lieferte Beiträge zu Fragen des Übergangs vom Kapitalismus zum Sozialismus. Als Herausgeber der Vierteljahresberichte »Wirtschaft und Wirtschaftspolitik« (1922-39) analysierte er die wirtschaftspolitische Entwicklung der kapitalistischen Länder und veröffentlichte 1946 als Zusammenfassung seiner Studien »Die Veränderungen in der kapitalistischen Wirtschaft im Gefolge des Zweiten Weltkrieges« (dt. 1947). Kurz vor seinem Tod distanzierte sich V. vom Stalinismus; seine Kritik am Wirtschaftssystem der Sowjetunion wurde erst nach seinem Tod im Ausland publiziert.

☐ ab 1906: Mitgl. der Ung. Sozialdemokratischen Partei. ☐ 1918-20: Prof. in Budapest. ☐ 1919: Vors. des Obersten Volkswirtschaftsrates der Ung. Räterepublik. ☐ 1920: Emigration in die UdSSR; Mitgl. der KPR (später KPdSU). ☐ 1922: »Die Lage der Weltwirtschaft« (Schr.). ☐ 1922-27: Berater der sowjet.-russ. Handelsvertretung in Deutschland. ☐ 1924: »Aufstieg oder Niedergang des Kapitalismus« (Schr.). ☐ ab 1927: Leiter des Inst. für Weltwirtschaft und Weltpolitik, Moskau; Wirtschaftsberater Stalins. ☐ ab 1939: Präsidiumsmitgl. der Akademie der Wissenschaften. ☐ 1956: Mitbegründer des Inst. für Weltwirtschaft und Int. Beziehungen, Moskau. ☐ postum 1969: »Die Krise des Kapitalismus und ihre politischen Folgen« (Schr., Hg. E. Altvater).

Vargas Llosa, Mario

peruan. Schriftsteller
* 28.3.1936 Arequipa

Vargas Llosa, neben G. →García Márquez einer der bedeutendsten lateinamerikanischen Ge-

Mario Vargas Llosa stellte sich 1990 als Präsident zur Wahl.

genwartsautoren, verbindet als Vertreter der Nueva Novela (Neuer Roman) analytische Milieubeschreibung mit einem beinahe lyrischen Stil. Die Perspektivenvielfalt in seinen Romanen und Erzählungen soll die Vielschichtigkeit menschlichen Verhaltens dokumentieren. Zu seinem Hauptwerk zählt »Der Krieg am Ende der Welt« (R., 1981, dt. 1982), in dem V. die grausame Auseinandersetzung zwischen religiösen Sektierern und der Armee der jungen laizistischen Republik Ende des 19. Jh.s im Nordosten Brasiliens schildert. V., der sich in literaturkritischen Arbeiten mit García Márquez und Gustave Flaubert (* 1821, † 1880) auseinandersetzte, scheiterte 1990 als konservativer Kandidat für das Amt des peruanischen Staatspräsidenten.

□ 1953-57: Literatur- und Jurastudium in Lima. □ 1958: Promotion in Madrid. □ 1962: »Die Stadt und die Hunde« (R., dt. 1966). □ 1965: »Das grüne Haus« (R., dt. 1968). □ 1969: »Die andere Seite des Lebens« (R., dt. 1976). □ 1976-79: Präs. des int. PEN-Clubs. □ 1977: »Tante Julia und der Lohnschreiber« (R., dt. 1979). □ 1984: »Maytas Geschichte« (R., dt. 1986). □ 1986: »Wer hat Palomino Molero umgebracht?« (R., dt. 1988). □ 1987: »Der Geschichtenerzähler« (R., dt. 1990). □ 1988: »Lob der Stiefmutter« (R., dt. 1989).

▷ M.A. Lewis: From Lima to Leticia. The Peruvian novels of M. Vargas Llosa, engl. 1983.

Varmus, Harold Eliot

amer. Mediziner und Krebsforscher
* 18.12.1939 Oceanside, N. Y.

Varmus, seit 1974 Professor an der California University in San Francisco, entdeckte 1976 mit M. →Bishop in gemeinsamer Forschungsarbeit über Wachstum und Teilung der Zellen die potentiell krebsauslösenden Onkogene in völlig gesunden Organismen. Für diese Erkenntnis, daß der Krebsauslöser nicht ein »übertragender« Virus, sondern zellulären Ursprungs ist, erhielten beide 1989 den Physiologie/Medizin-Nobelpreis. Mittels spezieller von Dominique Stehelin entwickelter Spürsonden hatte das Forscherteam ein Onkogen aus einem krebserregenden Retrovirus herauspräpariert, das in zwei Varianten entweder Tumore oder Leukämie auslöst. Durch Synthese von entsprechenden Kopien (DNS) der Erbinformationsträger (RNS) des Tumorvirus gelang es, bei der zur Herstellung des Doppelstrangs (F. →Crick) notwendigen komplementären Struktur den Bereich und damit das Onkogen zu lokalisieren, wo die identische Reduplikation nicht gelang.

← Harold E. Varmus

Varnalis, Kostas

griech. Schriftsteller und Literaturkritiker
* 14.2.1884 Pyrgos (Bulgarien) † 16.12.1974 Athen

Varnalis trat als einer der ersten marxistischen Dichter dem Idealismus seiner Zeit entgegen: Indem er die dichterische Phantasie dem marxistischen Dogma radikal unterordnete, betrieb er in der dreiteiligen satirischen Dichtung »Das brennende Licht« (1922) die Entmythologisierung der Antike wie des Christentums und konstatierte ihren endgültigen Untergang. Mit seiner Kritik an Bürgern, die Staat, Religion und Kunst für ihre Zwecke ausbeuten, wurde er zum Vorkämpfer einer linksengagierten Literatur.

Kostas Varnalis (M.) erhält den Lenin-Friedens-Preis im Kreml in Moskau, 1959.

□ 1908: Nach dem Philologiestudium Tätigkeit als Gymnasiallehrer. □ 1919-23: Studium in Paris; Hinwendung zum Marxismus. □ 1925: »Solomos ohne Metaphysik« (Es.). □ 1929: Suspendierung vom Schuldienst. □ 1931: »Sokrates wahre Apologie« (Es.). □ 1946: »Das Tagebuch der Penelope« (Prosa, dt. 1975).

Vasarely, Victor

frz. Maler und Grafiker ung. Herkunft
* 9.4.1908 Pécs (Fünfkirchen)

Vasarely ist Repräsentant der Op Art, die sich mit Phänomenen der Wahrnehmung und dynamischer Lichteffekte beschäftigt. In seinem streng geometrisch-abstrakten Hauptwerk dominieren gitterartige Gefüge, die linear und farblich so manipuliert werden, daß für den Betrachter der Eindruck von Räumlichkeit, z. B. der Wölbung oder des Zurückweichens des Motivs, entsteht. Gleichzeitig ergeben sich aus dem Zusammenwirken der Farbkontraste Flimmereffekte, die Bilder gewinnen eine kinetische Dimension (z. B. »VP-STRI«, 1971-73). V. hat die Gesetze der

Vasarely setzt seine künstlerischen Prinzipien in mathematische Arbeitsweisen um.

Wahrnehmung konsequent auf seine mathematisch-wissenschaftliche Arbeitsweise übertragen, so daß sie auch von seinen Mitarbeitern exakt ausgeführt werden kann. Das Ziel des Konstruktivismus und der Konkreten Kunst, vollständig mit dem Verstand kontrollierbare und dennoch ästhetische Werke zu schaffen, scheint bei V.s Form der Op Art, die diese beiden Richtungen miteinander verbindet, erreicht. Neben großen Kompositionen in Öl fanden vor allem seine vielen Serigrafien in den 60er und 70er Jahren eine fast inflationäre Verbreitung.

□ 1929-39: Strukturuntersuchungen in Schwarzweiß. □ 1930: Übersiedlung nach Paris. □ seit 1944: Hinwendung zur Malerei. □ seit 1951: Zunehmend abstrakte Werke. □ 1960: Serien »Images-miroir« und »Galaxies«. □ 1976: Eröffnung des Vasarely-Museums in Aix-en-Provence. □ 1981: Vasarely-Museum auf Schloß Gordes (Vaucluse).

▷ M. de la Motte/A. Tolnay: Victor Vasarely. Werke aus 6 Jahrzehnten, 1986.

Georgios Vassiliou →

»Sassy« Vaughan →

Vasilenko, Sergej →Wassilenko, Sergej N.

Vassilikos, Petros →Chatzopulos, Kostas

Vassilikos, Vassilis
griech. Schriftsteller
* 18.11.1933 Kavala

Vassilikos, der dem griechischen Roman neue erzählerische Mittel erschloß, wurde mit seiner schonungslosen Analyse eines Politikermordes bekannt: »Z« (1960, dt. 1968) wurde 1968 von C. →Costa-Gavras mit Y. →Montand verfilmt (»Z, die Anklage eines politischen Mordes«). Aufgewachsen in der dumpfen, durch die Verfolgung (linker) Andersdenkender gekennzeichneten Atmosphäre der 50er Jahre, greift V. u. a. in der »Griechischen Trilogie« (R.e, 1961, dt. 1966) verkrustete Normen und die Scheinmoral der Gesellschaft an.
Das engagierte Plädoyer V.s, der zeitweilig Fernsehregisseur war, für individuelle Freiheit bezieht phantastische Elemente ein, verbindet lyrische Passagen mit sarkastischen Kommentaren und verwendet journalistische Ausdrucksmittel wie Interview und Reportage.

□ 1950: »Die Gedichte 1948-1950«. □ 1953: »Jasons Erzählung«. □ 1964: »Die Photographien« (R., dt. 1972). □ 1967-74: Während der Militärdiktatur im Exil in den Städten Paris, Rom und London. □ 1971/72: »Das Magnetofon« (Erz.n, 2 Bde.). □ 1975: »Porträts« (Prosa). □ 1980: »Die Anatomiestunde« (R.).

Vassiliou, Georgios
zypr. Politiker und Unternehmer
* 20.5.1931 Famagusta

Vassiliou trat 1988 die Nachfolge S. →Kyprianous als Staatspräsident von Zypern an. Der parteilose Wirtschaftsfachmann, Gründer der größten Marktforschungs- und Beratungsfirma im Mittelmeerraum (Niederlassungen in elf Staaten), bekleidete schon vorher einflußreiche Ämter im öffentlichen Leben des Landes. Er war u. a. Präsident der Handelskammer in Nikosia sowie Mitglied des Aufsichtsrats und Exekutivkomitees der Bank von Zypern. Die von V. wiederaufgenommenen Verhandlungen mit dem Türkenführer R. R. →Denktasch zur Beilegung des griechisch-türkischen Konflikts auf der gespaltenen Insel gestalteten sich trotz der Gesprächsbereitschaft auf seiten beider Bevölkerungsgruppen schwierig.

□ 1957: Nach Abschluß des Wirtschaftsstudiums in Budapest Marktforscher bei der Reed Paper Group in London. □ 1962: Gründer des Middle East Marketing Research Bureau Ltd. auf Zypern. □ 1976: »Marketing in the Middle East« (Schr.). □ 1984: Gründer des Middle East Centre for Managing Studies und des Middle East Centre for Computing Studies. □ seit 1988: Staatspräsident.

Vaughan, Sarah »Sassy«
amer. Jazzsängerin
* 27.3.1924 Newark, N. J. † 3.4.1990 Los Angeles

Vaughan gehörte mit B. →Holiday und E. →Fitzgerald zu den größten Sängerinnen der Jazz-Geschichte.
1942 mit ihrer Version von »Body and Soul« während eines Amateur-Wettbewerbs entdeckt, perfektionierte die »Göttliche«, die mit ihrer Stimme wie ein Saxophon zu improvisieren verstand, in den Bebop-Bands von D. →Gillespie und C. →Parker den »Scat«-Gesang. 1947-53 wurde die nun als Solistin auftretende V. siebenmal hintereinander als beste Jazzsängerin ausgezeichnet. Später sang sie mit ihrer drei Oktaven umfassenden Stimme auch Schlager von G. →Gershwin und P. → McCartney.

Vaughan Williams, Ralph

engl. Komponist
* 12.10.1872 Down Ampney, Gloucestershire
† 26.8.1958 London

Vaughan Williams gehört zu den bedeutendsten Komponisten Englands im 20. Jh. V., der mit »Fantasia on a theme by Th. Tallis« (1909) und seiner ersten Sinfonie (»Sea Symphony«, 1910) international bekannt wurde, war Verfechter einer englischen Nationalmusik (»National Music«, Schr., 1932), die sich vor allem von deutschen und italienischen Vorbildern emanzipieren sollte. V. orientierte sich am Volksliedgut und an spezifisch englischen Traditionen der Kunstmusik (elisabethanisches Madrigal; Werke von Henry Purcell, * 1659, † 1695). Im Zentrum seines vielseitigen Œuvres (Opern, Ballette, Kammermusik, Lieder, Filmmusik) stehen die sinfonischen Werke (z. B. »Sinfonia antarctica«, 1953).

□ 1890-94: Studium am Royal College of Music sowie am Trinity College in Cambridge. □ 1896/97: Besuch in Bayreuth; Studien bei M. →Bruch in Berlin. □ ab 1904: Mitgl. der Folk-Song-Society. □ 1908: Kontakte mit M. →Ravel in Paris. □ 1912: »English Folksongs« (Schr.). □ ab 1919: Kompositionslehrer am Royal College of Music in London. □ 1920-28: Dirigent des Bach Choir London. □ ab 1928: Freischaffender Komponist in London und Dorking, Surrey; Tourneen als Dirigent und Dozent. □ 1936: »Five Tudor portraits« für Soli, Chor und Orchester. □ 1938: »Serenade to music«. □ 1951: 9. Sinfonie; UA der Oper »The Pilgrims' progress« in London.

▷ U. Vaughan Williams: Ralph Vaughan Williams, engl. 1964; M. Hurd: Vaughan Williams, engl. 1970.

Vazow, Ivan →Wasow, Iwan M.

Veblen, Thorstein Bunde

amer. Nationalökonom und Soziologe
* 30.7.1857 Valders, Wisc.
† 3.8.1929 Menlo Park, Kalif.

Veblen begründete den sog. Institutionalismus. Diese Richtung in der Nationalökonomie berücksichtigt die Gesamtheit der in einer Gesellschaft existierenden Organisationsformen des menschlichen Handelns (Institutionen) und versucht, die Wirtschaftstheorie mit anderen Sozialwissenschaften zu verbinden. V. analysierte die externen Konsumeffekte und formulierte den Veblen-Effekt: Der Nutzen eines Gutes ist nicht nur von seinen Eigenschaften abhängig, sondern ebenso vom Preis. Die Nachfrage nach einem Gut wächst, je mehr der »auffällige« Preis, der einem Gut beigemessen wird, den »tatsächlichen« Preis, der gezahlt werden muß, übersteigt.

Veblen analysierte das Verhältnis von Preis und Nachfrage.

□ bis 1880: Studium der Ökonomie und Philosophie. □ 1884: Promotion zum Dr. phil. □ 1892-1906: Prof. an der Univ. Chicago. □ 1899: »Theorie der feinen Leute« (Schr., dt. 1958). □ 1904: »The theory of business enterprise« (Schr.). □ 1906-09: Prof. an der Stanford Univ., Kalif. □ 1911-18: Prof. an der Univ. von Missouri. □ 1918-26: Prof. an der New School for Social Research. □ 1919: »The place of science in the modern civilisation« (Schr.). □ 1921: »The engineers and the price system« (Schr.). □ postum 1934: »Essays in our changing order«.

▷ B. Rosenberg: The values of Veblen. A critical appraisal, 1956.

Emilio Vedova kombiniert Plastik und Malerei zu Montagen.

Vedova, Emilio

ital. Maler und Grafiker
* 9.8.1919 Venedig

Vedova ist der italienische Hauptrepräsentant des Abstrakten Expressionismus. Mit seiner expressiv-gestischen, starkfarbigen, mit Weiß und Schwarz akzentuierten Malerei (z. B. »Zusammenprall von Situationen«, 1958, München, Bayerische Staatsgemäldesammlungen) setzt er dynamische Zeichen, die über das Bild hinaus in den Raum weisen. So ging V. bereits früh über die reine Malerei hinaus, indem er Montagen aus farbig bemalten Hölzern schuf, wiederum mit spannungsvoll verweisendem Charakter, wie in dem Berlin-Zyklus (»Plurimi di Berlino«) der 60er Jahre, der auch wie die meisten größeren Arbeiten V.s durch zahlreiche Zeichnungen vorbereitet und begleitet wurde. Stets betont V. den fragmentarischen Charakter aller Kunst, wie im »Dischi-Zyklus« von 1985, beidseitig bemalten Bildtafeln in Scheibenform, wobei er die Begegnung seiner Werke mit dem umgebenden Raum immer stärker sucht.

□ ab 1935: Autodidaktische Beschäftigung mit der Malerei. □ 1937-40: Studium an den Kunstakademien in Rom und Florenz. □ 1960/61: Bühnenbild für L. →Nonos Oper »Intolleranza«. □ 1986: Große Retrospektive in der Staatsgalerie moderner Kunst, München. □ 1987: Ausstellung in der Wiener Sezession.

Veen, Herman van

niederl. Sänger
* 14.3.1945 Utrecht

← Herman van Veen

In seinen gefühlvollen Liedern erzählt der Niederländer mit poetischen Mitteln einfache Alltagsgeschichten. Der vielseitige Künstler gestaltet neben seinem Soloprogramm für die Bühne auch Bücher, die Zeitschrift Harlekijn, nimmt Schallplatten auf, dreht Filme und schreibt Drehbücher für TV-Serien. Neben den Texten und seinem trockenen Humor liegt die Wirkung seiner Auftritte auch in seinen mimischen und darstellerischen Fähigkeiten. Einen Teil seiner Arbeit widmet V. Kindern, für die er 1990 eine Zeichentrick-Serie schuf.

□ 1962-67: Musikstudium am Konservatorium von Utrecht (Geige und Gesang). □ 1968: Botschafter der niederl. Jugend für das Kinderhilfswerk der UNICEF. □ 1971: Edison-Preis in den Niederlanden (ebenso 1973 und 1979). □ 1973: Erste deutschsprachige LP »Ich hab' ein zärtliches Gefühl«. □ 1974: Erste Auftritte in Deutschland. □ 1977: TV-Kinderserie »Die seltsamen Abenteuer des Herman van Veen«; »An eine ferne Prinzessin« (LP). □ 1979: Film »Ich lieb' dich noch« (Hr., Drehbuch und Rg.). □ 1982: Dt. Schallplattenpreis für »Solange der Vorrat reicht« (LP). □ 1987: »Anne« (LP). □ 1991: »Souvenirs« (LP).

Veidt, Conrad Hans Walter

dt. Schauspieler
* 22.1.1893 Berlin
† 3.4.1943 Los Angeles, Kalif. (USA)

← Conrad Veidt

In der Stummfilmära verkörperte Veidt oftmals dämonische Charaktere wie den Pianisten in »Orlacs Hände« (1924, Rg. R. Wiene) oder das Medium in »Das Cabinett des Dr. Caligari« (1919, Rg. R. Wiene). Nach der Etablierung des Tonfilms agierte er in zahlreichen Kostümfilmen und hatte großen Erfolg als Fürst Metternich in »Der Kongreß tanzt« (1931, Rg. E. Charell). V., der mit einer Jüdin verheiratet war, wurde nach seiner Emigration in Hollywood der typische Darsteller von Nazi-Offizieren. Er spielte u. a. den Major Strasser in dem Film »Casablanca« (1942, mit H. →Bogart und I. →Bergman, Rg. M. →Curtiz).

□ 1917: »Furcht« (Rg. R. Wiene). □ 1918: »Tagebuch einer Verlorenen« (Rg. R. Oswald). □ 1919: »Opium« (Rg. R. Reinert); »Satanas« (Rg. F. W. →Murnau); »Anders als die Anderen« (Rg. R. Oswald). □ 1921: »Das indische Grabmal« (Rg. J. May). □ 1922: »Lucrezia Borgia« (Rg. R. Oswald). □ 1923: »Paganini« (Rg. H. Goldberg). □ 1926: »Der Student von Prag« (Rg. H. Galeen). □ 1927-30: Aufenthalt in Hollywood. □ 1929: »Die letzte Kompanie« (Rg. C. Bernhardt). □ 1931: »Die andere Seite« (Rg. H. Paul). □ 1932: Emigration nach Großbritannien. □ 1937: »Unter der roten Robe« (Rg. V. Sjöström). □ 1938: »Sturm über Asien« (Rg. R. Oswald). □ 1940: »Der Dieb von Bagdad« (Rg. L. Berger). □ 1941: Emigration in die USA; »Roman einer Tänzerin« (Rg. G. Ratoff).

Simone Veil →

Veil, Simone Annie

frz. Politikerin
* 13.7.1927 Nizza

Veil war Präsidentin des ersten direkt gewählten Europaparlaments. Wegen dessen geringer Kompetenzen hatten ihre Bemühungen um die europäische Integration relativ wenig Wirkung. Vor ihrer Wahl in das Europaparlament war die parteilose Politikerin eine erfolgreiche und populäre Gesundheitsministerin. Sie hatte u. a. nach harten innenpolitischen Auseinandersetzungen eine Reform des Abtreibungsrechts durchsetzen können.

□ 1944: Als Jüdin in das KZ Auschwitz verschleppt. □ bis 1952: Studium in Paris. □ 1957-69: Im Justizministerium; zuletzt als Attaché. □ 1970-74: Generalsekr. der höchsten Verwaltungsinstanz der Richter. □ 1974-78: Gesundheitsmin. □ ab 1979: MdEP. □ 1979-82: Präs. des Europaparlaments. □ 1981: Karlspreis der Stadt Aachen. □ 1984: Präs. der liberalen Fraktion im Europaparlament.

Velde, Henry (Clemens) van de

belg. Architekt, Formgestalter und Maler
* 3.4.1863 Antwerpen
† 15.10.1957 Zürich (Schweiz)

Van de Velde war einer der vielseitigsten und vor allem in Deutschland einflußreichsten Architekten und Formgestalter des Jugendstils. Seine architektonischen und kunstgewerblichen Entwürfe zeichneten sich durch Linearität, Funktionalität und sparsame Ornamentik aus. Sein eigenes Haus Bloemenwerf (1895) in Uccle gestaltete er auf polygonalem Grundriß als plastisch aufgefaßte, bewegte Form, in der die Innenräume ineinander übergehen. Die gesamte Inneneinrichtung stammt ebenfalls von ihm. Damit verwirklichte er seine Maximen eines Gesamtkunstwerks und der wechselseitigen Durchdringung von Kunst und Leben.

Sein Hauptwerk ist die Weimarer Kunstgewerbeschule (1906), deren Gründer und langjähriger Leiter er war. Der schmale, langgezogene Komplex ist dynamisch gereiht, hat viele Fenster und polygonale Dachelemente. Plastizität und eine fast klassische Harmonie sowie Funktionalität gehen hier eine beispielhafte Verbindung ein. Von hoher Plastizität war auch das Theater auf der Kölner Werkbundausstellung (1914) mit Neuerungen wie einer dreigeteilten Bühne und dem wie in einem Amphitheater angelegten Zuschauerraum.

Als vielseitiger Designer für Gebrauchsgegenstände war V. mit Inneneinrichtungen (Möbeln,

Henry van de Velde arbeitet an einem Grundriß in seinem Weimarer Atelier, 1911.

Lampen), Silberartikeln, Bestecken, Bucheinbänden, Stoffmustern und Plakaten erfolgreich. Seine Möbelentwürfe bestechen durch die dynamisch geschwungene Kontur wie z. B. sein bekannter Schreibtisch. Als Maler schuf er zunächst pointillistische Gemälde, später flächige, stark konturierte Landschaften unter dem Einfluß u. a. von P. →Gauguin.

□ 1880-84: Studium an der Antwerpener Kunstakademie. □ 1884/85: Aufenthalt in Paris u. a. im Atelier von Carolus-Duran; Besuch der Malerkolonie von Barbizon. □ 1886: Mitbegründer der Künstlergruppe L'Art Indépendent in Antwerpen. □ 1888: Mitgl. der Gruppe Les Vingt in Brüssel. □ 1898: Gründung der Werkstätten für angewandte Kunst in Ixelles bei Brüssel (Zweigstelle in Berlin). □ 1902: Übersiedlung nach Weimar; Gründung und Errichtung der herzoglichen Kunstgewerbeschule (Leiter bis 1915). □ 1908: Haus Hohenhof für Karl Ernst Osthaus in Hagen, NRW. □ 1914: Haus Körner, Leipzig. □ 1925-36: Prof. für Architektur an der Univ. Brüssel. □ 1926-35: Leiter des von ihm gegründeten Inst. supérieur des Arts décoratifs in Brüssel. □ 1937-54: Rijksmuseum Kröller-Müller, Otterlo. □ 1947: Übersiedlung in die Schweiz.

▷ H. van de Velde: Geschichte meines Lebens (Aut.), NA 1986.

Lino Ventura →

Venesis, Elias

(eig. E. Mellos)
griech. Schriftsteller
* 4.3.1904 Aivali, Anatolien † 3.8.1973 Athen

Venesis ist mit dem Roman »Die Nummer 31 328« (1931, dt. 1969) ein Repräsentant der Generation von 1930, einer Gruppe griechischer Autoren, die realistisch-dokumentarische Elemente in die Literatur einführte. Geprägt vom Erlebnis der Zerstörung, die Krieg und Vertreibung in seiner kleinasiatischen Heimat anrichteten, schildert V. seine türkische Gefangenschaft. In späteren Werken beschreibt er in lyrisch nuancierter Sprache das Elend des 2. Weltkriegs.

□ 1922/23: Türk. Gefangenschaft, anschließend Flucht. □ 1925-57: Bankbeamter in Athen. □ 1939: »Friede in attischer Bucht« (R., dt. 1963). □ 1943: »Äolische Erde« (R., dt. 1949). □ 1957: Mitgl. der Akademie der Wissenschaften.

Ventura, Lino

(eig. Angelo Borrini)
frz. Schauspieler ital. Herkunft
* 14.7.1919 Parma † 22.10.1987 St. Cloud bei Paris

Ventura wurde in den 50er Jahren als Held zahlreicher Kriminalfilme international bekannt. Im Laufe seiner Karriere reifte der ehemalige Catcher vom draufgängerischen Gangster in »Wenn es Nacht wird in Paris« (1954, mit J. →Moreau und J. →Gabin) zum verschlossenen, harten, aber integren Kommissar in anspruchsvollen Produktionen wie in »Das Verhör« (1981, mit R. →Schneider).

□ 1927: Emigration nach Frankreich. □ 1950: Europameister im Catchen. □ 1959: »Der Mörder kam um Mitternacht«. □ 1960: »Taxi nach Tobruk« (mit H. →Krüger und Ch. →Aznavour); »Der Panther wird gehetzt« (mit J.-P. →Belmondo). □ 1963: »100 000 Dollar in der Sonne« (mit J.-P. Belmondo und G. →Fröbe). □ 1965: »Ganoven rechnen ab«. □ 1966: »Die Abenteurer« (mit A. →Delon); Gründung der Vereinigung Perce-Neige (Schneeglöckchen) zur Unterstützung geistig behinderter Kinder. □ 1969: »Armee im Schatten« (Rg. J.-P. →Melville, mit S. →Signoret); »Der Clan der Sizilianer«. □ 1973: »Ein glückliches Jahr« (Rg. C. Lelouch). □ 1977: »Der Schrecken der Medusa« (mit R. Burton). □ 1981: »Der Maulwurf« (mit M. →Piccoli). □ 1983: »Die 100 Tage von Palermo«.

Venturi, Robert

amer. Architekt
* 25.6.1925 Philadelphia, Penn.

Venturi gehört zu den Vertretern eines plakativen, bildhaften Architekturstils, der von den mit Reklameschriften und -tafeln überzogenen Häuserfassaden der Hauptstraßen amerikanischer Städte angeregt ist. In seinen Veröffentlichungen (u. a. »Complexity and contradiction in architecture«, 1966; »Learning from Las Vegas«, 1972) plädiert V. für eine Trennung von Funktion und Dekor, die er auch praktiziert. Die Fassade wird nicht als logische Fortsetzung der Konstruktion und Funktion des Baukörpers, sondern als deren plakativer Ausdruck gesehen. So blendete er dem Altenwohnheim Guild House (1960-63) in Philadelphia eine vielgestaltige Backsteinfassade mit zahlreichen historischen Zitaten und einem überdimensionierten Schriftzug vor. Das geschieht im Rückgriff auf traditionelle Stilformen, die er entsprechend seiner Maxime einer »Architektur der Komplexität und des Widerspruchs« in Kontrast zu modernen

Robert Venturi stellte 1987 das Modell der neuen Londoner Nationalgalerie vor.

Bauelementen setzt. Bei der Villa Brant in Greenwich (Conn., 1971-73) mischte V. Art-deco-Motive mit rationalen Elementen. Somit zählt V. auch zur Postmoderne.

□ 1958: Nach Zusammenarbeit mit Eero → Saarinen und L. I. →Kahn eigenes Büro in Philadelphia. □ seit 1964: Zusammenarbeit mit J. Rauch. □ 1968-73: Humanities Building der State Univ. of New York in Purchase. □ 1970-74: Dixwell Fire Station, New Haven, Conn. □ 1974: Faculty Club der Pennsylvania State Univ. □ 1979: Umgestaltung des Basco Showroom, Philadelphia. □ 1980-83: Gordon Wu Hall der Princeton Univ., N. J. □ 1984: Gestaltung des Times Square Plaza, New York. □ 1988-91: Sainsbury Wing, Erweiterungsbau der National Gallery, London. □ 1991: Auszeichnung mit dem Pritzker-Preis für das schriftstellerische und architektonische Gesamtwerk.

▷ St. v. Moos: Venturi, Rauch und Scott Brown, 1987.

Venuti, Joe

(eig. Giuseppe V.)
amer. Jazzmusiker
* 16.9.1903 Philadelphia, Penn.
† 14.8.1978 Seattle, Wash.

Venuti war der erste große Jazz-Geiger und beeinflußte durch seinen virtuosen Stil, das Akkordspiel auf allen vier Saiten, zeitgenössische Stars wie Jean-Luc Ponty. Während der 20er Jahre nahm V. mit Eddie Lang über 70 Titel auf, die heute zu den herausragenden Dokumenten der Jazzgeschichte gehören.

□ ab 1921: Zusammenarbeit mit E. Lang. □ 1931: »Nothing but notes« (LP mit E. Lang, B. →Goodman, J. Teagarden). □ 1934-55: Nach erfolgreichem Gastspiel in England zwei Jahrzehnte auf Tournee in Europa. □ 1971: »The Dutch Swing College Band meets Joe Venuti« (LP).

← Joe Venuti

Verdi, Giuseppe Fortunino Francesco

ital. Komponist
* 10.10.1813 La Roncole bei Parma
† 27.1.1901 Mailand

Verdi, der die Oper in Italien 50 Jahre lang (1842-1893) fast konkurrenzlos beherrschte, war der meistgespielte Komponist seiner Zeit in Europa. Viele seiner Werke blieben bereits vom Zeitpunkt ihrer Erstaufführung an dauerhaft im internationalen Bühnenrepertoire. Nur Mozart und Wagner konnten derartige Erfolge verzeichnen. V. hatte jene für einen Opernkomponisten damals wichtige Gabe, Melodien zu schreiben, die auf bewegende Weise die Gefühle der handelnden Personen vermitteln. Im Laufe einer langen Karriere erwarb er zudem eine souveräne Beherrschung der Instrumentation sowie der musikalischen und dramatischen Formen. Zu seinem ernsten, dramatischen Personalstil fand V. erstmals in seiner dritten Oper »Nabucco«, deren Mailänder Uraufführung 1842 ihn schlagartig berühmt machte. Die Handlung (Not und Befreiung der Juden unter Nebukadnezar) empfand das Publikum als Spiegel für die Befreiungsbewegung in Italien. Der Gefangenenchor »Va pensiero sull'ali dorante« (Flieg Gedanke, auf goldenen Schwingen) wurde zu einer Art Nationalhymne und V.s Name zu einem kämpferischen Symbol: VERDI — Vittorio Emanuele Re D'Italia.
Musikalisch schließt V. an die italienische Gesangsoper seiner Vorgänger Gioacchino Rossini (*1792, † 1868) und Vincenzo Bellini (*1801, † 1835) an, zielt aber stärker auf die Darstellung der menschlichen Charaktere und Situationen als auf reine Schönheit des Gesangs. Rezitative, Arien und Chöre, die in der früheren Oper als Nummern aneinandergereiht wurden, schließt der Komponist zu musikalischen Szenen zusammen. Damit aktualisierte V. auf eigene Weise den Werktypus Oper im Geist der Romantik. Die für ihn charakteristische, unmittelbar szenische Realisierung eines Geschehens durch Geste, Spiel, Bewegung und musikalischen Ausdruck ist in seinen bis heute populärsten Opern »Rigoletto« (UA Venedig, 1851), »Il trovatore« (UA Rom, 1853) und »La traviata« (UA Venedig 1853) vollendet ausgeprägt. Daß V. dabei trotz aller Verfeinerung der Orchestrierung bis zum Ende seines Schaffens nie das Ideal einer italienischen Gesangsoper mit ihrer Dominanz der menschlichen Stimme verlassen hat, zeigen die beiden späten Hauptwerke »Otello« (UA Mailand, 1887) und »Falstaff« (UA Mailand, 1893).

□ ab 1831: Nach Studien in Busseto Ausbildung in Mailand. □ ab 1836: Maestro di musica der Musikgesellschaft in Busseto. □ ab 1839: Wohnsitz in Mailand. □ 1844: »Ernani«, UA Venedig. □ 1847: »Macbeth« (Shakespeare), UA Florenz. □ 1848: Abbruch eines London-Aufenthalts, um am Mailänder Aufstand teilzunehmen. □ 1849: Revolutionsfeiern mit der UA von »La battaglia di Legnano« in Rom; »Luisa Miller« (Schiller), UA Neapel. □ ab 1851: Wohnsitz in Sant'Agata bei Busseto. □ 1857: »Simon Boccanegra«, UA Venedig. □ 1858: Verbot von »Der Maskenball« (1859 UA in Rom). □ 1861-64: Abg. des ersten italienischen Parlaments in Turin. □ 1862: »La forza del destino«, UA St. Petersburg. □ 1867:

Giuseppe Verdi gehört bis heute zu den meistgespielten Opernkomponisten.

»Don Carlos« (Schiller), UA Paris. □ 1870: Zur Eröffnung des Suez-Kanals »Aida« (UA in Kairo wegen des Dt.-frz. Krieges verschoben auf 1871). □ 1874: »Messa da Requiem« für Soli, Chor und Orchester zum Andenken des Dichters A. Manzoni (*1785, † 1873). □ ab 1879: Zusammenarbeit mit A. Boito. □ 1895: »Te Deum« für Doppelchor und Orchester. □ 1897: »Stabat mater« für Chor und Orchester.

▷ H. Kühner: Giuseppe Verdi, 1961, NA 1981; J. Wechsberg: Verdi, 1975; H. P. Busch (Hg.): Giuseppe Verdi. Briefe, 1979; H.-K. Metzger/R. Riehn (Hg.): Giuseppe Verdi, 1979; W. Markgraf: Verdi, 1986.

Vermeylen, August

niederl.spr. belg. Schriftsteller und Kunsthistoriker
* 12.5.1872 Brüssel † 10.12.1945 Ukkel

Vermeylen war Mitbegründer verschiedener avantgardistischer Zeitschriften. Durch aufsehenerregende Essays versuchte V., in der flämischen Bewegung eine Wende zu mehr Realismus, sozialem Engagement und kosmopolitischem Denken einzuleiten. Sein Traum von der menschlichen Solidarität liegt auch dem allegorischen Roman »Der ewige Jude« (1906, dt. 1917) zugrunde. Im Zeitalter der Renaissance sah V. die Verwirklichung seines humanistischen Lebensideals (»Von den Katakomben bis El Greco«, Abh., 1946).

□ 1894: Promotion in Geschichte in Brüssel. □ 1894-99: Studium der Literatur und Kunstgeschichte in Berlin und Wien. □ 1899: Promotion in Brüssel. □ 1901-23: Prof. für Kunstgeschichte in Brüssel. □ 1923-40: Prof. in Gent. □ 1930-33: Erster Rektor der niederl. Univ. Gent.

← August Vermeylen

Gianni Versace →

Verne, Jules

frz. Schriftsteller
* 8.2.1828 Nantes † 24.3.1905 Amiens

Verne wurde durch seine fantastischen Zukunftsromane zum Vater der Science-fiction-Literatur. Auf dem Papier nahm er viele Erfindungen vorweg und ließ seine Helden in Weltraumraketen, Unterseebooten und Flugmaschinen spannende Abenteuer erleben. Nach dem Erfolg seines Romanerstlings »Fünf Wochen im Ballon« (1862, dt. 1887) verpflichtete er sich in einem lukrativen 20-Jahres-Vertrag mit dem Verlagshaus P. J. Hetzel zur Lieferung von zwei, später drei Romanen jährlich. Allein »Von der Erde zum Mond« (1865, dt. 1873) erlebte noch zu Lebzeiten V.s 40 Auflagen. Weitere Publikumserfolge hatte der studierte Jurist mit den Romanen »Reise nach dem Mittelpunkt der Erde« (1864, dt. 1874), »Zwanzigtausend Meilen unter dem Meer« (1875, dt. 1894) und »Reise um die Welt in 80 Tagen« (1872, dt. 1875).

Vernes Romane sind seit ihrer Erstauflage Bestseller.

Versace, Gianni

ital. Modedesigner
* 2.12.1946 Kalabrien

Versaces Tagesmode ist leger und ausgefallen. Er verwendet oft Leder, dem er eine kraftvoll-martialische Aussage gibt. Exklusiv und weiblich-verführerisch ist seine Abendmode, wie 1986 Abendkleider aus Straßstickerei in schwarzweißer Op Art und 1987 Roben aus einem Geflecht kleiner geprägter Nickelscheiben, die mit Laserstrahl zusammengefügt wurden. V. läßt sich von der Kunst inspirieren, insbesondere der Malerei, aber auch von der japanischen Tracht. Er entwarf Ballett- und Opernkostüme.

□ 1964: Assistent der Mutter, einer Schneiderin; Modeeinkauf für ihre Boutique. □ seit 1968: Freier Modedesigner für ital. Firmen. □ 1979: Erste Prêt-à-porter-Kollektion; Eröffnung einer Boutique in Mailand. □ seit 1981: Alta Moda und Herrenmode. □ 1985: Ausstellung seines Œuvres im Victoria and Albert Museum, London.

Verwoerd, Hendrik Frensch

südafr. Politiker
* 8.9.1901 Oudekerk bei Amsterdam (Niederlande)
† 6.9.1966 Kapstadt (ermordet)

Als »Minister für die Eingeborenen« war Verwoerd für die Ausführung zahlreicher Gesetze zur Verschärfung der Rassentrennung (Apartheid) verantwortlich, die von der Nationalpartei während der 50er Jahre durchgesetzt wurden. Dazu gehörte auch die Errichtung der sog. Homelands und damit eine faktische Ausbürgerung der Farbigen. 1961 vollzog V. als Regierungschef den Austritt der Südafrikanischen Union aus dem Commonwealth und ihre Umwandlung in eine Republik. 1966 fiel er im Parlament einem Attentat zum Opfer.

□ 1927-37: Prof. in Stellenbosch. □ ab 1937: Hg. der Parteizeitung De Transvaaler. □ 1948-58: Senator der Südafr. Union. □ 1950-58: Min. für Eingeborenenfragen. □ ab 1958: Vors. der (burischen) Nationalpartei; Ministerpräsident.

Vestdijk, Simon

niederl. Schriftsteller
* 17.10.1898 Haarlingen † 23.3.1971 Utrecht

Mit seinem umfangreichen Werk, das neben mehr als 50 Romanen auch Gedichte, Essays und psychologische Abhandlungen umfaßt, ist Vestdijk einer der bedeutendsten und vielseitigsten Schriftsteller der modernen niederländischen Literatur. Als einziger wichtiger noch lebender Vertreter der Forum-Gruppe aus den 30er Jahren hatte V. nach dem 2. Weltkrieg großen Einfluß auf die jüngere Schriftstellergeneration. 1950 erhielt er den renommiertesten Literaturpreis der Niederlande, den P.-C.-Hooft-Preis.

□ 1934: »Zurück zu Ina Damman« (R.). □ 1937: »Das fünfte Siegel« (R., dt. 1939). □ 1949: »Der Kellner und die Lebenden« (R.). □ 1950: »Der kupferne Garten« (R.).

Vester, Frederic

dt. Biochemiker und Publizist
* 23.11.1925 Saarbrücken

Vester, 1974 mit dem Adolf-Grimme-Preis ausgezeichnet, gründete 1970 in München die private Studiengruppe für Biologie und Umwelt, die sich mit Lösungen der Umweltprobleme befaßt. Bekannt wurde der engagierte Biochemiker mit Fernsehsendungen und Sachbüchern (u. a. »Unsere Welt — ein vernetztes System«).

□ 1972: »Das Überlebensprogramm« (Sachb.). □ 1974: Adolf-Grimme-Preis. □ 1975: »Denken, Lernen, Vergessen« (Sachb.). □ 1976: »Phänomen Streß« (Sachb.). □ 1978: »Unsere Welt - ein vernetztes System« (Sachb., begleitend dazu eine gleichnamige int. Wanderausstellung). □ 1980: »Neuland des Denkens« (Sachb.). □ seit 1982: Prof. an der Univ. der Bundeswehr in München. □ 1988: »Leitmotiv vernetztes Denken« (Sachb.).

Heinz-Oskar Vetter →

← Hendrik F. Verwoerd

← Frederic Vester

Vetter, Heinz-Oskar

dt. Gewerkschafter
* 21.10.1917 Bochum † 18.10.1990 Mülheim/Ruhr

Vetter führte 13 Jahre die größte freie Gewerkschaft der Welt, den DGB. Als seine gesellschaftspolitische Zielsetzung nannte er während dieser Zeit wiederholt das Suchen nach einem dritten Weg zwischen Kapitalismus und Kommunismus mit einer stärkeren Betonung der »Sozialpflichtigkeit des Eigentums«.

□ 1931-37: Im Bergbau beschäftigt. □ 1937-39: Besuch der Oberschule. □ 1939-46: Soldat; Kriegsgefangenschaft. □ 1946-49: Grubenschlosser; Mitgl. der IG Bergbau. □ 1949-52: Besuch der Akademie für Wirtschaft und Politik. □ ab 1952: Hauptamtlicher Sekr. der Gewerkschaft. □ ab 1953: Mitgl. der SPD. □ 1960: Vorstandsmitgl. und ab 1964 stellv. Vors. der IG Bergbau und Energie. □ 1969-82: Vors. des Deutschen Gewerkschaftsbundes (DGB). □ 1974-79: Präs. des Europ. Gewerkschaftsbundes.

Vian, Boris

frz. Schriftsteller
* 10.3.1920 Ville-d'Auvray † 26.6.1959 Paris

Boris Vian: Enfant terrible der Pariser Kunstszene.

Von der 68er-Bewegung postum entdeckt, wurde Vian zu einem Klassiker der Moderne. Er war mit J.-P. →Sartre befreundet, aber kein Anhänger des Existentialismus; sein Vorbild war A. →Jarry. So wie dieser stieß V. mit seiner schonungslosen Kritik an bürgerlichen Wertvorstellungen und Normen auf Ablehnung. Zu zweifelhafter Berühmtheit gelangte V. durch Skandale, die er mit seinen Veröffentlichungen provozierte; mit seinem ersten Roman, »Ich werde auf eure Gräber spucken« (1946, dt. 1981), mußte er sich vor Gericht verantworten. V.s Werk umfaßt Gedichte, Romane, Dramen, Satiren und Chansons, die er z. T. auch selber vortrug.

□ 1942-47: Tätigkeit als Ingenieur. □ 1946: »Drehwurm, Swing und das Plankton« (Prosa, dt. 1982). □ ab 1947: Freier Schriftsteller, Jazzmusiker, Kritiker, Schauspieler u. a. □ 1947: »Die Gischt der Tage« (R., dt. 1964); »Herbst in Peking« (R., dt. 1965). □ 1950: »Das rote Grab« (R., dt. 1979). □ 1953: »Der Herzausreißer« (R., dt. 1966).

Victor Emanuel III.

König von Italien
* 11.11.1869 Neapel
† 28.12.1947 Alexandria (Ägypten)

Victor Emanuel III. unterstützte demokratische Politiker.

Victor Emanuel III. war von 1900 bis 1946 König von Italien. Während der ersten 23 Jahre seiner Herrschaft begünstigte er liberal-demokratische Regierungen. 1915 befürwortete er den Eintritt Italiens in den Krieg. Unter dem Eindruck eines drohenden Bürgerkriegs ernannte er 1923 nach dem »Marsch auf Rom« (1922) B. →Mussolini zum Ministerpräsidenten. Erst nach der Landung alliierter Truppen in Italien gelang es ihm, mit Hilfe des schwankenden Faschistischen Großrats Mussolini wieder zu stürzen und durch Marschall P. →Badoglio zu ersetzen (1943). Auf Druck des Nationalen Befreiungskomitees mußte V. jedoch im Juni 1944 vorläufig und im Mai 1946 endgültig zugunsten seines Sohnes → Umberto II. auf den Thron verzichten.

▷ R. T. Weiss: Vittorio Emanuele III. Italien zwischen Demokratie und Faschismus, 1983.

Victor Emanuel von Savoyen, Prinz von Neapel

(eig. Vittore Emanuele de Savoia)
ital. Thronprätendent und Jurist
* 12.2.1937 Neapel

Victor Emanuel, Sohn →Umbertos II., ist seit dem Tod seines Vaters (1983) italienischer Thronprätendent. Seit dem Ende des 2. Weltkriegs lebt er hauptsächlich in der Schweiz, da er nach der italienischen Verfassung das Land nicht betreten darf. Bislang zeigte der Prinz keinerlei politische Ambitionen. 1978 erschoß er auf Korsika, als er sich Opfer eines Einbruchs wähnte, unbeabsichtigt einen unbeteiligten deutschen Touristen.

Königin Victoria wurde zum Inbegriff der Blütezeit des britischen Empire.

Victoria

(geb. Prinzessin Alexandrina Victoria von Kent)
Königin von Großbritannien und Irland,
Kaiserin von Indien
* 24.5.1819 Kensington, London
† 22.1.1901 Osborn Castle, Isle of Wight

Während der 63jährigen Herrschaft von Königin Victoria erreichte das Britische Reich seine größte Ausdehnung. Ihre Regierungszeit ist daher als Victorianisches Zeitalter bis heute Symbol für die Blütezeit des Empire. Mit 17 Jahren folgte V. ihrem Onkel, König Wilhelm IV., auf den Thron. Ihre harmonische Ehe mit Albert von Sachsen-Coburg-Gotha, der großen Einfluß auf sie ausübte, sowie ihre strenge Lebensführung festigten das Ansehen der Monarchie, das durch V.s Vorgänger in Mißkredit geraten war. Geleitet von Prinz Albert griff sie seit der Entlassung von Premierminister Lord Melbourne (1841) aktiv in das politische Tagesgeschehen ein.
Nach dem Tod ihres Gatten 1861 zog sie sich immer mehr vom öffentlichen Leben zurück, ließ

sich jedoch regelmäßig durch ihre Minister von den politischen Vorgängen unterrichten. Sie stand stark unter dem Einfluß des Premierministers (1868, 1874-80) Benjamin Disraeli (* 1804, † 1881), der ihre Erhebung zur Kaiserin von Indien durchsetzte.

□ ab 1837: Königin von Großbritannien und Irland. □ 1840: Heirat mit ihrem Vetter Herzog Albert von Sachsen-Coburg-Gotha. □ ab 1876: Kaiserin von Indien.

▷ L. Young: Queen Victoria, 1980; D. Shearman: Queen Victoria, 1986.

Vidal, Gore

(eig. Eugene Luther V.)
amer. Schriftsteller
* 3.10.1925 West Point, N. Y.

Der Essayist und Romancier Vidal diagnostiziert in knapper, an E. →Hemingway und St. Crane geschulter Prosa soziale und kulturelle Mißstände der Gesellschaft: In »Williwaw« (R., 1946) lassen Brutalität, Selbstsucht und Gleichgültigkeit den durch einen Streit verursachten Tod eines Marinesoldaten zu einem peinlichen Ärgernis werden; die Zeugen verdrängen und verschweigen den Vorfall. Öffentliche Empörung verursachte V.s Roman »Geschlossener Kreis« (1948, überarbeitet 1965; dt. 1986), der zur Auseinandersetzung mit dem mißliebigen Thema der Homosexualität zwang.

← Gore Vidal

□ 1943-46: Dienst in der US-Marine. □ 1960: Kandidatur bei Kongreßwahlen für die Demokratische Partei. □ 1968: »Myra Breckinridge« (R., dt. 1969). □ 1970/71: Vors. der linksliberalen New Party. □ 1977: »American Plastics« (Es.s, dt. 1986). □ 1983: »Duluth« (R., dt. 1984). □ 1987: »Empire« (R., dt. 1989). □ 1988: »At Home. Essays 1982-1988«. □ 1989: »Hollywood« (R., dt. 1991).

▷ R. F. Kiernan: Gore Vidal, engl. 1982.

Videla, Jorge Rafael

argentin. Militär und Politiker
* 2.8.1925 Mercedes

Videla wurde im Anschluß an den von ihm geführten Militärputsch gegen I. →Perón 1976 Staatspräsident Argentiniens. Als seine vorrangigen Ziele nannte der bis zu diesem Zeitpunkt politisch nicht hervorgetretene Offizier die Bekämpfung des Terrorismus und die Beendigung der Korruption in der Verwaltung. Ungeachtet dieser Vorsätze zeichnete sich V.s Regime allerdings durch die brutale Repression der oppositionellen Kräfte aus. Da seine Politik nach Ansicht rechtskonservativer Kreise im Land nicht entschieden genug war, wurde er 1981 durch L. →Galtieri abgelöst. 1985 verurteilte ein Zivilgericht V. wegen Menschenrechtsverletzungen zu lebenslanger Haft.

← Jorge R. Videla

□ 1942: Soldat. □ ab 1948: Lehrer an der Militärakademie. □ 1951-54: Generalstabsausbildung. □ 1956: Militärattaché in den USA. □ 1957: Unterstaatssekr. im Verteidigungsministerium. □ ab 1962: Im Generalstab; Ausbildung in den USA. □ 1971: Brigadegeneral. □ 1973: Kommandeur der Militärregion Buenos Aires. □ 1973-75: Generalstabschef des Heeres. □ 1975: Generalleutnant; Oberbefehlshaber des Heeres. □ 1976-81: Staatspräsident.

Vidor, King

amer. Regisseur
* 8.2.1895 Galveston, Tex.
† 1.11.1982 Paso Robles, Kalif.

Vidor, einer der großen Neuerer unter den klassischen Hollywood-Regisseuren, blieb dem breiten Publikum mit Monumentalfilmen wie »Krieg und Frieden« (1956; mit A. →Hepburn und H. →Fonda, nach L. →Tolstoi) in Erinnerung. Typisch für V.s Filme war die Suggestivkraft der Bilder, die er seit dem Westernmelodram »Duell in der Sonne« (1946; mit J. →Cotten und G. →Peck) durch eine aufwendige Farbgestaltung verstärkte. Seine ersten Werke hatten in der Stummfilm-Ära neben ihrer technischen Brillanz durch ihr sozialkritisches Engagement für Aufsehen gesorgt. Auf wirtschaftlichen und politischen Druck hin vernachlässigte V. diesen Ansatz später weitgehend.

King Vidor war schon mit Stummfilmen erfolgreich.

□ ab 1913: Kurz- und Dokumentarfilme. □ 1925: »Die große Parade«. □ 1928: »Ein Mensch der Masse«. □ 1929: »Halleluja«. □ 1936: »Texas Ranger«. □ 1937: »Stella Dallas« (mit B. →Stanwyck). □ 1940: »Nordwest-Passage« (mit S. →Tracy). □ 1952: »Wildes Blut« (mit Ch. →Heston). □ 1955: »Mit stahlharter Faust« (mit K. → Douglas). □ 1959: »Salomon und die Königin von Saba« (mit G. →Lollobrigida). □ 1979: Auszeichnung mit einem Ehren-Oscar.

▷ K. Vidor: On film making, 1973.

Vieira da Silva, Maria Helena

frz. Malerin portug. Herkunft
* 18.6.1908 Lissabon

Vieira da Silva, die 1928 nach Frankreich übersiedelte, ist Repräsentantin der sog. Lyrischen Abstraktion in der Malerei. In ihrem Werk stehen verschiedene Elemente wie frei ausgeführte Liniengerüste oder Gitter und angedeutete Mosaike nebeneinander, die im Verein mit einer verfließenden, Vibrationen andeutenden

Malerei unbestimmbare, visionäre Räume von kosmischer Unbegrenztheit suggerieren.

□ 1928: Übersiedlung nach Paris; Studium der Bildhauerei bei É. M. Bourdelle, später der Malerei bei F. →Léger. □ ab 1930: Studium an der Acádemie Ranson, dort Bekanntschaft mit R. → Bissière. □ 1940-47: Aufenthalt in Portugal, dann in Brasilien. □ 1947: Rückkehr nach Paris. □ 1968: Kirchenfenster für Saint-Jacques, Paris. □ 1981: Gestaltung der Métro-Station Cité Universitaire, Paris. □ 1988: Retrospektive im Pariser Grand Palais.

▷ J. und G. Weelen: Vieira da Silva, frz. 1987.

Vierkandt, Alfred

dt. Soziologe
* 4.6.1867 Hamburg † 24.4.1953 Berlin

Für Vierkandt ist die Gruppe das ursprüngliche und eigentliche Bezugsnetz des einzelnen. Die Ordnung dieses sozialen Gebildes wird durch Gegenseitigkeit und Resonanz beim Mitmenschen aufrechterhalten. Gewalt und Eroberung schufen den modernen Staat und damit die Abhängigkeitsverhältnisse. Um die Klasse der Mächtigen zu schützen, brachte der Staat die bürgerliche Moral hervor. Im Gegensatz zu ihr sieht V. die persönliche Moral des Individuums. Ihr fällt die Aufgabe zu, die politisch-ökonomische Welt zu ethisieren. In Anlehnung an F. →Tönnies glaubte V., daß sich künftig gemeinschaftlich-genossenschaftliche Formen des Zusammenlebens durchsetzen würden.

□ 1909: Mitbegründer der Dt. Gesellschaft für Soziologie. □ 1916: »Machtverhältnisse und Machtmoral« (Abh.). □ 1925: Prof. für Soziologie, Univ. Berlin. □ 1934: Vorlesungsverbot. □ 1936: »Familie, Volk und Staat in ihren gesellschaftlichen Lebensvorgängen« (Schr.). □ 1946: Lehrtätigkeit für Soziologie, Univ. Berlin.

Vietor, Albert

dt. Manager
* 16.5.1922 Kassel † 26.11.1984 Ascona (Schweiz)

Vietor leitete 19 Jahre (1963-82) die gewerkschaftseigene Wohnungsbaugesellschaft Neue Heimat (NH), die sich unter seiner Führung zum größten Bauträger der westlichen Welt entwickelte. Bis Anfang der 80er Jahre errichtete sie mehr als eine halbe Mio. Wohnungen. 1982 wegen Amtsmißbrauchs und persönlicher Bereicherung entlassen, hinterließ V. der NH einen Schaden, der auf 100 Mio. DM geschätzt wurde. Die Selbstherrlichkeit, mit der V. auch nach Aufdeckung seiner Machenschaften an der Gemeinnützigkeit seines Handelns festhielt, hat dem Ansehen der deutschen Gewerkschaftsbewegung sehr geschadet.

□ 1945: Nach russ. Kriegsgefangenschaft Abteilungsleiter der Kasseler Wohnungsverwaltung der NH; Eintritt in die SPD sowie in die Gewerkschaft Bau, Steine, Erden. □ 1950: Kaufmännischer Leiter der Dachgesellschaft der NH in Hamburg. □ 1954: Vorstandsmitgl. □ 1963: Vorstandsvors. und Geschäftsführer; Vors. des Präsidiums der Gesellschaft für Wohnungs- und Siedlungswesen in Hamburg; Kuratoriumsmitgl. der Friedrich-Ebert-Stiftung. □ ab 1970: Umstrukturierung der NH; Führung der beiden Dachgesellschaften (für Wohnungs- und Städtebau) in Personalunion.

Vincent du Vigneaud →

← Albert Vietor

Vigneaud, Vincent du

amer. Biochemiker
* 18.5.1901 Chicago † 11.12.1978 White Plains, N. Y.

Vigneaud, Chemie-Nobelpreisträger von 1955, isolierte 1941 das Vitamin H und identifizierte es mit dem bereits bekannten Hefewachstumsfaktor Biotin. 1953 analysierte V. die Struktur der isolierten Hormone Vasopressin (Hirnanhangdrüse) und Oxytozin (Hinterlappenhormon), die bei Blutdruck, Nierenfunktion und Wehen eine Rolle spielen. Mit dem Oxytozin gelang V. 1954 die erste Synthese eines aus acht Aminosäuren und einem Schwefelatom bestehenden, aktiven Polypeptidhormons.

□ 1932-38: Prof. an der Washington-Univ. in St. Louis. □ 1938-67: Prof. an der Cornell-Univ. in New York. □ 1952: »Trail of research in sulfur chemistry and metabolism and related fields« (Schr.). □ 1955: Chemie-Nobelpreis.

Viktoria

Deutsche Kaiserin, Königin von Preußen
* 21.11.1840 London
† 5.8.1901 Schloß Friedrichshof, Kronberg/Taunus

Viktoria im Kostüm der Bella Tiziana bei einem Hoffest.

Die älteste Tochter der britischen Königin →Victoria war seit 1858 mit dem preußischen Kronprinzen Friedrich Wilhelm, dem späteren »100-Tage«-Kaiser Friedrich III.(† 1888), verheiratet. Sie beeinflußte ihren Ehemann mit ihren liberalen Ansichten. Ihre Vorliebe für eine konstitutionelle Monarchie brachten Kronprinz Friedrich in Gegensatz zu seinem Vater, Kaiser Wilhelm I., und zu Reichskanzler Bismarck. Aus ähnlichen Gründen bedachte sie die Politik ihres Sohnes, Kaiser →Wilhelm II., häufig mit Kritik.

Vilar, Esther

dt.-argentin. Publizistin
* 16.9.1935 Buenos Aires

Vilar ist als Autorin des Buches »Der dressierte Mann« (1971), das in mehr als 20 Sprachen übersetzt wurde, international bekannt geworden. Ihre Theorie von der Unterdrückung des Mannes durch die Frau, die sie in weiteren Büchern erläuterte, machte sie weltweit zum Angriffsobjekt der Frauenbewegung. V. forderte eine gleichberechtigte Arbeitsteilung zwischen Mann und Frau, um die Ausbeutung des Mannes als Ernährer und Wohltäter der Familie zu beenden.

□ 1960: Nach Abschluß eines Medizinstudiums Stipendium für Westdeutschland. □ 1961-63: Ausübung ihres Berufs in Bayern. □ 1972: »Die Lust an der Unfreiheit« (Es.). □ 1974: »Das polygame Geschlecht« (Es.). □ 1977: »Das Ende der Dressur« (Es.). □ 1978: »Die 25-Stunden-Gesellschaft« (Es.). □ 1980: »Alt« (Es.). □ 1982: »Die Antrittsrede der amerikanischen Päpstin« (Dr.). □ 1987: »Der betörende Glanz der Dummheit« (Es.). □ 1990: »Rositas Haut« (R.).

Villa, Francisco »Pancho Villa«

(eig. Doroteo Arango)
mex. Revolutionär und Bandit
* 5.6.1878 Río Grande, Durango
† 20.7.1923 bei Parral, Chihuahua (ermordet)

Pancho Villa zählt neben E. →Zapata zu den legendären Führern der nach der Wiederwahl von Präsident P. →Díaz 1910 ausbrechenden mexikanischen Revolution. V. scharte vor allem die Bauern um sich und agierte mit seinen Partisanen in den nördlichen Bundesstaaten von Mexiko. Die von den Revolutionären 1917 beschlossene Verfassung (sie ist mit Änderungen heute noch in Kraft) wurde von seinen Anhängern und denen Zapatas nicht anerkannt.

□ vor 1903: Straßen- und Eisenbahnräuber. □ 1903-10: Soldat (zwangsweise). □ 1910-20: Revolutions-General; zunächst Unterstützung für den Revolutionsführer F. Madero, kämpfte später meist auf eigene Rechnung. □ 1912: Verhaftung in Mexiko-Stadt. □ 1912/13: Flucht nach Texas. □ 1916: Der Überfall auf Columbus, N. Mex. (USA) löst seine Verfolgung durch amer. Truppen bis nach Mexiko aus. □ 1920: Pensionierung als (regulärer) General.

▷ E. L. Torres: Twenty episodes in the life of Pancho Villa, 1973.

Villa-Lobos, Heitor (Héctor)

bras. Komponist
* 5.3.1887 Rio de Janeiro † 17.11.1959 ebd.

Villa-Lobos, der schon zu Lebzeiten als der vielseitigste Vertreter des lateinamerikanischen musikalischen Nationalismus gefeiert wurde, hinterließ ein umfangreiches Œuvre von nahezu 1000 Kompositionen, in denen er impressionistische und neo-klassizistische mit folkloristischen Stilelementen verband. Neue Formen schuf V. mit Werken wie den »Chorôs« (Nr. 1-13, 1920-29), in denen er mit unterschiedlichsten Besetzungen die brasilianische Volksmusik in ihrer ganzen Vielfalt miteinbezog, und den vom Bachschen Kontrapunkt angeregten »Bachianas

Heitor Villa-Lobos, der brasilianische Komponist, 1950 in New York.

brasileiras« (Nr. 1-8, 1930-44). Seine Dirigententätigkeit und seine Bekanntschaft mit bedeutenden Musikern (u. a. A. →Rubinstein, P. →Casals, A. →Segovia, L. →Stokowski) machten seine Kompositionen in aller Welt bekannt.

□ 1915-17: Streichquartette Nr. 1-4. □ ab 1915: Regelmäßige Konzertveranstaltungen mit eigenen Werken in Rio de Janeiro. □ 1916: Sinf. Nr. 1. □ 1919-20: Sinf. Nr. 3-5. □ 1921: 10 Klavierstücke »Prole de Bebê« Nr. 2. □ 1923/24, 1927-30: Paris-Aufenthalte; Reisen nach London, Wien und Berlin. □ 1923-26: »Rude poêma« für Klavier, A. Rubinstein gewidmet. □ ab 1932: Leiter des Musikschulwesens von Rio de Janeiro (ab 1942 von Brasilien). □ 1942: Gründer des Conservatório Nacional de Canto Orfeônico. □ 1944: Erste USA-Reise. □ 1944-47: Streichquartette Nr. 8-11. □ 1945: Klavierkonzert Nr. 1. □ ab 1945: Gründer und Leiter der Academie Brasileira de Música. □ 1949-59: Konzertreisen nach Europa, in die USA und Israel. □ 1950-57: Streichquartette Nr. 12-17. □ 1952-57: Sinf. Nr. 9-12.

▷ L. M. Peppercorn: Heitor Villa-Lobos. Leben und Werk, 1972.

Villanueva, Carlos Raúl

venezolan. Architekt brit. Herkunft
* 30.5.1900 London † 16.8.1975 Caracas

Villanueva hat mit seinen vom Rationalismus abgeleiteten und phantasievoll weiterentwickelten, die Konstruktion offenlegenden Bauten die moderne Architektur Venezuelas entscheidend geprägt, darüber hinaus international Anregungen gegeben. Sein zentrales Werk sind der Generalplan und verschiedene Bauten für die Universitätsstadt in Caracas, vor allem das dazugehörige Olympiastadion mit seinem weit vorgezogenen, von mächtigen Rippenkonstruktionen beherrschten Dach. Die Aula Magna besticht durch wolkenartige, von A. →Calder gestaltete Deckenelemente. Das halb geschlossene Rund der Plaza Cubierta vor der Aula ist als Bühne für zahlreiche Freiplastiken bedeutender moderner Bildhauer angelegt. In V.s Wohnsiedlungen wechseln sich mehrstöckige Wohnbauten mit Einfamilienhäusern ab.

☐ 1929: Nach dem Studium an der École des Beaux-Arts in Paris eigenes Büro in Caracas. ☐ 1943-45: Siedlung Dos de Diciembre, Caracas. ☐ 1944: Gründer der Architekturfakultät an der Univ. in Caracas. ☐ 1944-47: Generalplan für die Universitätsstadt, ebd. ☐ 1950-52: Errichtung des Stadions und anderer Bauten in der Universitätsstadt. ☐ 1952-54: Siedlung El Paraíso, Caracas.

Virchow, Rudolf

dt. Mediziner und Politiker
* 13.10.1821 Schivelbein bei Belgard, Pommern
† 5.9.1902 Berlin

Virchow, der die Medizin als eine Sozialwissenschaft betrieb, begründete »Die Cellularpathologie« (Schr., 1858) und stand mit dieser Lehre, die alle Krankheiten auf Funktionsstörungen der Körperzellen zurückführt, der Bakteriologie R. →Kochs ablehnend gegenüber. Er beschäftigte sich mit der Geschwulstforschung und verfaßte Beiträge zur Entzündungslehre. Außerdem verlangte V. die konsequente Durchführung von Hygienemaßnahmen (Desinfektion) und forcierte die Kanalisation Berlins. V. sah enge Verbindungen zwischen Krankheiten und sozialem Elend.
Als Politiker förderte V., Gründungsmitglied der Deutschen Fortschrittspartei (1861-83), die Volksbildung und attackierte 1862-66 im preußischen Verfassungsstreit die Politik Bismarcks (* 1815, † 1898). Schon in seinen 1848 eingereichten »Mittheilungen über die in Oberschlesien herrschende Typhusepidemie« klagte V. so engagiert einschneidende Sozialreformen ein, daß er sein Lehramt an der Berliner Universität verlor. Im sog. Kulturkampf (Anfang der 1870er Jahre von ihm begrifflich geprägt im Sinne eines Kampfes für die Kultur) stand V. auf seiten der liberalen Gegner der Kirche.

☐ ab 1847: Mithg. des »Archivs für Pathologische Anatomie und Physiologie und Klinische Medizin« (ab 1902 »Virchow Archiv« benannt). ☐ 1849-56: Prof. an der Univ. Würzburg. ☐ 1854-76: Hg. des »Handbuchs der speziellen Pathologie« (6 Bde.). ☐ ab 1856: Prof. an der Univ. Berlin; Leiter des neuerrichteten Inst. für Pathologie. ☐ 1862-80: Mitgl. des Preuß. Abgeordnetenhauses. ☐ 1868: Mitbegründer der Dt. Gesellschaft für Anthropologie, Ethnologie und Urgeschichte; ab 1870 wiederholt deren Präs. ☐ 1880-93: MdR (ab 1884 der Dt. Freisinnigen Partei).

▷ G. Hiltner: Rudolf Virchow (Biogr.), 1970.

Lasse Virén →

Artturi I. Virtanen →

Virén, Lasse

finn. Leichtathlet
* 11.7.1949 Myrskyla

Virén gewann als einziger Langstreckenläufer zweimal hintereinander bei Olympischen Spielen die 5000 m und 10 000 m: 1972 in München und 1976 in Montreal. In die Nähe dieses Doubles kam vor ihm nur der Leichtathlet E. →Zatopek mit dreimal Gold und einmal Silber (1948 und 1952). V., der in München die 10 000 m trotz eines Sturzes gewann, lief 1972 Weltrekord über 5000 m (13:16,4 min.) und 10000 m (27:38,4 min.). Als einer der ersten Sportler bekannte er sich dazu, das damals nicht verbotene Blutdoping vorgenommen zu haben.

Virtanen, Artturi Ilmari

finn. Biochemiker
* 15.1.1895 Helsinki † 11.11.1973 ebd.

Virtanan, ab 1931 Professor und Leiter des biochemischen Instituts der Universität Helsinki, entwickelte 1929 Methoden zur Konservierung von Viehfutter, wofür er 1945 mit dem Chemie-Nobelpreis ausgezeichnet wurde. V. erkannte, daß durch Ansäuerung des Grünfutters der Fäulnisprozeß hinausgeschoben werden kann, ohne daß dabei der Nährwert für das Vieh in den Wintermonaten verloren geht.

Visconti, Luchino

ital. Regisseur
* 2.11.1906 Mailand † 17.3.1976 Rom

Der Theater-, Opern- und Filmregisseur Visconti entstammte einem alten italienischen Adelsgeschlecht, war aber dem Marxismus verbunden. Wie sein Debütfilm »Ossessione — von Liebe besessen« (1942), eines der ästhetisch wegweisenden Werke des italienischen Realismus, wurden seine Arbeiten häufig zensiert und kamen nur

Luchino Visconti, ein Schüler Jean Renoirs, zählt zur Gruppe der Neorealisten.

gekürzt in die Kinos. V.s Lieblingsthema war das unaufhaltsame Treiben eines einzelnen oder einer Klasse in den Untergang, das er u. a. in historischen Ausstattungsfilmen wie »Der Leopard« (1962) mit opernhaften Bildern inszenierte.

☐ 1936: Regieassistent bei J. →Renoir. ☐ 1943: Verbot von »Ossessione«. ☐ 1947/48: »La Terra Trema/Die Erde bebt«. ☐ 1953/54: »Senso«. ☐ ab 1954: Operninszenierungen an der Mailänder Scala mit M. →Callas. ☐ 1960: »Rocco und seine Brüder« (mit A. →Delon). ☐ 1963: Goldene Palme von Cannes für »Der Leopard« (mit B. →Lancaster, nach G. →Tomasi di Lampedusa). ☐ 1965: Goldener Löwe von Venedig für »Sandra« (mit C. →Cardinale). ☐ 1967: »Der Fremde« (mit M. →Mastroianni). ☐ 1970: »Tod in Venedig« (nach Th. →Mann). ☐ 1972: »Ludwig II.« (mit H. →Berger und R. →Schneider). ☐ 1974: »Gewalt und Leidenschaft«.

▷ P. W. Jansen/W. Schütte (Hg.): Luchino Visconti, 1986; L. Schifano: Luchino Visconti. Fürst des Films, 1988.

Visotzky, Vladimir →Wyssozki, Wladimir

Visser 't Hooft, Willem Adolph

niederl. Theologe (ev.)
* 20.9.1900 Haarlem † 4.7.1985 Genf (Schweiz)

Mit seinem Engagement für die Einheit eines seiner sozialen Verantwortung bewußten Christentums schuf Visser 't Hooft die Basis für die Gründung des Ökumenischen Rats der Kirchen, (1948). Im gleichen Jahr wurde V. dessen Generalsekretär (bis 1966) und diente in dieser Eigenschaft der ökumenischen Bewegung, indem er griechisch- und russisch-orthodoxe Kirchen für den Weltkirchenrat gewann und den Aufbau christlicher Hilfswerke veranlaßte.

☐ 1924-31: Sekretär des Weltbundes des YMCA. ☐ 1931-38: Generalsekretär des Christlichen Studenten-Weltbundes. ☐ 1937: Organisator der Konferenz für Glauben und Kirchenverfassung in Edinburgh (Großbritannien). ☐ 1959: »Unter dem einen Ruf« (Schr., dt. 1960). ☐ 1963: »Kein anderer Name« (Schr., dt. 1965). ☐ 1966: Friedenspreis des Dt. Buchhandels (mit A. →Bea). ☐ 1982: »The genesis and formation of the World Council of Churches« (Schr. zur Geschichte der ökumenischen Bewegung).

▷ W. A. Visser 't Hooft: Die Welt war meine Gemeinde (Aut.), 1972.

Vlaminck, Maurice de

frz. Maler und Grafiker fläm. Herkunft
* 4.4.1876 Paris
† 11.10.1958 Rueil-la-Gadelière, Eure-et-Loire

Als Mitbegründer des Fauvismus hatte Vlaminck Anteil an der Durchsetzung zukunftweisender Konzeptionen der Malerei. Mit A. →Derain teilte er sich ein Atelier auf der Seine-Insel Chatou und nahm 1905 am Salon des Indépendants teil. Beide Künstler waren auf der epochalen Ausstellung im Salon d'Automne vertreten, in der H. →Matisse die kleine Gruppe der Maler versammelt hatte, die mit großzügigem Malduktus, reiner Farbe und fast ohne Kontur, sehr bewegten Motiven ohne herkömmliche perspektivische Konstruktion ihre unkonventionellen Werke schuf. Ein Kritiker nannte sie nach der Ausstellung Die Wilden (Les Fauves) und prägte

Maurice de Vlaminck gehört mit Matisse zu den französischen Expressionisten.

← W. A. Visser 't Hooft

so die Bezeichnung für diese französische Form des Expressionismus. Der fauvistische Stil war bei V. mit seinen Landschaftsbildern (z. B. »Die Seine bei Chatou«, 1907, Grenoble, Musée des Beaux-Arts) früh ausgebildet. Er hat ihn, abgesehen von einer allmählich dunkler werdenden Farbgebung und einer zwischenzeitlich etwas größeren Einbeziehung realistischer Komponenten, bis ins Spätwerk hinein nicht mehr wesentlich verändert.

☐ 1892: Atelier und Wohnsitz auf Chatou. ☐ ab 1900: Ateliergemeinschaft mit A. Derain. ☐ 1905: Teilnahme an der Ausstellung im Salon d'Automne. ☐ ab 1921: Lithografien. ☐ 1925: Übersiedlung auf seinen Bauernhof La Tourillière. ☐ 1933: Retrospektive im Palais des Beaux-Arts, Brüssel. ☐ 1955: Mitgl. der belg. Académie Royale des Beaux-Arts.

▷ M. de Vlaminck: Gefährliche Wende. Aufzeichnungen eines Malers, 1929, dt. NA 1959.

Vleck, John Hasbrouck van

amer. Physiker
* 13.3.1899 Middletown, Conn.
† 27.10.1980 Cambridge, Mass.

Van Vleck wandte die Quantenmechanik auf den Magnetismus an und schuf die Grundlagen zur Erklärung der magnetischen Eigenschaften der Atome. Insbesondere die von schwachen elektrischen Feldern bewirkten Polarisierungseffekte sowie die Zusammenhänge zwischen der Magnetisierung und der magnetischen Feldstärke sind in seinem Standardwerk »The theory of electric and magnetic susceptibilities« (1932) beschrieben. Mit seinen theoretischen Arbeiten (u. a. zu der paramagnetischen Resonanz und dem Antiferromagnetismus) hat V. entscheidend zum Verständnis der Elektronenstruktur in magnetischen und ungeordneten Mikrosystemen beigetragen.

□ 1928-34: Prof. an der Univ. of Wisc. in Madison. □ 1934-69: Harvard Univ. in Cambridge, Mass. □ 1977: Physik-Nobelpreis (mit Ph. W. →Anderson und N. F. →Mott).

Berti Vogts →

Vogel, Bernhard

dt. Politiker
* 19.12.1932 Göttingen

Vogel, der Bruder des SPD-Politikers H.-J. →Vogel, wurde 1976 als Nachfolger von H. → Kohl Ministerpräsident von Rheinland-Pfalz. Zu Beginn der 70er Jahre hatte er sich als Kultusminister einen Namen gemacht, nachdem er gegen parteiinternen Widerstand den Übergang von der Konfessionsschule zur Gemeinschaftsschule durchsetzen konnte. Trotz seiner Popularität wuchs der Widerstand der Parteibasis gegen ihn, die ihm Entscheidungsschwäche vorwarf. 1988 wurde er vom Amt des Parteivorsitzenden abgewählt — und legte daraufhin auch seine übrigen politischen Ämter nieder.

□ bis 1960: Studium der Soziologie und der Geschichte. □ seit 1960: Mitgl. der CDU. □ 1960-64: Wissenschaftlicher Assistent an der Univ. Heidelberg. □ 1963-65: Stadtrat von Heidelberg. □ 1965: Im Bezirksvorstand der CDU. □ 1965-67: MdB. □ 1967-76: Rhld.-pf. Min. für Unterricht und Kultus. □ 1974-88: Vors. der CDU von Rhld.-Pf. □ 1975: »Neue Bildungspolitik. Plädoyer für ein realistisches Konzept« (Schr.). □ 1976-88: Ministerpräsident.

← Bernhard Vogel

Vogel, Hans-Jochen

dt. Politiker
* 2.2.1926 Göttingen

Vier Jahre lang war Vogel als Nachfolger von W. →Brandt Vorsitzender der SPD. Während dieser Zeit gelang es ihm, die Parteiflügel zu integrieren; sein technokratischer, sachlicher Führungsstil rief jedoch auch Kritik hervor.
V.s politischer Aufstieg begann in München, wo er mit 34 Jahren der bis dahin jüngste Oberbürgermeister der BRD wurde. 1972 wechselte er wegen andauernder Konflikte mit den Linken in der Partei nach Bonn. Nach dem Scheitern von Dietrich Stobbe übernahm er aus Parteidisziplin 1981 für kurze Zeit das Amt des Regierenden Bürgermeisters von Berlin. Aus dem gleichen Pflichtgefühl heraus erklärte er sich 1983 bereit, die fast aussichtslose Kanzlerkandidatur nach dem Verzicht von H. →Schmidt zu übernehmen. Im Mai 1991 wurde V. als Parteivorsitzender von B. →Engholm abgelöst, im Dezember gab er auch den Fraktionsvorsitz ab (J. →Klose).

□ 1943-45: Soldat. □ bis 1950: Jurastudium. □ seit 1950: Mitgl. der SPD. □ 1958: Rechtsreferent in München. □ 1960-72: Oberbürgermeister von München. □ 1972: Präsidiumsmitgl. der SPD; »Die Amtskette« (Schr.). □ 1972-81, seit 1983: MdB. □ 1972-74: Min. für Raumordnung und Bauwesen. □ 1972-77: Vors. der SPD in Bayern. □ 1974-81: Justizmin. □ Jan.-Mai 1981: Regierender Bürgermeister von Berlin. □ Juni 1981: Vors. der SPD-Fraktion im Berliner Abgeordnetenhaus. □ 1983-91: Vors. der SPD-Bundestagsfraktion. □ 1987-91: Parteivors.

← Hans-Jochen Vogel

▷ C.-Ch. Kaiser: Hans-Jochen Vogel, 1976.

Vogts, Hans-Hubert »Berti«

dt. Fußballspieler und Trainer
* 30.12.1946 Büttgen bei Neuss

Vogts wurde 1990 als Nachfolger von F. →Beckenbauer Trainer der deutschen Nationalmannschaft. Der »Terrier«, wie er in seiner aktiven Laufbahn genannt wurde, bestritt 1967-78 als Außenverteidiger 96 Länderspiele (ein Tor) und wurde 1974 Weltmeister. Mit Borussia Mönchengladbach wurde er unter seinem Lehrmeister H. →Weisweiler fünfmal Deutscher Meister.

□ 1965-79: Spieler bei Borussia Mönchengladbach (Dt. Meister 1970 und 1971, 1975-77; DFB-Pokalsieger 1973; UEFA-Pokalsieger 1975 und 1979). □ 1970: WM-Dritter. □ 1974: Weltmeister. □ 1979-90: Nachwuchstrainer beim DFB. □ seit 1990: Bundestrainer.

A. Vollard förderte Künstler wie Cezanne und Picasso.

Vollard, Ambroise

frz. Kunsthändler und Verleger
* 1865 Saint-Denis auf Réunion † 28.7.1939 Paris

Vollard wurde durch seine Tätigkeit als Kunsthändler und Galerist (ab 1893) zu einem wichtigen Förderer moderner Kunstrichtungen wie des Impressionismus, Fauvismus, der Kunst der Nabis und P. →Cézannes. Mit einer ersten Einzelausstellung von Cézanne leitete er 1895 die Karriere des damals noch unbekannten Wegbereiters der Moderne ein. Ihre ersten Einzelausstellungen hatten bei V. auch P. →Picasso (1901), A. →Maillol (1902) und H. →Matisse (1904). Nach 1895 gab V. zudem sorgfältig hergestellte lithografische Mappen und illustrierte Bücher heraus, die er von den Künstlern seiner Galerie gestalten ließ, u. a. von P. →Bonnard, É. →Vuillard, A. →Renoir und G. →Rouault.

Völler, Rudi

dt. Fußballspieler
* 13.4.1960 Hanau

Völler zählt zu den populärsten deutschen Fußballspielern der 80er Jahre. Der Mittelstürmer wurde mit der Nationalmannschaft 1990 Welt- und 1986 Vizeweltmeister. 1987 wechselte er für eine Ablösesumme von 7 Mio. DM von Werder Bremen zum AS Rom.

☐ 1968-76: TSV 1860 Hanau. ☐ 1976-80: Kickers Offenbach. ☐ 1980-82: TSV 1860 München. ☐ 1982-87: Werder Bremen. ☐ 1983: Torschützenkönig der Bundesliga; Dt. Fußballer des Jahres.

← Rudi Völler

Vonnegut, Kurt

amer. Schriftsteller
* 11.11.1922 Indianapolis, Ind.

Der systemkritische Pazifist Vonnegut prangert in zahlreichen Romanen und Kurzgeschichten die blinde Technologiebegeisterung, den traditionellen Individualismus und Antiintellektualismus seiner Landsleute an und zeigt sie in clownesk-ironischer Manier oder mit schwarzem Humor auf. Internationale Aufmerksamkeit errang V. mit seinem (1972 verfilmten) Roman »Schlachthof Fünf« (1969, dt. 1970), in dem er bei aufgelöster Erzählchronologie die Erlebnisse des Amerikaners Billy Pilgrim im Dresdener Bombenhagel von 1945 schildert.

☐ 1942: Kriegsfreiwilliger. ☐ 1944: In dt. Kriegsgefangenschaft; überlebt am 13. 2. 1945 den Bombenangriff der Alliierten auf Dresden. ☐ nach 1945: Studium der Anthropologie (Univ. of Chicago). ☐ 1947-50: Angestellter der New Yorker Elektrizitätsgesellschaft. ☐ 1951: »Mutter Nacht« (R., dt. 1988). ☐ 1952: »Das höllische System« (R., dt. 1964). ☐ 1959: »Die Sirenen des Titan« (R., dt. 1979). ☐ 1965-67: Beschäftigung als Gastdozent im Writers' Workshop der Univ. of Iowa (1970/71 an der Harvard Univ., 1973/74 an der City Univ. of New York). ☐ 1973: »Frühstück für starke Männer« (R., dt. 1974). ☐ 1976: »Slapstick« (R., dt. 1977). ☐ 1982: »Zielwasser« (R., dt. 1987). ☐ 1987: »Blaubart« (R., dt. 1989). ☐ 1990: »Hocus Pocus« (R.).

▷ J. Klinkowitz: Kurt Vonnegut, engl. 1982; K. Vonnegut: Palm Sunday (Aut.), engl. 1981.

← Kurt Vonnegut

Vordemberge-Gildewart, Friedrich

dt. Maler und Grafiker
* 17.11.1899 Osnabrück † 19.12.1962 Ulm

Vordemberge-Gildewart gehörte zu den frühesten deutschen Malern der geometrischen Abstraktion. Er stand unter dem Einfluß der russischen und niederländischen Konstruktivisten, vor allem El → Lissitzkys, aber auch K. →Schwitters'. In seinem Hauptwerk dominieren klare vertikale Flächeneinteilungen mit diagonal durchschnittenen Farbstreifen sowie horizontale Balkenelemente vor monochromen Hintergründen oder quadratische Motive. Später ging V. auch zu diagonalen Flächenkompositionen über. Sein Hauptziel und Lehrinhalt an der Rotterdamer Kunstakademie war der Einsatz der »Farbe als raumbildendes Element«.

Fr. Vordemberge-Gildewart gehörte zur Gruppe De Stijl.

☐ ab 1924: Mitgl. der Gruppe De Stijl; Gründung der Gruppe K. ☐ 1930: Mitgl. der Gruppe Cercle et Carré. ☐ 1932: Mitbegründer von Abstraction-Création. ☐ 1938: Emigration nach Amsterdam. ☐ 1952: Lehrtätigkeit an der Kunstakademie in Rotterdam. ☐ ab 1954: Leitung der Abteilung für Visuelle Gestaltung an der Hochschule für Gestaltung, Ulm.

▷ J. Schäfer: Friedrich Vordemberge-Gildewart. Studien zu einer beschreibenden Werkanalyse, 1984.

Vorländer, Karl

dt. Philosoph
* 2.1.1860 Marburg †6.12.1928 Münster, Westfalen

Vorländer, einer der bedeutendsten Kant-Forscher, bemühte sich als Vertreter der sog. Marburger Schule um eine Verbindung der Ethik Immanuel Kants (* 1724, † 1804) mit dem Sozialismus. Der Herausgeber der Werke Kants (9 Bde., 1901-24) verfaßte eine vielgelesene und wiederholt aufgelegte »Geschichte der Philosophie« (2 Bde., 1902).

☐ 1900: »Kant und der Sozialismus«. ☐ 1911: »Kant und Marx«; »Kants Leben«. ☐ ab 1919: Oberschulrat und Honorarprof. in Münster. ☐ 1919: »Kant und der Gedanke des Völkerbundes«. ☐ 1920: »Kant, Fichte, Hegel und der Sozialismus«; »Marx, Engels und Lassalle als Philosophen«. ☐ 1924: »Immanuel Kant. Der Mann und das Werk« (2 Bde.) ☐ 1926: »Von Machiavelli bis Lenin«. ☐ 1929: »Karl Marx. Sein Leben und sein Werk«.

John Vorster →

Vorster, Balthasar Johannes »John«

südafr. Politiker
* 13.12.1915 Jamestown, Kap-Provinz
† 10.9.1983 Kapstadt

Vorster verfocht während der 50er Jahre nachdrücklich die Apartheidpolitik. Nach seinem

Eintritt in die Regierung setzte er das »Bantu Erziehungsgesetz« durch, das Farbige von den Universitäten verwies. 1961 erreichte er den von ihm schon lange angestrebten Austritt aus dem britischen Commonwealth. Als Ministerpräsident wurde er nach 1966 zunehmend pragmatischer und korrigierte einige der extremsten Auswüchse der Apartheidpolitik, ohne sie allerdings in Frage zu stellen.

□ bis 1939: Soziologie- und Jurastudium. □ 1940-42: Rechtsanwalt; Gründer der militanten antibritischen Ochsenwagengarde. □ 1942-44: In politischer Haft. □ ab 1944: Erneut Anwalt. □ ab 1953: Mitgl. des Parlaments für die (burische) Nationalpartei. □ 1958: Stellv. Min. für Erziehung, Kunst und soziale Wohlfahrt. □ 1961-66: Justizmin. □ 1966-78: Vors. der Nationalpartei; Ministerpräsident. □ 1978/79: Staatspräsident.

▷ I. d'Oliviera: Vorster. The man, engl. 1977.

Voscherau, Henning

dt. Politiker
* 13.8.1941 Hamburg

Voscherau löste 1988 K. v. →Dohnanyi als Erster Bürgermeister des Stadtstaats Hamburg ab. Der Jurist, der dem Mitte-Rechts-Lager der SPD zugerechnet wird, verhandelte noch Anfang 1989 mit DDR-Staatschef E. →Honecker über Maßnahmen gegen die Elbverschmutzung. 1990 erregte V. Aufsehen, als er in Hamburg die kostenlose und kontrollierte Abgabe von Heroin an Süchtige vorschlug. Dadurch sollten dem illegalen Handel Kunden entzogen und die sog. Beschaffungskriminalität eingedämmt werden.

□ seit 1966: Mitgl. der SPD. □ 1969: Promotion zum Dr. jur. □ 1970-74: SPD-Fraktionsvors. der Bezirksversammlung Hamburg-Wandsbek. □ 1974: Mitgl. der Hamburger Bürgerschaft; zugleich Tätigkeit als Notar. □ 1976: Stellv. SPD-Fraktionsvors. □ 1981: Stellv. Landesvors. □ 1982-87: Fraktionsvors. □ seit 1988: Erster Bürgermeister von Hamburg.

Voss, Gert

dt. Schauspieler
* 10.10.1941 Shanghai (China)

Voss ist einer der produktivsten und erfolgreichsten Protagonisten in Inszenierungen des Regisseurs C. →Peymann, dem er von Stuttgart über Bochum nach Wien folgte. Er ist ein Darsteller von großer Intensität und Vielschichtigkeit, der Pathos und Empfindsamkeit ohne rhetorische Gebärden spielt. Für seine Interpretation des »Othello« (Shakespeare, Rg. G. →Tabori) wurde V. 1990 zum Schauspieler des Jahres gewählt, Aufsehen erregte 1988 sein Shylock.

□ 1974-79: Mitgl. des Württ. Staatstheaters in Stuttart. □ 1975: Karl Moor in Schillers »Die Räuber« (Rg. C. Peymann). □ 1976: Titelrolle in G. Büchners »Woyzeck« (Rg. A. →Kirchner). □ 1979-86: Mitgl. am Bochumer Schauspielhaus. □ 1979: Ballonflieger in der UA von »Lieber Georg« (Th. →Brasch). □ 1982: Hermann in »Die Hermannsschlacht« (H. v. Kleist, Rg. C. Peymann). □ 1986: Mitgl. am Wiener Burgtheater. □ 1987: Titelrolle in »Richard III.« (Shakespeare, Rg. C. Peymann). □ 1988: Shylock in »Der Kaufmann von Venedig« (Shakespeare, Rg. P. →Zadek). □ 1990: Titelrolle in »Iwanow« (A. →Tschechow, Rg. P. Zadek).

Wolf Vostell →

← Henning Voscherau

Vostell, Wolf

dt. Künstler
* 14.10.1932 Leverkusen

Vostell begründete seinen Ruf mit einer zentralen Rolle in den Fluxus- und Happening-Aktionen der 60er Jahre, wobei er neben A. →Kaprow wesentlich zur Klärung des Happening-Begriffs beitrug. Mit der Deklaration einer Pariser Straße zu Kunst (»Das Theater ist das Ereignis auf der Straße«, 1958) unternahm er den ersten Schritt in Richtung auf eine Synthese von Kunst und Alltag. Sein Verständnis vom Happening erweiterte sich über die Beschäftigung mit der von ihm eingebrachten Kunstform der Dé-collage, bei der er Plakatwänden durch das aktionistische Abreißen und Zerfetzen der übereinandergeklebten Plakatschichten neue, vom Zufall geprägte Ausdrucksdimensionen abgewann (»Coca Cola«, 1961, Köln, Museum Ludwig). V.s Arbeiten besitzen meist eine konkrete politische und gesellschaftliche Aussage wie in dem nach einer Collage entstandenen Siebdruck »Miss America« von 1968 (bei dem die Schönheitskönigin über einen gefangenen Vietkong-Soldaten hinwegschreitet). In den 70er und 80er Jahren setzte V. seine gesellschaftskritischen Aktionen fort. Zur 750-Jahr-Feier Berlins (1987) betonierte er auf dem Kurfürstendamm einen Cadillac als Denkmal ein.

Vötterle, Karl

dt. Verleger
* 12.4.1903 Augsburg † 29.10.1975 Kassel

Vötterle war Gründer (Augsburg 1924) und Leiter des Bärenreiter-Verlags — einer der großen, international führenden Musikverlage. Die Wandervogel-Bewegung inspirierte ihn in den 20er Jahren zu verlegerischen Pionierarbeiten auf dem Gebiet der Lied-, Chor- und Kammermusik. Auf V. geht die Idee und erste Initiative zu der Enzyklopädie »Die Musik in Geschichte und Gegenwart« (17 Bde., 1949-86) zurück, die heute als das umfassendste deutschsprachige Nachschlagewerk auf musikalischem Gebiet gilt. Große Verdienste erwarb V. auch als Gründer und Initiator zahlreicher Gesellschaften und Institutionen (u. a. Dt. Musikrat, Dt. Musikverleger-Verband, Dt. Musikgeschichtliches Archiv Kassel, Johann-Sebastian-Bach-Institut Göttingen, Interessengemeinschaft musikwissenschaftlicher Herausgeber und Verleger).

□ 1923: Mit W. →Hensel Gründung des Finkensteiner Bundes. □ seit 1927: Sitz des Bärenreiter-Verlags in Kassel. □ 1929: Mitbegründer der Neuen Schütz-Gesellschaft (seit 1963 Int. Heinrich-Schütz-Gesellschaft). □ 1947: Mitbegründer der Gesellschaft für Musikforschung. □ 1949: »Haus unterm Stern« (Schr., NA 1969). □ 1955: Gründung der Landgraf-Moritz-Stiftung zur Förderung musikwissenschaftlicher Forschungen und Editionen. □ ab 1956: Präs. der Neuen Schütz-Gesellschaft. □ 1959: Als erster dt. Verleger Einbeziehung der Schallplatte in die Verlagsarbeit. □ 1973: »Zur Situation des deutschen Musikverlegers« (Schr.).

▷ R. Baum/W. Rehm (Hg.): Musik und Verlag. Karl Vötterle zum 65. Geburtstag, 1968; Bärenreiter-Chronik. Die ersten fünfzig Jahre 1923-73, 1973.

Vranitzky, Franz

österr. Politiker
* 4.10.1937 Wien

Nach dem Rücktritt von F. →Sinowatz und dem Bruch der Koalition mit der FPÖ (1986) wurde Vranitzky, der sich zuvor als Banken-Sanierer einen Namen gemacht hatte, überraschend zum österreichischen Bundeskanzler gewählt. Als angeblicher Technokrat und »Kanzler der Wirtschaft« hatte V. es zunächst schwer, sich in der SPÖ durchzusetzen. Doch spätestens mit seiner Wahl zum Obmann (Parteivorsitzender) 1988 folgte ihm die Partei mit seinen Vorstellungen von einer Leistungsgesellschaft mit sozialer Verantwortung.

F. Vranitzky wurde 1986 österreichischer Bundeskanzler.

□ 1955-60: Studium der Wirtschaftswissenschaften. □ 1961-70: Tätigkeit bei der Nationalbank. □ 1970-76: Im Finanzministerium. □ 1976-89: Dir. des Creditanstalt-Bankvereins. □ 1981-84: Generaldir. der Länderbank. □ 1984: Finanzmin. □ seit 1986: Bundeskanzler. □ seit 1988: Obmann der SPÖ.

de Vries, Hugo Marie

niederl. Botaniker und Genetiker
* 16.2.1848 Haarlem
† 21.5.1935 Lunteren, Geldern

De Vries, 1878-1918 Professor an der Universität Amsterdam, entdeckte um 1900 die in Vergessenheit geratenen Vererbungsregeln von Gregor Mendel (* 1822, † 1884) wieder. Aufgrund seiner pflanzenphysiologischen Forschungen am Beispiel der Nachtkerze begründete V. 1900 »Die Mutationstheorie« (2 Bde., dt. 1901-03). Mit seinen Untersuchungen zur Osmose und Zellphysiologie förderte V. die »Pflanzenzüchtung« (Schr., 1907, dt. 1908).

William de Vries →

de Vries, Theun

(eig. Theunis Uilke de V.)
niederl. Schriftsteller
* 26.4.1907 Veenwouden

Das Werk von de Vries, während des 2. Weltkriegs Mitglied der Widerstandsbewegung und bis 1971 Mitglied der Kommunistischen Partei, zeichnet sich durch politisches Engagement aus. Der Heimatroman »Stiefmutter Erde« (1936, dt. 1938) ist die Geschichte einer friesischen Familie in der bewegten zweiten Hälfte des 19. Jh.s. Wie seine Romane aus Babylonien, »Schlag die Wölfe, Hirte!« (1946, dt. 1961), und über die Französische Revolution (u. a. »Feuertaufe«, 3 Bde., 1948-54, dt. 1953) belegen, hat sich V. als Autodidakt große historische Kenntnisse angeeignet. International bekannt wurde der Widerstandsroman »Das Mädchen mit dem roten Haar« (1956, dt. 1960). V.s umfangreiches Werk wurde 1962 mit dem P.-C.-Hooft-Preis ausgezeichnet.

de Vries, William Castle

amer. Chirurg
* 19.12.1943 New York

De Vries implantierte 1981 in Salt Lake City das erste Kunstherz aus Metall und Plastik, das der Konstrukteur Robert K. Jarvik entwickelt hatte. Das Schicksal des Patienten Barney B. Clark, der 112 Tage nach der Operation infolge einer Infektion starb, gab Anlaß zu einer kritischen, öffentlichen Diskussion über prinzipielle Möglichkeiten und sinnvolle Grenzen medizinischer Technologie.
1984 gab die zuständige amerikanische Aufsichtsbehörde (FDA) ihre Genehmigung für weitere Kunstherzimplantationen.

Vuillard, Édouard

frz. Maler und Grafiker
* 11.11.1868 Cuiseaux, Saône-et-Loire
† 21.6.1940 La Baule, Loire-Atlantique

Innerhalb des vielfältigen Werks von Vuillard ragen die intimen Interieurs heraus, deren Atmosphäre durch eine moderne Mischtechnik aus Öl, Gouache, Wasserfarbe und Pastell erzielt und deren klar abgegrenzte Flächigkeit sowohl von P. →Gauguin als auch vom japanischen Holzschnitt beeinflußt ist. Im übrigen entstanden Genrebilder, Frauenbildnisse, Akte, Szenen im Freien und vor allem im späteren Werk auch Garten- und Stadtansichten (z. B. »Blick über die Binnenalster in Hamburg«, 1913, Hamburg, Kunsthalle).
Obgleich V. der Gruppe Nabis angehörte (ab 1899), übernahm er nicht deren religiöse Ausrichtung, und viele seiner Bilder und Lithografien lassen die Tendenz zu einer leichten Formauflösung und damit Einflüsse des Spät- oder Neoimpressionismus erkennen (z. B. »Sich entkleidendes Modell«, um 1890, Fort Worth, Texas, Kimbell Art Museum).

▷ S. Preston: Édouard Vuillard, engl. 1985.

W

Waalkes, Otto

dt. Komiker
* 22.7.1948 Emden

Der blödelnde Ostfriese, meist nur »Otto« genannt, zählt zu den beliebtesten deutschen Komikern. Nach Live-Auftritten und Schallplatten (Plattenlabel »Rüssl Räckords«) bekam er 1973 eine eigene TV-Show. Neben den Filmen (1989 kam der dritte »Otto«-Film in die Kinos) sind auch die »Otto«-Bücher erfolgreich.

Waals, Johannes Diderik van der

niederl. Physiker
* 23.11.1837 Leiden † 8.(7.?)3.1923 Amsterdam

Waals entwickelte 1873 die nach ihm benannte Zustandsgleichung der idealen Gase, die Druck, Volumen und Temperatur verknüpft. Darauf gründete er 1881 das sog. Gesetz der übereinstimmenden Zustände, das näherungsweise das Verhalten realer Gase und Flüssigkeiten beschreibt. Mit seinen Arbeiten über den gasförmigen und flüssigen Aggregatzustand der Materie machte W. ihr Druck- und Temperaturverhalten berechenbar.

□ 1877-1907: Prof. an der Univ. Amsterdam. □ 1889: Entwicklung der Theorie der binären Gemische. □ 1890: »Die thermodynamische Theorie der Kapillarität« (Schr.). □ 1899/1900: »Die Continuität des gasförmigen und flüssigen Zustandes« (2 Bde.). □ 1908-12: »Lehrbuch der Thermodynamik« (2 Bde.). □ 1910: Physik-Nobelpreis.

Waganowa, Agrippina Jakowlewna

russ.-sowjet. Tänzerin und Tanzpädagogin
* 24.6.1879 St. Petersburg † 5.11.1951 ebd.

Waganowa, die als Tänzerin durch Virtuosität und Sprungkraft begeisterte, der es jedoch an persönlicher Ausstrahlung mangelte, ist eine der größten Tanzpädagoginnen des 20. Jh.s. Die von ihr geschaffene Methode der klassischen Ballettausbildung ist in der Sowjetunion zum Paradigma geworden und wird auch in vielen anderen Staaten angewandt. Sie beruht auf der perfekten tänzerischen Beherrschung des Rumpfes, aus dem sich Arm-, Bein- und Kopfbewegungen zwanglos ergeben. Ihr Buch »Die Grundlagen des klassischen Tanzes« war über Jahrzehnte weltweit ein Standardwerk.

□ 1897: Debüt als Tänzerin am Marientheater in St. Petersburg. □ 1906: Ballerina ebd. □ 1919: Lehrerin in einer privaten Ballettschule in Petrograd (St. Petersburg). □ 1921: Tanzpädagogin der Choreographieschule ebd. □ ab 1934: Dir. der Choreographieschule in Leningrad. □ postum 1957: Benennung des Lehrinst. nach W.

▷ A. Waganowa: Die Grundlagen des klassischen Tanzes, 1954.

← Otto Waalkes

Ernst Wagemann →

Klaus Wagenbach →

Adolph H. G. Wagner →

Wagemann, Ernst

dt. Nationalökonom
* 18.2.1884 Charnarcillo (Chile) † 20.3.1956 Bonn

Wagemann gründete 1925 das Deutsche Institut für Konjunkturforschung (DIW) und leitete es zwei Jahrzehnte. Er arbeitete in den Bereichen Konjunkturtheorie und Wirtschaftsstatistik. Zu seinen wichtigsten Leistungen zählt die Entwicklung des international anerkannten Konjunkturbarometers, das der empirischen Konjunkturdiagnose und -prognose dient.

□ ab 1919: Prof. an der Univ. Berlin. □ 1923: »Allgemeine Geldlehre« (Schr.). □ 1923-33: Präs. des Statistischen Reichsamtes. □ 1925-45: Leiter des Inst. für Konjunkturforschung, Berlin (heute DIW). □ 1927: »Kreislauf und Konjunktur der Wirtschaft« (Schr.). □ 1928: »Konjunkturlehre« (Schr.). □ 1949-53: Prof. an der Univ. in Santiago de Chile. □ 1953: »Ein Markt der Zukunft: Lateinamerika« (Schr.). □ 1959: »Narrenspiegel der Statistik« (Schr.).

Wagenbach, Klaus

dt. Verleger
* 11.6.1930 Berlin

Wagenbach gründete 1964 in Berlin den Klaus W. Verlag, der in den 60er und 70er Jahren ein Forum linker Schriftsteller war. W. praktiziert die Gleichberechtigung von Autoren und orientiert sich am Prinzip einer kollektiven Verlagsleitung. Bedeutsam für die Verbreitung zeitgenössischer Literatur sind die seit 1965 erscheinenden »Quarthefte«.

□ 1951-57: Studium der Germanistik, Kunstgeschichte und Archäologie. □ 1958-64: Lektor. □ 1958: »Franz Kafka. Eine Biographie seiner Jugend« (NA 1984). □ 1964: Gründung des Klaus W. Verlags in Berlin. □ seit 1979: »Freibeuter« (Vierteljahreszeitschrift für Kultur und Politik). □ 1983: »Franz Kafka. Bilder aus seinem Leben«.

Wagner, Adolph Heinrich Gotthilf

dt. Sozialökonom und Finanzwissenschaftler
* 25.3.1835 Erlangen † 8.11.1917 Berlin

Wagner, einer der einflußreichsten Sozialökonomen der Bismarck-Ära, gründete 1872 mit L. → Brentano und G. v. → Schmoller den Verein für Socialpolitik. W. bekannte sich zu einem prinzipiellen sozialpolitischen Standpunkt. Der von ihm geforderte Staatssozialismus sollte eine staatliche Sozialpolitik, wirtschaftspolitischen Intervenismus und einen staatlichen Eigentumssektor umfassen. Seine Forschungsergebnisse waren von bleibendem Wert: So das Gesetz der wachsenden Staatstätigkeit (und der damit steigenden öffentlichen Ausgaben) sowie das Prinzip der fiskalischen Kasseneinheit, nach dem staatliche Einnahmen und Ausgaben durch eine Kasse laufen sollen. W. schuf den Begriff »freie Konkurrenz« und unterschied zwischen fiskalischem Hauptzweck der Besteuerung (Einnahmequelle) und dem sozialpolitischen Nebenzweck (Einfluß auf Einkommensverteilung)

□ 1854-57: Studium der Rechts- und Staatswissenschaften. □ 1857: »Beiträge zur Lehre von den Banken« (Schr.). □ 1858-63: Prof. in Wien. □ 1864-68: Prof. an der Univ. Dorpat

(Estland). □ 1868-70: Lehrstuhl an der Univ. Freiburg i. Br. □ 1870-1917: Prof. an der Univ. Berlin. □ 1876: »Lehr- und Handbuch der politischen Ökonomie« (Bd. 1: »Allgemeine oder theoretische Volkswirtschaftslehre«, Bd. 2: »Finanzwissenschaft«, 1877). □ 1877-1901: »Finanzwissenschaft« (4 Teilbde.). □ 1882-85: Mitgl. der Christlich-Sozialen Partei im Preuß. Abgeordnetenhaus. □ 1887: »Finanzwissenschaft und Staatssozialismus« (Schr.). □ 1895: »Sozialismus, Sozialdemokratie, Katheder- und Staatssozialismus« (Schr.). □ 1896: »Allgemeine oder theoretische Volkswirtschaftslehre oder Sozialökonomik« (Schr.). □ ab 1910: Mitgl. im Preuß. Herrenhaus.

▷ H. Rubner: Adolph Wagner. Briefe — Dokumente — Augenzeugenberichte. 1851-1917, 1978.

Wagner, Cosima

dt. Festspielleiterin
* 24.12.1837 Como † 1.4.1930 Bayreuth

Wagner, Tochter des Komponisten Franz Liszt (* 1811, † 1886), leitete nach dem Tod ihres Mannes Richard Wagner (* 1813, † 1883) die Bayreuther Festspiele (bis 1906). Die von der musikbegeisterten Öffentlichkeit als »Herrin von Bayreuth« bezeichnete strenge Verwalterin des Wagnerschen Werkes, war nach einer ersten Ehe (ab 1857) mit dem Pianisten und Dirigenten Hans Guido von Bülow (* 1830, † 1894) seit 1870 mit dem Komponisten verheiratet. Unter ihrer Leitung etablierten sich die Festspiele als gesellschaftlich wie kulturell herausragendes Ereignis. Während ihr Mann nur den »Ring des Nibelungen« und den »Parsifal« in Bayreuth inszeniert hatte, setzte sie auch »Die Meistersinger von Nürnberg« (1888), »Tannhäuser« (1891) und »Lohengrin« (1901) auf den Spielplan.

← Cosima Wagner

Wagner, Otto Koloman

österr. Architekt und Formgestalter
* 13.7.1841 Penzing bei Wien † 11.4.1918 Wien

Wagner war der Begründer der sog. Wiener Schule und führender Vertreter einer funktional gemäßigten Jugendstilarchitektur in Wien. Seine Bedeutung liegt in der Abkehr vom Historismus und Klassizismus und der Hinwendung zu dem von ihm benannten Nutzstil; dieser rückt die Konstruktion, das Material und sachlich-funktionale Gesichtspunkte in den Mittelpunkt, verbunden mit dem floralen, später stärker dem geometrischen Dekor des Jugendstils. W.s Hauptwerk ist das nach diesen Prinzipien gebaute Wiener Postsparkassenamt (1904/05), bei dem als einem der ersten europäischen Bauwerke die Konstruktionsprinzipien nicht kaschiert sind. So sind die Steinplatten der Fassade deutlich als Verkleidung und nicht als vorgetäuschtes Mauerwerk ausgebildet, und im Innern der Schalterhalle, deren Decke weitgehend verglast ist, wurden die Stahlstützen bewußt nicht verhüllt. Zu W.s Schülern gehörten J. →Hoffmann, R. →Neutra und J. M. →Olbrich, die als Vertreter der sog. Wagner-Schule großen Einfluß hatten.

Otto Wagner erbaute die berühmte Wiener Postsparkasse.

□ ab 1863: Nach dem Studium an der TH Wien eigenes Büro ebd. □ ab 1855: Nach historistischen Anfängen Übergang zu klassizistischen Formen. □ 1888: Eigenes Haus in Wien. □ ab 1894: Prof. und Leiter der Architekturabteilung der Wiener Kunstakademie. □ 1896: »Moderne Architektur« (Schr.). □ 1894-1901: 36 Stationsgebäude und alle Brücken der Wiener Stadtbahn. □ 1898: Sog. Majolika-Haus, Wien. □ ab 1899: Mitgl. der Wiener Secession. □ 1903-13: Entwürfe für die Neugestaltung des Karlsplatzes in Wien. □ 1909-14: Heilstätte für Lupuskranke und Berg-Sanatorium bei Brixen. □ 1913/14: Zweites eigenes Haus in Wien.

▷ H. Sterk/W. Zednicek: Otto Wagner, 1983; G. Bernabei (Hg.): Otto Wagner, NA 1989.

Siegfried H. R. Wagner →

Wagner, Siegfried Helferich Richard

dt. Dirigent, Regisseur und Komponist
* 6.6.1869 Tribschen bei Luzern
† 4.8.1930 Bayreuth

Wagner, einziger Sohn Richard Wagners, erwarb Anerkennung als Leiter der Bayreuther Festspiele (1906-30). Unbedingte Werktreue verband er mit Aufgeschlossenheit für bühnentechnische Entwicklungen und Inszenierungsexperimente. Wegweisend wurden seine Neuinszenierungen der 20er Jahre, vor allem die des »Ring des Nibelungen« (1927), des »Tristan« (1927) und des »Tannhäuser« (1930). Sein Verdienst lag in der selbstfinanzierten Wiedereröffnung der Festspiele nach dem 1. Weltkrieg (1924). In seinem kompositorischen Schaffen knüpfte W. sowohl an die Vorgänger und Antipoden seines Vaters als auch an die Symphonik seines Großvaters Liszt an. Er komponierte 17 phantasievolle Bühnenwerke in einem volkstümlich-unproblematischen Stil.

□ 1889-90: Studien bei E. →Humperdinck in Frankfurt/Main. □ 1890-92: Architekturstudium in Berlin und Karlsruhe. □ 1892: Indien- und China-Reise. □ 1892-96: Assistent bei den Bayreuther Festspielen. □ 1896: Debüt als Dirigent mit Wagners »Ring des Nibelungen«. □ 1899: UA der Märchenoper »Der Bärenhäuter« in München. □ 1901: Inszenierung von »Der fliegende Holländer«. □ 1913: Kantate »Das Märchen vom dicken fetten Pfannkuchen« für Bariton und Orchester. □ 1915: Violinkonzert. □ 1917: UA der Märchenoper »An allem ist Hütchen schuld« in Stuttgart. □ 1926: Oper »Der Friedensengel«, UA Karlsruhe.

▷ P. Pretzsch: Die Kunst Siegfried Wagners, 1919, NA 1980; S. Wagner: Erinnerungen, 1923; Z. v. Kraft: Der Sohn, 1969; K. Söhnlein: Erinnerungen an Siegfried Wagner und Bayreuth, 1980.

Wagner, Wieland

dt. Regisseur und Bühnenbildner
* 5.1.1917 Bayreuth † 17.10.1966 München

Mit Wieland Wagner, der 1951 mit seinem Bruder Wolfgang →Wagner die Festspielleitung übernahm, begann eine neue Ära in Bayreuth. In Abkehr vom Pathos und Pomp der überkommenen Wagner-Inszenierungen schuf er durch ein karges Bühnenbild, perfekte Lichtregie und präzise Führung der Sänger eine überzeugende Einheit von Musik und szenischer Darstellung. Durch eine Neuinterpretation der Handlung vor dem Hintergrund tiefenpsychologischer Theorien erschloß er dem Werk seines Großvaters Richard Wagner (* 1813, † 1883) neue Dimensionen. W., der auch an anderen großen Bühnen als Opernregisseur wirkte, wurde wegen seiner »Entrümpelung« der Wagner-Opern von Kritikern gefeiert, jedoch von der eingeschworenen Bayreuth-Gemeinde auch angefeindet.

Winifred Wagner →

Wieland (l.) und Wolfgang Wagner haben die Bayreuther Festspiele erneuert.

□ 1935: Erste Bühnenbilder für Wagner-Opern in Lübeck und Altenburg. □ 1942-44: Erste Inszenierungen in Nürnberg, »Der Ring des Nibelungen« und »Der fliegende Holländer«. □ 1951: Zusammen mit Wolfgang W. Leiter der wiedereröffneten Richard-Wagner-Festspiele in Bayreuth; »Der Ring des Nibelungen« in Bayreuth (ebenso 1965); »Parsifal«. □ 1952; 1962: »Tristan und Isolde« in Bayreuth. □ 1954: »Fidelio« (Beethoven) in Stuttgart. □ 1955; 1961: »Tannhäuser« in Bayreuth. □ 1953; 1963: »Die Meistersinger von Nürnberg« in Bayreuth. □ 1959: »Der fliegende Holländer« in Bayreuth. □ 1961: »Aida« (G. →Verdi) in Berlin. □ 1966: »Lulu« und »Wozzek« (A. →Berg) in Stuttgart.

▷ Wieland Wagner: Richard Wagner und das neue Bayreuth, 1962; W. Panowsky: Wieland Wagner, 1964.

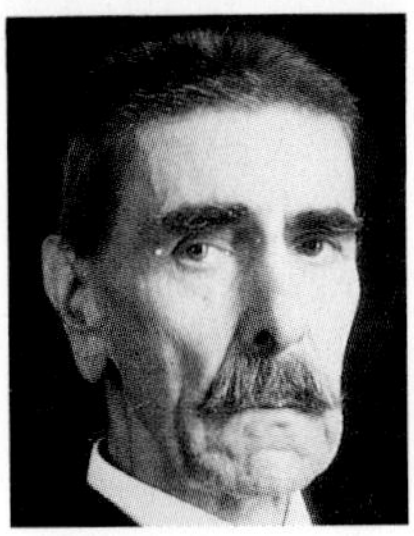

Wagner von Jauregg →

Wagner, Winifred

dt. Festspielleiterin
* 23.6.1897 Hastings † 5.3.1980 Überlingen

Als Schwiegertochter Richard Wagners (* 1813, † 1883) übernahm Wagner nach dem Tod ihres Mannes Siegfried →W. 1930 die Leitung der Bayreuther Festspiele (bis 1944). W., die bereits 1926 in die NSDAP eingetreten war, stellte die Spiele ab 1933 (ab 1939 als »Kriegsfestspiele«) in den Dienst der Nationalsozialisten, die Wagners Werke als ein Musterbeispiel deutschen Musikschaffens rühmten. Besonders die in den Kompositionen thematisierte germanische Mythologie wurde von A. →Hitler als vollkommener Ausdruck deutscher Kultur verehrt und zu Propagandazwecken mißbraucht.

Wagner, Wolfgang

dt. Regisseur und Theaterleiter
* 30.8.1919 Bayreuth

Wolfgang Wagner, Enkel des Komponisten Richard Wagner, hat als Leiter (seit 1951, zunächst mit seinem Bruder Wieland →Wagner, seit dessen Tod 1966 allein) die Bayreuther Festspiele auf ein hohes Niveau gehoben. In der Zusammenarbeit mit Wieland beschränkte er sich zunächst auf die Organisation, trat aber nach 1966 selbst als Regisseur in Erscheinung. Während seine eigenen Inszenierungen eher konventionell sind, setzen die von ihm verpflichteten Regisseure (u. a. G. →Friedrich, P. →Chéreau, H. →Kupfer) Wielands avantgardistischen Umgang mit dem Wagner-Erbe in Bayreuth fort.

□ 1941-43: Regieassistent bei H. Tietjen an der Berliner Staatsoper. □ 1951-66: Mit Wieland W. Leitung der Bayreuther Festspiele. □ 1953: Inszenierung von »Lohengrin« in Bayreuth. □ 1960: »Ring«-Inszenierung in Bayreuth. □ seit 1966: Alleiniger Leiter der Bayreuther Festspiele. □ 1968; 1981: »Meistersinger« in Bayreuth. □ 1975; 1989: »Parsifal« in Bayreuth; Gastinszenierungen u. a. in Venedig, Rom, Palermo, Bologna, Dresden.

Wagner von Jauregg, Julius Ritter

österr. Psychiater
* 7.3.1857 Wels † 27.9.1940 Wien

Wagner von Jauregg führte 1917 erstmals die Impfmalaria (künstliche Infektion mit Malariaerregern) zur Behandlung der progressiven Paralyse ein. An seiner Wiener Klinik begründete er damit die Infektionstherapie für Psychosen. Für dieses Heilfieberverfahren erhielt W. 1927 den Medizin-Nobelpreis.

□ ab 1889: Prof. an der Univ. Graz. □ 1893-1928: Prof. an der Univ. Wien. □ 1918: »Verhütung und Behandlung der progressiven Paralyse durch Impfmalaria« (Schr.).

Waigel, Theodor »Theo«

dt. Politiker
* 22.4.1939 Oberrohr, Schwaben

Nach dem Tod von F. J. →Strauß wurde Waigel zum Vorsitzenden der CSU gewählt. Damit trat der eher nüchterne Schwabe, der ohne die wortreiche Rhetorik seines Vorgängers auskommt, ein schweres Erbe an. Seit der Übernahme des Finanzressorts (1989) versucht der konservative Politiker, die von der christlich-liberalen Koalition geplante Steuerreform durchzusetzen. An diesem Vorhaben hält er trotz der zunehmenden Schuldenlast und der hohen Folgekosten der Wiedervereinigung von 1990 weiterhin fest.

☐ 1957: Mitgl. der Jungen Union. ☐ 1959-67: Jurastudium. ☐ seit 1960: Mitgl. der CSU. ☐ 1966-72: Im Kreistag von Krumbach. ☐ 1968-72: Im Justizministerium. ☐ seit 1972: MdB. ☐ 1973: Vors. der CSU-Grundsatzkommission. ☐ 1980: Wirtschaftspolitischer Sprecher der CDU/CSU. ☐ 1982-89: Vors. der CSU-Landesgruppe im Bundestag. ☐ seit 1988: Vors. der CSU. ☐ seit 1989: Finanzmin.

← Theo Waigel

Waits, Tom

amer. Rocksänger
* 7.12.1949 Pomona, Kalif.

Waits ist in den 80er Jahren mit seinen Liedern über die Verlierer und Außenseiter der Wohlstandsgesellschaft zum Anti-Star aufgestiegen. Seine Texte, inspiriert von der spontanen Prosa der Beat-Poeten J. →Kerouac und A. →Ginsberg, spielen im Halbwelt-Milieu der Dirnen, Bars und Billardhallen. Einem breiten Publikum bekannt wurde der Sänger mit dem rauchigen Timbre durch seine Rolle als abgehalfterter Diskjockey in J. →Jarmuschs Kultfilm »Down by law« (1986).

☐ 1973: »Closing Time« (LP). ☐ 1975: »Nighthawks at the diner« (LP). ☐ 1978: »Blue Valentine« (LP). ☐ 1982: Nebenrolle in »Outsiders« (Rg. F. F. → Coppola). ☐ 1983: »Swordfishtrombones« (LP); Rolle in »Rumblefish« (Rg. F. F. Coppola). ☐ 1984: Rolle in »Cotton Club« (Rg. F. F. Coppola). ☐ 1985: »Rain Dogs« (LP). ☐ 1987: »Franks wild years« (LP); Rolle in »Wolfsmilch« (F.). ☐ 1988: Konzertfilm »Big Time«. ☐ 1990: Mitarbeit am Musical »Black Rider« in Hamburg (Rg. R. →Wilson).

George Wald →

← Tom Waits

Wajda, Andrzej

poln. Regisseur
* 6.3.1926 Suwalki

Das polnische Streben nach nationaler Identität — häufig verschlüsselt in vielschichtigen, symbolträchtigen Bildern — ist das zentrale Thema Wajdas. Seine Filme spiegeln Stationen der polnischen Geschichte: »Der Kanal« (1956/57) spielt nach dem Scheitern des Warschauer Aufstands von 1944, »Asche und Diamant« (1958, nach J. →Andrzejewski) zeigt die Orientierungslosigkeit kurz nach Ende des 2. Weltkriegs, »Der Mann aus Marmor« (1976) setzt sich mit dem stalinistischen Aktivistenkult auseinander, und »Der Mann aus Eisen« (1981) schildert den Streik der Danziger Hafenarbeiter. W. blieb stets dem Theater verbunden, wo er u. a. Vorlagen von Fjodor Dostojewski (* 1821, † 1881) inszenierte.

← Andrzej Wajda

☐ ab 1942: Poln. Widerstandsbewegung. ☐ 1959: »Lotna«. ☐ 1972: »Die Hochzeit«. ☐ 1974/75: »Das gelobte Land«. ☐ 1978: »Ohne Betäubung«. ☐ 1981: Goldene Palme von Cannes für »Der Mann aus Eisen«; nach Ausrufung des Kriegsrechts Absetzung als Präs. des Verbandes poln. Filmschaffender (seit 1978). ☐ 1982: »Danton« (mit G. → Dépardieu). ☐ 1983: »Eine Liebe in Deutschland« (nach R. →Hochhuth). ☐ 1987: »Die Dämonen«. ☐ 1990: Europ. Filmpreis für das Gesamtwerk. ☐ 1991: »Korczak«.

▷ P. W. Jansen/W. Schütte (Hg.): Andrzej Wajda, 1980; A. Wajda: Meine Filme, 1987.

Wald, George

amer. Biochemiker
* 18.11.1906 New York

Wald, 1948-77 Professor an der Harvard University in Cambridge (Mass.), entdeckte im molekularen Aufbau der lichtempfindlichen Sinneszellen der Augennetzhaut die für das Dämmerungssehen erforderliche Substanz Retinin. Bei jedem Licht-Dunkel-Wechsel wird es verbraucht und durch das Vitamin A nachgebildet. Als Ursache der Nachtblindheit stellte sich also der Vitamin-A-Mangel heraus. Für die Entdeckung der Netzhautpigmente, die Gelb-Grün und Blau identifizieren, und die Aufklärung der physiologischen und biochemischen Prozesse beim Farbensehen erhielt W. 1967 den Physiologie/Medizin-Nobelpreis (mit R. A. →Granit und H. K. Hartline).

Walden, Herwarth

(eig. Georg Levin)
dt. Verleger und Galerist
* 16.9.1878 Berlin
† 31.10.1941 Lager Saratow, Wolga (UdSSR)

Mit seiner Zeitschrift Der Sturm (1910-32) und der gleichnamigen, 1912 eröffneten Galerie schuf Walden in Berlin ein wirkungsvolles Forum expressionistischer Literatur und Kunst. Zugleich setzte sich W. für den französischen Kubismus, den italienischen Futurismus und schließlich für den russischen Konstruktivismus ein: Der 1913 von W. organisierte Erste Deutsche Herbstsalon versammelte Werke avantgardistischer Künstler aus zwölf Ländern. Zu den Merkmalen des sog. Sturm-Expressionismus (O. →Kokoschka) gehört die Verbindung von Dich-

Herwarth Walden gründete den Verein für Kunst in Berlin.

tung, bildender und darstellender Kunst. W. selbst trat als Komponist sowie mit Essays, Dramen, Romanen (»Das Buch der Menschenliebe«, 1916) und Gedichten an die Öffentlichkeit.

☐ 1901-11: Ehe mit E. →Lasker-Schüler. ☐ 1904: Gründung des Vereins für Kunst in Berlin. ☐ 1910: Initiator der Sturm-Bewegung. ☐ 1919: Mitgl. der KPD. ☐ ab 1932: Dozent am Fremdspracheninst. in Moskau. ☐ 1941: Verhaftung und Internierung im Straflager Saratow.

▷ L. Schreyer / N. Walden: Der Sturm, Erinnerungen an Herwarth Walden und den Sturmkreis, 1954; G. Brühl: Herwarth Walden und »Der Sturm«, 1983.

Waldheim, Kurt

österr. Politiker
* 21.12.1918 St. Andrä-Wördern, Niederösterreich

Mit überraschend deutlicher Mehrheit wurde Waldheim 1986 zum Bundespräsidenten Österreichs gewählt. Der Wahl des (bis zu diesem Zeitpunkt) weithin geachteten langjährigen UNO-Generalsekretärs war eine Kampagne vorausgegangen, in der W. vorgeworfen wurde, während des 2. Weltkriegs an Judendeportationen beteiligt gewesen zu sein. Eine internationale Historiker-Kommission konnte 1987/88 diese Behauptung nicht bestätigen. Die langwierigen Auseinandersetzungen schadeten dem internationalen Ansehen des Landes jedoch erheblich. Im Juni 1991 gab W. seine Absicht bekannt, auf eine weitere Kandidatur zu verzichten.

Kurt Waldheim war ein umstrittener Bundespräsident.

☐ 1937/38: Besuch der Konsularakademie. ☐ 1938/39: Jurastudium. ☐ 1939-45: Soldat. 1943: Ordonanz-Offizier bei der Heeresgruppe E auf dem Balkan. ☐ 1944: Urlaub, um das Studium abzuschließen. ☐ ab 1945: Im diplomatischen Dienst. ☐ 1948-51: Botschaftssekr. in Paris. ☐ 1951-55: Leiter der Personalabteilung. ☐ 1955: Beobachter bei der UNO. ☐ 1956: Botschafter in Kanada. ☐ 1965-68, 1970/71: Ständiger Vertreter bei der UNO. ☐ 1968-70: Außenmin. (ÖVP). ☐ 1972-81: UNO-Generalsekretär. ☐ 1982: Sonderbeauftragter für Entwicklungsländer. ☐ 1986-92: Bundespräsident.

▷ K. Waldheim: Im Glaspalast der Weltpolitik, 1985.

Walesa, Leszek »Lech«

poln. Gewerkschafter und Politiker
* 29.9.1943 Popowo bei Bydgoszcz

Mit einem Sprung über den Zaun der Danziger Lenin-Werft setzte sich der Elektromonteur Walesa, seit 1990 polnischer Staatspräsident,

Walesa setzte mit der Gewerkschaft Solidarität die Demokratiebewegung in Gang.

am 15. 8. 1980 an die Spitze der polnischen Streikbewegung. Seiner Initiative und seinem Verhandlungsgeschick war es maßgeblich zu verdanken, daß die Auseinandersetzungen mit der Anerkennung der unabhängigen und selbstverwalteten Gewerkschaft »Solidarität« endeten, zu deren Vorsitzenden W. zweimal — 1981 und 1990 — gewählt wurde. W. und die »Solidarität« markierten den Anfang der Demokratisierungsbewegung, die am 4. 6. 1989 zur Wahl der ersten nichtkommunistischen Nachkriegsregierung in Polen führte. Durch seine populistischen Attacken gegen die Regierung T. →Mazowiecki abgeschreckt, gründeten die Gegner W.s in der »Solidarität« am 16. 7. 1990 eine eigene Partei, die »Bürgerbewegung — Demokratische Aktion« (ROAD), ein Schritt hin zu einem demokratischen Parteienpluralismus. W. erhielt 1983 den Friedens-Nobelpreis.

☐ ab 1966: Elektromonteur auf der Lenin-Werft, Danzig. ☐ 1976: Entlassung. ☐ 1978: Mitbegründer der »Freien Gewerkschaft des Küstengebietes«. ☐ 31. 8. 1980: Unterzeichnung der Abkommen von Danzig und Stettin (Anerkennung der »Solidarität«). ☐ 6. 9. 1980: Sturz des Parteichefs E. →Gierek. ☐ 13. 12. 1981: Verhängung des Kriegsrechts durch General W. →Jaruzelski. ☐ 1981/82: Internierung W.s. ☐ 5. 4. 1989: Erfolgreicher Abschluß der »Gespräche am runden Tisch«. ☐ 9. 12. 1990: Wahl zum Staatspräsidenten.

▷ L. Walesa: Ein Weg der Hoffnung (Aut.), 1987.

Wallace, Alfred Russel

brit. Zoologe und Forschungsreisender
* 8.1.1823 Usk, Monmouthshire
† 7.11.1913 Broadstone, Dorset

Wallace teilte aufgrund der geographischen Verbreitung der Tiergruppen die Erdkarte in entsprechende Regionen ein, wobei die sog. Wallace-Linie zwischen Asien und Australien die markantesten Unterschiede der Arten markiert. Kurz vor Erscheinen der Selektionstheorie von Charles Darwin (* 1809, † 1882) publizierte

Alfred Wallace veröffentlichte Werke zur Evolutionstheorie.

W. 1858 seine Vorstellungen von der natürlichen Zuchtwahl durch Auslese im Daseinskampf und formulierte die Lehre von der Mimikry, der Schutzanpassung der Tiere.

□ 1848-52: Forschungsreisen zum Amazonas und Rio Negro. □ 1854-62: Expeditionen im Malaiischen Archipel. □ 1858: »On the tendency of varieties to depart indefinitely from the original type« (Abh.). □ 1870: »Beiträge zur Theorie der natürlichen Züchterwahl« (Schr., dt. 1870). □ 1876: »On the geographical distribution of animals« (Schr., 2 Bde.).

Wallace, Edgar

engl. Schriftsteller und Journalist
* 1.4.1875 London † 10.2.1932 Hollywood (USA)

Wallace, der im Laufe seines Lebens mehr als 170 Bücher verfaßte, wurde mit seinen Kriminalromanen weltbekannt. Ihr Erfolg gründet sich auf eine spannungsreiche und mit makabren Requisiten ausgeschmückte Handlung. Mit W. assoziiert der Leser London im Nebel, skurrile Verbrechen und den Sieg des Guten.

□ 1905: Gründung eines eigenen Verlags für »Die vier Gerechten« (R., dt. 1953). □ 1925: »Der Hexer« (R., dt. 1953); »Der Frosch mit der Maske« (R., dt. 1926). □ 1927: »Der Zinker« (R., dt. 1930). □ 1929: »Neues vom Hexer« (Erz.n, dt. 1938); »Das Gasthaus an der Themse« (R., dt. 1930).

▷ M. Lane: Edgar Wallace (Biogr.), dt. 1966.

Wallach, Otto

dt. Chemiker
* 27.3.1847 Königsberg (heute Kaliningrad, UdSSR)
† 26.2.1931 Göttingen

Wallach isolierte aus ätherischen Ölen zahlreiche Terpene und analysierte deren chemische Struktur. 1894 fand er die Formel für Limonen ($C_{10}H_{16}$), einer Harzölsubstanz mit zitronenartigem Geruch. Die Möglichkeit zur Synthese dieser meist wohlriechenden Stoffe förderte die Entwicklung der Parfümindustrie.

□ 1876-88: Prof. an der Univ. Bonn. □ 1887: Entdeckung der Struktur des Isoprens (C_5H_8) als monomerer Grundbaustein vieler Terpene, Vitamine und Kunststoffe. □ 1888-1915: Prof. an der Univ. Göttingen. □ 1909: »Terpene und Campher« (Schr.). □ 1910: Chemie-Nobelpreis.

Fats Waller: Viele Stücke des Jazzpianisten und Sängers wurden zu Evergreens.

← Edgar Wallace

Waller, Fats

(eig. Thomas Wright)
amer. Jazzmusiker
* 21.5.1904 New York
† 15.12.1943 Kansas City, Missouri

Waller, der 1922 seine ersten Auftritte hatte, markiert den Übergang vom Ragtime zum Swing, dessen bedeutendster Pianist er wurde. Sein humorvoller Gesang machte ihn schnell populär. Er komponierte über 400 Titel, unter ihnen Standards wie »Ain't Misbehavin« oder »Honeysuckle Rose«, die ihn bis in die Gegenwart unvergeßlich gemacht haben.

□ 1922: Erste Auftritte in New York. □ 1925/26: Mitgl. der Band von E. Tate. □ 1928: Tätigkeit für eine Rundfunkstation in Cincinnati. □ ab 1930: Auftritte als Solist. □ 1931: Erste eigene Band. □ 1932: Gastspiele in Europa. □ 1934: Erste Schallplattenaufnahmen unter eigenem Namen. □ 1943: Mitwirkung in dem Film »Stormy Weather«.

Wallmann, Walter

dt. Politiker
* 24.9.1932 Uelzen

Wallmann war nach dem 2. Weltkrieg der erste Oberbürgermeister von Frankfurt und der erste hessische Ministerpräsident, der nicht der SPD angehörte. Als Konservativer mit liberalem Anspruch errang er in Frankfurt beachtliche Popularität, so daß Bundeskanzler H. →Kohl ihn 1986 nach dem Reaktorunglück in Tschernobyl (UdSSR) als Umweltminister nach Bonn holte. Kurz darauf als christdemokratischer Hoffnungsträger in Hessen überraschend zum Regierungschef gewählt, konnte er bis zu den Wahlen 1991 keine entscheidenden Akzente setzen. Sein Nachfolger wurde der SPD-Politiker H. →Eichel.

← Walter Wallmann

□ vor 1960: Jurastudium in Marburg; anschließend Richter in Hessen; Mitgl. der CDU. □ 1966-72, 1987-91: MdL in Hessen. □ 1972-77: MdB. □ 1977-86: Oberbürgermeister von Frankfurt/Main. □ 1982-91: Vors. der CDU von Hessen. □ 1986/87: Umweltmin. □ 1987-91: Ministerpräsident.

G. Wallraff: Fachmann für »einschleichende Recherche«.

Wallraff, Günter

dt. Schriftsteller
* 1.10.1942 Burscheid

Wallraff ist einer der umstrittensten Repräsentanten der Dokumentarliteratur; sein Buch »Ganz unten« (1985) über die Erniedrigung und Ausbeutung ausländischer Arbeiter in der BRD wurde zu einem der großen Bucherfolge der Nachkriegszeit. W. gibt der Wirklichkeit den Vorrang vor der Fiktion; innerhalb der Dortmunder Gruppe 61 (M. v. d. →Grün) in der Opposition, will er nicht nur auf Mißstände hinweisen, sondern die Arbeiter politisieren. Um authentisch schreiben zu können, nutzte er die »einschleichende Recherche«: In der Rolle des Türken Ali (»Ganz unten«) oder des Journalisten Hans Esser (»Der Aufmacher«, 1977) erfuhr er Diskriminierung bzw. die Praxis der reißerischen Berichterstattung unmittelbar; als Obdachloser oder als Chemiefabrikant deckte er Unmenschlichkeit, Heuchelei und Gesetzesverstöße auf. Wegen seines Vorgehens wurde W. mehrfach gerichtlich verfolgt und zu Geldstrafen verurteilt.

□ 1964/65: Arbeit in verschiedenen Industriebetrieben. □ 1970: »Industriereportagen«; Mitbegründer des Werkkreises Literatur der Arbeitswelt. □ 1973: »Ihr da oben — wir da unten« (mit B. →Engelmann). □ 1974: Selbstankettung in Athen als Protest gegen die griech. Militärdiktatur; Verhaftung. □ 1981: »Das BILD-Handbuch bis zum Bildausfall«. □ 1982: »Unser Faschismus nebenan. Erfahrungen bei NATO-Partnern« (mit E. Spoo). □ 1985: »Enthüllungen, Recherchen, Reportagen und Reden vor Gericht«. □ 1986: Übersiedlung nach Amsterdam. □ 1987: »Akteneinsicht. Bericht zur Gesinnungslage des Staatsschutzes«.

▷ Ch. Linder (Hg.): In Sachen Wallraff, 1986.

Walras, Marie Esprit Léon

frz.-schweiz. Nationalökonom
* 16.12.1834 Évreux, Normandie
† 5.1.1910 Clarens (heute Montreux)

Zeitgleich mit C. →Menger und William Stanley Jevons (* 1835, † 1882) entwickelte Walras die Theorie des Grenznutzens, die den Wert eines Gutes an seinem Nutzen (und nicht an den Herstellungskosten) bemißt. W., Vertreter der mathematischen Ökonomie, war Begründer der Lausanner Schule, neben der Wiener Schule (C. Menger) und der angloamerikanischen Schule (J. B. → Clark) die dritte Richtung der Grenznutzenschule. Auf mathematischem Wege entwickelte W. die Theorie des wirtschaftlichen Gleichgewichts: In seinem Modell werden alle Marktvorgänge in Form von Gleichungen dargestellt, die das Gleichgewicht von Produktion und Verbrauch, Kapitalbildung und Investitionen und somit das Gesamtgleichgewicht volkswirtschaftlicher Abläufe verdeutlichen sollen. Seine Theorie der allgemeinen Interdependenzen wurde von seinem Nachfolger V. →Pareto weiterentwickelt.

□ bis 1870: Tätigkeit als Journalist, Bahn- und Bankangestellter. □ 1871-92: Prof. an der Univ. Lausanne. □ 1874-77: »Éléments d'économie politique pure« (2 Bde.). □ 1881: »Mathematische Theorie der Preisbestimmung der wirtschaftlichen Güter« (Schr., frz. 1883). □ 1886: »Theorie des Geldes« (Schr., dt. 1922). □ 1889: »Études d'économie politique appliquée« (Schr.). □ 1896: »Études d'économie sociale« (Schr.).

▷ W. Jaffé: Correspondence of Léon Walras and related papers, engl. 1965.

Martin Walser →

Walser, Martin

dt. Schriftsteller
* 24.3.1927 Wasserburg, Bodensee

Walser, Georg-Büchner-Preisträger von 1981, ist einer der erfolgreichsten und zugleich produktivsten deutschsprachigen Schriftsteller der

Nachkriegszeit. Seine Romane und Erzählungen beschreiben alltägliche Konflikte in zwischenmenschlichen Beziehungen, die Mißstände in der deutschen Leistungsgesellschaft spiegeln, sowie — damit verbunden — den durch fehlende Selbstentfaltungsmöglichkeiten hervorgerufenen Identitätsverlust des Individuums. Die Landschaft am Bodensee, W.s Heimat, bildet u. a. in den Romanen »Ehen in Philippsburg« (1957), »Halbzeit« (1960) und der Novelle »Ein fliehendes Pferd« (1978) den (provinziellen) Hintergrund für die Handlungsweisen der Antihelden Anselm Kristlein, Gallistl und Helmut Halm. Neben seiner Prosa verfaßt W. politisch ambitionierte Dramen (u. a. »Eiche und Angora«, 1962; »Ein Kinderspiel«, 1970; »Die Ohrfeige«, 1987) und Hörspiele.

□ 1949-57: Rundfunk- und Fernsehregisseur beim SDR. □ 1951: Nach dem Studium der Literaturwissenschaft, Geschichte und Philosophie Promotion zum Dr. phil. □ 1957: »Ehen in Philippsburg« (R.). □ 1958: Gastdoz. in den USA (erneut 1973, 1976, 1979 und 1983). □ 1960-73: Romantrilogie »Halbzeit«, »Das Einhorn« und »Der Sturz«. □ 1961: Wahlhelfer der SPD im Bundestagswahlkampf. □ 1968: »Heimatkunde« (Es.). □ 1973: »Wie und wovon handelt Literatur« (Es.). □ 1975: Gastdozentur in England; »Das Sauspiel« (Dr.). □ 1978: »Ein fliehendes Pferd« (Nov.). □ 1985: »Brandung« (R.). □ 1987: »Dorle und Wolf« (Nov.). □ 1988: »Die Jagd« (R.).□ 1991: »Die Verteidigung der Kindheit«.

▷ A. E. Waine: Martin Walser, 1980.

Walser, Robert

schweiz. Schriftsteller
* 15.4.1878 Biel, Kt. Bern
† 25.12.1956 Herisau, Kt. Appenzell

Walser leistete mit seiner realistisch-phantastischen, autobiografisch geprägten Kurzprosa einen höchst eigenwilligen Beitrag zur Literatur des beginnenden 20. Jh.s und wurde zum Vorläufer F. →Kafkas. Der sensible Autor, der gesellschaftliche Anerkennung gleichzeitig entbehrte und verachtete, starb nach persönlichen und künstlerischen Krisen in einer Nervenheilanstalt, in der er die letzten 27 Jahre seines Lebens verbrachte. In seinen Romanen »Die Geschwister Tanner« (1907) und »Der Gehülfe« (1908) schildert W. die Schwierigkeiten seiner naiven, z. T. hintergründig humorvollen Helden, sich in einer entfremdeten Gesellschaft zu arrangieren. In »Jakob von Gunten« (R., 1909) zeigt W. schließlich die »Selbstauflösung«, den bewußten Verzicht auf jede Identität als einzige Lebensmöglichkeit. W. wurde erst nach dem 2. Weltkrieg wiederentdeckt.

□ 1904: »Fritz Kochers Aufsätze« (Erz.). □ 1905-13: Bei seinem Bruder, dem Maler Karl W., in Berlin; Bekanntschaft mit G. →Hauptmann, F. →Wedekind. □ 1914: »Kleine Dichtungen« (Erz.n). □ 1917: »Kleine Prosa«. □ 1921: Archivar in Bern. □ 1925: »Die Rose« (Es.s). □ ab 1929: Aufenthalt in Nervenheilanstalten. □ 1944: »Gedichte«. □ postum 1985/86: »Aus dem Bleistiftgebiet — Mikrogramme 1924/25« (Prosa, Ged.e, Dr.n, R.e, 3 Bde.), geschrieben in einer schwer entzifferbaren, ca. 2 mm hohen Sütterlinschrift.

▷ C. Seelig: Wanderungen mit Robert Walser, 1957; J. Amann: Robert Walser, 1985; B. Echte/A. Meier: Die Brüder Karl und Robert Walser. Maler und Dichter, 1990.

← Robert Walser

Waltari, Mika Toimi

finn. Schriftsteller
* 19.9.1908 Helsinki † 26.8.1979 ebd.

Nach Kurzgeschichten über Landleben und Bildungsbürgertum gelang Waltari mit »Sinuhe, der Ägypter« (R., 1945, dt. 1948) ein Welterfolg. Die tagebuchartig angelegten Erinnerungen des Arztes Sinuhe, der seinen Lebensabend zur Zeit des Pharaos Echnaton resigniert in der Verbannung zubringt, haben Bezug zur krisenhaften Nachkriegszeit in Finnland. Weitere historische Romane spiegeln ebenfalls mit Gegenwartsbezug Zeiten des geistigen Umbruchs. W. schrieb außerdem Detektivromane und Märchen.

□ 1928: Erster großer Erfolg mit »Die große Illusion« (R.). □ ab 1926: Literaturkritiker und Journalist. □ 1936: »Stadt der Leiden und der Freuden« (R., dt. 1948). □ ab 1938: Freier Schriftsteller. □ 1939: »Warum haben sie Frau Kroll ermordet?« (R., dt. 1943; u. d. T. »Die Blutspur«, 1963). □ 1940: »Gefährliches Spiel« (R., 1943). □ 1942: »Karin Magnustochter« (R., dt. 1943). □ 1944: »Die Königin des Kaiserballs« (R., dt. 1949). □ 1949: »Der Renegat des Sultans« (R., dt. 1953). □ 1958: »Die weiße Taube« (R., dt. 1959). □ 1964: »Minutus, der Römer« (R., dt. 1965).

Walter, Bruno

(eig. Bruno Walter Schlesinger)
dt. Dirigent und Komponist
* 15.9.1876 Berlin † 17.2.1962 Beverly Hills (USA)

Walter, einer der großen Dirigenten seiner Zeit, war aufgrund seiner Tätigkeit in Hamburg (1894-96) und Wien (1901-12) eng mit G. →Mahler verbunden. Dessen Werk erfuhr u. a. mit den von W. geleiteten Uraufführungen des »Liedes von der Erde« (München 1911) und der 9. Sinfonie (Wien 1912) seine authentische Deutung. Seit den 20er Jahren dirigierte W. als Gast der bedeutendsten europäischen und amerikanischen Orchester neben Kompositionen von Mahler vor allem Mozart und Bruckner. Der Moderne stand er mit deutlicher Zurückhaltung gegenüber. Getragen

Bruno Walter, damaliger Gewandhauskapellmeister, mit Yehudi Menuhin (r.), 1932.

von dem Glauben an die moralische Kraft der Musik, zielten seine wegweisenden Interpretationen auf Werktreue, Verständlichkeit und kultivierten Wohlklang. W.s kompositorisches Werk, das überwiegend im ersten Jahrzehnt dieses Jahrhunderts entstand, umfaßt zwei Sinfonien, Chor- und Kammermusik sowie Lieder.

□ 1894: Nach Ausbildung in Berlin Dirigenten-Debüt in Köln. □ ab 1896: Opernkapellmeister in Breslau, Preßburg, Riga und Berlin (1900/01). □ 1913-22: Generalmusikdir. am Münchner Nationaltheater. □ 1917: Dirigent der UA der Oper »Palestrina« von H. →Pfitzner in München. □ ab 1918: Leiter der Berliner Bruno-Walter-Konzerte. □ 1922-38: Gastdirigent in Europa und den USA. □ 1923: USA-Debüt als Gastdirigent des New York Philharmonic Orchestra. □ 1924-31: Chefdirigent der Dt. Spielzeiten an der Covent Garden Opera London. □ 1925-29: Generalmusikdir. an der Städtischen Oper Berlin. □ ab 1925: Regelmäßiger Gast bei den Salzburger Festspielen. □ 1929-33: Nachfolger von W. →Furtwängler als Gewandhauskapellmeister in Leipzig. □ 1935: »Von den moralischen Kräften der Musik« (Schr.). □ 1936: »Gustav Mahler« (Schr.). □ 1936-38: Dir. der Wiener Staatsoper. □ 1939: Emigration über Frankreich in die USA. □ ab 1941: Dirigent an der Metropolitan Opera New York. □ ab 1945: Erneute Konzertreisen in Europa. □ 1957: »Von der Musik und vom Musizieren« (Schr.).

▷ B. Walter: Theme and Variations (Aut.), dt. 1947; R. Hauert/ B. Gavoty: Bruno Walter, 1960.

Walter, Fritz

dt. Fußballspieler
* 31.10.1920 Kaiserslautern

Walter war Kapitän der deutschen Nationalmannschaft, die am 4. 7. 1954 in Bern mit 3:2 gegen Ungarn Weltmeister wurde. Er war der talentierteste Schüler S. →Herbergers, der ihn als

Fritz Walter (r.) und F. Puskás vor dem Spiel, 1954.

18jährigen entdeckt hatte. 1940-58 bestritt er 61 Länderspiele und schoß 33 Tore (1942 bis Ende 1951 gab es keine Länderspiele mit deutscher Beteiligung). Sein Stammverein war der 1. FC Kaiserslautern, dem auch sein Bruder Ottmar (* 1924; Mitglied der WM-Elf) angehörte.

□ 1928-62: Spieler beim 1. FC Kaiserslautern (Dt. Meister 1951 und 1953). □ 1954: Weltmeister. □ 1958: WM-Teilnehmer. □ seit 1958: Ehrenspielführer der dt. Nationalmannschaft. □ 1985: Umbenennung des Kaiserslauterner Stadions »Am Betzenberg« in »Fritz-Walter-Stadion«.

▷ F. Walter: Spiele, die ich nie vergesse, 1991.

Vernon A. Walters →

Walters, Vernon Anthony

amer. Diplomat und Militär
* 3.1.1917 New York

Wegen seiner umfassenden Sprachkenntnisse (sieben Sprachen), die er sich bei Schulbesuchen in Europa angeeignet hatte, nahm Walters seit der Präsidentschaft von H. →Truman als Dolmetscher häufig an politischen Gipfeltreffen teil und wurde Berater und Sonderbotschafter mehrerer US-Präsidenten. Als Botschafter in Deutschland (1989-91) vertrat er eloquent und sachlich die Position seiner Regierung. Sein Einfluß im Weißen Haus hat dazu beigetragen, daß die USA bei den Zwei-plus-Vier-Verhandlungen darauf drängten, den Deutschen schnell den Weg zur Einheit zu ebnen.

□ 1927-34: Schulausbildung in Europa. □ 1934-41: Tätigkeit in der Firma des Vaters (Versicherungsbranche). □ 1941-76: Soldat; zuletzt Generalleutnant. □ 1945-50, 1960-72: Militärattaché. □ 1951-56: Im NATO-Oberkommando in Paris. □ 1956-60: Militärberater von US-Präsident D. →Eisenhower. □ 1972-76: Stellv. Dir. bei der CIA. □ 1976-80: Berater von R. →Reagan. □ 1985: Botschafter bei der UNO. □ 1989-91: Botschafter in Bonn.

▷ V. A. Walters: In vertraulicher Mission, 1990.

E. T. S. Walton →

Walton, Ernest Thomas Sinton

ir. Physiker
* 6.10.1903 Dungarvan, Waterford

Walton entwickelte mit J. D. →Cockcroft ab 1929 den ersten Kaskadengenerator, der durch eine Reihenschaltung von Kondensatoren und Gleichrichtern elektrische Hochspannung für die Beschleunigung geladener atomarer Teilchen liefert. 1932 gelang den beiden Physikern am Cavendish Laboratory der Universität Cambridge die erste Kernumwandlung leichter Elemente durch künstlich beschleunigte Protonen.

□ 1932: Entwicklung eines Linearbeschleunigers. □ 1946-74: Prof. am Trinity College der Univ. Dublin. □ 1951: Physik-Nobelpreis (mit J. D. Cockcroft).

Wand, Günter

dt. Dirigent
* 7.1.1912 Elberfeld (heute Wuppertal)

Wand, der erst im hohen Alter Weltruhm erlangte, prägte nach dem 2. Weltkrieg in seinem fast 30jährigen Wirken als Dirigent und Generalmusikdirektor den Wiederaufbau des städtischen Musiklebens in Köln. Mit dem Gürzenich-Orchester, das er in dieser Zeit zu internationalem Niveau führte, setzte sich W. vor allem für die Moderne ein (u. a. B. A. →Zimmermann, A. →Schönberg, E. →Varèse). Trotz zahlreicher Gastverpflichtungen in Europa, Japan und den UdSSR wurde die Weltöffentlichkeit erst in den 70er Jahren durch die überragenden Einspielungen der Sinfonien von Mozart, Bruckner und Schubert auf den Dirigenten aufmerksam. Geistige Energie und unerbittliche Tempokontrolle zeichnen auch seine Maßstäbe setzenden Interpretationen der Werke Brahms' (1985) und Beethovens (ab 1987) aus. 1989 gab W., der seit 1982 Chefdirigent des NDR-Sinfonieorchesters in Hamburg ist, beim Chicago Symphony Orchestra sein triumphales USA-Debüt.

☐ ab 1930: Studium an der Univ. und an der Musikhochschule in Köln. ☐ 1939-44: Kapellmeister an der Kölner Oper. ☐ 1944/45: Leiter des Mozarteum-Orchesters in Salzburg. ☐ 1946-74: Kapellmeister des Gürzenich-Orchesters und Generalmusikdir. in Köln. ☐ 1946-53: Dozent (1948 Prof.) an der Kölner Musikhochschule. ☐ 1959: Debüt in der UdSSR. ☐ 1963-65: Lehrauftrag an der Kölner Musikhochschule. ☐ 1968: Debüt in Japan. ☐ seit 1973: Wohnsitz in der Schweiz. ☐ seit 1982: Leitender Gastdirigent beim BBC Symphony Orchestra in London. ☐ seit 1987: Gast des Schl.-H.-Musik-Festivals. ☐ seit 1988: Ständiger Gastdirigent des Radio-Symphonie-Orchesters Berlin.

← Günter Wand

Wangchuk, Jigme Singhye

König von Bhutan
* 11.11.1955 Thimbu

Nach dem Tod seines Vaters Jigme Dirji W. wurde Jigme S. Wangchuk als Siebzehnjähriger dessen Nachfolger, allerdings erst mit der Volljährigkeit zwei Jahre später (1974) inthronisiert. Er setzte die von seinem Vater eingeleiteten vorsichtigen Reformen und die allmähliche Modernisierung des Landes fort (Ansätze zu einer konstitutionellen Monarchie). Es gelang ihm, die außenpolitische Vertretung durch Indien (seit dem Vertrag von 1949) teilweise zu überwinden und mit mehreren Staaten direkte diplomatische Beziehungen aufzunehmen.

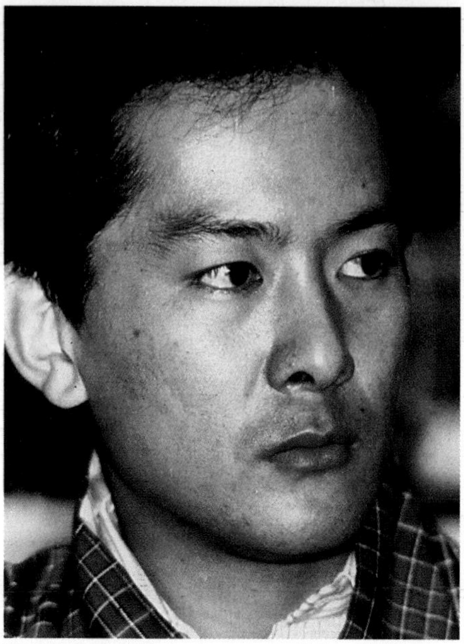
Wangchuk öffnet Bhutan langsam westlichen Einflüssen.

Wang Meng →

Wang Meng

chin. Schriftsteller
* 15.10.1934 Shatan, Peking

Wang Meng, einer der profiliertesten Autoren der zeitgenössischen chinesischen Literatur, kritisierte mit seiner Erzählung »Der Neuling in der Organisationsabteilung« (1956, dt. 1980) die chinesische Parteibürokratie. Dies führte zu seiner Verurteilung als »Rechtsabweichler« und bewirkte Verbannung und Berufsverbot. Nach seiner Rehabilitierung 1977 mied er die gesellschaftspolitische Funktionalisierung der Literatur und wandte sich statt dessen einer subjektiven Thematik und Erzählweise zu (»Das Auge der Nacht«, Erz., 1979; dt. 1987).

☐ 1957: Verbannung nach Nordwestchina. ☐ 1979: »Das dankbare Herz« (Erz., dt. 1983). ☐ 1980: »Der Schmetterling« (Erz., dt. 1985); »Die Drachenschnur« (Erz., dt. 1981). ☐ seit 1984: Stellv. Vors. des Schriftstellerverbands; Kulturmin. der VR China (bis 1989).

Felix Wankel →

Wankel, Felix

dt. Erfinder
* 13.8.1902 Lahr † 9.10.1988 Heidelberg

Wankel konstruierte 1954 den nach ihm benannten Motor mit rotierenden Kolben. Er war kleiner, leichter, vibrationsärmer und leiser als die konventionellen Hubkolbenmotoren, deren Kolben sich hin und her bewegen. Die Vereinfachung des Wankelmotors zum Drehkolben- und schließlich zum Kreiskolbenmotor ermöglichte 1963 erstmals den Einsatz in einem Auto, dem NSU Spider. 1967 folgte als Auto des Jahres der NSU Ro 80 (Produktionsende 1977). Heute werden Wankelmotoren nur noch in Japan verwendet; die übrige Autoindustrie scheute die Kosten für die Umrüstung ihrer Fertigungsanlagen.

☐ 1921-26: Verlagskaufmann in Heidelberg. ☐ 1936: Errichtung eines Forschungsinst. in Lindau/Bodensee. ☐ 1944: Bau eines Drehkolbenverdichters. ☐ ab 1953: Förderung der Entwicklung eines Rotationskolbenmotors durch NSU. ☐ 1963: »Einteilung der Rotationskolbenmaschinen« (Schr.). ☐ 1976: Gründung eines Motorenmuseums in Lindau. ☐ 1976: Erprobung des Autoboots »Zisch«.

Otto Warburg →

Warburg, Otto Heinrich

dt. Biochemiker
* 8.10.1883 Freiburg i. Br. † 1.8.1970 Berlin/West

Warburg forschte »Über den Stoffwechsel der Tumoren« (Schr., 1926) und förderte aufgrund neuer Präzisionsuntersuchungen mittels Dünnschnitten an atmenden Geweben grundlegende

Erkenntnisse über die Sauerstoffaufnahme in Krebszellen. Im Vergleich zur Zellatmung gesunder Organe stellte W. bei Tumorzellen eine zur Glykolyse tendierende sauerstoffarme Atmung fest. Als vermittelndes Koenzym der Atmungskette entdeckte er (mit W. Christian) 1931 das NADP (Nikotinsäureamid-adenin-dinukleotidphosphat), eine der »Kozymase« (A. →Harden) verwandte Substanz.

☐ 1913-41: Prof. an der Univ. Berlin (Amtsenthebung durch die Nationalsozialisten). ☐ 1931: Physiologie/Medizin-Nobelpreis (1944 erneut nominiert). ☐ ab 1931: Dir. des Kaiser-Wilhelm-Inst. für Zellphysiologie (seit 1953 Max-Planck-Inst.) Berlin. ☐ 1948: »Wasserstoffübertragende Fermente« (Abh.). ☐ 1949: »Schwermetalle als Wirkungsgruppen von Fermenten« (Abh.). ☐ 1955: Entwicklung der Atmungstheorie der Krebsentstehung.

Warhol, Andy

(eig. Andrej Warhola)
amer. Künstler
* 6.8.1928 Pittsburgh, Penn. † 22.2.1987 New York

Warhol ist der bekannteste Künstler der Pop-art. Als Maler, Grafiker, Fotograf und Filmemacher ebenso wie mit seinen Aktionen gehörte er zu deren vielseitigsten Vertretern. Unter dem Eindruck der Ready-mades M. →Duchamps wählte W. konsequent Konsumartikel als Motive und führte Porträts von Massenidolen wie M. →Monroe oder E. →Presley in seine Bilder und Siebdrucke ein. Seine Veränderungen der vorgegebenen Objekte oder Fotografien beschränkten sich auf die Vervielfältigung sowie farbliche wie fototechnische Eingriffe. Siebdrucke mit Suppendosen, Coca-Cola-Flaschen oder Zwei-Dollar-Scheinen in vielfacher Reihung konfrontieren den Betrachter mit vertrauten Gegenständen in unbekanntem Zusammenhang. W. ließ seine Drucke meist von Freunden und Mitarbeitern — der bekannten »Factory« — ausführen. In collageartigen Acrylbildern, häufig Titelseiten von Boulevardzeitungen ähnelnd, wandte sich W. Problemen der amerikanischen Gesellschaft zu (z. B. »Flugzeugabsturz«, 1962, Köln, Museum Ludwig; »Fourteen Small Electric Chairs«, 1980, Zürich, Galerie Bischofsberger), wobei er Zeitungsfotos als Vorlagen benutzte. Vorbild war dabei die dadaistische Forderung nach Aufhebung der Trennung zwischen Kunst und Leben (die er auch in Multi-Media-Shows, u. a. mit der Rockgruppe Velvet Underground, verfolgte) sowie nach der Anonymität des Künstlers innerhalb des Werks. In Serien der 70er und 80er Jahre bildete W. Personen der Geschichte (→Lenin, →Mao Zedong) sowie Figuren des amerikanischen Comic-strip ab (Mickey Mouse).

Robert Penn Warren →

Andy Warhol mit typischen Siebdruck-Porträts von Joseph Beuys im Hintergrund.

☐ 1949: Nach dem Kunststudium am Carnegie Inst. of Technology in Pittsburgh Übersiedlung nach New York. ☐ ab 1962: Siebdruckserien mit Konsumartikeln; »Todes-« und »Katastrophenbilder«. ☐ ab 1963: Underground-Filme. ☐ um 1970: Hinwendung zur Fotografie; Multi-Media-Shows. ☐ 1972: Teilnahme an der documenta 5 mit dem Film »Empire«. ☐ 1979: Erste Begegnung mit J. →Beuys. ☐ 1982: Teilnahme an der documenta 7 mit der Serie »Oxidation«. ☐ 1985: »America« (Bildband). ☐ 1986: Selbstbildnisse.

▷ F. L. Guiles: Andy Warhol, Voyeur des Lebens, 1989; V. Bockris: Andy Warhol, 1991; L. Romain: Andy Warhol, 1991.

Warren, Robert Penn

amer. Schriftsteller
* 24.4.1905 Guthry, Ky. † 15.9.1989 Stratton, Verm.

Warren, ein Lyriker, Essayist, Herausgeber und Literaturkritiker von hohem Rang, steht als Chronist des wirtschaftlich bedrohten agrarischen Südens in der Nachfolge W. →Faulkners. Sein erfolgreichstes Werk ist der Roman »Des Königs Troß« (1946, dt. 1949; 1956 u. d. T. »Der Gouverneur«), der Aufstieg und Untergang eines zunächst sozialrevolutionär motivierten, dann jedoch zunehmend diktatorisch herrschenden Südstaatengouverneurs schildert.

☐ 1935: »36 Poems« (Ged.e). ☐ 1935-65: Hg. der »Southern Review«. ☐ 1943: »Alle Wünsche dieser Welt« (R., dt. 1959). ☐ 1947: Pulitzer-Preis (erneut 1958). ☐ ab 1950: Dozent an der Yale Univ., New Haven, Conn. ☐ 1955: »Amantha« (R., dt. 1957). ☐ 1958: »Ausgewählte Essays« (dt. 1961). ☐ 1959: »Die Höhle von Johntown« (R., dt. 1961). ☐ 1986: Ernennung zum Poeta Laureatus der USA.

▷ Ch. Bohner (Hg.): Robert Penn Warren, engl. 1981.

Wasow, Iwan Mintschow

bulg. Schriftsteller
* 27.6.1850 Sopot † 22.9.1921 Sofia

Wasow, einer der bedeutendsten bulgarischen Schriftsteller, schuf als Vermittler westeuropäischen Gedankenguts Grundlagen für die Entwicklung der modernen Literatur in Bulgarien. Zu seinem Hauptwerk gehört der von Victor Hugo (* 1802, † 1885) und L. →Tolstoi beeinflußte Roman »Unter dem Joch« (3 Bde., 1889/90, dt. 1918), der den Freiheitskampf gegen die Türken zum Thema hat und humoristisch das bulgarische Volksleben schildert.

☐ 1875/76: Teilnahme an der Widerstandsbewegung gegen die Türken. ☐ 1878: Vors. des Bezirksgerichts in Berkoviza. □ 1883: »Epopöe der Vergessenen« (Balladen). □ 1897-99: Exil in Odessa (Rußland). □ 1897-99: Bildungsmin. □ ab 1899: Freier Schriftsteller. □ 1903: »Postenjäger« (Kom.). □ 1909: »Borislaw« (Dr., dt. 1912).

Wassermann, August von

dt. Mediziner und Bakteriologe
* 21.2.1866 Bamberg † 16.3.1925 Berlin

Wassermann, Mitbegründer der modernen Immunitätslehre, entwickelte 1906 aufgrund der Reaktion des Blutes bei Syphilis einen Diagnosetest für diese Geschlechtskrankheit. Der Serologe machte sich auch um die Tuberkulose- und Krebsforschung verdient.

□ ab 1898: Prof. und Leiter (ab 1913) des Inst. für experimentelle Therapie der Kaiser-Wilhelm-Gesellschaft, Berlin. □ ab 1906: Vorstand der Abteilung für experimentelle Therapie und Biochemie am Robert-Koch-Inst., Berlin.

Wassilenko, Sergej Nikiforowitsch

russ.-sowjet. Komponist und Dirigent
* 18.(30.?)3.1872 Moskau † 11.3.1956 ebd.

Wassilenko, einer der führenden Komponisten seiner Generation, prägte als Dirigent und Hochschullehrer maßgeblich das sowjetische Musikleben. Zunächst vom französischen Impressionismus (Opernkantate »Die Sage von der großen Stadt Kitesh«, UA Moskau 1903) und Symbolismus (sinfonische Dichtung »Der Garten des Todes«, 1908) beeinflußt, verarbeitete W. ab Ende der 20er Jahre vor allem die Folklore der sowjetischen Völker (Konzert für Balalaika und Orchester, 1930). Mit M. Aŝrafi (*1912) schrieb er die ersten usbekischen Nationalopern, »Der Schneesturm« (UA Taschkent, 1939) und »Der große Kanal« (UA ebd., 1941). Ferner komponierte W. Ballette und Orchesterwerke sowie Kammermusik, Chorwerke und Lieder.

□ 1895-1901: Studium am Moskauer Konservatorium. □ 1903-05: Dirigent am privaten Opernhaus in Moskau. □ 1907-17: Organisator und Dirigent der »Historischen Konzerte« in Moskau. □ 1907-41/1943-50: Prof. am Moskauer Konservatorium. □ 1909: »Flug der Hexen« für Orchester. □ 1916: »Exotische Suite« für Tenor und Instrumente. □ 1923: Ballett-Pantomime »Noja«. □ 1925: Mitorganisator der ersten Musik-Übertragung des Moskauer Rundfunks. □ 1931: Suite »Turkmenische Bilder« für Orchester. □ 1932: »Der sowjetische Orient« für Orchester. □ 1934: 3. Sinf. A-Dur. □ 1938-43: Wohnsitz in Taschkent. □ 1942: Oper »Suvorov«, UA Moskau. □ 1943: Ballett »Akbilyak« (UA Taschkent); »Usbekische Suite« für Orchester. □ 1947: Staatspreis der UdSSR. □ 1952-59: »Handbuch der Orchestrierung«, 2 Bde. (Schr.). □ 1953: Lenin-Orden. □ 1961: »S. W. Rachmaninow« (Schr.). □ 1965: »Balety Prokofjewa« (Schr.).

▷ D. Gojowy: Neue sowjetische Musik der 20er Jahre, 1980.

← Sergej Wassilenko

Wassilewski, Alexander Michailowitsch

sowjet. Militär
* 30.9.1895 Nowaja Goltschicha, Gouv. Kostroma
† 5.12.1977 Moskau

Marschall Wassilewski, der nicht zu den Revolutionären der ersten Stunde zählte, war der maßgebliche sowjetische Stratege des 2. Weltkriegs. Erst im Herbst 1941 in eine führende Position

A. Wassilewski: Hochdekorierter Marschall der UdSSR.

aufgerückt, übernahm er danach die entscheidende militärische Planungsarbeit. Kurz nach der Rückeroberung von Stalingrad 1942 ernannte J. →Stalin ihn zum Marschall der UdSSR.

□ bis 1915: Ausbildung zum kath. Priester. □ 1915: Kriegsfreiwilliger; kaiserlicher Offizier. □ 1919: Eintritt in die Rote Armee. □ 1936: Generalstabsakademie. □ ab 1938: Mitgl. der KPdSU, im Generalstab. □ 1941/42: Chef der Operationsabteilung und stellv. Chef des Generalstabs. □ 1944/45: Oberbefehlshaber der 3. Weißruss. Front. □ 1945: Oberbefehlshaber in Fernost. □ 1950-53: Verteidigungsminister.

▷ A. M. Wassilewska: A lifelong pause, engl. 1981.

Waters, Muddy →Muddy Waters

Watson, James Dewey

amer. Molekularbiologe
* 6.4.1928 Chicago

Watson entwickelte 1953 in Zusammenarbeit mit F. H. C. →Crick das Modell der Desoxyribonukleinsäure (DNS), deren Molekülaufbau zwei schneckenförmig in sich gewundenen Strängen gleicht (Doppelhelix). Damit konnte erstmals erklärt werden, wie die identische Reduplikation des Erbmaterials in der Zelle möglich ist. Beide Forscher erhielten 1962 den Physiologie/

J. D. Watson erklärte die Reduplikation von Erbmaterial.

Medizin-Nobelpreis (mit M. H. F. →Wilkins). W. erforschte zudem die Funktion der Ribonukleinsäure (RNS) bei der Synthese der Proteine und machte sich um die Entzifferung des genetischen Codes verdient. Bekannt wurde W. mit seiner spritzig verfaßten Schrift über die komplizierte Struktur der »Doppel-Helix« (dt. 1969).

□ 1961-68: Prof. an der Harvard Univ. in Cambridge, Mass. □ 1965: »Molecular biology of the gene« (Schr.). □ seit 1968: Dir. am Cold Spring Laboratory, New York. □ 1983: »The molecular biology of the cell« (Schr., mit anderen). □ seit 1988: Leiter des sog. Genom-Projekts zur Erstellung eines Lageplans aller menschlichen Gene (zur Bekämpfung genetisch bedingter Krankheiten).

Watson, John Broadus

amer. Psychologe
* 9.1.1878 Greenville, S. Car. † 25.9.1958 New York

Watson war einer der genialen, aber auch umstrittensten Denker des 20. Jh.s. Mit seiner Forderung, Psychologie als exakte Naturwissenschaft zu betreiben, löste W. eine Revolution im psychologischen Denken aus und wurde zum Begründer des Behaviorismus. Er verwarf psychologische Begriffe wie Bewußtsein oder Seele, vertrat eine kompromißlose Milieutheorie und war von der vollständigen Erziehbarkeit des Menschen überzeugt. Seine Kritiker sahen in ihm einen Ideologen des »American way of life«, dessen Annahme, jedes Ziel sei erreichbar, dem praktischen Leben widerspreche.

□ 1908-20: Prof. für Psychologie an der Johns Hopkins Univ., Baltimore. □ 1915: Präs. der American Psychological Association. □ 1925: »Behaviorismus« (Schr., dt. 2. Aufl. 1976). □ 1921-45: Karriere als Werbepsychologe.

▷ D. Cohen: J. B. Watson. The founder of behaviorism, 1979.

← John B. Watson

Watts, Helen

brit. Sängerin
* 9.12.1927 Milford Haven, Wales

Watts ist eine der bedeutendsten Oratorienaltistinnen, bekannt wurde sie durch ihre Interpretationen der Werke von Bach und Händel. Zunächst Chorsängerin bei der BBC, begann W. Mitte der 50er Jahre ihre solistische Konzerttätigkeit. Ihrer Karriere als Opernsängerin (ab 1958, Spezialistin für Barockopern und für Werke von B. →Britten) folgten ab 1970 Auftritte als Liedinterpretin (»Kindertotenlieder« von G. →Mahler in der New Yorker Carnegie Hall).

□ 1953: Zyklus mit Bach-Kantaten in der BBC. □ 1958-61: Auftritte in Händel-Opern (»Semele«, »Rinaldo«) bei der Handel Opera Society London. □ 1964: Auftritte in der UdSSR (»Der Raub der Lucretia«, Oper, unter Leitung des Komponisten B. →Britten); Gastspiel bei den Salzburger Festspielen. □ 1966: Amerika-Debüt mit dem Chorwerk »A Mass of Life« von Frederick → Delius (* 1862, † 1934) in der Philharmonic Hall New York. □ 1984: Partie der Larina in der Tschaikowski-Oper »Eugen Onegin« in Lyon.

Paul Watzlawick →

Watzlawick, Paul

amer. Psychotherapeut österr. Herkunft
* 27.7.1921 Villach, Kärnten

Watzlawick wurde mit seiner Schrift »Anleitung zum Unglücklichsein« (dt. 1983) bekannt. Darin entwickelte er die verblüffende These, der Mensch müsse die Idee, Glück im Leben erreichen zu wollen, aufgeben. Leiden lasse sich therapieren, wenn man auf die Suche nach Patentlösungen verzichte.
W. hat sich durch die Mitwirkung am Standardwerk der modernen Familientherapie, »Menschliche Kommunikation« (1967, dt. 1969), einen Namen gemacht. Wie G. →Bateson vertritt W. die Meinung, Schizophrenie sei lediglich eine Kommunikationsstörung, und die Therapie müsse auf Veränderung der kommunikativen Strukturen zielen.

□ 1951-54: Ausbildung zum Psychotherapeuten und -analytiker am C.-G.-Jung-Inst., Zürich. □ seit 1960: Forschungsbeauftragter und Psychotherapeut am Mental Research Inst. in Palo Alto, Kalif. □ seit 1967: Lehrauftrag an der Stanford Univ. □ 1977: »Die Möglichkeit des Andersseins« (Schr., dt. 1983, 3. Aufl.). □ 1986: »Vom Schlechten des Guten« (Schr., dt. Ausg.).

Waugh, Evelyn Arthur St. John

engl. Schriftsteller
* 28.10.1903 London
† 10.4.1966 Combe Florey, Somerset

Waugh ist als konservativer Zyniker und Kulturpessimist in die Literaturgeschichte eingegangen. Er war ein traditionsbewußter Erzähler, in dessen Werk die Kritik an überlebten Idealen der Vergangenheit und die Furcht vor einem künftigen totalen Werte- und Sinnverlust einander die Waage halten. In seiner ersten Schaffensphase schrieb W. witzig-ironische Gesellschaftssatiren auf den fragwürdigen Lebenswandel des englischen Landadels. Die Schelmenromane »Auf der schiefen Ebene« (1928, dt. 1953) und »Die große Meldung« (1938, dt. 1954) sind voll von groteskkomischen Situationen, durch die W.s Sozialkritik artikuliert wird. Nach seiner Konversion zum Katholizismus (1930) erscheint die Welt eher als ein trostloser Schauplatz von Chaos und Anar-

E. Waugh befürchtete den Verlust gesellschaftlicher Werte.

chie. In seinem berühmtesten Roman, »Wiedersehen mit Brideshead« (1945, dt. 1947), skizzierte W. den Niedergang einer englischen Adelsfamilie, die in der modernen Demokratie Halt und Orientierung verloren hat.

□ 1924: Kunststudium an der Heatherley School of Fine Art. □ 1928: Reisen durch Europa, Amerika, Afrika und den Nahen Osten. □ 1930: Konversion zum röm.-kath. Glauben; »Aber das Fleisch ist schwach« (R., dt. 1933). □ 1934: »Eine Handvoll Staub« (R., dt. 1936). □ 1948: »Tod in Hollywood« (R., dt. 1950). □ 1953: »Und neues Leben blüht aus den Ruinen« (R., dt. 1955). □ 1965: »Ohne Furcht und Tadel« (R.-Trilogie, dt. 1979). □ postum 1985: »Wer zuerst kommt, mahlt zuerst« (Erz.n, dt.).

▷ C. Sykes: Evelyn Waugh. A Biography, engl. 1975.

Wayne, John

(eig. Marion Michael Morrison)
amer. Schauspieler
* 26.5.1907 Winterset, Iowa † 11.6.1979 Los Angeles

Wayne, der in über 150 Filmen auftrat, war der Inbegriff des Westernhelden mit den Tugenden eines amerikanischen Pioniers. Als Sheriff, Rancher oder Offizier der Kavallerie verkörperte er schon in der Stummfilm-Ära »law and order«. 1939 leitete W. mit »Ringo — Höllenfahrt nach Santa Fe« (Rg. J. →Ford) die Blütezeit des Western ein, an der er mit Filmen wie »Red River« (1948; mit M. →Clift, Rg. H. →Hawks) oder »The Searchers — Der schwarze Falke« (1956, Rg. J. Ford) großen Anteil hatte. In den 60er und 70er Jahren übernahm der engagierte Befürworter einer konservativen Politik Rollen in Kriegsfilmen wie »Die grünen Teufel« (1967, Hr. und Co-Rg.). In seinem letzten Film »Der Scharfschütze« (1976, D. →Siegel) spielte W., durchaus selbstironisch, einen alternden Revolverhelden.

□ 1942: »Piraten im Karibischen Meer« (Rg. C. B. →DeMille). □ 1945: »Schnellboote vor Bataan« (Rg. J. Ford). □ 1947: »Bis zum letzten Mann« (Rg. J. Ford). □ 1949: »Der Teufelshauptmann« (Rg. J. Ford). □ 1950: »Rio Grande« (Rg. J. Ford). □ 1959: »Der letzte Befehl« (Rg. J. Ford); »Rio Bravo« (mit D. →Martin, Rg. H. Hawks). □ 1960: »Land der tausend Abenteuer« (Rg. H. Hathaway). □ 1961: »Der Mann, der Liberty Valance erschoß« (mit J. →Stewart, Rg. J. Ford); »Hatari« (mit H. →Krüger, Rg. H. Hawks). □ 1965: »El Dorado« (mit R. →Mitchum, Rg. H. Hawks). □ 1970: »Rio Lobo« (Rg. H. Hawks). □ 1975: »Brannigan — Ein Mann aus Stahl« (mit R. →Attenborough, Rg. D. Hickox).

▷ J. Hembus: John Wayne und seine Filme, 1980; B. Schulz: John Wayne, 1989.

John Wayne in Howard Hawks Westernklassiker »El Dorado« aus dem Jahr 1967.

Felicia Weathers →

Weathers, Felicia

amer. Sängerin
* 13.8.1937 St. Louis, Missouri

Weathers, die als Königin der Nacht in Mozarts »Zauberflöte« ihr Debüt in Europa hatte (Zürich, 1961), avancierte in den 60er Jahren zum Weltstar. Neben ihren Gastspielen in Europa und Amerika blieb die Sopranistin vor allem den führenden deutschen Bühnen (Hamburg, Berlin, München) eng verbunden. W., deren Repertoire über 70 Rollen in fünf Sprachen umfaßt, ist auch als Interpretin von Negro-Spirituals, Gospel-Songs und Chansons ein beliebter Gast in deutschen TV-Unterhaltungssendungen. Zu ihren Glanzrollen gehören die Titelpartie in »Aida« und die Leonore im »Troubadour« von G. →Verdi sowie die Titelpartie in »Tosca« von G. →Puccini.

□ 1953: Medizinstudium in St. Louis, Missouri. □ 1957: Preisträgerin beim Gesangswettbewerb der Metropolitan Opera New York. □ 1961: Promotion zum Dr. phil.; Engagement am Stadttheater von Kiel. □ 1963-70: Mitgl. der Staatsoper Hamburg. □ seit 1965: Mitgl. der Metropolitan Opera New York.

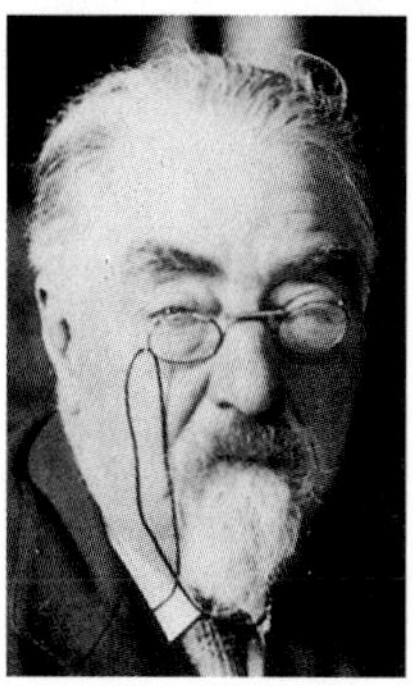

Baron Sidney Webb →

Webb, Sidney Baron Passfield of Passfield Corner (ab 1929)

brit. Politiker und Sozialwissenschaftler
* 13.7.1859 London
† 13.10.1947 Liphook, Hampshire

Webb war der bedeutendste Theoretiker der Fabian Society (nach dem römischen Diktator Fabius Maximus). In diesem Vorläufer der Labour Party fanden sich vor allem die sozial engagierten britischen Intellektuellen zusammen (u. a. G. B. →Shaw). W. verfaßte — z. T. mit seiner Frau Beatrice — zahlreiche Schriften zu Sozialreformen und zur Gewerkschaftspolitik. Nach dem 1. Weltkrieg hatte er großen Einfluß auf die Verstaatlichung von Industrieunternehmen.

□ bis 1878: Im Staatsdienst. □ 1887: Mitbegründer der Fabian Society. □ 1891-1910: Im Rat von London (County Council). □ 1895: Mitbegründer der London School of Economics (LSE). □ 1897: »Theorie und Praxis der englischen Gewerkvereine« (dt.). □ 1911: »Das Problem der Armut« (dt.). □ ab 1913: Hg. der Zeitschrift New Statesman. □ 1919: Mitgl. der Kohlenbergbaukommission. □ 1922: Mitgl. des Unterhauses. □ 1924: Handelsmin. □ 1929: Mitgl. des Oberhauses. □ 1929-31: Kolonialmin. □ 1929/30: Zugleich Dominionsmin. □ 1932: Besuch der Sowjetunion.

▷ W. R. Lethaby: Philip Webb and his work, engl. 1979.

Webber, Andrew Lloyd

engl. Komponist
* 22.3.1948 London

Webber ist seit den 70er Jahren der erfolgreichste Musicalkomponist der Welt (»Cats«, 1981) und der erste, der die Produktion seiner Musicals weltweit überwacht. Musikalisch baut er sämtliche Elemente von der Klassik, dem Jazz bis zum Rock und Techno-Pop in seine Kompositionen ein und verschafft dadurch seinen Arbeiten eine breite Akzeptanz bei den unterschiedlichen Altersgruppen.

□ 1965: Studium in Oxford und Zusammenarbeit mit Texter T. Rice; erstes Musical »The likes of us«. □ 1971: Premiere von »Jesus Christ Superstar« am Broadway (1972 Premiere in London). □ 1978: Bühnenpremiere »Evita«. □ 1979: Zusammenarbeit mit Don Black. □ 1981: Premiere »Cats« (bis Anfang 1991 über 3000 Aufführungen am Broadway). □ 1984: Premiere »Starlight Express« (1988 in Deutschland). □ 1985: »Requiem«. □ 1986: Premiere »The phantom of the opera« (1990 in Deutschland).

← Andrew L. Webber

Weber, A(ndreas) Paul

dt. Zeichner und Karikaturist
* 1.11.1893 Arnstadt, Thür. † 9.11.1980 Ratzeburg

Weber war vor allem mit seinen surreal-skurrilen Lithografien und Federzeichnungen, die Zeitkritik und politische Satire zum Inhalt hatten, einer der bekanntesten deutschen Künstler dieses

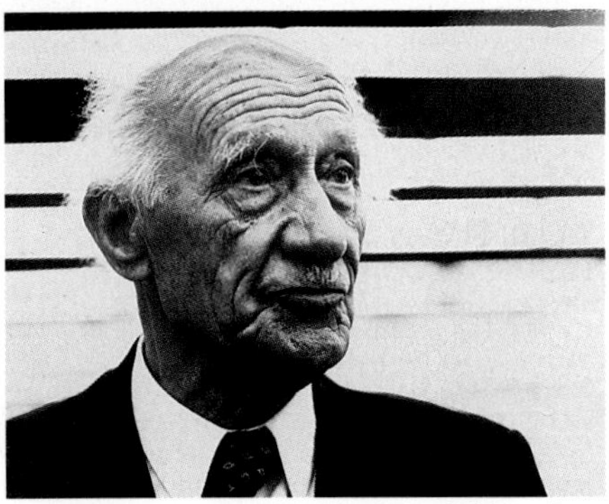

A. Paul Weber: Gesellschaftskritik mit dem Zeichenstift.

Genres. Während des Nationalsozialismus erschienen seine politischen Karikaturen in den Zeitschriften »Widerstand« und »Entscheidung«, woraufhin W. verhaftet wurde. Nach dem 2. Weltkrieg schuf er Bildserien, die sehr populär wurden (u. a. »Leviathan«). Gleiches gilt für den 1959-72 erschienenen »Kritischen Kalender«. W. stand anfänglich unter dem Eindruck Honoré Daumiers (* 1808, † 1879), in seinen häufig eine düstere Stimmung vermittelnden späteren Zeichnungen unter dem Einfluß A. →Kubins.

▷ H. Krämer: Im Namen des Volkes. Graphische Ansichten von A. Paul Weber, 1982.

Weber, Alfred

dt. Nationalökonom und Soziologe
* 30.7.1868 Erfurt † 2.5.1958 Heidelberg

Weber, Bruder des Soziologen M. →Weber, begründete die Lehre, die technisch-ökonomische Faktoren des optimalen Standorts untersucht (»Über den Standort der Industrie: Reine Theorie des Standorts«, 1909). Er leistete wichtige Beiträge in den Bereichen Sozialpolitik und politische Soziologie und entwickelte eine multikausale, historisch-soziale Kulturtheorie (»Kulturgeschichte als Kultursoziologie«, 1935).

□ 1904-07: Prof. in Prag. □ 1907-33: Prof. an der Univ. Heidelberg. □ 1912: »Religion und Kultur« (Schr.). □ 1927: »Ideen zur Staats- und Kultursoziologie« (Schr.). □ 1946: »Abschied von der bisherigen Geschichte« (Schr.). □ 1951: »Prinzipien der Geschichts- und Kultursoziologie« (Schr.). □ 1953: »Der Dritte oder der Vierte Mensch« (Schr.).

▷ R. Eckert: Kultur, Zivilisation und Gesellschaft. Die Geschichtstheorie Alfred Webers, 1970.

Weber, Max

dt. Soziologe
* 21.4.1864 Erfurt † 14.6.1920 München

Epochal sind Webers Arbeiten zur Wertfreiheit, auf die das moderne sozialwissenschaftliche Verständnis zurückgeht. Die von ihm und W. → Sombart gegründete »Deutsche Gesellschaft für Soziologie« (1909) forderte in ihren Statuten die strikte Trennung von Sozialwissenschaft und Sozialpolitik. Der Sozialwissenschaftler habe auf die objektive Überprüfbarkeit seiner Aussagen zu achten und könne lediglich angeben, mit welchen Mitteln — und welchen Nebenfolgen — bestimmte Ziele zu erreichen seien. Er habe auch die Aufgabe, das Bewußtsein für bestimmte Problematiken zu erhellen, dürfe jedoch niemals als Entscheidungsträger auftreten.
Die — insbesondere marxistische — Vorstellung, gesellschaftliche Abläufe auf einen »letzten«, determinierenden Faktor (z. B. den ökonomischen) zurückführen zu können, verwarf W. als spekulativ. Er definierte Soziologie als Wissenschaft vom »sozialen Handeln«, das sich in allen gesellschaftlichen Teilbereichen wiederfindet. Innerhalb des sozialen Handelns lassen sich Regelmäßigkeiten beobachten, die den eigentlichen Ausgangspunkt der soziologischen Analyse bilden. Regelmäßig wiederkehrende Verhaltensmuster

Max Weber erklärte Macht als Einflußnahme mit Hilfe wirtschaftlicher Mittel.

verfestigen sich zu Institutionen (Ehe, Besitz, Beruf, Herrschaft etc.). In der Institution drücken sich die allgemein anerkannten Ordnungsvorstellungen aus.
Mit »Macht« und »Herrschaft« setzte sich W. besonders auseinander. Macht interpretierte er als die Möglichkeit, auf das Verhalten von Menschen durch physische Kraft, Klugheit, vor allem aber durch die wirtschaftlichen Verhältnisse Einfluß zu nehmen. Herrschaft ist institutionalisierte Macht, ein Beziehungsnetz sozialer Über- und Unterordnung auf der Basis einer gemeinsamen Wert-, Norm- und Rechtsordnung. Macht ist ökonomisch, Herrschaft politisch. Ihr gegenseitiges Abhängigkeitsverhätnis ist Gegenstand W.s empirischer Untersuchungen.
Die Entwicklung des modernen Staates ist für W. identisch mit der Entwicklungsgeschichte des Fachbeamtentums, d. h. mit der Ausbildung der Bürokratie. Bürokratie ist für ihn die technisch reinste Form legaler, berechenbarer Herrschaftsausübung: Das Herrschaftsrecht des »Vorgesetzten« ist durch Satzung legitimiert.
Nach W. finden die Idee spezialisierter Berufsarbeit und der kapitalistische Gedanke ihre konsequente ethische Grundlage im englischen Puritanismus (R. Baxter, * 1615 † 1691): Steigerung der Arbeitsleistung diene dem Allgemeinwohl; erworbener Reichtum habe dem wirtschaftlichen Ausbau zu dienen.

□ 1894: Prof. für Wirtschaftswissenschaften, Univ. Freiburg i. Br. □ 1897: Prof., Univ. Heidelberg. □ 1909: Mitbegr. der Dt. Gesellschaft für Soziologie. □ 1919: Prof. für Wirtschaftswissenschaften, Univ. München. □ 1920: »Gesammelte Aufsätze zur Religionssoziologie« (Schr.). □ postum 1921: »Wirtschaft und Gesellschaft« (Schr.). □ 1922: »Gesammelte Aufsätze zur Wissenschaftslehre« (Schr.). □ 1924: »Gesammelte Aufsätze zur Soziologie und Sozialpolitik« (Schr.).

▷ W. Schluchter: Wertfreiheit und Verantwortungsethik. Zum Verhältnis von Wissenschaft und Politik bei Max Weber, 1971; D. Käsler: Einführung in das Studium Max Webers, 1979.

Webern, Anton Friedrich Wilhelm (von)

österr. Komponist
* 3.12.1883 Wien † 15.9.1945 Mitterstill bei Salzburg

Webern, neben A. →Berg der bedeutendste Schüler von A. →Schönberg (1904-08), folgte seinem Lehrer in dem Prinzip der Atonalität und der Reihentechnik, schlug aber dennoch einen unabhängigen und eigenwilligen Weg ein. Im Streben nach Perfektion auf der Basis geringsten Tonmaterials gelang ihm eine bis dahin unerreichte kompositorische Konzentration. Sein kürzester Satz — eine Komposition aus den »5 Stücken für Orchester« op. 10 (1911-13) — ist ein musikalischer Aphorismus von nur sechs Takten.
Im Zentrum von W.s Œuvre, das neben 31 Opern zahlreiche unveröffentlichte Manuskripte umfaßt, stehen Lieder und Chorwerke. Nach frühen, am späten Brahms orientierten Kompositionen überschritt W. erstmals in den Liedern op. 3-4 (nach Texten von St. →George, 1908/09) die Grenzen der Tonalität und fand zu seinem unverwechselbaren Stil. Kennzeichnend sind komprimierte Formen, die keinen Schmuck, keinen Umweg und keine Wiederholung erlauben (sechs Bagatellen für Streichquartett op. 9, 1911-13; drei kleine Stücke für Cello und Klavier op. 11, 1914). Die ungewöhnliche Intensität des musikalisch-lyrischen Ausdrucks erreichte W. dabei mit äußerster Sensibilität für melodische Linien und Klangfarben (sechs Lieder, nach Tex-

A. v. Webern: Meister der kompositorischen Konzentration.

ten von G. →Trakl, mit vier Instrumenten op. 14, 1917-22).
Nur zögernd übernahm er Mitte der 20er Jahre Schönbergs Reihentechnik, der er einen eigenen Konstruktivismus verlieh (Streichtrio op. 20, 1927; Sinfonie op. 21, 1928). Mit der Integration von Melodik, Rhythmik, Klangfarbe, Harmonik und Dynamik in reihenähnliche Strukturen übte W. großen Einfluß auf die seriellen Komponisten nach 1950 aus (K. →Stockhausen, P. →Boulez, L. →Nono).

□ 1902-06: Musikwissenschaftsstudium in Wien bei G. →Adler (Promotion zum Dr. phil.). □ ab 1908: Theaterkapellmeister u. a. in Wien, Danzig und Prag; »Passacaglia für Orchester« op. 1. □ 1909: Fünf Sätze für Streichquartett op. 5. □ 1910: Vier Stücke für Violine und Klavier op. 7. □ 1913: Skandal bei der UA der Orchesterstücke op. 6 (1909) in Wien. □ ab 1920: Mitarbeit in dem von A. Schönberg geleiteten Verein für musikalische Privataufführungen. □ 1921: Erste erfolgreiche Aufführungen seiner Werke beim Dt. Tonkünstlerfest in Düsseldorf. □ 1922-34: Leiter der Arbeiter-Sinfoniekonzerte (ab 1923 auch des Arbeiter-Singvereins) in Wien. □ 1924: Großer Musikpreis der Stadt Wien. □ 1926: Ehrenmitgl. der New Yorker Composer's Guild. □ ab 1927: Ständiger Dirigent von Radio Österreich. □ 1929-34: Konzerte mit eigenen Werken bei der BBC London. □ ab 1930: Fachberater für Neue Musik bei Radio Wien und Lektor bei der Universal-Edition Wien. □ ab 1935: Rückzug vom öffentlichen musikalischen Leben aus politischen Gründen. □ 1938: Aufführungs- und Publikationsverbot.

▷ H. Eimert/K. Stockhausen (Hg.): Anton Webern, 1955; W. Reich (Hg.): Anton Webern. Weg und Gestalt, 1961; F. Wildgans: Anton Webern, 1966; H. und R. Moldenhauer: Anton von Webern. Chronik seines Lebens und Werkes, 1980.

Wechsler, David

amer. Psychologe
* 12.1.1896 Lespede (Rumänien)
† 2.5.1981 New York

Wechsler entwickelte und modifizierte seit den 30er Jahren weltweit angewandte Intelligenztests für Kinder, Jugendliche und Erwachsene. Sie bestehen aus einem verbalen und einem Handlungsteil zu je fünf Testaufgaben. 1956 wurden die Testreihen für die deutschsprachige Bevölkerung im »Hamburg-Wechsler-Intelligenztest« standardisiert.

□ 1932-67: Chefpsychologe am Bellevue Psychiatric Hospital, New York. □ ab 1933: Prof. am Univ. College of Medicine ebd. □ 1939: »Die Messung der Intelligenz Erwachsener« (Schr., dt. 1964, 3. Aufl.).

Weck, Peter

österr. Schauspieler, Regisseur und Theaterleiter
* 12.8.1930 Wien

Seit 1987 gehört Weck, dreifacher Intendant, zu den einflußreichsten Theatermanagern Wiens. Neben seiner Bühnenlaufbahn, die ihn an die großen Häuser in Berlin, München, Hamburg, Wien und Zürich führte, begann er bereits 1954 eine Filmkarriere. Seitdem wirkte er in mehr als 100 Spiel- und Fernsehfilmen mit. Großen Erfolg brachte ihm die Fernsehserie »Ich heirate eine Familie« (ab 1983, Rg. und Hr.). Mit dem Musical »Cats« (von A. L. →Webber) gelang ihm 1983 als Intendant des Theaters an der Wien ein glänzender Einstand.

□ 1953: Bühnendebüt in Klagenfurt. □ 1954: Rolle in »Mädchenjahre einer Königin« (F., Rg. E. Marischka). □ 1954-59: Engagement am Theater in der Josefstadt in Wien. □ 1959-70: Engagement am Wiener Burgtheater. □ 1965-76: Engagement am Zürcher Schauspielhaus. □ 1969: Rg. von »Hilfe, ich liebe Zwillinge« (F.). □ 1968: Hr. in »Wenn der Vater mit dem Sohne« (TV-Serie). □ 1976: »Peter Weck Show« (TV). □ 1985; 1986: Goldene Kamera für »Ich heirate eine Familie«. □ 1987: Neben Intendanz des Theaters an der Wien (seit 1983) Dir. der Operettenbühne des Raimund-Theaters sowie des Varietés Ronacher.

Konstantin Wecker →

Wecker, Konstantin

dt. Songschreiber und Sänger
* 1.6.1947 München

Als politischer Liedermacher wurde Wecker in den 70er Jahren zum Star der deutschen Kleinkunst-Szene — doch entpuppte er sich mit der Zeit als äußerst vielseitiger musikalischer Individualist mit anarchischen Zügen. Seine Talente nutzt er zu den verschiedensten künstlerischen Ausdrucksmöglichkeiten. Bei Tourneen mit J. →Baez und M. →Sosa unterstrich er sein politisches Engagement; bei Auftritten mit seiner eigenen Band dominieren musikalische Aspekte und rockige Arrangements. Bei Solo-Konzerten stellt er seine Lieder, aber auch Prosatexte und Kompositionen der Klassik in den Mittelpunkt. Als Sänger gastierte er in der Rolle des Papageno in Mozarts »Zauberflöte« bei den Ludwigsburger Festspielen, in der Zusammenarbeit mit Musikern wie Wolfgang Dauner zeigt er sich als exzellenter Jazz-Pianist.

□ 1967-71: Studium in München in den Fächern Klavier, Philosophie und Psychologie. □ 1972: »Die sadopoetischen Gesänge des Konstantin Amadeus Wecker« (erste LP). □ 1974: Gründung seiner Band. □ 1977: Deutscher Kleinkunstpreis in der Sparte Chanson. □ 1981: »Liebesflug« (LP). □ 1982: Dozent in der Sparte Chanson/Lieder an der Hamburger Hochschule für Musik und darstellende Kunst. □ 1988: Tournee mit J. Baez und M. Sosa. □ 1990: »Konzert '90« (LP). □ 1991: Tournee mit W. Dauner.

▷ K. Wecker: Eine ganze Menge Leben, 1978; K. Wecker: Man muß den Flüssen trauen, 1980.

← Peter Weck

Wedekind, Frank

dt. Schriftsteller
* 24.7.1864 Hannover † 9.3.1918 München

Wedekind, einer der schärfsten literarischen Provokateure der Wilhelminischen Epoche, wandte sich in seinem Werk gegen die verlogenen, lebensfeindlichen Moralvorstellungen seiner Zeit und propagierte ein naturhaftes, ungezwungenes Triebleben. Seine burlesken, oft grotesken Dramen, die den Konflikt zwischen Geist und Fleisch karikieren, nahmen z. T. den Expressionismus vorweg und übten großen Einfluß auf die Weiterentwicklung des deutschen Dramas aus. Zahlreiche Aufführungen seiner Theaterstücke wurden von der Zensur behindert. Skandale lösten die Lulu-Tragödien (»Der Erdgeist«, 1895; »Die Büchse der Pandora«, 1902) aus. W.s

Frank Wedekind setzte sich über die wilhelminischen Moralvorstellungen hinweg.

Hauptwerk, in dem sich die Protagonistin Lulu als Femme fatale über alle Moralbegriffe hinwegsetzt.

☐ 1886/87: Reklamechef der Firma Maggi. ☐ 1888: Sekr. im Zirkus Herzog. ☐ 1891: »Frühlingserwachen« (Dr.). ☐ ab 1896: Mitarbeiter am Satiremagazin Simplicissimus. ☐ 1897: »Die Fürstin Russalka« (Erz.n). ☐ 1899/1900: Festungshaft wegen Majestätsbeleidigung. ☐ 1901/02: Lautensänger und Rezitator im Kabarett Die elf Scharfrichter. ☐ ab 1902: Schauspieler im Kabarett Überbrettl. ☐ 1905-08: Mitgl. des Dt. Theaters in Berlin. ☐ 1906: »Die vier Jahreszeiten« (Ged.e); »Hidalla« (Dr.). ☐ 1909: »Der Stein der Weisen« (Dr.). ☐ 1910: »Schloß Wetterstein« (Dr.). ☐ 1916: »Bismarck« (Dr.). ☐ postum 1920: »Lautenlieder«.

▷ G. Seehaus: Frank Wedekind, 1974; H. Vinçon: Frank Wedekind, 1987.

Wedemeier, Klaus

dt. Politiker
* 12.1.1944 Hof/Saale

← Klaus Wedemeier

Wedemeier ist seit 1985 Erster Bürgermeister von Bremen. Der SPD-Pragmatiker, der in den 70er Jahren seine kaufmännischen Erfahrungen zunächst in die Arbeit des Finanz-, dann des Haushaltsausschusses einbrachte, legte kurz nach seinem Amtsantritt einen Plan zur Haushaltskonsolidierung vor, demzufolge bis 1995 ca. 700 Mio. DM eingespart werden sollen. W. forderte verstärkte Bonner Finanzhilfe für das kleinste Bundesland. Den Vorschlag mehrerer Landespolitiker, Bremen, Hamburg, Niedersachsen und Schleswig-Holstein mit dem Ziel der Verringerung des Nord-Süd-Gefälles zu einem »Nordstaat« zusammenzuschließen, lehnte er Ende 1989 ab. Wegen hoher Verluste bei der Landtagswahl 1991 mußte der bis dahin mit absoluter Mehrheit regierende W. eine Koalition mit den Grünen und der FDP (sog. Ampelkoalition) eingehen.

☐ 1958-69: Kaufmännischer Angestellter im Elektro-Großhandel. ☐ seit 1964: Mitgl. der SPD. ☐ 1970-76: Sprecher und Landesvors. der Jungsozialisten in Bremen. ☐ 1971: Abg. der Bremer Bürgerschaft. ☐ 1972-76: Prokurist einer Wohnungsbaugesellschaft. ☐ 1976-80: Vors. des SPD-Unterbezirks Bremen-Ost. ☐ 1979: SPD-Fraktionsvors. ☐ seit 1985: Erster Bürgermeister.

Wegener, Alfred

dt. Geophysiker und Meteorologe
* 1.11.1880 Berlin
† Ende November 1930 auf Grönland

A. Wegener nahm Erkenntnisse der Plattentektonik vorweg.

Wegener, Professor an der Universität Graz, entwickelte 1912 die Theorie der Kontinentalverschiebung, wonach sich die leichtere Masse der Erdkruste auf dem schwereren magmatischen Untergrund bewegt. Durch das Abdriften der nord- und südamerikanischen Landmasse nach Westen, so W.s Erklärung in seiner Schrift »Die Entstehung der Kontinente und Ozeane« (1915), sei der Atlantik entstanden. W.s lange umstrittene Theorie fand in jüngster Zeit eine Bestätigung durch die Erkenntnisse über die sog. Plattentektonik. W. erforschte »Die Klimate der geologischen Vorzeit« (Schr., 1924 mit W. Köppen) und leitete mehrere Expeditionen zum Inlandeis Grönlands, zuletzt 1929/30.

□ 1906-08: Teilnahme an der dt. Grönlandexpedition. □ 1911: »Thermodynamik der Atmosphäre« (Schr.). □ 1912/13: Leiter der dt. Grönlandexpedition. □ 1917: »Wind- und Wasserhosen in Europa« (Schr.).

▷ E. Wegener: Alfred Wegener (Biogr.), 1960.

Wegener, Paul

dt. Schauspieler und Regisseur
* 11.12.1874 Arnoldsdorf, Westpreußen
† 13.9.1948 Berlin

← Paul Wegener

Wegener zeigte vor allem in der Stummfilmära eine Vorliebe für das Übernatürliche und Unheimliche. Er verkörperte mehrfach den Golem, eine mythische Lehmfigur, die zum Leben erweckt wird. Zu den Klassikern des Phantastischen Films zählt auch »Der Student von Prag« (1913, Rg. St. Rye), in dem W. als Student Balduin sein Spiegelbild an den Teufel verkauft. Während der NS-Zeit spielte W. u. a. im Durchhaltefilm »Kolberg« (1944, Rg. V. →Harlan).

□ 1906-20: Schauspieler am Dt. Theater unter M. →Reinhardt. □ 1914: »Der Golem« (auch Buch und Rg.). □ 1916: »Rübezahls Hochzeit« (auch Buch und Rg.). □ 1917: »Der Golem und die Tänzerin« (auch Buch und Rg.). □ 1918: »Apokalypse« (Rg. R. Gliese). □ 1920: »Sumurum« (Rg. E. →Lubitsch); »Der Golem und wie er in die Welt kam« (auch Buch und Rg.). □ 1921: »Das Weib des Pharao« (Rg. E. Lubitsch). □ 1922: »Vanina« (Rg. A. v. Gerloch). □ 1926: »Der Dämon« (Rg. R. Ingram). □ 1927: »Die Weber« (Rg. F. Zelnich); »Alraune« (Rg. H. Galeen). □ 1932: »Unheimliche Geschichten« (Rg. R. Oswald). □ 1933: »Hans Westmar« (Rg. F. Wenzler). □ 1939: »Das Recht auf Liebe« (Rg. J. Stöckl). □ 1942: »Der große König« (Rg. V. Harlan).□ 1949: »Der große Mandarin« (Rg. K. H. Stroux).

Wehler, Hans-Ulrich

dt. Historiker
* 11.9.1931 Freudenberg bei Siegen

Wehler, bedeutendster Vertreter der sog. strukturellen Schule, verbindet die Geschichts- mit den Sozialwissenschaften, der Ökonomie und der Psychoanalyse, um zu einer fundierten sozialhistorischen Interpretation gesellschaftspolitischer Strömungen zu gelangen. »Geschichte als historische Sozialwissenschaft«, so der Titel seiner 1973 erschienenen Schrift, gewichtet die gesellschaftspolitischen Kräfte stärker als die politisch handelnden Individuen.
Seit 1987 macht W. mit seinem groß angelegten Projekt einer »Deutschen Gesellschaftsgeschichte« von sich reden, von dem bislang zwei Bände erschienen sind: »1700-1815. Vom Feudalismus des Alten Reichs bis zur defensiven Modernisierung der Reformära« (Bd. 1) und »1815-1845/49. Von der Reformära bis zur industriellen und politischen 'Deutschen Doppelrevolution'« (Bd. 2).

□ 1965: »Bismarck und der Imperialismus«. □ 1970/71: Prof. an der FU Berlin. □ seit 1971: Prof. an der Univ. Bielefeld; Hg. der Porträtsammlung »Deutsche Historiker« (9 Bde.); »Geschichte und Psychoanalyse«. □ 1973: »Das Deutsche Kaiserreich 1871-1918«; Hg. von »Geschichte und Ökonomie«. □ 1974: »Der Aufstieg des amerikanischen Imperialismus«. □ 1976: Hg. der Bibliographien zur »Modernen deutschen Sozialgeschichte« und »Modernen deutschen Wirtschaftsgeschichte«. □ 1980: »Historische Sozialwissenschaften und Geschichtsschreibung«. □ 1987: »Entsorgung der deutschen Vergangenheit?« (Es.).

Wehner, Herbert

dt. Politiker
* 11.7.1906 Dresden † 19.1.1990 Bonn

Wehner war in den 60er und 70er Jahren eine der prägenden Persönlichkeiten der SPD; mit W. →Brandt und H. →Schmidt bildete er das sog. Dreigestirn; 14 Jahre (bis 1983) führte er mit eiserner Hand die SPD-Bundestagsfraktion. Der wortgewaltige Stratege erreichte durch die Annahme des Godesberger Programms 1959 (gegen parteiinternen Widerstand) die Umwandlung der Klassenkampf- in eine Volkspartei; 1966 führte er sie in die Große Koalition mit der CDU/CSU. Damit war die Regierungsfähigkeit der SPD erwiesen, eine Voraussetzung für die 13jährige sozialliberale Koalition ab 1969.

Herbert Wehner: Viele Jahre hielt er die SPD auf Kurs.

□ 1927: Mitgl. der KPD. □ 1930/31: Sächs. MdL. □ 1933-35: Im Untergrund tätig. □ ab 1935: Im Exil. □ 1935-37: Kandidat des Politbüros. □ 1937-41: Referent bei der Komintern in Moskau. □ 1941: Im Parteiauftrag nach Schweden. □ 1942-44: Inhaftiert; Bruch mit dem Kommunismus. □ 1946: Rückkehr nach Deutschland; Beitritt zur SPD. □ 1949-83: MdB. □ 1958-72: Stellv. Vors. der SPD. □ 1966-69: Min. für Gesamtdt. Fragen. □ 1969-83: Vors. der SPD-Bundestagsfraktion.

▷ A. Freudenhammer/K. Vater: Herbert Wehner, 1978; H. Wehner: Wandel und Bewährung, 1981; ders.: Zeugnis. Autobiographisches 1929-32, 1982; G. Scholz: Herbert Wehner, 1988; H. Soell: Der junge Wehner, 1991.

Herbert Weichmann →

Weichmann, Herbert

dt. Politiker
* 23.2.1896 Landsberg, Oberschlesien
† 9.10.1983 Hamburg

Weichmann war während der Weimarer Republik persönlicher Referent des sozialdemokratischen preußischen Ministerpräsidenten O. →Braun und nach dem Krieg erfolgreicher Finanzfachmann. Ab 1965 Erster Bürgermeister von Hamburg, führte er die Hansestadt in einer Zeit der beginnenden Studentenunruhen. Als streitbarer Demokrat wandte er sich gegen krawallartige Demonstrationen und erklärte u. a., er werde die Toleranz nicht so weit treiben, die Intoleranz zu tolerieren.

□ ab 1920: Mitgl. der SPD. □ 1926: Richter. □ 1927-33: Im preuß. Staatsministerium. □ 1933-48: Exil in Frankreich und den USA. □ 1949-57: Präs. des Landesrechnungshofs in Hamburg. □ 1957-65: Finanzsenator. □ 1961-74: Mitgl. der Hamburgischen Bürgerschaft. □ 1965-71: Erster Bürgermeister von Hamburg. □ 1974: »Gefährdete Freiheit. Aufruf zur streitbaren Demokratie« (Schr.).

Weigel, Helene

dt. Schauspielerin und Theaterleiterin
* 12.5.1900 Wien † 6.5.1971 Ost-Berlin

Helene Weigel in ihrer Paraderolle als Mutter Courage.

Weigel war eine der bedeutendsten deutschen Volksschauspielerinnen des 20. Jh.s, die in den großen Frauenrollen der Stücke von B. →Brecht brillierte. Ihre Darstellungsweise zeichnete sich durch gelassene Ruhe aus, die den Spielvorgang zu vereinfachen schien, ohne dabei platt zu wirken. Als Leiterin des Berliner Ensembles (1949-71), das sie mit Brecht gegründet hatte und das bald zu den bedeutendsten Bühnen Deutschlands zählte, war sie umstritten, da sie den Brecht-Nachlaß dogmatisch verwaltete, sich strikt an seine Modellinszenierungen hielt und damit eine Tendenz zur »Musealisierung« der Brecht-Dramen förderte.

□ 1919-21: Erstes Engagement am Neuen Theater Frankfurt/Main. □ 1922/23: Mitgl. am Staatstheater Berlin bei L. Jeßner. □ 1924/25: Mitgl. am Dt. Theater Berlin. □ 1926: Clementine in der UA »Fegefeuer in Ingolstadt« (M.-L. →Fleißer). □ 1929: Heirat mit B. Brecht; Flieg in der UA »Happy End« (Brecht, Rg. Engel, Brecht). □ 1932: Titelrolle in der UA »Die Mutter« (Brecht). □ 1933-48: Emigration über Prag, Wien, Paris in die USA. □ 1937: Titelrolle in der UA »Die Gewehre der Frau Carrar« (Brecht) in Paris. □ 1949: Mit Brecht Gründung des Berliner Ensembles in Ost-Berlin; Titelrolle in »Mutter Courage« (Brecht). □ 1954: Gouverneursfrau und Mütterchen Grusinien in der UA »Der Kaukasische Kreidekreis« (Brecht). □ 1971: Mit Berliner Ensemble auf Gastspielreise in Paris mit »Die Tage der Kommune« (Brecht).

▷ W. Hecht/S. Unseld: Helene Weigel zu Ehren, 1970; V. Tenschert: Die Weigel, 1981.

Simone Weil →

Weil(l), Simone

frz. Philosophin
* 3.2.1909 Paris
† 24.8.1943 Ashford, Kent (Großbritannien)

Erst nach dem 2. Weltkrieg wurde die Sozialphilosophin Weil mit ihren teils religiösen, teils radikalen Schriften weithin bekannt. Aufgrund ihrer Erfahrungen als Arbeiterin in den Renault-Werken (1934) und als Kämpferin im Spanischen Bürgerkrieg auf seiten der Republikaner (1936) kritisierte W. »Die Entwurzelung« (Schr., hg. postum 1949, dt. 1956) der Arbeiter und Bauern. Jenseits von kapitalistischer und sozialistischer Gesellschaftsordnung trat W. für eine Humanisierung der Arbeitswelt in einer auch den Bedürfnissen der Seele gerecht werdenden Ordnung ein.

□ ab 1931: Philosophielehrerin an Mädchenlyzeen. □ 1942: Emigration über New York nach London; Mitgl. des Befreiungskomitees Ch. de →Gaulles. □ postum 1955: »Unterdrückung und Freiheit« (Es.s, dt. 1975).

▷ M. Wicki-Vogt: Simone Weil (Biogr.), 1983; H. Abosch: Simone Weil zur Einführung, 1990; S. Weil: Zeugnis für das Gute. Traktate, Briefe und Aufzeichnungen, 1990.

Weill wurde mit der Vertonung von Brecht-Texten berühmt.

Weill, Kurt

dt. Komponist
* 2.3.1900 Dessau † 3.4.1950 New York (USA)

Weill, eine Schlüsselfigur in bezug auf die Entwicklung des modernen Musiktheaters, setzte

Maßstäbe mit Werken, die in aufklärerischer Absicht sog. leichte und ernste Musik verbinden. Ausschlaggebend für W., der sich ab 1925 ganz auf die Bühnenmusik konzentrierte, war die Zusammenarbeit mit B. →Brecht (1927-33). Zum Skandal und ersten Triumph ihres gemeinsamen Konzepts wurde 1927 die Uraufführung des Songspiels »Mahagonny« beim Musikfest Baden-Baden. W. stellte hier seine neuartige Liedform des sozialkritischen Songs vor. Charakteristisch ist die Verwendung von Elementen des Jazz und populärer Tanzmusik in Formen des Chansons und der alten Moritaten-Ballade. »Die Dreigroschenoper« (UA Berlin) wurde bereits ein Jahr später zum größten Publikumserfolg eines deutschen Bühnenwerks für Jahrzehnte und eines der umstrittensten Kulturereignisse der Weimarer Republik. Ähnlich erfolgreich waren »Aufstieg und Fall der Stadt Mahagonny« (UA Leipzig, 1930) und die Schuloper »Der Jasager« (1930), die vor 1933 in über 500 Schulen aufgeführt wurde. Nach seiner Emigration in die USA (1935) schrieb W. zahlreiche Stücke für das New Yorker Broadway-Theater (u. a. »Johnny Johnson«, UA 1936).

□ 1918, 1921-24: Studium an der Berliner Musikhochschule bei E. →Humperdinck und F. →Busoni. □ 1921: 1. Sinf. □ 1922: »Fantasia, Passacaglia und Hymnus« für Orchester. □ 1926: »Der Protagonist«, UA Dresden. □ 1928: »Der Zar läßt sich photographieren«, UA Leipzig; »Das Berliner Requiem«, Kantate für Solisten, Chor und Instrumente. □ 1929: »Happy End«, UA Berlin; Radiolehrstück »Der Flug Lindberghs«. □ 1932: »Die Bürgschaft«, UA Berlin. □ 1933: »Der Silbersee«, UA Leipzig; »Die sieben Todsünden der Kleinbürger«, UA Paris; 2. Sinf. □ 1933-35: Aufenthalte in Paris und London. □ 1938: »Knickerbocker Holiday«, UA New York. □ 1941: »Lady in the Dark«, UA New York. □ 1943: Amer. Staatsbürger. □ 1947: Volksoper »Street Scene«, UA New York. □ 1948: Oper »Down in the Valley«.

▷ G. Wagner: Weill und Brecht, 1977; R. Sanders: Kurt Weill, dt. 1980; J. Schebera: Kurt Weill, 1984.

Weinberg, Steven

amer. Physiker
* 3.5.1933 New York

Weinberg entwickelte 1962-67 auf dem Gebiet der Elementarteilchenphysik eine Theorie über die »schwache Wechselwirkung« und »elektromagnetische Kraft«. Die These von den zwei Erscheinungsformen nur einer wirkenden Kraft führte zu der zwischenzeitlich bestätigten Voraussage, daß es bei Kernprozessen »neutrale Ströme« ohne Ladungsaustausch gibt.

□ 1960-69: Prof. an der Univ. of Calif., Berkeley. □ 1969-83: Prof. an der Harvard Univ. in Cambridge, Mass. □ 1972: »Gravitation and cosmology« (Schr.). □ 1977: »The first three minutes. A modern view of the origin of the universe« (Schr.). □ 1979: Physik-Nobelpreis mit A. →Salam und S. L. →Glashow. □ seit 1983: Prof. an der Univ. of Texas, Austin.

Weinberger, Caspar Willard

amer. Politiker
* 18.8.1917 San Francisco

Nach seiner Amtsübernahme (1980) ernannte US-Präsident R. →Reagan den national-konservativen Weinberger, mit dem er zuvor bereits als Gouverneur von Kalifornien eng zusammen gearbeitet hatte, zum Verteidigungsminister. Von Anfang an bezog W. außenpolitisch eine selbstbewußte Position, wie sie seiner Meinung nach einer Weltmacht angemessen sei. Er trat kompromißlos für die Aufstellung neuer Atomraketen ein und unterstützte das Lieblingsprojekt des Präsidenten, die Entwicklung weltraumgestützter Waffensysteme (SDI).

□ bis 1941: Jurastudium. □ 1941-45: Soldat. □ 1945-47: In der kalif. Justizverwaltung. □ 1947-69, seit 1988: Rechtsanwalt; Mitgl. der Republikanischen Partei. □ 1952-58: Mitgl. des Parlaments von Kalif. □ 1962: Vors. des Zentralausschusses der Republikaner. □ 1968: Min. der Finanzen von Kalif. □ 1970: Stellv. Dir. (ab 1972 Dir.) des Bundesamts für Planung und Haushalt. □ 1973-75: Min. für Gesundheit und Soziales. □ 1975-80: Tätigkeit in der Industrie. □ 1980-87: Verteidigungsmin.

Felix Weingartner →

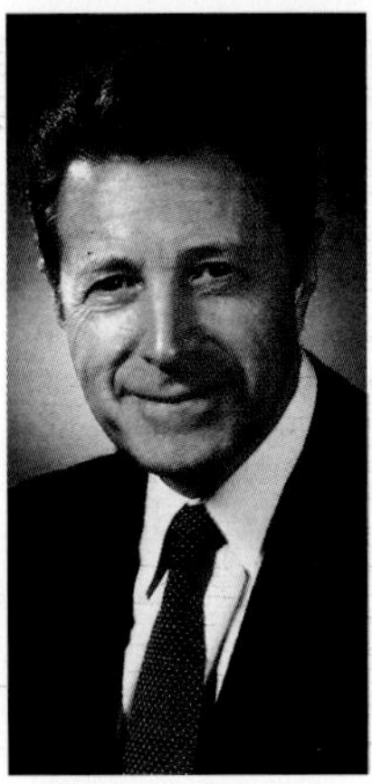
← Caspar Weinberger

Weingartner, Felix Paul von

österr. Dirigent und Komponist
* 2.6.1863 Zara, Dalmatien (Jugoslawien)
† 7.2.1942 Wintherthur (Schweiz)

Weingartner, der 1908 als Nachfolger von G. →Mahler die Direktion der Wiener Hofoper übernahm, war in den ersten Jahrzehnten des 20. Jh.s einer der bedeutendsten Dirigenten. Als Chef der Wiener Philharmoniker (bis 1927) begründete er den Weltruhm des Orchesters. W. war wegen seiner klaren und sparsamen Zeichengebung geschätzt. Er schrieb unter dem Einfluß Wagners Opern, sieben Sinfonien (1899-1937), zwei Violinkonzerte und Kammermusik. 1900-07 gab er die Werke von Hector Berlioz (* 1803, † 1869) heraus.

□ 1883: Zusammenarbeit mit Franz Liszt in Weimar. □ 1884: UA der Oper »Sakkuntala« in Weimar. □ 1891-98: Kapellmeister der Kgl. Oper und der Sinfoniekonzerte der Kgl. Kapelle in Berlin. □ 1896: »Über das Dirigieren« (Schr.). □ 1897: »König Lear« (Sinfonische Dichtung). □ 1898-1903: Erster Dirigent der Kaim-Konzerte in München. □ 1906-23: »Ratschläge für die Aufführungen klassischer Symphonien« (Schr., 3. Bde.). □ 1908-11: Dir. der Wiener Hofoper. □ 1919-24: Dir. der Wiener Volksoper. □ 1920: UA der Oper »Meister Andrea« in Wien. □ 1927-33: Dir. der Konservatoriums in Basel.

▷ F. Weingartner: Lebenserinnerungen, 2 Bde., 1923 und 1933.

Weininger, Otto

österr. Philosoph und Schriftsteller
* 3.4.1880 Wien † 4.10.1903 ebd. (Selbstmord)

Weininger lieferte mit der seinerzeit weitverbreiteten Schrift »Geschlecht und Charakter« (1903, 6. Aufl. 1904) das sexistische Bollwerk gegen die Emanzipation der Frau. Seine biologisch-psychologische Philosophie der Geschlechter, die die althergebrachte Polarisierung zwischen dem naturbeherrschenden, schöpferischen männlichen Intellekt und der triebhaften weiblichen Sexualität zu einem naturgesetzlichen Antagonismus erhob, diente Jahrzehnte (28. Aufl. 1947) als Zitatenschatz derer, die der vorgeschützten sittlichen Minderwertigkeit der Frau zu ihrer eigenen Selbstdarstellung bedurften. »Der tiefststehende Mann«, behauptete W., der den Geschlechtsakt, aber nicht den Selbstmord ablehnte, »stehe noch unendlich hoch über dem höchststehenden Weibe.«

▷ E. Lucka: Otto Weininger. Sein Werk und seine Persönlichkeit, 1905; J. Le Rider: Der Fall Otto Weininger, 1985.

Weinzierl, Hubert

dt. Naturschützer
* 3.12.1935 Ingolstadt

Unter Weinzierls Vorsitz (seit 1983) entwickelte sich der überparteiliche Bund für Umwelt und Naturschutz (BUND) zu einer Kraft in der politischen Landschaft der BRD. W. tritt für verschärfte gesetzliche Vorschriften zum Umweltschutz ein und fordert in der von ihm propagierten »Umweltpolitik von unten« einen sog. Friedensvertrag mit der Natur, deren Schutz auch eine Bewahrung der Heimat sei. W. veröffentlichte u. a. »Passiert ist gar nichts. Eine deutsche Umweltbilanz« (1985, Schr.).

☐ 1965-72: Nach Studium der Forstwirtschaft ehrenamtlicher Regierungsbeauftragter für Naturschutz in Niederbayern; Beteiligung an der Einrichtung des Nationalparks im Bayerischen Wald. ☐ 1969: Präs. des BUND-Landesverbandes Bayern. ☐ 1984: Einrichtung eines Ökologiemuseums und Unterbringung eines Facharchivs für Umweltpolitik in Schloß Wiesenfeld (W.s Privatbesitz).

← Hubert Weinzierl

Weir, Peter

austral. Regisseur
* 21.6.1944 Sydney

Mit den Filmen »Picknick am Valentinstag« (1976) und »Die letzte Flut« (1977) schuf Weir mystische Thriller, in denen rätselhafte Vorfälle gezeigt, aber nicht erklärt werden. Zurückhaltende Beobachtung kennzeichnet auch »Der einzige Zeuge« (1985, mit H. →Ford), den W. nach seiner Übersiedlung in die USA drehte. Es ist die Geschichte eines Großstadtpolizisten, der sich bei den Gewalt ablehnenden Amish People versteckt hält und mit ihrer anachronistischen Lebensauffassung konfrontiert wird.

☐ 1974: »Die Autos, die Paris auffraßen«. ☐ 1979: »Wenn der Klempner kommt«. ☐ 1981: »Gallipoli«. ☐ 1982: »Ein Jahr in der Hölle«. ☐ 1985: Übersiedlung in die USA. ☐ 1986: »Mosquito Coast« (mit H. Ford, nach P. Theroux). ☐ 1990: »Der Club der toten Dichter« (mit R. →Williams). ☐ 1991: »Green Card« (mit G. →Depardieu).

← Peter Weir

Weisenborn, Günther

(Pseud.: Eberhard Foerster, Christian Munk)
dt. Schriftsteller
* 10.7.1902 Velbert, Kr. Mettmann
† 26.3.1969 Berlin/West

Mit dem Drama »Die Illegalen« setzte Weisenborn 1946 der deutschen Widerstandsbewegung, der er selbst angehört hatte, ein Denkmal; seine Bühnenstücke, die sozialkritische und zeitgeschichtliche Themen behandeln und dem Theater B. →Brechts nahestehen, sollten einen Beitrag zur politischen Bewußtwerdung leisten. Nach dem 2. Weltkrieg arbeitete er an der Erneuerung des Theaters und entwickelte die »ortlose Dramaturgie«, in der die Kulissen auf ein Mindestmaß reduziert werden. Im Mittelpunkt des Geschehens sollte der Mensch als Vertreter der Masse in seinem Verhältnis zur Gesellschaft stehen.

← Günther Weisenborn

☐ 1928: Erstes Drama »U-Boot S 4«. ☐ 1930/31: Aufenthalt in Argentinien. ☐ 1931: »Die Barbaren« (R.). ☐ 1935: »Das Mädchen von Fanö« (R., 1940 verfilmt). ☐ 1937: Chefdramaturg am Schillertheater in Berlin; Anschluß an die Widerstandsbewegung im Rahmen der sowjet. Spionageorganisation Rote Kapelle (L. →Trepper). ☐ 1942-45: Entdeckung und Verurteilung, Zuchthaus. ☐ 1945-47: Mithg. der Zeitschrift Ulenspiegel. ☐ 1951-54: Chefdramaturg der Hamburger Kammerspiele. ☐ 1953: »Der lautlose Aufstand« (Ber. über den antifaschistischen Widerstand). ☐ 1961: »Der Verfolger« (R.).

▷ G. Weisenborn: Memorial (Erinnerungen), 1948; ders.: Der gespaltene Horizont (Erinnerungen), 1964; I. Brauer/W. Kayser: Günther Weisenborn, 1971.

Weiser, Grethe

(eig. Mathilde Ella Dorothea Margarethe Nowka)
dt. Schauspielerin
* 27.2.1903 Hannover
† 2.10.1970 Bad Tölz (Autounfall)

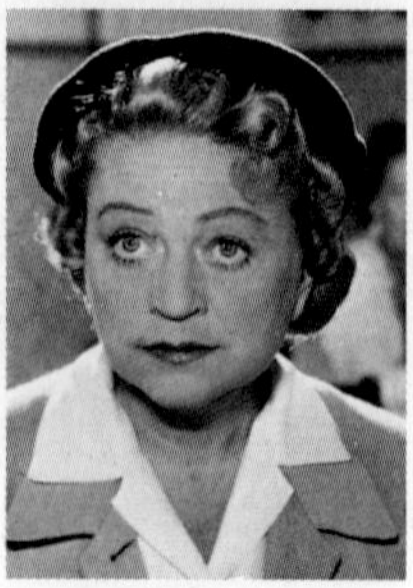

Grethe Weiser →

In zahlreichen Filmen verkörperte Weiser die einfache Frau von nebenan, die sich durch Herzlichkeit, aber auch Frechheit auszeichnet. W.s humorvolles Temperament machte sie schon früh zum Publikumsliebling. In der Titelrolle von »Die göttliche Jette« (1937, Rg. E. Waschnek) stellte W. neben ihren komödiantischen auch ihre musikalischen Fähigkeiten unter Beweis.

☐ 1928-30: Schauspielerin an der Volksbühne Berlin. ☐ 1930-33: Kabarettistin an Berliner Kabaretts. ☐ 1931: »Kasernenzauber. . .!« (Rg. C. Boese). ☐ 1935: »Familie Schimek« (Rg. E. W. Emo). ☐ 1936: »Geheimagentin Helene« (Rg. E. Waschnek). ☐ 1939: »Das Glück wohnt nebenan« (Rg. H. Marischka). ☐ 1944: »Die Frau meiner Träume« (Rg. G. Jacoby). ☐ 1951: »Fanfaren der Liebe« (Rg. K. →Hoffmann). ☐ 1953: »Der Vetter aus Dingsda« (Rg. K. Anton); »Damenwahl« (Rg. E. W. Emo). ☐ 1955: »Vatertag« (Rg. H. Richter). ☐ 1957: »Tante Wanda aus Uganda« (Rg. G. v. →Cziffra). ☐ 1960: »Die junge Sünderin« (Rg. R. Jugert). ☐ 1961: »Ach, Egon« (Rg. W. Schleif).

Weiss, Peter

dt. Schriftsteller
* 8.11.1916 Nowawes (heute Berlin-Neubabelsberg)
† 10.5.1982 Stockholm (Schweden)

Weiss, zunächst als Maler und Regisseur in seinem Exil in Schweden wenig erfolgreich, etablierte sich zu Beginn der 60er Jahre als deutschsprachiger Schriftsteller mit experimenteller Prosa (»Der Schatten des Körpers des Kutschers«, 1960), autobiografischen, von der Psychoanalyse beeinflußten Erzählungen (»Abschied von den Eltern«, 1961) und politisch engagierten Dramen (»Die Verfolgung und Ermordung Jean Paul Marats, dargestellt durch die Schauspielgruppe des Hospizes zu Charenton unter Anleitung des

Peter Weiss' Werk war Kritik an Tagespolitik und Geschichte.

Herrn de Sade«, 1964). W.s deskriptive, experimentelle Schreibweise beeinflußte Autoren wie J. →Becker und P. →Handke. In den Dramen »Viet Nam Diskurs« (1968) und »Trotzki im Exil« (1970) setzte sich W., zeitweise marxistisch-leninistisch orientiert, kritisch mit dem existierenden Staatssozialismus auseinander. Auf große Resonanz stieß W.s ehrgeiziges Romanprojekt »Ästhetik des Widerstands« (3 Bde., 1975, 1978, 1981), das ein differenziertes Gesamtbild des antifaschistischen Widerstands zu geben versucht und in diesem Zusammenhang die Geschichte der politischen Linken zwischen 1918 und 1945 analysiert. 1982 wurde W. mit dem Georg-Büchner-Preis ausgezeichnet. Die Preisverleihung erlebte der Schriftsteller nicht mehr.

□ 1934: Emigration über England in die Tschechoslowakei. □ 1937/38: Studium der Malerei an der Prager Kunstakademie. □ 1939: Emigration über die Schweiz nach Schweden. □ ab 1945: Schwed. Staatsbürger. □ 1947: »Von Insel zu Insel« (Prosa, dt. 1984). □ 1948: »Die Besiegten« (Ged.e, dt. 1985). □ 1953: »Duell« (R., dt. 1972). □ 1962: »Fluchtpunkt« (R.). □ 1963: »Das Gespräch der drei Gehenden« (Erz.). □ 1965: »Die Ermittlung. Oratorium in elf Gesängen«. □ 1966: »Nacht mit Gästen. Eine Moritat«. □ 1967: »Gesang vom Lusitanischen Popanz« (Dr.). □ 1971: »Hölderlin« (Dr.). □ 1975: »Der Prozeß« (Dr., nach F. →Kafka).

▷ H. Vormweg: Peter Weiss, 1981; R. Wolff (Hg.): Peter Weiss — Werk und Wirkung, 1987.

Weissenberg, Alexis Sigismond

frz. Pianist bulg. Herkunft
* 26.7.1929 Sofia

Weissenberg, laut H. v. →Karajan einer der besten Pianisten der Nachkriegszeit, zählt zu den profiliertesten Interpreten der klassischen und romantischen Klaviermusik. Der Gewinn des angesehenen Leventritt-Preises (1947) leitete mit einer Serie erfolgreicher Konzerte (u. a. in New York) seine internationale Karriere ein. Diese unterbrach W. 1956 für eine 10jährige Studienphase, um 1966 in Paris und New York ein triumphales Comeback zu feiern. Kennzeichnend für sein Spiel sind die virtuose Technik, ein kraftvoller Stil und die ausgewogene Balance von rationalen und emotionalen Elementen der Interpretation.

□ ab 1943: Nach Studien am Konservatorium in Sofia Schüler des Konservatoriums in Jerusalem. □ ab 1946: Studium an der Juilliard School of Music New York. □ 1947: Debüt in der New Yorker Carnegie Hall unter G. →Szell. □ ab 1967: Zusammenarbeit mit H. v. Karajan und den Berliner Philharmonikern. □ 1968: Debüt bei den Salzburger Festspielen. □ 1974: Debüt in der Londoner Festival Hall. □ 1975: Bulg. Staatstitel »Künstler des Volkes«. □ 1989: Gast des Schl.-H.-Musik-Festivals.

▷ G. Breuer: Alexis Weissenberg. Ein kaleidoskopisches Porträt, 1977.

Jens Weißflog →

← Alexis S. Weissenberg

Weißflog, Jens

dt. Skispringer
* 21.7.1964 Erlabrunn (ehemals DDR)

Der nur 1,68 m große und 53 kg schwere Weißflog zählt seit Mitte der 80er Jahre zu den überragenden Skispringern der Welt. Bei den Olympischen Spielen 1984 von Sarajevo gewann er Gold auf der Normalschanze und wurde hinter seinem finnischen Rivalen M. →Nykänen Zweiter auf der Großschanze.

□ 1984: Weltpokalsieger; Gewinner der Vierschanzen-Tournee (erneut 1985). □ 1985: Weltmeister Normalschanze (erneut 1989). □ 1991: WM-Dritter Normalschanze.

Weisskopf, Victor Frederick

amer. Physiker österr. Herkunft
* 19.9.1908 Wien

Weisskopf stellte 1934 eine Quantenfeldtheorie für Bosonen (Feldquanten) auf und berechnete 1947 den Lamb-Shift (W. E. →Lamb) unter der Annahme einer Wechselwirkung zwischen dem Elektron und seinem Strahlungsfeld. 1950 entwickelte W. das optische Kernmodell für Reak-

Victor Weisskopf arbeitete am Manhattan Project mit.

tionen zwischen Neutronen niedriger Energie und schweren Kernen.

☐ 1943-46: Mitarbeit am Manhattan Project (Bau der Atombombe) in Los Alamos, N. Mex. ☐ 1946-60: Prof. am Mass. Inst. of Technology in Cambridge.; erneut 1965-74. ☐ 1952: »Theoretische Kernphysik« (Schr., mit J. M. Blatt, dt. 1959). ☐ 1961-65: Generaldir. des Europ. Kernforschungszentrums (CERN) in Genf. ☐ 1962: »Das Wunder des Wissens« (Schr., dt. 1964).

▷ V. Weisskopf: Mein Leben, 1991.

Weissmann, Charles

schweiz. Molekularbiologe
* 14.10.1931 Budapest (Ungarn)

Weissmann, seit 1967 Professor und Direktor des Instituts für Molekularbiologie der Universität Zürich, befaßt sich mit der exakten Bestimmung der Sequenzabfolge des genetischen Materials bei Viren. 1979 manipulierte W. bei genchirurgischen Experimenten die Erbmasse von Coli-Bakterien dergestalt, daß sie das sonst nur von Säugetier-Zellen erzeugte Interferon produzierten. Da Interferone schon einige Stunden nach einer Infektion, Antikörper hingegen erst nach einigen Tagen gebildet werden, kommt ersteren bei der Abwehr von Virus-Infektionen besondere Bedeutung zu. Allerdings ist die Herstellung des Interferons sehr aufwendig und teuer.

← Charles Weissmann

Hennes Weisweiler →

Johnny Weismuller: Der Tarzan-Darsteller war ein erfolgreicher Schwimmer.

Weissmuller, Johnny

amer. Schwimmer und Schauspieler
* 2.6.1904 Chicago, Ill. (?)
† 20.1.1984 Acapulco (Mexiko)

Weissmuller, der 67 Weltrekorde (1922-28) aufstellte, schwamm 1922 als erster die 100-m-Freistil unter einer Minute. Als Olympiateilnehmer (1924 und 1928) blieb er ungeschlagen und holte fünf Goldmedaillen. Nach Beendigung seiner aktiven Laufbahn ging er nach Hollywood, wo er ab 1932 in fast 30 Filmen vor allem den Urwaldmenschen Tarzan verkörperte.

☐ 1924: Olympiasieger von Paris über 100 m, 400 m und 4x200-m-Freistil; Dritter im Wasserball. ☐ 1928: Olympiasieger von Amsterdam über 100 m und 4x200 m. ☐ 1932: »Tarzan, der Affenmensch« (F.). ☐ 1948: »Tarzan in Gefahr« (F.).

Weisweiler, Hennes

dt. Fußballtrainer
* 5.12.1919 Lechenich/Eifel † 5.7.1983 Zürich

Als Trainer, der ein offensiv ausgerichtetes Spielsystem propagierte, machte Weisweiler Borussia Mönchengladbach zu einer europäischen Spitzenmannschaft. In seiner Amtszeit (1964-75) wurde er mit der von jungen Spielern geprägten »Fohlenelf vom Bökelberg« dreimal Deutscher Meister (1970, 1971 und 1975), DFB-Pokalsieger (1973) und UEFA-Cup-Gewinner.

☐ 1954-69: Als Nachfolger von S. →Herberger Lehrer an der Dt. Sporthochschule in Köln. ☐ 1965: Aufstieg mit Borussia Mönchengladbach in die Bundesliga. ☐ 1975/76: FC Barcelona. ☐ 1976-80: 1. FC Köln (Dt. Meister 1978, DFB-Pokalsieger 1977 und 1978). ☐ 1980-81: Cosmos New York (USA-Meister 1980). ☐ ab 1982: Grasshoppers Zürich (Schweiz. Meister 1982 und 1983).

Weizmann, Chaim

israel. Politiker
* 27.11.1874 Motyli (Motol), Gouv. Grodno (Rußland)
† 9.11.1952 Rehovot

Weizmann proklamierte 1948 den Staat Israel, dessen erster Staatspräsident er wurde. Seit seiner Jugend war er Zionist und hatte 1917 wesentlichen Anteil an der Ausarbeitung der →Balfour-Deklaration — ein vom britischen Außenminister gegebenes Versprechen, den Juden

Chaim Weizmann gehörte zu den Gründungsvätern Israels.

in Palästina eine nationale »Heimstatt« zu schaffen. 1919 verließ der renommierte Chemiker den britischen Staatsdienst und führte bis zur Gründung des Staates Israel die wichtigsten Zionistischen Organisationen.

☐ bis 1901: Studium in Berlin und Freiburg i. Br. ☐ 1901: Dozent in Genf. ☐ ab 1903: Prof. in Manchester. ☐ 1916-19: Dir. der (Sprengstoff-)Laboratorien der brit. Admiralität. ☐ 1918: Mitbegründer der Hebräischen Univ. in Jerusalem. ☐ 1920-31, 1935-46: Präs. der Zionistischen Weltorganisation. ☐ ab 1929: Leiter der Jewish Agency. ☐ ab 1931: Präs. der Zionistischen Föderation von Großbritannien. ☐ 1932-52: Präs. der Hebräischen Univ. ☐ 1948-52: Staatspräsident.

▷ Ch. Weizmann: Trial and error. The autobiography of Chaim Weizmann, 1972; N. Rose: Chaim Weizmann. A biography, 1987.

Weizsäcker, Carl Friedrich Freiherr von

dt. Physiker und Philosoph
* 28.6.1912 Kiel

Carl Friedrich von Weizsäcker: Von der Kernphysik zur Friedensforschung.

Weizsäcker gehört zu den Wissenschaftlern, die Naturwissenschaft und Philosophie in einem ganzheitlichen Weltbild mit großem persönlichem Engagement zu verbinden suchen. In den 30er Jahren war der junge Wissenschaftler, Bruder Richard v. →Weizsäckers, als Mitarbeiter O. →Hahns an den Untersuchungen zur Kernspaltung beteiligt, an deren Ende die Atombombe und Hiroshima standen. Nach dieser Erfahrung der Ohnmacht gegenüber einer nicht mehr zu kontrollierenden Entwicklung setzte W. sich in der Folgezeit konsequent und mahnend mit der Verantwortung des Wissenschaftlers für die Folgen seiner Arbeit auseinander (»Die Verantwortung der Wissenschaft im Atomzeitalter«, 1957). W.s erkenntnis- und wissenschaftstheoretisches Werk bildet ein Schriften-Zyklus vom »Weltbild der Physik« (1943) über »Die Einheit der Natur« (1971) bis zum »Aufbau der Physik« (1985). Der Verfasser der Schrift »Der ungesicherte Friede« (1969) wurde 1970 in das Kuratorium der Deutschen Gesellschaft für Friedens- und Konfliktforschung berufen. Als Herausgeber ihrer ersten Studie über »Kriegsfolgen und Kriegsverhütung« (1971) bestritt W. die Möglichkeit der Friedenssicherung durch Aufrüstung, da diese einen dritten Weltkrieg wahrscheinlich mache.

E. von Weizsäcker →

☐ 1935: Entwicklung einer Formel für die Bindungsenergie der Atomkerne. ☐ 1936-42: Mitarbeiter von O. Hahn am Kaiser-Wilhelm-Inst. für Physik in Berlin. ☐ 1937: »Die Atomkerne« (Schr., erste zusammenfassende Darstellung). ☐ 1942-44: Prof. an der Univ. Straßburg. ☐ 1947-56: Prof. an der Univ. Göttingen; Leiter am Max-Planck-Inst. (MPI) für Physik ebd. ☐ 1948: »Die Geschichte der Natur« (Schr.). ☐ 1957: Initiator der Göttinger Erklärung namhafter Wissenschaftler gegen eine atomare Aufrüstung der Bundeswehr. ☐ 1959-69: Prof. an der Univ. Hamburg. ☐ 1963: Friedenspreis des Dt. Buchhandels; »Bedingungen des Friedens« (Schr.). ☐ 1966: »Gedanken über unsere Zukunft« (Schr.). ☐ 1970-80: Dir. am MPI zur Erforschung der Lebensbedingungen der wissenschaftlich-technischen Welt, Starnberg. ☐ 1976: »Wege in der Gefahr« (Schr.) ☐ 1981: »Der bedrohte Frieden. Politische Aufsätze 1945-81«. ☐ 1983: »Wahrnehmung der Neuzeit« (Schr.). ☐ 1991: »Der Mensch in seiner Geschichte« (Schr.).

Weizsäcker, Ernst Freiherr von

dt. Diplomat
* 25.(12.?)5.1882 Stuttgart † 4.8.1951 Lindau

Im Spannungsfeld zwischen Pflichtbewußtsein und Widerstand standen viele hohe Beamte während der NS-Diktatur; Weizsäcker war einer von ihnen. Schon früh stand er in Kontakt mit der Opposition; 1939 versuchte er, Großbritannien vor einem bevorstehenden Krieg zu warnen. Doch W.s Bemühen, als Staatssekretär im Außenministerium auf A. →Hitlers Politik mäßigend einzuwirken, mußte angesichts der Entschlossenheit des NS-Regimes scheitern. Sein Wissen um die Judendeportationen machte W. zum Mitschuldigen. Im sog. Wilhelmstraßen-Prozeß (Adresse des Auswärtigen Amtes) wurde er zu sieben Jahren Haft verurteilt.

☐ 1900-20: Marineoffizier. ☐ 1920-45: Im diplomatischen Dienst. ☐ 1938-43: Staatssekr. im Außenministerium. ☐ 1943-45: Botschafter beim Vatikan. ☐ 1949: Verurteilung (1950 vorzeitige Entlassung aus der Haft).

▷ E. v. Weizsäcker: Erinnerungen, 1950.

Weizsäcker, Richard Freiherr von

dt. Politiker
* 15.4.1920 Stuttgart

Als eine »moralische Instanz« und integrierende Persönlichkeit genießt Weizsäcker hohes Ansehen im In- und Ausland. Gegen Vorbehalte in seiner eigenen Partei sprach sich der christlich-liberale Bundespräsident für eine Versöhnung mit den osteuropäischen Ländern sowie für die Integration von Randgruppen aus. Weite Beachtung fand seine Rede zum 40. Jahrestag des Kriegsendes, den er als einen »Tag der Befreiung« von der Gewaltherrschaft bezeichnete. Als Ursa-

R. von Weizsäcker: Hohes Ansehen als Bundespräsident.

che für die Teilung Deutschlands nannte er nicht das Kriegsende, sondern die Machtergreifung A. →Hitlers im Januar 1933.
W.s Bemühen um eine offene Diskussion mit der Jugend ist ebenso deutlich wie der Versuch, sich aus kleinlichem Parteienstreit herauszuhalten. Für seine zweite Amtszeit wurde er mit den Stimmen der SPD wiedergewählt.

□ 1937/38: Studium in Oxford und Grenoble. □ 1938-45: Soldat. □ bis 1949: Studium in Göttingen. □ 1950-67: Tätigkeit in der Industrie. □ seit 1954: Mitgl. der CDU. □ 1964-70: Präs. des Dt. Ev. Kirchentages. □ 1966:Präsidiumsmitgl. der CDU. □ 1969-81: MdB. □ 1972-74: Vors. der Grundsatzkommission der CDU. □ 1974: Erste Kandidatur für das Amt des Bundespräsidenten (gegen W. →Scheel). □ 1975-84: Vorstandmitgl. der CDU. □ 1979-81: Vizepräs. des Bundestages. □ 1979-84: Mitgl. des Abgeordnetenhauses in Berlin. □ 1981-84: Regierender Bürgermeister von Berlin. □ 1983: »Die deutsche Geschichte geht weiter« (Schr.). □ seit 1984: Bundespräsident. □ 1991: »Von Deutschland nach Europa« (Schr.).

▷ H. R. Schulze/B. Wördehoff: Richard von Weizsäcker, 1987; W. Filmer/H. Schwan: Richard von Weizsäcker, aktualisierte NA 1991; H. Steffahn: Richard von Weizsäcker. Mit Selbstzeugnissen und Bilddokumenten, 1991.

Weizsäcker, Viktor Freiherr von

dt. Neurologe
* 21.4.1886 Stuttgart † 9.1.1957 Heidelberg

Weizsäcker, der in Heidelberg und Breslau lehrte, begründete eine ganzheitliche Medizin auf anthropologischer Grundlage und vertrat in Orientierung an Psychoanalyse und Tiefenpsychologie die Psychosomatik. Der Neurologe verstand Krankheitssymptome als Ausdruck des Wesens und der Biografie des Menschen und entwickelte daraus die Theorie vom »Gestaltkreis« (Schr., 1940).

□ ab 1923: Prof. an der Univ. Heidelberg. □ 1930: »Soziale Krankheit und soziale Gesundheit« (Schr.). □ 1941-46: Prof. an der Univ. Breslau. □ 1951: »Der kranke Mensch« (Schr.). □ 1954: »Natur und Geist« (Schr.). □ 1956: »Pathosophie« (Schr.).

Thomas Weller →

← V. von Weizsäcker

Wellek, Albert

dt. Psychologe
* 16.10.1904 Wien † 27.8.1972 Mainz

Wellek entwickelte aus der ganzheitspsychologischen Richtung der sog. Zweiten Leipziger Schule seine »konkrete Charakterkunde« und experimentierte mit statistischen Untersuchungen auf dem Gebiet der Musikpsychologie. Der Psychologie versuchte W. eine Mittlerrolle zwischen den Geisteswissenschaften und Naturwissenschaften zuzuweisen.

□ 1938: »Das absolute Gehör und seine Typen« (Schr.). □ 1943-46: Prof. an der Univ. Breslau. □ 1950: »Die Polarität im Aufbau des Charakters« (Schr.). □ ab 1946: Prof. an der Univ. Mainz. □ 1955: »Ganzheitspsychologie und Strukturtheorie« (Schr.). □ 1963: »Musikpsychologie und Musikästhetik« (Schr.). □ 1970: »Witz, Lyrik, Sprache« (Schr.).

Weller, Thomas »Huckle«

amer. Bakteriologe
* 15.6.1915 Ann Arbor, Mich.

Weller, 1954-85 Professor an der Harvard University in Cambridge (Mass.), gelang in Zusammenarbeit mit J. F. →Enders und F. Ch. →Robbins die Züchtung des Poliomyelitis-Virus auf Gewebskulturen. Für die so geschaffenen Grundlagen zur Isolierung einer zu Impfzwecken gegen Kinderlähmung geeigneten Virusart erhielten die drei Forscher 1954 den Physiologie/Medizin-Nobelpreis. W., 1966-81 Direktor des Präventions Centers für Infektionskrankheiten in Harvard, isolierte 1948 den Erreger der Röteln.

Wellershoff, Dieter

dt. Schriftsteller
* 3.11.1925 Neuss

Wellershoff, Autor von Hör- und Fernsehspielen, Romanen und Essays, wurde in den 60er Jahren vor allem als engagierter Literaturtheoretiker und Mitbegründer der Kölner Schule bekannt: Anknüpfend an den Nouveau roman (A. →Robbe-Grillet) verfochten W., R. D. →Brinkmann u. a. einen neuen Realismus, der objektive Beschreibung der Wirklichkeit mit der subjektiven Perspektive zu verbinden sucht. Die in seinen Essays (u. a. »Wiederherstellung der Fremdheit«, 1967; »Fiktion und Praxis«, 1968) entwickelte Theorie wandte W. vor allem in dem experimentellen Roman »Die Schattengrenze« (1969) an, in dem er die entstehenden Wahnvorstellungen eines gesellschaftlichen Außenseiters schildert.

□ ab 1943: Arbeitsdienst; Einberufung zum Militär. □ 1947-52: Psychologie-, Germanistik- und Kunstgeschichtsstudium in Bonn (Promotion). □ 1958-61: Hg. der Werke G. →Benns. □ 1959-81: Verlagslektor bei Kiepenheuer und Witsch, Köln. □ 1960: »Am ungenauen Ort« (Hsp.e); Hörspielpreis der Kriegsblinden. □ 1969: »Literatur und Veränderung« (Es.s). □ 1977: »Die Schönheit des Schimpansen« (R.). □ 1980: »Die Sirene« (Nov.); »Das Verschwinden im Bild« (Es.s). □ 1983: »Der Sieger nimmt alles« (R.). □ 1986: »Der Körper und die Träume« (Erz.n). □ 1987: »Wahrnehmung und Phantasie« (Es.s). □ 1990: »Pan und die Engel. Ansichten von Köln«. □ 1991: »Blick auf einen fernen Berg«.

▷ H. Helmreich: Dieter Wellershoff, 1982; D. Wellershoff: Die Arbeit des Lebens (aut. Texte), 1985.

← Dieter Wellershoff

Welles, Orson

amer. Regisseur und Schauspieler
* 6.5.1915 Kenosha, Wisc.
† 10.10.1985 Los Angeles

Orson Welles beeindruckte als Dritter Mann wie als Shakespeare-Darsteller.

Welles' Erstling »Citizen Kane« (1940/41), gefeiert als Wendepunkt in der Kinogeschichte (J. Toeplitz), wurde wiederholt von Kritikern zum besten Film aller Zeiten gewählt. In verschachtelten Rückblenden unter Einsatz von Weitwinkelobjektiven und Tiefenschärfe erzählt W. die Geschichte eines von ihm dargestellten Zeitungsmagnaten. Der Verleger W. R. →Hearst hatte wegen Parallelen zu seiner Lebensgeschichte vergeblich versucht, die Premiere zu verhindern. Hollywood war auf W. aufmerksam geworden, als er 1938 mit einem Hörspiel über die Landung von Marsmenschen eine Massenpanik ausgelöst hatte. Er erhielt einen Vertrag, der ihm weitreichende Freiheiten sicherte, mußte aber nach »Citizen Kane« zunehmend Eingriffe der Produzenten erdulden; viele Filme blieben unvollendet. Als Schauspieler (ca. 70 Filme) verkörperte W. häufig titanische Persönlichkeiten und war ein erfolgreicher Shakespeare-Darsteller.

□ 1931: Schauspieler am Dubliner Gate Theatre. □ 1937: Gründung des Mercury Theatre in New York. □ 1938: Hörspiel »Krieg der Welten« (nach H. G. →Wells). □ 1941/42: »Der Glanz des Hauses Amberson«. □ 1943-48: Ehe mit R. →Hayworth. □ 1946: »Die Lady von Shanghai« (mit R. Hayworth). □ 1947/48: »Macbeth« (Rg. und Hr.). □ 1949: »Der dritte Mann« (Rg. C. Reed). □ 1949-52: »Othello« (Rg. und Hr.). □ 1957/58: »Im Zeichen des Bösen« (Rg. und Hr.). □ 1962: »Der Prozeß«. □ 1965/66: »Falstaff« (Rg. und Hr.). □ 1971: »Der zehnte Tag« (Rg. C. → Chabrol).

▷ A. Bazin: Orson Welles, 1980; F. Brady: Citizen Welles, engl. 1989.

Wellesz, Egon Joseph

österr. Musikforscher und Komponist
* 21.10.1885 Wien
† 9.11.1974 Oxford (Großbritannien)

Wellesz — Schüler von G. →Adler und A. →Schönberg (1904-06), dessen erster Biograf er war — hat durch die Entzifferung der byzantinischen Neumenschrift des 13. bis 15. Jh.s die Voraussetzungen für die Erforschung der mittelalterlichen Musik des christlichen Orients geschaffen. Seine Kompositionen knüpfen an G. →Mahler und A. Schönberg an, bleiben aber überwiegend in den Grenzen der Tonalität. In den 20er Jahren war W. als Bühnenkomponist erfolgreich. Nach seiner Emigration nach England (1938) konzentrierte er sich auf die Gattungen Sinfonie und Streichquartett.

□ 1908: Promotion zum Dr. phil. (1913 Habilitation) an der Univ. Wien. □ 1911-15: Dozent am Neuen Konservatorium in Wien. □ 1913, 1919: »Studien zur Geschichte der Wiener Oper« (2 Bde.). □ 1921: »Arnold Schönberg« (Schr.). □ 1924: Oper »Alkestis«, UA Mannheim; Ballett »Die Nächtlichen«, UA Berlin. □ 1928/29: »Die neue Instrumentation« (2 Bde.). □ 1929-38: Prof. an der Univ. Wien. □ 1931: Oper »Die Bacchantinnen«, UA Wien. □ 1932: Gründer des Inst. für Byzantinische Musik in Wien. □ 1936-38: Orchesterstücke »Prosperos Beschwörungen«. □ 1939-56: Dozent an der Univ. Oxford. □ 1943-66: Streichquartette Nr. 5-9. □ 1945-52: Sinf. Nr. 1-4. □ 1956: Sinf. Nr. 5. □ 1959: »Byzantinische Musik« (Schr.). □ 1965-71: Sinf. Nr. 6-9.

▷ R. Schollum: Egon Wellesz, 1964; F. Endler (Hg.): Egon Wellesz. Leben und Werk (Mem.), 1981; O. Kolleritsch (Hg.): Egon Wellesz, 1986.

Wellhausen, Julius

dt. Theologe (ev.) und Orientalist
* 17.5.1844 Hameln † 7.1.1918 Göttingen

Wellhausen, einer der bedeutenden Alttestamentler zu Beginn des 20. Jh.s, hat in seiner

»Geschichte Israels« (1. Tl., 1878) die Hypothese untermauert, daß die sog. Priesterschrift im Pentateuch erst nach dem Exil entstanden sei. In den Evangelien fand der hervorragende Orientalist nicht nur aramäische Wurzeln, sondern stellte auch den prägenden Einfluß der urchristlichen Gemeinden auf das überlieferte Bild von der Person und Wirksamkeit Jesu heraus. Mit der Schrift »Das arabische Reich und sein Sturz« (1902) verfaßte W. die erste kritische Geschichte des frühen Islam.

☐ 1872-82: Prof. für A. T. an der Univ. Greifswald. ☐ 1882-92: Prof. für semitische Sprachen an den Univ. Halle/Saale (bis 1885) und Marburg. ☐ 1885: »Die Composition des Hexateuchs und der historischen Bücher des A. T.« (Schr.). ☐ 1892-1913: Prof. an der Univ. Göttingen. ☐ 1905: »Einleitung in die drei ersten Evangelien« (Schr.).

Wells, H(erbert) G(eorge)

engl. Schriftsteller
* 21.9.1866 Bromley, Kent † 13.8.1946 London

Wells, der Vater des modernen Science-fiction-Romans, wurde mit der Veröffentlichung des Romans »Die Zeitmaschine« (1895, dt. 1904) auf dem Kontinent zum Hauptvertreter der englischen Gegenwartsliteratur. Während W.s spannende phantastische Romane wiederholt in Katastrophen enden, war sein Weltbild durchaus von technologischem Optimismus geprägt. W., der durch die Sozialisten G. B. →Shaw und William Morris (* 1834, † 1896) angeregt wurde, versprach sich vom Fortschritt der Wissenschaften eine Lösung der zu Beginn des 20. Jh.s ausgebrochenen Klassenkonflikte.

☐ 1890: Baccalaureus in Naturwissenschaften, Univ. London. ☐ 1892: Verfasser von Schulbüchern. ☐ 1896: »Die Insel des Dr. Moreau« (R., dt. 1904). ☐ 1898: »Der Krieg der Welten« (R., dt. 1901). ☐ 1901: »Die ersten Menschen auf dem Mond« (R., dt. 1905). ☐ 1903-08: Mitgl. der Fabian Society. ☐ 1908: »Der Luftkrieg« (R., dt. 1981). ☐ 1914: »Befreite Welt« (R., dt. 1985). ☐ 1920: Begegnung mit W. I. →Lenin in Rußland. ☐ 1922: Labour-Kandidat bei Parlamentswahlen. ☐ 1923: »Menschen, Göttern gleich« (R., dt. 1927). ☐ 1930: »Der Diktator« (R., dt. 1931). ☐ 1934: Gespräche mit J. →Stalin und F. D. →Roosevelt.

▷ A. West: H. G. Wells, engl. 1984.

H. G. Wells erwartete vom Fortschritt die Lösung von Klassenkonflikten.

Welty, Eudora

amer. Schriftstellerin
* 13.4.1909 Jackson, Miss.

Welty gehört zu den bedeutenden Autorinnen der sogenannten Southern Renaissance (C. →McCullers, F. →O'Connor). Ihre Erzählungen und Romane sind fast alle in Mississippi angesiedelt und handeln von regional verwurzelten, oft exzentrischen oder grotesken Gestalten. Ihre Gefühls- und Alltagswelt beschreibt sie aus verschiedenen Erzählperspektiven mit großer Beobachtungsgabe und psychologischem Einfühlvermögen. W. ist nicht an Rassenproblemen, sozialen Verwerfungen und Schuldverstrickungen des alten Südens interessiert (W. →Faulkner). Sie konzentriert sich darauf, mit der Darstellung individueller Schicksale allgemeine Erkenntnisse über die menschliche Existenz zu vermitteln.

☐ 1926-31: Studium am Mississippi State College, an der Univ. of Wisconsin und der Columbia Univ. ☐ 1946: »Die Hochzeit« (R., dt. 1962). ☐ 1954: »Mein Onkel Daniel« (R., dt. 1958, dramatisiert 1956). ☐ 1972: »Die Tochter des Optimisten« (R., dt. 1973). ☐ 1973: Pulitzer-Preis. ☐ 1980: »Collected stories of Eudora Welty«. ☐ 1983: »Ein Wohltätigkeitsbesuch« (Erz.n, dt. 1983).

▷ E. Welty: One writer's beginnings, engl. 1984.

Wenders, Wim

dt. Regisseur
14.8.1945 Düsseldorf

Wenders ist einer der wenigen auch international bekannten Regisseure des Neuen Deutschen Films. In seinen Filmen, die eine Vorliebe fürs Detail, für klare, ruhige Bilder (oft schwarzweiß) und alltägliche Szenen zeigen, setzt er sich mit Entfremdung und Selbstfindung in der modernen Gesellschaft auseinander. Oft stehen Kinder im Mittelpunkt. Sie haben den Blick für das Wesentliche noch nicht verloren und sind offen für neue Eindrücke. Nur Kinder können z. B.

Wim Wenders (r.) mit H. D. Stanton und N. Kinski am Drehort von »Paris, Texas«.

die zwei Engel sehen, deren Geschichte in »Der Himmel über Berlin« (1986/87, nach einem Drehbuch von P. →Handke) beschrieben wird. Mit diesem Film kehrte W. nach einigen Produktionen, die er in Amerika drehte (»Paris, Texas«, 1984), wieder nach Deutschland zurück.

☐ 1967-70: Studium an der Hochschule für Fernsehen und Film in München. ☐ 1968/69: »Same player shoots again/Derselbe Spieler schießt noch einmal«; »Alabama« (Kurzfilme). ☐ 1969/70: »Summer in the city« (erster Langfilm). ☐ 1971: »Die Angst des Tormanns beim Elfmeter« (nach einer Erzählung von P. Handke). ☐ 1972: »Der scharlachrote Buchstabe«. ☐ 1973: »Alice in den Städten«. ☐ 1974: »Falsche Bewegung«. ☐ 1975/76: »Im Lauf der Zeit«. ☐ 1976/77: »Der amerikanische Freund« (mit B. →Ganz und D. →Hopper). ☐ 1979-82: »Hammett« (über D. →Hammet). ☐ 1980: »Nick's Film (Lightning over water)«, mit und über den Regisseur N. →Ray. ☐ 1982: »Der Stand der Dinge« (mit S. →Fuller). ☐ 1991: »Bis ans Ende der Welt«.

▷ R. Rauh: Wim Wenders und seine Filme, 1990; W. Wenders: The act of seeing. Texte und Gespräche, 1991.

Weniger, Erich Friedrich Adolf

dt. Pädagoge
* 11.9.1894 Steinhorst, Kr. Gifhorn
† 2.5.1961 Göttingen

Weniger, einer der profiliertesten deutschen Pädagogen der Nachkriegszeit, festigte den Rang der Pädagogik als eigenständige Wissenschaft. Mit seiner Grundforderung, der Anerkennung der Autonomie der kindlichen und jugendlichen Entwicklungsphase, steht er in der Tradition der reformpädagogischen Bewegung (G. →Kerschensteiner). W. arbeitete vor allem auf dem Gebiet der Didaktik, deren Bezug zur gesellschaftlichen Realität und ihren sich wandelnden Bildungszielen er (auch in praktisch-politischem Engagement) immer wieder betonte.

☐ 1930: Leiter der Pädagogischen Akademie in Altona (heute zu Hamburg); »Die Theorie des Bildungsinhalts« (Abh.). ☐ 1932/33: Prof. für Erziehungswissenschaften, Univ. Frankfurt/Main. ☐ ab 1934: Erziehungswissenschaftliche Schriften unter Pseud. ☐ 1940-44: Schriften zur Offizierserziehung. ☐ 1945: Leiter der PH Göttingen. ☐ 1949: Prof. an der Univ. ebd.; »Neue Wege im Geschichtsunterricht« (Schr.). ☐ 1952: »Die Eigenständigkeit der Erziehung in Theorie und Praxis« (Schr.). ☐ 1953: Mitgl. des Dt. Ausschusses für das Erziehungs- und Bildungswesen. ☐ 1956: »Die Notwendigkeit der politischen Erziehung« (Aufs.).

Wen Yiduo

(eig. Wen Jiahua)
chin. Lyriker und Literaturwissenschaftler
* 24.11.1899 Kreis Xishui, Hubei
† 15.7.1946 Kunming, Yunnan (ermordet)

Die beiden Gedicht-Anthologien Wen Yiduos, »Die rote Kerze« (1923) und »Totes Gewässer« (1928), nehmen eine bedeutende Stellung in der chinesischen Dichtkunst des 20. Jh.s ein. W. wird trotz des neoromantischen Gehalts seiner Lyrik den Formalisten zugerechnet. Sein Werk entstand einerseits im Geiste des l'art pour l'art, leistete jedoch andererseits auch Gesellschaftskritik. Er entwickelte neue Konzeptionen in der Verslehre, die auf eine Korrektur der vom Verlust der Regeln herrührenden Mängel in der modernen chinesischen Poesie abzielten. Er schuf neue metrische Grundlagen für die Umgangssprache, indem er das Silbensystem klassischer chinesischer Verse unter Zuhilfenahme eines aus der englischen Lyrik stammenden metrischen Schemas erneuerte. Dieser Rückgriff brachte ihm nicht nur Anerkennung, sondern auch die Kritik ein, die »Fesseln« der klassischen chinesischen Poesie erneuert zu haben.

☐ 1922-25: Kunststudium in den USA, danach Literaturwissenschaftler und Publizist in China. ☐ 1928: Mitbegründer der literarischen Neumondgesellschaft. ☐ ab 1937: Mitgl. der Demokratischen Liga. ☐ 1946: Ermordung durch die Guomindang.

Hanni Wenzel →

Wenzel, Hanni

liecht. Skirennläuferin
* 14.12.1956 Planken

Wenzel, die ein Jahrzehnt (1974-84) zu den dominierenden alpinen Skiläuferinnen gehörte, beherrschte gleichermaßen Slalom, Riesenslalom und Abfahrt. Die zweifache Olympiasiegerin von Lake Placid (1980) siegte in 32 Weltpokal-Rennen. Wie ihr Bruder Andreas (* 1958), der bei Olympischen Spielen im Riesenslalom 1980 Silber und 1984 Bronze holte, gewann sie (wie schon 1978) 1980 den Alpinen Weltpokal; 1983 und 1984 wurde sie zweite.

Werba, Erik

österr. Pianist, Musikschriftsteller und Komponist
* 23.5.1918 Baden bei Wien

Werba besitzt seit den 50er Jahren einen hervorragenden Ruf als Liedbegleiter und Leiter internationaler Liedkurse. In allen Musikzentren der Welt tritt W. als einfühlsamer Partner führender Sänger auf und hat mit ihnen (u. a. B. →Fassbaender, I. →Seefried) zahlreiche Schallplattenaufnahmen veröffentlicht. W. schrieb Abhandlungen über österreichische Komponisten (H. →Wolf; Joseph Marx, * 1882, † 1964) und ist Mitarbeiter umfassender Musiklexika sowie der Österreichischen Musikzeitschrift. Zu seinen Kompositionen zählen Liederzyklen, Klavier- und Orchestermusik.

□ 1940: Promotion über die »Rolle des Sängers (Aidós) bei Homer, Hesiod und Pindar«. □ seit 1949: Dozent an der Wiener Musikakademie. □ 1964-71: Gastprof. an der Grazer Musikakademie. □ seit 1965: Prof. für Lied und Oratorium an der Musikhochschule Wien. □ 1971: »Hugo Wolf oder Der zornige Romantiker« (Schr.).

Werefkin, Marianne (von)

russ. Malerin
* 11.9.1860 Tula † 6.2.1938 Ascona (Schweiz)

Marianne von Werefkin schuf in den Jahren ihrer Aktivität bei der Neuen Künstlervereinigung und dem Blauen Reiter in München ein beachtliches expressionistisches Werk. Der Lebensgefährtin von A. →Jawlensky gelangen eigenständige, expressiv aus der glühenden Farbe heraus gestaltete Landschaften und Stilleben. Nach ihrer Übersiedlung in die Schweiz entwickelte sie diesen Stil fast bis zur Abstraktion weiter.

← M. v. Werefkin

□ 1886-95: Malereistudium bei I. J. →Repin in Moskau. □ 1896: Übersiedlung nach München mit ihrem Mitschüler A. Jawlensky, dessen Lebensgefährtin und Förderin sie wird. □ ab 1902: Freundschaft zwischen W., Jawlensky, G. →Münter und W. →Kandinsky. □ 1909: Mitbegründerin der Neuen Künstlervereinigung München, aus der der Blaue Reiter hervorgeht. □ 1912: Beteiligung an Ausstellungen des Blauen Reiters. □ 1914: Flucht in die Schweiz.

Werfel, Franz

österr. Schriftsteller
* 10.9.1890 Prag (heute CSFR)
† 26.8.1945 Beverly Hills, Kalif. (USA)

Werfels dichterisches Werk ist ein unablässiger, in den verschiedenen Lebensphasen sich wandelnder Dialog mit Gott. In seinem Frühwerk verleiht er dem Bewußtsein der Bruderschaft aller Menschen in expressionistischer Lyrik ekstatischen Ausdruck (»Einander«, Ged.e, 1915). Dem gereiften W. wächst die als Schicksal empfundene Aufgabe der prophetischen Botschaft zu. Mit eindringlichem Realismus schildert er das Schicksal gläubiger, leidender Menschen und Völker — am erschütterndsten in dem historischen Roman »Die vierzig Tage der Musa Dagh« (1933), der am Beispiel des vom jungtürkischen Regime begangenen Völkermordes an den Armeniern (1915-17) die Schrecken des NS-Regimes visionär beschwört. In seinem späten Roman »Das Lied von Bernadette« (1941) — sein größter Erfolg — dringt er tief in den Geist katholischer Frömmigkeit ein.

□ 1912-14: Verlagslektor im Kurt-Wolff-Verlag in Leipzig. □ 1913: »Wir sind« (Ged.e); Hg. der avantgardistischen Buchreihe »Der jüngste Tag« (mit W. → Hasenclever und K. Pinthus). □ 1924: »Verdi« (R.). □ 1928: »Der Abituriententag« (R.). □ 1929: Heirat mit Alma Mahler (* 1879, † 1964), Witwe des Komponisten G. →Mahler. □ 1938: Emigration nach Frankreich. □ 1939: »Der veruntreute Himmel« (R.). □ 1940: Flucht in die USA. □ postum 1946: »Stern der Ungeborenen« (R.); »Zwischen oben und unten« (Es.s).

F. Werfel, der Autor von »Das Lied von Bernadette«, 1922.

▷ P. St. Jungk: Franz Werfel. Eine Lebensgeschichte, 3. Auflage 1987.

Alfred Werner →

Werner, Alfred

schweiz. Chemiker
* 12.12.1866 Mülhausen (Mulhouse, Frankreich)
† 15.11.1919 Zürich

Werner, Begründer der anorganischen Stereochemie, schuf 1891 mit seiner Erforschung der Bindungsverhältnisse der Atome im Molekül die Grundlagen der Koordinationslehre von den molekularen Strukturen. Auf den Erkenntnissen von J. H. van't →Hoff über das Kohlenstoffatom aufbauend, führte W. mit A. R. →Hantzsch am Beispiel der Stickstoffverbindungen die differenzierenden Begriffe der Nebenvalenz sowie der direkten und indirekten Bindung ein. Mit seinen

»Neuen Anschauungen auf dem Gebiet der anorganischen Chemie« (Schr., 1905) revolutionierte W. diese Disziplin.

□ 1893-1915: Prof. am Polytechnikum Zürich. □ 1904: »Lehrbuch der Stereochemie«. □ 1913: Chemie-Nobelpreis. □ 1914: »Über die Konstitution von Verbindungen höherer Ordnung« (Schr.).

▷ G. B. Kauffmann: Alfred Werner (Biogr.), 1966.

Werner, Ilse Charlotte

(eig. I. Ch. Still)
dt. Schauspielerin und Schlagersängerin
* 11.7.1921 Batavia (heute: Jakarta auf Java)

Bekannt wurde Werner während des 2. Weltkriegs als Schlagersängerin (u. a. »Sing ein Lied, wenn du mal traurig bist«) und Filmschauspielerin (u. a. »Große Freiheit Nr. 7«, 1944, Rg. H. →Käutner). Ihre von den Nationalsozialisten zu propagandistischen Zwecken mißbrauchte Popularität führte nach Kriegsende zu einem zeitweiligen Berufsverbot. In zahlreichen Filmen und auch als Sängerin gelang ihr in den 50er Jahren ein Comeback. Erfolg hatte sie zudem als Pfeif-Virtuosin. In Kurorten und Seebädern ist W. mit ihrem »Abend mit Pfiff« zu Gast.

□ 1936/37: Studium am Max-Reinhardt-Seminar in Wien. □ 1938: Erste Filmrolle in »Die unruhigen Mädchen«. □ 1939: »Bel Ami« (Rg. W. →Forst). □ 1942: »Wir machen Musik« (F., Rg. H. Käutner). □ 1960: »Baciare« (Schlager). □ 1965: »Die Bräute meiner Söhne« (TV-Serie). □ 1967: »Eine Frau mit Pfiff« (TV-Show). □ 1970: »Der König und ich« (Musical). □ 1973: Hr. in »Wir sind noch einmal davongekommen« (Dr. von Th. →Wilder). □ 1984: »Gepfiffen klingt's so« (LP). □ 1989: Rolle in der TV-Serie »Rivalen der Rennbahn«.

▷ I. Werner: »So wird's nie wieder sein. Ein Leben mit Pfiff« (Aut.), NA 1991.

Werner, Oskar

(eig. Oskar Josef Bschließmayer)
österr. Schauspieler
* 13.11.1922 Wien † 22.10.1984 Marburg

Werner wurde als sensibel-schwermütiger Bohemien in F. →Truffauts Dreiecksgeschichte »Jules und Jim« (1961, mit J. →Moreau) international bekannt. Mit seiner außergewöhnlich markanten Sprachmelodik verkörperte er oft auch auf der Bühne innerlich zerrissene Charaktere (u. a. »Hamlet«, »Der Prinz von Homburg«). Für seine Darstellung des Schiffsarztes in »Das Narrenschiff« (1964, Rg. S. Kramer) wurde W. für einen Oscar nominiert.

□ 1941-49: Mit Unterbrechung Mitgl. des Wiener Burgtheaters. □ 1949: Filmdebüt in »Der Engel mit der Posaune« (Rg. K. Hartl). □ 1950: »Das gestohlene Jahr« (Rg. W. Fraß). □ 1952-54: Schauspieler am Züricher Schauspielhaus. □ 1955: »Der letzte Akt« (Rg. G. W. →Pabst); »Lola Montez« (Rg. M. →Ophüls). □ 1955-60: Schauspieler am Wiener Burgtheater. □ 1965: »Der Spion, der aus der Kälte kam« (nach J. →Le Carré, Rg. M. →Ritt). □ 1966: »Fahrenheit 451« (nach R. →Bradbury, Rg. F. Truffaut). □ 1967: »Zwischenspiel« (Rg. K. Billington). □ 1976: »Reise der Verdammten« (Rg. S. Rosenberg).

▷ M. Mazura: Oskar Werner. Maske, Mythos, Mensch, 1986; R. Dachs: Oskar Werner. Ein Nachklang, 1989.

← Oskar Werner

Wertheimer, Max

österr.-amer. Psychologe
* 15.4.1880 Prag (CSFR) † 12.10.1943 New York

Wertheimer hat mit W. Köhler die Berliner Schule der Gestaltpsychologie begründet. W. begann seine Forschungen mit der Beschreibung des Phi-Phänomens, der Wahrnehmung von Scheinbewegungen, und nahm sog. Gestaltgesetze an. Das »Gesetz der guten Gestalt« bezieht sich auf die Tendenz, eine Idealgestalt wahrzunehmen, ohne daß sie wirklich existent ist. Darauf stützte er seine Hypothese, daß den phänomenologischen Strukturen der Wahrnehmung ganzheit-

Max Wertheimer mit seiner Familie bei der Schiffsreise in die USA, 1933.

lich strukturierte neurophysiologische Erregungsprozesse entsprechen müssen.

☐ 1912: »Experimentelle Studien über das Sehen von Bewegungen« (Aufs. in: Zeitschrift für Psychologie). ☐ 1918-29: Dozent an der Univ. Berlin. ☐ 1920: »Über Schlußprozesse im produktiven Denken« (Schr.); »Drei Abhandlungen über Gestaltheorie«. ☐ 1929-33: Prof. an der Univ. Frankfurt/Main. ☐ ab 1933: Prof. an der New School for Social Research, New York. ☐ postum 1945: »Produktives Denken« (Schr., dt. 1957).

Wertmüller, Lina

(Eig. Arcangela F. A. Wertmüller von Elgg)
ital. Regisseurin und Autorin
* 14.8.1928 Rom

Wertmüller, die u. a. bei F. →Fellini gelernt hat, gilt in den USA als wichtigste europäische Regie-Entdeckung der 70er Jahre. Ihre Filme, die sich in grotesker, manchmal schriller Manier mit Themen wie dem Faschismus, dem organisierten Verbrechen oder den von der Gesellschaft benutzten Rollenklischees auseinandersetzen, provozierten zwiespältige Reaktionen bei Kritik und Publikum und brachten ihr u. a. den Vorwurf der Obszönität ein. Wie in »Liebe und Anarchie« (1973, mit G. Giannini) gehört auch die Überzeichnung der gewohnten Rollen von Mann und Frau zu W.s wiederkehrenden Themen.

☐ seit 1951: Theaterregie; Autorin für Radio und Fernsehen. ☐ 1962: Regieassistenz bei F. Fellini für »8 1/2«. ☐ 1963: »Die Basilisken«. ☐ 1971: Regiepreis von Cannes für »Mimi, in seiner Ehre gekränkt« (mit G. Giannini). ☐ 1974: »Hingerissen« (mit G. Giannini); »Operation gelungen — Patient tot«. ☐ 1975: »Sieben Schönheiten« (mit G. Giannini und F. Rey). ☐ 1977: »In einer Regennacht«. ☐ 1985: »Camorra«. ☐ 1986: »Reich und gnadenlos«.

▷ W. Schütte/P. W. Jansen (Hg.): Lina Wertmüller, 1988.

← Lina Wertmüller

Wesker, Arnold

brit. Schriftsteller und Dramatiker
* 24.5.1932 London

Wesker hat mit seinen naturalistischen Bühnenstücken dem sozialkritischen Gegenwartstheater in England wesentliche Impulse gegeben; er ist der wichtigste Vertreter des »kitchen sink drama« (Spülbeckendrama). W.s Stücke zeichnen sich durch eine authentische Darstellung des proletarischen Arbeitsmilieus aus, so z. B. in dem in der Großküche eines Speiserestaurants spielenden Drama »Die Küche« (UA 1959, dt. EA 1967). In seinen politisch engagierten Stücken propagiert W. mit großer Leidenschaft humanitäre und sozialistische Ideen. Er hat auch Kurzgeschichten, Essays und Kritiken veröffentlicht.

☐ 1948-56: Tätigkeiten als Schreiner, Verkäufer, Soldat, Landarbeiter, Küchengehilfe. ☐ 1958-60: »Chicken Soup Trilogy« (EA als Trilogie 1960, dt. 1967 u. d. T. »Die Trilogie«). ☐ 1961-71: Leiter des von den Gewerkschaften finanzierten Centre 42 (Organisation für Arbeiterbildung und -kultur). ☐ 1962: UA »Der kurze Prozeß« (Dr., dt. 1964). ☐ 1965: UA »Die vier Jahreszeiten« (Dr., dt. 1969). ☐ 1974: »Liebesbriefe auf blauem Papier« (Erz., dt. 1977; Fernsehspiel 1976; Dr. 1977, dt. 1977). ☐ 1989: »Beorthel's Hill« (Dr.).

▷ K. und V. Lindemann: Arnold Wesker, 1985.

Paula Wessely →

Thomas Wessinghage →

Wesselmann, Tom

amer. Künstler
* 23.2.1931 Cincinnati, Ohio

Mit seinen Bildern, Assemblagen und Environments ist Wesselmann ein Hauptvertreter der amerikanischen Pop-art. Er malte seine »Great American Nudes« in der Manier großer Werbetafeln oder kombinierte Malerei mit verschiedenen Objekten, so als agierten seine Figuren innerhalb der Kulissen eines Werbestudios. In »Bathtub 3« (1963, Köln, Museum Ludwig) ist die gemalte Figur einer nackten Frau in einer Badewanne mit realen Gegenständen (Wäschekorb, Duschvorhang, Badezimmertür) kombiniert. In solchen Assemblagen wie auch in den häufig aus mehreren, hintereinander gestaffelten Teilen bestehenden Leinwandbildern betreibt W. ein illusionistisches Spiel um die Fragwürdigkeit von Werbung, Schlüssellochmentalität, Sex- und Starkult. Die Frauen sind fast gesichtslos dargestellt, sexuell animierende Details wie Brustwarzen, Lippen, Schamhaare sind überpointiert. In den Environments treten oft Tonbandaufnahmen von klingelnden Telefonen, Straßenlärm usw. hinzu, um die Grenze zwischen künstlerischer Darstellung und Realität in ironischer Weise aufzuheben.

▷ S. Stealingworth: Tom Wesselmann, engl. 1980.

Wessely, Paula

österr. Schauspielerin
* 20.1.1907 Wien

Wessely ist seit ihrem Debüt 1924 (Josephine in »Cyprienne«) eine international erfolgreiche Bühnen- und Filmschauspielerin. Sie versteht es, die Nuancen ihrer Bühnenfiguren präzise auszuarbeiten und zieht durch die Magie ihrer Gestik und Aussagekraft ihrer Mimik das Publikum in ihren Bann.

☐ 1924: Debüt als Josephine in »Cyprienne« (V. Sardou) am Dt. Volkstheater in Wien. ☐ 1929-52: Mitgl. des Theaters in der Josefstadt in Wien. ☐ 1933-37: Gretchen in Goethes »Faust« bei den Salzburger Festspielen (Rg. M. →Reinhardt). ☐ 1934: Filmdebüt und int. Erfolge als Leopoldine Dur in »Maskerade« (Rg. W. Forst). ☐ 1935: Heirat mit A. →Hörbiger. ☐ 1950: Gründung einer eigenen Filmproduktionsgesellschaft (Auflösung 1960). ☐ ab 1953: Mitgl. des Wiener Burgtheaters. ☐ 1957: Ernennung zur Kammerschauspielerin des Burgtheaters. ☐ 1967: Ernennung zum Ehrenmitgl. des Burgtheaters. ☐ 1969: Frau Alving in H. →Ibsens »Gespenster« in Hamburg. ☐ 1977: Juno in »Juno und der Pfau« (S. →O'Casey).

▷ E. Orth: Märchen ihres Lebens — Meine Eltern Paula Wessely und Attila Hörbiger, 1975; E. Fuhrich/G. Prossnitz (Hg.): Paula Wessely — Attila Hörbiger, 1985.

Wessinghage, Thomas

dt. Leichtathlet
* 22.2.1952 Hagen

Wessinghage, der 1982 als Europameister über 5000 m den größten Erfolg seiner Karriere feierte, war einer der letzten bedeutenden Langstreckenläufer Deutschlands. In seiner Glanzzeit

1975-87 konnte er auf den Strecken von 1500 m bis 5000 m zahlreiche internationale und nationale Titel erringen.

□ 1975-82: Dt. Meister über 1500 m (außer 1976). □ 1975: Hallen-Europameister 1500 m (erneut 1980 und 1981); Europapokalsieger 1500 m. □ 1982: Dt. Meister 5000 m (erneut 1985 und 1987). □ 1983: Europapokalsieger 5000 m.

West, Mae

amer. Schauspielerin
* 17.8.1893 New York
† 22.11.1980 Hollywood, Kalif.

West, ein ehemaliges Showgirl, verletzte mit Filmen wie »Ich bin kein Engel« (1933, mit C. →Grant) die amerikanischen Moralvorstellungen jener Zeit. Sie verkörperte selbstbewußte Frauen, die ohne Scheu vor Anzüglichkeiten und Tabus der Männerwelt den Kopf verdrehten.

Mae West: Hollywoods Ideal der eigenständigen Frau.

□ 1933: »Sie tat ihm unrecht« (mit C. Grant, Rg. L. Sherman); »Ich bin kein Engel« (mit C. Grant, Rg. W. Ruggles). □ 1934: »Die Schöne der Neunziger« (Rg. C. McCarey). □ 1940: »Mein kleiner Gockel« (mit W. C. →Fields, Rg. E. Cline). □ 1970: »Myra Beckenridge — Mann oder Frau?« (Rg. M. Sarne). □ 1977: »Sextette« (Rg. K. Hughes).

▷ M. Bavar: Mae West. Ihre Filme — Ihr Leben, 1981.

West, Dame (ab 1959) Rebecca

(eig. Cicely Isabel Fairfield-Andrews)
anglo-ir. Schriftstellerin
* 25.12.1892 County Kerry (Irland)
† 15.3.1983 London

West, eine engagierte Frauenrechtlerin und einflußreiche »Femme de lettres«, verarbeitete in ihren zeitkritischen Romanen feministische, politische und psychoanalytische Probleme. Im Zentrum der Geschichten stehen unkonventionelle Frauenfiguren. So schildert W.s erster umfangreicher Roman »The Judge« (1922) die tragische Lebensgeschichte einer jungen Frau, die als Geliebte eines sozial höherstehenden Großgrundbesitzers mit den Auswirkungen sexueller Doppelmoral zu kämpfen hat. W. schrieb auch Reiseberichte, Biografien, Essays und berichtete 1946 über die Nürnberger Prozesse.

□ 1902: Umzug nach England. □ ab 1911: Literaturkritikerin und Journalistin. □ 1918: »The Return of the soldier« (R.). □ 1930: »D. H. Lawrence« (Abh.). □ 1947: »The meaning of treason« (Es.). □ 1957: »Der Brunnen fließt über« (R., dt. 1958). □ 1966: »Die Zwielichtigen« (R., dt. 1967). □ postum 1985: »Cousin Rosamund« (R.).

▷ P. Wolfe: Rebecca West, 1971; V. Glendinning: Rebecca West. A life, engl. 1989.

Diedrich Westermann →

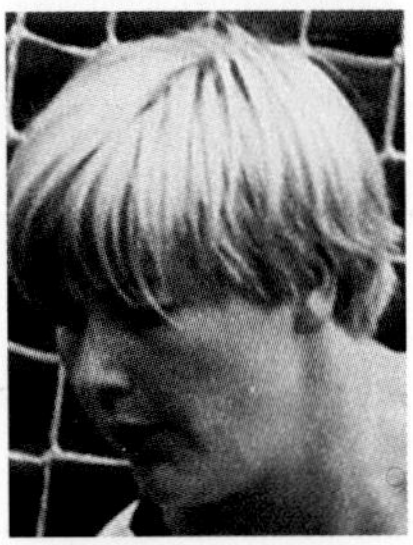

Liesel Westermann →

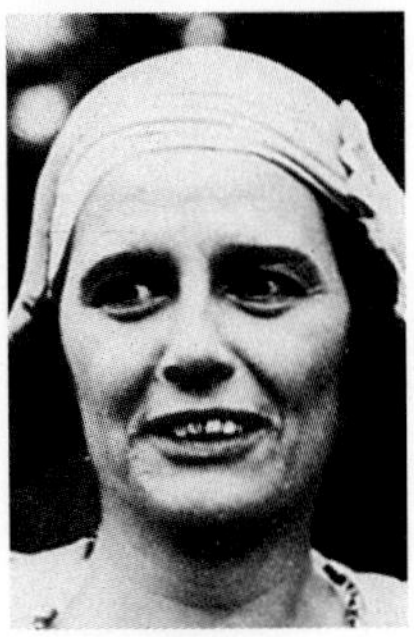

← Rebecca West

Westermann, Diedrich Hermann

dt. Völkerkundler
* 24.6.1875 Baden bei Bremen † 31.5.1956 ebd.

Auf seinen afrikanischen Forschungsreisen untersuchte Westermann die wirtschaftlichen, politischen und geistigen Grundlagen einiger Völker in Togo, Nigeria und im Sudan. Von Bedeutung sind vor allem seine Sprachforschungen (z. B. Ewe, Yoruba, Nuba und Dinka). Die Aufgabe der Europäer in Afrika sah W. darin, die Schwarzen zu Arbeitsmoral und Disziplin im westlichen Sinne zu erziehen, um sie für eine Zukunft in Selbständigkeit vorzubereiten.

□ bis 1903: Missionar in Togo; später Prof. am Seminar für Orientalische Sprachen, Berlin. □ 1911: »Die Sudansprachen« (Abh.). □ 1926: Dir. des Int. Inst. of Africa, London. □ 1940: »Völkerkunde von Afrika« (Schr.). □ 1952: »Geschichte Afrikas« (Schr.).

Westermann, Liesel

dt. Leichtathletin
* 2.11.1944 Sulingen

Westermann war in den 60er Jahren eine der besten Diskuswerferinnen der Welt. Sie war zweimal Studentenweltmeisterin und übertraf 1967 als erste Werferin die 60-m-Marke. W. stellte drei Weltrekorde auf und gewann für Bayer Leverkusen sechs Deutsche Meisterschaften.

□ 1966: EM-Zweite. □ 1967: Dt. Sportlerin des Jahres; 61,26 m (Weltrekord). □ 1968: Olympiazweite; 62,54 m (Weltrekord). □ 1969: 62,70 m (Weltrekord).

Wettstein, Richard, Ritter von Westersheim

österr. Botaniker
* 30.6.1863 Wien
† 10.8.1931 Trins, Tirol

Wettstein systematisierte die Pflanzenwelt unter dem Gesichtspunkt ihrer Entwicklung in Form von Stammbäumen. Als Vertreter der Phylogenie, der von E. →Haeckel entwickelten stammesgeschichtlichen Forschungsrichtung, verfaßte

W. mit dem »Handbuch der systematischen Botanik« (2 Bde., 1901-08) ein Standardwerk.

□ 1892-99: Prof. an der Univ. Prag. □ 1898: »Grundzüge der geographisch-morphologischen Methode der Pflanzensystematik« (Schr.). □ ab 1899: Prof. an der Univ. Wien.

▷ E. Janchen: Richard Wettstein. Sein Leben und Wirken (Biogr.), 1933.

Weyer, Willi

dt. Politiker und Sportfunktionär
* 16.2.1917 Hagen † 25.8.1987 Juist

Weyer war FDP-Landesvorsitzender in Nordrhein-Westfalen (1956-72) und bekleidete dort verschiedene Ministerämter. Auf Initiative des Innenministers W. wurde der Verkehrsfunk eingeführt. Als Präsident des Deutschen Sportbundes (DSB, 1974-86) setzte er sich für eine Verbesserung der sportlichen Beziehungen zwischen Ost und West ein.

□ 1945: Eintritt in die FDP. □ ab 1957: Vors. des Landessportbundes NRW. □ 1965-85: Vors. des Int. Arbeitskreises für Sportstättenbau. □ ab 1974: Präs. des Dt. Sportbundes. □ ab 1984: Kommissionsmitgl. Breiten-, Freizeit- und Massensport im Int. Olympischen Komitee (IOC). □ 1986: Rücktritt von allen Ämtern aus Gesundheitsgründen.

← Willi Weyer

Weyl, (Claus Hugo) Hermann

dt. Mathematiker
* 9.11.1885 Elmshorn bei Hamburg
† 8.12.1955 Zürich

Weyl, der über Differential- und Integralgleichungen gearbeitet hatte, wandte sich aufgrund der Begegnung mit A. →Einstein in Zürich der Relativitätstheorie zu und verfaßte 1918 das grundlegende Werk »Raum, Zeit, Materie«. 1919 stellte W. die erste einheitliche Feldtheorie auf. Mit seiner »Gruppentheorie und Quantenmechanik« (1928), die eine integrale Methode für die mathematischen Gruppen der Quantenmechanik bereitstellte, förderte W. diese neue Wissenschaft. Neben einer konstruktiven Begründung der Mathematik (L. E. J. →Brouwer) versuchte W. eine die einzelnen Disziplinen verbindende »Philosophie der Mathematik und Naturwissenschaften« (Schr., 1927) zu verwirklichen.

□ 1913-30: Prof. an der ETH Zürich. □ 1913: »Die Idee der Riemannschen Fläche« (Schr.). □ 1930-33: Als Nachfolger von D. Hilbert Prof. an der Univ. Göttingen; anschließend Emigration in die USA. □ 1933-51: Prof. am Inst. for Advanced Study in Princeton. □ 1938: »The classical groups« (Schr.). □ 1952: »Symmetrie« (Schr., dt. 1955).

← Hermann Weyl

Whipple, George Hoyt

amer. Pathologe
* 28.8.1878 Ashland, N. H.
† 1.2.1976 Rochester, N. Y.

Whipple, 1921-55 Professor an der University of Rochester, beschäftigte sich mit Diätkuren bei unheilbaren Bluterkrankungen und entdeckte 1923 die Wirksamkeit der Leberdiät gegen die perniziöse Anämie. Aufgrund der großen Heilerfolge, die W. und seine Kollegen G. R. →Minot und W. P. →Murphy an Patienten durch Verabreichung bestimmter Leberextrakte erzielten, wurden sie 1934 mit dem Physiologie/Medizin-Nobelpreis ausgezeichnet.

← George H. Whipple

White, Leslie Alvin

amer. Anthropologe
* 19.1.1900 Salida, Colo.
† 13.3.1975 bei Death Valley, Kalif.

White, einer der beiden Begründer (J. H. →Steward) des Neo-Evolutionismus, vertrat die Auffassung, es gäbe für alle Bereiche des Kosmos und der zivilisatorischen Entwicklung nur ein gültiges Evolutionsprinzip. Zur Bewertung des jeweiligen kulturellen Standortes bot W. einen »objektiven« Maßstab an: Den meßbaren Aufwand an Energie (Arbeitsleistung, technische Hilfmittel), der von den Menschen einer Gesellschaft betrieben wird, um die Existenz der einzelnen Mitglieder zu sichern.

□ 1930-70: Prof. für Anthropologie, Univ. Michigan. □ 1943: »Energy and the evolution of culture« (Schr.). □ 1959: »The evolution of culture« (Schr.).

White, Patrick

(eig. Patrick Victor Martindale White)
austral. Schriftsteller
* 28.5.1912 London † 30.9.1990 Sydney

White ist der bedeutendste australische Schriftsteller des 20. Jh.s. Für seine epische und psychologische Erzählkunst erhielt er 1973 als erster Australier den Literatur-Nobelpreis. Seine ideenreichen Romane setzen sich mit ethischen Grundproblemen, der Frage nach dem Wesen des Menschen und dessen Sehnsucht nach Harmonie auseinander. In W.s wohl bekanntestem Roman, »Voss« (1957, dt. 1958), wird die Durch-

P. White erhielt als erster Australier den Literatur-Nobelpreis.

querung des australischen Kontinents zugleich zu einer Eroberungsreise durch die menschliche Psyche. W.s symbolreicher Erzählstil zeichnet sich durch literarische und biblische Anspielungen, epische Breite, komplexe Bilder, ungewöhnliche Charaktere und differenzierte Bewußtseinsdarstellung aus.

☐ ab 1925: Nach Jugend in Australien Schulausbildung in England. ☐ ab 1932: Studium der modernen Sprachen in Cambridge. ☐ 1935: »The ploughmen and other poems«. ☐ 1955: »Zur Ruhe kam der Baum des Menschen nie« (R., dt. 1957). ☐ 1961: »Die im feurigen Wagen« (R., dt. 1969). ☐ 1965: »Four Plays«. ☐ 1966: »Die ungleichen Brüder« (R., dt. 1978). ☐ 1970: »Der Maler« (R., dt. 1972). ☐ 1973: »Im Auge des Sturms« (R., dt. 1974). ☐ 1977: »Großes Spielzeug« (Dr., dt. 1978). ☐ 1979: »Die Twyborn Affäre« (R., dt. 1986). ☐ 1986: »Dolly Formosa und die Auserwählten. Die Memoiren der Alex Xenophon Demirjian Gray« (R., dt. 1988).

▷ J. Colmer: Patrick White, 1984; P. White: Flaws in the Glass (Aut.), 1981; ders.: Three Uneasy Pieces (Aut.), 1988.

Whitehead, Alfred North

brit. Mathematiker und Philosoph
* 15.2.1861 Ramsgate, Kent
† 30.12.1947 Cambridge, Mass. (USA)

A. Whitehead: Wissenschaften verhindern Naturerfahrung.

Bekannt wurde Whitehead mit seinem Schüler B. →Russell durch den erfolgreichen gemeinsamen Versuch, alle mathematischen Grundbegriffe und Theoreme in dem einheitlichen logischen Aufbau der »Principia Mathematica« (3 Bde., 1910-13) systematisch zu definieren und abzuleiten. Seine Kritik an der Atomisierung der konkreten Naturerfahrung durch die Wissenschaft bestimmte W.s späteres »Concept of Nature« (1920), eine kritische Naturphilosophie, die er in seinem sprachlich und inhaltlich sehr schwierigen Hauptwerk »Process and Reality. An Essay in Cosmology« (1929, dt. 1979) zu einer alle Gegenstände menschlicher Erfahrung umfassenden systematischen Kosmologie ausbaute. Darin soll der zentrale Begriff »Prozeß« — anstelle der in der Philosophie üblichen »Substanz« — die Interpretation der einzelnen Phänomene im Zusammenhang der ganzen Natur ermöglichen. In seiner 1933 erschienenen Schrift »Abenteuer der Ideen« (dt. 1971) zeigt W. anhand der abendländischen Geschichte den Prozeß der Selbstverwirklichung der von Plato und Aristoteles ausgegangenen Ideen, die W. als an ihrer eigenen Erfüllung arbeitende Prophezeiungen beschreibt. W.s philosophisches Werk ist Bezugspunkt vieler Disziplinen, u. a. der sich auf W. berufenden sog. Prozeßtheologie.

☐ 1903: Mitgl. der Royal Society. ☐ 1911: »Einführung in die Mathematik« (dt. 1956). ☐ 1914-24: Prof. am Imperial College der Univ. London. ☐ 1924-37: Prof. an der Harvard Univ. in Cambridge, Mass. ☐ 1925: »Wissenschaft und moderne Welt« (dt. 1949). ☐ 1945: Order of Merit.

▷ E. Wolf-Gazo (Hg.): Whitehead (Biogr.), 1980.

Whitehead, Gustave

(eig. Gustav Weißkopf)
amer. Flugpionier dt. Herkunft
* 1.1.1874 Leutershausen
† 10.10.1927 Fairfield, Conn.

Mit seinem Flugzeug »Nr. 21« unternahm Whitehead am 14. 8. 1901 den ersten erfolgreichen Motorflug der Welt (ca. 2000 m). Vorbild für den Gleiter, den W. mit einem Acetylenmotor ausgestattet hatte, waren die Flugapparate Otto Lilienthals (* 1848, † 1896). Bereits 1902 legte W. in seiner »Nr. 22« sieben Meilen zurück. Neben seinen flugtechnischen Erfindungen, die keinen weiteren Einfluß auf die Luftfahrt ausübten, konstruierte W. auch eine Betonmaschine und baute die erste Betonpiste Amerikas.

☐ 1895: Emigration in die USA; Umbenennung in Gustave Whitehead; Bau des ersten eigenen Gleiters. ☐ ab 1895: Flugversuche mit dampfkraftgetriebenen Flugapparaten. ☐ 1900: Übersiedlung nach Bridgeport, Conn. ☐ 1901: Erster erfolgreicher Motorflug.

William Whitelaw →

Whitelaw, William Stephen Ian Viscount (seit 1983)

brit. Politiker
* 28.6.1918 Edinburgh

Whitelaw wurde 1972 der erste britische Nordirlandminister, nachdem die bürgerkriegsähnlichen Unruhen in Ulster einen Höhepunkt erreicht hatten. Nach einem Jahr konnte er (vorübergehend) die politische Kontrolle wieder an das nordirische Parlament zurückgeben. Im ersten Kabinett von M. →Thatcher wirkte der liberale Konservative mäßigend auf die Innenpolitik ein, bis er durch die von Thatcher eingeleitete Erhebung in den erblichen Adelsstand ins Oberhaus »weggelobt« wurde.

☐ bis 1939: Jurastudium. ☐ 1939-47: Soldat. ☐ 1955-83: Mitgl. des Unterhauses für die Konservativen. ☐ 1957/58: Finanzmin. ☐ 1959: Stellv. Fraktionsvors. ☐ 1962-64: Staatssekr. im Arbeitsministerium. ☐ 1964-70: Fraktionsvors. □ 1970-72: Lordpräsident. □ 1972/73: Nordirlandmin. □ 1979-83: Innenmin. □ seit 1983: Mitgl. des Oberhauses. □ 1983-88: Lordpräsident des Staatsrats.

The Who

engl. Rockgruppe

Mit »My Generation« und »I can't explain« schrieben The Who 1965 die Hymnen einer ganzen Generation. Und »Tommy«, die musikalische Geschichte eines blinden und taubstummen Jungen, der zum besten Spieler am Flipper-Automaten wird, war 1969 eine der ersten Rock-Opern (im gleichen Jahr brachten die →Kinks »Arthur« heraus) und beeinflußte andere Musiker und Gruppen wie z. B. Genesis, →Yes oder →Pink Floyd. Treibende Kraft der Who war Solo-Gitarrist Peter Townshend (*1945). Mit seinem kraftvollen, rhytmisch betonten Gitarrenspiel nahm er die Entwicklung der 70er Jahre zum Hardrock und Heavy Metal vorweg. 1984 trennte sich die Band, kam aber 1988 für Tourneen und Plattenaufnahmen wieder zusammen.

The Who stiegen mit »Tommy« und »Quadrophenia« ins Filmgeschäft ein.

□ 1962: Gründung der Gruppe unter dem Namen »High-numbers«. □ 1964: Erste Platte »The Face«. □ 1965: Erster Hit »I can't explain«. □ 1969: »Tommy« (LP). □ 1970: »Live at Leeds« (LP). □ 1972: »Meaty, Beaty, Big & Bouncy« (LP). □ 1973: »Quadrophenia« (LP); »Daltrey« (Solo-LP des Sängers Roger Daltrey). □ 1975: Verfilmung von »Tommy« (mit E. → John und T. →Turner). □ 1979: Verfilmung von »Quadrophenia« (mit →Sting). □ 1980: Film »McVicar« (mit R. Daltrey); »McVicar« (Soundtrack-LP). □ 1984: »Who's Last« (LP); Trennung. □ 1988: »Who's better, who's best« (LP). □ 1989: »Iron Man« (Solo-LP P. Townsend); »Who's Missing« (LP).

▷ D. Marsh: Before I get old — The story of the Who, engl. 1983; P. Urban: Pete Townsend und The Who — Notizen für meine Generation, 1984.

Günter Wickert →

Whorf, Benjamin Lee

amer. Linguist und Anthropologe
* 24.4.1897 Winthrop, Mass.
† 26.7.1941 Wethersfield, Conn.

Auf den linguistischen Studien Whorfs und E. →Sapirs gründet die Forschungsrichtung der kognitiven Anthropologie, die in den USA in den 50er Jahren entstand. Diese zwischen Soziologie und Sprachwissenschaft stehende Disziplin untersucht das gesellschaftsabhängige, durch Erziehung erworbene Wissen und Denken anhand der Sprache. Nach W. wird die Auffassung von der Welt durch ein in den verschiedenen Sprachen vorgeformtes Weltbild mitbestimmt. Ein Hopi-Indianer hat z. B. eine andere Raum/Zeit-Auffassung als ein Europäer. W. arbeitete hauptberuflich als Chemieingenieur.

□ 1930: Forschungsreise nach Mexiko. □ 1931: Studium indianischer Linguistik bei Prof. E. Sapir. □ 1937/38: Dozent für Anthropologie, Yale-Univ., Conn. □ postum 1956: »Sprache, Denken, Wirklichkeit« (Schr., dt. 1963).

Whymper, Edward

engl. Bergsteiger und Forschungsreisender
* 27.4.1840 London
† 16.9.1911 Chamonix (Schweiz)

Whymper und seiner sechsköpfigen Seilschaft gelang 1865 die Erstbesteigung des Matterhorns (4477 m). Sie kostete vier Menschen das Leben. Die Erinnerung an das tragisch endende Abenteuer bewahrte W., der auch Berge in Südamerika bestieg, in einem vielgelesenen, mit eigenen Holzschnitten illustrierten Buch.

□ 1871: »Berg- und Gletscherfahrten in den Alpen in den Jahren 1860 bis 1869« (Reiseb., dt. 1872). □ 1880: Besteigung des Chimborasso (6272 m) und Cotopaxi (5897 m) in Ecuador. □ 1892: »Travels amongst the Great Andes of Ecuador« (Reiseb.).

▷ M. Chamson: Whymper, le fou du Cervin, frz. 1986.

Wickert, Günter

dt. Markt- und Meinungsforscher
* 14.11.1928 Erfurt

Bereits als Student gründete Wickert 1951 in Tübingen das mittlerweile weltweit bekannte Wickert-Institut, das Markt- und Meinungsforschung anhand von Umfragen betreibt. W., der zu den Pionieren seines Fachs in der BRD zählt, veröffentlichte bereits 1953 seine zum Standardwerk avancierte Studie »Deutsche Praxis der Markt- und Meinungsforschung«. 1966 erweiterte er sein Unternehmen um das Institut für wirtschaftliche Zukunftsforschung.

Wicki, Bernhard

schweiz. Schauspieler und Regisseur
* 28.10.1919 St. Pölten, Niederösterreich

Wicki, der nach einer Bühnenkarriere zunächst als Schauspieler zum Film kam (»Der fallende Stern«, 1950), wurde bereits für seine erste eigene Regiearbeit, »Die Brücke« (1959), mehrfach ausgezeichnet. Der Film, der den aussichtslosen Kampf einer Gruppe von Oberschülern um die Verteidigung einer Brücke zum Ende des 2. Weltkriegs schildert, zeigt in bis dahin ungewohntem Realismus, wie im Dritten Reich jugendliche Ideale mißbraucht wurden. W., der nach diesem Erfolg auch in Hollywood drehte (»Der Besuch«, 1963, mit Ingrid →Bergman, nach Fr. →Dürrenmatt; »Morituri«, 1964), inszenierte mit Erfolg Literaturverfilmungen für das Fernsehen (»Das falsche Gewicht«, 1971, nach J. →Roth).

□ 1938-40: Schauspielausbildung bei G. →Gründgens an der Staatlichen Schauspielschule in Berlin und am Reinhardt-Seminar in Wien. □ 1940: Bühnendebüt als Faust in Goethes »Urfaust« in Wien. □ 1941-43: Engagement am

B. Wicki: Mit »Die Brücke« zum Regiestar.

Theater in Bremen. □ 1943: Pylades in »Iphigenie auf Tauris« bei den Salzburger Festspielen. □ 1944-50: Engagement am Züricher Schauspielhaus. □ 1950: Filmdebüt in »Junges Herz voll Liebe«. □ 1953: »Die letzte Brücke« (Rg. H. → Käutner). □ 1961: Co-Regie bei »Der längste Tag« (u. a. mit J. →Wayne). □ 1971: »Das falsche Gewicht« (Rg., mit H. →Qualtinger). □ 1975/76: »Die Eroberung der Zitadelle«. □ 1983: »Eine Liebe in Deutschland« (Rg. A. →Wajda). □ 1984: »Die Grünsteinvariante« (Rg). □ 1986-88: »Das Spinnennetz« (Rg., mit K. M. →Brandauer). □ 1991: UFA-Ehrenpreis 1992.

Wicksell, Johan Gustav Knut

schwed. Nationalökonom
* 20.12.1851 Stockholm
† 3.5.1926 Stocksund bei Stockholm

Wicksell, bedeutendster schwedischer Ökonom der Jahrhundertwende, lieferte wichtige Beiträge auf den Gebieten der Geld-, Kapital- und Zinstheorie. Seine Arbeit wurde von den Grenznutzentheoretikern E. v. →Böhm-Bawerk und C. →Menger beeinflußt, in der Geldtheorie zählten L. →Walras und William Stanley Jevons (* 1835, † 1882) zu seinen Vorbildern. In der Schrift »Geldzins und Güterpreise« (1898) formulierte W. ein Zinsspannentheorem, das besagt, daß die Relation zwischen dem Geldzins (Marktzins) und dem natürlichen Zins (Nettorendite, die ein Investor aus einer Investition erzielt) von entscheidender Bedeutung für Schwankungen des allgemeinen Preisniveaus ist. Mit Gleichgewichtsstörungen zwischen diesen beiden Komponenten erklärte er die periodischen Konjunkturen und Krisen der Wirtschaft (»Wicksellscher Prozeß«). Einfluß auf die Volkswirtschaftstheorie nahm auch W.s Einkommensverteilungstheorie, die auf den Grundlagen der Grenzproduktivitätstheorie basiert.

□ 1869-76: Studium der Mathematik, später auch Volkswirtschaft. □ 1876-1902: Prof. an der Univ. Uppsala. □ 1893: »Über Wert, Kapital und Rente« (Schr., engl. 1933). □ 1901-1915: »Vorlesungen über Nationalökonomie auf der Grundlage des Marginalprinzips« (2 Bde., dt. 1913-22). □ 1903-17: Lehrstuhl an der Univ. Lund. □ 1917: Präs. des Economists Club, Stockholm.

▷ R. Frisch: Knut Wicksell, 1951; A. Wagner: Der Wicksell-Effekt, 1978.

Theodor Wiegand →

Widmark, Richard

amer. Schauspieler
* 26.12.1914 (1915?) Sunrise, Minn.

R. Widmark machte als Rauhbein mit gutem Kern Karriere.

Mit der beeindruckenden Darstellung eines psychopathischen Mörders in seinem ersten Film, »Der Todeskuß« (1947), wurde Widmark auf die Figur des Schurken festgelegt. Erst mit dem Thriller von E. →Kazan, »Unter Geheimbefehl« (1950), konnte er sich von diesem Image befreien, verkörperte aber weiterhin rauhbeinige Kriegsfilm- und Westernhelden (»Alamo«, 1960; »Cheyenne«, 1963). Seit seiner Rolle als Polizist Madigan in der gleichnamigen TV-Serie, die dem Kinofilm »Madigan/Nur 72 Stunden« (1967, Rg. D. →Siegel) folgte, trat W. häufig in Fernsehproduktionen auf.

□ 1936: Examen (B. A.) in Sprecherziehung und Politik. □ 1938: Ausbilder für Sprecherziehung; Übersiedlung nach New York. □ 1943: Broadway-Debüt in »Kiss and tell«. □ 1948: »Straße ohne Namen« (F.). □ 1950: »Haß ist blind« (mit S. →Poitier). □ 1951: »Die Feuerspringer von Montana«. □ 1956: »Der letzte Wagen«. □ 1959: »Warlock« (mit H. →Fonda). □ 1960: »Alamo« (Rg. und Hr. J. →Wayne). □ 1961: »Das Urteil von Nürnberg« (mit S. →Tracy, B. →Lancaster und M. →Dietrich). □ 1965: »Zwischenfall im Atlantik« (mit S. Poitier). □ 1976: »Achterbahn« (mit H. Fonda). □ 1987: »Ein Aufstand alter Männer« (Rg. V. →Schlöndorff).

Wiegand, Theodor

dt. Archäologe
* 30.10.1864 Bendorf bei Koblenz
† 19.12.1936 Berlin

Auf Wiegand, der bedeutende Ausgrabungen in Priene, Milet, Didyma und Pergamon (Kleinasien) leitete, geht der Neubau und die Einrichtung des Berliner Pergamon-Museums (eröffnet 1930) zurück.

□ 1899-1911: Dir. des Dt. Archäologischen Inst., Konstantinopel. □ 1904: Hg. und Mitverfasser der Beschreibung von »Priene«. □ 1911-31: Dir. der Antikenabteilung der Berliner Museen. □ 1906-35: Hg. und Mitverfasser von »Milet« (3 Bde.); »Baalbek« (3 Bde., 1921-25). □ ab 1932: Dir. des Berliner Archäologischen Inst.

Wieland, Heinrich Otto

dt. Biochemiker
* 4.6.1877 Pforzheim † 5.8.1957 München

← Heinrich Otto Wieland

Wieland, 1909-50 Professor an der Universität München (1921-25 in Freiburg i. Br.), erforschte die Zusammensetzung der Gallensäure und verwandter Substanzen, wofür er 1928 den Chemie-Nobelpreis des Jahres 1927 erhielt. W. arbeitete auch »Über den Verlauf der Oxydationsvorgänge« (Schr., 1933), worüber er seine Dehydrierungstheorie aufstellte: Sie beschreibt eine der biologisch wichtigen Reaktionen, die Oxydation organischer Substanzen in den Zellen, bei der Wasserstoff abgespalten und übertragen wird.

Wieman, Mathias

dt. Schauspieler
* 23.6.1902 Osnabrück † 3.12.1969 Hamburg

← Mathias Wieman

Wieman, ab 1924 an verschiedenen Berliner Bühnen, nach Kriegsende außerdem in Zürich tätig, wurde durch zahlreiche Filmrollen bekannt, in denen er zunächst als zorniger Jugendlicher, später vor allem als Bösewicht mit sparsamen gestischen und mimischen Mitteln und ungemein modulationsfähiger Stimme überzeugte. Bekannt wurde W. auch als Rezitator meist klassischer Texte.

□ 1924: Engagement am Dt. Theater Berlin; Sohn in »Sechs Personen suchen einen Autor« (L. →Pirandello, Rg. M. →Reinhardt). □ 1927: »Feme« (Stummfilm, Rg. R. Oswald). □ 1933: »Der Schimmelreiter« (F., Rg. H. Deppe, C. Oertel) nach der Novelle von Th. Storm. □ 1941: »Ich klage an« (F., Rg. W. →Liebeneiner). □ 1951: »Herz der Welt« (F., Rg. H. Braun). □ 1954: Prospero in »Der Sturm« (Shakespeare) am Berliner Schloßparktheater, ebenso 1964 in Zürich, »Angst« (F., Rg. R. →Rossellini, mit Ingrid →Bergman) nach einer Novelle von St. →Zweig. □ 1964: »Der Gefangene der Botschaft« (TV-Film, Rg. N. Gessner). □ 1967: Bischof von Münster in »Die Wiedertäufer« (F. →Dürrenmatt) in Zürich.

Wien, Wilhelm »Willy«

dt. Physiker
* 13.1.1864 Gaffken, Ostpreußen
† 30.8.1928 München

← Wilhelm Wien

Wien untersuchte die Temperaturstrahlung des schwarzen Körpers. Alle Wellenlängen von Licht, die durch ein kleines Loch in eine vollkommen dunkle und abgeschlossene Kammer einfallen, werden darin absorbiert; die austretende Hohlraumstrahlung müßte wieder aus allen Wellenlängen bestehen. Aufgrund seiner Untersuchungen über die Zusammenhänge zwischen Wellenlänge, Temperatur und Strahlungsintensität stellte W. 1893/94 das nach ihm benannte Verschiebungsgesetz auf, wonach sich das Intensitätsmaximum der Wärmestrahlung mit steigender Temperatur nach kürzeren Wellenlängen verschiebt. 1896 folgte das Wiensche Strahlungsgesetz zur Berechnung der spektralen Energieverteilung der Strahlung eines schwarzen Körpers, das aber nur auf die beobachtete kurzwellige Strahlung zutraf. Aus diesem und dem Strahlungsgesetz von J. W. St. →Rayleigh, das für langwellige Strahlen galt, zog M. →Planck mit der Einführung der »Quanten« die Schlußfolgerung für den gesamten Frequenzbereich.

□ 1895: Realisierung eines »schwarzen Strahlers« (mit O. Lummer). □ 1900-20: Prof. an der Univ. Würzburg. □ ab 1906: Hg. der »Annalen der Physik«. □ 1907: Wellenlängenbestimmung von Röntgenstrahlen. □ 1911: Physik-Nobelpreis. □ ab 1920: Prof. an der Univ. München. □ ab 1926: Hg. des »Handbuchs der Experimentalphysik«.

▷ W. Wien: Aus dem Leben und Wirken eines Physikers (Aut.), 1930.

Wiener, Norbert

amer. Mathematiker
* 26.11.1894 Columbia, Mont.
† 18.3.1964 Stockholm (Schweden)

Norbert Wiener →

Wiener begründete die Kybernetik, die Wissenschaft von der Verwandtschaft zwischen technischen, organischen und gesellschaftlichen Regelsystemen. Diese Theorie meint ein dynamisches System, in welchem die einzelnen Elemente, die aufgrund eines rückgekoppelten Regelkreises auf Außeneinflüsse reagieren, sowohl zueinander wie zum Ganzen in funktionaler Beziehung stehen. Ausgehend von Problemstellungen bei der Informationsübermittlung durch datenverarbeitende Maschinen, erkannte W. analog funktionierende Systeme in biologischen Organismen. Nach Erscheinen seiner Schrift »Kybernetik. Regelung und Nachrichtenübertragung in Lebewesen und Maschine« (1948, dt. 1963) fand die Kybernetik auf den verschiedensten Wissenschaftsgebieten Anwendung, woraus sich schließlich die Theorie von den »vernetzten Systemen« ergab. Neben Beiträgen zur mathematischen Grundlagenforschung und zur Anwendung der formalen Logik bei der elektronischen Systemanalyse schuf W. auch die Grundlagen der Informationstheorie.

□ ab 1932: Prof. am Mass. Inst. of Technology in Cambridge. □ 1950: »Mensch und Menschmaschine« (Schr., dt. 1952). □ 1959: »Die Versuchung« (Schr., dt. 1969). □ 1964: Nat. Medal of Science (USA).

▷ N. Wiener: Mathematik — mein Leben (Aut., 2 Bde.), 1953-56, dt. 1962.

Wiener, Oswald

österr. Schriftsteller und Kommunikationstheoretiker
* 5.10.1935 Wien

Bereits als Mitglied der provokanten Wiener Gruppe (G. →Rühm) setzte sich Wiener in einer

Zeit der Stagnation entschieden für eine literarische Erneuerung ein, die nicht das Kunstwerk, sondern den künstlerischen Prozeß in den Mittelpunkt stellte. Nach seiner Abkehr von der Gruppe (1959) und unter dem Einfluß L. →Wittgensteins stellte W. in »die verbesserung von mitteleuropa, roman« (1969) seine Sprachtheorie vor: Nur der Bezeichnung nach ein Roman, durchbricht das Werk sämtliche Gattungsgrenzen; durch die Verwendung unterschiedlicher Sprachebenen und die rigorose Sprachzertrümmerung artikuliert W. seine Zweifel, daß gesellschaftlich normierte Sprache Wirklichkeit abbilden könne. W., der sich für eine enge, institutionalisierte Verbindung der Künste mit den Wissenschaften einsetzt, präsentiert seit den 70er Jahren seine Studien über das Erkenntnisproblem in Form von Essays.

O. Wiener: Zweifel an der Brauchbarkeit der Normsprache.

□ 1953-58: Studium der Mathematik, Jura, Musik und afr. Sprachen. □ 1954-59: Als Mitgl. der Wiener Gruppe Ged.e, Montagen, Prosa. □ 1959-67: Tätigkeit als EDV-Spezialist. □ 1962: »starker toback« (Abh., mit K. Bayer). □ 1979: »Wir möchten auch vom Arno-Schmidt-Jahr profitieren« (Es.s).

Wiese, Benno von

(eig. B. v. W. und Kaiserswaldau)
dt. Germanist
* 25.9.1903 Frankfurt/Main † 31.1.1987 München

Wiese war mit seinen Interpretationen und großen Sammelwerken zum deutschen Drama, Roman und zur Lyrik wegweisender Impulsgeber der deutschen Literaturwissenschaft der Nachkriegszeit.
Im Mittelpunkt seiner Arbeit stand lange Zeit die Auseinandersetzung mit der Klassik und Romantik (»Von Lessing bis Grabbe. Studien zur deutschen Klassik und Romantik«, Schr., 1968; »Die deutsche Tragödie von Lessing bis Hebbel«, Schr., 1948). Während seiner Lehrtätigkeit an der Bonner Universität (1957-70) gab er mit Lieselotte Blumenthal eine Schiller-Nationalausgabe heraus. Der mehrfach ausgezeichnete Germanist setzte sich auch mit der deutschen Gegenwartsliteratur auseinander. Als der Senat der Stadt Bremen G. →Grass den Rudolf-Alexander-Schröder-Preis für die »Blechtrommel« verweigerte, verließ W. aus Protest die Jury. Während der Studentenunruhen in den 60er Jahren wurde W. wegen seiner Mitgliedschaft in der NSDAP 1933-45 scharf kritisiert.
W.s Autobiografie »Ich erzähle mein Leben. Erinnerungen« (1982) löste erneut heftige Debatten über die Vergangenheit des renommierten Literaturwissenschaftlers aus.

□ 1927: Promotion bei K. →Jaspers über Friedrich Schlegel. □ 1929: Habilitation in Bonn; Privatdozent für dt. Literaturgeschichte. □ 1931: »Lessing, Dichtung, Ästhetik, Philosophie« (Schr.). □ 1943-56: Prof. an der Univ. in Münster. □ 1950: »Eduard Mörike« (Schr.). □ 1969: »Karl Immermann« (Schr.). □ 1970: Emeritierung an der Univ. Bonn.

▷ B. v. Wiese: Ich erzähle mein Leben. Erinnerungen (Aut.), 1982.

Leopold von Wiese →

← Benno von Wiese

Wiese, Leopold von

dt. Soziologe
* 2.12.1876 Glatz in Schlesien † 11.1.1969 Köln

Von Wiese entwickelte — in Auseinandersetzung mit G. →Simmel — eine Beziehungslehre, in deren Mittelpunkt das menschliche Verhalten in der Gesellschaft steht. Der Soziologe untersucht »soziale Prozesse« (die Beziehungen der Individuen und Gruppen untereinander und Einflüsse aufeinander). Diese spielen sich in einem sozialen Raum ab, der die Individuen in bestimmten »sozialen Abstand« zueinanderbringt: Vereinigung, Konkurrenz, Opposition oder Konflikt. Verfestigte Beziehungen führen zu sozialen Gebilden (z.B. politische und wirtschaftliche Organisationen). In zeitgeschichtlichen Stellungnahmen äußerte sich W. als Mann der Mitte. Maß halten war ihm eine wichtige menschliche und politische Forderung. Als Hauptaufgabe sah er den Bau eines neuen, solidarischen Europas an.

□ 1906: »Zur Grundlegung der Gesellschaftslehre« (Schr.). □ 1919: Prof. für Soziologie, Univ. Köln. □ 1926: »Soziologie« (Schr.). □ 1935: Gast-Prof., Harvard Univ., Cambridge, Mass. □ 1950: »Gesellschaft, Stände und Klassen« (Schr.). □ 1961: »Ethik der sozialen Gebilde« (Es.). □ 1967: »Gleichheit und Ungleichheit im menschlichen Leben« (Es.).

Wiesel, Elie

amer. Schriftsteller
* 30.9.1928 in Sighet, Siebenbürgen

Wiesel zählt zu den bedeutendsten zeitgenössischen jüdischen Schriftstellern. In seinen überwiegend französisch geschriebenen Werken kämpft W. gegen die Gleichgültigkeit und das Vergessen, eine Gleichgültigkeit, die Verbrechen wie die der Nationalsozialisten erst möglich macht, ein Vergessen, das die Gefahr der Wiederholung in sich birgt.
Beeinflußt durch das persönliche Erleben in den Konzentrationslagern Auschwitz und Buchenwald schrieb er mit »Die Nacht zu begraben« (1958, dt. 1962) einen erschütternden Bericht über das Vernichtungslager Auschwitz. Für sein Engagement gegen Rassismus und Unter-

Elie Wiesel schreibt über die Erfahrungen als Überlebender des Holocaust.

drückung auf der ganzen Welt wurde ihm 1986 der Friedens-Nobelpreis verliehen.

□ 1944: Deportation mit der Familie nach Auschwitz und Buchenwald. □ 1945: Befreiung aus Buchenwald. □ 1947-50: Studium an der Sorbonne, Paris. □ 1952: Korrespondent der Zeitung Jedioth Ahronot. □ 1962: »Gezeiten des Schweigens« (R., dt. 1963). □ 1964: »Die Pforten des Waldes« (R., dt. 1966). □ 1986: »Der fünfte Sohn« (R., dt. 1986); Friedens-Nobelpreis.

▷ E. N. Stern: Wo Engel sich versteckten. Das Leben des Elie Wiesel, 1986; R. McAfee Brown: Elie Wiesel. Zeuge für die Menschheit (Biogr.), 1990.

Wiesel, Torsten Nils

schwed. Neurobiologe
* 3.6.1924 Uppsala

Wiesel, Nobelpreisträger von 1981, erforschte die neurophysiologischen Prozesse bei der Informationsübertragung der vom Auge aufgenommenen optischen Reize durch das Gehirn. Die auf der Netzhaut gesammelten Eindrücke werden nach W.s Erkenntnissen schrittweise verarbeitet und im Sehzentrum zu einem Gesamtbild zusammengesetzt. Von Bedeutung war W.s Entdeckung, daß die Sehzellen schon kurz nach der Geburt voll entwickelt sind und daß es auch von der Vielfalt der visuellen Erlebnisse im Kleinkindalter abhängt, wie der Mensch später seine Umwelt wahrnimmt.

□ 1959-83: Prof. an der Harvard Medical School in Boston. □ 1981: Physiologie/Medizin-Nobelpreis (mit D. H. →Hubel und R. W. →Sperry). □ seit 1983: Dir. des neurobiologischen Laboratoriums an der Rockefeller Univ., New York.

Wiesenthal, Simon

österr. Publizist
* 31.12.1908 Buczacz, Galizien (heute UdSSR)

Wiesenthal, der u. a. A. →Eichmann in Argentinien aufspürte (1960), gründete 1961 in Wien ein Dokumentationszentrum über die nationalsozialistische Judenverfolgung, das er seitdem leitet. Seiner akribischen und geduldigen Arbeit ist die Entdeckung vieler untergetauchter Naziverbrecher zu verdanken. W. war bis 1945 in zwölf verschiedenen Konzentrationslagern inhaftiert. Dennoch schwor er nicht Rache, sondern setzt auf die rechtmäßige Verurteilung der Nazi-Verbrecher.

□ 1932-39: Architekt in Lemberg. □ 1941-45: KZ-Häftling. □ 1947-54: Leitung eines Dokumentationszentrums in Linz. □ 1954: Übersiedlung nach Israel. □ 1960: »Ich jagte Eichmann« (Ber.). □ 1961: Errichtung eines Dokumentationszentrums in Wien. □ 1967: »Doch die Mörder leben« (Schr.). □ 1988: »Recht, nicht Rache« (Es.). □ 1991: »Segel der Hoffnung« (Schr.).

Simon Wiesenthal enttarnte zahlreiche Naziverbrecher.

Wigman, Mary

(eigtl. Marie Wiegmann)
dt. Tänzerin, Choreographin und Tanzpädagogin
* 13.11.1886 Hannover † 19.9.1973 Berlin/West

Wigman ist eine der einflußreichsten Vertreterinnen des freien oder Ausdruckstanzes, den sie selbst als Tänzerin vollendet beherrschte, in unzähligen Choreographien entwickelte und an ihre Schüler, darunter H. →Kreutzberg und G. →Palucca, weitergab. Selbst eine Schülerin von É. Jacques-Dalcroze und R. v. →Laban, zeichnete sich ihr Stil durch expressive rhythmische Bewegungen aus, die vielfach ohne Musikbegleitung

Mary Wigman tanzte häufig nur zum Rhythmus eines Schlagzeugs oder Gongs.

oder nur mit Schlagzeug vollzogen wurden. W. hatte erheblichen Einfluß auf den Modern Dance in den USA.

□ 1913-19: Schülerin und Assistentin von R. v. Laban. □ 1919: Erste Soloabende. □ 1920: Gründung der Mary-Wigman-Schule in Dresden. □ 1921-33: Gastspiele mit eigener Truppe im In- und Ausland. □ 1933-48: Tänzerin, Choreographin und Tanzpädagogin in Dresden und Leipzig. □ 1949-67: Leiterin eines Tanzstudios in Berlin/West. □ 1961: Inszenierung der Gluck-Oper »Orfeo ed Euridice« an der Dt. Oper Berlin.

▷ M. Wigman: Deutsche Tanzkunst, 1935; G. Zivier: Mary Wigman, 1956; M. Wigman: Die Sprache des Tanzes, 1963.

Wigner, Eugene Paul

amer. Physiker ungar. Herkunft
* 17.11.1902 Budapest

← Eugene Paul Wigner

Wigner gehört zu den bedeutendsten Theoretikern der Elementarteilchenphysik. Zu weitreichenden Einsichten in den Aufbau der Materie führten seine Überlegungen zur Raumspiegelung, Zeitumkehr sowie seine Entdeckung und Anwendung fundamentaler Symmetrie-Prinzipien bei zahlreichen Kernprozessen. Von W. stammt der Satz von der »Erhaltung der Parität«, dessen generelle Gültigkeit erst 1956 von T. D. →Lee und Ch. N. →Yang für bestimmte schwache Wechselwirkungen eingeschränkt wurde.
W.s Vorstellungen über das Einfangen von Neutronen (Theorie der Neutronenabsorption, 1936) waren bei der Entwicklung des ersten Kernreaktors ebenso wichtig wie für die erste kontrollierte Kettenreaktion (E. →Fermi). W., der an der Entwicklung der amerikanischen Atombombe beteiligt war, engagierte sich später für die friedliche Nutzung der Atomenergie.

□ 1931: »Gruppentheorie und ihre Anwendung auf die Quantenmechanik der Atomspektren« (Schr.). □ 1938-71: Prof. an der Princeton Univ., N. J. □ 1946/47: Aufstellung der Theorie der Resonanzabsorption. □ 1958: »Einführung in die Kernphysik« (Schr., dt. 1961). □ 1963: Physik-Nobelpreis (mit M. →Goeppert-Mayer und J. H. D. Jensen). □ 1967: »Symmetries and reflections« (Schr.).

Wilander, Mats

schwed. Tennisspieler
* 22.8.1964 Växjö

Wilander, der 1988 für kurze Zeit I. →Lendl an der Spitze der Weltrangliste ablöste (er gewann in jenem Jahr drei Grand-Slam-Titel), gehörte in den 80er Jahren zu den beständigsten Tennisspielern der Welt. Der Sandplatz-Spezialist, dessen Stärken im abwartenden Grundlinienspiel lagen, gewann dreimal mit Schweden den Davispokal (1984, 1985 und 1987) und sieben Grand-Slam-Turniere: French Open (1982, 1985 und 1988), Australian Open (1983, 1984 und 1988) und US Open (1988).

Wilckens, Ulrich

dt. Theologe (ev.)
* 5.8.1928 Hamburg

Wilckens, ab 1981 als Bischof von Holstein/Lübeck Leiter der Nordelbischen ev.-luth. Kirche, hat sich mit seinem umfangreichen, evangelisch-katholischen Kommentar »Der Brief an die Römer« (3 Bde., 1977-82) einen Namen gemacht. Auch seine 1970 erschienene Übersetzung des N. T. hat sich als Ergänzung zur Luther-Bibel bewährt. Eines seiner Anliegen ist die Aufhebung der konfessionellen Spaltung.

□ 1961-68: Prof. an der Kirchlichen Hochschule, Berlin. □ seit 1968: Mithg. des »Evangelisch-Katholischen Kommentars zum N. T.«. □ 1968-81: Dir. des Neutestamentlichen Seminars der Univ. Hamburg. □ 1974: »Rechtfertigung als Freiheit« (Schr.). □ 1981-91: Bischof von Holstein/Lübeck. □ 1987: Predigt anläßlich der Trauerfeier für U. →Barschel.

Wilde, Oscar (Fingal O'Flahertie Wills)

anglo-ir. Schriftsteller
* 16.10.1854 Dublin † 30.11.1900 Paris

Wilde war der bedeutendste Vertreter des englischen Ästhetizismus und der aus Frankreich stammenden Décadence-Bewegung. Der Gegensatz zwischen ästhetischen und moralischen Normen durchzieht W.s gesamtes Werk und findet seinen gültigsten Ausdruck in dem »negativen« Entwicklungsroman »Das Bildnis des Dorian Gray« (1890, 2. Fassung 1891, dt. 1901). Dorians hedonistische Selbstinszenierung als Dandy und die Zurückweisung sozialer Verantwortung sind Ausdruck eines subjektivistischen Individualismus, der die Kunst als Selbstzweck begreift.
W.s unterhaltsame, literarisch wertvolle Gesellschaftskomödien trugen maßgeblich zur Erneuerung des englischen Dramas bei. Wie seine weiteren Stücke stellt W.s Meisterwerk »Bunbury oder Die Bedeutung ernst zu sein« (Dr., UA 1895, dt. 1903) die Wertvorstellungen des victorianischen Zeitalters zur Diskussion und übt ironisch Kritik an der Doppelmoral der englischen Ober-

Oscar Wilde entlarvte in seinen Komödien die victorianische Doppelmoral.

schicht des Fin de siècle. Auf dem Höhepunkt seines Erfolgs wurde W. 1895 wegen Homosexualität zu zwei Jahren Zuchthaus verurteilt.

☐ 1871-74: Studium am Trinity College, Dublin. ☐ 1874-78: Stipendium für Studium am Magdalen College, Oxford. ☐ 1877: Reisen nach Italien und Griechenland. ☐ ab 1879: Wohnsitz in London; lebt als exzentrischer Dandy. ☐ 1881: »Poems«. ☐ 1882/83: Vortragsreisen durch Amerika. ☐ 1883: »Vera; or, The Nihilists« (Dr.). ☐ ab 1884: Ausgedehnte publizistische Tätigkeit für verschiedene Zeitschriften; Heirat mit C. Lloyd. ☐ ab 1887: Hg. der Zeitschrift The Woman's World; »Das Gespenst von Canterville« (Erz., dt. 1897). ☐ 1888: »Der glückliche Prinz« (Märchensammlung, dt. 1903). ☐ 1891: »Fingerzeige« (Es., dt. 1903); »Das Granatäpfelhaus« (Erz. n, dt. 1904); »Der Sozialismus und die Seele des Menschen« (Es., dt. 1904). ☐ 1892: »Lady Windermeres Fächer. Das Drama eines guten Weibes« (Dr., dt. EA 1902). ☐ 1893: »Salome« (Dr., frz. 1893, engl. 1894, dt. EA 1902). ☐ 1900: Reise nach Paris unter dem Decknamen Melmoth; Übertritt zum Katholizismus.

▷ P. Funke: Oscar Wilde in Selbstzeugnissen und Bilddokumenten, 1969; N. Kohl (Hg.): Oscar Wilde. Leben und Werk in Daten und Bildern, 1975; R. Ellmann: Oscar Wilde, 1991.

Gene Wilder →

Wilder, Billy

(eig. Samuel Wilder)
amer. Regisseur österr. Herkunft
* 22.6.1906 Wien

Wilder wurde mit Filmen wie »Manche mögen's heiß« (1959; mit M. →Monroe, J. →Lemmon und T. →Curtis) und »Das Mädchen Irma La Douce« (1962; mit Sh. →MacLaine und J. Lemmon) zum Komödienspezialisten Hollywoods. Bekannt war er mit dem im Stil der Schwarzen Serie inszenierten Kriminalfilm »Frau ohne Gewissen« (1944; mit B. →Stanwyck) und der Alkoholikerstudie »Das verlorene Wochenende« (1946) geworden, die drei Oscars erhielt. Gute schauspielerische Leistungen zeigte auch der nach A. →Christie entstandene Film »Zeugin der Anklage« (1957; mit M. →Dietrich und Ch. →Laughton). W. schrieb Drehbücher für E. →Lubitsch (u. a. »Ninotschka«, 1939; mit G. →Garbo) und für die meisten seiner eigenen Filme.

Billy Wilder: Komödienspezialist aus Österreich.

☐ 1929: Drehbuch und Co-Regie für »Menschen am Sonntag« (Rg. R. → Siodmak). ☐ 1933: Emigration über Paris in die USA. ☐ 1943: »Fünf Gräber bis Kairo« (mit E. v. →Stroheim). ☐ 1951: Oscar für »Boulevard der Dämmerung« (mit G. →Swanson). ☐ 1954: »Sabrina« (mit A. →Hepburn und H. →Bogart). ☐ 1955: »Das verflixte siebte Jahr« (mit M. Monroe). ☐ 1960: Drei Oscars für »Das Appartement« (mit J. Lemmon und Sh. MacLaine). ☐ 1961: »Eins, Zwei, Drei« (mit L. →Pulver). ☐ 1964: »Küß mich, Dummkopf« (mit D. →Martin). ☐ 1966: »Der Glückspilz« (mit W. →Matthau und J. Lemmon). ☐ 1970: »Das Privatleben des Sherlock Holmes« (mit Ch. →Lee). ☐ 1972: »Avanti, avanti« (mit J. Lemmon). ☐ 1974: »Extrablatt« (mit W. Matthau und J. Lemmon). ☐ 1977: »Fedora«. ☐ 1981: »Buddy, Buddy« (mit W. Matthau und J. Lemmon).

▷ N. Sinyard/A. Turner: Billy Wilders Filme, 1980.

Wilder, Gene

(eig. Jerry Silberman)
amer. Schauspieler und Regisseur
* 11.6.1935 Milwaukee, Wisc.

Wilder zählt zu den bekanntesten Komikern des amerikanischen Films. In Komödien des Regisseurs M. →Brooks (»Frühling für Hitler«, 1967; »Frankenstein Junior«, 1974) entwickelte W. den Typ des leicht nervösen Biedermanns, der durch Zufall in komische Situationen gerät. Nach seiner Trennung von Brooks inszenierte W. seine Filme selbst. Sehr erfolgreich war »Die Frau in Rot« (1984), ein Remake der französischen Komödie »Ein Elefant irrt sich gewaltig« (1976, Rg., Y. Robert), in der die Verirrungen eines braven Büroangestellten in der Midlife crisis beschrieben werden.

□ 1955/56: Schauspielstudien an der Bristol Old Vic Theaterschule. □ 1967: Filmdebüt in einer Nebenrolle in »Bonnie und Clyde« (1967, mit W. →Beatty und F. →Dunaway). □ 1972: »Was sie schon immer über Sex wissen wollten. . .« (Rg. W. →Allen). □ 1973: »Is' was, Sheriff?« (Rg. M. Brooks). □ 1975: Erste eigene Regie in »Sherlock Holmes' cleverer Bruder«. □ 1977: »Der größte Liebhaber der Welt«. □ 1989: »Die Glücksjäger« (Rg. A. Hiller).

Thornton Wilder verband Dramentechniken verschiedener Kulturen in seinen Stücken.

Wilder, Thornton Niven

amer. Schriftsteller
* 17.4.1897 Madison, Wisc.
† 7.12.1975 New Haven, Conn.

Wilder begann und beendete seine Schriftstellerlaufbahn mit Romanen, die im christlichen und antiken Kulturgut verhaftet sind. Seine größten Erfolge errang er jedoch mit seinen Theaterstücken, die sich mit der Frage nach Schicksal und Bestimmung des Menschen auseinandersetzen. In »Wir sind noch einmal davongekommen« (Dr., 1942, dt. 1944) präsentierte W. am Beispiel der Familie Antrobus (d. h. »Menschheit«) die archetypische Geschichte des triumphalen menschlichen Beharrungsvermögens inmitten von Katastrophen wie Eiszeit, Sintflut und Krieg. »Unsere kleine Stadt« (Dr., 1938, dt. 1959, dt. EA 1939) ist die universale Fabel von Geburt, Liebe und Tod im ewigen Wechsel der Generationen. Im Nachkriegsdeutschland waren diese beiden Stücke sehr erfolgreich. W.s Leistungen beruhen auf der Erneuerung der dramatischen Form durch Nutzung von Elementen des fernöstlichen Theaters (No-Spiel), des epischen Theaters von B. →Brecht und der griechischen Tragödie.

□ 1917-21: Studium der Anthropologie, u. a. in Rom. □ 1927: »Die Brücke von San Luis Rey« (R., dt. 1929). □ 1928: Pulitzer-Preis (erneut 1938, 1943). □ 1930-36: Dozent an der Univ. of Chicago. □ 1934: »Dem Himmel bin ich auserkoren« (R., dt. 1935). □ 1948: »Die Iden des März» (R., dt. 1948). □ 1950/51: Prof. für Poesie, Harvard Univ. □ 1954: »Einakter und Dreiminutenspiele« (dt.). □ 1955: »Die Alkestiade« (R., dt. 1958). □ 1957: Friedenspreis des Dt. Buchhandels. □ 1967: »Der achte Schöpfungstag« (R., dt. 1968). □ 1968: National Book Award. □ 1974: »Theophilus North« (R., dt. 1974).

▷ H. Stresau: Thornton Wilder, 1963.

Ulrich Wildgruber in der Rolle des Torquato Tasso, 1990.

Wildgruber, Ulrich

dt. Schauspieler
* 18.11.1937 Bielefeld

Mit seiner eigenwilligen Sprache und seinen zwischen Schwerfälligkeit und abrupter Hast wechselnden Bewegungen schuf Wildgruber eine nur ihm eigene, äußerst artistische und unverwechselbare Darstellungskunst. Auch tragischen Rollen verleiht er so, ohne sie zu denunzieren, eine clowneske Note, ruft damit beim Publikum neben enthusiastischem Beifall auch lebhaften Protest hervor. In dem Regisseur P. →Zadek fand W. einen idealen Partner; zusammen schrieben sie in den 70er Jahren u. a. mit den Shakespeare-Dramen »König Lear«, »Othello«, »Hamlet« und »Das Wintermärchen« Theatergeschichte.

□ ab 1964: Erste Engagements in Basel, Wien, Heidelberg und Oberhausen. □ 1968: Titelrolle in der UA von »Kaspar« (P. →Handke) in Oberhausen. □ 1972: Engagement an der Schaubühne in Berlin; Vater in der UA von »Der Ignorant und der Wahnsinnige« (Th. → Bernhard, Rg. C. →Peymann) bei den Salzburger Festspielen. □ 1973: Wechsel zu P. Zadek nach Bochum. □ seit 1975: Engagement am Dt. Schauspielhaus Hamburg. □ 1979: »Die Hamburger Krankheit« (F., Rg. P. Fleischmann). □ 1984: »Verlorene Zeit« (J. Hopkins, Rg. P. Zadek). □ 1987: Dr. Schöning in »Lulu« (F. →Wedekind, Rg. P. Zadek). □ 1990: Nebenrolle in »Winckelmanns Reisen« (F., Rg. J. Schütte).

Wilhelm II.: Der letzte deutsche Kaiser im Exil, 1921.

Wilhelm II.

Deutscher Kaiser, König von Preußen
* 27.1.1859 Potsdam
† 4.6.1941 Doorn, Prov. Utrecht, Niederlande

Die Jahre von 1888 bis 1914/18 sind als Wilhelminische Epoche in die Geschichte eingegangen, benannt nach dem letzten deutschen Kaiser Wilhelm II. Sie war geprägt von der Sprunghaftigkeit des jungen Kaisers, der bis zur Daily-Telegraph-Affäre (1908) mit einem »persönlichen Regiment« seine Vorstellung von der Weltmachtstellung des Deutschen Reichs mit ihm selbst als »Volkskaiser« durchzusetzen trachtete.

Königin Wilhelmina →

Die damit verbundene Widersprüchlichkeit seiner Politik isolierte Deutschland zunehmend und trieb es letztlich in den 1. Weltkrieg.
Neben seinen verbalen Entgleisungen (Krüger-Depesche 1896; Hunnen-Rede 1900) verprellte u. a. seine mit Hilfe von A. v. →Tirpitz forcierte Flottenpolitik Großbritannien und trieb es in eine Koalition mit Frankreich (Entente cordiale, 1904). Hinzu kam die Nichtfortführung des ausgeklügelten Bismarckschen Bündnissystems nach dessen Verabschiedung 1890. Als besonders verhängnisvoll erwies sich die Nichtverlängerung des Rückversicherungsvertrags mit Rußland; sie trieb Zar →Nikolaus II. in die Arme Frankreichs und Großbritanniens. W. vertraute als Enkel Queen →Victorias und dienstältester europäischer Monarch nach deren Tod (1901) zu sehr auf eine dynastische Politik mit Hilfe von persönlichen Absprachen.
Andererseits sah W. die Notwendigkeit, eine Lösung der sozialen Frage zu suchen (Nichtverlängerung der Sozialistengesetze; neue Arbeitsschutzgesetze) sowie die einer industriellen Modernisierung (Förderung der Technischen Hochschulen, Bau des Nord-Ostsee-Kanals 1895, Gründung der Kaiser-Wilhelm-Gesellschaft zur Förderung der Wissenschaft 1911, nach dem 2. Weltkrieg Max-Planck-Institut).
Bis zuletzt auf eine Wiederherstellung der Monarchie hoffend, verbrachte W., der sich während des 1. Weltkriegs kaum mehr in die Politik eingemischt hatte, 23 Jahre im Exil in den Niederlanden. Jegliche politische Aktivität war ihm untersagt.

□ 1888: Tod Friedrichs III.; Regierungsantritt Wilhelms II. □ 1890: Entlassung Bismarcks als Reichskanzler; Erste Int. Arbeitsschutzkonferenz in Berlin. □ 1895: Eröffnung des Kaiser-Wilhelm-Kanals (Nord-Ostsee-Kanal). □ 1898: Beginn der Flottenpolitik (1. Flottengesetz); Gründung des Dt. Flottenvereins. □ 1905: Zusammentreffen mit Zar Nikolaus II. □ 1909: Entlassung Reichskanzlers v. →Bülow; Rückzug aus der Politik unter dessen Nachfolger Th. v. →Bethmann Hollweg. □ 1914: Kriegserklärung an Rußland (1. 8.) und Frankreich (2. 8.). □ 1918: Auf Anraten v. →Hindenburgs Flucht in die Niederlande (10. 11.); Abdankungserklärung (28. 11.). □ 1920: Kauf von »Haus Doorn«, südlich von Amersfoort.

▷ Wilhelm II.: Aus meinem Leben 1859-1918, 1922; W. Schüssler: Kaiser Wilhelm II., 1970; T. Whittle: Kaiser Wilhelm II., dt. 1979; Der letze Kaiser. Wilhelm II. im Exil (Ausstellungskatalog), 1991.

Wilhelmina

Königin der Niederlande
* 31.8.1880 Den Haag
† 28.11.1962 Het Loo bei Appeldoorn

Wilhelmina, die einzige Tochter von König Wilhelm III., war von 1890 bis 1948 Königin der Niederlande; bis 1898 stand sie unter der Vormundschaft ihrer Mutter, Königin Emma. Die lange Regierungszeit der ernsten und pflichtbewußten Königin gewährte den Niederlanden bis zum Ausbruch des 2. Weltkriegs innenpolitische Stabilität. W. flüchtete 1940 vor den deutschen Truppen nach Großbritannien, wo sie bis 1945 lebte. 1948 verzichtete sie aus Altersgründen zugunsten ihrer Tochter →Juliana aus der Ehe mit Herzog Heinrich von Mecklenburg-Schwerin auf den Thron.

Wilkins, Maurice Hugh Frederick

brit. Biophysiker
* 15.12.1916 Pangaroa (Neuseeland)

Wilkins trug mit seinen strukturanalytischen Untersuchungen der Nukleinsäure zur Aufklärung der dreidimensionalen, spiralförmigen Struktur der Desoxyribonukleinsäure (DNS) bei. Anhand der Beugungsmuster der Röntgenspektren zeichnete der ehemalige Atomforscher und Nobelpreisträger (1962) den molekularen Aufbau der aus Phosphorsäuren, Nukleinbasen und Kohlehydratverbindungen bestehenden »Doppelhelix« auf.

M. H. Wilkins war an der Erforschung der DNS beteiligt.

□ 1955-63: Stellv. Dir. des biophysikalischen Forschungszentrums am King's College in London. □ 1962: Physiologie/Medizin-Nobelpreis (mit F. H. C. →Crick und J. D. →Watson). □ 1963-81: Prof. an der Univ. ebd.

Wilkinson, Sir (ab 1976) Geoffrey

brit. Chemiker
* 14.7.1921 Springside bei Todmorden, Yorkshire

Wilkinson erforschte Struktur und Verhalten der »Sandwichverbindungen«. Die typische Struktur der aus Metallatomen und organischen Molekülen bestehenden Verbindung zeichnet sich durch eine »koordinative« Bindung aus, bei der ein Metallatom nicht direkt gebunden, sondern wie beim Ferrocen zwischen zwei Ringen aus je fünf Wasserstoffatomen stabil gehalten wird. W. synthetisierte einen nach ihm benannten Katalysator, der chemische Umsetzungen zur Herstellung völlig neuer Stoffe ermöglicht.

□ 1951-56: Lehrtätigkeit an der Harvard Univ. in Cambridge, Mass. □ 1956-88: Prof. am Imperial College der Univ. London. □ 1962: »Advanced inorganic chemistry: A comprehensive text« (Standardwerk, mit F. A. Cotton). □ 1973: Chemie-Nobelpreis (mit E. O. →Fischer). □ 1976: »Basic inorganic chemistry« (Schr.).

Williams, Betty

nordir. Friedenskämpferin
* 22.5.1943 Belfast

Betty Williams →

Nach dem Tod dreier Kinder bei einem Terroranschlag initiierte die bis dahin unbekannte Hausfrau Williams mit Mairead Corrigan 1976 einen Friedensmarsch nach Belfast. Aus dieser spontanen Aktion erwuchs unter dem Namen »Peace People« in ganz Nordirland eine Friedensbewegung, die Angehörige beider Konfessionen umfaßte. Nachdem Bestrebungen Oberhand gewannen, diese Bewegung einseitig zu politisieren, verzichteten die beiden Frauen, die 1976 den Friedens-Nobelpreis erhalten hatten, 1978 auf eine weitere Mitarbeit.

□ 1976-78: An der Spitze der Friedensbewegung »Peace People«. □ 1976: Carl-von-Ossietzky-Medaille. □ 1976: Friedens-Nobelpreis (mit M. Corrigan). □ seit 1982: Wohnsitz in den USA.

Williams, Robin

amer. Schauspieler
* 21.7.1952 Chicago, Ill.

Robin Williams →

Williams gehört seit den 80er Jahren zu den interessantesten Schauspielern Hollywoods. In »Good Morning, Vietnam« (1987, Rg. B. →Levinson) zeigt er quasi in einer Ein-Mann-Show als Radio-Diskjockey sein rhetorisches und komödiantisches Talent. Abweichend von der gängigen Filmpraxis bieten die Regisseure ihm zunehmend die Möglichkeit zur Improvisation. So ließ P. →Weir in »Der Club der toten Dichter« (1989) häufig die gesamte Szene ausleuchten, um W. in der Rolle des unkonventionellen Internatslehrers größtmöglichen Spielraum zu geben.

□ 1978-82: »Mork vom Ork« (TV-Serie). □ 1980: »Popeye — Der Seemann mit dem harten Schlag« (Rg. R. →Altman). □ 1982: »Garp und wie er die Welt sah« (Rg. G. R. Hill). □ 1983: »Moskau in New York« (Rg. P. Mazursky). □ 1989: »Club der toten Dichter« (Rg. P. Weir). □ 1990: »Cadillac Man« (Rg. R. Donaldson). □ 1991: »Die Zeit des Erwachens« (mit R. de →Niro); »König der Fische« (Rg. T. Gilliam).

Williams, Tennessee

(eig. Thomas Lanier Williams)
amer. Dramatiker
* 26.3.1911 Columbus, Miss. † 25.2.1983 New York

Tennessee Williams, einer der großen amerikanischen Dramatiker der Nachkriegszeit, wurde

Tennessee Williams: Seine Charaktere leben in ihren Träumen von besseren Welten.

mit seinen Theaterstücken ein Chronist der Südstaaten, deren politischen Niedergang er als unwiderruflich konstatierte und doch zugleich nostalgisch beklagte (»Die Katze auf dem heißen Blechdach«, 1955; F. 1958). Neu an W.s Theater ist die starke Betonung der sinnlichen Komponente. Eine Vielzahl von Symbolen begleitet den Fortgang der Handlung, ergänzt durch musikalische Leitmotive und Licht- bzw. Farbsymbolik. W. nennt dieses dramaturgische Konzept plastisches Theater. Die Handlung vieler seiner Stücke folgt einem ähnlichen Muster: Eine übersensible Frau wird durch das Auftreten eines Mannes aus ihrer schützenden Traumwelt gerissen, deren Verlust sie zugrunde richtet. Diesem Muster folgt auch »Glasmenagerie« (Dr., 1944, dt. EA 1946), das über 500mal am Broadway aufgeführt wurde. An dem gleichen Konflikt scheitert auch Blanche DuBois in »Endstation Sehnsucht« (Dr., 1947, dt. 1954; F., 1951, Rg. E. →Kazan).

Richard Willstätter →

□ 1939: »American Blues« (Dr.). □ 1940: Dramenkurs bei E. →Piscator. □ 1948: »One arm and other stories«; Pulitzer-Preis (erneut 1952, 1955). □ 1950: »Mrs. Stone und ihr römischer Frühling« (R., dt. 1953). □ 1951: »Die tätowierte Rose« (Dr., UA 1950, dt. EA 1952; F. 1955, Rg. D. Mann). □ 1957: »Orpheus steigt herab« (Dr., dt. EA 1957). □ 1959: »Süßer Vogel Jugend« (Dr., dt. 1959). □ 1962: »Die Nacht des Leguan« (Dr., dt. 1962). □ 1968: Übertritt zum Katholizismus.

▷ C. Petersen: Tennessee Williams, 1975; T. Williams: Memoiren, 1975, dt. 1987.

Williams, William Carlos

amer. Schriftsteller
* 17.9.1883 Rutherford, N. J. † 4.3.1963 ebd.

Williams, der vor allem durch seine Gedichte »The Red Wheelbarrow« und »The Yachts« sowie das epische Spätwerk »Paterson« (5 Bde., 1946-58, dt. 1970) bekannt wurde, bemühte sich um die Entwicklung einer spezifisch amerikanischen Poesie auf der Basis der unmittelbaren Erfahrung von Wirklichkeit. Für seine phänomenologische Betrachtungsweise (»Nur die Dinge enthalten Ideen«) entwickelte er den Begriff »Objektivismus«. W.s »antiakademische« Dichtung und Poetologie hat vor allem die Beat-Poeten A. →Ginsberg und Charles Olson beeinflußt. Für seine Gedichte »Pictures from Brueghel« (1962) erhielt W. 1963 den Pulitzer-Preis.

← William C. Williams

□ 1902-06: Studium der Medizin. □ 1908/09: Famulatur an der Univ. Leipzig; danach praktizierender Kinderarzt (bis 1951). □ 1922: »Spring and all« (Ged.e). □ 1925: »Die Neuentdeckung Amerikas« (Es.s, dt. 1969). □ 1934: »Collected poems, 1921-31«. □ 1936: »Adam and Eve in the city« (Ged.e). □ 1937: »White Mule. Erste Schritte in Amerika« (R., dt. 1987). □ 1961: »Many loves and other plays«.

Willstätter, Richard

dt. Chemiker
* 13.8.1872 Karlsruhe
† 3.8.1942 Muralto bei Locarno (Schweiz)

Willstätter, Pionier bei der Erforschung organischer Naturstoffe, ermittelte 1912-14 die dem Blutfarbstoff Häm ähnliche Struktur des Chlorophylls (R. B. →Woodward). Neben seinen Erkenntnissen, daß das Chlorophyll-Molekül einen Magnesiumkern und das Hämoglobin ein Eisenatom beinhalten, waren auch seine Synthese des Kokains (1923) und seine Untersuchungen der pflanzlichen Farbpigmente sowie zahlreicher Alkaloide wichtig. Ab den 20er Jahren widmete sich W. der Erforschung der Enzyme (»Untersuchungen über Enzyme, 2 Bde., 1928). 1939 emigrierte W. in die Schweiz.

□ 1905-12: Prof. an der ETH Zürich. □ 1912-15: Prof. an der Univ. Berlin; Leiter der organischen Abteilung des Kaiser-Wilhelm-Inst. für Chemie ebd. □ 1913: »Untersuchungen über Chlorophyll« (Schr., mit A. Stoll). □ 1915: Chemie-Nobelpreis. □ 1916-24: Prof. an der Univ. München; Rücktritt von seinen Ämtern aus Protest gegen den Antisemitismus. □ ab 1925: Freier Mitarbeiter der chemischen Industrie. □ 1928: »Untersuchungen über Enzyme« (Schr., 2 Bde.). □ 1939: Emigration in die Schweiz.

▷ R. Willstätter: Aus meinem Leben, von Arbeit, Muße und Freuden (Aut., hg. von A. Stoll), 1949.

Wilson, Charles Thomson Rees

brit. Physiker
* 14.2.1869 Glencorse bei Edinburgh
† 15.11.1959 Carlops ebd.

Wilson, ursprünglich Meteorologe, entdeckte 1896 bei seinen Experimenten zur künstlichen Wolkenbildung, daß Ionen als Kondensationskerne wirken und in Nebel zur Tröpfchenbildung führen. 1911/12 machte W. erstmals die Kondensationsspuren von Alphateilchen in der von ihm konstruierten Nebelkammer fotografisch sichtbar. Aufgrund seiner Messungen der elektrischen Leitfähigkeit der Luft schloß W. auf eine ionisierende außerirdische Strahlung (V. F. →Hess). 1927 erhielt er den Physik-Nobelpreis.

□ 1922: Royal Medal. □ 1925-34: Prof. an der Univ. in Cambridge. □ 1927: Physik-Nobelpreis mit A. H. →Compton, dessen Entdeckung (Compton-Effekt) W. 1923 experimentell bestätigte. □ 1956: Aufstellung einer Theorie über die Gewitterelektrizität.

Harold Wilson verläßt 1976 nach seinem Rücktritt das Haus in der Downing Street Nr. 10.

Wilson, Sir (seit 1976) Harold, Baron W. of Rievaulx (seit 1983)

brit. Politiker
* 11.3.1916 Huddersfield

Mit einem gemäßigten Programm führte Wilson die Labour Party nach langen Jahren der Opposition in die Regierung. Nach seiner Amtsübernahme (1964) versuchte er durch eine Reihe von Maßnahmen, wie z. B. einem Preis- und Lohnstopp-Gesetz, die Wirtschaft und den Staatshaushalt zu stabilisieren. W. geriet dadurch in heftige Konflikte mit den Gewerkschaften, die auch seine zweite Amtszeit überschatteten. Nach erbitterten internen Flügelkämpfen trat er 1976 überraschend zurück.

□ 1937: Dozent an der Univ. in Oxford. □ 1945-83: Mitgl. des Unterhauses. □ 1947-51: Handelsmin. □ ab 1952: Im Parteivorstand der Labour Party. □ 1955/56: Präs. der Fabian Society. □ 1963-76: Vors. der Labour Party. □ 1964-70, 1974-76: Premierminister. □ 1967-70: Zugleich Wirtschaftsmin. □ 1970-74: Oppositionsführer. □ seit 1983: Mitgl. des Oberhauses.

▷ H. Wilson: Die Staatsmaschine (Erinnerungen), dt. 1972.

Robert Wilson →

Robert W. Wilson →

Wilson, Kenneth Geddes

amer. Physiker
* 8.6.1936 Waltham, Mass.

Wilson, seit 1971 Professor an der Cornell University in Ithaca (N. Y.), erhielt 1982 den Physik-Nobelpreis für seine Theorie über kritische Phänomene bei Phasenumwandlungen. Eis, Wasser, Dampf oder der Verlust der Magnetisierung bei extremer Abkühlung sind temperaturabhängige Phasenübergänge, deren kritische Phänomene eine Vielzahl komplizierter mikrophysikalischer Prozesse ausmachen. Ihre experimentelle Erforschung und mathematische Beschreibung liegt nun im Bereich des Möglichen aufgrund des methodischen Ansatzes von W., der das komplexe Problem in eine Sequenz überschaubarer und lösbarer Probleme zerlegt hat.

Wilson, Robert

amer. Regisseur, Autor und Produzent
* 4.10.1941 Waco, Texas

Wilson ist einer der produktivsten, ungewöhnlichsten und provokantesten Theater-Avantgardisten des 20. Jh.s. Sein Interesse gilt dem Gesamtkunstwerk, zu dem er meist nicht nur den Text liefert, sondern auch das Bühnenbild gestaltet und die Lichtregie übernimmt. W., dessen Theaterstil von der Performance Art beeinflußt ist, reduziert die Handlungselemente auf der Bühne und konzentriert sich auf eine Bildfolge, die durch suggestive Ton- und Lichteffekte ästhetisiert und stilisiert wird; ein Handlungsgeschehen im klassischen Sinn findet bei ihm nicht statt; Sprache dient ihm als Material für optische Arrangements. Seine Theaterprojekte gleichen multimedialen Installationen und Collagen.

□ 1965: Abschluß des Kunst- und Architekturstudiums in New York. □ 1969: Gründung der Byrd Hoffmann School for Byrds in New York; UA seines Stücks »König von Spanien«; UA »Leben und Zeit von Sigmund Freud«. □ 1973: UA seines 12stündigen Stücks »Leben und Zeit von Joseph Stalin«; UA »Ein Brief an Queen Victoria« in Spoleto. □ 1976: UA »Einstein am Strand« in Avignon. □ 1979: UA »Death, Destruction and Detroit I.« an der Berliner Schaubühne. □ 1981: UA »Der Mann im Regenmantel« in Köln. □ 1986: Inszenierung von H. →Müllers »Hamletmaschine« in New York; Operninszenierung »Alceste« (Gluck). □ 1987: UA »Death, Destruction and Detroit II« an der Berliner Schaubühne; T. →Dorsts »Parzifal« in Hamburg. □ 1990: UA des Musicals »Black Rider« (unter Beteiligung von T. →Waits und W. →Burroughs) in Hamburg; »Orlando« nach V. →Woolf an der Berliner Schaubühne. □ 1991: Werkschau mit Zeichnungen und Skizzen im Bostoner Museum of Fine Arts; R. Wagners »Parsifal« an der Hamburger Staatsoper; R. Wagners »Lohengrin« im Zürcher Opernhaus.

Wilson, Robert Woodrow

amer. Astrophysiker
* 10.1.1936 Houston, Tex.

Wilson entdeckte 1964/65 mit A. →Penzias die kosmische Hintergrundstrahlung, wofür beide 1978 den Physik-Nobelpreis (mit P. L. →Kapitsa) erhielten. Die aus allen Richtungen aus dem All einfallenden Mikrowellen gelten nach der »Urknall«-Theorie (G. A. →Gamow) als Reststrahlung der Geburt des Universums.

□ 1962/63: Forschungen am Calif. Inst. of Technology, Pasadena. □ 1963-76: Entwicklung der Radioastronomie und Mikrowellenspektroskopie an den Bell Telephone Laboratories in Holmdel, N. J. □ seit 1976: Leiter des Departments für Radiophysik ebd.

Wilson, Thomas Woodrow

amer. Politiker
* 28.12.1856 Staunton, Virg.
† 3.2.1924 Washington D. C.

US-Präsident Wilson setzte in den ersten Jahren seiner Regierung (ab 1913) liberale Reformen vor

Woodrow Wilson, der 28. Präsident der Vereinigten Staaten.

allem gegen die Hochfinanz durch (Zollsenkung, Schaffung der Bundeszentralbank, Antitrust-Gesetz, Einführung der Steuerprogression). Außenpolitisch verfolgte er in Lateinamerika eine »Politik der offenen Tür« (für die USA), zu deren Durchsetzung er selbst vor militärischen Interventionen nicht zurückscheute (Mexiko, Haïti, Dominikanische Republik).
Nach Ausbruch des 1. Weltkriegs bemühte er sich um die Neutralität der USA, bei gleichzeitiger Unterstützung der europäischen Demokratien. Daher sah er die einseitige Belieferung der Entente in Westeuropa mit amerikanischen Schiffen auch nicht als Bruch der Neutralität an. Mit dem Kriegseintritt zögerte er bis April 1917, als nach der russischen Februarrevolution ein Zusammenbruch der Entente befürchtet wurde. Am 8. 1. 1918 proklamierte W. seine berühmten »Vierzehn Punkte für einen maßvollen Frieden«, auf deren Grundlage die deutsche Regierung im Herbst um einen Waffenstillstand nachsuchte. 1919 erhielt er dafür den Friedens-Nobelpreis. Eines seiner Hauptziele war die Gründung eines Völkerbundes zur Sicherung des Friedens. Sein Ansehen erlitt einen schweren Schlag, als der US-Senat sowohl den Versailler Vertrag als auch den Beitritt zum Völkerbund ablehnte.

□ 1890: Prof. der Rechte und der Politischen Ökonomie an der Princeton Univ. □ 1902-10: Präs. der Princeton Univ. □ 1910: Gouverneur von N. J. für die Demokraten. □ 1913-21: 28. US-Präsident. □ 1919: Friedens-Nobelpreis.

▷ K. A. Clements: Woodrow Wilson. World statesman, 1987.

Wiltfang, Gert

dt. Reiter
* 27.4.1946 Bremen-Stuhr

Wiltfang gehörte als Olympiasieger, Welt- und Europameister 1970-82 zu den besten Springreitern der Welt. Seine bekanntesten Pferde waren Askan, Abadan, Galipolis, Goldika und Roman.

□ 1966: Dt. Meister (erneut 1971, 1972 und 1979). □ 1972: Olympiasieger (Mannschaft) in München. □ 1978: Weltmeister (Einzel). □ 1979: Europameister (Einzel). □ 1982: Weltmeister (Mannschaft) und Europameister (Mannschaft).

Adolf Otto R. Windaus →

Windaus, Adolf Otto Reinhold

dt. Biochemiker
* 25.12.1876 Berlin † 9.6.1959 Göttingen

Windaus analysierte die mit der Gallensäure (H. →Wieland) und einigen Vitaminen der D-Gruppe verwandte Struktur der Sterine, darunter Cholesterin und Ergosterin. Der Begründer der modernen Vitaminforschung stellte das gegen Rachitis wirksame Vitamin D durch Bestrahlung des Provitamins (Ergosterin) mit ultraviolettem Licht her.

□ 1907: Synthese des Histamins. □ 1913-15: Prof. an der Univ. Innsbruck. □ 1915-44: Prof. an der Univ. Göttingen. □ 1922: »Abbau- und Aufbauversuche im Gebiet der Sterine« (Schr.). □ 1928: Chemie-Nobelpreis. □ 1932: Nachweis des im Vitamin B_1 (Thiamin) enthaltenen Schwefelatoms.

Wilhelm Windelband →

Windelband, Wilhelm

dt. Philosoph
* 11.5.1848 Potsdam † 22.10.1915 Heidelberg

Windelband, der mit H. →Rickert die badische Schule des Neukantianismus begründete, entwickelte in Orientierung an Immanuel Kant (* 1724, † 1804) seine Philosophie als kritische Wissenschaft von den allgemeingültigen Werten. Neben seiner problemgeschichtlichen Darstellungsmethode, die in das Standardwerk »Lehrbuch der Geschichte der Philosophie« (1892, 15. Aufl. 1957) einging, wirkte W. richtungweisend mit der Unterscheidung zwischen nomothetischen (Gesetzmäßigkeiten suchenden) Natur- und idiographischen oder individualisierenden (Einzelheiten verstehenden) Kulturwissenschaften.

□ 1877-82: Prof. an der Univ. Freiburg i. Br. □ 1878-80: »Die Geschichte der neueren Philosophie« (2 Bde.). □ 1882-1903: Prof. an der Univ. Straßburg. □ 1888: »Geschichte der abendländischen Philosophie im Altertum«. □ ab 1903: Prof. an der Univ. Heidelberg. □ 1904: »Über Willensfreiheit«. □ 1914: »Einführung in die Philosophie«.

▷ H. Rickert: Wilhelm Windelband, 1915.

Hans Günter Winkler →

Winkler, Hans Günter

dt. Reiter
* 24.7.1926 Wuppertal-Barmen

Winkler, erfolgreichster Springreiter aller Zeiten, gewann 1956-76 bei sechs Olympischen Spielen fünf Goldmedaillen sowie eine silberne und eine bronzene. Sportgeschichte wurde sein Siegesritt 1956 bei den Spielen von Stockholm, als Halla den wegen einer Leistenverletzung schwer gehandicapten W. fehlerlos über den Parcours trug.

□ 1954: Weltmeister (erneut 1955). □ 1955: Dt. Sportler des Jahres (erneut 1959). □ 1956: Olympiasieger in Melbourne

(Einzel und Mannschaft). □ 1957: Europameister. □ 1960: Olympiasieger in Rom (Mannschaft). □ 1964: Olympiasieger in Tokio (Mannschaft). □ 1968: Olympiadritter in Mexiko (Mannschaft). □ 1972: Olympiasieger in München (Mannschaft). □ 1976: Olympiazweiter in Montreal (Mannschaft). □ bis 1986: 108 Teilnahmen an Nationenpreisen.

Winter, John Dawson »Johnny«

amer. Rockmusiker
* 23.2.1944 Leland, Miss.

Mit seinem einfühlsamen, technisch perfekten Spiel ist Winter der profilierteste weiße Bluesgitarrist der gegenwärtigen internationalen Musikszene. Auch bei gelegentlichen Abstechern in die Rockmusik bleibt die Musik der amerikanischen Südstaaten die Basis des virtuosen Musikers, dessen Konzerte mit seinem Vorbild →Muddy Waters in den 70er Jahren zu den Höhepunkten der Rockgeschichte gehören.

□ 1960-62: Erste Band »Johnny & The Jammers«. □ 1962-68: Als Solist oder mit wechselnden Begleitmusikern in Chicago, New York und den Südstaaten; erste Plattenaufnahmen. □ 1969: »Johnny Winter« (erste LP). □ 1970: »Johnny Winter and« (LP). □ 1973: »Still alive and well« (LP). □ 1976: Gründung der eigenen Plattenfirma »Blue Sky«; »Together Live« (LP mit E. Winter). □ 1977: »Nothing but the blues« (LP). □ 1981: »Raised on rock« (LP). □ 1988: »The Winter of '88« (LP). □ 1991: Deutschlandtournee.

Winwood, Stephen Lawrence »Steve«

engl. Rockmusiker
* 12.5.1948 Birmingham

Bereits in jungen Jahren wurde Winwood als eine der »schwärzesten« Stimmen Englands und einer der besten weißen Rhythm & Blues-Sänger gerühmt. 1965 wirkte er an den ersten und bekanntesten Hits »Keep on running« and »Somebody help me« der Spencer Davis Group mit. Überrascht von der plötzlichen Popularität, entwickelte sich das Multitalent zum öffentlichkeitsscheuen Einzelgänger, der sich für neue Platten meist sehr viel Zeit nahm; diese wurden vielbeachtete Kostbarkeiten. Perfekt versteht W. es, ständig neue Einflüsse vom Blues und Folk über den Jazz und Rock bis zum Soul nahtlos in seine Musik zu integrieren.

□ 1961: Gründung der »Muff Woody Jazz Band« mit Bruder M. Winwood. □ 1963: Sänger bei der »Spencer Davis Group«. □ 1965: Erster Nr.-1-Hit »Keep on running«. □ 1967: Gründung der Gruppe »Traffic«; Hits »Paper Sun« und »Hole in my shoe«; Album »Mr. Fantasy«. □ 1969: Gründung der Gruppe »Blind Faith« mit E. →Clapton und P. E. »Ginger« →Baker. □ 1970-74: Erste Solo-Arbeiten und Plattenaufnahmen mit u. a. V. Stanshall, G. Fame, M. Faithful (LP »Broken English«) und G. →Harrison. □ 1980: Platin für »Arc of a diver« (LP). □ 1986: »Grammy Award« für »Back in the high life« (LP) und die Single »Higher Love«. □ 1988: Platin für »Roll with it« (LP). □ 1990: »Refugees of the heart« (LP).

← Steve Winwood

Wirpsza, Witold

poln. Schriftsteller
* 4.12.1918 Odessa

Die deutschsprachige Veröffentlichung des Essays »Pole, wer bist du?« (1971), in dem er sich in frappierender Offenheit mit seinem Volk auseinandersetzte, machte Wirpsza zur Persona non grata in Polen und in der Folge zum Exilanten in Berlin/West. Bekannt wurde er durch seine experimentellen Gedichte und seine groteske Prosa, so durch den Roman »Orangen im Stacheldraht« (1964, dt. 1967), der seine Erlebnisse als deutscher Kriegsgefangener verarbeitet.

← Witold Wirpsza

□ 1939: Kriegsteilnehmer. □ bis 1945: Dt. Kriegsgefangenschaft. □ 1947-50: Redakteur in Stettin. □ 1951: »Polemiken und Lieder« (Ged.e). □ 1955: »Die alte Straßenbahn« (Erz.n, dt. 1965). □ 1956-73: Aufenthalt in Warschau. □ 1966: »Der Mörder« (Erz.n, dt.1971). □ 1967: »bruchsünden und todstücke« (dt. Ged.auswahl) □ seit 1973: Aufenthalt in Berlin/West. □ 1976: »Drei Berliner Gedichte« (dt.).

Wirth, Joseph

dt. Politiker
* 6.9.1879 Freiburg i. Br. † 3.1.1956 ebd.

Wirth war Exponent des linken Flügels der Zentrums-Partei. Von linken und rechten Extremisten wurde er als »Erfüllungspolitiker« denunziert, da er 1921 als Reichskanzler die ultimativen Reparationsforderungen der Entente akzeptierte, die sein Vorgänger K. →Fehrenbach abgelehnt hatte. Er schloß 1922 mit der Sowjetunion den Rapallo-Vertrag, um die deutsche Isolation abzumildern, und setzte nach der Ermordung W. →Rathenaus ein Republikschutzgesetz durch. Nach dem 2. Weltkrieg lehnt er die Westintegration der BRD ab und setzte sich für eine Verständigung mit der UdSSR ein. 1948 gründete er die Partei Union der Mitte.

□ 1913-33: MdL in Baden. □ 1914-18; 1920-33: MdR (Zentrum). □ 1920/21: Reichsfinanzmin. □ 1921/22: Reichskanzler. □ 1929/30: Reichsmin. für die besetzten Gebiete. □ 1930/31: Reichsinnenmin. □ 1933-48: Exil in der Schweiz. □ 1948: Begründer der Partei Union der Mitte. □ 1953: Mitbegründer und Vors. des Bundes der Deutschen für Einheit, Frieden und Freiheit.

H.-J. Wischnewski hat gute Kontakte zur arabischen Welt.

Wischnewski, Hans-Jürgen

dt. Politiker
* 24.7.1922 Allenstein

Wischnewski baute als Vorsitzender mehrerer deutsch-arabischer Gesellschaften gute Beziehungen zur arabischen Welt auf und ist einer ihrer besten Kenner (Spitzname »Ben Wisch«). Er befaßt sich seit den 50er Jahren im Bundestag mit afroarabischen Problemen. Als Staatsminister wurde W. von Bundeskanzler H. →Schmidt mit zahlreichen heiklen Sondermissionen in mehreren Ländern beauftragt. Große Beachtung fand sein Verhandlungsgeschick bei der Geiselbefreiung in Mogadischu 1977. Auch nach dem Regierungswechsel 1982 wurde er mehrfach als Vermittler in Lateinamerika und im Nahen Osten eingesetzt.

□ 1940-45: Soldat. □ seit 1946: Mitgl. der SPD und der Gewerkschaft IG Metall. □ 1953-59: Gewerkschaftsfunktionär. □ seit 1957: MdB. □ 1966-68: Min. für wirtschaftliche Zusammenarbeit. □ 1968-71: Bundesgeschäftsführer der SPD. □ seit 1970: Präsidiumsmitgl. der SPD. □ 1974: Staatsmin. im Auswärtigen Amt. □ 1979-82: Stellv. Vors. der SPD. □ 1984/85: Schatzmeister der SPD.

Wissell, Rudolf

dt. Politiker und Gewerkschafter
* 8.3.1869 Göttingen † 13.12.1962 Berlin

Sowohl zu Beginn der Weimarer Republik als auch in den ersten Jahren der Bundesrepublik war Wissell am Aufbau der Gewerkschaften beteiligt. Als Reichswirtschaftsminister versuchte er im Anschluß an die Revolution von 1918 in Deutschland eine planwirtschaftlich organisierte Gemeinwirtschaft zu verwirklichen, die von Wirtschaftsräten gelenkt und kontrolliert werden sollte. Seine politischen Ansätze scheiterten allerdings bereits im Kabinett am Widerstand der meisten seiner Kollegen.

□ vor 1900: Mitgl. der SPD. □ 1908-19: Mitgl. der Generalkommission der Gewerkschaften. □ 1918, 1920-33: MdR. □ 1918/19: Mitgl. des Rates der Volksbeauftragten. □ 1919: Wirtschaftsmin., Mitgl. der Nationalversammlung. □ 1919-23: Vorstandsmitgl. des ADGB. □ 1928-30: Arbeitsmin. □ ab 1945: Erneut am Aufbau der Gewerkschaften beteiligt.

▷ R. Wissell: Aus meinen Lebensjahren, postum 1983.

Witkiewicz, Stanisław Ignacy

(Pseud. Witkacy)
poln. Schriftsteller
* 24.2.1885 Krakau
† 18.9.1939 Jeziory, Wolhynien (Selbstmord)

Mit seinen Stücken erwarb Witkiewicz postum den Ruf eines Vorläufers des Absurden Theaters. Er gehört neben S. →Mrożek und W. →Gombrowicz zu den im Ausland am häufigsten aufgeführten polnischen Dramatikern. In »Die Schuster« (1931-34, dt. 1967) werden Überheblichkeit im Verhältnis der sozialen Klassen zueinander und ihr Aufbegehren in einem Reigen aus Revolutionen und moralischem Verfall ausdrucksstark skizziert. Der Roman »Unersättlichkeit« (1930, dt. 1966) thematisiert den Konflikt zwischen geistiger Widerstandskraft und billigem Glücksstreben: Ein neutrales Polen der fernen Zukunft kann sich gegen chinesische Eroberer nicht verteidigen, weil dem Volk durch sog. Glückspillen Furcht und Wille genommen ist.

□ 1914: Mit dem Ethnologen Bronisław Malinowski auf Australien-Expedition. □ 1914-18: Russ. Soldat. □ 1918: Rückkehr nach Polen; als exzentrischer Schriftsteller, Maler, Kunsttheoretiker und Philosoph Enfant terrible der poln. Kulturszene. □ 1921: »Das Wasserhuhn« (Dr., dt. 1965). □ 1923: »Narr und Nonne« (Dr., dt. 1965). □ postum 1977: »Die reine Form im Theater« (Es.s).

← Rudolf Wissell

Sergej J. Graf Witte →

Witt, Katarina

dt. Eiskunstläuferin
* 3.12.1964 Staaken

Katarina Witt errang bei der Europameisterschaft 1973 zum erstenmal Platz 1.

Witt war das sportliche Aushängeschild der DDR der 80er Jahre. Die zweifache Olympiasiegerin verknüpfte bei ihren Darbietungen sportliche Perfektion und weibliche Ausstrahlung. Nach Beendigung ihrer Karriere trat sie in der Eisrevue »Holiday on Ice« auf und spielte die Titelrolle im Eislauffilm »Carmen« (1990).

□ 1984: Weltmeisterin (erneut 1985, 1987 und 1988); Olympiasiegerin in Sarajevo. □ 1983-88: Europameisterin. □ 1988: Olympiasiegerin in Calgary.

Witte, Sergej Juljewitsch Graf (ab 1905)

russ.-balt. Politiker
* 29.6.1849 Tiflis † 13.3.1915 St. Petersburg

Mit Witte trat in Rußland 1905 ein Politiker an die Spitze der Regierung, dessen Ziel neben Modernisierung und Industrialisierung des Landes eine engere Verflechtung Rußlands mit Westeuropa war. Als Finanzminister hatte er sich durch die Einführung der Goldwährung (1897) und Reformen in der Finanzverwaltung einen Namen gemacht. Zum Regierungschef ernannt, beendete er 1905 mit dem Frieden von Portsmouth den Krieg mit Japan. In einer konstitutionellen Verfassung sah W. die einzige Möglichkeit, eine weitere Revolution zu verhindern. Nach der Verkündung des Reichsgrundgesetzes, das Rußland ein Parlament nach westeuropäischem Vorbild gab, wurde er von Zar →Nikolaus II. entlassen.

□ 1892-1903: Verkehrsmin. und Finanzmin. □ 1904/05: Vors. des Ministerkomitees. □ 1905/06: Ministerpräsident.

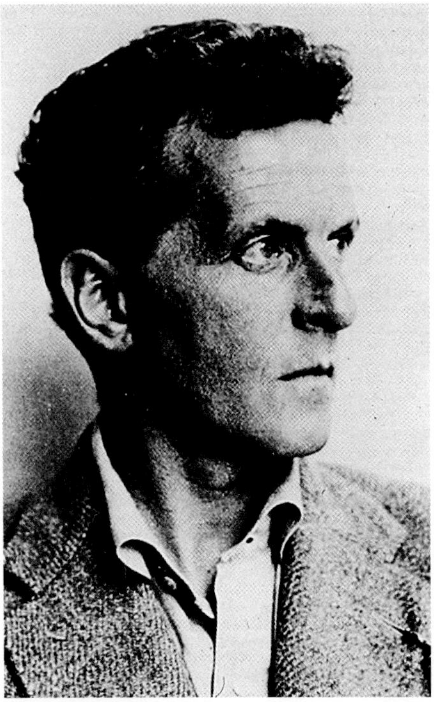

Ludwig Wittgenstein als Doktorand in Cambridge, 1930.

Wittgenstein, Ludwig

österr. Philosoph
* 26.4.1889 Wien
† 29.4.1951 Cambridge (Großbritannien)

Wittgenstein entwickelte eine Theorie über Möglichkeiten, Grenzen und Wesen der Sprache und des Denkens. Kern der Kritik an der Logik G. →Freges und B. →Russells ist W.s »Abbildtheorie« zur Klärung des Verhältnisses von Sprache und Wirklichkeit. Seine während des 1. Weltkriegs in einem Tagebuch notierten logisch-philosophischen Abhandlungen, zugleich die einzige zu seinen Lebzeiten 1921 u. d. T. »Tractatus Logico Philosophicus« erschienene Schrift, gehören zu den bedeutendsten philosophischen Texten des 20. Jh.s. Darin lehrt W., daß jede Erkenntnis ein mosaikartiges Zergliedern der Welt und ein Abbilden von Tatsachen durch einfache oder komplexe Sätze ist. Im logischen Aufbau einer durch Klarheit ausgezeichneten und sinnvollen Aussageform zeige sich die Strukturgleichheit von Welt und Sprache.
In der formalen Logik nahm W. eine konsequente Trennung von Syntax und Semantik vor und skizzierte eine ideale Zeichensprache zur Beschreibung der Wirklichkeit. In seinen späteren, postum erschienenen »Philosophischen Untersuchungen« (1953) hat W. seine Positionen korrigiert und die Konzeption einer Idealsprache aufgegeben. W. sah nun die Bedeutung der Worte durch den Gebrauch verschiedener, sich überlappender Sprachspiele in der Alltagspraxis oder im Berufsleben gegeben. Mißverständnisse entstehen dadurch, daß Sprachspiele durcheinandergebracht werden. Aufgabe der Philosophie sei die Beschreibung der natürlichen Sprachen, wofür W. eine Theorie der Sprachspiele entwickelte. Mit seiner Deutung, daß Sprache nicht ein Werkzeug, sondern ein ganzer »Werkzeugkasten« sei, hat W. der Sprachphilosophie entscheidende Impulse gegeben.

□ 1906-20: Nach Ingenieurstudium in Berlin (bis 1908) Mathematik- und Philosophiestudium in Manchester und Cambridge. □ 1920-29: Nach Verschenkung seines Millionenvermögens Dorfschullehrer in Trattenbach, ab 1926 Gärtner in einem Kloster in Österreich. □ 1929: Rückkehr nach Cambridge und Promotion bei B. Russell und G. E. →Moore. □ ab 1938: Brit. Staatsbürger. □ 1939-47: Prof. an der Univ. Cambridge. □ postum 1956: »Bemerkungen über die Grundlagen der Mathematik« (Schr.). □ 1958: »Das blaue Buch« (dt. 1970). □ 1969: »Über Gewißheit« (Schr.).

▷ N. Malcolm: Ludwig Wittgenstein. Ein Erinnerungsbuch, 1960; K. Wuchterl/ A. Hübner: Wittgenstein (Biogr.), 1979; J. Schulte: Chor und Gesetz. Wittgenstein im Kontext, 1990.

Georg Wittig →

Wittig, Georg

dt. Chemiker
* 16.6.1897 Berlin † 26.8.1987 Heidelberg

Wittig, Nobelpreisträger von 1979, entwickelte 1953/54 ein Reaktionsverfahren zur Synthese ungesättigter Naturstoffe wie Karotinoide, die Vitamine A und D sowie einer Reihe Pharmaka. Bei der »Wittig-Reaktion« entstehen durch metallorganische Reagenzien, zusammengesetzt aus Karbol- und organischen Phosphorverbindungen, sehr reaktionsfähige Olefine. Anfang der 40er Jahre wies W. das »Benz-in« (Dehydrobenzol) experimentell nach.

□ 1930: »Lehrbuch der Stereochemie«. □ 1937-44: Prof an der Univ. in Freiburg i. Br. □ 1944-56: Prof. an der Univ. Tübingen. □ 1956-67: Dir. des Chemischen Inst. der Univ. Heidelberg. □ 1967: Otto-Hahn-Preis für Chemie und Physik. □ 1979: Chemie-Nobelpreis (mit H. Ch. →Brown).

Józef Wittlin →

Wittlin, Józef

poln. Schriftsteller
* 17.8.1896 Dmytrowa, Podolien
† 28.2.1976 New York (USA)

Mit seinem Lyrikband »Hymnen« (1920) avancierte Wittlin zu einem bedeutenden Vertreter des polnischen Expressionismus. Im Ausland wurde der engagierte Pazifist durch die Erzählung »Salz der Erde« (1936, dt. 1937) bekannt, eine originelle Schilderung des Schicksals eines Soldaten wider Willen im 1. Weltkrieg. Der Perfektionist W., der wegen seiner hohen Anforderungen an sich selbst längere Schaffenspausen einlegte, war ab den 40er Jahren einer der führenden Persönlichkeiten in der New Yorker Emigration.

□ 1916-18: Infanterist in der österr. Armee. □ 1919-22: Lehrer in Lemberg. □ 1922-27: Leiter des Stadttheaters Łódź. □ 1924: Übersetzung der »Odyssee« Homers. □ ab 1927: In Warschau. □ 1939: Bei Kriegsbeginn Aufenthalt in Frankreich. □ 1940: Weiterreise über Spanien nach Portugal, 1941 nach New York. □ 1946: »Mein Lemberg« (Es.s). □ 1963: »Orpheus in der Hölle des 20. Jahrhunderts« (Es.s).

E. v. Witzleben: Widerstandskämpfer vom 20. 7. 1944.

Witzleben, Erwin von

dt. Militär und Widerstandskämpfer
* 4.12.1881 Breslau
† 8.8.1944 Berlin-Plötzensee (hingerichtet)

Witzleben war bereits 1938 an den Staatsstreichplänen von L. →Beck gegen A. →Hitler beteiligt. Nach seiner Entlassung aus dem aktiven Dienst nahm er 1943 wieder Kontakt zu Beck und dem Kreisauer Kreis auf und gehörte danach zum Zentrum des militärischen Widerstands. Bei Gelingen eines Umsturzversuchs sollte er Oberbefehlshaber der Wehrmacht werden. Daher ergingen unter seinem Namen am 20. 7. 1944 die ersten Befehle an die Armeebefehlshaber an der Front. Nach dem Scheitern des Putschversuchs wurde er vom sog. Volksgerichtshof (R. →Freisler) zum Tode verurteilt.

□ 1939/40: Oberbefehlshaber der 1. Armee. □ 1940: Generalfeldmarschall. □ 1941/42: Oberbefehlshaber West in Frankreich. □ 1942: Von Hitler entlassen.

Wladimow, Georgi N.

(eig. G. N. Wolossewitsch)
sowjet. Schriftsteller
* 19.12.1931 Charkow

Wladimow, der an die realistische Tradition der russischen Epik anknüpft, debütierte 1961 mit der Erzählung »Das große Erz« (dt. 1963). Weithin bekannt wurde er durch sein Eintreten für verfolgte Schriftstellerkollegen; 1967 verwendete er sich in einem offenen Brief für den russischen Schriftsteller A. →Solschenizyn und verlangte die Abschaffung der Zensur. 1983 wurde W., mittlerweile Vorsitzender der Moskauer Gruppe von Amnesty international, zur Ausreise gezwungen. W.s Erzählung »Die Geschichte vom treuen Hund Ruslan« (dt. 1975) konnte bislang nur im Ausland erscheinen.

□ 1956-59: Redakteur der Zeitschrift Nowy Mir. □ 1977: Aus Protest gegen die Verfolgung von Schriftstellern Austritt aus dem sowjet. Schriftstellerverband. □ 1983-86: Chefredakteur der russ. Exilzeitschrift Grani in Frankfurt/Main.

Andrej A. Wlassow →

Wlassow, Andrej Andrejewitsch

sowjet. Militär
* 1901 Nischnij Nowgorod (Gorki)
† 1.8.1946 Moskau (hingerichtet)

Wlassow geriet 1942 als sowjetischer Armeekommandeur in deutsche Kriegsgefangenschaft. Auf Betreiben des Oberkommandos der Wehrmacht gründete er die »Russische Befreiungsarmee« (ROA), deren Aufgabe es sein sollte, die Sowjetunion vom »Bolschewismus« zu befreien. Da A. →Hitler jedoch auf keinen Fall eine Garantie für ein zukünftiges Rußland abgeben wollte, blieb der Aufruf ohne den erhofften Erfolg.
Auf Initiative von H. →Himmler wurde dennoch ab November 1944 eine Truppe von etwa 50 000 russischen Soldaten unter dem Oberbefehl von W. aufgestellt. Obwohl Teile dieser Truppe im März 1945 den aufständischen Tschechen zu Hilfe eilten, wurden W. und seine Offiziere von den Amerikanern an die Sowjetunion ausgeliefert und dort als Verräter hingerichtet.

□ 1918: Eintritt in die Rote Armee. □ 1930: Mitgl. der KPdSU. □ 1938: Militärberater in China. □ 1941: Oberbefehlshaber einer Armee. □ 1942: In dt. Kriegsgefangenschaft.

▷ J. Hoffmann: Die Geschichte der Wlassow-Armee, 1984.

Gabriele Wohmann →

Wohmann, Gabriele

dt. Schriftstellerin
* 21.5.1932 Darmstadt

Wohmann war eine der ersten Vertreterinnen einer neuen Literatur der Sensibilität. Im Gegensatz zu politisch engagierten Kollegen stellt die Autorin von Lyrik, Prosa, Hör- und Fernsehspielen eigene Erfahrungen über menschliche Beziehungen und das Alltagsleben in das Zentrum ihres Schaffens. Von M. →Proust und J. →Joyce beeinflußt, formuliert W. sprachlich virtuos mit den Mitteln der Satire und Groteske scheinbar Privates; sie beschreibt in Erzählungen wie »Ländliches Fest« (1967) aus der Perspektive des Opfers — im Roman »Paulinchen war allein zu Haus« (1974) aus der Sicht eines Kindes — Machtverhältnisse innerhalb der Familie. Die Darstellung inhumanen Verhaltens und mangelnder Kommunikationsfähigkeit lassen wie in »Frühherbst in Badenweiler« (1978) jedoch die historisch-gesellschaftlichen Bedingungen nicht außer acht.

□ 1953-56: Nach dem Sprachen- und Musikstudium Lehrerin. □ ab 1960: Teilnahme an Tagungen der Gruppe 47. □ 1967: »Die Bütows« (Erz.). □ 1975: »Schönes Gehege« (R.). □ 1981: »Das Glücksspiel« (R.); »Komm lieber Mai« (Ged.e).

☐ 1985: »Der Irrgast« (Erz.n). ☐ 1987: »Der Flötenton« (R.). ☐ 1990: »Der gehorsame Diener« (Hsp.e). ☐ 1991: »Er saß in dem Bus, der seine Frau überfuhr« (Erz.n).

▷ Th. Scheuffelen (Hg): Materialienbuch Gabriele Wohmann, 1977; G. Wohmann: Ich lese. Ich schreibe. (aut. Es.s), 1984.

Woinowitsch, Wladimir Nikolajewitsch

sowjet. Schriftsteller
* 26.9.1932 Stalinabad

Wladimir Woinowitsch mußte 1980 die UdSSR verlassen.

Die Köpenikade »Die denkwürdigen Abenteuer des Soldaten Tschonkin« (R., 1975, dt. 1975) und ihre Fortsetzung »Iwan Tschonkin, Thronanwärter« (R., 1979, dt. 1983) begründeten W.s Ruhm als einen der bedeutendsten russischen Satiriker der Gegenwart. Wegen Unterstützung von Dissidenten sowie wegen seiner Proteste gegen den Umgang der Behörden mit Urheberrechten wurde W. 1974 aus dem Schriftstellerverband ausgeschlossen und 1980 zum Verlassen der Heimat gezwungen. 1990 wurde W. offiziell rehabilitiert und durfte die UdSSR wieder besuchen.

Wolf, Christa

dt. Schriftstellerin
* 18.3.1929 Landsberg, Warthe

Wolf, 1980 mit dem Georg-Büchner-Preis ausgezeichnet, wurde durch ihre Romane »Der geteilte Himmel« (1963) und »Nachdenken über Christa T.« (1968) bekannt. W. steht in ihren Werken dem sozialistischen Alltag zwar durchaus skeptisch gegenüber, befürwortet den Kommunismus jedoch grundsätzlich und plädiert für einen undogmatischen Sozialismus. In der Erzählung »Kassandra« (1983) entwirft W. eine von Weiblichkeit bestimmte friedliche Utopie, die sie der von männlich-aggressiven Handlungsmustern geprägten Geschichte des Abendlandes entgegensetzt. Die auch in Westdeutschland anerkannte Schriftstellerin wurde nach der Wende in

Christa Wolf plädiert für einen undogmatischen Sozialismus.

der ehemaligen DDR wegen ihres angeblich konformistischen Verhaltens gegenüber dem SED-Regime heftig kritisiert.

☐ 1945: Übersiedlung nach Mecklenburg. ☐ 1949: Eintritt in die SED. ☐ 1953-62: Verlagslektorin. ☐ 1961: »Moskauer Novelle«. ☐ seit 1962: Freie Schriftstellerin. ☐ 1963: Heinrich-Mann-Preis der DDR. ☐ 1976: »Kindheitsmuster« (R.). ☐ 1979: »Kein Ort. Nirgends« (Erz.); »Der Schatten eines Traums« (Es.). ☐ 1983: »Voraussetzungen einer Erzählung. Kassandra« (Frankfurter Poetikvorlesungen). ☐ 1984: Österr. Staatspreis für Europ. Literatur. ☐ 1987: »Störfall. Nachrichten eines Tages«. ☐ 1990: »Was bleibt« (Erz.).

▷ K. Sauer (Hg.): Christa Wolf, 1979; W. Mohr (Hg.): Erinnerte Zukunft, 1985; Th. Hörnigh: Christa Wolf, 1990.

Wolf, Friedrich

dt. Schriftsteller und Arzt
* 23.12.1888 Neuwied
† 5.10.1953 Lehnitz bei Ost-Berlin

Wolf war als erfolgreicher Autor aktueller zeitkritischer Dramen und als engagierter medizinischer Aufklärer eine zentrale Gestalt der Weimarer Republik, als Kommunist Symbolfigur der Arbeiter. Die gleichen Eigenschaften ließen ihn

Friedrich Wolf emigrierte als Gegner des NS-Regimes in die Schweiz und die UdSSR.

jedoch auch zu einem der meistgehaßten Gegner der Nationalsozialisten werden. Unter dem Motto »Kunst ist Waffe« (Rede, 1928) provozierte er die Öffentlichkeit — z. B. mit seinem populärsten Stück »Cyankali. 218« (1929) über die sozial ungerechten, für Mittellose oft tödlichen Folgen des Abtreibungsparagraphen. Früh griff W. in »Professor Mamlock« (Dr., 1935) das Thema der Judenverfolgung durch die Nazis auf.

□ 1924: »Der arme Konrad« (Dr.). □ 1928: Mitgl. der KPD. □ 1930: »Die Matrosen von Cattaro« (Dr.). □ 1933: Emigration in die Schweiz, dann nach Frankreich; Verhaftung. □ 1941-45: Exil der Familie — mit den Söhnen K. →Wolf und M. →Wolf — in der UdSSR. □ 1949-53: Kulturpolitiker der DDR, ohne an frühere Theatererfolge anknüpfen zu können. □ 1949-51: Botschafter der DDR in Polen.

▷ W. Jehser: Friedrich Wolf, 1965; W. Pollatschek: Friedrich Wolf, 1974.

Wolf, Hugo

österr. Komponist
* 13.3.1860 Windischgräz (heute Slovenj Gradec, Jugoslawien) † 22.2.1903 Wien

← Hugo Wolf

Wolf, der ab 1887 in Wien als freischaffender Komponist in ärmlichen Verhältnissen lebte, hat mit seinen ca. 300 Liedkompositionen (u. a. nach Texten von Mörike, Eichendorff, Goethe) das klavierbegleitete Sololied zu einem Höhepunkt geführt. Mit seinen harmonischen Neuerungen, die zu einer Auflösung des Dur-Moll-Systems (H. →Riemann) tendieren, schuf er wichtige Voraussetzungen der musikalischen Moderne (M. →Reger, A. →Webern, A. → Schönberg). W.s Lieder, die erst nach seinem Tod breite Anerkennung fanden, gehören zum festen Repertoire von Liedkonzerten. W., der unter dem Einfluß Wagners zeitlebens um einen Opernerfolg rang, konnte seine zweite Oper »Manuel Venegas« (1897) nach Ausbruch einer Geisteskrankheit nicht vollenden.

□ 1877: Abbruch der Studien am Wiener Konservatorium. □ 1879-84: »Entbehren sollst du, sollst entbehren« (Streichquartett). □ 1882: Besuch der Bayreuther Festspiele. □ 1883-85: »Penthesilea« (Sinfonische Dichtung nach Kleist). □ 1884-87: Musikkritiker des Wiener Salonblatts. □ 1889: »Gedichte von Eduard Mörike« (Liedband). □ 1890: »Gedichte von Goethe« (Liedband). □ 1891: »Spanisches Liederbuch«. □ 1892-96: »Italienisches Liederbuch«. □ 1896: UA der Oper »Der Corregidor« in Mannheim. □ 1898-1903: Aufenthalt in der Niederösterreichischen Landesirrenanstalt in Wien. □ postum seit 1960: Edition sämtlicher Werke durch die Int. Hugo-Wolf-Gesellschaft Wien.

▷ E. Decsey: Hugo Wolf, 4 Bde., 1903-06; H. Wolf: Musikalische Kritiken, 1911; ders.: Briefe an Melanie Köchert, 1964; A. Dorschel: Hugo Wolf, 1985.

Wolf, Konrad

dt. Regisseur
* 20.10.1925 Hechingen † 7.3.1982 Ost-Berlin

← Konrad Wolf

Wolf, der sich in seinen Filmen mit dem Nationalsozialismus und dem Leben in der DDR auseinandersetzte, war einer der bekanntesten Regisseure seines Landes. Großes Aufsehen erregte 1964 die Verfilmung von Ch. →Wolfs Roman »Der geteilte Himmel«. Zunächst hochgelobt, wurde die Geschichte einer Liebe, die an der Teilung Deutschlands zerbricht, später aus den Kinos der DDR verbannt.

□ 1949-54: Studium an der Filmhochschule Moskau. □ 1951: Regieassistenz bei J. →Ivens. □ 1955: »Einmal ist keinmal«. □ 1957: »Lissy«. □ 1958: »Sterne«. □ 1960: »Leute mit Flügeln«. □ 1961: »Professor Mamlock« (nach F. →Wolf). □ 1968: »Ich war neunzehn«. □ 1969/70: »Goya«. □ 1974: »Der nackte Mann auf dem Sportplatz«. □ 1976: »Mama, ich lebe«. □ 1979: »Solo Sunny«.

Wolf, Markus »Mischa«

dt. Politiker
* 19.1.1923 Hechingen

Markus Wolf →

Wolf, ehemaliger Leiter des DDR-Geheimdienstes und Herr über ca. 4000 Auslandsagenten, wurde erst 1978 bei einem Aufenthalt in Stockholm enttarnt. Zu den erfolgreichsten Mitarbeitern des geheimnisumwitterten Spionagechefs, der seine Jugend in der Sowjetunion verbracht hatte, gehörte G. →Guillaume. 1987 schied W. aus dem aktiven Dienst aus. Noch vor der Wende in der DDR 1989 erschien sein Buch »Troika«, in dem er Kritik an den stalinistischen DDR-Führern und Sympathien für die Reformpolitik M. →Gorbatschows äußerte. W., der die Wiedervereinigung ablehnte, lebte von 1990 bis Sept. 1991 wieder in Moskau, kehrte dann aber trotz drohender Strafverfolgung nach Deutschland zurück.

□ 1933: Flucht der Familie in die Schweiz und nach Frankreich. □ 1934: Ankunft in der Sowjetunion; im 2. Weltkrieg Ausbildung auf einer Komintern-Schule. □ 1945: Als »Michael Storm« Kommentator beim Berliner Rundfunk. □ 1949-51: Sekr. der DDR-Vertretung in Moskau. □ 1951: Aufbau der Spionage- und Abwehrabteilung in Ost-Berlin. □ 1955: Generalmajor. □ 1958-87: Leiter der »Hauptverwaltung Aufklärung« im Ministerium für Staatssicherheit; zugleich einer der Stellv. von E. →Mielke. □ 1966: Generalleutnant. □ 1980: Generaloberst.

▷ M. Wolf: In eigenem Auftrag. Bekenntnisse und Einsichten, 1990.

Wolfe, Thomas Clayton

amer. Schriftsteller
* 3.10.1900 Asheville, N. Car.
† 15.9.1938 Baltimore, Maryl.

Wolfes autobiografische Romane sind überwiegend erst nach seinem plötzlichen, frühen Tod veröffentlicht worden. Wie im 1940 erschienenen Roman »Es führt kein Weg zurück« (dt. 1942), der aus unvollendet gebliebenen Manuskripten zusammengesetzt wurde, ist W.s eigentliches Thema die Suche nach der eigenen Vergangenheit, die in den Werken zum Mythos erhoben wird. Charaktere und Handlung sind ein Spiegelbild der Lebensabschnitte und der Beschäftigung W.s mit persönlichen und politischen Problemen. Im Zentrum steht der Versuch, aus der eigenen Isolation auszubrechen und in der Vergangenheit den Sinn menschlicher Existenz zu finden. Stilistisch von J. →Joyce beeinflußt, sind seine Werke eine Kombination aus Momentaufnahmen, langen erzählenden Passagen und politischen Exkursen unter Einflechtung von Satire und Groteske.

□ 1924-29: Dozent für engl. Literatur an der New York Univ. □ 1929: »Schau heimwärts, Engel« (R., dt. 1932). □ postum 1939: »Geweb und Fels« (dt. 1941).

▷ H. J. Muller: Thomas Wolfe (Biogr.), 1962.

Wolfe, Thomas Kennerly »Tom«

amer. Schriftsteller
* 2.3.1931 Richmond, Virg.

Der Journalist Wolfe wurde in den 60er Jahren durch seine Fakten und Fiktion vermischenden Essays und Reportagen zur Popkultur bekannt. Neben T. →Capote und N. →Mailer wird W. deshalb der Bewegung des sog. Neuen Journalismus zugerechnet. W.s erster Roman, »Fegefeuer der Eitelkeiten« (1987, dt. 1988), verrät seine Verwandtschaft mit W. M. Thackerays Sittenroman »Jahrmarkt der Eitelkeiten« (1847/48) nicht nur im Titel, sondern auch in der satirisch-moralischen Tendenz, in der Schilderung großstädtischer Laster am Beispiel New York.

Tom Wolfe ist ein Vertreter des sog. Neuen Journalismus.

□ 1956: Promotion an der Yale Univ. □ 1959-62: Reporter für die Washington Post. □ 1965: »Das bonbonfarbene, tangerinrot-gespritzte Stromlinienbaby« (Es.s, dt. 1968). □ 1968: »Das silikongespritzte Mädchen« (Es.s, dt. 1976); »Unter Strom« (R., dt. 1987). □ seit 1968: Mithg. des New York Magazine. □ 1979: »Die Helden der Nation« (R., dt. 1983). □ 1981: »Mit dem Bauhaus leben« (Es., dt. 1982). □ 1989: »Die neue Welt des Robert Noyce« (R., dt. 1989).

Charlotte Wolff →

Wolff, Charlotte

dt. Ärztin und Psychotherapeutin
* 30.9.1900 Riesenburg bei Danzig (heute Polen)

Von Wolff stammt die erste wissenschaftliche Untersuchung über »Bisexualität« (1979). In ihrer Theorie der psychosexuellen Entwicklung geht W. von einer angeborenen Bisexualität des Menschen aus, der seine Heterosexualität meist unter gesellschaftlichem Druck erst erlernen müsse. W. verfaßte auch Abhandlungen über Ausdrucksformen der Hände und der Gestik.

□ 1941: Nach ihrer Emigration nach England Ehrenmitgl. der British Psychological Society. □ 1952-67: Psychotherapeutin in London. □ 1970: »Die Hand des Menschen« (Schr.). □ 1973: »Psychologie der lesbischen Liebe« (Schr.).

▷ Ch. Wolff: Augenblicke verändern uns mehr als die Zeit. Eine Autobiografie, 1983, 2. Aufl.

E. Wolff-Ferrari →

Wolf-Ferrari, Ermanno

dt.-ital. Komponist
* 12.1.1876 Venedig † 21.1.1948 ebd.

Wolf-Ferrari erzielte mit Opern wie »Der Schmuck der Madonna« (UA Berlin 1911) und »Susannens Geheimnis« (UA München 1909) Welterfolge. Mit Komödienopern von kammermusikalischem Charakter (»Der Liebhaber als Arzt«, UA Dresden 1913) knüpfte er an die Tradition der italienischen Opera buffa an und übertrug Elemente der Commedia dell'arte auf die Musikbühne. W. bevorzugte Libretti des Reformers der italienischen Kommödie Carlo Goldoni (* 1707; † 1793). Die meisten seiner 13 Opern kamen in Deutschland (Berlin, München) zur Uraufführung.

□ 1892-95: Studium an der Akademie der Tonkunst in München. □ 1903: UA der Oper »Die neugierigen Frauen« in München. □ 1903-09: Dir. des Liceo Musicale Benedetto Marcello in Venedig. □ 1906: UA der Oper »Die vier Grobiane« in München. □ ab 1909: Freischaffender Komponist in München. □ 1927: UA der tragischen Oper »Sly oder die Legende vom wiedererwachten Schläfer« in Mailand. □ 1936: UA der Oper »Il Campiello« in Mailand. □ 1939: UA der Oper »Das dumme Mädchen« in Mailand. □ ab 1939: Prof. für Komposition am Mozarteum in Salzburg. □ 1943: »Zeitgemäße Betrachtungen über Musik« (Schr., ital.).

▷ Bayerische Staatsbibliothek (Hg.): Ermanno Wolf-Ferrari. Katalog der Ausstellung zum 100. Geburtstag, 1976.

Otto Wolff von Amerongen ist im Aufsichtsrat vieler internationaler Firmen.

Wolff von Amerongen, Otto

dt. Industrieller
* 6.8.1918 Köln

Als Osthandelsexperte hat Wolff von Amerongen, der 1969-88 dem Deutschen Industrie- und Handelstag (DIHT) vorstand, Anteil an der Ausweitung des deutschen Handels mit China und der UdSSR nach dem 2. Weltkrieg. W., der 1947-86 Vorstandsvorsitzender der Otto Wolff AG war (Bergbau-, Hütten- und Walzwerkerzeugnisse, Planung und Lieferung von kompletten Produktionsanlagen), hat zahlreiche Aufsichtsratsmandate bei in- und ausländischen Firmen inne, u. a. wurde er als erster Deutscher in das Führungsgremium eines multinationalen Unternehmens, des amerikanischen Exxon-Konzerns, berufen.

□ 1933: Als Mitgl. der Scharnhorst-Jugend Eingliederung in die Hitlerjugend. □ 1938: Einberufung zur Wehrmacht. □ 1940: Übernahme der väterlichen Firma (gegr. 1904) als Teilhaber. □ 1947: Nach Internierung durch die Alliierten Rückkehr in das Unternehmen als Vertreter der Montanindustrie. □ 1957: Vors. im Ostausschuß der dt. Wirtschaft. □ 1961: Berufung zum Leiter des Komitees zur Vorbereitung der Industriemesse Moskau 1962 durch K. →Adenauer. □ 1966: Umwandlung des Unternehmens in eine AG. □ 1986: Berufung des Schwiegersohnes Arndt Oetker als Vorstandsvors.

Stevie Wonder →

Wols

(eig. Alfred Otto Wolfgang Schulze)
dt. Maler und Fotograf
* 27.5.1913 Berlin † 1.9.1951 Paris (Frankreich)

Wols war einer der Wegbereiter des Abstrakten Expressionismus und dessen französischer Variante (Tachismus). Er schuf, auch unter dem Einfluß von Drogen und Alkohol, expressive Kompositionen aus Linien und Farbflecken in einem assoziativen Vorgehen, in dem er biomorphe oder anorganische Formen mit dem Ausdruck der eigenen psychischen Dynamik und Zerrissenheit verknüpfte. Die Bilder entstanden unter dem Einfluß des surrealistischen Automatismus und zeigen rätselhafte, oft hieroglyphenartige Formen, die einer anderen Ebene als der einer vordergründigen Realität angehören (z. B. »Blaues Phantom«, 1951, Mailand, Sammlung Riccardo Jucker).
Der Fotograf W. schuf eine Vielzahl von Aufnahmen, in denen die kühle Sachlichkeit der Bauhausfotografie und surrealistische Züge zusammentreffen. Es entstanden u. a. Studien von Materialstrukturen, Fotos von Objektarrangements (z. B. mit Puppen) und Selbstporträts.

□ 1931: Ausbildung in einem Fotoatelier, anschließend Studien am Bauhaus (W. →Gropius) in Dessau. □ 1932: Übersiedlung nach Paris; Bekanntschaft mit den bedeutenden surrealistischen Malern. □ 1937: Offizieller Fotograf der Pariser Weltausstellung; Rückkehr nach Deutschland. □ 1939: Flucht nach Frankreich (illegaler Aufenthalt); surrealistische Aquarelle und Zeichnungen. □ ab 1944: Zunehmend gegenstandslose Bilder. □ ab 1946: Ölbilder. □ 1947: Erfolgreiche Ausstellung in der Pariser Galerie René Drouin.

▷ P. Inch (Hg.): Wols, Circus Wols, this life and work of Wolfgang Schulze, 1978.

Wonder, Stevie

(eig. Steveland Judkins Morris)
amer. Rockmusiker
* 13.5.1950 Saginaw, Mich.

Der blind geborene Wonder wurde als Kinder-Popstar Anfang der 60er Jahre berühmt. Seitdem erwarb er als Songschreiber, Multi-Instrumentalist, Arrangeur und sein eigener Produzent einen phänomenalen Ruf und gilt als eine der wichtigsten und einflußreichsten Persönlichkeiten in nahezu sämtlichen Bereichen der Popmusik. Seine Titel zeichnen sich durch Perfektion, Sorgfalt, Originalität und Ideenreichtum aus. Dabei verwendet er herkömmliche akustische Instrumente so selbstverständlich wie elektrische und experimentiert mit elektronischen Sounds und Computern.

□ 1963: Erster Nr.-1-Hit »Fingertips«. □ 1966: »Up-Tight« (LP). □ 1971: Plattenvertrag mit erstmaliger Garantie völliger künstlerischer Freiheit und Kontrolle über sein Produkt. □ 1973: Grammy Award für »Innervisions« (LP) und Singles »You are the sunshine of my life« and »Superstition«. □ 1974: Grammy Award für »Fulfullingness' First Finale« (LP). □ 1976: Grammy Award für »Songs in the key of life« (LP). □ 1979: »Journey through the secret life of plants« (LP). □ 1980: »Hotter than July« (LP). □ 1984: Filmmusik zu »The woman in red«; Oscar für »I just call to say I love you«. □ 1987: »Characters« (LP). □ 1990: »Conversation Piece« (LP).

▷ P. Urban: Stevie Wonder — Ein Leben für die City, 1984; J. Swenson: Stevie Wonder, 1986.

Wondratschek, Wolf

dt. Schriftsteller
* 14.8.1943 Rudolstadt, Thüringen

Wondratschek verfaßte experimentelle Prosa (»Früher begann der Tag mit einer Schußwunde«, 1969), Hörspiele (»Paul oder die Zerstörung eines Hörbeispiels«, 1969) und Lyrik (»Männer und Frauen«, 1970), in denen sich Sprach- und Gesellschaftskritik miteinander verbinden. W.s analytischer Assoziationsstil aus scheinbar unzusammenhängenden Sätzen, Zitaten und grotesken Gedankensprüngen dokumentiert die Diskontinuität der menschlichen Wahrnehmung. Erst die Verknüpfung aller Inhalte ergibt einen Sinnzusammenhang. Ende der 80er Jahre wandte sich W. einer bewußt anstößigen und derben Lyrik zu (»Carmen oder Bin ich das letzte Arschloch der achtziger Jahre«, 1986).

□ 1962-68: Studium der Philosophie, Literatur und Soziologie in Heidelberg, Göttingen und Frankfurt/Main. □ 1964/65: Redakteur der Zeitschrift Text und Kritik. □ 1968: Leonce-und-Lena-Preis. □ 1969: Hörspielpreis der Kriegsblinden. □ 1970: »Omnibus« (Prosa). □ 1976: »Das leise Lachen am Ohr eines anderen« (Ged.e). □ 1987: »Menschen, Orte, Fäuste, Reportagen und Stories«.

← Wolf Wondratschek

Wood, Grant

amer. Maler
* 13.2.1892 bei Anamosa, Iowa
† 12.2.1942 Iowa City

Grant Wood ist der Maler des Bildes »American Gothic«.

Wood war Hauptrepräsentant der sog. American Scene, einer Richtung der amerikanischen Malerei, deren Vertreter mit höchster Realitätswiedergabe und überscharfen Farben typische Motive ihrer Heimat darstellten. In dem vielpublizierten Bild »American Gothic« (1930, Chicago, The Art Institute) zeigt W. ein Farmerehepaar vor einem für den Mittelwesten charakteristischen Holzhaus, dessen Giebelwand ein deplaziert wirkendes gotisches Fenster ziert. Aus den Gesichtern des eine Forke wie ein Berufsemblem in der Hand haltenden Farmers und seiner ein spießiges Sonntagskleid tragenden Frau sprechen Engstirnigkeit und Bigotterie. Die gesamte Komposition erhält in der überpointierten Wirklichkeitsnähe einen fast surrealen Zug und steht damit der Neuen Sachlichkeit in Deutschland nahe. Bilder wie dieses beeinflußten sehr viel später die Maler des Hyperrealismus.

▷ J. M. Dennis: Grant Wood. A study in American art and culture, engl. 1975.

Woodward, Robert Burns

amer. Chemiker
* 10.4.1917 Boston † 8.7.1979 Cambridge, Mass.

Woodward, ein in der Pharmaindustrie äußerst erfolgreicher Chemiker, synthetisierte eine Reihe biochemisch wichtiger organischer Verbindungen, die für die Pharmazie grundlegend geworden sind: 1944 gelang W. die Totalsynthese des Chinins aus Wasser-, Kohlen-, Sauer- und Stickstoff ohne jegliche Zwischenprodukte. Es folgten Cholesterin und Cortison (1951), das giftige Strychnin in 50 durchgeplanten, aufeinander aufbauenden Syntheseschritten und die dem LSD zugrundeliegende Lysergsäure (1954); 1956 die erste Beruhigungsdroge Reserpin, die Aufsehen erregende Synthese von Chlorophyll (1960) und das Breitbandantibiotikum Tetrazyklin (1962).
Während der zehnjährigen Forschungsarbeiten an der Synthese des Vitamins B_{12} (1961-71) stellten W. und R. →Hoffmann 1965 mit den nach ihnen benannten Regeln das Gesetz über »Die Erhaltung der Orbitalsymmetrie« (Schr., dt. 1971) auf, das einen Zusammenhang zwischen Molekülstruktur und denjenigen organischchemischen Reaktionsprozessen herstellt, die nicht über Ionen oder freie Radikale verlaufen, sondern über einen zyklischen Bindungstausch. 1965 erhielt W., der ab 1970 Aufsichtsratsmitglied des Schweizer Chemiegiganten CIBA-GEIGY war, den Nobelpreis für Chemie.

□ ab 1950: Prof. an der Harvard Univ. in Cambridge, Mass. □ ab 1963: Leiter des Woodward-Forschungsinst. in Basel. □ 1965: Chemie-Nobelpreis. □ ab 1970: Aufsichtsratsmitgl. der CIBA-GEIGY, Basel.

Bob Woodward →

Woodward, Robert Upshur »Bob«

amer. Journalist
* 26.3.1943 Geneva, Ill.

Woodward, Reporter der Washington Post, trug mit Carl Bernstein entscheidend zur Aufklärung des Einbruchs in die Watergate-Appartements, das Wahlkampfhauptquartier der Demokraten, im Sommer 1972 bei. Es gelang ihm, engste Mitarbeiter des damaligen US-Präsidenten R. →Nixon und schließlich diesen selbst zu belasten. Nixon, der mit seiner Amtsenthebung rechnen mußte, trat im August 1974 zurück; W. erhielt 1973 den Pulitzer-Preis.

□ 1966-70: Nach Studium Dienst in der US-Marine. □ ab 1971: Mitarbeiter der Washington Post (bis 1978 Reporter). □ 1973: Pulitzer-Preis an die Washington Post für die Aufdeckung des Watergate-Skandals. □ 1974: »All the President's Men« (mit C. Bernstein, Buch über Watergate-Skandal, verfilmt 1976 mit D. →Hoffman und R. →Redford). □ 1987: »Geheimcode Veil. Reagan und die geheimen Kriege der CIA«. □ 1991: »Die Befehlshaber« (dt. 1991).

Woolf, (Adeline) Virginia

engl. Schriftstellerin und Literaturkritikerin
* 25.1.1882 London
† 28.3.1941 Sussex (Selbstmord).

Woolfs Romane zählen aufgrund ihrer formalen Neuerungen zu den Klassikern der Moderne. Ebenso wie die Werke von J. →Joyce und M. →Proust zeichnet sich W.s experimentelle Prosa durch nuancierte Darstellung des Bewußtseinsstroms, klare Struktur und lyrische Qualität aus. In ihren Essays, die dem »gewöhnlichen Leser« Literatur auf anschauliche Weise nahebringen, legte W. die Gründe für ihre Abneigung gegenüber der traditionellen Romanform dar. Ein Roman solle das fluktuierende Leben in seiner ganzen Komplexität darstellen und Menschen in ihrer Widersprüchlichkeit zeigen. So tritt in »Mrs. Dalloway« (R., 1925, dt. 1928) das auf einen Junitag begrenzte Geschehen hinter die Gedanken und Erinnerungen der Figuren zurück. Auch in »Die Fahrt zum Leuchtturm« (R., 1927, dt. 1931) bleibt die Handlung den Bildern und den komplex verknüpften Bewußtseinsinhalten untergeordnet, die die Struktur des Romans bestimmen. In ihren späteren Werken integrierte W. Merkmale anderer Gattungen in die Form des Romans. So ist »Orlando« (R., 1928, dt. 1929) eine fiktive Biografie in Romanform. Ihren Roman »Die Wellen« (1931, dt. 1959) bezeichnete W. selbst als »Dramen-Gedicht in Prosa«. Nach dem Ausbruch des 2. Weltkriegs sah W. für ihre Erzählweise keine Leserschaft mehr. Als W. Anzeichen eines erneuten Ausbruchs jener Nervenkrankheit verspürte, unter der sie zeitlebens litt, nahm sie sich nach dem Abschluß des Manuskripts »Zwischen den Akten« (R., 1941, dt. 1963) das Leben.

Virginia Woolfs Werk sprengte die traditionelle Romanform.

□ 1885: Tod der Mutter; W.s erster Nervenzusammenbruch. □ 1904: Tod des Vaters; erster Selbstmordversuch (zweiter: 1913). □ ab 1904: Rezensionstätigkeit. □ ab 1905: Erste Zusammenkünfte der Bloomsbury Group. □ 1910: Engagement in der Frauenrechtsbewegung. □ 1912: Heirat mit dem Schriftsteller Leonard Woolf. □ 1915: »Die Fahrt hinaus« (R., dt. 1989). □ 1917: Gründung des Verlags Hogarth Press. □ 1919: »Nacht und Tag« (R., dt. 1982). □ 1922: »Jakobs Raum« (R., dt. 1981). □ 1925: »Der gewöhnliche Leser. Bd. 1« (Es.s, dt. 1989). □ 1929: »Ein Zimmer für sich allein« (Es., dt. 1978). □ 1932: »Der gewöhnliche Leser. Bd. 2« (Es.s, dt. 1991). □ 1937: »Die Jahre« (R., dt. 1954). □ 1940: »Roger Fry« (Biogr.). □ postum 1976: »Augenblicke. Skizzierte Erinnerungen« (Aut., Es.s, dt. 1981).

▷ Q. Bell: Virginia Woolf. Eine Biographie, 1982; L. Gordon: Virginia Woolf. Das Leben einer Schriftstellerin, 1987.

Manfred Wörner →

Wörner, Manfred

dt. Politiker
* 24.9.1934 Stuttgart

Nach seiner Wahl in den Bundestag (1965) profilierte Wörner sich als Wehrexperte der CDU und übernahm nach der Bonner Wende 1982 erwartungsgemäß das Verteidigungsressort. 1983/84 nahm sein Renommee im Zusammenhang mit der vorzeitigen Entlassung von General Kießling Schaden. Nach längeren, internen Auseinandersetzungen konnte die Bundesregierung W. 1987 als Generalsekretär der NATO und damit als ersten Deutschen auf diesem Posten durchsetzen.

□ 1953: Mitgl. der Jungen Union. □ bis 1961: Jurastudium. □ ab 1961: In der Verwaltung von Bad.-Württ. □ 1965: Mitgl. der CDU. □ 1965-88: MdB. □ 1969-72: Stellv. Vors. der CDU-Bundestagsfraktion. □ 1982-87: Verteidigungsmin. □ seit 1988: Generalsekretär der NATO.

Andrei Wosnessenski →

Wosnessenski, Andrei A.

sowjet. Lyriker und Essayist
* 12.5.1933 Moskau

Wosnessenski ist einer der führenden sowjetischen Lyriker der Gegenwart. In seinem Werk verbindet sich das Interesse an modernen Themen — etwa den Gefahren der Technik — mit einer virtuosen Beherrschung der Form. Seine Texte aus den 60er Jahren enthalten zahlreiche Amerikanismen sowie Anspielungen auf die westliche Jugendkultur und wurden deshalb besonders von jungen Lesern geschätzt. In den 80er Jahren schrieb W. assoziationsreiche, zum Teil autobiografische Essays.

□ 1960: »Bahn der Parabel« (Ged.e, dt. Auswahl 1963). □ 1962: »Dreieckige Birne« (Ged.e, dt. Auswahl 1963). □ 1964: »Anti-Welten« (Ged.e, dt. 1967). □ 1976: »Vitražnych del master« (»Meister der Glasmalerei«, Ged.). □ 1980: »Begegnung mit Pasternak« (Es.s, dt. 1984). □ 1983/84: »O« (Es.s).

Wotruba, Fritz

österr. Bildhauer, Maler und Grafiker
* 23.4.1907 Wien † 28.8.1975 ebd.

Wotruba gehörte zu den prägenden österreichischen Bildhauern der Nachkriegszeit. Mit seinen

Fritz Wotruba schuf Skulpturen aus beinahe architektonischen Elementen.

archaisch-abstrahierenden, zu zylindrischen, später blockhaften tektonischen Gefügen neigenden Skulpturen aus Stein und Bronze übte er großen Einfluß aus. Sein Hauptthema war die menschliche Figur, die er aus stereometrischen, fast architektonischen Elementen zusammensetzte, wobei er zu immer größerer Gegenstandslosigkeit gelangte (z. B. »Kniende Figur«, 1960, Dortmund, Museum am Ostwall). W.s Analyse der menschlichen Figur auf ihre tektonischen Grundformen hin überführte seine Skulpturen gewissermaßen in die Architektur. Konsequenterweise entwarf er 1967 ein Projekt für die Karmeliterkirche in Steinbach bei Wien in einer skulptural-architektonischen Formensprache (1974-76 als Dreifaltigkeitskirche in Wien-Mauer realisiert). Aus W.s malerischem und grafischem Werk ragen die späten Lithografieserien (u. a. »Variations on Wagner's Ring«, 1967, London; »Verwandlungen«, 1972, Basel) heraus. W. war auch als Bühnenbildner u. a. für die Salzburger Festspiele tätig.

□ 1926-28: Bildhauerstudium bei A. Hanak in Wien. □ 1938: Emigration in die Schweiz mit R. →Musil. □ 1945: Rückkehr nach Wien; Prof. an der Kunstakademie. □ 1969: Innenausstattung der Hofkirche in Bruchsal; Richard-Wagner-Denkmal am Rheinufer in Mainz. □ 1972-74: »Große Skulptur« (Bronze) vor dem Dianabad in Wien.

▷ F. Heer: Fritz Wotruba, 1976.

Wouk, Herman

amer. Schriftsteller
* 27.5.1915 New York

Wouk ist ein traditionalistischer Erzähler. In seinem weltberühmt gewordenen, 1954 mit H. →Bogart verfilmten und mit dem Pulitzer-Preis (1952) ausgezeichneten Kriegsroman »Die Caine war ihr Schicksal« (1951, dt. 1952) schildert W. das Leben auf einem Minensuchboot im 2. Weltkrieg und das Problem der Gehorsamspflicht gegenüber einer unfähigen Autorität. Zwar werden die Meuterer gegen einen paranoiden Kommandanten vom Kriegsgericht freigesprochen, doch betont der Erzähler die grundsätzliche Verwerflichkeit ihrer Tat. Dieser in zwölf Sprachen übersetzte Roman begründete W.s anhaltende Popularität.

H. Wouk wurde mit »Die Caine war ihr Schicksal« bekannt.

□ 1934: College-Absolvent, Columbia-Univ. □ 1941: Berater im US-Finanzministerium. □ 1942-46: Militärdienst zur See. □ 1947: »Aurora schaumgeboren« (R., dt. 1960). □ 1949: »Der Verräter« (Dr., dt. 1960). □ 1971: »Feuersturm« (R., dt. 1972). □ 1978: »Der Krieg« (R., dt. 1979). □ 1985: »Der Enkel des Rabbi« (R., dt. 1986).

Wright, Frank Lloyd

amer. Architekt
* 8.6.1869 Richland Center, Wisc.
† 9.4.1959 Phoenix, Ariz.

Wright griff die Errungenschaften der sog. Schule von Chicago, besonders das Prinzip L. H.

F. L. Wright verband in den Prärie-Häusern Naturmaterialien mit modernster Technik.

→Sullivans auf, den Bau von seinen inneren Funktionen her zu entwickeln, und war in der Überwindung historistischer Bauformen der Pionier der modernen amerikanischen Architektur. W.s nachhaltige Wirkung erstreckte sich auf alle wesentlichen Richtungen vom Expressionismus über den Rationalismus bis zur sog. organischen Architektur, auch in Europa.
Auf der Basis moderner Konstruktionsmethoden und natürlicher Materialien errichtete er funktionale sowie harmonisch in das Ambiente eingefügte Landhausbauten, sog. Prärie-Häuser. Die Prinzipien waren eine überschaubare Höhe bei vorrangig horizontaler Anlage, weit überstehende, Geborgenheit vermittelnde Dächer sowie ein großer Wohnraum im Erdgeschoß mit Balkendecke und Kamin. Hinzu kamen eine großzügige Durchfensterung und zahlreiche Türen, um eine Verbindung zwischen Innen und Außen herzustellen. Bei der Grundgestaltung verzichtete W. auf überflüssigen Zierat, so daß Bauten von vorwärtsweisender Schlichtheit und Funktionalität, dennoch, dank der kunstvollen Verschachtelung kubischer Elemente, auch von hoher Imposanz entstanden. Bestes Beispiel ist das oberhalb eines Wasserfalls errichtete Kaufmann House, bekannt unter dem Namen »Fallingwater« (1935-39, bei Mill Run, Pa.).
W.s Großbauten waren nicht weniger einflußreich, so das nach außen abgeschlossene, ganz auf das Innere konzentrierte und von oben belichtete Larkin House (1904/05), eines der ersten vollklimatisierten Bürogebäude, weiterhin der runde, von einem sanft modulierten Vorbau umgebene, innen spiralförmig gestaltete Bau des Solomon R. Guggenheim Museums (1956-59) in New York. W. schuf während seiner etwa 70jährigen Tätigkeit über 800 Bauten, darunter auch sein immer wieder erweitertes zweites eigenes Haus »Taliesin West« bei Scottsdale, Arizona (1937). Von hoher Bedeutung war W.s in den 30er Jahren entworfener Typus des preiswert zu erstellenden, dennoch individuellen Usonian House.

☐ 1888: Nach einem Ingenieurstudium an der Univ. von Wisconsin in Madison Eintritt in das Büro Dankmar Adlers und L. H. Sullivans in Chicago. ☐ 1894: Winslow House, River Forest, Ill. (erstes Prärie-Haus). ☐ ab 1896: Eigenes Büro in Chicago. ☐ 1904: Unity Temple, Oak Park bei Chicago. ☐ 1909/10: Europaaufenthalt; Vorstellung seiner Arbeiten in Berlin. ☐ 1911: Eigenes Haus »Taliesin« in Spring Green, Wisc. ☐ 1912: »In the Cause of Architecture« (Schr., 2. Teil 1915). ☐ 1921-23: Millard House, Pasadena, Kalif. ☐ 1922: Imperial Hotel, Tokio. ☐ 1932: Stadtplanungsentwurf »Broadcare City«. ☐ 1936-50: Verwaltungskomplex für S. C. Johnson & Son in Racine, Wisc. ☐ 1945: »When Democracy Builds« (Schr.). ☐ 1953: »The Future of Architecture« (Schr.). ☐ 1953-56: Price Tower, Bartlesville, Okla. ☐ 1957-66: Marin County Civic Center, San Rafael, Kalif. ☐ 1958/59: Ben Shalom Synagoge, Philadelphia.

▷ D. Treiber: Frank Lloyd Wright, 1988; B. Zevi: Frank Lloyd Wright, NA 1991.

Orville Wright →

Wilbur Wright →

Wright, Orville und Wilbur

amer. Flugpioniere
Orville W.:
* 19.8.1871 Dayton, Ohio † 30.1.1948 ebd.
Wilbur W.:
* 16.4.1867 Milville, Ind. † 30.5.1912 Dayton, Ohio

Mit ihrem 12 PS starken und 355 kg schweren Doppeldecker »Flyer I« führten die Brüder Wright am 17. 12. 1903 in Kitty Hawk den ersten gesteuerten Motorflug der Welt durch; er dauerte 12 sec. und führte über eine Strecke von 36 m. Mit verbesserten Modellen gelang es ihnen bald, Kurven und längere Strecken zu fliegen. Aufgrund ihrer systematischen Studien und des Strebens nach Perfektionierung ihrer Flugzeuge gelten die Brüder W. als eigentliche Wegbereiter der Luftfahrt.

☐ 1901: Erste Gleitflüge bis zu 100 m mit Doppeldeckern. ☐ 1903: Erste gesteuerte Motorflüge mit dem »Flyer I« über längere Entfernungen. ☐ 1904: Kurvenflüge. ☐ 1905: Streckenflüge über 45 km. ☐ 1907/08: Demonstrationsflüge in Europa mit Flugzeiten von 2 1/2 Stunden.

Wright, Richard

amer. Schriftsteller
* 4.9.1908 bei Natchez, Miss.
† 28.11.1960 Paris (Frankreich)

Der Autodidakt Wright war der eloquenteste unter den afroamerikanischen Romanciers seiner Generation, die sich für die gesellschaftliche Emanzipation ihrer schwarzen Mitbürger einsetzten und erstmals die Auswirkungen von Rassismus und Ghettoisierung beschrieben. W.s bekanntestes Werk, »Sohn des Landes« (R., 1940, dt. 1941), schildert in naturalistischer Detailtreue die gewaltsame Initiation, d. h. Mord und Verurteilung, eines schwarzen Jugendlichen aus dem Chicagoer Ghetto. Das Verhalten des jungen Schwarzen begründete W. mit dem destruktiven Leben im Ghetto, in dem es nur Opfer oder Rebellen gibt. Diese These korrigierte er mit dem Roman »Die Mörder und die Schuldigen« (1953, dt. 1966), der W.s Auseinandersetzung mit dem französischen Existentialismus spiegelt und eine Abrechnung mit dem Kommunismus ist. Auch in zahlreichen Essays (u. a. »Schwarze Macht« 1954, dt. 1956) beschäftigte sich W. mit der politischen Emanzipation der Schwarzen.

□ 1933-44: Mitgl. der KPUSA. □ ab 1937: Journalist in New York und Chicago. □ 1938/40: »Onkel Toms Kinder« (Nov.n, dt. 1949). □ ab 1946: Aufenthalt in Paris. □ 1958: »Der schwarze Traum« (R., dt. 1960).

▷ R. Wright: Ich Negerjunge (Aut.), 1945, dt. 1947; ders.: Schwarzer Hunger (Aut.), postum 1977, dt. 1980; ders.: Black Boy, Bericht einer Kindheit und Jugend, 1978.

← Richard Wright

← Monika Wulf-Mathies

Wulf-Mathies, Monika

dt. Gewerkschafterin
* 17.3.1942 Wernigerode, Harz

Seit 1982 steht Wulf-Mathies der Gewerkschaft Öffentliche Dienste, Transport und Verkehr vor, der zweitgrößten Einzelgewerkschaft des DGB. Sie ist damit die erste weibliche Vorsitzende einer DGB-Gewerkschaft.
W., die 1982 überraschend als Nachfolgerin von H. → Kluncker in das Amt gewählt wurde, setzt sich seither vorrangig für die 35-Stunden-Woche bei vollem Lohnausgleich ein. In den Tarifverhandlungen 1984 und 1988 erreichte sie über den Weg einer maßvollen Anhebung der Löhne und Gehälter eine Arbeitszeitverkürzung auf 39,7 bzw. 38,5 Stunden.

□ 1968: Promotion zum Dr. phil. □ 1971: Hilfsreferentin in der Pressestelle des Bundeswirtschaftsministeriums. □ 1973: Wechsel ins Bundeskanzleramt; Leitung des Referats Sozial- und Gesellschaftspolitik. □ 1976: Wahl in den geschäftsführenden Hauptvorstand der ÖTV. □ seit 1982: Vors. der ÖTV.

Wunderlich, Erhard

dt. Handballspieler
* 14.12.1956 Augsburg

Wunderlich, der erfolgreichste deutsche Handballspieler, gewann mit dem VfL Gummersbach sämtliche Titel, die auf Vereinsebene vergeben werden. 1976-86 bestritt der 2,04 m große Angriffsspieler 140 Länderspiele in der Nationalmannschaft, mit der er 1978 Weltmeister und 1984 Olympiazweiter in Los Angeles wurde.

□ 1976-83: VfL Gummersbach. □ 1977: DHB-Pokalsieger (erneut 1978, 1982 und 1983). □ 1978: Europapokal der Pokalsieger (erneut 1979 und 1984 mit dem FC Barcelona). □ 1979: Goldpokal der IHF (erneut 1983). □ 1982: Dt. Meister (erneut 1983); IHF-Pokal. □ 1983: Europapokal der Landesmeister; Wechsel zum FC Barcelona. □ 1984-88: TSV Milbertshofen.

Wunderlich, Friedrich »Fritz« Karl Otto

dt. Sänger
* 26.9.1930 Kusel, Rhld.-Pf. † 17.9.1966 Heidelberg

Wunderlich, einer der großen lyrischen Operntenöre, gelang der erste große Erfolg 1959 bei den Salzburger Festspielen mit der Rolle des Henry in der Oper »Die schweigsame Frau« von R. → Strauss. Innerhalb weniger Jahre wurde er ein weltweit bedeutender Mozart-Interpret (seine Starrolle war der Tamino in der »Zauberflöte«) und gerühmt für seine klare, in allen Registern ausgeglichene Stimme. Natürliche Musikalität und große künstlerische Sensibilität kennzeichneten seine Gestaltungen auch der Partien in Opern von Rossini, Wagner, I. → Strawinsky, C. → Orff und W. → Egk. In seinen letzten Lebensjahren hatte W. Erfolge als Liedsänger (Schubert und Schumann).

□ 1950-55: Studium an der Musikhochschule Freiburg i. Br. □ 1954: Debüt in Freiburg als Tamino in Mozarts »Zauberflöte«. □ ab 1955: Mitgl. der Württ. Staatsoper Stuttgart. □ ab 1958: Verpflichtungen an der Oper in Frankfurt/Main. □ 1959: Rolle des Tiresias bei der UA des »Oedipus der Tyrann« von C. Orff in Stuttgart. □ ab 1960: Mitgl. der Bayer. Staatsoper München. □ ab 1962: Gast der Wiener Staatsoper. □ 1963: Rolle bei der UA der Oper »Die Verlobung in San Domingo« von W. Egk in München. □ 1965: Gastspiel an der Covent Garden Opera London.

▷ W. Pfister: Fritz Wunderlich, 1990.

Fritz Wunderlich wurde als Opern- und Liedsänger gleichermaßen gerühmt.

Paul Wunderlich, dessen Bilder mythologische Elemente in moderner Deutung zeigen, in seinem Atelier in Frankreich, 1991.

Wunderlich, Paul

dt. Maler und Grafiker
* 10.3.1927 Eberswalde, Mark Brandenburg

Wunderlich ist seit den 60er Jahren mit seinen neosurrealistischen, oft altmeisterlich gemalten Bildern und Serigrafien, in denen er vor allem erotische Themen gestaltete, in Deutschland bekannt. Er nimmt Elemente der Romantik, des Jugendstils, des Surrealismus, auch des Wiener Phantastischen Realismus auf und verbindet sie zu dem ihm eigenen glatten, ästhetisierenden Manierismus, in dem er u. a. mythologische Themen wie »Leda mit dem Schwan« (1966, Privatsammlung) modern deutet. Seine Lithografie-Serien wie »Das Hohelied Salomos« (1969) finden große Verbreitung. Nach dem Vorbild S. →Dalís widmet sich W. seit 1968 auch der Kleinplastik in Bronze.

□ 1947-51: Studium in Hamburg. □ 1955: Arbeit als Drucker für O. →Kokoschka, E. →Nolde u. a. □ 1957/58: Selbststudium der Lithografie. □ 1961: Übersiedlung nach Paris. □ 1963-68: Prof. an der Hochschule für Bildende Künste, Hamburg. □ ab 1968: Arbeit an Skulpturen und Objekten. □ ab 1978: Zusammenarbeit mit der Philip Rosenthal AG. □ seit 1981: Mitgl. der Académie des Beaux-Arts, Paris.

▷ J. C. Jensen: P. Wunderlich. Eine Werkmonographie, 1980.

Wilhelm Wundt →

Wundt, Wilhelm

dt. Philosoph und Psychologe
* 16.8.1832 Neckarau bei Mannheim
† 31.8.1920 Großbothen bei Leipzig

Wundt gründete 1879 in Leipzig das erste Institut für experimentelle Psychologie, das zur Klärung des psychophysischen Leib-Seele-Problems diente. Die durch Experimente beobachtbaren individuellen seelischen Vorgänge, die W. in Wille, Intellekt und Gefühl klassifizierte, sollten durch die Untersuchung der an eine geistige Gemeinschaft gebundenen psychischen Vorgänge ergänzt werden, nämlich durch seine »Völkerpsychologie. Eine Untersuchung der Entwicklungsgesetze von Sprache, Mythos und Sitte« (10 Bde., 1900-20). Die Psychologie als Grundwissenschaft aller Geisteswissenschaften postulierend, entwickelte W. Aspekte der späteren Sozialpsychologie und Ethnosoziologie.

□ ab 1864: Prof. für Medizin an der Univ. Heidelberg; »Vorlesungen über die Menschen- und Tierseele« (2 Bde.). □ 1866-68: Abgeordneter in der 2. badischen Kammer. □ 1874: »Grundzüge der physiologischen Psychologie«. □ ab 1875: Prof. für Philosophie in Leipzig. □ 1880-83: »Logik« (2 Bde.). □ 1886: »Ethik«. □ 1889: »System der Philosophie«.

▷ W. Wundt: Erlebtes und Erkanntes (Aut.), 1920; W. Meischner/E. Eschler: Wilhelm Wundt (Biogr.), 1979.

Wyler, William

amer. Regisseur schweiz. Herkunft
* 1.7.1902 Mühlhausen, Elsaß (Frankreich)
† 27.7.1981 Beverly Hills, Kalif.

Wyler wurde mit handwerklich perfekten, spannend inszenierten Filmen unterschiedlicher Genres zu einem der großen und erfolgreichsten Hollywood-Regisseure. Er verfilmte auch Bühnenstücke und literarische Klassiker (»Zeit der Liebe, Zeit des Abschieds«, 1936; »Stürmische Höhen«, 1939, mit L. →Olivier und D. →Niven). Für zwei Inszenierungen, die die Auswirkungen des Krieges behandeln, »Mrs. Miniver« (1942) und »Die besten Jahre unseres Lebens« (1946), wurde er mit dem Oscar ausgezeichnet. Seinen dritten Oscar erhielt er für sein berühmtestes Werk, »Ben Hur« (1959, mit Ch. →Heston), der mit insgesamt elf Oscars einen Rekord in der Filmgeschichte aufstellte.

□ 1920: Emigration in die USA; PR-Mitarbeiter bei der Universal-Filmgesellschaft in Hollywood. □ 1931-35: Regieassistent bei Wildwest-Filmen der B-Kategorie. □ 1938: »Jezebel — die boshafte Lady« (mit B. →Davis). □ 1940: »Das Geheimnis von Malampur«. □ 1949: »Die Erbin« (mit O. de Havilland und M. →Clift). □ 1953: »Ein Herz und eine Krone« (mit G. →Peck und A. →Hepburn). □ 1956: »Lockende Versuchung« (mit G. →Cooper und A. →Perkins). □ 1958: »Weites Land« (mit G. Peck). □ 1965: »Wie klaut man eine Million?« (mit A. Hepburn und P. →O'Toole). □ 1967: »Funny Girl« (mit B. →Streisand). 1969: »Die Glut der Gewalt«.

← William Wyler

Wyszyński war eine Symbolfigur des poln. Katholizismus.

Wyssozki, Wladimir S.

sowjet. Schauspieler, Lyriker und Liedermacher
* 25.1.1938 Moskau † 25.7.1980 ebd.

Wyssozki, zuletzt Schauspieler am avantgardistischen Moskauer Taganka-Theater, schrieb populäre Gedichte und Chansons, die er — abseits vom staatlich reglementierten Kulturleben — selber vortrug. Seine Texte, die sich an die Volkslied- und Balladenform anlehnen, erzählen mit Anteilnahme, Sentimentalität und Humor von den Alltagserfahrungen der sog. kleinen Leute (»Nerv«, 1981; »Wolfsjagd«, russ.-dt. 1986). Offizielle Anerkennung fand W., der die Chansontradition B. →Okudschawas fortsetzte und schon zu Lebzeiten als Idol verehrt wurde, erst postum im Zuge der Reformen M. →Gorbatschows.

▷ M. Vlady: Eine Liebe zwischen zwei Welten. Mein Leben mit Wladimir Wyssozki, 1991.

Wyszyński, Stefan

poln. Theologe (kath.)
* 3.8.1901 Zuzela † 28.5.1981 Warschau

Wyszyński, ab 1948 Primas von Polen, war trotz seiner um Ausgleich bemühten Kirchenpolitik Symbolfigur für den Selbstbehauptungswillen des polnischen Katholizismus gegenüber der sozialistischen Staatsmacht. Aufgrund der traditionell engen Verbindung der polnischen Nation mit dem katholischen Glauben konnte W. politische Zugeständnisse seitens der kommunistischen Regierung durchsetzen; z. B. die Rückgabe von Land an die Bauern, die Wiederzulassung des Religionsunterrichts und der Priesterausbildung sowie den staatlich finanzierten Kirchenbau.

□ 1930: Prof. für Soziologie und Kanonisches Recht am Priesterseminar Włocławek; Gründung der einzigen Katholischen Arbeiter-Univ. □ 1946: Bischof von Lublin. □ 1948: Erzbischof von Gnesen und Warschau (in Personalunion). □ 1953: Kardinal. □ 1953-56: Politischer Häftling. □ 1959: »Der Kreuzweg« (Schr., dt. 1961). □ 1981: Vermittlungsversuche zwischen Regierung und der Gewerkschaft »Solidarität« (L. →Walesa).

X

Iannis Xenakis →

Xenakis, Iannis

frz. Komponist und Architekt griech. Abstammung
* 1.5.1922 Brăila (Rumänien)

Xenakis gehört zu den radikalsten Konstruktivisten in der Musik nach 1945. Er wurde durch den für die Weltausstellung in Brüssel gebauten Philips-Pavillon (1958) bekannt, der aus der architektonischen Umsetzung des Orchesterstücks »Metastaseis« (1954) entstand. Seither entwickelte X. zahlreiche Kompositionsmethoden, die auf mathematische Verfahren zurückgreifen (Wahrscheinlichkeitsrechnung in »Pithoprakta«, 1955; Mengenlehre in »Herma«, 1961; Gruppentheorie in »Nomos alpha«, 1966). Für diese mathematisch formalisierten Musikwerke prägte er den Begriff der sog. stochastischen Musik.

X. schrieb Computerprogramme zur Berechnung musikalischer Partituren (»Analogique A et B« für Tonband und Instrumente, 1959) und entwarf mit seinem Pariser Forschungsinstitut das Computersystem UPIC zur Umsetzung grafischer Strukturen in Klänge. X. versucht, traditionelle Grenzen von Musik aufzubrechen. So komponierte er mehrere sog. Polytopes (Kompositionen aus Architektur, Licht und Klängen; u. a. 1967 in Montreal).

□ 1940-46: Ingenieurstudium am Polytechnikum in Athen; Beteiligung am Widerstandskampf und Bürgerkrieg. □ 1947: Übersiedlung nach Paris als politischer Flüchtling. □ 1948-60: Assistent des Architekten →Le Corbusier. □ 1962: »Bohor« (elektronische Musik). □ 1965: Frz. Staatsbürgerschaft. □ 1966: »Freie stochastische Musik durch den Elektronenrechner« (Schr.); Gründer des Forschungszentrums Centre d'Etude de Mathematique et Automatique Musicale (CEMAMu) in Paris. □ 1967-72: Prof. an dem von ihm begründeten Center of Mathematical and Automated Music an der Indiana Univ. in Bloomington (USA). □ 1971: »Musik. Architektur« (Schr., frz.). □ 1980: »Ais« für Schlagzeug, Bariton und Orchester. □ 1987: »Ata« für 89 Spieler (Auftragswerk des Südwestfunks).

▷ M. Bois: Iannis Xenakis, dt. 1968.

Xiao Hong

(eig. Zhang Naiying)
chin. Schriftstellerin
* 2.6.1911 Hulan, Heilongjiang
† 22.1.1942 Hongkong

Xiao Hong wurde in den 30er Jahren mit Werken über das Elend des ländlichen Proletariats bekannt. Höhepunkt ihres Schaffens, das unter dem Einfluß der humanistischen Ideen der 4.-Mai-Bewegung von 1919 sowie westlicher Literatur (U. →Sinclair, I. Turgenjew) und chinesischer Erzählkunst (→Lu Xun) entstand, bildete ihr Roman »Geschichten vom Hulanfluß« (1942, dt. 1990), eine Mischung aus Satire, Sozialkritik und lyrischen Reminiszenzen an ihre mandschurische Heimat. Die nach Gründung der VR China politisch mißliebige Autorin wurde in China erst 1978 im Zuge des »Pekinger Frühlings« wiederentdeckt.

□ 1927-30: Besuch der Mittelschule in Harbin. □ 1930: Bruch mit dem Elternhaus, um einer Zwangsehe zu entgehen. □ ab 1934: Freie Schriftstellerin. □ 1935: »Der Ort des Lebens und des Sterbens« (R., dt. 1989). □ 1936: »Die Brücke« (Erz., dt. 1985). □ 1937: »Auf dem Ochsenkarren« (Erz., dt. 1985). □ 1940: Flucht in den Wirren des Krieges nach Hongkong; »Frühling in einer kleinen Stadt« (Novelle, dt. 1985). □ 1941: »Ma Bole« (R.). □ 1942: Tod infolge eines Lungenleidens. □ postum 1946: »Flucht« (Erz., dt. 1980).

▷ Xiao Hong: Marktstraße (Aut.), 1936.

Xu Zhimo

(eig. Xu Zhangxu)
chin. Lyriker
* 15.1.1897 Xiashi, Zhejiang
† 19.11.1931 (Flugzeugabsturz)

Xu Zhimo bezog seine Inspiration aus westlichen Vorbildern, vor allem Th. → Hardy, Percy Shelley (* 1792, † 1822) und John Keats (* 1795, † 1821). Er schuf eine Synthese von chinesischer Umgangssprache und abendländischen Versformen (v. a. Limericks und Sonette). Kennzeichen seines Denkens waren ein absoluter Individualismus Carlylescher Prägung und die Besinnung auf »zeitlose« Wertbegriffe wie Wahrheit, Liebe und Schönheit.
Xu Zhimo pries die Schönheit des Universums und die Freiheit des einzelnen (»Gedichte des Zhimo«, 1925, dt. 1989), beschrieb aber auch Verzweiflung und Lebensüberdruß (»Eine Nacht in Florenz«, 1927, dt. 1989). In China wurde Xu Zhimo als bürgerlich-liberaler Dichter kritisiert. Sein Einfluß auf die neuere chinesische Lyrik ist dennoch beträchtlich.

□ 1918-22: Studium in den USA und England. □ 1924: Reise durch China mit R. →Tagore. □ 1925: Reisen durch Deutschland, Frankreich und Italien. □ 1928: Mitbegründer der literarischen Neumondgesellschaft. □ 1930: »Der grausame Tiger« (Ged.e). □ 1931: »Reise in den Wolken« (Ged.e).

Y

Rosalyn Yalow →

Yalow, Rosalyn

amer. Physikerin und Nuklearmedizinerin
* 19.7.1921 New York

Yalow entwickelte (mit Salomon A. Berson) 1956 eine radioimmunologische Indikatormethode (Radioimmunoassay) zur analytischen Bestimmung der im menschlichen Körper in geringsten Spuren vorhandenen Peptidhormone. Die in der Hirnanhangdrüse und den Nebenschilddrüsen erzeugten Peptidhormone konnten durch die Entdeckung von Insulin-Antikörpern, die radioaktiv markiert wurden, erstmals in ihrer Konzentration gemessen werden. Y. stellte u. a. fest, daß das Blut vieler Diabetiker einen normalen Insulinspiegel hat, daß aber die Blutzellen das Insulin nicht verwerten.

□ 1968-79: Prof. an der Mount Sinai School of Medicine, New York. □ 1970-80: Leiterin der Abteilung für Nuklearmedizin am Isotopeninst. ebd. □ 1977: Physiologie/Medizin-Nobelpreis (mit R. Ch. L. →Guillemin und A. V. →Schally). □ 1979-85: Prof. am Albert Einstein College für Medizin an der Yeshiva-Univ., New York. □ 1980-85: Leitung der klinisch-wissenschaftlichen Abteilung des Montefior Hospital der City-Univ. ebd.

Yang Chen Ning →

Yang Chen Ning

amer. Physiker chin. Herkunft
* 22.9.1922 Hofei, Prov. Anhwei

Aufgrund seiner Theorie über das in den Naturgesetzen geltende Prinzip der Symmetrie sagte Yang 1956 die Nichteinhaltung des bis dahin für gültig gehaltenen Gesetzes der Parität (E. P. → Wigner) bei atomaren Zerfallsprozessen voraus. Das von Y. und T. D. →Lee vorgeschlagene Experiment zum spontanen Zerfall von K-Mesonen bewies, daß diese Elementarteilchen in schwachen Wechselwirkungen trotz scheinbar spiegelsymmetrischer Identität kein paarweises Verhalten zeigen.

□ 1955-65: Prof. am Inst. for Advanced Study in Princeton, N. J. □ 1957: Physik-Nobelpreis (mit Lee). □ 1964: Amer. Staatsbürger. □ seit 1966: Prof. an der State Univ. of New York, Stony Brook; Dir. des Inst. für Theoretische Physik ebd.

Yeats, William Butler

ir. Dichter
* 13.6.1865 Sandymount, Dublin
† 28.1.1939 Roquebrune-Cap-Martin bei Nizza

Yeats, Nobelpreisträger von 1923, ist ein wichtiger Vertreter der literarischen Moderne. Zugleich steht sein Name für die Renaissance der irischen Nationalliteratur. In seinen Versdramen wie »Gräfin Cathleen« (1892) griff Y., ein Verehrer der Freiheitskämpferin und Schauspielerin Maude Gonne, auf Stoffe der keltischen Mythologie zurück. Vom Ästhetizismus beeinflußt und zwischen irisch-nationaler und kosmopolitischer Orientierung schwankend, schuf Y. eine symbolistische und mythisch-mystische Lyrik. Y.s Experimentieren mit einer »Privatmythologie« entsprach stärker literarischen Bedürfnissen als religiöser Überzeugung. Seine Auseinandersetzung mit dem Problem des Altwerdens geriet zur Obsession, inspirierte aber auch große Lyrik wie das späte Gedicht »Sailing to Byzantium«.

W. B. Yeats besann sich auf die irische Literaturtradition.

Riichi Yokomitsu →

□ 1892: »Gräfin Cathleen« (Dr., dt. 1925). □ 1889: »The Wanderings of Oisin« (Versepos). □ 1899: Gründung des Abbey Theatre in Dublin mit Lady (Gregory (* 1859, † 1932). □ 1902: »Cathleen ni Houlihan« (Dr., dt. 1933). □ 1907: »Deirdre« (Dr., dt. 1933). □ 1921: »Four plays for dancers«. □ 1922: »Later poems«. □ 1922-28: Mitgl. des Ir. Senats. □ 1923: Literatur-Nobelpreis. □ 1939: »Last poems and two plays«.

▷ E. Timm: William Butler Yeats, 1987.

Yersin, Alexandre John Émile

schweiz. Tropenarzt
* 22.9.1863 Rougement, Kt. Waadt
† 1.3.1943 Nha Trang, Südvietnam

Yersin, der 1894 das Pasteur-Institut in Nha Trang (Annam) gründete, entdeckte während der Pest in Hongkong (1893/94) gleichzeitig mit S. →Kitasato den Erreger dieser Epidemie und entwickelte ein nach ihm benanntes Serum gegen die Seuche. 1889 isolierte er mit Émile Roux das Gift des Diphtheriebazillus.

Yes

engl. Rockgruppe

In den 70er Jahren wurde Yes zur erfolgreichen, innovativen Popgruppe. In ihrer Musik nahm sie die in den 80er Jahren weitgehend popularisierten Entwicklungen der englischen Rockmusik vorweg. Die Stärke der Musiker lag in der elektronischen Fusion von Elementen des Rock, Jazz und der Neo-Klassik. Trotz zahlreicher Umbesetzungen änderte sich der musikalische Ansatz der Band nicht wesentlich, da mit Sänger und Gitarrist Jon Anderson (* 1944), Gitarrist Steve Howe (* 1947) und Bassist Chris Squire (* 1948) die stilprägenden Musiker den beständigen Kern bildeten. Die erfolgreichsten und musikalisch interessantesten Schallplatten wurden mit Rick Wakeman (* 1949) als Keyboarder aufgenommen.

□ 1968: Gründung durch J. Anderson und Ch. Squire. □ 1969: Erste LP »Yes«. □ 1971: »The Yes Album« mit R. Wakeman; »Fragile« (LP) drei Monate in den US-Top-Ten. □ 1973: »Yessongs«, »Tales from topographic oceans« (LP's). □ 1974: »Journey to the centre of the earth« (Solo-LP von R. Wakeman). □ 1977: »Going for the one« (LP). □ 1980: Ausstieg von J. Anderson und R. Wakeman; nach »Drama« (LP) Trennung der Gruppe. □ 1989: Erneute Zusammenarbeit als »Anderson, Bruford, Wakeman, Howe« (LP) und Tournee.

Yokomitsu, Riichi

(eig. Toshikazu Yokumitsu)
jap. Schriftsteller
* 17.3.1898 Aizuwakamatsu, Fukushima
† 30.12.1947 Tokio

Yokomitsu gehörte ab 1924 zum Kreis der Neo-Sensualisten um Y. →Kawabata, die unter dem Einfluß der westlichen Moderne schrieben. Die symbolistischen, futuristischen, dadaistischen und expressionistischen Tendenzen dieser Gruppe fanden ihren Niederschlag in der Zeitschrift Literarisches Zeitalter, deren Gestaltung Y. als Mitherausgeber übernahm und in der er seine literarischen Experimente veröffentlichte. Hervorzuheben ist die Erzählung »Mechanismus« (1930, dt. 1975), in der Y. nach dem Vorbild von J. →Joyce und M. →Proust die Technik des Bewußtseinsstroms anwandte.

□ 1923: »Die Sonnenscheibe« (Erz.); »Die Fliege« (Erz.). □ 1928-31: »Shanghai« (R.). □ 1936: Zeitungskorrespondent in Europa. □ 1937: Unvollendeter Experimentalroman »Reisemelancholie«. □ 1939: »Herbst« (Erz., dt. 1951). □ ab 1945: Vorwurf des reaktionären Nationalismus.

Yorck von Wartenburg, Peter Graf

dt. Jurist und Widerstandskämpfer
* 13.11.1904 Klein-Oels, Schlesien
† 8.8.1944 Berlin-Plötzensee (hingerichtet)

Bereits vor dem Krieg lehnte Yorck v. Wartenburg das NS-Regime aus religiösen Gründen ab. Er war Mitbegründer des Kreisauer Kreises und gehörte mit seinem Vetter, C. von →Stauffenberg, zum inneren Kreis der Widerstandsbewegung. Er war aktiv am Attentatsversuch auf A. →Hitler vom 20. 7. 1944 beteiligt.

□ 1936-39: Referent beim Reichskommissar für Preisbildung. □ 1939/40: Als Soldat in Polen. □ 1942-44: Im Wehrwirtschaftsamt.

← Yorck von Wartenburg

Yoshida, Shigeru

jap. Politiker
* 22.9.1878 Yokohama
† 20.10.1967 Oisu, Kanagawa

Yoshida prägte die japanische Nachkriegspolitik so stark, daß man seine Amtszeit als Ministerpräsident von 1948 bis 1954 auch als Yoshida-Ära bezeichnet. Sein Name steht für die Entwicklung Japans zur Wirtschaftsmacht sowie für die Konsolidierung der militärischen und wirtschaftlichen Allianz mit den USA. Er unterzeichnete 1951 den Friedensvertrag von San Francisco, in dem Japan auf alle territorialen Zugewinne der letzten 80 Jahre verzichten mußte, der aber auch die Aufhebung aller wirtschaftlichen Beschränkungen sowie die volle Souveränität Japans garantierte.

□ 1930-32: Botschafter in Rom. □ 1936-39: Botschafter in London. □ 1948-54: Ministerpräsident. □ 1964: Verleihung des jap. Chrysanthemenordens.

S. Yoshida bei seinem Amtsantritt als Botschafter in London.

Yoshikawa, Eiji

(eig. Hidetsugu Yoshikawa)
* 11.8.1892 Kuragi, Kanagawa † 7.9.1962 Tokio

Yoshikawa gehörte als Verfasser historischer Erzählungen und Romane in Fortsetzungsform zu den Vertretern einer populären Unterhaltungsliteratur mit Niveau. Der Durchbruch zum Bestsellerautor gelang ihm mit dem breitangelegten Samurai-Roman »Musashi« (1936-39, dt. 1984). Die Geschichte des legendären Schwertkämpfers schildert zum einem die vom Zen-Buddhismus geprägte Entwicklung eines jungen Draufgängers zum weisen Helden und zum anderen den gesellschaftlichen Wertewandel, an deren Ende das frühkapitalistische Kaufmannsdenken steht. Das mehrfach verfilmte Epos erzielte als Schlüssel zur japanischen Weltsicht und damit zum Geheimnis des japanischen Wirtschaftserfolgs auch im Westen hohe Auflagen.

Yoshikawas Bücher waren in Japan und Europa Bestseller.

□ bis 1914: Tätigkeiten als Ladengehilfe, Fabrikarbeiter etc. □ 1921-23: Mitarbeiter der Zeitung Jeden Tag. □ 1950-57: »Die neugefaßte Geschichte des Heike-Clans« (R.).

Young, Charles Augustus

amer. Astrophysiker
* 15.12.1834 Hanover, N. H. † 3.1.1908 ebd.

Young, Pionier der Sonnenphysik zu Beginn des 20. Jahrhunderts, entdeckte bei der totalen Sonnerfinsternis von 1869 die sog. umgekehrte Schicht der Sonne und ihre grüne Koronalinie. Y. erforschte Sonnenflecken, Protuberanzen, die zwischen Photosphäre und Korona liegende Chromosphäre der Sonne und berechnete 1876 ihre Rotationsgeschwindigkeit.

□ 1857-66: Prof. am Western Reserve College in Hudson, Ohio. □ ab 1866: Prof. am Dartmouth College in Hanover, N. H. □ 1877-1905: Prof. an der Princeton Univ., N. J. □ 1881: »The sun« (Schr.). □ 1902: »Manual of astronomy« (Schr.).

Young, Lester Willis »Prez«

amer. Jazzmusiker
* 27.8.1909 Woodville, Miss. † 15.3.1959 New York

Neben C. →Hawkins wurde Young der bedeutendste Tenor-Saxophonist des Swing. Sein Stil

Lester Young gab als Saxophonist dem Bebop und Cool Jazz neue Impulse.

war geprägt von einem trockenen, fast ohne Vibrato gespielten Ton, der richtungweisend für die Musiker des Bebop und Cool Jazz wurde. Nach ersten Auftritten mit der Familienband »Young Family« schloß er sich den Bands von King Oliver, Walter Page, Bennie Moten, Fletcher Henderson und Andy Kirk an. Ab 1940 arbeitete er vorwiegend mit eigenen Ensembles. Schallplatten nahm er u. a. mit B. →Holiday, W. »Count« →Basie, B. →Goodman, Nat »King« →Cole und Teddy Wilson auf.

☐ 1929/30: Mitgl. bei den »Bostonians«. ☐ 1936-40: In der Band von W. Basie. ☐ 1940: Erstes eigenes Sextett. ☐ 1941: Mitwirkung an den berühmten Jam Sessions in »Minton's Playhouse« in New York. ☐ 1945: »The Aladdin Sessions« (LP). ☐ 1952: Europatournee mit Jazz At The Philharmonic (ebenso 1953). ☐ 1954: »Prez in Europe« (LP). ☐ postum 1990: »Master Takes« (LP).

← Neil Young

Young, Neil

kanad. Rockmusiker
* 12.11.1945 Toronto, Prov. Ontario

Young wurde Mitte der 60er Jahre einer der wesentlichen Musiker des amerikanischen Folkrock, den er als Solist wie auch als Ensemblemusiker bei den Gruppen Buffalo Springfield, Crazy Horse und Crosby, Stills, Nash & Young (1969-71) beeinflußte. Seine poetischen, bildreichen Texte, die er in schrillem Gesang zu einer energisch und rockig gespielten Gitarre vortrug, wurden seine unverwechselbaren Kennzeichen. Höhepunkte seiner Arbeit als Solist waren die Alben »Harvest« (1972) und »Freedom« (1989), mit CSN & Y »Deja Vu« (1970) und mit Crazy Horse »After the goldrush« (1970).

Young, Owen D.

amer. Jurist und Industrieller
* 27.10.1874 Van Hornesville, N. Y.
† 11.7.1962 St. Augustine, Flor.

Young war mehrfach für die US-Regierung unter C. →Coolidge tätig. Mit Vizepräsident Ch. G. →Dawes verfaßte er 1924 den »Dawes-Plan«. Auf Einladung der beteiligten europäischen Regierungen leitete er 1929 die Reparationskonferenz von Paris. Der dort verabschiedete »Young-Plan« machte die Räumung des besetzten Rheinlands von regelmäßigen Reparationszahlungen bis zum Jahr 1988 abhängig. Dieser Plan löste den erbitterten Widerstand sowohl der KPD als auch der »Nationalen Opposition« aus und führte noch im selben Jahr zu einem Volksentscheid über den Entwurf eines »Gesetzes gegen die Versklavung des Deutschen Volkes«, der die Position der radikalen Rechten bei den anschließenden Reichstagswahlen wesentlich stärkte.

O. Young, Leiter des Komitees für Reparationszahlungen.

☐ 1896-1912: Rechtsanwalt in Boston. ☐ 1913-22: Rechtsberater von General Electric. ☐ 1919-29: Gründer und Aufsichtsratsvors. der Radio Corporation of America (RCA). ☐ 1923-40: Dir. der Federal Reserve Bank in New York. ☐ 1922-39; 1942-44: Aufsichtsratsvors. von General Electric.

Younghusband, Sir (ab 1904) Francis Edward

brit. Offizier und Asienforscher
* 31.5.1863 Murree (Pakistan)
† 31.7.1942 Lytchett Minster, Dorset

Auf Younghusband, der im Auftrag der britischen Armee Forschungsreisen in das Innere Asiens unternahm, gehen wichtige geographische Entdeckungen zurück. U. a. bestimmte er das Karakorum-Hochgebirge als Wasserscheide zwischen Indien und Innerasien. Mit General MacDonald führte er 1903/04 eine britische Militärexpedition an, die den Zutritt nach Lhasa (Tibet) erzwingen konnte.

□ 1886: Forschungsreise von Peking (China) bis Rawalpindi (Indien). □ 1891: Gold Medal of the Royal Geographical Society. □ 1906-09: Brit. Resident in Kaschmir. □ 1919: Präs. der Royal Geographical Society; Vors. des Mt. Everest Committee.

Yourcenar, Marguerite

(eig. M. de Crayencourt)
frz. Schriftstellerin
* 8.6.1903 Brüssel
† 18.12.1987 Mount Desert Island, Maine (USA)

M. Yourcenar verfaßte historisch-psychologische Romane.

Yourcenar, 1980 als erstes weibliches Mitglied in die Académie française aufgenommen, erzielte ihre größten literarischen Erfolge mit dem psychologisch fundierten historischen Roman über den römischen Kaiser Hadrian (»Ich zähmte die Wölfin«, 1951, dt. 1953) und mit der Lebensgeschichte des Renaissancegelehrten Zenon (»Die schwarze Flamme«, 1969, dt. 1969). In ihrer Autobiografie »Le labyrinthe du monde« (3 Bde., 1974, 1977, 1988) setzte sich Y. mit den sozialen und historischen Bedingungen der eigenen Familiengeschichte auseinander. Y. entstammte einer französisch-belgischen Adelsfamilie; ihr Vater nahm sie nach dem Tod der Mutter auf zahlreiche Reisen mit. Während des Krieges arbeitete sie als Lehrerin in den USA, 1949 ließ sie sich auf Mount Dessert nieder.

□ 1929: »Alexis oder der vergebliche Kampf« (Erz., dt. 1956). □ 1938: »Orientalische Erzählungen« (dt. 1964). □ 1939: »Der Fangschuß« (Erz., dt. 1968). □ 1939-45: Lehrerin in den USA. □ ab 1949: Aufenthalt auf der Insel Mount Desert. □ 1968: Prix Fémina für »Die schwarze Flamme« (R.). □ 1981: »Mishima oder die Vision der Leere« (Es., dt. 1985).

▷ M. Yourcenar: Gedenkbilder (Aut.), frz. 1974, dt. 1984; dies.: Lebensquellen (Aut.), frz. 1977, dt. 1985; dies.: Was ist die Ewigkeit (Aut.), frz. 1988, dt. 1988; J. Savigneau: Marguerite Yourcenar, frz. 1990.

Yuan Shikai →

Yuan Shikai

chin. Politiker
* 16.9.1859 Kreis Xiangcheng, Henan
† 6.6.1916 unbek.

Yuan, ehemaliger Günstling der Kaiserinwitwe →Ci Xi, war nach der Revolution von 1911 der mächtigste Militärführer Chinas. Er übernahm von →Sun Yat-sen das Amt des Präsidenten der Provisorischen Chinesischen Republik und ernannte sich 1915 selbst zum Kaiser. Wenige Monate später wurde er zur Abdankung gezwungen und mußte auch als Präsident der Republik zurücktreten.

□ 1885-94: Generalresident Chinas in Korea. □ 1898: Unterstützung der Kaiserinwitwe Ci Xi während eines Umsturzversuchs. □ 1901-06: Generalgouverneur der Prov. Zhili. □ 1907: Außenmin. und Großrat der Kaiserlichen Regierung. □ 1908: Entlassung aus allen Ämtern. □ 1911: Ernennung zum Ministerpräsidenten; Hochkommissar aller Streitkräfte; Kommandeur der Beiyang-Truppen. □ 1912: Präsident der Republik.

▷ St. R. MacKinnon: Power and politics in late imperial China. Yuan Shikai in Beijing and Tianjin, 1901-08, 1980.

Yu Dafu

(eig. Yu Wen)
chin. Schriftsteller
* 7.12.1896 Fuyang, Zhejiang
† 17.9.1945 Sumatra (Indonesien, ermordet)

Yu Dafu schrieb in den 20er und 30er Jahren Kurzgeschichten und Erzählungen, in denen sich die romantischen und subjektivistischen Tendenzen der 4.-Mai-Bewegung von 1919 widerspiegeln. Seine Kurzgeschichte »Blauer Dunst« (1923, dt. 1987) zeichnet einen verzagten, pessimistischen Intellektuellen, der in melancholischer Attitüde und passiver Innerlichkeit verharrt. Die Kurzgeschichte »Allein unterwegs« (1926, dt. 1980) beschreibt die Trauer eines Vaters um sein verstorbenes Kind. Yu Dafus Erzählhaltung ist von einer kritisch-distanzierten Ironie geprägt.

□ 1913-22: Studium der Wirtschaftswissenschaften in Japan. □ 1921: »Untergang« (Erz., dt. 1947). □ 1923: »Berauschende Frühlingsnächte« (Erz., dt. 1989). □ 1924: »Schwache Klänge aus dem Norden« (Erz., dt. 1985). □ 1930: Mitbegründer der Liga linksgerichteter Schriftsteller Chinas. □ 1938: Übersiedlung nach Singapur. □ 1942: Flucht vor den Japanern nach Sumatra. □ 1945: Ermordung durch die jap. Geheimpolizei.

Yun, Isang

korean. Komponist
* 17.9.1917 Tongyong (Süd-Korea)

Yun ist einer der asiatischen Komponisten, die in ihren Werken einen Brückenschlag zwischen den Kulturen in Ost und West anstreben. In seinen Kompositionen (»Reák« für Orchester, 1966; »Der Traum des Liu Tung«, Oper, UA Berlin 1965), verbindet Y. Techniken der europäischen Avantgarde (Zwölftonmusik, Serialität) mit Traditionen chinesisch-koreanischer Kunstmusik. Y., der seine Werke durch sog. Haupttöne (Akkord- oder Klangzentren) gliedert, schrieb Opern (u. a. »Geisterliebe«, UA Kiel 1971), Orchester-, Kammer- und Vokalmusik (»Memory«, nach einem altchinesischen Grabspruch, 1974).

□ 1935-43: Musikstudien in Japan (Osaka, Tokio) und Korea. □ 1953-56: Dozent für Komposition an den Univ. Pusan und Seoul. □ 1956/57: Studium am Conservatoire in Paris. □ 1957-59: Schüler von B. →Blacher an der Musikhochschule Berlin. □ 1964: Stipendiat der Ford-Foundation in Berlin/West. □ 1967: Verschleppung durch den korean. Geheimdienst nach Seoul; Verurteilung zu lebenslanger Haftstrafe in Schauprozeß. □ 1969: Haftentlassung und Rückkehr in die BRD. □ 1969/70: Dozent an der Musikhochschule in Hannover. □ seit 1970: Dozent an der Berliner Musikhochschule (seit 1974 Prof.). □ 1971: Dt. Staatsbürgerschaft. □ 1972: UA der Oper »Sim Tjong« in München. □ 1981: »Exemplum in memoriam Kwangju« (Orchesterstück über das südkorean. Massaker).

▷ L. Rinser: Der verwundete Drache. Dialog mit Isang Yun, 1977.

← Isang Yun

Peter Zadek →

Z

Helmut Zacharias wurde als Unterhaltungsmusiker und als Komponist bekannt.

Zacharias, Helmut

dt. Musiker und Orchesterleiter
* 27.1.1920 Berlin

Das Markenzeichen von Zacharias ist die Geige, die er zunächst als Jazzmusiker, dann in der Unterhaltungsmusik populär machte. Er produzierte über 600 Titel auf Schallplatte, komponierte davon etwa 400 selbst. International bekannt wurde er mit Songs wie »Tokyo-Melodie« (1964) oder »Frag' den Wind«.

□ 1926: Erste Auftritte im Berliner Cabaret »Faun«. □ 1931: Erstes Konzert im Rundfunk. □ 1936-39: Studium an der Hochschule für Musik in Berlin. □ 1941-45: Truppenbetreuung. □ 1950: AFN-Jazz-Poll als »Best-Jazz-Violinist«. □ 1956: Erster US-Hit »When the white lilacs bloom again«; Grand Prix Du Disque in Paris. □ 1963: Welt-Oscar für leichte Musik. □ 1972: TV-Show »Liebesgeschichten in Musik«. □ 1990: TV-Show »Ein Leben voll Musik«.

Zadek, Peter

dt. Regisseur
* 19.5.1926 Berlin

Zadek, »Enfant terrible« und provokanter Entertainer des deutschen Theaters, sorgt immer wieder für Skandale, da er die Sehgewohnheiten und die Erwartungen des Publikums zerstört. Zugleich ist Z. einer der bedeutendsten Regisseure des deutschen Theaters der Gegenwart. Seine Arbeiten lassen sich nicht auf einen Stil festlegen: Z. ist sowohl Meister des lärmenden, anarchischen Spektakels, der grellen und drastischen Effekte (»Othello«, 1977; »Jeder stirbt für sich allein«, Revue nach H. →Fallada, 1981) als auch Meister der leisen poetischen Töne und psychologisch realistischen Genauigkeit (H. →Ibsens »Baumeister Solneß«, 1983). Ins Zentrum seiner Arbeit rückt immer wieder die Auseinandersetzung mit Shakespeare, zuletzt mit der vielbeachteten Burgtheaterinszenierung »Der Kaufmann von Venedig« mit E. →Mattes und G. →Voss.

□ 1946: Regiedebüt mit »Salomé« (O. →Wilde) an der Old-Vic-School für Regie in London. □ 1957: UA der von J. →Genet verbotenen Inszenierung von »Der Balkon« in London. □ 1960-62: Fester Regisseur am Ulmer Theater unter K. →Hübner. □ 1961: Deutsche Erstaufführung von »Die Geisel« (B. →Behan); damit 1963 zum Berliner Theatertreffen. □ 1962-67: Schauspieldir. am Bremer Theater. □ 1968: Mit Shakespeares »Maß für Maß« und »Der Pott« (nach S. →O'Caseys »Preispokal«) zum Berliner Theatertreffen. □ 1972-77: Generalintendant in Bochum. □ 1973: Mit Shakespeares »Der Kaufmann von Venedig« zum Berliner Theatertreffen. □ 1975: Mit »König Lear« (Shakespeare) und »Die Wildente« (H. Ibsen) zum Berliner Theatertreffen. □ 1977: Mit »Othello« (Shakespeare) und »Hedda Gabler« (Ibsen) zum Berliner Theatertreffen. □ 1983: Erste Opernregie mit »Figaros Hochzeit« (Mozart) in Stuttgart. □ 1985-89: Intendant am Dt. Schauspielhaus in Hamburg. □ 1988: Mit der UA von F. →Wedekinds »Lulu« zum Berliner Theatertreffen. □ 1990: »Iwanow« (A. →Tschechow) in Wien.

▷ V. Canaris: Peter Zadek, 1977; M. Lange: Peter Zadeck, 1989; P. Zadek: Das wilde Ufer, 1990.

Zadkine, Ossip

frz. Bildhauer und Grafiker russ. Herkunft
* 14.7.1890 Smolensk † 25.11.1967 Paris

Zadkine entwickelte sein bildhauerisches Werk aus Elementen des synthetischen Kubismus, die er mit einer expressiven Formensprache verband. Dabei experimentierte er mit dem Wechsel von offenem und geschlossenem Volumen sowie mit statischen und dynamischen Elementen. Er gelangte von der anfänglichen Blockhaftigkeit zu schwingenden Formen wie in den Holzskulpturen »Homo sapiens« (1934, Paris, Musée National d'Art Moderne) oder »Huldigung an Bach« (1930-34, Amsterdam, Stedelijk Museum). Gelegentlich wandte er sich wieder schweren, u. a. von archaischer Idolplastik beeinflußten Skulpturen zu wie in »Torso« (1938, Grenoble, Musée de Peinture et de Sculpture). Einen Höhepunkt seines Werks stellt das Denkmal für das zerstörte Rotterdam dar, bei dem er die nie ganz aufgegebenen kubistischen Prinzipien, vor allem die Simultaneität der Ansichten, mit expressiven Zügen verband. Z. schuf auch Grafiken, Aquarelle und Gouachen mit kubistischen Figurenmotiven.

Ossip Zadkine: Der Bildhauer vor einer seiner Skulpturen.

□ 1910: Nach dem Studium in London Übersiedlung nach Paris; Bekanntschaft mit P. →Picasso, C. →Brancusi, J. →Lipchitz, A. →Archipenko und W. →Lehmbruck. □ 1914: Kriegsfreiwilliger. □ 1919: Erste Einzelausstellung in Paris und Brüssel. □ 1918-26: Serie der »Köpfe«. □ 1940: Flucht aus Frankreich und Emigration in die USA. □ 1944: Rückkehr nach Paris; Lehrer an der Académie de la Grande Chaumière, später an der École des Beaux-Arts in Paris. □ 1948-53: Denkmal »Die zerstörte Stadt« für Rotterdam.

▷ C. Lichtenstein: Ossip Zadkine, 1890-1967, Der Bildhauer und seine Ikonographie, 1980.

Zahir, Mohammed

Schah (König) von Afghanistan
* 30.10.1914 Kabul

Nachdem sein Vater 1933 einem Attentat zum Opfer gefallen war, wurde Zahir von der Versammlung der Stammesfürsten und Mullahs zum Schah von Afghanistan ausgerufen. Allerdings übten bis 1953 seine Onkel faktisch die Macht im Staat aus. Erst nach 1963, als Z. gegen den Willen seiner Verwandten einen Bürgerlichen, M. Jussuf, zum Ministerpäsidenten ernannte, waren erste Ansätze zu einer konstitutionellen Monarchie erkennbar. 1973 wurde Z. von seinem Schwager Mohammed Daud gestürzt.

□ bis 1933: Erziehung und Studium in Frankreich. □ 1933-73: Schah. □ 1964: Verabschiedung einer neuen Verfassung. □ seit 1973: Exil in Rom. □ ab 1983: Vermittlerrolle zwischen den Bürgerkriegsparteien in Aghanistan.

Peter von Zahn →

Zahn, Peter von

dt. Journalist und Fernsehproduzent
* 29.1.1913 Chemnitz

Zahn, 1951-60 Rundfunkkorrespondent in Washington, ist einer der bekanntesten deutschen TV-Journalisten der Nachkriegszeit und gehörte zu den Gründungsvätern des deutschen Fernsehens. Schon in den 60er Jahren nutzte er konsequent die Möglichkeiten des Fernsehens zur Vermittlung von Zeitgeschichte (Dokumentarspiele). Als selbständiger Produzent von Filmen und Fernsehreihen (u. a. »Die Reporter der Windrose berichten«) verstand Z. es, in populärer Form über Krisengebiete der Welt zu berichten.

□ 1948: Leiter der Abteilung »Wort« des NWDR. □ 1949: Studioleiter in Düsseldorf. □ 1951-60: Rundfunkkorrespondent in Washington. □ 1961-82: Geschäftsführer der Windrose Film- und Fernsehproduktions GmbH. □ 1967/68: Moderator der Magazinsendung »Report«. □ 1969: »Die Kuba-Krise 1962« (Dokumentarspiel). □ 1972: »Die fünf Prüfungen des Oberbürgermeisters« (Dokumentarspiel über Adenauer). □ 1981-83: »Bilder, die die Welt bewegten« (Fernsehserie). □ seit 1982: Geschäftsführer der Anatol AV und Filmproduktion GmbH. □ 1987: »Verläßt uns Amerika?« (Es.).

▷ P. von Zahn: Stimme der ersten Stunde (Aut.), 1991.

Zamenhof, Ludwik

poln. Augenarzt
* 15.12.1859 Białystok † 14.4.1917 Warschau

Unter dem Pseudonym Dr. Esperanto (dt. »Hoffender«) veröffentlichte Zamenhof, Warschauer Augenarzt und Sprachforscher, 1887 ein Lehrbuch für eine künstliche Sprache, die zum Inbegriff weltweiter Verständigung wurde. Z. hatte in seiner Jugend in Warschau die Sprachenvielfalt der jüdischen, russischen und polnischen Bevölkerung als eigentliche Ursache für Konflikte zwischen den Völkern interpretiert. Seine Lingvo Internacia, die auf romanisch-germanischem Sprachgut beruht, sollte als Welthilfssprache den Frieden der Völkergemeinschaft fördern.

Zapata, Emiliano

mex. Revolutionär
* 1879 (1883?) San Miguel Anenecuilco, Morelos
† 10.4.1919 Chinameca, Ayala (ermordet)

Zapata ist offizieller mexikanischer Nationalheld und Symbolfigur der lateinamerikanischen Bauernbewegung (F. →Villa). Als armer Bauer indianischer Herkunft schloß er sich der Revolu-

Emilio Zapata verlangte »Land und Freiheit« für die Bauern.

tionsbewegung um F. Madero an, die 1910 den Sturz des Diktators P. →Díaz herbeiführte. Dabei führte Z. den Aufstand der Bauern im Staat Morelos. Unter dem Ruf »Tierra y Libertad« (Land und Freiheit) forderte er eine weitgehende Bodenreform (Plan von Ayala 1911). Da ihm nach der Ermordung von Präsident Madero (1913) die Revolutionsbewegung nicht weit genug ging, verharrte er im Süden des Landes in Opposition. 1919 wurde er von der Regierung ermordet.

▷ B. Beck/H. Kurnitzky: Zapata. Bilder aus der mexikanischen Revolution, 1975.

Zapf, Hermann

dt. Schrift- und Buchdesigner
* 8.11.1918 Nürnberg

Als bedeutendster deutscher Schriftzeichner entwarf Zapf 175 verschiedene Druckschriften (u. a. Palatino, Optima, ITC Zapf International, Digiset Marconi), die er auf Ausstellungen in aller Welt vorstellte. Als Koryphäe auf dem Gebiet der Typografie las er an den amerikanischen Universitäten Yale (1954) und Harvard (1964) und wurde für Lehraufträge an das Carnegie Institute of Technology (1960) und die Technische Hochschule Darmstadt (1972-81) berufen. Seit den 60er Jahren beschäftigt Z. sich mit der Entwicklung typografischer Computerprogramme.

← Hermann Zapf

□ 1934-38: Lehre als Positiv-Retuscheur. □ ab 1935: Autodidaktisches Studium der Schriftkunst. □ 1939: Entwurf der ersten eigenen Fraktur-Druckschrift (Gilgengart). □ 1947-56: Künstlerischer Leiter der Schriftgießerei D. Stempel AG. □ 1948-50: Dozent für Schrift an der Werkkunstschule in Offenbach. □ 1949: »Feder und Stichel« (Schr.). □ 1951: Erste Ausstellung im New Yorker Cooper Union Museum (mit F. Kredel). □ 1952: Erste Einzelausstellung im Grafiska Inst. Stockholm. □ 1954: »Manuale Typographicum« (bis 1968 in 18 Sprachen übersetzt). □ 1960: »Über Alphabete« (Schr.). □ 1963: Ausstellung in Paris. □ 1964: Ausstellung im Mainzer Gutenberg-Museum. □ seit 1977: Prof. für typografische Computerprogramme am Rochester Inst. of Technology, N. Y. □ 1980: »Orbis Typographicus« (Schr.). □ 1982: Ausstellung in Tokio und Kioto. □ seit 1987: Chairman der Firma Zapf, Burns & Company, New York.

Zappa, Frank

(eig. Francis Vincent)
amer. Rockmusiker
* 21.12.1940 Baltimore, Maryl.

Für die einen ein Genie, für die anderen ein musikalischer Blender, wurde Zappa ab 1964 der

Frank Zappa bei einer Konzertprobe in New York, 1988.

wohl umstrittenste Außenseiter des Rock. Aus sämtlichen Stilrichtungen und Epochen holte er seine musikalischen Versatzstücke, bediente sich bei der Klassik, dem Jazz, dem Rhythm & Blues, Gospel, Folklore, Country und fügte daraus einfallsreich seine für den flüchtigen Zuhörer oft chaotisch klingende Musik zusammen. Sein Werk, vielfach elektronisch verfremdet und oft ohne erkennbare Stilrichtung und musikalische Absicht, versetzt die Kritiker entweder in Begeisterungsstürme oder aber läßt sie ratlos zurück. Mit dem gewaltigen, in der Rockgeschichte absolut einmaligen Ausstoß von mehr als 50 LPs in nur 25 Jahren erwies sich Z. in seinen Texten auch als zynischer Kritiker des amerikanischen »way of life«.

☐ 1964: Gründung der Gruppe Mothers of invention. ☐ 1966: »Freak out« (LP). ☐ 1969: »Hot Rats« (LP); Trennung von den »Mothers«. ☐ 1971: »200 Motels« (F.). ☐ 1973: »Over nite sensation« (LP). ☐ 1979: »Sheik Yerbouti« bestverkaufte LP. ☐ 1980: Erster Hit »Bobby Brown«. ☐ 1982: »Ship arriving too late to save a drowning witch«. ☐ 1988: Grammy Award für »Jazz from hell« (LP).

▷ R.-U. Kaiser: Zapzapzappa, 1969; A. Dister: Frank Zappa — der Rebell aus dem Untergrund, 1975; F. Zappa/P. Ochiogrosso: The real Frank Zappa, engl. 1989.

Zatopek, Emil

tschech. Leichtathlet
* 19.9.1922 Kaprivnice

Gerühmt als »tschechische Lokomotive« stapfte Zatopek mit seinem unorthodoxen, schaukelnden Laufstil über die Bahnen der Welt. Als bisher einziger Läufer gewann er die olympischen Goldmedaillen über 5000 m, 10 000 m und im Marathon (1952 in Helsinki). Er stellte 19 Weltrekorde auf und lief als erster die 10 000 m unter 29 Minuten; über diese Distanz blieb er 1948-54 ungeschlagen. Seine Frau Dana Zatopkova (* 1922) wurde im Speerwerfen 1952 Olympiasiegerin sowie 1954 und 1958 Europameisterin.

☐ 1948: Olympiasieger in London über 10 000 m; Zweiter über 5000 m. ☐ 1950: Europameister 5000 m und 10 000 m. ☐ 1952: Olympiasieger in Helsinki über 5000 m, 10 000 m und Marathon. ☐ 1954: Europameister 10 000 m.

E. Zatopek gewann 1952 in Helsinki alle Langstreckenläufe.

Wolfgang Zeidler →

Zeeman, Pieter

niederl. Physiker
* 25.5.1865 Zonnemaire, Prov. Zeeland
† 9.10.1943 Amsterdam

Zeeman erforschte den Zusammenhang von Magnetismus und Lichtstrahlung und wies 1896 den nach ihm benannten Effekt nach, wonach die Spektrallinien durch den Einfluß von Magnetfeldern in drei Komponenten aufgespalten werden. Ein Jahr später fand Z. ihre unterschiedliche Polarisation und die Feinstruktur der Spektrallinien. Z. führte auch Präzisionsmessungen zur Ausbreitungsgeschwindigkeit des Lichts in bewegten Medien durch.

☐ 1900-35: Prof. an der Univ. Amsterdam. ☐ 1902: Physik-Nobelpreis (mit H. A. →Lorentz). ☐ 1913: »Magnetooptische Untersuchungen« (Schr., dt. 1914). ☐ ab 1923: Dir. des Zeeman-Laboratoriums.

Zeidler, Wolfgang

dt. Jurist
* 2.9.1924 Hamburg
† 31.12.1987 bei Meran (verunglückt)

Zeidler war 1983-87 Präsident des BVG. Als höchster Richter der BRD votierte Z. im Gegensatz zu seinem Vorgänger E. →Benda nicht für die Interessen der Umweltschützer und Kriegsdienstverweigerer und erklärte 1987, daß er bezüglich der Wehrpflicht keinen moralisch oder logisch begründbaren Unterschied zwischen den Geschlechtern erkenne. Andererseits schokkierte Z. auf dem Juristentag 1980 die Grundstücksspekulanten mit dem Vorschlag, ihre Gewinne abzuschöpfen und rief mit seinen pragmatischen Äußerungen zu Gen-Technik und Abtreibung kirchliche Kritik hervor. Der Weggefährte H. →Schmidts befürwortete als Sozialdemokrat eine von seiner Partei bekämpfte Neufassung des Asylrechts.

☐ 1967-70: Richter am BVG. ☐ 1970-75: Präs. des Bundesverwaltungsgerichts. ☐ 1975: Vizepräs. des BVG. ☐ 1983: Co-Autor des »Handbuch des Verfassungsrechts«.

Zemlinsky, Alexander von

österr. Komponist und Dirigent poln. Herkunft
* 14.10.1871 Wien † 15.3.1942 Larchmont (USA)

Zemlinski war einer der bedeutendsten Persönlichkeiten der Wiener Musiktradition neben

Brahms, G. →Mahler und A. →Schönberg. Als Dirigent von hervorragendem Ruf (in Wien, Prag und Berlin) setzte er sich für die Verbreitung der neuen Musik ein. Technische Sorgfalt, Expressivität und nuancierte Tempogestaltung kennzeichnen auch seine auf Schallplatte erhaltenen Interpretationen des klassisch-romantischen Repertoires. Beeinflußt von R. →Strauss, F. →Schreker und G. Mahler, schuf der Komponist Z. klanglich hochdifferenzierte Werke, die oft von Themen und Stimmungen des Fin de siècle getragen sind. Neben zahlreichen Liedern (u. a. sechs Lieder op. 22, 1934; zwölf Lieder op. 27, 1936) und Gesängen (z. B. sechs Maeterlinck-Gesänge op. 13, 1913) schuf er Kammer- und Orchestermusik (u. a. die »Lyrische Symphonie« für Sopran, Bariton und Orchester, 1923). Das Zentrum von Z.s Schaffen bildet die Oper. »Es war einmal« (1900 von G. Mahler an der Wiener Hofoper uraufgeführt) brachte ihm großen Erfolg. Als Lehrer beeinflußte Z. vor allem E. W. →Korngold und seinen späteren Schwager A. Schönberg.

A. v. Zemlinsky: Der Lehrer von Arnold Schönberg.

□ 1884-89: Studium am Konservatorium in Wien. □ 1892-1903: Sinf. Nr. 1-3. □ 1895: Begegnung mit A. Schönberg. □ 1900-03: Dirigent am Wiener Carl-Theater. □ 1904: Mit Schönberg Gründer der Vereinigung Schaffender Tonkünstler (Ehrenpräs.: G. Mahler). □ 1904-07, 1909-11: Kapellmeister der Wiener Volksoper. □ 1907: Auf Berufung von G. Mahler Kapellmeister an der Wiener Hofoper. □ 1910: Oper »Kleider machen Leute«, UA Wien. □ 1911-27. Opernleiter am Dt. Landestheater in Prag. □ 1917: Oper »Eine florentinische Tragödie«, UA Stuttgart. □ ab 1920: Dozent an der Dt. Musikakademie in Prag. □ 1922: Oper »Der Zwerg«, UA Köln. □ 1924: Gründer der Prager Sektion des Vereins für musikalische Privataufführungen. □ 1927-33: Auf Einladung von O. →Klemperer Kapellmeister an der Kroll-Oper und Dozent an der Musikhochschule in Berlin. □ 1933: Oper »Der Kreidekreis«, UA Zürich. □ ab 1933: Dirigent des Wiener Konzertorchesters. □ 1938: Emigration in die USA.

▷ H. Weber: Alexander von Zemlinsky, 1977; R. Stephan: Alexander von Zemlinsky, 1978.

Zender, Hans

dt. Komponist und Dirigent
* 22.11.1936 Wiesbaden

Zender, der als Experte und Interpret Neuer Musik Weltruf besitzt, trug insbesondere zur Verbreitung des Œuvres von B. A. →Zimmermann bei. Kennzeichnend für seine wegweisenden Interpretationen ist die Verbindung von höchster Präzision mit eindrücklicher Affektdarstellung. Seine Kompositionen zeigen Einflüsse von Zimmermann und P. →Boulez. Mit der Oper »Stephen Climax« (UA Frankfurt/Main, 1986) schuf Z. eines der wichtigsten Werke des Musiktheaters der 80er Jahre.

Zender, einer der bedeutendsten Gegenwartskomponisten.

□ 1956-59: Studium in Frankfurt/Main und Freiburg i. Br. (u. a. bei W. → Fortner). □ 1959-63: Kapellmeister der Städtischen Bühnen Freiburg i. Br. □ 1963/64, 1968/69: Als Stipendiat der Dt. Akademie an der Villa Massimo in Rom. □ 1964-68: Chefdirigent des Bonner Theaters. □ 1969-71: Generalmusikdir. in Kiel. □ 1970: »Schachspiel« für zwei Orchestergruppen. □ seit 1971: Leiter des Sinfonieorchesters des Saarländ. Rundfunks. □ 1974: »Zeitströme« für Orchester. □ 1975: Dirigenten-Debüt bei den Bayreuther Festspielen. □ 1976: »Litanei« für drei Celli. □ 1977-79: »Lo-Shu I-III« für Flöte und Ensemble. □ 1979: »Hölderlin lesen« für Streichquartett und Sprechstimme. □ 1982: »Dialog mit Haydn« für zwei Klaviere und drei Orchestergruppen. □ 1984-87: Nachfolger von Chr. v. →Dohnányi als musikalischer Leiter der Staatsoper und Generalmusikdir. des Philharmonischen Orchesters Hamburg. □ 1990: »Memorial« für Klavier.

Rudolf Zenker →

Zenker, Rudolf

dt. Chirurg
* 24.2.1903 München † 18.1.1984 ebd.

Unter Zenker wurde 1969 die erste Herztransplantation in Deutschland vorgenommen. Erfolgreicher als diese verlief Z.s erste Operation am offenen Herzen (1958) mit Hilfe einer Herz-Lungen-Maschine. Der anerkannte Spezialist für Thoraxchirurgie arbeitete später erfolgreich über Probleme der Immunreaktion des Körpers gegen Transplantate.

□ 1958-73: Prof. und Leiter der Chirurgie der Univ. München. □ 1967/68: Präs. der Dt. Gesellschaft für Chirurgie. □ ab 1973: Hg. der Themen-Bde. »Chirurgie der Gegenwart«. □ 1980: Paracelsus-Medaille.

Zeppelin, Ferdinand Graf von

dt. Luftschiffkonstrukteur
* 8.7.1837 Konstanz † 8.3.1917 Berlin

Zeppelin konstruierte das nach ihm benannte lenkbare, gasgefüllte Starrluftschiff, das durch

F. v. Zeppelins Luftschiffe beförderten erstmals Passagiere.

die stoffüberzogenen Aluminiumgitter seine charakteristische zigarrenähnliche Form erhielt. Das erste Luftschiff LZ 1 startete am 2. 7. 1900 in Friedrichshafen auf dem Bodensee. 1910 leitete Z., der über 100 Luftschiffe baute, mit der ersten Passagierfahrt die Ära des Luftverkehrs ein. Zeppeline wurden bald im transatlantischen Liniendienst und im 1. Weltkrieg für militärische Zwecke eingesetzt. Die Pläne für ein internationales Luftschiff-Liniennetz wurden nach der Explosion der »Hindenburg« (LZ 129) 1937 in Lakehurst (USA) aufgegeben.

□ 1891: Austritt aus der Armee. □ 1892/93: Entwurf eines ersten lenkbaren starren Luftschiffs mit Th. Kober (* 1865, † 1930). □ 1895: Ablehnung der Pläne durch das Militär, Finanzierung aus eigenen Mitteln. □ 1900: Erster Flug von LZ 1. □ ab 1905: Mitarbeit H. Eckeners. □ 1906: Nach erfolgreichem Flug des zweiten Luftschiffs Zusage für Förderung durch die dt. Reichsregierung. □ 1908: Explosion von LZ 4 bei Echterdingen. □ 1909: Gründung der Luftschiffbau-Zeppelin-GmbH. □ ab 1913: Gebrauch von Luftschiffen für militärische Zwecke.

▷ H. v. Schiller: Wegbereiter des Weltluftverkehrs, 1966.

Zernike, Frits

niederl. Physiker
* 16.7.1888 Amsterdam
† 10.3.1966 Naarden

Zernike, ab 1920 Professor an der Universität in Groningen, entwickelte bei Experimenten mit Beugungsgittern 1932 das Phasenkontrastverfahren, auf dessen Basis er ein Mikroskop konstruierte. Durch Phasenverschiebung des vom Objekt gebrochenen Lichts zum direkten Licht erscheinen die Strukturen z. B. einer durchsichtigen Zelle farblich und machen das Innere lebender Mikroorganismen sichtbar. 1953 erhielt Z. den Physik-Nobelpreis.

← Frits Zernike

Zetkin, Clara

dt. Politikerin und Publizistin
* 5.7.1857 Wiederau, Sachsen
† 20.6.1933 Archangelskoje bei Moskau

Zetkin war eine führende Vertreterin der sozialistischen Frauenbewegung. In der SPD, deren Parteivorstand sie zeitweilig angehörte, zählte sie zum linken Flügel. Nach 1920 lebte sie, eng befreundet mit Nadeschda Krupskaja, der Frau →Lenins, meist in Moskau.
Z. war der Überzeugung, daß die Emanzipation der Frau unlösbar mit der »Befreiung der Arbeiterklasse« verbunden sei. Diese These vertrat sie vor allem in der Zeitschrift Die Gleichheit, deren Herausgeberin sie von 1891 bis 1917 war. Trotz gegenteiliger Erfahrungen — die KPD wurde wie andere Parteien vorwiegend von Männern beherrscht — blieb Z. bei ihrer Meinung.

Clara Zetkin fordert bei einer Kundgebung eine Revolution nach russischem Vorbild.

□ 1878: Mitgl. der SPD. □ 1882-90: In Paris und in der Schweiz. □ 1891-1917: Hg. der SPD-Frauenzeitschrift Die Gleichheit. □ 1907: Mitgl. des Int. Frauensekretariats. □ 1916: Mitbegründerin des Spartakusbundes (R. →Luxemburg). □ 1917: Mitbegründerin der USPD. □ 1919: Mitgl. des ZK der KPD; »Rosa Luxemburg und Karl Liebknecht« (Schr.). □ 1920-33: MdR (KPD). □ 1921: Mitgl. des Präsidiums der Komintern; Vors. des Int. Frauensekretariats. □ 1925: Vors. der Int. Roten Hilfe. □ 1929: »Erinnerungen an Lenin« (Schr.).

▷ L.Dornemann: Clara Zetkin, 1957.

Zhang Jie

chin. Schriftstellerin
* 27.4.1937 Peking

Bekannt wurde Zhang Jie während des »Pekinger Frühlings« mit der Erzählung »Das Kind aus dem Wald« (1978). Ihr Schaffen ist Ausdruck der Hoffnung auf eine geistige und moralische Erneuerung Chinas; ihre differenzierten Charakterzeichnungen heben sie von der Eindimensionalität des sozialistischen Realismus ab. Im Kurzroman »Die Arche« (1982, dt. 1985) be-

Zhang Jie erregte mit »Die Arche« international Aufsehen.

schreibt sie aus feministischer Sicht die Stellung der Frau in der chinesischen Gesellschaft.

□ 1960: Studienabschluß in Ökonomie. □ 1979: »Liebe ist unvergeßlich« (Erz., dt. 1982). □ bis 1980: Tätigkeiten im Industrieministerium, danach Versetzung in das Pekinger Filmstudio als Drehbuchautorin. □ 1981: »Schwere Flügel« (R., dt. 1985).

Zhang Xinxin

chin. Schriftstellerin
* 4.10.1953 Nanjing

Zhang Xinxin zählt zu den profiliertesten Autoren der neueren chinesischen Literatur, ihr Schaffen steht im Zeichen der Liberalisierung Ende der 70er Jahre. Sie ersetzte das Kunstverständnis des sozialistischen Realismus durch eine individuelle, subjektive Schreibweise und moderne Erzähltechniken; ihre Werke zeichnen ein facettenreiches Bild der zeitgenössischen Gesellschaft und der jüngeren Generation Chinas. »Am gleichen Horizont« (Erz., 1981, dt. 1987) und »Traum unserer Generation« (Novelle, 1982, dt. 1986) beschreiben das Spannungsverhältnis von Partnerschaft und Selbstverwirklichung aus weiblicher Perspektive. Der Reportagenband »Pekingmenschen« (1985, dt. 1986) protokolliert die Lebensgeschichten von Menschen unterschiedlichster sozialer Herkunft. Kritiker in China werten die Ich-Perspektive in ihrem Werk als Zeichen eines mangelnden sozialistischen Kollektivbewußtseins.

□ 1969: Verschickung aufs Land während der Kulturrevolution. □ 1973: Eintritt in die Armee, danach Sanitäterin und Krankenschwester. □ 1979-84: Studium an der Zentralen Hochschule für Schauspiel und Theater. □ 1983: »Die verrückten Orchideen« (Erz.); »Wo habe ich dich verfehlt« (Erz.). □ 1984: »Geschichte einer Briefmarke« (Kurzroman). □ ab 1985: Dramaturgin und Regisseurin am Pekinger Volkskunsttheater.

← Zhao Shuli

Zhao Shuli

chin. Schriftsteller
* 1905 Qinshui, Shanxi † 23.9.1970 Taiyuan

Zhao Shuli verband traditionelle chinesische Erzählformen mit den Kriterien des sozialistischen Realismus, wie sie von → Mao Zedong formuliert wurden. Hauptthema seiner Werke bildet der Umbruch im Leben der Bauern, hervorgerufen durch Landreform und Gründung der Volkskommunen. In »Die Heirat des kleinen Erhei« (Erz., 1943; dt. 1953) wandte er sich gegen Feudalismus und Aberglaube auf dem Lande. Trotz seiner Befolgung künstlerischer Direktiven geriet er während der Kulturrevolution ins Kreuzfeuer der Kritik. Während des »Pekinger Frühlings« 1978 wurde er postum rehabilitiert.

□ 1925-27: Besuch einer Lehrerbildungsanstalt. □ 1937: Aktive Beteiligung am Widerstand gegen die jap. Invasoren; Mitgl. der KPCh. □ 1942: »Die Lieder des Li Yü-ts'ai« (Erz., dt. 1952). □ 1945: »Die Wandlung des Dorfes Lidjiadschuang« (R., dt. 1952). □ 1949: »Das kostbare Erbstück« (Erz., dt. 1959). □ 1958: »Üben, Üben« (Erz., dt. 1980).

Zhou Enlai →

Zhou Enlai

chin. Politiker
* 1898 Huaian, Jiangsu † 8.1.1976 Peking

Zhou Enlai, neben → Mao Zedong einer der ranghöchsten Politiker der VR China, war von 1949 bis zu seinem Tod Ministerpräsident der Volksrepublik. Z., der zu Beginn der 30er Jahre den Guerillakrieg ablehnte und Mao Zedongs Amt als Politkommissar der Streitkräfte übernahm, entwickelte sich erst während des Langen Marsches zu einem der wichtigsten Gefolgsleute Mao Zedongs. Als Außenminister (1949-58) förderte Z. das internationale Ansehen der Volksrepublik. Während der Kulturrevolution konnte er seine Position trotz zahlreicher Angriffe der Ultralinken behaupten und bemühte sich ab 1972 um die Rehabilitierung vieler ihrer Opfer.

□ 1917-19: Studium in Japan. □ 1920-24: Studium in Frankreich und Deutschland. □ 1922: KPCh-Beitritt. □ 1927: Beteiligung am Nanchang-Aufstand; Wahl zum Mitgl. des Zentralkomitees und des Politbüros der KPCh. □ 1928: Wahl zum Kandidaten des Exekutivrates der Komintern in Moskau. □ 1930: Leitung der chin. Sektion der Komintern in Moskau. □ 1931: Anschluß an die Guerillabasis Mao Zedongs. □ 1932: Politkommissar der 1. Frontarmee im Ruijin-Sowjet. □ 1934/35: Teilnahme am Langen Marsch. □ 1936-46: Leitung des Verbindungsbüros der KPCh bei der Nationalregierung in Chongqing. □ 1949: Ernennung zum Ministerpräsidenten des Regierungs-Verwaltungsrats, zum Außenmin. und zum Mitgl. des Zentralen Volksregierungsrats. □ 1954: Vors. der Politischen Konsultativkonferenz des chin. Volkes. □ 1956: Mitgl. des Ständigen Komitees des Politbüros. □ 1973: Krebserkrankung.

▷ D. Wilson: Chou. The story of Zhou Enlai, 1898-1976, 1984.

Zhou Libo

chin. Schriftsteller
* 9.8.1908 Kreis Yiyang, Hunan † 24.9.1979 Peking

Zhou Libo war einer der Hauptvertreter des sozialistischen Realismus, wie er von → Mao Zedong in seinen Direktiven für eine revolutionäre Kunst und Literatur entworfen wurde. Seine Werke, in denen er Themen aus der aktuellen Politik verarbeitete, entstanden in erster Linie für ein Massenpublikum und enthielten nur selten differenzierte Charakterzeichnungen. Dennoch entwarf Zhou Libo darin ein wirklichkeitsnahes Bild der im Aufbau befindlichen VR China. Der Roman »Orkan« (1949, dt. 1953) thematisiert seine Erfahrungen im Zuge der Landreform. »Der Strom« (R., 1954, dt. 1959) behandelt den industriellen Aufbau des Landes. Seine Linientreue bewahrte ihn nicht vor dem Vorwurf der Ultralinken, er habe in seinen Werken die Klassenwidersprüche verschleiert.

□ nach 1928: Teilnahme an der revolutionären Bewegung in Shanghai. □ 1932-34: Inhaftierung durch die Guomindang-Behörden. □ ab 1939: Lehrer am Lu-Xun-Inst. für Kunst und Literatur in Yan'an. □ nach 1949: Leitender Kulturfunktionär. □ 1955: »Hinter dem eisernen Tor« (Erz.). □ 1958-60: »Großer Wandel in einem Bergdorf« (R.). □ 1964: »Der Besuch« (Erz., dt. 1980).

Zhu De

chin. Feldherr und Politiker
* 6.11.1885 Kreis Yilong, Sichuan † 6.7.1976 unbek.

Zhu De, ab 1954 stellvertretender Staatspräsident der VR China, war während des Bürgerkriegs gegen die Nationalregierung 1945-49 Oberkommandierender der kommunistischen Streitkräfte. Bereits 1928, nach dem Scheitern des Nanchang-Aufstands, hatte sich Z., damals General der Yunnan-Armee, →Mao Zedong angeschlossen und zeichnete sich während des Langen Marsches durch außerordentliche strategische Fähigkeiten aus. 1959 wurde er Vorsitzender des Nationalen Volkskongresses.

□ 1909-11: Ausbildung in der Militärakademie in Kunming. □ 1916: Ernennung zum General. □ 1924-26: Studium der Politologie in Göttingen und Moskau. □ 1927: Beteiligung am Nanchang-Aufstand. □ 1934: Mitgl. des Politbüros. □ 1937: Im Kampf der Guomindang und Kommunisten gegen die Japaner Oberkommandierender der 8. Marscharmee. □ 1959-76: Vors. des Nationalen Volkskongresses.

Zia ul-Haq, Mohammed

pakistan. Politiker
* 12.8.1924 Jullundur, Pandschab (heute Indien)
† 17.8.1988 bei Bahawalpur (Flugzeugabsturz)

Der streng religöse Zia ul-Haq versuchte nach dem Militärputsch gegen Z. →Bhutto als Staatspräsident, Pakistan in einen islamischen Staat umzuwandeln. Er führte das islamische Recht (Scharia) für alle Bereiche des Lebens wieder ein und unterstützte den islamischen Widerstand der Mudschaheddins in Afghanistan. Seine diktatorische Militärherrschaft fand 1988 ein Ende, als er unter ungeklärten Umständen bei einem Flugzeugabsturz ums Leben kam.

M. Zia ul-Haq wollte Pakistan zum Islam bekehren.

□ vor 1943: Auf dem College in Delhi. □ 1943-45: Brit. Militärakademie. □ 1945-47: In der brit. Indien-Armee. □ ab 1947: In der pakistan. Armee. □ 1959, 1963: Generalstabsausbildung in den USA. □ 1965: Teilnahme am Kaschmirkrieg gegen Indien. □ 1969: Brigadegeneral. □ 1969-71: Ausbilder in Jordanien. □ 1976: Generalstabschef. □ 1977: Initiator des Staatsstreichs gegen Präsident Z. Bhutto. □ 1978-88: Staatspräsident.

Ziegler, Karl Waldemar

Karl Waldemar Ziegler →

dt. Chemiker
* 26.11.1898 Helsa bei Kassel
† 11.8.1973 Mülheim/Ruhr

Ziegler entwickelte 1953 ein Polymerisationsverfahren für Äthylen unter Verwendung von metallorganischen Mischkatalysatoren (Nickelspuren mit Aluminiumalkylen). Das aus besonders großen Molekülen bestehende Polyäthylen, deren lange Ketten in gleiche Richtung weisen, erhält durch die Niederdruck-Synthese hervorragende Eigenschaften der Dichte, Härte und Hitzebeständigkeit. Das Prinzip der »Ziegler-Natta-Katalysatoren« wurde zur Grundlage aller weiteren Polymerisationsverfahren.

□ 1928-36: Prof. an der Univ. Heidelberg. □ 1936-47: Prof. an der Univ. Halle/Saale. □ ab 1943: Dir. des Kaiser-Wilhelm-Inst. (MPI) für Kohleforschung in Mülheim/Ruhr. □ ab 1947: Prof. an der Univ. Aachen. □ 1963: Chemie-Nobelpreis (mit G. →Natta). □ 1965: »Metallalkyle« (Schr.).

Ziehrer, Carl Michael

Carl Michael Ziehrer →

österr. Komponist und Dirigent
* 2.5.1843 Wien † 14.11.1922 ebd.

Ziehrer, der letzte bedeutende Vertreter der klassischen Wiener Tanzmusik und Operette, trug als Leiter der Kapelle des Wiener Hausregiments Hoch- und Deutschmeister Nr. 4 (1885-93) viel zum seinerzeit weltweiten Ansehen der österreichischen Militärmusik bei. Als Komponist schuf er u. a. 70 Märsche, über 120 Walzer (u. a. »Wiener Bürger«, »Weaner Mad'ln«, »Unsere Edelknaben«) und 24 Operetten, von denen besonders »Die Landstreicher« (UA Wien, 1899) erfolgreich war. 1908 wurde Z. zum vierten und letzten k.u.k. Hofballmusikdirektor ernannt und trat damit die Nachfolge von J. →Strauß an.

□ 1863: Debüt als Dirigent einer Wiener Tanzkapelle. □ 1870-78: Leiter mehrerer Regimentskapellen. □ 1873: Dirigent der Parkkonzerte anläßlich der Wiener Weltausstellung. □ ab 1879: Konzertreisen mit eigener Kapelle, u. a. nach Deutschland, Rußland und in die Niederlande. □ 1893: Dirigent der Wiener Hausregiments-Kapelle bei der Weltausstellung in Chicago. □ 1901: Operette »Die drei Wünsche«, UA Wien. □ 1907: Operette »Ein tolles Mädel«, UA Wien. □ 1908: Operette »Der Liebeswalzer«, UA Wien. □ 1910: Operette »Ball bei Hof«, UA Stettin.

▷ M. Schönherr: Carl Michael Ziehrer. Sein Leben, sein Werk, seine Zeit, 1975.

Heinrich Zille zeichnete sein »Milljöh«, das Leben der Berliner Arbeiter.

Zille, Heinrich

dt. Zeichner, Grafiker, Karikaturist und Fotograf
* 10.1.1858 Radeburg bei Dresden
† 9.8.1929 Berlin

Zille erlangte mit seinen Zeichnungen und Karikaturen, die teils humoristisch, teils mit beißender Satire das Berliner Arbeitermilieu schildern, außerordentliche Popularität (»Kinder der Straße«, 1908; »Mein Milljöh, Neue Bilder aus dem Berliner Leben«, 1914; »Zwanglose Geschichten und Bilder«, 1919). Seine Darstellungen des Elends der Arbeiter, Hausierer, Prostituierten sowie der Frauen, Mütter und Kinder der untersten Schichten sind realistisch, anklagend, aber auch von einem spezifischen Berliner Witz. Z. schuf auch Kohlezeichnungen, Radierungen und Lithografien von Landschaften in einem lyrischen Impressionismus. Daneben war er einer der ersten Vertreter der sozialdokumentarischen Fotografie in Deutschland.

▷ W. Ranke (Hg.): Vom Milljöh ins Milieu, Heinrich Zilles Aufstieg in die Berliner Gesellschaft, 1979.

Zimbardo, Philip George

amer. Psychologe
* 23.3.1933 New York

Zimbardo erregte mit spektakulären Experimenten Aufsehen: Um seine These zu untermauern, daß »normale«, »gute« Menschen zu brutalen Sadisten werden, wenn man sie in eine Umgebung versetzt, in der das Inhumane als normal gilt, ließ Z. 1971 Versuchspersonen in Wärter- und Sträflingskleidung eine Gefängnissituation simulieren. Das erfolgreiche Experiment bestätigte die These und mußte vorzeitig abgebrochen werden.

□ seit 1968: Prof. für Sozialpsychologie an der Stanford University, New York. □ 1969: »The cognitive control of motivation« (Schr.). □ 1971: Durchführung des sog. Stanford-Prison-Experiments. □ 1974: »Lehrbuch der Psychologie« (mit F. L. Ruch). □ 1977: »Nicht so schüchtern!« (Schr., dt. 1978). □ 1981: »Parent's guide to the shy child« (Schr.).

Zimmerer, Wolfgang

dt. Bobfahrer
* 15.11.1940 Ohlstadt

Zimmerer ist mit neun internationalen Titeln bei Olympischen Spielen, Welt- und Europameisterschaften erfolgreichster Bobfahrer der BRD. Nach seiner aktiven Laufbahn war er von 1976-84 Bundestrainer.

□ 1969: Welt- und Europameister im Viererbob. □ 1970: Europameister im Zweierbob. □ 1972: Olympiasieger von Sapporo im Zweierbob; Olympiadritter im Viererbob. □ 1973: Welt- und Europameister im Zweierbob; Europameister im Viererbob. □ 1974: Weltmeister im Zweier- und Viererbob. □ 1976: Olympiazweiter von Innsbruck im Zweierbob; Olympiadritter im Viererbob.

Zimmermann, Alois »Bernd«

dt. Komponist
* 20.3.1918 Bliesheim bei Köln
† 10.8.1970 Königsdorf, ebd.

Zimmermann, der Älteste der sog. dritten Generation der Neuen Musik, schuf mit seiner Oper »Die Soldaten« (nach S. M. R. Lenz, UA Köln 1965) eines der bedeutendsten deutschen Bühnenwerke der Nachkriegszeit. Er hatte, unabhängig von den Schulen der 50er und 60er Jahre, eine pluralistische Kompositionstechnik entwickelt, in der Zitate und Collagen eine wichtige Rolle spielen. Durch die Gleichzeitigkeit unterschiedlicher Stile und Arten von Musik in Verbindung mit Texten verschiedenster Zeiten und Sprachen (z. B. in dem gleichzeitigen Ablauf von drei Szenen in seiner Oper) setzte Z. seinen spezifischen Zeitbegriff um. Für ihn nahm die Zeit im Geist eine »Kugelgestalt« an, in der sich Gegenwart, Vergangenheit und Zukunft gegenseitig durchdringen. Zu Z.s umfangreichem Werk gehören ferner Solo-Konzerte, Kammer- und Klaviermusik sowie Vokalwerke.

□ 1939-50: Studium an den Univ. Köln und Bonn. □ 1939-47: Studium an den Musikhochschulen in Köln und Berlin. □ 1948-50: Schüler u. a. von W. →Fortner bei den Darmstädter Ferienkursen für Neue Musik. □ 1949-57: Freier Mitarbeiter von Schauspiel- und Rundfunkhäusern, u. a. des WDR. □ 1950-52: Lektor an der Univ. Köln. □ 1952: Oboenkonzert. □ 1954: Bühnenmusiken »Sam Ego's Haus« und »Die Grasharfe«. □ 1956: »Konfigurationen« für Klavier; Bühnenmusik »Der Lügner«. □ 1957, 1963: Stipendiat der Villa Massimo in Rom. □ 1957-70: Prof. an der Musikhochschule Köln. □ 1960: »Dialoge« für zwei Klaviere und Orchester. □ 1961: »Antiphonen« für Viola und kleines Orchester. □ 1965: Mitgl. der Berliner Akademie der Künste; Cellokonzert. □ 1967-69: »Requiem für einen jungen Dichter« für Sprecher, Solisten, 3 Chöre, Orchester, Jazzband, Orgel und Tonband. □ 1970: Orchesterskizzen »Stille und Umkehr«.

▷ W. Konold: Bernd Alois Zimmermann. Der Komponist und sein Werk, 1986.

Zimmermann, Friedrich

dt. Politiker
* 18.7.1925 München

Als konservativer Innenminister war Zimmermann ab der Bonner Wende 1982 Ziel heftiger Angriffe seitens der Opposition. Streitpunkte (auch innerhalb des Kabinetts) waren u. a. seine Vorschläge zur Verschärfung des Asylrechts und des Demonstrationsstrafrechts (Vermummungsverbot). 1989 wurde Z. im Rahmen einer Kabinettsumbildung durch W. →Schäuble abgelöst.

Friedrich Zimmermann amüsiert sich auf einer Geburtstagsfeier im Dt. Theater.

□ 1946-50: Jurastudium. □ 1954-63: Hauptgeschäftsführer bzw. Generalsekretär der CSU. □ 1957-90: MdB. □ 1960: Verurteilung wegen fahrlässigen Meineids (1961 durch medizinisches Gutachten revidiert). □ ab 1972: Stellv. Vors. (1976-82 Vors.) der CSU-Landesgruppe in Bonn. □ 1982-89: Innenmin. □ 1989-91: Verkehrsmin. □ seit 1991: Präs. des Verwaltungsrats der Deutschen Reichsbahn.

▷ F. Zimmermann: Kabinettstücke. Politik 1976-1991 (Erinnerungen), 1991.

Zimmermann, Udo

dt. Komponist
* 6.10.1943 Dresden

Zimmermann, einer der führenden Komponisten der ehemaligen DDR und seit 1990 Intendant der Oper Leipzig, wurde zunächst mit Orchesterwerken bekannt (»Dramatische Impression auf den Tod von J. F. Kennedy für Violoncello und Orchester«, 1963). Der Durchbruch gelang ihm Mitte der 60er Jahre mit dramatisch-wirkungsvollen Opern (»Die weiße Rose«, UA Dresden 1967), in denen er avantgardistische und traditionelle Stilmittel verknüpft. Z., der seit 1979 auch als Dirigent tätig ist, widmet sich seit der Vereinigung Deutschlands vor allem kulturadministrativen Aufgaben.

← Udo Zimmermann

□ 1954-62: Mitgl. des Kreuzchores in Dresden. □ 1963-68: Studium (Gesang, Dirigieren, Komposition) an der Musikhochschule Dresden und an der Dt. Akademie der Künste in Ost-Berlin. □ seit 1970: Komponist und Dramaturg an der Dresdener Staatsoper. □ 1974: Gründung des Studios »Neue Musik« in Dresden. □ 1976: UA der Oper »Der Schuhu und die fliegende Prinzessin« (nach P. →Hacks, Inszenierung H. → Kupfer) in Dresden. □ seit 1982: Prof. für Musiktheater und Komposition in Dresden. □ seit 1985: Leiter der Werkstattbühne für zeitgenössisches Musiktheater der Oper der Stadt Bonn. □ 1986: UA der Kammeroper »Szenen für zwei Sänger und fünfzehn Instrumente« (Neufassung der Oper »Die weiße Rose«) in Hamburg. □ 1986: Dir. des Dresdener Zentrums für zeitgenössische Musik. □ seit 1988: Künstlerischer Leiter des musica-viva-ensemble Dresden.

▷ H.-G. Otto: Werkstattgespräche mit Udo Zimmermann, 1972.

Zinn, Georg-August

dt. Politiker
* 27.5.1901 Frankfurt/Main † 27.3.1976 ebd.

Fast 20 Jahre bestimmte der nüchterne Zinn nach dem Krieg die Landespolitik von Hessen. Darüber hinaus wirkte er führend beim Aufbau der Bundesrepublik mit. Als hessischer Ministerpräsident vertrat Z. der Bundesregierung gegenüber meist eine selbstbewußte, föderalistische Politik. 1969 legte er sein Amt aus gesundheitlichen Gründen nieder.

G.-A. Zinn: Von 1950 bis 1969 hessischer Ministerpräsident.

□ ab 1920: Mitgl. der SPD. □ 1920-30: Kommunalbeamter in Frankfurt/Main. □ ab 1931: Rechtsanwalt. □ 1946: Hess. MdL; hess. Innenmin. □ 1947/48: Vizepräs. des Wirtschaftsrats (der amer.-brit. Bi-Zonenverwaltung). □ 1948/49: Mitgl. des Parlamentarischen Rats. □ 1949-51, 1961: MdB. □ 1946-49, 1950-62: Hess. Justizmin. □ 1950-69: Ministerpräsident von Hessen.

Fred Zinnemann wurde in Hollywood vom Statisten zum erfolgreichen Regisseur.

Zinnemann, Fred

amer. Regisseur österr. Herkunft
* 29.4.1907 Wien

Im Mittelpunkt von Zinnemanns Filmen stehen häufig Menschen, die sich in Augenblicken der Gefahr bewähren müssen. Mit »Zwölf Uhr mittags« (1952, mit G. →Cooper), in dem ein Marshal auf sich allein gestellt vier Gangstern entgegentritt, schuf Z. einen der Klassiker des Western. »Das siebte Kreuz« (1944, nach A. →Seghers, mit Sp. →Tracy) beschreibt die Flucht eines KZ-Häftlings. Seinen größten Erfolg hatte er mit »Verdammt in alle Ewigkeit« (1953, mit B. →Lancaster, F. →Sinatra und M. →Clift), der acht Oscars erhielt.

☐ ab 1927: Ausbildung als Kameramann an der École Technique de Photographie et Cinématographie in Paris. ☐ ab 1931: Amer. Staatsbürgerschaft. ☐ 1937-41: Kurzfilme. ☐ 1947: »Die Gezeichneten«. ☐ 1953: Oscar als bester Regisseur für »Verdammt in alle Ewigkeit«. ☐ 1959: »Der endlose Horizont«; »Geschichte einer Nonne« (mit A. →Hepburn). ☐ 1966: Oscar für »Ein Mann zu jeder Jahreszeit«. ☐ 1976: »Julia« (Mit V. →Redgrave und J. →Fonda). ☐ 1982: »Am Rande des Abgrunds«.

▷ A. Goldau u. a.: Zinnemann, 1986.

Ziolkowski, Konstantin Eduardowitsch

russ. Luft- und Raumfahrttheoretiker
* 17.9.1857 Ischewskoje, Gebiet Rjasan
† 19.9.1935 Kaluga

Ziolkowski zählt mit H. →Oberth und R. H. →Goddard zu den geistigen Vätern der Raumfahrt. 1890 entwickelte er seine Theorie des Raketenantriebs, 1903 baute er die erste Flüssigkeitsrakete und schlug für die Zündung bereits das Mehrstufenprinzip zur Steigerung der Schubkraft vor.

Konstantin Ziolkowski war ein Pionier der Raumfahrttechnik.

☐ 1880-93: Lehrer für Mathematik in Borowsk und Kaluga. ☐ 1885: Erstellung von Plänen für Ganzmetallluftschiffe und Ganzmetallflugzeuge. ☐ ab 1896: Beschäftigung mit Raketentechnik und Raumfahrt. ☐ ab 1897: Aerodynamische Untersuchungen im selbstgebauten Windkanal. ☐ 1903: Bau der ersten Flüssigkeitsrakete. ☐ 1913: Veröffentlichung der Raketengrundgleichung. ☐ 1920: »Außerhalb der Erde« (Schr., dt. 1977).

Zita von Bourbon und Parma

ehemalige Kaiserin von Östereich und Königin von Ungarn
* 9.5.1892 Villa Pianore bei Viareggio (Italien)
† 14.3.1989 Zizers (Schweiz)

Zita wurde an der Seite ihres Gatten, des ehemaligen Erzherzogs Karl Franz Josef (* 1887, † 1922) nach der Ermordung des Thronfolgers Franz Ferdinand in Sarajevo (1914) 1916 letzte Kaiserin von Österreich und Königin von Ungarn. Erfolglos blieb 1916 ihr einmaliger Eingriff in die Weltpolitik, als sie durch Familienkontakte ei-

Kaiserin Zita gab ihren Anspruch auf die Krone nie auf.

nen Verständigungsfrieden mit Frankreich und Großbritannien zu vermitteln suchte. Nach dem Zusammenbruch der k.u.k. Monarchie 1918 fand Z. mehrere Zufluchtsstätten in aller Welt und hielt sich nach dem Tod ihres Gatten 1922 im Exil in der Schweiz auf. Da sie nie auf die Krone verzichtet hatte, war ihr wie allen anderen Habsburgern die Einreise in die Republik Österreich verwehrt.

▷ E. Feigl: Kaiserin Zita, Legende und Wahrheit, 1978.

Zittel, Karl Alfred von

dt. Geologe und Paläontologe
* 25.9.1839 Bahlingen, Kr. Emmendingen
† 5.1.1904 München

Zittel begründete Ende des 19. Jahrhunderts die Paläontologie als eigenständige Wissenschaft von den ausgestorbenen Pflanzen und Lebewesen. Z., der mit dem deutschen Afrikaforscher Gerhard Rohlfs Expeditionen nach Ägypten und in die Libysche Wüste unternahm, erforschte u. a. die fossilen Schwämme.

□ 1863-66: Prof. an der Univ. Karlsruhe. □ ab 1866: Prof. an der Univ. München. □ ab 1871: Hg. der von W. Dunker gegründeten Zeitschrift Paläontographica. □ 1895: Herausgabe des Standardwerks »Grundzüge der Paläontologie« (2 Bde., 2. Aufl. 1911).

Zoff, Dino

ital. Fußballspieler
* 28.2.1942 Mariano del Fusili

Zoff war einer der erfolgreichsten Torwarte der Welt. Er mußte in 112 Spielen mit der italienischen Nationalmannschaft (1968-83) nur 83 Gegentore hinnehmen. Mit der »Squadra Azurra« wurde er 1968 Europameister und 1982, im Alter von 40 Jahren, Weltmeister. Mit Juventus Turin holte er siebenmal die Italienische Meisterschaft und 1977 den UEFA-Pokal.

Émile Zola: Der Autor befaßte sich mit den Auswirkungen der industriellen Revolution.

Zola, Émile

frz. Schriftsteller
* 2.4.1840 Paris † 29.9.1902 ebd.

Als Wegbereiter und Hauptvertreter des Naturalismus, der, gegründet auf den Positivismus, die Wirklichkeit ohne jede Stilisierung naturgetreu abbildete, beeinflußte Zola nachfolgende Schriftstellergenerationen bis ins 20. Jh. hinein. In seinem 20-teiligen Romanzyklus »Die Rougon-Macquart« (1871-93, dt. 1892-99) bietet Z. eine umfassende Schilderung des Lebens im 2.

französischen Kaiserreich. Dabei liegt der Schwerpunkt auf der (z. T. abstoßend) realistischen Darstellung des Milieus, in dem der Mensch — Produkt seiner Abstammung und Umwelt — sich behaupten muß. Die Auswirkungen der technischen und sozialen Umwälzungen auf den einzelnen werden häufig an Randgruppen deutlich gemacht. Zu den wichtigsten Werken aus dem Zyklus gehören »Nana« (1880, dt. 1881), die Geschichte einer Dirne, »Germinal« (1885, dt. 1885), eine Darstellung des harten Lebens von Bergleuten und deren Aufbegehren sowie der Roman »Der Totschläger« (1877).

□ 1862: Angestellter im Verlag Hachette in Paris. □ ab 1866: Tätigkeit als Journalist, Kunst- und Literaturkritiker. □ 1867: »Thérèse Raquin« (R., dt. 1884; UA der dramatisierten Form 1873). □ 1877: »Der Totschläger« (R., dt. 1880, u. d. T. »Die Schnapsbude« 1927). □ 1880: Naturalistische Programmschrift »Der Experimentalroman« (dt. 1904). □ 1898: »Ich klage an« (offener Brief an den Präs. der Republik zur Verteidigung von A. →Dreyfus); Verurteilung zu einjähriger Haft; Flucht nach England. □ 1899: Rückkehr nach Paris; »Fruchtbarkeit« (1. Teil der unvollendeten Tetralogie »Die vier Evangelien«, 1899-1903, dt. ab 1900).

▷ R. Daus: Zola und der französische Naturalismus, 1976; F. W. Hemmings: Émile Zola. Chronist und Ankläger seiner Zeit, dt. 1979; K. Korn: Zola in seiner Zeit, 1980.

Zondek, Bernhard

israel. Gynäkologe
* 29.7.1891 Wronke, Posen (Woiwodschaft Pita)
† 8.11.1966 New York (USA)

Zondek entwickelte mit S. S. Aschheim einen biologischen Test zur Frühdiagnose einer Schwangerschaft auf der Basis der die Ovarialtätigkeit regulierenden Hormone des Hypophysenvorderlappens im Gehirn. Neben der Erforschung des Stoffwechsels und Wärmehaushalts arbeitete Z. über die »Beziehungen der Geburtshilfe und Gynäkologie zur inneren Medizin« (Abh., 1923).

□ 1926-33: Prof. an der Univ. Berlin und am Krankenhaus Spandau. □ 1931: »Die Hormone des Ovariums und des Hypophysenvorderlappens« (Schr.). □ 1933-44: Prof. an der Univ.-Klinik Jerusalem.

Zorn, Anders

schwed. Maler, Bildhauer und Grafiker
* 18.2.1860 Mora † 22.8.1920 ebd.

Zorn ist der Hauptvertreter der schwedischen Malerei zu Beginn des 20. Jh.s. Er setzte virtuos die Stilmittel des Impressionismus für seine realistischen Sujets ein, Motive aus dem Alltagsleben, Gesellschaftbilder, Akte in freier Landschaft. Als zentrales Motiv seiner stets leicht verklärt wirkenden Bilder erscheint häufig das Wasser im impressionistisch flirrenden Licht. In den frühen Bildern fügte er fast fotografisch genau gezeichnete Figuren in helle, atmosphärische Landschaften ein (u. a. »Sommerfrische«, 1886). Anschließend wurde seine Malweise pastoser und lockerer wie z. B. in dem Porträt von M. →Liebermann (1889). In seinen Skulpturen verarbeitete Z. den Impressionismus A. →Rodins, u. a. in dem Denkmal Gustav Wasas in Mora (1903).

□ 1875-81: Studium an der Kunstakademie in Stockholm. □ 1882: Übersiedlung nach London. □ 1888-96: Atelier in Paris. □ 1896: Rückkehr nach Mora. □ 1904/05: Bau eines sog. Wildnisateliers in Gopsmor.

Richard Zsigmondy →

← Bernhard Zondek

Zsigmondy, Richard Adolf

dt.-österr. Chemiker
* 1.4.1865 Wien † 29.9.1929 Göttingen

Zsigmondy erforschte kolloide Lösungen und entwickelte dazu entsprechende Methoden. 1902/03 konstruierte er das Ultramikroskop (mit Henry F. W. Siedentopf), das Z. 1913 zum Immersions-Ultramikroskop weiterentwickelte. Damit konnten die für Lichtmikroskope unerkennbar kleinen Kolloidteilchen aufgrund des von ihnen gestreuten Lichts als leuchtende Punkte sichtbar gemacht werden. 1925 erhielt Z. den Chemie-Nobelpreis.

□ 1897-1900: Entwicklung von Lüsterfarben, Milch- und Farbgläsern im Jenaer Glaswerk Schott & Gen.; anschließend Privatgelehrter. □ 1908-29: Prof. an der Univ. Göttingen; Aufbau eines Kolloidforschungszentrums. □ 1912: »Kolloidchemie, ein Lehrbuch«. □ 1918: Erfindung des Membranfilters, 1922 des Ultrafeinfilters. □ 1926: Chemie-Nobelpreis des Jahres 1925.

Zuckmayer, Carl

dt. Schriftsteller
* 27.12.1896 Nackenheim
† 18.1.1977 Visp (Schweiz)

Zuckmayer zählt zu den erfolgreichsten deutschen Dramatikern. Insbesondere das Volksstück »Der Hauptmann von Köpenick« (1931), populärste seiner zeitkritischen Komödien, machte ihn bekannt: Es verbindet den satiri-

Carl Zuckmayer und seine Frau wurden 1967 in Sion Schweizer Staatsbürger.

schen Angriff auf preußischen Militarismus und Untertanengeist mit pointierter Milieu- und Personenzeichnung und zeigt Z. zugleich als ideologisch ungebundenen Autor eines optimistischen Vitalismus.
Z. wurde durch die Erfahrung beider Weltkriege — des 1. als Freiwilliger, des 2. im amerikanischen Exil — zum Pazifisten. Im nach der Uraufführung 1946 heftig diskutierten Drama »Des Teufels General« griff er erstmals das Thema des Widerstands gegen die Nationalsozialisten auf; aber erst in »Der Gesang im Feuerofen« (1949) stellte er sich eindeutig auf deren Seite.
Die Autobiografie »Als wär's ein Stück von mir« (1967) wurde mit ihrem auch pantheistisch-religiös motivierten Plädoyer für Humanität und Völkerverständigung Z.s größter Prosaerfolg.

□ 1920: »Kreuzweg« (Dr.). □ ab 1920: Regieassistent und Dramaturg. □ 1923: Bekanntschaft mit K. →Mann und B. →Brecht; 1924 Zusammenarbeit mit Brecht am Dt. Theater (Berlin). □ 1925: »Der fröhliche Weinberg« (Dr.). □ 1927: »Schinderhannes« (Dr.). □ 1929: »Katharina Knie« (Dr.); Georg-Büchner-Preis; Drehbuch zu »Der blaue Engel« (Rg. J. v. →Sternberg). □ 1933: Aufführungsverbot in Deutschland. □ 1938: Emigration in die Schweiz. □ 1939-45: Exil in den USA; Rückkehr als Zivilbeauftragter für Kulturfragen der US-Regierung. □ 1955: »Das kalte Licht« (Dr.). □ 1960: Österr. Staatspreis. □ 1975: »Der Rattenfänger« (Dr.).

▷ C. Zuckmayer: Als wär's ein Stück von mir (Aut.), 1967; H. Wagener: Carl Zuckmayer, 1983.

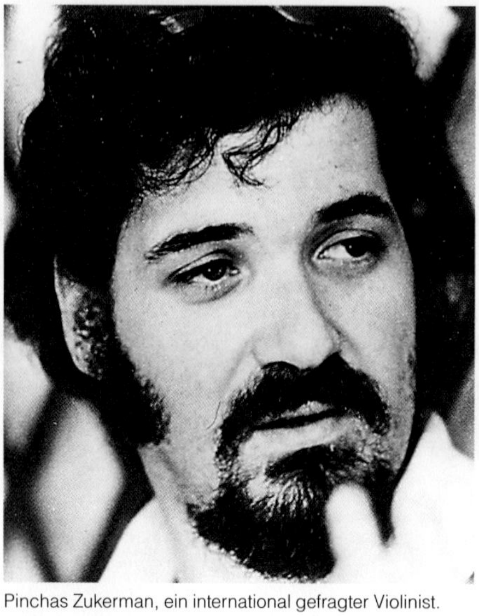

Pinchas Zukerman, ein international gefragter Violinist.

Zukerman, Pinchas

israel. Geiger poln. Abstammung
* 16.7.1948 Tel Aviv

Zukerman, der eine besondere Förderung durch I. →Stern und P. →Casals genoß, gehört zu den bedeutendsten Geigern und Bratschisten der jüngeren Generation. Seit seinem Sieg beim international renommierten Leventritt-Wettbewerb (1967) und dem vielbeachteten Konzert im Lincoln Center mit den New Yorker Philharmonikern unter L. →Bernstein (1969) wird er als Interpret vor allem klassischer Werke in den Musikzentren aller Welt gefeiert. Kennzeichnend für sein technisch brillantes Spiel sind die melodiöse Tongebung und die spontan-expressive Phrasierung. 1974 debütierte Z. auch erfolgreich als Dirigent mit dem New Yorker Philharmonia Orchestra in der Londoner Festival Hall und ist seit 1980 Leiter des Kammerorchesters von St. Paul (Minn., USA).

□ ab 1955: Schüler am Israel Conservatory in New York. □ 1962-67: Auf Vermittlung von I. Stern und P. Casals Stipendiat an der Juilliard School New York. □ 1963: Debüt als Solist mit der New York Orchestral Society. □ 1966: Gast des Spoleto-Festivals in Italien. □ 1967: Konzertreise durch die USA und Kanada. □ 1968: Vertretung des erkrankten I. Stern beim Westbury Music Fair. □ 1969: Auftritt mit D. →Barenboim beim Brighton-Festival in England. □ 1978-80: Leiter des South Bank Summer Music Festival in London. □ 1987: Einspielung des Violinkonzerts von A. →Berg mit dem Londoner Sinfonieorchester unter P. →Boulez.

Pirmin Zurbriggen →

Zurbriggen, Pirmin

schweiz. Skirennläufer
* 4.2.1963 Saas-Almagell

Zurbriggen war das Aushängeschild des Schweizer Skisports in den 80er Jahren; er beherrschte entgegen dem Trend zur Spezialisierung drei Disziplinen (Abfahrt, Riesenslalom, Super-G). Der Olympiasieger von Calgary 1988 gewann viermal den Weltpokal in der Gesamtwertung.

□ 1980: Junioren-Weltmeister (Abfahrt und Kombination). □ 1984: Olympiadritter von Sarajevo (Abfahrt); Weltpokalsieger (erneut 1987, 1988 und 1990). □ 1985: Weltmeister in der Kombination. □ 1987: Weltmeister im Riesenslalom und im Super-G. □ 1988: Olympiasieger von Calgary in der Abfahrt.

Konrad Zuse →

Zuse, Konrad

dt. Ingenieur
* 22.6.1910 Berlin

Mit der »Z3« stellte Zuse 1941 den ersten programmgesteuerten Digitalrechner (Computer) auf elektromechanischer Basis vor. Der Apparat arbeitete mit dem Binärsystem und konnte alle vier Grundrechenarten ausführen sowie die Quadratwurzel berechnen. Z. kam damit seinem amerikanischen Kollegen H. Aiken (* 1900, † 1973) zuvor, der 1939-44 ebenfalls einen Rechner entwickelte und lange Zeit als Erfinder des Computers galt. Die erste elektronische Rechenmaschine baute Z. 1955.

□ 1928-35: Studium des Bauingenieurwesens in Berlin. □ ab 1934: Grundkonzeption für eine programmgesteuerte Rechenmaschine. □ ab 1935: Statiker bei den Henschel-Flugzeug-Werken in Berlin . □ ab 1936: Erste Versuchsmodelle. □ 1938: Bau des Rechengeräts »Z1«. □ 1943-45: Entwicklung der Computersprache »Plankalkül«. □ 1949: Gründung der Zuse-KG für Elektronen- und Relaisrechenautomaten in Neukirchen, Hessen. □ 1964: Ausscheiden aus der Zuse-KG. □ 1967: Übernahme der Zuse-KG durch die Siemens-AG.

▷ K. Zuse: Der Computer, mein Lebenswerk, 1970.

Zweig, Arnold

dt. Schriftsteller
* 10.11.1887 Glogau † 26.11.1968 Ost- Berlin

Der engagierte Zionist und Sozialist Zweig schrieb zu Beginn des Jahrhunderts impressionistische Essays und Erzählungen, in denen er sich einfühlsam mit dem Erleben junger Menschen auseinandersetzte. Infolge seiner Erfahrungen im 1. Weltkrieg wandte er sich in den 20er Jahren zunehmend gesellschaftskritischen, pazifistischen Themen zu. Bekannt wurde sein mehrbändiger Romanzyklus »Der große Krieg der weißen Männer« (1927-58; u. a. »Junge Frau von 1914«, 1931), der die Wandlung eines Kriegsfreiwilligen zum überzeugten Kriegsgegner schildert.

Arnold Zweig wurde durch den 1. Weltkrieg zum Pazifisten.

□ 1907-11: Studium der Philosophie, Germanistik, Geschichte, Psychologie und Kunstgeschichte. □ 1909: »Aufzeichnungen über eine Familie Klopfer« (Nov.). □ 1912: »Die Novellen um Claudia« (R.). □ 1915-18: Soldat in Verdun und Serbien. □ 1919-23: Freier Schriftsteller in Starnberg und Berlin. □ 1927: »Der Streit um den Sergeanten Grischa« (R.). □ 1933: Flucht nach Palästina. □ 1935: »Erziehung von Verdun« (R.). □ 1943: »Das Beil von Wandsbek« (R.). □ 1948: Rückkehr nach Ost-Berlin. □ ab 1949: Abg. der Volkskammer. □ 1950-53: Präs. der Dt. Akademie der Künste in Ost-Berlin. □ ab 1957: Präs. des dt. PEN-Zentrums Ost und West. □ 1958: »Die Zeit ist reif« (R.). □ 1962: »Traum ist teuer« (R.). □ postum 1991: »Jüdischer Ausdruckswille« (Schr.).

▷ M. Wiznitzer: Arnold Zweig, 1983.

Zweig, Stefan

österr. Schriftsteller
* 28.11.1881 Wien
† 23.2.1942 Rio de Janeiro (Brasilien; Selbstmord)

Als Erzähler, Lyriker und Essayist bereits zwischen den Weltkriegen international bekannt, gehörte Zweig auch während des Exils (ab 1938) zu den meistübersetzten deutschen Autoren. Trotz seines Erfolgs beschwor der aus dem jüdischen Bildungsbürgertum stammende geistige Kosmopolit »Die Welt von Gestern« (Aut., postum 1942): Angesichts des faschistischen Terrors, der über Europa hereingebrochen war und Z.s Idee einer geistigen, pazifistisch-humanistisch motivierten Allianz zerstört hatte, bezweifelte er in der Studie »Triumph und Tragik des Erasmus von Rotterdam« (1934) die Möglichkeit, als Intellektueller in die Politik einzugreifen. Die »Schachnovelle« (1941) artikuliert die rigorose, aber unpolitische Ablehnung des Nationalsozialismus.

Die von S. →Freud geprägte psychologische Fragestellung zeichnete bereits die sprachlich subtilen Novellen aus; unter personalem Aspekt — ohne Berücksichtigung politischer und gesellschaftlicher Entwicklungen — analysierte Z. auch in seinen Essays über berühmte historische und literarische Persönlichkeiten europäische (Kultur-)Geschichte.

□ 1904: Promotionsabschluß des Germanistik-, Romanistik- und Philosophiestudiums. □ 1911: »Brennen-

Stefan Zweig konnte trotz literarischer Erfolge sein Exil nicht ertragen.

des Geheimnis« (Nov). □ 1922: »Amok« (Nov.). □ 1927: »Sternstunden der Menschheit« (biogr. Es.s); »Verwirrung der Gefühle« (Nov.). □ 1936: »Baumeister der Welt« (biogr. Es.s). □ 1938: Emigration nach Großbritannien; »Ungeduld des Herzens« (R.). □ 1940: Über New York ins brasilianische Exil.

▷ St. Zweig: Die Welt von Gestern (Aut.), 1942; D. Prater: Stefan Zweig, 1981.

Zwerenz, Gerhard

(Pseud.e Gert Gablenz, Peter Lauenheim, Leslie Markwart, Peer Tarrok)
dt. Schriftsteller
* 3.6.1925 Gablenz, Vogtland

Zwerenz wurde durch seinen satirisch-erotischen Schelmenroman »Casanova oder Der Kleine Herr in Krieg und Frieden« (1966) populär. Z., der sich zunächst kritisch mit dem real existierenden Sozialismus in der ehemaligen DDR auseinandersetzte, wandte sich in den 60er Jahren den bundesrepublikanischen Lebensgewohnheiten zu und entlarvte in derben, teils pornografisch anmutenden Darstellungen die bürgerliche Doppelmoral. 1986 erhielt der bei der Kritik umstrittene Schriftsteller die Carl-von-Ossietzky-Medaille.

□ 1942: Kriegsfreiwilliger. □ 1944: Desertion. □ ab 1952: Studium der Philosophie bei E. →Bloch in Leipzig. □ 1957: Übersiedlung in die BRD. □ 1961: »Ärgernisse« (Es.s). □ 1971: »Kopf und Bauch« (R.). □ 1973: »Die Erde ist unbewohnbar wie der Mond« (R.). □ 1983: »Der Bunker« (R.). □ 1987: »Die Rückkehr des toten Juden nach Deutschland« (R.). □ 1988: »Soldaten sind Mörder« (Schr.). □ 1989: »Vergiß die Träume Deiner Jugend nicht — eine autobiographische Deutschlandsaga«. □ 1991: Alternativer Büchner-Preis.

▷ G. Zwerenz: Der Widerspruch (Aut.), 1974.

Marina Zwetajewa: Die Lyrikerin verbrachte 17 Jahre ihres Lebens im Exil.

Zwetajewa, Marina Iwanowna

russ.-sowjet. Dichterin
* 26.9.1892 Moskau
† 31.8.1941 Jelabuga (Selbstmord)

Zwetajewa, die zeitweilig als Emigrantin in Prag und Paris lebte, gilt in ihrer Heimat wie im Westen nach A. →Achmatowa als die bedeutendste russische Dichterin des 20. Jh.s. Ihre sprachgewaltige Lyrik ist in thematischer und formaler Hinsicht eine Synthese aus Tradition und Moderne. Der musikalische Stil erinnert an R. M. →Rilke und A. →Bely. Bereits mit 18 Jahren veröffentlichte sie ihren ersten Gedichtband, »Abendliches Album« (1910). Der Gedichtzyklus »Lebedinyj stan« (»Lager der Schwäne«, 1917-21) ist den Gegnern der kommunistischen Herrschaft gewidmet.

□ 1922-39: Exil in Prag und Paris. □ 1924: »Endgedicht« (dt. 1987). □ 1925: »Der Rattenfänger« (dt. 1982). □ 1938: »Erzählung von Sonetschka« (erschienen 1976, dt. 1984). □ 1985: »Mein weiblicher Bruder. Brief an die Amazone« (lyr. Prosa, dt. Ausgabe).

▷ E. Feinstein: Marina Zwetajewa. Eine Biographie, 1990.

Zworykin, Wladimir Kosma

amer. Physiker russ. Herkunft
* 30.7.1889 Murom † 29.7.1982 Princeton, N. J.

Zworykin erfand 1923 das Ionoskop und entwickelte mit der 1924 von ihm konstruierten Wiedergaberöhre (Kineskop) das erste vollelektronische Fernsehsystem. Neben der Anwendung der Fernsehelektrotechnik bei der Elektronenmikroskopie befaßte sich Z. auch mit der Entwicklung des Farbfernsehens.

□ 1919: Emigration in die USA. □ ab 1924: Amer. Staatsbürger. □ 1940: »Television. The Electronics of Image Transmission« (Schr. mit G. A. Morton). □ 1940: Konstruktion eines Elektronenmikroskops. □ 1945: »Electron optics and the electron microscope« (Schr.). □ 1954-62: Dir. des Medical Electronics Centre an der Rockefeller-Univ., New York. □ 1958: »Television in science and industry« (Schr. mit anderen). □ 1967: Nat. Medal of Science (USA).

Abkürzungsverzeichnis

Allgemeine Abkürzungen

Abg. = Abgeordneter
Abh. = Abhandlung
angl. = anglikanisch
Anth. = Anthologie
Aufl. = Auflage
Auf. = Aufsatz
Auf.e = Aufsätze
Ausg. = Ausgabe
Aut. = Autobiografie
aut. = autobiografisch
Bd. = Band
Bde. = Bände
begr. = begründet
Ber. = Bericht
Ber.e = Berichte
Biogr. = Biografie
BVG = Bundesverfassungsgericht
bzw. = beziehungsweise
Ch. = Choreografie, Choreograf
D. = Darsteller
Dep. = Département, Department, Departamento
d. h. = das heißt
Dir. = Direktor
Diss. = Dissertation
Dr. = Drama
Dr.n = Dramen
EA = Erstaufführung
eig. = eigentlich
ersch. = erschienen
erw. = erweitert; (erw. Aufl.: erweiterte Auflage)
Erz. = Erzählung
Erz.n = Erzählungen
Es. = Essay
Es.s = Essays
europ. = europäisch
F. = Film
Ged. = Gedicht
Ged.e = Gedichte
gegr. = gegründet
Gouv. = Gouvernement, Government
Hg. = Herausgeber
hg. = herausgegeben
Hl. = Heilige/r
hl. = heilig
Hr. = Hauptrolle
Hsp. = Hörspiel
Inst. = Institut
int. = international
Jh. = Jahrhundert
Jh.s = Jahrhunderts
Jtd. = Jahrtausend
Jtd.s = Jahrtausends
Kdb. = Kinderbuch
kg = Kilogramm
kgl. = königlich
Kom. = Komödie
Kr. = Kreis
Kt. = Karton
Kurzg. = Kurzgeschichte; short story
Kurzg.n = Kurzgeschichten
KZ = Konzentrationslager
Libr. = Libretto
LP = Langspielplatte
M. = Musik
MdB = Mitglied des Bundestages
MdL = Mitglied des Landtags
MdR = Mitglied des Reichstages
Mem. = Memoiren
Min. = Minister
min. = Minuten
Mio. = Millionen
Mitgl. = Mitglied
Monogr. = Monografie
MPI = Max-Planck-Institut
Mrd. = Milliarden
Mus. = Musical
NA = Neuauflage
nat. = national
Nov. = Novelle
Nov.n = Novellen
orth. = orthodox
P. = Produzent
Präs. = Präsident
Prof. = Professor; Professur
Prov. = Provinz
Pseud. = Pseudonym
R. = Roman
Reiseb. = Reisebericht
Rep. = Reportage
Rep.n = Reportagen
Rg. = Regie
Sachb. = Sachbuch
Schr. = Schriften
sec. = Sekunden
Sinf. = Sinfonie
sog. = sogenannt/e
Stellv. = Stellvertreter
stellv. = stellvertretender
Tageb. = Tagebuch
TH = Technische Hochschule
Trag. = Tragödie
UA = Uraufführung
u. a. = unter anderem
u. d. T. = unter dem Titel
Univ. = Universität
Univ.n = Universitäten
usw. = und so weiter
v. a. = vor allem
v. Chr. = vor Christus
Vors. = Vorsitzende/r
wiss. = wissenschaftlich
z. B. = zum Beispiel
z. T. = zum Teil

Abkürzungen der US-Bundesstaaten

Alab. = Alabama
Alas. = Alaska
Ariz. = Arizona
Ark. = Arkansas
Colo. = Colorado
Conn. = Connecticut
D. C. = District of Columbia
Del. = Delaware
Flor. = Florida
Ill. = Illinois
Ind. = Indiana
Kalif. = Kalifornien
Ky. = Kentucky
Louis. = Louisiana
Maryl. = Maryland
Mass. = Massachusetts
Mich. = Michigan
Minn. = Minnesota
Miss. = Mississippi
Mont. = Montana
Nebr. = Nebraska
Nev. = Nevada
N. Car. = North Carolina
N. Dak. = North Dakota
N. H. = New Hampshire
N. J. = New Jersey
N. Mex. = New Mexiko
N. Y. = New York
Okla. = Oklahoma
Oreg. = Oregon
Penn. = Pennsylvania
Rhode Isl. = Rhode Island
S. Car. = South Carolina
S. Dak. = South Dakota
Tenn. = Tennessee
Verm. = Vermont
Virg. = Virginia
Wash. = Washington
Wisc. = Wisconsin
W. Virg. = West Virginia
Wyo. = Wyoming

Abkürzungen der Bundesländer

Bad. = Baden
bad. = badisch
Bad.-Württ. = Baden-Württemberg
bayer. = bayerisch
hess. = hessisch
Meckl. Vorp. = Mecklenburg Vorpommern
niedersächs. = niedersächsisch
NRW = Nordrhein-Westfalen
Preuß. = Preußen
preuß. = preußisch
Rhld.-Pf. = Rheinland-Pfalz
saarländ. = saarländisch
sächs. = sächsisch
Sachsen-A. = Sachsen-Anhalt
Schl.-H. = Schleswig-Holstein
Thür. = Thüringen
thür. = thüringisch
Westf. = Westfalen
westf. = westfälisch
Württ. = Württemberg
württ. = württembergisch

Abkürzungen der Nationalitäten

ägypt. = ägyptisch
äthiop. = äthiopisch
afghan. = afghanisch
afr. = afrikanisch
alban. = albanisch
alger. = algerisch
amer. = amerikanisch (USA)
angolan. = angolanisch
arab. = arabisch
argentin. = argentinisch
arm. = armenisch
asiat. = asiatisch
austral. = australisch
balt. = baltisch
bask. = baskisch
belg. = belgisch
birman. = birmanisch
bolivian. = bolivianisch
bras. = brasilianisch
bret. = bretonisch
brit. = britisch
bulg. = bulgarisch
chil. = chilenisch
chin. = chinesisch
costarican. = costaricanisch
dän. = dänisch
dt. = deutsch
dschibut. = dschibutisch
ecuador. = ecuadorianisch
engl. = englisch
estn. = estnisch
finn. = finnisch
fläm. = flämisch
frz. = französisch
georg. = georgisch
ghan. = ghanaisch
griech. = griechisch
grönländ. = grönländisch
guatemaltek. = guatemaltekisch
guines. = guinesisch
haïtian. = haïtianisch
ind. = indisch
indon. = indonesisch
ir. = irisch
irak. = irakisch
iran. = iranisch
isländ. = isländisch
israel. = israelisch
ital. = italienisch
jamaikan. = jamaikanisch
jap. = japanisch
jidd. = jiddisch
jord. = jordanisch
jugos. = jugoslawisch
kambodsch. = kombodschanisch
kamerun. = kamerunisch
kanad. = kanadisch
karib. = karibisch
katal. = katalanisch
kenian. = kenianisch
kolumbian. = kolumbianisch
kongol. = kongolanisch
korean. = koreanisch
kroat. = kroatisch
kuban. = kubanisch
lett. = lettisch
liban. = libanesisch
lib. = libysch
liberian. = liberianisch
liecht. = liechtensteinisch
lit. = litauisch
lux. = luxemburgisch
maghr. = maghrebinisch
maked. = makedonisch
malai. = malaiisch
malaw. = malawisch
malt. = maltesisch
manj. = manjurisch
marok. = marokkanisch
mauretan. = mauretanisch
mex. = mexikanisch
moneg. = monegassisch
mong. = mongolisch
moşambik. = moşambikanisch
namib. = namibisch
niederl. = niederländisch
nepal. = nepalesisch
neuseel. = neuseeländisch
nicarag. = nicaraguanisch
nigerian. = nigerianisch
norw. = norwegisch
oman. = omanisch
osman. = osmanisch
oriental. = orientalisch
österr. = österreichisch
pakistan. = pakistanisch
paläst. = palästinensisch
panama. = panamaisch
parag. = paraguayisch
pers. = persisch
peruan. = peruanisch
philip. = philippinisch
poln. = polnisch
portug. = portugiesisch
prov. = provenzalisch
puertoric. = puertoricanisch
rhod. = rhodesisch
rumän. = rumänisch
russ. = russisch
salvador. = slavadorianisch
samb. = sambisch
saudiarab. = saudiarabisch
schott. = schottisch
schott.-gäl. = schottisch-gälisch
schwed. = schwedisch
schweiz. = schweizerisch
senegal. = senegalesisch
serb. = serbisch
singhal. = singhalesisch
slowak. = slowakisch
slowen. = slowenisch
sowjet. = sowjetisch
span. = spanisch
südafr. = südafrikanisch
sudan. = sudanesisch
südkorean. = südkoreanisch
taiwan. = taiwanisch
tansan. = tansanisch
thail. = thailändisch
tibet. = tibetisch
togo. = togoisch, togolesisch
tschad. = tschadisch
tschech. = tschechisch
tunes. = tunesisch
türk. = türkisch
ugand. = ugandisch
ukrain. = ukrainisch
ung. = ungarisch
urug. = uruguayisch
venezol. = venezolanisch
vietn. = vietnamesisch
walis. = walisisch
weißruss. = weißrussisch
westind. = westindisch
zaïr. = zaïrisch
zentralafr. = zentralafrikanisch
zimbabw. = zimbabwisch
zypr. = zyprisch

Bildquellenverzeichnis

© für die Abbildungen:

Theo Adam, Dresden (1)
AEG, Frankfurt/M. (1)
Ägyptische Botschaft, Bonn (1)
Akademie der Künste, Berlin (1)
Allgemeiner Deutscher Nachrichtendienst, Zentralbild, Berlin (13)
Allgemeines Verwaltungsarchiv, Wien/A (1)
Bigi Alt, Baden-Baden (1)
Amman-Verlag, Zürich/CH (1)
Paul Angerer, Wien/A (1)
Antrazit, Essen (2)
Hans Apel, Hamburg (1)
Archiv der sozialen Demokratie, Friedrich-Ebert-Stiftung, Bonn (2)
Archiv des Erzbistums Köln, Bildsammlung (1)
Archives of the Musical Arts Association, Cleveland/USA (1)
Archiv für Kunst und Geschichte, Berlin (152)
Argentinische Boschaft, Bonn (1)
Fernando Arrabal, Paris/F (1)
AS Norsk Telegrambyra, Oslo/N (1)
Associated Press, Frankfurt/M. (4)
Australische Botschaft, Bonn (2)
Bamberger Symphoniker (1)
Daniel Barenboim, Genf/CH (1)
Georg Baselitz, Derneburg (1)
Bauhaus-Archiv, Berlin (4)
Bayerische Staatskanzlei, München (1)
Beck-Verlag, München (1)
Hans Bender, Freiburg (1)
Bertelsmann AG, Gütersloh (1)
Bettmann Archives, New York/USA (337)
Ludwig Binder, Berlin (1)
Willy Bogner, München (1)
Karl-Heinz Böhm, München (1)
Ernest Bornemann, Scharten/A (1)
Horst Bosetzky, Berlin (1)
Börsenverein des deutschen Buchhandels, Frankfurt/M. (1)
Robert Bosch GmbH, Stuttgart (1)
Botschaft Costa Rica, Bonn (1)
Botschaft Liechtenstein, Bonn (1)
Botschaft Nicaragua, Bonn (1)
Botschaft Saudi-Arabien, Bonn (1)
Botschaft Senegal, Bonn (1)
Botschaft Zimbabwe, Bonn (1)
Niggi Bräuning, Basel/CH (1)
Britische Botschaft, Bonn (3)
Brown, Boveri & Cie, Mannheim (1)
Werner Büdeler, Thalham (1)
Ilse Buhs, Berlin (1)
Bundesanwaltschaft, Karlsruhe (1)
Bundesministerium für Ernährung, Landwirtschaft und Forsten, Bonn (1)
Bundesministerium für Post und Telekommunikation, Bonn (1)
Bundeswirtschaftsministerium, Bonn (1)
F + F Burda Gesellschaft, Baden-Baden (1)
Burda Syndication, München (2)
CBS/Brigitte, Frankfurt/M. (1)
CDU-Pressestelle, Bonn (3)
Christoph & Meyer, Essen (5)
Claasen-Verlag, Düsseldorf (1)
Ralph Cohen, Ettlingen (1)
CSU-Pressestelle, München (1)
Ralf Dahrendorf, London/GB (1)
Daimler-Benz AG, Stuttgart (1)
Dänische Botschaft, Bonn (2)
Walter Danz, Halle a.d. Saale (1)
J.H. Darchinger, Bonn (2)
Karl Dedecius, Frankfurt/M. (1)
Deutsche Bank, Frankfurt/M. (1)
Deutsche Grammophon GmbH/Jörg Reichert, Köln (1)
Deutsche Presse-Agentur, Frankfurt/M. (326)
Deutscher Gewerkschaftsbund, Düsseldorf (1)
Deutsches Archäologisches Institut, Berlin (1)
Deutsches Filmmuseum, Frankfurt/M. (1)
Deutsches Institut für Filmkunde, Frankfurt/M. (4)
Deutsches Museum, München (6)
Deutsches Theatermuseum / Archiv Heinz Köster, München (1)
Deutsche Verlagsanstalt, Stuttgart (3)
Deutschlandfunk, Köln (1)
Diogenes-Verlag, Zürich/CH (4)
Domain de la Beaume, Salernos/F (1)
Marion Gräfin Dönhoff, Hamburg (1)
ECM Records, München (1)
Irenäus Eibl-Eibesfeld, Söcking (1)
Eidemeier, Niki Romiosini Verlag, Köln (2)
Heinrich-Ellermann-Verlag, München (1)
Christoph Eschenbach, Zürich/CH (1)
Europa-Verlag, Bonn (1)
Evangelischer Pressedienst (epd), Frankfurt/M. (2)
Faber-Castell GmbH & Co, Stein (1)
Erwin Falk, Hamburg (1)
FDP-Pressestelle, Bonn (2)
FIFA, Zürich/CH (1)
Finnische Botschaft, Bonn (1)
Franz Fischer, Bonn (1)
Fritz Fischer, Hamburg (1)
Gustav Fischer-Verlag, Stuttgart (1)
S. Fischer-Verlag, Frankfurt/M. (3)
Abe Frajndlich, New York/USA (6)
Brigitte Friedrich, Köln (89)
Karde Frieg, Dortmund (2)
Peter H. Fürst, Köln (3)
John K. Galbraith (1)
Uwe Gartenschlaeger, Dortmund (2)
Archiv Gerstenberg, Wietze (11)
Ralph Giordano, Köln (1)
Giraudon, Paris/F (3)
Ernst Goldberg, Leipzig (1)
J.L. Goldstein, Dallas/USA (1)
Max Greger, Grünwald (1)
Griechische Botschaft, Bonn (1)
Harald Gröhler, Köln (1)
Marcia Hafif (1)
Peter Hammer Verlag, Wuppertal (1)
Bernard Haitink, London/GB (1)
Carl-Hanser-Verlag, München (4)
Harenberg Kommunikation, Dortmund (854)
Ludwig Harig, Sulzbach (1)
Foto-Agentur Hartung, Saarbrücken (1)
Harvard University, Cambridge/USA (1)
Brigitte Hellgoth, Haan (44)
Günter Herburger, München (1)
Herder-Verlag, Freiburg (2)
Heyne-Verlag, München (1)
Historia-Photo, Hamburg (20)
Hoesch AG, Dortmund (1)
Marion von Hofacker, Icking-Irschenhausen (1)
Candida Höfer, Köln (1)
Horstmüller, Düsseldorf (85)
Michael Hospelt, Hamburg (1)
Interfoto, München (171)
The International Historical Press Photo Collection/Bildarchiv SVT, Stockholm/S (594)
Internationale Bachakademie/W.S. Heidenreich, Stuttgart (1)
Iranische Botschaft, Bonn (1)
Irische Botschaft, Bonn (1)
Isländische Botschaft, Bonn (1)
Israelische Botschaft, Bonn (2)
Italienische Botschaft, Bonn (1)
Janacek-Archiv, Brünn/CSFR (1)
Japan aktuell, Kyodo, Bonn (1)
Japanische Botschaft, Bonn (1)
Jazz-Archiv, Hamburg (2)
Archiv Dr. Karkosch, Gilching (74)
Benjamin Katz, Köln (1)
Keystone Pressedienst, Hamburg (464)
Kiepenheuer-Institut, Freiburg (1)
Brigitte S. Kindermann (1)
Kindler-Verlag, München (1)
Anne Kirchbach, Starnberg (1)
Barbara Klemm, Frankfurt/M. (14)
Klett-Cotta-Verlag, Stuttgart (8)
Galerie Klewan, München (1)
Klaus von Klitzing, Stuttgart (1)
Erika-Klopp-Verlag, München (1)
KNA-Bild, Frankfurt/M. (3)
Herlinde Koelbl, Neuried (9)
Helmut Koller, Wien/A (1)
Willem J. Kolff, Salt Lake City/USA (1)
Tadeusz Konwicki, Warschau/PL (1)
Lew Kopelew, Köln (1)
Kurt A. Körber, Hamburg (1)
Walter Korth/Die Zeit, Hamburg (1)
Kösel-Verlag, München (1)
Norbert Kössler, Wien/A (1)
Kramp (1)
Kranichfoto, Berlin (1)
Gidon Kremer, Hamburg (1)
Günter Kunert, Kaisborstel (1)
Hans Küng, Tübingen (1)
Otto Graf Lambsdorff, Bonn (1)
Susan Lamer, Essen (1)
Landesbildstelle Berlin (2)
Landesregierung Nordrhein-Westfalen, Düsseldorf (1)
Dominique Lapiere, Paris/F (1)
Kurt Lauter, Wehrheim (1)

Siegfried Lauterwasser, Überlingen (1)
Wolfgang Leonhard, Manderscheid (1)
Libysche Botschaft, Bonn (1)
William N. Lipscomb, Cambridge/USA (1)
Helmut Lohner, Wien/A (1)
Richard Löwenthal, Berlin (1)
Luchterhand-Verlag, Darmstadt (1)
Reimar Lüst (1)
Renate von Mangolt, Berlin (1)
Marlboro Music (1)
Wilfried Martens, Gent/B (1)
Werner Maser, Speyer (1)
Leonore Mau, Hamburg (1)
Max-Planck-Institut für Immunbiologie, Freiburg (1)
McArdle Laboratory, University of Wisconsin, Madison/USA (1)
Heinz Günther Mebusch, Düsseldorf (1)
Digne Meller Markovicz, Frankfurt/M. (1)
Mercedes-Benz AG, Stuttgart (1)
Reinhold Messner, Juval/I (1)
Metzler-Verlag, Stuttgart (1)
Mexikanische Botschaft, Bonn (1)
Klaus Michael Meyer-Abich, Essen (1)
Curt Meyer-Clason, München (1)
Mathias Michaelis, Pforzheim (1)
Mitteldeutscher Kulturrat, Bonn (25)
Jürgen Moltmann, Tübingen (1)
Alex Morrison (1)
Stefan Moses, München (1)
Musée d'Horta, Brüssel/B (1)
Museum Dvořak, Prag/ČSFR (1)
Nederlands Letter Kundig Museum, Den Haag (NL)
Werner Neumeister, München (1)
Niederländische Botschaft, Bonn (1)
Hermann Nitsch, Prinzendorf/Zaya/A (1)
Norddeutscher Rundfunk, Hamburg (3)
Northwestern Univ., Evanston/USA (1)
Nouvelles Editions de Films, Paris/F (1)
Oetker-Holding, Bielefeld (1)
Inge Ofenstein, München (1)
Office of Public Information, Columbia University, New York/USA (1)
Isolde Ohlbaum, München (130)
Opernhaus Kiel (1)
Österreichische Nationalbibliothek, Wien/A (4)
Österreichischer Bundestheaterverband/Zeininger, Wien/A (1)
Charlotte Oswald, Wiesbaden (1)
ÖTV-Hauptverwaltung, Stuttgart (1)
Partei des demokr. Sozialismus, Berlin (1)
Parti communiste français, Paris/F (1)
Peter Peitsch, Hamburg (8)
Piper-Verlag, München (3)
Fritz Pitz, Bocholt (1)
Hans Pölkow, Berlin (1)
Polnische Botschaft, Bonn (1)
Polydor GmbH, Hamburg (1)
Paul Popper Ltd., London/GB (100)
Ferdinand Porsche AG, Zuffenhausen (1)
Presse- und Informationsamt der Bundesregierung, Bundesbildstelle, Bonn (4)
Presse- und Informationsamt Niedersachsen, Hannover (4)
Presse- und Informationsamt Stuttgart (1)
Promostar GmbH, München (1)
Quelle-Gruppe, Fürth (1)
Arnulf Rainer: 'Berliner Portrait', VG Bild-Kunst, Bonn 1991
Inge Rambow, Frankfurt/M. (1)
Rauchensteiner (1)
The Really Useful Group, London/GB (1)
Kurt Rebmann, Stuttgart (1)
Reclam-Verlag, Stuttgart (1)
Klaus G. Renner-Verlag, München (2)
Residenz-Verlag, Salzburg/A (1)
Rheinisches Bildarchiv, Köln (18)
Ringier Dokumentionszentrum, Zürich/CH (31)
Fotostudio Röder-Moldenhauer, Bad Marienburg (1)
Rogers + Wells, Washington/USA (1)
Rosenthal AG, Selb (1)
Rowohlt-Verlag, Reinbek (6)
Royal Academy of Dancing, Archive, London/GB (1)
Yves Saint-Laurent, Paris/F (1)
The Salvation Army, London/GB (1)
Salzburger Festspiele, Salzburg/A (1)
Jil Sander, Hamburg (1)
Schauspielhaus Hamburg (1)
Schiller-Nationalmuseum, Marbach (3)
Katrin Schilling, Frankfurt/M. (1)
Presseagentur Schirner, Meerbusch (19)
Schleswig-Holstein Musikfestival, Hamburg (1)
Manfred Schnelldorfer, München (1)
Julius H. Schoeps, Duisburg (1)
Petra Schramek, München (1)
Angela Schumacher, Wiesbaden (1)
Schwedische Botschaft, Bonn (1)
Ekko von Schwichow, Berlin (1)
Beate Seitz-Weinzierl, Wiesenfelden (1)
Senatskanzlei Hamburg (1)
Siemens AG, München (1)
Siemens-Museum, München (1)
Siemens-Nixdorf, Paderborn (1)
Katharina Sieverding, Düsseldorf (1)
Helmut Simon, Karlsruhe (1)
Sipa-Press, Paris/F (38)
Will Soentgerath, Düsseldorf (1)
Spanische Botschaft, Bonn (2)
SPÖ, Zentralsekretariat, Wien/A (2)
Heinz Spoerli, Basel/CH (1)
Staatsministerium Baden-Württemberg, Stuttgart (1)
Staatstheater Stuttgart (1)
Stadtarchiv Bonn (1)
Peter Stein, Berlin (1)
Jack Steinberger, Genf/CH (1)
Stern-Archiv, Hamburg (1)
Stern/Bauer, Hamburg (1)
Stern/Ihrt, Hamburg (1)
Stern/Thomann, Hamburg (2)
Stiftung Deutsche Kinemathek, Berlin (14)
Helm Stierlin, Heidelberg (1)
James Stirling, London/GB (1)
Stockhausen Verlag, Kürten (1)
Christine Strub, München (25)
Richard Stücklen, Weißenburg (1)
Studiengruppe für Biologie und Umwelt GmbH, München (1)
Süddeutscher Rundfunk, Stuttgart (2)
Süddeutscher Verlag, Bilderdienst, München (248)
Südwestfunk, Baden-Baden (1)
Suhrkamp-Verlag, Frankfurt/M. (12)
Syrische Botschaft, Bonn (1)
Karin Szekessy, Hamburg (1)
Peter Tamm, Berlin (1)
TASS, Bonn (14)
Henry Taube, Stanford University/USA (1)
D. Tersakis, Köln (1)
Teutopress, Bielefeld (1)
Thailändische Botschaft, Bonn (1)
Thienemanns-Verlag, Stuttgart (1)
Michael Tippett, London/GB (1)
Transglobe, Hamburg (1)
Gyula Trebitsch, Hamburg (1)
TUKAN, Berlin (4)
Tunesische Botschaft, Bonn (1)
Türkische Botschaft, Bonn (1)
Ullstein-Verlag, Berlin (3)
Tim Ulrichs, Hannover (1)
Walter Umminger, Schwanenberg (1)
United States Inform. Service, Bonn (7)
Universität Bonn (2)
Universität Erlangen (1)
Universität Münster (1)
University of California, Berkley/USA (2)
University of Cambridge/GB (2)
Victor Vasarely, Claye Souilly/F (1)
Verlag 'pläne' GmbH, Dortmund (1)
Ernst Vogelsanger, Zürich/CH (1)
Volkswagen AG, Wolfsburg (1)
Votava-Bilderdienst, Wien/A (10)
Rolf Walter, Berlin (1)
Walter-Verlag, Olten/CH (1)
Ruth Walz, Berlin (5)
Paul Watzlawik, Palo Alto/USA (1)
Victor F. Weisskopf, Cambridge/USA (1)
Charles Weissmann, Zürich/CH (1)
Richard von Weizsäcker, Bonn (1)
Weltpanorama, Gelterkinden/CH 1969/1977 (2)
Weltwoche, Zürich/CH (1)
Pressebildagentur Werek, München (1)
Galerie Michael Werner, Köln (2)
Westdeutscher Rundfunk, Köln (15)
Westf. Landesmuseum, Münster (1)
Wickert-Institute, Tübingen (1)
William Harvey Research Institute, London/GB (1)
Günter Wolfram, Hamburg (1)
Gabriele Wohmann, Darmstadt (1)
Wladimir Woinowitsch, Stockdorf (1)
Worpsweder Verlag, Lilienthal (2)
Rosalyn Yalow, New York/USA (1)
Hermann Zapf, Darmstadt (1)
ZDF, Mainz (2)
Konrad Zuse, Hünfeld (1)

Trotz größter Sorgfalt konnten die Urheber des Bildmaterials nicht in allen Fällen ermittelt werden. Es wird gegebenenfalls um Mitteilung gebeten.